[清]罗汝怀 编纂
邓洪波 主编

湖南文徵

一

岳麓書社·长沙

文獻叢書

嶽麓書院

罗汝怀像

前　言

一

清同治五年至十一年（1866—1872）刊印的《湖南文征》，是湖南历史上第一部文章总集，署名“湖湘后学集编”，罗汝怀则是公认的编纂者。

《湖南文征》的编者，历来书目皆著录为湘潭罗汝怀，但查原书则每一卷都署名“湖湘后学集编”，颇有矛盾之处。考其原委，尽在罗汝怀的《湖南文征例言》最后一条，其称：“昔人为书，多称编辑。辑，体从车而义为和，于纂书不甚相涉。缘《汉书艺文志叙》称《七略》有辑略，此沿用所由，然实集之借字。集而后编，故称集编。是书原始要终，群策群力，主名非一，谁其尸之，故统以湖湘后学。”[①] 总集湖南一省文章，自元至清上下近六百年，作者七百八十九人，文章四千零六十八篇，诚非易事，必得群策群力方能成事；若群龙无首，无一强力之人主持，则成事非易。于是，群主点赞群众之功而署“湖湘后学集编”，后学群众则公认群主之德而称“罗汝怀编纂”。仅此编委会集体署名还是主编个人署名一事，即可见当年湖湘学人之儒雅风范。

罗汝怀（1804—1880），初名汝槐，字念生、研生，晚年自号梅根居士。清湖南湘潭人。师从龙瑛、贺熙龄等名家，在长沙城南书院求学时，与左宗棠、邹汉勋同学，涉猎广泛，博通经史，好音韵文字训诂之学。道光十七年（1837）拔贡。明年赴京，廷

① 罗汝怀《湖南文征》卷首。岳麓书社，2008 年版，第 5 页。

试落第南归。继左宗棠之后，于道光二十年（1840）主讲醴陵渌江书院，两年之后，以亲老辞归。咸丰中，曾入湘军主帅曾国藩之幕，其论团练、积谷、保甲、禁烟诸事，颇得尊重。同治初，纳赀候选内阁中书，选授芷江、龙山县学训导，皆不就。同治、光绪间，曾入职《湖南通志》局分管艺文，主持湖南褒忠局，辑成《湖南褒忠录》《湖南文征》。平生与邓显鹤、杨季鸾、唐鉴、何绍基、黄本骥等湖南名流交游，砥砺学行，奖掖后进。郭嵩焘称，其学于六艺故训、地理沿革、古今水道源流分合、历代法制、氏族、金石篆隶，靡不研通，而一本于立身行己，尤务奖励后进以成学。著有《周易训诂大谊》《诗古音疏证》《六书统考》《文字偏旁举略》《经传金石假借字辑》《禹贡古今义案》《禹贡义参》《汉书沟洫志补注》《古今水道表》《兵饷刍说》《物产志》《西番纪略》《湘变纪略》《绿漪草堂经说》《绿漪草堂文集》《绿漪草堂诗集》《研华馆词》《七律流别集》《潭雅集》等二十余种。

二

“湖湘后学集编”《湖南文征》，是时代的需要。众所周知，湖南虽靠南岭，扶武陵、罗霄，怀洞庭，带长江，湘资沅澧四水荡漾其间，可谓物华天宝，人杰地灵，自成形胜，但到清康熙初年才从湖广分立建省，长期以来，在全国难称其盛。时至咸丰、同治之世，太平天国带来的一场危机，使得以岳麓、城南、石鼓等书院学生为主的“湘军”闪亮登场，“中兴将相，什九湖湘”，而十之八九皆出身书院，成就了“惟楚有材，于斯为盛”的盛况。以曾国藩、左宗棠、彭玉麟、胡林翼、郭嵩焘、李元度、刘长佑等为代表，意气风发的湖南学子在前所未有的大变局中，勇敢地走到了中国历史大舞台的中央，建立旷世奇功，挽清廷于倾覆，以“主角”的身份引领中国近现代历史发展的方向。这极大地激发了湖南人的自豪与自信，于是构建湖湘文脉、完善湖湘学统就成为一种必要。这是一方面。另一方面，不得不承认，读书人带兵打仗，困难实异于常人，屡战屡败，屡败屡战，可谓刀光剑影，“磨血”前行，付出了更多惨痛的代价，充满血腥。于是，无论是征战之时，还是在战后重建，建立褒忠局“纂录忠义”，安抚亡灵，表彰气节，以文风儒雅而化刀光血影，也就成了“湖湘后学”的一种共识。此所谓“儒化”，进行精神提升，高扬湖湘文化的大旗，意在进一步激发湖南人的自豪与自信，是时代的需要。而这些，正是总集《湖南文征》的历史背景。

《湖南文征》之前，总集之编，湖南总体落后于他邦。虽然，在明清之际，也有过试验性工作，如明代王心“集古今之文为郴而作者”，成《郴州文志》七卷，“以命制、纪载、议论、咏歌四类分编”[①]，对郴州一地的文献有过梳理。康熙年间，陈肇昌“博采旁诹，上自邃古，爰暨我朝，名卿硕彦，潜德隐流，莫不详其素履，掇其英华，人以代序，集各单行，题曰《全楚文献录》”[②]。但或偏于一州，或地不分楚南楚北，湖南的“征文考献”，可谓“独阙焉未备”。而“推原其故”，不外乎受上溯、旁求、抉择、品藻“四难”与滥收、挂漏、去取失当、评骘不允、草率将事“五患”等诸多因素的制约。[③] 这种情况，要等到道光年间邓显鹤的《沅湘耆旧集》出版，才开始改变。

邓显鹤（1778—1851），字子立，一字湘皋，新化人。清嘉庆九年（1804）举人，官宁乡县学训导，晚主濂溪书院。工诗古文，于湖南文献搜讨尤勤。他是罗汝怀最尊敬的前辈学者之一，其一生主要贡献在辑刊《资江耆旧集》《沅湘耆旧集》《船山遗书》等，构建湖湘文脉与学统。《沅湘耆旧集》“即《湖南诗征》之变名”，邓显鹤所辑的正编起自明代洪武、永乐，止于清代嘉庆、道

① 《钦定四库全书总目》，卷一百九十二。

② 雍正《湖广通志》，卷一百三。

③ 邓显鹤《沅湘耆旧集序例》，见《湖南文征》国朝文卷七十五。岳麓书社，2008 年版，第 2648 页。

光，“凡得一千六百九十九人，诗一万五千六百八十一首，厘为二百卷”[1]，是公认的湖南第一部诗歌总集。

罗汝怀参与了《沅湘耆旧集》的编纂工作。据邓显鹤《沅湘耆旧集序例》最后一条记载：“至此书编辑之始，所与商榷校订者，鄞县沈栗仲道宽，长沙毛青垣国翰，湘阴左仲基宗植；搜访之勤且慎，则湘潭罗研生汝槐、张玉夫声玠，武陵杨杏农彝之力居多；督刊校字则兄子瑶伯昭与有劳，皆有功于是书者也。”[2] 即称“搜访之勤且慎”者罗汝怀等用力居多，其对《沅湘耆旧集》这一《湖南诗征》所做的贡献就不言自明了。当然，这种贡献的背后，也就是他对“诗征”编纂体例、操作规程的熟悉，以及他对“诗征”优缺点的洞悉与了解。而所有这些，正是《湖南文征》的学术背景与学术起点。

三

《湖南文征》继《沅湘耆旧集》之志，意在诗文合璧，成就湖南文献的第一次荣耀集结。关于这一点，《湖南文征例言》第一条就有明确的表述，其称：“近新化邓氏刊行《沅湘耆旧集》，以补正廖氏《楚风补》《楚诗纪》之阙失，足以芳风藻川，而未及古文，非意不及此，以有待也。是篇之作，盖继邓氏之志，亦冀诗古文辞兼行，庶六诗三笔不至偏废，而一方耆旧之专攻兼攻者，得以并传焉。”[3] 由此可知，“诗古文辞兼行”，专攻与兼攻并立，以诗之芳风待文之藻川，由“文征”而配“诗征”，珠联璧合，是既定的追求目标。这充分说明，罗汝怀是自觉继承邓显鹤的遗志，赓续其梦想，完成其“非意不及”而“有待也”的事业，共筑湖南文脉的根基。

---

① 邓显鹤《沅湘耆旧集序例》，见《湖南文征》国朝文卷七十五。岳麓书社，2008 年版，第 2648、2649 页。

② 邓显鹤《沅湘耆旧集序例》，见《湖南文征》国朝文卷七十五。岳麓书社，2008 年版，第 2654 页。

③ 罗汝怀《湖南文征》卷首。岳麓书社，2008 年版，第 3 页。

在《湖南文征·姓氏传》中也能看到“文征”对“诗征”的承续、发扬与补充之处。最明显的表现是在各人传记之后，皆用双行小字标注作者收录文章的数量，如果作者见于《沅湘耆旧集》，则必标注“《沅湘集》存诗若干首，今采（录）文（碑记、传、疏、小序、引、论）若干篇”，以表明两者之间的接续关系。用“采”还是“录”，也有规定，“凡有本集者曰录，无集者曰采”①。如长沙人赵开心小传后标注：“《沅湘集》存诗十四首，今采疏四、序二、传一。”② 衡山人彭士商小传后标注：“《沅湘集》存诗五十六首，今录序四篇。”③ 编辑“文征”，而对作者收入“诗征”的作品一一统计标注，不厌其烦，此谓对邓显鹤的继志、承续、发扬。又如，湘乡人舒东小传后标注：“《沅湘集》存诗八首，今录文三篇。”其下又有案语称：“作者受知姚雪门学使，时负盛名。今惟存《青芬山房文》一卷，三十二篇，系道光己酉其孙翰刻行。据集中《答潘李二生书》云，除旧经宿迁沉舟湮失外，尚得诗千余首、古文百余篇。不知何以仅存三之一。邓氏仅录诗八首，亦由未见全稿也。”④ 此之谓对邓显鹤的补充与完善。凡此种种，都表明罗汝怀视“文征”与“诗征”为二而一与一而二，前后相续，一体两面，并无二致。事实上，《沅湘耆旧集》与《湖南文征》被后世学者尊为湖南第一部诗歌总集、第一部文章总集，二者合为一体，共同构成湖南文脉的底色与基础，诚于李瀚章所说可以“并垂天壤间”。

需要指出的是，在这一湖南文脉底色与基础之上，罗汝怀还与同时代的“湖湘后学”一起，以《王船山遗书》打造精神领袖，以《湖南褒忠录》记录“磨血”意志，以光绪《湖南通志》书写历史定位，初步塑造与重构了湖南人第一次走上中国历史舞台中

① 罗汝怀《湖南文征·姓氏传》卷一。岳麓书社，2008 年版，第 6 页。
② 罗汝怀《湖南文征·姓氏传》卷三。岳麓书社，2008 年版，第 46 页。
③ 罗汝怀《湖南文征·姓氏传》卷三。岳麓书社，2008 年版，第 55 页。
④ 罗汝怀《湖南文征·姓氏传》卷四。岳麓书社，2008 年版，第 86 页。

央的"主角"形象。

塑造后的湖湘文脉，远祖屈贾，高扬茶陵李氏，助力声名鹊起的湘乡曾氏，可谓古今贯通。重构后的湖湘学统，起自周敦颐，中经朱熹、张栻，而由王夫之接续，可以表述为濂溪之学→朱张之学→王氏之学，实为宋明儒学一系。而经晚清民国阐扬，又因《春秋》夷夏之防而推种姓"革命之说"，自由人道之义，如今又有从王船山到毛泽东之说，则衡阳王氏之学又成为湖湘学统乃至湖湘文化从古代接通近现代的桥梁。

四

《湖南文征》的编排体例有很多值得称道的地方，尤其是"文征"而非"文选"的原则，"以文存人，以人存文"的主旨，"考见风俗，能说山川"的特色，以及文献学意义、史料价值等等，当年曾获曾国藩、李瀚章的称赞。如曾国藩说："论文但崇体要，不尚繁称博引，取其长而不溺其偏。"李瀚章称："得此与《沅湘诗集》并垂天壤间，以无坠鬻熊、倚相、屈子、濂溪之流风遗韵。"

需要强调的是，卷首的《湖南文征例言》十五条，是了解本书的关键。有关文征的编纂缘起，断代理由，分类方法，搜采范围，登录原则，连篇累牍与单词片语兼收，不轻骈体，词赋兼收律赋，基本不收寿椵之辞、谱牒之叙、时艺之弁言三类文章，作者姓氏传写法，镌刻校雠，编纂者情况等问题，都有交代，值得研究者特别注意。

五

《湖南文征》的刊印时间，一般书目记作同治八年（1869）、同治十年（1871）、同治八年至十年，其实不然，正确的说法应该是同治五年至十一年刊印。按：《湖南文征》载有《捐助刻资数目》，自同治四年（1865）八月开始，分四年、五年、八年、十一年及以后五次，记录43人次共计捐资6822两纹银（其中200两未到）。在十一年数目以后，有一段说明文字，兹引如下：

> 是书自同治元年采缉钞誊，至四年秋稿本初具，始刻公启集资，由赵玉班方伯、李仲云都转两处收发。五年冬开雕，九年冬工竣。屡次校补，又经两年。初拟刷印千部，以广流布。未及百部，经费已完，尚待筹款。嗣有佽助，留版续列芳衔。①

由此可知，《湖南文征》开雕于同治五年冬天，至九年冬天工竣，是为雕版。雕版经过两年反复校补，到同治十一年始得刷印百部，是为印刷，八年、十年、八年至十年皆与此不符。《湖南文征》之所以出现同治八年、十年、八年至十年刊印之误，可能与何绍基同治八年题签，曾国藩序与罗汝怀文征例言皆署同治十年有关，是错将题签与序作时间当作刊印时间，乃粗心失察所致，于此应与更正。当然，如果笼统标注“同治刻本”，也没有问题。

需要指出的是，同治十一年后“续列芳衔”者，有李仲云都转概、曾沅甫爵抚国荃等四人，捐资纹银280余两，钱数虽然不多，但已经不需要雕版校雠成本，使得再次开印完全成为可能。因此可以推断，同治十一年初印本100部之后，一定还会印刷《湖南文征》，以了却“初拟刷印千部，以广流布”的初心，而这些都可以称为同治刻本。今查古籍书目可知，至少还有43部《湖南文征》收藏于国内各公共图书馆，除陕西、重庆图书馆标注“清刻本”有些模糊之外，其余皆清楚标明是同治刻本，这一点也可以印证我们的推论大致不错。

《湖南文征》的卷数，各图书馆著录各不相同，如一百九十卷补编一卷首一卷目录六卷姓氏传四卷、元明文五十四卷国朝文一百三十六卷首一卷目录六卷、元明文五十四卷国朝文一百三十五卷、一百三十五卷目录六卷补编一卷姓氏传四卷、一百三十六卷首四卷目录六卷、元明文五十四卷国朝文一百三十五卷者，不一

① 罗汝怀《湖南文征·捐助刻资数目》。岳麓书社，2008年版，第3852页。

而足，多与事实不符。查原书有三种表述，同治八年，何绍基题签作一百九十卷；十年，曾国藩序称一百九十卷，李瀚章序称二百卷；实际编排则卷首一卷、目录六卷、姓氏传四卷、元明文五十四卷、国朝文一百三十六卷，合计二百零一卷。据此，《湖南文征》总卷数当以二百零一卷为是，正文以一百九十卷为是，按照惯例也可以表述为二百卷卷首一卷、一百九十卷卷首一卷目录六卷姓氏传四卷。

六

此次整理，遵照国家古籍整理通行条例，以同治刻本为底本，进行标点、校勘、分段。凡常见笔画舛讹或刻写混同文字，如己、已、巳，日、曰，刺、刺，干、千，阵、陈之类，一律径改，不出校记。凡避讳字，如丘作邱，玄作元，弘作宏等，或出于避讳的缺笔字，径予回改，不出校记。书中衍文、脱文、正讹，按古籍整理常例，于文中用圆括号标示应删、改之字，方括号标示应补、正之字，为避免繁芜，一般不另出校记。

《湖南文征》的整理属于集体项目，分工合作，始得完成。兹将分工情况开列如下：蔡志斌负责元明卷 1—20，国朝卷 21—40、46—70；陶新华负责元明卷 21—40，国朝卷 1—20；尧育飞负责元明卷 41—54；锺典负责国朝卷 41—45、71—91；刘无羡负责姓氏传，国朝卷 92—112；刘柯负责国朝卷 113—136。

《湖南文征》网罗放佚，卷帙浩繁，底本字体又多“坊本俗书”，整理实属不易，更受整理者学力限制，难免错误，还祈读者批评指正，以便日后修订。

邓洪波

2019 年 9 月 20 日于岳麓书院胜利斋

总　目

第一册

第二册

第三册

第四册

国朝文

第五册

第六册

第七册

第八册

第九册

第十册

目　录

姓氏传卷二

姓氏传卷三

姓氏传卷四

元明文

卷一　疏一

卷三 疏三

卷四 疏四

卷五　疏五

卷六　疏六

卷七　疏七上

卷八　疏七下

卷九　疏八

卷十　策

卷十一　议

卷十二　讲义

大哉圣人之道！洋洋乎发育万物，峻极于天。优优大哉！礼仪三百，威仪三千，待其人而后行。

惟天下至诚，为能尽其性。能尽其性，则能尽人之性。能尽人之性，则能尽物之性。能尽物之性，则可以赞天地之化育。可以赞天地之化育，则可以与天地参矣。

圣人有忧之，使契为司徒，教以人伦，父子有亲，君臣有义，夫妇有别，长幼有序，朋友有信。

昔君文、武，丕平富，不务咎，底至齐信，用昭明于天下。则亦有熊罴之士，不二心之臣，保乂王家。用端命于上帝，皇天用训厥道，付畀四方。

王，人求多闻，时惟建事，学于古训，乃有获。事不师古，以克永世，匪说攸闻。

孟子曰：求也为季氏宰，无能改于其德，而赋粟倍他日。孔子曰：求非我徒也，小子鸣鼓而攻之可也。

故善战者服上刑，连诸侯者次之，辟草莱任土地者次之。

孟子曰：恭者不侮人，俭者不夺人。侮夺人之君，惟恐不顺焉，恶得为恭俭？恭俭岂可以声音笑貌为哉？

淳于髡曰：男女授受不亲，礼与？孟子曰：礼也。曰：嫂溺则援之以手乎？曰：嫂溺不援，是豺狼也。男女授受不亲，礼也。嫂溺援之以手者，权也。

曰：今天下溺矣，夫子之不援，何也？曰：天下溺，援之以道，嫂溺，援之以手，子欲手援天下乎？

聘以时，厚往而薄来，所以怀诸侯也。

卷十三　说

卷十四　辨

卷十五　论上

序

曾国藩

吾友湘潭罗君研生，以所编纂《湖南文征》百九十卷示余，而属为序其端。国藩陋甚，齿又益衰，奚足以语文事?

窃闻古之文，初无所谓法也。《易》《书》《诗》《仪礼》《春秋》诸经，其体势声色，曾无一字相袭，即周秦诸子，亦各自成体。持此衡彼，画然若金玉与卉木之不同类，是乌有所谓法者。后人本不能文，强取古人所造而摹拟之，于是有合有离，而法不法名焉。若其不俟摹拟，人心各具自然之文，约有二端：曰理，曰情。二者人人之所固有。就吾所知之理而笔诸书而传诸世，称吾爱恶悲愉之情而缀辞以达之，若剖肺肝而陈诸简策，斯皆自然之文。性情敦厚者，类能为之。而浅深工拙，遂相去什百千万而未始有极。自群经而外，百家著述，率有偏胜。以理胜者，多阐幽造极之语，而其弊或激宕失中。以情胜者，多悱恻感人之言，而其弊常丰缛而寡实。自东汉至隋，文人秀士，大氐义不孤行，辞多俪语，即议大政，考大礼，亦每缀以排比之句，间以婀娜之声，历唐代而不改。虽韩、李锐志复古，而不能革举世骈体之风。此皆习于情韵者类也。宋兴既久，欧、苏、曾、王之徒，崇奉韩公，以为不迁之宗。适会其时，大儒迭起，相与上探邹鲁，研讨微言，群士慕效，类皆法韩氏之气体，以阐明性道。自元、明至圣朝康、雍之间，风会略同，非是不足与于斯文之末。此皆习于义理者类也。乾隆以来，鸿生硕彦，稍厌旧闻，别启涂轨，远搜汉儒之学，因有所谓考据之文。一字之音训，一物之制度，辨论动至数千言。曩所称义理之文，淡远简朴者，或屏弃之，以为空疏不足道。此又习俗趋向之一变已。

湖南之为邦，北枕大江，南薄五岭，西接黔蜀，群苗所萃，盖亦山国荒僻之亚。然周之末，屈原出于其间，《离骚》诸篇为后世言情韵者所祖。逮乎宋世，周子复生于斯，作《太极图说》《通书》，为后世言义理者所祖。两贤者，皆前无师承，创立高文，上与《诗经》《周易》同风，下而百代逸才举莫能越其范围，而况湖湘后进沾被流风者乎？兹编所录，精于理者，盖十之六，善言情者，约十之四，而骈体亦颇有甄采，不言法而法未始或紊。惟考据之文，搜集极少。前哲之倡导不宏，后生之歆慕亦寡。研生之学，稽《说文》以究达诂，笺《禹贡》以晰地志，固亦深明考据家之说。而论文但崇体要，不尚繁称博引，取其长而不溺其偏，其犹君子慎于择术之道欤！

同治十年，岁次辛未秋，诰授光禄大夫太子太保武英殿大学士总督江南江西等处地方一等毅勇侯湘乡曾国藩叙于金陵节署。

序

李瀚章

大湖以南，地广袤二千五百余里，为郡九，厅三，直隶州四，辖州县六十有六。其星翼轸，其山衡岳、九疑，其岭都庞、骑田、越城、萌渚，其水沅、湘、资、澧，纳众流以入洞庭。其物产白金、丹砂、水银、石英、钟乳、橘柚之包、竹箭之美、楩楠杞梓之名材，其文章则自鬻熊为文王师，著书言忠敬和严之旨，为子家所自始。倚相能读三坟、五典、八索、九丘，史学肇焉。屈左徒作《离骚》，后世尊之为经。而濂溪周子作《通书》《太极图说》，上阐苞符，下开洛闽之学。凡皆自我作祖，垂光后来斯文之统，盖莫先于楚矣。自唐广德中置湖南观察使，湖南得名始此。国朝康熙三年，置湖南布政使司，而楚南北遂分两行省。近岁军兴，楚之南尤以忠义战绩名天下，非夫山川雄厚、清淑之气所钟毓哉？

先是，道光中，新化邓湘皋学博，辑《沅湘耆旧集》以存文献，前总督长白裕公序之，推为鬻熊以后不可少之书。顾其书存诗而不及文，犹为得半之道。考文章家总集，有合一朝为一集者，若《唐文粹》《宋文鉴》《元文类》《明文衡》《文海》《文征》《文在》之属是也；亦有合一州一邑为一集者，若宋有《成都文类》《吴都文粹》及会稽、严陵、赤城诸集，元有《宛陵群彦集》，明有《中州名贤文表》《新安文献志》《全蜀艺文志》《三台文献录》《吴兴艺文补》及《金华文统》《婺贤文轨》《古虞文录》《郴州文志》《黎川文绪》《岭南文献》《海虞文苑》诸集，国朝有《粤西文载》《金华文略》《柘浦文钞》《垂棘续编》诸集是也。其书并录在《四库》，藏之名山。而湖以南作者林立，独未有专书，非阙典欤？

同治乙丑，瀚章恭膺简命，巡抚是邦，时方设褒忠局表章死事者。湘潭罗研生中翰实综其事，又以其暇辑《湖南文征》二百卷，自元、明讫今，六百余年，名臣、魁儒、才人、节士之文，采摭略备，计文四千有奇，作者八百人。仿《中州集》例，人为之传，诚楚南文献一巨观也。余时见而善之，为告邦人官中外者，各醵金助梓。及余再任楚督，书已告成，邦人士征序其简首。余惟专集之外有总集，所以网罗放失、荟萃精华，为文家之渊薮，盖作者不必人皆有集，有集矣，不必能尽传，合为一编，斯其传为可久。若综郡国为一书，借以考见山川、风俗、掌故暨学术、政理之源流得失，尤为经国之大业。湖外诸君子尚暗修不自翢襮，遗文逸藻，往往散蚀于蛛丝蠹窟中，幸及今表而彰之，而河岳英灵之气，悉萃是矣。得此与《沅湘诗集》并垂天壤间，以无坠鬻熊、倚相、屈子、濂溪之流风遗韵，俾读者想见衡岳之高、洞庭之深，其光焰所发，如金，如玉，如珠，如珊瑚、木难、火齐，虽霾蚀土壤，望气者皆能得之，岂俾《成都文类》诸书专美于前哉？为序其缘起，所以志斯文之幸也。

诰授光禄大夫赏戴花翎头品顶戴兵部尚书兼都察院右都御史总督湖广等处地方军务兼理粮饷合肥李瀚章序。

例言

罗汝怀

昔君章从事于耒阳，湘中作记，汝南求珍于明季，《楚宝》成书。是皆欲补遗于采风，冀无忘于数典。而典午之作则，久佚不传。明季书经重雕，则广罗全楚，潇、湘、江、汉异川通流，且所纪为人与事，不及著作。近新化邓氏刊行《沅湘耆旧集》，以补正廖氏《楚风补》《楚诗纪》之阙失，足以芳风藻川，而未及古文，非意不及此，以有待也。是篇之作，盖继邓氏之志，亦冀诗古文辞兼行，庶六诗三笔不至偏废，而一方耆旧之专攻兼攻者，得以并传焉。

《四库总目》叙曰：文籍日兴，散无统纪，于是总集作焉。一则网罗放佚，使零章残什，并有所归；一则删汰繁芜，使莠稗咸除，菁华毕出。是固文章之衡鉴、著作之渊薮矣。是编出于纂录忠义之余，不过搜集散亡，岂得妄言鉴别？惟大旨以发明经史、敷陈政术、考见风俗、能说山川、可备掌故数者为主。尚实而不尚虚，故空衍议论之文未遑多及。且名为文征而实不以文论，即义法稍疏、意味稍薄，亦不免过而存之，以征文非选文也。如必别择精严可供诵习，则固有昔贤曰正宗曰轨范之诸本在矣。

《雅》《颂》而后，骚赋代兴；周楚之间，文章卓著。然已炳焕千古，流被寰区矣。若欧阳率更、李文山、刘复愚诸家，则《唐文粹》《全唐文》皆鸿编巨帙，裒录无遗。至于濂溪理学大儒阐道之书，世所传习，是皆无庸援入新编。故采缉托始元代，且圭斋、云阳两集，虽经屡刻，传世已稀，固宜使乡邦后学尝脔探骊，以资景仰也。

总集之作，始于晋挚虞《文章流别》，而分体编录之法，亦肇于是书。昭明选楼，盖仿其制。是编初次抄录，人各为帙，或谓可即成编，然少或一篇，多则数十，繁简既属不齐，而多者诸体杂出，亦复难为伦序，不似诗之先古体、次今体，先五言、次七言也。且是编自奏议、论说、序跋、记传、箴铭、词赋以及词臣拟进之文、外吏公牍之稿，无体不备，亦欲使后进略识前规，临文有所模仿，则分体尤便检寻。

编录非难，搜采为难。考嘉庆末年重修通志，其艺文之目，列三千七十余种，而今无百一之存。至有集经屡刻，片楮无睹，则如邵阳之车；《高霞堂集》有六刻序。获之他省，佚在巨编，则如华容之刘；孤本久闷，出则已残，则如湘潭之周。刘忠宣大夏其家祠藏板有诗无文，而《滇南文略》中有十余篇。周之龙《熊南文集》久佚，今始采得残本。二公并有文存《皇明经世文编》中。或难而后获，或竟不可得，以俟将来。其缘由略具各篇之后。

乾嘉以前志乘，于艺文门多载诗文，后来志家或悉删除，以班书所志，但存其目，未尝录文，仿其法也。然古人文少，其显著数艺，皆录入本传，故无庸别编。而兹之征文，则一鳞半甲，时于旧志得之，其为益于阙文者多矣。惟志书所录，率皆山水、祠庙、廨舍、津梁、纪事之作，故编中记文最多，其于以文存人，以人存文之义，皆所不免。然以未能悉中度程，尚多遗弃，各家稿草视此，后之见者，勿执所未载以为漏略也。

登录多寡，初无成见。惟以新刻方在流传，无妨寡取；旧帙已经散落，所贵多收。抑视其文与题之有无关涉也。或谓人为楚产，言必楚事，则又不能尽拘。若其蚕离蜀土，仅传海外文辞，少入洛中，不及云间风土。若是者不与斯文，宁非溪刻？故庐陵作者，或记环滁之山；襄阳诗老，兼存出峡之什。意在包举，义取通融，其为片羽仅存，更无论矣。

累牍连篇，文之盛也；单词片语，岂谓非文。其不以文著而以诗见者，则征诸题下之小引；不以文著而以书称者，则征诸帖中之跋尾。纵波澜之未沛，亦掌故之聊存。故曰不以文论也。若杨文襄之《制府杂录》，载于《说郛》一书，桃源江进之之《雪涛诗评》，亦有专刻。既非零章残什，于此编无类可归，终从割爱。

文家每轻视骈体，以谓徒工藻绘，难语于高古精深。然此在文之命意修辞求之，不在体之单行与比偶也。失诸意辞，岂散体之皆可尚乎？原夫二体，并出经传，其后流极不鲜，互出相胜，亦风会转变使然。平心论之，与为填砌之偶，则不如简质之单，而但为浅俚之单，又不如典丽之偶。若其适用，则各有宜，故韩、欧大家集中并存不废。是编以二体分录，亦昔人以偶体为外集之义，即附散体各类之后。

班孟坚谓赋者古诗之流。夫赋之与诗，其体迥殊。而其词比句协，铿锵可诵，犹古诗之可被管弦，故谓同流。当时无古文之名，而词赋诗歌统谓之文。至六朝时，昭明太子以《文选》标目，而首之以赋，继之以诗，然后及文。近有谓古人以有韵者为文，亦一说也，故编中列词赋一类。

古赋尚矣，其纯用排比，不杂单行，及古奥字句而音节谐适者，谓之律赋。名家集中多并列之。明海盐胡氏《唐音癸签》，讥宋姚铉《唐文粹》一书，选唐赋遗律赋，选唐诗遗律诗，以古绳今，未为通鉴。故兹兼收律体，惟题取故实，文取典重，其俳色景物、角力试场之作，虽具见巧力，未暇悉登。

寿嘏之辞，谱牒之叙，时艺之弁言，三者皆不免有意揄扬，非尽由衷而发，且多借名，又其文最繁，不胜采录，故是编意在不收。间登一二则，其中或有意义可取，亦或有故实可征，又或作者与所为作者有可考见也。

诵读贵知其人，知人贵论其世。唐姚合编《极玄集》，于名字爵里及登科之年，一一详载。后来编集之有小传，实仿于此。其较详者则元好问《中州集》，而新化邓氏近刻《沅湘耆旧集》，尤为过之。是编文既类分，小传别为部帙，正文略纪里贯仕履，其事迹之已见前载者，附录于后，用存轶事旧闻。若近时巨公硕德，未经志乘品藻者，不欲妄为扬诩，故但纪里贯仕履而已。

镌刻雠校，自昔云难，譬诸扫叶，而是编尤有难者。无论趍抄小本，率多潦草模糊，难于察识。即专家刻本，亦复讹舛纷如。是编更端覆审，不下十番，而文义仍有难通之处，则亦存疑而已。至于字体，初拟一准形声，少洒坊本俗书之陋，无如沿习已久，难尽变更，不过去其太甚。而如燕泉等集，纯用古字，聊为改从今文，以便省览，不欲贻泥古之讥。

昔人为书，多称编辑。辑，体从车而义为和，于纂书不甚相涉。缘《汉书艺文志叙》称《七略》有《辑略》，此沿用所由，然实集之借字。集而后编，故称集编。是书原始要终，群策群力，主名非一，谁其尸之，故统以湖湘后学。惟剞劂之资，实资集腋，既雅谊之不容没，亦成数之所当稽，别简具之，缀于编末。

同治十年，岁在辛未重九，湘潭罗汝怀谨书于长沙荷花池馆。

湖南文征　姓氏传卷一

元（七人）

欧阳玄，字原功，浏阳人。父龙生，命从乡先生张贯之学，年十四，益从宋故老学为文。延祐元年，以《尚书》与贡。明年，成进士。授岳州路平江州同知，调太平路芜湖县尹，改武冈县尹，召为国子博士，升国子监丞。致和元年，迁翰林待制兼国史院编修官。明年初，置奎章阁学士院，又置艺文监隶焉。文宗亲署玄为艺文少监。奉诏撰修《经世大典》，检校书籍事。元统元年，改迁太常礼仪院事，拜翰林直学士，编修四朝实录。俄兼国子祭酒，召赴中都议事，升侍讲学士，复兼国子祭酒。重纪至元五年，以足患风痹乞归，不允。拜翰林学士，复恳辞去位，不允，免其行朝贺礼。至正改元，更张朝政有不便者，玄极言无隐，科目之复沮者尤众，玄力争之。未几南归。复起为翰林学士，以病未行。诏修辽金宋三史，召为总裁官。发凡举例，论赞表奏，皆玄属笔。五年，拟超拜翰林学士承旨，已而乞致政，不允。御史台奏除福建廉访使，行次浙西，疾复作，乃休归南山隐居。复拜翰林学士承旨，玄累力辞，不获命。乃起，奉敕定国律。寻乞致仕，陈情恳切，乃特授湖南行中书省右丞致仕，给俸终身。临行，复降旨不允，仍前官，进阶光禄大夫。十四年，汝颍盗起，玄献招捕之策千余言，时不能用。十七年，乞致仕，不允。是年十二月戊戌卒，年八十五。赠崇仁昭德推忠守正功臣、大司徒柱国，追封楚国公，谥曰文公。事迹见《元史》本传。有《圭斋集》。《沅湘耆旧集前编》录诗一百六首，今录文二十二篇。

《四库全书总目提要》:《圭斋集》一十六卷，凡高文典册，多出其手。孔齐《至正直记》曰：欧阳玄作文，必询其实事而书，未尝代世俗夸诞，时人谓文法不及虞集、揭奚斯、黄溍，而事实不妄则过之。然宋濂称其文如雷电恍惚，雨雹交下，可怖可愕，及乎云散雨止，长空万里，一碧如洗。实亦未减于三人也。虞集有《送玄谒告还浏阳诗》曰：忆昔先君早识贤，手封制作动成编。交游有道真三益，翰墨同朝又十年。盖集父教授于潭州，见玄文大惊，手封一帙寄集曰：他日当与汝并驾齐驱。故集诗云然。则玄发轫之初，声价已与集相亚矣。

顾嗣立《元诗选传略》:原功生十岁，有黄冠者见之曰：是儿神气凝远，目光射人，当以文章冠世。延祐乙卯，以乡贡首，荐登进士第，累官翰林学士承旨，乞休不允，竟以中原道梗，卒于大都寓舍。

罗辰龙，衡山人。采文一篇。凡有本集者曰录，无集者曰采。后仿此。

案：据所作书泸溪儒学碑阴，称延祐丁巳，衡山罗辰龙敬书。知为衡山人，而衡山县志不载其名。玩文意，似官泸溪儒学，或县令也。

李祁，字一初，别号希蘧，茶陵人。元元统元年进士，除应奉翰林文字。以母老就养江南，改授婺源州同知，迁江浙儒学副提举。母忧解职，遂归隐云阳山中。后复避地永新。明兵入永新，儒衣冠僵仆道左。总制新安俞茂遣人舁归，辟正舍礼之。自号危行翁，不二心老人，又称望八老人。洪武初，诏征旧儒不起。年七十三卒。有《云阳集》。《沅湘集》存诗七十五首，今从府志录文一篇，本集十八篇。

《四库书目提要》:元制以汉人、南人为左榜，蒙古、色目人为右榜。祁为左榜第二人，其右榜第二人，余阙也。后阙死节，而祁独转侧兵戈间，尝为阙序《青阳集》，以不得乘一障效死为憾。盖与阙虽出处稍殊，死生各异，而大节如一。昔宋理宗宝祐四年榜，得文天祥为状元，又得陆秀夫、谢枋得二人。是榜得李黼为状元，而又得祁与阙二人。黼不愧文天祥，阙不愧陆秀夫，而祁亦不愧谢枋得。是二榜者，后先辉映，亦可云科第之盛事矣。

案：《湖南通志》作泰定四年进士，殆本诸《四库提要》。而刘公三吾跋诗后云：公登元统癸酉李齐榜进士第，始考官读其廷试策，拟甲是科，启缄乃南士，遂改次李齐。公宴会齐病，上表谢恩则先生也。又先生诗中小序及序《青阳集》皆云元统初元，赐第一甲进士，廷心得右榜，余忝左榜云云。廷心谓余阙也。文正公东阳为先生五世从孙，所作戊七府君墓表，亦言公元统初进士。则先生所同登第者，为元统癸酉榜之李齐，非泰定辛卯榜之李黼也。说见《沅湘耆旧传》。

冯子振，攸州人，一作湘乡人，自号海粟老人。事元为承事郎集贤待制。有《海粟集》，未见。《沅湘耆旧集前编》录诗八十一首，今采文一篇。

《元史·陈孚传》：子振于天下之书无所不记，当其为文，酒酣耳热，命侍史二三人润笔以俟，据案疾书，随纸多少顷刻辄尽。尝著《居庸关赋》，首尾几五千言，闳衍巨丽，时争购而宝之。陈孚于子振极畏敬之，尝以为不可及。

案：陈孚，字刚中，天台人。又案：《十八公赋》四千余言，今见《沅湘耆旧集前编》附录，因采获稍后，不及补录。又诗题小序数，则亦不及录。

黄师郯，字阙，兴宁人。父雷孙，元至治辛酉进士，永州府教授。师郯幼颖异，以神童称。至正辛巳领湖广乡荐第一，甲午举礼部，复冠多士。年三十一，未仕卒。方志存赋二篇，今录一篇。

萧元益，字楚材，攸人。元统二年举乡荐。著《四书演义》[①]《洙泗大成》《字训》《八志》诸集，未见。今采文一篇。

案：《安仁县志》：元益，邑之坊厢人。旧志称其好古博学，著书行世。国朝举人周惠锌《遇著录》内，引詹氏道传《论语注》

①《四书演义》，下罗案作《四书衍义》。

一条，称元益编《洙泗大成集》，仿《史记》例，升孔子于本纪，自沂国述圣公至衍圣公以下作世家，自兖国复圣公颜子至元儒许文正公衡，皆为列传并赞。又以六经孔子之言，作《字训》，又作《八志》，典核详明，为从前所未有云云。则是集世犹有传本，其《四书衍义》编已佚。据此，则元益为安仁人。《攸志》但据郡志，而未察其讹也。

刘性，俟考。采记一篇。

明（一百八十七人）

甘镛，字以声，湘阴人。洪武初，以学行荐入国子监，授休宁县丞。以堤堰事去官，父老四十余人诣阙申诉，太祖赏劳除西平知县，寻拜北京监察御史。永乐初，巡按广东，招抚诸峒黎人，有威绩。卒于官。有《慎独斋集》，未见。《沅湘集》存诗二首，今采文六篇。

彭友信，字以实，攸人。洪武初，以岁贡廷试至京师，奏对称旨，命为北平布政使。《沅湘集》存诗三十首，今采小序一篇。

《攸志》：洪武二十四年秋七月，上微行，口占虹霓诗云：谁把青红线两条，和云和雨系天腰。友信应声曰：玉皇昨夜銮舆出，万里长空驾彩桥。上大悦，命翌辰候于竹桥，同入朝。信候久不至，遂失朝。上召问故，具以实对。上曰：此秀才有学有行，命为北平布政使。亦见姓谱。

刘三吾，名如孙，以字行，茶陵人。仕元为广西儒学副提举。洪武十八年，召为左赞善，迁翰林学士。著有《坦斋集》。《沅湘集》存诗五十一首，今录文十九篇。

《明史》本传：三吾迁官时年七十三矣，博学善属文，所撰著皆称帝意，与汪叡、朱善称三老。为人慷慨不立城府，自号坦坦翁。至临大节，屹乎不可夺。三十年，主考会试，榜发，太和宋琮第一，北士无预者。诸生上言，三吾南人，私其乡。帝怒，三吾及琮皆遣戍。建文初召还，永乐中奉诏修《春秋大全》。未几，卒。

《耆旧传》：所著有《璚署》《春坊》《北园》《知非》《化鹤》《正气》等集，桐江余荿知茶陵，合为《坦斋集》，今刊行本十五卷。坦翁兄弟子侄一门死元难者凡五人，翁独以文学显于明。然诸家纪载，有谓其以罪死于洪武者，有谓洪武时举会试以多中南人坐罪戍边。

《四库全书》目录谓集中有《敕下御制大明一统赋》在建文时撰，可为诸讹传之证。

今案：诗集中《得告致仕过长沙诗》，结语云：八十还家能有几，当时昼锦亦堪夸。知其以老寿终，诸家所记皆不确矣。

彭九思，字□□□□人。洪武二十六年任兴宁教谕。采记一篇。

夏原吉，字惟喆，湘阴人。洪武二十三年乡荐，累官户部尚书，加少保、太子少傅，赠太师，谥忠靖，《明史》有传。著有《谦谦斋集》。《沅湘集》存诗二十六首，今录文九篇。

《耆旧传》：忠靖早孤，力学，初以乡荐游太学，选入禁中，书制诰。诸生或喧笑，公危坐俨然。太祖诇而异之，擢户部主事。建文初，升户部右侍郎。靖难后，晋尚书，以谏北征系狱。仁宗即位，复户部尚书。公历事四朝，功在社稷，泽被生民，史称其雅量宽洪。今读其诗，和平悦怿，可以觇所蕴矣。

《四库全书提要》：原吉诗文集六卷，载《明史·艺文志》，后附遗事一卷。前有杨溥序，称其诗文平实雅淡，不事华靡。考原吉以政事著，不以文章著，然致用之言，疏通畅达，犹有淳实之遗风。

金德嘉《忠靖遗集》序略：自来蹇、夏并称，蹇善谋，夏公善断。两公事详国史，今就夏公言其大者。永乐十九年，议迁都利害，得公一言，言官大臣尽释不问。宣德九年，汉庶人反，公力赞亲征，罪人斯得。夫一言霁主怒而国体以存，一谋定帷幄而国威以振，其功如此，即古大臣何以加焉。

李思聪，字仲谋，桂阳州人。洪武二十七年进士，授行人，晋江西右参议，食二品俸，卒于官。《沅湘集》存诗一首，今采文一篇。

《耆旧传》：缅甸遣使来诉百蛮侵其境，太祖命行人赍诏往谕，百酋思伦发与蛮等恐惧谢罪，愿各罢兵。适部酋刀干孟叛，行人以朝廷威德谕其部众，叛者咸服。思伦发欲倚使者威，制服其下，强留行人，多致象、马、金、宝为赂。行人作诗谕却之，且谓中国不以金玉为宝，所宝者惟忠臣烈士，宜速送使者还，以明尔国忠顺之志。思伦发大喜，设宴为乐，率所部卫之出境。还朝，具奏其事，并纪所见山川、人物、风俗、道路之详以进，赐衣一袭，晋右参议。

邝埜，字孟质，号朴斋，宜章人。永乐九年进士，授监察御史，擢陕西按察副使，累官兵部尚书。死土木之难，谥忠肃，赠少保，《明史》有传。《沅湘集》存诗一首，今采碑记一篇。

《耆旧传》：忠肃性至孝，父子辅，为句容教官，教公甚严。公在陕，思一见父，乃谋聘为乡试同考官。太公怒曰：子为宪司，父为考官，何以防闲？驰书责之。又常市一褐，寄至句容，太公封还，责之曰：何从得此，乃以污我？公跪诵泣受教。也先入犯，王振主亲征，公上书力争。既扈驾，力请回銮。坠马几殆，或劝留怀来城就医，公曰：至尊在行，敢托疾自便乎？遂及于难，其果毅如此。

贺宗，字敬祖，湘乡人。宣德五年进士，官大理评事。采疏一篇。

《楚纪》：湘乡税重，而田多被水，民苦役输，宗疏请减十之一。正统间，浙寇叶宗留叛，宗画策讨之，上命同尚书石璞往莅其事，寇遂平。

朱英，字时杰，号诚庵，桂阳人。正统十年进士，授兵部主事，擢浙江道监察御史，以争易储出为广东参议。久之，晋右参政。遭母忧，成化初补原官。历陕西布政使，旋以右副都御史巡抚甘肃，已，迁两广总督。会交广侵老挝，朝议致讨，英言兵不可轻用，交广人皆德之。居十年，召为左都御史，加太子少保。卒，赠太子太保，谥恭简，《明史》有传。著有《澹庵遗稿》《认真子集》。《沅湘集》存诗六首，今录文四篇。

《耆旧传》：公少孤，力学，器量宏畅。才识通敏，文武兼资。初授御史时，即抚定浙闽群盗叶宗留党。官广东参议十年，屡破灭群盗罗刘宁等。巡抚甘肃，先后陈安边二十八事，皆切时务。两广自韩雍大征以来，诸将张功邀赏，自奉恢廓。公至，携一老苍头，镇以宁静，戒将士毋轻动，招抚瑶、壮，定为编户，给复三年，由是归附日众。凡增户四万三千有奇，口十五万有奇。性廉慎，初官广东时，过家省母，囊中惟赐金十两。在甘肃积军储三十万两，两广四十余万两，皆不以闻。或问之，答曰：此边臣常分。人服其知大体。所至敬礼贤士，其荐起陈白沙先生，尤为得人云。

案：恭简弟海，进士，官佥事。子守孚，进士，官郎中。海子守恕，进士，官御史，终佥事。

刘显，字扬之，新化人。景泰五年进士，累官户部郎中、长芦都转运使。著有《独山草堂集》，未见。《沅湘集》存诗一首，今采文一篇。

黎淳，字太朴，别号朴庵，华容人。天顺元年进士第一，授修撰，预修《大明一统志》。纯皇帝即位，充经筵讲官。成化丙戌，升左春坊左谕德。修《睿皇帝实录》成，升左庶子。修《资治通鉴纲目》成，升詹事。戊戌升吏部左侍郎，佐铨选九载，改南京吏部侍郎。弘治丁未，升南京工部尚书。已，改礼部。辛亥，以疾乞致仕归，诏进一品阶荣禄大夫。寻卒，赐祭葬如礼，谥文僖。著有《龙峰集》。《沅湘集》存诗三首，今录文八篇。

《华容志》：淳佐铨选，请属不行。恶选人称贷，恣贪黩，闻辄手录，即废黜之。性耿介端毅，重伦纪，尚节俭。兄濬，蚤没，抚其孤民献及女如己出。居吏部时，有乡人官华亭令，遗以红云布，淳却之，题其缄曰：古之为令植桑种麻，今之为令织锦添花。子民安，幼就外塾，吏以闽扇赠之，淳立呼吏持牒领去。子民牧，成化丁酉进士，南康知府。民表，庚子进士，广西左布政使。咸介洁，遵其训。淳甲午主顺天试，得一卷，奇之，置首选。及阅后二场，大不称，亟下所司稽核，果得誊录转换状，穷治之，遂改正。及榜出，则名士马申锡也。其精核又如此。

程万里，字致远，号素轩，华容人。天顺八年进士，授吏科给事中，迁左给事，进都给事中，通政使右参议，进左通政，升户部右侍郎，转左侍郎。致仕归，卒。著有《闲山集》，未见。采文一篇。

案：《华容志》：万里先世本江州义门之陈，洪武初自荆徙华，更今姓。成化四年，议慈懿皇太后葬所，万里密启大学士彭时、礼部尚书姚夔，力主梓宫当合葬裕陵，神主当祔庙，同伏文华殿，号哭不起，声闻于内，上感动，周后亦悟，得如议。万里身长八尺，面如满月，上奇其状貌。一时有声洪十里、貌压两京之誉云。

洪性，字万善，号澧溪，攸人。天顺八年进士，由刑部累官山西道监察御史、福建巡按、江西按察使副使。采文一篇。

案：《攸志》载有李文正公东阳撰传。

夏瑄，字韫辉，湘阴人，忠靖公原吉子。以父荫历官尚宝司司丞、南太常寺少卿。《沅湘集》存诗二首，今采文三篇。

《耆旧传》：仁宗尝顾问忠靖，欲以近侍官其子，忠靖对曰：臣子幼稚，非食禄时。宣德五年，忠靖薨，宣庙震悼，即日遣中书致命于家，拜瑄尚宝司司丞。时年方十三，入谢，进退有度，特赐冠带衣服。正统初，滇夷逆命，上疏乞立功自效，不得。八年，命视尚宝司事，以母老乞侍养还乡，母愈，乃就职。时四方多故，上疏呈七事，诏亟行之。土木之变，忧愤陈四事，又陈三事，当事卒不能用。久之，以母老乞就养金陵，命掌南京尚宝司事。成化初，晋南京太常寺卿。卒前五日，犹力疾上疏，请谕皇太子预知民事艰难，命其子崇文上之。

案：崇文，成化甲戌进士，授南京吏部主事，有异材，多建白，累官至通政使。见《楚宝》。

李东阳，字宾之，茶陵人。天顺八年进士，改庶吉士，授编修，累迁侍读学士，充东宫讲读官。《宪宗实录》成，由左庶子迁侍讲学士，迁太常少卿，擢礼部右侍郎，兼侍读学士，入内阁，专典诰敕。寻以本官直文渊阁参与机务。久之，进太子少保，礼部尚书，兼文渊阁大学士。屡加少傅，兼太子太傅。乞休，四年卒，年七十，赠太师，谥文正，《明史》有传。著有《怀麓堂全集》一百卷。《沅湘集》存诗二百九十七首，今录文一百三十九篇。

《耆旧传》：文正以戍籍生长燕京，四岁能作径尺书。景帝召试之，甚喜，抱置膝上，赐果钞。后两召讲《尚书大义》，称旨，命入京学，成进士，时年未十八也。公慧悟夙成，风神娟秀。立朝五十年，历相两朝，受顾命，当八党煽乱、群贤去国之时，独以一身周旋始终，扶危定倾，保全善类，诛锄大憝，有补天浴日之功，天下阴受其庇而不知。诗文流播四夷，照耀天壤。文章相业，并垂不朽。有明一代，宰辅中一人而已。小人好议论，不谅其心，不求其本末，转以不忤瑾、不同刘谢并去为隐忍迁就，且并其诗文与所取之门下士诋之。至李临川、彭茶陵诸公出，反复辩论。近日法式善祭酒以居近西涯，修复畏吾村祠墓，作公年谱四卷，岁以公生日同京朝展谒修祀事，而大兴朱文正公实倡首。至于上彻天听，权衡圣心，公道大彰，万世论定，乃犹有撼树之蚍蜉，袭陈说以曲护其先世者，亦徒可笑不自量而已。

刘大夏，字时雍，华容人。年二十，举乡试第一。天顺八年进士，选庶吉士。成化初，自请试吏，乃除职方主事。再迁郎中，累官兵部尚书。正德初，加太子太保。致仕，旋戍肃州，赦归，复官。致仕，卒年八十一，赠太保，谥忠宣，《明史》有传。《沅湘集》存诗七首，今采文十八篇。

《耆旧传》：忠宣刚方鲠亮，练习时事，而恬素冲退如寒士。弘治中曾三疏移疾归，筑草堂东山下，天下称为东山先生。逆瑾窃柄，恶公，刘宇与焦芳谮之，欲籍其家。三年九月，假田州岑猛事，逮系诏狱，欲坐以激变律死，都御史屠滽持不可，李东阳为婉解，瑾亦诇大夏家实贫，乃坐戍肃州。年已七十三，布衣徒步，过大明门下叩头而去，观者叹息泣下。其被逮也，方锄菜园中，入室携数百钱，跨小驴就道。赦归，有门下生为显官者，枉百里谒之。道遇扶犁者，引之登堂，即公也。事载本传，其孤介如此。昔人称公明识治体，如贾太傅；通达国事，如陆敬舆；质直不阿，如汲长孺；廉洁不枉，如包希仁；忠诚恳切，如司马君实。数语足以尽公矣。

案：公文仅方志存记二篇，兹从《皇明经世文编》中录奏疏十六篇。《皇明文编》，罕见之书也。

谢文祥，字元吉，耒阳人。成化二年进士，改庶吉士，授御史，谪南陵县丞。采疏二篇。

《一统志》：文祥以数上封事指斥时政被谪，李东阳、刘大夏、陈献章俱壮其节，赠以诗。年三十七即挂冠归。

杨一清，字应宁，号邃庵，本云南安宁人，父景以化州同知致仕，携之居巴陵，遂为巴陵人。八岁，岳州守吴节以奇童荐为翰林秀才，宪宗命内阁择师教之。年十四，举乡试，登成化八年进士，授中书舍人。久之，迁山西按察佥事，以副使督学陕西，入为太常寺卿。弘治十五年，擢左副都御史，督理陕西马政。十七年，河套告急，命巡抚陕西，总制三镇军务，寻进右都御史，历户部尚书，入直内阁，晋少师兼太子太师、吏部尚书、华盖殿大学士。卒赠太保，谥文襄。著有《石淙集》，未见。《明史》有传。《沅湘集》存诗三十首，今从《皇明经世文编》中采文二十三篇。

《耆旧传》：公生而隐宫，貌寝，性警敏，博学善权变，好谈经济大略。在陕西久，边事甚悉。以建修边议忤刘瑾，下锦衣狱，涯翁力救得免。本传云：大学士李东阳、王鏊力救得免。致仕归。安化王寘鐇反，诏起公总制军务，内结监军张永，因为画策诛瑾，遂赖其力以除大憝。性阔大，爱乐贤士大夫。凡为瑾所构陷者，率见甄录。会构之者因公陈灾异讥切近幸，遂使优人于帝前为蜚语刺公，乃力请乞骸骨归。世宗为世子时，献王尝曰楚有三杰，谓公与涯翁及刘东山也，心识之。及即位，起复总制三边军务。晚为张璁、桂萼所轧，落职闲居，大憾曰：老矣，乃为孺子所卖。疽发背卒。遗疏言身被污蔑，死且不瞑。寻复故官。

邓庠，字宗周，宜章人。成化八年进士，授行人，擢御史，巡按陕西，迁河南副使，历升都察院右副都御史，巡抚河南，晋户部右侍郎，乞归。再起左都御史，巡抚苏松，终南户部尚书。著有《东溪草堂集》，未见。《沅湘集》存诗五十一首，今采疏传二篇。

《耆旧传》：公立身清简，居官有风节。为行人时，屡使诸藩，馈遗一无所受。初官御史，上勤圣学、正纪纲、容直言、明赏罚、亲大臣、远奸佞、察民隐、节财用八事，皆见嘉纳。巡按陕西，录囚多所平反。贵州都匀苗为患，命公往勘，廉得苗人争地仇杀状，单骑诣贼巢，招其酋长长脚、别豹等，宣布德意，谕以祸福，尽降其众。巡抚河南，疏纠镇守监廖堂、廖鹏兄弟交结逆瑾，纠合奸民朱文家、董镒作诸不法事，为民害，堂逮捕，文家等伏法。流贼攻劫曹县梁靖口，公督军三路攻剿，生擒贼首朱柱，夺回被掳难民。巡视汴城，见西关单薄，乃辍祥符修河夫二万名，即汴西挑堑，添筑外城，深广各二丈，延袤十五里，分为三门，逾月工完，贼不敢近。杨文襄得公汴中封事，叹服不已。既而遗书戒公，谓自古衣冠之祸，皆每成于激，前事之鉴甚明，公不为动也。公文章经济同符恭简，接武忠肃，与文襄同年交好。《明史》未为立传，今从《东溪集》中采辑公诗，而并摭拾公门人石少保珤所为传，述其梗概如此。

严永濬，字宗哲，华容人。成化十四年进士，授户部主事，擢郎中，出守西安府，升浙江右参政，卒于官。著有《两山集》，未见。《沅湘集》存诗一首，今采序一篇。

《一统志》：永濬督饷宣大，陕西大饥，奏蠲税四十万接济边储，全活数万人。守西安，以礼化导，俗渐循谨。文案立剖，庭无宿牍。先是，西安岁织绒服进用，中官横取，百姓苦之。永濬疏论其害，不报。

《耆旧传》：参政性伉直，三原王端毅公荐守本郡。在郡久，尝萃三学生讲论，拓书院居之，康对山、王九思之徒皆由此出，故参政名当弘治时甚著。元裕之《中州集》，其所刊订序行也。参政早有诗名，与李文正、杨文襄并称。

罗鉴，字缉熙，号湘川，茶陵人。成化十四年进士，授南京刑科给事中，转户科，擢广东参议，历四川布政，迁左副都御史，督苏松粮储。忤刘瑾，罢归。瑾败，起巡抚苏松。寻致政，里居三十余年始卒。《沅湘集》存诗一首，今采记序二篇。

《耆旧传》：茶陵罗氏，自断事汶，以慈惠著称。一传为素履翁懋，再传为户部郎中琥，三传至湘川，世以文学政事显。湘川居谏垣有直声，所上封事皆切时弊。晚岁家居，结愿乐亭，作左右铭以自警。年九十，犹能灯下写细字。与人处，虽童贱必礼下之，盖温温抑戒之君子也。

案：张文毅公治有《愿乐亭序》，今载编中。

罗安，字时泰，号南洲，益阳人。成化十四年进士，授户部主事，累官山东佥事、四川副使、江西按察使，改贵州参政。《沅湘集》存诗一首，今采疏记二篇。

《耆旧传》：公威望素著，蛮酋安鳌者虐使其下，惧公，赂以金。公怒，弗受，卒诛之，边境以靖。又疏罢中使采玉蜀地，泸人为立生祠。尝谓宸濠曰：欹器图殿下宜时时观之，乃享国长久之道。宁藩校尉虐民，公痛惩以法。改贵州参政，以普安用兵督饷功赐金币，详见《楚纪》。子允凯，嘉靖改元举人，累官郁林州知州。少以圣贤自期许，性笃孝。父爱养二鹤，没后闻鹤唳则仰天而哭。初令饶平，饶人立祠祀之。后寇陷饶，见凯祠，泣拜，戒勿犯，其感人如此。

彭瀛，溆浦人。成化十六年岁贡，官会同知县，调巫山知县。采记一篇。

黄宝，字廷用，号东冈，长沙人。成化十七年进士，授吏部郎，典选事，历太常卿，擢都御史，巡抚陕西。以忤刘瑾罢归。瑾败，复起，巡抚云南，移疾归。有《东冈集》，未见。《沅湘集》存诗一首，今采文三篇。

《一统志》：宝抚陕时，潼关大饥，城堡多圮，宝肃纪律、清壁垒、储馈饷、谨烽燧，秦地以宁。

曹佺，字存之，永兴人，大理少卿涟子。成化十七年进士，授南京大理评事，擢云南佥事，以疾致仕。采疏一篇。

袁经，字大伦，宁乡人。弘治三年进士，授西安府推官，擢御史，巡按两淮，历山东佥事、陕西副使，巡抚辽东。卒于官。采记一篇。

旧志：经以不阿刘瑾，罚米十石。瑾败，始升陕西副使。经气和貌庄，终始廉介。宦游三十年，人无闲言。

彭泽，字济物，湘阴人。《明史》作兰州人，题名碑作兰州籍，长沙人。弘治三年进士，授工部主事，历刑部郎中，出知徽州府，父丧归。正德初，起知真定，迁浙江副使，历河南按察使，擢右佥都御史，巡抚辽右，进副都御史，改保定，未赴。讨河南贼平，录功进右都御史、太子少保。寻总督川陕诸军，讨四川贼，进左都御史、太子太保。土鲁番叛，泽往经略，旋督三边军务。兵罢，乞骸骨归，驰驿给夫廪如制。以追论嘉峪之败，斥为民。世宗入继，即家起为兵部尚书、太子太保。以劾御史史道，众交章劾之，复夺官为民，卒于家。隆庆初复官，谥襄毅。《沅湘集》存诗一首，今采文十篇。

《明史》：泽官刑部，势豪杀人，泽置之辟，中贵为祈免，不听。知真定，阉人数挠禁，泽治一棺于厅事，以死怵之，其人不敢逞。所至以威猛称。卒后，总制尚书唐龙上言：泽孝友廉直，先后讨平群盗，功在盟府。陛下起之田间，俾掌邦政，泽仔仔奉国，复为谗言构罢。今没已五年，所遗二妾衣食不给，请核泽往劳，复官加恤，以作忠臣之气。不报。

《耆旧传》：公体干修伟，腰带十二围，大声音，与人语若叱咤。久历戎行，虽嘉峪之败为言者所劾，然讨平群盗之功，不可没也。

何孟春，字子元，郴州人，云南提学佥事俊之孙，刑部郎中说之子。俊、说皆举进士，旧志有传。孟春少游李东阳之门，举弘治六年进士，东阳异其才，拟入史馆，以父忧罢。服阕，授兵部主事，历郎中，出补河南参政，入为太仆卿，以佥都御史巡抚云南。世宗即位，召为吏部右侍郎，进左侍郎，署尚书事。以议大礼左迁南京工部左侍郎，屡疏引疾，至六年春始得请。及《明伦大典》成，削其籍，久之，卒于家。隆庆初，赠礼部尚书，谥文简。《沅湘集》存诗七十三首，今录文四十三篇。

《明史》：诏修万岁山毓秀亭、乾清宫西室，役军九千人，计费百余万，孟春抗疏极谏，清宁宫灾陈八事疏万余言。出理陕西马政，条目毕张。还，上厘弊五事，并劾抚臣不职。正德初，驾幸宣府，驰疏谏。抚云南，讨平十八寨叛蛮阿复阿等，奏设永昌府，增五土司五守御所。录功荫一子，辞不受。苏松诸府旱潦相继，而江南北河水大溢，孟春效汉魏相条奏八事，帝嘉纳焉。先是，大礼议起，孟春在云南上疏论，及官吏部，三上疏，皆不省。孟春偕九卿秦金等上疏，发十三难以辨折张璁、桂萼，疏入，留中。会朝方罢，孟春倡言宪宗朝百官哭文华门，争慈懿皇太后葬礼，此国朝故事也。于是，九卿等俱跪伏左顺门，自辰至午，凡再传谕不起。帝大怒，遣锦衣执为首者下诏狱，修撰杨慎、王元正乃撼门大哭，众皆哭，声震阙廷，帝益怒，命收系四品以下官若干人，而令孟春等待罪。翼日，责孟春倡众逞忿非大臣事君之道，法宜从重，姑从轻夺俸一月。旋出为南京工部左侍郎。孟春所居有泉，用燕去来时盈涸得名，遂称燕泉先生云。

《耆旧传》：公形貌清癯，风采严峻，学识宏深，居恒鞠鞠，若无能，临事奋不顾身。昔人谓公忠亮出自天性。

李永敷，字贻教，永兴人。弘治九年进士，历官兵部郎中。

有《鹤山集》《石屏文稿》，未见。《沅湘集》存诗四首，今采记一篇。

旧志：永敷幼称奇童，与王守仁、李梦阳友善，以忤刘瑾罢归，置义田课子弟，著书终老。

《耆旧传》：阳明有《同贻教对菊联句序》，称其郁然忧深，峭然情隐，飘然有烟霞林壑之想。

李如圭，字国宝，澧州人。弘治十二年进士，授江西安福知县，调建昌，行取御史，巡按福建，迁广西兵备参议，擢佥都御史，巡抚延绥，总理河道，入为户部侍郎，总督仓场，进工部尚书，改户部，致仕归。《沅湘集》存诗二首，今采文一篇。

旧志：如圭祖通，永乐庚子乡举，授保宁训导，改成都。旧例内外官年四十以下，得以才望补台省。通以学优行洁，书上考，而牒内齿数正与例符，将以应选。通曰：吾年实过于牒，纵得美官，实滋愧。即赴部自陈，尚书嘉叹之，遂以常格历庆都上高教谕。年七十，拟赴京乞休，或劝其移疾免赴，通曰：奈何无疾而欺君。卒赴焉。以如圭贵，赠右都御史。

《耆旧传》：尚书学期用世，所至厘剔奸弊。抚延绥时，值大饥，用夏文愍荐陈荒政十余条，得便宜行事，全活数十万人。在河道时，易置闸座，引诸湖水益河流，粮运乃便。有《怀古集》，未见。

谢讷，字尚敏，耒阳人，御史文祥子。弘治十八年进士，授户科给事中，迁刑科给事中。采疏二篇。

旧志：讷奉敕稽两广粮储，人不敢干以私。值逆瑾专恣，纠合言路，首发大奸，武宗嘉其直。瑾诛，擢工科都给事，道卒。

胥文相，字士衡，巴陵人。弘治十八年进士，授章浦知县，迁南京户部郎中，出为汀州知府，再补柳州。有《品泉稿》，未见。《沅湘集》存诗一首，今采记一篇。

宁钦，字宗尧，衡阳人。正德二年举人，累官御史。采疏一篇。

《一统志》：武宗南巡，抗疏力请回銮。又奏革吉府鱼税，定递马之制，减带征之数，郡人德之。

龙诰，字孔锡，攸人。正德三年进士，授临川知县，迁户部主事，历郎中，出守庐州，累迁广西参政，以病归。有《东洲文集》，未见。《沅湘集》存诗一首，今采疏三篇。

《一统志》：诰初知临川县，值东乡多盗，诣贼垒谕降之。督赋江西，疏免逋累。出守庐州，岁饥，出赈。疏罢马价、茶牙诸税，著常平、济粜诸法，著为令。

《攸舆诗钞》引《江南通志·名宦传》云：嘉靖癸酉大旱，诰开廪设粥平粜，营建惠民仓、镇淮楼，借力役以给食，所活数万人，道死者设义冢瘗之。《明史·世宗本纪》：嘉靖四年夏五月甲戌，赐庐州知府龙诰官秩，诏天下仿诰备荒赈济法，殆即《江南通志》所言者是已。

杨文明，耒阳人。正德五年举人，官直隶大名府别驾。采记一篇。

范永銮，字汝和，号苏山，桂阳人，布政使辂从子。正德九年进士，授江西贵溪知县，擢浙江道御史，巡视长芦盐政，巡按四川，迁福建按察副使，改陕西兵备副使、河南按察使、四川右布政使。《沅湘集》存诗一首，今采记一篇。

旧志：永銮知贵溪，浚北乡河，筑南乡陂，民免水旱忧。刘瑾岁派杂征，宸濠岁取茶牙，永銮皆裁抑之。以桂阳僻邑，书贾罕至，购《春秋》诸传、两《汉书》《朱子大全》《大事记》等书二十种，储学以备诸生观览。

《耆旧传》：桂阳范氏，自君山按察渊、以载布政辂，同时并起，皆以忤逆瑾叛濠被逮左迁，天下贤之。苏山所至有声，著有《燕射古礼》《仁爱录》《律例解》诸书。边廷实有寄范苏山诗云：君山久归地下，燕泉更在天南。落落故人如此，萧萧短发何堪。廊庙江湖身世，后先忧乐心情。本是仲淹孙子，往来中外知名。其见重于时如此。

徐一鸣，醴陵人，员外郎廷用子。正德十二年进士，授礼部主事，迁吏部验封司郎中，出为江西提学，谪松江同知，旋乞归。

擢刑部郎中，不起。有《渌江集》。《沅湘集》存诗十二首，今采序记二篇。

案旧志：一鸣与争大礼，峻拒权要请托。在江西以毁淫祠忤珰，故屡有迁谪。尚有奏疏一篇，以后获不及录。

熊宇，字元性，善化人。正德十二年进士，授行人。嘉靖八年，以御史出知松江府。采记一篇。

旧志引《江南通志》：宇去烦剔蠹，与民休息。直指至，邻郡约宇不堂参，他守多不从，宇独如约。直指嗔之，遂被劾归。

刘濈，字伯绣，衡阳人。正德十二年进士，授行人，改南京国子监学正，复以御史按蜀，未几，疏请终养。采序一篇。

案旧志：武宗南巡，濈上疏切谏，受杖改学正。世宗继统，复授御史按蜀，以终养归。

张治，字文邦，茶陵人。正德十五年会试第一，明年嘉靖改元，改庶吉士。五年，授编修。历左右春坊、左谕德、翰林学士，擢南吏部右侍郎，召改吏部左侍郎，兼学士掌院事，拜南吏部尚书，改礼部尚书，兼文渊阁大学士，入阁与机务，加太子少保，谥文毅。著有《龙湖集》。《沅湘集》存诗一百十首，今录文二十九篇。

《耆旧传》：公通籍后，值张、桂用事，不乐就职，家居十三年而后起。既登朝，锐然以辨邪正、明黜陟为大务，汲引善类如不及。寻典台旌，预机务。时承平日久，中外恬熙，会三边有警，公愤言于朝曰：今师老民棘，祸旦夕及肺腑，诸公不历算周思为宿谋而酿成疽根，其可乎？又云：今天下之弊，患在士风澜倒，如水决防，天下干耗经费无纪。士习靡则元气漓，民财耗则精血罄，将何所底止？言甚切至。卒蔽于方士权辅，讫无所济。及敌骑充斥，一镞莫施，始服公言非过虑，而公已病革矣。犹伏枕惋泣，力疾草疏，欲堰北河水以遏敌骑，会惫不支而卒。初，公入阁时，廷推六人，世庙持之十日乃下，盖特简也。初谥文隐，隆庆改元更谥。诰曰：惟尔太子太保、礼部尚书、文渊阁大学士，事我先皇帝三十余年，隆恩厚恤，君臣之义，有终始矣。间于媢嫉之臣，易名未当，顷有言者，朕下礼官考论其世，以尔词尚理要，制作浑雄，心存世务，议论慷慨。考文章以知人，如陆贽之识韩愈；因公正而发愤，若汲黯之斥张汤。引以同声，悉为今日之宰辅；与之异趣，实乃当时之大奸。是以朝廷服其节概，天下想其风采。昔我先正，良用怀思，不有嘉名，曷称舆论。是用谥尔文毅，尔其不昧，尚克享此。此则公之行谊已大白于当时，而《明史》乃未为之立传。世第称其自劾及筹边定会典数事，其余仅传及于乡里故老之口。彭赠公思眷为重刊《龙湖集》，称其孤忠亮节，无愧古大臣，洵不诬也。

尹尚宾，茶陵人。嘉靖五年举人，授户部主事，迁郎中。以清节著闻。采记序二篇。

夏宝，字楚善，益阳人。嘉靖八年进士，任户部主事，累官福建参议。采记一篇。

旧志：罗洪先为撰墓碑，称其公忠明敏。

孙宜，字仲可，一作用可。华容人，提学副使继芳子。嘉靖七年举人。著有《洞庭渔人集》五十卷，未见。《沅湘集》存诗十九首，今采记一篇。

旧志：宜为文千言立就，以父丧哭泣损目，遂不复会试，自号洞庭渔人。构亭著书，所为诗奇逸飞动，凡三四百卷。

《耆旧传》：华容孙氏，世有闻人，著述甚富。自世其副使，至子啬辽抚，凡五世皆以文学起家，致通显。用可诗多至三千八百余首，顾元言称其新声奇调，在李唐二孟之间，王元美谓其得力于杜，钱氏《列朝诗选》、朱氏《静志居诗话》并论列之。

王世隆，沅陵人。《省志》作辰州卫人。年十七，领乡荐。嘉靖五年进士，授刑部主事，擢贵州副使。采文三篇。

旧志：世隆谳狱详慎，为副使，有风裁。告归，构妙华书院于大酉山，日集诸生讲学。

刘钦荐，字少东，攸人。嘉靖十年举人，官北直邢台令。采记一篇。

《攸志》：荐治邢台，分解盘错，抑骚疮痍。有富民抱冤狱，荐得其情，直之。莅任四载，邑以大理。嘉靖癸丑，课最，自京回任，有积盗为巨珰所窝，荐立出盗于珰，正以典刑。珰怒嗾北直巡按鄢懋卿中以法，鄢廉其治行无可议。又以增建邢城有功例应纪录，不得已中以浮躁镌级。邢民遮道攀留。归田，与门人参政衡州刘稳讲学甚欢。家居数十年，以介节著。

蒋信，字卿实，一字道林，武陵人。嘉靖十一年进士，授户部主事，转兵部员外郎，历官贵州提学副使。著有《道林文粹》九卷，未见。《沅湘集》存诗七首，今采文六篇。

案：信年十四，居丧毁瘠，与同邑冀元亨善。王守仁谪龙场，过其地，偕元亨事焉。嘉靖初，贡入京师，复师湛若水。成进士，累官四川水利佥事，却播州土官贿，置妖道士于法。于贵州建书院二，廪群髦士其中。龙场故有守仁祠，为置祀田。坐擅离职守，除名。其学践履笃实，得于湛氏为多。湖南学者宗其教，称为正学先生。语见《明史·湛若水传》。

又《明儒学案》：信少而端严，盛暑未尝袒裼。不信形家术，母没，自择高爽之地以葬。湖广清浪五卫诸生乡试，去省险远，多不能达，乃增贵州解额，使之附试。寻告病归，御史以擅离职守劾之削籍，后奉恩例冠带闲居。筑精舍于桃花冈，危坐其中，弦歌不辍。惟家祭始一入城，间或出游，则所至迎请开讲。年七十三卒。三十二三时病肺，至道林寺静坐久之，忽觉洞然宇宙浑然一身，乃信明道廓然大公无内外是如此，自身与万物一体是如此。

廖希颜，字叔愚，茶陵人。嘉靖十一年进士，由高安知县工部主事扈驾承天，迁郎中，擢山东提学，进浙江按察使。著有《东雩集》《思复堂遗稿》，未见。《沅湘集》存诗五十一首，今采传一篇。

《一统志》：希颜讲学河汾书院，时海氛甚炽，希颜奉檄剿捕，歼之。

《耆旧传》：叔愚学问淹博，才识精敏。提学三省时，作《三关志》，以为全晋之安危视三关，而畿辅以西、大河以北安危视全晋。爰自云代达延绥，按地图考沿革、饬武备、核军储、明署置，为图四，为卷十，识者称之。善古文，唐荆川尝遗书谓其气骨甚胜，书载《荆川集》。

李棠，字石塘，长沙人。嘉靖十一年进士，授礼部主事，历佥都御史，宣大总督，巡抚南赣，终南京吏部右侍郎。天启初，追谥恭懿。采文三篇。

《一统志》：王崇古以俺答就抚，条封贡八事，廷议纷纭，独棠极言当许，帝从之。在南赣讨平韶州山贼。仕宦三十年，不营生产，以介节称。

袁凤鸣，字时瑞，沅陵人。嘉靖十七年进士，擢御史巡视居庸，再巡四川。采记一篇。

《一统志》：凤鸣申饬边防，劾将帅弗戢兵者。巡四川，建议征白草苗，平之。以戆直为时所忌，出知潮州，寻谪思州，潮民立祠祀之。

周南，字化行，郴州人。嘉靖十三年举人，授宁国知县，调商丘。采记一篇。

《郴州志》：南九岁能文。在官政绩炳著。年四十致仕，安贫乐道，有古人风。

案：周南有三，此郴人；外有嘉靖十年举人，善化人；有正德甲戌岁贡，新化人。此为何文简孟春之弟作记，当是郴人。

李槃，字新甫，澧州人，兵部尚书克嗣子。嘉靖十七年进士，授中书舍人，擢工科给事中，出知临江府。采记一篇。

旧志：槃以戆直出知临江府，廉得郡大豪尤氏不法事，置诸理，为金幼孜、傅瀚建黄阁元僚坊，清其没产，以供祀事。

李乐，字和仲，号鹿泉，泸溪人。嘉靖十四年进士，授南京刑部主事，历云南金腾副使，转河南参议、陕西行太仆卿，卒于官。采记一篇。

《滇系》：乐为副使，执法不挠，劾将吏四人，除阿坡巨盗，军民称快。

罗奎，临湘人。嘉靖十九年举人，官汉中府推官。采记一篇。

孙斯亿，字兆儒，华容人，宜子，诸生。《沅湘集》存诗一首，今采记一篇。

《一统志》：斯亿七岁能诗，年十四为诸生，事祖母及母以孝闻。以著述自任，隐元石山中，诛茅蔬食，充然自得。学使董其昌称之曰德范如太丘、豪侠如朱游云。

《耆旧传》：斯亿自号云梦山人，著有《云梦》《园居》《鸣铗》《浮湘》《北游》等集。弃巾服，遍游名胜，所至交其贤豪，无所屈挠。分宜秉国，著《贾直言对贪财论》以泄愤。江陵居首辅，又贻书艾和甫，有田录事责邹志完意。其风概类如此。

贺凤梧，益阳人。任陕州判官。采文二篇。

旧志：凤梧早从武陵蒋信游，闻求仁之学。后入太学，以上《崇正还朴疏》，授陕州判官。谢归，构城南山房讲学。其子知上虞县，凤梧教之力行常平仓法。

刘宦，字士晋，衡阳人。嘉靖二十一年进士，官莆田知县，擢武选司主事，卒。采记一篇。

旧志：宦性严峻，请赂不行。岁饥，代民输赋。

萧禹臣，字子益，号度山，长沙人。嘉靖二十六年进士，任遂宁知县，擢工部员外郎，卒于官。有《度山集》。录文十篇。

旧志：禹臣作《息讼辨》，民俗为之还醇。督殿工特著勤劳，世宗每膳必彻以赐。

朱炳如，字稚文，衡阳人，孝廉希贤子。嘉靖三十八年进士，官行人，进御史，出守泉州，历两浙运使、陕西布政使。采疏一篇。

《一统志》：炳如奉使，藩府馈遗无所受。按鹾两淮，积赎锾三万金，牒漕司以佐边备赈。莅泉州，单骑入境，与一老苍头相卧处。好奖拔士类，泉士比之真德秀、王十朋云。

刘尧诲，字君纳，号凝斋，临武人。嘉靖三十二年进士，授新喻知县，擢南京刑部郎，转给事中。引疾归，起佥都御史，巡抚福建，升两广总制，晋兵部尚书，参赞机务。致仕归，卒，赠太子少保。著有《历官奏议》《岭南议》《留园吟稿》《虚籁集》等书，未见。《沅湘集》存诗十三首，今采文八篇。

《三楚文献录》：时东南倭寇肆横，浙江统制故宗宪师久无功，尧诲抗疏论其失策，且言功罪不明，赏罚惟货，天下事大可忧。疏入，严嵩衔之。又浙直以备倭故，凡均徭俱先三年办名提编法，民困甚，尧诲疏论巧取民不若拙省费，因请罢兴作、汰冗兵，裁核内外供应及尚衣寺人冒破。权贵侧目，引疾归。粤寇犯县，亲率子弟御之，复募兵为外援，从间道夺贼所竖帜，贼惊引去。抚福建，平巨寇林凤，禽倭朵麻里，奏设总兵扼南澳一岛。移抚江西，疏蠲积逋二十九万。总制两广，平郁林、木头等二十九寨，东粤遂宁。积羡余至三十八万，以佐军兴费。

《耆旧传》：公幼有大志，沉毅寡言。弱冠读书白云山，闻泰州王艮之学，朝夕体验，悠然有得。抗疏后有阴中之者，公力请归，益力于学。既御粤寇，而南中大察以前疏夺谏职，起补上海丞，累迁佥都御史。巡抚八闽，剿巨寇林凤，有东番魍港、吕宋玳瑁港之捷，晋副都御史。寻以浮议听勘，卒无验。粤中八寨瑶旧为梗，经王阳明屡剿，叛服不常。公调土兵定之，酌善后七策，遂不复反，摩崖纪功。又条画粤西盐法，使湖以南民不苦盐，岭以东兵不苦饷，晋尚书。会有谓公与江陵有婕者，遂乞归，即衡阳宾日门家焉。公学有本原，体用明备，两粤之绩尤伟。《明史》未为立传。

刘淑龙，醴陵人。嘉靖三十一年举人，授中书舍人，升大理寺副直中秘，预修国史玉牒，改南京户部员外郎，转正郎，出知镇远府。采序一篇。

旧志：水兑抽分羡余，淑龙悉归诸公。知镇远，轸念民瘼，兴学校，化苗俗。致仕归，橐橐萧然。

杨廷相，长沙人。嘉靖三十一年举人。采文七篇。

旧志：廷相少力学，博通经史。世居青山，即以其地为号。

结庐晦迹，足不履市廛。

刘应峰，字少衡，茶陵人。嘉靖三十五年进士，除南昌县知县，擢吏部主事，历江西参议，疏乞终养。采记二篇。

《豫章书》《湖广通志》：南昌附郭号难治，应峰处以镇静，均粮省役，民用不扰。究心理学，建旌忠书院，著述自娱。

艾穆，字和甫，一字熙亭，平江人。嘉靖四十年举人，署阜城教谕，入为国子监助教。万历初，迁刑部主事，进员外郎，戍凉州。起补光禄寺少卿，转鸿胪寺卿，再转太仆寺卿，以都察院右佥都御史巡抚四川。有《终太山人集》。《沅湘集》存诗八首，今录文三十七篇。

《明史》：穆为助教，张居正知穆名，欲用为诰敕房中书舍人，不应。录囚陕西时，居正法严，决囚有不如额者罪，穆止决二人，曰：我终不以人命博官也。及居正遭丧夺情，穆抗疏切谏，廷杖戍凉州。居正语人曰：昔严分宜时，未有同乡攻击者，我不得比分宜矣。

秀水朱氏《明诗综》曰：公与其乡沈纯甫先生同论江陵夺情，其谪戍一西一南。艾诗云：青山到处皆吾土，何必湘南是故乡。是亦达人之言。西窜之后，诗律颇效空同云。

何锐，字恒之，桂阳州人。由贡任盐亭主簿，多惠政，县人立石颂之。致仕归，屡举乡饮大宾，卒年八十。采文二篇。

谭希思，字恒之，茶陵人。万历二年进士，授万安知县，改永丰，擢南京御史，谪外任，寻进佥都御史，巡抚四川。采文一篇。

旧志：希思抗疏六事，事关戚畹内臣，而援引祖制抵触忌讳，皆人所不敢言者。上怒，故谪外。播州逆节未露，廷议主剿，希思独主抚，云不忍枯万骨以邀上赏。悬车后徜徉山水，与同志以理学相切劘。

车大任，字子仁，邵阳人。万历八年进士，授南丰知县，谪平谷尉，复由遵化知县入为南评事，历礼部郎中，出为福州知府。外忧起复，补嘉兴府，擢嘉湖兵备副使，分守温处参政。以请养归里，居二十载，没，祀乡贤祠。有《囊萤阁正续集》四十卷，未见。《沅湘集》存诗二十四首，今采文五篇。

《一统志》：南丰自嘉靖寇灾后，户多弃田，大任力请召民便买，以纾赔累。疏入，报可，且檄各县仿行之。知福州时，日本弗靖，乃练军实，缮城隍，首行常平社仓法。历温处参政六载，海氛尽息。

《耆旧传》：子仁幼有神童之目，十岁附县学籍。官南京时，问学于邓文洁、罗近溪、耿子健诸公。邵阳车氏以文学世其家，几于人人有集，然皆自子仁发之。

刘应龙，字文见，一字在田，邵阳人。万历八年进士，授昆山知县，行取御史，巡按山西、福建、北直隶，迁南太常少卿，甫一载，即乞归，屡推巡抚不起。《沅湘集》存诗二首，今采文三篇。

旧志：应龙奏减苏州粮米数万石，苏人立祠祀之。除弊省刑，捐俸助赈，置义田，施药饵，戚里贫乏者月给廪肉，终其身不辍。

《耆旧传》：太常有清望，居台三十载，风采肃然。尤深于性命之学，著有《一得编》。盖心学之弊，明季士大夫皆然，不独先生也。

龙膺，字君御，武陵人。万历八年进士，除徽州府推官，擢礼部祠祭司主事，左迁国子博士，谪倅边州。入为户部郎中，久之出为山西按察司佥事，转甘肃参政，入为太常寺正卿。乞休，卒。著有《九芝集》，未见。《沅湘集》存诗五十七首，今采文十八篇。

《常德志》：膺以弱冠乡举，为主事，数上书陈时政，迁国子博士。上疏谏选宫女，帝大怒，将逮治，甚危，赖首揆申时行力救得免，谪倅边州。从大司马田氏督军青海，有镇海边榨松山之捷，其在湟中饭酪眠雪，与士卒同甘苦，驰骑沙漠砾栎间，气扬扬不惫。任按察佥事，上请两台转题灾异疏。转甘肃参政，复持节张掖、酒泉，甫驰入境内，有暖泉之捷，越年，又有麻山之捷，先后挞伐扩地数千里。以太常归，休沐逃禅，蔬布自甘，俸入尽散诸亲友。

《耆旧传》：太常屏迹渔仙，自署渔仙长。又卜筑瀃园，号瀃公。汲引后进如不及。

案：传称以推官言事，谪温州府学教授，稍迁国子监博士，升礼部主事，复谪两淮运判，辅巩昌通判，历同知，迁南户部郎中，与郡志稍殊。省志尤略，今从郡志。其谏选宫女及请转题灾异二疏，皆载郡志，以前未得书，故不及录入。

石珮，字子鸣，泸溪人。万历元年举人，任仪封教谕，升镇远令，未任，丁内艰。起补四川乐至令，致仕归。采文一篇。

《辰州志》：珮清约俭素，教士以敦行为先。为令廉明不苟，舆论翕然。

陈元旦，字明甫，号宾旸，兴宁人。万历三十二年，由恩贡进书授善化训导，升赣榆知县，转沈府长史，致仕归。采札子一篇。

旧志：元旦以所撰《孝经章句》《敬一箴注》《抚世皇猷》《阐道臆解》《理学管窥》五书进呈，奉旨留览。天启间，赴青原仁文书院讲学。归，作《彻性悟言》《孔门正学宗旨》等书。

蔡思穆，字熙垣，攸人。万历十四年进士，历官四川梁山、江西临川知县，广东道监察御史，浙江巡按御史。采文二篇。

《攸志·杂识类》：思穆巡城时，夜遇少年子于西四牌楼，气张甚，将加以法，诘之，则某宗室也。事闻于上，赐以"殿中执法"四字。明年，献贼所过焚毁，此额独存灰烬中。

案：省志无传。

庄天合，字德全，一字冲虚，长沙卫人。万历十七年进士，改庶吉士，授编修，累进少詹事。艰归，卒，赠礼部右侍郎，赐祭葬。有《庄学士集》，未见。《沅湘集》存诗十八首，今采文四篇。

旧志：天合侍讲筵，晋宫僚，以端谨受知于光宗。庚子主试南都，甲辰分校礼闱，所拔多知名士。

孙羽侯，字鹏初，华容人，斯亿子。万历十七年进士，选庶吉士，历礼科、刑科给事中。有《遂初堂集》，未见。《沅湘集》存诗四首，今采文三篇。

旧志：神宗诘责台省，罢科道四十人，羽侯与焉。里居闭户著书，乡里称其贤。子縠，字子穑，万历丁未进士，由杭州推官累迁副都御史，巡抚辽东，以病归。瑴、殻亦并有文名。

江盈科，字进之，桃源人。万历二十年进士，除长洲知县，擢吏部主事，历四川提学佥事。有《雪涛阁集》，未见。《沅湘集》存诗四十五首，今采文十二篇。

《一统志》：盈科操行纯笃，推遗田以与兄弟，授徒自给。

《耆旧传》：雪涛在当时有盛名，隆、万以后谈诗者颇宗之，袁中郎推尊尤至。雪涛者，其地有白马江，悬水数仞，冲击之势，变态万状，土人呼曰雪涛，故以名其集。

姜性，字幼蒙，巴陵人，兵部侍郎廷颐子。万历二十五年进士，授巨鹿知县，擢户部主事，历刑科给事中，以册封赵藩请假归里，卒。《沅湘集》存诗一首，今采文一篇。

《耆旧传》：幼蒙性骨鲠，刻苦如寒素。九龄时当得父荫，推以与弟。年十二，著《下帷赋》。举于乡，不第，闭户军山十年。令巨野，设保赤仓十二，义塾七，大修教养之政。居谏垣两载，当神庙静摄时，疏凡八上，力言内臣取旨之弊，语皆沉痛。又请定湖南运漕水次，至今便之。

湖南文征　姓氏传卷二

明

李腾芳，字子实，号湘洲，湘潭人。万历二十年进士，选庶吉士，授检讨，累迁左谕德。以擅去贬太常博士，又以京察谪江西理问。光宗立，起行人司正，擢少詹事，旋拜礼部右侍郎。御史王安舜劾其骤迁，腾芳辞避，不允。天启初，以故官协理詹事府，寻改吏部左侍郎。丁内艰，加礼部尚书归。又以被察骤迁、丁忧进官，皆非制，削夺。崇祯初，再起礼部尚书，卒官。赠太子太保，谥文庄。著有《湘洲全集》。《沅湘集》存诗十四首，今录文六十五篇。

《明史》本传：三王并封诏下，腾芳为书投大学士王锡爵，言封王既定，册立愈迟，他日公去而事坏，不独宗社忧，亦公子孙祸也。锡爵怃然泪下，遂反并封之诏。魏忠贤恶腾芳与杨涟同乡，遂夺职。崇祯初，再以礼部尚书协理詹事府。京师戒严，筹画守御多称旨。

案：史传不及备录，邑人谢璠纂传，见卷三十八。

蔡承向，攸人。万历二十六年进士。采策一篇。

案：《攸志》承向无所纪载。

何太谦，字子益，邵阳人。万历二十六年进士，授临江推官，擢兵部主事，改监察御史。采文一篇。

袁子让，字子肩，郴州人。万历二十九年进士，知嘉定州，《四库书目》作眉州。擢兵部员外郎。有《香海棠集》。《沅湘集》存诗二首，今采文一篇。

《耆旧传》：子肩知嘉定，有惠政，嘉人攀辕泣留，后祀之名宦祠。子肩少日以《香海棠赋》得名，嘉定州南有香海棠亭，碑刻子肩海棠赋，其思慕如此。

陈宗契，字禖生，一字景元，衡阳人。万历二十九年进士，选庶吉士，改御史，巡按浙江。因父疾假归，寻补畿辅提学，不赴。天启初，晋通政司参议，迁太常寺卿。以逆珰擅政，三疏乞归。崇祯三年，诏起兵部右侍郎，未闻命卒，年九十余。有文集二十卷，未见。《沅湘集》存诗五首，今采文六篇。

《一统志》：陕西税珰梁永蛊害按臣徐懋恒，宗契专疏请诛永以伸国法，又纠辽左税监高淮擅预兵机，乞正其罪，直声震辇下。魏忠贤讽使附己，即日三疏乞归。

《耆旧传》：太常性至孝，其辞督学北直，在里居侍母时。最后以忤珰，三疏乞终养，家居奉母，绝口不谈天下事。所著诗文名《醒耳吹》，未见。

罗调阳，安乡人。万历三十一年举人。采碑记一篇。

康元积，衡山人，与兄元和同举乡试。元积万历二十九年进士，授太常博士，擢吏曹，固辞。旋奉钦取拟注吏科，遽卒。采疏书二篇。

《湖广通志》：元积上保泰疏，侃侃数千言，尚书赵焕称为当代第一人。尝以黄堡驿马病民，条议改罢。又仿条鞭例，调停邑赋，岁减若干缗，乡里赖之。

刘宏化，字贰公，一字衡麓，湘潭人，一作攸人。万历三十八年进士，两令山西，擢刑科给事中，以劾魏珰下狱。烈皇即位，起兵科给事中，晋光禄卿，转南大理寺卿，以疾归。有《衡麓秘录》《后乐集》，未见。《沅湘集》存诗二首，今采碑记一篇。

《一统志》：宏化首纠辅臣附权贵，内臣僭批答，有直声。议移宫、红丸之案，侃侃不阿。会熊廷弼论死，宏化力争之，坐受熊贿罢官，削籍入狱。崇祯初起复，进阶。

《攸舆诗钞》：衡麓居谏垣，铮铮有声，《明史》不为立传，而事迹散见周宗建、张鹤鸣、曹钦程各传中。

案：宏化，长沙卫人，卫地属湘潭，其墓在湘潭飞来桥。乾隆初，邑诸生罗仙梦古衣冠人以墓见托，亟往省视，果被掘毁，为鸣诸官，修复之。潭、攸、湘乡各县志并载其事。

杨鹤，字修龄，武陵人。万历三十二年进士，授陕西雒南知县，擢御史，巡盐两浙，转按黔中。丁外艰归，起大理寺丞，转翰林院，提督四裔馆，升南赣巡抚。忤魏珰削籍。崇祯改元，起左副都御史，拜兵部侍郎，总督陕西三边军务，加太子少傅。御史吴甡奏鹤主抚误国，下廷尉。子嗣昌请以身代，得减死，谪戍袁州，卒。《沅湘集》存诗八首，今采序一篇。

案：文见李文庄腾芳所刻《阳明文集》，殆其手书，其集为仅存孤本，世所不见也。《明史》：鹤为御史，上疏请东宫讲学，又言为治之道，在培元气，国家兵役繁兴，奄官煽乱，元气已伤，譬如重病初起，百脉未调，风邪易入，道在培养。时以为名言。

杨嗣昌，字文弱，武陵人。万历三十八年进士，除黄州教授，历户部郎中，以病归。崇祯初，起为河南汝州副使，寻擢兵部右侍郎，兼右佥都御史，总督宣大山西军务，晋兵部尚书、东阁大学士，参机务，仍掌兵部事。被劾，落职视事，未几以叙功复职。已，特旨仍命督师，赐上方剑以便宜诛赏。十四年二月，襄阳陷，忧愤不食，卒。初，以剿贼功晋太子少傅，没后，论临蓝平寇功，进太子太傅。有《地官集》《奏稿》诸书。《沅湘集》存诗三十六首，今录文四十五篇。

《明史》：崇祯七年，时中原饥，群盗蜂起。嗣昌请开金银铜锡矿，以解散其党。又六疏陈边事，多所规画。帝异其才，以父丧去，复遭继母丧。九年秋，兵部尚书张凤翼卒，帝顾廷臣无可任者，即家起嗣昌，三疏辞，不许。明年三月，抵京召对。嗣昌通籍，积岁林居，博涉文籍，多识先朝故事。工笔札，有口辩，帝与语，大信爱之。凤翼固柔靡兵事，无所区画，嗣昌锐意振刷，帝益以为能，每对必移时，所奏请无不听，曰：恨用卿晚。嗣昌乃议大举平贼，分四正六隅，张十面之网，请增兵十二万，增饷二百八十万，刻今年十二月至明年二月为灭贼之期。明年三月，嗣昌以灭贼逾期，疏引罪，荐人自代，帝不许，而命察行间功罪。初，帝以嗣昌才而用之，非廷臣意，知其必有言，言者辄斥，中外益不平。嗣昌不自安，屡疏引罪，乃落职，冠带视事。未几，以叙功复之。嗣昌荐四川巡抚傅宗龙自代。十二年五月，熊文灿所抚贼张献忠反，谷城罗汝才等九营皆反。八月，傅宗龙抵京，嗣昌解部务，还内阁。未几，罗猿山败书闻，诏逮文灿，特旨命嗣昌督师，赐上方剑以便宜诛赏。九月朔，召见平台，嗣昌曰：君言不宿于家，臣朝受命，夕启行。帝悦。嗣昌条七事以献，悉报可。四日，召见，赐宴，手觞三爵，御制赠行诗一章。嗣昌跪诵，拜且泣。越二日，陛辞，赐膳。

二十九日，抵襄阳。十月朔，大誓三军。副将刁明忠、张琮率京军逾山行九十里，败贼贺一龙等，斩首千七百五十，嗣昌称诏颁赐。当是时，李自成潜伏陕右，贺一龙等跳梁汉东，嗣昌专剿献忠，献忠屡败于兴安，求抚不许，其党托天王等来降，献忠走入川，左良玉追之。二月七日，与贺人龙、李国奇等夹击于玛瑙山，大破之，斩馘三千六百二十，其党扫地，王曹威等授首。十反王杨友贤率众降，而湖广将败贼于水石坝，获其军师，四川将败之千江河，又败之寒溪寺、盐井。川、陕、湖广诸将毕集，复连败之黄堡、木瓜溪，军声大振。汝才、登相求抚，献忠持之，敛兵南漳、远安间，杀安抚官姚宗中，走大宁、大昌犯巫山，为川中害。献忠遁兴安、平利山中，良玉围而不攻，贼得收散亡，由兴安、房县走白羊山而西，与汝才等合。嗣昌以群贼合，其势复张，乃由襄阳赴夷陵，扼其要害。帝念嗣昌行间劳苦，赐敕发赏功银万，赐鞍马二。复大破贼商城。贺一龙五大部降而复叛，又大破汝才、登相开县。汝才偕小秦王东奔，登相越开县而西，自是二贼始分。

当是时，诸部士马居山谷，罹炎暑瘴毒，物故十二三。京兵之在荆门，云南兵之在简坪，湖广兵之在马蝗坡者，久屯思归，夜亡多。关河大旱，人相食，土寇蜂起，饥民从之，所在告警。嗣昌以闻，帝发帑金五万营医药，令诸将进兵。而陕之长武，川之新宁、大竹，湖广之罗田，又相继报陷。嗣昌乃下招抚令，为谕帖万纸，散之贼中。七月，监军孔贞会等大破汝才丰邑坪，其党混世王、小秦王率其下降，贼魁整十万及登相、王光恩亦相继降。于是，群贼尽萃于蜀中。嗣昌遂入川，以八月泛舟上，谓川地阨塞，诸军合而蹙之，可尽殄。而人龙以秦师自开县噪而西，归。应元等败绩夔之土地岭，献忠势复张，汝才与之合。闻督师西，遂急趋大昌，犯观音岩，守将邵仲光不能御，嗣昌斩仲光，劾逮四川巡抚邵捷春。贼遂渡河至通江，嗣昌至万县，贼攻巴州不下。嗣昌至梁山，檄诸将分击。贼已陷剑州，趋保宁，将由间道入汉中。赵光远、贺人龙拒之。贼乃转掠陷梓潼、昭化，抵绵竹，将趋成都。十一月，嗣昌至重庆，贼攻罗江不克，走绵竹。嗣昌至顺庆，诸将不会师。贼转掠至汉州，去中江百里。守将方国安避之去，贼遂纵掠什邡、绵竹、安县、德阳、金堂间，所至空城而遁，全蜀大震。贼遂由水道下简州、资阳，嗣昌征诸将合击，皆退缩。屡征良玉兵不至，贼遂陷荣昌、永川。十二月，陷泸州。自贼再入川，诸将无一邀击者。

先是，嗣昌以诸将进止不一，纳幕下评事万元吉言，用猛如虎为总统，张应元副之。比贼入泸州，如虎及贺人龙、赵光远军至，贼复渡南溪，越成都走汉州、德阳、绵竹、剑州、昭化至广元，又走巴州、达州，诸军疲极，惟如虎军蹑其后。十四年正月，嗣昌知贼必出川，遂统舟师下云阳，檄诸军陆行追贼。人龙军既噪而西，顿兵广元不进，所恃惟如虎。比与贼战开县、黄陵大败，如虎突围免。贼遂下夔门，抵兴山，攻当阳，犯荆门。嗣昌至夷陵，良玉撤兴房兵若相避然。贼所至烧驿舍，杀塘卒，东西消息中断。郧阳抚治袁继咸闻贼至当阳，急谋发兵。献忠令汝材与相持，而自以轻骑一日夜驰三百里，杀督师使者于道，取军符，以二月十一日抵襄阳近郊，用二十八骑持军符先驰呼城门督师调兵，守者合符而信，入之。夜半，从中起，城遂陷。执襄王，谓欲借王头，俾嗣昌以陷藩伏法，遂害之。嗣昌初以襄阳重镇，仞深沟方洫而三环之，造飞梁，设横桓，陈利兵，而讥诃非符要合者不得渡。江汉间列城数十，倚襄阳为天险，贼乃出不意而破之。嗣昌在夷陵，惊悸上疏请死。下至荆州之沙市，闻洛阳已于正月被陷，福王被害，益忧惧，遂不食，以三月朔日卒，年五十四。廷臣交章论列，帝甚伤悼之，命丁启睿代督师。传谕廷臣，辅臣二载辛劳，一朝毕命，然功不掩过，其议罪以闻。徐元祯等请以失陷城寨律拟斩，上传制曰：故辅嗣昌奉命督剿，无城守专责，乃诈城夜袭之檄严饬再三，地方若罔闻知。及违制陷城，专罪督辅非通论。且临戎二载，屡著捷功，尽瘁陨身，勤劳难泯。乃昭雪嗣昌罪，赐祭归其丧于武陵。廷臣犹追论不已，帝终念之。赞曰：明季士大夫，问钱谷不知，问甲兵不知，于是嗣昌得以才显，然讫无成功者，得非功罪淆于爱憎，机宜失于遥制故耶？

案：武陵太傅当明运将终、国事靡敝之时，于崇祯十年，以边臣入管中枢者二载，督兵征剿者二载，鞠躬尽瘁，略拟武乡。而当时交劾者曰误国，后世追论者亦曰误国，岂谓明亡独在崇祯十年以后乎？至更据媒孽诬罔之辞，轻相诋毁，历二百余年犹然。众喙一声，则道听而未加考察之故。今编中录疏稿二卷，其事迹约略可见。兹节录《明史》本传，行军节次具在，何尝有驱贼入川之说？论世者，其共参之。

洪云蒸，字化卿，攸人。万历三十八年进士，累官岭南道副使，擢按察使。著有《紫云文集》。《沅湘集》存诗十四首，今录文九篇。

《一统志》：崇祯六年，粤寇张文斌等凭险肆掠，云蒸诱禽之，平九连山，题建连平州。七年，海寇刘香老围海丰，屡挫其众，香老惧，乞抚，云蒸单骑按其部垒，贼留之。云蒸阴檄阃将进剿，兵至，以云蒸在，不即攻。云蒸方在贼船，急挥手曰：毋以我为念，灭此以报朝廷可也。香老怒杀之，沉尸海中。越五日，浮尸沙口，有鹤张翼覆之，舟人特祀焉。

《耆旧传》：先是，锺凌秀既降复叛，为郑芝龙所禽，而福建有红夷之患，海盗刘香老乘之，连犯闽广沿海邑。帝以责熊文灿，文灿议招抚，贼佯许之。乃令公与副使康承祖、参将夏之本、张一杰入贼舟宣谕，俱被执。八年，芝龙合广东兵击香于田尾远洋，香胁公止兵，公大呼曰：我矢死报国，急击勿失。遂遇害。香势蹙，自焚溺死，承祖等脱还。贼党千余人诣浙江归款，海盗尽平。事具《明史·熊文灿传》。

案：编中有杨太傅嗣昌所为传最详，与旧志亦稍有异。传称：余与公同第同乡，于崇祯十年曾具疏题请赠恤，十二年始赠右副都御史。后又云：权贵内沮，不获叙绩，易名上诸史馆，论世者有余慨焉。中又云：公素议山寇海寇须大用兵芟夷，不剿而抚，为害滋大，督院不从。督院谓熊文灿也。后又云：向使督臣熊文灿早用公议，以靖海氛，何至促迫往抚，单车见留哉？然则世传武陵信任文灿主抚，而始终右之者，未得其实矣。

满朝荐，字震东，一字震寰，麻阳人。万历三十二年进士，授咸宁知县。下诏狱，长系释归。起南京刑部郎中，再迁尚宝卿，进太仆寺少卿，旋落职。崇祯二年，荐起故官，未上卒。《沅湘集》存诗一首，今采疏一篇。

《明史》本传：税监梁永纵其下劫诸生橐，朝荐捕治之。永怒，劾其擅刑税役，诏镌一官。大学士沈鲤等论救不听，会巡抚顾其志极论永贪残状，乃复朝荐官。无何，永遣人蛊巡按御史余懋衡事觉，朝荐捕获其人，永惧，率众擐甲入县庭，吏卒蚤为备，无所掠而去。城中数夜惊言永反，永下教自白不反状，然蓄甲者数百，而朝荐助懋衡，操之急。诸恶党多亡去，朝荐追之渭南，颇有所格伤。永惧，使使系书发中入都，讼朝荐劫上供诸物，杀伤数人投尸河中。帝震怒，立遣使逮治，下诏狱榜掠，遂长系，自三十五年七月至四十一年秋乃释归。光宗立，起南刑部郎中，迁尚宝卿。天启二年，辽东地尽失，海内多故，而廷臣方植党逞浮议，朝荐深虑之，疏陈时事十可忧七可怪，语极危切。寻晋太仆少卿，复上疏痛陈时弊，末言成于陛下什之一二，成于当事大臣者什之八九，臣诚不忍见神州陆沉，祈陛下终览臣疏，与阁部大臣改弦易辙，悉轨祖宗旧章，臣即从逢干于地下，犹生之年。既奏，魏忠贤激帝怒，降旨切责，褫职为民。大学士叶向高申救甚力，帝不纳。已，忠贤党撰东林同志录，朝荐与焉，竟不复用。

案：《沅州府志》载轶事，已附疏后。

李驭芳，字翔云，礼部尚书腾芳弟。万历四十年举人。采序一篇。

《省志》：驭芳性淳笃，不以声华自耀。举乡荐二十余年，国朝顺治六年殉城死，遗孤一岁，人皆伤之。

罗喻义，字湘中，一字禹锺，号萸江，益阳人。万历四十一年进士，选庶吉士，授检讨假归。天启初还朝，历官谕德直经筵，擢南京国子监祭酒。崇祯初，召拜礼部右侍郎，协理詹事府，充日讲官教习庶吉士。寻罢归，家居十年卒，谥文介。《沅湘集》存诗五首，今采文六篇。

《明史》：国子诸生欲为魏忠贤立祠，喻义惩其倡者乃已。忠贤党辑东林籍贯，湖广二十人，喻义居首，遂削籍。庄烈帝即位，起用，寻充日讲官。喻义性严冷，闭户读书，不轻接一客。后见中外多故，将吏不习兵，锐意讲武事，推演阵图献之，帝为褒纳。明年，进讲《尚书》，撰《布昭圣武讲义》，中及时事，语颇伤执政，温体仁不怿，互相奏辨。吏部希体仁指议革职闲住，可之。喻义雅负时望，为体仁所倾，士论交惜。

《耆旧传注》：《益阳志》称公没赠尚书，谥文介，不著赠谥朝代。考《明史》本传，公晋秩尚书后始为温体仁所倾，其予谥盖在南都既立之后也。

案《明史》：顾锡畴言罗喻义宜与谥，从之。是福王时事。惟史无晋秩尚书之文，或晋讲《尚书》之讹耳。

谭麟应，字道征，号仁山，茶陵人。征授翰林院侍讲。采文一篇。

陈论，《四川志》作陈伦。字思鲁，攸人。天顺中官巴州训导，卒于官。采文一篇。

旧志引《四川通志》：伦邃于易学，远方来者云集，教诲不倦，士为立主于学祀之。

《攸志》：论师事湛甘泉，潜心理学，提学陈凤梧聘为岳麓山长，郡守孙存聘修《长沙府志》，郡守李日章举为乡饮大宾。终母丧，追服父丧三年。所著有《忠节补遗》《日勤九省录》。

文澍，字汝霖，桃源人。成化二年进士，授南京刑部主事，转郎中，出知重庆府，调恩州，寻致仕。采赋一篇。

旧志：汝霖政尚宽平，岁饥请赈，全活甚众。剧盗啸聚山泽，亲往谕之，皆解散。以与监司忤，左迁，即致仕归。富于问学，年至耄耋，手不释卷，居乡动以礼法自律。

印伟，桃源人。弘治十七年举人，任成都府通判。《沅湘集》存诗一首，今采记一篇。

《桃源志》：印伟有治剧才，工诗翰，归老林下，汲引后进，时论高之。子宷，嘉靖贡生，工诗赋，任南通州判，以征倭寇功升凤阳府判，两郡立碑祀之。

案：《省志》有宷，无伟名。

崔岩，字民瞻，郴州人。成化十七年进士，由户部主事累擢江西、河南左右布政司，巡抚大同，进工部侍郎。采记一篇。

《一统志》：岩练达勤慎，卓有清操。抚大同，奖率士卒，奏捷者再。正德中，群珰用事，国用奢泰不经，岩抗疏力争，卒以此忤权幸，两系诏狱。刘瑾败，乃得释。

陈洪谟，字宗禹，武陵人。弘治九年进士，授刑部主事，出守漳州，累擢云南按察使。嘉靖初，以都察院副都御史巡抚江西，入为兵部侍郎，卒赠兵部尚书。《沅湘集》存诗四首，今采墓表一篇。

《耆旧传》：公官都宪时，备陈张原、毛玉、胡琼等妻子流离状，请恤于朝，诸人皆以争大礼死者，事见《明史·张原传》。归后，居高吾山下，筑亭曰静芳，著书自娱。所著有《静芳亭集》

《治世余闻》《继世余闻》各四卷，见《明史·艺文志》、国朝《四库全书存目》。《治世》纪孝庙时事，《继世》则纪武宗时事也。又有《革除编年》，见《明诗综》。

案：洪谟抚江西，新成滕王阁兼祀文文山、谢叠山二公，泰和罗钦顺为之记，以为观于是役而君子之政可知。又特疏表户部宋以方之忠，诏赠光禄寺卿，谥忠节。以方靖州人，死宸濠之难者也。又为诗吊青尉祠。青名文胜，夔州人，为龙阳典史，三疏请宽逋赋，不报，自刎于登闻鼓下，帝闻大惊，诏宽龙阳租二万四千余石，定为额，县人建祠祀之，后谥惠烈者也。其亟亟于表扬节义如此。

杨褫，字介福，武陵人。成化十九年乡试第一，弘治九年进士，选庶吉士，历礼、兵、刑三科给事中，终太仆寺卿。《沅湘集》存诗二首，今采书一篇。

《一统志》：时外藩以方士进，褫上言羽流幻术，不宜蛊惑圣心，不报。忤刘瑾归，构闻山精舍，讲明正学。瑾败，起复故官。

《耆旧传》：偕蒋道林、冀闇斋诸人讲学，起吏科给事中，转通政司，晋南太仆。

易舒诰，字钦之，号西泉，攸人。弘治十八年进士，选庶吉士，授检讨，改南户部主事，复入翰林，乞养归。有《浯池集》。《沅湘集》存诗五十七首，今采文五篇。

《一统志》：刘瑾擅权，人争趋附，舒诰独不屈，改南主事。瑾败，复入翰林。以亲老乞归，家居十四年，卒。

茶陵张文毅治《浯池集序》：先生天才也，在词馆八年，梁文正公称其文重当时，笔惊风雨，洵不虚也。

案：《西泉集》原本久佚，康熙甲午续刊八卷，薄学使序之。见《攸舆诗钞》，今亦未见。

孙继芳，字世其，华容人。正德六年进士，授刑部主事，改兵部员外郎，终云南提学副使。采序一篇。

《一统志》：东厂获数人，诬为盗，下刑部论法，继芳白其冤。

武宗将南巡，继芳偕武选郎黄巩率诸部寺属百余人力谏，捕系廷杖，武库郎陆震笞死，继芳裹创力治震丧。

范辂，字以载，桂阳人。正德六年进士，授行人，除南京御史，历福建佥事，转江西副使，密云兵备副使，江西、福建左右布政使，卒官。《沅湘集》存诗七首，今采小序。

《明史》：武宗久无子，辂偕同官请择宗室贤者育宫中，不报。先后劾中官黎安、刘瑯及卫官简文、王忠罪，又论马姬有娠，不当入宫，语皆切直。寻命清军江西，宁王宸濠令诸司以朝服见，辂奏言：高帝定制：王府僚属称官后乃称臣，其余文武及京官出使者皆称官，朝使相见以便服。今天下王府仪注，制未画一，臣以为尊无二上，凡不称臣者皆不宜具朝服，以严大防。宸濠驰疏争之，廷臣请如辂言。又劾治濠伶秦荣僭侈，又劾镇守太监毕真贪虐十五事，疏留不下。真乃摭他事诬之，遂逮下诏狱。值帝巡幸，淹系经年，十四年四月，始谪龙州宣抚司经历。未几，宸濠及真谋逆诛，御史谢源等交章荐辂，未及召，世宗立，复故官，迁福建佥事，转江西副使。致仕归，又用胡世宁荐起密云兵备副使，讨矿贼有功，迁布政使。

《耆旧传》：所居有三峰，因以自号。诗有《三峰》《二京》《宦游》等集，清夷委宛，不愧有道之言。

方钝，字仲敏，巴陵人。正德十五年进士，知华亭县，改内黄，入为监察御史，巡视山东，累官户部尚书。卒赠太子少保，谥简肃。采记一篇。

案：钝巡视时举劾不避恩怨，嘉靖中掌部七年，廉慎无过。严嵩阴中之，诏改南京，遂乞归。隆庆、万历间两赐存问。《明史》附见《刘讱传》。

魏焕，字原德，长沙卫人。嘉靖八年进士，授嘉兴府推官，历兵部员外郎，擢四川佥事。采议一篇。

《府志》：焕司理嘉兴，有青天之目。在兵部作《九边图考》《试选条例》《皇明拱卫录》，在四川化宣慰教子之顽、平土官奏记之狱，瑶苗咸服。以疾归，一日卒。遗有《宗会堂图说》。父棠，岁贡，令彭水。子时用，令大宁。三世仕蜀，俱有贤声。

李徵，字诚之，桃源人。嘉靖十七年进士，任行人，迁刑科给事中，历礼、吏二部，出为江西按察司副使，分巡瑞州，转江西布政使。有《元光诗文稿》《闲闲亭录》，未见。采铭一篇。

案：徵在浙江禁迎春观潮陋习，时缉海贼，出无辜者数百人。江西有时相父子夺民居为茔，院司俱左袒，独徵持不可，时相衔之，嗾言官论罢归。捐俸置义田三百亩，以赡乡族。建漳江书院，造就邑人。卒之日，囊无遗金。徵父冕，岁贡，官江宁主簿，有政绩。徵从子相，辛卯同榜举人，能文。皆见旧志。《元光漫稿》五卷，见《四库全书存目》。

李珊，衡阳人。嘉靖十七年进士，历官应天府尹。采记一篇。

案：《衡阳志》无传，惟《选举》下注云：珊在户科日，值京师淫雨，有请修省一疏。至嘉靖三十四年，尹应天，以囚犯吴伯恭等越狱，逮讯下巡按御史核查开释，祀乡贤。

周采，字亮臣，宁乡人，广西贵县知县策之子。嘉靖十一年进士，授中书舍人，擢礼科给事中，出为福建参议、陕西参政，历陕西左布政使、云南巡抚。假归，卒赐祭葬。《沅湘集》存诗一首，采碑记一篇。

李廷柬，字文达，号作山，兴宁人，知府端之孙，解元邦宪之子。嘉靖十九年举人。《沅湘集》存诗一首，今采序一篇。

兴宁旧志：廷柬资性敏达，博极群书，奉母罗氏曲得欢心，乡人称其孝。著作甚富，惜未刊刻。

案：廷柬，《耆旧集》作廷简，误。其祖端，天顺丁丑进士，知滦州。父邦宪，弱冠领乡荐第一。皆见《一统志》。廷柬附见《省志·邦宪传》中。

张继志，字希孝，武冈人。《沅湘集》存诗一首，今采赋一篇。

《耆旧传》：继志笃学厉行，能为诗。隆庆中，以边事需才，诏征天下山林隐逸之士，有司敦迫，固辞。《湖广通志》作万历改元诏征云云。大吏以儒官征，敦请乡饮大宾，亦不赴，布衣终身。

陈荐，字君庸，号楚石，祁阳人。隆庆五年进士，累官吏部尚书。采疏二篇。

《一统志》：荐初官御史，忤中官冯保，称病归。万历间，起按陕西。时三秦荒旱，延庆为甚，荐理赎锾得四万余金，上疏请赈，全活甚众。

《永州志》：荐父良能为府吏，公事多所匡弼，太守钱芹重之。荐时七岁，读书公廨，守去任，尽出所遗以颁诸曹，良能一无所受，独请守所辑《书经解》以训子，守惊异授之。荐后以《书经》冠楚闱。

贺幼殊，湘乡人，四川蓬州知州表之子。嘉靖三十一年举人，历官云南副使，晋阶三品。采记一篇。

龙应滨，字思庭，湘乡人。嘉靖三十四年举人，授广东长宁知县。《沅湘集》存诗一首，今采记一篇。

旧志：长宁多逋赋奸民，以之累贫民，里胥呼迫甚，遂匿山谷为盗。应滨悉代偿，奸民感其义，咸改辙乐输，贫民亦无复为盗者。

《耆旧传》：县有桥通汀赣孔道，圮，应滨出私财千金修复之，人呼龙公桥，建祠其上祀之。

陈一能，字洞衡，武陵人，兵侍洪谟从子。嘉靖三十七年举人，授江津县知县。《沅湘集》存诗一首，今采文一篇。

《常德志》：一能年十一，补弟子员，食饩，屡试冠军。任江津，清操廉洁，久而厌仕求归，囊无一物。

周之屏，字鹤皋，湘潭人。嘉靖三十八年进士，授溧水令，由南京吏部考功郎出守吉安，迁贵州、山东、河南提学副使，广东参政、按察使，浙江、江西左右布政使。致仕十余年卒，有集，未见。采记一篇。

《一统志》：吉安有哗卒入府门，僚吏散走，之屏即严鼓升堂，语之曰：若辈有所诉，守能为若白；若为乱，则守不惧死，汝曹罪不贷矣。皆释戈拜，一郡获安。

湘潭旧志：在南粤时，江陵欲行丈量，有司以瑶壮田不可闻，比入觐，言于朝。江陵厉声曰：只管丈。之屏悟其意，揖而出。江陵笑曰：去者解事人也。众出问：云何？曰：相君方欲一法度齐天下，肯明言有田不可丈邪？伸缩尚在吾辈。众方豁然。少有文誉，与新郑、江陵及兰溪、新建俱有交。及其柄政，务自嫌远，故十余仕皆平进，终不究其用。

邹廷望，字见岳，新化人。嘉靖四十一年进士，授河南新蔡县知县，行取户部主事，出为陕西凤阳府知府，擢甘肃庄浪兵备道佥事，兼行太仆寺少卿。乞归，家居三十载始卒。《沅湘集》存诗一首，今采文四篇。

《一统志》：廷望催税临清，秋豪无所私。知凤阳，捐俸赈饥。致仕归，惟图书数箧。

《耆旧传》：先生以名德清望重于乡里，居官有惠政，河西士民怀之。王进才剽掠新化，过洋溪，望其庐曰：此邹佥事宅也。戒其部，无敢哗而过者。其威惠及人如此。

蔡继芳，字竹屏，益阳人。由岁贡任寿州同知，转南雄通判。采序一篇。

旧志：继芳父任滇南判官，卒于任，继芳擗踊扶榇归，终丧，遂不复出。居竹漪洞讲学，年八十终。

陈尚伊，字汝聘，桂阳州人。隆庆二年进士，历官江西左参政。采文四篇。

《一统志》：桂阳以十八滩险免漕运，征改折银七百余两，解德安仓。万历十八年，复改汉川南粮二千余石，官民苦之。尚伊白于当路，获免解。

曾朝节，字直卿，临武人。万历五年进士一甲第三人，授编修，历侍讲谕德，进侍读学士少詹事，升南礼部右侍郎，掌翰林院，历礼部尚书，赠太子太保，谥文恪。《沅湘集》存诗八首，今采文四篇。

旧志：朝节父锐，充郡吏，携其子读书公廨中，郡守蔡汝楠晨起闻书声，呼试以艺，大赏之，目锐曰：是子将大若门，犹区区逐刀笔邪？锐遂延师以教，年十七饩郡庠，旋乡举及第。尝上疏请肇修人纪，执两端以用中为民极，上嘉纳之。充东宫侍讲，每因事纳诲，旁引曲喻，必归于道。上眷注方殷，而朝节五疏乞归，寻卒于京邸，年七十。无子，以弟朝符之子廷栋嗣荫上林监丞。朝节廉静不苟取，家无余资，尝捐建城北来雁塔，又置义田赡子姓之不给者。

《耆旧传》：公学初亦从王心斋入，以近里著己为功，困公车二十年始达。所著《紫园草》二十二卷，载《明史·艺文志》，诗亦入《明诗综》。

蔡承赉，字傅岩，攸人。万历十三年岁贡，选浙江台州通判。采碑记一篇。

《攸志》：承赉负才宏博，四中副榜。万历甲午，房考荐元，主试欲置第二，固争而罢。平生好周急，施粥施絮，岁出谷千石，以贷不给，建随缘桥为赈济之处。

周之龙，字左卿，又字孺东，湘潭人。万历二十九年进士，由刑曹累官工部虞衡司郎中。有《熊南集》。录文十六篇。

案：前明嘉靖、万历间，周氏六子并科第贵显。今考志乘，惟兴平知县之礼、布政使之屏、苑马寺少卿之翰、瑞州知府之基著录，而之龙无闻。缘所著《熊南集》亡佚不传，无从得其事迹，故付阙如。今稍得残本核之，则初官刑曹，勤求庶狱，著《西曹具草》一卷，有升散、出入、驭下、敬事、恤狱五议，又议督狱切要，复要以督狱五言：曰恭、宽、信、敏、惠。谓坐旋马之厅，入斗室之窔，而不以斯五者，旁皇周浃于灵府，设诚致行于目前，而猥谈仁体奚为？故于五者各赋七言律诗，书之壁间以自警惕。如云：圜司漫说微生事，夙夜冰兢甚刻间。纵有宾朋来细论，敢衔樽酒效游山。只戒圜中严柙兕，安知釜底察枯鱼。簿书自矢宁躬倦，瓦状何辜听陆沈。寒衣饥食犹沿格，拔滞宣淹实好生。春意不缘幽谷减，秋波偏向覆盆明。皆可诵法。既匝月，迁工部虞衡司郎中。明年于役清江，专董舟师楼橹之政，职兼津梁，得稽核岁课。之龙谓百万转输，动关国计，纤豪膏血，系命苍黔，复揭宽、信、敏、恭四言，各系以诗，以资策励。如西曹时，又谓防河所以治漕，作《漕河说》，凡六千余言，准酌古今，利弊厘然。并及海运当复，宜由胶莱之麻湾、海仓二口径达天津直沽，可胜元人海运险远。言之凿凿有据，见所著《西曹具草》，亦载《皇明经世文编》中。案：是书为明人陈氏子龙、徐氏孚远同辑，传本甚少，故《皇朝经世文编》中未尝援引此书，而道光初创行海运，亦未尝援引是说。若先得是说，则成法具在，亦可稍免疑难辨驳之纷繁矣。煌煌经世之文，宇内莫之传，邑里亦莫之见，至霾蕴三百余年，并其人姓氏亦归泯没，不重可惜哉！其与计部陈生洲论漕艘书，称拮据以来，宽在榷、严在舟、急在官旗、核在支放。往例岁造二百余船，多亦不逾三百，仆督造两运，成千四百余艘，复代计部造成河西务剥船三百。小刻详文，可以覆按，以此心血顿呕、头颅尽白。盖其服官勤敏，察事精核，长才硕画，无愧名臣。乃以内顾多忧，遽反初服，未尽其用。著述不知梓于何时，今仅得四册而无首尾，据其标签有申部字，则十二册而亡其八矣。就四册中论事书牍可采尚多，而编帙已成，难于补入。

又案：李文庄腾芳《祭周孺东先生文》云：事先生三十年，受恩最深。又云：孰谓先生言和行备，交满天下，而犹有求全之毁。神淳意鲜，万应不乏，而年仅六十以止诸语可见梗概。

蒲秉权，字度之，号平若，永明人。万历四十一年进士，任建昌令，升吏科给事中，再起西宁兵备道，转肃州副使，谢病卒。采疏二篇。

《永州志》：权令建昌，生聚教训，宛若家人父子，士民专祠尸祝。举卓异，居谏垣，时魏珰有袭封之命，力请停止，言甚切至。复劾史继偕贪位固宠，上怒，欲予廷杖，辅臣救得免。珰败，始起兵备副使，谢病，卒于家。

案：所著《硕邁园集》久佚，只县志存疏二篇。及获全集残本，尚有可采，而兹编已成矣。其集诗多于文，《沅湘集》失采，未见其书也。

罗其纶，字彝伯，《沅湘集》云以彝伯之字宜作其伦。一字洪山，别号凡谷，茶陵人。万历四十三年举人，授太康教谕，迁琼州推官，累擢户部郎中。乞养归，卒年八十四。有《海上吟》《北归录》，未见。《沅湘集》存诗一首，今采记一篇。

《一统志》：其纶曾征修《熹宗实录》。黎人骚动十余年，其纶单骑宣谕，歼其渠魁，入其地为水会所，建置学宫，玺书褒奖。谳岭北狱，释冤系八十三人。卒后笥箧萧然，仅存余稿。

徐兴诗，字克成，平江人。由选拔授郫县训导。采议一篇。

旧志：兴诗以德行文学称于乡，教诸生务为古学，士风大变，当路交荐之。

贺嘉震，字元嵒，益阳人。岁贡。采序一篇。

案：嘉震才情富艳，尤工偶俪之文，豪宕诗酒，与罗太史、何省元齐名。九试不遇，以明经终，见《府志》。何省元名守初，以万历四十三年领解。罗太史名喻义，乡举先何一科，历官礼侍。三人同里，为文字密交，皆刻有社稿。而嘉震卒不遇，《省志》亦未列其名。

江禹疏，字伯通，桃源人。国学生，提学盈科子。采说序二篇。

案：龙太常膺《渔仙杂著》：伯通与武陵龙膺、建陵徐谦、公安袁中道数览桃花源之胜，为谦序《桃花源纪游》，著《膺灊公买山说》，文思古澹，邑竞传之。

又案：禹疏未列《省志》。

郭都贤，字天门，号些庵，益阳人。父譓，官开县知县。都贤天启二年进士，授行人，历官验封稽封司主事、文选司员外郎，出为四川参议、江西督学，分守岭北道，巡抚江西。归隐于僧，著述甚富。《沅湘集》存诗二百余首，今采小序十二，传一，杂文二。

《耆旧传》：先生博学强记，工诗文。书法瘦硬，兼善绘事，写竹尤妙。抚江时贼骑充斥，左良玉屯兵九江，先生恶其淫掠，檄归之，而自募土兵为戍。语见《明史·良玉传》。会江抚易人，遂弃官入庐山。寻北都陷，已，南都建，阁部史忠正公开阃扬州，先生分校会试所得士也，荐授南京操江，辞不受。桂王立肇庆，以兵部尚书召，而先生落发为僧矣。先是，洪承畴方革职，先生奏恳起用。至是，承畴入本朝，经略西南，以故旧谒先生于山中，馈以金，不受。奏携其子监军，亦辞不允。初，披剃入浮邱山，号顽石，茹苦行脚无定所，依熊鱼山开元、尹洞庭民兴于嘉鱼，寓梅熟庵。已流寓沔阳，筑补山堂，前后十有九载。归结草庐桃花江，复以诗累，客死江陵承天寺。其出处本末灼然可考者如此。宁都魏叔子禧亦先生校士时所得士也，有文推重先生甚至，见其集中。

王船山《南窗漫记》云：丙戌屯兵湖上，未能前进一咫，而赋敛之重十倍，少司马天门郭公都贤《咏雪》诗云：四望郊寒连岛瘦，一天白起奈萧何。督师闻之，怒甚，嗾悍帅害之，会溃败不果。公卒以文字取祸，卒于江陵。倪文正公赠公诗云：爱他风骨耐他粗。善于言公者也。

石万程，字仲升，一字轸余，湘潭人。天启二年进士，历官户部郎中，出为徽州知府。崇祯元年，起用常州知府，以病免。辛未复起杭州知府，擢温处副使，乞病归，卒于涂。采序一篇。

湘潭旧志：万程知徽州，值魏珰宰榷黄山开采，万程力争不得，即挂冠去，遂致削夺。《明史》：主事吕下问治徽州吴养春狱，株连者数百家，万程不能堪，遂弃官去，李鲁生反劾罢之。常州有额税约三千金，故事没于守，吏以例告，叱之曰：谓之税，不贡于朝，即还百姓，何例为？海宁巨憝吴中彦杀人论死，属猾吏暗投万金，万程笑曰：是故智也，不伸法不已。严文申请按罪。杭人为梓《却金颂》《殛家安民录》。海寇张宏铭沿海骚动，闻万程至，开诚投款，受降万余，海上以宁。尝置义田、义谷以赡亲族之不能婚葬者。尤精内典，著书惜多不传。明亡百余年，三吴两浙间有浮湘者，犹问石氏清白吏子孙，今无恙乎？可谓古之遗爱矣。

文士昂，字台仙，攸人。天启二年进士，授华阳知县，迁工科给事中，出为威茂道，升云南布政使，晋太常寺卿。采疏一篇。

旧志：华阳地苦燥，士昂教民筑陂，作筒车转水，岁大熟。河陕大饥，疏饬抚臣发赈，无拘常例。时边警屡告，力陈中官监军之弊，不见用。崇祯中假居乡里，临蓝贼起，请建砖城。张、李之乱，士昂徉狂山谷，卒能全节。

周堪赓，字仲声，一字元应，宁乡人。天启二年进士，授永春知县，行取陕西道御史，历太仆寺丞、光禄少卿、顺天府尹，擢工部右侍郎，晋户部尚书。有《治河奏疏》《黄河纪》《五峰文集》，未见。《沅湘集》存诗三首，今采文二十篇。

《耆旧传》：公倜傥多大略，初官永春，治行为八闽冠。历台谏，直声震中外。尹顺天时，流贼方炽，特擢工部右侍郎兼副都御史，往塞贼所决河。劳瘁万状，卒奠狂澜，还故道。是时，闯贼已据荆北、河南，将由荥泽渡河长驱，以公在汴，乃从上游偷渡，窥潼关。公闻变，呕血数升，急陈六大弊疏，及厄宣、云关隘，指陈时病，语甚激烈，不报。尚书命下，连疏乞骸骨。过留都，谒孝陵痛哭。归里未一月，而京师陷矣。南都立，仍起为户部尚书。公乃先密致函史阁部，奏诛马、阮，行次吴城，得报知不可，乃返。变姓名，转侧岭表闽海间。既归，结庵邑西四十里之董家村，焚香礼佛，乡人罕识其面。国初，经略洪承畴徇滇黔，道出沩西，命驿卒前导，直造其庐请见，公辞以疾，不获。既见，相对而泣，为言地方疾苦甚悉，洪感之，疏免湖南荒粮百十余万。卒年六十三。公治河诸疏，其玄孙硕勋守潮州刻行之，年月事迹，条系甚悉。《明史》未为立传，仅见《河渠志》，为识其概如此。

米助国，字民和，号顺斋，辰溪人，瓮安令万锺子。天启四年乡举，联捷进士，授江西龙泉知县，调南昌，擢福建道监察御史，放归十余载卒，年六十七。采碑记一篇。

《辰州志》：南昌赋烦重，称岩剧，助国赍志理之。平反大辟五六人，黔配十余人，息累年莫治之狱数十人。嬖珰魏忠贤方建生祠，抚按檄下，助国坚执不可。忠贤败，朝廷征立祠罪，江右独无。擢御史，出尚书毕自严、给事章正宸于狱。出巡宣大，究民利害及边防守御，成七疏上之。七日，敌至，掠野去，遂落职，盖王应熊中执也。先是，上卜应熊相，正宸持不可，下狱，助国援之获解。及正宸典试楚闱，闻助国寓鄂，三竭诚而三谢之。甲申后避乱东山，减饮食以自损，已而卒。

谢肇元，字石騋，号康侯，湘潭人。天启五年进士，除嘉定州知州。崇祯初，迁户部郎，出为兖西副使、济南参政。寻以按察使镇颍寿。卒于官，年五十二，赠太仆寺卿。采序一篇。

旧志：肇元知嘉定，请裁溢额税，著《祥刑录》息讼。孝廉李先聘以仇坐褫，为雪其诬，复之。分校蜀闱，典试滇南，皆称得人。于济南屡捍危城，平土寇。献贼寇凤颍，肇元单骑视师，守御悉备，贼却去。未几，复犯颍寿，乘障戮力，躬亲矢石。著《守城机务要略》，郡邑获安。朝议谓宣力岩疆，当时无出肇元右者。会关陕需才将，命肇元往。而已婴疾，以丁丑正月卒于官所。

冯一第，字棖公，善化人。天启七年举人，殉难，从祀忠烈祠，著述甚富。《沅湘集》存诗二十首，今采文二篇。

《耆旧传》：一第本姓熊，祖某赘于冯，遂冒其姓。自幼以诗文雄湖湘间，. 同湘潭郭幼隗交挚，同受知于蔡忠烈公，深相推重。献贼陷长沙，先生走湘乡，将乞师他所，贼下伪檄，征求甚急，先生作书却之。又作《自吊文》《避乱改姓文》以自悼。贼檄再下，复系其母与兄招之，不得已就缚。反复诱降不屈，将斩之，一老僧从旁伏地哭，请免，乃斫其两手，置营中，一夕死。母兄乃获免。时年四十。著有《史发》二十卷，《代古诗》一卷，《贲阁吟谱》二卷。学者私谥曰介烈，附见《明史·忠义传》。

案：兹编有郭金台纂传。

黄学谦，字又谦，一字天益，善化人。天启间拔贡，中辛酉副榜。生父洽，万历癸未进士，知太原、南安二府，有政声。学谦官韶州教授，擢陕西兴平知县。有《紫岩集》《照杯亭遗草》。

《沅湘集》存诗八十一首，今采文六篇。

旧志：学谦致仕，归里授业，里士多出其门。献贼胁以伪官，逃之深山，寿九十余卒。

《耆旧传》：先生著述甚富，兼精书法。晚病痹，右手废，以左手作小楷、行草，更遒逸有致。所著书目见吴绮园次所作传。

陶汝鼐，字仲调，一字燮友，号密庵，宁乡人。崇祯元年选贡，六年举于乡，两中会试副榜，官广东教谕。南渡后，由翰林待诏改授兵部职方郎中、五省监军，复授检讨。旋归，剃发沩山，号忍头陀。有《荣木堂集》。《沅湘集》存诗一百六十二首，今录文二十八篇。

《耆旧传》：汝鼐少奇慧，甫龀，应童子试，督学徐亮生惊喜得异才，取冠湖南数郡。崇祯中，上幸太学，廷臣请复高皇积分之法，祭酒顾锡畴奏先生文甚佳，特赐第一，诏题名勒石，以五品官秩留监肄业。诗、文、书法名动海内，有楚陶三绝之目。著有《广西涯乐府》《嚏古集》《寄云桥集》《褐玉堂集》，全集刊本些翁序之。

朱竹垞《明诗综·诗话》：先生壮岁好游，自吴入越，与先人订侨札之分，留槜李度岁。晚际仳离，出监军事，捍御乡邦着力，暨章、堵两公尽瘁略同。读《哀湖南赋》，凄戾过于兰成矣。

案：《哀湖南赋》，今《荣木堂集》未载，故失于编录。

米元倜，字吉人，肇颐子。崇祯七年举人。《沅湘集》存诗十三首，今采文五篇。

《辰州志》：元倜好为诗古文词，有《罗峰文集》三卷，《诗集》十卷，《诗余》二卷。晚年悉弃去，究心性学。尝曰：学不见性，其学诬矣；人不见性，其人虚矣。著《性辨》一篇，学者称罗峰先生。

江有溶，字汇伯，一字谷尚，长沙人。崇祯八年拔贡，十五年顺天副榜，授推官，不就。有《勿躁斋集》，未见。采文二篇。

《湖广通志》云：有溶值献贼之乱，绝意仕进，授徒里中，专意著述，尤工于诗。县故无志，知县胡壮生属有溶创之，遂为成书。

《耆旧传》云：谷尚入国朝为湘乡教谕，晚忽剃发为本易和尚，观其诗语多凄惋，知一官去就，殆非得已。

案：旧志无湘乡教谕之文，未知《耆旧集》所本，今仍列入明代。

阙士琦，字褐公，桃源人。崇祯七年进士，官南安知县。数月以内艰归，遂绝意仕进。南渡后，授编修，不出，卒。《沅湘集》存诗十首，今采文十一篇。

《耆旧传》：褐公有《蟛蜞馆文》《蝌蚪诗》《余仙草》《阙也草》《郎当草》等集，在当时有盛名。

刘培泰，字笃生，湘潭人。崇祯三年举人。采传一篇。

案：《县志》有培泰记文一篇，以中多讹字未录。

谢锡贤，字德光，号愚斋，新宁人。崇祯十年进士，官海盐知县。有《杭游草》，未见。《沅湘集》存诗一首，今采记一篇。

《耆旧传》：愚斋乡试之年为天启甲子，尝以策语忤珰停科，其风概可想。

罗其鼎，字耳臣，桃源人。崇祯十三年进士，官行人。有《月江》《仙掌草》等集，未见。《沅湘集》存诗六首，今采序书二篇。

《耆旧传》：耳臣性笃孝，母丧，值乡试，不预，含敛终身，不食甘衣帛。初试举人时，不为学使者所录。唐饷部晖、杜方伯诗闻其名，荐之入闱。号舍满，耳臣伏地终卷，遂中式。唐、杜二公为序其事。鼎革后，隐居不出。居乡岁荒，募粟施粥，全活甚众。卒，门人私谥贞易先生。

陈纯德，字静生，号澹元，零陵人。崇祯十三年进士，授福建道御史，巡按山西。还朝，督畿辅学。殉难京城，赠太仆寺卿，谥恭节，国朝加谥忠洁。采公牍二篇。

《明史》：时帝锐意求治，召诸进士咨以时事，纯德奏对称旨，立擢御史。巡按山西七月，部内严霜，民冻馁，纯德上疏请恤，因陈抽练之弊，帝不能用。还朝，督畿辅学政，将出按部，都城陷贼，下令百官入见，众摄纯德入。还邸痛哭，遂自经。京山人秦嘉系买地葬之永定门外，立石表墓焉。

《永州志》：公巡抚山西，值贼警河上，与巡按蔡懋德协力战守，贼乃却。督学顺天，方考易州，闻都城警，戎装入援。未几，都城陷，得帝凶闻，走谕德马世奇寓，相持痛哭。遂作书令家僮持报二亲，家僮泣沮，公不顾，执笔作蝇头小楷，书毕，投缳，神色安定如平时，年五十有一。

案：将出按部，与闻警入援不同，当时别有纪载，与志合，或史所传闻未确也。

刘象贤，字若启，湘乡人。崇祯十五年举人。《沅湘集》存诗六首，今采记一篇。

旧志：鼎革后，隐居深山，著书以终。与船山先生交好，诗格高老，可匹敌《漧涛园》诸作，惜不见全集。

唐访，字周之，号汲庵，武陵人，户部侍郎绍尧次子。崇祯十五年，以桂林籍举乡试第一。有《寂堂集》。《沅湘集》存诗十四首，今采文四篇。

旧志：访寄籍广西，巡按黄锡衮、吏部瞿式耜见其五策，叹为奇才，特疏入告，授庶吉士，知制诰，备顾问。上六代中兴法戒，奉命归楚，联络勋镇何腾蛟等。值父丧，遂痛哭，祝发以终。

《耆旧传》：唐氏一门忠义，汲庵知时不可为，茹痛祝发，筑食苦庵以终，于诸唐中尤为奇伟。诗亦嵚崎历落，不可绳以常格。

访父绍尧，字二华，天启壬戌进士，知高阳县，禁祀魏忠贤生祠。中官争产相屠，籍其资充饷。忠贤积憾逮下狱，搒掠几毙。崇祯初起用。子谊，年十四，侍父难中，人称孝子。桂王时奉母保辰龙关，镇将马蛟麟袭执杀之。其弟诚，癸未进士，官少詹。募兵勤王，复郴、沅等州，驻桂林，晋文渊阁大学士，命督五省义师。及辰、常陷，谊死，母被絷，遂上印绶，自囚赎母，兵主礼之，请死不屈，并絷之。谊、诚皆访兄，所谓一门忠义也。

邹统鲁，字大系，鄙籍，衡阳人。崇祯八年拔贡，廷试第一，壬午举人。《沅湘集》存诗十三首，今采文二篇。

《耆旧传》：统鲁一字近野，号艮崖。献贼陷衡州，迫绅士受伪职，先生之父承芬饬之曰：百口小计耳，袁闳土室，黄巾不入，勿我忧，勉为秦庭之哭可耳。乃单骑亡之粤，上书总督沈犹龙，谓保粤莫如保楚，犹龙疑之。适罗定牧、包尔庚在坐，曰：此楚奇士，尚气节，负经济才，在南雍同研席，知之最悉。乃从其请。卒导总兵宋纪出楚疆，复郴、衡各郡。桂王称号，授中书舍人。后隐居祁、邵山中，所在常载书簏数十以从。旧志云以亲丧还里。子孙皆以孝友文章克绍世德。

潘应斗，字章辰，武冈人。崇祯十六年进士，累官太常寺卿。有《允孚堂诗文集》，未见。《沅湘集》存诗十七首，今采记二篇。

旧志：应斗举进士，拟馆选，值国变，仓皇南奔，上书言时政，言甚激切，为时相马、阮所抑。授万州知州，桂王时累迁卿寺，会刘承允劫迁王于武冈，应斗乃告终养归，敝衣垢履，灌园自给。

《耆旧传》：先生性刚介简澹，好读书。与弟应星友爱最笃，诛茅威溪之麓，日相倡和，饔飧不给，晏如也。

王夫之，字而农，号薑斋，衡阳人。崇祯十五年举人。《沅湘集》存诗二百十九首，今采文十四篇。

旧志：夫之以文章志节重于时，精研六经，尤神契横渠《正蒙》之说。桂藩在肇庆，瞿式耜荐为行人，旋以母病归。国朝康熙间，吴逆踞衡湘，夫之逃入深山。吴逆平，巡抚馈粟帛请见，夫之病，辞帛受粟，未几卒。子攽、敔，皆绩学，有文名。

《耆旧传》：先生与兄介之同举于乡，张献忠以伪命污诸名士，先生走匿双髻峰下，贼絷其父以质，先生引刀刺其肢体，舁往易父，贼见其遍创也，免之，父子俱得脱。南渡后，走桂林，依瞿忠宣，荐授行人司行人，崎岖楚、粤、滇、黔间，备历艰险。后以母病间道归，遂不复出。缅甸既覆没，益自韬晦。尝匿常宁瑶峒，变姓名为瑶人。已，筑土室于石船山，名曰观生居、败叶庐，又曰湘西草堂，杜门著书。其学深博无涯涘，原本渊源，尤在《正蒙注》一书，往复辨论，所以归咎于上蔡、象山、姚江者甚峻。所著书七十余种，《四库全书》著录者六种，存目二种。国史儒林有专传。

案：船山遗书，道光末经湘潭王氏刊行若干种，旋毁于兵。近年湘乡曾氏重刊，增若干种，所遗不多矣。

何文照，字三台，桂阳州人。岁贡生，授桃源训导。采传一篇。

《州志》：崇祯中临武贼刘新宇犯州，文照佐知州陈佳士筹策守御，援兵继至，围乃解。后巡抚陈睿谟督兵进剿，贼恃险负固，官兵未谙路径。文照参谋行间，指画地形，兵不失利，论功当官。会提学按试，遂以廪生膺岁贡，授官。

夏九赓，字虞飏，桂阳州人。崇祯初由恩贡知罗平州，迁知南阳府致仕。采论一篇。

唐之正，字先诚，号废庵，沅陵人，御史愈贤之子。岁贡生。《沅湘集》存诗四首，今采记二小序诸篇。

《辰州志》：之正善诗文，读书营盘山中，结云在亭以自怡。桃源阙士琦每过访之，为序其稿。崇祯末，父母妻子俱没于贼，孑身寓北溶，孤苦之感，凄凉之思，特发于诗歌。甲申后，尽去其发如僧，独与沈汝霖游。所著《枯筇集》《负暄集》《云在亭集》俱亡。乡人怜之，为筑室山顶曰南憩堂以终。

瞿龙跃，字天门，武陵人。崇祯中拔贡。《沅湘集》存诗三首，今采记一篇。

《省志》：龙跃性傲岸，遍历名山大川，所至有题咏。有司欲官之，以计谢绝，坚卧山中不复出。

《耆旧传》：鼎革后，常出亡不归，题咏自镌石壁，纳稿瓢中，自号一杓行脚道人。诗有奇气，多棘塞之句。

案：《省志》称贡生，次在万历中。《耆旧传》云崇祯拔贡，当必有据。且云鼎革后出亡，则宜在崇祯时矣。

米肇颐，字观甫，助国次子。崇祯末岁贡，官铜仁知府，擢安顺道。采记一篇。

《辰州志》：肇颐官铜仁，遭流寇攻城，城中兵不及千人，贼兵数万，肇颐身先士卒，斩杀无算，贼败走，不复敢近。以功迁擢，自以家世禄仕，欲尽瘁报国，而事卒不可为，遂挂冠归。

米肇灏，字梁若，一字大程，助国第三子。崇祯末岁贡。《沅湘集》存诗一首，采状一篇。

《辰州志》：肇灏生当万历时，承祖父科甲之后，攻苦欲继先业，有为于天下。遭时不偶，遁居城东五十里之椒溪，蔬食菜羹，行吟不辍。米氏能诗者多自灏发之。逮老，与兄肇颐、潘亮渊、赵谦相过从。所著有《踞松吟》。年七十余卒。

潘亮渊，字敬公，号月山，沅陵人。诸生。著有《月山堂集》，未见。采序一篇。

《辰州志》：亮渊生于万历丁巳，年十八为诸生，得唐九官为师，探讨渊邃。兄弟二人，其季幼为兵掳，亮渊访于蜀得之，年四十七矣，乃娶妻产子，亮渊亦至四十后始产子。先居黔阳，后移居舒溪，年八十居潘溪，九十有一而终。

吴道行，字见可，善化人。诸生。著有《嵝山集》《易说》《读史阙疑》《岳麓志》诸书，未见。采记序二小序诸篇。

《耆旧传》：道行方七岁，闻长老谈岳麓先贤讲学，便肃然倾听。稍长为诸生，有声，张阳和元忭主讲岳麓，时从之游，陈发良知孝弟之旨。时新建惜阴书院，当事聘为山长，人称嵝山先生。献贼犯长沙，先生遁之万山中。甲申国变，郁郁不自得，一日趋吉藩故邸，望阙痛哭展拜，舆归山中，不食，卒。

吴愉，字去佛，所居在城南古渡，故号古渡，善化人，道行子。崇祯末岁贡。著有《春雪堂》《参屺楼》诸集，未见。采赋一篇。

《耆旧传》：愉与弟愀俱以文行显。献贼陷长沙，匿岩谷中免。乙酉，闯贼余党犯浏阳，长沙通守周公二南率众御，去佛以参谋从行，与贼战于官渡，被絷，不屈死，附祀二忠祠。

吴愀，字去慵，号损庵，道行季子。县学生。著有《古今日录》《拟古乐府》《三异笔余》《存园应草》《素履草》《停云录》《怀霜录》诸书。采小引二。

《耆旧传》：愀与兄愉齐名，明季以明经荐，未就。鼎革后，弃诸生，率妻子躬耕长松里，屡聘不起。高汇旃学使所云：其志矫然，不愧谢皋羽、黄东发一流者也。

邱式耔，字祁年，黔阳人。诸生。采祭文一。

《耆旧传》：式耔沅人，所称月沛园主人、玉玱隐君之子也，抱负奇伟。献贼陷常德，辰州震恐，式耔聚族而谋。辰之豪杰倡义聚众守御，贼卒不敢窥辰沅以西，式耔之力为多。鼎革后，湖南诸郡尚未内附，桂藩称号于粤，式耔徒步行在上书，授翰林院待诏，持节招诸贼。会李阁部若符驻黔阳，式耔檄下黔阳，褒衣大带见本朝总镇徐某，长揖语国事，徐怒其不逊，絷送武昌。俄大兵取黔阳，阁部不屈死。并以式耔事上闻，世祖命宥之。而式耔不欲以一息偷生，为文自祭，竟置重典。旨下，已无及矣。事详武陵杨农峻所作传。

茶陵布衣谭雅岑止吊邱祈年秀才诗曰：三百年来养士优，得君韦布少相酬。捐躯东海羞秦帝，全发南冠殉楚囚。血化汉江千顷碧，气蒸梦泽一天秋。遗骸应伴祢衡冢，万古同香鹦鹉洲。

周圣楷，字伯孔，湘潭人。贡生。著有《湖岳堂集》。《沅湘集》存诗六十首，今采论序赋诸篇。

湘潭旧志：圣楷弱冠游京师，与竟陵锺伯敬惺善。见有一夕为竹枝词三十首者，少之，锺曰：能过此乎？周曰：儿女子语耳，何足烦长者？乃扃户剪灯，漏三下，得诗百首示锺，皆颖脱妙丽。明日，百诗满都中。久之，伯敬趣令南还就举子业，乃绳经切传，出入诸大家，耻与时流竞。以是沉顿者十余年，将四十，筑湖岳堂于邑之东偏，而读书帆园，接待天下名流，叙说古今传人胜事，论诗学兴衰，老师宿儒无敢抵捂者。圣楷才激宕而性专穆，掩关展卷，含豪凝视，阒然如静女枯禅。所纂著《楚宝》凡四十五卷，为备楚事也。著《生气录》，集明三百年举子业，因文以征其行也。著《湘水元夷》，为晰湘江也。著《中庸赞》，为阐学也。晚梓《湖岳堂全集》。其书皆已付梓，兵燹后惟《楚宝》存，余俱散佚。

案：此传乃康熙初郭遗民金台属稿，去伯孔之没才二三十年，无贬辞也。后乾隆中刘太史得《池北偶谈》而大声疾呼辨之。及道光末，邓氏《沅湘耆旧集》中又辨之。后得同邑陈长瑞湮民挽周伯孔师之诗引云：先生弃家入岳，贼必欲得之，移文将族其家，始以病见。以此叹才士处乱世，鲜能自全。然其诗云：儒冠不谅生辞汉，碧血堪怜夜化磷。语不惊人祸不烈，千秋正气只孤臣。则知其死贼之实，未尝谓其失节也。自康熙初县志臬乾隆初府志、省志，皆入人物列传，至嘉庆末续修省志，则据《池北偶谈》《常德府志》以为铁案，而削其名，不知皆道听涂说，并无实据。即《孤儿吁天录》中小注内，亦载有伪守掘墓之说，然献贼陷常时，杨公子未必亲见其事，其书作于康熙初，殆亦得于传闻也。

近得周少宰系英笔记云：闻诸先世长老言，献贼索名士作祷辞，掠伯孔置幕下，明晨祭江，索文甚急，先生两手持空纸宣读，语多丑诋，贼觉，怒而杀之。家乘所载亦同。案：此与陈诗碧血化磷之说相合。

郭金台，字幼隗，湘潭人。本姓陈氏，年十二遭家难，匿中表郭氏，遂冒郭姓。崇祯己卯、壬（辰）〔午〕[①] 两中副榜，隆武称号，登乡举。著有《石村诗文集》。《沅湘集》存诗五十五首，今录文二十四篇。

旧志：金台生而状貌奇伟，见者咸目为异人。弱冠有声黉序，居家孝友渊默。至慷慨谈天下事，议论风生。诸监司郡守旌币踵至，吉藩延致邸馆，置醴赋诗。会举行积分法，朝士屡以名荐不

①崇祯无壬辰。《湖南通志》作“壬午”，据改。

起，例授官亦不就。隆武南渡，督师何腾蛟、巡抚堵允锡先后论荐，授职方郎中，再起监司佥事，皆以母老辞。是时，献贼既陷湖湘，闯贼溃卒复蹂躏，县百里无人烟。乃请于督师，令偏裨团练乡勇为守御，全活者以万计。晚归隐衡山，著书授徒，绝口不谈世事，惟论当时殉难诸人，辄欷歔流涕。及卒，自题其阡曰：遗民郭金台之墓。

《耆旧传》：先生有《石村诗文集》《代古诗》《旅园旧诗》《行吟草》《遇岳堂》诸集。《代古诗》六卷，见《传是楼书目》。诗仿古乐府体，与根公作同授梓。诸诗体擅骚雅，义兼正变，盖遭遇壈坎，家国之际，有难以显言者，奇情伟抱，一于诗泄之。我朝陈恪勤文章经济一代名臣，于先生为冢孙，盖其贻谋远矣。

案：幼隗初抚从弟元鼎之子式毂为嗣，亦沿郭姓，后得子式典，而式毂仍为元鼎子，复陈姓即恪勤父也。

谢璜，字仲玉，号蟠溪，湘潭人。岁贡生。有《此园》《益楚》《燹余》诸集。《沅湘集》存诗一首，今采序一篇。

谢璠，字孺玉，号云麓，又号洞初，湘潭人。崇祯三年举人。采传一篇。

案：璜、璠皆万历己酉举人、衢州同知所举之子。若顺治六年殉城之谢玙，亦崇祯九年举人，当于璜、璠为从昆弟也。

周星，字景虞，一字九烟，湘潭人。崇祯十三年进士，除户科给事中，不就。有诗文集。《沅湘集》存诗十三首，今录文十六篇。

《耆旧传》：景虞父逢泰官江南，生星于金陵，为上元黄氏所养，遂冒其姓。或曰本上元人，育于湘潭周氏。疑，不能明也。生有异禀，六岁能文，七岁工书，十二岁入南监积分，登乡举，成进士。曾上书复姓，归湘潭葬父毕，复反上元。晚寓湖州，醉沉南浔河而死。所著书多散佚，惟所选《唐诗快》尚存，近《昭代丛书》中犹见一二种。诗文奇伟，慷慨激昂，略似其人。

朱竹垞《静志居诗话》：九烟晚变名曰黄人，字曰略似，又号圃庵，又曰笑苍道人。布衣素冠，寒暑不易。人有一言不合，辄慢骂。尝赋诗云：高山流水诗千轴，明月清风酒一船。借问阿谁能作伴，美人才子与神仙。年七十余，感怆于怀，仰天叹曰：嘻，而今不可以死乎？自撰墓志，作《解脱吟》十二章，与妻孥诀，取酒纵饮，尽一斗，大醉，自沉于水，时五月五日也。

案：《九烟集》经族裔诒朴子坚重刻于扬州，后本邑又有重刻本。其八九岁所刻小楷各种，后有董尚书其昌跋尾者，今摹入《昭潭法帖》中矣。

车以遵，字孝则，徙字孝思，号劬园，邵阳人，参议大任子。有《高霞堂集》，未见。《沅湘集》存诗七十五首，今采文三十八篇。

《省志》：以遵贡生，工诗，与湘潭周圣楷、竟陵谭元春、嘉鱼任宏震名相埒。凡三修府县志，卒年八十有三。子万合，举天启辛酉乡试第一。

《耆旧传》：孝思有异才，屡踬场屋。崇祯中，饩满当贡，执政以其名应荐辟，不出。尝取诸史论著将献诸朝，书未成而国变，远引矰缴之外，以布衣终。先生交最广，负名甚重。明季言诗者，必归锺、谭，先生初与之抗，继乃迥出其上。《高霞堂集》谭友夏、陶密庵、王山长诸君均有序。

案：是编有陶序，并唐懋载跋。其集已经六刻，而今无存矣。

杨山松，字长苍，一字龙髯，别号忍古头陀，武陵人。太傅嗣昌长子，以祖荫袭锦衣卫指挥军监纪同知。《沅湘集》存诗十四首，今采序例若干篇。

《湖广通志》：山松才略明敏，从父嗣昌督师，赞画军务，每至达旦。嗣昌卒，山松哀毁，几不得生。而廷臣摭嗣昌病国事，章疏相继，山松作《孤儿吁天录》上之，事多得雪。

《耆旧传》：长苍幼在军中，有杨家小飞将之号。入国朝，撰《孤儿吁天录》，雪父冤。购求祖父文集，裒录不遗余力。吴逆之变，欲访求杨氏子孙授伪职，乃遁之江南得免。

案：《孤儿吁天录》久佚，故《耆旧传》注云：遍访不得。汝怀近得之长沙彭氏家，拟集合群书为《杨武陵事实考》，惟长苍之弟山梓仲丹所作《辨谤录》不可得见，录为华容严首昇平子有上某相公书而作也。

程本，字子源，一字或委，号权斋，华容人。有《柿叶园集》，未见。《沅湘集》存诗六十八首，今采小序。

《耆旧传》：权斋事迹无可考，《楚风补》称为华容明经，检《通志》《岳州志·选举门》，并不载。《华容志》仅云其性好洁，虽在逆旅，地绝纤埃，门无杂宾。与严濑园交，严诗以清快胜，程诗以苍郁胜。今以两家诗较之，严非程匹远矣。

严首昇，字平子，一名颐，字解人，华容人。诸生。《省志》作岁贡。有《濑园集》。《沅湘集》存诗二十二首，今录文四十四篇。

旧志：首昇刻意诗古文辞，下笔洒洒数千言，能于诸名家外自出新义，远近无不推重之。

《耆旧传》：平子尝自名其居曰岸上船，衲衣髡顶，督学部凌玉呼就试，不应。与同邑孙瑴兄弟作《汉唐宋三代史》，书不传。

孙瑴，字子双，华容人，给事中羽侯子。有《盘谱》《槃床》诸集，未见。《沅湘集》存诗一首，今采文二篇。

旧志孙羽侯传附载诸子。瑴字子啬，万历丁未进士，累官副都御史，巡抚辽东。瑴、愨并有文名。

《耆旧传》：子双尝杂采旧文，分为四部，名《古微书》。又著《唐纪》七十卷，以新旧《唐书》踳驳多，其所指摘，皆当体例。今仅存《删微》一种，凡三十六卷。孙氏世以学行师表湖湘间，其所著录见《明史·艺文志》《传是楼书目》《四库全书目录》，不一而足。今问之乡人，无能举其目者矣。

陈所闻，字印水，茶陵人。崇祯间拔贡，官崇阳知县，升署固原州，国变罢。甲申后，起知江夏县，行取御史。有集，未见。《沅湘集》存诗一首，今采小序。

旧志：固原近边，又为巡抚驻节地，号称难治。所闻缉强绥弱，兵民安堵。

《耆旧传》：戊己以后，天下大定，弃官归隐。山居二十年，不与人事接。

夏汝弼，字叔直，号莲峰，一号莲冠道人，衡阳人。诸生。《沅湘集》存诗一首，今采记一篇。

湘乡旧志流寓类称：汝弼早有文誉，举于乡。丁亥岁，湘衡乱溃，忽有称莲冠道人者，携一童子囊琴至梓田之车驾山，僦僧楼而止焉，日就古木鸣泉间藉危石以弹琴，吟啸以终日。已，登白石峰铜梁观瀑布，辄数日不返。问其姓字，不对。邑士萧常赓见而识之，邀至家，或歌或哭。与语世事，则闭目兀坐不答，居月余辞去。后闻其在九疑山绝食以死。

案：衡阳旧志称汝弼少俶傥，负劲气，为名诸生，未尝言其乡举。《湘乡志》或传闻之讹。

龙孔然，字简卿，湘乡人。《沅湘集》存诗二首，今采传序记三篇。

《耆旧传》：孔然兄弟自相师友。明末领乡荐，旋弃去。鼎革后，闭门授徒。经略洪公欲延之幕府，不就。与彭禹峰副使而述论诗甚洽。湘人传有《拯湘录》《堕粮逸案》，皆其所手纂也。年九十二始卒。

孔然乡荐不见纪载，惟其弟孔蒸字季霞，崇祯十五年举人。流寇欲授以伪职，誓死不屈，寻扶母避寇山中，卒及于难。见《一统志》。船山《南窗漫纪》云：季霞欲与湖上作者矫竟陵纤弱之习，追踪大雅，有志无时，与洪伯修业嘉同时遇害，悲夫！又称：伯修与季霞以吟咏相尚，摆脱凡近，非经生心肾中所能有。船山之推挹如此，而《楚风补》中存诗仅一二首，文更不得只字，良可浩叹。

龙吟，字非声，湘乡人。崇祯朝以贡生中副榜，官湘潭、宁乡教谕。有《瞻云馆稿》。《沅湘集》存诗一首，今采议一篇。

《耆旧传》引《湘乡志》称：其诗文典丽，有西涯、龙湖之遗。

邓祥麟，字玉书，一字子与，号鹿崖，武冈人，一作新宁人。官岷藩长史，或曰官审理。《沅湘集》存诗七首，今采小序。

《耆旧传》：子与工诗善画，书法绝类二王。鼎革后，结庐新宁之石田鹅峰山下，日夕吟咏其中。弟祥凤，字子威，亦善画能诗。

案：祥麟兄弟旧志不载，盖其迹甚晦，故无知之者。自新化欧阳氏绍洛于新宁狮蹲阁见其挽一念和尚诗手迹，邓氏显鹤往求得之，装池成轴，遍索海内名流题跋，如善化唐方伯仲冕、歙程侍郎恩泽等，附载《沅湘诗集》中者凡十五六家。又搜其余诗编入集中，其姓名始显于世，故亟录其吉光片羽云。

简而廉，邵阳人。举孝行，贡太学，授监利训导，以母老归养。采说一、传一。

满能施，麻阳人，朝荐子。崇祯十七年岁贡。采文一篇。

案：旧志朝荐因忤梁永下诏狱，能施年十五，诣阙上疏请代。后以大学士叶向高疏救释归。武陵杨鹤送朝荐诗云：黄童今古叹无双。谓能施也。

杜维耀，字汝晦，桃源人。采文一篇。

邢祚允，桃源人。采文五篇。

《桃源志》：祚允博学工文，明季高蹈不仕，与阙褐公、鲁一男为烟霞之交。著有《桃源拾遗》。

田英产，麻阳人。崇祯中诸生。采文一篇。

罗时昇，武陵人。崇祯中岁贡，官浪穹县知县。采文一篇。

案：作者所为《傅司马作霖传》称：督师何腾蛟收兵星沙，制使堵允锡建旗召募，余两人定计从之。晨征则谈兵马上，夕偃则画计帐中，余留幕，先生奉使云云。留幕者，堵允锡公之幕。奉使者，往迎隆武至楚也。一篇中情事历历，固亦当时豪杰之士。而方志未为纪载，亦未附入《作霖传》中。《明史》则作霖附见《腾蛟传》耳。

李晋兴，临武人。官辰州府教授。采文一篇。

潘应星，字梦白，应斗弟。南渡后，以恩贡官礼部主事。《沅湘集》存诗五首，今采赋一篇。

《耆旧传》：应星性孝友，父病笃，刲股和药进，创重几危。嗜学强记，晚年益耽禅悦。兄弟皆隐，与车孝思、王稚潜辈友善，皆前明遗老也。名所居曰俦影堂，作赋以见志。

湖南文征　姓氏传卷三

国朝（六百二人）

赵开心，字灵伯，一字洞门，长沙人。明崇祯七年进士，国朝起授陕西道御史，累官至仓场总督、户部右侍郎，加工部尚书衔。卒。《沅湘集》存诗十四首，今采疏四、序二、传一。

《耆旧传》：尚书素有直声，当世祖定鼎初，即疏言立政之始，一事之得失，关系天下万事之利害。言甚切至。又因朝臣跪迎睿亲王，请敕礼部官详定仪注，举朝惮之。尚书曾寄居扬州，《江南通志》称其流寓江都，三为御史大夫，直戆敢言，屡挫不屈。

江有溶，字汇伯，一字谷尚，长沙人。明崇祯八年拔贡，十五年顺天副榜，授推官，不就。入国朝，为湘乡教谕。晚剃发，号本易和尚。著有《勿躁斋集》。《沅湘集》存诗十七首，今采赋一篇。

《耆旧传》：谷尚有寄武灿文诗云：书发心如捣，胡为举国狂。火飞文庙桷，血染子衿裳。巢卵无完理，池鱼恐被殃。坚冰犹未至，相与慎微霜。诗见《善化志·拾遗编》，称明末郡中绅士构讼，为长沙倡乱之始，此诗感时忧乱，有《小雅》繁霜之旨。已见明代，复出。

刘友光，字杜三，原名自煜，字鱼计，别号鸾佣，晚岁为沙庵居士，攸人。明崇祯九年举人，入国朝为沙河知县，升行人，未赴，卒。所著甚富，未见。《沅湘集》存诗一百三十首，今采文五篇。

《耆旧传》：杜三名重一时，诗文书法所至群推服。与同郡郭幼隗、陶密庵，宝郡车孝思、潘章辰诸先生友尤笃。其稿多佚，其见于渔洋《感旧集》、廖氏《楚诗纪》、陶氏《诗的》、邓太初

《瓣香诗选》及方志等书者，篇什寥寥。近辰溪贺学博德宗所辑《攸舆诗钞》中有《香山草堂集》一卷，捃拾略富，而佳篇又往往见遗。

胡尔恺，字石江，长沙人。明崇祯十年进士，授太平府推官。国朝用山林隐逸，荐授吏科给事中，终礼部左侍郎。著有《且耕堂集》，未见。《沅湘集》存诗六首，今采疏二、碑记一。

王岱，字山长，一字了庵，湘潭人。明崇祯十二年举人，入国朝官随州学正、京学教授、广东澄海知县，荐举博学鸿词科。著有《了庵全集》。《沅湘集》存诗七十四首，今采文六十九篇。

《耆旧传》：山长工诗，兼善书画。少客金陵，即有时称。及与王阮亭、施愚山、高念东诸老交，其名尤著。康熙己未，大科之征，吾楚得与于辟者，山长一人而已。

喻国人，字大受，号春山，郴州人。明崇祯十五年举人，著述甚富。采论一篇。

案：乾隆中《郴州志》有谢惟盛撰《喻国人传》，称先生倜傥负大志，自甲申变后，隐居三十余年，著书三十五种，刊行者十之八。郴前两修志，未为立传，因著其梗概云。今其书皆未之见。

米元侗，字同人，辰溪人。明末与兄吉人同举于乡，入国朝，官东安教谕。有《满竹园集》。《沅湘集》存诗一首，今采书一篇。

《耆旧传》：辰溪米氏自辨我长史万锺、顺斋侍御助国父子相继通显，皆著清节。椒溪处士肇灏继之，兄弟皆以诗鸣。同人则肇颐子也，与兄侗自相师友，生长乱离中，未尝废学。诗集不见。

赵而忭，字友沂，长沙人，尚书开心长子，以父荫授中书舍人。诏入《明史》馆纂修，未四十卒。著有《孝廉船》《虎鼠斋集》。《沅湘集》存诗三十首，今采文三篇。

《耆旧传》：友沂遭时多故，既登隆武丙戌进士，入国朝，格于例不得试。又贵公子无缘以前代遗民自重，观其以《孝廉船》《虎鼠斋》名集，其侘傺不平之气，隐隐可以想见。今搜其集不得。

尹惟日，字冬如，一字麟坞，茶陵人。顺治九年进士，官和平知县，以劳卒。著有《行吟》三卷，《和言》一卷。《沅湘集》录诗三十三首，今录书一篇。

《一统志》：惟日才识敏练，九连山寇猖獗，四省会剿不克，惟日单骑深入，招降之，请设官驻守岑冈，以安反侧。以劳瘁卒于官。

《耆旧传》：冬如负奇才。其祖一第，字二酉，云阳儒硕也，于星象舆地之学无不究悉，遭世乱隐居，教二子士翰、士朝，皆有名。冬如，士翰子也。年十一，应童子试，即见赏于蔡江门、堵允锡、高汇旃诸公。慷慨自负，好谈兵，崎岖戎马间，不废吟咏。入本朝，成进士，年甫弱冠。卒年二十有八。和平设县，始王文成，和人感冬如威惠，设主于文成祠祀之。

案：《行吟》刊本久佚，《和言》初无刻本，至嘉庆初其从孙映寿易名《和平政绩》刊之。

向文焕，字天章，号亦庵，黔阳人。顺治十一年举人，官贵州湄潭县知县。著有《孤云亭集》。《沅湘集》存诗二十六首，今采记二篇。

《耆旧传》：亦庵仕履未详，《沅州府志》称为名孝廉，而不著科分；《黔阳县志》称为甲午科，而不著年号。今检《孤云亭集》，前有张扶翼序，称亦庵投闲之日，在翼视黔之前二年。按扶翼以康熙元年令黔阳，前二年则顺治十六年。其时黔、蜀初内附，则亦庵乡举作令，皆在滇、黔未入版图之先，殆残明永历时也。作志者不敢明言，故约略其词欤？《孤云亭集》经张容园评注刊行，容园即扶翼，令黔八载，盖诗人而循吏者也。

刘昌臣，字又昌，一字山臞，武陵人。顺治十二年进士，历官按察佥事，提学山东，转浙江粮储参议。有《思补堂集》，未见。《沅湘集》存诗二首，今采序一篇。

彭之凤，字北海，龙阳人。顺治十五年进士，选庶吉士，历户、礼、刑三科给事中，迁光禄寺少卿。《沅湘集》存诗一首，今采疏一篇。

石鲸，字浪秋，一字横海，武陵人。顺治十五年进士，官滦州知州。著有《鹰来草堂集》。《沅湘集》存诗二十七首，今采小序二则。

《耆旧传》：横海性奇伟，七岁能诗。官滦州，以刚直罢。尝条陈滦赋役疾苦上观察使度支尚书，允而未行。有《辛丑放归留别兼投馆阁诸公》七言长律五十韵，历叙牧滦及去官之由，嵚崎历落，可想见其为人。与尹冬如皆少年喜事，诗笔亦差近，洵楚材之奇特者，惜皆未竟其用也。

杨柱朝，字石林，号娲宫，巴陵人。顺治十六年进士，官平武知县。著有《笔秋堂集》。《沅湘集》存诗四首，今采记二篇。

罗人琮，字宗玉，桃源人。顺治十八年进士，授宁波府推官，改朝邑知县，行取四川道御史。著《紫萝山人集》。《沅湘集》存诗十四首，今采文五篇。

唐世徵，字魏子，湘潭人。顺治十八年进士，授司理，改玉山知县。滇逆变作，弃官远遁，悲愤卒于广陵。著有《数峰诗》《为郎小草》《燕游草》《碧泉诗钞》诸集。《沅湘集》录诗四十六首，今采文二篇。

《耆旧传》：魏子天性肫挚，事亲笃孝。明末随父崑岳避乱山中，力学不辍。以壬午乡试，曾受知吴孳受先生，终身事之。治玉山有惠政，时以比之元次山。

蒋大年，字弥少，邵阳人。顺治朝选贡。《沅湘集》存诗一首，今采文二篇。

《耆旧传》：明季之乱，里魁多以意生死人，弥少力为救护。国朝壬辰、癸巳间，郡初隶版图，疮痍满眼，麻沸无常。弥少请于袁中丞廓宇，脱乡里于难。且为力恳免连年荒税，以纾残黎疲喘，盖有功于乡里者也。

唐懋载，字袖石，邵阳人。顺治朝贡生。著有《绿声园集》。《沅湘集》存诗三首，今采跋一篇。

《耆旧传》：袖石幼奇警，博洽工诗，惜不见全集。父兴贤，明末贡生，为一时儒硕。兄懋恩，以贡官公安训导，亦能诗，其集久佚。

刘应祁，字澹山，邵阳人。顺治朝贡生。父孔晖，号默庵，明崇祯时官新郑知县，流贼犯郑，殉城，死最烈。见《明史·忠义传》。澹山博学能文。《沅湘集》存诗三首，今采记二篇。

《耆旧传》：澹山痛父殉难，母王蚤没，终身哀痛，言及必流涕。宗族有贫不能活者，割产以赡，嫁内外亲孤女四人。尝与车孝思、蒋弥少、王稚潜、唐袖石、舒若讷诸君同修郡志，博雅简洁，非后人所及。若讷殉父难，澹山与稚潜经纪其身后甚至。

余子锦，字陶石，辰溪人。顺治朝贡生。有《敬志堂集》。《沅湘集》存诗二首，今采小序一则。

《辰州志》：陶石与米元倜、刘恂、刘泽长称辰溪四才子，好吟咏，善草书，喜自放于山水。其古文清峭，略近柳州，惜不尽传。

唐良玺，字崑伯，平江人。顺治朝拔贡，官广东布政司经历，权番禺、从化知县，擢思恩同知，左迁河南府经历，权阌乡知县。康熙十六年，以督饷劳瘁卒。《沅湘集》存诗一首，今采记一篇。

罗贤胄，字直夫，益阳人。顺治朝贡生。著有《枫香亭草》。《沅湘集》存诗三首，今采记二篇。

《耆旧传》：直夫父见义，明万历中举人，蚤卒。其母蔡抚之成立，蔡江门先生以“纯节”二字表其庐。直夫为文介公兄子，留心文献，好谈节义。其纪明末贼陷长沙始末甚详。

谭绍琬，字琰卿，茶陵人。明季贡生。有《涉园诗文集》。《沅湘集》存诗九首，今录文十五篇。

《湖南通志》：绍琬博极群书，期为有用之学。未几明亡，遁迹岩壑，以逸民终，当事推重。湘阴令受诬被黜，罪且不测，绍琬言于上台得释。令携金密谢，却弗受。家贫，著书自适。康熙甲子修郡志，绍琬与焉。

何文麃，字景昭，桂阳州人。诸生。著有《觉思毳》。录文十四篇。

《桂阳州志》：文麃七岁，生母卒，事嫡母甚谨，母颜有拂，即偕妇刘氏长跪于前，俟母稍解始退。时值乱离，惟负母逃匿，他物一无所恋。及卒，哀毁尽礼，迁居茹素者三年。本学以优行申详获旌，郡守田赠句云：言行无惭端士，孝友直配古人。年八十余终。

陶之典，一名大云，字五徽，宁乡人，汝鼐长子。顺治间为安亲王府教习，授内阁中书，不就。有《冠松岩集》。《沅湘集》录诗五十一首，今采文五篇。

车万含，字长发，邵阳人。诸生。采文一篇。

《宝庆府志》：万含十一龄补弟子员，屡试高等，督学无锡高世泰汇旃建濂溪书院于鄂渚，遴选三楚英茂读书其中，万含与焉。万含负奇姿，一目十行下，有名于时矣。以溃兵之变，悒郁猖山，卒。其父以遵孝思有过含殡诗，见《高霞堂集》。

李尝之，字伯艰，平江人。年十五隶于学官，旋弃去，遍游名胜，自号五视居士。著有《布帆》《梦绿》《阳台》等集。《沅湘集》存诗七首，今采文九篇。

《耆旧传》：伯艰性慷慨，有谋略，兼善属文。康熙初，绥远将军蔡毓荣闻其名，延至幕府，滇平，其功居多。凯旋，不受官，将军厚赠之，归与所知贫乏者。以老病终于家。

康应瑚，字□□，慈利人。顺治朝岁贡，官辰溪教谕。采文二篇。

邹定周，字元翰，号者庵，鄠人，统鲁长子。顺治朝贡生，官东安训导。《沅湘集》存诗二首，今采议一篇。

《耆旧传》：者庵性至孝，艮翁乱后居无常所，食无宿储，者庵崎岖间道，与弟蒿庵岘生负米供膳，虽极饥饿劳苦，无倦容。子世，任宰秦之真宁，手书戒之曰：吾怜真民胜于怜尔。就养途中，作《西征赋》以见志。年八十卒。

唐鹤彩，字质生，湘潭人。顺治朝贡生。《沅湘集》存诗一首，今采小序一则。

龙宏戴，字骏工，湘乡人。诸生。采记一篇。

案：龙氏谱，宏戴为顺治戊子拔贡，际飞之子。弱冠入学，鼎革后遍游名山，隐居南直栖霞寺，自号楚云上人，与魏石生、张素存、王觉斯、黎博庵诸公交善。著有《旃檀集》《西江游草》。

易贞言，字内美，号切轩，湘乡人。著有《爱日堂集》。《沅湘集》存诗四首，今采赋一篇。

《耆旧传》：先生七岁失怙，哀毁如成人。葬父毕，家人皆归，独号泣冢侧，百计诱之不去，家人乃筑室墓旁居之。服阕，如初。督学黄仲霖先生亟赏异之。弱冠即遭国变，尝弃两岁儿，出其祖父于贼中。入国朝，弃巾服，号湖湘野史，历六十年以终。事母曲尽色养，以孝旌。子五人，皆知名，两举鸿博。

杨升，字系云，湘潭人。顺治朝诸生。《沅湘集》存诗四首，今采小序一则。

《耆旧传》：系云湘中老宿，所居曰花桥，又号松庄，其绝笔诗云“从今肯念松庄老，分韵何妨到草玄”是也。曾虹受《耕雪堂集》有访松庄杨系云先生故里诗，推为邑中祭酒，彭秋水有赠系云诗，其见重于时如此。

湘潭旧志：升安贫乐道，其长子吟雪食饩于庠，屡踬场屋，遂父子偕隐。其家庭唱和之作，多为学者所传诵。

车万育，字与三，号鹤田，邵阳人。康熙三年进士，改庶吉士，散馆授兵科给事中，转兵科掌印掌登闻鼓事。滇逆变作，南北道梗，请假随王师南下，急谋省亲不得。及邵阳开复，则其父教授泌书已前卒矣。痛不欲生，老四亲王怜之曰：此孝子也。因奉继母及兄弟百余口同迁江宁，名其居曰怀园。仁庙南巡阅河，召见行在，问治河方略。没后，复召其子编修鼎晋问病卒状。谕令即葬江宁，天下荣之。所著有《历代君臣交警录》一百卷，《奏疏》四卷，《集唐诗》十六卷。所藏明代墨迹最富，刻有《萤照堂法帖》十卷。《沅湘集》录诗二十首，今采文七篇。

孝感熊文端公赐履《车都谏墓志铭》略云：君念报国以言，

当务其大者、急者。首具河工一劳永逸之疏，逾月复上运道机宜六事，特旨差同各大臣督理河工事务。行有日，以逆藩蠢动中止。旋具疏论漕运冗费，论督抚迁转激劝之法，论招抚，论关课侵欺缺额，皆人所难言者。寻丁外艰，服除，补兵科升掌印。于时中宫虚位六年，皇太子春秋十一矣，君上疏请册立中宫及皇太子出阁读书，举朝欢然。又有肃朝仪一疏，抚臣规避一疏，又直陈时政得失十疏，累六七千言。

刘恂，字让子，号酉石，辰溪人。康熙三年进士。《沅湘集》存诗二首，今采序一篇。

简能，字坤若，湘乡人。康熙二十三年举人，官徐沟县知县。著有《带江堂集》。《沅湘集》存诗五首，今采记一篇。

坤若官徐沟时，以才见忌，坐是罢黜。其子自彬徒步数千里白父冤，人多称之。坤若时有奇气，尝作《长沙怪气篇》纪吴逆之变，洋洋数千言，悉滇乱本末，可补史志之未备。

郭金门，字黄瞻，善化人。康熙二十三年举人，官荣河县知县，尝为岳麓书院山长。《沅湘集》存诗一首，今采序一篇。

张明先，字雪书，安乡人。康熙二十五年进士，改庶吉士，授检讨，累官左、右春坊中允，终少詹事。著有《后乐堂宦稿》《洞庭文集》。《沅湘集》存诗一首，今录文七篇。

张文炳，字质夫，号南麓，湘潭人。康熙二十六年举人，历任仙居、文登知县。著有《邻岳堂集》。《沅湘集》存诗五十二首，今录文七篇。

《耆旧传》：南麓先世居襄阳。其世父熹宦从何文烈公腾蛟军，积功至都督同知。文烈殉难湘潭，乃散遣部曲，独守墓侧。无子，以南麓为子。遂占籍为湘潭人，潭人呼之为新张。

熊超，字班若，善化人。康熙二十九年举人。著有《三乐堂文集》。《沅湘集》存诗一首，今采赋一篇。

《耆旧传》：班若与同县李文炤朗轩、邵阳王元复能愚、宁乡张鸣珂玉友，以讲学鸣，皆一时儒硕也。

王祚封，字山长，华容人。康熙二十九年举人，官武义县知县。著有《见山草堂集》。《沅湘集》存诗四首，今采记一篇。

陈鹏年，字北溟，号沧洲，湘潭人。康熙三十年进士，由浙江西安县知县调山阳，擢海州知州，晋知江宁府，以忤总督阿山下狱。狱解，奉诏修书。旋出知苏州府，署江苏布政使。又以忤总督噶礼褫职，拘禁于镇江。久之，仍奉诏入武英殿修书。出署霸昌道，奉命办理河工，即署河道总督兼总漕事。雍正元年，实授河道总督，卒于工所，予祭葬，谥恪勤，诏祀贤良祠。著有《道荣堂全集》。《沅湘集》录诗五十二首，今录文五十二篇。

《耆旧传》：公性介特，秉正嫉邪，爱民如子。屡忤上官，再起再踬，几蹈不测，赖仁庙始终保全，遭际之隆，古未尝有也。公一意孤行，百折不回，而与人交，坦怀乐易，好汲引后进，孜孜如不及。博学工诗，善书法。诗和平大雅，原本忠孝，根柢性情。虽偶尔游览之作，皆皭然不欺其志。吾楚前哲，风徽未泯，求其志节、风义、勋业、文章照耀宇宙不朽如公者，西涯以后一人而已。

陈养元，字鹿山，号芷滨，武陵人。康熙三十二年举人，官宁国知县，行取主事，未任卒。著有《鹿山诗文集》。《沅湘集》存诗三十首，今采文三篇。

《耆旧传》：鹿山官宁国，有异政，宁人为建生祠于邑之西津，奔走号泣，日数千人引见。仁庙咨访周至，随命缮奏所治民情、土俗、山川、形势，称旨，以五部主事用。旋丁父忧回籍。雍正改元，宪庙以贤良特召，而鹿山前殁矣。鹿山为铁香封翁思虞之子，宗五鸿博长镇之父，文而又儒，循迹炳然，不仅以诗人目之也。

黄中理，字文在，号碧村，世为湘潭人，隶籍善化。康熙三十三年进士，选庶吉士，授编修，以父老乞养归。采文二篇。

旧志：中理生而善啼，育于其族父席聘，因以嗣。三岁始能言，授《孝经》《论语》，默识不忘。才毁齿，即工制艺，联捷入翰林。国朝长郡进士馆选者，自中理始。居馆时，王尚书士祯深器之。归，筑观稼楼，足不入城市者二十余年。赵申乔抚偏沅，尝访以时事，中理言长郡田赋太重，民力未堪，赵纳之，竟减其半。其实中理家无中人之产也。

王之锜，字孔嘉，湘阴人。康熙三十五年举人，累官汝安十府粮储道，有集。《沅湘集》存诗三首，今采文二篇。

陈雅琛，字献元，号乔山，益阳人。康熙三十九年进士，司理有光之孙。《沅湘集》存诗十七首，今采文三篇。

《耆旧传》：司理殉难死，雅琛作蔡忠烈别传论中附及之，以古文名，诗不多见。

案：文亦不多见，湖南志未载其集。

周郃生，字自稷，一字西畇，邵阳人。康熙四十一年举人，任德安知县，被劾，事白，引见，以刑部主事用。历试江南贵州司，补授左现审司，寻乞养归。采序一。

《宝庆志》：郃生潜心宋五子书，卓然以古贤豪自期许。至性纯笃，事父先意承志。官部曹时，以文行见重方侍郎苞，谓其能扶植正学。善化郭焌尝致书云：束发受书，即知西畇先生为当今学行第一。焌与子思仁友善，郃生从弟邠生亦有名。

杨绪，字胄远，号朗溪，武陵人，太傅嗣昌之孙。康熙四十一年进士，官编修。《沅湘集》存诗十首，今采序一篇。

《耆旧传》：朗溪名家子，缘事削职回籍拘禁，久之，以潜往桑植事觉下狱。寻赦免，卒于扬州。所存诗语殊和平，无凄惋激烈之气。

徐昌支，字崑流，武陵人。康熙四十四年举人。著有《假山草堂集》。《沅湘集》存诗十六首，今采小序一则。

《常德府志》：徐昌支累上公车辄报罢，历黔、楚、齐、鲁，所至名公卿相引重。先后入提镇高其位、巡抚李发甲幕，湖南北分闱之议，昌支实赞成之。

秦文超，字伟士，一字麓山，湘潭人，善化籍。康熙四十一年举人，官浙江浦江、龙游知县。著有《存人录》《涵村集》。《沅湘集》存诗二十二首，今采小序十八则。

《耆旧传》：涵村在苏州太湖中包山之麓，伟士先世居此，其后游楚，侨居长沙，遂占籍善化，而实居湘潭。《湘潭县志》以其居官有惠政，入《政绩传》。

彭维新，字石原，号余山，茶陵人。康熙四十五年进士，由编修累迁赞善谕德，授山东学政。雍正改元，充日讲起居注官，授浙江学政，迁少詹事，出为直隶按察使，迁河南布政使，擢礼部右侍郎，充经筵讲官，调吏部右侍郎。寻奉命往江南会同巡抚尹继善清理积欠钱粮，事竣，转吏部左侍郎，迁都察院左都御史，署刑部尚书，调户部尚书，协办大学士，总理户部。为果亲王所劾，部议拟以重典，纯庙登极，释其罪，令署左都御史。寻丁父忧回籍，服阕，即家授左都御史。为御史王峻所劾，革职。未几，复授户部侍郎，擢兵部尚书，充三礼馆副总裁，会试副考官。寻充经筵讲官，以议处总兵高奇案违例革职。久之始卒。著有《墨香阁集》。《沅湘集》存诗七十七首，今采文六十篇。

《耆旧传》：尚书博闻强记，居官综核名实，清操毅然。屡起屡踬，不少贬抑。诗宗法甚正，古体尤多沉博瑰丽之作。入国朝来，吾楚馆阁诸老，恪勤而外，殆未有逾于尚书者矣。

案：尚书之论古文甚严，而其集不甚流布，故所作不传。其奥衍廉悍，与恪勤之博大昌明，亦各臻其胜也。

段巘生，字相山，号柱湖，常宁人。康熙四十五年进士，考授中书，出为福建上杭知县，改广东新安，以艰归。再起，以言事放归。有《菉竹园文集》《柱湖诗草》。《沅湘集》存诗二十首，今采文四篇。

闽人郑方坤《国朝诗人小传》：先生负天人姿，过目成诵，于当世知名士，罕所许可。岳岳怀方，嫉恶过严。坐是不能久于其位。莅上杭未十月，而逼受交代之难作，解任质审。时逼交者为汀州吴守，故以婪贿闻，又广交游，盛党援，吠影吠声，流言四布，上游意不能无少动。先生即作书上抚军，直陈其事云：就使卑县贱不敢言而敢怒，大人得无内愧于心？而况卑县倔强成性，固非不敢言者也。时大吏为粤西清端陈公，固大贤，壮其言，亟予昭雪，起复原官，补广东新安令。不数月，丁内艰。服阕，再补县。坐条陈言事，削籍归里十余年，卒。将所谓鸾翮不铩、龙性难驯者耶？先生之宰上杭也，陈沧洲先生送之以诗，有曰：事当盘错难何避，功在澄清志弗违。又曰：车经九折途原险，口记三缄道自真。读者叹为如神之照。

案：郑君乡举，出柱湖门，为所激赏。又见闻亲切，故能道其详。又《宜阳诗选》载释绪庵作偈四句，端坐而逝，其夕柱湖适生。后柱湖游法云山，见绪庵偈，作诗曰：我于乙卯来尘世，君脱尘寰乙卯年。尔我去来浑不解，月明依旧满前川。《耆旧传》所纪尤详，亦微有未确处。

张璨，字岂石，号湘门，湘潭人。康熙四十七年举人，官无锡知县，升河间府知府，加道衔。赴陕西军，未行，改长芦盐运使，加按察使衔，查办营田水利功程，旋擢大理寺少卿。著有《石渔诗钞》。《沅湘集》存诗二十首，今采文十篇。

《耆旧传》：大理紫髯伟貌，蚤负盛名，与江夏鲁之裕亮侪均以倜傥权奇称，能只手禽巨盗。初，康熙中有拣选江南紧要之命，大臣以其名上，入觐，仁庙给札上方，使条件生平，授无锡令。方数月，丁母忧归。雍正改元，奉宪庙特旨，赴京引见，授河间知府。入谢，怀被灾图以献，口讲指画，上为动色嗟叹。其遭遇如此，惜未竟其用也。

曾世琮，字虹受，原名用璜，字蟠岩，湘潭人。康熙四十八年进士，官刑部主事。著有《耕雪堂集》。《沅湘集》存诗四十三首，今采文二篇。

《耆旧传》：蟠岩父启先，明末从戎，为何文烈腾蛟所拔识。献贼陷武昌，文烈洒血书，令启先上变。烈皇召对，手赐诏书，奖以金帛。入国朝，尝应经略洪承畴聘，单骑谕降罗部铁溪诸城，不受官。吴逆胁受伪职，负母远遁得免。虹受诗集中有《读父训》

十章，所云“元礼高门亲岳渎，何蕃孤节壮星辰”者也。虹受有至性，父殁，值茶寇乱，贼见其哀毁，独守柩侧，舍之。

张玢，字蔚石，号云汀，湘潭人。康熙四十八年进士，改庶吉士，授编修，出为汝宁府知府。《沅湘集》存诗六首，今采碑记一篇。

杨缙，字云纪，武陵人。康熙五十年举人，官龙岩州判。采公牍一篇。

《常德府志》：缙选闽省州佐，历汀州之武平，旋授龙岩佐。邑俗尚桀骜，迪以礼义，设社仓周窘急，申请藩司特建书院，捐膏火延师课士，立三舍校文，自定甲乙，龙士兴起。总督德以知府保荐，引见候升，旋谢病，养疴林泉，足不履林市者凡十九年。

郭远，字来倩，一字青来，桂阳人。康熙五十年举人。有《青来文集》六卷。《沅湘集》存诗七首，今采公牍一篇。

《耆旧传》：青来为诸生时，受知于潘学使宗洛，与王能愚、车补旃、王虎止诸君齐名。性刚而嗜义，尝以县学名额稍隘，力请儒学申学使者闻诸朝，改中学。又请宽徭役于县令鹿君。湖北分闱，呈出其手，尤其有功于乡里之大者。偶以事忤县令，文致诸狱，吟啸自若，曰：揆诸天理，可自信无罪也。事卒得白。青来得名甚蚤，成名甚迟，举乡试后三年，客死涿州。宜兴储大文六雅志其墓，复序其集，今《青来集》不甚行于世。

敬藿，字子藿，一字宏烈，邵阳人。康熙五十二年进士。《沅湘集》存诗一首，今采碑记二篇。

《耆旧传》：雍正丁未，诏各举所知，巴陵黄编修秀以先生名应，称其恬淡自甘，狷介有守。卒辞不赴。以终养家居，授徒自给，郡邑罕识其面。

丁之翥，字桐凤，武陵人。康熙五十二年举人。采行状一篇。

《常德府志》：之翥善诗文，时称其笔有仙才。

胡兴耠，字俶南，衡阳人。康熙五十二年举人，官攸县教谕。采记一篇。

《衡阳县志》：兴耠言范行举，所撰《周礼注疏删翼》，剖析奥义，士子奉为圭臬。

李文炤，字元朗，号朗轩，善化人。康熙五十二年举人，选谷城教谕，尝为岳麓山长。著有《恒斋文集》。《沅湘集》存诗六首，今采文三十五篇。

《耆旧传》：朗轩与邵阳王元复能愚、宁乡张鸣珂玉友切劘讲学，于六经传注、程朱绪言旁及舆图、象纬、内经、参同契诸书，晰疑辨难，多所发明。所著诸书，多采入四库馆，史馆儒林议立传。乡先生经学之深，船山而后朗轩其最著矣。

王为垣，字东注，龙阳人。康熙五十三年举人，与兄为壤齐名，时称二王。著有《浪山集》《感秋草》《六澜堂集》。《沅湘集》存诗十七首，今采小序一则。

徐大本，字泉长，益阳人。康熙五十三年举人。采序一篇。

《长沙府志》：大本与其叔日宏同登贤书，幼警敏，试辄冠其曹。倜傥有才略，能诗，古文、书法亦佳。中道而卒，人争惜之。

杨超曾，字孟班，武陵人，太傅嗣昌玄孙。康熙五十四年进士，改庶吉士，授编修。雍正初，入值南书房，授陕西学政，晋司经局洗马，升左春坊左庶子，调顺天学政，晋侍讲学士，升顺天府尹，总督仓场，旋授刑部侍郎。乾隆初，出为广西巡抚，升兵部尚书，总督两江，入为吏部尚书。父艰回里，以毁卒，予谥文敏。有集十六卷，未见。《沅湘集》存诗十六首，今采文三篇。

《耆旧传》：文敏父绶有贤行，教五子皆登科甲。公生有异禀，为文伸纸疾书，不假雕饰。通籍后，益勤学问，回翔禁籞，清约自守，砥行砺节，风采隐然。自以先世在明季劳而得谤，众口铄金，呈进其从祖山松《孤儿吁天录》，疏请昭雪，语极沉痛。识者谓其于本朝不失为名臣，于杨氏不愧为孝子。

胡虞继，字祈绪，号芝庐，湘潭人。康熙五十四年进士，官宜黄知县。著有《芝庐集》。《沅湘集》存诗六首，今采序二篇。

《耆旧传》：祈绪令宜黄，有善政，以他县事去官，复因他事谪戍榆林。

案：《芝庐集》为总名，中分《癸戊编》《榆林诗草》《南还诗草》《甲子重编》诸集，集久不传，间有存者，邓氏未见原集，故存诗甚少。

陈方恺，字际虞，衡山人。康熙五十六年举人，官四川威远知县。《沅湘集》存诗一首，今采序一篇。

韩楷，字皆木，善化人。康熙五十七年进士。采文三篇。

张埰，字中五，号湘渔，湘潭人。康熙五十九年举人，官浙江慈溪知县。《沅湘集》存诗一首，今采序一篇。

《耆旧传》：中五有四子，皆以事罹法，故其集不传。今从《通志》采入一首，可以哀其遇矣。

韩乐，字适斋，长沙人。康熙五十九年副贡。著有《寻乐堂集》。《沅湘集》存诗二首，今采序三篇。

黄秀，字君实，巴陵人。康熙六十年进士，选庶吉士，散馆充治河方略、政治典训两馆纂修，改山东道御史。以老乞归，年九十卒。著有《道山文集》。《沅湘集》存诗三首，今录文十八篇。

《耆旧传》：实庵操履朴实，通籍时年已六十矣。官御史时，上推广皇仁一疏，条陈振恤、堤防诸大政，皆切时务。世庙宴群臣六十以上者于乾清宫，实庵与焉。

彭士商，字衡赒，衡山人，诸生龄之子。康熙六十年进士，官黄州府教授。著有《恒农堂文集》《晓松吟》。《沅湘集》存诗五十六首，今录序四篇。

游乾，善化人。采记一篇。

案：《善化县志》未列乾名，惟《贞女类》载：游清姑年十五时，弟乾方四岁，父母既没，清姑矢志抚弟以延游氏宗祀。是编张汝治所为《游女清姑传》云，女生于隆庆初，则乾实前明人。而乾所作《廖大隐息机园记》，当在康熙时，何以时代悬隔如此？俟更考也。

刘起光，字质先，攸人。康熙初诸生。《沅湘集》存诗一首，今采赋一篇。

《耆旧传》：吴逆之变，起光父被执，索重金不得，将害之，起光号泣求代，两释之。诗见廖氏《楚诗纪》，有水中雁字题六首，偶尔游戏之作，吐属雅饬，亦可得其大凡矣。

谌会基，字□□，溆浦人。康熙初岁贡。采记一篇。

罗士彝，字鼎铉，酃人。康熙初岁贡。任本县教谕，兼署县事，调郧阳竹山县教谕。采文四篇。

石仑森，字天际，湘潭人。康熙初岁贡，著有《驱虎录》《陈情纪事》。采文二篇。

案：天际与弟嵋森天半齐名。天半，陈恪勤鹏年妇翁也，著有《桐庐诗钞》，《沅湘集》存诗五首。《耆旧传》：嵋森号迂叟，有兄曰仑森，古之振奇人也。当康熙中，吴逆初平，奉诏蠲免丁粮，而州县征敛如故。诣阙上书，力陈湖南疾苦，仁庙改容动听，给勘合，护送回，卒得直，民困遂苏。为患者所中，卒死于市。

刘授易，字五原，号损斋，湘潭人。附贡生。著有《损斋诗集》，中分《燕台》《过岭》《渡江》《浮海》《迎銮》《灵渠》《茱萸楼》等集。《沅湘集》存诗十六首，今采文三篇。

案：损斋与同县陈沧洲、张湘门、曾虹受诸公交好，沧洲成进士时，损斋亦客都门，同游西山，赋诗作记，记今采入《文征》。康熙四十四年，仁皇帝南巡，授易与武陵王为壤、天门唐建中各献诗册，迎谒行在，蒙天语垂询来意，谕令候试，试毕，钦取一等三十人，授易、为壤皆与，而建中居第二，奉谕至京分别授官。授易不乐仕进，浪游四方。尝问诗于王新城尚书，又与岭南三诗家交。陈恭尹元孝为作诗序，诗集久佚，邑人罕见，故无由知其生平也。

又案：损斋之父名赤，字符九，号铏堂，前明诸生。鼎革后，于郭外筑楼曰千仞冈，坐卧其中，其节概可想。同邑张大理灿诗云：先生好古今所无，上窥羲燧谈黄虞。凤雏骥子森庭戺，洪钟随叩鸣笙竽。又云：共知两世饱经术，讵合藏之名山与？岭南陈恭尹序省斋诗集云：忆己亥春，与老友郭幼隗同饮于刘隐君符九家，室惟《易象》一卷，香炉笔格而已，屈指已四十年云云。己亥盖顺治十六年，符九已成耆宿矣，而今无知之者。其子七人，皆有才学，授易居长。授麟字宣笔，授□字恭人。皆见各家诗集中，而所作不传，惜哉！

曹之璜，字中玉，醴陵人。康熙初贡生。著有《柳舫纪行》《燕游日记》《石斋旧诗》《柳舫斋草》诸集。《沅湘集》存诗三首，今采记二篇。

《耆旧传》：中玉好游，闻人谈名胜即襆被往，所至交其豪杰。晚逃于禅，年逾九十卒。

案：燕游乃因祝子入都，谈次定计，诘朝即行，长洲尤侗展成、白下沈庸凡民，皆为序其诗。

陈一揆，字宅衡，一字孟岩，龙阳人。康熙中拔贡。著有《瓿余文集》。《沅湘集》存诗四首，今采文六篇。

《耆旧传》：孟岩有时名，尝辟墅城南，以著述自娱。康熙初，当事修《湖广通志》，长沙廖大隐因志局遗稿，纂《楚风补》一书，未刊，以属武陵陈应元借庭。借庭卒，其子长钧任其事，求孟岩校刊。甫开雕，为大隐之子牵控，时武陵赵恭毅公申乔抚楚，亲按其事，大隐子登堂泣陈，公慰遣之，仍以原稿归廖氏。孟岩有解嘲诗云：忝忝吾门先列齿，致增公案竟吞声。又云：中郎枕秘随闻见，任昉知交系死生。盖犹以故人子望之也，校刊之役因是遂罢。又阅数十年，吕太守肃高始竟其事。

夏寖大，字昌一，益阳人。康熙初贡生，官武昌府训导，卒于官。《沅湘集》存诗一首，今采碑记二篇。

案：寖大子光白，康熙中岁贡。光斐，雍正初恩贡。斐子逢夔，举人，官教谕。夔弟萼，举人。皆有著述。

龙佳荫，字允袭，号作山，湘乡人，增生宏栽之子。康熙中岁贡生，年九十卒。子光葵，亦诸生。采文三篇。

刘之蕙，字馥夏，益阳人。岁贡生。采文一篇。

廖元度，字大隐，长沙人。诸生。所著有《雪蕉堂集》《岳游草》《奥吟稿》《秋思百韵》《覆巢余草》《息机园草》诸集。《沅湘集》存诗十二首，今采引一篇。

《耆旧传》：大隐值世变，隐居僧寺，以著述自娱。晚筑息机园，辑全楚诗，起皇初至明季，为四十八卷，曰《楚风补》。又辑国朝诗，起顺治乙酉至康熙癸酉，为二十二卷，曰《楚诗纪》。

廖志灏，字伯湘，号湘门，醴陵人。康熙中岁贡。著有《燕日堂录》。录文十一篇。

《长沙府志》：志灏有至性，母没，庐墓侧，以毁瘠未禫而卒。尝作天山精舍，欲延同人讲求正学，有志未就。

彭思眷，字鹤田，茶陵人。以子维新官累赠光禄大夫。采论一篇。

《茶陵州志》：思眷十岁能属文，不应试，事亲存没尽礼。性耽吟咏，手订《张龙湖集》。又订许氏《说文》、吾丘衍《学古编》行世。

陈之驱，字桃文，攸人。康熙中贡生。著有《岛孙诗文钞》。《沅湘集》存诗二十八首，今录文十九篇。

《楚诗纪》：桃文为文如江涛汹涌，皆原本经籍。徐司寇乾学、韩宗伯菼致书劝赴北雍，大旨谓君出则为名士，居则终为山人。桃文得书，一笑而已，皆不报。晚悉焚其著作曰：无为世俗口议。

《攸舆诗钞》：桃文著作甚富，乾隆间同邑陈杰尝裒辑其残稿十二卷刻之，名曰《岛孙集》，仁和李宝憧学使序之。

案：是编中罗鸿胪典、张陶园九钺皆有桃文传。

曹耀珩，本姓张，字鸣佩，号暘庵，益阳人。康熙中贡生，官宁远县教谕。著有《听涛园集》。《沅湘集》录诗三十首，今录文十七篇。

《耆旧传》：暘庵幼有神童之目。官宁远时，尝应聘为岳麓山长。荐举鸿博未就，以古文名，诗亦朗爽，无局促态。

王敔，字虎止，衡阳人，夫之之子。康熙朝贡生。著有《蕉畦存稿》。《沅湘集》存诗七十五首，今采记一篇。

《耆旧传》：虎止禀承庭训，学问渊博，时艺尤有盛名。与邵阳车无咎补旃、王元复能愚、攸县陈之驱桃文称楚南四家。又有称楚中三王者，谓虎止与能愚及汉阳王戬孟縠也。潘书原先生宗洛视学吾楚时，延之入幕。与宜兴储大文六雅友善。船山遗书得入史馆、立传儒林者，皆潘、储左右之力也。

案：船山长子敔，字曷功，与虎止齐名。著有《诗经释略》，《沅湘集》存诗四首，而文未见。

龙之潢，字□□，武陵人。康熙朝布衣。采序一篇。

刘宏勋，字小唐，安乡人。康熙朝贡生。著有《南游草》《吾亭裸草》。《沅湘集》存诗二首，今采小序一篇。

《耆旧传》：小唐少孤，遭乱，倚兄宏德恂侯以生。恂侯固诗人，有《兼六园草》，小唐因得沉酣于古，兄弟皆以诗名，惜其集均未见。

尹士玫，字如攻，号怀园，湘潭人。康熙时贡生。《沅湘集》存诗二首，今采序一篇。

《耆旧传》：怀园三十未知名，自潘书原先生宗洛督学湖南，拔置第一，刊其文为多士程式，名遂大著。

易宗洛，字公锡，湘乡人。康熙时岁贡。采赋一篇。

《长沙府志》：宗洛好学植品，县令延修县志，舅季自相师友，子侄多以文名。

谢天墀，字帝飏，号芗泉，湘乡人。康熙间贡生。著有《梦草亭集》百卷。《沅湘集》存诗三首，今采文一篇。

夏光洛，字禹书，一字云卧，又号梅巢居士，益阳人。著有遗编五卷。《沅湘集》存诗二首，今录文十四篇。

《耆旧传》：居士性高洁，癖嗜林泉。宅后有大梅树，居士庋木其上居之，因以自号。生平不应试，不用世俗衣冠，年四十卒，自志其墓，命其兄子典虞敛以古礼服。陶文毅公云：云卧有托而逃，古之伤心人，非可于今世求之。工词善书，偶为飞白体，时人盛称之，有"益阳书法推三绝，李真、郭草、夏飞白"之语。

曹逢通，字利涉，兴宁人。康熙中岁贡，官湘乡训导。采序一篇。

车万期，字朋百，邵阳人。康熙时岁贡。著有《两石斋稿》。采序一篇。

《宝庆府志》：万期性坦率，胸无畛域，而好吟诗。家贫甚，啼饥号寒，吟啸自若。

李名瓯，永兴人，诸生，鹤山比部永敷之裔，以孝子旌。《沅湘集》存诗一首，今采小序一则。

《耆旧传》：孝子七龄丧母，哀毁如成人。奉继母避乱岩洞，多蛇患，名瓯作文祷之，患遂息。又尝为母觅药，夜归遇虎，泣以告，虎遁去。

车无咎，字补旃，邵阳人。康熙中岁贡。著有《承雅堂文集》。《沅湘集》存诗一首，今采文二篇。

《耆旧传》：补旃为理中先生鼎黄之子，避乱生浯溪，小字浯生，资禀纯粹。自其幼时，即以圣贤自待，湛深经术，不以诗名。著书甚富，《四库存目》所收《皇极经世》诸书，则与能愚先生同订定者也。

王元复，字能愚，号醒斋，《宝庆志》作惺斋。邵阳人。康熙中岁贡。著有《榴园集》。《沅湘集》存诗三首，今采文二篇。

《耆旧传》：醒斋为稚潜先生子，邃深经术，尤长于《易》，以理学著。李朗轩先生与人书云：《庄》《列》之书，初亦留意，自庚午见王能愚先生后，乃不敢涉目。其为时贤所信服如此。所考订《皇极经世》《洪范内篇》《律吕新义》诸书，见《四库全书存目》。

《宝庆志》：元复之学，于六经传注、程朱绪言旁及舆图、象纬、内经、参同契诸书，无不析疑辨难，一归于正。与同县车无咎、善化李文炤、宁乡张鸣珂案：鸣珂字玉友，号石攻，本姓余。幼知嗜学，性最钝，塾师授解必牢记之。由是颖睿大启，一目数行。初治举业，忽见濂洛诸书，曰：道在是矣。时与邵阳王元复倡正学于湖湘，善化李文炤所刻《诗》《易》《三礼》，皆其所参定也。事亲极顺，壮犹跪受笞杖，家四世不析居。与小功服弟鸣琴共举家政，内外翕然。诸见旧志。学行如此，而著述不传，片纸不获，聊附于此，以存其人。友善，同倡正学。著书散佚，四库馆所采《榴园管测》五卷，皆随手记录，门人会集而成，非定本也。

案：近年采获钞稿，有《广道》《鬼神》《生死》《蠡测》四论，后附车无咎所撰行状一篇，因文已编刻，未及补入。又一钞稿有《河图洛书释略》六则，《先后天八卦释略》二则，《横图圆图方图释略》四则，《筮卦释略》三则，《变卦释略》一则，《周易释略》一则，《太极图释略》二则，后云节录《榴园集》，又云集经欧阳俊刊行而删其大半，于每卷后附以自著管测云云。即采入四库馆也，今亦未见。

又案：是编中有李文炤撰传与车氏所撰行状，互有详略。

王之铁，字朗川，湘阴人。康熙末诸生。采序一篇。

《湖广通志》：之铁积学笃行，举动必依礼法。授徒玉笥山，先课以《小学》《近思录》，始及五经、百家子史，一时游其门者，皆彬彬可观。

罗作士，字明允，自号克斋，湘潭人。康熙中处士，石门教谕升之从父。采文一篇。

案：编中有刘香纂传。

唐待徵，字孚远，号晓村，武陵人。康熙末岁贡生，官湘阴教谕。著有《梯霞堂集》，未见。采赋一篇。

《武陵县志》：待徵动止不苟，以古贤行谊自励。

刘纪廉，字□□，溆浦人。康熙朝贡生。采碑记一篇。

徐昌夏，字鸿轩，武陵人。康熙朝贡生。《沅湘集》存诗十二首，今采序一篇。

《耆旧传》：鸿轩与弟昌支、昌运、昌□皆有诗名，时称四徐。

龙德懋，字其人，安化人。康熙中岁贡生。采碑记一篇。

《长沙府志》：德懋与邑人郭洪起同修邑志，家裕好施，迄家窘无悔。

胡作传，字昆左，号止斋，攸县人。诸生。著有《独秀轩诗文集》二十二卷，未见。采跋一篇。

旧志：作传父遭乱离，家业萧索，临终嘱以祭田、宗祠、家谱三事，作传既成家，次第举行。族中流亡者数十人，悉招徕之。仲兄客死，扶榇营葬。抚数岁孤子女，给产奁如己出。力护长兄于难，几至捐躯。晚悟文王卦变，作《九图解》。其诗选入陶氏《诗的》，兼工山水。学者私谥为文端先生。

陶煊，字奉长，号松门，宁乡人，之典子。以廪生入太学，考授州同，充安勤王府教习，与弟煓齐名。著有《石溪稿》。《沅湘集》存诗十七首，今采序一篇。

《耆旧传》：奉长尝选《国朝诗的》，与锺、谭《诗归》并称，独其《石溪诗稿》散佚，遍索不得，仅《诗的》中附存三十首而已。

郭宏碧，字石美，益阳人。康熙朝布衣。采行状一篇。

彭廷梅，字湘南，攸人。康熙朝国子监生，官河内县丞。著有《击空吟》。《沅湘集》存诗二十五首，今采小序二则。

《耆旧传》：湘南为陈恪勤公之甥，尝客慎郡王府，辑《国朝诗选》，又刻蔡忠烈《悔后集》。笃嗜风雅，不失舅氏门风，故当日坛坫诸君子亦交推之。袁简斋《随园诗话》盛称其“一阁衔夕阳，半江红不定”及“落日红不尽，遥山青欲来”之句。兹从《攸舆诗钞》及邓太初《国朝瓣香诗选》择其近方雅者存之。

文在芳，字□□，醴陵人。康熙末岁贡。采跋一篇。

陈紫绳，字登朝，号晓人，巴陵人。康熙朝布衣。采文二篇。

彭之昙，字非瞿，湘潭人。康熙末廪贡，官鄗县教谕，升福建仙游知县。采文三篇。

《鄗志》：之昙为教谕，律身端严，训士敦笃，建天河书院以课士，置田勷膏火。复念诸生艰于资斧，赴闱者稀，详请学院潘特加优助。每课必先自作一艺，遍示同人，互相切劘。词赋诗歌多表微阐幽，语关风教。所著《天河集》《炎陵志》，至今脍炙人口。

案：湘潭旧志仅载之昙官仙游，而不知其铎鄗凡十五年，大有造就。其文亦载《鄢志》。本邑无传，惜仙游政绩无考。

田禄，字懋廉，号耻斋，辰溪人。康熙末贡生。采传一篇。

米云薿，字季馨，辰溪人，元侗子。康熙朝布衣。采赋一篇。

潘胜鹏，沅陵人，康熙朝岁贡。采记一篇。

王生荃，字信芳，衡阳人，敔子。康熙末诸生。著有《芸者韵语》《芸者古文》。《沅湘集》存诗六首，今采小序一则。

李观正，字端友，自号云壑山人，湘潭人。《沅湘集》存诗三首，今采赋二篇。

《耆旧传》：山人博雅工书，嗜酒，醉即作字，顷刻百幅，不轻予人。颇好神仙鬼怪之术，所言多奇中。为怨家所讦，羁长沙狱中，久之得解。其卒也，或见之衡山道中，以为尸解云。潭人张礼谦庵为余诵二诗，亦见《攸县志》。子干，字锦岩，亦有诗名，有《半截松歌》盛传于时，未见。

《攸志·流寓传》：端友敦履朴素，所与游皆质直。开卷必求古人心志性情，下逮名物象数，得确义乃已。攸人争相款延，或流连朔旬，主客未尝交语。

案：字为端友，名当作正，他本作晸，作昰，字偶异耳。相传先生通术数，谢观察济世尝访之，相对竟日无语。尝谓其子姓城西烟柳堤，人户若满，便当他徙。道光中人户已满，或述此言以为虑。至咸丰四年，粤贼入城，伤人近千，逃徙一空矣。少时曾见先生正书，自作《天马赋》八幅，近《昭潭法帖》中刻有真草数种，所传文字如是而已。至《沅湘集》所称被讦入狱一事，向未之闻。集载其《狱中口号示乞书者》诗云：龙蛇满幅醉挥豪，十日长沙酒价高。莫待先生归去也，先生门户固于牢。其学问胸次，概可想见。而《省志》无传。

陶士偰，字伦宰，号嵇山，宁乡人。雍正元年进士，累官湖北汉阳府、河南南阳府知府。著有《运甓轩集》。《沅湘集》存诗九十五首，今采小序一篇。

《耆旧传》：嵇山为密庵先生曾孙，补伧明经煓之子，由翰林改官，与弟毅斋方伯士儹齐名，为诸陶之冠。

张汝治，字台三，善化人。雍正元年举人，官长阳教谕。采传一篇。

《善化县志》：汝治官长阳教谕时，长阳士习嚣陵，汝治严训饬，委曲开谕，士习一变，为学使所器重，以为真人师也。

张埴，字贡五，号香泉，湘潭人。雍正元年拔贡。著有《帆湘阁》《志千》《之万》《吴行》《越行》《齐行》《楚乡村居》等集。《沅湘集》存诗十六首，今录文二十篇。

《耆旧传》：《越行》《齐行》者，省觐其父南麓君文炳于仙居、文登之作。《志千》《之万》，则就养其子比部九钧、编修九镒京寓作也。《帆湘阁文集》，方侍郎苞、张文敏照、谢梅庄济世皆有序。盖其喜游览，负盛名于时如此。

王文清，字廷鉴，号九溪，宁乡人。雍正二年进士，举博学鸿词，充三礼馆纂修，以资授宝庆府教授。大学士朱轼奏请留馆，改中书科中书，兼律吕正义馆纂修。迁宗人府主事，调经史馆校勘，考取御史，旋乞假终养回籍。乾隆七年荐举经学，以父丧未赴。服阕，遂不仕。年九十二，终于家，著述甚富。《沅湘集》存诗四十首，今录文二十四篇。

《耆旧传》：先生博学强记，在三礼馆久，书成，功第一，同馆诸公咸敛手推服。雍正间，鸿博、经学两制科，中外巨公交章推毂无异词。初官九溪卫学正，故九溪之号最著。所著书已刊行者，《周礼会要》《仪礼分节句读》《考古略补》《考古原始》《读书纪略》《锄经余草》《续草》等集。其《考古源流》五百八十卷，《典制大文》二百余卷，皆写本。

案：陈文恭公宏谋抚楚时，为勒碑于所居曰：经学之乡。近年碑裂，而《考古源流》全部皆烬于回禄矣。

彭心鉴，字士衡，湘乡人。雍正二年进士，官广西宣化知县，改补桃源教谕。有集。《沅湘集》存诗一首，今采记一篇。

李继圣，字希天，一字振南，常宁人。雍正二年举人，官广丰知县。有《寻古斋集》《续集》。《省志》作《振南诗文前后集》四十卷。《沅湘集》存诗十四首，今录文十七篇。

《耆旧传》：振南家常宁之洋泉市，居宅宏敞坚固，中有楼，藏书甚富，且多宋刻善本。其孙岳泉秀才文昊世守之。道光壬辰，江华瑶匪赵金陇称逆，据其宅死守，以抗大军。官兵四面火攻，久乃得破，藏书尽烬，亦一劫也。

《宜阳诗选》：振南好古成癖，无奇弗搜。簿书鞅掌之余，搜书发箧，丹黄无间，浃日新制盈把。尝登太行，逾函谷，泛扬子、西湖，观潮海上，教授河洛齐楚间，所在与名流会集，走笔章成。

李都藩，字先价，益阳人。雍正四年举人。江西上犹知县，改新化教谕。《沅湘集》存诗二首，今采小序一篇。

陈其扬，字禹封，号航斋，益阳人。雍正四年武举人，著有《习是斋集》《古本参同契注》。《沅湘集》存诗五十二首，今录文十八篇。

《耆旧传》：禹封为洞庭协千总仙掌诗伯载华之子，通经史百家言，兼工书法，历百岁始卒。益阳陈氏自明末筠甫诗老至禹封，盖百余年矣，世有名人，皆起武科，异哉！

曾钧，字天民，号万楼，湘潭人，刑部用璜子。县学生，举孝廉方正，入一统志馆，修《五路志》，多罗愉郡王事以师礼，议叙凉州府经历。著有《宗藩宝鉴》《河西草》《艺余偶存》《杂著》。《沅湘集》存诗一首，今采序一篇。

黄炎，字勿磷，号渊亭，善化人。雍正五年进士，选庶吉士，散馆，改吏部文选司郎中，终云南永北厅同知。采文三篇。

《善化县志》：炎童子时从父受经，问晦翁何人，遂欣然有向往之意。读书目数行下，背诵《周礼》《仪礼》，尽卷不遗一字。通籍后游京师，与方望溪先生交契。罢官归，扃户安禅，惟太守吕南村叩门始一出见之。

张坊，字和五，埴弟。雍正六年拔贡，官阳朔知县，调阳曲，再调曲沃，迁保德州牧。著有《湘帆》《观海》《学山》诸集。《沅湘集》存诗八首，今采文七篇。

《耆旧传》：和五居官有慈惠声，去曲沃日，县人为建三不朽坊。

张邦柱，字芷乡，一字蔚斋，醴陵人。雍正六年拔贡，官永明教谕，迁赣州信丰知县，擢刑部郎，出为思州府知府。著有《啸松楼集》，未见。《沅湘集》存诗五首，今采碑记一篇。

《耆旧传》：其集前有洪素人璞序，谓生平友湖南三人，罗鸿胪、陈体斋，其一则芷乡也。

曾绍孔，字泗英，益阳人。雍正七年拔贡，官桑植训导。著有《我山文集》。《沅湘集》存诗一首，今录文三十七篇。

李芳华，字实庵，善化人。雍正七年举人。有《澹园文稿》。录文二十篇。

《湖南通志》：芳华事亲孝，尝以束修供甘旨，务得欢心。为学得宋儒精蕴，著述甚富。

案：文稿仅存残本，所著各种未见。

戴炯，字鹤山，湘潭人。雍正七年举人，官湖北黄安知县。采记一篇。

杜要，字朋若，一字去贪，新化人。雍正七年举人，乾隆元年钦赐国子监学正。著有《观澜文集》，未见。采记一篇。

《宝庆府志》：要屡困场屋，佹得复失，年六十四与同县杨琨、杨振铎同举于乡。已而琨与振铎相继登明通榜，要年辈先于二杨，耻居其后。乾隆改元，年七十矣，徒步赴京与会试，高宗以登极恩，命搜年老举人朱墨卷进呈，钦赐国子监学正，盖异数也。要有至性，刻苦自励，矜尚名义，负气不下，朋辈多惮之。

李涌，字鲸来，泸溪人。雍正七年拔贡，官永定教谕。采赋一篇。

刘玮泽，字芳玖，一字茗柯，号芋田，长沙人。雍正八年进士，乾隆元年举博学鸿词科，官四川兴文、宜宾，江南奉贤、镇洋知县，松江海防同知。著有《斯馨堂文集》。《沅湘集》存诗五首，今录文十篇。

《耆旧传》：茗柯与兄玮潭同年成进士，有盛名于时。尝辑其祖父及外家彭氏诗，为《江左流风集》，诗本未见。

案：玮潭即文恪公权之之父，文不可得。

王邦光，字觐龙，湘阴人。雍正八年进士，授城固知县，调山西马邑，擢云南阿迷知州。采传一篇。

湘阴旧志：邦光两任县令，兴建学校，士习文风为之丕变。知阿迷州，亦有循声。解组后，年至耋，犹手一编。建听虚斋，授徒讲学，从者益众。

刘元燮，字孟调，一字理斋，湘潭人。雍正八年进士，选庶吉士，授编修，改山西道御史，出为苍梧道，旋谪南丹州吏目。《四库存目》作广西布经历。复以事被劾，谪戍黔州安置。子亨地，入翰林，援例陈情释归。著有《寒香草堂集》。《四库提要》云：所著有《耨学斋稿》《梅垞吟》，篇什颇多。是编古今诗仅二百余首，乃其晚年所自订也。《沅湘集》存诗四首，今采文三篇。

《耆旧传》：孟调性刚，不容于众，都人相戒避刘御史。尝请增剑阁防戍弁兵之守，广博学鸿词荐举之途，申直隶佃田滋弊之禁，复常平减价平粜之例，俱蒙俞允。谪南丹时，义宁苗不靖，决策尽歼其众。芙蓉九寨煽动，复亲诣苗寨谕降，逆酋感泣，刻日归命。卒以伉直忤众被劾，安置黔州，老始放归，可谓百折不回者矣。《寒香集》有刊本，遍索不得。

常琬，字英怀，号楼山，长沙人。雍正八年进士，官河南洧川县知县，调南阳。丁艰，起复，补江南仪征、金山等县。告归，卒。采文四篇。

唐效尧，字衢尊，辰溪人。雍正八年进士，官陕西白河知县。有《于喁集》。《耆旧集》存诗一首，今采序一篇。

方桂，字友兰，巴陵人。雍正十年举人，由军功授英德知县，迁昆阳知州，擢临安知府，再补巩昌，调兰州，升宁绍台兵备道，兼管海关。以估勘定海营年满被议，谪戍伊犁。戍满，归，卒于家。《沅湘集》存诗二首，今采记一篇。

《耆旧传》：兵备为广西巡抚显之子，随父效力苗疆，积功得官。性伉直，善听断，长于擿伏。其被议获谴，亦以耿直为忌者所中。

罗源汉，字方城，一字南川，长沙人。雍正十一年进士，改庶吉士。乾隆改元，散馆授编修，历右春坊右赞善、左谕德，转侍读，授广西学政，迁侍读学士、顺天府尹、大理寺卿，旋授仓场侍郎，因事调用，再补顺天府尹，升都察院副都御史，擢礼部右侍郎，两任顺天学政，历都察院左都御史，晋工部尚书。仍以事革，留原品休致，卒。著有《南川诗文集》。《沅湘集》存诗六十七首，今采文十四篇。

《耆旧传》：公初入馆，故事须同乡官保任。时茶陵彭先生协揆清严高简，门馆无私识，特重公品学，与陈文肃同保荐一等。又大教习为桐城方先生。二公时喜与公讲论经术治体。识者谓公学于茶陵得其正大，于桐城得其精纯，遂为乾隆朝名臣云。公诗文雍容庄雅，尤喜临池，书法为一时所重，声望赫奕。今去世未久，流风邈然，可慨也。

陈大受，字占咸，号可斋，祁阳人。雍正十一年进士，改庶吉士，授编修。乾隆丁巳大考第一，超迁侍读，充日讲起居注官，迁左庶子、侍读学士，晋少詹事，迁内阁学士，擢吏部右侍郎，充经筵讲官，三礼馆总裁，寻授安徽巡抚，调江苏、福建巡抚，升兵部尚书，转吏部尚书，协办大学士，军机处行走，晋太子太傅，署直隶总督，终两广总督。予谥文肃，特旨入祀贤良祠。《沅湘集》存诗二首，今采文六篇。

《耆旧传》：公才望素优，扬历中外，精明勤慎，风采隐然。

案：嘉庆《省志》文肃传甚详，用大兴朱文正公珪所撰稿也。

张九钧，字陶万，号甄斋，湘潭人，埴子。年十三，补弟子员。雍正十一年进士，授刑部主事，转郎中，出为江南驿盐、直隶天津清河、浙江温处兵备诸道。有《甄斋集》。采序一篇。

陈树芝，字琼田，湘潭人，恪勤公鹏年长子。康熙五十七年以诸生召见，命随其父鹏年入武英殿修书。特授广东揭（扬）〔阳〕知县，擢贵州平越府知府。未至任，卒。采赋一篇。

湘潭旧志：树芝在揭（扬）〔阳〕，善政最多。卒年止三十九，人多惜之。

徐世佐，字辅卿，号石亭，湘阴人。雍正十三年举人，官天津盐大使，以事谪戍伊犁。晚放归，自号遁翁。乾隆乙卯重赴鹿鸣。著有《遁斋全集》。《沅湘集》存诗三十二首，今录文十四篇。

《耆旧传》：大使在塞垣日，阿文成公时为伊犁将军，尝题主桐华书院。余见其所作古文，甚有义法，诗不多见。比复得其古今体诗数百首，语多名隽，古体奔放有奇气，或拉杂不自休，今仍择其近体之雅饬者存之。

案：大使诗文前皆写本，其后裔于近日以活字印行。其文甚富，亦奔放若不可止，盖老寿而精力强固，故乘酣以逞雄怪。其议论宏肆处，亦略与船山为近矣。

锺灵，字仙吟，平江人。雍正十三年举人，官南河知县，擢泰州同知。采赋一篇。

《湖南通志》：灵知南河县，乾隆十六年圣驾南巡，献诗百韵，擢泰州同知。所在多善政。

夏逢夔，字典虞，益阳人。雍正十三年举人，官桃源教谕。著有《听斋文集》。《沅湘集》存诗三首，今采文二篇。

《耆旧传》：典虞通经术，善古文，为一时儒硕。

案：典虞为梅巢居士光洛之侄，今止录其文之附见居士者，其《听斋集》未之见也。

龚自舒，字陶庵，慈利人。雍正十三年举人，官沅陵教谕。采记一篇。

罗升，字聚上，号磉洲，湘潭人。雍正十三年拔贡，官澧州石门教谕。以孙修源贵，累赠中宪大夫。采文三篇。

湘潭旧志《淳行传》：升初充觉罗官学教习，训课规条如乡居授徒法，后铎石门，训士亦如之。学宫倾圮，祭器不备，升捐积俸新之，石士悦服。以艰归，送者数百人。性和而介，竭诚相与，为谋必忠，尤殷殷奖励后进。归田贫不自存，指两孙示人曰：此余之宦囊也。晚补江华教谕，不赴。自课孙修渭、修源，连掇科第。

黄宜载，字静涵，号安斋，湘乡人。雍正十三年拔贡，以直州判借补浙江归安县丞，升温州府平阳县知县。曾孙正楷，道光中拔贡乡举，官铜仁知府。《沅湘集》存诗二首，今采赋一篇。

饶梦燕，字放殷，号翼堂，城步人。雍正十三年拔贡，官山东金乡、鱼台知县。采记一篇。

《湖南通志》：梦燕选贡时，值苗瑶不靖，当事延之协议，设法捕治，以次奏功。寻由教习历任山东知县，所至有廉惠声。

陈履谦，字大涉，一字讱庵，攸人。诸生。《沅湘集》存诗一首，今采传四篇。

《耆旧传》：讱庵为史占监军五聚子，史占遁居好客，游道日广，讱庵继之。有田二顷，日典质以供宾客，自称天放山人，亦一时之小平原也。有集百二十卷，今佚。

聂继模，字琼芳，衡山人。以子焘贵，封镇安知县。《沅湘集》存诗二首，今录尺牍一篇。

《耆旧传》：封翁性至孝，好山水，喜博览，隐居，以医术济人，不受值。镇安居官廉慎，翁作书教以行社仓、义学，恳恳数千言。桂林陈文恭公抚陕时，以其书檄行所属，奉为令。翁寿至百岁。

案：《诫子书》今编入尺牍，其行实具见镇安所作行状。

曾绍文，字□□，益阳人。雍正朝布衣。采跋一篇。

方宣试，字跃四，巴陵人。雍正朝岁贡，选常德训导。采序二篇。

孙邦英，字浴溪，巴陵人。诸生。采文二篇。

陈树苹，字鹿田，湘潭人，恪勤公鹏年之六子。雍正朝贡生。著有《劳劳集》，未见。采赋一篇。

陈葵，字向父，攸人。诸生。著有《兰洲杂编》，湘潭陈树著学田为刊行于浙西道署，集未见。采文二篇。

案：葵之祖五聚史占，父履谦天放，葵之子其埱泰初，及葵四世，刻有《淇园世帙》，检讨陈梦元序之，今未之见。

邹致肃，字怡先，号谦山，酃人。雍正朝岁贡，官桂东训导。采墓志一篇。

《酃志》：致肃工诗文。父病，衣不解带。与兄同居七十载，无闲言。

简自采，字□□，湘乡人。采赋一篇。

易祖榆，字添有，湘乡人。官太平府松门巡检。采赋一篇。

《耆旧传》：易祖栻，字张有，湘乡人。官江南青浦主簿。工书善画，流传禁中。纯庙在藩邸时，有《题易祖栻墨竹》诗，见《乐善堂集》。易祖榆亦能诗，慎郡王有《送易祖榆之官》诗，见《太平县志》。皆一门才也。

孙起，字□□，龙阳人。采赋一篇。

罗智烛，字□□，邵阳人。采传一篇。

车闲，字存斋，邵阳人。雍正朝例贡。采序一篇。

湖南文征　姓氏传卷四

国朝

旷敏本，字鲁之，衡山人。乾隆元年进士，选庶吉士，主讲岳麓书院，学者称岣嵝先生。有《岣嵝文集》。《沅湘集》存诗十首，今录文十六篇。

《耆旧传》：岣嵝弟敩本，字逊之。丁巳进士，官宝庆教授，与兄齐名，有集，未见。

黄宜中，字揆一，号拙斋，又号鹄亭，湘乡人。乾隆元年举人，官安乡教谕，升湖北襄阳教授。有《蕉轩集》，未见。采论一篇。

易宗渚，字公申，号实庵，湘乡人。国子监生。乾隆元年，与兄宗瀛公仙同举博学鸿词，充慎郡王府教习。有《半霞楼集》，未见。《沅湘集》存诗七首，今采文三篇。

《耆旧传》：公申有至性，居丧，庐墓三年，哀毁过礼。客慎邸七年，甚见礼遇。归赠"世孝"二字。与其父贞言同以孝旌。

聂焘，字函有，号环溪，衡山人。乾隆二年进士，官陕西镇安知县，卓异，调凤翔，外艰归。有《环溪文集》。《沅湘集》存诗三首，今录文十八篇。

《耆旧传》：环溪在镇安最久，力行社仓，设义学，教民饲蚕种棉，县大治。陈文恭公宏谋方抚陕，称其学有实用，造福地方，治行为关中第一。祀镇安、凤翔名宦。

张九镒，字权万，号橘洲，湘潭人，埴子。乾隆二年进士，选庶吉士，授编修，洊历少詹事，出为河南南汝光道，再任四川川东道。有《退谷集》。《沅湘集》存诗五十首，今采序二篇。

《耆旧传》：退谷性伉直，分巡川东时，尝发所属知府某侵蚀夔关奸状，未几即以疾乞归，不复出。

潘世晓，字宥亮，号晴皋，湘潭人。乾隆二年进士，官江西东乡知县，以病呈改教职，补衡州府教授，主讲石鼓书院。采记一篇。

湘潭旧志：世晓耄而好学，尤喜培植后进，倡修昭潭书院，请于蒋中丞溥，拨回膏火田亩，士林德之。

杨河，字伏图，新化人。乾隆三年举人。历官茶陵州学正，宜章县教谕，湖北武昌、山东范县知县。《沅湘集》存诗三首，今采文二篇。

《耆旧传》：先生为又西经师之子，苏甫诗伯之父，三世皆以文学显。《白沙集》中有赠苏甫诗所云"君之大父固名士，名父之子有若翁"是也。

汤天焕，字石岑，醴陵人。乾隆三年举人，有《石岑遗集》。录记二篇。

《醴陵县志》：天焕学问优赡，截取知县，以母老乞养，终制后奉文催不就，蓬荜萧然，读书自乐。嘉庆戊午重宴鹿鸣，不赴。寿近期颐，著作多散佚。

张九键，字天门，一字筦侯，号石园，湘潭人，九钧弟。乾隆三年举人，由明通官麻阳、泸溪教谕，迁直隶隆平知县。有《漱石园诗文集》。《沅湘集》录诗二十五首，今录文十篇。

《耆旧传》：石园于诸张中名位不显，而诗境能独造。沈文悫赠句云"浣花以后久无作，漱石于今大有人"，甚为名流所推服。

谢才，字旲望，号屐山，安仁人。乾隆四年进士，官宝庆府教授，忧归。服阕，铨辰州教授。年七十三卒。有《念劬堂集》，未见。采文二篇。

蔡扬宗，字赓堂，号筠丛，湘潭人。乾隆四年进士，选庶吉士，散馆，越资补赞善，旋以侍读学士督山西学政，晋詹事府少詹事。以内艰归，遂不出。《沅湘集》存诗四首，今采文二篇。

黄澍纶，字□□，善化人。乾隆四年进士，选庶吉士，改安徽繁昌知县。采序一篇。

黄玉衡，字象斗，善化人。乾隆四年进士，历官江苏宜兴、山西和顺知县。采文五篇。

孙良贵，字邻初，号麓门，善化人。乾隆四年进士，历官常德府教授，甘肃安化知县。有《麓门诗文集》。《沅湘集》存诗八十二首，今采文九篇。

《耆旧传》：邻初博闻强记，著述甚富，有《邃古质疑》四十九篇，其论岁差、考定三湘九河、黄河源诸说，多有根据。

周焘，字迪循，号桐圃，茶陵人。乾隆四年进士，选庶吉士，授检讨，转御史，稽察大通桥仓场，迁刑科给事中，改吏科。乞养归，掌教岳麓书院。有《爱莲堂集》。《沅湘集》存诗十七首，今采文四篇。

《耆旧传》：长沙陈编修士雅云：先生居谏垣，风节侃侃，一日挂弹章者十余辈，要人侧目。先生不安其位，遂乞假归。

刘恩宠，字绥四，号莲池，益阳人。乾隆六年举人，壬戌明通进士，历官安福、临湘教谕，宝庆教授。《沅湘集》存诗五首，今采赋一篇。

《耆旧传》：先生为先大父高足弟子，性颖敏好学，大父甚器之，尝呼为刘九而不名。年未五十，卒于官，诗文多散佚。余幼时犹及见其《浮邱山》《蛰龙泉》诸赋，不愧沉博绝丽之称。

邓世让，字逊斋，攸人。乾隆六年拔贡，官桂东教谕，升授河南新郑知县，调江南阳湖，以年老改泸溪教谕。有集，未见。采记一篇。

彭仪凤，字栖梧，城步人。乾隆六年举人，官绥宁教谕。采记一篇。

唐焕，字尧章，号石岭，善化人。乾隆六年举人，历官山东平阴、昌邑知县。以子仲冕官赠通奉大夫。采记一篇。

《通志》：焕知平阴县，县云门山产石坚致，上官檄采以助泰山庙工，焕虑扰民，力争之，事遂寝。修学校，缮城隍，明慎折狱，逾年，邑大治。调知昌邑，筑王可堤，遏潍水之冲。又设土牛，植榉柳为久固计，民利赖焉。罢官后，家四壁立。杜门著书，发明圣贤之旨。

胡泽潢，字中咸，号星冈，宁乡人。乾隆七年进士，选庶吉士，授检讨，历官户科给事中。《沅湘集》存诗六首，今采疏一篇。

《耆旧传》：星冈有《敬陈保甲疏》，见《皇朝奏议》，今贵州巡抚贺公采入《经世文编》。其家乃不知有此疏，以无专集故也。

张增，字兴五，号椤南，湘潭人，埴弟。乾隆七年明通进士，官溆浦教谕，迁福建邵武知县。采文二篇。

许伯政，字惠棠，巴陵人。拔贡，乾隆元年举博学鸿词，七年成进士，由知县历官山东道御史。著有《事三堂文集》《益青阁诗集》。《沅湘集》存诗一首，今采文十五篇。

张九思，字聿修，善化人。所居名洞井，又号洞井山人。乾隆八年优贡，官宁远训导。有《蒙泉文集》《栟芝诗集》。《沅湘集》存诗五首，今录文十篇。

《耆旧传》：山人与罗洋山人交好，在当日亦有盛名。尝以《蒙泉草堂记》见赏于夏醴谷学使，称为古之扬子云不之过云。

案：山人时艺曰《火余集》，与郭助教《罗洋草》并传，而诗古文辞则乡邦后进多未之见，盖罗洋刻本未甚流布，而山人之《蒙泉》《栟芝》二集近始刊行也。山人哭助教诗云：惟君好我独奇绝，焉知鬼瞰与人非。燕台聚首欢无比，愿得生死相扶携。龙眠老子亦好事，相与旷古联心期。就使饿死填沟壑，不效时俗同脂韦。龙眠谓刘耕南大櫆也。身居人海，屏绝声华，独与二三知己以道义文章相切劘，品诣可想矣。

郭焌，字昆甫，善化人。罗洋山在县北，故以自号。由雍正十三年拔贡举乾隆九年乡试第一，以荐举学行授国子监学录，迁助教。有《罗洋文草》。《沅湘集》存诗五十首，今录文十五篇。

《耆旧传》：山人好学深思，矜尚名义，文章气节，动以古人自期。所作时艺，尤盛行于时。《罗洋文草》《诗草》二集，则其弟灿仲甫所刊存者也。

案：先生弟灿《罗洋文集序》略云：吾兄以乾隆乙亥春卒于国子官署，遗命不及家事，惟日夜删定所著时文，趣附剞劂。至诗古文之作，随手散去。其有存者，则云俟桐城刘耕南先生决择之后，始可问世。往年以兄命缮其稿，邮寄京师，原稿遂浮沉不返，其存者仅十之五六。今二十余年，每触及残编废什，耿耿不能释。据此则罗洋时艺亦身后始经刊行，而诗与古文越廿年而后付刊，而又非全稿也。

张垣，字前五，号潭村，湘潭人。乾隆九年举人，官桂阳州学正，迁云南河西知县，未赴。有《潭上草堂集》。《沅湘集》存诗三首，今采文四篇。

《耆旧传》：河西之父文炳为诗坛名宿，其子则世所称陶园诗老也。名父之子，名子之父，同怀兄弟，昆龙季虎，皆著作才。《潭上草堂集》独未见。

彭坊，字礼崇，一字仪岳，衡山人，教授仕商之子。乾隆九年举人，官浙江浦江知县。有《瓦卮集》。《沅湘集》存诗十一首，今录文七篇。

《耆旧传》：浦江绩学笃行，力承家学。初官长兴，为归震川所治地，求归所作《梦鼎堂记》，碑石无存，即购石重刻。其儒雅抚字，一如熙甫。浦江之治，最为近古，甫二岁而罢，年仅中寿。《瓦卮集》今有刊本，古文最有义法。

黄道壸，字敬之，号藏山，宁乡人。乾隆九年举人，官福建永春同知。《沅湘集》存诗三十九首，今采文二篇。

《耆旧传》：藏山与兄道懋同榜，著有《南六堂诗草》，桐城叶书山西序之，称其工诗善画，得王、孟之遗。

刘元熙，字宾门，湘潭人。乾隆十年进士，选庶吉士，授编修。有《四香阁集》，未见。《沅湘集》存诗十八首，今采文二篇。

《耆旧传》：湘潭刘氏门才之盛，与诸张埒。宾门先生殚见洽闻，文章尔雅，为乾隆朝名宿。以乞养归，不复出。晚构别业，与四方名流觞咏其中。卒后，著作散佚。其孙芑汀大令贻孙与余同举甲子乡试，官咸宁知县，尝欲编辑先生言行纂著见示，俾得附载《楚宝》，未果而芑汀卒，《四香阁集》不可复得。

欧阳正焕，字尧章，号瑶冈，又号竹泠，衡山人。举乾隆六年乡试第一，十年成进士，选庶吉士，授编修，擢江南道御史。归主岳麓讲席。《沅湘集》存诗二首，今采文二篇。

《耆旧传》：先生居谏垣，有直声，以亲老乞养归，即不复出。生平讲学，自任治躬甚严苦。主讲岳麓时，书“整齐严肃”四大字嵌于堂壁，为韵语以示诸生，可作古箴铭读也。

锺圣芳，字□□，平江人。乾隆十二年举人。采记一篇。

熊光琛，字献来，益阳人。乾隆十二年举人，以明通任新宁教谕。内艰，起复，改兴宁教谕，升永州府教授。卒年七十八。采表一篇。

王昭熙，字朴斋，湘潭人。乾隆十三年进士，官广东封川知县。采记。

湘潭旧志：封川地瘠民贫，昭熙政尚培养，性慈惠，每听讼，得其情，涕泣笞之。抚军某移节他省，谓昭熙曰：汝儒吏也，我去，谁知尔者？卒以公事被议，归。

陈长镇，字宗五，号延溪，武陵人。乾隆十三年进士，选庶吉士。有《白云山房集》。《沅湘集》存诗五十二首，今录文十七篇。

《耆旧传》：先生幼好学，有笃行。雍正初，举孝廉方正，郡县以其名应，不就。以优行荐入都，多罗平郡王慕其学行，以母老固辞。乾隆元年，举博学鸿词，报罢。王因致其母谕以要之，甚见敬礼。及与馆选，乞假省亲。归途闻母丧，大恸，呕血数升，未几卒。

案：延溪之试鸿博，吾邑陈少司农树萱实为举主，时或以同姓为嫌，因致摈落。其诗文皆瑰奇博奥，湖外先辈中所不多见，惜无刊本，仅从《常德文征》及方志采录而已。

朱景英，字幼芝，一字梅冶，晚号研北翁，武陵人。乾隆十五年举乡试第一，官福建宁德、侯官知县，擢台湾鹿耳海防同知，调北路理番同知，以病归。有《畲经堂集》。《沅湘集》存诗七十一首，今录文五十七篇。

《耆旧传》：研北先生幼慧，弱冠即有文誉。世传其前身为闽中一宿儒，官福宁时，曾亲至其家，见所遗手迹，封识宛然。诗集极富，近日吾乡先辈以诗雄者，度西、研北两先生不数觏也。先生曾修《沅州府志》，所为诗有借刻他氏入《艺文》者，其不自爱惜类如此。闻其家未刊本尚多。

罗典，字徽五，号慎斋，湘潭人。举乾隆十二年乡试第一，十六年成进士，选庶吉士，授编修，转江南道监察御史，工科给事中，吏科掌印给事中，升鸿胪寺少卿，以母老乞养归。主讲岳麓书院二十七年。嘉庆丁卯，重赴鹿鸣宴，明年卒，寿九十，祀乡贤。有《凝园读易管见》《读书管见》《读诗管见》《读春秋管见》。《沅湘集》存诗六首，今采文十六篇。

《耆旧传》：先生性严重，其勇退与瑶冈侍御略同。于六经皆有纂述，韵语非所留意，偶存一二酬应之作，亦清婉可诵。

案：先生诗文无刊本，年久散佚。近从其家得古今体诗手稿一帙，数十首皆在《沅湘集》所录之外，已摩刻近体六首于《昭潭法帖》中矣。其立朝风节、作育人材，具见溆浦严氏如煜、长沙周氏锷、周氏树槐诸君所为传序。

王立槐，字荫庭，号南湖，湘阴人。乾隆十七年举人，官江西万年知县。有《南湖文集》。《沅湘集》存诗二首，今采文二篇。

《耆旧传》：南湖有史才，与其兄勿斋秀才立楷与修《湖南通志》，陈文恭公甚重之。

张正笏，字书思，号笔石，湘乡人。乾隆十七年举人，官武陵教谕。有《经学备纂》《掷虚丛语》《说书唾余》《自种编文集》等书。《沅湘集》存诗四首，今采文二篇。

《耆旧传》：笔石先生两中副车，始举于乡，积学力行，为连道儒硕。尝评选攸县陈桃文，衡阳王虎止，邵阳王能愚、车补旃文为楚南四家。湖湘之士，翕然从之。

案：先生尝主讲涟滨，而洗笔池有墨云之瑞，是年门下中隽者四人：罗侍郎国俊、邓鸿胪文泮、谢教谕佑瑾暨先生子五渚刺史眉大也。五渚著有《海南日钞》，而文不可得。

陈益，字谦甫，益阳人。乾隆十七年举人。有《损斋集》。《沅湘集》存诗三首，今录文十九篇。

胡师亮，字盖三，号南耕，湘潭人。乾隆十七年举人，历知浙江西安、平湖、遂昌、慈溪、仁和、德清诸县，以疾归。采文一篇。

湘潭旧志：遂昌有巨案，师亮止惩其首恶，全活数百人。在仁和，筑长堤捍御钱塘海口，潮不为患，民呼胡公堤。四十五年，承办南巡大差，悉心筹画，民不知扰。

陈汝霖，字熹亭，号乐堂，武陵人。乾隆十七年副贡。采序一篇。

文承宠，字象屏，攸人。乾隆十八年举人，官衡山教谕，迁辰州教授。采记一篇。

刘烺，字音昭，号石峰，零陵人。乾隆十八年拔贡。《沅湘集》存诗五首，今采小序。

《耆旧传》：石峰内行肫挚，治躬严苦，盖笃行君子也。子方瑚、方璿皆相继拔贡，亦以学行为时所称。

黄立隆，字定之，号静斋，宁乡人，进士道恩子。乾隆十八年拔贡，累官直隶天津大名知府，再摄兵备道，以目疾归。采序一篇。

孙起栋，字天擎，号白沙，新化人。乾隆十八年拔贡，考取正红旗官学教习。有《辽西草》《湘南草》。《沅湘集》存诗一百九十二首，今采小序。

《耆旧传》：先生以己卯科场事谪戍临榆，居辽西四十年，嘉庆初始放归。归后无以为家，久之往依其中表戚于粤西。未半载，怏怏归，中途遇盗，诗稿同行李攫去，愤甚，竟客死东安旅店。诗人之穷，殆未有如先生之甚者矣。性刚介负气，不为人下。己卯之役，当事方怜其才，不欲竟，对簿时词气傲岸，不少屈，坐是获重谴。既困法网，益发愤无聊，使酒骂坐，不乐近人。生平抑塞奇诡之气，一泄于诗，倔强生硬，如其为人。

谭之纲，字履常，号雩山，茶陵人。乾隆初以贡生官宁远教谕。十八年举人，官江苏溧阳、湖北蕲水知县。有《雩山集》。《沅湘集》存诗五首，今采跋二篇。

《耆旧传》：雩山与弟之纪齐名，尝同孙邻初、陈谦甫佐吕公肃高校刊《楚风补》《楚诗纪》。子定元立斋、声元希斋皆有名。

罗万卷，字凝亭，桂东人。乾隆十八年拔贡。有《桂溪集》。《沅湘集》存诗一首，今采小序。

卢世昌，字纲斋，桂阳州人。乾隆十九年进士，官江苏丰县知县。采赋一篇。

陈梦元，字体斋，号春江，攸人。乾隆十九年进士，选庶吉士，授检讨，充三通馆纂修。有《杓稿》《双江别稿》《春江文集》《诗集》。《沅湘集》存诗三首，今录文二十六篇。

《耆旧传》：先生性恬退，早乞休，林居二十年，著述自娱。以古文名，诗集未见。

案：《沅湘集》未得春江全稿，汝怀近始见之。

邓正琮，字宗玉，益阳人。乾隆十九年进士，官河南密县知县。有《古山文集》。《沅湘集》存诗一首，今采跋一篇。

林学易，字象占，号半霞，衡山人。乾隆十九年进士，选庶吉士，授检讨。归，主石鼓、昭潭、群玉各书院讲席。《沅湘集》存诗一首，今采序一篇。

丁宗懋，字勖斋，醴陵人。乾隆二十一年举人，官山西临县知县。《沅湘集》存诗五首，今采记二篇。

刘绍濂，字景周，溆浦人。乾隆二十一年副贡，官广西知州。采文四篇。

刘亨地，字载人，号寅桥，湘潭人。乾隆二十二年进士，选庶吉士，授编修，迁国子监司业，寻以中允擢侍讲。采序一篇。

湘潭旧志：亨地以父元夔远谪黔州，闭关力学，午夜辄涕泣礼斗，祝父生还。旋由选拔联捷入翰林，为父陈情，蒙恩放归。父艰，服阕，需次无期，奉旨以中允、赞善等官借补。词臣变通成例，自亨地始。子利钰，纯笃有俊才，十七岁夭，亨地悼之甚。明年典试广东，归途感疾，卒于江西，年四十八。

案：侍讲曾为利钰刻时艺一帙，自为之序，中言晓岚纪公挽利钰云：早逝最怜王辅嗣，重来定作顾非熊。纪公与先生盖至好也。

翁耀，字明远，号诚轩，湘潭人。乾隆二十二年进士，历官直隶大名、元城知县，旋知沧州，擢陕西汉中府知府，调西安，晋驿盐道，转督粮道，以母九旬乞养归。采序一篇。

湘潭旧志：元城多水患，岁己卯，漳、卫并溢，饥寒载道，耀于赈恤外，多施棉衣，生全无算。辛巳，漳河漫口，涨益甚，鸠工堵筑，兼增倍卫河堤工，以资捍御。耀气体浑厚，精明内蕴，三摄臬篆，多平反。服官二十余年，曾未一罣吏议。卒年六十五。

李光甲，字东晓，号石浦，湘潭人。乾隆二十二年明通进士，以教职官四川黔江知县，署忠州知州，以病归。《沅湘集》存诗一首，今采记一篇。

《湖南通志》：光甲知黔江，偶以事至坝场，见一履浮溪水中，下流复得断足一肢，觅诸石岩，得其尸首。廉知民费某为陈朋者所戕，禽得一讯，具服。署秀山篆，县苗人因趁墟与江西贾人哄，势大讧，光甲单骑谕之，遂定。

张眉大，字紫宇，号五渚，湘乡人，正笏子。乾隆二十四年举人，官广东开建县知县，擢儋州知州。有《海南日钞》《滇南纪行诗钞》。《沅湘集》存诗四十九首，今采记二篇。

《耆旧传》：先生有《七十自述百韵》，中有"除妖项羽廨"之句，自注云：开建县署多凶，前令五官相继而死，白日见大石从空而坠，莫知何来。历年假书院治事。余为文祭之，即于署侧一路坠石而去，自此居之无虞。故以吴兴项羽据厅为比。

何光晟，字东晓，号曙亭，湘潭人。乾隆二十五年举人，以教习得县令，历署湖北咸宁、南漳，补蒲圻，署荆州汉阳通判，兴国知州，以诖误归。有《爱吾堂诗文集》《山火集》等书。采序一篇。

湘潭旧志：光晟父泰庵阴行善事，梦老妪泛苇席抱婴儿授之，遂生光晟。任咸宁，清厘积狱，囹圄一空。令蒲圻，鞫狱，父老环听至宵分。岁戊戌，旱，刺血书文祷于神，雨立沛，全楚岁歉，惟蒲庆有年。重建育婴堂，殚心矜恤，民肖光晟像于堂祀之。四与乡闱分校，所得士多居卿贰翰詹科道者。

案：《爱吾堂》诸集未见，惟见《谘余录》抄本，故止录序一篇。

又案：《县志》何光昺字旭亭，甫弱冠，登乾隆甲戌武进士，官东昌卫守备，调泗洲卫，迁甘肃碾伯营都司，工书画。著有《疏星草》二卷，亦未见。

朱廷模，字朝范，号远峰，湘潭人。乾隆二十五年举人，历知陕西宜川、韩城、三水诸县，内艰，起复补朝邑，调署（三）〔山〕阳、鄜州。采记一篇。

湘潭旧志：廷模署山阳时，朝邑士民吁大府乞留，调鄜州，亦如之。倡修黉宫，移建义学，县学额止十五，廷模作育有方，人文蔚起，遂得增额四之一。城为河冲，申请捐修，易土而砖，复建长堤以资保障。在朝邑二十余年，省中同僚皆以前辈呼之。去之日，士民送至关外，多泣下者。

刘永华，字正西，益阳人。乾隆二十五年举人，官湖北罗田知县，施南府通判。《沅湘集》存诗五首，今采文三篇。

刘权之，字德舆，号云房，长沙人。乾隆二十五年进士，选庶吉士，授编修，历官礼部、兵部尚书，协办大学士。以事谪编修，洊至礼部尚书、协办大学士，晋太子少保、经筵讲官、体仁阁大学士。予告在籍，食半俸，卒，谥文恪，祀乡贤。《沅湘集》存诗五首，今采文三篇。

蔡璨，字蕴之，益阳人。乾隆二十六年进士，官常德、衡州府教授，内迁翰林院典簿，不就。《沅湘集》存诗一首，今采序一篇。

刘校之，字中垒，号书台，长沙人，权之兄。乾隆二十六年进士，选庶吉士，授检讨，典浙江乡试，督学贵州，由赞善转中允侍讲，改户部员外郎，升郎中。卒年六十七。采序一篇。

余廷灿，字卿雯，号存吾，长沙人。乾隆二十六年进士，选庶吉士，授检讨，充三通馆纂修。以母老陈请归养，遂不复出。有《存吾文集》。《沅湘集》存诗二十六首，今录文二十七篇。

《耆旧传》：先生学有本原，其论天文律历、句股径围之学，与休宁戴氏东原往复辨难，具见《存吾文集》。主宝庆东山书院最久，与吴兰柴翁善，唱酬极富。

陈圣清，字振顽，常宁人。乾隆二十七年举人，官湖北汉阳府教授。有《汇江文集》。采文五篇。

喻世钦，字敬廷，号悔庵，长沙人。乾隆二十七年举人，官湖北黄州府教授。采碑记一篇。

张九钺，字度西，号紫岘，湘潭人。乾隆二十八年明通进士，历官江西南丰、峡江、南昌，广东始兴、保昌、海阳知县。有《陶园诗文集》。《沅湘集》存诗二百三十七首，今录文三十六篇。

《耆旧传》：先生生有异禀，七岁能诗，九岁通十三经及史鉴大略，十二岁补博士弟子员，充乾隆六年拔贡，廷试第一，留监肄业。考补正红旗官学教习，既举京兆，久之始得县令，所至有治声。以海阳案牵连落职，遍游嵩、洛、偃、巩间。晚归里，主昭潭讲席，卒年七十八。先生才名震海内，年十三登采石矶，赋长歌，人呼为太白后身。乾隆中，西师奏捷，朝廷行郊劳礼，先生为赋乐歌，复为良乡居民贾户作凯旋榜帖千余幅，一夕立就。诗文宏博浩瀚，纵其力之所至，而一轨于正。当世诵其诗者，推为乾隆朝一大宗。相传先生为南岳毗卢洞僧，僧圆寂时以“心通白藕”留待对者，先生七岁见僧徒示偈，即应声曰“舌涌青莲”。僧众膜拜曰：真吾师也。没时，子世津瞥见其父出怀中僧帽戴之，飘然而去，亟入省视，其父伏枕如故，惟口吟云：担柴运米百无能，自读楞严自剪灯。夜半万缘钟打尽，前身南岳一枯僧。遂卒。

潘相，字润章，号经峰，安乡人。乾隆二十八年进士，历官山东福山、曲阜、寿张知县，濮州知州，终云南昆阳知州。有《轡云书屋集》。《沅湘集》存诗三十七首，今录文二十二篇。

《耆旧传》：先生为吾楚儒硕，以乾隆辛酉拔贡充武英殿校录、琉球官学教习。其治福山，日以经艺课士，如严师然。福山王氏为显族，通经绩古之士，多自先生发之。再成大令余英官宁乡时言之如此。子其焯，撰《俎豆集》，亦有学行。

张世法，字平度，号鹤泉，湘潭人，九键子。乾隆二十八年进士，授直隶房山知县，以病归。起知甘肃宁夏县。外艰，服阕，再任灵台、华亭。归里，卒。有《瞻麓堂文集》。《沅湘集》存诗三十三首，今录文二十六篇。

湘潭旧志：世法在房山，孔道差繁，事理而民不扰。金川凯旋，承办郊劳大典，恩赉有加。邑旗圈地密庄头某倚势为梗，悉绳以法，慑服无敢动。知宁夏时，郡多汉唐旧渠，溉田百万，官吏为奸，世法奉檄董理，豪右敛迹。尝言：宁从胥吏骂，无罹鬼神诛。清操可想。

李光峣，字鹭溪，长沙人。乾隆三十年举人，官耒阳教谕、广西来宾知县。采记一篇。

龙骧，字我瞻，号三峰，湘乡人。乾隆三十年举人，官河南汝阳、嵩县、郾城知县。以子某官封奉直大夫。孙显翼，举乡试第一。采记二篇。

夏大观，字继临，号枫江，湘潭人。乾隆三十年拔贡，历官衡州训导、岳州教授。著述甚富。《沅湘集》存诗四首，今采文二篇。

湘潭旧志：大观训导衡州，勖诸生曰：士苟廉隅不饬，虽才如班马，学富渊云，不尚也。在衡十六年，士风为之丕振。教授岳阳，一如在衡时。殚心著述，编摩辨证，多发前人所未发。所著《左传分类赋》《说左约笺》《十三经质疑》《识小类编》《洞庭湖志》《治生广录》《异文类摭》《文集》《诗集》《诗余》《词余》，凡九十二卷。

案：教授初以才显，最有时名，后益劬心实学。而志载九十二卷者，惟《洞庭湖志》经华容万年淳弹峰刊行于道光初年，今《说左约笺》《左传类对赋》[①] 二种尚有传本，其余未见。或言教授任岳州时，悉以稿本交郡中李姓，而忘其名，无可踪迹矣。

欧阳基文，字同周，号斗南，新化人。乾隆三十年拔贡。有《蜗窝文集》《诗草》《诗余》《史辨》诸书。《沅湘集》存诗十一首，今采序一篇。

《耆旧传》：先生为吾友磵东之父，天才挺拔，诗文操笔立就，性方洁，不谐于世。丙戌朝试，名次二，铨就州判，以亲老固辞，不复出，授徒自给，人罕见其面。卒后家徒壁立。磵东少孤，全集遗失，不复可踪迹。桐城方君世仁哭以诗云：早惊元伯重泉梦，欲续中郎有道碑。钱塘黄君九叙亦云：品望澹台存古道，文章六一绍前徽。二君先后令新化，岁时讯问，存恤诸孤备至。其为时所重如此。

邓文泮，字圣泽，号笔山，湘乡人。乾隆三十一年进士，选庶吉士，授检讨，转御史给事中，洊升鸿胪寺卿。《沅湘集》存诗一首，今采记一篇。

尹笃任，字莘田，湘潭人。乾隆三十三年举人，官绥宁教谕。采序一篇。

刘工询，字次欧，号书堂，长沙人。乾隆三十三年举乡试第一，官郴州学正。有《书堂古文》。《沅湘集》存诗一首，今录文五篇。

罗国俊，字宾初，号九峰，湘乡人。乾隆三十四年进士，选庶吉士，授编修，历春坊赞善、中允，升侍讲侍读学士，詹事府

①上引旧志作《左传分类赋》。

詹事，补内阁学士，终礼部左侍郎。有《馆课存余集》。《沅湘集》存诗九首，今录连珠九则、跋一篇。

《耆旧传》：先生幼偕诸兄读书九峰山，故以自号。性刚决，遇事无所依回。充国史馆纂修，时执政有欲改易起居注旧例者，上书争之，累数百言，事虽止，而终衔之。睿庙亲政，始由詹事迁内阁学士，旋授礼部右侍郎，转左侍郎。向用方隆，遽以疾卒。

首永清，字寿庵，郴州人。乾隆三十五年举人，官江西进贤、广丰知县。采记一篇。

周大澍，字雨林，长沙人。乾隆三十五年举人，历官武陵教谕、甘肃知县，改新化教谕，擢衡州教授。有《雨林文钞》。《沅湘集》存诗五首，今录文二篇。

《耆旧传》：先生官新化时，年已笃老，独喜同余兄弟谈文。先生善古文，曾见其所为家传，纪国变时事甚悉。今访其家，已不可得矣。

吴思树，字尚松，一字建轩，新化人。乾隆三十六年进士，官岳州教授、山东新泰知县。《沅湘集》存诗七首，今采文六篇。

《耆旧传》：先生生有异禀，少时其世父授以习静法，枯坐如禅律，久之于书过目不忘，经史外泛衍百家传记，旁及道藏、佛经、天官、星算、推步之法，而退然不自有。其会试出朱学士筠之门，学士阴察之，乃自以为不及。尝著《通史》千卷，见所上学士书，盖求学士上诸朝，未果，而稿遂失矣。性迂缓，官新泰甫三月，罣吏议，赔累巨万，穷老以终。著作散佚。

龚大万，字体六，号荻浦，武陵人。乾隆三十六年进士，选庶吉士，授检讨，充武英殿三通国史馆纂修，典试广西大考，休致。纯庙东巡，召试行在，授中书，补内阁典籍。《沅湘集》存诗三十一首，今采小序。

《耆旧传》：检讨少孤，家贫力学，矜尚气节。初充乙酉拔贡，官永顺训导，即有盛名。暨入翰林，浮沉玉署二十年，未展所蓄，人咸惜之。所著散佚，仅存《赐扇楼草》《再游粤西草》二卷。

郭立畿，字驭南，桂东人。乾隆三十六年恩贡。采记一篇。

王坦修，字正亭，宁乡人。乾隆三十七年进士，选庶吉士，授检讨，历赞善、洗马、侍讲、侍读至侍讲学士，值上书房。以艰归，主岳麓书院讲席，卒。《沅湘集》存诗二首，今采传一篇。

罗修源，字星来，号碧泉，湘潭人。乾隆三十九年进士，选庶吉士，授编修，屡充日讲起居注官、文渊阁校理、国史馆纂修、四库馆提调，洊擢詹事府少詹事，寻改侍读学士。《沅湘集》存诗七首，今采文三篇。

湘潭旧志：修源母张梦五色凤集于肩而诞，故又号梦羽山人。幼颖慧，书未经解读者，辄先领悟。年十四入县学，卢学使文弨奇其文，许为大器。十八领乡荐，明年壬辰捷南宫，以忧归。乙未，补行廷试，入翰林，由赞善一岁四迁至少詹，未几左迁，复由编修洊历侍读学士。前后七司文柄，门下士跻显秩、扬历内外者，肩背相望。性嗜学，见古书法帖，不惜典衣购之。爱才如命，于寒畯尤加意推解。惜未竟其用，卒年四十四。

《耆旧传》：学士博学多通，雅尚气节。睿庙在潜邸时，阴识其人，及即位，将大用，而先生遽卒。湘潭有碧泉，胡文定故居也，故先生因以自号。

案：雅尚气节，谓不附和相也。当时传有和相遣人讽以学政之任，辄对使詈之，故坐是不迁云。

夏大鼎，字调臣，号紫芝，湘潭人。乾隆三十九年优贡，官新宁训导。有《淡窝集》，未见。《沅湘集》存诗七首，今采文二篇。

《耆旧传》：训导与兄大观齐名。子仪常，曾权新化教谕，与弟尚忠均有时称。今相继沦谢，求其只字不可得矣。

周锡渭，字湜甫，号默耕，湘阴人。乾隆三十九年举人。《沅湘集》存诗六十四首，今采小序。

《耆旧传》：默耕为半帆大令同怀弟，与兄齐名。交吾邑吴兰柴、孙石溪两诗老尤笃，其诗才力亦相敌。

周锡溥，字文渊，号半帆，湘阴人。乾隆四十年进士，官甘肃宁朔知县，以忧归。有《安愚斋集》。《沅湘集》存诗七十六首，今录文七篇。

《耆旧传》：半帆官宁朔，有善政。尝奉檄至鄂尔多斯、阿兰鄯国王诸部，穷边异俗，都入歌咏，得矢诗告哀之旨。尤善古文，有《安愚斋诗文集》，没于水，遂失全本。秦小岘司寇瀛按察湖南时，尝求其残稿序之。其论宁夏汉唐二渠水利书尤可传。

贺代伯，字西廷，号湘屏，常宁人。乾隆四十二年举人。《沅湘集》存诗一首，今采小序。

《耆旧传》：湘屏古文有义法，客闽久，闽中老于文章者多推之。

贺畯上，字昉汀，宁乡人。乾隆四十二年举人，历官宜章、桂阳教谕，湖北汉阳教授。著有《嵇麓草》。《沅湘集》存诗十六首，今采小序。

《耆旧传》：昉汀年近九十，主讲玉潭书院。余来宁乡，犹时过余，纵谈不倦，又数年始卒。

张世浣，字新之，号砚泉，湘潭人。乾隆四十二年举人，官山西翼城、曲沃知县，再补广西柳城知县，擢安徽泗州知州。以熟悉水利，奏请以知府简发南河，总办五营减坝，权知海州，补扬州府知府。有文集钞稿。《沅湘集》存诗六首，今录文五篇。

吴柭，字香文，号兰柴，新化人。乾隆四十二年拔贡。《沅湘集》存诗七十四首，今采小序。

《耆旧传》：先生为建轩进士思树母弟，时称二吴。又与同县孙石溪学博齐名，称孙吴，才气不可一世。褚学士廷璋称其近体为七字长城。性简傲，多所凌忽。晚应乡举，为监司某所辱，发愤，卒。诗稿散佚。

萧智湖，字柱南，湘乡人。乾隆四十二年副贡，官慈利教谕。采文二篇。

邓枝麟，字翰伯，号南坡，宁乡人。乾隆四十二年拔贡，官乾州厅教谕。有《沅溪存稿》。《沅湘集》存诗六首，今录文九篇。

舒正载，字西樵，溆浦人。乾隆四十二年拔贡，以四库馆议叙，官湖北荆门州、随州州同，沔阳州州判。《沅湘集》存诗十七首，今采小序。

余世本，字立斋，攸人。乾隆四十二年拔贡。采序一篇。

《攸志》：世本父麓泉为宋儒之学，本承庭训，兼师同里刘南村，博通经史。生平笃于伦理，手绘父母真容，出告反面，终身如事生，题所居曰事守山房。

王绅，字彦卿，常宁人。乾隆四十二年拔贡，官永明教谕。有《珍盉堂文集》。录文九篇。

谢最淳，字东旸，号云槎，益阳人。乾隆四十三年进士，官浙江西安、广东封川知县。《沅湘集》存诗二首，今采小序。

张九镡，字竹南，号吾溪，一号蓉湖，湘潭人，坊子。初官郴州训导，乾隆二十四年举于乡，官内阁中书。四十三年成进士，选庶吉士，授编修。有《笙雅堂集》。《沅湘集》存诗八十八首，今录文五十三篇。

《耆旧传》：蓉湖入翰林时六十矣，馆中以耆宿推之。内行醇笃，四十丧偶，不复娶。居京师二十年，旁无姬侍，萧然一身。应官外，闭户著书而已。

湘潭旧志：子世浣，令曲沃，迎养九镡，喜曰：吾父昔官曲沃县，人为建三不朽祠，当往祗谒先灵也。后卒于河津。

陈宏亮，字卧南，号雪坪，长沙人。乾隆四十四年举人，官临湘教谕。采文九篇。

魏晋，字椒园，衡阳人。乾隆四十四年举人，官河南镇平知县。有文集。录文九篇。

彭孚，字回麓，衡山人。乾隆四十四年副贡。有《白云编》。《沅湘集》存诗四首，今录文四篇。

谢振定，字一之，号芗泉，湘乡人。乾隆四十五年进士，选庶吉士，授编修，改京畿道监察御史，终礼部员外郎。有《知耻斋文集》。《沅湘集》存诗七十七首，今录文十一篇。

《耆旧传》：先生负经世才，矜尚气节。官御史时，巡东城，有乘违制车哗于道者，擒讯为和珅妾弟，势横甚，立杖之，焚其车于通衢。时和方秉钧轴，竟被议罢职。嘉庆四年起用主事，即条陈数大政。其负气敢言如此，惜未竟其用而卒。

张宗耀，字德臣，号远亭，长沙人。乾隆四十五年副贡，官辰溪教谕。卒年六十八。有《止止堂集》。录文三篇。

张经田，字壶山，湘潭人，汾州知府力行子。乾隆四十六年进士，历官内阁中书、浙江海防同知、贵州思州镇远府知府、分巡贵东兵备道。有《无所住斋随笔》《二笔》《三笔》。《沅湘集》存诗三十四首，今录文五篇。

《耆旧传》：壶山精内典，自号黄须道人。所为诗，时阑入禅语，要其性灵标致，自不可没。

黄贤宝，字心泉，长沙人。乾隆四十八年举人，官零陵教谕。采文三篇。

陈昭谋，字剑溪，郴州人。拔贡，乾隆四十八年举人，官湘阴、湘乡训导，乾州厅教谕，桂阳州学正。升山东昌邑知县，未赴。有《剑溪文集》。录文七篇。

周系蔚，字文芑，号简堂，湘潭人。乾隆四十八年副贡，官永绥厅训导。《沅湘集》存诗十二首，今采文二篇。

《耆旧传》：简堂为石芳侍郎母兄，性恬澹，乡居绝迹，不入城市。家无儋石储，索逋者日不绝。或得侍郎寄金，又以分遗知故，不计家之有无也。

胡泽汇，字谦六，号玉潭，宁乡人。乾隆四十八年副贡，官城步教谕。《沅湘集》存诗三首，今采文二篇。

杨兴植，字世滋，号荪甫，新化人，范县知县河子。乾隆四十八年举人。《沅湘集》存诗四十七首，今采小序。

《耆旧传》：先生幼随侍范县，学于齐鲁间，弱冠归，应童子试，赫然惊其邑人。既屡屈礼部试，乃遍游吴、越、秦、陇。居秦最久，晚复家粤。谒选，得教职归，卒于途次。家贫子幼，稿遂散佚。

张世濂，字景之，号霁岩，湘潭人，九镡子。乾隆四十九年进士，官灵宝、淮宁等县知县，擢同知，升潼川府知府，题补川北道。采文二篇。

胡光瓒，字寿泉，号竹塘，宁乡人。乾隆五十一年举人，历任四川崇宁、仁寿知县，擢通判，加同知衔，署剑、合、资三州，代理保宁、嘉定二府。年七十余乞归，卒年八十四。采文一篇。

陈士雅，字汝清，号每田，长沙人。乾隆五十二年进士，选庶吉士，授编修。乞养归，主朗江、石鼓、城南讲席。《沅湘集》存诗一首，今采文四篇。

周锷，字莲若，号春田，长沙人。乾隆五十二年进士，改户部主事，历员外郎，提督贵州学政，出为扬州府知府，调苏州府。以事谪戍伊犁，旋赦归，卒于河西旅次。《沅湘集》存诗二十五首，今采文三篇。

《耆旧传》：春田为诸生时，与溆浦严乐园廉访如熤读书岳麓，讲求时务，为经世学。守苏州甚有政声，以狱情出入获重谴，致严谴。或云当道与有隙，故文致之，不能明也。春田能书画，善写风竹，尤自负其书法。尝搜古今名人手迹，自范文正、文信国、方正学、于忠肃以下数十家，各系以跋，镌诸贞珉，名曰人帖，今藏吴阊某市。

周锡瑜，字采庭，宁乡人。乾隆五十四年拔贡。《沅湘集》存诗一首，今采小序。

陈宏典，字铁农，长沙人。乾隆五十四年举乡试第一，选安乡教谕。采文四篇。

戴泽三，字益甫，号畏斋，长沙人。乾隆五十四年举人，历官云南恩安、富民、永平、河曲、宜良知县，年七十致仕归。有《礼耕堂集》。录文六篇。

贺德澍，字尺霖，号洋泉，宁乡人。乾隆五十四年举人。《沅湘集》存诗二首，今采小序。

刘豹，字蔚子，号南岩，凤凰厅人。乾隆五十四年拔贡。《沅湘集》存诗四首，今采考一篇。

罗廷彦，字湘洲，衡山人，登选子。乾隆五十五年进士，选庶吉士，未授职归，主讲城南书院。《沅湘集》存诗十一首，今采传一篇。

周系英，字孟才，号石芳，湘潭人。乾隆五十五年会试中式，以病归，癸丑补殿试，成二甲进士，选庶吉士，授编修，累迁侍读学士，入直南书房、上书房，历太常光禄大理寺卿、内阁学士兼礼部侍郎，再直上书房。内艰，起复，补吏部右侍郎。以事降编修，旋落职。道光改元，以四品京堂起用，授翰林院侍讲学士，特派实录馆总纂，授工部右侍郎，督学江西，调江苏学政，在任调户部左侍郎，卒于任，祀名宦。《沅湘集》存诗十首，今采文十五篇。

《耆旧传》：公操履畏慎，沉毅寡言。其获谴也，以湘潭土民与江西客民哄斗，牵连被议，人皆为不平，公处之怡然。其谪编修后，自题画像云：人尚朴实，学问亦可。人也何尤？天实知我。清华之秩，岂曰左迁？翰墨之林，不为冗琐。置汝于仙境之宽闲，励汝以名教之担荷。发虽白而心丹，骨不媚而行果。庶几哉！不负君，不负民，以不负所学，而勿怵于世路之险巇与仕途之轗轲。其语如此，亦可得其本末矣。

案："人尚朴实，学问亦可"，此睿庙谕旨也。又廷寄稿中丹毫添注"平素鲠直"四字，皆湘潭案内事。

李元禄，字涵万，号虚亭，兴宁人。乾隆五十五年恩贡，候选直隶州州判。文有钞稿。录议一篇。

《兴宁县志》："元禄喜读宋儒书，名其室曰敬修，学者称敬修先生，晚年著《朱子年谱纲目》十四卷行世。

郭诚世，字葵臣，一字效臻，湘阴人。乾隆五十七年举人，官内阁中书兼典籍协办侍读。采碑记一篇。

张力卓，字湘渔，湘潭人。乾隆五十七年举人，历官山西平遥、襄垣知县，升同知。采文三篇。

陶浔霍，字春田，浏阳人。乾隆五十七年举人。采碑记一篇。

万年淳，字弹峰，华容人。乾隆五十七年举人，官安徽六安州州同。有《弹峰文集》。《沅湘集》存诗二首，今录文三篇。

贺之理，字涵山，醴陵人。乾隆五十七年举人。采文三篇。

张悫田，字希宗，号萝山，湘潭人，力行子，经田弟。乾隆五十七年举人，官云南丽江府同知，以事谪戍伊犁，道光戊子与平回逆功放还。有《吹芦吟草》。《沅湘集》存诗十首，今采序一篇。

唐仲冕，字六枳，号陶山，善化人。乾隆五十八年进士，授江苏荆溪知县，调吴江、吴县，擢海州知州，调通州，权松江府、苏州府知府，推升福建福宁府知府。以道员留两江，勘河海淤滩地亩，督浚吴淞江，三权江苏按察使。道光初授福建按察使，寻迁陕西布政使，三权陕西巡抚。以老病乞休，侨居金陵，卒年七十五。有《陶山诗录》《文录》。《沅湘集》存诗二百一首，今录文七十三篇。

《耆旧传》：先生幼承庭训，学有本原，明体达用，有古儒硕名臣风。所至勤求民瘼，振兴士气，兴大利，除大害，赤紧繁剧，措理裕如。性孝友，自以其父官平阴，贫甚，母卒不能归榇，营葬肥城县鸱夷山，山故陶山之麓也，因以为号。尝结庐墓侧，教授岱下，撰《岱览》三十二卷以寄哀思。事伯兄如父，弟丧，哭逾时。令原之感，风木之悲，时形歌咏。孜孜著述，无日不亲翰墨。晚岁拟作《衡疏》以配《岱览》，生平欲缉《湖南诗征》，未就而卒。

朱声亨，字子衍，号甑山，湘潭人。乾隆五十八年进士，官广东英德知县，以病归，起补云南靖边知县，擢甘肃安西直隶州知州，卒于官。著有文稿。《沅湘集》存诗七首，今录文十篇。

蒋湘培，字笃因，湘乡人。乾隆五十九年举人。《沅湘集》存诗五十四首，今采文二篇。

《耆旧传》：笃因才气雄骜，与其弟墉、城、垣俱以文鸣，时称四蒋，著有《莫如楼集》。莫如楼者，其兄弟读书处也。

案：莫如楼合刻未见，似无古文，故文不可多得。

张世准，号画山，湘潭人，增之孙。乾隆五十九年举人。采序一篇。

吴元观，字盥亭，湘潭人。乾隆五十九年举人。采杂文一篇。

欧阳绍洛，字磵东，晚改名辂，新化人，拔贡基文子。乾隆五十九年举人。《沅湘集》存诗三百六十二首，今采文七篇。

《耆旧传》：磵东家贫甚，资佣力以养。所遇穷恶，踪迹落寞，雅负气不能从俗，日事大绌。久之，挟所业出与天下士大夫接，所至咸折服，一时名流少能颉颃。性野逸，不修威仪，敝衣垢履，岸然公卿大夫间，剧谈豪饮，旁若无人，人亦多昵就之，无与忤者。稍稍能买田宅，免寒饿，即闭门不复出，躬耕奉母，非力不食。于人世一切升沉宠辱泊如也。

周有声，字希甫，号东冈，长沙人。乾隆三十五年举人，官内阁中书，六十年成进士，仍留中书，兼文渊阁检校。俸满，以同知用。贵州南笼仲苗之变，奏请拣发，借挑知州赴黔，借补镇远府清江通判，擢大定府知府。以失察小钱落职，入锾复官。总督百龄保奏，请发南河委用，历署松江、苏州二府，奉檄总理下河工务。以劳得疾，卒于兴化工次。有《东冈诗剩》。《沅湘集》存诗七十二首，今采小序。

《耆旧传》：先生幼承庭训，乡试出姚姬传先生之门，又尝从蒋清容太史游，学有本原，词尚体要。无锡秦侍郎瀛序其诗曰：希甫伉爽有知略，累典大郡，能于其职。邅迍困踣，未究厥用。

向曾贤，字鲁斋，平江人。乾隆六十年进士，授国子监学正。有《爱古堂集》。《沅湘集》存诗二十九首，今录文十篇。

《耆旧传》：鲁斋潜心理学，与赵文恪慎畛交好，以学行相砥砺，盖亦慕平江九君子之风而起者。

吴鲸，字东湄，桂阳州人。乾隆六十年举人，官醴陵训导。有《竹埤楼诗集》。《沅湘集》存诗十五，今录小序。

《耆旧传》：东湄性旷爽，与余同官冷曹，遇试事辄会于省门，谈诗娓娓不倦。同官姗笑之，不顾也。自东湄亡后，无复谈此事者矣。

刘香，字九兰，号补庵，湘潭人。乾隆初国子监生。著有《禹贡图考》《音韵心传》《水竹山房诗草》《补庵笔记》。采传一篇。

湘潭旧志：香幼失怙，事母笃孝，母没，庐墓三年。从罗岚村作祈、李云墪观正学。颜其堂曰“履实”。为学以变化气质为先务，以存心养性为读书明道之根。训子弟以《小学》《近思录》，故及门皆崇实行。罗处士天阊诗曰：海隅友补庵，中年求大道。坚苦自成性，愤乐不知老。举世少知音，咸谓桐枯槁。谁知松柏资，岁寒转妍好。大书履实字，终身以为宝。雅语教后生，宁拙幸毋巧。我本犹子行，自幼供洒扫。苟不上岱宗，焉知众山小。

案：此诗载《沅湘集》中，可为补庵小传。然又有一诗云：补庵有难兄，南方学人师。昔与我先君，中表生同时。同学更同志，十岁称鸿词。喜得两神童，郡侯曾赋诗。颜短孟不遇，天道诚可疑。两家遗经在，叹息共读之。案：先君者，名作元，《县志》列孝友门，谓十岁有神童之目，年未壮，罹父艰，过哀而卒，诗所谓颜短也。而补庵之兄不传。郡侯何人，所赋何诗，皆无可考。补庵有孙中泽，字悦堂，自号铁山居士，善行草书，能诗，有稿未梓。

曾贞庆，字万邦，号卉谷，湘潭人。乾隆初例贡。采文三篇。

刘映藜，字汝辉，号石溪，茶陵人。乾隆初诸生。采序一篇。

胡世安，字怀湄，永定人。布衣。采记一篇。

刘文确，字坚泰，辰溪人。乾隆初贡生，官江西奉新知县。采赋一篇。

邓胜逵，字达九，原名之梁，字庭维，新化人。以子长信官赠巨野知县。有《松堂诗集》。《沅湘集》存诗二十三首，今采文三篇。

案：赠君为湘皋诗老显鹤之祖，雍乾朝名诸生，教授资益间，居益阳最久，门下多通经绩古之士。其行实见于邹汉勋叔绩所作《松堂诗存跋》。厥后孙曾仍世举贡，登仕版，而文章行谊皆卓然可传。从刻稿录入兹编者凡数家，即赠君之留贻可知矣。

王立楷，字庭式，号勿斋，湘阴人。诸生。《沅湘集》存诗十四首，今采文二篇。

《耆旧传》：勿斋性方正，治躬甚苦，尝作克复格，每日言动必谨记之。著有《勿斋随笔》《存古堂集》。

罗登选，字升之，号谦斋，衡山人。乾隆朝岁贡，以子廷彦官赠翰林院编修。有《敦本堂集》。《沅湘集》存诗十八首，今采文六篇。

《耆旧传》：赠君之学，自经史外旁及天文、律历、句股、释老、医卜之书，罔不研究。以攻苦得心疾，年二十九屏弃一切，闭门静摄，年八十五卒。所著《律吕新书笺义》二卷、《八音考略》一卷，见《四库全书存目》。《夏小正直解》《大戴礼记训诂》《春秋三传辨异》皆有刊本。

案：刊本皆不得见，其曾孙亨裴官岳州校官，询以赠君遗文，答言无存，故所采仅此云。

吴云际，字从庵，攸人。诸生，拨入醴陵学。采赋一篇。

罗天阊，字开九，一字云皋，湘潭人。著有《周易补注》《学古初稿》《西塘草》诸书。《沅湘集》存诗二十七首，今采议一篇。

《耆旧传》：处士性笃孝，髫龄失父，母授以父遗书，涕泣不能卒读。母没，庐墓三年，朝夕哭奠，里人有罗孝子之称。性恬澹，不乐仕进，晚居西塘精舍，讲性道之学，学者称西塘先生。

罗鸿胪典《四修族谱序》略：其司汇编之总，则为吾族弟云皋，此实典所爱敬，心以今之古人相推奉者。少好读书，垂老不释手，初未尝于科举营营。性笃孝，母没，庐墓侧三年。食产粗足，家无储偫，晏如也。居常束身如对客，与所知共谈，累晨夕不杂一流俗语。夙长于诗，近犹次书院八景韵，合古今体多至二百五十首有奇，积之成帙。通观之，诚吾宗学行之圭臬也。谱之讲明书法，酌新旧所待增删，皆出其手订，义例秩然。

段国相，字□□，沅陵人。乾隆朝贡生。采赋一篇。

朱克靖，字□□，桂阳州人。诸生。采记一篇。

侯忠陛，字丹亭，安仁人。布衣。采记一篇。

龚之茗，字□□，澧州人。采记一篇。

潘其炯，字曦亭，湘潭人。乾隆朝岁贡。有《曦亭草》。《沅湘集》存诗五首，今采小序。

《耆旧传》：曦亭集中有《简黄石橹》《和刘梅垞》及《过林磐安不值》诗，其得贡当在乾隆中也。

陈士元，字龙卿，桂阳州人。乾隆朝诸生。采文二篇。

谭宗衍，字延远，号万川，茶陵人。诸生。采杂文一篇。

方应和，字柳溪，巴陵人，宁绍台道桂之子。官布政司理问。采文四篇。

方应清，字秋鉴，号澄湖，巴陵人，应和之弟。乾隆朝岁贡，历官陕西榆林知县，朔平知府，雁平道。采记一篇。

吴学健，字巽亭，湘潭人。诸生。采杂文一篇。

裴垚，字酌堂，武陵人。诸生。《沅湘集》存诗三首，今采小序。

贺国华，字用宾，善化人。以孙长龄官赠光禄大夫。有《嫁愁集》。《沅湘集》存诗十八首，今采小序。

《耆旧传》：赠公先世居浙江镇海县，祖宏声雍正间官湖南按察使司狱，引疾后侨居长沙，遂占籍为善化人。以贫故，急于治生，遂习法家言。已念刑法关系人命出入，恐以冤抑获戾，因专为人司书札事。已念先世二丧未葬，因佐桂阳县令某治狱一年，以其脩入营宅兆毕，仍理故业。其介如此。

陈中骐，字轶群，湘潭人。诸生，援例为江苏按察司司狱。采赋一篇。

案：中骐旧载《湘潭志》，亦载《醴陵志》。考其里居，在渌口旁近，乃两邑毗连之地，相传渌口旧属潭邑，醴邑因收漕对换，故其籍隶两邑欤？其《天山赋》乃缘事遣戍时所作也。

谭兆发，字□□，攸人。采赋一篇。

罗健亨，字沄谷，湘潭人。有《乐郊园诗文摘录》。录文五篇。

湘潭旧志：健亨以亲老多病，潜心医理，精会仲景之书。宋太守本敬令阳城时，延之署中，值邑大疫，精制丸散施给病者，全活甚众。

案：健亨文士，诗文皆有稿本，《县志》以医列《方技》，未见其书也。武陵胡蔚少霞有和沄谷拜墓诗，见《耆旧集》卷九十。

张九鍄，字平圃，湘潭人。《沅湘集》存诗二十七首，今采小序。

李大鹏，字□□，华容人。采记一篇。

陈洪仪，字象九，武陵人。乾隆朝岁贡，官安徽繁昌教谕。采记一篇。

张力行，字顾堂，湘潭人。由浙江乐安丞历海盐、平湖知县，东海防同知，擢山西武宁府知府，调汾州府。《沅湘集》存诗五首，今采小序。

案：汾州虽由赀选，而文翰甚美，为其时东南老宿所推重。相传浙藩某与有嫌，借漏补库款，陷置重典。事在嘉庆元年，时以为冤。子经田，甲科任贵州兵备道。悫田、慧田，皆乙科，任府丞教授。悉有时名。

王敬禧，字孝承，号春墅，先世居浙江钱塘，客游于楚，占籍为武陵人。乾隆中贡生。有《诗教堂集》。《沅湘集》存诗二十九首，今采小序。

《耆旧传》：《诗教堂集》，纪文达公序之，其甥赵文恪公为之锓版以行。文恪致身通显，刻苦如寒素，盖得力于舅氏者多也。

王霍霖，名万澍，以字行，号勉亭，常宁人。乾隆中诸生。有《衡湘稽古》《湖南阳秋》诸书。《沅湘集》存颂一篇，今采入。

《耆旧传》：勉亭喜博览，善古文，没后值朝廷开四库馆，诏求遗书，其家以其书上。诗不多见，仅从《宜阳诗选》录颂一篇。

案：《衡湘稽古》五卷，见《四库全书存目》。《湖南阳秋》十六卷，旧志引江昱序云：霍霖少为名诸生，年三十弃举业，游山水间，考订湘楚古迹，极有根据，文笔峭洁。惜多病，年四十八而卒。

陈绳祖，字孝祜，号緪桥，祁阳人，文肃公大受次子。官内阁中书，历户部山西司主事，军机处行走，本部郎中，出为山东运河道，甘肃西宁道，广东肇罗兵备道。有《苕溪游草》《素园诗集》。《沅湘集》存诗四十三首，今采小序。

《耆旧传》：絙桥性退让，家世华膴，时以盛满为虞。及其兄开府楚中，即求析产别居，且谢病归，寓苏州之水仙庵左。既遭家祸，奉母南还，遂抑郁以卒。其诗有宋越梯云序之，王侍郎《湖海诗传》亦盛称之。今《素园集》不可得见，比从书肆中得其《苕溪游草》一册，即宋越所序行者。亟录存若干首，以明文肃自有令子，武子之贤，非黡所能累也。

文楷，字琴台，衡山人。诸生，以孙岳英官貤赠朝议大夫。采记一篇。

鄢正笏，字方廷，醴陵人。所居有画村，故自号画村。乾隆中贡生。有《澮云亭集》《岸花腾笑草》。《沅湘集》存诗二十八首，今录文四篇。

《耆旧传》：方廷为醴陵名宿，与吾邑孙石溪、吴兰柴，湘阴周半帆、默耕兄弟及宁乡之邓南坡、永绥之胡朴园友善，时称七子。诸君皆兄事之，称之曰鄢五丈。《澮云亭集》自言为潼关杨玉谷携去未还，今所存者《岸花草》钞本而已。

张汝大，字小淮，湘乡人，正笏子。乾隆中贡生，官武陵训导。《沅湘集》存诗四首，今采考一篇。

朱色，字石湖，湘潭人，孝子世绘子。以子声亨官封清润县知县。有《以俟堂文稿》。《沅湘集》存诗四首，今录文十篇。

湘潭旧志：嘉庆元年，邑人举色孝廉方正，不就，曰：有其实，不必有其名，况难副乎？著有《四书偶举》《朱陆平论》诸书，皆可传。

陈炯，字范哲，号淡轩，攸人。诸生。有《凸亭书屋文集》，未见。采序一篇。

《攸志》：炯时艺规橅明人，兼工诗古文词。子启畤，肄业麓山，罗鸿胪见炯文，叹为名作，后挽以联语云：龙溪道脉嗟流辈，华峤仙踪怅断云。可仿佛其梗概矣。

段起玲，字百朋，号松庐，新化人。乾隆中岁贡。有《松庐文集》。《沅湘集》存诗一首，今采文二篇。

《耆旧传》：松庐刚介狷狭，其学以坚苦朴实为主，躬耕授徒养母，非其力不食，非其人不交。著《由衷言》内外篇，自道所得，亦心斋、二曲、刚主诸先生之流也。尝众中面讦人过，为怨家所忌，阴结其徒，挟所著内外篇以诽谤上告。时书禁甚严，几蹈文网。当事有知先生者，案其书实无狂悖语，乃坐其徒诬告罪，而先生亦褫贡生。同县吴思树序《松庐文集》云：先生《汉书》所谓独行君子也。陈锡周赠句云：清修有发头陀寺，直节无官御史台。皆可作小传读。先生佚事甚多，里中妇孺能言之，随举一则，皆足以廉顽立懦。近时修志乘者乃曲讳其事，岂足以知先生哉？

杨明上，本名林翰，字旭初，号渔皋，宁远人。诸生。《沅湘集》存诗四十三首，今采小序。

黎明献，邵阳人。采序一篇。

陶必铨，字士升，号萸江，安化人。诸生，以子澍官累赠兵部尚书、两江总督，祀乡贤。著有《萸江文存》。《沅湘集》存诗六十八首，今录文五篇。

《耆旧传》：先生性奇伟，刻苦自厉，尝拾薪撷茗芽自给，而好学不倦，见义必为。近村有虎患，为文牒土神，七日而虎遁。邻有屋祟，或乞文咒之，竟无患。独力募建石塔于邑城南，以培学宫，塔成而安化科名继起。诗稿为人窃去。子文毅公，官给事中时，巡视南漕，掇拾锓版，即今所行《萸江诗存》也。

李煐，字松华，醴陵人。乾隆中贡生，官华容训导。采记一篇。

黄湘南，字一吾，号石橹，宁乡人。诸生。有《大沩山房诗集》。《沅湘集》存诗二十二首，今采启一篇。

《耆旧传》：赠君为虎痴学博本骥之父，自幼随其父太守公官天津，才名播南北。年未壮，客死杭州。遗诗三千余首，词七百余首。宁乡黄氏代有闻人，几于人人有集，而先生抱才早殒，尤为可惋云。

孙起鹏，字翼云，武陵人。乾隆朝贡生。有《识均堂集》。采墓志铭一篇。

黄崇贲，字绮含，号白庵，安化人。乾隆朝诸生，嘉庆改元，举孝廉方正，不就。《沅湘集》存诗九首，今采小序。

黄崇实，字郁亭，号笃庵，安化人。乾隆朝贡生，选郴州训导。《沅湘集》存诗二十九首，今采小序。

贺念曾，字省吾，善化人。以子熙龄官赠朝议大夫。采跋一篇。

文自炳，字虎章，攸人。乾隆朝贡生。有《东洲文稿》。采传一篇。

《攸志》：自炳读书主析理，不喜摭拾驰骋，继其师易蛟门教授城东介庵垂三十年，生平言动不苟。子舒玑、舒理，俱举人。

丁世璪，字赤雯，醴陵人，宗懋子。乾隆朝廪贡，历署桂东、武陵、石门教谕，补武冈、宜章训导，年七十告归。采记一篇。

王梦扬，字旭初，改名启绚，常宁人。诸生。有《学古编》。录文九篇。

魏琼，字予石，号皤湖，衡阳人。乾隆中岁贡，卒年七十三。采记一篇。

罗新瀛，字仙洲，号云桥，湘潭人。乾隆朝布衣。有《云桥文稿》。录文四篇。

朱苏，字芝堂，邵阳人。乾隆朝诸生。《沅湘集》存诗六首，今采小序。

《宝庆府志》：苏幼聪颖有奇气，于书无不读，出语辄惊其长者。稍长，受业攸县陈梦元，梦元绝器之。与兄英、杰、弟蘅齐名，时称四朱。学使姚颐、张姚成皆待以国士。

陈期，字翔九，号颐庵，巴陵人。乾隆朝诸生。采小序。

王梦勋，字旭定，常宁人，梦扬弟。诸生。采序一篇。

彭胜桂，字芳圃，长沙人。国子监生，以子永思官封奉政大夫。寿八十五，五世同堂，道光初，赐“七叶衍祥”额旌闾。采杂文一篇。

邓奇逢，字稼轩，祁阳人，鸿博献章之子。以优贡充正蓝旗官学教习，历官长沙府学训导，迁江西南城县丞。《沅湘集》存诗四首，今采序二篇。

《耆旧传》：稼轩名父之子，官训导时，秦小岘侍郎方按察湖南，善化训导则孙石溪也。尝同游岳麓，题名北海碑阴。

陈士杜，字鹤皋，长沙人。有文集钞稿。《沅湘集》存诗三十五首，今录文十篇。

《耆旧传》：鹤皋为苍山明经士松之弟，有《雨花山房诗文钞》。终其身困厄童子试中，未青一衿。尝僦僧舍以居，困踣穷乏视其兄而又过之。以古文名，诗有性灵，古体尤多可存。

丁士铱，字□□，醴陵人。诸生。采记一篇。

王运枢，字区木，宁乡人。乾隆朝贡生。《沅湘集》存诗二首，今采杂文二篇。

舒东，字芬照，一字青洋，湘乡人。诸生。有《青芬山房文集》。《沅湘集》存诗八首，今录文三篇。

《耆旧传》：芬照少有文誉，工吟善画，屡举不第，以诸生终。

案：作者受知姚雪门学使，时负盛名。今惟存《青芬山房文》一卷，三十二篇，系道光己酉其孙翰刻行。据集中《答潘李二生书》云，除旧经宿迁沉舟湮失外，尚得诗千余首、古文百余篇。不知何以仅存三之一。邓氏仅录诗八首，亦由未见全稿也。

吴登鸿，字笠樵，湘潭人。诸生，道光二年举人禹甲之父。有《原上草》。《沅湘集》存诗十五首，今采序一篇。

吴炯，字秋阳，号睡庵，武陵人。《沅湘集》存诗十二首，今采小序。

李文昊，字星三，一字岳泉，常宁人。诸生，嘉庆元年举孝廉方正，不就。有《听嘤堂烬余文存》。《沅湘集》存诗四首，今录文二篇。

吴元复，字白桥，湘潭人。举人元观弟，诸生。采杂文一篇。

赵慎畛，字遵路，号篴楼，晚号蓼生，武陵人。嘉庆元年进士，选庶吉士，授编修，考取御史第一，补山东道监察御史，转福建道，掌京畿道事，巡视北城通州漕，转刑科给事中。忧归，起补礼科给事中，出为广东潮嘉道，迁广西按察使，再迁广东布政使，升广东巡抚，擢闽浙总督，调云贵。卒赠太子少保，予谥文恪。有《省愆室续笔》《读书日记》《惜日笔记》，未见。《沅湘集》存诗五首，今采文五篇。

《耆旧传》：公少孤，敦敏好学，有异资。七岁，太公以属其舅氏王春埜明经敬禧，为时儒硕，言笑不苟，有《诗教堂集》。公从受学，终身未之易，师事之如父。母王夫人朝夕策励，言行必端谨，故能厚重渊默，刻苦如寒素。性笃孝，少奉王夫人教，有怒责，必跪受。王夫人见背后，语及则泫然。尝颜其室曰“省愆”，每日言行，夜必记之。门人姚莹尝言公立身、行己、居官大节，不愧理学名臣之目。

张再英，字书田，长沙人。嘉庆元年进士，官广东海丰知县，署潮州通判，十七年，以疾归。子沄，进士，官御史。启鹏，举人。孙祖同、百熙，皆举人。采文四篇。

严如熤，字炳文，号乐园，一号苏亭，溆浦人。乾隆五十四年优贡，嘉庆元年荐举孝廉方正，廷试第一，以知县发陕西效力。历官洵阳知县，定远厅、潼关厅同知，汉中府知府。道光改元，擢陕安兵备道，加按察使衔，授贵州按察使，调陕西按察使。卒，赠布政使，祀名宦、乡贤。有《乐园文集》。《沅湘集》存诗六十七首，今录文十一篇。

《耆旧传》：先生性豪侠，自为诸生时，即好谈兵，慨然怀傅介子、班定远之略。嘉庆元、二间，黔楚用兵，上平苗议十二策，阴结大小章仡佬头目质子十九人，与同卧起，卒赖其力复乾州，通黔楚路，苗疆底定，其力居多。在陕二十余年，平定南山教匪。因与戎事相终始，遂以其间缮城垣、立堡寨、浚濠沟、筑堤堰、教耕织、崇学校，教养兼施，恩威并著，边境肃然。至条陈屯田水利，建置边疆文武营厅，熟思审处，规画详尽，厥功尤伟。生平慕范文正公之为人，取先忧后乐语，自号乐园。所著有《苗防》《洋防》《三省边防备览》《苏亭集》《汉南感旧集》《汉台咏史》《苏亭乐府》《乐园文集》诸书。

蒋湘城，字□□，湘乡人。嘉庆三年举人。《沅湘集》存诗十一首，今采赋一篇。

彭昌运，字□□，巴陵人。嘉庆四年进士。采文二篇。

蒋云宽，字牧叔，号锦桥，永明人。嘉庆四年进士，选庶吉士，改刑部主事，转山西道监察御史，户科掌印给事中。有《瑞萼堂集》。录文十篇。

欧阳厚均，字福田，号坦斋，安仁人。嘉庆四年进士，由户部主事历贵州司员外郎、陕西司郎中，转浙江道监察御史。以母老陈请归养，主讲岳麓书院。有文稿。录文十篇。

陈振玉，字集堂，郴州人，昭谋子。嘉庆五年举人，拣选知县。以子起诗官封奉直大夫。采记一篇。

魏瀚，原名焯，字光濡，号南厓，衡阳人，琼子。乾隆五十四年拔贡，嘉庆五年举人，历官山西浮山、安邑、武乡知县。有文稿。录文十篇。

柳廷方，字坦田，长沙人。嘉庆三年举人。有《来青堂文集》。《沅湘集》存诗九首，今录文十二篇。

《耆旧传》：坦田屡试礼部不第，穷厄以终。有《来青堂诗集》，没后其门人凌工部玉垣获舟始谋刊行。

余正焕，字星堂，长沙人。嘉庆六年进士，选庶吉士，授编修，京察一等，授陕西陕安兵备道，军功赏戴花翎，调云南迤西兵备道。内艰，起复，简放江西盐法道，三署按察使。以疾乞归。采序三篇。

袁名曜，字道南，号岘冈，宁乡人。嘉庆六年进士，选庶吉士，授编修，历官翰林院侍读，充日讲起居注官。以目疾乞假归，屡主岳麓、昭潭诸讲席，久之，卒。有《吾吾庐集》。《沅湘集》存诗九首，今录文十六篇。

聂镐敏，字京圃，衡山人，焘孙。嘉庆六年进士，选庶吉士，授编修，擢司经局洗马，改部郎，出为浙江严州府知府。有《松心居士全集》。《沅湘集》存诗二首，今录文六篇。

张履信，字复言，号云池，湘潭人。嘉庆六年举人，借补邵阳训导。有《二云书屋诗钞》。《沅湘集》存诗二十九首，今采序一篇。

陈楷礼，字辑五，号卷山，武陵人。嘉庆六年举人，官宜章教谕。有《卷山文集》。《沅湘集》存诗十七首，今采辨一篇。

《耆旧传》：卷山锐意著述，留心文献，尝辑《常德文征》，又有《洞庭湖志稿》，未及刊行而卒。

张家榘，字静安，号蓉裳，湘潭人。嘉庆六年举人，官新化教谕。有《蓉裳诗钞》。《沅湘集》存诗一百十五首，今采尺牍小序。

张晋本，字浣山，善化人。嘉庆六年顺天举人。有文稿。录文六篇。

张慧田，字定生，号台山，湘潭人，经田、悫田弟。嘉庆六年举人，官会同教谕，历宝庆、常德教授。告归，卒年八十余。文稿未见。采序一篇。

陈人倬，字□□，新宁人。嘉庆六年拔贡。采议一篇。

陶澍，字子霖，一字云汀，安化人。嘉庆七年进士，选庶吉士，授编修，改御史，历掌陕西道、江西道监察御史，吏科掌印给事中，巡视中城、东城、南漕察院，出为川东兵备道，福建、山西按察使，迁安徽布政使，升安徽巡抚，调江苏巡抚，加太子少保，兵部尚书，都察院右都御史，总督江南江西等处地方，提督军务粮储操江，兼辖江南河道，管理两淮盐政，赏戴花翎。以病乞假解任，终于金陵节署，特旨入贤良祠，予谥文毅。有奏疏、诗文全集。《沅湘集》存诗一百九十一首，今录文六十三篇。

《耆旧传》：公抱负奇伟，自官翰林，即以担当天下为己任。居谏垣，所言多军国大计。总制两江，力任艰巨，不避疑谤。在吴伟绩不一，而筹海运，浚吴淞江，改行淮北票盐，尤能力排群议，以成厥功。性坦率，喜博览，笃嗜风雅，留心文献，于地形水利，尤所切究。俯仰今古，盱衡时事，隐然以一身为江淮保障。

欧阳俊，字锺庐，邵阳人。嘉庆七年进士，官广西罗城知县。采序一篇。

邓显鹤，字子立，一字湘皋，新化人。嘉庆九年举人，官宁乡训导。归，主讲宝庆濂溪书院，卒年七十六。著有《宝庆府志》《增辑楚宝》《沅湘耆旧集》《南村草堂诗钞》《文钞》诸书。录文二十九篇。

案：编中有刘基定纂墓表。

曾传薪，字谦山，衡山人。嘉庆九年举人，官山东滋阳知县，呈改教职，选凤凰厅教谕。内艰，起复，补湘潭教谕。年八十致仕。著有《守身堂文草》。采文二篇。

案：《守身堂文草》写本一册，近始得之，不及补录。

何凌汉，字云门，一字仙槎，道州人。嘉庆十年进士，廷试一甲第三名，授编修，历国子监司业、左春坊左中允、日讲起居注官，擢司经局洗马，转翰林院侍讲、侍读，升右庶子，国子监祭酒。出为山东学政，在任转侍读学士，晋通政司副使，擢顺天府尹，授大理寺卿，署兵部右侍郎，授都察院左副都御史，晋工部右侍郎，浙江学政，调吏部右侍郎，兼管顺天府尹，补授都察院左都御史，工部尚书，署吏部尚书，调户部尚书，终于任，予谥文安。《沅湘集》存诗六首，今采文六篇。

《耆旧传》：公以辛酉拔贡官吏部，甲子举京兆试，立朝四十年，屡操文柄，未履外台。而京尹一任最久，理烦治剧，不动声色，畿辅肃然。名德清望，一时罕比。

彭浚，字宝臣，衡山人。嘉庆十年进士，廷试一甲第一名，授修撰，历官侍讲，改员外郎，终奉天府丞兼提督学政。有《赐砚堂文集》。《沅湘集》存诗一首，今录文四篇。

聂铣敏，字蓉峰，衡山人，镐敏弟。嘉庆十年进士，选庶吉士，授编修，改兵部主事。睿庙五旬万寿，恭进诗册，赏还编修。

出为四川学政、浙江绍兴知府。《沅湘集》存诗六首，今采文二篇。

王泉之，字星海，一字汉槎，清泉人。嘉庆十年进士，历官江西铅山、进贤知县，宁都知州，署赣州知府。有《政余书屋文钞》。录文十二篇。

蒋湘垣，字师大，湘乡人。嘉庆十年进士。《沅湘集》存诗一百三十首，今采文六篇。

《耆旧传》：师大与其叔兄城同举于乡，皆以伯子为师，诗文奇肆，在诸兄中尤推后劲。

符鸿，字又超，益阳人。嘉庆十年进士，官河南淇县知县。采记一篇。

文舒耀，字定斋，攸人。嘉庆十二年举人，官安福教谕。著有《衡奥仙隐文存》。录文四篇。

晏贻琮，字幼瑰，号湘门，新化人。嘉庆十二年举人。《沅湘集》存诗一百十首，今采小序。

《耆旧传》：湘门与余居京师最久，后余流寓维扬，湘门亦客金阊，因偕之归。归后逾月而卒，年二十有九。有《过且过斋诗集》。其为诗最刻苦，存诗最矜慎，唐陶山方伯为刻行之。

杨丕复，字愚斋，武陵人。嘉庆十二年举人，借补石门训导。以子彝珍官赠奉政大夫。有文稿。《沅湘集》存诗二首，今录文十一篇。

锺道脉，字南山，湘阴人。嘉庆十二年副贡，候选教职。采序一篇。

石承藻，字兰溪，一字黼庭，湘潭人。嘉庆十三年进士，廷试第三，授编修，充文颖馆协修、治河方略馆纂修，典山西乡试，改御史，历工科给事中，刑科掌印给事中，稽查户部银库。以母忧归，缘事左迁光禄寺署正。有《桐叶山房诗草》。子廷文，拔贡，官知县。《沅湘集》存诗三十九首，今采文二篇。

瞿家鏊，字吾山，浏阳人。嘉庆十三年进士，历官常德教授，江南兴化、山东馆陶知县。《沅湘集》存诗六十首，今采文三篇。

蒋舒惠，字东里，邵阳人。嘉庆十三年进士，历官浙江义乌、鄞县知县。有《柳庵文集》。采记二篇。

贺长龄，字耦庚，号耐庵，善化人。嘉庆十三年进士，选庶吉士，授编修，转左春坊左赞善，出为江西南昌知府，擢山东兖沂曹济道，署山东按察使，擢广西按察使，调江苏，擢布政使，复调山东护理巡抚，再调江宁布政使。内艰，起复，授福建布政使，调直隶，擢贵州巡抚，在任九年，擢云贵总督，左迁河南布政使。病免归里，卒年六十三。有《耐庵文存》。录文四十一篇。

唐业谦，字济之，号受堂，善化人。嘉庆十三年进士，选庶吉士，改礼部主事，历祠祭司员外郎郎中，出为河南南阳知府，调安徽太平府、江西瑞州府，以病归。有《宛南政考》。录记三篇。

方堃，字冉亭，巴陵人。嘉庆十三年副贡，候选教谕。采辨二篇。

秦关，字百二，号锦江，湘潭人。嘉庆十三年副贡，候选教谕。《沅湘集》存诗三首，今采文五篇。

黄本骐，字伯良，一字花耘，宁乡人。嘉庆十三年举人，官城步训导。《沅湘集》存诗八十一首，今采序二篇。

《耆旧传》：伯良少孤，与弟仲良本骥齐名。喜言诗，不主一格，所作瑰奇艳丽，以才气胜。早岁尝与余同客京邸，后闻其官城步，不久旋卒。无子，二女均能诗，工琴。

唐鉴，字镜海，善化人，仲冕子。嘉庆十四年进士，选庶吉士，授检讨，转御史，出知广西平乐府，迁江安粮道，历贵州按察使、江宁布政使，内用太常寺卿，加二品衔，特旨予谥确慎。有《红叶山房文稿》。录文二十篇。

曹德赞，字仲襄，号翊庭，桂阳州人。嘉庆十四年进士，选庶吉士，改安徽繁昌知县。采序一篇。

彭永思，字位存，号两峰，长沙人。嘉庆十四年进士，以知县发云南，署嵩明州，补楚雄县，历署大姚、广通、南安、姚州知州，援例入为户部员外郎。外艰归，以母老终养。采文三篇。

周树槐，字星叔，长沙人。嘉庆十四年进士，历官山西沁源、江西吉水知县，年未五十致仕归。有《壮学斋文集》。录文二十篇。

李象鹍，字云皋，号双圃，长沙人。嘉庆十六年进士，选庶吉士，授检讨，京察一等，出为直隶宣化府知府，历迁河南粮盐道，江西赣南道，江宁按察使、布政使，贵州布政使，引疾归。有《棣怀堂随笔》。录文五篇。

谭光鼎，字槐村，零陵人。嘉庆六年拔贡，充八旗官学教习，十五年举人。《沅湘集》存诗一首，今采小序。

黄崇光，字晖若，号谦山，安化人。嘉庆十六年进士，选庶吉士，改宝庆教授。采文二篇。

张学尹，字子任，湘阴人。嘉庆十六年进士，官福建莆田、侯官知县，鹿仔港同知。以子自牧官赠荣禄大夫。有《师白山房集》。录文七篇。

李克钿，字冠湖，号希濂，桂东人。嘉庆十八年拔贡，候选直隶州州判。有《震省堂遗文》。录书二篇。

胡嵩龄，原名大魁，字贯斗，号月坡，保靖人。嘉庆十八年拔贡，本科举人，借补晃州直隶厅训导。以子兴仁官赠通奉大夫。《沅湘集》存诗七首，今采说四篇。

杨昌光，字秋篴，号花坞，湘阴人。嘉庆十八年举人。《沅湘集》存诗八首，今采文四篇。

严正基，字仲甫，号仙舫，溆浦人，如熤子。嘉庆十八年副贡，由教习出为河南武安、孟县、息县知县，郑、禹二州知州，洊升淮海兵备道，署□□按察使、湖北布政使，内转通政使。有文稿。录文十一篇。

蔡用锡，字云帆，益阳人。嘉庆十八年拔贡，官石门教谕。采文四篇。

贺熙龄，字光甫，号蔗农，善化人。嘉庆十九年进士，选庶吉士，授编修，转河南道监察御史，署吏科给事中、工科给事中，提督湖北学政。内艰，起复，历山东、四川道监察御史，署户科给事中，授浙江台州知府。以疾归，掌教城南书院。有《寒香馆文钞》。录文九篇。

郑敦允，字止川，号芝泉，长沙人。嘉庆十九年进士，选庶吉士，改刑部主事，转员外郎郎中，出为湖北襄阳府知府，调署武昌府，兼权督粮道，祀襄阳名宦。《沅湘集》存诗十七首，今采记一篇。

《耆旧传》：芝泉官刑部最有声。在襄阳，修复鹿门书院，建樊城石堤子岸以捍田庐，建夹底漏枧渡航以御风浪，详请奏借帑项生息以充缉捕。襄固盗薮，先后擒获大盗百余名，凡莠民里魁为民厉者，除之立尽，襄民至今德之。

郭汪灿，字云麓，湘潭人。嘉庆十九年进士，官陕西鄠县知县。《沅湘集》存诗六首，今采墓志铭一篇。

曾兴仁，字受恬，善化人。嘉庆二十一年举人，官江西宜春知县。有《乐山堂文钞》。录文五篇。

龙瑛，字白华，一字云东，湘潭人。嘉庆二十二年进士，选庶吉士，授编修，充国史馆纂修，提调分校乡会试，典山西试，转左春坊左赞善，主岳麓、城南、朗江、昭潭讲席。卒年七十四。采序一篇。

赵先雅，字鹿潭，益阳人。嘉庆二十二年进士，选庶吉士，改主事，累官御史。《沅湘集》存诗四首，今采文四篇。

黄德濂，字劭怀，号惺溪，安化人。嘉庆二十二年进士，选庶吉士，授检讨，改御史，出为山西朔平、蒲州知府，署河东道，降级。外艰，起复，以直隶州发云南，权开化府，借补沾益州知州，历署昭通、临安知府，擢顺宁府知府，署永昌府，军功赏戴花翎，擢陕西西乾鄜粮储道，以疾归，卒年六十三。子立鉁，拔贡，官教谕。孙自元，一甲第二人，官编修。采文五篇。

胡达源，字清甫，号云阁，益阳人。嘉庆二十四年进士，廷试一甲第三人，授编修，晋国子监司业，转侍讲、侍读、左庶子，升学士，大考擢詹事府少詹事，日讲起居注官，武会试总裁。失察，降侍讲。内艰归，服阕，复丁外艰，卒年六十余。有《闻妙香室文集》《弟子箴言》诸书。《沅湘集》存诗十四首，今采序一篇。

《耆旧传》：公以文字受主知，初充睿庙实录馆纂修。天子嘉其书有法，特赐召对，命为提调官，尽领馆事。书成，典试云南，视学贵州。公恂恂书生，临事善断。大定武举吴甲父子横踞一乡，徒党遍郡县，以攻讦考试，至侵辱学官踣之地，大吏莫敢诘。公至，尽发其奸状，奏置于理，一郡称快。任满还朝，值畿辅饥，朝廷设粥厂于青白口。公以学士领厂事，仿郑公青州法，人给五日粮，男女异日异路，升斗筹票，亲为验发。同官以非成例不便，公引喻古义，兼察近情，奏闻，上嘉纳之。

张家栻，字小珣，湘潭人，世濂子。嘉庆二十四年进士，官江西峡江、万年、武宁知县，改四川盐大使，降县丞。有文稿。录记二篇。

刘梦兰，字觉香，武陵人。嘉庆二十四年进士，选庶吉士，改户部主事，转员外郎，擢山西道监察御史，出知广西南宁府，升福建粮储道。采序一篇。

陈洪道，字二陔，湘阴人。嘉庆二十四年举人，官保靖训导，升永顺教授。文有钞稿。录序一篇。

锺昌澍，字雨曜，一字护堂，湘阴人。嘉庆二十四年举人，官安仁训导。有《吹香堂文集》，未见。采文四篇。

杨延亮，字菊泉，号月塘，长沙人。嘉庆二十五年进士，官山西赵城知县。道光十五年，教匪林清余党曹顺等作乱，殉难，赠知府，敕建专祠，赏骑都尉世职，予谥昭节。《沅湘集》存诗二十六首，今采序一篇。

张星焕，字厚培，一字掖垣，善化人。嘉庆二十五年进士，选庶吉士，改知县，历安徽繁昌、太和二县。《沅湘集》存诗十二首，今采小序。

徐其相，字倬湖，湘潭人。诸生。《沅湘集》存诗四十二首，今采小序。

罗光奕，号省庵，安化人。以子绕典官封荣禄大夫。采记一篇。

葛树蕃，字筠侨，自号莞花居士，湘乡人。嘉庆初贡生，有《绿石斋文集》。《沅湘集》存诗五十八首，今录文十四篇。

《耆旧传》：筠侨少有才誉，与同县舒东青洋交笃，时称舒葛。性狷介，言笑不苟。尝客昆明，搜刊《钱南园先生遗集》。年近九十，犹喜吟咏。

吴莹，字玉叔，一字琼仙，长沙人。诸生。《沅湘集》存诗八首，今采文三篇。

《耆旧传》：玉叔负才不偶，又遭家难，侘傺以终。后同人醵金梓其《琼仙遗稿》四卷。

陈圭，字兰庄，攸人。廪贡，官华容、零陵训导。《沅湘集》存诗二十首，今采文二篇。

邱之稑，字穀士，浏阳人。国子监生，议叙八品，年六十九卒。有《律音汇考》。子庆诰、庆篇，孙景岑，皆举人。录文十三篇。

陈章沩，字季寿，宁乡人。官山西凤台知县。《沅湘集》存诗一百六首，今采记四篇。

《耆旧传》：季寿天才横溢，交满海内。善古文，工书法。诗凡三变，今所存多奇峭警拔之作，出入苏黄为多。充其所至，岂直陶氏才子耶？惜屈于赀郎，又不永年，未见其止也。

王人定，字静存，号彦农，宁乡人，文清孙国子。监生。《沅湘集》存诗五十二首，今采杂文三篇。

邓显鹝，字子振，一字耘渠，新化人，显鹤兄。诸生。有《听雨山房文钞》。《沅湘集》存诗十首，今采文十一篇。

聂汝康，字迺福，号乃坞，湘乡人。嘉庆朝贡生。《沅湘集》存诗十五首，今采小序。

龚立海，字柱君，号云涛，巴陵人。嘉庆朝贡生。有《垂云山房集》。《沅湘集》存诗二十五首，今采小序。

《耆旧传》：云涛诗多效前后七子及国初诸老，以才气自喜。

蔡云逵，字仪甫，湘潭人。诸生。《沅湘集》存诗六首，今采文六篇。

李任，字一理，号俦我，平江人。国子监生。有文稿。录文三篇。

方宣维，字□□，巴陵人。采说一篇。

邹文苏，字望之，号景山，新化人。嘉庆朝贡生。《沅湘集》存诗六首，今采记一篇。

《耆旧传》：景山幼颖异，博学强记，治经长于三礼。尝以郑贾古学教授里中，吴兰柴翁一见奇之，妻以女。诸子皆禀承家学，叔子汉勋叔绩尤有声。景山韵语不多，殊不愧儒硕之言。

案：明经六子：汉纪伯申，汉潢仲辰，汉勋叔绩，汉嘉叔申，汉章叔明，汉池季深，皆勤学好古，各有著述。兵燹后，尠有存者矣。

毛国翰，字青垣，长沙人。诸生。著有《麋园诗集》。采文四篇。

李中涵，字□□，平江人。诸生。采文三篇。

陶澧，字秀抡，号兰江，安化人。诸生。《沅湘集》存诗五首，今采跋一篇。

胡振圭，字镜塘，衡山人。嘉庆中岁贡。采记二篇。

孙幹，字经国，号固轩，巴陵人。嘉庆朝岁贡。采记一篇。

罗鉴龟，字鹤龄，长沙人。诸生。有《思贻堂文稿》。录文六篇。

康增城，字梦阑，衡山人。嘉庆朝贡生。《沅湘集》存诗十二首，今采小序。

黄溥为，字彼园，又字韩城，长沙人。嘉庆中诸生。文集未见。采序一篇。

黄开运，原名渌为，字澹斋，又字蓉坡，长沙人。嘉庆中诸生。采文二篇。

文诏临，字荻堂，衡山人。嘉庆中贡生，以子岳英官封朝议大夫。采论一篇。

周嘉缃，字书城，号栀褐，湘阴人。嘉庆中诸生。有《宅心斋稿》。采文八篇。

唐开韶，字竹谷，武陵人。嘉庆中诸生。有《桃源志略》诸书。采文二篇。

郭家彪，字春坊，湘阴人。议叙八品，以子嵩焘官赠光禄大夫。采墓碣一篇。

郭家声，字莲舫，湘阴人。浙江候补通判，历署杭州、绍兴同知，建德知县。采记一篇。

方联甲，字鼎翰，号木桥，巴陵人。嘉庆朝附贡，议叙同知。《沅湘集》存诗四十首，今采小序。

《耆旧传》：鼎翰有《唐诗韵汇》六十四卷，《塞上吟》集唐三百首。久客塞上，酷爱唐诗，故集句最多。

李绍莲，字明熙，一字晴川，浏阳人。采文四篇。

刘振翥，字西冈，新化人。诸生。《沅湘集》存诗四十首，今采小序。

朱文炑，字慎甫，浏阳人。著有《慎甫文存》。录文四篇。

萧寅显，字仲虎，善化人。诸生。采传一篇。

胡光北，字学山，浏阳人。嘉庆朝岁贡。采文三篇。

罗江，字秋浦，原名世菜，湘潭人。诸生。著有《桂笠斋诗文集》。卒年七十九。录文四篇。

李德骞，字闾坛，一字补堂，常宁人，文昊子。诸生，道光中以平瑶功加六品衔，咸丰乙卯，旌表孝行。著有《闾坛文稿》。录文三篇。

唐纯，字秉德，一字仙樵，常宁人。嘉庆朝岁贡。著有《炳烛草》。采论二篇。

黄浩为，字然圃，又字广斋，长沙人。嘉庆中诸生。文集未见。采文三篇。

何炳煌，字春堂，邵阳人。诸生，以子濬年官赠奉直大夫。采书一篇。

赵世景，字子芳，号介亭，宁乡人。诸生，以子璘官赠修职郎。《沅湘集》存诗十首，今采赞一篇。

汤昭弼，字梦岩，益阳人。国子监生，年八十卒，有《南湖集》。录文七篇。

萧礼容，字心庄，湘乡人。嘉庆朝诸生。采跋一篇。

巢邦光，字鲁庵，湘阴人。嘉庆朝贡生。采文二篇。

锺昌言，字葛民，湘阴人。有《止园文集》，未见。采文四篇。

刘基定，字子复，宁乡人。例贡，年八十六卒。文有钞稿。采文十三篇。

陈起良，字竹心，郴州人。诸生。采记一篇。

贺龄柄，字旦堂，常宁人。诸生。有《快于是斋遗稿》。录跋二篇。

易慎愭，字心鉴，号杜谿，湘潭人。采书一篇。

李时沛，字□□，新宁人。采赋一篇。

彭定本，字□□，湘阴人。采祭文一篇。

周诒朴，字子坚，晚号瓠翁，湘潭人，系英季子。官两淮板浦场盐库大使，加同知衔。有《寄东居士集》。录小序十六则，跋一篇。

彭绍封，字汉池，益阳人。诸生。有《汉池文集》。录论六篇。

黄本骥，字仲良，号虎痴，宁乡人，本骐弟。嘉庆十三年副贡，道光元年举人，官黔阳教谕。著有《三长物斋全集》。录文二十七篇。

常大湘，字驭七，号瀛台，衡阳人。道光元年举人，以从弟大淳官貤封奉政大夫。有《学古堂文稿》。录文三篇。

高崧，字席山，巴陵人。道光元年举人，历官嘉禾训导、贵州开泰知县。有《席山文稿》。录文五篇。

廖宗湘，字春泉，郴州人。道光二年举人。采墓碑铭一篇。

周湘黼，字月舲，长沙人。道光二年举人，借补芷江训导，加盐提举衔。有文稿。录文三篇。

常大淳，字正夫，号南陔，衡阳人。道光三年进士，选庶吉士，授编修，改山东道监察御史，进工科给事中、吏科掌印给事中，出为福建巡道，署按察使，升两淮盐运使，留闽总理军需局务，兼摄臬篆。二十二年，赴浙鹾任，署浙江布政使、杭嘉湖兵备道、浙江按察使，迁安徽按察使，乞养归。内艰，起复，历湖北按察使、陕西布政使、湖北布政使，擢浙江巡抚。咸丰二年，调湖北巡抚，督办防堵。八月，调山西巡抚，仍留湖北任，赏戴花翎。城陷，殉难。赠总督，照例赐恤，予谥文节。采文三篇。

舒梦龄，字锡晋，号苏桥，溆浦人。道光三年进士，选庶吉士，改知县，历安徽凤阳、安庆知府，擢庐凤颍道、山东登莱青道。采文四篇。

汤鹏，字海秋，益阳人。道光三年进士，授礼部主事，迁户部员外郎，转御史，仍回户部，迁郎中。有《浮邱阁文稿》。录文十四篇。

李象昺，字晓村，长沙人。道光五年拔贡，官浙江海宁、四川崇庆知州。采序一篇。

邓仁堃，字厚甫，武冈人。道光五年拔贡，历官四川綦江、富顺知县，加知州衔，赏戴蓝翎。捐升知府，补江西南安府，调南昌。军功赏换花翎，擢粮储道，晋按察使，兼署布政使。采文四篇。

杨太灏，字蕙轩，新化人。道光五年举人，官长沙教谕。采文五篇。

易光焯，字闇斋，醴陵人。道光五年拔贡。采传一篇。

黄鹤，字汉皋，新化人。道光五年拔贡，官宁乡教谕。采序一篇。

杨邦隽，字霁岩，一字花岩，湘潭人。道光六年进士，历官常德、衡州、永州教授，重游泮宫，卒年八十。采序一篇。

左仁，原名辉春，字青士，号清石，湘乡人。道光八年举人，历官安徽睢宁、桃源、震泽、南汇、铜山、宿迁知县，高邮知州，升知府，署铜沛厅同知、徐州府知府、淮徐海兵备道。有《芭蕉山馆稿》。录文八篇。

彭洋中，字彦深，号晓杭，湘乡人。道光八年举人，任邵阳教谕，保升知府，署四川潼川府知府，卒于任。有诗文稿。录文三篇。

俞理枝，字密垣，善化人。道光八年举人，任兴宁教谕。采文二篇。

罗绕典，字兰陔，号苏溪，安化人。道光九年进士，选庶吉士，授编修，简放山西平阳府知府，擢陕西粮道、山西按察使、贵州布政使，迁湖北巡抚。忧归，起复，奉命办理湖南防务，擢云贵总督，卒于遵义军中，赠太子少保，予谥文僖。有文稿。录文十七篇。

易棠，字念园，善化人。道光九年进士，由刑部主事历员外郎郎中，授广东广州府知府，擢兵备道，陕西按察使、布政使，山东巡抚，陕甘总督。以病归，卒年七十。有《贻芬书屋诗文集》。录文十一篇。

夏恒，字一卿，攸人。道光九年进士，选庶吉士，改吏部考功司主事，转本部员外郎。《沅湘集》存诗二十七首，今采序一篇。

《耆旧传》：一卿多才好学，讲求经济，时誉翕然，未竟其用而卒。

陈起诗，字云心，郴州人，振玉子。道光九年进士，授吏部主事，升本部员外郎，记名御史。《沅湘集》存诗六十五首，今采文四篇。

《耆旧传》：云心少负才誉，官吏部，尤有声。未竟其用，可惜也。

伍泽景，字□□，邵阳人。道光十一年举乡试第一。有文稿，未见。采记一篇。

张声玠，字奉兹，一字玉夫，湘潭人，世浣孙。道光十一年举人，署直隶元氏知县。著有《蘅芷庄诗文集》。录文六篇。

李星沅，字子湘，号石梧，湘阴人。道光十二年进士，选庶吉士，授编修，典试四川，督学广东，出为陕西汉中府知府，迁河南粮盐道，历陕西、四川、江苏按察使，除江西布政使，调江苏，擢陕西巡抚，调江苏，升云贵总督，兼署云南巡抚，赏戴花翎，加太子太保，调两江总督。以病归，起为钦差大臣，办理广西军务，卒于军，予谥文恭。有文稿。录文十篇。

陈本钦，字尧农，长沙人。道光十二年进士，选庶吉士，改工部主事，充军机章京，升营缮司员外郎。以忧归，主讲城南书院，军功加四品卿衔。卒年七十。采文二篇。

李传敏，字慧超，一字逊吾，平江人。道光五年拔贡，十二年举人，借补新田训导。以子元嘉官赠中宪大夫。有《课云楼诗文集》。采文四篇。

张绅，字书堂，善化人。道光十二年举人。子家槐，进士，官知县。采文二篇。

黎吉云，原名光曙，字月乔，湘潭人。道光十三年进士，选庶吉士，授编修，转御史，历江南、山东、四川道监察御史，署吏科、兵科给事中。有《黛方山庄诗集》。采文五篇。

方大淳，字澹生，号稼轩，巴陵人。道光十三年进士，官兵部车驾司主事、军机章京。有《稼轩文稿》。录文五篇。

言友恂，字云笙，湘潭人。道光十二年举人，大挑候选教谕。有《琴源山房遗集》。采小序。

何绍祺，字子敬，号勖潜，道州人，凌汉子。道光十四年举人，授云南广通知县，改江苏同知。内艰，起复，历浙江杭州、台州知府，以道员升用，赏戴花翎，署粮储道。有《滇浙牍存》。录文九篇。

首焕彪，字班臣，郴州人。道光十四年举人。采文二篇。

刘际泰，字盛堂，长沙人。道光十五年举人，景山官学教习。采文四篇。

何庆元，字积之，号漱石，桂阳人。嘉庆十八年拔贡，道光十一年举人，十五年进士，选庶吉士。有《新知阁自订稿》。录文十八篇。

张瓒昭，字斗峰，平江人。嘉庆六年优贡，道光十五年举人，官东安教谕。以子岳龄官赠荣禄大夫。著有《经笥质疑》。录文五篇。

李隆萼，字棣春，一字劭青，宁乡人。道光五年拔贡，廷试二等，以州判改宁远教谕，军功除国子监典籍，举十五年顺天乡试，改选华容教谕，秩满升知县，历署贵州清镇、施秉、安南知县，擢台拱同知，权兴义府事。以疾归，卒年六十九。采文二篇。

黄辅辰，字琴坞，贵州籍，醴陵人。道光十五年进士，由吏部文选司主事升验封司员外郎、考功司掌印郎中，京察以繁缺知府发山西。乞假归，特旨以道员仍发山西，赏戴花翎，署冀宁道，简放陕西凤邠道，加盐运使衔。有《小西山房集》。采文三篇。

胡林翼，字贶生，号润芝，益阳人，达源子。道光十六年进士，选庶吉士，授编修，以事降一级调用，援例为内阁中书，捐升知府，发贵州，历署安顺、镇远、思南府事，补黎平府，擢贵东道、四川按察使，迁湖北布政使，擢湖北巡抚，赏头品顶戴，加太子少保。卒赠总督，予谥文忠，祀贤良祠。有文集。录文十篇。

唐李杜，字诗辅，祁阳人。道光十六年进士，屡官至知府。采文一篇。

江忠源，字常孺，号岷樵，新宁人。道光十七年拔贡，本科举人，军功赏戴蓝翎，以知县发浙江，权秀水，补丽水知县。外艰，起复，以同知直隶州升用，赏换花翎，加道衔，署湖北按察使，兼盐道，旋授湖北按察使，奉旨饬赴江南大营帮办军务，赏加二品顶戴，镌四级留任，擢安徽巡抚，赏霍隆武巴图鲁勇号。殉难庐州，赠总督，敕建专祠，予谥忠烈。有遗集。录文四篇。

欧阳泳，字子季，号松洲，桂东人。道光十七年拔贡。有《宽闲堂遗文》。录文三篇。

魏承柷，字将侯，原名槐，字黄生，衡阳人，瀚子。道光十七年拔贡，本科举人，历任贵州普定、天柱、开泰、荔波知县。殉难，赐恤。有文稿。录文七篇。

邓瑶，字伯昭，一字小耘，新化人，显鹍子。道光十七年拔贡，官麻阳教谕，保叙知县，加盐运司运同衔。有《双梧山馆文钞》。录文十一篇。

赵璘，字振卿，宁乡人，世景子。道光十七年举人，考取国史馆誊录，叙知县，改靖州学正，早卒。采文三篇。

梅锺澍，字霖生，宁乡人。道光十八年进士，选庶吉士，改礼部仪制司主事。《沅湘集》存诗二十四首，今采文二篇。

《耆旧传》：霖生弱冠即举于乡，文名赫然，困公车二十载，始就试学正，官国子监。至成进士，入翰林，年四十矣，馆中翕然以词坛老宿相推。散馆，改部，未久即归道山矣。

成毅，字忍斋，湘乡人。道光十八年进士，官岳州教授。有《求在我斋文集》。录文十五篇。

陈源兖，字瞻孔，一字岱云，茶陵人。道光十八年进士，选庶吉士，授编修，简放江西吉安知府，调广信府。内艰，起复，补安徽安庆知府，改池州，参庐州军事，殉难，赐恤。采文三篇。

毛贵铭，原名文翰，字西垣，巴陵人。道光十七年拔贡，二十年顺天举人。有《西垣诗钞》。采序一篇。

凌玉垣，字荻舟，善化人。道光十七年拔贡，二十年举人，七品小京官工部屯田司主事。有《兰芬山馆诗集》。采小序。

袁椕森，字子诚，号省斋，长沙人。道光二十年举人。采记一篇。

胡焯，字光伯，武陵人。道光五年拔贡，十九年举人，二十一年进士，选庶吉士，授编修，擢侍读，典试广东，视学广西，未按试，卒。采文二篇。

吴英樾，字子略，号西桥，湘阴人。道光二十四年进士，官浙江昌化、山阴、黄岩知县。有《西桥集》。采文二篇。

黄星平，字□□，湘乡人。道光二十三年举人。采序一篇。

魏源，字默深，邵阳人。嘉庆十八年拔贡，两中副榜。道光二年举顺天乡试第二，官内阁中书，武英殿行走。二十四年捷礼闱，以磨勘稿草模糊停殿试。二十五年成进士，以知州分发江苏，署东台、兴化知县，补授高邮知州，兼署海州盐运判，叙升同知、直隶州知州。落职，开复原官。卒年六十四。有《古微堂集》。录文五十篇。

刘应祥，字云皋，新化人。道光二十四年进士，官陕西城固、安康知县，擢宁羌知州。采序一篇。

李杭，字梅生，湘阴人，星沅子。道光二十四年进士，选庶吉士，授编修。有《小芋香馆遗集》。录赋二篇。

萧锦忠，字史楼，茶陵人。道光二十五年进士，殿试一甲第一名，授修撰。采赋二篇。

袁芳瑛，字漱六，湘潭人。道光二十五年进士，选庶吉士，授编修，简放江苏松江府知府。采传一篇。

孙鼎臣，字子余，一字芝房，善化人。道光二十五年进士，选庶吉士，授编修，擢侍读。有《䈆筤初集》。录文九篇。

吴淮，字柡台，湘阴人。道光二十六年举人。有《愚村诗钞》。采小序。

童廷耀，字青舫，长沙人。以岁贡中道光二十六年副榜。采序一篇。

李得春，字东垣，湘阴人。道光二十七年进士，官永州教授。有《敏学斋文稿》。录文二篇。

陈星焕，字文泉，长沙人。道光二十七年进士，官江苏奉贤知县。采祭文一篇。

孙颐臣，字仲嘉，一字鳌洲，善化人，鼎臣弟。道光二十七年进士，兵部职方司主事。采说四篇。

翁普恩，字少崑，湘潭人。以优贡中道光二十九年顺天举人，署广东东安知县。采公牍一篇。

杨季鸾，字紫卿，宁远人。国子监生，咸丰元年举孝廉方正，主讲永州濂溪书院。有《春星阁诗集》。采序一篇。

何钰麟，字梅阁，长沙人。道光初诸生。有《吟梅阁文稿》。录文九篇。

黄诚，字月岩，善化人。以弟倬官貤封光禄大夫。有《晚香书屋稿》。录文五篇。

陈必宁，字□□，巴陵人。采说一篇。

汤彝，字幼尊，号柚村，善化人。有《盾墨及文稿》。录文四篇。

戴醇，字和生，湘潭人。道光中岁贡。有《榆窝杂考》。录考五篇。

左辉石，字介夫，湘乡人。采文三篇。

陈起书，字通甫，一字松心，郴州人，起诗弟。附贡，候选训导。咸丰乙卯八月，乡团殉难，照训导阵亡例赐恤，祀忠孝祠。有《撼山草堂遗稿》。录文八篇。

贺光黼，字香畲，益阳人。道光中诸生。采小序。

何俊，字千人，一字素民，桂阳人。道光中诸生。采文二篇。

马敬之，字悔初，湘潭人。道光中岁贡。有《四待轩文稿》。录文八篇。

欧阳棨，字迪来，新化人，绍洛子。诸生。《沅湘集》存诗五十首，今采小序。

《耆旧传》：迪来跅弛不羁，其父磵东性卞急，教子严，痛惩之不能改，积失亲欢，渐不见容。余兄弟每从容调解，或时其乏而周之，磵东必怒，迪来亦不感也。未几卒。其诗奇情幽思，跃跃豪端，不愧名父之子。

案：迪来之诗，乃其同邑晏启林号�塘者私藏以授邓君，始得录存。其文则不可知，惟其邑李长蕃宣伯出示一册，凡数十篇，名理混混而无名目，似欲自成一子。难于割取，故姑置之。窃叹负未易才而厄于生世以没，为可哀也。

周燮祥，字叔和，一字调臣，湘阴人。诸生。《沅湘集》存诗四十六首，今采文五篇。

郭祖翼，字芑泉，善化人，助教焌之曾孙。诸生。有《雨福山房草》。《沅湘集》存诗六十三首，今采小序。

罗文谦，字㧑庵，醴陵人。诸生。采文一篇。

周贶祥，字惠臣，湘阴人。诸生。采文八篇。

周韫祥，字辉玖，号石帆，湘阴人。诸生。《沅湘集》存诗三十一首，今采辨一篇。

锺显震，字守谦，一字青田，湘阴人。诸生，选用训导。有《诵芬书屋文集》。采文四篇。

冯芳荄，字还心，湘潭人。道光朝岁贡。子植仁，举人。采祭文一篇。

徐受，字海宗，湘阴人。诸生。采小序。

周倬祥，字卿伯，一字卓人，湘阴人。《沅湘集》存诗一首，今采文二篇。

邹汉纪，字伯申，新化人，文苏子。诸生。《沅湘集》存诗十六首，今采记一篇。

罗泽南，字仲岳，号罗山，湘乡人。道光朝诸生，咸丰元年举孝廉方正，保叙训导，洊升至知府，赏戴花翎，授浙江宁绍台道，加按察使衔，赏普铿额巴图鲁勇号，再加布政使衔。殉难，照巡抚阵亡例赐恤，予谥忠节。有《罗山遗集》。录文七篇。

邹汉勋，字叔绩，一字绩父，新化人。咸丰元年举人，军功保叙知县，加同知直隶州衔，赏戴花翎。庐州守城殉难，赐恤，赠道衔。有《学艺斋文集》。录文二十八篇。

阎其相，字石可，一字追甫，长沙人。诸生。有《追甫诗集》。采小序。

杨源汉，字桐江，新化人。诸生。有《就正斋古文》。录文九篇。

罗正维，字□□，衡山人。诸生。采杂文一篇。

陈源豫，字季木，茶陵人，源兖弟。诸生，任福建光泽知县、龙岩知州。有文稿。录文五篇。

周曜焜，字□□，湘阴人。诸生。采文二篇。

易文萱，字初白，湘阴人。道光朝岁贡，候选教职。采序二篇。

刘岳轩，字锦庄，新化人。诸生。采说二篇。

徐焘，字莘农，长沙人。诸生。有《南州别墅诗文钞》。录文五篇。

杨镜清，字竹师，长沙人。诸生。采序一篇。

唐祖价，字介人，湘潭人。国子监生。采文四篇。

胡尧戴，字荫廷，武陵人。援例为通判，改知县，署浙江余杭知县，补上虞，捐升知府。殉难，照知府例赐恤。采文三篇。

舒焘，字伯鲁，溆浦人，梦龄子。援例为户部广东司郎中。有《绿猗轩文钞》。录文八篇。

瞿元钧，字伯陶，号石云，善化人。咸丰七年举人，议叙训导，转教谕，加五品衔。采文三篇。

严咸，字秋农，溆浦人，如熤之孙，正基之子。咸丰七年举人。采文二篇。

欧阳勋，字功甫，湘潭人，四品卿衔兆熊子。诸生。有《秋声馆遗稿》。录文三篇。

罗德焜，字伯光，湘潭人。采论一篇。

罗蕃，字幼崧，湘潭人。郡廪生，世采之子，弱冠早逝。采书二篇。

杨球光，字子鸣，武陵人，庶吉士改兵部车驾司主事彝珍之子。诸生，早逝。采序一篇。

张起毅，字叔容，湘潭人，声玠之子。未冠早逝。采书二篇。

罗萱，字伯宜，一字梦草，湘潭人。道光年诸生，军功保叙，由训导洊升江西补用知府。贵州剿苗，拟保道员，殉难，从优照按察使阵亡例赐恤，袭骑都尉世职，加赠太常寺卿。年四十三。有《蓼花斋诗文稿》。录文九篇。

案：是编甄录，不欲徇私。如黎御史吉云、陈池州源兖，皆曾作先严九十寿言，词意并美，嫌于借自表襮，故悉未登。若萱为家儿，文不足称，岂宜厕名编内？而同人悯其殉难，嘱入数艺，此亦过而存之之列矣。

湖南文征　卷一

疏一 明

治水疏

夏原吉

永乐元年秋八月，遣都察院佥都御史俞士吉，赍《水利集》，赐户部尚书夏原吉，使讲求疏治之法。

原吉上言：江南诸郡，苏、松最居下流。常、嘉、湖三郡，土田高多下少，环以太湖，亘绵五百里。纳杭、湖、宣、歙诸山水，注淀山诸湖，入三泖。顷浦港湮塞，汇流涨溢，伤害苗稼。拯治之法，宜浚吴淞诸浦港，泄其壅淤以入于海。

吴淞江袤二百余里，广五百余丈，北接太湖，东通海。前代屡疏，以当潮汐，沙泥淤积，旋疏旋塞。自吴江长桥至下界浦，约百二十余里，虽稍通流，多有泄窄。又自下界浦抵上海南仓浦口，可百三十余里，潮汐壅障，蒲芦丛生，已成平陆。欲即开浚，工费浩大。臣相视得嘉定刘家港，即古娄江，径通大海，常熟白茆港，径入大江，皆广川浚流。宜疏吴淞江南北两岸安平等浦港，引太湖诸水入刘家、白茆二港，使直注海。

淞江大黄浦乃通吴淞要道，下流壅塞，难即疏浚。傍有范家滨，至南仓浦口，可径达海。宜浚令深阔，上接大黄浦，以达泖湖之水。此即《禹贡》三江入海之迹，俟既开通，相度地势，各置石闸，以时启闭。每岁水涸时，修圩岸以御暴流。

疏上，命行之，水患以泄，农田大利。

征浙方略疏

贺宗

大理寺右寺右评事臣贺宗题：臣宗伏闻三省用兵，未见捷效，时廑圣虑。臣愚窃以奉天讨仗天威，固宗社无疆之休，而彼贼实神人之所共怒。第事关重大，有不容不为之处者。

臣闻近日将帅皆云，先征福建，若以为贼之巢穴不可缓也。殊不知福建、浙江、江西三省地方，形如品字，福建在边东而居内，浙江、江西在两边而居外。大军粮草，必由江浙而后得达福建，贼徒将倚山溪陡峻岭，频肆劫掠，返遭荼毒，焉望成功？此先征福建之不可也。以京师大势言之，浙江、江西路近而居内，福建路远而居外，用兵当自近而及远。腹里既地辟民安，边陲自静，此后征福建之不可不知也。为今之计，所谓驱市人而使战者，岂知此义乎？况其不闻有枭斩之军令，惟少示鞭扑之轻罚，孰肯捐生赴敌，以成捍御之功邪？此民快之所以不可用也。且贼俱非惜身守法之人，皆强暴凶恶之辈，自分鱼游釜中，临阵一可当百。官军民快，何以当其锋也？况贼之渠魁，固不可不歼之矣。而胁从之众，多畏其虐而强从，一概剿除，不惟失好生之德，将诛之不可胜诛矣。龚遂曰：治民如治乱绳。诚能招谕使归农亩，亦可以孤贼徒之势。今或以不必调回剿征福建之兵，令其且守且围。先将湖广、河南、山东、南北直隶操练下班之军，选其精壮以备换班，而以能干智勇指挥头目领之，听号令，申军法，于浙江、江西协济，则战必胜，攻必取，而荡平不劳余力矣。

臣备员棘寺，兵事原非分内，幸际太平之盛，叨蒙作养之恩，日夜拊心，惭无寸补。况今中国，家诗书而户礼乐，父父子子，坐享唐虞雍熙之福，东西南北，罔不倾心。使三省腹里之地，乃敢背负洪恩，跳梁疆埸，岂胜切齿？是以已发征福建之兵，除留守建宁等处城池及各要隘地方，或一二万令其转回，先剿浙江，次剿江西，塞其津要，使不得暗通福建，互相救援。贼门既破，然后会合大军，进攻福建。一省之地，不过片土，一方之贼，势犹狐鼠，时易易耳。仍颁敕令广东塞其通福建路，毋使奔逸。谨守建宁等地，以为大兵屯驻牧马之所。谨守要害津梁，以为大军搬运粮饷之路。

今议者有曰：散漫用兵，随处征剿，亦易为力。不知官军势散，贼党啸聚，何以抵当？况其生奸设伏，难以意度。或但少挫，未即歼荡，须仍调兵，徒滋烦扰。譬如野火，扑灭此处，彼处复燃，何以取胜？今宜率聚大兵，了此一处。方到一处，贼众奔窜，势如破竹，大功可必。此散漫浪战之不可也。

又闻江浙既调官兵，复取民兵快手，虽曰养军备用，不知四方官军，止居屯田，惟事耕作，民快生长市廛，并不闻操练击刺之方，坐作进退之法。孔子曰：以不教民战，是谓弃之。不教之民而可以壮国威，非臣之所知也。谨披愚衷，冒干天听，傥不以卑鄙弃掷，臣万死万幸，臣不胜战栗之至。

乞恩给假祭扫疏

朱英

臣原籍湖广郴州桂阳县人，自幼孤苦，孝养无由，乌鸟之私，不胜朝夕。盖自成化五年，由陕西参政升福建右布政使，时得便一过原籍，二十余日，匆匆祭扫之后，升回陕西，巡抚甘肃，以至于今一十四年，不得再回祭扫。尝因老疾，屡陈情恳，未蒙俞允，此心恻然。

臣思广东韶州府属仁化等县，与臣原籍密迩，往来一日可到，乡园咫尺，自难忘情。以朝廷托重一方，日夜尽瘁，不敢言私。今已七年，仰赖皇上德威远被，两广地方，视昔颇宁，况有总镇总兵为之节制，又有副参巡按为之分理，脱有紧急边报，旬日可到。臣窃自念释褐筮仕以来，将四十年，短拙所在，虽无裨益，亦尝尽心，但于所亲存殁养祭，愧负无限。虽幸录臣年劳，屡蒙恩及先世，然而改题告祭，不得躬行。又经三年满过，量蒙恩典，礼当告祭，须得躬行，庶为不负。且念先茔所在，荆榛荒落，寸土未加，乌鸟心情，郁结已甚。若再因循岁月，不回祭扫，非但不孝之罪终难自赎，将来泉下，何颜面亲？

伏望圣恩广大，念臣孤苦，赦臣干冒，给假定限与臣，候今冬来春，出巡韶雄府县地方，顺便一回原籍，躬行祭扫，毕日即回总府办事，使臣少遂乌鸟之私，再竭犬马之力，庶于臣子之分，两不偏废。谨具奏闻。

灾异陈言疏

朱英

窃照去年陕西、山西、河南大旱，饥民相食，而残冬迄今正月元旦，灾异迭见。伏蒙皇上顺承天意，克谨天戒，敕谕文武百官：兹者上天垂戒，灾异迭见，去岁暮并今正旦，星变有声如雷，朕甚惊惧。惟天道与人事，相为流通，必人事乖违，斯天道不顺。文武百官，皆与朕共天职者，而五府六部，都察院、大理寺、通政司堂上官，六科十三道官，付托尤重。凡一应弊政，及有益于国家生民之事，俱各指实陈奏，无或顾忌，朕当采而行之，用回天意。臣庄诵所降纶音，大开言路，此实宗庙社稷之福，寰宇生灵之幸。

伏思皇上临御大宝二十余年，敬天如父，爱民如子，政贵平易，刑尚仁恤，虽尧舜三王之圣，不过于此，宜召休祥以彰盛治。而灾异洊臻，致使人民流离，贼寇窃发，府库几虚，饷馈莫继，武备未振，刑狱未清，皆由臣等瘝官旷职之所致也。谨遵敕旨，条陈利所当兴、弊所当革者八事，请自圣裁：一解白粮禁倍加尖，二抑国戚却纳献地，三革总参夹带私马，四严总镇侵屯置庄，五斥左道煽术惑众，六革中官采办树党，七起言官量才器使，八裁仓房冗寺省费。

奉旨：内府衙门，白粮不必委官监收，只照例一平一尖收纳。皇亲国戚，不得受纳投献地土，并仓场等处内官，以处置了，量留管事。各处副参等官，不许进土产，止许镇守一人进。今后赍香帛，内官不差。其余准议。

预计安边疏成化十年

朱英

臣以凡庸，遭逢明圣，冒兹重寄，愧惧交加。已尝具本，差人亲赍谢恩，及将地方一应大小合行事务，钦遵敕谕内事理，另行从宜处置，逐渐修举，务在裨益地方，仰副朝廷付托之重。惟兹犬马，欲竭涓埃，尚有当言，不容缄默。伏乞圣明俯垂矜察，臣不胜感恩思报之至。

臣惟论备边长久之策，虽非一端，要之在战与守，内修外攘，先事而为之虑且备耳。然欲战必须将勇兵强，欲守必须粮多食足，苟或粮储不积，士马未习，虽智如良、平，勇如卫、霍，亦将无以施其力，欲其战胜守固得乎？臣熟观甘肃地方，实陕西三边重地。盖自兰县渡河而西，诸番据路南雪山之险，胡虏当路北沙漠之冲，而我境于中一线之路，绵亘二千余里，而甘凉诸城，孤悬绝域，自古及今，未尝不选将练兵，飞刍挽粟，务为战守之略，惓惓加意于此者，盖有以也。今之总兵、参将，皆荷国厚恩，茂膺重托，必能悉心殚虑，共思所以作兴士气，振扬朝廷付托之重，忍敢不务远图，因循苟且，以误将来。但士马虽操，而骑射有未精。粮草虽征，而仓场有未积。平居无事，皆可将就度日。即今西番哈密多事，而虏酋乩加思兰之众，既已渡河而西，犬马之志，必有所在。一有紧急，我军虽欲出战，而士马或有未习，虽欲固守，而粮草或有未积，求援虽迫，而驿路已阻，督运虽勤，而粮道不通，未免又似往年坚壁自全，听其从容剽掠，自在去留而已。倘再久困边城，南侵洮巩，其为边患，何可胜言？且如延庆、宁夏，虽系重边，缓急之际，诸军一面战守，百姓一面挽输，边患虽久，而粮草不乏，非若甘肃孤悬险远之地，遇紧而彼此声援不通，再难相顾者。此区区犬马之诚，自不能不惓惓于今日者也。

伏望皇上俯念边方，察臣愚见，乞敕廷臣，从长会议。如果臣言有益边方，通行责成遵守，非但臣一言之幸，边方军民之大幸也。

臣干冒天威，不胜战栗恐惧待罪之至。今将合言十事，开坐具本，请旨：一严赏罚以精武艺，二预征发以备军饷，三补官长以统众心，四宽禁例以革避难，五均水利以兴屯种，六专委任以革奸弊，七申禁例以儆奸贪，八严禁约以柔远人，九定名数以革滥占，十谨防闲以弭边患。

普济流移疏

朱英

臣惟天地生物，必雨露均沾而不择所施。帝王养民，必仁德覃敷而不偏所爱。照得山西、陕西、河南等处地方，不幸连年灾荒，军民告急。既蒙专命大臣，领赍内帑，分投设法，大为赈济民饥，所在料亦生活。况蒙皇上敬天勤民，推诚泽物，求言肆赦，感动幽明，以致天意日回，雨泽时降，人物苏息，秋种必收，民生远迩，公私仰给，皆有可望。

但见近日京城内外，街市往来，流移男妇老稚，沿街乞食者多，是皆朝廷赤子，在所哀矜。饥困流移、幸而不死者，匍匐至此，如睹天日，如投父母，而趋饱暖之乡、仁寿之域，私相庆幸，何可名言？即今暑雨炎热，衣食狼狈，叫乞沿街，见者虽矜，岂能周给？仰惟皇上大德好生，至仁一视，闻见及此，悯恻为宜。乞敕户部，合无行令顺天府五城兵马司，各出告示，晓谕京城内外，各该地方吏甲，将近日流来缺食军民、老稚人口，尽数引送，以近就近。

顺天府县并各城兵马等衙门投见，着令各聚一二处空闲寺庙，听候官为审见乡贯姓名、人口数目。在官每月行文造册，每一大口，量给粮米三斗，小口一斗五升，以济其饥，安其所。仍令巡视各城御史巡察，以禁妄冒侵克之弊。候今秋成，听其自回复业，庶慰饥人远来求济之心，益彰皇上大德同仁之盛。

救荒疏

朱英

窃照陕西地方灾重民饥，视他处尤甚，民业久废，仓廪尽虚，东北邻境山西、河南，皆无可仰之地。所可求活者，惟南山汉中，与四川、湖广边境耳。民之有识有力者，挈家先往采山求食，或幸过活，其他老弱无力、坐仰本土者，官粮既尽，民仓复穷，未免困苦。或骨肉相残，或啸聚劫夺，饥寒逼迫，皆非得已。虽烦圣虑简命大臣，将带内帑，往为督属，多方求济，民生之幸，感亦多矣。但彼中粮无可籴，远运难来，非但一时无措，坐视死亡。方春农业，牛具、种子百无一二，必须官为措置，庶几救济一方，不然燃眉之急，非但眼前，将来之患，亦难逆料。

臣先任陕西巡抚甘肃之时，提督甘凉卫所，收积预备仓粮本折二色，约有二十万石，为因本处田地，皆有水利灌溉，谷麦常丰，军民足食，不用支借。巡抚等官，虽常以陈易新，借与军民，岁收还官，每石照例半尖斛面之外，加息一斗。积今年久，数必倍前，那移救急，有何不可？且闻河西甘凉，即今米价，每银一钱可籴四斗，饥者闻之，多欲渡河就食。第因边守拘常阻当，不容渡河，使彼粮积偏多，民不受惠。岂知军民彼此皆我同胞，饥饱东西皆我一体，在仁人君子，自有不忍偏向坐视者。

又照西宁、洮河等处，地接西番，时相互市。畜产所在，多有耕牛。彼中所急者，在茶布罗段之类耳。官若不拘常例，早为收买，散给民耕，但得秋成，民生可保。况陕西相去河西甘凉等处，名虽边方，路已平阔。每四十里设有驿递，即今声息颇宁，运用往来，月余可到，所谓移粟给民，此亦策也。伏望皇上轸念陕西民患尤甚，乞敕户部计议，合无差人驰驿行令，先差侍郎李衍，与今差侍中等官到彼查照会议。如果相因，一面坐委司府堂上老成公当官员，量带委官人等，星驰前去甘肃，公同巡抚都御史鲁能并分巡监收等官，量于河西各该卫所预备仓借支米麦，内凉州一万五千石，庄浪一万石，先发运送西安、凤翔二府。西宁五千石，运送临、巩二府。甘州二万石，运送平凉、庆阳二府。合用人夫牛车，先尽各该驿递在官之数，外或量起，倩卫所屯田军余牛车程递，或支给官银雇倩。各该卫所亦令委官一同运送，陆续前到所指官仓收贮，给济饥民，及分为种子。候原定远运至日，大为接济。若谓边方钱粮，不宜运回腹里，则是胶柱鼓瑟，非通变之宜。况彼常稔之地，仓粮尚积用之有余者邪？仍在委官一面支领，带去官银，或库收见在各项银两，收买布匹罗段，或查支在官食茶等项，前去洮河、西宁等处地方，着落所在军卫有司，分投召商，广为易买耕牛驴匹，陆续分送各该被灾十分艰难地方。行令守巡官员，督同府、州、县官，审实饥贫缺牛耕种之家，量为分散，督令趁时耕种，共望西成。戒令委官官吏人等，务在买散公平，民受实惠，不许徇私偏向，给散不平。访察事发，坐以枉法激变重罪。

如此则目前饥困或可救济，将来耕种或可收成，业可渐复，民可渐安，公私仰给，渐可望矣。是虽千里救济，迂拙非宜，亦拯溺救焚，一时急务，苟有所知，不忍默然。谨题。

覆金洪陈边务疏

刘大夏

臣等看得陕西巡按金洪所奏，后开十事，俱系边方要务。本官亲历其地，奉敕阅实，闻见必真，拟合逐一对款议拟，伏乞圣明裁处。

一、严烧荒以安边也。查得每年秋深草木枯干之时，本部请敕各镇守臣，并独守一方内外官员，先行差人哨无敌情，然后行令副参等官，各照地方出境烧荒。已有常行定例，但将官实心奉行者少。欲于烧荒毕日，重复出境查验，势恐难行。今详本官所奏之意，则是套内敌情有无，可以验烧荒虚实。合无通行各边，今后每年烧荒官军回日，巡抚务要盘检，有无牲口带来。日后如有外夷在套，或近边住牧，就遣夜不收。哨探在何地方，离边远近，查与原报烧过里数若干，就将原日领军出境烧荒将官，指实参奏拿问。本处查有入边失事缘由，依拟降谪。

一、修城堡以固边也。查得近该延绥守臣奏称本镇宁夏至定边营一带，地方冲要，应行修筑边墙。等因。已经题行总制衙门，公同守臣勘议具奏外，今本官又奏前因，大意在于选用巡山官员，修理各该险阻。事在彼处，难以遥制。合无备行总制秦纮，公同二镇守臣，一并查勘，备由具奏。

一、拣将才以镇边也。看得本官阅视地方，开奏各官贤否，应当参酌所言处置。但延宁一带为事将官，近该本部奏称：敌众过河，要人堤备。已经奉有钦依，姑令记罪前去，领兵堤备，候敌情宁日，照旧问结。所举王戟、魏镇、蓝海案候听用外，所据开奏马隆、姜汉，亦各称有将官器度，宜当俟其后效。傅钊、张翼，既称其怯敌图利，无才贪残，合无行令总制，并各该巡抚，再加询访的确，候各官问结之日，另行具奏定夺。

一、放土军以信边也。查得先为急募土兵以御敌人事，招募过延、宁二镇土军，共二万一千三百七十六名，编成队伍，关与军器，各随卫所营堡食粮，就令原招人员，管习武艺。情愿常操者，补作游兵之数，其余分作两班，每年十月起至开年三月止，每班备御三个月。该管官员，敢有科扰及擅勾非时公私役使者，参奏究治。等因。题奉圣旨：是。钦此钦遵。通行去后，续该彼处守臣奏称各军情愿留操，及将沿边增设卫分，就将各军编发补伍，行令勘处间。今金洪亲历其地，据告真情，称比先招募之滥，近日拘留之苦、供贴之难，甚至愿将原赏银两送官疏放。中间难保其无捏作愿留，及科扰役使之弊。合无将金洪所言，备行总制秦纮，候边情宁日，选委二司能干着实官员，各赴二镇，将原招军士，逐一清审明白，仍查照钦依事理，除着实甘心愿留补作游兵，其余俱责令里老及该管人员保领，照例冬春轮班操备，夏秋放免归农。遇有重大敌情，一面行移巡抚、巡按，会同拘集，一面奏闻。拘操之日，照例支粮。中间查有死亡，告相明白，即与开除，愿补者听。诡名捏报逃走者，就拘原报之人正身，及父兄子弟顶当。仍将审过实数，并处置过缘由，咨部知会。若查有科扰等弊，应拿问者拿问，应参奏者指实参奏。

一、教骑射以御边也。看得操练官军骑射，系是将官本等职业。今金洪亲历其地比验，军士如此不堪，该管将官所干何事？巡抚因何扶同不言？况事在人行，兵难中制，合无不必本部立法差官，止将金洪所言通行各边总兵，今后务要严督副参等官，用心设法，教习骑射。巡抚不时比验，将把总、管队等官，量行赏罚。若将官果有中间不肯严督操练，虚应故事，即便具实奏闻，御史按律去处。比验军士，若果骑射不熟，及询访将官，止知掊克私役者，指实具奏。本部将巡抚、总兵一并参奏，取自上裁。

一、节工役以逸边也。查得先该宁夏守臣各奏称勘议过本边，原有古渠三道，东渠、中渠现通水利，可遏敌路。惟山边一渠内地方似为敌境，欲将旧渠挑成河堑，以限戎马，多得地利，以资边储。本部议得工程浩大，难便轻举，仍行各官会同巡按，再行计议。迄今三年，未据奏报。今本官奏称所开之渠，地高于水，不能灌溉。山口多石，功亦难成。并据宁夏久疲未苏之人，何以堪此？合无仍行总制秦纮，移文该镇守臣，从长计议。如果此渠难于施工，徒劳无益，即便停止，咨报知会。

一、用精锐以助边也。查得各边遇有敌中走回人口，审有的确乡贯者，送发宁夏完聚，免其杂差，系现行事例。今本官奏，要将前项在敌年久走回之人，俱令就彼便所，收入队伍，概与粮赏，是亦选用精锐，用防边鄙之意。但此辈被掳日久，自意骨枯草野，不复与父母、妻子面见。幸而脱死生还，情难一概强留。合无行移彼处镇、巡官员，今后被掳走回，审有乡贯之人，若果精锐，情愿在边杀敌者，量给赏劳，与边军一体收伍食粮。不愿者，仍照旧例施行。

一、分地方以理边也。看得二司官员巡守，必须地方便利方可责成。今关西、河西二道，既地里远近悬绝，难于遍巡，则一方庶务，何以督理？而贪官污吏，安知警惧？金洪所奏，亦为有见。合无仍行陕西巡抚，再行参酌奏内事理。如果前项所定地方，均须从宜更改，行令二司官员，遵守施行。

一、慰死事以劝边也。查得孔坝沟死事官军，近该总制秦纮具奏，本部议拟具题节该奉圣旨：是。朱鼎、妙龄、武臣、许庆、汤玺各赠官二级，仍查他子孙，照例袭升。其余阵亡官军，便着查明来说定夺。钦此钦遵。通行去后，及又查得本部题准事例，凡夜不收公差人役被敌杀死者，赏银五两，掳去者亦赏银二两，以恤其家。今本官又奏前因，缘各查有前项题行事理，难再别议，合咨都察院转行本官，将前项奏行阵亡官军事情，作急勘报。及今后有公差夜不收被敌杀掳者，照例具奏施行。

一、分赔补以恤边也。查得官军骑操马匹，除追敌、烧荒等项公差，倒死免追。其余槽下倒死，告相明白，官军朋合出银，马主出备桩头，官为通融买补。此系奏行事例。其朋合之例，每年终止令六个月，按月，每月都指挥出银一钱，千百户、镇抚出银七分，旗军出银五分。桩头之例，倒死，马主、都指挥出银三两，指挥出银二两五钱，千百户、镇抚出银二两，旗军出银一两五钱。走失者，各加银五钱。今金洪因见各边骑操马匹，追补不均。要得查究倒死缘由，分别免追一节，最为有见。既查有前例，相应通行遵守。合无本部移咨各该巡抚，及咨都察院转行本官，各仰所属卫所官军，务要各将骑操马匹，自心爱惜，喂养膘壮，以听调用。内有因公追敌等项致死者，免其赔补官给马匹。医治不效者，即系槽下倒死之数，照例追征桩头银两贴补，朋合银两买补。其有为因私事走死，及诸般作践倒死者，查勘的实，即追好马一匹还官，或追银十两在官买马。各边一体通行，不许偏执，致有彼此不同，则马政不致废弛矣。

议疏黄河筑决口状

刘大夏

议得河南、山东两直隶地方，西南高阜，东北低下，黄河大势，日渐东注。究其下流，俱妨运道。虽该上源分杀，终是势力浩大，较之漕渠数十余倍。纵有堤防，岂能容受？若不早图，恐难善后。

其河所决孙家口、杨家口等处，势若建瓴，皆无筑塞之理。欲于下流修治，缘水势已逼，尤难为力。惟看得山东、河南与直隶大名府交界地方，黄陵冈南北古堤，十存七八。贾鲁旧河，尚未泄水，必须修整前项堤防筑塞，东注河口，尽将河流疏道南去，使下徐、沛，由淮入海。水经州县，御患堤防，俱令随处整理，庶几漕河可保无虞，民患足为有备。仍于朝神明南北，各造滚水石坝一条，俱长三四十丈，中砌石块一条，拟长十四五里，虽有小费，可图经久。若黄陵冈等处堤防，委任得人，可以长远。仍照旧疏导汶水，接济运河，万一河流东决，坝可以泄河流之涨，堤可以御河流之冲。倘或夏秋水涨之时，南边石坝逼近上流，河口船只不便往来，则于贾鲁河或双河口，径达张秋北上，以免济宁一带闸河，尤为利便。

臣等仰知皇上洞见黄河迁徙之害，深为国计民生之忧，凡智力所及，不敢不尽，但欲兴举此等工役，未免劳民伤财。今山东等处，荒歉之余，公私匮乏，人夫尚可起，财用无从取办。况好逸恶劳者，怨谤易兴。听声蹑影者，议论难据。如蒙乞敕户、兵二部，会同在廷群臣，斟酌前项工程于理应否兴止。倘以臣言可采，则其事宜速举，其买办木石等项银两，应于何处取用？应用匠作等项口粮，该于何处支给？或此外别有治河长策，可以不费财力，逐一处分明白定夺，行令臣等遵守施行。

河防运粮疏

刘大夏

一、漕河水利，全借泰山诸泉。每年夏秋，潴蓄南旺等湖，至旱干时以济粮舟。近豪强军民，或决堤泄水以图栽莳，或阻遏泉源以资灌溉。乞照先年侍郎白昂奏行事例禁治。

一、南北运河，止是汶水分流接济。春夏旱干，水源微细，必借各闸积水，以时启闭，庶可行船。往往官员随到随开，以致粮运阻滞。乞申明列圣诏旨，严加榜示。

一、管河官员，责任太轻，事多掣肘。乞敕河南管河副使张鼐，大名府带管堤防参政李瓒，俱照管河、管屯官事例，常川巡视，听其便宜行事，巡抚等衙门不得有所沮挠。

一、安平镇、黄陵冈、荆隆口及新筑于家店以下堤防，俱用人守视。水涸则积土备用，水涨则防护修筑。若有重大功程，临时调附近丁夫，协同修理。

一、大名府所筑长堤，必须递年增修，庶保经久。乞行参政李瓒，以所属堤北人户，编定班次，每年农隙之时，调发若干增修，一月疏放。堤北军屯与寄居人户，亦一体从轻编定，轮流调发，庶免起夫科扰之弊。

一、济宁迤北，南旺、开河、戴家庙一带，比之他处最要。而安平镇地方土脉疏薄，新筑决口。尤须提调官员不时检点。今自济宁直抵通州，相去一千八百余里，而天津北上，逆水尤难。若止责与一人提调，恐致误事。乞敕该部依臣等前奏，仍分而为三，南北各该工部郎中一员，中间增设通政一员提调。

陕西马政疏

刘大夏

看得徐蕃、夏璲等所言，皆详备切要，深补本部原拟之文不足。大意俱欲加重本官之任，以成公家之事。缘都御史杨一清受命于马政废坠之后，委的事体艰大，责任难为，况其所行俱于巡抚、巡按及都、布、按三司事相涉，若使人得沮挠，事或掣肘，纵有才能亦难济事。合无悉准科道所拟，备行本官，令其查照本部原行及各官所言，参酌施行。仍敕将、抚、按衙门，不得干挠马政。都、布、按三司以下，悉听节制委用等情，增入敕内，以便行事。

其论茶易马匹，委系马政一事，若并付本官管理，委的事体相须，易责成效。况茶、马自先年停止大臣之后，止是行人抚谕巡禁。成化年间，因是行人轻职，难以革弊。该巡抚奏准，暂差御史整理。今既有都御史兼理，若又差御史在彼，不无事权不一。合无将巡茶御史，行取回京，一应首尾，悉皆责成于杨一清。其原拟禁约处置事宜，亦皆增入本官敕内。待彼至日，或行茶地方遥远，应该另添何等巡禁官员及茶法利弊，中间有应处、应奏事情，俱听本官奏请定夺。

议行武举疏

刘大夏

武举之设，将以延揽英雄，广储将帅，招徕韬略之士，收拾跅弛之才。盖以古今治天下之具，惟文武二道。天之生材，以供世用，惟文武二艺。凡国家求相于文，求将于武，亦惟文武二科。我朝设文举以求士，诚足以备一代之彝典，而其网罗之周密，自阀阅以及草泽，不以远而遗，不以贱而弃，故得人以备任使。其用武臣也，甄别军功之大小，以为升擢之阶级，内或陟督抚之崇班，外或膺边方之重寄。或处以方面之长贰，或列于行伍之师帅。世享簪缨，家足饩廪。奖励武臣，作兴士气，意甚善矣。

但求采止于武弁一途，凡授钺推毂，非出于贵宠之子弟，即拔自行伍之粗材。近岁虽有保举将材之例，又但据其见有官职之人而推荐之，其间往往徇名而不责实。挽强引重者目为勇敢，谈说纵横者号为谋略。及委以重兵，临以大敌，偾事者多而成功者少。盖由求将之意虽劳，而选将之路太狭也。宋臣范仲淹有言：议者不知取将之无术，但云当今之无将。今日之弊，殆亦坐此。

且天之赋人以材，拙于文者或优于武，亦不以远而啬，不以贱而限，如穰苴生于寒微，吴起困于羁旅，乐毅出于疏贱，黥布杂于舆台，卫青辱于人奴，去病辱于假子。若当时非有知识之人为之汲引，岂能自致通显，建功于世而垂称于后邪？今四海之大，生聚之繁，宁无若斯者在于侧陋之间乎？

夫武以用将为先，亦犹文以求相为先。孙武曰：将者，人之司命，国家安危之主也。司马曰：将不能设，无以应卒。昔唐知求将之为重，视进士科而增置武举，遂得郭子仪，卒成再造之功。宋知求将之为重，视制科而详定武举，遂得高志宁、令狐挺，卒能制元昊之背叛，破智高之猖獗。盖异人杰士，感奋而兴，饮气挟行，以赴功名之会。此前代故事有足征也。宋臣苏洵言于仁宗曰：文有制科，武有武举，陛下欲得将相，于此乎取之，十人之中，岂无一二？此名儒之格言，为足征也。

兹者适当武举再开之时，臣等见得法制未备，礼仪未隆，上未足以承陛下旁求之心，下不足以副豪杰登进之望。宋臣富弼，请置武举，尝曰：法度龌龊，未能致将起之士。臣等切与之异世而同怀也。盖事既当重，则品式宜加详备，恩礼宜从优厚。今欲依仿唐宋故事，参酌会、殿二试事例，少加损益。每遇文举乡试之年，亦将武举预期行移两京各省，令其转行晓谕：如有究极韬略、精通武艺者，或隐于山林，或育于学校，或羁于戎卒，或系于仕籍，许各赴所在官司投报，礼送赴试。果可取者，礼送兵部，会萃数月，请于次年四月开科。初较骑射，人发九矢，中三矢以上为合式。二较其步射，亦发三矢，中一矢以上为合式。三试策二道，论一道，优者列职论官，以示崇异。其非全材，黜之以俟后举。

此制一定，庶法式昭宣，足以备彝宪，礼遇崇重，足以激人心。凡海内智勇之士，莫不仗剑而起，各售其术，期以效用于世。

是驱天下之英雄而入于吾之彀中。陛下屈群策而用之，何忾之不可敌，何侮之不可御？虽鞭笞四夷，伸威万里，将无不如吾意者。又何假拊髀而叹，思借才于异代也哉！

论宣府屯田疏

刘大夏

宣府地险积寡，已于东城置仓数十间，未有以实之。而神明川地肥饶，屯田团种之外，尚多私占。请令巡抚、巡按等官，清查归官。其军余原额屯田团种者，每分额外量与余田，勿令过二十亩。清出归官者，或原人领种，或别召承佃，每亩起科纳粮三升、草一斤。与东西二城，并蔚州卫屯田粮料，俱令运赴新修东仓，及附近草场上纳。倘宣府不足，于农隙时运去备预。其他地方及西城、蔚州二处不足，宜发银就彼籴买，不得那借。

至若怀来城尤为要害，亦须增置仓廒，籴蓄粮料，以备仓卒之用。

论寺监牧马事宜疏

刘大夏

近年各卿佐员缺，多用谪逐官及有过累者，府卫下寮，多易视之，故各官自待亦轻，政务因以废弛。谓宜稍更其制，今后各行太仆、苑马寺官员缺，少卿则于布、按二司参议、佥事内推补。如职务修举，则视太仆寺卿佐升任。其监苑庶官，亦请于北人素娴牧马者任之。则官皆得人而政可举矣。

灾异陈三事疏

刘大夏

一、杜幸门。近年乞恩升职者三百有余，乞将在京各卫所，凡不由军功升职者，悉查奏裁革；应存留者，减支半俸。有由军功相参授职者，止存军功职事。如有似前夤缘请乞，照例问罪降调。

二、恤人言。大同、宣府、蓟州三镇，添设内臣过多，私役虐害，军马日渐消耗。近该廷臣集议，请三镇守备内臣十六员尽行裁革，蓟州一镇止留二员，改为分守，与中东二路参将同居一城，未蒙俞允。乞仍照原拟裁革，以解边人之困。

三、杜杂进。各边及腹里地方，多有无藉之徒，投充势要官下旗舍、官余等役，奏称报效。其各边镇守等官，亦于额外朦胧奏带支费甚多，一遇剿贼，冒报功次。今后俱听臣等考验，果有谙晓兵法、熟娴弓马者，方许其去。其余并额外人员，俱各发回原籍、原卫各供职役。

覆邹文盛疏

刘大夏

文盛以朵颜三卫夷人背恩，欲出师征之。守臣则欲先以守备为本，俟边城筑完，兵备充实，然后因其来犯，刻日出兵，直捣巢穴。或残贼复举，我军三面而守，一面而战，庶有全功。守臣之言宜从。

文盛又欲弛扑杀、袭杀之禁，以倡我军敢勇之气。守臣则以为恐启邀功生事之心，请移文守臣，当夷人互市之日，遣通事传谕其众，令今后宜远边墙百里之外住牧。如欲来市，须先期三日，令二三人传箭答话。欲传报夷情，亦先期一日。若非答话而擅入百里之内者，许官军袭踪扑杀。我军仍及时于百里之外，筑立封堆，或挑壕堑为界。俟功毕，然后弛掩杀之禁。其扑袭掩杀者，仍不许以首级报功，妄图升赏。

文盛又欲罢绝马市互易。守臣则恐罢绝之后，夷情嗟怨，或构结为患。今宜不必禁约夷人，止严督我边方军民、监市官，如遇开市之日，止许以布帛米盐等物入市交易，不许私带锅铧铁器。俟各夷后此有求买锅铧者，然后定为年限，许令三年一买。

文盛又欲于东西二路添设宪臣，整饬兵备，修治边墙。守臣则以为辽东连遭兵荒，请俟年丰再议。

文盛又欲请差御史清理军伍屯田，并措置粮饷，共给军粮，每年照丰歉平准定价，不得拘以二钱五分之数。守臣议其言宜从，但清军免差御史，令巡按带领。

会议救荒弭盗疏

刘大夏

一、权乞升授文武官并匠官，除见任管事外，其余月俸暂为停止，待年丰定夺。

一、内府各监局及光禄寺，招收幼匠、厨役多至万人，乞命科道及该部官，拣选堪用者存留，每名止许月支米五斗，其余发回原籍、原卫。

一、自弘治十四年以前，江西欠苎布，浙江欠绢丝、白绵数十万计，宜减半折价类解。

一、光禄寺供应猪羊等料，比旧加至数倍，贻累铺户。内臣汤饭日传增，各监匠作月粮已增至一石，又重支直米，以岁计之至千余万石，宜尽裁革。

一、应天并江北府州，自十五年以前，倒失马价及草场子粒未征完者，宜悉蠲除。

一、皇城各门，京通二仓，水次诸仓，坝上各马牛房并甲字等库，及上林苑管事内臣，俱有额员，近来增至数倍，至于内府各衙门亦然，宜量为厘革。

一、腾骧等四卫军人勇士，多有冒名及投充者，宜严加清核。

一、各处轮操官军，困于工役，逃亡数多。今后有大工役不得已暂拨，亦宜止令出力，不许科出财物。

一、斋醮无益之费，并各处送香挂袍，俱暂停免。

一、各处岁例该派军徭，宜会计一年合用之数均派，不许设法滥取。

一、内外监局库厂等衙门，凡遇解纳物料，多加倍折收，宜严禁之。其巾帽局，岁例成造内官、内使靴帽皮张，仍照例折价。

一、外夷进贡，宜令镇巡官差官伴送赴京，事毕仍令伴送出境，免致差人在途生事。

一、南京、苏、浙等处差官织造，并带去人匠，宜悉取回。如供应不敷，止行镇巡官督令所司织办。

一、司苑局宜复设嘉蔬所，专理种菜，选官任之，庶军民不至蒙害。

一、惜薪司抬柴夫，每名出银十两，亦足雇役，不宜加取。

一、太医院额办药材，多有本地不产买办于京者，或至堆积成腐，徒费民财。今后缺用者仍旧解纳，其余宜暂停止。

弭灾革弊疏

刘大夏

一、畿内百姓之害。凡坛场合用纯黑马、骡，例行太仆寺于寄养孳牧马内拣选，送御马监交收。乡户非因土产，皆役托积年揽户，每马一匹，用银七八十两，骡用四五十两。人户遇派此役，无不倾荡家业，鬻及男女。今宜预备实数，每马一匹，定与价银十五两，骡十两，于太仆寺原贮马价支给，送本监自行收买。

一、里河军名之害。南京每年运送各项物料，并竹马、板枋、马槽、筛簸等物赴京。及回南京，内臣带回空箱、包袱，并运去内官衣帽等项。多者带船至二三十只，以一船计之，自仪征至京，换夫地方十九处，雇夫银无虑五六十两，而官要帮钱，甲夫自给不在其内。若赍有军卫有司关文，则大小衙门皆受其害。宜行南京兵部查勘，每年来京船所载，某物可以从权减省，某物可以在京自造。其回南京内臣，每人止拨与船一只，若官物数多，验物拨与，不许泛滥奏讨，及奏内擅开军卫有司字样。

乞休疏

刘大夏

伏蒙温诏，谓臣职司兵政，方切委任，未蒙俞允。然臣衰劣多病，凡百弊政，不能具举。心非不欲委身，迹恐终于误国。姑以臣所司兵政论之：如京师官军，在卫者苦于出钱，在营者困于私役，逼令逃亡。江南军士，多因漕运破家。江北军士，多以京操失业。竭军民之力以运粮储，而滥失者不知。罄生民之财以买战马，而私用者罔顾。镇守者或害一方，守备者或害一城。边军最苦，而升赏恒施于势要，禁卫最严，而苞苴公行于肘腋。

其他尤难言者，不敢僭论。凡此皆圣谕所谓臣职所司者，而臣才不能为朝廷分忧，力不能为军民除害，以致人怨上升，天怒不解。乞放归田里，别选贤能，以救兹弊。

论思恩岑氏疏

刘大夏

知州岑豹乃叛臣余孽，与其子应相沿袭职。既而吞并邻壤，与恩城知州岑清同谋，侵占田州地土，自取灭绝。今岑接者，人皆传称为梁接，非岑应亲支。不知岑九仙又是何等逋逃，冒为奏扰。臣大夏先在两广，见岑氏谱系云：始祖木纳罕，于元至正年间，与田州知府之祖伯颜一时受官。今岑九仙妄援汉岑彭世次，尘渎圣聪，请治其罪。其岑接应袭职与否，前已行令镇、巡等官勘报奏处。其岑九仙虽曰夷人，难以深究，亦当谪发，以破其奸。

条列军伍利弊疏

刘大夏

在卫官军苦于出钱，其事不止一端：如包办秋青草价，给与勇士养马；比较逃亡军匠，责令包工雇役；或帮贴锦衣卫夷人马匹，或加贴司苑局种菜军人；内外官人造坟，皆用夫价接应；公差车辆，俱费租钱。其他使用，尚不止此。又管营内外官员，率于军伴额数之外，摘拨在营操军役使。上下相袭，视为当然。又江南军士漕运，有修船盘剥之费，有监收斛面之加。其他掊克，难以枚举，以致逃亡日多，则拨及全户，使富者日贫，而贫者终至于绝。

江南官军，每遇京操，虽给行粮，而往返之费，皆自营办。况至京即拨，做工，雇车，运料，而杂拨纳办有难以尽言者。又运粮，运初征之里胥，纳于官府，转兑运舟，及到京仓耗折之费，率五石而致一石。今京师投充勇士、军人，收充幼匠、厨役，每月坐支一石，是一人坐费军名五石矣。又官马出于民间牧养，或凑合买补公私草料之费，一马或至数十金，而私拨借人，略无忌惮。又镇守、守备等官，恃势贪婪，无所不至。势要者则冒功以获升赏，而边军不敢与争。请谒者多怀赂以入权豪，而守卫不敢加诘。凡此俱乞俯赐施行，严加厘革。

处置军伍疏

刘大夏

有司清查，弊非一端，姑以近岁言之：事姑息者图了故事，恃刑罚者逼足三分。或将老稚之人起解，或买无籍之徒充数，雇妻易户，逃移相继。且律例窝藏逃军者充军，今未闻有充发之人。邻里不首者问罪，今未见行连坐之法。以故清解虽多，不获实用。及到营卫，其弊尤多，姑以在京论之：监局军匠，类多需钱，各营军每多私役，官拨营作，负累尤甚。卫所差遣，需索百端，军不聊生，何以自存？且律例逃军十名以上，该管官递减俸级，而今逃亡之军何止于十名？私役五名以上，该管官递减降一级，而今降级之例，惟行于属职。辇毂之下且如此，况四方乎？

今欲实天下之军伍，必须推究利弊之源流。本院今请行原委属官及各清军御史，严督司、府、县清军官，将前弊尽革。其充军减俸并降级等项事例，俱照律例举行。京营该管官员，委任不同，难拘职事，宜将管队官比照百户，把总官比照千户拟议。若能以上下私役军数实报者，罪止坐私役之人，免其降级。仍榜谕中外官吏军民人等，俾各知遵守。

且臣所云止缘军伍而言，穷究其本又在于民。今四方民穷财竭，逃亡过半，版籍所载，十去四五。为今之计，必须痛减征敛之繁，慎重守令之选，使逃民复业，人户充实，庶几军士可清，营伍可实。不然，则民衣食不足，未免逃移，虽欲清查，不可得矣。

论用韦兴疏

刘大夏

韦兴一人之用，似乎未足深惜，但朝廷治体之得失，皇上大孝之隆替，胥此焉系，非寻常人比也。臣请为陛下言之：夫添设守卫内官非旧额者，一体取回，此近日明诏。本部奏革齐元，又近日所奉旨也。方革复用，徒使新令不信于天下。况兴于成化年间，引用憸邪，进献奇巧，大坏朝廷之法。先帝嗣统之初，斥兴不用，臣民痛快，天下共闻。今泰陵之土未干，而憸党之徒遽进，恐于圣孝不能无损。其事似小，所亏实大。乞从科道论列罢兴勿用，庶几圣孝隆，治体得，而地方亦可望其安矣。

案：忠宣文之见方志者惟记二篇，省志艺文目载有《西行稿》，亦无其书。访索久之，得其家祠藏版二册，其一为诗，其一为《年谱》与《宣召录》而已。此奏疏十六篇，出《皇明经世文编》中，乙丑八月朔，得自何编修绍基，许以其仅存而罕见，故备录之。汝怀附记。

申明谥法疏

谢文祥

窃惟天道至公，圣人奉天亦至公。公者所以平赏罚而昭劝戒也，故公赏则赏一人而千万人劝，公罚则罚一人而千万人戒，检士行，扶世道，固国本，无不于是乎在。然则刑罚严也可警于一时，赏罚重矣难及于后世，圣人于是复制之谥法以善善恶恶，所谓是非百年而后定也。

窃照太子少保、礼部尚书兼文渊阁大学士陈文，猥以陋儒，遭逢盛世。直经筵则学术空疏，而无以格君心。秉史笔则是非颠倒，而无以信后世。论思不根于仁义，代言未协乎典谟。营营趋利，默默尸位。上豆盐五万余引，而黩货之无厌。施棺木三千多副，而市恩之罔嫌。张岐贪虐小人也，纳贿赂而引置宪府，既又为之起复。贾铨老懦庸人也，连婚姻而保升都副，寻复私之美谥。赃官罢职，律有明条也，孙琼畏罪在逃，受其赂而仍复前官。词臣论思，官有常职也，章懋上疏纳忠，忤其意而遂改见任。异端正学之蠹也，妾死而建佛事者累旬。太学贤士之关也，子入而纵其畜淫妓者成队。嘱托公事，陈俊之足迹遍于有司。贪图财利，萧斌之泉布通于私室。一恩诏之颁也，则衒于众而归功于己。一严法之省也，则辞其责而归怨于上。其余不法不公、作威作福之类，虽擢发不能数也。使其生一日则贻朝廷一日之忧，生一年则延生灵一年之祸。幸而祖宗在天之灵，稔其极恶大罪而降罚厥躬，乃阴相陛下除此奸蠹，以绵亿万年太平之业也。

陛下正当迹其行实之恶，加以应得之谥，曰丑可也，曰缪可也，曰幽，曰荒，无不可也。岂期议谥者，意欲预为己地，不思夏竦虽谥以文正，其于竦之奸佞何掩？秦桧虽谥以忠献，其于桧之倾邪何益？乃敢朦胧妄拟，谥曰庄靖。兼以陈文在日，深情厚貌，足以匿其非，秘计奸谋，足以盖其迹。陛下圣明，偶不及此，辄从其议。夫睿通克服曰庄，慎以处位曰靖，盖谥之美者也。陈文之为人，天下臣民之所共知，何者可谓之庄，何者可谓之靖？以此谥之，非惟不称其情，俾继之者必曰立心之不臧如文，制行之不检如文，贪墨之不比如文，极天下之丑恶莫如文也，而犹获此美谥，一或慕而效之，敢于肆行无忌，则天下国家之大，尚于谁乎赖哉？

案：此文载衡州、耒阳等志书。考《明史·陈文传》末云：礼部主事陆渊之、御史谢文祥，皆疏论文不当得美谥，帝以事已施行不许云。汝怀附记。

培养君德疏

谢文祥

成化三年十一月二十九日，内阁遣郎中韩定持小揭帖到东阁及史馆，分与太常卿兼侍读学士吴节等，令各赋诗。臣等各授一帖，内开花果烟火等项，面贴诗赞题目，仍令依旧格拟进。及观旧格，俱是玩好之物、鄙亵之词。臣谓陛下即位之初，下温诏放田租，绝贡献，停不急之务，与民息肩，天下欣然承望太平久矣。及观去年以来，如遣人造楮，国家旧制也，一闻大臣之疏而遂罢。且因灾异，劝谕群臣，同加修省。凡此数事，臣等未尝不诵陛下从谏如流。

今日之举，或两宫在上，陛下欲极孝养以奉其欢耳，然大孝养志，不在玩好；母后恭俭，德著天下，不在烟火。况两广弗靖，四川未宁，辽东扰乱，江西、湖广大旱数千里，正宵旰焦劳，不遑暇食。两宫母后同忧之日，臣知陛下决不暇为此也。且翰林以论思代言为职，虽供奉文字，而鄙俚不经之词，岂宜撰进？伏读宣德翰林箴曰：启沃之言，惟义与仁。尧舜之道，邹孟以陈。烟火之举，恐非尧舜之道，臣是以不敢妄陈。

案：此文亦出志书，原注与罗伦、庄昶会稿。疏入，伦谪福建市舶司提举，昶谪桂阳州州判，文祥谪南陵县县丞，人称三刚云云。而《明史·章懋传》称懋与黄仲昭、庄昶同谏张灯，不及文祥，所载疏词，与此文亦有同异，或当时稿出谢公而有增改欤？若一峰之谪在前，则《志》讹也。汝怀附记。

西北备边事宜状阁试

李东阳

右臣伏以比岁逆戎啸聚部党，并合群类，据我河曲，扰我延绥、宁夏，深入我韦秦、固原诸处，近又觇我大同，逼我万全。朝廷命将出师，天威所至，雉伏鼠窜，无有遗者。然其掳掠丁口，驱逐牲畜，所丧已多。况恶草难去而易生，奇疾难攻而易动。今草枯河冻，风高马健，贼北无所获，计当复西。西必复度河曲，纵今不度，明年必来。岁复一岁，为患滋甚，所宜深防曲虑，以消未然之衅，为永久之图也。

议者恒以边方警报，亦是常事，故以计未然者为喜事，图永久者为迂谈，沿袭因仍，莫知底极。盖三边去京师，凡数千里，国家承平富庶，已越百年，居中夏之丰而论远疆之僻，处冠裳之乐而谋兵革之难者，无怪乎其然也！臣窃观秦并天下，而长城所筑，近在洮延。宋之盛时不收幽朔，而灵夏之域旋亦弃去。汉唐疆宇虽广，而和亲岁币所费不赀，盖盛衰情形不常，多至数十万，少者亦不减其半。逮至于元，遂混一统。自我太祖、太宗，亲御六师，敌始北遁，逾时累月，振旅而还，迄今敌众离乱，交仇互噬，其数不满数万，不能当我一镇。自汉唐以来，未有衰于今日者也。夫以全盛之师，驭极衰之贼，虽草薙禽猕，亦不为难。惟陛下本怀，以武功妨文德，有所不暇，以中国困小丑，有所不屑。而职兵事者，乃或不加之意，使其窥觇纠结，为国大患。至于民罢兵弊而不解者，此臣所以夙夜而不能忘也。

臣闻之书曰：制治于未乱，安邦于未危。兵法曰：毋恃其不来，恃吾有以待之；毋恃其不攻，恃吾之不可攻。国有所恃而盛，民有所恃而安，士有所恃而力。故馈饷屯种，豫其富也。弓甲鞍马，豫其利也。城郭沟堑，豫其固也。作止围援，预其习也。斥堠间谍，豫其明也。号令赏罚，豫其行也。故曰以治待乱、以静待哗者，治其心也。以近待远、以饱待饥、以逸待劳者，治其力也。如是以战，战则必克。如是以守，守则不危。不能待人而顾为人所待，其不颠倒错乱者寡矣。今国家经理区画，可谓甚精。体统节目，可谓甚备。然转输之地方数千里，而士屡告饥。厩寺繁列而马无留良，武库充牣而用辄失措。城堡棋布，墩堠相望，贼至而不知其期，贼去而莫穷其处，是岂法之过哉？奉法者之弊也。天下之弊起于因循，而成于蒙蔽，今堡伍所闻者，方镇莫得而什一也。方镇所闻者，部曹莫得而什一也。如是则安，不如是则危。如是则荣，不如是则辱。如是则留，不如是则去。夫人之情，岂不知所择哉？故臣尝夙夜反覆，以求当今之弊，或者其专在乎此也。

古之论将者曰委任，曰赏罚。故屯军细柳，御辔不驰，授剑江南，副将失色，其委任之专如此。爰能遁阵，诛及裨官，曹彬成功，尚惜使相，其赏罚之审如此。今绾章而拜，秉钺而行，委任可谓不轻，然责其得失，则曰我不得专也。捷获有擢，失机有律，赏罚可谓不阙，然考其劝惩，则曰意不在令也。夫国之安危，民之休戚，皆系之将，而其言如此，复何望哉？臣愿陛下严简擢之法，省参督之制，核功赏之实，奋威刑之断，举一将则众议必同，任一人则群疑莫夺，赏一功则疏远不弃，罚一罪则贵近不疑。如是则人革其心，官奉其职，繇是而粮刍可充，器马可利，城堑可固，练习可闲，斥谍可明，号令可信。虽广而八荒之表，远而亿万年之后，可以高枕而无虞矣，况区区者恶足为西北患哉？故臣尝夙夜反覆，以求当今之宜，或者其无出乎此也。敢摭其大端，为陛下献。至于形势名数之细，亦条具一二于后，兴利除慝，则有司存，惟在陛下断而行之耳。

臣诚愚暗，不识大计，臣不胜犬马惓惓，惟陛下俯赐览观。幸甚！

议边军入卫疏正德七年　　李东阳

臣闻有献密计者，托言京军不习战阵，欲调宣府边军三千入卫京师，而以京军屯戍边陲，每岁春秋番换。

臣惟京边官军，各有分地，必有急事，乃可互相应援，今无事而动，一不便也。京军备边，不习战阵，难保必胜，恐损国威，二不便也。京军出京，骇人耳目，传闻各处，未免惊疑，三不便也。京军出外，倚恃强势，占住房屋，索要钱物，需索酒食，将官护短而不肯禁，边方受害而不敢言，四不便也。边军在内，傲睨军民，蔑视官府，小则怠玩，大则违法，治之则或不能堪，纵之则愈不可制，五不便也。远违乡井，抛弃骨肉，或风气寒暖之不相宜，或盘费供给之不相续，六不便也。粮草之外，必用行粮，布花之外，必须赏赉，非紧急不得已之时，为糜费无纪极之计，七不便也。往来交替，无有宁息，仓猝之际，或变起于道途，厌倦之余，或患生于肘腋，八不便也。示京营之空虚，见国中之单弱，九不便也。西北诸边，唇齿之地，正须策应，脱有疏失，咎将谁归？十不便也。

凡此一事，不便者有此数端，伏望博采人言，务求至当，实宗社之福也。

应诏陈言疏

李东阳

弘治六年四月二十七日，节该钦奉敕谕：天道弗顺，亢旱逾时，民庶惊惶，朕甚忧惧。凡军民利病，时政得失，尔文武群臣，条奏来闻。钦此。

臣等俱于午门外跪听宣读，闻命惊惕，罔知攸措。臣伏见去冬少雪，今春缺雨，风霾时作，井泉多涸。自都邑畿甸，东接齐鲁，南抵淮济，西连襄陇，赤日坼地，黄尘蔽空，冬麦不收，秋谷未种。或饿死道途，或典卖儿女，或流徙他乡，争程竞渡，以苟旦夕之命。苏、松、嘉、湖诸府，霖雨经年，大水横溢，财赋所出，莽为荒区，瘟疫流行，贼盗交作。河南、宁夏、辽东等处，地震有声。半年之间，奏牍累至，诚有如圣虑所及者。臣退自修省，以为灾异之来，皆臣等诸司不职所致，仰蒙陛下不即谴责，曲加戒谕，蠲涤旧过，勉图后功，而又引归圣躬，博采群议，以共答天意。此古帝王遇灾而惧之盛心也。

臣被擢先朝，继尘侍从，禁署清衔，华衣美食，皆朝廷之恩渥，生民之膏血。三十年来，略无寸补，抚心知愧，内不自安。

而职在讲筵，不关政务，惟君心为化理之源，经传乃致治之法，其势似缓而实急，其功似浅而实深。顾讲读有时，章句有限，宏辞奥义，未易悉陈。尝慕宋范祖禹讲《月令》，而深论诚于奉天之道。林机讲《禹贡》，而极言勤俭为治之理。又闻唐崔郾半岁不问经义，则谢以无功。李绛逾月不访理道，则自惭饱食。臣之瘝旷，实又过之。

近臣于五月二十二日，经筵轮讲《孟子》，两年之内，轮侍日讲，亦用此书。今不敢远引，谨摘《孟子》中格言要论，切于君心治道，臣与二三讲官，已彻圣聪而未悉愚见者，析为数条，极论其理。而军民利病，时政得失，如陛下所欲闻者，以类附焉。陛下傥不弃其愚腐，一赐览观，则虽辍讲之际，如对圣贤，燕居之时，若临臣庶。于以见诸实政，施及群生，庶几天意可回，灾异可弭，民生可安，国祚可永也。臣不胜悬悃激切，夙夜图维，聊效犬马之忱，少苏旷官之责，敢一一开具，进陈圣鉴。伏冀陛下俯垂采择，无任欢欣之至。

再求休致疏正德五年　　李东阳

奏为陈情乞恩，再求休致事：臣于本月十八日奏乞休致，仰廑德音，曲加慰谕，未赐俞允。臣拊心内省，实不自安。窃惟人臣事君，固当竭死生之力，尤当谨进退之节。

臣见今六十四岁，历事列圣四十七年，参预机务一十六年。才疏力薄，当退一也。多病早衰，当退二也。久玷班行，多窃俸禄，当退三也。但顾命之重，责任方殷，大义所关，亦非得已。盖圣质方冲，庶事未定，则不敢言退。藩臣倡乱，边境未宁，则不敢言退。大奸未除，弊政未革，则不敢言退。用是怀忧抱愧，含垢纳污，虽因事累辞，终不获果于自遂。幸遇陛下聪明日进，政令一新，天下之人，延颈望治，太平之几，正在今日。臣若贪位恋禄，玩岁愒时，及此不图，更复何待？

比闻南京监察御史张芹，奏臣当刘瑾专权乱政之时，不能力争，及陛下任用得人，潜消祸变，却又攘以为功，冒膺恩荫。缘宁夏事平，伏承陛下遣司礼监官，传示圣意，欲加恩典，臣极力苦辞，几至垂涕。及手敕既下，加臣特进左柱国，荫臣男为尚宝司丞，臣随即具本恳辞，竟不获命，黾勉拜受，本非素心，但宠禄之颁，过逾涯分，传闻远外，实骇群情。其言礼貌之屈否，众所见闻，攘功之有无，已蒙圣鉴，若不能早退，又不力辞，此二端者，切中臣病。况臣揣己量力，见可知难，盛满之惧，已非一日，安敢以衰老之身，蒙叨冒之罪，上以玷陛下知人之明，下以贻士林求备之议哉？

伏望圣慈，察臣愚悃，许臣致仕。将臣男兆蕃收回成命，令其照旧以监生听选出身，徐图补报，则优礼旧臣之恩，曲成万物之德，臣举家父子，咸知感佩无穷矣。臣无任悚息激切之至。

案：张芹劾大学士李东阳：谨厚有余而正直不足，儒雅可观而节义无闻。先帝误以为贤，临崩以陛下托之。刘瑾专权乱政，东阳为顾命大臣，不能防微杜渐，恶迹既著，不能出力与争，使瑾得以荼毒天下。即能诛瑾，仅可赎罪，又安得攘功冒赏？乞将东阳即赐罢黜云云。帝曰：芹久居言路，瑾乱政时，畏避缄默，今既明示典法，乃掇拾沽名。东阳学行，海内推重，辅导朕躬，忠勤茂著。比来宁夏既平，大臣特进阶荫子，如何谓攘取诛瑾之功？恣意妄说，即令具实以闻。既而芹请罪夺俸三月。夫以张芹身居朝官而不知朝政，乃以宁夏之赏为诛瑾之功，其不加考察若是，又何论无名子所为伴食中书之诗乎？而杜诏氏作《读史论略》，乃据其诗以为西涯爰书，岂得为一言之智谅哉？武宗"恣意妄说"四字，实足发古今言事论人者之覆矣。汝怀附记。

恳乞休致疏正德七年十二月　　李东阳

窃念臣体质羸弱，本自天生，幼小之时，不敢自期壮长，中年以后，衰病相仍，年月益增，病日加甚。腰膝疼痛，眼目眩昏。家居入夜，则步不能行；班行遇风，则立不能定。纵使朝参公座，不过勉强支持。每当具奏乞休，实是哀鸣恳诉，未蒙圣察，曲荷涵容。

顾今年连闰之月一十有三，而在告之辰已过其半。虽卑官薄禄，犹为旷职素餐。况臣叨登一品之阶，兼给两官之俸，非但难于报称，亦将累积愆尤。况今岁暮袷享，不能陪列。正旦朝贺，不能随班。郊坛大祀，不能看牲分献。而深居饱饭，偃仰在床，用是寤寐不宁，食不下咽。再三筹度，展转思维，臣之狼狈，实不知所以自处也。仰惟陛下，天地之量，于人无所不容，日月之明，于物无所不照。伏望宥其既往，而矜其所不能，特降纶音，许臣休致。则进退之际，全晚节于始终；俯仰之间，托余生于覆载。臣之感恩荷德，与齿发而无穷矣。臣不胜恳迫激切之至。

案：疏上，奉旨：卿累朝名德，学行才猷，中外推重。受先帝顾命，辅导朕躬，竭诚尽忠，功在社稷。比年节次引疾乞休，朕未能舍卿，屡遣官敦劝，暂起视事。兹乃固申前请，情词恳切，勉从所请。赏银五十两，纻丝四表里，以表眷怀。着有司时常存问，月给米八石，岁拨人夫十名应用。仍荫子侄一人做中书舍人。

祭告阙里还言事疏弘治七年　　李东阳

臣奉使遄行，适遇亢旱，天津一路，夏麦已枯，秋禾未种。挽舟者无完衣，荷锄者有菜色。盗贼纵横，青州尤甚。南来人言，江南浙东，流亡载道，户口消耗，军伍空虚。库无旬日之储，官缺屡岁之俸。东南财赋所出，一岁之饥，已至于此。北地呰窳，素无积聚，今秋再歉，何以堪之？事变之生，恐不可测。

臣自非经过其地，则虽久处官曹，日理章疏，犹不得其详，况陛下高居九重之上邪？臣访之道路，皆言冗食太众，国用无经，差役频烦，科派重叠。京城土木繁兴，供役军士，财力交殚，每遇班操，宁死不赴。势家巨族，田连郡县，犹请乞不已。亲王之藩，供亿至二三十万，游手之徒，托名皇亲仆从，每于关津都会，大张市肆，网罗商税。国家建都于北，仰给东南，商贾惊散，大非细故。更有织造内官，纵群小掊击，闸河官吏，莫不奔骇。鬻贩穷民，所在骚然。此又臣所目击者。夫闾阎之情，郡县不得而知也。郡县之情，庙堂不得而知也。庙堂之情，九重亦不得而知也。始于容隐，成于蒙蔽。容隐之端甚小，蒙蔽之祸甚深。

臣在山东，伏闻陛下以灾异屡见，敕群臣尽言无讳。然诏旨频降，章疏毕陈，而事关内庭贵戚者，动为掣肘，屡岁经时，俱见遏罢。诚恐今日所言，又为虚文，乞取从前内外条奏，详加采择，断在必行。

案：《怀麓堂集》未载此疏，兹从《明史》录出。汝怀附记。

辞荫子恩典疏弘治七年九月 李东阳

昨奉手敕：直隶、山东、河南、江西等处贼平，内阁官运筹定议，致有成功。李东阳、杨廷和、梁储、费宏各赏银五十两、纻丝四表里，荫子侄一人为锦衣卫，世袭正千户。臣等闻命之余，不胜惶汗。

窃惟论功行赏者，朝廷之大典。佐令代言者，儒臣之常职。比年以来，各处地方，盗贼蜂起，上廑宵旰，命将出师，寒暑再更，兵食俱困。臣等职居禁近，责在匡持，不能制乱于先几，又不克收功于一旦，旷瘝之咎，实所难辞。幸遇陛下圣武神谟，天人协相，将臣效力，逆党就诛，臣等厚禄高官，安居饱食，甲兵未被，笔舌何功？况武职之官，必由军功除授，岂有徒操文墨，辄可荫及子孙？揆公议以难容，抚私心而自愧。除银币臣等仰体圣心，所不敢辞，已望阙祇领，其荫子恩典，断不敢受。

臣等一再具疏，辞免恩荫，未蒙俞允。臣等任非督战，职异典兵。禁近从容，未尝亲与驱驰之苦。文墨议论，安敢冒承矢石之功？皇上虽曲赐宠嘉，臣子宜自知分限。在己既知不可，物议其将谓何？义实未安，事非虚让。设若坚辞而未允，则将引避以自明。伏望俯鉴悃诚，收回纶命，庶少全退让之节，抑以长廉静之风。伏蒙圣恩，录臣等子侄一人，改荫文职。窃惟群盗肆恶，遍历诸方，出入四五年间，荼毒数千万众，主忧臣辱，安敢辞劳？天佑人归，仅成克捷，奸凶甫定，凋瘵未苏，虽同率土之欢，岂免向隅之泣？若燕齐河洛之安靖，以为臣等之功，则川陕湖广之纵横，复是谁欤之过？推恩荫子，诚所未安，且以六品之华阶，何可一朝而骤致？恳乞天恩，并收成命，感德受恩，实过于受荫万万矣。

臣等再承恩荫，累具辞章，曲荷纶音，不蒙赐允，若心无所愧，岂敢固违？但理有未安，终当恳诉。窃事有常职，故任事者无侵官。恩有常格，故受恩者无愧色。臣等所居之官，论思辅导之职也。目不识兵马之数，耳不闻金鼓之音，足不履行阵之地，身不冒矢石之险，若文书之经由，议论之关涉，与战法攻击、坐作进止者，同功而例论，推恩以及家，是以平居本分之劳，冒格外非常之赏。况臣等或以荫录不可重沾，或方历岁年，未经久试，扪心揣分，实不能堪。所有前项恩荫，臣等终不敢受，伏望圣明，俯从愚请，并收成命，以慰忧惶。

辞免兼俸疏　　李东阳

伏奉手敕：连年兵燹，卿等指顾筹画，劳绩实多，荫子一官，以伸朕念。今又恳辞，特允所请，遂各加进阶一职。李东阳兼支尚书俸，余具仍旧。钦此。臣仰荷圣慈，许辞荫禄，转承亲命，益切忧惶。

窃惟官不量才，固不可以轻与。禄必称事，亦不可以滥给。臣叨居重地，积有岁年，才劣功微，官高禄厚。向以纂修实录，升支正一品俸，继以九年考满，兼支正五品俸。揆之常制，盖已增多。尔者群盗剿平，圣恩覃布，臣既乏谋猷之益，又无战伐之劳，荫子酬功，既非其分，推恩加禄，亦岂能安？况臣自今年五月以来，一向患病，在家调理。移兵过省，不闻进止之言。奏捷还师，不预班行之末。例当住俸，未奉纶音。累乞归田，不沾允命。加以慰留恩重，朝贺礼殷。兹方勉效驰驱，何意复蒙光宠？又况臣已兼二俸，而使之日益增加，是臣出徼幸之期，自取贪饕之罪。又况兵荒之后，帑藏空虚，饥民之待哺方深，武职之折银屡缺，虽未能损下而益上，亦当益寡以裒多。每欲辞免兼支，少遣尸素，但会衰病已极，亦将不久于官，勉强因循，不敢数烦天听。

今乃以一官而兼三职之俸，以百口而食千人之力，则求退而反进，辞少而就多，非徒自失于初心，亦且倍深于往咎。尤望圣明下烛，洞察悬诚，准免兼俸。令臣仍旧供职，使臣得以少淹旦夕，犹或能图报于分毫。

乞休疏

李东阳

膺至重之任者，必有非常之才，而又济之以有余之力，二者不可缺一。今臣以章句腐儒，甲科常格，兼之子女夭丧，哭泣伤多，眼目昏暗，咫尺之间，莫辨文字。且朝廷之典，年老有疾，例不入坛。臣之一身，兼是二者，使之居具瞻之地，为百僚之首，虽欲求职之不旷，不可得也。仰祈矜察，放归田里，俾大臣无固禄之讥，国家无妨贤之病。

自屡告请以来，病日深而忧日至，老而无嗣，只影自随，宗祀之责，惟臣是任，然此一身一家之私，犹不足言。陛下绍统有年，前星未耀，乃祖宗亿万载社稷之所系甚重。昔孝宗皇帝亲凭玉几，发纶音早定大婚，永图至计。臣面承顾命，夙夜于衷，比之寻常，情实倍万，责任之重，无过于臣。臣之所当言，亦无急于此，若复因循隐默，苟利目前，臣恐一旦溘先朝露，无以见先帝，误国之罪，万死莫赎。

伏冀上念承传之重，俯怀翊戴之勤，高拱清穆，深居禁密，朝奏以时，饮膳以节，以保圣躬，以延嗣续。尤望悯衰朽之质，理难久长，察忠恳之言，止于如此，俾之休致，以尽余生。每当具疏乞休，实是哀鸣恳诉，未蒙览察，曲荷涵容。顾在告之辰，岁过其半，素餐旷职，累积愆尤。况今岁暮祫享，不能陪列。正旦朝贺，不能随班。郊坛大祀，不能看牲分献。而深居饱饭，偃仰在床，寤寐不宁，臣之狼狈，实不知所自处也。

请停工程疏《馆阁漫录》　正德六年　李东阳

今早发下工部所奏：京城内外，工役浩繁，州邑坐派无遗，民财剥削殆尽。在处灾伤，四方盗起。况京营军士，谪发做工，终岁不操，相率逃避。军民俱困，诚可痛心。乞将不急工程，暂且停止。

臣等惟工部所言，固为激切。内添盖豹房一事，尤为紧要，谨昧死为陛下言之：盖自去年夏秋以来，外间传闻，豹房内添盖房屋。又闻竖立幡竿，似有创建寺宇之意。臣等窃念寺观乃异端之教，圣王之所必禁，国朝之所姑存，其间义理不暇深论，但宫禁之体，比与城市不同。自古及今，并无禁中创造寺观事例，传之史册，非徒上累圣德，亦无以垂法将来。况番僧人等，往来混杂，又恐无赖之徒，因为诈冒，万一变生不测，难以关防。其于事体，所关不细，而财用之费耗，军民之困苦，又不足言矣。

窃见成化间，欲于内府建玉皇阁，宪宗皇帝因内阁之言而止。弘治欲于近城造延寿塔，孝宗皇帝因内阁之言而止。天下传之，史册书之，以为圣朝美事。伏望圣明仰体二圣之谟，俯垂鉴纳，将前项工程，即赐停止，其于不急之务，大加减节，以正国体，以慰民生。

灾异陈言疏

李东阳

伏见去冬以来，京师地震有声，霸州及山、陕、福建、云南等处，相继地震。窃闻天人相应，理有必然。上下交修，道须两尽。孤卿之任，非诸司比。故周官燮理，不备惟人。汉庭策免，亦有故事。臣等或亲承顾命，或特被简存，职在论思，忧惶无地。且如讲筵，圣学所关也，臣等不能尽启沃之功。早朝，政令所出也，臣等不能预陪从之列。宗庙社稷，神灵之所在，至尊严也，臣等不能执奔走之事，而岁时奠献，但遣公侯。宫殿门禁，天子之所居，至深密也，臣等不知动止之详，而晨昏出入，未闻警跸。凡如此类，不敢尽言。

即今帑藏空虚，军民穷困，流移不已，盗贼肆行。江西、四川累岁用兵，山东、河南、南北直隶所至残害。将领荼毒生灵，侵扰京畿，略无畏忌。盖自创业靖难以来，未尝有此。臣等适当其责，罪无所逃。仰渎威严，伏俟罢黜。尤望渊衷朗悟，如日中天。温习旧闻，日亲经史。视朝飨献，一复旧规。亲信必恭谨之人，委任必忠良之士。严内外出入之防，正堂陛崇卑之分。动息有恒，饮食有节。颐养圣躬，茂隆国本。以上回天意，下结民心。则列圣开创之难，先皇付托之重，可以永保于无疆之休，惟在圣心一转移之间耳。

湖南文征　卷二

疏二 明

请修边疏

杨一清

陕西各边，延绥据险，宁夏、甘肃扼河山，惟花马池至灵州，地宽延，城堡复疏，寇毁墙入，则固原、庆阳、平凉、巩昌皆受患。成化初，宁夏巡抚徐廷璋，筑边墙绵亘二百余里。在延绥者，余子俊修之甚固。由是寇不入套二十余年。后边备疏，墙堑日夷。弘治末至今，寇连岁侵掠，都御史史琳，请于花马池、韦州设营卫。总制尚书秦纮仅修四五小堡，及靖虏至环庆，治堑七百里，谓可无患。不一二年，寇复深入，是纮所修不足捍敌。臣久官陕西，颇谙形势。寇动称数万，往来倏忽。未至，征兵多扰费，既至，召援辄后时。欲战则彼不来，持久则我师坐老。臣以为防边之策，大要有四：修浚墙堑以固边防，增设卫所以壮边兵，经理宁夏以安内附，整饬韦州以遏外援。

今河套即周朔方，汉定襄，赫连勃勃统万城也。唐张仁愿筑三受降城，置烽堠千八百所，突厥不敢逾山牧马。古之举大事者，未尝不劳于先，逸于后。夫受降据三面险，当千里之蔽，国初舍受降而卫东胜，已失一面之险。其后又辍东胜以就延绥，则以一面而遮千余里之冲，遂使河套沃壤，为寇巢穴。深山大河，势乃在彼，而宁夏外险，反南备河，故边患所以相寻而不可解也。诚宜复守东胜，因河为固，东接大同，西属宁夏，使河套方千里之地，归我耕牧，屯田数百万亩，省内地转输，策之上也。如或不能，及今增筑防边，敌来有以待之，犹愈无策。

豫处兵机疏

杨一清

臣愚以为，敌人自弘治十三年，延绥、大同官军失利之后，横行无忌。弘治十四年，深入陕西腹里，残害生灵，动以万计。弘治十八年，宣大游兵，全军覆没。又河冻之后，连年窥伺陕西，既未遭挫，必无惩戒。今冬蹋冰入套之举，难保必无。既入河套，必不安静。臣方部署将士，振扬威武，已将沿边直抵腹里，分为四路布置。主客官军，相机邀截，但兵少敌多，未免一以当十，出奇制变，事不得已。

臣愚以今冬深河冻，敌果入套，宜征调宣大二镇游奇官兵，于延绥中东二路住札，并听张安节制。若止在套住牧，未尝拥众内侵，则严兵自守，决不轻敌，自起边衅。如仍前深入固庆等处抢掠，行令延绥镇巡官，选人分投出境，哨探敌营远近众少，会合主客官兵，豫先分布，逼近敌营城堡。如在一二百里之间有机可乘，则原拟沿边中路邀截之兵，依旧不动。以延绥东路参将时源所领本镇三路军马，与臣近日挑选先锋奇兵官军三千名，以为马战。总兵官张安领本镇选定头拨等官军三千名次之，以为中军。大同游奇兵马左右二哨，及宣府游奇兵又次之，以为外援。太监刘保、都御史文贵，领本镇兵马，并本队官军，于墙外二三十里列车为阵。分布得宜，昼伏夜行，各相去二三十里，择形势利便之地，为营以待，务使声势连络，前后相望。我兵既近敌垒，奋勇疾进，冲其腹心。敌既溃乱，舍其羸老而戮其壮健，夺其铠马而纵其牛羊。大同之兵，坚整严备，不许贪利轻动。前锋胜负未决，恐无声援，必待其既回以为羽翼。敌若纠众尚集，我军张安合大同之兵，专为殿后。如此布置，较之先年出境分布疏远，孤兵无继，讫难成功者不同。敌人千里趋利，日久疲弊，闻我倾其巢穴，必自遁归，我腹里之兵蹑之，中路之兵劫之，沿边之兵又夹而邀之，敌恋巢之心既胜，欲战之志不坚，必然溃败。安边制敌之计，莫快于此。

疏入，得旨：是。阃外之寄，卿等所专。出奇制胜，事难遥度。务要计出万全，以除边患，无致疏虞。

器使将才以修戎务疏

杨一清

臣惟三军之命，实系于将，而战守之将，其用亦各不同。今之参将，分疆画地，各守一隅，所谓守将遇警，固未尝废战，而其用则先于守。今之游击，随敌声势，往来策应，所谓战将所至，固未尝无守，而其用则专于战。守将之务，修车马，备器械，据要害，固封守，明斥堠，谨禁防，敌至而先为之备，不必求取战功，求无所失而已。若游击之官，披历荆榛，眠宿霜露，非身先士卒，不足以鼓勇齐力，非躬冒矢石，则不能解围溃坚，虽谋勇贵乎兼济，而常以勇为主。是二者固未有不相通，而目前之用，则先其所急。

窃见分守延绥东路右参将都指挥佥事时源，性资果敢，胆气猛厉，惯经战阵，骁勇著闻。今分守一方，虽亦未尝废事，使当游击之任，冲锋破敌，是其所长。延绥游击将军都指挥同知戴钦，性资明爽，才识疏通，晓畅边情，熟娴戎务，今为游击，非无可取，若居分守，其所建立，必有过人。且人才难得，用违其长，虽能者无以自见。随才器使，则天下无不可用之人。况延绥惯战精锐之兵，东西应援，必得骁将领之。而神木、孤山一带营堡，密迩河套，敌人遇冬，首先窥伺，分守得人，有不战自屈之势。乞将时源改充游击将军，戴钦改任分守参将，此二人者，易地而居，各当其才，战守之寄，两有所托。待其劳效显著，主副将官之基，未必不由于此。

修举马政疏

杨一清

臣尝考之载籍，唐初鸠括残骑，仅得牝牡二千匹。肇自贞观，讫于麟德，四十年间，至七十万余匹。垂拱以后，马耗大半。开元初稍稍修复，始二十四万。至十三年乃四十三万。议者谓监牧之置得其地，监牧之官得其人，而牧养之有其法也。今其地固陕西之地，当时领牧事者，张万岁、王毛仲之流耳。窃意生当熙洽全盛之朝，名为儒者，其所建立，岂宜出张万岁、王毛仲之下？然稽之事势，实有不同。唐都关中，所置八坊四十八监，初在岐豳泾宁间，后分析列布河西丰旷之野，繇京度陇，跨陇西、金城、平凉、天水数郡，即今西安、凤翔、平凉、巩昌、临洮诸府之地，员广数千里，其间善水草腴田皆隶之，故其马蕃盛如此。

我朝定都北京，永乐四年，以陕西地宜畜牧，乃诏开设监苑。其始规画亦甚宏远，与唐制无大相异。苑马寺所辖六监，每监辖四苑。威武监所辖武安、隆阳、保川、泰和四苑，在平凉府开城、隆德二县地方。同川监所辖天兴、永康、嘉靖、安胜四苑，在开城县及庆阳府安化县地方。熙春监所辖康乐、凤林、香泉、会宁四苑，在临、巩二府陇西、会宁、狄道、金县地方。顺宁监所辖云骥、升平、延宁、永昌四苑，在延安府保安县及庆阳府安化县地方。盖亦跨陕西数郡二千余里之地，后皆革去，止存长乐、临武二监，又革去弼隆、庆阳、安边三苑。今见存牧地，在开城、通渭二县地方者，不过环数百里。又有卫所屯田及王府、功臣草场参杂其间，况原设牧军数少，臣故谓事势不同者此也。然不以供京师，以供陕西各边战士之用，宜无不足，惟监牧非人，牧养无法，坐是颓废，上廑宵旰之忧。臣窃谓西安、凤翔诸内郡，编户日繁，版籍已定，固难别议。临、巩二府，土旷人稀，原设监苑处所，必有空闲不耕之地宜修复者，谨当深察利害，徐议可否。及马政一切事宜应施行者径自施行，应具奏者具奏定夺外，今将切要二事先行条具上请，乞敕兵部覆奏行之。臣不胜幸甚！

一、增种马以广孳息。查得永乐四年，开设监苑衙门，兵部节奉钦依事例，上苑牧马一万匹，中苑七千匹，下苑四千匹。当时种马及后来孳生数目虽不可考，而原拟养马定规却是如此。臣今遍历两监六苑，酌量草场广狭，军额多寡，户口盈缩，事势难易，议处得开城苑原额恩队军人四百四名，安定苑原额恩队军人二百六十五名，俱草场宽阔，水泉便利，地宜畜牧，堪为上苑。使官得其人，政令修举，各牧养万马诚不为难。广宁苑原额恩队军人二百一十八名，后因添设固原州卫草场地方，各占修城郭，及拨为屯地。万安苑原额恩队军人虽止九十四名，草场亦颇宽阔，俱堪为中苑。黑水苑系甘肃苑马寺迁拨，恩军一百六名，草场逼窄。清平苑原额恩队军人一百三十三名，地狭土瘠，人无生业，俱止可为下苑。前项苑分，恐不能遽如原定养马之数，大要开城、安定二苑，俱可牧马一万匹，万安苑可牧马五千匹，广宁苑可牧马四千匹，清平苑可牧马二千匹，黑水苑止可牧马一千五百匹，通计六苑，除每岁给军骑操外，可常牧马三万二千五百匹，足够陕西三边之用。国初之盛，谅无以逾此，然欲广孳息，必先多畜种马，种马既少，则孳生遽难收效。查得各苑见在马二千二百八十匹，堪作种者止有一千三百余匹。臣今将倒失亏折马匹随宜追补，及弘治十六年分，茶易种马，通止可够三千匹，必须增置七千匹，共种马万匹。以两年一驹计之，五年之内，可够前数。将来孳息，牝复生牝，驹复生驹，源源不绝，数十万匹之数，可计岁而得矣。及看得西宁、洮河等卫，茶易番马，以之给军骑操，固济边用。以之作种，则风土异宜，孳牧多损，养马军人甚以为累，必须收买内地马匹，易于牧养，成效可图。缘西人以畜牧为生，要在不亏其值，自然乐售。考之《周官》：马质，掌质马，量三物。盖三代盛时，民有余畜者，官以价值易之，养之闲厩之中，以备不时之用，意正如此。臣钦奉敕旨，虽许其设法增添，但陕西地方军民，迩年以来，困于虏变，困于岁饥，困于转输，困于修筑，公私匮竭，帑藏空虚，别难措置。查得弘治二年，为因种马数少，兵部奏准将太仆寺收贮马价银一万二千两，送发陕西收买种马二千匹，发寺牧养。合无比照前例，支取太仆寺马价银四万二千两，差官于平、庆、临、巩等府卫地方官员军民之家，收买堪以作种好马七千匹，派发各苑孳牧。如有倒失亏欠，随即追补。前项太仆寺储蓄银两，本为济边之用，且如各边奏讨银四万两，不过收买战马四千匹，较之孳牧之利何如，暂费而大蠲，惟陛下裁之。

一、增牧军以便畜养。切照陕西苑马寺两监六苑，原额养马恩队军人共一千二百二十名，见在七百四十五名，在逃事故等项四百七十五名。纵使够补完足，数亦不多，若不增置牧军，则畜养乏人，难收蕃息之效。查得养马恩军，系先年将各处有罪人犯，发充队军，例于各卫丁，多有力军人内选拨。缘陕西各该卫所，行伍空虚，征操备御尚且缺人，似难额外增补。况各苑天气高寒，地土硗燥，生理数少，又鲜有居室，多在崖窑堡洞住坐。腹里军人解补者，随到随逃，不安其业，马政废弛，亦多由此。访得各府、卫、州、县百姓军余，多有逃来各苑地方潜住，年久不当差役，又无官司管束查考，往往别生事端。及至被人告发，却行调躲，因无户籍，无凭挨捉，岁复一岁，为数渐繁。夫物聚则必争，争则易于生乱，今不为之所，将来恐贻他患。此等流民，论法俱该问罪，发遣回还原籍当差，但念其故乡生计已失，无可复之业，而此地依栖既久，有可恋之资，必尽法处之，非死则散而为盗耳。若编为养马军人，给拨草场、土地，使之住牧，则官有畜养之役，民无驱逐之苦，且其耐贫寒，习畜牧，比与新拨队军，万万不同，公法私情，似为两便。欲通行查拘编发，诚恐愚民无知，畏惧罪责，惊扰藏匿，急难济事。臣已经遵奉敕谕，便宜处置事理，出给告示晓谕，但有逃来潜住人民，许其赴官投首与免治罪。量其人丁多寡，给与草场、地土，领养官马，依例科驹，就近编入该苑籍册内带管，及行守备固原都指挥佥事苗英、固原州知州岳思忠，查访招谕去后。续据逃民赴臣投首，情愿养马者已及百名之上，俱暂收发各苑听候给地领马外，近访得前项逃民，节年多有投在平凉各郡王、将军、中尉等府及仪宾之家，跟随使用，娶妻生子，出入府第，生事害人，官司莫能禁治。有告发者，各府辄称先年收买家人，不肯归断。缘王府招集外人，明有禁例，乞敕该部查议宗室收买家人，有无事例，果于礼法有碍，通查平凉各郡王、将军、中尉等府及仪宾之家，并楚、肃二府马营、草场、庄所家人，除例应得者不动外，但有收集各处逃来军人投托作为家人者，俱照例问发边卫充军。如此既以增公家畜牧之人，又以杜私门招集之衅。仍乞查照永乐年间，发充恩军事例，今后北直隶、山东、河南、山西、陕西法司问拟人犯，有例该边卫永远充军者，俱发各苑永远牧马。连原额及新收发军人，共及三千名之数，具奏停止。以三千之军人，牧三万之种马，孳息既广，户丁亦增，不出十年，数十万匹之盛，不难致矣。

遵成命重卿寺官员以修马政疏

杨一清

窃惟修政于废坠之余者，当求变通之术。救弊于积习之久者，必有作新之机。故曰琴瑟不调，甚者必解而更张之，乃可鼓也。若徒安于故常，则未免因陋就简，其何以成天下之大务哉？陕西马政，其弊极矣。大抵人存而后政举，任法不若任人，此古圣哲之明言，而历千万世莫之能违也。

照得各处行太仆寺、苑马寺卿、少卿等官，比与两京太仆寺事体相同。在祖宗朝，其选至重，故官得其人，马政修举。数十年来，士大夫重内轻外，又见两寺衙门无权，多不乐为，用人者因而俯就之，凡遇缺员，苟取充数，积习既久，遂为迁人谪宦之地，人人得而轻之。成化年间，又令巡抚提督。巡抚不得亲理其事，徒委之布、按二司。巡守兵备官员，文移所及，每以督同该寺为词，遂使卿寺之官若为二司统属，才得与府卫为偶。势分既轻，职任愈废，虽有才能，一就是职，终身莫展，垂首赍志，坐待罢黜。夫事势至此，中人之性，欲其奋发有为，斯亦难矣。

迩者皇上重念边方多事，用马为急，采纳该部建议，讲求孳牧事宜。以陕西苑马之利独优，简命愚臣前来督理。肃清弊政，布置成规，愚臣事也。顾法立非难，行之为难。今天下良法美意，动为有司所遏，令出于上而堕于下者，以为恒患。使卿寺任非其人，臣虽罄竭驽钝，一法立，一弊生，事事而求之，时时而验之，亦不胜其繁琐苛察之病矣。为今之计，慎择卿寺官员，最为急务。该本部题称：今后凡遇各行太仆寺、苑马寺缺少卿，于各省参议、佥事内，缺卿于各省参政、副使及本寺少卿内，各推举有才力者升任。如果牧养有方，马政兴举，照依太仆寺卿并少卿事例推举。在京相应堂上官，或巡抚、都御史，其余各该监苑，亦要于北方少壮素知养马者选任。

臣到陕以来，闻二司之于两寺，轻忽如故。臣尝行委二司官，会同行太仆寺少卿李宗商，查处官军骑操马匹事务，其二司耻与之同事，不容并列。习俗之弊，至于如此。彼见先年亦尝奉有成命，而卿寺之选格不加严，体势不加重，耳目相袭，以为宜然，未能遽革。今前项卿、少卿员缺，若不遵奉明旨，照在京太仆寺官例推用，及照依兵部题奉钦依，于二司参政、副使、参议、佥事内推选升任，则无以转移人心，将来马政，难望修举。及照两京太仆寺卿员缺，多于在外按察使内推补，然则行太仆寺、苑马寺官于参政、副使等官内推任，亦正相应。且使二司之于两寺视如一体，不至轻侮阻挠，则府卫以下官僚素所服属于二司者，自然严惮奉行之不暇矣。论者或以为，今之行太仆寺、苑马寺卿，求为参政而不可得，若将参政等官推任，恐于人情不堪。殊不知低昂轻重之机，正在用之何如耳。昔以迁谪视之，则其势自轻。今以推擢视之，则其势自重。正名分以作其气，悬禄秩以待其成，人臣之分，随所位任，岂敢有所择，亦岂可徇人之情而听其择哉？

伏乞敕吏部将陕西苑马寺卿员缺，于陕西及山西、河南附近布、按二司，年浅素有才望参政、副使，或年深曾经旌异参议、佥事内推升。其两寺少卿员缺，亦于前布、按二司，年浅素有才望参议、佥事内推升。令其到任管事，待有成效，听臣奏保旌异，吏部查照在京太仆寺官事例，不次擢用。如此则耳目一新，士气自倍。势分繇此而尊，职任繇此而重，使人人得自展布，马政不日可复国初之盛矣。

处置马营城堡疏

杨一清

看得陕西苑马寺各苑，多不曾修建衙门城堡，及虽有城堡，年久坍塌。又皆无营房、马厩，苑官多僦屋而居，或宿窑洞。所养官马，昼夜在野。且春夏之时，趁水草牧放，固可适其腾游之性，至于冬寒时月，若不蓄积草茎，攒槽喂养，山野之中，草枯水冻，加以风雪侵凌，冻饿损伤，宁不致死？

臣谨按《周官》，圉师掌教圉人养马，必顺四时，冬则燠之以厩，夏则凉之以庌，藉蓐以御其寒，涂衅以除其秽，先王畜牧之善如此。查得永乐四年，兵部为开设衙门事行工部，转行陕西都、行二司并布政司，令军卫有司差拨军夫，于附近各苑去处，量其马数，起盖马厩，以备冬月牧养。题奉钦依通行外，此系国初牧马成法，年久废弛，一向不曾申明举行。及照弘治十四年间，达贼大举侵犯，官马因无处收避，被抢去三千九百余匹。况各苑地方，木植难得，土人以窑洞为家，乃其素习。各该卫所解来队军，因无栖止，随到随逃，废弛之故，亦多由此。今朝廷大修马政，所宜深虑却顾，用图久远。又恐数年之后，我马蕃息，为虏人所窥，或贻前年之祸。处置马营城堡，诚为急务。臣已委布、按二司等官，勘得长乐监广宁、开城、黑水三苑，俱在平凉府固原州地方，广宁苑原设巩昌、临洮、青州、平凉四营。〔巩昌、临洮、青州三营]① 安定苑坐落巩昌府通渭县地方，原设中营、原川、稠泥河、衙门石、硖口、双井共六营。灵武监清平苑坐落平凉府固原州地方。万安苑坐落固原州及庆阳府环县地方。前项城堡，量其大小，各修城门一二座，城上修垛墙更铺以备瞭望。四围各浚城壕，于内随其地势广狭，各修营房、马厩，多者数百间，少者百十余间。开立街市，以通贸易。种植树株，以供荫息。各存留隙地，堆积草束，以备支用。春夏时月，如无声息，官马听其在野牧放，一有烽火传报，即便收掣回营。及冬春寒冻时月，俱收入城堡喂养。黑水、安定、清平、万安四苑，相离本寺地远，仍各建立官厅一所，每年轮令少卿、寺丞一员分管，不时下营点闸，在此居住。

夫筑城堡则人马有所保障，置马厩则马不至横伤，修营房则贫军有所依栖，建公衙则牧官可修职业。揆之事理，皆所宜为，诚非浪说。且清平、万安二苑地方，与各该军卫有司军民杂处，相离边堡窎远，前年达贼四散抄掠，如入无人之境，杀戮人民，如杀狐兔，驱逐丁口，如驱犬羊。臣巡视所过，血痕渍地，凋落之状，难以模写，呻吟之声，所不忍闻。前项彭阳、板井川诸城堡既立，非惟监苑人马可保，或遇虏患，附近军民、丁口、头畜，亦可收避。况西人素勇敢善斗，待马政就绪，将各苑军余挑选壮丁，设为操夫各一二百名，给与盔甲，授之弓矢，令其不妨牧马，遇闲暇之时，操习武艺，就令寺监官员督视比较，不许调遣，专一防守本营城堡。是虽为牧马而设，亦可壮边域之声势，资紧急之应援。古者寓兵于农，今藏兵于马，无不可者。

彼虏觇知我保障有地，防守有人，纵然马匹蕃盛，不敢生垂涎之意矣。但经营造作，所费不赀，合用工力，必须计处。除因旧展拓、修理用工不多者，就令本营正军余丁，自行修筑外，其创置城堡，工程浩大，必须量起附近军卫有司军民人夫，与本营

①据上下文意，此处应为衍文。

军夫相兼修理。至于建立城门、衙门，起盖营房、马厩，合用工料等价数多，其木植俱于平凉府华亭县及巩昌府漳县采打。缘各处人民，节年因挖运修边等项，负累贫困，臣实不忍重劳。必得官钱雇人采打输运，则公私两便。况今岁地方薄收，来年人民必然缺食，若有官钱雇募，趋者自倍。官事易集，昔人有以凶年兴大役成大功者，意正如此。查得陕西在官库藏，别无蓄积官钱堪以动支，合无通行陕西司、府、卫、州、县大小问刑衙门，将弘治十七年正月起，到本年十二月终止，一应经问囚犯，该纳赎罪折收银钱者，连赃罚银物，各衙门追完，俱发各府贮库，按季类送平凉府收贮，听臣督委布、按二司官陆续查取，雇人采打木植，烧造砖瓦，及输运等项支用。但所问囚犯，有力者少，以一省一年计之，数亦不多，惟复再将太仆寺收贮马价银，多支一二万两，通前买种马之数，共送发银六万两，则事事可办，成功不难。臣又窃见世之好议论者，见人有所举动，辄以劳民费财为辞，殊不知不一劳者不永佚，不暂费者不大蠲，要在择可劳者而劳之，不为无益之费而已。

古者问国君之富，数马以对。矧今堂堂天朝，据全陕畜牧之地，而马政废弛至此，各边缺马，动辄来京奏讨。数十年间，送发马价银，多至数十万两，是皆百姓膏血之余，率是以往，何以纪极？夫七年之病，三年之艾，苟为不畜，终身不得。及今图之，五年之后，可以给陕西三边之用。十年之后，可以备京师不时之需。将来所省，不知几何？且以壮中国富强之势，而潜消外夷轻侮窥伺之心，其所关系，良非小补。若惮劳惜费，徇流俗之浮言，袭目前之故迹，则是为一身之谋，而非所以为国家深长久大之图者也。

稽考官军骑操马匹疏

杨一清

臣经过各卫所地方，看得各处官军骑操马匹，膘壮者十无二三，瘦损者恒居其半。或皮破脊穿，或骨高毛脱，或疮瘸可验而捏故遮瞒，或行动欲仆而借人扶策。平居骑坐且或不堪，况望其追风逐电于沙漠之区，陷阵摧坚于矢石之下哉？前年丑虏深入抢掠，我军退缩，不闻截杀之功，大率由此。至于倒死拐欠之数，月积岁增，行伍之间，殆无完队。询其所以，多因管军官员，不能严督军人用心喂养所致。又有一等无知官员，将各军应给草料克减，或扣除在官而应答上司，或指称公用而私卖觅利。访得各边营堡，其弊尤甚。其镇守、分守、副参、游击、把总等官，奉公守法者固有，假公营私者实多。非因公务，辄差旗牌官、舍人等，及容令弟、侄、子男买卖营运，滥给官马应付，多者二三十匹，少者五六匹，驮载私物，重至百十余斤，程送前途，远至七八十里，往来相继，驰骤无休。马匹因而损伤，军士莫敢声说。及至追补之际，又被官豪势要之人，将矮小瘦损不堪马匹，威压势逼，高价领买，有交手未几而旋即倒死者。臣为提学之时，盖已熟知其弊，乃今闻之道路，此风犹不能无。近年朝廷轸念边方多事，或发太仆寺马价，或支陕西布政司官库银两，收买战马，给与出境追贼、截杀、烧荒等项，官军亦或见侵，于狐鼠渔猎之徒，不得实用。众口嗷嗷，可为切齿。

查得洪武三十年，右军都督府官，早于奉天门钦奉圣旨。如今陕西等都司开设行太仆寺，职专提调马匹，比较孳生，但有作弊，亏欠马匹，许令本寺举问。品职虽小，所掌事重，如同御史出巡按治。该管指挥、千百户，卫、所、镇、抚首领官吏，务要将所养一应马骡，尽数开报，听从点视。提督敢有非理抗拒，许本寺官奏闻拿问。臣仰惟我太祖高皇帝，创制设官，体统甚严，防范甚密。又有节年题准通行事例，陕西都司、卫、所，及延绥、宁夏各边营堡官军骑操马匹，比较瘦损倒失，访察奸弊，皆行太仆寺官职业。今马政废弛，乃至此极。该寺明知前弊，不能举正，缘各该把总、领班、管队等官，俱系军职，又有镇巡分守、协守、游击、兵备、守备为之统领，各官凭借威宠，倚仗声势，因见行太仆寺职冷权轻，往往抗违不服，柔者犹相阻挠，刚者动生欺侮。该寺官员，进不得展，退无所诉，辄堕其志。徒有比较之名，全无比较之实，甚至岁报马数，亦多不行造册。虽尝参奏，玩慢如故。该寺畏惧违例被参，只得止凭先年旧册填写，上下因循，应行故事，其所由来，已非一岁之积矣。

夫银买茶易，浪费公家之财物。朋合地亩，重剥军人之脂膏。而其弊至此，及今不为之处，将来为弊益甚。军国大计，为之奈何？查得在京各营坐营，多系公、侯、伯都督，掌号头把总，多系都指挥等官。又有内外重臣提督，尚有太仆寺官一员，每年奉敕，不时亲诣各营。及牧马草场点闸比较，其马匹瘦损倒失，各有定拟住俸，递加则例。况外省卫所各边营堡，去京师数千里，日月之明，或有遗照，若非仰遵祖宗之旧典，崇重卿寺之事权，虽使孳牧政举，给领岁加，彼失养之禁令如常，私乘之故辙不改，所得不能偿其所亡，所利不能药其所伤，徒殚公私之力，何补边疆之事？臣以职业不得不言，乞敕兵部议拟上请，合无行令堂上官，二次分投前去，该管卫所营堡，将官军骑操马匹点闸比较，亦照京营定拟则例，参罚施行。

防禁虏寇保障官马疏　　杨一清

看得陕西监苑之设，相离边境不远，常年以虏寇为忧。虏人所利者马，马之群聚益蕃，则虏之窥伺益急。纵有城堡，若无军兵，安能捍御？

臣于举事之初，固虑及此，近自去年十一月以来，传报声息，无日无之。马匹拘收日久，各营星散，远近不一。固原等卫备冬官军，其数不多，不能分布防御。如万安一苑，尤为孤悬，虏贼在螺山驻札，一昼夜可到，节被抢杀，并无一军一马前来策应。况各营堡，但凭高据险，不堪凿井，马匹未免下饮溪河，彼贼暗伏草莽，窥瞰侵掠，势难周防。查得先年亦曾设有操夫，正为防护官马，但数少不敷，近年止是黑水苑遇冬操备，其余苑分，俱各废而不讲。

今据副使王寅，会同该寺分管官，查验拣选，新旧相兼，广宁、安定二苑各一百名，开城、黑水、清平、万安四苑各二百名，六苑共操丁一千名。平时不妨牧马，遇警足资保障。各军委皆生长边方，耳目所习，闻虏不惧，然须有盔甲、军器披执，庶几缓急可倚。及照监苑文官，不谙军务，须委能干知兵武臣一员，遇冬提督操练。及又查得各处招募民壮义勇舍余，备冬之时，俱有行粮。前选操丁，既系身于官，不得营办衣食，亦合比例，给与行粮，养其锋锐。乞敕该部计议，合无将各苑操丁一千名，除旧领有盔甲、军器外，今次增选者，俱照数给与。每名盔甲、弓箭、腰刀各一副。每营堡仍各量给与火车、铳炮、圆牌、旗帜等项，以壮声势。俱行令陕西所属各卫所，查取给发。听臣选委平凉、固原等卫，谙晓操练指挥一员，往来各苑，会同该监院官提督操练，务令武艺精熟，不许虚应故事。

每年二月至九月疏放，照旧牧马，自十月初一日为始收操，照例给与行粮，于附近州县关支。若大虏在套，虽夏秋时月，一体收操支粮。有警则与概营军人协力捍御，贼必不敢逼城堡而攻。前项操丁，虽为守护官马而设，练之既久，未必不为克敌之兵。是于牧马之中而得千军之用，有备如此，非惟官马有所保障，彼见我城堡棋布，旗帜罗列，军器锋利，或少弭其邪心。区区小虏，不敢窥伺深入，其于平凉、镇原一带地方军民，不为无补。

至于大虏侵犯，势须动调官军截杀，此守臣之事，非臣所敢与闻。缘系防御虏寇，保障官马事理，谨题请旨。

议增盐池中马则例疏

杨一清

查得先该总制尚书秦纮，奏准弘治十九年以后，陕西布政司印刷十余万引，送发监理通判处开放，每引收银四钱五分，准令装盐五石或六石。今陕西苑马寺卿车霆奏称：自弘治十八年为始，量为增添五六万引，不必招商，听令临边腹里有牛车军民人等，以近就便。于固庆兵备官处，每引并卧引钱，共纳银六钱，止许中军下池，装载盐一十五石为则。旧例此盐止通平、庆二府，今边马急缺，欲暂通汉、凤等府地方发卖，待至各边马不告乏，库有余赀之日，照旧施行。

查得灵州盐课司大小二盐池，大池原额盐课一万一千二百三十二引，小池三千一百四引有零，共该额课一万四千三百三十七引。计今二池所产盐斤，委有余饶，常课之外，虽增十倍，似亦可办。而原额止于如此，盖因行盐之地，止是平凉、庆阳二府及宁夏等卫，榆林宁塞营迤西城堡，又地临边境，事变难测，立法之初，良有深意。近年总制尚书秦纮要增盐利，及以便益处置，出给小票，许令前往西凤、延安、汉中等府发卖，故盐商云滃，盐厂山积。固原荒凉之地，变为繁华。议者徒见其然，遂谓二池盐课，可增十万至二十万，然河东盐法，未免被其阻坏。所司已经奏行禁止，若遵照旧例，拘定前项地方，则盐生者多，民食者少，盐商何从售卖？原额一万四千余引之课，尚恐不敷办给，安能复增五六万至十万引课额？且陕西各府之人，利于灵州食盐，先年课额虽未尝增，而私盐实不能禁。利之所在，人必趋之，又商民两便，虽日加刑戮，末如之何。夫以盐池所产，本有此数，却为地方所拘，自弃其利，以为奸人私贩之地，深为可惜。欲增盐引而不稍广行盐之路，徒生厉阶，以贻后议，非计之得也。该纳引钱旧例，每引止是银一钱五分，今欲增至银五六钱。访得商人卖与脚户，所得不过银四钱有余，彼无利息，安肯中纳？若尽如车霆所奏，不必招商，就池卖与附近有牛车军民，臣谓榷盐招商，自是正理，专使公家纷纷与细人贸易，非为政之体，将来恐滋别弊。至于所载盐斤，例该每引二百斤，带耗五斤，今若许载至一十五石，不无太滥。但二池边远险阻，脚价艰苦，比之淮、浙、河东，事体不同。秦纮所拟，似为得中。

及照大池原额课多，然坐临极边，而行盐之途艰。小池原额课少，然地近腹里，而食盐之人广。近年小池每季放支盐斤，反多大池数倍。合无大池增盐一万五千引，并旧课共二万六千二百三十二引。小池增盐三万引，并旧课共三万三千一百零五引。通共二池新旧课盐，并五万九千三百三十七引。照例招商，每引止可纳银二钱五分，照盐一车，以六石为则，外有多余，依律掣垫追问。运至固原、庆阳二盐厂卸所，每引仍照旧收卧引银一钱。通共每引该得银三钱五分，每年得银二万七百六十余两。此外若有余盐，却依车霆所奏，就池招人纳银，给与引目，听其发卖。

傥遇旱涝，盐生不及，或边报紧急，盐路不通，除旧额盐课外，新增盐课，明白除豁，不可胶于一定，岁岁取盈。行盐地方，西安、延庆二府，密迩河东，地广人稠，照例严加禁约，不许灵州盐斤私通贩卖，阻坏彼处盐法。止许于凤翔、汉中二府通行，与河东之盐相兼发卖，两不碍阻。其弘治八九年以前，中马盐引，年久弊多，莫可查考，所宜一切革罢。弘治十三年以前，陕西布政司招中商人，彼皆奉例纳银输官，后因宁夏借课，耽迟数年，亏折资本，怨声载道，合准相兼放支，新引七分，旧引三分。弘治十四年以后，宁夏所借，若有未支未中之数，年分已满，中间势豪奸顽之人，展转影射，冒支盗卖等弊，不可枚举，难再复支，未中引目，陕西截取开中，庶几物论称平。所收盐引银两，俱送庆阳、固原各官库寄放，听庆阳兵备兼理盐法副使，及固原兵备副使提督，稽察奸弊。每季监理通判，督同盐课司，将给过引目，放过盐数，造册开报臣，并布政司查考。

如遇各边缺马，各该巡抚移文前来，听臣斟酌通融给发。买马支用，不必拘定闲年之例。如此所处，似为停当，而于马政大有裨益矣。

修复茶马旧制以抚驭番夷安靖地方疏　杨一清

臣受命督理茶马，亲诣西宁、洮州等卫地方，选差抚夷官员，带领通事，分投抚调各族番夷中纳茶马，各族番官，偕其国师、禅师，各赍捧原降金牌、信符而至，臣得拜观焉。其额上篆文曰“皇帝圣旨”，其下左曰“合当差发”，右曰“不信者死”。臣奉宣皇上恩威，抚且谕之，责其近年不肯输纳茶马之罪，彼皆北上稽首云：这是我西番认定的差发，合当办纳，近年并不曾赍金牌来调，止是一年一次，着我每将马来换茶。今后来调时，天皇帝大法度在，我西番每怎敢违了？臣于是乃知我圣祖神宗，睿谋英略，度越前代远矣。

考之前代，自唐世回纥入贡，已以马易茶。至宋熙宁间，乃有以茶易虏马之制。所谓以摘山之利，而易充厩之良。戎人得茶，不能为我害。中国得马，足以为我利。计之得者，宜无出此。至我朝纳马，谓之差发，如田之有赋，身之有庸，必不可少。彼既纳马，而酬以茶斤，我体既尊，彼欲亦遂。较之前代，曰互市，曰交易，轻重得失，较然可知。

夫王者不治夷狄，今责番夷以差发，非若秦汉喜功好大、勤远略者之所为也，亦非中国果无良马，而必有待乎番夷也。盖西番之为中国藩篱久矣，汉武帝图制匈奴，乃表河曲，列肆郡，开玉门，通西域，以断匈奴右臂，而幕南无王庭。今金城之西，绵亘数千里，北有狄，南有番，狄终不敢越番而南，以番人为之世仇，恐议其后，此天所以限别区域绝内外者也。不然，则犬羊长驱，宁、河、岷、陇之区，鲜不为其蹂践，欲晏然无事，得乎？国初散处降夷，各分部落，随所指拨地方，安置住札，授之官秩，联络相承，以马为科差，以茶为价，使知虽远外小夷，皆王官王民，志向中国，不敢背叛。且如一背中国，则不得茶，无茶则病且死，以是羁縻之，贤于数万甲兵矣。此制西番以控北虏之上策，前代略之，而我朝独得之者也。

顷自金牌制废，私贩盛行，虽有抚谕巡察之官，卒莫之能禁，坐失茶马之利垂六十年，岂徒边方缺马骑征，将来远夷既不仰给我茶，敢谓与中国不相干涉，意外之忧，或从此生，藩篱之固，何所于托？其所关系，诚非细故。臣始至陕西，行据守备河州指挥蒋昂呈称：河州卫，每年招番易马，止是临近川卜陆族、乞台、撒剌，并归德中左所西番达子二十七站，及腹里老鸦、乩藏等族熟番调来中马给茶。其黑章咂、上下哈如、阿札尔、朵工、远竹等族番人，递年累抚，老番俱故，后生不知法度，强硬生拗，不肯前来中马。黑章咂、朵工等族番人，纠引番贼，专一伏路抢杀过往官军粮赏财物，虽经呈禀上司，差官量带军马、通事出境，不过追抚，止照番俗事理发落，因循年久，未蒙天威加兵，各番轻视国法，愈加恣肆为恶，抢扰地方，以为得计。若不早为处置，虑恐余族番夷，一概仿效，不惟废弛马政，抑且有损国威。合无具奏，差委谋略公廉官员，动调军马、通事，统领前去，务将前项累抚不来中马，为恶黑章咂、朵工、远竹等族番人量剿一二族，庶使余族番夷寒心知惧。等因。到臣。看得本官父祖以来，守备河州，熟知番情，必有所见，但兴师动众，劳费不赀，前项事情，难以轻议，况御戎上策，莫如自治。各番虽不中马，未尝一日无茶，彼既坐得之，何求于我？且中国之人，明知禁例，肆行无忌，于番夷乎何诛？臣乃申严禁令，严督所司，缉捕私贩，根究株引，不少假借。茶徒稍稍敛迹，茶价顿增。已而招调番人，远近毕集，稔恶如朵工、黑章咂者，亦如期而至。乃知中国之茶，真足以系番人之心而制其命。诚使私茶商贩一切禁绝，不得通番，不一二年，番族无茶，不抚亦将自来，调之宁敢不至？臣仰承任使，恒惧无补，以速罪尤，深虑却顾，辄罄一得之愚如此。至于兴废补敝之宜，谨条陈（五）〔三〕事于后，伏惟圣明省览。

一、复金牌之制。切照洪武年间钦降金牌数目，各卫典籍磨灭，多无的据。查得河州地方，原设必里卫二州七站，西番二十九族，原额金牌二十一面，认纳差发马七千七百五十匹。西宁卫地方，曲先、阿端、罕东、安定四卫，巴哇申、冲藏等族，金牌一十六面，该纳差发马三千二百九十六匹。洮州卫地方，火把、哈藏、思囊日等族，金牌四面，该纳差发马三千五十匹。上号在于内府收贮，每三年一次，钦遣近臣赍捧前来，公同镇、守、三司等官，统领官军，深入番境札营，调聚番夷，比对金牌字号，收纳差发马匹，给与茶价。如有拖欠之数，次年催收。后因边方多事，陕西军民转输军饷，无暇运茶，腹里卫分官军，又各调去甘、凉、宁夏等处征操，别无官军可调，茶马因是停止，历年滋久。如曲先、阿端诸卫，邈不相通，诚恐数十年之后，虽近番亦不复知有茶马矣。今欲照旧例，调军入番征收，非惟病于供亿，且恐激扰番夷。乞敕该衙门将金牌旧额查出，申明昭示各卫，预先行令应纳差发马匹番族，使知朝廷修复旧制，各当本等差发，不许生拗违背。然招番必先运茶，不然调来番马，无价可偿，失番人之望，亏中国之体。合无严禁私贩，广积官茶，其番官指挥、千百户、镇抚、驿丞等官，久不袭替，亦令兵备、守备官，查出奏请，就彼各袭原职，以为统领。以弘治二十年为招番之期，乞遣廷臣赍捧上号金牌前来，会同臣及陕西、甘肃二处巡抚官，不须动官军深入番族，止在三卫住札差委。抚夷官员、通事，分投调取，各番各赍原降下号金牌，牵赶马匹，前来上纳。分别上、中、下三等，给与价茶，厚加赏劳，遣回本族。如不敷原数，听次年征收补还。以后三年一次举行，中间二年，仍照常差官，赍番字文书前去，各族晓谕，有情愿者，听其自来，将马换茶，不愿者不拘。敢有不受约束，招调不来者，再三抚谕，量调汉番官兵，问罪诛剿，以警其余。

一、专巡禁之官。查得先准兵部咨，为一事权以修邦政事：该本部题称，茶马自先年停止大臣之后，止是行人抚谕巡禁。成化年间，因是行人职轻，难以革弊，该巡抚奏准暂差御史前去整理。今既有都御史兼理，若又差御史在彼，不无事权不一。合无将巡茶御史行取回京，一应首尾，悉皆责成于今去都御史杨一清。臣本暗劣，猥承任使，分当奔走职业，不敢辞劳。但陕西禁茶地方，东自潼关，西极甘肃，南抵汉中，绵亘数千里，伏奸廋慝，无处无之。臣始至陕城，拿获积年交通进贡，经过番夷、代买私茶犯人三十余名。比至巩昌，节次拿获百余名。然恶草难去而易生，奇疾难攻而易动。且茶禁愈严，则茶利愈厚，利之所在，趋者澜倒，伺便而发、乘隙而动者，难保必无。其间多干碍官豪势要之人，非军卫有司之力所能钤制。禁防稍疏，则弦辙如故。臣之职业，重在孳牧，一岁之间，大半住札平凉、固原等处。又有提调三边骑操马匹之任，前项行茶地方，实难遍历。虽例该提督都、布、按三司官，及督令守巡官行事，各官俱有本等职务，委任不专，难以责其成效。臣到平凉已及一年，未尝一见分守官。在陇西数月，未尝一见分巡官。此事势使然，亦不足异。所据巡禁私茶，必得按察司官一员专理，乃能济事，但陕西按察司额设添设副使、佥事等官已多，合无自弘治十八年为始，听臣于各官内自择有风力才干一员，常川于临洮府住札，不许别项差占，专一往来巡视，严禁私茶，痛革通番积弊。一年满日，仍择委一员交代。

一、严私贩之禁。查得律内凡犯私茶者，同私盐法论罪。及查见行事例，私茶有兴贩五百斤的，照见行私盐例，押发充军陕西等处。但有汉人结交夷人，互相买卖借贷，诓骗财物，引惹边衅者，问发边卫，永远充军。近准兵部咨，为从宜处置边务事，该巡按陕西监察御史李玑奏，前事内一件止通番，访得西宁、河州、洮州地方，土民切邻番族，多会番语，各省军民，流聚巨万，通番买马，雇倩土民，传译导引，群附党援，深入番境，潜住不出。不特军民而已，军职自将官以下，少有不令家人伴当通番。番人受其恐吓，马牛任其计取，变诈渐萌，含愤未发，诚恐一旦不受约束，患可胜言。且通番之人，明知事例犯该充军，乃互相嘻谓：无故亦要投军，有甚打紧。似此欺玩，若不重加法典，则通番起衅，兹其渐也。又一件禁约私茶，查得洪武、永乐年间，兴贩私茶者处死，以故当时少有蹈之者。间有一二私贩者，包藏裹挟，不过四五斤十斤而止，行则狼顾鼠探，畏人讦捕，岂如今之贩者，横行恣肆，略不知惮。沿边镇店，积聚如丘。外境夷方，载行如蚁。明知禁轻，相谓兴贩私茶，与兴贩私盐同律，事发止理见在，不许攀指。例则五百斤以上，方才充军。计使一人出本，百人为伙，每人止负五十斤，百人总负五千斤，各执兵器，昼止夜行，遇捕并力，万一捉去一人，只是一人认罪，数不及五百斤以上，不过充徒，余茶总收其利。以此得计，群聚势凶，莫之敢捕。乞将兴贩私茶者，合无照永乐年间旧例处死。通番并把隘卖放之人亦如之。如圣慈不忍置之重典，合无将私茶十斤以上，与一应通番并把隘纵放之人，俱发两广烟瘴地面充军。等因。臣参详御史李玑所言，曲尽陕西官舍军民贩茶通番情状，非身履其地职任其责者，不能及此。查得洪武三十年，户部节该钦奉太祖皇帝圣旨：近年以来，茶贱马贵，不止国课有亏，致使戎羌放肆。盖是守边者不以防御为重，出榜以后，守把人员若不严守，纵放私茶出境，处以极刑，家迁化外，说事人同罪，贩茶人处斩，妻小入官。钦此。永乐六年十二月十九日，节该钦奉太宗皇帝圣旨：陕西、四川地方，多有通接生番，经行关隘与偏僻小路。洪武年间，十分把守严谨，不许放过段匹、布绢、私茶、青纸出境，违者处死。恁户部再出榜晓谕禁约，各关上省会把关头目、军士用心守把，若有私贩出境，拿获到官，定将犯人与本处不用心把关头目，俱各凌迟处死，家迁化外，货物入官。钦此。仰惟我祖宗不嗜杀人，独于贩茶通番之禁致严如此。承平之余，政玩法弛，已非一日。充军下死罪一等，而贩茶之人，其视充军，甘于饭食。罪至于徒，已非轻典，而陕西军民，宁从三年之徒，不肯出杖罪之赎。盖各处充发军人，及摆站哨瞭囚徒，随到随逃，以为常事。上司亦尝立法查考，卒莫能革。其逃回者，又复贩茶，屡犯不悛。玩法至此，可谓极矣。死刑至重，非人臣所敢轻议，然例以辅律，因时救弊，似宜加严以整齐之。但腹里之与各边，事体有异，而贩茶之与通番，情罪或殊。合无今后但有将私茶潜往边境兴贩交易，及在腹里贩卖与进贡回还夷人者，不拘斤数，事发并知情歇家牙保，俱问发南方烟瘴地方卫分，永远充军。其在西宁、甘肃、河州、洮州贩卖者，虽不入番，即有通番之渐。一百斤以上问发附近卫分充军，三百斤以上发边卫永远充军。若在腹里各府、卫、州、县兴贩者，照见行事例五百斤以上，押发附近卫分充军。止终本身，不及前数者，俱依律拟断，腹里仍枷号一个月，在边方者枷号两个月。有力纳米赎罪，如果无力，解五百里之外摆站守哨。但有逃回，仍前兴贩，事发不拘多寡，问发附近卫分充军。及照近年各边贩茶通番，多系将官、军官子弟，见今甘肃总兵刘胜事发，其他未发者不止刘胜一人，以此守备把关，巡捕官员不能禁治。合无今后军官、将官知情，纵容弟男子侄伴当兴贩，及守备把关巡捕官知而故纵，事发参问降一级，原卫带俸差操，有赃者从重论。失于不知者，照常发落。若守备把关巡捕官自出资本，兴贩私茶，但通番者问发边卫充军。在西宁、洮河、甘肃地方发卖者，三百斤以上，发附近卫分充军。不及数及在腹里发卖者降一级，调边卫带俸差操。如此则法令一新，积习之弊可祛。不然将来贻患，臣不知何所纪极也。

预处边储以备紧急供饷疏

杨一清

臣闻昔者尚书周忱，巡抚江南十有八年，一应钱粮，任其通融区画，致有红陈贯朽之积，百姓赖之，至今以为美谈。彼固多才，非当时委任之专且久，何以至此？使周忱官于近时，以若所为，不三二年，非被排而去，则循次而升矣。臣窃恐议者因见延宁小捷，地方稍靖，遂置边储于度外，万一有警，又将贻后时之悔。深虑却顾，不得不极言之。

查得先年户部拟奏充实边储事件，非止一端，虽出一时权宜，中间有益无损，经久可行者亦多。至于开仕途滥进之门，为罪人幸免之地，所益者小，所伤者大，苟非门庭之寇，亦正不须如此。若发京师帑藏之财，虽失居重驭轻之宜，终成损上益下之美。但京师储蓄有限，各边仰给无穷，恐非可继之道。求其获利多而取效速者，莫如开中引盐为便。盖榷盐之利，本为助边，果能绝私贩之阻滞，杜权贵之请求，则生生无穷，何忧不给？伏望皇上俯念陕西关中重地，边储缺乏太甚，所宜急时预处。合无于陕西关中、两淮等运司常股存积等课盐百余万引，及今招商于夏秋收成之后，籴买粮料草束。查拨固靖、兰州、环庆，各该边堡屯驻军马缺乏去处上纳，仍要斟酌贼情缓急，如果虏贼在套，尽收本色，量宽斗头，使人乐趋，不许嫌避误事。若无紧急贼情，又当酌量年岁丰歉，年丰有收，则广为招籴，不厌其多。如岁歉收薄，则量收一半本色，以防目前之急。仍存一半银两，以为来岁之图，免以不赀之财，坐为营利者所得。其他充实边储事宜，择其有益地方、无损治体者为之。大要使边仓各有二三年之储，则遇警不至于告乏。布政司常有数十万两之积，则临期尚可以有为。

此愚臣迂腐，为兵事谋，兼为民事谋，为治体谋之惓惓也。巡抚本股肱之臣，又得假便宜之柄，何事不可为，亦存乎其人耳。苟非其人，当易其位，既授之任，当责其成。任者不疑，疑者不任，居其位弗事其事，则将焉用彼相矣。

湖南文征　卷三

疏三 明

慎固地方以遏虏寇疏

杨一清

宁夏花马池、兴武营、清水营，直抵高桥儿等处地方，乃套贼入寇之门户。然贼之所入，虽经于宁夏，而其所利则在于腹里，宁夏如能捍御，使贼不敢拆墙而入，则腹里可以无患。但恐地方散漫，墩堡稀疏，士马单弱，不能遏其方张之势。彼既拆墙进入，必将抄我环庆，犯我固原，深入我安会、静宁、隆德诸处。内有监牧马匹，尤为贼所窥伺，加之土汉杂处，易于生变，一失保障，则根本动摇。故延宁为手足之疾，其祸速而小。环固乃腹心之疾，其祸迟而大。

尚书秦纮，原拟推选宿将充游击将军，操练军士，用防不虞，深为有见。但当时委任非人，致招物议，又因边事稍宁，议者遂谓官多人扰，奏行革罢，未及两月，大虏窃发，分抄边鄙，无处无贼。守备等官各有信地，彼众我寡，徒闭垒以自全，分疆画界，至相望而不救，于是众论嚣然，盖谓游击不当革，游兵不当散，方议奏复而贼情已宁矣。臣谓兵无常形，事有万变，因时制宜，固难执一。奏设游击者，乃安内攘外之图。奏革游击者，亦省事惜费之意。今北虏得志而骄，冬间难保不入河套，万一拆墙深入，数必不少。陕西游击将军似当复设，随处应援截遏，以安人心。且诸镇一体，如大同游兵，应援宣府。延绥游兵，应援大同。宁夏游兵，应援延绥。则陕西设有游兵，既可保障内地，亦可为延绥、宁夏紧急之援，不为无益。

但添官非难，得人为难，任非其人，平时恣剥削，临事安可倚仗？非惟来议者之口，抑且坏地方之事。博采得守备固原署都指挥佥事陈善，老成历练，惯战知兵，平时抚士有方，遇敌当先不怯。且历官年久，山川道路险易熟谙，使当折冲御侮之任，则兵将相知，地利人心两得，可责成功矣。

预防虏患以保固地方疏

杨一清

切详此虏去年侵掠陕西，今当皇上龙飞御极之初，乃敢寇我宣府，扰我大同，罪恶贯盈，天怒已极，若再拥众内侵，鼓我积愤之兵，乘彼既骄之势，何战不克？

顾我边地里宽漫，分兵而守，无所不寡，以十当百，似难急婴其锋。惟在严封疆，守要害，明斥堠，谨禁防，以逸待劳，俟机而动，延、宁二镇边备，各该守臣必能先事经理。陕西固靖、环庆地方，先该总制尚书秦纮，修筑边堑一道，甚于保障有益。所患墩堡稀疏，声援隔绝，故副总兵曹雄，有固原之墙不如无墙之论。臣今近墙设墩，傍险增堡，声势相接，填塞沟堑，坍塌边墙，次第修补，粗皆就绪。至于分布人马，使守要害，招集土人，使自为战，不敢慢易，以速罪尤。但当久玩极弊之余，人马寡少，又复不精，语及战功，臣实不敢自保。然而形势战守、得失利害之机，亦尝筹度。宁夏花马池、兴武营直抵高桥三百余里地方，在北为虏贼寇我边境之门户。陕西环庆、固原直抵靖虏七百余里地方，在南为虏贼寇我腹里之门户。其中有山城、萌城、石沟、盐池、韦州等处，乃虏贼出没经由之道路。然贼之所入，宁夏边墙如能捍御，则腹里可安枕而卧。稽今事势，恐未必能，但一旦坼墙而入，必以精骑守所入之路，缀我官兵，使不敢南，则腹里安危，所系至重，其故不可不讲也。贼既深入剽掠，方张之势，恐非陕西官军所能当，借诸边镇游兵，协力捍御，庶免生民荼毒。然欲成克捷之功，必在乘其既弊，而于中路击之为便。

查得延宁、庄凉游兵，兵部题准，听臣调用，但宁夏游兵，仅能自守，庄凉游兵，彼处四时有贼，恐难摘调。缓急所倚，惟延绥游奇兵、参将王戟土兵应援之力。若不早为掣取，直待寇至门庭，方才移文，往来之间，动经旬月，缓不及事。合无铺马赍文，行令延绥副总兵曹雄、游击将军姜汉、参将王戟，作急将所领官军掣回。曹雄奇兵暂于定边营住札，以便延宁两边策应。姜汉游兵、王戟土兵，于花马池、兴武营等处按伏，如果达贼入套，拥众近边，与宁夏副总兵卫勇、参将霍忠，协同保�，灵州守备焦洪，并都指挥韩斌等人马，并力捍御，保固边墙，不令入境。宁夏总兵官李祥，统领人马过河，暂于灵州驻札，以便河南北调度。陕西亦选游兵三千员名，暂于韦州按伏，以为声援，且以防山后贼寇乘冻渡河侵犯之谋。若是贼势重大，力不能支，拆墙入境，势必侵犯腹里。陕西游兵，即当掣回豫旺城防御，延绥游兵、土兵，听臣临期相机调取应援，亦在保固边墙，不令拆入。彼进不得逞，居无所获，久将自退。若贼众不能阻遏，长驱而入，势必分散我军，坚壁清野，据险以乘之，伺便以图之，纵无大得，亦无大失。

仍先以曹雄、李祥、卫勇、姜汉等各枝精兵，分布中路山城、萌城、石沟、盐池、红寺儿、韦州一带城堡按伏，秣马藏锋蓄锐。多遣乖觉夜不收，远为哨探。彼既深入日久，人马疲敝，计其归途，必出前路。陕西将官统领官军，徐蹑其后，毋逼而追，待入我彀，诸路之兵，并起而夹击之，陕西官军，奋而逐之，或邀其中，或截其尾，腹背受敌，必败之道。此臣一得之愚，敢用预陈，以备采择。

经理要害边防保固疆埸疏

杨一清

臣本菲才，谬膺重托，夙夜兢惕，不遑宁处。切见陕西各边，延绥城堡据险，宁夏、甘肃，河山阻隔，贼虽侵犯，止在本境，为患犹浅。惟宁夏花马池至灵州一带，地里宽漫，城堡稀疏，兵力单弱，一或失守，虏众拆墙而入，其所利不在宁夏而在腹里，必将犯我环庆，寇我固原，深入我平、凤、临、巩等府州县。其间土汉杂处，傥兵连祸结，内变或因之而作，根本动摇，诚非细故。此所谓膏肓之疾，腹心之害也。

成化初年，北虏在套，彼时未有边墙，恣肆出入。后该巡抚宁夏都御史徐廷章等，奏修今边墙二百余里，开浚沟堑一道。延绥地方边墙壕堑，又该巡抚延绥都御史余子俊修浚完固。北虏知不能犯，遂不复入套者二十余年。世平人玩，边备稍疏，墙既日薄，沟又日浅。弘治十四年，大虏由花马池拆墙入寇内郡，戕败我士卒，鱼肉我生民，虏人得志，始蔑我边墙为不足畏，连年拥众拆入，我军动辄失利。先该宁夏镇、巡等官节经议奏，要将旧边墙帮筑高厚，边堑挑浚深阔。又节该提督军务都御史史琳等建言，要于花马池、韦州设立营卫，摘拨腹里官军防守。兵部奏行总制尚书秦纮勘处，本官泥于所见，止添修四五小堡，及于靖虏至环庆地方，挑挖边堑一道七百余里，自谓可以阻遏保障，工完回奏讫。弘治十七、十八二年冬间，虏复大举，仍自花马池清水营拆墙深入抢掠。前项边堑营堡，不能捍御阻遏，及又将清水营城堡攻陷，花马池官军残害。

上廑宵旰之忧，特命愚臣整饬经理。臣虽暗劣，历官陕西有年，虏情边事，颇尝究心。但腹里频年荒旱，仓廪空虚，馈饷不继，虏贼动号数万，倏聚忽散，出没不常。未至而广征士马，则徒费刍粮。既至而调兵应援，则缓不及事。纵使大兵既集，务速则彼或不来，持久则我师先老。恐终无以伐其深入之谋，沮其方张之势。尝闻防边之计，莫危于战，莫安于守，前人经画具在，已经选委各官，将勘过处应该帮筑边墙，添设卫所等事前来。臣恐坐谈不如亲见，本年五月间，自庆阳环县历延绥定边、宁夏花马池、兴武、清水营，直抵灵州一带，边墙、城堡、墩台，逐一躬亲阅视。臣广集众思，兼收群策，参酌损益，始有定论，其大要有四：修浚墙堑，以固边防；增设卫所，以壮边兵；经理灵夏，以安内附；整饬韦州，以遏外侵。当务之急，莫先于此。但修边一节，陕西各该地方，财匮民劳，兴此大役，必多异议。然利害有重轻，关系有大小。土木之害，较之抢杀为小；动摇之患，比之劳费为大。大事可成，则小费不足计；远效可图，则近怨不足惜。且今河套即古朔方之地，唐张仁愿筑三受降城，置烽堠千八百所，自是突厥不敢逾山牧马。朔方无寇，岁省费亿计，减镇兵数万。受降远在河外。古之举大事者，未尝不一劳而后永佚，类如此。受降据三面之险，当千里之蔽。国初舍受降而卫东胜，已失一面之险。其后又撤东胜以就延绥，则以一面之地，遮千余里之冲，遂使河套沃壤，弃为虏巢。深山大沙，势顾在彼，而宁夏外险，反南备河，此陕西北虏之患，所以相寻而莫之能解也。兹欲复守东胜，因河为固，东接大同，西接宁夏，使河套方千里之地，归我耕牧，开屯田数百万，用省内郡转输，斯为上策。顾今之力有未能，未敢议及。使虏不恒入套，或如近年入而遄出，犹可支持，万一拥众在套，经年不出，则陕西用兵，殆无虚日。八郡之人，疲于奔命，民穷盗起，虽有智者，不能善其后矣。及今将延绥、宁夏一带边防，设法整饬，贼来有以待之，虽不得为上计，犹愈于无策。然边防既固，虽中人可守，丑虏闻知，或数十年未敢轻犯。馈饷可省，休养生息于十数年之后，东胜之议，未必终不可复。天祚皇明，其将有待于他日乎？

世之论边事者，或专主于战伐，臣亦非敢忘战者，方将搜选官军，策励将士，修车马，备器械，储糗粮，明斥堠。今冬虏贼若复侵犯，仰仗神武之威，谨当督率诸将，恭行天罚，雪耻除凶，臣之志也。今首以筑墙挑堑为言，宜必憎兹多口，但受恩深重，自当为国远图。今年套内无贼，腹里有秋，人民稍安，正可以有为之日。失此不为，纵令目前无事，后患有所不免。臣何敢幸一时之安，而委患于他人哉？所有应合经理边防事宜，条具于后，伏望圣明，俯垂省览。

一、查得应筑边墙，自延绥定边营迤东石涝池地界起，至宁夏地方横城，止共三百里，沿边旧有墩台七十一座，旧筑边墙高一丈，连垛墙三尺，共一丈三尺。底阔一丈，收顶三尺五寸。内除垛墙根砖一尺五寸，止剩二尺。官军难以摆列拒敌。墙外墩堑一道，深八尺，口阔一丈，底阔四尺。中间多有填塞平漫，止存形迹。墙里除兴武营、清水营、毛十剌、红山儿四堡，切近边墙，易于护守。其余大小城堡，俱各离边地远，声势隔越。切缘前项边防，委的壕堑窄浅，墙垣低薄，墩台稀疏，节被大势达贼入套，近边窥伺，墙里既无大兵阻遏，墙上又无官军拒敌，贼众填沟而进，掏挖边墙，一日可开二三十处。本处官兵，自保不暇，安能截剿？墩军惧其攻挖，往往弃墩而逃，烽火不接。纵使征调客兵前来应援，墙内墙外，俱平漫广衍，黄沙白草，弥望无际，贼众动称数万，我军众寡不敌，无险可据，难以阻其初来之锋。贼既入境，驰骤长驱，一日夜可至固原地方，无复邀阻。连年失利，职此之由。为今之计，合无查照宁夏先今镇、巡等官王珣等拟奏，量为斟酌损益，将旧墙内外，帮筑高厚各二丈，收顶一丈二尺，两面俱筑垛墙高五尺，连墙共高二丈五尺，除垛墙根砖两面共四尺，尚余八尺之地。每墙一丈开垛口一处，安置转关遮板。墙外每里添筑敌台三座，每座相离一百二十步。底阔周围四丈五尺，收顶周围二丈二尺。上盖暖铺一间，傍墙于空阔要害有水头去处，增添小堡，高厚丈尺，略与边墙相等。墩空去处，仍酌量添筑墩台。墙外壕堑，挑浚深二丈，口阔二丈二尺，底阔一丈五尺。前项敌台九百座，暖铺九百间，每间用五人守之，该用军四千五百名。无事之时，止守旧墩，每冬月河冻，不拘达贼曾否入套，即便调拨铺军，上墙防护。仍添拨军人于新墩守哨。河开无事，疏放回营。墙上设置筹牌梆铃，昼夜往来巡警，广张旗帜，联络相应。分委的当官员，各定铺分护守。参将协同守备官，各照所管地方提调。虏贼若果入套，必似前窥伺侵犯，原拟征调延绥游奇、土兵，及宁夏副总兵等人马，各于定边、花马池、兴武营、清水营、灵州等处驻札，仍各分兵于新旧小堡内按伏策应。其间应分应合事宜，又在临期调度。如此则边备严密，威武振扬，足以伐其邪谋，不敢轻易近墙。若是仍前填壕近墙攻挖，官军出列墙上，敌台两边枪炮矢石攻击，贼徒愈众，则所伤愈多。步兵击之于墙上，骑兵待之于墙内，其锋必沮，其气必丧。虏贼远来，利于速战，入既无策，势必遁归。纵使犬狼不肯悔祸，结聚攻围，边墙受敌不支，然相持之间，未免少延时日。烽火传接，环庆、固原一带，人畜既敛，兵备既严，可保无失事。不得已，则我边兵姑敛入大小城堡，以避其锋。贼果深入，速将原拆墙口补塞，量留官军，坚壁固守。各挑精兵，袭踪而入。陕西官军挠之于内，俟其将遁，蹑踪而出。延宁精兵邀之于中，沿边官军拒之于外，贼虽枭雄，岂有善归之理？就令小有侵掠，比至官墙，我军仍于墙上里面垛口，用枪炮矢石攻击，势必溃乱，诸军乘之，纵不能使其匹马不旋，亦必大遭挫衄，可保数十年不敢入套犯边。经略之计，宜无出此。但兴此大役，未免劳人费财，行委沿边守臣，各将边墙、壕堑、城堡、墩台，丈量估计，折算定拟。除延绥一镇，延安一府，军民人夫，修理延绥边墙外，计算得宁夏五卫东西二路，应起人夫一万五千名。固靖、环庆、西安、汉中、宁羌、凤翔、秦巩、临平、洮岷、河兰等卫所，并各护卫，量起军夫共二万五千名。其有马头，挨次拨军人俱免起用，各令蓄锐待敌。西安、凤翔、平凉、庆阳、临洮、巩昌等府，共起民夫五万名。汉中府在栈道之外，道途险阻，服役不便，各令量征夫价解送工所，以备赏劳人夫盐菜之用。俱听陕西、宁夏二处巡抚衙门，酌量派发应役每夫一名，日支粮米一升五合，计算做工四个月，该用口粮米一十六万余石，欲于各该边仓关支。查得见在仓粮所积不多，恐误主客官兵支用，必须趁今年成有收时月，另为招商上纳夫粮为便，但脚价高贵，每粮一石，须用价银一两有余，方肯上纳。计粮十六万余石，该银十六万余两。陕西司府，库藏空虚，别无相应官银支用。查得先为急处救荒事，该户部奏送赈济官银二十万两，缘各该被灾州县地方，该征税银，既已蠲免，二麦又皆成收，不须赈济，近准该部明文，暂收陕西布政司官库，以备各边紧急籴买粮草。合无于内动支十万两，专听修边项下，招商籴粮支用。外十万两，仍收布政司官库，以备紧急籴买粮草不敷之数。行管粮参政，量将各起运存留粮米，通融改拨，及听陕西巡抚官，再查别项无碍官钱支用。前项人夫钱粮，须在今年处置料理停当，明年春正二月，哨探套内无贼，三四月内兴工，务在八月以里完备。合用防护官军，并提调工程大小官员应支廪给、口粮、马匹料草，于该边官仓内支给。其余一应事情应该自处者，径自从宜施行。

一、行据委官西安左卫指挥佥事杨宏、平凉府同知岳思忠，呈称亲诣花马池、兴武营、灵州等处，会议得宁夏一镇，西有河山之险，东无沟岩之阻，西路设立宁夏中卫，东路止是新设花马池守御千户所，似为偏重。况虏贼大举，必从东路拆墙而入，非惟无险可恃，实因兵力单寡，贼至境上，每仰客兵应援，近年征调官兵，失时后期，迄无成功。合无将花马池守御千户所改设一卫，除本所外，再添四所，共五所。其兴武营相离花马池一百二十里，孤悬急难应援，止是备御客兵，战守不足。合无添设守御千户所，照依延绥事例，委把总官一员，提调防守。新设卫所合用官，于陕西都司官多卫分摘调。旗军于宁夏并灵州，及东西二路新旧招募额外土兵内摘拨。有警之时，专一守城、守墙、守墩。无事之际，边里闲田，听其开垦，以近就近，且耕且守。如此则势不偏重，而边墙可久，兵皆土著，而人情可安。等因。各呈到臣。参详所拟花马池一带地方，委的无险难守。花马池止是新设守御千户所，军数尚未补足一千之额。其余俱是各处分班备御军人。兴武营止有备御官军七百余员名，缘备御客兵，往来更代不一，终无固志。今若比照宁夏中卫事例，花马池改立一卫，增添四所，兴武营设守御千户所，各添拨旗军与备御官军相兼防守，兵力强盛，足堪保障。且卫所常备之兵，既有定居，各思保其血属，守其业产，比之客兵计日思归者不同。合用旗军五千名，要于新旧招募额外土兵内摘拨。查得宁夏一镇，旧招募甲军三千名，弘治十五年间，该大理寺左寺丞刘宪，招募土兵一万一千名，近已挑选三千员名给与官马，委都指挥韩斌管领，于清水营按伏。及中间或有事故纪录之数，大约见在新旧招募土兵尚有一万余名，中间多系精壮勇健之人，堪以挑选拨用。所据前议设添卫所，摘拨招募土军防守，人情事体，委俱相应。近该臣巡边到于灵州，各招募军高海等自行投状，情愿起调，改拨河东卫所。查选丁力相应旗军共四千名，造册案候。合无将花马池守御千户所改设宁夏后卫，兴武营添设守御千户所，将选定新旧招募土兵起调前去，入伍食粮，永远操备，拨与地基，盖造营房住坐。附近闲田，任其开垦耕种，不收子粒。有警则操戈以战，无事则执耒而耕。守墩守墙，分番拨用。待安插已定，择其骁锐，量给马匹，领养骑征。五年之外，方将所种田地，照轻则起科，量收子粒，以助边储。合用卫所指挥、千百户、镇抚先查宁夏招军相应官员，及行陕西延宁、甘肃四镇查新升空闲官，各具奏改调铨注管事。但旗军合用五千名，今止挑选得四千名，尚欠一千名。及查得花马池守御千户所额设军人，旧欠三百六十四名，俱应拨补。合无照依榆林、靖虏等卫，并陕西苑马寺事例，将陕西西安等八府，正德元年以前，清出该解南方卫所军人，免其发解，各该编前项新设卫所应当军役，待军伍数足，具奏停止。议者以为，事编事例，未免损此益彼。缘北人应当南军，畏其烟瘴炎热，终是不肯应役，随到随逃，州县清解虽勤，卫所空虚如故，徒为里书官旗渔猎之资。今若改编本省地方，人心乐从，官多实用。

一、灵州千户所，北临广套，西控大河，实宁夏之喉襟，中原之门户。原额土汉马步官军四千八百余员名，备御西安右护卫官军七百五十一员名。所管地方，东至萌城，北至兴武营，方数百余里。大小城堡二十余座，诚为达贼出没要害重地。灵州不守，则宁夏隔为外境，环固势孤无援，无环固则无陕西矣。内有土民四里，并土达军余六百户，俱系洪武年间山后节次归附人数。我祖宗嘉其诚款，收而羁縻之，给与田地、草场，使其任意耕牧。后因有警，土人自备鞍马，出力报效，累有斩获，北虏畏之。近年以来，所司不知存恤，草场被人侵夺，莫为理断。马匹一概走站，死则追赔。虏贼外侵，科差内扰，人畜凋耗，死徙居半。臣顷者巡边阅视，得彼处地方城池壕堑，一切兵政，因守备非人，悉皆废弛。节据土民、土达马俊、郭斌等连名具状诉称，科差重繁，生理萧索，乞为分豁，情词十分激切。臣观宁夏地方，如此边务，如此人情，上无有备之形，下有可畏之势，今不为之所，将来惧有内变，不止虏情当虑而已。传曰：不见是图。况机缄外见，已非一日之故邪？又据汉土舍余军民刘澄等，各具状告称，灵州相离宁夏，动经百里，隔越黄河，本所月报循环、粮草军务等项，俱该宁夏卫提督，或声息河渡有阻，该役官吏经月不回，公务有失，又兼本卫不时差人来所骚扰不过，告乞复设守御千户所衙门便益等情。查得灵州洪武年间，原设守御所，径属陕西都司管辖，后因拜进表笺官员数多，不敷差用，奏革守御名目，隶宁夏卫带管，原遗肃字号夜巡铜牌六面尚存。土民亦属宁夏卫经历司带管，路阻黄河，科差拘扰，委多不便。先该巡抚衙门奏设州治，建学立师，训诲土官、土人子弟，用夏变夷，似亦有见。但宁夏军余改设编氓，未免损此益彼。近又革去州治，仍隶宁夏卫管辖。夫州治固不可设，缘本所军非不足，官有剩员，复守御之旧，当无不可。且今之管军官员，多一层则受一层之害，灵州军民，甚以为害。而宁夏之人，则因以为利，贪豪恣肆，上下交征，众暴强凌，无所控诉。必须复设守御千户所，专设宪臣一员，在彼常川驻札，庶几夙弊可革，土人获安。查得环庆兵备副使，止管庆阳一卫，事务甚简。况又兼理灵州盐法，庆阳相离大小盐池，各数日之程，实难遥制。灵州相离盐池不远，易于提调，合无将灵州千户所改设守御千户所，换铸印信用使，径隶陕西都司。

所割土民，听本所吏目带管。将环庆兵备，改作整饬环庆、灵州等处兵备。自环庆迤西宁夏花马池、兴武营、清水营，直抵灵州一带地方，俱听提调约束。常川在于灵州驻札，操练军马，问理词讼，抚安土人，禁革奸弊。兼理灵州盐课，司大小盐池盐法。仍听陕西、宁夏巡抚官员节制。如此而又委任得人，则军民免十羊九牧之扰，土人有趋利避害之望，而一带地方边备钱粮，有所稽考，不为无益。

一、行据平凉卫把总指挥赵文呈，蒙臣委勘过韦州四面城垣、敌台、更铺，坍塌损毁数多，城上各有通人行走道路，门无铁叶，不堪保障。及查得本城群牧千户所官军盔甲、军器、火器，事事不堪。等因。具呈到臣。看得韦州地方，广衍平漫，四通八达，乃虏寇出没经由要冲处所，正宜高城深池，戒严武备，潜消虏贼窥伺之患。今乃坍塌废弛至此，守既不严，战又无兵，傥虏贼窥知，拥众攻围，则城内生灵，凭何保障？腹里人民，必致惊扰。况密迩螺山，庆府坟茔所在，弘治十四、十七年间，大虏入寇，多在螺山驻宿，近日被人将庆恭王坟掘发开棺，看守人员，通不知觉。庆王父子至情，岂不痛心？所据韦州重地，若不将城垣壕堑上紧修理，添设常备之兵，日后贻患，恐不止此。查得本城群牧千户所官军，数目不多，实难倚托。宁夏一镇，城堡墩台，通贼要路甚多，官军数少，亦难摘拨。行据宁夏领军陕西都司都指挥使刘端，查得宁夏中护卫旗军，除选调广武营鸣沙州操备外，见在官军舍余五千三百三十二名，仪卫司旗校舍余一千一百九十七名，俱在本府，别无差占。比之秦、肃二府，大有不同。若将前项军校余丁，摘拨韦州，设官操守，保障地方，卫护坟茔，最为长便。且秦、肃二府官军旗校，千里赴边备御，今以庆府拥卫之人，保其先王托体之地，庆王体国之忠，奉先之孝，大义两系，决难他辞。除修理城垣、壕堑另行外，合无请敕宁夏镇、巡等官，启王知会，督委廉干官员，将宁夏中护卫仪卫司军校舍余，照册清查明白，挑选家道殷实、丁力有余者一千名，选择本卫能干千、百户等官，管领前去韦州，常川驻札。给拨空闲田地耕种，王府差役尽行蠲免，专令在彼操习武艺，与群牧千户所官军相兼防御。仍于宁夏等卫中，选委有谋勇、有行止指挥一员，提督操守，振扬威武，保障城池，卫护王坟。遇警相机战守遏截，则虏骑经行，有所忌惮，不敢恣肆。腹里人心，有所系属，不至动摇。

一、行据委官陕西布、按二司参政安惟学呈称，灵州横城以北，西抵黑山营镇远关，系宁夏通贼紧关要路。虏贼见我边防严备，既不能入花马池，必将从此而入，踏冰过河，东西任意寇掠。河西城堡，虽有官军，数亦不多，不能阻遏。合无将横城以北，直抵镇远关边墙壕堑，一体帮筑挑浚。及称黑山营先年屯有人马，后因路远难援，废而不守。今河东边防既严，虏必从此入境，宜于黑山营仍屯兵按伏。等因。案查先该臣看得原拟宁夏边墙至黄河东岸，今筑横城而止，恐虏贼见我河东边墙高厚，不能掏挖，冬深河冻，于墙尽头处，踏冰过西岸，自西而东，仍谋入寇。未审河西城堡兵力，堪否捍御？今据各官俱呈前因，臣按图考册，广询博访，宁夏横城北黄河东岸，旧有边墙一百八十五里，壕堑一道，高厚深阔，悉如花马池一带城堑之数。自南而北，有长城十八墩，后守臣恐稀疏，每墩空内添设一墩，共见在墩台三十六座。墙里套内地方，又设石嘴、暖泉二墩瞭守。其第十八墩，与河西黑山营镇远关相对，每年于黑山营屯聚人马，阻遏虏骑，以为宁夏北门锁钥。前人综理周密，深有所见，节因宁夏守臣怯懦，士马削弱，河东墩军，屡被套贼扑捉。既将石嘴、暖泉二墩废弃，遂将新旧三十六墩，俱废而不守，谓之备夏不备冬，却止于河西筑立墩台一十五座守瞭。由是套贼多寡，远近消息，通不知觉。又因黑山营曾被虏贼攻围，遂将官军挪入平虏城操备，由是平虏城为极边要害，居人往往不得耕牧。殊不知扑捉墩军，窥伺城堡，乃虏寇常事，顾吾所以待之者何如耳。吾能往，彼亦能往，我退一尺，则彼进一尺，河东墩台既不可守，使贼乘冻渡河，则西岸之墩，独不可掏挖乎？黑山营有备，则平虏为腹里。今废黑山营而不守，使贼近窥平虏，亦将并废之乎？是皆不通之论也。今花马池一带边墙，既欲帮筑高厚，又于墙尽头横城之南，添筑一堡，量屯兵马，防御河开之后，纵有套贼，不能为患。但恐冬深河冻，踏冰而西，仍谋入寇，容或有之，意外之防，不可不谨。所据河东三十六墩边墙、壕堑，诚宜帮筑修浚。河西黑山营，诚宜屯宿重兵。但明年既修延绥花马池一带边墙，工程浩大，力不能及。合无行令宁夏守臣，明年将河东新旧三十六墩坍塌损坏者，量为修补，照依旧规，拨军守瞭。与河东墩台烽火相接，不至失误，官军应援。稍俟一二年，仍将前项横城以北三十六墩墙堑，悉照花马池一带边防，帮筑高厚，挑浚深阔。敌台、暖铺护守官军，一体处置整理，仍挑选精锐人马，于黑山营按伏，以为平虏城声援。如此则封守慎固，而地方可保无虞矣。

分布边兵预防虏患疏

杨一清

臣切详此虏频年犯顺，其气方张，不曾遭挫，必无惩戒，今岁若复不肯悔祸，决当重遭殛罚。臣受命总制各路兵马，谨当申严号令，分布主客官军，扬兵耀武，以伐其谋于未入之先，出奇设伏，以乘其敝于将归之际。然须脱略常法，随事达变，乃克有功。且善战者必知分合，善守者必审常变，我边兵患于备多，将病于权分，各据利便，自分彼此，机可乘而不乘，兵当合而不合。其轻率寡谋者，则又知常而不知变，往往堕贼计中，以致我武不扬，狂胡日肆，职此之由。

今将沿边至腹里分为四路，以定边营、花马池、兴武营、灵州一带为藩篱，以石沟、盐池、韦州、萌城、山城一带为门户，以固原黑水口镇戎所、西安州海剌都一带为庭除，以安定、会宁、静宁、隆德、平凉一带为堂室，行令延绥副总兵姜汉统领奇兵，游击将军戴钦统领游兵，及暂委绥德卫指挥蓝海管领土兵，各限十一月初一日起程。游兵于花马池营驻札，奇兵暂于定边营驻札，土兵暂于宁塞营驻札。宁夏副总兵卫勇，统领奇兵官军于兴武营，都指挥韩斌，统领土兵于清水营，亦限于十一月初一日，到彼驻札。贼果入套西行，延绥奇兵那至花马池，量分于安定柳、杨二堡。土兵那至定边营，量分于盐场、三山等各联络驻札，与分守参将叶椿、阎纲，协同都指挥保�等，振扬威武，并力防御，以壮藩篱。宁夏总兵官李祥，统领战锋奇正官军，先期于灵州驻札，有警那至石沟，分守宁夏西路。参将冯祯，统领宁夏中卫广武营选锋奇兵官军，前来鸣沙州。陕西游击将军陈善，领兵于韦州环庆。守备都指挥姚震，领兵于山城。各驻札以严门户。镇守陕西署都督佥事曹雄，统兵于镇戎所，调度固原、靖虏、兰州一带主客官军，以保庭除。仍预行甘肃游击将军徐谦，统领甘凉游兵，并千户鲁经土兵，各于庄浪操候。河套有警，调至安定、会宁，与甘凉备御下班官军，并谋齐力，以守堂室。前项分布既定，沿边守将，严谨斥堠，多差夜不收，远为接哨。沿边多设塘马，但有套贼烟尘消息，或走回人口供说，即便传塘走报邻近官军堤备。

贼果近边，各该主客官兵，分据要害，占守水头，从宜阻遏。寇小至则击之，不可轻进远追，仍要互相应援，不许自分彼此。如贼大至，切勿与之争锋，各取便敛入城堡以避之，待其拥众深入，延绥游奇土兵、宁夏副总兵都指挥韩斌等枝人马，各袭踪而进。若犯固原，陕西游兵，即便掣回应援。李祥、卫勇、冯祯、韩斌等，各领兵于红寺儿堡按伏。姜汉、戴钦、蓝海等兵，各于韦州、盐池、石沟按伏。环庆官军，移至萌城，各休兵秣马，以逸待劳。曹雄相机调遣腹里官军，据险以扼其冲，张疑以分其势。一面驰报安、会、静、隆官军，坚壁清野，勿露形迹，多用乡导指引，藏兵于崖窑堡洞险要厄塞之处，伺贼分散抢掠，出其不意，发兵击之，贼既不得逞，必将遁去。曹雄、陈善重兵冲其腹心，又与徐谦游兵俱袭踪而出。比至红杏儿、石沟、盐池等处，延宁、环庆官军，分据营盘，待其前锋稍远，先后犄角夹而攻之，陕西主将游兵出其后背，奋而逐之。昼则选锋以截其路，夜则衔枚以劫其营。贼深入疲弊，又腹背受敌，必然大遭挫衄。若犯环庆，则延绥游奇官军，掣至红德堡山城，会合陕西游兵，寻袭截杀。傥或事情紧急，都督曹雄领兵自三角城沙井沟而出，宁夏主副将官兵马，掣至萌城甜水堡，以遏其破丧西走之势。贼既败走，其气已夺，诸军仍蹑其后，并力追剿，至边墙而止。沿边主兵将官阎纲、保勋等，以逸待劳，或邀其中，或截其尾，以我四路应敌之兵，当彼千里趋利之贼，岂有善归之理？如此庶可振中国之威，褫外夷之魄。为今之计，似不出此。然兵无常形，敌有万变，随机运用，难以预度，因时制宜，又在各官。

再照延绥游奇土兵，既皆掣至西路，其中东二路，城堡空虚，傥贼乘隙而入，为患非轻。已行延绥镇、巡官，照例征调大同游奇官军，先期于交界去处驻札，贼果入套，调来中东二路，应援截遏。如是贼众俱在迤东，近边拆墙，谋犯延绥地方，即将本镇游奇兵掣回。若贼情紧急，宁夏、陕西游兵，俱应调去策应，临期斟酌定夺。凡客兵所至之处，在陕西地方，悉听署都督曹雄节制。在宁夏地方，听总兵官李祥节制。在延绥地方，听总兵官张安节制。俱不许偏执违拗，致误事机。臣往来环县、韦州，居中调度。

达贼出没计处用兵机宜疏

杨一清

照得前项达贼，自正德三、四年间，被小王子人马仇杀残败，遁往河西庄浪。凉州速罕秃斩石峡、明水湖、扒沙一带潜藏住牧，时出剽掠，阻截道路，敌伤官军。

臣起废西征，复总制陕西军务之时，建议欲调集大兵，痛加诛剿。彼时规置已定，惟候成命，不意旋即奉敕取回，兵部题奉钦依，行令甘肃镇、巡官整理。缘兹事重大，岂甘肃一镇所能了办？因循养患，十有余年，贼既那营，窃伏西海，逼胁曲先、阿端各种番夷，乌合为巢，岁复一岁，丑类渐繁。乃敢寇我洮河，深入松潘地界，自是虎踞青海，蚕食属番，遂酿成甘肃、陕西腹心肘腋之患。去年冬间，被回贼惊散，一半越往官路之北，被各镇官军相遇，斩杀数多。其大营仍在西海剌剌山江零口住牧，虽未见侵犯，而祸贻实深。除督令各该守臣哨探寻袭，计处方略，另行具奏外，其在北者多不过一二千，俱系精兵，十可当百。因无老小，栖止不定，自今春以来，多则五六百骑，少则二三百骑，或在庄浪五方寺、尖山、芦沟，或在凉州松山、芦塘等处，声东击西，或出或入。河西卫所官军，防御三种寇贼，无所不备，无所不寡，经年累月，不得解甲。若不先其所急，早为祛除，缘前贼切近腹里，恐其寻抢月久，野无所掠，冰桥结冻之后，将有窥伺兰州、靖虏之谋。彼处军马数少，不能支持，乘虚而入，则会宁、安定、狄道、金县地方，难保不遭虏掠。

臣愚欲趁今与西海贼寇离析之时，量调陕西、延绥精锐兵马五六千名，与庄浪、凉州副总兵、游击等官，会合寻袭，痛加诛剿，以除门庭之害，则西海达贼闻之，亦将褫魂破胆，有不战而走之势，区区回贼，又不足忧也。但今河套虏情未定，沿边腹里俱未敢掣兵。又庄浪一带，仓场粮草处处空虚，方为逐旋经理，须待套贼无警，粮草有积，方可举事。然兵贵神速，机难预定，必待临期奏请，非惟缓不及期，且恐事机先泄。乞敕兵部计议，傥此言可采，乞早行臣，密会各该守臣，不拘何月日，相机取便行事。俟大兵既集，询谋佥同，因而扑剿西海之贼。至期计处定夺，务在计出万全。若无可乘之机，或军马钱粮未备，照常战守，不敢轻举妄动，以贻后艰。

谘访群策以裨边务疏

杨一清

臣惟固原为防胡重镇，乃陕西根本之地，地里宽漫，通贼隘口数多，分兵而守，则无所不寡，贼至发兵，则有所不及。数十年来，大虏窃伏河套，宁夏边墙不能捍御，必从固原深入平、凤、临、巩地方抢掠，生意萧索，户口凋耗，实由于此。但防边之要，据险为先。设险之策，必资城守。成化年间，都御史余子俊建议于预望城、葫芦硖口二处，添设镇戎、平虏二所，甚为得策。后止设镇戎所，其平虏所因循未举。

弘治十四年，大虏侵犯固原，总制尚书秦纮查奏举行，旋即去任。臣接管总制，始奏铨官降印，召募军人，设仓积粮。又于旧红古城修盖营房，募军积粮，委官操守，于是两城遂为扼虏要地。虏贼畏避，不敢由此而入，却从东路骡子川、毛居士井一带，在于白马井，趁水草札营，分散抢掠固原、平凉村寨城堡，直抵泾邠地方。所以固原兵备副使成文、守备都指挥刘文，俱要于旧撤都城，即白马池地方修筑城堡，添设官军，并展筑白马墩堡，占据水头，断贼出入之路，似为有见。臣亲诣阅视，及行委布、按二司官、参政韩士奇等，照例召募，愿投本城军人，及又委令将应给军人耕种地土，丈量四至分拨外，但有城有军，必须得官管束。固原卫见任官员数少，委的不敷差用。及照召募军人，止可寻常备御，若大虏入寇，必须分调官军，在此按伏。供应粮草，亦当预备。

再照前项地方，系在灵武监清平苑草场之内，与万安苑草场相邻，因地土荒远，自来无有官马在此牧放，盖系虏贼出没之冲，牧军亦不敢来此牧马。及又查得（临）〔灵〕武监清平苑原额，实有草场地共一万九千七百九十四顷二十六亩二分，见养马军人，止是二百八十三名，见养马并驹四百三十七匹。万安苑原额，实有草场地一万七千四百五十二顷三十八亩，养马军人三百二十三名，见养马并驹一千四百八十八匹。地土甚广，牧马不多，不至顾此失彼，但恐牧军因见筑有城池，足堪保障，事定之后，或起争端。况前项城堡之设，不止保障地方，亦欲防护官马。乞敕该部计议，合无行延绥、宁夏二镇，查取新任空闲官员，每镇各五员，改调填注固原卫所分，分拨白马城、红古城二处，每城五员管队领军。并行陕西布政司，将原坐附近城堡该征民粮，量拨白马城，修盖仓廒收贮，以备兵马支用。

再乞行陕西苑马寺，禁约该苑牧军草场地土，在今分拨给军耕种界至之内者，向后不许混争告扰。及行总兵、参将、兵备操守等官，禁约本城军人，不许于界至之外侵越耕种，如违各依法究治。待安插既定，军强食足之日，与红古城应该设立所分，俱听后来总制等官奏请定夺。

灾异修省疏

杨一清

近观礼部所奏，今年灾异，如辽东、山陕、江浙、湖广地震，不下二十余次。各处雹灾，伤稼殪人。南北直隶、江浙诸处，亢旱为虐。山东丰沛，洪水泛滥。辽东有雷雨之变，贵州有山崩之警。至于江南之人痾，江西之虎怪，郧阳之牛祸，层见叠出，尤为奇怪。岂惟近岁未有，抑亦载籍罕闻，稽诸传记，考其证验，皆阴阳失常，阴盛阳衰所致。

请推理论之，以上下言，则君道为阳，臣道为阴，岂乾纲下移，而威柄或不自上出欤？以人品言，则君子为阳，小人为阴，岂直道难容而君子在野，邪佞易亲而小人在列欤？以天下言，则中国为阳，四夷为阴，岂兵政废弛而内治不修，夷狄侵凌而外攘无方欤？以治道言，则德教为阳，刑法为阴，岂恩泽壅于下流而民无实惠，法令沮于幸门而人无惩戒欤？臣伏睹陛下有虞舜之聪明，而视听不能无壅蔽。有成汤之勇智，而用舍不能无二三。有覆载含宏之量，而未翕受于众情。有视民如伤之心，而未沦洽于天下。靡文盛而实事微，上下暌而情意窒。九卿之执奏，多闻报罢。台谏之进言，或遭谴斥。窃恐日积月累，蒙蔽渐深，阴凝冰坚，浸不可长。此臣所以终夜静思、窃叹而深惜者也。陛下端拱九重，委任臣下，将以为百僚供职，庶绩咸熙，然谛视之，则因循玩愒之弊多，精明振励之功少。故所用者未必才，才者未必用。所闻未必实，实者未必闻。所见未必真，真者未必见。所行未必当，当者未必行。是朝廷且未必正，况百官乎？万民乎？今礼部所奏，荷蒙圣明采纳，窃观“朕心惊惕”之语，仰见陛下畏天之诚。会官议拟之文，欲启臣下进言之志。化灾为祥，转祸为福，端在此举。

臣愿陛下益严敬畏，常存此心。总揽乾纲，以防欺蔽之奸。延接大臣，以资辅导之益。览诸司之章奏，则天下之事得以周知。辨臣下之忠邪，则断听之间不为所惑。仍戒饬诸司，官守修职，言责纳忠，凡朝廷政事之缺失，当汲汲修改者几事，天下生民之疾苦，亦当汲汲救援者几事，至于遗贤之未甄举，忠直之未收录，谗慝之未殄除，幽滞之未昭雪，明白开陈，悉心敷对，勿事因循，勿怀顾忌。陛下廓纳善如流之量，弘改过不吝之勇，慨然听受，毅然施行，大要以恤民固本为主，民心悦则天道和，岂惟灾变可消，抑且祯祥可致。此老臣垂尽之年，感恩图报之愚悃也。

第辅导之官，论道为职，公孤之任，弘化所关。古之人君，多因灾异，策免公卿。今在廷大臣，无如臣老惫，亦无如臣不职者，遇灾策免，实在所宜。伏望皇上赐臣罢斥，以警庶官，然后委任忠良，协心匡济，庶几天意可回，而灾变可弭。

王府疏

杨一清

王府婚姻，不得除授京职，我祖宗初无此例，惟宣德间有旨，汉府亲戚，不许选京官，然亦止为汉府而言。天顺以后，始有倡议以汉府为例者，然布政雍泰得以秦府之亲，升巡抚都御史。至弘治十三年，三法司遂以入问刑条例中，沿袭至今，遂为定例。以故诗礼故家、衣冠世胄，俱不愿与王府结亲，惟闾井白丁，扳援宗戚，转相诱引，奸宄不禁，弊实坐此。且百年以来，宗室构逆，如寘鐇、宸濠者，亦何尝借亲戚京官之力哉？今乃因一子女之故，并其族属，俱不通籍京朝，疑忌不已深乎？

又今王府官僚，任满不得考绩，株守终身，故铨司取庸琐衰惫之人充之，而人亦甘心自弃。臣伏睹皇明祖训有云：凡王国文官，朝廷精选任用。盖圣祖惇宗睦族之意，拳拳如此。至于考第殿最，转移无常，如杨士奇以审理副选任翰林院编修，周忱亦自长史累升至尚书。臣愚谓略如国初之制，今后长史、纪善等官，务选有学行者任之，每九年一考绩，如例黜陟有差，庶人知自重，以图进取，而王国可保无事矣。

条处云南土夷疏

杨一清

近者云南土夷安铨等构乱，仰廑圣怀，兼设总制督储大臣，且责镇、巡失驭，命御史纪功。集四镇之兵，以剿一隅之寇，庙谟神算，已无遗策。顾兵凶战危，事变难测，扑之不早，则有兵连祸结之忧。

窃以云南荒服，前代不入版籍，太祖高皇帝始命西平侯沐英克服之，又以诸夷杂处，易动难驯，故因其酋长有功者设立为土官，各令统其所部夷人，子孙世袭，而命西平侯子孙今袭黔国公者，世镇其地以控制之。如身之使臂，臂之使指，凡所调遣，莫敢不服。盗贼生发，责在土官，遣一介之使临之，即时奏功，此以夷制夷之术，汉兵不过壮声势以固根本焉耳。数十年来，土官病故，子孙应承袭者，官司不肯保结，上司往覆驳勘，有二三十年不得袭职者。止令土舍管事，下人不畏，强凌众暴，无所不为。黔国公虽有总兵之名，不得自专，凡事必与太监、抚、按三司会议，然后得行。积之既久，土官以上官为不足凭恃，亦复慢令玩法，无所忌惮。待其罪大恶极，然后动兵征剿，以致军民日困，地方日坏，谁之过欤？

臣等切思云南各处土官、夷兵，人马众多，丽江、景东之外，如沅江、邓川、北胜、姚安、鹤庆、宁州、罗次、亦佐、蒙化、姚州之类，俱有官兵，若肯听调用命，殄灭二贼不难，不烦他省兵力。但中间多系不得承袭之人，亦有缘事见在提问之数者，怀怨畏罪，难保必无，彼闻大兵压境，致生疑惧，阴助党逆，恐二患未平，又生他患。故今日急务，宜先收土官之心，阴破从逆之党。提督大臣二三月方到云南，调取各镇兵马，必数月方能聚集，使其疑心不释，贼党益坚，我势自弱。宜先差在京官强干有精力、谙晓夷情者，请敕一道，并赍执圣旨、榜文，令其星驰前去，限其四十日到彼。令镇、巡官，差能言知事者，分投传谕各该土官人等，宣示朝廷恩威，晓以二贼自作凶孽，法不可赦。尔等土人，皆世受国恩，享有土地人民，宜殚忠摅诚，天兵到日，各出兵马，协心讨贼，一体先行厚赏。有应承袭而不得起送者，有功听提督官具奏，就彼袭职，免令赴京。有罪未结者，除谋逆外，悉从赦宥。若大军未到之先，有能剿杀二项逆贼，加倍赏劳。其擒拿首恶者，赏银千两，于本职级外加升二级。其余官军人等，擒斩首恶，并余贼功次，依兵部所拟升赏条格施行。二贼部下，有能自相解散，或赴官投首者，悉宥其罪。若将二贼擒献，照常人例给赏。如此行之，贤于用数万兵矣。

夫兵固有先声后实者，若无动调大兵之声以先之，则此策行之无益。今大臣既遣，大兵既调，先夺其气，后慑其心，用力少而成功多矣。其差去官员，仍留在彼，与巡按、御史协同纪功。仍请敕镇守太监杜唐、总兵官沐绍勋，责其既往之失，勉立将来之功，并抚按官申严号令，将调到土、汉马兵，分布防御，相机抚剿，不可倚称提督大臣将至，迁延推委。其合行事宜，谨条列上请，乞敕兵部查议奏覆，并行差去大臣，遵照施行。

一、夷民虽悍，最重者信。近年官司处之，往往失信，有事则招之使来，事毕则绳之以法，土人所以自生疑沮，不为我用也。宜待贼平之时，差去大臣，仍留一员与镇、巡三司等官，将该袭土官、土舍，催勘应袭，具结呈缴吏部，照例袭职任事，不必展转驳勘。

一、省城仓廪所积，岁入不足岁用，加以动调客兵，将何支给？附近迤西州县，贼亦经行，军民逃避，无粮可买。其迤东州县，未经残毁，可以籴买者，宜令督饷大臣，委官分投买运。仍设官领兵，巡逻道路，护送车脚，其价比之时估，量增数分，使积谷者有利，籴运者无虞。然险阻艰难之秋，官买终难收效，宜照尚书王骥征南事例，榜示各都司卫所官，有纳粮百石者，升一级，袭一辈。多者递加升级，许袭至三辈而止。定拟规格，仍给札付千余道，交付督储大臣收掌填给，送部铨授。此外如承差吏、农散官等，例亦宜查照举行。

一、近访得云南都司，止有都指挥一员，宜令镇、巡官访举都指挥数员，择其尤者，以备军政，奏请铨注。

一、云南附近州县，多被残害，迤西人民，皆逃入省城，弃其室庐，即今城郭丘墟，传闻夷方，益长其轻侮桀骜之气。宜量发官兵居守，令各民复业，仍验其被伤轻重，量为周济。

一、省城迤东，如沾益州土官安慰一族，贵州镇雄、四川东州等处地方要害，且与安铨连姻。今安慰已死未袭，提督官至曲靖，即宜召其酋长，量加赏劳。令所司早为保勘袭替，使可统摄土人，仍戒谕不许通贼指引，自取罪责。曲靖宜宿重兵，断贼奔路。

一、贵州威清等处，兵备所统辖，皆三省蛮夷出没之地，宜谕吏部推用老成慎重、精力强干者为之，庶接境地方，有所倚赖。

团营疏

杨一清

国初京城立五军，神机三千三大营，于谦因正统己巳之变，选其精锐，分立十营团操，是为团营。成化间，又增营为十二，分布益严。今久不搜选，戎政大坏，陛下之念及此，社稷之福也。谨陈六事于后：

一曰慎简提督文臣。兵部尚书，职重事繁，不应兼掌营务。已专设都御史为提督，令大臣举素负才望、谙晓兵政、试有成绩者充之。

二曰择将领。将非其人，兵虽众，不足恃。今所任多膏粱纨绔，苦不闲军旅，宜推举各边空闲将官曾经战阵者，或令坐府，或令坐营，无缺则令充协赞，付以搜选教练之任，庶克有济。

三曰慎选战锋官军。孙子云：兵无选锋曰北。盖出兵御敌，必使锋锐者当先，任其冲突，坚立不动，俟其少却，奋以乘之。今每营所辖万人，少者不下七八千人，宜大简阅，分为等第，选其勇健者三千人为第一等，就中又选其胆力过人、武艺精熟者一千人，以为战锋，专备征调。稍次者为第二等，以备防守。其羸弱者退更之。

四曰严训练以求实用。军士操练，相袭旧规，虽有可观，然其所谓号令，不过把总等官知之而已，其余军士，逐群聚散，全不能知，徒应故事，操演何益？营中军务，令熟知号令，目熟旌旗之色，耳熟金鼓之节，足熟进退之度，手熟击刺之法，与之讲解通晓。号令既熟，则节奏不差。又宜简其熟于刀箭枪牌及铳者，各一二人为师，听其教习，责以成效。吴起所谓一人学战，教成十人，十人学战，教成百人，盖广教成三军者也。

五曰禁科刻以作士气。今营军强壮殷实者，多出钱办或营求走干。又闻各官多占而私役之。在营操练，多系贫乏者，及有征发，包办走役者不与焉，贫军安得不生愤怨？况朝廷养军，月给米一石，岁杪又赐衣布，非不优厚，而管队等官，科敛多端，所存无几，军士安得不贫乏？明降德音，将已往者俱从宽贷，自后各官占役者，悉退出营操。诸首领不许假借科索，违者以军法痛惩之。

六曰查处京营马匹。今马政之弊极矣，民间养马，非壮大者，太仆寺不以之给军，军士亦不之领，然给过数月，旋即羸弱，死者后先相继。取之民者甚难，而给之军者不恤，以故军民俱困。宜立法稽其倒失之数，核其桩朋之银，纵不能追其既往，犹可责之将来。然营马多瘠，固系失养，亦由军士贫难。人食不足，而暇顾其马乎？访得各军一年，全支草料者凡三月，余月折银，所折不足以供，立以待毙。宜谕户部量增其数，以恤贫军而重惩其失养者，则被罚者无辞矣。

祭礼议

杨一清

陛下一身，乃天地、宗庙、社稷、百神、万姓之主，诚宜重惜，以养天和，以绥多福。窃闻每日而起，行礼于奉先、奉慈、崇先三殿之前，出入门栊上下阶级，已不胜其劳，旋即视朝听讲，退而亲览章奏，一日万几，向非圣聪天启，睿体神护，何以堪此？

切惟三殿之建，本以义起，非庙也。即如为庙，亦惟清静，斯神有依，《周颂·清庙》《鲁颂·閟宫》，未闻有每日瞻拜之礼。太宗文皇帝正以太庙在外，凡朔望荐新忌日，行礼未便，故建奉先殿于宫内，本以节劳，而今反致劳，是未得初建之意矣。祭不欲数，数则烦，烦则不敬。祭不欲疏，疏则怠，怠则忘。此固言在庙之礼也。今太庙、世庙已备四时之祭，三殿岂得复为繁缛之礼乎？臣等参酌礼仪，自今第宜每日令内侍焚香，朔望及四时节候，圣躬亲往各殿，行一拜三叩头礼，如常朝臣子见君父之仪，则不疏以怠，不数以烦，起居有节，而烦劳可省矣。

至于忌辰，古礼迁主祭，每止于其所当忌而不他及。如有事皇祖考，但宜及皇祖妣。有事皇祖妣，则不宜及皇祖考。《礼》曰：尊可及卑，卑不可援尊也。臣等所见如此，惟圣明采择。

论绥德卫迁改榆林城事宜状

杨一清

谨按：绥德州，秦汉以来号称上郡，多遣重兵屯宿，名将拒守。宋时经略西夏，尤为要害。观赵离所奏，绥实形胜，宜增广边障，乃无穷之利可见矣。我国朝酌古定制，开设州卫，统理军民，表里相参，犬牙相制，成规井然，万世无可议矣。今天下一家，华夷宾服，固无容虑，然陕西既舍受降，又撤东胜、延绥诸郡，遂与北虏为邻。加以河曲内地，弃为虏巢，深山大沙，势顾在彼，绥德独以一面之险，遮千余里之冲，昔人谓之可守不可弃者此也。

正统年间，虏数入寇，西鄙靡宁，乃设榆林东西二路营堡，将绥德官兵调发沿边诸堡，分布操练，以备非常。寻又将户内夫丁，拔其壮健者于边，与旧操官兵，相兼肄习调用。成化以来，边患益剧，朝廷从守臣议，增置榆林卫，镇臣节钺诸臣，居中以临莅之，外控胡虏，内抚延绥，疆土开拓，藩篱益固。于是延绥之地，始免抢攘，势同腹里。然武备解严，而卫制不废，非直以旧规未可率易更改，抑亦有思患预防之意焉。比因守臣建白，欲将绥德卫改就榆林，以便边务，事下兵部，移文陕西、延绥两镇、巡，佥议可否以闻。已而绥德之人复有论奏，极陈迁卫非便，欲仍旧贯，以安人心。兵部亦下其议，甲乙可否，莫之适从。

窃惟事体当较重轻，谋虑当审久近，事关重大，则匹夫之言亦当博纳，虑在久远，则目前利害不足深计。顾非其职，不敢妄议。然食禄兹藩，亲历其地，盖尝酌轻重之宜，审远近之虑，体人之情，揆诸事势，有不可迁者七，不必迁者二，何则?

西安以北，七百二十里而有延安，又四百三十里而有绥德，又二百六十里而有榆林。以千四百余里要害之地，中界两卫已不为赘，初本设榆林以捍绥德，今顾撤绥德以附榆林，不惟损外援内应之势，抑且蹈虚中实外之讥。其不可一也。

绥德前拥雕阴之岫，后绕大理之角，依山为城，阻沟为池，居高瞰卑，山谷迫隘，百夫据险，则铁骑千群不能飞度。榆林界在沙漠，土脉不坚。以战则绥德不如榆林之利，以守则榆林不如绥德之险，故榆林者绥德之藩篱也，绥德者榆林之根柢也。脱黠酋劲虏，有如天顺、成化年间，拥众深入，分钞边鄙，则绥德尤宜增兵防守，以壮声势，以固根本，以系人心。今边事稍缓，遂视为腹里，欲撤根柢以附藩篱。万一事变不测，榆林动摇，则延绥殆矣。南冲之势，仗谁阻遏？必有执其咎者。其不可二也。

往年虏势猖獗，榆林以东，神木府谷山谷间皆可入寇，不必取道榆林，亦能径趋绥德，直捣环庆。设复有此，必仗绥德之兵，以遏其深入。榆林远在二百里外，安能舍彼顾此？其不可三也。

绥德军民屯所，多在清涧、延川地方，相离二百余里，刍粮输纳，尚以为艰，今复移就榆林，使之越五百里之程，畜驮车挽，所费不赀。人心怨嗟，边储愈负。其不可四也。

绥德官兵，自戍边之外，其在本城内外居住，文武见任、致仕官僚，士儒卒伍之家，无虑千百。世业已久，今欲填实榆林，决无只移空卫之理，必将尽驱此辈以去。以安常乐业之人，无故而驱之，使之弃田庐，抛茔墓，扶老携幼，转徙边城，生者失其干止，死者无所凭依，谤讟猬兴，怨声腾沸，怨极生变，难保必无。其不可五也。

绥德编氓，多散居乡落，城中居民不数十户，比屋连巷，俱是卫所丁籍。此辈尽去，遂为空城，是亦不能州矣。其不可六也。

榆林边操官兵，皆出大战创伤之余，频年饥馑之后，重以诛求朘削，疾痛未瘳，生意未完，所谓强弩之末，不能穿鲁缟。况今失穴之虏，近边钞掠，宁夏、甘凉诸处，警报日至，虏掠我丁畜，戕败我官兵。外无所获，草枯河冻之时，必将内窥河套，榆林、延绥之患，恐自此始。正当畜养士气，固结人心。今欲改移卫所，筑城建衙，劳费不免。内鼓人怨，外疲兵力，以逸待劳，以静制动之策，固如是乎？其不可者七也。

且建斯议者，迹其始谋，本因绥德官旗，比年借贷仓库钱粮，侵克军士花布，事多发露，故欲移置会府，易于关防，是固然矣。利之所在，奸弊易生，要在典守得人，禁防有术，自然无患。不然，则狐鼠渔猎之奸，何处不有？以官旗侵克粮饷之故，遂欲胥一卫而迁之，是何异于因噎而废食、见肘而废屦也，亦过矣。假令禁防不严，则今沿边卫所营堡，仓库刍粮、银布，亏耗侵克之弊，往往有之，又将移置何地？此其不必迁者一也。

又谓榆林地大事殷，所当增兵防守。然兵贵精不贵多，绥德官兵，精悍者俱在边戍，所存无几，借曰迁之，彼累累者非羸余之老稚，则随行之眷属，战守无能补助，遇警先为动摇，所谓贪虚名而受实祸，将安用之？此其不必迁者二也。

夫揆之人情，度之事势，其大要不过如此。此理甚明，人所易见，必欲违众情，逆事势而为，是得已不已之举，亦独何哉？或曰：举大事者不恤细怨。夫所谓不恤于此者，为其有益于彼也。小损而大益，君子固甘心焉，无大损益徒为烦扰，亦所不为也，况无益而有损者乎？或又曰：古城绥德，未有榆林，今守榆林，安用绥德？《易》有之：重门击柝，以待暴客。千金之子，其祖若父，为之重垣复壁，亦将有以自保也。无事之时而厌之，而撤之，其可乎？为今之计，卫治决不可迁，人言决所当恤，众怨决不宜敛，但将边官革去行廪，俱于边仓止关本等俸给。至于仓库出纳之际，朝廷成法具在，稽牒按籍之不遗其力，岁省月课之不惮其劳，所任勿私其人，所犯勿贷其法，则积弊可祛，浮费可省。人心不摇，邦本自固。长久利便之策，宜无出此。

案：文襄文未见传本，惟《皇明经世文编》中载文六卷。各卷标首曰《杨石淙文集》，曰《石淙奏议》，曰《石淙纶扉奏略》，所刻不止一本。可知除记、议、书、牍分入各类外，存疏二十篇。其《器使将才》一疏，则见国朝所刊《明臣奏议》，又《文编》所未录也。汝怀附记。

湖南文征　卷四

疏四 明

上河南疾苦疏

邓庠

臣自入河南境界，居民生理萧条，颜色憔悴，倾家荡产，十室九空。又经剧贼刘六等劫掠人财，杀死官吏，烧毁房屋，淫蔑妇女，生民荼毒，不可殚述。见今分委都指挥徐节、马振、赵玉等，统领官军民壮，剿捕未平。

查得布政司巨盈库节年所积官银止有四十万两，其王府禄米及官库俸粮，已半年或一年支放。自冬徂春，雨雪不降，麦苗渐枯，天地晦冥，风霾屡作。询其所自，盖因镇守太监廖堂及弟廖鹏交结逆瑾，倚仗权势，朋党害民。纠合帮虎董镒、尹文会、邱永、朱文冞、吴聪、袁凤、福寿、张衡、王连等，擅作威福，非法用刑。陵虐官民，吓诈财物。诬攀贼情，起灭词讼。提解人犯，甚于钞札。镯锁桎梏，严如槛车。或一人而勒银千两，或一事而要钱百贯。搜求土产物货，买办木植颜料，盖造私宅，盛于王府。所积金银，不知几千万两。剥民膏血，剜民心髓，富室荡然一空，贫家鬻卖儿女。见者寒心，闻者堕泪。冤声满路，怨气塞天。盗贼灾异，未必不由于此。

臣闻豺狼当道，安问狐狸？奸党未除，民害何已？是以昧死言之，乞将廖鹏明正典刑，及查提董镒、朱文冞等，从重惩治。并将私宅入官，变卖银数万余两，以补禄米之费，稍苏民困，且以雪死者之冤，伸生者之愤。庶几天意可回，盗贼可除矣。

谏采玉疏

罗安

为谨好尚以保治体事：臣伏睹《大明律》一款，凡国家政治得失，军民利病，一切兴利除害之事，听监察御史、按察司官各陈所见，直言无隐。钦此。钦遵。臣职摄兵备，滥竽宪司，亦有所见，不容缄默，披露肝胆，冒干圣听。

仰维皇上即位以来，每御经筵，惟欲讲明圣学，屡降德音，惟在仁爱黎元。宫闱以正，未闻有声色之荒；百度以贞，未闻有货利之殖。昔《仲虺之诰》，成汤有曰：惟王不迩声色，不殖货利。传者则曰：然此本原之地，非纯乎天德而无一毫人欲之私者不能也。盖人之一心，有曰人心，有曰道心，尧、舜、禹授受心法，则曰：惟精惟一，允执厥中。正欲择守此中，以养其心，不使为外物之所诱也，且物之诱人，岂物能诱人哉？因视听而入，目悦色，耳悦声，苟非心有所主，未有不反为耳目所役者，故必使耳目听命于心而后可也。

伏查十一年五月十八日，有四川布政司承差杨应广，赍执纸牌一道，赴臣司，内开四川承宣布政使司为进用事：案照近据本司承差杨应广，赍执钦差镇守四川并行都司地方司设监太监房懋揭帖到司，内开近访得泸州小市厢商贾收有白玉四块，大一块重四十斤，一块重三十五斤，次一块重二十六斤，又次一块重二十斤。布政司差人前去，着落本府掌印官根要解送前来，辨验估价给领，毋容本府推故稽迟，有误进用。等因。奉此查照先钞奉钦差镇守四川并行都司地方司设监太监房懋，钦差巡抚四川地方兼提督松潘军务都察院右副都御史，通行遵依寻访及行催去后，今照前因，诚恐本州官视为泛常误事未便，合再差人守催。为此差本役前去，仰泸州官吏，钞牌查照原行，并令牌内事理，即将本州小市厢商贾收有前项白玉，务要用心访取到官。着令识玉人辨验堪中，估计明白，同玉主差人与同差来人役，一并星夜随牌伴送赴司，以凭转报，支给官钱，收买施行，毋容推故，致误进用，自取罪戾不便。等因。

臣窃闻白玉之美者有如截肪，价越万金，而色碧者亦难得也。但其为物，寒不可为衣，饥不可为食，将以为郊庙之用邪？古之圣人，祭天享帝，器用陶匏，酌用明水，于是郊则天神格，庙则人鬼享，未闻以玉为尚也。抑以为宫闱之饰邪？古之明王，绨衣不敝，革舄不穿，大厦不居，木器无文，于是后宫贱瑇瑁而疏珠玑，亦未闻以玉为尚也。如或珠璇、环佩、圭瓒之属有所当用，宜命下该部，采取于素产之地，付玉工造作成器，置之奉御之所，陛下何用留神于心目之间，寻访于四方闾阎小民之家？且如泸州商贾，多是邻县富顺、永川、荣昌等处小民，往来贸易，无非布帛、米谷、铅锡之类。去岁荒歉，民多缺食，今年又旱，米价翔贵，臣忧心如焚，虑或饥馑洊臻，盗贼滋炽，以致地方不靖。今又采取玉石于民，臣反复思之，必以为玉石微物，取之未至于大害也。臣查原奉旨意，不过采取堪中二三十斤以上，不拘多少。今之牌面，限以大一块数斤两，诚所谓王言如丝，其出如纶，王言如纶，其出如綍。是以一命之下，有司奉行，急如星火，惟恐取之或后，罪戾难逭。臣未知所取止于四川一省，复行取于他处？取于一省，则一省为之骚动，若取于天下，则天下为之骚动。然此犹之可也，今又采访于译使往来之地，使一闻陛下所好尚者在此，传之四裔，奚可乎哉？所获者小，所害者大，诚为圣治之虑也。

况又给府库之财偿之。府库之财，实民之脂膏，乃有用之物也。玉之为物，不过玩好之具，乃无益之物也。《书》曰：不作无益害有益，功乃成。不贵异物贱用物，民乃足。又曰：不宝远物则远人格，所宝惟贤则迩人安。是以齐不宝径寸之珠而宝檀子，敌以之而畏。楚不宝白珩而宝观射父，国以之而强。齐楚何君哉？而犹知宝不在于是而在于贤。今陛下聪明天纵，媲美尧舜，虽万乘之尊，奚必茅茨不翦，大路不画，越席不缘乎？其必不宝此金银珠玉、锦绣文绮、奇怪异物也明矣。且鲁哀好文服，举国着儒衣。齐桓好衣紫，四境被异彩。楚灵好细腰，臣妾甘自饿。句践好刀剑，国人喜兵死。田子与隰子登台南望不言，隰子知其意在伐木。曹丞相鸡肋之令，三军莫喻，杨修知其意在退师。上之举目摇足，天下之人承其风指，何所不至？要知此采玉一事，岂陛下之意哉？抑亦奉行者之未善耳。臣不揣冒昧，惟陛下一加察焉。

参内臣公疏

曹佺

窃惟国家之事，有轻有重，有缓有急。事轻而缓，言不敢急。事重而急，言不敢缓。臣等尝读前史，见谏诤之臣，有碎首流血，引裾折槛，甚至捐躯殒命者，皆不遇明君，言之不听，忠臣感激，以至愤发不能自已也。今圣天子在上，言之必听，听之必行，而事尤至重至急，居言路者若再畏首畏尾，瞻前顾后，当言不言，则是苟禄偷生，欺君误国，此臣等所以切齿而痛心也。今据二事，上渎宸聪，惟陛下熟思而审之，非臣等荷容纳之恩，实乃宗社之福，天下之幸也。臣等冒干天威，不胜战栗恐惧之至，具本差舍人王伦赍捧谨具奏闻：

一曰明刑赏以正朝纲。臣等切惟人君之治天下，在明号令，修纪纲。号令行，纪纲正，人主操赏罚之柄也。苟赏罚不明，纪纲不正，欲求天下之治，非臣等所知也。伏惟皇上嗣登大宝，仰遵先帝遗命，册立皇后，盖以继承宗嗣为重。岂意贼臣牛玉大肆奸欺，横贪贿赂，将先帝选退吴氏朦胧立为皇后，其意正欲固宠于内，擅权于外，包藏祸心，深不可测。幸赖陛下圣明，将吴氏废退，皆出于不得已之故也。然而遇此大变，处此非常，朝野腾喧，中外骇听，非陛下天纵圣德，神授英谋，见之早，行之决，若犹豫日久，使吴氏图报牛玉之恩，牛玉倚仗吴氏之势，表里固结，其祸安可测哉？天下之人以为吴氏既废，则牛玉之罪必万死无疑矣。今不意牛玉放置南京，得全首领，臣等初闻未肯遽信。夫牛玉既违先帝之命，其罪当死，一也。谋立皇后，其罪当死，二也。欺侮陛下，其罪当死，三也。使陛下负废后之名，其罪当死，四也。此四不韪者，人臣之大恶，而牛玉兼有之，诚古今罕见，天地不容。闺帏妇女，莫不寒心。市井儿童，亦皆切齿。臣等读书，恒愤此辈，不意今日亲睹斯人，正当将牛玉拿送法司，明正典刑，枭首街市，以明号令，以振纪纲可也。今乃将牛玉轻放者，臣等知陛下仁慈，不忍加刑也。夫不忍加刑则仁矣，其于明刑以振纪纲则未尽善也。《书》曰：刑期无刑，辟以止辟。此古今圣帝明王之所以为仁。今陛下不忍杀一牛玉，诚恐日后效尤者众，将不胜其诛，则反害陛下之仁不少矣。且如舜非不仁而诛四凶，仲尼非不仁而诛少正卯，况陛下新接宝位，正号令大行之初，纪纲大振之始，遇此奸臣，若不追戮，则使今后伏侍陛下左右者，从此恣肆无所劝惩。天下之人，以为陛下好行姑息，诚恐号令自此不行，纪纲自此不振。伏望陛下挟帝尧睿哲之德，体仲尼天纵之明，天讨有罪，朝纲斯正。然奸臣之恶，法所当诛，而内阁大臣，不能无罪。且如用一贤才，居内阁者便当用心访察，其人果贤与否，如其不贤，便要坏事。况册立皇后，继承宗祀，表正六宫，辅助君德，母仪天下，岂有居内阁者如越人视秦人之肥瘠，而恝然不加之意邪？牛玉肆奸之初，婚礼尚未成也，其掌礼之官，畏其权而阿附，及牛玉事发之后，理无可恕也。其执法之官，念其旧情而苟容，大学士李贤等，但坐视成败，不出一言，当初肯言，陛下未必肯将吴氏正位中宫，使其后肯言，则陛下未必肯将牛玉轻放也。其初不言者，是党牛玉也。其后不言者，是不知牛玉之后复有如牛玉而祸无已也。夫身居内阁，职任非轻，天下安危，皆系于己，须自揣摹，量力如何。自知才力优为，便当委身徇国，自知才力不堪，便当奉身求退，庶得免误国家大事也。今李贤既不能委身，又不肯求退，图保禄位，不顾朝廷，党恶欺君，莫此为甚。伏望陛下刚毅明断，即将牛玉拿送法司，明正典刑，枭首示众。仍将李贤等明其罪，以警方来。如此则号令斯行，纪纲斯正，中国服义，外夷畏威。

二曰鉴往事以防后患。臣等切惟人主之治天下，不贵于能处患，而贵于能防患。夫患已成而后处置之，虽善亦未免烦扰朝廷，惊骇中外，亏损国体，贻笑后世。患之未萌而先防之惟谨，则灾害无由生，祸乱自然不作矣，朝廷无事，君臣同休。《书》曰：制治于未乱，保邦于未危。正此谓也。仰惟皇上嗣登大宝，精意图治，屡颁诏书，大开言路。臣等已于今年四月内陈言五事，有为保全内官事，正欲陛下防患于未萌也。奏本既进，臣等日夜拳拳仰望，是必有处置之道。然处置之道未闻，而牛玉之祸果作，若使当时果能采用臣等之言，今日陛下岂有废后之名，牛玉岂有覆败之祸哉？今祸患既成，追悔何及？虽然既往者不可谏，方来者尤当谨，陛下无谓牛玉之后再无牛玉也。臣不敢远引汉、唐故事，请以目击之事为陛下言之：正统末年，王振专权，先帝远播，宗社几危，其祸已惨。天顺年间，曹吉祥专权，举兵焚阙，欲篡天位，其祸尤烈。今年牛玉谋立皇后，欺侮陛下，其祸尤为非常。是皆贻笑四夷，取讥万世者也。当时朝廷以为王振之后再无有如王振者矣，岂意曹吉祥复兴？曹吉祥之后再无有如曹吉祥者矣，岂意牛玉复作？自兹以往，若再不以牛玉为鉴，而思患以预防之，安知后日之祸，不尤有甚于牛玉者哉？然于预防之道，非欲使之远去也，不过此三事而已：一、不许内官与闻国政。二、不许内官与外官私相交结。三、不许内官弟侄等受职任事并置立产业。然此三事，非臣等一己之见，实太祖高皇帝之成法也。《诗》曰：不愆不忘，率由旧章。陛下果能行之，非惟国家之福，亦内官之福也。臣等请披沥肝胆，为陛下明言之。大抵自古内官，贤良者万无一人，无事之时，以为谨慎，一闻国政，便作欺奸。彼如闻陛下将行某事也，必先泄之以张己势。闻陛下将用某人也，必先卖之以为己功。是以人望日归，威权日盛，而内官之祸起矣。此臣等所以劝陛下不许内官与闻国政者以此故也。至若内官伏侍陛下，未免朝夕在于左右，其有文武大臣不知廉耻者，便去与之交结，有馈以金宝珠玉加以睥睨笑颜者，内官便谓之贤，朝夕在陛下左右称美之。有正大不阿、不行私谒者，内官便谓之不贤，朝夕在陛下左右谗谤之。陛下天纵聪明，固不为惑，奈日加浸润，未免致疑。称美者骤跻显位，谗谤者久屈下僚。屈下僚者，怨不归于内官而归于朝廷。居显位者，恩不归于朝廷而归于内官。是以贿赂日行，威权日盛，而内官之祸起矣。此臣等所以劝陛下不许内官与外官相交接者以此故也。且内官弟侄人等受职任事，倚势非为，聚奸养恶，家人百数，赀货万余，田连千顷，马系千驷，自恃有此家产，所以贪婪无厌，奸弊多端。身虽在内，心实在外，内外相通，而祸因兹以起矣。此臣等所以劝陛下不许内官弟侄人等受职任事，并置立产业者以此故也。

皇上能鉴此三人于既往，行此三事于今日，则灾害不生，祸乱不作矣。傥或不然，则祸起萧墙，变生肘腋，深为不可测者矣。然臣等之所言，实乃众人之所讳，臣等虽愚，亦知避祸。今累其事以为言，知内官必切齿而痛恨也，臣等不知死所矣。但以臣等受恩朝廷，各有所执，官居言路，不可苟容。若陛下能行而无疑，则臣等虽死而无悔，沽名衒直，犬彘之所不为也，惟陛下聪察之。

论流贼疏

彭泽

盗兵败于参将宋振，奔聚林县山中，复出掠卫辉、怀庆。臣意贼计有三：或面缚来降，变名潜避。上也。北有戴仪兵，南有宋振兵，惟中路卫辉、大名兵寡，若暂时假息，乘隙出山，仍循故道，长驱剽掠，徐为逃散之计。中也。若倚恃林辉、济源、河内以西，壶关、阳城、陵川、高平以东，地方险远，栅为家计，以图久驻。下也。然此贼自揣不赦，必出其下，凭山溪之险，纠合土贼，招聚亡命，迫胁善良，则环百数十里之境，民畜、钱谷，皆为所有。时遣数十百骑，劫扰彰德、卫辉、怀庆三府，使我军不得休息，钱粮日费。彼合而逸，我散而劳，将来未可猝定也。

为今之计，必须山西、河南两镇官军，协同宋振表里夹攻，使其寝食不遑，进退无所，不数日间殄灭无遗矣。若但移文山西镇、巡官截杀，动调官军，关领军器，往返动以月计，机会既失于因循，士气亦沮于牵制，继有后谋，难以济事。

论宜允诸大臣辞免恩荫疏

彭泽

近睹敕谕，录定策之功，封拜恩荫，多至五十三员，官爵太滥。今大学士杨廷和等恳辞之疏，至四至五。尚书毛澄与太监萧敬等具辞，亦至于再。内杨廷和、蒋冕、毛纪，虽俱准辞伯爵，改荫指挥。费宏虽已准辞指挥，改荫千户。俱经日久，不敢拜受。而毛澄与萧敬等屡蒙温旨，未见赐允。

臣等窃见诸臣之疏，皆出由衷，况节经言官论建，咸以为言。伏望皇上体念内外诸臣辞免之恳切，俯从科道等官论奏之频仍，痛锦衣卫所官员冒滥之积弊，将前项敕内有名，如大学士杨廷和等，量加别项恩典，以为大臣忠诚之劝。其费宏、毛澄以下分别等第，系文职者量荫应得文职，系内臣者量赐优赏。皇亲已受封爵者，子孙弟侄俱不必概受武职，并令世袭。其前项内臣中间，如有当时同心协力、平定祸难者，量荫一官，止终本身，以旌勤劳。庶于朝廷崇德推恩之盛典，诸臣秉忠戒满之本心，言官随事纳言之专职，咸兼尽而两全矣。

论待归正人疏

彭泽

比年北虏为患，俱因掳去边民及负罪投入者，教以用兵节制，以故所向无前。今各边走回人口，在虏营住久，其于虏情动止，关隘险夷，及我边人为彼乡导者，无不熟知。乞敕各边镇、巡官，凡有走回人口，如幼男妇女，并虏去年浅者，量给衣粮，护回原籍。其在虏日久、谙晓虏情者，务加研审，若果忠实有才略，即留边效用，厚加慰劳，以备咨访。因而资为间谍，诱我汉人，使渐逃归，以孤虏势。其无他技者，仍护还。若有留难需索者，加治不宥。庶来归日众，而虏情可得，战守有赖。

论镇守内臣换易疏

彭泽

顷者司礼监传奉圣旨：敕谕马监右监丞郑斌，镇守广西地方守备倒马关。傅伦、牛荣取回南京闲住。臣等窃谓中官出镇，已为民害。至于数易，其害尤甚。夫杨金、郑斌、安川行事廉静与否，臣等虽不得豫知，但傅伦、牛荣在镇年久，所欲满已，又荣尝被劾，或知警畏。若新任者，饥虎之欲，甚于饱虎，况交代之际，迎送供应，为害实多。今无故骤传更替，此非各官夤缘钻刺，焉有是乎？乞将杨金、郑斌、安川，拿送法司，明正其罪。仍将伦、荣各加戒饬。再乞以后各处镇守等项内臣，不得频数传奉更易，庶旧任者得安心办事，未差者亦免奔竞无耻之愆。

覆巡抚延绥都御史疏

彭泽

一、严禁例以除宿弊。今后各镇守太监、总参等官，有犯役占科敛等事者，太监取回，宜照文职犯赃事例，不许推用。将官革任降级者拿问，其奏带拨置之人，发极边卫充军。

一、联边堡以壮军势。请新安边营分守参将，并千户所，查带原该兵马，仍于旧安边营住札。于十字涧筑城，将把都、永清二堡官军移调操守。于砖井筑城，将石涝、新兴二堡官军移调操守。于花马池、盐池、镇城，亦量增筑，添设守备官，移调三山、饶阳二堡官军操守。又营堡旁地，膏腴千顷，均给官军，听其开种，四五年后，乃可征租。又于镇城至波罗堡适中之地，增筑平夷旧城，拨军操守，以遏虏冲。

一、止滥刑以重人命。各将领于所辖官军，除临阵退缩，许用军法外，其余有犯，止用常刑。其情罪稍重者，行抚按参治。如有酷用非刑，致损人命者，听各该抚按纠举论罪。

一、明军功以劝武勇。凡各边官军功，斩获首级，先行兵备官研审的确，开载明白，送巡抚再审奏报。一面行巡按御史，照例覆勘，以候升赏。若兵备官审报不公，坐以徇私罪名。

一、减繁琐以便节制。请今后军职有犯，除徒流以上照旧奏请外，其余笞杖罪名，乞照云、贵事例，听巡抚官照旧罚治。年终类奏，以备查考。

一、利器械以供战阵。请行四川、广西、云、贵、福建等处，但有一应器械，可以破虏杀贼，如强弩、纸甲、神枪、藤牌等项，俱照颁式样制造。或拨委工匠及善于用使之人，赴各边演习。

军职贴黄

彭泽

旧例京外卫所军职贴黄文册，每年一造，送部查考。又军职贤否，在外听抚按，在京亲军等卫，听科道并本部主事等官，府属卫所从本府堂上官，各访实填注考语，揭帖送部，以凭斟酌推用。

夫锦衣卫官，近侍之职，尤须得人。近杨玉、钱宁辈招权纳贿，蠹政害人，盖缘册籍莫稽优劣，而去留不由廷议也。今不严稽精简，弊必复滋。乞命该卫将所属审取各父祖从军升袭来历，开具贴黄文册，如例造送，仍行掌印官将各官贤否，从公查注送部，以备袭替推用有所查据。

江防六事疏

彭泽

一、专委任。言新江口原设都御史管理，而事多关白，守备、参赞掣肘难行。宜令小者专决，大者会议，庶便责成。

一、明约束。言新江口及九江、扬州、仪征，原设官军守把，声势联络。今承平玩愒，江洋劫掠，了不相干。宜各照所辖，缉捕应援，违者参究。

一、实行伍。言新江口官军舍余原额一万一千六百余名，今役占老弱，耗减过半。请清查拨补，以备操练。其各卫所官舍旗军立功者，不得改回原卫。

一、示激赏。言官军所以营求改差者，惮其劳也，恤其劳而优厚之，则人劝。宜查指挥等官，勤能懋著者超起擢用。军士赏赐布匹，全与本色。优免二丁，帮贴军装，增修窝铺，计处月试赏犒之费。

一、处船只。言江船原额三百四十，多不堪用。战船阔大，不利风浪。宜令南京兵、工二部，会同操江验看修补。

一、时操练。言新江口专习水战，宜将各船官军编定，不许差使更换。召募习水者百十名，分教各船。有风则习巡哨小船，无风则习大船，庶人船相得，缓急有赖。

议大礼疏

何孟春

臣阅邸报，见进士屈儒奏中请尊圣父为皇叔考兴献大王，圣母为皇叔母兴献大王妃。得旨下部，知犹未奉俞命也。臣惟前世帝王，自旁支入奉大统，推尊本生，得失之迹，具载史册。汉宣帝不敢加号于史皇孙，光武不敢加号于南顿君，晋元帝不敢加号于恭王，抑情守礼，宋司马光所谓当时归美，后世颂圣者也。哀、安、桓、灵乃追尊其父祖，犯义侵礼，司马光所谓取讥当时，见非后世者也。

《仪礼·丧服》为人后者，《传》曰：何以三年也？受重者，必以尊服服之。为人后者，为其父母报，《传》曰：何以期也？不二斩也。重大宗者，降其小宗也。夫父母天下莫隆焉，至继大宗，则杀其服而移于所后之亲，盖名之不可以二也。为人后者为之子，不敢复顾私亲。圣人制礼，尊无二上，若恭敬之心分于彼，则不得专于此故也。今者廷臣详议，事犹未决，岂非皇叔考之称有未当者乎？抑臣愚亦不能无疑。《礼》有世父母、叔父母之文，而无世叔考、世叔妣之说。今欲称兴献王为皇叔考，古典何据？宋英宗时，有请加濮王皇伯考者，宋敏求力斥其谬。然则皇叔考之称，其可加于兴献王乎？既不称皇叔考，必且称皇叔父，于义亦未安也。经书称伯父、叔父，皆生时之称，及其既没，未有称伯、叔父者。然则皇叔父之称，其可复加先朝已谥之亲王乎？

臣伏睹前诏，陛下称先皇帝为皇兄，诚于献王称皇叔。如宋王珪、司马光所云，亦已惬矣，而议者或不然，何也？天下者，太祖之天下也，自太祖传至孝宗，孝宗传先皇帝，特简陛下，授之大业，献王虽陛下天性至亲，然而所以光临九重，富有四海，子子孙孙，万世南面者，皆先皇帝之德，孝宗之所诒也。臣故愿以汉宣、光武、晋元三帝为法，若非古之名不正之号，非臣所愿于陛下也。

请诛刘瑾疏

谢讷

臣惟五刑所以奉天讨，遏恶所以顺休命，此古昔帝王治天下之大经、大法也。窃照见监刘瑾，本以奸邪，误蒙简用，置之重地，托以心腹，顾乃专权自恣，惟务朦蔽。家藏甲兵，将谋不轨。穷聚敛以毒天下之民，峻刑罚以钳天下之口。变乱成宪，公行贿赂，使天下裹足屏息，敢怒而不敢言。

近该御用太监张永归自宁夏，备将本犯罪状实迹上陈，荷蒙皇上明并日月，断自乾刚，赫然斯怒，去邪不疑，已将本犯下狱，中外臣民踊跃称快。所据本犯，罪恶滔天，不能尽数。姑举其重者、大者，开具于后，伏望皇上大张天讨，即加诛戮，庶有以慰宗祖在天之灵，泄天下民臣之愤。

请设兵宪疏

谢讷

惟天下之衅，皆起于微，而销天下之变，贵图于早。臣原籍衡州府耒阳县人，与郴、桂一带俱在湖广南陬，接境广东连州、乳源、乐昌、仁化等处。深山大谷，为逋逃渊薮，为盗贼巢穴。草窃奸宄，乃其性也。先该巡抚衙门具奏，添设副使一员，拟为衡永兵备，以致各官取便，遂于衡州府城住札。每遇有警，虽缓不及事，而盗贼出没，犹知畏惮，不似今日之猖獗也。后因副使某贪残害人，该监察御史何天衢奉行裁革。

迩年以来，盗贼全无忌惮，大则攻劫县治，小则剽掠乡村。以故都御史王纶奏调土、汉官军征剿，奈何贼势方窘，我师遂班，巢穴未经扫荡，渠魁亦未授首，良由某亲丧既闻，怀归甚切，而藩臣之在军旅间者，又从而附会以赞其决也。燕喜甫闻，声息沓至，不但若罔闻知，而又严刑以钳其口。夫兴师动众，所费不赀，然竟不能成廓清之功。纶之死，殆天伏其辜也。自是而后，贼之丑类，凶焰日炽，千万成群，公行无忌，杀人放火，率以为常。蓝山、临武，连遭荼毒。宁远、鄗县，俱被戕残。正德六年八月十四日，各贼前到耒阳县攻劫县治，杀害人民、客商等约有二百余人，溺水掳去者不可胜计。分巡衙门，虽曾调遣府卫官员领兵援救，然逗遛不进，畏贼如虎，赏罚不行，殆同儿戏。大抵事无专任故也。

近该巡按湖广监察御史张琏，奏欲复设御史一员，整饬兵备。兵部又行巡抚衙门查勘，且民之待救，如在水火，而移文往还，动以年岁。失今复不早为之处，臣恐贼之势益横，而荼毒之民益苦，转相诱胁，或至蔓滋，纵后扑灭，费力亦多矣。

伏望皇上轸念地方之盗贼盈野，生灵之肝脑涂地，灼先事之几，为早图之计。敕吏、兵二部，推选素有材干，练达军旅，年资相应，拟授整饬郴桂兵备宪职。查照各处兵备行事，赐之玺书，着令于郴州住札。无事则练军务，修武备，倡勇敢，守要害，黜贪旌廉，以保障地方。有警则从事敏，应变速，严号令，信赏罚，相机决策，而直捣巢穴。如有不用命者，许以军法从事。

广东连州等县贼巢去处，例山东宪臣在徐州整饬兵备，地方悉听节制。傥或失事，则国法具存，不少假借。如此则职有专任，折祸本于将萌，销变故于未发，而事功可成，用力亦易矣。

请回銮疏

宁钦

题为力寝西幸以安地方事：臣正德十三年六月十二日据山西布政司经历司呈为钦奉事，奉使司札付今年六月初五日钞，蒙钦差镇守山西地方兼提督雁门等关印绶，监太监吴经，案验本年六月初四日该锦衣卫冠带舍人吴玘，赍捧司礼监揭帖，内开本年五月十四日，本监太监萧敬等于武英殿传奉圣旨：恁司礼监写帖子去说与山西镇、巡并三司等官、太监吴经等知道，今着你每公同措办合用一应钱粮物件，并多打造过河船只，务要宽平深仓，一渡不下三五千人马，二三时中可渡万数，傥或窄小不多，未免迟误军务。其军中粮料草束，多行预备，一应临时之用。本地方官军人马，不时操习，专待有警听调。及织造各色改机等绸、绒、毡等件，不许糙毛稀松，务要如法。其余各项事情，便都上紧处置，毋得稽迟怠误。如违责有所归。钦此。钦遵。本监今将奉到钦依事理，备文前去山西镇、巡并三司等官、太监吴经等钦遵施行。等因。奉此，拟合通行。为此仰布政司钞案回司，着落当该官吏，即行清军监察御史，一体钦遵施行。等因。奉此。

臣窃闻昔者太宗文皇帝北幸、北征，先诏诰天下诸司及各处镇守总兵官知会，祭告天地、社稷、太庙。又册立皇太子、皇太孙，南北两京监国，凡在京文武衙门，遇有内外军机及王府切要事务，悉奏请处分。仍奏闻行在所，凡遇享大庙，祭社稷等神，敕皇太子摄祭。是故朝廷有摄政之主，行在无内顾之忧，人心以系，宗社以安。此盖出于不得已者，而非无事慢行。今陛下行幸山、陕地方，诚为事出无名。臣捧诵之余，非特臣等愕然，惊惶落魄，而军民男女老少闻之，无不悩悩焉者。且臣奉命清戎于此，民情土俗，备访周知。姑以民言之，地瘠民穷，赋役繁重，节年逋税，动计百万，天下疲困，莫甚于此。以军言之，地切边关，轮番守备，壮者差操，弱者守城，各该卫所，名位多是空缺。以钱粮言之，流贼屡寇，边关缺食，节经那借接济，而司府仓库，悉为空虚。以道路言之，羊肠千里，悬岩百尺，人从地窦中往来，正古人谓车不得方轨，骑不得成列者是也。至于黄河波涌如沸，水急如箭，深不可测，险不可济，中国恃此以杜外衅，今欲多造船只，二三时中可渡万数，此非特决不可为，抑或启衅而贾他日之祸也。陛下于此，独不思周昭王巡狩，返于汉济而遭溺舟之祸乎？陛下何为者哉？而亟幸此地方以冒此险也。

臣伏读皇明祖训曰：凡每岁自春至秋，此数月犹当深忧。忧常在心，则民安国固。盖所忧者，惟望风雨以时，田禾丰稔，使民得遂其生。如风雨不时，则民不聊生，盗贼窃发，豪杰或乘隙而起，国势危矣。钦此。今陛下当此时节，四方水旱相仍，灾异叠见，正当邃居九重深忧，以望时和年丰，安民固国可也。夫何无事慢游以厉地方也邪？又祖训曰：凡古帝王以天下为忧者，惟创业之君，中兴之主，其守成贤君能之。其寻常之君，将以天下为乐，则亡国自此始。何也？帝王得国之初，天必授以有德者，若守成之君，常存敬畏，以法祖宗、忧天下为心，则能永受天之眷顾，若生怠慢，祸必加焉，可不畏哉？钦此。今陛下为守成之主，当此疲病之时，正当法祖敬宗，不以天下为乐，而以天下为忧，正位凝命，以修圣德，以膺天眷可也。顾乃淫于游畋，肆无敬畏如此，则祸或不测也。臣为此窃为寒心者屡矣。又祖训曰：凡帝王居安，常怀警备，日夜时刻不敢怠慢，则身不被人所窥，国必不失。若恃安忘备，则奸人得计，身国不可保矣。钦此。今陛下春秋鼎盛，前星未耀，储位尚虚，内无监国者以系属人心。

顾乃恃安忘备，游幸无度，出入无时，而漫无内顾之心，已为痛虑。兹又欲孤身长驱万里，臣恐圣躬为奸人所窥，而或变生肘腋，是非特两宫孤处深宫，拭泪怅怅而已，而九庙在天，亦未必不为震惊而痛哭也。又况太皇太后大事未举，小祥未及，余哀未释，陛下以孝治天下而顾若是欤？

夫臣于此，盖有以仰窥圣心之微矣。夫陛下以为，臣民在下，恒谓南海子不可幸，然幸游数次无虞也。恒谓宣府不可幸，然幸居数月无虞也。恒谓密云等处不可幸，然幸观殆遍无虞也。虽然，臣愚以为昔之所幸者近，今之所幸者远。近则可以遄往遄复，况上赖两宫镇定之福，内赖中贵防卫之严，外赖文武大臣百官协心保护之周，大抵固无虞也。抑或偶尔幸尔。兹以孤立当万乘之尊，又欲单骑幸万里之远，往返动经半载一年，非但虑祸或起于萧墙，又恐四方或有睥睨神器者乘隙而起。或距要津，或扼咽喉，虽祖宗在天之灵默加护庇，国家平日畜养，人心固结，断不可夺，而金瓯或可幸无事，然天下自此多事矣。臣等万死固不足恤，其如天下苍生何？陛下于此，独不思夏之太康，一犯祖训禽荒之戒而竟以失国者乎？夫今祖训昭然，若在面语，陛下漫不庸心，而所以亟欲巡幸焉者，臣又有以仰窥其微矣。盖天下之事，其本在于一人，而一人之身，其主在于一心，故人主之心正，则事莫不正，否则放心邪气，皆得以溺焉而不知返。是故孟子曰：人有鸡犬放，则知求之，有放心而不知求者。然则陛下于此当何如？孟子又曰：存其心，养其性，所以事天也。夫事天则敬天，敬天则法祖，法祖则天命永凝而天禄永终。

伏望皇上上体祖宗神器之重，下恤地方军民之苦，俯纳臣刍荛之言，扩离照以烛未萌之祸，奋乾刚以寝西幸之旨，御经筵讲学以正此心，临朝听政以严此心，又宠御《鸡鸣》之圣后，《卷耳》之贤妃，警戒相成，以养此心，则此心将自敛于一掬，而万伪千邪自不可诱。是即敬天法祖，克承天命，克享天禄于悠久矣。夫然则岂特山、陕地方军民安堵及臣等幸甚而已，而天下幸甚！

祖宗幸甚！

奏置仓田疏

龙诰

直隶庐州府知府，今升四川按察司副使臣龙诰谨奏，为广储蓄以裨荒政事：臣窃惟救荒之政，本无上策。备荒之素，方有全功。与其劳心焦思，捍灾于已然，孰若长顾却虑，防患于未然？成周都鄙委积之政尚矣，此外惟常平、义仓、社仓之法为可行耳。世之从事者，孰不知其为必可行邪？但以土木之役，怨讟所归。钱谷之司，嫌疑攸系。其间固有畏谤而不敢行，亦有惮劳而不肯行，又或有升迁事故，历任未久而不暇即行。此诸法之所以不行也。

今本府所属八州县，地方虽广，田土硗薄，东南无为、庐巢，邻于水，多圩田。西北六、舒、英、霍，依于山，多冈田。合肥附郭，界于山水之间，而冈圩之田相半。故雨小则冈田易于旱，雨多则圩田苦于淹，比之七属，尤为困苦。每遇灾伤，申呈上司，请乞赈济，文移往来，动经旬月，及至批允方下，饿死已多，未免缓不及事。况府城纵有该县预备一仓，储积有限，仰给无穷，及至放支日久，守候人众，未免得不偿费。因念当今之时，诚使古人常平、义仓、社仓诸法素行，纵遇灾伤，未必至此极也。且查得前代备荒之法，汉人常平仓，谷贱增价而粜，使不病民。唐之义仓，立于州县，王公以下垦田，一亩税六升。至宋则于夏秋正税之外，每二斛纳一斗。后有增至石收一斗。又崇安社仓，立于乡社，用官米为本，赈贷贫民。每石收息二斗，小歉则蠲其息之半，大歉则尽蠲之。若年久米多，则将原本还官，存留息米，敛散石收耗米二升。此皆法之善者也。

臣欲酌古准今，法常平以相时粜籴，法义仓以置田增租，法社仓以从宜敛散，将以立经常可久之规，为备御不虞之计。先臣遵奉合干上司明文，修举各项废坠，颇有次第。及于嘉靖二年三月内朝觐回任，思欲举行前事，禀请抚按衙门，俱蒙准拟遵依。查得该县民壮，先已照例俱送庐州卫教场会操，遗下旧民教场一所，坐落小东门内，切近城稍便搬运，相应增盖仓廒，以广储积。臣夙夜忧思，多方筹画，因量情措处吏农，并劝谕尚义富户等银，并发该县收贮，附簿立卷，明白销算。其情重律轻，或有力应赎，轻则搬运土木，重则措办木料，本府止是委官监督，凡其出纳，并不经手。合用人工，俱是银米雇觅，实欲假此稍济贫民，是虽备荒之图，实寓救荒之意。其于所属州县，并未尝擅役一夫，擅科一钱，亦不与本府官库钱粮毫发相干。然仓必有所储，则备荒非有名而无实。储必有所继，则立法非有始而无终。于是措处银两，以为粜本。置买田亩，以增租利。粜则因谷之贵贱而低昂其值，租则量田之肥瘠而轻重其入，与夫城濠、城坝之鱼价，官房、官店之赁钱，逐年积累，逐项查收，久当益充，施乃不匮。于是酌量丰歉，与时偕行。时而粜，以绝豪商坐索高价之计。时而贷，以塞富民勒收重息之谋。如遇重大灾伤，固当尽发所有，普济时艰，然须少存十之二三，用为储之母本，务俾此仓此粮，命脉不绝。其各项杂粮及蔬菜种子，遇贱亦兼收并蓄，遇贵则减价利民，区画多方，庶几少补。又恐时移人易，法久弊生，必须置立循环文簿，年终倒换稽查，务使出纳惟允，奸弊不滋。嘉靖三年四月内，臣将筑完本仓墙垣，盖过廒数，并买到田亩，用过价银，及计处条件缘由，先行申报。蒙巡抚凤阳等处地方都察院右副都御史胡批称：看得知府龙诰所立仓田，经制有常而积必不匮，区处有方而下必不扰，诚有司之良古人之意也，仰速如拟施行。又蒙巡按直隶监察御史刘批称：据呈看得该府建立义仓，置买义田，足见本官稽古养民、为政务本之意，且各款事宜，又计虑周详，设法停当，可垂久远，俱依拟行。

臣又遵依，将本仓东、西、北三向廒房以渐起造。本年七月十五日，奉巡抚都御史胡札付，为严饬预备仓粮以防歉岁事：准户部咨内开，各该抚按官员，严行所属府、州、县，着落掌印正官，照依先年奏行事例，逐一查处预备仓厂，坍塌者另行起盖，损坏者量加修葺。自嘉靖三年为始，务要多方区画，设法措置。凡于上司及本衙门逐日问过词讼，赃罚纸价及税契给领等项，一应无碍官钱，俱令尽数籴谷或杂粮上仓收贮。仍以里分多寡为率，务在充足原数，管粮官监收殷实户领籴，佥拨斗级看守，委官查盘。俱要着实举行。如遇地方水旱，度知岁事歉收，不必检勘先申合干上司，就将此粮赈贷，然后次第奏闻，造册备照。待丰年抵斗还官。等因。题奉。钦依。特敕都御史胡转行到府。诚有以仰见我皇上仁民爱物，思患预防，恩至渥也。生灵何幸！

臣钦遵查得自正德十六年四月初一日到任以来，设法严督所属无为、合肥等八州县，随宜区画，籴买处措，见在各该预备仓贮，通共一十九万九百余石矣。今仍通行各属并庐、六二衙查勘各仓，如有坍塌损坏或应另盖量修，俱令着实举行措积外，缘臣所立新仓，惟在预备旧额之外，然于新奉敕谕事例，盖仓廒以广储蓄、遇歉赈贷之意亦正相合。行间备由呈禀巡按直隶监察御史李，蒙批：据呈足见知府诰留心民事，深为可嘉。但要审度时势相宜，方为经久之计。仰候按谅酌处，随蒙按临诣仓，验看规制，采访舆情。议拟间，臣因稽首记诵嘉靖二年正月二十八日应朝事毕，钦奉敕谕，有云：上下劝率，慕为循良。毋饰虚伪之名，务尽抚绥之实。使群黎百姓安于田里，而无叹息愁恨之声。薰为太和，底于皞熙。斯称朕奉天惠民之意。钦此。钦遵。本官即仰天叹曰：大哉王言！真万世保民之主也，敢不祗奉？遂摘用“惠民”二字，示令本府上请，以为仓名，士民咸悦。本府又将所议条件，开呈本院，蒙批依拟。及蒙巡抚右都御史李按临淮安，臣又备由具揭帖禀知，并依蒙将本仓前后房屋通共百有六间俱各盖完，器皿什物等件亦置办齐备。及思备价买到，并先经查出绝民地田共八万千一百七十九亩五分一豪。其所买田地，盖因去岁民遭凶荒，急欲卖田救命，缘无买主，势将流亡，臣窃虑人心惶骇，田地荒芜，只得照依丰年时价，给与一色官银，俾得实用，以延彼朝夕不保之命。且如一人有田百亩，尽欲告卖，本府止买二三十亩，余皆存留，使无失业，仍借给牛种，就令卖主并原估之人，领种纳租，民颇称便。

臣既屡差有行耆民人等预立界址，封堆为记，仍呈巡按衙门，批委无为州同知魏光嗣，督同该县主簿尹显正等，分头踏勘明白，造册画图，在官存照。其所买田内一应粮草，将本仓之名为户，遇大造之年，推收扣租输官，更不累民。计自建仓至今，收过田租，并赈贷还仓籴买劝处赃罚正耗稻，共一万二千三百八十八石二斗二升，已委知州等官欧阳德等，查盘明白，贮仓听赈。臣又思得宋儒朱熹行社仓法，当时曾下其法于诸州，臣今所拟，议者未必便可通行，然行之庐州一府，亦颇合于人情，宜于土俗。候今岁收成之后，奏乞行令所属无为、舒城等七州县，俱要仿此通行间，偶于嘉靖四年三月初十日，蒙吏部差人顺赍文凭到府，仰荷圣恩，升臣四川按察司副使，宠生望外，惭与惧并。夫去其位者不谋其政，然启其端者宜竟其功。今臣举事弗终，忧民徒切，仓田之规模虽已粗布，中间之条理尚欠精详，此臣所以惓惓有望于后贤，而尤仰赖我皇上诚德以始终成全之也。况臣立仓初意，盖取常平、义仓、社仓之义，以行赈籴、赈贷、赈济之法，率百姓愚冥，惟以臣蒙惠为善，遂自呼仓曰义仓，呼田曰义田。复蒙抚按衙门批示，亦遂因之。继而巡按御史李摘用敕谕“惠民”二字为名。但仓田本一时之权宜，而可为兵荒不虞之备，事宜出一得之愚虑，而欲为八属永远可常之规。未经奏请，俱未敢擅。

疏上，蒙乞敕户部从长计议，如果于民有益，经久可行，合将仓名事宜，伏望圣裁钦定。惟复准照巡按御史李摘用“惠民”二字，及臣所议，均乞明旨示下本府，将事宜各件，转行各属，永为遵守。若臣所处未当，亦乞斟酌，取自裁定。如此非愚臣之幸，诚庐郡生民永赖无疆矣。

奏折马价疏

龙诰

直隶庐州府知府龙诰，奏为恳乞天恩，俯从折征马价，以存活灾民事：据所属合肥县申，称郡长李会生等禀呈本县连年灾伤饿病，死者大半，幸蒙朝廷出内帑，分粮米，多方设法赈济，又将一应税粮科派停免，如嘉靖二年以来，备用马匹，俱各准征折色，民得少安。即令本县奉南京太仆寺明文，出给告示，要将今年本色征马，折色征银。切思在官种马，倒死数多，在民私畜，变卖殆尽。且本地方又不系产马之处，近因凶荒，人家骑坐蹇驴，便为上等牲口，今欲征解本色，未免四出买补，马价高贵，出办愈难。若追并太严，各该贫民，又复逃窜，不但本色难完，而折色亦无从征收矣。若不告乞上请分豁，深为未便。等因。到县。具申到府，及据无为、舒城等州县亦申相同。臣切照所属州县有田人户，额系实征者纳粮，系免征者养马。而养马之家遇倒死，则朋出价银买补，如割膏脂。遇孳生则费尽心力，喂养如保婴孺。然其所谓买补而孳生者，自前至今，曾未闻有一马一驹，堪以解俵而供国用。其故何哉？盖自古良马多产燕冀，本府地界僻处淮西，水土卑湿，不产好马。其种马孳生者，若非细颈，或是薄蹄，以致惯家马贩，前去河南等处收买回家，倍用药饵、草料，调养肥壮。群长马户，比并紧急，只得任其增价，每匹索银二十五六两至三十余两者。若官府今年禁革，则明年无卖，乡民既不能外处收买，又不识马美恶，徒劳比较，公事难完。其所买马匹，又因地方水草不调，马户饲养无法，或在家倒失，或中途瘐死，及至到京交俵，不过就彼变买，每匹止得价银四五两。仍又另行借银买俵，有一马连草料、盘缠等项，累银至四五十两者。百姓近来消乏，官吏常被参提，马政渐堕，率皆由此。

嘉靖元年，蒙兵部题准事例，内开南直隶解到本色马匹，身量矮小，不堪充军用。每马一匹，折银二十两，折色每匹一十八两，此法一行，民皆欢腾称便。由是困苦少苏，完纳亦易。嘉靖二年分马匹，又蒙太仆寺少卿刘麟题称：南直隶兵兴水患，地方靡宁，况种马新买，骒驹未成，本色尤为难办。若欲令其买运，必多矮小瘦弱，虚费财力，不堪充用。乞须照前俱征银两，再准一年。蒙兵部题奉钦依，札付到府，转令各属通征折色。小民何幸！但前项明文，又称不为常例，而新奉故牒，仍要派征本色。文移督并，非敢不遵，缘本府实非出产良马地方，而积年委系朋价买马解俵，是其解俵者并不出于孳生，孳养者实无补于解俵，所以小民日穷一日，宿弊年复一年，习为常规，积为大蠹，徒损于民，无益于国，诚可为长太息者也。

方今西北多事，邸报日传，正紧急调用兵马之际，凡有耳目者，皆所闻见。臣蒙国恩，叨膺重寄，傥力能薙粉此虏，纵捐躯授命，亦分所当然。乃若本府应出马匹，又复不能给其供应，前项苦情，殆非臣之所敢言也。奈连年以来，天下灾伤，莫逾于江北，狼狈莫逾于庐州，十室九空，逃亡过半，虽加以十倍抚绥，十年生息，尚不足以补复其半。今以催征本色马匹，因而惊疑被灾人民，俾既逃者去而不来，复业者来而复去，有关地方，又非微臣之所忍言者也。况事宜审势，政在便民，苟势有难行，民有弗便，忠爱所激，谴斥敢辞，则又有不容已于言者矣。如蒙准将见派本色马五百九十九匹，亦照前折银各二十两完解部寺，转发产马地方买补，则其马之高大膘壮，视淮马必胜数倍。是在民固可省烦费，而在官又可获实用，岂不一举而两得哉？

伏望皇上悯念灾伤之惨，普施旷荡之恩，乞敕兵部并太仆寺，将本府今年备用本色马匹，照依上年事例，准令折色银完解，庶地方不贻重困，残民不至流移，而戎马调发之需，或亦缓急可以少济其万一矣。

乞休请代疏

龙诰

奏为不德召灾，乞休请代以保地方事：臣忝兹重寄，夙夜忧惶，誓欲图报天恩，惟在勤恤民隐，奈何才不逮志，事与愿违，上德壅而未宣，下情蔽而未达。利非不兴也，所兴者曾不足以召和。害非不除也，所除者曾不足以弭变。形神徒惫，治效未臻。切见所属州县地方，去岁一冬无雪，今年春夏无雨，风霾屡作，田地久枯，五谷无秋，三农失望。加之巢湖干断，商贩不通，流离奔窜，饿莩盈途。睹此凄惨，痛可哀怜。除备由申呈抚按衙门给粮赈恤，且捐俸倡率僚属设粥暂济，及委官踏勘灾伤，分数明白，另案奏请分豁钱粮外，凡此灾歉，安敢委之于气数之偶然？实臣不德不职之所感召也。

臣闻古之循吏，蝗不入境，虎北渡河，旱不为灾，祟不为厉。臣自到郡以来，治民事神，未尝敢有一念不诚，一时少懈，然而年不顺成，民不堪命，闾阎疲困，一至于此。夫人臣之体国，当如贤子之克家。今受一方之托，尚廑九重南顾之忧。历三载之艰，曾无一度西成之望。仰观古人治行，莫能企其万一，若不乞休请代，臣亦何颜居其位以临其民哉？矧盗贼决发于饥寒，抚绥必资于钱谷，本府仓库，在在空虚，各属凶顽，纷纷劫夺。是目前之计，固所深忧，而意外之虞，尤宜先备。切念臣生平报国之心，虽捐躯而不悔。其临时应变之策，实束手而无为。人岂不自知邪？昔人有言：陈力就列，不能者止。臣既知官守无状，因以召今日之灾，若复恋禄不去，则未免贻他日之患。

伏望皇上轸念地方，早为计处。怜悯衰病，俯赐投闲。乞敕吏部另选年力强壮、才识老成、谋猷宏远者以代臣，则救荒之政，弭盗之方，能一一修举，而地方可保无虞矣。

请改官以便迎养疏

张治

近因兵部主事霍韬，奏称两京堂上正官，及翰林台谏官履任半年，各于举人、岁贡、府、县、藩、臬内荐举一人自代者。臣闻知人之事，圣哲所难，盖天下之人心不同，观其外者不能信其中之不蠹，徇其华者不能揆其实之必乎。故听其言焉，则奸言似忠乱德，躁言似辨乱真，夸言似大乱度，邪言似直乱政，是以巧言鲜仁，而利口恶其覆邦也。求其迹焉，则尚浮薄者似精锐，喜更张者似有为，斤斤似明，喋喋似智，术疏者似宏大，行矫者似廉退，是以清谈祸晋，而新法适足以乱宋也。

欲考之于博访与？则人类不一，爱憎殊情。君子以爱才为心，小人以伤善为利。爱而引之则近党，伤而沮之则似公。近党则不辨而遽疑，似公则不覆而先信。是以大道每陷于横议，而良才常厄于中伤也。欲稽之以全德与？则天之生物不齐，轮桷异材，驽骥殊品。曲成则品物不遗，求备则触类皆弃。是以夷惠之圣，犹为一偏。稷契之才，亦专一职。才难之叹，从古为然也。故孔子曰：视其所以，观其所由，察其所安。孟子曰：国君进贤，如不得已。夫由视而观而察，则知人非朝夕所可能。贤必求之左右，求之诸大夫，求之国人，则用人非一己所得私也。况夫育材之道，必假之积久，而变化之机，惟存乎举错。故尧之于舜，犹历试诸艰。

臣不敢轻举以自堕于不智也，然臣虽愚，于知人而实明于自知，缘臣本以章句腐儒，谬叨科甲。庸谫之才，未足鞭策。而又不通世务，与时龃龉。无班、马之长，滥竽史馆。乏邹、枚之技，空厕词林。瓦砾不可以为圭璋，樗栎不可以为梁栋。循省生惧，讼愧弗遑。此臣所以夙夜汲汲思去其位也。况臣家世贫寒，幼稍知学，父佣母绩，以供衣食，及至成立而父不逮养，终天之痛，更何可言？独幸有母，然以八十之龄，远离万里之外，悲来日之无多，慨甘旨之莫继，人子之情，其曷能已？夫非其才而冒位以孤负于君者，非忠也。窃其禄以自养而不及于亲者，非孝也。伏望皇上敕下吏部，将臣量改一职，使臣得以随尺寸之能而效驽骀之力，便升斗之禄以伸乌鸟之私。臣子大闲，傥致弗悖，则臣之幸当何如哉？

抑臣闻之，君子之仕也，行其义也，入而论思，出而经济，或远或近，或崇或卑，位虽不同，归事于道而已矣。故仁者不择地而安，忠者不择事而事。道苟可行，则乘田委吏不为约。道苟不行，则高官大爵不为丰。若徒计轻重于内外崇下之间，则凡喜内而恶外，爱崇而憎下者，将巧于进取，无所不至矣。斯小人好利之见也。故以道为训，则士心正而王化成。以利为计，则邪慝作而道理失。道与利之分，治与乱之由也。臣虽不肖，然尝读书穷理，义利之途，颇能知之，亦安敢容心于择取之便，以自弃于道义之外，负国家作养之恩哉？

伏惟圣明察臣之愚而俯从所言，则陛下用人之公益昭，而孝治之化益广矣。

辞阶职以就亲封疏

张治

臣伏读诏书内一款：两京文武官员，未及三年考满，但到任历俸一年之上无过者，俱与应得诰敕，封赠父母。钦此。臣由正德十六年进士改翰林院庶吉士，嘉靖五年授本院编修，六年正月内奉敕纂修大典，七年六月书成，升左春坊左赞善。今照前例，以编修则历俸二年，父母可得推封。以今职则拜官两月，似与诏例不合。臣窃惟人君之孝，以锡类为大。人子之心，以显亲为荣。臣家世素贫，幼而知学，父母佣绩以供衣食，劬瘁百荼，致有今日。臣父不幸不逮养者已十有三年，然九原之下，待此瞑目，臣所以思报劬劳于无穷，以少慰终天之恨者亦惟此耳。臣母在堂，年逾八十，风烛之期，岁月是惧，臣所以思致愉婉于无已，少舒爱日之诚者亦惟此耳。

仰惟皇上仁孝之化，洽于天下。浩荡之恩，覃及四海。臣愚无似，储之词林，列之侍从，今且数载。执勤史馆，效事编摩，亦有寸劳。既不敢上觊殊典如黄馆之辈，又不得下援恩赉如庶官之列，徒以升秩所限，遂使父母不得均被天宠，幽明之中，有遗恨焉。区区人子之心，尚可以一日自安于禄位也邪？昔赵概会郊祀当进阶封，乞以封母，史册书之。臣愚不足附于先贤，而爱亲之诚，根于民彝，初无今古之异。伏望皇上下悯臣微衷，容臣辞免升职，仍令以旧官供事，俾臣父母得阶一命之荣，则臣受赐实逾九锡之重矣。

再辞升职以就亲封疏

张治

臣谬以纂修微劳，躐升前职，第为拜官未久，父母不得随例封赠，乌鸟私情，已经具疏上陈。蒙敕该部，至今未见覆请，岂以爵赏为朝廷所命，未可轻变，抑以臣为有所沽激而然邪？臣窃惟爵赏者，人君所以劝天下于忠也。推恩者，人君所以教天下于孝也。臣子所处不同，其情各有所重，有不得而兼焉者。

臣父母平生贫苦，居无完室，体无完衣，臣知向学，佣绩以资供亿，其所以成臣之身至艰也。及臣叨有禄位，父不逮养，终天之恨，已无可言。母年八十有一，尺寸之晷，又不可期。斯则臣所思致微诚于二亲者，盖不容一日缓者也。幸惟皇上广锡类之孝以及天下，臣自谓千载一时之遭遇，乃复为升职所限，遂使人子之情，郁而莫伸，幽明之中，怅望如故，则臣所以汲汲然乞辞至于再三者，岂得已哉？况臣之升职，以大典成也。皇上之推恩，以大礼成也。臣尝从事编摩之后，得观大礼颠末，仰窥圣孝纯至，感化兴起，宜莫如臣。今乃独冒官爵之荣，至忘二亲之重，自弃于孝治之外，得罪圣明，莫此为甚，皇上尚忍成之邪？且臣年未即死，犬马之力，尚可勉图，而臣母垂尽之年，万有不逮，何以自赎？后虽有重命累锡之荣，终为虚设已矣。

伏望皇上悯臣所恳，特敕吏部，容臣辞免升秩，仍令以旧官供事，俾臣父母得以随例封赠，则臣之感戴天恩，实万倍于恒情矣。

经略边务以图久安长治疏

李棠

近该总督宣大王崇古题，稽古酌议北虏乞封通贡缘由，条列八事，该兵部题奉钦依，刊刻成册，分送应议诸臣，会议重核，斟酌详议上请，奉圣旨：这事情你们既酌处停当，都依拟行，还着王崇古悉心经画，务要稳妥。仍督率镇、巡等官，比常倍加防守，毋得因而懈弛，以致疏虞。钦此。臣有以仰见陛下制御夷狄之道，安不忘危之心，所以责成任事重臣而叮宁之者，至矣。崇古复何所辞，敢不竭心殚智，以求无负陛下委任之重乎？

夫已成之势易图，而未然之情难睹，故不敢苟安于目前，而必思豫防之事后。事无常形，而必使在我有常胜之势，所恃者以有备耳。难成者机也，易失者时也，乘其机，及其时，急为之备，经略不可缓矣。经略既定，臂指随使，恩可施，威可加，羁縻可久，可抚可拒，可战可守，执其枢而应之，无不可者。不然，嚗肉以饲鹰，空拳以搏虎，恩流于纳币，威由于构怨，而曰任事，曰久任，其误事岂小小哉？今有隐忧者，不在奄答夷酋之多诈，而在板升生齿之日蕃，不谓其将来之为患，而深患板升之未归。今日之举，非盟非和，叛服难料，不可恃也，就其事情、事势处之耳。若以为即可相安于无事之天，不敢保也。若非乘时及机，急求其可恃，大为整顿，有以待之，为可久之图，则经画未必其稳妥，防守未免于疏虞，适以堕诈谋而滋祸端矣。

臣不避嫌，谨议其急于经略者有六，为陛下陈之。

一曰修边。古称天子有道，守在四夷。王公设险，以守其国。故增兵莫若增险。国初设大宁城于山后，设东胜城于三降城之东，东直抵于辽阳，西直抵于甘肃，东西联络，列镇屯戍，通为一边。山川限隔，虏人不敢跨山逾河而南牧，虽时侵扰，亦易以御。中国之人亦不敢逃，虏去亦即思归，以无可以生也。日后弃大宁而守东胜，宣辽之势始分。又失东胜而河套之虏始入，又失河套而形势弱矣。然犹赖都御史余子俊、秦纮、杨一清、王琼、马文升、刘大夏等经略诸臣，修筑崖墙，深广壕堑，审择要害，增减墩堡，置敌台，谨斥堠，有外边之险，有内边之险，来亦可拒也，逃亦可复也。因循极坏于严嵩父子，二十余年间，权门一开，用匪其人，抚臣日望迁转，将领惟知馈赂，内外之险不备，墙堑之迹徒存，虏骑得以纵横，东西任其出入，生灵极其惨毒，财物悉归毡幕，日惟媚虏通虏之术是用，可忍言哉？今复苟延岁月，偷安自保，虏气日骄，板升日众。以中国之人，为虏之用，日移日弃，愈退愈近，不知将来所失，又何如也？为臣者受恩深重，忍漫然目睹而心安乎？陛下宁忍坐待其困敝而不知救乎？修边以设险，求其遗迹而变通之，其议不容已矣。

一曰足兵。夫城堡坚，要害固，斥堠谨，则来可御，去可守，而屯戍卒伍，岂可少哉？国初沿边戍守，各有定数，有操兵，有调兵，兵非不足也。伤残于抢杀战殁之多，流移于饥饿刑役之苦，有其名不足其数，实其数不足其用，练习未豫而优恤之恩寡也。故练兵必先实兵，实兵必须息兵，方可拣择强壮，稽查逃倩，严以闲私役土著之民。查照先年李纲、余子俊、王质、杨一清、戴全等题行事例，审而行之，而后军伍可充，戍守有具。及今修边、开屯，一应役使之人，悉于召募内，选领用工，工完即罢，不复为例。其原设屯戍，操调军伍，悉仍旧差而爱养之，万勿役使，并那减粮食，致生怨尤。今既禁止捣巢赶马，媚虏私易，而将官家丁又不得冒功升赏，则必借此鼓惑以起事端，工未就而内变作，如之何其可也。以召募轮番用工，以原额选拣习技，乃为可恃。所谓效死勿去，地利不如人和，勇敢之气自倡，率作之功可期。此足兵之议不容已矣。

一曰足食。古者寓兵于农，食足而后兵可用也。养军之费，不以烦官，则用自裕，军之自养，悉出于田，则家自给。今各边地土，皆古之边郡也。赵充国以全取胜，先陈屯田之利。国家有屯政之官，故有屯军，有操军，有守城军，有调遣军，率四人食一人焉，其制固存也。今或以荒芜，或以典卖，或以占种，而屯田之法坏矣。边地虽未必皆可垦，而可垦者必多，以其可垦者以召募之，官给其资，民尽其力，或令军民自种，无事则耕，有警则守。清查其亩额而量征科税，就近转输，为力则易。乃查照先年刘大夏、杨一清等开种召纳事例，便宜行事，务使蓄积有余，边储不匮。不惟粮食足而内帑可省，军民乐于有养，而逃移亦少。此足食之议也。

一曰理财。国之大计，财用为急。今欲修边则有用工之费，足兵则有召募之费，足食则有屯垦之费，在虏则又有入贡之费，有抚赏之费，有补市之费。必皆支动于官，而不可取办于军。仰给于内，而未能遽行于外。则户、工二部于兹，不可不讲也。天之生财，止有此数，国之所入，亦止有此数，而请发无穷，一或告乏，何以继之？臣请户部会计开纳事例银两若干，前后钞没财产银两若干，及天下各项征解钱粮银两若干，以若干存留京用，以若干专候边用。工部会计开河、修河，并各项营缮钱粮，已支若干，未支若干，以若干相应存留，以备边用，不急之工，一切暂停。南京兵部收积地租、草场各项银两若干，俱应查存，不许冒滥支借，以备边用。太仆寺马价，不许借支，以备召军买马之需。仍将各处查盘钱粮，已未解到数目，通行查催。各省供边钱粮，已未支完数目，通行查明。请差各该科臣，会同该部，实心体国，一一料理的确，应期裕用，务求边费可继。二三年后，事有成功，以渐而舒，先劳后逸。伏望陛下节用惜财，以俭德先天下，留有限之财，济边务之急，固祖宗之疆宇，保生民于熙皞，是大庆也。此理财之议也。

一曰用人。夫边镇之才，虽殊腹里，秉赋刚柔，虽分南北，大要以通方、忠谋、廉勤、强干为用。总督、总兵，文武大臣固皆极其选者，尤莫重于巡抚。边防巡抚，其任最重。往以希望迁转之速，殊无经远之图，是以不奉总督之令，巧为规避之术，坐致边事之废，积弊至今。今若询举未称，依违苟简，而独责成总督，难矣。自今边防巡抚，务求实心干理，经济雄才，非两考不迁。总督、总兵，兵备将领，凡系边臣，俱要久任者超迁，超迁者久任。人有固志，事有远图。然兵备、分巡、分守、副参、游击、指挥而下，皆有地方之责。府、州、县官，亦有委任之事。合无通行查拣一番，不堪者边方改调腹里，堪用者腹里升著边方，各举所知，各随器使，或可以修边，或可以练兵，或可以屯田，各尽其才，各成其用，边事庶有济矣。此用人之议也。

一曰重任。古者藩镇节度之臣，专制一方。钱粮兵马，调遣给发，偏裨将领、参赞官僚，俱得自处。攻守应援，随机自便。人堪任使，动无牵制。是以权重而法行，任专而事易。今者事必待奏，奏多迟疑，持奏者之议论不同，同事者之意见相左，是以节制下移于抗违，督率每挠于欺玩。号令不获自由，兵饷忘乎急应。精神耗困于文札之烦冗，志气消沮于展布之艰难。欲运筹帷幄之中，决胜千里之外，其可得乎？臣请自今假以便宜之权，获专阃外之寄，事关大计，必须奏请，可以自处，径自施行。言官不必苛细过求，少宽文法，俾可自效。巡抚、将领以下，悉听节制。至于追论一节，人所深畏，是以欲言复寝，欲为未敢，必须朋奸党恶，误国乱政，方可追论。若心诚为国，事涉差错，亦当秉公原情，岂容挟私倾陷，播弄胸臆，致伤国体？臣请毋得概及，庶乎人无顾忌，而经略可见，事有责成，而委托无负。此重任之议也。

臣之末议，何敢自是？一念惓惓，实怀隐忧。先帝每恨边疆无任事之臣，以致边政废弛之久。每一思先朝经略诸臣为谋之忠，痛连岁生灵抢杀之惨，未尝不长叹太息，思欲为久安长治之策而未得。今圣德格天，大开太平之治，故使从古所未服之虏酋，倏然款顺。又如王崇古等毅然自是，且才谋周慎，足以当之。此所谓机与时也。伏望陛下以继志为大孝，日与大臣谋画修攘，锐然讲求。法祖宗之心，以成先帝之志，必欲安天下，靖疆圉，保太平有道之长。敕下吏、兵二部，慎边疆之选，严久任之法，不拘常格，不惑浮议，激劝有方，务求实用。其在武职，惟以安边受赏，不以小胜为功。考选之期，一例超迁，不分文武，实尽怀柔，处置得宜，勿启衅端。大昭朝廷覆育之仁，务求所以招徕板升之术。以此为功，特加显擢。偷惰偾事，重行论罪。敕下户、工二部，经理钱粮，务备边用。选差廉明边官管理，仍差风力御史稽查，毋惜暂费，毋使破冒，以便二三年接济，期于成功为止，毋分彼此，共图实效。合行事宜，通行边镇督、抚、镇、巡等作速遵奉，勉图安攘，毋徒空言玩愒。更祈申敕大小臣工，各秉公忠。宫府相为一体，中外不宜异同，转相协和，文武兼济。惟以国事为重，保邦防患是急，深为远计，永底咸宁。久安长治之策，无出此矣。

嘉庆年间，象鹍奉敕纂辑《明鉴》，因得备阅《明史》，恭读御批《通鉴辑览》，于王崇古控驭谙达、抚绥巴噶之方，论之详矣。

隆庆元年，谙达寇山西，其年冬，以崇古总督三边。是时邱富死，赵全益用事，是日板升尊谙达为帝，亦自治第，拟王者，署其门曰开化府。言大同亭障稀，可以逞，遂率众入井坪，破石州，大掠介休、太谷诸州县，死者数万。盖自嘉靖二十一年，谙达与济农分道入犯，南下汾沁，北屯祁县，跳梁边圉，阅二十有八年矣。谙达之子锡林阿，其三子塔本台吉之子巴噶奈济，少育于谙达妻，伊克哈敦所娶鄂尔多斯女，谙达见其美夺之。巴噶恚，率属来归，崇古上言，宜给官爵，丰馆饩，饰舆马，以示谙达。会谙达使至，令巴噶服绯袍玉带以见之，谙达遂归叛人，且乞封请互市。崇古条其事，朝议以为不可许。或言封贡便，互市不便。于时我石塘公官佥都御史，极言当许状，爰疏六事以上：其曰修边，王公设险之义也。曰足食足兵，圣贤论政之旨也。曰理财用人，絜矩均平之道也。至于权重任专，运筹决胜，于有明时政，直抉弊源矣。

是举也，非崇古不能制谙达祖孙之命，以靖边陲。非公不能辟张溶、朱衡之议，以坚主听。其后二十年，烽火不惊，宣大归款，迄于明季。乌乎，谁之力也？史称公仕宦三十年，以介洁著。抚南赣，讨平韶州山贼，公能使阃臣办贼，而不牵制于群议，公之所以能办贼也乎？象鹍谨跋。

摘陈初政疏

朱炳如

题为摘陈初政，关系治理之渐，以备采择，以隆圣业事：窃闻忠臣之爱君，必防其渐。渐者，其几隐，其端微，其事若不足介意，而深足为隐忧。苟因循玩愒，阿比雷同，则始之一线，终于滔天，后将有不可救正之虞矣。《易》曰：履霜坚冰至。盖言渐也。又况君心之敬怠，行政之得失，用人之当否，皆因之，而国家理乱，实于此乎系也，臣可终默而无一言为皇上献乎？

臣先蒙世宗皇帝差往巡按广西地方，一年又逾六月，于此夙夜兢惕，图惟称塞，协同都、布、按三司，各守、巡、参、备、府、州、县等官随时调停，每事振刷。然不过一方兴革耳，而无关于四海生灵之休戚。一时利害耳，而无与于万世社稷之安危。臣固不敢冒以塞责，而自诿其庸庸保禄之罪也，但广西去天万里，每差赍奏官承，动经数月，故于迩来朝政重大，皆未有闻。虽拟列款敷陈，少数犬马之忠，缘一时内阁、部院大臣及省台诸臣，凡有切于皇上初政，如定志保位，畏天法祖，爱民从俭，揽权用人，接下听言，先该辅臣陈以勤言之备矣，而其疏具在也，臣何言哉？如重延纳，广聪明，勤初政，御便殿，议典礼，慎工作，举遗逸，振贤科，定额贡，绍心学，务受言，重命令，广亲亲，除近例，定经制，裁冗费，汰冗食，去宿弊，禁扰民，实边饷，预储畜，慎举动，亲贤辅，远近幸，讲明圣学，谘询时政，省览章奏，信任耆旧，又皆省臣胡应嘉、魏时亮、王治、冯成能、张卤、曹当勉、何起鸣、周世选、孙枝、张齐先后言之备矣，而其疏具在也，臣何言哉？如宏献纳，慎治体，资辅弼，务从谏，重诏令，慎爵赏，复报奏，重选举，沃圣心，重圣孝，慎举动，止行幸，体解纳，出宫女，去妒政，蠲灾伤，又皆台臣庞尚鹏、陈联芳、耿定向、王好问、成守节、张櫃、王原相先后言之备矣，而其疏具在也，臣复何言哉？诸臣荷圣德谦虚，各赐嘉纳，多奉俞旨，无非扩虚受，广忠益，以裨初政，遭际盛明之朝，真千载一时也。臣诚举手加额，欣跃无任，然亦未免有私忧过计，不能自已于言者，谨为陛下陈之。

大学士高拱，在先帝朝，中外莫不知其阴险奸贪，既经南北言官十三奏疏论列，具有指摘实迹，盖非偶一风闻者比。而左都御史王廷，又备言其恣肆无耻之状，尤为可据。去邪勿疑，此陛下当断然行之矣。顾屡勤温旨，特加谕留，若恋恋不忍舍者。夫言出一人，或未可据以为然，今南北交章，至十三疏矣，而总台如王廷，素称鲠直之臣，缕缕备言之，尚非公恶公论邪？陛下乃犹豫未决，不即罢斥。偶因御史王嘉言设谕之词，误中圣意，专差行人，护送驰驿回籍，更优以银币丰腆之赐。臣恐大臣罔上行私，不复顾忌，揣度圣心不忍摈斥而益加优厚，凡可以自遂其私，何不为也？幸今讲读诸大臣如郭朴、陈以勤、殷士儋皆素称忠亮，使皆高拱其人，陛下之恩，可常继乎？此大臣奸欺无忌之渐，不可不防也。

大学士徐阶，在先帝朝，中外莫不称为忠勤廉慎，在昔严嵩柄政多年，搢绅皆贪婪公行，钻刺无耻，宇宙几不可撑持矣。及阶一代首辅，躬率百僚，以礼义廉耻之行，中外之臣，虽欲望门多投一刺，恐为阶所鄙薄，况敢以故套轻渎乎？一时海内莫不鼓舞称庆，以正人柄用社稷苍生之福。乃有异常憸邪、不顾公道如齐康者，朋奸助恶，横肆诋毁，忍以纳贿诬阶。阶冰玉清操，京师五尺之童皆知之，固不待辩而自明。此皆高拱手授齐康，康欲取悦于拱，以为他日之地，故不度常理，依样誊写，一字不移。有臣如此党邪害正，关系治道匪轻，不即重究，固陛下天地之量，然止薄示降用，而复冒宁远县丞之官，宁远之民奚罪焉？且非所以安元辅之心也。今阅邸报，四乞归休矣，荷蒙陛下眷留垦至，但恐心既不安，终不能从容密勿，如昔之处大事，决大疑，而直以天下事为己任也。夫君子、小人，志向不同。拱被论先后二十一疏而后决，小人沉迷富贵，绝无羞恶之心也。若君子偶蒙求全之毁，反己自修，固不敢自恕，抑岂能尽释然而无介于怀邪？万一阶决于去，而陛下嗣服之初，谁与共理乎？康之罪真不可一日姑息，亟当罢斥，以从中外臣民共恶之心。此言官党恶无忌之渐，不可不防也。

臣又阅邸报，御史成守节，疏乞圣明，慎举动以重宗社，以全大孝事，奉圣旨：这本全无影响，成守节本当重处，姑从宽罚俸二个月。该部知道。钦此。臣惟言官之进谏于君也，必先自盟其心，出自忠悬，无一豪身家顾恋之私，然后敢触冒忌讳，以干雷霆之威。稍有意念犹豫，虽稿十易，而未敢上也，虽公论激发之，而亦未敢上也。此无他，保禄之念十之一二，保身之念十之八九，均非纯心以事主者也。成守节怀忠悬之心而有慎举动之疏，中间词涉过激，事未的确，偶出于传闻之误，陛下当亮其无他，而姑假温词以优容之，启其源源进言之心，作其蹇蹇匪躬之志。陛下顾示以罚，恐诸臣闻之而解体也。在纯心报主之臣，固不以此而为之进止，若素非真志而偶遇明主优容，各摅所见以塞责者，皆箝口缩舌而不复言矣。乃若户部主事李齐芳，于陛下登极之日，有重名器、慎初政，以图极治之请，今览其疏，一念忠悬，言多可采。未几，部院考察，偶在降调外任之列。臣素不识齐芳一面，亦未悉其平日为何如人，诚如巡按河南监察御史李文续所论，则可概知轻率矣。据其平日而公拟之，未为不可。但四海之远，万民之众，先闻齐芳首有此疏矣，俄报齐芳降调外任，皆不知为部院考察其平日，而止疑其进言之迹，皆曰李齐芳因昔疏而被斥矣。非惟庸夫俗子未之知，虽少知章句者亦未必尽亮焉。此亦当曲处以释群疑，以全大体者也。此又言路阻抑之渐，不可不防也。

凡此三渐，皆于邸报摘其最要者条列，以备圣览。如果臣言不妄，乞于高拱明示摈斥，勿更犹豫，以生权奸窥伺再进之端。于齐康仍加罢革，勿更姑息，以滋憸邪播恶生灵之祸。于成守节稍易其严切罚戒之旨，以安言官恐惧退缩之心。于李齐芳乞敕下吏部，或召还原职，或量赐迁转，以释遐方浅见之疑。至于陈以勤未入内阁而先陈十事，此皆有裨君德，关系政体，陛下当命中书官大书一帙，置诸座右，时复细阅而䌷绎之，有一事未当圣意，即召以勤而问之，使之敷陈详细，务得肯綮。至于台省诸臣先后章疏，则命辅臣徐阶、李春芳、郭朴、陈以勤会同商榷，摘其最关君德政体者，总若干条，删去浮词，提出紧要事实，大书一帙，置之座右，时亦细阅而䌷绎之，令事事、句句、字字与有一事未当圣意，则召台省诸臣而问之，使之摅吐悃诚，务令尽言，庶陛下之乐取群言，可为初政之大助，而诸臣之条列忠款，不为无补之空言矣。臣不胜陨越仰祈之至。

湖南文征　卷五

疏五 明

建言纲常疏

艾穆

刑部山西司员外郎臣艾穆、云南司主事臣沈思孝谨奏，为恳乞圣明，俯容辅臣奔丧回籍守制，以植万古纲常事：顷大学士张居正有父之丧，朝廷援杨溥、李贤、金幼孜事例，夺情勉留，曾不移时，而彗星突见，光亘数丈，渐逼中天。臣等仰观星变，俯察物议，相与拊膺对泣，废寝罢飧，意在廷之臣，必有能指陈纲常大义，以感悟圣衷者。讵期附炎鄙夫，如御史曾士楚、都给事中陈三谟，甘犯清议，望风保留，致使人心长死，举国若狂，纪纲风俗，将大坏而不可支矣。矧今星变未弭，火灾随继，天地祖宗之灵，所以儆圣心者，益惓切焉。臣又安得以无言责而缄默苟禄哉？臣非不知陛下雷霆之威不可测也，顾思平生所学何事？而又爱君忧国，天植其性，与其徒泣无益，不若昧死进言。即进言以死，而万古之纲常或赖以明，则臣虽死犹生也。于是臣不敢爱其死，沥血为陛下陈之。

陛下之留居正也，一则曰朕为社稷留，二则曰朕为社稷留是矣。然而《大学》传曰：所谓平天下在治其国者，上老老而民兴孝，上长长而民兴弟。孟子曰：人人亲其亲、长其长而天下平。夫语治国平天下之道，而首之以老老兴孝。语天下之平而系于长长、亲亲，则知社稷之命脉在纲常，而羽翼纲常者在辅相。君天下者，为命脉而重羽翼则可，为羽翼而伤命脉则不可。故先王制礼，严上天下泽之辨，而三年之丧，天子与庶人一焉。夫以尊如天子，而所以下同于庶人者独以此，况下此而辅相乎？可托言权变，而目之为匹夫小节，儒生腐谈乎？经曰：爱己之亲者，未有不爱他人之亲者也。往陛下有先帝之丧，擗踊吁天，茕茕在疚，特以天地臣民不可一日无主，虽抑情临朝，而其惨怛之容，宛然可掬。中外臣工，仰窥大圣人之孝，通神明而塞天地。今陛下举天下以听于居正，固将以居正为心腹臣也，所宜推爱亲之心及其父，推为人子之心置之腹，是谓君相相视一体，而其孝岂不称锡类也哉？

夫明王以三纲五常定天下，而元辅大臣者，纲常之表也。居正俨然在衰绖之中，柴骨灰心，形影相吊，而顾乃强所不安，使之峨冠茹哀于岩廊之上，大非朝廷礼体。昔柳若谓子思曰：子圣人之后也，四方于子乎观礼。夫礼由元辅大臣出也，谓非天下四方之所观者哉？陛下以孝治天下，而经筵日讲，莫非讲以此也，可舍先王之制不言，而言近代之例邪？当此承平治朝，可论理之变而不论理之常邪？居正今以例留而厚颜就列矣，如异时国家有大庆贺，有大祭祀，为元辅大臣者，若云避之，则于君臣大义有不可，欲出则于父子至情有不安。臣不知斯时，陛下何以处居正，居正何以自处邪？徐庶为母之故而辞刘曰：臣方寸乱矣。居正独非人子而方寸不乱邪？能复坐朝堂，从容论道如常时邪？且居正跻人臣之极资，荷不世之殊遇者，果身从何来乎？必先有居正之父，而后有居正之身，陛下始得而有居正也。可令其执亲之丧，而鸣玉曳组于朝，不得修匹夫寻常大都之节邪？夫天下事非一相可办，陛下毋谓在朝诸臣皆不居正若也。昔人谓人皆含灵，惟所诱致。故君好精明，则果锐喜事者进。君好浑厚，则敦庞镇俗者进。陛下但当审所好尚，而何患于有君无臣乎？如以居正为贤矣，宜令居正公天下以为心，而举贤自代可也。又或令其居忧之暇，反躬省过，以斯民三代为不可欺，以草野舆论为有足采，易其果于自用之心，而虚以受人，悔刑名惨刻之非，而回思乎伊、傅、周、召，未必非社稷之福也。俟其二十七月服阕起复，于时居正精力正堪付托，斯则君相举动光明，昭示万代，又何必强所不安，使之峨冠茹哀于岩廊之上，以伤国体而废先王之制邪？

臣又闻之，古之圣帝明王，以仁孝之情予之臣，而未闻其夺之也。为人臣者，亦各以其仁孝之情求遂于君，而未闻其为所夺也。夫情而谓之曰夺，岂盛世事哉？夺之一字，岂所以教天下后世以孝者哉？然亦有不得已而夺，而借之以为孝者，此又非有兵事使之不可也。如鲁公伯禽之哭而征戎是也。方今陛下茂龄，已登十五，而又有天纵神圣，非主少国疑时比矣。威灵畅于四遐，而南北戢戈橐矢矣。宫府一体，而臣工烝烝向治矣。此正元辅大臣可以守道秉礼之时，而乃援是为不获已之例，使不能有三年之爱，于其父而得称为人子，天下后世其谓居正何？舅犯曰：亡人无以为宝，仁亲以为宝。父死之谓何？又因以为利，而天下其孰能说之？仁人孝子之重仁亲而畏公议如此，在居正宜有同然者。陛下重忍违之乎？陛下以礼义廉耻风天下，而不知风之自可乎？无论汉、唐诸臣，如宋仁宗起复富弼，诏援故事切责，且命中人督弼起，弼抗章言天下无事，宰相奉行常制，岂可与太宗时比？仁宗知其不可夺，乃已。国朝辅臣李贤等亦奔丧回籍守制，然后夺情起复。当时诸臣，尚且因之以夺为荣，以匿为巧，不复知礼义廉耻为何物，而况居正今不奔丧，又并夺情起复之例而废之者乎？语曰：作法于凉，其敝犹贪。作法于贪，敝将何极？由是天下之为子者，皆不知有其父，为臣者，皆不知有其君，为弟者，皆不知有其兄，而天常人纪坠矣。当斯时也，欲以法术整齐天下而使之不乱，何可得邪？

伏望陛下爱居正以德，毋爱以姑息，速令奔丧回籍守制，以全忠孝大节，则纲常植而朝廷正，朝廷正，百官万民莫不一于正，而何星变之不可弭哉？干冒天威，臣无任陨越待罪之至。

慎狱缓刑疏

艾穆

刑部山西清吏司员外郎臣艾穆谨题，为恳乞圣明，慎狱缓刑，以恤民命，以固邦本事：臣备员刑部四年矣，每读重犯爰书，情罪似的然有据，及细察初情，每与爰书矛盾，词多文致，以是知狱情暧昧隐僻。伏枉覆盆者，固刑部之所不能讯，而大理寺之所不能评者也。《书》曰：与其杀不辜，宁失不经。《易》曰：君子以议狱缓死。岂圣王故务为是姑息哉？以民命至重，而匹夫匹妇结愤含冤、飞霜召旱者，诚重为太平之累也。

我太祖高皇帝惩元胡之乱，刑用重典，及见老氏书曰：民不畏死，奈何以死惧之。遂怃然曰：朕朝杀若干人，暮仍有若干人犯者，信哉，老氏圣人之言！君人致理之上术也。大哉圣言，岂非万世圣子神孙所当诵法者哉？顷者诏旨屡颁，限额多决，决少者至夺俸夺官。臣以为，决囚但当论其罪之当否，不当论其数之多寡。如当其罪，决千百人不为多，如不当其罪，一人不决不为少，而可限之额乎？夫人孰无好生之心哉？而明诏之严若此，则好生之心，将不胜其为官之心，此正昔人所谓自安之道，在人之死，而虽欲不滥决以取盈，不可得也。夫惟其决之取盈也，目今尚有累年故杀未决者可以应之矣。将来故杀者而不足，必将决及于斗殴杀人者。斗殴杀人者而不足，必将决及于非杀人而死者。非杀人而死者而不足，必将决及于可矜可疑者。而民之冤宁有既哉？此其法有必行，势有必至者也。

又奸徒卖法走空者，律止徒罪耳。今谓情重律轻，引例用三百斤大枷，不移时就毙。夫律也者，定法也。例也者，偶一行之者也。以律律天下之人，则自踵至颠，而犯法者什九矣。以例佐律，则为法外之法，而人将无所措手足矣。如强盗止据五分赃便拟斩，由此推之，而以律律人者，何可胜原也？律不能行，而况于例乎？况其人毙于枷木之下者，必经厂卫衙门相视，经旬日而后收其尸，多上为乌鸢之所攫，下为犬豕之所啖，比之斩绞重犯，惨尤甚焉。方今圣母建塔斋僧，希心杳冥荒唐，为陛下祈万寿无疆之福，何不禁用此大枷，岂不愈于造万塔、斋万僧也哉？夫陛下好生一念，固天下万生之命脉本根也。时当冲龄，培而养之，可与为尧、舜、禹、汤、文、武，而乃辅之以刑名之惨，可乎？夫梗、楠、豫章之始芽也，而戕其柯叶，则参天翳日之势，无由见矣。灵凤之始苞也，而戕其羽毛，则千仞之辉，无由揽矣。况今不但戕其柯叶、羽毛，又并其本根、命脉而戕之乎？亏损圣德，上干天和，如是而望太平之洽也难矣。

臣在刑部，目击其冤，寝不安席，食不下咽，不得已而仰尘天听。伏乞陛下念民命之重，鉴用刑之冤，杀人不论其多，务宽决囚之罚，拟罪惟比诸律，禁用法外之枷，则刑措之效，庶几可臻，而圣寿国脉绵于亿万年者，端在是矣。

鸿胪乞休疏

艾穆

南京鸿胪寺卿臣艾穆谨奏，为卧病旷官，恳乞天恩，俯容休致事：臣昔官刑部员外，为建言故相张居正夺情。是时居正阴结冯保，掩蔽聪明，矫诏将臣廷笞远戍，挞之朝堂，死窜绝域。

臣谪居五年，浪迹山水，无复玉门生入之望，乃荷圣明一旦起臣，自流沙万里徙官蜀臬，而旋复诏之还朝，拔擢光禄少卿。臣丁母忧服阕之后，已卧病三年矣，不自意圣恩又起臣原官。夫以臣之残骸余魄，悬寄游釜，幸得不身膏裔土白草，此身固陛下再生之身矣，矧优叙狂愚，跻之九列。又前疏请复恩典，蒙以诰命破格给臣。圣恩之隆天重地，宜何如为报？虽以臣之谫劣，犹加乘雁于渤海之滨，而捐此陛下再生之身以报陛下，固臣之分，亦臣之心也。

第臣蜀归时，有次男生员艾而广，曾随臣远戍者，触石败舟，身葬江鱼之腹，令臣万念俱灰。归丁母忧，苫块受湿，右足患脚气刺疼，又痰火上攻，头痛如破，顷忽于前月内旧证并发，医药罔功。且鸿胪虽称闲曹，原非养病之地，臣心虽常恋主，尤切首丘之情，以故不得不哀鸣于君父之前。或谓臣官冷局，若非始愿者。不知臣昔官国子，继官刑部，又继之戍极边，前后二十年间，不以为苦也，而今薄卿寺不为邪？又或谓近时诸臣中，有往往因告得迁者，臣诚私心艳之，而以退为进也。不知臣历观本朝先年诸臣，率多年四十以上致仕者，臣今行年五十有七，目击前此以言蒙谴者多矣，鲜有如皇上留臣万死之身，而又亲见国是之定，旋蒙显拔之荣者。

臣今官京堂四品，视御史刘台之身毙戍所者，已遭遇倍万矣，如是而不自知止足，昔日奋不顾身之谓何，而今为得陇望蜀计邪？且明主之遇臣也，在于体其志，而不在于昌其官。荩臣之报主也，进固可以展采宣猷，而退亦可以禔身善俗，臣虽非其人，可谓岩栖川游，遂无所以为效忠报主者哉？又况方今贤俊布满中外，宁独少臣一拥病尸位之人哉？伏乞皇上俯怜臣余生多病，敕下吏部题覆，准令休致，臣不胜激切恳祈之至。

进书札子

陈元旦

万历三十三年十二月十二日，湖广郴州兴宁县听选就教恩贡臣陈元旦，为恳乞圣明表章《孝经》等书，以裨圣治，以惠后学事：臣旦窃以自古圣帝明王，所以享令誉，熙鸿号，为万世之所瞻仰者，凡以加意制作，兴起斯文，大有作为，超于寻常万万也。

试稽前代，如虞之帝舜，命秩宗以敦典庸礼，而芳名振古。周之成王，命周公以制礼作乐，而声施到今。唐之太宗，命儒臣以表章六经，无穷令闻。我朝成祖文皇帝，命儒臣纂辑《四书五经大全》，永有休光。历代之君，不知凡几，而此独章章不泯者，正以有此制作也。恭惟我皇上至孝天植，圣敬日跻，接虞廷齐栗之心源，绍肃皇敬一之道统。握进退百家之柄，操羽翼五经之权。

抚世三十三年，惟皇已建四方之极。修龄百千万岁，嘉模尤创亿代之规。犹且重道右文，而治臻上理。况复好书勤学，而德粹圣明。率土具瞻，普天同颂。臣旦幸际明时，躬逢上圣，抱区区献曝之忱久矣。兹敢以所撰《孝经章句》《敬一箴注》《抚世皇猷》《阐道臆解》《理学管窥》，录成五册，猥附古道，进呈睿览。盖非尧舜之道不敢陈，惟仁义之言然后进，皇上试垂听焉。

夫《孝经》孔门遗训也，唐明皇虽分为十八章，而经传混淆，至宋儒朱熹始分经传，名曰《孝经刊误》。郴人旧已锲行，其规模宏远，似宜与《大学》并行。今之儒生，多有未及一目者，奈何有孝行也，则求忠臣于孝子之门，难矣。臣乞皇上敕令刊行天下，庶人人诵习，知天经地义之理，而皇上以孝治天下之道，超越古今矣。此臣之所恳乞者一也。

至于敬一之箴，乃我世宗肃皇帝建用皇极之功，圣学传心之要也。今虽勒石于学宫，而后进诸生，不及一阅者多矣，甚非肃皇帝嘉惠后学之盛心也。臣乞皇上敕令刊为书籍，颁行各学诸生，人给一册，不特为后君子亲亲贤贤之地，而我皇上振扬先德之美，端在此矣。此臣之所恳乞者二也。

至于臣所撰《抚世皇猷》，皆发明《大学》格致、诚正、修齐、治平之理。所撰《阐道臆解》，皆发明道不远人、下学上达之义。所撰《理学管窥》，皆不外经书性鉴之旨，亦格致穷理之一助也。此三书者，虽末学猥琐之谈，然其意亦欲维正道，弼正学，以正人心，俾异端曲学不得肆邪说以簧鼓天下也。皇上傥以为有益于世教，颁行各学，则明道淑人之念，与维持道学之功，卓越百王矣。此臣之所恳乞者三也。

夫草木至微也，亦能吐一葩以显天地生成之妙。蝉蟋至小也，亦能效一鸣以宣天地声籁之和。臣在胶序中，滥窃廪膳者二十有三年，又战于棘闱者凡六科，其受我皇上教养之恩至渥也。今又复承恩典拔之贡例，恩德又何高厚也？敢不摅其一得，效草木之吐、蝉蟋之鸣，以报答我皇上恩德之万一哉？俾天下儒生睹《孝经》等书，莫不起而颂曰：大哉我皇，其作养人材之至意也有如此！俾后世儒生睹《孝经》等书，亦莫不起而颂曰：至哉我皇，其兴起斯文之盛心也有如此！则我皇上其永有令誉哉！《诗》曰：明明天子，令闻不已。此则臣所以感恩图报之微忱也，傥不以土壤细流是弃，而以泰山河海之量优容，则天下幸甚！万世幸甚！臣不胜悚惶俟命之至。

改复祖制疏

谭希思

臣窃惟皇上临御以来，从善如圜，纳谏如流，凡诸臣之有志匡时者，莫不争摅愚悃，冀效一得。即谫陋如臣，曩以内库节慎之说进，虽未俞允，亦荷包容。近者中外私计，佥谓朝廷有大不可者三事：其一谓高祖之制，非军功不侯，而世宗为中兴圣主，查革冒滥，今五十余年，无有犯者。一旦李文全复伯爵，是皇祖防闲戚畹之制，自皇上而更矣。其一谓祖制，提督大和山，原系郎中、参议等官，近以内臣兼分守，已非令甲之旧。今又削藩臬之协守者，而专任内臣，是皇祖设官守土之制，自皇上而改矣。其一谓祖制，京师有营有卫，司马掌之，疆埸有战有守，督抚主之。今言者谓选兵二千，操练内廷，是祖宗环卫阙廷、巡防辇毂之初制，自皇上而又易矣。

夫高祖起自民间，情状周知，其忧深虑远，类为圣子神孙千万世计。以天纵聪明如皇上，即使祖制未尽，尚当润色而光大之，况以必不可不遵之法，而牵于必不可徇之情，纵其必不可开之窦，则所谓鉴于先王成宪，其永无愆者，陛下或未之熟审矣。故一时科道部臣，皆谓已往之成法不可挠，将来之隐忧所当防，故敢冒死陈言，冀回天听。乃奉明旨，不曰已有旨处分，则曰如何又来渎扰。臣恐伯爵复而幸门开矣，督守专而横虐恣矣，禁地操而祸阶萌矣，其为宗社生灵之累，将来有不可胜言者。故吏部尚书杨巍，惧戚里之骄纵逾制，而莫由礼终也，故直指周瑛、王桥之革，例不可复。都察院都御史赵锦，惧三省之逋逃啸聚，蘖芽易生也，故直指刘千斤、廖麻子之故事以寓讽。兵部尚书张学颜，惧禁地之兵难于制也，故又举武庙之练兵西城，因而私置干戈者以建言。此三臣者，受知特深，感恩特隆，何为进逆耳之言为弼违之说哉？盖有大不得已者以婴其情也。皇上试取三疏而再一观之，则其危言谠论，自无能逃洞鉴矣。

臣伏读圣旨，于李文全之请，则曰仰体慈衷，于内庭操演，则曰为圣母谒陵扈驾计。至于田玉之在大和山，推皇上之心，得毋曰为祝釐圣母万寿计乎？信若是皇上仁孝之心，昭如日月，天下臣民亦谅之矣。然与其顺文全之请，而快圣母于一时，孰若举章皇后之为外戚虑者，讽圣母为女中尧舜之尤为孝乎？与其奉圣母谒山陵，而不免栉风沐雨，劳民殷忧也，孰若奉慈帏日颐养于深宫，而问安视膳，不伤财、不履险之尤为善乎？与其专田玉以摄守之权，而不免鉴前顾后，分志明禋也，孰若仍以藩臣代其忧，而使玉得虔恭明畏、一意奉神之尤为得乎？皇上诚为懿亲谋，则乘方张之势，示盛满之戒，潜消其觊觎之念，使无为造物所忌，而保其福泽绵延可也，伯爵未可复也。诚为武备谋，则宜于讲学听政之余，以简阅敕本兵，以忧恤敕边臣，使三军之士，勇气百倍，即万一有警，而折冲御侮之足恃可也，内庭未可操也。又诚为奸宄虑，则委内臣以山场，责文臣以控驭，地方不靖，司道检举，司道不检，抚按纠弹，使横恣之端，无自而施，潜伏之患，无自而发可也，分守之敕未可易也。且陛下以今日为何如时哉？滇南以方捷而报警，宣大以互市而懈备，辽左、甘肃孤悬可虞，水旱灾异，岁且叠见，闾阎萧条，边储告匮。此正主忧臣危、卧薪尝胆之秋，而此三事者，乃并发于期月之间，是果当务之急乎？抑亦蠹治之机乎？语曰：未见其形，愿察其影。又曰：萌芽不折，将寻斧柯。诚善喻也。陛下独不念祖宗防微之意乎？臣请以祖宗朝故事之最宜急复者陈之，陛下试垂听焉。

其一曰丝纶之簿宜复。臣闻高祖时，凡中外奏疏，命左右粘之壁间，甲乙治之，裁决如流，壁粘有一日数易者。每断大事，决大疑，臣下惟面奏取旨，有所可否，则命儒臣折衷古今而后行之。批答皆御前传旨，直笔所书，天语尚温也。永乐、洪熙间，大都仍高祖之旧，而倚毗尤专。宣德时令内阁杨士奇，尚书蹇义、夏元吉等，凡章奏书用小票墨书，贴各疏面以进，谓之条旨。旨稿留阁中，号曰丝纶簿。御批易之以红。其大事命大臣面议既定，传旨处分，视祖制润色焉。迨正统初，中官王振擅恣矫旨，特奏收簿于内，由是忠言不行，而土木之难及矣。弘治鉴正统之失，朝纲亲揽。嘉靖惩正德之弊，权无旁落。此国脉之所以灵长者有自也。皇上光抚鸿图，嘉纳大臣，同符列祖，然所以通下情而弭奸弊，一政体而杜壅蔽，臣以为内阁丝纶之簿，所当议复，亦爱礼存羊之大端也。

其二曰实封之旧宜复。夫通政司所以出纳王命，为朝廷之喉舌，宣达下情，广主上之聪明，于政体关系最重也。洪武、永乐间，奏题实封，皆在御前开拆，故凡蠹国害民、几微隐伏者，有奏即行，未尝幸免。至天顺中，有投匿名言朝廷事者，于是始有关防，然但拘留进本人在官，候旨下即纵之，未尝窥见所奏事也。不知始于何年，乃有拆封汇奏，及副本备照，由是有干权势宦戚等项，未进而几已泄，被奏者往往经营得免，奏者多以虚言受祸。夫南北科道，义同一体，今在北者得径奏，而在南者通政司拆其封，且有备照副本焉，是祖宗防奸虑患之意，荡然无复存矣。或曰：此成化间汪直专柄，恐人议己，始有是举，非朝廷本意。此又当复用实封也。

其三曰铁牌之置宜复。臣读《皇明策要记》，我太祖鉴汉、唐宦官之失，尝置铁牌于宫门，高三尺许，上铸“内臣不得干预政事”八字。宣德中此牌尚存，英庙时王振专恣，因失所在。按：祖宗朝深思远虑，凡重大关节，必置牌示儆。今午门所竖红牌，亦书“官员人等说谎者斩”。其戒内臣牌即此意也。然内臣预政之戒，视官员说谎所系尤重，故不以木刻而以铁铸，不设午门而设宫门，其微意可想矣。盖宦官之权，与公卿相盛衰，主君忧惕，日勤召问，则公卿之权胜，稍涉疑贰，旨多内批，则阉宦之权胜，其机甚微而势甚可惧也。今圣明御极，内臣多谨，固无足虑。然皇上以祖宗之心为万世久远计，臣以为此牌宜复置，庶触目儆心，而专恣之权有所惮而不敢萌矣。

臣狂瞽之见，不识忌讳，芹曝之献，实出忠悃。惟皇上俯察愚衷，收回成命，停武清之爵，仍守臣之敕，止内操之兵。而又将臣所请议复祖制三事，下内阁、部院大臣计议，如于治理有裨，亟赐采纳施行，则圣德益光，圣治益隆，所以巩皇图于苞桑之固者，端在是矣。

乞释逮臣疏

龙膺

为西事告捷，谳狱届期，恳乞圣明慈惠，大赦天下，仍首释一二无罪大臣，以畅皇仁，以快舆论事：盖自西贼倡乱以来，宁夏生灵，半遭屠戮。金帛子女，尽入敌酋。以至全陕人民，诸镇士伍，死于锋镝、死于转输、死于征调者，不知几千万人。腥秽郁蒸，血肉膏野。流离载道，蔀屋无烟。皇上恻然下赈恤之诏，惠至渥已，然而宇内征兵，四方骚动。湖湘告饥馑，江南苦征求。淮水有泛滥之灾，漕河多覆溺之变。西蜀、大梁，叠闻鼓噪。山东、辽左，并急御防。民不聊生，疲于奔命。饥寒迫切，罹法者滋。疾首痛心，几无生人之乐矣。

今幸仰仗皇威，文武宣力，罪人斯得，四塞荡平。越乃荐功祖庙，告类上帝，元恶既除，人神共泰。此社稷无疆之休，黎庶更生之日也。况中外谳狱，适际其时，臣谓陛下宜亟发诏，大赦天下。观象雷雨，取类泽风。布宥罪之恩，申肆眚之令。安其反侧，悯其颠连，与之更始，得薄海内外遂乐生之愿，兴太平之歌，则浩荡皇恩，与古帝王下车泣罪解网之仁无以异矣。而臣又以为，所当赦者有二：大臣焉，魏学曾、李材是也。学曾之被逮，以逆贼之未平也，而今亦既奏捷矣，彼其时令敌酋之不得入援，而逆贼之不敢狂逞者，谁之力也？在廷诸臣，咸力为学曾白其功矣，至同事诸臣连章而诉矣，陛下复何疑而不蚤释其械系邪？旦夕献俘，诸效力之臣，俱得蒙上赏，而学曾尤功之首也，反以为罪乎？臣谓学曾宜首赦也。材之被逮，以按臣之妄奏也，而今亦既勘明矣，彼其时令缅酋之丧胆而奔，与远夷之稽首而款者，谁之力也？在廷诸臣，咸力为材白其冤矣，至地方士民伏阙而请矣，陛下复何所疑而不蚤释其桎梏邪？日者朝审诸含冤之民，俱得蒙疏释，而材尤冤之盛也，反不足矜乎？臣谓材亦宜赦也。

古者刑不上大夫，而乃束缚之，系绁之。令慷慨忠义之士，腐心于棘林肺石之下。老成耆旧之人，丧气于徒隶宫校之手。非所以励臣节、劝有功也。且臣闻学曾招安之议，实知城不可攻，业以计诱土文秀内变，许以爵赏。土文秀任之几于成功，而不幸文秀遂病，无能为耳。及攻城而丧师八千，则知学曾之持重缓攻，原非失策，即今逆贼授首，亦由哱氏内变，中学曾之谋，而非尽攻城克敌者之效也。况本兵石星屡辞求去，亦以学曾被逮，功罪未明，必无颜以握管枢之任。使学曾一日不释，则星一日不可留，陛下必欲留星，何不早释学曾，以安其心邪？

臣又闻材仕岭西之时，适值倭犯电白，材驱乌合之兵，给以冲锋银两，奋勇追剿，斩获倭级千余，则知材之赞画运筹，业有胜算。方西贼虽平，尤虑倭寇深入，正急材之时，而非彼尝试漫为者之能也。况材年未衰，心怀裹革，傥蒙推恩赦过，感激必深，宁不致命以报再生之德？脱材之出也不效，后置之罪也何辞。陛下即欲罪材，何不试令御倭以赎其罪邪？

昔汉刘向、谷永讼陈汤功罪，曰：论大功不录小过，举大美不疵细瑕。《司马法》曰：军赏不逾时。盖急武功、重任人也。夫犬马有劳，人尚加帷盖之报，况国之功臣哉？汉帝从其言，遂出汤死罪，夺爵为士伍。后西域有急，仍召汤以策大事。夫陛下何不以汉之待陈汤者待二臣哉？《书》有之：罪疑惟轻，功疑惟重。

二臣功罪，夫复何疑？乃台省诸臣救之，九卿大臣救之，而圣怒犹然未释，欲甚其罪，不必恤其功，道路流言，谓有阴中二臣以快私忿者，而臣不敢知也。独陛下不惟大臣是听，不惟满朝公论是听，复谁听乎？岂满朝之人皆敢于私二臣，而忍于欺陛下邪？臣小臣也，不避忌讳，冒为再三之渎，侧闻学曾衰惫不支，材亦殷忧成病，脱使身先朝露，一旦毙于囹圄，死于道路，俾圣朝之世有杀功臣之名，咎将谁诿？故臣谓二臣之当首赦也。陛下犹以学曾为玩师乎？然亦有卑辞媚敌者，辱国体于金缯，彼其人视学曾何如也？而长保富贵。陛下犹以材为欺罔乎？然亦有妄杀徼功者，屠黔首为斩馘，彼其人视材何如也？而滥蒙赏爵。说者谓诸臣之遭际，有幸有不幸，而皇上之威灵，有用与不用耳。顾以布宣威德、戮力边陲如材如学曾者，曾不得功过相准，卒从吏议，不令将来任事之臣解体乎？谁更肯以不訾之躯，触冒矢石邪？栉沐风霜，而复一中谗邪？遂关木索，婴金铁，屈体易服而蒙大辱，非所以励臣节、劝有功也，故臣谓二臣之当首赦也。

伏乞皇上涣发德音，大赦天下，暂赐停刑，仍敕下该部，将学曾与材速议开释，以优勋旧。且令立功边塞之士，晓然知圣天子轸恤任事老成，不狃成心，不惑偏听，则未有不人人感奋，争捐縻以报答皇恩者，此亦鼓舞人心之一机也。臣礼官也，《书》曰：伯夷降典，折民惟刑。礼之辅也。臣因献祥刑之说以佐礼治云。伏惟圣明裁夺，赦臣狂瞽之罪，臣不胜恳切战栗之至。

乞信诏旨疏

龙膺

为乞信诏旨，永惠宗社生灵，以介圣寿万万年事：臣等按邸报，见二月十五日礼部等衙门一本问安事，伏闻圣体未平，臣等皇皇，羁守留京，未敢趋阙候问，区区犬马，眷恋不胜。除具奏问安外，又伏睹圣谕开矿抽税，为因三殿两宫未完，帑藏空虚，权宜采用。着传谕各处矿税、织造、烧造，俱着停止。其南京供应机房系旧制，并苏、杭织造内官，有御用婚礼袍服，俱着照旧。已采征在官金银等物，并织造绒匹、烧完磁器，还着原差内官押进用。如有奸恶截阻，及驿递应付迟漫者，指名参处。镇、抚、司及刑部干连纪人，都着释放。各官还职。谏言诸臣，都着复职。行取科道，俱着补用。兵部尚书田乐、户部尚书陈渠，俱着即出供职。工部尚书杨一魁，失塞黄堌口，冲我祖陵，着革职为民。部院知道。钦此。陪京大小臣工，以暨东南黔黎士女，无不举手加额，欢呼狂走，曰：此天保佑圣躬，使发此德音也。

盖自矿税之使驰传四出，而群奸蚁附，百计狼贪。诛求竭其膏髓，榜棰瘏于炮烙。下民莫必其命，而狡健有力者逃窜绿林，啸聚窃发，纲纪大坏，灾沴迭兴。岩谷多禁锢之贤，台省虚簪华之选。闾阎急倒悬之厄，圄犴滞覆盆之冤。中外人心，汹汹思乱。陛下乃于疾痛困惫之时，夜气清宁之候，惕然自悟，思与海内更始，朝发德谕，夕播八纮，罢榷税之征，停坑冶之役，释株连之罪，录批鳞之忠，急侍从耳目之补，遂使三辰重朗，万象再春。此一举也，不惟上以广圣母好生之仁，中以昭圣躬改过之勇，下以贻圣子神孙燕翼之安，而亦可以回皇穹悔祸之眷，默慰九庙阴佑之灵。福萃一人，寿延万纪，即圣体旦夕之恙，勿药自平，夫何足虑？兹乃数日，渐闻道路流传之口，若谓圣心似以传谕为悔。貂珰之使，将去而忽留。狐假之凶，既散而忽聚。万姓之怨咨愁叹，乍释而更丛。是何睿智开明，倏然晦蚀？善端萌蘖，遽尔斧斤？布之寰区，何以示众庶法守？著之史册，何以垂万祀法程？窃恐奉行群小，纵虐怙终，徒以积万亿生灵之愤，干上天之和，其为圣德累不小也。况榷税之利，不尽归于上，而怨讟之口，不专积于下，陛下亦何利而为之？臣谓三殿虽未落成，内帑或可取给。九边久已告匮，大农难以支持。矿税不停，则正赋岂能并急？诏令不一，则愚民易于干纪。将见法愈繁，民愈困，财愈诎，乱愈滋，万一揭竿，盗贼蜂起，则寸矛尺铁，悉无所需，斗饷束刍，亦不能办。公私失恃，缓急可忧。而国尤称根本重地，邦本一摇，势将瓦解，不能不益廑九重宵旰之虑，而为葆和调摄之妨也。虽日饵参术，其何裨于国脉乎？

伏乞急布皇恩，再申前谕，速停榷冶诸蠹国虐民之令，此不过以既开之睿智，扩其已兆之善端，恩自衷流，谕从宸断，而可以培养元气于将敝，保厘圣寿于无疆。此非臣等之献谀也。昔景公有至德之言三，而荧惑退舍。汉帝烹开利之臣桑弘羊，而天乃雨。傥皇上毅然罢榷，罢税，罢织造、烧造，则阴骘下民，不啻至德三语，而尽撤诸道路监造之遣，则奸党鼠窜，又不啻去弘羊一人，有不足以昭格上帝而绵万万之算者乎？《易》曰：涣汗其大号。言令之不可悔，犹汗之不可反也。《书》曰：皇天无亲，惟德是辅。民心无常，惟惠之怀。言布德惠民，即以祈天永命也。伏惟皇上留神垂察焉，宗社幸甚！天下臣民幸甚！

题请东宫讲学疏

蔡思穆

题为大典必当举行，讲学不宜再缓，恳乞圣明，俯允部覆，早定吉期，以绵万世丕基，以慰中外人心事：顷该十三道监察御史高举等题，为圣心因言即悟，大典肇举宜亟，恳乞圣明，特敕册立，以便讲学，以定宗社大计事，奉圣旨：礼部知道。钦此。纶音一下，凡兹大小臣工，靡不举手加额，欢忭舞跃，颂皇上贻谋燕翼之仁，从谏转圜之美。

臣等惟日夕翘跂以快大典之举行尔，更何容置喙？乃者该部既遵明旨具覆，迄今未蒙敕下，大小臣工，靡不怃然震骇。以为明旨既下，而奈何留中，圣心方悟，而奈何未决也？《大易》有云：主器者莫若长子。言神器之有攸归，不可易也。又云：蒙以养正，圣功也。言圣功必先蒙养，不可缓也。汉儒贾谊亦曰：天下之本，系于太子。太子之善，在于早谕教。古者人生八岁，自王公以下至于庶人之子，皆入小学以收其放心，及其十有五岁，皆入大学以养其德性。贱尺璧而重寸阴，惧其时之过也。矧皇长子十有二龄，已逾入小学之年而近大学之时乎？虽睿哲之资，未有不教而能成者。傥再徐徐姑待，则茂龄日甚，情窦日开，不亲正人，不习正事，其何以养正而端圣功哉？似非皇上所以爱皇长子之本心也。且皇上一言，信于四海，曩十八年之旨，则谓元子质体尚弱，及十九年则谓改于二十一年行，今成命迭更，纶綍谓何？臣愿皇上无食前言，而示大信于天下也。

祖宗以来，并未有悬储位以待中宫之出者。历圣相承，玉牒班班具在，概可考见。臣愿皇上绍隆前绪，而无斁祖宗之家法也。皇长子龙犀日角，天挺岐嶷，且九庙神灵，拥持有日，两宫慈渥，欣望多时，臣愿皇上贻则来叶，而成格祖承欢之大孝也。元辅王锡爵，累征而出，数千里而来，其意未尝不欲担当国事。而在廷诸臣，亦惟望其早定大典。今人言纷纷，率归咎元辅之答谕失详，而元辅复劳苦焦灼，引咎自励，以希冀圣意之可回。皇上欲元辅安其位，奈何使之不行其志邪？且皇长子一日不册立，则位号未隆。一日不得出讲，则天性聪睿一日不得开发。年年待嫡，年年无册立之期，年年无出讲之日，窃恐道路讹言，妄肆窥测，外廷浮议，益见沸腾，大小臣工之连章累牍，烦渎天聪，未有已时，而国体人心，亦大可虞矣。皇上不为今日虑，独不为万世虑乎？不为一时储位计，独不为宗庙社稷计乎？臣猥以驽钝，待罪言官，惟是此事关国家大计，不忍缄口结舌，不敢避斧钺，披沥肝胆，再申前请。

伏乞皇上深维国体，恪遵成规，思建储之必不可稍待，念谕教之必不可再迟，早涣德音，敕下礼部，速定吉期，举册立之上仪，修出阁之故事，并皇第三子、第五子册封之典一时举行。则国本以预建为重，圣功以蒙养而端，本支百世，宜君宜王，亿万年有道之长，端在是矣。臣干冒宸聪，无任陨越俟命之至。

请册立东宫疏

蔡思穆

题为国本未正，圣意难回，恳乞亟定大计，以安人心，以杜隐忧事：臣惟方今国家重务，莫大于册立，臣子之效忠，亦莫大于册立，而圣意之坚执难回，亦无如册立。

臣等待罪言官，若卷舌不言，则事关宗社，岂容嘿嘿无论尸素之诮，如负朝廷何？顷因礼部接出圣谕，有三皇子并封之旨，一时大小臣工，相顾错愕，诸臣之疏，不知其几上矣。其间祖制之必不可违，前旨之必不可易，册立之必不可迟，衅端之必不可启，与夫列圣册立之年，人心危疑之状，言之甚悉。臣等窃以为可以感动圣心，乃不蒙皇上采纳，一则曰激聒，一则曰讪讦。皇上之意，果以祖训有立嫡之条，为入继大统者而言，非为建储者而言也。谓有嫡者不可弃嫡，非谓无嫡者必待生嫡也。臣以为，皇上既援祖训，以稽册立之典，则臣等当解明祖训，以释皇上之疑。曩见诸臣各解明祖训立嫡之说，而皇上又留中矣。臣等反覆思之，诚不知皇上为何心也？即及今册立已迟，况可再迟邪？方十四年之旨，谓元子之弱少也，而今则既长矣，即及今册立已迟，况可再迟邪？及十九年更改之旨，以张有德之激扰也，而自旧年以迄今春，诸臣各禁口无言矣，激亦改，不激亦改，皇上何以辞于天下邪？

臣等闻天下之人，有以黄贵妃阻挠之说疑者，臣等则谓皇上英明超迈，安肯以宗社之大计，而惑于衽席之私情？盖万万无此理也。又有以皇上惑于世宗不册立之说疑者，臣则谓世宗十八年曾以册立与封王并行，其享位之长久，非由于储位之不立也。臣仰窥陛下之心，不过曰长幼次序。原有谕旨，即迟立数年，本无他意，然而左右近习谗佞者多，陛下即无他意，能保左右之不以他意窥陛下邪？一并封王，名位莫辨，宫闱之内，能保嫌隙之不生邪？臣昨见圣旨，谓立嫡之训，乃祖宗垂示子孙永诫，独不反而思曰，祖训既有立嫡之条垂示子孙，而何列圣之册储，近不过四五年，远不过十年，并无立嫡之说者，此何故也？则立嫡之条，果可借此箝众口邪？否邪？臣等恐陛下之子孙有溺于私爱者，皆援祖训以借口，其无穷之隐忧，殆有不可胜言者矣。

今举朝之人，谁不为宗社惧，为陛下惧？而陛下置之若罔闻，有谈及册储者即留中不发，以致人心危疑，议论蜂起。臣等知朝臣宁死必不敢主持，礼臣宁死必不敢奉诏，以贻千古之讥也。此岂圣明之世所宜有哉？今圣意坚执，人言难动，而臣等复不避斧钺之诛冒渎宸聪者，尚冀皇上虚心而深思之，庶几一感悟也。伏乞敕下九卿科道，公同会议，亟举大典，则上可以慰九庙在天之灵，下可以副四海臣民之望，宗社幸甚！臣愚幸甚！臣不识忌讳，冒干天威，不胜激切待命之至。

论宦寺疏

江盈科

成周之制，阍人统于冢宰，黜陟惟命，天子不得私焉。迨其衰也，犹有干政越纪之弊，故其《诗》曰：匪教匪诲，时惟妇寺。然但阴与宫妾造谗煽乱，不至明白擅权如后世之甚也。汉之治也，文帝不庇宠爱之邓通，听丞相檄召议斩，待其既辱然后救。及于末造，曹节、王甫口衔天宪，屠戮搢绅，而其祸遂以亡汉。唐之治也，代宗不庇出猎之宦者，听县令摧抑其党，曰：尔知此獠狞，何故犯他百姓？及于叔季，王守澄、田令孜公行废立，门生天子，而其祸遂以亡唐。

历观前代，大都一辙，然则国家之治乱，宦寺盛衰之候也，宦寺之盛衰，又国家兴废之征也。洪惟我太祖高皇帝鼎辟两仪，维新百度，宦官止供扫除，不许读书识字，所谓防范履霜者，何其凛也！内侍一人，稍与外事，随即处置不贷，所为决齿项瘿者，何其勇也！圣心虑及万事，盖宏远哉！承平渐久，纲维少弛，乃至特命翰林教习内书堂宦者，而祖制一变矣。分遣宦官，出使外国，出镇外省，而祖制又一变矣。王振之擅也，挟主威令百辟，究使六飞渡漠，万乘蒙尘。汪直、刘瑾之擅也，黜陟朝臣，裁革制抚，卒使人主马迹几遍中外。自三憝外，其他为狐为鼠，列圣亦时时惩创，若宣庙制马骐，英庙处猎官，宪庙罪李广，代多胜举。求其极盛，惟世宗肃皇帝为称最焉。登极以后，追回中贵，尽还禁闼，天下之民，如出汤火，盖垂统四十六年。昔人所谓抑洪水，驱猛兽，兼夷狄，惩乱臣贼子，莫与较烈，骏命罔极，鸿业中兴，实由于此。

皇上临御之初，绳祖武，禁貂珰，民生禔福，中外讴颂。乃十余年来，靡靡然始不克终，智堕于利，借口营缮，遍遣阉竖。蟒玉交映于州郡，旌旄鳞遝于道路，而民以供亿而穷。百里一税，千里一关，鱼虾无飞渡之计，锱铢有中分之困，而民以课敛而穷。古冢必剖，巨材必伐，山川精髓，枯于镂凿，黎民膏脂，竭于包赔，而民以开采而穷。公孤非不进格心之谈，台省非不献逆耳之规，若曹盘据大内，诡谋易达，而外廷望九阍，虞虎豹，以疏逖者与亲近者争，数不胜也。一问安，一上寿，黄白焜耀，珍宝充牣，而外廷持片纸，贡药言，以酷好者与痛恶者争，数不胜也。若曹疏曰，某处积金百万镒，往勘之不相应。又疏曰，某处余银百万，往勘之又不相应。上不怒其不相应，而曰是故然耳。台省疏曰，某处必且啸聚，未几而果啸聚。疏曰，某处必且揭竿，未久而果揭竿。上不赏其先见，而曰是适然耳。以所甚疑者与所深信者争，数又不胜也。此貂珰之害，皆众人所共见共闻、显而易见者，然臣愚以为貂珰之祸，有众人所不见不闻而难窥者，恐此曹直以货贿饵皇上耳，久之目为易与。龙可挠，虎可驯，必将渐移其大权。大权渐移，久之而为所欲为，龙为鱼，虎变鼠，必敢将窥其大物。夫我皇上聪明灵爽，自以吾前奴辈，臣何人？遂敢过虑及此。不知自郢适燕者，驱车北向，日行一日，回瞻衡岳，不觉万里而渐遥也。挟重宝者，委诸所亲之人，久假不归，一旦索之，而应曰：乌有。积渐所移也。

今皇上虽独揽大权，然揽大权而不与外廷操之，虽欲归于内廷，势不能也。皇上于大权虽云亲揽，然不明与左右以不可见之权，不能不明与左右议可行之事，事属左右，乃欲禁权不归于左右，势又不能也。有如吾意阴有所注，左右逆探其意，曰：吾将使上意出于此。已而果然，而下乃疑上之意尽出左右之意。上事显有所出，左右预觇其事，曰：吾将使上事出于此。已而果然，而下乃疑上之事尽出于左右之事。左右探上意将而迎之，不顾理之是非，使其意之必遂也。上乃悦左右能适我意，谓舍此莫可喻意者。左右探上事曲而投之，不论义之可否，使其事之必就也。上乃悦左右能成我事，谓舍此莫可计事者。上与左右同意，意拂于理，廷臣乃据理争之，上宁从意不从理，曰夫夫欲以己意夺朕意也，而意益暱于左右。与左右同事，事忤于道，廷臣乃据道争之，上宁从事不从道，曰夫夫欲以己事挠上事也，而事益比于左右。上虽甚严毅，必有悦豫之时，左右伺悦豫以伸其说，虽拂亦投。彼外廷者，安所得悦豫之时而使其说之必伸也？上虽甚机密，必有宽绰之时，左右乘宽绰以行己之言，虽逆亦顺。彼外廷者，安所得宽绰之时而使其言之必行也？上心有所喜怒也，左右不与上同喜，当其喜时，徐出一言激之，喜者可变而为怒；左右或不与上同怒，当其怒时，徐出一言销之，怒者可转而为喜。至上之喜怒阴制于左右之喜怒，而赏罚之致变，机有所缓急也。外廷欲出于急，左右从中持之，当急者而力能使之缓。外廷欲从其缓，左右从中迫之，当缓者而力能使之急。至于左右之缓急能移上之缓急，而舒促之致变，日积月累，权乃从积累而移。积权之极，富贵恩宠，弥天亘地而莫可量。积势之极，恣淫慆纵，家咨人怨而莫可救。积怨之极，天下必有何进之徒，兴兵犯顺，以诛错为名者，此曹乃求容其身而不可得矣。积畏之极，左右必有曹节之徒，劫迁乘舆，以幸免为计者，至尊乃欲求容于若曹而不可得矣。秦二世之宠赵高，英庙之任王振，其事已可睹也。盖小人未得富贵，则巧于附君，及富贵已极，祸不旋踵，则忍于叛君。自古迄今，如出一辙。

我皇上何可不急收其权，为善后之策、灵长之计哉？诚欲收权，不必求收之之术，但显执其权于外廷而权收，公操其权于外廷之臣而权收。三孤六卿，吾所与论道熙载者，日听其造膝剖心，而泯其堂廉之迹。夕郎、柱史，吾所托以补阙拾遗者，日容其献规贡箴，而忘其忌讳之私。制抚、监司，吾所简以弹压重地、节制下僚者，有疏必下，有请必从，俾令行如流，无司马门三日之待。郡守、县令，吾所使以牧养黎庶、辑安闾阎者，举劾归诸抚按，黜陟归诸铨衡，俾安心展布，无十常侍旁螫之忧。则一事专属一官，一官专任一责，上之权散为庶僚之权，而总揽则属于上。朝廷于大僚，若身使臂。大僚于小吏，若臂使指。此所谓显执其权于外廷而权乃收，公操其权于外廷之臣而权乃收矣。否则不显执则阴握，阴握必潜失焉。否则不公操则私吝，私吝必旁落焉。待夫权去而不可知之事出，悔庸可已乎？汉、唐之末路，我朝三宗之覆辙可鉴也。谓天聪明如皇上而不虑及此，臣愚不敢信也。

请定楚省运漕水次疏

姜性

臣惟当今军国之需，仰给各省之漕运，而交兑必有水次，水次必有定所，盖酌于道里之宜，适于军民之便，权于利害之交，断然不易，乃可永久遵行。

臣生长于楚，目击楚民为此一役，谋牵筑舍，患切剥肤久矣，安得不为皇上请命，定楚南永久无虞之计？臣查湖省水次，《会典》所载，曰汉口，曰蕲州，曰城陵矶，曰陈公套。谓原止挂口，而汉口、陈公套其续者，误也。青泥湾即城陵矶地方，亦犹挂口即蕲州地方，议请在《会典》之后。谓青泥湾兑粮，而总巡、漕院未之知者，亦误也。夫挂口各次无论已，惟青泥湾分兑衡、荆、岳、长四府之粮，则原从汉口议改者，实自嘉靖十二年始。汉口果便，何为改哉？乃行之四十载，为万历元年，仍归汉口，至十九年便归〔青〕泥湾矣。行又〔十〕二年，为万历二十一年，仍归汉口，至三十二年复归〔青〕泥湾矣。行又三年，为万历三十五年，仍归汉口，至三十六年复归〔青〕泥湾矣。汉口果便，何为屡改哉？又何为议改以来八十年间，而兑于〔青〕泥湾者凡六十年，兑于汉口者仅二十年哉？臣窃以为议法当顺民情，举事当从民便，以青泥湾兑四府之粮，其便有四：道里适中且近，一也。免涉长江风波之险，二也。邻壤之民和睦不生事，三也。省减水脚，四也。然而屡告屡改，何也？则亦有故。臣闻省次之保歇，串同各衙门之吏胥，利兑运为奇货，而鱼肉无所不至。往往假冒粮里之名，诳准上司，辄又百计朦胧，不行查勘。或查勘矣，而地方官虑以水次所驻，夫马供应为苦，辄又朦胧回覆，于是甲可乙否，朝三暮四，不难听荧惑之言，拂百姓之欲，蔑钦定之制，作儿戏之举。臣查汉口几番改兑，惟万历元年题准，而余皆未奉诏旨也。以如此关系军储大事，而可轻率专擅也邪？

夫告改者不过谓青泥湾淤塞耳，风波不便泊舟，漂没粮石耳，漕军逆水，挽舟为苦耳，官旗以地远法疏，时有纵横耳。不知架空船以就兑米，漕军之苦几何？即楚船岁有拨运江省之粮者，独不挽舟千里、远赴彭蠡乎？苦姑无论，而留心地方者，或未可遂谓人弓而人失之，应否不为之议处也。青泥湾中段虽淤，而其下为城陵矶，其上为南津港、艑山等处，埠口迂环，沙洲新出，皆在咫尺一望之中，向来商舟舣集如鳞，而独不可泊漕艘乎？楚泽国也，即汉口诸流，湍急尤甚，而独不虞有风浪乎？万历二十年间，陈公套不一夜风起，打破粮船五十余只，漂没米三万石有奇乎？且〔青〕泥湾一带，岸次逼临岳阳门外，而虑不可问以三尺，将岳郡之防道所驻府、县、卫衙门，皆无资弹压矣，而专敕临督之官安在邪？驭众之法，亦惟恃有威令、行处置当耳。往年旗军，不于省河殴刘通判以毙乎？安见彼近之易绳，而此远之难制也。

凡兹利害，岂不较然甚明哉？然非臣一人臆说也。臣查先年抚臣李正之疏略曰：兑粮到省，总部通判吏书，每石勒银三分，名派船钱。傥运夫如数与之，则票拨与军船逐一交兑，否则零星拨兑，而民受书吏之害也。总部随有长行皂快，而江夏又送积年民壮，一人常带五七人沿河巡逻，通大小歇家，指以开逼为名，向运夫索银五六两，少不如意，则大火逼枯，有每石折二三斗，而民受逼米之害也。旗甲于兑米之时，先索运夫彩红三牲酒醴，名曰祭江洒仓。仍又置酒，请舵公、拦头、纲司、椽房、府役人等，各有银两米色不等。方与交兑，而又有无筹逼折，出风顺、风外耗等米，画会、完仓等银，而民受旗甲之害也。脚夫营干朱票，名曰官脚夫，立于船头见兑，兑完一会，要米一篓，再会再要。通完又邀集多人上船，除正脚钱外，每石勒米二三斗，少则拥众行凶，往往有殴运夫成笃疾者，而民受脚夫之害也。丐食花子聚集百十余人，又有市棍通同脚夫，装成花子上船丐米，因而强抢行李，或将一人佯死尤赖。又或小船五七只，夜半挨粮船抽帮江中，搬抢一空，无凭告诉，而民受花子之害也。大歇家见运夫挂欠，勒令部运写约，假称王府，每百两九折，连信钱止八十七两，保头钱扣四两，说事钱扣三两，止得八十两与运夫。议还二百两，及至歇家来县讨钱，官派每里每日供给贴钱，而民受借贷之害也。以上诸害，青泥湾不尽有也，即有之，未必若是甚也。又云：衡、永、长、岳等府，自弘治间经洞庭风波之险，由洞庭至汉口，又经长江风波之险，往往有漂流粮船，有渗漏腐烂粮者。因题请于岳州交兑，至今公署现存。至嘉靖末始改汉口，复经洞庭、长江之险，而漂流诸患仍前。隆庆中，岳州知府刘自化具申两院题请，仍旧城陵矶、蛇鳞洲水次浚通河道数里，以便冬月交兑。后本官去任，而在城商贾积棍，利此数十州县之来，得以因缘为利，百计阻挠，是以未及竟行。今试行文各运粮地方，查访陈公套交兑，比城陵矶孰便？及查先年刘知府建议，或于城陵矶相近地方南津港、青泥湾二处，又或去城陵矶四十里临湘县地方，即冬月水涸，亦可泊舟交兑，庶有便于民而无损于国矣。此十九年题准者也。

按，臣吴楷疏略曰：荆、岳所属北粮，向在城陵矶、青泥湾水次交兑，盖适两府交会之区，漕艘必由之路，又水势缓而民质朴，既免覆溺之患，又无渔猎之弊，以近就近，军民称便。迨三十一年改至汉口者，为因武汉假借告改，以肆恣睢，故岳属粮之完兑者，不能十一，而贻累者八九，运官每有掣肘之虞，粮里亦多蹙额之苦。又云：青泥湾水次，自三十一年改并汉口，仅一年所，而群称不便，事势人情，有不得不复旧者。此三十二年题准者也。

户部疏略曰：城陵矶原兑衡、长、荆、岳四府之粮，若改于陈公套，相距远甚，缘是荆、岳二府告改于青泥湾，去城陵矶止五里，就此交兑，即谓还其旧日之城陵可也。且运四府之粮，原定以荆、岳之船，不独民便而军亦便，特未经移会漕司，全单尚开在陈公套。及今不为移定，恐后来省会之积猾，没利钻改，更不便于民耳。此三十七年户部尚书赵世卿据主事洪良范之疏题准者也。

按，臣史弼疏略曰：交兑之水次，他郡无论矣，若衡、长、荆、岳四府，便于青泥湾，不便于陈公套明甚。此职巡历四郡，父老合词控诉，而职与府道诸臣勘之至确者，正欲为地方乞命，随因监兑主事洪良范题请，部臣题覆，仰奉钦依准青泥湾。四郡生灵欢呼不啻更生，而省会衙奸积棍，欲遂其鱼肉之计，辄妄生流言，当事犹惑其说，职诚不知其故矣。此三十八年题请者。

合而观之，四郡之水次，果青泥湾便邪？抑汉口、陈公套便邪？然就四郡而言，又不无区别者。臣闻衡、长之运夫，多系揽户，利于涉远取事。其船又多载土产，便于赴省发卖。又岳郡鲜有富姓称贷者，惟省有之，是以青泥湾之兑，愿与不愿各半。荆、岳则原系一道，军民有婚姻之好，兑次在门屏之近，资斧省费，备办无难。臣稔知之，邸居细询两郡士民之寓长安者，罔不以青泥湾为便，可无烦再计者。且查往案，十九年、三十二年迁改青泥湾，惟荆与岳耳，衡、长未之改也。三十一年、四十年告归汉口者，惟耒阳与衡山之民耳，荆、岳未有辞也。据彼二县一面之情，失此二郡久便之计，当其事者，曷不审思而熟计之邪？今日楚中又议改矣，且不行道府通查，而望风悬断，迄何时而宁哉？

臣独有说焉。兑部既裁，加敕粮道，则粮道一如兑部可也。

乃部臣每临水次，必亲督兑完，弥月始按他次。粮道则仅验烤炕，不数日去而委之判簿等官。彼其秩卑权轻，自好者固多，而阘茸者亦不少，安能约束军民？且粮道又多有带管别道之时，责其专精粮务，不亦难乎？今后宜一申饬，毋委判簿，以滋他弊，毋摄别务，以妨本职。此又不独楚省为然也。

臣又闻江西一省漕粮，用官兑之法，设仓水次，令民输于官，官兑于军，岁省民间费用不赀，而所以优恤军旗亦甚悉，其法最善。彼中事规，傥亦可仿而行之乎？臣深计桑梓，谬献刍荛，伏乞敕下户部，采择臣言，将荆、岳漕粮，定于青泥湾水次交兑，永着为令，不得再因别府告改纷更。其衡、长二府，另行彼处再议。至于申饬粮道，奉行官兑之法，一并覆议，以听圣裁。民生幸甚！国计幸甚！时万历三十六年，疏入，事下户部，移咨楚省巡抚勘议妥确，俱如性议，遂定青泥湾水次。即于皇华亭建立仓廒，至今永为定制。

谢复官疏

李腾芳

为草土余生，备极冤苦，蒙天恩昭雪，赐还官诰，谨沥血恭陈谢悃事：臣繇万历壬辰科进士，读书词馆，逮事三帝，更际兴朝，于今三十七年所矣。株守史局一十七年，而视院篆才两月，又半在山陵，佐铨政仅十旬，已出供讲读，其余春秋匿迹丘樊。此臣升沉本末。盖坎轲万状，将遵江潭以终，非敢汩情于利禄也。天启二年，节奉圣旨：皇考陵工告成，李某相度有劳，加正二品服俸。天启四年，节奉圣旨：李某讲筵启沃，山陵著劳，向止叙加服俸，兹仍加秩示优，并伊母恤典。及部覆，再奉圣旨：李某加升礼部尚书，资深日讲，兼以山陵优叙，后不为例。此冒恩本末。盖拮据一生，幸窃空衔以老，而非敢妄意于遽躐也。

臣奉母丧还，值臣乡人杨涟劾魏忠贤二十四罪，忠贤怙势恨涟，并切齿楚人，而恚臣尤甚。明年，臣方襄母事，又值父殁，正于其日，闻削夺严旨，惊怛惨恻，且传忠贤尚有后命，只得身担父棺，厝置浅土，而哀号不胜，遂至晕仆。嗣后乡里之讹益甚，有云诇伺在门者，有云缇骑在道者，臣念系大臣，无可逃死，奄奄苫块以待。何幸上帝诞生我皇上大圣人，授命握符，克缵令绪，以尧舜之至德，负汤武之大勇，巨逆既剪，群阴尽廓，而臣之罪蟞亦得与于恩波，再齿冠裳，重宣纶綍。臣身与阖宅男女性命，无异断脰再续，天地生成，父母养育，岂足为喻？

臣闻解泽，当即具疏呈谢，而惊魂未复，病痼难苏，展转缠绵。今始得占词上控，伏维皇上怜之，臣无任感激战惕之至。

辞起补礼部尚书疏

李腾芳

为草土余生，不堪擢拔，仰乞天恩，俯容辞免，以安愚分事：臣于崇祯二年二月内接吏部咨文，起臣礼部尚书，兼翰林院学士，协理詹事府事。奉圣旨：是。钦此。

窃念臣繇万历壬辰科进士，读书词馆，逮事四朝，于今三十八年矣。自省此身起自童帻，至于衰残，隐处之日多，致身之日少。虽尘守史局一十七载，而无所事事。及视院篆才两月，半在山陵。佐铨政逾十旬，遂丁母戚。朝廷屡世豢养臣，而询事考功，臣无尺寸可言，岂不惭乎？至于逆珰扇焰，削夺臣职，事有必然，无足怪者。何幸上帝之神灵，早诞皇上之大圣，握符缵绪，尽剪群奸，而臣之罪蟞亦得与于恩波。向既还其冠裳，今又进之隆秩，遭逢如此，感激何胜？切闻皇上晨夕焦劳，求言谘画，直欲驱玁狁于天外而威同二祖，席生民于掌上而治比三王。人才莫不进矣，废坠莫不举矣，使臣得从词臣之后，望见天表，侧聆玉音，岂不庆快？顾自度材识庸愚，筋力疲怯，既寸长之无取，又百病以交攻，使空玷清峻之班，而无益于凫雁之数，此臣之所大惧也。恳乞察臣之言，原无欺隐，收回成命，许臣以原官致仕，则圣朝帷盖之恩不遗，而微臣首丘之愿已足，臣无任战栗企望之至。

请册立太子疏

李腾芳

题为建储大本所关，春月明纶已布，恳乞即颁圣谕，诹定吉期，以凝天眷，以顺人心事：崇祯二年十一月初七日，该司礼监太监王永祚等传出圣谕：朕荷天地祖宗之灵，诞生元子，近因文武臣民之请，蚤建储宫，有旨允行。吉期既定，但祭告、发册等项，典礼殷繁，偶值疆事戒严，未宜急遽。粤稽皇祖宣、弘二朝，皆以春月册立，兹暂停止，俟来春择吉举行。遵我列祖之成规，慰尔万方之仰望。特谕。钦此。该臣等看得建储为宗社大计，元嫡尤四海系心，若尧舜垂衣在上，何忧弗率之三苗，而朝廷盛治方新，立见两阶之干羽。况今烽烟永熄，民物咸欣，乘履端之吉月，定主器之永图，顺徯应之人心，信昭垂之天语，固不竢再计者。且千秋令节，适将届期，景命天时，正与典礼浩繁，凡应行事宜，业已就绪。内府恭制册宝等项，当亦备完。即祭告大臣，已奉钦遣。但明纶一霈，择有吉期，盛典立可告成矣。

臣愚受事之始，缘与会逢，庆幸既深，跂瞻尤切。查册立仪注，已经前部臣与司属订定，恭进御览。祭告各官，奉有钦遣。但恳皇上俯允臣等所请，令钦天监速诹吉期，俾完大典，将天地祖宗靡不悦豫而默加佑助，亿兆生民相与呼颂而共庆太平矣。臣等不胜踊跃仰望之至。

进戚继光兵略疏

李腾芳

奏为特进旧镇臣戚继光《登坛口诀》一书，以破诸将之锢习，以明制敌之长策事：臣见皇上励精图治，凡刑名、钱谷诸司，从来之欺玩，无不立刻整饬，真如日月之明，雷霆之断，而自有疆事以来，更切焦劳。然非皇上之焦劳，诸将岂能用命？敌岂得退？顾敌虽退而圣心犹兢惕未已，必须有大战大守之功，然后可副皇上之委任。

臣窃以为，古事何必缕陈？求之近代名将，则未有逾于万历初年总理蓟镇之戚继光者。其战守之地，即昔日三屯遵永之地。其所统之兵，即昔十一路主客之兵。其所制之台堡尖哨，即今之台堡尖哨。臣常细细批钞其书，其法不过依古人之什伍而加一火兵队长，以十二人为一队，一队之长，于队内十一人一呼则起，一见则识，由此以至百队、千队、万队莫不然，故可以臂指相使，僇力战场。其实只是一队。其阵只一鸳鸯小法，一伍则五人，二伍则十人，而变之为三才五花，自一阵以至千阵、万阵莫不然。其实只是一阵。其制妙在于以操为战，以战为操，而深慨夫今之操者，即操之十年，无裨于一日之用。故其书在南则有《选兵》一篇，于选之日即定为营伍。有《下营》《大战》两篇，以一营具五营，而五营又各具五营，皆有左右前后，奇正守伏，而敌之所值，即为正兵。故其言曰：无所不为头，无所不为尾，而以万耳为一耳，万目为一目，万心为一心，万手为一手，万人为一人，万营为一营，万战为一战，则宛然古人复出矣。然南方只用步兵破倭，而至其总理蓟镇，则增马兵、车兵，并步兵为三。而深恶夫西北将官，专靠家丁以自卫，剥手下三千官军之养以养家丁，打零贼，割平民首级及死兵头以为功，而敌势既盛，则骑马先走。故其为说，不用家丁，须教练三千官军，使之制敌。而身欲合十一镇主客兵十一万，与敌堂堂一战，杀真正贼二三千众，然后可以遏绝，不得复滋。继光以此报国，其法不过要万人一心，万力一齐。一声鼓则万人齐进，就往水里火里也要进。一声金则万人齐退，就前面有金银山也要退。其马只是驼军器盔甲，到场临阵，必须下马步战。以连坐之法节节管定。某色旗到，便知是某营兵与将到。某色旗走，便知是某营兵与将走。要每营三千人，个个如刀在颈上，如绳子缚定脚跟不敢动，而直谓敌不足畏。敌或只有弓矢一种，我以火器五种对他弓矢。或只有短刀一种，我以钯棍五种对他短刀。或只有冲马，我以车营对他冲马。件件算著胜敌，敌之弓矢、短刀不能及我身，而我已先伤敌及马矣。

由此论之，假有如继光者生于今日，皇上何忧兵事而焦劳若此？夫以今人较古人，则辄以为不可及，或比之天神，然继光岂天神而诸将所不能及邪？只是沿习虚套，走惯熟路，不肯练兵，不肯讲战，不能合万人一心，于死里求生，一一都是继光说过病痛。今之大帅，功名既成，意愿已满，不肯斩新改换，而皇上以大圣人首出，岂无少年俊乂乘时奋勇者？古人所谓虎啸而洌风，龙吟而致云，决非谬也。但士之名位贫贱者，或未见古人之书，未闻古人之事，所知不过眼前之人，所习不过教师时艺。且继光兵书实无善本，其所编亦颇无伦次，使人人得其书读之，必有应运而起者。且其法原不难，而选兵之日即寓行伍，既有统领，虽生兵乌合，今日入彀，即可钤束，即成军容。选得一人，就有一人实用，下手便有五分工夫。岂若今人费了多少钱粮，召募经年累月，竟无一人是实在破敌之兵，则其难易虚实，相去何如也？又其选中即操，操即操战，凡阵上用不得者便不操。所操之手伎器械，就要于阵上对敌搏击，贴肉分枪。今人费了多少火药，走了多少花法，操了十年、五年，无一件是实用得者，其难易虚实，相去又何如也？

臣老书生，岂足知兵？然蒙皇上豢养鸿恩，常在病中，无一可报国，故不耻一言之微以当芹曝，谨先缮写《登坛口诀》一篇，以备皇上乙夜之览。盖将士不肯用命，惯习欺诳虚套，其说甚透。而欲合十镇兵与敌堂堂一战，其要只在万人一心，并做一个气力以报国恩。其于战胜守固之道，思过半矣。傥其言有契圣心，谨候命下，容臣陆续将所钞紧要缮写，次第进呈，以毕狗马一念，臣无任战栗惶恐之至。

遵旨续进戚继光台墩烽堠等书疏　李腾芳

为遵旨续进戚继光《台墩》《烽堠》《尖哨》《战器》《火器》

等书，仰祈圣览事：臣生长南偏，筋骨柔脆，又识腐于陈编，精衰于多病，辜负圣恩，虚糜廪禄，不胜惭愧。因皇上自去岁至今，焦劳疆事，窃有忆于戚继光《登坛口诀》一书，言将士沿习虚套等语，切中今病，大胆缮写，恭进御览，奉圣旨：戚继光屡建军功，著书必有确见，可裨实用。《口诀》一篇留览，其余不妨续进。卿留心边计，具见忠悃。知道了。该部知道。钦此。钦遵。臣目今病势沉笃，气息奄奄，有何知见？不过钞誊旧说，虚奉天褒，益加懔懔，不敢不力疾披搜。继光诸书，若《台墩》，若《烽堠》，若《尖哨》，若《战器》《火器》五种，似今日要务，谨遵书之，可以为国也。

臣言及此，竭其笔舌，岂能殚尽？但愿忧世者急反其端，救时者慎防其渐。目今天下大势，处处有事，楚蜀以木，滇贵以夷，中州三辅齐鲁以矿，徐淮以河，西南东北各以兵。小民困苦，愁怨之极，又各以盗贼。萧墙之事，岂必在倭？不可不熟计而速图之也。臣言可采，伏乞敕下兵部，作速酌议施行。天下幸甚！

董其昌曰：按论兵事者众矣，此疏条分缕悉，烛照数计，而末复重于知人，又推其失人之根在于用虚。有用文字也，所谓颇、牧在禁廷者。

再剖科场事理疏

李腾芳

恭捧明纶，不胜震越，谨将科场事理，再申剖晰，仰祈昭鉴事：本年二月二十七日，该臣部题为奉旨分别确议主考等官等事，奉圣旨：取士大典，以儒臣裁中，不通试卷，明系关节情弊，比于贡举非人，询察不确者迥别，岂得薄罚导玩？况士举于乡，为登朝发始，今日既以幸进，将来安望事功？廉耻道丧，人才鲜少，皆繇于此，不有重惩，何以儆后？至试录有叛经离道、诡词邪说等项，该部举奏罪黜，明载《会典》，如何竟不遵行？仅将文义疵累，及已经劣处的塞责，是否此外别无可议？还着从公尽行摘发，并各考官严加分别酌处具奏。卿职司典礼，饬弊维风，岂异人任？不必瞻徇疑畏，辄思陈请。该科曾否会同磨勘，如何寂无一言，职守安在？着回将话来。钦此。

臣等跽读未终，相对惴惴不已。夫人臣奉命抡材，而文字不通，何缘充贡？此皇上责以关节，而臣等但引贡举非人之律论之，信乎其无当也。但从来关节文字，分为两端，关节繇考官黩货，不顾名义，甘以隋珠弹鹊，然当时彼此交关，必有贿买之人，有过付之人，有往来走线提索之人，事非一手，欲秘愈彰。洎于榜出，而下第诸生，愤其钱神污塞，声若蚊集，即去辇毂甚远，而语已先传矣。外有监临之御史，内有磨勘之科部，其谁敢为？若夫文字，向当体式平正之日，举天下才气之士，皆趋于一路，故美者自美，劣者自劣，望之可知。而今则风尚尽趋于诡谲矣，愈诡谲愈以为高奇，不至于不可解不止。试官见者，初亦目骇神眩，迨阅至数百数千，无不如此，则骇者以为常，而眩者不觉其相习矣。递加商订，但落平格，恐其失士，只得就其可解不可解处深相钩索，此诡谲者所以入彀之繇，而实非关节也。关节者人与贿历历有据，而此则未之有闻也。但考官识迷眼乱，鱼珠相冒，而岂知为谁氏之子邪？昨两阁臣疏亦云：闱中佳卷难遇，偏锋露颖之致多，冠裳大雅之意少。夫南宫尽天下之士矣，尚犹患难，况一乡之隘乎？然则律以明白正大之义，诡谲即为不通。而以诡谲观诡谲，彼亦自谓各极其情思伎能之所至，而实则时习误之耳。臣等亦痛愤时习之非，不无矫枉过正之论，故前磨勘疏中，不惮极力指摘。而皇上一片挽回世道人心之精神，直欲上对祖宗，下对群臣、百姓，如日月之不可蔽，而风雷之不可慢也。故每诏臣等以薄罚不足，必欲重惩，皇上岂有一豪作意于其间哉？盖繇臣等智虑之短，畏惧之过，意不详明，类于回互，语不深切，近于模棱，臣等之罪，万死何赎。但以心忖心，天日在上，不敢虚说一字。

即如近科被参罚科举人，往往改就平夷，辄得高第。更以古人明之，昔宋臣欧阳修深恶举人刘幾险怪，得一论读之，有曰：

天地轧，万物茁，圣人发。修曰：此必刘幾也。以朱笔横抹之。其后修又为考官试《尧舜性仁赋》，有曰：静而延年，独高五帝之寿。动而有勇，形为四罪之诛。修大称赏，擢为第一，而不知即刘幾改名为刘煇也。夫修之力几何？能陶冶刘幾如此。况皇上首出之大圣，制度考文，以同天下，一日而黜诡谲者不少，士风岂有不赫然丕变，而天下岂无刘幾其人乎？无是理也。此一节，臣部司官与科臣在严威之下，所不敢言，而臣等备位大臣，受国重恩，窃见皇上宅心之厚，用法之平，垂虑之审，一私不存，一罚必当。伏愿以文字还文字，以关节还关节。若必欲以关节处文字，则势必鞫其赃私，核其踪迹，一有不实，未必足以蔽考官之罪，服多士之心。而臣部忝曰春官，为皇上长养人材，宣明教化，不宜使诸士与考官悲愁黯黮，以盛典为灾及也。是臣等负皇上，而皇上兴贤育材之心，或亦有未尽畅者矣。

至于《会典》所载离经叛道、诡辞邪说，定将监临考试官罪黜，此嘉靖十六年事。因广东策问引《列子》寓言，设为黄郊、紫微二君，碧虚子问答，诡异尤甚，故十七年部题着为功令。今各直省试录，分各司及科臣磨勘，若所犯有比于紫微、碧虚等说，诸臣岂敢隐瞒？脱不至此，岂得无辩？此一节，臣部司官及科臣向未及言，今又不敢言，而臣等言之，臣等亦何敢以为当轻？但明主之前剖其事理如此，若事理本重，皇上决不容言轻，若事理本轻，皇上决不忍过重。伏惟圣裁，诏下臣部，使臣属与科臣知所遵守。若臣等奉职无状，谨席稿待罪，并祈矜察。

请广制额精用舍疏崇祯四年　　李腾芳

题为升储大庆，乡举既已加恩，会试更当推广。况吏治日窳，人才日匮，选法日窘，民生日困，请暂增进士之额，以裕铨除，俾得精用舍，以新至治事：臣等不才，滥竽礼席，去秋奉皇上隆恩，加省直乡举之额，四方奥渫，皆得拜国本万年之庆，猗与休哉？今又际会试之期，臣等复滥竽贡举，思皇多士，莫不快南征利见之辰，愿一当君命四方之使。皇上自有盛心，臣等何敢强聒？乃思维天下大计，有不得不以上告者。

夫皇上千古之一圣也，顷以征兵括饷，鸠民察吏，躬览章奏，考究利弊，终日不遑，至于夜艾，可谓勤矣。将振起废弛，铲削贪欺，鼓天下之动，以为一代成功文章，真大有为之日矣。宜乎内外文武之材，投鞭惟命，左窥左应，右窥右应，而何以未之见也？臣不敢深言，且以吏治论之。自有边警秦盗之患以来，向所称乐郊广甸、民俗熙穰者，莫不衿捉肘见，而有城无守，有仓无糈，有田无岁，有人无家，比比皆然。若古人化俗字甿，和岁调饥，完疆走盗之事，不独庸吏不逮，而循卓亦茫如矣。臣所谓吏治日窳、人才日匮者，此其略也。

以科目论之，科贡之员，或十或二十，始列一进士焉。故僻远阻深之地，有郡邑接连，东西数百里，其民自祖及孙，先后数世，不见有一进士官者。而科贡所莅之州邑，有数十年不见一治状称善考迁去者。臣非谓科贡之必不肖也，齿壮意旺者尚可加策，而暮气则难奋矣。举人尚有豸史节钺之望，而明经则不及矣。又近年贡人甚多，而以赀准改及非法所得者，更不可问。辟如堆尘积叶，非荒州下邑，何处安置？其地荒，其官之人更荒。其邑下，其官之人更下。但以得钱之多少为欣嗔，何曾以百姓之苦乐为关系？而民之生于斯者，宁复有见天青日白之顷乎？又有一种预考候选之吏，十年、五年，旅食京师，闲游浪费，流连声妓，百两千缗，今日之子钱，皆他日百姓之卖儿贴妇钱也。既不能裁其人以散之，又不能挈其缺以授之，日复一日，臣所谓选法日窘、民生日困者，此其略也。

渐积既已如此，则不得不更以青年甲科，稍稍新地方之耳目，而臣又非谓甲科之必贤也。但物之少者常贵，珠少于粟则珠贵，粟少于珠则粟贵，贵以重相收，贱以轻相捐。故抚按劾官，铨部计吏，进士之完者十之八，举贡之败者亦十之八，其势然也。欲宽举贡，则不胜其多。欲严进士，则不胜其少也。然愈处举贡，而举贡知其然故愈婪，以为官虽败而尚堪温饱耳。愈惜进士，而进士知其然故愈放，以为品虽污不失华秩耳。此岂帝王治吏之良法乎？假令吏十而四其进士、六其科贡，进士之不良者多，芟之何害？不敢以黄榜为身首之铠胄，而放者惧矣。处科贡严于处进士，而法之行必速，不获以淹久计一家之温饱，而贪者惧矣。或谓近年进士仅三百五十而科贡不下万余，又安得四其进士、六其科贡乎？则臣所谓请加进士之额，裕铨除，精用舍，以新至治，似亦目前救时之急著也。

顷奉功令，兵荒边地，必用甲科，而良涿遵永要害之区，决不可以科贡，则吏部当一盘打算，斟酌其人地多少之数，抽配进退责成之法，仰禀圣断。若臣部止可查祖宗旧例，其事之近者，若嘉靖二年以登极取进士姚涞等四百名，三十二年新制策问进士陈谨等四百名，四十四年以台臣疏称科目不足布列州县，策进士范应期等四百名，而隆庆戊辰、辛未进士皆四百名。至神祖在位，承平最久，而癸未、丙戌、己丑、癸丑、丙辰、己未，凡六科皆进士三百五十名。想四百亦有所不足于任使也，昨皇上戊辰首科之额三百五十，固符神祖，但目今吏治既敝，州邑乏才，而兵荒边鄙，向为科贡缺者，皆欲改用甲科，则三百五十，恐亦任使不足矣。

夫国家之于人材，其罗而收之也宜广，其择而用之也宜精，其汰而去之也宜严。择之不精则偾事，汰之不严则留蠹，然不开收罗之门，则亦无以为精择严汰之地。此臣等区区愚见，惟圣明裁其可否。

湖南文征　卷六

疏六 明

陈情疏

陈宗契

题为思亲成病，势极阽危，恳恩允放，以惬于情，以沛皇仁事：臣通籍二十六年，林居一十七载，自丁未还里，至天启四年始以左通政就列，才七阅月，又以思母乞差归矣。今春例复命，臣以母年八十有余，泣留不肯行，母以大义责之，乃逡巡就道，虽勉尔绝裾，才离一舍，已寸肠百结矣。四月内幸逐鹓行陛见，尔时仰而加额，三祝圣人之多福，退而心折，又未尝不眷念小人之有母也。况形影孤单，已无感而自慨。梦魂飘泊，又并日以多惊。

先是，王恭厂之灾，臣寓就倾，不委泥沙者幸耳。继而地震雨霪之患，臣屋如注，处漏舟者久焉。夫忧患已自伤神，惊怖又能夺魄。重以湿郁，益之炎蒸。金石犹尔自销，蒲柳何能不萎？故近伏以来，不思饮啖者一月，鸡骨犹在，不废朝参。乃自闰六月初六日，再接臣母家音，有兴嗟于迟暮、寄慨于远游等语。夫万里白云，不断倚闾之想。数行尺素，又急啮指之情。臣展读未竟，涕泗交流。寸念狂飞，五体堕地。连日以来，沉绵益甚。滴浆入口不纳，两足肿浮难移。家僮扶掖，相向失声。自顾面孔，都无人理。延医杨家祚等诊视，皆谓积思所伤，非旦夕能瘳也。

臣窃惟一介竖儒，遭逢明圣，擢置三品已二年余矣。陛下未尝弃臣，冢臣亦欲用臣，无奈福过灾生，而臣病矣，不能旦夕支矣。惟皇上以尧舜治天下，都城灾变，皆有重赈，圣主之不遗颠连困苦若此，况臣以祝史裸将相陛下，称礼乐之臣，而忍令郁死辇毂？臣不足惜，如臣黄发之母何？亦皇仁所必轸也。用是直摅病苦，泣血上请，伏乞皇上敕下该部，准臣致仕，万一侥殊幸，获保余生，以歌康衢，臣母子之荣也，陛下锡类之恩也。不然，即一得母面而填沟壑，有余光矣。臣无任屏营待命之至。

税珰蛊毒宪臣疏

陈宗契

为税珰暴虐非常，蛊毒宪臣有据，恳乞亟逮正法，以申主威，以振国纪事：臣闻御天下之术有二，权与法而已。一人能遥制四海，权在故也。四海而不敢不听制于一人，法在故也。法借权而后行，国家有不必收之权，则柄落而法愈玩。权借法而后伸，而天子有不必行之法，则法绌而权不尊。故国家相生相养，承平二百余年，独恃权、法二字，互以为重。

乃今按邸报，见有陕西巡按御史余懋衡所参梁永、乐刚蛊害一事，满朝臣工，莫不错愕咋舌，而亦未尝不叹虐珰之流祸，小人之无极，国家之法纪荡佚澌没一至此也。盖梁永之虎噬鲸吞，吸脂敲髓，其为秦民荼毒，已非一日，所见于诸臣参劾者，亦非一疏矣。在梁永恨不欲剥尽秦民，在三秦亦恨不欲即收梁永。所恃御史余懋衡入关以来，持斧断猾，疏膏畅泽，秦民所为伤心欲动者，亦庶几谓控诉之有路，迁延旦夕，以不即及于乱耳。然三秦各为虑，懋衡不可一日无。梁永自为虑，懋衡不可一日有。遂以乐刚为腹心，又以张永祯、李可利为牙爪，贿毒布置，乘间连发，虽其觉路适有天幸，而懋衡之就死地者危乎？间不容发矣。夫奉尺一之诏，巡行郡国，为天子赏善罚恶，扬清激浊者，御史也。御史代天省方，号为命吏。而永等敢以凫烋之势，取天子之命吏而毒杀之。夫目中无天子之吏，是无天子之渐也。

祸莫大于杀使，罪莫大于无君。梁永、乐刚，宜加以何刑也？臣尝读律文曰：凡造蓄蛊毒，堪以杀人及教令者斩。释文曰：堪以杀人，则已杀未杀，皆坐此律。今懋衡虽未死乎？而杀机具矣，杀形成矣，毒物见在，招证确然。乐刚之为教令也明矣，然教令李可利等者，乐刚也，而教令乐刚者又谁邪？乐刚飞而食人，事事皆听命于永而成此大谋，谓非永所指使焉，刚必不敢也，刚不敢而永祯、可利又谁敢乎？故今日诛永祯，诛可利，诛乐刚，而不诛永，天下必不服也，其为可利诸人亦必不服也。陛下乃留中未即行事者，岂未闻汉文帝之诛薄昭邪？薄昭杀汉使者，文帝终不以母后故废法，而汉治之美到今烂焉。夫同一杀使者也，文帝不庇一亲母弟，而陛下独迟疑一强奴悍仆，其何以训天下后世乎？且御史孑身事主，万里间关，所恃者一己之意气、天子之灵爽耳。此珰不去，则益长后来窃伏之祸，而法官之意气必衰，益摧使臣任事之心，而国家之灵爽愈弱。何也？御史所行之法，陛下之法也，陛下之法，既不能卫一执法之御史，则御史有不敢执之法，敢执而御史病，不敢执而国病矣。陛下之法，又祖宗之法也，祖宗之法，而不行于骫法之虐珰，则祖宗有不可信之条。法不可信，是谓无法，无法之国，国非其国矣。陛下何如主，陛下之御史何如官，陛下之梁永何如人，而以彼其重若此、其轻若此哉？语云：严家无格仆。整饬之势使然也。事在必诛，断而弗疑，陛下亦何爱一扫除贱隶，以坏祖宗二百余年所自立之制度邪？

伏愿皇上烛照狐狸、豺狼之奸，分别造谋假手之律，将梁永、乐刚一体正法。或驰缇骑系于京师，或遣法司勘于彼地，庶巨奸无不纠之慝，国律无幸脱之条，天子明见万里之外，普天率土，加额颂歌，而我皇上磐石之业，永永无极矣。

省灾撤税疏

陈宗契

题为省灾撤税，以隆盛治，以光万寿事：臣荷蒙皇上不次之恩，置臣庶常，称说诗书几年矣。更拔置言路，巡视漕运又六月矣。然庶常五年，皆依依阙下，每于嵩呼之节，常厕兽舞之班，一衔主命，遂为四方之身矣。血气皆识尊亲，犬马岂忘恋主？谨于庶常章句之所闻，与今日四牡驰驱之所见，掇拾尘览。明知诸臣所常谈，主上所厌闻，然而寿国绵祚，实不出此，虽不足广耳目于金镜，亦聊以荐服食于昌阳，伏惟皇上垂听焉。

臣闻周臣之以福寿颂祷也，曰：如月之恒，如日之升。夫日月，君德也，月恒日升，皆言始就明也，惟其在天也，君德之临莅也，惟其当阳也。故舜之对尧曰：天德出宁，日月照，四时行。夫日月照而后四时行，臣未见皇上不临朝而百官能就理也。臣常备员侍从，望见乘舆于上徽号之时，尔时百官初见睟穆，不觉欢呼动地，皆稽首言曰：禺禺卬卬，真是万年天子。然即以询十年前视朝之典，各诧为异事，于情似拂。静摄，世宗晚政也，当鼎盛而取效晚年举动，于名欠佳。矧万历之祚，绵绵无疆，从今日计之，不知几十世，宁有历几十世不以延见群臣，天下又宁有历几十世不一望见天子？此之为情理可思也。臣愿此圣节，暂一御朝受贺，嗣后每月或间举数次，至于先朝便殿召对之典，则断断乎不可已焉。盖大明当空，群魑自屏，正人造膝，谗慝自消。炀灶者无所售其上下指点之私，夤缘者无所试其旁蹊窥伺之计。此商宗之不敢怠遑，而虞舜之正南面皆是道也。

臣闻召公之告成王曰：尔受命长矣，茀禄尔康矣。即继之曰：有冯有翼，有孝有德。《雅诗》曰：济济多士，文王以宁。又曰：周王寿考，遐不作人。由是观之，陛下以弱龄握真人之箓，而必世洽王者之仁。卜年卜历，不知底极，受命不啻长矣。寿母正位于中，圣子问膳于侧，神孙罗列于前，天下嬉嬉，号为三十四年太平天子，茀禄不可不谓康矣。乃求所谓冯翼孝德者，果翙翙其羽、济济于廷乎？不尔则皇上毋乃吝作人之化而不自求厥宁也。夫庶人之寿，亦欲手足强健，耳目聪明，乃陛下所谓手足者何在？部院半空其曹，老成不得其职。被言者未必去，听去者未必言。

其去其留，总拂人心，手足几成痿痺。此子舆有空虚之讥，郭泰有殄瘁之感。若论耳目，则益可颦眉矣，十年剥蚀，存者如晨星也，而一鸣之斥何易？十年壅滞，待者如积薪也，而半通之诏何难？况行取候旨之臣，皆以卓异之望，英迈之年，果锐之气，烝烝向用于时，陛下乃以慎重之故，过为磨礲，磨礲之过，阴为摧折。臣以为，人生只此岁时耳，自少而壮，自壮而老。人生只此意气耳，一鼓则倍，再鼓则衰。今不从其壮且倍者用之，如使之落落闲曹，悠悠卒岁，以致劳者太劳，逸者太逸。未用者不用，已用者不听，不惟不听，而且徒隶御之，泥沙弃之。万有缓急，谁相告报？臣愿皇上自为社稷计，重枚卜简大寮，下行取充台谏，庶使雍雍喈喈，以成莑莑萋萋之盛。不然，冠佩之臣，称觞于列，朝贡之使，稽颡于廷，而纠仪导驾之无人，大寮庶班之落寞，亦岂所以壮太平之观也？

臣又读史至唐之太宗曰：朕生日不为乐。解者曰：太宗思其所自生，故不乐。臣以为非也。彼以为，我为乐，人必有逢我者，我乐而民则忧，奈何言乐？此太宗意也。故晁错曰：人情莫不欲寿，三王生之而不伤。鬻子之告成王曰：圣王在上，使民尽其四生。今陛下于民生，果生之邪？寿之邪？无疆履始之时，果为乐邪？不为乐邪？臣顷督漕，历吴楚之墟，经徐邳之界，达齐鲁之境，遍三辅之郊，足迹几半天下矣。但见莽苍千里，家家告空，豺虎关梁，处处告急。而所谓税使亡命之徒，矫虔如故也，磨牙如故也。剥肤见髓，敲吸未休。复又敛民怨以嵩呼，假孝顺而献宠。术笼势劫，攫取既极其恣横。云拥蜂屯，驿递又极其骚扰。故筐篚庭实，金山都是肉山。而蟒玉褒嘉，罪首反为功首。几何不以一生戕万生，而以百忧博一乐乎？

臣闻苌宏之血，三年化而为碧，今充牣殿阶者皆民血也，臣恐其有所化也。此一喻也。臣又闻饕餮者之过食也，不尽吐则胃为梗，尽吐则胃为伤，今如崇如墉者，皆饕餮之余物也，臣恐其欲吐也，臣恐其吐之而伤也。此又一喻也。而不止此也。臣闻

《春秋》曰：圣王在上无雹。而今冰雹降于新秋。王者德至天，即风雨顺。而今迅雷轰于朝日。德至地，则嘉禾生。而今螟蝗飞于畿辅。兼之京商残而根本拨，太仓扫而腹胃虚，京兵空而荣卫弱。物物见祟，种种皆忧。独是黄白山封，琼林露积，自以为措之不涸之仓，不竭之库，而不知外虚则人有易心，内实则人有觊心，捣虚垂涎，事在厝火。臣前所称两喻，要未可晏然已也。

臣愿皇上急却诸税使孝顺秽物，勿使点染休明，而后掣税使之诏，发府库之令，旦夕下焉，庶乎财散民聚，灾去福生，名与天壤并，寿与乔松期，万历之祀，永永无穷，万年之觞，永永长进矣。

保泰疏万历三十六年正月　　康元积

奏为履端伊始，圣治宜新，谨陈保泰之谟，以赞隆平事：臣闻古者每岁孟春遒人以木铎徇于路官师相规工执艺事以谏，以此知圣王之世，虽百工贱役，皆得毕献其愚。其在孟春正月，则体元居正，始象方悬，故闻言尤亟亟焉。臣考正月之卦，其名为《泰》。臣常取《易》泰卦，反覆玩味，未尝不叹圣人于保泰持盈之际，何其惓切而著明也。臣不敢妄有所陈，谨以泰卦彖象六义，谬绎其旨，而推以今日之事，敬为皇上详陈之。

《泰》之卦辞曰：泰，小往大来，吉，亨。臣考《易》书，贵阳而贱阴，故阴为小，阳为大。此卦阴往居外，阳来居内，阴慝消而阳淑长，鼓鬯休明，为吉祥善事之符，有吉亨之象焉。臣以是推之，阴之小也，其于人也为小人，其于事也为误主，为蠹国，为祸社稷、病苍生。凡公行败类，阴贼忮害，作不善、施不恕者，皆小也，皆泰道之世所当往者也。阳之大也，其于人也为君子，其于事也为匡赞，为容贤，为庇国，为福社稷、利苍生。凡正直忠厚，劲气亮节，摅肝胆而同肺腑者，皆大也，皆泰道之世所当来者也。故往而不往，不可言泰。来而不来，不可言泰。自古虽唐虞之盛，亦有小人，虽夏商之季，亦有君子，顾往来之机谓何耳。皇上试以泰卦之旨，别小大之品，审往来之用，则所谓吉亨者可坐收矣，此泰卦之大较也。《泰》之象曰：泰，小往大来，吉，亨。则是天地交而万物通也，上下交而其志同也。内阳而外阴，内健而外顺，内君子而外小人，君子道长，小人道消也。

臣考泰卦，天道下际，地道上升，有相交之义焉。在造化则天地既交，而乾坤之气欣洽敷荣，万物之所以通也。在世道则君臣上下有鱼水之欢，无釜鬵之间，志之所以同也。天地既交，则内阳外阴，内健外顺矣。上下既交，君子必内而其道长，小人必外而其道消矣。臣以是推之，上下之间不交则异，异则离跂壅塞，其势必郁而为否。交则同，同则融结孚达，其势必开而成泰。否泰之机，系于上下之交与不交、同与不同耳。今日庙廊之上，以为不交不同邪？则皇上十数年来，于二三元老，所礼貌甚隆，所赉予甚厚，所信任倚重者甚专且久，即偶被指摘立罪名者，亦曲为解免，所慰藉弥缝者，甚婉切而笃至。此千古所未有也。以为交而同邪？自皇上静摄二十余年，朝讲不御，召对无闻，辰入酉出，以为尽瘁，传发票拟，以为笔札，安危利病之故，上何尝咨一疑，发一难？闵闵焉以久安长治者熟计于元老。下何尝矢一谟，陈一画？皇皇焉以守成保盛者熟陈于皇上。使天下之大，悠悠泛泛，如无舵之舟。大小之政，日趋于颓靡而浸失其初。大小之官，日趋于苟且而尽忘其故。臣窃为盛世惜之。

臣请自今献岁发新之时，愿皇上慨然更始，进二三辅臣，而问以今日之国计民生，其登耗休戚者若何？官方吏治，其通塞虚实者若何？务求所谓系苞桑而巩磐石者，斯下交之道也。亦愿二三辅臣时以忧危苦词进于皇上，而告以国计之日诎也，民生之日蹙也，官方之塞极而宜通也，吏治之废弛偷窳，相袭相蒙而不可不核也。反覆谆切，务求所为回天听而固金瓯者，斯上交之道也。《泰》之象曰：天地交，泰。后以裁成天地之道，辅相天地之宜，以左右民。盖言交泰之世，天地之道固以浑沦，后于是为之裁成，以妙其用。天地之宜，方以宣序，后于是为之辅相，以顺其施。裁成辅相，而民生之休养安全者，若圣人左提而右挈之，故曰以左右民。臣以是知元后者，天地之心，生民之命也。皇上为天地生民之主，则所为裁成辅相以左右民者，可漫不置意乎？况今日之事，又大有可言者。古者以六曹之官，拟于天地四时，则裁成辅相，计未有大于此者。臣不敢泛滥广陈，试以六官之事宜于今日，略陈于前：

以天官言之，在位之累资而不得迁者凡几，去位之空缺而不得补者凡几？郎署之冯唐已老，郡邑之龚、黄久湮。孝廉、明经，叹桂玉于都门，每逾岁而无官。吏胥杂流，倚钱神为巷伯，辄旦夕而得选。则吏部之当裁成辅相者，宜急也。以地官言之，太仓无二年之贮，边军缺半岁之供。税使横征之入，既朽蠹而不得用，有司惟正之常，又困罢而弗能支。则户部之所当裁成辅相者，宜急也。以春官言之，自郊庙习遣代之常，而享帝享亲仅同于岁事。自临御奉传免之常，而卤簿仪卫不及于绵蕞。以至俗流失世败坏，民竞于偷，士竞于躁，缙绅竞于门户，文章竞于纤靡，奉释奉老之徒竞于供养庄严。则礼部之所当裁成辅相者，宜亟也。以夏官言之，京营之戎伍，滥冒而不可校，锦衣之缇骑，冗蠹而不可汰。武弁世胄，施韎韐于白丁，不过一方之土偶。边徼偾帅，累崇级于青蚨，奚望千里之折冲。苟安者或剥军以养寇，幸无事而己掠而为功。忮懻者或弄兵以修隙，卒有患而己不任其祸。则兵部之所当裁成辅相者，宜急也。以秋官言之，横珰酿三秦之怨毒，恶贯已盈，而三尺不加，奚啻吞舟之漏网？茂宰作百里之保障，艰危已甚，而系囚不释，可谓戴盆之无天。加以累年沉滞，论奏已明。先登鬼录者，永号长夜之冤。见在囚籍者，尚抱圜扉之痛。臣惟顷岁皇上恩诏矜赦，已又虑系囚久淹，恤刑之使，分道四出。乃今辇毂之下，皇仁未畅，则刑部之所当裁成辅相者，宜急也。以冬官言之，王门工程尚无完局，福王、公主府第方新。内供之额办，仰屋无策，而不能实漏卮。河渠之开塞，经费无算，而不足填逝波。顷者奉旨报商，明禁甚严，乃报者几经审论，曾焦唇而得之，被报者一经请托，遂缓颊而免之，譬之子勤穑事，父匿耰锄，此何以示后世乎？则工部之所当裁成辅相者，宜急也。诸如此类，更仆未数，臣姑举近事以发其概，皇上试于此月以往，嘉与中外臣工，维新庶政，次第举行，将民获左右之福，而元后之责塞矣。

《泰》之初九曰：拔茅茹以其汇，征吉。象曰：拔茅征吉，志在外也。盖言阳德方亨，天下之贤萃于朝廷，如拔茅之茹，连汇以起，共致太平，吉孰大焉？何者？群贤汇征，则志在天下，不在一身，故以其征为吉也。皇上今日开泰之治，所当拔茹而进，朝征夕吉，计无有先于考选诸臣者。彼其取于民誉，采于人望，阅历既久，筹策素具，耳目桢干，于是乎在。皇上何不以三阳之时，涣发德音，令之布列在位，于以资绳纠而重弹压，师师济济，各摅所长，其能赞裁成辅相之业者，必此辈也，皇上何靳而久不发？臣之所未解也。

《泰》之九二曰：包荒，用冯河，不遐遗。朋亡，得尚于中行。象曰：包荒，得尚于中行，以光大也。盖言泰宁之时，所患者刻核，故宜包荒。所忌者犹豫，故用冯河。所贵者周悉，故遐不遗。所戒者偏比，故朋宜亡。四者各适，宇宙之内，清和咸理，故曰得尚于中行。要知四者之中，惟包荒最难，何者？为于可为之时，得之精明，失之浑厚，苟其包荒合于中行光大之业，端在是矣。

臣以是四者推于今日，不能不有望于皇上焉。顷者江西参政姜士昌一疏，彰往察来，反覆数千言，慷慨叩阍，词虽繁费，意实忠恳。未几御史宋焘痛士昌之被谪，感慨愤激，摅为迫切无讳之谈，义形于色，至欲与忠魂同游，语虽太过，肝胆甚烈。乃皇上盛怒切责，既于姜士昌、宋焘先后咸加显斥甚矣，复因焘之疏再斥士昌，抑又甚矣。咸宁知县满朝荐出万死不顾一生之计，为秦民捍御横珰，垂饵虎口，可谓铁汉。梁永杀人劫贡之语，其计画无聊之状，亦可想见。皇上明知永之不法，奋然取回，乃又介介于强项令而械系幽囚，此何为也？顷者李祯国所具情词，其顺逆昭然，而朝荐至今不蒙释放，又何为也？则《泰》之所谓包荒，意者其当讲乎？

古人谓决为事之成，需为事之害。今皇上之所当决而需者有三事焉。如矿税之敛怨而当亟罢也，亦既明知之矣，乃一则曰自有停止之时，再则曰自有停止之日，今为时凡几，为日又凡几，而卒不见其停止也。如省署半空，台署九空，考选诸臣已论定，则当亟下也，亦既明知之矣，乃一则曰少俟检发，再则曰少俟检发，俟而又俟，累少为多，而卒不见其检发也。如九卿大僚，皆必膂股肱之寄，毋论纲纪所系，抑亦国体攸尊，今堂堂盛世，而九列不备，有如晨星，其当补也，亦既明知之矣，乃一则曰再推几员，再则曰并原推写来，今推者屡矣，请者屡矣，而卒不见其点用也。据此三者，当断不断，则《泰》之所谓冯河，意者其当用乎？

自诸臣以论事触忤，先后摈斥者若而人，今沦落有日，彼其江湖魏阙之思，岂常须臾忘哉？皇上竟置之若遗，遂使赐环无日，倾葵莫效，则《泰》之所谓不遐遗，意者其当念乎？

自二相既去之后，南北竞求为胜，意见各殊。曹偶既分，偏执之极。角距横生，得势而附。华膴如寄，失势而争，摧抑随之。三季之戎，可为寒心。夫天下一家，大小臣工，共惟帝臣。请自今开泰之始，涣小群成大群，销落成心，咸布公道，以成荡平之休。是在庙廊之上，建中和以倡之耳，则《泰》之所谓朋亡，意者其当讲乎？

《泰》之九三曰：无平不陂，无往不复。艰贞无咎，勿恤其孚，于食有福。象曰：无平不复，天地际也。盖言天运循环，世无常泰，不可恃也。吾恃其平，而平易陂矣，计所为安其平者为何如？吾恃其往，而往易复矣，计所为保其往者宜何如？惟艰惟贞，庶几免于咎乎？如是则数之孚者可勿忧，而交泰之福可长享矣。何者？往复消息，为天地之际，图之则可挽，诿之则遂成。际之为言，间不容发，盖可忽乎哉？臣以是推之今日，则平陂往复，适当其际矣。自皇上践祚以来，何福不臻，何威不畅，何令不行，何所摧而不磨灭，何所求而不辐辏？盛矣，极矣。然造化无常泰之运，今乃狃久安之势，而帖然不虞其后，臣窃以为过矣。不及今开泰之时，圣君贤相，咨殷鉴夏，以平陂往复之必至者动色相戒，以艰贞食福之可为者焦心共理，一旦数极势成，卒有不可言者，乃始骇而图之，其将有及乎？

《泰》之六四曰：翩翩，不富以其邻，不戒以孚。象曰：翩翩不富，皆失实也。不戒以孚，中心愿也。盖言泰已过矣，阴且乘矣，群小欲进之势，无翼而飞者，翩翩起矣。莫或富之而相为邻矣，莫或戒之而相为孚矣，彼其翩翩而邻者安归乎？归于富厚也，而曰不富，则失实矣。彼其邻之不戒者孰迫之乎？迫于中之所同欲耳，而曰以孚，则中心愿矣。今日庙廊之上，休容在列，群贤毕集，矢志效忠，固万万无六四之俦。万一有之，则所谓翩翩者，臣惧其附之翼也。所为邻者，臣惧其得富而益亲也。所为孚者，臣虞其党同伐异而为善类戕也。所愿皇上别阴阳，分邪正，毋惑于左右之口，将正朝廷以正百官，何忧乎驩兜？何畏乎巧言令色孔壬？譬之雨雪瀌而见晛消矣。

《泰》之六五曰：帝乙归妹，以祉元吉。象曰：以祉元吉，中以行愿也。盖言五为保泰之主，降其尊以顺阳德之君子，有帝乙归妹之象焉，则群策举而理道昌，是以为祉元吉。然非执中独运，素愿不移，则谗慝所间，群枉所淆，能必行乎？故曰中以行愿也。顷皇上爰立之诏，一日而置四辅，佥谋之外，思及耆旧，盖穆然有《秦誓》黄发之询焉。天下之人，引领拭目，瞻仰此举。今二辅先后入阁办事，远者逾再时，近者逾一时，尚未见皇上召见延访，所商榷者何事，所为更化善治者道将安出，令二辅何以摅所怀来而惬天下之望，意者皇上之所谓中者或非由衷，而所行者徒虚愿乎？以祉元吉，臣窃望之矣。

《泰》之上六曰：城复于隍，勿用师，自邑告命，贞吝。象曰：城复于隍，其命乱也。盖言泰极成否，积累之基，还为崩陨。城且为隍矣，斯尚可以力争乎？即告命徒勤，名义虽正，而补苴无及，亦以吝矣。盖臣读《易》至是而不觉抚卷太息也。尝试思之，隍以成城也，而何以复为隍？夫善建不拔，有基勿坏，意者版筑之弗良，而俾城斯坏乎？百足之虫，至死不仆，扶之者众矣，意者夹辅之无其人，如累棋之不可居乎？居安思危，有备无患，意者户牖之绸缪不具，而侵剥于阴雨乎？城狐不灌，社鼠不熏，意者依附窟穴，势极莫返乎？今者金瓯磐石之业，有过历而无不及，本万万无虞，惟是思亡则恒存，思乱则恒治，念及于师之不可用，告命之徒劳，则二三辅臣所为图固豫防以副皇上维城之倚者，信无然泄泄矣。

臣反覆泰卦，以君相之交为纲，以君子、小人之内外为纪，以裁成辅相为事，泰之始由于君子，故拔茅于初，志喜也。泰之否由于小人，故翩翩于四，志忧也。泰将极则曰艰贞，言人定能胜天也。泰之极而否则曰贞吝，言天定能胜人也。要之有帝乙归妹之六五，则必有包荒光大之九二，何者？天道下际，地道自当上行，此九五之相应而泰交之象也，则今日之辅臣有不得辞其责者矣。臣观皇上于诸臣之言无所不疑，独于辅臣多委曲以示信。于诸臣之言无所不轻，独于辅臣多改容以示重。如是而犹曰非归妹之主乎？辅臣居九二之位，遭尚主之遇，所为股肱忠贞以应皇上宜何如者。如臣所称包荒诸事，惓惓望于皇上者，自非辅臣将顺其美，多方开导，必不能得，而正己物正，惟系于辅臣之身。盖辅臣休休有容，则所称包荒也，以此靖献，而皇上之量自广矣，何忠直之不容？辅臣断断无他，则所称冯河也，以此靖献，而皇上之行自决矣，何弊政之不更？辅臣集思广益，则所称不遐遗也，以此靖献，而皇上之虑自周矣，何幽隐之不彻？辅臣开诚布公，则所称朋亡也，以此靖献，而皇上之念自平矣，何偏党之不化？辅臣无作好，无作恶，则所称中行也，以此靖献，而皇上之尚自端矣，何先入之为累？

夫使遇巷无时，自牖无机，犹不得诿于无如何。况今遭皇上之隆遇，其为巷也大矣。遭皇上之英察，其为牖也多矣。我实纳约无术，遂以无可如何委之皇上，而号于人，曰吾以去就争之不得，以死生争之不得。臣闻辅臣言去就有之矣，未闻其以去就争何事也。言死生有之矣，未闻其以死生争何事也。斯不亦虚翘主过，以愚天下乎？故臣尝谬论皇上有总揽之名而无其实，辅臣有误国之实而无其名，冢臣有统均之权而无其用，此皆世事之大可虑，而保泰之时所不可有者。故臣敬阐绎此卦，以为皇上履端更始之助，而末复于辅臣三致意焉。诚见皇上年来所倚任者在此，天下所跂望者在此，后世史册所公评者在此，且夫天下之大，自皇上而下，提纲挈领，更属何人？不于辅臣之望而谁望邪？

伏惟皇上鉴臣之衷，怜臣之愚，深维交泰之义，嘉与辅臣志同道合，除旧布新，计所为裁成辅相而左右斯民者，万历之运与天无极矣。

漕运改折疏

陈荐

为漕运改折，敬承德意，议恤远方，以仰裨国计事：昨该吏、户二部接出圣谕，钞传到臣。恭诵之余，仰见我皇上加意元元，培植邦本，不惟精核吏治，蠲逋免粮，而又于万历五年漕运粮米渐行改折，恩至渥也。顾臣有桑梓之虑，欲邀恩于援例之余，怀永久之忧，欲推广其渐行之惠，亦曰漕粮改折是已。

臣原籍湖广祁阳县人，祁阳为永州府属，界在衡州之上，与广西接壤，乃湖广极远县分。旧时未有漕粮，有之在正德年间始。比缘长沙浏阳县偶当荒年，征纳不及，该部议借运于祁阳，欲待浏阳丰稔，仍归彼处照旧征纳，臣所闻于父老者如此。顾惟正赋之供，分义所在，臣今不敢具论，第祁阳虽易办而舟船常苦其难。县治虽则临江，而所在多高滩峻石之险，即自本县至衡州仅二百里，而纤回碍阻，不可以一解径达。其滩洲处所，春夏尚水深数尺，而秋冬则涸竭见底，轻舟不免费力，而重载往往多虑。先年水次在城陵矶，今改汉口，俱皆经涉洞庭，各府之虑在洞庭，而祁阳之虑又先在洞庭之上。领运粮长，每于开帮之后行不数日，辄撞石着浅，船破粮漂。在江北江南，薄近总漕趱运衙门，尚得以失风漂流，渎陈天听，达其难苦。若本县相去甚远，谁有能知之以上闻者？粮长只得回县，又复派征，又复赔还，兼以艘行之费用杂沓，官司之需索无厌，有兑军粮一石换民间六七石者。年复一年，率为常例，其甚则人船胥溺。如先年臣之族兄陈让，竟以是不保其身，言之可为痛心矣。况今起运限期比先年又早，先年起运在春夏水深之际，今日起运在秋冬水涸之时，其患尤不可测。

臣查得万历二年间，该总漕王都御史，已将洞庭以南衡州、永州、长沙三府属县兑军，请乞坐准改折，会本具题，旋以部复未允而罢。夫改折之议，每每不为该部所与，诚虑夫京仓之积渐寡，而四百万之额不可使亏也，乃漕臣顾犹拳拳乎三府。若必以改折为便，而不改则未便者，岂遂虑不及此哉？盖本官曾宦于广西，经由三府水道，熟知艰危可虞，故欲为保全粮运永底民生计耳。今以臣私计之，漕粮四百万石，而三府止该九万一千四百八十七石耳，不足当年数内四十分之一。若祁阳止该一千五百零七石六斗，是亦仅四百分之一而已。入之非太仓之盈也，不入非太仓之亏也。况山东、河南两省，俱荷朝廷坐折七万，以示优恤，是四百万之数，亦不必尽入太仓以为积矣。七万可折，何有一千五百余哉？夫莫小于祁阳，则通融而区处之为甚易。莫苦于祁阳，则矜恤而休养之所当先。莫远于祁阳，则奔走而疲困之，又未可以恝然视也。当事者为朝廷计一石之储矣，不为朝廷悯一隅之泣。欲斯民受一分之赐矣，不为斯民赐一分之宽。今长沙、衡州二府属县，度其势民情谅无或异，乃祁阳则诚切己之虑，目击之艰，断断所当折，而亦臣之所不容默者。适今幸蒙皇上加惠各省，渐行改折于十分之三，臣是以更望皇上轸念遐方，特允改折，以垂万年之恩，是又皇上如天之覆也。

伏乞敕下该部，再加查议，如臣议不谬，即与题复除。今运期将迫，暂行照旧征纳本色。自万历五年为始，前项兑粮，合尽行改折，征纳折色，即从该部议定，每正粮一石，折银若干。兑、军二粮，每石折银若干。每石外加扛银若干。务使上不负国，下不负民，立为画一之规，永作不刊之制。仍移咨总漕衙门，转咨湖广巡抚、督粮道，转行该府县官，每年先期将前折银两，照数征定。查依原漕规例限，佥差正身粮长，竟赴水次，交明监兑衙门，随同本道解京，如山东、河南坐折之例，则穷谷父老，将胼手胝足而安输纳之便，且子子孙孙，皆鼓腹含哺，以乐太平之盛矣。

陈奏排山驿苦累疏

陈荐

为驿马原议公平，流弊偏累，恳乞敕部检阅旧卷，申饬遵守，以服民情，以垂久安事：臣在昔隆庆五年以经生肄业，不知门户差徭、驿站夫马等事。五年以后，驰驱仕路，知有各直省事，而不知原籍事。各直省差徭、夫马，所以一定而无争者，惟其平也。不平而争，亦间尝有之，终得其平而止。至昨万历三十年，臣守制在籍，自当门户差徭，与闻驿站夫马，乃知排山新建驿，界衡阳、祁阳二县之中。法初是而今非，民累诉告而未复，所以见攘于当道，祸及于其家，亦既略见乞罢前疏矣。君父之前，敢引其端，不竟其说乎？

臣籍祁阳，与衡阳相去一百九十里，中为排山，上去祁阳一百里，下去衡阳九十里。国初以来，两县夫马径递，中无替接。至嘉靖十八年，守、巡二道会议，设驿于此。呈详按臣题允名为新建驿，每县出夫四十五名、马八匹，廪粮铺陈等项称是，各发该驿官吏支应差拨，奉行无异。至二十三年，该驿为请买马匹，增补走递，以苏差苦事申道，于时守道潘参议批两府会议，止知驿属祁阳，辄加祁马六匹。祁民苦不肯承，守道坚不认错，于是本府曲从，派所属道、零等州县协济，而衡阳无焉。衡阳幸此六匹不与加派，遂连前八匹不来，而祁阳并当二十（四）〔二〕匹矣。蚩蚩愚民，敢怒而不敢言，故上下衙门，尽去其籍，亦莫稽考。至万历二十一二年间，抚臣委衡州府同知沈铁，编本省《全书》，于该驿夫廪粮等项两县仍同，而马尽载于祁阳。虽卷籍无稽，亦胡不于夫马廪粮有无同异之故，而穷其所由来也？各府官各为其民，只靠本道公平体恤，有如本道置之度外，或更有意偏私，民何望焉？远方贫民，欲赴诉抚臣衙门，则去省半月程途而力不能，故常于按臣出巡，屡有控诉，其准批道查者已不止五六次，年复一年，视为故纸。

至二十六七年间，衡州府知府邓以诰，才于群议纷纠之时，忽破从前昧心之论，令衡阳征银二百四十两解祁阳发驿，以合初派八匹马数。七十年来曾无一平心如本官者，不可谓不贤矣。然犹改名为协济，而非衡、永平等均出之初意，亦且不可久也。邓知府去未几，而衡阳知县瞿溥，又将发解前银者追究，以示必不出银，而故为衡民作主，于是祁阳知县熊维卿亦为祁民作主，不发马于驿而求复径递之规。瞿以此幸获于下，而熊以此不获乎上。臣在山中，闻而太息，则与诸父老云：此各父母为其民者，无怪其然，到本道自平耳。

一日，本道佥事邓云霄，贻书本府通判陈文进问臣，臣为其心虚可语，具以前故答之，而讵意本道之语判者更大不然。其大意为衡阳粮多差繁，已协济辰州驿马，又有兑粮、南粮等运，而祁无所运。如以排山驿马应祁阳独当然者，则是粮多县分，百当减恤，粮少县分，百当加累乎？此其不可解者一也。又谓衡阳地冲通于两广，祁阳僻在一隅。夫永之东安、永明等县诚僻，祁则与衡阳一路。由祁而下必衡，由衡而上必祁，均通两广，祁更通宝庆、贵州，何为僻在一隅？此其不可解者二也。又谓巡按恤刑，常驻衡阳，而祁不与。夫巡按恤刑，不到永州，是迩年间有之事，从来未有止于衡州者，况是衡、永、郴三府州县共答应，奈何独卸马于一县以为偿乎？此其不可解者三也。又谓衡阳宜买马发祁阳领养，马死令祁阳抬至衡阳验明另买。夫两县比肩耳，即府县相临，亦岂有马死抬验之事？抬死马一百九十里，以道威胁之，或其庶几乎？此其不可解者四也。又贻书与臣云：奉谕欲两县银皆解驿官，有余则衡银归衡，祁银归祁，不足则一请衡，一请祁，各自增给。此至当之论，然湖南之驿与北方不同，昔日之例又与近例不同，殆有非驿官所能任者。若县则体尊而权重，自有以消强梁之心而无额外之索，是以驿官为必不可任，而天下不附郭之驿皆虚设矣。县驿相去百里，客使强梁且仓卒间事，而欲得县官于百里之外，听消息之急缓，须往返二日，县官不几劳而敝乎？此其不可解者五也。及见祁民有情愿径递之告，则又谓径递便祁，可顺流到衡，不必由驿，衡阳必须由驿，不如祁便。夫祁之下衡，虽曰顺流，而曲折甚多，无风须四五日，阻风便难计期，而食费日增，公事日误，祁民果以此为便乎？此其不可解者六也。及见沈铁《全书》，则大张告示于驿，衡阳有夫而无马，祁阳有马而无夫，自昔已然。夫衡阳夫廪等项如故而马独不来，非有题旨明文可验，何谓有夫而无马？祁阳马不必言，而夫廪等项亦如故，何谓有马而无夫？臣初不信，而驿官揭告示来看，则大圈大点，为得意之文，此其不可解者七也。又谓两县平等均当，原无此法，不知何人创起。意谓创自臣耳，臣不甘受，则趋求县官倒架番卷，尚有一宗，虽非初建时事，而中有衡、永各马八匹之说，前后两见，乃犹以创起欺人乎？此其不可解者八也。本道既以陈通判来问，臣自应回答，却又谓臣不出于天下事、国家事而规规于此，盖以大义责臣耳。夫在朝言朝，在家言家，天下亦一县一驿积也，而驿马之所自出，又臣之家也。祖宗子孙门户，欲臣置之不理，既来问而又恐听之，此其不可解者九也。迨后臣来淮矣，则又作一说，谓有马户赵姓、舒姓者，每年折马二匹送臣。夫舒姓臣不知，乃赵姓者则臣三十年前一轿夫赵兴受，今为该驿包揽马户。臣每过排山，迎送与众独异，似为不忘其故者，即以是生谤端乎？包揽棍徒，不自营侵扣，而反折送于出马人户，有是事乎？祁、衡壤接，忘大体而偏有所护者，亦有道路之言入臣之耳，臣不肯信，而彼独于谤臣者信之，公然与各属扬言，快心污蔑，何人情之相去远近若此邪？此其不可解者十也。然犹人之识量心性，秉自天来，宜无足怪，而驿马则有不可不为永久计者。

驿建于会题，覆于该部，必有卷案在架，试一检查自明。衡阳先有马而后无马，曾否题裁，有无咨札，抚臣是否驿传道转行该府，必有凭据，亦易见明白。如谓年久无卷，则今不难以事理揆度，一百九十里，两县中分，孰当有马，孰当无马？未有驿先，两县径递。既有驿后，孰当坐视，孰当并劳？驿官领银既几年矣，马不敷而后请增，今改称协济，不发驿而解县，孰问有余，孰补不足？当时两县各八匹，今一县二十二匹，乃犹以八匹为额解银，以笼络愚民，通乎？否乎？此源头紧要所在，不必旧卷案而可一言定者，如舍此源头而第于末流弊上，迁就掩饰，曰如何增减，曰如何编号，如何计差，如何禁客需索，不顾公平正大之体，惟袭朝三暮四之术，灭当年两道会议之同心，而固执一己刚愎之异性，私忿可泄，将祁之人奚罪焉？

若曰时移势改，难于胶执，则除非别项活动事情，调停于增损多寡之间，可以时势改易，而此地之疆界，马之应有应无，断乎不可易者。若曰混乱已数十年，难复清理，则亦必事止数十年不复有后日者，或可宁耐不理，乃国家亿万年舆图，此驿亦亿万年不变。官则因循二三年而去，民之子子孙孙可奈何，及今清理，犹然更始之日也。曾于四年前见巡按御史批道详云：原编排山驿夫马，业有成议，何衡阳推诿而偏累祁阳乎？又牌云：该驿之设，亦既有年，但不知以前无驿，两县夫马何以走递？建驿之后，原议作何分派？以前不闻有祁民包当，与衡阳解银协济之说，何至今日有之？且欲并裁道、零等处协济之马，不将独累祁民乎？凡人情相安，百世不易亦可。人情未安，朝更夕改亦可。总之求一当耳。

嗟夫！论政者不当如是邪？臣常与衡阳一二士夫谈及于此，亦皆谓闻之父母，果如此说。臣惟以事在乡土，嫌于专疏，而驿站既设，朝廷之官吏也，两县人民，朝廷之赤子也，臣叨荷漕抚，亦有事于其地，而百凡愿朝廷率由旧章，臣今不言，谁复言者？伏乞敕下该部查卷，有则申饬，无则公派。辨排山有驿无驿之异同，明两县有马无马之凭据，定出马均当协济之名目，审站银解驿解县之便否，察祁民愿复径递得已不得已之情状，复议归一而后以如何增减，如何编号，如何计差，如何禁客使需索，听该道、府、县以为酌处，则前数十年之苦乐姑不必计，而以后亿万年之均平始妥，永永无词矣。为此具题。万历四十二年十一月题。

言时事疏

满朝荐

太仆少卿复上疏曰：比者风霾曀晦，星月昼见，太白经天，四月雹，六月冰，山东地震，畿内霪潦，天地之变极矣。四川则奢崇明叛，贵州则安邦彦叛，山东则徐鸿儒叛，民人之变极矣。而朝廷政令，乃颠倒日甚。

一乞骸耳。周嘉谟、刘一燝顾命之元老，以中谗去。孙慎行守礼之宗伯，以封典去。王纪执法如山之司寇，以平反去。皆漠不顾惜，独惓惓三十疏劾之沈潅，即去而犹加异数焉。祖宗朝有是颠倒乎？

一建言耳。倪思辉、朱钦相等之削籍，已重钳口之嗟。周朝瑞、惠世扬等之拂衣，又中一网之计。祖宗朝有是颠倒乎？

一边策耳。西部索百万之赀，边臣犹虑其未饱。健儿乞锱铢之饷，度支尚谓其过奢。祖宗朝有是颠倒乎？

一弃城耳。多年议确之犯，或以庇厚而缓求。旬日矜疑之辈，反以妒深而苛督。祖宗朝有是颠倒乎？

一缉奸耳。正罪自有常律，平反原无滥条。辽阳之祸，起于袁应泰之大纳降人。降人尽占居民妇女，故辽民发愤，招敌攻城，事发仓卒，未闻有何人献送之说也。广宁之变，起于王化贞之误信西部。取饷金以啖插而不给卒伍，以故人心离散。敌兵过河，又不闻西部策应，遂至手足无措，抱头鼠窜，亦事发仓卒，未闻有何人献送之说也。探得奸细，不过为化贞卸罪地耳。王纪不欲杀人媚人，反致削籍。祖宗朝廷有是颠倒乎？

若夫阁臣之职，在主持清议，今章疏有妒才坏政者，非惟不斥也，轻则两可，重则竟行其言矣。有殛奸报国者，非惟不纳也，轻则见让，重则遽加黜罚矣。尤有恨者，沈淮贿卢受得进，及受败，又交通跋扈之奄以树威。振、瑾偾裂之祸，皆淮作俑而放流不加，他若戚畹，岂不当检？何至以阉寺之谗毙其三仆？三宫分有常尊，何至以倾国之昵僭逼母仪？此皆颠倒之甚者也。

顾成于陛下者十之一二，成于当事大臣者十之八九，臣诚不忍见神州陆沉，所望陛下终览臣疏，与阁部大臣更弦易辙，悉轨祖宗旧章，臣即从逄、干于地下，犹生之年。

案：《沅州府志・满太仆逸事》：世传公之将生也，太公延素梦宣圣携一童子立长虹桥上，呼其名而属之曰：好将此子寄付尔家，应龙乃出，逢蛇则归。觉而异之，明旦公生。见太仆自记。后以万历甲辰捷南宫，崇祯己巳终于里，梦兆皆验云。

公以忤珰系请室，凡七越岁。其初就狱，秦抚顾公其志，敛赀得金千九百有奇，属公仆名连城者纳橐饘，时万历三十五年也。明年十月二十七日，公忽梦见一人，衣冠甚伟，手一编，揖而言曰：生平所著文集数卷，烦君笔削。言讫去。明晨狱卒持书至，启视，乃蒋太守所寄杨忠愍《椒山集》也，因忆梦言丹黄之。是夕复梦忠愍持短枪入谢，公异之，遂作序赋其事。又五年秋七月二十四夜，公将就寝，见火光自空堕，离地尺许，盘旋不已，照彻如昼，乃作《流火赋》。明年季春，有白鹤来止狱中，与公伴寝食者久之，又作《来鹤赋》。是岁叶相国向高因圣寿节疏救公，狱中案头镇纸龟甲忽跃起，公意朽甲具生象是生还机也，方构《灵龟赋》而赦诏至，遂出狱。

万历间，麻阳戍兵大噪，主将抚之不听，邑令犒之不受。公方持服，庐丙舍中，闻之以衰杖往谕，且述己翦珰得罪状，谓若等谋逆，祸且不测，曲为开导，众咸感服。

班师陈情疏

洪云蒸

崇祯三年七月，广东监军道副使臣洪云蒸谨题，为奉旨班师，陈情省亲，更抒愚忱，伏祈圣鉴事：国家巩盛二百余年，厥初八荒怀德，西鄙诸国，且借声灵以为卵翼，未闻畿内有儆，反征兵于五服，实惟太祖、太宗先内顺治而后外威严耳。嗣是诸庙丕振威福，外有不庭，亦多乞师都门，以张挞伐。即天顺蒙尘，嗣还圣辇，威德如故也。惟自嘉靖庚戌之变，事乃日非，迄今为甚。臣二月内闻儆，不禁太息为皇上远虑也。皇上征兵于四方，臣不敢以为非，然所谓援，必先能自救，自古未有内不能自救，而能受外之援者。即有良将劲兵，鞭长不及马腹，况其难得者乎？则臣竟不敢以为是。

今敌之退，则其幸耳，然犹有称功颂德、庆皇上无疆之休者，何也？而臣则谓敌骑之至，为国家儆，未必非福。乃敌骑之自去，下以此而冒功，上以此而弛备，未必不为无疆之恤。且思今日之患，不在边庭而在腹里，不在无兵而在无臣。夫轻徭薄赋，赈饥劝农，息讼禁奢，无非弭乱于腹里者。虽曰正朝廷以正百官，行此数端，全恃君心之寡欲。然承宣在臣，伏乞圣明慎铨衡之寄，先择贤有司，抚字元元，以固国本。次则简拔仁廉勇智之才，以充边庭、腹里之需，矫世庙以来之积弊，复仁宣诸庙之伟绩，则天下幸甚！宗社幸甚！

粤东正月乃闻儆，二月议监军，臣则亟欲同壮士而北，奈督臣议将议饷迁延，今乃得抵南都，负罪诚多，蒙皇上宽宥，异时报德当何如者。但臣有八旬之母，前教光国，兹廑倚闾。窃思亲膝下日短，而酬圣恩日长，便途而乞归省，实属至性。皇上以孝治天下，亦必求忠孝门，无不报亲而能报君者，知高厚之德必原而许之也。数月之内，即趋就职，酬圣恩者，益无穷焉。至所抒愚忱，言之过激，伏祈皇上虚怀而熟计之。

题建广东惠州府连平州疏　洪云蒸

崇祯七年五月，广东监军道按察使洪云蒸，为粤寇已平，建州善后，谨叙始末，仰祈设官定赋屯兵，以垂久安事：臣惟九连山以盗薮之名甲天下，然其广邃崎岖，所生草木禽兽，非能生盗也，惟环山中外，平原沃衍，错壤而居之民，远于有司政令，遂凭山为巢，莫之敢问，实驱民于盗之原，此建治为要着，不可易也。然王守仁已设和平，今复设连平者何？试以四面筹之。

所称朝天马崖、鹰十二旋、滴水岩、桃子坪等处，其中区也。上下坪浰头，抵龙南之横冈，其北鄙也。樟坑、中村、热水、岑冈营，抵赣州定南界，其东鄙也。青草州、字子区、忠信巡司、摘头猴子额，直达周陂，其南鄙也。自麻陂历陂头、东桃、银瓶等隘，其西鄙也。九连居中，四面环之，和平最近。当日设和平，亦谓就近控驭，然桃子坪等处，皆属别县，或距河源二百余里，或距翁源三百余里，或距长宁百八十里，浰头巡司寻废。岑冈二哨之设，只云固其东鄙，而九连付之谁何之乡？是设一和平，不能为九连控驭者，以三面筹之未周耳。且各自为邑，无联络之势，盗乃狂逞，是往事之明鉴。今连平之设，既割翁源之东桃、银瓶二隘，长宁之长、吉二图，则翁长西鄙辖为右掖，以惠化图建治，则九连中区辖为左掖，忠、信二图至连平四十里而近，岂复有筹之未周者哉？又建置为州，将河源、和平为属邑，则环九连之前后左右统于一州，实以补前人防九连之所未及，是岂王守仁不能见及此为不若后人，乃天运人事有所待，今得继其开以相成耳。

周陂之地，山聚水合，其形胜足建也。木石可近采，砖灰可近造，是材料亦裕也。士民急欲得城以为栖而安辑之，甚不容缓也。建城建署之费，不以剥凋敝之百姓，亦不动支钱粮，设处惟赖院司、郡邑及诸参、游、卫、所之捐助。今臣一倡百和，不两月至二万余金，又不苦于策费之维艰。长宁知县陈国正委以建城建署，永安知县牟应受委以丈勘贼田，召佃耕之，以养营兵，以定兵制。割赋诸邑，以定粮制。更委推官吴希哲督理之，则不患于任事之无人。但官中兴作，上滋冒而下滋扰，往往然也。九连民素悍，使建置稍扰，何以服其心？管兵之委，以候缺官趋之，彼即骛以冒利，愈冒则愈无成功。臣乃与厅县计之，厅县必一段真心为之。又必择董事者，亦一段真心为之。费用无涉钱粮，收支不经吏役，则杜冒杜扰之关键，故前往开基，九连之民嚣然莫之听。及土城之筑，臣鼓长宁、翁源夫役，因工奠食，一毫不爽。夫役跃踊，土城旋告竣。嗣见不扰如此，群而欢趋砌砖城，给诸匠以民家工例，无留难，无旁索，百工亦竞劝。自冬徂春，雨雪不辍，砖城亦旋告竣。惟御之得其道也。计门有四：南曰来骢，北曰起凤，东曰镇连，西曰望英。周六百二十三丈，计费八千两。仅九阅月而城成，视昔修和平城以三载，河源新城以五载，则似费约成速，莫逾于今。岂有他谬巧胜于前人？惟役效其实，无冒工惰工之弊，廪称其事，无滥给措给之嫌故耳。虽然，所营无不如意，且不冒不扰，而费约成速，夫岂偶然？又孰非天运人事，适值其隆之一征哉？

今院司叙臣等功次，臣窃思前此扫平惠、潮诸寇，与今久安长治之规，皆圣明之福，臣何力之有？伏祈俯鉴颠末，设官定赋屯兵如臣等议，则三省受赐，职等幸甚。臣例不合复疏，但以总督、巡按谓臣筹画提督始末，事理贯彻，言之精确，故令渎奏，实出冒昧，不胜惶恐之至。

题举贤员疏

文士昂

巡视大仓银库工科给事中臣文士昂谨题，为荐举省直司道官员事：臣等以巡视兼督饷，查参举劾，奉有明旨，日夕冰兢，饷综新旧，敢不详劾完欠而殿最之？

案：查先经户部、都察院会题疏开，将省直完欠司、府、州、县等官一体查参举劾，又该臣题为饷务至重等事文移一款，内开藩司、粮道并守、巡二道严行催趱。又以贤否异详，臣与身亲地方者不同，业经部覆官详抚按移会，奉钦依在案。窃照大仓旧饷四百万，新饷几九百万，赋额之多，无逾此时。然以则壤成赋，兵馈急需，而转输稍迟，遂虞庚癸之呼。则督责州县完饷，与臣同心协力者，惟监司诸臣是赖。往日新饷荐例，止及藩道，今旧饷兼该，而守、巡各道皆催督旧饷者也。新旧分催，责既重，心亦良苦，激劝之典，诚不可无。但监司中负望者未始乏人，惟就饷之盈缩，以为提衡，即水旱荒灾，凑办不应手之处，臣亦未敢徇举，此外何容滥及？今据抚开报，输运敏速，两饷全解，劳勚素闻者，臣亦安能泯没而不一表暴之也？

查旧饷惟福建、广西征解全完，新饷惟湖广、广东征解全完。尚有四川地远兵阻，原无分派旧饷守、巡职名，抚按揭开，未能猝至。又山西、陕西、云南、贵州四省旧饷，解赴近边镇，并留本地完饷，原不解赴太仓，未入查参，不敢列荐。其新饷额完，如原任广西左布政郑茂华等，国赋借以早完，已经升任。其分守海北、海南、下荆南、淮海各兵备，督催正赋，转输不匮，可谓拮据倍极苦心。但以五、六两年折算见压，约十分、五分为率，致格毫厘，臣祗遵功令，亦俱不敢概叙。谨录其先解足额贤声懋著者，胪列上闻，伏乞敕下吏部，破格甄收，擢用施行。谨具奏闻。

请停魏珰袭封疏

蒲秉权

题为世及之恩命太隆，中珰之膺宠太过，仰乞圣明，爱惜名器，以防滥觞，以杜幸门事：窃照朝廷爵赏，凡文臣武臣，予荫予袭，皆必有殊猷伟绩，表著封疆、裨益宗社者，乃得食其报，不则必议裁焉，其典綦重且严也。即如曩时国本建言诸臣，近因覃恩公议赠恤，皇上犹倍加慎重，虽以直节表表，若薛蕙司官，循例疏请，职实应尔，而尚触雷霆之怒，赫然降处，无非欲以惩冒滥、肃官常耳。

彼阉宦何官？世袭何典？而可轻于锡予乎哉？顷臣等办事科中，见兵部捧出圣谕，谓皇上念司礼监太监魏忠贤，从事青宫，赞勷勤劳，特将原荫锦衣卫指挥佥事魏良弼等俱准加世袭，仍给应得诰命。臣等恭绎王言，因叹忠贤蒙此非望之福，逾涯滋甚，而转虑皇上施此异数之恩，恐滥端易开也。夫自有祖制以来，内外百官所恪遵者，不过《大明会典》已耳。查《会典》内一款，嘉靖九年奏准，宣德年后，武职逐一查验功册，凡巧立名色，以军功为名而实无军功者，文武内臣子弟人等，非征进军功，以技艺勤劳传乞升职世袭者，俱查革。此其著为令甲，班班可考，则世袭一途，原为实实有军功者酬劳地耳。皇上试思辽左陷没、川黔蒙难诸死事大小将官，间关百战，甘以要领与敌，魄落黄沙、血化青磷者，不知几许人。庙堂之上，悯其忠而录其后，自刘綎数臣外，犹多赍志以灭，未闻赏延于世焉。何物忠贤等，只日供便僻，使令之役于禁掖，身厌文绣，口厌膏粱，曾未见效一横草功、汗马劳也，而昆弟子侄，辄一旦累累若若，阘门席刑余之芘，奕世享组绶之荣，不几令锦衣堂上武科，人人无色，而功臣咄咄解体也哉？

且闻爵人于朝，与众共之，则皇上一家之官爵，乃天下之官爵也。今皇上取非其官，官非其人，惟辟作福，亦孰敢重违皇上命？第恐书之史册，谓天启三年七月内，中官某某俱蒙传旨，准令世袭，则天下后世，视皇上为何如主？其于以风示四方，垂训万世，计亦甚左矣。况诸珰中贤者最少，万一宠溢而骄，浸骄浸横，将恐有乘骊龙之睡而窃之珠者。汉董贤、唐鱼朝恩辈之覆辙具在，不可不监也。臣又记洪武四年，中书省有言，宦官俸宜月给三石者，高皇帝曰：内使辈衣食于内，自有定额，彼得俸将焉用之？但月给一石足矣。夫月俸为数曾几何？而高帝犹裁抑之，况世袭之典，所关系国家名器最巨，胡可假借若曹，令其虚縻大官、俸无已时哉？臣等职司，驳正义不容默，因罔避鼠器之嫌，合辞以渎。

伏乞皇上稍加节制，勿轻开恩幸之门，以启冒滥之窦，庶近习清而主权重，虽罪臣等以不识忌讳亦甘之矣。

请允放阁臣史继偕疏

蒲秉权

题为阁臣断无可留之义，温旨亦无太亵之体，仰乞圣明，慨发德音，亟为允放，以息群议，以清揆席事：窃惟人臣立朝，有勋猷掀天揭地，声望冠古铄今，上下相得，舆论交孚者，上也。亦有爱身名之念，甚于爱君父，义不受辱，而入山入林，惟恐不深不密者，次也。从未闻群矢攒胸，疮痏遍体，犹肯依依蔗境，恋恋鸡肋者，是必其顽钝无耻之人则然。夫顽钝无耻，在稍知自好者且不屑为，况鼎铉大臣能甘此哉？而不谓有屡被抨弹，更番称病称苦，欲避贤者路如继偕者，皇上乃不体恤其私曲、完其名而坚执不放，数数强其复出若此，将毋谓继偕即被人言，终无可去理乎？抑人言尽属风闻，可不必去乎？

夫用舍两端，君权所系，廉耻二字，臣品攸关。辅臣半生行径，臣固不敢傍人口吻，过为吹索。第详察伊子史八舍主盟倡乱一事，千真万真，向微南北科臣交章指摘，则为虺不摧，为蛇若何？平章好家居，不几为纤儿撞坏乎？然则辅臣应下拜言者为益友，而借他山之攻，以作药石之助，想虚心平气时，自有此段循省功夫矣。惟是通国方厌辅臣如眼丁，而辅臣亦自厌一官如赘瘤。臣等每设身处地，为之低回以思，真是水穷山尽处也。将欲铠颜甲面，以希就列，义既有所不可，将长杜门席稿，以供弹射，情复有所难堪，则断断乎惟恳皇上允其去之，一著而万事毕矣。况辅臣一出国门，而海滨之无赖恶少，必且闻风兽散，不敢以相门为窟穴，恃八舍为泰岱，山有猛虎，而藜藿不采，其所全者一也。辅臣一获昼锦，而趋庭之野心狼子，亦或洗涤胃肠，斩南山白额，为北海善士，其所全者二也。辅臣一返初服，而知止不殆，知足不辱，六六矶边，可以漱流，三三峰头，可以枕石，正如云鹤雾豹，缯缴安施，其所全者三也。

夫以一去而三者具，皇上亦何苦介介焉，令其阴与言官为难，不一为之恤其私、完其名哉？且语不云乎：王言如丝，其出如纶。盖言天语綦贵綦重，不可不慎耳。乃今日一旨慰藉，明日一旨勉留，至再至三，以至于辅臣之颖秃矣，舌敝矣，而尚未已也。施之者不顾其所安，受之者转觉其无味。亵国体而羞纶扉，莫此为甚。顷外廷啧啧，有辅臣顾瞻破甑，冀收覆水，唾骂由人，好官自我者，是皇上屡以恩加辅臣，而反以累辅臣也。又有谓元辅香火关情，票拟碍手，明知其应去而不忍启皇上予之去者，是辅臣终不能以决去得之元辅，而转以累元辅也。当断不断，反受其乱，无一而可，然则辅臣今日自处，百进不如一退，百退不如一速，岂烦再计哉？

臣在吏言吏，而大吏用舍所关，无过继偕去就一节，因敢附于昔人劝驾之谊，而直陈其不应留者如此。惟皇上裁察而亟放之，辅臣幸甚！搢席幸甚！臣无任惶悚待命之至。

湖南文征　卷七

疏七上 明

听边臣相机行事疏 崇祯十一年三月　杨嗣昌

边烽发难二十年，国家用兵二十年，雄边健儿，尽膏烽刃，中原赤子，尽化潢池，亦二十年于兹。上自宫府盖藏，有司积贮，下至亿万生灵，一钱半菽，付之逝水，亦二十年。不过耗累巨万万财，屠累巨万万命而已。呜呼！二十年之前不可赎矣，有二十年后长如此而不变者乎？

《易》曰：何以守位？曰人。长如此，其屠人不可也。何以聚人？曰财。长如此，其耗财不可也。而从无有一人言之者。臣子以为，吾之此身，居一日官，塞一日责而已，国之大事，岂吾一身能担？敢担？吾之此名，求一日荣，免一日辱而已。担国之事，不能求荣而反求辱，是以人人知之而不言也。今臣窃不自量，以为苟有益于军国，虽杀臣之身，辱臣之名，而臣不敢避。臣之愚计，以为用兵逾二十年，无不变之理。古神圣莫如舜，谈至治莫如禹。命禹征苗，三旬逆命，遂班师舞羽。度三旬以外，屠人耗财，圣神不为也，况二十年而忍为乎？后世而下，历观汉、唐、宋所以制边，要未有能尊体统、正名号如本朝之抚赏焉者。成祖首和宁之封，穆宗终顺义之贡，损益百王，权衡千古。远者不具论，只如俺答疆盛，在肃宗时犯抢垂数十年，盖与今日边烽无异。

款贡而后，蓟门、宣大，一切解严，男耕女织，老终幼养，牛归马放者垂六十年。说者以为恃款忘备，而不知以六十年之俘人掠畜、陷郡攻城，与六十年之男耕女织、老终幼养、牛归马放者较之，孰得孰失？孰危孰安？孰利孰害？况乎款贡而后，所谓俺答者，化为荒淫之一夫，控弦数十万，化为卧眠之守狗。而今六十年后，问俺答之子孙一线仅存，信乎我朝抚赏，实实为弱虏之策也。今若不顾民穷财尽，盗贼蜂起，中原南服，根本动摇，而必以剿杀为事，今日增兵，明日增饷，耗累巨万万财不已，又以新财续旧财，屠累万万命不已，又以后命填前命。眼前不见，必有驯至之时。当身不任，必有接手之祸。而为臣子，敷衍此日，待其驯至，付之接手何人？此乃万世罪魁，狗彘不食，臣不敢为，不忍为也。

是以直剖愚忠，仰祈圣鉴，抚赏机权，灼然不容偏废。通此一路，俾边臣得假便宜，暂弭大患，待数年之后，效同俺答。而我中原盗贼止息，氓庶安生，钱粮不苦于沃焦，甲士不忧于庚癸，然后奉将天威，大张挞伐，未晚也。

再祈圣鉴广收群策疏崇祯十一年九月　　杨嗣昌

窃臣前于烽入之初，即请敕廷臣公举战守之才，罗而致之阙下，其后督臣卢象昇召见，臣乞皇上专任责成，勿容多指乱视。此臣之愚虑，以仓卒应变，如得真才，自征实效。而求言不如举人之要也，且军机呼吸异宜，即臣部亦难遥制，傥议论纷纭，致督臣照管分心，则首鼠将无适从，而脱兔岂能如意？是臣之苦心，尤为督臣任事地，非故阻抑群言也。奈军机奉旨严密，条奏蒙谕留中，阴阳疑揣之端，自是而起，异同构斗之嫌，不卜其终。

臣不得已，将一二题稿，密传臣部坐门司官，质之九卿科道同坐门者，代臣请益，盖欲同舟之人，略知篙橹邪许之事，以息捕风捉影之谈。而臣心如是之苦，讹言如彼其兴，必祈皇上俯采刍言，广收群策，将前此留中者，俱下臣部看详，后此欲言者，开导诸臣速奏。于以佐督臣专任，成援剿肤功，臣虽谴死所甘心矣。

案：疏云：军机呼吸异宜，即臣部亦难遥制，傥议论纷纭，则首鼠将无适从，而脱兔岂能如意？又有《覆少卿赵光忭恭报援师》一疏云：烽势倏忽转移，有前奏到京而后局已异者，节节具题，事事需覆，万非军中所宜。光忭之言，虽有揣合，未免转瞬即非，臣部难为胶执拟议。云云。所见甚明，何至如野史所云，嗣昌用兵，必自裁进止，稽延时日，坐失机宜乎？汝怀附记。

军务正殷讹言可骇疏崇祯十一年九月　杨嗣昌

边烽入口，臣夙夜呕心，惟念陵京之地，与他方瓦注不同。其与督监商求，谓彼兵利于野战，我兵不宜浪战，惟审机斗智，用间出奇，募死砍营，埋兵翦拨，使彼进不得逞，退不得安，势将自遁。然后多方设伏，尽锐邀歼，此在兵法，以形格势禁，保障陵京，以避锐击归，驱除群丑，大都局面已定，而后行间方略，听其自出为奇。

臣屡疏百余，历历可稽，何曾有专主不战二字，掣人之肘？无奈人心不同，难端遂作，始而加之督臣卢象昇，既而加之高起潜，今又复举而加之于臣。臣思捏造此言，构思此计，欲杀臣等数人之身，芥子鸿毛，何关轻重？惟恐彼中打细探听风闻，因行反间，不止杀臣数人之身，实欲偾我国家之事，则其祸曷忍言？伏乞圣明，将臣前后诸疏敕下兵科，会同六科十三道，摘出专主不战等字，以定臣罪案，然后请黜臣官，戮臣身，以明示天下臣民，为不忠不孝、遗臭万年之戒。若野战、浪战，通国之人，皆知不宜，而臣又无专主不战之说，亦望圣明昭雪，黜臣之官，系臣之身，以俟事宁处分。

总之，臣官不黜，臣身不死，怨嫌诬谤，日异月新，不知纪极，虽孤忠一点，圣明或垂鉴怜，而圈套已成，国人皆曰可杀，彼时偾国事而负主知，不如及今犹堪断之于早也。

案：当时以杨公主款不主战与卢公大诟，未知论者曾见此疏否？又案：卢公亦具有一疏云：军机秘密，初非局外所可揣摩，流言法当严禁。顷接枢辅臣咨为军务方殷、讹言可骇等事，疏请禁戢造讹，为师中要务。况微臣原无浪战之意，枢臣亦无不战之言，前此会晤，间即有危言切论，彼此商求，总之肝胆无私，共济朝廷封疆之事而已。自来忠臣谋国，取其异不必取其同，信之心不必信之众，究竟亦何嫌何疑也。据此二疏，则卢、杨二公当日情事可见，非如野史所云也。汝怀附记。

巨鹿屡报未详疏崇祯十一年十二月二十二日　杨嗣昌

贾庄之失，于本月十八日，先接首臣刘宇亮寄到刘光祚数字，中言卢督师、虎总镇皆未卜下落。至十九日，再接奏稿，则言督臣致命，虎、杨二镇冲破，宁武田将官尚存。又次二十日，三接奏稿，则言宣山二帅俱得溃围，督臣扶掖上马者再，竟致命焉。又次二十一日，接侍郎孙传庭手书，有守备何鸣陛禀称：杨国柱与虎大威今俱见在等语。又接分监陈镇彝奏揭，言卢督师兵马十一日与彼对敌得胜，十二日彼句大兵来，将卢督师兵马伤损太多逃窜。等因。又言十二日敌四面围困，卯时恶攻，大炮打死许多不退。至午时，将兵马自西冲入，举火惊乱，卢督师，虎、杨二将未知存否。等因。是其前后情形，与臣部差官张国瑞、董光裕言亦有合，而阳和、宣山将领尚多，某某见在何处，某某毕竟无存，终未确然也。但据报存之中，如杨国柱、虎大威乃堂堂两大镇帅，而李重镇则节制中营副总兵，为该督标营贴身之将，此三人者，夫非应与该督进退存亡而不失其正者乎？胡为一战而溃，东走西飞，置该督于万众之中，而竟以孑身殉难也？平时之指臂不灵，临敌之心肠各别，镇将不忠于总督，则又何以令偏裨？溃逃先见于元戎，则又何以先士卒？今而后不能行法，则必不能治军，不能治军，则必不能克敌。臣职掌所在，据法请裁，无他说也。

若首臣之议，从烽入口以来，将士率多恇避，仅虎大威、杨国柱二三人较觉敢前，似与吴国俊差异。欲恳圣恩，暂宽重削，姑责图功，是又一道。抑今新督臣已经奉命，其用将亦必有方，某能收后效以盖前愆，某益罔后功而重前罪，与首臣不时奏闻，朝廷之诛赏仍在，是皆皇上恩威，非臣部所敢干也。

案：《国榷》及《崇祯朝纪略》诸书皆谓卢象昇之死，部将张国栋趋报嗣昌，嗣昌欲增饰象昇退怯之状，国栋不肯承，搒掠倍至，终不易口。又言嗣昌遣帐下卒三人往验死状，二人皆模棱，独俞姓言实战没，竟毙杖下。又云象昇以嗣昌、高起潜妒之，起潜遂讳象昇死。今考卢公殉难以腊月十二，高监时在鸡泽，赞画杨廷麟乞援，在彼视师，首辅刘宇亮亦将至军前，廷麟、宇亮皆可立时奏闻，何坐听起潜之讳匿？此何等事，不飞报朝廷，而仅一无名之部将张国栋私报嗣昌乎？

观于此疏，则自十八日至二十一日，已五接军书，首辅已于十九具奏，距卢公死事数日耳，何责高监之讳，亦安用部将之报乎？小说家非惟不察淆讹，抑亦不谙体制。又此疏称差官张国瑞、董光裕而无俞姓，《直参罪弁》疏中有差官朱国梁，疑张国栋之名，亦出揣拟者之杜撰也。汝怀附记。

覆豫抚困苦情急疏崇祯十二年二月十二日　　杨嗣昌

看得豫省自南阳达汴渡河，为滇、黔、粤、楚、蜀、秦要道，近值流土交讧，民逃站倒，援兵数至，印官剜肉吮血以应之，而协济之邻邑，立视其死而莫之救也。臣部恻然于豫民胡应选《困苦情急》一疏，为设一便计，请以无驿递之协济，抵解有驿递之京边，而又借互调之法以警之，使人人交奋于功名，即人人交接于水火也。

业蒙皇上轸念下臣，议于该抚按详查确酌去后，今据河南一省司府，如开封、归德、卫辉、河南、南阳详覆，已无不称便者，各将属邑抵兑仓口文册造送矣。而怀庆、汝宁之申称未便者，止上蔡、济源、息县与汝州一州。驿传道臣朱明时所云，不过通省十二州九十六县中之一二耳。乃主议者犹瞻顾于积逋之结习难破，姑为请将协济银两，附入考成一语以销之，臣部犹意其于确酌之旨未畅也。夫事关郡邑利病，惟权其分数之多者从之，彼各县所称完解者，特一时支吾之词，而司府所称抵兑者，乃永久相宜之术。即不必强不便者以就便，抑何容抑便者而同归于不便乎？况驿递一节，见在议裁，则协济之银，终作正解，此时而不亟行厘正，则有驿递者，弥见供亿之苦，而无驿递者，仍狃协济之逋。

法之行也，何常之有？今蒙皇上发下确议，臣不敢增设一字，惟据该省司道所开列称便者，听其抵兑。即以十二年为始，应抵解州县，各正其簿册，刻限报部，转具奏闻。而府官傅崇中、李奇玉所称，必不便抵兑四处，亦暂听其不抵，仍入考成项下，本部于年终计分参罚，庶几利害之分数清，去取之机宜当，而不致以含糊谢天下之痛痒矣。

乞查红本发给科钞疏崇祯十二年二月二十二日　杨嗣昌

窃照臣部章奏，向来奉有明旨，兵科一面钞传，仍具录本存案，为垂信将来计也。顷自边烽内讧，凡关密切军机，皆蒙御前封发，臣部该科不尽闻知，直待臣部奉行已完，具本缴进，或者仍发该科，间亦重将旨意钞送臣部，而时日先后，件数有无，不免纷然错乱，无复次第矣。

臣恐该科录本先后有无，亦复如此，无以垂信将来，所关匪细。而此一时群怀猜忖，众口淆讹，不惟未见本章，抑并未闻旨意，乃谓二十九审机宜，传为笑柄。不知臣部与兵科俱未发钞，果何自而传笑也？夫臣部章奏，只堪传笑，固无足言，然每调一兵，请行一令，孰不繇圣裁之审定？甚或一奏未安，至再至三，孰不经圣虑之周详？姑无论五月以来，昼漏百刻，本章上下，络绎不停，只如夜漏亥子丑刻，乃人间宴息酣睡自恣之时，而臣部犹然上本，皇上犹然下本，此等焦劳至极，惟阁中直票与臣，及职方三四人通宵草奏、达旦行文者知之，而余人固不知也。乃欲以偃息之人，操风议之口，诋尽瘁之事，为传笑之资，岂不伤哉？

今边烽遁矣，臣部奏牍，当自刊行，而御前红本，未知曾否发科，旨意繁多，应敕钞传录案，但得该科先将旨意查清次序，编发钞传，而行间文武将吏堵截战援之不力，腹里守土诸臣练修储备之罔闻，仰负皇上之忧勤，俯贻厥躬之罪戾，亦可见其大都，程其殿最，无容遁饰矣。此又紧关目下之先图也。山松曰：案《二十九审机宜》一疏，录见前卷，乃招致难民、设伏口外二说，何以传笑伤心哉？

案：《疏》：人间宴息酣睡之时，臣部犹然上本，皇上犹然下本。此其君咨臣儆，何等艰劬！而迄无解于国步之移，则项王所谓非战之罪，乃论者执成败之迹，为不谅之辞。《疏》所云以偃息之人，操风议之口者，今犹然也。读此《疏》，为之伤叹。汝怀附记。

敬陈赏罚等事疏崇祯十二年二月二十三日　　杨嗣昌

看得军机莫要于赏罚，而赏罚必决于阵前，然后用命者争先，不用命者杀无赦，斯无不克敌成功之理。司礼监臣曹化淳，愤烽扬之在即，伤事会之屡蹉，特申立行赏罚之请，而设部印勘合之方。凡夫将领军兵，战哨时地，斩馘搴俘，深入迁避，带伤先退，一一公同面注，随报奏闻，似可破欺朦之积习，免查报之游移。

臣部即日照原奏之详，创新行之体，刊刻印发，力行不难。然臣查九边寻常遇敌获捷，先口报，次塘报，皆不载搴斩姓名，久之乃查明叙捷，而姓名始一一开列，其幸冒稍迟。若此番烽入，督监军前，但有微捷，口报之后，即开搴斩姓名，赴部报验，其幸冒尤捷。何也？督监多携幕弁，镇将各有私人，为子弟开愿升名字，谓之安功，将废弁掩行伍健儿，希图赎罪。此等机关，在未曾战阵之先，安排已定。才一获捷，而某次安某人功，某次赎某人罪，停停妥妥，不待推敲，早成一本叙功文册送臣部矣。科臣沈迅前在部时，臣指示册中破绽，盖与将领同姓者多，而抚、道亦时不免。昨有专疏，容臣另题，今印发勘合，若使督监不存至公，将领仍踵前弊，彼中小弁、行伍健儿，谁敢攘臂而前，抗论功绩？且军中识字者少，谁知填注有无？一经奏闻，即为成案，他日虽有言者，诿之部司遗漏，小弁、健儿何从申雪？此臣阅历诸边，熟知情态，为之勘合以稽之，未必不并勘合而窃之。

总之，立法者备极苦心，而奉法者藐同故纸，天下凡事皆坐此病，而军前尤甚。武功不成，臣部惟有浩叹与俱堕落而已。抑赏罚二字，虽并用并称，而军兴以来，皇上之颁发银币，臣部之即拟加升，原未尝不立行也，惟有罚之一字，未闻小试其端，今日不转此关，到底误尽军事。《书》称：威克厥爱，允济；爱克厥威，允罔功。古圣格言，万世垂鉴，无逾于此。除臣另疏请旨外，所有印发勘合事宜，伏候圣裁定夺施行。

谨因验功直参罪弁疏崇祯十二年二月二十三日　杨嗣昌

窃照贾庄失利，督臣卢象昇孑身效死，一时镇将无不溃逃，臣部据法直纠，俱当立斩。时则辅臣刘宇亮有虎大威、杨国柱较觉敢前，重加降削，姑责戴罪图功之请。督臣孙传庭有两镇杀出重围，似宜原情末减，姑削官阶，戴罪立功自赎之请。宣督陈新甲有杨国柱、虎大威、李重镇、刘钦皆平昔敢战之士，尚可期桑榆之收，乞赐处分，仍责图功自赎之请。臣部题奉钦依，姑念用人之际，削职充为事官，而溃逃幸免，法合首诛，与再违立置重典不宥。旨严，斧钺自在也。

只今又阅三月，虎大威、杨国柱各率所部，领哨冲锋，时有斩馘，犹候事宁之日，仰听朝廷处分，未敢讼言赎罪。惟昨宣督陈新甲解验功级，咨开二月初六日一件，题为围城数日，受困被攻等事，系在香河斩级八颗，内副将李重镇下斩级二颗，一颗为首千总杨进朝，一颗为首材官恰班的，俱系西人，情愿赎罪，已经题奏讫。等因。臣甚讶之，问差官朱国梁，为谁赎罪？对曰：为李重镇赎罪。臣当叱之曰：重镇何罪？夫非督师阵亡，亲将不能同死之罪邪？乃以西人二级，值银百两，为求赎罪，是朝廷遣一督师，不过值银百两而已。督师阵亡，为亲将者欲得不死，不过拌舍百两之银而已。验至后段，二月初九日香河获功，李重镇部下七颗，内东人二颗，各赏银一百两。西人四颗，各赏银五十两。又东人一颗为首梁瑁赎罪，臣不知梁瑁何人，且别有何罪？而重镇之所以自赎者，确确乎止前二级，而其余皆受赏矣。即其所以酬督师者，确确乎止百两之银，而自分必不死矣。痛哉！痛哉！

臣另疏言，赏罚二字，虽并用并称，而军兴以来，赏原未尝不立行，惟罚竟未闻小试。究论行罚之次第，莫先乎重镇一人，重镇而犹在也，已无以示儆于余人，重镇而以部斩之二级，了赎罪之局，以百金之细事，偿督师之亡也，将见从今而后，凡为将者，拌买两级为功，即更无功可立，无法可加，无阵不可溃逃，而无人不当原免矣。痛哉！痛哉！

臣故因验功而思烽已将遁，无可图之功，又因赎罪而思诛已久逋，无更贷之罪，敢循职纠参，请祈皇上亟敕总督孙传庭，登时绑拿李重镇，立斩行间。取五月高搁之尚方，试一日军前之利用，庶人心少惧，军纪稍明也。

案：《崇祯朝纪略》云：十二月十一日，总督卢象昇没于阵。至十五日，副将刘钦始获其尸，赞画杨廷麟迎至真定东关。新年二月二十八日始克大敛，距死之日已八十日矣。《明史》云：顺德知府于颍上状嗣昌，故靳之八十日而后殓。宜兴储欣作《卢忠烈传》，则云五十日。大抵皆属传闻，然观《巨鹿屡报未详疏》中，深责督标贴身之将，一战而溃，令该督孑身殉难，则未尝不信卢公之死，又何为故靳之至八十日乎？或因兵戈扰攘，久之始备殓具，而议者借以归咎武陵耳。汝怀附记。

防敌当防之于边疏崇祯十二年二月二十五日　　杨嗣昌

看得行间冒功一节，最为相沿锢习，牢不可破。兵士血战斩馘，拌命以图功赏，而主将以其弟男子侄之名，开列为首，甚有方在襁褓，即为奏名，累级相及，未及弱冠，已横犀腰玉，跻躐崇阶，实实当年血战之人，不知伶俜何所？而将官世世赫奕，功名无穷，有志之夫，咸为短气，此所以率多解体而不乐为用也。

科臣沈迅去冬在职方司，因庆都解功文册到部，臣为一一指点，如大同镇则首开樊御、樊衍胤，即与大同巡道樊师孔同姓；聂仍炤即与大同左卫道聂明楷同姓；而郝崇英、郝腾霄则郝胤之同姓，兰芳、韩之琦则兰应魁、韩斗之同姓。李重镇所开为首李九标，刘钦所开为首刘大成，刘光祚所开为首刘叟、刘畹、刘畯、刘异、刘显祚、刘绍汉、刘绍古、刘廷杰，则皆其同姓。而愿升愿赏，微有不同。凡愿升者多假冒，其愿赏者稍次之，一册之中，难以尽举，推而至于各镇之陋弊，似此者不知凡几也。又推而至于每处之斩获，似此者又不知凡几也。其间或姓氏偶同，未必尽为混冒，间亦有之。要之承流扬波，已非一日，臣欲稍俟事平，逐加勘驳，得其情弊，据实奏闻。乃科臣辄先入告，盖愤课功之不明，而受爵者之不足劝也。

仰烦天语诘查，行间各当遍饬，而庆都一册，凡愿升者首宜严查，要见与该道将同姓报功，是否弟男子侄，有无亲在行间，其人年貌技勇，果否真能杀贼？有之则为材武之士，不当埋没其功。无之是为假冒，扶同本人与冒功之人，俱当究拟正法。其庆都一册而外，臣部逐一清查，总期奸弊必破，法令必行，假冒之弊既除，埋没之人自显矣。若此时而寻埋没者，恐又因而冒报，转售其欺，臣不敢不为道破，恳祈圣鉴，严饬施行。

遵旨摘议司属储材之法疏崇祯十二年二月二十七日　杨嗣昌

该臣看得臣部司官，向蒙圣明加意，欲储边道、督抚之选，臣亦兢兢谘访，务求共济得人，而每苦于不尽如愿者。何也？时俗相尚，以翰林、科、道、吏部四衙门为清要华贵之选，诸曹望之，有若云霄之不可及。而四衙门亦自处云霄，下视诸曹，几不挂眼。是以才智之士，意不乐为。

在二甲初选部属，历俸三年，犹有改授一著，而三甲推知，行取考选，谁肯舍四衙门而到臣部者？是以臣部向来司属，多取之于推知左迁，蹶而再起、无复考选之望之人。自臣受事，则又取之南北户、工、刑部之属，而户、工、刑部比肩事主，谁肯为兵部试官听其频频谘调？则此法将穷，而司属几无所出。臣以旦夕待罪之身，虽忧其穷无所出而未敢深言之也。今科臣建议，仿吏部司官之例，分省直以定员，公保举以选材，借其周知山川地理、兵马刍粮之用，而铨臣亦言于扬历边方，曾办边寇，英敏甲科，功绩显著者，取之以为节钺之储。果能如此行之，不但臣属得人，而节钺从此无不得人，亦可计日俟矣。

查臣部四司，新定职官二十五员内，职方一司，专储节钺之用，而选驾库三司，则又转储职方之用，是必三司尽皆得人，次第拔补，职方乃能得人。今议两直十三省分选材杰，职方一司，亦无如许员缺，必尽用三司员缺以为缺，是则三司与职方，不得分低昂而异用者也。然分省之说可行，而保举之例难执，恐人情终视臣部不若彼四衙门，举之者未必肯拔其尤以与臣部，为所举者决不愿为其拔与臣部之尤。傥稍有私意于其间，是又一顿挫之法，而猜谤之门也。臣思欲破世俗之弊，实讲边材之储，则莫如推我皇上近日考选改授之法而永行之。臣部昨年司属，如朱天麟则选翰林矣，夏尚䌹、沈迅、余必泓、郭景昌则改科道矣。惟吏部额定省员，听该部推择，而臣部之属，见在才品堪以特拔者，固不止于前数人，第欲从此绳绳相继，咸得真才真品而用之，则非定考选改授之格，悬清要华贵之招，必不能使才智之士欣然乐就，而不为世俗云霄之所抑也。

定格若何？凡进士初选部属，实历三年，改授已奉明例遵行，若推知等官，取到臣部，实历三年，亦即可谓满期矣。此二年内，或自三司而历职方，繇主事而历正郎，料理军书奏牍，果能谙熟边情，厘剔奸弊，确有实绩成劳之可纪者，遇选翰林、科道，堂官即为具题，准送吏部选授，仰听皇上亲裁。其或资俸有过不及，不遇选授之期，则照近年题准，实历职方正郎一年，加升太仆少卿成例，如此永永行之，庶几才智之士可以罗致臣部，繇郎曹而翰林而科道，虽馆阁将出其中，又何止于节钺也？傥或备员臣部，而才品不称，职业旷瘝，身心瑕玷，不堪远大者，虽使誉满长安，堂官必加参处，轻则改调，重则投闲，即匪人不得滥充，而邦政深为有济。

其见今缺官数员，尚未推补，臣查曾经办过边寇地方，有已经叙准减俸行取者，即当行取来京，照缺先补，臣部用之，虽不必保举，而边材自集，此固六卿分职，各率其属，所当尽心尽言，而用人终属吏部，请祈皇上鉴裁。如果臣与科臣、铨臣之言不至大谬，乞敕吏部，覆议举行。盖当今时事艰难，边腹重担，未有逾于臣部者，即创格选授，亦不为奇，况我皇上新裁，实系祖宗成法，而科臣言之，铨臣又言之，则知非臣部之私言也。

申明二帅罪状疏崇祯十二年三月初二日　　杨嗣昌

窃照边烽不戢，屡入长驱，我以堂堂中国，不能收一战之胜者，无他，皆繇师不武，臣不力，人人习于欺诈逗怯而法不行焉，故也。然如己巳之张鸿功，丙子之李国梁辈，皇上何尝不付之司败，悬之藁街，以示国法之必不容，武功之必图竞。而特其时去边警已久，两军既罢，万目无观，虽国法未尝不行，而人心不为之振。彼于临敌之时，且奉头鼠窜，且却步潜藏，苟幸一日之不死，则尚有囹圄福堂，迁延审问，延一月活一月，迁一年活一年，而谁肯为我皇上决机两阵，之死靡他，以力争一战之胜哉？此臣前疏所谓有国法而无军法，欲以惩前毖后，转败为功，万万不能者也。

盖国法专主一定之法，军法参用一时之机，当机立断，则刑一人以惧千万人，而气立振，功立成。错过时机，虽刑千万人亦无及矣。顷者刘光祚被劾，皇上立正军法之令一申，真有刑一人以惧千万人，而气立振、功立成之望。乃行间诿卸，竟不奉行，而时机错过，以致奉再三之旨，解京究问，且陈镇彝、方正化相继救援，彼一光祚幸不立死，而军前之为光祚者何穷？大家观望，知军法已万万不行，国法可多方求救，而敌据丰、滦，又将一月之久，冲锋陷阵，拌命急攻者谁？运谋设策，救出亲藩者谁？只闻终日坐食，内待刍粮之净尽，外待接应之俱来，哄然纵逸，以为散场而已矣。呜呼，痛哉！

今光祚解到矣，倪宠亦到矣，臣不申明罪状，恐法司究问之无凭，而立正军法于何日，用敢指实言之！倪宠，山东总兵也。其在登州，以贪受沈志祥、李逢春人参、银两，为监视陈应祥所参，事未勘结，而皇上权宜调用防河者也。及臣部题令统兵剿贼，则托闻警入卫，疾趋德州，乃十一月初六日，已奉臣部“敌苗东指，还顾山东”之文，而返回徐、宿，何为者？其时敌逼任丘，距德州不远，恇怯而逃。宠有《微臣候旨入援》一疏，于二十四日红本下部，臣部驳奉钦依，可据也。既回徐、宿，臣部差官往调，于十二月初七日报称奉札起行，又逗遛不进，迨该抚文岳自临清回镇，然后遇之于东昌，该抚闻敌攻济南，遣将陈三捷往援，而宠不惟不援，且径同该抚回登莱去，此何为者？其时臣部差官东加荣，于新泰县取回登抚咨文，于二十七日题知在案，可据也。此倪宠之罪状，以其自具《候旨入援》之一疏，及臣覆行取回登抚咨文等疏参之，而法当立斩者无疑也。

刘光祚，保定总兵也。其初任之时，哆口建言，申明下手实战之势，预杜借口不战之名等事。内称阃外之踌躇瞻顾，而不敢毅然于一决。借口持重轻率二端，乞皇上敕部，着令敌入内地，必以奋身截战课实，但有握兵不动，迟疑不战，借口全军保地者，必当置之逗遛之典。仰恳巽命，明白重申一番，亟早提醒懦夫，破其疑阻。臣请即拌此皇上生荣之七尺为前驱，务使只轮不返，金汤永固。等因。于去年七月二十九日，奉旨下部，臣部引军律三条，覆准通行，可据也。曾几何时，而欺诈逗怯，无所不至。鼓劝调度，无法可行。他人犹有愧愤图赎之心，光祚竟无一词可答。所谓握兵不动，迟疑不战，当置重典者若何？所谓巽命重申，提醒懦夫，破其疑阻者若何？所谓奋身截杀，拌此七尺者若何？而光祚果是拙讷无言之夫否？此光祚之罪状，以督察刘宇亮原参之疏，与其自具《申明实战》一疏参之，而法当立斩无疑也。

今边烽徘徊未遁，我兵观望不前，皇上取前数件红本，重经御览，少留圣心，即将倪宠、刘光祚与吴国俊立行枭斩，传首行间，犹可申久顿之威，收未著之效。若欲究问，则倪宠之返徐州，距济南、东昌各仅六百余里，十二月初七日奉调，距正月初二日陷济，迟二十五日而不前，合已承调遣及托故违期，律已二斩。刘光祚前在容城，失高阳、蠡、庆而不援，后在东安，并对面敌尘而不见，合失陷城寨与失误军机，律亦二斩。而说谎欺天，尤有出于军律之上者。臣职司邦政，愤误军机，调度不灵，已有罪，隐忍不言，更有罪。用是不敢不补牍请命，伏祈圣明，立赐裁断施行。山松曰：先人之词严义正如此，而光祚钱可通神，力能使鬼，究能漏网。或恃陈镇彝、方正化群阉之力居多，乃门户诸公，以清议主持自任者，竟以此事为先人借端以逐绵竹相公之说，其祖光祚，无耻懦夫，已属可笑，且更祖群阉，自干清议，又当何如邪？

钦奉圣谕疏崇祯十二年三月初七日　　杨嗣昌

看得今番烽犯内地，死难节烈诚多，仰廑圣心，亲洒宸翰，令臣等查明赠恤速奏，不许遗漏，诚幽慰忠魂，显维风教之第一义也。

第以死难言之，有弛备疏防，烽至即陷，昏窘无聊而死者，律以守备不设，生存尚当一斩，赠恤何可轻加？有督师临阵，与彼奔驰，才力不支而死者，似乎功罪难掩，悯忠应候圣裁，臣等未敢轻议。惟夫守令登陴，裹疮饮血，大敌围久，力屈无援，如文安之知县王钥，灵寿之知县冯登鳌等。武夫临敌，陷阵冲锋，人皆溃存，我独尽命，如山海之副将李孟阳，辽东之副将屠朝相、旗鼓朱之镇，京营之副将王世爵等。城亡与亡，死绥死鼓，轰轰烈烈，赠恤宜先。又有泉石簪绅，胶庠礼乐，临难不屈，杀身成仁，如高阳之原任阁臣孙承宗，灵寿之原任巡抚马从聘、吏部耿胤楼，文安之训导郭养性，灵寿之教谕时跻舜、训导贾于廷，深州之教官任尹、王梦、夏侯度昭等。报国忠肝，不移家食，身先士范，不愧明伦。凡有见存之身尸，确然之题案，即宜速奏，以体皇仁。但原任者须咨吏部，查其是否以理去官，有无别项罪案，咨回即可具题。

其余文武官绅、士子，死难尚多，或原报姓名不详，或身尸未见所在，与夫妇女之节烈，须各该抚按确采舆评，次第条奏，臣部方得而拟议之。其奏到已详已确者，臣部不敢稽迟。间有未详未确者，犹恐被掳偷生，玷辱名教，有司不能明辨，误徇面情，不得不驳回再奏。所以慎重恩纶，光昭史册，在此一举矣。山松曰：观“督师临阵，与彼奔驰，才力不支而死者，似乎功罪难掩，悯忠应候圣裁”等语，明明为卢公伏一请恤之案。

案：卢公误听云镇王朴之报，谓敌从龙固出口，于是发诸路兵尾追，而敌陷获鹿，再攻酸枣，真定之属所存无几，卢公革职听勘。及贾庄殉难，庄烈帝曰：大臣阵亡，岂不可悯？恨其调度乖错，不准予恤。而野史以为入杨嗣昌之谮，不知卢公奉命出师，朝廷方恃以无恐，不幸而两次挫衄，以至身殉师溃，即在常人，能无忧愤，何况人主？而其先又有抚监御史某疏，揭南宫之陷，象昇拥兵不救，已奉调度无方严旨，丧师失地，目睹艰危，乃必入他人之谮而后发怒乎？亦比附影射之不度情事矣。汝怀附记。

边烽报遁臣罪当诛疏崇祯十二年二月十三日　　杨嗣昌

窃惟边烽入犯，半载于兹，边腹文武，内外守援诸臣，莫不有罪，而分之为诸臣之罪，合之则皆臣罪也。

臣知臣罪甚明，请臣罪甚力，而以烽在内地，臣未敢离部署，废军书，频欲诣阙叩头、阖门俟死而不可得。今则烽遁矣，兵解矣，是臣顿颡玉阶、力终前请之日矣。臣亦无他可言，惟举边腹文武，内外守援诸臣之罪，尽加于臣之一身，是臣谊不敢辞，志不忍辞，抑犹惧无益于报恩，仅同于塞责，前疏言之已切，无有二三者也。夫不能报恩而仅同塞责，臣死有余憾，死有余辜，然负恩负责，臣自省与寻常不同。俯惟暗室屋漏之心，仰惟天地祖宗之鉴，有一息苟安而千秋共凛者。用敢斋心请命，静俟斧钺之诛，臣之分也，臣之命也。

臣事皇上十二年，所愿尽者君臣之一伦，而不皇顾父子、夫妇、昆弟、朋友之四伦。皇上使臣十二年，所显行者富贵之一素，而臣则隐行贫贱、患难、夷狄之三素。今以□□之患，勉尽君臣之伦，是臣心怡而目瞑者也。

痛感天言泣领臣罪疏崇祯十二年三月十六日　　杨嗣昌

本月十五日，准吏部咨：该臣嗣昌奏为边烽报遁，臣罪当诛等事，奉圣旨：边氛方遁，枢务急当从头料理，卿还即出视事。该部知道。钦此。钦遵移咨到臣，臣恭设香案，望阙叩头，正在徬徨循省间，忽闻圣谕阁臣，传示礼部，有“朕与大小臣工，均属有罪”等语，臣不觉仓皇号恸，碎裂心脾。

念边烽不道逾二十年，阑入蓟、宣合三五次，而今番之祸，较昔尤深。虽一鼓歼尽，只轮不返，犹不足以赎藩封生齿之痛，而况乎其不能也。呜呼！吾皇何罪？罪在臣工。臣工皆罪，臣更居首。吾皇虚席中枢，驿召微臣者何事？微臣哭辞浅土，迫起应命者何心？极知内寇外边，势难兼御，图欲缓外先内，以渐驱除。何期天不悔祸，人鲜臧谋？内患未清，外忧旋逼。核实整援，饬边而边不固。修练储备，饬腹而腹罔闻。呕二载之血心，尽销归于纸上。奉一人之威令，徒叫号于师中。夫夫群望之攸归，而推毂则名实不副。纠纠诸边之选锐，而援鼓则恇怍不前。索饷则沿门持钵，一饱之难求。加刑则刀下留人，寸脔之莫割。臣乃今而后，捶心顿足，自悔之晚也。

始不能坚请出督，以代卢象昇。继不能坚请舆疾，以先刘宇亮。终不能坚请驰通，以易陈新甲。岂臣之能有加于三臣哉？幸一至行间，望敌尘而死，知彼果如何难敌，我兵果如何不前，军法果如何莫试，而臣死亦瞑目耳。

天恩未正臣罪疏崇祯十二年三月十九日　　杨嗣昌

本月十八日，准吏部咨：该臣奏为痛感天言，泣领臣罪事，奉圣旨：昨已有旨谕卿，何乃复有此请？着即恪遵，毋得稽误部务。该部知道。钦此。臣伏地跪读，流涕沾襟，随恭设香案，望阙叩头千万外，窃念微臣罪状，自知无逭天诛，仰荷殊恩，未忍即赐臣死。或以部务殷繁，急须从头料理，姑责祇遵，勿容稽误，亦臣谊所不容辞者也。

臣愚踌躇累夕，自决于心，部务拮据，二年已无尺寸之效，岂数日所能补苴？罪案权衡千古，傥有毫厘之差，即异世犹蒙訾议。且也此番边烽犯抢，较之连年为祸更深，我皇上犹引咎责躬，遣官告庙，而臣忝中枢，不首先治罪，则何以昭示其余？微臣仰事皇上，繇道而抚，而督，而枢，历中外十余年，体焦劳如一日，本之以聪明神武，加之以惕厉忧勤，而何以升平之未睹？将谓文臣不足恃，则亦兼优武臣矣。将谓外臣不足恃，则亦分遣内臣矣。

而何以饬备之仍疏？夫岂中边之兵马不增于前日，岁费之钱粮不倍于往日欤？而何以战守之失据？此无他，一言以蔽之曰：法不行耳。事前有虚文玩法之人，无实心奉法之人。事后有强口脱法之人，无俯首受法之人。事中有共谋破法之人，无一体甘法之人。事外有偏见觭法之人，无公道平法之人。噫！法尽而天下事不可为矣。皇上枉费焦劳，曷慰太平之望？臣部徒然料理，终无补救之门。故臣窃愿以不才之身，为皇上行法之首，而凛然于不可逃，尤毅然其不敢后也。法莫大于生杀，非皇上不用。权莫尊于生杀，非皇上不专。然而臣部职掌封疆，非力请皇上尊权大法，专断立行，则一误再误，将终至于不可救。而臣不正己之罪，何以正人？法不首加于臣，何以明法？

伏睹兵垣公疏，旨下部院议奏，而臣具疏闻，亦奉旨公同议拟。夫臣即应议之人，岂得为议人之人？且此何等事，此何等时？未有应议之人，犹然袭冠带，坐衙门，治文书，一切如常日者也。他人姑不具论，即如同官刘宇亮，慷慨请缨，督察不效，奉旨革职为民，犹俟事平另议矣。岂臣之罪轻于宇亮，烽之遁犹非事平，而臣不当先请革职，仍俟议拟乎？噫！臣言至是而愈不容自已也。

臣本庸人，才不能负重远，而分不敢避艰危。臣实苦人，心不忍负主恩，而力不能副臣志。至于今日，则毋问其庸不庸、苦不苦，而总之为罪人矣。至于后日，更毋问其庸不庸、苦不苦，但将迹其罪不罪，而以为奸人矣。臣实以庸人误皇上，皇上或犹以苦人鉴臣心，第大法所在，不容不以罪人正臣辜而结臣案。若终不免于罪，而少轻之，少缓之，恐天下万世以奸人目臣，而谓皇上圣明，竟为奸人所误，则臣有余憾余辜，终不瞑目于泉壤之内矣。臣言出至诚，无敢矫饰，拜庆大典，不敢随班。统祈圣明垂察。

遵旨酌议裁练疏崇祯十二年三月二十八日　杨嗣昌

崇祯十二年三月二十五日，该兵科钞出该臣部题为遵旨酌议裁练等事，奉圣旨：裁练直省俱应通行，不必又分冲缓，若各地方有未尽事宜，着该抚、监、按依限议妥速奏。武职虽先科世，行伍有堪用识字者，亦准参用，俱责成抚、监、按、道精选，不许滥徇取罪。行移节制，练备视府同，练总视州同县丞，功罪一体，务要协衷恪遵，共臻成效。违者拿问重处，即通加严饬行。钦此。钦遵钞出到部，该臣拟行直省，通饬遵奉间，细思今天下东西南北，固无往而非有事之地，即无地可弛，先事之防，然以时势度之，宸居辅弼，饬备必先，则河北、山东为急，而大河以南，较为稍次。其大江以南，则又次也。

夫裁一官，设一官，岂为难事？而设一官必须设一官之兵，设一兵必须设一兵之饷，其兵其饷，不可以虚应故事。要必为真堪御侮之图，则地方一番设处，殊费商量，总此有数之财，不在官则在民者，于中那移补济，彼有余则此不足，决无官私两给、皮毛兼顾之理也。论至于此，则今日之南方直省，当留余力，以为供赡京边，灌输西北之地，而不可令处处裁官设官，至令设兵设饷，必不得不为彼有余、此不足之事，以使财力愈竭，灌输愈难，亦明白易见之理也。臣积罪深忧，眼前缺饷至急，日与宣督陈新甲、蓟督洪承畴，讲求抽练边兵之著，尚苦茫难应手。则此件裁练，不容不请圣裁，次第行之。先以河北、山东为主，待行之有效，再推之大河以南，或非过计，而大江以南，则似乎其不必行也。

以臣先有《南方盗贼渐起》及《兵壮虚有其名》二奏皆奉钦依，果责成实实行之，江南亦略有济，故敢不避烦聒，再祈圣明，采酌施行。

恭承召问补陈剿抚情形疏崇祯十二年四月初四日　杨嗣昌

窃臣嗣昌顷承宣召，随同官薛国观等恭诣平台，蒙我皇上于赐茶、点心之后，再召面商设总督、遣兵马、剿抚流贼事宜，除臣祇对明白、次第遵行外，窃见年来流贼，荷我皇上天地至仁，念系中原赤子，不忍尽加诛戮。爰命行间文武，恩威并用，剿抚兼行。是以秦中大股，渐次荡平。郧、襄之间，招纳有绪。而今余党未尽，在秦、蜀、豫、楚之间，责成各该抚、镇、道将仍用前法，诛其不服，宥其来归，或可不难定也。

惟是总理熊文灿，近有遵旨回奏之疏，反覆于张献忠受抚之详，谓已实未闻于前。科臣张缙彦有疏摘之备矣，惓切于给饷、给关防之说，谓此则能善其后。臣愚不敢不明言之，古称惟名与器不可以假人，然有名分之名，此断不可假者也。有功名之名，朝廷以此奔走豪杰，即以此奖率庸愚，予夺进退，无所不可，与名分之名不同。若夫器则一而已，闻有不以示人者，未闻以之假人者也。故夫降众归心，朝廷受抚，察其中为豪杰，则奔走而试用之，为庸愚则奖率而散遣之。副、参、都、守，可以开功名之门，予夺进退，从而核试用之实，此可假之名，非假也，所以为即真之渐。假之以名，非名也，所以登实用之阶。即如刘国能、张献忠同时受抚，而该理亦同，加之以副将名色，岂非奔走而试用之意哉？乃国能受抚以后，所至立功，渡河入卫，恪著勤劳，安插家口，叶县关厢，自寻生理。此奔走而试用之真实有效者也。献忠受抚以后，未离谷城一步，未散胁从一人，勤劳安在？与民共城而居，甚乃分麦而食，生理何存？此与刘国能行径，相去不啻悬远，而何怪乎旁人疑骇，讹言繁兴，致有纷纷不戢之虑哉？

乃理臣为恳请给饷，臣断以两言曰：分兵随营，调遣杀贼，则自然给饷。若安坐而食，朝廷予饷无名，百姓出饷不甘，无此理也。又为请给关防，臣亦断以两言曰：南方各营将领，未给关防，岂有该营独给关防之理？又况义武左营，乃海上叛人遗弃之物，尚有中、前、后、右等营遗失，一处用之，将他处冒用，安辨真假？此断不可给者也。臣部近请天恩，颁发敕书，内载张献忠首倡归诚，方欲特加褒美，以为余人榜样，今安坐而食饷与讨要关防二事，可为余人榜样否乎？一股给饷，则股股比例请给。

一人给与关防，则人人比例请给。该理将许之乎？不许之乎？为之转请乎？不为转请乎？甚矣，其非政体，非抚权也。夫降民之乞抚也，为弃邪归正，当渐去其邪，以全归于正。为弃暗投明，当尽破其暗，以立睹于明。未有抚纳逾年，而犹在邪正明暗之间，不可方物。如张献忠者，朝廷本欲以首倡归诚，特拔献忠为余人榜样，而献忠之情实如此，今不得不特拔余人，反为献忠榜样矣。

拔之伊何？恭照敕书内，刘国能、刘士杰冲锋陷阵，马进忠、马士秀等乘机内应，俱各革心立功，准与加衔示异，久当钦遵举行。今查刘国能原加副总兵名色，请乞天恩，特加实授，以示优旌。刘士杰前实授守备，今冲锋第一，拟特升游击将军。马进忠先次归降，原未给札，今再加反正，拟特授加衔游击。马士秀前实授守备，今亦知反正，拟再加都司佥书。此敕内已开姓名者也。又有杜应金，亦系马士秀一起归正者。刘喜才另系汝宁道报杀顺义王刘国槐来降，又立战功者。原未给札，今各拟实授守备。虽敕内无名，而奉旨在案，臣部合请钦依，以昭激劝。凡此诸人，如能实心报效，则功名一路，不妨破格再升。仍照白广恩例推，与边方实缺。其张献忠能奋发与其部众情愿立功效有实迹者，亦照此例施行。朝廷原未有靳，但该总理、抚、镇等官，当引之尽弃邪暗，归于正明，不容一味姑息骄纵，惟其所欲而莫之禁也。

至于入山采矿，生路宏开，垦荒授官，敕恩新布，郧、襄九股之众，当散之于河南、川、陕诸方，各该抚、道务要刻期安插，多方解散，不时奏报前来，实实奉行吾皇德意。如或虚文涂塞，支担延捱，致失操纵机宜，别长嚣讹枝节，臣部指名参处，决不姑徇。盖未有地方之官，不实奏剿抚之事，而徒终日呼吁于朝堂者也。奉圣旨：是。降众果能随营杀贼，准给与饷，关防殊滋冒伪，不必给。刘国能等既各革心立功，着分别升授，用昭激劝。张献忠能率众图功，仍照前例行。剿抚事宜，理、抚、镇、道等官，务遵屡旨，从实速定，不得辄勤呼吁，养寇匮财。该部驰饬行。

酌议裁练兴屯疏崇祯十二年四月二十八日　　杨嗣昌

看得裁练一事，臣部屡经条奏，奉有明纶，亦既通行省直矣。科臣沈迅，恐虑始之难，人情未免疑骇，再加详细申明，即当广为播告，而拈出六款，犹命臣部从长酌议者，盖圣意诚慎重之也。

查佥补责成正官移送，武臣不许径自句报，及练备、练总，各自练兵守城，不许干预词讼民事。三款已在臣部前议，行移节制，功罪责成之中，第取科臣之说，互相发挥而足。其责成捕盗，自是职掌攸关，然止可责之擒拿，不当付之审问。一行审问，则吊拷株连，转生多事，势所不免。必擒拿之后，仍付有司审理，斯为得理。此一款当慎防者也。又考取武生，公试技力，固为可行，而乡兵之中，未必尽长弓马，兼通策论，惟是有则取之，无不强求充数。此一款当从便者也。至于府县同城，或省练备，或省练总，又有一府城中原设两县者，孰存孰省？当听府道酌行，臣部不必胶执。惟是府城练兵，取之附郭，断不派外州县与府、州、县，各守各城，断不调去他方，则当勒石刊榜，永为遵守，毋致游移惊沮，兼误本城之事耳。

若夫既设乡兵，不容不为议饷，臣部前番条奏，圣谕驳之，今观科臣疏内，前曰但于农隙之时，演练火器，练日量给犒赏。后则曰流贼震邻，土贼伏莽，训练堤防，不可刻弛。未免自相矛盾。若无常川之饷，仍是枵腹之徒，有名无实，难裨守御。臣之愚见，终未敢以为可行也。议饷不得，则思及卫所屯田，台臣张肯堂即练兴屯，以屯实练之说，岂不真切痛快？但二百余年屯政久废，粮亩多淆，欲与之则必清之，欲清之则必夺之。或得其人而治，不得其人则乱。前蒙皇上面谕，未睹其利，先受其害者，比比是也，而何以处之？惟有旧抚余应桂于臣乡条奏，按其见在酌议加租，不必夺此与彼，而可增饷养兵，似为长便。

臣昨与计臣李侍问商措饷之法，计臣言是法皆可行，但患有司不得人，有借法以为利者，有奉法而不能者，此两种人最害事。每行一法，只害百姓打一场官司，而无济朝廷实用。臣最服其言，今日诸般政令，详审而行，惟毋害百姓打官司者为善，则清屯、夺屯之说，于此可思矣。

功罪关封疆之重疏崇祯十二年四月二十八日　　杨嗣昌

一议得烽分两股前后，自东省折回。其第一可击，在独流、杨村等处堕落水套之时，彼股正以未合可乘，而我兵亦以未合自阻，机会深可惜也。第二可击，在玉田、丰润等处，周遭泥泞之时，彼营以不动待我，而我复以不动谁待？机会更可惜也。就其中岂无零级小捷？要之无损于彼之大势，焉得遽诧为我之奇功？即其认某也抄前，某也截后，总未见我之真切同心，焉能致彼之疾驱丧胆？至于出口一节，彼已过玉丰，趋滦永，明明向冷口无疑，既而谍知九窑坡、千户亭等处，新建炮台，埋伏火药，确有二三十层之宽且厚，因此不敢闯出，折回青山，此一将出未出之间，塘报纷纷，了了于人耳目者也。

总督孙传庭执著“抄前”二字，始终认定建冷，不知何为？至三月初五日，太平一战之后，而仍调曹变蛟回建冷，更不知何为？至十一日烽出青山已尽，而我兵是晚止于榆木岭，去青山尚二十里，乃云连战三日，该按以为是日实未有战，则谓之何？明旨躲闪虚恢，全无调度，诚不能为传庭解。追忆从前，德州屡催而不动，平原暂往而复回，亦不能为传庭解。第其受事在贾庄大溃之后，提各镇重整之兵，苦于残局勉支，不能大有建树，殆亦非其本心，而砖厂归河川、西山、乱柴沟等处，将士力战，难以尽泯。此传庭及所部之概也。

总监高起潜执著“促后”二字，持久专在玉丰。二月二十五日，八里庄报捷之后，直至三月初九、初十两日，方至太平西北，一再交锋，而斩一斗大渠魁之外，所报五十七级解部确验，该按犹以为疑。至十一日，烽出青山，各兵止于榆木岭，诿之提调，不放出关，一参卸责。明旨裹粮蹑促，以收实效，殊不敢为起潜许。追忆从前援献，两战而退回，顾济有心而无著，亦不敢为起潜许。第自边烽进口以来，奉调入援，始终其事者，起潜一人。转战数千里之远，阅时五六月之多，亦已不遗余力。行间将士，战高阳，战故城，战韩家树，战八里庄，与守临清，劳甚著。其余零捷未可同称，而所至骚然，憎兹多口。此起潜及所部之概也。

宣督陈新甲，始而护陵信、山阴之讹报，既而协剿虚水套之便宜，密奏军机，专居后劲，意已可窥。再奏半出青山，而虚词诿饰，不能逃明旨之切责矣。八日转战，该按摘其塘报，诚有不符，与敌隔埠而营，蓟督称其危险，亦非谬借。且其督属利兵精卒，始则全归卢象昇，继则半属孙传庭，而新甲乃收拾奇零，勉图遮障，责以督监之全功，亦岂平衡之笃论？姑就擒斩百余级论之，香河解围，较为真切，余亦寥寥点缀而已。此新甲及所部之概也。

夫出口何地，非中协之分信乎？一入米谷，直趋青山，盖两山中一线道，彼之辎重，从此通行，而游骑夹护山头，为不可攻之势，故扼烽必于米谷之冲，冲烽必于米谷之外，一失其冲而彼入谷，遂不可为矣。边烽折墙出口，各援兵何无追击？该地方何无预备？奉旨行查，而该抚杨绳武咨称青山之烽，乃轻骑三千，自蓟达边，一昼夜驰三百余里，其大营辎重，俱扎香河、□州之间，各镇援兵，尚在通州，远不相及。此无追击之故也。至地方预备，职虑青山为躏入旧径，蚤拨南兵，前营崔秉德统兵一千二百五十，专防兹口。又虑米谷为入青之路，复拨协守韩文献统兵驻太平，扼断米谷山梁溪径，以遏其前。数月于兹设备，颇称周到，不意二月初九日，彼已驰伏山中，先扮青衣十数人，假充查边员役，直抵关口，而大队随即拥至，虽击打移时，彼亦有所歼毙，然大势已失，总是脚乱手忙，兵将退保烽台，而关口遂为彼据。等因。此前闯青山一段，罪在韩文献、崔秉德之确据也。

至其后段，则在该按刘呈瑞疏中开称：三月初一日，敌抵红门、凿子岭，弃马腾山，我兵不能支。初二日，寺儿峪遂告溃，陈国威弃关不守，自凿子岭退归青山营，寻又退归董口。抚臣严拒之弗从，坚意渡水，以远避敌锋，致彼踞有绝巘，我兵遂不敢仰视。夫以俨然大帅，而踉跄遁走，弃险予敌，安得借零级为逭死地也？专防游击崔秉德，堵御无能，部勒无法，随众披靡，避敌楼台，其罪恐不在国威下。副将韩文献以协守为名，游击苗有才以专信为责，而地方失守，罪亦奚辞。若抚标之刘迁、郭均，监标之李葆素，镇标之孙献捷，营将之杨邦泽等，自初二以至十一等日，自莲花池十号烽，以至红门、板桥等处，冒险截抄，颇奏小捷，则微劳亦未容尽泯。等因。此后闯青山一段罪，在陈国威、崔秉德之确据也。而韩文献、苗有才次之，余诸将无预。该抚杨绳武虽分信董口，有全协之责。该道李鉴虽分信太平，而有二路之责。为法受过，丙子建冷之例所不得辞。该监孙茂霖此番未确分信，前案业已严纠，无容再议者也。若烽势已趋建冷，乃折回仍闯青山，于此见东协之能守，其密抚先回本信，而监视俱在行间，亦犹见西协之能援。守将为陈可立，确遵部檄，伏火多方，有画图禀送在案。援将为唐通，独踞山头，遮障董口，虽零级斩获无多，与山抚朱国栋、密监边永清，皆当纪劳以别之者。

外此则督察之刘宇亮矣，前未领成师以出，后未睹终局而归，行间得失，本难苛责，第其一腔忧郁，感慨迫陈，帷幄无胜之能图，文武殃民之不共，是以帝鉴忠愤，立允督师，一切机宜，听令面授。盖从其请而望之殷也。孰意一出春明，贾庄先溃，徐往临德，济郡随危，机宜忽尔全非，面授亦复何在？至参刘光祚逗怯，在军前为立死之法，且既不如王朴等有后效之可图，又不比和应诏等听督臣之核奏，则除却死法，何以处之？孰意奉旨行刑，而又倏参倏救，以为或斥或逮而已。将谓临敌之懦帅，与全城之傲守，同罪而并罚，可乎？此其举措失宜之大者。若论孙传庭躲闪虚恢，奉有严旨，而传庭亦复交讯，有类细人谇语，臣等难尽诘也。下此则赞画之杨廷麟矣，本慷慨忧时之士，凭揣摩失实之谈，行间利害，岂曾谙习？忽承赞画之命，勉效奔走之劳，不逾月而有贾庄之役矣。总督舆尸甚惨，赞画左次无闻。奉旨回奏，已蒙钦降处分，戴罪遄征，亦觉困衡日久。若必责书生以退敌，课入幕以肤功，则兵柄非其所专，即有奇亦难自出，臣等勿容苛也。

因是而论卢象昇，始焉鞠旅陵京，犹有一往之锐气，至孙堠而已觉其轻疏。既焉提师真、保，无救诸城之破残，至获鹿而弥伤其惨恸。然以闻忧候代之人，忽作卷甲勤王之事。兴怀感慨，直受命而不辞。揣力艰难，卒捐躯而矢报。较之吴阿衡有不同者，一则失火之人，一则救火之人，臣等平心而论，无敢偏轻重也。至于所部诸将，大者在济南一案，分信失陷，则都司冯辖身死不明，旗鼓徐颐鹏入山逃走。调遣赴援，则中军李绩逗溃居先，副将祖宽、郭进道、王鸣喜违期不进。虽各支饰他词，焉能轻逃大法？而杨振、徐成友、屠朝相，傥非异地效死，亦与宽等同科。其刘伯禄、李得威，该监查称二敌策援，周祐、程继儒、张凤翔、高桂，则又查称分途掎角，姑各革去职级，再查有无战功，与登抚所遣之陈三捷，亦先革去职级，确核曾否用命。夫一时兵将云集东方，而臣等查据奏报，专重其责于李绩、祖宽等者，以东兵实是主兵，而总监专任此路，有如臣部调吴襄等兵五千与孙传庭，而留之守临。又题刘复戎回守天津本信，而亦留之守临。他如登抚回青、莱，总河回济宁，通镇趋兖州，皆彼中佥议应时发遣之事，而非臣部所能知。及济南既陷，犹欲督察、总督，先至临清，换出总监恢济，则当时临敌仓皇，顾此失彼，茫无确画可知。臣等舍奏报的名，别无从而正其罪，非有私去取也。

次则贾庄一案，总督卢象昇亲将二员，倚之如左右手，而刘钦先日出战，竟未归营。李重镇临阵紧随，独以身免。且两营小弁中千把总，曾无有一如养马官杨陆凯之同死者焉。是明明相率弃督而逃，一哄尽散，其将奈之何也？诛之不可胜诛，必拿刘钦、李重镇究拟正法。而其余小弁，责该督查验阵伤，分别惩处。至一时罪弁，如尤世威、茅元仪、曹九还等，先附该督以立功，旋复见机而引去，讨差告病，临难无人，虽法无可加，而功宁足录乎？其时大将则有虎大威，亦溃围出，而查其所部阵亡，有中军孙演，旗鼓姜兴，游击李可用、常祁，千把总蓝廷芳、刘景明、赵昌祚、杨友明、赵进、倪举、雒英才、李茂春、王国甫、范登朝、王贵、王应选若而人，则阖营苦战，比之望风而靡者不同。又有杨国柱，亦溃围出，而查其所部，有游击李有功、刘世爵，领千余骑闯救顺德。又有守备李胜蛟，领六百余驻防定州。皆未合营，势殊单弱，然而偏裨以下，无一阵亡，则较之虎大威有径庭矣。二将本当拿问，以正厥辜，但蒙恩削职以后，国柱每阵必先，大威独往求敌，行间万口称其敢战，英风犹为可用，或者恩饶一死，仍革总兵事任，降充督标练战之官，可以严程后效。而两阵偏裨，如张明礼、尹从聘、何鸣陛、田秉德、崔邦柱、李可养，俱革去职级，行该抚按确核，带伤堪战者，或降或留，无伤不堪者，永行斥革。而柴沟路之李国辅，亦随该督入援，带兵虽仅百人，显系溃回之数，所当革任查核者也。其加衔都守及中千把总等官，径听该抚按惩处，不能尽赘。

次则总兵王朴，提兵满万，独为诸镇之雄，巧避出关，深恨设谋之狡。获鹿可援而坐视，曲阳承调而不回。诛心实有余辜，按法遽难专坐。姑仍降削管事，黜其前后之功，尽置不叙。而偏裨以下，仍酌旌之。

又次则总兵侯拱极，潞河拒守，徒为庸碌因人。新庄突围，遂至苍黄失印。以勇自试，纠之殆若褒之。及查大敌当前，全军过半，先胜后败，具报分明，似乎降削之外，更无可加罪者。援临先至，每战齐驱。主将偏裨，犹多足录。此二将者，才望虽若不侔，心迹较之有辨者也。若刘泽清，防景防临防兖，非不自喷微劳。若刘复戎，守通守津守临，亦各奉有明旨。虽或虚恢鄙拙，要之未见瑕疵，惟至出口之日，两将同在行间，竟无寸树，泯泯而归，均可耻矣。又若唐通，则崎岖捍董，而该按以为不急之地，置有用之兵。若王修仁，则奔走护关，而该监以为城守之资，非战援之将。不知西协残兵骤整，讵称堪用？宁前冲镇团练，岂专驻防？似唐通可策前驱，而修仁尚当易置。通较刘泽清近实，修仁与刘复戎比庸也。若王承胤，护陵是其专责，烽讧半载，松楸宁谧，著有微劳，而密城夜溃，胆怯心虚，不能为之讳。臣等前拟降调，盖以惩前失，尤要慎后来居守之人。若祖大寿，入援未奏肤功。津门一路，控扼宴然，颇资声势，而中后孤撑，边烽挫遁，斯克壮其犹，使非有此一著，则安得再阅数月，毕举全力而驱内地之烽也？此著在五案之外，当特酬大寿之庸，而太平连战，勇略独推曹变蛟。闻大寿语人云：今日众将中显了一人，诸将皆服。则以其懿好之公，质之当场之众，而变蛟有功可录，为陕西诸将之先，其左光先、马科到口在后，斩获颇微，柴时华路远行迟，竟不相及，是诸镇将之概也。

其副参以下，在辽镇则有若张鉴、吴永禄、于永绶、祖大乐、王定一、吴三桂、窦浚、阎思明、王建明、刘成功、丁志祥、王天麟、崔士杰、高勋、那木气、胡进、祖泽沛、柏永培等。在关门则有若张惟忠、张光祖、刘肇基、邓林奇、王之贵、柏永镇、任得功、张汝行、刘登科、余自新、张天麟、徐于跃、简化龙、王天宠、吴东善等。在遵化则有若刘迁、郭均、李葆素、杨邦泽、陈国栋、孙献捷、王三乐、陈献策等。在宣府则有若李有功、刘世爵、杨捷、班卜世等。在大同则有若何其明、韩斗、方天禄等。在山西则有若猛如虎、薛敏忠等。在阳和则有若冯举、朱尚义、甘良臣、赵完壁等。在陕西则有若王根子、李国政、赵大胤、张文耀、郑嘉栋、鲁文彬等。在三边则有若白广恩、贺人龙、高杰、和应诏、杭栋、万邦安、牛冲汉等。在巩固则有若孔希贵、郝之润等。在保镇则有若傅朝纪、刘永浚等。在津镇则有若李志耀、杜绳武等。在通镇则有若李国祥、徐启等。皆领兵援剿，塘报部斩之人，当查功级为殿最。册未备者，仍行该镇详列，另行核奏。

此科疏所谓零级小捷，不可不录，听兵部酌量折赎者也。

外若辽镇之祖宽、郭进道、王鸣喜，亦有斩功而方行解问。程继儒、刘伯禄、高桂、张凤翔、周祐、李得威，亦有斩功而正拟革查。徐成友、杨振、朱之镇、祖克勇，亦有斩功而已报阵亡。与宣镇之张明礼、尹从聘、何鸣陛、李国辅，山西之田秉德，亦有斩功而亦行革夺。阳和之李重镇、刘钦，亦有斩功而首当拿问者。臣等举正其罪，亦不得不拈出其名。又若山海之唐朝弼，新庄之战，该监参其殉难何裨？而至今见在。山东之吴庆光，赵堡之役，该抚题其乱刀砍死，而近报逃回。在朝弼亦应革职，与该监先参之蒯尚住、崔成才并行提问，有功折准。在庆光溃逃诈死，沿途遗弃炮药，兼行劫抢，津抚奏闻，即是其兵，而将领则即前援济之陈三捷，当一并革职提问。而辽将张韬，贪淫第一，遵抚报获逃兵赃私种种，辽抚谓其娶妓，私带军中，亦当拿解来京究问，以肃军令而快人心者也。又有督察随行周遇吉等，斩级累累，原系提标官兵，当入京营汇叙。其余斩级尚多，或系城守，或系哨探者，不能尽载此案之中，即同系战援，而功未解验，亦难悬定，与夫守城防口，著有忠勤，必须另行核奏，方免遗漏。

其废将调到行间，惟王忠战援最力，应与开伍自新。吴襄亦效奔驰，或可量加纪赉。而张时杰止在东协，为该抚一臂之资，未可同日而语。至于前后闯出，皆在喜峰所属之青山，协将韩文献、贴防崔秉德，俱已解京，未有该路之苗有才独能脱然者，革职行该抚按提问，庶为持法之平。又查按疏有初十日我兵冲敌水峪，不意车左营张邦谟为敌所掩，兵遂伤衄一段，据关抚咨辩，张邦谟不系车营，初十日战在乱柴沟，不系水峪，并无为敌所掩之事。等因。查此日原系大战，即伤兵亦有可原，况营伍地名不同，显有错误，应姑免议。惟恐职官尚多，奏报有漏，并各镇之加衔都守、中千把总等官，应行通查惩处，非此案所能尽也。

一议得职方职在看详，犹兵垣职在封驳，历来封疆得失，叙功则有之，论罪咸不及。即近而己巳、甲戌、丙子，成案可稽也，今科臣言受事，各有久暂，御侮未见折冲。查久者为赵光抃，抚密已有另案，难再苛求。暂者为孙嘉绩，接管正值仓皇，倍尝甘苦，祈恩量罚，以免漏遗。盖未有军国大事，御侮折冲，堂官不能而责之一司属者，此甚非寻常分过可比，而矧无历来成案可稽也。若夫御史刘呈瑞、张懋熺，有巡方之责，无治兵之权，或按部之犹未周，或入境之犹未久，均之失事，责亦奚辞，臣等前疏言之矣。己巳有升叙而无降罚，丙子有降罚而止调用，惟甲戌处分较重，今议拟曷敢从宽？第思近奉明旨，御史改差二年，则向来地方之事，苦于飘风过树、骤马奔程，欲将修练储备，一一核实为之，心力实有未暇，似乎丙子降调，较为酌中，而非臣等所敢必也。至蓟督洪承畴科疏无名，而按臣刘呈瑞疏有一段云：其提兵至董时，烽飏已五日矣，当既残之局，而骤责以后劲之效，未免猝难措手。其偕来二镇左光先、马科所统皆马兵，而山径势险节短，马兵无用武之地，后虽改马为步，薄奏斩馘，终鲜肤功，或亦限于时也。三臣应否即从姑宥，应候圣裁。此足补科疏之漏。查承畴宣力岁久，原非怯敌之人，简命方新，应作登坛之气，并所部左光先、马科二员，课以马到成功则不足，责以从新练战则堪资，按臣之请姑宥，亦臣等之有同然者也。

一议得监臣则邓希诏、孙茂霖已经提问，并中西二协把牌已经查奏，今应议者总监高起潜，受命专征，行军最久，劳不掩过，力不从心，与总督提衡而论，亦应在用舍之间，合请圣裁定夺。卢维宁则额军未补，占弱不堪，先奉严旨，而修练四事，河间之五属，东昌之五属，俱称完备，皆中军齐九皋，把牌刘爵、张进所查。方正化则躬亲查过顺天之文安，保定之四属，真定之十七属，四事俱责备不堪，颇无饰说，而阅时既久，仍未督完。总监原比总督，腹里亦比巡抚，罪本同科，但二监不专典兵，似应减免提问，姑从降处。分监则陈镇彝，亦有查阅行唐、深州、南宫、新河、宁晋、栾城、柏乡、高邑、元氏、赞皇，四事俱报如式，强半属之中军苗三省，把牌李之茂、张进德，而失陷已多。其武俊止报文安一县，城台得法，储练相当，而失陷为少。分监比之巡抚，各有新兵厚饷，不啻倍之。镇彝失陷虽多，而兵马堪用，奔走行间，亦有微功，另案已降五级，再加量降，似堪备调京边。武俊失陷虽少，而兵不堪战，剿敌空回，仅守涿城，余无整练。此臣等审酌时势，俯陈愚悃，仰请圣裁。

其总分监及中军把牌，原应请命司礼监议奏，因奉抚、监、镇、道、府等官，同出口一案另议奏夺，及总监亦兼确看之旨，臣愚不敢不议，仍祈圣命司礼监覆议者也。再照五案罪状，虽会诸臣议拟，而封疆之事，例该臣兵部主稿，其间内外文武多人，战守行援始末，又以臣嗣昌闻见为详。臣以负罪之人，而议他人之罪，其不敢失之轻者，恐轻之以为己地也。其不敢失之重者，恐重之以为己分也。况仰遵勿枉勿纵之明旨，曷敢容故轻故纵之私心，而识力有所未周，议拟有所未当，则是臣一人之罪，与诸臣无与。前已面陈天听。此案重大，非特请圣裁，臣等无敢专拟，亦蒙圣鉴洞明矣。除会诸臣画题外，臣敢再一申明，祗遵乾断施行。山松曰：此疏亦无科疏，而并遗疏头，仅录看语，惜哉！

案：此疏所议五案，功罪于当时情事，历历如绘，其钩稽精细，其措辞正大，其用情平恕，可以补正史之阙，可以证野史之诬。论古者试细玩之，乃知庄烈帝之倚任不疑者，诚非昏暗也。汝怀附记。

请罪微臣以谢革抚事疏崇祯十二年六月初二日　杨嗣昌

臣闻前车覆，后车诫。近岁边疆之事，覆前车者多矣，而最切近最惨毒，无如西协属裔窝隐边烽一事。该协四路侦哨，无一确音。文武各官，无一觉悟。以致一朝祸发，竟莫遮拦。天地神人，共深痛愤。此其为后车之诫。

当何如猛省深思，急图改辙，而孰知经今半载，仍用覆车之人，恃作侦哨之眼，日行咨部之报，犹然醉梦之词。此非该抚刘曰俊之责而谁责？臣部不惟刘曰俊之参而谁参？然一参之，以惩前毖后，冀其知悔，犹可图也。乃曰俊具疏，懵然不知边情，不易侦哨如故。臣是以再疏参劾，径请处分曰俊，催拿康廷甫到京，而其余报彝部东西往来，仅一丫头、一小厮。又称要往东去，盘缠短少。此等诞谬语言，不可欺三尺童子，而曰俊依然报部。臣谓举一隅不以三隅反，将奈之何？是以又有仕探边情一事，奏请通行严饬，此危疆之第一紧关，前车已误，万万不容再误者。而曰俊疏辨再三：一则曰不知何以获罪于阁部。再则曰阁部借端吹索，定有积怨深恨于臣。三则曰恨臣逐臣，无可借口，只为一巡哨官。四则曰自此以后，人人将畏祸不遑，惟奔走权门而已。噫！曰俊作事昏妄，发言挑激，抑至是乎？巡抚封疆大吏，用舍出自朝廷，权之一字，谁人敢居？若夫有过当规，非才当罢，臣部职当纠举，无容诿卸，且臣之参曰俊，虽仅摘哨探一节，而亦非敢轻发也。

曰俊受事之初，举动可骇，臣传其提塘警诫，曰俊始愧于心，已而在镇数月，寂寂无所见长，臣谘访其人，乃一粗秽之夫，同乡素所不齿。他不具论，督臣洪承畴与臣面商，早忧其不妥。科臣张缙彦与臣语次，亦丑其生平。此皆仕于曰俊之乡，深知底里，而与有封疆之责者。臣是以因事有触，任怨直纠，第举紧关一节，而尚未暇及其他也。曰俊“积怨深恨”“奔走权门”等语，果何指实？愿即指实言之。参一不堪冲抚，为不奔走之惧。举一堪任之人，必蒙奔走之讥。且臣子招权，必然纳贿，未有却贿而招权者。曰俊于此一一指而言之，无容含吐不尽也。

噫嘻！曰俊昔为给事，转一年例，而咆哮不已，屡疏拖人。今以巡抚革职为民，其愤恨咆哮，宁有纪极？臣本罪臣，无暇与之争论，惟愿皇上斥逐微臣，以谢曰俊。前疏已言之矣，伏祈乾断施行。奉圣旨：卿为公纠举，朕所鉴知，刘曰俊已经薄处，姑免再究。该部知道。

湖南文征　卷八

疏七下明

请禁奢僭疏崇祯十二年六月二十日　杨嗣昌

冒昧附陈者：窃见海内士大夫，自神皇末年，相习奢侈，于凡宫室、车马、衣服、器用之属，无不崇饰华丽，迈越等伦。即或清高自命，宦橐无多，而亦称贷母钱，缔构园亭卉木，耽娱山水诗文，以是优游卒岁为快。如其亲串朋好，偶逢吉庆生辰，相率敛钱，造杯制帐，更迭酬赠，以为固然。

臣等身在流俗之中，沿染至今，皆不能免，而以今观金日耀用银五两，造杯一只，镌“屈可伸”姓名，可伸竟至毕命，则亦可为炯戒矣。夫以一杯之重，不过数金，而能使人毕命，缘雕刻姓名，与者，受者，森然同列，果属夤缘请托，自作之孽，死亦何辞？万一奸徒捏造，以奇祸中人，虽不与不受，亦何繇自白？此之不可不虑也，然使士大夫向来不为奢侈，本无酬赠，则亦何从而捏之？孔子曰：奢则不逊。繇此观之，凡自作之孽，与奇祸之来，皆奢与不逊之故也。臣以庸愚，列名政地，屡叨恩赉，又见城头钦颁赏功，皆系局作银锭，不从外解而来，询知御前器用倾泻，为此惊叹！吾皇富有四海，犹不忍以有用之银，作无用之器，而为臣子者，谁非草茅贱士、齑盐腐儒，一旦幸侥荣进，遽尔广侈其心。饮啜器具，无金银不乐，且终日攒眉蒿目，咸言财尽民穷，而此等金银，何莫非财？造成器具，居之不化，举一杯而例其余，有不可胜言者。皆以私家之不动尊，蠹耗海内之泉货府，夫何莫非财所繇尽，民所繇穷？而可不深长思也。

臣故敢渎圣德，乞严禁金银器物自一杯始。今后品官有私用者，依服舍违式律罢职不叙。有彼此赠遗者，依官吏受财律计赃科断。其未禁之前已成器物，听行销毁，姑免追求。庶免奢僭之风，亦省身家之祸矣。

案：此文上脱一叶，不知开端云何？以其论正，且可考见当时风尚，故取疏末语意，为揭一题存之。汝怀附记。

感戴天恩再申微悃疏崇祯十二年六月初八日　　杨嗣昌

本月初七日，准吏部咨，该臣奏为臣罪吁陈未已，天恩湔沐逾涯等事，奉圣旨：卿运筹中枢，策勋禁旅，复官用示眷酬，已经免叙，不必又辞。该部知道。钦此。钦遵，移咨到臣，臣焚香恭叩，俯伏深思，臣子之望君恩，不啻农夫之望岁。恩所未及，犹将陈乞仰侥，恩所已加，宁敢托辞虚让？此臣犬马朴衷，前闻宠命，即已不胜欣跃，窃愿祗承，非敢为臣一身计也。

念臣祖、臣父及臣三辈单传，无兄弟姊妹之属，家庭一脉，恩爱迥异寻常。至于教臣读书，看臣成立，期以远大，勉以忠良，臣所不能尽言。只恐人间无此父、祖，而不幸没之日，臣皆留滞在官，不获躬亲视含，虽复徒跣奔归，祗抱终身莫赎之恨而已矣。至臣父十龄而祖母背，臣十四龄而臣母亡，两世偏罚，俱在慈亲，童幼无知，苦荼尤甚。顷逢圣母大庆，薄海覃恩，臣以负罪之身，未敢请给诰命，含泪向隅，恨不遄死，而臣妻则又先臣死矣。呜呼，痛哉！臣天伦哀乐，实有不同于人，非特荷圣慈，何能侥得一命？此臣承不必又辞之旨，踌躇日久，心窃两难，而不敢不以真情至情上闻者也。

若夫臣之一身，灼有万罪，必俟傅宗龙到日，臣乃得辞部署，赴阙廷，泣申斧钺之请，伏乞天恩俯容。仍以革衔办事，存臣不安之志，待臣得请之时也。臣偶苦腹疾，容臣择日报名廷谢外，谨先申鄙悃，伏惟圣明垂察，臣不胜惶恐陨越之至。

清驿原以裕国疏崇祯十二年七月初二日　杨嗣昌

看得清驿一事，臣部奉有明旨：严禁私增擅用之法，作何责成？一并确议。业将厘正各款，参定成书，另疏请命矣。

科臣张缙彦细询时弊，条禁八款，与臣部互相发明。臣查私票当禁一款，今已创设塘票，颁发通行，公务不致妨废，则私票当尽禁矣。擅用当禁一款，溷用当禁一款，借送当禁一款，滥填当禁一款，今将勘合火牌、塘票，逐一厘正颁行。总除部发之外，不许别用私牌一纸。而部发诸款，又有昭然数目，难逾限制，则擅用、溷用、借送、滥填尽禁矣。若夫私帮当禁一款，则在前之五款，着实遵行，额内似可省差省银，额外岂容帮地帮马？合查果系冲疲，前此已经题准者免议，如非题准即厘毫不许增也。越站当禁一款，则在各该驿站实有马匹，前途之应付如流，后程之牵扯自息。合查官养马匹，向来果不病民者免议，傥遗厉阶，即参处不容贷也。至于裁解当饬一款，查驿递冲僻，额银厚薄，于中调停均节，总不失裁解之额，而又合盈缩之宜，是在抚、按、司、府专任其责，臣部不能遥揣行之。科臣此疏，当附刻于臣部疏后，请旨通行，严饬遵守。

而臣更有说焉。朝廷嘉惠驿递，明旨不啻屡颁，臣部之立法，科道之建言，非不甚详且核，而地方终未尽行者，何也？如擅用一款，用长差马匹，帮贴回籍进京，在甲科、司府、州县为多，抚按专责此事。参一甲科，轻者降调，重者革职，则其余不敢犯矣。借送一款，或预封数金，雇觅包扛等项，在出京科道铨翰为多，部科能摘此事，参四衙门，轻者降调，重者革职，则其余不敢犯矣。至于扰驿横行，骑马一匹，私勒六七匹，每马折价银至二三两，则各巡按、御史之承差，为其境内第一之大害，而无可奈何。每一巡按承差，多者数百人，少亦不下数十人，上班下班，差来差往，驿递望风屏息，敛钱博欢，惟恐其不如意。此事非他人所能摘发，惟有就责巡按、御史，自行核奏。实从承差若干名，其非实役，或发回两司，或汰逐回籍若干名。如前勒索马钱，恣扰境内者，曾否拿究若干名，一一具报都察院。在都察院亦必以此为回道考核之一事，而加意行之，庶天下驿递，各除一坐地盘根之大害，而劳人病马于是乎少苏。巡按、御史亦必首行此一事，而后参劾私增、擅用，种种之为驿病者，人无有不服矣。

申明节制疏崇祯十二年七月初八日　　杨嗣昌

看得军中首重节制，自五人为伍，十人为什，以渐推至百夫长、千夫长。等而上之，有自然之分数而不可紊，即有自然之等伦而不可逾，此古来之定制也。

本朝设立总兵，名曰镇守。次之副将，名曰协守。又次参将，名曰分守。以下至于守备而官止矣。繇镇而协，而分，而备，皆带守字，则以信地系之，信地之广狭，官秩之崇卑系之，而文移体统，于是乎辨。若游击将军，则往来策应，与参将分驰，得节制守备，而受节制于镇协者也。若都司、留守，则统领卫所，与布、按分职，惟镇守得节制之，而副、参、游、守彼此不相统辖者也。近岁用兵，官阶错乱，以副、参、游、都、守为流官之序，以中、千、把、百、总为营伍之序，虽稍稍与旧制不同，而行间出令，次第禀承，罔敢违越。即不系同镇共营，而官阶既别，体统攸分，未有分庭抗礼，傲慢自恣。如河南巡抚李仙风之所奏者，良繇中原腹心，向非用兵之所，一旦有事，调集乌合之师，东西南北，心意既不相联，聚散往来，纪律亦无有定，是以如是其悖耳。

臣愚前奉面命，将连刑节制，再一申明，并功罪赏罚，著为定本。因秋防期迫，羽檄倥偬，未能草就，今该抚题请申饬前来，合照近例，总兵通行节制，副、参以下各官，无不听令，参将、游击则受副总兵节制，都司、佥书则受参、游节制，守备则受参、游及都司节制。其一营之内，则有中军受将官节制，千总受中军节制，把总受千总节制，百总受把总节制，队总受百总节制，什长受队总节制，伍长受什长节制，伍兵受伍长节制。其自上行下，则节节遵依，如自下行上，则节节转达，平时之号令如是，临阵之杀贼，下缺一页。总兵应受督理节制矣。乃奏揭称准总理行文，又是平行之准，此名不正，无惑乎通省各弁尤而效之，相应一体申饬，以后奏报文移之中，如见此等字样，臣部即行参处。如是而后，节制之法，无敢不遵行者矣。

楚报不一疏崇祯十二年七月十二日　杨嗣昌

窃照谷城蠢动，自五月初八日至今，越两月余，臣部日望擒剿信息自郧抚飞来而不可得。本月初六日，接新抚王鳌永一报，五月二十八日，贼破房县，有曹操、小秦王、一丈青、一条龙攻南门东北门等语。窃谓另抚九股，已动其四，余五股多在均州，岂不可虑之甚？凛奉明旨：九股动四，其余作何防戢？卿部不得仅以叮咛数语塞责。钦此。臣伏读傍徨战栗，日夜靡宁，然未得详确情形，未敢妄有条奏，兹于十二日再接总理熊文灿塘报，贼情一揭，较该抚前报稍详，然而情形又不一矣。据报曹操之外，不显小秦王等项名色，而九股之中，见有三股在郧县，三股在均州，歃血盟誓，不甘与张献忠作奴，甚且认路分堵，似乎确确可信，乃该道周梦尹既信之以转报矣。又自疑之曰：洹水之上，季子能始之，而不能终之。总理熊文灿既称梦尹担当抚事，不避劳怨，用心独苦，且虑众人成之不足，一人败之有余，就参知府万菁华，挑激新抚，借端思逐矣。又自言曰：不以兵威大剿，断不能收荡平。纵使九营反覆，亦不难于并扫。何其前后矛盾，若夸若玩，亦至是邪？

至其目前著数，不过曰兵单难进深山，粮运难充枵腹，与此进彼奔，种种堕伏，种种未便而已。不思古人用兵，如雪夜入蔡，元夜夺昆仑，皆于难入难夺之时，独奋必入必夺之勇，令敌人忽于醉梦之中，破其所恃，然后奇功立成，何尝枯坐而待可入可夺之时邪？又问他日著数，不过曰禁旅边兵，秦督川抚，转眄秋凉，诸事凑手。而所谓凑手者，意尤专在我之马多于贼之马，多一马多一马之功而已。不思古人用兵，如麻扎刀砍马，竹筒豆啖马，皆以刀斧犯敌，步战为奇，即在深山穷谷，而两鼠斗穴中，将勇者胜，安在胶固而求不可多得之马邪？噫！论至此而防戢诸股为后，诛擒首叛为先，急商制胜为紧，守候诸事为慢，但使我能制胜，不虑首叛不擒。眼见首叛必擒，何忧余股不戢？若不于先者、紧者而图之，惟于后者、慢者而待之，臣见纵贼为患，贻不可追之悔也。

夫贼之虚声，或走汉兴，或趋川蜀，或犯均襄，或窥荆郢，或奔两浙，乘高下射，必有一路突出于莫可知，而我闻风多备，兵寡力分，旷日相持，疏薄立见。贼得乘间抵隙，纵辔而驰，又是东荼西额之故态。所过城邑，保障难期。再假岁时，收拾难料。行间诸臣能任此祸、偿此罪邪？不能任祸偿罪，则尽智出谋，殚力效勇，未有堂堂文武，智勇俱困于一逋诛之贼者。吃紧尤在总理熊文灿，虚怀以收群策，果断以克后艰，毋始而违众以师心，既而参人以卸责。且计一师期而游移两可，明开泄漏之端，信一诳禀而往复数番，频售狡脱之诈，此臣历稽往失，不惮针砭膏肓，非今日始为此说。

而至于今日理极数穷，舍责成该理而外，别无把柄。过此以往，惟有朝廷赏功罚罪之大典，理臣与诸臣共之，而臣部请行赏罚，直当自理臣始，无敢毫发私徇者也。奉圣旨：熊文灿已有旨了。谷城贼叛，戴东旻抚治何事？该部不行纠举，殊属玩纵，着即从重议处。

遵旨酌议裁练疏崇祯十二年七月十三日　　杨嗣昌

看得裁练之议，屡廑圣虑，反覆周详，期于事必可行，行必可久。臣部竭其款愚，再三斟酌，条例上请，业奉俞旨，已经通行去后，而畿南、河北、山东各该抚、按、监诸臣，迟迟报命，臣部凛奉德意，疏催及时举行，诚以警报频闻，而前车当鉴也。

今据保抚黎玉田，先将保定府属二十州县，裁文增武，选才措饷之大都详核奏请，臣等细加酌议，如保定府判、易州判官、清苑主簿、庆都训导，各以烦冲免裁。其议裁者祁、安二州判官，唐、完、蠡三县主簿，安肃、定兴、雄县、束鹿、涞水、满城、新城、容城、博野、深泽、高阳、新安训导各一员，其练备、练总等官，既经地方之公举，司、道、抚、按之参详，或以武科世职，或以青衿、将材，或易地非宜，或本方素习，果堪干城之选，自难拘滞故常，俱当一一如其所请。除练备郭雄斌原系题推，其余各官，俱先给以练备、练总札付。一年之后，果有实效，抚、按将行过事实，开列奏闻，容臣部再加详核，方准实授。但各县民兵，数目参差不齐，毕竟未开城垣阔狭，垛口多寡，以为设兵之数，仍是遥揣虚文。今云先设专官，渐议增补，安知设官之后，有司不竟膜外视之，脑后抛之，此仍当责该抚次第奏报者也。

至于议饷一节，明旨屡禁昭然，该抚、道有司佥议，若谓必不可已，欲于绝溢屯租而外，仿捐助之法，酌富民之等，敛钱行之，大约三五家养兵一名，似不为厉。等因。臣部迟疑未敢即覆。第思兵无常食，俟其练而给之，诚恐人不乐趋，难以强之就练。倏有倏无之练饷，以之治生既不赡，倏练倏否之乡兵，以之习艺必不精。此在平居无事，可以官法牢笼，一旦事急凭城，未免离心掉臂。徒增一番练备、练总之名目，究竟未有真枪实棒之强兵。欲令地方士民，尽以身家性命托之，而不谋转徙，督、抚、监、镇，遂以家战人守期之，而不呼调援，恐万万必无此事。然则朝廷之上，欲以民人社稷凭之，而不分兵遣将，东顾西瞻，亦万万乎无此理。

则今日之裁练何为然也？夫不忍派民，诚皇上抚绥之德意，而养兵自卫，乃士民切紧之深图。或者听抚、按之斟酌，责道、府以巡查，有司行之，而善者从之，其不善者而改之。必使城城有保障之兵，兵兵有固结之志，真正遇有警急，可以不烦调援而守固，斯其为裁练之稳著乎？此事河北、山东最为紧急，一处覆拟妥当，处处规仿而行，方不难于速就也。

案：武陵杨文弱太傅疏稿，常德文中仅载数篇，苦不见其全集，方拟从《吁天录》中采入断章，以存事实，而杨驾部彝珍来，携有刊本一册，谓所得十三册中之一。卷端题《杨文弱先生集》。考弱翁官户部时，刻《地官集》，及总戎机，刻《中枢集》。此集未知合二集与否？而十三册者，驾部云无卷首序目，固非完帙。此册系卷三十一至三十三，则此前尚有三十卷，惜其未并携十二册以资考校也。诸疏多涉胜朝掌故，固后人考镜之资，惜此编卷帙已定，难以多增，仅登二十余首，而忠言谠论，已可概见，实足证稗官野史之诬。夫以二百余年腾谤不息者，以自昔讹传之故，自昔讹传，以有妄为纪载者之故，而妄为纪载者，又以徒信道涂之言，而不见朝报之故。盖当时军务倥偬，或以事宜严密，或以所司懈弛，故内廷断制，外廷已不尽知，何况草野？于是好事之徒，腾其口说，识者虽疑其不然，亦无以正之。此集中乞查红本发给科钞之疏所由作也，而亦预知后来之必吠声吠影矣。

当兴朝之初，谤书并作，多出东南，而亭林顾氏独不惑于流俗之说，其《督师公子》一诗，推挹甚至，诗云：督师公子竟头陀，诗律纵横浩气多。两世心情知未遂，更谁待奋鲁阳戈。又诗云：赫怒我先帝，亲遣元戎行。北落开和门，三台动光芒。一旦霄大命，藩后残荆襄。遂令三楚间，哀哉久战场。案：议者群以武陵为误国之臣，而亭林则以为人亡国殄，将谓为耳无闻，目无见，而谩为此言欤？其故何欤？则以谙悉邸钞，而深知委曲也。观其《与甥徐健庵尚书兄弟书》云：所集邸钞，凡二千余本，泰昌以来，颇窥(岩)〔崖〕略。云云。则无遗议于武陵者，其不以此欤？若石斋之效夺情，自是正论，然其时烈皇环顾廷臣，无可倚托，业已委任，岂因一劾而遽罢之？伸杨抑黄，势所必至，而东林之人，愈不能平矣。然漳浦固无意见也，其被谪道出鼎州时，登杨氏之堂，与山松、山梓两公子甚相款洽，弗宿怨焉。

或谓其门徒护师树党，推助波澜，则又不然。有彭士望躬庵之《冬心》诗可证。华阴王山史《山志》云：彭躬庵作《冬心》诗二十七首，刻本行世，其六章云：吾少从党人，大言诛楚相。谓其忍夺情，虚功縻国饷。乱后逢闯徒，访以当时状。始悉武陵才，谋猷颇能壮。谓更一二载，贼军尽摧丧。后复逢楚友，乡评益公谅。谓献挟往仇，取尸弃江涨。绯衣浮不沉，月余还旧葬。自惭逐吠声，发词何褊宕。隆万相江陵，国威甫遐畅。只以峻狭故，万口相排挡。吾党三折肱，今更以身谤。魏善伯评之曰公道极；尤妙在黄漳浦门人口中说出。案：善伯名际瑞，冰叔兄也。躬庵乃宁都三魏至交，而漳浦门下士也。其诗具道先迷后得之致，岂非日久论定，公道自在人心哉？即谓其子吁天之录，其曾孙文敏公超曾，沥陈先世冤诬之疏，不无回护，然皆确凿有据，岂尽荒唐？纵起张汤穷鼠之能，按爰书反覆钩稽，而莫能加之罪也。虽其始召侮构谗，未必不由楚人启衅，而严平子始谤终悔，与躬庵诗意略同。兹编录其与杨长苍书，及密庵《吁天录序》，尤为生世相接。见闻亲切之人，较之畿外以窥宫庭，隔世而谈天宝之影响支离者，相去不已远乎？丁卯长至，汝怀附记。

陈言兵饷疏　杨嗣昌

臣庸懦书生，备员户部，窃见辽东覆军杀将，已事堪怜，感激于中久矣。近接邸报，新经略臣熊廷弼业已交代行事，臣伏思之，此光弼登坛旗帜，精采皆为一变之时也。军机进止，臣虽未敢与闻，然而有一兵必责一饷，兵一日不止，饷一日不停，臣饷部之属，窃愿一言俯效愚忠。

臣闻召客者卜日肆筵设席，必问中厨粗饭之资。救火者满座烂额焦头，必计主人牛酒之费。若中厨毫未有办，客到何以应之？牛酒费至倾家，则主人之火救与不救等耳。两者田里细民不为，况社稷封疆之大，付之公忠才识之臣，顾肯为之乎？然而今日之兵，征调召募，乃至二十余万，饷从何出？未尝过而问焉，岂诸臣漫为之哉？盖皆有所不得已耳。夫辽东者皇上之辽东，非经、抚二臣之辽东也，边烽发难，恣焉启疆，非今经、抚二臣在事之日也。皇上以摧残狼狈，一坏再坏之辽东，挈而畀之二臣，试观今日身在事中，独肩苦难，无二臣若也，而二臣之请兵为皇上保此辽东，宁得已乎？二臣请兵，举朝大小臣工皆言请兵，且劳心借箸某兵当调，某兵当募，不谋同词，皆为皇上保此辽东，非得已也。而皆责望于兵部，亦无非为皇上保此辽东，又得已乎？凡此不得已者，户部虽殊苦之，实心谅之，然至兵已调募矣，户部之苦，乃有呼天抢地之声所不能告诉，擘水移山之力所不能撑持者。虽使经臣、抚臣举朝大小诸臣，尽谅户部奇穷，照见户部心胆，亦何益于胜负之数？就使皇上长流户部之官，齑粉户部之骨，亦何补于社稷封疆之大计哉？

臣愚若不妄言，后恐图之无及，然非以臣之臆，敢望诸臣万一也。愿与诸臣平心和气，仔细斟量，斯事关重大，瞬眼安危，若臣言之透彻，料想诸臣亦不参商。臣所欲言者何也？经臣中府会议，开口说兵必须一十二万，及上《河东诸城溃陷》一疏内，只议增新兵七万，先调一万，随之入辽，比其到关，调兵至者，不过数千与俱，度辽只八百耳，是岂经臣不欲足数，而该部掣之用乎？征发期会，事势良难，虽欲如取如携，而不得也。今已出关渡辽，交代受事，观其奏报疏中，徐、李、贺除帅所统外，城中见兵及川兵，只有赤身徒步二三万人，势固不容不调且募，而调且募亦应以经臣之言度之，乃前则求一万而不足，今则至二十万而有余，臣滋惑焉。夫经臣于辽事，先见有年，使其必须二三十万，诸臣会议之时，何惮不说，而顾损益于十二万与七万间，必有故矣。臣思其故，有众二三十万，不惟户部无如许新饷，辽东亦难容如许客兵，且措饷都是金钱，养士必须米谷，辽东城堡失陷既多，则有团聚附着之人，有荒芜不耕之地，使尽力所生，或难自给，而况援兵四集，数倍居民？本色止恃海运，海运止恃登莱，寄命风涛之中，出入奸盗之薮，危事也，绝地也。至于粜买征收，又值东方大旱，则出人事意料之外。督饷大臣呕心画策，请帑截漕，疏报咨行，动淹岁月，臣恐辽东他日，强敌在外，饥军在内，居民苦其驿骚，客子愤其踏藉，患有不可测者。此犹以兵到辽东言也。

若夫募兵就道，拼命辞乡，所过之处，民间豫愁抢掠，罢市闭门，此辈市买无从，翻成抢掠，小民泣诉令长，只得隐忍容之。一处兵来如是，别处又然。今日兵过如是，明日又然。臣恐所在农商，不得安然作业，然犹州县民兵，结队不满千百，为害有涯。至于土兵四万，取足六司，计程凡数月之遥，安家无一钱之例，此则数千为队，到处凶残，向无纪律。即不他有抢掠，但求遂其饥食渴饮之常，而扰不可胜计，较之州县民兵，何啻什伯焉者？使此兵尽数到辽，犹或得其一臂之用，当忍小痛以来之。若永顺前调三千，到关止有八百，逃回斩首，足者又只十四人。其续补二千，则抵逃兵之数，而此逃兵二千余人，进既不能到辽，退复不能归穴，将安之乎？惟有化为盗贼，出没于彝、汉两界之间，而两处俱不得问耳。今之四万，保无前日之事为地方忧者乎？犹曰害止逃兵而已。土司忠顺固多，桀骜亦复不少，富饶固多，贫薄亦自不少，今远调沙场，非其本愿，设有抗令趦趄、请粮赍发者，朝廷将运粮以给之乎？抑举兵而加诛也，两者不可不算，犹曰罪在承调者耳。川、湖、贵三省，除土司外，别有无主苗民，如所称红苗、仡僚、仲家者，频出围城劫寨，近岁驱除，官兵数少，大半调用土兵。今各处土兵俱调赴辽，此苗、仲得意之秋，横出攻围之日，必报怨贵州以梗塞云南，西南从此多事，设有临城逼印如阿克者，朝廷忍而不问乎？是又生一辽东也，犹曰远在千里外也。

土司仇杀，自古迄今，日以为常，戢之犹虞其动，动之安望其戢？鼠斗穴中无论已。今之调发，俱往辽东，合之川兵，几五六万，谁为大将？诸苗素所慑服者而统之，可使兵知将意，将识士情，奋勇齐驱，无事调和豫附者乎？将难其人，狼心乌合，有万不可知者，且如播之役，安、彭二氏互杀，冤莫解也。今以安之一万，彭之前后一万八千同调，可乎？水蔺之役，黔、蜀二省相争，讼未平也，今以水之一万，蔺之五千同调，可乎？以莫解之冤，与不平之讼，使之居同地，出同涂，胜同功，败同罪，臣虽至愚，知其不可。夫使土司无故而窥左足于我内地，必且猜而拒之，按而讨之，今以边烽之故，尽引而入中国之中，熟我山川道里，窥我版籍人民，过我五云双阙之下，此何等大事，岂可尝试为之哉？古人之用此辈者，皆在中国之外，牛羊之力，水草之性，一切皆同，而又有利可争，有交可携，有仇可结，我则行谍伐谋，挑衅激怒，使之追奔流血，小弊大伤，乃卞庄刺虎之喻耳。今土司之与边烽，何利可争，何交可携，何仇可结？而能激其怒心，挑其困斗，我所以用之者，不过朝廷之名分足以维持，中国之威力足以驱遣耳。嗟呼！名分何物，土司何人，可真恃以维持？若我之威力业无如边烽，何而用彼矣？彼亦何所复惮，而招之必来，驱之必死，为我戮力同心，必如子弟手足之捍卫乎？今琼林大盈之积，颇有膻名，引万里非类之兵，一一经过堂奥，毋论姚令言朱泚之变，突起当防，即令班斓胡跪，厥角稽首，坐索一飧，犒赏金钱，不知当用何项钱粮，临时作何慰遣，此须有备而无患，不可有患而无备也。

臣自闻调兵，朝思暮算，从大至细，从细至大，利害亦略分明，心肝亦几呕出，然不敢断断曰一切不当调兵也。但思兵部调兵，除州县二万，安插通津、昌平等处守卫陵京外，其余必皆辽东应用者耳。辽东应用之兵，必先问之辽东用兵之人，攻守剿平，应出何策？岁月日时，须得几年？兵数若干，见有若干，应增若干？某处应调若干，某处应募若干，用饷若干，本色若干，折色若干，衣甲器械若干，马骡驼牛若干，一年之费若干，三年五年之费若干？以至军中一切事宜，经、抚二臣与其文武将吏，悉心咨度，定局如何，变局如何，急著如何，缓著如何，末后之著如何？以至咨疏札中所不能了，所不得泄，所不得通者，户、兵两部，迭遣司官，络绎往来，虚心面议，期于血脉贯通，指臂灵应，而后边烽可算，辽东经、抚可为，户、兵缓急可应。在兵部则知某兵果属有用，果不可缓，而已调募者急催之。某兵未必有用，尚属可已，而方调募者亟止之。在户部则知本色一年应用多少，数年应备多少，而不足者设法运之。折色一年应用多少，数年应备多少，而不足者设法请之。如此绝不须兵二三十万之多，决不须饷五百余万之外，所省海内征调骚扰，加派催科，亦决不至如此之忙乱，而为社稷消隐忧，为封疆弭异患，保我子孙黎民尚亦有利。

臣之愚虑，以为辽东一年之内，患在兵少，一年之外，患在兵多。今日兵部当调有用之兵，不当调无用之兵。当调御暴之兵，不当调为暴之兵。当于近兵增调以求速，当于远兵减调以求精。当以各处召募，渐补增调之缺。不当以各处安插，永坚不动之根。此臣日夜私忧终难隐忍者，敢昧死为皇上忠言，伏望少垂省览。

请立兵册清查辽饷确数疏　杨嗣昌

窃惟辽东一年之间，费饷三百余万，无损边烽秋毫，而加征搜括，遍于海内。臣部疾首痛心极矣。除前请旨行查外，臣朝夕考求，其冒破之故，亦有灼然大数，尚容另疏声明，以资经略、阅视诸臣覆核，然亦不过遗契之仅存、堕甑之徒顾，未必使散尽之金复还故吾也。

惟是前事不忘，后事之师，则于经略交代之始，臣不能无厚望焉。所望于经臣者何也？前日辽东之饷，一索则急如星火，而使人不敢迟，一发则用如泥沙，而使人不敢问，此无他，兵分于各道，而所取者饷司之银，各道不问其有无。饷总于饷司，而所养者各道之兵，饷司不知其虚实。譬如兵共一城，饷分两项，新饷给新兵，何以知非旧兵之易名而冒也？旧饷给旧兵，何以知非新兵之即名而兼也？又如新兵原食一两二钱，今递加至一两八钱，则以旧而溷新者有之。旧兵原食四钱，今递加至一两二钱，则以旧而溷旧者有之。又如新兵递加，往开原者一两八钱，铁岭者一两六钱，而此兵以何日到开原，何日到铁岭，未尝问也。旧兵递加，其上等者一两二钱，中等者八钱，而此兵之原食双粮，原食单粮，未尝问也。以至年终之奏报，季倒之循环，对卷茫然，了不可问而不问已耳。即大地尽作金钱，难填此无底渊海。必欲问之，不惟掣肘之嫌，予人口实，抑且脱巾之祸，立取身殃。此其道将安出哉？

臣以为有问之之人，有问之之法，有问之之时。人者何？饷司各道，皆有钱粮之责，初无互核之权，其惟经略乎？盖饷司所据于各道者，纸上花名耳，而各道岂即据花名乎？画地驻防者以纸上防，相机策应者以纸上应乎？彼多索饷，则不得少载兵。彼多载兵，则不敢频失事。此可以功罪按者也。彼须调募，则不敢讳逃亡。彼见逃亡，则不能昧存省。此可以情形揣者也。以此问各道，能不吐实乎？即不吐实于他人，能不吐实于经略乎？而前此所患，经略先不责实耳。覆车伊迩，换局方新，有实心做事之人，则自有开口告人之事。臣谓今日问饷之人，不得不属经略。一也。

法者何？辽兵虽众，惟有新旧两端，辽地虽宽，惟有河东、河西两界。河东分辽阳、海盖、开原三道，河西分广宁、宁前两道，而道尽矣。某道之属，分城堡若干，而地尽矣。某城某堡之内，分旧兵、新兵若干，而兵尽矣。某兵之内，分食几钱饷银者若干，几两饷银者若干，而饷尽矣。如是种种之数，断自经略交代一日为止，责令各道，尽将所属城堡见在之兵，见食之饷，编造总数、散数，册报经略，其册务要直截简明。先开一道所属几城，几堡，几兵，几饷，合为一道之总，则总数也。外分城堡，某城几兵几饷，为一城之总，某堡几兵几饷，为一堡之总，即散数也。其城堡内，不许又开某标下，某门下，某将官下，某南京，某浙江，某四川等营，以致纷纷名色，犹如说鬼捕风，漫难稽考，所当痛革。此册造就，备申经略核实，挂号印发饷司，饷司照填底册一本存案。仍将道册转申到部，即将册内各道分调城堡兵饷总数，另具一揭，发钞其交代后，兵马或有更置，钱粮或有增损，定为各道每月二次册移饷司，饷司册揭报部发钞之制，一如前式，使朝野内外晓然皆知，辽东几道，几城，几堡，几兵，几饷，一一烛照数计，如在目前，而后呼吸可以相闻，缓急可以相赴，从前关膈不通之病，至此都除。若道册不经经略，仍是前此花名，揭钞不遍长安，又与旧套循环无异。臣谓今日问饷之法，不得不关经略。二也。

时者何？见在辽兵前法已备，新旧月饷，可算无遗矣。援军在途，又有行粮，比其到辽，必须著伍。因而问之于山海关曰：某月，某日，某处，援兵若干出关。问之于三坌河关曰：某月，某日，某处，援兵若干过河。问之于辽阳饷司曰：某月，某日，某处，援兵若干到辽，分拨某道属下某城某堡，管内应食某项饷银。问之于各道曰：某月，某日，某处，援兵分拨若干，已到某城某堡，管内开食某项饷银。除饷司、各道收造入册、一月二次汇报外，其山海、三坌二处，守将随到，零星具揭，驿报钞传，不过出片纸附便邮而粮可算，著伍有期，亦不至如前此汶汶。夫出关、过河、到辽、著伍皆有时，不及经臣受事之初，创立此法，日复一日，恐又因循。臣谓今日问饷之时，不得不乘经略。三也。

行此三者，朝廷不烦动色，当事不嫌掣肘，将卒不劳脱巾，而饷自可节，兵自可清。但责经略而已办，臣所望于经略者，不綦厚乎？然臣非漫言之也，经臣昔按辽时，正有召兵添饷之事，读其《奏缴新饷》疏内，有云：营不成营，与无将同。将不成将，与无兵同。其何救于寡弱？而新饷又不专为新兵支用，是新兵有增之名，无增之实。新饷有为新兵而增之名，无为新兵而食之实。恐虚糜此饷者，不在老弱之充数，边兵之影冒，而在营旅之不成，分散之不合也。嗟乎！此十年前因病下药之言，不意今日膏肓之痼，殆复过之。又读其《屯田修边》一疏，有云：内地千零万落，北尽南空，汹汹皇皇，只欠一反。汉以出塞千里转饷而天下困，唐以藩镇耗竭国用而人心离，宋以西北用兵括尽民财而社稷屋，古今败亡之祸，未有不始于边鄙而终于腹里者。嗟乎！此十年前剜肉医疮之喻，岂料他日板荡之忧，究竟不能外是哉？夫经臣于十年前筹边忧国，蚤见及此，今日之事，兵须实兵，饷须实饷，一切剔蠹厘奸，岂俟臣词之毕？而臣所长叹者，今日之内地，又非十年以前之内地，今日之新饷、新兵，又非十年以前之新饷、新兵，经臣前日言之则蚤，今日图之则著矣。宋儒有言：必用体国之人，而后可以获治兵之效。臣望经臣，今日治兵之中，不忘前日体国之虑，此社稷生灵之福，岂臣一人之私幸哉？

臣言至此，惟有饮泣，除臣一面札行饷司外，事关经略者，伏乞天语丁宁，同心共济，依臣此法，设诚行之，辽东尚犹可为，臣部尚犹可幸，不然臣力竭矣，其如国家何？其如辽事何？

请辂疏

杨嗣昌

日闻东边消息，北关已陷，沈阳一空，辽阳军民，无一斗心固志，臣等拊心顿足，呜呼危矣！成大事必以人心为本，人心一离，大事去矣。经略一人虽责各将，将不能责军。虽责各道，道不能责民。欲战而战无人，欲守而守无人，且又无甲无马，无弓矢器械，岂经略、道、将诸臣，能以两手两足战守辽阳乎？而非独辽阳人心然也，使辽阳失则广宁人心亦然，广宁失则山海、永平、蓟镇人心亦然，所在各省直人心亦然。

皇上深居大内，不知近年边腹地方，人人憔悴，处处偷安，敌骑数万，谁敢上前抵敌？此海内太平日久，积安、积弛、积畏之势，不是辽阳一镇人心，单怕边烽到极处也。今别无一法可以鼓舞，惟有多将金钱买其死命。兵法曰：军无财，士不来。军无赏，士不往。又曰：重赏之下，必有勇夫。今日军民穷到极处，若使多得几文，见钱到眼到手，可以养活父母妻子，则伊必然出力舍命，报效朝廷，万死不辞。若无见钱，只以军法斩之，亦断不肯出力舍命，且恐激成他变，此其事理洞然明白，皇上自然肯信肯从者也。但今日见钱，户部无有，工部无有，太仆寺无有，各处省直地方无有。自有辽事以来，户部一议那借而那借尽矣，一议加派而加派尽矣，一议搜括而搜括尽矣。有法不设，有路不寻，则是户部之罪，至于法已设尽，路已寻尽，再无银两，则是户部无可奈何，千难万苦，臣等只得相率恳请皇上将内帑多年蓄积银两，即日发出亿万，存贮太仓，听户部差官星夜赍发辽东，急救辽阳。如辽阳已失，急救广宁，广宁有失，急救山海等处。除此见钱急著，再无他项取法。今日臣等不请，是臣等负皇上，皇上不听臣等，是皇上负祖宗。皇上今日不听，辽阳明日危亡，京师后日祸乱，臣等惟有相率焚香拜谢九庙之灵，以皇上豢养七尺之躯，尽死阙下而已。尚有何策可救旦夕之急也哉？

伏乞皇上千思万想，转意回心，即日先发帑金十百万赍赴辽阳军前，听经略诸臣鼓舞军士，然后陆续尽发百万，听臣等陆续赍去，充军马粮料等项之用，则今日转祸为福，在此一举。皇上即在大内与圣子神孙日称万岁之觞，臣等不敢再来激聒。若请帑不发，发之不多，臣等前言已毕，惟誓一死阙下矣。

南直催饷疏

杨嗣昌

臣接邸报户部一本，为患病不能供职等事，奉圣旨：是。杨嗣昌着升郎中，专理新饷。吏部知道。钦此。臣小臣也，伏蒙圣恩，径将本部开坐职名，批允下部，显是异数，揣分不敢承当。

伏念新饷事大，臣蒙本部误题，于义不容规避，窃照臣于万历四十七年九月内，蒙本部题奉钦依，管解密云镇年例银三万五千两，事竣回籍讫。本年十二月内，接得本部札付，覆奉钦依，差臣南直等处催饷，臣时在籍助臣父鹤襄臣祖父葬事，随于四十八年二月起程前往南直地方。臣惟圣谕差官，一则曰：屡有明旨，着各该抚、按等官设法征解，如何不行尽心料理，以致部库匮乏。再则曰：显是各该抚、按等官坐视不理，漫不经心。而终之曰：其各省直拖欠民屯、边饷等项银两，便差官立限守催，解部应用。钦此。仰见圣心于臣部匮乏，孜孜鉴怜，踌躇四顾，若将谓差官一出，当有胜于抚、按等官者，不知直省地方法令素行，吏民素习，其实不如抚、按等官。各省、府、州、县钱粮，有布政司统会差官到彼，稍便守催，然非抚、按弹压其间，呼之未必能应。况在南直一十四府、四州钱粮，各自为政，原无统会，藩司不得抚、按，将有寸步难行者。臣入境初，撮定催饷三事，移会抚、按衙门，新饷款目为一事，旧欠京边为一事，内库本折为一事，详其完欠名数，第其缓急重轻，专听抚、按自行所属地方，一时抚、按诸臣，幸同心力，檄下催征，刻期完解，盖有不竢臣词之毕者。臣幸借手报命，不欲别生一事、旁扰一民矣。然江南江北，巡抚分二，巡抚按分二，臣水陆往来抚、按间，而各府之地几遍，由此亲见守、令行催。比出苏松境后，仍遣本部随差两吏，分投二抚院处候完解回文。臣以身离地方，所持止于播告，且无滋扰之嫌。复于吴山驿陆续分发各府、州催趱文书七十余件，最后单行查取新旧已完数目，顺挨年、月、日、时，另造简册揭帖，以备回部之日进呈御览。甫行未报，惊闻理部坐题理饷，不敢淹留，所有前件已完，臣即亲赍册揭到部，其余未完，仍听抚、按严督施行。盖臣始事终事大约如此，不过奉宣一纸王言，稍醒阛阓耳目，使知朝廷之上，有此不得已之催科，地方之官，有此不敢后之功令耳。

顾自三月至八月，为时已久，江南则历应天、徽、池、苏、松、常、镇等府，江北则历安、庐、淮阳等府，为地已周，审听徐观，殷忧满腹，有非职所当言，而不敢不言者。臣在应天，闻淮北居民食草根、树皮至尽，甚至数家村舍，阖门妇子，并命于豆萁麦秆一束之间。比渡江后，灶户之抢食稻，饥民之抢漕粮，所在纷然，犹曰去年荒歉致尔也。至于江南，本未尝有赤地之灾，滔天之浸，不知何故汹汹嗷嗷？一入镇江，斗米百钱，渐至苏、松，增长百三四十而犹未已。商船盼不到关，米肆几于罢市，小民垂橐往返，偶语徘徊，大都妄意某里某家，共图一逞为快。甚至明期议事榜贴路衢，暗约堆柴封烧第宅，幸赖当事齐之以法，一时扑灭无余，不然辽左凶残，近在腹心矣。臣为催饷之官，敢代地方称告，致缓输将，但念东南素称财赋之区，国家缓急所恃，只谓盖藏颇厚，催取如携，真可算作朝廷外府，岂意公私蓄积，大抵萧条。习俗无改于奇淫，物力实趋于凋薄。臣见三衢九市，非不满目豪华。按之饥食寒衣，如许多用不著，所以男子疾耕，女子苦绩，不足了官税而实私家，盖东南一大病痛，而海内渐染余波，转相仿效，其不化而为东南几希矣。

臣谓今日不独有事辽东，师行粮食，当思结局，抑且瞻顾闾左，民穷财尽，当讲开源。物极必反，闾阎有敦本尚实之思，而不能以匹夫之微，丕振风气。道穷则变，臣部有提纲挈领之务，而不能以一切之法，偏合时宜。是在省直抚、按诸臣，随地讲求，当身干办，以足食者足兵，裕民者裕国，或庶乎其有济也。不然，边烽一日未灭，折饷一日难停。辽东索之臣部，臣部索之地方，地方索之百姓，百姓无所从索，缓则无济，急则生变，岂可不为料理，但恃催科哉？目今百姓尚知讨贼，尚可催科，将来只恐百姓已自作贼，谁为用我催科者？今日“理财”二字，臣部不能独任，海内不宜讳言，君相决当猛转，而后民生可厚，祖宗福祚可永。臣谨因催饷及其大端，伏乞圣明，少赐裁择。

再陈兵饷疏

杨嗣昌

臣于万历四十七年八月二十一日，具疏条陈辽东兵饷，先皇祖朝未蒙简发，会兵部以为越饷谈兵，旁掣其肘。随值臣先祖之变，乞差解银，事竣回籍，不获竟其说而止。今臣受命专理新饷，已经谢恩到任，略窥辽饷一二颠末，盖有惕然大惧深忧，必不容不仰告皇上者。

臣本理饷，非理兵，而言饷则必言兵。譬言饮食，则必言饮食之人，非有越也。言饮食之人，则必思为之饮食，非有掣也。明于此而臣乃敢深言。盖向者抚臣周永春以征播三十万人为例，经臣熊廷弼以用兵十八万人为请，臣私计之，要靖边烽，固非多兵不可，但在今日腹里、边方，实无如许好兵，就令调募，恐必不能如数。若但取其充数，则又不皆堪战之兵，而堪战与不堪战虽殊，用饷则一而已。其用折色之饷，容或不一，用本色之饷，又一而已。故臣始忧辽地不耕，而今则以赤地千里告。忧海运多虞，而今则以屡次遭风告。以至请兵十八万人，至今成数虽充，见在十二三万，就中堪战良少，兵之概大略难充，将必充之而是乎？抑不必充之而是乎？饷之概大略难继，将必继之而是乎？抑不必继之而是乎？以封疆之臣言之，则必充之必继之而是矣，而其所以充所以继不问也。以庙堂之臣言之，则不必充之不必继之而是矣，而其所以不必充不必继不问也。本一家之事，而操之以百家之言。本同体之心，而间之以异体之痛。以故同异日相角，中外日相携，此其病安在哉？

盖如此军国大事，本非一士之略，一将之功，择一人而畀之，便可一了百当者也。其大本根所在，在吾君吾相有毅然安攘之志，有凝然安攘之谋，有斩然安攘之断，而又集思广益，和之于朝，推毂制阃，专之于外，然后有济。若本根之地，初无定志，成谋峻断，但择一人畀之，而曰军机战守不从中制已也，不知古者何以谓之战胜庙堂，何以谓之运筹帏幄，岂皆中制之谓乎？且古有中制而非者，汉讨先零羌，赵充国计不欲战，宣帝以书敕让是也。有中制而是者，魏御诸葛亮，司马懿欲战，辛毗杖剑立军门是也。有根本之地，志在讨贼，而谋断胥得之者，唐河北用兵，宪宗之与裴度是也。有本根之地，志不在讨贼，而谋断胥失之者，宋南渡以后高宗之与秦桧是也。惟宪宗有志于讨贼，故裴度敢自请行，而盗杀宰相，反足资其决。惟高宗无志于讨贼，故岳飞不免于死，而书生叩马，蚤已识其微。嗟乎！此非千古得失之鉴哉？夫区区边烽，皇祖遗之皇考，皇考遗之圣躬，数百年全盛之天下，数十世安堵之人心，经此一番扰乱，则亦不可不深念矣。以毅然安攘为志，皇上必有此志。以凝然安攘为谋，皇上必有此谋。以斩然安攘为断，皇上必有此断。而密勿大臣，所以赞庙谟、尊主断、雪国耻、靖边氛者，必有明见以决之，定力以襄之，故在今日则始事之宜乘也。乘皇上之始事，可以尽宰相之忠计。乘宰相之始事，可以尽兵部之忠计。乘兵部之始事，可以尽经略、巡抚之忠计。乘经略、巡抚之始事，可以尽户部之忠计。精神方始而未倦，意见方始而未争，形迹方始而未嫌，职业方始而未畛，而后可以效同心之言，收同心之德，救同心之失，而所愿同心者，何忧饷之不继而已矣？

忧饷之不继，在皇上则自有未发之宏恩，在宰臣则自有转移之密用，而在兵部则无务以无实之名数淆之，在经略、巡抚则无务以无已之增加耗之而未也。愤然致兵之一决以了一局，局未了而一决之溃不可堤，默然引兵之一支以杀一势，势未杀而一支之流乃横裂，是皆若无与于饷，而不知彼其时兵之祸乃愈奇，饷之祸乃弥烈。夫以兵之祸祸饷，不可言也，以兵饷之祸祸国家，尤不可言也。盖臣之愚虑以为，理饷非理兵，而言饷则必言兵者如此。且言兵则必言其本根所在，决策于庙堂，提衡于君相者如此，而后以其始事同心、先忧后患之意，条为五篇，伏惟圣明俯鉴微忠，如堪采择，乞敕当事裁夺施行。

案：常德文中载杨公疏八篇，兹录其五，其言皆请帑筹饷，殆《地官集》中文也，虽不无过激之辞，亦弥见忠直之概。具此怀抱，方忧勤之不暇，而暇时作忮害于人之计乎？野史乃至摹写丑态，传述谰言，不挤之于阴险小人不止，则东林之为党也厉矣。

湖南文征　卷九

疏八 明

治河疏

周堪赓

题为治河钦蒙特遣，事权悉属创行，谨陈要务，恭请圣裁，以便遵行事：本年十二月十四日酉刻，蒙皇上面谕，汴决河徙，陵运攸关，着臣前去料理，臣祗遵钦命，当克期就道，不敢稍稽时刻。除河上情形，与浚筑方略，容臣至地方相度形势，另行具奏外，谨就目前要务，逐条胪列，仰候圣裁。

一、治河诸务，全赖地方官分任共理，总河官有统辖，手臂自灵。臣乃部员，非奉明纶，势难节制，乞敕沿河道、府有司，悉照《总河例》，听臣调度，果能留心国事，于事竣之日，优叙超擢，若庸谫误事，则不时纠参。或有要地需才，亦容臣坐名奏请，庶提挈有权，而人心无敢玩视。今流贼猖獗，于用工之地，尤虑烽火致梗大工，是提兵防护，实为要著，乞照《总河例》，俾臣得以调度沿河镇将，相机应变，庶有备无患而工易成。

一、帑银十万两已蒙发部，应饬该部遴选敏干司官一员，领运前去，一切钱粮，悉归专管。遇有支放，臣令道、府出具印信、领状，该司官照数给发，事完之日，道、府造报细数，亦令该司官察明奏销，俾互相稽核，毫发毕清。查得郎中刘学圣，饶有干才，堪胜此任，若拨兵护送，事在兵部，难以刻缓，臣奉命先驰料理，不能与帑同行。兵火丛中，尚须多兵护送，始无留滞，亦饬兵部于京兵中拨遣也。

一、工作物料，全赖钱粮应手，往者万历年间河决，公私繁费不赀，今中州一片荒土，物力消耗已尽，仰祈敕部，豫为筹画，以应急需。若钱粮呼应不灵，公事必误，似非微臣之力所能及也。

一、敕书关防，奉有不必候领之旨，敢不祗遵？但臣于地方，原无统属，非捧敕书前去，谁与奉行？伏乞迅赐降发，臣亲赴阙跪领，庶钦命传宣，人心知肃。即文移往来，恃有关防，可辨奸伪。今新铸未能速就，察臣右侍郎员下，原有关防一颗，携之前去，亦可适用，应否另铸，统候部议。

一、赍奏本章，乞照内部于会极门呈进，以免时日稽延。至大小勘合，应照例颁给，以为赍奏之用。

一、臣系新设之官，一切人役饩廪，俱无旧额。应用吏书数名，供写文移，承差数名，赍捧章奏。一应工食，俱无措办，不得不于正项支给。此虽小节，然钱粮所关，亦应预行奏明。以上六款，统祈圣明裁鉴，敕部速覆施行。

黄流怒势宜疏工费须裕疏

周堪赓

题为黄流怒势宜疏，治河工费须裕，仰祈圣明，敕部预筹款项，并谕河臣，分疏淮、凤一带，以护陵运事：顷者汴河决徙，水势南奔，淮、凤之间，悉为泽国，河之故道，千里皆淤矣。蒙皇上以汴工属臣，数日间广询博访，闻汴河决口，实广且深，而故道则水涸沙壅。欲以木石之力，砥柱狂澜，收工旦夕，或非所能。臣再四筹度，亦惟深浚故道，引水东流，庶几怒涛可杀，畚锸之役可渐而施。

鸠工浚浅，为力甚奢，计日修事，需费不少。昔在万历年间，河决流绝方百二十里，朝廷费帑八十万，民间之帮贴亦二百万，始得竣工。以今视昔，工浩不啻数倍，而旧河臣以三十万计，非臣所敢知也。今帑金十万之外，着部措办三十万，臣今何敢置喙？

倘三十万一朝告匮，而大工万难歇手，其将何以为策乎？臣愚以为，非搜之淮库，资之剿饷，厚为储备，必不可以为善后计也。皇上赈饥剿寇，不惜巨万繁费，岂河决重务，肯视泛常？且河工一兴，饥民悉为河用，养一饥民，即减一穷寇，治河之役，其于赈饥剿寇，适相资焉。臣才识庸陋，漫无寸长，独此不敢苟且之一念，衾影尚可自信，今所发钱粮，已有专官管理，臣系钦差，一到河上，诸凡相度经营，稽查董率，庶务甚多，其于钱粮本无暇兼顾，是以钱粮不必假臣之手。臣一腔愚忱，已在圣明洞照，今日惓惓经费者，以国事在身，不得不鳃鳃过虑耳。抑臣更有请者，黄流南徙，水势漫延，运道堪虞，祖陵更重，臣拮据汴务，晷刻靡宁，南北千里，安能远顾？宜饬河臣黄希宪就近相度，设法分疏，以杀其势。臣与河臣同为皇上之臣子，护运护陵，均属国家之重务，南北协力，共济时艰，正臣子捐躯报效之日，谅无敢歧视也。

再，河务首在得人，河道一官，尤属紧要，闻河南河道佥事方大猷久未履任，应行严察更换。查得淮海道副使徐标久历河干，昔年建义长山，两次河决，皆著劳绩，以该员轻车熟路，如得借才，可收臂指之益，乞以本官改调河南河道，而淮海一缺，另行铨补。该员资深望重，屡推节钺，此席或非所乐为然，功懋懋赏，皇上自有殊擢。又潞安府同知殷启贤，先任归德治河有法，乞宜改调卫辉府同知，资臣调遣。以上二官，乞敕吏部即日具覆，严檄速任，以襄厥功。臣为河务重大起见，用敢冒昧琐渎，伏祈圣明，鉴臣血诚，俯赐裁夺施行。

河工情形疏

周堪赓

题为恭陈河工情形，浚筑规略，仰祈圣鉴，严敕道、府实力实心，以勷大工事：臣奉命筑汴，于上年十二月十七日，自京起程，星驰而南，于本年正月初二日入河南彰德境，初八日辰刻到汴，随躬历河干，虔祭河神，相度决口。旋至封丘县，与河南抚臣□□面商一切。抚臣赤胆热肠，慷慨国事，令人起敬，于是采集群议，筹算夫料，即日差官，分道购取矣。谨以管见，为皇上陈之。

臣泛小艇，上下周流探看，得河之决口有二：一为朱家寨，宽二里许，居河下流，水面宽而水势缓。一为马家口，宽一里余，居河上流，水势猛厉，深不可测。上下两口，相距三四里，至汴堤之外，合为一流，决一大口，直冲汴城以去。而河之故道，则涸为平地矣。怒涛千顷，工力难施，必广浚旧渠，远数十里分杀水势，然后畚锸可施，筑浚并举。需夫三万，河北荒旱，兖西兵火，竭力征调，不满万人。河南万死一生之余，又相聚守险，声教久隔，抚臣推诚招徕，以义动之，以利诱之，未审能应募否？此外则不得不借助于抚、镇标兵矣。至于应办埽料，其类亦多，如杉桩则购之淮安，苘麻则购之徐、兖，谷草、榆橛则购之怀庆，柳梢、蒿杆则取之本地，从所产也。

然其大纲全在用得其人，察得淮海道副使徐标、南阳府知府李芳蕴、卫辉府知府文运衡，皆久历河工，屡著成绩，以此三臣，专司筑决，而分理其下者，则开封府同知牛光斗、归德府通判朱以霈也。挑浚旧河，则开封府知府李岩、彰德府同知赵允光，而提调于其间者，分巡河北佥事杨千古也。河北夫料，责之副使张宏道、佥事杨千古。兖西夫料，责之佥事张若獬。以上各官，皆一时才望之选。臣行牌分任责成，复以手书申嘱，动以干国之忠义，悚以功令之森严，而其能实力实心与否，尚未敢信，然责任既定，功罪攸关，各官即欲稍有推诿，亦弗可得。倘心存玩愒，或呼应不灵，致误工作，则有皇上之三尺在，臣断不敢代为诸员回护也。伏乞皇上严敕责成，悬刑赏以待功罪，庶人心儆惕，而大工可计日告成矣。沥诚上闻，伏惟圣明，鉴察施行。

硕勋谨按：《明史》称朱家寨与马家口两口相距三十里，而先高祖奏疏，暨赵少司农洞门前辈原序，俱云相距四里，恐误，应以《明史》为定。

密奏疏

周堪赓

题为密奏事：臣惟河决自古有之，瓠子为甚，然未尝举千百年汴城沦为巨浸，如今日之惨者也。臣奉命后，廷臣靡弗为臣危，臣彼时已置此身于度外矣。及驰至河北，询之道、府，胥言河不可治。客冬督臣侯恂经营两月，未有寸效也。臣躬历河上，相察形势，马家口水深势猛，事果难言，臣竭智尽忠，力图必胜之策，次第修举，以报严命，何敢言难？

惟是臣只一调度之人耳，地方事全在地方官分理之，苟戮力同心，何坚不克？乃一时道、府，谈及河事，则人人变色，人人推诿，上下无一勇往任事之官。总之臣部臣也，非若总河相临，素有威令，而人心慑服也。虽蒙皇上加臣宪衔，诸员仍以部臣相视，臂指弗灵，人情如此，不但无竣工之日，并无起工之期。旬日以来，寝食俱废。臣已将分任各官，列名具奏，伏望皇上迅赐严谕，以筑塞决口，责之副使徐标，知府李芳蕴、文运衡；以开浚旧河，责之佥事杨千古、知府李岩、同知赵允光；而以督催丁夫物料，责之副使张宏道，佥事杨千古、张若獬、杨毓楫，如有玩误，法不容宽，庶人心震悚，奋励图功，河事虽难，未有不济。

再照工大费繁，钱粮必须应手。帑金十万之外，部臣所议折绢料价二十万，尚欠在民，征解无期，正如画饼充饥，部臣特以此了局，不顾其事之济与否也。钱粮一朝告匮，数万之众必散，一散岂容易聚，大工报竣何时？以此加罪，臣死无足惜，实无益于国事矣。诸凡事宜，容臣另疏酌请外，统祈皇上断自宸衷，而后大工可济，理合恭疏密奏，伏乞圣明，矜察施行，臣不胜惶悚待命之至。

河工需夫疏

周堪赓

题为河工需夫孔亟，征夫甚艰，谨请圣裁，就近调取，以襄大举事：照得塞决之役，丁夫其先务也。臣之初心，妄拟两河饥民鳞集，持钱而呼，百千万亿，可以立应，乃驰至河北，而一望蓬蒿，罕见人迹，大河以南，则锋镝余生，纯顽异向，不可问矣。今筑浚并举，需夫甚多，臣属淮、徐，距河颇远，趋役甚艰，未便派取。兖西、河北，仅足万人，抚镇之兵，亦止万计，此外则必需召募，而应募寥寥，臣忧心如焚，无可设法。

今察得北直隶大名一府，皆滨河近地，与河北三郡错壤而居。客冬北直督臣侯恂，亦以大名、兖西、河北五郡之夫，供浚河之役矣，不自今日始也。第今大名一郡，敕书内未入臣辖，臣未敢自便，伏乞皇上敕下畿南抚、按，飞檄该道、府，征解壮夫二千名，给以口粮，委官沿路催督，限二月中旬到工，庶应役有人，而报绩有期矣。

至以后就近行提，则大名应归臣辖，如有应需夫料之处，便可径檄该道、府随时酌办，毋庸屡渎圣聪。合并奏明，统惟皇上睿鉴，裁夺施行。

报开工日期疏

周堪赓

题为恭报开工日期，仰祈睿裁事：臣初至河上，察勘情形，征取夫料，并遴选道、府、厅各员分任责成，已于正月十五日恭疏奏闻，知叨圣鉴矣。今既匝月，而徐、兖两道之夫料全未见到，即河北三郡近在咫尺，赖按臣苏京严檄督催，而后武安一邑之丁夫始至，余仍未能凑手。臣差役迭催，往来如织，大声疾呼，舌敝颖秃，不谓时事艰难，人情玩愒，至于此极。

河上近状，最苦夫少，臣出示招徕，约以每人日给银一钱，且悬赏格，以鼓好义，从无一人应募。复令开封守李岩，及标下材官，设法搜罗，才得千人。桃汛即届，万难久待。谨就现在之人夫，现到之埽料，择吉于二月初七日开工讫，倘三郡丁夫，旦夕相继并至，则畚锸之役，可渐而施。臣与在事诸臣，各乘小艇，住宿河干，督察工作，不敢刻懈，但以极巨极难之局，而仅仰给于河北三郡人役，又不能依限而来，臣窃为河事虑也。盖河北当凶荒之后，死徙十去其七八，数百里间蓬蒿满目，城内城外，鲜见烟火，今征夫六千，已觉竭泽而渔。大河以南，先死于锋刃，继死于洪水，今仅存之哀鸿，止可羁縻，难于严督。臣初料不及此，近取郡邑煮粥名册检核，报数寥寥，户口之耗，已可概见。大名丁夫尚近，可资一臂之力。伏惟皇上谕该抚、按，勒限到工，庶几有济。

治河之法，先浚后筑，此一定之理也。臣商之诸臣，朱家寨水势较缓，可以先筑，且先塞下流决口，然后开浚旧河，庶东归之水不得复折而南，于事甚稳。今已从事于兹，俟枢臣檄至，则调集镇兵，上紧开浚旧河，先后继举也。正在兴工间，忽接部咨，见科臣高翔汉疏称，传言新决之河，渐次沙壅，黄流将归故道等语。臣阅之不胜骇异，审如是，则河事易甚，国家之福，臣之庆也，又安借力于兵民哉？夫河上情形，台臣黄澍以颁赈之役，经历河干，皆所目击，故道之通塞，可召而问也。科臣得之风闻，原未身履其地，无怪其然，特惧皇上因科臣言而谓臣言不确，则臣罪大矣。拟合一并奏明，伏惟睿照，垂察施行。

报堤工将竣疏

周堪赓

题为恭报朱家寨口筑塞已完，堤工将竣，仰祈圣明垂察事：汴河于本年二月初七日开工筑决，臣已将开工日期缮疏奏闻讫。嗣是三郡丁夫，奉按臣檄催，亦旬日齐集。臣与南阳府知府李芳蕴、卫辉府知府文运衡，朝夕董率，开封府知府李岩、同知牛光斗，彰德府同知赵允光、归德府通判朱以霈，或督办物料，或稽察工作，自朱家寨北岸起，至马家口东岸止，筑长堤一道，绵亘凡四百余丈，工已完三分之二，而朱家寨筑决之工，则已于二月二十七日告竣矣。开工之时，河水浅涸，故道不通，自二月十六日以后，连日水长，积增数尺，旧河弥漫无际，今水落河涸，而中流一沟，滔滔不绝。臣以小舟躬行察阅，深可五六尺，浅亦三四尺，此河势东还一大机括也。

马家口自水长后益深益猛，下手甚难，约算工料，如柳梢以数百万计，苘麻、谷草以数十万计，人夫以万计，杉榆桩橛以数千计。此数种尚无一备，第物料犹可渐次购备，所虑惟钱粮告罄，人夫无措，仰恳皇上裁断，俯允臣节次疏请，而后事无掣肘。顷因寇逼彰磁，道路梗塞，以致奏报稽迟，臣蒿目时艰，寝不安枕，食不下咽，尚祈敕下阃外诸臣，迅扫寇氛，地方幸甚！生民幸甚！统祈圣明垂察施行。

再题为钱粮不继，工作必停，仰请圣明，速赐裁示事：本年二月初六日，臣部主事王介庆解到帑金十万两，开工之后，夫粮料价，费用不赀，俟朱家寨堤工告成后，恐所余无几矣。臣因旧河臣张国维有请动淮库盐课之议，遂冒昧以此上请，讵户臣傅淑训争执不可，近淮漕臣史可法回咨，内称淮库如洗，绝无存留，乃知旧河臣亦悬揣无著，而户臣亦空争无益也。万不得已，则新河臣黄希宪截留邳饷一项，可佐臣急需，乃工臣议留，而户臣弗应，夫户臣第知慎重钱粮，以图自便耳，遑计运道与陵园乎？殊不知运道亦隶户部要务，而陵园重大，凡为臣子者尤当同抱剥肤之恸，臣不料其秦越视之也。

今事已急，或截留邳饷，或再发内帑，惟望皇上断自宸衷，立赐接济。若仍下部议覆，则终属空谈，无裨实用矣。舍此二者，而候折绢料价之解纳，恐今岁尚难望到，臣株守河干，无所事事，则须暂停工作，俟钱粮解到，而后可另议兴举。统惟圣明裁夺，敕示施行。

需夫济急工疏

周堪赓

题为河工需夫甚急，措处之法已穷，恳乞圣明，伏允前请，以济急工事：臣惟河上之役，征夫于近河郡邑，此旧例也。即臣所领敕书，亦载合用人夫，照常于河道项下，附近有司、军卫衙门调取。今汴河附近，惟彰德、卫辉、怀庆、兖州、大名五郡耳。河北三郡，已役堤工，兖州人夫，亦将鳞集。臣咨行畿南抚、按，征夫大名，其势实不容已，所以奏请者，以大名非臣原奉敕书所载，不敢擅便也。

近接邸报，见该部覆臣前疏，奉有“兴举工役，正可就近救饥招流，若鸠募有方，人夫自当渐集，何必远征大名”之谕旨，臣敬绎圣意渊微，欲以河役惠穷黎，且省天雄骚动耳。臣知识短浅，何敢再申前说？夫地方有大工大役，即可救饥招流，臣当陛辞时，即以此条奏矣。及到汴梁，而后知前言之不能行也。河北人迹寥寥，无流可招。河南之人，半为异类，抚臣设法招徕，仍无应募。臣岂能强之使来哉？大名古澶渊也，与河北、兖西错壤而居，如东明、长垣皆临河邑，谁非皇上赤子？鲁卫之民，于役河干，而澶渊独安枕而卧，岂繄鲁卫不服，即澶渊官民亦内顾不安也。今议塞马家决口，计工须数月，用夫须数万，兖、大之外，尚当借助于远方，若并大名之夫不用，以臣庸愚，实无良策。

臣为工料人夫，措办实艰，中夜彷徨，常坐以待旦，数月内心血已枯，皇上课工欲速，而令臣不得展布手足，智尽能索，势必贻误。臣虽膏皇上之铁钺，无补陵运之阽危，伏乞圣慈，鉴臣苦衷，允臣所请，河事幸甚！陵运幸甚！臣无任悚仄企恳之至。

汰冗官疏

周堪赓

题为水利必须便民，冗官亟宜裁汰，仰恳圣鉴，以苏疾苦事：

臣惟卫河之水，发源于辉县之苏门山，合淇、沁诸水，东北至临清入会通河，济运以入渤海。

国初设臣部司官一员，专以缮治漕艘，非治水也。至嘉靖三年甲申，以卫河漕船改造清江浦，而部员遂裁。自崇祯十三四年，庚辰、辛巳之间，因河北亢旱，卫源亦竭，乃复设司员，疏浚水利，不过一时权宜，非必不可少之官也。臣伏查辉邑地势洼下，不宜菽麦，土人因洼，引水营田，种稻为活，由来已久。先年知县郭淳，建闸以资蓄泄，院道因之，又增四闸，潴水灌溉，遂成沃壤，民甚赖焉。万历七年戊寅，知县聂良杞，虑五闸启闭失宜，有妨漕运，于是条议运船过临清，方许闭闸蓄水，官民两便，为法颇良。自分司设而水尽归于官，以后夤缘作奸，不问运河之需水与否，一概官为禁阻，令民不得稍沾余润，而恒产悉荒，生计日促矣。臣愚以为，官多扰民，役多害民，诚万世不易之格言。如臣部监督卫河都水司郎中李茂松，劣迹昭著，民怨沸腾，经臣廉访，列款纠参在案。此其明验，仰惟皇上勤求民隐，宵旰焦劳，无远弗届，无微不烛，臣等凡有见闻，俱宜入告。

窃以辉县卫源之水，即辉县万民之命，漕运固宜重，而民瘼尤宜恤，何至竭民生计以助运哉？臣与按臣商确，莫若仍照旧例，以因时启闭归之有司，责令河道统辖，知府稽查，而卫河监督一缺，竟可永裁，则国计民生，两无妨碍，俾辉人蒙乐利之泽，皆出皇上再造之恩矣。臣谨会同巡按河南兼管监军监察御史臣苏京合词上请，伏乞皇上裁夺，敕下工部，议覆施行。

请宽限以奏成功疏

周堪赓

题为汇报已完之工，兼陈未竟之局，仰请宽限，以奏成功事：臣惟治河之役，自古称难，愚昧如臣，材力驽下，谬蒙皇上特遣，畀以重任，臣何敢辞！

受事以来，夙夜匪懈，冀图报称，以副简书。初春至汴梁催办夫料，二月董役开工，仰借宸严，诸员协力，朱家寨口，业于二月二十七日塞完，随于三月初三日具疏奏闻矣。嗣是董筑堤工，自朱家寨之北抵马家口之东，筑堤一道，长三百七十五丈，顶广三丈，趾广八丈，岸地高一丈，洼地高一丈五尺，水工则卷埽为基，层累而上，高三丈矣。三者高下弗一，总与顶齐也。自马家口西岸南接旧堤，筑堤一道，长一百零九丈。又于新堤之旁，西接旧堤，筑堤一道，长八十三丈，顶、趾之广，悉与前同，高俱一丈，皆岸地也。以上三段，共堤五百六十七丈，皆全完矣。所未就绪者，特马家决口耳，决口宽一百二十丈，西岸水深流缓，已筑三十丈，督工者，河道佥事方大猷也。东岸水深流急，筑而溃者凡数次，今又改筑十六丈，督工者，南阳府知府李芳蕴也。中流七十余丈，水势浩瀚，不敢前进，常令埽手以轻舟横渡，探验浅深，有深三丈五尺者，有不得底里者，临流拭目，众兵夫毛骨竦然。日与诸员细心商度，终无下手之策，若贪功妄进，冲激怒涛，恐已筑之坝亦不能保，有限金钱，轻付一掷，无益于事，不如待时之为愈也。今议暂停矣，土人言夏秋水涨，用工非时，霜降以后，河流渐涸，水势亦弱，始能下埽，知府李芳蕴等广询博访，胥以为然。土人生长水滨，各官亦久历河务，其言不谬也。目下伏水、秋水相继泛漫，惟多用人夫，朝夕防护，能令两岸坝工安稳无恙，则秋深水落，因时加工，此数十丈决口，可计日告成矣。

决口未塞，水势宜疏，臣委归德府通判朱以霈，于故道北岸相度地形，挑浚一渠，长四百丈，阔十五丈，深一丈，今已完工通流矣。两岸有坝，决口自约，且有分水之渠，夏日水盛，河流自尔东分，运道不患无水也。臣屡奉恩纶，捐躯遑惜，岂不愿克期竣事，仰慰圣怀？不谓河上情形，实有难于勉强之处，虽沥血呕心，何能与水为敌？今钦限已逾，工犹未竣，臣罪奚辞？伏乞皇上俯赐严察，罢斥施行。

当守已成以待时疏

周堪赓

题为河流渐次东分，决口再筑复溃，当守已成而待时，无图难进以糜帑，谨集众议，审河势，访运道，仰祈宽限，以副简命事：臣惟治河之役，所塞朱家寨口，并筑堤五百六十余丈，续工至马家口溃埽，数次俱经疏报讫。

忆臣初至河干，汪洋无际，茫无措手，幸塞口筑堤后，河虽湍急骇人，所留止一百二十丈之口未塞耳，两岸齐埽，又四十六丈矣。忽于本月初五日，水涨五六尺，河之正道，半折而东，半趋于南。问诸邳、徐来役，俱云水归故道者十分之四，漕艘可行，臣与有事诸臣，咸手额称庆，颂皇上如天之福，致阳侯效顺，百灵呵护，迥异寻常。但决口刷冲已深，旧河淤久，急难尽返也。又于本月十五日，水涨如前，怒涛汹涌，声吼如雷，马家口东埽复溃，水竟繇地而出，势如奔马，埽底泥滑，下即滚去，所钉三四丈杉桩皆随埽而走，莫克牵挽。此尚可以底里测，人事胜哉？臣此役也，值兵荒之后，百物凋耗，所购埽料，价皆数倍往昔，求之甚艰，得之不易，亦安肯尝试于洪波，而不为朝廷惜物力邪？前旧河臣张国维，请用银三十万，诸臣皆以为未足，又增至五十万，今臣筑塞工已过半，所用视前请止三分之一，臣不经手钱粮，空空洞洞，所以仰报皇上者，此方寸地耳。

目今权宜缓急，堤工与塞口皆新土新埽，伏秋在即，危如累卵，日夜严防，尚恐疏虞。是以再筑则请待秋冬，如用兵之量敌而进。守护则无分晓夜，如用兵之坚垒待时。臣挥汗赤日中，寝食两废，心血几枯，惟与在工诸臣，飧风宿露，不车不盖，何敢言劳！总期不负简命，以报君恩于万一耳。伏祈圣明，鉴察施行。

报河还故道疏

周堪赓

题为恭报河还故道，仰慰圣怀，恳留襄事之官，以竣大工事：

臣惟筑汴之役，自朱家寨口既塞，堤工筑完，河之东注者不得复折而南矣。马家口东坝虽溃而西埽安稳，决口既约，河势亦不得不东，此自然之理也。

臣与各官朝夕河干，护守堤坝，以防南溢，疏浚东流，导之攸往。自五月二十八日，并六月十五等日，伏水大涨，故道沙滩壅涸之处，渐渐疏刷，深至数丈，而河之大势尽归于东，其分行于决口者，不过十分之三耳。数日内，客贩之船，从淮西而来者，舳舻相望，商民色喜，此亦年来仅见之光景也。今工虽未能即竣，而运道大通，陵园无虑，圣衷可舒南顾忧矣。惟是转瞬秋深，兴筑在迩，鸠工办料，全在得人。臣初疏所请分任责成者，人非不多，旨非不严，然皆巧托规卸，无济国事，其能鞠躬尽瘁，与臣同心者，止河道佥事方大猷、南阳府知府李芳蕴两人耳。大猷身为河道，职掌本专，彼既肯自罄其血诚，人亦不得牵制其手足。若知府李芳蕴，自臣题允来工后，该守能悉心经理，即风雨晦冥，未尝一刻离臣左右，臣亦倚之如左右手。如河工需苘数十万，皆购之数千里外。臣蚤夜图维，欲求一可托之人而不得，本官慨然自任，率其子姓姻娅，北走广顺，南走徐、淮，钱粮纤悉毕清，买运及时接济，臣之得措手于河事者，本官之力也。

近闻分守汝南道参议郭载騋，以地方需员，于抚、按前催之赴任，令本官徬徨瞻顾，不能尽其心力。其意盖欲阻挠河事，与臣为忤，而借南阳为题目也。夫载騋非南阳道，应驻札南阳者乎？知府奉调，道员岂不能料理地方之事，乃该道安坐河北，足不涉南阳之境，而必将现在供事河工者促之使行，彼岂真为地方邪？今数十万之苘麻买运方新，深秋水落，鸠工伊迩，河上诸务，舍芳蕴万万不能。臣奉玺书，司、道以下，均听节制，而中州之道、府有司，遇事怠玩，非明为推卸，即暗事排挤，如参议郭载騋者流，腔子既无良心，眼底岂有功令？求其以身任事，而并萃姻族子弟均为国用，如知府李芳蕴者，实难其人也。

伏望皇上垂念河工重务，人才难得，俯允臣请，将知府李芳蕴随臣治河，俟大工告成，始理郡事。如南阳需人，不能久待，则请出缺另补，庶本官得专心河务，而臣亦不致受制于佥壬矣。伏惟圣裁，敕部议覆施行，臣不胜激切恳请之至。

防堤防寇疏

周堪赓

题为黄流泛涨异常，贼锋披猖愈炽，敬陈防堤更须防寇，用夫兼寓用兵，谨沥诚上闻，仰宽睿虑事：查汴工自朱家寨口已塞，捍以重堤，河还故道，今漕运将竣，陵园无虞，仰赖皇上如天之福，臣更何敢自怠？仍日驻河干，与道、府等官或疏或筑，期于冬月报完。讵自七月，阴雨连旬，至八月间秋水大发，高至丈许，一望弥漫，自荆隆口抵陈桥一带，陆地水深数尺，居民负木凭舟，徙之高阜。水势甚猛，近日新堤又有蛰陷，正在调拨工料，克期抢筑。

忽报闯贼全队而来，有夺船扎筏、眈眈虎渡之势，自汴徂雒，风鹤时惊，沿河船只，皆去防盗，运料已暂停矣。兹察烽火丛中，人心未免惶惧，幸臣自五六月抱病后，今身体幸已全愈，每念贼焰滔天，眥裂发竖，誓不愿与此贼同生。现饬镇、道简练兵夫，选备器械，晓夜戒严，未敢稍懈。凡在工文武兵民，自祖、父食毛践土以来，沐朝廷数百年培养之泽，岂无同仇敌忾之心？臣鼓以忠义，动以天良，人皆感泣，无不以十当百，倘不用命，有皇上之三尺在，又飞札抚臣，互相犄角，臣以河上为生死，防御谨严，贼无敢有从荥泽、汜水渡河者。近闻总督孙传庭兵已出关，一月三捷，当在此时。倘贼锋挫而施工便，天人相乘，岁杪固可完工，即或荡平有待，转盼秋深，水亦渐落，而奏绩之期，亦可计日待也。

臣恐皇上眷念河务，重烦九重宵旰之忧，臣罪滋大，合将工上防贼机宜，现在声援大壮，无虞窥伺缘由，据实奏明。伏乞睿鉴，臣不胜悚仄待命之至。

河悉东还大工将竣疏

周堪赓

题为马家决口筑塞已完，河悉东还，大工将竣，谨恭疏报闻，仰慰圣怀事：臣奉命往汴，自春徂冬，昕夕水次，此身此心，寤寐惟河也。盛夏之时，水势渐东，臣不胜喜，乃臣一病几危，乍闻贼警，畚锸之徒，几至鸟惊兽散。彼时亦不知贼之去来，身之安危，幸死而不死，犹留残喘，以报皇上，数日后臣病渐瘳，哀鸿复集，仍分段力作。

秋月又值阴雨连旬，河水大涨，南流甚猛，堤日坍而口日阔。讵寇孽复来窥瞷，先张声势，沿河料积如山，有放火烧料、杀官劫饷之语，臣先办一死，申明号令，严搜奸细，一夕之间，壁垒已成，贼亦宵遁。节经奏明讫，奈忧劳之余，旧病复发，骨立形销，臣自分余生得之意外，何敢再有爱惜！终夜绕榻而行，欲乘时用众，为速成计。爰相度河势，春夏所筑之基，渐逼冲溜，恐不足恃，复另勘一区于南数百步外，择吉以九月十一日开工，臣力疾董率，委佥事方大猷督运柳梢，同知牛光斗催办工料，同知赵允光给散夫粮，臣与知府李芳蕴东西并筑。水之浅者卷柳为基，层累而筑，凡二百五十丈，水深四五丈，泥沙深丈余，卷丈高大，埽叠至八层始出水面者，凡四十余丈。奈水深沙漾流湍，桩埽虚悬，危如累卵，至合尖之际，口愈约而涛愈怒，用工益艰。塞而复冲者数次，至十月杪，臣与道、府用数千人更番供役，宵旦并作，目不交睫者十昼夜。

十一月朔，臣虔诚祈祷，仰赖皇上圣德格天，神人协应，于初四日丑刻，向时漾沙壅聚之处，忽渐东徙，水势骤平。臣与知府李芳蕴，昼夜分立东西坝台，督令桩埽齐下，于十一月初六日戌刻合龙门矣。今南流断绝，河悉东还，惟桩埽尚须密护，堤工修筑方殷耳。谨恭疏驰奏，仰慰圣明南顾之忧，修过工段，统候工完汇报。伏祈圣鉴施行。

特参玩误有司疏

周堪赓

题为特参玩误有司，仰请敕部严加议处，并责成道员董率完工事：照得治河之役，事艰任巨，经年夫料，臣与工员竭力区画，未敢望助于人。

今决口塞而河东还矣，堤工包护须密，用夫更多，臣诚信招徕，人情踊跃，自愿领筑者不下万人，然工大人少，不能不借力于近河郡邑也。数月之前，行文征调，又手书分致各道员，殷殷嘱托，冀届期云集，可一气呵成。豫中州县，尚如约而来，总繇该道督催有力，人无敢玩。讵大名道副使朱廷焕，所辖之元城、大名、魏县三邑，则舌敝颖秃，全不著心，迄今各工将完，而三县之堤，撮土未动，伊谁之咎哉？该县知县张延、徐梦好、刘惟仁，殆不能为之宽也。又山东单县知县郑一岳，解到徭夫二百五十名，分堤二十五丈，领过工银二百五十二两矣，工未及十分之二而夫遂逃，察其领夫之官，则卫官悉为情面留，而以名色委官充数也，董率非人，夫安得不散，工焉得不误？

今千丈之堤，将次告成，只此四县悬搁，尚无头绪，转盼土膏已冻，补筑又在明春，稽误大工，不得早竣，皆此四县及大名道藐玩之故。伏乞皇上敕部，将知县张延、徐梦好、刘惟仁、郑一岳，副使朱廷焕等从重议处，而未筑堤工，仍责该道督修，倘克日告竣，犹可宽后至之诛，庶人知畏肃，而河工可一劳永逸矣。臣无任悚仄仰请之至。

请复旧制疏

周堪赓

题为汴工筑塞已完，岁修防守宜豫，请复旧制，严责成，以垂久远事：黄河发源西域，建瓴而下，其势甚猛，孟津以西，两岸皆山，不能旁越，故秦、晋有河而无患。东入大梁，一望平衍，土性舒疏，历来河患，胥鲁、魏受之。我朝南防陵寝，北防运道，导之使东，两岸无山，倚堤为固，堤复倚埽为固。两河岁修钱粮，额派八万，各府解贮开封河道，隔年预估详明。办料沿河设厂，堆积工料如山，方里一堡，列卒棋布。自正月至九月，南北管河同知，各照汛地督率堡夫，住宿河干，昼夜防守。遇有冲塌，立刻卷埽填塞，责成河道，不时察核，如边防然。此旧例也。

迩来兵火残破，岁额空虚，堡夫死徙，河防废弛，日甚一日。今决口初塞，脚根犹虚，堤工新筑，土膏亦嫩，有修无防，岂能经久？请敕总河臣，严督南河同知，多办埽料，修复墩堡，仍照旧例，自春徂秋，驻宿河上，无分昼夜，率夫防守。遇坍则运土填塞，遇冲则下埽抵御，刻刻戒严，始无后患。惟是两河白骨磷磷，岁修钱粮，多系虚款，并无实在。今臣堵塞决口银两，加意节省，尚有余剩，请先留一万两，发总河臣为预备防守工料之需，余仍饬部从长计议，统候事竣销算。

又河南同知桑开第饶有干才，亦谙工程，特一味躲闪，不肯实心任事，如上冬河决，属其信地，该同知竟借差而去，迁延不来，继闻河事将竣，始徐徐赴任，此盖抚、按诸臣为彼欺过耳，律以诛心之义，岂可姑容此一官者？伏乞皇上弃瑕录用，宽其已往，责令尽职防守，如夏秋水涨，防护无虞，用赎前愆，苟有疏误，从重并论。河道一官，全省河工，皆其职掌，担荷尤重。佥事方大猷，眼明手敏，倚赖方殷，今以监军调去，继之者副使夏雨金也，本官远在八闽，相距六七千里，受事何时，保无迟误。转瞬春深，水发所系非小，宜就近改用，刻期到任，乃克有济。

伏思汴梁决口，生灵化为鱼鳖，名城沦入洪波，为亘古未见之惨祸，圣衷焦劳，鸠工集料，繁费集资，才得堵塞，前车之鉴，岂不寒心？此臣所以不得不鳃鳃过虑也。再，大梁沃壤千里，自遭闯贼残破后，已不成世界，今河事虽竣，特纾目前之急，惟祝立奏荡平，将来劳来安集，尚烦睿虑，臣缮疏至此，声泪俱并，用是据实奏明。伏乞皇上俯赐，裁夺施行。

乞赐骸骨疏

周堪赓

题为恭谢天恩，乞赐骸骨事：本年十二月十六日，臣接准部咨文，钦奉圣旨，升授南京户部尚书，除望阙叩头，恭疏谢恩外，窃念臣体气素弱，抱病日多，服官二十余年，嗜好澹泊，自安庸愚，仰蒙皇上覆载宏慈，由县令拔至卿贰，逾分之荣，捐縻难报，况值国家多难之秋，何敢贪生引退！缘本年五六月间，一病几危，彼时大工未完，死不瞑目，幸而痊可，决口已塞，陵运无虞，然一年内惊心于戎马蹂躏之际，瘁形于物力艰难之时，以病躯而遘盘错，自非金石，岂不销磨？

九月旧病复发，甚以痰喘，臣力疾办事，在工诸官与左右近侍，共惊老瘦，而臣不觉也。迨十一月初六日，马家口既筑，稍解衣而卧。初九日履勘各工，忽尔头晕目眩，一跌几至不起，此文武员弁、兵夫千万所目击者。是日舁回，以就床褥，夜半始苏。今奉恩旨，授以司农，伏念留都重地，计部事繁，难以卧理。臣非不欲勉竭心力，仰答生成，而福薄灾生，何敢恋职？

伏乞皇上哀臣余生，赐臣骸骨，倘得专意调养，缓就帷盖，则有生之日，皆再造之年，望阙涕零，衣襟尽湿，臣不胜哀恳悚仄之至。

陈言时务疏

周堪赓

题为蛇豕猖狂，神人共愤，处卧薪尝胆之时，图拨乱反正之策，谨沥血上陈，仰惟乾断事：流贼之祸，起于饥荒，彼时歼厥渠魁，赈恤余党，直一长吏事耳。顾守、令膜不关心，大吏视为癣疥，一坏于陈奇瑜，再坏于熊文灿，养痈十五年，而爝火之细，竟至燎原。今潼关之衄，尚忍言哉？臣所日夜愤懑于胸者，大弊有六，倘此时犹不痛革，则患不独在陵寝，不独在藩王，而在社稷矣。臣执役畚锸，嫌越位以妄言，但知而不言，终凄切而不忍，敢昧死言之。

窃闻克敌之道，在将相和衷。相得其人，则将亦必得其人。阃内阃外，联为一体，何坚不破？自用兵以来，如洪承畴、卢象昇、汪乔年辈，皆亲提桴鼓，树勋戎马之场，奈何秉国成者异同报复，各存私见，虽有国士，谁不解体？尝考唐世睢阳之围，许远位本张巡上，远自以材不及巡，授之柄而处其下。若杨国忠，数激禄山之反，而幸其言之中。君子小人之用心，何相反哉？臣愿内外大僚，痛改积弊，化去畛域，效许远之与张巡，彼此齐心合力，效顺除残，庶有转祸为功之日。

科道风闻言事，固也，迩来台省言兵事者，章疏日数十上，第悬算与临事殊异，如曹文诏前后血战，杀贼功居第一，而反以骄倨被劾。如曹变蛟、猛如虎等捐躯为国，赏不酬劳。此功名之士所为拊膺太息也。臣愚以为，军旅重寄，惟当局者担其利害，所谓将在外，君命有所不受，若廷议纷纷，求全责备，在识力未定者，必因人以自馁。即忠勇素著者，亦避忌而灰心。臣愿言官痛改积弊，则是非公，纲纪正，庶无毁誉杂糅、贤奸混淆之弊。

宦者典兵，自鱼朝恩始，而唐世卒以不振。如癸酉十月，诸将已扼贼于河北矣，乃监军杨朝进偏代为乞怜，致毛家寨之径渡，谁之咎邪？皇上以外臣不可信，而委用内监，然外臣倚内监为奥援，而先怀贰心。内监以外臣为口实，而巧避文法。从前侵克兵饷，临阵先逃，皆内监导之也。臣愿中官痛改积弊，则邪窦塞，士气伸，而无跋首疐尾之患。

将不能用兵，国不能驭将，此大患也。今则法不足以慑武弁而恣其剥削，令不足以行军士而养其凶顽，威不足以服枭雄而任其跋扈，从古戡乱之法，必大示挫衄，以褫其魄，因不忍滥杀，然后从而抚之而乱乃定，未有立意主抚者。此盖庸夫巧于调停，以自文其怯懦，堕军实而长寇仇，罪难擢发。臣愿将帅痛改积弊，以后申明号令，凡朘虐军士，逗遛恇怯及鼠首两端者，俱按军法从事，俾将能效忠，兵自乐战，毋以招抚再堕贼计。

至于积弱之势，由于赏罚不明，臣访诸自贼中来者，其立法或一人逃出，即杀其管队。一阵退缩，即处以极刑。获一壮丁，即予以良马美妻，故人皆尽力死斗，奈何官军漫无纪律，以致望风瓦解，遇贼披靡。自抚、按至郡守，皆大吏也，乃贿赂公行，废弛成习，振作者反訾为纷更，阘茸者咸称为安静，上下相蒙，牢不可破，甚至赐剑大臣不能使一县令，师出无功，职此之故。更闻庸劣有司，寇来则避，寇去复旋，言之呜咽。臣愿大小臣工，痛改积弊，惟大吏励精图治，庶百僚奉法急公，而有震动恪恭之气。

唐臣陆贽有言曰：民者邦之本，财者民之心。其心伤则其本伤，其本伤则枝干凋瘁，而根柢亦拔矣。自万历间矿税遍天下，已竭泽而渔矣。崇祯四年，有按亩增赋之议，新旧所增六百八十余万有奇。十一年又增剿饷二百三十三万五千有奇。海内之财，止有此数，蒙皇上有暂累吾民一年之恩旨，非不念切如伤，闻者感泣。讵水旱频仍，抚、按以赈济不可屡求，军需不可匮诎，故灾伤之报无闻，催科之严如故。且贪婪州县，乘机渔利。猾胥蠹役，夤缘作奸，全不以民命为念。皇上端居九重，无由得见，使目击其状，未有不痛恨流涕者。今则丁壮死于疮痍，老弱困于箕敛。凡此蜂屯蚁附之贼，皆穷民也。凡此敲骨吸髓之民，皆贼兵也。夫以怨民斗怨民，谁与同心？以赤子攻赤子，谁肯效死？臣愿自抚、按至牧令，痛改积弊，一洗贪污，庶大法小廉，然后可收既去之人心，培国家之命脉。

臣闻天人感召之几，捷如影响，人事修于下，则天道应于上，诚能急祛此六大弊，则人知悔罪，天亦悔祸，将见和气致祥，灾祲自少，而荡平可期。此如疗病然，先除客感，然后可扶正气。未有客感不除，而正气能扶者。总赖皇上宏天地之度，昭日月之明，进忠良，远奸佞，慎喜怒，宽赋役。夫殷忧启圣，多难兴邦，在一念转移间耳。臣谓疆事决裂至此，皆“抚”之一字误之。潼关既破，秦都百二河山资以予寇，窃恐三晋亦不能保，大有唇亡齿寒之惧。臣辗转思维，救急之策，目今河北宜置重镇，简宿将如刘肇基、金国凤者领之，令分兵屯田，且耕且战，为持久计，以壮畿辅声援。宣、云两镇，乃精兵健马所聚，三关绵长九百八十余里，此金汤之险也，应速遣才望如史可法、张国维、张肯堂者，畀以三关重寄，练兵措饷，固根本以为后图。舍此不务，而欲急已溃之中原，失可厄之险隘，臣不忍言也。臣数月以来，恸哭呕血，徬徨莫知所措，疏稿既缮，秘不敢以示人，伏乞皇上哀臣之愚，俯赐密察，如有可采，出自皇灵之震濯，皆由庙算之渊深，非臣一介书生所能窥测万一者。语无忌讳，干冒天威，不胜席稿待罪之至。

案：原刻简率，诸疏仅列二题，曰《治河疏》，曰《陈言时务疏》，其余皆用一“又”字别之而已。兹汰去短篇二首，其无题者，悉摘篇首语意以补为之。汝怀附记。

请代父罪疏

满能施

臣父满朝荐，受陛下陶铸，登甲辰榜进士，本年冬授陕西咸宁县知县，乙巳之冬，榷使以诽语进，旋降旋复。丁未之岁，榷使再以诽语进，槛下北镇抚司狱，岁且五易焉。礼不敢齿君之路马，臣父不能屈节于榷使，诚有罪矣。市虎成于三人，慈杼投于三至，自昔固然。陛下不即赐镯镂，幽室之寝，亦谅臣父赤诚，聊责其戆，但惠苏三秦，祸延一吏，王道清明，似不如此。三年抚字，六载沉幽，王道荡平，似不如此。萧萧孤质，淹淹九阍，王道甄别，似不如此。父老赴诉不信，搢绅清议不信，告病陈情之司寇，一字一血，视若罔闻。臣父铁石也则可，臣父而非铁石也，忍令毕世无见天之日乎？臣父路桥也则可，臣父而非路桥也，忍令悲夜月之魄乎？

臣祖父满廷素、祖母郑氏，年俱越八旬，景逼西山，舐犊悲深，倚门目断，且愁且病，如烛当风。臣曩自秦承父之丁宁，归侍于祖而祖不得安，臣今自里承祖之丁宁，赴问于父而父不可见。羊敬其乳，鸦还其哺，岂异臣也？垣外想亲标如岳之峻，别来追骄爱如溟之深。呼天无路，吁日无光，若缇萦以父下蚕室，诣阙乞哀，彼犹闺质也，臣则孺子矣。吉翂以父被吏诬，诣阙请代，彼年十五，臣亦十五矣。彼所遇中主耳，臣则躬逢尧舜之君。中主尚俯从所请，况尧舜之君乎？陛下推其事圣母者，俾臣得以事父，倘疏一人，而纵之使得归侍于垂白之祖父母前，何惜微躯，以代父死！所冀微臣遂缇萦、吉翂之请，陛下成荡平正直之治，超越邃古于万万矣。

案：武陵杨少傅鹤，有《饯满太仆赦归》诗二首，次首云：黄童今古叹无双，原注：公子方十五岁，鸣鼓疏吁时追随左右。万里寻亲向帝邦。身傍圜扉眠虎穴，手挝院鼓触蝇窗。秦庭痛哭肠千断，汉女哀鸣血一腔。赢得人称真父子，归鸿目送渡湘江。考满太仆以万历三十五年七月被逮下诏狱时，中外论救，自大学士朱赓以下百十疏不允。至四十一年秋，万寿节将届，用大学士叶向高请，乃释归。公子上疏，史未之载，而以杨少傅之诗证之，则诚有其事矣。太仆之释，未必非此疏所感动，特假手廷臣之请，不欲开草野呼吁之门耳。疏旧载《沅州府志》，而《沅湘耆旧集》附录于太仆事迹后，向使志书不载艺文，此稿安所得哉？汝怀附记。

乙酉上弘光疏

严首昇

臣书生不敢预闻国事，顾得知古人事，窃惟今日国事，殆类晋、宋时事者，非谓是外忧则然，而内之不暇忧外，适符节也。晋自渡江已后，王敦发难于武昌，苏峻继起于历阳，祖约、桓温旦平夕扰，江南正复可虞，遑恤江北？此虽乱臣贼子实繁有徒哉？抑亦朝廷不善驾驭，自撤藩篱使然也。宋自南渡已后，奸桧、侂胄踵接于朝，继以弥远，重以似道，最后复有宜中、梦炎，结赵氏之局，当时溃在腹心，何问肢体？宋之忧深于晋矣。

今国家秉国之钧，实维无竞，非有宋代覆辙可虑，然内外新旧，不尽释然于嫌疑之间。臣以为，今日君臣上下，所宜如何如何者，独有二事，不应置此不言，更言其它。分门别户，报德修怨，辟之盗已到门，火且厝薪，而室家之壶，尚争论床褥间事，可为笑叹。又吏兵迁除，概行贿赂，名虽三途，实皆赀郎，辟之舟小且漏，涉大川，遭巨浪，而舟中人各以舱口不满，私自为营，何愚甚也！臣不识忌讳，窃以为腹心之忧，乃在今日。至若自撤藩篱，则众目咸睹，不待臣言矣。夫天下方以二事为病，则既以将帅为医，士卒为药，延医买药，而适为蛊毒，可乎？夫廉颇虽憾，责在相如。陶侃虽疑，决在温峤。自古国家所贵有近臣以用远臣，有大臣以用小臣，有文臣以用武臣者安在，而人各有心，谁之咎欤？臣以为开诚布腹，如舟共济，及今正有可为，不然以竢后日，积疑成嫌，积嫌成忿。汉七国，唐藩镇，不蔡可知。国家之忧，洵不在病而在医已。夫唐之弱，弱于藩镇之强。唐之亡，亡于藩镇之弱。凡今所以为诸镇地者，乃其所以为朝廷也，乃诸臣所以自为地者乎？

臣楚人也，窃见楚镇左良玉谨身奉公，无它可疑，但制兵克敌，非其所任，故翱翔河上，所在搜牢，即臣数口之家，在水在陆，累为所破，而至诬以不轨，不已过乎？壬午冬，臣在楚，见良玉以宰相礼谒见阁臣贺逢圣，仿佛凉公之于晋公，屈谨已甚。以彼无功受封，朝廷待之正腆，非有怨望，而过疑为此，或致彼果为此者，必居中握揆，有不释然于良玉者也。此乾坤何等时，而不释然乃尔乎？

又原任礼部祠祭司郎中周仲琏，以宜兴同宗株连逮系，臣考仲琏为太仓澧州廉能吏，德称父母，威号神君，执热以濯，今日正须此才。且宜兴当国之日，辞职方，就祠司，实处不竞之地，岂有待贯之罪，既经先帝开豁，不应今日苛求，王事多艰，此一案似非所急，久禁不剖，作无益害有益，臣深为国家惜之。

臣于良玉，姓名未通，于仲琏，应求有日，臣言实公非私，聊举二端，以明内外新旧、门户恩怨之嫌。

臣以崇祯十一年拔贡，迄今尚未赴部，沽誉干禄，久非臣心，辛苦贼中，麻鞋来见，亦各言其所知也。臣草鄙疏贱，动触忌讳，无任惴栗待罪之至。谨具奏以闻。

定制疏崇祯十三年　　严首昇

臣闻自古明王，不易术而天下治，是故秦变周礼而乱，汉仍秦法而治。唐文皇有言：法令不可数变。臣每读《春秋》内史，至“国将亡，必多制”，窃心悸不敢出口也。夫有治人，无治法，一愚人得而言之，乃朝令夕改，辄自英主然者，谓非此不足改易观听，与天下更始也。虽然，有可变之法，有不可变之法，视其法。有可变法之时，有不可变法之时，视其时。处非其时，而变不可变之法，鲜不大乱至于亡者。

自昔郑侨、齐敬仲、秦鞅、宋安石，皆救时才也，皆变法者也，而有可有不可，故得失悬绝，焉可诬也？臣愚以为，自古天下，非极乱与极治，则法不可变。当其治也，国富民安，中外无虞，惟所为而不忌。周自后稷至武、成，得地之利，旋复迁都，屡迁益盛，平王失利而迁，一衰不振。譬之富人，年丰无故，则新门第，置帑产，非贫家时诎多艰所能则效也。且夫事积日而利繁则害伏，人安坐而无为则气暮，乘其暮而震之，《周官》所以加意于张皇也。及其伏而图之，大《易》所以不忧剥而忧姤也。若乃变法于极乱者，以言乎王者受命，改玉易姓，更正朔，易服色，俾天下改观，不然则亦一姓再兴，如东京之于西京然。当是时，人失业，官失职，一切自我更始，靡不如意耳。

陛下承二祖列宗之绪，值多难拮据之会，不大治亦不大乱，忽无故而尽移其旧，不啻耳视目听之不便。以臣之愚，窃谓今日非变法之时也。封建而郡县，井田而阡陌，肉刑而杖笞，辟之席地而几案，麻冕而纯冕，古人不如后人也，法之可变者也。学则三代共之，万古一日也，法之不可变者也。陛下惩贪劝清，砺庸奖异，破资格，去成见，拔用贡举，旁及征辟，三途并获，其用此可变之法也。必欲轻弃科目，进匹夫利口之人，此不可变之法也。不得已而苛赋于民，自是有辽饷，有练饷，有剿饷，种种诛求，有何方策？曰不得已也，此不可变而可变者也。易漕运而海运，易官兑而民兑，是亦不可已乎？此可变而不可变者也。陛下若曰，吾法祖耳，则有祖宗行之今不复行者，屯田是也。又有祖宗垂戒勿行今乃行者，遣用司礼监是也。屯田有利无害，司礼监有害无利，古今一揆，岂在可变不可变之例？又岂有或变或不变之时哉？

伏惟陛下求治毋急，听言毋广，姑静以养天下之安，而断以行祖宗之是，或变或不变，其法安在？一愚人得而言之，毋庸臣言为也。

重督学

严首昇

臣反覆科目之制，思国家以五经四书举进士，法尽善也，而不必得人，则夫未举已前，既举已后，有可言者。臣请言夫未举以前者，周官之盛，诸侯贡士于天子。汉以后二千石刺史，所在得举孝廉，拔文学。凡此皆古制之善而不可复者也。

正统以来，实始设学臣督其事，使天下士子，三年再试于学臣，然后大试于乡，临试又有主考，有房考。明年会试京师亦然。凡此数臣，皆所谓人文司命也。臣请为陛下万全此数臣之制，可乎？国家内外建官，文武十万余员，无虑皆理财治赋、听讼折狱为职也。其特任以文学者，内惟词馆可三十人，外惟两京十三省提学，计十五人止耳。词馆在内，非必为国家议礼考制、纂修实录也，终日以唐诗正声、文章正宗为课，何裨胜负？所实实模楷天下、转移风尚者，仅仅提学十五人，以天下之大求十五文人，才虽难，不难至此也。此十五人者，何应草草，听彼素无闻望、久疏经史之人，循资承乏而得此官，彼自揣不胜厥任也，各募雇四五人，假吏役尾其后，其所亲自拮据者，往来文移，与地方监司、守、令无异，而知人得士，概听四五人之手，岂有幸乎？以臣所闻见于吾楚者，三十年间，独葛寅亮一人得人最盛，楚人至今有余思，此外不闻有得人者。或幸而得一人，要未流连欣赏，尽所怀来，使其人动知己之感者，何也？彼未尝自得于心，实知此士如何佳也。顷者若水佳胤、王志坚督吾楚，每较士臣郡，甫竣辄去，名为移文发案。一日路过臣邑，邑中诸生拔列前茅者，皆色然郊迎，自以为特达知遇，欢若平生。至则闭门免揖，莫望颜色，索然而返。呜呼！天下岂有如此知人得士之人哉？

以臣之愚，请特重选此十五人，此十五人者，必负真才，必擅盛名，必假重权，而后胜任焉。今夫士庶人之家，有聪慧颖敏、善属文词之子，则父母以为爱子，国家而有文臣，天子亦应加异。汉选博学切问之士侍左右，法驾出，用多识者一人参乘。唐制，乘舆所在，必有文词经学之士，称为天子私人。自昔武帝之于相如，玄宗之于李白，饮食燕笑，相得甚欢，礼数与它人殊。又如文皇之于弘文馆学士，更日宿直，听朝之隙，引入内殿，讲论前言往行，商榷政事，夜分乃罢。如此然后克尽其才，亦将以此鼓励人士耳。臣请每科进士出身之日，许令自陈生平所读何书，所著何书，料三百人中不过三五人止耳。可以细细面质，问难终日，果其具足怀来也，然后拔入词馆，课以十三经、二十一史之学，试以古今文词，天子与宰相时时往复，而测其胸中之不穷，察其言语动止，而信其心事之至正，然后出而授以提学之任。夫既拔进士之尤为词馆，拔词馆之尤为提学矣，又于提学中拔其尤得老厥职，周历十五京省，虽加级加衔，至于宫保而不改其任。自昔杨文襄督关中学政八年，岁一试士，其所进士，五十余年用不尽，若乃方正学以乡官受聘为主司，今可略仿此意从事矣。

抑臣又思之，臣即以吾楚权之，每三年一大比，学臣在任，实不过两年耳，两试诸生、童子，其文可四十余万，两年内周历道路，所至又有谒庙、拜客、发落诸务，实不过五百日阅文。今以一人之心眼，五百日内，阅文四十余万首，虽目下十行，万不能逮也。以万不能逮之势，责令不得雇倩四五人，岂事之可行者哉？臣请每一省内特简一大僚为提学，听其察举本省及天下空闲官员素有文名者十余人，考选可得三四人，取以衡文，而但以己为总裁，其随行如御史之有司理，其共事如乡、会试主考之有分房，一切弥缝监临，与大比场屋不殊，但省誊对耳。如此而不能得士，未之有也。

以臣之愚，耳目所及，聊举大略，以为必采众望，则十年之内，科目所得，惟戊辰金声、甲戌陈际泰为最，欲简学臣，先自此二臣始。其余若张采、张溥、杨廷麟等辈，概堪特简，不则听学臣取用随行可也。若所称葛寅亮其人者，虽至今为提学可也。今此诸臣皆安在哉？必如臣言，而后岁科两试，可十九得也。

重房考立后场考官

严首昇

乃若春秋两闱大比，臣又有说矣。国家每迁官必考试，仍试以八比之文，殊无谓也。在令言令，在守言守，在监司言监司，司狱、司寇，务须着实条陈地方利病，及居官兴革事迹，发抚、按核实，略行国初里老考成遗意，然后论定。此齐桓公令官长期而书伐之故事，庶几虞廷询事考言，乃言曰载采采之旨乎？若其仍试以八比文字者，独衡文官应然耳。

今三年大比，特差词臣主试，而所在新进县令，得分房为试官。夫新进则其气方骄，为令则其心既杂，而委以司命人物，听其妄为去取，其去者不知遗珠凡几。仅以其所取呈之主考，主考但据各房头卷，称量高下，以为榜首。至二名以后，一任房考有力者争相夺据，而主考不能为主，无惑乎潦草乃尔也。臣意诸房考官，宜令主考考选一过，然后分房，如此乃无房考失人之虞。

抑臣更有说焉，祖宗以三场取士，初场用经义，所以观其心，仿佛汉代德行之旨，二三场以论，则博学宏词之遗意，以表则音韵对偶，不异唐人诗赋，其五策则直言极谏之故事也。臣反覆科目所从来，未尝不叹息我国家立制之善也。合三场以倾一士，而真才实学，其生平尽此矣。隆、万以后，独重初场，轻后场，于是有举进士不知《通鉴纲目》为何物者，从此冥冥以往，不可问已。臣请二三场一如初场分经为房之例，更立房考官，每省另分十余房，颛衡后场，与初场房考官并司去取。其三场俱佳者为最，其次取其二，略其一，如此而真才实学之士始出，何易言哉？

汰科举汇考举人

严首昇

主考之有房考，犹吏部之有司选也，得人失人攸系焉。今既令主考官考选房考矣，乃臣并为房考官虑之。士子三场之文，每人十九首，积百人则千九百首，千人则万九千首。以吾楚为准，一房可三四百人，文可七千六百首，考官入帘才二十日，实阅文止十五日，一人之身，限以十五日之劳，阅文七千六百首，而责其不差毫厘，万不得一也。

臣请以汰省科举汇考举人之说进。万历已来，各省场屋、号房逐年增加，临期又置席屋，取竹舆，皆提学官滥收混进所至。臣愚以为，岁科两试，皆所以进贤黜不肖也，然岁考以黜不肖，科考以进贤。岁考宜宽，非甚不肖不必黜，所以安众人之心。科考宜严，非甚贤不必进，所以得真才之用。今岁试诸生一、二、三、四、五、六等，一如故事，无足异同，请于科考特颁新旨，止许以一等、六等从事，非真才实学、卓乎自信者不得应试。课以多篇难题，拔其最为一等，其次概摈之无差等。其下乃为六等。凡乡官、地方官，除真正荐举所知外，虽亲子弟不录也。如此则原额十分存二。以吾楚为准，约计一省裁得八百人入闱，用房考官十人，每人十五日阅八十卷，臣有以保其无失也。夫既薄责其劳而乃厚责其诬，考之宋代，有覆试下第一法，用意最善。今每房落卷，宜取入礼部磨勘，其或遗才，以蔽贤论，房考官敢有不尽厥心者乎？

至于举人计偕入京，亦宜以秀才科考之法行事，拔十得二，它日授官，亦必核其曾经入闱，会试一次者方许考职，庶几举子不至废业，亦以裁国费，亦以汰冗员也。凡此皆言夫未举进士以前者，以臣之愚，谓必如是而后真才可得，惟陛下裁决焉。

禁报疏

严首昇

臣请言既举进士已后矣，臣乃即其初举进士时言之。士子幸而举进士，则不必入官不至于贫，不费一文可以得官，位极人臣，非可涯涘，宜其人人自玉也。然而一举进士，无问齿之盛衰，品之邪正，莫不皇皇有求于世，不啻涂穷岁暮，计无可复者。陛下亦闻此风乎？亦曾推原从来，实有大不得已者乎？

自嘉靖初实始有报客，每乡、会两试放榜，星夜飞骑走士子家，名为报喜。初不过一二人，索赏十数金止耳。浸淫万历之末，结党百人，责资千镒，骋马横刀，毁垣裂瓦，妻奴逃窜，香火震荡。凡古人载酒刲羊之日，实乃今日救焚拯溺之时。乡里亲旧，辗转称贷，将取固与，意在倍蓰。于是士子胸中各各有数千金必偿之逋以入官，此刘御史所疏：为欠不得不借之偿，作不得不贪之官。风俗伤败，仕路混淆，皆繇此始。若乃入官以后，终日到门。官不必实授，加级加衔，都作佳报。事不必快意，迁左迁右，同索喜钱。廉吏宁复可为乎？臣念此熟矣，此等实皆流寇假名行劫，累奉明旨革除，终无善法。

今宜责令所在县令，同捕官、哨官，郡守同指挥、千百户，每报客至，如盗入境，务督兵壮，集保甲，备器械，剿戮无遗。又此等马必雇于驿站，路必问乎居停，井里无赖，咸居奇货，其令驿站不得摆马，马户不得引路，法且弃市，与盗同律，庶几风俗可正，仕路可清，而进士之廉耻可得养也。

拟上流寇事宜请因地设险疏庚辰　　严首昇

年月日臣某上书二十一篇，论理财、用人诸要务，为国家虑久远，至深切也。乃今更有迫于剥肤为旦夕计者。自古天下理势所存，何常之有？有时重本，亦有时重末，譬之人身，断臂刖足，其势亦将杀身，不必膏上肓下，然后为患也。

今以皇上明察勤敏于其上，朝臣无有巨奸大恶为腹心忧者，然手足之痛，亦殊亟矣。自昔有天下者，莫强于秦，莫富于隋，莫大于元，然皆以流民亡国，天下之患在土崩，非细故也。臣考本朝流寇，若黄萧养、刘裂、李牛辈，曾一再见，然未有若今日浸满天下，迟久至十年不止者。臣闻久病之余，良医收功于单方，众见为难，中有至易，天下事往往然也。臣审情察形，准古酌今，有一容易稳全、为今日便宜下手之著，不募兵，不加饷，不择将，而坐而困贼者，其详不可胜言，其略可一二言尽。大约流寇惟使之不能流，乃不能为寇耳。寇之流，繇于督臣、总戎逐贼而不肯御贼，郡守、县令守城而不肯守险，凡此皆可一二言尽者也。

夫自昔为流民策者，众论不同，大要有二，曰抚曰剿已耳。臣今独言守，非无见也。臣见夫今之贼，非可以古法从事也。古之用抚者，则莫如龚遂之于渤海，张纲之于广陵，贾琮之于交阯矣，彼皆有室，家聚井里，鱼游釜中，一良有司结以恩信，动以利害，朝发一令，夕而投诚耳。今贼众以万计，其散走天下以数千里计，彼非有妻子系累其心，又非听一人为统领也，吾安得每人而悦之？今日者屡降屡叛，此降彼叛，前车既覆，贼之不受吾抚明甚矣。抑吾所恃以抚者安在哉？自昔招降者必使之困而后降，故待以不死而贼志已盈也。若贼未困而招之，必且诱以利，其首乱者必且授以官，若唐季之待诸镇，宋元之末之处流民是也。其徒众必且予以田宅、妻子之乐，若渤海、广陵之因其地安其家是也。今日者为贼得官，则胜国之殷鉴不远。买牛买犊，则天下之闲田安在？而议者以为收而守边。夫汉有赤眉、黄巾之患，则单于适当款塞。唐有仙芝、黄巢之变，则沙陀反代驱除。盖未有外讧内溃如今日者。今日之边圉，其堪容有二心之人乎？此等果厌枕戈，既不为贼，肯复为兵乎？而况攻城屠邑，惊动园陵，贼之罪在不赦久矣，秦观有云：患莫大于招降。

即今日事，若乃抚不可而议剿，抑又难矣。自古用兵决胜，必有定垒，熟知敌情，谙其虚实，察其主谋，然后一战，非可尝试也。今敌无定形，我乃以犬逐兔，万无成功之理。且今之兵，岂皆虞诩之壮士数百，皇甫嵩、朱儁之精勇四万者乎？今之将，有能如段颎之穷山深谷处处攻破，王式之三日八十三战，高仁厚之六日而五贼皆平者乎？以臣之愚，揣今之势，贼不易剿也。夫不可抚而动言抚，不可剿而动言剿，无怪乎愈久益无成功焉。此其罪在督臣者十七，在守、令者十三，何以明其然也？昔者汉宣之末，渤海、胶东贼并起，张敞为山阳守，以久处闲郡，愿得尽力，天子征敞，拜胶东相。以臣观今之守、令，皆百计以胶东改调山阳者，未见有一人肯以山阳易胶东者也。新莽时，五原、代郡贼起，田况力请出界击贼，得罢去。吴元济擅立，李吉甫请自往，天子不许，固请至流涕，帝慰免之。昔之人固有愿以其身当贼而不可得者，以臣观今之督臣，皆不愿当贼而强令从事者也。夫然故其智不皆可谋，其勇不皆可为，其心亦初未尝有灭此朝食之志。夫然故为督臣者，终日惟视贼所向，则尾其后而已耳。凡贼所必来之路，不能防于先，且竟不知贼来何路。凡贼所必归之路，不能断于后，且竟不知贼归何路。听其因粮转徙，与日无穷而已。其为守、令者，婴闭一城，城以外听其燔掠，甚且有暗私行赂，巧通贼路，使之一过而去，以为吾城在，则吾无罪已耳。迨贼退而督臣与守、令，合计而欺朝廷，实百言十，实千言百，朝廷阔略，遂至延蔓若此极也。皇上亦但思蕲、黄、襄、郢之间，经贼未几，何以又复贼至？是贼驰骋之路有限，而当路诸臣之疏于防御，举可知矣。

臣考兵法，有通，有挂，有支，有隘，有险，是故古来帝王，未有不重地利者。有天下之地利，有一方之地利，有一乡一邑之地利。天下之地利，若汉、唐之关中是也。一方之地利，若三国之荆州，六国之韩、魏是也。一乡一邑之地利，或濠或堑，隘巷渡口，往来必繇之冲，皆是也。臣观天下自名山大川以外，其小河小阜，非皆天地之故也，皆古用兵者历代增损，以有今日也。且夫东南之地，不比西北，未有日行百里，不渡一舟者，而寇皆步骑，虽沼沚之水，桥断辄止，不能驰驱，此第一便宜事。今宜责令所在大臣，将各省地形，通盘打算，某处易野，某处险野，某处为贼所不到之地，某处为贼所必经之路，除贼现在地方以外，务须因地设险，其未经贼者不令猝至，其已经贼者不令复至，大约未有数百里内不得一关隘者。万一不可得，则合此数百里内郡县人力，成沟成堑，虽高深十丈，广长百里，旦暮可就。古人用兵，土山地道，计日而竣，疑城假楼，数百里一夕而成，独非人力乎？夫海防之患，患在摆海，边防之患，患在摆边，无所不备，故无所不寡。臣所谓设险者，惟视贼所在，通天下扼要，不过一二方。夫合天下之力，以设一二方之险，虽高如山，深如江，延袤千里如长城，可计日竣也。况其有地可因者乎？此一二方者，所当令经略大臣镇守其地，其它每郡每邑，辄以扼塞之处建置监司、守、令衙门，不得仍守旧城，令一切以军法从事。惟以累蔺石、治火药、远斥候、诘奸细为要务。关以内复禁小路、歧路，略仿古沟洫为网地之制，考异服异言，兼行近代十家牌法，如此则寇不能进退，困处一方，即不死于刀兵，当亦死于饥寒。夫然后以购赏告捕之法布为号令，使之自相疑猜，容足无地，或剿或降，惟吾所为，了此不过期年耳。

自古攻流寇未有用官兵者，官兵终日尾贼，所谓以犬逐兔，无有成功，贼去兵来，古今一叹。兵之害较甚于贼，避贼未几，又复避兵，尤不可言也。大约攻流寇只合用乡兵，而兵法诸侯自战其地为散地，则乡安能兵哉？乡之兵不可以战，仅可以守，自古至今，未有不设险而可以守者。臣所为斤斤以设险为上策也。夫守流寇与守敌国不同，彼非能娶妻生子，世代为患，终无已时也，且今所为寇者，所过如屠，焚掠无遗，非有大志，识者知其无能为也。守今之寇，如防虎狼，所在陷阱，待其自毙，以守为攻者也。今若任其走圹，岂有毙虎哉？臣见今之守、令，寇至则婴城自守者，辟如市中失火然，人各自走屋上，手持水注，俟火既逼而后灭之，彼其心惟冀反风及它邻以幸免耳。假使合他邻数百家之力，及火关节之处断绝之，岂不较易为力哉？

近见朝臣算筹兵饷，无可枝梧。选择督理，难于得人。如臣所策，不伤财，不害民，老稚皆可为兵，井里皆有余饷。寻常才辨之监司，皆可使当关，无为而坐镇一隅。宋末赵绾已行之矣，臣持此一说，确见其是，然皆老生常谈，所谓辽东豕耳。逢人言之，罕有为臣留意者，陛下幸为臣思之。昔者魏徵之议击王世充也，谓宜深沟高垒，不战以拒之，郑颋曰：此老生之常谈耳。徵曰：此乃奇策，何谓常谈？然则深沟高垒，固古人所谓奇策也，臣今所策将无同欤？抑臣更有微虑焉。今国家多法制，喜更变，其为民患者不一，而最甚者无如民运与换授，此二者，臣所痛哭太息于圣明之日者也。夫民兑之官，官兑之京，虽什一千百，然此不可尽之情，不可除之弊也。今欲使生长井里蚩蚩之氓，而负重资，涉万里，崎岖盗贼戎马之间，经长安市井无赖之手，以输纳内帑，此民财、民力两不堪命者，臣惧其变生不测也。亲郡王以下，国家俸禄十倍前代，而宗室贫乏亦反倍于前代。今自开科应试，宗生以外，其百计保举对职换授者，非皆德高苍虞、怀忠思效者也。彼或困于贫而思官，一官之费益重其贫，此等溪壑之欲，当饥渴之积，挟亲臣之势，以处于为所得为之地，象得有为于其国，有庳之人奚罪焉。之二者不测之变，可旦夕俟也。已然之贼将艾，未然之贼可虞。陛下其并为臣思之。

语曰：爱其家者全其国。臣何但为公，亦或为私，不然位卑而言罪也，况无位乎？草鄙书生，愚贱疏远，不识忌讳，无所不至，谨具奏条陈便宜于左以闻。

一、设险。兵法以动扰静，以静制动，不易之理也。而自古名将动少静多，今贼之利在动，我惟制之使不得动，则上策矣，奈何与之竞走也。制贼之动，要在设险，兵法有通，有隘，有险，臣所谓设险，即在通与隘与险之间。往来必繇之谓通，车不方轨之谓隘，悬岩峭壁、长江大河之谓险，夷归夔巫之间，必有可因之利焉。竹房兴平，贼可凿而通，我独不可扼而塞乎？臣考长城三千里，每人日治三尺，不过百万人，三十余日而竣。设险于中原，料不过长城十之一也。兵法：不知山林险阻沮泽之形者，不能行军。此臣所谓合天下通盘打算，不过一二处者，便当令经略大臣镇守。倘险不止一二处，则经略亦不止一二人。岂得贼满天下，兵坐一处乎？郧、襄如此以断贼之来路，夔关如此以断贼之去路，四面维络，与之持久，贼乃实处陷阱中。即不死于刀兵，当亦死于饥寒。即不死于无米，当亦死于无盐。月计不足，岁计有余矣。

二、建官。臣反覆流寇之议，惟不能流，则不能寇。今既视贼所在，设险以守矣，其余天下郡县，无问贼近贼远，能至不能至，皆于关隘通要十字路口之处，建置官府衙门，郡险监司、太守守之，县险县令守之，其郡佐、县佐亦各条分诸要路，结营垒、治战具而居之，不得仍守旧城。迁城中富户，随郡县主、佐官员所在，结寨为市，盖合一郡一县之全为一大城，非复区区掌大城也。汉制，山中小城曰障，置吏守险扞寇，谓之候城，如此则寇未至奸细可诘，既至驰骋无路，一仿古关津之制，使天下如一身，咽喉经络，节节传送，近可支目前之急，远可贻百世之安，诚善之善者也。臣丙子夏，亲见贼过荆州城下，仅七十余骑，居民持火药弓箭在城上，群思杀贼，而监司、郡守禁止不得生事，听其焚掠沙市而去，此守城之过也。蕲、黄、襄、郢之间，贼往来数四，如无人里，此不沿路设兵之过也。

三、禁路。臣窃笑今日当事者，凡贼所定在，苦不能知，忽然而至，一日数惊，风鹤所加，处处皆是。不但御无可御，避亦无可避，何也？以贼之来路甚多也。臣反覆计之，兵法以虞攻不虞，贼每来必出吾不虞，而吾恃此区区斥候，以为预备，三军之命，岂可县于一夫之口哉？夫贼虽神，不至于飞来，吾所恃独有其必繇之路，可以专吾防守已耳。臣考三代井田之制，大路一而已，无小路也。请责令天下无论贼至贼不至，皆断绝小路、歧路，而后贼来之路可得一也。路一则防守可专，此亦制贼之要矣。顷见袁御史有言：官兵所走之路贼必不走，贼所走之路官兵必不走。斯言诚可笑叹。今使路可得一也，不但贼路一，兵路亦一，将寓有背水焚舟之意焉，亦用兵之要矣。

四、用谍。自昔用兵之神称唐文皇，臣观文皇生平长技，往往用伏耳，古未有用伏而败者。老泉云：百战百胜。诚不诬矣。然用兵者不皆为此，何也？兵之伏不难于伏，难于伏兵于此而敌适至此也，此有二要焉，必谙敌情，必熟地形。熟地形则知何通正路，何通旁路。谙敌情则知何路伪来，何路真来。又知敌来何日，敌来何状。然后适中机宜，此伏之难也。臣思地形易知，敌情不易知，自古两敌相对，惟悉其生平，察其主谋，乃可揣摩得其情，自余未有不用间而亿中者。贼之所以处处如意者，惟其处处用谍也。吾惟是禁彼不得谍我，而我得谍彼，则万全矣。兵法：五间之中，仅生间可用。生间者，以子房、孔明之智，为弦高、厮养不堪之事，则在当事者知足以鉴，仁足以结，后可以得人一旦之力。自古用谍一人，可省兵十万，而国家求得良将相尚易，求得一间谍之人为难，何可苟也！臣窃谓今日败乃公事者，全败于不能用人，不但不能用文臣，并不能用武臣，并不能得敢死士数百人，并不能得鸡鸣狗盗一二人也。

五、减派。臣更有说焉，阔情迂远，实为救时急务，莫如减派一事矣。夫不知乱源者，乱不可得止，陛下亦知民乱所从来乎？自万历戊午来，饷日益加，初四百万，至六百、八百，今乃二千余万，皆一切取之民间。天下乃无不贵之物，无不穷之民，而益之以无不贪之官，无不荒之岁，人心从此思乱，乱之初生，乱之日甚，皆本此也。今幸而贼无大志，所过如屠，以故民皆畏而恶之。假使秋毫无犯，赈贫恤困，以招徕天下，氓之蚩蚩何知乎？自古圣人处必不得已，则去兵去食，后世乃于必不得已召募加饷，亦舛甚矣。夫战国时人主忧在兵之不精，孟氏独谓不嗜杀人者能一之。忧在饷之不足，孟氏请以薄税敛挞楚、秦。此非迂远阔于事情者也，实救时上策也。观夫厚敛如秦，嗜杀如楚，汉祖乃徐徐约法，禁去烦苛，坐而得之。孟氏之言，不啻筮蔡矣。为今日计，既令天下沿路设兵，各自为守，则一切征调，俱可量减，以宽民生，以安众心，臣思之熟矣。国家今日虽云艰难，尚未若前此己巳、庚戌之甚，只是刘六、刘七故事耳。而天下事觉不可为者，繇于不得其人，又繇于天下人之心不定而气不振。夫三代已后，仁言即为仁政，臣生长圣世三十四年，自总丱已来，未见有一纸自京师来，议凶荒恤民隐者，所见无非征调之文耳。假使一日恩诏下颁，量减租税，父老皆喜过望，而天下之心一日而定，其神气一日而振，于以祈年止盗，太平可影响得也。至于所在钱粮，近贼者拨应讨贼，近边者拨应防边，不应有官运、民运，万里转输之苦。臣为理财计，言此颇详，而今再及之，伏乞圣明择万一焉。

直陈安攘至计疏万历二十五年九月初三日　　李腾芳

为直陈安攘至计，以仰裨葑采事：臣见邸报，倭分三道，顷已众逼南原，国王将欲出走，传闻又云朝鲜暗与倭合，若果实事，真是紧急，事势危如累卵，臣实有胸，岂能缄默？臣深惟今事皆因前后迂谬之人因循败坏，岂可复执前局，专为镇静？

夫知而决之与臆而决之者不同状，貌而出之与事而出之者不同情。今兵食重大，朝廷内外，一无备御。虽云任事之难，不若议事之易，但臣观古人立国，未必皆云有备，而其临事济变，仓卒规画，靡弗当机。若其否者，决至困败，况于用兵争利出奇，未有不先得敌情要领可以制胜，此兵法所谓知彼，弈者所谓先着。今我与倭相持五年矣，彼中情形，一毫不得。其言战者皆是浪战，况又未必敢战。其言守者亦是虚守，况又未必可守。往过既不及追，后事又不可靠。如近日闲山一岛，督臣以为，此我与朝鲜之地，向檄彼国君臣，令其谨守，彼之不听，以是丧陷。臣复思之，恐其不然，若果如此，即是败局。昔孔明与司马懿共争街亭，马谡一失，孔明遂败。孔明犹然，况其下者。若在今人，决不知街亭所系如此之重，以臣之愚，岂足料事？但惟心切于曝日，是以妄至于忧天。臣有可喜可愕之言，不敢载之于书，谨次其切实可行者为八事，皇上清宴之暇，试垂览焉。

一曰定战守。夫战、守二事也，能守者然后能战，可战者然后可守，知己知彼，然后知战知守。今督抚凭经理，经理凭大将，大将凭偏裨，偏裨凭朝鲜，朝鲜之人凭游徼瞭望，其为渡河兵船若千若百者，如望林数果耳。就中彼我强弱胜负之数，如猜谜子，及其已至某处，始曰彼处可备，已失某处，方曰某处可惜，皆败道也。且今日倭奴用兵，颇有巧思，其夜袭闲山，一鼓而得，彼既得之，而我始失之，险要之地，恐不止此。一如前著，何以料敌，是倭步步有法，而我无法，倭事事有算，而我无算，即使征兵如林，积粟如山，臣未见其必不败也。又今日人情甚不可以虑败，无事则怠，有事则乱，如前声息宁静，人人嬉戏，顷一报再报，大小鼎沸矣，有如异日更报倭与朝鲜交，得失云何？已与我交，得失云何？臣不识朝廷作何状。臣计此时必有建议朝鲜当弃，而追咎渡江之为非者，此等主议，害事不细，苟一信之，使我尽失其本谋，过江兵资，皆至丧弃，而辽左、山东，一无所恃。何也？自古中国不患岛夷者，以其国于我远，今使狡倭略定朝鲜，则彼与我共一江耳，彼无不犯，我无不战，与董裕所言哈密，甚不相同。考之哈密，旧伊州地，东接甘肃，彼时阿里麻满速儿不过得陕几郡城池，无大志，虽时跳时伏，与今诸虏等，一都御史能任之，又远在西陲，真若疥癣，何关于中国大势？而裕以相比，谬矣。如裕之说，不过谓我兵不足不强，只可退守，庶几安稳。此虑是也，然臣观往昔如唐代宗当土蕃之乱，仓皇出幸，召郭子仪，止得二十七骑以行，何曾有兵？屡经安、史、朱泚、李怀光之变，满地逃窜，百官皆拾马矢，何曾有食？彼且东撑西挡，光复故物。如又宋之宗泽、岳飞、刘锜、韩世忠在南渡时，何日不战？我朝于谦、郭登、杨洪、石彪在土木时，亦何人不战？今人但一举事便告消乏，不知当此金瓯全盛，大小合力，苟有本末，尚彀支持。譬如故旧人家，与钞化一文不可，若遇灾难，只得费用。无疾之人，久坐亦苦，痈溃疽痛，又复何如？大约人之气力不极不用，人之策计不穷不生，无兵之极乃反有兵，至乏之时乃反有食，此其常也。但忠计之士，贵于早图，事缓尚可以有为，事急必至于困辱。即如裕之言守，固是老成之见，然必守之不失，始为谋之有用，只恐我虽不去，彼实欲来，苟非力出于有余，势亦决难以自固，彼且豕突，我将乌散矣。守全罗不得而守王京，守王京不得而守平壤，守平壤不得而守宽奠，过此而后，臣未知其所守也。我守一处，彼攻一处，彼进一步，我退一步，此明是宋人法。又见当今主守者怀守之意，恐人相攻，不肯明说其所以守。主战者怀战之意，恐事反覆，不敢明言其所以战。首尾观望，不过欲俟临时侥幸。夫为人臣者，奈何以人之国侥幸也。臣愚以为，今日亟宜明昭大小群臣，各出所见，毋持两端。其曰退守，当是云何？且有何计，可保无事？其曰进战，又是云何？亦有何计，可保无事？毋以诈忠，有误大计。

一曰重内地。倭自得闲山以后，其于大同、鸭绿、登莱、天津皆盈盈一水耳。倭自扬帆而来，则我兵反在其后，我之内地如齐鲁、吴松、闽、浙皆其震惊。目今负担东事者，不过邢玠、杨镐、麻贵三四人，倭如无意则已，苟有意，岂此三四人能了乎？即以为绰然优裕，然大屈群策，广集众思，明良不废，唐有一郭子仪，何妨有李光弼。宋有一韩琦，何妨有范仲淹。傥此三四人者，及匏难涉，絜瓶易假，则异时朝廷又当更任其人，一番会推，一番倒乱，能消受几个岁月，一付生脚手，何以应卒？臣愚以为，今日亟宜别设提督大臣一员，开府天津，使之管辖。山东、直隶、浙江、闽、广专治水兵，昼夜讲求其法，无论文武杂流、盐徒剑客，皆得博收其类。舵师舟工，必用三吴习熟之人，杂北人训之，务使人与水习，水与舟习，南至淮扬，北至京师，东至辽东鸭绿，飞扬纵横，声气大振，外援邢玠，内护畿甸。此一奇也。又必谕令浙、直、闽、广巡抚同舟共济，毋各为其地。盖今日之倭，必不南犯诸处，若果南行，倭志甚小，倭势已分，岂肯如此？但议者必谓事体草创，财用殚屈，舟无所从得，粮无所从给，以是论之，将使河伯造船，天公雨粟，鬼战神攻，然后可耳。

一曰明赏罚。臣不敢远引，窃闻往日平壤之役，南兵缒城蚁附，手指尽落，而以帅臣故不得叙，怏怏屠死，杀之者深文无害，听之者覆盆不照矣，其雨朝阳，可为泪堕。即今所差召募南人，皆不肯应，其故以此。又闻浙、直之兵，名在行间者，妻子、亲戚，牵踵痛哭，凄惨忧愁，无一毫踊跃慷慨之意。夫兵者气也，其气如此，其事可知。臣愚以为，今日亟宜申明大信，破格立法，与之更始。如闽广漳泉其人皆数通番，市舶来往，熟知其中要领，可以重赏购之，以备谋画。三吴之人，技术精巧，其中父老子弟、废闲将士，有曾经倭事、耳目习熟、智勇相当者，可以重赏购之，以备行伍。草泽之间，有桀骜沉悍、足智多谋者，有精晓风角占候、地理阵法者，亟宜开设韬略、武健、异才、术数等科，无论埋杀屠博、剑侠黥徒、白衣艺士，苟有实用，特与简录。朝廷不宜更拘其往旧，议其跅弛，解网更弦，使狙使盗。千金万户，无所爱焉，则天下未有不窥左足而应者。惟是群情初议，在于惜费，不知后来十百千万，未可量也。昔李嗣元兵变，宫中掷敉具银盆以赡军，宰相惶惧，其后虽出金帛，军士负物而去，是可鉴已。至于军兴之法，自有国典，乱国之罚，亦有重典，要非贵于深文，但愿期于必罚。文深则避，罚必则止，若能以言责事，以事责功，既有通侯之赏，岂无失道之戮？

一曰假将权。夫今之论将者皆曰本朝无将，其任即督抚大臣，此不可谓将。臣愚以为非也，唐之节度使；半是文臣，当时即以为将，如临淮、汾阳，岂能有过之者？但是时将权极重，不至如今之轻。考之《肃宗实录》，史思明渡河阳，李光弼命诸将战，及期不决，召诸将问曰：向来贼阵，何方最坚？曰：西北隅。光弼命郝廷玉当之，廷玉请骑兵五百，与之三百。又问其次坚，曰：东南隅。命论惟贞，请铁骑三百，与之二百。已，令诸将曰：尔曹望吾旗而战，吾飐旗缓，任尔择利，若急飐三至地，万众齐入，死生以之，少退者斩。又以短刀置靴中，曰：战危事，吾国之三公，不可死贼手，万一不利，诸君前死，吾刎于此，不令诸君独也。顷之接战，廷玉奔还，光弼望之惊曰：吾事危矣。命左右取廷玉首，廷玉曰：马中箭，非敢退也。使者驰报，令易马遣之。仆固怀恩及其子小却，光弼又命取其首，怀恩父子因见使者提刀来，更前决战。光弼连飐旗三，诸将齐进致死，呼声动天，贼众大溃，斩首万级。夫史乘载古今战阵，自巨鹿、昆阳而后，未有勇猛如此者也。而光弼当时杀大将如杀彘，其摧敌当坚之兵，多者三百，少者二百耳。今之将臣，其临阵严整，号令坚决，有如光弼者乎？易一千百夫长，割一士耳，亦必三覆五请，何以望光弼之万一？臣愚以为，今日朝廷之事，惟在于择将，既得其人，则免其中制，假以兵权，将无掣肘，事可成功。盖治兵之道，辟如治刃，而前则杀人，后则自杀，一则杀人，二则自杀，故任将者不可使有反顾，而用兵者不可使操两端。且如孙子之斩美人，难行也，然意可师也。冒顿之鸣镝，非人也，然法可师也。否者郤克之分谤子文，不僇一人，无法矣，今日不患无光弼，而患无法。

一曰练京兵。先是，抵掌而谈者，忧其无用矣，已又掩口而忧其噪，臣请无言汰，但先言练。夫一军哗，非老弱哗也，军必有锋，吾不知之，彼难自必，众得睽焉，于是哗矣。吾若拣上卒劳之上上，拣中卒荣之中上，简下者遣之，彼中上者乐为我用，定不肯哗，则此下者又安所与哗焉？然后补以骁勇，如此千人则有千人之用，万人则有万人之用。至于简将之法，又在简兵之中，才过十人者为十长，过五十者为伍长，递而上之，过一队者即为队将，过一营者即为营将，然后大加训练，不独练兵，亦且练将，庶缓急有可恃耳。此在戎政，及司马大臣能以此事为第一义，特简谋勇奇异忠实大臣为之提督，又择年深有风力科道为巡视，不如令者劾如法，其科道有能实心任事，旬月之间壁垒改变，即酬以边镇巡抚，此皆赖朝廷鼓舞濯磨。当今视一大臣，便如拱璧，不肯轻与，既与之后，不敢轻夺，此惟平世则可耳。天下有事，官之大小、有才，皆得自取，拜大将如呼小儿，此儒者以为非，而臣以为正，英主所以鼓舞豪杰也。自京兵外，其次无如蓟镇，自庚戌增广以来，有南兵、班兵、正兵、游兵、车营等兵额二十万，今亦乌有矣。诸将领当秋防时，有冷补预召游食以备稽查。当战时，有续补量募支吾以应眉睫。大阅巡关时，有募补招集乡夫，候一日五分，点一日一钱，此不可不核也。其次沿边卫所，其次腹里，单乏虚谬，无处弗然。臣愚以为，今日亟宜分遣清军御史，巡行天下，稽查册籍，参补军伍。其逃亡者不必远勾，即以所缺之粮，征入官帑，见镪厚饩，召收武猛，大行阅练，务使改观，则人心振而神气强矣。

一曰积刍饷。夫食者，万众之司命也，一日无食则乱。假令倭以一枝兵犯我天津、京师、三辅之地，必至闭门而守，不过三月，即可坐困。又今黄河全身南徙，吕梁、洄澜一带，今岁皆涸，虽开小浮桥，恐蒙安支流，明年必竭。自小浮桥以上数百里，南高北低，束手无策，甚为可忧。异时一有梗塞，或不幸与倭合，大有一番荒乱。臣愚以为，今日亟宜积粟，畿辅郡县，尽数征收本色，酌量彀支三年，存留外其余尽数解京，便河者水运，陆者车运。至于京师军马、官吏、人民，月食米三十五万石，见在积粟，仅支四年，若复军兴，又当数倍。今亟宜多方籴买，或出帑，或召民纳粟拜官赎罪，务要彀支十年。别设一部臣，往来畿辅、京师，专一料理粮糈，其一切利害措置，听其悉心谋画，庶免临渴之忧。

一曰破文法。夫今之所以治者，此法度议论，其大小相维，左右顾盼而不敢动。然在平世，幸可无事，一有缓急，此相维者皆以相轧，相议者皆以相害，盖今世但论法不论人，但论名不论实。法者，中士之所趋也，而豪杰则否。名者，赝士之所竞也，而真士则否。昔陈平以黄金千斤为楚反间，史不载其费金多少，在于今日，平岂为人？夫士不智不勇，人不沉不雄，今取智勇之士，但责其曲谨。虎不噬不猛，狼不贪不很，今求狼虎之将，又拘其小廉。即使静好若女子，狷洁如夷、鲧，以之当倭，臣不知其可。臣愚请与群臣约：平有我之□□□□之见，先国事而后身名，先职守而后气节，先干略而后软熟，先肩任而后言辨，国家但期成事，毋以一切碎密困之，则能臣竞劝、异才辈出矣。至于论将一节，更为吃紧。其为将者，但取其谋勇，不必论其是何等人。举将者，但欲其真知，不必论其何等官。而又宽之以文，假之以柄。其假之也，不独假文臣，又假将臣。不独假大将，又假裨将。其宽之也，不独宽礼数，又宽费用。不独宽费用，又宽功责。如此则庶几得人，而无上鼓下楫之病。

一曰祛宿蠹。臣不敢言其大者，言大则必不可行，人不见信，徒以招祸，请言其细。如前日打扫三殿焦木，日飨士二百金，人一筐，瓦砾数件，如此者万人，若非朝廷之事，岂得任意冒功，全无无督责？连年两番山陵，糜费何限，大工浩烦，尚未知所税驾。前日见工部管工官为修一小庙，报工一千八百，实计之得七百日。点匠作，每百人核之二三十耳。如此之类，何可悉数？如今大小衙门，不过自立品格，一身清白之外，狼虎蛇蝎，皆可弗顾。纵有乾没至千金者，以为细不问，亦不必问。纨绮、厨役、乐舞、译字之类，其间狐媚猿扳，蝇营鼠食，令有司敲扑以供，而日不给也，是亦不可以已乎？至若宣、大虏市金缯货物，俱于苏、松织买，彼处巡抚，岁佥通判一员，往来于苏，其人多好赌无赖，三吴及京师富商大贾、监□公子，皆各持刺游塞上，与通判猫鼠，率一物而利十倍，与之虚滥若朽尘，又何怪诸酋之欲生心也。不知异日有事，归之朝廷？归之此辈？又闻往岁东征诸士，有荷戈徒步、饥无半菽者，其他卜算巫觋、歌妓游手之人，狐裘肥马，日饩双廪。夫军行师出，不限谋勇，若其有用，入幕何妨？惟其徒食，是以可恨。在于今日，亦宜告戒。臣又见督臣于各处取船造船，天津往时亦曾造有战船，今虽云不彀用，然亦不宜遂失所在。朝廷但一举动，每每事前惜费，事后忘失，一切不问。凡若此者，毋以为小，积小则大。毋以为少，积少则多。臣愚以为，宜一大搜剔之，推广其余，去其冗者，取其食以养军士。

以上八者，区区极虑，一端一得，但恐枘凿，实非拾沈。总臣所忧，则以今日任事，难于得人，今日任人，难于先知。同一衙门，朝夕相临，聚散相视，不能相知，又何论他人矣！同一通显，名位相埒，出处相同，不能相知，又何论隐逸下僚矣！清谨之士，可以无过，未必有用。远大之人，可以有用，未必无过。不知其实，惟取其虚，虚文相靡，虚事相冒，虚名相扇，虚貌相当，虚意相许，臣未见用虚之可以为国也。臣言及此，竭其笔舌，岂能殚尽？但愿忧世者急反其端，救时者慎防其渐。目今天下大势，处处有事，楚蜀以木，滇贵以夷，中州、三辅、齐鲁以矿，徐淮以河，西南、东北各以兵，小民困苦嗟怨之极。又各以盗贼，萧墙之事，岂必在倭？不可不熟计而速图之也。臣言可采，伏乞敕下兵部，作速酌议施行，天下幸甚！

臣董其昌曰：按，论兵事者众矣，此疏条分缕悉，烛照数计，而末复重于知人。又推其失人之根，在于用虚。有用文字也，所谓颇、牧在禁廷者。

相择山陵疏

李腾芳

题为奉旨相择山陵事：先该礼部题为丧礼事，奉圣旨：山陵事重，先着礼、工二部堂上官率钦天监，并访举精通地理人员，一同前去相择。钦此。

十一日，恭遇颁诏，臣等不敢陛辞，具本题知前去，臣永光宿于工部木厂，臣腾芳宿于昌平州廨，是夜钦天监官八人来见，臣问之皆久住京师，非惯习走山之人。随该祠祭司主事周尔发以护印官戴圆来见，谓其颇知地理，臣心窃疑。戴圆既为护印官，则与专门之学亦异矣，臣本无眼人，又无导者，何以自措？次日早，同臣尔发从州廨起身，前至石牌楼下，缓步审视内外山形势，洎入红门叩头毕，接监正杨汝常称有美地六处，邀臣决之，臣告以此山乃成祖文皇帝龙升之地，万年王气所钟，专在长陵，必当先察其行龙络脉结穴之真精神，取以为法，始可以周视诸山。乃循神路东行至棱恩门，则臣永光与其属马谏在焉。率诸臣同登宝城，周遭四眺，见后三台星落脉，一跌至地，始起宝城，臣谓必须更诣三台山看其后脉。时内监高寿遣乡导引臣等绕宝城北行，抵其处，登其左山，盖康家山也。前望三山并立如品字，至此始见，中一山落脉而左右垂手护之，似走马势，更为活动。臣等从山而下，复北行至山后，则一石涧截然跌断，视其中两山并耸，脉自涧中过，起康家山。臣等复从涧出，循山左畔而行，见连珠金星者六。其后又一石涧截然跌断，视其中两山崔巍插天，盖楼子峪也。过脉渡涧，更为微妙。

臣与永光至老君堂稍憩，会诸臣议曰：明旨山陵重大，今日既无熟知地理之人，但以臣二书生为政，如何敢以臆断？只得将长陵后山跌脉三断三起之式，奉为榜样，盖山势巀嶪，龙气壮盛，必层层剥换，重重褪卸，如镕金必销尽矿气，如炼药必煅尽毒性，此自然之理也。虽东西诸山，皆长陵卫侍，难以胶柱而论，然辟如大家子孙从始祖递分者，亦须各开门户，别立基业，如大宗之有小宗，则其行龙亦必有主有从、有起有伏、有跌有抱，方成真结。于是循东山而下，过景陵、永陵，见脥一山，奔腾踊跃，亟遣戴圆相之，臣等随至，则潭峪岭也。视其右为永陵来山，视其左青龙逆上，关内堂水，视其外案、外堂，皆可取用，但主山金星峻猛，未开水阳，恐其煞重，臣不敢专。自潭峪岭下为东井，自东井下为平冈地，则孝靖皇太后驻凤之所也。诸臣喜其局势宽展，臣细视之，左山东井势重，右臂空缺无护，脉从东井尽头一山落下，一片平毡，既无跌起，又无束隘。脉之右乃长山岭，此岭与东井两山之中，裂成深涧一道，阴风鼓橐，令人不敢久立。自平冈下为双泉峪，则水逐砂飞，无情甚矣。自双泉峪下为行龙山，杨汝常指神宗竖旗之地以示臣，盖一小金星也。虽头面圆净，而体势卑微，似非可以藏弓剑者。其上仅一草坪，不成星格，而主山则旧名蟒山，群峰相牵，山头皆斜，胸腹剖破，泻水成槽，尤为不祥。时已黄昏，诸臣告散。

臣私念长陵明堂之水，从西绕东，委蛇向东山口而出，则东边诸山乃水所抱，吉地宜在于此。今皆无所得，何以报命？终夜恐惧不寐。次早，同臣永光过昭陵、定陵，西上到墙子岭，则其山行未住，中无落脉，左右无城郭，但拖一长脚，斜走向下。循墙子岭西上，过康陵、茂陵、裕陵，到皇山岭，其外高阜，四周松楸映翳，入其中，地势窝坦，似另是一境。登高视之，见左右诸山，皆列峙其前，而外洋明堂周正，前朝拱揖，臣永光曰：此必吉地。与臣步行攀缘而上，直至其巅，则后山列帐有十二峰，头峰有垂丝，而中峰一带下垂，起小星数点，跌断作势，其星则逐节变换，其行则随步转折，高下顿挫，东西蜿蜒，穿峡结咽，各有其趣。重山环拱，两兽低眠，水流石窦，屈曲回顾，观者皆竖手以指，交口以赞，而臣不敢着一语，但令该监官依山画图，以俟参酌，不得增损毫末，致失真形。随闻尚有宝山、果山二处，更往搜索，则宝山在茂陵右，是一水洼，而果山极西南隅，不过一孤露顽金耳。

臣永光谓臣相择事毕，当具本回奏，属笔于臣。臣以未见东山水口，复骑马沿河而行，至其尽处，得观所谓小天寿山、左右敌楼诸山，绕方山一转，觑田中小山，妙不容述。归时业已丙夜，明早追忆看过诸山情形，理合详细登奏，乃此心已若灭若没，只得与臣尔发再往各处覆视一遍，件件明确，方敢削牍。总之二臣皆书生也，非相山者流，一旦奉有严旨，操心安得不危，临事安得不慎？所以告皇上者，安敢有一字不实，甘蹈欺罔？但恐其言多不合于堪舆家言，则二臣平日既无仰观俯察之学，而诸臣一时又无披砂拨草之人，心力止此，伏望皇上鉴臣等之愚，立敕该部，备举群臣中旁通形家说者，同科道三四员专主其事，定其可否，听阁臣裁决。

时下合朝臣工，送神宗皇帝梓宫至，当一日而集其下，不知若干人，匪但十目所视、十手所指之严而已。伏惟圣断，臣无任踧踖俟命之至。

附：周念昔阁老书

昔岁山陵之役，道登实从韩象老之后，畴人子弟捧罗盘而上曰穴也，部吏戴圆捧盘而下曰穴也，两议无能定。起部宋清宇经上下而中之曰：此真穴也。象老遂从之。

道登不知堪舆，窃疑上则上，下则下，中则中，无经上下而取中者。见祠司群胥与司官私语，呼而问之曰：上者熊思诚议也，下者老先生议也。开至七丈，而四台中之哄起，视之果石也。时尽议改卜，即同僚亦与台中合矣，道登一口，安能胜群喙？独念时事迫促，再三细阅，南去三丈余，而五色之土见。梓宫龙凤板应一丈二尺，遂改下四丈九尺，则正戴圆所主老先生议也。道登每仰神识，实心佩服焉。

五色土坚如石，而切之如肪，挼之如丸，生平所未睹也。追忆旧事，心犹怦怦欲痛。因老先生念及，遂不觉饶舌，幸鉴谅不既。

辞院务教习疏

李腾芳

为钦奉严纶，不胜战栗，谨束身待罪，再沥微诚，容臣辞免院务教习，少逭旷瘝事：该臣三疏求放，奉圣旨：人臣进退，何得自由？李某已有屡旨，如何又来渎奏？着照旧供职，不准辞。该部知道。钦此。除臣照常设案叩头谢恩外，伏念当皇祖神宗、皇帝在宥之时，群臣之上章求去而不得者，往往冒谴出城，如微臣昔年亦蒙钦降三级，虽天地之量极其优容，然揆之国家刑赏之章，人臣进退之义，亦不无损矣。今皇上英资睿览，一日万几，批答如流，如臣不肖，尚叨屡旨慰留，则数十年未有之事，而臣子非常之遭也，岂不荣幸？

臣再四恭绎圣旨，人臣进退，何得自由？大哉王言！若虑臣之复蹈前辄，而先为敕戒者，臣敢不凛凛？顾夫进退者，圣主御群下之大柄也，皇上操此二柄，斟酌举指，敷求治理，进一人焉，既惟恐其进之不亟，退一人焉，又若恐其退之亟。虽旁求之哲，与宥过之仁并行不悖，而臣之一身，前颠后疐，臣子之义既不可进，君父之命又不容退，展转困顿，蝼蚁之生，决无幸矣，非皇上怜之，而谁望邪？兹当圣寿届期，臣受恩最隆，自当随诸臣之后，舞蹈嵩呼，祝万年无疆之庆，岂敢更迭陈渎，致犯天威？但臣之所理者，翰林院篆，所职者，教习庶常。夫庶常乃一时誉髦，皇上储之，以待异日之用。为之师者，责任诚重，课习宜勤。自臣杜门，赖有同官仔肩，今以伟既入礼部，则馆署阒其无人矣。至于院印，自内阁及诸司文移，皆凭之以行，今亦停废，诚非事体。

伏乞圣慈，怜臣进退狼狈，容臣辞免。前项职任，立敕内阁将教习庶吉士并掌翰林院印信员缺，同时除补，庶臣得少逭旷瘝，专心医药。然而臣之沉疴难起，自审实明，容于拜舞圣寿之后，另疏申乞。臣无任激切待命之至。

辞纂修实录第一疏天启元年 李腾芳

为臣亲日衰，臣病日苦，恳乞天慈俯允休致，以保残喘，以延亲命事：该臣去年十一月内，钦蒙圣恩，怜臣累乞情词，准暂给假，省亲回籍。渡河以南，风雪异常，至确山中途，舆隶尽散，臣骑马而行，堕深雪中，展转子夜，得典史邹绍光扶救，燔薪沃汤，始克甦苏，而明辰报僵死于雪中者数人矣。

今年三月，臣方抵家，下体已苦麻木，夏间炎湿相搏，上嗽下痢，骨肉如削。而臣母年已望八，衰病卧床，方喜臣得归来，抱头相慰，复见臣病狼狈，痛楚攒心，朝夕呻吟，饮食益减，口口嘱臣，不宜辜负圣恩，使出处不明，忠孝两失。臣闻母言，心如爇火，拟具疏乞休。近复蒙皇上允阁臣题请，纂修两朝实录，以臣充副总裁官。自惟受二帝祓濯大恩，起自田间，致位三品，天高地厚，齑粉难报。今得执笔从诸臣之后，揄扬两朝深仁盛治，岂非至愿？但母病困顿如此，势必不能就列，而徒稽隆命，瘝旷岁时，为罪益大。只得谨以实情上控。

伏乞天慈怜臣，语非矫饰，容臣辞免前命，准臣休致，或转令宽假侍养，庶臣母因臣身在傍，朝夕调理，犹可望生，而臣身与母相依，傥得苟活，从今母子之年，皆皇上之赐也。矢当世世为狗马，以报圣恩于万一。臣无任激切祈望之至。

辞山陵加恩疏 李腾芳

为隆恩误被，自忖难承，谨沥愚诚，恳乞圣慈，俯容辞免，以安愚分事：顷二月间，臣接得邸报，奉圣旨：皇考陵工告成，各官效有勤劳，宜行序赏。臣某蒙恩加太子宾客正二品服俸，荫一子入监读书，赏银四十两、纻丝二表里。臣捧读不胜面恧心悸，措身无地。

先是，臣奉相择之命而先往也，同事诸臣，皆以潭峪岭诸处为不可用，相与攀高极幽，得皇山二岭而以为美，是诸臣之明也，臣实无劳之可言，有臣原疏在可考也。其后诸臣又奉覆视之命而再往也，又皆以潭峪岭诸处为果不可用，相与审察比勘，而仍以皇山为尽美，是诸臣之决也，臣又无劳之可言，有礼部及内阁疏在可考也。至于定穴之顷，有欲舍天生自然之微窝而上取天穴者，诸臣多劝臣争，而臣愧有怀而不能尽。未几臣去国矣，又有劝臣一申前言者，而臣愧有惮而不敢发。昨年忽闻移凿金顶，见山底石，臣时刻惴惴，以谓上惊圣心，下骇群听，皆臣之罪也。但束身以待严谴而已，何期天地效灵，诸臣毕虑，移穴向前，遂得吉土。此则先皇帝盛德宏仁之报，皇上圣子神孙万年无疆之福，臣此时求之于心，尚若茫然，而又何劳之有乎？

惟皇上因先帝而发念时宏雨露之仁，而臣子抱分义以兴怀，宁无斧钺之惧，况臣积衅负垢，蒙先帝及皇上拂拭擢拔，洊登三品，即亷首断脰，不足塞责，而乃以此为劳，不但颁以朱提，锡以华纻，而且服俸等于正卿，荫任延于再世，人间侥幸之事，未有过于臣者。揆之寸心，如何得安？为此沥血上请，言出至心，每欲泪下。惟愿圣慈，收回成命，俾臣不致违分戾义，有干咎罚，臣无任激切待命之至。

给假到部辞俸薪疏

李腾芳

奏为微臣给假去国，义不敢冒受俸薪，谨具疏奏知，封还户部，作正支销事：臣以泰昌元年冬日，蒙恩予假省亲，至天启元年，内阁题奉钦依，以臣为纂修实录副总裁官。天启二年，又蒙以相择庆陵，推恩加臣太子宾客正二品服俸。天启三年，又蒙恩起臣礼部左侍郎，寻改吏部左侍郎。该臣五次控辞，五奉温纶，不见矜允，只得趋赴，于天启四年正月十六七日等日，朝见谢恩到任讫。

昨因翰林院当该吏吴邦秀、陈应魁呈将天启元年春季至二年夏季陆续代臣收过俸银一百六十二两五钱四分四厘三毫，柴薪银三百一十两，俸米三十一石，俸钱四万三千百三十五文，欲臣接受，臣不胜惊悚。臣家食三年，旷官日久，揆之陈力敬事之义，尚无所逃罪，何敢复贪有朝廷之只钱粒粟，此自然之义，无待臣辞。但向来词林各官俸薪，俱院吏一概关支分给，而臣虽去国，臣姓名尚挂仕籍，故院吏不欲去臣之俸，以视臣之自处耳。臣不得不具疏奏知，封还户部作支销，虽未必有裨于国计之万一，而自臣视之，则毫厘升合，非臣之所当得，且其数出胥吏之手，亦非臣之所敢私交于计吏，而不以上闻者也。臣无任战栗待命之至。

湖南文征　卷十

策 元明

贡举策

欧阳玄

问：今天下之事有可言者多矣，姑举其大者言之。冗官之未汰，铨选之未精，殿最之未明，法律之未定，此四者，方今之急务，朝廷之所欲闻，士君子所当讲者。其参酌古今以对，毋泛毋略。

对：恭惟盛时，设茂科，策多士，而开其直述之门，执事典文衡，询承学，而试以承务之大。夫天下之事诚多矣，至于大而可言者，亦今世之所嗫嚅者也。自士大夫间以道故常为练事，以言要切为干时，是以至论罕闻。今执事不寻故常，不贵泛略，举急务以询诸人，岂非盛时开直述之门而得为不讳之问？然而所谓直述者，非以其文朴野，而以其言之切直也，既以不讳问，宜以直述对。昔夫子以林放为大哉问，非大其问，以其知本也。事不知本，多言何裨？愚请言事之本矣。

明问有曰云云，是四者方今之急务也，愚谓非特方今之所欲闻，乃方今之已行者也，其间行之弗竟，守之弗一，或者未究其本乎？如冗官之汰，大德之初，尝举行之。中书以打减置局，而董之以平章。某公或议某司当并某司，则创某司以兼领之，议者或创，而罢者寻复矣。辛亥更化，涣发德音，减遥授之官，改升创设者，日议并罢，乃并通政于兵部，武备等院，皆复旧制。京畿寺监，罢者非一，是则冗官汰矣。然而舆图之广，郡邑之众，旁蹊曲径之捷出者，未悉汰也。铨选之精，则自混一以来，立省选、部选之法为二，别子弟承袭、承继、承荫之例为三，设吏员、译学、儒业、军功出身之科为四，是则铨选精矣。然而氏族贵贱之未别，岁月贤否之同淹，或未暇精也。殿最之明，则自大德、皇庆以来，定十三条之章法，或遣宣抚巡观，或命御史遍历，是则非不明也。然而各处廉能五人之荐，未见即用也。三考黜陟之法，未见可久也。法律之定，则非无至元新格也，非无省部之编例也，然而掾史一时之议拟而通行者，尽合于至元之法意乎？广平何相之撰拟而未进者，竟能为大德之成书乎？由是观之，四者非不知也，非不行也，愚请论其本焉。

其一曰汰冗官之本，在于减闲散之俸以厚正官，塞侥幸之路以清正选。今正官之俸甚薄，而散秩之禄尚多者。刘景升有大牛刍豆数倍，而负任不及常畜，曹操以之享士，戒冗食也。况方以历俸为出身，减禄俸之无名，则出身有限矣。若侥幸之门，则又在正选之大患也。古者判行使之置，损外同之设，未必非有所循而为是名以处之，而汉之烂胃，晋之续貂，实滥觞于兹。诚能如汉文欲用啬夫，而张释之终以为不可，家人滥求郎官，而明帝终不以为私恩，则冗者可汰矣。

其二曰精铨选之本，在于严族属之分，以尊吾国人，略岁月之考，以拔其才用。今之女真、河西，明有著令，而自混色目。北庭族属，邻于近似，而均视蒙古，乘坚驱良，并列通显。盖我国人天性浑厚，不自标榜，愚恐数百年之后，求麟趾之公姓，不可复别异矣。欲还淳古之风，去桀傲之习，则必如贞观之于崔、卢氏族，命近臣编之，使其派系分明，不得揉进可也。至于岁月之考，贤否同滞，此可畜常调，不可以待贤才。诚能核名实以甄异能，使碌碌庸吏，不得含糊洟涊，苟资历，求序迁，则当如崔祐甫除官八百而不拘常资，寇莱公却例用新进而号得士，则铨选可精矣。

其三曰明殿最之本，在于择才明之监司，绝殿序之污吏。夫货来之徒，玩法而残民者也，岂可复为民之父母乎？三年之殿，边远之任，未足悛也。孟子曰：不祥之实，蔽贤者当之。身为方岳，而见善不举，岂得复为人之耳目乎？绝污吏，则愿如唐太宗之于党仁弘，苟犯赃贿，虽至亲幸难以灭公。责监司，则愿如齐宣王之封即墨而烹阿大夫，晋文公之诛曹而数其不用僖负羁，则监司必举，污吏必除，最者非假请托，殿者不可侥幸矣。

其四曰定法律之本，在于酌古今以成法书，优禄秩以选法吏。法书无一定，法吏无优选，推谳混于常流，条令裒于书肆，官不遍睹，法无定科，轻重高下，逢其喜怒，出入比附，系其爱憎。无成书则近于罔民，无优秩则昧于劝善。昔者子产铸刑书，虽曰叔向笑之而郑以治，以能止辟也。于定国为廷尉，以民无冤而至三公。近若钱若水，以同州推官清直而擢枢副，所以示劝也。如是则法书必作，法吏必优，刑自平允，律自精熟矣。

四者之平，愚既以略言之，其目之备，更未可终也。虽然，四者之本，所以行之者一也，一者何也？信而已。方今天下急务，所可言者，孰有大于“信”之一字乎？《书》曰：令出惟行。商鞅之伯术，亦以示信为先，令而不信，则冗官何由去，铨选何由精，殿最何由明，法律何由定乎？愚故曰所以行之者信而已。

明问有曰：宜参酌古今以对，毋泛毋略。嗟夫！执事以急务为问，愚敢以泛略为对乎？然四者之有信，犹水木之本源也，故敢以为终篇献，执事其思之。

大廷策

欧阳玄

制曰：朕闻贤圣之君之治天下也，或恭己无为，或不遑暇食，或宽仁恭俭，或力于为善，其所以致治虽殊，及其民安物阜，风淳俗美，刑辟措而鲜用，颂声作于田里，制礼作乐，翕然太和，而麟凤龟龙、嘉禾朱草、甘露醴泉，诸福之物，莫不毕至。虽帝王之美，不徒在是，亦其气之应也。舜、文之德化尚矣，若汉之文帝，唐之太宗，犹能致治如彼，况薄汉、唐而不居者乎？今天下虽久宁谧，户口虽甚蕃滋，而稼穑或伤于水旱，细民或致于阻饥，未能家给人足，时犹仰济县官，岂行仁义有未尽效邪？子大夫，明古以识今，知常而通变，毋迂阔于事情，毋乖戾于典则，明以对朕，朕将亲览焉。

臣对：臣闻有志者事竟成，人主之致治，莫先于立志，故善观人主之治者，先观其志。夫人主以能致之资，操可致之势，所图无不获，所欲无不成，以求乎天而天应之，以求乎人而人从之，所以然者，以其志之先定也。其或治理之效，偶有未备，天人之间，偶有未和，尤当守之以专，达之以强，以俟夫悠久之效，不可以疑贰阻之也。臣草茅贱士，何敢上揆渊衷？然以臣窃窥陛下之所为，真近古以来，大有为之君也。陛下曩在东宫，仁孝之资，英敏之略，闻于天下也久矣。既而征四方书以考古今，飞龙之初，大召宿儒，询问要道，临御之后，不迩声色，不事游畋，凡耳目之娱，营缮之事，秋毫不经于心。惟经籍史传，日接于前，于是大兴儒科，黼黻至治。祖宗以来，百余年之旷典，一旦举而行之，遂使臣之浅陋，亦获叨奉大对于明时。虽然，臣之望陛下者，以陛下为有大志，而陛下之策臣者，亦适有以发臣之愚。

臣伏读圣策曰：朕闻贤圣之君之治天下也，或恭己无为，或不遑暇食，或宽仁恭俭，或力于为善，其所以致治虽殊，及乎民安物阜，风俗淳美，刑辟措而鲜用，颂声作于田里，制礼作乐，翕然太和，而麟凤龟龙、嘉禾朱草、甘露醴泉，诸福之物，莫不毕至。虽帝王之美，不徒在是，亦其气之应也。舜、文之德化尚矣，若汉之文帝，唐之太宗，犹能致治如彼，况薄汉、唐而不居者乎？嗟夫！薄汉、唐一语，此乃圣志之发见也。陛下此志，可与四三王，可与六五帝矣。其曰或恭己无为，或不遑暇食，或宽仁恭俭，或力于为善，臣愚以谓，此未可以观致治之殊，当有以验立志之同也。古人有言曰：始于忧勤，终于逸乐。若以恭己无为，异乎不遑暇食，则隆古之恭己无为者，莫舜若也，然而一日二日万几，舜何不少自逸豫乎？若以恭俭宽仁，异乎力于为善，则近代之恭俭宽仁者，莫汉文若也，然而拊髀思贤，夜半前席，汉文何不为是元默乎？由是观之，未有不自忧勤始者。自忧勤始，志之同也。陛下既薄汉、唐，臣不复肤引汉、唐之事，请以舜、文终焉。

舜、文之事，布在典策，陛下既慕舜、文，亦法其所为而已矣。如欲民安而物阜，风淳而俗美，则当思夫利用厚生之何急也，惇典敷教之何先也，《由庚》《鱼丽》何自而多也，《关雎》《麟趾》何从而厚也，陛下能法舜、文，即舜、文矣。如欲刑辟措而鲜用，颂声作于田里，则当求如皋陶者命之明刑，有如虞芮者俾之息讼，《九歌》可使勿坏也，《大雅》可使无废也，陛下能法舜、文，即舜、文矣。如欲制礼作乐，翕然太和，则当求如伯夷、后夔、周公者，命之制作于其间，六典之制或尚可讲也，《九韶》之音或尚可学也，陛下能法舜、文，亦舜、文矣。至其如麟凤龟龙诸福之物莫不毕至，圣策有曰：亦其气之应也。臣愚以为，知气则知志矣。圣人志气清明若神，一动则天地随之，诸福之物，则自圣人方寸中来，非自外至也。《中庸》曰：天地位焉，万物育焉。盖吾之气顺，则天地万物之气亦顺。吾之气和，则天地万物之气亦和。天地之气，见于万物，同一和顺，则百兽自舞于舜之庭，凤皇自鸣于文之岐矣，又何祥瑞之足羡哉？

臣伏读圣策，有曰：今天下虽久宁谧，户口虽甚蕃滋，而稼穑或伤于水旱，细民或致于阻饥，未能家给人足，时犹仰济县官，岂行仁义犹未尽效耶？臣愚以谓，此天以坚陛下之志也。古人有言曰：天心仁爱人君。若曰稼穑或伤于水旱，则舜之所谓洚水警予者，犹有甚于今之伤稼者也。若曰黎民或致于阻饥，则文王所谓怨汝詈汝者，犹有危于今日之阻饥者矣。顾二圣人之所以弭灾恤患者，罔游罔淫、皇自敬德之外无闻焉。陛下既法舜、文，讵知天之所以启舜、文者，不以启今日邪？陛下以敬天为志，则水旱可变为丰穰。陛下以恤民为志，则阻饥可变为足食。在方寸一转移之间耳。若诿之曰岂行仁义而未尽效邪？臣愚切以为未然。夫仁义之效，如炊之必熟，种之必生，行仁义而未至者有矣，未有行仁义不效者也。陛下惟以悠久待之。

或曰圣问如此，而臣辄以为可四三王，可六五帝者，何自而知之，盖因其已行者知之矣。其未行者扩而充之，斯无难。盖仁义之积，礼乐必兴，彼汉、唐之治，如身衣弋绨，一台惜费，六年致海内殷富，与夫斗米三钱，外户不闭，自三代以下，亦可谓盛矣。然贾生劝汉文以礼乐，而辞曰未遑。祖孝孙、杜淹劝太宗以礼乐，而曰治之隆替不系于此。臣以为是知二君于仁义之效，若有所不知也。今陛下锐情儒科，日议礼乐，而拳拳于仁义之二字，视汉、唐何啻相千万邪？此志所充，宜其俪美于五三盛时也。大概国家之治，当先论其根本，不可责效于目前。古之贤圣之君，未尝不忧勤于其始，逸乐于其终，灾异于其先，祥瑞于其后。今日之不遑暇食、力于为善，他日之恭己无为、恭俭宽仁也。今日之水旱伤稼、黎民阻饥，他日之麟凤龟龙、嘉禾朱草也。若夫备御之不可无术，救荒之不可无政，求刍之不可不择，一贤相事耳，奚以多言为？

臣又读圣策曰：子大夫，明古以识今，知常而通变，毋迂阔于事情，毋乖戾于典则，明以对朕，朕将亲览焉。臣愚以谓，事有古今，志无古今，事有通变，志无通变。圣人之志，与天地之正气相通，志定于此，气应于彼，有理之必然者。傥论水旱而牵合于夏侯生辈，《洪范》五事之说，则邻于迂阔矣。论民饥用乏，而附会于权万纪等建利之谋，则流于乖戾矣。臣非不知，实所不敢，臣之拳拳者，惟曰有志者事竟成，陛下留意焉，国家幸甚！天下幸甚！臣谨对。

策一

李腾芳

自古豪杰，负非常人之奇，而欲以成非常之业，其于君臣之间，未有不相知，而可相与以共成功者也。所谓相知者，非徒相贤而已，必能相尽。如以相贤，则一语之当，一事之合，皆可言也。如以相尽，则所言皆当，所为皆合，尤不可言也。所以相尽，必彼此之才皆竭而无余而后得焉。然必先求其才之同，君有所能而臣不能，不可与成事。臣有所能而君不能，不可与成事。才不同也，才不同不相尽也。所以相尽，必彼此之见皆竭而无余而后得焉。然必先求其见之同，君知一端，臣知一端，不可与计事。君望九十里，臣望百里，不可与计事。见不同也，见不同不相尽也。所以相尽，必彼此之心皆竭而无余而后得焉。然必先求其心之同，俱在危难，虽急不贰，临急忽贰，不与同祸。俱在安乐，虽嫌不猜，见嫌则猜，不与同福。心不同也，心不同不相尽也。

夫天之生贤臣不数也，其生贤君又不数也，有其臣，有其君，同钟乎百代之精，得应乎一代之运，同出乎一时之间，同处乎一堂之上。其心之同，则如兰之同馨也，南山之兰此馨，北山之兰亦此馨。其见之同，则如灯之同光也，此光之照满室，彼光之照亦满室。其才之同，则如兵之同利也，剑之锋断物，刀之锋亦断物。由是决得失于毫厘之间，一人立谋，一人坐断，众方昧昧，而我已了了也。定胜负于呼吸之顷，一人方言，一人已解，外方皇皇，而内已帖帖也。则见之同也。内画规矩，不令人知，而与外为，外之所为，即内之所画。外为方员，不令人知，而与内画，内之所画，即外之所为。则才之同也。臣有所取，君愈明其洁。臣有所擅，君愈明其共。臣有所比，君愈明其贞。臣有所矜，君愈明其让。君赏臣而臣不喜，君罚臣而臣不怒。君欲官臣而臣不以为恩，君欲杀臣而臣不以为怨。则心之同也。心同未有不尽其心者也，尽其心而疑情不难破矣。见同未有不尽其见者也，尽其见而疑事不难睹矣。才同未有不尽其才者也，尽其才而危事不难以为安，亡事不难以为存矣。此之谓相知而能、相与以成功者也，而可易得哉？

古之人有其心则是，其才则否者矣。有其心，无其才，则虽上下之情，欢然相得，而乖于设施，势必难济。有其才则是，其见则否者矣。有其才，无其智，则虽雄骏迈异，捷出一世，而微机密计，对面冥冥，必至丧败。有其智则是，其心则否者矣。有其智，无其心，则虽谋略相资，安危相任，而谗起变作，君臣之交，必至睽裂。宋神宗、王安石，有其心无其才者也。神宗欲为尧舜，安石欲为皋夔，相与立法度，变风俗，而天下纷纷，十不能行一焉，此谓乖于设施者也。项羽、范增，有其才无其智者也。项羽百战百胜，辅之以增，汉不可当也，而增每以策干羽，羽辄不听，卒失天下，此谓冥冥丧败者也。景帝、晁错，有其智无其心者也。七国之反，错方与帝调画兵食，袁盎入说，而晁遂衣朝衣斩于东市，此谓谗起变作，君臣睽裂者也。必也齐桓公、管仲乎？桓公霸者之君，管仲霸者之佐，其能同也。管仲之谋，以为必尊天子然后能合诸侯，明信义然后能服天下，而桓公亦欲假天子以令人，仗信义以自立，其见同也。桓公有高国之贵，有竖刁、易牙、开方三子者之嬖，而独任管仲，一则曰仲父，二则曰仲父，管仲亦以其一身专制齐国之政而无所让，有三归反坫之僭而不乱，富过于公室而不淫，其心同也。是以能相尽以共成其功而曰伯也。必也秦孝公、商鞅乎？孝公强国之君，商鞅强国之臣，其能同也。鞅之谋以为，必变法而后可治，法必痛而后能行，而孝公亦欲朘削而治，其见同也。民言令之便不便于公者，商鞅尽迁之于边城，公不以为擅。太子犯法，刑其傅公子虔，黥其师公孙贾，公不以为无礼。而鞅亦以其身殉国之法，畜怨积祸而不惧，车裂而不悔，其心同也。是以能相尽以共成其功而曰强也。必也先主、孔明乎？先主济时之君，孔明匡时之佐，其能同也。孔明之谋以为，当先结孙权，借其力以拒曹操，取荆州，定巴蜀，以为根本，而先主亦欲结孙权，拒曹操，图蜀取荆州，其见同也。先主言得孔明如鱼之得水，关、张之亲不能间也。身死之日，付以刘禅，嘱其可辅则辅之，不可辅则自取。而孔明亦言鞠躬尽瘁，死而后已，英雄相与，一片血诚，可哭可泣，其心同也。是以能相尽以共成其功而兴汉也。嗟乎！天之生贤臣不数也，其生贤君又不数也，而三君者遇是三臣，三臣者遇是三君，其才同，其见同，其心又同，两相尽以相成，而称于千古曰相知，岂不快哉？而还观项籍、范增之徒，则此三臣、三君者，千古未有也，又岂不难哉？

或者曰商鞅刑名之徒耳，挟其术以亡秦国，不足道也。曰不然。世之论鞅者多矣，无过于苏子，其言曰：秦天下之强国，而孝公有志之君也。孝公修其政刑十年，不为声色畋游之所败，虽微商鞅，有不富强乎？秦之所以富强者，盖孝公务本力穑之效，而非鞅刻骨流血之功也。秦之所以见疾于民，如豺狼毒药，一夫作难，而子孙无遗种，则鞅实使之。呜呼！其言美则美矣，独不曰始皇能修其政刑，不坑儒，不焚书，不销兵，不作阿房，不筑长城，不去蒙恬，不疏扶苏，不用赵高、二世，而秦有不治者乎？鞅之为政，实能使秦民家给人足、山无盗贼，实能使秦民勇于公战、怯于私斗，秦之强非鞅之为，而谁为之也？而至于其亡，则又自有亡之人焉。今奈何舍其人而并责乎鞅乎？然则苏子盖已甚之论耳。奚独苏子？史之说亦有不足信者也。史言商君亡至关下，欲舍客舍，舍人不知其为商君也，曰：商君之法，舍人无验者坐之。商君喟然叹息曰：嗟乎！为法之敝，一至此哉？夫商君之叹，何叹也，谓不知其法之若是而叹乎？则鞅岂自为之而不知者，谓叹其身之不免乎？夫商君者，岂必至于如此，而始知其不免也？商君自与孝公变法之时，已当知必死于此法，特以秦之为国，非此法不足以强，而细观孝公之为人，非此不足以佐之。苟其法行，可以强秦，可以酬孝公之知，而身之死何惜焉？不然，鞅智者也，闻公叔痤与魏惠王之言，而知其不能杀己，岂有睹公子虔杜门八年不出，而不知其能杀己也？曰若是则鞅可无非乎？曰何可无非也？鞅假帝王之说以欺孝公，假徙木之信以欺秦民，假斩敌之赏以欺告奸者，假会盟虏公子卬以欺敌国，鞅特巧于欺人者耳。豪杰之士，遇知己之主，外托堂廉之义，内结腹心之恩，言听计从，道同德合，将正正焉，堂堂焉，即使管子再生、孔明复出，尤将抑逊而过之，安事乎欺人如商鞅者乎？

然则何取于商鞅？曰吾乌取乎商鞅，吾悲夫王安石也。安石以圣人自负，初见神宗，便言唐太宗、魏徵、孔明为不足法，自是其学几至乱宋。迨于天下嚣然，始知其不能，而为诗以咏鞅曰：今人未可非商鞅，惟鞅能令政必行。呜呼！安石之情，亦可哀已。今观鞅之法难行于安石而鞅能行之，安石之法易行于鞅而安石不能行。鞅之所日绳者，秦之贵公子也，所刑杀者，秦师傅之大臣也，而当孝公之时，人未有非鞅者。安石欲行一事，逐一人，则天下未尝不哓哓焉。夫安石之经术文章，果能精究古人，安石慨宋之因循，矫然欲立法变俗，果是贤豪不世出之士。考其生平，于人情、声色、富贵之欲，果一无所好，立志发愤，欲大有为于世。在仁宗朝上言事，书满万余言，其学术本末，果非汉、唐以来宰相所能及，而又遇神宗如是之主，君臣之遭如此，而算计见效，不如商鞅，何也？吾故曰，吾悲夫王安石也。然则天下事，岂易言哉？

策二

李腾芳

古之才多乎？今之才多乎？何古之人所可指名为贤者，一代不过数人，而后世名满天下者，不可胜数也？才多者优乎？才少者优乎？何古人之治，以一人经理之而有余，而后世以众人驰骛之而不足也？

昔者三代人才之隆，莫比于唐虞矣，今考之经传所载，其所著名如禹、皋、稷、契者，盖亦无有几人，岂若后世贤人君子，名字满天下，若是之多者乎？然禹所治之水，皋所明之刑，稷所播之谷，契所敷之教，使在后世，彼一人之事，即千百人为之不能济也。是独何与？或者曰曩皆圣人也，不可得而律夫人也，然若春秋之时，管仲、子产，亦各以一人而治一国。六国之时，苏秦、张仪，以一人纵天下，一人横天下，此亦岂圣人与？良庖岁更刀割也，族庖月更刀折也，庖丁之十九年而一刀也，族庖不如良庖，良庖不如庖丁，坐而思之，岂有异说哉？为技有精，有不精也。昔者韩信用兵，举燕击齐，虏魏蹙项，其法易知也，至于破赵，其法不易知也。观史所记，赵军空壁逐信，信先所遣奇兵二千人者，见赵空壁，遂入赵壁，拔赵帜，立汉赤帜，赵军见汉帜，大惊遂溃。当是之时，赵之败全在于此，若使赵先以一半人逐信，以一半人守壁，则信计为无用矣。信算赵所以必空壁逐我者，阵背水也，赵军见信军背水，以为可立得信，故空壁逐之。赵壁空，故信军得入壁拔帜，赵军反见汉帜，故惊，惊故乱，乱而击之，若劲风之卷散叶耳。是信之妙盖在背水一法，而背水非古兵法也，信语诸将，以为即古兵法，信之用兵，变化古人，以至于无穷，精之极也，精之之极，古无此法，今无此法，则即为古法，则即为今法。呜呼，信岂圣人也哉？谓之精，不必圣人而后有也。

人各就其资之所能，学之所会，磨光刮垢，洞坚达曲，如是而久，即愚者亦必能得其一物之理、一机之窍，心手相应而精出焉。精之所至，于其机理之微，必至明至白、至纤至备，其了然而不滞于怀也。若水之于霤、雪之于火，其叩之而响然也。若数一二之数以至于十，其自得于心，触物而动，忽然自喜而不容已于技痒也。若良马闻风而鸣，快鹰见草而奋，虽其一能之细、一智之小，逼而窥之，亦必有异于人者。而苟其无有，惟视世之所贵者而效之，所趋者而比之，所指为名高者而标榜之，众人纷纷，我亦纷纷，众人逐逐，我亦逐逐，则虽号为君子大贤，而求一言之几于微不可也。呜呼！此两汉而下，人材之所以日粗而可叹也。

夫古人之精且远者，今不可得而论，姑论西汉。夫汉之大计，未有过于定太子者也，乃张良招至四皓而惠帝遂安。其大乱未有过于吕氏之变、七国之反也，乃周勃一入北军而产、禄遂败，亚夫坚壁荥阳而吴、楚遂散。难处之事，莫大于窦太后、梁王也，乃田叔烧梁狱词而梁事遂已。难争之役，莫大于开西南夷也，乃公孙弘请专事朔方而西南夷遂罢。难成之功，莫大于异域也，乃傅介子、陈汤入楼兰、郅支之国而悉斩其王。夫是数者为之而不得其道，即以祸天下可也，而数子者处此，或开口而决，或举足而定，未见其难为也。

至于东汉之患，不过宦官，而合天下贤人君子之力以诛之，岂惟不能得，而反骈首受僇于其手，而汉祚亦移，何也？西汉之人才得其精，而东汉之君子则不免于粗也。夫所谓精者，天下之至微至微者也，我之所解，不能持之与人，人之所能，不可告之与我。故张良之用，难以语周昌、陈平，周勃难以语王陵，亚夫难以语梁孝王，田叔难以语汉公卿，公孙弘难以语汲黯，陈汤难以语甘延寿，而东汉诸君子聚则如雷，鼓则如飙，丑秽天子，天子畏之，臧否公卿，公卿徙履。吁！其不可以语于微明矣。不能知微，是以不免于粗也。盖常反覆论之，人臣之事主，如手足之卫头，未闻以一手与一手敌，各相龇啮，而可以卫头者。东汉之天下，一则宦官，一则诸君子。宦官张弥天遍地之网，而己之所不容者必逐而杀之。诸君子握嘘枯吹生之势，而己之所不容者亦必逐而杀之。当是之时，天下之人，不归诸君子则归宦官，浊者尽归宦官，清者尽归诸君子，而汉之天子、宰相不得而有其一人矣。如此之势，辟如风之与涛，风愈烈则涛愈怒，涛愈渍则风愈张，非诸君子尽杀宦官，则宦官尽杀诸君子。汉之天子、宰相，杀诸君子以从宦官则天下乱，杀宦官以从诸君子则天下亦乱，然宦官亦常自言，省内有放纵者自可诛之，我曹岂尽作恶？然则得一善藏其用之豪杰，内有其术，外乘其会，分别而裁之，其祸或犹可扑而灭也。而诸君子愤急峻刻，相熏相扇，一心之中，其高如陵，其坚如壁，其隘如针孔，非有世外之大人微之又微，饮之以至道之药，而消其锢疾，则其习必不可化，然世安得遽有大人乎？贾彪、何颙、夏馥亦皆有一得之见，然未可以语大人，又且不在其位。若桥玄者，身在大位，当天下已乱，栖迟不去，窥其意似欲有所为者焉。玄之微，史所不能得，但读其所载逼致姜岐一事，于诸君子自来好名之习，几于一击尽碎，是可以有为者乎？

然一见曹操，知天下之事已有所属，而不复能为矣。吁，可叹哉！

夫名可得而矫也，节可得而勉也，微不可得而见也，见微则虽一卒之贱，智过于圣贤，若赵厮养之归赵王是也。不然则虽百君子不如庸人，若汉、唐、宋之季世诸贤是也。夫君子者，国之所恃以治也，而可少乎哉？然而汉、唐、宋之季世，又何君子之多也？彼惟视世之所贵者而效之，所趋者而比之，所指为名高者而标榜之，安知非伪附于君子者乎？若张俭一人逃死，祸及万家，而尤靦然于世，必伪附于李、杜者矣。伪附者君子何以受之？曰借以为气与声也。君子而借伪附者以为气与声，宜乎其粗与？

策三

李腾芳

天下之事，未有皆得者也，得之中有失存焉，亦未有皆失者也，失之中有得存焉。善取者常因人之所失而取之，以为己之得。善守者常防己之所失而守之，以毋为人之所得。盖尝观之弈者矣，虽有国手，未尝无败着也，特所遇者皆庸人，故不能乘其间而取之，使之得有所暇以自完。而此庸人者，亦未尝无胜着也，特其智术寡昧，不能间敌之隙，而己之有隙又常为国手所得，是以形见势屈而至于败。若使庸人能细观国手之势，遇其间而即取之，使之不得从容以自布，则国手亦未必遽胜，而又能谨持己之间，毋为国手所得，则亦可以不败。呜乎！庸人者而无间，国手不可得而败也。国手而有间，庸手亦可得而取也。然则天下亦何常有难为之事哉？视其间而已矣。间者何也？事之机也。间何以谓之机也？得失在于毫厘之间，所以曰机也。得失在于毫厘之间，何以辨之？辨之于先后缓急而已。何以则先？何以则后？宜先而先，宜后而后，而反之则失。何以则急？何以则缓？宜急而急，宜缓而缓，而反之则失。古之人机之未至，不敢先也。苻坚败于淮南，以千余骑投慕容垂，垂子宝劝垂杀之，垂不之听。赫连勃勃厉兵秣马，既据安定，以关中让刘裕而不之取。是机之未至，不敢先也。及其既至，不敢后也。慕容垂一入邺中，遂斩吏烧亭而去。刘裕一出长安，勃勃遂断青泥之路。是机之既至，不敢后也。机有当急不敢缓也。曹操与袁绍相持于官渡，问计于贾诩，诩曰：公所以半年不决者，顾万全故也，若决其机，须臾可定。孟达与申仪有隙，诸将劝司马懿观望而动，懿曰：此相疑之时也，宜及其未定攻之。倍道兼行，八日至其城下。是机之当急不敢缓也。及其当缓不敢急也。袁尚兄弟奔于辽东，或说操遂往征之，操曰：吾方使公孙康斩送其首。已而果然，诸将问操，操曰：康素畏尚等，吾急之则并力，缓之则相图也。司马懿围公孙渊于襄平，渊恃水樵采自若，诸将咸欲取之，懿曰：自发京师，不忧贼攻，但忧贼走，今围落未合，取小利以惊之，非计也，当示无能以安之。是机之当缓不敢急也。古之人见机之明，而先后缓急之间，尺寸不爽如此，是以能无敌于天下也。

或曰此后世攻劫矫诈之事耳，三代之得天下以仁，亦有是乎？对曰：夫仁者有所不忍之名也，医者不忍人之病而投之以药，仁者之事也。然其法有当攻者，有当补者，有当先补后攻、后补先攻者，有当急攻缓补、缓攻急补者，不明其法而倒用之，则实足以杀其人而已矣。然则仁者之为仁，亦何可以无机者？昔者武王圣人也，武王伐纣，观兵于孟津，诸侯之会者八百，武王还师而归，居二年而后动。夫其还也，必以为机之未可也。其动也，必以为机之可也。然则圣人举事，亦未必不审于先后缓急者也，特圣人之大，不若后世之小，圣人之正，不若后世之诈耳，而以为无机，则无是理也。

或曰是用之于乱世也，非用之于治世也，则又不然。夫所谓治世者，非能寂然而一无所事事之世也，不能寂然而一无所事事，则何可顽然听其事之自成自败，而谓之无机也？夫四夷之不宾，盗贼之不戢，堂廉之不亲，法令之不举，君子之不进，小人之不退，皆事也。皆事则皆有机也，皆有机则为之皆有先后缓急者也。然丹之见楚灵王也，灵王曰：吾使人于周求鼎以为分，王其与我乎？对曰：与君王哉！又曰：郑人贪赖其田而不与我，我若求之，其与我乎？对曰：与君王哉！当是之时，丹与王言如响，及见左史倚相而始称祈招之诗也，是然丹之言固自有先后也。子皙橐甲以见子南，欲杀之而取其妻，子南执戈逐之，子产曰：罪在楚也。执子南而放之于吴。薰隧之盟，子皙强与，子产又弗讨。及子皙疾作，子产在鄙闻之，忽乘遽而至，使吏数之，缢于周氏之衢而加木焉。是子产之事固自有缓急也。夫子产、子革之所为，其小者也，而尤不能违于先后缓急之机如此，则其大者可知已。古之天下，今人有之。今人之事，古人有之。宜其能为而莫之为者，岂皆无机之可为乎？抑有之而不见乎？抑见之而先后缓急之间，错愕而不能决乎？

夫见机难，决机又难。今有二人焉，一人方静，一人无故而动，无故而动，必见其有故者也，忽然无故而见其有故，则动者岂不难？然一人动矣，而一人静者，方晏然而以为无患，其晏然以为无患者，又必有见其无患者也，则静者岂不亦难？呜乎！此非天下之至明不能见也。又有三人焉，一人言静，一人言动，此一人者，听此一人言静者之言，则静者是也，听此一人言动者之言，则动者又是也。欲从其动，则失夫静。欲从其静，则失夫动。而此一人者，断然动而不静，断然静而不动，又岂不甚难？呜乎！此非天下之至勇不能决也。以其至勇而运之以至明，以其至明而将之以至勇，其于先后缓急之机，庶其不失矣乎？虽然，先后缓急，分而言之则为机者万也，合而言之则为机者一也。今谓之先，又谓之后，谓之缓，又谓之急，而先复有后，后复有先，急复有缓，缓复有急，其为机岂不有万？然从其先，则弃其后者矣，从其急，则弃其缓者矣，其为机岂不至一？昔者司马懿预为三策以料文懿，然未尝有三策以应之也，但攻襄平而已。侯嬴为二策以送公子，曰使如姬窃符，使朱亥击晋鄙，然击鄙者即以成其为窃符也，非二策也。呜乎！此又天下之至明至勇者所当知也。

策四

李腾芳

本朝之兴，二百余年矣，祖宗之纪纲法度，上下相承，内外相维，丝牵绳联，无一不贯。而又加之以列圣宽大恭俭之德，浸灌于人心，故其民无不务本好义，竭蹶以供租税而重犯法，其士大夫无不忠信守道，洁己奉公而惮于清议。内无盗贼之变，外无夷狄之忧，而又无疆臣猛将、大家世镇之祸。四海之大，九州之远，一纸之诏，三尺之童子驰传而往，而天下莫不奔走而响应。盖所谓太平之盛，二百年于兹矣。

考之三代而后汉、唐、宋以来，其治安未有若是之长久者。而惟其久安而长治也，故政教日以凌夷，风俗日以放失，人心日以刓敝。虽曰上下相承，大小相维，而其实朝廷欲行一事，建一令，则设施措置之间，常有跋盭不举之处。虽曰民生竭力以供赋役，而其实饥寒困苦，比屋窃叹，常有疾视思乱之心。虽曰士大夫忠信守官而畏清议，而其实骛于游谭养交，莫肯举其职守。虽曰无盗贼夷狄、疆臣猛将、世家大镇之患，而其实帑藏不足于积贮，兵力不足于战守。公卿大夫、文武吏士，莫不苟且以涂岁月，而无一决然可以自强之图。不幸而有山林小民之英雄一朝崛起，则天下之大，不知所措，然则本朝所以长治久安之术，固有不足恃，而远忧近患，将有不可知者矣。辟之操敝舟以游于江海，时有震风怪浪之变，则必至于胥溺而不可救，而幸而无事，其势亦不过可以支持旦夕而止，而震风怪浪之变，亦何常之有哉？然则如之何而后可？夫舟之敝也，更置其舟而已。法之敝也，更置其法而已。而还以观于今之法度，未常不具，祖宗之所创建，曲折纤悉，未尝不可考而行之，而其所以蛊坏剥落，莫之救正者何也？夫更制议法，矫世拂俗，以求合于治，非众人之任也。修之朝廷，授之有司，推而行之于天下，非一人之智也。今之人才，喜静而恶动，喜誉而恶诽，喜败而恶成，喜坐谈而恶实事。法之所患者，苟且也，而彼乐于苟且。法之所患者，因循也，而彼乐于因循。然则朝廷之上，虽欲大有为于世，更制议法，矫世拂俗，以求合于治，而谁有与之虑其始而共其成者？岂惟无有与之虑其始而共其成，而侥幸偷惰、好为议论之人，又将纷起而持之。由是而言，则今之敝不在法度而在人材也，而人才之所以敝，其日久矣。愚请条为六说，以答明问。

其一曰古者公卿大夫有公卿大夫之职，士有士之职。士之材未必可以为公卿大夫，而公卿大夫未尝不可以为士。公卿大夫而为士，则必俯然尽士之职，而士进而为公卿大夫，则亦终其身踊跃于功名而不倦。今之吏自一命而上，见公卿大夫之所为，莫不相与咨嗟叹息，以为非是，几欲攘臂而取之，而己之职守则屑越而不顾，故典兵者未尝以不知兵为忧，明刑者未尝以不知刑为愧。夫其攘臂也，莫不以为贤，而屑越其职守也，则莫以为不肖。今日而迁一官，明日而改一职，渐进而为公卿大夫，官高而意得，则其人莫不倦而前日之心息矣。故今之人官小者未尝不矜奋，而官大者未尝不逊谨，其故何也？彼其矜奋者，或非其衷情，而假以为名也，至于尊膴而重失之矣。今朝廷之法，未能有以激发大臣之心，使之踊跃于终身而不懈，则虽欲以杜小臣之议而不可得，而又无以变易小臣出位之虑，使人各兢其职，则人材无由而得矣。

其二曰誉望者士大夫之所贵也，功实者朝廷之所贵也，誉望可以袭取，故士大夫贵之，功实不可以幸有，故朝廷贵之。今夫煦煦然而名为仁，孑孑然而名为义，此虽庸人，可以袭取矣。而明法制以尊天子，本学术以安天下，从容谈笑，而繁剧纷扰有所不能乱，谋定神闲，而死生利害有所不能恐，在朝廷而百僚肃，在边鄙而四夷惧，此虽贤者不可以幸能矣。而世之用人，乃好以誉望加于功实之上，以其所袭取而易能者，而夺其所不可幸能者，故夫好名之士，嗜进之徒，往往趫宕挑达，造作名誉，以自标榜，而士之不得志者，借其题拂，以为声光，如是人情莫不翕然宗之，其誉望可以立成，高官厚禄可以坐得。时方无事，高议庙廊之上，而人主黜陟之柄，士大夫臧否之权，皆得窃之以为己私。一有重大之责、非常之虞，则莫不嚬蹙呕哕，颠倒而莫知所出，而流俗之议，尤终不悟其非。所谓贤者未能知其何事以为贤，所谓能者未能知其何事以为能，而虚誉混淆，人材无由而得矣。

其三曰古者进一人而人皆以为劝，退一人而人皆以为愧。今之用人，专以年资，积日持久，则其人莫不以为当得，即使增秩拜官，动以千计，而未尝以上为恩，一或留滞，则遂至于怨怼而不自禁，安坐以待迁，而未尝以其职为事。今之留滞者多矣，故贤者益束缚于其故，而无以自异，而不贤者则亦得以年劳之久，取怜于人，而侥幸以自免。主爵者苟幸其可以自得于朝廷，则次第而进之，而至于任使之不当其材，不暇计也。故一官之缺，牵复扳引以求之者，不啻数十人，而至于文武大吏，内外要职，高出乎公卿之所举者，宜乎其无议矣。而亦有大谬不然者，盖近世专以弥缝姑息为政，举得其人，既无荐贤之赏，不得其人，又无连坐之罚，故今日举之，明日而败，不以为怪。而在位之臣，无复有留意于人材，缘多者先轩，缘寡者后轾，而人材无由而得矣。

其四曰古者因民设官，因官择人，因人责事，故事治而官简，官简而民安。今之事有限，而士之当为官者无穷，有一署数人共治之事，而不足于一人之为者，有一人一岁所为之事，而不足于一日之为者，举世皆明知其然，而苦于士之当得官者众，因仍积聚，不能损减。故士益多于下，而官益多于上，彼此相室，辟之群千百人，而相与出于一径，肩相摩也，足相蹦也，前者未去，后者复来，而犹欲责之以礼让，禁其奔走矜踔，争先而求进也，其可得乎？故今之为吏者，虽一资半级之间，纷纷营营，不能自已，而朝廷既无以精之于始，又无以严之于终。天下之吏，犯法者众，而以罪免者少，是以吏之舞手而害民者，益莫之惮。虽有考课之法，而其实惟详于小吏而略于大吏。夫大者详，则虽有不详，而天下之惩者必多。大者略，则虽有不略，而天下之惩者必少。不肖者不惩，贤者不劝，而人材无由而得矣。

其五曰古之为士，无一不贵于学，而所以治天下国家之道，亦无一不出于学，故学者其在堂户之上，而四海九州之业、万世之策皆得，其出而履百官之任，治天下之事，则随所施为，无不可者，其素所学问然也。今之学，取科举、课试、文章而已，其所诵习者，无一有当于天下国家之用。而其为文章也，则又人摹家袭，无一语能道其胸中之所得者，而近日虑其词之诡也，则又严为之禁，使士不得读它书而专致力于传注。夫其为传注者皆已善矣，不过一章一句训诂之学，而苟其止于章句也，则士虽至愚，亦可以朝夕读之而了然矣，又何事穷年之矻矻乎？夫惟士之愚者可以朝夕从事于此，而高明之徒，则其精神愈无所寄，所以日趣于怪诞而不能已，今曷不诱之以多读古人之书？凡圣人之经，百氏之言，前代之事，当世之掌故，天文、地理、乐律、工技、器数之博，皆得分门而试之，士之能兼通者列为异等，待以不次非常之用，而其不能者，则亦随其所得而录之。如此则士虽欲骛于怪诞，而力有所不暇及，而国家亦可以间得博洽有闻之人而为之用。今不知出此，徒虑其放逸也，而谨束之，又不教以古人为文之法，使之自知其邪正美恶之实，而徒较量于一字一句，行之十年，将使士人尽不读古人之书，尽不知文章之正，而人材无由而得矣。

其六曰古之取士，或于庠、序、学校，或于府史胥徒，或于布衣草野，或取其德艺，或取其文词，或取其智计，或取其口辩，或取其拳勇，非一端也。今之取人，惟有科举之学，虽曰三途并用，而其实惟进士之一途。至于明经之士，则皆耳目昏塞、筋力疲倦之人，朝廷养之以廪饩，升之以吏禄，率一岁天下数千人，而无所得其一丝一毫之用。若府史胥徒之属，则又皆才行无赖，不复有高人之意，而朝廷亦摈之于流品廉耻之外，然亦岁费在官代耕之禄，养之以为簿书法律之奸，举天下数十万人，而无所得其用。自是而外，则有武举，然求之不过以弓马策试，而其以弓马得者，多山野市井之粗材，以策试中者，则记录士人牒括之残余已耳，是亦未必可用。然则豪杰异常之士，跅弛泛驾之材，苟不幸而不得为进士，则朝廷不复有以网罗之，而人材无由而得矣。

凡是六者，皆足以为人材之害，则人材之衰，亦何足怪？而人材既以不足，则朝廷之上，欲以一手一足，措置天下之务，而其势必有所不能。吾故曰虽欲大有为于世，更制议法，矫世拂俗，以求合于治而不可也。岂惟不可以更制议法，矫世拂俗，以致于治，而一旦有社稷封疆之事，有四夷盗贼之变，则又将何以待之？盖昔者唐之玄宗以身定天下，致太平者凡四十年，而禄山之乱，则自河以北二十四郡，无一可仗之人。呜乎！国无人才，其祸如此，而处今之势，安危治乱之象，固可得而见也，而朝廷上下，方泄泄焉不肯以人才为意，何哉？苟以人材为意，则愚所云六者，亦当深思而亟图之，此其时矣。

法祖策

蔡承向

履鸿图、昭燕翼者，先世之宏模也，岂迹是务托将神实寄之？绍前休、绳祖武者，后王之令图也，岂迹是务循将神实通之？迹之弗循，而妄意纷更，纵制作跨轶千古，匪以慰启佑之思矣。神之弗通而借口由旧，纵规矩不失尺寸，匪以称继述之善矣。故《书》曰：有典有则，贻厥子孙。语善创也。曰：视乃烈祖，无时豫怠。语善述也。总之，法其勤，思其谨，神而明之，心源意绪，奕世相通，庶有以绍承先德于无穷矣。

高皇帝英武开基，神明肇统，一时著为令甲，盖已殚精竭神，备法尽制，后世无以加焉。列圣相承，守为宪章，虽宽严不同，功德各异，而要其敬天勤民莅政，则固祖孙合辙、先后一心者，其足为嗣世法程，至明也。皇上缵基御历，仁明在宥，兢兢嗣服，前烈载光，盖二十六年于兹矣。顷者天灾频仍，四郊多故，乃皇上复专精内摄，百司庶府不得望穆穆之容，至山陬海隅执固陋之心，谓皇上独法肃皇。夫肃皇诸所恢厝，未易缕数，乃敬一一箴，精神命脉，真有足以上通烈祖、下启嗣服者。傥即今事质之，其能一一无抵牾乎？故端居高拱，虽恭默之思如是，而垂旒凝裳，亦临莅之道宜然。今以希清净宁一之象则得矣，以语忧勤惕厉之心恐未也。况皇嗣建矣，而位号未宣。赐环夥矣，而廷推尚阁。边饷急矣，而矿店之使纷然四出。谳决详矣，而草菅之怨怆然动心。有一于此，其于敬一之义何居？恐亦非肃皇家法也。故彼居简而我得其所以为敬，彼居逸而我得其所以为勤，则法一祖即所以法诸祖，如徒任一己之情而纵其欲，借先人之轨以行其私，虽云法祖，而圣祖神宗之贻谋，所望于后人缵承者，岂仅仅若是？孝子慈孙之绪业，所以绍述前人者，又岂仅仅若是？

皇上试内度诸隐微幽独之地，外度诸见闻耳目之间，务使其心常如祖宗启之，其事常如祖宗鉴之，则世德之垂在是，而九庙之灵，万夫之望，胥用以慰矣。

兵农策崇祯癸酉第三问　　陶汝鼐

古今有两大事，不得不合而亦不得不分者，兵与农也。古人以蒐苗、狝狩讲武而兵农合，其必井田举矣。其后以战胜攻取为术而兵农分，亦必其阡陌兴矣。然则周之所以兴，秦之所以亡也，王、霸非不共图富强，而所为富强者异耳。不然彼车攻既繁，猃狁薄伐，亦岂能驱市人而战，抟泥沙而食乎？

汉所以用积储之议而屯田，实塞下也。其最著者赵充国，以河西之地，备诸羌，击先零，罢骑兵，屯田以待其敝，然其实即孔明图中原之策也。而其地如祗枣、许下、云中，汉屯终不过数郡耳。唐沿其制，变为府兵，以世禄赡民业，错犬牙于畿辅。独郭子仪躬耕河中，以为士卒先，兵始不乏食。而当时唐屯九百七十二所，不可谓不广，而无如鲜实效，何也？矧宋之屯止于数路者哉？泽潞之兵，其不得食于此审矣。

卓哉国朝之议兵农也！自九边而外，郡县散置卫所，以处世职，而制田为屯，以蓄军需，是处处有兵，处处有饷也，而一视京营操七屯三之法，卒不耗业，粟不废挽，酌古今全胜之算，莫逾于此。而今天下东西交讧，萑苻四起，兵使者按籍而求，惊恐牒矣。执事欲合屯田以课，而专练卫军，诚盛虑也。夫召募诚万万不可行矣，无淮阴之谋，而惧其浪战也。非金城之绩，而责其垦屯也。神庙时数万钱不委于市狳乎？则即所言卫军一事而策之，练卫军先宜练卫员也。兜鍪之子，世食其糈，而弓马不精，韬略不讲，而何以简士卒也？则比试之宜严，练卫军先宜汰卫伍也。羸弱之夫，影占之籍，而桃李代僵，牛马代呼，而何以实行伍也？则选锋之当备，此犹易易也。数十年间，屯田子粒，虽系于军，而实半为豪右之产矣。军固为子虚，而屯亦为画饼，其必清屯还军，而不激变于民，可乎？诘戎征饷，主于兵使者，实不禁武弁之馋矣。饷固以折色，而不果军之腹，兵又以当操而无力田之心，其必勒兵还屯，而不求折入于官，可乎？

数者举而军政肃、军旅整，昼则面相识，夜则声相和，不出闾井，而带甲数百万，无劳牛酒犒矣。事不亦简而易就乎？愚窃复有谬论，欲裁输金鬻爵者，以开屯若干授若职，欲宽吏应城旦军戍者，以开屯若干抵若辜，有不走塞如骛者哉？未知可当刍荛之采否也。姑引其端，以俟司计者审焉。

弭盗策

陶汝鼐

君子之佩剑也，不能必吾器之不割，而恃吾有以藏之。其张瑟也，不能必吾指之皆和，而恃吾有以调之。其治天下也，不能必吾民之不乱，而恃吾有以防之。三代而后，民眘眘焉易与为乱，斩木揭竿，先自负其鱼，乱鹿骇之性，以待走险之铤，如荼之网焉，诚难为哉？

执事乃于策士终篇，询所为弭盗安民之计，舍边插而忧内召之变，是发心腹之剂也。夫插之来有情形，而盗之来无情形。插之化東，東之化虜，僚卒之化为敌有疆域，而民之化为盗贼无疆域也。故曰：天子有道，守在四裔。今不幸而蝨贼其中，萑苻乘其变矣。滇南一酋，特抚臣弹压之不力，可以尺组而系者，亦縻如许金钱，其实疥癣也。而独登莱乱卒，应青海之鲸氛。关陕饥民，蹙苕华之牂首。以至漫衍山谷，祸延晋中。使梗黄河则断东南之臂，据洛阳则当天地之中。九连、闽、广奸徒，呼吸以为声息，将调庸何路，抚剿何策乎？然总恃皇上威灵，此辈皆屠狗无赖之人，如狂猘扼吭、游鱼投釜，智勇不及此耳。倘能定之，亦仅一抚臣力可耳，而今日非不示抚绥，言安辑，而民不听监司、守、令听盗贼者，知此皆平日鞭笞我、追呼我、离散转徙我之人，所谓为盗死，不为盗亦死，所以陷于乱而不返也。彼龚遂、崔郾之术，不尚在乎？独不得武穆之平洞庭，赤心英武，斩群盗而痛饮黄龙为快耳。

今明问所云监司、守、令未尽得人，诚然矣，谓文网拘挛，得人未尽用，诚然矣，而第所为根本之图，可以意断，何也？生楚人，即以楚事断之。楚地辽阔千里，山薮阻深，五溪八蛮，土司之构衅未已，江黄临蓝，剽悍之啸聚方雄，一守令而日事敲扑，而上官日复责之逢迎，司农复纠其赋额，衡湘民疲，不足扼其冲矣。而全楚新饷已至五十二万八千，楚其竭泽之国乎？则请廉干吏以与民休息，缮城池，备赈粟，一也。练壮皂，简讼狱，二也。抽选民间技勇，如才官散骑者统之，量为授糈，渐消其叫嚎亡赖之气为精锐，三也。

百官述职在指日，愿皇上久任廉干守令，责以此数事，其不在楚者，可类镜矣。化豺虎为日月，别鸾凤于鹰鹯，何须问黄巾、赤眉哉？

湖南文征　卷十一

议 明

治河议上

刘尧诲

国初宋公礼开会通河，沿元人旧渠，自安山以北入于天津，渠道尚可循，所有功力不费。礼之功在漕河者，惟南旺湖及济宁天井闸以南而达于淮，其利益国家，而功倍于故元者。初，元人止导汶水而障堰之西南行耳，礼引沂水、洸水入于泗，以会于漕，又引邹县之渊源泉九，引泗水之下庄泉三十入于泗，引蒙阴之官桥泉四，引曲阜之柳青泉十八，入于沂，达于泗，同汇天井闸，以成漕渠。又开浚南旺湖，周回百五十里，汇平阴、泰安、东平等泉百，而设南北闸以分流之。北入安山旧道，南过济宁，会天井闸诸水下徐、吕，同为淮河入于海。故我朝漕运，止借山东诸泉，而不敢引大河以为利也。山东诸泉，亦自足以润徐、吕而成漕渠，可以不求济于河也。

至正统戊辰，黄河决张秋，害及运道，以后渐宏河入徐、沛。弘治六年，河徙黄陵冈，决张秋，夺汶泗之水东行，而运道阻绝。当时议者主于上流分杀河势，既凿孙家渡口导河南入于淮，又开赵皮寨口导河入亳、泗、归、宿以会于淮，又疏贾鲁旧河，由曹县梁靖口出徐、沛，入运河，过二洪以会于淮，于是二洪借河势而为厉也。第上流既分，大势自弱，徐、沛之间，虽有河患不甚。以后治运河者，渐失国初作者之意，导口既塞，而支流未分，会全河之水以入于徐、泗，而议者乃曰治运河亦过矣。夫运河何忧不治也？我成祖亦未尝以其忧贻后人也，导河入徐、吕而数逢其害，此是后人失策，今唯求其所以害运河者而远之，固所以全运河也。又何治焉？

近者工部朱尚书以黄河侵啮沛县，切近运河，乃徙运河而东五十里，以上接于济而下通于徐，其意主于远黄河也，可不谓知耶？然愚以为当以黄河远运河，不当以运河远黄河。以运河远黄河，则凡黄河之所能至者，皆当远而避之，此不东走海、南走山耳，故以起胶、莱之议，而有泇口之役也。矧所避者止沛县数十里耳，而徐、邳四百里之河患固在也。以黄河远运河，则上流归德、兰阳、赵皮寨口，原系河流入涡淮故道，去其淤积排决之耳，无有泇口之斩山焚石也。顺其去势利道之耳，无有胶、莱之穿渠乱海也。计不出此，而亟亟垒堤以障河，愚以为黄河至于徐、邳，如大军既败而溃，虽有善将，势不能制约，虽有铦锋淬刃，势不能使之就行伍也。故令之筑堤以防河，无以异于衔木以填海，尽徐、淮之土，亦无益于河。且所筑之堤基广二丈，崇七尺，势不能加矣。徐、邳每至伏秋之时，白浪如山，拔地数仞，则仗堤土，实以决其怒，而恣其暴也。

昔师丹有言：按经义治水，有决河浚川，而无堤防壅塞之文。是得《禹贡》遗意，而于今尤为对病要语。

治河议中

刘尧诲

今议开赵皮寨口，将寻、亳、泗、归、宿故道以分杀河势，难之者曰：河入赵皮寨，经归、宿出宿迁，会于淮而同入于海，恐河势趋南之便，而东流入徐、济之路艰，将来二洪浅沍，则运道为梗。又曰：将不免为凤、泗诸陵寝忧。此皆臆说也。夫凤阳即古涂山、荆山地，形势最高，而府北凤凰山一带，皆阻山为险，自有淮水以来，所经历凤阳境，至今陵谷不稍变迁，此其彰彰者也。况皇陵在府城南又二十里，当洪武二十四年，河决孙家渡，由中牟、项城入凤阳界，过颍州、颍上至寿州，合淮水历怀远以达于泗，是以全河灌凤阳背城而下，当时未闻波及为害，以危动陵寝。矧今分流入归德，过宿州符离集，出宿迁口，远者二百里，近亦不下百余里，此事之必无恙者，而以勤当事者之忧，岂我圣祖之念皇陵也，不若后人之异甚耶？

乃若泗州去宿迁止四十里，黄河由淮以入泗，与夫由泗水以会淮一也，所虑寨口既开，大河南下，归、宿迁有二洪浅阁之虞，是以二洪待河而转漕，故愚以为失作者之意也。先时总理河道刘公天和有云：漕河本不用黄河之水，自淮达济，一路堤防，正恐黄河冲入为害。今徐、吕二洪以下，一向反用黄河之水而忘其故，及水不来，则用工挑浚以引之来，此即所谓以病为药也。如酒本伤人之物，而耽酒者一向沉溺于酒，反以酒为生，一不饮酒，如欲毙矣，此剀切善喻，是究极宋公本意者，岂近时治河诸公未之闻耶？

乃若所以为二洪盈竭者，责在山左诸泉，而宣节泉流者，又责在理漕诸吏。国初浚会通河，而开拓南旺、马肠诸湖，正欲广受深资，以待旱干不时之变，故南旺湖周回一百五十里，浚深者丈余，浅亦不下五七尺。内筑长堤者三，漕渠贯其中，西堤开斗门，以时蓄泄，号曰水柜。每二年一大浚，役夫万余名而以为常，此不特为冱竭之备，虽伏秋淫潦，诸泉暴发，得湖以为壑，则不泛溢四出，以为东土之灾。厚积而徐出之，又自足以平二洪之势，计亦周矣。百年以来，既浚不时，湖势日蹙，高者为坡阜，下者长洲渚，不复有所谓昔日之全湖矣。抑且徂徕诸山，厉禁渐弛，各泉沟道，率皆填壅不治，每遇水潦，则平地尽湖，而无专受之壑，稍亢阳愆期，则湖底飞黄埃也。议者不原其始，而遽以山东诸泉谓不足以润二洪，而必借黄河以为利，人之识度，岂不大相远哉？且运河设闸坝，各有浅夫若干名，以浅名夫，何也？近时有事漕河者，皆利于筑堤而不利于浚浅，盖高可以伪增，而深不可以伪及，故堤日高则湖日浅，水无所受，势必溃堤而出，堤溃而委之于湖，则筑堤固所以填湖也，且非独此也，凡漕渠皆然。今高邮、宝应诸湖堤，内高于水者不满五尺，而外高于平田者则八九尺，三百里大湖，如支阁在地上，稍一摇滉，则崩泻而不可御，所以淮、扬多水患，而说者以为天数，岂非妄哉？

愚尝周历于徐、淮、梁、宋之间，而以中原之地势测之，大抵河之南岸高于北岸，归德、兰阳之间，又漕单、徐、沛之上游也。弘治间，河决张秋，夺汶泗以东行，当时诸臣议筑塞，唯荆隆口随筑随溃，于是开孙家渡口，开赵皮寨口，又凿贾鲁河，皆导河使东南行也。如此则河势分杀而安流矣。明年，秋水涨发，河仍趋北，而势将复犯张秋，故都御史徐恪以为言，乃从荆隆口至黄陵冈之北筑堤二重，各长二百里，以护决口，而刘公大夏等，得以成安平镇河功而全运道，岂非河地南高之验耶？嘉靖甲午年间，黄河徙兰阳寨口，直趋亳、泗、归、宿，不复入于徐，以致二洪浅冱不可漕。后之理漕诸臣，乃一意开梁、靖等口，导河而东，并出于徐、沛之间，又镌广二洪隘石而平之以便漕，故河势东下之利，合流倾注于徐、沛，而赵皮寨等口以渐湮塞，河不分流，而亳、泗、归、宿之故道失矣。嘉靖壬子间，都御史詹翰复请开赵皮寨口不果行。明年又申前请，遣使视河上，而以工费巨大为辞，陵夷至于今日，其计无复之矣。

夫河性至湍悍，必有以潴之，则缓其性而不为暴，有以分之，则杀其势而不为暴。古今治河，无出此二者。故汉人有言：河南岸强则攻北岸，北岸强则攻南岸。南北俱强，则下流受伤。今日之治河，正犯此戒。弘治间以黄河之北犯张秋也，故强北岸而障河使南。嘉靖间以黄河之南徙归、宿也，故塞南岸而障河使东。今南北俱强矣，所以淮、邳上下，毒遭全河之害，而为运道忧也。夫漕单、郓、济之间，如巨野、梁山泊等处，污泽洼下，昔人于此以潴河也，自荆隆等口重堤以障之，则河水不得上溢于巨野、梁山之间，而有所潴矣。孙家渡及兰阳、赵皮寨，昔人于此以分河也，自决口填阏，弃而不治，则河水不得南入于涡淮，而有所分矣。既无以潴，又无所分，洪河万里，又会番汉川泽之流，而迫束于二洪之间，以激其怒，此不尽吞邳、淮，化而为溟渤者未已也。

故今日议治河，不开赵皮寨口，不浚亳、泗、归、宿旧渠，虽使大禹临河，亦不能救徐、邳之害，而贾让、谷永诸公，但崇空语耳，亦何为耶？

治河议下

刘尧诲

夫河北数十水，而沁为最大。河之南数十水，而汴为最大。汴水出大周山，会须水、索水、京水、郑水入祥符东，南会蔡河以入于泗。宋人于此开渠，以通淮泗，曰通津渠，亦曰会民河，是宋以前河东北流而不受汴水也。沁水出绵山，合太原兰水、白水、丹水、芦水出怀庆、济源。元人郭守敬于此开渠，引沁过新乡，历胙城，至汲县，入卫河以达于临清，曰御河，是元以前黄河东南流而不受沁水也。今汴、沁皆入河矣。宋自熙宁，河始分为二，其南入淮水者受少半耳。

今考黄河入淮之路，一自中牟过项城入凤阳而下，即洪武间河决孙家渡口之路也。一自开封、兰阳至虞城经徐州而下，即今河出徐、沛间之路也。一自归德过宿州符离集出宿迁而下，即今赵皮寨上下之路也。自宋以来五百年，黄河入淮，虽转徙不常，总之不出此三路，而欲分杀河势者，亦不出此三路。乃若合全河之水，又会山东诸泉而尽输于徐、吕，以会于淮，此则从古未有事也。孙家渡口自正统以来，凡十余浚矣，随复淤塞，故今议分导河流，计无便于开赵皮寨，而寨口所从之路，唯宿州符离集为正道，且自宿迁出口入海，不复过凤阳、泗州矣。汴、沁故道，可以讲求而复，汴、沁复故道，是断黄河之内应也。而沁水去河止四五十里，万一徐、邳道梗，则由江之淮，由淮之汴，由汴入河过沁，放流而下，达于卫，会于临清，此亦转漕一奇策也。淮水由泗州导之南过盱眙，经天长界至六合，出瓜步口会大江尤径易。在昔隋开皇间，引汴入淮，通邗沟，及唐人魏景倩开直河，引淮至黄土冈通扬州，今埠岸道里，皆可访求。得淮入江，则中原、徐、凤千里之间，永无水患，而因山川自然之势，于运道尤可久也。且省淮扬、高邮、宝应一切闸坝、湖坊、官民之费，而以二湖给民田，多穿渠道，南北分流之，则淮扬亦永无水患也。此皆按地形指画，据所尝陟历，以考证今古，岂以窃然决事，亦岂以疑事尝国家也耶？

冥愚又有虑焉，国事以民为本，今所治在运河，是不免以中原、徐、淮之地为壑，而诸臣之有事于漕运者，一堤之外，皆邻国矣，此非唯不足以慰民志，尤非所以上答天心。水之为灾也固宜，昔汉武塞宣防，躬自沉璧，而诸臣亲负薪者，凡以为民也。今即使运道通利，而徐、淮万姓之垫溺，中州千里之污莱，将听之耶？况运道原不烦治，能疏导河流，使民得宅土处业，则运道自安流也。第缘近者胶莱河之议，泇口之役，初或未审谛，言出而竟阻抑不行，恐后之抒谋任事者，不敢自必也。盖土著之民，多不利于其乡有此功，而守土之官，尤惮以其身而受此役。其余侥天幸以待迁者，概今之人，而不邻视国家者几希。孟氏有言：及是时，修其刑政。夫政之大者，孰有过于漕事？乃若其时则无复有暇于此者，失今不亟图之，一旦不偶，则转饷艰危，征发旁午，虽欲定计举事，可得耶？

征丁议

李腾芳

为备条征丁末议，以求采择事：考之三代司徒之职，卿大夫以岁登其夫家之众寡，辨其可任者，国中自七尺以至六十，野自六尺以及六十有五皆征之，此丁之所自始也。汉初为算赋，人年十五至五十六，出钱百二十为一算。唐初民年二十为一丁，六十为老。宋法如之，而征丁者论户口，不及土田，征粮者论土田，不及户口，此一定之制也。

今以为老生常谈，不必论已。若本朝赋役之法极详，而专重黄册，黄册之设，专为密丁，若田粮则只讯其推收而赋之，多寡已定于初，不必十年一审矣。今载在《会典》者，各项差役，有银、力、均徭等件，近岁始通融为一条编，而有丁无粮者，仍纳丁银，有粮有丁及粮多丁少、丁粮俱多，一切照丁粮办纳。此今天下同轨同文之制，岂亦可以老生常谈吐之乎？本县官民，恪遵已二百余年，而忽自丈粮之后，有攸县令董某者来查丈粮册，遂欲改派每粮五石，兼出一丁之银，而尽销旧迹，以为可以市恩于无田者矣。邑人不肯奉行，束阁洎今，几五十年所，但征粮、银，置丁不问。所以得不问者，以条编内有楚禄、京布二项，自来征解不完，故即以丁银充作虚数而苟且涂塞耳。凡民但见目前无征丁之利，故相与以为便安，而岂知今之楚禄以作木价，致老父母且不得考满而缲动，循良之心，有如是乎？此生等所以前日合词奉白，而求癸未年老册，以为根抵，加之润泽，庶几有利无敝，可为永式。不谓老书閑册，竟不可得，今尚纷纷无定论也。

其说大约有二，皆不察其始终利害而狃于一得者，一则细人之说，一则君子之论。夫所谓细人之说者，以为邑粮每岁而三限之，每一开限，不过旬日遂告竣事。明年初限，今冬竣矣，则何不以丁银加之于粮，咄嗟可办，而谆谆考图册、索户口、问逃亡、侦隐匿，何时而定乎？此其说便于里递，中乎户胥库役，而非所以为邑计长久也。何以明之？夫本邑之田，犹之今长善之田，其瘠一也。本邑之民，其初亦犹之今长善之民，其不完粮一也。自癸巳后，更何本江、姚渥源、包仪甫三四父母苦心均较，生等人人献其瞽说，尽去吏书龙头鳝尾、过海买比等法，及歇户包揽、解官乾没等弊，开花户自纳之实数，疏远年堕征之积苦，写深山密箐邻邑极远之民，以一人而顶一族，一年而兼带十年之征势不能完之状，而为之备细调停。又身自重价买田，先期完粮，以为之倡，始有今日。今计田一亩，酌七八九纳之衷，而加以水旱抛荒，所收不过五斗，为粮一石则征粮已盈一两。谷贱则所粜不足当完粮之半，而幸遇谷贵之年，农夫终岁盼盼，曾几何而上司禁革搬运之条下矣，苦哉！曾记当何父母在事，每石征银不过三钱五分，至姚渥源增至五钱，今递加之数，尚未有艾。脱黔事息肩无日，而我楚剥肤并深，则异时潭之有田者，不至如今之长善，一望数百里而尽弃之，素封大家，化为逃亡不止也，且何论异日？现在某年某里某人今已积欠至几百金，久监无措，则谓今之粮易完，而可以丁银加入之何伤，此所谓细人之说，不维其始终利害而狃于一得者也。

夫所谓君子之说者，以谓我有田一亩，不过加银三厘，而丁额具矣。今之有田者，皆巨室富人，稍损其毫厘，以响咻贫寡，何不可？而为寡丁者，或嫠妇，或黄口，或疲癃残疾、衣食无聊之人，至于卖儿贴妇，不胜流离，若其绝户逃亡，则又何从赔代？此其事亦或有之事，其心亦恻隐之心，而其言固为君子之言，然于事之实理，心之仁爱，则亦尚未尽也。何以言之？今之有田阡陌，为粮百数十石矣，然岂无有薄田数亩，为粮升斗，而为嫠妇，为黄口，为疲癃残疾、衣食无聊者乎？巨室纳粮者，其正征上库，及南兑各仓解运帮贴，皆有定数，已而彼之有粮升斗，其为嫠妇黄口辈者，其所费亦岂有定数乎？一收之不足而再收，一科之不已而重科，岂无卖儿贴妇、痛苦无告、有同于寡丁者乎？此所谓事之实理。而仁者之心，何以不忍于彼而忍于此，若曰此实有田，则将尽鬻其田而后可乎？亦未免于不仁矣。况乎穷乡极壑，有田不与大户邻而鬻之不得者，有坟墓亲戚在此而去之不能者，则计安所之？此所谓君子之言，不维始终利害而狃于一得者也。

至于丁之出钱，实与粮异。粮以石论，此石之所当出，不得滥于彼石。丁以人论，则一丁之钱，可以一户通出，而十人之众，可朋为一丁。凡丁之最下者，虽无田，而其工伎、手作、营雇、贸易、种艺诸法，可以自活，即卖菜、佣力，一日有一日之生涯，不致如薄田岁仅一收，服镈之勤甫毕，而其人已枵腹矣。其上于此者，则有积镪堆囷，权子母而出之，而其家无田，不名一差。有操艇江湖，转盐积币，而其家无田，不名一差。有专买屯种肥膏至数千亩，而其家无民田，不名一差。有四方逋逃，作过犯科，而第宅连云，舆马豪侈，借资冠盖，出入荣宠，其家无田，不名一差。此其人或子孙鼎盛，或奴仆拥翼，而谓之无丁可乎？谓之寡丁可乎？以是而论，则丁之不可不归于人，而考核其实以处之，亦足以佐民之困而济田之穷，诚一良法也。但至于逃亡绝户，则不可不议，而曰一切论丁，此所以来细人之说，见其不便，动君子之心，见其可怜耳。

夫十年审编此议逃亡之法也，今不及矣，则姑令里递实开其名甲真正逃亡之数，而即以派之本甲之不逃亡者，然则本甲之不逃亡者，不几以桃代李僵乎？此有深意，不可以显言也。明许里长以开逃亡，而诡为逃亡者托焉，则是徒为里长开赂门耳。故姑以派之本甲，而诡托者必为本甲所攻而不容，于是真逃亡者见矣。得真逃亡之数，而后为之计，此无难者，但不可以先为之说。夫绝户逃亡既已有所处之矣，其余所征之丁，亦乞大张告示，开载某都某甲某户某人，或数丁，或一丁，或半丁，使人人自晓，不至为里递诳骗。如近者收人征银甚多，而故为赔赎颦蹙，若某手本开称某勒其一丁为三丁，索银四两，且掠碎其家鸡犬什物，然则如某者，又岂可以一二指乎？敢并及之。虽然，此犹其说之小者耳，毕竟从古帝王所立之天下，至于今数千年，而户口、土田，两者未尝肯销其一以并于一。圣贤之论、豪杰之见多矣，未闻以为征粮则便，而征丁则不可者。何也？专征粮则四海之内但有土田而无户口，而试问国无户口，何以为国？本邑只为四十年不征丁，而人心之蔽、国法之坏已如此矣，脱长此无穷，本邑岂得更有户口乎？使地方有急公之役，如往岁征播，近日援黔，须抽丁远行，将可以粮往乎？又使本地有守御征发之役，事棘于黔播，亦将可以粮守乎？若以为有粮则有丁，假令一富人者，有粮百十，而其人只一二丁，又将安得多指而驱之乎？若以为有粮有银可以募人，不知彼时田粮之所出者，供刍牧兵饷，尚恐不足，而奈何不深思而熟虑也。

某等刍荛之愚如此，专望老父母抒其长材远略，为地方绝丁逃亡，曲施拔济永利之策，不以一二近小之利，反贻田粮之害。某等惟有拱听鸿裁，匪敢计其私图，以掣贤良之肘，并乞台鉴。

增辽饷呈议

李腾芳

为官有一成之法，反汗固难。民有不平之鸣，择音何暇？谨因辽饷派粮之议，曲陈阖邑偏苦之情，恳乞大赐斡旋，以救一方焚溺事：查得湖广之粮，独重于天下，而长沙一郡之粮，又独重于湖广十七州郡，此人人所知也。

先该辽饷加派，部议原题每亩起自七厘增至九厘，未几武、汉、黄等各府以亩派为重，求议派粮，未几长沙府以派粮则重，求议派亩，数年间，曲费当道，展转苦心，遂定派亩之议，已两年于兹矣。顷突奉部文，仍通派粮，考其原由，盖以承天、荆州、郧阳乡官刘、谢三道长，及郧阳治院题议。夫三道长为其桑梓，而治院为其身所驻节之地，言苦乞苏，自其至情。奈长沙一郡，冠裳寥落，既无有抗疏于□朝者，而去治院甚远，又无能以尺一具奏，能鸣其苦之万一也。今事体已定，某等何人，敢能相逆？但反覆部文及本司条议，其言合省十七州府，共粮二百万，而长沙一府，即居五十八万，每石起银三钱五分，则长沙一府，数至二十余万，比陕西一省，止少五万，比福建一省，尚多八万，则亦明知长沙之偏重，而言之不置口矣。又为裒益之议，将汉承六府代派，及本府抽扣柴、马各项，抵补若干，则亦极怜长沙之苦，而恤之不遗余力矣。如此德意，某等又何忍辜负，而不再以微情上控乎？

大抵今日言民穷财尽，言水旱，则各郡亦能作此言，何必赘？

言粮重则部文已详，何必赘？独是查各郡粮起科，每亩有轻自一合、重至一升者止，而长沙粮每亩则重至一斗、轻亦五升矣。各郡粮一石有田百亩至数百亩者，而长沙粮一石其为田多者二十亩、少者十亩矣。各郡有山土，有水田，有旱田，有塘，其起派轻重不等，而长沙则无论塘、土、山、水，乡之田，共囫囵派为一则矣。各郡之为农者，种黍，种麦，种杂豆、绵花，或二熟，或三熟，此诎则彼赢，长沙之田，止堪一种，遇水旱则千里无粒米之入矣。各郡谷价虽贵贱不一，然未有银一两粜谷五石者，而长沙谷贱至十石、十二石，遇荒月比较火急，则乡民指田作当，贷新谷银纳粮，有银一两至十八石、二十石者矣。每田一亩，即遇丰年，亦仅可收谷七斗，而贷银一两，至谷二十石，则去田三十亩之入，故穷民鬻身、鬻儿女不足，往往弃田而逃矣。今为各郡之言者曰：长沙粮每石派银一钱三分，而渠粮每石派银三两有奇，骤而听之，岂不骇人？然未尝较其亩之多少，而但狃此以立论，则孟子所谓取食之重者，与礼之轻者而比之，奚翅食重之说也？

今试呼长沙之百姓数人，与各郡之百姓数人，相与班荆共话，而曰各郡之田，或百亩，或数百亩，加银三钱五分，而长沙田十亩，亦加银如之，则其均不均又何也？夫长沙去省会千里，其人有自祖及孙未曾见抚治院及两司旌盖作何状者。老公祖巡狩，今亦七年，始得一望其清尘，有苦而不得诉者多矣，若使得诉其苦，肯一垂听，谁谓羊之觳觫不如牛之觳觫？当不至如孟子所谓见牛未见羊，而取长沙以益诸郡也。今粮一石，业已征银二钱一分，而部文止曰一钱三分，则多此八分者，又不知何故。且长沙非无事之国，其地多盗贼僭窃之区，今百姓之心，莫不蠢动，朝廷及当道以其为远，不蒙轸恤，如马已败矣，而鞭之不休，激而为变，又何难焉？

伏乞垂念地方七年之苦，今日始得见老公祖出一言之诉，如瞎者久而始得有睹，喑者久而始得有言，亟下道府会议，其征银仍照旧额，但二钱一分而止，其所少者，或本府十二州邑设法抽扣抵补，抵补之不足，或仍令各道再议，通融改派，并谕各道公祖及各郡士夫无执我见，普共发念，为朝廷救此长沙一片瘠土，不独于朝廷有益，而安辑上流，以为捍蔽，则于十七州郡，亦未必无益也。临楮无任迫切之至。

绝军粮议

李腾芳

为因绝军加派之议，敬陈菲葑一得之愚，乞赐下采，以苏重困事：顷因辽军增饷，普地加征，百姓莫不急公，屯弁岂容独厚？年来已派每粮一石加银八分，昨又奉卫票，绝军粮一石加银五钱，其来文原委，某等皆未得见，但以臆度，或谓祖宗法制，军田不得比民田私相卖买，今军既绝矣，姑听其卖买，而以此五钱为田价耶？则承平日久，军田系军屯种者十无一二，而私相卖买者非一朝夕矣。

既卖之田，又许重卖，何异蛇足？而令百姓重出一番田价，人情似亦有不甘。或谓买绝军田者虽曾出价，必少于军未绝之田价，而姑以此为偿耶？今则查本县屯田，尽是流水接买，其契多系先朝年月，及买卖主高曾姓名，其田皆曰屯田，并无绝军字样，其价皆是平价，并无丝粟便宜，如此而偏重之，人情又似不甘。且名曰绝军田者，必载有从来册籍，某军于某年月绝某人，具申某官审实，将本田付与某旗甲管。无主受价，其后本田系何军，卖与何人？或得价，或仍未得价，必须从此处查报。今岁月漶漫，即云该卫未必无册，然亦难尽以为确据矣。只凭旗甲之开报知，因之质证，则何文不可舞，而绝曰不绝、不绝曰绝乎？如是而混征之，人情又似不甘。

窃有一得之见，以谓若部文原无定议，不过听有司设法措置，则当此军民俱罄之时，但省一事即是一事之利，宽一分即受一分之赐，想至仁在上，定有破格宽恤之洪恩，因事转移之妙用。若部有成议，派有定额，必不可已，则何如通洒一卫之田，每粮一石加银几分，如额而止，岂不简便？若曰：如此，则不绝者何辜？则应之曰：素封之家有不绝之军粮，亦必有绝军粮牵扭计算，其得失亦不甚远。若又曰：彼非素封，其人贫甚，而但有不绝军粮一石者，其情何苦？则又应之曰：彼非素封，其人贫甚，而但有绝军粮一石者，其情何苦？

圣王之政，莫要于公平，且因此而杜官吏、旗甲、百姓之互为夤缘奸利，其益多矣。瞽见可否，伏维立批道府，从公酌议，务在旦夕施行，以便依期收纳。为此具呈，须至呈者。

青靛总行立厂议

李腾芳

昨承台教以总靛立厂一法，别后贱目愈昏，因闭门独坐，细思孟子"物之不齐，什百千万"之理，不觉心口欲吐，聊占付墨人，以当借箸。

本邑马百匹，计卖靛行八十人，每人各派马一匹，一瓜山靛之至每一百包，则每一人一包有奇，积至千包万包皆然。所得牙银，或千或百，亦以此分之，以摊走马，岂不均平无肥瘠之累？然此一定之矩也，规而圆之，颇亦艰难。今开列数议于后。

一、议立厂须中分八十区，每区各挂买靛经纪某人一牌，又八十区各挂卖靛经纪某人一牌，每靛授受鳞次无哗，而其饮食坐立皆为之处，风雨霜雪皆有其庇，此谁为之区画哉？一难也。

一、议舣舟山客船到，或大或小，其靛或多或少、或美或恶，其人或强或弱、或众或寡，不为之编定甲乙，投收有法，则船客争于下，卖买经纪、贾人争于上，必立乱矣。此二难也。

一、议分靛多寡，如买靛行八十家，每靛一百包，可分为八十余包，而卖靛行不可也。其家或十余客，或一两客，其客或万金，或千金，或数百十金，则将以何法分之，使其贴然各得，无裹足而去者。此三难也。

一、议分靛美恶，美靛则人争之，恶靛则弃之，如每舟有靛一百包，止十包美，九十包恶，则八十家以何法分？往时美靛客自买去，弃其恶者，或自装往荆州，或各客小颗私市，今皆不可行矣，必至以美为恶，以恶为美，斗击不休。此四难也。

一、议客买先后，客有挟资万余者，有不及千金者，每家同寓之人，自为亲戚朋友，以义相让，资多者多买先买，少者少买后买，其载满开帆而去，时日不甚远。今此法既立，则无有相让之礼，买少者一二日可完，买多者留滞明夏亦不得归，岂肯甘心坐待，不别为计哉？此五难也。

一、议客流品皆贾人也，有本多家富、身有礼义者，有无赖借资、为客不齿者，同处一厂之内，势必难谐。且不但客也，经纪亦然。当争竞之时，敝衣恶貌，戟手突头，发难横行，谁能与之论强弱曲直者？此六难也。

一、议客情。往时经纪有身家者，各以本铺山，而山客靛熟悉投其家，经纪与买客向相熟识者，或先时借贷，所贮之靛即以与其所熟之客，皆人情也。今以为作奸必尽削除之，使客无借经纪之资，经纪无铺山之资，山靛栖泊之家，彼此皆路人，有无不相通，饮食不相醲，言语不相假，而事权尽归轮直之人，或以贱作贵，或以恶作美，低昂乾没，但有哄而已。此七难也。

此外尚有司称之难平、司机之难核、司理之难听，不可枚举。今告状为头之人，以总行为利者，恐是无家无行之辈，未可凭以立事也。语云：太上因之，其次利导之，其次整齐之。老父母试唤诸客，及诸经纪有身家体貌者，令其自陈利害，而老父母竭其心思而计之，事必有便于此，法必有妙于此者。

宁镇讨逆叙功请慎加封爵议

李腾芳

功伐者，人臣之所有也。人臣出万死不顾一生之计以求成功，功成以易人主之富贵，人主亦足以富贵易其死命。当其有时也，人主招之曰：尔来，尔为我成其功，有某功者赏某爵。既而验其功而难其爵，天下之人见其向如此急，而今也如此之难也，则曰：人主欺我。夫战死功也，人主所以夺天下之生而予之以死者，独有富贵耳。富贵之说不信于天下，则死生之说将出而胜之，死生之说胜，而人主之权去矣。然则今日为慎加西爵之议，非乎？曰：非也。是乎？曰：亦是也。

夫人主操富贵之权以号天下，言脱于口，即为无穷，然以之与人易，而处所与则难。与之中则恩当而见重，与之失则分溢而见轻，与之薄则鄙而少之，与之猥则泛而昵之。独与则难其人，广推则易其典。与之无等，则多嗜而需不已，与之有所相逾，则不平而起争。故夫与非难也，处与难也。

今日之与，其当叙者有三，而其当议者亦有三。方贼之始变也，一鼓而下，河西四十余堡，绵绵炎炎，为蝪弗摧，平虏之守，屹乎如山，而后角之掎之，使之不得越灵武一步，是谁力也？则当叙遏贼之功。贼以利啖虏，虏以贼自啖，贼恃虏，虏因贼，虏与贼合，则我势必背腹受敌，而贼且得夹沟以瘃我，以故虏退而后我安受其烬，贼无有命矣，则当叙退虏之功。姑画堤以南而分守之，攻坚则我瑕，击主则我客，天舍其衷，我间得入，自相嗜杀而后击之，乃可掊也，则当叙用间之功。然叙遏贼是矣，人臣为天子捍一城，城存与存，城亡与亡，进而死贼，退而死法，等死耳。饮血以誓士，撄城以拒敌，此子臣分，安所矜功？叙退虏似矣，张亮堡之役，我介马而驰之，犯其中坚，我师几覆，幸而两拒继合，乃逸虏酋。是时虏意未肯与我绝耳，使者旁午，舌敝耳聋，以惟幸其不来，安所言功？叙用间是已，当贼之始事也，实借手刃者以为名，事之不捷，以为可以谢我，此自贼愚，何与于间？且是数者，谋非一人，事出多手，铢铢而称之，寸寸而量之，吾未见肘后之印，固当付之谁与？朝廷举事，磊磊落落，何吝何嫌？向已许之，今以靳之，凡以求当焉而已。昔曹彬下江南，艺祖既许以使相，而卒也酬之金帛。唐肃宗播迁之后，爵赏滥行，至大将军告身止博一醉。呜呼！孰谓夫与者之为得，而慎者之为非哉？然愚窃有异于此。夫终而慎之，孰若始而慎？慎之于今，而使国家无滥加之典，孰若慎之于始，而使朝廷无失信之名也？

往者贼本野心，乘势煽祸，为谋虽恶，然以天下全盛之势临之，其名号举动，固未足以惑人，即手杀一二大臣，其威力断不足以遂得一方之心而制其死命，势不得不措一城以自守，朝出城而暮非其有矣。兵聚食竭，师暴变生，此所谓釜中鱼耳。固自与唐之禄山、宋之元昊不等，而当时中外汹汹，才一闻变，遂为夺魄，至守者惶惶于关中，谋者岌岌于畿辅，日夜持箸而算、拊髀而叹，恨时未有能当其锋者。若苟有之，大者公，小者侯、伯于何有，乃至今日功成而后议慎，惜哉！昔曾子之妻出市，其子牵之而啼，母曰：无，归为尔杀彘。其妻归，曾子捕彘杀之。曰：戏也。噫！吾未见国家之不以爵戏也。今倭比不远，曩者仓皇不减于贼，幸平壤一战，人心始定，不然吾又未见夫国家之不以倭戏也。

湘潭戍兵议

李腾芳

安民必先除盗，除盗必先设备，设备必先扼要，谨摅一得，以资葑采事：查得湖南僻在一徼，去都会穹远，境联桂管、虔赣地，尤深衍奥阻。此五代马氏之所据以乱，而本朝浰、桶诸贼，结连四省，为祸百年，阳明先生始克歼之。若先生集中所谓诸广寨者，在桂阳界内，所谓贼首龚福、李斌者，皆临桂人，其本末盖班班可考也。

顷岁蓝、临之盗，首尾相接，辟如平原，户可为党，陆走以马，水行以舟，蜂集鸟散，无日无警，而试问湖南诸郡，其为水陆之会、上下走集之门户，谁如湘潭？大盗之作，必有小盗以为之耳目，故四方作奸犯科之人，其以手作工伎、丐食侨居者，虽未必皆盗而盗在焉。然是人也，非百货辐凑之地不居，而试问湖南诸郡，其泉币之所集、流移之所聚者，谁如湘潭？典当铺，盗之转轮藏也，彼攫而此售矣。游妓馆，盗之外家室也，酉入而寅出矣。试问湖南诸郡，二者之多，又谁如湘潭？然则湘潭之有盗也，在于太平之日，亦所不免，又况四方有事，草动风摇，则此地必为红巾、绿林啸聚之区，而湖南无宁日矣。虽有一城，仅如斗大，不足以守。虽有典史一官、民皂若干，而冠盖之过者如织，不足以供奔走，犹欲望其干掫，岂可得耶？然则为之奈何？坐而视之，恐后日之祸变益大，急而图之，恐目前之事力难措。

思之百回，偶有一法，幸可集事，亦不生事。窃照长沙十二州邑，其地大而路僻者惟茶陵，然盖前代兵燹之所不到，而设有军卫，为指挥、千百夫长者数十员，为兵数千余名，抑亦赘疣矣。岁月递迁，岂无虚冒？但考万历十年清丈屯田册，则本县田、地、塘一千九百二十九顷八十二亩有奇，子粒米一万一千五百一十三石有奇，比别邑独多，则潭之民所以奉茶兵者，亦既渥矣。请比照粤西、武陵之例，借兵一二百名，移戍于潭，而统以千百户一员，使专典巡捕、缉盗、城守之事可乎？凡壤地之接连湘乡、宁乡、衡山、醴陵者，其市镇山泽，向为盗出没之处，皆宜画以为信地，沿江上下如之，听其得制焉。但以兵锐盗靖为课，而府道行其赏罚殿最，尤恐其跋扈骚扰也，使本县得监节之，官廪兵粮有定则，即取之本县子粒米。其事不费而办，而盗之自蓝、临而出、自江汉而上者，皆可以扼其吭而制之。散藏于合郡诸邑者，皆可以窒其穴而芟之。不独一邑静，而所由以静者，将不少矣。

设备扼要之方，真无逾此。即使异日有风尘之警，可以渐增其兵而团练之，择一健将予以重权，此地可屹然为一大镇。当是时也，必知愚言之不谬云。

编审议

李腾芳

粮、丁二差，盖古今赋役两法，各不相贷，而本邑以议者异同，致停阁五十年不征丁。顷承陈大夫留意更始，又奉新诏，旦夕审编，无庸筑舍，已乃大夫复以事体人情见询，予窃对以为古人做世间事，只有两字，苏子所谓惟公则刚，而惟刚者能以公服天下是也。大夫又孜孜以里递受贿，报辄不实为忧，予笑曰：《汉书》有言，赵广汉守京兆，吏受取请求，铢两之奸皆知之。长安少年数人，会穷里空舍，谋共劫人，坐语未讫，广汉使吏捕治，具服。以大夫之强力精敏，岂不及广汉？广汉之发奸摘伏，但以钩距，故欲问马价，则先问狗，又先问羊，问牛，参伍其贾，以类相准。而《易传》有曰：参伍以变，错综其数。广汉之言参伍，盖本于此。然《易》曰：通其变遂成天下之文，极其数遂定天下之象。非天下之至精，不足以与于此。至精之妙，在大夫之心，广汉岂足以知之，予又岂能言？而姑疏其可知可言者，以备采择之万一。

一曰均图甲之数。查得《会典》，凡天下府、州、县编赋役黄册，以一百一十户为里，推丁多者一人为长，余百户为十甲，凡十人，岁役里长一人，管摄一里之事。城中曰坊，近城曰厢，十年一周，每年一册，册首一图，鳏寡孤独不任役者，则带于百一十户之外，而列于图后，曰畸零。又曰田地等项，买者从其增添，卖者准令过割，务不失原额。此盖丁、粮并论之法也。又曰设有消乏，许于一百户内选一粮近上者充补图内，有事故户绝者，于畸零内凑补，如无畸零，许于邻图人户内拨补。此均图之法也。本邑为丁者七千有奇，为粮者三万五千有奇，为都厢者二十，计一里当得粮若干石，丁若干人。今都粮之赢者数千石，缩者不及数百，渐积之势，不知何以至此？而丁亦因之以为饶乏，如以为法须一切，一切始一则当依田粮全数磨平分受，二十都厢，各无低昂，而系之以丁，此一说也。如以为里有大小、地有远近，难以一概，则姑以一里之粮，均摊十甲，百则皆百，十则皆十，使无众寡，亦足称平，而丁之附粮，辟如裙之附衣，此又一说也。度今之人情，多从后说，容有龃龉，其意不过两端：一则以每都第十甲应造黄册，多一里长书算造册之费，故买十甲粮者，必设法尽数推出，以至此甲仅仅有粮数石或数斗，必无力告推，无可奈何者耳。粮去而丁可知，故每遇审编之年，欲将别甲多粮拨补，则誓死不可，徒增贿买之弊。前已面告大夫，不若先为之制，遇大造年分，但令各甲造各甲册，不得偏累十甲，则众檠易举而人人乐从矣。一则殷实之家，有粮百余石者，遇本家粮数已溢，则决不肯割为两股，而以一股填他甲耳。今宜稍为通融，凡粮多都分，每甲该二百石或一百五十石者，则以其人一百石作不动之桩，而取他甲畸零足之。如粮少都分，只该一百石者，其家之粮，吻合前数，只以一人顶一甲，彼亦安辞？若带有尾数，不及一百与过一百者，遇七则收，逢三则掷，此亦自然之理矣。若士大夫粮多逾数百石，则当许其择便甲可以安厝者，或合或分，贤者同心，为一邑百世之利，又何难焉？

一曰定丁粮之则。每粮五石，派丁一丁，明是芟去户口而但论土田，改三代至今赋役之法，岂得为通论乎？且假如赵甲原只一身，既鲜兄弟，又无弱息，而有粮百石，派以二十丁，彼将何人承顶？若曰彼田多矣，则田有田赋，粮有粮差，如近日桂藩膳田一节，先既派湘潭田九十七顷七十一亩，后又欲搜括一万顷分派，计且倍前数矣，将过丁之门而问焉，可乎？至于无田之人，岂无身口？口则古有口算，身则古有身庸，彼有田者除税粮外，尚有递年里甲解运诸差，则即为丁身之役矣。况夫有丁者可以无粮，而有粮者未有无丁也。如赵甲粮一百石而无一丁，则当粮者何人？审丁时，赵甲粮下岂有不载丁者？此理甚明，盖原只是一件事，而无故割作两截，只不许审丁，但欲于赵甲粮一百石下硬派以二十丁，此何说也？今当再披此心相质，世界富汉，实有田连阡陌，而生齿消索、人丁单少者，世界穷汉，实有无升合田粮，而子姓、昆弟、族指之众各自食其力者。孔子曰：执其两端，用其中于民。此非两端乎？执此两端，岂无中之可用乎？如其家粮一百石，而孑然一身无枝叶者，然既有多粮矣，则审其户下，注以二三丁，彼岂得以无丁为解？如其家粮无一撮，而壮口累累，则审其户下，注以二三丁，彼又安得以无粮为辞？又或有粮自一石以至五石、七石、十石，而通族数十人分管者，则注以数丁，亦非觭重。有粮自十石以至百石，而父子只一人，则注以少丁，亦非觭轻。合而论之，大抵粮居四分，丁居六分，前项粮少而注丁多者，是即丁居六之推也。粮多而注丁少者，是即粮居四之推也。此心公而且虚，无先见据之，则自然明晃晃、活泼泼、圆陀陀，而何中之不可用乎？

一曰剔奸民假军卸丁之弊。考之祖制，每军种田五十亩为一分，或一百亩，或二十亩，有正丁，有余丁。正丁守城操备，余丁耕田，或余丁守城，正丁下耕。大约军士三分守城，七分耕田，或老弱守城，壮丁耕田。夫屯田多之则一百亩，少之则二十亩止矣，未闻今之军有占田数千亩或万亩。又国初置内外卫，凡一卫统五千户，一千户统十百户，一百户领总旗二，一总旗领小旗五，大约以五千六百人为一卫，以一千一百二十人为一千户所，以一百一十二人为一百户。《会典》载天下之为卫者四百九十三处，而湖广卫二十五，应有兵一十四万，为千户者三十，应有兵三万三千六百人，合之得一十七万三千六百人。而长沙、茶陵二卫，应有兵一万一千二百人，千百户所不与焉。今实讥两卫之兵几何人哉？夫朝廷所赋之土，则有军民两田，所莅之人，则有军民两差，今民业已髓枯骨削，卖妻鬻子，不足以徼公家之给复，而军何以逍遥里社，坐享厚糈，无丝毫之徭役乎？以为军不当民差是已。然军不成军，不守城，不操备，不出征，则其差安在？此所谓借民为军，而实非军者也。且其人所居者，潭民之壤土。所市易者，潭民之货物。所婚姻者，潭民之男女。所役使者，潭民之仆婢。所束矢以求成者，潭之官司。所执经以游处者，潭之宫序。由此所食之禀饩，应举之盘缠，明经中式之公车续食，及平日考试卷资、花红，无一件不出于民，而借口屯军，不名一差，此何说也？今乞明白谕以其家田多丁众，亮出子钱之余，稍为潭代丁钱若干，以少纾贫民之急。如强悍不服，则请通详院、道，以此辈既为军而田多丁众，则当明其为兵，如湘潭水陆之冲，盗贼充斥，见有堡兵，皆无用者，乞改用本县实实屯丁，如某某家照田编定二十亩，出一丁为堡兵，各自备真正器械，付以督察盗贼、扞御城池之事，毋为儿戏。如又不可，则本县京朝官应具一疏，请旨定夺。不妨更深其说，而现在入学科举、明经中式等费，宜尽革除，取之军粮。若本是民家，为避差故，尽将民田转卖而改买军田，亦借口为军，此则当依律从重究问，不待词之毕矣。

一曰通人情事势执碍之变。如本县有田粮三万五千八百余石，只以三万派丁，而以其余比照优免例，为之权宜，则有沮令留令者乎？

一曰核诡托隐匿丁口之弊。大约如女户，岂无子男？如寄庄，岂真客户？如朋名，何不分开顶役？如祖上远年册头，子孙绳绳分烟别爨，何不更换孙丁？此皆隐丁之法，皆当禁绝。而又有诈冒优免者，据《会典》云，户内丁粮不及数者，止免实在之数，不许以丁准粮，以粮准丁。又云，但以本官自己丁粮，照数优免，有分门别户，疏远房族，不得概混，则其严可知已。今有姓族皆不同，而借言亲戚故旧，一概受其嘱托，具呈认为丁粮者，宜一并杜之。

一曰参先后审编之册。今议者必欲攸令董公之本，以为旧丁籍，然年远不可得矣，徒为此胶柱之见，何益？近代有杨泰宇、包仪甫二父母本，曷不一取之以相考证？或以为此二册但依稀照粮不足凭，则先年老户，尽属逃亡，而新户粮下安得不载丁口？但当细讨逃亡不实者，审实增损之，而新户粮、丁，或多或少，不得一以五石为例，则二册未尝不可参也。若杨实先父母以十人帮一丁，初意甚善，以为湘潭之额丁七千，而如此大邑，户口岂无七八万？得尽疏而出之，则一邑之黎庶如列眉，宁但可以济一审丁之事，不谓执议异同，有必不令增报一人者，有必令多报而至录死籍以为生齿者，间有依实开报，则各里递下乡，如虎啖羊豕，自一至十，人人索呼。邑之所征者一，而里递橐中为一者九，又三年并派为九者三，故百姓视如烈火不可向迩，而此辈猾贼，不自以为非，方且归过县官，横诽士绅，通同吏书，以为征丁不可倡言派粮，坐柜执戥，必先收丁粮，后兑条编，且有公出呈词，以为民情公论。值刘衡麓给谏偶过邑，叹曰：里递乃平日飞诡作奸，与胥吏呼应之人，其言岂得为民情之公哉？乃极论古法及近代河南、山西旧事，娓娓千言，而终以我无升合寄庄在湘潭，但身在言路，遇事不得不直说耳。邑之里递闻者，乃稍自戢。今计杨父母之册具在，但须辨其前项得失，为之互参可也。

右上诸说，皆土苴耳，进而求之，则有阳明先生十家牌法在。先生自言曰：其法甚约，其治甚广，有司果能着实举行，不但盗贼可息，词讼可简，因是而修之，补其偏而救其弊，则赋役可均。因是而修之，连其伍而制其什，则外侮可御。因是而修之，警其薄而劝其厚，则风俗可淳。因是而修之，导以德而训以学，则礼乐可兴。凡有司之有高才远识者，不必更立法制，其于民情土俗，或有未备，但循此而润色修举之，则一邑之治，真可不劳而致。惟大夫实留意焉，而后知先生之不欺我也。

拟辽左经略倭寇事宜议馆课

李腾芳

兵有声，有形，有情。聚众若干，兵甲器械若干，舟车若干，于某日攻某处，某日至某地，声也。教战守，申军法，秣马蓐食，坚甲利兵，形也。有所攻而不攻，有所取而不取，能来而不来，不欲来而来，以缓为急，转急为缓，情也。夫有敌之情，有我之情，知敌之情者可与战，知我之情者可与守，知敌与我之情者，可与守而战、战而守。《法》曰：知己知彼，百战百胜。言知情也。又曰：不知己不知彼，百战百败。言不知情也。大约情者尝寓于形与声之间，而弗碍于形与声之内。彼显有所出其形与声，而吾以为情也，如是者败。彼阴匿其情，而弗察其所匿之事以与情反，如是者败。能知其情，而吾不能以吾情当之，如是者败。

是不可不审也。

若今之议倭者，愚窃以为于情不然。夫欲知倭情之同异，当察兵事之缓急。欲知兵事之缓急，当察前后之得失。情有定在，有中变，谋之坚定，不可乱也，变之用行，不可执也。范蠡之取吴，骄之而已。秦之取六国，散其从而已。是一成而不可乱者也。刘备之取蜀，入蜀而又变者也。金之取宋，入宋而又变者也。是日异而不可执者也。此其大略也。

今之倭情亦既变矣，而议者弗察，何也？夫关白，中国之匹夫耳，乃夺倭奴之吭，服六十六岛之夷而从事于朝鲜，声言选众十万，治舟十万，直犯中国。其欲犯中国者，非其情也，假以服朝鲜也，谓中国之大，吾且欲与为难，而何有于蕞尔也。其欲服朝鲜者，亦非其情也，假以侵中国，谓朝鲜可胁而有之，得其君，执其大臣，以并力于我也。乃今入朝鲜，而王与其大臣南走，入平壤，而王与其大臣又南走，夫倭岂不能越平壤而有义州哉？诚计以为吾出平壤，而王与其大臣必不可得，则又南走而入中国耳。是时吾进则不能敌中国，退则不能制朝鲜，且中国得王与其大臣，吾失王与其大臣，吾失其王与大臣则失朝鲜，是举朝鲜之人而与我敌也。而况中国与朝鲜之人，必悔王与大臣之不复，而王与大臣，亦悔朝鲜之不复，中国又悔其藩篱之不复，如是而后共起而谋我，我其殆矣。故退然而处于平壤，而日与其酋布德怀携，不焚不掠，破人之国而不取，覆人之众而不怒，而诸道兴复之兵，且累累然起也。然后修好柬书，甘词厚诱，其四方散游之卒，听其歼而不检，此其情亦略可睹矣。

盖倭自陷没高丽以来，凡几阅月，而其国玉帛子女、宗庙坟墓，俱报称无恙，其意欲得王与其国人之心耳。而又以为急不可得，故缓之。倭之始计出于急，而今出于缓，其遍詟诸夷，传檄朝鲜，如风雨雷电，无不振落，其急所得也。荐食其国，使其剪然倾覆，而不得其首领，其君臣日夜赴告于大邦，而其干戈日夜环起于四境，则非倭之所能得也。故倭之情巧在于能以急为缓，而策倭者乃以缓为缓。倭之情巧在于始急中缓，而策倭者乃时急时缓。以为急者，谓倭为必来，而以为缓者，谓倭为必不来。倭倏然言来，倏然言不来，而策倭者亦倏然言来，倏然言不来。言来者旦暮且至，而情形未见，则不能不伸不来者之说，而黜其议以为张皇。言不来者处堂自如，而人情叵测，则不能不两存来者之说，而参其中以为观望。吁！亦过矣。

当其倭之始有事于朝鲜也，众以为即来，乃今一年而未见倭，则在当日谁能知今日之缓也？今倭之蹯蹑于朝鲜也，众以为可以来，而一旦告急，则在今日又谁能知后日之急也？大约倭之缓也有说，其急也有说。伐其国而厚结之，使其君臣不至辛苦垫隘，深怨疾痛于我，而我可以坐收其心而阴得其众，此缓之利也。不言来，不言不来，而使中国莫测其所以来而不得不自守，朝鲜莫测其所以去而不得不坐困，困者日夜望中国而中国不至，守者日夜候朝鲜而朝鲜已疲，此缓之利也。朝鲜疲，势不得不俯入于倭，俯于倭，势不得不怨中国，怨中国，势不得不附倭而为倭用，此缓之利。朝鲜既为倭用，而后分其众以南，寇闽，寇广，寇浙，以牵吾南方之兵，而使吾奔命于南。又分其众由鸭绿江寇辽左，以牵吾渔阳、上谷之兵，而使吾奔命于北。而后统大众由海洋，顺风扬帆，直走登莱之地，上窥天津，下包淮泗，以为三窟，而进则蹂躏畿辅，退则扼把咽喉，此倭之急也。

夫倭之始计出于急，而中出于缓，其中计出于缓，而后将复出于急，即或不然，而吾惧其然也。盖由后观之，则倭诚可谓有谋。由前观之，则倭犹未必有谋。而由今策之，则倭在有谋无谋之间。晋之伐虢，必假道于虞以孤虢。范雎教秦远交，必散山东之诸侯而后从韩、魏。未有言我欲并朝鲜以及中国，而不坚二国之合者。故曰由前之说，可谓无谋。虢亡而虞不救，而虞从之。韩、魏亡而山东之诸侯不救，而六国从之。未有我不救朝鲜，而朝鲜不溃以及于我者。故曰由后之说，可谓有谋。然倭陷朝鲜而中国不敢救也，已又救之也，救而败也，败而不测其复救不复救也，不救而朝鲜可亡也，不即亡而其心可诱也，坐而诱之，而不必中国之能听其诱否也。故曰由今之说，倭在有无之间。夫有与无之间，倭之变也，而我之所可乘也。

今诚欲破倭之谋，窃以为救之便、救之利有十。救则我可以为义，彼可以为德，救则我可以因，彼可以加。我之军士食其粟，马豢其刍，则吾不饥。以朝鲜之所守守之，以朝鲜之所攻攻之，则吾不竭。朝鲜劲其南，吾捣其北，朝鲜劲其西，吾捣其东，倭散处而吾与朝鲜合，则不得虞少。我走千里而救人，我本劳也，而出扞其蔽，入用其资，则我反逸，而又能反敌之逸以为劳。敌据朝鲜以临我，敌本主也，而进不敢离平壤，退不能有朝鲜，则敌反客，又能反我之客以为主。倭性喜攻而好堡处，则不耐守，而以攻为守，则不免蹶其所长。倭性喜躁而好暴掠，则不耐久，而以城自婴，则不免用其所短。倭性喜水而利舟楫，则不便陆，而骑步相间，则不免犯其所忌。彼定朝鲜而来犯，我为其所困也，不胜则朝鲜亦其有也，彼有朝鲜即为利，而我无朝鲜即为害。我救朝鲜而攻，胜则我可以歼彼也，不胜则彼亦不能不牵制于朝鲜而有我也，我歼彼即为彼害，而使彼牵制于朝鲜亦即为我利。故曰救之利有十。而今之惮而不举、疑而莫发者，毋亦因惩前事之败，而因噎废食也。

殽之役，孟明乃以妇人免，而穆公三用之，卒至于伯。秦伐楚，李信以万人败，王翦曰：臣得六十万人可用也。以六十万人复伐之，而楚折。假令始皇惩于信，必不能有王翦之功，而穆公惩于殽，则亦不得复晋矣。事无全利，亦无全害，堂堂大国，小衄何嫌，若苟虞败而自完，势必失时而坐困。今夫匹夫匹妇，得一金惟恐失之，盗入邻，闭门自守，不敢出救，少间邻劫而吾金不知其所措矣。今之策倭，不幸类此。愚读史，昔乌孙与大月氏俱在祁连、敦煌间，大月氏攻杀难兜靡，夺其地。张骞曰：单于新困，而昆吾地空，蛮夷恋故地，又贪汉物，诚以此时厚赂乌孙，招以东居故地，其势宜听，则是断匈奴右臂也。既连乌孙，自其西大夏之属，皆可招来。天子以为然，拜骞为中郎，将二三百人往致赐乌孙，于是西北国尽通于汉。况今关白以一人奴，诈夺人国，强役诸夷，岂无有心实不服，而欲为昆吾所为者？今诚得一如骞者使之，则诸夷可通，而倭奴可携而取也。且今议者尚欲连三省之兵，直捣倭穴，吾惧其去而不可复，败而不可继。若使者潜出，必无恙，即亡之，不过亡汉之一使者耳，何惮而不为？用间之议是也。

说者曰：如子之言得矣，然国家武备单弱，在在空缺，议招兵而兵不可用，议增饷而饷不可得，议增官而官不增。当事者既以防倭，又以防虏，既以防兵，又以防民，朝议而夕更，暮说而旦罢，甲可乙否，此时彼且自守之不暇，而何暇为援？又安得博望若人而遣之也？噫！若是，则金人所为称女家议定，吾已渡河矣，吾安能知？就使如今之议，而所谓守者，愚以为亦未必得策也。

均图谋野议

龙吟

语云：琴瑟不调，必解而更张之，乃可鼓也。今日均图之说是也。先儒云：治道去其太甚者而已，去其甚而为之加甚焉。固守成之一说，使旧章圮坏，人情骚动，势不能不更思以善之，则均图而善所以均之说是也。

顷者上台怆心湖南数郡，久罹干戈，荒里绝户，派差重累，请旨均图，轸恤穷黎，可谓至矣。尤虞豪右积猾，把持钻营，尽谋筑室之议，归权于贤明父母，其设诚而致断者，又何决也？然愚以为断之诚是也，惜乎断之太骤耳。然则图不宜均乎？曰：安得不宜？图宜均而图之远近不可不察，甲宜均而甲粮之多寡不可不辨，图甲宜均，而图中正图、甲首、丁粮之去留不可不慎。此非按籍所可稽也，非询访所得实也。在当事者虚心博采，不废耳目，又不徇耳目，尽得其实，得其窾要，而后锁院独均，尽谢众论，以致其断，斯民宜事理，至协而无弊矣。

夫湘，山邑也，除邑治二三十里外，重冈复岭，枕邵跨潭，肘衡膇宁，至有相距三百余里者，必欲上下参伍，越境管辖，人不相习，户不相知，徒使之疲道路耳，则征收难。又当事征比，除折色外，如兑漕草料，派运上下，或长或宝，参差难一，则拨运难。故曰远近宜察也。今所据以均者，止实征烟火赤历册耳，然而册上多寡之数，非真数也，有合族之人而共作一户者，有一家之父子、兄弟、童仆而各为一户者，又有名是而实非者，又粮已卖散而原主之名尚未更者，执事能尽悉乎？即悉之，能尽除此弊乎？若止据册上之多寡而均之，曰龙头鼠尾，多者充役，少者畸零，听其言非不公也，然而卸富堕贫，豪强脱籍，浮弱重累者，鲜克免矣。故曰多寡宜辨也。

先代正图、甲首递年之法，犬牙相制，本支相维，至美也。历久变更，重遭兵火，其倒绝转徙，极贫弱孤单者，什不无二三。若其素封，则或有田连阡陌、字蓄成行者矣，亦有家累千烟、互相颉颃者矣。其余式微浸薄，而乡、都之间，主臣素定，尚多里服，一族之中，此衰彼盛，尚足自立，况乎粮差熟谙，则报荒派熟，必有余土。纵或摊派有偏，而畸零附纳，不敢比例。故有粮一二石，而足抵客户之十数石，有一二丁，而足抵客户之十数丁者，有之矣。且丁、粮各自为赋，粮即唐之租，从田亩派者也。丁即唐之庸，从户口派者也。今随粮派丁，已失先代古意矣。若夫老户寡丁，亦有不蠲之差，此自有说，今或千丁大户，水陆舟车，商贩为业，即有食粮寄佃他里，第有孤丁系于本图户下者，得此一征，必尽蠲除。何也？册上无粮故也。其勿论抑本扶末，非先王重农之意，势必群丁脱籍，坐拥丰腴，而新充之里役，以粮石稍多，代充苦役，有死徙荒芜而已。故曰正图、甲首、丁粮之去留，不可不慎也。

然则均图竟无善法乎？曰：有。议论之不公，以其不参伍也。公矣，而无成，以其不勇断也。请于均之半月，先置一总簿，将熟粮各甲正图、甲首及花户开载明白，召各里新旧册书至而询之，曰：尔里之正图、甲首现供役者几何？现绝户者几何？现多烟而殷实、孤贫而无力，及粮多而丁少、丁多而粮少者几何？即登之册，又召各里十递户首而隔询之，看其辞相合否，人地之无讹者，又登之册。又询之里内之朴诚素著，及旁里之稍有可信者，一一登对，而各里之情形，了如列眉矣。然后绝宾客，谢文刺，召粮书、总书，将填注之册封锁查均。大里熟多，则折分为数里，即折至四五里，而户首正图不必外求也。小里熟少，则撮合数里为一里，纵荒绝之极，合至四五里，而户首正图亦无弗给矣。大约即以图甲了图甲，或折图甲补图甲，融通其间，断不以畸零客户、浮民生手充补其缺，则不致移远补近，而征派之害除矣。得多寡之实，而散总支离，不得售其欺矣。各里正图、甲首，分析公平，填补实落，而老户不得诡隐，客户不致滋累矣。既可布上台均役之仁，而通湘上下，主客无不相安帖服，欢呼乐从，计无便于此者。今不是之图，而但杂均各里，不分远近，不别多寡，不辨主客，曰吾以遵上檄也。夫以一人之命，徇当宁之怒，张释之犹力争之，况乎捐全湘千百年赤子之命，博一日公断之声，即仁父母万无此心，已不幸有其事，有其势矣，可乎哉？可乎哉？

兹者案议已定，谁犯先圣遂事之戒？谤讟罔恤，宁开国侨乡校之门？但知多岐之亡羊，不顾守株之失兔。只存此理于清湘凤麓间，庶仁人君子见之而动色也。谨议。

丰粜议

徐兴诗

丰粜非圣王制也，后世有圣王作焉，亦不可得而易也。三代盛时，田间兴修水道，则年无凶丰。授田有数，贫富未甚相远，则谷无粜籴。其三年、九年之耕，一年、三年之积，非直国计为然，虽闾阎习之矣。尧、汤之旱潦，使在后世，其捐瘠以填沟壑者，将无孑遗矣。而圣人何以自立，而为千万世盛治首称？当时但云阻饥，其气象可想也。

若夫后世则不然，田不井授而沟洫废，则凶多丰少。民不称田而贫富悬殊，则更相粜籴。丰籴之法，后世帝王知井田之不易复，长顾却虑，为此不得已之计，所以补井田所不及，而可以参乎三年、九年之积者也。田不可为均也，而均之以谷。谷不可平也，而平之以粜。制不同而意相师，名不同而实不谬。今贫人有善治生者，必收于多产广蓄之家，而顿藏于牢固可久之地，计口计日而为之调剂，庶几乎事有继而可待也！人臣谋国于有无不均之世，何异于处贫人之家，而谋家者则善矣，谋国之道，庸有所未尽者？亦以痛痒之未关，故推广未至。身任之不力，故思虑未周。先儒斟酌乎救荒之政，有取于常平一仓。丰年籴之，使不至贱价以伤农。凶年粜之，以摧富民闭廪腾价之计。且折籴为二，存其一以备歉岁社仓之匮，此长久之策，象山陆氏不可谓无见也。但当时行之，其弊有二，而收支不与焉。其初也，上有所籴之价，而奉行之者得以低而减之，则富人待价者有吝色，其贫人之仰于价者副其急，幸矣低减之苦，抑郁而不敢言。夫将以通之而反阻之，将以益之而反损之，视常平当年平价宜时之政，固有间矣。其后也，以不能谨于盖藏，则湿烂之费，雀鼠之耗，势所不免。在主之者搬翻无数，亦责其赔偿，而莫究其所自，故其人乐有凶年之散，而不乐有丰年之收。且将以救千万人之命，而先有以破数人之家，良法美意，使人视为伤人之具。

吾观圣王之政，于酒、盐之职，亦有所处而不遗者，况于仓氏、庾氏者乎？必也平价以称时，善藏以防弊，而后其利可长。此二者兴诗所目睹而莫之能救，而能救者又莫肯委曲以尽其情。乌乎！常情以凶年为苦，而顾有乐之者焉。常情以救荒为慰，而顾有怨之者焉。岂时世之不古哉？亦处置乖方，去古意远耳。若夫收籴而藏伸缩之间，支散而怀侵渔之计，号召而致展转之扰，则当代廉访之密，督责之严，盖防之有其术矣。然则当丰籴而使人人安粜籴之便，则古人常平调剂之意，于我心先得其同然，而根本节目，从此措施，自无不善，夫岂徒具文也哉？故曰有《关雎》《麟趾》之意，然后可以行《周官》之法。

平苗议上督师杨阁部

田英产

古今谭边事者，莫不以安攘效筹，而三楚边城，唯麻为极，其叠受峒苗之患久矣。筹边君子，竟无久安长治之猷，何欤？盖苗之种类，乃槃瓠遗孽，其巢穴即古之崇山，居楚、蜀、黔三省之中，东接楚之五寨长官司，北接楚之永、保二宣慰司，南接黔之铜仁府及平、乌二长官司，西接蜀之酉阳宣抚司及平茶长官司，然于酉阳姻嫁相通。其初隶于楚之筸子司，团为四十八寨，始犹赋役不缺，后渐梗化横行，抗拒勾摄，阴相煽动，出劫地方，不啻五铜。以密迩供其鱼肉，而麻、卢二县皆频遭出没，劫杀无休。苗劫而民外奔，农桑旷业。民奔而户内减，赋役无期。此麻阳以国初三十九里全设之区，因田地抛荒，移推六卫领种，而编为七里有由也。

宣德年之乱，萧总兵征之，直捣其巢，兵屯池河，扑灭几尽，卒乃宽其山林，逃匿者设立崇山卫以戍之，迨后疆域稍安，而卫遂撤，苗渐骄恣矣。景泰己亥年之乱，焚毁县治，延及学宫。成化十六年之乱，再毁县治，虐焰弥张。迄弘治后，横行州县各地方。昔太公有云：荧荧不救，炎炎奈何？此之谓也。正德七年之乱，奉三道宪令，协同本府戴，抚出苗首百余，禁之崇正书院，然后深入，攻其余党，虽颇有数十年之安靖，惜当时任事巨卿，去留靡定，竟未能成平底绩，此本县所以复有嘉靖二十年攻城三日之患也。

节年议征议抚，俱无定算，调取汉土官兵防守，迄无成功。二十七年，以地方失事参论官员，随奉旨敕兵部左侍郎兼都察院副御史张总督湖、川、贵军务，驻札沅州，居中调度，酌处兵粮。先颁抚谕之条，后布剿除之令，奈何边方当事各职，以地方安靖沽名，辄曰湖苗听抚，虚文诳上，岂知阳称听抚，阴实党贵苗出劫，然苗原不分湖、贵，特以苗长食粮湖、贵各哨，因以别其名。二十八年，陆续残害铜仁府及思州府地方。二十九年，攻陷印江县、石阡府并省溪司，掳官夺印，劫库纵囚，而征剿大举之命下矣。于是督令沈总兵征之，三省夹攻，楚兵入自麻阳县五寨司，黔兵入自铜仁府，蜀兵入自地驾蜡尔山，同日并进，于本年九月初三日，仅四月余十日，已擒斩一半。其逃匿山箐余凶，不过蕨食草根度命，更值连旬雨雪，多冻饿身死。即有穿山走脱，窜入各土司衙门，数亦不多。

正荡平一大机括也，孰意总督大臣以半抚为请，次年正月十四日，旋即班师，将一应生擒，放归巢穴，谕令听抚。设参将二员，分镇两省，一驻铜仁府，一驻麻阳县。置哨堡十三，星列防守，领以督备，统以参戎，限以边墙。若谓工于筹画，岂知窜入土司余孽，闻生擒已纵，遂窥朝廷姑息之仁，相率还巢，告乞招抚，上官亦未深思远计而概纳之。乌乎！鸱枭不鸣，终非祥也。豺狼不噬，终非仁也。未及半年，攻陷思州府治，掳官夺印，劫库焚仓。复奉旨切责总督，未能尽除苗患，此时班师颇久，粮饷停催，更欲请饷征兵，再图大举，岂不难乎？不得已而根究窝苗诱叛之酉阳宣抚冉元，严诛济恶女婿镇溪所之土指挥田应朝，其凶叛群苗，止殄其一二渠魁，余党仍称招抚，檄报上闻。祸萌隐伏，衅孽未除，亦非总督之过，只缘附近土司，以窝苗为利薮，从征将领，以存苗为生涯，抚之不灭其心，讨之不尽其力，且豢养四方光棍，往来京城，贿赂央求，谤书腾驾，阴惑上听，掩没功臣，旋中撤兵之谋，卒挠平定之绩，莫终全局，讵不深可惜与？嗣是大征兵散，总督官迁，苗滋猖獗难支，抚之无益，弱将计安旦夕，复羁縻之苗粮官带，所以历今八十余年生息繁衍，养虎遗患，有若今时。夫昔之苗患，或经年一见，今则四时每月，连期继见矣。昔犹边僻孤村，鼠窃狼遁，即期还巢，今且逼临县治，深入腹心，伤残几尽，视镇守哨防如无有矣。守之一说，竟何益哉？正拟圣明有知，顷刻挥戈，急解倒悬之困。不虞三载，凶残叠出，万状含冤，岂八十年来漏刃余凶，独不可倾巢歼类，奏千万世荡平之奇绩耶？

迩因粮饷愆期，主将久缺，兵哗之后，流寇潜通，苗遂假冠带而僭称王，挟乞保而索纳贡，地方困于救援之缓，计投苗穴偷安，麻邑空城，尚得为圣天子有乎？夫本县设处万山，势虽蕞尔，实关辰、沅藩卫，黔、楚咽喉，一失麻阳，渐无辰、沅郡邑，咽喉一掣，安有滇、黔？吞噬荆襄，终将叵测，沉沦世界，顾不深可虞哉？为今日计，招抚之说，万不可行之术也。先经大举，计擒斩及冻饿身死者，已洗除过半，其先擒后纵，并脱逃复业之苗，不过十之二三，在前名曰招抚矣，何休兵未几，旋见流毒无穷？况今生息多年，加以各处奸民，流移其地，为之向导，虎而翼之，其势愈甚，其欲弥奢，尚仍曰抚之乎？以有限之抚资，较无涯之抄劫，所谓孰多孰寡，谁肯安心听抚而永无渝盟乎？崇祯九年冬，守戎邹复极力抚苗矣，可结其心焉。十年正月，旋出麻治，杀掳依然，是资寇粮以揖寇兵也。今犹然以抚之说进者，此必近苗各土司、各卫所武职官，利于窝苗存留，且关通左右员役，朝夕共采访者，多方贿惑上听，而阴实扰兵权也。

夫市好生之德而失有罪之诛，虽唐、虞无以治天下，此司马有云：杀人安人，杀之可也。果得讳言剿乎？况进剿机宜，较昔年尤多便益，凡议兵议饷，无如昔年调运之艰。盖昔年三省之兵，除各关隘把截之兵三万六千外，进剿之兵九万三千六百，系调永、保二司，施州卫及镇溪所，并州县汉土官兵，而今日之兵，三省仅可共备五万，楚兵酌备二万。即以七千八百之数为前茅，但就其中汰去老弱，以防误事，临期退去苗兵，以防异心。即以其粮饷，另招艺精勇熟者补足成数，而辅以一州六县，五寨司、镇溪所各属乡兵为羽翼，兵自称饶。昔之粮米数十万石，取给于阖省转输，饷银数十万两，取资于各处解助，而今之粮饷，惟先催完历过额饷口粮，进兵之日，依期给发。若夫乡兵行粮，各属乡、保，无论士宦军民，自愿均平出办，饷自称足。盖被苗蹂躏地方，破倾家业，人人恨不食肉寝皮，所以勇往乐输，即捐躯赴敌，捐资充饷，无难色也。若夫大小官员供亿之需，行师犒赏之费，比照先年开各项援纳之例，尽可充用，亦公私两便者，故曰无调运之艰。

至于命将行师，尤胜昔年处置之易。盖三省参将衙门，各哨把截，督备已经分设周匝，无烦再议，且幸大经略、部台驻札黔藩，弹压众省，仰祈题请，或移会于三省两台，权宜行事。就便推选谙晓夷情、知勇过人主将，举兴大众，及秋高气爽之候，刻期并进，直捣其巢，宁不势同破竹欤？故曰处置之易，所谓较昔尤多便益者此也。且彼苗乌合无统，孤军尝之，则虎突鸱张，重兵临之，则冰涣瓦解，穷追罄讨，其何难乎？然犹不无隐虑焉。语曰：伐大木者必先翦其荆棘。近日之苗，大都不满一万，其出劫千余，每每邀串酉阳土兵，助党充数。而酉阳所辖地方辽远，照管弗周，或陷不知，所宜急加移会，谕以大义，俾严行约束，共图灭贼，庶苗之右臂断而大举可行矣。

至于永、保二司，嘉靖年间，曾具甘结，耽承永无犯顺，朝廷是以寝兵，今之猖獗愈甚，独不与闻乎？移檄通知，俾协力共剿，毋为容留后户，尤为紧关第一着焉。此三司者，若非驾驭之早，恐师老财匮，终罔成功也。未事之先，预取各哨画图贴说，以审进退次止之方，但此时为目前汤火计者，暂合邻哨之兵，以塞凤凰、洞口等处咽喉，俟其兵集，安札边墙，方遣牌晓谕各苗，退献生灵，听候招抚，庶免剿杀。必户口全活，才相时行事。

又嘉靖年间，被苗掳去男妇，率多卖与各土司官，轻价收买，厥后调征之时，土官割取首级，凑作功数，以邀上赏，其惨毒更所靡极乎？今须先行禁谕，将各土司进兵夺回被掳户口，分别老幼贵贱，立为赏格，责令户口之家，出银充赏，分别老幼贵贱，定以数目入官，听其支给。如土官有能送出人口存活数多者，奏闻升赏。如此则生全之泽，造福地方，万无一失矣。且也荡平之后，有三便焉：疆土开扩，可州可县，即以效忠敷勇之辈，纳价营缮之家，任土垦田，承丁编户，输赋役以报公家，其便一也。地方泰宁，掣哨去兵，岁额军需粮饷，可省三万六千，以还公帑，其便二也。夷氛靖扫，要荒即为腹里，自辰阳取道泸溪，直抵铜仁、平溪，裁马驿数站，可省夫马钱粮万余，以储国计，其便三也。若夫久安长治之计，不过仍设崇山卫以戍守兼制之，慎勿以土地循各强司之请，为充赏之资，是终以益其爪牙，而反以资其跋扈之势也。苦心时务者，敢轻言行师哉？

恭遇执事，受命秉钺，值皇天厌乱之日，圣主悯穷之时，傥不徒抚谕是颁，而惟征诛旋举，严攻固守，扫穴犁庭，收百年全胜之功，转万姓顿生之运，端在旦夕间矣。愚生忧悬桑梓，患切流离，不揣章句之儒，谬参军旅之画，伏乞俯收末议，独秉钧裁，则地方幸甚！

车战议

魏焕

言车战之不善者，曰利于守而不利于攻，利于平原而不利于险阻。进难追奔，不得大捷。退难回转，必致大败。此其概也。然古言兵车，为阵鳞甲，一可治力，二则前拒，三束部伍，行以载兵，不劳担负，止则为营，免掘沟堑，乘便出可，归有所依。与人长驱而争天下者，遇险难行，固不必用此。若今御敌所患者，我军怯懦而彼骑冲突，外无遮拒，士卒仓惶，弓弩火铳，不暇施发，而辄奔溃。今欲致人而不致于人，先为不可胜以待敌之可胜，宜莫如车，不可废也。顾在教之熟而用之当耳。

昔古驰驱之善，今不可复。欲得一军万二千五百人而教之，为车三百乘，乘用卒三十五人，五人在车，一人御，二人射，二人助。或兼勾击，步骑各十五人，分为三五，二五随车，步一为樵汲，骑一为游兵，不长在营。余卒二千人，以备间谍、巡警、守卫大将等项杂役。车制比今骡车而小，驾以三马或四马，人披重铠，马施捍卫。车有厢，厢有穴，前发铳弩，后载戈矛，中峙糗粮，凡车所宜，百物皆备。樵汲另用小车一乘，或引以驴，上施二桶，或箱或柜，可以汲水，可以载粮，可以藏人。或捆载牲畜刍荛，或栏塞隘口险要，游兵护送，常与往来。营中另置巢车三二乘，以备侦望。战车三百乘，分为六阵，阵五十乘，内名二十五乘为一偏。六阵之布，地狭则前一后一，左右各二为直阵。地广则前二后二，左右各一为横阵。左一右一，前后二阵，各转一偏，勾曲斜连，是之谓圆。引而直之，即为方阵。为锐为曲，随意消息，亦无不可。凡车相去，各容一车，出路有余。屯营结阵，车皆内向，行则反之。压敌而屯，游兵时出以尝寇，或扰其畜牧，或截其寇抄。败则归营，敌来则前车背射，后车出代，步士夹出，刀斧杂施，铳弩交发，枪牌接斗，更休不倦，叠出无穷。相持少顷，则骑分两翼而出，或捣其肋，或绕其背。急则归营，下马助战，有死无退。欲少休或被围，则下鹿角，或推小车，塞其空隙，专发铳弩，更番迭上，以次续食，使无困弊。胜则骑士追奔，车方轨而进，遇险则止，另调游兵，或伏强弩，截其归路。失利欲还，则步骑力战，以待车转成列，步骑复入车内，然后徐行。前车治力整兵，后车当敌背战，后或前进，前或后代，迭为前后，番上更休。敌懈则车止，仍出步士，以突其胸。退则车旋，先遣骑士，以蹑其后。

胜获则同车共赏，丧败不救则连罪。奇材异功，方拟升职。或争首级，而纵敌不追，及伤同类者，必诛无赦。如此教习既娴，约束已定，而后试之，得是三军与敌周旋，相为掎角，彼将进，无所获，退难善归，我军纵无大胜，亦无大败矣。待后几年，我军惯战，彼乃寇扰，选我精锐，乘其利便，舍车用骑，长追远袭，直捣敌巢，亦无不可。辄以己见，参以古法，作《车战议》。

案：作者嘉靖时进士，此文见所著《明九边图考》之末，刊本久佚，顷从钞本录出，刊附卷尾，目录则载编末。己巳长至记。

湖南文征　卷十二

讲义 明

经筵讲章

李东阳

大哉圣人之道！洋洋乎发育万物，峻极于天。优优大哉！礼仪三百，威仪三千，待其人而后行。

这是《中庸》第二十七章，说圣道至大，惟圣人能行之的意思。洋洋，是流动充满之貌，峻是高大，优优是充足有余的意思。礼仪是经礼，《礼》之大处。威仪是曲礼，《礼》之小处。其人是指圣人说，道是日用事物当然之理。天下之所共由，惟圣人能尽之，所以唤做圣人之道。

子思说圣人之道，先说过“大哉”二字，以赞美之。如何见得大处，看他洋洋乎在天地间，流动而不凝滞，充满而不欠缺。以言其功用，则凡洪纤高下，飞潜动植之物，春生夏长，秋收冬藏，都是此道之发育。盖物之所以为物，不过阴阳五行之气，此气之所以流行，即此理之所以流行也。以言其体段，则天下之物，至高莫过于天，至大亦莫过于天，此道之高大极至于天，而与之无间。盖天地之间，不过阴阳五行之气，此气之所充塞，即此理之所充塞也。这是圣道之极于至大而无外，所以说洋洋乎发育万物，峻极于天。

子思又说，这道理优优然，大矣哉！凡天下之事，礼仪大处，各冠婚丧祭、朝觐会同之类，有三百条之多，无非此道之所存。

威仪小处，如俯仰进退、揖让升降之类，有三千条之细，无非此道之所在。这是道之入于至小而无内，而益可以见其大也，所以说优优大哉！礼仪三百，威仪三千。这个道理，虽是流行在天地，赋予在万民，散殊在万物，然物得其偏而不得其全，人得其粗而不得其精，惟圣人尽此道于身，故能行此道于天下，所以说待其人而后行。“待”之一字，可见上天之道，必有所付托而使之行，而其生圣人者，亦不为无意矣。

臣尝论之，圣人之道，虽至高至大，而其条目品节，却至精至密。圣人将那高大的，收拾向细密处着实做将去，外有以极其范围之大，而内有以尽其节目之详，故此道流行于天下，无一豪欠缺，使其自已有一事之不尽，则于天下必有一事之不行矣，岂足以为圣人哉？若佛氏说空寂，老氏说虚无，皆穷高极远，自以为圣人之道，若究其实，则至于绝人伦，废饮食，茫然无所用于天下。天下徒慕其名，不辨其失，沉溺迷误，愈久而不自知，此吾道所以不能行，而求其行之者，必待于圣人也。然道虽常存，而圣人不常出，故道之在天下，行者常少，而塞者常多。自尧、舜以来，大率数百年而圣人出，出则行，不出则塞，孔子以圣人而不得位，于是以此道传之后世，虽存而不行者久矣。

伏惟皇上以圣人之资，传圣人之道，居行道之位，而操参天地、赞化育之权，复隆古之太平，除异端之末学，正有望于今日之盛也。

惟天下至诚，为能尽其性。能尽其性，则能尽人之性。能尽人之性，则能尽物之性。能尽物之性，则可以赞天地之化育。可以赞天地之化育，则可以与天地参矣。李东阳。

这是《中庸》第二十二章书，说圣人至诚的妙用，直与天地一般。至是至极，诚是真实无妄，尽是无欠缺的意思，性是天赋与人的道理，赞是相助，化育是造化生育处，参是相参的意思。

子思说，惟圣人之德，极其真实，无有虚假，天下不能加尚。他既无虚假，便自无有私欲，当初上天赋与我的道理，都能尽得。

如性中有个仁，便真个尽得这仁的道理。性中有个义，便真个尽得这义的道理。性中有个礼智，便真个尽得礼智的道理。内外精粗，始终远近，一件件察得都无有昏蔽，一件件行得都无有欠缺。若是有一些虚假，如何尽得如此？这是惟天下至诚，为能尽其性。在人的性，也是同受于天的，只是禀得气质有不同处。圣人能尽自己的性，故能真见那人的性，与我一般，使他亦能尽其性。如不仁的教他尽得仁，不义的教他尽得义，无礼无智的，教他尽得礼智，都无有不能知、不能行处，这是能尽其性，则能尽人之性。在物的性，也是受于天的，只是禀得形气，全不同了。圣人既能尽人的性，故能真见得那物之性，也是一般，使他也能尽其性。如牛便教他耕垦，马便教他驮载，仲夏便斩阳木，仲冬便斩阴木。獭祭鱼，然后捕鱼，豺祭兽，然后田猎。与凡生克制化、飞潜动植之物，一件件都处得停当，无有不得其用、不得其所的，这是能尽人之性，则能尽物之性。天地造化生育之功，虽是自大无外，然亦自有分限，天能赋与人道理，不能使他尽这道理，必待圣人教化他，然后能尽。天地发万物，不能使他自然成用，必待圣人制度他，然后用得。是天地的化育，也是圣人赞助他，这便是能尽物之性，则可以赞天地之化育。至高莫如天，至厚莫如地，圣人在中间，也只是一个人，因他有这赞助化育的功，故能上配天，下配地，将一身参在中间，与天地并立为三，少一个不得，这是可以赞天地之化育，则可以与天地参矣。

盖天地间只是一个实理，升而为天，降而为地，钟而为人，散而为物，故人禀天地之气，体即是天地之体，心即是天地之心，本都真实无妄，只为气禀所拘，物欲所蔽，才有不实，便与天地万物不相干涉了。圣人出而为天下民物之主，以天地之心，行天地之事，故其功用效验，直至参天地、赞化育而后已。若使天下有一个不善的人，有一个不得其所的物，便不叫作参天地、赞化育。求其所以能如此者，不是先尽了自己的性，如何做得？故子思论参赞天地，必本于至诚，其旨深矣。这等德行，这等事业，只是尧、舜能之。如钦明文思，浚哲文明，便是尽性。平章百姓，而于变时雍，慎徽五典，而五典克从，便是尽人之性。山川水土，则大禹成其绩，草木鸟兽，则伯益顺其生，便是尽物之性。故尧、舜之功，直与天地相为无穷。洪惟皇上以尧、舜之资，居尧、舜之位，可以运枢机于四表，可以溥化育于群生，使无一民一物不得其所，以成参天地之功者，只在皇上一心之诚何如耳。

伏惟圣明常加体验，一件政事，如何是诚，如何是不诚，一件道理，如何是尽，如何是不尽，民已化矣，惟恐有一人之不化，物已安矣，惟恐有一物之不安，扩而充之，以求至乎其极，则尧、舜之治，复见于今日矣。

圣人有忧之，使契为司徒，教以人伦，父子有亲，君臣有义，夫妇有别，长幼有序，朋友有信。李东阳。

这章书是孟子答陈相，说帝尧治天下，教民复其常性意思。圣人指帝尧说，契是舜臣名，司徒是舜时官名，专管教民的事。人伦是人之彝伦固有的道理，即下文五件便是。孟子因陈相说许行之道，要与民并耕而食，因晓教他，说圣人治天下，只是“教养”二字，帝舜圣人，因帝尧举用，使禹治洪水，益治山泽，民得其养。又恐民饱食暖衣，逸居而无教，则近于禽兽，深以为忧，乃使契做司徒之官，以教天下。

且说契把甚么教他，只是将民原禀受于天的五件彝伦，人性中固有的道理，是那五件？父子有亲，君臣有义，夫妇有别，长幼有序，朋友有信。人之有生，至亲的莫如父子，有父子，便自然有个亲爱的道理，为父的自然慈悯他的儿子，为子的自然孝顺他的父母。都是亲爱上发出来，这便是父子有亲。有天下，便有君臣，有君臣，自然有个义合的道理，为君的以义使臣，事不合义，则不可使他。为臣的以义事君，义有不合，则不可苟禄。都从义上发出来，这便是君臣有义。有夫妇，便自然有个分别的道理，夫妇相处，恩义亲密，中间却有分限，夫是夫，妇是妇，不相渎乱，这便是夫妇有别。有长幼，便自有个次序的道理，长幼相接，等级不同，中间却有个次第，不相凌犯，这便是长幼有序。有朋友，便自然有个信实的道理，朋友相交，彼此来往，诚信交孚，不相疑忌，不相欺诳，这便是朋友有信。这五件人伦，都是人禀受于天固有的道理，只因饱暖安逸，为私欲所遮蔽，将本心都丧失了。圣人教民，提撕警觉，引掖开导他，使他每各自完复了那本然之性，所以风俗醇厚，天下治安。圣人忧民之心，方可以少释矣。使天下有一人不复其性，则圣人之忧不止也。是固不可与民并耕，而亦何暇于耕乎？

臣按圣人治天下，有君、师之责，君主养，师主教，二者治天下之大道也。孟子告陈相，虽是一时辟邪扶正之辞，实乃万世君天下者之标准也。夫以四海之广，兆民之众，虽尧、舜盛时，犹不免于五品之不逊。今国家承平百有余年，民情久而易迁，法令久而易玩，岂无一人不复其性者？仰惟皇上缵祖宗之洪基，膺君师之大任，忧民之念，每切渊衷。伏望以身为教，以示民之可从，以道为治，而化民之弗率，唐虞之治，将复见于今日矣。臣等不胜欣愿之至。

昔君文、武，丕平富，不务咎，底至齐信，用昭明于天下。则亦有熊罴之士，不二心之臣，保乂王家。用端命于上帝，皇天用训厥道，付畀四方。李东阳。

这是《周书·康王之诰》，说文、武有圣德，得贤臣，故能受天命、有天下的意思。文、武是周文王、武王，丕是大，平是均平，富是富足，务是专用力的意思，咎是咎恶，底（致）至是至极的去处，齐是兼备，信是诚实。周康王初即位，告诸侯说，是旧时文王、武王为君之德，溥博而不狭隘，使天下无有彼此。均平而不偏私，使天下无有厚薄。减薄税敛，使天下都富足，无有穷困。这是丕平富。人有罪恶，不得已而后加刑，刑又轻损而不深刻，谨慎而不差误，不曾专意去寻人的罪恶，这是不务咎。这个心推行将去，都到那至极的去处。兼尽得来，都极诚信，无一豪虚假，内外充实，自然光辉发越，明白在天下人耳目，所以说昔君文、武，丕平富，不务咎，底至齐信，用昭明于天下。熊与罴都是猛兽名，不二心是一心，乂是治。康王又说，昔文、武那时，却也有熊罴一般的武士，与纯一忠实不二心的贤臣，同心协力，辅佐文王、武王，保护经理我周邦国，所以说则亦有熊罴之士，不二心之臣，保定王家。端命是正命，“训”字改作“顺”字。文、武有此道，当受正命，天也顺他，所以下个“顺”字。付是托，畀是与。康王又说，文王、武王既有这等圣德，又有这等贤臣辅佐他，以此承受上天的正命，上天以此顺文王、武王之道，把天下交付与他主管，故文王时三分有二，武王时天下大定，所以说用端命于上帝，皇天用训厥道，付畀四方。康王之意，是说文、武如此圣德，犹委贤臣辅佐，况我之德不及文、武，即位之初，不赖群臣辅佐，如何保这天命？求助之意，可谓切矣。

臣尝论之，天命之所付托在人君，助人君以共承天命者在大臣。人君知此理，必能任用贤才，不肯自恃聪明。人臣知此理，必当竭忠尽力，不敢旷废官职。君臣一体，上下同心，然后可以承天命、治天下，此是一定的道理。然一代创业之君，必有一时佐命之臣，若继世之君，当即位之初，尤不可无旧臣之助，故成王告周公，说公称丕显德以予小子扬文、武烈奉答天命，和恒四方民居师。及康王求助诸侯，亦是此意。后来二君，都是保邦致治，时有召公、毕公在，其致天下安宁，刑措不用，号称守成贤主，岂不是诸旧臣辅佐之功？后世守成之君，如汉元帝尊萧望之为师傅，高宗知褚遂良为顾命之臣，不但不肯听信，又将他枉害了，这是有贤而不能用。汉成帝师法张禹，与议大政，宋理宗尊宠史弥远，惟言是从，这是用臣而非其人，所以当时邦家祸患，有不可胜言者。

洪惟我朝列圣相承，重熙累洽，百有余年，守成大业。然功成治定，逸豫易生，伏惟皇上思上天付托之重，念祖宗创业之难，体左右臣职之重，推广圣德，专任贤才，以隆宗社万万年无疆之庆，则成康之治，不足言矣。

王，人求多闻，时惟建事，学于古训，乃有获。事不师古，以克永世，匪说攸闻。李东阳。

这是傅说告高宗以法古为治的意思。王是称高宗，建是立，获是得。昔商高宗既得傅说为相，访以为学之道，傅说因称王以启其君之听，说道，凡人须求闻见广博，于天下的道理无所不闻，无所不见，这是为何？惟要建立天下的事功。盖有一事必有一理，有一件道理不通，便有一件事干不得。然不可全资于人，又要求之于古。前代圣王修身治天下的道理，都有训戒与后人做师法，如二典、三谟之类，件件要学，则天下的道理，自然有得于心，彼之资于人者，尤为亲切，这便是人求多闻，时惟建事，学于古训，乃有获。傅说说，人于行事之时，若是不以古训为师法，只将私意小智变乱旧章，有一利必有一害，利处常少，害处常多，必至于下失人心，上伤国体，而欲久安长治，永保子孙，则非说之所闻，言必无此理也。这便是事不师古，以克永世，匪说攸闻。

臣按经书中言“学”字，起于高宗、傅说问答之词。盖天下之人皆不可不学，而人君之学，尤为紧要，君之学与不学，天下之治乱系焉。顾天下之理，难辨而易昏，天下之事，难成而易败，故必资于人以为闻见之地，考诸古以证闻见之真，然后可以成天下之治，保天下之业。高宗所以四海仰德为令主，岂非傅说之言有以启之哉？厥后宋臣范祖禹讲这一章书毕，将“事不师古，以克永世，匪说攸闻”三句重读两三遍，所以警戒仁宗之意深矣。

恭惟皇上以睿圣之资，博帝王之学，日御经筵，讲求治道，惟在体察斯言，推之天下而已。臣等无任惓惓仰望之至。

案：讲义意取明显，辞皆浅近，宜若不足言文。然自昔经筵之设，最为国家大典，所为育君德、端主极、正治术者，胥在于此。侍从诸臣，借古鉴今，随时献替，得稍尽论思之职者，亦在于此。故以言其体，则不过语录之流。以言其用，实文之大且要者也。而诸家古文辑本未尝及之者，固谓此种不以文论，亦以所见不多之故。盖工于文事者，不皆身与讲筵，其得与讲筵者，不皆有刻集以传于世也。即今综揽元、明两朝，惟文正、文庄二李公集中，乃有此文，文虽浅显，然非洞彻理义之奥、研求治忽之原者，不能道也。二公皆著作大手，若谓此种无足轻重，则不存于集中矣。汝怀附记。

附：讲读录序

李东阳

翰林讲读之职，有经筵，有日讲，有东宫讲。经筵则摘经书要语为题，先进讲章，至日陈于御案，讲官以次对讲。日讲则循序排日上进起止，撰成直解，默记暗诵，如东宫之制，尤为切要，虽仪节不同，所以敷析义理，培养君德，则一而已。

东阳自宪宗朝入翰林，历编修、侍讲，十有余年。成化丙申，始入经筵侍班，兼撰讲章。甲辰以侍讲学士侍东宫班，皆不预讲事。至孝宗朝，屡迁太常少卿，仍兼侍讲学士。弘治壬子，始直日讲，兼经筵讲官，及进礼部右侍郎兼侍读学士，亦如之。今上皇帝嗣统之初，东阳实在内阁，请以秋冬先就日讲，而职在提督。正德纪元之春，经筵肇启，东阳以例开讲，盖至是而讲读之职始毕。

仰惟我国朝诞启文运，太祖、太宗神圣天纵，固无待于问学而能。仁、宣两朝，皆以长君御极，豫教之成其来久矣。成化、弘治间，圣学缉熙，文学侍从之臣，朝夕诵说，各以所学期效分寸之益。东阳虽久尘禁近，晚充讲官，不二三年，遂参机务，其以经义供职事者无几。顾程颐之积诚，范祖禹之按讲，惴惴焉，惟恐不及。句读、训诂，虽非大义所关，然舍此亦无以为感格之地也。谨汇次所撰讲章、直解若干首为二卷，别有三谟直解，内阁所未经听览者，则不及录云。

孟子直解

李东阳

孟子曰：求也为季氏宰，无能改于其德，而赋粟倍他日。孔子曰：求非我徒也，小子鸣鼓而攻之可也。李东阳。

求是孔子弟子冉求，季氏是鲁国之卿，当时与孟孙、叔孙号为三家，皆鲁国之强臣。宰是家臣，赋是取赋，粟倍他日是取民粟米比往日加一倍。徒是类，小子是众门人，鸣鼓而攻是声扬他的罪过切责他。孟子说季氏为鲁国之卿，平昔越礼僭分，不守臣节，侵渔剥削，刻害小民，他的富贵已过于周公了。冉求做他的家臣，不能朝夕规谏，更改他的德行，已是不能尽职，反替他取民米粟比往日又加了一倍，横征暴敛，日甚一日，使小民愈加困苦，无以安生，则其罪又甚矣。当时孔子闻得此事，乃对众门人说，冉求忍心害理，附奸党恶，不是我的徒类，你众门人可声扬他的罪过切责他。盖甚绝之之意也。孔子虽切责冉求，然其意亦并警季氏。孟氏引之，盖欲使后世阿附权势者，知不为公论所容，皆当以为戒也。

右弘治五年四月初四日讲。

故善战者服上刑，连诸侯者次之，辟草莱任土地者次之。李东阳。

善战是善与人争战，服是受，上刑是上一等最重的刑罚，连是结，次是次一等稍重的刑罚，辟是开垦，莱是蒿莱，任土地是分土授民，使任耕稼之责，次是次一等稍轻的刑罚。

孟子承上文，说人君不行仁政，为人臣的却自恃武勇，善与人争战，殊不知争战之时，两军交至，兵刃相接，伤残死亡，不可胜纪，这等人若以先王之法律之，当受上一等最重的刑罚。古之人如孙膑、吴起之类便是。又有一等人臣，专一连结诸侯，以口舌游说列国，如于齐、楚则言某国兵弱可取，于梁、陈则言某国财尽可伐，引诱列国诸侯互相并吞，没有了期，这等人若以先王之法律之，当受次一等稍重的刑罚。如苏秦、张仪便是。又有一等人臣，志在兴利聚敛，到处翦除了草莱，开垦做田土，分与百姓，每著他耕种纳赋税，年年征科，但知富国，全不恤民，这等人若以先王之法律之，当受又次一等稍轻的刑罚。如李悝、商鞅便是。

这一节盖言当时人君不行仁政，人臣专以此三者之事取名于世，都是先王的罪人。孟子此章，亦遏人欲、存天理之意，有天下者不可不以为戒。

四月初七日讲。

孟子曰：恭者不侮人，俭者不夺人。侮夺人之君，惟恐不顺焉，恶得为恭俭？恭俭岂可以声音笑貌为哉？李东阳。

恭是恭敬，俭是节俭，侮是侮慢，夺是侵夺，惟恐不顺是惟恐天下不顺己，声音笑貌是假做于外的模样。孟子说，人君能持身恭敬不骄傲的，必能礼貌大臣，礼接群下，不肯恃其势位，轻易傲慢。人君能用财节俭不奢侈的，必能取民有制，不肯逞其威力，分外侵夺。人君这不侮不夺，便是恭俭之验于行事着实的，若侮夺人之君，任情使势，惟恐人不顺其意，岂能为恭？侮人之君，贪得无厌，惟恐人不顺其欲，岂得为俭？这“恭”“俭”二字，须是有此实心，成此实德，积中发外，自有不可掩者，岂可本无其实，而徒以声音笑貌，矫揉妆饰，假做于外哉？盖诚伪之间，天理人欲，判然不同，不可不谨。当时列国之君，或有名为恭俭，其实不恭俭的。孟子此言，亦必有为而发，然实君人者所当知。

四月十六日讲。

淳于髡曰：男女授受不亲，礼与？孟子曰：礼也。曰：嫂溺则援之以手乎？曰：嫂溺不援，是豺狼也。男女授受不亲，礼也。嫂溺援之以手者，权也。李东阳。

淳于髡是齐国的辩士，授是以物与人，受是接受人物，溺是落水，援是救，豺与狼都是野兽，权是称锤。

淳于髡问孟子，说我闻得男女之间，或以物与人，或手受人物，都不亲手交付，只奠放地下，使各自取去，这果是古礼否？孟子答说，古者男女不亲手授受，所以远别嫌疑，此正是礼。淳于髡又说，假如嫂叔二人，嫂是女，叔是男，嫂或偶然落在水中，为叔的仓卒无有器物，若不以手去救他，必然淹死，以手救他，则于礼有碍，不知当此时，救的是？不救的是？孟子又答他说，嫂叔至亲，若嫂落水而不救，则陷于禽兽，无复人理，与豺狼一般，如何不救？且男女不亲授受，是礼之经常，人所共守。嫂溺将手去救他，是礼之权宜，一时之事。譬如那称锤一般，随物轻重，或往或来，务要取个恰好处。若死守常法，不通权宜，便不是道理。惟于权宜之中，称量得合著中道，此乃所谓礼也。

淳于髡之意，将欲孟子从权救世，故先设为问难，而孟子亦以正答之，其义还在下文。

四月二十三日讲。

曰：今天下溺矣，夫子之不援，何也？曰：天下溺，援之以道，嫂溺，援之以手，子欲手援天下乎？李东阳。

夫子是尊称之辞，指孟子。子是男子的通称，指髡。髡因孟子“权”字之义，又设问说。礼既有从权处，方今天下大乱，百姓每都遭陷溺，如落水一般，这百姓每都是我的同类，也当从权去救他，如何夫子却死守正道，不肯将就求仕，以救天下？孟子又答他说，天下虽是陷溺，惟道可以救之，不比嫂溺于水，只消以手救援，便可济事。盖士君子出处，必以正道，不枉己求人，庶几为时君所重。有言见听，有志得行，方可救济得天下百姓。若是枉己求人，不为时君所用，谏不行，言不听，德泽不下究，如何救得天下百姓？今尔要我救天下，却教我先枉道以求合于人，则是先弃了救天下的器具，是要我以两手救天下，岂有此理乎？

此章言事之变者，固可从权，若道之正处，决不可不守，圣贤出处之宜，大略如此。

右一授，四月二十九日，傅学士瀚讲。讲例每三授，则一温为四日。此以前温书皆傅讲，以后将轮温，而直解已预办三日，故以初授属傅，而东阳讲次授，以直温书。又后凡有事妨，则五日代讲，而凡代讲及温讲，各附载所讲直解如此式云。

公孙丑曰：君子之不教子，何也？至父子相夷，则恶矣。李东阳。

公孙丑是孟子的弟子，不教子是不亲教其子，夷是伤，这夫子是子指父说。公孙丑问于孟子，说君子之于其子，未有不爱而教之者，然从来不肯亲自为教，这是何故？孟子答说，父子主恩，若亲教之，则事势或相乖戾，至于不可行，故不教也。如何是不可行处？盖教子必以正道为主，如教孝弟忠信之类，若教之孝弟而弗从，导之忠信而弗率，则为父的必谓其子不足教，而以怒责继之矣。夫既继之以怒责，则始也爱而教之，今则反将那天性之恩伤了。父既伤其子，那为子的又责父，说夫子以正道教我，然我看夫子自身也未必自行正道，如何却要教我？则是子又重伤其父矣。父子之间，彼此相伤，则为父的陷于不慈，为子的陷于不孝，岂不是入于恶了？这便是势有不行，所以君子之人，不亲教其子也。教之之法，详见下文。

右一授，傅学士作，五月初八日代讲。

古者易子而教之，父子之间不责善，责善则离，离则不祥莫大焉。李东阳。

易是交换，责善是督责，使必要为善，离是情意间隔的意思。孟子既答公孙丑，君子不亲教子之义，又推广说上古之人，既不亲自教子，又不肯弃而不教，于是将儿子与人两相交换着教他，所以全父子之恩，又不失子为教的道理。盖因父子之间，骨肉至亲，不可互相督责，务要他必行善道，似朋友一般。若父责子为善，子又责父为善，当其督责之时，言语未免激切，情意未免有间隔处。一有间隔，则父虽欲慈，而反不得为慈，子虽欲孝，而反不得为孝。父不慈，子不孝，则一家之内，乖戾不祥的事，无有大于此者。责善本是好意，其弊乃做出不祥的事来，古人所以不亲教子，务要交换相教，正为此也。然所谓不责善者，也不是全然不管，如路人一般，父之于子，当不义则从容训戒，子之于父，当不义则从容谏诤，只是不可过于激切耳。此又是孟子言外之意。

五月十二日，傅学士代讲。已上三授，三月十六日温讲。

孟子曰：事孰为大？至守身，守之本也。李东阳。

事是奉事，“孰”字解作“何”字，守是持守，本是根本。孟子设为问答，说大凡人所当奉事的，如事君、事长之类，非止一端，中间何者为大？惟有事父母的道理最大。人所当持守的，如守国、守官之类，也非止一端，中间何者为大？惟有守身的道理最大。这两句是分说。然就这两件中，又以守身为要。若能寻规蹈矩，持守其身，不失陷于不义之地，便能奉事父母，使他欢喜，无忧无辱，这等事乃理之所必有，我也曾闻得来。若是放纵旷荡，陷其身于不义，却能奉事父母，使他欢喜，全无忧辱，这等事我却不曾闻得，是事亲者又不可不先守其身也。这两句是总合说。且事君、事长，那一件不是事？然人先有父母，而后有君长，必事亲能孝，则推之于君而能忠，推之于长而能顺，此事亲所以为事之根本。守国、守官，那一件不是守？然人有身而后可以做官，可以治国，必能守其身，则推之于家而家齐，推之于国而国治，推之于天下而天下平，此守身所以为守之根本。这两句是反覆申明前两句之意。

五月二十二日讲。

曾子养曾皙至若曾子者可也。李东阳。

曾皙名点，是曾子的父亲。彻是收。曾元是曾子的儿子。

孟子既说事亲为事之大于此，又举事亲的实事说，昔者曾子奉养他的父亲曾皙，每设饮食，必有酒肉不缺，临到吃了收将去时，曾子必请问父亲，说这余剩的物，把得谁吃？或父再问这物有无，曾子必答应说有，盖恐父亲之意，再欲与人，便得与之也。及曾皙死了，曾元却又奉养他的父亲曾子，每设饮食，亦必有酒肉不缺，临到吃时，将收拾去，曾元遂不问这物与谁，或父再问这物有无，必答应说没有，其意将欲再进父，不欲别与人也。这便是奉养父母口体而已。若曾子到能承顺父母要与人的好意，而不忍伤了他，乃养亲之大者也。大凡事亲的人，若能如曾子奉养父母的事，不似曾元但养父母的口体，则这人养亲之道，也把做可了。

夫孝如曾子，已无以复加矣，而止说个“可”字者，盖人子之道，虽做到十分极处，也只是本分所当为，岂以曾子之孝为有余哉？孟子这一章，既说守身为事亲之大，于此一段，是见曾子能守身以事亲之大的意思。

右一授，傅学士作，傅省墓归，九月二十八日代讲。

孟子曰：人不足与适也。一章。李东阳。

人是人君所用的人，适是过责，间是非间，大人是有大德的大臣。“格”字解作“正”字，是物之所取正者。

孟子说，大凡人君所用的人，岂能人人皆当？使有一人不当，也不足与相过责。所行的政，岂能件件都是？便有一件不是处，也不足与相非间。盖用人行政，都是人君一心，若君心有不正，则虽人人而去之，后复用其人，将不胜其去矣。事事而更之，后复有其事，将不胜其更矣。此用人之非，所以不足过责。行政之失，所以不足非间。惟有大臣者，道全德备，精神意气，自有感格，誉望丰采，自能耸动，这等人方能格正君心之非。但君心萌动时，有一不正，便格之以归于正。如君心有不仁，便格之以归于仁，则凡用人行政之类，莫不皆仁。君心有不义，格之以归于义，则凡用人行政之类，莫不皆义。君心既归于仁义，则凡不正处，皆归于正，而凡用人行政，莫不皆得其正。夫君者，国之表率，天下之所视效者，一正其君，则天下之人观感兴起，无有不归于正，这便是国定。果能正君而定国，则何必人人而去之，事事而更之，然后足以为治哉？

孟子此章言辅相之职，必先格君心之非，而欲格君心之非者，非有大人之德，则亦莫之能也。这是万世为大臣之法。

十月初八日讲。十一月初十日温讲。

孟子曰：有不虞之誉，有求全之毁。李东阳。

虞是料度，誉是声誉，毁是非毁。孟子说，人必有善，才得人称誉，然称誉之言，未必皆实。有一等人，只是寻常度日所行的事，与众人一般，本不足以致名誉，原他的本心，初不料名誉之至，却偶然得人称赞起来，互相传诵，众口一辞，这便是不虞之誉。人必有恶，才被人非毁，然非毁之言，也未必皆实。有一等人，小心畏慎，所行的事，务求全美，惟恐有些差失，招人议论，却无故被人非毁，说他不是，这便是求全之毁。

夫为善得好名，为恶得恶名，本是常理，今乃有出于常理之外的，这等处去，须要见得透。修己的不可侥幸得名，便欢喜自足了，还要勉强为善，以求称其名，不可因外人言语，便生忧疑，只要自家持守得定，终身不改。观人的不可徒取虚名，便轻易进用人，不可信人谗谤，便轻易黜退人。还要仔细详询访，实有可用然后用，实有可退然后退他。如此则无实之毁誉，不能乱矣。这却是孟子言外含蓄的意思。

弘治六年八月十三日讲。

孟子曰：人之易其言也，无责耳矣。李东阳。

易是轻易，责是怪责。孟子说，人之言语，若发之不当，必然遭人怪责，既遭过责，以后必不肯轻易发言。故凡人之发言时，不计是非，不顾利害，只管轻易胡乱说将出去，这等人只是偶然，不曾遭人怪责他，以此不知惩戒耳。盖常人之情，前面无所惩创，则后面不知警省，自是如此。若君子之言，则当谨而谨，岂待有差失有过责，而后不敢轻易哉？孟子这一章，必有为而发，然亦可以为言语之戒。

孟子曰：人之患在好为人师。李东阳。

患是病患。孟子说，凡与人做师傅，必是他学问有余，人来求教，不得已而应之乃可。若是他心性好胜，不待学问充足，只管好做人的师傅，则自家满足，再无有进益了，这是人的大病痛处，不可不戒。夫师之道，固世之所不可无，然亦不可轻易如此。

右一授，八月十四日，程学士敏政讲。

乐正子从于子敖之齐。一章。李东阳。

乐正子是孟子弟子，子敖是齐大夫王驩的表字，之是往，先生指孟子，昔者是前日，馆是客舍，克是乐正子的名。

昔日孟子在齐国，乐正子从盖大夫王子敖往齐国去，孟子意，说子敖是小人，不当与他同游，因怪乐正子。及乐正子来见孟子，孟子说，你亦来见我乎？乐正子见孟子怪他，不知何故，问说，先生如何说这等言语？孟子又问他说，你来到齐国几日了？乐正子答曰，前日来了。孟子说，既是前日来了，如何两日不来见我？我说这等言语，岂不宜乎？乐正子答说，因舍馆未定，所以不曾来见。孟子又说，你曾闻得人说，直待客馆定了，方才求见长者乎？盖乐正子既已失其身，又不早见长者，其罪多矣，孟子且以不见之罪责之。乐正子既闻得孟子说，即引咎自责，自称其名，说克自知有罪，不敢辞矣。

这一章见孟子教人之严，而乐正子勇于受责，亦自可见。凡为师的，必以孟子为法，为弟子的，亦不可文过饰非，为乐正子之罪人也。

八月十六日讲。

孟子谓乐正子曰：子之从于子敖来，徒餔啜也。我不意子学古之道，而以餔啜也。李东阳。

“徒”字解作“但”字，餔是食，啜是饮。孟子呼乐正（字）〔子〕说，你这一遭跟着王子敖来，更无他事，但只图些饮食而已。我不意你平日学古人之道，不知所择从之人，是可与同行的，是不可与同行的，却专为饮食，是何道理？盖学古人之道，则能审于择人，严于处己。遇可从之人，虽无势利，箪食瓢饮，亦所不辞。遇不可从之人，虽有势利，千驷万钟，亦不为动。子敖本是齐王幸臣，孟子平日绝之，未尝与他说话，今乐正子乃失身于此人，宜孟子正其罪而切责之也。

右一授，程学士作。

孟子曰：不孝有三，无后为大。舜不告而娶，为无后也，君子以为犹告也。李东阳。

后是后嗣，不告是不告父母，娶是娶妻。孟子说，按古礼，凡人不孝的事有三件：阿意曲从，陷亲不义，是一件不孝。家贫亲老，不为禄仕，是二不孝。不娶无子，绝先祖祀，是三不孝。这三件中，惟有无后嗣一件，是大不孝。

盖子孙所以报本追远，在于祭祀，若是不娶妻，不生子，绝了祖、父的祭祀，不孝的事，岂有大于此者？故虞舜承帝尧的命，娶了二女，不曾告他父亲瞽瞍得知。娶妻大事，岂有不告父母之理？只是瞽瞍为父大不慈，若是告知，必然不要他娶，不娶必然绝了后嗣，得罪反重，故不敢告也。然舜虽不告，君子论他则以为与告了的一般。盖天下之道，有正有权，正者万世之常，权者一时之用，告者礼也，不告者权也，权而得中，则不离于正矣。然常道人皆可守，权非圣人不能用，若父之不慈不至瞽瞍，子之大孝不及虞帝，却欲不告而娶，则是天下罪人，又不可一概而论也。

八月二十六日讲。

孟子曰：仁之实，事亲是也。义之实，从兄是也。李东阳。

这“实”字解作结实之实。孟子说，仁义二者，是人性固有的。然仁主于爱，而爱莫切于事亲，人能孝顺父母，便是仁之实。义主于敬，而敬莫先于从兄，人能敬事兄长，便是义之实。仁义之道，其用最广。比如一株树，爱民利物，都是仁之枝叶，其本却自爱亲之一件上推来，以此见得爱亲便是仁之结实处。忠君弟长，都是义之枝叶，其本却是从兄一件上推来，以此见得从兄便是义之结实处。人之良心发见，惟此二者，最为切近，最为精实，能于此体认，躬行而充广之，则仁义之道，不可胜用矣。

右一授，程学士作，九月初七日温讲。

智之实，知斯二者至手之舞之。李东阳。

这三个“实”字，从上文两个“实”字说。这三个“斯二者”，都指事亲从兄说。节文是品节文章，生如草木有生意一般。“恶”字解作“何”字。蹈是举足踏地的模样。

孟子既说仁义之实，在于事亲从兄，又推智、礼、乐之实，不在于他，只在于事亲从兄。这两件道理知得明白，又能固守，常常不离去了，这便是智之实处。礼之实只于这两件为之品节文章，使其次第等级，秩然不乱，威仪文采，粲然可观，这便是礼之实处。乐之实只是于这两件中心悦乐，和顺从容，无所勉强。既无勉强，则这道理油然自生，如草木之有生意。既有生意，则自然畅茂条达，发将出来，如何遏止得住？既止不住，则盛而又盛，形于动容，见于四体，至于足之蹈之，手之舞之，有不自知其所以然者矣。

这一章说事亲从兄，良心真切，天下之道，皆原于此，然必知之明而守之固，而后节之密而乐之深也。

九月十一日讲。

舜尽事亲之道而瞽瞍底豫至此之谓大孝。李东阳。

瞽瞍是舜父的名，底是至，豫是悦，定是各止其所的意思。

孟子因说帝舜之孝，又推广说舜能得亲之欢，又能谕亲于道。事亲的道理，已尽到至极处，故瞽瞍虽至顽，这时节都致到和悦的去处，这便是底豫了。只因瞽瞍一至底豫，凡天下为人子的，知天下无有不可事的亲，都仿效舜而为孝。及至他为父的也都底豫，无有不慈，这便是化瞽瞍一底豫了。凡天下为父的慈，为子的孝，子孝父慈，各止其所，无有不安其位的意思，这便是定。舜之孝至于如此，为法于天下，自可传于后世，非止一身一家之孝而已，所以称做大孝。盖凡处人伦之常者易，处人伦之变者难，舜处人伦之变而能尽其孝，故孟子举之为万世法也。

九月十四日讲。

离娄章句下

李东阳

这是《孟子·离娄篇》后一半，因简帙重大，分作章句下篇。

孟子曰：舜生于诸冯，迁于负夏，卒于鸣条，东夷之人也。

文王生于岐周，卒于毕郢，西夷之人也。李东阳。

诸冯、负夏、鸣条，都是地名。岐周是岐山下周旧邑。毕郢也是地名。孟子说，虞舜生于诸冯，迁居在负夏，没在鸣条，都是东方夷服之地，是舜乃东夷之人也。周家文王生在岐周，没在毕郢，大抵是西方夷服之地，是文王乃西夷之人也。

地之相去也千有余里至其揆一也。李东阳。

符节是玉做成的，篆刻文字，从中分开，使彼此各藏一半，有事则左右相合，把做信记。揆是度。孟子又说，舜与文王，地土相去有千余里之远，世代相先后有千余年之久，然舜为天子，文王为方伯，得志行道于中国，以及于天下，则与符节相合一般，无有差错。是圣人之生，虽有先后远近之不同，揆度将来，其所存所行的道理，则一而已。非孟子深知二圣之心，岂能形容至圣若此哉？

弘治七年三月二十一日讲。

日讲章

李腾芳

齐明盛服，非礼不动，所以修身也。去谗远色，贱货而贵德，所以劝贤也。尊其位，重其禄，同其好恶，所以劝亲亲也。天启甲子四月二十五日。

这一段是孔子说九经的实事，上文说修身，还不曾说身怎么样修，说尊贤，还不曾说贤怎么样尊，说亲亲，还不曾说亲怎么样亲，而今才一一说个明白。

“齐明”二字，指心言。“齐”字解做齐，言此心齐一，象个斋戒的一般，更没有第二个不敬的念头杂乱，所以叫做齐。“明”字即“洁”字之义，言此心干净，更没有一豪私欲遮蔽，所以明洁。这等齐明了，则身上穿的衣服，便澹薄些何害，如何要盛服？“盛”字不是华丽，只要整肃的意思。衣服整肃，则威仪庄严，身体自然不苟且了。至于视、听、言、动等事，又要依着礼法而行，非礼之事不要去干，如此则内外交养，动静如一，此身常在规矩之内，乃所以修身也。

谗是谗佞的人，能以是为非，伤害君子，人主最易信他。如何信他？只因他说得巧了，凑着机会，中伤了人，人还不知。色是女色，货是财货，大凡人主之心，信了谗则决不信贤，心分于好色好货，则礼贤之意轻。今屏去了谗邪不用他，疏远了女色不昵爱他，轻贱了财货不重他，专心一意，只贵重那有德的人，如此则贤者莫不尽心竭力为朝廷用，乃所以劝贤也。

天子既极天下之贵，同姓的家族，如何着他贱？须尊其位，使他也贵。天子既极天下之富，同姓的家族，如何着他贫？须重其禄，使他也富。天子与诸藩，名分隔绝，然原是一家的人，如何情意不相联属？须与之同其好恶，他心里喜的与他同喜，心里恶的与他同恶，如此则诸父昆弟，蔼然一团和气，朝廷亲他，他也亲朝廷，乃所以劝亲亲也。

这三经一字一句，都切着皇上修己治人之道，皇上只宜依着孔子说的去行。然毕竟修身是本，修身又以齐明为本，此《大学》所以说欲修其身，先正其心，惟皇上垂听。

是日，中书官传上谕：讲得好！

官盛任使，所以劝大臣也。忠信重禄，所以劝士也。时使薄敛，所以劝百姓也。四月二十七日。李腾芳。

上文只说敬大臣、体群臣、子庶民，不曾说大臣怎么样敬，群臣怎么样体，庶民怎么样子，而今才说。

官盛的“盛”字，只作“多”字看，与上文盛服之“盛”字不同。大臣不当亲理细务，必须多设些官属，分投干办，使足以任大臣之使令。这官原是朝廷的官，大臣使他干办的事，都是朝廷之事，不是大臣私事。只小事有人干，留得大臣聚精会神，好料理紧要的机务，朝廷交付他安危的担子，他定计画得周全，乃所以劝大臣也。群臣官卑，不能自结于人主，故必待之以至诚，使他不生疑畏。“忠信”两字，只是一个“诚”字。群臣俸薄，不足以养其父母妻子，故必与之以重禄，使他俯仰无累，如此则群臣莫不感恩，思各尽其职业以图报矣。乃所以劝士也。士就是群臣。百姓终岁勤苦，不能养生，故古人于春、夏、秋三时，都不去役使他，只到冬时农事既毕，方用其力，这叫做时使。征敛他的税粮，都是十分取一，这叫做薄敛。如此则百姓既有余力，又有余财，自然欢欣爱戴，以亲其上，乃所以劝百姓也。

而今疆埸用兵，百姓镇年月日要运粮草，要搬送器械，要筑城挑濠，累得髓枯筋绝，如何有个时使日子？除额征之外，又要加派，如何得薄敛？每见一处有事，动口要饷几百万，费了几百万，又不曾了得事，朝廷内帑也发得空了。百姓既无积聚，加以水旱不时，有司贪酷，人人思乱，见今盗贼生发，辇毂之下，禁止不得，何况远方？若除了辽东、贵州之外，中原倘又有别事，要兵要饷，不知诸大臣有何措置？惟愿圣明留念，眼前闲暇的日子，一刻不宜空过，严谕大臣，早思有备无患之计。

日省月试，既廪称事，所以劝百工也。送往迎来，嘉善而矜不能，所以柔远人也。继绝世，举废国，治乱持危，朝聘以时，厚往而薄来，所以怀诸侯也。四月二十八日。李腾芳。

上文说来百工、柔远人、怀诸侯，不曾说百工怎么样来，远人怎么样柔，诸侯怎么样怀，而今才说。

“既”字读作饩，饩是牲口，廪是米。大凡百工伎艺的人，执事有勤有惰，所作的器物有精有粗，须要日日去省视他，月月去考试他。用工勤的，所作又精，多与他饩廪。用工懒惰的，所作又不好，少与他饩廪。要称他所做的事，不许冒滥了。如此赏罚明白，则百工勤者愈勤，精者愈精，而不如者，亦知所戒勉矣。乃所以劝百工也。

往是远人自我国回去的，须要送他。朱注曰：往则为之授节以送之。节乃旌节，使关津不得阻滞也。来是远人自他国来的，须要迎他。朱注曰：来则丰其委积以迎之。委积是预备款待过客的东西，即今驿递下程酒饭等事也。其人有善者，则嘉美之，因能以授之任。有不能者，则矜恕之，不强其所不欲。如此委曲周恤，那远人便是桀傲的，也调柔了。乃所以柔远人也。

诸侯没有子孙的，叫做绝世，寻其旁枝继之，不要断了他宗祀。诸侯失了土地的，叫做废国，举其子孙封之，不要灭了他爵土。他国中纪纲法度坏乱者，要为他整治，势力微弱不振将倾危者，要扶持他，使其诸侯五年来一朝见，使其卿三年来一大聘，使其大夫每年来一小聘。聘者，问也，各有其时，不欲劳其力也。遇着来朝来聘之时，天子有燕赏之礼要厚，诸侯有贡献之物要薄，不欲匮其财也。这“往”“来”两字，与上文“往”“来”字不同，上面的指远人之去者曰往，来者曰来，此指天子赐诸侯的东西曰往，诸侯贡天子的方物曰来。如此恩礼优渥，那诸侯便强大者也感服了，如何得有背畔之心？乃所以怀诸侯也。

这孔子说的，件件切当可行。若将日省月试、既廪称事的法子，查考各项工程，自然费省而功倍矣。若将送往迎来、厚往薄来的法子，推之以待各边贡使，如今互市赏夷的段匹，都是差官与铺户营干赚钱，织下极滥恶的东西，只图哄那夷人。夷人拿到手里，便破碎了，所以争多，将来只怕有变。若朝廷有令，许商贾自家装货来边，只依百姓家平等交易，一匹好段子，不消银三两，夷人得一匹，胜如几匹，好不喜欢！我买一匹的价钱，买得几匹，好不便宜！安得有许多弊窦？此最易之事也。

湖南文征　卷十三

说元明

李观尚宾字说

欧阳玄

钤邑大姓曰西溪之李，有名观而字尚宾者，吾宗用纲之甥也。闻余访族至其舅家，远来即余求尚宾说。夫“观”一字而有二义，以观示言者，九五之主一卦也。以观瞻言者，一卦之宗九五也。六四一爻，去九五最近，故其繇曰：观国之光，利用宾于王。谓其以阴柔而近阳刚，有仕而觐于上之象。

今子名观，字尚宾，可谓知所尚也已，然亦何道而臻兹乎？故余尝谓观示、观瞻之义，犹未足以尽乎观九五之观我生。上九之观其生，二爻皆有观省其己之义。为六四之君子者，盍亦退而观诸己乎？利用宾于王，实在我之所自致也。《周官》之法，三岁大比，考其德行道艺而兴其贤者能者，乡老及乡大夫，帅其群吏与其众以礼宾之，献其书于王，则再拜而受之。夫德行道艺之三物者，士之可自勉者也。今科目复矣，子勉于学，由是而观国之光，利用宾于王，孰御子哉？

余闻尚宾家多书，又多山水之胜，常作亭名曰“两山间”，予既扁之矣，用功于幽阒深靓之乡，策励于昭明正大之地，六四之观之占，属之子矣。

彭以恭字说

欧阳玄

学者以字从名，有内外之辨，斯不渎。安成刘仰更，致其表弟彭尚谦字以恭者之请，求予说以赠。

夫谦者，恭也，皆见乎外者也，谦之中有物，恭之中亦有所主。何为有物?《谦》之象曰：地中有山，卑者蕴高者于其中，中有屹然不可犯之意。特有之而不居，则见乎中者自然而谦也。何为有所主？主者一而已矣，主一之谓敬，有确乎不可拔之意。能出乎无伪，则见乎外者自然而恭也。谦也，恭也，曾谓色取而可乎？善乎君之为字也，能求诸乎中则容之，著乎外者无以尚也。谦之失曰轻，恭之失曰足，祛此二者之失，求之中斯可。

彭氏多文人，吾以恭好学不倦，故乐以内外之说告之。

齐吾说

欧阳玄

族弟巽翁号齐吾，因字以为号者也。兄原功甫为之说曰：后天之《易》，巽，东南之卦也，万物至是而洁齐焉。然东南之为位，以一岁言之，则孟夏建巳之月也。以一日言之，则日至禺中之时也。以人之一生言之，则二十以至三十之年也。

物生齐于孟夏之月，人事齐于禺中之时，大抵然也。士为学，弱冠以至壮岁，就厥条理，则成人之功过半矣。宫庭有仪卫焉，排比而不乱。军旅有行伍焉，整娖而不淆。府库有委积焉，屏当而不烦。然后为齐也，齐之功岂易集哉？昔者圣人自序为学之功，每十岁一进，惟十有五志于学，至三十而立，独多其年，岂非为学求齐于斯时亦难矣。然则齐之道当何先乎？曰：齐与斋同义，又训一。斋主乎敬，敬主乎一，求之之要，无逾敬者。或曰：巽，东南之卦，其气温厚，敬非肃不能，何事于巽乎？曰：不然，巽之为言顺也，顺莫大乎礼，莫大乎敬。敬则有序而顺，有序而顺则和生焉，巽在其中矣。

巽翁谢曰：吾今而后知吾齐之纲领矣，请书其说以赠。巽翁一名巽亨，博洽而聪敏，吾宗之英也。

乐存说

李祁

吾云阳谭君悦道，自早岁即有志于孔氏之学，既长而悦之，故其字曰悦道。及齿益壮，年益强，而其悦之也益深，故又号乐存。悦犹乐也，有得于心则悦，而乐乃悦之发乎外者也。吾夫子之道，广大配天地，变动配四时，而其乐乃在蔬食饮水之中，则夫子之乐，果何如其乐邪？盖夫子之乐，乐其道之在我者也，道在是则乐在是矣，富贵于我何有哉？

今悦道以清材俊气出而见用于时，且将骎骎乎富贵之场矣，而其乐之所存，直欲与夫子之道相为周旋，此固未易以世俗之乐拟论也。余故为书“乐存”二字，且为述其义如此。

方寸地说

刘三吾

予以公事至永，柳君友琴见过，求其斋扁所谓方寸地说。予惟此语本诸古诗“但存方寸地，留与子孙耕”之句，虽老儒莫究作者谁氏。

尚忆故冀公欧阳先生，为如孙王父平野翁留耕堂留题，于庐陵刘公须溪先生记文之后，云世以此诗为冯瀛王道所作，非也。乃贺水部，其人生五季乱离时，备历艰苦，故其为诗皆警世语。而须翁记用晋人语，有曰：此中最是难测地。方寸非地也，天也。自欺欺天，大者肆之为窳坑，小者闭之为偃月，今其遗安在哉？两翁所述，大概若此。后是予兄存吾，由瑞州推官较艺洪省，主文李江州子威，亦有绝句题其后云：寸许神明世业田，初原祖父上承天。豪如莽操不能夺，却在君家自保全。意恳切矣。

友琴自今体诸名言，私欲之芜也而锄之，溪山之险也而夷之，种之以至仁之谷，溉之以道德之原，将见获自其身身安富，遗诸其子孙子孙蕃硕，何莫不自方寸中来哉？

赠翁明远葬说

刘三吾

藏葬之法，肇自古初，成于后世之圣人，望楚卜洛尚矣，无其书。汉以来始有《青乌经》出，史逸其名，郭景纯所引经为证，最是简而严、约而当，诚阴阳家之六经。而《狐首锦囊》《丹篆了难》《禽星鬼曜》《洞林天机》《青囊》等书，实为表里，所谓地理之原髓，犹六经之《语》《孟》也。

至牧堂蔡氏著为总说，其归不越“山水向背”四字，大要欲宽平不窄险，欲肥厚不瘦薄，欲远长不浅近，遂一扫野俗坐向、水路星辰之说。其言曰：坐向有法，当取之四位应对，水路有法，当取之三合曲折，词简意明，学醇理粹，又岂不犹六经四书，一折衷于吾紫阳夫子也哉？乌乎！胸中无活法，纸上皆陈言，地理不可无书，固也。然山川之妙，必贵得之目而会诸心，得诸简册有余，而入手之功无焉，亦安能得善地也哉？得其人矣，有其地矣，或葬者之家为善未至，终不能得其地者有之矣。昔筠松为太守李唐卿得地，处之武冈山，乃数代宰执之地，未与之言，夜梦两使者按剑叱曰：仙莫错，李守莅政刻核太甚，神人共怒，不宜居此福地。我天使也。不十日李当死于非命，必为之殃汝。果十日李以罪诛，此地迄今尚存，则以未有其人当之者。他如孙系民之种瓜，陶公之寻牛，往往以无心而得吉地。窃观近代乡里诸发福之地，其始皆得之无心，非如后来子孙之巧于窥图者，迄不得善地，何哉？阴功之积未至，而规求之私太胜耳。

道州府判翁明远氏，自闽中来桂，往往为人得善地，近又为吾友生徐与二亲得寿藏于近之城北关，人皆称其善。虽未尝叩其学之所自，大概原以景纯而踵其贤于牧堂者矣。徐生德之，念无以谢，明远知其意，谓若得三吾一言为贶，过于所爱矣。生以是丐予，辞弗获，谓之曰：北关之地，人恒所道也，得之者徐氏，徐氏之求地，计非一日也。发之者明远，发之以明鉴，得之以无心，异时徐氏缘此发福，万世子孙，毋忘所自可也。文字之谢云乎哉？

原寿

李东阳

寿之道有三说焉，曰数，曰气，曰理。天地以运，人以世，花木以岁，蜉蝣之属以日，数也。人能使物不寿，而不能以自寿。天地能畀人物以寿，及其至也，虽天地不能以自寿。然天地之数有恒，而人物之寿无恒，于人物之中又百有不齐者，于是数之说穷，而言气者胜。上古之世，其世鸿蒙，其质敦庞，其欲寡而不淫，故其民寿。中古以下，质浇而欲滋，及于后世，嗟乎极矣！虽有寿者，犹将戕之，矧其未必有邪？然方其鸿蒙、敦庞也，固不免乎孩殇夭折之徒，而黄发伛偻貌而鲐者，亦间见乎今之世，何哉？于是气之说穷，而言理者胜。《传》曰：仁者寿。又曰：大德必得其寿。夫苟植德，则睟面盎背，身安而气和，其所酝酿培植自有不可已者，殖私稔恶者反是，此天下之通理也。然颜之夭，跖之寿，恒不免夫君子之论，于是理之说又穷，而天下贸贸焉不知其所归矣。

夫有理斯有气，有气斯有数，三者固相有而不相无者，是何其乖盭错逆之甚哉？意者其各自为用而不能相通邪？其或轇轕纷乱乎其间而莫之辨也，然则君子将何居？曰理胜。《洪范》：九、五福：曰寿、富、康宁、攸好德、考终命。德者，寿之所以成始而成终者也。吾观夫自古以降，其有能植德者，不寿其身，则寿其名及其子若孙。虽其修短盈朒或不能齐，而其所享皆所谓睟盎而安和者，虽皆谓之寿可也。殖私而稔恶者反是，虽不谓之寿亦可也。及其惑也，则求之于医药，而不得则求之于服食，而不得则求之于禳禬巫祝之间，则其说愈繁而愈不可通矣。然则如之何？曰修身以俟之，先其事而后其获。若曰有气焉，有数焉，君子不谓也。

今人以寿祝人，人虽知其未必得，必喜而受之。以德勉人寿，虽知其可得寿，鲜有悦而受者。君子之爱人也以德，故祝之寿者必愿之德，愿之德乃所以为爱之至也。作《原寿》。

弈说

李东阳

吾尝观于弈矣，弈之初本无情也，卒然而合之，强分类别，击取攘劫，若有得失乎其间者。及其地交意逼，主于必胜，其势莫肯先却焉。故或役心命志，如蛛游蜩化而不自知。其胜者施施然若辟土地而朝秦楚，不胜则赪面戟指，无所不至。

今之言弈者必以适，以适而反自劳，则不若缩手而旁观者之为适也。劳与适相遭，非智者不能卒辨，至于覆图敛奁，则其所谓胜负者，始茫乎其不可揽，然后劳亡而逸见，其甚者犹或以夸之乎人，或者怅怏郁结，愈不可释。乌乎，此又何哉？古之不善弈者曰苏子瞻，其言曰：胜固欣然，败亦可喜。用是知不工于弈者，乃得弈之乐为深。

人之达于是者，可与言弈也。世之善喻世者必以弈，以弈观世，鲜有不合者也。

移树说

李东阳

予城西旧原久弗树，比辟地东邻，有桧百余株，大者盈拱，高可二三丈。予惜其生不得所，有种树者曰：我能为公移之。予曰：有是哉？请试，许之，予当往观焉。

乃移其三之一，规其根围数尺，中留宿土，坎及四周，及底而止。以绳绕其根若碇然，然其重虽千人莫能举也，则隧其坎之棱，絙树腰而卧之，根之罅实以虚壤，复卧而北，树为壤所垫，渐高以起，卧而南亦如之。三卧三起，其高出于坎，栅木为床横载之，曳以两牛，翼以十夫，其大者倍其数，行数百武，植于墓后为三重。阅岁而视之，成者十九，则又移其余，左右翼以及于门，再阅岁而视之，其成者又十而九也。于是条干交接，行列分布，郁然改观，与古墓无异焉。夫规大而坎疏，故根不离。宿土厚，故元气足。乘虚而起渐，故出而无所伤。取必于旦夕之近，而巧夺于二十余年之远，盖其治之也有道，而行之也有序尔。

予因叹夫世之培植人材，变化气习者，使皆得其道而治之，几何不为君子之归也哉？族子嘉敬举乡贡而来，予爱其质近于义，留居京师，与之考业论道，示之向方，俾从贤士大夫游，有所观法而磨砺，知新而聚博。越三年，志业并进，再诎有司，将归省其亲，予冀其复来，以成其学，且见之用也。作《移树说》以贻之。

南园逸趣说

易舒诰

隐君贺继明，吾攸名家士也。初修举子业，父母早亡，故弗就。性孝友，善瑟音吟咏，好读古人书。家于东乡之南园，奇山秀水，效技庭庑，乐之而忘世，类自埋于民、自藏于畔者也。二峰子嘉其为人，具与予言之。

今夫物恒囿于性与分也，适其分故无不足，无不足故四处而莫之竞。无不足者性也，莫之竞者亦性也。鱼龙游泳于渊，故于渊无竞焉。麋鹿群于山林，故于山林无竞焉。鸿鸟渐于干，故于干无竞焉。君子明于性分，是以无不足也，故大乐不乐，大忧不忧，大劳不劳，矫焉，强焉，以与世驱，非所以完生养性之道也。夫以百镒之珠，而弹千仞之雀，世必笑之，是何也？所要者轻，而所舍者重也。身与世驱而强矫吾性，岂特舍百镒之珠哉？朱泙漫学屠龙于支离益，殚千金之家，三年技成，而无所用于巧，是故巧以无用，何以学为哉？

夫物各自守其分，则无雄白也。夫雄白者，非尚胜自显者邪？尚胜自显，非逐知过分，以殆其生邪？故古人不随无涯之知，守其分而已，故其性全。性全然后能及天下，及天下然后能成其大智也。是故君子为大智，不为小智，穷通修短、风雨寒暑之序也。

求仁说

张治

谭子孟乾，别号曰求仁，志将以自勖也。宫冢氏张子乃为之说曰：乾，天道也，四时之首曰孟，四德之首曰仁。故时首于孟，而其运不忒矣。德首于仁，而其道不息矣。运不忒，天之所以生人也。道不息，人之所以合天也。子兄弟者四，而子长焉，名以孟，其犹四时之首乎？夫四时一气也，寒暑不齐，而流行无间焉。兄弟一体也，喘息不齐，而赋受无间焉。仁也者，所以浑然而无间者也，有间则非仁矣。子曰求仁，将思所以合乎天之无间者与？故无间者可以勖身，可以治家，可以善俗，可以传，可以书。

大方说

刘尧诲

北林焚，鹊连巢十数树而同时烬，苍阳子过而悼之曰：嗟嗟！吾闻鹊占岁而巢也，岂其不能吉而及于灾？仰问鹊，则翩然而举。又行过嵎，见一虎入于栈，机发而悬门下，人争之，虎不能动。苍阳子曰：吾闻虎卜而后往也，岂其不能吉而取凶？往问虎，则瞋而视之，于是苍阳子倚杖据石而坐，瞑目沉思，如将化者。

有樵者过而扣之，苍阳子蹙然不应，少间曰：吾知力不如虎，安知前之无机械陷阱邪？奈之何其冥行也。知灵不如鹊，安知其世之无火林焦石邪？奈之何其妄投也。樵者不达，苍阳子语以其故，樵者曰：过矣，子何忧之无据也。吾日出而往薪，日中而返，惟吾力而自引，计八口终日之爨，而采以供无乏。苟有暇，则巡溪而步，藉苔而息，其剥粟舂井之役，则责之家人。今行年五十六矣，尚不识占卜，亦不知世之有机械阴伺也，亦不知身之所遭为何时也，子何齷齪却虑而自苦如是，以为知邪？我无高车腰袅而驾，则虽欲倾覆之，奚自也。我无绣裳文绮而服，则虽欲褫辱之，奚自也。我贫无芳腻，又何忧乎厝毒？我室无妖冶，又何警乎伏戎？

苍阳子曰：唯唯否否，吾闻圣人不制于数，达人不役于世，阴阳之气，能制有形而不能制无形，造化之数，能穷有象而不能穷无象。动之使者滑其和，殉于气者丧其灵，故圣人超然独归于元命，以衔六气，与万物游而不同其数，是故高而不危，安而不倚，贵而不与，富而不藏，广而不驰，尊而不临。忘其身而不以其身受天下，故天下莫之能归。外其身而不以其身享天下，故天下莫之能悦。是故数有所不能囿也，气有所不能役也，是之谓大灵，是之谓大方。若子也者，直一物耳，其得免于包剥焚烈焉，幸也！与世之逐逐者，贤不肖奚以间？

谒孟母庙说

陈尚伊

隆庆二年夏，予奉天子命之官永丰，过邹县，乃孟子故里也。城南有断机堂，有三迁坊，坊之左有亚圣庙，绕庙皆古柏，约千余株，庙貌之崇，辉映云汉，因停骖恭谒焉。庙左为孟母祠，祠之中有孟子小像，跪于母像之侧，盖石刻之者。时有一老人从旁指之曰：此孟子生前所自刻者也，相传葬母时不忍与母离，故自刻此像，藏于墓侧久矣。后修墓者得之，乃移置于此。予叹曰：此见孟子敬承母训之心，不以存亡易，非徒刻石以殉之也，其斯以为圣贤之孝乎？

考之孔门，惟参、闵以纯孝称，今据孟子之遗像观之，真若母方断机，兢兢然跪承慈训而不敢违，其孝岂出参、闵下哉？予因之恻然有感焉。不肖每念母氏聪淑，幼闻孝义，父尹浚澄训诸子读《孝经》《小学》，辄点识成诵。予方孩提时，母常语人曰：吾儿异日成立，即鬻产以教之。惜乎予年才四岁，母已赍憾而逝矣，痛哉！吾母虽不敢方孟母之贤，然教子之心，无古今一也。独憾葬母时幼，未能竭力，深愧古人。今明登一第，拜一官，而九原不可复作矣，乌鸟之私未伸，风木之恨徒切，岂非天地间一大罪人哉？今当初仕，固不敢遽萌俎豆之念，以负清朝，然鹏抟九万，倦则知还，异时归去，当结一庐于母墓之前，仍以石自刻小像，置之庐中，绕庐多置松柏，不时游息其间，以示一举足而不敢忘母之意，则庶乎去孟子之不忍离其亲者不远矣。嗟乎！予何人斯，敢望孟子之万一哉？然思亲之心，无古今一也。虽然，教子之心虽同，惟孟母为能成其子为亚圣之子。思亲之念虽同，惟孟子为能显其亲为亚圣之亲。此则古今圣人之不相及，又予之所当自励者也，敢曰乃所愿则学孟子哉！

从学纪略说

曾朝节

嘉靖乙丑春，余与同里王楚阳解元南宫下第，辞座主侍御徐岩泉公，公授以古太极测一帙，途次展玩，至《陷溺禽兽图》，瞿然曰：人之不学，乃至此乎？遂相与矢天而盟，必为圣贤，顾茫然莫知所以为学之方，余谓楚阳曰：《中庸》论道不可离，其功夫惟曰戒慎恐惧，吾人亦勉于敬而已。于是相戒饬，目不妄视，耳不邪听，口不戏言，身不媟动，如此四十余日，以为精神归并，庶几君子戒惧之功，时亦觉其束缚劳苦，究之于功未熟也。

及抵家，各以人事不相聚者月余，则前功皆弗复记忆之矣。居有顷，徽州程天津公至衡，凝斋先生亟谓余，天津公系心斋先生高弟子。余乃约楚阳访之于石鼓，一见问余植斋之义，余告曰：节之直也，不植则不立，欲有以自立尔。天津公曰：固也，不见夫植木者乎？将以枝叶植之欤？抑于根本植之也。余曰：亦于根本植之耳，然则先生之根本安在？余未有以应，天津公曰：吾人此心，即性命灵根也，培养者只于灵根培养，自然枝叶畅茂，开花结实，不向根上用力，根既不固，而欲其凑活，能乎？余乃恍然悟为学之功，若此其易简。君子之戒惧，初非束缚劳苦于外，而束缚劳苦者，宜其一放失遂不能记忆也。天津公他日示余二绝云：一种灵根天上来，几人知向此中培。津津生意无穷妙，叶自阴浓花自开。叶自阴浓花自开，枝头忽见已成梅。好将鼎内调羹味，毋负当年苦意栽。自是吾与楚阳既宗敬之，先赠君迎致之家塾，一时同志密斋、益斋诸君，与易佥宪蒙庵、刘冏卿仁山诸公，相约为学会，而公之于衡人士多所阐发。先赠君舍弟守斋、涵斋，赖公之教而立，尤觉蒸蒸于家庭间始。

未六七年，公卒于岭南，先赠君、楚阳、涵斋亦先后物故矣。盛事不可以久废，九原不可以复作，念之其能不雪涕哉？今年癸未，天津公次郎勉之，走京师讯余，余重其别，而忆曩者所得于公之教，不可以无纪故也，故述其略，以寓吾慨忆之怀焉。

秦人洞说

江盈科

余过辰阳郡，太守屠田叔，清贞元诣人也，酒间问余曰：桃源秦人洞，果即曩者避秦之地乎？余曰：桃源之标此洞，亦若黔中之二酉、吴门之姑苏台，皆爱礼存羊，名是而实非也。田叔曰：渊明此记，或者以为寓言，是邪？非邪？余曰：当日渔郎，实有此事，其所至之境，如记称鸡犬相闻、阡陌交通，实是仙界。盖仙界者，不离人世，不即人世，有无之间，真幻之际，缘合则不求诣而自诣，渔郎之无心而至是也。缘尽则求诣而不可诣，渔郎之复往而迷是也。理固如此，岂为寓言？

田叔曰：洞中亦不见佳处。余曰：两山相夹，内无奥区，似觉未佳，但洞里所称遇仙桥，古色天然，非人力结构。又其地产方竹，贵游索之，采伐渐尽。亦产虎鬓蒲，本草所谓九节通灵者也。洞水中有龟，钩吻如鹦鹉，背有鬐，四足与尾比他龟独长，其足尾皆有甲如龙鳞，色深黄如糁金样。此三物者，洞中之佳品也。且水出洞中，至洞前阴消入地，不知所往，亦是一奇。地之得名，或以此乎？

田叔曰：余将以竹为杖，以蒲为饵，以龟为守器，要吾子为采真之游，可乎？余曰：灵明不滓，何物非仙？真元不牿，何地非仙？奚必竹，奚必蒲，奚必龟，而又奚必出自秦人洞也。田叔深以为然，遂记之。

买山说

江禹疏

买山说者，为瀃公快也，快瀃公之得山，与山之得瀃公也。尝读《灵岳秘简》，洞天三十六，福地七十二，而吾桃源为洞天者二，为福地者一，其他奇岩幽壑，不列简编者未可缕数，宜乎来渔郎之问，勤元亮之管。

近代伟人韵士，如石公兄弟君超、瀃公暨先君子，俱流连其间，不啻山阴道九子峰也。惜石公君超暨先公往矣，岿然如鲁灵光独有瀃公耳。岁甲寅三月，余同伯孔游，最赏心者，为穿石倒水一带，渔仙洞居其中，而慨建置未雅，命名不根，为山灵辱。是时瀃公亦游而乐之，因购此地，不慧入郡城，方夸其胜，而瀃公以书复我曰：倒水十二峰，以作我篱落下物，实以卖赋钱为买山资，君得无妒我否？余与伯孔大喜，盖有三快焉。吾邑自渔郎问后，一丘一壑，皆可名渔，譬之严郡以子陵名，且渔郎萧然尘外，出入异境，非仙流乎？乃于睢阳改渔为余，夫世有有余于仙者乎？渔人得复旧名，此一快也。功名之士与隐逸之士，语嘿不同，栖止亦异，渔仙名洞，洞宜仙居，若寺则宜供大士。至于文渊当祀于石室，塑秀雅美髯，不必肖武夫态。按援本传，援为人美鬓发，眉目如画，仍塑袁寄生吹笛其旁，令其逸韵清风，与武溪并远，此二快也。是山寺宇一饬，则上游穿石水心，下游倒水者，皆有憩之处，且得瀃公为兹山主，或舒苏门之啸，或为东山之游，或如子瞻、了元之谈禅，或如靖节、远公之结社，一洗尘腐，还于雅道，此三快也。

盖山川之于人文，譬之名姝国士，欲其凑合，否则为辱，故加胜地以恶名，混仙佛于一室，无宁蕴没于荒烟野草，供樵人牧竖之用，犹无损也。孰如今日去山之累，标山之胜，如紫衣之遇药师，浣纱之得少伯，所唐突于昔时而未能澡濯者，一旦沐以兰膏，能无起舞为快乎？盖灊公经世之才，出世之学，什倍文渊，而性耽丘壑，混迹仕隐之间，一翩翩浊世之谪仙也，宜于山川两相得哉！余与伯孔幸睹其胜，异日如寄生之依伏波，斯已奇矣。因为之说，为灊公颂焉。

漕河说

周之龙

三代而上，不闻有漕，漕之兴，封建之废也。考《禹贡》所称五百里甸服，百里赋纳总，二百里纳铚，三百里纳秸服，四百里粟，五百里米，五百里侯服，百里采，二百里男邦，三百里诸侯，则知夏后氏以来，分茅胙土，圻自为漕，国各自运，即天子转漕，不过五百里而止。

春秋时，秦输粟于晋，自雍及绛相继，命曰泛舟之役，而漕运所繇开矣。秦欲攻匈奴，使天下飞刍挽粟，起琅玡负海之郡，转输北河，北河者，即今白河也，而海运所繇开矣。郡县而后，议漕日详。汉用张良议，河南以东，造舟五百艘，岁漕东方之粟于关中，不过数十万担。建元间，天子好大，用粟多，岁漕至四百万担，耿寿昌籴粟关内，筑仓理船，费直百万万余。唐刘士安领漕事，乃于杨子置十场造船，每艘给钱千缗，即盐利雇佣，分吏督之。江船达扬州，汴船达河阴，河船达渭口，渭口达太仓，其间缘水置仓，转相受给，自是每岁运粟至四百余万斛，无斗升沉溺者，多其劳力焉。宋兴，命温、台、婺、楚诸州设场，岁造运舟，共三千三百余艘，分纲而运。先是，各州置仓行转搬法，岁漕可得粟七百万担。一变直达，历久弊生，委积发运，实不称名，而漕纲日坏。皇祐中，许元议诸路增舟输米，充岁计如故事，江淮楚越之间，骚然烦费，久之诸路纲亦不集，船愈坏而漕愈减耗矣。胜国时无借于江南之漕，故利害不甚讲。胜国都燕，分河海运后，犹因便乘利，未审于天下之势也。

至我国初，高皇帝诏中书省议漕粟于京师。三十年，议海运辽东，以给军饷，此我明漕政伊始。永乐初，建都北平，议于淮安、临清建清江、卫河二厂，令各卫属督造运船，寻令遮洋海船运粮八十万担于京师。嗣后罢海运，遮洋船外，增设浅船。至十三年，用平江伯陈公瑄之议，开清江浦里河，运船径达清口，而南北始通矣。列圣相承，漕政大备，总视前代为尤详，乃志漕而兼言河者何？防河所以治漕也。河者，漕之借也，古之防河也避其害，今之防河也资其利。漕之借河，《禹贡》以来有之，匪自今也。禹画九州，冀为都会，河流碣石，以入于海，兖浮济漯，青浮汶济，徐浮淮泗，扬浮江汉，豫浮于洛，梁浮潜沔，以入于渭，雍浮积石，至于龙门，未有不通于河者也。

汉、唐皆都关中，汉漕山东粟百万，更砥柱之险，以达于渭。唐漕江淮之粟，由汴入河，由河入洛，以达于渭。亦未尝不借于河也。我国家发祥淮泗，祖陵峙焉，岁漕四百万担于燕都，借河为运。河决而南逼我陵寝，抑而北妨我运道，引而东河淮交注，又虑有清口、海口之壅，其为患可胜道哉？三代以前，河东北入海，未尝入淮，入淮自汉徙顿丘、隋炀帝引汴始。宋熙宁澶渊之决，实滥觞焉。今则全入淮矣，一自兰阳东南流，由杞县、睢州、宁陵、归德、符离桥、宿迁小河入，一自宁陵南入涡，经亳州、蒙城、怀远、荆山口入，一自仪封北折，经黄陵冈、蔡家口、梁靖口出徐州小浮桥、清河县入。此河之三道也。盖尝按禹迹而思之，河由三门七津而上，有鸣沙岭、宁夏太行诸山夹之，相盘束，不为患。是以河至豫州始决，今更引而南，则其祸又中于下流矣。沔池、孟津而下，岸无山矣，即河南有北邙山，河阴有广武山，亦仅障南岸，北岸殊无山，俱不能相夹束。河至武陟，又有伊、洛、沁、汜之水合流，故益泛滥，亦固然之势也。神禹导河，自积石历龙门，南至华阴，东至底柱，及孟津汭洛，至于大伾，北过洚水，至于大陆，播为九河，同为逆河入于海。至殷盘庚，始五迁都以避，河汜犹未徙也。周定王五年，河徙矣，犹未决也。汉文帝时决酸枣，自武帝筑宣房于瓠子馆陶，分为屯氏，后入千乘，德棣之河，又播为八，水有所泄而力分，故由东京迄唐，鲜有河患。宋穿六塔，开二股，识者病焉，而借河御虏，抑甚谬矣。

国朝洪武二十四年，决原武，漫安山湖而南，元会通河故迹遂堙。时都金陵，以海运给饷辽东，独议河，无议漕，文皇帝北迁，始由海运实京师，已复会通河，罢海运。是时河岁为变，平江伯陈公瑄建坝置闸，周虑力图，至今利赖。正统十三年，决荥阳，冲张秋，又决孙家渡，全河南徙，治无成绩。景泰四年，徐公有贞乃分流，自兰阳至徐，与清河合，而河入漕自此始矣。弘治三年，决金龙口，趋张秋，出中牟，下尉氏，溢兰阳、仪封、考城、归德至宿州，弥漫四出，不可禁。少司徒白公昂、司马娄公性，筑堤凿渠，南北分而主疏。七年，复决金龙口，溃张秋堤，夺汶水入海，东昌、临清流几绝。群议汹汹，谓河不可复，复海运，而朝议弗是也。命平江伯陈锐、都御史刘大夏治之，而张秋之决始塞。正德中，决沛县飞云桥入运。嘉靖初，决单县，冲鸡鸣台、飞云桥，北徙鱼台、谷亭，舟行闸面。十三年，庙道口淤，是年河忽由赵皮寨向亳泗，奔河口，而谷亭之流绝。秋冬复决河南夏邑，开数口东北流，经萧县入徐下二洪，而赵皮之决俄塞。时都御史刘公天和浚淤修闸，厥功伟焉。十九年，始决野鸡冈，由渭河入淮，于是当事者以河所从来高，水湍悍，难以行平地，数为败，乃开李景高口支河，引水出徐济洪，阅二年复淤，嗣是岁有淤决，而所由无常。迨年年徐、邳、萧、砀之间，漂城郭人民，为害滋甚。都御史朱公衡开新河，筑西堤障水，使之南趋秦沟，未几而沛县流断矣。隆庆中，决鸡爪沟陈隆口，因黑羊坡水决，坏月堤。万历初，决崔镇，决龙窝固营，分决白河，越归仁集，蚀泗州，而河势遂北。淮水破高家堰，溢山阳、高宝、兴盐诸州县，清口阻而淮势遂东，河淮分决，流沙淤溢云梯关，入海之路大阻，淮安垫焉。

议者欲开支河，浚海口，督漕都御史潘公季驯巡行相视，筑堰以捍淮东侵，筑堤以制河南溢，严五坝启闭，使河内不得冲闸而蚀漕。诸缕堤迫河者毕展筑，两岩地洼者各增筑，原堤短蹙，防护未周者连接筑。培薄增卑，方以为即遇异常泛溢，缕堤不支，至遥堤而极，可恃无恐矣。然堤堰虽坚，而疏浚无法，以致流沙日壅，清口日淤，泗陵水患，实基于此。十四年决范口，十五年决祥符刘兽医口，决兰阳铜瓦厢，决封丘、原武、长垣之大社集，毛家口、茶城又报淤矣。十六年诸决口已塞，淤者渐疏。十七年复决双沟单家口，于是专议塞赵皮寨至李景高口，遥堤将军庙至塔山长堤，筑羊山至土山横堤，河防幸无事。至二十一年，河复大为患，决汶上，决鱼台，决济宁、巨野，决邳州、宿迁、高邮，泛涨泗州，几成鱼鳖之乡，祖陵松柏槁于水过半。巡按御史牛公应元上其状，上赫然震怒，易河臣，遣给事中一人躬往荒度之。是年冬水涸，时河臣力主分黄，开桃源之黄家坝三十里下五港口入海。

漕臣按臣佥议，广疏入海之途，尽辟清口之沙，以导淮正流，上开周家桥，下通金家湾，以泄淮积浮，固无事过为分黄者，而河臣必欲分之也，乃黄不之所分之路而之黄堌，数十万金钱填沟壑矣。夫黄堌不塞，必为陵寝忧，为运道梗，而乘伏落以浚浅。塞黄堌，节制黄流，依然东注，此所谓水道也。治水者置黄身之高不究，黄堌之决不塞，乃挑三山台、赵家圈，旋即告阻，数十万金钱又填沟壑矣。郁郁祖陵，蛟龙将骋，徐、邳一带，翦焉断流。河臣刘公东星竟以忧殒，上复赫然震怒，切责大司空，连简河臣李公颐、曾公如春往视事，条便宜以闻，俱用劳殒。平陂安危之机，非以一发哉？夫归仁一堤，祖陵所恃以为捍蔽，故未尝不坚且完也。今蒙墙冲决，黄水漫入五河，与淮会合，经泗州下洪泽，伏秋水发，深为可虞。爰议接筑汴堤，遏绝黄流，自归德至永城，筑堤二百三十里，自宿州界首铺至东关，筑堤二十余里，障水东行，俾由符离桥出宿迁白洋河，无为陵寝患。又虑徐、邳一带，运道浅塞，议自镇口以里，至宿迁县磨儿庄，仿闸河规制，建大闸七座，中闸二座，并挑浚河身，广蓄汶泗泉流，以济重运。此二策者，非不可行矣，第欲定计于鲜，宜遵何策而可？议者有谓开潘家楼口接徐家口矣，有谓开小股河接孙家湾矣，有谓开何家营，从赵家圈复贾鲁河故道矣，有谓开良河矣，有谓水力大不宜与争，姑损东方之地，徐观其势所迫逼，因而利导之，为力少而见功多矣。盈庭之议，安所折衷？而力举开王家口者，总河也。

按：王家口下达李吉口，经唐家口、小浮桥，入徐、邳、宿迁，其间应挑、应筑、应塞，计四百里有奇，夫埽料约赃一百四十余万，派夫约一十二万余。或高筑堤岸，以防南逸。或坚筑截河堤坝，令逼向东流。或多筑滚水石坝，导余流归白河，以减新河之涨。或于王家口一河之外，别求支流，以杀其势。计以两期告成事，将使陵、运永永无患，而中州以南，幸不为鱼鳖耳。独计蒙墙口，其奔逸之河也。王家口，其未成之河也。河已南而挽之使东，其势非东方尽下不可。今抚臣共疏称王家口之地，视黄河水面高者，多至丈余，少亦不下五六尺，所开新河，阔不过二十丈，深不过一丈五尺，此与黄河比大絜深，其不可同年语也明矣。新河高而旧河下，则水不奔趋。新口小而旧口大，则水不吞入。引之而流不来，刷之而冲不去，凿者不胜淤，筑者不胜溃，开河而实无河也。且所勘者止徐州九里沟以上，而徐、邳一带，全河门户，运道噤喉，先因黄堌口决，分夺全河之水，嗣因蒙墙口决，尽夺全河之水，致一望平壤，所在胶舟，初不闻下一勘焉。此何以故？即总河议才两月，王家口已无迎溜势，旋开郭遂庄以达下刘口，果所称河情叵测哉？抑亦治河者之计疏也？贾鲁一河，蒙墙、黄堌二决口之水俱入其中，为下必因川泽，事半功倍，或者其在斯乎？

议者又谓复贾鲁河，不便于河南，开王家口便于河南，不便于山东。噫！苟利社稷，安问东、南？第恐水势难强，南堤不能束其溢，石坝不能攒其流，灌城郭，漂人民，山东之大涝频仍，河南之阽危转甚，矧其祸不独在河南、山东，且中于陵、运矣。昔宋熙宁中，河决恩州，司马光请于二股西置，上约擗水，令东流既深，即塞北流，放御河胡卢独下，用纾恩、冀、深、瀛以西之患。帝曰：东流北流，孰轻孰重？光曰：两地皆王民，无轻重。真仁人之言哉！今独奈何为一方择便也。矧开河易，塞河难，塞决河易，塞千百年之黄河难。夫新河既成，不塞黄河，则水势有所专趋，新河终焉淤淀，是弃前功也，塞之又难为力也。无论全塞，即稍壅之，其上流铜瓦厢、芝麻庄、黄陵冈诸处，水决裂四出，若黄陵冈一决，则水淹漕河，夺汶济入海之路以去，如永乐、景泰间故事，是漕舟不通，而咽喉尽塞。视今日黄河虽南，而小股河李吉口涓涓之流，犹可下通徐州，建闸济运，其事势固不侔矣。且夫李吉口淤，而黄堌口决，黄堌口半塞，而蒙墙口决，下决未通，而旁决复塞，愈决愈上，此已事之明鉴，固然之河情，抚臣疏忧及此矣。要在总河者审地势，集众思，从长参酌，不待捧土河濒，而成毁利钝，较若数计，讵可冥冥决事哉？至泇之役，亦自不可废者。

按：泇河自邳州抵夏镇，凡二百三十里，中有微湖，北接汶、泗诸水，南达沂、沭诸河，而诸泉夹注，源远流长，实为徐、邳橐钥。且岸高土坚，又能束其流，无令滋漫，诚引泉水以达吕湖，引湖水以入泇河，由宿迁出口与淮流接，可避黄涛之险，似于天造地设，当与故道并存。隆庆中，朱公衡建议，请共廷臣熟计，嗣经言官屡疏，下部覆得报可。会舒公应龙，创开韩庄渠，分泄湖流。继以刘公东星，督率诸臣，并力疏辟，业有成河矣。连年粮艘鳞次，多由往来，安可诧泇无救于运？只缘河身所挑，尚狭而浅，中有微山，攻错未竟，政宜乘此未竟，殚力挑通。又开黄泥湾支渠，节缩湖流。筑塞旧漕，使水专一而不分。建竖坝闸，使水潴蓄而不泄。傥不必借资黄水，而运道亦有备乎？顷者在廷诸臣，多韪其议，而或以为不可，盖诚见水衡日虚，河势孔亟，未免顾此失彼，且虑沙砾巨石，湖底版石，人力难施，是或一道。不知开韩庄山礓不过数十里，凿梁城山渠不过十数里，费金钱不过十数万，惮此数十里开凿之艰，而日与数千里黄河为难，吝此十数万之费，而岁置千百万于洪涛漭瀁中，试一度之，难易自见。况设闸必须用石，开凿亦非虚縻，俟工有次第，或移利国驿于新开闸口，设司、道官以综理沿河，乘时酌宜，经制备用，泇之役，毋亦运道便计乎？人有难于湖不可堤者，不知湖滨生地可循也。人有难于石不可泓者，不知泄水故渠可因也。人有难于水不易潴者，不知节宣数闸可恃也。旧称六难，此捕风蹑影之难，非实见得难也。惟泇一成，漕向滕、峄、郯、沭，而背徐、邳、桃、宿。向者日渐纷华，则辗然喜。背者日渐零落，则穆然嗟。以故勘泇者非溺于桑梓之共利，即移于编列之共荧，未臻厥成，惧者众矣。

窃尝度之，胪为三策：有全弃黄河而创为新漕者，上也。浚泇河是也。有半借黄河而规复旧漕者，中也。闸正河是也。有从黄河之决而权为目前之漕者，下也。开徐之城南，泄水支河是也。舍此三者，引河挽河无策矣。夫今之策漕者，无不鳃鳃挽流于新弃之浊河，导冲于久弃之小浮桥河，若谓故道一日不复，黄河一日不治，舍故道无河矣。当河决郡县，亲罹沮洳之患，有不赞美塞决浚淤者，是眯目也。其依近祖陵邑，见河决入涡、入泡、入浍以入淮、泗，即身在浸中，有不借口沉没寝园者，是糊心也。议漕者不敢设一奇于河之外，议河者不敢设一奇于故道之外，曾不知镇口以下行漕，在正统以前，原不借黄，惟资汶、泗诸泉自足达淮，水原清，故名清河。后徐有贞公塞荥阳之决，分流杀势，乃自兰阳东至徐入漕。久之黄涛盛，冲洗漕之故道，既极广博，水皆至浊，故不称清河而称黄河。后何忘其故？吾河偶一徙，即用工挑浚，以引其来，惟恐其转徙之他，故先辈有人以酒为生，一不饮即死之喻。由斯以谭，河之决者，中州百姓之患也，非漕也。

策漕者复旧借汶、泗之流，创新浮泇、沭之波，二者于漕，为得计矣，但复旧清河，不必兼浚泇、沭，创新泇河，不必兼闸邳、徐。盖汶、泗上流，两分之涸浅所必有，而赒力有限，两用之罣诎又所必至。举世人心方龃龉，舍河而漕，闸旧河一有涸浅，辟泇河一有罣诎，又安知不以借口废之半涂焉？河决既为民患，既蹱贾让不与争地之策，比者河迁，靡有宁岁，城民之迁，又靡有定地，借令起让再议，安知其说不变？夫今决河分股为两，一自符离集出小河口，一自泡河经亳州镇，会淮出泗州，策河者其自符离集一股，当浚而深之，两岸为堤，以约束其流，至出口处，又当辟而广之，如是者黄流奔海有路矣。其自泡河一股，当堵而塞之，即入贾鲁枯河，又当疏其下源，以会白羊河小河口焉，如是者黄流合淮无地矣。复于汴堤以土者，高而厚之，引而长之。归堤以石者，灰其罅隙，瞻其崩陷。祖陵民室，两保无虞，庶再睹平成之盛乎？

或者又曰：国家建都，当极北之地，而财赋充斥，多以东南，会通河成，似可无虞矣。万一沙滞金龙之口，河浮阳武之涯，四百万担，将焉挽之？胶莱海运之策，傥亦所宜讲与？按：海运起元人伯颜，用朱清画以成，元都燕故也。我朝定鼎，即元故都，北有居庸、巫闾以为城，南通大海以为池，而转输之路，淮安实当中枢。河运为左翼，海运为右翼，海运不通，亦太平遗虑也。先是成化中，丘文庄公濬读《元史》，悉海运之利，建议兴复，而罗文恭公洪先访求其道里岛屿，如风雨云日之占验，载在《舆地图》中，犁然指掌，若谓可见之行也，然所由屡议屡格者何？不过动色于风涛叵测中耳。要以海人行海，亦犹陆人行陆，河人行河，彼其习知岛屿，以为湾泊，审潮迅飓飅之信，以为避趋，计可无患。盖元人海运所繇见败者，以其起太仓、嘉定递而北，淼茫无山，则回避无地。近南水暖，则蛟龙窟居，风涛或叵测。若自淮安而东，由登莱泊天津，原名北海，中多岛屿可以避风，又地高多石，蛟龙有往来而无窟宅，独不见登州有海市，石气与水气相抟，映日而成邪？闻舟行海洋，不畏深而畏浅，正恐其险，亦以此矣。石气浮于水面，北海之浅明甚。即以运艘行于其间，因其旷达以取速，而标记岛屿以避风，名虽同于元人，利实专其便益。

海运之当复谂矣，然海运必通胶莱，《舆地图》云：登莱本海运故道，稽之往迹，平度州东南，有南北新河，源出密县，至胶州分为二流，北流西河，入莱之海仓口，以其自胶抵莱，故名胶莱。盖元时所浚，可避迤东海运数千里之险，今其坝闸遗址尚在。嘉靖中，御史方公远宜，访求遗迹，为图表之。副使王公献力持其议，遂有胶莱之役。自南口起麻湾，北口至海仓，相距三百三十五里，两口旧皆贮潮，水常足，不假浚者二百余里，浚者一百三十余里。中有分水岭，下多硼砳石，水微细，使极力开凿，止三十里远耳。河成，我漕由麻湾、海仓二口，径达天津直沽。夫舟自清江浦抵天津，凡一千六百里，其中由河行者八百里，海行既由小海不由大洋，非若元人海运远。又所历有刘家、蓬莱岛、沙门、黑水、成山诸险也。说者谓糈可得数万，役可借班军，不烦他劳费，二年可告成功。此功一成，当与河运递用，江西、湖广、江东之粟二，当繇河浙，东西与频海一带，皆可繇海也。便海者海，便河者河，亦《禹贡》供赋遗意。且此塞则彼运，彼塞则此运，仍设重兵屯守胶莱海次，卫漕防倭，非屹然北海一巨镇乎？嗟夫！海运关燕都重轻，胶莱系海运通塞，开胶莱，复海运，此一奇也。难者犹谓胶莱河，中有分水岭三十里未凿，力苦不支。不知天下有利必有不利，利一害百者当议革，害一利百者当议兴。夫河势湍悍，适逢其怒，亦不减大洋。闸河中两舟难并，鱼贯逆溯，一夫大呼，万橹不进，一舟连触，数舟并坏，能必尽无恐乎？又况胶莱河成，有海运之利，无海运之不利，其中即有分水岭未凿，方三十里，奈何爱此三十里之费而丧垂成之绩哉？

抑又闻之先臣霍公韬有云：古黄河自孟河至怀庆东北入海，今卫河自卫辉、汲县至临清、天津入于海，则犹古黄河故道也。莫若于河阴、原武间，审视形便，导河入卫，以达于临清、天津，不惟徐、邳之流可杀其半，而京师形胜加壮百倍。如导河注卫，冬春水平，漕舟由江入淮，溯流至于河阴，顺流达卫。夏秋水迅，仍由徐、沛次达临清，是一举而得两运道，此一奇也。先臣黄公绾有云：漕河发源，皆自山东，不资于河。南旺、马肠、樊村、安山诸湖，但求封浚泉源，修筑堤岸，疏湖中积沙，以深蓄湖水，则湖外长沟、马房，南至钧儿口，北至安山，即古所谓巨野，宋所谓梁山泊也。地形洼下，较诸湖水低，改漕经焉，无虞济宁高源浅滞之艰，此又一奇也。

夫从霍之议，则可免徐、沛上流之冲，可无凤、泗横溢之忧，而运舟兼济。从黄之议，则泰山七十二泉之水，可导汶而入。南旺五十里之堤，可入斗门而固。当不至如日者徐、邳之厄已。顾黄河徙决不常，沧桑多变，迦黄、胶莱海运之策，言人人殊，自陈平江而后，荒度代有，类补苴其罅，苟且目前，无能为国家经久远。夫惟有慨然任事之臣，毋诿天数，毋设城府，毋私便身图，依然过门不入，必蕲平成而始即安，崇严秘密之上，又能仰体天心仁爱，深惟缔造艰难，择人而任。久任责成，精格重元，膏流万里，则冯夷顺命。海不扬波，陵、运生灵，亿万年永赖之计，不与霄渊俱敝哉？

案：此篇从《皇明经世文编》中钞出，原本旁有评语，殆选家陈卧子、徐孚远诸公所加，以其有关考证，故仍存之。汝怀附记。

桃源洞说

杜维耀

古称桃源洞，又称秦人洞，又称三十五洞天，别为一天云。洞去邑治三十里，渡白马江，登岭下平田，逶迤至仙径亭，亭旁有碑曰“桃源佳致”，则抚军赵公贤，述昔刘公禹锡故语。去半里许抵山南麓，有碑曰“桃源洞”，盖侍御史公褒善所书者。

步仄径攀石磴层级而上，至洞前，洞壁陡绝，北向纵广丈余。洞上崖石耸峭，上有山凹，飞泉直下，垂垂而雨，溅激作声，汇为方塘。塘旁小溪仅容足，溪中九节菖蒲，络石沿泽，青青平沙间。下即遇仙桥，桥危欲堕，桥下若阴，寒气逼人。洞间溅激之水，流至桥侧遂没，其流更无泽窍，莫可穷究。桥左右山陇夹泉，窄阂似相妒忌。陇间方竹无虑数十万竿，亭亭翠郁。竹下有罅，尽五加、黄精，异草丛生。复产异龟，修尾句喙，后甲差错，如锯齿然，名曰“黄灵龟”，获之祷雨辄雨。

环游出山麓，则归鹤峰迎宾馆，至仙径亭。又半里许过清风桥，桥下清流湍急，荇拂鱼游。循砌道登桃川宫，山门微风徐来，倦可班荆小憩。入万寿宫，轩举嵬峨。左公馆，诸往来名公所撰诗辞，云蒸霞灿于楹栋间。右道院，院侧下有瀹鼎池，率曲径盘旋。更上至瞿童翀与空心杉，传云瘁而复荣者。上元岳行宫，内则元武殿，登前楼，山川蜿蜒，明白四达。东眺渌萝，西望水溪，苍茫哉！苍茫哉！

左二百余步为炼丹台，鼎迹犹具。山背大江，为桃源后洞，为缆船洲，为桃花溪，盖昔渔郎问津而入者。山南北相距二里有奇，内形胜景概，皆多奇奇怪怪之妙，兹洞之造，孰谓非天造者邪？

余桃产也，素欲种桃丹丘，结社秦人，因为之说，以解人之谓荒唐者。不则何以有曰渔郎，曰黄道真，曰黄洞源，曰瞿柏庭，曰洛浦师，曰大德师之遗迹在。

古微书说纬

孙瑴

纬之兴，其兴于符命乎？五德承运，递有感生，故首《尚书》焉，符命之替也。灾异滋多，获麟而经，亦孔子之龙与马也，故次《春秋》，有灾有异，天人之道洽。《易》数幽元，乃可证向也，《易》纬至博而《传》尚存，故又次之。《礼》行变化，《乐》动神示，皆倚《易》而滋矣，又次之。久矣夫乐之不作也，盖后诗而亡也，故《诗》次《乐》焉。正《乐》删《诗》复为谁？孔子也。孔子迈九圣而无其遇，讫为素王，诸贤悼惜，故《论语》纬又次之。语莫大乎孝，孝至通天，北落为降，紫麟聿来，而孔子之元命亦可知矣，《孝经》纬又次之。嗟嗟！此以悲河不图也。惟河与洛，天谆谆命，群圣以辟，诸经以祖焉，是不可以无述，终之以《河》《洛》纬。

秦人藏书说

阙士琦

当秦之时，天下欲为乱者十室而五，自意为釜中之鱼，几上之肉，乱亦死，不乱亦死，背城借一，以为甘心。意此时有所为而不可许身，与无所为而不肯求死者，独书生耳。予邑避秦人，渊明称先世率邑人、妻子来此，遂不复出，而世或以为隐，或以为仙，皆非也。

今观古今人称大酉、小酉为秦人藏书之室，沅溆之间，踪迹无所考，疑舟车所至，寄托斯存，即予邑避秦人所藏欤？丹岩碧巘，固野客之天禄石渠也。考史，松柏客亡，鹿马臣起，六国如不燃之灰，与秦首为难者，楚陈王涉耳，天不丧文，先开我楚，于时搢绅先生抱礼器往归之，而孔甲亦为陈博士，百城四库，遂已在楚。迨夫假王既诛，庄贾肆噬，圣贤寄命，有如亡子，然后汗牛盈车，不惜间关跋涉，为名山之藏，则秦火未焰，固有大力者负之而走矣。故予尝谓秦坑儒，楚归儒，秦焚书，楚救焚，人知罪秦，不知功楚，此千古来一段不平公案。然则秦人者，岂在河内女子、济南伏生之后？而汉武、汉成所求，刘、李伊人所校，此固为自有书籍以来，金城汤池矣。

予闻蠹鱼三食神仙字为脉望，而侯道华亦曰天上无愚懵仙人，则夫丹灶暖寒，白云升降，水流花落，山中无定之秋，父子戏嬉，天上无愁之侣，岂人间汉魏事邪？谓之仙也，亦宜矣。

邱峻也金石发微说

郭金台

辛卯闽奇士邱峻也来自衡山，访予于普陀精舍，谈五昼夜不释，为镌晶石章数具见赠，报以诗。翌日，峻也又出《金石发微》一编，恳予序。

其言颇与云间杨子倩推宕出入，剖剥今古，而此编又长康添颊上三豪。予质峻也曰：凡作文无长短篇，遇下笔不大佳，都可用删削。作诗无古今体，必沉思苦吟，练字造句，凡屡经窜易取工。镌章则不然，方含豪捉刀时，心与石只方寸耳，自其注于目而运于手。如枯禅静女，寂而不动也。如神鬼施设，感而遂通也。如兔起鹘落，系风捕影，极纵而不敢弛也。庄子所言承蜩如掇，列子所云泠然御风者，乌乎，深矣！其殆庶几于道乎？

或曰：金玉晶石，种种无非器。钟鼎秦汉，种种无非法。道安从生？予曰：九方皋相马，至不辨丽黄牝牡，庖丁解数千牛，游刃至入于无间，认著汝手与眼，那见是道，离著汝手与眼，那见不是道。峻也发微之论近于是，请以是参之。

太和篇

简而廉

或问曰：《易》曰：保合太和。太和与太极，同乎？异乎？简子曰：太极者，玄黄未剖，两仪未分，冲漠无朕，万象咸罗，一元混沌之真宰也。太和者，形生神发，阴阳会合，冲和之气也。

吾人始生时，胎元真气，孕藏于中宫，五位絪缊摩荡。一点真阳，生于人宫，阳气自然上升。一点真阴，生于离宫，阴气自然下降。升者升，降者降，会合于中宫，浑融洽浃，天然妙契，和之至也。从此保之不散，合之不离，薰蒸变化，五行相生，百脉调畅，长生久视之说，从兹肇矣。先儒以老氏之说非异，为其根于大《易》也。

默观太极，则可与天地合其德。保合太和，则可与天地同其久。士希贤，贤希圣，圣希天，一脉相传，端不外此矣。

湖南文征　卷十四

辨 明

存心养性辨馆课

李腾芳

尝谓心与性非二物也，存与养非二事也，儒者二之而为之说，曰何者为心，何者为性，何者存心，何者养性，是支离诞蔓，口耳之学，而非心性之学也。

昔者孟子之言曰：存其心，养其性，所以事天也。夫举心性、存养而对言之，若真有二物，有二事，学者欲从事焉，必将交修并进，而不可偏废为矣。愚窃以为，圣贤立言，意自有在，学者惟当会其意而不必溺其辞。若孟子之意，直欲人复其初而已矣，非于心性有所分也。初者，何也？天也。盖天地之心不可见，而于生人乎见之。《记》曰：人者，天地之精，阴阳之会，五行之秀气也。是故人之初生，忳乎其蒙，浑乎其忘，无将迎，无智故，不识知，纯然一赤子而已。然其真知出焉，天能发焉，灵莹洞达，充之而可以无不知、无不能，若是者，何也？天之所予，人之所受，为性之理而具于心者，本如是也。人能无失其本来，又何存养之有？惟夫智诱物化，欲动情迁，与接为构，日以心斗，于是纷华靡丽，一切世味，恣乎其中，而荡乎其外，则真心日丧，真性日凿，非复有生之初，而天之所以与我者，其不澌灭以尽者几希。此君子所以贵存养也。

存养者，复其初也。譬之若镜，尘垢之则昏，去其垢而镜复明。譬之若水，泥浊之则浑，澄其浊而水复清。所谓存养，亦去其心性之垢浊而已。盖吾本有心，吾不失之即为存，而非有加于心之初也。盖吾本有性，吾无害之即为养，而非有益于心之初也。然未有存心而不能养性，养性而不本于存心者。盖自其兢兢保守，惟恐失坠，若缄縢固箧然，则曰存，而存固所以豫其养也。自其优游渐渍，惟恐戕贼，若栽培灌溉然，则曰养，而养固所以保其存也。何也？人生而静，天之性也，感于物而动，性之欲也。人生而静以上不容说，惟自其感而动者求之，则养性之功，舍存心莫可置力矣。

孟子又曰：大人者，不失其赤子之心者也。夫不失其心，即所谓存心，而存其心者，即所以养其性乎？要之一无欲尽之矣。夫赤子之初也，与以瓦砾，则投而弃之，与以抟黍犹是也，与以金玉犹是也，彼固未知物之有可欲也，所谓不失赤子之心者，惟不失乎此尔。盖欲之与性，不两存之物也，故曰养心莫善于寡欲。其为人也寡欲，虽有不存焉者寡矣。人能寡欲以存心，存心以养性，则天全而付之，我全而归之，吾且为仁人，吾且为孝子。《记》曰：惟仁人为能享上帝，惟孝子为能享亲。斯孟子之所谓事天者欤？然则学者当奈何？老氏之言曰：为道日损。儒者之说曰：求日灭不求日增。愚窃以为，是孟氏存心养性之旨，而学者入道之门，或不外乎是矣。

同僚犯公罪辨

周之龙

凡立法者，必差其轻重而法行焉，要于其当，不得觭轻重也。凡敕法者，必原其所以法而轻重焉，苟当于法，不得等轻重也。假如并官也，并公错也，罪有异乎？抑无异也。同官中多者以递减等而四，少者如数递减而止，有故乎？抑无故也。

治之烦简异则官之饶乏异，官之饶乏异则罪之轻重异。此所论于罪之公也，而非所论于公之外也。此所论于公罪之同也，而非所论于公罪之异也。夫其多设官者，岂为冗员？必其治剧而政繁也，必其长官者精神不易贯，而综理不易周也，吏典无论矣。佐贰、首领，官之何名，而独任其公错邪？不然，而无全设者，岂其乏员？必其治僻而政简也，必其长官者不必长才异能，而耳目可饶为，手足可饶措也，首领无论矣。长官所辖几何，岂其救过不给而犹然错邪？官有四等，假令求全于一节之误，是设官与长官分受事，而误官不与长官分受过也。况戎粮之视诘捕，诘捕之视承行，一手一足之任也，安得不递减而上默寓其稍轻乎？官准见设，假令论减于多官之例，是无罪较多官者厚受德，而有罪又同多官者薄受议也。况彼以簿书旁午犹可原，此以优游尸素无可诿，日忨月愒之积也，安得不次减而止明示其不轻乎？譬之偿金者然，四而偿之则稍轻，二而偿之则稍重，此员多员少之说也。又譬之任重者然，举万镒而不胜可解也，举一雏而不胜不可解也，此治剧治简之说也。是故并官也，而公错之罪异也，有以也。又如同犯而有一曲者犯其间也，亦应与照常减等者同科乎？吾以为太慢也，全出全入，照罪犯全抵而可矣。又如同犯而其情坐不知也，亦应与罪犯全抵者同科乎？吾以为太残也，失出失入，照递减科断而可矣。

若申上行下之不无失错也，上下司之有所误行也，官吏各递减二等、三等则法，而不以吏典为首非法。夫赦小过犹可言也，独不曰先有司乎？是故并官也，而公错之罪异也，有以也，不可以无辨，尤不可无辨之辨。

禹碑辨

吴道行

考《吴越春秋》，载禹登衡山，梦苍水使者授金简玉字之书，得治水之要，刻石山之高处，禹碑所从来矣。

历千百年无传者，道士偶见之，韩文公、刘禹锡索之不得，致形之诗词。宋嘉定初，何子一游南岳，遇樵者导引至碑所，始摹其本。过长沙，转刻之岳麓山顶，隐秘又四百年。至于国朝嘉靖初，潘太守搜得之，剔土拓传，朝野始获睹虞夏之书，故湛甘泉一见，亟称篆法奇古，虽深于古篆者，仅能辨一二字，不可识其中所云，深信为禹笔，独“帝禹刻”三字，则宋人所题耳。顾东桥则谓禹精于水，今篆体皆流水形，其出禹笔无疑，但衡石疏厉，碑必剥落，或亦宋人流传拓本耳。蒲阳林巽峰则谓字画奇古，非秦汉一体文字，虽石鼓文原父鼎器铭且让焉，然古文自汉，知者已稀，其义失传，未详何谓。季彭山亦谓别有隐义未可知。惟是杨升庵、沈靖阳各有译义，乃蔡、季二公随执译义，力辨其非禹笔。余尝细玩碑刻，反覆古今诗词序论，益信为禹笔无疑。

窃怪译词之误，适以开反古者之疑局，故辨之者合宜议译词之误，不应泥译词而疑非禹之碑。试即以后人所疑者辨之，而犹觉所疑之非也。据蔡公以《衡岳志》载禹碑二：岣嵝、云密。子一传本，后称碧云，此非子一之言，乃张光叔代叙耳。其非一。又以勒石见德，禹所深戒，古人祭告则有之，登封镌石则未。季公亦以周穆王、宣王始有石刻。考《白虎通》，载禹与周成王封泰山，禅会稽，首社勒石。盖王者受命，必封山增高也，禅者增厚也，刻石纪号著功绩也，又何以必禹之不勒石也。其非二。蔡又以碑勒自禹，岳麓名自宋徽。夫岳麓之名自宋真宗时赐额，载在《纲鉴长篇》及南轩诸记，而以为宋徽宗，则岳麓旧志引《衡岳志》所传，而未之深考也。其非三。且谓韩公索之不得，欧、赵、朱深于博古者皆未见，而疑道士之见子一之传为诳。湛甘泉所云，宇宙神物，固当天宝地藏，藏久则必复见，安知道士、樵者，非山灵异人而使之见者也？况原碑在深山穷谷，荆莽沙土迷覆已久，搜之人又安肯一一穷心力而必欲得之邪？其非四。

如以此四者而疑非禹笔，恐博识者不尽然。至谓岣嵝在衡，岳麓在潭，碑勒岣嵝，词称岳麓为谬戾，此其说近是。总之，亦杨、沈二公译义之误。当日止从潘公获碑岳麓起见，亦不自觉碑勒岣嵝、词称岳麓之为非也，则其余译义之误，可类推已。奈何不译义之是议，而徒偏执以为非禹碑，则亦不情甚矣。况李公转以碑勒之会稽，又何过于好奇若此！善乎《通志》有云，是书为蝌蚪，其为禹所遗无疑，但其文义缺之可也。

桃源避秦考

阙士琦

古避秦人多矣。一见于吴之樵贵谷，李白所谓“山多灵草木，人尚古衣冠”是也。一见于豫章之麻姑山，图谱所谓“面目黎黑，走地如飞”是也。一见于熊湘之秦人三洞，邑人所谓“石门深锁，钟磬时闻”是也。其他渡河浮湘，梯山泛海，听草木之腐朽，任烟波之汩没，又不知几何？要皆裂冕毁冠，变名易姓，望幽岩以息影，托名山以藏书，意其坑儒焚籍之祸兆，必有为当时英雄所早见夙知者，故有所据而逃，不待其余波之及也。

乃避秦人以桃源特闻，何也？则自泉明之记始也。泉明之独记桃源，何也？则桃源之自足避世也。中都大国，犹之门庭藩榭也。神皋鬼宫，犹之内笥秘阁也。商瑚夏琏，其不列于四通五达之衢明矣，彼伟人侠士，孤情特识，机警有锋，肯徘徊徙倚为科头履尾之事乎？入山恐不深，入林恐不密，桃源之所以与世绝，与泉明记中谓其地止有桑麻，无征输贸易之事，其人止有父子，无君臣恩怨之情，其岁止有秦，无汉、魏、晋篡夺之日月，固居然人也。至于渔郎入，太守迷，子骥病，则似挈一仙真之居以处秦人矣。韩退之固疑之，遂谓桃源之说何荒唐，盖退之佛骨一疏，已划然于儒、释、道作南北党矣。故其诗曰：我宁曲屈自世间，安能随尔巢神山。则人邪？仙邪？皆非退之齿牙中事。苏子瞻复泥于杀鸡一语，曰世无仙而杀鸡者，只以为青城菊水之类，其言殆近于迂。彼长房之鞭百鬼，回道人之精剑术，又非活国中人邪？

或曰秦人不知有秦，犹泉明不知有宋，故其自为计曰：吾不折腰向乡里小儿。戒其子则曰：虽有五男儿，总不好纸笔。其未肯俯首仕宋决矣，遂托避世之旨以自况欤？然则往者五斗令彭泽，又何也？若尔则称避秦人以仙奚居，岂始而栖隐，继而登仙邪？岂渔郎所见者固其子孙，未必秦人仍在邪？岂其先世长子孙矣，居然人也，而后如瞿童、药山杂以流寓邪？岂其地有空杉、方竹、神草、伏流之属，如丹井可以长年，石髓可以御老，竟不知所以仙而仙邪？

吾以为，避秦者，亡秦者也。拥陈涉以首难者，避秦之孔甲也。操铁椎以当车者，避秦之子房也。遗镐池君以死日者，避秦之素车白马客也。余邑避秦人皆此类，一片壮心，牢笼不尽，则其深知强魄于身计中必有所旁出，于宇宙内事必有所过取，遂能以其离奇诡谲、狡狯变化之人而之仙欤？夫死有疑冢，生有别天。天上未必乐，则居人间。世人不可与语，则挟飞仙以游。此亦我辈有心者之能事矣，故曰成佛须慧业文人，况仙哉？建炎初，洞中浮一大石，其文曰：无为大道，天知人情。无为窈冥，神见人形。心言意语，鬼闻人声。犯禁满盈，地收人魂。其文简贵古奥，要是三秦人语，残慧余馨，犹足流传千百世代，使人读之肉颤发竖。秦人即非仙而人者也，亦必人而仙者也，不然桃源即崄远，与外人绝，彼鞭山赭石之威，回易山海，驱使草木，正不劳一指臂而能保有兹土邪？

乃今之桃源，青烟不御，白鹤亦忙，似无待薰王子以萧艾，歌招隐于荒途者，何邪？又考邑之北有桃花洞，外峙中空，五洞相连，今疏其二，得唐绩勒石诗云：分明便是桃源洞，不见溪头流落花。则所谓桃源洞者，在唐人固已疑之矣。噫！邑冈峦洞壑，所在异状，神房石室，可为离宫别馆者，往往而是，吾意避秦人所呵护者，当不出绿溪青嶂之外矣。

九溪分合考

刘鸿泰

《水经注》谓楚有五溪，潕、樠、雄、酉、辰也。按《集韵》《韵会》及《九溪志》，又有龙、叙、桂、武，是为九溪。皆下注洞庭，以达于江。

考诸溪之水，惟㵲最上，源出镇远府，由玉屏县东入楚界，经沅州城西下盈口竹寨江，是为㵲水，唐曰沅溪，又曰龙标，郦道元以㵲作武者是也。又二百里至黔阳县，合于㰀。㰀一作朗，源出黎平府，经靖州西南为亮寨江。又六十里至会同县界，乃与雄溪合。雄之源自城步县出，经关峡下为若水洪江。行百八十里与溆浦县之溆溪合，叙源甚浅，六十里至辰溪县与辰水合。辰出铜仁府，经麻阳县城南，是为锦江。越辰溪县四十里，至浦市而桂溪出。俗以为浦溪源亦在百里内，㵲、㰀、雄、叙、辰、桂六溪之水始合流。由辰溪县八十里至泸溪县，县之西则武溪出焉，源发于武山，汉马援所谓“滔滔武溪一何深”者是也。七溪汇流，下六十里至辰州府，又与酉溪、龙溪合，二源同出酉阳州界，经辰州府西，名曰北江，九溪咸注于斯，以趋洞庭，导江而朝宗于海也。

其源之远出于黔者，㵲、㰀、辰三溪。发于蜀者，酉、龙二溪。若雄、叙、桂、武，则皆境内之水尔，无不可按图指掌而陈也。

湖南文征　卷十五

论上 明

合从连衡论

李东阳

天下之势，轻重于权谋之中，君子于此，可以观世变矣。夫天下之势，必有所在，在德则正，在力则偏，在谋则变。故德者定天下之势者也，力者据天下之势者也，谋者盗天下之势者也。举天下之大，徇于匹夫之口，捭阖张弛，惟其所命，其为变也，不已极乎？

孟子曰：五霸者，三王之罪人也。今之诸侯，五霸之罪人也。今之大夫，今之诸侯之罪人也。乌乎！为从衡之说者何人哉？周失其德，天下之势涣然无所归，既久而为秦所据，六国之命皆制于秦，朝夕惆惴，撑拄之不暇，故秦与仪也，得肆其邪谋诡计于其间。大抵为从者多怵之以利，为衡者多怵之以害，利害交乱于天下而莫能辨，故合而连，连而合，莫之适成，展转眩惑载胥及溺而后已，固世之变，实谋之罪也。二者曲直，固不暇较，然就而论之，从之谋在六国，犹可言也，衡之谋在秦不在六国，无可言也。秦自孝公之后，并吞之势已成，决非犬马玉帛之可事，则六国之势，不得不合，故秦说一行，而天下响应，然不一二年，虽秦也亦无以谋其身矣。夫以桓文之才，假尊王之义，尚不能制一郑之反覆，而秦以区区口舌，合异为同，联疏为亲，欲其久而不散，岂不难哉？

仪乘诸侯不胜畏慑之余，故得以劫行其说，秦死乃得大肆，而又解于武王之隙，不然束手就擎，授人之势，不待数十年之后，天下已为秦有矣。夫势专则秦以数千里一衡之地而卒并天下，势分则齐及燕、赵皆以二千，韩、魏以千，楚以五千里，全从之地而卒并于秦。由此观之，君子不能无遗憾于从约之解也。虽然，秦尝以帝业说秦不用，而后为从于六国。仪尝倚秦以为用见辱，而后为衡于秦。不然，则秦之为衡，仪之为从，皆未可知也。小人盗天下之势，而又倾侧骫骳，为其私身计如此，彼六国者，乃视之以为轻重，而于其时有孟子者，其去其就，固恝然莫之计也，是可委之世变而已乎？

如孟子之言，行王政而王，如汤、如文王者，虽一国可也，彼六国者何足慨哉？予独论仪、秦事，以著利口覆邦家者之祸，为后世戒。

韩信论

李东阳

信之事，两司马论之详矣。有说者曰：信之忠，一拒武涉，再辞蒯彻，言出肺腑，容不可以伪。且其虑事料敌，算不遗策，不以全齐叛，而以一淮阴，不以逐鹿未定之时，而以天下一统势不可动之日，亦明矣。其所谓逆，非有擅兵养士如阳夏、部聚候伺如九江者，不过以吾方念之之言，犹豫不忍倍之意，为陈豨内应之谋，悔不用蒯彻之计之语，是安知非忌者所媒孽，抑或史氏之所传袭而附会之者邪？

夫信之狱成于吕后，汲汲乎不待高帝之归，临刑之辞，未足深信，且彭越再变，吕氏实使人告之，何有于信？信盖其尤所忌者也。然信之请为假王也，陈平、张良蹑足附耳之不暇。云梦之执，平实为之，而田肯复以得信为贺。及其死也，以出亡夜追之萧何而亦与其谋。岂信之忠不胜智，固未免见疑于人人邪？方其始说高帝以天下城邑封功臣，不旋踵而自为假王之乞，驰壁夺军，易置诸将，帝固已疑之。失期得楚而不辞，纳项氏亡将而不辄奏，及其失王就侯，身不自保，而犹以多多益善，辩夸于帝，盖非特帝疑之，廷之臣莫不疑之矣。疑其迹而不知其心，悲夫！

乌乎！平以下不足道也，彼良与何者宜知之，不但无百口之保，亦无一言以纾其难，坐视其赤族而不恻者，何哉？盖高帝之雄心，未尝不耿耿于天下之豪杰，非辟谷之请，田宅之污，虽良与何，亦且不免，其势固无暇于信，信之必死于高帝，旦暮等耳。苟徒摭片语只字，以为信罪，岂君子之所忍哉？《纲目》书后杀淮阴侯韩信，夷三族，朱子盖已洞见其曲直矣。程子谓，读《春秋》者，必以传考经之事实，以经别传之真伪。《纲目》非史类也，愚请以经法读之。

曹参论

李东阳

大臣者，与人君共治天下者也，君岂能独治哉？大臣之于君，善则引之，不善则谏之，以归于治而已。不能引其善，谏其不善，是后其君者也，忘天下之治者也。天下之不治，岂独君之责哉？

汉之惠帝立而遭吕后之惨，日饮为淫乐，不听政，曹参相之不能谏，且以垂拱告之，是长其过也，是后其君也，忘天下之治也。遂使君怠于上，臣荒于下，日颓月挫，以求所谓清净无为者为之，古之大臣事君之道，如是哉？然则惠帝之不听政，非特惠帝之责，固亦参之责也。参之清净，出于盖公老氏之道耳。老氏忘天下者也，非吾圣贤所以治天下之道也。参以老氏之说，小用于齐，则不扰狱市，大用于汉，则醉客而不使言，听吏酣歌而不致诘，甚者又导其君而忘天下，充其心必致于剖斗折衡而后止焉。然酣歌淫乐，恐亦非盖公之所谓清净也，参尚能逭其责哉？萧何之薨也，参奋然治行，盖谓何之后，非其身莫可共天下者。吾意其纵不能追古之治，必有以继高帝之业使不坠也，曾谓其清净以忘天下，而且长君之过如是哉？参为相不过三年而死，其时惠帝固在，诸吕未王，太后未称制，而兆已萌矣。借使诸吕王，太后篡，而参与惠帝尚存，亦将为清净而已乎？将为酣歌淫乐而已乎？其不可为明也。

夫参之从高帝，攻城略地，身被七十创而不困，固非忘天下者，及为相而不事事，岂余于将而不足以相邪？盖以天下之民，方辞见知之苛，安约法之简，固不欲以政令扰之，方恐其君之多事也。乌乎！参之心诚如是，其失滋甚矣。求民之安，乃至于酣歌淫乐以忘天下，畜祸养患于宫闱之内而不知戒焉，设非平、勃诸臣为之排击拨正于后，则汉之为汉，我不敢知，乌在其为清净之效也？使参能因吕氏之惨，导惠帝以齐家睦亲之道，必能固其根柢，因惠帝之淫乐，戒之以忧勤惕厉之义，未必无所防遏于将萌，天下虽不大治，且不大乱。奈何淫乐废事，以坐致后艰。汉之幸而不坠者如线，一垂拱之言误之也。

虽然，参之相，天下歌之，后世贤之，平与勃者莫之或过，其有益于天下之治，殆亦多矣，称汉之大臣，固不可欤？

原礼赠乔希大宗伯

李东阳

礼之道何始乎？自天地以来有之矣。礼之名何始乎？自经籍以来有之矣。盖天高地下，万物散殊，而礼行焉。礼之云者，配仁、义、智而为四德，合性而为五常，配吏、户、兵、刑、工而为六卿，配《易》《书》《诗》《春秋》而为五经。

其所自为名者，合天、地、人而为三，合吉、凶、军、宾、嘉而为五，合冠、昏、丧、祭、乡、相见而为六。以经言则有三百，以曲言则至于三千。极天蟠地，行乎阴阳，通乎鬼神，而行之则在乎人。若其所以行者，则有恭敬、辞让以为之本，有品节、度数、等级、器物、声容、缀兆以为之文。古之治天下者，其居则宫室车舆，其服则衣裳弁冕，其器则尊爵俎豆，其乐则金石丝竹，其仪则登降揖逊。以之朝觐聘问，乡射燕享，井田学校，哀乐庆吊，皆所以教民成俗，养其德性，而定其名分，使其迁善远罪而不自知，此欧阳氏所谓治出于一者也。

及礼与政分，则所谓节目度数者，时殊而代异。上古之治，邈不得闻，夏、商之礼，孔子时已不足征矣。《周礼》书虽存而残缺已甚，或者至疑其非圣人所作，孟子所谓爵禄亦与王制不同。汉、唐以降，议礼之家，与国终始，而卒无所定，是其官虽设，文且不能备，而况于本乎？叔孙通之仪，无暇论已。贾谊言之，而未遑见用。王仲淹谓，孔明不死，则礼乐可兴。程子亦以为然，然亦未试也。张子之学，由礼而入，其论礼制，多本诸古而不易行。朱子于司马氏所参酌者，独有取焉，及自为《仪礼经传通解》，未终而卒，君子憾之，然其论固在也。我太祖高皇帝本诗书礼义之化，分经以取士，列部以置官，又制为《大明集礼》《洪武礼制》《礼仪定式》《稽古定制》诸书，颁示天下，是凡学礼者所宜究心，而况为其官者乎？

太原乔希大氏举进士，为礼部仪制主事，越二十有八年，十命而至南京礼部尚书，谓予曰：昔予为太常少卿，代祀西藩先生尝作使难以教，今之行，其将有言乎？予惟礼之职重矣，昔人谓礼乐必百年而后可兴，今南京乃皇祖开基之地，规制具存，百司庶府，遵奉罔缺。予尝奉使而南，见小官下马道侧，市民虽隔门牖，亦起立俟过。比吴侍讲南夫云：尝观礼部，见国初书籍犹有存者，然则品节制度之详，尚可考而知也。

希大制行端谨，博经籍，富文藻，礼仪之事，又其所素悉者，率属举职，固不俟言，顾于国家教民化俗之大，尤有深望焉者。乃推衍古义，作《原礼》以贻之。

人君无所不谨论万历辛丑乡试　　周之龙

人主之缵洪图而迓天休也，则言人而不言天矣。夫言人者，何也？即人主之心也。人主无心，以天之心为心，天至幽渺不可测，冥窈弗可穷，而其祯符谴告，每见之端倪朕兆之间，有如人主，视为固然安坐而委置之，则天何赖人主？抑如星官历师，抱成策以定吉凶，执于此而泥于彼，宴安胜而戒惧微，则天之所以示异人主者亦甚狎，而人主又何以迓天休？

夫惟明主贵以其身爱天下者，乃可以托天下。爱以其心畏天下者，乃可以保天下。皇皇闵闵，不敢即安，惟恐一念屑越，致贻天鉴而速之灾。卒之斡旋元化，转移元穹，用以流鸿声而凝骏祉，万年有道之长，必循此矣。善乎先儒陆九渊之言曰：人君无所不谨。此人君克谨天戒之说也。夫人主者，天之宗子也。天者，人主之父母也。父母之于子也，讵有不抚摩、鞠育其子者哉？亦讵不欲其子安富寿考、世世长无患哉？有时而过督之，刻责之，又甚之以棰楚者，则父母之借以示谨其子也。所贵为人子，一处心积虑，出言举足而不敢忘谨，则善体父母者也。假令为人子而放纵之习滋，傲惕之意愉，毋论狎侮怠弃，一无所谨，即或单词细事，稍稍矜持，以对父母，而无故则耗蠹于燕闲衽席之际，逸豫于慆心滑和之间，彼为父母者，亦非其意矣。何况人君父天母地而为之子者乎？

吾观天立君之意矣，天之所大奉命曰天子，岂其使之恣心肆志，处深称朕于巍巍之上？必不其然，盖欲其御宇握中，体元经世，思大副之矣。故或以祯符昭主勤，或以怪异振主懈，或以冈陵炽昌之运答明禋，或以显怒谪告之符黜秽德。彼其一念不谨，即干天地之和。一息不谨，即伤清宁之气。而灾异且纷至突来，更睹迭见，宁徒令人主之心，按灾而禳、据异而儆哉？夫太上修德，其次修政，又其次修救，最下修禳，古记之矣。何者？华胥沕穆之世，太平无象，善败相半之朝，理乱递出，则所繇敬肆殊途，功效相万致然也。如人主袭敬天之迹，阙由衷之诚，得修省之一端，忘恐惧之实际。有减膳彻乐，以为谨者文而已矣。斋居避殿，以为谨者疏而已矣。封云禅亭，以为谨者侈而已矣。奈何语人君克谨之心乎？

吾观古今之陈谨戒者，莫如《春秋》一书，其曰日食，曰不雨，曰地震，曰雨雹，曰彗，曰蜮，必大书特书，而卒不明指其事应之符，占考之验，吁！圣人之意，盖可见矣。夫惟独照之主，元解之辟，为能超然远览，憬然深悟，兢兢于天人相与之际。幸而天降祥，无曰余一人祇承厥命，而曰偶然。不幸天降灾，无曰适至，而曰余一人实孤寡不穀。大廷以及深宫何地弗谨，即独知弗敢忽也。听政以及燕闲何时弗谨，即梦寐弗敢荒也。凝丞以及虎贲何人弗谨，即工瞽弗敢亵也。凛兮其若谷，俨兮其若客，卑兮其若队。抱赤子于春冰之上，持璠玙于万仞之渊，驭朽索于六马之冲，对勍敌于孤垒之日，而一念一事，有不敢自暇自逸。若不知万乘之贵，九重之尊，惟恐示谴于天，欲逃之幽障险岩，亦不可得者，岂为是私忧过计，设不必然之谨哉？诚见夫存不越幾微，祸福立应于四海九州之远。萌不逾顷刻，胶结至于易世而不可解救。则安得有所谨，有所不谨乎哉？

自人主谨心仰格，山出异丹，水浮沉玉，屈轶蓂莆在朝，青麟赤凤在野，萧云掩阙，甘露腾轩，用能转灾为祯，化异为瑞，荷天之休，若是其显隆懿铄也，而有一念不克自谨中来乎？不然，玩媟一起，长此安穷？即有一二矫饰之文，补苴罅漏，辟之治身者病在疥癣，日夜走数千里，求俞跗以谨之，而腹心则不加药也。又辟之治家者病在藩篱，不惮修缮堤防以谨之，而中央则置不理也，卒之元气病大命随，寝室不支而大厦颠矣，岂非人主不谨之明鉴哉？

古今论治者，莫过污隆之间，以汤也，式九围而七年旱。以成也，际重熙而风雷变。曷尝无灾？乃当年所为，动色相儆，曾无宁息也者。至于桓文之际，减食省用以消旱，罢台池、恤刑僇以去彗，而治狃小康，卒不克荣华到今。此无异故，盖彼以无所不谨之心承之，而此以有所不谨之心参之也。又何怪治理之不逮远甚哉？人主诚穆然咨嗟，克谨天戒，慎无空袭伯者之虚声，实不得与汤、成接轨也。噫！

王者以天下为家论万历辛丑会试　　周之龙

论曰：王者之为天下往也，则不容歧天下与家而二之矣。夫欲二天下于家，舍天下奚所成吾家？而欲二吾家于天下，舍吾家奚以抚而天下？夫其天下而不吾抚也，又奚以托天下？惟家自家，天下自天下，于是天下之休戚欣厌，与吾纤不相关。吾无以联其家，天下亦遂嚣然涣散离披，而莫可收拾。是故明于天下一家之理者，非英哲莫与为也。

夫家谁之家，天下又谁之天下，以家为家，而无以天下为者，是家故自公共而我私之也，以天下为天下，而无以家为者，是天下故自亲切而我疏之也。天下一家也，家之需我者一，而我之需家者不一，家需我不得，安往而不为家？我需家不得，始犹各以心为心，既则各以身为身，又极则怨我仇我，有掉臂去我，还以报我耳。夫惟王者洞安危之故，曙离合之因，握元同于枢，普燠煦于宇，令天下蒙庥仰沫，若一家然，而天下亦太和元气烝烝旁皇周浃无壅阏，则熙洽之极轨，而休嘉之郅隆也。今夫士庶人之家，上有姻伯娅旅，下有子侄云仍，最下有臧获厮养，顾安所不仰给于我？假令吾所以为家者，疾恫疴痒之罔与共，神精脉命之罔与通，漠然举族党而赢越之，肥瘠之，夫我先已不有其家，家又何有于我？而况王者之家，席祖宗之烈，缵神明之统，拥河山之固，主夷夏之尊，此其家何似，而以衡于士庶人，宁翅寻常万万邪？荒服吾藩篱也，诸夏吾门庭也，畿甸吾房闼也。群黎亿兆，吾所与驭之堂皇，以共守其家者也。庶明百执事，吾所与揖之几席，以共理其家者也。穷天罄地，山梯海航，吾所与公之阛阓，以共饶其家者也。彼其饥需我哺，寒需我纩，疾首蹙额需我苏，金玉、谷帛、刀布、畜产需我分，流离困踣需我还定而安集，又其滞需我振，淹需我拔，伏处嵁岩、沉沦薖轴者，需我轩眉而抗志。人万其姓，姓万其欲，所群然归往者独一我，而我何以为之邪？

夫人亦思王者之称乎？能统一人群之谓王，能顺适众欲之谓王，又抚我则家督、虐我则独夫之谓王。王者一有肝胆嬴越之心，始不过径寸之私，既遂坐万邪之结，竟致独夫凉德，亿万生心，而莫可问焉，亦大可畏哉！惟旷然捐我形骸，而与天下之家相灌注，又荡然并包天下，而与吾之一家相维联。高居崇累不言尊，而以溪壑疈洧为脉络，处深称朕不言密，而以闾阎蔀屋为奥窔。是故天下有牂羊载道、蜚鸿遍野，而王者则若一家之露处宵啼，可念也。何以为宁宇厚宅之图？天下有鹑衣百结、袒褐诛茅，而王者则若一家之肘露胫决，可虑也。何以为帡幪夏屋之计？天下有荒葛罥涂、泽葵依井，而王者则若一家之捐亲戚、弃故业，可隐也。何以为推亡固存之谋？天下有狼噬鸷击、狐凭鼠蠹，而王者则若一家之膏竭髓枯，可痛也。何以为回生振急之策？家有向隅，主为不食，而天下有奇请他比、锻炼周内之冤，独骜然不与湔除乎？家有魑魅，主为修攘，而天下有阴房火青、赭野赤川之惨，独恝然不为泣下乎？家有抑郁无谁语、控诉不获信者，主为之宣幽理抑，而天下有万不可阏之士路，有万不可塞之人情，又有万不可堪之民瘼，独任其日甚一日，晏然不为之所乎？譬之有家者藩篱不固，门庭失守，徒众生心，帷墙离德，主人燕雀处堂，自以怡怡无患也，不知家之祸萌祟本，已蕴隆厚酿于其中，则起于有家者，无故而自解其维，自顿其纽，以身为家而不以家为家故也。彼家不有土崩，则有瓦解，立自孤而坐自毙耳。

王者鉴焉，视天下为家，而视吾之为天下者如为一家，由是天下之精神与一家之精神，有广隘而无彼此，一家之精神与王者之精神，有堂廉而无遏绝。究之忘其为家，忘其为天下，而并令天下且忘我之为家，忘我之为天下，其效至恩从薰风翱，德并元化游，冠带之伦，咸获嘉祉，睢睢稷稷之众，大被丰美而乐有生，则岂非王者一家之司契哉？不然者，毋论屑越其情，扃镝其有，至解众体而堕家声，即伯者挟数用术，其为国讵不似理家，而真纯不贯，一家之中，且不胜异意矣，又何以为天下？虽然，以天下为家犹二之也，天下元气，如人一身，自非以吾身合天下，则安所关于神情而彻于呼吸，故曰王者通天下为一身。又曰王者以天下为度，要以元首、腹心、股肱、手足相得益彰，然后噬嗑之间不中壅，畲限之地不外艮，荣卫流灌，支节康强，直轮运而毂转之。

傥君臣先不一家，天下事可知已。则以天下为家者，其必先以家人一体视其臣哉？此所以为家也，即所以为天下也。夫家与天下奚二焉？

水旱责躬论刑部观政试

周之龙

天下之无奇策，未有变于水旱也者。天下之需蚤计，未有急于水旱也者。天下之责人主，未有不严于水旱也者。人主之还以自责，未有不宽于水旱也者。惟不以至变者委于天行之数，而惟以至急者竦于渊涓之中，惟不以至宽者恕于澡雪之间，而惟以至严者切于拯救之虑，于是儆予有怀，于是桑林有祷，于是方命圮族有虞，于是匪彝慆淫有戒。其所责躬之内者，何恳以挚？而所责躬之外者，何重以周？故虽有九年、七年之灾，卒不为患，则以至急回其至变，以至严矫其至宽，故足述也。

夫天灾流行，何代蔑有？灾于东不于西，犹可言也，灾于西复于东，不可言也。灾于水不于旱，犹可言也，灾于旱复于水，不可言也。有一处不灾，有一灾不至，犹可言也，无一处不灾，无一灾不至，不可言也。望救故严。救灾者上之修德，次之修救，最下修禳，极矣。天何降咎？实行是疚。天何降休？侧身靡亏。显证于庶征，而矫修于一旦，则其势始未尝不刻责，后稍凌夷怠弛也，而自待故宽。夫始以无策之变，继以望救之严，乃复以宽假之心，当此变异之急，则有矜伐之私胜，勤俭之意微。听无稽之言，庸弗询之谋也者，则有政令不节，民生失职，崇土木，盛女谒，肆苞苴之行，开谗慝之衅也者。

夫君人者，百责攸萃，万方系望，即令阴阳调，雨旸节，方内外不睹有怀襄之忧，赤地之异，且鳃鳃悚仄徬徨之不给，而岂其三不足恤，一无可反，直以天下戏焉？昔者尧万世圣主也，汤汤方割，浩浩滔天，帝为咨四岳俾乃乂。汤天下圣王也，时方大旱，而祭林告虔，六事胪责，即当时平成功就，允殖化臻，一则曰钦哉！再则曰钦哉！亲睦平章，以逮明扬师锡，尧何尝斯须忘责焉？汤则诰我造邦，无从无即，各守尔典，以承天休。盖曰吉凶不僭在人，天降灾祥在德。至今读《太甲》一篇，犹想见终始惟一之意，夫岂徒抱空质，沾沾课效者哉？乃后世遇灾而修者，何恕也？

大涝时有，赤地频仍，万口嗷嗷，髑髅载道，非兆土崩之形，则趋瓦解之势，一夫奋臂，适足为贤者驱难耳。而上方恬然不知，无故屑越于游畋玩好之私，厌纵于龙嫠燕尾之宠，滥觞于琼林左藏之积，挢虔于总揽独操之神。耳目躬所自有也，奈何釜鬵既成，水火之端已见。股肱躬所自倚也，奈何斗杓未转，政本之助久虚。云仍奕叶，躬所祚允而亢宗也，奈何桑丛之媒交构，黄台之衅渐开。贤士大夫，诖误废佚，躬所疾痛而疴养也，奈何犴陛之冤未雪，佩环之召无期。枕甲藉戈，躬所销萌而厌难也，奈何白骨之枯遍野，阴房之火蔽天。刑余阉竖，躬所颐指而奉洒除也，奈何城社之威敢凭，太阿之柄旁落。乃至南箕北斗，怜彼苍生，枵腹露胫，谁非赤子？一旦离心，即欲躬居民上，亦不可得，奈何巨憝之珰四遣，舐骨之惨无余，秕政烦苛，亡征辐辏，如此而天不重谴，变不叠兴，然乎哉？

诚欲回天弥变，莫若就所极敝者而力反之。要以撤悬减膳，不言责而言渊微之当惕，素车白马，不言责而言九重之当儆。盖沴气逆数，实则不穀之秽彰。群工修事，不若一人之修意。尝考览《洪范》休咎之征，曰：时雨时旸，必由肃乂。曰：恒雨恒旸，必由狂僭。假设人主处深称朕，闻声自圣，令群下曾莫得望，而涣汗布信，且朝更而夕寒焉，尚谓能作肃作乂者乎？爱憎易移，博望之鉴不远。哲艳煽处，内嬖之蛊不衰。其有一事不反道，一念不僭差者乎？意动变生，若执券取责，毫不容爽，则水旱之频仍，其何足怪？夫天以仁爱奉人主，主不以仁爱奉天心。人以万心望人主，主不以一心乂万民。上示谴弥重，而主戏豫弥深。下延颈弥殷，而主朘削弥毒。主实有躬，谁任其责？彼躬实有所阙，多遗执瑕者辞，犹然怠傲恣睢，曾不少省，岂其讳多忌护多饰，不躬自责而责之谁也？

责躬维何？其耳目宜开不宜壅。安所辟忠谠之门？其股肱宜重不宜轻。安所收辅弼之益？其大礼宜速不宜淹。安所昌箕裘之祚？其犴陛宜清不宜滞。安所布湔除之慈？其血刃宜偃不宜黩。安所戒妄杀之师？其采摧宜罢不宜兴。安所苏旦夕之命？其中竖宜畜不宜任。安所绝窥伺之囮？至于一切反道狂悖罔念僭差，而悉祓濯其精神，斧藻其志虑，嘉与寓内更始，靡一念一息得自宽，傥亦尧、汤责躬之遗意乎？然此责于躬者也，非责于所以躬者也。昔北山愚公不自量，欲移太行、王屋二山，智叟哈之，愚公不止，且令世世子孙平焉，帝感其诚，命夸娥氏二子负山，遂移之也。又有遭仙人山中者，求不死之术，仙人畀一木令穿石，石穿乃仙，其人受教，无日夜、寒暑、饥寒，垂四十年不倦，石穿而仙去矣。夫山非可移也，石非可穿也，以愚公辈一匹夫尚得之于山于石，岂以天子实心实政，躬自刻责，不能得之于水于旱乎？此精诚之极也。志壹则动气矣，故为之说曰：人主之还以自责，未有不宽于水旱也者，无自宽乃可以宽于天下。人主之蚤为计，未有急于水旱之忧也者，能先忧乃可以无忧天下。吁！尽责躬之说矣。首页十二行“望救故严”上，脱“则其势必还以责人主，而”十字。

鲁仲连论

周之龙

尝读记战国秦挐四十万坑长平，目无全赵久矣。秦以此赫然恐天下，天下亦遂震恐。六国中魏綦甚，会辛垣衍劝赵帝秦，连以一布衣崛起，得交平原君，大有声梁、赵间，于是坐坛坫之上，与客将军慨慷而力却之。语在连传中。闻者吐气，衍则曰：吾乃今日知先生为天下士。

夫连布衣之贱，非有贵介之冯也。画策之雄，非有纯气之守也。轻世肆志之高，又非有骏树鸿猷之烈也。连安所自负奇甚，衍遂以天下士知之哉？连曰：秦无已而帝，则且变易诸侯之大臣，则且使子女谗妾为诸侯妃姬，梁王不安，将军亦不宠。岂连以危言中衍，衍即魂摇心动，不敢庸人相连邪？抑连以俶傥奇伟，振梁扶赵，掩帝秦之口，夺强秦之魄，遂睥睨一世，见谓世无人邪？归而论之，夫天下秦之有邪？六国之有邪？周虽弱，犹共帝也。六七虽强，犹臣妾也。奈何当时策士大侠，冯轼鼓唇，倡从横之说，贤豪公子，死党悖公，竞篡逐之计，欲帝者微独秦，欲帝秦者微独魏，即临淄之胜，方汉之饶，比比思朝同列而有天下，尚复知有周乎？为连者假令兴叹黍离，折萌问鼎，率六国朝于周，明示冠履之不容倒置也如此，名号之不容陵夷也如此，连曰帝周，梁、赵曰帝周，齐、楚亦曰帝周，其有拥险负固，囊括席卷，视共帝若赘旒者，且合六国之甲，直顿函谷、雍州间，彼即弃礼义，尚功首，权使士，虏使民，有俯首而丧气耳，连岂不毅然天下士即真哉？

夫扣马一谏，凛乎君臣之义，若揭日月，行中天。即召陵一师，至假借矣，君子犹曰能维名义于一线。连独不闻之，而徒誓死鲍焦，断断与客将军抵掌邯郸之上，竟所吓垣衍而怖梁王者，卒不过曰彼将夺所争与所爱，变易而大臣，谗妾而妃姬。嗟嗟！秦以熊罴之力、虎狼之心，其垂涎“帝”一字，所从来矣。连即不肯帝，衍即不复言帝，安禁秦之不围赵乎？安禁秦之不蚕食大梁乎？又安禁秦之不肆然为帝，过为政于天下乎？若连者持节固高，大义罔谙，论说虽激，中谋洵疏，恐未得尽以天下士然之矣。大抵当时气习，功利炙人，朝叩暮游，雕龙炙毂，即如从人掉三寸舌，最雄辨无双矣。空取金印如斗，卒不能以尺梃入殽函，以抑其席卷蚕食无忌惮之心，岂非乃时无人致然哉？

连直以不帝一言，却秦军五十里，亦足奇矣。且迹所自引决，与富贵诎于人，宁贫贱而轻世肆志，连不得为天下士矣，将不得为介士哉？太史公多其在布衣之位，折卿相之权，而亦短其指意，不合大义，有以也夫！

贾谊论

周之龙

古有王佐才而弗获竟厥施，论者非不嘉其才，直惜其未善用才也。夫才非难，所以用才者则难，故以倜傥非常之人，新起寒畯，目无耆旧，欲举天下事，一旦而尽更之，卒也龃龉忧伤，不克自振，则亦不善用才之过矣。

盖闻千钧之弩，不为鼷鼠发机。万石之钟，不为尺莛成响。戒轻试也。贾生一洛阳年少耳，何以知名汉廷哉？荐之者，治平第一之吴公也。当时在廷诸臣，业知有生矣，且也博士未几，大中已擢乎不次，《积贮》甫议，赐民尽复乎租田，帝非不用生也者，其通达国体，顾不日有闻哉？至于《治安》一策，不下数百千言，大较论三代洎秦治乱之故甚美，试举其概。如教太子尚仁义，即阿衡一德之训，弗哲于此矣。如定经制，御蛮夷，即内政、军令之作，弗详于此矣。如左恩厚，右权制，即识时察变之衡，弗朗于此矣。讵待一刘向，乃知生通达足用哉？夫以茂龄博洽如生，以瑰玮奇特如生，以受知君相如生，意上得其君，下得其臣，上不疑，下不忌，将挈天下事，惟吾所欲为，时不负生，生或不负时也。

乃长沙之傅未几，梁傅之命又下，始未尝不相知，而后稍抵牾，则何以故？夫君子所取精者远，则必有所待。所成就者大，则必有所忍。故沉机而察微者，通人之独照也。韬锋而敛锷者，达士之极思也。谊独不闻乎？比亲握天子玺而授之帝者谁？连师数十万以决刘、吕雌雄者谁？自渭桥以来，皆所称代邸旧德焉者，生即通达，加人数等，奈何一疏逖士，遽欲新间旧、远间亲哉？又奈何甫立谈之顷，遽一痛哭，二流涕，六长太息哉？此不待哭泣夭绝，而吁郁愤闷之因，业胚胎于缅缅一疏中矣。

嗟夫！立汉制，更秦法，才非不奇，而量则隘。试属国，系单于，志非不广，而术则疏。人谓生不用文，非文不用生，谅矣。虽然，不用者不必求多，而非不用者未必无过。彼其忠谋至计，金石铮铮，讵不称才？过湘为赋，以吊汨罗，同死生，轻去就，讵不称忠？假令当时下靡所短，上靡所疏，谊所陈说，略见设施，庶几哉于汉家勋与伊、管争烈矣！而夜半前席，苍生不问，非其君元默之累哉？昔人云：哭死非为哀，吾心良不欺。生亦未可尽訾也。

夫明治乱，娴辞令，入与王图议国事，出为王接遇应对，生以前通达国体，非平其谁哉？以彼才游诸侯，何国不容？而自沉若是，则谗谄之蔽明，而主听之不聪也。彼绛、灌等短于帝，何殊上官、子兰？梁傅一拜，帝诚疏之矣。负奇多妒，识高多沮，即生且奈何哉？

论鸿都门学

周之龙

递代人主，畴不以建学育才为上务哉？或者借虚名，寡实效，君子曰乱之阶也。夫学之建，育真才也，非以储不肖也。建学育才，以崇实效也，非以设名高也。

从古总理人群而鼓铸六合者，庠序学校异其名，登良选公共其制，何学蔑有？顾所由建者，本本原原，代有至意，以故当时人士，率斑斑质有其文哉？上之谋王体，断国论，称贤宰执。次之亦薰德善良，助成风化。安所不收实效焉？俗流世败，一旦举门学创建而恢闳之，自以肇百王之旷典，树一代之徽猷，立士林之崇标，夸史乘之盛事，曾不思纳垢匿瑕，有道所深危也。薮恶汇奸，士类所极耻也，亦奚以学为哉？汉光和，天子诏置鸿都门学，愚请得论其世，究其流，可乎？黄唐以前，浑浑噩噩，斯民方游何有之域，不识之乡，乌睹所谓学？乃六相九官，挺生世跻，卒用翊运保大，荣华至今，还视置学以降，竟何如哉？夫当风气浑博，人文惇庞，学可无置也。学之置，自建辟雍始详，学有师儒则联之上也，学有弟子则群之下也。问学之时，以春夏秋冬也。问学之法，以德行道艺也。问学之成，以乡举里选也。诸所振起斯文、养育人材者，靡不悉为制，曲为防，誉髦化成，炳烺人耳目，而揆其自，则以辟雍得之，学何可毋置哉？此谓名与实两相符也者。

后世石渠之作，非不词飞风云矣，其失也侈。白虎之讲，非不唇唾珠玑矣，其失也靡。而炫名渺实则均焉。彼所称鸿都门学者，菁莪朴棫乎？多士校雠乎？抑诸儒揖让乎？假令阳托教养之名，簧鼓当世，而按其实，以辟召举用为故典，以封侯赐秩为滥觞，甚且树私交，妨公道，厄豪俊，甄恶德，视名器爵予曾弁髦土梗之不啻，则所称学者，固奸宄之薮而滥幸之囮耳。当建和、建宁以来，孝灵不君，人龙废锢，稷、卨、伊、吕之佐，自为唇齿，而奸臣跋扈，滋蔓难图，忧国忠公之臣，案经披执，而貂珰阉寺，胁使操戈，即有陈、窦、李、杜辈同心戮力，彼中常若节甫，又从而阴连朋结，毒流搢绅，宇内岌岌多故矣。呼吸存亡，岂以学哉？帝智出此，傥法高庙之博大，希文景之仁明，效建元之英略，接建武之芳踪，访儒雅而崇经术，表行谊而奖忠良，此数十人者，正所借股肱王室、劻勷国步也者。乃不置在左右，方借鸿都为美观，贷门学为重地，罗网之设，虺蜴罹之，非椒房之族，则刀腐之余。当时顾厨俊及诸君子，耻列名以絜之，白虎、石渠，且大有径庭矣。矧可望成周郅隆乎哉？

或曰：都门固睹听所会，太学尤贤士所关，此学一置，鱼贯雁行，诸生无南北之迹，需次录用，忠良消骈首之忧，辇毂下必有释回而增美者，岂其山陬海澨之远，不改观而易听焉？愚以埒学耳，三代共之，实胜名而其防益厚，后世踵之，名丧实而其弊转滋。彼三老五更，宏文直宿，犹不免涂耳目，贻讥惭，至若冒名器，窃威权，贵利达，贱行检，端人罹赤族，宵小文青黄，鸾凤栖棘林，鹰隼翱云汉，则以虚名贾实祸，断断乎不可为矣。尝反覆建宁朝石经《大学》之刻，托之表章。毕圭灵昆之作，托之公利。宣陵季子之除，托之移忠。鸿都门学之置，托之教养。卒也援内难以外兵，而汉社为墟矣，尚问鸿都门哉？

湖南文徵

二

［清］罗汝怀 编纂
邓洪波 主编

岳麓書社·长沙

文獻叢書

嶽麓書院

总　目

第一册

第二册

第三册

第四册

国朝文

第五册

卷二十一至卷二十三　说
卷二十四至卷三十一　论
卷三十二至卷三十六　考
卷三十七至卷四十　辨

第六册

卷四十一　辨
卷四十二至卷五十五　记
卷五十六至卷六十　序

第七册

卷六十一至卷八十　序

第八册

卷八十一至卷八十三　序
卷八十四至卷八十五　小序
卷八十六至卷九十一　跋
卷九十二至卷一百　书

第九册

卷一百一　书

第十册

目　录

卷十六　论下

卷十七　记一

卷十八　记二

卷十九　记三

卷二十　记四

卷二十一　记五

卷二十二　记六

卷二十三　记七

卷二十四　记八

卷二十五　序一

卷二十六　序二

卷二十七　序三

卷二十八　序四

卷二十九　序五

卷三十　序六

卷三十一　序七

卷三十二　序八

卷三十三　序九小序附

卷三十四　跋书后

卷三十五　书上

湖南文征　卷十六

论下明

千载一会论崇祯己巳，试北雍贡举，御览第一　　陶汝鼐

夫天生才以供一代之用，必笃生明主以用希世之才。光岳之所细缊，灵淑之所蒸蔚，风会之所蓄泄，不知费造物力几许也。

仲尼思唐虞之际，岂独谓才难，其际则诚罕觏耳。何意喜起而后，乃有王褒之颂圣主得贤臣也，曰千载一会。夫会之说何昉乎？《文言》曰：亨者，嘉之会也。贞元启而通于亨，君臣遘而孚于嘉，犹日月行而会于朔也。天人臣主之交有真气焉，不谋而合，不介而投，若采元圃而获辉山之玉，探赤水而获径寸之珠者，旦暮遇之，盖求与应皆精神之至矣，非天祚人国，岂易得此哉？虽然，唐虞极盛，始谓明良，有鳏在下，禹、皋、稷、契所与比肩者，皆齐圣也，岂暇论得失乎？

若夫商、周之君，固已求之甚勤而思之至劳矣，求于耕而得伊，求于钓而得吕，皆不易得，不妄得，而必欲得之，必欲得之而竟得也，庶几乎主臣同量者矣。商王之言曰：简在帝心。武王之言曰：吾太公望子久矣。不归之于天，则归之于祖宗，事何止饥渴也。奈之何白驹空谷，徒咏美人。满野蜚鸿，不闻梦赉。天非不生麟凤，而时当结网之疏者比比焉，斯古今所以扼腕也。然而非臣贤之难，而主圣之难也。贤臣者，学则千人之英，仕则万人之吏也。万人之吏撰卿相止矣，明明我后首出一人，亿兆之命

于是乎系，其仁足以育群生，其智足以周万物，其勇足以摄百灵，而但不可以不明目达聪，需股肱而共治也，则非尧、舜不可以得禹、皋、稷、契，非汤、武不可以得伊、吕矣。何也？圣主一而贤臣百，是风云之元感也。贤臣百而大贤二三焉，是元会之间气也。夫此二三贤者，必庸主之所不能知，中主之所不能用，则宁抱璞以潜，终老于岩穴而已，岂能负龟龙之质，而鯾鲙鳙之饵乎哉？故曰不易得，不妄得也。

昔汉高定天下，封诸功臣，张良曰：臣始与陛下会于留。光武起舂陵，至河北除莽苛政，邓禹策杖追见之，与萧王会于邺。唐太宗方在潜邸，刘文靖、李靖因异人识天子气，与真人会于太原。所谓千载一日，非乎？褒之言似矣。考其时汉宣起于代邸，图治励精，海内兴于礼让，岂得非中兴圣主哉？然所恃魏相、丙吉，辅政同心，史称黜陟有序，众职修举，公卿多称其位，高帝而后，此为极盛矣。

子渊以一颂擢谏议，若喜起歌接踵也。然金马碧鸡之使，不闻抗论极词，以唐虞三代之道进，勇于诵而怯于规乎？视古禹、皋、伊、吕辈何如哉？则尚论者尤不能无主圣臣直之思云。

陈蕃窦武论

郭金台

子曰：小不忍则乱大谋。陈、窦之谓乎？方蕃、武之图曹节、王甫也，不在处节、甫太激，而在节、甫未动之先，免节秦小黄门令魏彪，以所亲小黄门山冰代之。又收长乐尚书郑飒送北寺狱，辞连节、甫。又使侍中刘瑜内秦，武遂出宿归府。甚矣，武之见小而遗大也，自魏彪免，山冰代，郑飒囚，即令此时置节、甫不问，节、甫诸人已的的办料与武、蕃作敌国，不杀不止矣。何故不先图节、甫，而先图魏彪、郑飒，使巨憝准备，自开隙衅乎？内秦出宿，又计之疏，不知节、甫谨防蕃、武之密，而诸小人为蕃、武之疏，更不如为节、甫之用之密也。

蕃杀矣，甫矫制，使张奂率五营士讨武。甫将千余人与奂合，大呼武军曰：汝皆禁兵，何故随窦武反乎？于是武军尽归甫。吾于是又知窦武之不能治军，而因不能治贼也。武为大将军，先举大事，不能收摄军心，尽为我用，使甫一呼而反，可谓将兵乎？周勃诛诸吕，勃非有主兵，乃令纪通持节矫内勃北军，即令诸军为刘氏左袒，尽诛诸吕，勃真将军也。使武亦能将诸军，即提军与甫对垒，甫将仅千余人，又所使矫制率五营士者张奂耳，甫兵少而奂心不乐为节、甫所用，窦武以义声召奂而附己，以共图甫，计犹未左也。甫呼武军而军即归甫，武虽知无能为矣，故武之不能除贼，武之不能将兵也。非节、甫之难制，而窦武之材弱也。

夫诛诸吕难而诛节、甫易，诸吕主兵而节、甫不主兵，诛诸吕者能用兵，而诛节、甫者不能用兵，此吾于窦武而益服周勃之能安汉也，能将兵也。

苏代论

郭金台

齐、韩、魏伐秦入函谷，孟尝欲借兵食于西周，苏代为西周说孟尝勿攻秦，论者曰：代灭西周，在此时矣。方孟尝之约韩、魏入函谷也，在周赧十七年，是时六国合从解，秦无所狼顾，孟尝奋起，一旦合韩、魏深入关，秦王与公子池谋曰：愿割河东三城，而讲于三国。池曰：割则大王悔失三城，不割则三国入函谷，咸阳必危。当是时也，代如为西周计久远，宁劝西周尽捐祭祀饔飧之养，以资三国而西入秦，且属孟尝勿纳河东之城而退三国，必求尽取丰镐故业，以还共主而兴西周。度不能王，请齐趋兵深入函谷，要秦之盟，称臣质子而后纳讲，是齐再霸而周再振，万世一时也。

代不出此，而务止攻以为西周，非酿祸西周者乎？代说孟尝，不过曰，君无益强韩、魏，请为君说秦胁楚，割东国以与齐而释怀王耳。又曰，欲楚德齐而薛世世无虑耳。孟尝贪而昧于计，遂从讲罢兵。夫韩、魏虽强，不胜于虎狼秦也。吾挟韩、魏来攻，为楚怀问故，兵直而壮，秦人震恐，咸阳垂危，不直区区利割东国也。厄秦而为楚，楚人服，韩、魏服，天下亦服，归而告捷西周，主盟合从，以威函夏，是登齐如泰山，而比烈于管、晏也。独奈何私计一薛无患哉？及罢兵而东国不可得，楚怀不可出，三国有名之兵，仅以易三城而返，代诚鄙夫，文亦曲士，不务制秦而制于秦，乌乎，秦固应有天下哉！

其后秦得讲而先灭魏，次灭韩，终灭齐，终赧之世，既迁西周于墨狐，又灭东周于阳人聚。吾故曰灭西周者苏代也。夫代与苏秦为兄弟，季合六国摈秦，而代为西周止勿攻秦。摈秦者为六国也，止勿攻秦者非为西周也。代既识不逮其兄，而苏秦又不得与田文同时共事，乌乎，秦固应有天下哉！

知性论

王夫之

言性者皆曰吾知性也，折之曰性弗然也，犹将曰性胡不然也？故必正告之曰：尔所言性者，非性也。

今吾勿问其性，且问其知。知实而不知名，知名而不知实，皆不知也。言性者于此而必穷。目击而遇之，有其成象而不能为之名，如是者于体非茫然也，而不给于用，无以名之，斯无以用之也。习闻而识之，谓有名之必有实，而究不能得其实，如是者执名以起用，而茫然于其体，虽有用，固异体之用，非其用也。夫二者则有辨矣，知实而不知名，弗求名焉，则用将终绌。问以审之，学以证之，思以反求之，则实在而终得乎名，体定而终伸其用，此夫妇之知能，所以可成乎忠孝也。知名而不知实，以为既知之矣，则终始于名而实惝恍以测其影，斯问而益疑，学而益僻，思而益甚其狂惑，以其名加诸迥异之体，枝辞日兴，愈离其本，此异同之辨说，所以成乎淫邪也。

夫言性者，则皆有名之可执，有用之可见，而终不知何者之为性，盖不知何如之为知，而以知名当之，名则奚不可施哉？谓山鸡为凤，山鸡不能辞，凤不能竞也。谓死鼠为璞，死鼠不知却，玉不能争也。故浮屠、老子、庄周、列御寇、告不害、荀卿、扬雄、荀悦、韩愈、王守仁，各取一物以为性，而自诧曰知，彼亦有所挟者存也。苟悬其名，惟人之置之矣，名之所加，亦必有实矣，山鸡非凤而非无山鸡，死鼠非璞而非无死鼠。以作用为性，夫人之因应非无作用也。以杳冥之精为性，人之于杳冥非无精也。以未始有有无为性，无有无无之始，非无化机也。以恶为性，人固非无恶，恶固非无自生也。以善恶混为性，欻然而动，非无混者也。以三品为性，要其终而言之，三品者非无所自成也。以无善无恶为性，人之昭昭灵灵者，非无此不属善不属恶者也。

情有之，才有之，气有之，质有之，心有之，孰得谓其皆诬？然而皆非性也。故其不知性也，非见有性而不知何以名之也。惟与性形影绝，梦想不至，但闻其名，随取一物而当之也，于是浮屠之遁词曰有三性，苟随取一物以当性之名，岂徒三哉！世万其人，人万其□心，皆可指射以当性之名，不同之极致，算数之所穷，而皆性矣。故可直折之曰：其所云性者非性，其所自谓知者非知。犹之乎谓云为天，闻笋菹而煮箦以食也。

君相可以造命论

王夫之

圣人赞天地之化，则可以造万物之命，而不能自造其命，能自造其命，则尧、舜能得之于子，尧、舜能得之于子，则仲尼能得之于君，然而不能也，故无有能自造其命者也。

造万物之命者，非必如万物之意欲也，天之造之，圣人为君相而造之，皆规乎其大凡而止。雨以润之而有所湮，日以晅之而有所槁，讴歌者七，怨咨者三，毅然造之而无所疑，圣人以此可继天而为万物之司命。安之危之，存之亡之，燕越不同地，老稚不同时，刚柔不同性，规乎其大凡，而危者以安，亡者以存，若夫物有因以危亡者，固不恤也。乃若欲自造其命，则必其安而百不一危也，存而百不一亡也，荣而百不一辱也，利而百不一钝也，各自有其意欲，以期乎命之大顺，则恶乎其可也。故皇帝则有蚩尤，舜、禹则有三苗，夏则有有扈，周则有商奄，仲尼则有匡，有宋，有陈、蔡，弗能造也。然则唐之有郭子仪即有朱泚，有李晟即有姚令言、源休，有陆贽即有卢杞、裴延龄，弗能造忠贤而使有，弗能造奸慝而使无。弗能造也，受之而已。受之以道，则虽危而安，虽亡而存，而君相之道得矣。李泌曰：君相可以造命。一偏之说，足以警庸愚，要非知命之言也。

至大而无区畛，至简而无委曲，至常而无推移者，命也。而人恶乎与之？天之命草木而为堇毒，自有必不可无堇毒者存，而吾恶乎知之？天之命虫鱼而为蛇鳄，自有必不可无蛇鳄者存，而吾恶乎知之？弗能知之，则亦恶乎与之？天之所有，非物之所欲，物之所有，非己之所欲久矣，惟圣人为能达无穷之化。天之通之，非以通己也。天之塞之，非以塞己也。通有塞，塞有通，命圆而不滞，以听人之自尽，皆顺受也。明君以尽其仁，无往而不得仁。哲相以尽其忠，无往而不得忠。天无穷，圣人不自穷，则与天而无穷。天不测，圣人无所测，则物莫能测。外不待无强敌，内不待无盗贼，廷不待无顽谗，野不待无奸宄，岁不待无水旱，国不待无贫寡，身不待无疢疾。不造有而使无，不造无而使有，无者自无而吾自有，有者自有而吾自无。于物无所觊，于天无所求，无所觊者无所挠，无所求者无所逆。是以危而安，亡而存，危不造安故不危，亡不造存故不亡，皆顺受也，奚造哉？

造者，以遂己之意欲也。安而不危，存而不亡，皆意欲之私也，而猜忌纷更之事起矣。臣以意造君命者，干君之乱臣。子以意造父命者，胁父之逆子。至于天而徒怀干胁之情，犹以羽扣钟，以指移山，求其济也，必不可得已。天命之为君，天命之为相，俾造民物之命，己之命，己之意欲，奚其得与哉？

张子正蒙序论

王夫之

谓之正蒙者，养蒙以圣功之正也。圣功久矣大矣，而正之惟其始。蒙者，知之始也。孟子曰：始条理者，智之事。其始不正，未有能成章而达者也。

或疑之曰：古之大学，造之以《诗》《书》《礼》《乐》，迪之以三德六行，皆日用易知简能之理，而《正蒙》推极夫穷神、知化、达天德之蕴，则疑与大学异。子夏曰：有始有卒，其惟圣人乎？今以是养蒙，恐未能猝喻而益其疑，则请释之曰：大学之教，先王所以广教天下而纳之轨物，使贤者即以之上达，而中人以之寡过。先王不能望天下以皆圣，故尧、舜之仅有禹、皋陶，汤之仅有伊尹、莱朱，文王之仅有太公望、散宜生，其他则德其成人，造其小子，不强之以圣功而俟其自得，非有吝也。《正蒙》者，以奖大心者而使之希圣，所繇不得不异也。

抑古之为士者，秀而未离乎其朴，下之无记诵词章，以取爵禄之科，次之无权谋功利，苟且以就功名之术。其尤正者，无狂思陋测，荡天理，蔑彝伦，而自矜独悟，如老聃、浮屠之邪说，以诱聪明果毅之士，而生其逸获神圣之心，则但习于人伦物理之当然，而性命之正，自不言而喻。至于东周而邪慝作矣，故夫子赞《易》而阐形而上之道，以显诸仁而藏诸用，而孟子推生物一本之理，以极恻隐、羞恶、辞让、是非之所繇生。大学之道，明德以修己，新民以治人，人道备矣，而必申之曰止于至善，不知止至善，则不定，不静，不安，而虑非所虑，未有能得者也。故夫子曰：吾十有五而志于学。所志者，知命、耳顺、不逾之矩也。知其然者，志不及之，则虽圣人未有得之于志外者也。故孟子曰：大匠不为拙工改废绳墨，羿不为拙射变其彀率。宜若登天而不可使逸获于企及也。特在孟子之世，杨、墨虽盈天下，而儒者犹不屑曲吾道以证其邪，故可引而不发，以需其自得。而自汉、魏以降，儒者无所不淫，苟不抉其趺如之藏，则志之摇摇者，差之黍米，而已背之霄壤矣。此《正蒙》之所繇不得不异也。

宋自周子出，而始发明圣道之所繇，一出于太极、阴阳、人道、生化之终始，二程子引而伸之，而实之以静一诚敬之功，然游、谢之徒，且歧出以趋于浮屠之蹊径。故朱子以格物穷理为始教，而檃括学者于显道之中，乃其一再传而后，流为双峰、勿轩诸儒，逐迹蹑影，沉溺于训诂。故白沙起而厌弃之，然而遂启姚江王氏阳儒阴释诬圣之邪说，其究也为刑戮之民，为阉贼之党，皆争附焉。而以充其无善无恶、圆融理事之狂妄，流害以相激而相成，则中道不立，矫枉过正，有以启之也。

人之生也，君子而极乎圣人，小人而极乎禽兽，然而吉凶穷达之数，于此于彼，未有定焉。不知所以生，不知所以死，则为善为恶，皆非性分之所固有，职分之所当为，下焉者何弗荡弃彝伦，以遂其苟且私利之欲。其稍有耻之心而厌焉者，则见为寄生两间，去来无准，恶为赘疣，善亦弁髦，生无所从，而名义皆属沤瀑，两灭无余，以求异于逐而不返之顽鄙。乃其究也不可以终日，则又必佚出猖狂，为无缚无碍之邪说，终归于无忌惮。自非究吾之所始与其所终，神之所化，鬼之所归，效天地之正，而不容不惧以终始，恶能释其惑而使信于学？故《正蒙》特揭阴阳之固有，屈伸之必然，以立中道，而至当百顺之大经，皆率此以成，故曰率性之谓道。天之外无道，气之外无神，神之外无化，死不足忧而生不可罔，一瞬一息，一宵一昼，一言一动，赫然在出王游衍之中，善吾伸者以善吾屈。然后知圣人之存神尽性，反经精义，皆性所必有之良能，而为职分之所当修，非可以见闻所及而限为有，不见不闻而疑其无，偷用其蕞然之聪明，或穷大而失居，或卑近而自蔽之可以希觊圣域也。乌乎！张子之学，上承孔孟之志，下救来兹之失，如皎日丽天，无幽不烛，圣人复起，未有能易焉者也。

学之兴于宋也，周子得二程子而道著，程子之道广，而一时之英才辐辏于其门。张子教学于关中，其门人未有殆庶者。而当时巨公耆儒，如富、文、司马诸公，张子皆以素位隐居而末繇相为羽翼，是以其道之行，曾不得与邵康节之数学相与颉颃，而世之信从者寡，故道之诚然者不著。贞邪相竞，互为畸胜，是以不百年而陆子静之异说兴，又二百年而王伯安之邪说炽，其以朱子格物、道问学之教争贞胜者，犹水之胜火，一盈一虚，而莫适有定。使张子之学晓然大明，以正童蒙之志于始，则浮屠生死之狂惑，不折而自摧，陆子静、王伯安之蕞然者，亦恶能傲君子以所独知，而为浮屠作率兽食人之伥乎？

《周易》者，天道之显也，性之藏也，圣功之牖也，阴阳、动静、幽明、屈伸，诚有之而神行焉，礼乐之精微存焉，鬼神之化裁出焉，仁义之大用兴焉，治乱、吉凶、生死之数准焉，故夫子曰：弥纶天下之道，以崇德而广业者也。张子之学，无非《易》也，即无非《诗》之志，《书》之事，《礼》之节，《乐》之和，《春秋》之大法也，《论》《孟》之要归也。自朱子之虑学者骛远而忘迩，测微而遗显，其教门人也，以《易》为占筮之书而不使之学，盖亦矫枉之过。几令伏羲、文王、周公、孔子继天立极、扶正人心之大法，下同京房、管辂、郭璞、贾耽壬遁奇禽之小技。而张子言无非《易》，立天，立地，立人，反经研几，精义存神，以纲维三才，贞生而安死，则往圣之传，非张子其孰与归？

乌乎！孟子之功，不在禹下，张子之功，又岂非疏洚水之歧流，引万派而归墟，使斯人去昏垫而履平康之坦道哉？是匠者之绳墨也，射者之彀率也，虽力之未逮，养之未熟，见为登天之难，不可企及，而志于是则可至焉，不志于是未有能至者也。养蒙以是为圣功之所自定，而邪说之淫蛊，不足以乱之矣。故曰正蒙也。

老庄申韩论

王夫之

建之为道术，推之为治法。内以求心，勿损其心。出以安天下，勿贼天下。古之圣人，仁及万世，儒者修明之而见诸行事，惟此而已。求合于此而不能，因流于诐者，老、庄也。损其心以任气，贼天下以立权，明与圣人之道背驰，而毒及万世者，申、韩也。与圣人之道背驰，则峻拒之者，儒者之责，勿容辞也。拒其说必力绝其所为，绝其所为必厚戒于其心，而后许之为君子儒。

言治道者，吾惑焉，于老、庄则远之惟恐不夙，于申、韩则暗袭其所为而阴挟其心，吾是以惑而甚惑。其惑之甚也，夫师老、庄以应天下。吾闻之汉文、景矣，其终远于圣人之治而不能合者，老、庄乱之也。然而心犹人之心，天下则已异乎食荼卧棘之天下矣。下此则何晏、王戎以弛天下而使乱，然其所为，求之圣人之道而不得，求之老、庄而亦不得，虚与诞圣人之所弗尚，躁与贪亦老、庄之所弗尚，则远之必夙者正也。老、庄之所弗尚，则不得举何晏、王戎之罪罪老庄也。夫申、韩而岂但此哉？韩愈氏曰：仁义之言，蔼如也。圣人之欲正天下也亟，其论治也详，今读其书，绎其言，蔑不蔼如也。其言蔼如也，其政油如也，患天下之相贼，而不以贼惩贼。惩天下之贼，规乎其大凡而止，虽有刀锯，而不损其不忍人之心。略其豪毛，掩其幽隐，以使容于覆载之间，而民气以静。是故匹夫之蹶然以恶怒，非可逆也。匹夫之蹶然以愉快，非不可获誉也。然而圣人不忍徇之，以致善治之名，有人于此，匹夫蹶然而怒，其可杀邪？从而杀之，匹夫蹶然而喜，喜怒如匹夫之心，则明断之誉蹶然而兴，而气茀然，而权赫然。静反诸心，而心固怵然。起视天下，而天下纭然。为君子儒者，以此为愉快，则抑不得为圣人之徒矣。闻之曰恶不仁者，不使不仁加于其身。未闻恶不仁者，不使不仁者之留遗种于天下也。悲夫！

自宋以来，为君子儒者，言则圣人，而行则申、韩也，抑以圣人之言文申、韩而为言也。曹操之雄也，申、韩术行而殴天下以思媚于司马氏，不劳而夺诸几席。诸葛孔明之贞也，扶刘氏之裔以申大义，申、韩术行而不能再世。申、韩之效，亦昭然矣。宋之儒者，胡憯莫惩，而潜用之，以徇匹夫一往之情。吾闻以闺房醉饱之过掠治妇人，以征士大夫之罪矣。吾闻其闻有赦而急取罪人屠割之矣。非申、韩孰与任此？而为君子儒者，以为愉快，复何望夫袴褶之夫、刀笔之吏乎？三代以上无尚之者也，仲尼之徒无道之者也，三苗之所以分北也，邓析之所以服刑也。

自申、韩起而言治者，一不审而即趋于其涂，申、韩以矫老、庄，而拒老、庄者揖进之，夫老、庄则固蠹然伤心于此矣。老、庄非也，其蠹然伤心于此者未尝非也。仲尼以不徇鲁、卫而老于下位，文王以不徇商纣而囚于羑里，我知其蠹然伤心者倍甚于老、庄，则以知老、庄之贱名法以蕲安天下，未能合圣人之道，而固不敢背以驰也，愈于申、韩远矣。画之以一定之法，申之以繁重之科，临之以愤盈之气，出之以戍削之词，督之以违心之奔走，迫之以畏死之忧患，如是以使之仁不忘亲，义不背长，不率则毅然以委之霜刃之锋，曰吾以使人履仁而戴义也。夫申、韩固亦曰吾以使人履仁而戴义也。何患乎无名？而要岂有不忍人之心者，所幸有其名以弹压群论乎？

易动而难戢者，气也。往而不易反者，恶怒之情也。群起而荧人以逞者，匹夫蹶然之恩怨也。是以君子贵知择焉，弗择而圣人之道且以文邪慝而有余，以文老、庄而有老、庄之儒，以文浮屠，而有浮屠之儒，以文申、韩而有申、韩之儒。下至于申、韩之儒，而贼天下以贼其心者，甚矣，后世之天下死于申、韩者积焉，为君子儒者，潜移其心于彼者，实致之也。

皇甫规论

严首昇

汉季党事大起，天下贤士大夫，多断发变形，更匿名姓以逃死。皇甫规自以西州豪杰，耻不得预，乃自请坐，朝廷知而不问，规为此亦甚不可知矣。或曰此即先时越界迎丧之故智而覆用之，其自数者适所以自脱，此高允所以愿与崔浩同罪也，如是者规有余诈。或曰将以感悟人主而出脱李膺、王畅等辈也，如是者有余忠。

予考其生平，一陷于梁氏，再陷于徐左，几死者数矣，未尝以自惩。每每旦出司败之门，夕犯人主之颜，此其人岂复惜死者，而巧于脱乃尔。观其后日食应诏，直书党人姓名讼之上前，盖亦非他周旋道术、行无辙迹者可比，二者之论，岂其然乎？夫规则直臣也，而又好名，惟直故幸而免有所不安，惟好名故以不得预党人为耻。语曰：月犯少微，吴中高士，求死不得。人之好名，有甚于生者。当是时，有破家者矣，有解绶者矣，有争死者矣，推其心莫不以其身得预党人为幸，又何怪乎规之以不得预为耻也哉？自古国家开创之始，人臣多喜立功，及其末也，莫不喜立名。喜功者如病方萌而诬投药焉，汉初之贾谊、晁错是也。喜名者病已不可起，而医者进而求立效焉，适速之亡耳，汉末之甘陵二部是也。

夫朋党之患，足亡人国，从来久矣。于唐吾无惑焉，若汉西之堪猛，汉东之李、杜，元祐之洛蜀朔，实皆以君子之盛败坏人国，揆之上天生才之意，大不可问矣。而要其病皆始于好虚名，而不求济于实事，若规者其又好名之善者哉？尤可异者，当时朝廷，无虑皆中常侍等辈主持，乃得以萧齐处谢朏之法处之，知而不问，深为得体耳。

予观党人中有不应避而避者，张俭也，孽自已作而祸及万人，独何心欤？若规则可以避而不避者。然二人者，皆贤人也，皆无损于令名，亦皆以善终。君子不幸仕乱国，事暗君，知所以处变矣。

覆楚复楚论

夏九赓

天下有非常之才，必有非常之功，此足以论士矣，而或有诘之者曰：箕子不足以兴商，吕尚遂足兴周，岂才之美不美欤？而论者穷，则必将曰有其才而无其功者，吾悲其遇也，故奚亡而虞亦亡，奚显而君亦显，是故然矣。或又有诘之者曰：梁甫平居，自比管乐，后之论者亦以为王佐才，而三顾之殷勤，丞相之重任，得君如彼其专。苏子曰：弃荆州而取巴蜀，吾知其无能为。有其才，有其遇，而无其功，此又何说也？则必将曰吾以论其世也，孔明得其主，未得其时。有是言矣，后世以为，诸葛之才过于淮阴，而时至无难于殄项，时去不足以留汉，此古今特为不可易之鉴衡，非区区成败论英雄者比。然则伍员、包胥之事，要不出此三者而已乎？

试以才论，或曰员于楚为乱臣，其才横。胥于楚为忠臣，其才贞。愚谓不然，孟子曰：闻诛一夫纣矣，武不以纣为君，员岂以平为王邪？且平之恶浮于纣，鸿离之丑，纣未闻也，杀子之惨，纣未有也，故曰纣之不善，不如是之甚也，其亦有所指欤？但员以报仇一念，耿耿自盟，所以不免人之口实者，何也？君父之间，俱不可言仇。鲧不殛欤？禹不王欤？倘奢有罪伏诛，而员亦将求报邪？惟鲧、奢之功过相远，而伍员之心迹自白，是其才之横者也。

试以遇论，员不幸遇楚平，故父兄为戮，幸而遇阖庐，故言听计从。胥不幸而遇楚昭，故不能保邦于未乱，幸而遇秦襄，故能存邦于既覆，其遇同也。愚谓不然，员之破楚，君臣一心，其势在我。胥之救楚，君去臣逋，特寄命于万不可测之强邻。此焉得谓之遇乎？

试以时论，员内乘吴之强，外乘子轸之无道，胥外乘强之援，又因以夫概之内乱，皆其时之值者也。愚谓不然，始员与胥交，员之亡也，曰吾必覆楚，胥曰吾必存之。当是时，此两人者，岂逆睹后日有唐、蔡、秦之好，与夫子轸、夫概之变乎？言之于前而偿之于后，虽二子有莫知其然而然者。

盖士惟以志为主，气次之，才次之，遇次之，时次之，然则不待入楚，而员已知楚之必覆，而胥亦知楚之必复矣。惟胥有必欲复楚之志，养其气于员亡入吴之日，柔其气于昭亡走郧之日，吐其气于秦击吴楚之日，然则不待击楚，而胥已知楚之必复，即员亦知楚之必复矣。不然，员勇于前而怯于后，胥勇于后而怯于前，是二子者之才，之遇，之时，之功，何大相径庭邪？亦曰各得其志而已耳。成败利钝，何计夫功罪哉？

愚又从而申之曰：不有伍员，无以惧天下之为君者。不有包胥，无以劝天下之为臣者。二子诚有功于天下后世者也。

楚宝总论

周圣楷

一曰定区域以尊王。尊王之大者，莫先于一统，一统之大者，莫先于括地。楚幅员当春秋战国时，兼有陈、徐、吴、越之地，延袤六千余里，盖举今之大江南北以暨淮海，尽入版图。故苏秦说楚威王曰：楚地西有黔中、巫郡，东有夏州、海阳，南有洞庭、苍梧，北有陉塞、郇阳。此亦总其大势而言矣。秦始皇兼并分天下为三十六郡，楚始裂而为三。司马迁以淮北、沛、陈、汝南、南郡为西楚，彭城以东、东海、吴、广陵为东楚，衡山、九江、江南、豫章、长沙为南楚是也。三楚之后，东萦西带，星离豆剖，未可为据。惟我明兴，指臂万国，平定江汉，继而龙飞郊郢，翼轸丽天。青阳白水之墟，一大开辟，而楚复褎然甲于海内。虽其地不当战国之遗，而山川灵气所汇，伟人杰士接踵而生，盖若天所授焉。予故断自秦汉以上，无郡邑沿革者，但称楚人，皆系之楚。汉魏以后，有郡邑沿革者，则一以我明所定郡邑系之，如今之枣阳即汉蔡阳，今之澧州即晋南平是也。若夫宦游而复归本土，如二程子之生于黄陂，大小宋之产于安陆。流寓而未经著籍，如诸葛亮之隆中草庐，段柯古之木香村舍。又若他国而终于楚甸，如赵台卿自为寿藏于荆州，胡安国父子家南岳山下。此则采风之余烈，昔人之佳话，楚岂借重哉？

一曰别人物以征传。左丘明作《春秋》内外传，而列国卿佐有一才一能之表著，皆令不朽于后世。司马迁作七十《列传》，而异代英杰有难明难语之心事，皆若自写其生平。虽云户牖独开，笺豪艳溢，抑其时实多奇人奇事，笔不胜书，略一点缀，便堪传世。西京以后，操觚纂牒，非不代雄故府，然而家乘之所载，半是官勋。实录之所编，率多忌讳。寒暑异笔，刑祸交胸，媲美二氏，其可得乎？故夫作史者如颊上三毛，戏墨成蝇，只能描画其所本有，不能增益其所本无。读史者如张僧繇之画龙破壁，顾虎头之美女鞶心，可以精气相感，不可以粉本相贻。繇此而上观千古，下观百世，庶几旦暮遇之。乃人亦有言，楚国多才，自我旷览，抑何寥落。岂异感升沉，人不能自见其长，择木羁栖，国不能尽收其用欤？是则可叹也。于是上搜旧闻，傍摭遗逸，铨叙审正，汇别门分，求之左氏得十之五，求之司马氏得十之三，求之汉、唐、宋以下得十之五，求之我明得十之一。大抵一人有一事之可传，传其一事，而其人亦可附见也。一事有一人之可传，传其一人，而其事亦可附见也。发潜德之幽光，致高山之仰止，所谓凤皇芝草，贤愚皆以为美瑞，青天白日，奴隶亦知其清明。岂班金陈米，可得而眯目乎？

一曰约论注以归雅。楚自赤帝和声，赫胥耀迹，岩下鸟书，山尖玉字，天下文章，亦云盛矣。于是梼杌、鸡次之典，酉阳、巫峡之藏，先贤、耆旧之传，荆州、湘中之记，以至万潭、钴鉧、浯溪、白兆，好奇者无不欲梯探渊索，闻所未闻，而世卒鲜有全书恣其展握，则后此著述又可知也。少日检阅先达《楚纪》《楚史》诸书，恒不如人意，后见华亭董公称天下郡乘可采者，惟徐宗伯所修《湖广总志》，亟购得，殊复愦愦耳。因叹古今文人，正患无才，不患无书，第患不雅，不患不博。以才转书，则可以导河源于腕底，规建章于砚北。以雅资博，则酌群言而攻瑕奏新，准至理而露文抒性。我思古人，实获我心，岂掇拾其膏馥，便得据虞白上座乎？昔王仲任著《论衡》，闭门潜思，墙牖悉置刀笔，数十年方就，自谓人无一引吾百篇，人无一字吾万言，而卒不免拙于用人，自守拘陋。刘子玄历凤阁舍人，迁秘书监，著作固其官守，《史通》一书，又何其工于诃古，拙于用己也。然此二书，吾所祖法，非今人所及。又若裴松之扬季汉之芳流，刘孝标振江左之藻润，其书具在，匪同湮灭，望其涯者，犹思揽秀焉。予是以（蹇）〔褰〕裳而濡足，不自知其济胜之无具矣。

一曰考遗胜以阙疑。昔者楚地南卷，沅湘北绕，颍泗西包，巴蜀东裹，郯、淮、颍、汝以为洫，江、汉以为池。垣之以邓林，绵之以方城。山高寻云，溪肆无景。以故车辙马迹之所经，烟路留其琬琰；歌台舞榭之所峙，翠苔犹拾香钿。而沉碑断鼓，字青石赤，可略得而言也。若夫少昊沙墟，丹阳兆土，厉乡九并，渚宫二南。赤帝奏弇州之鸟，不但湘灵怨瑟；玄夷勒蝌蚪之文，亦有宝露流坛。垄积珠尘，竹黛浪传虞陟；畹分玉米，芳畦犹重屈田。冠盖宜城，宋玉有宅；殡宫湘滏，杜甫无坟。凡此皆帝乡之白非云，骚客之碧不化。黄衣纪载，其能既乎？又若花落故宫，月临旧郢。琼弁玉缨之臣，绣衣袿裳之女。诸侯会章华之台，乐乾溪而不返；媚子田云梦之泽，望黾塞以消魂。无不寄慨兴衰，念欢畴昔，以为高蹠肆浮之一快，雄风暮雨之多端矣。惟夫大别天堑，中络雄关。洞庭要害之区，襄邓攻守之地。西塞断而长江据险，海匮浚而巴蜀无虞。然后择朱丝系蔡之师，修明二广六卒之法；选栈车牝马之相，坐致六王三公之业。坟典丘索以充清秘，式金式玉以登献替。美人香草日进于御，阳阿采菱洋溢宫悬。斯亦哲后之遗轨也哉！是用备考胜迹遗事，附之论注之后，庶几曲终奏雅也。

楚宝大臣论次目录

周圣楷

楚之官制，在春秋时为近古者。自令尹而下，有左右尹，有大司马，有左右司马，有司徒，有司败，有太师，有太宰，有太子保傅，有大夫，有左右史，其百执事亦有称尹者，然皆以其地或以其职单举之，如箴尹、宫厩尹、连尹是也，亦以示隶于令尹也。其受邑之大夫有称公者，专政于外，入佐令尹，皆彷彿三公六卿之遗意。故君子谓楚能官人。官人，国之亟也。能官人，则民无觎心。《诗》曰：嗟我怀人，置彼周行。能官人也。王及公、侯、伯、子、男，甸、采、卫大夫，各居其列，所谓周行也。尝以此意推之，楚虽下国，祝融风后，参职天子，功烈伟矣。子文、叔敖诸人，或毁家以纾国难，或荐贤而霸其君，皆有成绩，载在《春秋》，岂非宰相之才，以救时为大，以用人为亟哉？无相才而居相位者，楚之得臣、婴齐是也。楚令尹即古所谓相也，而无相之名。秦始置丞相，汉因之，又曰宰相。其入相者，或自孤卿，或自布衣。楚则非大司马不得为令尹，此合将相而一之，为法最善。凡大征伐，大司马将中军，左右司马将左右军，令尹惟雍容决胜而已，邲之战所以霸也。若夫鄢陵之战，大司马既将中军矣，婴齐复以令尹将左，右尹将右，是时辕旆所指，繇将乎？繇相乎？且夫古者宰相事无不统，故不以一职名官，非谓宰相而可以摄官承乏、下同百职事者也。唐宋以来，此弊尤甚，勋贤并建，政事参兼，三台四辅，如弈棋射覆，是安得宰相才而用之哉？作史者谱其门族，表其年序，以为当时任用之专否？政治之得失，可得而言，吾未之敢许也。我朝初罢中书、丞相，设立大九卿，分理政务，列圣相承，得人为盛。于是省府之名虽重，内阁之体未尊，故膺大拜者，翰林孤卿尚矣，其或擢自台省主政，或拔之县尹王僚，靡不贲饰丝纶，媲隆上古。又如夏忠靖掌国计四十余年，刘忠宣以本兵受知孝庙，虽不入内阁，而休休绰绰之风自如。乌乎，盛矣！鸟龙云火，宁复有加焉者哉？信乎任官惟贤，莅事惟能也。述大臣第一，凡三卷。

名臣论次。所谓大臣者，固无愧于其名矣，然人臣奉职循理，名非所邀也。不邀名而名始无愧，何得以官爵通显，屈我良有司乎？古史于列传外，特设循吏，盖念臣有不必为其大而可以自名者欤？予仿其意，述名臣第二，凡三卷。

大将论次。稽古周官，大司马掌邦政，统六师，平邦国。王于出征，大司马亲执桴鼓将中军。初未尝改置军将也，其擐甲而听命者，即前日比闾族党之农士。其秉麾而驭众者，即前日搜狝讲武之卿大夫。上下相习，耳目不乱，赴火蹈冰，战无不克，岂独其将能哉？文武之途一，而战守之法预，斯称佳兵矣。故周宣用皇父督军事，为其祖南仲而位大师也。晋文用郤縠佐中军，为其说礼乐而敦诗书也。楚国之法，破军杀将者，其官为上柱国，封上爵执珪，然皆以大司马或令尹为之，故叔敖之孙苏掩为楚司马，子木使庀赋数甲兵，而楚是以兴。楚惠王时，将取陈麦，问帅于大师子縠与叶公子高。子縠曰：右领差车与左史老皆相令尹以伐陈，其可使也。子高曰：率贱民慢之，惧不用命焉。于是以司马宽帅师灭陈。洎乎后世，班爵既分，文武临戎，又不择帅，或骁骑锐卒，加以推毂之重，或戚畹嬖人，授以专阃之寄，或口谈兵而拜将，或身负逆而统师。是以缓带行间，罔知要害，五旗布阵，不辨奇正，况复凶淫嗜杀，贪懦冒货，流血于野，伤和致灾，而欲式清区宇，保我黎民，其可得乎？昔人谓百万之众不如一贤，良有慨于此耳，岂待闻鼙鼓而后兴思，歌《大风》而始知劝哉？余故录屈完以下为大将，其五才十过、瑕瑜不相掩者，悉次之为名将云。述大将第三，凡二卷。

名将论次。苏洵《御将》之法，有贤将，有才将。夫才将，即予所称名将也。养骐骥固异于养鹰鹯，然使其尽力击搏，不逢知己，亦非雀鼠之所能羁也。乃谓才小而志小者，不先赏必怨，此非通论矣。张光尽力于刘弘，朱伺毕命于陶侃，岂为饥饱哉？述名将第四，凡二卷。

知谋论次。鬻子年九十见文王，文王曰：噫！老矣。鬻子曰：使臣捕兽逐麋已老矣，若使坐策国事，臣年尚少。文王善之，遂以为师。《周书》曰：知与众人同者，非人师也。成事必在大知，鬻子知计过人，多历岁月，故能辅成文武之道，功先周、召。今之策国事者，畴念黄发哉？《诗》云：老夫灌灌，小子蹻蹻。匪我言耄，尔用忧谑。盖新进与老成不可同事久矣。楚怀王能用昭子之言不入秦，何至令屈平痛哭江潭邪？秦岂尽知，山东岂尽愚？从衡诸人，皆为一身取富贵资耳，其流毒乃至于后世。述知谋第五，凡二卷。

谏诤论次。夫为人臣而以谏君得名，固非其臣之幸矣，况复沥血抽诚，披胸见款，赴焦烂于危年，甘灭亡于昔日者乎？大圣人伤之，是以有取于讽谏焉，非谓直谏之终不可行也。自苏洵设为机知勇辨之说，而后世之以谏沽名、以不谏容身者，皆得借口于事君矣，古之人臣安有是哉？故知术谏易，忠谏难，以谏事君易，以不谏事君为尤难也。述谏诤第六，凡二卷。

文苑论次。楚自鬻熊发忠敬和严之旨，而后世始有子书，倚相读坟典丘索之书，而历代始尊史学。若夫《离骚》振南国之风，屈平词赋争光日月。《太极》抉先天之秘，濂溪理学上接羲文。靡不自我作祖，以待来兹，猗与盛哉！天下文章，莫大于楚，岂复有憾焉者乎？然予不能无深慨者，汉、唐迄今，江汉英灵，鲜有贵仕，故史家逸其行事，野乘因而失载。其一二传闻者，又复流离乡土，生卒难稽，岂熊子迟暮之气，湘累忠愤之感，楚才晋用，有以开其先乎？抑洞庭浩汪，沐日浴月，九疑二岳，负岭分天，使造物泄而无余，鬼神忌而不惜乎？不然灵光一赋，妖梦何凭？江夏无双，鼎铉何吝！侍中开府，何仕非君，何葱市之能辱，何干将之虞折，何黄陵咏而殂澧，何鹿门去而入越？是皆《天问》所不能穷，而草木金石有同悲也。嗟乎！后之君子，慎毋沾沾文人自命，先行其言，庶几免夫。兹集虽统文苑，专采骚流，故翰藻久著者录其本传，姓字稍僻者间附遗篇，以至书画诗僧亦皆收入，使夫杜若江蓠与楩楠齐秀，羽毛齿革共珠璧争辉，是亦词林之雅致、文囿之殊观也。其他曰史，曰子，曰儒，曰辞命，曰典故，虽同经国，大异门庭，各以其类，区而别之，著作之隆，斯焉备矣。述文苑第七，凡四卷。

良史论次。古者典籍、国法皆史也，苍颉、沮诵皆史臣也。自周官设而史之职始重，《春秋》作而史之权始一，故周室既东，王章紊乱，伯臣强辟，犹时从周太史问祥祲焉。下逮汉武，秦灰既冷，书积丘山，龙门应运而生，三史并时而著，虽云继美麟经，实则论同目睫。嗣是国不一录，代不一手，范秽陈诬，互有得失，扬善贬恶，未见其人。乌乎！难言之矣。余生长楚服，久淹庠序，未读中秘之书，颇负汗青之志，日月斯迈，爱玩陈编，十不得一，古人同恨。盖离次仅蒙谷所负，梼杌乃后人伪作，汲冢之竹不出，江陵之火再焚。亦何从发异闻也？惟夫丘明述《春秋内传》而倚相作祖，紫阳定汉晋正统而凿齿开先。此固博达高明，渊源深大，合辙千古者矣，执简以往，意在斯乎？述良史第八，凡一卷。

命使论次。使臣者，奉一人之命，结两国之好，历骋四方之域，而周知天下之故者也，岂徒侈辅轩、巡履声、方亥步而已哉？故周官设九仪以大其典，达六节以授其符，成六瑞以昭其信，合六币以致其诚。于其使事将毕也，又录为五书，以尽其职。为使臣虑，至繁且慎。降自春秋，此礼渐废，而任责尤重。一言之不酬，一揖之不中，而两国为之暴骨，甚至私输国情，潜启外寇，玉帛化为戈矛，皇华疲于奔命。又若后世埋轮揽辔，击断成威，穷源度筰，远探极欲，旌节四出，辞令鲜闻，于以传美往贤，流芳篆素，其可得乎？昔叶公子高使齐，朝受命而夕饮冰。吾夫子语之曰：夫传两喜两怒之言，天下之难者也。两喜必多溢美之言，两怒必多溢恶之言。又曰：无迁令，无劝成，美成在久，恶成不及改。嗟乎！为使之道尽此矣。述命使第九，凡一卷。

典故论次。典故者，亦史职也。史失其官，而后一二博雅之士，为之收录旧闻，考稽竹素，言必敦古，事不泥俗。故使马上雄辟，好说《诗》《书》，春陵哲后，修颁《月令》，岂非急务哉？是以文王兴老成之咨，仲尼抱文献之叹，诚重之也。楚国当春秋时，丹阳肇宅，流风未远，朝多故老，家有耆硕，往往得其言如得藏龟焉。其后游谈习靡，郡县星离，丘索之儒既尽，经术之用不贵。如谢文仪之学识，李玄胄之家诫，严孝源之阴德，柳德广之礼法，皆如祥麟威凤，散在薮泽，未有贵仕，可深叹息。昔司马温公自言修《通鉴》成，惟王胜之借一读，他人读未尽一纸，已欠伸思睡。嗟乎！书犹如此，人复何堪？余故深愿明君良相，毋轻弃其人也。述典故第十，凡一卷。

真儒论次。周子敦颐，生于楚之营道，倡明绝学，史称其《太极通书》言约而道大，文质而义精，得孔孟之本源，信矣。然考其当年行事，以小吏历江湖郡县十五年，未常聚徒讲学，自谓我得千圣不传之秘也。惟河南程珦，视其气貌非常，知其有道，因与为友，使二子受业于南安，所谓“寻孔颜乐处，所乐何事”是也。其后再与李初平言于桂阳，与侯师圣言于庐山，亦不过对榻夜谈而已。若夫赵忭，初惑于谗，临之以威，敦颐处之超然。王安石不可一世，独怀刺候濂溪，三及门而三辞焉，益可见其光风霁月，人莫得而亲疏者矣。乃论者谓道学盛于宋，宋弗究其用，甚至有伪学之禁，若深憾焉者。乌乎！使宋诸君子尽如元公，又何憾哉？后百余年有赵复者，以其学传于北方，称江汉先生。述真儒第十一，凡一卷。

诸子论次。史迁、班固叙次诸子，不辨阴阳、儒、墨，后世均有讥焉。原其初旨，洙泗之间，儒分大小，微言既绝，学益多歧，裔宇嵬琐，沟犹区瞀，譬之朱门甲第，舍而弗居，于市肆中自占一隅，而号于人曰，我华胄之子也，人亦孰从而别识之哉？是则儒效之不彰，不能与纵横、名、法家争，固非一日矣。楚自鬻熊子为文王师，始有子书，然其语惟贾长沙时时称述之，他亦罕闻。其后柱下之老，漆园之庄，皆产于楚，而子之书始为经。然老与孔子同时，庄与孟子同时，未闻孔孟攻老庄，则老庄之书，断乎其未可废也。若夫鬼谷为仪、秦所窃，鹖冠祖黄、老用世，老莱、亢仓各有所托以行，其书真伪相半，吾谁与语？庶几陆生可起，橐中之装，犹可值千金云。述诸子第十二，凡一卷。

孝友论次。孝，庸德也，人以其庸而忽之，故其孝著焉。嗟乎！孝又何能奇也？吉甫一信其妻而伯奇放，楚康三泣其臣而弃疾死，石奋不以父废法，庄善不以禄私亲，其秉志操心，蹈礼中节，千载而下，未有能知其委曲者也。至于冒火伏棺，捕鱼泣笋，舐盲尝粪，负土成坟，往往至情所发，通于神明，又岂有希觊行善之心哉？乃世残忍者，动以刲股割肝为苦孝而疑之，是使血诚之子不及羊、乌，饰伪之儿等于曾、闵，天经地义于斯泯灭，可胜叹哉！可胜叹哉！何怪同气之相戕，而友于之义罕有闻也。予伤之痛之。述孝友第十三，凡一卷。

忠义论次。楚之忠义，天性哉？抑其流风使然也。宋李芾潭州之死，人以为难，不知熊湘一炬，毒焰在衡山废弃中预辨之矣，岂待见敌而后审己哉？盖天不可逃，克黄不恤子文之无后，奉初以还，奋扬惟知事建如事君，又若包胥痛哭于秦庭，子闾洁行于宗国，谯王立义于湘州，皆具疾风劲草、岁寒松柏之操，故尔感激志仁，伤怀闺烈，而青史相望，有繇然矣。嗟乎！今之视昔，亦犹后之视今，彼郴阳白兆之墟，宁不悲乎？述忠义第十四，凡二卷。

独行论次。《后汉书》始立《独行传》，其言曰：或志刚金石而捍敌于强御，或意严冬霜而甘心于小谅，亦有结朋协好，幽明共心，蹈义陵险，死生等节，虽事非圆通，良其风轨有足怀者。予观楚士，又何多偏至哉？性不偏不独，事不癖不奇。荆山痛哭，车下佯狂，昭王失国，乃见屠羊。卿士五百，市南足当，以此掩映方来，操行俱绝。故尔龚生竟夭天年，陆子号泣而不返也。述独行第十五，凡一卷。

真隐论次。古之所谓隐者，不尽放情江海，取逸丘樊已也。或时有所未际，姑弃鳞以养角。或道有所不屈，甘肥遁以幽栖。或性有所不可，宁孤光而绝俗。故朝端振金玉之音，而市肆多秀羸之士。其迹愈近，其心愈远。其隐愈大，其道愈光。自夫后世慕终南、嵩少之风，而处士虚声差侧席矣。善乎孟少孤之言曰：亿兆之人，无官者十居其九，岂皆高士哉？执此而循名云壑，采秀山阿，洞庭、衡岳之间，当必有隐君子焉。述真隐第十六，凡一卷。

烈女论次。乔木佩声，始于江汉；苍梧烟色，半是潇湘。是以错薪刈楚，游女鲜求；蕙带荷衣，美人多怨。翠竹何情，九点疑云长是泪；暮花欲落，一川郴水不成流。望邓墟而思配，谁招荆武之魂；念樊冢以求贤，莫辨王孙之树。乃有轻生艳质，齿剑如归；薄命红颜，捐生靡顾。或永巷闭而吴丘顿却，或渐台圮而使者不来，或赤乌夹日而践附社之心，或白璧及门而矢松楸之志，或长沙南畔双花萎雪，或岳阳楼下五字流香。岂非料敌审天，借箸难再，临危许死，隔代相望乎？至若负戴相随于泉石，缟綦不羡乎云荼，解毛遗粒之贞风，却鲊种橘之峻节，何止栖隐偕老，实有明哲兼劭者矣。又若盛年悔不青楼，晚烈偏高彤管。草迷青冢，胡汉何分；烽起黑狼，雌雄遂混。挥金愧马，誓死殉秦；怜才念旧，代有逸女。斯亦蛾眉之奇绩，南国之香荃也。君子痛其遭遇不齐，国史表其徽美则一，故并采缀焉。惟夫淫如夏姬，妒若郑袖，是名妖蛊，污我佳丽，姑存笺注之末，以为好色者戒云。撰烈女第十七，凡一卷。

方伎论次。艺之至者，阴阳而已矣。惟圣人与阴阳通，故能造其至而不泥其教，发其端而不竟其说。盖恶夫艺成而下，犯阴阳之患，而鲜精神之洁者欤？今之卜筮、医巫、天官、音律、相梦诸书，后世所传，皆其浅浅者耳。然一遇通人，辄多元妙，况复宏道以济时，隐身以利物，非徒用广异闻，将以明乎劝戒。由此观之，虽艺亦道也。述方伎第十八，凡一卷。

异人论次。世岂有异人哉？知之则为国士，不知则为众人而已矣。辟之麟凤，以时见则为瑞，不以时见则为妖，非麟凤之好异，所遇之不同也。虽然，物之异者，其性必殊，士之异者，其心难测，负人人负，千古同慨，又安所得绝缨喻射之辈而用之哉？述异人第十九，凡一卷。

宦迹论次。登高望远，舜陟还过衡阳；涉澧渡江，禹功半在荒服。是以涂山之会，贡九州而称荆；太史陈《诗》，歌《二南》以首楚。春秋名贤大夫，然丹能诵祈招之什；两汉著循良绩，隆中独高梁父之吟。又若羊祜之泪，杜预之碑，武昌之柳，南楼之月，岳麓梅花无端急雪，西山杯酒散作湘春。每披往牒，良怀仪轨。傥执笔而随长吏之后，其更有进于斯者乎？述宦迹第二十，凡三卷。

迁寓论次。今夫百龄蘧庐，万物逆旅，皆适然耳。乃有怀乡念重，去国情深，一遭迁斥，辄怨流离。甚则山水名胜之区，无故下鬼门之泪；日星照临之地，不悛作囚山之赋者矣。乐天知命，安有是哉？楚地山川悠远，舟车相错，雪泥鸿爪，那堪再举？惟夫学士临皋之宅，乃育奸秦；仙人黄鹤之楼，亦生钦若。又若董千乘之天女，安陆输缣；岳武穆之二子，黄梅改姓。吊古之士，往往不胜其感叹焉，岂得与马融绛帐，鲍照荒阡，同付之断烟衰草中也。述迁寓第二十一，凡二卷。

山水论次。山水不生于天地，而生于文士之笔。山水之性情位置，不生于文士之笔，而生于文士之心。今夫奇峦异瀑，或远在鳞介，或近在户牖，众人弗知好也，即好之，弗能名也。若使文士遇之，鸿辞镌彩，隽气摇风，而山水乃另开一生面也。天地之积泄何与焉？又若岑无一仞，竞秀巫庐。波无一勺，澜翻海碣。悲喜化为霁阴，升降化为烟树。此皆文士之心之所结，彼山水又何知？楚固山川形胜地也，衡岳命镇，沿湘千里。洞庭江汉，汪洋无涘。九疑荒莫，武当元峙。其他大山巨壑，孕育雨云，以千百计。岩泉溪洞，星罗电诡，仙子迷而不出，古帝望而知止。向使灵均不放江潭，李白不流夜郎，元结不守营道，宗元不谪泉陵，而青青，而泚泚，其终浑沌乎？非此之谓也。尝坐祝融之云矣，宝露坛青，岣嵝字赤，非不足快也，乃一诵太白诗曰“衡山苍苍入紫冥，下看南极老人星”，辄骨蜕而凌虚。尝泛君山之月矣，秦皇焰冷，湘灵瑟怨，非不足感也，乃一诵《九歌》之三章曰“袅袅兮秋风，洞庭波兮木叶下”，辄魂消而欲悟。由此观之，大湖以南，一水一石，得遇次山、子厚诸人，正复不易。且岸谷之气候屡迁，尔我之兴会各别，与其执山中已往之迹，恨翠色之无多，不若迎纸上相续之心，恍岚光之乍吐。予故取诸游记之佳者存之，或记有不备，则间补以诗。又以衡岳领湖南、湖北诸山水，以元岳领荆南、荆西、武汉诸山水。使夫舟之舆之者，历州若县，如身入镜中，云路与飞鸟争明，一杖偕孤峰以往。斯亦具胜情者之最快矣。其散见于遗胜诸考者，兹不再出。述山水第二十二，凡三卷。

名祀论次。狄仁杰为江南巡抚使，凡毁吴楚淫祠千七百所，止留夏禹、吴太伯、季札、伍员四祠而已。予仿其意，于楚山川之神存其六，于古帝王存其四，于古大臣忠于社稷者存其五，于仁杰所留者止夏禹一人，仁杰所未及而予独存之者申包胥一人，盖亦存乎时与地尔。述名祀第二十三，凡一卷。

列仙论次。司马迁作《老子传》，首述老子之言，既曰其人与骨皆已朽矣，又曰老子二百余岁，修道而养寿，又曰孔子死之后百二十九年，周太史儋，即老子也。既曰著书五千言而去，莫知其所终，又曰其子若孙累世显仕，因家于齐。何其语支离而意洸洋也！盖子长亲见秦汉以来，方士神仙之言，俱祖老子，而不能自决于衷，故其《封禅志》虽讥武帝，而蓬莱宫阙之幻，神君室帷之秘，每一描画，不胜（蹇）〔褰〕裳濡足之思焉。若夫班固、刘歆，叙道家为诸子，又列神仙于方伎，其意皆不能无溺。且其叙房中即西邻素女之术也，叙经方即玉液云英之法也，由此而张道陵上驱鬼之章，陶宏景憩松风之梦，寇谦之遇玉女于云中，杜光庭接飞仙于海上，又孰得而端倪之哉？大抵昆仑、瑶台多为假设之境，药物、火候岂有彼我之云？秦汉之君不登凡骨，乔松之寿未免遗形。是在耽虚味道者，神而明之，则庶几耳。撰列仙第二十四，凡一卷。

名释祖灯论次。盖自七佛授偈，而迦文独以其教传于中国，故尔紫金瑞像，殿陛飞行，白马精蓝，山云割秀。莲花贝叶之藏，旁行半满之字，顿踞六经而上也。然而终汉之代，皆赖天竺沙门，熏修器钵，中国之人，尚未有披削者。洎乎魏晋，始依佛戒，剃发为僧，而龙象蹴踏，遍区宇矣。太和中，常山释道安以梵僧所译《维摩》《法华》未尽深旨，精思十年，心了神悟，乃悉正其乖舛，于是分遣弟子，各诣诸方，宣佛微妙，而安独与慧远等四百余人，之襄阳檀溪寺住焉。嗣是东方圣往，南国衣传，思大振锡于衡岭，忍祖授钵于黄梅，楚之宗风，在唐宋时为最著也。予向者欲择观音、石头二大师法为南岳灯，今则稍异规裁，专系之楚。凡生于楚而出世于楚者若干人，生于楚而出世于他方者若干人，生于他方而出世于楚者若干人，其或游方于楚，得法于楚，虽附于篇，姑存梗略。原夫置身云汉，坐断三界，混迹市廛，心超万有，非同土著之民，可循畛而得也。述出世间品第二十五，首叙教律二门与应化圣贤为名释，次叙直指一宗为祖灯，凡四卷。

湖南文征　卷十七

记一元明

浏阳县县官题名记

欧阳玄

元贞元年乙未，浏阳以县升中州，置建达鲁花赤、知州各一员，正五品。同知三员，从六品。判官，从七品。常镌石题名于州治，而石非坚良，岁久将坏。

至正四年甲申，同知贾闾实来，其父孛老先居是官，顾瞻父名，惧湮没，岁满将代，请于监郡长沙郡守孙朵罗及诸同寮官，以己资得贞珉改刻之，谒文于玄。在至顺中，奉诏修《皇朝经世大典》，户部以天下版籍来上，因考南中州户口，惟浏居最。浏之长贰，铨衡常慎其选，三十余年之间，贤能常多。积官至宰执者有之，就任擢监纪者有之，至于父子先后来宰是州，斯则承平之盛事也。

两汉牧守，子孙相继，史臣书之，以著世禄，亦所以教孝焉。孝始于事亲，中于事君，终于立身，身立而不辱，所以报君亲也。固愿莅斯土者，率以是为心，则斯记之作，岂不足以诏方来欤？

临溪亭记

欧阳玄

安成李君鼎翁，好贤而笃义，里大夫士乐其善而亲其贤，而鼎翁又能同其物外之乐，固自乐之存诸中者，沛乎其有余裕也。

家居枕溪水上，作亭并溪，以醉翁滁亭记语名亭。书来暨图，属予记。

余少年有山水癖，壮乃为禄仕，今老矣，未能去壮之累，而时有少之趣，闻客谈幽居之胜，恨不欣然舍己而从之，况见吾鼎翁之图乎？何时与临溪分坐，俯阚清流，毛发可鉴。潜鳞游泳，不避人影。清风舒徐，漪涟回旋，悟溪之有文也。霜濑激湍，石齿玉雪，喜溪之能声也。

抚琴而歌曰：溪之水深且清兮，我濯我缨。溪之水清且深兮，我濯我心。缨有尘兮，尚可。心有累兮，溪将无以浣我。外洁静兮中明娟，我与溪兮各全其天。

欧公为此文时，余扈从上都，归则公已谢疾去。明年十月，鼎翁之子本禹求予书。欧公年未六十，欲分临溪之乐，予垂七十而书此，可愧矣。揭傒斯识。

世彩堂记

欧阳玄

渌江廖氏，自其先代积善于家，施惠于乡，世保醇德，居多耆年。至宜山府君，子孙众多，茀禄丰腆，晚岁康健，身享荣养，岁时上寿，彩衣成行，才俊叠见，里人荣之。因取宋名臣廖刚用中甫家“世彩”旧号为其堂扁。

余家距渌江数舍，虽未获升世彩之堂，而先内翰于宜山公友契。两家子弟，往来稔甚。有名士元，字泰福者，廖氏之令器也，谒余以斯堂之记。余惟“世彩”之得名，自老莱子为婴儿之状以娱其亲始。余尝评之，老莱子爱亲之心，纯一无伪，一时感触，发不容遏。故忘耄耋之齿，服斒斓之衣，追童乳之态，以冀其亲万一之欢。在其当时，己非不知，亲非不悟，二者之天，相契深爱，其所为喜，盖有不期然者。不然，一时嘻笑之适，何能使人千载之下，想像而称道如是其盛邪？在礼，子事父母之饰，剪发为鬌，亲在，子虽老不敢去之，不敢忘赤子之初也。深衣之制，具父母、大父母衣纯以缋，然则老莱子之彩，容或上古之世有父母者之常服欤？戏之为言，将以取觳等事而云耳。虽然，吾于此有以语廖氏子弟矣。孟子曰：令闻广誉施于身，不愿人之文绣也。君家用中甫之为中执法也，守正不阿，名震远迩。当绍兴时，其曾大父母年九十，窃意高堂垂白之亲，见其曾孙负一世之名，公退委蛇，伟然《羔羊》素丝之风，志夫《南陔》《白华》之养，其为“世彩”也，斯亦大矣。

古之孝子，出而治官，入而治家，周旋进退于夫妇、昆弟、朋友、宗族、乡党之间，如执玉捧盈、惴然自持者，无往而不为事亲之地也，亲之可悦与否，非敢计也，求无怍于己，庶无怍于其亲矣。吾愿廖氏世世子孙之升斯堂者，推是心以为立身显亲之道焉，虽中执法之事业可能也，岂独踵其美名而已哉？

国家混一初年，宜山公以荐受宜山县簿尉，壮岁勇退不仕，近年振饥，募民入粟补官，公发数万，进爵不受，朝省旌表其门。又为义廪，凡宗族亲戚及里之贫者，婚姻丧葬，辄助其不及，殣无殡者，为棺以给之。割田数百亩，为义舍百区，以馆从学之子弟，礼聘名士以教之。余尝为之记。

平居奉己清约，遇人㧑谦，独好施予如此。子膺福，号玉峰，泰福，号纳庵，伯仲皆肖其父，生长华腴而被服诗书，殊无膏粱之习，故所友多名士大夫。其他子姓之贤者，未能悉数云。

听雨堂记

欧阳玄

人生俯仰穹壤间，耳目之所触，心志之所由生。士君子仕而慕君，则见日而思长安。出仕而思亲，则见云飞而思亲舍。索居而思朋友，则见明月而思故人。兄弟友爱，一日而远别，则听夜雨而思同气。近代眉山苏长公送弟子由之官，有“夜雨何时听萧瑟”之句，后世弟昆之在宦游者，往往讽咏而致思焉。

安成大姓周君士能，生以遗腹，其兄士宏亦六周星而孤。幼同艰贞，今也竞爽，皆以儒弁服彩明时。士宏今龙南县大夫，士能今南丰州幕官，子叔量又辟为公府掾。一门宦业鼎盛，而南北相望道远，时时追怀少年况味，真有苏公之所深思者。乃作堂于家，扁曰“听雨”，以志罣罣焉。

先是，士宏有楼曰“归云”，余尝记之。至是叔量致尊公之辞，请记斯堂以文。嗟夫！君也，亲也，弟兄也，朋友也，人之于纲常一也。日也，月也，云也，雨也，人之于见闻一也。其感于外而动于中，有浅深焉，此士君子之所存，异乎常人者也。雨注于霤，其声鞺鞳。滴于阶，其声淅沥。驰于竹松，其声屑窣。春而听之，有发生之意，兄弟之和气，怡愉以之。秋而听之，有寂静之容，兄弟之神凝，虑远以之。所以然者，岂有外至哉？

予同母兄弟五人，今皆黄发之叟，予晚迫召命，力疾而至京师，因叔量之请，盖稔知“听雨”之状，而能述以言者，遂以是记。

赵忠简公祠堂记

欧阳玄

临川王安石以新学误宋，致天下骚然，河南程氏两夫子出而救之，卒不胜其说。既而蔡京为相，宗王氏说，黜程氏学，宋遂大坏。京客张觷教京，亟召程氏门人杨中立用之，庶几救其半。

及宋中兴，解人赵忠简公鼎为相，首罢王安石孔庙配享，尊尚二程子书，凡其门人之仅存者，悉见召用，江左乃复振。不幸秦桧相，忠简公斥，程氏门人散亡。洎中兴业衰，又不幸韩侂胄相，禁建安朱文公熹之徒之为程氏学者。其后禁稍弛，宋已日削。皇元熠兴，江汉赵氏复能倍诵程朱书，北渡江，私笔以授学者，许文正公衡神明其书，进以所得，相世祖，兴礼乐，文太平。后是四十年，贡举法行，非程朱学不试于有司，于是天下学术，凛然一趋于正。时相寻定濂洛以下九儒及衡十人，祀孔子庙庭，天子从之。

至顺二年春，赵忠简公六世孙贫翁请，即解之闻喜县学为忠简祠，其辞曰：公当宋南渡，排王氏邪说，崇程子正学，以至于今，有功于斯世甚大，宜祠其乡。胄监、集贤是其议，中书、礼部告晋宁路以符，属其同年欧阳玄记之。

玄平居读《孟子》至承三圣一章，未尝不掩卷汗下，以为何致是烈也。及略考近世儒学之邪正，有关于国家之隆替，气化之盛衰，民物之荣悴，其可征者盖如是。乌乎！是祠岂细故哉？公师邵伯温，友胡寅，其问学原委，措诸行事，详见《宋史》。贫翁，延祐二年进士。

保靓祠堂记

欧阳玄

保靓祠堂者，安成刘君尚节，祠其七世祖考保靓先生者也。先生讳作，字贤砺，保靓其号。居袁吉（门）〔间〕[①]，地曰秀源。在宋乾淳，一时声光煜然，起于郡邑。初用世，赏授将仕郎，辟赣之安远尉，母老不赴。中岁韫德抱才，不屑世用。友当时搢绅清江两尚书谢公昌国、章公茂献，庐陵杨文节公廷秀，皆定交笔砚。骨鲠如胡忠简公邦衡，亦深见结纳。其他名贤，不可悉数。

百余年以来，世代变迁，遗韵日远。诸孙尚节，幼负志气，读其遗书，慨然慕其生平。惧其亲尽既久，后人无所瞻仰，谋即故居建祠堂，以致专祀。而诸贤翰墨，存诸碑板者，亦复散逸。寻得忠简公《保靓记跋》及谢公诸书。又渔父来告，某潭有石，状如碑，以手切之有字。尚节使没者群入，助渔举石出，果左宣郎刘君廷直所为《保靓祠堂铭》也。他日营父葬于白石冈，掘地三尺，得碑，恤勿原注音窣没。读之。又永州通判董德中所为《保靓先生祠记》也。于是尚节益喜，缮祠益勤。至元后庚辰春祠成，置龛奉保靓主，列碑其前。议割上腴田若干，以给常祀。择日率

①据《圭斋集》改。

族属子姓，祭以告成。竣事而饮，族属举杯劳尚节曰：保靓往矣，非君之贤，祠事曷兴？造物者出二碑以相君志也。余至钤南族中，族与刘氏世为婚姻，尚节谒予文为记。予以瞽宗祠于学，乡先生祠于社，尊有道、尚有德也。此礼废已久，保靓祠堂虽成于其后人，异时郡国，因饩羊以复告朔，古道其庶几乎？

乃为迎送神诗，遗刘氏子孙，使歌以祀先生，词曰：吉之襘兮袁之裔，介两郡兮大容砺。昔贤居此兮物无厉，物无厉兮民有岁。道之耕兮德之刈，刈德兮耕道，深资兮靓保。保靓兮何为？山有碣兮水有碑。碑无沉兮碣无瘗，曾孙有祠兮传千世。世世幅巾兮深衣，先生来归兮无我违。违我兮焉往？从诸贤兮咏归。尊有洌兮俎有肥，芳菲兮阖两扉。石韫玉兮山有辉，微先生兮后人畴依。

天游斋记

李祁

醴陵周君善翁，筑圃于北门之外，青山远扬，绿水横逗，沟塍畦花，交错高下，而烟云草树之青蔼蔓蒨，可以驰远思而寄幽兴也。于是遂规其圃之中以为斋，斋之外环植花木百卉，清芬美荫，无不可爱。暇日携二三友从市廛中来，即解衣脱巾，忘弃世虑，翛然若尘埃去体，洒然如执热而濯清风也。

予闻而造焉，与君燕坐竟日，超然悬解，乃请以“天游”名其斋。君曰：子名我斋固当，盍更为我陈之？予闻天之于人，其不相合也久矣，其孰得而与之游乎？盖天之生人一体，而公喘息呼吸，与天为一。而况虚灵之府、神明之舍乎？人惟嗜欲以昏之，忧患以迫之，宠辱得丧，喜怒哀乐之情，戕贼而桎梏之，胶胶焉，扰扰焉，日与事物争斗于前，而胸中之天，已索然无余地矣。夫苟欲游乎是，则必启其昏，去其迫，除其戕贼桎梏而后得焉，其要在于审乎轻重而已。

古之至人，有不以天下累其心者，有不以一国累其身者，其自视者重也。自视者重，则虽天下国家，不得以易吾之生也，而况于琐琐者乎？噫！人之生也有涯，而事变之来也无尽。予愿与君去町畦，削崖岸，屏其为人者，而求其为天者，从容乎恬淡之场，逍遥乎广漠之野，心乎其无心，为乎其无为，行乎自然，无所于逆，如是者其于天游不其庶乎？

予既为君名是斋，又从而申之以词曰：环堵之室，宇宙入焉。方寸之地，神明集焉。俄顷之间，四海毕焉。游焉息焉，吾与子同适焉。君欣然喜曰：子之言尽矣，当与子共之。遂为记。

进思堂记

李祁

国家经费之重，倚于茶盐。盐未暇论也，茶之有司，率略郡置一所。提举宁国等路，其司在休宁治之西，地平衍，厅宇疏厂。厅事后有堂，堂后有池，池方而泉不竭，可以为公余燕息之所。

至正五年春，楚国武定公之孙翰林学士贯公之子来为都提举，日与僚佐从容其间，慨然相谓曰：予与诸君，叨上恩德，以守职于此，其可不思所以尽吾职乎？且进思尽忠，圣有明训，予与诸君，其可不之思乎？遂取“进思”二字，以名其堂。堂既定名，乃走书婺源，征予文以记。

夫忠，尽己之谓也。为人臣而尽乎己，则事君之道于是乎在然。或昧乎理，则有以不忠为忠者，若唐之赵赞、张滂、王播、王涯之徒，为茶作俑，千万世之下，流毒愈甚。方其为是法也，夫岂知其不忠而为之？其心曰是可以济国家之急，纾君心之忧焉，是以为之，岂非忠之大者？曾不知天下之财，不在官则在民，是以善事君人者，宁损上以益下，不忍剥民以利国。彼其思之熟矣，今之病民，不言可知，而居是官者，率乘势以利己，否则以苛细为察，以急切为能，以能尽民利为职，彼岂知忠之为义？顾或者曰彼之为是者，非其本心也，课额之严，可增而不可损，使其虽有爱民之心，而拘于法程，又敢亏其额以便民乎？为是说者，是固然矣，然吾闻一命之士，苟存心于爱物，于人必有所济，苟循习故常，不恤民隐，坐视其敝，而曰非我也，法也，仁人君子，其心果如是乎？

诸君以勋名世胄，萃于一堂，讲之必精，思之必熟，必不忍尽民利以竭民力，斯乃忠之大者。推而行之，虽秉钧持衡，其道亦不外此。夫如是，则斯堂也，为诸君推求民瘼之地，为皇家维持邦本之基，岂特公余燕息而已哉？同提举某某，具高怀雅量，皆可为言，故敢以是为之记。

吉安路诗人堂记

李祁

诗人之有堂，旧矣。自杜审言为吉州司户参军，及其既殁而后人遂以司户厅为诗人堂，此堂之所由始也。《郡志》：司户厅在州治西南。实今廉访分司之近地。其后又会拜于西原山寺，因循且百年。淳祐中，州学正危志白诸府君，得龙冈之地广（袤）〔袤〕十余丈，而营为堂三间，又充广之如其数，而诗人始有专席之地。世迁事远，屋既不存，而地亦湮没，西原寺僧仍以西廊一间为祠祀会拜之所，褊狭卑陋，以迄于今。

至正四年，今太守燕山高侯，为政且一期矣，滞无不流，废无不举，于是流谦谢缙翁合词以“诗人堂”为请，侯遂至寺谒焉。愀然叹曰：异端之不可加于名教尚矣，乃使唐宋诗人，历代忠节名胜之士，依于僧廊，安乎不正之侧，予之责也。遂博谋于众，得隙宇于郡庠西，后依先贤读书台不数十步。乃与郡之长贰周视详度，议以协同，侯独备中统钞五百缗，寮属、士庶助费有差。凡综理悉以委之缙翁。于是扩其旧而增其新，大其规而远其图。越明年二月戊辰，侯率郡士行礼于堂，衣服有章，笾豆有秩，少长有序，几筵有容，此则堂之所以盛于今日也。

夫以司户公之高才，下视一世，而其孙甫遂以忠愤激烈，发为文章，为百代宗，至国朝得封文贞，孰不知其当祀无疑也。然知其当祀而祀之非其所者不智也，知祀之非所而不能正之者无勇也。今侯之来也，智足以辨之，勇足以行之，使是邦之士，得拜诗人于斯，行乡饮之礼于斯，依圣人之宫墙，侑明时之礼乐，不其盛哉？虽然，斯堂之建，所以祀诗人也，而历代之忠节在焉。

是邦之士，登斯堂也，则思所以慕其人，则思所以景其行，此又侯之美意，盍相与懋成之？若其助费之数，则其以姓名载之碑阴云。

惠民桥记

萧元益

惠民桥列图久矣，前代府尉杨公秩尝一新之，日久颓圮，溪水时涨摇动，涉者滋病。至元癸巳，保定李公领尉之秋，议欲改作。适有广帅经境，公方以一己跋履之劳，易万室管簟之安，未遑也。已而运米入桂，部卒援鄙，日不暇给。逮次年冬，甫就经营，公以身先，民以悦使，越春讫事。桥视昔高三尺，梁柱壮丽称焉。翼以二亭，两岸相望。尝试与客周游四顾，市区鳞集，楼观翚飞。客谓予曰：盍记诸？

予惟古者龙角见而雨毕则除道，天根见而水涸则成梁。非直饰观美，济往来，亦裁成辅相之一也。盖道之不除，已非善政，而梁不夙成，则病涉济盈，如流行滞轨何？昔人觇陈议郑，固不越是，第仕州县者，类多假途借径，计日及瓜则去，而蹈龙尾，履凤池，是知津矣，而况东南一尉之繁剧乎？自公以来，垂将二载，征衣之尘未浣，舆梁之功复营，何其瑅与？公儒者也，一命以上，必有所济，匹夫不获，若纳沟中，故不以独贤劳为诿也。充是以思，天下之有溺，斯民之有不被其泽，孰非吾分乎？

公之惠固于桥而始，不于桥而止也。予既喜斯桥之坚实远大，睹儒效之深切著明，且廛民也，无能相役，用不能以浅陋辞。公名琮，字君璋云。至元甲午夏五月记。

十贤祠记

刘性

至正三年秋七月，余被旨召复史馆。就道有日，新宁县尹萧从周以书来曰：先贤有祀于学校尚矣，新宁十先生祠，则创始于今，所以明道统，示后学。求文以记之。

余惟道之大原出于天，统之相继于万古，如日月寒暑之迭运，往者过，来者续，无有时而穷也。由孔子而至于今，数千百年，道统之传，有自来矣。在宋盛时，则有若周元公，不由师传，默契道体。二程夫子受业其门，有以接乎孟氏之传。张子精思之功，邵子先天之学，司马文正笃学力行，皆秦汉以来所未有。学虽殊辙，道则同归。至乾道、淳熙间，朱文公集群儒之大成，朝廷方将制作，以垂太平之功，则宋之诸贤，垂光竹帛，千万世不可磨灭者也。予何庸记哉？惟我国家，有若文正许公，以《大学》佐世祖皇帝为万世无疆之基，日月所照，霜露所坠，凡有知觉者，莫不尊所闻，行所知，文正之功不可诬，而宋诸君子之道，益大明矣。今祠像之设，学者瞻十先生之仪型，思其风而兴起焉。反求诸己，致其力以穷其极，固知君子之望在焉，而祠之所由设者此也。

是祠也，前令李君文渊、教谕张子董淑，劝率儒人许元龄者，捐己财而创之。迄今令尹萧文孙优嘉奖励，元龄复欣然献田百亩，岁取租中统钞一百贯入学，以供祀事。仍令男许钧充掌祀事，自行出纳，其规模可谓宏远矣。萧尹南台御史方虚先生之子，张君南轩先生六世孙也。其善政善教，皆守家法云。

春晖堂记

甘镛

上之永乐三年，予奉制巡按岭南，始与春陵周从衡氏，会于广之澄清堂。貌甚恭，言甚度，动履甚严密，予固一睹而知为明时令器也。既而手具春晖堂大概，属予为之文。

予与从衡托交斯文，且同楚产也，故不获以肤浅辞。从衡名璿，世居舂陵之永明，濂溪先生之裔孙也。为邑庠弟子员。少失怙，惟兹侍教育，以底成立。洪武壬午冬，有司以从衡学超卓，贡于春官，而跻乎成均也。遂以去亲地远，暌违既久，不获朝夕定省，惓惓于怀，因请于国子先生，颜其思亲之所曰“春晖堂”，以寓其孝思焉。予惟天地万物父母，而品物流行于四时，尤莫仁于春。是故一元之气，运行亭毒之表，句芽萌拆，自生自育，熙熙皞皞，咸宥于春风和气之中，而不自知也。此东野游子之吟，寸草之心，所以兴于慈母之念，而春晖堂之所由作也与？

虽然，古者求忠臣于孝子之门，从衡继自今以后，当移其所以思亲者显亲，所以孝亲者忠君，则将见立身励行，发挥乎幼学壮行，穷养达施之志，登用显荣，扬历清要。重茵列鼎，未足以喻其富。万钟千驷，未足以拟其贵。然后板舆轻轩，从容迎侍，以养乎亲。树功立勋，扬名天下后世，以显其亲。不尤孝之大者乎？思亲云乎哉？是为记。

番阳令任勉读书斋记

刘三吾

六经载道之书，四书明理之书。天下无不可学之人，则无不可读之书。读圣贤之书，所以学为圣贤之学者也。《易》以道阴阳，《书》以道政事，《诗》以咏性情，《春秋》以正名分，《礼》以谨节文。道无乎不在，则六经无乎不载。盖未有文字，六经之理在人心。既有文字以来，六经之奥，悉具六经之书，其时人所践履，即其所学问。经之外，无所谓人也。六经以人为载道之具，人之外无所谓经也，读书者可不以六经为本哉？

当六经行世时，天下未有四书也，自汉文帝令博士诸生刊六经之文，为礼筵之书，其时《大学》《中庸》，固已具在今《礼记》四十九篇之内。濂洛诸君子者出，如河南程夫子，然后于

《礼记》中摘出《大学》《中庸》，以足《鲁论》、邹孟氏之书，谓之四书。总之，《大学》其入道之户庭，《中庸》其入道之阃奥，《论语》盖无非教人操存涵养之要，《孟子》七篇，无非教人体验扩充之功。通乎四书，而能通乎六经者有矣，未有四书不通，而能通乎六经者也。乡先辈尹省吾先生之言曰：求道必自六经始。求六经必自四书始，四书既通，六经可不治而自通矣。读六经者，可不明四书之理也哉？

大概读书无先于六经、四书，而六经之要，不出格致、诚正、修齐、治平之道。格物致知，所以穷其理，诚意、正心、修齐、治平，所以践其事者也。是故皋、夔、稷、契无书可读，非不读书也，践其书之理，即读其书之人也。论而至是，则知赵普以半部《论语》佐太祖，而李相沆亦谓读书不能行"使民以时"一句，道岂远乎哉？

番阳令松江任勉近思由进士选任今官，有冰蘖声，家学渊源，得诸其祖松乡先生，其履历具见赵文献公墓志。昔者子产论何之为邑也，谓大官大邑，身之所庇也，使学者制之，其为美锦，不亦多乎？侨闻学而后入政，未闻以政学者也。近思理民之隙，辟一斋为游息所，扁以"读书"，其于所谓经书刮根本，史书阅兴亡，谅已得其读书之方矣。力学如是，其学而后入政，非以政学者。又闻其在官，克敬以持己，必不至于怠忽荒政。恕以临民，必不至于慢令致期。存心如是，以之制锦，其为美锦，不亦宜乎？抑予因近思请文其读书之室，而有所感矣。"治生不求富，读书不求官"，苏长公诗也。以昌黎之贤，而于《符读书城南》之诗，未免示以富贵利达，不知古人所谓读书本为己，非为功名富贵。近思知读古人之书，以善其政矣，亦知《大诰》三编，为今上巨制，有不徒在于读，而贵身体力行之者乎？

百官之俸犹井泉，正中今仕者膏肓之病。玉音日所诞敷，尤所切切，使居官者诚知是俸，其出如井泉之不竭，则必能守己爱民，其福亦如井泉之不已。民其有不安，临民者之身家，其有不永保者乎？本是心，读是书，思过半矣。近思读书而从政者，故以是语之。

道州路重建濂溪书院记

刘三吾

春陵濂溪周先生，溯原邹鲁，倡道伊洛，图书行世，日月丽天。宋末齐国公，于其《江州祠堂记》直以为：得天所畀，不由师传。后有作者，如天日之不可以藻绘，六经之不可以形容矣。

惟是表章其学，昉自穆陵，配享孔庙。既跻从祀，颛祭其乡。复建书院，宸翰奎章，昭回云汉，濂溪之胜，遂甲天下。逮暨皇元，益崇其道。祀典之隆，光轶前代。院基故在郡城西偏，大江前横，天泮其水，秀钟时髦。方兹未艾，红巾并起，在所屠爇，宗国丘墟，故祠煨烬。十有余年，瓦砾荆榛，时衽金革，里喑诵弦。顾瞻遗址，慨我寤叹！天惠斯文，在人有托。

鄂省检校杨脱因不花，移文倡新之，居无几何，两天官国人普颜公、前进士张公，奉旨南来，育才如笆，实奖成之。其乡人前归州倅吴某，慕义感发，重与兴复。鄭管薙芜，伐材度工，敞翚延甍。葺隅植疏，殿貌圣师。祠事先生，位序尊严，规制宏整。讲肄之地，庖庾之所，巨计纤考，靡不劚治。起某年，毕某年。于是向之瓦砾者，今甓焉其平矣。向之荆榛者，今甲然其新矣。盛哉，斯举也！邦人士义之，走书桂林，征文三吾，将寿诸石，以风来者。辞不获已，谨复之曰：

道之晦明有时，院之废兴以人，繇穆陵阐显，讫今百二十余年矣。讵意有今日之废？废矣历十五六年，庸讵知有今日之复？杨之倡，吴之和，咸成美于两天官之来之日。正缘天官是行，实系乎斯道晦明之幾，亦由其道之在人心，有不能泯。夫太极本然之理，是以倡之斯和，奖之斯成，不然，何其晦之极而复明，废之久而复兴？

乌乎！穹壤间一日非是道，则人纪弗立，校宫为堕。秦墟矣。

鲁壁之城弦诵野，绵蕝自如。汉季矣。党锢之人李杜家，节义自若。人纪不绝，天地赖焉。教宫不堕，人纪赖焉。

春陵，先生桑梓，人有光霁，家有图书，不虞世经丧乱，几至弗振。尚幸遗泽在人，不与诗书慓悍俱湮，一有感发，而必濂溪宇是祠，即有其人如吴倅者应焉。谁谓先生之教，而以理乱存亡哉？然则欲观吴氏所以新是院，当原其慕义之心，欲原吴氏所以启是心，又当求诸先生之教云。

敕建蒋忠烈公庙记

刘三吾

皇上御奉天门，诏谓臣三吾曰：汉秣陵尉蒋忠烈公，朕命工曹鼎新其祠于钦天山之阳，今已告成。当笔由勒石，以传后世。臣三吾奉敕拜手稽首而为之词曰：

蒋忠烈，神所膺谥号也。据《搜神记》所载，神世广陵人，姓蒋，名子文。自言其骨青，本神人。东汉末仕至秣陵尉，职在缉盗，不为恇怯顾望。一日寇至，奋勇而前，额被枪以死，死后人未知其神也。逮孙吴，有故吏见其介胄而骑，谓吏：我其为神，血食此土。民因相率祠而祭之，请祷辄应，犹未敢诵言诸官也。会有巫传其言：非直民当我祀，官亦当祀，否者虫而田，火而民居。已乃信然。事闻诸朝，为庙今蒋山祠之。自是公私祷祈，应如肸蚃。

或者谓事涉不经，搢绅士难言之，要之忠义在天地间，无久郁弗申之理，凡其生而忠义，死而神灵，必得阳气之多者。盖阴主传骨肉，阳主行精神，阴阳合而成人之形，死而阳气独行而无阴，故能为罔像，不能为形。至其抑郁弗申之甚，于是有形于形，凭于声以应之。惟子文得阳气之多，故刚健正直，其所素蓄，可以通天地、卫国家、福生民而人莫知之。惊动祸福之始知而信，民知矣，信矣，官不知信焉，纵私祀其时，能通祀久远乎哉？若是则子文之事，亦理之常，无足怪者。今代遭圣明，皇上受命，建都兹土，首廓蒋庙而大其规模，今其为庙自如，以大驾行幸，官民出入，告祀弗便，并与诸神载为祠今所，堂殿靓深，门庑焕奕，视旧有加焉。

钦惟皇上通天下一神明之宇，其萃之也以圣心。京师会通神人幽显之所，其萃之也以庙貌。则夫远在蒋山，与杂处诸阛阓者，其容不萃而庙之乎？臣民于此，宜亦思惟有孚颙若，收其放而合其离者矣。矧是蒋山王气攸集，是气所在，神明与俱。皇上圣子神孙，万亿年永符王气之会，则神世是庙食，世是翊卫者，岂不与同一绵延之祚也哉？乃系以《乐神之歌》二阕，其歌曰：

蒋神兮尉秣陵，肉而人兮骨青。竟殒贼锋兮，忿填其膺。生而忠义兮，死则为神灵。人不知国不谅兮，郁游魂其冥冥。紫金山之秀结兮，终血食此庙（延）〔廷〕。孙吴逮今千余祀，世弥远而德弥馨。

当代兮圣皇，嘉忠烈兮有耿光。想神灵如水之在地兮，宁独滞乎一方？钦天监兮山之阳，载新祠宇兮金碧焜煌。杂殽蔬兮殿堂，酌桂酒兮椒浆。灵缤纷其来下兮，感圣眷兮为民降康。世庙食灵感兮，同国祚以绵长。

筠轩记

刘三吾

庚戌之秋，予忝较艺鄂省，弥封则主湘阴簿。丙申，乡贡士吉文吾宗鹤皋，清修玉立，琅玕辉映，直哉君子人也！既揭晓，与鹤皋同舟南上，具道故家文献，知为前戊午进士书魁讳篬筤先生从子，相传一经，原委有自。已而过其栖凤所，声华之在，于士论者籍甚，行采之见，于政事者卓如也。时出其子通、子同，婵娟美好，礼貌之甚，如竹箭之有筠。又见其家清淑之气攸萃，在是贤子也。临别约明年当遣其来，请铭先世墓碣。乌乎！别后讵知鹤皋有意外之挠、死生之契阔乎？

去年冬，子同因吾邑掾孙元凯之来，奉书于予，谓通曾祖行平、祖行西，伯祖即簹篔，连世皆雅性嗜竹。通虽不敢希贤先哲之万一，亦于今罗江寓舍，手植修筠成丛，而槛之以轩，因名之曰“筠轩”，示不忘本也。先生以吾父故，幸为文之。予惟植物在天地间，铿锵有金玉之声，凌厉有冰霜之操者惟竹，筠其竹之小，所谓箭条是也。惟子三四世诸老，皆此君是尚，皆金玉其人，冰霜其节概，斯固吉文山川清淑之气之攸钟，抑亦所依所托之不俗，故其所资所造就，亦不群于庸众尔。昔也所依所托在斯竹，今也数世竹君所依所托以不朽在吾子。当风月清夜，筛金戛玉，顾是轩曰：得毋金薤琳琅，有不如先世之金玉尔音者乎？冰霜冱寒，干叶不改，顾是轩曰：得毋虚心直节，有不如先世之岁寒大耐者乎？若是，是轩所尚，不徒以筠而以人，不徒以人，而以金玉之文章、冰霜之节操者矣。记礼者谓筠与松柏，居天下之大端，则士君子亦恶可以筠而自小哉？

吾闻子同克世家学，象贤惟肖。异时与箘簵同贡，登庸天府，振声琳琅，资用当时，厉操霜雪，则所资所造就，有不于子同，是勖勉期望也哉？是为记。

还牖轩记

刘三吾

都梁生李宣孟昭请于予，以其所名与字见质，予谓“宣”“昭”义，固人所通知也，宣矣昭矣，不知所纳约焉，明无所从入矣。韩昌黎名愈，愈之言胜也，则字退之，以有兼人之能，不可无谦退之志也。朱文公名熹，熹之言火明也，则字晦翁，以既从火之明，可无韬藏其明之地哉？

人心无不有所蔽有所通，彼蔽而复语之以所蔽，愈不通矣，必自其所不蔽推而反之心，斯悟矣。在《易》坎之六四，樽酒簋贰，用缶，纳约自牖。室之暗牖焉，本非所由之明，乃室之所以受明也。又象坤为阖户，坎艮为穴，穴其户牖也。九五尊位，六四近之，四用五之所明，而以一樽之酒，贰簋之食，瓦缶之器，自纳于君，纳之不自户而自牖者，避其所蔽，而就其所通者为之说也。如汉祖爱戚姬，将易太子，是其所蔽也。群臣非不争，嫡庶之义非不明，如其蔽而不察何？四老者，上素知其贤，而不能致之，此其不蔽之明，心也，故因其所明而及其事，则悟之如反手。左师触龙，于赵太后所爱少子，不令质齐，亦其所蔽于私爱也。触龙知其所明，在使之长久富贵，一言而听之如响，教人者可不自其所明而入之哉？

生知所以“宣”“昭”，又知所以纳约自牖，则学得所入，而蔽有所通矣，故因其见质也。为名其轩“还牖”，盖欲其于“宣”“昭”之明，而得所以纳约自牖之地焉。或曰兹义也，非释氏所谓“壅还墙壁，明还户牖”者乎？曰：彼以通塞之常言，此不主塞，主其通，言语若同而义实异也。

倪氏致存堂记

刘三吾

吾里倪氏派自前宋，有讳涛，字巨济，号若水者，为御史中丞，言事忤旨，谪茶，其子孙遂为茶陵人，以诗书名其家，代不乏贤。宋、元以来，继以经书科目，昉自汝玉克成。授经予兄益吾，领至正丁亥乡荐，中湖广省第四名，授宝庆路儒学正，及满而湖南兵乱矣。克成世居�溪，距吾家不两里许，因自号筠翁。子一人廷望楚云，属意教之，嗣其书香，不幸早失怙恃，终经丧乱，及至升平，克自树立。廷望太祖姑，予之曾祖母也，由是世为表分之懿。

今年予来长沙，廷望自攸舆来，请于予曰：敝族前盛时，宗房伯叔兄弟丛立，乱离澌灭无几，兄弟仅余四五人，糊口四方。祖居莽为荆棘，未能复振，追惟二老，平昔劬育，不逮养矣。廷望欲因堂名，随所地寓目，恒若见其二亲之存，愿翁教之。予惟古人亲存尽其孝，亲没致其思，今以“致存”名其堂，想亲之存也。昏定晨省，出告反面，左右就养无方。及其没也，事之如生，出入告面其庙，祭祀斋戒，致思其平时，孝子之不忍死其亲若此，非有深爱者能之乎？大概亲有存没，孝子之心无存没，亲在终亲之身致其孝，亲没终吾之身致其存。昔王裒痛父死非命，每诵《诗》至《蓼莪》，未尝不为痛哭。门人受《诗》，至废此篇，观其终身，未尝西向而坐，则裒此心，曷尝有时暂可忘其亲哉？

嗟乎！吾于表孙廷望，幼也及见其鞠育之苦，长也及思其教训之勤，今即其形似，言语动止，犹而翁克成之在也。廷望再拜谢曰：翁之教我，敢不终身行之！遂请其说为斯记。

华山云记

刘三吾

尝读涿郡卢公疏斋先辈记，所谓华阴清华观，谓华俯崧瞰岱，山多嵌岩，奇峰怪石，水多飞瀑驶满，树多松、栝、桧、杉、槠。其草木多灵异，方外士可采掇以供啖饵。其民好老氏言，有汉相何、参涵靡遗俗。其巅明星、玉女诸峰，古列仙之所往来，故其下多隐人羽客，居峰之麓，仰高为适。

有云台宫，则谪仙诗所谓“云作台”者。然后信陵华真人，取号是山之云，意有在矣。夫云，山川之气，凡山皆有也，真人独华之取焉，何哉？盖以其姓偶同是山，而山之境莫胜于云，矧其杰出金天，培塿万山，晴空无际，万里一碧，但见云气如炊，触石而起，溶溶漠漠，曳曳悠悠。淡者，浓者，矫者，下者，凝者，散者，如丝如絮，如卢幕，如车盖，如楼阁，如凤而骞，如马而驰，以境乎二华三岑之间者，虽有万态不同，其从龙泽雨，则一而已。遐想身是山者，纵目八极，下视渭河、冯翊、沙苑诸野，渺漠无际，平地白云，波涛万顷，苍龙腾空，仙掌下招。呼吸之气，遥通帝座，飘飘然有乘云御空之想，斯皆华山之云之胜者也。真人耽悦山薮，恬夷朴素，居陵志华，鄙俗怡云。夫惟姓同是山，情契是云，故随所寓。无境非华，无趣非云。华于西方为金行，人禀五行之具，是身孰非华乎？云在山川为元气，人禀元气之会，是身孰非云乎？

真人大其心胸视之，揽结秀色，华云吾衣裳也。抱一勿失，华云吾衿佩也。去就无心，华云吾行藏也。其在京师，日觐清光，华云之郁丽时也。将旨南来，罹患不幸，守真弗移，华云之晦冥时也。遇患而北，再被宸恩，迄于毕事还朝，华云之朗霁时也。是则真人所遇，虽有险夷不同，其如华山之云之终归于从龙也，则一而已矣。安得九节杖，陪真人登云台，携谢（眺）〔朓〕诗，搔首问青天，真人其为我分白云半间，幸毋曰请回俗士驾。

云阳山人记

刘三吾

予以辛酉春孟来鄜，缘吾里友谢明远西溪宾馆邑庠，同馆焉。明远谓予：予四十年前有志科目，事功名。庚戌之秋，有司劝驾，勉就一试，不虞置之魁选。计偕以来，老病告归，中间亦尝受聘鄠庠，已而复以病告得还，遂与儿辈了毕婚娶，虽未能如子平之敕断家事，而百念灰冷，无一豪进取意矣。是故自少壮迄今老去，始终慕老苏女夫杨秦子之为人焉。秦子也，当志强气盛，慕杜紫微之为人，时则字大虚，及年老归乡里，慕马少游之为人，时则更字少游。予也四十年前志在进取，故自号西溪，四十年后志念灰冷，故更号云阳山人。知我者先生，愿有以文之。

予惟水之于溪也，势在出山，是故明远不能无出山意。山人之于云阳也，隐在是山，是故明远在今时宜无出山意矣。顾予无后山笔力，安能为明远发之哉？念谊不可以虚辱也。是山也，在吾云阳，为峰者七十有一，绵亘攸舆凤冈，将数百里。仙焉有赤松，隐焉有谭子。高矗霄汉，远混天碧。夫人得而专其胜，隐其间，惟高人胜士，有其坚定之志趣，然后得其隐处之真乐。明远年垂六秩，洞烛世故，其为是山之人也，不必如宋谭子之以尊舫自诡，计其泉石膏肓，烟霞痼疾，必决为水北之山人，而不为水南之山人矣。

周彦伦、卢藏用，其初岂不愿为山人哉？而北山终于见移，终南竟为捷径者，以志趣之弗坚定耳。明远其志也坚，其趣也定，是使吾云胜处，昔得之乎谭子者，今得之乎明远。其为山人也，有不待告之是山之灵，是山之灵，亦将喜曰：子来乎？吾将呼猿鹤，与子分蕙榜半席。幸毋寒盟，令其惊怨。

百夷纪略

李思聪

百夷即麓川也，地在云南之西南，东接景东府，东南接车里，南至八百媳妇，西南至缅国，西连戛璃，西北连西天古剌，北接西蕃，东接永昌。其种类有大百夷、小百夷，又有蒲人，阿昌、漂人、古剌、哈剌、缅人、结寨、哈杜、怒人等名，以其诸夷杂处，故曰百夷。今作百，或作僰，皆非也。

自汉以来，于我中国，或服或叛，皆有土豪主之，不相统摄。元祖自番入大理云南，遣将招降其酋长，遂分二十六路，四十八甸，皆设土官管辖，以大理金齿都元帅府总之。事有所督，则委官以往各甸，冬去春回。至正戊子，麓川路土官思可发数有事于邻境，诸路以状闻，乃命答失把鲁为帅讨之，不克而旋，遂乘胜并吞诸路而有之。乃罢土官各甸，赏有功者，然惧再举伐之，于是遣其子满散入朝，以输情款，遂寝而不问，虽纳贡赋，奉正朔，而服饰器用之类，皆逾制度，元不能制。百夷之强始于斯。可发卒，子昭并发代为宣抚八年，传其子台扁一年。昭并发之弟昭肖发杀台扁而自立，逾年而盗杀之，其弟思瓦发代。壬戌冬，其部属答鲁方、刁思郎、刁发郎等，杀思瓦发而立其侄，即满散之子，今思伦发也。

洪武辛酉，天兵南下，犹负固未服，总兵官西平侯沐英，遣部校郭均美往复招徕，于是不烦兵而纳款内附。朝廷推怀柔之恩，乃授思伦发为麓川、平缅等处军民宣慰使司。洪武丙寅，复寇景东。明年，部属刁斯郎复犯定边县，上命西平侯总兵讨之，夷兵大溃，获刁斯郎而枭其首，始惧天朝之威而心服矣。上用羁縻之法，不加约束，听其自为声教，故官制、礼乐之属，皆与中国不侔。其下称宣慰曰昭，犹中国称主人也。其官属叨孟、昭录、昭纲之类，总率有差。叨孟总统正事，兼领军民，多者总统数十万，少者不下数万。昭录亦万余人，赏罚皆任其意。昭纲千人，昭百百人，昭哈斯五十人，昭准十余人，皆叨孟所属也。又有昭录令，遇有调遣，则统数千人以行。其近侍名立者，亦领人户数百，皆听其使令。

食其所赋，取之无制，用之无节，上下僭奢，虽微员薄职，辄系花金银宝带，官民皆以笋壳为帽，以金玉等宝为高顶如宝塔状，上悬小金铃，遍插翠花、翎毛之类，后垂红缨。贵者衣用纻丝绫锦以金花、金钿饰之。出入或象或马，从者塞途。俗以坐象为贵，以银镜十数为络，银铃、银钉为缘。鞍三面以铁为阑，漆以丹，藉以重茵，悬以铜铃。鞍后奴一人，铜帽花裳，执长剑为疾徐之节，招摇于道，自以为贵。其相见有合掌之拜、屈膝之跪，而无端肃拱揖之礼。长于己者则跪之，有所言则叩头受之。虽贵为把事叨孟，见宣慰莫敢仰视。凡有问对，则膝行以前，三步一拜，退亦如之。贱见长、少见贵皆然。侍贵人之侧，或过其前，必躬身而趋。筵宴则贵人上坐，僚属厮役列坐于下。有客十人，则令十人举杯，人行一客之酒，酒初行乐作，一人大呼一声，众人和之，如是者三。既就坐，先进饭，后具醪醴有差。食不用箸，每客一卒，侧执一水盆，食毕盥帨。凡物必祭而后食。乐有三，曰百夷乐、缅乐、车里乐。百夷乐者似中国，学中国人所作筝、笛、胡琴、响盏之类，而歌中国之曲。缅乐者缅人所作，排笙、琵琶之类，作则众皆拍手而舞。车里乐者车里人所作，以羊皮三五长鼓，以手拍之，间以铜铙、铜鼓、拍板，与中国僧、道之乐无异。其乡村饮宴，击大鼓，吹芦笙，舞牌为乐。

无中国文字，小事则刻竹木为契，大事则书缅字为檄。无文案可稽，无城池可守，惟因高山为寨而已。无仓廪之积，无租税之输，每事于秋冬收成后，遣亲信往各甸，计房屋，征金银，谓之取差发。每房一间，输银一两，或二三两。承行者象、马、从人以千百计，恣其所用而输于公家。刑名无定律可守，不施鞭扑，犯轻者罚，重者杀之，或缚而置之水中，非重刑不系累。军民无定律籍，聚则为军，散则为民，每三人或五人充军一名，正军谓之锡蜡，锡蜡犹中国言壮士也。锡蜡持兵器，余则负荷以供所需，故军三十万则战者不满十万。师行无纪律，先后进退不一，倚象、马声势，每战则用绳索自缚于象上，悍而敌谋。军器少弓箭，多长徭与弩。以革为盔，铜、铁、杂革为甲。胜则骄堕争功，败则逃窜山谷。驿路无邮亭，一里半里许构一小草楼，五人坐守，虽远千里，报在旦夕。公廨与民无异，虽宣慰府亦楼分数十而已，制甚鄙猥，以草覆之，无陶瓦之设。头目小民，皆以竹为楼，如儿戏状。器皿丑拙尤甚，无水桶、木甑、木盆之类，惟陶冶之器是铺。其宣慰用金银、玻璃等器，其下亦以金银为之。凡一头目出行，则象、马、兵戈及榻凳、器皿、仆妾之类，皆随以行，动辄数百人，随处宴乐，小民苦之。

其俗男贵女贱，虽小民视其妻如奴仆。耕织、贸易、差徭之类皆系之，非疾病年老，不得少息。凡生子，贵者以冷水浴于家，贱者则浴于河，三日后以子授其夫，耕织自若。头目有妻百数，婢亦数百人，少者不下数十，虽庶民亦有数十妻者，无妻妾之分，无嫉妒之嫌。男子皆衣长宽襦而无裙。官民皆髡首黥足，有不髡者则酋长杀之，不然者，众皆笞之，曰妇人也，非百夷种类也。妇人则绾髻于脑后，以白布裹头，不施脂粉。自穿窄袖白布衫，皂布统裙，白行缠跣足。贵者以锦绣为统裙，其作甚陋。有夫而奸，夫则杀之。不重处女，其通媒匹配者甚罕。年及笄，听与弱冠男子通，而相得者约为夫妇。未婚辄引至男家，姑亲与濯足，数日送至父母家，方用媒妁，以羊、酒、财帛之类为礼而娶之。凡子弟有职之名，则父兄受之自若。

父母亡，不用僧道，祭则用妇人祝于尸前，诸亲戚、邻人各持酒物于丧家，聚少年百数人饮酒作乐，歌舞达旦，谓之吴人。妇人群聚，击椎杵为戏。数日而后葬，葬则亲者二人持火及刀前导，送至葬所，以板数片如马槽之状瘗之。其人平生所用器皿、盔甲、戈、盾之类，送之以悬于墓侧而去，绝无祭祀之礼矣。又有死三日后，延女巫剁生祭送，谓遣之远去，不使复还家也。民家无奉佛者。

小百夷风俗颇同蒲人，青红布裹头项，以青绿小珠贯而系之，多者为贵，无则贱也。下穿花裙，身挂花套衣，膝下系黑漆藤数遭。妇人绾髻于脑后，项带青绿珠，以花布围腰为裙。上悬海肌带数十围，以娑罗布系肩上为盛服。跣足而行，涉水登山，其疾如飞。阿昌，《云南志》作萼昌者非。男子衣貌类百夷，但不髡首黥足，及语言为异。妇人以花布系腰为裙，腰裹青花行缠，余如蒲人妇。哈剌男女色如黑漆，男子以花布为套衣，亦有为百夷妆饰者。妇人类阿昌，以红黑藤系腰数十围。古剌男女黑色尤甚，男子衣服妆饰类哈剌，以白布为套衣，妇人如罗罗之状。漂人男子衣服皆类百夷，妇人以白布裹头，衣短衫露其腹，以红藤缠之，娑罗布为裙两接，上短下长。男女同耕。缅人色异类哈剌，男子以白布裹头，衣白大袖衫，腰系以白布为绞，贵者布长二丈，贱者不盈丈。妇人类阿昌，而披花布为衣也。哈（社）〔杜〕颇类哈剌，怒人稍类阿昌。蒲人、阿昌、哈剌、哈杜、怒人皆归山巅，种苦荞为食，余则居平地或水边，而言语皆不通。又有结寨者，以象牙为大环，从耳尖穿至颊，以红花布一尺许裹头，而带垂于脑后，衣半身衫而袒其右肩，妇人则未详也，居戛璃境上。诸夷风俗虽异，然习百夷所为者多。

夷人无阴阳、医卜、僧道之类，事无大小，皆以鸡骨占吉凶。无推日月星辰躔次之书，不知四时节序，惟望月之出没，以测时候。人病则命师巫于路旁祭鬼。地多平川，土沃人繁，村有巨者户以千百计，然民不勤于务小，不用牛耕，惟妇人用钁锄之，故不能尽地利。春夏多雨，秋冬多晴，夏湿热尤甚，冬日常如中国，仲冬昼暖，夜稍寒，素无霜雪。春秋烟瘴居多，人病单热者，必至不起，若寒热交作如疟可愈。草木禽兽皆有异者，有草小穗而实，地方二三尺许，穗自结为一聚，染之须臾至身，有此草处烟瘴俱多。路旁大木，多二干并生，高三五丈许，结成连理。鸡鸣无时，自更深鸣至彻晓，牝鸡亦然。鱼有鲇鱼头而鲤鱼身者，羊有绵羊头而山羊身者，牛有黄牛头而水牛身者，又有牛峰如驼者。市有热池一亩许，水沸如汤，人不敢近，饥者多以生肉投池，煮而食之。物之珍者，犀、象、孔雀、鳞蛇、云母、琥珀，皆产其属境。

自金齿过蒲漂，将至怒江，有屋床山，乃云南界限也。高山狭菁，地险马不可并行。过山三五里许即怒江，渡河即百夷地也。沿河下数十里，上高良弓山，即今之通衢也。高良弓山路亦颇险，上二十余里，下一陡涧，复上三十余里至山巅，夷人立栅为寨。过寨复下四十里许，平地即养列驿，乃麓川江上流，过此则无险隘处矣。一路从怒江西上，二日程至滕冲府，七日许到麓川。一路从云南白崖过景东，从木通甸至湾甸，渡河入茫施，约十日程到麓川。自怒江上流蒙来渡至景东，沿河小渡数十处，皆可入境也。

漏壶记按：壶围径一尺，高尺余。三足，高六寸。刻记于上。现存库中，录此以备古制

彭九思

盖闻漏水制器，以分昼夜，自黄帝始。盖窥天地循环之理，妙阴阳动静之机，而使四方不失其自然之常度，则斯器者，上观天象，下关人事，所系尤重，不可以不敬也。故帝尧首命羲和造历制器，帝舜在璇玑玉衡，以齐七政。

迨及成周挈壶氏，以百刻分昼夜，夏至昼漏六十刻，冬至夜六十刻，春秋二分，昼夜各五十刻，其理固然。降至唐朝，昼夜百刻，一遵古制。其法有四匮：一曰夜天池，二曰日天池，三曰

平壶，四曰万分壶。又有水海，水海浮箭，四匮注水，始自夜天池，以次相及，入于水海，浮箭而上，以为刻分，而定四时昼夜之运行焉。宋朝所用之制亦如乎唐，其法以昼夜百刻分十二时，尤为精密。我朝酌古准今，法制愈备，既立司天台以观天象，颁玉历以授人时，复令天下郡邑立钟鼓楼置铜壶，以窥天地四时气候之运转，敬天勤民，其谨如是，是以术不违天，而政不失时也。

邑侯高公，奉明文经营其楼，设置铜壶，以步天行而施政于民，因征予言以志之。虽然，天地运行有盛衰，日月往来有盈昃，四时循环有消长，而昼夜不失其常者，是皆至理之所寓而不可易者也。余不敏，敢摭诸经史而幸观厥成云。时洪武二十六年。

重修香明寺记

朱英

桂阳名山古刹，惟香明寺为最，盖其溪山形胜融结于此。林木蓊郁，池塘清澈，而殿宇楼观，盘郁飞惊，殿中绘塑诸佛、罗汉像，皆苍古不凡。东楼观音像绘塑尤巧，而金刚外门之像，威严端重，伟观一方。故老相传，初绘像时，得异工精巧，不知所从来，告成日，竟不直一文而去，人皆以为神异。

天顺甲申十月，广西寇千余，由宜章抵桂阳，扰攘数日。问老稚被害者二千余，得元戎都督李公分遣彭伦、柴政两都阃，领兵七千余，追贼至宜章，又得分巡副使卢公秩，追出桂阳城外，斩馘五百有奇，民虽复安，而贼尸积江滩，水不流者数月。越明年乙酉至丙戌两夏，皆洪水大作，江涨非常，积尸始流尽，人或谓之洗兵。而江涨入寺，深丈余，诸佛神像多为所损。两金刚既没无存，观音像幸存而可仰者半之。殿宇墙倾圮殆尽。数百年名刹佛像，一旦狼狈至此，虽兴废有数存焉，闻见者莫不动心。

成化十二年丙申，寺僧先意之徒进昌者，恻然有感，乃持疏首谒本宗诸耆旧，暨四方名宦好善而乐施者，各出所有以为助。鸠工市材，殚厥心力，先葺门庑、鼓楼与西僧舍，次修钟楼、佛殿，且重整诸佛、观音之像，而维新金刚塑像以仍其旧焉。功成，以予家世檀越，乞予为记。

予惟香明为吾乡之胜，殿西斋舍，先世建造，为吾人读书处所，盖世业也。于其所兴废，固不能忘情，况进昌之志有成，而多方之义可尚，皆有所当书者邪？然予因是而有以慨夫今昔所闻见想像者，佛之为教，初本西方善人，修养心性，化被番戎，所以入而为中国人所钦信者。其初亦未尝不善也，教虽偏于空寂，其亦自修以善，而化人使为善不为恶耳，何福田利益，生死轮回之有哉？而好事者穿凿附会以诬之，流弊一至于此，重可叹也！予观于香明，其初设像以示人，所以成于异人之手者，其亦庶几于善乎？观其中惟设一世尊像，巍然无出其右者，殆吾儒所谓一心主宰，万事根本者心欤？左右阿难、伽叶，一妍一媸，亦吾儒所谓善善恶恶、欣戚喜怒者情欤？文殊、普贤之优游自在，庶几乎操存涵养之训。东湖西汉之明勇果决，仿佛省察克治之功，若夫金刚甲胄，当寺门之外者，得非所谓义以制外，而闲邪存诚者欤？

凡欲为善人君子者，在存心养性，以正其情。涵养而省察之，亦制外养中之术，教之者所以教，学之者所以学，能于此用心体认亲切而底于成焉。佛亦可以入于儒矣，未为无益于世者，而穿凿附会以诬之，使流弊至此，其亦佛之罪人欤？因并及之，使世之人敬慕而观感之者，于兹或有取焉。是为记。

重建湘阴县署记

夏瑄

丙子春，湘阴旱甚，火作不常，讹言沸涌，或因而有所图。邑令尹宣城汪侯让，先期谕众曰：民吾子也，逸殆与同，而灾防不可以不豫。又曰：灾天所降也，力人所为也，吾惟尽吾所当为，其降乎天者听之耳。于是俾幕属之干者，视火之处，物无轻重，得者即律以盗，人无壮弱，力者即劳以赏，故壮者奔，决潴水而杀其炽，苦撤竹茅而止其延，先风所向而断其势。弱者扶其耄稚，避诸空旷之所，而护其产之栖，措得其当，人情乃安。

未几，厅灾而救不迨，先民之急故也。侯露听政，里父老众相议曰：侯吾父母也，子吾甚至，灾作有防，民讹弗变，物完其故，老幼咸不失所，非侯之德与？夫德其德而无报可乎？报而不称其心，非报也，且忍侯居煨烬之基，而无一椽之庇，是何以称其心而报其德乎？众议定而复于侯曰：某山材充而余，某工技专而巧，某能而可董其役，某勤而可辅其隙，某粟盈而愿助之公，某力众而愿效之上。侯以为学校养贤之地，南北坛祀神之所，亦经灰烬，宜先于彼而后县治可也。由是各任其长，不数月而厅堂、幕府、谯楼、吏牍之所，及学校、二坛，俱复其初而宏其制，伟然焕发，以耸民视。时天顺改元之二月也。

落成之日，侯命予记之。嗟乎！侯之待其下者极其爱，下之报其上者极其诚，上下交孚而以义感，是皆可书也。昔子产御灾有法而《春秋》美之，若侯也，其似乎？虽然，侯岂望人扬己之善，而颂其休泽之侈邪？盖将假乎私而欲有所规也。予闻之，饰其服者必思盛其容，容不盛则不足以称其服之华，故曰新浴者必振衣，况新其堂者而德政可无必其新乎？德政既新，而民俗可无必其化乎？夫新不新在我，而化与否在彼，故君子勉诸己而不强诸人。设使己能新而彼不能化，吾何尤焉？惟彼有可化之俗，而吾无可新之德政，是为愧乎？

或曰：以汪侯之贤，暨二尹赵君从、判簿严君志广、幕史季君昱，诸公协相之和而新其德政，固不难矣，其如上有所碍何？予曰：不然，视其理之曲直而权其从违之宜，惟理之适，何分之拘哉？古之人强项不屈于万乘之尊，况上官乎？彼能不挫于外而伸其内者，是其养之正而守之素，有以立乎其中也，又岂徒贾其直而傲其上哉？侯勇于义而急于行，其所言其必知所以处是矣。

湖南文征　卷十八

记二 明

武冈州重修庙学记

黎淳

皇朝文治，与天地气化同其流行，惟武冈建州当湖南僻处，江山清淑，然历数前代崇儒造士终不克尽者，气化有丰啬，师帅有贤否，而士习遂至委靡耳。

入有明来，天子崇尚仲尼之道，以淑诸入学者，始皆谈诗书，履仁义，自相约束于规矩，以建树勋名。每当大比，士之登贤书偕计而升者，岁率四五人，其游歌辟雍，释褐筮仕者又数十辈。布列中外，皆知以励行、检身、勤职为务，此诚天地气化逢其盛，孔子之道德于今益显，而州长、博士辅相劳勉之功，亦岂少哉？

州旧有学在宣恩门外，宋崇宁丙戌建军治时所创也，文学括苍陈沂实主之。逮绍兴戊午迁谯门西，淳熙乙未县簿范尧誉摄教事，使君吴门王可大撤而一新之。嘉泰辛酉，提刑陆世良重加修葺。元末毁于兵。国初洪武庚戌，因其地重建，迄今又百年矣。历岁既久，风雨侵陵，殿庑堂斋复入于敝。景泰丙子，知州事嘉禾伍侯芳始至，以二月上丁释奠于先圣，环视庑梲，大惧无以安灵布教，刻意修复。属边防告急，事未果行。明年，巡抚右佥都御史王公俭、镇守总兵官平蛮将军李公震、巡按御史龚公谦，按临是邦，（祇）〔祗〕谒庙庭，慨然兴感，图为作新，于是协谋以构，费悉公出，不以病民。经始于丁丑六月，首建明伦堂三间，高二丈九尺。堂之下东西相向为二斋各二间，斋之南为内门三间，外门一间，其高则次减焉。堂之后为膳堂，膳堂之后，引溪水为泮池，渡桥则建大成殿三间，高三丈六尺。左右十哲六间，东西庑二十间，其高亦以次递减，而戟门则视两庑高四尺余。圣贤像设皆新绘塑。

告成来征予记。予惟学校教化所自出，其兴废，实守令之责，然所以为教化者，岂专以堂殿为观美哉？要之有其本也。殿堂不治，则无以将事，能撤而新之，为政者知修其职矣。至于务本，则吾党之事，当共勉之。夫讲学以明善，使知益全。修德以诚身，使仁尝备。而又徙义迁善，勇以行之。此三者，所谓本之所当务者也。师所教者在此，化行俗美，被乎四境而及于蛮瑶者亦在此。武冈诸俊彦，聚黉宫朝夕讲肄此三者。在平时则尽孝竭忠，以之为功名事业之基。遭有事则服义履仁，以之为捐躯报国之用。流信史之声华，揭姓名于宇宙，岂徒然哉？

云山钟灵，金城萃秀，将必有魁杰肤敏之才，应天地气化之隆，而出礼门，由义路，以蜚腾于天下者，请书此以俟之。

湘阴文庙记

黎淳

湘阴为长沙巨邑，有儒学在县治南，宋元祐初建，崇宁徙县治东。国朝因之。洪武初，肇新天下文教，岁己酉，重建庙堂斋庑及圣贤像。

予往年尝一过之，见其水湾四九，近抱宫墙，山据三湘，远森棨戟，而文笔卓玉，汨罗涵辉。黄陵、白鹤、神鼎、玉笥诸峰峦，洞庭之波涛，又皆争奇竞秀，掩映出没于云霞烟霭之外。朝延精灵，暮荐神彩，秀气翕然，皆聚学宫。信哉！产梗楠之林壑，集麟凤之郊薮也。而章甫缝掖之流，游歌于兹。师道隆而友谊笃，长者崇礼法，幼者习谦恭，诗书讲诵之声，无间昕夕。岁时隽科名而登仕版者，迹累肩骈。盖自洪武及今越三十余科，而领乡荐者，自夏忠靖而下，凡三十一人。升甲榜者，自彭谦而下凡四人。鲁文又以发解登第。材俊之多，蔚为楚南称首，其盛矣哉！就其间而论之，若忠靖当国四十年，屡陟孤卿，功存社稷，文章道德，为世表仪。沈魁之好古博雅，恪端师范。彭谦之正直刚毅，不悔左迁。吴昌之有功方岳，秦良之相导亲藩。艾廉、黎英、王文彬之牧民。甘霖、刘文徽之文学政事，著迹循良。宋敏、甘棨之通经勤政，有光继述。鲁文、吴寅之博洽清修，古永昌之公平简静，范奎之廉介卓立。此皆世所称豪杰士，而出于世用于时，固宜流芳百世而不朽也。天顺初，文徽以通判楚雄，调镇江考满最，部使者授诏旌异之，得推赠其父母，浸致显荣，而志敦本始，谋勒贞珉，题乡贡氏名于学，为后来者劝。乃上京师属予记之。

夫禀二五之精而为人，其得服儒冠，游庠序，谈经史，则人之秀者也。至于策名科第，奋庸邦家，则又人之最秀者。以湘阴山川之灵异如彼，风土之温醇如此，而人之最秀者，甲于他郡县邑，不亦宜乎？虽然，论秀民之盛美，有关于山川风土，而究其所盛美，则不专于此，盖必有本焉。诚以天理在人心者，不可泯没，而有圣天子在上宗主斯文，贤师友在下陶铸多士，其诵学修德之功，足以造就发扬之云耳。

前此群贤固皆心乎天理，流声华于不替，继此而来者，尚当储休振烈，勿昧厥心。务讲学以穷天理，使其智明。修德以践天理，使其仁熟。而勇以断之，以立道德，以建功名，以守艰贞之节。用匡扶世道于悠久，上无负圣天子，下无辱贤师友，而山川风土，将亦炳焕其灵异，涵煦于温醇，充积之久，光辉发越，殆又有如忠靖公之贤出焉，其敬懋哉！是用表岁以系人，备著群姓字历官之详，而虚其左方，以俟来者。

文林郎赵慎轩学师墓记

黎淳

宋祚既社，运改泽存，其子孙柯分蔓引，散处吴、赵，久而成家，益蕃以巨。吾于黄岩得其一枝最盛者，曰南隅永利桥赵氏焉。赵氏实宋宗室安康郡王士说之后，士说有仲子讳不弱者，官黄岩丞，因流寓焉，今传有十世，代有显宦。吾又于赵氏中得其一人最贤者，曰珂，字廷器，别号慎轩，学者皆称为慎轩先生，即先师也。

先生曾祖友谅，以子鼎贵，赠工部员外郎。祖季宁、父同伏皆未仕也。同伏气豪行危，晚乃退修，括囊远害，且慕庞德公高致，自号遗安。产四男子，先生仲也，生而魁梧颖秀，内服家教于亲，外求丽泽于友，志高才迈，弱冠补县学生。时翰林检讨陈公璲以《诗》学鸣于台，弟子尊崇者甚众，先生私淑于人，得其要领，勤励刻苦，寒暑无间，非节朔不一归，用是大有增益，深造阃奥，无让名儒，陈公大器重焉。洒为翰墨，飘逸润泽，不惭古法，而写景述情之句，记物叙事之章，论政答述之作，秩然条理，当时所推重者，非出于先生之笔则不贵。时县令周君旭鉴，方虎视黄岩，力锄强戾，奋髯一怒，群凶胆落，生徒震慑莫敢近，独羡先生忠厚有学，加礼待焉。或邀致访理道与饮酒，欢洽终日。浙藩督学宪臣花公闰生，特器先生远大，试冠军，取其经艺，称扬他郡。每乡试之期，踵门请教者塞路。揭榜辄弗利，归益自责增修，务底于成。正统甲子，经六试始登名。明年举进士乙榜，时已年逾四十。人犹劝其卒业胄子，先生曰：古者四十强仕，吾岂可不安命乎？遂谒选天官，授吾楚华容教谕。

先是，华容儒官，类寡学黩货以败，人皆蔑视如无。黉舍鞠为蔬园，生徒老朽，科第久乏。先生始至，翠竹碧梧之格，和风甘雨之情，通今博古之学，已足动人。加以详言正色，宽猛适中，随机应变，以动以感，未逾月学者翕然归向。先生乃寝处斋舍，会馔升座，集子衿且读且讲，夜以继日，士风丕振。岁丁卯，华容仍乏科，先生惧欲别图改授，淳时家居寡昧，年已二十矣，先生力荐于督学宪佥韩公旸，俾具数县学，同诸生讲肄，程督愈严。景泰庚午，乃发六人，曰董廷圭，曰陈伯良，曰程万里，曰谯赞，曰刘大鹏，曰雷时中，而廷圭发解焉。癸酉又中二人，曰雷浩，曰刘希昂。淳无学有负，逮先生满任去，始侥幸，自此华容多材，科第继盛，而刘大夏与兄濬辈素为先生所期许者，又发解擢魁矣。

先生在学时，堂斋制度，焕然一新。庆祀仪文，整然具备。宪佥韩公、方伯萧公，荐于巡抚李公，具疏以闻，移咨吏部，丙子遂升山东博兴知县。甫下车，适岁大祲，人相食，民多流亡，先生力申文巡抚重臣，发廪赈济，恳富室出粟作糜饷之。复上疏请蠲刍粮，以舒民困，诏允之。仍减明年田租什之二，民赖以苏，亡者亦复，不期月而安堵如故。有冤狱数年不决者，廉得其情，反之，人咸称其明决。齐俗喜夸诈，诸豪右如梁才辈，性资狡狯，阴伺人过失，嗾之讦之，阳执其柄，以取财贿为生，官民大为所苦。先生访知，摄至以理谕，即翻然改行，卒为善士。忠信感化，人愈服之。水旱必精意祷社，却缁黄不用，虔诚有孚，祈无不应。自是田野开辟，乡无惰农，盗贼敛迹，邑称富庶。

乙酉满九载将行，藩臬交荐，保留不果，士民耆稚，扳恋泣送，至今思之不置。既来京师，吏部核先生终秩无过，并录前之荒政上陈，得援例赐敕赠父同伏如子之官阶文林郎博兴知县，母胡氏赠孺人，妻李氏封孺人，盖殊典也。时先生历过耳顺，功名之念已微，既获告归展墓，即从容山水间，日与亲族宴集为乐，不复有仕宦心，犹拳拳以读书饬行训诸子孙。又五年，考终正寝。其生于永乐癸未二月初二日，卒于成化庚寅八月二十七日，享寿六十有八。师母李孺人先二月卒。子男三人，长明彻，邑庠生，名士。次明汉，礼部儒士，俟诰赠未有极也。次明澈，县学生。孙男十人，入文学者七人。冕任广东阳江训导，本弘治乙卯科举人。癸巳冬，奉二柩合葬于羽山东南矣，墓侧创建祭祠。丙辰春，其孙本会试，征余言为墓祠碑记。

惟知师者莫如弟子，淳侍先生独久，习见先生之性温厚和平，与人晋接，春意蔼然，人乐与游，靡不信从。先生之才，明敏通畅，优于治剧，事虽丛脞，而应酬有余。先生之学，虽专《诗》

以决科，然若《易》与《书》，皆精解传注。夫于经既通传注，则致用必周，若使先生当大任而托天下国家之寄，其事业必不止此，惜乎年老而终耳。彼立传者浅略，乃谓先生博通一《诗》，至拟诸卓鲁而止，岂足以知先生哉？嗟乎！我华人感先生教泽实深，今已合情申请，得俎豆于学宫，享祀勿替，庶足少报先生于万一云。铭曰：

泰山笼笼，楚水溶溶。先生之政教，山水乎何穷！

松圃亭记

黎淳

宋临川有上幕镇，即金溪县治也。淳化间，改镇为县。当时学在县南明谷里，地虽有灵，幽莫显焉。其后迁绣谷之阳，因晁氏九经堂故址而为学，与县治实相表里，然后环水峙山，高广明丽，扶舆清淑之气，得钟于人矣。

数百年来，魁杰肤敏之士，发轫于兹，以效用天下，若宋二陆、三曾。元刘杰、曾坚、危素三学士。我朝大魁吴伯宗、学士王时彦、编修徐时庸，代有显宦焉。编修暨廷评王稽二君，同领景泰庚午乡荐。自其后历癸酉、丙子、己卯三科乏士，居者患之，然稽访学业，人犹旧人，览观地灵，多以残缺，识者于此，宁不考厥所由而为之一憾哉？于是有庠生王立宇行，乃倡诸俊彦，图维作新。首垦后苑树木数百本，助益灵秀，而密迩庠西，有地若干，前王文安公时彦季子禴恒产也。庠西卑隘，则形胜不备，立等踵门求之，禴即慨然允从，遂请于县尹徐绮，缭以周垣。百夫丕作，立督董之，仍即其间，植松万株，为阙廷障卫。数年皆成，望之郁然而深秀，即之邃尔其清幽，下凝土脉，上涵天光，而中适人情。由是宫墙自高，殿陛自严，风俗自完美，立之功于斯大矣。复请于教谕刘景正，更新神像，县尹王钦如制树门，以全成终之美。天顺壬午，江西乡试，果四人隽选，明年八人应诏上春官，果皆中试，来者奋发，于先有光焉。立南还，遂述其事，请予记之。

夫卜瀍，卜涧，书记休命，相其阴阳，诗人歌之。古之君子，未尝不以趋吉为务也，而况育才养士，妥吾夫子神灵之地，可使废阙乎？斯圃也，非立倡率，则美事莫兴。非禢推逊，则嘉谟莫就。倡率者，义之有为也。推逊者，礼之能让也。礼义人之大闲，而二君有之，非贤而能此哉？虽然，天下之事，皆有本而不可专徇末也。所谓探本者，讲学以明善，则器益宏，修德以诚身，则质益美。斯二者，又为诸生发达根源所在，而山川灵秀，特其辅翼者耳。人材之盛，固当推数而卜之气，然岂可不据理而尽其事功哉？

后之君子，游歌斯圃，钟其灵秀，益讲学修德，则又岂不攀陆、曾诸公逸驾，久而弥盛哉？立之行，予既赠以修德、讲学二者，因其请记，重书以告后人，览者勖之。

新宁包砌城垣记

黎淳

新宁为古夫彝地，路当楚、粤之冲，至宋绍兴平峒蛮之乱，始即金城村为县治。元毁于兵。国朝洪武初复之，正统己巳，峒蛮杨文伯复乱，总戎左都督李公平之，而地榛芜矣。

辛未，知县唐荣奏言，旧无关隘难守，县西南二里许，沙洲原内有松关，东连花渡，南揖金峰，西接昆山，北据溪洞，堪移县治。上敕都指挥使范祯等勘实从之，筑立土城，民赖安集。至是奉都宪公之命，官给白金三百五十两，令守备都指挥同知刘斌、千户陈纲、署县事邵阳主簿汪玉，辇运坚珉，重加里砌。官僚协心，兵民戮力，匠竭智巧，材选真良。高者夷之，卑者增之，疏者实之，阙者补之，历两月余，向之土垣，今变石墉矣。

夫新宁蛮叛时，都察院右佥都御史繁昌吴公，以成化庚寅承制巡抚湖广，是年秋，出靖南边，宣布威德，遍召蛮酋，与立信誓，俾遵化理。惟公谙练夷情，区处有术，豫檄有司，丰具燕犒，蛮酋先至者醉饱倍常，且加赐赉，其或恃险稔恶，稽命后来，则缚而杖之。于是椎髻卉衣，凡数百人，仰瞻绣斧，战栗悚惧，欢喜舞蹈，受教而去。盖前此来者，率弃其地于荒服不省，间有至焉，又且惮瘴厉，畏险恶。兹焉风行草偃，威信翕布于南蛮，仅此一举耳。公又重修金城百雉，为国远图，及严饬州县，凡旧有城池者，今皆增陴峻隍，包以坚石。夫新宁实宝属之襟喉也，新宁已备，则武冈、宝庆可保无虞，其利后世，不亦远哉？既完，知县辛存适来视事，率励卒徒，严明钟鼓，守备益固。先是，帅阃以成闻于太守谢公，闻于分巡郁公，二公以闻于都宪公，咸谓当有记垂后，于是知县驰书走价，来以记请。

昔周盛时出车彭彭，城彼朔方，南仲所以襄猃狁之难，申画郊圻，慎固封守，毕公所以终东土之功，古之大臣，远猷定国皆如此，而况密迩蛮苗之地之尤切者乎？惟都宪公为治知其要，知要则可以御烦，惟文武官僚，事上尽其公，尽公则可以行法，是皆可书之为后人矜式者。而重门击柝，暴客弗来，凡官属得安于政，士友得安于学，兵民商贾得安于业，可不知所感劝而益勤于为善欤？然则自今凡建戎幕，出琴堂，有政事于兹者，尚当崇仁以厚城之基，立义以固城之干，隆礼以谨城之扃钥，明智以通城之门路，俾与王化同为无穷。斯诚都宪公所以望于官属之意也，亦圣天子建官命将锡福斯民之意也，幸相与勖焉。是为记。

石龙山仙鹅寺重修记

程万里

余华容居岳阳西北，襟大江，滨洞庭，地土宽广，山川壮丽，物产、人才之盛，侈于他邑。一邑之内，名山古迹尤多，殊可追赏。昔绅缙、士大夫，每乘时登眺，尽兴而归，余久仕宦途，未获一游，恒以为歉。

丁酉冬，蒙恩放归田里，适粉署邓朝仪公亦在闲。庚子春，约期同行，遍历诸山，用酬宿怀。维时天气融和，万物发生，风晴日暖，举目可观，襟度盖豁如也。以往古神仙踪迹言之，则宝慈观当在首称。以目前浮屠戒行评之，则仙鹅当为第一禅林也。不曰山不在高，有仙则名。水不在深，有龙则灵乎？仙鹅东去县治六七十里，在石龙山下，传闻旧有潜龙藏修山中，一日雷电轰烈，破石腾空而去，至今石上鳞甲见存，此亦奇事。将入山，过一小石桥，流水潺湲可爱，盖自石龙口出也。

行二三里许达寺，地僻人稀，水绕山环，青松翠柏，茂林修竹，烟雾蔼如，恍然若非人世。既即寺，山僧数人，惊趋见之，延坐款茶，质朴貌古，恂恂雅饬，有问则对，浑乎羲皇上人。询其养生居处，日惟采蕨茹蔬、素餐念经而已。观其殿宇，则焕然聿新。前有天王、金刚二殿，后有观音、静默二堂，东西钟、经二阁，左右两廊，以至寝室内外，装饰齐备，尘纷不起。叩其所以，一老僧名祖宏者，进而告云：本寺始于大宋绍兴二年，师祖怡公悦创立，号真如。其山上有井，井水甘泽，四时不竭，每岁中秋，仙鹅群集，旋绕飞鸣，数日而去。后遭兵燹，寺宇焚毁，徒存基址。弘治甲申岁，观音长老绍陵者，因感仙鹅之异，重建寺宇于旧址，遂以“仙鹅”名之。其迁一也。年远业隆，僧众零替，越数十年，住持宗能者，惑乎时人风水之论，谋建于福寿桥畔。其迁二也。至我国朝宣德戊申岁，五代进持祖进，号无拘，任本县僧会，厌桥畔往来尘烦，非所宜处，翻然辞职归山，谋之于师伯继珍、继渊暨师弟祖适、祖宏辈，再迁于今址，恳切檀那，宏展法门。此其迁三也。景泰丙子，江右善士龙志和、周惟源，捐财改造大雄宝殿，仍塑金身，与凡殿堂楼阁之宏敞，廊庑内外之齐备，盖有自耳，愿留一言以记之。

噫！一寺之兴废，尚本乎得人，况于为家为国者乎？观今日本寺之兴隆，又本于祖宏也。祖宏常膺僧会荐，固辞弗就，退处山中，恪守清规，其高于时僧远矣。是宜感化乡人，各发善心，而共成此道场，使为弟子若侄辈者，皆能明心养性，以求无忝所生所学，则夫教门之光显，蛰蛰绳绳，容有既乎？

祖宏之为人戒行，备见于今天官亚卿状元黎先生之雄文矣，余不复赘，特因述告本寺兴废始末，记其岁月云。是为记。大明成化十六年庚子月日撰。

寿藏记

刘大夏

予家自宋都统制府君由东平来居华容，终元之世无仕者。至国朝，先考松岩府君为瑞昌令，生予于官舍，时正统元年丙辰十二月二十五日也。六年，先考进御史，先妣严恭人携予来京师，杨文定公见之而名之曰大夏，遂许配以其姑之曾孙吕氏，后吕卒，继以大理少卿傅公之孙。

景泰初，先考出为广西按察副使，与参政泰和曾翚友善，曾公因教予读《尚书》，习举子业。既还华容，从黎文僖公学，补邑庠生，领天顺己卯乡荐，赴礼闱，脱癸未风火之变，登彭教榜进士，与今西涯李学士辈十八人俱改翰林庶吉士，读中秘书。成化元年，授兵部职方主事，升车驾郎中，再改职方。十九年冬，升福建右参政，奉敕巡视海道。弘治二年春，升广西右布政使，时广西田州泗城不靖，兵部以予名拟奉承命往抚谕之。及归，广东后山寇复作，有事于军旅，盖二役几历七月而后竣事。五年转浙江左布政使事。六年黄河北徙，朝廷虑妨运道，改升都察院右副都御史，令往治之。未几河决张秋镇，势悍未可遏，惟疏上流以分水力，筑长堤以捍横波。又明年，朝廷复遣内外臣共疏塞之，适河流循轨，功始克告成。八年蒙召还视本院事，转左副都御史，又改户部右侍郎，转左侍郎，念病且拙，恐误国计，两上疏自陈，不允。复起就职，满考获给诰，加赠先祖、考皆如今官，祖妣周孺人及先妣及吕、傅二室皆为淑人。十年虏寇大同、宣府，朝廷议出师御之，命以本官兼左佥都御史，往总兵饷。明年春，虏款塞，遂召还京。逾六月病复作，三上疏乞归里，圣天子怜而从之。将归，作寿藏于东山之阳，以待终焉。

乌乎！予尝见士大夫家子弟爱其父兄者，俟其身后，必求名儒大笔，铺张其行业以志于其墓。作国史者，亦或凭而采之，予无似，承祖宗世泽，窃科甲官禄前后四十年，在家在邦，无一事可述以传者。万一后人私其所亲，谬言以误名笔，纵可欺人，独不自愧于地下也邪？用是自述平生履历而勒诸石，归付儿祖生等藏之，以俟他日。其词虽俚，其事则核，庶予之心安焉。三代之详，则特刻于后，不敢溷书者，惧亵也。弘治十一年戊午秋九月二十一日书于都城寓舍。

附：刘忠宣公寿藏后记

弘治戊午秋，东山刘公自述《寿藏记》成，西涯李阁老见之，戏云：天下皆如公，翰林文章无用矣。公曰：先生辈文章，宜纪有大功德者，予非其人，敢以相累哉？

公为户部侍郎，章三上，乞致仕，吏部依奏覆人，奉孝宗特旨，令驰驿归养，病痊起用。廷举寄公诗：此去丝纶非待老，将来岁月岂终闲？盖指此也。公归，足迹不出里门，入官所得俸资，每赒族人之贫匮者。庚申秋，进右副都御史，总督两广军务兼巡抚，初欲以老辞而敕使临门，即挈二僮以行。道衡永，上桂林，十月抵苍梧开府。辛酉春，巡行广东，两广人士闻公来，如饥儿之得乳母也。旌贤才，斥贪秽，裁冗费，更役法，上下不便者一切正之，广人骎骎乐生矣。是岁冬，迁兵部尚书，予因问公出处，公曰：吾老矣，勉强造朝焉，能有为？予进曰：古人疑事必占，请以筮决之。公曰：可。明日，予以蓍揲之，得泰卦之九二，具辞象告。公曰：包荒，用冯河，不遐遗，可能也。朋亡，不可能也。

壬戌正月，发苍梧至韶州，病作，取道郴阳回华容，具本辞，孝宗优诏答之，且遣人促行。五月到京，于本兵外知无不言，言无不听。国有大政大疑，每召公至内殿，面与参决，所议事，虽左右贵近、元勋辅相有不与闻者，公亦不以告人。斯君臣鱼水，万世一时也。玉带、蟒衣、元宝之赐，迥出诸大臣之上。甲子春，赐诰命，有廊庙英姿、湖湘间气之褒。贻赠祖祢，皆如公官。二代妣与其二配皆夫人。乙丑五月，孝宗宾天，是年冬，丙寅春，公三上章辞老，今天子优诏勉留。三月，章四上，其词恳切，乃从之。进太子太保，赐敕及驿还乡，月给禄米四石，岁给舆夫六名，盖异数也。

先是，公在兵部，议革腾骧四卫勇士，议节光禄寺无名供馈，岁省宫府数百万，近幸者滋不悦。正德丁卯，激怒于今上，将及祸，太监宁瑾知重公者，叩首谏曰：此先帝意，非刘大夏建白。遂免。时逆瑾用事，日诛求臣僚，而大臣中有欲中害公者，倡言云：钞札刘司马家，可得金数万。瑾因潘尚书蕃、毛总兵锐狱词连公姓名，戊辰，瑾矫制差锦衣卫官校逮公，千户罗至廉知公贫，虽以酒器为赆，彼坚却不受也。八月至京，系北镇抚狱。同系者教公行赂为求生计，公曰：如此而死，惟累一身，称贷免死，则累一生，且累子孙矣。瑾怒，欲置之辟，会官议于朝堂，屠左都浦曰：检律刘尚书无死罪。瑾曰：充军罪亦无邪？法司比附，守御官抚驭无方，致所部军人反畔，律充军。十月遣戍肃州，当时士大夫以公生狱为喜也。买驴雇车，挟二僮以行，故人赠送，谢绝不受。发都城日，观者如堵，所在罢市，父老涕泣，士女携筐馌，进果食，亦有焚香密祷曰愿公生还者。己巳四月到配所，即买地为墓，作终焉计。人问公曰：何不挈亲子姓以行？公曰：吾仕宦日不能为子孙乞得一官，今充军老，顾令子孙补伍，岂人情所安也？

庚午夏，京师风霾蔽天，宁夏寘镭叛乱，肆赦天下，公得释归。八月逆瑾诛，朝廷复公原官，致仕居乡。值岁祲，公鬻玉带买谷济之。公家东山，自仕而老，不住城市，正德乙亥，群盗入其室，家人拥公仓皇出，卧于舍北松阴良久，归而病作。诸子固请移居县市新宅，以避再来，公乃许之。盖新宅公仲子祖修所创建也，居一年，丙子五月二十九日，以病终于正寝。吕、傅二夫人，长子祖生，先公数年卒。次祖修、嗣孙如愚等，奉治命不请祭葬。湖广巡抚秦公金、巡按张君文翰，章言于上，赐谥忠宣，遣官谕祭九坛，以一品官礼造葬焉。子孙以是年十二月二十六日安厝公于寿藏。戊寅秋，予来祭公墓，祖修以公故为《寿藏记》缺庚申以后事，使续笔。

廷举受公教久，知公深，遂忘其浅陋书之，中无一语溢美，亦遵公志也。正德十三年戊寅冬十二月朔，嘉议大夫都察院右副都御史、奉敕总理湖广赈济、门下士吴廷举献臣甫拜撰。

案：吴公官至南京工部尚书，隆庆中追谥清惠。其先嘉鱼人，祖戍梧州，遂占籍焉。尝以忠宣荐擢广东佥事，事见《明史》本传。汝怀附记。

鹿角山庵记

刘大夏

华容自石龙山迤逦而北十余里，有山曰鹿角，予未第时尝过其下，望其上有两峰如髻，心窃慕之，意其间必有可隐之地，恨未获一登临而去。

已历仕途五十余年，每遇怀乡思归之际，未尝不往来于怀。正德间，群奸既去，予幸自肃州生还，乡有号杨斋公者，平生鳏居寡欲，人颇爱之。一日谒予于东山草堂，问其所止，乃云同二僧结茅庵于鹿角，种姜栽芋，以图衣食，将终身焉。其言触予昔时夙兴，因诘其山之详。告余曰：山上有二峰对峙，中有平地数武，疑昔人隐居遗址，遂约二僧结茅庵于其间。山后有湖，包其三面，湖外则群山耸秀，环于东南，长江如带，绕于西北。每遇天色晴霁、山水明丽之时，纵目一顾，恍然与尘世别。此山之景致也。

余闻之感而叹曰：人生多欲则劳，寡欲则逸，予虽性僻爱山，而牵于功名之欲，故百年之间，奔走四方，南越衡岳历五岭，北极云中登恒山。而壮时理马政，修漕河，三登泰岱之巅。晚年西谪，又过六盘，度秦岭，直抵醴泉，望玉门关而还。早年爱一鹿角山，竟为杨氏子与二僧所擅，多欲之累，一至于此，况敢妄希古人而望圣贤门户邪？今老矣，不能登山以偿山灵之夙契，姑举其始末，令杨氏子归揭于庵之壁，用谢其山灵云耳。

茶陵望德祠记

刘大夏

望德祠者，祠赠少傅憩庵李先生者也。先生本长沙茶陵望族，自其祖以尺籍来居京师，累世不能归。成化壬辰，先生之子今少傅公宾之，为翰林编修，赐告省墓，时先生已荷封命，实奉以行。族人无少长皆来会，乡弟子自百里外裹粮而至者无虚日。

后先生再封为侍讲学士，年七十而终，葬于都城之西，十余年而族人思之愈久而不能忘。诸子天富辈集私财，构屋一区于州城之隙，为堂以祀之，凡族之有事于州者必祭焉。前知州董君豫闻之，曰：此有司者之责也。乃命工以相其役，未成而遽去。知府李君纲、同知董君璠，后知州林君廷玉，建绰楔于门，名之曰“望德”，谓其以德望也。李君以觐事至，谓予为少傅公同年友，请为记。按察副使金君献民为立石焉。

今先生累赠至光禄大夫、柱国、少傅兼太子太傅、户部尚书、谨身殿大学士，于是凡五命矣。予获接先生厚且久，不徒思之，抑于是重有感焉。夫古有望国，有望族，其所谓望，固以世系之远，名爵之贵，然非德焉，则莫之重也。李氏裔出西平，远不可考，茶陵之始祖，在宋为州同知庆远，有惠于民，因留居之。在元为翰林应奉云阳先生祁，以文章节义著，固一乡之望也。入国朝百有余年，未有显者。先生之祖文祥府君、父福永府君，皆积德累善，晦迹都邑。

称世族者必以南望北，曰云阳李氏。先生孝友直谅，与物无竞，积学工书翰，一试弗售，即敛不干进，授徒之暇，惟以教子为事。及少傅公得位行志，其所树立施措，天下盖皆知之，有不俟于予言者。竟以显其亲，上逮三世，二府君皆获赠命，于是以北望于南。人知先生之以子望，不知其子之望于天下者，以父教也。宅有表，乡有社，征之于古，盖亦有之，而况子孙族姓之于其子若父哉？

茶陵有乡贤祠，云阳实预在列。先生远涉而暂归，继美而接祀，凡为李氏后者，必思所以勿替之可也。

游西山记

李东阳

西山自太行联亘起伏数百里，东入于海，而都城中受其朝，灵秀之所会，屹为层峰，汇为西湖。湖方十余里，有山址其涯，曰瓮山，其寺曰圆静，寺左田右湖，近山之境，于是始胜。又三里为功德寺，洪波衍其东，幽林出其南，路尽丛薄，始达于野。乃有玉泉出于山，喷薄转激，散为溪池，池上有亭，宣庙巡幸所驻跸处也。又一里为华严寺，有洞三，其南为吕公洞，一窍深黑，投之石有水声，数步不可下，竟莫有穷之者。又二十里为香山，楼宇台殿，与石高下。其绝顶胜瓮山，其泉胜玉泉。又二十里为平波寺，俗所谓大小青龙居之，迥绝孤僻，其胜始极，而山之大观备矣。

成化庚寅四月之望，刑部郎中陆君孟昭与客十人游之，晨至于功德寺，有寇生者亦载酒从，劝客数行，僧食客蔬。食已复上马，南至于玉泉，求觞斝不得，又不可掬饮，相顾爽然，良久方别，道取馌者瓦杯还饮之。又南至于华严，有俗客数辈，不顾径去。又西南至于香山，坐而乐之，曰：美哉，山乎！而不得在西湖之旁，造物者亦有遗技乎？或曰其将靳于是，或曰物固然尔，造物何容心哉？因相与大笑。

望平坡远弗至，乃循故道归，过瓮山登之，孟昭复大飨客，饭仆刍马，日昃乃返。进士奚元启预号于众曰：至一所须一诗成，不者且有罚，罚依桃李园故事，然竟无罚者。孟昭曰：维西山实胜都邑，不可阙好事者之迹。然官有守，士有习，不得岩探窟到，于旬月之顷，取适而止，无留心于兹，盖有合于弛张之义者，不可以不记。乃起揖客，请授简于执笔者。

南巡图记

李东阳

吾湖南天下巨藩，北接河南，北东为南畿，东连江西，东南为广东，西抵四川，西南为贵州，而西北为陕西，疆境所接半天下，地方数千里。其间名山大泽，如衡岳、武当、洞庭、云梦，为形胜之会。其上则奇峰峻岭，回滩激濑，人迹不能及。下则连山洪涛，千叠百折，其势若排云而降。远则平原沃壤，蔓延映带，茫然不绝，盖天下之奇观备矣。

夫自有山川以来，炎、黄、舜、禹之迹，殆无容议。他如屈原之忠义，庞德公之隐逸，羊叔子之惠爱，周公瑾、陶士行之功烈，周濂溪、张南轩之道学，李太白、柳子厚、苏子瞻之词赋，遗宫故治，荒台断址之所在，高可仰，深可溯，清可挹，喜可以慕而悲可以叹者，皆于是乎见焉！君子之至于是，以广见闻，恢积蓄，宣达情抱，无乎不可，而况握符建节，有民人社稷之寄，得以施号令、树勋业于其间哉？

华亭侯公公矩，自刑部员外郎出佥湖广宪事，郎中过君太璞、奚君时亨，壮公兹行，摭景之尤胜者绘为图，厘为数十题，与诸名能诗者赋诗为赠。谓予湖人，请记图左。

予家湖之东陬，而生于京师，盖尝历黄州，观武昌，望汉阳，经岳州以至长沙，吾藩之胜，已略具于胸中矣。感时怀古，或有所见，而不得与高人奇士倾写万一。今公往矣，其亦有感于兹乎？抑古之论巡行者，听谣颂以审其哀乐，纳市贾以观其好恶，讯簿书以考其争讼，览车服以等其奢俭，省作业以察其趋舍。以公之贤，咨诹措置，以周我邦邑，必有其道，声迹所及，岂徒动山岳而扬波涛也？若远游之文，登高之赋，皆公余事，乃求之游观玩乐之间，亦奚取乎兹图也哉？

重建岳麓书院记

李东阳

东阳昔省墓长沙，尝渡湘江，登岳麓，访宋人所谓书院者，得断碑遗址于榛莽间，慨晦翁、南轩两先生之余风遗泽，未有以复也。顾有寺存焉耳。越二十余年，通判陈君捐俸治材，为中门，为左右庑，甃石数级，上为讲堂，又上为崇道祠，以祀两先生，复名之曰“岳麓书院”。构亭其巅，名之曰“极高明”。又买田若干亩，以成陈志。

比王君来知府事，帅寮属师生，行舍菜礼，诸所未及，如开道路，备器用，广旁舍，储置经史，延师领教，皆次第举行，而同知某佐其事。盖兹院自宋初郡守朱洞始建，真宗时李允则请藏书，国子监簿周式教授其间，乃请赐额，遂与应天、白鹿、石鼓并称为四大书院。及南渡毁于兵，安抚刘公珙复建。孝宗时两先生实会讲焉。光宗时晦翁为安抚，更建于兹地，学者多至千人，田至五十顷，庙舍至百余间。今殿故在，遗址、废田，为僧、卒、势家所据。历三百余年，而兹院始复其旧，于是王君遣使属记于予，亦陈昔所尝请者也。

惟古者学校遍天下，其教与学者皆圣贤之道，故能以一德同俗。及世衰政弛，道晦不明，上择官以教，下择师以学，穷什一之力而后得，世之少治而多乱，奚惑哉？今学有恒制，师有定员，第玩常愒久，不能无望乎什一之外。如书院者，故士或起于乡塾，则于此为培养之地。或籍于郡学，则借游息，以广见闻，使斯道之在天下，体用一源、显微无间者，随厥穷达，皆可为成己成物之用，乃可以言学，不然，虽学于此，犹学于彼，无益也。且南轩得衡山胡氏言仁之旨，观所为《书院记》，亦惓惓以是为辞。晦翁之学，固有大于彼，然亦资而有之。后之学者，曾不逮其万一，而不百倍其功，恶可哉？

由南轩以企晦翁，又等而上之，以希所谓古之人者，庶几为兹院重，以为山川之光。若其程格条绪，则存乎教与学，吾于吾大夫士望之矣。

重修尼山宣圣庙记

李东阳

尼山在今兖州之邹县，去曲阜阙里宣圣庙六十余里，峙为五峰，其中峰则宣圣所取以为字与名者也。五代周显德间，鲁守赵某始建圣庙。宋庆历间，文宣公宗愿修而复废。元至顺间，衍圣公思晦请复之。后至元间，乃建庙置书院，季世兵毁，无复存者。

国朝永乐戊戌，衍圣公彦缙以私财修之，岁久皆坏。弘治己未，今衍圣公宏泰复议修之，巡抚右副都御史何公鉴曰：此有司之事，吾徒之责也。乃以属知府龚君宏，会财庀工，规画综治，既精既密。廓大成殿为间五，为寝殿亦如之。增启圣王后殿，修泗水侯、沂国公及毓圣侯诸殿。又增书院为后堂及左右庑，其为间各若干，以及庖、库、井、亭之类无弗备。凡为殿与院，各为门垣，以相限别。而为大门，以通出入，总名之曰“尼山宣圣庙”者，从其重也。

窃惟天地之气，细缊变化，为人为物，天主生，地主成，时运岁月属乎天，山川土壤丽乎地，时与地各异，而所以为人物者不同。人得气之灵，圣人又得其最灵者，故于时与地，皆不可以常得。由尧、舜至于汤，由汤至于文王，皆五百有余岁而后一见，又自文王至于宣圣亦然。夫以二帝三王，间世迭出，道之废也，旋相为兴，及周以后，天将悯盛治之不复见也，宣圣之生于此固宜。吾宣圣者，虽不得位，然修道立教，以贻万世，乃古帝王之所不及，是固元气蕴结之深且久，亦独非钟萃孕育之厚，有以致之然乎？

鲁以周公所封，遗风善教，为诸国望，其山之大者为岱宗。尼山，岱宗之支而秀者也，宣圣之出于此亦宜。然则颜氏之祷，载诸史传，征诸名字，盖亦有之，而非待此而生也。宣圣之道，遍天下及后世，故凡衣被光泽者，皆祀而报之。上自朝廷，下至州县，著为恒典，而阙里林庙，则以嗣衍圣公主其事。尼山之庙，以二月为生辰，九月为忌日，一岁再祭，而山之神亦附祭焉。夫魂气之飞扬，固非体魄归复之比，然因生溯原、报本反始之举，有之而不敢废，兹庙之制，诚不可以或弛也。

为孔氏后者，睹圣人之音容而不可得，则求之庙庭，庙庭而不得，则求之林墓，林墓而不得，则又于兹山、兹庙求之。仰止景行，念尔聿修之意，可以油然而生矣。圣泽所庇，不愈远而无穷哉？况天下之学者、仕者，或游或遇，之此而求焉，其为益不亦大且博哉？若谓圣人之道无所不有，圣人之神亦无所不在，有不专乎此者，则论其理之凡，而非所以论祭之义也。

东阳之女实归于今公之从子闻韶，故公以庙事属为记，以告于来世。谨记。

楚观楼记

李东阳

武昌谯楼，在楚王府后，布政司前数十武，黄鹄山之上，宋元以来，故址尚在。负阴面阳，得地之胜。国朝洪武初，既建以藩，议弗协，未久而废。历百余年，莫有复者。弘治己未，布政使徐公源、朱公瓒，谓钟鼓无节，则无以警众出令，乃请于今王国，复其旧规，制甚伟。及徐公擢去，今布政韩公镐踵而成之，抚、按诸君实主其议，知府某君，某以下董其役，会工命徒，不亟不徐，越三年辛酉某月而毕。鼖鼓既设，厥声孔扬，晨昏早暮之候，出入作息之节，若令于一人，会于一庭。凭栏而眺，南则武昌诸山，左右环列，藩府雄峙，廛阓分布。北则大江西来，沃野长袤，殿庭宫宇，隐约于遥空远汉间。韩公乃名其楼曰楚观。

落成而燕客，有在坐举盏而问曰：楼之作凡为鼓设也，军法以金鼓为耳，旌旗为目，彼钟与鼓者，皆耳之事也，而以观名，无乃弗类乎？公曰：古之楼以“谯”名者，取嶕峣之义，以其高也。后乃置钟鼓以为警备，然其为制，则非特尚耳，而目之义存焉。盖耳目之所在，必有虚空洞彻，四达不蔽，而后能发，使凡卑污湫隘之区，厄塞掩蔽之处，虽冬鼕镗鞳，日相寻而不绝，其有闻焉者寡矣。唐虞所谓明目达聪，二者盖不可以偏废。故自汉京置鼓于楼，以备警盗。齐之李崇，宋之张希颜，皆以善政载在国史。唐之李磎、韦庆，复为楼著记，词场文苑，亦侈言之。逮今后世，自京师以达于天下，未有能废焉者也。且鼓之为器，本乐之类也，顾名同而用异，用之楼者，非直以节出入，闲内外，所以号令政事，皆出于此乎助，斯楼也，固政之不可阙者乎？今夫连山大川，旷野空谷，禽鱼草树，风云月露，百凡之形状，不出几席而得之目睫，固荆楚之大观也。声之发于此者，必能超尘壒而出烟霄。凡有耳者，皆得之以为提撕振厉之地，盖一举而二义关焉。若任耳而弃目，非吾辈之所为计也。客乃颔之而去。

退而询诸湖人，皆称韩公为政，勤外精内，博观而广听，盖欲振一方之治，以纾九重南顾之忧。因指斯楼而谓曰：此其一事也，客上京师，谓予亦湖人，则以告予，予旧与韩公同朝，方喜其为父兄宗族之福，因忆曩时经过而未有见者，壮公所为，记所由始。寓而归之，俾近者刻之坚珉，置之楼以告后来。若布政、按察诸公，皆能赞相先后，以成嘉绩，而抚、按之风裁，并于是征焉。若府县群属有事于斯役者，汇而书之碑后。

长沙府学尊经阁记

李东阳

金坛钱公，自给事中擢守吾长沙数年，政修而人悦，乃作尊经阁于府学明伦堂之后。其制宏达壮丽，广概而疏节，牖槛相衔，甍楹交辉。巨岳当其前，长江泻其旁，登此阁而吾郡之形胜可坐而见也。吾郡故藏书皆毁于火，公置书数千卷其中，国朝所颁定者为六经，次之子、史，又次之百家，居兹阁而天下之图籍可坐而尽也。

成化壬辰，予归自长沙，实与教授梁君恒及诸生登之，相与窃叹钱君之功。越翼日，梁君率其诸生诣予馆，请曰：惟兹阁不可无述，今建且二年而石未立，此固有待，敢以请！予曰：诺。乃谂于众曰：

观治者必观其所尚，而治效从之，秦任刑法国用亡。汉习法律，其政杂伯。两晋尚黄老，卒颓以败。梁武氏好佛氏，饿而死。唐工词赋，而士寡实行。宋虽富儒术而未能用，其治亦不古若。惟我朝敦德崇礼，以经治天下，于兹百年，治化休著，风俗醇美，视今较昔，其效甚明。岂惟有国家，以至于郡县皆然，钱公之治，巍乎其知所尚矣！今年祠贾谊，明年祠李芾，又明年祠长沙诸贤，修先师庙庭以及儒学，兹阁之成，盖多于前功。于是时政事闲暇，教化隆美。居师儒，招俊髦，或瞻以登，或息以游。讲习之暇，盖必有感乎其中者矣。

是故南瞻庙堂之尊，思先贤之遗训，若严师在前，惴焉而不敢肆。西望岳麓之高，概考亭故址，怀高山之仰，悚焉若有所不及。北拱宫阙，怀江湖之幽思，仰答圣天子作养教育之盛意。而东望府治，则思我公之功无负，以能有成功，无愧于天下后世。则兹阁也，岂勖游乐为观美而已？尤与吾郡之善士共直之。众皆曰：诺。退相与刻石于阁中。

桂枝岭塔记

李东阳

湖广有两桂阳，其属衡者为州，属郴者为县。〔桂〕阳县去京师不下八千里，在群山之间，其岭最巨，其名最著者三：曰大官，曰君子，曰桂枝。桂枝岭在县西南境，岭上旧有塔，其东南又有岭，曰马坎，峙为三峰。日西塔影，正对其上，如笔架之状，不知为何代人所建，岁久益废，无可考征，而乡父老咸能指示其故处，以为县中诸景所会，盖奇观也。

成化己丑，桂阳人朱尚仁辈，游于桂岭之上，寻故塔所在，得其遗址尚存，宛然可识。叹曰：兹可复也！归而谋诸县吏，及诸乡士共图之，凡为费若干。其为高七寻，为广一丈二尺，为级七重，以辛卯年六月十五日成。尚仁率众，载酒登之，则见其连山距溪，丰草茂木，前者拥，后者从，旁周而中络，一县之境，可坐而见也。于是复相顾而叹曰：吾徒生长乎此，出作入息，村行里至，不知山川之为胜也！夫兹塔据奇而积富，简居而博应，可以宣达郁积，洞开心神，息焉，游焉，君子之所不可废者。虽然，其始建也，亦岂不侈然大观哉？曾几何时，而其魁杰磊落者，已沦荡于铓镝烽燹之余，其仅存者，不过为尘沙、为瓦砾。及其至也，则虽天造地设，左环而右拱者，与时俱化。洼者或深而为陵，崒者或湮而为谷矣，而况于此乎？今吾徒遭世承平，居有暇日，食有余力，以及斯役，亦以验物极而返，人事之不常也乎？顾瞻父母之邦，拱揖天子之都，飞扬感慨，盖有不可已者，吾徒岂不能久处此也？是时闻者慨然壮之。

是岁尚仁来京师，以告于予，请为记。予未有暇也，及观于湖湘，南距桂阳，不数百里而莫之至。既还京师，尚仁亦举进士以归，其族兄进士中孚，复来求速成之。故为记其始末如此。

桂阳旧多科宦，说者以为山川所钟，而谓此塔景为文笔，晦而复著，予故以为存乎其人，若朱氏，故名德裔也，因并书之，以告之后人。

邓寿椿龟鹤轩记

李东阳

桂阳朱君尚仁，为予谈龟鹤石之异，曰县南之寿江，有二石状类龟鹤，龟石延颈而右，鹤石曳尾而东。鹤石稍高，昂首舒翼，翼以上皆出水，趺甲毛羽皆具，若剞劂博而成者。相与游泳乎江中。摄衣而登，其上可容十数人，深而探之，皆中空下泄，水入其腹者过半，信湖南一异也，而邓氏之居适当其旁。

邓氏之先，平乐教授立仁，筑轩数楹，名之曰“龟鹤轩”，学士解先生尝为记。教授之孙，知南溪县寿椿，尚仁之妻之兄也，因尚仁以请于予。叹夫天地之气，群分而类别，固物物相异也。于异之中，又或有相似者。人则从而异之，机缄之妙，莫可得而穷也。夫石天地间一物耳，土壤之所凝，沤沫之所聚，初岂有知觉运动哉？及其异也，无所不似。龟与鹤，物之灵者也，而似之，是其为物也尤异，然则其人之异之也，奚惑哉？世之好奇慕异者，必犖川渠间，绝险阻而后致，君子以为贪。殚智极虑，以遗子孙，君子以为惑。邓氏之居，当天作地成之胜，承父传子绍之业，爱之不为贪，守之不为惑，继是以往，虽百世可也。

物之寿者，莫如龟与鹤之寿，鲜有过焉者也。江以寿名，地以灵著，其将有征乎？征必自邓氏始，谓其近也。昔牛丞相雒阳之石，如虬如凤，或跧或伏。柳刺史永州之石，如虎豹之首，有口鼻眼状。皆有文章，以传于世。予尝读而疑之，曰：夫石恶能然！徒以文异，故传之耳。及闻尚仁言，乃知天地果有奇物，不能不有所托以自著。奈之何予之文莫能奇也，姑为之记，使传乎邓氏之家乘。

山行记

李东阳

弘治癸亥冬十月，予有事于申邸之园，园在都城西五十里兰山之麓。丙申朏，晨出郭，沿官河北堤并西湖至瓮山圆静寺。忆昔所登磊庵者，停肩舆，缘石磴而上，则有平甃新构屋，前后栉比，层波远树，平田旷野，已不复见，慨然感之，乃遽去。转湖西入功德寺，寺盖宣德间所建，甚宏敞，后殿尤极精丽。殿柱及藏经笥皆锥金，锥金者布钝金于地，髹彩其上，以锥画之，为人物花鸟状，若绘画然。又有刻丝观音一轴，悬于梁际。刻丝以丝刻为画，非绣非织，别为一法。殿后有毗卢阁，阁两檐八角，高七八丈而已。

时予婿衍圣公孔闻韶知德，闻予兹行，乃与偕，南至玉泉亭宣庙所驻跸处，泉寒不可饮，勺而玩之。又至华严寺，寺有洞五，其下洞凿为方室，深可二三丈。东壁有元耶律楚材诗刻尚存。缘崖上数折，径仅容足，约半里许至绝顶，乃昔与杨都宪应宁所登。有一僧结草为衣，出洞揖客。其西壁有予所题诗，已为人涤去。予笑曰：予诗固非纱笼中物也。因忆予尝数游，实不知有上洞。吾子兆先时为童子，从予游，复自上趋下，云更有佳处，自是始知之，而今不可作，默然自伤者久之。诸君不识也。旋降至下洞，欲往香山，日已昃，知德辈还宿功德，予独向西南可十五里，历重冈入杏子口，至善应寺宿焉。

丁酉拟登平坡山，雨不绝，仆隶皆畏莫敢进，予决策径往，出门而霁，乘舆入云雾，左右顾，涧水深不可测，数折始及寺。寺乃元故刹，宣德间修之，改名“元通”。斩石为址，凡为殿五层，最上有小殿，极峻险，前俯巨壑，无涯际。僧言每日霁，则见都城九门三殿，皆隐隐可识，真一方之奇观。予昔所未到，几为群议所尼，为之一快。寺距申园不数里，日复昃，不可归，乃循翠微山而北，求所谓焚火山者，再失道，抵暮始至，则知德辈已在，若相迓然，因共宿永安寺来青轩。轩居山半，俯瞰岩树，色青黄相杂，僧曰：山中授衣侯，惟视此耳。戊戌遍观寺宇，中凿石为磴数十级，级仅容跬，势甚峻，予意尝径陟下且半，进退不可，几若韩昌黎华山绝陉状。乃巡廊而上，见其殿阁崇丽，与平坡并峙。出自北门，缘崖二里许至洪光寺，地益峻，上有碑称成化间太监郑同所建，费银七十万两。因询知香山为正统间太监范宏所建，视此尤倍，其费当益多，然不可纪也。

降而东北十余里，由华严山后，经诸公主园，入金山口，复过功德不入。折而北，西登妙应寺，凭栏望湖水，如圆静旧址而空阔过之。东北行二十余里，又北至静虚观，登土山，山可百步，高四三丈。有树数百，簌簌有声，发尽竖，不可久驻，亟降至畏吾村墓舍，少憩而还，比抵家，日又脯矣。

噫！汉之五陵，唐之曲江，皆神州名胜地，词人墨客，动侈言之。西山为本朝胜概，予实京产，顾限于官守，不得时至。自备员台阁以来，如兹游者，仅一见而已。孤登独眺，固不若群游众乐之为慊。舞雩童冠，非仕者所有事。信宿之际，为兴已不齐，则是行也，诚不可以不纪。诗五言十首，汇录于后，共为卷。

重建福州府学孔子庙记

李东阳

本朝孔子庙遍天下，然不特设，设必于学，盖自国学以至于州县皆然。若隆替举废，则存其人，视其所为政，而莫有同者焉。

福州府学，旧有庙在学宫之西，洪武初改僧寺，为之制颇隘，监察御史卫辉陈君玉来按其地，既庙谒，帅师生环而瞻之曰：是不可以不治。乃谋于布、按下府若县，发公帑，聚财物，命工役，伐木凿石，冶铁陶瓦，卜而将事。殿以间计者增五之二，广以丈计者增十之二，崇增六之一。庑为间各有十一，辟而广之，迁其所谓学舍者戟门、棂星门，崇广皆有加。易神厨于泮宫门之东，其南为书楼，以贮旧籍。别置乡贤名宦祠于戟门之外，以其地为库，贮俎豆、金石诸器。又累砖为垣，覆以瓦，墁以赤埴，表里巨细，秋豪非故物也。于是廉陛高耸，周阿严峻，髹采焕发，蔚为伟观。凡用金以两计，为二千八百。工以日计，为二万一千。而时以月计者九，自壬戌之七月至癸亥之四月朔之七日，释奠于先圣而告成焉。教谕某某辈曰：是不可以不纪。乃具书遣使以请于予。

夫孔子之道在人心，无远近古今之间，故自家国达于天下，无所往而不可。当其讲道杏坛，辙环天下，从之者大抵多邹鲁之士也，然天下之人，苟暴不至阳虎，恶不至桓魋，未始不倾心焉。盖阅二千年之久，五服九州之远，非独官署所在，法制所当为，凡有血气，有知觉，具秉彝好德之心者皆然也。顾其训法在六经者，或剽窃以为文辞，或凭借以取功名，而所谓道，若判不相涉，则虽庙庭以为尊，俎豆以为富，徒以为具文观美而止，而亦何益哉？且自科举之法行，士之用世者，不能不假文辞以出，然其所为用者，舍其道将奚以哉？

闽自秦汉以来，未见史册。唐常衮为观察，始用文学教之，乃有登名进士如欧阳詹之徒者。尝考詹之遗文，与韩昌黎所为叙述，则詹固以文辞为功名者而止尔。及宋道学之说兴，若杨龟山、李延平诸先生，皆能推尊孔子之道，至朱子而大发明之。后之见于道学，传者甚众，至有海滨邹鲁之称焉。

福古闽地，为今藩会，每乡荐多至数十人，繇是掇伦魁、跻华要者，后先相望。仁者之谓仁，智者之谓智，随所见而建功立业，以是道用于天下者亦有矣。圣天子师尊孔道，治必由之，阙里之庙，聿新旧制，天下固有徯志而从好者，大藩首学，适值其时，是非兴学宏化之幾乎？

陈君向道崇教，志图作人，暨藩、臬之所规画，郡县之所服役，可谓善乎其职矣。御史宗君懿命工立石，因特书之，而诸司百执事，则备书于石后。

东湖书屋记

李东阳

东湖书屋者，都察院右副都御史艾君德润之所居也。湖在南昌城中，周袤十余里，众水所汇，下通于江。每春夏之交，天宇澄霁，镜光无尘，一碧千顷，而或清涟细浪，含风而浴日。乃有禽鱼下上，倒景交映。游萍荡漾，植荷骈列。景象百出，杂然而前陈，探之而不可穷。民居官舍，缁黄之所栖，随所据有，各得其胜。而汉徐孺子亭屹于中流，岿然而独存。

德润少在郡庠时，尝择亢爽之地，构屋数楹，储书数千卷，种竹数百竿，启扉而眺，则一湖之胜，举目在睫。棹舫而行，则历览旁挹，无所往而不适，因取以名其居，且自号云。古之地以人胜，而人亦或借地以名，其相显晦，相轻重，不可以概论。按郡志云：豫章东湖，犹钱塘西湖，皆一郡之胜也。西湖古未有名，自白乐天始表见于世，至苏子瞻乃益显。其在颍州者，亦以苏及欧阳永叔而名。东湖盖孺子所居之地而不以名，张九龄、李绅辈始为赋咏，亦未有独擅其名者。向巨原构临湖阁，非洪景卢为之记，世鲜知之，然则其轻重显晦，托于文章者又如此。

初，德润之名，盖以为藏修游息之地而未显也，及登科践省，历卿寺以入宪台，内掌武官铨籍，共天子差膳，外抚畿甸，会财赋之出纳。兹方训兵诘武，除寇孽于江海之际，夙夜勤厉二十余年，无暇乎所谓居与游者。顾其勋绩所著，名必随之，安知天下之人，不指其名而称之如其所自号者乎？“东湖”之名，将自此显矣。

德润之南巡也，以其事告予，请记书屋。其子婿周宪副季凤，以予礼部所举士，故为速予请，举景卢故事，而予非其人，其为轻重可知也。尝闻李侍郎若虚居东湖以名其堂，李与德润同郡而异邑，谓其居近在湖侧，若不以相逊者，予未暇深考，意古称郡望，同姓以之，况号以地举，不系于公籍，宜有无嫌于同者。试因以谂之，若屠都宪元勋亦有是号，屠世居嘉兴，其谓湖者，殆颍西之比也。天下之湖，以“东”名者尚止此乎？亦各显其人而已矣。作艾氏《东湖书屋记》。

重恩堂记

李东阳

武进殷君重甫，既以严州通守致政归，时已有台州贰守之命，重甫虽不能复赴官，而已进秩，阶当为奉议大夫，乃具五品服望阙谢。今天子登极，诏以理致仕者进阶一级，重甫不敢当，而郡守、县令皆来致命，于是其秩又增，阶当为朝列大夫，复具四品服望阙谢。退而告诸家祠，名其所居之堂曰“重恩”，彰上赐也。

迁秩之恩，朝廷所以最功绩也，未三考而沾，不可谓之不早。进阶之恩，朝廷所以奖恬退也，既再命而预，不可谓之不厚。而重甫乃并得之，说者归之亏盈消长之间，似也，然亦有道焉。重甫之在官也，清慎自律，至以家食继官饩，惴惴乎惟人尤官谤是惧。其归田持志远利，非公事礼际，不及于郡县之庭，愈久而不自失焉。沧浪有濯缨之理，桃李有成蹊之势，虽欲强之，有不得而强者。今日之命，非重甫之宜而谁宜乎？抑重甫有弟一人，子三人，堂构之承继，田亩之疆畎，先义官之公业，方隆而未艾。使其居官就职，虽荣且贵，然有民社之忧，而无天伦之乐，校其得失，岂不大相远哉？吾于今日之事见之矣。

重甫之大母与吾之大母为兄弟，而重甫吾兄也。湖南之行，尝过其旧宅，获拜其先公，时斯堂尚未建，忽忽三十六年，而吾年已逾六十，而重甫长三岁，兹喜其宦成身退，而名亦荣。因记其事寓而书其堂之壁，则正德丁卯闰正月八日也。

罗氏兴复磁龟旧业记

李东阳

翰林侍读南城罗君景鸣，既兴复磁龟旧业，乃自叙其事，请记于予。其曰：

磁龟者，有石蹲于溪心若龟然。其石，磁石也，在南城南八十里，其地多重冈复岭，北阻芙蓉峰。又北为临川，西厄连珠峰。又西为宜黄，南连军都，属于南丰之境。东则灵峰北迤，中通一境，径以达于南城，实四达之会也。

其产多谷，间出为赭垩，为石脂、云母，为矿，为蚌，或孕而为珠，故其民有以自食，且能食四方之来往者。唐宋以来，户至千四百，屠肆至七十。楼观相望，弦诵之声不绝。元季毁于兵，灌莽蒙翳，鬼啸于木，虎兕豺豕交于野，过者恻然伤之。国朝永乐间，吾祖耕隐府君，始披荆棘，立门户，招集逋徒。吾父封编修公，益勤安辑，于是士著、侨寓者、贩者、游者，源源相续，而旧基遗迹，犹漫然莫之省也。

玘既有名籍，大夫士道吾地者，去郡邑甚远，案牍胥隶，不可不为之所。于是为馆于衢之北曰“驻骖”，其南曰“寅宾”，堂室庖湢，寝食之具，供给之役，若驿舍然。寅宾之北百十武，折而西为御书楼，楼之西二百武为聚奎桥，桥之上为望远楼，楼之南为坊于门。翰林者，吾先世之所居也。登于斯楼，则连珠诸峰之属于芙蓉者，举目而尽。下极苍翠，为石岭峡，水东流，其中旧凿壁为磴，缘而为径，又跨峡为逍遥楼，楼下为门，西出五里之委巷。驻骖之西，筑土为堂隍，上为迎晖楼，当里之会，其东为解元坊，坊左右为鼎新、复古二亭。

又前为市区，区之外为桥，南折并山而三百武，登坂之上为义仓，为圭峰书院。又东二百武，跨溪为龙门桥，桥之上为屋十七楹，中为济川楼。又折而北二百武，两山复合，于是为迎恩亭，亭之西迤于逍遥之东，为门六，皆跨于溪，为楼五，跨衢及桥者各二。凡衢皆甃以砖石，凡坊与楼皆涂以丹雘，虽稍复其旧，而实有旧所未备焉者。既又曰：此吾祖若父之志也，而玘也继为之，玘也之子孙又继为之，则前日之盛可复也。然其盛而衰，衰而复至于盛者，不可不以记，而记之者非可以信天下及后世之言，犹不记也，吾之里不亦有遗乎？

予听其言，察其意，若将以属予者。因为之叹曰：天下之盛衰，相寻于无穷，此理与数有不得不然者，而亦存乎其人！故《屯》与《蛊》皆有亨之道，而非道焉，则莫之亨也。昔人以洛阳名园系天下之盛衰，然则一乡一邑，亦有关于世运者。国家一统，百有余年，休养涵育，至深至厚，故凡遐陬僻壤，往往与都邑相类。建昌东南文献地，其关于天下也固宜，若磁龟所自为盛，则处士之孝友，封君之勤俭，然非刻志砺操，以文学鸣世，如吾景鸣者，亦恶能善继而肯构之，其盛如此哉？且蔡邕作《鲁灵光赋》，十年不成，见王延寿所作而为之辍翰。苏子瞻欲述钱塘风物，见晁补之所作而为之阁笔。予何以加于景鸣哉？然则景之言，虽谓其自信于天下可也。罗氏之子孙，睹今日之盛，而思累世兴复之劳者，必有感于斯矣。

学校记

李东阳

茶陵在宋、元为州，州有学毁于兵燹。洪武间始降州为县，建学于县西郭外。成化间复升县为州，知州俞君荩，迁学于州治西偏。弘治间李君永珍，复迁郭外。学屡迁而科目士愈疏阔弗继。

丙辰之岁，董君豫来知州事，考诸图籍，知宋、元旧学在西南二里，其地曰狮子口，与茶卫指挥王侯廷爵，往相遗迹，半没于民家。于是白其事于长沙府知府王君琼，又白之湖广布政参议夏公昂、按察副使汤公全，又白之巡抚都御史沈公晖、阎公仲宇，巡按御史曾君昂、王君恩，皆报许。且檄府通判李君锡暨董其事，则以隙地易诸旧主，又募州卫诸义民，多效财力，籍诸佃作，得千数百人而役之。除其旧基，果得断阶败础于下。盖其冈脉自云阳山而来，汹涌奔放，结为是区，左右山水，交拱环抱，不见其际，信吾州胜地也。顾旧学堂殿皆狭隘，移其故材，拓而新之。规制闳敞，轮奂辉丽，亦加于昔。经始于丁巳十二月，迨戊午七月告成。自入国朝，百有余年而州始复其名，又二十余年而学始复其地，殆亦非偶然者矣。

予闻而叹曰：人禀天地之性，以生其善同也！或为气质所限，又移于习俗之偏，则不能以不异。惟学者能变其气质，愚可使明，柔可使强，苟明而强，则其性无弗复者矣。及得位以行政教，则能变其习俗，齐可以至鲁，鲁可以至道，苟至于道，则人之性无弗复者矣。若不克变，而徒致力于事物、土地之间以求之，奚益哉？

吾州文献之地，其在前朝登巍科，跻膴仕，树功立业者相望也，既久而不振，岂非学与教之责哉？今复而州名，复而学地，亦振起作厉之机，而明彝伦、正风化之义，固于是乎在。士之学于是者，必澡志洁虑，择善而力行，使德崇业广，足以济一世，利万物，则非独为一时一乡之士，虽称为天下之英材，千古之豪杰可也。使徒挟名邦，夸胜地，而不知所以学，非徒无益，又适以损之，固非贤有司教士之心，亦岂吾士之所以自处者哉？

予因学正江海辈及诸乡士之请，特纪陈迹，以告后人，且以期复古之效，不止乎宋、元之盛而已。若州佐、卫侯、义民、耆士，凡与执事，皆刻诸碑阴。董会稽人，成化戊戌进士，清强多政迹，记以学，故敷序其事云。

湖南文征　卷十九

记三 明

朱宪副平贼图记

杨一清

弘治庚戌夏六月，抚治郧阳都察院左副都御史浮梁戴公珊上言：皇明抚世，普天率土，陶然太和，冰天炎海，雕题左衽。往古声教所不及之区，皆梯航纳琛贡。蠢斯逆贼野王刚者，啸聚不逞，初起蜀之夔州新宁，往来东乡、大宁、大昌诸邑，肆行劫掠，守土者莫能禁。遂入湖广竹山、竹溪，近又扰我汉中、金州、平利、西乡诸郡县。皇上弘天地之量，不即加诛，彼昏不知，稔恶益甚。请敕四川、湖广、陕西三省守臣，调兵讨之。帝曰：俞。无养患，无助变，无延及平民。于是大司马承旨议设方略，移檄三省巡抚、宪臣，调兵率属，刻期进讨。

维时陕西按察副使高安朱公汉，职在抚民，兼分巡汉中，乃承戴公檄，躬督陕西官兵洎民兵万余人，分道并进，贼闻风奔溃。乃约会川、湖官兵，深入贼巢麻柳坝，所向克捷，势如破竹，贼莫能支。是岁十一月，元恶授首，余党悉平。疏闻，上降敕奖励，给赏赉有差。朱公获拜白金、文绮之赐。汉中之民相顾而言曰：始闻寇至，吾侪子女几无生聚之望，寇平乱息，伊谁之功？嗟我朱公，维我父母！其为吏与士者，亦相聚言曰：贼至不早扑灭，民将动摇，岂惟吏之尤，亦士之忧。今居民安堵，吏奉其职，士安其业，惟兹懋绩，实戴我公。乃属善绘者貌其平贼之状，绘其图，予得观焉。

昔宋真宗时，张咏知益州，四郊多垒，咏得贼不诛，悉令归农业。仁宗至和中，蜀人传言有寇至，野无居人，京师震惊。张方平被简为蜀帅，至则归屯军，撤守备，蜀竟无事。公之平寇，不免杀伐，若异是者，盖益州之贼，初苦于侵苛，假息其乡，无他志，至和御变于未然，所谓有乱之萌、无乱之形者，故得以安之而无患。若野王刚者，自成化乙巳，遘乱五六年有奇，蔓延数千里，攻我城邑，戕伤我兵民，其鸱张跋扈，非文告所可招，而弥天之恶，不可以恩结，不可以赦原，其势不得不加兵。

顾兵凶器，战危事，将非其人，兵虽强不能必胜，玩时愒日，糜谷费财，借曰胜之，所损已不赀矣。若公以文臣统师旅，不请益兵，不重费转输，笑谈樽俎，安如平时，坐运筹策，指麾诸将，月三匝而成功。视二张所为，虽有用兵不用兵之殊，其止乱安民，功则一也。图之以诏后世，岂徒系人之思？朝廷遏乱之武，励臣之仁，诸大夫宣力之忠，并于是可见，而谓文儒不谙军旅，其过言哉？

汉中故秦地，倡乱者蜀人。古称蜀人多变，习使然也。后之治蜀者，变之未形，当如二张，不得已而至于用兵，必若公所为，苍生其不重困已乎？予雅知公，又嘉汉中之人之义，遂为之记。

体国堂记

杨一清

臣一清以南京太常寺卿，被简命为都察院左副都御史，督理陕西马政，驿召诣阙，授敕以行。臣伏读敕辞，有曰：夫废坠既久之事，更新兴举，责任实重且艰，朝廷以尔才望素优，志存体国，特兹简命。臣拜稽首。自念以虚名承乏，重辱温旨褒嘉，省躬增惕，如临深谷。惟上端居穆清，知周万物，欲修邦政，用济时艰，乃诏本兵大臣，讲求牧马故典。

粤稽牧马之政，大备于《周官》。监牧之制，昉于唐，历代因之，有衰有盛，而迄无善政，顾以为病焉。我祖宗稽古，设太仆寺于两京，山、陕、辽东、甘肃，又有行太仆寺、苑马寺之设。承平之余，任随势轻，官因人废。顷属三边多警，戎厩告乏，上烦官帑，编户督课，下困民力，用廑宵旰之念。以陕西监牧之利独优，至遣风宪重臣督理，得承制以便宜从事，无前之典，实自今日始，睿谟渊深，不独为多马故也。初议之兴，众皆替其决而只忧其难，及议之定，人或任其事，而遽虞其弊，纷纭喧嚣，莫之适从，然臣于“体国”之谕，得所以自处之道矣。大抵鼓不调之，瑟必费更张之力，而筑道傍之舍，决无可成之理。故凡兴废补敝，镇躁举剧，安常习怠者不能为，瞻前顾后者不敢为，有见于“体国”之义，知有国而不知有家，则无不可为之事矣。

初督理之任，本为监牧，继而有兼理茶马，及提调三边戎马之命。其为役知劳而未知逸，其于人多怨而寡惠，其为效害日去而利未兴，然要其成功，未始不为他日一劳永逸，惠且利之地也，亦姑自目前之所当为者，尽心焉尔矣。出位逾分，以为其所不得为。喜功好大，而为其所不必为。皆非臣之志也，非“体国”之义也。或者未尝深究，若以马政与民事为二道，不思朝廷修举牧事，非供驰骋田猎之欲，捍外卫内，正坐民故。

夫天下未有无弊之法，利害之相乘，古今以为恒患，顾轻重缓急之宜何如耳。诚重且急，则小损而大益可也，暂废而大蠲可也。事在得已，无大损益，而徒为扰烦，则宁止勿为，虽付之无可奈何可也。若其心惴焉，惟浮议之及己是惧，居其位勿事其事，因陋就简，以塞厚责，又安用是赘员为哉？

臣惧德意之弗宣于下，且恐任事之心，或因以自怠也，敢取“体国”二字，揭诸督理之堂，书此以为之记。

记演放火器

杨一清

中国制御夷狄，惟火器最长，顾今所造枪炮，不能致远，兼不善用，不能多中。近年虏人不甚畏之，惟大将军、二将军、三将军诸铳力大而猛，然边城久不用。

予昔在定边营教场取而试之，总兵张安辈皆惧，谓恐伤人。予曰：然则遂为长物邪？询诸军中，必有能用者。西安指挥杨宏应曰：某曩在陕城教场见用此器。越三日，花马池下操，宏请先取二将军试之。乃自装药举火，却立十余步以俟。声如迅雷，远及三百步，营中皆震慑，宏神色不动。予喜曰：破大虏无逾此矣。然以钦降者不敢轻用，乃市铁募工，于固原铸造，如二将军式。分发边城营堡各数枝，俟贼大举入寇，攻城札营，以此击之，当不战而退。后边城所在肄习，用以为常。至是花马池参将阎纲告予曰：前岁达贼拥众出城下，用公所发铁铳击之，所伤甚多，贼遂遁去。

又此器众云止可用之守城，予谓行营亦不可无。乃议令二骡驾一铳，凡用八骡，可驾四器，出御之时，置之中军。遇有危急，劫营溃围，不过数壮士之劳，而可当千万夫之力矣。因思往年宣府张、穆二游击，被虏围之数重，经二三宿，使营中有此，岂至全军覆没哉？

记演习营阵

杨一清

灵州边堡壁间有诗云：堪笑书生无勇略，演习营阵日纷纷。问之乃总制才尚书所作。后闻诸边将云：才公见予下操军令及行营阵图，笑曰：此皆古本子，何足法？边兵自能杀贼，若得骁勇将官，贼来驱之使战，有进无退，何功不成，安用营阵为哉？未几，闻虏在边，檄陕西、宁夏两镇总兵，自兴武营出塞，促之使前，直捣贼营，而亲率轻骑百余人，徐踵其后。贼数十骑自沙窝突出，百余骑皆溃散，才中矢坠马，身被数刃而死。出不两逾时，竟以尸还兴武，恸哉！

予诚书生，不谙军旅，尝以古人行谨哨探，止修战备为法。

每谕诸将曰：无事常如有事时堤防，有事还如无事时镇静。又念武侯、李靖未尝废营阵，世无岳武穆，岂可恃野战以为能哉？才之死固出不幸，而后之易其言、轻进贪功者，可以鉴矣。

西畴书屋记

罗鉴

学士刘坦翁先生尝为罗氏作世家传，谓自宋以来，始祖由巇下徙茶陵，自茂、默两翁而下，书香宦辙，代不乏人，屈指于今，数百年矣。

先大夫郎中菊亭公，尝爱近宅西城外有田数亩，地一区，面云岭而带洣水，亦隐居之伟观也。尝欲作书馆以遂所欲，而守官未暇。及予叨甲第，宦游于外，虽尝往来经故里而居星沙，亦莫能继先志。侄孙炳幼习书史，用牒荐为州医学官有年矣，乃遵父椿命而力成焉。复以厚资，市其旁地以益，遂构屋其中，名之曰“西畴书屋”。尝以公事来郡，请曰：愿为一言记之，使后有所观法。

予曰：西城之地，得其所矣，而屋以书名，岂易言哉？夫六经、子、史，积案盈厢，无非书也，苟书其屋，而不书其人，犹不书也。圣贤教人，先博文以穷天下之理，后约礼以尽践履之功，载诸简策，先圣后圣，其揆一也。于此有人焉，一言必中乎理，一行必合乎义，宗族称其孝，乡党称其弟，虽不书犹书也。又有人焉，班马驰声，柳韩名世，人则书矣，而究其存心养性之功，不能如孔、颜之非礼勿视听言动、不迁怒贰过者，则虽书其人而不书其心也，果何益哉？

虽然，予于炳亦有试也。少参上海张公萱，端人也，尝曰：炳小心恭慎，干办期集，不借势，不窘急。大参董公瑞曰：炳也文信乎昭矣，字之曰允昭。由是言之，则炳殆书其人与心者耳，固不徒书其屋而已也。是则耄老之望也。

重修苏仙桥记

崔岩

郴江绕郴山而下，去城东北五里许曰马岭者，汉苏耽修炼之所，耽因羽化，江与山遂以苏仙名。郡城东郭濒江，江外为永丰乡，延袤几百里。近而属邑兴宁、桂阳、桂东，远而江西吉、赣，往来必经之地。商旅辐辏，担负络绎，实孔道也。

江源发自秀才乡黄岑岭，逶迤五十余里，诸溪合流，至是始大。淋涨则潢潦灭顶，沍寒则坚冰侵骨，涉者病焉。前代《桥梁志》不可考，入我朝来，有司琢石甃磴，上跨以木，雨淋日炙，旋复腐败，迄今百五十年，未有经营为恒远图者。正德庚午冬，予奔太淑人丧还，已而谢政家居，民瘼满目，无可与语。癸酉春，湖臬宪副祁门程公时昭，奉命督理湖南兵备，分司于郴，下车矻矻，训兵恤民，日事保障。是秋九日，天朗气清，禾黍蔽野。予约为登高之游，于以探仙迹而涤尘襟，览疆域而询民隐，无非事也。肩舆涉水，颇觉鼿鼿，因请于公曰：是桥废圮，多历年所，今公驻临此地，数非有待乎？公唯唯，薄暮言旋，郴人百余，遮道说曰：此水溢涸无恒，素乏渡艇，桥木久腐，涉者孔艰，间有蹉跌，遽至沦溺，系民利病，是莫大焉，乞易木以石，庶克坚久，则不刊之迹、远到之福也。公首肯之，将召匠料理，适边境骚然，戎事旁午，且无良有司以胜厥任，故沉吟者久之。

甲戌八月，咸宁卢君锐时进以进士来守是邦，才行迥出伦辈，视篆半载，政通人和。于时乡宦黄署正温如、杨知县汝和辈相与过予曰：苏仙桥废坠已久，吾人往来病涉，兹幸方岳重臣、贤能太守相踵而至，且年谷颇登，边境亦谧，诚千载一时也，修举之役，复何俟哉？予往谋程公，公曰：可。即以众意谕时进、温如辈，复率众诣州以请，时进慨然以为己任，遂择日祭告，鸠工集石，且以事体重大，工费不赀，州中则遴委谨愿，属邑则移文令佐，俾各劝募，以助不给。闻者踊跃，莫敢龃龉。曾未旬月，遽有鲁藩佐长史之擢，势不可留，事难中寝，乃与予议各捐俸金，规助白粲若干，以为众倡而去，于是百凡仰借程公处分。居无何，亦以行边远出，人遂懈弛，事亦因循。乡人阒然踵予曰：兹者桥磴既堕，木无所施，公不怂恿成之，是无益而有害也，吾人复何望焉？拒之弗获，因叮咛典术曹均礼遍谕郴人，暨肆市商贾，复折简二三有司，用申前议。幸钱谷继续，工役不辍，均礼辈惟日督视，予亦时往调度，匠卒趋事惟谨，桥得以渐就绪。适时昭右迁江西大参，丙子冬，上命太谷陈公德如来代，先期佥宪濮阳高公德章，既而京口王公汝楫，相继分巡此土，兼摄戎务。诸公莅事精敏，发奸擿伏，且以是桥为济人首务，尤拳拳匡其所不逮，益其所未周。维时同知余姚鲁君玘心切民隐，共图成事，规助为多，遂臻完美。

桥峙而为磴者六，拱而为门者五，崇二十余尺，亘二百五十余尺，广十六尺有奇。东西立石，以纪创建，构亭以蔽风雨。高耸绵亘，望之隐若长虹，亦吾郴之胜概也。用石以块计者七千六百五十，材木以根计者八百六十，石灰以担计者一百三十，工费以两计者四百五十，饩廪以斛计者三百七十各有奇。其他供役之人不与焉。经始于乙亥正月初九日，讫工于丁丑五月十有二日。募缘则典史周冕、阴阳典术曹均礼，义官唐渊、高崇文、唐仕源、张淳，耆民张文端，道士吴元阳，僧人明浩。董工役则曹均礼、唐渊、唐仕源、张淳、高崇文、王球。往来提督则千户胡勋、王福。续至而综理落成，则知州嘉定沈君炤文明也。

於戏！徒杠舆梁时成，先贤以为王政。修葺桥梁道路，国典具载刑书。是固借众人财力以成，抑所以利乎众也。兴废之责，则有司存。凡宦兹土者，遇一木一石之敝，即思有以葺之，勿坐视日圮。此桥脱或山川相为悠久，实郴人无穷之利，亦有司惠民之心。予与二三子究心殚力、相与成事者，亦得以托名不朽也。予不文，备述颠末以告。若夫施财多寡，名第先后，则具别石，兹不复赘云。正德十二年丁丑夏五日记。

善化修学记

罗安

善化故有学数百年，洪武壬戌，肇建南城之外，连接市井，密迩民居，甚非育材地也。成化庚子，知府周公钝、知县盛公时，更创于郡城内之东，地位爽垲，山川秀丽，咸谓得所，但经画之始，规模褊小，门迂回而入。历岁滋久，礼殿门庑，明伦之堂，博约之斋，悉梁颓栋腐，圣贤像设，剥落漫漶。

教谕三山傅君显恻然于怀，力以是请于按临提学佥宪欧阳公旦，公亲谒庙，顾瞻咨嗟，谓：学校兴则人才出，人才出则治效隆，不加之意，则有司之职隳矣。欲重加葺理。知府四明王公瑶、通判钦州陶公俊乐从其言。公出帑以购邻园，撤蔽墉以直前道，若薪，若甓，若水，若植，若灰垩、钉铁、丹漆，若工之价，役之饩，皆以方略致之。既具，卜日僦工，颓者起之，腐者新之。王公去，继以天台李公纲，又捐俸赞襄，像设、殿庑、门堂、庖廪，缭以周垣，次第完美。视旧规皆壮丽，见者改观。乃率诸生释菜，以告厥成。训导三山叶君性，谓诸公之功，宜可托之永久，乃具始末，走书以属记。

予惟学校育贤之地，郡大夫刻意作兴，可谓知所务矣。诸士子游其间，升而之庙，对越圣贤，以兴其企慕之心。退而之学，切磨讲明，以究其体用之学。谨义利之辨，慎趋向之方。毋徇乎名，必核其实。庶几上不负朝廷教育之恩，下不负诸公作养之意哉？邦之士愿相与勉之。经始于弘治庚申九月，落成于癸亥八月。谨记。

湘潭县迁学记

黄宝

湘潭，长沙之属邑也，旧有学，建自国初。何以迁为？盖置器者必得其所，然后器不坏而人有用，况学尤器之大者乎？此湘潭儒学之迁，固有不可已者矣。初，学建于县治东二里许，逼瞰江流，地形低窳，每春水瀑涨，殿堂浸渍于洪涛中，而垣墉辄修辄颓，甚非朝廷所以建学之制。

正德甲戌，内江田君定，由乡进士来总邑教，顾而叹曰：是予之责也，予不能不任其责也！进诸生议之。有吕生宪、江生湘、石生如鳌、李生钟辈，佥曰县治西有广惠浮屠，久欲议迁，未有能为之者。乃偕诸生往视之，其地势高爽可居，其殿壮丽可因，则具其事于提学宪副张公，移牒于巡抚凤山秦公，下其事于湖南道宪佥谢公。公虞财力之难，田公遂捐俸资，借助于弟子员有力之家若干缗，白于公，以偿浮屠市材之费。公乃稽公赢，发责赎，又益以若干缗，属田君董其事。继而县佥顾公、通判李侯华、郑侯晃，推官项侯璜、县令张侯铎，亦协意经画，而以义民江环、郭太安、罗瑶相其勤。丙子孟冬，工始兴，凡为明伦堂，为东西斋，为尊经阁，为庖厨，为师生之舍，各若干楹。又以学必有庙，为大成殿，为两庑，为灵星门，为宰牲房。又庙若干楹，庙像尊严，俨然圣贤之临于上也。规制宏伟，丹垩煌煌，凡所创建，举皆如法。又明年己卯夏讫工，弟子员欧经、易沧、陈万锺、江湘黎、时雍辈，谓是役甚大，其事可久，不可以不记，传邑人士永无忘君之休，益兴慕学之志，请文于余。

噫！今之为邑者，率多急于簿书期会之报，详于追胥督责之事，则云举其职矣，视学校之已设者尚不知省，有能慨然创建、思所以作兴而风厉一方者乎？田君以司校职，无民社寄，乃能留心于此，不可不书也。昔者龟山杨先生以程门高弟，倡明其学于东南，而我紫阳朱文公实承道统之传，则先生启之也。今田君莅学以来，倡明绝学，惩督化诱，未尝少废，卒致教化大行。兹以迁学为己任，审视程督，不啻若治家事，而民不知其费，不与其劳，盖以其才优裕，其心公廉，故其功大而美。夫古人有所营建，其大者如卫文公之徙楚丘，召公之营洛邑，莫不相度其土地之宜。若宫室之美，则尤详于《斯干》之篇，而况天子辟雍，诸侯泮宫，皆神栖圣止之处，养育英才之所，可不得其宜而兼美乎？田君之心，可谓精而尽矣。伟人杰士，当有作于其间，宁不自激厉而奋起者乎？

自今而后，凡百衿佩，昕夕陟降，睹兹轮奂，匪借燕闲，仰而思思所讲者，俯而思思所习者，终日乾乾，寻绎其所诵者。游心于正大高明之域，置身于平直真实之地，以倡风俗，以成贤才，为名臣，为节义士，为真儒，无负国家之教养。司校之良法美意，其必自此始。姑书之为记。

重修寿星观记

黄宝

长沙寿星观，旧在郡城驿步门内，图经不载其所始。洪武初徙今地，永乐辛卯，毁于回禄。天顺戊寅，道录司掌书邓濬哲，倡率其徒，募缘修葺，少司马王公伟记其事。谨按《大明一统志》：长沙古荆州之域，天文翼轸分野，旁有星名，长沙适应其地，然寿星明则人民寿昌，名观之义盖如此。逮岁历浸久，风雨浸渍，垣颓栋桡，岌焉弗支，暮鼓晨钟，声沉响阒，有不堪瞩目者。

幸际吉王殿下有屏藩之寄，多历年所，习知地方事情，闻而叹曰：寿星为观，迹肇前古，且为国家祝釐之所，敝而弗修，岁时称庆习礼，何以耸人之观视？乃发内资若干，命承奉李献总其纲，典宝正江宏董其役。于是伐材于山，运甓于陶，川汇山积，遂简材召工，以正德壬申岁俶工，经制施为，各以其序。中为殿曰三清，其后殿曰玉皇，其前殿曰四圣。次为山门及廊庑之属。或撤去朽腐，易以坚良。至于上帝天神，及驱邪辟恶之像设剥落黝黯者，则又加以抟埴绘饰。明年乙亥四月告成。总之为屋若干，栋宇言言，檐阿翚翚，丹垩鲜冶，金石辉煌，高明靓深，瑰玮轩豁，虽不改旧名，而胜概壮观，视昔百倍。郡人相与叹羡咨嗟，佥曰：贤王睿思所及，厥工实大。盖工用以万计，而役徒不以为劳。资费以千亿，而上下不知所出。使吾郡之大夫士岁时簪合，骈首跂足，瞻望祝颂，以为一郡伟观，不有所记，将无以垂后。况余家潮宗门，距观不一里许，目击修葺之功，是不可以无传也。

余窃闻之，道家者流，本出于黄帝、老子，其道以清净无为为宗，以虚明应物为用，以慈俭不争为行。自秦汉以来，为其徒者相与推演之，乃有飞仙变化之术，黄庭大洞之法，太上天真、木公、金母之号。至于丹药奇技，符箓小数，皆归于道。故自京圻以达于中州，通都大邑，靡所不知。下至远方，虽僻陋荒忽，穷边侧境，山海万里之外，莫不崇奉之。然黄帝、老子之道本也，后之推演者末也。修其本，末自应。

仰惟贤王好善忘势，屈己下贤，宽明以处事，虚静以应物，兹乃侈赢余，一新是观，盖欲寿星辉朗。上以祝天子亿万斯年，下祈一郡黎元灾厉不作，洽于康裕。夫为国保釐，可谓忠也。欲民寿而且康，可谓仁也。既忠且仁，此本之所以修也。《易》曰：天之所助者顺也。《书》曰：作善降之百祥。《诗》曰：显显令德，受禄于天。今观成之日，民大和会，鼓舞讴歌，声闻于天。天地歆答，神其来格。祝史无求，福禄攸同。时万时亿，藩国弥昌。所谓修其本而末自应，岂不然欤？予既书之，以告来世，复系之以铭。铭曰：

惟我贤哲，默运化枢。其作飚举，其助云输。图新去故，厥工群趋。百废具举，在于斯须。仪观有伟，光彩发舒。上祈懋德，天实鉴之。螽螽维藩，永锡蕃釐。勒词贞珉，百世之垂。

乡贤祠记明成化十九年

桑悦

人以人名，其出群者，随其所在而名焉。巷之人则曰：叔于田，巷无居人，人止二三，失之则国空虚，得之则天下充实，故曰不可谓秦无人。又曰：朝廷有人，或甲有人，乙用之，则举其国名，故曰楚有材，晋实用之。是故某地有贤，不可以人名之，乃名其所自出，此乡贤之名所以立也。夫士君子之生，其贤有大小，拟之以邑，以郡，以国，以天下，随其所能，包而归之名贤。于其郡邑，则总以乡名，故止称有国士，有天下士。

茶陵，长沙郡之属邑。宋有谭世勣，为校书郎。时蔡京秉政，媚事者秩多骤迁，世勣泊如也。宦者梁师成宠幸，有与勣邻者致意勣，勣谢绝之，乃授司门员外郎。靖康元年为礼部侍郎。金斡离不入寇犯京师，京畿提刑秦元，集保甲三万，请先出屯，自当一面。世勣谓宜遣元以所统分四寨直国门，使兵势相属，则金不敢逼。仆射孙傅深然其计而不能用，京师寻陷。二年，张邦昌僭位，世勣自金归，邦昌命权学士印，世勣坚卧不起，邦昌知不可夺，乃止。绍兴初，赠延康殿学士，封端洁公。元有李祁，字一初，涉猎五经，元统壬申发解，癸酉中汉人殿元。任翰林应奉同知制诰兼修国史，转迁两浙儒学提举，与时背驰，隐永新山中。我国初欲起之，坚卧不就，以疾终。国朝有刘如孙，字三吾，胜国至正丁亥乙榜，授靖州路永平县儒学教谕，洪武十五年，授春坊左赞善。历官学士、同知制诰，参定国朝仪礼，命作《大诰》三篇序，宸翰褒劝，御笔宝藏至今。祁与如孙俱有诗文行世。是三人者，在当时皆可谓之国士，庶几天下士，在千古止可谓郡邑之士，故总谓之乡贤。

东浙俞君荩，字廷臣，由进士为名御史，左迁是邑令，乃作乡贤祠以祀之。俞后，邑改为州，吉之安成刘君时让，发自科甲，擢宪职与俞同，数以言事忤内贵，谪为岳之澧州节判，当道借寇权摄州事。顾瞻是祠，碑尚未刻，以为欠事，乃求予言，用垂永久。

乌乎！自靖康以至于今，五百有余岁，茶陵之人，群群而生、逐逐而死者，何以数计？可指以名者曰三人，然则千古为士于郡邑，以乡贤名，亦岂易得邪？邵子曰：有一人之人，以至什百千万亿兆之人。予谓亦有一时之人，以至百千万亿兆年之人，是皆不可以形论也。就以茶陵三人而论之，其骨已朽，民到于今思慕之，景仰之，峙以之为四山，流以之为八水，恒若接于心目者。若然，其人果真亡而与鸟兽草木同澌灭者伦哉？

州之大夫士，睹是祠之立，宜惕然于心曰：不俎豆其间非夫，凡所修为建立，俱不为一身一时之计，则州之人为益增矣。俞、刘二君，所以望州人者，有不在是者欤？使天下郡邑各增其人，以治天下之事，尚何天下之不治邪？虽然，虞周之时，贤才之汇，其用为泛职具臣者，皆非后世之人所易及。然可指而名者，曰五人，曰十人，大贤亦参其间，然则真贤之生，从古为难。天地气化愈薄，后世生贤愈寡，间有一二生之人，所关系于天下国家甚重，世之人尊用而安全之，当何如也？或高下县绝而不知之，或知之而不能用，甚至沮抑之，摧折之，使不能宣天地之所欲言，成天地之所欲为，伤其一身而疮兼天下，害其一时而痛逮一元，其人能自立于不朽者，终不可以磨灭。

吾又悲三代以后，能人于千古者，多不能人于一时也。世不贵天之所珍，则天亦厌生贤以实世，天人相感之际，任世道责者。吁！可畏也，亦可忧也。自人其身，不计于人，吾党之士，尚其勖诸，庶几自珍其天。

宁乡养济院记

袁经

钦惟我太祖高皇帝，深虑穷民不获其所，乃诏郡县各置养济院以存恤之，且著律令，官司违者有罚，复申明于宪纲，律司风宪者常加体察而劝惩之。是以百有四十余年间，环海之内，颠连无告之民，生有养，死有归，而无沟壑之虞，皆我圣祖深恩厚泽之所覆庇。於戏，仁哉！

宁乡养济院在县治北关外五十步许，正德三年秋七月毁。邑判簿历城刘君思明欲建之，乃谋于邑侯刘君绚，会侍御郑公宣至，即以其事责成之。君遂毅然身任，乃拓其旧址，广六十有五尺，袤视广之数加二之五。东西为屋各四楹，以处孤老。中建亭，为官府点视憩息之所。外建门，为朝夕启闭。厥初屋覆以茅，编为篱，君则易以陶瓦，筑以垣墙，阶若渠，甃以砖石。其财用则随宜措置，其力役则倩觅助佣，而里甲一无所与。其规制则宏敞完固，不华不陋，而回禄之灾，自是可弭矣。工始于是年冬十有二月，次年夏五月乃竣。

邑博士唐君桂属予记。予惟爱养黎元，有司所重。存恤孤老，仁政所先。顾今州县之吏，每汲汲于簿书期会间，而于此鲜有不忍焉者。刘君筮仕之初，他务未遑，而拳拳是举，可谓知所当重而克所当先者也。若侍御公者，又可谓克振宪纲，而劝惩有道。皆不可不书以告后之人。

义帝庙碑记

何孟春

吾楚于春秋弗与也，然六国之灭，言者以楚最无罪，岂齐、晋诸君不足惜，亡且若怀王之为民痛念邪？怀王其昏庸，过听轻行，固秦所诱弄，齐、晋所递笑，所宜然者，而民特怜之。嘻！不怀王故矣。田氏代齐，韩、赵、魏氏分晋，非夫旧脉，惟楚繇颛顼溯鬻熊而迨怀王，其统未之奸也。齐之田，晋之韩、赵、魏国皆不义。嬴秦续吕得天下，重无复仁义焉。义之名楚可丁耳，虽在《春秋》，必将楚与？乌乎！此六国之灭，所以楚最亡罪，而民特怜之，此其亡秦必楚欤？此其陈胜不立楚，后以败，居鄛人立楚之后之言，拳拳为楚世将劝欤？

怀王孙心复为怀王，从民所望，义所当矣。秦亡楚帝，则天下自此有归。项籍知尊名乎义，而心出于诈，命尊不用，江南之逐，旋杀于郴。羽其时虽犹冒楚之禄，已和不可姜，虔籍斯不可姬，统而已奸，一死复仁义，天下负羽以不义之名，义之名于此乎归于汉始。乌乎！汉欲不兴，楚其欲不灭邪？以涉而势乃不长，既帝之，又弑之，狐埋狐搰，长如何也。楚之所以帝者，楚之义也，羽杀义帝，是羽自堕其义，自以其不义而自灭其楚矣。今羽之言，以为吾家所立，非有功伐，夫何以论功伐为哉？顾此吾家主，凡吾奉主行事而已，而谓其主之无所服役，至忿戕乎主。擅主之家，则凡同吾奉主行事之人，孰肯忍吾倓然而主乎家也？乌乎！汉欲不兴，楚其欲不灭邪？

汉鼓大义之名，义不以力。董公之说行，缟素三军，于是乎得以击楚之杀义帝者矣。向使其义帝之名以尊，大统以定，高材疾足，得鹿以献，羽其所称霸，犹《春秋》桓文义，俱天下诸侯以朝盱眙之都，芈庙世，楚吾家，其不为有主乎？悲乎！居徙上游，逆成黥布，成以楚灭，徙以汉兴。九江王纵未叛楚与汉，而义不义已潜归于此。义与不义，其为兴灭，要如此哉？吾观楚、汉相距之际，疑汉败楚之难。虽然，吾不能尽许汉也，隆准公新城发丧，袒哭三日，义兵加贼，何以向而足诛？而爰于彭城，置酒高会，销感激流涕之气，遣隋何私约九江王，用杀义帝者，而击楚之杀义帝者，此不足为名矣。是以睢水、荥阳，几临危绝，汉难于楚，其义之未甚奋邪？乌乎！楚之未即灭，汉之未即兴，其义之未甚奋之过也。

吾惟深悲夫义帝，故因论义不义为兴灭之机，遂有暨刘、项之事而反复之。悲乎！刘、项于义帝，事等北面，义帝生存之时，尝为帝矣，作史者曾无楚义帝纪，《楚世家》又不缀其事，始末不具。始云在民间为人牧羊，不知何人，踪迹之何地方，方立之时，不知其年，方杀之之时，不知其敛葬之礼。身婴利剑，冤缔蛮疆，冢切空城，魂萦宿莽。方汉正位之时，其遣官临祭、分户奉守之举，不得知其有不也。嗟夫，悲乎！亡秦必楚，楚最无罪。秦亡楚帝，帝楚之义，涉楚乎？怀王之未立，羽楚乎？义帝之已弑，楚而西，楚之逆也。楚怀王孙心为怀王之为义帝，楚之义也。义楚以首汉可也，而史不然，首逆楚于《本纪》，首伪楚于《列传》，于义楚不列之纪、传之间，其梗概略附注之刘、项之事，此吾暨刘、项之事而反复之，所以论义不义为兴灭之机，而重致辩乎伪逆。乌乎！义动人心，为人所怜，楚人立庙，延祀永年，生存之乐无几，而祈报于郴阳者，何绵绵也！

垂黄旒兮被元服，映纮紞兮夹华毂。神懭恍兮渺迷，尚低回兮倏留。镗兮伐鼓，扬兮合舞。神俯虔兮来肆，升醪兮荐脯。阴旗兮欲举，灵马兮嘶风何路？日暮兮幽扃，绿烟兮北渚。乌乎悲乎！孰究我辞，揭之于庙，镌之于碑？为吾楚人，堪痛念兮。

弘治辛亥秋，孟春归自京，谒义帝祠，环步其冢，声兹久之。援笔书。

右余十七齿时笔也，至今在祠壁间，藓引痕为批点，蜗以沫为句读，谁则知之？广南韩先生宗尧仁卿来教郴，乃独谒陵而目取焉。会湖臬佥宪傅公，握王度分按山郡，振刷之余，遍访遗迹。及是祠，先生录以呈公，公亦不谓否也。命工勒石。唉，余少作何用垂不朽哉？余益信文之显晦有时矣。

乡贤祠记

何孟春

弘治甲寅，佥宪宜兴吴君之案郴也，既广学宫，复濂溪书院，明年复至，又崒剩材，撤馆社而新之，为乡贤祠。折简谓何孟春曰：子于郴，乡人也，于郴之乡先生，必素悉我。顾古有没而社祭之典，子试谂我，贤可祭者几人。春曰：吾郴久兹有缺祀矣，明公运思复此，敢不具名以对！于是薰沐缄付使者，首列汉尚书胡腾、晋中郎谷俭、唐平章事刘瞻，宋开国男陈纯夫、监使朱辂，而注之云：此其表表汗青，举代称贤者，不翅于乡而已。次列唐进士孟琯，宋员外郎曹靖、县簿曹肃、御史雷应春、校官姚宋佐杜唐卿松①，元孝廉黄观象、记室黄师郯，又注之云：此其行谊才华，各有可称，肆征郡志，亦足贤者，惟明公裁择。

公得书曰：盛矣，此皆可祭也。虽然，异代人尔，郴距我朝，百余年间，人才辈出，不有可祭者乎？公即春所间皇前问，春曰：

①此处疑有文字脱落。

仪章邝大司马埜升之知几行也，县今已有祠，郡当赅县，此其可合祭。再则桂阳欧阳太守复、朱都宪英、佥宪海、子守恕，永兴曹少卿琏，兴宁袁郎中玘，职历中外，著声绩，视国器辅之流，殆不相甲乙，其可附祭于此。公颔之，俄且曰：此各县人也，不有州籍者乎？春泫然曰：郴城先达显仕，迩非乏人，余小子不敢漫及。公为之动色曰：子先大夫西曹之贤，吾知之，祠其竟于子先大夫乎？春哽咽起言曰：人不可无年，公幸熟吾父之为人，吾父当不没于今矣。公辞去，诘旦召郡守征于郡诸士夫，并如春言，于是以春书所列并所与言者戒之，罗木主如干于其祠，端题姓名，一任所生先后，骘位序凡二十位。

祀事既修，郡守来请春记。乌乎！是祠之设，仪刑存，景仰寓，世教攸关有不细者。乡先生之所繇不泯，乡人之所繇劝也。乡先生微贤而可祭邪？祭微其贤，何以示劝？祠之所祭，不专金紫，不后布韦，明公之意，求诸可祭而已，求为乡人可劝而已。吾侪盍劝焉，没不俎豆其间，非夫也。是为记。

燕泉记

何孟春

郴城南之西有燕泉者，在桂林坊东，而泉仰喷砂石间，寒洌而甘，四时不涸，傍泉居人取汲焉。谓之燕者，春燕来时，泛滥东流，合三川水过游鱼案，入通陂堰，有灌田之利，燕去则否。南天秋雨多，燕之去，泉与农无功矣。

宋折彦质谪郴时所居，考郡志，殆即春所居之地。折寓郴，号葆光居士，尝作引春亭于泉上，为流觞曲水。又作春和堂，日游宴其间。今遗趾具存。春顷就故居之南隙，展凿一塘，得青石数段，合之则昔人之所为流觞者，其折之遗物欤？

塘引泉流，种荷养鱼，自春徂秋，弗盈弗缩。方兹泉之急田利，春不敢专，及其剩于农也，春独有之，而人不以为嫌，春故于兹泉号是托焉。

昔人所有亭堂觞咏之乐，宛然在目，第欲效其所为，而愧其力之弗能举，且弗暇也。家山别后，重怀丘首，简诸知己，各著文诗，庶以名泉有永云尔。

圆泉记

何孟春

圆泉水在郴州城南二十里会胜寺侧，张又新《煎茶记》，自述于僧室得一书，见陆羽与李季卿论水之目二十，而此其第十八者也。又新记始云，刘伯刍称水之宜茶有七等，杨子江南零水第一，挹而试之，诚如其说。及刺永嘉，过桐庐严陵濑，家人用水泼陈黑坏茶，皆芳香，以煎佳茶，鲜馥不可名，愈于杨子南零殊远。至永嘉取仙岩瀑布用之，亦不下南零。

今考又新僧室所得书，水品次第，以庐山康王谷水帘水为冠，而桐庐严陵濑水第十九，又在圆泉之后，所谓仙岩瀑布弗与焉。然则吾郡是水者，容可以其品目稍下而遽轻视邪？张舜民谪郴时，求是水而不得，而以永庆寺泉水当之。是水既出，永庆寺虽美，不足复称，后人特缘张爱，名浮休泉。永庆寺基今入学宫，浮休泉已就湮。圆泉水余亲斞其上，信有异脉，《茶记》不虚著也。

独念盛宏之《荆州记》云：桂阳郡有圆水，一边冷，一边暖，冷处清且绿，暖处白且浊。吾郡圆泉水外，别无圆水，水今无此异，岂水脉今与昔不同邪？意者昔人好奇，于耳目僻远地，得凿空言之以诧骇，常情耳。此等记录，在天下往往而有，事非验之闻见，弗信可也。

先圣遗像记

何孟春

吴道子画先圣遗像，入石刻者，春尝见于河南开封及诸府学，而今重获拜瞻于此，以较他凡墨本大抵相同，岂一皆摹自驿梁者欤？《传》称先圣生有异质，凡四十九表，事举甚悉，特未及舌与发鬓耳。舌内藏，不得为表。纬书乃云，仲尼舌理七重，余如钩文在手，及胸应矩等处，概之四十九表。言亦多异，亦不记及鬓髯也。

今世传遗像，颔颊间鬓髯甚盛，圣人仪观果诚有之，纪记不应独遗。於戏！覆载之德，照临之容，虽亲炙高弟、善言之士弗能尽，而况绘史意匠，依稀仿佛，千岁而下，类非当时目击之所拟乎？

吾儒欲识圣人，幸求之圣人之言，深体力察而有以得其心焉，则所谓四十九表之在遗像者，梦寐可觌，印证兹图，庶乎其不差矣。正德庚辰年月吉，巡抚云南等处地方都察院右副都御史郴阳何孟春百拜谨志。

春既跋圣像，尝以拓本寄故友黄巩伯固，伯固复书云：承圣像见示，疑鬓髯事，偶考元儒黄四如先生所为记孔圣遗像，惟宗庙小影为真。圣胄子思亦云：先君生无鬓眉，而天下王侯不以此损其敬。后世偶塑转异，美髯长髭，未审何据？太史公所谓钧之未睹容貌者也。得此录上奉备一说，盖四如乃生族祖，今家集犹存。春因记《孔丛子》子思告齐君，实有吾先君生无鬓眉之说，取而阅之，信如四如之所指者。盖吴道子传写既误，后世据为偶塑，遂弗加考正尔。今阙里有《行教图》，是小影，他如凭几乘辂，及司寇等像，亦画鬓髯，殆亦踵《世本》传误之故，无所谓宗庙小影也。

方塘草亭记

何孟春

古者邦国都邑之建，必土方氏以土地相宅，虽无后世地理风气纷纷之说，要之其欲利而安之，一也。然则人之居处，独容以无择乎？

吾楚华容之为县，山环水回，据有洞庭之胜，而一县之胜，据于学宫。学宫之南数武，魏氏有世家焉，其得胜地可知。秉济郎中间谓余曰：吾家有所谓方塘者，在吾家之南数武，而地益胜且幽奇。泉瀌瀌而循流，石齿齿而错出，松、桂、梅、竹，吾先人暨吾手植，既长以茂。陂陁逦迤接城址，盖坊市一山林也。吾家食时，日盘桓其间。结茅有亭，插架有书，课儿子与诸生于此，为群居讲习所。而今去之，仕于四方，不能一日而遂忘也。是故吾于此私号托焉，子其为吾记。

余闻地灵则人杰，地理家之说，推之于古，未可全诬也。魏氏所卜地凡几世，世出伟人，大理教授公祁，州守弗究其用，而今发之于秉济，将来者固未涯也，是非地之胜验邪？昔孟轲氏母三徙而近学宫，曰真可以居吾子矣。魏氏居择自其上世，亦既有见哉？朱子尝诲门人云：建学宫，创书院，须求山水佳处，欲借其英灵以助藏修。秉济方塘之所创置，其亦有得于朱子之所见哉？而余何可以不记？

已乃谓秉济曰：余有先人之敝庐，于吾郴学宫之西偏，亦数武而近，而亦有塘面焉，余尝导燕泉之流而归吾塘。塘之左右有竹有树，而“燕泉”实余号也，愿君亦为吾记之。燕泉行有亭矣。正德乙亥八月。

永兴建城记

李永敷

郴属邑有五，永兴其一也，他邑皆密迩瑶洞蛮溪，永独相距稍远，旧无城，亦无潢池之虞。弘治年间，苗寇窃发，桂阳、兴宁俱被攻，势且逼永兴，当道始有筑城之议，然工巨役繁，屡谋屡寝。

正德戊辰，寇复作，攻陷兴宁城，官军且屡遭败北，猖獗遂日甚。己巳长驱，永兴受祸，视兴宁尤惨。用是当宁勤南顾之忧，庚午命巡抚王公纶调兵征剿。然班师太速，草本未除，将士之甲戈甫投，而边陲之烽燧已举，大肆攻掠，岁无虚月。当道以永兴无城垣重念，壬申，守备指挥周辅特申前议，以请于朝，诏下可之。兵备宪副程公遂命县侯程君仁规制兴役，后依山围以长垣，前倚江筑砌泊岸。时癸酉春三月也。

未数月，程侯以述职去，继者举措颇乖，工匠逃者大半，州二守鲁公白于当道，委王千户福来董役，事稍集，功稍崇。丁丑夏初，吾侯周君至，既视篆之三日，巡视城垣，叹曰：他务可缓，此不可少缓也。乃集其民而令之曰：筑城所以为尔民保障也，古人谓不一劳者不百逸，不暂费者不永宁，与其避寇无宁日，孰若急完此以自固邪？又语其群匠曰：尔辈受若值，安得怠若事？吾今与尔约，值不足，责任吾，事或怠，罚不尔贷也。既又顾三尹张君曰：催督劝相，君当任之，经量财费，某不敢辞也。于是人心竞劝，匠氏争趋，甫半载，工役日异而月且殊。未几，张君以他事委，吾侯遂独当其任。

先是，警报方殷，曾募阳山杀手防御，议工食银千二百两有奇，索债甚急。又征师四集，戎务旁午，省符宪檄，酬接不暇，而恒以其间往来提督，不以风雨阻。会郡守沈公鼎临，谕侯以政要，首属意于城，且曰：保境安民，莫有急于是者，其急成之勿怠。既而宪副陈公持节备边郴桂，甫下车，即檄县，责报城池工役，毋怠事与愆期以取罚，朝令夕申，惓惓不少置。侯皆祗承德意，罔敢怠荒，综理周密，弗事苟简。基有挖陷者起而实之，墙有滥恶者毁而筑之，砖石有弗坚良者除而易之，楼橹有弗如式者撤而更之，务图经久，以为百逸永宁之计。工将讫，佥谓是举也，非程侯无以创其始，非周侯无以成其终，而其所以警其怠而作其勤，非兵备公与郡守公不能速成。至是宜有记。

予惟《易》有之曰：王公设险以守其国。所谓险者，城郭沟池是也。又曰：重门击柝，以待暴客。盖取诸《豫》，所谓豫者，先时而为之防也。大抵筹边之道，守备为上，《周南》：仲城朔方，以攘猃狁。唐韩公筑三城以绝天骄，皆此道也。永兴城既建，内以坚群黎依附之心，外以绝苗寇觊觎之念，转奔走之日而为宁居之时，出泥涂之中而奠衽席之上，一邑无疆之休，实自此基，其为功夫岂小哉？虽然，有可恃之形者，必思所以保其形，有可守之势者，必思所以固其势，盖兵非城莫恃，而城非兵莫守。必简勇练精，改纪其故辙。汰游鼓弱，修明其甲兵。无树纸上之桑，无掘临渴之井。铲侵牟之弊，惩鬻代之徒。则险既全而兵又精，虽使黄巾、绿林复出，不足患也已。

落成之日，大夫士率其邑人举酒相庆，酌三尹而前曰：赖君赞理以有此。尹逊不敢当。又酌吴侯而前曰：赖侯总理以有此。侯亦逊不敢当。佥曰：功曷归？侯曰：此兵备公之功也，此郡守公与二守公之功也，吾奉其成而已，安敢窃其力？前兵备公名果，祁门人。今兵备公名鼐，新淦人。郡守公名炤，嘉定人。二守公名玘，余姚人。侯名佩，庐陵人。三尹名辉，新喻人。征予文者，儒学司训遂宁彭君相、进贤车君斐也。正德戊寅秋八月朔八日记。

贞节祠记

李如圭

澧治东北二里许有贞节祠，祀秦节妇孟姜女也。按《澧志》载：秦时州有孟姜女者适范郎，因始皇筑长城，范郎往供役，姜女于州嘉山之顶，筑台以望。久而不归，乃不惮险远，亲往长城寻觅。今望夫台遗址尚存，台旁有小竹，其叶破碎如线，相传姜女望夫时，以针刺划成条，至今遂为种类。山下有江，江边有石，四方各尺许，光明可照，传为姜女镜石。自秦历今千余年，澧人称诵不衰，往往形之歌咏，但寻夫之后，莫知所终。

正德间，余以监察都御史养病家居，欲表彰之，以晚节不知中止，每深惜之。嘉靖辛卯秋，余以副都御史抚赈延绥，致仕归里，道经陕西西安府同官县，始知姜女果至长城，获范郎骸骨负之归。行至延安府宜君县地方，渴甚，不得茶泣，其地泉为涌出，后人名为“哭泉”，今现存。抵同官而卒。同官之人嘉其贞烈，凿石为祠，将其夫妇骸骨各塑为像祀之。历代诗文碑刻，声称赫然，且闻其石洞隙中金钗时见，灵异昭彰，邑人敬仰如生，然莫识其为澧人也。

既而余抵家，即与澧守汪君倬议建祠宇。工将就，适巡抚湖广右副都御史莆田林公大辂临澧，更嘱汪君为之增修，塑像祠中，前为门，中为堂，春秋致祭，表其祠曰“贞烈”，堂曰“百炼”，专人守护。盖嘉靖甲午夏也。林公以予澧人，知姜女行实为详，嘱纪其事。丙申春，余以总理河道起用，道过汴梁，命祥符知县榆林刘九容遣吏于本祠摹印历代诗文碑刻。观其文，亦有或者以为楚人之句，考其事，与《澧志》所载若合符节。但同官所载，未详其始，合二处观之，则姜女之始终贞烈备矣。余乃行文同官，刻石记其事，及修理祠垣，以时祀享。

余谓长城之役，在范郎义所当往，姜女因其久役不归，始则筑台以望，既而亲往役所，寻获遗骸，死于道路。夫澧去上郡数千里，程途崎岖，至之甚艰，姜女以一妇人，乃不畏险阻，只身长往。且以嬴政之暴，闻者股栗，顾略不少挫，视如坦途，苟非其中卓有定见，则一户之外，尚不敢出，而况涉千万里之远乎？孟子所谓威武不能屈，真烈丈夫之事也，其所以植伦理，裨名教，以淑人心，以善风俗，其功岂小补哉？是宜表彰之汲汲也。

抑长城之役，嬴政之所以取怨当时，贻讥后世也，自今观之，今之边墙，即昔之长城也，乃借此以御匈奴，何尝不善？使始皇果有公天下之心，议兴此役，俾近者输其役，远者输其财，先其所急，后其所缓，次第修举，无急遽之心，则民不知劳，财不致费，何尤之有？惟其惑于亡秦在胡之语，心出于私，是以逞威肆暴，不恤民命，驱数千里之氓，以供其役，欲速尽美，作子孙千万世之计，曾不识天视自我民视，天听自我民听，民怨如此，国岂能久存也哉？是徒重征夫千载之长憾也。予以记姜女之事并论边计如此云。筑台以望，事本不经，夫久不归，何必远寻？且妇人无只行千万里之理，但其贞专可嘉。彼姜其姓邪，名邪？孟其姓邪，序邪？抑孟姜乃其父姓名，故为范妇，犹以女名邪？俱不可考。

四忠祠记

周善俊

四境之山数百许，惟宝塔山为第一，在邑之南二里，嵂然秀丽。山之麓，水光耀金，净影澄碧。山水幽邃之地有禅庵，往来游僧居之。嘉靖辛卯冬，邑侯张公毁佛像将废焉，乃与众议之曰：周文忠、陈忠节旧祠且废，宜阳有太保庙，祀唐南霁云、雷万春，皆前代忠臣也，盍共祀之！乃即废寺，合四公为一祠，肖像并列，改题其匾曰“四忠祠”，命予记之。

窃惟天地之正气钟于人，为圣贤，为豪杰，为忠臣孝子，为义夫节妇，人得是正气以生，发而为忠义，为名节，是故有其同然者。若南、雷二公，当张、许拥兵时，睢阳之守，同一激忠奋义，至死而不屈。周公大儒也，谈道邑之清溪，相宋以功显。陈公幕相也，与李芾共事，死节于潭州。南谥忠壮，雷谥忠勇，周谥文忠，陈称忠节，四公之行，时之先后，地之远近，事之成败，虽有不同，其遇一也。一者忠也，故以“四忠”名之。精忠亮节，凛不可犯。劲气英风，宛乎可畏。是其刚大之体，充塞天地，贯彻古今。故今相去虽远，然尚能照人颜色，闻者悚毛发，谈者骇音响，炳炳如昨日事。於戏，壮哉！

乃兹宝塔苍苍，月潭汪汪。水秀山明，间气中藏。天为四公留佳丽地也。合四公为一祠，飨庙食于千古，天以张公永四公之祠也。天岂无意于斯哉？士君子登赏于斯，谋集于斯，拜高风于既往，追义气于当时，强柔立懦，莫不兴起也，而况亲炙之者乎？为之赞曰：

忠义道学，天地桢干。贤哉四公，古今罕见！作天星辰，在地河汉。仰之凛然，瞻者兴叹！并食同祠，千载一旦。时嘉靖壬辰夏四月望日。

重修桃源万寿宫记

印伟

桃川古鼎之上游也，去邑治二十五里，南渡逾崇冈，走长坡，复十里有绝境焉。列壑争奇，群峰献秀，闲旷清雅，与人世殊，即道书所谓三十五洞、白马浪光之天。

昉于西晋太康中，有武陵渔人沿溪捕鱼，见桃花夹岸，落英缤纷，心异而前行，林尽得山口，遂舍舟入，始才通人。复行数十步，豁然开朗，土地平旷，屋舍俨然，有良田、美池、桑竹之属，阡陌交通，鸡犬相闻。其男女衣着悉如外人，黄发垂髫，怡然自乐。见渔人皆惊问所从来，具答之，便要至家，杀鸡出酒，相留数日，自谓避秦虐至此，不复出，遂与外人间隔，不知世历汉晋，然亦不足为外人道也。渔人出，以其事告武陵太守刘歆，即遣人复寻，竟迷其处，后陶渊明慕其事而记之，谓渔郎即黄道真也。

辰人瞿童入山修炼，白日羽化，在唐之时，然未有宫宇也。至宋政和元年，权发遣广南西路转运副使张庄奏闻，始度龚元正为道士，建景命万年殿及福、寿二星，经钟楼阁、斋寮、厨库、廊庑、方丈，凡一千三百三十楹。明年，赐“桃川万寿宫”额，设提点掌之，以便釐祝。淳祐元年，龙阳富民文必胜，施财谷增创武当行宫于宫之阴，一时矩度，略与太和比。至元末遭兵燹，前盛俱废。

我朝洪武初，道士龚贵卿沿旧创始，以渐兴复。景泰六年，道士谢智常，奉巡抚大中丞李公命，收集制书，立殿宇数楹，为风雨所颓。成化十八年，道士冯信通，奉本府同知李公命，募缘循旧址重立三清龙虎殿各五间，法堂、官厅各三间，并装饰诸神像。弘治十四年，道士谭常仑，建山门二层，清风桥一座，惟武当行宫荒废独久。正德十四年，道士曾世显，募缘建殿塑像，稍复前日之旧，行宫前有瀹鼎池，上有空心杉，根大数围，存之日不知高几许。东去半里为炼丹台，北去百步为天宁书院废址，初不知谁读书于此。东向为仙径亭，南若干步为官道。入林麓一里为遇仙桥，桥畔有古木，苍萝翳蔽天日，虽盛夏如秋月。两崖皆方竹、石蒲，灵药异草。复行数十步为秦人洞，洞有门半阖，门上有泉，泉有声，淙淙可听，水清洌，饮之可以消烦渴。帘洞而下汇为池，伏地中行，至桃花溪始合流入江。岁旱祷雨皆应。溪在行宫后二里许，溪北有断岸千尺，名“烂船洲”，世传渔人舍舟入洞，出则舟烂，即其地。东南为天尊崖，崖下有仙坛，下崖西去二里为水溪渡，渡岸有市。东北为来鹤峰，萦青缭白，与诸峰相联络，登高望远，此其一也。峰麓皆良田，约数百亩，道士畲种之，只供衣钵，且无额税累心。山间林下，又有奇踪可吊赏。唐宋以来诸大家，历其地者各能言其胜，而此地之胜，亦不负所言，真神仙境也。独惜夫地当八路之衢，车马旌旗，日相驰突，而隆楼杰阁，譬之传舍然。

今年道士谭常仑乃砻石属记于余，以垂不朽。吁！沧海桑田，与时变易，后之视今，犹今之视昔，千万年后，安知山林终不为朝市邪？虽然，洛阳名园，视世故为兴废，此地之存亡，乌知不系于人国也？时平世清，林谷无恙，近者可居，远者可来，侨寓者可登眺留咏，否则不为东海商山者鲜矣。

余自休致归，亦买田结台于白马之滨，去洞天甚迩。风日清和，幅巾杖藜，往来宫中，与道士对酌松树下，生平之愿已遂。清泉白石，实不相负，然亦我圣明之所赐也。士大夫历斯境者，不必论其事之有无，惟尽力以致其治，使吾人得以共享其乐于无尽，则亦不负今日之意也。斯为记。

君山记

胥文相

夫洞庭为长江巨浸，而君山则洞庭孤绝处也。虽三苗据以为险，而舜实以是昭文告。蛟蜃杂以为窟，而禹实以是降我凶德。

民到于今受其赐。秦皇几以不渡，杨幺只以自翦，且闻是山不受秽恶。赤沙湖在洞庭湖西，夏秋水泛，与洞庭为一，涸时惟见赤沙。旧志云：洞庭南连青草，西亘赤沙七百里，又谓之三湖。《一统志》。云梦湖在郡治西，与洞庭、青草二湖相连，洞庭在北，青草在南，云梦在西，合为一湖。孟浩然诗：气蒸云梦泽，波撼岳阳城。郡志。金沙洲在洞庭湖中，与鹿角相对，一名龙堆，延袤数里。杜甫诗：龙堆拥白沙。即此。宋张孝祥有赋。葛长庚诗：惟有金沙堆下水，东西南北任风吹。《一统志》。

君山在府城西一十五里洞庭湖中，一名洞庭山，又名湘山，状如十二螺髻。《山海经》云：洞庭之山，帝之二女居之。盖尧女湘君始居于此，故名。昔秦始皇南游衡山，入洞庭，遇风波大作，几不能渡，因问湘君何神，博士对曰：尧女舜妃也。又曰：湘君神游出入则多风。始皇怒，命伐其树，赭其山。上有楚兴寺、轩辕台、柳毅井、传书亭、飞升亭、响山、酒泉山，道书以为第十二福地，古今题咏最多。《一统志》并郡志。湘江北流至岳阳，达蜀江，夏潦。后蜀江涨势高，遏住湘波让而退，溢为洞庭湖，凡数百里，而君山宛在水中。秋水归壑，此山复居于陆，惟一川湘水而已。《北梦琐言》。

酒香山。《湘川记》：君山上有美酒，饮者不死。汉武帝遣栾巴求得之，未进御，东方朔窃饮，帝怒欲杀之，对曰：使酒有验，杀臣亦不死，无验，安用酒为？帝笑而释之。相传每春时，往往闻酒香，寻之莫见其处。《方舆胜览》并郡志。

响山在君山上，一名鸣山，履之铿然有声。

柳毅井在君山，唐柳毅中宗时下第，归至泾阳，见一妇人牧羊，泣曰：妾洞庭君小女，嫁泾川次子，今被毁黜，敢寄尺牍！洞庭之阴有大橘树，击树三，当有应者。毅如其言。武夫揭水引入灵虚殿，取书以进。洞庭君泣曰：此老夫之罪，使孺弱罹忧。顷之，有赤龙飞去，俄拥红妆一人回，即寄书女也。宴毅碧云宫，洞庭君弟钱塘君曰：泾阳婺女，敢托高义为亲！毅不敢当，辞而去。后再娶卢氏，貌美，曰：予即洞庭君女，泾上之辱君能救之，兹奉闺房，永以为好。遂与同归洞庭。郡志。

轩辕台在君山，一名铸鼎台，黄帝铸鼎荆山之下，鼎成，骑龙上升，今台址尚存。《一统志》。

湖南文征　卷二十

记四 明

宁乡胡侯鼎建县治记

易舒诰

胡侯治宁乡之逾年，政化大行，百废皆举，于是叹县治之倾圮湫隘，又厅廨东南面，而门则北出，欲改而新之。适巡按何公分守，丁公分巡，杨公同按其地，遂以白三公，乃往临视之。见其颓废，相其地宜，慨然曰：守故者愚，通变者知，是役也，殆不可以已也。随以请于巡抚张公清戌、巡按马公，皆从之。

于是尽撤其旧，改而北向，为正厅六楹，高二丈六尺，广倍之。左为典史厅，右为仪从库。六房则分列于其旁。左边为佐贰首领宅，其前竖之门曰寅恭。右偏为吏人退舍，其前竖之门曰吏掾总门，而预备仓狱圈。又复于后祀土地祠、清军厅，则并峙于六房之末。前为仪门，又前为鼓楼，又前为抚绥坊。带以阴阳医学，及申明、挂榜诸亭。后为礼宾堂，门堂中直，而斋沐、稽文二楼夹于左右。又后为正衙，又折而左为玉山书院。通计为楹凡二百一十有奇，墙垣凡一千九百余丈，规模宏美矣。经始于嘉靖癸未三月，逾七月而告成焉。

生员杨思震、刘耘至攸，属予记其事。予援笔记之，庶使后之人知是署为侯之建，则知思侯之政，殆召伯《甘棠》之意也。《传》曰：其称名也小，而取类也大。其是之谓矣。侯名明善，霍邱人，进士。

贡士题名记

杨文明

朝廷之制，有进士，有举人，有贡士。进士放榜，即令国子监题名于石，而举、贡不与焉。

先是，提学宪副陈君凤梧，令府、州、县刻碑，题举人、贡士名于明伦堂之东西，盖以义起，厥旷典也。方今圣天子诏敕吏部，科贡选举，三途并用。时邑令颜君如玉适当是选，初诣学，见所谓题名石刻者，皆科甲流，而贡士之名尚未有题。寻与诸贡士议，乃树石勒名于堂之西，则见碑光对峙，科贡联名。耒邑人才之多，井然类族，可以跻《卷阿》、(朴棫)〔《棫朴》〕之盛。

登是石也，亦既荣矣。又有可畏者焉。若夫诸贡士指日与三途并显于时，必殚忠摅诚，思所以庇民，俾丰功伟业，与衡之茹忠诚、荆之傅左丞、黄之吴大宰、蒲之魏司成媲美，而不负君上作养之意，则有以增斯石不磨之光，否则静言而庸违，名浮而实失，讵不大可畏哉？嘉靖庚寅岁九月既望。

连珠岩记

范永銮

连珠岩旧名洞灵山，距县治十里许。相传岁旱，祷于潭下，能兴云雨以利于民，故以灵得名也。

环山左右皆平原闲旷，突然奇石峥嵘，亭亭渐渐，负土而出，或起或伏，蜿蜒相续，如贯珠然，而今之名亦以此也。四山环拱于外，一溪屈折于中，丹崖翠壁，千态万状，其大略则皆石板平布，而其覆于前者尤最。膏渟泻玉，林杪生寒，计其广亩许。汲其泉可以濯缨瀹茗，击其石作钟磬声。古好事者为佛像环列上下，凡治浮屠者皆得居之。其后有石径，可容一人伏入。四周皆石壁，中有潭，潭光澄澄，金鳞游泳，韬涵太虚。又缘壁中通，自西北入，槎牙清冷，滦滦洋洋，景象奂然，大约与前一状。又进，有石牛伏于下，若经斧凿而成，惜其径幽冥晦，必以火烛之，然后可瞩。过此则人迹少到，不可得其详矣。珠岩之胜，为邑之最者，此其略也。

今岁春三月，刘侯经以名进士试政，五月余，刑简化洽，有和平之渐。苏山子乃与一时贤隽，沽酒烹蔌，邀侯出游是岩。时则吴掌教洲，聊司训珠，乡先达朱通府守蒙、朱上舍斌，乡进士何君广、欧君绍说、朱君瓛皆与焉。我侯之至是也，设燎举火，无所不到，心凝神释，敛兴就席，喟然叹曰：珠岩异态，举在目中矣，诸君怀抱利器，其将何所建白，嘉斯会之不偶乎？既而合席交欢，倒囊倾悃，杂然并陈。或言先忧其忧，而后乐其乐。或谓满堂燕笑，无使向隅有泣者。或以为大盗蜂起，劫掠日滋，卖刀剑，买牛犊，责有所归者。或以为大丈夫得时行道，当磊磊落落，虽跌挫撼顿，无以祸福为顾虑者。或又以为崇节俭，励廉隅，又必慎终如始，令名无穷者。侯皆不让，醉而归。

越三日，具其事谒苏山子于凤冈别舍，索文买石刻之。遂序其事以为记。

修复汶漕记

张治

嘉靖甲午，大中丞麻城刘公天和，奉简命督河事。宫采氏茶陵张治，浮大江而北逾淮、泗，道济、汶之上，遭而问水焉。

公曰：古之治河也，以为民也，今之治河也，以通漕焉已耳。然借河以济漕，犹以狼兵止寇也，利害均矣。鱼沛而下，河之入漕者近，且绝舟，弗得其利，而害独存焉。漕所倚以济者，其惟汶乎？《书》曰：浮于汶，达于济，则汶入于济也。济既伏流，则汶其自达于海，与元辅国于堽城作斗门，割汶流益泗，漕以饷宿、蕲之众，复漕江淮之粟，以至于燕也。乃遏全汶，合泗水而南，后复分导之，北达于卫，而漕始通。国朝宋司空礼因其旧而导之，下至南旺分流焉，遂成通川矣。又为之置闸焉，以节宣之。筑湖焉，以潴汇之。国饷自是有永赖也。比岁汶秽弗治，浮沙荡砾，回湍激射，雨淫则流漫，旱则易涸。河流所经，鲁桥而下，闸废没无完址，南旺、西湖，环三面之堤复倾圮，民且盗而田之。马场堤啮于水者殆绝，蓄泄弗备，自沛至济，有浅涩之患焉。予惟疏厥淤塞，修举厥废，以复其旧焉尔矣。

治曰：河保其不终为漕之害乎？

公曰：昔人有言，河流已弃之故道，自古难复，言其淤塞既阜，水性避而就下也。由今观之，河不北流而南徙，亦其验与？漕渠之外，百里为陆，力不可施，岂人所能哉？鬼神实相之矣。河纵而复决也，亦惟顺道之使不为漕害耳，敢利之耶？苟利之而且虞其害焉，虽神禹弗之能善矣。

治曰：漕譬则人之咽也，国之命脉系焉，寻丈之汶，弹丸可塞也，君子将无意外之虞耶？徐、吕之洪，悬水千仞，梁、靖之下，符离之上，使复若鱼沛焉，则汶其可倚哉？

公曰：此忧世者所以有复海运之议也，然未可易言耳。予尝沿淮及河，历沁、卫以还，有遗思焉。夫沁水入河则势张，若导之东下数百里以入于漕，如昔人之导汶而南者，不犹愈于引河乎？河势且杀矣。或者谓溯淮而河以及于沁，沁去卫仅百里，可陆而至也，其犹濡有衣袽之戒者与？若夫销患未形，以昌利万世，则又出于治汶之外者，非予所谋也。

既而公条治漕之宜疏以闻，得曰俞。乃扬明命，戒群吏，饬工徒，斢财用，具畚锸，略远迩，揣厚薄，陈蔀野处，以率庶役，罔弗受命。鲁桥之南，至于徐沛，百废咸作焉。乃谓主事段子承恩曰：汝其筑汶之东堤。承恩受命而筑焉。乃谓主事顾子翀曰：汝其筑汶之西堤。翀受命而筑焉。堤各为减水闸、滚水坝者凡二，视水盈缩蓄泄焉。乃谓主事邵子元吉曰：汝其筑南旺、马场二湖之堤。元吉受命而筑焉。会水部杨子且至，公复以命之，且复受命而协筑焉。堤各为减水闸，南旺者凡十有八，马场者凡五，视水盈缩蓄泄焉。既成，千里之内，隆岸平流，饷艘时继，挽卒愉愉，若缆而嬉也。乃报命于朝，晋公为工部侍郎，未几改兵部侍郎，总制西北边事。

杨子且于治丐记焉。治曰：国之大事，惟赋与戎，河之与漕，犹虏之于边也。治河者弗与争利也，顺之而已矣。治虏者不争其利也，备之而已矣。是故谨堤防，时疏浚，广泉源，则治漕之善也。足储食，诘戎兵，明赏罚，则治边之善也。冒无穷之害，而徼夫难得之利，敝所恃之险，而贪其不贞之功，国是以无宁民矣。然惟忠者能任之，知者能谋之，惟君相之明者能知而用也，否则厚身图者薄公计，暗大机者喜新功，惑浮议者乱成谋，几何而能有济邪？予方喜刘公之既忠且知，而乐吾君相之能知而用也，故并论之，俾观者知君子经世之志有余忧也。越若治漕之费及工役，则存乎有司之籍，弗详焉。

尚宝司题名记

张治

尚宝司掌玺、牌、符之事，国初建符玺郎，后改曰尚宝司，秩正三品。洪武元年，乃置卿一人，正五品，少卿一人，从五品，司丞二人，正六品。其后大臣子弟，以荫补丞者，无常员，列署在左右掖之内，其地至禁密也。

宝玺之大者，曰奉天之宝，为唐宋传玺，惟祀天地用之。凡诏若赦，则用皇帝之宝。立封及锡劳，则用行宝。诏亲王大臣调兵，则用信宝。册上尊号，则用尊亲之宝。敕谕亲王，则用亲亲之宝。祀山川鬼神，则用天子之宝。封外夷及赐劳，则用天子行宝。诏外夷调兵，则用天子信宝。曰诰则用诰命之宝，曰敕则用敕命之宝。敕奖臣工，则用广运之宝。敕谕来朝官员，则用敬天勤民之宝。凡宝之用，必请命而后发焉。

天子飨祀郊庙，若视学，籍田，勋卫扈从，及公、侯、驸马、都督日卫，锦衣当直，则给金牌。牌之制，有龙者、虎者、麒麟者、狮者、云者，以其官为差。皇城金吾禁夜，五城夜巡，则给令牌。虎贲巡城，则给铜符。九门守卫，则给铜牌。锦衣校尉入直，则给双鱼铜牌。京官之朝参者，则给牙牌。勋臣以勋字，亲臣以亲字，文臣以文字，武臣以武字。文武官之与陪祀郊庙及执事人，亦给牙牌，有圆花、长花、长素之别。凡诸得给牌者，有故则检籍而纳之。亲王之国，及文武大臣出抚镇，则给符验。御史出巡察，则给印，事竣则纳之，稽出入之令而辨其数，其事至重也。每大朝会，则二人以宝导驾，先立侍殿中，驾出幸，则二人以骑从宝行。其为侍从至亲近，国初类以文学儒臣领其职，或兼秩焉。尚书郎而下，非有才名者不得调。勋辅大臣子弟，奉特旨乃得补丞，他流所弗与焉，其选至慎也。

故事，曹省皆有题名，而符司缺焉。嘉靖丁未，分宜东楼严君以太常少卿领司事，乃搜诸故牍，自洪武而下迄于今，得若干人，刻其姓名爵里，立石于西长安之直庐，以稽往而昭来也。丐张生记之。

治曰：宝者，人君所以信其令于天下者也。名者，君子所以信其行于后世者也。人君之于宝，则设官以守之者，慎其令也。然则君子之于名，其贤不肖关于劝惩者，至远也，顾可以弗思慎乎哉？夫德者，所以慎名之具也。是故人君有慎令，而后天下无邪政，是谓治法。君子有慎名，而后终身无邪行，是谓治人。以治人而守治法，则身安而国家可长保也。乌乎，岂独尚宝然哉？此东楼所为题名意也。

涿州北河胡良渡舟记

张治

嘉靖丁酉，御史梅滨杨子，奉上命按畿辅，兴能振弱，敷和惠生，弊百咸新也。

历于涿，进涿之众而语曰：涿郡当京国之冲，四方所走集，肩毂相踵也。北河、胡良之水，环郡南北，冬春水涸，可木而梁也，夏秋水淫，涨流弥弥，行者力不能绝冲涛，悍夫乘时操舟索重利，人莫不病焉。予欲令有司庀官舟棹以渡，其可否惟尔民。众曰：民惟依仁，仁之所兴，民所利也，其谁弗嘉？杨子乃以谋诸副使叠川於子，於子曰：唯唯，是予之志也，而未之能行矣。以谋诸知州陈子，陈子曰：唯唯，是予之职也，而未之能尽矣。成谋，乃鸠材命工，斞赎镪，佐厥费，檄吏目徐志高董之。北河为巨舟二，舟篙工三人，为步舟四，舟篙工二人。胡良视北河半之。既竣事，陈子曰：仁之所兴，利所程也，弗有以记之，其后曷继于永哉？乃以书来，属宫采氏治记焉。

治曰：推涿之政，可以仁天下矣。夫行路之人，犹涿之人也，涿之人犹天下之人也。予尝道燕赵之墟，历漳、易、滱、浬诸水，而深有慨于斯民之多溺也。以涿言之，土堧坼而善崩，水淫決，冲流百里，民沮洳而居，室涂弗完。水下砂砾墝衍，夷陆为阜，蒿棘弗植，无论禾黍也。然则水之溺于涿者，独行路之人也哉？王程所历，使命相继，车百辆，马四匹，驴骡千蹄，驿夫驰肩卒重茧，费日万钱，月无算也，中人十家之产，岁不能备一役。官庄宦第，官刍公牧，百赋萃之，凡编户之民，童丁而犊，税弗充焉，然则涿之溺于民者，独水也哉？又尝因是泛观四方之民，弘治而上，家余藏，帑余积，山林川泽余利也。边卒嬉武，吏不宿逋。至于今上下衄衄然称匮乏，诛赋日繁重，力役弗已，君子或惧其陆而鱼也，然则民之病于溺者，独涿也哉？

昔者高宗谓傅说曰：若济大川，用汝作舟楫。夫舟楫，傅说也，斯民无溺之患矣。郑子产以乘舆济人，孔子曰：惠也。禹思天下之溺者，由己溺之，孟子以为仁。夫二者皆务为治者也，直所从施异地耳。故为政者，近之以乘舆之惠，远之以己溺之仁，斯舟楫而傅说也已。以予观于杨子之仁，盖托始于舟也，究其施，其济大川也哉？故曰推涿之政，可以仁天下矣。

杨子名绍芳，楚通城人。於子名敖，秦岷州人。陈子名邦治，亦楚人。皆有事于舟者，故备书，俾后之人观览焉。

修仓廒题名记

张治

司空缮部郎仙居蒋子良化，董修仓事，间语诸治曰：子未知是役之重乎？治曰：愿竟焉。

蒋子曰：国备惟戎，戎备惟食，国家之制，岁令民出粟四百万石，漕以入，日要，月成，岁会，角斛赢缩，度数多寡，司徒主之。漕卒百万，漕士十千，海漕之总一，河漕之总什一，内督一，外督三，称贤比能，司马主之。邑会则上之郡，郡会则上之省，省会则上之部，遄慢维绩，廉事以最，天官主之。邦畿之内，泰庾十一，庾列而为廒，廒凡千四百二十有四，廒比而为楹，楹凡七千一百，鸠财视费，饬坏振毁，司空主之。司空、上卿岁视，大夫月视。监工日号，匠人斫，陶人砖埴，圬人涂，板干时栽。风雨与覆宇谋，鸟鼠与封塞谋，燥湿与爽垲谋，虞戒与扃缄谋，罔或不良，凡此以重民也。予尝闻之，粟之入也，石费五倍，岁足靡盈，岁歉贷之，漕卒百茧，岁月而后达，民力之艰，曷可说矣，而复委诸风雨鸟鼠焉，不既残乎？残民实瘁国，其如何？予是以为兹役之重也，不可不慎也。

治曰：允如子之言矣，然子之所虞者，风雨鸟鼠也，又有甚焉，冗靡食，贪济货，奸牟渔，侈不艺，四者之行，民病久矣。孱力不滋，无能溪壑，风雨鸟鼠，何以加之？是故古之为国者，食不足则修冗，政不足则修贪，度不足则修奸，用不足则修侈，治不足则修德，国其无以逾此矣。

蒋子曰：予知予职焉耳，若子之言，非予所职也。虽然，子言远矣。

他日蒋子于厅事得故础礲而可碑，复语治曰：君子之政，思师人也，思师言也。昔之与是役者众矣，令行凿凿，予欲考其人与吾子之言义，将并勒之，以朝夕观取训焉，且俾后之人知所感而起也，何如？治曰：子善矣。尽衷事事，报国之忠也。语事及民，惠物之仁也。因往以树，取善之知也。大虑首物，作率之教也。四者善莫大焉。

蒋子以告之少司空童公，中贵梁公，具曰：由蒋子之言，可以知忠。由张子之言，可以知固。忠、固之道，可以久矣。命蒋子立石。

青云庵记

张治

青云庵去城西郭里许，宋旌忠祠故址也。南渡，寇曹成比众万人，煽祸江湖，诏岳忠武讨之。师至茶，成据贺州，忠武会剿之，成遂就俘缚，回蘖震奔，忠武用耆士之从戎行而没者，以其骨函之西郭殡焉。奏建祠祀之，额曰“旌忠”，嘉死士也。

历宋而元，兵燹代劫，础砾咸芜，人弗知忠武也，况旌忠乎？弘治癸亥，王参戎君锡始图复之，奉忠武主祀焉。郡之人自是欣欣然仰止矣，然画宫以域，陈蔀以居，正德庚午子表复踵成之，栋阁乃备，秩节聿兴，丹碧钟鼓，甲乙乎丛林也。予丙子读书其中，至之夕，梦云覆其宅，光气烛天，是岁予既举乡录，佥以为兆也，改题曰“青云”。乌乎！地道之胜，恒因乎人，而人道之久者，则存乎天理之极也。忠武之身，不能一日安于其国，百世之下，车轮马足之地，人咸爱焉，不天理之极能然乎？是故君子之道，思其久焉耳。

夫天下之事，其兴而废、废而复者，常相寻也，自是而往，循名索实，兹地之在他日，或以青云复焉，亦犹今之于旌忠者不可知也。佛氏之教，根蔓流衍，弗可薙矣。孟子有言，君子正经而已矣，经正则庶民兴，庶民兴，斯无邪慝矣。天下饭佛之地，其兴复诚若是也，则人皆知天理之可久，而趋向之心生焉，斯正经之渐也。

子产之治郑也，曰：从政有所反之以取媚也，不媚不信，不信民不从也。可谓能悦民矣。蔽而敌之，其蔽愈固。韩子曰：人其人，庐其居，火其书，是敌之也。嘉靖乙酉闰月甲（成）〔戌〕书。

北堂玩适记

张治

梅岩思悦其母，杂花草、禽虫、人物绘为图，时奉披览焉，题曰“北堂玩适”，君子以为能养情矣。

花之族凡三十有一，红者、白者、红白间者数本。开者、半开者、落者、蕊者、实累累者数本。风垂者、露浥者数本。蔓相拊者、枝相倚者数本。玩之无弗可适焉。禽之族凡二十有一，飞者、鸣者、啄者、饮者、鸣相和者、飞相逐者、舞者、群舞者、飞欲止者、栖者、浴者、交颈立者、怒相攫者，大小为鸟，凡七十有一。玩之无弗可适焉。草之水面浮者、岸附者、陆而蔓者、陆蒙茸者、渚生者、生下田者，凡六事。虫之族，为莫貀，为虹蛵，为蝹，为阜螽，为蠿，为蠘，为蟼蟆，为蜓蚞，为螽，凡九种。玩之无弗可适焉。龙而跃者，虎而啸者，兔朴簌者，牛痒摩树者，鹿牝牡戏者，凡五事。舟渔者一人，读者一人，坐披阅而有所思者一人。玩之无弗可适焉。龙湖子曰：图以度衷也，梅岩子其知孝矣。

夫花，华也。华以昭质，见其华则思敬身之仪乎？禽，勤也。勤以敏功，见其勤则思克物之虑乎？草，藻也。藻以洁德，见其藻则思中枢之纯乎？兽，受也。受以广道，见其受则思全归之安乎？虫，穷也。穷以尽物，见其穷则思究变之知乎？人，仁也。仁以长世，见其仁则思敦土之爱乎？夫六者，悦亲之大也，衷有焉，图以度之，梅岩子其知孝矣。

耕读轩记

尹尚宾

黄石外王父义宰谭公，辟山为基，构轩以居，浓书“耕读”，榜于其楣。

尚宾尝侍几杖，从容问曰：裕家在耕，振家在读，翁以倜傥之姿，德立而福同，善积而名显，天与之富而门户肥润，天与之贵而冠带峥嵘，奚待于耕？奚待于读？轩兹名兹，其若之何？

公笑曰：然，不曰耕乎？耕而不获。不曰读乎？读而不觊。获则物为之化，而心有所系。觊则欲为之累，而志有弗舒。是以君子耕也，而不必富也。读也，而不必贵也。适焉耳矣。栗里元亮，谷口子真，既耕且读，水云之与居也，芸蟫之与处也，嚣嚣然于事物之外，是故一亩之间有余地焉，一卷之中有余乐焉，适也。若夫皇皇求之，孳孳为之，崇墉比栉，以盈其室，遗秉滞穗，以利其利，斗筲为较，锥刀必竞，则耕而获者也。齐氓以之，占毕数诵，日有其程，绨章藻思，月有其课，苟或得之，跃跃以喜，苟或失之，戚戚以悲，则读而觊者也。齐士以之，君子固如是乎？黄石陶之栗里，平水郑之谷口，廉也。买田而耕，耕不必获，购书而读，读无所觊，耕读之暇，一觞一豆，慰藉艰难，歌咏勤苦。江山风月，与化往来。竹径花坞，恣尔游衍。张弛劳逸，率以卒岁。非敢拟迹陶、郑，亦于其适耳，则名轩“耕读”，夫何侈之有？

尚宾蹶然而起曰：适哉其翁之志乎？凤凰翔于高冈之上，而鹭雁营于稻粱。黄鹄一举，万里之远，而鸠雀役于樊笼。《诗》美《考槃》，《易》嘉肥遁，兹翁之志与？

修建郡城记

王世隆

辰川据楚上游，当西南孔道，外扼永顺、保靖溪洞，内为武陵、荆襄障蔽，山多地险，形势厄塞，捍阻外内，视诸郡为最要。

郡城旧制卑隘，上覆以屋，数毁于火，延烧官民庐舍，常数千家。自弘治戊申以及嘉靖丁未，数数而然。盖城创于胜国，人烟疏少，因陋就简，外甃浮石，中实以土，屋覆之。岁久疏陋，风雨浸之，以故善崩。且覆屋材久，既朽且燥，遇火辄殃及内外，煨烬无遗。频年修理，资费不足，卒不能议更也。岁戊申，守道麓泉王公崇始毅然修之，又以大楼飞角必致火，乃四面俱用砖甓。

垂成，而公以忧去。时凶苗寇石阡，声摇辰、沅，郡人汹汹震恐。分守道镜峰陶公钦夔，在沅闻变，倍道趋辰，偕郡守吾溪徐公楚，昼夜临城，躬率士卒，具畚挶，庀工作，凡三月而城成。居民恃以无恐，奸宄闻之，亦寝其谋。而徐公又以城北之东西二隅未备，非万全计，恐民弗堪，乃白于大吏，估计丈尺，拟以三岁渐次修理，民不劳而事集，真《易》所谓设险守国。《记》所谓城郭沟池，御大灾而捍大患者也。当是时，大中丞竹墟屠公、贞所冯公，相继总制楚南，皆能处置经略，动中机宜，招徕抚绥，表用材俊，察纳雅言，简节疏目，以治于上。而陶、徐诸公，复相继称于其职，以培辰、沅之势。道德为藩篱，礼义为干盾，即无城亦自保其无虞，况又建城以为备，宜辰人之交庆也。

是役也，郡二守云川高公尌、通守东浦陈公是、柳溪吕公孟信、崇德吕公焕、沅陵邑侯湖滨高公升，皆通敏干济，夙夜匪懈，与有劳焉，不可没也。若守备何君清、王君梦麟，指挥杜君继相、千户钟良等，先后左右兹役，以观其成，法得书焉。嘉靖三十年辛亥月日记。

重修伏波祠记

王世隆

伏波将军，辰郡故有祠在壶头山，盖昔将军南征屯兵处也。将军卒于军，后人祀之壶头山，礼也。本朝主簿傅翔，以水潦不时，议改今祠，从民便也。嘉靖丁酉，庙毁于火。戊戌，沅陵县尹胡侯晟，出锾金百两修堂，既成旋圮。

己亥，郡守吴侯嘉祥，始下车，览观庭庑，怅然兴思，将复兴焉。会天子南狩，岁连大祲，侯曰：夫神依人而立者也，故圣王先成民而后致力于神，其道一也。今岁荒民贫，且大工方兴，征役未息，吾率先为此，其无乃非神意乎？乃与民休息，减赋十之二三，期年而岁大稔，民有以芝草、白鼠之祥上者。侯曰：岁丰民安，神之力欤？于是拓地址，庀工鸠材，属父老董其役。若堂，若庑，若庭，若垣宇，视昔有加。以十月初三日落成，适郡丞蒋侯诏始至，为相厥后。吴侯乃偕寮佐及乡士大夫乐观厥成，世隆亦与觞其中。神人胥悦，乐融融也。夫鬼神非人实亲，惟德是依，假如野荒民散，刑政颇偏，虽祝史诬词以荐，神将吐之矣。今侯政成于民，德孚于神，人谋叶从，岁聿滋丰，其兴兹役固宜，而况伏波大节载在信史，足以风厉万世者乎？

侯尝言：辰郡僻在万山，民无平田沃壤以为业，岁厄于水旱，而近时议者乃令照江南以田粮起差，辰之田果足与江南比乎？且地近溪洞，群蛮蚕食，浸浸乎将剥肤矣。邻郡诸宗藩，民校粮赋，皆取给而无厌者，更觊覦分封兹地，辰之民有不死且徙者几希耳。故国初不以封建，百凡征徭，皆从宽省，以休息其民，郡虽僻，隐然西南长城也。侯之言诚仁矣，而议者欲以比内地，将人号于神，而神弗享矣。虽事体重大，有司不能专，非闻于朝不可，然辰之民终不能不厚望于侯也。

是役也，一切经费，用缗钱若干两，役工若干人，为日几何，皆侯节缩公余，丝发不扰于民。侯持身俭约，且富文学而娴吏事，人不能欺。治民有恩，遇士大夫有礼，尝以地官郎出守姚安，人至今思之。其在辰不啻在姚安，盖良吏也。

重修武安王庙记

王世隆

辰州卫演武场，旧有汉前将军义勇武安王庙。故事，每岁孟春，则主帅偕寮属，以特牲祀于庙，始阅武焉。至仲夏十有三日，则自将吏以下至于士庶，皆醵钱为会以祀王，盖俗相传为王诞辰云。王尝以先主命督荆州诸军事，辰、沅、武陵地，固所莅邑，余波实沾濡之。夫王之精忠大节，贯日月，塞天地，为万古所仅有，遐陬荒壤，罔不敬畏，况辰人旧在沾濡中者乎？祀之宜也。

庙建在国初，岁久倾圮。嘉靖丁未，今佥宪明岩张公，以镇筸之役，视师于辰，大阅武焉。先是，公梦神人有介而谒者，至是谒王庙，视其像与梦中所见不殊，乃命邑侯潘君璋修葺之，指挥马君天祥实董其役。公乃出师，躬擐甲胄，跋履山川，在蛮地几一年，经略处置，动中机宜，直抵贼巢，斩酋首千级，余党奔北乞降，乃始抚绥分化，地方以宁。

迄班师则庙工完矣，乃大飨祀于堂，属余志其事于石。公名景贤，字勉之，号明岩，四川眉州人。举嘉靖戊午进士，以江防佥臬，摄湖北道。

益阳修儒学记

夏宝

益掌教桂山李子时旸、司训秦子汉，语为斋夏子宝曰：我长沙郡伯海楼李公，惠怀学校，悯学宫寂寥，无以妥圣贤，屋师徒，阙典大焉。乃出俸金鸠材，命建启圣祠三间，葺进德、修业二斋，砌饰墙垣数仞。又将以所余，毕力于敬一亭。惟子记之，以俾不朽。

宝曰：学宫与道，同一广大，启圣一祠尔。记也何为？桂山子曰：我明笃孝思，追王先王，祠启圣者，由追王之制广之，是不可记耶？宝曰：二斋理旧尔，记也何为？桂山子曰：我明陋俗学，欲进德以齐其体，修业以齐其用，匪新其斋，则人莫知所因，将欲凡肄所学者，德以居心，业以居身，不可记邪？宝曰：墙垣外望尔，遗且多矣，记也何为？桂山子曰：我明辟异端，卫以宫墙，惟时无佛、老，无杨、墨，罔敢逃逾，坐事毁画，则人莫于闲。乃今面厥墙者，如对宗庙，如奉百官，且将有懿好集成，如吾君子之于朱公洞者矣，不可记邪？宝曰：将攻敬一，亦亭焉耳，且未定辞，记也何为？桂山子曰：我明统贤圣，欲永厥中，妥洒宸翰，以箴天下，惟时无内外，无小大，罔敢昏渝，匪亭焉，则人莫之识，乃今即厥亭者，如聆王言，如见王心，时旸也，汉也，敢不策驽以前厥美，不可记邪？

宝曰：鼎建启圣祠，光至孝达宗祀也，而益阳之有孝子自此始，作益孝先，孝可朽乎？毕力敬一亭，广庙谟、大君师也，而益阳之有忠臣自此始，作益忠先，忠可朽乎？葺二斋，熙帝王，被韦布也，而益阳之有圣学自此始，作益圣先，圣可朽乎？砌饰墙垣，集诸家大一统也，而益阳之有真儒自此始，作益儒先，儒可朽乎？桂山子曰：事关世教，天出祯祥以兆之，益先师庙侧，适有野鸭九雏之异。夫鸭者，甲也。有飞鸣之象，而野又有于朝之象，益嗣此，宜有冲风健融，而孝，而忠，而圣，而儒，如其数甲于宇内者矣。

宝曰：是可象也，不可数也，何者？阳数起于一，而极于九，一而三之，三而九之，九而又九，衍也无算。鸭一而雏九者，得非象中之妙、数外之理邪？既此乃知土木自坌，台沼何灵？灵固有在也。桂山子曰：捐金以集事，集事以集道也，且其休征嘉兆，得无算乎？嘻！大人一举事，利溥也哉！愿即领此以记诸石。

甘泉精舍记

蒋信

由南岳庙西北行可二里许，为宋胡康侯祠，即其隐居著书之所。由祠西北行数百步许，有峰翱然，伏而下垂，曰紫云峰，其麓为古衡岳观址，鞠为草莽，残石仅存。其山脉发自祝融天柱，历南台蜿蜒而来，其左右支山，各若为龙虎蟠伏不去，右支即康侯祠坐山也。后峰当其左，后为芙蓉峰者，势益耸拔，若将蔽护之者。前峰环绕，望之如展案。其左胁有泉涓涓，流而为涧，绕石而前，纡曲可爱。其右则奇石峭立，泉瀋其下，此紫云洞之大概，而衡岳之最胜者也。

先生始改南京参赞，归途即谋径赴衡岳，不果。后谋别门人洪侍御，觉山垣于韶，因即至衡，亦不果。顷感信南游之请，遂自罗浮携门人乐昌骆君尧知、顺德周君荣朱、宜兴黄君云淡，由西樵山拿舟微服而行，不过其家，亦不以谋诸家人，所过自僦民舟，不令官府知之。逾乐昌而郴，舟仅容身，从者多病，居之裕如也。

将观祝融之朝，一望紫云，即指之曰：钟秀之区，无过于此，不可以终吾老乎？讯之道士，始知为无主废观址，约十余亩，遂计其直，买诸官，乃募乃辟，乃构乃筑，堂舍门墉，逾月而次第告成。讲堂凡五间，寝室三间，外大门一间，二门三间。墙墉周遭余二百丈，右胁之岑郁豁然。中有大石如人坐，题曰“甘泉坐石”。其旁有方石曰端默石，洞曰甘泉洞，其后奥曰甘泉上洞，皆刻识崖石，以寓乡之泉石于目前，示不忘也。遂买舍左冲蒋世兴、易冕等田二十二亩，与道士蒋明昶为赡修之供，立籍载焉。

先生早承江门陈白沙公之学，公尝寤寐衡岳，竟弗果而卒。先生有怀兹游，浸五十年，于兹堂成，又于其上筑台，别构以祠白沙公其中，盖先生与白沙公之志，于是并酬矣。若观山之形胜，康侯祠适居右支，说者谓时当故观未废，康侯恶得有焉，然则兹山之灵，顾不先有待与？先生尝为诗遗门人李玺，托寻胡氏父子隐居之处而卜邻焉，验之，今又已先符于二三十年之前矣。或问曰：先生春秋已跻八十，南海之陬，罗浮黄龙、青霞、莲洞、西樵诸胜，何适非乐，而奚必于衡岳眷眷尔也？信应之曰：非先生谁肯有此乎？何居？曰：先生之道，以六合为其户阈，以泰、华、衡、卢为其颀脊，以溟渤河汉为其荣卫，以飞潜动植为其肤发百体，以寒暑昼夜为其往来，以一元阖辟为其终始，是故自其为翰读，历司成，以陟卿座，总留都，忠恳谋猷，亹亹不已。进退之际，亦或举世非之而不顾，真犹孝子之于严君，曷能一日而去诸，而忘诸？退而龙蛇蛰藏，忘著述于言语，寄至乐于山水，飘乎若苞凤之适意千仞，而不知其身之老与其地之远，盖邵康节所谓真乐攻心不自由者，岂可以语诸人哉？

昔明道先生兄弟，倡道河洛间，得一龟山，道遂以南，而传之未有已焉。先生不获究志于时，因思得四方向道之士而裁之，三晋之杰，先已有愿移家而来依者，此又非先生之微志乎？问者曰：然则何以能是？曰：先生不云乎？求之勿忘勿助之间，至矣乎？忘助泯则一矣，无物之至也。心之本体也，是故明觉而自然，大公而顺应。语克复而不达乎此，恶可与幾？语参前倚衡而不达乎此，恶可与神？故苟无得乎先生之学，则曷可与语先生之心之乐与其出处哉？虽然，先生得之白沙，白沙得之明道，明道得之周子，今世之士，类知尊明道，顾于此忽焉而莫信，岂其有蔽之者与？

夫明夫圣学，斯可以与语乎天德，而王道至治，胥从之矣。然则世移而论定，先生兹堂，安知不与衡岳并重？嘉慕而慎守之者，将无已哉！于是砻石为记，垂诸永久云。

益阳龙洲书院记

蒋信

教兴而后六经之道明，六经之道明，而后天下之异端熄，甚矣，教之不可已也。夫六经之道，何道也？尧、舜、禹、汤、文、武、周公、孔子之道也，由此者谓之真儒，假此者谓之霸术，异此者谓之异端。

尹益阳刘君瑞亭激始下车，即访求民瘼，已览学舍卑隘，未足以容多士，思有以拓之。视古书院故址皆不可，乃度地于郭门之外，远近之间，顾江南有会龙峰，自浮丘蜿蜒而来，舒为龟台，捍地抱郭，势如扼江之状，而十洲者连络萦带，吞吐江心，共为邑左下流锁钥，曰天作地藏，钟秀之区，其在是矣。卜书院于兹，群士聚于兹，庶其有当之者乎？以白诸郡太守郑公少潭维城，公曰：吾方以士鲜知学为忧，宜亟图之毋后。惟时太史赵大洲贞士，适过而登焉，曰：龙峰蟠如，群洲缭如，曷题曰“龙洲书院”？君喜，诹曰往规画焉。

外为大门四楹，内为讲堂六楹，堂东西为号舍，相对各若干楹。堂背为尊经阁，凡三层，高可五丈，深广各以其度。最后为五贤祠，名宦乡贤祠附焉，盖自郭中徙而祀于此也。亭榭厨舍，各规所宜为之，缭以垣墉若干丈，距郭虽近数百步许，而负山面江，高明爽豁，加之巨材良艺，翚如焕如，规模之胜，盖侵轶石、鼓岳麓矣。其费则自捐俸外，区处良裕。旧五贤祠居学旁，其隙地久没侵并，君廉知之，贳其罪，第令抵修祠阁。令下，遂不督而集。又视民所犯情甚轻力能赎者，听其以瓦木诸料抵赎，人亦称便。

是役也，始于嘉靖辛亥之夏，落成于兹岁壬子之冬。据山川之胜，则若鬼神启其谋。承雨旸之若，则若造化成其美。感上下之孚协，则征夫旷典，有待于豪才。初，学谕梁君乐君兹绩，谓不可无记，以恳诸大洲公，公曰：宜归道林子。仍价其徒郭生世鲛等，以其状来谒，道林子义不得辞，唯焉。

夫君旅居京邸，博友四方，凡若干年，其急于兹举也，将无大有感于中者乎？夫吾前之云者，固千万世圣学的也，学而不准诸是，则外之而遗其内，内之而遗其外，其为迷于中路一耳，岂不在多士深察而慎守之哉？

游灵田洞记

李乐

庚戌之春，余偕诸子弟浮舟自鹿泉洞而下，过辛女岩数里许，见石门隐隐悬列山半，勃然心动。讯之舟人，云：未有游者。

余遂泊舟，披荆剪莱，迤逦盘旋，始克入洞。洞中虚旷，可容数百人，憩坐其间，仰观洞上石，光泽如镜，五色灿烂，悬岩倚壁，如莲花，如巨人，如童子，如钟，如磬，参错杂陈。狮蹲象立，龟息蛇藏，妍姿奇态，不可穷尽。石隙流泉迸出，细如发，视之不见，凝注良久，始见其渊渊不穷，挹而酌之，甘香可人。入洞渐深，乃命从者张炬，石圆耸，益清奇可爱。径入有二石门并峙，门外有石柱，插天而立，刻削智巧，良工莫施，盖亦天下奇观也。

噫！自吾之生五十二年矣，凡《山经》所载，岩石洞府之奇，过者必游，闻者必慕。此洞出吾邑数舍地耳，顾秘而不扬，久而无有知者，迟之至今，而乃得之。使吾春不游，游矣，只信舟人之指顾而不及此，则负此洞，不其多哉？则天下名山，人迹所以不到，奇峰灵壑，其等于培塿者，又岂少乎哉？相与叹息久之。

日入高春，瞻回依恋，不忍舍去。去洞不数丈，为千丘田，人所知者。此洞底平垣，高下相次，亦若田然。予因名其洞为“灵田洞”，而千丘田为下洞云。

重修惜阴书院记

李棠

郡旧有惜阴书院，祀晋陶公侃。公都督荆、湘等州，封长沙郡公，有大功于民。史称公朝夕运甓，语人曰：大禹圣人，犹惜寸阴，吾人当惜分阴。“惜阴”之名以此。

嘉靖甲子夏，节推震川瞿公以名进士来兹，理学渊深，儒饬吏治，诸生争请讲学于岳麓书院。顾隔于大江之西，每有风涛，阻于往来，乃于郡城外，寻书院遗址，背阴向阳，麓山相望，近城而便于诸生游从，欣然鸠工，拓而新之。而郡守少溪蒋公适至，道同志合，共谋协举，期年落成。为舍五十间，前为明道堂，中祀陶公，后构聚英楼，门庑池亭，翼然轮奂。立会长，置学田，属棠为记。

惟昔晦庵、南轩，讲学于岳麓、城南两书院间，士子振振向往以千数，时称潭州为邹鲁。教化大行，四方则之，人材辈出，出为名臣，处者表式乡闾，士至今尚节义，重名检，有以风动之也。而南轩为记，指示人心扩充之端，所以为学之方，昭然具在。兹吾郡二公之为是举也，夫岂使诸生群居佚谈，剽窃章句，便游观为燕安之地而已？诚欲成就人材，明乎圣贤《大学》之道，以求晦庵、南轩之所以教，学者之所以学，继承往哲邹鲁之懿范，所以一道德而同风俗，盖借是以风动之，甚盛心也。不然，庠、序、学校之设遍天下，士游于庠、序、学校，独非可学与？

说者谓士方攻科举文字之业，以应上之求。从事于学校之教，不暇及于书院之讲，以彼视此，判然两事，抑知圣贤《大学》之道，岂出于科举文字之外？学校之教，非书院之所讲与？书院之所讲，而学之者，又何妨于科举文字之业？科举文字之业，固皆孔孟之道也，非朱、张之所讲论而详说之者乎？惟诵其言，无体验扩充之力，而不知所以为学之力，专攻于科举之业，而无博文约礼、深造自得之实，一获进取，遂尽弃之，视昔所攻，又了不相涉矣，是虽惜阴，汗漫驰逐之耳，况未之惜乎？无惑乎人才之难也。此学之不可不讲也，学必讲而后明，既明矣，而知大禹惜阴之所以圣，必有事焉。陶公惜阴之所以忠，不徒朝夕百甓之运，所以地平天成者在是，所以匡扶社稷者在是，皆惜阴之学为之本也。

夫子《鲁论》首曰：学而时习之。又曰：学如不及，犹恐失之。孟子曰：操则存，舍则亡。又曰：苟得其养，无物不长。苟失其养，无物不消。知乎此，则知惜阴之义矣。盖尝因“时习”“恐失”之训，而察识于存养消长之际，究观乎天人之微，玩《易》辞而有警焉。人心之本体，其象乾乎？乾其纯阳之卦也，天之道也，浑然全体，固大通而至正，一有阴以杂乎其间，匪纯矣。匪纯邪也，邪暗塞也，故周公系乾之三爻曰：君子终日乾乾，夕惕若。乾自初而三，阳进而长矣。乾乾夕惕，是时习而存养之也，否则消之为阴矣。夫子之大象，亦曰天行健，君子以自强不息，则可以同天矣。天不息，道亦不息，则学亦不息，所以惜阴者其至乎？

学者思禹之圣，有感于陶公之忠晋，亦必由惜阴而进之。审消息之机，致扩充之力，知所以为学之方，以复其虚灵不昧之本体，日新又新焉。圣贤《大学》之道，不远于科举文字之业，以是聚于斯，乐于斯，相观而切劘，优入乎高明广大之域，无负乎惜阴矣。夫然中有主而守之固，知至而行之利，养深而应不穷，言之为德言，行之为德行，异说不足以乱之，势利不足以夺之，有得于己，无待于外，外之所遇，不足以动其中，晓然分析于善恶义利之辨，必为君子而不为小人。得志与民由之，不得志独行其道，此之谓大丈夫，顾不伟与？是二公所以修创书院之意也。

蒋公名宏德，号少溪，四川重庆府巴县人。丙辰进士。瞿公名台，号震川，南直隶宁国府泾县人。己未进士。

重建护国水府庙记

袁凤鸣

护国之庙，享于吾辰，其神为黄元仙、瞿夫人夫妇也。神以孝称，自隋末及唐、宋、元，盖已有之。事见《一统志》，累代褒敕，我朝因而祀焉。

旧庙在城西里许，临流杂市。正德六年，太守戴公敏，厌其喧哗，与同知邓公琦等，谋欲徙焉。命知县贾公文翰，卜地于虎溪山之阳。戴公偕僚属与乡宦黄门潘公、员外董公、佥宪贾公、翰林史公成之。安神祀像，令居民时奠焉。凡水旱疾疫，有求必应，任民便也。经今三十余年矣。

今春三月朔，郡守吴公嘉祥，偕僚属往谒，既而叹曰：庙古矣，瓦楹危朽，安可弗修？遂捐金为倡，命耆民刘仕富、吴经等重修焉，民有乐助者听。于是百工趋事，庶民子来，暨端阳而庙焕然新矣。乡大夫都宪侯公、少参周公、佥宪董公、副宪王公、御史胡公、武陟尹晋公，卫指挥使马公、王公、吴公，都阃潘公、芮公、尤公、傅公、杨公，群至其地，而凤鸣亦次其间，相与祀神。

落成而举觞以属太守曰：护国之庙，可以旌孝子也。伏波之庙，足以著忠臣也。地近诸夷，而忠、孝二庙备焉，足以励风化也，民其有不兴者乎？是不可不记也。凤鸣于是乎记。时嘉靖十九年。

慈利县治记

李棨

按舆图，验方志，慈亦形胜地也。山有骑龙、道人之崒嵂，川有溇江、澧水之浩瀚，洲有芙蓉、鸳鸯之佳丽，其迢递县志者，则难于历举矣。大都天地发育于东，万物秋成于西，故西隅名山大川居多，稽瑶池、昆仑，咸在流沙弱水之外，其扶舆英淑之气，涣而他之，虽一岩壑，大半延庚挹辛，宾夕阳而道初月者也。

慈为楚之西极，亦足以当之矣。胜国前，固名郡也，距我明始县而隶澧。夫自古建都邑者，率临江滏，在《诗》"秩秩斯干"之咏，维王筑室，而国都有不在其中乎？顾其溯辨方位者不侔。慈乃背水面山焉，窃闻堪舆之说，自郭璞昉，凡奥区神皋，必无风以散之、有水以界之者，顾水为明堂，朱晦翁亦取是说焉，而不之非。今向背惟慈若此，散则有之矣，界则未焉，且秩秩之干，胡自失其良规焉，诚可虑也。是故士乏科甲，率此焉咎。且地势无溪涧坑堑，弗可墉壑。夫以简陋不备之邑，而逼近僚峒，其人睚眦则挺剑，喑哑则弯弓，变生叵测，民以之荼。呜呼，危矣哉！汉置县，有蛮貊曰道，每道要者置二千石，余则次之。至今观之，正慈之谓也，而可忽耶？士庶树庐阖以避燥湿寒暑，犹加慎焉。为兴隆永久计，矧百里元元所共瞻仰朝宗之地，而又为蛮貊之咽喉者哉？故《春秋》虽重役民之义，大《易》亦垂改邑之文，是所当改者，亦不可弛而自贻伊戚也。嗟乎！因陋就简，二百祀于兹矣。士若民引领丰镐之望久矣。

隆庆戊辰春，阆中梁侯以科甲英髦来尹慈邑，洁齐冬冰，恩湛春露，威立惠孚，百坠俱举。甫期，乡士壮其才之巨，可以膺巨任，相率以向背之舛请，且曰：今之县令，古之子、男也，于吏有君臣之道，于人有父母之道，父母字子，必伈伈焉思为之所，君以义令臣，臣曷敢有不臣乎？繄侯锐然有卜迁之意，遂循行郊坰，渡河北二里许，见所谓官塔坪者，辗然而笑曰：是所谓天造地设之域，以待夫人者邪？胡获之晚，而不为千百年之盛域也哉？诸所谓山川之秀者，犹夫旧耳。第昔背者面，今面者背，举目而川流可挹，重之以爽垲砥旷，可墉可墍，一转移间，视旧邑不啻培塿之于方壶矣。上应天时，下乘地势，中顺人情，此其时也，邑不迁，吾不能一日而食于慈。

虽然，侯意诚决矣，但今之守令，与古制弗埒，两汉、唐、宋，皆得专制以树其职，诸凡兴作，辄取帑廪登积之资者，而操出从入纳之才得以展之。今则即锱铢之末，升斗之微，辄阂于文字之拘，否则监司、部寺訾之，以殿厥课。侯才甚巨，譬如湛卢、豪曹之器，柄不在握，即欲剸犀断蛟，将安施诸？因回避者久之，既而愕然曰：予诚兴所不当兴，于义弗协，即上之人而最之，忸也。予诚协，于义所当兴，即我訾而殿之，夫何忧？况计小者害大，过谋者寡成，乃躬撰颠末，遍请于上。时分守冯公按边至慈，同所见，允所请，深喜力襄之，命遄厥役。佥曰：异哉，殆天数，胡相值之不偶也？

侯乃卜己巳冬十月甲子，偕士若民共履其地，量径轮，考广袤，净薙柞，而畚筑如云矣。越十二月甲寅日，大举兴缮，佣值饩给，丐工庀材，捐俸以为士民倡。已运木于山，出镪于囊，输粟于庾者，率侁侁焉集，而财靡帑费矣。拣于众，得朴实者，有干能者，分次董役。是月辰角天根，相继以见，役匪农妨矣，侯时省之，只以诚悃感。虽不事崇坛杰构，藻井雕采之华，而荆南荜路蓝缕之陋，一变其旧。有县治以莅民，而上及公署。有学宫以训士，而兼及书院。凡神明、仓院、局邮之类，咸如制，视故更塿砥哮豁焉。一所既，一所继，诸暨阛阓、墉墍，继至于盘山路石，呀呀嘶嘶，窟虎豹而宅魑魅者，亦坦然孔途矣。匪棘匪纾，行之有序。

越明年庚午首夏浃七月，而役竣矣。成何，驶也。越五月戊寅日，侯跻堂布顺宣之令，已而各所其所，上下欢然欣然，有出谷迁乔之状。粤自盘庚迁殷，民日哓哓焉。至烦告谕于渡河之日，而始定慈邑于河北官塔坪。嗣是士则扬扬济济，民则林林总总。盖自国朝以来数十易，而梁侯今日独膺百年属望之巨任，以义倡于上，而下和之，旦启于堂，暮达于野，义之风动不驱者，有如是夫？

斯役也，慈人慰镐京之望，当路旌卓异之才，靡不曰：令哉，我梁侯也！转闻天子，必大庸侯以树绩天下，于大书特书不一书，又将昭煌青史矣。予营菟裘太清之野，交游甚寡，慵开口世务，顾稔耳厥事，窃为邻邦得贤令庆。慈士大夫及父老辈来请记于予，予特记之。

京都岳阳会馆记

方钝

岳阳会馆何由建也？粤自国初永乐间，成祖文皇帝肇造京师于北平，当时从迁者大率多楚材。累朝以来，楚之宦于京者，惟吾岳最盛。天顺中黎公文僖，成化中邓公襄敏，弘治中刘公忠宣，正德中颜公梅田，虑其盛而无所联属也，始立会于燕，以洽群情。继立乡约，以端士习。第踵行虽久，舍馆未定，往往借会于民居。

嘉靖戊午秋，予领天下义支事，首倡义举，一时同乡搢绅与众（椽）〔掾〕吏，共捐金三百余两，买民吴佐宅，以中为厅，以前为门厨，重建香火神祠于厅后。每岁择公勤者三人，轮治馆务。隆庆五年，少司马姜公蒙泉，率其乡众，又捐金七十余两，置馆后徐文通宅基。自是东西皆通官衢，翼翼然为都下之大观矣。前后基地，在今萧公坊长巷四条之南隅，横阔三丈八尺，深长十丈八尺有奇。共计百有十楹，周四围而环之。因题其扁曰“岳阳会馆”，盖不忘故里名也。万历五年，余谢事久矣，适蔡生子功自京还，述众（椽）〔掾〕吏意，谓会馆之设，托始于予，恳一言记之。予行年九十，何能文？姑序其颠末之梗概，使人知所自耳。

夫睹斯馆而世加修葺之功，则将来居仕者责也。履斯馆而世笃桑梓之谊，则诸先达之乡约在也。协恭和衷，各励官箴，助国家亿万年无疆之休，为会馆荣而毋贻乡曲羞，则又为自有之忠贞也。予复何言！赐进士第太子少保户部尚书两朝存问方钝撰。

东泉肥遁记

周南

隐君子何先生，燕泉先生之堂弟，字子辉，讳孟昭。年六十有四，家于东泉，因号东泉居士。蹇而不谄，廉而不戾，储无担石，宅仅数亩。其中恒若自得焉，其外盎如也。君子曰肥遁哉！

夫泉之道，为益四，为损四。冽而不和其味也，清而不溷其色也，铿而不寂其声也，直而不回其性也。不和故无以美口，不溷故无以匿媸，不寂故无以娱耳，不回故无以党邪，是谓损，庶民恒违焉。冽故饮之而神爽，清故目之而心虚，铿故耳之而志雅，直故则之而气沛，是谓益，君子恒迩焉。吾观于庶民，肥于貌者有矣，然其中危，虽日肉食焉，其乌得不臞？吾又观于君子，臞于貌者有矣，然其中裕，虽日水饮焉，其乌得不肥？臞矣则于水得不憎，肥矣则虽水皆可乐，憎故违之，乐故迩之，故泉之为益，以语君子也，非以语庶民也。

《诗》曰：泌之洋洋，可以乐饥。语益味也。孺子之歌曰：沧浪之水清兮，可以濯我缨。语益色也。《记》曰：流而不息，合同而化，而乐兴焉。语益声也。《易》曰：山下出泉，蒙，君子以果行育德。语益性也。以者此东泉子之遁之所由以肥也，而庶民顾惟口耳之役，邪媸之安，则其肥不肥而臞益臞也固宜。嘻！其兄溥燕泉之润，以造王明之福，天下之肥也。其弟甘东泉之澹，以溯吾性之真，一身之肥也。二泉固一道哉！然东泉子少从燕泉先生游，则其家学有自矣，东泉其源于燕泉乎？因歌之曰：

东泉之冽兮，渴可歠兮。东泉之清兮，垢可明兮。东泉之铿兮，天假尔以声兮。东泉之直兮，坤示尔以极兮。厥流孰源兮，繄燕泉之沄兮。嗟举世之臞兮，岂无餔兮？猗东泉之义胜兮，凝其如嵲兮。

嘉靖丙申，两川周南著。

岳麓书院石壁禹碑记

熊宇

夏禹治水成绩，载于《书》，可睹见矣。衡岳岣嵝山，旧有神禹碑，唐昌黎韩子形于诗。宋嘉定壬申，贤良何子一访获观焉，摹刻岳麓书院后巨石，蕴晖零露，几四百年。大明嘉靖癸巳，乃时出焉。郡守叠峰潘子，实为明证，摹寄宫谕龙湖张子，评石鼓，未敢专奇。良史大识，确然明允，郡志适成，体篆梓行，在朝在野，始获共睹虞夏之书矣。

仲冬，宇自松江，归耕麓野，闲揽六艺，得宋张光叔《游宦纪闻》，开载子一摹刻年代序略，传示同好，奇欲附镌，乃纪焉，正有待也。迨我郡守彭山李子师广九京，帅从一正，载瞻侍御，思齐朱子，心一道同，□获闻至教焉。二先生徽文经世，殆相得叙畴昔之心诚乎？夫文必阜安民物，敦植纲常，经纬天地，斯为至矣。大禹行水无事，三过不入，诚以救民为心，而岂徒文哉？孔子急称大禹吾无间然，谓公正纯直，与天地同流，固不肯凿私智，务欢虞，又安忍厚自奉而或薄人也？水土既平，民居乂安，稷播百谷，契敷五教，伯夷、后夔，礼治乐和。放勋、重华，巍巍荡荡。仁普万物而不知，功载万世而愈烈，禹之心诚而已矣，犹自孜孜不自足，昌言滋集，丰碑独存，非禹之诚为之乎？

篆画不概见，世多博雅，渐有参定，尚幸来者。默识同道经世之志，推达神禹安民之谟，懋昭文明之化，期使天下万世，颂我帝德，如天如尧。巡狩礼成，奎章炳焕，灵符协气，宛在唐虞。可与龙图、龟书，并照日月，永正乾坤。惟无画于迹，而思诚于中乎？其尚有光于天德，庶为斯文之至哉！

子一名致，光叔名世南，碑刻序略，列书左方。篆约碑额，如册书刻，置近道林经正阁。广至教，开来学云。

湖南文征　卷二十一

记五 明

忠爱祠记

李珊

忠爱祠者，郴人为刁斋程公、韶岩朱公建也。公奉简书巡守南楚，而郴其按临地。郴有地曰葛藤坪者，宋尝置冶场，然所产类多铁、锡，得不偿费。矧其地密迩诸峒，苗瑶不时窃发，而流徙啸聚，因作乱阶，是以冶之开否，而郴之安危系焉。景定间，郡守王君槦抗疏奏闭，民到于今称之。

我明嘉靖丁巳，属司空举大工，部议开采矿金，乃下檄于二公。甫欲从事而亡命者闻风四起，刁斋翁深切隐忧，乃与韶岩翁亲临冶所，采其砂面煎之，果多铁、锡，间有锱铢白金，然工料之费且倍之矣。矧征之记载民情，其为不可之状历历具见。程公毅然曰：此于国课何补，而使百姓罹此无穷极之祸也？韶岩相与请抚按，俱报可。公于是封其冶穴，申严禁也。治犯者罪，昭明法也。而后亡命者解，郴始帖以安。公又刻为存鉴一录，以示万世炯戒。其为郴人弭患之心，良恳切矣。郴人感怀，建祠于儒学之东，像二公而祀之于前堂。因追宋王公之泽，而祔之后寝，因匾其门曰“忠爱”。州守林大夫恕深嘉士民之情，复为捐俸买田以供永祀，令州判杨君定甫，率其庠生刘赤、王大有、陈金来请为之书石。

余辞谢曰：二公之功，蔑以尚矣，郴人感而思之诚是也，书石可乎？三生曰：民心怀感而无以自见，故建之祠，凡以申其情也。有司不能阻抑之而使之遂已也，故祖而成之，先生得无以垂示远乎？余谓开矿利以佐国用，二公之心也。卒之不获开者，势也。吾知二公且大有歉于斯矣，而可书乎？三生再请曰：以下奉上，臣子之分也，使果利而无害，民且效力，二公何惮而不为？惟其无利也，而害有大于此者，是以二公权利害，决时宜，以身任之而弗辞。卒之厉阶杜而民用安，是其忠君孰有大于爱民者？兹故郴人名祠之义也。余曰：信如子言，具见二公之心在社稷，计在安民，惟其忠爱之实孚于人心，是以人心感报自不容已。在二公则为忠于王事，在林君则为顺于民情，诚可书矣。

习斋翁讳秀民，浙之西安人，嘉靖壬辰进士，按察司副使。奉整饬衡永郴桂兵备，振扬风纪，才敏而识练，文事武备，真可为百司之宪焉。韶岩翁讳廷表，广之桂林人，丁未进士，布政司参议。督催粮储，仁声惠政，久已洽协民心。其祀于一堂也固宜。而王君槱不得与二公为一堂者，则以时有先后，位有崇卑故耳。祠始事于戊午长至前一日，落成于己未之季夏日也。赐进士通议大夫应天府府尹衡阳慎庵李珊撰。

县令题名记

刘宦

刘子曰：论官之道，谈不如见，亿不如历。不见而谈者，罔也。不历而亿者，纱也。余读《汉·循吏传》，且自筮仕即宰莆阳，未尝不慨然叹曰：吏道之难，若斯之确也。汉有天下四百年，廪廪乎谷应棋出，列循吏之林者几人哉？今宇内吏亲民惟令，权壹而司颛，总之不诡于学道。然综厥著施，峻洁炳烺者，不可夥述。明兴，劝忠章典，吏治蒸蒸，其诸矢身焦思，省使节爱，以蕲振濯表见者，犹仅仅也。嗟乎，难哉难哉！

耒阳古鹜山地也，距郡治百五十里，士耽学尚礼，氓习渐逐末，驰骛于侈靡睢盱，间或牧以凉鲜，鲜繇厝理，灵采殢结，此何以名焉？蜀马侯以选贡来令兹邑，期而政成，以谓题名考镜遗风。某也卓荦倜傥，某也累资而滞，某也丰脂厚庇，某也速化而迁，昼而览，宵而思，建德章号，型光范盛，盖酿治之纂，而策世之权也。人亦有言，临淄水而自知丑恶，岂能掩卷可比节乎哉？马侯之亟是也，此盖有所感焉。

夫古者今之鉴也，往者来之辙也。语曰：不习为吏，视已成事。其成事盖足视也。公署之有题名，古以旌淑警忒，引扬明休，弗堕敝也，此岂崇侈哉？马侯之亟是也，其行古之道邪？今所当记以告诸县者二，曰惧曰爱。惧斯戒，戒斯不为，有所不为，虽欲如其人焉，寡矣。爱斯效，效斯为，有所为，虽欲不如其人焉，寡矣。蒙不洁而之市，人避之，惧其及己也。记不有蒙不洁哉？幸惧焉耳。袭芬芳而之市，人亲之，爱其近己也，记不有袭芬芳哉？幸爱焉耳。惧于彼而克其不如彼，爱于此而克其必如此，吾告嗣牧，盖言此矣。此名所繇题而记之所起也。彰往以诏来，规今以准古，后有睹是记者，蕲以纯乎爱而效焉，荣哉！人不尔释也。借令惧而戒者，斯辱矣，人亦不尔释也。虽有孝子慈孙，又乌可改哉？人心之公，谁毁谁誉，虽百世可知也。今将以论世绎化，悬泾渭之度，考骋骛之涂，上不讳之朝，观太平之业，匝寰闾泽，郅隆树烈，可以记矣。爰勒之石，俾嗣牧者览择焉。

申明亭记

刘锐

亭以“申明”名，志治之贵申而明之也。建置去治东仅数武，以地密迩民情，可随时随事裁决，且必择年高行端足谙事体者居焉，欲得其人耳。尝伏思太祖高皇帝，下询民瘼，意谓邑有兴贤、养老、劳农、读法、陈风、选材、治赋、执馘诸政，固属长官，而凡田土、户婚，一切细务，俱责之亭老。非故不欲躬亲小节，其间淑慝是非，利病休戚，沿革损益，类多不一，而董厥治者，则有贤否异材，廉贪异志，宽猛异宜，正诡异道，能拙异性，勤惰异习，俱未可以概论。故必申而明之，于以宣上之德，达下之情，然后不失为治。此亭之不可已也。倘上或才智自任，猥劣自安，则下必有罔上行私，掩义隐慝者，将焉用是亭为？

我醴亭圮废近二十余年，凡以设亭之意不明于上，而居斯亭者亦不能以自申，尚安望其治安而民裕也？青川雷庵南侯来治醴，至今春，凡兴贤、养老、劳农、读法、陈风、选材、治赋、执龃之政，俱凿凿然。百废具兴，乃于兹亭鸠工僦材，费不伤民，成不逾月。前此屋止三间，甚浅隘，今悉撤其旧而新之，门堂墙壁，俱非故袭，且匾于门，固欲使人昭昭。而亭左额曰“旌善”，亦感发振作意也。

亭成，耆老袁庆等索予文以永其意。予观治民犹治亭也，大而为宊，小而为桷，欂栌侏儒，椳闑扂楔，一有不备，非亭也。而匠氏之属，又不徒督绳戒墨已尔。虽陶瓦黝垩，一有所遗，亦未可以言落成。故治者必巨细毕举，斯无愧于善政。而其属若里老，则如陶瓦黝垩之不可遗者，尤必列之于亭，庶几共成其美。况亭由政立，而政以亭名者乎？南侯心太祖之心，而视庙舍则思敬，视第宅则思安，诸耆老之视此亭也，宁无以南侯之心为心乎？故凡田土、户婚之务，必思其当可，而淑慝、是非、利病、休戚、沿革、损益之类，必思其不愆。至于贤否、贪廉、宽猛、正诡、能拙、勤惰之异，必思其补过。则于是亭也，非虚器矣。诸耆老然予言，遂以镌于石。

重修临武县城记

刘尧诲

楚之邑百有奇，环封而居者，江、黄以东接舒皖，襄、邓以北接中原，荆接巴蜀、长沙，而下界于豫章，皆中州善地。恤邻修睦，鲜有外变。自我国家疆理以来，诸藩错制惟谨，永以南接西粤，衡以南接东粤，我邑属之衡，去东粤百里而近，去西粤五百里而远。其地东南，若始兴，若曲江，若含洭、英连，皆古郡邑，同风于上国。而始安、蒙贺、连乳，即所谓五岭之间也。山溪遮绝，中藏有异族人百十种，曰僚，曰瑶，曰僮，而瑶人最盛。自汉以来，惟以法制羁縻，取驯扰而止，不敢苛也。然叛服不常，因险设防，其备在汉为桂阳郡支邑。自石晋省入桂阳监周，宋因之，南渡后始复今治。

我朝正统间，前尹陈公镃新作土城。正德间，桂林莫公潜始用砖石，横槎路公宽实终其事，迄今五十余年矣。狐狸之所穴，蛇蜴之所蟠，葺茨编棘，丛荟恶蔓之所亏蔽，山涨积溜之所淘洗，危者剥，厚者啮，塞者洼，淖者突。

嘉靖己未冬，我费侯望湖公始莅任行城，嗟曰：恶甚，其何以樊吾民也？顾以近例，初任不得动大役。辛酉入觐，壬戌秋七月，有贼自广东来，曰苗而瑶、僮人偕来，其族类不下千人，游民逋卒，乱之于其中，助虚号。乃逾岭深入，不战及我城下，凡三四昼夜，逞所攻具不克，而我望湖公捧檄将入境矣，贼遁去。侯至，曰：幸哉！尚借数板之力，以免民于鱼肉。顾今求所以修浚者，值时匮竭，计将安出？乃谋之于乡士大夫及邑人，得旧堡馆于城南五里外，且敝矣。余有垣砖可二十余万，西北有官道二里许，傍甃以山石。侯曰：因砖于废馆，贷石于近道，计无有便于此者。即具白于台省臬府，不待报而倡诸民曰：我得良民有力者与董斯役，则劳民非所忧也。于是邑中好义者，咸投袂而起，惟恐后，侯约之得四十人。计所修城广围几百丈，人得几丈尺，程其工匠土物，籍邑中之民得若干而属役之。八月甲子始度土，越九月而城之西北隅成，十月而迤东成，厚加旧墉三尺，增其高得五尺，总之高二丈五尺有奇，其庐堞楼橹称此。下有堑，斩山而北，东以合于武溪。伐石防溪为堤，而南以合于堑。

既讫工而谍报至，寇复来且众，四邻皆震。我临民则曰：嘻，来亦何能为？吾且援之以梯。盖恃城之固也。侯曰：如四境何？乃请于台部，募得乡勇者若干人，屯重军于外以守，而诸峒苗民，避迹远遁去，不敢缘岭而穴。楚南平，尧诲曰：是大役也，又当欃枪烈烬之后，外兵压境，而内备未储，此正智者屈谋，勇者屈力也。不三月而城此，敝邑且固，将使民不及劳，上不及议。不有目睹，后虽得辨言百口以传其盛，固弗信也。或侯德及民而信于民，民信则政和，和则达，故于事也易举。由此言之，在德不在智力。然予又有说焉。夫从民所好而先之，虽挞而求民之后，縶其足，则民之趋也益力。民之所好，独安全云乎？好富，好朋，好合，好和睦，侯皆从之。尤有神于此者，则于域民固国何有？

维时藩参张水庵公来行县核功罪，大府金惺庵公初莅任，闻变亦即来。诸所存慰士民为至，又从民间请得毁浮屠砖若干万，来助工费。

侯名懋文，字民焕，别号望湖。世出江西广信府铅山费氏。季子尧年，以是年登进士第，或谓得为善之报。董役四十人，有成劳，例得镌石名于碑之阴。

韩张亭记

刘尧诲

韩张亭为临武旧令张公署，及阳山令韩公愈构也。二公在唐德宗朝，俱历官监察御史，因上封事，语侵执政者，恶之，被谪出为县令南方。二公旧同官且同志，其言事也同，而左迁之地同于一隅。方其出都门偕作而南也，指朱明于五千里外，念江岭之氛恶，虽二公毅然自信，而回望春明，登陟畏途，一时感慨，宜亦无不同也。阳山道出于武邑，张公之任，韩公与俱，濒死投荒，得遂至官所。韩亦望阳山于境上矣，且将为三秋之别，则于故旧梓里之情有不能遽然释者，而况患难与同，为道义莫逆者乎？故执袂留连，登高选胜，于以舒恋阙之怀，寄关河之想，则溪山名秀如官山者，宜为二公之所也。

二公当日振衣濯足，酌酒赋诗，岂惟士民记之，往来传之，虽山灵亦旁睹而志之也。后人既以二公名其山，又因山以建亭，亭久而敝，敝而改为，至再至三，由唐至宋，而及于今未已也。

二公何所期于千百世之人，而要之固邪？按《唐书》，二公以贞元十九年冬去国，又明年春，顺宗即位，大赦迁谪人而追之还。韩公出阳山，与张公俟命于郴。是年宪宗即位，二公乃量移江陵，张功曹，韩公法曹，如此者又几一年，而张公始以邕管表奏去江陵，与韩公别。以后张公于内，韩即外补。韩得内，张又改外，疑若参商。然则二公生平，相与旅游最久且亲洽者，惟郴地。叉鱼见招，邀月相属。郴为山水奥区，泊沙倚石，于二公必有合也。乃今郴地不为二公亭，岂非以张公父母我，其遗爱之深因以波及韩公，彼为迁客郴下者殊矣。在江陵则固同事于境内也，二公理政之暇，出游忆昨，尚有夸于盏底之深，笔锋之劲，则兴亦不减于郴也。而习池宋宅，胜概所存，虽为二公标一亭于上，以为荆志，无所不可。岂以曹官、县主所得于民，自有深浅久近邪？

载观二公在县斋时，情况颇不豫，然践蛇茹蛊，畏螯苦炎，鸟音怀我而烦其钩辀，海气舒空而恶其腥臊，群飞得所而厌其虫虫，雷电常威而诧其光怪，虽再期界上，枕石欹眠，然征寅虔祷，情亦急矣。一出郴口，便以生还自庆，乃今咏张公之“终日思归”之句，则二公之于我邑惟恐去之不速，岂知千载后，尚为斯民留而永其迹也！官山之麓，临武之湄，蘋蘩蕰藻，〔今昔所同也〕①。于以馐二公而荐岁事，其亦歆而尝之邪？曲槛华轩，水竹之区，亦其俯而临之邪？

或曰：二公怀国之思，与忧民之政并存，故一时情景所遭，因以摅发其所为播迁者，若大不然，乃于其土实无不安也。张公虽终日思归，亦岂能遽舍民哉？且公之忠爱见于忧旱，陈言者具见悃切，则所以子民者可知。去之日，斯民遮道攀泣，恐韩公亦当为之迟迟也。然则，二公所以感召于千百世之后者有道哉！往矣，吾知其尚能并临我亭而歆我祀事也。考旧亭在官山巅，继迁于半山，俱地欹隘，今且就倾圮。我邑侯望湖公力追先轨，闻二

①据刘尧诲《虚籁集·韩张亭记》改。

公之风，而以其恍惚与交者屡矣。迩因庙学考成，徒步官山，怃然于名胜之久堙也，乃改卜山麓之吉，特为二公续旧亭。经度甫三月而突然在望，鸠工市材，取诸节冗，民不知役。

重修濂溪先生祠记

刘尧诲

先生在宋康定间，以洪州分宁簿，被台檄来摄卢溪镇市，故袁人世祀先生。祠在卢溪道旁，杂于阛阓间，而垣堵不备，地且湫隘。又当江楚孔道也，驿吏往往因之以馆上官使客，其或尽室行者，则假寝处焉，殊不称尊妥。万历丁丑春，予自闽罢归而道于袁，驿吏具午飧祠中，往谒先生遗像，则若厌苦此为，默有所属者。叹曰：予力不能为先生更诸爽垲而卫以垣堵也，且终不忍以先生遗像而代馆人恶嚣。家居数月，有命抚江西，再过先生祠，窃自许。事下袁州守郑惇典议徙建，乃卜地得卢溪市北曰圣冈山麓故土人周氏废宅也，报可。将择日举事，予出公帑赎锾若干金来佐费，属同知陶之肖专董其事。自戊寅夏五月至冬十一月而祠成。适两广命下，明年己卯春正月予得代，过袁渡卢溪敬谒先生祠，命有司具牲帛而告落成于先生。时在同有事者，则按察司副使吴从宪、袁州府知府郑惇典、同知陶之肖、萍乡县知县常自新，暨学官诸弟子员若干人。祭毕而饮落于寝，欢甚。

按：先生以宋淳祐元年诏封汝南伯，从祀孔子庙庭，迄今庙堂遍宇内，而宦游如楚、蜀、江、粤，每专祠祀之。盖地以先生重，而后人不能忘如是。夫定崇尚以表俗，显圣哲以章志，而祀事秩焉，懿典修焉。良二千石所由导民率属而能其官，固非所以为先生重，而予因是借手报先生，亦岂能重先生邪？

旌忠庵记

刘应峰

茶陵旧有旌忠祠，去城西百步许，盖宋岳忠武公庙仓之故址也。时忠武公讨贺贼曹成，道经茶陵，后之人追其忠烈，遂建祠设像以祀之。岁久倾圮，日致湮没，有司不议修复，即奉主于名宦祠，未有专祀，故旌忠遂为颓垣荒区矣。至于正德丁丑，僧曰圆证出衷乡李氏旧家，欲寻故址创庵以居，先具白于郡守张公，许之。乃命地主上舍罗燔、义官罗辉，鸠众捐财，以助修焉，院宇、佛像俱次第就绪。嘉靖丙午，吉水念庵罗太史云游于斯，双溪曾侯往访之，喜州城之近得此足以遂游憩之娱，而惜其规制未宏，复命僧更垦拓之。自是佛殿之后有观音堂，堂之右有经院，堂之左置塔一座，仍栖忠武之主于殿之前，以示不泯。完旧益新，规制视前增美焉。乡民罔察，讹呼为金钟庵，盖音之相近然也。州志仍旧书之。

予性喜静，每往来游息于斯，虽非宽闲寂寞之野，而寺宇窈然深藏，其中竹木阴翳，禽鸟时鸣，亦可以远嚣突而畅逸兴者。然俯仰之间，忠武之陈迹在目，触景兴怀，未始不恻然有感于心也。盖公之精诚散著，如日月之运于天，光不可掩，如江河之行于地，浩不可御，盖无所往而不在也。则其隆庙貌，秩祀典，煜煜然遍于薄海之内，何仅吾茶一郡而已哉？但官守之敷教兹邦也，示人以言者，不若示人以迹之切，感于所闻者，不若感于所见之深，故祠之修废，于公初无加损，而世教之攸关居多矣。向使旌忠故祠恢复如往日事，巍然炳然，恍若神明之存著，则郡之士大夫望而瞻之，临而炙之，孰无豪杰之思，忠义之气，沛然兴起者乎？苟有邪衷异志之徒，趋而过其祠者，盖将恐恐消阻之弗遑矣。此鼓舞人心之术，良有系于此焉。

故宋赵清献公出守杭州，慨钱王之坟庙芜秽，奏改妙音院为表忠观，祠事即付僧道徵世掌之。此奖劝忠臣，振励士风之义也，至今传为美谈。乃若忠武之精忠凛凛，光照后世，又不啻钱氏效臣顺之忠而已也。今因祠宇之堙废，而遽为浮屠氏居，则前后守兹土不知其几人，宁无有愧于清献公为乎？然旌忠之名，犹幸其未尽泯灭者，或于浮屠氏与有赖焉，盖庙祀之废坠，殆非一日矣。

使不为佛氏之徒所据，吾意巨室窥其荒颓，鲜不利之为已有。或坎其洼以为池，或筑其垣以为场，旌忠之遗址，泯乎其无闻矣。故地以庵而尚存，神以庵而有栖，名以庵而未泯，使后之人犹知此为忠武公过化之地者，圆证创复之力，亦岂可尽诬也哉？

云阳山寺记

刘应峰

州之西十里许有山曰云阳，丹岩翠壁，列为屏障，古幽人奇士多潜迹于兹，而名姓未从考也，故郡志称其形胜可避世隐居云。峰连七十一，亚于衡岳，最高而中峙者为紫微峰，凌光景而薄星辰。峰之下旧有紫微书院，荒没岁久，意今之僧寺即故址也。山多奇石砢磊，悬如钟镛，泉流石壁间，汇而为池，不盈不竭。藤萝蒙密阴翳，泉声澎湃若雷，疑有神龙潜伏于中者，故池以“五雷”名，而郡人祈祷从焉。

余少也贫，读书山中，晨夕共僧人饘粥，朋类罕知者。然俗物不侵，襟抱清旷，洒然出人境而立乎尘氛之表。暇或登山之巅眺之，则环郡城远近高下，景象万状，举不逾履舄下，可历历睹也。每自与心较曰：士君子能不迁于物，自适其所适，即终身山泽幸矣，视区区浮云何足羡邪？及丙辰滥入仕籍，历三年所矣，而旧时几榻书箧尚留僧室中。会郡侯秋门徐公登山见之，知予于兹山有故渊旧林之思也，乃为予上值出帑，请于台省，以兹山属予主之。余忻然受而谢曰：

昔人志欲高尚者，每不得已从计升斗为买山之资。今遇贤郡侯，默识予意，乐助成之，则无用升斗计矣。况山鲜生殖之利，人无我取之嫌，故重违徐侯意，不敢矫情辞也。昔晋郗超慕戴安道之高，辄为办百万钱置宅舍于剡中，当时传为美谈。顾余之鄙俗庸秽，愧非安道俦也，而谬承徐侯之爱固若斯，能不思所以报称之哉？使他日得返初服，管领兹山，将群里党士居游于中，循朱、张之轨，溯孔、孟之源，冀兹山与岳麓、石鼓共称名胜，庶不虚徐侯意矣。若啸傲山谷，放浪形骸，徒窃高蹈之名，则余志所不存也，而抑岂徐侯属望意哉？故予自得为兹山主人，即寤寐山之水云竹树间矣，而恨其夺于事势，归志未即谐也。

癸亥冬，予改官南部，归省庭闱，乃与兹山订归以年余期，且出俸金属僧海训修葺室宇，以俟予归。至甲子冬，僧人具书报予工已落成，且索予为记，将镵诸石。时予以上章告养，还山有日矣，故书此先报山灵，并记其岁月云。

湖头祖茔记

周之屏

维我周氏，上世莫可考知，不敢传引。已可知者，其泉湖隐君乎？国初占籍湘潭，自隐君始，故祖始隐君。一传五郎府君，并与昆仲世居上民乡之方上，力农克家，而周氏寖大。再传则兹经历公，公之孙也。褎然不与农之子群，里长老业奇之，会宪庙令郡国举茂才，长老强署隶学宫，公乃入就城居。今文星东门外滨江遗址固在。公生四男子，长溥，次我曾祖讳淦，次浒、渊。周氏居城外内者，皆公四男子之属也。公入庙时，征诣公车，拜通州卫经历，无何致其事以归。今读部牒，则公雅志完名，仰荷育才优老之典，即微逖不遗，世泽如新云。公逮老，卜寿藏于兹城东湖头，既卒且葬者七十余年。先主祀事者，我祖柏庄府君也。我家君继之，岁益崇毖如初。

今上万历之五载，家君以年已七十余，一日告之祠堂，委一二家政于之屏，且谂于宗属曰：乌乎！家之祀事，故惟我将，今老矣，女嗣子其祇承之。所不忘者，维祖宗丘墓，散在乡遂都鄙间，恐世远而族日繁，后安所托焉？予将墓立一石，书讳书葬，令子孙世世备观省则如何？之屏唯唯惟谨，宗属咸唯唯惟谨。逾月而石人告工竣，之屏谨稽首拜手曰：噫嘻！我周氏累世诚朴，德积弗耀，施及经历公以材被征，蒙国异恩，闻于士绅，可不谓亢厥宗邪？今子孙多用经术起，被儒服，肩摩踵接，悉自公诒也。

支属蕃衍，至二百余人，族不谓大乎？

墓今在湖头，子孙田庐比次，屦践满茔域间，日夕睹记，熟甚也，不第称密迩矣。往不肖奔走四方，闻邻有大猾者，计侵其茔疆，支屋若干楹，将尽有其地。向非我家君率仲叔子力讼于官，几失故疆。嗟乎！夫子孙称克肖者，谓上之能立身扬名，为门阀表树，其次谨守故丘，念弗隤家声也。今墓至密迩者且然，矧曰其遐僻邪，此犹近代尔，亲尽而后，将若之何？又安论门阀表树为也？宜家君重有惧焉，抑语曰：树大则枝欹，源远则流溷，今支属繁矣，习尚弗齐，亦势也。乃若先人名实弗传，子孙罔攸鉴，则不肖又何辞焉？于是具述本指一二，要之弗离于情实，令人思吾身所自出，与祖宗精魄所安，各检其身，自督约其子弟，则知亲亲，亲亲则敬宗，敬宗则收族，是曰克肖。谓斯石为磨砺之具，惇叙之助，非邪？有志收族者，乌得而废诸？此固我家君意也，我周氏子孙其敬念之哉！

谷口草堂记

艾穆

谷口称关中，以汉郑子真谷口在泾阳县西北北仲山西九嵕山，泾水出两山之谷，故名谷口。六国秦从口下凿渠，引泾灌田，迄今仍焉。又渠前筑堰障水，故又名洪堰。渠左二庙，一龙王庙，一功臣祠。龙山吕都谏公尝读书二庙后之石洞中，携冢子槐轩君与门人郭蒙泉君授经，四方负笈之士骁骁集。都谏公曰：洞中故不足容多士。因翔览二庙之西，得隙地，背仲山，面崇冈，泾水环之如带，则喜且叹曰：佳哉地也！可以萃俊而讲业矣，吾将筑草堂居焉。

嘉靖己亥，都谏公以直言罢归，见四方士从槐轩君游者，又复骁骁集，遂令即其地构堂，缭以高垣，南北长若干，东西阔若干，窟山为洞，类蜂房，前为书楼六楹，讲堂六楹，堂名“仰郑”，郑盖谓子真云。东西为斋房各四楹，以居来学者。又前为大门，颜其门曰“谷口草堂”。故人遂呼为谷口草堂，由是谷口草堂之名闻关中矣。槐轩君与余同官国子，属余记之。

余惟达人奇尚，轮奂蓬茅，故草堂风格之高，又在琼宫玉宇上。都谏公自读书洞中，以至登谏院，屹屹岳峙，用能屣脱高华而归。归而当路荐章数十上，不起，惟构草堂收训四方士于其中，此其奇尚已翛然物表。且大都草堂，主在盟结麋鹿烟霞，而都谏公复以之居其乡子弟，若不徒癖志于名高者，大隐天游，大寂嚣寓，公之谓矣。关中称谷口有两子真，余于都谏公益信。

尝观古及今，文绣土木者，曾未转盼而吊，即所为草堂者何限？亦泯泯无闻。独考槃甍垒，至今高之，则以其人也，矧复如都谏公者哉！槐轩君，成都谏公志者也，尝为余抆泪诵都谏公语曰：吾进叨近侍，不能为君补阙拾遗，以裨明盛之理。返而治山房，聚族乡人，施训而善其俗，亦吾里居事也。嗟嗟！都谏公之志，盖如此。

堂成于某年日月，槐轩君镵石草堂而碑之。

新建三乡社学记

邹廷望

乡社学者，古党庠术序之遗。世俗以为缓，惟考镜治本，逖观化原者，慨然有思曰：此牧道首务乎？盖古族长闾师所书，自德行道艺之外无长物，斯民含醇饮和，从欲以治有由然哉？世变风漓，上无礼，下无学，则子舆深叹之学之不可已也如是，学之宜修也如是，乡学之宜建也如是。

国初，诏天下立郡县学矣，旋令有司更置社学以教民间子弟，环城中有存其制者，岁久浸敝，名存实亡，俗流失化，陵夷恬不知怪，可慨也已！我邑大夫林公，自丁亥夏来令吾邑，惇大体，崇礼教。甫下车，值岁大歉，道殣相望，民不暇治礼义之时。公急举荒政，创立各乡社仓，仿昔贤敛散之法，溥于邑里耄倪，视公庾不啻若私藏。越岁，公知吾民可驱而之善，修城西社学，选教读以端蒙师，每于朔望躬诣其中，集乡耆帅其子若弟，申解祖训，诵孝顺章。又于学东隅修射圃，每遇三射乐节，命前社学子弟歌《采蘩》诗，童蒙颛野，一旦比于礼乐。圜墙观听者，啧啧称叹，以为道化感人之深若是，复私相谓曰：我公盍联三乡而一视之乎？乃治理有渐，而公以辛卯冬入修觐典，今壬辰初夏还任，喜岁稔人和，议建三乡社学。闻于兵巡徐公、都察李公，俱报可。然未敢议及公帑，遂捐俸经始，徐佐以赎锾之余，召里人度地鸠工，乡民有好义者，并许助修。于是三乡社学一时鼎新，班白之老扶杖往观。其子弟莫不肃容易虑，喁喁然向化，声名文物，逮于蔀屋。惟时邑博士熊君养纯、邝君祖舜，共嘉文教聿新，命庠生邹思旦等请余纪学事。

余惟昔文翁化蜀，史载其修起学宫，招致子弟从学。程伯子令晋城乡民为社会，与立科条，俾有劝有耻而已。以公所隆施既富方谷，笃近举远，役不违时，民不言劳，是为可书者。昔贤罔专美矣，爰勒其事于石，以垂永久，以风来者。邑为乡三：曰大阳，曰永宁，曰石马。隶二十一里，里各建社学，举洋溪一处以概其余，统曰《三乡社学记》。其讫工月日，与堂楹地置，具载碑阴云。

公讳培，字培之，乡进士，广之东莞人。

新修桥记

龙应滨

昔时长吏能勤民者，常得用其力于文法之外，一切督责毁誉，勿以为虞。而措意久远，规为优暇，所谓兴造之役，出于费民之财与力，尤冒然为之悉意经营，于其所当兴举而不以为难。不独郡邑之制作，关于有司者为具备，其余亦曲为之制，而利每有以及民，何昔时之吏之得以自尽若此哉？近世文密法详，郡邑之羡，豪发籍上大府，岁有监司以稽出入。即有建明，非得请于上，不敢辄有所为。于是长吏始有不自得之心，而恒以避事为良，则关于有司之制，或有弛废，犹莫能兴，其视桥梁诸役，鲜不为缓而忽之，不至于颓废就圮不已也。是故上无以起当兴之利，而斯民之病于涉者固纷然众矣。

湘乡为邑，介在川谷间，而舟梁之所赖者居半。邑治东北里许，有支河渫流，横绕城闉。道当长、宝之冲，而使轺之所必经也。旧有迎恩桥，桥故有亭，肇建于国初，嗣修于弘治，再修于嘉靖丁酉，盖递废递兴，载诸前记可考也。万历戊子夏，淫雨弥旬，河潦泛溢为害，桥为所倾溃，而亭榭亦无复存矣，行者病焉。维时邑父母揭侯莅事二年所矣，恩洽政孚，值兴废起敝之会。一日徘徊圮桥，顾少尹胡君诸僚而叹曰：河梁之用急矣，矧是桥也，尤为郊关之孔道乎？造梁之利宏矣，矧桥以迎恩也，又为冠裳之萃止乎？固修之乌可缓也。第值今巨浸，民方阻饥，上焉者未可以请，而民之财吾弗问也，民之力吾弗劳也。乃捐俸锾，鸠工徒，董木石，结构为新，择人任事，而慰劳时至。侯日坐堂上，治文书视事如他日，不旬月而以工毕来告。基坚址隆，有加于昔，且翼以连楹，覆以飞甍，秩秩将将，如实新作。肩摩踵属，往来不绝于其上，民得所济，以为侯功。侯往落之，以功与民，不肯自有。邑人悦是举也，以为宜书，而俾余记之。

余惟侯之功德在湘，种种巨丽，岂搦管所能殚述？尝新文庙矣，廓县治矣，修公舍矣，继倡义以新创城江桥矣。诸所建画于空匮之秋，而费不繁于上，利日兴于下，自非实心勤民，何以急当务如此？孰谓文密法详，吏不得与民有为？如今日者，视吾邑伟然桥观，始窃异之，有追慕昔时宽简之风。长吏得以自尽，想见而苦不得者，视侯所为，可以洒然而喜，毋徒羡于昔而忽于今也。

桥经始于是年八月初十日，讫工于十一月二十日。其可得而纪者，成功之迹也，若夫侯之仁心仁政，见之纲纪文章，为生民造福无穷，此则怙戴在人心，有不可明言者在矣。余姑次其略，俾归刻石于桥亭，以为将来者告焉。

新造桥记

贺幼殊

湘乡，潭属邑也。距邑南三十里曰城江，江之名莫诘其所自始，其水发源牛下岭而来，实通宝、辰、云、贵，神京觐贡，胥此经焉。桥之用为最急，顾流沙夹岸，势不可桥，故自昔未有建造者，病盖久之。上里陈君良义，性素乐施，行每涉此，辄欲桥之，会无因且止。迨万历丙戌秋，邑父母揭侯以济川材奉命莅湘，凡所拯溺救濡，靡不殚竭。不期年惠泽洽，遂兴念此桥，偕少尹胡君诸僚捐俸首倡。仍以义动民，陈君闻而欣然曰：良义此愿非旦夕矣，今幸有主，敢不悉力从事？乃即沿江度基，适循而下二里许，得石碛可桥。于是鸠工匠，揆财费，环其圈而石面之，阔一丈四尺，长八丈，累二百余金。并捐俸众助，共百十金佐之，经始于丁亥十一月廿一日，以今己丑十二月二十日落成。基址坚固，规模宏丽。

侯嘉其功，语余曰：兹亦一邑盛美也，子可无言以俾托诸不朽？余尝闻昔人有言，天地之雷电草木，人不能为之，人之陶冶舟车，天亦不能为之。若桥梁之利，补助化工所不及，尤为不动而及物、一成而永赖者，恶容使其泯泯哉？第伏忆今上御极元年，是为癸酉，余治官都水，奉敕往建涿州河桥，时出帑金七万两，集中外官匠毕力结构，犹逾年而始成，费浩工巨，其难盖亦至此。况于遐村野渡，以一人之力为之，竟底厥成，是遵何德致然？大都上者下之倡，仁者义之统，未有上好仁，下不好义者。未有好义，其事不终者。惟侯平政以仁倡于上，陈君傒志以义应于下，上下间精神流贯，志意敷畅，货自不必藏于身，力自恶其不出于己，桥之成也何有焉？不然，使非各致其情，或有一豪勉强逼迫于其内，则极今人所难，不足以进古人所易，而充古人所易，不能为今人所难。

叶水心曾以记桥黄岩矣，安所望于陈君？虽然，陈君之义未尽是也。顷岁水旱频仍，饥馑日甚，侯复赈救不遑，储谷发廪，以仁倡之，诸未见有响应者，独陈君输谷，即遵钦命八百石数。爰因冠服竖坊表，风动一邑，斯义也不与斯桥并光哉？且厥兄良芳者，其所输谷，亦同时如之。先是，建桥梓门以制以费，俱视城江埒，斯义也，又何惟陈氏伯仲间见哉？是主侯之仁蔼于百里，陈之义聚于一堂，诚哉一邑盛美也！庸并书之，以垂永劝。

王陆二公祠记

孙斯亿

邑届江湖澧沅间，号水国。宋时令黄公照徙邑筑防，仅障官署，堤之外滔滔洞庭，民居昏垫，五谷不登。本朝正统九年，令杨公镃以为请，乃命工部员外郎王公士华行水，驻邑九载，相地量财，筑四十八防。防之内画为井疆畎亩，起庐舍，均赋敛，国计用裕，境壤帖然。然犹惮蕴炽也，父老传闻，灾无逾弘治之戊申，嘉靖之癸未、甲辰者。戊申以前，令梁公泽储粟十万余斛，而东山三神社仓亦如之，民弗告饥。癸未则僵尸遍野矣。甲辰自春不雨迄季秋，飞廉行天，人神喁喁，守嘉善陆公琊轸念民隐，殚计破心，发郡藏，请藩帑，尽出丁口懋区种牛，通商平籴，即善预养，所全活数千万人。免额税，复以余赈贷。偿已，毁简籍，惧后之按名编徭。盖自富韩公后，语善救荒无逮公者。吾邑民有今日，咸二公力也。故道及二公，罔不歔欷，或书二公衔讳，私祀于家，而国祀未列名宦，止祠令丞。势不上及，黄扬梁得预血食，而王、陆二公报酬阙焉，民何以慰？万历己卯，蜀田公召诸生议，于是输俸易民地，属主簿越陈君子望，鸠材创祠，书二公名姓以便瞻依，朝夕展拜。赞曰：

猗欤二公，笃生自越！绾命于楚，厥有成绩。增饰提阏，赈施蕴炽。捍患御灾，阳休阴隙。云汉诗赓，芍陂颂起。民风虽饶，国祀未拟。曷慰哀思，孰酬隆祉？百年于斯，庶其仰止。后贤仰德，庙食皇皇。殷礼既称，新祠在疆。酹斝执豆，骏奔趋跄。考之不谬，于今有光。

荷担僧记

何锐

北去三十里许有寺名佛崖，四壁皆丹崖，一峭石仞立，刻一僧担父母于上，世指曰荷担僧。予乘暇寻幽于此，见其形若劳疲，朝夕不得一息肩，叹曰：苦哉僧之为孝也！因命作苦孝亭以彰之，咸请予记。予闻《金刚经》中有“荷担”名，不知何时人，稽之乃生于吾楚茶陵，自幼削发披缁衣，居云顶山中，严戒行，有慧觉风。一日下山，见猴负一老猕，惊以为怪。问之，作人语曰：老猕吾母也。僧闻之怅然曰：猴且知有母，吾无母乎？遂归家，以厥父担于肩左，厥母担于肩右，父母一肩，遍游名山，且持钵乞食，以供养之。兹“荷担僧”之所由名也。

昔者孟子当邪说横流之时，乃以身当其冲，诋杨子为我，墨子兼爱。兼爱是无父也，无父是禽兽也。猴，兽也，尚知老猕为母而负之。僧虽绝伦，亦人耳。人灵于兽，反不知有母邪？是僧之荷担父母者，盖亦有感于斯也。夫僧已出家者且然，矧在家有父母，而不思所以爱慕之，不惟有愧于僧，而且有愧于猴矣。观荷担之像，而不动孝思者，必无人心者也。是故恕其墨名，而录其孝行。

怀远楼记

石珮

泸溪当辰州西徼，而腊尔悍苗又当泸溪之西，语险要者，莫不以西为最，而邑无城郭。相传旧有楼当其西，自嘉靖中义旗捣穴，销锋灌燧，迄今无事，盖恃有此也。然枭獍不鸣，豺狼不噬，讵能保其常然乎？则父母斯民者，其能无意于怀来邪？

万历庚辰，南溪敬庵吴公一本，由南省进士来宰吾邑，甫视事，问俗于父老，知西为要，而旧楼基已坏，惧骤作而妨吾民，故缓之。迨壬午孟冬，政成时暇，始捐俸储材，复楼于西北之隅，越五月而落成。是楼也，非有风棂月牖之丽，非为游云芳草之嬉，制度严密，足以固关键而镇抚蛮瑶，遂颜为“怀远”云。

夫有远人之患而无其防，有防远之具而无其本，此世之所以难于治也。今公之所谓怀远，则未尝离近以为怀也。怀在士类，而学校先与兴之。怀在里役，而浮粮先与清之。怀在孤苦，而户口先与营之。恕己量物，不忽微细，如良医视疾，五脏之症结已解，民固帖帖在公怀保中久矣。然后率既怀之众，为远人之图，民亦谅公之心为安民也。故子来趋事，而莫知其劳。昔者良牧化行，即虎可渡，雉可驯，况远人血气心知之欲，与吾人不殊，独不可以怀绥邪？公其大有造于兹邑也。今公政已报最，声闻湖楚之滨，久且将以怀远者为天下社稷苍生怀。

时珮制方逾禫，公谓其可与言也，故董事大使钱君舜津，相与谋而属之以记，将书之楼隅，而告之后人焉。

熊公真清祠田记

谢锡贤

先是，郡伯熊如承先生守郡之二年以觐，旋复视政事。未几，以藩封愆期罣累，奉旨改调。五属邑士民，咸惶惶如失怙恃，相与扳卧留车下，公辙未得前，且率牵叩阍以留，然业已无及矣。当公因事解组，若不可一日须者，而士民之情，亦似不可一日无。因生祀于东郊之外，陶瓦匠植，不期而赴，祠成以“真清”名。士民式歌且舞，继之以泣，每过其前者，以瓣香顶礼为稽颡状，致敬若神明，至今已四载，咸如一日。偶郡邑乡绅、孝廉、庠士、子民等，相与登其堂，谓公庙貌已极尊崇矣，然所以永其祠者，田也，无田不可以祭。且今奉祀者，廪饩无由出，而祠不可以久，则酬德之谓何？于是醵资三十一两，公议召买地名富阳二都长岭冲，杨仲书再营民田五亩八分，大小共八丘，载粮九升六合。又生员葛一登输田三亩，约价二十五两。坐落万安一都新塘冲大塘下，一连三丘。大塘上山边接连三丘，大小共六丘。载秋粮三升九合，并房场柴山花土松树各一分，外给银四两五钱，置扁冠带给本生。

托纪载且悉，祠有田矣。而又思所以永其田者，咸谓不可无记。锡贤成进士，观政乞假还里，晤诸乡绅、孝廉、士民激切状，乃不辞授简，而因叹曰：此真古之遗爱也欤？往闻公治郡政事，独总持大体，而不事苛细，然摘伏每出人意表，亦莫敢以身尝试。其御胥役也惟谨，讫公任无舞文一字者。以是民受其赐，尝朝暨而下遍狱用稀，间以蒲鞭示惩耳。公之本性贞廉，而又绝去城府。室有悬鱼，而耻以拔葵见。庭无馈遗，而耻以布被闻。当其时也，郡风俗一变矣。公至期年，孜孜访治，常若不足。即其词赋所优为者，尚未闻其启口，而独于蠹民一二事，根剔无遗弊，先驱墨尉，五邑向风。向令公任且久，其屹屹如山之概，亦何虞有未革之害与未兴之利哉？而惜也其治止此也。

往汉乐安太守，能致周缪高洁之士，故下榻为美谈。公喜接逢掖，评文必极其详，论理必持其要，门无杂士，而进谒者莫干以私，问奇者悉意得而返。年来科目得人为盛，则皆公素所拔者也。《传》有之：栾武子之德在人。如周人之思召公，爱其棠树，而汉张奂为武威，任延为九真，均立生祠。独未闻有久而见思，亦如今日之置田以供伏腊者，岂楚俗质，邵之人情尚为近古邪？则愿以风来者矣。诸捐价佃田姓名，例均得书，庶以期可久云。

公讳茂松，字如承，江西高安人。以比部郎历任至太守，诗有《余清馆集》，及诸政绩，他载甚详，不及列。是为生祠置田碑记。

瑞春堂记堂在京师为湖南会馆

曾朝节

自吾里人之卜会馆，垂八年矣。今年春，始于此协卜而辟斯堂。堂之前有嘉植焉，初至红芳烂然，若朝霞之散布于檐端也。又如绮绣纷敷，杂赤玉之缀饰，而靓妆陆离也。左右曰：美哉此桃之艳也！逾旬而与德玉卢君、洞阳欧君会里人，为落成宴。时仲春月念三日也。树间数株，绽有白朵，乍见而疑之，岂六出之英，飘着于暮春之日乎？倏红倏白，变幻莫测，何以有是奇观邪？左右曰：异哉，此又郁李之荣也！余闻而愈喜焉。一植而两花，殆人为之巧夺天工乎？昔人以贤才比之桃李，其举进士亦同春官桃李也。然则里之多贤才也，举进士者之联翩也，不已征瑞于此乎？左右复进曰：兹树之实，味甘美可食，不与他植同，盖珍品也。余闻而愈喜焉。人之评桃李者，第曰芳葩悦目已耳，今其实有余味，使听者若欲遽接于口焉，此何异士人之能文章负时名者，而发为贞操，树为勋业，炳乎为天下所甚重，庶不虚猎声闻，亦犹桃李之甘实可啖也。然则，里之贤才皆伟人真士也，举进士而联翩者，皆名臣耆硕也，不已征瑞于此乎？因额其堂曰“瑞春”。

吾里人之聚此者，或以明经赴廷试，或以孝廉上春官，至皆于春，桃李之花时春也。里人以春来，而桃李以春为里人之瑞，里人相与久居此，而见桃李之花，食桃李之实，樽酒相属，当莫不抚掌而赏其瑞，是桃李以其花、实而效瑞于人，而人亦以其花、实而效瑞于国也。讵非同德相庆，为斯堂志喜哉？此余“瑞春”之所繇名也。

虽然，余复有告焉。树之始植也，择其种移之名圃，壅其根而培之，日灌溉焉而不辍也，至于冬夏加爱护焉。日滋月茂，以迄于今，而后悦其花，食其实也。吾党之聚于此堂者，既彬彬称楚材矣，亦知夫心者吾人之灵根，从此培植之，粹然而成明德。逮夫建立殊异，铭于钟鼎，而声实并树，蔚为国华焉，谓果何以灌溉之，何以爱护之乎？则务学亟矣。学则不仅以文章显也，进之而为伟人真士，为名臣硕彦，咸于是乎出，固知天下未有不种而思食其实者，可以悟矣。节不佞，既为纪其实，固敷忠告之思，以相劝于学。同余志者，岂以鄙言为无当哉？

衡、永置守者各一，凡衡、永、郴士大夫至者，皆令候事无缺焉。且嘱曰：凡吾里人，其相与谨视嘉植，与此堂并焕，庶几永为湖湘之瑞乎？

湖南文征　卷二十二

记六 明

北塔记

车大任

邵陵故楚地，按旧志云介长沙、零陵之间，有沃饶完萃之美，夙称乐土，盖不诬矣。第往往人苦耕诵，而家鲜厚积、科乏汇征者，则风气之谓何？及检阅《图经》，知邵城东二里许，资、邵二水汇流其间，一折而北，独华表未振。任从为儿时，传闻乡父老言，谓宜鼎建一塔，亭亭直上，未遑也。迨隆庆庚午岁，参藩吴公分守是郡，抚景观风，指示方脉，正与诸父老议合。而郡人高刺史氏及士民数百辈，证据斯言，忻然议决矣。适吴公迁去，佥具呈守道舒公、兵巡卜公、郡伯蔚公、邑侯孙公，咸报可。嗣后郡伯李公、邑侯陈公捐金有差，以及郡中士民募助各若干，可谓上下前后一新矣。而聚石伐木，甃砌颇艱，比及数载，不易就绪。岂山川灵淑亦必待人而后奏有终之绩与？

越万历壬午夏月朔，我郡伯胡公来，政通人和，百废具举，睹塔未竣事，慨然下令于众曰：速鸠我工，缮我器具，我将告厥成功焉！爰出俸金若干，不两月，塔成而落之。别驾杨公、水公，司理黎公相与贺于堂，郡士民相与庆于野，谓我邵万年形势，公以一旦有成也。邑侯赵公赞襄德意，谋泐石以志不朽。公谨辞曰：创始者谁，予何功之有？盖予深思天下事善始而不善其终，犹无始也。乃胡公一成斯塔，而善始善终矣。记何能辞？今计浮屠七级，高若干丈，石基插地，深若干丈，诚可垂亿万年不拔者。乃其中可容百人，四面旋拱八窗，玲珑、楼橹、江山悉来献状，固兹塔之形势矣。及乎振衣而上，东眺洞庭，南撼潇湘，西引都梁，北指荆门，人不知其为天之高、地之广也。四时游人流连杯爵，登双清先过其间，花鸟在麓，声响遥闻，因以纵发其骚人之兴，而砥柱、悬崖、楼阁耸峙，若与之主宾对立焉。继自今二物效灵，江流镇锁，文运益昌隆，则塔之功效真大有补于风气矣。虽然，此堪舆家论耳。语有曰“善建者不拔”，郡人士乘兹塔之建，各务增修于德，益镇之以无名之朴，则庶几不负良有司善终之雅意焉。夫胡公是举，捐资于俸，其廉也。不借民力，其惠也。图功攸终，其智也。功成不居，而前人是让，其礼也。一举而数善备，乌可以不书？余固因赵侯之命而辄记之，以志不朽云。

吴公名兑，卜公名相，浙江人。舒公名应龙，广西人。胡公名梗，滁州人。蔚公名元康，开封人。李公名大吉，仁和人。杨公名沂，四川人。水公名之东，浙江人。黎公名可籽，广西人。赵侯名维绅，罗山人。孙侯名樾，陈侯名一理，皆江西人。例得备书云。

宾日楼记

车大任

余少读《尚书·尧典》首命羲和氏曰：寅宾出日。盖于方为东，于官为春。春分之日，钦若无违，而四时百度受成于此日，其可忽诸？故严之曰寅宾，宾日即所以敬天勤民，即所以宾日，厥旨深矣。按宝郡墉山为城，自西徂东，约数里许。出朝天门，又稍距一里许，旧故有楼，锁钥郡城，凭高眺远，一方称胜概焉。第屡兴屡坏，父老相传，楼名屡易。一云箭楼者，为姜伯约树的以射，而调弓矢于此也。一云更漏远及以上助谯楼，故名。乃或云饯以送行为义者，实非箭也。虽其后改为迎恩，箭楼俗称之不易。其后分守金公乃改为宾日云。是则臣子忠君爱国之心，举目常在，不但为一春分之日，及一东方云尔矣。顾名虽定，而楼竟未修，父老以为关系颇巨。去年夏月，分守王公至，过其遗址，徘徊顾盼，亦若其有待焉。亡何郡守丁公至，慨议捐金图复其旧，而郡中士民靡不响应矣。乃邑侯张公闻之，蹙然起曰：吾邑忝附郭，郭楼之修，是诚在我。爰属三尹顾君协力鸠工，不烦公帑民力，及功成而落之。

当其登斯楼也，长江逶蜒而嘉树郁苍，云气冉冉直堕几席中，而命名仍宾日之义，盖余以兹楼之有是名也，因始升而励志于初，因容光而悟道有本，因照鉴而严幾于独，因中昃而持盈以谦，因代明而恒一其德，是固有然者矣。不但其方去之日为不可忽也，矧自邑而郡而监司，凡受一命之寄者，宣上达下，于茆索绹，省耕省敛，期以利济元元，所谓化国之日舒以长者，其在斯乎？其在斯乎！而或有质于予者曰：日出于旸谷，浴于咸池，升于扶桑，新故相代乎前而无穷者也。以至分阴寸晷，曾不能增减其豪厘，而子欲宾之，岂能以增度数而移漏刻乎？又岂能如后世鲁阳公之挥戈回曜乎？予应曰：否，否！不然，今天子敬天勤民之心昭布于上下，而监司、郡、邑良有司相与竭蹶，不遑退食。是故夏禹圣王也，惜阴是急。周文圣臣也，虽日昃不宁。苟能以日为宾，以我为主，倾葵拱极，忠爱油然，虽日有可得，而我主之者。

尝观《易》曰：明出地上，晋君子以自昭明德。而《诗》曰：夙夜匪懈，以事一人。二经者互相符合，乃古者诸侯朝而辨色，昼而考职，夕省典训，而后即安。卿大夫朝稽其政，昼量其食，夕核其业，而后即安。以及于士，朝而受业，昼而讲贯，夕而习复，而后即安。此孰非以日为宾者乎？惟是予郡徼天之幸，上下同心，兴举废坠，而张令君经营注厝、任费任劳者为独多。且皆能祗承上者之意而推广之，以俾勿坏。若不佞及郡中士庶，犹然在赵衰爱日中也，故曰：东方未晞，下土是冒。而古之太平，当食不蚀，必有所繇致而然。监司、郡、邑大夫，所称卿尹，惟日不足者。任不佞，敢因是楼之成，不以颂而以箴献，其又谁以为谀矣？

城隍庙石坊记

车大任

或有问于予者曰：城隍之祀，经籍无闻焉，今遍海宇无一郡邑不庙城隍者，何也？予应之曰：所以报其保障之功也。是固有仰承帝典，宏赞吏治，而所关系于世风者不浅鲜矣。昔在元季，黩祀不经。我高皇帝首正人心，修明祀典，敕封天下城隍神，自在京暨在外，凡爵级品秩各有差，而俎豆无间，若曰是所为司鉴察于幽冥者也。至于都邑设官分职，假以南面庆赏之权，亦足俨然临之者矣。而又钦定誓词，颁降仪注，著为令甲，俾各有事于兹庙。新任有谒，朔望有谒，昭昭乎表里之协赞焉。若曰阴阳互为其用，而善恶速于劝惩，洋洋圣谟，其意固已远矣。今夫明详礼乐，幽资鬼神，此两者人人能谭之，然礼乐之用显而易穷，尤不若鬼神之感人，有至难测而至不爽者。

今有人于此，或告之曰：某也善，其宗族乡党爱之，甚则有司之旌赏加焉。容有不尽劝者，以神之福歆之，有不劝焉者寡矣。或告之曰：某也不善，其宗族乡党恶之，甚则有司之刑戮加焉。容有不尽惩者，以神之祸惕之，有不惩焉者寡矣。识治君子，明则详于礼乐，幽尤资于鬼神，斯非一时良二千石之选哉？我郡伯胡公莅邵凡三年，劝善有录，礼乐率先。尝见其因地置铺，因江为泮，则庠序佩德矣。剧贼必擒，甘霖应祷，则群黎安堵矣。而犹惓惓节爱，削侈抑浮，顾兹所为于城隍者，焕然一新。是故树石于门，表有敬也。坊取诸石，期可久也。额其坊曰“显应”，盖取昭示夫善恶劝惩之机也。且也堂寝庑壁，宏壮轩豁，大都视昔有加焉。公之用心若是，岂徒对越夫神灵，其真善承高皇帝优崇之典也已。自是我邵之人无小无大，相与劝善惩恶，祈为神之所福，而不为神之所祸，谓非得公是举以感激风厉之不可，矧公以彰善瘅恶为政。邵多善人，神必福善，将见雨旸时若，灾沴不生。

举吾邵尽在礼乐教化中，而神之显应于是为至，胡公保障之仁，亦于是乎大哉！

邑侯赵君善承德意，工竣问记于予。予生也晚，顷叨役豫章，闻公之伯兄庄肃公开府厥邦，恩威保厘，有功德于豫章甚大。今所在郡邑，无不尸而祝之，俎而豆之。予每过于祠下，辄欷歔艳羡焉。今公既踵家学，以抚辑我邦人，异日者安知我郡人有不如豫章之尸祝俎豆于我公也乎？任为郡人，宜先闾巷作为讴颂以报公。兹特著论，以复于赵侯者如此。

绝屿记

龙膺

海中洲上有石山曰屿，渔仙诸山皆列水上且皆石，故名吾园曰“绝屿”。屿以洞胜，洞以岩胜，岩百计而洞十，于百十中拔之得岩壑。

天巧神奇，可称洞天者五。自南面始，为卧龙山，左凤翥峰，又左为龙池，其下为龙湫洞。高广数仞，以吾姓氏同也，因题曰“瀧公洞”。右为虎拜石，下一洞如壶，曰玉壶洞。由虎石而西，有石如梁，横亘百尺。吾负梁而阁，为悬彴以达。逾梁为云根函丈三楹，石旁为栈道，为钩梯，为湢厨，为石井，则藏书燕息处也。后有三峰，曰玉柱，曰华盖，曰双轮，以障于卧龙山。上筑一台曰万壑，是为南极洞天。

由石梁而西北折，历莎萝庵而东，绝壁千仞，下有洞二：曰伏波，实南征避暑室，至今祠貌焉。一曰钦山子午洞，则禅定居之。由洞北折而上，两峰夹束如扃，一水溅溅不绝，曰紫竹涧。铁壁如围，环壁皆秋海棠，夏四月辄花，俗名“瓮城”，更名曰“小金刚轮”。围山而筑蕊香幢半阁于其上，是为北真洞天。

历紫竹涧而下折东北，悬壁数千仞如障，色赤紫如云绮，曰紫霞岩。上有石如飞甍，曰飞霞洞。下筑方丈，曰赤城标。北岭萦纡如规，顶团团如盖，是谓西灵洞天。

由岭北折而东，历磴诘曲，上为雪峰岩，四时绽苔藓如雪。旁一石如笋，葱翠欲流。倚石笋为亭，曰箨龙阿。由笋石入两石，对峙如门，垂赤树青莎，古藤弱茑，迤逦而下，为雪山洞。洞有二：前有方石，如笏如屏，负洞壁而阁三楹，曰趺雪阁，环匝芳树以竹楹界之。由屏右取径西上，为赤石厂窝，筑方丈曰雪山焦，供文佛。面一圆峰，高数千仞，为丈人。巍然逼层汉，壁色如渥丹，兰蕙楩楠，倒挂岩际。岩椒有雪池，池水下流，为芙蓉涧。元鹿、玉屏诸峰当左掖而却，是为东华洞天。

历涧而下，有狮子峰，与象崖相向。崖际卓香象亭，下有狮象涧。历亭而上为岩头山，岩空洞如庐，可容百人狮子座，是曰圣珠洞。右掖一泓注功德水，前有点头石中立。洞圆明清净，妙如摩尼，因跨两石而阁其上，曰摩尼。面麒麟峰，峰之西为虎溪湾，虎时往来守役，为大空、小空侍者。四山辐辏如城郭，而洞宅其中，是为中黄洞天也。

中间薜荔阴森，篔筜婀娜，奇畜珍卉，四时如春，则山山皆是。瀑泉鸣涧逐地移形，毛骨神情有兼胜而无偏枯。

是山也，大者如化工镕范为洪炉，小者如绘工点染为单幅。谽谺历落，窋窱巉岩，有非巨灵所能擘，五丁所能开者。其在方内，宛置五岳如一区。第山有虎豹，樵径久芜，蒙翳千余年，鞠为林莽，故岩头、钦山诸古迹灵踪，悉蕹没不可考。仅于子午洞见正德间分藩使者镌岩一诗，有“洞号钦山”之句。又于隤壁榛莽中，得宋嘉定间铭，云“从岩头招提游圣珠洞”数语。而铭左复遭匠氏之厄损其半。予幸为兹洞山主，又得谢少连、克慈、孝超及杜越凡诸子，皆丘壑中解人，为之擘画疆理，殆亦有人助焉。将借此阒迹弢光，辞嚣学道。

桃源至渔仙洞纪程记

龙膺

由桃源西发为绿萝溪，南岸峰峦缭绕，葱蒨如屏，黛绿空青，堕人眉睫，是为绿萝山。历伏波滩行十里，为绿萝铺。岸北浪花如沸，涨则势益瀰涛，如卷雪然，是曰雪涛。又有大小月汉在中洲南北。已历洞滩，行十里，为白马渡。怪石临江，苍松拂涧，浸寻灵境矣。由渡入桃花洞，仅五里许，为水溪。洞中岩壑幽深，泉林窈窕，绯桃翠柳，方竹虬松，崄峭崯岈，别一天地。历石磴数百级臻其巅，劈岩如扃，白云封之。鸣濑琮琤，潴为方沼。中突兀一峰，卓庵供大士，岿然尊秀。腋拥两山，俯瞰诸峰，攒列如星。江流如带，是其最胜处也。

逾水溪五里许，由水行为白林洲。山渐却又十里，为固乡，则川原旷衍，阡陌连延，溪流亦平涧弗驶。又十里为沙罗村，沿溪中流多鱼梁，为舟楫患。纡岸而南望，见众山腾跃出，其一峰欹溪岸而末锐如瓮，逼视之又如鸡鹜，草树鬖鬖如毛，是为瓮子峰，俗名毛瓮云。峰北岸皆石，蟠亘水底，喷沫盘涡，浪势澎湃，如广陵之涛，舟非群力牵挽不能上。群石或卧或立，潜洑下流，皆前溪诸岩根尔。逾瓮滩而上，历倒水岩十二峰，为渔仙洞，东距沙罗亦十里。

倒水岩渔仙洞记

龙膺

倒水岩在瓮子滩上龙家溪，自北出截其流，而岩有十二峰。列马石溪左，第一岩为龟山。首临水而卬，峰背青绿，偃卧如伏，视诸峰独横亘捍流而前。衷溪之半，西距五十尺，小却为赤霞嶂。嶂壁立如削，上多五色花，下赤赫如霞绮笼盖，林岭如丹。下有钓矶石，又小却为铁壁崖。壁与霞嶂等，顾其色黧如铁。薜萝兰茝，湿翠欲流。又小却为仙蜕崖，崖势更高广逶迤，上凿石室者十。内一室藏黄肠者五，旧传为沉香棺，年远而朽，白骨头颅隐隐在望。舟人有以竿攫其上者，雷辄震怒，綦灵异云。岩麓一峰，空洞垂双孔，如象鼻，名象鼻崖。又小却为龙池峰，峰左悬一道，如铁如剑，草木不生，为龙挂鳞甲处，俗名龙磨石。

峰顶有池注泉，四时不涸。上联峙一峰，圆顶而秀，亭亭葱蔚，直干云霄。下环卧一石如尾，伸足翔翼，宛联翩凤翥状，合名曰凤翥峰。峰脊横峙，一峦中出，蜿蜒下垂如乳，又如莲房，凹处形如却月，乘以三台，恍画棱相次。予开一径，巍崛迢递，筑读书台其上。山曰卧龙，台曰万壑。两腋下各一洞，左飞瀑溪濎不断，名曰龙湫，是为瀶公洞。右洞如壶，名玉壶洞。洞之上一峰，与凤翥、龙池对峙，而蹲伏其股，状若稽首然，名虎拜石。石上三峰，共一枝干，宛若具体，实以中亘为心腹，左右竦为肩臂云。虎拜下西折有石，如梁又如马，俗名马石。下环溪水，即以此名。由马石西折而北，行筱簜中。历庵而东，长崖横亘千尺，有石室者三。中为伏波洞，左为钦山洞。又东折，两峰峡束，清泉溅溅下流。石径一线历层磴，坎壈而上，为紫竹湾。环石壁如铁，四时垂异花，种种争妍，莫可辨识。陟其高阜处，壁愈盘纡，诘曲如围，云构自然，岂假匠石？俗名瓮城，予更名曰小金刚轮。围山而阁其上曰蕊香幢阁。历阁而上为方台，由台陟而上，沿石壁行得东西崖，相望各辟方丈，恍绝尘世。由轮山出东折而北，为紫霞崖。由崖历岭而上，为雪峰崖。崖花如雪垂，红兰赤荔如画。下有洞二。洞右一石如笋，名玉笋石。左一峰崒嵂干霄，势甚奇秀。下有雪池，池下为芙蓉洞。由洞西折而上为象崖，与狮子峰对峙。历象崖而上，为崖头山。下有洞圆明宏旷，四山凑合如列屏，曰圣珠洞。宅众山之中，灵胜为最。

登高四眺，则嶫然如华盖，而特者为天柱。巍然如峨冠，而挺者为丈人。巃然如负扆，而拱者为玉屏。嶪然如戴角，而颁者为元鹿。皆踞其北。溪以南，肃然如列鼎而揖者为玉案，煜然如镂彩而插者为金华，嵣然如画奎而耸者为卓笔。其他前后扈从，如车如马，如璋如珪，如剑如戟，如幢如旎，如金牖银榜者，不可胜纪，总命曰百子峰。以诸峰环侍天柱丈人，俨若儿孙遥拱，罗拜其下，森森如也，翼翼如也。由伏波洞南下为莎罗庵，门西向入，北折为韦驮殿，历阶而上为大士阁。阁背为僧寮，为静室。

又东折攀崖而上，倚石洞为阁，供元帝，实于睢阳公创之，洞有睢阳遗像焉。门额“源阳仙隐”诸书，先计部元扆公手泽也。

兹山神奇灵秀，不知辟之何代何人，第传汉时马文渊南征，曾避暑于此，故石室祠貌焉，而仙蜕长留，灵蘙呵护，此尤其异者。溯马石而上，水涯浮一石，如舟如柱，已为穿石崖。又溯而上，为青湘、为仙人两溪。已为水心崖，下为渔网溪，绝幽胜。夫溪与洞皆以渔以仙名，当世所称避世渔郎，皆神仙流目，后乃讹渔为余，不亦舛乎？释家指十仙为外道，猥以仙名寺，尤舛。村故名莎罗，今以莎罗名庵，取其近似且从佛也。

予足迹半宇内名山，恒谓太华峭削，雁宕幻巧，崆峒幽崛，黄山灵峻，白岳奇诡，太和雄丽，九华葱蒨，金山孤绝，然皆以石胜，而皆病无水。惟金山扼长江，注南泠为胜。复孤立无侣，游览易穷，孰与兹山以青瑶翠珉为骨，以丹霞苍霭为姿，以琪花珠树为裾，以沅流溪水为带，俯仰顾眺，骈瞩不能周，蒐狝跻攀，茧足不能竟，而又云根拔地，罔所依凭，砥柱狂澜，曾不谲靡。其石之温润光泽，苔藓弗生处，如墨如镜，可镌可劘，错列如星，可纶可席。泉流清洌如白玉浆，可饮可濯。溪与朗渚接，可往可来。山灵储以待我，往予拮据塞上，滥窃逐虏功，数蒙上赉。今幸归老，为出买山资，以志国恩于世世，俾子子孙孙戴之与兹山并远。吾友江伯通作《买山说》为予快，并为山灵得予快，予亦自快甚。溪曰龙家，属吾故里，烟霞旧好，如获衣珠，泉石溪山，悉是吾篱落下物。时垂芳饵，坐狎沧波。时鼓木兰，卧看朗月，扫除诸障，永保长龄。群真与邻，千秋是宅，此亦人外至乐也。浮云钟鼎，于我何有哉？客有问灊公者曰：闻公负郭有灊园，具湖山胜，亦足自适，何复尔尔？予笑曰：入林惟恐不深耳，吾园曰灊，吾洞曰渔，吾以一艇一竿逍遥放浪，即不能杖穷五岳，亦何必块处一丘为？因为之记。

王邑侯祠记

孙羽侯

华容滨湖而邑野，擅煎糜之日旧矣。蘧庐者营若民，而民始困。媮窳者越视水，维维以缓，民益困。武健者理茧丝以创艾民，轻以徂亡，而邑与民俱鳌。维昔西蜀田侯以高第淹此，吏治蒸蒸，最六期晋夕郎以去，民以享其利，去而奉尝者如一日。邑之桐乡，其令自田侯始。越二十余年，而又得我王侯。王侯以辛丑至。先是，庚子岁大浸，嶵嶵如山，井邑为沼，田野瓯脱。而又以朗州橥瓠之役，征发顾山钱，敛丁壮以服挽辂，无所牟衣食，民始嚣然。侯甫至，驰之野，环视皆水也。拊循孑遗，招来转徙，星而视事，步而雩出，舍离乡亭，稀有宁居。部使者督课剧，米粟不夙备，课几殷。侯益缓敲朴，令民得自便，斯易以集事，而民益咯咯相让，曰负负也。牛车负担，繦属不绝。而倪宽之课更最，寺人钟官飞而食人，榷间架不登，侯即捐禄入为民请缓旦夕。郡大夫恻然为请，去其籍，及邻近邑咸被之矣。会且料民，按籍较户口，不得匿奇羡，射隐者无所寄，旦日集父老而谂之。吾不忍而圮而潴而处，维而后有田，不维何以果腹，不维何以亟公家？昔之维尝密矣，不时时提阏则圮，则亟谒诸郡，百拜为民请命，上书直指、监司，不时行下邑，得还视污莱。郡大夫洎监司、直指雅信侯，而哀民之保抱流徙不能一日留也。若不能朝食，会议发廪粟，移旁郡邑羡梱至，民得受食。力其所自有，而因以寓饥者，借其力供事，民忻然荷畚锸往，以箦程土日程，食偷惰者无所牟中，而百堵兴矣。好为民开说利害，见上官无嬇婀态。邑有所利建，直肩之不少逊，始若落落，而竟成就无不中所计画，邑人士亦不忍有所剌戾，何者？诚一之所格也。

侯居常都布偻衣，蒜果一筒，意于于焉，不以一卮豆赋民。时日暴露，具糒醪从，民以半菽进御之，瞿然若不忍咽者。亦不喜饰厨传，輶轩使洎台史至，寻常折俎外无所加享，他邑则食方丈，品尝不能别矣。侯曰：吾称吾邑，不忍以民力徼善事誉也。方田侯之莅此也，治常勤敏，侦空舍中少年，语乌攫其肉，庭鹤不惊。民颂之为神君，而侯一易之以宽，以廉智自将。居六年，蒲鞭集事，未尝轻谴诃人。小民以利害告，当食吐哺，介马而驰沮洳，缓征省役，与民平衡。凡侯所为民计，不啻其家，则釜鱼尘甑，其汉史云之遗乎！

夫有莱芜之操，而后可责以颍川之治。侯直古廉平吏，非今人俦也。今之夏六月，淫雨浃旬不休，阳侯介焉，视庚子加虓，城中外荡为壑，沟中之瘠可掬也。侯为之不举，日垂涕而濡沫之，民亦忍须臾以为有慈母在。无何而京兆之命下矣。此时闾井萧条，民坊尽（决）〔没〕，而不能使侯以终此志也，则何武之思深矣。惟是邑父老、搢绅弟子，暨闾右乡廛，无小大咸相顾，不谋而同计。以侯之治行勒之贞珉，而建屋于里亭之旁，所以奉尝者如田侯。

拟进讲记

李腾芳

吾师琢庵冯公，少负异才，好学能文，通于当时之故。年十九岁入为翰林，即隐然以天下自任。连为讲官者十余年，其侍上最久，启沃最多。忠爱肫切，上顾而眷之。其所进讲章，有《通鉴》若干卷。讲章之义，旧取于明白简近，便上省听。自本旨字句之外，不敢旁引更端以自为说，有之自公始。盖借古人臧恶得失之端，为今日药石攻疗之论，此公之用心微曲坚苦，非人之所能知也。

予读其书，窃有感焉。夫世之君子，爱其君尽言而不讳者多矣，然幸而得听者十一，不见听者十九，何也？夫人与人相与，直言其人之善，言之而过其实，虽好谀者亦必内惭而不肯当。至与言昔人之善，未有不羡者也。直言其人之不善，而至于甚，虽乐受者亦必外忿而不能容。至与言昔人之不善，未有不笑者也，岂惟羡之而已，自顾其行有不类是，其能已乎？岂惟笑之而已。自顾其行有类是，其能安乎？然则吾虽十言而十见听可矣。由是论之，世之君子欲告其君以言者，孰有善于公者哉？

今观公之论汉武帝也，有曰：武帝待卫青、公孙弘亲之不重。待汲黯重之不亲。然总之冠亦见，不冠亦见，踞厕亦见，可见古之君臣相亲无少间隔，故其下易事其主，而上易知其臣也。夫天下之患莫大于君轻其臣，而相隔尤甚。盖有所亲，则尤有所重，若一相隔，则无复有亲者矣。又曰：武帝之臣，惟弘最称上意，而最宠任。黯屡忤上意，而屡赐告外补，然淮南之谋，不畏宠任之弘，而畏赐告外补之黯，何也？见椎鲁戆直之人一味忠鲠，在人主面前尚且执德不回，触忤不顾，更有何利可以牵动，何人可以摇惑？若阿谀迁就之人委曲多端，在人主面前尚且支吾变转，后见大利大害，岂有不趋避之理？此弘之所以见轻，而黯之所以见重也。人臣观此，则知所以自处，人君观此，则知所以任人矣。

其论和帝也，有曰：帝与郑众决策而诛窦宪，岂非英断？然外戚之祸除，而内宦之权重。原内权所由起，始于有功，有功始于决策。盖帝之所以不与股肱大臣谋者，以素不与外臣亲接耳。人主常延见大臣，无事则谘访得失，有事则参决谋议，若常不相亲，即有事亦难独召。召之则机露而事败，势不得不谋之于内。谋之于内无论未能成功，即成功亦有后患，岂非后世之永鉴哉？

其论宣帝也，有曰：人臣言有不当，只合置之而不必加以罪，即真有罪，亦宜使廷臣评其得失，法官定其轻重，岂有独付执金吾之理？自此端一开，而后世凡有触连辄下诏狱，往往以笞掠杀之，则宣帝之杀盖宽饶为之作俑也。

其论灵帝，有曰：帝作列肆于后宫，释衮冕而衣商贾之服，舍大辂而操四驴之辔，不过一时为戏。而书之史册，遂为千古笑端。甚矣，举动不可不慎也！盖人君常御大廷，礼法严重，身心自然收敛，言动自然端庄，故非僻之干无自而入。若身居大内，不接群臣，所居皆燕闲之地，所与皆狎昵之人，故非礼之动乘是而起，宫闱深邃，见谓无伤，而不知天下传之，史臣书之矣。齐桓公好紫而紫遂胜朱，汉灵好驴而驴遂胜马，若遗其好以图天下之政务，收天下之贤才，则何才不得，何事不理乎？又曰：天下财利，名为泉货，原当流通，必无聚而不散之理。布之人间，则上下流通为天下之用，收之府库，则缓急有赖为军国之用。若藏之内帑，积之不用，则始为私藏，终为祸端。财聚者民散，多藏者厚亡，聚乃所以为散，利乃所以为害耳。灵帝私藏于西园，未几而散。德宗私积于琼林，大盈，未几而散。自古明王以不蓄为富，以不贪为宝，真有见哉！

其论元帝，有曰：恭、显所以权倾中外者，以帝委以政事，群臣因以关决，而宦官得政之由，实始于武帝游宴后庭，不见群臣。大凡人主不见群臣，则中外隔绝，而权必旁落，虽以武帝之英明，仅不当其身，而于子孙见之。其为监岂不甚著？又曰：在《周礼》内，官统于冢宰，故多治。自秦以后，大臣制于内官，故多乱。大臣以中贵喜不喜为去留，中贵以嘱托行不行为喜怒，则未见其可以为治也。

其言精彩切愕，有为而发，悉中于当时之故如此。然自公言之，托事造端，微见指归，而未常以言为名。自吾君听之，随类相求，往往而解，而未尝有听之迹。呜乎！此世之君子以言告其君者，未有善于君者也。昔欧阳修有言：天下之得失，民生之利害，社稷之大计，惟所见闻而不系职司者，独宰相可行之，谏官可言之，故士学古怀道者仕于时，不得为宰相，必为谏官。盖谓士之欲有言者，非谏官莫能耳。呜乎！孰知夫今之言不在谏官，而在讲官乎？然愚推欧子之意，以谓人臣事主，苟得言以为幸焉，况乎吾言之而又能行之，其幸尤何如也！昔唐宋之制，士由谏官为宰相，十常六七，则夫能言而又能行者，亦已多矣。本朝宰相，惟翰林得为之，而谏官不与焉，其言而行之者，其谁邪？今公之书，凡天下之得失，民生之利害，社稷之大计，见于所讲说者，岂止于谏官之所能言者乎？公之位旦暮得为宰相，然则能言之而又能行之者，其惟公邪？愚小子，请即以公前日之所言，还以责公后日之所行耳。

万楼记

李腾芳

邑之形如展幅绡，上下两出如左右手。上出者巨石百余尺，巉巉江波间若騖若轧，邑人所谓马蹄石也。下出者颓然而已。颓然者，正水之所去也，邑人以为弗善也。民岁饥，缺贡粜，鲜畜积，或是之以告于令包公，谋筑石为台，堑沙截波，覆之以楼，极其壮为闬捍，相其址既树之表矣。一日予过其处，循表而下数十百步，得断岸焉，隆起有脊，高逾于前，伏沙隐于岸下，臿尾于江中，下有沙为之翼。前山接迎江流抱转，群形之情毕聚，私谓莫宜于此。然惧先表者哗，默而不敢言。明日，包公一览而定，正其处也。则以属其事于太学谢选、贾人熊廷祥，而哗者不休，二君则私以丝度江，得狭四之一。又以丝度至马蹄石，折而于邑之中，适中其中，又以盛夏江涨，縻舟上下，覼水之所及高寻有几，二君可谓勤且精矣。然后不疑于其志，而戮力以就工。至日，予与包公登台而周观之，地之隆者益出，沙之伏者益偃，山之迎者益近，江之转者益洄。少焉蹑级而上，身纵于楼之端。千里之风拂槛而来，万袅之烟缕波而起，林瞑江动，水叫石激，山川之精，呈巧献工，气象变怪，宜其如此。视之既久，城邑渐明，原隰映带，屋瓦草木皆可指数，而水之欲往者，有以为之留，山之来宾者，有以为之主。

于是公作而叹曰：兹真邑之闬捍乎，造物者之设是久矣！吾与子不谋而得之，岂人力也？喜题其台曰“杰灵台”，而命予以楼之字，字之曰“万”。万，数之大也，邑从此而大也。公曰：善！呼谢生书而揭之，而予窃有感于生以丝度江之劳也。夫地起而沙伏，山近而江转，此事之可以目睹而知者也，而生必待夫以丝度之而后信焉，则夫有不可以目睹者，当何如也？既幸其有以度之而信之矣，而有不可以度者，又何如也？推数广之，天下之治乱，万物之是非，苟有人焉，虽魁垒有名，而淆之以众言，抹之以我见，则有目而不能视，纵视而不能见者，往往矣。然则何尤于生？若夫有以度之，而又不信，曰是谬为之，则其人虽起，圣人而与之语，亦不可得而明矣。予之言非以夸于先表者也，以慨夫天下之治乱，万物之是非，莫不然而云然也。

台高三十尺，楼高四十尺，眠波之面已七十尺矣。用石三十万尺，用木三千个，其作而成之岁月，与南山之塔同，而费之数亦如孝廉谢生记之。

半边街砌石记

李腾芳

县治之迤西临河者，曰半边街，街之上流为大步桥。县后田涧之水出焉。下流为流水桥，城中之水出焉。其波漫衍洄伏，岁以城漱。往予为诸生时，见城尚去水有土若干尺，今无有矣。每岁雨淫河溢，居人絙竹以为城卫，援竹以行者，彳彳亍亍，卒堕波中，或浮或死。二年间，水益大，河破城而入之，舟航于城中，城之人震悼涕泗，聚而忧之曰：将无城矣，无室庐矣。及谋出货力，甃石以捍患，则无有应之者。予不觉叹曰：世之人悭焉，宁有如吾邑人者哉？所居之堂，鱼且以为宅，所寝之室，虾且以为穴。世之人痴焉，宁有如吾邑人者哉？明日，有告予以王相捐银千有二百两，请于官以事此者，予不觉又叹曰：世之人喜舍不吝，宁有如吾邑相者哉？尽城之人之堂以鱼，而相无与也，尽城之人之室以虾，而相无与也，世之人宁有慈仁利物如吾邑相者哉？而向之悭且痴者，方相与以讥相曰：是有货盐若干，将没于水，誓之神以免，而不得不以者也。予曰：汝不见夫贾万斛者乎？方其汩于重渊，罣于蛟牙，指妻子珍宝以求援己者，而惟恐其不济，既济则持一敝袍，且予且惜，以方之相然，则相为何如也？讥之者语塞，则曰：是未必信。既而见相之沉石堙流，信矣，则曰：

是未必成。既而见相之工举事集成矣。

石之截然者如堵，隆然者如丘，横然者如舟，黝然者如云，登其上平然者如砥。其长四百尺，高三十尺，阔之数如高。夕照西颓，山月穿江，行者既倦，游者思息，相与拂石而坐，扣墙而歌。歌曰：石硌硌兮，水丧其威。城矗矗兮，河循其规。居者以安兮，行者以夷。繄谁之力兮？老子东溪。东溪者，相之字。歌者乐之，故字之也。歌未阕，向之悭且痴者且讥之者过而听焉，俯焉以思，赧焉以惭。呜呼！夫见人之善，则莫不喜而思以企之，民之良心也。耻不能而加讪焉，岂其心哉？至于俯焉以思，赧焉以惭，则益以见其良，而向之良暂闭耳。

予观古之英磊才人，动欲以匡世济物，不幸为人所讥嫉沮败，以至于无成者，往往而是。即成矣，嫉之愈力，求其俯焉以思、赧焉以惭者绝罕。然则相何幸，而邑之人心又何以暂闭遂开，其良有如是哉？然相亦知所以幸之故否乎？为之遭其时，主之有其人，则害去而功成，毁止而誉来。主之无其人，为之非其时，则衅生而业败，誉往而毁〔来〕，即相之事，实赖大夫包公之至仁，摩之使厉，鼓之使跂，烛之使耀，卫之使不仆，蔽之使无畏，故害去而功成，毁止而誉来者，以此。

相之子生员某丐予文以镵之石，予惧其狃于幸而不知其由，故书以告之，且以示于后，使知大夫之德而相之遭也。

长沙县新迁县治记

李腾芳

邑之在湖以南者，惟长沙壤地大而赋入为最贫，户口多而民力为最罢。地大赋贫，以其土瘠。户多力罢，以其俗惰。故吏于斯者，薄敛缓征，挪东补西，而犹不足于财。简徭省事，匮上贷下，而犹不足于力。虽然，使得宅幽阻静，自为城郭人民，则财虽贫，而以自奉其邑，尚不至于病。力虽罢，而以自治其邑，尚不至于急也。而是邑又为丽郡之首邑，自监司、郡守以外，驿道之使如织，期会伏谒必先至，钩索诛责必先偿，厨传廪饩必先供。其次为善化，善化邑小，以十计者，长沙取六焉。然使邑与善化并城而居，凡所至、所偿、所供者，长沙先而善化从之，则邑虽贫而病，罢而急，亦不过与善化等耳。而邑治又偏郡城东十有余里以外，瞷空枕郊，无城郭市区，凡吏舍、管库、狴犴之属，皆颓然于断垣榛棘之间，长吏岁时之剧，十九在郡，十一在邑。所至、所偿、所供者，善化以小邑名，以四取之而无不给，有不给则以长沙解。长沙以大邑名，以六取之而有不给，有不给则不得以善化解。故长沙之贫而病，罢而急，实倍于善化。而吏之来令二邑者，善化每以最闻，而长沙则否。

自予为童子时，闻是邑欲迁于内者屡矣，而卒不果迁也。郡守汪公，一旦悯其艰，揆其便，相厥土宜，檄赵令亟迁之。而令勇于受命，为之有方，阅期月，县遂以成。其始作也，守捐俸，令捐薪，县人复率其粮米以助，自斗及升，而人不以为费。梁桷瓦甓，择其旧县之可用者，使践更移挽，城旦治地，而人不以为劳。外则自屏以达于堂，内则自燕阁以达于室，旁则自（椽）〔掾〕吏之舍以达于丞尉之治所，秩秩翼翼，高广爽丽，而人不以为侈。

予顷从京师归，将以明日怀刺谒令于旧治，而候人以新迁告，予喜而忭，令因为予道其所以迁之始末，使予记之。且曰：此邑百世之大利也，不可以无词。呜呼！夫古今有大利大害，而弗克为者多矣。非吝则怯，吝者惜其费之出于己，怯者逃其责之来于人。苟可以惜焉，苟可以逃焉，而乌用为之？故是邑之欲迁者屡矣，而弗果迁也。讫今乃克迁焉，若守与令非所谓不吝不怯者与？不吝是其廉也，不怯是其勇也，当今世而予及见夫廉与勇者，以为郡邑创无穷之规，真不可以无词。

天津新造海舡记馆课

李腾芳

先是，倭遽告急，天子下公卿大夫议所以战守备御之者，甚具而有法已。已又言者谓倭脱乘帆从海上来易耳，南指淮扬，北指天津，倭绝虑无迁，而我师即选练，束手沙渚间，度不能与之争舟楫之利。共议造海舰，集舟师犴之海门便，复下群臣议。议如言者旨，制曰可。遂兴役，无后期。于时费水衡金钱若干，得舟若干，望之如千樯列雉然，备矣。

而言者犹孜孜有后计也，曰：夫乱不以备乱兴乎！备生扰，扰生困，比军兴者，实受其骚一之甚矣！就是民也不鱼肉，倭故鱼肉。是役耳，又庀财则胞者半，浚事则败者半，视廪则惰者半，洋洋大海，一鼓而驰之，诚未知得水之曲折与舟之便利否也。今度舟一艘，受兵数十人，用舟师数人，治舟百艘，当兵数千，舟师千人。海岸数千里，海口数百处，以少则不足，以多则不能。国家顾安所得数万楼舡下濑之师而用之？噫！是不然。夫事无十利者也，法立而有难，权其难而事成则为之。事成而有害，权其害而功多则为之。经国者常患事之无成，而不患费之无用，以无用之费，成可恃之功，亦何惮不为？今国家费数十百万耳，治数十无用之舟，则数十舟耳，事之不成，则此数十百万者，能橐而藏之乎？度民之必扰，与其出于倭，宁出于我！度水军之必不可已，与其取于临时，宁训于今日！倭之不来，备之何害？若其能来，备之为瘳。我君大夫无亦虞其来而备其卒也。且向以其必来也为之，而咎其不来也，以其可用也作之，而悔其无用也，此谋欲先定，必且观于后，利欲先设，必且怯于害。夫未用，吾安知其不可用也？不用，吾安知其终不用也？信其可用而时葺之，亦必徐得其用。悔其无用而终弃之，又将自丧其实。凡事皆然，独治舟哉？吾故并次其论，列记以告当事者。

吐秀岩记

何太谦

余家世卜居于水滨，咿唔之余，每棹舟泛月于巉岩峻壁之下。一夕睹石窦间磷磷若火起，予心异之。越日而披荆棘，寻溪介，忽见一石如拳，门壑洞辟，褰衣入门，而中区平衍，可坐十人。傍有厨灶，内有卧窝，就石架木之痕宛然在前。一方牖下瞰清流，可以垂汲。正面依石成匾，署曰“吐秀岩”。字画苍雅，殆非凡笔。末端有细字，形影依稀，斑驳不可读。予爱其幽邃，读书其中，时有波光浮金以悦目，鸟语奏笙以清耳，久习其间，恍若有得。一日有白鸟爰止树颠，羽毛异常，说者谓凤类也。因刻一编曰“白凤鸣”。嗣是举孝廉，构别墅，携子姓锄经艺典，钱塘金学宪锡之额曰“吐秀堂”。迨戊戌，领南宫刻行卷，遂题曰“吐秀堂草”。

一行作吏，田园荒芜，然心神无日不往还其所。予与清江令张君增修《广舆考》，已揭吐秀之名，载之名胜。异日解组归来，洞壑相知，足以考矣。夫灵秀发于山川，吐秀会有昌期，猥琐如余，奚足语此？凡我子姓，岂宜负此山灵？但欲以比之避秦桃源，似非其偶。即谓予而误入天台也，而予则已实蹠矣。公余退食，游神故园，遂援笔记之。

何侯去思碑祠记

周之龙

何侯令潭之七年，以治行卓异召入备掖垣。先是，上意欲特召，旨屡不下。幸兹获请称殊数，而在我潭有今日，则二百余年所创睹焉。侯言发潭，父老实重去侯业系之思而镌之石矣。既又聚族构为祠，肖侯之貌肃奉之。乃语余孺弟之某属记不佞。不佞倦游，请告且近髦，何能为役？第惟华胥穆沕之世，耕凿自如，浑忘智故，乌睹思哉？思之起，则南国之于棠也，郑人之于侨也，畏垒之于庚桑也，岘山之于羊叔也，要以是非衮斧，人心故自不磨。孔子曰：斯民也，三代所以直道而行也，谂矣。

始侯之至潭也，皭然孤贞，丕厘百度。诸所张翕，率正直荡平，不赫赫见奇，而亦不沾沾市德。里中父老类能道之，不具论。论其最著者，曲悉民岩，谆谆如拊摩其子，焦劳靡倦，皇皇如拮据其家。而会邑有改创之宜，凶灾之值，以试侯之闳经伟策，乃侯应猝若常，修救若纳，卒与吾潭虑始而岁不为忧。至其蠲苛繁，持体要，申约束，节征输，中罚刑，苏物力，作新髦士，教化躬先，其所斧藻而驰骤者，道德之精英。非才谞之矫饰，猷业之轨迹，非伎俩之遍长，则潭之民日由其藩而难使知者也。余稽史传，若文翁、朱邑、龚、黄、召、杜诸循吏，为民劳苦不怠，以故所居富，所去思，至今见德之乡，春秋祠祭勿绝。夫潭独异民哉？爱其树犹然勿翦，里有井，百家取养而甘，以此思民，民所意违，即以主权不得要匹夫，民所意向，乃以莫强，惟独柔一令，故孔子曰：直也，令于民，奈何无惧！惧则爱，既以生聚，尤复燠休之，化诲之。是谓民有其令，上下交有以永休嘉。即邈哉华胥，亦庶几南国畏垒之遗矣。百世而下，知祠不知侯乎？祠在县治东南隅，规方四丈，延袤六丈，侯故迎送往复所也。中为堂三楹，外为棨门三间，环以缭垣，经始于万历己亥春，不日落成。

侯名起升，字旭如，别号本江，蜀富顺世家。登万历壬辰进士。侯之行也，闽中郑侯实继之，乐与侯僚属冯君、郁君、王君观厥成。其董斯役而捐之资者，乡父老暨博士弟子若而人，俱得备书。不佞邑人也，不能为潭再借侯，第为之志岁月。又系之辞，使童叟歌之，以祀侯世世云。辞曰：

潭之山兮秀而峙，潭之水兮清以驶。孰移我山兮亦激我水，我民之仰兮晓霞高。我民之思兮共此滔滔，孰扢而挽兮回迤砥柱，遥盱衡弗及兮我心忉忉。

神鼎记

杨嗣昌

自武陵县神鼎门舟至延溪，虽逆水而上，不过一日程耳。然不能一日恒得利风，不十里而落，落十余里复帆。余始殊怪曰：榜人者之无恒若是，乃今尽得之。吾郡形如鼎，往者从郡望江南，以为是鼎，不知其一足耳。自江南至大溪，北望丹洲，则又其一足。过大溪至武山，南望木塘，而三足具焉。微木塘则延溪之至大溪，善跃者可过也。微丹洲与江南地，则自武溪之县门，与自龙湾而之于德山者，呼者可以闻，而善游者可以达。延溪不直下折而西，故木塘为突，武山为兀。武溪不直下折而南，故龙湾为肉，丹洲为好。大溪不直下折而北，故江南为环，郡治为玦。分之各具一鼎，形而合之为一。

宋世有鼎州之名，郦生有鼎口之说，以今观之，皆引而未发者也。鼎以梁山为盖，枉山绿罗为耳，穿石为铉，城邑为实，金牛为案，紫苑白沙为豆，秦人之桃，李氏之橘，廖氏之丹，崔婆之酒为荐。有过而问焉者，襄阳之句、《离骚》之字以为款，盖昔有言武陵之鼎者矣。鼎在泽中，而耳见于外，其间可过六七岁小儿，彼其赝鼎邪？如吾鼎者，舳舻舴艋十百相衔，顺往逆来、分风画水者，皆从鼎之腹脐间而过者也。无惑乎榜人之不恒其事也。

河洑山记

杨嗣昌

河洑山者，山下出泉，伏流而入于河，故相传谓河洑山也，一名武山水，即武溪。孟浩然诗：水回青嶂合，云度绿溪阴。即此地。余读《水经注》，沅水自绿罗而下，东径平山，西南临沅水，寒松上荫，清水下注，栖托者不能自绝于其侧，则又有意乎兹山，以为是平山也。或以为不然，曰：平山者将临而不丘，衍而不嵬也，是山然乎哉？余又疑之。夫绿罗以下无山，非无山也，童而不树，涸而不泉，远而不临沅，临而不西南者，余皆不敢以为平山也。是尚安在邪？噫，兹山近之矣！

山形照水者，东、西、南三面，而东之趾为田，不及水数百步。西南两足濯水中，南与东作势起为峰，而西则突而展其腋。自西东皆有术以缘其顶，而西为斗，东少迟，南之腹有细路，倾曲而上之，游人不径也。自山外望山，未至三十里辄见之，状如老龙，鳞甲怒张，凭高下饮，而其色如黑雾一道。风雨从之，渐逼山前，则草树离离，色状俱改，了不知向所见为横岭，为侧峰也。山虽削出，达其上则夷。道旁宫舍，地皆如掌，而无精构可以凭临，惟东一郭便瞰郡城，田庐井邑，分明在眼，而与善卷一峰尤巧相值。天日晴霁，浮翠之色若可以呼吸而得之。风烟雨露，苟未甚至于晦冥，则皆不足以隐蔽。而此山肤千峰挺立，叶皆抱树而生，秋霜所过，一赤如火。此东一方之观。而西南观则出山门，乃可尽之。门之右遥见沅水，自绿罗而东，三折乃至山之麓。自山麓而下，更三折乃去之。方其绝绿罗至延溪，骎骎乎来矣。怒而舍之，若有所望而避之，以为其远而不可狎也。已而奔腾迅泻，济出泪入，突而至乎前。凡撼山者三，初撼而石外御，再撼而石内拒，两石相与衔而吐，复茹茹复吐，力且尽遂毕。以撼山之根不为动，则徐而去，若犹有恋焉，有斗志焉。

已东而西，既往而复，捣大溪之口，如旋军也。延溪与大溪当两折之中，故相望不数里，而木塘一片地，如悬瓠，如大腰，特出其间，沟壑、聚落、草树、陂塘、佳麦、良苗、黄牛、细犊，皆为图画。种种烟霞，不借工于笔札矣。

自山下皆沉潭，鱼鳖尤所潜泳。完蓑败笠，断艇横楂，方去方来，无夜无旦，歌呼欸乃恒不绝声，江湖贾人语言淆乱。衣裳诡制，楼橹罢劳，呕其土风，亦嘤嘤不已。冠盖驿使相望于道途，车马（轸）〔铃〕声时吼于涧谷。童子之洞箫，道人之山磬，林禽之夜啄，水鸟之朝嘲，咸满幽人之耳。嘻，其至矣哉！犹未也，规者为井，井吾不知其凿也。渫者为泉，泉吾不知其源也。自日而夜，溅溅然，自春而冬，湲湲然。扬之而不殷，抑之而不齰，不腐于其止，不溢于其闲，尝之一滴，而味逾乎金锡之甘。吾故不能自绝于其侧，而仿佛之为平山也。

梁山游记

杨嗣昌

梁山者，吾郡北镇山也，去郡三十里。考郡志曰：是阳山也。

先时祀阳山神以梁松配，而后因名曰梁山。梁山之碑言：伯孙以征南将军卒此土，而民尸祝之。按《伏波传》，帝使虎贲中郎将梁松乘驿责问援，因代监军，无“征南”字。而松本传，永平四年，县飞书诽谤下狱死，其不于此土明甚。至刘禹锡为诗，亦弗审，曰：汉家都尉旧征蛮。误矣。汉制，天子以列侯尚主，初不为都尉。都尉者，驸马也。汉置驸马，掌御马，秩比二千石，亦不以官主婿。《梁统传》：（於）〔子〕松，嗣陵乡侯，尚舞阴公主，三迁未尝为驸马，宜不受都尉之称也。而旧志直谓伯孙无传，则尤可笑。

然则，梁名安昉乎？余观《前汉书·地理》注，义陵县有鄜梁山，《后汉》注有松梁山，《水经注》武陵郡有嵩梁山，汉寿县西有杨山。义陵者，武陵也，今之汉寿乡去山不十里。疑诸山有一是，要之，梁山名字远矣。

山有术焉，如显而且径至，则翳翳然迂回而上之，达庙门始夷。庙门左行而南下，则观音桥、白龙涧、韩婆岭、松毛塔至故观音寺，十里而崎。左行而东下，则金凤觜、鼓响坡、风门洞至玄真之观，十里而曲。右行而西北下，则两碗泉、十二岭至灵泉寺，二十里而遥。不左不右，直南历阶而上。庙前之一峰，里许而平，改由庙后扪萝挽葛而上。直北之一峰，三里而峻。前一峰故无名土，人谓之面山。后一峰以其形似，谓之髻子峰。由面山南行而西下，为马鬃岭，约数百举武。由髻子北行而东下为虎目岩，又数百举武而术始尽，不复可游。游梁山者大都不至于是而止矣。

梁山虽非往牒所称，而其宠巃旁薄之气，固自杰然一方。高者下者，崄者夷者，正者倒者，踉跄奔走而来。药山则首东方诸山而峙于左，浮山则率西方诸山而立于右，两山相去各百里，双撑如左右手。自面山望之，地丑力敌，无分毫相负。前乱山无数，如群羊触藩走，仓皇未有所之。鼓响坡而上至大龙山，翠屏千仞，连手相萦，数十里云岚，与阳春三月水草一色。马鬃岭形如昂首，而万木森森，酷有风鬟雾鬣之状。虎耳岩斜出峰端，下临虚壁，寒苔万点，侧峰千罅，自非牵萝直上，躬涉其间，几与顽石同弃矣。而天井岩泉味清冽，松杉老矣，豺虎攀之，时见爪痕，恶竹漫山，高才三尺许。千枪万剑，林中深不可测，游者往往畏而不尽。

山孤撑无以为敌，俯瞰四周都无纤翳。南面郡城如带，城中楼阁隐隐如卓锥。沅流九曲而过其前，每一曲间首尾几欲相就，盖如环者三焉。善德峰青临水次，遥天断岫，远水寒波，明灭有无，莫得悉数。山中之地半入藩封，开国以来，园陵相望，朱门掩映，碧瓦参差，桧柏梧楸，苍然斗色。自驰道入山，凡十余里，长松落落，夹路垂阴，行者如度幽谷。飘风所过，不减十万军声半夜潮也。

余既疑梁山之名不自陵乡侯始，而旧志亦谓陵乡无血食此土之事，然其著于碣者，一在西晋时，次在五代时，最后南渡时。言凿凿，余谨因其本事而写之。先是，妙音之时，陵乡形见，曰：某奉上帝敕主斯土，而庙容不称，愿徙峰颠，因忽不见。一夕大风雷雨，庙腾峰顶，明旦视之，椽瓦自如。其后雷氏构逆，阻兵城南雷家洲，而马湖南讨之，亦请于神，有功，敕封神为义安王。神欲为表文谢上帝，乃遣朱衣吏夜摄史生松于梦中为之，又追僧彦修佐之书。史生者，洛阳人，时寓州城，梦中如有人牵马召之，掖以升驰，而历山若飞。至则见冕服而王者端居，遣为文，初辞不敏。王者曰：无让！而名在科目，故以相烦。顾左右取《东汉传》来曰：此吾事也。君名与吾同，宜改曰扈，即应科目。史生即谢易名，而为表文奏之。王者称善，乃令彦修书。书毕置酒殿中，史生则为诗以献王者，云：南国贤王夜宴时，殿前高下甚威仪。凤笙清应歌喉滑，鼍鼓轻敲舞袖垂。风散金炉香旖旎，纱笼银烛影参差。今宵得遇希奇事，深愧全无绝妙词。又歌赠彦修，有“醉笔频挥彪虎走，须臾数字大如斗”之句。已而引满数白，起行忽惊觉，酒气拂拂犹在枕中也。因尽忆所为文笔之。比明，访僧彦修，得之开元寺，已录文在案，相与诧其事而传之。

建炎四年，郡有草寇围城，太守焦焕炎北望叩神，顷之若兵数千自北来，金鼓有声，旗帜皆大书“梁”字，贼望见大惊解去，兵亦旋没不见。盖其灵昭昭有如此者。

山中之碣有三，植者二，偃者一。读其刻无异词，皆承载斯事。按《五代史》，马殷遣秦彦晖攻朗州，事平，在梁太祖时。而关中石刻，乾化中有僧彦修以能书闻。乾化则太祖之年号也。武陵旧志，梵寺中无开元之目，而古迹春申君宅注有“府北开元寺，今入藩邸”之语。推此知其不谬。至建炎四年，鼎州民钟相作乱，为孔彦舟所擒，余党杨华举兵，复为程昌寓所破，见于《高宗本纪》，则草寇之明验也。语曰：人道迩，神道远。其然乎？

案：旧省志载此文，惟有首段，不知据何本。兹从括苍何氏《名山记》录出，凡四段。然《名山记》又经朱氏删节裁割，而改为《卧游集》者，不尽为原本之旧。朱氏有自序，中多草书，其名不可辨识。余疑是“启”字，其书则道州何子贞山长藏本也。汝怀附记。

观岳阳楼记

杨嗣昌

岁在乙丑三月庚子，予观乎岳阳之楼。岳阳楼，岳州郡城之西楼也。其面正西，临视洞庭，漭漭滔滔，初未有际，惟若远天落于湖外，无复尺寸之地而止耳。

夫湖，南有长沙，西有武陵，北有荆蜀，彼岂无一峦片石，杰然高出于湖表者乎？何眼瞀精绝，睹湖之状若大圆际天而外无一物也？语占气者仰望三四百里，平望在桑榆间，余二千里，登高而望，下属地者三千里。然则三千里外有物皆可见也，而湖之外遂三千里乎？途行者之见远山，若一螺子，一蚁甲，或数日而后至焉。今航湖者一日亦达，数日亦达，乃其视数日外若鸿蒙未开，而希一螺甲之观不可得也，则异甚也。瞿昙氏谓眼为八百功德，彼以十方言之，方得二百若一百。今极吾之目视一方，不数十里外而遂许以二百功德，不已多乎？俗谓洞庭为八百里湖，以八百功德视八百里湖，至相等也，而何其不相及，大悬殊也？若谓眼不如耳功德，则尤惑焉。今使吾耳洞庭，虽得其风水澎湃，歌呼欸乃之声，不过里许而已，绝不能远有所闻，出眼功之所不及也，而又何德以过之，无已其神游乎？夫神游者，不知其游也。不知其游而游，所以神。吾目不知所以视而视至，吾耳不知所以闻而闻生，吾情不知所以畅，而已与万里烟波相为浩渺，而无终极也，又岂词喻之所可至哉？

予观之是日也，风去雨还，云驰雾骤，鲛人、龙伯与尧女舜妃，争为恍惚奇诡以眩人于不可测，凭轩久之，疑将折而入于洪澜之中焉。念昔秋夜几半，浮一叶中流，求栖不得，几不知有性命，迄今而胆为之怵，欲哦诗自慰未能也。仰视檐端，有押杜韵作诗者，乃叹曰：人固不同量若此！酒有别肠，诗又有别胆耶？因咋指吐舌而去。

夷望山考误记

杨嗣昌

余观海内水中之山，无不名者。龙门、底柱、小孤、大孤、金山、君山之属，以大特闻。至滟滪堆，片石耳，而沈牛戒马，声雄自昔。

吾郡之有水心岩，奇险相敌，而肤色神理，不啻过之。韩退之诗“江作青罗带，山为碧玉簪”，盖兹山实有之矣。余每恨其无佳名，但曰岩耳岩耳，殊为俗目。偶读《水经注》，沅南县西有夷望山，孤竦中流，浮崄四绝。意此八字，非此岩不足以当之，然尚不敢的指以为是。及读其下，又云南有夷望溪水，南出重山，远注沅，乃始跃然，知吾前日青巾赤脚，并舟而入，游泳贪往而不返者，乃夷望溪，非渔网溪。夷讹为渔，望讹为网，此音之最近，无可疑者。使吾郡人一至此岩，归而读注，皆能辩之。

游桃源记

杨嗣昌

武陵去桃源一舍，陬溪半之。余生二十六年，足不过陬溪一步，安知彼土山水之夭绝也？今年癸丑，公安袁先生再为此游，余始愧为武陵人，打两桨尾其后。而是时李工部以使至郡，与袁先生二十年旧交，因路寄载，信宿而返。余独从袁罄丘壑之美，后十日乃还。从游四人，公安崔谦光晦之、当阳陈伯耀伯弢、新安贺人龙景明、吴兴沈季璋仲敏，皆拔俗之士。崔则袁侣，沈为李客。袁先生名中道，字小修，余父执李工部名纯元，字长叔，余同年友也。桃源而下诸山，未放脚不能记，记菉萝而上。

舟上看山异，山上看山远甚，迎见若扑若刺者，势也。逼见若绘若刻者，容也。转见若送妍、若伤别者，情也。势不至则雌，容不至则萎，情不至则尽，是并于舟上得之。然余放船蜀江，顷刻数百里，蚁在旋磨，目眩神恍，亦安能得此？惟逆水看山，长风不帆，孤绳徐引，稍足尽兴。

菉萝而上，特多鸣滩，至白马江，所谓雪涛者。一江皆起舞，逆船而战渔梁，乘势佐之，如田单鼓噪，城中声动天地。船逗不得上，挽人皆患其迟，不知余之患已疾也。过滩至白马渡，一石箕垂江上，侧枕青林，色理如画。余杖而上坐，皴折间跃波点点噀余面。长叔命童子歌吴音，沈郎吹尺八和之，幽鸣咽咽。有一翁倚舴艋听久之，度桥入溪迹视不见，独舴艋存焉。白马渡。

瓮子一峰跃出江上，斜对倒水岩十里而遥。岩壁桀立者，八九参差，向背各作一态。女萝覆额如发，石穴方幅如张唇，最后一唇函数棺如板齿。石脚插江而下，其前后碎石，规如盘，平如几，累累如钟鼓鼎彝者，列浸盆水中。抵渔仙寺，寺门多竹，负石一卷，高才丈许，而蜿蜒修洁，米仲诏所藏海岳一石，镌三十二芙蓉者，意态绝与此类。寺后石室，一刻於信夫像。信夫解睢州归，啸歌此室三十余年，精灵所留，道貌如在。前道睢见，州西石阙犹存名字云。其旁有二石，一为马文渊避暑地，在山之腹，亦三四枚。沿山左行向后，如欲活。忽有渗泉从后涌出，蜗旋而上，数息得瓮城周遭，皆铁岭。奋策跻其巅，直见江水一勺，乃止穿石，锋棱岝崿，突兀当人，寒毛飒飒，舟过其下，仰视疑压，捩柁远之。却望古苔，深碧绝岸，殷红徘徊，不忍舍去。维舟坐视，觌面诸山，峦头隐起无数，如在镜中行也。由倒水岩至穿石。

发桃源县三十里以前，山之佳者在南。四十里以后，山之佳者在北。南北岸佳者，独青湘溪，溪在穿石、水心之间。林壑细润，百媚横生，譬之长人千仞中，有绿窗娇稚女儿，斯为艳绝。北为仙掌岩，举体生动，丰锷棱棱矣。水心两岩，岳立冲波，如菡萏并蒂，飘红引绿，砂点斑斑入骨。空青水逼，削成四方。袁先生谓环石皆水，环水皆山，周遭映带，以相逼而奇，信然也。自岩足至颠，直上三四百举武，石级三百四十，坚好可行。细玩诸山，穿石态具而色不足，水心色具而态不足，青湘色态双美，是范宽得意时作也。青湘溪。

泊舟水心岩，望渔网溪异绿染人，虽荷田柳汴，不足以写其殊艳。移船入溪，溪北面青壁数十寻，斑驳烂然，溪绿如筠，扬之更白如练。行二里许，石骨横撑，船不可进，乃倩艭子御绿烟而往。行数里，林谷窈冥，如欲晦已。忽闻奔雷声，雨点打头，坐船头始欲愁，乃上岸行。转面亟视，长滩鼓怒，飞沫溅空，向之雷雨皆是物也。滩石玲珑多窍，悉不减太湖。数片独出，迅湍中昂首如欲去。杖策徒步又里许，滩益号，细石皆成五采。有大石依山塞道，跣行水中数十步，过去一山，五六峰皆峭立，一壁表里，双削如掌，与此山活脱截然不相丽。熟观其意，殆欲何时飞去也。过此更缘石度水前行，得一小溪阔仅如履，两山逼窄，不得入。出沿大溪，行道绝。有一艟艚顺流下，招渡北岸，仍溯滩上，尚不足里许，见一山嵬然，林木蓊郁，根附巨石。土人曰楠木山也。山下临溪石如太湖者，布满溪中，人言此中有洞，入水数丈许。岁旱迎神洞中，用作霖雨。洞有歧，恐迷失道，悉以白石曲屈砌之，今沙泥满穴，盖岁久不旱故也。缘巨石行，入山之右，杖而登其上，有荒祠颜曰“龙角仙殿”。殿前望未谙诸山，以螺髻锋铓割人眼，勃勃欲往寻之，前山烧发，道不通乃止。龙角山。

余于洞壑，游者绝少。关中所见诸洞，率皆穴壁以居粉泥，惟樊川牛头寺，土石数重，沉静多古意。然商於、蓝水、太白、武功，民居比比然矣。去岁于杭，见飞来一峰，便是眼中奇物。佛手烟霞，水乐石屋不能佳，然往往有名人题字。于蜀见万县名岑公者，高广如数间屋，石乳淙淙，下为芝一本，大可如车。巴县名洪岩者，窟穴城腰，城中悬水十丈许幕其前，日夜喷壑去，意谓观止。此不图有灵岩之奇在吾户限，而相见特晚。灵岩为洞者三。沿寺左行，逆泉而上，得峭壁为前洞。洞门巨石欹立如醉，截而三，如累棋，已飞落其一，余摇摇欲从风靡矣。洞南北穿五百余尺，豁然空明，其下流水潺潺，如一衣带。出洞数里，溢而为溪。其上络乳垂珠，颁形赋象。或如编贝，或如刻盐，或片片圻如坏云，或叠叠如竿上衲，或如青莲含艳而未吐，或如竹萌解箨而斜出。或脱落如齿，蜕而龈见。或窈深如蜗，出布壳悬。或凿凿如龙鳞，或格格如马齿。要之，山河大地，无所不有，而不可名言。其溜雨则滴沥如残雪坠檐，清泠如寒风入磬，又或如钟鼓间作，繁响铿然。

出兹洞后，逾脊骨而下，入其坳为后洞。洞额殊广，岩纹如细浪层层然。修藤倒挂如纽篆，洞腹高视前洞加半，而不能隙日月光。持炬烛之，左胁乳成自然佛像，旧目为白衣大士浮海者。石莹如定州磁，古色可爱。相去丈许，复得一像，头足粘壁间，〔身〕躯透脱，余目为普贤乘象，物态宛然。因疑有三大士，已见其二矣。过是，炬火不复能然。烟郁如爨室，浓脂荡荡不留足，或脱则堕水中，惧不敢入。复寻故道出，洞之右翔行二十步，有坎焉，掷而下行阴沟中。十步一折，入于穴为桃花洞。洞门扉间无所有，惟石貌镂刻如灵碧英州之流。再折复有一穴，庳甚不可测，泉咽咽出其间，如建高瓴，如吐神溜。入后洞之腹，出前洞之尻，遂自为溪，拂石触岸而去，是皆洞中点水为之也。此洞绝少人知，山中僧亦不到，游者但以后洞为桃花，余辈始拈出耳。前后洞可为短筏泛其中，秉烛穷览，石乳皆为诸佛，必无毒龙潜怪可知。凄风习习，冷彻肝脾，非三斗壮胆亦不能入也。

前洞左侧方砖，刻诗一绝，落句分明便是"桃源洞不见，溪中流落花"。后书政和某年月日，郡倅零陵唐绩额篆，唐朝奉题灵岩。字极了了。郡志讹为洛浦师，不知何据？壁刻元丰庚申五月，康奎文叔、蒋某子微同游。洞门刻子微诗，细书两字为一行，有"可惜秦人不曾到"之句。三洞奇花烂漫，为前洞刻露殆尽，后洞高寒淳古，意态清真，虽神工鬼斧不敢犯，品在前洞之上。至桃花洞，窅然如混沌未分，不知包络何等世界？余向所见牛头以下，彼见前洞且羞死，又安敢与后洞桃花角奇竞古邪？一日之游，正如穷子归来，珊瑚琥珀悉皆盈溢，不能复向贫里求食，作五十年跉跰辛苦事矣。

湖南文征　卷二十三

记七 明

金仙书院记

洪云蒸

攸邑漕溪，予始祖福二公元末徙居。盖以其地凤山书院相近，有理学节义之风，且罗浮禹洞之胜，奇秀甲于攸，拟地灵而产必杰也。至复齐、仁轩、浩仁、浩论诸公，以积善名于时，英宗降义门敕旌。天顺甲申，从高祖讳性，与茶陵李西涯同登第。成化癸巳，匾其堂曰“积善”。先伯玦斋公嘉靖辛卯举于乡，以忤权贵不第。壬辰出都门，已游罗念庵、唐荆川之门，得晤洪觉山。后复谒邹东廓、湛甘泉。嘉靖辛丑，邹东廓以南都祭酒削籍，癸卯与莲坪甘郡侯夏归经漕溪，宿于简轩。公观月楼，庠范公方沼精舍，游水头、金仙、紫云诸胜。时从游者，先祖石崖公与一流、止所、春江、半溪诸人。湛甘泉以嘉靖乙巳至，甘泉游岳，忆门人觉山垣之言，枉道至漕溪游诸胜。曰予乡罗浮、铁桥、岩湫，奇秀殆相伯仲，宜《轩辕集》之隐显也。罗念庵以嘉靖丙午至，玦斋介石崖公谦进，谦持师事之，尝书诗以赠三公云。

五年之中，凡三大儒游岳，枉道而至，可谓山灵之幸，而道风频扇，人才于是出矣。嗣是邹颖泉亦至茶陵，刘养旦以与玦斋同门而至。万历间，予师安成刘泸潇、吉水邹南皋，及安成邹泸水，以倡学至。丙午岁，先君次崖与渊泉、存朴辈议建金仙会馆于观之前址，以延讲学士。崇正间，乃请于院司、督学，易名书院，以继元之凤山，而流寓人物之盛又将过焉。其家学之渊源，与师友之渊源，既不可忘，尤不可无记，以为来兹之劝。

或者曰：金仙之名，出于释氏，宜易之。予曰：因仍其名，固以便于他日之核稽。若“金仙”之名嫌于二氏，识亦固而陋矣。岂吾儒而无金仙哉？吾儒之道，虽敦伦成物与二氏殊，然浩然之气至刚至大。《易》之宗归，乾非金乎？黄帝三百年，而孔孟之畏神服教又将过其久，非仙乎？亦何必如朱紫阳有得于《参同契》而后为仙？又何必如程子门人倍其师说，淫于佛氏，而后为金仙也哉！今易名书院，广建学舍，理学节义又由兹讲习焉。尚躬行，不尚腾口。尚同人于野，不尚各持门户。尚实证实悟，不尚钻纸耳食。尚博物洽闻，不尚剿袭杜撰。其庶几予先世卜居之意云。

金仙洞记

洪云蒸

山壑有遇焉，舟车之间，顽冥亦显，而灵异僻处，乃多无闻。即樵猎之徒终身由之不知。嗟乎，人亦犹此耳，岂但山壑哉？天下安知楚攸有所谓曹溪金仙洞者，然皆知安成有邹子东廓，而东廓知之，不惮穷奇而阐之。想其于天下幽人，惟恐或失，亦应尔尔。石窍浑沦，不知何代，而复感邹子履声，始悟天壤间尚有所谓人者，使其贪名幸邹子，使其酣遁讵不厌多事，第邹子亦酣遁其友也，有吝觌其友者邪？

洞有四：一受溪流，邃数里窦，咽天光，却而复窦。令水奔号，作肇吐泉，谓曹溪所注，翻使人得疑疾。是邃窦之石桥，非洞也。一丽其侧，夏、秋、冬溪不及洞而早焦，其地之人汲溜其间，为井室焉。浚乳处雪鳞皆肖，外则张壁拥道人之半身。稍进有声，石如钟不似钟，而似击钟者，不能自击，乃有待于击。有地若田，有石若覆瓮。其似马者，可以任重而不能致远。与受水之洞双光相射，乃受水者每涸，而不受水者常溢。或以为有消息之理存。

最上则为献花岩，光怪万状，统而名之为花。初下之如穴，下毕反顾，而后知其为岩。鲤弗借水，仰给天光，渔老展网，徒在幽深。屏居其正，旁列钟鼓，独声逊焉，或以警世泥声者，然亦古已。古之钟鼓，作如是响，亦容有之。自其下两户入，昼夕忽分，有天柱枝其木偶之象，天而地者也。故地秘之罗汉，匝大士座，黄猫逐鼠，护其教典。似楼台者堪供登眺，三清巍坐，鹤如欲翔，仙如欲出，乃道人尚面壁，岂但达摩之九年已哉？然则道人亦壁，以壁面壁，是以不啻九年。或曰达摩悟竟以放参，予谓道人悟面到于今，儒者视其背，亦宜知艮。鹿被其化，远猎衔花于中，旁通深渊，石投触声不住，奇变靡极，不获尽搜。

出过金仙观后峭壁之右，径仅容掌，可攀细竹石窍入猿摘洞。猿摘挂其额，内甚浅隘，游侣以之分。左榜舟影，相传仙槎穷于洞口，飞而丽之，其下则观址，乃元之普惠庵，读残碑知之。或欲护其碑，予曰此尽吾心之说耳。即沉于水，安知后世不在山巅？又作一转语可也。禅林为黄冠所居，奚怪夫道人之与大士，同其献花哉？理数具焉。微东廓子，安知有此？有能为东廓子者，游非虚游，不游亦犹之乎游之已。

青云山记

罗其纶

州治之西有青云山焉，胜国时本名旌忠庵，其易以今名，则张文毅公题之以昭瑞应也。予观祀典所载，首重死事之臣，故嘉忠武之烈者，专以西郭山为旌忠庵，而所谓青云山者，则但以祀佛焉。岁久且圮，寺住持湛虚乃捐资而鼎建之。

工竣征记于予。或有问予曰：此山旧有文毅公碑碣，语诋缁流，且引韩子之言，直欲庐其居而火其书，吾子乃不辞而为之记，何也？予告之曰：文毅公望重元辅，主持世教，思欲辟异而反经，宜也。湛虚缁流也，为佛弟子葺治祇园，予为之记，宁用金薄姑乎？宋儒有言，三教之说其来久矣，近世陈眉公作论，其言亦如唐史所载，粥饭僧边和尚之类是也。若夫人之至者，谓其内空五蕴，识透三乘，使之游洙泗之门，而裁成之，其存养省察之功，圣神功化之极，宁不可企而及也！

予家仲子文经读书其中，为予言此山灵异，亲见琪花瑶草之秀，安知文毅公所谓云覆光腾者，非实有所见，而但托言于梦也。然则青云山之兴，识者且以卜吾茶文运之兴，则谓湛虚为吾党功臣可也，宁直为佛报恩已哉？

随缘桥记

蔡承赉

予古攸渌田野人也，业已无心青紫，不为五斗折腰矣。但丈夫处世，而于世了无补益，此亦焉能为有无，予窃愧焉。予读佛书曰大慈大悲，夫“慈悲”两字，即吾儒所谓人皆有不忍人之心也。顾是不忍也，一之戒杀为最，次之则鳏寡孤独茕茕无告者甚可矜怜。然徒怜之，而无所为怜之之实，则怜之一念，亦属空虚。故予未入佛门，当存佛心。如千金万金，作无量功德，予不能。如一缕一粟，可济饥寒则勉为之。遇有遇无，遇多遇寡，随尔我之缘，慰尔我之愿。盖佛家有募缘之说，予亦随缘以布施耳。因题其桥曰“随缘桥”，上建一亭，以为赈济饥寒之所云。

予自总角时粗衣淡饭，仅置田租千石零，内除六百石分三子，存四百零石，以三十年通融之法，铢积寸累，得谷一千石，量斛贮仓。每年以无利出借贫人，一次度岁，一次春耕，一次出荒。年年如数出，年年如数入，升合不行别支，此犹之探囊取物，免致临时计较，其策深为便利。然此实为极贫者而设，至其各有领头，开名查勘，庶济贫方有着落。又世间最苦，无如冬月之寒，而惟贫窭为尤甚，为此每年买絮衣一千领，为疲癃残疾老而无告者济寒。以上两事，不过勉强学为君子，尽余所能至耳，所济固无几也。

游熊山记

刘凤梧

万历甲辰重阳前三日，张子大孝引从人十数辈，具行李，将游熊山。约余往，予曰：子以游山为乐乎？仆病未能也。张子作而对曰：先生休矣。闻先生官宁远时，潇源嶷岭间足迹殆遍。今以境内名山，不欲一登，将黄帝之所憩，不若舜陵之所宅乎？弟子之惑滋矣。予曰：以若所言，是考古而非游山也。吾不与子考古，而但与子言游，愿以明日。无何，有风雨骤作，启户而视者三。至明旦，日晒枫红，风香菊紫，岂山行而有神助邪？乃命诸生载酒一榼，欣然往从，遂有轩轩霞举之意。

行一日，始抵山麓。流连久之，将《封禅记》所谓黄帝“南伐楚，至于邵陵，登熊山”者，即在是邪？次晨，循途进，且行且止。相与望危岑，览飞瀑，未及山半而予力已惫矣。俄有声自空中来，予曰：斯声也，其为天籁与，抑钧天之奏与？倾耳而听，则诸生之笛声也。遂趺石小坐，张子呼童煮酒，饮半斗，不觉身轻欲翥，乃拄杖前导，从者争先恐后。久之，越平岭，跻其巅，迤逦延袤，宽敞可容万人。至此目愈阔心愈开，向犹恐山径难通，而不意其竟若坦途也。天色将暝，入庵小歇，仍命擫笛温酒，酒酣笛作，山中百鸟皆惊起翔鸣，若相倡答。此时杳不知身之在何处也。

次晨，乘舆直上，觅仙踪，访古寺，扫荒丘之断碑，寻大医之良药，比登绝顶，蜿蜒百里，巃嵸千寻，潭、湘、黔、邵隐约眼底，资江一线左右潆洄。攀萝而上，如憩广寒之宫，亦几飘飘其欲仙矣。

舒溪记

潘亮渊

辰州由大江而西，五十里为舒溪。水清而可渔，草木森蔚，林壑皆静。入是溪者，躁念尽释，可以乐饥而情畅也，又舒舒也，非热中者之所居也。沿溪进十余里，两岸皆石山，中空而为洞者六七。其大者可容数万人，小者亦容数千人，其层者若楼，叠者若室，似有神营之不可胜穷，或曰此避秦者之所居也。由此二十余里，有石杰然侧立溪旁者，金华山也。前一径仅容足，缘竹枝登其巅，极目远望，意甚悠然。又六七里名三阳岩，上有一洞，人迹罕至。相传乡人张氏过此，其后旬余不归，家人怪之。适邻人樵于其间，见衣裳似之，急趋往视，方曝日坐石上，徐云为洞中人邀至此，饮食供具如人家，但忽忽若梦中。二人同入洞，洞中人阒不见矣。或疑为仙，或以为隐者，或又以为魑魅之属。山下一原，三水环之。予客于此，甚闲无事，日与居人循溪行，听溪声，其汹汹然疾者若怒风骤雨，其泠泠然徐者若咏吟，若操缦。行至溪源，见一茆屋，有士竿而出，因与游咏竟日。予曰：此诚无怀氏之民也。约日往来以为乐。

是溪也，由溪口进，两山对峙，而狭者为门户。四山远而环围者为墙垣，廓然宽者为堂，邃然深者为奥，歧而幽者为室，林木众而云霞封者为帷幕，面山苍翠而壁立者为屏风，山高而特立可望远者为台，上有茂树可休息者为亭为榭，谷之环而禽兽往还者为苑囿，溪之渊然而鱼鳖游泳者为池沼。其胜概若此，居溪者从容而自得，其与溪之舒合乎？予不欲私也，志之以谂二三友人，倘亦浩然而从予是溪与！

附：舒溪水田杂记

舒溪之滨，去水三尺许，有李氏之田焉。左溪右渠，四五月之间既刈麦，则引溪上流遂植稻。七月稻熟种荞，九月、十月荞熟复种麦，一岁三获，近水之利也。近岁数大旱，是田之收倍于乐岁。上有一堤，观其址，知前人劳苦而力成之，其虑远矣。今倾圮已久。予语李氏曰：是堤系于田至重，宜坚而高之。李氏曰：吾有是田十数世矣，自高、曾相传，水间溢恒不为患，且得淤坏稼益肥美。笑而谢予意，甚晏然。越明年，为顺治辛丑，方仲夏，击鼓置酒，插苗甫毕，大雨三日夜不休，溪水暴至，洪波怒流，汹汹然似有怪蛟乘势助虐。连抱之树，千钧之石，皆由田中下。须臾水涸，则田为溪，而溪为岸矣。嗟乎！自予言至今日，不一岁耳，自溪泛至水落，不移时耳，沧桑之变若是其速也。李氏向予出涕曰：吾不听子，以至于此。噫，李氏之悔迟矣！因思天下事之处安而当防者，岂独李氏之田也哉？

沩山雪会记

陶汝鼐

匡庐瀑布之奇甲天下，尝往来长江，遥见晴空飞帛，每为疾风所送，不得登陟，甚憾。若峨眉天半，雪中看山，徒劳梦想耳。虽然，何处无雪，何地无高山？但得一具闲身，坐万仞峰头，宁殊天际。若悬岩匹练，千尺晶帘，非名岳奇山，未尝数见。使二者之观，得兼于一时，岂非最胜事哉！

今年十月庚子晦，为密庵六秩。先数日，避祝，入沩山，宿密印寺。廿七日，儿辈与诸上善修忏法为寿，予与慧山和尚谈方丈中。有僧自大梅来者，才参闻密庵在此，曰：某甲特持法幢大师师前朝林可任太史也书来奉讯，何幸此峰相见，为之惊喜。出所寄书及近体诗一卷，展读之，四座赞叹，得未曾有。廿七日，霜晴和暖，慧公设果茗，相与携筇登毗卢峰。坐眺竟日，举香严击竹话。明日，命笥舆南去五里，拨草寻香严崖，未二里，渐闻瀑布声，近而益壮，如空中斗雷霆，六种震动，望布水奔流，清寒沁骨矣。到崖隔溪，泉在溪外，两岸石壁嶙峋，崖广若屋。可敷十数蒲团，藤萝蒙幂其上。垂红实如林檎者累累，面水而坐，瀑布自千尺峰头澒洞奔放，如挂百幅绡，大珠小珠若珠之尘者，喷面洒衣。到壑作优昙花，大如车轮，无数无尽。眩银海久之，遣僮仆冲波而汲，抚掌叫啸，都不相闻，快哉！日斜茶罢，阴森不可留，咏“置身海潮内，冰雪净聪明”之句以归。

过三塔院小休焉，觉耳根泉响尚在也。晦之日凌晨，辨色而起，着絮帽大衣，礼佛殿上。香花幢盖，梵呗精严。慧公披僧伽黎，拈香展具，祝曰：愿沩山老护法增寿无量。予稽谢，遍揖诸上座，退而受儿辈谒，饱香积供。午后日薄山寒，风淅淅起，肤粟矣。夜半作雪，及曙积素盈尺。拥裘就燎，凛冽之气数倍人间，心甚乐之。食后慧公命侍者爇旃檀炽炭，邀上角楼看雪，群玉际天矣。所雨掌大琼团，非复寻常柳絮，窗扉暂开，似垂兜罗绵作幔者，峨眉小塔已没入瑶海中，不仅埋腰也。因与慧公征雪山香草，求牧白牯牛处。公相视而笑，真平生雪会中第一殊胜也。

沩山去地四十里，何啻天半哉？十余年冰冷密庵，偷生坏劫中，自笑今年周甲在毗卢峰上。天公昨日振潮音，今日呈玉戏，便唤我作蓬莱仙监，亦无不可矣。明日大霁，居士本不攒眉，有野人送酒者为尽一卮，炙砚而记其事。

高灵洞记

阙士琦

余以辛酉伏日至汤泉，浴毕，振衣弹冠，穆然怀古，恍惚不自得，将痛哭而返。缓步溪上，信脚远近，忽至一处，石壁横斜，削临涧道。壁间空窊，有如天门。虽草树蒙密，犹可指数。余心动曰：此殊有异邪！急渡溪，摄衣往看，蓬蒿割面，不可上，乃反。值山翁怪问所来，与理前说，欣然荷钼，为翦草导向正路。指余所见曰：此高灵洞也。洞自然宏整，上如幕，下如席，三面皆白。俯仰五十尺，横广有加。石乳悬结，布满空处，似僧衣数十折，将欲委地。中一石如长柄镜，倒挂其上，大数围，名曰香锣。童仆听说，拾石击之，声往控壁，旋绕一室而去。大约少姬新喉，宫多商少。洞之右有清流从小门出，门仅二尺，巨石半掩。不至门者，盖不知中之几千万状也。门内沉墨无所向，然炬数十，尾行而进，履趾相乱。数十折，得堂房朗朗数间，有世尊、大士、罗汉之属，四列石壁，位次陈设皆有意理，如出人手。其他珠连结线，浪回云徙，含吐万象，目察心敏，亦不能记忆。天上蕊珠，海中绡室，则不可知。人间决无此怪异也。

堂后为长滩，滩水寒苦，如三冬冰皱人肌肉。湍流往复，作击筑声，涉之去四五折，为十曲岩。岩如骈篱，下有小口，石刃错出，似数部兵甲，人仅可横入，蛇行蚓步，头与手足着地成五，相顾失笑。山翁言昔年有竹工行路，睹石门开阖，信步入洞，迷不得出。见星斗历历在岩壁间，盖此地。又数步为仙界坡，坡高数十尺，中突旁杀，石脂肥滑，升降股栗，如人身上着足，软动不能已。岂姹女气索，婴儿声息时，亦不能舍此为乘飞驾浮之路邪？既下数步，有物高五六尺，状如博磴。上丰下削，丰处正方。旁有梯级缘而上，山翁曰：此浴盘也。泉沸出盘中，有数十铁符朱书大字在其上，皆义陵、澧阳诸郡岁旱汲泉取雨至此。盘左石床一，石枕一，皆自然结成。右去得琼田十二，沟塍俨然。山翁曰：居人以十二田占岁丰俭，首丘无水孟春旱，次丘无之仲春旱，他皆如之。夫青精有粒，石田无秋，不知当时何为作此狡狯？逾田而西，遂复如混沌未判，劫火初寒时矣。山翁云：此去十里，通赤霞洞。纠歧窈墨，神鬼杂处，非缀衣火食人所能至也，惆怅而别。

余观《图经》所载神房阿阁，琼室璇居之属，要不能辨其有无。倘有之，亦如刘驎之之望石囷，往辄迷道，张茂先之遇嫏嬛，欲赁住数日不可得耳。其他仙洞、石室散在人间者，又以败寮残刹，仅支坐卧，何与人事？若兹洞辟室开堂，循溪接巷，穿田渡径，升陵降阿，包孕万形，逶迤十里，而策款担登，可厉可揭。乃数千年来，人无知者。高人待聘，贞女不字，似有所踌躇于气运理数之外。余独何人，发藏探穴为之作俑也哉？肥居士《青鞋记》云：看新湘山水，如读秘书，看穿石、水心岩，如读《项羽传》。余谓游高灵洞，如阅金简、玉书、仙符、天篆，真太白所谓其字乃上古读之，了不娴矣。

浴汤泉毕，魏无朋曰：余服雄黄三年，沐浴此水，觉表里融彻。余以高灵儆之曰：余非齐万物，了生死，亦不能好勇信心，犯睡龙仙犬之怒也。出洞怍愕，目三日不能合睫，而为之记。同游公安魏无朋、里中彭念修嗣美，凡三人。

焦林记

阙士琦

游花源者至水心而返，即甚好事。渡怡望溪，抵龙角庙观止矣。焦林不自有名于世，世遂无复知焦林名。夫谢灵运伐木开径，方山子遇溪山佳辄止。使必徇名着屐，胸中宁有活山水邪？新果时蔬，义取先得，茗琬艾豭，无如专宠。以余观之，夫亦山水之性情也。泊舟龙角殿，望前数山飞来忽止。适浮水上，叫绝欲往。溪浅舟胶不可动，买渔舠逆而上。舟中携酒具一，木杓一，干糇倍之，以次传食。不载他物，防舟之颠仆也。余脱巾袒跣，十指垂船外，手在水中与鱼鳖相乱。溪广不及丈，深不及尺，而汹涌澎湃之气，往复激射，横唾人面。舟水斗则坐，舟水让则眠，眠则听溪底石流声，声细碎纵屑如有人耳语。行里许，舟人报看山。峰数百座，奔来溪侧，适在吾面。偃仰前却，迎送翔止。只偶端斜，适与人意合。从此三四里，山凡数十折，目忙应接，手困指数。每回顾一山，未尝不悔其造次也。溪尽为坪，坪衡从可一里。

群山周遭有如城阙，不复知向所入路。数家历历，巷陌相乱，如住一垣，人声貌气自成淳古。山中见外人傲笑唐突，以为逋客，争欲执之。徐告所以，复皆惶惑，曰：余辈长子孙矣，实无游客入此山者。四五老人，鸡皮雪鬓，面如丹砂，见客无他，皆设酒食。席布田中，班草而饮。子女环列，其后各私相叹讶。犬坐而吠，亦无心拒客。酌罢从容问客何来到此，余盖泠然不知身之在何世也。

袁中郎先生曰：游仙源者，当以渌萝为门户，花源为轩庭，穿石为堂奥，沙罗、新湘为庭榭，而水心其后户。夫岂知重廊复道，别馆离宫，仙子之琼楼，阿娇之金屋，陈后主之望春结绮，汉武之灵台、蓬山，固在丘荒栈断，野水闲云之外也？

汤泉记

阙士琦

汤泉去溪数步，不知所自来。从石穴涓滴入溪，崖屋覆其上。溪碧而泉清，溪凉而泉热，溪曲而泉直，泉力未尽一线，行溪中，明了可见。鱼浮鸟没，不能乱也。裸而入才如釜上气，蒸湿人面。顷则炮灼不可留手，坡公所谓其源殆可热物也。然余自谓吾生不必如鼠易肠胃，蝉蜕皮羽，何用百四十里许，裹十日粮，犯三秋零露，博虮虱之吊邪？然使有胜情者张亭幕，新碑碣，徙孔道于溪之右，为虹桥曲栏渐达泉上，坐者可俯可仰，游者可啸可歌，浊不混马渤牛溲，清不犯严霜毒雪，则如王褒所称华清驻老，飞流莹心，亦复何愧？不然者，山僧野媪，瀹茗濯罍，虽无大功德，亦不与狂泉同罪矣。

米井记

阙士琦

予游灵岩，十里内外山皆空无底。行其上，有空中踏蹴之声。意如蓬莱五山，常乘潮风上下，根无所附着，磨上蚁，牖中人，居行不觉也。高灵亦然，洞左右多空穴，傍十数井，井多在溪底。或寒或热，非金绳银床所可汲测，岂九十九泉环绕如仇池邪？溪旁有米井，井中石子随水觱沸，栗栗如米，春夏不减不增。

余观临邛之火井，汉兴则炽，汉衰则微，长安有云井，土德王则黄云出，木德王则青云出。若兹井者，海光潜飞，残星暗落，榴珠自送，玉屑无声，而名字湮没，不与众泉伍，似避地隐形，自窜于葭蒹秋水之外者也。

纛旗山记

阙士琦

浴汤泉毕，坐石上望两岸山势，屏蔽天日，不复见山外。见山外山者，西北一角耳。亘西北山十里许，为纛旗山。桃源山无绝雄莽者，大约吴妓妖媚，赵客悲歌，极纤柔突兀之致止耳。项羽拔山，防风转车，未是能事。是山悻悻，遥瞻迩听皆有怒气，如群鬼曳物，披发叫天。天亦逊谢，以不能自尊大者。

居人曰：此地昔有寇据其上，从此十里多层峦，峦尽为观谷山。观谷者，道士王观也。观于山北，获一石臼，日得粟七升。观少之，为凿其臼，粟遂不复出。数百年后有女仙，茹草饮水，不为火食。言人间事如响，走郡邑冠盖，轰隐交路，岂兹山森莽，喷薄之气不能自固，为草泽之雄，为痴黄冠，为妖女子作此狡狯变化邪？

金鹤洞记

阙士琦

余尝谓林壑之相遇，如水月之相逐。理不独研，其神乃寄于他体，故洞临水者佳，惟高灵、金鹤不愧此语耳。

洞三面皆绝人迹，惟一临水。舟三匝，泊山下，中无梯级，旁无寸木可以缘引，非喘牛肉鸭所敢望也。余据石而上，额出步前，足垂石外，审可再四，始得一步。洞凡三折，为小室制如佛龛，正面流水。山俯视垂影，如一伟人日在镜中布置眉额。洞内约略广三四尺，可敷蒲坐，可列胡床，偶语吹笛，可押泉石声。挂绿绮壁端，可引石气浸润丝木。分渔火烹茶，可坐汲新水。再折为石门，门内斜狭如深宫永巷，阒寂无人，疑段安香、许飞琼私语传笑之地。

至此数步一峰，数峰一水。横波白碎，见明月之过溪。村屋青斜，望午烟之归浦。云杳掩而欲宿，壑阴晴以相殊。其风流吐纳，固已远矣。再步昏杳不可入。居人深入潭底，始见平广。遂别去，登舟与客酌酒大醉，鼓鹤将雏之操，采云芝一本而还。

附：石墨记

陆士龙与兄书曰：一日上铜雀台，得曹公所藏石墨数瓮。今送二螺，苏子瞻谓近世无复此物。沈存中帅鄜延，以石烛烟作墨，曹公所藏疑即此，几如蟛蜞之乱蟹矣。

余考《文选注》，邺西高陵西伯阳城有石墨井。《酉阳杂(组)〔俎〕》云：无劳县出石墨，爨之弥年不消。盖古今所载石墨如此。水心岩下，秋冬之际，水落石出，每见石墨累累在沙砾间，人无知者。余数过，拾得数十，凡如编贝，如卓笏，如马刀，如鱼袋，如羽毛扇，明澹可爱，特无正墨者。然以作书，如烟笼秋荻，霞隐夏云，自然生光，无人世燧火锻炼之气。

新安章甫告余剂法曰：烟二石三，胶香各一。余未内服，曰：请以幽人松毛笔、绿天蕉叶纸，与吾水心石墨而三，不敢闻命。

游白云岩记

郭金台

壬子暮春客邵州，从同人览遍附郭诸胜，有唱酬诗。同人又称白云岩最胜，四月十五乃同游岩。

去城约五十里，自孔道入山半里许，从山下跻云岩约三里。山上、中、下皆列刹，僧贫甚，游人各持糗粮往乃不饥。岩内具石大士一座，极天人胜妙。远近人士瞻仰祈嗣，多奇验，故岩名独传。岩以上石磷磷起入云中，诡险无攀级，仰视皆怖，而健夫小子掉臂行绝顶，已下复上，纵歌天半为乐，几如嘲戏老人也。惜哉予记所经游处，为四诗系以序，疑缺略甚！冀宣畅佳兴者，有属和诸公。

其时润州开少钱公，邵州孝思香函车公、茂孙吴公、我皆车公、介如陈公，同年王稚潜，年侄匪、石二公，洎唐萧、谢诸君子。二王更具酒馔，要宿石马渡。是夜夜分，浮舟看月，兴尤狂。诸公各赋古律诗勒石，属予纪游事，以报山灵。

碧泉记

郭金台

距潭西七十里，有泉曰碧，予幼耳其名，奇之。乙酉麦秋之望，吾友唐魏子订予游纪事。谨按：唐天宝间，泉自石窦出，莹彻一泓，气蒸而锐，抟沙旋波，上濚螺髻。泉底饶柔条纷叶，小蚝乳蟹，纷诡迭出，杂错采采。四时有金色小莲，碧光浸映，不实而妍，游人乍观骇畅，如小屏列锦，如春苑初开，如泻琉璃水晶盆于地而光烨烨，如列大宝镜于日，而青、黄、赤、白诸色变现实际也。夫水之奔者、瀑者、噀而怒者，属动必有声，而泉动极绝无声。凡净者乃洁，而泉无物不具，又极洁，视沙上下皆碧，而掬视反赤。水浮光净白，而投物于水辄碧。然则泉无对而诸物有对，物不住而泉亦不住。乌乎，观于斯也，即何影不除，何相不破乎？

泉纵广约三十尺，深不及十尺，自下觱沸而溢于顶常尺许。及冬蕴隆气，腾而上更数尺。测岩之半，有树如盖蔽泉身，春不荣，秋冬不凋落。无杂鸟喧集，故泉不污。品泉家惟甘香洌、碧泉洌称胜。予及魏子就汲试茗，而味大变，再试亦然。汲下溪流数十丈乃佳，远更佳。有病噎者挹泉沸处，不能下一勺。易他水辄啖升，暑行憩于此，勿多啖也。并记之，以示来者。

浦石记附诗

郭金台

沿长沙东上十里许，有石巉巉然，堑江荡波，昂首西望，屹如狮子立。舟经其下，势森欲搏人，以故人无系舟得跻其巅者。

辛巳冬初，蔡江门师观风于潭，从行周子圣楷、杨子德远、吴子憼、徐子芳、宁子振武暨予六人，载酒呼舟。会朝雾迷不见涯际，前后逐柔橹声，进行十里，雾半彻，始识师舟处。师问榜人此何地。曰：古黑石头。命停舟，呼诸子登石。日光逗露，回望岳麓，青青一抹出岚中。移时喧笑，语为叩石。曰：旧号狮子，象形也。因石肤理黑黝，名黑石，象色也。疑形与色皆不足以辱吾石，宜易名。杨子曰聚石，云百里贤人聚也。吴子曰烟石，是时有烟出没村墟渔艇之间也。郭子曰浦石，记周子言湘浦，浦始此也。质于师，师从卜，卜从周子言。师酹酒贺石，命郭子纪事镌勒，属诸子各赋浦石诗：

舟行切朝光，寒烟幕江浒。潆洄信所适，群心澹太古。愿从夫子游，跻石开听睹。西山晃异色，领略各自取。黯惨奇石姿，命名厌乡土。夫子采元夷，周伯孔箸云是湘之浦。叶卜从人谋，兹游异畴伍。李白郎官湖，宗元愚溪主。斯文不磨灭，勒石戒风雨。

衡岳游记

周星

王谑庵游唤曰：人有两目不第，谓其昼视日，夜视月也。又赋之两足，亦不第，欲其走街衢田陌，上长安道已也。瓦一压而人之识低，城一规而人之魄狭，天下三山六水，土处一焉。一土之中，蠕蠕攘动，以尽其强阳，是恶能破蜂之房，而出蚁之穴邪？又曰：天地之精华，未生贤者，先生山水，故其造名山大川也。英思巧韵，不知费几炉冶？而但为野仙、山鬼、蛟龙、虎豹之所啸据，或不平而争之，非樵牧则缁黄耳，而所谓贤者，方如儿女守闺阈，不敢空阔一步，是蜂蚁也。尚不若鱼鸟，信如谑庵斯语，则世之不为蜂蚁者，盖寡矣。仆本旷适之人，复生旷适之地，江风山月，朝爽夕佳，浩浩落落，其乐无涯。一旦远去，旧居误堕蜂蚁国中，蹙然而城规之，弁然而瓦压之，蠕动强阳，交战乎前。主人枯冷寂默，惟穷年坚守绳瓮，诚有如谑庵所讥。每中夜浩忾人生贵适意耳。

仆春秋三十有二，幸而策名当时，修途未央，岁华堪惜。东西南北安往不欢，无端向风马牛之区，齗齗啮啮行叹坐愁，何为也？兹者衡游告成，聊托纪咏。自谓稍稍破蜂房，出蚁穴矣。试以举似谑庵，谑庵其又将鱼鸟我邪？

余自总角时，即有五岳之志。顾生长钟山草堂间，距五岳青翠遥遥，每从缣素中缅怀云气，只如秦汉殿庭，谈三神山耳。癸酉盛夏，曾挟策走山东道，一望岱宗郁葱，爽然心动。时穷旅颮陨，津梁乏绝，仅从驴背上延颈注盼，黯黯告别，徒有惭惶。若夫南方之衡，自辛未入楚以来，便感山灵贡梦，将谓持三日粮，咄嗟办此耳。乃浮名羁绁，卒卒未果，迄今历十有二年矣，始克践斯约，则壬午岁之秋杪也。主宾相见，既喜其来而恨其晚，且古称五岳于中州，衡为最远。余家江南，去此四千余里，非有槎轩扉屦因缘，幸而肆志游之，是不可无记。记曰：

衡岳距湘潭二百里而遥，余以九月既望癸未薄暮发舟，同行者白门乡僧津修、邗江程生云朗。盖先是修从金陵得得来，以八月抵衡。会连雨，弗克陟巅，归来仅能为余极道岳路松之胜，余颔之。至是复携与偕，越三日丙戌，抵衡山邑。呼篚舆诣岳庙，甫行数里许，望见道傍苍虬千尺，森峭触天，果如修言。稍进则寒阴夹队，屹如巨人，冠剑林立，拱揖相属，大夫良为劳苦。舆人向余言：是中松奇特可志者二，曰龙头，曰子抱母。龙头今亡矣，子抱母宛然。会天将冥，疾趋庙，止宿崇宁寺僧舍。明日丁亥，晨起谒岳帝。庙貌窿闳，贲镛喤然，时耋祷者甚众。半皆村甿，罗拜炉烟下，口喻喁，不辨为何语。余虽通籍，犹然布衣也，仅赍瓣香为献，酸寒可掬。俗人腹笑之，知帝不我诃也。时修、朗皆在侧，惟仰视甍桷，嚄唶曰夥颐，岳之为殿沉沉者。绕殿巡行，略无往迹可纪。遂复返寺，饭罢谋登山。时阴晴相战，舆人环立听命，余悉谢去，独与修、朗及童仆数辈策杖径往。有送余者，偶得小僧名福，颇解事，藉为乡导。余袖中亦有《图经》，迤庙西行隰畛间二里许，至茶庵。庵则隰之终，而山之始也。稍上则冈矣。送者别去，余辈拾级而登。幽草野花，秋色堪把。稍前遇石磴，磴本一片石，人凿而磴之。傍有时人新题曰“云梯”，不知何义？过磴始闻潺湲声，自远而近，砰磕如奔雷，下瞩深涧中，若断若联，如曳练、如悬箔者，络丝潭水也。

余心神澄旷，泬然有会，福遥指潭处示余。时志在高山，未暇穷源，遂去。过玉板桥，水声益瀌瀌沸耳，然又非络丝潭水，盖由是以趋潭者。余踞盘石，憩木阴中良久。复前，山势渐峻，至此始有岳意。游者始杖，既陟复降。陗堑相间，然堑弗及陗十之一。此所谓小竹篙岭，大竹篙岭也。竹篙本象山形巉削，南楚方言耳，而后人辄更为祝高，殊无谓。两岭皆岞峉巑岏，与浮云相乱。初望前岭烟霭中有白衣，以为天上人。比达烟所，则白衣又在天上。凡数休而后至，据地愫愫，渴肺愿浆，然屠苏相望，僧茗可乞。既逾岭，则岳思过半矣。于是有半山亭，亭已虚无人，空闭栴檀数躯。莓苔告哀，佛有忧色。出亭四望，则宜众峰罗立，湘流萦带矣。时山云楼起，漭漭无所见。福妄言之，余妄听之，修、朗辈妄附和之。稍上，云党益盛，余弗迷者咫尺。游情少倦，遂折入铁佛庵，弛装脱屦，拟税驾于此矣。时日犹在悲谷，天色乍开乍合，然可决其不雨。余复投袂起曰：今日即不登峰，夫岂无散胜可搜，胡呆坐为？余目福，福曰：有之。此傍近为兜率庵、懒残岩。余欣然往寻，由庵右取道南折而下，先过懒残岩，岩庳湿不可坐。半芋既无牛粪，亦少上数武，即兜率庵。庵徒四壁立，荒略草创，斧痕尚鲜。阶下有秋花亭，亭颇类贫女颜色。询之老僧，曰：铁线牡丹也。时天忽向霁，出庵遍索无余胜，意微怏怏。然往返经行处，桐竹参差横斜，宿草残碑，或僵或立，似王侯家新废台榭，令人怆然生盛衰之感。仍取故道归，偶登坂少憩。余坐，诸人皆坐。见白云庵庵，舒卷不经，儵忽万变。云有孤飞者、群游者、旁午相触者、前后相逐者，有滃滃四起，忽复回互者。少焉众云乌合，直来逼人。余辈急起，欲避无地。顷刻匼匝并在白光封裹中。余叹息，谓修、朗辈：吾与若终日地下看云，亦曾见如是云乎？乌乎，此乃所以岳也！修、朗皆怃然。

返于庵僦梦禅榻，深山无酒，倦剧如醉。越明日，宿雾益壮，似欲雨者，然不甘枯坐，于晨餐后信脚登山。已过丹霞寺，余自下上，有客自上下，邂逅于泉树翳荟间。客乃吴人，亟摇手谓予曰：勿往。适峰顶大风雨，徒败公芒履。强挽之至庵中，然庵处固犹未沾濡也，余疑之。客曰：兹岳盖有三天焉，自玉板桥以下一天，自桥以上至半山亭一天，自亭至峰顶又一天。往往雨其上，霁其中，雨其中，霁其下，而甚者或雨其下，霁其上，雾其中，非复人世阴晴也。余又叹之。有顷，天微霁，余意仍欲搜傍胜，屡目福，福谢无有。良久曰：无已，则下火场。于是遂东之下火场，然心怪厥名弗韵。比至，则畦灶秽俗，所见无非野凫，名称其实，但竹石涧道，亦仿佛昨日兜率路，差可不悔。时霡霂已霏霏矣，疾趋返。未及庵而大雨。明日又雨，余惟匡坐绳床，时时呼老衲说无事鬼话。福笑于前，修、朗叹于侧，僧童辈皆寂无声。老衲炊饭作供，案间有蒟蒻根竹花菌，皆山蔬也。余屡为厌餐，盖自丁亥至己丑，凡三宿庵中，留小诗于壁记之。

明日庚寅，雨少歇，雾晦如故。余决策前进，蹇裳先登，仍过丹霞，僧智融持一卷索诗，泚笔题之而去。遂历会泉，经湘南寺，徘徊弗果入。乃至南天门，此土人所称横岭者也。岭当冈峦之脊，嵂嵲绵亘，实中分岳。岭之阳曰前山，岭之阴曰后山。又自山下仰瞩者，高迄岭而止。自峰顶俯瞩者，卑亦迄岭而止。盖登斯岭始获睹祝融云。时有僧持茗出饮客，伧夫而操吴音，修呼问所胜，对曰：过此则飞来船、讲经台矣。遂从歧路趋至船所，船之上下左右皆石也。船则高庋两崖间，适当石之门户处。人皆从船底往来，船上亦扪蹑可登，余与修盘礴流连，未始不叹其奇也。周视绝壁间，有题曰“石舟”者，有曰“蓑云钓月”者，又有拟题曰“慈航”者。以船喻船，都无是处。往观讲经台，台上劖有“寿岳”二大字，云是宋徽宸翰，然奇处正不在此。遂复返，寻登峰路。时霾霿迷离，对面茫茫，如半山亭时。余辈惟以福为目，福高亦高，福下亦下。经独觉门故址，余忽恍然，低回久之不能去。盖余初登横岭时，将谓过此以往，当步步攀跻，直到上头矣。不意此处复作凹凸，既断复起，类蜂腰然。此岳中绝无关系处，而余独默契其理，以为登峰非如此则不妙，似先得我胸中丘壑者，未暇与俗人言也。

经狮子泉入上封寺，寺僧极藞苴，向人惟攒眉说苦，然寺亦漂摇颓殆无住理。去之，上天尺庵。至峰顶，时云絮四塞，白日晖其外，一气氤氲，浮动如混沌未分时，游者亦莫知为祝融峰，则有小祠，石其垣，铁其瓦，前以位岳帝后，则思大禅师。有行僧颠霜种种从祠中出，自称雒阳人。曰：余老此孤峰绝顶十五年矣。指余辈登望月台。数人者据石趺坐，相顾凄然，如在穷荒海岛中，时见云色稍明澹，幸其或开。僧掉头曰：全未全未。余怅然，乃下此初登也。遂西过不语岩，至会仙桥。桥即道书所号青玉坛，又在后山之后矣。两崖斩然，中断如峡。惟近北崖者石脉不绝，如骈拇枝指，相去三丈许，复突起而为会仙峰。桥横跨之广可数尺，下临万仞。余飘然径度，修从之，余人或色战缩朒，久之乃过。然余既度此峰，天色忽惨变，浓云如墨，湿雾蒙蒙，荡潏窅冥，疑非人世。余亦悄然悲恐，捉修臂曰：人言地狱景象，幽晦无昼夜，当作如是观。修点头。

去峰数尺，复有巨石谽谺，初不相属，或云可跃而下，以试人之心，遂名曰“试心石”。石隙有古松数株，秃拙如画，不知何似天台桥畔？峰上望舍身崖，殊了了。路纹如线，足迹可数。会昏黑不辨陵谷，身固难舍，心亦懒试。仍循旧径南下，过观音泉，苍翠幽湿，步步踏落叶。有山衲扶藤相御，则观音岩僧碧环也。岩一名圆明洞，一名高台寺，今皆不可考，独岩在耳。岩左复有小岩，盖新出之土中者。其洞外有石龙首，洞中有降龙尊者像，不知何代遗迹，向来遂埋坳尔许年。岩额平广如席，僧或乞名，余即题曰“降龙岩”。傍有石类蟾蜍，西向痴望，如请雨者。而观音岩上故有圆通阁，悬崖置屋，结构牢密。僧指石上短松曰：此念庵罗先生手植也。薄暮雾愈甚，就憩阁傍僧舍，神骨颇觉高寒。中夜时闻淅沥声，盖林露霣萚，兼山溜泠泠，俱非雨似雨者。比天明，乃真雨。披衣出户，四望黮然。仆夫况瘁，余犹踌躇未决，问福，福不言，问修朗，朗曰下山，修亦曰下山。余无可奈何，遂如所请。然终不能忘会仙桥，复踏幽湿往观之，昏黑如故。乃东观望日亭、舍利塔、脱壳池而还。返至湘南寺，忽简《图经》，曰此处有贯道泉。亟入寺访之，泉颇幽洌。石壁间有大观中赵岍绝句。岍不知何许人，诗亦平平无奇。而此山唐宋人留题绝少，见此聊慰典刑。

复过铁佛庵，庵前为歧路，东西分。由东道下山可十五里，即前日来时路也。西道倍之，且茅塞，不良于行。然福岩、南台诸境，俱在西。余一意讨胜，遂麾奴子肩襆被从东下，而余与修、朗辈策杖而西。仍下兜率庵，至中庵，庵荆扉反鐍，惟余蕉花守篱外。道经已公岩，岩在隔溪，径路断绝，余意颇怠，而福力荐此岩殊谽谺，非曩所见诸岩比。遂从乱石僵树间猿挂而下，入岩见空洞可容百余人，福言不谬。有五台僧龛其中，闻足音跫然，似有喜色。余默思此中面壁何减少林？只恐为僧心不了耳。出岩天忽霁，路渐芜翳，茅苇如人长，时见衰丛中一片皆鸳鸯菊，土人或不识此毒卉也，然花自可玩。

望福岩寺在前，欲往诣之，而福先引至罗汉洞。洞即狮子岩，以形得名，相传前代有五百圣僧居之，日饭于福岩寺。寺中故有凡僧五百，合为千人，然饭罢辄隐其半，主者疑焉。一日拔荆迹之尽在洞中。后遂移巨石塞其门，至今无敢排闼者。说虽不经，然余观其塞处庨豁如城闉，石自内出，殊不可晓。石傍有隙，修以杖探入，数叩之，声谾谾然。俄而狂飚怒起，福曰：此岂洞中罗汉嗔邪？往年故有雷雹之异，然同行者皆不顾，益贾勇陟其巅，风倍勍，吹人欲堕。有顷乃下，风亦旋止。坐坡侧少憩，正见三生塔，鼎立层冈，才露魋结。会双胫告惫，不任婴姗，属修、福两人往先之，有奇则以闻。良久反命曰：亡奇。乃已。遂入福岩寺，寺亦无他奇，惟古松数章，龙鳞狞栗，实为此山之冠，余亟称之。寺僧为槜李人，向余指画形胜，云此地四峰环拱，后嶂则狻猊状也。前临平畲，有孤垤突起，如龟爬堰，且行且视之，信然！

时已过劫余之南台寺矣，回望宋人黄桂所书大“寿”字在宿莽中。遂至退道坡，坡间石磴略如东道，所称云梯，而广长数倍，历百余级始尽，或呼为天生磴。察其傍则金牛迹存焉，蹄痕参错，间以人趾，此中安得有是迹，岂亦效鞶蚕丛故事为之邪？下睇岳庙，历历在目，以为西道之胜已尽，而道左有三石相叠，俯瞰欹岩，欲坠不坠者，飞来石也。修、朗辈皆危且奇之，余曰：夫岳则广矣，大矣，诸胜备矣，胡拳石之足多？抵庙时，天已暮，余中夜深念此来往返于岳，自丁亥迄辛卯，凡五昼夜矣。而山灵妒人，云烟党锢，祝融之真面目，其终不可识乎？澄爽有待坚定以胜之。越三日甲午，天则大霁，晓望众峰，历历老黛如沐。余仰面长笑，不复言，急呼仆夫戒装，于是提修挈朗，仍取玉板桥故道而上。江山草树如故也，而点蹴眺听，触处轩豁，恍如别一天地，令游人精神怒生。俄而半山亭，俄而观音岩，眦疾于鸟岩，僧环复趋迓山阿，草草相劳苦。是日碧空皎彻，上下中幸欢然同一天矣，绝无向客所言两三天之惑，而余辈惩前者云厄有戒心，皇皇焉惟恐失。会仙桥接屦而趋，至桥则日方亭午。此番陵谷划然，崖为之加深，桥为之加细。余仍飘然径度，余人从之，时修慕“试心”之名，欲从甜閪处跃而下。环从呵之不止，竟跃而下，有奴子继之，而余亦从桥畔梯而下，绕峰而达于所跃之石。谛视石上字，乃“定心”，非“试心”也。然定而后试，良亦至理。石隙秃拙，松故无恙，有善缘木者，能王长其间。独舍身崖则无敢尝试者，身固重于岳邪？

遂趋登峰顶，是日天地始分，乡之混沌者，一变而文明。骋怀极目，见界诸境，咸来奔会，环复一一指画，初下其手曰：此某峰某峰也。又下其手曰：某河某河也。复四面下其手曰：此

《周礼》大小诸某某山，衡阳郡邑也，长沙郡邑也，邵陵郡邑也。余惝恍久之。或叩后山诸胜地，则皆在峰脚右畔，如古大明寺，如茅坪，如九龙坪，又历历入环指掌。精蓝累苏，远松如荠，噫吁嚱，危乎高哉！自登此峰，而七十二峰皆盆砌间物耳。今而后，祝融君犹得不以真面目奉我乎？此再登也，将下峰闻，傍有太阳、虎跑二泉，遂并观之。太阳泉亦与贯道诸泉伯仲，而由泉以达于上封寺，有石笕焉。溜涓涓缘之，以下约二里许，云是唐时一老女所凿，至今以名。其笕此老女大好事，毋乃蹋地唤天，无聊之极思邪？虎跑即在寺后，出树石根罅，淙淙不绝，然皆不甚著。

归岩语环曰：余诘旦欲观日。环曰：今且请观落日。遂假道圆通阁上观音岩顶，与修并坐观之。乌轮坠处，与平地所见亦略同，但下方已向晦，而山际犹辉辉弄景为异耳。是夕念念作日出想，殆不成寐。夜半环促之起，岚气严皦，不霜而凄，行者皆拥罽挟纩，暗中然枯竹。牵率至望日亭时，北斗煌煌在天，寒鸡尚未初号。同游数人，莫不延颈东望，恭默鹄立，如金闺待漏图。从者或蚕僵猬缩，抵背鼾睡。久之，月始上，盈盈一钩，清辉如濯，此人间梦回酒醒时也。又久之，东方始作，初仅一痕白，白者渐高渐淡，则黄继之，黄者渐高则红继之，红者既高，则红尽处又渐淡而为白，白则又黄，黄则又红，如是者又久之，乃吐一线于莽苍间，倏而半规，倏而全轮。紫燕、支赩、玉盘，不足以喻其色也。转瞬扶桑载拂，则色化而为光，不能正视矣，而观者咸诧光中犹荡漾如冶金，此不知是日动目动。时朝旭已瑰珑，同游者人人满志而去，无他望，而余独中怀勃窣，似仍不能忘祝融，乃复登之。瞿然顾其后，相从者惟有一修。是日所见则又异，云弥于山腰，凝而不流，无近远皆作一片白，日光在上映之，粼粼温温。遥峰如凫雁出没，渺然洞庭万顷，余不觉惊喜狂叫，顾修曰：大奇，大奇！昔人云"云海荡我心胸"，此其是矣。

盖余三登峰而山亦三变，始则海，终则湖，独中所见者山耳，岳哉岳哉，何其善幻而不测也！观止矣，亟去无太奢侈，取造物忌。既返于岩，遂浩然南下。将至湘南寺，忽又简《图经》，知此处有隐松岩。不惮烦，披蒙茸探之，荒陋殊难为品题，不知何故被此嘉名，或者岸谷变迁乎？抵寺，日犹未晡，是日盖乙未也。计往返于岳者，又两日。于是游声始振，乃公对镜引杯，颇有骄色，栩栩然自谓目无全岳，而岳庙前招提星罗，烟磬相望，岂遂略无小胜可纪？则拱手应客曰：敬闻命矣，窃已于前两日了之。以壬辰了其西，则集贤书院也。宫庭肃洁，清风穆如，诸贤人姓字煜煜，所云开云霁雪之先辈具在。院后琅玕万个，间以瘦松，芬碧萧疏，能使六月无暑。或采杜句，题曰“湖南清绝地”，差不恶。此外如胡文定、湛甘泉两祠，仅可仿元旦酬酢例，到门投一刺而去，不见主人。以癸巳了其东，则所谓华严阁、甘露林诸所，俱卑庸无足道。最后至一处，号近圣兰若者，广长不赢十笏，室已阒寂。偶尔步入，正中有出山老迦文妙相，须鬘如生，肉色温好，绀目波流，顾人而笑。余极骇悦，修、朗亦皆骇悦，叹未曾有，然莫识所自。返至司马桥，适遇福，试询之，福遽曰：是某所活佛邪？余辈始知为活佛，独怪此中人殊乏心眼，不活佛之则已，既活佛之不以活佛之道事之，而乃听其抱膝冷坐于虫丝蜗篆之下，众生梦梦至此。此前两日所了庙傍小胜也。

考《图经》，水帘洞去庙差远，乃以下峰之后一日往了之，其日则丙申矣。暄丽如暮春，仍以福道夫先路，行十里，经桂藩、新卜、寝丘，稍坐松根观之。亟去，觅水帘路，而福初不识途，妄引余辈入山，行二里许，不闻水声，颇疑之。望见隔溪村烟暧暧，髫妪鸡犬，如桃花源人家。命福往叩之，始知误入。急返故道，得牧牛儿为指南，越陌度阡，跉踔畈畷间。久之始涉涧，举头遥见白练，知是帘所为，然此微帘耳。又行二里许山路，始见全帘，盖朗不能从焉，独修与余偕。飞流自山顶两折而下，峻壁高可百尺，水径之，故曰帘。泻珠溅玉，真有银河九天之想。欹坐崖上，毛发淅淅，魂骨俱清。帘畔大字标“天下第一泉”，而余所坐处石平如砥，亦大署“朱陵太虚洞天”，其傍宋元人姓字楚楚，视岳有加，然皆不见汗青，何殊腐朽？闻水中有冲退石堪坐卧苦斗，绝无路可下，未敢以身许之。然此处亦值得一死，恨不立化为猿鹤。余归途目修言：此亦奇观矣，未知与匡庐瀑布孰为雄长？顾水而帘，帘而洞，三之则美斯全，今乃阙一。故吾深爱其帘，而犹微恨其不洞。返至先所涉涧，即帘之。余渴甚，掬水饮之，果甘洌异常。此泉合置第一。抵庙偶过准提庵，忽有怀赫蹄见访者，为天台寺僧湛公。湛公之来，则邀余为方广游也。嗟乎！余念方广久矣，未入岳，神已先往，但以距岳颇远，故后之。今不意遂得湛，时弗可失，遂欣然命驾。以明日入方广，有征余游者，即前送余茶庵别去者也。其日修行朗不行，或便谓修胜朗，然山水有缘，亦胡可强？初所历皆官道，平楚苍然，黄畴相错，矫首望天柱、赤帝诸峰，犹冉冉送客。久之始入山，山径崎嵚，微类福岩路，而诘屈倍之。

既过西明寺，则益巉巇不伦，怪石虎蹲，藤树交荫，林礁齿齿，千涧皆鸣。行人屡入箐樾中，幂䍥如幄，或数里不见天。惟闻荔藟茏苁下水声沸泊，然亦不辨水所在，时于蔓叶疏隙窥见之。桐栗俱岁年老大，结实累累，枝头自笑。沙磴多碎散石肤，布地如鱼鳞，皪皪有光。或即举以当云母，仙家大药，不应狼籍如许。遍历窗寥间，竟日不逢一人，鸟雀相呼亦少。

斜曛始抵方广寺，寺故壮丽，屡遭郁攸，今遂零落，然规模犹依稀可睹。殿上佛躯极伟，皆负墙露坐，尘隆于鼻。活佛遭际，犹幸立荒台，伫望四面。铦峰苞簇，环绕如城，僧言此地形绝似千瓣芙蓉，寺基乃在莲房上，熟视之信然。遥指叠巘，有红叶半湾，正出万绿深处。余与修瞻眇久之，秋魂欲碎。饭于僧阁，窗扉怡悦，此中尽堪寄梦。而湛已庀榻于天台，势不能不天台，遂别去。过洗衲石，补衲台，皆梁海尊者遗迹。石去地无多许，水径其上，欲帘不能，然帘意亦可想。台则硱碖树石间，可设蒲团孤坐。后人或又题曰“啸”，独计此一衲耳。既洗又补，何当复啸？稍前度石桥，修翳四合，激湍清越，此亦绝无关系处，而予又乐之，低回驻恋，如过独觉门时。既暝，乃投天台，一径森黑，穿萝而入。寺极典严，是湛所经营，颇不类岩阿结构。明日晨起，往观拜经台，惟有寒荒一片。寻无缝塔，塔甃乱石为之，位当两山之会，罡风晓昏雷吼，而浮图尖终古矗如，岂无呵卫？回视前山椒，亦有乱石塔与此相望。昔年经震霆摧而为二，然俱植不踣。以彼塔匹此塔，所谓东邻、西子也。

返过妙高峰，峰通体皆石。峭壁仡仡，如百堵墙，而石上有一径，俨然轨涂，即以“车辙”名其亭。上劖“留元圭六”大字，柳骨颜筋皆备，殊可法。有石欹覆高崖间，其形正方，曰分粮斛。不知斛化为石，石化为斛？又有稽首石上者，帻痕宛然。石乃不刚于额，顾之失笑。返于寺，湛欲相淹信宿而佳处已尽入奚囊，安能为蔬笋留？偶闻福昌寺龙潭有幽致，遂纡道取福昌路而下。既至，则茫不知潭所，寺中人导观之。潭处乱石间，竹蔴罥途，游屐罕到。一泓黝窅，疑为龙湫。修稍进，投石试之，导者变色呵止，以为是潭尝杀人故。然我辈岂潭所得杀也，笑而退。

是役也，以丁酉往，戊戌还，初志在方广耳，乃兼得天台，可谓不负西来意矣。拟束装共归，忽披《图经》，蹶然起曰：尚有黄庭观见遗，其以明日往。至则荒寂无烟，松筠空锁，亟访魏元君飞仙石，突兀傍檐，跂脚朗吟，半天笙鹤，缥缈可想。返至中途，聆涧声触耳，知从络丝潭来。忽忆前福所指潭处尚未到，慨然往寻之。衣榛带棘，上下冈坂，乃达潭所。潭不一水，水不一状，然潭所径无非涧者。欹卧石上，看壁间飞流，所谓砰磕如奔雷者，足当水帘之半，然又不可以帘论，故是气象别耳。水傍有山客某小篆“赵涧”二字，钩画亦俊健。世人耳尊于目，“赵涧”之名遂以络丝潭而掩，非身到谁知之者？

是日己亥，山行告终，双履尽穿踵决尚未觉。明日庚子，高卧僧舍，稍息劳生，然胸中跃跃然全岳动荡。醒与俱醒，梦与俱梦，方寸几不能自主。辛丑乃出岳，寺僧送之庙前。见道左顽石上标佛号，漫讯之，僧曰：此岳石也，盖世传岳帝宫，故在峰顶。

陈时有思禅师欲踞其地，与帝约曰：吾抛一石，视石止处，创尔祠。故祠迁于平麓，即今庙是矣。余又爽然，念此等闲瓅事，不叩则亦不知也。凡余所历岳中诸胜，有前人所未及者，多以善问得之。九烟氏曰：余于兹岳，盖亦得其八九云。从来品岳者，高言祝融，幽言方广，奇言水帘。余既兼而有之，若夫高外之高，幽中之幽，奇前后之奇，亦鲜不爬罗剔抉，征翳伐荒。骛入诡出，与猱鹘争智勇，可谓不遗余力矣。所微憾者，独后山未到。人言其金碧绣错，缁锡如云，安可过而不问？噫！余本以数千里外之身，一旦裹粮拏艇，跋涉山川，徒以岳故。若仅取金碧缁锡，铺染快目，岂余所急，且亦岂岳所望于余者哉？虽俟异日焉可也。天地不坏，灏气长存，五岳之游，请从衡始。

山中前后留墨，识会仙桥者曰“老此不恨”，赠碧萝峰片石者曰“差可共语”，题方广寺者曰“万壑孤莲”，而庙前有乞额为帝献者，则书曰“发英生宝”，并记之。

食苦和尚记

唐访

有明万历四十五年丁巳十月朔二日，和尚生。行年三十又一岁又八十八日，为戊子春元旦，和尚筑食苦庵成，乃告母兄及妻妾，并告友人，自今以往，呼我食苦和尚。名遂以戊子元旦始，乃自记曰：和尚有发，发委地数尺。须鬑鬑面白微黧，目能视数十丈以外，蠛蠓、游丝、野马如在几案。声如巨钟，善作鬼语，视李长吉、孟东野过之。善哭，偶触即哭，哭数日不止。与友人论成败事，及君父忧危，臣子僇辱，亡国废墟，如身值其时。周张四顾，如深堑大壑，如鼎锯交加，如中毒如魇，以是益哭。声吞喉咽，哭不止也。和尚三游燕，四入雒，一过秦，再历吴、越、晋、赵、闽、粤。返楚赋《帝京记》。华山访侯嬴、豫让墓，吊姑苏之台，问五湖之櫂。帝子亦得赋《招魂》，尉陀不敢据南面，渔舟不返，屈、宋同归。

和尚入名山，喜独游，夜游，雨游，雪游，雷游。石喜蠢僧喜瘦，喜燃炬夜坐大石上，喜卧佛阁，反锁，鬼叩门，饥鼠窜瓦，佛无语，猿啼。对古人胜迹，喜与古人遇。牵其裾，平反其狱，不受古人欺。和尚早遭荼苦，十岁遭父冤，中遭刖，已伸复蹶，今蹶已甚。和尚所遭尚未有艾也。和尚爱筑庵，凡遇山水佳处，诛茅葺竹，负土洗石，扶石立起，对立如人。与揖，与诙语，与默坐，然后置庵。庵成，居十余日即厌，别徙如前。客告和尚曰：食苦犹庵也，和尚犹和尚也，壁且颓，泥半脱水，汩汩流膝下。苔上枕，虫啮席，和尚终日立不去，不厌不狷狂走。和尚又何以堪此？和尚曰：吾志也，谁谓荼苦？其甘如荠。客又安知和尚之用心也哉？

庵前高竹数本，短竹百数十本。庵侧水高二尺，来自二溪。至庵合去复分，野草无算，白鸭一足跛。庵后峻岭无人，有木客，有大猿，时似老翁咳。穷奇貙、猫、鼬、鼯、豽、玃、猩猩、狒狒、玄兔、白麂无算。和尚早起，白饭二盂，苦茶十二碗，酒无算。诗或一二首，或数十首。喜怒笑骂，发狂无聊。高山深谷，春雨夏云，奔雷走电，虫鸟花实，将见儿女往来，唱和无算。

和尚自断三十二岁以后，有庵足居，有饭足饱，有诗酒足乐，和尚有以自老矣。元旦后六十九日，寒食前一日记。

武冈州进士题名录记略

潘应斗

应斗初以二甲序应外任，复以馆选补内员。部覆未下，已罹国变，濒死于燕涂，乞于淮泗。及至金陵，厄于时相，远任琼海之万州者，一十六月。旋应简命，司封者六月，司铨者六月，镇帅跋扈，天步艰难。仓皇乞归，而屡经劫祸，今身为耕夫，愈绝世事矣。

重修湘乡关圣祠记

刘象贤

象贤顷以计偕历汉、汝、汴、卫，以达于都门。见古祠之仅存者，零然于荒烟茂草之中，类古之名臣高士，而不能永人心之归向，未尝不慨念其泽之有穷也。惟至于汉壮缪侯关圣之祠，则匝地弥天，金碧辉映，若云旗之耀于目睫而不敢斁。非甚盛德，孰有能当此者？归而视余邑之祠，旧在大街者毁于兵火。未数月，民未安其环堵，而凄心骇魄，惟以公祠未复为痛，若破巢毁穴之不容已于旦夕者然。于是僧真慧受命于邑侯南公，佥偕众志，鹜起鸥集而成之旦夕。乃以知胥天下戴公之心，一如吾湘人之心，而吾湘之人出未定之惊魂，而营之已夙，则又有甚焉者，余益有以知其故矣。夫许、郑、周、卫之郊，皆公所有志荡平之区，而未之逮者。徒闻公大节于千载之后，且戴之如彼其甚。

吾湘者故荆南四郡，长沙之支邑也。方先主破操之后，分四郡于吴，而湘乡于三国分属长沙、零陵二郡，则斯邑乃孙、刘犬牙互入之边境。公奋神武而经营之，所以拥护湘民，而为炎刘之遗黎，盖尝殚力以为斯邑计。湘民之鼻祖，皆其襟袖之旧赤子也。迄于今，虹霓射于楚天，如见公之须眉，风雨骤乎江汉，如闻公之刁斗。则湘之人且私公，而以为其天地父母之戴，固道之所许，而何怪其情之迫乎？抑考先主长板之役，公军独全，武侯之说孙权曰：关某水军不下万人。则公全军以蔽南楚，其功犹赫，以是湘之民得为汉之遗黎，而不罹曹操摸金发冢之毒。公之于湘，其德如是之烈，而吕蒙首祸，以陷荆州之日，虽诡谲莫测，不能豫防。蒙既陷荆，贼计已露，使四郡之吏民起于南楚，扼蒙之背，而内起以攻之，则蒙必不敢疾趣襄、樊，以与公为难，蒙之诈穷而樊、邓之功终矣。乃公尽力以护四郡，而四郡不能出一旅以解公于危，则四郡之人，负公良深，而千年以后，抱疚怀痛，不容已于戴公，犹不足以酬公于万一，而况敢后于天下乎？稗史所载，当陈、隋时，公灵响见于荆州之玉泉，释智𫖮为之授记。夫荆人不能免公于难，而公耿耿不忘于幽冥也如此，则公之垂念于南楚也至矣。以享以祀，报以介福，岂忍以湘之人为不足以酬其高厚而弃之哉？

南侯及邑人之襄事者，其俟之矣。祠成，竭愚朴而为之记，岂曰知公，亦因乎人心之同然者而扬诩之尔。

湖南文征　卷二十四

记八明

岳麓山水记

吴道行

衡山之峰七十有二，绵邈几七百余里，迄长沙湘江之西而尽，则岳麓也。峭壁擎空，联岏叠嶂，可数十里许。

东面豫章、浏、醴诸峰，缥缈天际。北漾洞庭、湘水，澄彻如匹练。峰西东广约五丈，南北倍之。怪石奇伟，悬绝磴一片如屏。禹碑刻其上，碑右一坎，为神禹〔拖船〕[①] 坰，洚水怀山襄陵，其信然哉！折而南，两峰环抱，中函彝隅，幽清而衍。泉声淙淙，瀑布落风雩亭，则岳麓寺峰也。又折而南，倏伏倏起，土不胜石，而石骨苍秀色古倩。随拔一峰，如伏釜覆钟。碧树千章，绿光隐隐浮动，若悬崖石砥，凌虚嵌空，则云麓宫峰也。峰降若干级，江流环带，中拓一坪如掌。再折而东，盘旋逶迤，特据江边，大天马山也。折而北，为抱黄洞、崇贞观诸山，修坂叠巘，幽渺宏旷。又折而北，群峭骈连，面面南顾，以趋于东，道林、桃源、小天马山也。再折而北，崔巍树石，纠窈蒙茸，为官星山、人字山。崌嶙平衍，驳霞腾雾，为玉屏山。是又兹山衣履之所覆护焉。其他圭峰、云母、湒潭隶左臂，金牛、金盘、旗鼓、靳江隶右臂，总以成岳麓胜概，而为星沙一大观也。

---

①拖船：底本缺，据四库本补。

登山之径匪一，自郡城从上渡过渔村三里登岸，从下渡过橘州，历禹迹蹊五里登岸，从古渡半里达中洲，仅一带水登岸。宋朱、张讲学胥由此。代有浮桥，而今废矣。一岸滨江约四里，为古柳堤。中有石坊，曰岳麓书院，宋贞宗赐额也。岸内有湘西书院旧址，进而为梅堤，为咏归桥，为濯清池，约三里抵书院。入静一堂，登尊经阁，朱晦庵所书“忠孝廉节”四大字。斋馆号舍若干楹，阁后有堂翼然，祀六君子，石壁镌紫阳遗迹。近北为流觞曲水亭、百泉轩，源自白鹤泉，历兰涧泻来，转入洗心濯缨池，一线清流，分沙漏石，昔人所谓冷暖与寒暑相变，盈减经旱潦不异者，非耶？右有宣圣殿，承以崇台，盘以文石，虬桂云榱，华梁藻井，令人有宫墙数仞思。擎杉百本，干不甚巨，而鬣叶鬟鬟如发，晋陶士行所植，以壮庵居者。庵近藏书阁，旧址久就茀没。其他古柏苍松，修篁巨桧，菁茂离披，即蔚蓝光碧之境，宁啻过之？左为山斋旧址。殿后高阜百级，上有四箴亭。又上即朱、张讲学处也，今古名人碑刻列焉。稍进，故孙太守建亭于赫曦台山下，而今以祠道乡先生矣。降而苍筤谷、旧钟、仙巢、吹香亭，宋理宗笔也。趋而上，有崇贞观，晋邓郁修炼处也，久与万寿宫、射蛟台俱属榛莽，随扪萝附綦以登，仅抱黄洞在焉。

寻循小径，转磴道，蜒蜿峻绝不可步。每以一足蹁跹行，左右皆万仞之溪，无可倚。历千余级，登中庸亭憩焉。自是愈高愈险，每以肘代踵。更历千余级，憩高明亭，古赫曦台基也。再转数百级，达禹碑亭，于时色相斐蕤，神彩焕发，岳麓之奇，当无最此已。从禹碑由故道，翼而北至棂星门，觅雨花、谕苗两台基，北海碑峙山麓，旁有米元章数字。碑经千余年，曾不少泐，岂三绝神奇，应亦有山灵呵护耶？由此渡清风桥，望兰涧石濑，水石相驳激，如花如雪，湃礴有声。登清风峡，风雩亭、道乡台、雪观诸古迹，恍在虹光岚黛间。转入岳麓寺，不数武经观音阁，视白鹤泉一线，石隙中瀸瀸出，甘冽异诸水。循僻岩数百级，上讲经台，宫殿壮丽甚，殿后依岩建静院修廊，廊外绿峰岩泉互相照耀，僧人刳竹从岩畔取泉，声韵更悠。诸如古峰修柯，朱藤蔓络，幽闲萧森，当不让三山五院。返峡南趋皆奇石，块而伏者，锐而昂者，如狮、如貉、如鱼鸟者。几经转曲，层累上云麓峰绝顶，昔金道士禁足处也。后冶铁为瓦，凿石为柱，建宫祠元帝，右五岳帝祠附焉。四面环绕多珍木茂树，轮囷扶苏，而南首琅玕近千个。倚栏凭眺，溪谷田隰，冈阜林泉，江河波涛，洲渚城郭，室居庐井，俱在紫气青烟中。既降，有石飞岩外，如伸螭首，面平如砥，约二丈，土人竖石为柱，为栏覆其上拜衡岳。石下空深近数丈，瞷之毛发皆竖。百千簇竹树自下迸起，劲挺凌霄，姿态百出，又转一奇观已。

从石趋南降百十级，山自峰顶累叠下，围垣高护，其中土石文致，控〔昭霞而襟〕[①] 湘水，其野秀更异他山。自山左渐趋渐下，过〔咏归〕[②] 桥越桃园，至道林坪。古有道林精舍、四绝堂、石浴池、道林寺，又别有天地也。四面高山环合，异石悬岩，若舞兽翔禽，云霞映罨，五色氤氲。涧流山泉，飘风激瀹，漱石砊铿，可当一部鼓吹。远望樵夫牧竖，隐跃如画阁中人。对面三洲水陆等屹然江心，为麓山闬捍。渔舫巨舰，缭绕上下，水光烟波，呈巧献奇，有是哉，岳麓之胜甲湖南而光今古也！然而岳麓之传自书院，其重以朱、张，况乎禹碑蝌蚪，千秋欣慕，递汉、晋、唐、宋以迄于今，帝子名贤，禅宗羽客，风韵如新，夫岂非山川奇异，足畅襟期，而开清旷之致耶？

游天籁岩记岩原名潇洒　　龙吟

余山居西北有岩名潇洒，相距止十余里。客有为余谈其胜者，卧游有日矣，幽期未践，心实耻之。甲午冬初，先期戒汪子青藜，

①昭霞而襟：底本缺，据四库本补。

②咏归：底本缺，据四库本补。

舣一小舫，乘兴访焉。时溪水方涸，每送一棹止尺寸许。青山丹枫，缓楫浏览，少陵云“幸有舟楫迟，得尽所历妙”，亶其然欤？薄暮抵仙女殿，兹麓负岩纳溪，舍棹登之，爰止宿焉。询三仙女故迹，灭没不可详。次早平明栉沐，披榛揽棘，始登山椒。望来时溪水，如一大长蛇蟠屈蜿蜒于万山之间，余与同人几徘徊不忍去。旋乃蹑级而下，横截山腰，鹿踪蛇径，不可步武。四顾咸顽山复岭，几疑桃源路迷。俄而梵磬出丛篆间，忽有群石林立，或昂或落，其中则大石匍伏。前开小径，败刹一楹，稍入而室庐穹然，棂口受光，佛像、钟鼓、幡幢、香供，非举首眺察，不知其为石也。或指洞口居左偏，望之漆暗，炽炬以入，可数十步许。岩中热气仿佛，如爇石炭洞，深入里许，咸心詟告止。旁有一小口，细泉通于爨室，仰观一石，下约略数尺。扣之磟磟有钟磬音，因举“潇洒”名义致询，山僧俱莫能对。

余因语同人曰：“潇洒”之名，按形则无据，设语则不韵，大约此胜幽藏僻陋，非有名流墨士轮蹄至止，一任来者随意而妄名之，岩不能辞也。李供奉、张郎中，湖易“郎官湖”之名近者，以孙太初故，而西湖有高士之称。我辈双眸如电，不律如铁，郁郁丘壑中，上之不能进退古人，次之不敢是非朝政，若品藻泉石，讨论溪山，处士独专之职，亦奚不可？且山不乏岩，岩不乏泉，至天然磬材，与泗滨浮石清音一致，谁律吕是而代造化者鸣也？因假山僧茗一盂酬山灵，易其名曰“天籁岩”。夫天籁者，风也，惟穴受风，惟空谷生风，岩之为物，固大块噫气出入之窍也。独兹石遭之而成韵，拂之而成声，蓬蓬放海，即以是为籁，未可以天地间之。唱者、和者、于于而喁喁者，咸均调风，而风之乘于空与袭于实也，又奚以异？南郭子綦，能舍是而求众籁之宗乎？

小雨初兴，峰岭浣垢，岩石垂溜，一似点首而诺余言者。爰放歌揖岩，为满饮数觞，沾醺而返。

桃源洞记

瞿龙跃

洞属武陵溪山之南，离余枫村草堂三十里。时不计春秋，天不择明晦，尝过问焉。不知者谓余访秦人邪？秦人邈矣，弈局几变干戈。谓余寻渔父邪？渔父杳矣，津涯屡经戎马。余曰：否！念吾家柏庭童子，于唐大历间，自辰溪奉母避乱武陵，师事黄洞源，从此得道仙去。

桃源洞是吾家童子安乐窝也。况当吾身，而又避乱，安得不吾童子是亲乎？有时动招童子，则赠之鹤，以唳舞碧天。有时静待童子，则赠之鹿，以安眠洞口。或遇清风白月，或逢夜雨朝晴，绘花鸟于边鸾，写松石似张藻，与童子贡梦里丹青，设壶中点缀，不然铁笛长吹，大界虚空欲碎，不论童子之世与余之世也。银筝短弄，一场幻化皆消，亦不论童子之身与余之身也。且就余之身、余之世，知前有童子，使童子之身、童子之世，知后有余。

余与童子一家人也。虽然，余与童子言及谱系，恐瞿昙老祖怪余与童子不说来由，见背之罪，复何辞哉？余告童子曰：尔固幼，灵异而仙非佛，余将老，贞定而人非仙，今而后，余勉进于仙，尔勉进于佛，勿长往来于百千万亿劫难途也。幸余老祖慈悲，向众生个个说法，矧余与尔之为儿孙邪？余故以记代立一则西来文字，不似晋人分门别户，穿凿四十二章宗旨也。

北溶山顶南憩堂记

唐之正

春月，载小艇深入小溪。山川云物，别为一境。溪中人卜山顶一屋以居予，鸟鸣于上，水流于下，苍萝翠壁之影，拂于蓬户。而渔于溪者，放歌汀渚，往来如画。予曰：可以休矣！陶栗里悠然见南山，孟襄阳南山归敝庐，此亦差足仿佛也。题其屋曰“南憩堂”。憩，息也。戢予生之劳困，以息于斯也。嗟乎！予十年间琐尾流离，蜂辛蓼集，或一岁数迁，一月数迁，一日数迁，每至平生未至之地，交平生未交之人，加以寒暑饥渴之苦疾，痛生死之危，刃横于颈，火烈于肤，如倦飞之鸟，欲托无枝，岂复计有所谓南憩堂哉？

予尝书堂上曰：幽栖云岭车声息，退作山人道味深。庶几幸憩斯堂乎！然予近居北溶二年，曾为计轩，为遁窝，为园隐堂，而予已不能有矣，又乌保南憩堂之为予有也。作诗曰：南山山里隐浮踪，酣睡蒲团万有空。岩竹几竿堪住客，扶筇常得上高峰。偶然言之，未免有情。羊叔子登岘山云：百岁后犹应恋此。使予得老于南憩堂，日与溪中人煮石烹鲜，行歌互答，以消十年穷愁，是造物者之厚予以丘壑也。予不卒有南憩堂乎？故再揖山灵而为之记。时丙申春月。

明月岩记

唐之正

桃源而西，至于沅陵之洴川，其山皆卑坦逦迤，独明月岩峙立。诸山近在水浒，予族姓咸处于斯。先副宪公埙发、先侍御公子中，皆有诗文以纪斯岩。

崇祯间，老僧冲雪，坐岩上三日夜。既乃率予族人建阁，抉土凿石，得破鼎败础，皆古物。意当时必有古刹。又得刀剑坏铁，相传古人避秦于此。环岩皆水，水为月池。池后出山，山与岩分。架石硚以通，硚下澄潭，老木绿影青阴，助其幽险。岩上仄径纡折，径底有泉石覆泉上。水流石中，潺湲作响。客之汲烹于泉次者，茶烟缥渺，每与云接。老僧锄其偏隙，艺菊种蔬，宛如洞里桑麻，别有天地也。羁人游子，多留纪载。

予恒思勒石桥上，并汇刻一卷，藏诸山巅。予友马天麟欲铸镜悬以为月，此又异于诗文歌咏之事。大都期以洗是山耳。进五里为明月峰，峰有殿钟，声闻于岩上。或曰岩之腰有巉岩澧石也，飞而至，其说不经，俟好奇者核焉。

巢思阁记

严首昇

己亥春游天岳，读毛子诗，知有异慧。顾其人外简而中若沉郁有隐忧。余为之心动，自是五六年亟称毛子不置。甲辰秋，有客持李子书至，不知谁何？开函展视，则李子故毛子也。李子年十三，早孤，依舅氏及从兄及诸父。丁乱失母若弟，自浏水亡命汉昌，抵临湘返下隽，投止岳阳。盖自十三迄三十，初为牧，既为工，已乃为僧。发时蓄时剃不次，乃至为人臣仆，几希也。乃至退三舍以报施，犹不获命。盟城下，复逾梁山。呜乎！自古遭遇倾欹，往往然耳。未有支离变换，若李之甚者也！

李子具宿慧，蒙戎艰瘁，乘间读书。曾几何时，变姓试童子，遂冠军。声大振，历受聘于当路，泊然如弗屑就。前此失路，辄依人或不屑去，生平委禽于人者再。不克娶，三十始有室，幸生子。一日还星沙，上丘墓，得其弟及妹，相失二十年始相见。少遂旋岳，弃诸生姓名，复其族，故毛子今为李子也。

李子二十年中靡所定处，至是始受一廛于岳城南。营一草阁，颜为“巢思”，作木主以祀先，以鸠居故名巢，以祀先故名思，而属严子为记。严子曰：人不得已而生天地间，落诸业缘种种苦厄，慧业最深，是故德慧恒存疢疾。慧与业辗转相生者也，慧生业，故流离坎壈为毛子，业复生慧，故用晦而明为李子。自昔杭州有鹊巢和尚，仿佛李子异时事。王雎羽虫之苦厄也，生子百鸟巢，百鸟不敢瞋，则今日事哉？

华严经记

严首昇

确道人严首昇，于甲午四月十八日，先君子初度之日也。先君子生嘉靖甲子，迄今九十年，昇适得《华严经》于笠庵，因以是日住秋崖，焚香重扃。至五月端七日，念遍一巡，昇于《华严》，如昔竹兜过吴越间，匝月经历五十余城，应接不遑，至今向人犹言其大略也。

以予观《华严》大略，如吾儒诸经之有《尚书》，用以发明历代圣王功德，非若它经之穷心性，详事实。其文辞如《禹贡》《夏小正》然，读者概口目及之，不能记忆，遂如入咸阳宫阙万户千门，造次莫得其要领也。余每念一卷竟，辄记其略，如长路人沿路记程，亦既至止，而后如何如何可得言也。首五卷言佛出世，为世主、天上、人间、山河、大地、昼夜，皆佛主持也。次五卷言佛出见，光明云物种种不偶。凡佛世界，概以海称，示无量也。次示佛威力及名号，可二卷。次言调伏众生，因缘业性，其击懈怠如《鲁论》之于宰冉，而破多闻则端木是也，可三卷。次参详佛法，苦行成就，又三卷。已乃标指十行，及十种藏，大半皆内外布施事，又三卷。已复演说如来神力，而以十回向、十地、十定、十通、十忍，发明深切，计十三卷。如是又复演说阿僧祇及诸菩萨充满世界与所住处，广大不可思议。因写如来身相有大人相者九十七，及随好光明种种功德，可四卷。已乃言菩萨修行，如来出见，及依想、行识、变化诸佛法，自住兜率天，殁兜率天，以至处胎初生，出家苦行，诣道场成佛，转法轮，入涅槃，法力神变，见无方身，教化成就大众，又十三卷。已上共六十一卷。自六十二卷至八十卷，则文殊劝诸比丘渐次南行，至福城东集众说法，指引善财童子，遍求南方善知识者，展转南行至经百十城，授受因缘，传递百十人。于百十人中，得解十五十三人，各各入门，各各成就，与《楞严》二十五圣人，同一参印，而以文殊、普贤终始。《华严》之文殊、普贤，犹《楞严》之观世音，其善财童子则金刚之须菩提也。如是八十卷之义竟矣。余一卷，则紬绎言之尔。

予既支节窥测，而后统观大要如何如何，则大要《华严》所言皆言其发，未言其存也。言佛则言其威、其光、其功德，而道所由成未言也。言诸菩萨及众生所由成佛，则溯源于供养顶礼佛，而应住、降伏、苦行、精进未言也。于六度中最详布施，内施，外施，竭尽施，山河社稷概如敝屣，身可人奴，肉可人饱，妻子可人臣妾，而它无问已，似专为比丘募化者口实。予尝言天地之大，苍生之众，或哲或愚，不能人人昏宦也，而俾出家，出家难矣。而博衍三藏，以消其间而绝其欲，悦哲以慧，而给愚以养，将无然欤？其文词粗疏泛滥，每每条分则限以十，隅举必详其四，后或复前，首不贯尾。责吾儒《尔雅》则苦海耳，若乃二万五千河流并入大海，佛法则各各欢喜，求佛者亦人人方便，心不住身，身不住心，各不相知，得无所得，似与《楞严》《金刚》同旨。然而一切皆无，实乃一切皆有，一切佛法能办一切世间事。又似《金刚》《楞严》归于空，而《华严》归于有也。濂溪氏读是经，思以《连山》之首蔽全经，言有所止也。确道人则言其无方者尔。

澧州葺儒学记

严首昇

汉儒云三涂五岳，阳城太室，神明所在，独无兵革。神明且然，而况圣人乎？自昔大贤所憩，能使戎马退舍，若柳下垄、王官谷，史不绝书。乃于文墓、武庙、阙里祠，武人韔弓，然后敢入。抑何神明与？顷天下苦兵三十年，未知其果然也。以予自吴入楚，浔阳而上，蕲、黄、寿昌之间，南抵东陵，西至鼎、澧，雉堞、垠堮、蓬蒿中，墙壁叉牙，弥望一色，乃岿然丹桷，独存者则惟是文庙数楹，处处无恙，与西京灵光殿不殊耳。

余慢然思圣人之有神明，洵不诬也。乘传所至，例得涓谒先圣后视事。入其门，望其堂，其所谓岿然存者，仅椽柱可数，檐以下举不全。其他重门两庑、名贤祠，及博士弟子署舍概无具，则非尽带甲者咎，诸凡泥中、露中寄栖樵爨者，与有咎焉。天岳阖郡，若邑，若州，若卫，计十有一，澧居其中央，柳柳州曰：南州之美，莫如澧。凡地之美者，兵革所倍也，故烽燹视十有一为独加，而文庙巍然，其所存与所毁，则与十有一无以异。予至则集刺史及博士及搢绅、士子辈，议葺且新之。虑非官府所克举，余为区画捐资，次第拮据，循迹模楷，一如异时。既成而刺史及博士辈思勒石纪厥迹，属一言。

予思夫岳之治，十有一皆苦兵。然官吏皆未久去城，城未久虚，独澧城虚无人者岁余。入城视十有一最后，既入而敌屡至，不静者又岁余。然今日文庙新葺，则十有一所未逮也，岂非有神明使然？予不敏，实始区画，而刺史、博士克成厥劳，无足异耳。顾自庚寅夏经始，迄辛卯秋告成，展转兵火，且作且止，几废复兴，卒观厥成，疑非人力。甫及观成，而士子贤书连翩以捷闻，固岳之十有一所特见也。圣人之有神明，将无然与？《周礼》：天子设立四学，明堂居其中，视五岳然。隋唐之制，京师四门立四学，天子以时诣学，如封禅礼。今日者，澧之有文庙，即三涂五岳、阳城太室不啻也。澧自是保无兵革忧，请以是为文庙祝。

游白石峰记

夏汝弼

登高山而送目，各有其情焉。而余之情，其何居也？岁丁亥，月在午，梅雨百倍于往岁。伏草庵而息者四旬，乃今始得与王子而农，披榛径登白石峰。

积阴初起，条风时至。扪柔绿，度深碧，登降频数，不以为劳。仅至于峰巅而息，余两人者乍为之释然，如云之困于岫而展于空，余两人者其可以怡然乎？未也。既至于峰之巅，南眺祝融，如俯而回睨。西望梅龙，如蝬而东引。北瞻荆紫，如延如拒，将迎莫必，而以其翠光相峙，其下则平甸漠漠，绿畴白水间，荒烟面列。余两人者其愈可以怡然乎？未也。夫以是峰之特立，出于群山之表，而其上苍苍无穷者且如彼，是果有所谓天耶？抑无所复名之而姑谓之天耶？天者，果有所畴与？则亦宜有所不畴者存，何居乎其必畴之荒远，而始以为大乎？则吾固未知其定有天焉者，否也。斯余两人者宜可以怡然，而不能自信也。以是峰之特立，傍无有与亢者，故其送目也遥，岂独如前者之所见哉？

又其北漭漭沆沆，不测其际者，洞庭之浦乎？二妃奚损于秦，而山为之赭，其西则都梁之峤，芳草生焉。微云下垂，有气遥遥，欲揽而不得者，其是耶非耶？其东则浏渌之湄，群山东簇，以施于敷浅之原，或曰三天子之鄣也。三者何氏而孤保此鄣为。其南则有碧一而疑九者，吾从其疑乎，抑将无疑而指何者为二妃之引领乎？奚盈九州食好生之仁，而怀之不喧者，独竹也。斯三者而欲余两人以怡然者，当之其亦难矣。于是两人者释然而止，选石而坐，不能去，不能留，歌无声，言无谓，相视久之，不能名其故。日已晚矣，乃遵所登之路而返。

邓氏显鹤曰：《一统志》：荆紫峰在湘乡县南百里，孤峰突起，众山环绕，其对峙者为白石峰。余既得叔直先生《车架山诗》，复从《湘乡志》搜得此文，而先生之踪迹交游志事，乃稍稍窥见崖略，岂非鬼神之灵，有以默启之耶？比与吾友沈栗仲、毛青垣，汤叔尺、幼尊兄弟，约登车架山白石峰。求两先生流连憩息之所，建祠立碑于上，且绘图征诗，以永其传。年衰志往，人事乖迕，未知得果此愿否？谨识于此，以待来哲。《沅湘耆旧集》。

临武黄门岩记　　李晋兴

黄门岩有柏子书屋，四面环以崇山，耸拔峻峭，隐然如城郭焉。中绕一溪如带，瀌瀌有声。其源自华阴山，潆洄曲折，夹两山以奔赴。其穷则为两峰，耦峙于书屋之前，昂首斜趾，蹲踞若相揖状，又若门户然。从所耦窥其外，则邑城、居民、烟树阑珊入目，并韩张一亭亦窿然在望。盖彭城之山，独缺其西，而山人补之以亭。吾书屋之所缺在东，而独无事于补者，此不仅借韩张之亭适当吾缺已也。邑居烟树入目之外，有峰焉湾如眉黛，青葱秀敞，不远不近，若即若离。有时闭吾柴关，可置为外翰。有时开吾柴关，又可纳为内屏。

溯溪流而上，则渐远渐幽，达于瑶峒，入于华阴，极于无人之境。不云而云，不雨而雨，其中鸟兽，若鹿、兔、猿、猩、野牛、马、猪之类，无异家豢，即禹鼎所铸《山经》所载，奇诡幻怪，未经人见者。时有魑魅魍魉，白日出与人侣，人且狎焉而不之怪，盖非复人间世矣。顺溪流而下，穿对峙之山，多巉石以激之，怒湍号叫，声闻里许。然后得平流达于邑城。从武溪之上流纪之，则多骇目惊心。从武溪之下流纪之，又多习闻熟见。而吾于百千顷域内之山之水，方日费想像，日费敲推，尚不能形容，又何暇及于其余？

黄门岩书屋辟于顷山中，先王父琼芳公独力经营，寒暑凡三易乃成。计斋舍三十六，每舍窗一、几一、榻一，多购图籍于中，恣学士涉猎。未数年，明末燹于兵戈。今之创者，非旧制也。院内古柏二株，大合二抱，夭矫离奇，黛色参天，翠阴盈亩，虽盛暑当空，而凉风飒至，一披襟辄思卧，令人不作时代想。

左隔溪为石壁，千仞峭立，不毛而赤。遥望丹朱满铺，若朝日射彩。下有澄潭，縈纹如绣，昌黎“绿净不可唾”句殆堪投赠。石矶可垂纶，澄流可操楫，清风明月，与客对酌于露白葭苍，只愧乏苏长公两赋。右山翠积欲雨，有白石层叠，横亘数丈，与赤石对照，赤竖而白横，赤若朱而白如素。或拟银榜高悬，俾赤壁不孤，亦颇合。沿溪行过石峡，有泉泻于石罅，袅袅然。下有石钵承之，满而注外，其钵之高下等人身，故行道苦热者，可立饮以解。泉之上有谷，多菊花，开于三秋，凌霜灿烂，则是泉之灵，可知为延年甘液也。灵泉路绕巉崖，崖覆于上，苍藤古木盘曲空际。外临溪，崖际瀑布不时洒落，立者满身濡湿，阴晴倏忽一变。

过此则为拱立两峰，绕路之上为虞峰，峰顶有庙祀帝舜。舜庙尊居千仞，而峰于余书屋则峙侧矣。绕溪之上为牛冈，殆就形名之，而余则谓如虎如狮，其形魁庞而蹲踞，其张口若吞若噬，其颔下怪石嶙峋。倒垂石壁，若系铃铎缨络者然。崖产白石，击之纵横解，即方解石也。武溪自华阴山奔赴至此，受束缚，又多巉石激之，怒湍盘旋难下。从此登峰造极，则披薰风，戴卿云，虽山径蒙茸险峻，然望帝居咫尺，万象森罗，欣然贾勇。左则城郭市村，烟火迷离在望。右盼高岭嵯峨，山涧回向，千盘万曲。村居杂出，若远若近。前招华阴爽气，三峰耸于云汉。后览东山，而龙洞烟云如结，桂岭光藻夺目。庙前一石盈数丈，斜倚欲坠，上有巨灵掌痕，相传帝南巡时驻此奏韶乐，山神震动，石将圮，有巨人以掌承之得不坠，至今掌迹宛然。下为资福古刹，舜峰有石累累如雪霜，可照树木人物，或即雪霜凝结耳。帝服冕旒藻裳，恭已南面之化如生。庙侧有古寨，雉墉门阓井然，或曰：此古昔居民避乱所筑，以山之四面峻绝，易守难攻。而余谓是当年南巡驻师遗址，亦想当然耳。由此返行，一带平冈，俯视书屋，如入幽洞中。从险处可言旋，倘乘兴而前，跨岩空仙履之上，风云变幻，飞鸟回翔，如置身弱水三山，飘渺无际。岃巃之尽，伛偻以下，有小涧流横出与武水会，曰塘头冲。冲尽山曰飞仙塝，众口指称，意即穿铁履者之冲举处乎？怅忆久之，为褰裳涉溪，石山陡峻峭立，开石拑若左右手。后有岩若张口，武水环抱，亦如环抱书屋者之如带焉。冲内涧水觌面入怀。纵观左山临溪上，峭壁侧立千仞，苍翠满铺，敞若屏障，高不可攀者，则铁履双置小石穴中，俨铁炼织成，岁久锈黄，但不知飞仙委蜕于何王之代，殆可望不可即焉。

其山半开门户者四五，下有石磴攀援以登。至堪容足之处，由左跃过入内敞地，劈大罅日光朗照，可盘坐畅饮。石壁上小座，昔有小布袋金身飞栖于此，其右不能飞越，亦曾见有健足冒险攀过者。入一门稍远，又出立一门复返，中之所有，惟入者领略。已又两户平开，亦可入此出彼，高数十丈，未易攀跻。其敞开平地者若厅，厅后有室，室后有楼，并石阶可登。厅内有神，某年春涨，神泛洪涛中，遂栖止岩内。居民奉祀届今，遐迩有祷辄验，酬赛者舆以往返，神亦钟山川之灵以显佑助也耶？山壁怪石嵯峨，奇花异草，丹垩错杂，皆不可名言。令米颠见之，不止拜石而已。

爰渡板桥彳亍以归，听书屋弦诵声，若发金石，无非乐境。吁！山川之灵异，自天地开辟而已然，罕有识者。犹士之怀瑾握瑜，未遇知己，徒抱璞以泣耳。《临武志》载四山环抱，一水潆洄，丹壁幽岩，奇峰掩映，上有仙遗铁屐存焉。邑士李国桢即先王父尝构书舍于中，因名黄门岩。《衡州府志》载黄门岩在舜峰之麓，石壁削拔，五色掩映，中多幽岩邃洞，有似层楼者，有似宝盖者，有若堂奥者，莫穷其状。石液悬流，以饮行人，仙遗铁履于峭壁之上，可望而不可即，而名亦彰。亦犹士之遇合，攀龙附凤，朝泥涂而暮廊庙，声施烂然。名之成也，岂偶然哉？

游罗子山记

米肇颐

庚寅秋杪，自辰溪郭外，买舟溯洄以进，经凤凰滩，次鸬鹚峡，百有余里，泊下黄溪口。万历间，溪之左岸爨集如市，旧为商贾往来之所也。沿水而入，累磴崎岖，村落星疏，两山夹道，阴郁砭人。近见浅濑层叠，淙淙有声，游鱼小大可数，意念舒徐。甫十里，石梁横砌若天堑，悬如梯，瀑如练，行人必按武而游。又十余里，过翁冲泊面溪，攀援林木，樵牧罕觏。再十里至五汊水，人尚朴讷，地愈幽奇，似桃源深处。日晡而止。晨起翘睇，四围蓊蔚，莫辨云烟。弃舆褰裳，依涧响循山址，行可二里，渡石罅中得小径，前曳后推，作登天状，千余步得杨七田。坐樾荫下少憩，从傍出器饮涧水，啖果实，执笻徐步，步移喘生。跻短坡，巅路稍平，旁有二三茅舍捱壁以往。因问山顶路，答云已得路十之五。仍就石陇折左阜，去三里，予渴甚，觅蓬下渗水啖之。复起，从羊肠小径横上三里许，有树百余株，虬干参差遮拥。路断如削，架木为栈，下临绝壁。援手而过，放览丁公、牌子诸峰，直如培塿。更逾一巅，攀坚枝，挽长萝，始抵峰麓。云深岚锁，踉跄入境。瞻殿阁森肃，疑为天关。

瞩目天末，东之九古，南之西晃，西之壶头，北之紫荆，皆罗列似儿孙。水则上而黔江，下而舞溪，细如衣带，询衲子朝夕故。雨则有时下于半山，雾则终年不解。树松杉十载，围不及尺。六月犹寒，非绵不可坐卧。鸟鹊无声，星月可扪，恍身在天府霄宫。而山曰罗子，庵曰樵云，其来久矣。山顶周匝不一里，坎下一井，虽大旱不涸，其味甘美。山根围数百里，东隶黔，南隶溆浦，北隶辰溪。产多药饵，僧人出菽粥相饷。

予沉情危坐，凡三昼夜。恬然欣洽，志趣翩翻。重午天霁气和，着芒鞋，扶双杖，逡巡而下。前后牵裾，若蹲若僵。逮半山分歧路，下入乱流，上登竹坂。野人留饮，就酌数杯而行。递一湾比及觉庵，偶树为门，引泉入瓮。庵居石内，生成垣磴，围木合抱。予周旋其间，卧烟霞，访鹿豕，听松籁于清风，眺飞云于远岫，谈出世法，陶然自乐。居月余，尚不欲归。即境所历，备述之，以告后之游者。

特忠祠记

朱世守

节义之为烈于天壤间，而不敢泯灭者，为其植纲常，树名教，正人心，厚风俗，立一代之型，以励天下后世。不但因其舍生抗节，而只感叹悲涕，以悯其志而嘉其烈也。忠臣孝子时不常有，世治则多其醇良以敦教化，世乱则赖其励节以振颓风。是以皇朝旌忠奖节，赠秩易名，予葬赐，祭盛典，亦既笃矣。而犹虑其久而渐忘也，建祠岁祀以荐德馨，匪以云报也，抑以示劝也。

余吉素以节义称，祀于白鹭者班班可考。士大夫沐浴其教，咸以是为仰止。即越在侨处，尚有故里风。默庵刘公讳孔晖，旧为庐陵幢溪人，已迁楚，又为邵阳人。弱冠称名下士，天启辛酉领乡荐，屡中乙榜，授龙阳县谕，教士有法。崇祯己卯聘试滇云，称得人。辛巳秋，移令新郑，值中州为贼蹂躏，令多解绶遁，公闻命辞其尊人，尊人亦励遣之。遂以九月间道抵任，抚残民，议战守，草间之窃发者，歼之逐之，厥有成劳。甫五旬而闯逆至矣。

郑以斗大一城，当八省之冲，为汴洛咽喉，堞卑濠壅，素无一矢之备，而忽当十万之强寇，虽愚者亦知其不可支。而公义不畏难，慷慨愤激，率百十之苍头，与枭贼争一旦之命。登陴捍御，巷战拒敌，万死一生。汴会自保而不敢顾，大镇拥兵而不敢救，当是时也，天地为公惨黯，鬼神为公饮血。公裹疮张拳，犹能效死，撑持于四十日之间，乌乎，可谓苦矣！明年正月十二日，贼怒公之久不下也，益师极攻。公始知其不可支，遗书以报其尊人，投笔出战，力竭被执。拥至贼营，逼公降，不屈。勒公书，不屈。公啮血大骂，奋臂击贼，白刃交加，遂遇害。乌乎烈哉！抚按具题，邀恩赠荫，未几而汴河亦陷矣。楚中监司守令，嘉公之忠也，采舆论又以孝子素闻，为请于两台。两台前后察勘既孚，具题建祠于里，以褒公之忠孝云。乃公之子诸生应祁持其状来，中允孝则刘公既为之传矣。孝则与公为同年友，文行夙相砥切，谓楚人之有特祠也，不可无记，而属言于余。

余尝考《吉州志》，泰和曾公如骥，宋末以敷文阁待制出判宝庆，敌至则肃衣冠北面再拜，题诗壁间，投濱江以死。宝固有祠。今公以宝庆籍出令新郑，从容就义，而慷慨过之。一祠在景濂堂下，一祠在爱莲池左，四百余年，后先辉映。余不敢为吉人侈也，邵山邵水实聚名贤，而当事又能旌忠教孝，以为纲常名教重，为人心风俗劝，皆有功于世道者也，又仅以节义为不可泯没也哉？兹祠之张于里也，楚抚宋公讳一鹤、沅抚陈公讳睿谟、直指刘公讳熙祚、守藩黄公讳公辅、巡臬冯公讳云起、郡丞田公讳华国、别驾何公讳三杰、邵阳令汤公讳执中实始之。楚抚何公讳腾蛟、沅抚李公讳乾德、守参郭公讳士亮、郡守林公讳龙采、郡丞尹公讳珪、司理邱公讳振翼、邵阳令丁公讳煜实终之。鸠工庀材，则府参军黄应鹍也。例得备书于石，时崇祯十七年孟春月谷旦。

月浠园记

孙南光

月浠园据烟溪之胜，邱君玉玱实为之。一径缘山，循花而入。

园绕虬杉虎松，长风四击，松杉之警耳以涛，而夜响为最。此月沵园所由名也。

寻园者先得毓庵堂，堂尽而轩，盘迹数十步为戛玉。修竹拂其檐，作铮铮声。轩以内画其脊，而三分之。醉石为戛玉所负，中不六七武而致甚幽，启旁扉拗入环栏，所得更豁。以“浪雪”颜之，三轩而为一室。戛玉面山以岚韵，醉石面石以花韵，浪雪面池以水韵。入醉石者忘其自戛玉，坐浪雪亦不知其醉石也。凭轩右盼，宛在水中央。棱嶒孤峙，傲若不与三轩相及者，则仙月亭也。月岂有仙？凡亭四面皆水，凉飔袭之，月以水倍清，憩其中，有人世方蓬之想矣。曲而桥皆青白石，不浪雪即仙月不可得也。自仙月凌桥西睇，层楼俯映，波光鳞鳞，若可就掬者，醒严也。主人好楼居，值烟霞作障，以佛语醒之。闲集一二名僧，叩《楞严》奥义耳，然仙月不可得。醒严自浪雪而左，过鹤胫桥，穿花雨廊，环池渐登宝鸭泉。络其坳，玉玱谓予，相传白鸭二浮沉其间，或隐或见。予谓清泉且甘，何必二鸭重。虽然，神物诚有之，且不时露为奇，造化之媚人也以偶然，正不待常常而见之也。

曲槛覆井，飞檐四垂，敞其中，使沆瀣之气不隔坊署。灵螭羽化，盖以向者言得名也。栏以外，旁书其楣，右仙槎而左梵雲，至此则瑶琪龙象，击目而易尘瀛。即复阿堵，人鸟得不换肠以应也。由宝鸭傍栏东上，石磴萦之，杉竹相函，盘旋作径，白甓甃而深曲之，榜曰“银螺”。中蹲石如浮图级，“佛青岩”三字凸出甓间，盖故纡其道，使游人蚁身而隙入之。当叹主园人不疏情于风月也。

径左级而登为玉岚庵，据势最高，遥峰献翠，如搢笏而揖。主人厌田舍声，则庵以居，虽素狎不得辄入矣。径以右路而蛇其踪，不数步复岔其右，危桥架之，侧入画檐，先登楼而后及地。仰视其楹，则向之醒严也。左径而上，则雕虎堂，为读书作文之地。堂以后复室之，为醒庄，为阕者居，为标霞元芝，是诸郎分肄地。雕虎前楹绕栏，左曲三四折为少陵斋，斋仅方丈，百花拥围。当名香竞发，以工部诸诗醉之，人快而花亦快。尚平婚嫁已毕，此乐自天上来，恐难为俗人言也。由玉岚下瞰雕虎，由雕虎下瞰醒严，如亭，如轩，如堂，皆若与隔境人谈隔境事者，则地势为之而人巧给之也。崇祯癸未二月撰。

桃源水记

邢祚允

桃源初一溪也，故溪多。其中引一带为沅水、辰水传舍，东趋于鼎。其南出而会于江者，沉溪、水溪、六溪也。西出而会于江者，新湘、仙人、大敷、小敷、怡望、马石溪也。西北出而会于江者三大支，一邹溪，一吕镇渡，一延溪是也。

客曰：诸溪将无同？予曰：否。南山狭而促，故水急而短。西北山广而远，故水缓而长。客曰：其会也将无同？予曰：否。其在溪以上者，水从容而自在，停蓄而沉深。凡溪以下，或石当之，或沙回之，或岸束之，或自相激射，故多气势，是以忽宫忽商，忽讷忽辨，水不一声也。倏直倏曲，倏立倏眠，水不一态也。时白时绿，时喜时怒，水不一色也。有方按辔徐行，如汉帝入细柳营者。已而雷轰电击，又为项羽破章郸。有如蚩尤为大雾，与黄帝斗涿鹿者。已而为李愬之雪夜卷甲衔枚。夫天下之水，太平令人厌，太险令人怖，一味安澜，何殊停潴？竟日浪涛，损人神兴。千篇一律，兹水免也。客曰：然。似江者有之，不失之莽。似汉者有之，不失之悍。似湘者有之，不失之漫。殆具诸水状。余曰：否。尚未合洞庭，故无诸水之情性与杂，是自为一水也。客曰：物之同而异者，不贵本色也。楚有余者水，而气吞云梦，波撼岳阳，独此无之，诚哉自为一水也！

余因书为《桃源水记》。

闻山读书记

邢祚允

天启癸亥，余与社中诸子入山读书，以正月三日裹粮负笈策蹇，越方山，渡月潭，求入无人之境。或曰灵崖近村市，马游者及之，或曰余仙临大江，舟游者及之。乃卜胜闻山，山盖黄仙闻道处也。四围层峦环叠，松杉参天，一溪中引村落零星，清籁传山幽，钟来而似去。白光入涧，明月落而犹存。所谓山光悦鸟，潭影空人者似也。由是自春徂冬，惟我与尔。连床共榻，静悟无言。凡著述校雠，均以古人自待，暇即出步山前后，或求人说鬼，或醉眠草间，自以为山居如是矣。一日同坐榻上，四壁阒然，相视莫逆，欲辨忘言。如司马承祯脑中有小儿诵经声，玲玲如振玉。又如供孙彻葛席置净室，辄闻有人语。良久各反胸臆，宿物已不知何去也。

昔唐孙处立尝恨天下无书以广新闻，王右军十七帖，每闻蜀中故迹，欲广异听，陈眉公以为闻见新是古人第一乐。余观之，处立、右军尚在闻见之内，眉公亦仅为下根说法耳。总计山中见少闻多，盖见实则有门路，闻虚则无首尾。释氏云闻性看来，六根皆具，不专在耳也。又乌知月窗星牖，不如人有五官知觉哉？

及出山，道遇老人，语余曰：花源诸山，足供人几案玩，独古香山坐卧数日，觉怀来皆失，恍然见前生后世之所以，君今有得而归邪？余问其姓，不答而去。噫！得无即黄仙乎？始信此山真尹喜、阮丘精思至道，炼丹辟谷之场也。不遇老人，不知山初名古香，而闻山名，盖自黄仙始。同入山者，李贞子元白、郑长公汉元、阙岸先士登、印君常司奇、宋峨臣之璋。结社同笔砚者，阙雉侯士觐，偕予为七人焉。

后溪游记

邢祚允

邑枕者溪也，溪长廿里许，直曲缓急因地，清浊浅深因时。里人不游，忘之也。余每游及，而后游者遂多。歌板欲沸，酒汁成池，喧笑如雷，噫，胜矣！然非予之游也。凡游者若必欲有游之时，有游之侣，有游之意，则有待为烦，是听我游而不得游之乐也。余则俱不须矣，信脚所之，不问远近，无意而往，无意而返，杯不必在手，韵不必在袖，歌不必在口，字不必在胸。惟有空旷心眼，或坐或卧，或俯或仰，溪亦犹之我也。山不能近，树不能密，有鸟过而不言，有人行而不识，云或在山，浪或在天，是则为溪。是则为予之游而已矣。

月潭记

邢祚允

过方山数里西下，山如马肝。山下潭水澄碧，为诸溪汇聚，村人曰此月潭也。潭水放光，近人每惊火起，即之似百千万明珠，水底照耀，雨夜更甚。日中往捕，潭底惟累累小白石，取之一颗如一小月，山河影毕具，但可一夜，越宿光失。掷潭水如故，若移他处，则与常石无异。

溪头有水月庵，予投宿，是夜为十一月二十五。光从水吐，明烛一溪，平田远村，浩然如雪，竟夜而止。欲宿观之，庵僧曰：潭水常夜小明，光亦不甚出，逢佳客至，始大放光明。余居庵九十年，仅见者五：一为西域老僧，一为三休居士，一为今客此在庵寓者，其二则未知何属也。

胡秋田先生祠记

车以遵

邵郡邑志历代不少，概见明弘治、嘉靖，诸属纪载，或有阙文。崇祯己卯、郡守陶公珙征掌故，见旧志多所未备，属遵纂修。因与蒋、舒、王、刘四子共事，篇中有秋田胡曾先生，入人物、艺文各类中，虽仍旧而微有增损。志成，介刘子邮正于罗萸江太史，极称道之。

迨我□朝癸卯，郡守傅公、邑令颜公，各修郡邑志，载公如前。因忆万历间监司王公志远，序公《咏史》诗曰：唐季诗文多以小队取胜，时推司空《表圣》诗最高雅，有承平之风，而乱杂沦落，旧史几不能明其本末。王元之始力为之辨，而后乃知耐辱居士之污。士生衰世，其可悲也已。秋田先生所著《安定集》十卷，载在唐史《艺文志》，必斐然可观，而仅于车子仁公所得咏史藏本，凡一百四十九首，律诗若干首梓行。虽曾所事高渤海，卒为叛臣，初不可谓无功于唐室。秋田本末未能详考，然坟茔在里中，羊虎未尽崩褫，其为终老于家，不与于从逆，较然可知。出处大致固无愧于表圣者哉！遵当修志时，每怃然曰：秋田距今近千载，先大夫辑其诗，王元亭为之序，不独传其诗也，而比于司空《表圣》，皆忠于唐室，其有功于胡氏如是哉？先大夫《萤囊阁草正》续集四十卷，板毁于兵。近以纂修《明史》，两奉部檄，载名征取，皆无以应。至遵之高霞堂五刻，及编年、古文词、杂著，可得百卷，失且八九。传与不传，听之于命，视王先生所云，士生斯世，以诗文见称，可谓不幸。感可知已。

按胡氏谱，汉、晋以来世为邵人，因邵前隶于潭，曾因有“故园长沙”之句，明初以族大人繁，编为四粮里，子孙或仕或不仕，不具论。十年前有字亨宇者来谒余，述秋田遗事，余颔之。今年八十二矣，隐山中未出城市，而亨宇再过，问其年，与余齿近。讶其远来，投杖欲泣，自言某无后，将捐产为先祖秋田建祠，立碑于秋田寺左，乞公文以传永。余辞不获，因口授儿辈记之。余向知秋田寺在胡公墓下，实公香火之区，后人徇福田利益之说，改祠为寺，而神明奉之。今亨宇索余文，以为可久之计也。夫以胡氏数万指，而独亨宇耆年往还百里，可谓志大而心苦矣。乃余更有感焉，士生当世，所遇各殊，然有旷代相感者，不知为何心。诗文在人，不才者视为可已，而不知才人赖以传者，千百年如一日，彼以为可已者安在哉？授亨宇以文，请因庆胡氏之遭，且以劝夫世之能为诗文者。第论其工与不工，而得传于千载，皆恃有名贤及箕裘后裔，又不独秋田先生然也。是为记。

湖南文征　卷二十五

序一 元明

浦阳人物记序

欧阳玄

古者以公、侯、伯、子、男五等之爵，分建邦国于天下。繇其国有大小，故其制度文章，亦有隆杀，不相沿袭。惟史氏之官，则皆得置之。而史氏之所职掌，凡时事之当否，人材之善恶，田赋之多寡，朝聘之往来，又皆得书之。其名见于书传者，则晋之《乘》，楚之《梼杌》，鲁之《春秋》是也。自封建废而为郡县，不复各有其官，于是举天下之大，四海之众，其事悉萃于一史氏使书之。虽罄渭川之竹以为简，竭徂徕之松以为煤，焉能保其无阙逸乎？后之君子，有以知其然，复各以所闻，见于论述。若庐陵、豫章之纪烈士，襄阳、东莱、锦里之载耆旧，鲁国、会稽、汝南、济北、零陵、武昌之传先贤。他如《幽州古今人物志》《南阳先民传》《闽川名士录》《陈留人物记》等书，凡九十余家，至今与史氏之文并传。盖非但欲补其遗亡，而于天衷民性之发，亦有不容自已者矣。

浦阳为婺属邑，异时人物，彬彬辈出。陈孝子以卓行闻，梅节愍以忠义显，王忠惠以政事著，倪石陵以文学称，与夫制行衡门，流声天阙，其事可纪者尚多。考之信史，或载与否，金华宋景濂有感于斯，亦以所闻，述《浦阳人物记》二卷。上而忠君事亲，治政讲学，下暨女妇之节，可以为世鉴者，悉按其实而列著之。不以一豪喜愠之私而为予夺，何其至公而甚当也。噫，立言之法，惟其公而已！惟其公也，非惟不因喜愠论人，亦不以穷达观人，但察其贤否为何如尔。苟或不然，则虽入帷幄，历台府，赞枢机，典藩翰，曾不若匹夫之所行者固不少。世之文士，好扬富贵而没贱贫，是果何道哉？景濂斯记，惟有关治教者则书，不问乎其他，此其学术之正，才识之高，岂易及邪？予甚敬畏之，因志其所见于篇首。景濂为文，序事极有法，议论则开阖精神，气昌不少馁。复深惜其沉困在下，而未能遇也。

翰林学士承旨荣禄大夫知制诰兼修国史欧阳玄序。

案：新化邓氏重刊《圭斋文集》云，此篇原本无，从鲍氏《知不足斋录》增。

潜溪后集序

欧阳玄

经筵检讨郑君涛，以金华宋君濂所著文集征予序。予为之言曰：三代而下，文章惟西京为盛，逮及东都，其气浸衰。至李唐复盛，盛极又衰。宋有天下百年，始渐复于古，南渡以还，为士者以泛焉无根之学，而荒思于科试间。有稍自振拔者，亦多诞幻卑冗，不足以名家，其衰又益甚矣。我元龙兴，以浑厚之气变之，而至文生焉。中统、至元之文庞以蔚，元贞、大德之文畅而腴，至大、延祐之文丽而贞，泰定、天历之文赡以雄，涵育既久，日富月繁，上而日星之昭析，下而山川之流峙，皆归诸粲然之文，意将超宋、唐而至西京矣。

宋君虽近出，其天分至高，极天下之书，无不尽读，大江以南，最号博学者也。以其所蕴，大肆厥辞，其气韵沉雄，如淮阴出师，百战百胜，志不少慑。其心思飘逸，如列子御风，翩然骞举，不沾尘土。其辞调尔雅，如殷鼎周彝，龙文漫灭，古意独存。其态度多变，如晴跻终南，众皱前陈，应接不暇，非才具众长，识迈千古，安能与于斯？杂于古人篇章中，盖甚难辨，惟真知文者，始信予言之弗谬。予在翰林也久，海内之文，无不得寓目焉。求如宋君，何其鲜也？苟置之承明奉常之署，使掌制作，岂不能黼黻一代乎？先民有言曰：知言，圣贤之能事，立言，学问之极功。不学知言，不能明理，不学立言，不能成文。有若宋君，其殆理明而文成者欤？因书以为序。

宋君字景濂，濂其名也。尝著《人物记》二卷，余为序之。郑君谓其可拟《五代史记》，亦公论云。

罗舜美诗序

欧阳玄

江西诗，在宋东都时，宗黄太史，号江西诗派，然不皆江西人也。南渡后，杨廷秀好为新体诗，学者亦宗之，虽宗杨少于黄，然诗亦小变。宋末，须溪刘会孟出于庐陵，适科目废，学者专意学诗，会孟点校诸家甚精，而自作多奇崛，众翕然宗之，于是诗又一变矣。我元延祐以来，弥文日盛，京师诸名公咸宗魏、晋、唐，一去金、宋季世之弊，而趋于雅正，诗丕变而近于古。

江西士之在京师者，其诗亦尽弃其旧习焉。庐陵罗舜美，以诗一帙属予题其端。读之佳句叠出，诗不轻儇，侧日进于雅，不锲薄则日造于正，诗雅且正，治世之音也，太平之符也。《郑笺》言诗可以观治道之盛衰，岂不信哉？楚与吴之诗不列国风，而近世江表诗甚多，他日有置诸乐府者矣。

补正水经序

欧阳玄

金礼部郎中蔡正甫，作《补正水经》三卷，翰林应奉苏君伯修，购得其书，将版行之，属余序其篇端。案《隋·经籍志》有两《水经》，一本三卷，郭璞注，一本四十卷，郦善长注，善长即道元也，然皆不著撰人姓名。唐杜佑作《通典》时，尚见两书，言郭璞疏略，于郦注无所言，撰人则概未之考也。《旧唐志》始云郭璞作。宋《崇文总目》亦不言撰人为谁，但云郦注四十卷，亡其五。然未知两《水经》之一在一亡，已见于斯时否也。《新唐志》乃谓汉桑钦作《水经》，一云郭璞作。今人言桑钦者本此也。《崇文总目》作于宋景祐，与新志书同时，又未知新志何所据以为说也。

余尝参订之，说者疑钦为东汉顺帝以后人，以毚一县疑之也。今《经》言江水东径永安宫南，永安宫，昭烈托孤于孔明之地也。今特著于斯，又若因其人而重者，得非蜀汉间人所为乎？不宁惟是也，其言北县名，多曹氏置，南县名，多孙氏置，余又未暇一二数也。斯则近代宇文氏以为经传相淆者，此说近之也。然必作经作传之人定，而后可分也。或者又曰，岂非钦作于前，二氏附益于其后？他书或然也，而此未必也。西汉《儒林传》，言涂恽授河南桑钦君长《尚书》，晁氏言钦成帝时人，使古有两桑钦则可。审为成帝时钦，则是书不当见遗于《汉·艺文志》也。抑余又有疑于斯。《水经》述作，往往见于南北分裂之时，借曰《旧唐志》可据，则作者南人，注者北人，在当时皆有此疆彼界之殊，又焉知其详略异同，不限于一时闻见之所逮也。嗟夫，古今有志之士，思皇极之不足，伤同风之无时，又焉知其不寓深意于是书也？然则景纯也，道元也，正甫也，是或一道也。然以余观正甫之博洽多识，其见于他著作者，盖有刘原父、郑渔仲之风，中州士之巨擘也。

是书虽因宇文氏之感发，而有以正蜀版迁就之失，其详于赵代间水，此固景纯之所难。若江自浔阳以北，吴淞以东，则又能使道元之无遗恨者也。伯修生车书混一之代，身为史官，年学俱富，于今人放失旧闻多所收揽，而是书又有关于职方之大者，故余亦愿附著其说焉，而不自知其妄也。

宴雅堂集序

欧阳玄

永丰刘先生，穷年邃学，见推名流。年九十有五，读书作文，如中年人。是年豫章熊先生，以昔者卫武年九十五犹宴居诵《大雅》以自儆，扁其堂曰“宴雅”而记之，一时贤大夫士咸为歌诗。按《楚语》左史倚相诵述武公之言，大概谓卫在朝之群臣，毋以老耄而舍我，必恭恪朝夕以交戒我，若在舆位，宁倚几居寝，临事宴居，必史不失书，矇不失诵，以训卫之臣，于是作《懿戒》以自儆。即今抑诗，意是诗作，官箴工诵，别有其辞。既作，遂以诵欤？予以为诵者即今抑诗，必有所据也。

窃尝论之，古之诸侯，自壮至老，举动之间，皆有音声节奏，以道其德性之和，而卫武公宴居之诵，犹致儆戒之意，独传于后世者，岂非人一生更尝之劳，至于衰暮，而一日酬酢之劳，至于宴居讫可少息？武公以耋高之齿，处退公之朝，持守不懈如此，固世之所罕见也。周至厉王，文武之道衰矣，同姓之国有一卫武，精悍绝人，克享上寿，周之元气，是足以中兴矣。

夫刘氏世为永丰望族，先生字叔正，号桂林翁，后得年百有三岁。诸孙楚奇仕京师，煜然有闻于缙绅间，擢贰湖广儒台，宦业日盛。他日示予以《宴雅》诗，求予词，因题其集而归之。

虞雍公文集序

欧阳玄

斯文与造化功用相弥纶，国家气象相表里，故文人生于世有数，文章用于世有时，斯言若夸，理实然也。

皇元混一之初，金、宋旧儒，布列馆阁，然其文气，高者崛强，下者委靡，时见旧习，承平日久，四方俊彦，萃于京师，笙镛相宣，风雅迭唱，治世之音，日益以盛矣。于时虞雍公方回翔胄监容台间，吾党有识之士，见其著作，法度谨严，辞旨精核，即以他日斯文之任归之。至治、天历，公仕显融，文亦优裕，一时宗庙朝廷之典册，公卿大夫之碑版，咸出公手，粹然自成一家之言。山林之人，逢掖之士，得其赠言，如获拱璧。公之临文，随事酬酢，造次天成，初无一豪尚人之心，亦无拘拘然步趋古人之意。机用自熟，境趣自生，左右逢源，各识其职，故自其外观之，如深山穷林，葱蒨蓊郁，莫测根柢。巨野大泽，汪洋澹泊，不为波涛。试剌其中，则日月之精，凝结岁久，皆成金珠。龙虎之气，变化时至，即为风云，孰能穷其妙也哉？

太史夏台刘君伯温，早岁鼓箧，从公成均，及为江右肃政使者，近公寓邑，乃裒公之文将传诸梓。书来京师，属玄为序。玄惟李汉于昌黎，子瞻于庐陵，皆能知而能言者，是岂为前人役乎？第于公有世契，生平敬慕公之文，以附著姓名为幸，又高刘君政事之暇，敦笃夙谊如是，遂不敢辞而为之序。

庐陵刘氏通鉴纲目书法后序　　欧阳玄

昔司马文正公，变纪传为编年，作《资治通鉴》。朱文公稍变其法，且寓所去取焉，是谓《纲目》。读是书者，夫人以为《春秋三传》之遗意也。

夷考文公生平，于《易》《诗》《书》《礼》，或自传注，或寓门人，皆有成书，独《春秋》缺焉。至胡氏传，又往往信未之确，然则《纲目》何为而作耶？盖尝求之，《春秋》者鲁史旧文，说者谓直书其事，美恶自见，初未尝拘拘于义例者，愚盖不敢必以其言为非也。若司马公则志存鉴戒，已见于著书之名，而予夺权衡，时有所憾。文公患之，故有是作焉，初意固有间矣。书王宗周，天下是时有与周同称号者乎？黜魏帝汉有说也，乾侯之公在是也。房陵之帝，王乎，帝乎？故知是书于《春秋》所以异之迹，则知所以同之旨矣。推二大节引而申之，书法断不诬矣。近时儒者，疑为文公未脱稿之书，或疑为门人之作，皆未究所以作《纲目》之志云尔。

庐陵刘先生研覃于是三十余载，比辞而核研，推事以求度，纲举目张，如指诸掌，曰《通鉴纲目书法》，亶其严乎？余从友人鄂省宰属冯君子羽得而读之三复，叹曰：《春秋》微公、穀啖赵诸说犹可，《纲目》微刘氏书，诚不可也。何时归青原故乡，愿即先生一二而商榷之，姑志余说于帙末。

余青阳文集序

李祁

颓龄无几，朋旧凋落已尽，呻吟疾痛中，忽得同年余君廷心诗文一帙读之，辄泫然流涕而叹曰：乌乎，世安有如吾廷心者哉？廷心学问、文章、政事、名节，虽古之人有不得而兼者，而廷心悉兼之，世岂复有斯人哉？

元统初元，余与廷心皆试艺京师，是科第一甲置三名，皆得进士及第，而廷心得右榜第二，余忝左榜亦然，唱名亦然。谢恩，余二人同一班列，锡宴则接肘同席，而席同锡绯服，同受七品官。当是时，余与廷心无甚相远者。其后余以应奉翰林需次，丁父与祖父母三丧，乞奉母就养江南，沉没下僚，学殖日益荒秽。而廷心方游四州，入翰林，为应奉，为台为省，声光赫著，如干将发硎，莫敢触其锋。文章学问与日俱进，如水涌山积，莫能窥其窔。于是余之去廷心始相远。又其后，遭遇时变，余以母忧，窜伏乡里，尝恨不得乘一障以效死。而廷心以羸卒数千守孤城，屹然为江淮砥柱者五六年。援绝城陷，竟秉节仗义，与妻子皆死，生为名臣，死有美谥，于是余之去廷心又大相远矣。乌乎，廷心已矣，世安得复有廷心者哉？

或者以为廷心之死，乃天之将丧斯文。余以廷心虽死，而斯文固未丧也。廷心之孤忠大节，足以照耀千古，奕然为斯文之光，而何丧之有焉？使皆为世之贪生畏死，甘就屈辱，而犹靦然以面目视人者，则斯文之丧，益扫地尽矣，岂非廷心之罪人哉？廷心诗尚古雅，其文温厚有典则，出入经传疏义，援引百家，旨趣精深，而议论宏达，固可使家传而人诵之，凿凿其不可易也。惜其稿煨烬无遗，独赖门人郭奎掇拾于学者记录之余，得数十篇以传，而或者独以不见全稿为恨。夫以一草一木之微，已足以观造化发育之妙，则凡世之欲知廷心者，又奚以多为尚哉？昔太史司马公述屈原《离骚》之旨，谓推其心可与日月争光，乌乎，屈原不可尚矣！千载而下，知廷心者其无司马乎？

廷心尝读书青阳山中，及仕而得禄，多聚书以惠来学，学者称为青阳先生，故是集亦以“青阳”为名云。

赠陈献章序

李祁

陈生献章，吾故人陈君致中之子也。致中与予生同岁，而日月少后于予，始相见京师，即约为兄弟，寝食起居不相离。既而复同舟南归，至金陵，致中还姑苏，予还长沙。其后复会于庐陵，又其后复同宦居钱塘，情投谊合，弥久弥笃。故尝自谓予于致中，虽古人所称金石交未必过此。

致中质厚而气和，尝从事省宪二大府，绰绰有声誉。轻财尚信义，不治家产，虽屡空乏，泊如也。今陈生当四方英俊竞起并进之时，退然自守，情怀澹泊，酷肖其父。去年其弟来司永新税课，陈生与之偕来，兢兢焉以谨畏相劝勉，征于商，戒其下人令不敢私一钱。所习惟笔砚典籍，与人交，必择其为君子者，永新士多称之。或者谓以陈生之贤而不为世用，惜其若汩没无闻者。然吾夫子之言曰：惟孝友于兄弟，施于有政，是亦为政。今陈生为人子而不愧于为父，为人兄而不愧于为弟，则孝友之义著矣。为政与否，何足为陈生惜哉？陈生勉之，毋以或者之言为信，毋以予言为迂，则他日所就必有大过人者，予庶几见之。

孙氏遗金集序

李祁

新安孙生彦能，从军永新，畏事如畏虎，恒闭门读书。时伸纸信笔作藻隶，亹亹逼近古人。予意其当有师法，决非苟焉者。其后抽其架上书，乃见其先君子叔弭所书杜诗一帙，然后知其师法乃得家传，诚有非苟焉者。

初，叔弭善蒙古书，入京师书宣敕，积劳调官湖广。又善书汉隶，尝取老杜五七言律书之，计七百七十四首，通作一帙，将以遗其子若孙焉。壬辰兵兴事变，携至山中无恙。逮岁丁酉，乡寇再起扇乱，遂不复存，而叔弭亦以是岁之六月卒。明年戊戌，里中稍宁，彦能乃得还，依方村别墅以居，居恒悒怏，以此帙置念虑间。一旦忽得之于友人胡伯嘉，盖伯嘉遇一老卒携此帙与人易纸，遂赎得之而以归于彦能。彦能感伯嘉不已，由是携此帙自随，朝夕摹仿，一点画不敢自异，此诗帙之所由以幸存，而彦能之所由以善书也。

昔王右军以善书名当时，而中令君以善继不减其父，故后世称父子善书者，必曰羲、献。今叔弭既善书，而彦能又能继其父焉，视昔人所谓轻家鸡而爱野鹜者，不其远哉！予忝佐婺源，叔弭在京师，故未及相识。今乃获识彦能焉，彦能之于予，意厚而情真，恒能匡予所不逮。予因阅此帙，遂为之序。

送易玉田之龙阳学正序

李祁

龙阳为湖北善地，居洞庭上游，其山川辽廓平旷，幽迥演迤。无穷林大谷层岩峻岭之限，故其俗厚以淳。其地多腴田沃壤，湖地薮泽，薸根菱芡，于是乎产，鼋鼍龟鳖，鴐鹅鹭鸧，于是乎聚。而细氓得取之以为利，故其民富以饶。南宋时，蜀之贤大夫居官避难者多家焉。今其故家巨室，率多蜀人，故其士皆文以雅。夫惟其如是也，故为政于是邦者，其政易以行，而为教于是邦者，其教亦易以入。余往年客是邦，是邦之贤士大夫多予旧友，是邦之学者多出予馆下，今别其地三四年矣，而未尝一日忘焉。玉田易君，攸县教官，再转而升郡之博士，予嘉其得善地，故为叙其山川人事之美以送之。

虽然，予岂徒以是为幸哉？予又将有所望焉。凡学校与科目相盛衰，科目取士，多由学校，则科目、学校，皆士气所由关也。科目废而学校独存，则斯文之所恃以不绝者，惟学校已耳。舍是他又奚望哉？苟职教者如此，而不加之意，则学校虽不废犹废也。君之是行也，为我告龙阳之大夫士，其勿以科目之废而忘学校，公以处之，勤以励之，则科目虽废，斯文固无恙也。非君吾谁望哉？明年当买扁舟上沧水，以观君为教之绩，君其无负予言！

赠王山长序

李祁

今常德为古鼎州，胜概名天下久矣。昔戎昱以诗著于唐，宪宗命有司以鼎州处之，谓使武陵桃源，足称其吟咏，士林以为荣。夫为天子而以鼎州荣一士，为士人而荣于得鼎州，则其山川之奇秀，风物之清美，为何如？士之居官而得鼎州者，其荣犹若此，则夫士之生乎是州而处乎是州者，又何如？往年予客同年范郡博家，凡其山川风物之盛，盖得其半，独所谓秦人避难之所，未获一造焉。近年王君尧宾来教东山，尧宾鼎士也，与范郡博有交契焉，故予欲与之尽论其山川风物而未能。

虽然，予愿窃有言焉，夫秦人避难之所，自昔相传为武陵桃源之地，然自秦至晋凡几百年，榛莽荒塞之中，而彼渔者乃得而至。自晋迄今凡几百年，风气日开，人事日夥，宜乎道路之日通也，而卒未闻有一人至焉，则其地果安在哉？或谓今之桃源，即秦人所居之地，则其地若甚无难至者，彼渔者固不得而专也。谓别有幽深阻绝之地，非人迹所可到者，则秦人何自而知其地，渔翁何由而踵其迹，是皆未可知也。予既不得亲造之，又不得与尧宾尽论之，是可叹也已！尧宾生乎鼎州，处乎鼎州，其青年俊气有学尚人，皆人人所共敬。虽其志在功名，无复屑屑细故，然山川风物之事，亦吾党之士所当考者。予故始终言之，尧宾归见范郡博，就以致问讯云。

草堂名胜集序

李祁

昆山之世族居界溪者曰顾氏，顾氏之有才谞者曰仲瑛。仲瑛即所居之偏辟地以为园池，园池之中，为堂，为舍，为楼，为斋，为舫，敞之而为轩，结之而为巢，葺之而为亭，植以佳木善草，被之芙蕖菱芡，郁焉而阴，焕焉而明，阒焉而深，一日之间，不可以遍赏。而所谓玉山草堂，又其胜处也，良辰美景，士友群集，四方之来，与朝士之能为文辞者，凡过苏必之焉。之则欢意浓浃，随兴所致，罗尊俎，陈砚席，列坐而赋，分题布韵，无问宾主。仙翁释子，亦往往而在，歌行比兴，长短杂体，靡所不有。于是裒而第之以为集，题之曰《草堂名胜》。凡当时之名卿贤士所为记、序、赞、引等篇，皆以类附焉。间尝取而读之，高者跌宕夷旷，上追古人，下者亦不失清丽洒脱，远去流俗，琅琅炳炳，无不可爱，吁，亦盛矣！

予幼时谓晋《兰亭》、唐《桃李园序》，谓皆一时胜集，意千载而下，无复能继及。究观《兰亭》作者，率寥寥数语，罕可称诵，向非王右军一序，则此会几泯没无闻。若桃李园之宴，则不知当时能赋者几人？罚金谷酒数者几人？其泯没尤甚，独赖李谪仙一序可见耳，岂若草堂之会有其人，人有其诗，而诗皆可诵邪？盖仲瑛以衣冠诗礼之胄，好尚清雅，识度宏远，所交多一时名士，故其盛如此。吾故谓使是集与《兰亭》《桃李园序》并传天壤间，则后之览者，安知其不曰彼不我若也？

谭行远诗序

李祁

自予少长，及与谭公行远为文字交，其年同，其趋同，独行远学识超迈，去予远甚，此则有不可强同者。其为诗，夙振发有凌厉气，由是负才名江湘间。予时方习举子业，虽窃慕为诗，而力有弗逮。每见行远诗，辄自愧，心悒悒又若有不平者，恒自奋曰：彼能是而我乃不能是，是吾羞也。俟毕吾业，吾当与行远并辔争先耳。及来为吏，簿书狱讼之劳其心，期会趋走之劳其形，一日之间，余力无几。视平生旧业，且化为虚空，无复存者，况欲学其所未尝学，求其所未尝有者哉？日复一日，岁复一岁，于是与行远别十有二年矣。

今年秋，行远来省其兄吴门，解其装，得其经行近诗若干首。敷畅条达，明切痛快，俯仰变化，探索幽眇，而行远之于诗益昌矣。行远之诗益昌，则予之愧行远也益甚。虽然，人自中材以下，志气视血气为盛衰，予向时力务为学，见人有艺能，不肯少自屈让，于行远诗尤欲有并辔争先之意。至近年，则不复能争矣。非独不能争，亦不欲争矣。向时见人有艺能，人称誉之，恒若不平者，至近年，无复不平矣。此无他，志气与血气俱衰故耳。予方欲与行远论古圣贤广大精微之学，以尽撤今时之町畦藩蔽，而行远念亲亟还，无由暂驻，故不得不为行远发之。行远归，出所为诗以示常所往来者，而并以予言语之，使知行远之诗日昌，而予之志虑衰竭为可鄙也。

龙子元书香世科序

李祁

江西丙申科乡贡进士龙君子元，录乃祖撄斋翁、伯父贯斋翁宋时两科科诏试题榜名，及有元丙申江西乡贡帘内外百执事名，与乡试题名，及所中选三场之文，萃为一编，题曰《书香世科》。始宝祐戊午，次景定辛酉，次至正丙申，百年之间，科目之盛，制度之详，皆见于此，其用心亦勤矣。虽然，予于是独有感焉。予以元统癸酉及第，凡所受国朝官府文凭，及程试文字、登科小录之类，遭乱荡无一存，每见一同年，欲记其年齿里居，无从征考，辄太息痛恨而止。吾乡里后生辈，或来问向时程试文字，漫不复记，无一语可答，又太息痛恨而止。今子元之于是编也，纤末备载，上有以著累世诗书之泽，下有以启后来弓冶之传，亦何幸哉！

盖自兵变以来，吾湖广受祸，独先且酷。受祸先，故科目先废，受祸酷，故士大夫家衣冠典籍毁失无遗。若江西则受祸后而轻，故科目得后废，而文献亦犹有可收录者，此子元之所以得为是编，而予之所以长太息而痛恨者也。虽然，予于是又有感焉。子元之举也，以至正丙申，丙申而后，江西亦不复举矣。使江西之举不废，车书会同，则子元必当再举，举则擢科登仕，将如取囊中物，岂独赖一举而止哉？子元虽不以是戚戚，而予于子元乃独深有感也。故为书之，以识予太息痛恨之意。

师子林诗集序

李祁

自天如师坐师子林中，地益辟，景益奇，四方之来，得于观览悟悦者益众。于是内而京师，集贤翰林之名德重望，外而郡邑，词林赋薮之才俊英游，皆托之诗章以写其景物之胜。至有足未及造其境，而心与游者，亦想像摹写，以极其趣。夫如是，则师子林之得名，当时亦已远矣。

予尝观其地之广不过十余亩，非若崇山巨刹之宏基厚址也。屋不过一二十楹，非若雄殿杰阁之壮丽焜燿也。其徒众仆役不过十数人，非若高堂聚食尝数千指也。若是而能得名于当时之士大夫，无乃以其人而不以其地欤？盖天如师夙自警拔，又恒居天目，侍中峰国师而尽得其旨，功深力到，愈久而弥彰，是以世之贤士大夫，莫不慕其为人而乐谈其道，即其地赋其景耳。师之上弟可庭，将裒之以为卷，持以示予。予复之曰：昔之佛舍僧房，托名群贤集中以传不朽者多矣，若师子林则固无待于诗也。无待于诗，而诗以美之者，当世之士大夫也。裒之以卷，以传永久者可庭也。可庭之意，非天如师之意也，欲知师之道者，当于此卷之外求之。

美太尉高公诗序

李祁

至正九年秋，御史大夫高公告老于朝，情实恳至。天子察其诚，乃可其请。以太尉致政，而南居于苏，饮食起居，衎衎如少壮时。既恬以娱，无与外事，如是者二年。天子念其劳，乃遣使赍金币，上尊酒，仍计其岁俸之金以赐之。使者至，邦人聚观于巷于门，欢喜欣羡，举手而言曰：有是哉，公之多福也！昔公以世爵之重，服劳皇家，出入台省，于兹有年，方将以耆德夙望为国柄用，而乃辞宠禄而不居，乐安闲而自适，荣名寿考，于焉允臧。由是观之，所以受今日之多福，其致此必有道矣。《易》曰：劳而不伐，有功而不德。此公之所以受福也。又曰：王三锡命，承天宠也。此公所以受福之多也。然则我国家优崇老成之意，非公其谁当之？于是邦之士子，咸愿作为歌诗，以颂公之福于未艾焉。

周德清乐府韵序

李祁

天地有自然之音，非安排布置之可为也。以安排布置者为人也，非天也。天地既判，而人与之并立焉，草木生焉，禽兽居焉，凡具形色笑貌于天地之间者，莫不有声焉。有声则音随之矣，清浊高下抑扬徐疾，何莫而非自然之音哉？声音具而歌咏兴，虞廷载赓，三百篇之权舆也。商颂周雅，汉魏以来乐府之根柢也。当是时，韵书未作，而作之者，音调谐婉，俯仰畅达，随其所取，自中节奏，亦何莫而非自然之音哉？韵书作而拘忌多，拘忌多而作者始不知古矣。古之诗未有律也，而律诗自唐始。精于律者固已有之，至杜工部而雄杰浑厚，掩绝古今。然以比之汉魏诸作，则意气风格，盖亦有不然者矣。古之赋未有律也，而律赋自唐始，朝廷以此取士，乡老以此训子，兢兢焉较一字于豪忽之间，以为进退予夺之机，组织虽工，排偶虽切，而牵制局促磔裂以尽人之才。故自律赋既作，迨今六七百年之间，而曾无一篇可传于后世，曾无一字可益于世教，凡若此者皆韵书之贻患也。

嗟乎，韵书之作也果何人哉？使其果圣人也，则吾不得而议也。使其非圣人也，则亦安得而尽信之哉？孟子之于武城，取其二三策，而言曰尽信书，不如无书。夫以圣人之书，孟子犹未之信，而况于后世之书乎？况若沈氏之书者乎？今且直以一方之音，而欲行之于天下，以一人之见，而欲行之于万世，偏仄固陋，遂为成书，使后之人遵而用之，如众工之守绳墨，小吏之持法令，断断乎不敢少有迁移，吁，亦可叹也已！予自初入学学诗，恒怪夫东冬之不相通也，清青之不相用也，则执以问诸师。师曰：此有清浊，非尔所知。及长而益疑，则又以质诸乡之先辈，则乡之先辈亦有疑之者矣。疑之而著而为书者有之矣。恨世变莫之所存，亦莫能臆究其说。

尝往来于怀，高安周德清通音律，善乐府，举沈氏之书而洗空之，考其源流，指其疵谬，特出己见，以阴阳定平声之上下，而向之东、冬、钟、江等韵，皆属下平。以中原之音正四方之音，而向之混、猿、范、犯等字，皆归去声，此其最明白而易见者，他亦未暇悉论也。盖德清之所以能此，以其能精通中原之音，善北方乐府，故能审声以知音，审音以类字，而其说则皆本于自然，非有所安排布置而为之也。使是书行四方，则必将使遐邦僻峤之士，咸知中原之音为正，而自觉其侏儒鸩舌之为可愧矣。又推而施之朝廷，形诸歌咏，播诸金石，近之则可追汉代之遗风，远之则可希商周之雅颂，而虞廷赓歌之意，亦将可以闻其仿佛矣，不其盛哉！

于承庆诗集序

李祁

于君承庆吾乡亲友也，一别五年，乃得再见渼村山中，予于是重有感矣。至正己亥冬，红巾逼茶陵，明年夏围守益急，承庆倡城中人，昼夜助官军巡逻备御，无少怠。事有拂于其志者，辄发而为诗，痛愤激烈，往往有奋臂振腕，切齿唾骂之意。每一诗成，辄持以示予，予欲和之而未能。尝语之曰：子姑为之，吾他日当为子序。已而茶陵城陷，群凶欢噪，持刃器突入人舍，杀人填门巷。承庆抱父号痛，寇不忍害，其一妻一妾，皆自刎死，不受辱。乌乎，若承庆者，亦可谓磊磊落落人矣！予既偶不死，得与承庆哭别城东门，欲还乡就死先人墓下。而又得不死，乃复窜居永新之界淏村山中，日就衰朽。而承庆且浮三湘，越五岭，周回于千数百里间，以与当世之王公大人上下论议。今又以勤劳王事，间道访予山中，且得复读其所为诗，俯仰今昔，恍惚如梦。予虽呻吟疾痛，不复能为文词，而犹能记茶陵城中时语，亦安得不为承庆一言哉？

虽然，承庆之志见于诗者，固能使人洞见肝胆，无豪发委曲，而其才之可以见诸行事而施诸功业者，则未之见也。今四方王公卿士，及朝廷名德重望，开受群言，无闲遐迩，承庆得从容进趋其间，宜必谠谟宏论日陈于前，使底绥戡定之功，如雷迅风烈而云收雨霁，天日清朗，夫然后于向之所以痛愤激烈而奋臂振腕、切齿唾骂之意，于是涣然而消，泰然而平乎！不然，则抑郁沉涸无有已时，吾未见其可也。然则予之所望于承庆者，夫岂独于诗而已哉？

茶陵州达鲁花赤脱因善政诗序　　李祁

为政之要曰公而已矣，公则明，明则人之情伪，事之是非，举不可掩。率是而行，宜无不得其当者。然又必守之以诚，持之以久，然后足以成治功，得誉名也。

茶陵为州，号称易治，而为治者率皆以私意扰之。由是怨讟日滋，名誉日损，若是而诿之曰民之难治也，是岂民之过也哉？

今监州脱因公则不然，自公之来，民咸畏公之威而乐其宽，服公之明而爱其廉，听公之教而委心于其赏罚。于是自郡邑至乡井皆称之，如是者凡三年，而公之政治益勤。今年夏，境内以旱为忧，斋戒徒跣，冒暑以祷，雨随祷而应。民既悦喜，未几广东寇窃发，声邻境，帅府檄郡县缮修城池，民又以役为忧。公得檄，即按视圮毁，调附城居民有力者为之，又不扰而集。乡民之入城者，见其事之成，而不知其役之兴，又大悦喜，于是而益称之。州之役赋，视亩地之多寡，以为户籍之上下，而贫富相倾，每不得实，至有业产俱尽，而赋役不减者。大府虽屡行下，而有司惮其浩繁，倡而复止，为害滋甚。公于是听民得以自首，且损己俸以供吏胥笔札之费，稽校出入，吏执笔视公为谨，无敢容其私。故能举数十年不治之弊，而一旦为之，是又有大有功于民者，于是盖屡称之矣。

大抵公之处心也公，故其临事也明，而又加以辨敏之才、持守之力，宜其愈久而民愈称之，无怪也。既而州之儒士，咸愿作为歌诗以颂公之德于无穷，而属予为之序。夫修其德政以与其民，同其好恶者，为政之事也。而缉其德政以播之声诗者，士之职也。以公之善政如此，而不能使之扬揄敷布，以传于远，以垂于后，以劝于将来，则为士之职不既荒乎？是吾党之士，所当相率而奖助之也。故为之序。

翠寒诗集序

冯子振

天诎西北曰无。旷古未有以无为之名者，吴人宋子虚乃以“无”为之名，斯名也，殆自子虚始。无名者，乌有先生之始乎？卢同马异，并称一时，相与莫逆，于是不能无同自同、异自异之对待。吾欲取名之曰“有”者，为子虚之对待，则三千载不闻有是。无以则春秋之冉有乎？或曰冉有对宋无，以时地计之，惜乎远矣，今姑勿论。

吾读子虚所为诗，则求之吴中，殆无屈第二指。然则五茸三泖之地望，不但无能名子虚者，并与子虚之诗无之，此邦不可无斯人，可无其诗乎？其《乌夜啼》《公无渡河》《战城南》《公莫舞》，至《妾薄命》《古砚歌》诸篇，皆古锦神林鬼冢外，带三分凤麟洲上飞仙羽翮格力。其五言律风调凄惋，不胜江哀浦思之情悰，如“承恩金马诏，失意玉环词”，“落月今谁吊，长庚夜自明”。虽使太白复生，亦应为之击节。七言如“杨柳昏黄晚西月，梨花明白夜东风。秋千庭院人初下，春半园林酒正中”。五言如“乙鸟归来社，辛夷开过春。身黄松上鼠，头白竹间禽”。七言如“桃叶歌残秣陵酒，梨花梦断景阳钟”。五言如“采药逢毛女，焚香对羽人。客愁三月尽，春梦五更初”。七言如“缩地日携龙作杖，卧云时约凤吹笙”。五言如“蜀魄花成血，山魈树隐身。竹枝歌峡夜，椰子醉蛮春。空悲祖龙死，但觉鲍鱼腥。织女支机稳，山人作枕便。异或称羊化，疑应讶虎眠。不须填碧海，直欲补青天。勒铭留水寺，应供宿江城。夏减游方兴，秋添住岳情”。标致极似盛唐诸人，而对偶之工，兴寄之永，飘飘然自拔于王金陵。“含风鸭绿粼粼起，弄日鹅黄袅袅垂”、“北风吹树劲，西日照窗凉”之顶顩。其绝句雅淡清洁，一字不可易，岂但吴中无子虚之诗乎？子虚有韵人之姿，而天壤间知子虚者无几。予知子虚最晚，恨余老无能为矣。姑取其诗集而序之，好事者写而传之。有味乎其言而时讽诵之，彼嘲韵风、弄凉月之客主，岂特可摽而出之大门之外？虽却数十百驿，犹俗气溷人也。

子虚尝举茂才于王西溪，平生独刻意于诗，宦情云薄，以故不肯径就笼络，敝敝焉追逐时好以取世资。其胸中泊然无营，殆眼中真无其匹者。太湖三万六千顷，宁当无真识子虚者邪？异时白醉吟生七月，能识之无二字，是孩提时已识宋子虚之名矣。醉吟晚守姑苏，惜乎子虚不当是时，如子虚当其时，持其诗纳之白傅，则《翠寒》之集，若不嘘而登之白玉之堂，他日亦应俎豆洛社诸人之右，宁当碌碌落落吴门乎？虽然，今世未尝无乐天，当别有识子虚者，其未能如醉吟翁方孩提识之无者，勿以语之。《翠寒》，其诗集之雅号云。

巡按广东乡贡小录后序

甘镛

设科取士，钦旧制也。洪惟太祖高皇帝御宇之初，思得人材以共理庶务，首建两科，旁求天下之贤隽。当是时，元季绎骚，文物沦斁，科目虽兴，人才罕见。由是罢科举，笃意学校，内而王宫国都，外而天下郡邑，以及闾阎小子，亦莫不皆知有学。继以文教之敷，复敕有司，每岁一贡举，三年一大比，则凡人才之出，苟不由于岁贡，则奋自科甲，猗欤？盛哉！伏自皇上践祚以来，礼乐政令，悉遵成法。乃永乐三年，适大比之秋，于是广东藩使徐公奇，奉书币延置四方之老于文学者五人，主典文衡。复遴学行之淳实者十有二人，俾司帘外之职。宪使罗公观、参政叶公溥，始终以董其事。巡按御史胡公龙、安抚给事朱公政，且皆笃意斯文，复戮力以防其闲，期得真才以臻治具。虽以镛之不敏，亦得与闻其盛。合十郡就试之士，凡六百一十有七人，较其文艺之合绳尺者一百三十七名。既竣事，议刊小录以广其传。

予惟岭南荒服之地，去中州为甚远，其间文人才士，由科甲跻膴仕，德业著当时，声光焕后世，若张曲江、姜日南，暨若温若春之廷对第一，菊坡翁之勤天使走半万里路，是皆广中之杰然者。今士子幸生斯土，际遇明时，且获登名乡贡，其进造天府也有日矣。尚能发挥其德业文望，光前振后，垂竹帛于不泯，予则深有望焉。因书此以为之后序焉。

赠僧纲副海航还宝府序

刘三吾

资阳郡首禅报恩上人副都纲智容海航，即受铨今官言归。其郡之进士梁德远与偕过予，谓海航故湖广辰阳人，其受除吾府，实先生旧游，所至留题，人能诵以熟，愿为德远故，贶一言为感。

予惟朝家中外建设僧官，以统缁流，讵使毛鸷为治，讼牒是理哉？盖佛之道，事空遗身，不可以声色求。佛之书，论空绝依，不可以章句寻。所贵设官，谓能遗其身，而不外乎人之身以淑其身。绝所依，而不外乎人之依以适所依。是期于冥冥中翊其所以昭昭者，以昭昭者如天，容有覆盆之不照，而彼冥冥为教，实智镜所临，斯善道所为王化之助者也。

海航上体朝廷为心，广佛功德，下率所属以正度人，而本吾性海廓人性海，本吾般航为津者航，则为国祝釐在是，化郡人为善亦在是矣。是为赠。

仪礼定式后序

刘三吾

万方之所承，式在京师。京师之所承，式在朝廷。所谓正朝廷以正百官，正百官以正万民，正万民以正四方者也。皇上奄有四海，君临天下以来，治定制礼，上之朝廷有仪注，次之京兆，又次之外府、州、县，有洪武礼制，中外奉行，亦有年矣。乃者皇上万幾冗隙，载命礼曹与尔廷臣群定朝仪，繁简适中以闻。尚书臣李原名、侍郎臣张衡，则如旨条奏。即日复召六部、都察院、通政司、左春坊、大理寺群臣等，面折厥衷惟允，已乃颁示，永为定式。其条朝参八，筵宴二，出使三，拜礼二，公坐司属见礼公聚序坐三，官员相遇引避八，常从仪从一，以至伞盖、冠带、服色、器皿、鞍辔、弓矢、屋舍、床榻之类，悉依品从，毋敢逾越。此理之常经然也。中间拜礼，先稽首四拜，后叩首一拜，为见君上之礼。拜止于四，为见东宫各亲王之礼。见父母同四拜礼，见亲戚官长止两拜礼，如宦者非随从公侯、驸马，其自出入者，遇文武百官，须下马让道。其承宣召以下数事，遇应避之官不避，及司属见礼应避路者，有亲戚尊卑之分，听行私礼。此则礼之从宜者，要在本乎常经，合乎人情而已。总之，其朝参第四条，于圣谕教戒，毋放肆怠忽，思为省身克已之道。其诸条中最切要者，大概能以圣戒存心，斯能于臣职无所不用其心矣，岂但遵奉仪式而已哉？

御制大诰后序

刘三吾

皇上有天下以来，海宇之广，生齿之众，机务之繁，思得贤才以图治道。若稽古典，内设六卿，外建十有三道，道有所属，府、州、县虽职任大小，其上为朝廷分忧，下为生民造福，则一而已。日者中外臣庶，罔体圣心，大肆贪墨，原弊所由，起于六曹。为罪之魁，莫甚郭桓。六曹端本澄源之地，而乃赃贪不法，交通所属，重为民害。其或根株蔓延，能卓然自拔，密缄上闻可也。而一概剥民，泾渭淆矣，何尤乎人？上弗忍生人之无幸也，不得已施之五刑，致使有生之命，代当死之命。设若守分，则俸如井泉之不涸，贪婪自肥，譬犹潢潦，其涸可立而待。斯玉音日夕所宣谕也。闻者宜惕然矣，而犯者自若。复不忍弃绝之，载劳圣虑，条画成书，颁示中外臣民，家传人诵。否者罪之，罪之者以其玩法，虽罪之实所以生之也。题曰“大诰”。

臣三吾窃惟皇上图治，不遑暇食，犹乃营缮是书以为世戒，其爱民之意深矣。谨请序其后。记臣顷在田野，钦睹犯谕、戒谕、榜谕，悉象以刑，不无骇焉。暮年有幸得依日月之光，亲见犯罪者相继，乃信向所象刑不徒象矣。是诰也，成周乃洪大诰治之诰，非直州长、党正岁时所读之法之比也。玉音所临，莫不曰大哉皇言乎，一哉皇心乎！自今官钦遵之为官箴，不敢非法以挠害乎民，民钦守之为彝训，不敢违法以交通乎官。将见比屋可封，尧舜之治复见于今日矣。

赠琼台外史赵㧑谦序

刘三吾

盈天地间皆文也，皆字也。文者贯通之器，字者通声音之原。

文不贯乎道，虚文而已，奚关世教？字不通乎音声，徒字而已，奚适时用？盖自有书契代结绳以来，即有文字，其时皋夔稷契，何书可读？非无书可读也，所行之事，即其所读之书也。自有明良赓歌以来，即有音韵，其时闾巷妇女皆知为诗，何韵可检叶？非无韵可叶也，所声之文，即其所叶之韵也。经以载道，经之文莫古于《易》《书》《诗》《周礼》，于时风气未漓，世道尚朴，六经之理，在人心未泯。人心六经之古，发而为六经文字之古，秦汉以来，华皓铅椠，缪目钵心，有不能仿佛其一二者。逮人文日益开，制作日益广，二雅三颂之音，益进于高古。吴材老之音韵，自我作古，非有得乎当时制作之体，其能与三百篇同一流传之久至今也哉？

六经之文尚矣，六书之义其来也远矣，盖有文而后有字，犹之奇偶之有卦象，斯天地自然之理，而后世推之以为六书者也。邵子经世之书，于字画，以上下左右分阴阳。于声音，以平上去入属阳，为在天之四声，以开发收闭属阴，为在地之四音。文字声音出焉，视汉儒识文字而不识子母，失制字之旨，江左之儒识四声而不识四音，失立韵之原，岂不高出流俗而度越千古也哉！自予来京，闻东浙儒者，为宋室诸孙之后赵㧑谦，自幼力学攻苦，厉士行，闻人有异书，不难重趼与借，穷日夜手抄之。以故得益肆其力于学。古人云，号猿所射，彻札饮羽，必非时暂侥幸一中之镞。近自琼台校官来，一见与语所著《韵谱》《图谱》等书，会时方溽暑，不得一一快睹，则以所号琼台外史悬识数语，乌乎，大音希声之余，尚容以淫哇污听也哉？往年所进诸书来，会予以目眚在告，议者以时方盛行黄氏韵会，竟不果上。大都儒者多自见一己之长，而好绠人之短，不则，人必以为党枯竹，欺朽骨，甚者发墨守，箴膏废。不思己可发人之守，人亦可发吾守，己可起人之废，人亦可起吾废。是韵之行不行，不足为㧑谦重轻也。反吾肆，屠吾羊，㧑谦之为㧑谦自若也。矧㧑谦以是一襟不滓之宇，领是琼海无际之境，无际之趣，则何物足以滓其中也哉？

吾闻周有内史，掌王八柄策命。又有外史，掌文书及四方之志。是则藏书之策，一代盛典，必备古今之书，而后足胜外史之任。今吾孔子之道，与王化相远迩，扐谦又能廓胸中之藏为海外之学，谁谓尼宣之道，不能过跋湜河之地也？扐谦尚其以所学远到自慎重也哉！

赠长史陈南宾序

刘三吾

蜀王始受封，未之国也，学于中都有年。乃洪武二十有二年夏四月来朝，朝夕上所听断万幾之国有期，以长史缺员闻，特旨吏部拔其简在宸衷者一人，于国子学助教中，得前进士陈南宾为左长史，颛讲论是事，自余纲纪藩务，俟更选其右长史者付之焉。于是胄馆诸生，咸怅惜南宾之去，为失所师，而同府寮采，则莫不愿幸南宾之来为得贤长史。其在朝群公，熟知南宾者，不惟以其得授长史为贺，而且以得遇贤王之为贺也。昌黎韩子所谓知其客，可以信其主，知其主，可以信其客。讵意于今蜀府载见之？

南宾，吾里陈天马之从子也。是公以赋天马，有声湖广，犹黄文献公赋太极，有声浙江也。是家代出聪慧，科不乏贤。世父志同中延祐甲寅举，伯兄光荐中至正甲申举，南宾则中次科丁亥举。家居时以孝友称，兄弟不分财异居，人谓有江州陈氏风。入国朝，为无隶丞，为滕州倅，举能其官。为山东考试官一次，大服士论。其在今国学，岁登贤能，多出馆下。戊辰科以《书经》会试者十有二人，已而登第六人，中乙榜为校官六人，举无一在孙山外者。一经相传，固青钱之万选也。书于是乎西矣。

予于是家世为姻契，今皆老矣，未知此去得再见与否？能恝然已于言乎？窃谓蜀文章忠孝之国也，语文章，王、杨、司马以是鸣于汉，苏氏父子以是鸣于宋。语忠孝，诸葛公之出师有表，忠在其君。李令伯之陈情有表，孝在其祖母。地灵未歇也，人杰未艾也。今以好学之贤王王于其国，以有文学之贤长史辅乎其王。

王所好学，汉、宋文章也，先哲忠孝其人也。为其长史，亦惟远宗王平日所本二帝三王之学，近法皇上分封时所制祖训录，所谓先立乎其大者。汉、宋文章，其人远矣，而其衣被草木者，尚可挹其英华，见诸制作，以黼黻乎王度焉。先哲忠孝，其人已矣，而其与日月争光者，尚可因其志节，厉乎封内，以藩屏乎帝室焉。如是则有以副贤王之所期待，与帝心之所简在矣。于其行，序以兆之。

赠汪翁仲鲁得告还乡序

刘三吾

洪武十有九年三月朏，上御奉天门，敕中使传宣召春坊赞善臣刘三吾、司直郎臣汪仲鲁。既至赐坐，语次，上顾臣三吾谓曰：若知所以见召意乎？对曰：未之知也。上曰：日昨仲鲁以老病故，请告还婺源，期秋载来，朕可其请。有不须辞别之旨，已乃思之，若等光阴有限，言归有期。仲鲁喘嗽，为病诚剧，然恒见得此病者，往往寿考，矧若庞眉有寿之征。若之心事，朕深知之。孔子不云乡人之善者好之，其不善者恶之，若多读书，何理不穷？第心素善，其善者固好之，其不善者亦不恶之。斯为未能全其好善之心也。朕今许若还乡，毋庸再来矣。所戒者，近侍之归，若郡邑官执须来见，当戒门以绝，不则书于柬，俾僮辈示之曰：仲鲁蒙圣恩予告还乡里，宜殿门谢客，输租应役，则有常制矣，其敢以是自速厥戾？如是可考终命矣。

臣三吾、臣仲鲁同叩首谢曰：圣上爱人以德，适兹圣训，爱臣以德，是欲臣等全其晚节者也，敢不钦佩以矢无负上心？仲鲁得请后，谓其寅契三吾曰：吾与若同亲领圣训，请重笔之于简，归置座右。三吾承命惟谨。盖闻古之臣子，蒙予病告有矣，未闻因告病遂许之归田者也。许乞骸骨有矣，未闻并欲全其晚节者也。惟皇上优礼儒臣，眷注无已，故与其予以病告，盍若俾之遂归而永享安乐？与其许乞骸骨，盍若俾全晚节而不为罔之生？是皆臣子所欲言而不敢言。知归以全其身之为贵，不知归以全其名节之尤为贵者，幸哉仲鲁！一请告而两得，诚千载之逢也。昔宋张魏公退闲零陵，杜门谢客，邑丞杨诚斋以弟子礼谒公，南轩为之介绍，数月乃得见。古之朝臣退闲，其待时官若此，今吾仲鲁以近侍言归，圣训戒其谢绝有司，又若此。仲鲁不必远师魏公，惟恪遵圣训毋忘焉，岂惟名节克完，子孙亦职有利哉？琼署诸贤，谓仆所书圣谟也，宜识之首柬，能言者继声其后云。

送黄伯循教谕之临桂序

刘三吾

中洲清淑之气，迴极乎五岭之南，其盛而旁礴郁积，水土之所生，神气之所感益速。而瓯闽以南，百粤之地，天之涯，海之角，为钦为康，风气之殊，著自古昔。皇明之有天下，仲尼之道与圣化相远迩，于是天起其阏，海发其藏，明珠、文甲、通犀、翠羽之珍，有不能独当而夺之秀也。常衮治建而有欧阳詹，韩昌黎在潮而有赵德，苏文忠公之在儋耳而有姜唐佐，信哉，沧海之不能断地脉，而白袍端合破天之荒也！然则以宁粤远在天涯，而有文学之士如黄环伯循兄弟，所谓魁奇长材，忠信之民，亦岂非闲气之所钟也哉？

伯循始由上庠生教谕江西袁之宜春，丁内艰，今年服除，起复临桂教谕，太守何叔川为文以华其行，其弟仪亦为文以申其赠。当其彻故宇而新之之日，倏有群雁来集之祥。伯循亭其池之上，扁以来雁，是禽得气之先者，今而感伯循兄弟一气之和，应以南来群集之祥，雝雝其鸣，伯之埙、仲之篪也。肃肃其羽，金之春、玉之应也。吾闻后汉虞国季卿为日南太守行惠泽，有双鸿随轩翔舞之应。若是，斯雁之来，非直伯循兄弟同气之征，又安知非贤太守仁心善政之所致也邪？伯循往矣，振铎有日矣。今其邑庠所地，则故南轩张宣公、东莱吕成公所俎豆旧祠宇也。宣公之学，严于义利之辨，成公之学，见于《近思录》一书。两公邈矣，其流风遗韵，在人心，在方册，有未泯者。伯循可不探讨而服行之者乎？于其行，序此以为振铎先声之兆。

御制洪范后序

刘三吾

皇上宵旰图治，留心经学，以为六经莫古于《书》，帝王政事亦莫备于《书》，读《书》弗本其行事，而徒求之于文字，非善学者也。既廑睿思发抉奥义，为《书》若干篇矣。载惟《洪范》大法，本诸天道，体之人君，验之民生，未易推测，则即銮舆日所戾止，敕写是编，揭之座右，朝夕顾諟，一旦心领神会有得焉，乃拨机冗为之注释，自一五行逮九五福，在天也鉴以神明，在君也端以治道，在民也振乎五常，于是九畴大范，粲然复明。不洛龟而书再呈，不禹箕武会而神与交，大哉圣训，于是讵小补哉？

以臣三吾尝习是经，叨忝近侍，日获与闻，敢僭序其后。

窃惟道之原出于天，显于数，畀之圣君，传之贤臣。数之显，道所繇以明，圣哲所繇以传者也。故禹圣神，克副上帝之鉴，洛书用以畀，而九畴叙焉。箕子贤，克会神禹之心，《洪范》因以推衍，而周武传焉。非偶然也，然道不能必其恒显而弗晦，显之有其时。《书》不能必其恒传而弗泯，传之亦必圣。当大明之世，遭圣明之主，是使九畴之郁于简册者，日昭揭乎御座之左右。《洪范》之胶于传注者，日融洽乎圣情之陶写。是编行，上之以续禹箕武，中之以福当世生民，下之以开千万世之太平，岂徒训释云乎哉？

赠表从孙倪廷望还攸舆序

刘三吾

子姓在表从间，无问戚疏，与上论世家其人者，往往以省觐之久违重思忆，而文字之无从得起敬慕，何也？子姓于尊长之礼所当尽，而以相去之悠邈也。文字于子姓之间所当与，而以地位之悬隔也。则所谓思忆而敬慕也，为何如哉？于是为吾表从孙倪廷望，一别六阅年矣，何如为思忆之过深，而文字之过爱也？予之曾祖妣，廷望之太祖姑也。两家在上世，相距甚迩，相会甚数，相与序表分尊卑之礼甚至。不谓兵戈相寻，世孤有力南之服顷十数年，廷望徙家之攸舆亦且廿余年。两家衣冠文物之地，曾不满识者旧时元日不会之一慨。

往事已矣，独念廷望乃心先世，其在攸舆，每恨予之不至，至则必迎致其家，晨夕奉养如礼，定省不缺。家虽贫乏，雅爱法书名画，一幅半纸，必恳老者是题是识，尝曰是老非终久淹山林者。他日登金门，上芸阁，讵可造次，再得其文墨也哉？已而果被征，往来春坊、翰林，今且一百四十五弦望，闻是孙子对人言，恨无缘一至京都展省觐。或披阅旧所题识，则曰今何由再得之哉？非不可得也，以所地悬隔，无从得之也。今年夏五上浣，忽踵门咳謦以前，不问知为吾廷望音声，谓曰：胡为乎来哉？径为尊长来也。噫！子是行自攸而衡山，历无数江滩，乃得达长沙，下湘阴，涉重湖大江风涛之险，冒是磔石流金之暑，独欲一见老叔祖，叙情话，求诲语，其来良苦，其志良可嘉尚矣。念不可以久留也，则与尚论其家世，以答远来之诚心也。

子家文献故家也，溯而上至鼻祖涛，字巨济，由进士在赵宋时，与山谷、后山诸贤同传《文苑》。沿而下至先尊汝玉克成，由进士在元世，与始祖巨济接武先后，胄本是祖，在所通知也，传载《宋史》。今之缙绅或有未之见者。故因吾廷望请文，并与其书传，俾凡倪子若孙世济厥美者，不徒知鼻祖所由来茶陵，且知文献所自，俱有是征验云。

倪涛字巨济，广德军人，总角能属文，博学强记。年十五，试太学第一，遂擢进士，调庐陵尉信阳军教授，入补太学正秘书省校书郎、著作佐郎、司勋右司员外郎。朝廷议有事燕云，大臣争先献策，予固谓此心知不可，无敢一出口，涛独言其非，且曰景德以来，辽守约不犯边，盟誓固在，不可渝也。天下太平，士不习战，军储又绌，无轻议贻后患。王黼怒曰：君敢沮军事邪？于是言者论其鼓倡撰造，贬监朝城县酒税，再徙茶陵船场卒，年三十有九。死之明年，金人犯阙，朝廷忆涛言，官其一子。有《云阳集》传于世。右见《宋史文苑》第二百三篇。

赠羽士高若虚序

刘三吾

国朝慎重三礼，典乐舞者，必羽流其人，岁时隶太常习其馆谷所，则于今神乐观。盖人以羽流，适惟清之选，居以乐观，无异物之迁。制作初意，端在是矣。皇上岁举郊祀，予以近侍，屡获陪驾，造是乐观，首所缔交赣丘凤冈。凤冈，羽流中之儒者，雅重荐绅，极意款奉，燕坐梧轩，焚香鼓琴，使人尘虑冰释，襟度秋清，不但为之洗耳而已。今春凤冈偕其星侣永丰高若虚氏过予，请曰：曩辱记吾轩高文，清气迄今与是梧争高爽。若虚兹来无他，亦慕内翰一文为重耳。

予惟若虚自典乐舞以来，其于铿锵歌舞之节，习之矣，熟之矣。铿锵歌舞之义之一本乎《诗》，或未之深究也。《诗》有声乐部分，《风》《雅》《颂》所繇以别。闺门、乡鄙、郊庙、朝廷所资以用，卒之《诗》言其志也，永之歌，咏其声也，形之舞，动其容也。三者本于心，然后乐器从之。乐则安，安则久，久则天，天则神，是谓天地之齐，中和之纪。古之圣人所以格神人，和上下，美教化，移风俗，率不外乎是道也。秦楚之讴，巴渝之舞，凉伊之伎，末世之哇，俚甚矣。我朝制作，壹规唐虞，是使九德之歌、九韶之舞复见今日。斯世斯民，沐浴膏泽，歌咏勤苦，至不知帝力之何有者。何时造琳宫，要凤冈过若虚琴所，请出丝桐，为一洗耳，则愿如坡仙维摩院之听琴，所谓非特能其音，又能其意者，若虚幸有以告我。

湖南文征　卷二十六

序二 明

宋史序

朱英

自古详于纪事而远于垂教者，盖莫如史。唐虞三代之书不可尚矣，《春秋》而后，代有作者。虽笔削在人，褒贬义例，不无论议，然皆纪事当时，垂教后世，人得而录之国学、售之书肆者，莫不考见古昔以为裨益于人旧矣。

惟《宋史》一书，虽已成于元儒之手，当时藏之书府，迨今百年，尚在秘阁，世或有得而录之者，珍藏甚于拱璧，不轻假人。凡志学之士，愿见而不可得者，殆饥渴之于饮食也。昔予在闽藩，假僚友之谊，得录于漳浦陈方伯所藏钞本于家。惜奔走东西，未遑一展。比来两广边务暇日，欲取而正之，以图梓行，适参政刘昌与御史江沂协谋，始缮刊成十之一。奈江已代去，刘亦内艰回，得佥事赵瑶来任其责。不远千里，购漳浦旧本，内多残缺讹谬，乃命教谕李元、训导廖简，搜磨订正，使鲁鱼亥豕，不谬其间。因拣义官彭章、邹凤，以典缮写工直之费。时按察使严淦来任，忻然乐于赞画，相与市材，募楷书者日录。甫成，又遭回禄之厄，所录多为煨烬。幸漳浦本独存，若有神明护之者。时赵因公过浙，再购得名家所藏缮本以寄，严得而喜，躬事督责，期于必成。今再更互参考，谬者正之，缺者补之。垂成而工费不继，严又升湖广布政使去，得左布政使彭韶、按察使闵珪快为经画，计以助其成。经始于成化辛卯十月，刻成于庚子四月。佥谓是书关系甚大，劳费不赀，几废而复兴者十年，中厄回禄，所以幸存于煨烬，获全于绣梓者，盖亦昭昭祐善之私有在，非偶然也。宜序诸首简，庶后来有考焉。

惟三代而后，言治者莫如汉、唐，继而后尤莫于宋。宋德隆盛，治教休明，其间君圣臣贤，所以同心同德，辅成三百余年之盛，超汉、唐而踵三代者，率多后世师法。其他道学渊源，振起斯文之山斗，忠节慷慨，耿光千古之日星，尤可仰而学者，具载此书。今诸藩臬皆生长文献，有志圣贤事业者，相与博采区画，绣梓以传之。将使四方学者人得而读之，观感兴起，景仰前修，茂隆德业，以辅翊我皇明亿万斯年之鸿业丕绪于无穷者，端在是矣。其与人为善，裨益将来者，岂小也哉？

书凡五百卷，《目录》四，《帝纪》四十七，《志》一百六十二，《表》三十二，《列传》二百五十五，视续编亦既详略相因，巨细毕举，学者所宜参考云。

华容景咏序

黎淳

正统间，先大夫以宁丞致政归华容。余偕伯兄资深家居奉养，以余力学文，当时贤者，若董国器、程道远、谯文美、刘孟鹤、陈俊之暨弟易之、毛廷彰暨弟廷贵、李邦杰、夏时秀、雷士宏辈，余兄弟皆承丽泽焉。间邀二三人出游县境，寻奇览胜，旁搜古迹，寄情千载之上，兴怀千载之下，未尝不感发种种也。

县故有八景，前辈作诗颇多，予暨诸君子取观之。惜其事出不经，鄙俚怪诞，有损大雅，乃偕国器、道远、文美、孟鹤诸贤，案据经传史志，取其事关名教，言法旧章，而经常典雅可赋咏者，得十题焉，曰梦泽晴云、章台古迹、沱溪晓渡、东山霁雪、南山远翠、板桥春涨、杏村夕照、青湖夜月、赤亭遗址、驿路松风。予次第十题，历叙其事，诸君子各为一诗，名《华容十景》，而阖县形胜，大概在此矣。初作诗时，诸君子犹未仕，惟廷贵举进士，邦杰司务都察院。距今三十余年，显晦殊途，伯兄暨国器辈物故大半，而旧编尚藏予箧中。虽已誊写传诵在人间，而流行未广。予老且衰，惧其久而湮没，爰属画史，绘为十图，并录小叙与各诗，汇为一帙，绣之梓，俾达于四方。诗虚其左，以俟来者。

昔春秋昭四年，楚子以郑伯田于江南之梦，即县北筑章华台，召鲁公来落之，留七阅月。定四年许迁于容城，张子厚据任公辅，以为即今华容县。当时二子筑台迁国，殆有取于山川之美也。何繇汉抵宋二千年间，作者罕闻，岂史失其传欤？亦山川精粹之气啬于前而丰于后，将有待欤？抑高蹈者深藏岩壑而不求闻欤？今诸君子钟山川之秀，幸生太平无事时，得以穷养达施，游艺适情，而有此作，于山川增妍焉，初非眩名役志，流连光景而已。至于乡邦及四方好古博雅之士，或诸君子子孙续而广之，岂非斯邑大幸邪？夫如是，则山川之灵，与诸君子之诗，亘古常在，后之览者，将有感于斯文，殆亦寄情于今日千载之上，而兴怀于他年千载之下矣。是故序而引之。

中州吊古录序

黎淳

昔吾同门乡友董君廷圭字国器，举进士甲科，拜监察御史。巡按河南时，有《中州吊古录》一卷，其子训导伯兴藏于家。后国器以荐升山东按察司副使，旬宣辽东，事毕还京卒。今工部营缮郎中睢阳尚美中，笃念国器知己，情不可忘，乃就伯兴取其录授梓，以传四方示后世，盖义举也。

河南在中国之中，古称中州，由三代来，圣贤产于兹，仕于兹，暨流寓于兹者甚众。及其没也，功业归史书，祠墓依郡县，忠烈炳炳，英灵发扬与天地同为悠久，人谁不敬慕哉？然而士大夫拜祠扫墓，虽作诗歌，鲜闻有考据实事纪录无遗者。国器此卷，独详载诸贤生平履历，而声振金玉，备写始终，使人诵之，俨然亲目其人殉国卓立，是有繇然矣。

盖国器为人，志刚毅而性明达，博学多能。自其幼时读经考史，已慨然以古人自期。待其发解乡闱为宪官，屡锄元奸，挫之益劲。历献忠悃，执而不回，故其忠烈之气，发泄于此卷诸篇，真欲与中州诸贤并驾齐驱于千载之上，非徒言而已也。不幸功业未竟，赍志以没，是可伤哉！虽然，国器往矣，孟子曰：以友天下之善士为未足，又尚论古之人？诵其诗，读其书，不知其人，可乎？是以论其世也，是尚友也，即孟子之所言，观国器之所志，千古同心，群贤一道，不为虚没而无益矣。

初，国器在河南，虽总戎政，尤勤文治，凡士流被其甄拔而造就者，今多官显于朝，无惭哲见。美中又克表彰其诗文，图为不朽。盖国器此卷，能发古人潜德之幽光，而美中此举，亦蕲发国器潜德之幽光。事皆有关名教，不易得也。《诗序》所以言作者之意，卷中诸贤已各有小叙，吾故总而叙之，使览者皆明此意。国器有知，将必曰信然。

赠徐承道还金溪序

黎淳

金溪徐君承道，今翰林国史编修时庸先生之二从父也。乃天顺纪元之春，皇上复登宝位，先生以伏氏经赐进士及第，魁天下，入翰林。则具泥金以达之庭闱，承道偕诸昆季素善友爱，一省是帖，凡诸父兄族人，莫不欣跃喜忭，感皇眷之有加，而庆世泽之攸显也。诸父兄曰：是不可无问劳礼，君素熟湖海，则将敬而往，非君其谁？承道于是不远数千里来京师，为先生道庭帏意，且以慰岵屺之思，桑梓之恭。予忝先生同年，时相与往还，见其情谊之周洽若是，未尝不歆羡夫诗书之族，其子姓贤而多，诚可嘉也。既留数月，顾瞻丘陇，又言旋矣。于是其里姻诸搢绅，相与载酒崇肴，饯之都门，而参军姜英来征言为赠。

夫惟有兴运之君，而后有佐理之臣。有克家之父，而后有济美之子。有五世之泽，而后有千里之驹。此世家右族所以日笃亲亲，而从父、犹子多恩爱也。徐之族甲于金溪，自宋迄今，百年累德，而乃有君昆季之贤，余庆益昌又从而大浚发之。而又有编修君之荣，进荷隆恩，致自津要，其从来岂一日哉？昔者谢玄与从兄朗，为叔父安所器，安曰：子弟亦何预人事？正欲使其佳。玄曰：如芝兰玉树，欲使生于庭阶耳。仲郢事仲父公权如事父，为京兆尹时，出遇公权，必下马端笏而立。承道其尚思矜式于此，归而以其历览之暇，益开厥源，益培厥本，使末有所资藉，将其芝兰之生，固不止编修君一人。而仲郢之敬公权，又岂不俪美今日而且多见乎？

编修君素厚予，故予于承道不敢佞，并规以望之，亦以赠言之仁有攸在云耳。承道勖焉，遂书以别。

阙里志序

李东阳

《阙里志》，志阙里也。阙里者，吾孔子所居之地，道德政教之所从出，文献之所在，其志之也固宜。

古者有列国之史，而又有四方之志，九丘之籍，至周犹存，为外史所掌。孔子述职方以除之者，大抵皆是物也。封建既废，则史惟朝廷有之，至汉而备其法，有帝纪，有世家、年表，有传有志，事分而代辑。及东汉南阳撰作风俗之后，郡县始各自为志，则兼地里、人物、文章、制度而有之，而史之法略具。盖虽穷陬僻壤，所不能无此。吾孔子以教为政，司马迁之史，特著世家齿于有国，历代帝王褒崇封谥，愈久益隆，其钟灵毓秀之地，非一郡一县比也。宋元间，族人宗翰辈间有纪述，久则弗传。国朝成化末，今山东布政使张君泰知邹县，尝辑孔、颜、孟三代志，其传未久也。弘治甲子，重建阙里孔庙成，东阳奉敕代告。周览遐慕，欲为一书。巡抚都御史徐公源，及衍圣公闻韶，力赞其议。比归至德州，巡按御史陆君偁、卢君翊，及布政使曹君元等合书以请，适闻提学副使陈君镐有事于此，因举以属之。取所定凡例稍加润饰，且以《孔氏实录》《孔庭纂要》《素王事纪》《世家补》钞本致之，以备采择。陈君乃参阅孔氏所藏《祖庭广记》，与凡遗碑断刻诸书所载，逾年而后成。其法以阙里为主，附颜、孟诸弟子之名氏事行，而体统尊。摹先圣像貌，及地形庙制，而图像著。述世家宗派，特为世表，而谱系明。叙礼乐制度之法，因革损益，而典式具。若诏诰敕祝之颁布，章笺牍表文移之出纳往复，罔不备载，而阙疑订舛，芟繁剔伪，惟其所当。凡为卷十有三，为目十有四，为文累若干万言。于是我国家之尊师重道，度越前古者，粲然大明于世，亦孔氏之家史也。

盖有此地，必有此书，阙于二千年，而成于一旦，不可谓不难矣。天下之学圣人者，读其书，法其道，想像其容仪而不可得见。至于宅里林庙，必惕然感之乎心。然殊方而产，限地以游，固有终老而莫自遂者。羹墙见尧，河洛思禹，得是书而观之，景行希圣之念，不油然而兴乎？嗟乎！金石虽坚，不免磨灭断裂之患。板镂楮印，递相禅续，则可以至于无穷。由今日以至于无穷者，必自是书始。故以徐公之意为序，适佥事黄君绣归自京师，因畀之俾刻于阙里，置于所谓奎文阁者。御史金君洪继按其地，于是书有力焉，故并书之，而徐、黄修建之绩，具在志中，兹不复列云。

求退录序

李东阳

弘治乙卯春，东阳辱先皇帝简入内阁，参预机务。自揣凉薄，弗克膺重任，具疏辞不许，黾勉就职。

辛酉春，属以疾告，三具疏乞休。继以灾异辞，以不职辞，前后十余上，皆不许。自受顾命以来，恭遇今上皇帝嗣大历服，自度无所补益。当正德丙寅秋，与少师洛阳刘公、少傅余姚谢公并辞，亦不许。疏再上，二公皆得请以去，而东阳独被留命。旋值权奸窃柄，国是动摇，既不获退，则曲为匡救，十不能一二。累疾累辞，及《会典》《实录》次第告成，藩贼外平，逆臣内殄，上尊宸断，下厘弊政，稍稍就绪。而诸方盗起，累岁而后定，中间疢疾时作，辄不得已而辞。辞必奉温旨俯加慰勉，且命医调治，遣内臣存问，甚者敕吏部敦谕，趣令视事。恩礼隆特，出于常格，揆之辅导之责，顾托之义，避劳就逸，窃有未安。独病与年增，智随力竭，闻之古人不能者止，每一思泚汗交集。故虽冒威渎听，有所不避，或浃月再陈，或期岁十上，诚悃之积，上通于天。乃于壬申之冬岁未尽四日，特赐俞旨，许令致仕。恩典之厚，复加于前，惭负之极，竟莫知所以为报也。

居闲无事，检阅旧章，仰念两朝眷注之德，一代之典礼存焉。不敢以芜陋自弃，汇录之得若干篇，为三卷，总名曰《求退录》。而辞荫之章，谢恩之奏，亦以事附焉。正德癸酉春正月二十四日。

群书集事渊海后序

李东阳

《易》曰：君子多识前言往行，以畜其德。故孔氏之教，博文为先，约礼次之，盖有所识。斯有所畜，而不博则无以为约也。近古之世，事简而文未繁，其为学者多要而寡杂。维史法既立，变而为传记之书，条分缕积，以至于汗牛充栋，其势不能尽。或纂略举要，俾易于求索，庶几尽其所谓博。有志于稽古者，随所得而资焉。顾天下之事，为端不齐，善恶成败，纷糅百出，必于是择而从之，善者法，恶者戒，则凡见诸纪录者，虽人殊事异，皆我之师也。若夸多斗捷，采华叶而弃本根，支离决裂，而卒无所归宿，甚者谬取偏见，为强辩诐行之资，则虽博也，将安取之，而况于略乎？故博固贵乎要，而所谓要者，非书之谓也。

有《群书集事渊海》者，盖国初人所辑，不著姓名，凡四十七卷。自君臣而下至外国，为门十，为目五百七十二，为事之条，其多以数千计。大抵皆集诸书事略，自春秋战国迄于元季，每条之下，必注其所出，若可谓博而要矣。内官监左少监贾公性，在司礼出纳机密，雅尚文事，购而得之，图欲捐资镂板，以便初学。病其字太小，募善书者录之，稍拓其式，质疑订舛，程工计日，累数月而后毕，亦可谓勤矣。比以公务携至内阁，请序末简，意恳甚。予夙抱书癖，今且老不能遍阅也，因为之浩叹而书之。

会试录序

李东阳

弘治癸亥春二月，礼部当会试天下士，尚书臣耿裕、左侍郎臣倪岳、右侍郎臣费訚，以考试官请。上命少卿臣李东阳、少詹事臣陆简，辍讲事以往。同考官则侍读臣江澜、侍讲臣武卫、臣张天瑞，修撰臣钱福、臣杨时畅、臣涂瑞，编修臣白钺、臣罗圮、臣靳贵，左给事中臣夏昂、右给事中臣季源、郎中臣谈诏，主事臣唐弼、臣周东，监试御史臣王憬、臣周南，若提调、印卷诸执事推择惟谨。围棘、锁院、糊名、易书，百凡之务，以次举行。合士之与试者几四千，经分地析，取其醇者三百人，文七万有奇，刻其尤者二十二篇，而汇书为录，皆如制。惟士之额，两具以请，得命而后定，亦制也。

臣东阳窃惟圣王统天下，均教化，以一德成俗，天下之士，辑志协力以效于世，然后尽其才而用之。以天下之才，理天下之事，故不劳而治。唐虞世远，万国共臣之举、敷言之制莫传焉。周自比长屡升于司马，于是有进士之名。及科举法行，虽制与古异，然所谓进士，固天下选也。我国家疆域过前代，而文教随之，自都甸以及藩臬，虽荒陬绝徼皆有学，垂髫总丱者亦游乎其间，当代之圣谟，古圣贤之经传义论，诏、诰、表、判、策之文，百余年来，教不易道，业不改习，而士之籍益加于旧，有不可胜计者。举士之法，博求而慎择，简于部使，群试于藩，然后会于京师而大试之。举礼部者，积千百而得一。繇此以策大廷，名进士，则有殿最而无去取焉。盖天下之文于是乎同，所谓才者至于是而后尽，及就列受事，分曹累秩，以及乎公卿辅相，佐理承化，参天地、赞化育之功，未有不由是出者。其关于天下之治，岂小哉？且士之仕，亦犹国之求士也。儒先谓宇宙间事，皆吾分内，民物之责，有身则有之。凡瘥札疵疠，天下有一焉。义不可以坐视，顾非吾力之所得与，而上之人亦有待乎我者，故出而应之，言必践，力必效，以求与乎天下之治，则吾之责与求我者之意皆塞矣。故古之士，不以获天下之选为荣，而以成天下之功为慊。若群超萃拔于人人中，乃旅退旅进，取一第、占一职以自餍，而实无益乎民与物。甚者又从而戕之，积岁而教，尽法而取，国之求之者如何，而顾以是应，然则奚贵乎文，而必以科举称进士于天下为哉？

为国求士，有司职也。求什一于千百之余，势有所不尽，盖不敢有遗力焉。求而得之，为士者或不克终效，则非有司所敢知，而亦与有责焉。臣用是惧，故于士之始进也，既录其名，又辞以励之。

送屠元勋序

李东阳

有正设之官，有旁摄之官，有专设之官。举天下之事，条分而类总之，各有攸执，此正设之官也。事有大小，而常与暂以其所及及其所不及，此旁摄之官也。谋之周，计之密，条总之所不能及者，为之官以领之，不以他事及之者，此专设之官也。夫官至于专设，天下宜无遗事也，然犹或有弊生其间者。夫势有及有不及，则存乎其官，势及之而有治有不治，则存乎其人。

吾尝以是观于天下，未尝不叹息焉。今专设之官，惟户工为多，漕运之制，分兵民之赋，责之以府卫，总之以将帅，足矣。又以其舟楫之具，不可烦于民，然苟无以总之，则无以为责，故专设工部主事一人于淮之清江浦，每三年一代居。竹木之材，置工役吏隶以治之，凡漕舟之败漏，不中于用者，悉归之而加葺斫焉。数阙则增置之以为用。此所谓周谋密计之一端也，而迩年若少异者，出纳之际，并缘为奸，官府之利，不能十一，一舟之费，或倍或蓰，故其资于舟者，宁自为之，不敢以烦于官。而官若徒设，所谓弊之一端也。

成化辛卯秋，前主事以年当代，进士平湖屠元勋，实拜兹命以行。元勋年质甚英敏，富才与艺，此则无负于国家专设之意，所谓存乎其人者也。元勋之举于礼部也，予校其文，其中表兄倪稽勋良弼，则予同年进士。予知元勋之贤于稽勋为多，而元勋之同年解文选尚敬，复来征所赠，故叙其端如此。

送石邦彦检讨序

李东阳

今之所谓先后进者，有父执、有座主之为先，通家子及门生之为后。父执云者，或同科第，或同官署，或同游处而相契信，有兄弟之义焉，则为之子者，固不敢以礼抗而势轧。若东西南北之人，偶会暂聚，情未孚，迹未密，而欲责望于再世，则已难矣。座主之义，自有科举以来有之，盖凡出于其门者，或登堂而拜，或分屏而坐，有不同于涂之人者。既其甚也，乃至于徇私而忘公。故宋之初，尝革之以为弊，其亦矫枉而过者哉！

稾城石邦彦，吾同年云南按察副使大器公之子也。其于予始未通问，及予典试京闱，得《易》卷甚佳，遂以魁学《易》者。既揭榜，询而知其人。后被简入翰林为庶吉士，凡预阁试，辄在优等，予用是爱且重之。及受秩为检讨，朝夕相与处，义加密，而邦彦视予，若弟子之于师，坐立称谓，匪惟不为抗，又若有过焉者。徐而察之，非独以前所云也，此古之所谓知己者，而于今见之，予安可负哉？

予尝患世之君子，或挟长以为骄，或任情以为智，虽有美才妙质，卒归于无所用之地。及夫旷百世而相感，远千里而相信者，或间有之，奚可以多得哉？邦彦蕴才饬行，必欲企古之人，而欲然若不足，观其势不但于今日止也。于文章必能鸣一代之盛，于功名必有益乎一世之人，于道义必能全所赋之天，而不为庸众人所汩，乃可以言至。苟可以言至，则夫所以相与所以相信者，不诬耳矣。邦彦勉乎哉！今之仕者，寡规而多颂，邦彦之归省于其乡也，谓予曰：何以教瑶？予方感于邦彦之知，又重其以规请，故以后所云者赠之，且望其来，重相与讲焉。

黎文僖公集序

李东阳

东阳昔从文僖黎公先生游，举业之暇，获见所为古文歌诗诸作。时公方以状元及第，文名满天下，自公卿以下，外暨藩郡，购者踵相接。公每用短素札方格正书，不复属草，运笔命笔，不废问答，而词整意足，动数千百言。月累岁积，至盈几案。公亦不自爱惜，或为人所持去。及往反故邑，回翔旧都，道途箧笥间，逸失过半。公既致政归，弃诸生越数年，其长子南康知府民牧亦卒，次子山西右布政使民表，辑其家遗稿得若干篇，多出传写，亥豕不可读。东阳乃与刘司马时雍、杨太宰应宁，参互校订，厘为若干卷，而民表实锓梓以传。

公尝论古人之文，大抵以丰裕充赡为尚，以雕饰削刻为病。东阳虽在髫丱，颇能测识公意，因进而请曰：此非孔氏知言养气之旨乎？公曰：得之矣。盖文章之与事业，大抵皆气之所为，气得其养则发而为言，言而成文为声者，皆充然而有余，措而为行，行而为事功者，亦毅然而不可夺。顾养在我，而用不用系乎时，故韩昌黎、苏眉山之气，见于文章。韩忠献、富文忠之气，见于功业。虽所就不同，其在天下皆有不可泯者。公积学未仕时，累诎科第而志益坚，在翰林上书执政，救言官得罪者，固已气盖一时矣。居尝遭值嫉妒，而放言高论，不少为迁就。及其登华陟峻，犹不免于投闲置散，而定力雅操，未尝苟同于世。故虽功业未能尽见，其所养者固存。今即其文观之，其所谓丰裕充赡者，盖若是盛也，况亦有不尽其传者乎？然观室者必观其隅，后之学者闻公名，因其文而论其世，亦可以识其大矣。东阳获奉绪余，忝窃科第，侥冒禄位，非徒学力未至，而才不称事，于公殆有愧焉。又不能搜采放失，俾无遗憾，谨序次其所仅存者，而因以附名姓于后云。

公字大朴，别号朴庵。官至南京礼部尚书。“文僖”其赐谥也。

送武选汝君之南京序

李东阳

吴江汝君行敏，举景泰癸酉乡贡，为国子生。成化初会修先朝实录，以能书入与史事。予时滥在馆局，见其为书楷正有法，表然出侪辈，书成授中书舍人。凡卿大夫士所得诰敕，皆愿得君手笔，故君书传于世日多。九载秩满，有南京武选员外郎之命，则戊戌十月也。《实录》之典，职书者例以恩得中书，时台阁执政者以为太广，独严资格，惟贡士及国子生乃得，得是者不过数人。考绩之典，自中书满者例得迁员外郎，近岁吏部亦以为太泛，乃因内阁议分为三等，得是者亦惟科目之士为然。于是君所处地，虽借恩循例，皆非轻授而幸得者也。然其初命也，有谓中书虽清近，而不与政事，以为君惜。其再命也，有谓兵部虽繁要，而南署所掌不及北曹之半，未足以大纾厥蕴。盖君之所得，人不徒不以为幸，且以为未足如此也。

夫行能辞艺，皆所以为世用，而进取之机，官守之分，则有不同。君子之于官也，必吾之所当得，得之不为幸。必吾之所能为，为之不为强。宁用我者有所未尽，而吾之处之者有余。使心有余虑，身有余力，岁有余日，而复以其所余者自尽于其间，于是乎旷官废职之咎寡矣。君在中书，翰墨之外，词章议论溢人耳目，故虽用者以为未尽，而君之有余者固存。武选之职，领武胄封拜传袭之事，今天下功籍日广，冒伪之弊兴，考核取舍，以严今日之选者，君之事也。而又积学蓄德于其余，挟庖丁之刃，操郢人之斤，以待天下之用，吾知其有余地也。

先君为员外郎者，李君应正。李君与君同乡，同为中书，声价相甲乙，又适有交承之谊，闻斯言亦未必不为予首肯也。

送徐君再守荆门诗序

李东阳

成化戊戌，荆门州民若干诣阙，言臣州守阙，愿得前守徐某为之。事下吏部，时徐君方以家艰起复上京师，遂复有今日之命。盖自君去其州三年，又历一守，去矣而始再莅其地。于是朝士皆谓兹州之不可以无君，而君之能感其人者如此也。乃为歌诗饯之，君同官张君亨父属予序。

天下之誉，皆可以妄取，惟于民不能伪。盖其势重，其地亲，其为情也平而无所执，故或能使台省交荐，不能孚于匹夫之心。能使左右称贤，不能得于国人之口。天下之所谓公论者，至于此而后定。然感之于旦夕非难，怀之于久远者难。若有故而去，去而久，久而思，思而复欲得之者，其亦鲜矣。官之设以为民也，而得乎民者其难如是，故古之贤者，在官则有久任之典，既去则有复借之令，凡以为民利也。今以闾阎之贱，上干殿陛之尊，不可谓不诚。以君相之命，而下从匹夫之愿，不可谓不专且重矣。而徐君当之，其不谓之诚，难乎哉！

古之君子，名成而行益勤，任重而心愈忧。盖人之责乎我者重，则吾之所以副之者愈难。责而莫为之副，不若无其责之为愈也。徐君勉乎哉！夫使其民如饥者之必饱，渴者之必饮，愈久而其心愈不忘者，君今日事也。然非力倍蓰不可得，若谓事半乎人，功必倍之如孟子所云者，此则交承之论，非所以论始终之际也。徐君勉乎哉！诸君之诗多宠君且期之者，予为是说以相君，君诚贤者，有志世用，必不以予言为不佞也。

君名泰始，字士亨，改字大同。世为江阴巨族，举解元，试御史事。补知罗田县，以才能擢今官云。

送邱给事使琉球序

李东阳

我国家正位凝命，扫乾荡坤，涤濯万物，逮于百年，治洽功成。五服之内，藩、臬、郡、县所治，出赋税共使令者弗论。以至于薄海中外，疆殊界别，以国称者万数，迩者先沾，远者后被，冠裳椎卉，诗书甲胄，梯高航深，四面而至。充中庭，溢下馆，礼部繁于出纳，鸿胪勤于奉引，相胥疲于通译，自有中国以来，无若是盛者。若琉球国在海东南，诸国小大远迩之间，烟火相望，顺飙利舶，七日而至。然其始俗以盈虚为晦朔，以草木为冬夏，粤自古昔，未通于中国。虽或穷征黩词而宾服无闻。及国朝号令所及，望风款附，遂封为中山王，齿于载版图、奉职贡者。日涵月煦，潜移暗革，被服冠带、陈奏章表、著作篇什，有华士之风焉。

成化庚寅，其王世子某当嗣封，遣其长史某来请命。天子封为中山王，赐玺书冠服，遣正副使二人致命中山。户部都给事中邱君宏，实充正使，赐朱衣一袭以行。六科诸给事相率为行饯，征词翰林，某与给事君同年，言在不让。曰：於戏！给事大丈夫，入居谏诤，出领使命，真通显称所愿为。今圣天子在上，贤大臣在列，嘉惠于彼外国。中山王谨畏孝顺，不堕臣节，以俟我威命。而给事身负荷之，国体之所系，小邦之所瞻，后世之所传示，皆在给事。给事其克自重，感厉精发，山动海立，以宣达天子威命、国家之典章。式俾小国君长陪从，爰及闾巷，明识逆顺，保其初心，惟亿万世服事，罔敢斁亦罔敢后。於戏，岂不真大丈夫哉？

给事君起谢曰：使者职也，敢不敏？于是诸给事欢曰：使哉，使哉！乃导上供张，三爵而后别。

送舅氏刘侯之宁夏序

李东阳

宁夏之域，左界黄河，右臂贺兰诸山，在三边为险地。然其所统方数千里，而河曲乃居其半，则皆连山大沙，无长城巨堑之险。自河外失据，画地以守，不过数百里。列堡分堠，一功而什力。今敌骑之警不及宁夏，乃自花马池、兴武诸路以入，则宁夏所备，不在外而在内，非乡之形势可论也。故守宁夏者，必慎守河曲，河曲宁则宁夏可以高枕而卧矣。然以今昔之异势，而成什一之全功者，岂不难哉？古之论择地者，必先择人，故南城有檀子则楚寇不侵，高唐有盼子则赵人不入，徐州有黔夫则燕赵交际，虽齐之一国尚如此，况国家一统之盛，群才之富，而制远方之敌，则亦何所惮哉？

今年夏，巡抚宁夏都御史张公议政于朝，言其所统地广，而裨将不足于用。上命兵部简于众，得三人，其一则我舅氏署都指挥同知淮安刘公永也。公以武胄，蚤闲骑射，从征于外，南至湖湘、贵州，以入两广，北历万全，西极于三边之界，皆有阃幕，执旌鼓符信以号令群士，多所俘馘，策名功籍。遂自千户累陟都阃，人以为才。居常奋厉，欲以兵革自效。今强敌未灭，尚廑庙谟，而公适以选擢承委任，识者知其将建功于西鄙也。乌乎！士既患无才，而又患于所用。以公之才，得谋国求士如张公之贤者而为之用，其将有所赖而成乎？

东阳少负陟屺之戚，于公之行，深有感于渭阳之义。方喜边镇之得才，与公之获于用也，故先述其大者，而后及其私焉。

邵孝子诗序

李东阳

户部主事湘阴邵君汝学，蚤丧父，事母李氏甚勤苦，居常愉色。每出饮，未尝至醉。值蔬果辄怀归奉母，母疾衣裳不解带，日亲汤药，虽唾壶秽器必手自浣涤，或激涴其面，弗见于母。母既安寝，乃徐而拭之。母丧哀毁，累日而后食，食必粥。葬之日，寝苫枕块，庐于凤山之墓三年，孝行甚异。

门人龙来云辈倡于乡，乡之人阴阳训术傅时省辈状于县，县大夫奏于朝，事下礼部，移御史及按察下郡守，递为覆报，皆无异辞。朝廷以例表其门为孝行。时君已自乡贡举进士，例得再建绰楔，至于是凡三焉。今之例有司以绰楔表于门者，凡科目之事，与孝顺、节义、异行之家皆然。表科目所以劝为仕，表异行所以劝为善。劝仕者固将以求其行也，然仕者恒有，而行之异者不恒有。故苟有异行，虽州甿里妇，犹表而旌之，其礼加重，人之得之者亦加荣焉，况仕者之有是行哉？今表仕者于乡，乡之人起而慕之，而凡天下之为仕者劝。表异行于乡，乡之人起而慕之，而凡天下之为行者劝。鼓舞欣动之机，固各以其类应，有不可遏者，而况乎兼之者哉？

天下之行，不必皆劝而后成，然亦有俟于劝者。夫所谓州甿里妇，其行不出乎畎亩闺闼之间，及于人之耳目者近，近则未易遍。仕焉者名籍在朝廷，勋业在台省，观望在天下，于此有异行焉，为之上者又表章之不暇，其所感动，宜何如盛也？今圣天子孝理隆洽，法制精密，善必闻，闻必劝。而君方以异行登显仕，膺旌异之典，是以其身系天下之化者，其责亦加重，夫岂可例而观之哉？

古者国有美政，乡有善俗，必播诸诗歌以风励天下，薰陶诱掖，盖有深于教令者。吾党则有不得而辞焉，与君偕举进士者若干人，为诗若干篇，而东阳窃以乡士为国史尤亲且近，因序其事，以佐君励天下，庶几自吾乡始。

京都十景诗序

李东阳

京都旧有八景，景有题，曰琼岛春云，曰太液晴波，曰西山霁雪，曰玉泉垂虹，曰卢沟晓月，曰蓟门烟树，曰金台夕照，曰居庸叠翠，盖即元所谓金台八景者，颇更定之，永乐间翰林诸儒臣皆有诗。英宗睿皇帝增其二题，曰南圃秋风、曰东郊时雨，于是为景凡十。诸翰林复皆有诗，诗凡若干首为几卷，于乎盛哉！

惟帝王建国立都，必有山川关辅之胜，宫阙城郭之丽，车书文轨民物之盛，以观天下。而鸿儒硕士必有文章歌咏，写之琬琰，播之金石，以示后世，不可阙也。盖古之称名都者有三：若长安之河华，东京之嵩洛，金陵之钟山大江，皆有所据以为胜。汉则有司马相如之《上林》、扬雄之《甘泉》《长杨》、班固之《两都》。唐则有李白之《明堂》、杜甫之《太庙》《南郊》《西岳》、韩愈之《南山》。宋则有王禹偁之《籍田》、宋郊之《圜丘》《王畿》、范仲淹之《明堂》、周邦彦之《汴都》。或诗或赋，铿鍧炳燿，后先相望，皆足为天下后世道。然校之三代之盛，则亦远矣。

金陵之都以一统御天下者，实自我国家始。今京师居太行沧海之间，其地亦胜，乃出于古帝王智虑之所不及，又非元氏之所能当者，则我国家亿万载太平之业，顾非天之所遗乎？盖自契丹以来，五百余年，此地不得与于中国。今承平既久，民物繁庶，制度明备，山川草木亦精采溢发，若增而高，若阙而广，校之父老所传草创之际，盖已倍蓰。而科甲之魁杰，馆阁之耆俊，天下之所谓文章者，固于是乎在。古称文章与气运相升降，则赞扬歌咏，以昭鸿运、垂休光者，无惑乎其盛如此也。若夫圣君贤相、盛德大业，所以植国家，庇民物，著之典谟，勒之金石，轶汉、唐、宋以拟三代之盛，尤有不可阙者，某将于今日之诗卜之也。

某幸生京师，窃睹其所谓景之盛，又厕翰林之末，而材力浅薄，不敢以作者自效，谨推本其意而序之。

贺杨母太安人受封诗序

李东阳

巴陵杨君应宁，既以中书舍人满三载，书最于吏部，当貤赠其考化州公。而州佐秩从六品稍尊，中书虽属禁近，品顾居七，乃以例给化州同知敕，而进公阶儒林郎。其母张氏从夫阶，当封安人，而例以独存，故得称太，盖其号加称焉。封赠之制，凡父官尊于子则从父官，卑于子则从子，惟贵之从而不为杀，此国家待士之至。于是应宁之所得被者亦厚矣。且凡所谓诰敕，必京官之能举职，及郡县官之有美政被旌异者乃得之。化州公廉洁有异绩，而当时藩司部使无能旌之者，则太安人之命与应宁之贵且才也，殆公所质于天以遗其家者乎？予始见公，敝冠束带，又或时被褐布衣，居京师，一第不能旋马，若未尝拥车骑出佐一郡者。太安人之封也，予往贺而见之，时虽贵有禄养，命服之外无所增饰，固其俭朴天性，而化州之素风遗教盖未改也。

昔范氏、欧阳氏之母，皆举父事以教其子，成其贤名，而其身固在食其禄。人谓为范氏之母易，为欧阳氏之母难。有子如应宁者，亲及其父之教，而又有太安人以终，何怪其成之易如此也。又况应宁年甚少，志业甚锐，而太安人方康强优裕，犹有所待而益成邪？然则太安人之命，不独为今日贺，且自今日始，殆其兆也。

应宁上世滇南人，今定居京口，而巴陵实故郡。且其所受荐地有名籍，故于湖南人士尤亲，湖之仕者皆往贺太安人，赋诗为寿。而予与应宁尤厚，故既为诗，而又为诸君序之。

贺陈先生诞孙诗序

李东阳

成化丁酉三月十八日，翰林诸同年会于师召陈先生第。既有成约，予与鸣治先入观其有喜色，问之曰：适得莆报，大儿举得一男矣。时同年皆未有孙，孙实自师召始。予二人喜甚，亟呼酒饮师召。师召曰：请为我赋。鸣治倡为句，予继之，已而众客以次至，皆递为句。句八继而成律，鸣治再倡律再成，众乃属予大书于堂壁。师召不欲以观贺者，掣予肘再四不能得，拂衣入。少顷忽笑而出，视予书，且视且喜，众客竞为助喜，欢声动堂陛。回顾僮仆皆欣欣若有怿色，师召独据几谛诵曰：固亦佳事也。意始悔沮予书。书成，敷五后至，不及与，独和二章。明日，众客皆重和。越数月，汝贤还自莆，又续和焉。于是联为巨轴，盛供具以赠之，而师召益大设席飨客以为例，例亦自师召始云。

乌乎！师召为人纯朴简易，蔼然古君子风。其考文析理极精尽密，而名数世故之粗，或遗略不屑计。立心制行，介介不可易，而包垢含秽，口不称人过。日与之处，而若不见其有异者。人无问亲疏远迩，皆乐且信，师召亦自信，不复疑于人。予尝谓其气象悠远，其为福泽宜深且厚，征诸子孙，亦固然哉？又闻诸师召，言其先祖宋观察使淬，父子皆死国难，旌为忠孝。曾大父义轩下暨祖祢，皆能以容忍惠让为德，数百指之后昆，三百余年之世业，于是乎涵江之泽远矣。昔陈太邱氏，祖、子、孙三世同德，文人史氏尚侈言之。

是诗也，虽出乎一时之谈笑，然于平生交际之情，诸家世讲之好，亦可以观矣。请为诸君序之，以传乎其家。

自讼稿序

杨一清

臣一清初以都察院左副都御史督理陕西马政，乃弘治甲子冬十二月，北虏潜伏河套间，拥众入寇，宁夏守臣失利，遂入犯环庆、固原，宁夏、陕西两镇守臣，交章告急于朝。我孝宗皇帝从本兵之议，命臣兼巡抚陕西地方经略防御。

乙丑春正月，臣始拜敕，即驰至固原，以便宜处置战守。未几，虏遁归河套。乃大阅将士，定令约法。顾各边廪藏空虚，粟刍无旬月之积，有警调兵，何所取给？臣用是惧，上疏极言之。事下户部，奏发内帑银若干万两，开各运司盐课若干万引，招商转输，及分官市籴。量边城大小险易，积粟刍有差。时号令方新，仗国威信，商民辐辏，莫敢愆期。于是沿边庾廪充盈，士有斗志。

是冬虏再入寇，恃我兵粮有备，得以无恐。已而延绥、宁夏诸将数与虏战，辄复失利。本兵议以诸镇权无专制，不相为援，以至于败。正德丙寅，上命臣总制各路军务，进右都御史。久之虏遁去，因遍核各镇兵粮，空虚如初。又以便宜招纳易粜，边庾各渐充实。是年冬，虏复拥众入套，烽火络绎至，臣扬兵耀武以待之，虏不敢犯。

明年丁卯春，渡河北遁。属臣有疾，得请归江南。会朝廷分遣部使稽核边储，使者奉法凛凛，寸牒龠黍，搜剔无遗，钩距文致，惟恐弗甚焉。维粟在廪，维刍在场，岁月既久，湿腐耗蠹，有所不免。于是自委吏而上至于巡抚，无弗得罪者，诏狱所逮，无虚月日，而臣亦坐是被逮诣京师。戊辰夏四月二十二日，锦衣使者至镇江，臣既就系，次日渡江舟行至徐州。使者虑闸座阻隔，遂舍舟由陆至德州。又虑途淖行缓，复登舟。五月十一日，由河西务车行就狱。蒙恩悯臣病，令羁候于外，十二日出僦民居以俟命。是后凡三上疏不报。六月初九日，始得旨致仕。以病未愈，不能入朝，具疏谢辞。十三日出城，时暑气方炽，假宿城东姚氏居凡十日。至张家湾，宿杭氏庄园又十余日。七月七日发舟潞河，八月初九日还镇江。

先是，闻百官罪系颇惨，有死于箠楚者，其以边储坐者，责令倍偿，倾其产不足，械絷经年不得解。故使者之来，亲友皆为予危之，送之江滨，相望多泣下。予不改常度，或问曰：先生何恃而不恐？予曰：恃一点赤心耳。故初渡江时，有“细检平生死亦安”之句，自是不废吟咏。然桎梏在身，不能笔记，旋即遗忘。比宿京邸，记而录之，才数首。羁候以来，至于庄宿舟行，触物感兴，动有述作，多自咎之词。盖审分度势，固有宜然者矣。何者？刍粮所坐，诚得以自解。时同事有让予者曰：使公向不多积，则无今日之累。予曰：不然，居其位则事其事，凡所当为者，岂可虞后患之及，遂辍不为哉？且边储乏矣，而不为之处，则大虏入寇，势难聚兵，地方之安危未可知也，而臣之身，亦恐不能自保矣。夫惟所积既多，不独一时借其用，予解任后，自丁卯至己巳，边人所仰给犹旧积也。予方私喜以为功，虽得罪其何辞？顾后之为抚巡者，过鉴覆车，他日必有任其责者矣。

若予之自咎，则有说焉。器非大受，而秩进都台之尊。才本庸常，而任专总制之重。《易》曰：鼎折足，覆公悚。凶。又曰：负且乘，致寇至。凡予之所履，皆盈满之境，有招凶致寇之道焉。而又自信太过，好恶太分明，无容物之量、保身之智，是皆人非鬼责之所宜加。朝廷之所以处臣者，可谓仁爱忠厚之至，而臣得以余生老林下，为太平一闲人，志愿足矣，何怨何尤？

自被逮至还家，凡一百六日，哀集所作，得诗一百一十九首，因名之曰《自讼稿》，俾儿曹藏之。

怀麓堂稿序

杨一清

古之人所以名世而不朽者有三：立德、立功、立言是已。今天下政化出于一，六经、四书之旨，如日丽天，固无俟于所谓立言。其见于著作，若纪述铺叙之为文，咏歌吟诵之为诗，可以考见得失，垂世鉴戒，而兴起其善端。大则用之朝廷，施诸天下，以鸣一代之盛，谓非古者立言之遗意哉？

今少师致仕西涯李先生，以扶舆间气挺生于重熙累洽之朝，弱冠入翰林，已负文学重名。金石所刻，卷帙所录，几遍海内，大夫士得其片言，以为至宝。后进之士，凡及门经指授，辄有时名。中年亦深造远诣，比掌帝制，登政府，则又衍而为经纶黼黻之文，稽古代言以定国是，变士习裨政益化，有非文章家之可名言者矣。且文至今日而盛，而弊亦随之，故连篇累帙，盈天壤间皆是物也。其能追古名家，超然自立于世者，盖亦不数见已。自余作者，各挟所长，非无足取，汇而阅之，乐恣肆者，失之驳而不醇，好摹拟者，伤于局而不畅。近或习为瘦词硬语，使人不复可考，以是为古，所谓以艰深文浅近者，文之弊一至是，可慨也！

先生高才绝世，独步一时，而充之以问学，故其诗文深厚浑雄，不为倔奇可骇之文，而法度森严，思味隽永，尽脱凡近，而古意独存。每吮豪呻纸，天趣溢发，操纵开阖，随意所如，而不逾典则。彼月炼旬锻以求工者，力追之而不可及也。譬之大人君子，冠冕佩玉，雍容委蛇于庙堂之上，指麾百执事各任其职，未尝有叱咤怒骂之威，而望之者起敬，即之者倾心。至其众体具备，无所不宜，探之而益深，索之而愈远，则如大河之源出于昆仑，至于积石，又至于龙门底柱，既乃吞纳百川以达于海，涵浴日月，顷刻万变而不知其所穷。於乎，至矣！孔子曰：有德者必有言。先生孝友天至，其素行金完玉粹，名满天下，而自视欿然。位极人臣，而乐善如不及，履常应变，恒介介不易守。盖其文章与功业并懋，断有以立于世者，而谓其不本之德不可也。

先生尝自辑其诗文，凡九十卷，总名之曰“怀麓堂稿”。诗稿二十卷，文稿三十卷，在翰林时作。诗后稿十卷，文后稿三十卷，在内阁时作。《南行稿》《北上录》则附于前稿之末。《讲读》《东祀》《集句》《哭子》《求退》诸录，则附于后稿之末。以皆杂记，故不入卷中。徽州守熊君桂，先生礼闱所取士，间从所知得副本，乃与同知王君仲仁辈刻之郡斋，走书京师索予序。予辱先生知余四十年，多所规益，每有撰述，辄为指摘疵垢不少隐。顾庸惰不立，少而习焉。老而未能测其溪径，况望窥其堂室哉？然平生企慕之怀，得托姓名于不朽以为幸。而熊君汲汲公善之心，亦不可以不白，故僭为之言。

先生所著别有《燕对录》，藏于家，及密勿章疏文字甚多，人不及见。予承乏内阁，得窥见之。若致仕以后诗文，则别为续稿，他日当自有传之者。

履素诗集序

罗鉴

诗凡二百二十余首，先公履素翁之所作也。先公少随父汶仕北平都司断事。洪武初年归，以孤贫力学，恬退自守，不慕闻达，尝名其轩曰“履素”，盖取素位而行，不愿乎外之意也。性好吟咏，感时抚景，意到即落笔。既没，多失其稿，今所存盖十之一二尔。鉴比得之敝箧中，读之怃然兴叹。其间辞意雄浑，温醇精到，惟可与知者道也。尝闻之故老，极言先公为人，孝友天成，敦睦宗族，赈恤贫困，亲贤乐善，有古人风，乡人敬服，称为长者。虽其履历行实之详今不可考，然即其言之形于诗者如此，而其所存可知矣。

鉴与先君郎中公先后叨致显庸，而子姓绳绳，为衡湘望族，未必不由先公积庆之所致也。今特次其所遗诗授诸梓，将与乡之知言者共之，俾不晦于前而泯于后云。

中州集序

严永濬

金初未有诗，北渡后诗学日兴。河东元好问裕之起而当兵乱之余，国事渐去，故老皆尽，裕之身任翰墨，蔚为一代宗工。凡四方碑板铭志，尽趋其门，一时君臣上下遗言往行，篇章制作，讫无罅漏。今所传《中州集》，盖其纂述之一也。集以甲、乙次第为十卷，卷各取其人之出处表诸首，而以所作隶其下，末又以乐府终之。历二十寒暑而始成。百余年间，新声雅咏，洋洋在耳，亦足以鸣金源氏之盛哉！金故用武，得国无以异于辽，而能自树立唐、宋之间，有非辽所及者，以文不以武也。夫文之变为诗，诗有补治道，切于士习，其间趋向之端曲，则又存乎人之所养，顾可尽取于诗邪？

是集所载，若光孝在储位二十余年，虽未即大宝而终，其事兴陵，能承意开导，四方阴受其赐，所谓余福被元元者，尝于赐宰相寿日诗见之。道陵有志文治，粲然可观，惜乎婢宠擅朝，冢嗣未立，疏忌宗室，而传授非人，使造化无私之言，徒为文具耳。赵秉文为礼部，主盟吾道，将三十年，诗笔纵放，不拘一律。杨云翼代掌文柄，杨能直言进谏，砥砺大节，为时所称。余如周昂、李献能之孝友，雷渊、李纯甫之豪杰，冯延登、梁持胜之抗节不屈，冀禹锡、王万锺之遇害不避，为宰相，为状元，为异人，为隐德，虽其所作沉郁简淡，奇崛巧缛，各为一家，大约所养之气格，得乎完正者居多。又以见海裔之余风，有一变至鲁之渐，为可尚已。

予故病夫宇文虚中、吴激、蔡松年、马定国、高士谈之辈，始皆宋之名士，其后或以奉使留，或以知名显，史言楚材晋用，特道其辞，责以成一代之文耳。若主忧臣辱，甘心溟涊以求全活一隅，而谓士君子有是哉？裕之疏其人，直书而不讳者，殆深意存焉。萧真卿尝言国初文士，如宇文太学、蔡丞相、吴深州之等，不可不谓之豪杰之士，然皆宋儒，难以本朝文派论。故断自蔡正甫为正传之宗，党竹溪次之，礼部赵闲闲公又次之。当时公议已如是，然则长篇大章，脍炙人口，风流蕴藉，激赏国中，视宇文、吴、蔡诸人之作，自足掩其所短，况质诸唐宋间之诗人，有足愧乎？侍御史沁水李公，尝景仰是集，为乡前哲所自录，且谓予言可备折衷，因托之刊误，以与四方博雅君子共论焉。时弘治丙辰闰三月朔。

贾子新书序

黄宝

余昔承乏选部时，偶于京国书肆中得《贾太傅新书》钞本，凡若干卷。余手披目览，口诵心维，始而骇，终而不知神与之接，融融瀁瀁，不知旨之，乐之，咏之，叹之。于是乎乃知太傅之生值汉室，初造光岳气完之时，通乎天人精微之蕴，穷乎历代治乱之故，洞乎万物荣悴之情，究乎礼乐刑政之端，通乎仁义道德之原，故正言竑议，卓卓乎其奇伟，悠悠乎其深长，凿凿乎其有援据。如江河荡潏而莫测其涯也，如风霆变化而莫见其迹也，如云霞卷舒，出没晻霭，千态万状，而莫可名言也。世之称近古者，亦在是矣。所宜珍重，不啻若汤盘周鼎，而毋敢忽耳。

正德甲戌，余致政家居，长沙郡守陆公以谊谪于长沙，去今千有余岁，国朝既崇祀享之礼，但傅长沙时所著《新书》独无传焉。乃检阅郡斋故椟中，得版刻数十片，计其脱落尚多。因询于余，余即出是本补刻，遂成完书。属余为序。

余惟太傅高世之才，殆出天纵，汉刘向称其通达国体，虽古之伊、管未能远过。班史痛其不用，但谓其天年蚤终，虽不至公卿，未为不遇。谊过长沙，作赋以吊汨罗，而太史公传于屈原之后，明其若屈原之忠而遭弃逐也。宋欧阳公谓其所陈，孝文略施其术，犹能比德于成康，况用于朝廷之间，坐于廊庙之上，则举大汉之风，登三皇之首，犹决壅裨坠尔。苏公论其为王者之佐，如其所言，虽三代何以远过？此数公者故有定论，诚毋容加喙于其间。顾其书之在霄壤中，上则为德星，为庆云，下则为朱草，为醴泉，光景常新，而精神不亏，亘万古犹一日。奈何自宋淳熙辛丑，提学漕使程公版刻之后，三百余祀，仅得一陆公补辑残缺，为书再行，是何寥寥知赏之难也？非惟嘉惠后学，广其见闻，以资博识，慎而择之，而立身行己之道亦寓焉。中间如鉴秦俗之薄恶，指汉风之奢僭，请定经制，述三代之长久，深戒刑罚，明孤秦之速亡，譬人主之如堂，所以优臣子之礼，置天下于大器，所以示安危之机，凡《忧民》《傅职》《官人》《大政》等篇，皆经济之大略，又有国与天下者之所当鉴也。

郡守公名相，字良弼，弘治癸丑进士。累官南京吏曹郎中，英名伟绩，有所自也。政尚平恕，有古循吏风。今观是，益可见其知所择，而其蕴畜之富，未可量也。故不揆愚陋，僭书于端，以识岁月云。

湖南文征　卷二十七

序三 明

送族侄永端还长沙诗图序

彭泽

《记》曰：万物本乎天，人本乎祖。吾彭氏受姓，类出于颛帝孙陆终第三子曰铿籛之后。尧封于彭城，谓之大彭氏。迄今几四千年，其间源流莫考。然于力可考求而知者不加之意焉，则忘其身之所自出，而昧其爱之所宜博。亲亲，仁民，爱物，出于吾性之仁者，将倒行逆施，而失推恩之序矣。其为家国天下之害，盖有不可胜言者，又奚贵于本乎祖也哉？

泽自弱冠侍我伯祖考武德府君、先考柱国太保府君，拳拳以不获之长沙合族为歉。自叨甲科，即以吾族之在兰者编次为谱，虚其右方，以俟长沙有考焉。既而托交游之厚爱于彼者，盖已不次矣。正德壬申、癸酉间，始得湖湘之抚镇、巡按、藩臬、郡邑之元老名贤，协心同德，为之理究。甫慰，又得吾宗望景卿翁所为新谱，乡贤征之周君，并泽所为旧谱，纂为《会宗谱》。然后得吾自庐陵徙长沙之始祖旭湖府君以下之支派，又得吾受赠于圣朝先祖武略府君以上之的派，暨丘垅所在焉。乙亥，泽奉敕召还京师，掌都察院事，族侄表字永端者，尝自长沙赍谱系来省。居三月南还，泽重其端慎详雅，因以先垅祀事为托。岁丁丑，泽以衰病乞休致，蒙恩赐归田里。己卯，重建家庙于正寝之东，为始祖、先祖神主以时享祀，仍力疾亲书《会宗谱》刊之。冬十一月既望甫迄工。永端复自长沙来省于兰，盖乡闱下第，即请于巡按吉水毛公、方伯分宁周公、宪长长寿聂公、提学浙东张公，重其不以炎凉艰远贰其心而允之也。遂为文并族谱告之家庙，携之展省先茔，会族众姻党。又三阅月，即其言动礼度而考其所存，所谓端慎详雅，又不足以尽其贤。览其文切实典则，类其为人，托以祀事，承吾祖之垂裕，用光吾族，端有在矣。兹以椿翁年高，不能久留，将还，非特吾宗族兄弟难为别，而亲友亦不能别焉，乃为诗绘图以赠。嘱泽言序之首简。

乌乎！万物本乎天，天道流行，发育万物，其显仁藏用，亏盈益谦者，神妙莫测，捷于影响，万古常新，如一日然。而人则天地之心也，苟能念念天理，而无间吾之祖，虽百世亦可格，况万古常新之天道也邪？泽苦心四十余年，而始能合吾族，所以动诸老、名贤、宗族、乡党，翕然共成其志者在此，则天道人心，幽明遐迩，感召自然之应，其可诬也哉！永端行矣，告之吾族贤者能者，必有知吾言之不妄者，必能笃孝友姻睦之行而自不能已矣。是非昌大吾族之一助也哉？因以所刊谱，多付之以还，而为序之如此。正德庚辰二月朔旦，幸庵病翁泽书。

送刘大尹致仕序

何孟春

岁弘治辛酉冬，河南刘君宗信，以灵丘令考绩如京。天官书之最矣，例当复任俟擢。君退而谓其光州士夫之在京者曰：某自魁荐，书簉仕籍，引莱阳绶，视益都篆。而知今邑事，凡几寒暑，幸少偿儒业，免官谤，于某愿足矣。美食大官，要之傥来而分非某所需者，吾其可以归乎？其同乡士曰：君子声绩茂著，累膺旌异，三邑皆由简改繁，操割余刃，硎光益铦，由僻改要，惠利之源，被浸始广。矧兹以最登课，显陟有日，胡为乎归？君弗听，献岁春，上疏乞致仕。所司代为之请，诏报许焉。

乡士夫叹君之能不动于劝以为难，而不得君所以决归之志，又以为憾。我少司马熊公，其同乡先达也，众质于公曰：彼其知止足之分，不系羁于外者乎？所在吏民，我爱我畏，何一朝弃之，而不待引年也？彼岂以为州县常调，碌碌劳人，而米盐朱墨之宠，纷不屑为乎？风尘道途，其已久矣。公应之曰：不然，宗信盖有扬子云之田一廛、宅一区，稽叔夜之酒一杯、琴一曲，石濬川之一裘一葛，饭一盂、蔬一盘，足以自乐。推其初志，虽终身可也。而靳固一命，奔走三邑，凡以尽心焉耳。今者其弟廷瓒已秉郡麾，为时良二千石，宗信于凡亲民之政，所已行而将效者，其弟克举而尽行之，势易而功倍，宗信复何顾而尚不归邪？

公为此言时，适春以铅椠之役至于公所，得闻其概，窃识之。乌乎！出处君子之节攸系，彼刘君者，于进退之际不苟如此，其贤矣哉！君之自处高矣哉！计君之怀，世味已绝，诸君强之于今日，宜乎其不傗也。乌乎！不有我少司马之言，君之所以决归之志，谁其悉之？无何，君幅巾藜杖，单车戒期，有致青门之饯者，属春言为序。春不及就君面，而概之前所闻，颇能仿佛君之生平，可以序矣。于是遂次第而书之，而重致叹曰：於戏！汝南孝谨门族，异日有称万石君者，其在刘氏乎！弘治十五年壬戌春正月望后五日。

孔子家语注自序

何孟春

《孔子家语》，如孔衍言，则圣藏之余，实孔安国为之。而王肃氏、安国序未始及焉。不知何谓？此书源委流传，肃序详矣。愚考《汉书·艺文志》，载《家语》二十七卷，颜师古曰：非今所有《家语》也。《唐书》志艺文，云王肃注《家语》十卷，然则师古所谓今之《家语》者欤？班史所志，大都刘向较录已定之书，肃序称四十四篇，乃先圣二十二世孙猛之所传者。肃辟郑氏学，猛尝学于肃，肃从猛得此书，遂行于世。然则肃之所注《家语》也，非安国之所撰次，及向之所较者明矣。虞舜《南风》之诗，元注《乐记》云：其辞未悉。今《家语》有之焉。昭谓王肃增加，盖取诸阝子。非郑玄所见。其言岂无据邪？肃之夸异于玄，盖每如此，既于《曾子问》一篇不录，又言诸弟子所称引皆不取，而胡为赘此？此有为云耳。肃之注愚不获见，而其序今世相传。《家语》殆非肃本，非师古所谓今之所有者。安国本世远，不复可得，今于何取正哉？司马贞与师古同代人也，贞作《史记索隐》，引及《家语》，今本或有或无，亦有不同。愚有以知其非肃之全书矣。

今《家语》，胜国王广谋所注本也。注庸陋荒昧，无所发明，何足语于述作家？而其本使正文漏略，复不满人意，可恨哉，可恨哉！今本而不同于唐，未必非广谋之妄庸，有所删除而致然也？《史记》传，颜何字冉，《索隐》曰：《家语》自称仁山金氏。考七十二子姓氏，以颜何不载于《家语》。《论语》：仲弓问子桑伯子。朱子注：《家语》记伯子不衣冠而处。张存中取《说苑》中语为证。颜何暨伯子事，广谋本所无者，盖金、张二人所见，已是今本。以此而推，此书同事异辞，灭源存末，乱于人手，不啻在□而已。安国及向之旧，至肃凡几变，而今重乱而失真矣。今于何取正？而愚重为之注，不亦广谋之比乎？

嗟夫！先民有言，见称圣人，圣有遗训，其谁弗循？书莫古于三代，古莫圣于孔子，吾夫子之言，如雷霆之洞人耳，如日月之启人目，自六经外，《孝经》《论语》后，幸存此书。奈之何使其汶汶而可也？此书肃谓其烦而不要，大儒者朱子亦曰杂而不纯，然实自夫子本旨，固当时书也。而吾又何可忽焉而莫之重邪？《论语》出圣门高弟记录，正实而切事者。颜回死，颜路请子之车，子曰：鲤也，死有棺而无椁。校以《家语》所记岁年，子渊死时，伯鱼盖无恙也。或疑《论语》为设是之辞。《论语》且有不可信者矣，吾又何得于此书之不可信者，而并疑其余之可信者哉？学者就其所见，而求其论于至当之地，斯善学者之益也。孟春谨即他书有明著《家语》云云，而今本缺略者以补正之，今本不少概见，则不知旧本为在何篇，而不敢以入焉，漫附一二。愚得分四十四篇为四卷，存之私塾，以俟博雅君子。必有得肃本而是正者，是岂独愚之幸哉？弘治十有八年乙丑六月。

论衡钧石序

何孟春

汉王充名其所著曰《论衡》。充所为取于衡者，以其平也。予观充论古今事物，释同异，别嫌疑，博而辩矣。范毕氏称其闭门潜思，绝庆吊之礼。户牖墙壁各置刀笔，而后成此，用心亦良苦矣。然其是非缪于圣人，而轻重之间多失其实，毋乃于衡有未平乎？

衡之得平，权与物相亭也，充之《论衡》，毋乃徒知益物于右，而莫为之权于左者乎？余于是"钧石"作焉，以附之衡，随充所举之物进却之以测重轻，而平是归，庶几斯衡不诡古之铨制，而可无误于今日。虽然，钧石为权已重，亦惟其物之大且多者乃用之耳。雀五燕六，时有飞而易集之处，吾何屑屑以较计为哉？《九章算法》，五雀六燕飞集相衡，衡适平。一雀一燕，飞而易处，则雀重而燕轻也。弘治甲子冬十月。

贾太傅新书序

何孟春

班史称谊所著述五十八篇，春求之今《新书》，而窃疑其书篇目之非实也。谊书欲改正朔，易服色，定制度，兴礼乐，草具其仪法，色尚黄，数用五，为官名更奏之，今《新书》略不见焉。益足征孟坚之所谓五十八篇者，散轶多矣。

文帝时匈奴侵边，天下初定，制度疏阔，诸侯王地过古制，淮南济北皆为逆诛，谊数上疏陈政事。史掇著于传，其大略云云。数之云非一时所陈，然痛哭者一、流涕者二、长太息者六之云，该贯始末，又似一疏，何也？疏中两著流涕语，乃制匈奴一事耳。长太息语凡三见而止，《新书·无蓄篇》有可为流涕语，《等齐》

及《铜布篇》俱有可为长太息语，而本传弗以入。《无蓄篇》，《汉书》载之《食货志》，《保传》及《审取舍篇》事各异语，俱不著长太息。若《阶级篇》所有长太息语，自为责大臣发，而传并列一疏中。孟坚于此，岂互有去取邪？朱子尝言：谊学杂，然文字雄健可喜，《治安策》有不成段落处，《新书》特是一杂记稿耳。谊盖汉初儒者，不免战国纵横之习，其著述未尝自择，期以垂世，而天年早终，传之所掇已未尽然，乱于他人者何足为据？谊之才实通达国体，言语之妙，后儒良不易及。此论笃君子所以虽病其本根，而终不能不取其枝叶也。

正德甲戌九月，春按行洛阳，往拜太傅祠，因太傅书郡斋刻本谬甚，公暇从而正之。编次之意已悉于其前矣。或问：文帝好文之朝，谊弗大用，得非运也？绛、灌、东阳世称长者，而亦有毁谊事邪？史固云文帝诸法令所更定，及列侯就国，其说皆谊发之。帝议以谊任公卿之位，而短于众口，则矫矫年少实取之。今观其建白间，所谓非愚则谀，所谓犹为国有人乎？亡具甚矣。大臣恬而不知怪，俗吏不知大体，尽斥在廷之臣，既以为进言之不臧，又以为献计之无识，至其自与，则曰：何不一令臣得熟数之于前，使少知治体者得佐下风，致此非难？又曰：曾不与如臣者熟计之。其不逊如此，欲众毋怨，得乎？陈平见遇高祖时，绛侯、灌婴等咸谗平，今于谊奚恤？而信其长者，无毁谊事邪？假令谊不死，仕孝景世，处盎、错之间，忌兴谤集，身且弗保。今日之事，为庸臣所害，如史氏言，诚未为不遇也。春兹因复序其书。

临戎决胜图序

何孟春

我都宪涿鹿邓公之以侍郎特起而抚中州也，为正德辛未秋。时剧贼猖逆河北，转入河南，斩木揭竿，鸱张狼噬。所在吏民，习于承平，仓卒闻变，束手无策，城当者溃，师遇者败。庙堂佥议巡抚之任，非公不可，故即其家起之。

公拜命，即日单车就道。既至，审察郡邑。孰岩孰夷，亟调兵食，孰缓孰急，孰最要害，孰当预备，器械之缮，城障之完，AAAA之峙，士兵之选，民马之厝，京边军之请，国帑之借，一一自公心计手画。事无遗力，智无遗虑，于是地方始借而固，人心始恃而定，遇贼始有可遏之势、干扞之具。明年壬申春，军乃大集，不数月贼获殄焉。公驱驰尘坌，阅历寒暑，屡阽危险，曾不为身家一豪顾恤。在处必斋越从事，严纪律，定方略，谨侦伺，贼动静辄先闻，有以究其情状而百为之防。阳而诱之，阴而袭之，间而邀之，彼此而携贰之。于胁从，则示以来归之生门，而出之陷阱。于系虏，则拔诸焚溺之死地，而复之衽席。公忠贯神明，机参造化，遂使将士用命，天悔祸而人厌乱，而事之告捷也，公可谓文武兼资者矣。

公智名勇功，逊不自居，录状之上，恩宠之及，独后诸同事者。公可谓不矜不伐，善处功名之间者矣。若夫中间不如意事，西平之捷，而有汝宁之挠。洛阳之失，盖长子帅师弟子舆尸，《大易》有训，时实为之，公何病哉？事久而论曰：此吾辈之所以深服公于今日也。考事始末，无公功者。昔宋虞允文参谋军事，得都统王权败军，致采石胜。刘珙安抚荆湖，请置制使。沈介遣兵相助，官军日盛，旋执贼酋，徒党尽戮。自今而观，公当谁始？春固有以知公今日之所以为功者矣。时有绘公貌《临戎决胜图》者，春曰：双节六纛、虎旗蛇矛、登金坛而拥玉帐，丹青之所貌于公如此。迩时心事，存亡旦暮，死生瞬息，所以运决胜之筹，而成扫荡之绩者，图者莫能悉也。于是从而序之。正德癸酉秋七月。

三轩诗集序

何孟春

悦礼乐而敦诗书，昔人谋帅，必是焉举。古今名将岂少哉？军中智勇，目不识字亦有之，而负诗名者，贻不能退虏之诮，为所笑者，固无取于帅才。笑之者，终是行伍粗人，资急缓之用尔。扬阃外之风烈，昭义府之丕训，非此辈所能与也。两汉而下，若祭遵之设酒对乐，必雅歌投壶，虽在军旅，不忘俎豆，其知孰悦者乎？而其子不象贤。若耿况之子弇，少习父业，能学《诗》《书》及《礼》，亦为大将军。弇弟子秉，博通书记，历西征度辽将军，其象贤者乎？而其制作不传，将家子而达于文，奕世有人，有业可传，岂易得哉？韩退之言文章之作，恒发于羁旅草野，至若王公贵人，气满志得，非性能而好，则不暇以为。然则出名将家为贵人，而又能存志乎诗书，寓辞乎咏歌，与韦布里闾憔悴专一之士争奇而角胜，岂非所尤难也？

皇明沐氏，参预缔构之功大矣。定边武襄伯讳昂，字景颙，黔宁昭靖王之子，定远忠敬王之弟，尝官左都督，充总兵官，镇守云南，其号素轩。素轩子讳僖，字可怡，为锦衣副千户，早卒，赠都督同知，其号敬轩。敬轩子讳璘，字廷章，官至右都督，充总兵官，镇守云南，其号继轩。三世皆有诗集，集各以其所号名，所谓《三轩集》者，刻于天顺间，行世已久。故黔国庄襄公因旧板脱裂，乃辑所未备再梓焉。未竟而公卒。今封黔国公乃遂其事，属序于余。

余既受观，则叹曰：此岂非余向所谓尤难者乎？素轩镇守，实继忠敬，讨平麓川。继轩亦继其兄黔国荣康公，挂印平定木邦。陶孟元帅之谋之在郤縠，固如是夫！而敬轩限于天年，勋业弗就。自今观之，三轩则要皆有可传矣。敬轩在厥父子间，又何憾邪？继轩弟都督同知讳瓒字廷器，生子二，长诚，锦衣都指挥使，实生庄襄公。次详，锦衣都指挥佥事，生今前署都督佥事石冈。皆武而能文，昭靖、武襄之后之昌炽，天其佑之哉！而公嗣襄公后，缵服妙龄，崇文训武，日求善志，著于行事。思报世及，益光前烈，异时之所成就，重纪竹帛，载铭鼎，又自不止于词翰之美流布而已。余故以是序而复之。

金台送别图诗序

何孟春

人情相与厚不厚，要于别焉见之。相与也久，其情也厚。情也厚，其别又不容默然者。吾侪辈旅中道次所接遇，有一日之雅，半面之识，皆不可谓非相与，而情之所关微矣。萍水鸿泥，聚为适聚，别不以告，不以送，别亦不觉其别也。故余尝目人相与之厚，不厚于其别，于别得其厚，而原其相与之久，人情庶其不失乎？歙之吴君良辅，员外郎翁君应乾之故友也。今年春来学于京师，逾三月，猥望来路，浩然欲返。应乾思所以赠之者，绘图以识别，并得诗若干篇，内诸其装而属余序其情。

噫！余于良辅之别，见应乾平素相与之情之厚也。已应乾告余有言曰：余昔侨居杭城，时良辅至自歙，定交馆舍甚欢。习业共笔砚、坐并席、卧连榻也，此其相与甚久也。卒岁山川阻阔，音尘杳绝，而忽邂逅官邸，此其情宜甚厚也。怅不能别，必求有以壮其行色，此亦人情也，岂区区赍咨涕洟，犯軷祛祛，自比鹿豕甘儿女之就邪？余又闻应乾言，良辅年少质美，而志确有立，靡于百氏书，与之论古今成败，事当否，人物高下，如倒囊出物，沛然有莫御之势。今之所造诣，较前在杭时所得益进，则其情之厚不为徒厚矣。是人也，余虽不夙识，一见犹能倾盖成故，而况相与之久者乎？因书以复命焉。

送范以载充册封使序

易舒诰

范以载以行人奉命册封肃府，将行，同年地官王体民、进士刘平甫、黄门王明遇、御史李国宝、史官易舒诰觞之。

以载喜诗，酒酣扬言曰：余行数千里，诸君曷歌以赠我乎？体民曰：宜歌《皇华》之诗矣。于是体民歌一章，平甫歌二章，明遇歌三章，舒诰歌四章，国宝歌五章。既又举酒合歌之，以载亦歌之。体民曰：钦之史官，职当载之，请载之。舒诰曰：载之不如绎之，其味长也。夫曰“每怀靡及”，曰“周爰咨诹”，曰“周爰咨谋”，曰“周爰咨度”，曰“周爰咨询”，何词之频复也？盖行人之职，诚难矣。以九仪辨诸侯之命，等诸侯之等，以同邦国之礼，故以属之秋官。盖远行邦国，非有威禁，不足以观示。杜预传“咨诹”曰问政事也，“咨谋”曰问患难也，“咨度”曰问礼宜也，“咨询”曰问亲戚之义也。夫“靡及”存其慎也，“政事”严其施也，“患难”周其防也，“礼宜”谨其文也，“亲戚”敦故旧之好也。言愈复而敬愈切，劝勉至矣。诸君曰：歌之，汝绎之备矣！于是咸乐举酒，再献再酬，日暮而退。君子曰：以义相规，而乐近于古矣。

总戎机序

易舒诰

正德丙子，郴桂瑶人犯境。巡抚都御史秦公方议请讨，适有事桂州，用舆人之言止。逾年丁丑春正月，瑶复拥众四劫，破粟源、安仁、攸县，势甚炽，湖湘骚然。

时公在鄂，闻急遂趋衡，督兵捕之。贼闻公至乃解去。公因留衡月余，议请必讨。诸属吏进曰：瑶据险难破，反启衅，不如抚而顺之。公怒曰：瑶恶至此，置不问，无国法矣。有复言勿讨者，叱之。议定，乃疏于上请，合江西、广东兵夹攻之。上乃命公同太监杜甫董师，命总兵杨英统之，命巡按御史王度纪功。至期，杨道卒，公曰：今兵粮俱集，若复待请将，则师老贼遁，非策也。遂握兵以往，十月次长沙，进次郴州，以参将史春代杨统师，以右布政使方璘督饷，以副使恽巍、陈鼐赞画，以副使陈璧为前监军，以佥事顾英为后监军，以参政黄质为左监军，以参事王济为右监军，以知府何绍计宗道、推官王瑞之、朱节协赞，而公居中制之。部署既定，乃飏声曰：尔将士来听予言！瑶恶贯盈，朝廷悯兹下民，爰举大众，尔其听上德意，宣力戎行，临阵有进无退，无妄杀，坐作进退，其如律。曰璧：其由桂东进于东水军，凡漳溪、延寿以东，汝其击之！曰英：其自临武进于邕篱军，凡牛头、天堂以南以东，汝其击之！曰质：其自桂阳进于鱼黄热水军，凡朱广以东以北，汝其击之！曰济：其由郴州于紫溪军，凡九峰、黄洛以东，汝其击之！曰巍春：其居于两路口，相机而动。诸将士听指授，各就军。既至，则发地形险夷，贼虏情状，或骑或步，或计或勇，或用兵多与少，举如所示不少差。右军与贼数十战，破三十余峒，斩俘甚众，获其大酋四。左军破三十余寨，斩俘甚众，获其大酋二，斫破牛革囊栅。后军破三十余峒，斩俘甚众，获其大酋二。前军破寨斩俘，功如后军。十二月报至，公曰：有龚福全者，渠魁也，今未获，可论功乎？令于军中曰：此虏不获，尔辈无还期。越五日，系龚福全颈致之幕下。公曰：未也，此一时利耳。乃除其地为郡邑卫所，移兵以实之，使余孽勿复潜于其间。乃命有司曰：民财已困，凯旋无设飨。于是璘、巍、鼐等约曰：吾与若等得效微劳，皆出我公神谋，不可不有以昭示远迩。乃绘图貌公在师命将选士出令之像，而书朝廷命征奖功敕词其上，属舒诰序之。

夫诸寮佐皆一时豪杰，公罗而用之，如弟子之从师保，而又为之图以张其事，非有以服其心而能若是哉？兵固难言也，近世儒者多短于兵，岂儒固不通于将略邪？公通经史，善文词，弱冠名动江左，李西涯一见称为江南才子，杨邃菴称为当代名臣。人遂以公为名士，坐镇雅俗。不知其精于兵事，虽将门弗逮。昔为河南参政，提孤军击劲贼杨虎以全封丘，封丘人为立生祠。今又平贵州夷，平郴桂瑶，两省人咸赖之。夫无所不通之谓儒，公其所谓儒者，非邪？三代时伐淮夷，召穆公将之。征俨狁，尹吉甫将之。征荆蛮，方叔将之。此非儒者邪？后又有张良、邓禹、冯异、鲁肃、杜预、娄师德辈，皆号为儒将，然邓、冯以下，或杂于孙、吴权诈，而《六韬》之义微矣。今公师出以正，其召穆、吉甫、方叔之徒欤？公行且释兵革，论道调元于庙堂，勋德其宏远矣。

公名金，字国声，别号凤山。常州无锡人。

慈寿桥成诗序

徐一鸣

吾醴之南乡，地名泗汾铺者，为楚、粤、滇、黔诸路午冲。铺濒江，有桥故址，仅余木数根卧水中。木松材，得不朽。又有石数重枕其上，故得久存，然莫知何代物也。江流汛溢，渡者必以舟，官尝为置舟。舟子狡玩务需索，必得乃为渡，贫者苦之。春夏之交，诸溪涨发，势方悍迅，即舟莫敢渡。如轻慓，或操不利，则辄为鱼鳖羞，闻者益悯焉。嗟乎！昔人言存心爱物，于物必有济。徒杠舆梁，具在令甲。矧兹地多覆溺忧，前是诸官司，暨吾邑久近人，咸漠然无一为之所，何也？往予宦橐，人幸咸予知。迨归力田，百凡务简约，兼比岁有秋，衣食外稍称优裕，心实悯兹患。夫维诸利济事，似惟兹为大且远，爰体杨子推分之仁，遵庞公遗安之义，不自揣节，妄意及此。乃募诸匠役百人，始事于丙辰岁首春，至丁巳岁之暮始讫工。然以役颇浩繁，供办日弗给，两年攘攘，率支吾为之。

绪甫就，闻诸行路人过者，咸欢忭若致颂祷意。里人来，为道述咸梦予。予哂曰：兹予济川功邪？桥南数里许，有著姓刘氏，即先宜人家，外祖经府公徙城居。予未获至其地，兹地及桥，故俱名泗汾。泗汾非醴水，未审始何所指，佥谓名称本无当，且桥新建，宜别名。舍弟举曰：兹先宜人毓秀之乡，桥成，适吾兄年始寿，桥名“慈寿”宜。予曰：先宜人克相吾先大人，慈德灼灼，载在诰词，胡庸兹？然有先德，乃始有不肖鸣，乃有兹桥以惠济诸行路，名以“彰德”可也。若犬马齿何系焉？佥曰：溯源纪会，弟言是也。予谢不敢当，予亦喜兹幸成，俾兹地免覆溺忧，庶少纾己推纳意也。乃为赋七言长律一章，寄诸山中，姑以志始事云。是岁除前一日，渌江迂人识。

送湛甘泉归南海序

刘檄

嘉靖甲辰秋，甘泉先生自南海来游衡山。是时翁年七十有八，居数月，檄尝为文赋四诗送翁归。自后数拜翁教札，皆许再游，忆翁高年，以至为幸。

丙辰，翁寿跻九十有一，二月二十四日黎明，忽鹊噪茅檐，翁高徒谢生报翁至。未几，翁亲枉寒庐，檄再拜，见翁视听聪明，步履清健，丰采仪度，一如宿昔，知翁遐寿无量也。盖翁平日以理养心，故心静逸，以志帅气，故气顺适。静则精神内固，顺则道体安和，此所以高年瑞老，能为衡山之游也。山川增重，草木有光，岂非南岳一幸哉？

窃忆宋文彦博以八十任中书，魏高允以九十相国事，汉张仓以百二十领度支，唐李元爽以一百三十六入九老会，翁年视文高已过其历，硕德重望，不当在度支之末。即使世有白乐天，则亦驾胡杲、元爽光九老之会矣。惟翁讲明道学，更事三朝，历翰院官辅国子祭酒，擢大司马冢宰，扬历中外，乃今引年，闲适于溪山烟云之外。鄙见以翁位端揆，则丰采凝俊，可以表仪朝著。参机务，则运筹帷幄，可以决胜千里。任师表，则顽廉懦立，可以风动多士。所谓国有老成人，非翁其谁邪？草野闲情，每怀此意，为用人者献也。

翁向南归，檄有诗，兹再次颜字五韵送翁仙驾，并续前序于左，惟翁取其意而略其词云。

赠陈墨庄序

张治

墨庄与予同州里，予童而跂，长而适适，壮而规规，久释如也，几二十年。庚辰春，予以试牒上春官，五月墨庄亦以贡来京师，万里相得甚欢也。会墨庄以分教巴县离去，予亦将服有官政，相学相友，弗能如昔，此情岂易然邪？夫不能离者心也，不能不离者势也，其不能离者，卒夺于不能不离者之势焉。嗟乎悲矣！夫以墨庄而止于斯焉，若无以自解于天者。噫嘻！天下之事，惟义与命而已矣。义则可常，而命则不可必焉者也。君子修诸义以俟乎其命，肆其道至焉。施、孟之子，同业而异遇。樗栎之不良于松柏也，限之以穷谷绝壑，百牛莫致也。樗栎当途，或得以斧于匠石。怀卞璞，三献而三刖。以瓦缶陶者，比于亩岁数盆。其然者义也，其不然者命也。而君子终不以彼而易此，故能处穷达不乱焉。

墨庄言有坛宇，行有坊表，道有一隆，熙熙其乐，人之臧也，有不当则隐隐然以恐，能修义矣。迹可远到而顿于促，术可综世而隘于庳，心杅杅不为悒怜，能听命矣。修义故达，达故于人顺也。听命故不忧，不忧故于己裕也。顺于人，裕于己，是谓备善师之道与？且师也者，所以范刑乎人也。言繁弱秬黍之功，必归范刑，诗曰：菁菁者莪。乐育材也。又曰：岂弟君子，遐不作人。言君子能作成乎人也。而孟氏之所谓乐也，亦曰得天下英材而教育之。

夫义不大行于已而足以裨人，泽不自己出而功不掩，势不必崇而乐在焉，墨庄之于命，未始不为遇，然则墨庄之所以自解者，亦或在于斯乎，亦或在于斯乎？

义仓集序

张治

毗塘谭氏即其族作义仓，大行公实倡始之，雅祺洪深继成焉。张子曰：夫仁起于恩之薄也，义显于俗之衰也，礼始于分之渎也。恩薄则离，离而后有弗亲者矣。俗衰则偷，偷而后有弗让者矣。分渎则乱，乱而后有弗治者矣。此三者家之所由以废者也。是故君子合之以仁，欲其亲也。制之以义，欲其让也。教之以礼，欲其治也。亲则恩洽，故孝之道广矣。让则俗淳，故弟之义行矣。

治则分明，故伦之理彰矣。是以其道可久，子孙长世也。《记》曰：君子因睦以合族。此之谓乎？故古之善化者必先其家，家者本也，本端故化行，化行故治成，王道备矣。故曰尧舜之道，孝弟而已。是以仁义之说通乎天下也，知仁义之说通乎天下，然后谓之君子。

会试录序

张治

嘉靖庚戌春二月，天下士会试于礼部者几四千五百人，尚书臣阶、侍郎臣崇庆以试事请。上命臣治、臣德为考试官，其同考试则侍郎某某，其监试则御史某某，暨为执事咸备。既如例三试之，乃穷日夜之力慎校择焉。遵宸断取三百二十人，爰录其名氏及文之可式者二十篇以献。臣治谨序之曰：夫录所以录士也，然录与士恒相为重焉。穷居布衣之士，业铅椠，游乡邑，必更十余载而后得录于乡之有司，又必更十余载而后得录于礼部，有终身不与者焉。故士得与是录者有余荣矣，是录以士而重也。士录矣，其终身所建立，果足以济天下，泽生民，流声光无穷焉，后之人将敬而指之曰：是录所得士也。则录其有余荣矣，是录以士而重也。故曰录与士恒相为重也。

夫国家之录士何为也？欲其为世用也。士学古之学，而求录于上之人，亦欲其学用于世也。然道有升降，世有古今，君子惟随其所值而致行之，要以济天下、泽生民为务，然后为有用之学。学之而弗可用，用之而弗宜于时，则亦何取于录哉？我高皇帝有天下也，即位之三年庚戌，始开科录天下士，一时翊戴之臣，协志辑力，相与缔构大业，以传之万世，上下咸有大烈也。圣圣相承，盖谨于取士之度。今圣天子缵承天绪，廓道德之途，拓仁义之统，远抚长览，所以勤万民而章洪业，惟仁贤之务，此尧舜之用心也。二十九年于兹，凡十举士，溥恩广施，久而益深，至德昭然，轶于往代。遐方万里之士，肩踵并进，寸才尺艺，咸备官使，此太平之具也。然而臣失其职，功不加于百姓，惠泽不流，群生寡遂，政之在天下若风草，有所积，有所虚，视祖宗之旧或少异焉。此岂法之不足哉？士不素厉，而弊所由滋也。说古道者，则泥而不达于时。喜更张者，又以其私智斗乎天下而扰之。不复典常之师，则其渐而至于敝也亦宜，是故明王不恃其有久安长治之业，而恃其有保邦制治之臣。士者不患其无可为之时，而尝患其无明体适用之学。《书》曰：学古入官，议事以制，政乃不迷，其尔典常作之师，无以利口乱厥官。此言明体而适用也。保邦制治之理，莫要于此矣。

往丁未之试，臣尝辱明命，授以校士之责，大惧无以称塞。兹再至，其为惧也滋甚，思敬勉无忽，冀得明体适用之士，惟圣天子所驱策，用之相与守太平之业，致治安无疆也。然而持有司尺寸之度，求之语言之末，则又臣之所窃忧焉。何也？求士于肇造之始也恒易，求士于治平之世也恒难。盖肇造之始，人周历于艰险，志勤虑审，故才皆可用，而求之也易。治平之世，人袭于所见之安，诵古人之言，而不明乎当世之务，守成要之迹，而不审乎治乱之原，故才用鲜效，而求之也难。夫以日敝之法，而重之鲜效之才，其何以裕保邦制治之理哉？此臣所为窃忧而惧滋甚者也。

夫法不足于治者，才不备也，才不足于用者，学不备也。尔多士学古之学以售诸用，则既录于上之人矣，其必举所学而善用之，务以济天下，泽生民，上赞圣天子太平之业，而流声光无穷焉。则录其不有余荣哉？乃若逐逐然与时汩没，无所裨于世用，徒以美荣名于录也，虽录之，天下后世有弗录者矣，是重为录羞也。吁，可畏哉！尔多士勉之。

会试录后序

张治

嘉靖丁未《会试录》成，臣治敬拜手言曰：明兴有天下百八十年于兹，其取士以丁未者凡三见焉。《记》曰：丁，明也，盛也，阳道著明，丁壮盛也。未者，言万物皆有滋味焉。天地以四时之气造化万物，阳道昭达，及于明盛之纪，则物皆林林然成有滋味矣。王者效天地，本四时，建道陈制，兴立人贤，所以成养万民，致明盛之理也。在昔丁未，我高皇帝肇受天命，首令天下设文武科取士，用集大业，文明之运所由起矣。宣德、成化之际，仁义融液，王道明洽，人文之化日益宣著。至于今，圣天子懋至德，配天地，稽古三五之道，劝学修礼，崇教励贤，以风四方，海内欢慕，含和咀淳，天府人瑞，杂然并至。神光曜晖，洪洞朗天，岂不明盛之极哉？

士生于时，固宜皆林林成有滋味也。然万物养于天地，而人则借万物以养也。物味有美恶，斯生理之肥瘠因之矣。荼堇乌喙，螫吻酸鼻，决肠胃而毒者则人避而弃之。败粃之麸，无救饥渴。封熊之趾，豢豹之胎，穷海逾陆，非可常有，亦人所不尚也。何也？以无借于养也。士者，人君所与共成养万民也。士味有厚薄，而世治盛衰恒所由之。国初之士其味真实，茂以开济之略，翊戴休烈，当时之民无不得养者。宣成熙盈之运，士多持重完固，其味醇厚，民得所养者，则皆充然而肥有光泽也。及久而变焉，譬之禁羞珍脔，渐以蜜醴，和以椒桂，芬馨有余，而真味亦薄矣。其养之惠于天下者，视昔何如哉？乃下焉者，伐德暴义，回惑营蛊，惟淫志是逞，用导民乱。荼堇乌喙，螫吻酸鼻，决肠胃毒者也。委琐颓靡，饕贵利自富，于民弗勤，败粃之麸，无救饥渴者也。幽奇诡激，违众立异，以改易观听，民日渐于匪彝。封熊之趾，豢豹之胎，穷海逾陆，非所常有也。数者于养之理何述哉？民生日凋瘁，若抱疮瘵而惧其毙焉，夫岂气化使然邪？要亦养之道未至耳。是故养生者必择味，养民者必择士，而士之自养者必择道。

今夫国家之择士也，三岁比天下之士而乡试之，三岁比其乡之士而会试之，其法至备也。及加之民，乃无借于养焉，岂非以人之难知，而言之不可以稽乎？稂莠之始，天然与嘉谷并茂，而其味则远矣。故择不可以不慎也！然士之自择，亦犹国之择士也。国之择士也，蕲以其士之道养乎天下也。夫以士之道诚养乎天下，而后可为民之味，不然，其有味之者乎？士之自择也，蕲以其身之道养乎天下也，夫以其身之道诚养乎天下，而后可为国之味，不然，其有能味之者乎？是故国以士为味，士以道为味，而后明盛之理可从致矣。昔者伊尹之于汤也，思说以尧舜之味，而高宗之于傅说，亦维曰：尔为曲蘖，为盐梅。斯二者非所谓天下之至味者乎？商道之盛至今犹耿光者，其有以致之矣。尔多士以丁未进，其亦慎择其所为味，如商之二臣以惠天下之养，以仰对圣天子明盛之理，则亦有闻于无穷哉？

应天乡试录序

张治

嘉靖庚子秋八月，天下例选士于乡，应天府预以请。臣治、臣用卿遂祇命往典若文事。事竣，乃录所中式者之名氏与文以献，且传之四方也。臣治作而叹曰：文不已盛乎！在昔甲午之岁，臣尝承乏于兹役，今且再至焉。视其文，比之昔益加甚矣。夫明兴百有七十余年，以人文化成天下，天下之人日相究于文，经制宣备，皇泽周洽，洋洋焉与三代同风，君术明、臣道得也。迨我皇上履纯仁，躬至德，被六艺，宪经饬礼，敷贲人极，盖焕乎有文章矣。薄海内外，罔不翕然丕变，承休光也。

矧夫南畿为我圣祖肇迹之地，鸿猷闳化，昌被人物，而丰芑涵育视外服先焉。固宜彬彬焉称盛，美四国也。然文实盛衰之机，君子惧之，何也？古之人所贵于有文者，将以饬德表行，安众轨物，杼轴乎天人之理，序正乎君臣之宜，繇之可察时变、观化成也。舜、禹之代，股肱昌言，序九功，修六府，曰都曰俞。殷周之隆，则有《伊训》《说命》《旅獒》《金縢》之言，以戴翊其世，咸有大烈，格于天地。及其衰也，实不胜其文，而化成之意微矣。

孔子曰：如用之，则吾从先进。盖伤之也。是故君子弗惧乎文也，惧乎文之盛而实焉者之或寡也。

夫实者，道之根于中也。譬诸草木，植其根焉，则枝叶之荫也远。《记》曰：天下有道，则行有枝叶。其实之谓与？或曰：文损益者，时也，而变之则存乎其人，故韩愈出而唐之文变，欧阳修出而宋之文变，盖机使之然也。曰：文以形道也，而道者所由以适于治之路也。夫苟至于道矣，文损益弗害也。变于文弗由于道，是舍经纬而纽组之，无所措矣，又乌足以语化成之理哉？唐宋之治所以不能并于三代者，独文也与？是故君子弗惧乎文之盛也，惧乎文之弗由于道而政治因之也。《传》曰：生于其心，害于其政；发于其政，害于其事。吁，可畏哉！方当天子文教之隆，尔多士勉旃，毋自虚也。

是举也，提调则府尹某、府丞某，同考则学正某某，监试则御史某。咸胥饬以事。诸曹六馆之士、督学御史臣宜所简以试者，凡四千四百而奇，试而举者，百三十有五人，遵成制弗敢过也。

松皋文集序

张治

君子之生，关天地国家之气，而其言则恒以不朽。虞、夏、殷、周之盛，昌言都俞，《伊训》《说命》《金縢》《旅獒》之书，翊戴其世，咸有大烈，德崇而身尊，功炳而言流。斯贞元之会合，而道德之极致也。自是而降，仁贤哲圣，词工学士，或穷约终其身，而达人显爵，文则不逮焉。至于父子兄弟，兼是数者以并立于一世，益又寡矣。司马迁、刘向、石奋、杨震、韩亿、苏洵之徒，各著所胜，不有兼名，盖气有所不足，物有所不齐，大美难兼，全德靡具，所受于天，不可强也。

治幼尝读近代名臣许襄毅公传，与《平番始末》《北卤三贡》诸疏，茂声元烈，震于华夏，每思见其人而与之奔走焉，不可得也。及入词林，闻庄敏学士论《易》《诗》太极之理，敻凌超诣，独立今古，而道统一疏，实开皇志。《通鉴纲目前编考》，序数十载王霸兴衰得失之故，上追麟史，岂不肖然贤豪哉？

读默斋中丞所著《九边论》，拨厮治本，裁正化理，长虑远识，经世之具也。比贰铨部，日侍于松皋太宰之侧，得观其所为文而读之，乃喟然叹曰：天下之文尽在是矣！盖世之务立言者，类事钩奇探隐，咀华撷绣，以取丰幅尺，其合于道无几焉。而公之文，纯硕博大，平易正直，稽性命之原，达事物之变。师遵六籍，旁贯百氏，其于古今疑词隐理，虽髋髀纠结，莫不取揆胸臆，虚明独照，自我心极为之宰匠，无所依袭也。奇神逸彩，掞光天汉，洒波江海，电霆蛟虬，出没万状，而殊流会归，同致于道。是故于《田蚕》，于《南郊》，于《无逸》，进讲见陈善之忠焉。于《桓台》，于《晋祠》，于《九感》，见怀古之思焉。谓学可以自殖，则《汾洲修学记》。谓名者永寿之道，则《山西按察题名碑》。明绝世之学，振古之节，则《序余青阳集》。崇允蹈笃实之功，则《序薛文清读书录》。析天人之奥，则《序革象新书》。哀吾道之不续，则《祭庄敏文》。会天地人物之理一归于诚，则《识胡靖庵年谱》。若夫本民彝物则之实，立人物纲常之极，表图象之原，穷理数之蕴，提纲挈要，简而明，信而通，则《臆言题义》。真可羽翼六经也。其若古诗近体，讴吟咏歌，大略以古之比兴，就今之声律，涵泳风雅，宪章陶谢，而触事感物，天趣独得。篇章所形，迥然性情之正，一唱三叹，有遗音也。乌乎，盛哉！

夫天地之气，窍于山川，而国之休命，基于纯佑，故岳降申甫而八士兴周也。予闻嵩华河洛之间风气佳美，川岳蟠郁，盖中土之奥区也。才哲递兴，然代不数人，人不兼德，即程氏兄弟不能一日立乎其位，无论功业也。岂非以其气之不足，而天时人事，或不能相成邪？惟公之父子兄弟并出其间，跨映海宇，而又值乎成化、弘治盈成之会，家庭师友，志学相勖，明仁义之术，修礼乐之具，名以道立，业由才成，故自襄毅、庄敏以迄于公，三执宰衡，敷流天泽，栽植贤汇以昌寿王国，垂休无穷。而文章经术，与勋业相宣，兼有昔人之胜而丕昭焉。天下无贤不肖，皆知其为昭世桢干，斯文元龟也。盖精灵之气，积久而毓，昌熙之运，浚发而会，天之所纵，岂偶然哉？

或曰：文以理为主，以气辅之，而其运则与时高下。盖天地万物一气也，其精纯粹美，流鬯百嘉，脉络条贯，无所舛错。其在于人，则所得有厚薄，所养有顺逆，故所用有善否耳。予尝侍公，见其平居呐呐，退居若无所胜，及决大政，析大疑，论榷理道，翻正居乱，则其气勃发，若洪河东下，沛然莫之障遏也。至于底定，则浮光静影，耀金涵碧，湛乎可睹，然而渊渟浩渺，莫可究止，不知所为深且远焉。盖所得者厚，故其发也盛。所养者顺，故所持也定。所关者大，故所传也远。所谓参天地，关盛衰，浩然而独存者，则其文之在天下，固自如嵩华彝鼎，灵光百世不朽也，又乌可徒以言语文字，诡然立观听者例言哉？

集凡若干卷，始弘治甲子，迄于嘉靖甲午。公仲子督府君偰校而刻之。继是而作者，当为续集也。

雩村存稿序

张治

谭子光进，以其父司正公所著诗若干什木以传。司正之殁也，进在繈褓。暨童而启曰：吾父吾不得而见之矣，得见其手泽，斯可矣。居弗豫，于食弗臧焉，有洵涕，既索其故藏，询之播诵，则蠹芸乌虎，弗复完读也。校数岁，始集为汇四，曰《南迁纪兴》，曰《登瀛倡和》，曰《金台杂录》，曰《居乡留咏》。凡此皆其所存者也，而弗存者不与焉。

帙成，以谋诸治曰：孤诚不能忍忘于吾先子也。孔子有言：言而不文，行之不远。孤不知吾先子之言之文也，可传乎哉？昭弗忘耳，孤不树，无以亢先子，而先子是忘，其罪益滋。大孝终身慕父母，杖屦杯棬，君子爱焉。孤诚不能忍忘于吾先子也。

治曰：夫诗者，人之情也，感于物而动，故形于声，声比于律之谓诗。是故君子慎其所以感而制其情，若水有防，若田有畔，故言之发也鲜有慢矣。治尝读司正之为诗也，其南还之音郁以忧，登瀛之音发以愉，金台之音缛以则，居乡之音散以缓。夫郁以忧者劳也，发以愉者乐也，缛以则者观而止也，散以缓者逸而适也。劳逸忧乐之情变于前，而音之所由以异矣。然其言无不在君亲者，忠孝之道也。夫性情之正，莫大乎仁义，仁义之发，莫先乎忠孝。故不知仁义而可以言诗者，犹舍白而采也。诗可以观，可以怨，迩之事父，远之事君，其此之谓与？

赠李蕉溪序

张治

予尝道湘中，与罗氏兄弟游焉。罗氏居江水之曲，地奥而衍，每春涨，水沿溪入，平畴成浸，则系舟庭阶前。予时与罗氏兄弟鼓枻张乐，举酒食鲜，野翠交映，上下一碧，宛然坐镜中也。罗氏兄弟与蕉溪李子秀夫，称内兄弟也，尝语予曰：蕉溪不妄言动，其中朴者也。予缘是与蕉溪游，见其貌，沌沌兮若澹。及发语辄中理解，予亦信蕉溪朴者也。既而与湘之人士游焉，莫不曰蕉溪朴者也。甲午，蕉溪卒业于南雍，南雍之士亦曰蕉溪朴者也。辛丑，蕉溪以谒选至，相与道罗氏山水之乐，予心戚戚，有湘中之思矣。无几，蕉溪授乐安丞，问政于予。

予曰：昔人有言，治大国若烹小鲜。惧扰民也。是故其政闷闷，其民淳淳。其政察察，其民缺缺。蕉溪朴者也，其于民必安之矣。盖远近不同习，而感应之机则未或异焉者，其心同也。蕉溪之朴，既孚于其近矣，有不孚于其远者乎？既孚于其士矣，有不孚于其民者乎？率素履以往，可蛮貊也，况乐安哉？

或者谓蕉溪曰：以子之所持，而仅止于丞焉，或不孚矣。蕉溪曰：丞，承也，将以承乎令以承民也，吾惧其实之不足以承也，又何计崇卑哉？盖崇卑势也，而所以崇卑之者实也。实崇矣，有能卑者乎？实卑矣，有能崇者乎？予闻之曰：蕉溪达矣。夫朴者，体也，达者，用也。朴以为体，则能使民不伪，达以为用，则能使民不欺。不伪，故其俗可厚也。不欺，故其化可久也。二者其政之大要乎？蕉溪曰：敬受命矣。遂书其言于图端以为赠。

案：余家旧谱载茶陵张文毅公治，为先十二代祖赠承德郎讳瑶字宗玉府君之婿。且相传云，府君家居，夜梦神物蟠于庭柱，翌日有童子自外来，为犬窘，急趋抱柱。府君知其不凡，故妻以女，或曰非亲生女，乃养女也，疑不能明。乃考公集得此文，但云湘中，未指其地，但云罗氏兄弟，不著其名，殊惝恍无实证。又久之，阅县志，李锺为江西乐安丞，有惠政，乃悟锺即此文之蕉溪。家谱于承德府君之婿，亦载李锺，而不言其为乐安丞，故不知即县志之李锺。以三书合勘而始明也。据此文，则文毅之非吾家婿甚明，而交谊之厚亦可想见。当时或有赠婢之事，其后遂从而婿之欤？书此以见讹传之不易明也。汝怀附记。

阳峰奏议序

张治

《南宫奏议集》，大学士张阳峰公在南宫所敷奏者也。其目之大，曰《朝贺》，曰《宗庙》，曰《祀典》，曰《学校》，曰《选举》，曰《官政》，曰《恩恤》，曰《王国》，曰《宾贡》，凡为卷若干。治受而读之，叹曰：吾楚诚多才也！明与百八十年，起家翰苑以跻于大僚者，亦不数数见。其位在宗伯，若襄阳任公、华容黎公，盖数十年而公始继焉。其位师相，典机务，则有若文定杨公、文正李公，盖数十年而公始继焉，然任、黎举寅清之职，而阙丝纶之任。杨、李入典枢密，而神人之务未亲也，而公则兼之矣。任公当肇国之初，而天造甫宁。黎公守盈成之绪，而其施弗终。文定公历事三朝，险难百折，正德之间，其难岌岌矣。当剧居难，文正有遗恨焉。

我皇上中兴，右文崇儒，稽古三代礼乐而明备之。公首侍经幄，细旃广厦，从容论说，以资启沃。及位宗伯，考古据今，以上佐典礼，君臣之际，志意孚契。言入而信，两无猜疑，故朝贺之疏爱以舒，宗庙之疏正以悉，祀典之疏明以直，学校之疏昭以达，官政之疏严以确，王国之疏周以辩，宾贡之疏辑以柔，可可否否，如盐梅曲糵，相济而成味也。其视四公，难易何如哉？夫所遇者时也，所存者道也，时之不齐，故所建立者不能以皆同。若夫纪纲国是，尽力王室，忠言嘉猷，效于当时，而文采勋烈，俟于来世，则公于四公固未或异道也。夫公之位，既兼乎四公之重，而其遭遇之良，以为行道之地者，盖有四公所愿欲而不得焉。故观于公之奏议，则其时可感矣。

或曰：天下犹治室也，佐天子而相者，犹持寻绳墨以审曲面势也。六职群辟，分理庶事，犹执刀锯斧斤以佐势也。今天子且以公相矣，公将举天下高深、长短、方圆之度而盈缩之，以指使群役，功成而无名焉。兹奏议者，条例而事陈之，夫亦犹砻斫之器也。公奚以是为哉？曰：天下之事，虽大小异势，则未有不相资而成者。规矩诚陈矣，绳墨诚设矣，而砻斫不备，群役不疾趋焉，则亦乌能以自室也？是故斧斤刀锯，固规矩绳墨之所以行也。由此观之，则奏议亦不为无助于相理矣，遂刻之。

寿少师罗峰六十序

张治

嘉靖甲午冬十有一月壬辰，实维少师罗峰六十之辰，凡从公举进士者廿有七人，时官京师，咸趋而寿公，各词以颂焉。

颂以官。乃学士道南侍讲汝璧、侍读衮、编修承序拜而曰：维公以邃学昌词，藻黼皇命，文明武宣，其气浑礴，为国宗工，可寿。乃大理丞煦拜而曰：九刑允理，以乱兹有众，不回不辟，维公之平，可寿。乃通政楠拜而曰：维公宣达宸聪，正言弗壅，谗说殄行，罔震惊于师，王泽乃通，可寿。乃给事中进第拜而曰：防口若川，溃用潺湲，维公导之，俾于昌言，邦有司直，可寿。乃御史有本学孔朝用行中惟恕钝拜而曰：昔公之总邦宪也，举直错枉，弼善正失，百度以贞，仪轨弗忒，四方是则，可寿。乃天官员外郎臬拜而曰：公宅百揆，贤者进焉，不肖者退焉，矜严成宪，谅如衡石，可寿。乃地官郎中仲琼檄拜而曰：维公念民，蠲逋时征，远近贡篚，实均实盈，厥爱之宏，可寿。乃春官郎中顼、主事介拜而曰：维元后秉礼，以孝出治，而公相之，謇謇谔谔，惇典常定，国是大猷，乃从忠德不贰，可寿。乃司马郎中锓拜而曰：昔者公贰圻父，爰叶台极，简稽诘禁，王旅惟式，边戎弗靖，既威以绥，维公之谟，可寿。乃司寇郎中梧闾叶、主事江山奎拜而曰：平亭谳狱，维公恤之。民繁其辜，维公释之。邦典乃钦，维公之仁。可寿。乃司空郎中渠、员外郎傅拜而曰：维公下理坤道，上和乾元。帝心宠忠，晋锡骈蕃。宝纶贞义，翼翼桓桓，其祉孔安。可寿。

乃赞善治从诸子后拜而曰：天地䜣合，以生百嘉，其道不息，万物乃成，然而无能名焉。君臣保乂，以熙百志，其化无疆，万民乃成，然而无能名焉。我圣天子缵有大命，向明立极，而公之奋庸，适会昌纪，力赞讦谟，爰定大典，同志合道，若符契焉，岂偶然邪？既而跻公台辅，秉国钧轴，公乃密勿万务，以斡运化枢，四序宣流，功成亭毒，天下盖不知其功，而公亦不自以为功，孰得而名哉？然而社稷安焉，生民休焉，声光流于无穷，而公卒不能掩，是则公之所以为寿也。《诗》曰：乐只君子，邦家之基。乐只君子，万寿无疆。其此之谓与？

乃诸子退而贺曰：昔昌黎、紫阳之举进士也，凡与同录者，至今可考见焉，所托然耳。然则从名辛巳之录者，将不托公以寿于永世乎？可以自庆矣。遂命治次第其言，为序以献。

晋昌荣哀录序

张治

《荣哀录》，辑公卿大夫士诗凡一百二十有一篇，文凡九篇，事状、志、铭各一篇，皇帝谕祭文一篇，公卿大夫士吊祭文凡八十有五篇。中丞邵阳六亭唐公应韶录成帙，攸陈子惟顺谋诸梓以传。乃示茶陵太史治。

治曰：噫嘻盛哉！有劝之道存焉。昔沃州公之举于乡也，父死恸呕血，母死恸复呕血。及佐庆远，不两月而卒。盖天之未定也，有余不尽之泽，乃大振于六亭，有植槐之遗焉。非仁人能如是乎？故读大夫士内艰之释，庆远之篇，与状而志焉、哀而祭焉之词，可以劝父矣。六亭为御史陟贰京兆，母王恭人俱奉以随，绥此百福，底于令终，有晋国之荣焉，非有德能如是乎？故读公卿大夫士称寿之释，萱日之篇，与哀而祭焉之词，可以劝母矣。初，六亭居京兆，以母恭人久于邸弗怿，欲奉之归，乃具疏以请，诏许之。及恭人之没也，锡之谕祭，嘉宠用昭，有湛露之仁焉，非圣王之以孝治也，能如是乎？故读公卿大夫士送母之释，与天子锡谕之章，可以劝臣矣。六亭之籍于仕也，以使于四方，命用弗辱。以茂邦宪，邦宪其贞。以丞畿辅，畿辅用乂。以抚于蜀，蜀人罔弗靖。以总于风纪，风纪维肃。是谓能成身以成其亲，有不匮之善焉，非君子能如是乎？故读公卿大夫士荣生哀死之言，可以劝子矣。

为父者劝，斯天下知义矣。为母者劝，斯天下知慈矣。为臣者劝，斯天下知忠矣。为子者劝，斯天下知孝矣。义慈忠孝之化行，而天下有弗治哉？是谓王道之本，故曰有劝之道存焉。《记》曰：夫子之得邦家也，绥来动和。其生荣，其死哀，此之谓与，此之谓与？扬六义之华，以侈百禄之盛，具焉尔已矣，非荣哀之实也。

楚潭世惠序

张治

嘉靖甲午秋，御史按楚者当代，台臣以闻。天子曰：俞，四方之疆，惟楚为巨，其慎择以往。台臣以章山沈子应命。沈子乃谋于内史氏张曰：四方之疆，惟楚为巨，予惧予力之弗胜也。治曰：御史者，人主之耳目也，惧弗惠，弗惧弗任，惧弗和，弗惧弗威，徒淫逞之而民休戚弗省焉，其犹壅蔽与？昔闻子之治番禺也，政循循与物妪育，民乐而安之，恒迪兹。虽天下往矣，何有于楚？盖民安则不思弊，弗若其性，维弊之，厘也益弊已。

沈子按楚，乃求民疾苦，若植弱树善，扬德平俗，抑强饬蛊。既期，百度具和，自是楚欣欣然乐生也。潭夙寇傅万受者，鸠众恃险，褫民肆劫，人弗有宁宇，积十余年。沈子曰：患寇若疽，若腐败弗决，虽有善药，弗可施也，元气其伤。乃以谋于巡抚中丞瞿公曰：兹维予志，其协举之勿疑。疏以请。天子曰：俞哉！维尔抚巡其徂征，踣厥顽丑，柔惠是驯，予德用舒。于是誓众布方，诹日命师，谓参议刘子思曰：给兵饷弗匮弗滥，维尔！谓佥宪张子素曰：严厥用命不用命，以底于成，维尔！谓都指挥潘子玙曰：节士兵俾勿虐于良，耀武督陈，以襄厥功，维尔！谓潭守李子日章、倅刘子安曰：募饷置谍，练勇佐备，度机与宜，以协厥猷，维尔！四月治兵，五月往伐于柳林，六月而凯旋。凡馘者若而人，俘者男女若而人，抚者男女若而人，燔祟削险，是拔是辑，潭民诵休焉。捷闻，天子曰：都！维予有臣，畴允大邦，以惠朕人，厥劳孔嘉。乃赉之金币，锡命用章。

张子、李子使人谓治曰：昔者章山侍御之先大夫柏轩公宪于楚也，勤事于潭，潭之民复籍惠焉。子，潭之产，且职史，其敬述之以告乎潭之人，俾世世不忘乎沈也。治曰：有世德者则有世报，报莫大于忠孝仁义也。章山之兹举也备之。服君事忠也，绳祖武孝也，勤民仁也，去残义也。夫四者固柏轩公之所以遗也，遗之而能昌也，其为报也，不亦大乎？章山复以是遗诸其后，而后之人复昌之焉，则沈氏之泽殆无穷也，独潭尔哉？《诗》曰：孝子不匮，永锡尔类。作《楚潭世惠》。

赠胡子别

张治

张子治与胡子游，胡子问曰：政教异施乎？治曰：天下无二道，民性异齐乎？曰：天下无二治。胡子曰：演之教也，始于承，终于茶，尝有志于化矣。往之摄于攸也，兹且令于循，其将志于理乎？然俎豆之不能为敲扑，亦敲扑之不能为俎豆也，而谓无二道，何居？承民扬，茶民朴，攸民浮，循民悫，故治有难易，若力田，饶硗异耕焉，若服马，驯悍异驾焉，而谓无二治，何居？治曰：教也者，效也。政也者，正也。孔子曰：子帅以正，孰敢不正？政莫不为教矣。孟子曰：人伦明于上，小民亲于下，教莫不为政矣。百昌杂糅，天不异生焉，地不异养焉，圣人不异成焉，故曰曲成万物而不遗。是故合政教之谓诚，诚斯达矣。同万物之为大，大斯化矣。曰有道乎？曰道莫章于规轴，规轴莫大乎四时，故达于春者，其教柔，其政惠，其民愉，其化舒。达于夏者，其教章，其政详，其民畅，其化广。达于秋者，其教辨，其政廉，其民畏，其化入。达于冬者，其教贞，其政肃，其民固，其化久。故达于四时之谓法天，法天之谓合一，合一之道，可以教，可以政，可以齐民，可以成物，是故谓之全人。胡子唯唯。

述知

张治

述知，述所知也。曷知乎？有父子之怀焉，有师生之贞焉，有兄弟之懿焉，有朋友之丽焉，有离合之悲焉，有进退之感焉，有穷达之戚焉，有荣辱之形焉，有喜惧之悬焉。

弘治壬戌，壶山先生来教茶陵，治惸惸然困于蒿藋，弱弗树也。先生曰：斯材者与？弗植其不免樵竖乎？无乃废天之良，予尔植，俾于成，予则有休。昔予先君子之教丽水也，乃造多士，予曷敢堕厥志？尔迈实嘉予哉！饥，先生曰：予其尔谷。寒，先生曰：予其尔衣。及冠，先生曰：予其尔弁。及室，先生曰：予尔卜，翼覆妪育，浮于怙恃，昭苏攸藉焉。斯父子之怀也。治学弗深于苴，训弗诲于梗，视古大狃，龂龂然据弗变也。先生曰：是衷之疆乎？诱之可以跂于理，质姿岩弗柔，视世故棘棘然，弗欲胣志以降其趋也。先生曰：是虑之发乎？裁之可以和于义，道弗牵焉，强弗抑焉，开弗达焉，檃度矫掖，十年而反之道，斯师生之贞也。先生命诸其子曰：尔锡，尔章，尔衢，其倾于尔治，式相好以友，弗维同，斯兄弟之懿也。复命曰：尔治，尔锡，尔章，尔衢，其相观以善，毋燕朋是昵，毋燕辟是游，与益同事，罔弗兴，与损同怀，罔弗隋，斯朋友之丽也。

正德己巳，先生陟长沙，甲戌令兴赣。丙子治举于乡，庚辰举于南省，辛巳服有官。乃典史局，乃赞宫秩，先生已退居玉融矣，廿有余载。风梗蓬飘靡定也，斯离合之悲也。先生之为教与政也，已诚而明，大小曲离于范，急病逊夷，任怨不惧，故物作而虑成，时乃不哲，偃仰弗表，括而藏之，以葆其贞，其知幾矣，斯进退之感也。汝吉以书来曰：龙骧蠖蛰，异时与？梁丽编苇，异质与？干邪铅刀，异能与？施孟异逢与？竽瑟异尚与？何子以斧藻天下，而予弗蔽其躬哉？斯穷达之戚也。又曰：一贵一贱，交情乃见，盖贵贱悬诸势，而休戚系诸情，子休予则休子，予戚子宁弗戚予乎？斯荣辱之形也。

己丑，先生寿六十，辛卯，林孺人亦寿六十。庆弗能致洗腆，隙驷受谢，今昔靡好，能无怀乎？斯喜惧之悬也。夫父子兄弟者，恩之系也。师生朋友者，义之纪也。离合、进退、穷达者，迹之异也。荣辱喜惧者，情之昵也。情爱而易博，迹流而易旷，恩义之至，情莫亲焉，迹莫近焉，何则？恩者仁之泽，义者道之域也。仁道相考，故动弗苟。动弗苟，故久弗夺。久弗夺，故疏远弗间焉。是故宣德考众，则父子贞矣。作率庆士，则师生允矣。若彝昭信，则兄弟恒矣。辅仁敦德，则朋友敦矣。遐善协众，则离合一矣。章约思纯，则进退经矣。正志白道，则穷达同矣。物入不竞，则荣辱通矣。委顺缘督，则喜惧常矣。

《诗》曰：心乎爱矣，遐不谓矣。中心藏之，何日忘之？《易》曰：二人同心，其利断金。同心之言，其臭如兰。仁道之谓也。索情而徇迹，疾异而勤昵，比焉耳，则又恶贵乎知？撰《述知》。

寿何燕泉

张治

嘉靖甲午正月十日，维燕泉何公六十有一之辰，公之子乡举士承矩、伻来以书谓治曰：方也庆，维我家君享有兹多寿，实荷天之庥，子乡知也。其亦知所以寿之乎？即然，则方之庆也，乃倍恒性。治受简而惧，然弗敢辞。乃敬拜手言曰：天地之寿，不息焉尔矣，非高明博厚之谓也。君子之寿，弗朽焉尔矣，非期颐耄耋之谓也。是故大寿不齿，然而燕泉公有寿之大四焉：曰家寿，曰国寿，曰天下寿，曰万世寿。家寿之谓孝，国寿之谓忠，天下寿之谓仁，万世寿之谓贞。夫四者，谓寿之大也。

何氏自公某而下，萌和发庆，以翼物长世，而公乃克承厥武，秘秘然掀蔚葰起，以震乎无和，世德作求，有不匮之则焉。斯不谓之孝矣乎？昔公之在职方也，兵纪是协，使于西圉，戎事用辑弗斁，有北山之劳焉。其在太仆也，以考牧畿甸，而騋牝三千，匪慜匪逸，有在坰之思焉。其贰天官也，以正典礼，而国是是主，王度用贞于彝，有匪躬之节焉。斯不谓之忠矣乎？其参夫河南之政也，来旬来宣，以敷厥惠泽，乃究汴民咸休，有江汉之宁焉。其抚于滇也，滇弗靖于夷，公用戒戎作，以遏蛮方而山石号兵，白蟒飞遁，滇民永绥于治，有折冲之筹焉。至于备兵之编，恤刑之书，爰囿百物，以洽至和，斯不谓之仁矣乎？《易》疑初筮，表真象也。《余冬序录》，尽物理也。闲日分义，征事变也。委心不渎，返真乐也。至言粹义，旁开圣则，人纪用章弗绝，有卫道之功焉。斯不谓之贞矣乎？

是孝则家之寿藏焉，而为子者立矣。忠则国之寿归焉，而为臣者备矣。仁则天下之寿藏焉，而为政者固矣。贞则万世之寿托焉，而为教者永矣。夫四者之谓寿之大也。《诗》曰：乐只君子，万寿无疆。其此之谓乎？是则所以寿公也。若夫共摩挲铜狄人，以与松乔比龄焉，抑末尔，恶乎寿？伻来请以复于承矩，承矩以为然否？

愿乐亭序

张治

湘东中丞罗公既致政，归隐于潭之柳坪，结愿乐亭以自怡焉。治曰：可以观德矣。夫乐有二道焉，己为世乐也，世为己乐也。章志白道以泽万物，万物时育，己也有不为世乐者乎？忘情释虑，以游万物，万物时融，世也有不为己乐者乎？己也为世乐，故君子之进也重焉，不然有能为世乐者乎？世也为己乐，故君子之退也安焉，不然有能为己乐者乎？故重而后能民不失望焉，安而后能得己焉。能得己之谓信，能不失望之谓顺，能信顺之谓有德。公谏而谔谔焉，旬宣而愉愉焉，总宪度而秩秩焉，世莫不乐之其进也，不亦重乎？及归而隐于潭也，于于焉，愉愉焉，与乡之人相忘于贤愚贵贱，且以为慈母焉，且以为婴儿焉，机忘嗜淡，以乐乎世之化，其退也不亦安乎？持信顺之实以游乎二乐，谓非有德者能然哉？故曰可以观德矣。

昔谭端洁公居昭潭，属世弗靖，崎岖兵戎，卒不得首丘其间。李文正公家京师，有岳麓之怀，而不能遂焉。夫公之进也，能与二公同其重，而二公之退也，不能与公同其安。同不同，其有数乎？公名亭曰“愿乐”，非有感于是邪，非有感于是邪？

湖南文征　卷二十八

序四 明

律吕经传全书序

蒋信

六籍厄于秦，古乐亡久矣。炎汉之兴，遗经渐出，虽《乐记》一篇《戴记》存焉，然亦非乐经正传也。兹《律吕经》者，吾师甘泉湛翁，年望九十，隐居樵山，拟补古《乐经》为之者也。传者吾友吕巾石氏，心悟图书，遂达律吕，因而推衍为律吕古义者也。翁之经以律吕为本，以长九寸，空围九分，积八百一千分，为黄钟之律。虽未尝睹古经，然律以和声，本之《虞书》，正五音必由六律，征之孟子，则以补《乐经》，不可易也。巾石之传，推十二律，五声徙宫纳音之制，悉本天地、阴阳、五行、六气、自然之变，而不假夫丝豪人力之为。虽其自为一家言，未尝预见翁书期与之合。然大本大原，同归律吕，固已若尝相与订正一堂，至其纵之横之，分之合之，错综发挥，以尽其变化之妙，则声律精义，前儒或求之而不得其端，或得其一二，而未究其终始者，皆有以发之，竭尽无余。其于翁之经，真犹栋楹榱桷之于屋，轮辐盖轸之于车也，其当为传又何疑哉？

夫自兹苟有伤古乐之湮，取信于经，因考之传，则夫二变六十调八十四声之失，与夫近世黄钟三寸九分高下反易之谬，固可一朝而尽挥之矣，则夫兹经传之合也，固翁之意也。夫圣人感通神人之用寓于乐，作乐之道，尽于律吕。律吕者，天地自然之和，托器而传，待数而显者也。程伯子尝有意焉，弗及为，待翁而继其志。兹传也者，又非以继翁之志者哉？

或曰：乐之义微矣广矣，经与传宜若是同与？曰：心学者，千圣万贤相传以尽性至命之矩，犹之正五音之六律，为方圆之规矩者也。故察玑衡，同制度，舜不待诏之尧。开明堂，兴礼乐，周公未尝求之古者。以其矩同也。巾石氏非尝亲炙翁而早得其矩者，夫矩同则其心同，心同则其同也独声律已哉？故曰不闻性与天道，而语制礼作乐，末矣。

送覃生归辰阳序

蒋信

辰阳覃子汝靖将归，诸同游弗能留也，请辞于予以志别。时覃子亦请益不已。夫诸子之请，重覃子之去也。覃子之请，重其去予也。予于覃子独无所重乎哉？

顾覃子之从予游，盖已数月，凡可以告覃子者，予既无所于爱，而覃子亦且知其为糟粕矣，复何赘哉？且夫天下之俗，其患在于莫有以倡之也。今之时，子信以为既有以倡之者乎？倡而弗应，耻也。子之超然而思以自奋也，其将应之也乎？孔子一倡，而当时应之者盖非特数十人而已也，其得免于倡而弗应之耻同也。子以为同得圣人之心也乎？夫凡得与于孔氏之门者，其自谓顾若有以得其传矣，然语得圣人之心者，卒无几焉，子且以为何欤？孔子而下，嗣而应之者亦略可数，其言语则皆未必同于圣人，而其传卒不异也，子复以为何欤？然则生圣人之时，而苟弗得乎圣人之心，虽谓之弗应可也。生圣人之后，而苟有得乎圣人之心，虽谓之亲见圣人可也。子将为应圣人者欤？试以吾言思之。

送辰阳三子序

蒋信

惟岁乙酉正月，辰阳高子子渐、胡子幼复、宋子子常、宋子子诚将归，共请益。顾某方多事，且舟子弗能待，各怅怅而别。逾数日，高子为请，且欲某各针其病。某拙医也，何能为役？虽然，抱沉疴痼疾之为患，昼度夜思审察其标本，而斟酌其针砭之宜实久矣，曷敢不尽于知己者？

夫病为天下患者二：利禄也，仙佛也。士之病于利禄者，营营而思，汲汲而求，戚戚而忧。得失荣辱临乎前，则又恐恐然丧失其神守，若或褫其魄而夺其性命。其求之而终无得也，则俯首丧气，对知己而叹息，视乡人而羞怍，仰顾畴昔与游，得志于一旦者，真如驾虬轰电，遨游乎九天之上。其或幸而得也，则志气洋洋，极情于声色，倾抱于樽觞，自谓道在是而他不知也。此利禄之为病然也。若夫溺情于仙佛者，实迷其途，而自谓已得其门，实失其宗，而自谓独究其极。圣人之言本近也，凿之使远，而入于空寂窈冥。异端之说本滞也，强之使近而附于纯粹精确，以为长生久视，出离生死，为真度脱苦海之要诀，而不知实陷于害仁悖德之归。至其驱天下高明之士，展转迷惑，颠倒于中，老死而鲜或自拔，其为罪又孰甚焉？此又其病于仙佛者然也。

是二病者，某尝兼有之。盖其始第病于利禄而已，本无仙佛之病。为无知识，而误服其药，故无病而反致病。今幸审察其标本，亦既得所为针砭者矣。然则三子者，谅不无病也，而亦岂逃于二者之外乎？高子悚然曰：闻教矣。然而三子之病，得无异哉？胡子幼复、宋子子常，病利禄深矣，自今而急攻治之，吾审其必不仙佛也。宋子子诚，知利禄之病之为痛矣，自今而尽去之，吾尤疑其或仙佛也。然则何以为三子针砭？夫病之不同者标也，其同者本也。三子深思其病，本斯得之矣。

云门谢侯政绩序

尹尚宾

嘉靖癸巳，云门谢侯以刑部主事出佐茶陵，浃岁政通名流，上下孚悦。巡抚中丞三山林公嘉乃攸绩，举行奖劳，以励有众，二三僚寀咸欣欣有荣色，奉以周旋，索言于予，用彰厥典。予受简叹曰：是乌足以尽云门之长乎？予于云门，饮芳于乡曲之誉，觌德于同朝之好，盖知为天下豪杰久矣。当其解内补外，宾也得与祖饯之末，一时朝士大夫，识与不识，皆曰云门雅望，刑曹美秩，茶陵僻地，处非其据。啧啧称屈，问遗慰藉，冠盖旁午。云门若不与焉，是予之知云门，非私情，实公言也。越明年甲午，予转职贵藩，便道回茶，云门之政，得以目击而躬逢之，询诸故老，佥曰：贤哉谢侯！法严而听明，威立而爱普。旌别有方，风声树焉。催科以时，民瘼撤焉。宿奸稔恶，不动声色，一举而涤除之，民是以宁。贤哉谢侯！予闻而喜曰：有是哉，云门之政乎！

尝惟办天下之事存乎才，烛天下之幾存乎识，定天下之志存乎节。才者学之力也，识者学之充也，节者学之桢也。侯有硕学，函养深于真积之久，谙练熟于操虑之余，是故才如利刃，无弗割者矣。识如县镜，无弗照者矣。节如精金，无克渝者矣。才、识、节三者，天下之难能也，而侯实兼之。膏沃而光灿，根深而枝茂，固宜施于有政，章章如是也。中丞公深嘉而乐与之，不亦宜乎？异时龙见鸿渐，崇职膴跻，治茶之政，达之天下，勋烈德善，与天下豪杰相颉颃，则予之所望于云门者，将不在兹乎？将不在兹乎？

诸僚寀唯唯，请书诸帛，以征于后。

益阳龙洲书院志序

李棠

龙洲七子集《龙洲书院志》成，益阳令瑞亭刘侯以授之棠。棠得而阅之，志之于形胜、宫室、礼制、艺文、典籍、器用之类，书院兴创之由，论之备矣。棠何言乎？然窃有感焉。尧、舜、禹、汤、文、武、周公、孔子之道，传之孟轲。轲之没千数百年，而后有濂溪周子，得不传之学，上以续尧、舜、禹、汤、文、武、周公、孔、孟之统于闻知之余。然后河南二程氏有所师承，传之朱、张，讲道于岳麓之间。湖南道学，一时为天下宗，书院之兴，于斯为盛。自是理学大著，渊源不绝，先圣之道，赖以不坠。学者因以常见圣人之心，明乎心性诚明精一之旨，折衷乎百家众说之是非，而知所以修齐治平之术，而不惑于权谋异端之习。虽世有隆污，道有升降，未能尽明乎圣人之道，然贤者识其大者，不贤者识其小者，有志之士得以闻其余绪，以淑诸人，以传诸后，则岳麓讲善之功，而道林羽翼之力，为未散之瓣香也。

道林后濂溪五百余年而生，湖南学者得亲承其指授，以远溯濂溪之渊源，此刘侯所以创龙洲书院之意也。昔者孔子能言夏、殷之礼，而伤文献之无征。七子之为是志也，文献足征矣，抑思有以维之而信之笃乎？形胜非以适意也，宫室非以便游也，礼制非以饰仪也，艺文非以资辩也，典籍非以侈观也，器用非以备物也，志其实而已矣。君子造端夫夫妇，察乎天地，自洒扫应对至于穷神知化，不外乎人伦日用、事物之常。食息起居之微，而莫非圣人诚明精一之蕴。伊尹乐于畎亩之中，颜子不改于箪瓢陋巷之间，道可须臾离哉？

道林先生三请而后至，示以心性之学，而又为之记，加意后学之心至矣。学者志其实，可不于尽心知性之学求之乎？遵其所闻，行其所知，默识于为己之地，而戒慎于独知之时，达而尧、舜、禹、汤、文、武、周公、孔、孟之道行，穷而尧、舜、禹、汤、文、武、周公、孔、孟之道明，进以之治人，退以之修己，志斯实矣。形胜以之益奇也，宫室以之益崇也，礼制以之益定也，艺文以之益精也，典籍以之益详也，器用以之益明也，可以言志矣。后之视今，亦犹今之视昔，不有以继岳麓之盛，而称湖南道学之宗乎？刘侯之功大矣，此七子之所以成是志也。

夔夔赘语序

李廷柬

夔夔先生少负经济，晚始拜官，具训我宁士。司训饶讳棨，号夔夔。余幸而获侍，且叨酴醑六籍，洞穿百氏，已为未易及。至其奇气疏节，振拔而不可抑顿，高怀雅思，夷旷而莫或揽结，尤为未易及也。间尝触物赋诗，短至数言而止，长至数十言而止，古风近律，层见错出，汇且成帙，进余谓曰：诗岂在多？一烝民而物则具，言性者卒归焉。诗岂在多？余惧其语且赘也，故名，子盖为我既心熟谛，无徇长、无护短，可乎？

余曰：辞烦而理失之谓赘，事核而理得之谓详。余习见先生之为诗也，沨沨乎尔矣，风肆以好也。洋洋乎尔矣，音疏以越也。耳耳乎尔矣，节穆以舒也。棣棣乎尔矣，思适以和也。核而靡烦，得而靡失，是详也，非赘也。虽然，孔子翦截诗芜，仅余三百，卒未始自挂一词焉。诗果夫子之未能邪？抑诗就删矣，删之而复附益之，是使后人而复删后人也，将鉴是而自止邪？其然，夫子已尝疑其赘矣。唐之老杜，论者至以圣名其诗，乌乎，少陵果圣之诗者欤？或未之能圣与？世无夫子，名之以圣，无惑也。世有夫子，少陵宁保其无一赘语就录无恙与？后之作者，万万不如夫子，亦未必一一能如老杜，类皆实不足而有侈心，强探力索，刻削雕镂。一字之巧，津津然扬之，惟惧夫人之莫已知也。百字之谬，罳罳然盖之，惟惧夫人之或已觉也。讵知人之起而揄揶者，纷乎其后也哉？噫！此世之所以鲜能知诗，与深乎其诗也。先生诚然于诗达矣，尤觫然焉，若有以甚夫子已尝之疑，怀老杜尚不免之惧，噫！此先生之所以为能知诗，且深乎其诗也。未审其核而疑其烦，未诣其得而意其失，是犹反狐裘而衣之，嗤其文采之弗都也，虽谓之赘也亦宜。

赠一溪习长官归致序

萧禹臣

嘉靖戊申春，予以三甲循资出宰遂宁。先期，遂之吏书迎于湘阴之浒。予备询官于遂者，佥道一溪之贤，然未识其面也。及入境，一溪郊迎于三十里之外，遂得接其面，见其貌朴，其质醇，而未知其心也。既而相处逾时，则见其行己以恭，接人以诚，事上以敬，御下以宽，且安常守分，无忌无刻，乃知其心之忠厚也。若一溪者，诚贤乎哉！庚戌岁，例当大朝，一溪以年老得休，朝觐之制，余皆入籍，惟老以礼致仕焉。我国家优老之典，不可不谓之重矣。然则一溪之去，其视贪污不职者为有间矣。

邸报至而一溪闻之，略无愠色，乃自言曰：吾不才，窃朝廷之禄，其尸素也久矣。乃今蒙恩以老去焉，吾愿足矣。尸素之责免矣，岂非不才之幸也邪？

予闻之，益知一溪之能知止而安命，心无虞而身无辱矣。一溪诚贤乎哉？夫今之为仕者，知进而不知退，知荣而不知辱，规规于声华势利之中，以致于大坏极败而始终不保者多矣。一溪之官，虽不足以售其志，然以老得归，优游林下，啸傲烟霞，且贤子贤孙斑斓日集，无不可乐者，其视彼果孰得而孰失邪？一溪行矣，邑之士人尚多惜之。去之日，百姓之拥送者如蚁，又得见一溪得民之深者矣。一溪又何愧乎？乃序其言，更酌以酒，以为一溪饯云。

钦赏元功序代王东蒙作

萧禹臣

潭西宁去治三十里，山势险僻，盗窟穴其中。椎埋贼杀，走死地如骛，急则拥兵阻阨，蠕选观望，其来尚矣。嘉靖甲午，势益猖獗，郡守海楼李公，自襄迁潭，首诏父老而语之曰：民欲其字之也，胥欲其沛之也，系民不武，屯胥不威，故君子之为政也，惧其系民以树功，屯胥以小惠也，先教泽焉。谚曰：狐埋之而狐搰之。是以寡成功。予既子之，勿庸杀之，政也。殷之余民弗宾，武王诏之，岂以其故贬王邪？渤海之盗蜂起，龚遂安之，岂以其故损重邪？乃檄山谷户喻之，俾自新，盗兹悔悟，敛戈藏甲，莫敢以逞，民咸用康。未几，海楼入觐，盗复滋炽，罔有悛心。海楼归自京师，复诏父老而语之曰：寇欲其击之也，奸欲其殄之也，牧寇曰残，长奸曰贼，故君子之政，惧牧寇以丰乱也，长奸以毓殃也，先斧钺焉。《语》曰：为虺弗摧，为蛇将若何？维终非眚，不可不杀，政也。世儒暗于大较，猥云去兵，君子以为从而违，智者曙于大体，兴师去暴，君子以为逆而道，乃驗师徒，躬犁扫之，俾无遗育，民始去汤火，稍拂拭疮痍，用息肩田野，而宁大定。潭之邑，远近率捍蔽焉，厥功茂哉！中外台省，廉得其实，具疏以闻。天子曰：俞！功懋懋赏。玺书褒嘉，优之金帛，诚异数也。一时缙绅大夫士庶，凡以能鸣者，声诗纪歌，无虑千百，以为海楼颂。

予承乏具员潭佐，逷观厥成，僚友陈子愚庵、刘子励斋、钱子石峰，佥谓王子学孔，宜有言，且予辱海楼年末，不获辞。谨拜手稽首而言曰：猗与休哉！我圣天子劝功之典，我海楼公遭际之盛，诚千载而旷见者也。夫赏以酬功，古昔帝王所以奔走豪杰者也。是故三命之锡，必先于文人，车马之蕃，数赉于康侯。厥功有由然也。上下孚而德业成，劝赏昭而人心悦，以此毒天下，其无虞矣。予尝疑仁者不必有勇也，言威克厥爱之难也。今观海楼抠附其民，时饥寒而衣食之，呴呴焉不异慈祼之于赤子。及其临事奋发，搏盗贼而磔之野，又何其闳毅而倜烈也！然则来明主之知，而膺宠渥之至者，夫岂幸致者哉？

予窃为海楼击节叹赏不休，而海楼辄不自怿，曰：是非得已也，诸君子其谅之哉！夫儌功以蒙赏，窃赏以自多，君子所鄙也，诸君子其谅之哉！盖其器识宏达，已得于养静之素，而冲虚谦退，视民如伤，有不忍以一日置者。养盛而无欲，见大而忘小，微彰柔刚，万夫其望，岂与琐琐者争衡哉？於呼！是可以观德矣。《书》曰：谦受益。《易》曰：有功而不德，厚之至也。若海楼者非邪？他日海楼秉国之钧，文武是宪，世执其功，与日月上下争照耀，而其冲虚谦退之心，亦将以为其分而不足多也，矧一潭之区区者哉？兹不佞，遂书以识之。

赠子峰陈公祖荣膺旌奖序

萧禹臣

国家之元气在生民，生民之休戚在守令。盖郡县之制，仿于古之乡遂，而守令之职，即古之所谓乡遂大夫也。是故守令之重于民，由今稽古，未之有改也矣。惟我皇上，稽古宪天，敷德宏化，乂安海内，尤重于守令之选。岁辛丑，吾潭守缺，铨曹请以子峰陈公出补之。制曰：可。公膺简命至，一法制，重防范，慎俭约，勤抚字，戒催科，明礼教，接属以礼，驭吏以信，御下以恩。讼无冤狱，案无留牍，平以济允，诚以秉公，廉以养威，静以敦德。三月而民信，逾年而民乐，又逾年而民熙熙然，自以为获慈母之庇。乃相与颂之曰：呴吾民不忍伤，裕吾士不忍戕。萎枯以膏，燠旸以醒，惟公之惠。清泉自酌，冰蘖是持，廉隅匪饬，壁立不移，惟公之介。非敲非撼，魁豪坦缩，非甬非距，鬼蜮抵蹙，惟公之能。夫惠者仁之著也，介者义之定也，能者明之克也。惠惟仁而民爱，介惟义而民信，能惟明而民服，允若兹，厥惟懋哉？

惟时南渠史公按部于兹，遴其治平第一，乃荐于朝，而旌贤之典昭焉。自是台章交上，公将不久于潭矣，其僚友东逵林公、松山胡公、静所郑公，目击其休，征文以侈今日之盛。

顾予小子，何能揄扬其万一也？窃惟潭之为郡，介于湖楚，地瘠民繁，号称难治。近之称善治者，如丰山之刚正，垒峰之果断，海楼之清慎，卓乎不可尚矣。以今观于子翁也，有丰山之刚正而浑雅过之，君子曰：其古之刘文饶、叶梦鼎矣乎？有垒峰之果断，而缜密过之，君子曰：其古之黄次公、廉叔度矣乎？有海楼之清慎，而明作过之，君子曰：其古之杨伯起、赵阅道矣乎？《书》曰：沉潜刚克，高明柔克。《诗》曰：不刚不柔，敷政优优。公之谓也。公其进于三代矣乎？而末世之循良，固可以见公之政，而未足以观公之深者也。盖君子之身，礼乐之器者也，政教修而刚柔济，礼乐之用行矣。礼乐之用行，而民思服，誉望隆，世道其攸赖矣。

今上方励精中兴之业，而抚理承化之臣延伫以思久矣。公入坐黄扉而握玉铉，以大究厥施于天下，则天下之民颂公者，犹夫潭也，独潭之利也乎哉？

赠张凤山九载秩满考最序

萧禹臣

皇朝稽古定治，崇化励贤，于是立之学校，联之师儒，以教天下之士。然师儒之职，非科贡之英者不与焉，秩虽卑而任实重也。逮我皇上崇正学，嘉惠生徒，诏应贡者以精拔试于大廷，取其尤者以分教天下。岁甲午，我凤山先生适与是选。先生浙西湖州彦也，世以儒起家。先生少而颖悟过人，长而就学，日蜚英誉，著名两浙者有年，众咸以公辅器之。屡举不第，遂以次贡于京，遵新制也。时试礼部，对大廷，俱第一。先生之名大振于京师。或劝之曰：曷就监以俟再举乎？先生曰：吾少而失怙，赖母氏教以有成，得升斗之禄以养足矣。遂入选，授长沙县学谕。

长沙古潭州邑，旧称文献，近以教残习靡。先生至则端轨范，饬规度，严课程，正文体，敦士习，多士翕然师宗之。自是士习丕变，文风益振云。时兵宪、郡守咸重先生之教，聘先生为岳麓书院长，隆以师礼，择合郡士之尤重者，命先生教育之。先生益加砥励，启多士以朱、张之学。后立为文会，以身先之，寒暑不辍，士类有成。丁卯、庚子、癸卯，出其门而登乡荐者凡若干人。先生作人之功，于斯足征矣。兹以秩满九载，制当赴部考最焉。

或者曰：先生之才充养完粹，先生之学该博深邃，先生之心真实无伪，先生之守始终不易，而且笃于孝友，诚于接人，勤于作士，当道知其贤而上其最素矣，乃不获迁异陟，竟坐寒毡而迟迟于九年之久，意者其未定之天乎？愚则曰：先生以清才雅望，宜居禁苑以黼黻皇猷，而竟为亲屈，暂就学博，其不协于先生者多矣。方今主上茂昭彝典，聿新制作，精储俊乂，弗拘常资。先生行会逢其适，考最铨曹，预兹重选，他日坐黄扉而握玉铉，以所作人者霖雨天下，夫固先生之所优为者也。然则今日迟迟其迁转者，谓独无意乎？

先生行矣，先生作人之功，著在岳麓，当与朱、张并垂不朽。独惜乎先生之去，吾潭之士失所依归也。佥曰：然。遂次第其说，仍相与酌酒，祖先生于湘水之上。

德政宏敷序赠茶陵曾守

萧禹臣

皇上懋昭典则，远览古今，惠养元元，重兹守令。盖守令为近民官，而固邦谧本，维民实先焉，崇治体也。嘉靖越二十有四祀，吾楚旱甚，民不聊生，当道闻于朝。上不遑寝食，诏有司其赈恤之。维时吾茶守双溪曾公，忧切民隐，先食具备，茶民赖以复苏。柱史山泉伊公，闻而嘉之，乃疏于朝。上曰：都，其良二千石矣乎！乃锡玺书旌异之，加俸一级，遇缺铨用，盖旷典云。茶之人士相与赓歌，以侈一时之盛。李子嘉望，乃叙美德四、善政十，列其目而引其端，遂使至潭求为公颂。潭之人士夙闻公之贤，皆乐为之言也。

度山子作而叹曰：美哉，洋洋乎公之德政也哉！夫天下之理一而已矣，蕴于心为德，施于事为政，一也，而非二也。心以蓄德则德纯，德以敷政则政善，兹固内圣外王之学，体信达顺之道也。公幼承庭训，长业明经，发迹贤科，早隆誉望。而且究心理学，致知力行，俯仰无愧，任重道远，不负师传者素矣。始宰太平，举行乡约，政通人和，懋哉丕绩！邑之人至今颂公之德不衰。吾茶素称难治，而公处之裕如也。不刚不柔，有为有守，盖公以静养之德，而措之以和平之政，以练达之器，而济之以通变之才，故四美兴而十善作。公其诚贤乎哉！昔者子路治蒲三年，孔子入其境曰：美哉！恭敬以信矣。入其邑曰：忠信以宽矣。至其庭曰：

明察以断矣。双溪公诵法孔子，其治茶也不假于三年之久，而敬信宽断，盖已登子路之堂，而入之室者也。行将坐黄扉而握玉铉，秉国之钧，文武是宪，亦惟是以治茶者举而措之易易也，又岂特被一州一郡而已哉？予非能文者，以雅辱公之知，且因云砻子之请，窃昌言之，以为观风者采焉。

赠元溪胡先生荣奖序

萧禹臣

元溪先生，吾楚名士也，蚤擢贤科，累上春官，弗偶。乃自叹曰：吾之不偶于时者，命也！古之君子安之若素，且欲从事而亟失时，不可也。吾与其碌碌奔走以无益，孰若效用于时，以行吾之志为愈哉？乃就选于铨部，出宰新宁焉。新宁隶古夔州，地僻而简，民纯而朴。公至则修废坠，振纪纲，兴学校，同道德，三月而民熙熙，不逾年而士民信之。由是誉望旁达，取重当途。我虚养翁观风至蜀，首为旌奖云。予时备员场屋，至省见其檄，为公喜跃。予姊丈洞泉何子为公属吏，且沐公爱，每与予私论，且颂公政绩种种，有难以枚举者，因索言为公赠。

予曰：士君子立身天地间，要当能行其志，而厥志之行，非获上信民不可也。乃今元溪公以惇裕之才，和厚之质，而出之以平易之政，施于民而民信之，达于上而上信之，由是跻华要而陟崇阶，由部院而藩臬而台阁，固其优为，区区一邑，岂足久淹也邪？公之德惠在人心，公论在学校，誉望在仕版，予虽未获亲炙公之道范，而斗山在望，私淑孔多矣。然则元溪之脍炙人口者，岂独一洞泉已哉？予因洞泉之请，遂次第其语以赠之。

皇明文选引

汪宗元

夫日月星辰之森列，天之文昭于上也。山川草木之附丽，地之文布于下也。著之话言，达意宣情，人之文行乎中也。夫文也者，所以经纬天地，诏叙伦纪，阐发幽微，彰昭灵性者也。是故物感而情生焉，情生而声发焉，声发而言成焉。文者又言之精者也。《传》曰：言之无文，行之不远。又曰：文非能为之为工，不能不为之为工。解绳以来，六籍斯兴，《易》始卦爻彖象，《书》载典谟训诰，《诗》传国风雅颂，噩噩尔，浑浑尔，沨沨尔，体虽殊科，道由一揆，乃文之至者也。经熄时迁，饰虚乱真，炎汉御宇，载煽王风，西京之文号为尔雅，衰汉六朝风斯靡矣。唐宋以来，得之者振起乎艺林，失之者风靡于衰草，此文章当以时论，亦当以人论也。

自我高皇开天，崇重文学，首聘真儒，一时巨工摛藻修词，如未雕之玉，未吐之华，浑宏博大，论者以为有淳古之风。宣德、天顺以后，人自为艺，淳风少更。逮至弘治之间，儒教聿兴，艺文相尚，一时作者虽体裁不同，博大伟丽迄今称之。至我皇上御极，超三迈五，制礼作乐，敬一垂训，道久化成，士争自濯磨，文治蔚然兴矣。

夫明兴百八十余年，承平日久，士不荣跃马之勋，各竞操觚之业，摛翰之士，代有其人。以文名家者，亦历历可数。然体制不同，规裁不一，是故巨者日融，小者星列，长者江流，微者河浸。自程篁墩先生选后，无继之者。予荒鄙楚人，非知文者也，愿学焉。但名家文集极为浩繁，藏携不便，乃于容台暇日，采而集之，以便观览。自国初以及于今，凡诏制诰册以代言也，颂赞以告君也，箴铭、论议、说解、辨对以训世也，传原杂著、纪、序、跋、引以纪事也，碑志以彰微也。夫代言之体先于浑，告君之体先于忠，训世之体先于规，纪事之体先于正，彰微之体先于实。夫浑则不愆，忠则不阿，规则不违，直则不偏，实则不伪。浑也，忠也，规也，正也，实也，皆礼之善物也，予取以为则焉。况文也者，所以经纬天地、诏叙伦纪、阐发幽微、彰宣灵性者也，皆贤人君子精神心术之所寓也。采而集之，亦足以彰我明文治之盛，而立言之精神亦因以传也。

壬子之春，谪官闽中，益加搜辑。迩者量移豫章，乃谋锓梓，以成夙志。或曰：能无遗乎？予曰：有之。天下之广，百八十余年之远，其见之镂刻者，得取而书之，遇其子孙者，得索而书之，散逸不存者，不得而书也。当时宗工鸿匠，词翰彬彬，然不敢擅为去取，则不敢书也。亦管窥蠡测，一时一人之见耳。若夫集一代之成，为万世不刊之计，则以俟后之君子。嘉靖三十三年夏六月之望，南楚春谷汪宗元书。

醴陵射圃序

刘淑龙

夫射一艺也，在昔明王必举而列之学宫，式谷髦士，厥义维何？意者正志直体，比礼比乐，用稽中德。固君子之有事，而吾徒所当习乎？成周之制，三物以教万民，六德六行继之，六艺射居其中。而国家大典，若序宾兴贤，必合射于泽宫，其载诸射礼射仪可绎也。当其时，德成而上，艺成而下，士有兼材，而文事武备，万邦为宪，诚世之隆也。繇汉氏来，此义寝已无闻，我明兴，右文图治，创学明伦，其大造天下才士，亦多术矣。又令凡学所在，创射圃，置射器，定射法，俾生徒以时肄焉。是即我成周三物之教，而遐不作人之化也。二百余年，全才相望，帝载攸熙，孰非教之至备也乎？

顾时移则法颓，世远则制湮，督学禹门姚公，以鸿儒范楚士，昭轨率物，令甲惟新，下逮射礼，亦申饬所司举行。我邑庠文学石君，亦慨然谓斯典当复，乃谋我僚友，辑诸书为一帙，名曰《观德仪注》。其采拾也博，其综核也当，取裁于《戴记》，宪章于《会典》，凡射之仪节器数，纤巨靡遗，章章乎足备射苑之考矣！复请诸督学，报可，遂捐俸锓梓，颁及庠士，将时董习之焉。

间以示余，余惟兴礼莫先于复古，起敝乃所以维风，是故树程贞诲者，硕人之猷也。稽典振坠者，司化之职也。大宗师申饬令甲，而宣其猷于上，邑文学谨奉德意，而殚厥职于下，礼其有兴乎是，可以征教矣。昔文中子论射曰：古君子必志于道，据于德，依于仁，而后艺可游也。语行，射有本也。凡我庠士，度于仪以闲于礼，本之以德，文之以艺，他日称全才裨世用者，有俟矣。斯编岂曰小补哉？余方嘉石君之成教，而重违其命也，敬以是缀其端云。

送学训陈泳泉荣复桂阳序　刘尧诲

陈泳泉司教桂阳郡学，越三年，适陵武乏官主学事，乃被委来教。期年而复任桂阳，邑之生徒，于其行也，征予言为赠。

泳泉家连州，固古之桂阳支邑也。山川封域，越百里而近。其士民俗化，大较相埒也。夫修教者不易俗，矧俗又同邪？予见泳泉之于教易易也，第所谓同而不异者，同于风也，同于道也。同道为明，同风则治。我同于道矣，而人之不同我者，我将以道约而同之，以归于治。若我之于道未同也，而欲人同我不可，欲以我同人亦不可。故教人者，期于同道而不期于同俗，吾又见泳泉之难于教也。夫教学半，古之教人者，于吾身学之而已。是故学己所以示民，我求于道，而岂求诸人邪？然未有外人而学者，则又非二道也。

宋以前不置学官，守令得摄。昔韩昌黎公令阳山，鸟夷其民，以为不可与言，是不能以己之道而同人，而惟见人之不同己，是谓失人。林概知连州，则又籍部蛮为民而同之，而不知己之于道未同也，是谓失己。二公于道亦能同之否也，然皆游于连而以贤名者，今皆俎豆之矣。故吾于泳泉君之行也，而书以问之。

贺少保王公晋掌本兵序　艾穆

上诏少保王公入也，盖谓公有臣虏功云。夫受专阃重寄，为国担负不释者，臣之分也。帷幄而授之太阿，俾得专而终厥功者，明主之重用人也。公名震夷夏，由京营而司寇，其于兵刑赫然振矣。居顷之，本兵缺，上若曰：惟兹大司马，佐王平邦国，九伐是司。今臣所不臣，威灵畅于荒服，谁为功者，兹非王某何胜矣？吏部疏公名请，上允焉。朝中士大夫咸动颜相庆，谓重臣柄枢管国，屹有泰山。

公之功著边镇者莫殚述，独以其督宣大时，威声褫虏魄。适大酋俺答之孙把汉那吉者入塞也，人谓此虏一孽稚子，何所关中国安危？而公独亟上书庄皇帝，谓臣今而得所以制虏矣，汉那吉人，必为大酋所急，大酋急而吾谕以缚我叛人，献北阙下，我将厚待那吉，遣之还，冀以是阴结大酋欢，而虏必制于我，旦夕且款我，愿为外藩，宜听之。当是时，廷臣谓虏叵测，汹汹议莫决。余以书抵政府曰：虏之躏我疆埸，常也。今一旦输要领款我，异也。吾得虏之异，而不忘虏之常，是款非吾恃，所以为吾资也。夫使虏忘战而弱其兵，吾乘暇而修其备，异时虏款，而吾益精其所以胜虏者，即虏不款，而吾已得其所以防虏者，此羁縻待诈，而千载一时也，幸亟图弗失。政府亦以余言为然，顷之报可。公遂得玩大虏于股掌之上，縶百万犬羊绝塞外，而贡成，以元功受上赏。天下之为儿童走卒，莫不知西北有撑拄如公者。今上诏公入，而兹又畀之枢管者，岂独以公之望于天下者重哉？

夫非常之原，黎民所惧，而持议论者，每每好轻间而破其成。自非身尝其事者，何能息众嚣，定国是，而保厥功于有终哉？故公昔之外而疆圉也，款自公始也。今之内而枢管也，款自公制也。盖一廷议，安将心，察虏情，以冀得其虏之异，而又日夜淬砺其挞伐膺惩之长技，以不忘其虏之常者，盖皆于公责之。若举西北之长城锁钥，而一以属公者，吾故曰帷幄而授之太阿，俾得专而终厥功者，固今上用公意也。夫大虏之款一制，而东南山海之氛，不足为公有矣。昔周之为王喉舌者仲山甫，唐之身系安危者郭汾阳，以公不战臣虏之功，倍于东方之役，单骑之降，而天下以山甫、汾阳待公者，颙然有同情焉。然则上之用公，宁独谓今日哉？

将爰立有待矣。

余与公议款合，遂有莫逆于公，又前此代公京营，今又代公司寇，皆无能如公举其职。兹公旧郎吏恋公为述公功，而窃窥上意之所以重用公者若此云。

玉才篇送陈洞衡之光山

艾穆

今人士不得志于时，辄仰天诧曰：造物忌才。夫造物冥冥梦梦耳，才既生之，复忌之邪？顾所取于造物者人人殊，则其穷与通，即造物有不谙者，而何忌焉？嗟嗟！岂知造物忌才，乃所以为玉才哉？武陵陈子天谋，与艾生同戊午举，天谋具恢衍统办之才，凌驾文圃，艾生于伦辈重许可，独心奇天谋，窃怪其三北南宫弗售也。今年春，复操绝艺，负气甚豪，跬步数千里。艾生仪天谋必褎然俯拾俊第，而天谋与诸同志聚首谈南宫事，辄以目艾生，若谓翩翩竞奋可券也。已卒蹶不售，一时怜才者，合辞归天谋物忌，谓且退而杜门养晦，以徯风云之便当未晚。艾生抵天谋商去就，欷歔相顾不自决。无何，客有举英杰大都升沉之故相慰藉者，天谋鼓掌呼曰：天不可问至是邪！物终我忌邪？抑穷与通非造物所谙邪？明天子在上，所宜出而乘时策勋，借一命自见，所谓伟丈夫事业，岂必在跻华猎要哉？矧吏隐闲曹，不妨毕志壮图乎？

艾生可天谋议，且念老亲榆景不我须，遂与状白乞官，顾当摈落穷愁，日以诗文相邮，品骘古昔。断自左、马、李、杜以上，时操觚咄咄吐奇，各亟口赏不已。一或少左意，争相指刺无面谩，乃见天谋吞精酝华，充然有得也。摛为篇什，逸思藻发云流，名家推让，称豪都门矣。都门人相率造访，征文者无虚日。艾生睹天谋苦文逋，尫然瘽也，又眼炎炎赤，语天谋曰：可呕出心肝若是邪？暇与握手放歌燕市，揽结太行雄遐瑰杰之气以归诸胸次，扩豁吟情，兴有所到。穷奇极诡，造物且不吾靳，而又孰知其为摈落穷愁邪？于是都门人复豪楚有两生云。嗟嗟！此其风致，可与仰天诧物忌，作儿女态者道哉？

今天谋光山，艾生阜平，踪迹渐萍散矣，将何言？惟曰骥不羊肠不万里，舟不龙门大海，洪涛奚凌焉？天谋固万里之足，而大海之航也，讵终坎坷哉？斯造物所以玉天谋于成者意也。阿侄太史春宇君，曾谕越之浦江，今依辇毂，树声禁林，此盖天谋家物。光山知不减浦江矣。虽然，造物笃天谋以才，天谋亦必以才自爱，含光铲采而厚其藏，一旦岳立凤耀，表见当世，造物恶得而忌之？韩子谓子厚穷不极，鸣不工，不能以文见于世。今天谋蹶而为是官也，固日者起而大受地也。余固曰造物匪忌才，盖玉才也。

明日天谋河以南，艾生撰《玉才篇》，纪其事以志别。

仕学篇赠杨大夫守汝州

艾穆

始余识杨大夫于偕计北征时也，面孔风尘黯惨相向，犹旦暮谈艺于联镳促席间弗休。以是窥君之所存，洒然异之。已而余从恒阳官京师，与君不相闻者十余年。闻君读书衡岳山中，时从二三友朋登祝融峰头，夜半观日出海中，类金轮涌出，性灵自跃，如驾灏气凌太清，意气动不自禁，久之嗒然而忘。当是时，君之学益深，文益奇，而北上春官又屡踬，嗣余以言谴湟中，踯躅天山瀚海，五易春秋。乃东游登太华绝顶，拟向三峰借青鸟招祝融主人，相与搔首问天而无从，兹复吊二室三花道汝颍。君闻之甚喜，单骑素服逆之郊，握手意气相劳苦如北征时。盖君已筮仕为刺史大夫矣。入观其政，祛故张新，振弛刷蠹，沛大惠于汝民。监司之劳书冉冉下，顾君雅好读书，时从自公获究千古，即案牍填委中，犹与迂人寓公，振衣白云之巅，濯缨洗耳之浒，而曰黄鹄志烟霄，麋鹿恋丰草，其性然也，一旦簉绁之，则神弗王。一行作吏，学殖日落，夫所贵于吾者，固有所以为吾者在也，奈何舍所好而腐鼠是縻乎？

盖白云峰为宋闻人吴几复读书处，洗耳河又巢父清风翛然激万代者，固宜君有古今之概矣。余尝从北征窥君之所存，又闻君祝融峰头观日事，益知君雅抱有今日，此可与世之沉酣声利者道哉？虽然，大雅能俗，大寂能嚣，至洁能溷，其神完也。曼倩陆沉于金马，南华吏隐于漆园，夫非达人之消息，乘时龙蛇互用者哉？

君昔学于衡岳，为汝颖也。今仕于汝颖，犹衡岳也。岂必逃虚然后为适哉？愿君益覃其治心之学于汝，以追古循良，即郡邑与有无穷之闻。他日余当迟君七十二峰之上，为我指点日出处，相与发大酉之秘藏，抽羽陵之妙简，以究于不朽。又不但已，而一举君今日之树与余之狂，归之于无何有，将师友造化，而游于天地万物之表，其斯以为学乎？余以是预为故人券，故人存之。

贺秘书黎瑶石晋秩藩大夫序

艾穆

司马相如在武帝时，帝读《子虚赋》高之，发为生不并时之叹。至其召问，而以为郎也，实由狗监侍上为推毂。马融通博，三入东观，而以上《广平颂》取忤，十年不调。夫相如文遇人不遇者也，融人遇文不遇者也。然而之二氏者，亦皆不可谓之非遇。我国家以时艺笼天下之才，天下之才咸亦借是以向于用，而所遇自其所业，其或不束于制，而纵横千古以自喜者，若沾沾鼓瑟好竽之门也。而所业非其所遇，乃有用其不遇者遇，而赫然成其名以显，则今瑶石黎先生有征焉。

先生家南海上，其尊君御史韶山公，以直斥赠符卿，仲弟惟和，官吏部，而树声循良，则有若今临川君，皆以所业遇，斌斌世其家称盛。而先生独用古文起，自其为翰林历南北诸郎曹，两诏入秘书。当代自李、何修复骚雅西京之业，以延于于鳞、元美诸公，先生独从白虎青藜中，振金钟大镛之响，相与飒飒乎咏歌太平，以翊我明之盛，天下号称文章家，无不知今木天中，有大昌其鸣，扬扢风雅如先生者。盖先生之才与其官值而当于用也，然先生才虽当于用，而实不有其用也。闻先生为人，其气深深如也，含光铲华，如大圭不琢也。又如温谷之嘘，而饮人以和，此谓以不用为用也。夫以不用为用，以故为木天重，而木天之地，若不可一日无先生者。不则世非乏才，而何以两从郎署借先生邪？

顷以《世宗肃皇帝实录》成，增先生藩大夫秩，又赐宴赐金，天子所以宠灵光大先生者，不谓文士希遘睹者哉？今夫独行抱艺之俦，孰不欲纳足著作之庭？梯寸资效尺能以自见，而天靳其遇，卒至含抑白首者何限？先生文似相如，褎然荷主上拔群之遇，固无烦狗监为之先容。博如融，而两入秘书，与三入东观事相类。第其官以文递迁，而非若融之滞淫不调，盖文与人而两遇，宜莫如先生者，足以光二氏未有之遭矣。先生以不用为用，故其用大，以不遇为遇，故其遇奇也。虽然，先生尤不有其遇也，闻先生向休沐归里，缔盟罗浮之猿鹤烟霞者数年矣，兹复恋阙来长安，而又曰吾倦游人也。忍终负罗浮山灵乎？以是知先生不有其遇也。今上亲儒右文，安知异时不如唐太宗引虞秘监与谈古今帝王行政，乐闻规讽，以行先生学？又安知不如诏许贺秘监千秋观故事，俾得放浪诗酒，称罗浮狂客，以成先生高？此其遇固百倍相如与融也，先生俟之！夫出不忘，隐者适也，入不害，存者定也。适与定，固先生所为不有也，吾盖窥先生矣。

余友王敬美、蔡伯华、沈纯甫辈，以文字交欢先生，快睹大拜之荣，属余为文贺。余不敏，聊以所习于先生文之。

送龚君之光州序

艾穆

吴中多高人，若古张季鹰、陆龟蒙辈，胥以潇洒绝俗之怀，踔踸当代。龟蒙以高士召，不赴，而季鹰仕齐，仅为东曹掾，官不副才。然二子之风流文彩，延播后世，至今谈者高之。乃若龚君者，盖庶几有二子之风焉。龚君产吴中，有奇抱，不耐龌龊，意气倾湖海。试有司不偶，遂游京师入太学，友天下士，尽交当世之名人巨公。诸名人巨公谓龚君才，且翩翩有凌云气也，争爱礼下之，日门巷候车十余乘，用是龚君名闻四方，四方人一见为解龟倒屣，无论识不识，指数吴中高人，辄曰龚氏子、龚氏子云。

然君以才名自崇，由太学又历试有司不偶，其风流文彩愈益著，名人巨公愈益爱重下之。忽一日喟曰：吾穷年操纸竹、逐青袍生，熙熙穰穰，角艺檐晷间不置也。不将飒然翁乎？造物者且窃为吾之熙熙穰穰也而嗤之。夫资品者，庸众人所以自待，亦庸众人所以待人者也。夫龙媒伏槽枥，而驾之则一瞬千里，以龙媒不可以槽枥观也。鸿鹄之在笼綨也，而能奋六翮凌朝霞，以鸿鹄不可以笼綨观也。谁谓识真于槽枥、笼綨之外者，世果无其人哉？夫古有不阶尺寸，而勋烈震阊百代者，抑又何哉？遂谒选，领佐郡于河南之光州也。州河以南上游，壤邻三楚，土风景物之美，足以供高人达士之品题游娱。故非光州无以见南江子，亦必南江子为能重光州也。

夫陆龟蒙不赴高士之召，寓松江，自号江湖散人。张季鹰仕齐，遇秋风起，思莼鲈东归。当时二子厌薄时荣，识者每有苍生之憾，独后之谈江湖与莼鲈，辄艳二子风格之绝俗，而为景物贺所遭。今龚君之风流文彩，不在二子下，而又得为佐郡，究其施于民，后之艳龚君，要不独以其风格肖二子而已者，斯其于光州不谓重哉？

余与君莫逆，尝谓天之生人，丰其才者多俭其官。又或每每不得善地，令人懊恼愤郁悲造物之穷。以君之才畀之钧要，即旗常钟鼎之烈可指取，而乃屈之佐郡。然虽才高官屈，而地足以适其情，使其风流文彩不至为官所掩，犹足为君所宽解。若夫君潇洒之怀，何有于官与地哉？国家方厘拘挛恒调，以求人于品资绳尺之外，君盖老于吏者。余不之论，论其人于吴中，庶几再见一季鹰、龟蒙焉。

碧藓集序

艾穆

余视国华邱桐柏公盖丈人行。嘉靖中，国华司训桂林，而余从邑诸生，以戊午各荐于乡，大都称同年云。国华与其兄安县公暨余兄万安公，并翩翩以文起江湘间，人谓吾两家兄弟亲且友，才名亦复相近焉。安县公谈古学，而国华攻古文词，神情容与绝出物表，性好诗而豪酒，饮辄数斗，酒酣耳热，与友人拊缶大笑，而歌呼呜呜。举一切世情而逃于诗若酒，时人莫测也。余近卜筑城中，土木猥穴中，读国华诗，率多伉爽要眇之音，宛有当代献吉仲默之遗焉。今其年八十，不减伏波矍铄，生平惟此二大物抒发悰寄，感时忧国，吐之成声。至其载酒浮洞庭，游赤壁，登黄鹤，吊鹦鹉，尽泄其俯仰千古之怀于篇章，恍欲起湘君、坡仙、崔祢二子，与之论襟期，品风物，是不可以观其尘外之致，老而愈超哉?

昔伏生年九十，口授人《尚书》，陆龟蒙八十时，放浪江湖，称“天随子”，皆文采风流，著于衰白。今国华并有之。余曾从谪所贻之诗，有“浊酒江湖间日月，清吟天地起烟霞”之句，盖国华实录云。司马迁曰：富贵而名湮灭，不可胜数，惟俶傥非常之士称焉。因历叙其杰然列于著作之林者，信知立言固不朽盛事，而达人行远之伟图也。吾昌在昔称诗，有胡天游氏诗，今读之亦有可风者。使生当今时，共国华觞咏，气格必不堕宋元。虽然，余犹幸吾邑有天游氏，而天游之后再见国华称诗也。

二梦集序

艾穆

日余谴之湟中也，而扶病入关。周先生子大为诗若文壮之行，若曰首山颇颔、湘浦沉躯者，夫非夫邪?而谓河湟地难君邪?余读其言以自壮，日从事天山瀚海间，施施漫漫与魑魅游，吟声呜呜达昏曙，不自知其孤踪浮系万里外。顷之又浪迹太白、终南，益复无聊惝恍，疑昔人所称黄帝华胥之国，穆王化人之居，以为真有，冀万一遇之而不可得，则仰天拊缶，而即其所自为诗，歌之曰“万死谪来身是梦，六盘行尽路仍难”云。六盘者，余前过六盘山而赋者也。

余本放夫逐人，流离播荡，置余生若弃，盖业已梦视其身矣。子大一日走书终南山中，致《二梦集》。余得卒业，喟曰：余今又复得读兹语邪？子大周旋南北，不为吏困，而泄其神情逸抱于诗，翩翩有尘外之致。又举其皖城部使二游一归之于无何有之乡，而曰“二梦”以名集，此其志盖可知矣。夫宇宙万古一梦也，独子大二游乎哉？惟高明达观之士，为能元览无始，横睨六合，而朗畅自豪，夫是以得而不有，入而能返，取于世者薄，固其存者深，而超然得完于天也。漆园吏厌人间世，而洸洋自恣，至喻之曰“蝴蝶”，御寇氏又曰“蕉鹿”，若荒唐而僻于无矣。然以中于世著于物者观之，则其无也乃所以为有，而其梦也不可谓之非真也。子大所取以名其集，其旨有在于兹欤？

余又闻子大杜门却扫，雅志沉冥，大覃于百氏以独适其适，对人若嘘温谷，深深如也。此其中之所存，未易测识，而其为诗，又日益富且邃，审尔，则子大又独观昭旷，为世大觉矣。有大觉者为能知大梦，子大盖进于诗矣。夫子大之处升沉，与余之处祸福，其为梦均也。余以是习子大旨，而著其所以名集者如此。若夫诗，固自有知者，余不具论。

方司马十二吟序

艾穆

大司马金湖方公，声光薄海内数十年。小子某自其孺少慕公，愿闻一言以自壮无从也，则时时手公撰读之，如挹朗神毅采焉。已而公荷天子亲授钺，节制三大镇，而某以使事出上谷镇中，辄自忘其疏贱，介姓名上之辕门，不自意公长者之命，俨然辱而临之，且惠我《十二吟》。某拜读而卒业曰：环天壤间皆声音之薮，而猎奇振藻者之所必资也。故情以遇迁，景缘神会，本之天窍，吐为元音，夫固意匠之自然，而性灵之妙解也。然非有逸尘之抱，则化境莫臻，诗可易易言乎？吾乃今窥公矣，迨事竣，取道阳和谒公，则见塞垣以西，山川无恙，阘沕暗昧，耀于光明，视中州冠带国何殊也？樵牧往来，飞狐道上，呜呜讴吟弗休也。即辫发贯胸之使者杂遝至，而公之神情容与，以谈笑当之，贤于十万师。以故泄之声诗，宛宛似与塞上樵歌相答响。

盖自公节镇以来，而太平运会之在边徼者甚盛也。夫三大镇至重也，主上将西北之长城锁钥倚公，至危也，戎心至叵测也，边务绸缪至剧也，而公独振黄钟大吕之奏于材官夷使中，此之为抱盖可知矣。夫人为中之所存万物以为适，则环天壤间触于目者皆吾助也，即升沉嚣寂之异值，不以为真境，而以之发吾真趣，故适在真境而音生焉。适而非适者也，外重而内拙也，适在真趣而音生焉。适而适者也，轻万物而神无累也。公之《吟十二》，要皆无升沉，无嚣寂，而天趣有在，不以彼易此者，某不可以窥其微哉？

当是时，某别公行矣。公又出《卧游清趣》卷以视。卷盖图品题诸风物于册，而缀之吟甚富。某卒卒流览，如张九奏于洞庭之野，神爽飞越，不自持也。彼湫隘其悰寄，而欲图写高明以为豪者，即刿心濯骨以钩元，何能达化境哉？故蹄涔之游，非所以语于天地之运也。榆枋之适，非所以语于达人之大观也。某无能论公诗，而因述所以窥公者若此。

酒史序

艾穆

往余谓酒中人，声利亦中人。中于酒者，酒中之也，然而天机存焉，谓夫中之而非中也，有寄焉故也。中于声利者，声利中之也，然而天机丧焉，谓夫中之而中也，有溺焉故也。夫酒德盛矣，乾坤且堕于其中，而何有于世之悲欢、得丧、荣辱、升沉、是非乎？以故其中人也，而人之性灵寄之，彼饕于声利者决性命，而性灵与之俱化矣。是酒与声利之中人盖有异焉。余生也不酒，将持是遇酒者质之。赵拱极手无怀冯山人《酒史》六篇视余，余读而叹曰：异哉，酒而史之邪？吾于是征山人之豪于寄矣。

夫吾人出而事功，退而风格，山人在物外，事功不与而风格与焉，则其奇情逸抱，固不得不有所托以长啸万物之表者，固宜以其燕赵数千里为醉乡豪游地与？夫至人嗜精，曲士玩形，其天殊也。痼情癖志于醴醨，玩形者也。假物以为用，而栖神发兴，嗜精者也。故古之高人，其才气横睨八极，凌跨千古，时不我庸，而一切逃于酒舍，是则愤世傲俗之怀，若视天下无所于寄，此非假物以为用，而独嗜其精者邪？彼高谈性命者，执绳墨以议风流，至考其功用卑卑，甚或沉酣声利，其恶抱俗态，适足醴醨博一噱，矧云嗜精？夫古之高人，不中声利而中酒，又中之非中也，故后世称达焉。山人负才豪宕，而老诸生，其风格翛然绝俗，乃寄豪于酒而善中之。读其史，若起刘、阮诸君与之飞觥引满，白眼望青天，而不复知身世为何物。

至其《绝笔》一诗，结此酒案，天机翩翩，与造化为友，盖至是而山人之酒验矣。嗟夫，以山人之豪而逃于酒，吾窃悲之。然读其书而能为世之中声利者作一解酲，则吾犹幸于酒见山人也。

赠柏乡刘侯考绩序

艾穆

余读两汉循吏传，以令显者自鲁恭卓茂之外，不一二数矣。然大都务长厚深沉，贞固惠爱，非若后代急名之吏，暴节惊能而贾声者也。夫暴节惊能而贾声者，驰骛于利害毁誉之间，而体国爱民之心，茫然若涉烟雾，以故视其官不啻旅之东西次。然夕而授餐，朝而治装行矣。何者？彼视其所谓暴节惊能而贾声者，谓可旦夕取峻陟如执券索偿也。卒之善天下之官，而民莫爱焉，识者以是叹吏治不古，若有然矣。

柏乡辇毂下邑，日治厨传供张，惴惴奉奔走，民穷而宄奸，非兼才鲜能其官。刘君篮仕西吴之瑞昌，能声歘起，仅数月更贤柏乡。乃君治柏乡也，惟长厚深沉、贞固惠爱是务，而厨传供张应之甚暇，老稚肩摩于庭，举得献闾阎蔀屋之隐，言语呕呕，法堂之上宛然家人父子之风焉。墨吏猾胥，则又敛手闭目于旁而不敢动，若君者其殆庶几有两汉循良之遗，而朝家当显拔之以风天下者乎？然而君之官柏乡也，顾视瑞昌独淹者，何也？夫剑称欧冶，谓其切玉如泥也，而不能不纾徐于盘错。飞黄神骏，驰骤追风电矣，而亦必垂辔于羊肠，君固欧冶之剑而飞黄之骏也。此官之所以速于瑞昌，而淹于柏乡也。向使君如急名之吏，视其官若旅之东西次，欲其治柏乡如瑞昌，非不贾声起望，旦夕乔其官，而君固有所不屑矣。

天子方崇吏治，悬异数以待天下循良，其暴节惊能而贾声者，容或与其间否？与不与，非余所知，第君兹举两邑数年之绩，以上之天子而考其成，计必取长厚深沉、贞固惠爱为两汉循良之遗者，以破调大庸之，毋使善天下之官者，类多急名之吏也。斯足为九牧风矣。

万历新化县志序　　邹廷望

《县志》旧作于嘉靖己酉，迄今历四纪。顷邑大夫临安姚君欲续后事，以余属草稿焉。窃志之为志，要在于资理鉴形，直道因诸人心而已。若徒以事辞胜，亦何取于志哉？因取旧所为先后《志》，稍加删润，厘为八篇，统之以地理，综之以建置，崇之以学校，秩之以祀典，经之以里赋，莅之以官师，列之以人物，而括其变于杂志。其指则主于芟蘩就简，阙疑传信，庶几邑事粗可披览，文献其在兹矣。

然予窃有感焉，凡《志》之所载法制章程，井然列者，治具耳。要必有精意盎然者固结于中，然后可行，所谓仁心立政之本也。先儒有云：必有《关雎》《麟趾》之精意，然后可以行《周官》之法度。旨哉言乎！不然，采华而遗实，先文而后质，于作志者之意荒矣。姚君五载政成，德教祇敷，慨然思曰：吾不欲使邑事历于四纪者积而无闻也，吾岂可以此缺典更俟之来贤哉？吁！此君之所以毅然成此《志》也。君之心其仁天下之心乎？夫天下者，邑之积也，一邑仁，天下之端也。余于君有远期焉。若志之体裁，芜浅不文，知无所逃于大观者，损益顿定，以俟后之作者焉。

万历戊子，邑人邹廷望撰。

还朴全约序

蔡继芳

甘泉先生手书《还朴约》以谕俗，吾益松涧贺子名凤梧。有深契焉，如约治具于小云谷精舍，集同志者二十人为还朴会，众咸跃然属林南周子叙而梓之。犹以兹约止于宾宴，不足以悉约吾乡不朴之事，松涧乃以书播告里中诸贤，卜十月十有九日议兹全约。是日也，天朗气清，和风宣畅，群贤毕集，少长咸聚，凡八十有八人。献酬交错，歌《鹿鸣》《南山》之诗，肃肃雍雍，情礼蔼然，有若身跻唐虞之会，而逼真纯古之风也。议成，委予以序。

予观朴者，天地之元气。上古风纯，遐不可追，叔季情恣，浇焉漓焉，罔有豪杰倡导以挽之，则朴日以远。吾益奢侈逾度，相竞于纷华美丽间，斫其真，荡其防，而元气日索。诸贤目击颓风，慨思以亟反之，兹非所谓豪杰者与？是故约遵王制者，维分也。约崇正学者，辨志也。约冠昏丧祭之仪者，厚伦也。约服饰供具之资者，节性也。以至生理之勤，争讼之息，所以警偷惰而防邪慝也。夫维分而辨志，朴之本立焉。厚伦而节性，朴之实孚焉。警偷惰而防邪慝，则朴之事悉焉。湔浇铲漓，返淳还朴，以培天地之元气，其自兹约始哉？

夫言语要约，信之末也。吾闻古人居乡，不烦词说而人自化，至有望其庐而愧者，此又不待约而然。吾辈固深愧古人，然今日之举，亦不可谓有戾于古人者。第流俗已久，今欲尽刊其故习而卒反之，一旦欲免于群咻之口，难矣。何也？安常者骇异，怙侈者党同，甚是毛举细事，群起而哗之曰：某也某事未尽朴。某事未尽朴，不若我不还之为愈也。中智之士，鲜不为其所夺者，殊不知安于流俗之人，与欲为豪杰而未能者，其贤否何如？诸君第思之，毋为外议所夺焉，则善矣，又况行之既久，安知群咻者之不我与哉？

象艮亭艺序

贺嘉震

里中自吾党纠社以后，若庚子，若癸卯、己酉，飞于乡者凡四人。于时太初何守初、禹锺罗喻义与不佞，犹夫其布衣诸生也。吾三人密自盟，相与唔咿于群提兰若、息影禅栖、晓窗夜漏，与老衲争宵旦者，不知几何时。或天朗气清，拈笔于禹锺之白云亭，则禹锺之《白云亭艺》先出焉。迨岁壬子，而禹锺魁全楚，癸丑，则获隽南宫，读书中秘矣。于时，太初与不佞，犹夫其布衣诸生也。吾两人又密自盟，唔咿不必同也，而声气贵同，拈笔不必同也，而砭药贵同。于时太初居象艮亭，则有《象艮亭艺》，不佞居天一馆，则有《天一馆艺》，吾两人神无日不来往，所课艺无十日不来往。不佞艺，太初多所砭药，即太初艺，不佞之为他山石者亦强半焉。及乙卯之岁，太初褎然为全楚第一人。

自太初为全楚第一人，而《象艮亭艺》遂为海内所购求，益力刻成。太初谓不佞少，原簪不忍弃，以其序属焉。即不佞亦忘夫其布衣诸生也。吁嗟！不佞姑置不论。人言吾党后出者愈奇，其禹锺、太初之谓乎？今禹锺、太初各以其文甲海内，即海内坛坫之上，无不以大将军印绶属者。大抵禹锺高简，太初博大。禹锺取精多，太初用物宏。赛利则司空两剑，赌宝则韩子双环。狎主齐盟则南北递为桓文，吾未知所甲乙也。

昔禹锺《白云亭艺》出，不佞序之矣。其言曰：禹锺而不兰省金华，则世之兰省、金华者，将何人也？不佞此言验矣。太初雄才魁天下，其标句命旨，则《象艮亭艺》具在海内，自具碧眼胡僧，一见能赏，无所需不佞赘者。若乃目穷宛委，蠹抉羽陵，清辞丽简，五色相宣，俳偶声诗，八风从律，尚未露一班，海内执前艺以尽太初，而太初不尽于此。由斯以观，岂惟获隽南宫，读书中秘，为禹锺故步也者？则有天下第一人在。太初当谈笑掇之。不佞之言不验，不佞不复相文也。若不佞无能为役，近不自坚，偶为友人刻《天一馆艺》，太初、禹锺未有不掩口。然以文从太初、禹锺盟后出，不敢不勉，何奇之能？第禹锺桴而太初鼓，不佞请以《天一馆艺》为渔阳三挝，狂噪于白云、象艮两亭之间，亦足奇也。请以质之吾党，以为何如？

岁次丙辰长至日，书于天一馆中。

刘坦斋先生文集后序

谭希思

先生博通经史，崛起国初，被征命视草鸾坡，备顾问，预密议奏对，持大节，斑斑载《名臣言行录》。其所撰著甚富，大都谢朝华、茹夕秀，琼敷玉藻、照映琬琰，与金华宋太史诸家共珍一时。维际上厌表笺多谀纤，命先生暨赞善王公撰定颁天下，则先生之文，若太古钟鼎，其鸿濛混沌之象，圣天子当已镜其悰矣。乃瑰章之家藏者，既以煨烬，后不盛传，而其锓梓于成化间者，又湮没无存。噫，緊谁责哉？

郡大夫贾侯莅政既期，展采错事，注神文献。慨先生之集不与李、张二先生并传也，即锐然拾取其后裔所存遗稿，礼请学宪刘先生校订，寿诸梓。梓成，介书谓希思于先生为乡后进，宜一言以附。思惟先生功业著国史，褒宠有宸翰，履历具家郡乘，前序既详之矣，夫复何言？虽然，读野水横舟之句者，知济川之才。味山川草木之联者，识调元之手。则兹刻也，岂不有光相道，增重云阳哉？末学幸矣，敬书以复贾大夫，而识之末简云。

湖南文征　卷二十九

序五 明

封侍御史杨中行社长寿序

龙膺

今年乙卯秋八月，封侍御杨可翁七十，近属戚党诸子弟，愿致一言以为寿。膺于侍御肺腑戚也，悉其生平懿嬂，请陈崖略。

翁少孤，受经于先计部，负资慧敏，而能攻苦茹淡，积学博文。王父中宪公，生丈夫子四。女一，归茂才张公，生女者三，中宪公为之择婿，得翁于塾，奇之，以季字焉。侍御修龄即其出也。予龆龀习呫哔，翁已用经术冠多士，挟隽声。先计部命愚兄弟师事翁，万历丙子，愚兄弟读书武山，延翁共研席，愤发下帷。不佞以庚辰叨第，翁乃点额于河津者数数。越十五年为甲午，翁携其子修龄应省试，而修龄获隽于乡。翁方需次贡于廷，乃辗然曰：吾幸以一经授儿曹，策名霄汉，复安能龌龊从儿辈后作老博士邪？遂罢去，与诸词盟结木奴社，以文酒自娱。已买舟为吴越游，遍览东南诸名胜。适不佞方郎潜白门，相与醉吟于雨花台下甚欢也。又越十年为甲辰，修龄成进士，迎翁养于长安。翁为之键重扃，谨出内，以一经课阿孙文弱，而以诗赋古文词自课，咿唔之声闻于堂皇。修龄得一意公家，以廉平表著。其大者咸宁令满公，赣直忤税珰，致上怒，遣缇骑械治。关中士庶群起而哄，将甘心于主者及诸翼虎。修龄为之誓众吁天，内以保持垂首之累臣，外以慰安侧目之黔庶，几浃旬始定。咸宁上下，赖以贴然，不及于难，人咸推服。修龄忠爱有大略，而不知翁实内教之也。

是役也，所全活生灵百千万众。时不佞方备兵张掖，闻而韪之。窃谓天之报有德也，不于其身，必于其子孙。至庚戌，阿孙文弱果以弱冠魁南宫，修龄亦用治行异等，召入为西御史。两世同籍，诸君子视大父，视伯父，逡巡拜阶下，争迎致奉上尊。是秋，不佞亦以赴阙待臬宪命，躬阅之，大为翁庆，愈以验天道之报阴德不爽，而因以验先中宪计部之负人伦鉴有征也。及癸丑，不佞谢塞事解组归，幸数奉公言笑于里社。见翁神益旺，色益孺，又善自卫，不恒御尊罍，犹喜治园榭池沼，莳花竹。时命弈，时与人话烟霞物外语，时督匠石部署堂构，神明不衰。

适修龄奉简书按两浙鹾政，报满取道归宁，与翁七十览揆之朝会，遂留子舍称千秋觞。文弱亦将从四门请休沐，入则豸袍绣斧舄奕在堂，出则皂盖骢车联翩载道，里人士望之如神仙。世有高年人，或见其子贵，而不能必之于孙。子若孙贵矣，而或不能必其聚欢于膝下。翁乃能得之于七十称觞之日，非天所以报有德而能然乎？

案：修龄者，少傅鹤。文弱者，太傅嗣昌也。文叙杨氏门风，迄今犹可想见。咸宁一事，尤可补志乘之遗。汝怀附记。

湟中三捷图序

龙膺

大中丞田公，既破青酋，军声振矣。乃眷东顾，密檄西宁刘兵使暨达将军曰：瓦酋之罪，天诛久稽。马牛之款，嫚约复失。为今之计，有战而已。其速为纂严俟之，余且以大军压境矣。兵使报如命。九月八日，瓦酋果以千骑阑入南川暗门，达将急栅彀骑率诸校往，手刜其魁，麾诸军陷阵，虏遂大崩。计馘六百有奇，掠夺马匹器仗无算，番兵外伏尾歼其余。又明日，残孽收合，折而薄镇海，遇我有备，复馘若干。此虏数年军实，一朝丧尽。公之师疾驰至郊，劳诸将士，谓虏毒我，必将惎甚，宜更为计。乃日夜简疏军中，超距投石，挡挖怠烋，惟恐虏不至。

浃旬，果要结别部土豪浴铁，万众长驱而来，驻西川大康，缠沟攻围。番族力不能敌，因而伪降。公下令我师坚壁以挠之，毋以争馘乱辙。于是达将提西宁兵与诸营兵合，虏入四集驰突，已愤西宁兵甚，萃而冲之。我军火烈具举，虏一仆而继者再，再仆而继者三，三仆而继者更番不靡。自辰至未，毋虑百十接，殪三土豪，始退而咋舌：何物汉儿，如一片铁邪？尽曳其尸而焚之，毋俾馘遗我。公恐我兵不擐甲跃马，挟膺往督之，虏望尘益远退。公暮顿古庙中，班荆而舍，手颁酒脯劳诸将士。明发出荡，虏拔营且走且殿，殊死战，不能支。番族溃其衷而应我，虏腹背受创，复大败。我军薄绝隘而返，计馘六千有奇。先后露布捷闻，天子大悦，诏进爵赐金，赏延世世。

军正既封祁连山而铭之矣，下吏膺曰：国家自三犁以来，无不日以虏为事，递挫递张，未有大得志于彼者。爰自肃皇临御既久，诸大臣以边功起，甲午则唐文襄有乾沟涧之捷，庚子则刘庄襄有花马池之捷，癸丑则许恭襄有八角堡之捷，辛酉则杨襄毅有右卫马兰峪之捷。夫文襄以掩击，故称奇。恭襄以穷追，故称劲。襄毅以批亢，故称雄。庄襄当风雨之会，驱骑斫营，蹂虏如土，又奇之奇者也。

公代兴其后，策如指掌，摧如燎毛，时而堂堂，时而隐隐，愈出而愈奇，岂不兼数公之烈哉？公身在行间，履锋蹈刃，而与将士绝甘分少，故能得其死力，则公之所以成盖代之功者，抑又有由矣。膺目击之，恭述其概若此。

西夷向化图序

龙膺

乙未之秋，大司马田公将天威以翦骄虏。甘山一战而歼青酋，湟中再战而覆永瓦，献俘受馘二千有奇。嗣是，日饬熢燧备塞之具，列障如云，简竹如雨，火炮迅如雷风，虏悉遁逃，不敢睨幕南而遗一矢。间有窃发，驰偏师劲卒冲击之，斩其枭俊，捷无虚月。虏益折北不支，残丑駾喙穷谷中，诚无近塞，亡其美地，荐草畜产多羸瘦死。日环守而号，部数离散有畔志。羌武都赖诸豪密与其属谋曰：我故臣属中国，为虏掠始羁属虏，今虏浸弱，汉兵如神，即虏仇汉，率驱为导，必冒刃死，孰与帅众以降？间与其所亲昵谋，遂以次乘间款塞下，乞归故地。塞吏虞其诈，与诅盟，公下令悉入之。始来十余骑，已百骑，已数百骑，已千骑。自湟狭以至姑臧、张掖，络绎于途，赍重畜产，相望入塞。望公驺仗匍伏稽颡，欢声若沸，公劳以牛酒。豪则解文绮被之，锐捍者月饷以廪，野听其刍牧。

公先后籍降以闻，殆不啻万计也。松酋故款附挟我而请还诸降。或有策者，亦谓从此隙虏宜无受降，公笑遣之，谓羌故吾属国也，往为虏掠，吾人既弗能羌是庇，又弗能责虏之我还。今羌自还耳，而反以还虏乎？只令彼生轻中国心，且羌而虏则虏也，虏而因羌以附虏，亦吾羌也。虏谋不轨，故羽翼倚羌，羌奚适主？附而却之，且以还虏，不犹搏虎而傅之翼乎？策者又谓彼类饥而鹰，至饱将鸟举，降可恃乎？公曰：曩者虏肆其毒，毋论羌即边氓，人人自危。幸虏出而应之，以缓旦夕死，不者惴惴重足而立矣。今我能制其死命，羌恃我终能芘之，释之刀锯之下，置之衽席之上，羌不我附，其将安归？且何渠虑虏隙也，前乎此帖然乎？朝出夕没，畴则隙之，后乎此骜然乎？有磨砺以须耳。膺不佞，窃窥公之忠勇谋断，自天授也。

夫以缝掖之士哆口而谈，司马穰苴易与耳。即有缓急，辄项项然恐将及于其躬。暨观厥成，则又恶伐不自己出也？幸公在事躬为将吏先，矢石则蹈，议论则持，功则推而弗尸，嚚则肩之罔恤，恒不欲以贼遗君父，不欲以任诿他人。倪非所称忠而勇、谋而断者，能乎？且士主翦伐者利用张，主招徕者利用弛，其敝也不靡则渎。乃若威敌以武，附众以文，一弛一张，不吐不茹，此尹吉甫之所以为宪，万邦惟公有焉。

膺感公国士之遇，睹公之化及荒裔，乃属良史绘《西夷向化图》，赋六百言以颂殊伐。其庶几风人六月之旨乎？异日当有图王会而歌天保者，膺不敏，请执左券。

驭苗僚议序

龙膺

膺常读《易》曰：师贞，丈人吉。又闻之《司马法》曰：多算胜。先师则曰：临事而惧，好谋而成。夫曰算曰谋，而又必出之以正，何有于师乎？故尝历金城，履隍狭，询赵营，平故垒，考其方略，则留屯十二策，厘然具在，夫岂儌幸而借一于背城哉？

膺自谢西陲，归卧武陵溪上，实与黔壤接。窃闻苗僚猖獗，氛甚恶，黔抚张元平先生不惮征缮，以扬天讨。乃私语人曰：前事者，后事之师也。记曩年宪使王公，受台使命巡行辰徼，纶巾羽扇，遍历城垒，诸桀瓠种落，遂输诚向化，愿率子弟就学，威德远哉！尝入议而图之，犹识其崖略。若谓守圉以官，守官以法，坐镇无专任，则内弛而外窥，于是议弹压。综核无约令，则上慢而下恣，于是议请饷。阳附者为导为饵，媒利者为顺为逆，于是有核流移、判曹耦之议。侵渔以府馈，羸伍以坐糜，交关不戒以衅戎，沃壤不治以烦募，于是有庇蠹耗、酌销补、居货广招垦之议。缅缅乎，灼灼乎，长顾却虑，中窾中伦，其算也多，其谋也慎，而又一秉于贞也，不与营平十二策相伯仲乎？藉令继者规守画一，力见诸行，苗宁复有叛志邪？奈何疽食浸淫，有不可救药如今日者！

迹近来失事之地，如丑陀、范水、岩坎、箭塘二十余寨，而考诸图，如列之眉、指之掌也，公亦何元鉴前知若此？幸后事之犹有张公以廓清为己任，庶无重宵旰之忧乎？而膺楚人也，习楚事，因赞一词于末简。

邹育斋遗稿序

车大任

嗟嗟！麟凤在郊，世固共知其为祥，旋亦惜其不常有。此吾于邹汝正孝廉而重有感也。汝正髫年以经术魁三楚，诗非汝正所急。学人舍经术而谈诗，譬之越俎而庖，手与器必不调。惟大雅兼才，于斯二者不相妨而相为用，承蜩运斤易易耳。汝正端凝沉默，自其天性，仰承庭训，续古治经，余事复作为诗歌。余以屡世通家，决其远大，乃竟久困南宫，抱才不遇，赍志以没。长公持正孝廉，埙篪感切，池草悲生，为梓遗稿，传诸后人。其他著作不尽传，传其诗足以窥豹一斑。嗟嗟！汝正居常，多中酒而却粒，或谓其失养生之道。汝正心然其言，而酒复如故，左手持螯，右手草五七言数百字，顾其稿不尽留。醒后治经术，泛滥百家，亦复如故，而不意风流顿尽也。

夫山以玉而辉，泽以珠而媚，士人珠玉其材，蕴蓄恒丰，而造物每不尽其材，竟使其泯泯焉不一得显于后，是玉终无辉，珠终无媚也。嗟嗟！世固有怀才抱德，不及享其成者。顾厚积而又大发之，其终所究竟，往往非人情所可测。此非独其人事然也，盖有天道焉。柱下之言曰：天之道，其犹张弓乎？高者抑之，下者举之，有余者损之，不足者补之。余今益有味乎其言矣。天之报施，善人谓何？由斯以谈，汝正未发之志，不在其身，必在于邹氏之子孙矣，其亦天道然欤？余故以是弁诸简端，而左券于异日。

为王希曾贺中宇胡君荣荐序

刘应龙

方今海内承平，边（邮）〔陲〕无警，戎马之迹，不生于郊，弁冕而缨冠者，凭借汗马之勋，优游樽俎，白首不习金革。旁观者则见之以为易，士之人习闻其生长于介胄，类以豢养视之。東以礼貌，限以规制，即有贤者伏处其间，称欲建白，动见掣肘，当事者又叹以为难。余窃谓国家建官，有司与武弁等耳。时势有难易，职无难易。果其通娴将略，不虐使其卒伍，而能整饰官常，正是治平之一助也。

吾郡掌卫事胡君，故将种也，惟尊人屏山翁以武科显，所制策论时文，武士翕然称诵，迄今犹追慕焉。君少习儒业，博综史传，有乃父风。初授职即奋志自励曰：幸邀灵宠，佩服金紫，奈何屑越而甘素飧之诮？稍与选用，监司以为材，屡膺上考，卫篆恒属之。君在事，无论勾稽一清，隐占悉复，舞文猾胥，游手白役，尽皆屏革。乃其相时之缓急，而届期以请饷，士无有枵腹不饷者矣。操练军伍，应有常期，迩乃视为故事。君务着实举行，投石超距之士，不战而自倍，无有委疲不任者矣。三军之众势难控驭，君之纪律甚严，剖析讼狱，两造俱服，无有哗于庭而闹于市者矣。他如慈幼恤孤，柔远绥迩，《传》所称饮醇挟纩，殆庶几焉。

往岁按楚使廉君才，荐之者且再。顷御史台史公事竣，而中宇公复蒙首荐。嗟乎！丈夫患无才耳，何患擢用之不及？第近世用人，文臣一荐即得华转，至诸卫材官，即限之以例，似乎令甲之不广。余意爵以世袭，彼其食租衣税，历有宗代，夫亦欲得当效一割之用，不宜以资格限也。今皇上雅意，文武并用，为万世建不拔之业，则禁中颇、牧，岂必借才于异代乎？邵庠生王学博，以贤科英茂，故与君游善。近应聘黔中，濒行谋及杨弁两同寅，乞言于余。余惟骐骥追风，一日千里，君之逸足历显途，挂印登坛，直转盼间事耳。诸博士行将谋为胡君勒燕铭，余请藏管以俟。

醴陵县志序

庄天合

余往岁以告还，历燕、赵、郑、卫、陈、蔡之郊，所至稍询其山川风俗，则无弗以《志》征者。余长途辄手披之，大都文采不必尽工，而熔裁不必尽合。详者务夸而少核，则近于芜，略者鲜识而罔稽，则疑于漏。余始信古称作《志》之难，而孟坚十《志》，竟二十年不果就，有以也。吾潭故有《总志》，撰自张龙湖先生，虽称雅驯，而邑乘多阙，于醴为甚。盖景泰间曾一编辑，业化为乌有，而污隆时异，沿革岁迁，即间有操觚而起者，寻复寝阁，于是晏侯有忧之。比政成，乃慨然曰：国家彰往诏来，宪章故实，岂不以《志》哉？千室之邑，百雉之城，安见夫文献之果不足者？令当吾世而舍兹编，后此其谁任之？因即偕邑士大夫旷君等，搜网阙文，校雠得失，自天文、地理、食货、人物、贡赋、艺文之类，为目凡二十。盖上下数千载间，其攟摭不悉出侯手，而提其纲要，会厥异同，汰彼骈枝，归于形范。存古则幽遐若烛，识今则巨细兼收，彬彬乎详而核，略而该。侯固以笔削之严，直一洗繁芜纰漏之习，而尽还之典则也。至条附数言，备迁、固论赞之体，而义存劝戒，语约思深，斯亦述作之名家，一方之信史矣。

余不佞窃谓侯循良之治，如春风旭日，遍覆群生。诸所经画，若学校、农桑、桥梁、道路，无日不思为醴人垂永赖之泽，而犹能以簿书之暇，成不朽之鸿图。嗟嗟！此岂非文章吏事两擅大方，而猥与流俗浅见寡闻、因循固陋者同乎哉？顷内诏甫颁，方应掖垣台谏之选，会上大修正史，采郡国嘉言善行之遗，侯即不必如班生奉诏兰台，其有以佐石渠、天禄之求矣。侯《志》刻既成，不佞喜而卒业，遂谬书此以弁诸简首。

悦偃斋诗序

庄天合

古今贤者不必能诗，诗不必能穷人。然其鸿笔丽藻，歌白雪而奏高山者，必雅士也。其坎壈牢骚，且前且却，于功名富贵之中而不自失者，必能以诗歌自喜者也。

遂安郑思成，少壮登朝，出为健令，入为户曹，仕学名早，锐精骚雅之业。寻以度支使者监视三吴，览东南之佳丽，所历山川形胜、湖海烟霞、古刹名园、溪花江月，感慨赏适，一寓之于诗，高唱微哦，欲使众山俱响。已而报竣，请急，复为招隐园，日夕啸咏其中。刻烛未工，击钵争捷，奚囊时满，照映缣素，翩翩乎大雅不群已可知矣。乃身淹郎署，几十余年，中以触事抗章，复有金陵之调。盖两岁而始得治兵上谷，弭节妫川，斯不亦坎壈牢骚，蹈诗人之穷者乎？

夫杜甫、陈子昂仅止拾遗，而屯剥至老。李白、孟浩然不及一命，而穷瘁终身。孟郊六十终协律郎，张籍五十不离太祝，彼造物者固默有所予夺其间，无怪乎思成之多蹇。然李、杜、陈、孟，本不相袭，俱号唐音。而学者每欲轨则前朝，规模往哲，怯书今语，勇效昔言，沿习浸淫，实非朝暮。不知才由运启，道与时隆，代有通人，神无滞用，虽复觚翰互角，鞭辔竞驰，总之发巧性灵，取营意匠，箕毕殊好，河济分流，秋菊春兰，异时各秀。正如未央壮丽，不拾煨烬于阿房，飞燕轻盈，匪借纤妍于西子。则古今人自成一家之言，固无不可传者。

今观思成所刻，诸体咸该，不规规拟古，而才情所极，染翰淋漓。大都意自独创，语不随人，警句奇章，时时遘会。五七言近体，高华宏朗，丰约适中，组纂黄元，郁成丹彩。即不必肖形汉魏，饰貌唐人，而登坛树帜，擅文苑之芳，则先后可一揆也。昔岳珂论米元章临帖，以为双鹄并翔，青天浮云，浩荡万里，各随所至而息。黄山谷自言少时喜作草书，初不师承古人，稍稍推类为之，时以意成，久之或不自识。然则知二公之言书者，其庶几可以谈诗乎？

甲辰春秋房同门稿序

庄天合

文章无奇，奇者高才之所固有，而劣士之所借资。吾以画譬之，画有图鬼魅者矣，有开生面者矣。鬼魅人所不见，故殊形怪状，可以惊愚人尽一面孔耳。曹孟德所谓非有四目两口，然必欲毛发肤泽，意态风神，一一而肖，则虽天下之妙手，固难为工。假使尽肖尽工，亦才如生面而止。故画患不肖，惟文亦然。肖则奇，不肖则谬。士不务写生之手，而先惟鬼魅之图，荆棘满前，灵根转塞，盲师瞀友，争相仿效，如获宝珠，虽不足以惑高才，而实足以误后学。此陈商宋祁之所以见讥也。

比麟经诸生各出其文以相正，其才力优闲、手口如意者，不乏苏、柳辈人。苏、柳之文浑灏雄杰，若海水吞天，机杼自裁，生意默注。而一篇之中，宛转抑扬，关通点缀，无不各极其致。彼有刳心刿肠，莫罄所怀，而或以片语单词，应机立断。盖天下之奇观实在于此。是编人所共见，彼其所取精而得力者，何可掩乎？余不独以古人正诸生，又欲以诸生正天下之为举业者。

桃花洞天草序

江盈科

桃花洞天，《图经》所称第三十六洞天外，别一洞天。余不佞，家于洞天，盖澹然无慕于世，而偶与世构在嚣繁之中，则时时忆洞天之景，可缕述云。

方夫春风扇和，溪水乍绿，仙葩烂熳，蒸为红霞，流为落英。而不佞与苏、王诸君，泛轻舠白马浪光之间，庶几遇所谓问津渔郎者，与问答焉。逮夏而梅溪之滨，渌萝之浒，青莎千顷，翠竹万竿，文禽戏而上下，黄鸟鸣而往来，则相与披薰风，坐绿阴，陶陶然忘其日之如年也。至秋而漳江浔阳，两寺相映，皎月东上，澄波含璧，俯仰乾坤，湛然玉壶，而吾侪乃拍肩执手坐月中，调瑶琴，吹洞箫，往往兴发，丙夜不寐。未几朔风告寒，万卉凋谢，而或黄云黯淡，琼花四飞。此中诸山玲珑，一水凝碧，则又相与着绨袍，扶筇杖，出郭遨游，问酒家所在，而买醉压寒，浩歌归来。然则洞天之景，四序流易，吾人乘兴行乐，与景俱适，何非逍遥婆娑时欤？

顾自分屈首受书，不能如瞿、黄诸君，游于无言之境，时以其天趣所会，发为文词，诚不自知工与不工，而就今筐笥所贮，要不可谓非洞天中来也。夫抉洞天之秘，直将遗世独立，羽化登仙，而乃以戋戋者当之，得无令瞿、黄诸君掩口笑乎？然要于各适其适，则不佞与诸君甘之矣。苏、王别有集，兹概及之，以著一时相聚之雅云尔。

苏松武举录序

江盈科

岁丁酉，姑苏四郡当比武士于乡。维时侍御某公，忿岛夷陆梁，虑周桑土，思得一二虎士，以固我圉，雪国忾，故所拔士五十人，视昔加毖。事竣，录既成，不佞谬忝校雠，宜序首简。于是稽首言曰：闻树勋策奇，非气不奋。捐命致身，非诚不决。夫惟诚以鼓气则气发，气以恢功则功立。余谂多士，惟气与诚两言尽耳。

夫多士非吴产乎？尔吴文教甲海内，士由一经起家，树鸿业流景曜者，顶踵相望。乃于武一何寥寥也？说者谓其山川平衍，土风清淑，故其人娴文词而不竞于武。然乎哉？余睹传记，伍员用吴以霸，率三江之旅，西破楚，东争衡于晋者，非吴士邪？项籍提江东子弟，渡江而西，灭秦鏖汉，剖分诸侯者，非吴士邪？此其远者也。即如国初张士诚据有姑苏，带甲百万，扼险以守，高皇竭天下全力，百战而后克之。彼夫使士诚称劲敌，力抗我旅者，又非吴士邪？由斯以观，战必克，守必固，吴士天下莫强焉。而今稍稍不竞，何也？亦承平既久，其民自幼至老不见兵革，雄心猛气，销耗于嬉游歌舞之中而不自觉欤？夫青萍虽利，然久藏不割，有绣涩苔生耳。騄駬虽骏，然久佚不驾，有僵卧偃息耳。士虽强，然久弛不用，有窳惰解体耳。故吴士之不见强，非不能强，无所以用之也。

顷岁岛夷狂突，啸聚其党，以侵我属国而谋内窥。天子赫然震怒，再发兵讨之，不靳彻侯世赏以召豪杰，期于灭此而后朝食。多士乘机遘会，罂英风扬茂烈，非千载一时欤？余观侍御之抡多士，一试再试，辕门棘院之间纠纠桓桓，弯弓跃马，何其捷也！穿杨饮羽，何其巧也！图事揆策，引古证今，何其凿凿有谋也！持此应当世，何功不就？乃余窃有疑焉。自姑苏制举以来，士大率以此应上，而云台烟阁阒寂无闻，岂尽时不用武邪？抑亦多士阳托致身，衷非许国，无由激发，其气汩没至此邪？夫怒蛙甚微，越王凭而式之，为其有气也。伏雌至弱，然狸犯其雏，辄张翼抟之，狸反却走，为其诚于致爱也。尔多士苟感念国恩，尽屏身图，矢心报效，如霍骠姚所云：匈奴未灭，无以家为。岳武穆云：国仇未雪，无时娱乐。若是者，必且奋迅直前，誓不回顾，将一可当百，百可当千，不难系长鲸筑京观，令天下自此称吴士之强，即封侯事业可胜道哉！无他，诚至气随，气至功随，必得之数也。

故余谂多士归于两言，两而一之，诚为的乎！昔有夜行见石者，疑其虎也，引射弓射之，饮簇没羽，已知其石也。覆射之，矢跃无迹。夫石同也，射之者同也，前没羽，后无迹，诚与不诚耳。故积诚之至，山可移，石可贯，况克敌制胜出于人所能为者乎？多士其务相勉以诚，将何敌不摧，何功不立？侍御所为歌鹰扬而登武士，意固若斯矣。

读史一斑序

江盈科

不佞来宰长洲，则天谷周君业已上书免博士簿，然犹儒服谒余。察其步趋语默，动中尺幅，似有养者。闲读其诗若文，冲雅澹穆，穷词人之致而一轨于正，余盖窃叹曰：有士如周君，使之岩栖以老，讵谓皇家结网果密，无遗麟凤邪？而君持所著《读史一斑》示余，则少师申公亲为制序。味序中语，极其咨嗟太息，重有慨于君之能为可用而不见用也者。嗟夫！得失之林，咸秉于史。史者，已事之鉴，士不谙史，譬如理栉遗鉴，冠簪欹正，谁与辨之？即或读史而随人妍媸，漫无的见，犹之鉴诚具矣，拂拭临焉，不辨冠簪欹正，而目傍人谁何？以此应世，妄意定国是，决大疑大狱，无乃反鉴索照者类乎？

君兹编具在，自初有书契逮于胜国，凡历代成败之辙，臧否之途，无不探讨商榷，如躬履其事，亲为区画。就中有应成而败，应败而成者，率皆揆其所以著为论，词简意畅。如弈秋从旁指示弈者，某操胜局然而可败，某处败势然而可胜，读之令人了然，不啻目见面觌也者。嘻！学识如君，假令处顾问之列、编摩之职，其所表见必赫然可观。而今且岩栖以老，宜申公咨嗟太息，怜其能为可用而不能自致于用也。虽然，有用之用，有不用之用，夫士用于一时则为舟为楫，用于后世则为龟为蓍。舟楫之用大而易穷，龟蓍之用久而无尽。若周君者用固用，不用亦未始非用也。

敝箧集序

江盈科

世之称诗者必曰唐，称唐诗者必曰初曰盛，惟中郎不谓然，曰诗何必唐，何必初与盛？要必出自性灵者为真诗耳。夫性灵窍于心，寓于境，境所偶触，心能撮之，心所欲吐，腕能运之。心能撮境，即蝼蚁蜂虿，皆足寄兴，不必雎鸠驺虞矣。腕能运心，即谐词谑语，皆足观感，不必法言庄什矣。以心撮境，以腕运心，则心灵无不毕达，是之谓真诗，而何必唐，何必初与盛之为沾沾哉？

中郎尝与予方舟泛蠡泽，适案上有唐诗一帙，指谓予曰：唐人之诗无论工不工，第取而读之，其色鲜妍，如旦晚脱笔者。今人之诗即工乎，然句句字字，拾人饤饾，才离笔砚已似旧诗矣。夫唐人千岁而新，今人脱手而旧，岂非出自性灵与出自摸拟者所从来异乎？夫茄瓜梨枣之初登于市，一钱一颗，人争食焉，而可于口。越岁之薰豚腊兔，十钱一篚，坐客投箸而不肯下。盖新者见嗜，旧者见厌，物之恒理。惟诗亦然，新则人争嗜之，旧则人争厌之。流自性灵者，不期新而新，出自摸拟者，力求脱旧而转得旧。由斯观之，诗期于性灵出耳，又何必唐，何必初与盛之沾沾哉？中郎论诗之概若此。

君丱角时已能诗，下笔数百言无不肖唐，君乃自嗤曰：奈何不自为诗而唐之为？故诸所题咏则辄置不录。及其令吴二年，移病乞归，友人方子公为检其图书付行李，从敝箧中得君诗一编。读而旨于味，曰：异哉！有物若是，而以供蠹鱼，其不尽充蠹鱼腹也，其犹有物护之与？于是稍稍裒次付诸梓，题曰《敝箧集》。夫爨下之桐，至音出焉，则中郎之集之谓矣。

经言枝指序

江盈科

夫儒者之储学，与农之积谷，贾之积资，皆其分内事也。顾颖异之质，博洽之功，不恒有于世，士各就其所闻见为用，无以相笑。而狡焉者身如裈虱，腹鲜墨汁，辄谓孔贵一贯，释证无闻，以自盖其固陋，而傲焉蹲踞于博雅君子之上。噫！此何异惰农游贾，瓶无半粒，囊乏一钱，饥馁垂死，犹侈引伯夷之饿、颜氏之空以自解，有不为人讪笑者乎？不佞生平喜读书，然少困樵牧，壮苦薄领，蹉跎岁月，抱四十无闻之惧。乃兹睹海虞陈锡元所辑《经言枝指》，有不觉心赏而中屈也者。

君所辑四籍为经，百家为纬，自有羲画颉书至于今日，凡人物制度，言行功德，有当四籍者，罔不旁搜博采，并为一门，条分胪列，布为五种。使占毕之士，因四籍以窥百氏，而后乃诧夫向者墨守宋传之为拘拘。譬之引坎井之蛙，观大于海，发醯瓮之鸡，觇全于天，其畅快活泼，可胜言哉？而余虑夫狡儒者，引六经注我之言，笑此之为真枝指也。盖昔孝庙时，南海丘文庄先生，号称博洽，所著《大学衍义补》，今列在学宫，而其时刘文靖笑之曰：丘仲深有一屋散钱，只少一条索子。文庄亦复笑之曰：刘希贤有一条索子，只少一屋散钱。一有散钱而求索子，易易耳，有索子而无散钱，索将安用？持其所为索者，笑夫有散钱也者，岂不可笑之甚也哉？噫！锡元所辑，散钱具矣，锡元之心，其索子也。人心各有索子，盖引而贯之，将何所不适于用？

君自题其书曰枝指，傥亦自笑其无用乎？然君执此以往，备顾问，宏经济，其胡不绰绰然？故知无用之为用也，夫而后可与谈《枝指》。

重刻唐文粹引

江盈科

昔人列德与功与言为三不朽。此三不朽者，校其虚实，则德、功为实，言为虚，论其用之远近，则德与功之用在一时，言之用由一时及于万世，而德也功也反托以不朽。盖言之所关大矣哉！言之精者为文，六经之文尚矣。六经而外，论者率推秦汉，以其去古未远，有未雕未琢之意。降而唐，见谓不逮汉矣。降而宋，又见谓不逮唐矣。此自世运升降使然，莫可谁何！要之代各有文，文各有至，可互存不可偏废。盍观百卉乎？春则桃李，夏则芙蕖，秋则菊，冬则梅，或以艳胜，或以雅胜，或以澹胜，总之，造化之精气，按时比节，泄于草木，各有自然之华。人心之精，泄而为文，无代无之，彼嘐嘐然尊古卑今者，有所独推，有所独抑，亦未达于四时之序，与草木之变之理矣，乌可与论文？

唐有天下三百年，其诗最著，其文惟韩、柳列于大家，其他不甚著。然而三百年间，名流骏硕，各殚其思，各穷其致，抽锦绣于肺肠，吐烟霞于唇吻，盖人固不可数计，篇亦难以枚举。则谓二公之外，其文皆无可传，亦大谬妄哉！矧夫李氏一代，朝政兴替，国俗媺恶，与夫礼乐名物、沿革举废、忠孝节烈、勋猷劳伐，正史所不尽载者，或偶见于叙述纪志，可以备史之缺，所谓二不朽托以不朽，正谓是耳。

然则唐文何不可传邪？有宋吴兴姚宾臣，自谓用力十年，取有唐一代之文，拔其尤者得百卷，题曰《文粹》，刻而传之，其有功李氏甚大。阅数百年，板浸浸湮没。嘉靖间，姑苏国子生徐熿，捐资覆刻，至于今又渐归散佚矣。永思金子，后来之俊，有志斯文者也，为校正其讹，补刻焉，藏诸家塾。

夫文而曰粹，譬如看花名园，群芳众姿，争奇斗胜，吾就中摘其最者，置诸瓶间，其为赏心娱目，当复何如？而吾以为终不如百卉并存之为大。苟世有有力者尽取古今文，自唐宋而外，若三国，若晋，若隋，若南北朝、五代与元，并而刻之，岂不天地之大观，而千秋之胜事哉？彼识不能周览，力不能遍举，而直曰秦汉秦汉云耳，此何异守瓶花一枝，而忘千红万紫之无尽藏也？是漆园生之所笑为醯鸡者也。

谢太守守潭纪略序

李腾芳

盖尝考世之为民者六，而长沙仅有一焉。以一农而奉民五，曷给也？食之为粟者六，而长沙亦仅有一焉，以一粳而当粟五，曷给也？其地之广，衣乔带湖，包湘指岭，既甲于大都，而其人之鲜，反不及一下邑，盖黧黧然蚍比而蚊轰者，匪其著土者也。地既广，故赋不得不重。民既鲜，故土不得不旷。土旷而赋缩，民鲜则算鲜，而又加之以东辽西夷谪科（糒）〔糒〕车，俾设转击，以致征榷之日剧，闾左之日尽，长吏之日益束湿而无措，其自然之理，不足怪也。

我大夫谢公，驾驷而来，褰帷而瞩，辟塞而听，缕心而思，洒手而署事。教民以男作女绩，广粟米麻丝之出，而鼓其弛倦。教民以爇寒周饥，通有无劝分之法，而解其兼并。教民以宾客燕喜、死生葬埋、烝尝之制，而防其奇邪。教民以城堡甲兵、比里候望捉截之事，而峻其惩劝。就士于学，就工于官，就商于市井，就农于田野。民之逃赋犹逃痁也，时裁狭阔与假贷，而担负者襁属，民之入法如入腻也。除去苛碎与休易，而嚚狺者雅化，有不率则祓精树惇以导之，而又不率则章典播信以招之，而又不率则耸之以礼，痛之以刑。盖三年焉，无腥政，无矫令，名山名川，登其馨香，而民罔不抱矣。国家之已事，二千石高第者入为九卿，出秉钺麾。公既报政，则乘卿车而觐于朝，建大旆而行于天下，时也。

夫朝廷之大，四方之远，岂但什伯于长沙？而以公治之，宁有间否？昔汉兴吏治，黄霸为首。其在扬州也，盗贼日少，户口岁增。其在颍川也，凤凰神爵，来集尤多。嘻，亦异矣！及入为丞相，号令风采，不及丙、魏，何哉？得毋霸之靡密烦碎，用心计术数，道未出于自然，而颍川凤凰，大抵敞舍之鹖雀耳。若渤海弄兵，龚遂但令民口种一树榆，百本薤，十本韭，是何足道？乃其人肯舍刀剑而带牛犊，又何哉？甚矣，难不在大，诚不在细也。若公之清真平夷，简澹劲朴，与霸之钩察阴伏者异矣。得为丞相，于霸蔑如也，安得而不长沙若乎？而间视朝廷之大，四方之远也哉？虽今之弄兵者，剡于潢池，试以龚遂相提，则公之教民农桑，何不可以办贼？不然，此羸者长沙也，夫岂其无裔民？

包仪甫辨真稿序

李腾芳

顷岁场屋之功令益严，而试文益敝。丁未春，予从升伯、嘉宾两公于礼闱中。时礼部方摘时文之怪者，句至字有禁，以诏旨约束之，而犯者比比。考官各置禁一纸于掌，左眼视文字，右视禁，可否攙夺，劳目发瞪，几矇莫辨。予三人相顾叹曰：士有真文字而犯此否乎？有不犯此者，以谓真文字可乎？得真士方有真文字，能知真文字自有真士。然窃议而未敢显言。越二年，予既罢居山间，闻嘉宾方典教胄子，获真士甚多，仪甫包君、求仲韩君为最伟。是年二君同举于乡，而仪甫为元，求仲为魁。明年庚戌，又同举南宫，求仲为元，仪甫为魁。嘉宾又在礼闱，试文多所定，于是传其文者，上自京师，下暨郡邑，凡工文之士，虽好怪之人，亦未有不感服叹息，心动貌恧，祓涤磨励，翕然一变者也。乌乎盛矣！

予之陋士亦有相从于山间者，告以真文字之旨，或不信。会邑令得包公，邑人传得公文绝早，予因指以示之，曰：兹文色象恬然，而旨趣有余，神理难名，而纡委无尽，非真文字乎？于是邑人始信其然，而作者因之亦一变。夫文敝久矣，礼官忧之，深言之切，然其变必待包、韩二君。乃二君皆出嘉宾之门，天下固以贺礼部之得二君，又贺嘉宾之能知二君也。则向者予三人窃议之言，果验也哉？或云嘉宾以好品骘文字之故，一旦人嫉之，排根连株不遗余力，则世亦何贵乎有知文字者？然士无不以嘉宾品骘之言为信，以包、韩二君之文为金玉珍宝，盖人心自然之良知，亦何可昧与？使人心自然之良知，发之于言，施之于政，无偏无党，一如知文字之知，则天下之平久矣，而仅存于文字之间，固可悲亦可喜也。

若夫包公之才，宜与求仲同在金门玉堂，穷思毕精，抒其学问文章，以鸣一代之盛。而簿书之微，讵足烦其绣心妙手也者？将天无意于文章邪？然天下荡荡，玉堂一片闲地，已为陆沉，求仲甫入，旋即舍去，则天之厚公，岂不远哉？公志操清泊夷旷，好读书，其政闲妙，有仙吏之意。他日以品望德业映照先后者，必斯人。予但序其文如此，乃有感于嘉宾者何？以此文为嘉宾批点也。

长沙守汪公入觐序

李腾芳

盖尝论人主置吏以安民，而古之吏何以最少？今之吏何以最多？汉制，内则内史掌治京师，是为京兆尹，与右扶风、左冯翊分典三辅。外则郡守掌治其郡，是为太守，太守以下有县令长，掌治其县。而太守官最尊，自太子太傅至右扶风，皆秩二千石，太守与之秩等。太守得以威福生杀之柄自制其郡，无制之者。元寿、元封间，虽有刺史六察，有绣衣直指出讨奸治狱，然皆不常置。则汉之吏治，独倚太守明矣。

明兴去汉甚远，官制仍杂近代，太守之上更有监司，即唐宋以后观察、防御、团练使之遗也，而其实则不过为郡监尔矣。国初天下分司四十一，道员尚少，今则不啻再倍。大抵官壹则权重，权重则法行，官分则权轻，权轻则法玩。人言为汉之吏易，为今之吏难，盖有以也。然窃怪班史述汉循吏，自蜀郡以下，仅仅数人耳。惟颍川最著，其称霸力，行教化，又不云教化何状，仅咨叹其乌攫肉、某所大材、某亭猪子，以为识事聪明，陋亦甚矣。此又钩距之智所不为也。然则汉之循吏如斯而已乎？

楚之郡难治无如长沙，赋重民瘠，输不以时，敲扑日繁，又奸人猥集，不避官府。我婺源汪公为政三年，民力渐裕，逋负尽入，狙猾敛手，教民为善，精切简约，以躬行之，不烦语言。此与霸之靡密烦碎何如也？吏民见者与语，温厚恺恻，出于至性，人人以为爱己不忍欺，此与霸之阴伏参考何如也？属吏有不逮，谆复导诲，若教子弟，必俟其熟，而后释手。或上有所谪，察其无过，必力全之，虽一尉之细，亦恻恻然。此又不止霸之容一聋丞已也。税粮旧兑于武昌，以军卒为民害，公力争之，兑于青泥湾。长沙邑治旧在郡城外，公改作之于内，此尤利之大者。前吏逊让不敢议，又不知霸能之否也。

夫人言为汉之吏易，而霸之所为如彼，为今之吏难，而公之所为如此。独憾当世史臣无班史，无以传公，然安知终无班史者出乎？抑史言霸材长于治民，及为御史大夫、丞相，总纲纪，号令风采，不及丙、魏、于定国，功名损于治郡时。夫治天下，治一郡之推也，岂有能为真良二千石，而不能为良御史大夫、丞相者？今公旦夕就征，以总纪纲，号令风采，当益卓然。公之功名不但以循吏传，而史有班与否，又无论已。

南国人文序

李腾芳

盖人材国之所与立，而士者材之从出也，郡邑又士之从出也。

汉兴去古未远，郡守之职重，每诏举贤良，则径下郡为之驾，或令二千石谨择可者与计偕焉。故当时长吏，皆知以兴贤育材为先，若史称文翁修起学官，诱进子弟之方，良有足述者。然则汉之人材，卓然异于后代，岂苟而已哉？

自汉以后，杂置诸道之使，官日猥而郡守之职日轻，至特设提举学事，司掌一路州县之学政，而广励庠序、兴导贤材之意，于郡邑盖漠然无与矣。然至宋绍兴、乾道之间，犹有以郡守带知学政者。逮于本朝，望士益隆，故责学臣益专，自虽抚按不得关其进退，然士之待试既众，而学臣之力亦时有不给，当岁莅其事者，数岁始克既焉。其于黜陟劝惩之法，势不得不疏且略，自非材士，不以无所磨而益励者绝罕。其不材者则夸然以放，吏不得以法呵之，惮其曹决者，将堤之虞无以焉。

夫贤父之有子也，使师教之，犹躬自课督不缺。未闻因其子有师，遂弃之也。今学臣非天子所使，为诸士师者邪？然子弟则谁之子弟也，则以诸士为有师而遂弃之，不知课督之者，亦郡邑之过矣。今温陵庄公守吾长沙，以忠导恕，以清出惠，方未浃月，政修事举，刑静民乐。乃登岳麓之巅，望江汉之流，慨然叹曰：兹非周之南国，而朱、张诸贤所振铎之地与？其流风遗泽，陶之为人，溢之为文，当可观也。因比十二属之士较之，抽其髦者肄而食之，使辨志敬业，题其得失而诲之。士争洗其习以乐就公之造，不啻子弟之乐有贤父兄也。而公之心犹恐下邑远士有不获面承者，镌其试文以为之式，名之曰《南国人文》，而属予书其事于简首。予曰：式士也与哉！并可以式天下之有郡者，众仪图之，人材其有作乎是，可以书矣。敬书。

十子制艺序

李腾芳

盖尝论汉之文词、唐之诗、今之举业，其大小不同也，而皆可传。夫万物多矣，久则必败，败则腐朽渐灭而无所见，而惟精之所在不然。故夫汉之文词、唐之诗、今之举业，皆精之所在也，其所凝畜晶莹熯煜，若山泽之有珠玉，虽日月脱败，风雨晦蚀，陵谷变换，而此物为不改。其用之天下，皆足以鸣一代之盛衰，而垂之后世，皆有所不可及。故夫有唐三百年，其治乱未必尽系于诗，而其初盛中衰，其得失之故，亦自有可概见。以今观于唐人之为诗，专致而精诣，力倍而徒众，故其沉郁流丽，感慨悲壮，一字之艳，弄播元化，一言之工，鼓铸群品。故夫三百篇以后，遂为绝唱。而今之为举业者，束以须臾之期，宏以清冥之路，心体物而眇思，意司契而为匠，至于穷涯不返，盈量斯归，吁，亦极矣！

夫自唐以后数百年，未必有能为唐诗者也，则自今以后千百年，又乌可必其能为今举业之文哉？盖唐以诗取士，故唐人一代之精皆在于此。我朝以举业取士，故我朝人一代之精亦皆在于此。然唐之诗其可传者，往往非必其应制登第之作，而山林羁旅，边塞征戍，离别穷愁，短章片语，反以脍炙人口，传颂无穷。又如以子美之宏才，奋笔于三礼，右丞之清制，遇巷于平阳，岂当时有司所以求士者亦自有方，而于诸贤固有所不尽合，亦有所不必合者与？则今之为举业者，又何必取合于有司，求工于功令也？而其可传，断不在彼而在此矣。

予每与郑生论文，未尝不三叹击节，以生之才辅以十友，而屡困于场屋。今其文若干言，人人不同，然皆能不求合于有司者也，能鸣一代之盛者也，能为可传者也。

贺孙中丞序兰石

李腾芳

方余举进士时，公与余同郡人茶陵谭公皆为符丞。予见公于谭公之所，温然君子也。后公为光禄卿，予为史官，同有事于秦藩，公先予即荒城远驿。山桥野店，风晨月夕之间，葛衣短策，驻骖问酒，相对陶然。听公谭当世之事，雄伟绝特，魁然古豪杰也。公家渭上，延予升堂，土床荻障，秋草凝砌。当是时，天下方有事，东西用兵，求才若渴，公之静素乃如此。今公建大旆，拥长纛，开镇畿甸，出入从骑数百，熊罴豹虎之士，绛抹靴袴，佩刀菔矢，终日不敢出息。公自视比当时何如也？士大夫生明盛之世，雍容取节钺，折冲几席之上，威名扬于天下足矣。今公德刑之政并崇，宽严之宜各得，千里之远，吏畏民嬉。四郊之中，马腾士饱。观公之所设施，向所以与予言者，岂苟焉已哉？今天子方向用公，公之功名流千万岁，端自此始。

岁之某月，以元孙恩覃及公之三世，公之属某征予文为贺。予与公厚，故不得辞。

送何少亭之郑州同知序

李腾芳

予年方六七岁时，里师授予以书而教使读。予问之曰：读此何为？里师未及答，俄有骑从呵道而过者，邑令也。里师指而谓予曰：读书以为此而已。予应之曰：使予为此，将何所为？里师不能答。有叟一人，苍髯修眉，避令而来止者，不知其何人也，仰而笑曰：孺子善问。自吾所见骑从呵道如此，而令于吾邑者，不知其几矣，其能修惠政于民，而使人讴歌思慕不能已者，不可以一二指屈也。夫贤令所设施，德泽在人，人歌之慕之，否者人咒之诅之。孺子勤读书，异日为令，为其惠民者而已。予闻其言，心廓廓然若有解于中。复问于叟曰：自令而往，其人之贵者几何？其所为又当何如？叟曰：此吾所不能知也，然吾闻朝廷之上，其最贵者无如宰相，其所为在以道匡人主治天下国家，此其功泽被人，万倍于令矣。孺子口尚乳臭，何问之远乎？语毕，趋去。

自是凡二十年，而予举进士第三甲，当为令。窃自忆曰：向者老叟惠民之言，今庶几乎？后被选入读中秘书，滥尘史局，操铅椠随队行者，忽忽至今十有二年。下之不得为令，而上之公卿辅相之阶又非敢觊焉，人生遭遇，有命于其间，既非我之所能必，而年复一年，恐将老矣。若夫时移势迁，后之所难为者，容倍于今。纵得而为之，未必其有济也，况于不得为乎？反而思焉，何如为令得发挥其所学，尤有以见于世，而有益于为民？以是未尝不展转自悔，而一举向者老叟之言，不觉其三叹也！

何君予同邑人，少有大志，言论笃实，今官为郑州同知。夫仕之足以惠民者，由令而上则守，守之下则丞，丞虽卑于守，而实尊于令。凡其设施，有以佐守而益于民者，皆丞之所得为也。何君勉乎哉！以予之所展转反覆，憾不为者，而君为之，使郑之人讴歌思慕不能忘君，则君何所往而不得志焉？求予文而赠君者，皆同邑人也，不可以辞，故直书予之所以自歉者，以为君勖。

案《湘潭县志》，何东旸官河南郑州州判。今郑州属开封府，知州下有管河水利州判一员，想明制亦然，则不得有同知。文庄殆仅据邑人讹传而未察也。汝怀附记。

包仪甫新艺序

李腾芳

公之制义，有汤司成嘉宾所批点真稿，予既序而刻之矣。邑士人又谋刻其新稿，而索予序之。予语之曰：斯文金玉也，寒者得之以有衣，饥者得之以有食，贫者得之以有富。小得之则小利，大得之则大利。见之而可欲，欲之而不厌。蓄之而有用，用之而不尽。此邑士人所以珍公之文，宜乎不一刻而足。而予亦乐乎咨赏赞叹，与诸士道之不能已者，盖以此也。

予邑偏在南服，士之好读书者甚罕，即有志者，亦往往耳眼卑狭，无所取正，四方之时文习尚，年变月迁，迨其传之至于邑，而邑人摹而效之。尝在一二年之后，摹之未熟，而四方之习尚又易矣。故四方以为故者，邑方以为新，其又新焉者，或未及传而摹之焉而止。乌乎！此予邑之所以陋也。然惟其如此，故四方悠谬怪恶之习，士之染者犹少，即染未深者，犹可以洗而去之。辟之挽仆车者，覆之也浅，则复之也易。今得公之文以为摹，岂不庆幸？而又最早，不俟夫四方传而后有之，则他日予邑士人之文，将在四方之先，未可知也。此予所以咨赏赞叹，乐与诸士道公之文而不能已者，又以此也。

吾闻古之士学为文者，莫不有师。唐之文师韩愈，宋之文师欧、苏诸君子，本朝之文无师，独制艺师王、唐、瞿三四人耳，然皆吴人。故吴越之士妍妙者多，湖湘无闻焉，以无为之师也。往者渭川胡先生，步陟负笈数千里外，谒薛方山为师。居一年，每陈其所作，薛不一视，直还之。先生流涕长跪请教，亦不顾。又一年始寓目焉，未几曰：子归矣，吾稻一穗莳于楚矣。由是渭川之文遂名，后之子弟皆能文。其孙征吉为予言如此。前人师友之际，犹可想见也。若吾邑之士，无奔走负笈之劳，坐而得公为之师，公又恺悌乐易，随机接引，不若薛之峻如是，士有不力焉者，殆非士也夫，殆非士也夫！

绍庵尤大将军六十序

李腾芳

古之所谓将者，不过二端而已，上之忠勇慈让，沉思而好智，次之鸷戾果壮，矜斗而乐战。夫鸷戾果壮、矜斗而乐战者，非上将也，然不失为将质也。而世之抱其质者，往往肆情而行，或刚而难制，或贪而无厌。当天下之未平也，资其刚于我，而移其贪于敌，时有所济，相忍以就功名。及其无事，则未尝不恣诟取讥，困辱于文法。世之人见其恣诟取讥，困辱于文法也，不咎其行之过，而惩其质之非。于是鸷戾果壮、矜斗而乐战者，相与化为鞠卷跽曲，便体而纤趋。而文法之士，亦欣然乐而与之矣。夫鸷戾果壮、矜斗而乐战者，此人情之所难也，而况又有以惩之。鞠卷跽曲、便体而纤趋者，此人情之所易也，而况又有以驱之。然则世之不为其易，而为其难者，盖亦鲜矣。乌乎，此犹可谓之将否乎？

予友顾开雍之使于朝鲜也，往反于蓟辽，得遍观于今之所谓将者。于其归也，予次前说与之论将，开雍曰皆然也，而独尤君为不然。尤君自结发从戎，至于大将，大小数十百战，击剑驰槊，常为军锋，是尤君之为果壮鸷戾也。每与人语，意气横发，慨慷淋漓，不可一世，是尤君之不为鞠卷跽曲也。当今之将，未有贤于尤君者也。予闻其言而心识焉。乃今吾乡龙衢颜先生复告予曰：自君为将四十年矣，其家之贫，筐无赢财，妻子无赢帛也。行师用兵，与冻士均衣，与饿士均食，拊循劳勉，人各得也。擐甲而趋，惟力是视，释兵而处，有礼自将，与人有交，未尝失也。乌乎，尤君而如此乎！有鸷戾果壮、矜战乐斗之善，而又绝乎世俗贪而不厌、刚而难制之风，文法之士，即欲讥诟尤君，其何得焉？而世之鞠卷跽曲、便体而纤趋者，宜乎失其所惩，而泚汗其所为矣。

颜先生又言君今年年六十，勇气愈厉，时与诸奇才剑人，讲求古名将用兵制胜之略。然则又岂但鸷戾果壮、矜斗而乐战已哉？进而求之，孰能御焉？昔廉颇年八十矣，诸侯犹惧其能。赵充国亦七十余，其破金零方略愈妙。人心之智与年俱进，君勉乎哉！顾开雍予友也，其言不人苟也，颜先生予先辈也，其言不吾苟也，于是乎为之序。

包仪甫行取序

李腾芳

昔人有言曰：用之而不穷者，天下奇才也。夫未有以用之，相望而许之者众矣。洎其用之，而诚中于用者，谁与？且用之也不可，而况不穷于用者与？则信乎其为奇才也，然愚以为未至也。

夫可以用者才也，虽至于用之不穷，而未离夫才也。辟如数，自一而十，而百千万亿，而终之以不可数，然未离夫数也。夫未离夫才与数者，要必穷于穷之所至而止，惟至其不得至者，不可以才与数名，而后称极至焉。若仪甫之治吾邑也，冷然而非以为洁也，灿然而非以为明也，转之如旋焉而非推也，被之如施焉而非设也，如縠之系焉而不见其乱也，如波之逶焉而不见其弛也。遽然而至，截然而下，如快风疾霆焉，而不知其从来也。故一邑之民，馁者欲饱，冻者欲衣，痞者欲苏，劳者欲佚，一一煦之摩之，穷岁月而犹赊。而后拱手于堂序之内，少焉起视四郊，而罔不洽矣。故灾之以连岁之水旱，而民与不灾者同。祟之以南山之塔，恢之以杰灵之台，而民与不劳者同。如茨之粟下于江，如手之骖织于途，而民与不有租庸者同。乌乎！若以用求君，其不穷也验矣，而名之曰才，但才也而已哉？

予尝与君晏坐终日，未尝有声色指挥之迹，与之语，尊性问学之外无所言。凉月之夕，嗒然静虚，物暝响寂，形去性来，闲尝察之于豪芒潜入之中，循之于万类飞荡之表。捉之而不可寻，放之而不可违。微矣，吾不能至其至之所至矣！而世有至之者否邪？

今君将去吾邑，戾乎天以膏泽天下，出其什三，用之可以不穷，而欲以窥其至之所至焉，则非精于圣人之学者，不足与矣。

徐母易氏八十序

李腾芳

万历十有六年，予与徐君履端同学于郡城。是时学者数十人，而君以文字为之冠，讲诵习复，穿贯钩较，赖君是咨。遂至起居饮食，博弈戏乐之事，亦君是长。予躁君静，予辟君咸，予庞君则，若相反者。然以是最相得也。予既成进士，守官京师，十有余年。而君始以明经升于礼部，予愧先君，不觉忸于面悱于心，而君益欢，沃然自肥，有加于旧。君幼有至性，事其父东潭公极孝。既失母，东潭公命其侧室易子之。君事易如母，日率兄弟妇子，具丰滑之需，视暄凉之宜。其暇则读书讲古人，求其孝弟之至者以相励也。於戏，岂不贤矣哉？而易自有子，舍其子以子君，拮据尾琐，用宽君力于学，以掉鞅文圃，战艺天下，则易母之贤，亦可知已。

徐氏长沙大姓也，代有闻者，今君兄弟益能充其经笥，连畛乡国，而诸孙森然秀如立竹，其荣名显仕，可拱手而取也。易年八十矣，明见豪发，指使针衽，无老人昏罢之态。於戏，此亦天之所以右贤者与？

杨罗岩文集序

李腾芳

自向之刑放于宠也，客有言都官杨大夫者，中而乂，不骫于富威，予憾不识其人也。自向之民辜于残也，客有言茶陵杨大夫者，廉而仁，不侮于细寡，予憾不识其人也。二年之春，予始获觐茶陵杨大夫于长沙，丰髯戟张，瞳子星曙，接其音声，钟鍧磬越，退而自幸得识州之杨大夫矣，然未知即都官杨大夫也。归与包大夫言，乃克知之。甚矣，予之荒也。久之，更读滇狱书公余杂编三大政等录，崇茂如高山，瀇滉如阔川，次其事之颠尾，如出手掌以示人，而指节纹理皆可睹也。裁利害而措之，如登熟肉于俎，糅以五味，脔切布列，而食者无不餍也。其气厉以决，如风怒、鸟鸷、雷吼、龙出而不容已也。

於戏！物莫不有本，君子务本。大夫之了然于言如此，则其能果然以有为，此为之本故也。虽然，世岂无辞说甚辨，而投之辄罔罔者乎？古人有云：言无善恶也，苟有得乎吾心，则其辞不索而获。方其为言也，犹其为心也，言犹乎其心，则为犹乎其言也。此予之所谓本也。予闻杨大夫用力于格致之学久矣，语茶陵诸士有曰：物汩知，知汩意，意汩心。物者物也，格者革也，若涤尘镜，若决浊波，然后知得而意得，意得而心得。於戏！此杨大夫之所以能有言以有为也，得之于心中之本故也。

曹寅是文稿序

李腾芳

予友曹寅是，来顾予于斋中，值予正读《后汉书·郅恽传》，传言恽明于历象，谓汉必再受命，乃上书王莽，说其退就臣位。莽大怒，收恽欲杀之，先使人胁恽，令自告狂病，恍惚不觉所言。恽乃瞋目詈曰：所陈皆天文圣意，非狂人所能造也。其后莽竟赦恽不杀。曹寅是曰：恽何如人也？予曰：古豪杰也。寅是曰：是豪杰邪？其亦虞莽之不从而杀之乎？予曰：莽之从否不可知，然莽必不能杀恽。寅是曰：岂有莽之不能杀恽？莽固教之使脱，而恽尤不解，其不死特幸耳。予笑曰：非也。莽之教恽，是杀机也，恽之不从，是生机也。杀机生机，相去豪厘，而恽盖精矣。寅是嘿然有间曰：已矣，子之言，予有解，有不解。予有文数十首将付之梓，但得子序论之。

予对之曰：夫为文岂有异哉？亦不过生死两者而已。善为文者死而之生，不善为文者生而之死。盖生之法多矣，或顺或逆。顺之用有定，而逆之变无穷。寅是曰：何谓也？予曰：子不见夫操舟者乎？风恬水驶，悠然千里，此顺而驾者也。其或风雨黤黮，飞涛喷浪，而一苇曲折，乍东乍西，此其顺逆宁可常哉？夫岂惟操舟，凡物皆有顺逆，但人习其顺而不知中之有逆也，讶其逆而不知逆之为顺也。郅恽之于王莽，亦逆之而已矣。子曷怪焉？

寅是自童龄时，其为文已与长老争能，今磨之数十年，而顺逆之变当益精。读其文者，贵因吾说而寻之。

送缮部高元期监督桂邸工竣还朝序　陈宗契

汉兴惩秦所以败，内外无骨肉尺土之翼，于是尊王子弟，连城数人。即景帝减削王国官，而树宇如故。然而长沙江都，极廷臣之选以行，重傅也。而不及成周累土封侯，每托重上臣，如山甫、申伯之属。歌咏篇什极公卿之选以行，重城也，兼重城之之人。明兴选建明德，斥名城开朱邸，损县官费，不吝数十万，与汉同。简厉部臣，精核有位望，拓地建宇，往往勤明诏亦不吝再三，又与周同。

天启二年壬戌，桂藩建邸于吾衡州，缮部高元期先生来董其役，则矫卓善职者也。桂王为神庙少子，与惠王分封同属我楚，神庙之爱弟爱子皆在中州，而其采地多食于楚。楚一时树两大藩，适又黔蜀辽左交讧，建藩之费，稍俭于福邸，一切经费锡予，桂王又独在雁行后，时经六七年，守者与董其役者，但支白板卧而已。衡又居楚上游，捆载易出，负襁难入，深计者每虞漏卮在国，露肘在民，又虞饱吻在侧，盖时之难为如此也。

从来缮部之政，取资于虞，《周官》虞人掌山林，古皆领于官，今制听民自便，官不得问。不问而三尺如汤火，工谁与竟？一问而万口如蜩螗，怨谁与弭？公鼎函牛刀才济川，铦又发硎也。故自入衡来，他人肉食，而公茹蘖也。他人受命内热，而公饮冰也。他人畏事如鼠如豫，而公承蜩也。中饱之民，每借公家虎翼蚕食，而公封山刊木，悬尺一临之，倚办作奸者治如法。而夫家徒役、山师柞氏之职、井牧军匠之费、五金之利、钱镈埏埴之细、泉府之货，伍伯班事皆领于公。公口吟目受，耳听手裁，而又酬对文书，揖让宾从，分五体以应，洒洒如也。会逆珰矫旨促期程，督公与内相黄君和宇画工而任，并日而营。及直指温公青霞以视工来衡，两殿山峙，百堵林立，咸相顾眙愕，谓公岂有鬼工神斧，俾二三执事，黾勉以逭于罚也？公徐曰：不佞何所短长？惟是无凌节，无溢施，无渊鱼察，无北郭吹，谨守吾职。时至事起，如是而已。

余尝叹世之智力相笼，巧诈相逼，藏猜忮而矜听视，营营扰扰，以爚乱煽祸，皆不守职之媒也。夫公未入官之先，有一再受命，营脱以去，迨公谒选虞曹，辄调缮曹受事，今其人何似邪？公同舍郎亦有一岁九迁，犯见卯跃金之忌，身名俱败者，又何为邪？公七年不转一官，不进一阶，第以墨绶相往还，亦足明职守无越畔之概矣。夫守职则节以制度，技有余巧，集事之府也。守职则廉而不刿，辨而不争，常胜之谋也。守职则不幸苟且之功，不易难变之塞，不狃目睫之规，不试罔测之害，崇高之藉也。庇国卫民，恒必繇之，鼎司三事宁顾问哉？当今黔祸中于楚，而疆圉之职亦急在楚，公其以司马领中丞节，树羽建牙，灭此而后朝食。公工竣还朝，寻且复出矣，然吉甫之颂山甫也，曰衮职有阙，惟仲山甫补之，公其在帝左右乎？公出即当入佐中朝矣。古人谓宰相职在燮理阴阳，公斟酌元气，灌输四宇，泰山之云，不崇朝而霖雨天下，吾衡其沾濡最先者乎？然则公之德被功施，讵只是矫卓善职已哉？惟是使节七年，公不忘吾衡，衮衣数载，衡更不忘公。截镫还犊，去留缱绻之间，诸父老暨都人士，望辕洒泣。于是陈子采其意，次第书之，以代祖軷，因以告人臣之越志怀二心者。

阳明先生集钞序

杨鹤

阳明先生之学，不动心之学也。先生自谓谪贵州三年，百艰备尝，然后能有所见。余亲至龙场，展先生遗像，见壁间书《何陋轩君子亭记》，墨迹如生，低回留之不忍去。吾乡冀闇斋先生言，先生一日在龙场，静坐到寂处，形骸全忘了，偶因家人开门惊觉，香汗遍体，谓释家所谓见性是如此。是时先生饱经患难，齐一死生，独余此心历历孤明耳。

先生既悟良知之学，把柄在手，杀活自由，平蛮定乱，举而措之，不动声色，皆先生之绪余也。先生用兵如神，半由天授，然归其术于不动心。余同年友黄启融偶谈戚南塘用兵之妙，方倭乱时，莆中有一大姓筑城自卫，倭人据之，南塘率壮士数百人衔枚夜袭。未至十里许，令皆解衣露胸，扪其心间不动者十余人，三里许不动者数人，逮至城下不动者一人而已。其人曰江虎。倭方城守夜柝相闻，虎肉薄而登，斩一人被服倭装为巡警者状，以次而砍，倭大扰乱，莫知所由。官兵夺门而入，遂尽歼焉。此人通身是胆，亦不动心之一验也。噫！吾安得不动心者，而与之言先生之学当天下事哉？

案：《阳明先生集钞》十六卷，吾邑李文庄腾芳刊行，有文庄手书自序。此篇亦出其中，以少傅文不多见，故录存之。邑中未见此书，从北臬李公借钞。李公得之都中厂肆云。汝怀附记。

湖南文征　卷三十

序六 明

经理牂牁奏牍序代　　周之龙

牂牁自唐来雄有土属者，荡为郡邑。上神武固式冯之，思得阃以外一二忠贞耆硕，借以赫濯声灵，敉宁疆圉，厥功不足报千古哉？先是，播酋之敢不逮也，上赫然震怒，起司马李公于魏博，节钺三镇，悉听便宜。不佞某赖以执绥之役，驰驱行间。公帷幄运筹，竟破重关，俘狂逞系致阙下，纾宵旰西顾。无何，公以制还，天子憪然曰：牂牁古西南夷徼，直羁縻之令勿绝，何至逆我颜行，不难刈若腐鼠，予岂忧播哉？独计今往，所经理播者何？所永底播者何？奚翅马上一剑之烈，不则割全肥奉孤瘠，敝所恃奉无用，事体匪细，恐未易卒业。播即平，忧方大耳。会廷择今督府王公代镇之，天子曰：俞往，钦哉！时不佞政惟善播策，日饮冰也。公至，殚精毕思，起疮痍衽反侧，棋布诸将吏攘修，务在还定休集，顾其大者。按舆地，清故疆，夷汉必严，水播必核，南北黔蜀之界必蕲无害始即安。当斯之勤，讵不虑人心城府难破，士议筑室难成，搰搰然孤持不已哉？

庸人多惧非常，哲人定计于鲜。局知闲闲于一察，神解闲闲以大全。公《正疆》一疏，议即中格，而功不可贬也。人或求多，而已故自信也。盖读公经理奏牍，益慨夫担事之艰焉。天下未有事，不可见者端，天下甫有事，不可酿者变。惟事起徐定，若无事实将有事，若有事实可保无事。千百祀伏机当虞，一时之呰窳必不得狃，亿万姓危情当泣，独夫之衡决必不得随。大纲维大，灵爽宜伸，硁硁之妇，仁必不得市。兹岂拘文牵俗，先家后国者，能凭力而托重乎？巨憝未平，余勇可贾，而乘平以条画，匪密谋不湛。情形未成，伎俩可用而偶成以厝置，匪虚中不观。可否未定，甲乙可集，而就定以斟节，匪平情不调。冠裳未设，椎髻可拚，而易戈矛为俎豆，匪却虑不经。元牖未融，徘徊可待，而会怡旷以力操，匪沉毅不决。公湛以渊涓濩蠖之密，观以空鉴平衡之虚，调以曲蘖盐梅之情，经以必世百年之虑，决以断金介石之毅，廓以青天皎日之肠。试迹公所奏牍，何者不立环中？寓无竟置讥谗付度外，猥云议恤，议赈，议蠲，议罢，表公之能慈。惩贪，惩激，惩格，表公之能察。又大有诛赏兴剔，细及林泽曲限，洞然划，犁然具，表公之神情风力。靡不驰骛而勤周。盖兵燹之后，拮据焦劳惧不给，公则轻裘缓带有余闲也。震撼之急，宵旦食寝四五惊，公则泰山乔岳屹不移也。议论波摇猬起之际，挠椎漂山不可迩，公则黜聪堕视集于虚也。夫公所大作，毋亦踌躇满志，而中情粹白，岂其揭日月行天乎？

昔汉兴七八十载，其主雄略好大，通西南夷，明得意，后世非韪之。顷者括全蜀奉一播，县官岂获已焉？太上忘，其次羁縻，又其次建置，最下以恢拓虚声，受阴蚕之实累，又最下恣小丑凭陵，沾大汉之茹纳。先臣崔铣云：无其强有其弱者，不大可忧乎？洎考维州议起，君实亦为小信左袒。夫信不可食，乃以堂堂河西北庭，士马土宇，渠何名也？得奄有之乎？二巳事前车不远，我国家神谟庙算，跨蹑汉唐，即一二猡鬼不悛，何虞不就戎索？余独就两代偏至，求安攘讦猷，西南未通，术止羁縻，我不得罢百姓幸功不必有。诸夷孔棘，法当荡瀹，我不得听蹂躏。令威不必伸，夫播古所称冉駹筰卭之裔，业已租赋之冠裳之矣。傥于狡者、黠者、衡命为难者，不及今未触而牿，不啮而畢，惟所燎原决堤，阴侵我版图不问，阳据我藩篱不问，甚且虔刘我内地不问，即比犬羊畜之，毋所事创。然阴凝冰结，其若东南半壁何？

余嘉公经理之功綦密，因窥公善后之思綦苦。诸凡擘画不具论，论公所蒿目炁心者以此。若公锁钥在北门，保障在西土，天子将置公枢管，竟公鼎虚不世之伐，以俟珥笔者纪，又安事咳余为焜耀哉？

易经正讹录序

周之龙

昔子云草玄扃户，今手其书，想其独窟于《易》，即当时王、桓二老，亦策其经世必传。嗟嗟！雄眉目不逾中人，又思多沉痛苍郁，何至好事者极口相加，倒屣载酒而字字问奇，若元蔡可居也与哉？且其论著如《逐贫》《反骚》《广骚》《畔牢愁》，及《甘泉》《羽猎》诸作，雄既老而悔之。独《太玄》一草，偕《法言》到今，而后世以此雄雄，亦以此雌雄，则又何说之？以《太玄》扼欲创造掩迹前人，雄盖自命为奇乎？玄不草，雄必不瞑，即计身世间有群起而訾之者，雄必不悔也。夫以箕子狂而《五畴》衍，以夷吾缚而《八观》作，以龙门腐而《史记》就，嗟嗟！从古豪愤于著述不朽间者，神骛八极，识际重元，剖抉探颔下之珠，冥悟超帝先之始，岂其托言见解，达意附庸，而猥云洋缅吸荡，名奕道尊者哉？

吾友任重汪子，燥发授经，业窟于《易》，洎拾两第，起一介行李使于四方。获选观宇内名胜，孚稽益邃而奇，致寓目前，机融象外，观以睹记之会通，合以神情之朗彻，宰以胸罗之独匠，佐以历溯之类伸，尽剥吃离直索象罔。说者谓是录之出，其统壹圣真乎矣。而揆厥初旨，则在订新安而宗周南，化奇偶而渺筮卜。其订者，考亭之局数于范阳。其宗者，伯淳之探理于嵩洛。其化之者，两物原无二宗。其小之者，四道本来一象。神明默识，在人不言，名以正讹，犹王百谷。总之愿忠于考亭近是，有如一一而参伍比勘，得毋与平反类乎？不佞曰：有是哉！子之元于易也，理不必天地有，子则往往独鼓而毋胶。理不必天地不有，子则往往独筑而毋畔，谓钧天广乐而固不冥，谓蜃楼海市而固不诞，谓吹律咸池而非一吷，谓彀音九皋而非时夜。傥亦变化在心，纵横惟口，泄群圣未阐之窔，抒一圈独照之苞，斯岂晚近戋儒，偶窥半豹，辄任全牛，遂至诋前哲，毁注传，甘戈室而得志，戮名理而罔忌埒乎哉？而后乃知子之又元于易也。夫子与雄皆蜀产，以雄才拜执戟官校书，不为世显，独一侯子，时时过问，至今佳话世唇。子才何如雄？而其纯德忠义，必视美剧霄，犹然陆沉古行夫典客间也，宁尽早晚无荐雄文似者乎？逢年遇合，固身有之，得一毕万，子舍易安奇哉？予不佞，果且青云于芭，则愿惬矣。

悦偃斋诗序

周之龙

后世谈诗者，率称引建安大历而上，不摹不工。又谓诗者性情之物，从古贤知沉郁凄惋之所作也，不穷亦不工。藉第章比句栉，必刻画唐音命曰工，前此百千载，阐襟灵而舒意绪者何物哉？江潭骚圣，著作愁卿，穷固宜然。乃以通儒鸿彦，鹄立鹓趋，而亦不乏雄肖葩丽之什，令读者若登清庙，若耳咸英，则又何以说也？大较情原才溢，致会时摅，总各竭其绥予所极，而临境触情，循位启致，怦怦然有不惊必不休者，于以思才可知矣。霞烝云变，郁为丹彩，斯不亦天授传合，彀满神王之极诣焉？傥如大冶铸形，盐施耦峙，兹称不摹之尤者耳，曷足道哉？又如摹矣而才不副情，体不肖度，识者且优孟诧之。若夫发幽思乎坎壈，畅怡旷于顺风，赓岩廊以吐奇，贷烟霞而撷藻，靡致弗工，工不必穷。夫是谓樊罔畜神，翩翩象外之则，谭何容易乎？

遂州郑思成，起家旧学，甫冠登朝，出则鸣琴，入则司计。寻以计大夫督饷吴中，得纵观东南佳丽之竑巨。穷乎，不穷乎？洎考居恒著述，几充庋，如廊山倡和调南诸编，以逮游吴脱草，所至河山迹相，森森俯仰，信手品题，而诸瑰玮奇崛、夷旷幽渺之状，笔底化工，工何如矣？海内作者，争先左袒，至谓穷而益工。君家惠连且尔，即不尔，而云齐化尚羊，独契悦偃。不佞窃以思成挟如此风霜，而雅好自挺，清华膴峻，直掇之也。竟触事抗章，瓠落以诎，讵不谓穷？顾咀味菁英，振希声于洞壑，绘缔景物，志寓言之半赍。姑毋论思成风力亭亭，俯唐初盛，而良工綦苦，亦足发明思成之积矣。假令思成遭时遇主，亲见尧、舜，则所为襄润鸿业，烂然足述者，复何所不工？而工以数穷，毋乃造物借思成为不穷者吊也。夫肯思成者饶矣，而谓穷且益工，工且益悦，恐犹未既思成之全也夫。

还青亭诗序

周之龙

世未有无所托而传者，一丘一壑，非必瑰丽伟特也。贤者尝游焉，后人不必皆游，尝咏思而颂叹焉，使人旷世神交，寤寐其处，欣然欲往，此非丘壑之能为胜也。不然，世之崇台曲沼、芳林邃阁，具胜观而快游娱者，岂少哉？东谷先生之为园也，堂前后五楹，以奉岁时蒸尝而已。亭一区，名以“还青”。时时手一编游咏其间，古松千章，竹千竿，荷千柄，鸣鸟千群，所借以寓目赏心者，皆林壑之所常有，而适适未尝不在焉，夫岂有瑰丽伟特者哉？冢孙侍御公，修其坠废，而朝之名人，与四方之娴于文词者，咏歌其事，联为巨册，而“还青”之名，遂闻海内。盖惟其人则重，有为之后则彰，勒之文献则足征，此皆有所托而传者也。

昔者宛洛鄠杜之间，名园连属，金谷平泉，穷幽极侈。丝肉递代，车马填咽。其时墨卿骚客，岂不亦抽毫授简，标榜岩谷？由今而观，华词靡什要与景物俱往。若乃陶之园、谢之别业、王氏之槐堂、裴晋公之绿野，彼高贤之孤风远韵，名世伟人之所盘桓而寄情者，诸为诗为记，亦能深摹曲写，使读者徘徊咏叹，想其不当吾世，而编什亦垂于不朽。盖文词虽擅，必有所托以传焉。先生脱屣名利似渊明，植德务滋似王祐。侍御公贞心亮节，身系苍生，东山闻喜之业，在今日矣。斯园斯亭，比于陶、谢、王、裴当不少孙，诸名人咏歌，又托兹册以传。余以及门之士见属为序，亦借以传矣。

南北游序

周之龙

盖不佞之于文也，更几变云。方舞象游艺于塾，胫不越阛阓，目不猎古先，辄自天倪吐卮绪。塾之人睹而诧焉，谓何物束发，出宋以上语也。时余未解今，焉解古？已游于校，稍晓出西京、咸阳人马，半辟易。余以不朽之盛在是，则旦暮穷耽几一速肖。会时博士家习滥觞，令观者辄昂首不下，已复变魏声宋声，饶脂黛而鲜色泽，即世人都之，只眼弗顾也。余亦旋面弗自顾也，则又变祖龙汗栋，无复置案头。惟是经传外，得沉酣三史，枕席百家，而龙门、漆园、淮南、兰陵其最狎。世非不识也，而识不数然也。则又变，雅嗜少陵，次逮供奉若而曹，稍倦则拂徽鸣玉，流水高山，倦极则张乐洞庭，索珠罔象。间少游于酒，而宾侣造物，睥睨古今。息则踟趺面壁，若掷去浮世荣名之雉已。

岁辛卯，才一脱颖，脉脉下帷，几无可变。而不变欲变，欲变不变，政末由之境乎？壬辰来，纷封若终，第未横所游耳。越明年，偕计道豫章，驾飞云憩矣。行行出三衢，坐严先生台上，吊古问津，徜徉苏林之湖，甚自得焉。寻溯溪流于槜李，因纵观东海，漭乎大哉！寻再出金阊，弛担千人石，饮建业蘧庐鲁、齐、赵之郊，市骨黄金台。时余且唾古，安啜今？即世不数然，而余颇自然也。无何，马首南登曲阜，封吾夫子墓，至徘徊不能去。窃自谓此生胜迹，扣舷彭城，观洪吕梁，睹河涛怒，若荡若卷又若飞。淮黄一发，长江千里，则隐隐灵异在目，愿室环堵而出王焉。故寸管半豹，多得自游，噫噫，游止此乎？余因悟游艺之说焉。

夫吓腐于俳优，刍狗之陈也，慕膻于轧茁，效颦之垢也。借宕荡曰风致，相诙之晋也。执拘挛曰恬寞，助稿之宋也。若者余中变中疑，今乃信游之不易也。且方将游，恶知不游哉？方将不游，恶知游哉？总之，天弢自解，天倪自和，恶乎游，恶乎不游？以此思游，夫其走风云，鞭月露，即今即古，长揖丘索，衙隶迁休，即古即今，风致于天于渊，恬寞方希方淡，何静何动，游至此乎？变斯化矣。余恶知今之游，未始出于非天倪乎？余又恶知今之游，未始入于非天倪乎？以俟世之善游者数能也，余恶能知之？

送学博陈葵心致仕归里序

杨嗣昌

吾楚自洞庭以南，三湘环绕，衡岳耸峙，天地清淑之气，于是乎旁礴郁积。若长沙一郡，历代人文蔚起，尤称名胜。窃意其间气所钟，久而弗替，当复有奇材硕德，如屈平、贾谊其人者，魁然杰出乎其间。惜余以早岁服官，不及膏车秣马，至其地一为游访。适戊寅岁，有长郡醴陵陈子葵心，以明经廷见来京，投刺谒予。予观其言论容止，恂恂有古君子风，心窃异之。继出乃祖《会山文集》，及所自著诗文见示。予读而善之，因叹曰：吾子家学渊源，后先辉映，其殆屈、贾之流乎？

未几，陈子循例授铎吾邑。闻其下车时，即以敦孝弟、励廉隅、崇经学、正文风为己任，邑子弟多所成就，予儿辈尤荷教思。逾年署邑篆，律己清洁，处事严明，吏民不敢欺。余于是益信前此所见之不诬，因欲亟加荐拔，以备朝廷之用。会奉旨督师平寇，军事旁午未遑也。今岁秋月，吾邑诸父老致书来京，言陈先生致仕归里，丐余一言以为赠。余曰：嗟乎！陈子经济才也，吾方以大用期之，何归隐之速乎？虽然，昔人有言，出则为远志，处则为小草。计是时陈子亦已老矣，前此牛刀小试，勉就一官，今者榆景归休，寄怀高尚，固知其非无所见而然者。

陈子行矣，归路过洞庭，游赤壁，历章华，泛湘江，吊屈平、贾谊故迹，云水荡其心胸，烟霞供其啸傲，岂复有功名去就之事，介然于其怀哉？仆恨不能溯洄从之，因书以识别云。

送郛别驾序

杨嗣昌

武陵故隐地，初不通人，其中皆仙灵生齿窟宅，服食饮居如太古时。后或凿其道通焉，以为郡县，市廛、井邑、田庐，十不一二改其旧。故其俗犹椎鲁，简而易治。世所号为郡守、县令，治文书左朱右墨，扰扰从事，以为无须臾闲者，至武陵皆得休暇无事。而郡之有监州，坐受成事，太守抗手而揖，令长而下，则其清闲无事事之尤者也。夫官无事事，坐而需岁月计禄，迁秩以行，贤者犹或愧之。而武陵之去都会也远，治非甚赫赫其声，必不能以闻于采风者之耳，而况能以闻主爵氏？计禄迁秩，不少后时，如吾郛公者，独何以哉？

武陵人曰：公之来也，以庚戌之七月，而今兹之迁马湖二守以行也，为甲寅之二月，不尽五岁。然其居无事，而自官其官者，无几时也。盖公始尝榷税矣，曰宁诎额，无厉商，颂声作焉。以其腻也，急谢之，已而视龙阳之事。久之摄桃源令，未几移武陵，无何而兼领郡邑之篆遂久。公之能，随试而辄效，如秦越之有禁方。龙阳瘵也，即药龙阳。桃源猾也，即砭桃源。武陵蠹也，即刺武陵。而公之兼郡邑也，按部直指使者猝而至。当是时，长吏无一人，府藏无一物，其自传舍、庭庑、藩溷、床帷、管簟、坐起几案、刀笔匕箸、伴盏群碎，无不自公手批而目营之。其外则易田野，饰衣冠，问吏能否，至刑名钱谷，毛发入出，应对无留。虽十百长吏，若若满堂，各执其事，以观上之人，鼻息动定，其便捷周至，殆不过此。于是直指以为能，首推毂之，而公因乘间为武陵请命，除仓政之螟螣，而雀鼠于社豪者，数马足而均驰息之。武陵益德公，而公功名以显。盖公非以其监州显庸于时，武陵郡守与三县之吏能显也。

虽然，公之得此亦难矣。公始者未有所摄事之他邑，而郡同寅官备而交恶，日陪列其间。察之，虽哑哑笑言中，相持短长益甚。公行互无所置，面背宴坐无所适，默语忧形于色。人或危之曰：虎斗也，而无寸兵介其旁，庸可免乎？公益若闷然无敢喘息。俄而当大计，诸持短长争相中者，咸落其官以去，而公竟如鲁灵光岿然仅存，以有今日。嗟乎，危哉！使公向者有所阴阳俯仰，以幸其一失而一得，其何能脱然于利害之间也哉？而于是益信公之能处人之所难处者至矣。然则武陵虽易治，公不以易而著声也。过此以往，其又何难焉？且安知遭遇推毂，不又加于武陵数等也哉？于其行也，武陵人不能免于赠，为述其大都如此。

惜阴亭序

洪云蒸

惜阴之义，本于神禹，衍于陶公。以之名书院，则潭固有之。以之名亭，则自枞杨民去思始也。世宗朝，邑范侯仿而建于后乐堂之侧，盖景行陶公也。侯与予从祖谦明公为德义文章之交，洽攸五载，谦明未尝干以私，侯重之。及迁守茶陵，乃举亭匾以赠，且曰“惜阴”，通乎仕学，兹以属子，将以古人事业望之矣。先是，有黄邑侯建芝亭于城东，后学博某匾曰“芝亭遗爱”。嘉靖丁未，谦明建亭于其旁，以“惜阴”匾额之，明其为范侯遗爱也。今六十余年，其子容之与予同游安城刘征君之门，一日命予序之。序曰：

惜阴者，帝王圣贤之所同，以禹神圣，至诚无息，何假于阴而惜之？即惜之又何分寸可言？后人以其劳心焦思，挂冠不顾，履遗不蹑，以为惜寸阴耳。陶公所言，亦勉人语，岂真有分寸之判哉？其要在明道耳，道不明，既不知大禹之所以圣，并不知陶公之所以忠，虽有其惜之，终无当也。

谦明嘉靖癸卯，学于安城邹东郭先生，先生亟称之，而却单可华金一节，尤人所难能。惜乎建亭之后八年，赍志以殁，未竟运甓之业。后十年而龙喜重建惜阴书院于陶公祠之前，郡守倅蒋、翟二公，为学舍五十间，集诸生诵学课文。使谦明而寿，必聘为会长，惜乎其未之见也。今其子若孙，才而向学，将竟所未竟，亦复何难？予又以范侯之望于谦明者，望其子孙矣。

运甓斋启稿自序

洪云蒸

余少读昌黎《上张仆射与韦舍人书》，辄鄙其薄行。后登仕籍，专持耿直，不少贬损，然辄被摧抑。台山相国谓予曰：子诵法孔孟，而不思孔孟之所以为孔孟。夫杀身成仁，舍生取义，是其大德不逾闲处。而诺阳货、侣王驩，微服过宋，戒心受馈，若近日迂直之儒，定不出此。余闻此语，始恍然于涉世之方，即圣贤济世之道。凡一切应酬言语文字，一秉于孔孟之权与时，而不以私意参乎其间。

天启乙丑出知广州，族子起莘以《运甓斋稿》请梓。余曰：应酬文字，叙寒暄而少义理，则人以为诞。过与则人以为谀，讦直则人以为刻。至所交游之人，渝行于末节，则复疑比匪。有此四者，岂可梓传之乎？因述相国之言以弁其端，且识余少时所见之未达云。

尚书是正序

罗喻义

《书》百篇，尼父所定。虞夏书二十篇、商书四十篇、周书四十篇，书序是也。秦时禁挟书，博士伏生壁藏之，禁解求其书，亡数十篇，独得二十八篇，以教于齐鲁之间。掌故晁错写以隶古，是为今文。时人惟知《尚书》二十八篇，取象二十八宿，不知其有百篇也。既而伪《泰誓》《百两篇》之属稍出，然不大行，惟孔氏有古文尚书学，安国以今文字读之，因以起其家。《逸书》得二十五篇，盖《尚书》兹多于是矣。《百两篇》者，出东莱张霸采

《左氏传》书序，为作首尾，凡百二篇。孔氏古文，吾不能知，而采传序作首尾，犹《百两》也，庸瘉乎？

或曰：《书》何以有伪也？曰：汉时尚经学，各欲名家，至有行金易中书漆经，以合其私说者。而人主以《尚书》为朴学，不好，惧且中废。汾阴宝鼎，周汉孰辨？是以趣为伪而不辞。安国书未上，不列学宫，故蔡邕所勒石经仍今文，而古文至东晋始盛行于世。夫其是也，二十八篇已足矣。如其非也，多亦奚为？王通氏言：书残于古今。盖伤之也。

先君赠公，家世受《书》，补博士弟子，已乃弃去，不交人事者二十年。静中有获，时著笔札，予小子谨识之，钞集成书，是为《尚书是正》。大率原本今文，首列书序，次载本书，次下己意，亡者阙之，而散见《论语》《左》《国》《孟》《荀》者，附录焉。非是族也，虽世所称十六字，不敢不正。翦却梧桐枝，灉湖方可窥，先君诵之云尔，予小子成厥志也。崇祯甲戌七月。

郭止庵岳游诗序

罗喻义

止庵先生天予至性，哀乐过人。余日夕周旋，只谈风月，罕及世事，胸中丘壑洒然也。

今兹秋禊，忆太夫人遗言，有事于南岳。于时月丽箕毕，景物凄其。比其反也，同行为言，石尤无滞。黄山皆碧，绝类二三月天，但少杨花飞舞。昔人减滟滪之水，开横岭之云，以为美谈。今直恒事耳。久之，探其奚所负囊，得记一篇，诗十五篇，蒨润幽微，与岳称副。余爱玩不能去手，既而叹曰：伟哉造化！开此一境，作人间清福，以听人之自与？夫其不得与于斯游，虽秦汉人主，飘飘有凌云之气，而风于浙，水于湘，窘于回中，休于松下，无可如何。得与于斯游，登峰造极，终莫之陵也。

若夫游事亦有优劣焉！乃有山阴兴尽，石桥空返，故所不论。就令足力能及之，腕力不能写之。烟云过眼，终非其有，虽得之，必失之。惟夫慧业文人，收拾取携，驱驾笔端，如山经水品，草容木状，流通千载，而游事斯大备耳。且夫登高而能赋者，大夫之才也。止庵先生异时题帙人物，当如差山味泉矣，可效痴长康画谢公岩石间哉？凡与于是篇者，请从《逍遥游》影入《人间世》也。

崇祯宝庆府志序

罗喻义

昔者孔子裒百二十国宝书成《春秋》，盖今之志也。志者之言，识也。其时古今纬采因革，与史正同，若夫山川人物，风土岁时，杂组琐缀，与史微异。余家湘中，地接邵郡，故宝志吾能言之。近事人所知，言其远者。宝于国为南，于州为荆，于郡为邵陵，《封禅书》黄帝登召陵之熊山，而“召”有邵音，召亭甘棠渡在焉。兹事人或疑无，余谓定有。今人行地者也，古人天人，其德主飞，如凌倒景，块视下土，以师兵为营卫，不必城郭也。茇舍为净庭，不必官府也。《尚书》一岁四巡守，而海表有禹迹，不足复疑。《诗》有十五国，无楚风，《蔽芾》之章，实为风始。余言如此，莫余征也。惟当世文人怀椠载笔，一往深诣，其在斯乎？

紫阆陶公，以水部名郎出守兹郡，为政清严，子视民，家视公，郡中大治。性尤喜文士，论艺讲道，居然彦会。闻旧志未备，慨然任之，凡邵之山川、人物、风土、岁时，网罗靡遗，而识其大者自黄帝始，真文苑之昙花，志林之琪树也。书成于戊寅，是岁有寇乱，公以郡兵讨之。当倥偬时，不知其有成书事也。及夫受其书而读之，又似太平无事，不知有平寇事也。总其边幅宽长，从容得暇，有才如此，终当荐起，宏济时艰。回首旧游，黄芝三秀，瑞华再荣，比于勿翦勿拜之遗树，而陶轩比召亭，不为郡中增一佳事乎？余在都时，知公甚悉。公起金马碧鸡之乡，登会稽，寻陶郾，如尺有咫。二京五山，皆将有帆影屐齿焉，是殆类飞行地者。故为著天人之目以相举，似若夫是志当一国宝书则优。有讯以楚风，请为歌《召南》，楚亦大竞矣哉！

过伯英十鬻诗序

李驭芳

过子之《十鬻》以贫也，人之缘贫而割所甚爱以鬻者，曷数计？独过子《十鬻》挂人齿颊，传作韵事，以诗也。物去而诗传，鬻者鲜，而所不鬻者已奢也。虽然，过子诗工，他若词、赋、举子业，罔不工。倘肯货之明庭，如今之以富贵侈润者，奇珍美好罗而致之，浮于斯鬻，不知凡几。过子忍而弗售，乐饥衡泌下，独侣此数物，朝与之朝，夕与之夕，一旦鬻去，似有悟者。及读其《金刚颂》一帙，诚非无悟而能然也。夫未鬻之先匪有，既鬻之后匪无，在我在人，等何分别？于物则已然矣。特是曾爱之情想，与今鬻之诗思，删除不尽，带作异熟业，因敢与过子商而再鬻之。毋曰不货之明庭，遂无贾法。中湘社弟李驭芳书于乃园之维岳台。

案：翔云先生为文庄公腾芳母弟，以己丑殉城死，著作笔迹皆无可考，邑乘亦未为立传。此序乃先生手书刊入刻本者，既属邑人冯准摹勒上石，复录入是编，俾义士之姓名不终于湮没，而所谓乃园与维岳台者，不知遗迹之所在矣。汝怀附记。

益阳志序

贺凤梧

在昔僖桓之宫有礼书、御书、象魏之藏，当时称为秉礼之国。杞宋不存先王之典籍，则为文献不足之邦。《益志》旧无存，今止传弘治癸亥本。嘉靖辛卯者，续而未成。太学朱公出补益，谓其缺弗完也，剿弗根也，复弗要也，晦弗晰也。以责之蔡君继芳、周君世亨、温君朝祚，洎凤梧与豚子逢舜，而公又为之笔削断案，诠释品骘于其间，而书用成。为卷者四，为篇者三十，其目曰以代系年，以年系事，分割并置，推世运之变迁，作《历代沿革年表》。

割制既定，区域乃辨，广轮之数所当知也，作《疆域》。仰观乾曜，俯察地轴，纬书固诞，省戒寓焉，作《分野》，作《灾祥》。厥惟相方，山泽是略，负崇带浸，南国之雄也，作《形胜》。郡邑未启，厥有熊湘，黄帝齐桓，实惟所履，然弗可指也，表而识之，胡可废欤？作《山川》。设官分职，凡以为民，鹰鸷鸾凤，不可掩也，《伐檀》《甘棠》，不可强也，其严乎？作《建官》，作《职官》。君子勒崇垂鸿，光耀史册，昭之彝典，弗可泯也，作《封建》。紫衣贱服，齐俗尚焉，是以君子慎所以感之者，作《风俗》。比闾族党有纪，分而为十，合而为一，作《里社》。治平在庶功兴，庶功兴在事役平，事役平在民数周，作《户口》。地分南北，燥湿殊功，辨厥土宜，以诏方物，作《物产》。反裘而薪，皮必尽矣，任过其力，走必僵矣，节而爱之，有司之责欤？作《田赋》，作《佣调》。坐庙堂而发令，则拭目改容，摩肩接趾，而与之约，则易之矣，作《公署》。於越彝貊之子，生同声，长异俗，教使之然也。是以正鹄设则射志定，土范齐则铸器良，作《学校》。国之大事惟祀，不渎不淫，乃受其福，作《祀典》。巍巍城守，桓桓干城，不虞之戒，圣世不废，作《兵防》。凶荒札瘥，国之灾也，津梁道路，民之利也，欲治必先焉，作《惠政》。取士之途，代非一辙，要以得真才裨治化也，作《选举年表》。湛恩汪濊，下逮闾阎，侈锡命之荣，作《恩例》。冬日之阳，夏日之阴，万物归之，莫之使也，作《宦绩传》。岳祇毓秀，川若鸠鹑，处为龙蛰，出为凤翔，作《里贤传》。大泽之雉，五步一啄，不羡速饱，旸谷之龟，曳尾泥淖，不希巾笥，作《隐逸传》。国无善俗，君子不入，名贤萃止，邑里之光，作《游寓传》。贞夫淑媛，天地之纪，荜门蓬户，惧弗昭焉，作《节孝》，作《义烈传》。二氏之教，族类攸分，传讹袭舛，弗可薙也，可惧也，作《杂志》。综稽世变，匪文不传，微言合道，可以训俗，作《艺文》。罟有网，裘有领，欲叙其详，先揽其略，作《序篇》。

鼓枻吟序

潘亮渊

予家鱼潭之上，其东二里许为蓝溪，水清而源长，其色若蓝，故名蓝溪。上有修竹数顷，友人张恂如作庐园中。予自束发与之读书其处。是时方锐意天下事，江上白云，山间明月，弗顾也。迨二十年，沧桑几更，流离困苦，甚矣，吾衰亦已久矣。恂如自号为蓝溪渔父，名其诗曰《鼓枻吟》，盖濯缨濯足，其随清浊之自取乎？

吾辰州山水多奇，洞可藏书，幽于桃源者处处皆有。予近日鱼潭之咏曰：长年闲钓此，何事着羊裘？今将与恂如买小艇钓于溪上，穷溪源，寻溪流，蒹葭白露，溯洄溯游，烹鲜酌酒，鼓枻而吟，迭相唱和，是一乐也。醉更鼓枻歌曰：月光灿灿兮思美人，美人顾我兮水之滨。玉为肤兮满面春，驾麟出游兮愿为之清尘。

古微书自序

孙瑴

昔闻之仲尼爱义，子长爱奇。予小子亦窃有爱焉，曰爱其古世之人，得一盏一斝，流传三古间，则必什袭之而宝之而矜之，曰我得古矣。古人之奥帙逸文，岂直一盏一斝邪？夫以声响俱邈，诵览所略，举世之必不经见者，而我得见之，其可爱孰甚矣？又况乎爇天香，奏云璈，罗上古之天球赤刀，而环立丈室中，又岂直一盏一斝之细邪？荀子曰：夫学贫而富。乡也窭然贫乏夫也，俄而治天下之大器举在此，非穷古力哉？是以古人之学恒富，今人之学恒贫。古人之学富，然而非富于书也。今人之学恒贫，然而非贫于书也。汉虽秦余哉！书皆道古，故其学最富。至唐若宋，而人人著籍矣，人人著籍，则人人竞传，人人竞传，古安得复存？今日者，著录之繁，篇帙之广，讵不什百倍于汉。然而试探其业力，与其所就，今之不若宋，犹宋之不若唐者，何哉？浸侈于近日之书，而浸减于古，何怪乎书愈富学愈贫也？

余不佞，家世藏书，稍有异本，辄从羲、顼以降，断乎陈、隋，取其凡蒂于古，骈枝于古，响象依悠于古者，聚而成书。伯之以删，曰以旌谶讳之伏遁。仲之以焚，曰以揽灏噩之什一。叔之以线，曰以索笺疏之象罔。季之以阙，曰以甄元古之纪历。为卷不多，证学差远，庶古人之奥帙逸文，将湮不湮，而亦使海内穷古之儒，不至贫于学之无从溯者，其赖是乎？

或曰：古则传矣，古则既传，安用是书也？使古而不传者，子又安得其所传而传于世？曰：是不然，余所爱传而未尝传，传于古人之篇帙，不尽传于今人之诵览者也。集古者梯崖相冢，形命可遗，彼性也好之，而力之富又足以聚之。然自余视之，犹以林回之树，余当千璧马，何也？谓非其神也。文也载古人之神而传焉，故可宝也。苟古之所传，帖则腕矣，画则日矣，之二物夫宁非神。虽然，义弗主焉。文以神秘，神以义尊，夫文而无其义，亦不足以规亿载矣。余贫夫也，扩余目于穹壤间，曾不数里。署诸古博氏之林，无秒分焉，谓耳目之褊也而多未逮，则信有矣。若夫余以为宝爱，而人将瓦砾视之，曰是直断缺无用之文，嵬琐不经之学，抑何敢强焉？

古微书叙略

孙瑴

纬有七，俪经而行，顾其文皆删余也。相传孔子既述六经，知后世不能稽同其意，别立纬及谶八十一首，以遗来世，故东汉谓之古学。魏晋以降，倚为符图，图令人讳，讳令人惮。至隋而毁，遂禁不传。噫，伤哉！使孔门知百世之学，而今无闻也，病之者以为多谈怪迂，义致无取。

夫经之尊，譬帝王也，图纬虽纤陋，譬之犹驺贲奄奚，而日环侍帝也。今欲亲识帝之面，而曰必屏而驺贲，却而奄奚，则帝难见矣。欲见孔子，而不欲见其亲授受者之謦咳之光容，孔子可见乎？然则惟孔宜删，非孔乌得删？且非孔而欲识孔，又乌得删也？自昔为之说者，有郗有袁，为之注者，有郑有宋。一以为起于中兴之前，终张之徒，皆借仲尼，杂以己说。一以为盛于建武之代，俗儒趋时，篇卷第目转加增广，惟刘彦和以为事幽词富，有助文章，故羲皞之源，钟律之要，瑞孽之符，神鬼之状，读之者皆有取焉。

尝读历代史，经籍艺文，空标其目，而书竟隐泯矣。间有存者，亦复如裂锦碎璧，声味不联。予苦心于兹且十年，顾简不一遘，遘不连行，于是考其班部，榷其宗旨，核其讹阙，聚其落离，盖句累而章，章累而篇，篇累而帙焉。虽非其本卷本文之后先，要亦可以大义征，以文律准也。

荣木堂集序

郭都贤

陶密庵诗文名海内，垂四十年，仙仙乎如出水芙蓉，如临风玉树，是昔所传褐玉堂、穹云楼诸刻也。晚岁息影沩山，称忍头陀。伯子五徽，编次先后稿，合订为《荣木堂集》，刻成，委予序。予曰：陶公以诗文传乎？惟陶公之诗文乃传耳。予与公生同里，长同学，出处患难同时同志，今两人冉冉老矣。回忆公方十龄落齿，文诗铮铮总卝中，出应有司试，督学徐亮生先生惊喜得异才，拔冠湖南数郡。旋以里选入成均，会上幸太学，群英咸集，廷臣交章，请复高皇积分法。大司成顾公九畴，少司成倪琼圃、陈明卿年兄，前后承旨试六馆之士，并奏公文压卷。天子首披其牍，诏五品官，不拜，乞留学待对公车。其时年不满三十，诗文辞翰，名动长安，有楚陶三绝之誉。制诰大篇，多为辞林藉手，则公诗文之传，蚤在科名之前，岂待今日？

今日所传者，雾章数语，华于中允之郁轮袍也。阴房两载，荣于供奉之扶醉上殿也。以此传之天下后世，可以不朽矣。若夫沉酣六籍，振笔千言，湔洗性灵，字字鲜洁，此公胎骨中带来。而且怀古抗今，足迹半天下，所至烟云满囊，格律凡经数变。方宁淡寡营，思大用所学于当世。无何，兵燹频仍，狐兔充斥，姑杖策以规江左，垂涕而受拾遗。于是哀时命，吊战场，尚有不尽于诗若文者。晚复以凌霜啮雪之肝肠，赴筱风弋鸿之罗尉，西台之发自晞，湘水之魂复返，人世坎坷抑郁，到此无处开口。乌知皆公之诗文登峰造极时也？

集中骚赋登昭明之楼，乐府摩西涯之垒，至于歌行近体，空色妙香，有澹宕若秋云之舒卷者，有激楚若惊鸿之历乱者，有读未终篇而感慨嘻吁、泪随语堕者，有一字一叫绝，为之大笑发狂者。真豪发无遗憾矣！古文杂记，遇物赋形，以史迁之章法，写坡老之纵横，所谓浩然听笔之所之，平生极乐之事，无逾此者。今年跻六秩，一切放下，惟翰墨淋漓，户外之屦，鹤鸣子和，将兆于大小沩山。公之人品已不俟诗文传，而诗文之可传者又如此，予于老友不能无妒焉矣。

嘉忠录序

石万程

嘉忠，表节也。节以成义，古之训也。是故诸侯死社稷，大夫死其官，制也。制以定守，守以殉变，忠之备也。予于西溪先生而识其全节焉。盖自逆濠煽焰，日长炎炎，所至吏民奔突，微公则瑞其沼矣。完孤城于危迫，定人心于疑畏，公之德，夫岂独瑞之人赖诸？纲常之托，视死如遗，微公则忠义之士鲜矣。且夫事君者，险而不随，危而不党，党叛以忘君，非义也。诡随以徇身，非仁也。顺是二者，而德之则成矣。是故忠以立义，义以致勇，勇以成仁。犯难而动，勇也。守善而终，忠也。慷慨不忘君，义也。致死不辱身，仁也。忠以体之，义以道之，勇以决之，仁以成之，故曰可以识全节矣。

守城机务序

谢肇元

古今谈城守者，纪载极博，然说多深渺，器亦繁复。介胄之夫，里巷之子，都所不解。余备兵曹濮时，金乡□毓阳先生出《抚边城书》一帙相证，简而切，严而不扰，余亟珍之。随以行于东鲁，颇有成效。

今年初春，逆贼煽虐，自商固直犯淮西、庐、凤诸属，破陷几半。余适有颍川之患，忧心如灼，自济南单骑就道，七日而走中都。马足所过，登高眺远，无城之处，满目丘墟，有城之处，警备全弛。不觉怃然曰：人事若尔，害岂在贼？顾此中食太平日久，不知兵并不知器，偶出一剑一戟相视，两目大张，不识其制。因取藏帙再加订正，法撮其要，器图其形，付之梓人，遍示郡县。倘从前幸全之城，猛用其法，自是巩若金汤。即已坏之区，力行此备，犹可以为善国。但不视为故事，亦何忧无成功？虽然，余能言者，成法耳。

古称善战守者，惟孙与吴。尝读《吴氏传》曰：民安其田宅，亲其有司，则守固。孙子曰：视下如婴儿，可以赴深溪。曰亲曰赴，人和备矣。以此人情，坚兹城守，又何固圉之足云？愿有心长吏深长思也。

徐蔚子诗序

陶汝鼐

夫事有不齐之遇，无不尽之才，斯二者天也。然遇大伸，才或因之以缩，遇大塞，才或因之以丰。古人所以能自振于穷达之间者，不偶矣。

同郡徐蔚子，才士也，为诸生名大噪。每试牍出，辄竞相传写。予时困公车之业，读其文，犹能令起舞自壮。望其眉宇，亦复有英雄之色焉。尝忆江门蔡公曰：此固足以张楚，而于诸君，剧孟敌国也。方祃旗勒阵鼓而向中原，而中原遽乱，湖以南士，所称文彩磊落者，多履错气尽，怵于死生祸乱之际而败。蔚子乃独能含章用晦，葆光岩壑之中，俟河之清，二十余载。一旦把臂于汾湖，予败且衰矣，蔚子亦落穆有愚色，相对痛饮。君赋泽陂，予吟泽畔。明日以一毡薄仕于武陵，为诗以别，并示其北游诸草，则慷慨沉雄，能令我起舞者固在也。既而苜蓿盘饥不可忍，犹自孤吟独往，散愁于朗溪之上，得诗满囊以归。若于仕宦穷达，无复措意，庶几有塞于遇而无尽于才者矣。故其为诗，吊古则雍门之琴，怀新则苏门之啸，取境益奢，而用才益富。梦中之笔，若江山愈助之，虽巨灵不能掣也。而后知天之待蔚子也厚矣哉！

君其益自爱，以待访落之求乎？

赵友沂诗序

陶汝鼐

楚诗之力之足以变天下也久矣，受其变者既不能砥其流，而夸诞之士，往往浸淫其中，又佯为惩楚之论，此有识者所窃笑也。虽然，竟陵始出，而砥公安之流，故天下翕然服其变而不觉，才十余年，而我湖南之诗，已自有门庭矣。第同志者希，且未尝汲汲焉与中原争坛坫耳。坛坫之盛，固在东南。快哉，吾友沂之以东南振楚诗于今日也！

友沂才性隽异，早擅雕龙，弱冠赋两都，侨居广陵，交天下士，不十年而声重禁林，名满海内矣。顷还家，争传其诗者，若以为东南才子，而忘其为楚也。友沂乃复以《和洞庭秋》示我，亹亹三十章，欲令万顷平湖，惊采绝艳，刘勰所谓极貌以写物，穷力而追新者矣。然予窃有难焉。洞庭，楚之巨浸也。“洞庭秋”三字，予始从寂寞中颇以寄愁，嗣郭些老倡为诗，皆楚之窭人也。

《补山堂诗》九十首，诸家和者数百，而友沂以凤池彩笔阑入其间，庶几水穷云起，复有气象万千之概，得无曰观则侈矣，犹楚人也哉？噫嘻，友沂而楚人，楚其张矣！夫何也？友沂力能变风而砥流者也，诗变而后极工，砥流而后能存雅也。子还朝过东南，请以是质之诸坛坫之君子。

郭幼隗洞庭秋序

陶汝鼐

何处无水，何水无秋？五湖四序，独以秋予洞庭。有说乎？曰：屈、宋皆湖以南人也，屈悲风，宋悲秋，秋之气遂多在楚。湘郢泽国，又皆与洞庭相望，宜秋多在洞庭间。至太白、襄阳，偶然兴会，顿觉天水争妍，然孰知千载而下，有更取而赋之，如吾辈者也。

近体六十，首唱自些庵先生，似不稍留余地，乃数数寓书，使征和同志。予既阁笔让于幼隗，幼隗不复让曰：灭灶再然，岂得无意？一日报三十章俱就，南郭子綦遂称剧孟敌国矣。夫些公以故老流离，眷怀宗社，居然有《九歌》之风。而幼隗亦凤鸟鲲鱼，风流无恙，庶几得登山临水之遗响也欤？幼隗且曰：子盍为我评之？而些公书适至，谓《洞庭秋》和者数十家。顷读幼隗诗，老夫真让一头地矣。然则楚之水专有洞庭，洞庭之专有秋，犹夫郭氏一家之专有诗，而若不能与之争也耶？予终阁笔，岂不快哉？

黄眉最遗草序

陶汝鼐

崇祯癸酉，郡之同举者十人，予与黄子眉最固世兄弟也。先乡贤与其尊人中宪公同学，并以文章著坛坫，而兄事先君，虽穷达异，谊至深。中宪公早致政，终年不见一客，独于先君垂老无间，最后予乃得与六兄眉最同谱，而又兄事之，相爱益笃，非偶然也。眉最伯仲间多才人，意不相下，伯兄益甫，尤工古文词。然而眉最能师之力学敦行，无贵介气，迨举孝廉始为诗。然性狷介，不妄交，或偶一示予，指其瑜者瑕者，辄赧然还诸袖，他人未尝见也。久之既不得志，而没于兵燹之时。且伯道无儿，书卷尽散，悲夫！眉最之人与言，宁复有知之者乎？

君之侄峙三，名士也，眉最向于诸阮中甚称之。一日持其遗诗视予，予不禁潸然叹曰：中郎之文，白傅之诗，皆必传之业也。然世人莫不悲其无后，而重爱其诗文，惟恐不传。彼世禄勋旧之家，亦或多子孙，而愚贱失学，有不能举其先人之姓字者，则幸不幸，亦安在有后无后乎哉？今眉最殁廿年，而家学益甚盛，科名鹊起，峙三又能收其遗诗以传于家乘，则眉最不死矣。然当时翩翩上公车、游两都之作皆不传，而所传者，仅乱后忧瘋之言，不能不读其诗而愈悲也。感峙三意，使为叙之，亦庶几慰良友于地下云。

嚏古自序

陶汝鼐

甚矣，楚骚之不可绝也！原不得志，故自放于文，何意牢愁之言，上侪风雅，论世者至欲俎豆于荀卿、孟轲之间。司马迁曰：推此志也，与日月争光，《春秋》《左传》而下，楚孤行矣。宋玉学原者，而扬其波，居然楚人之风。至杨雄、相如，并工骚赋，推其志谊，皆非原选，吾安所折衷哉？窃尝披撷春华，追寻古响，不若汉魏乐府诸诗，苏、李而下，犹能真真朴朴写山川风俗、忧思怨诽之情也。然则以《离骚》续《诗》，以乐府续《离骚》，得其意矣。泛滥而宋之填词，元之杂曲，骚变而雅尽亡，骚安能绝乎？然而推波助澜者，多江左之时流，楚无责也。

明兴，吴越诗最盛，中叶乃推七子。然所为乐府，不过拟古题目，刻画无盐，即逼肖古人口吻，何关风义？惟吾郡李文正用古体咏史，自命曰《西涯乐府》，无斤斤学古之病，而自抒尚论之怀，匪独眼空一世，亦云救时矣。予生长江潭，值骚之地，少时涉猎风雅，鼓箧两都，亦尝以文章进御。自幸免怀沙之赋，且憾去西涯百数十年，不得如宋玉之与屈原耳。讵知四海群飞，三光黯黩，羿浞怀璧，虎豹当阍，一旦伤湘浦之蕙兰，恸苍梧之风雨，我则何心，能不悲乎？于时图史尽灰，蓼莪既废，自秋徂夏，卧痁草土中，思往昔藏书，大率五千卷，今不留只字矣。炯炯双眸，无处得着，徒然仰看屋梁，忆古奇事。繇汉至元，凡惊赏艳异之文，耿耿心目间者，随意疏写，如搜古碑，洗剔斑驳，节文断画，以己意经营之，得百余则。聊复取天人灵诡、英雄奇俊之气，森立枕端，以与痁敌。敌数胜、痁复数起者，疟鬼顽也。因思三间诅鬼而为觋之辞，吾将诅痁乎？乃援古为助，间拈一题，虽无伶伦按节，而缀词偶就，则乌乌纂纂以歌，亦未免激情冰壑，孤吹霜天，呼西涯而和之矣。约略正史中得十之八，以外史一二有征者附焉。骤举示人，有如志怪，非关风义，亦无取材，乃爽然悟天地之间，册府之内，何所不有？而烦椎汲冢凿鄉嬛邪？噫嘻，予病矣！觏闵受侮，救死不赡，庶几引古人方药以濡未死之心。刘蜕曰：崖谷结珠玑，昧则救之。雷雨亢粢盛，干则救之。既昧且干，有如今日，吾何暇救骚乎？惟是探遐讨幽，缠绵哀乐，托古人而歌思，非以古人为古人，以古人为相欣赏对悲愤之人也。

《诗》曰：寤言不寐，愿言则嚏。安知古人无嚏乎哉？又曰：纵我不往，宁不嗣音？姑与之为寤歌，与之为遥集而已。万一成连海上之弦，有移我情者，无以易此。己丑十月望，忍头陀曝背东岩下书。

些庵嵩梦草序

陶汝鼐

些庵先生刻《嵩梦草》，越洞庭春水寄入沩山。忍头陀读之而叹曰：四天下大矣，亿万国土，以华为中。岳有五，以嵩为中。嵩之在阎浮提，犹天人之有心也。然气数推迁，天人之心皆变，而地独不变。故《易》曰：地道也，臣道也。君子法地，而可指嵩以旌吾心，难言哉！予以是测些老之诗之托于嵩也。公风云气诣，冰雪聪明。不撄俗而嵚崎，不绝物而壁立，得岳之气居多焉。当早为要官二十年，才性高妙，鲜所缘染，独不能一日废琴尊，辍词翰，与佳山水绝。尝别号曰“浮丘”，盖仙仙乎尘表也。晚乃破子房之产，焚骆丞之檄，流离悲愤，缁制荷裳，而吟益豪，律益细，浮家泛宅，荏苒十年。一旦放脚中原，登嵩长啸，俯视三十六峰之下，风雨如晦，而怒焉呼首阳，喝少室，以极变之诗写不渝之志，以不渝之志质不变之嵩，公于是乎无愧矣！

尝忆公为吏部时，游衡山有开云之祥，以诗记属我评唱，人将比于昌黎。今去二十五年，乃衲衣游嵩，何异碧落侍郎，堕来如梦？吁嗟天乎！昔何以寤，今何以寐也？嵩固古浮丘往来之区，梦嵩诸篇，宜与青冥接响。公之自况，乃征宿契矣。予窃叹公游衡早，游嵩暮，衡游壮，嵩游悲，衡诗当被管弦，嵩诗当泣鬼神也，且昔昌黎诗不数见，游嵩两题名石柱耳。公视古人所得孰多？嵩方寤矣，勿谓是梦也。书此报公，以当一笑。

廖次裴诗序

陶汝鼐

盖予读廖次裴诗，而不胜其感也。予尝与其先孟符给谏同谱矣。两上公车，则与黄九烟三人同砚席，称剧孟敌国。而孟符气岸傲卓然，以制义名家，不易相下。若诗歌唱和，则予与九烟独有元、白之好。虽间亦讽孟符为之，了无竞意，岂真雕虫不为，抑才性殊量邪？以是，孟符制义至今传，恨无可传之诗。然而庭前兰玉，能世其业，阿咸次裴，则才性为尤异云。

次裴早慧而嗜奇，方总角逢乱，耻为诸生占毕，又耻学剑，抱嵚崎历落之意，如鹤在鸡群。稍壮，则慨然想黄虞友陶谢，流览山海，厌此尘壒。负笈以游于佳山水间，尽其才以寄托于诗。十数年中，格凡再变，变而后无繁音细响之累也，称作者不妄矣。

夫以给谏之才急于用世，当时已不能竟其用。幸而次裴起，能以风雅继谠论，以湖海继省垣，仙仙乎韩氏之有湘，翩翩乎谢氏之有超宗也，于我孟符亦复不愧矣。一日偃仰禅榻，手次裴百余篇读之，庆快殊甚。次裴出一瓣香，请为序，若厚自爱以护其珠，将长此映烟霞而栖灵岳也。然世且旦矣，恐未可独修夜行，即当以宏词应制，踵贾舍人、王右丞诸篇，无不可者，岂得终饭牛而歌也哉？次裴勉之！

廖大隐覆巢余草序

陶汝鼐

世所谓士穷者，尘甑釜鱼之困，常情耳。若夫覆巢之鸟，岂有好音？且大地荆榛，无壤可入，悲哉！廖子之穷，妻子如落叶散，而尚窃窃然欲以诗鸣也。子之弃制举业，工五、七言久矣，不谓至今日而所遭之荼，则穷益奇吟益苦，是穷与诗俱进者也，予何忍读《覆巢集》乎？然试一取读之，悲则悲矣，其沉郁顿挫之节，忧思怨悱之情，犹江潭遗响也。大隐之志气之才性固在，谁谓累累若丧欤？噫嘻！汉魏诗歌，莫高于苏、李、蔡琰，而皆以骨肉生离，痛沦肌髓。三唐最称李、杜，一则孑然流夜郎，一则无家寻弟妹，盖代词人，偏逢祸乱，然则非诗以穷工，盖诗以穷传耳。今大隐仅余一身，而年尚壮，倘学佛则已敕断爱缘，学仙则可飘然遐举。

此集如苏门长啸，亦任流播人间。否则收召魂魄，归奉庭帏，巢鹊鸰原，转哭为笑，犹可如梁伯鸾灭灶再然，重歌五噫，鬼神亦且闻而泣焉，无如诗人之崛强何矣。幸大隐爽然听我，我固知其不终穷也。裁报数行，并以为序。

廖山令变音序

陶汝鼐

读其诗而弗知其人，未敢信其为诗也。知其人矣，而弗尽其诗，未敢定其为诗也。何也？人固不易知，诗亦不易量也。吾尝怪人之善变，而诗之不善变矣。湖南五六年来，四面楚歌，音声噍杀，而长沙尤甚。流离琐尾之士，岂复有能抱膝而吟者哉？长沙诸廖，群季兼连，叔子山令者，十年前见其人，三年前始读其诗。诗皆乱后无家，避难草间所作。江潭憔悴之音，宜其多感也。然清才逸思，如新引初桐，超然尘壒之外者，若非时地所能窘。尝闻博山诸君子亟赞之，顷且涤除劫土，归咏南陔，奉颐灵椿之年，竞长三芝之秀，蔼乎有天常焉。

去秋乃以其暇集近时之所存者，题曰《变音》以示我。大抵写哀乐之情，无怨诽之乱，湘郢歌骚可仰而企也。意山令少隽言诗，遭时不偶，处忧患祸乱中，独申所好，风雨不渝，未尝弃而走声利，求名达，矫哉其弗变矣！惟是落眉穿袖，津津入作者之林。其诗则惟变所适，泠然善也。夫变而后无穷，善而后无量也，极其变，吾又安能定山令之所诣乎哉？今山令一旦过我，雷雨大作，于电光中谈诗至夜分，即使践弁首之约一段奇事也。辛酉寒食时，初还西溪率笔。

廖申生诗序

陶汝鼐

三百篇而后，《离骚》续之，《离骚》而后，歌辨续之，江汉之风始，变为江潭之曲终。诗之在吾楚也，代有起者无疑矣。然而公安竟陵，晚霏郢雪，谈李长沙，经国之才，亦尝望涯而返。则云阳山水间，二百年有遗响也。今振其铎者谁与？同里廖子申生，嘐嘐好古，平居颇自矜尚，一旦署阑干苜蓿而吟，喜人地之相宜也。日取《怀麓堂集》而涵泳之，诗境不能不进，当如坐百尺楼，使人卧地下矣。时一简点奚囊，刻近诗数卷，叶作如云阳者过半，盖将奉西涯先生为导师，而居然若郢中唱绝，但不知云阳诸生，能相属而和者几人耳？

顷上诏求博学宏词，得选，即上玉堂备顾问。申生躬逢其盛，岂能无意乎？因窃叹右文再造我湖南荆棘兰社重荒，中间敢以诗倡于绛帐者，仅见于申生，此其风始也。岂复江潭憔悴之音，聊以写忧而已哉？荷询老人，不觉跫然喜、惧然畏焉。若夫元晏，则当世之名公卿，能如文正之奖进才隽者，不乏也。申生持此以问之，当不使怀麓而后，此事久寂寞矣。

孤儿吁天录序

陶汝鼐

嗟夫！卿大夫处天步艰难之时，而能于君亲朋友间畅然无恨者，岂理也哉？不幸而玉既改矣，群错其趾，好议论者，且欲检点残秤，恣谈覆局，竞为书以泄其悲愤诋諆之私。沈约虽才，不辞梦截其舌，则亦文人拂乱者之过也。明季之乱，莫大于寇，纪事之稗野，亦莫渎于寇。最后武陵相公，夺情孤立，独蒙宸鉴。然天子授钺，群工张弧，蹇蹇焉矢报国之心，以竭办贼之力。二三年暴露行间，转战数千里，歼除解散之盗十数万。迨玛瑙山之役，狡脱者金山之逸㕙耳。如是而终不济，济则以死，鞠躬尽瘁之义，亦无忝矣。无何，毅皇愍吊其忠劬，逸贼怨椎其丘墓，而腾谤不止。致小说杂记，一切失实。若试刀笔吏作甲乙，假如便欲引宰相下廷尉，俯首受恶名，安得不仰天而大叫也？公赍志矣，劳臣久质于上帝，而孝子尚讼于人间，岂得已哉？

次公某始为《辩谤录》，专为濑园一札，矫诬无端。顷闻作者亦幡然焚其草。长公某，是尝弱冠负剑以奉尊人于帷幄者，痛此坊刻日繁，深文巧诋，不得不取证邸钞，胪列章奏，剖晰时地岁月之讹舛，与天下共质之。其于国史良秽，所关匪细也。刻成已久，屡征予言，泫然不能答。然而不肖与武陵世谊，忆弱冠受少傅公知，后见文弱先生，以司农郎乞假著书，作《地官集》，偘然负匡济之望，心实严事之。己巳廷试入成均，少傅公幸假一榻，适以三边特简，而先生亦始出为观察畿南，亲见父子之间，才诚相勉若师友然，则忠勤清慎之家法，见肝鬲矣。

丁丑再上春官，则先生墨缞赴召，相见大恸，谈过夜分。曰人臣谋国，心则何穷？而才固有量。主上但以一边付我，可必十年无事，今一旦使廿年不入长安之外吏，独坐司马堂，公卿台谏，相对如秦人视越，策力俱诎，何从措手？子当见我之摧覆矣。然则出师阃外，幸得捐糜，至于成败利钝，非所逆睹也明甚。今封驳诸草具在，窃叹公为明主之所鉴任，而自负贤臣者欲摈之，为群盗之所怨毒，而比肩事明主者欲杀之。天不祚明，遂有此事。诸哆然操笔舌，以行爱憎、护门户之诸公，亦若见驱于气数而不暇察也。乌乎！李靖强起，而推诚乏狄梁公。宽饶忧勤，而慭伤无郑谏议。忍使英主独殉社稷，而谓诸臣无责乎哉？李文饶尝叹忠于国，而知我者鲜，庶几数世之后，朋党稍息，以俟知音耳。武陵陨星四十年，明良有歌，惇史有作，岂余波尚不息也？但持此编吁而天听，如风雷发滕，而乘箕尾者可无恨矣。长苍其俟之！

续灯存稿序

陶汝鼐

客有问“传灯”之义于予者，予以意应之曰：五行惟火最神，故能代日月之明，破寰宇之暗。体元不立，立亦非体，照用同时，迄于无尽，其灯之义也欤？是以尼山西竺，总曰传心。夫心，火之官也，火传于薪，不随薪尽，犹之心传于人，不随人尽也。灯岂有断续哉？存乎传者而已。佛法授记，自古然灯始，迦叶而后，花不堪再拈也，曹溪而后，衣不堪再付也。只此刀锋箭镞之上，孤明历历，如印印泥，于是五家宗旨，各有机、有缘、有记莂。古德笔之于书，无论肤骨心髓得者，亦大宗小宗，绳绳不乱，则一部正法眼，无复有草窃窜入之忧矣。然《会元》所载，止于天童杰，而密印以下，会稽先辈，通门禅师，纂《续灯存稿》，盖续其书云。

此书在前代诸老，非无作家，往往未能卒业者，咸以疑信同异之间所关非细耳。昔景濂宋公，翱翔法苑，论次颇详。厥后尊宿辨订，谓云门法眼，并出青原、荆南两道，悟则渚宫天王，实为云门法眼之祖。《会元》所书，不无谬误。致宋公择法，且未免承讹。倘此后悠悠不定，则千百年宗门血胤，整乱更未可知也。此稿但存，岂无深意？公之门人某从浊劫中，以身命护之，未有散落。今取而观，则千百年所为机缘记莂者，如贯珠，如编贝，如秉炬发暗，如置宝符于山，而使得者自奏之也，厥功伟矣。

白足浪平，募刻于长沙，既成而乞为之序。然予不能无感于此。今五宗惟临济最盛，洞上亦即斐然，尊宿门庭，并度宰官为嗣，宋之杨、李犹逊美焉。然且入室操戈，而谓狮子蹴蹋，遥传滥付，不惭狐兔纵横，如二十年间事者，岂惟丧却儿孙，正被带累达磨大师无门雪屈矣。吾不知读此编者，谁能考正之，续此编者，更谁能澄汰之也？噫嘻，难矣哉！

陈长公选刻名家诗余序

陶汝鼐

诗余肇于唐，推太白两词为祖。然当时绝句佳者，辄入梨园，一语入情，动人魂魄，不特清平调奏之上天矣。至于宋，文章之士竞为之，则创为格调，殊体分曹，一代争鸣，互矜绝唱。大家如范希文、欧阳永叔、王介甫，并有传篇。然子瞻调甚高，尚恨韵少不叶，乃知歌曲之妙，所谓寻变入节者，非伶伦不解也。若夫词林选集，则花间草堂而后种种矣。不幸而滥觞元曲，概称艳词，风雅宗工，比于郑卫而厌为之，亦安能尽诗之变也哉？

吾友陈长公，少负才性，颇解吴歈，虽垂老不忘骑射声歌之乐，而超然隐于钓徒，兴至临池，则间为小诗。词多风流散朗之致，尝端书小帙寄我山中，予亦破戒相和，可喜也。近复从兵戈满地，屏迹湘阴，选古今填词极佳者为一编，藏之笥中，若宝珠玉，视昔所为莳花种竹、调鹤种鱼之事，与夫山水、友朋、诗酒、管弦之欢，皆不可得而独得于此也。庶几乐天知命之士欤？予亦老而困于诗文笔墨者，然不能如长公乐，若夫同调，未可辞也。方戎马在郊，索我评唱之，爰识其端，以资抚掌。

刻荣木堂诗集自序

陶汝鼐

古人欲学古以有用于世，则词赋雕虫，真不足为也。然使其学既无用于世，而自省平生所值之君亲师友，所历之山川云物，所遭之治乱穷达、舒惨哀乐，皆泯然无一言以写其怀，陋亦甚矣。先君晚官桃花源生予，生之夕，梦堂上挝鼓报上官至，肃衣冠往迎。阅刺，隐跃见“康成”二字。寤而闻囝地声，心颇异之，然体羸善病，六岁始授《书》，十岁而授《易》，十三补弟子员。即私效袁公安近体诗，大人见辄令焚之，相戒曰：吾但望汝成科名，无庸此也。然心窃好不能绝。廿二以贫游关中，客金城，归而集所作为《皋兰草》，见许于竟陵锺先生。廿七选贡北雍，特试为六馆诸生长，浮名日起，谬附词场。然所识名公卿，皆啧啧称予制举文，而无及风雅者。始益思先君言，弗敢工，以是遂为孝廉，困公车业久矣。大率四十以前，处升平，作诗多，多亦不工。四十以后，逢丧乱，作诗少，工者亦少。虽褐玉堂、寄云楼两刻，为峡州文铁庵、资阳郭些庵、云间杨扶曦诸公序行之，歉然不敢与时人争坛坫，大抵自写胸怀，落纸便弃，未尝仆仆啖名，函一文一诗，寄坊间求选也。

兵燹以来，投水火盗贼者强半矣，乃继之以文字狱，仅幸免于髡黥，自怜余生，焚砚已晚，何所取燕石而藏之也哉？今年长儿集敝笥所存，收墙壁之余者，得诗若干，或岁留数首，或数十首，聊以识平生所与之人，与所历之地，所遇之时事，幸无有大惭于心与口之间者，窃用自慰焉，而诗之工与弗工弗计也。昔郑玄经术得意笺诗，诗岂非雅事邪？然其笃行谊，辞征聘，尝欲述先圣之元意，整百家之未齐，一旦黄巾为乱，南北浮萍，徒憾群书散敝，不获写定，年七十余以属其子。古人浊世垂老之情，大率如此。至今思“康成”二字，兆见于先君子之梦者，盖仿佛似之矣，岂特穷达有数哉？刻《荣木堂诗》成，书此以识之云。

新修长沙府志后序

陶汝鼐

汝鼐曰：司马子长作《史记自序》，《史记》，子长之私书也。

士不获备官兰台，而托史以自见，则不得不宣作者之意。郡邑志代有成书，阅数十年一加补缀，义例体裁，禀先民之程耳，安所得吾意而命之？虽然，始作者即不能无意也。楮先生续《史记》传，读者咸以为迁史而不能废，则亦以其意相师而已。吾郡治最古，先朝求元志不可得，百余年始成书于张文毅公，考胜国之迹无征也。惟皇清右文，亟收图籍，从戎马中草草具掌故，事甚锐而旋散于爨，阙如者仍数十年。夫此数十年间，世乱而复治，地危而复安，政教失而复修，如行霾海中再睹澄霁，幸矣！

然回忆霾中所历，风涛万状，如在劫前，一旦使叙次其事，五色无主，矧命之述开创之盛，纪非常之原，若古所为分陕营雒者乎？

今上乙巳兵宪张公采先后稿，上于大司空中丞周公。论未定，越二年公始以保釐之暇，取其义例体裁而正之。坚命给汝鼐笔札，使覆订，久辞不获，进而教之曰：潭属州邑志备矣，郡志宜挈其纲，毋费辞，毋滥竽，毋诡正而伤雅，毋率臆而忘忌讳。天人之际，子其谨之。既适馆授粲，退而卒业，惟是哀定微词，箕微晦迹，则二三同志亦将有考证焉。每一帙成，授儿子之典，手录以奉于幕府，凡再易稿而定。于时藩臬名公并出史馆，金镵玉尺适共裁成。汝鼐盖于先辈师文毅先生，而于当世师大中丞，无所用吾意以安于愚贱，则铅椠所程，只勤细物，独恃哲匠引绳，亦将侈游、夏之遭以自庆耳。

刻甫竣，朱、张岳麓之院复新，鼓吹休明者将辈出矣。即或留瑕以待攻，引丝以俟续，阙文之意在焉，何必古今不相及哉？

徐汉仙长沙吟序

陶汝鼐

长沙，古泽畔也。《长沙吟》，吟泽畔也。然则吟者谁？曰其人异人也。尝读书桃源，尝鸣鞭酒肆，尝仗策渡江，尝说剑入幕，数不得意，则姑为人条上十事。又或如待诏门下省，恋良酝三升，踪迹大奇矣。故其诗悲歌慷慨，多古人忧伤寄托之情，而人莫之知也。

今其刻始行世，将知有徐子汉仙者，其家在吴楚之间，其才在陈、阮之间，其迹在夷、惠之间，其遇在苏、李之间，其姓名在睢、禄之间，其诗亦当在庾、鲍之间矣。正恐波斯眼光，未敢相定，而况胸所蟠贮，如阴符黄石者耶？窃意有心之士，必且读其诗而辗然叹曰：此君舌尚在，幸矣，何复作惊人语哉？

商歌自序

陶汝鼐

忍头陀曰：思报国恩，独惟文章，柳州此言，心乎伤矣。抑谓房、杜、李、魏，伊则何人，我独垂空文哉？予明之逋人也，少负远志，足迹半天下，山川谣俗，多感善怀，往见士大夫，如王、谢子弟，虽则紫衣绣囊，鲜诗书气，心窃薄之。尝欲发愤，以求轩皇之宛委，穆满之羽陵，稽古致用，或有可观。然早孤善贫，以娱母故，趋就小喜，遇有司试辄冠去而升辟雍，觐明堂，宾兴奏雅，高会赋诗，啖此微名，遂以雕虫自见，非其质矣。虽三十以前，司成、宗伯、冢卿、宰相，皆特奏其举子文。先皇帝诏勒其姓字于石，欲早用之。臣实自励，不敢苟且希进，冀需释褐。年既强仕，遭逢不偶，宗周之变，德宣祸幽，而天地荒老矣。

岭表归来，从人说剑，徒使词成青璧，梦断攀髯，怀彩笔以难明，组长缨而不试。嗟乎！君国之恩，报无日也，况复旁求小史，叠下除目？而一旦人非人，书非书，安能弃高曾之规矩，而与之鱼鱼哉？乃始泫然仰天而吁曰：昔瑯琊存礼乐以贵江东，河汾作《元经》以抗中国，虽涉末流，有以自处矣。所恨者弇州、海盐、东莞、绣水之撰述，多付劫灰。今即有人笔削，三百年王业之盛，无缘得见。姑撮其奇事数十，广昭代之异闻者，附诸嚏古焉。譬之敚琴音病，而弹者复哀，凝碧工歌，而感者自泪。有人曰：此商声也，胡为乎来哉？吾于是焚砚矣。庚寅五月北窗自识。

湖南文征　卷三十一

序七 明

石村初刻序

陶汝鼐

幼隗以诗鸣者二十年矣，尝忆冯根公啧啧称幼隗才。予急索诸帷中，见韶秀如闺阁，人稍就之，则面发惭赤。相其诗文，固英沉岸异，奇男子也。自是予好幼隗与冯子同，彼此枕中秘，皆得时时发之，保所瑜而攻所瑕，求邃于古无近心焉。

未几，堵牧游来守长沙，得郭子文如剧孟敌国，啧啧称奇士。又未几，蔡江门以司李至。两公皆留心当世，而蔡门庭尤峻，独其湘潭之士，则幼隗与堵公同。每开阁展经，辄期论对，推襟送抱，又复过之矣。尝读书城南，江门深夜上楼，望其灯火，或乘月一骑至斋头，奏新篇击节，则纵谭兵农律历，尽所设香茗而去。去或为长啸，入云拂水，声若苏门，曰此啸不传久矣，独为子作，余人未可妄得也。然则幼隗之才性学力，决非时流所可称量，而幼隗肆力于深奇高妙之言，亦未可止也。无何，楚氛遽烈，独蔡公以抗节死，冯子继之。幼隗奉老母避乱去，笥策尽弃，而亟收江门遗文着帽絮中。南迁后，堵公复来为学使，为抚军，复思江门，则引郭子与同歌哭。凡征辟、论荐、选举之隽，谓郭子足当焉。而幼隗抱西州之痛，咏南陔之章，未尝忘隐也。如是十年，浮沉丧乱，忌者侧目。中以危法，而幼隗复能屈其才智，负母匿南岳万峰间，虞罗已施，无所辱损，则幼隗胆智深沉，妙于济变，非复工诗文，弄铅椠者而已。

比者自选其诗付梓，而取蔡公之遗篇，与冯子之传附焉。何也？夫三百篇惓惓致意者，非君亲则朋友耳。若汉季三龙并砥名行，至于时移事变，卒有优劣之论。古人涉末流而愧地下者，独无如富贵生死之际何？而谓有幸不幸，抑又晚矣。今海内论文章节义，以江门公为何如人？而幼隗可以其诗古文附蔡公不愧，则幼隗何如人也？区区雕虫之名，莫不知有郭子者。某湘累方学瘖，而使之考击钟鼓焉，可以止矣。

张石宗廿一史识余序 陶汝鼐

夫文章博达之士，舍经史安所肆力哉？然而青紫艳心，丹铅眩目，士之甘俭腹以从鹄也久矣。有专经，无专史，则读史者千不得一。经多隐，史多赜，则治史者万不得一。亦尝读史自谓治之，而肴馔万物，咀吐百家，为大匠斫而不伤手者，则代不得一。何也？明此之谓镜机，化此之谓复古也。某尝与同志者窃叹曰：裨野所以荒史，而史或因之以存，论断所以治史，而史或因之以亡。不知其言是否，今乃得《识余》一书读之，而犁然有当矣。

石宗先生武陵尊宿，承文东公家学，而湛于经术之言，吾尚推为子云、仲舒也。其为人惠中秀外，雍穆深醇，嘐嘐嗜古之外，它无所好。天复迟其遇，得肆力于周秦以下之文，或惨淡经营，或悠然独酌，或拍案狂叫，或横槊欲舞，其状皆于纂著中见之。故其于廿一史也，如拣金然，淘之汰之，如冶金然，炉之扇之，矿气不使留，宝气不使杂。数十代之君臣将相，方岳守令，可进而同堂也。神羊元龟，秦镜肺石，可列而盈庭也。兵农礼乐，天官河渠，可酿而齐味也。迁、固、范、魏以下十数子，可使授简而就裁也。有编纂之勤，无割裂之弊，汗牛充栋者，贲油素而载之，志略史通，方斯蔑矣。盖劬哉石宗之用心也！

或谓陶子曰：然则诚异书乎？陶子默然矣，而庄语之曰：世所谓异书者，必优孟汲冢之文、刻画齐谐之事耳。若夫酝酿风义，藻发幽微，研虑悦心，古今奔会，则诚异撰也。譬如骞穷昆仑之源，穆历瑶池之境，传其草木飞潜，珍奇珠贝，固种种异状，非世所有。至于日月光华，山川流峙，其所位置者，即其惊喜诧畏，而卒不离乎恒观者矣。不然，以吾石宗之才之学，何难为离奇震俗之书，乃必取衷于史如此？亦将以药天下之不能读史，与读史而急为论断之言，史益以不治者也。故曰：劬哉，石宗之用心也！

比者钟簴迁移，国乘散佚，一代未成之书已如梦事。倘继起圣人征文考献，求之带索商歌之间，尚有文章报国者，舍石宗其谁哉？某慵懒无似，尝欲相助为理，要其副本藏于衡山，时不可得。勉为序以归之，冀斯文未坠，终当流此书于天壤尔。

初刻褐玉诗自序

陶汝鼐

陶子非能诗者也，第记其五六岁时，家大人方解组鞠之甚慈，尝掩扉酾酒微醺，辄携予看岭上白云，咏十九首以为乐。予方牵衣觅梨枣耳，每私学大人乂手行，诵所闻琅琅自喜，大人奇之。再五岁而予乃能读古人诗，咏亦复成语矣，然不知何以为三唐、汉、魏也。乙卯冬，予年十四，遂得与同里之吴公咏、秦之黄千秋，结社赋梅花诗。遇快风凉月，则焚香尚论，纵谈三唐、汉、魏之所以异。而时人乃欲揶揄，诧以为怪事，将等于破家荡产，摇手而戒其子弟者。噫，可叹哉！

庚申以来，先子见弃，贫益甚，愈为俗竖所笑。虽牢骚孤愤无可解，然胸中眼底亦已觑定庸人，于是买舟入南岳，出其诗，质周伯孔。伯孔即典衣为余刻其贫诗，真不减逢人说项，然余意亦惘惘未信。乃思游名川，交海内士，磨砺其骨力胆智，进而求之古人。癸亥，乃西游关中，以其身历古唐、虞、商、周、秦、汉之都，徘徊于昆仑、终南、太华之间，穆然思古帝王、仙佛所以处穷达之故，而真诗文略已于此矣。去年，周伯孔亟欲余传其

《皋兰草》，刻未就，乃应试汉上。尔时风雅并集，印证略同，且得从锺退庵先生游，而诗品乃定。陶子始似乎能为诗者，然秋风杀羽，敝褐依然。时人眼孔，未开风雅，将以我辈蒙罪矣。

邱六区先生天下之伟人也，其手眼亦是退翁一流，感公称予诗，为手校之。周伯孔又自湘遣其梓人来劝予卒业，于是简癸亥以后数十首刻之，以为质海内人士之具，而岂得为真诗哉？虽然，倘海内先达皆如锺、邱二先生，友朋皆如周伯孔，山水皆如终南、太华、昆仑、黄河，不妒人之才，而又能助其高深灵慧，世安得无真诗乎，世安得无真诗乎？

重镌李少师怀麓堂文集后序　　陶汝鼐

古帝臣王佐之才，率多英分，三代以还，难仍浑噩，迨谟诰飏言，雅颂迭作，相业皆见于诗书。汉魏而下，三唐特用词科，专以文人为相，然必经纬皇猷，侃然树救时之业，而后可以当不朽。否则，狄公所云如李峤、苏味道足矣。今求二公所作，可传者亦无多也，倘黄钟大吕，克佐帝乐于钧天，赤舄衮衣，兼擅公才之尔雅，则功业文章并高一代，谓闲气笃生可矣。

某尝读《李文正公集》，而浩若望洋也。公以神童入对，弱冠登朝，其于当代斯文盖英绝而领袖之者。考公自庶常至首辅，以诗文称海内宗匠，以德业系社稷安危，身名俱泰，凡五十余年。而清端雅量终始不渝，求之古人亦已罕矣。乃其著述之富，可传于世者又如此。敻乎笃生之才，不朽之盛事也。但以卷帙繁重，镂于京师，云阳所传多系写本。迄今兵燹之余，几于广陵散。忆熹庙时，先师李湘洲大宗伯削籍，每谈文正柄国，护正人培元气事，欷歔泣下，欲相与删订其稿，付坊间刻之。旋被祯皇召用，不果。今何日也，同里廖申生以时隽寄云阳之铎，奉督学公指，汲汲购求，集为全部。矜其创获而谋重锓之，费甚巨，请于当事，报可。阅半岁，而观厥成焉。出人意表之举，无有快于是者。不肖耄且慵，愧不能效较雠之役，而窃叹此事有三幸。文正公去今二百余年，其书不复藏于册府，采于轩辎，而一旦放光出苜蓿之阑。幸一。公两为国抡天下士，尊贤者十数辈，然未免膏馥已微，音徽将绝，而表章得于异代群公之手。幸二。往者此书价虽重于鸡林，板独留于燕市，即湖南大家，未易购致，仰止者辄望涯而返，今且墨庄琬琰邺架缥缃，若从戎马荆棘中，宛然移怀麓堂以归故相之里。幸三。噫嘻，公之才位福慧实由天授，而斯文不坠，岂得非人力哉？

咸云申生有功文献，将附不朽，申生且谓予曰：此亦君北窗下枕中物也。今借大力者发之，以公海内矣。想当欣然，不可不识其意于末简云。

勿躁斋诗序

陶汝鼐

《勿躁斋诗》，吾友江谷尚作也。谷尚名宿，铨试得司理，不及仕，抱经而潜，郡人咸称为博雅江先生云。然性耽佳句，晚始集其稿，使予论序之。

窃叹古江擅文章之誉者，淹与总其最著矣。既并阶通显，而所处治乱之间，辄以文章表异代，然总退老江南，而淹浮沉干禄，读史者不能无抑扬之论。甚矣，名人涉末流之难也！谷尚貌短小而才长，性恬柔而文矫，举动愿谨，而意思萧迈，弱冠遂以制义鸣，益刻厉自好。尝与廖孟符同掩关读书，期必取高第，而孟符尤自负傲岸，独心逊谷尚之渊宏耳。当拔隽入对，孟符亦入为谏官，逢人推谷尚文，长安名贵人多倒屣见之，然不知谷尚复工诗也。谷尚固深沉嗜古，心细于发，虽风云月露，作亦不苟，往往盈笥，未尝示人。所谓雕冰镂琼，流光自照者矣。一旦逢乱，壮志弗酬，或登仲宣之楼，或据河汾之席，或拥书子云之床，或访石君平之肆，或行吟谑浪于羊、求二仲之间，感触悲欣，遂多篇什。怀中彩笔，若有巨灵护之，即鬼物忌才，终不得相索也。

虽然，如谷尚之才性行谊，而终不用于世，得无工诗致贫乎？夫天能塞文人之时，而不能塞其学，能穷文人之遇，而不能穷其心。士君子既已取其无益者以自全矣。风雨晦冥，声出金石，视彼炎炎走声利，而卒不得快然于俯仰天地之间者，胜负何如也？古人云老益壮，穷益坚，庶几似谷尚哉！霜月之下，偶与谷尚过筠浦，菊窗对榻，讽咏其诗，三日不能释。书此以弁其端。

车孝思高霞堂集序

陶汝鼐

尝读古人之诗文，得一二篇佳者，亟起而考其生平，惟恐其才不遇而行有瑕也。然不遇而才，不过如孟襄阳之明主弃耳。若遇而或瑕，则休文梦截其舌，虽才不能自理矣。忆少时与诸良友密谈风雅，辄持此语相勖，距今四十余年，老而同志者，独孝思先生在焉。孝思大参公少子，生于闽，长于吴越，才名盛于楚南最早。予两人定交时，年各廿余，孝思差长三龄耳。其文与人俱翩翩有凌云气，而操履端雅，如明月不妄映，当世负欧、苏之望者，咸欲得一拔识之以高其鉴。而孝思神益远，思益沉，学古益笃。

辛酉，家阮抡元，论者谓孝思所谊当复胜之矣。无何，屡困场屋，举有司明经，不入对。执政以其名应荐辟，亦不出。意必得大科，求观中秘书，而姑取诸正史先论次之，书将成而乱。于是浩歌远引，矫然矰缴之外，而著述仍不废。年来二千石上下，莫不折节乞长者言，奉为钟吕，振笔辄大小得意，而观者弗能测其首尾。孝思其犹龙乎哉！

高霞堂是平生读书之处，邵陵诸后隽，登者以为龙门，所为集诗文百余卷，贫不能刻，门人请先刻其诗赋，曰《高霞堂集》，示先生之能自全，而堂构至今不衰也。所谓才大不遇，而行无纤瑕者，孝思一人而已。然白首相知，诚无过于予，犹忆甲子鄂城同出诗质锺伯敬先生，甚许之。而后予两人诗皆数变，而孝思道力深，诗力亦深。昔人谓曾南丰文章，要自刘向，若不知有韩愈。予谓孝思诗赋，亦将要自建安，不复知有竟陵。遇不遇，仅目睫之论也。今高霞堂业已传矣，岂俟后世子云哉？虽然，予犹非后世之仅以词赋知孝思也，并序其生平如此。

湘江图赠唐魏子之任玉山序

郭金台

楚以南，惟潭于先朝称冠盖邑，凡成进士，授词林台省，列九卿八座者十数家。唐氏父子孙同时隽，三人皆用才显。清兴，

越二十有七年，魏子始以辛丑甲第。迄己酉岁，奉命令玉山，宜魏子于一门一邑，真称第一流人无疑者。

时维麦秋，湘江半涨，薰风漾波，魏子车骑张道，诸同学子无少长合饯于郊。酒三行，老友郭幼隗把盏停歌，揖魏子登陶公山而望之曰：吾与君受用湘上，云烟花月间，几三十余年。君今起为吏，其将谢山林，闭岩石，而以勋名烜赫从事乎？抑亦领湖湘清绝，挹取锦湾岸花一杯水，与玉溪君子声影相接乎？湘之水源于华嘴，合潇、蒸、沅而吞吐日月于洞庭、天岳之间，其为器也清而辨，澹宕而有容。惟清则入物不滓，有容即浑涵汪茫，能役物而不役于物。以君少负异材，历中年登第，又越九载始授官。

湘灵毓公，公报湘灵，苞孕久而施设大，其见荣于今日筮仕的的矣。诸同学推善辞举赠，予谓卮言曼引无庸也，为图湘江一轴备行笥，而虚其左以待名公卿之题咏焉。

公绘湖岳图送王过客司理南归序

郭金台

今皇帝御极六年始亲政，廷议当省官弛刑，以基太平。诏撤天下推官百四十员，衡州司理过客王公，会以例不任事。湖南人士，惝惘荒忽，大呼衡岳、洞庭而吁之曰：清兴，祀河乔岳二十有四年，阅司刑数辈，历龙飞六载，而始得王公一人。今公去，

无敢逆朝命而留信宿者，山川不灵，不慭遗南土一老，吾其如何？遮公至潭，潭布衣石村金台，酹酒三行而慰之曰：今海内无事，天子新与群吏务息安元元，方幸汰冗官冗费，以阜康尔民。遑计吾侪小人，割失司理一曹，便如此身去两耳两目，即白昼昏黑，走堕崄巇坑堑中，而爰戴王公清白吏，如鸟失林，婴失乳，哀号呼怆如此之迫乎？

公在职，衣不完，食不充，中夜不暖席，为斯人解纠释结。今其去，无疑事留物，囊不名一钱。测公笥袖，若私衡岳、洞庭而歌归去者，神固不灵于王公乎哉？王公私山川，山川岂私公？必将启迪英皇聪明，被南徼，无庸以我公归而悲我人也，真今日太平事也。爰图湖岳冠其卷，予及唐君魏子缀一序，告诸同人，各为诗以赠其行。

四易纪自序

郭金台

十余年来，刀兵水火凡数见，予书史文籍亦叠见灾，然不幸无成书，有散佚，不幸无正本，有属草。凡极仓卒，予力以身命殉之，故千百什一犹存。戊子冬，居穷而山，山穷而市，市穷而水，水穷而陆，陆四至皆穷。凡所携笈，无大小正草，古今文词，片纸只字，皆散而助秦人之焰，沉屈子之波。久乃自省曰：此云劫耶？会应当转，云业耶？不当再种后因，然而昆明池上，新翻之曲踵兴。渔父歌头，骚赋之材竞作。今即无古人聪明文字，书何可不读？即不读，士君子何可一日无书？

然予今日读书有三难，年长性秃，目流健失，则强记之难。亲朋一尽，邺架全灰，则乞贷之难。性慵作楷，贫难觅佣，则缮写之难。断自庚寅春孟钉一册，凡读书取置其右，遇难事异闻即录，余辄阙，则钝易入。故事省文辄书，或摘取繁文中一二要字书，余辄阙，则手易勤。无仙佛子史，外传皆书，则事易广。必记出某书，岁记某月，月记朔望，日则功易稽，将以四易反三难。

碎金勿亵，寸玉可珍，切比公孙弘通经之始，正符其年。尤爱高达夫学诗之初，尚少其十。予且壮，幸又身退，不能事家人，生产业，不敢问天，不敢谋人，咄咄一老翁习小儿行，咿唔窗牖间故智，庶几人不妒，天不忌，予亦可从事不辞。

卜澹庵先生纪言序

郭金台

潭四百余年无复讲学者，在昔胡文定与张南轩往来碧泉，隐山中，偕诸子门徒讲《春秋》大义。三子皆以学显，而宏又能大父事，为张氏所师。潭之学自胡氏始者，亦自胡氏止。越元及明，此灯不续。

今上康熙七祀，淮阴澹庵卜先生，与文定同里，相距仅十舍。自淮而南游，以其学鼓吹吾潭，出《纪言》一帙寿梓，其亦有文定之思乎？先是，先生官郏县，与今潭侯云麓赵父母指授正学，极亲切。数年赵侯成进士，先生已还山。今其来也，抑将有观风武城单父之意乎？

予初谒先生，即白先生曰：学有体有用，讲则明，不讲则晦。程明道治晋阳，修保伍条科，见学之大法。朱晦庵提举浙东，修荒政，立常平社仓，见学之大权。王阳明擒宸濠，让功不居，见学之大勇。不然，即勋如霍光，才如寇准，而张益州尚讥其不学无术，学岂可以不讲哉？不讲学，其何以服官临阵、济世安民哉？先生拱手曰：请敬如君言。虽然，先生于太极、西铭、天文、律吕诸书，笺注满笥，行将公诸海内，有善学者问难启发，叩其端而泄其难通，庶几讲益明而学益日富，今而后，潭其先天下而知学矣。

廖大隐湘山随笔诗序

郭金台

予去长沙廿余年，苦忆旧时联床满座，晰义送难诸才士，如晨星落落，气噫不下也。丁未初夏，偶入长，客有持大隐诗授予，读惊异之。他日赋二诗箑见贻，语更进。还潭取读《湘山随笔》属予评序，语尤进。

予因报柬大隐曰：君家号多材，记予雅交故给谏孟符公，少时神灵挺动，无大小辟易，所知一二后起词英，俱魁梧倜傥非常。吾不知大隐状貌何似，谛观其诗，何乃融融抑抑，鱼鱼雅雅！自惟音节，直似逼鲍、庾清新隽逸，而又不肯以轻俗涉元、白一流。嗟乎大隐，畏友哉！古今诗人以年进，岁经迁变，老始名家。大隐年才二十许，生负倚马万言之气，而又兼捻断数茎之心。每观集中偶对，多营度钩索得胜句，所遇登临嘉会，造语不掀倒前人不休。持此向往，即肩辈李、杜，攀提汉、魏，无难者。高达夫五十学诗，皆成就。杜陵亦云晚节渐于诗律细，今日大隐以楚人作楚游，诗固止此。异时方刚强仕，游京邸，赋明堂清庙，放眼观子长名山大川，中外宏肆，定复何如？嗟乎，大隐畏友哉！迩者天下言诗争坛坫，标门列户，忝窃冠军。未审沉船破釜，使壁上军破胆慑服楚人者，后当谁属？予老材力惫，幸洗眼纵观大隐，为新壁垒矣。

易大愚白水园诗序

郭金台

记予才十四五时，汩汩奖许言诗者，长沙冯子棂公、潭惟易子大愚耳。是时两君已斗奇场屋，予困童子试，吟咏唱酬，不肯下人，谓两君诒穷郭子者，予颔之。

越数年，予以诗受知郡伯丽青王公、学宪汇旃高公，更晚遇堵、蔡两先生，崭崭见头角。予时用文字章句，鞭笞诸名下，人咸咄咄持短长，而私嗜予诗古文者，自冯、易两君外，无多人。会棂公癸未以抗贼殉难，独予与大愚彳亍白水石村间，称白首交无恙。即两人穷愁歌啸，亦各用诗取生活悦怡。今年丁未，约略始交之年几四十祀，计大愚为诗不下数什百，兹所授帙才若干，且曰：征君严去取，吾不洽，君不孤赏，吾必不自存。予惊谢曰：君少时师同邑周子伯孔，中交冯子棖公，晚乃契予。三人皆用诗投合。今读君诗，委婉不必追周子，渊洁不必步棖公，而苍深浑质、落落穆穆，常有予冥探苦索，极营度不得。君时时捉笔露之，君乃过予，君乃过予！

昔人论为文非难，知文为难。予真知君，不能豪发增益君，君能用予知君者更自增益之，君定胜予，余人或未易知也。

刘干有落花诗序

郭金台

往次郭些庵先生《洞庭秋》诗三十韵，前后酬和，将百家。嗣有以上下平声命意责报章者，谢才尽兴阑不敢，倏忽十易岁。沱潜干有邮《时易斋》诸篇索评序。其一册三十章，则咏落花也。是日予晨起巡檐，恼狂风飙杀小园春色，凄然有摇落江潭之感。展读干有作，高音亮节，标举兴会，不怒而妍，已似取十宝玻璃盏，注琥珀光，薰然醉人惠风和日之中矣。

予固知干有非芦中人，再阅《感旧集》，自序湖庄名胜，每夏荷四照，堤柳迎风，居然结屋莲花座上，受香国异福，与胜友饮酒赋诗。比年河决湖淤，此景遂不再，予不觉辍笔叹曰：君家三百年，补租税、款宾朋、利寡妻稚子者，一旦为河伯冯夷波汩尽坏，视春英乱落，一小景唾弃耳。君不动心悲湖决而念落花乎？今君去湖十里就耕作，量晴较雨，课仆自赡，端念先人鸿绪，联岁就淹，存乎天与人，不敢悲悯也。花落更开，开已更落，人生遣此难为情，如七章云因缘，尚有来年在。莫怨烟销十二楼，正有“一岁一枯荣，春风吹又生”之意。其自处阔，其言纾邃而和平，韩子所谓愁思之音要妙，穷苦之言易好者，非耶？

君世簪缨，主风雅坛坫，家率辈出，乃反采刍言于予，知予之卑栖泽畔，而于落花情事有当尔。自把公诗一再过，兴殊勃勃，亦不知哀音靡调之何往也。干有助我矣！

易无画客湘草诗序

郭金台

无画以诗名家数十年。庚子冬，为儿式谷传经，爰予宜园，读书尽一月，所得古律绝诗三十余首，似一月中情思兴会，略视数十年不少逊者。

或谓无画阿私君家父子，喜心所感其言长。或曰：宜园曲流翠竹，不华而妍，列松如屏，摩风浴月，谷儿好事，时佐香茗，戏弄柔翰，潇洒送日，其地与人皆宜诗。或曰：无画负浩然弃主之恨，抒贾岛敲句之吟，倦羽悲鸣，长歌累叹，诗穷而工，时应尔尔。予亟起慰曰：千古穷诗人无过子美，考其自发潭州，流滞湘潭，所历岸花晚洲、花石戍、空灵岸、黄叶搔首楼诸胜，题咏绝富，自谓乱离难救，甘老此间。此老洵称善作，然湘灵亦喜留人。无画其亦流恋石村丘壑，吐胸中奇气，追步子美乎？即谓无画不私予，今有诗如许，予已私无画独擅之矣。

唐魏子燕游草诗序

郭金台

古风十五国，与今不侔也，而今分域适符之。谭者多谓删《诗》黜楚风，尊楚者又谓江永汉广，实冠十五国。楚何爱以诗为古今射的哉？今言诗家又以楚为敌国矣，一二坛坫巨公，计六国强无过楚，争自开关散从，尽屈众力以罢楚师。虽有拔山盖世后起之英，旦夕坚壁垒而不可动，兴衰倚伏，识者䩄然。

尝语吾友魏子曰：世代沿革，自古而有，岂四声杂律，亦如胜国敌已之难下，而五德运会之务厌胜与？今魏子以楚才负老夙诸名，三上燕，既捷南宫，而后梓其《燕游草》行世。夫为楚人不必为楚吟，非用以燕变楚也。燕则才人名士之都会，而天子宰相之所采风而治也。魏子吞洞庭八百里浩瀚之气，收衡峰七十二蜿蜒磅礴之奇，出而与千金台畔市骏争雄，未知壁上诸军，牛耳定执谁手？魏子毋宁多让与？

魏子曰：诗是吾家事，得失寸心知。世有手予集，欲唾吾面者，谨拭之。有责予用我法，无世法者，谨志之。有教予依永和声，通天地敬鬼神者，谨再拜受之。予曰：此真古大臣事君、治民、敬俗之道，即原本三百篇忠厚之意，和平神听之旨也。《诗》岂有过焉，《诗》岂有过焉？

南北送行诗序

郭金台

余与冯子棂公读书旦山，时陈逸子以年家子交棂公，记其兰芽挺秀，翩翩王、谢家物也。

越十余年，访余于石村槎屋，方袍圆顶，一肩两足，茫茫欲浮洞庭，上匡庐，遍阅东南人士。乃持一叶的的问北道主人，余固老守丘壑者，见逸子殊似百尺楼上语然。余持三语诘曰：自汝出门，眼耳边事，能如朱门蓬户，海鸥石虎乎？抑亦慧因远结，烧猪酿酒，追寻子瞻、元亮之迹乎？又或者五岳方寸，假名赵脚，本愿韩逢，仰天大笑而自脱去蓬蒿乎？吾闻长安比日多壮游，眼底不着空华，衣珠不堕贫子，持我定心，销彼苦集，安知寻觅德云，不在绕峰而在京华都会也？壮其行，吐余怀与语而赠之诗。

蔡江门先生诗引

郭金台

事江门师凡四年，师甫下车七日，驰役端柬诏台见，台辞。翌日役又至，以礼拜师，师起谢曰：已从白门尽阅子己未刻诗，去取惊心骨。台之得事师，以诗始矣。嗣是吟风啸月，踏马临江，举酒烧茗，左右时时与台俱。亦时作诗，间较试多士，杂命诗题，又时阅多士。独与台言诗，人遂以此轻诋台者，益轻诋师。一日会集数百人，师大书绝句，中有“遥怜山影外，人在剔灯寒”之句赠台。读未竟，而人已碎其纸，作片片花飞。夜乃励戒曰：虑相妒邪？真文字交，虽苏、张不能间。为贻一箧书，愤然旧诗其上，扇今历刀兵水火独存，诗则涛翻海立，陡然气象惊人也。

师诗无恒家，兴会偶至，下笔立就，属稿点窜一二字即佳。诗成多逸去，自示台外，五经兵燹，仅存若干。间书示人，无缘征寄，两经翻刻，亦莫有益原本者。约台前后所存，又经师三番删置之。自来长沙数月诗，往通州时删过半。自通州还越，典试武昌时删之。自鄂返诗不能多，经荆岳骚动后，更删存无几。今所梓诗，才十之一耳，然未删诗十之六七，删者十或有二三。台不加去取，不敢乞名人品题月旦，概呈诸梓。名《诗存》。

诗以师存，师不必以诗存，尊师也。文山诗歌，鲁公书法，至今传奉，如拱璧元龟。传文与颜岂独文字哉？后之读江门先生诗者，定作如是观。时崇祯甲申人日，长沙门人郭金台撰于蔡忠烈公祠之忆江楼。

袁田祖续桃花源游序

阙士琦

桃花源旧名海内，搜讨拂拭，令山川之道益广益尊，则始于袁中郎，再于小修。而田祖为之似续，避秦人世好，遂不得不以推袁矣。田祖之游，与绣林王无妄、郢中朱无逸不期而会，方舟并楫，旬有五日而返。返而醉狂梦呓，若有物萦系胸臆间不能自割。托江中散买炼丹台一区，曰：吾他日可为主人不为客也。无妄以二十千易朱雀舫，为此中游具以敌之。余谓一以山，一以水，一以陆沉，一以泛宅，不意两豪客分占丘壑，割据吾几案间物也。

田祖诗成而授余序，予谓在昔贤达，必有所挟以游之情。无所挟以游，牧人之梦林阿，没人之齐出入，不知何预山水事？陶渊明听田间水声，谓此胜吾师丈人。郗诜闻樵唱，以为洗尽五年尘土胃肠。心目之外，各有甚解处。他人其间，但得一颐颏微动而已，虽踏古人路，愁非高士情，此田祖所挟以游者也。田祖才无前代，而所挟以游于独者如此。当夫入深林，穷回溪，忽然痛哭，骤然狂喜，想美人之不遇，思公子而无言，中怀渊永，不知于何着脚？文生于情而后奔喉冲吻，奋笔疾书，不知手腕之脱，盖有所不容已也。余摘花源事目，田祖诗，如寄生吹笛于寒秋，而云崩石裂，如渔郎鼓棹于晴绿，而山高水深。盖有以见其情之逋峭幽杳，远眺高寄，而无与为邻。虽复阿大中郎，不能相同，不可相异，孑然炯然，为田祖之游之情矣。

田祖有胜情，有天趣，坐桃花溪上，语无妄、无逸曰：迹类仙真，事同草窃，誉之曰绮皓，毁之曰胜广。余为心惧而拊其背曰：一秦人洞，陶渊明不能誉，韩退之、苏子瞻不能毁，能毁能誉者盖子也。

桃源洞引

阙士琦

桃源洞有逸事二：嘉、隆间洞水泛溢，有巨石浮出，石上文云：无为大道，天知人情。无为窈冥，神见人形。心言意语，鬼闻人声。犯禁满盈，地收人魂。使好事者流传至今，不减禹王碑、金人铭也。万历初，有仙釜逐流而下，声满川谷，与洪涛相鼓荡。盖秦人乐器也，里中人乃范为元帝。嗟乎！洋洋楚国，岂少折钩之啄哉？

友人告我曰：兹桃川宫拉攞欲坏，余惧夫梁拉栋折，行与泐石文、范仙釜、纰缪而三也。夫郡邑之有名山大川，犹朝代之商琏夏瑚也，国宝之有楚珩晋璧也。山川之元宫梵刹，犹文人之有石渠，美人之有金屋也。入其国，有掷宝器于道，仇文人，涵美女，而不知所悼惜者乎？

尝入洞天，周步远近，过归鹤峰，怅华表之如故，悲羽衣道士之不来，则欲为招鹤亭。揽空心杉，追瞿童之仙升，羞骨肉之皆腐，则欲为空心杉阁。登炼丹台，弄渝鼎池，攀龙髯而无由，借鸡犬为先导，则欲为黄白室。披竹坞扪萝而上，听琴筑于良宵，报平安于美昼，则欲为方竹轩。据洞之后，俯长江，眤远峰，对瀑布，顾石峡，留圣月而不西，牵飞琼而偶语，则欲为飞仙楼。此余之心算目计而未观成者也。请以今日之胜美，饬昔日之纰缪，可乎？兹宫之修，是为隗始。

渊明祠序

罗其鼎

为桃川香火主者应首渔郎，而瞿童次之。此友人褐公氏之言也。祀先代名贤之为桃川主者，首晋渊明先生，而禹锡诸人例得配享，此非褐公氏之言，而余言也。微第余言，前方伯杜友白先生言之矣。先生之言曰：此中缺陷事，无如岳武穆、陶渊明两祠。武穆扫清幺氛，有大功于朗，朗之父老子弟相与尸而祝之，应不啻畏垒小民之于庚桑子也。渊明文章风节敻绝一时，自其记若诗传诵后祀，遂使桃花源名胜千古。吾与若终听其泯没焉可乎？余唯唯惟命，盖十年于兹矣。

今姑置武穆勿论，论渊明。置渊明文章风节勿论，论其《桃花源记》若诗。诗中“农桑”“作息”等语，志其风土淳茂、民俗古朴云尔。记所载鸡黍饷客，自是田家风味。此中光景，不足为外人道也。犹曰各不相为云尔。曾有“神仙”两字，为来世口实否？韩、苏两君子扶微言，醒惑俗，遂以渺茫荒唐目之，且借太守公迷路一段怪事，认作神仙公案，“莫须有”三字宁足服天下邪？

余尝笑谓同人，渊明读书不求甚解，两君子读渊明记，亦未求甚解，古人心眼，亦时有粗略不到处。何怪我辈考古论世，草草看过也！今曩殊时，见闻异状，以轮蹄沓来，方之足音空谷则有间，以羽檄频警，方之桑麻熙嬉则有间。谓秦人洞为平常人径，遂谓渊明记中事为荒唐幻说，此何异井蛙之不可语于海，夏虫之不可语于冰也？向使洞云常锁，磴道未开，东断白马之津，南谢滇黔之使，泉涓涓而时流，俗闷闷而古处，安知洞天胜地，不如昔所云云？何必蹑危桥而悚息，抚空杉而盘桓，诧瀹鼎之轶事，寻丹台之往躅哉？

顷二三君子议改馆于方伯公别馆之故址，而于秦人洞之山麓，累石为垣，樵牧浪入、踏破苍苔色者有禁。又议竟渊明祠未竟工役，于祠前余地种桃千树，方伯公曾行之。为补桃花夹岸一段缺陷。方伯公有知，应快同志之不孤矣。渔郎、瞿童，其亦有闻言而首肯者乎？

唐诗快序

周星

粤稽史皇制字，心之为志，言之为诗，志也者心之所则，诗也者其言之所之乎？而《尚书》纪舜之命夔又曰：诗言志。则言之所之，其即志之所之乎？后世以为未足，而复于尺下增寸，则似有取于尺寸矣。尺寸者，法度所由生，意谓诗必丽于才，才必丽于法也。仆尝闻康节之言曰：须信画前原有《易》，自从删后更无《诗》。画前有《易》是已，若夫《诗》也者，天、地、人三才之灵籁也，如云删后无《诗》，则必《春秋》以后，并天、地、人皆无之而后可。而自《春秋》至今，固未尝一日无天、地、人，则《春秋》至今，未始一日无天、地、人之三籁也。自仆言之，不但删后有《诗》，即画后早已有《诗》。又不但画后有《诗》，即画前先已有《诗》。曷言之？《诗》有天、地、人之三籁，而未有《诗》，先有天、地、人。既有天、地、人，即有天、地、人之三籁，彼三籁非《诗》也乎哉？且无论众窍比竹，吹万不同，即下至树声泉响，鸟语虫吟，无一非自然之籁，即无一非自然之诗也。

诗自皇初以来，至李唐而大盛。非诗独盛于唐也，盖天下之人心，每视功名为趋向，唐以诗取士，故举一世聪明才辨之士，皆竭志殚精以赴之，虽欲不盛而不可得。而唐之一代，垂三百祀不能有今日而无明日，不能有今年而无明年，则不能有一世而无二世。于是乎武德不得不降而开元，开元不得不降而大历，大历不得不降而元和、长庆，元和、长庆不得不降而天佑五季者，此理势所必至也，而后人遂执此以为初、盛、中、晚之分。夫初、盛、中、晚者，以言乎世代之先后可耳，岂可以定诗人之高下哉？且如天地间树声泉响、鸟语虫吟，凡有耳者闻之，未有不欣然以喜，或悄然以悲者。朝闻亦然，暮闻亦然，一岁闻之至岁岁闻之亦然。彼泉树虫鸟之音，岂尝有初、盛、中、晚哉？至于疾雷震霆，则掩耳而思避，鸮啼鸦噪，则抨弓而思弹，苟意所不许，固亦不问其初、盛、中、晚也。

仆极服袁石公之论曰：文章之气，一代薄一代，文章之妙，一代盛一代。古有不尽之情，今无不写之景，其盛处正其薄处也，然安得因其薄而掩其妙哉？故仆以为初、盛、中、晚之分，犹之乎春夏秋冬之序也。四序之中，各有良辰美景，亦各有风雨寒凝，叹赏恒于斯，怨咨恒于斯，不得谓夏劣于春，冬劣于秋也。况冬后又复为春，安得谓明春遂劣于今冬也？总之，世俗小儒，骛外好高，胸中眼底，实未得其最下者，而哆口辄法乎最上，以中、晚为未足，乃进而初盛。初盛犹未足，乃进而六朝。六朝犹未足，乃进而秦汉。等而上之，其势不进而盘古不已，而盘古以前，相传如龙汉蜺高之属，又岂无更高于盘古者？则何不直求之混沌之初，未有天地之始乎？此真可为仰天捧腹大笑绝倒者也。

仆今者《诗快》之选，则不惟其世而惟其人，不惟其人而惟其诗。又不惟其诗而惟其快，于中厘为三集，曰《惊天》、曰《泣鬼》、曰《移人》。移人则人快，惊天则天快，泣鬼则鬼亦快，而且人快则移人者尤快，天快则惊天者尤快，鬼快则泣鬼者尤快。盖一快则无不快也。其为选则虚公平直，豪不敢以偏见参之，不拘浓淡浅深，惟一以性情断之。初则去其不快者，取其快者。既乃去其差快者，取其尤快者。譬之披沙拣金，剖璞出玉，盖几经剥换而后成。于是以显微阐幽，哀穷悼屈，以此自快亦云足矣。虽然，人之欲快谁不如我？务期凡读斯集之人，喜者可以当歌，欢者可以当剧，思者可以当月，愠者可以当风，倦者可以当游，雄者可以当猎，愁者可以当酒，寂者可以当花，郁者可以当香，病者可以当药，怒者可以当剑，仇者可以当椎，梦者可以当钟，冤者可以当鼓，嫠者可以当婿，旷者可以当姬，不第者可以当银鱼，避世者可以当金马，求仙者可以当白凤，赍志者可以当青蝇。使我一人读之，歌哭叫跳不已，人人读之，亦歌哭叫跳不已，而千古以上诗人，相与歌哭叫跳于前，千古以下之诗人，相与歌哭叫跳于后，则我一人之心快，而天下万世之人心俱快，是则仆之私志也。至于仆生不辰，穷愁怫郁，倔强支离，虽窃幸早岁之科名，无救于中年之贫贱。生平著述等身，积稿满座，曾未一遇彭宣侯芭其人者，与之从容而坐论焉。

兹年届古稀，始勉成此一书，遂不觉愀然作色而叹曰：嗟夫，宇宙大矣！古今名贤从事于丹铅之役者，盖无虑数十辈矣，计前此所选之诗，不啻汗牛充栋。仆区区此集，何足当仓稊泽礨？毋亦聊存此一种于天地间，以当树声泉响、鸟语虫吟而已。既而复辗然笑曰：唯唯否否，试观今日村塾中，经如《三字》，诗如《千家》之类，尚传之千余年不绝，而况乎大如此者。夫文章不朽之盛事，自当与天地相终始。仆生也晚，诚不得与天地相始矣，将不得与天地相终乎？若夫时辈悠悠之口，少见多怪，君山、昌黎言之详矣，今固不必问也。

陶密庵诗序

周星

余与陶子燮友交，殆非恒俗形貌之交也。盖生平有四同焉。燮友楚人，而生于湖南，余虽非楚人，而亦尝寄迹于湖南，则其地同。当庚午积分创复时，燮友为北雍第一人，余为南雍第二人，则其贡天府同。癸酉之役，燮友举于楚，余举于燕，名次亦复相亚，则其登贤书同。嗣后穷达隐见虽稍参差，而变革颠危，流离跋疐，金石相信，九死弗渝，则其志操又同。噫嘻！古今来文章性命之交，如吾两人者可多得哉？

自壬午判袂以来，迄今三十年矣，荆吴相隔，烟水苍茫，云树月梁之怀，未尝少间晨夕。既无御风缩地之术，则时时梦见之。余故有《选梦》一编，纪梦中所得诗文联额之属，凡十余卷，而与夔友往还酬答者，居十之五。古云千里神交，夫岂欺我？

庚戌之春，余流寓浔溪，偶从宝云和尚所，得睹夔友笺簏，欣然依而和之。越一载辛亥冬，始作一缄寄夔友，未知迢迢双鲤，何日得达潇湘？又越一载壬子春，则夔友俨然先以一缄寄我，且示我《嚏古集》数卷。余薰瀚卒业焉，而不禁临风三叹也。夔友《嚏古》之作，本因李西涯先生而起。余尝读西涯乐府而酷爱之，不独怀古论世，有功劝惩，而音节鈲铮，激越顿挫，此案间第一绝妙下酒物也。今夔友复引伸而推广之，凡得一百二十余则，大抵非忠孝节廉之型，即奇侅灵秘之迹，大之可以干城名教，小之亦可以博物洽闻。后世读其书，想见其人，则不淫不乱，将比风雅于《春秋》，志洁行廉，当推《离骚》于日月矣。至于寤歌之后，继以商歌，则建安不存，恨满桓灵之痛，义熙以往，辞多哀定之微，昌黎所谓诛奸谀于既死，发潜德之幽光者，一篇之中，不啻三致意焉。自是编出，而皇天后土，可鉴野庙之心，五岳九州，共听空山之哭。

回视西涯当日，一曲春风，公然后来居上，岂但变本增华而已哉？夔友之以《嚏古》名篇，盖取风人愿言则嚏之义。夫庄硕之嚏，自嚏也，悼今人之不古处也。而夔友之嚏，则不自嚏而嚏人，不嚏今而嚏古。自嚏者阴，嚏人者阳，嚏今者短，嚏古者长，彼硕人兮，寤言不寐，此硕人兮，寤言独寐。然则处风雷霾曀之时，而切居诸照临之慕者，余与夔友其亦犹此物此志也夫。

芥庵和尚诗序

周星

芥公今飘然一衲子耳，其初固楚湘文士也。楚之湖南有三湘，而湘潭适居其中。北望洞庭，南望岣嵝，皆不越二百里外。其山川旁薄浩淼，谓宜有魁奇倜傥之人出于其间，而舆乘寥寥，只增忾喟。

余本湘人，今寄白门，于湘不忍遽忘，犹复往来羁栖于湘者数四。不知者多以余为非湘人，余亦不欲自明其为湘人也。以嵚崎澹荡之性，处喧湫声利之场，其势不能相入。兼之少年磊砢，感愤易生，境遇所触，往往发为声歌，殆不下数百首，今犹记二绝一律云。啸傲江东二十年，不知忧地与愁天。一朝泛宅过湘浦，始信低眉是圣贤。屈子放来悲泽畔，贾生谪去怨长沙。繇来才子伤心地，不是徬徨即咄嗟。此身何故落潇湘？闷对长天泪几行。

山水无缘供酒碗，文章多病恼诗囊。人情只向黄金热，世法难容白眼狂。明日扁舟吴越去，从渠自作夜郎王。则其侘傺亡聊之况，可概见矣。当是时，所见皆纵目之徒，所闻皆伤心之事，绝不知有所谓芥公其人者。迄今三十年来，华表铜驼，人代皆非故矣。

昨岁甲辰夏午，始与芥公相见于盐官，握手通名，凄然话旧，相向失声，不知堕几许永嘉、天宝之泪。已乃瀹茗煨芋，出新诗一篇示余。余展读未竟，又不禁恬然相乐也。盖近日诗人遍天下，盲风苦雾，令人掩面欲哕。余尝谓世人皆不宜作诗，独僧宜作诗，取其有云水情，有松石意，其旨趣或不相远也。然锺退谷之论曰：僧诗有僧诗习气，僧而不必作僧诗，便有不作僧诗习气。此言非独为诗僧而发，若曰诗家习气不除，则僧与不僧无一而可耳。今读芥公之诗，清远秀澹，皆直写性灵，绝无习气。岳色湖光，往往于篇什见之。坡仙有云：点瑟既希，昭琴不鼓，此中此曲，可歌可舞。是可以状芥公之诗矣。诗而若此，又何必僧，何必不僧也？

闻见卮言序

周星

经史子集而外，杂记一书，凡所以为明道觉世之助也。坟典丘索，仅有存者，不可以考其真伪。他如《左传》《国语》杂记，於焉鼻祖矣。尔时千八百国，宜国国有史，如《乘》如《梼杌》，以大国著名，他弱小不堪者，岂遂无纪载？所以《春秋》笔削，赖有诸书任其搜采耳。郡县以来，天下一家，绝去列国纪载，而国史亦未能尽登，然则草莽间有辑录，可概置勿论哉？

自秦火之余，作者其言具在，上可以考当时典制政事，下可以见当时风俗人心。精者可以为圣贤微言折衷，粗者亦可以广学者闻见。好古者每得一篇一句，如寸巩尺璧，宝惜逾于书史之上，何则？经史子集，习见习闻，如布帛菽粟，多阅亦增人厌倦。其杂记诸纪载，每多奇僻，尝其一脔，如侯家鲭，味之不尽。撷其一片，如吉光羽，玩之愈珍。更若枕中秘，冢中谈，名理名言，尤为好古家欣赏弗置也。乃自隋唐之世，传述类怪诞不经，惑世诬民，莫此为甚。宋元以及明儒，不敢妄置异喙，谈理者皆超超元著，颇有前人未能发者，经其剖析，如出圣贤面命。纪事者志僻拾遗，每于正史所未详者，间于野老谈说间得之。于是稗官野乘，悉入于天禄、石渠矣。或有未经锓刻，留隐士之秘笈，资山人之谈柄，如波斯异宝，能多得哉？

吾友祝子程美，少年即博物洽闻，留心笔墨，凡阅历闻见，即行札记，积久成帙，颜曰《闻见卮言》。其门人陆续校刻，颇为世人赏识。近来专心义理之学，于濂、洛诸书寻味如有所得者，有《四子通解》《就正录》《圣门狂狷录》等书，已梓行海内，学者奉为斗杓。乃疑《卮言》之害道也，辄欲焚弃前刻。余侨寓汝水，祝子为南邻数相过从，余止之曰：无伤也。所见、所闻、所传，圣人固不欲弃置弗道也。百川无非大海之归，曲说无非大道之寄，格物致知，圣人亦不过以浅近者明道觉世而已。性与天道，端木以下，概不及闻，而可多得乎？其门人遂以余言为序，而将成全刻以传之。

逋草自序

周星

仆性好读书，而雅不喜举子业。窃谓文章不朽，必本性情，彼世之习为举子业者，大抵出于无可奈何，而性情不与焉，则宋之八股，何如唐之八句？故晨夕圭瓮，口不绝吟，独帖括一道，自社筒试牍而外，或穷年不挂豪缣。酉辰两役，幸食卤莽之报，因简客笥所携数十艺，略授枣人以应房选。土龙刍狗，过则弃之，而池草江峰之句，亦复流传近远。正如野王之笛、伯玉之琴，虽惬时赏，匪我思存耳。既而榛羹流离，漂泊江海，尝偶偕一二同人，浪游吴越间，布帆所至，后生辈辄啧啧称道。某君曰：此时文名家也。仆闻之，颇内自愧悔，以为时文末技耳，胡乃让他人浪得名？曩使仆肯降心为之，何渠不若某君！然往事如梦，不堪回首，荒落之春，以苦凷流寓白门，偶邂逅春谷诸子，厥有旧江之役，于是键帷授经业，扫除一切闻见，而社集每旬必再举。仆因随诸子之后偶一为之，阿婆涂抹，孩儿倒绷，几不顾薛逢苗振之诮。久之笔墨酣恬，欲歌欲舞，兴会感触，是不一端。或清晓鸟音，好风徐度。或北窗交荫，永昼绿函。或凉月半床，梦回酒醒，中宵拊枕，咄咄闻鸡。或空江伫立，阒其无人，怅望夕阳，怆然涕下。大都如寐如诙，举生平英雄气、儿女情，悉消磨于无可奈何之八股。故其为言谬悠而荒唐，参差而连犿，浃岁之间，得文累百，有莫知其然而然者，殆所谓谁为为之，孰令听之者邪。

集既成而难其名，初名为《痴草》，以其稍类借书还书之智。继命为《眯草》，盖采南华师金之语。已乃定为《逋草》，逋则逋矣，其义安居？或曰逋者逃也，闲而无事，逃之于文。或曰逋者逸也，身为逸民，则言为逸书。或曰逋者负也，补也。乡者卤莽之役八股，似有不释然于予者，宿负未偿，以此补之。

悔堂诗叙

唐访

数年以来，奔走乱离，无以为家，几无生人之乐。四弟客亡，遗两儿孙，茕茕襁褓中，未免心神俱毁。堂上老人，白发种种，承欢不暇，兼以友朋四散，交游成故，往时聚首之地，已生苔藓，感触无门。以七尺之身，当诸苦患，天地悠悠，蹉跎已老，亦独何心，能不悲哉？

矧复吴地不终，闽中再改，国破家亡，丘陇禾黍，长沮逍遥，义之所不敢出也。年来智勇隤颓，旧学销耗，兵火之余，十已二三。反复凄凉，恍同梦寐，痛念往昔，与诸子有明十六朝诗选之约。始于洪武，讫于崇祯，订诸家之疵谬，成一代之风雅。上接古人，下开来者，以时势违左而止。今将复成旧志，具檄别征，然人寿几何？聪明有限，区区不文之辞、不量之志，能经当数番散失耶？忧从中来，感当夜立，次叙前后诸诗，简理成帙。

诸子之去留亡存，幸不幸非仆之所敢知也。仆安能使愚之耳目不疲，踪迹半天下，日闻所未闻，见所未见，一补悠忽之所未逮耶？仆又安能使愚之惊魂帖然，平日故旧，犹复共梦同床，慷慨发立，老且益坚耶？仆又安能使愚出尸而处，抱魂而游，脱然形骸之外，寂寞生死之场，齐贵贱夭寿，人我为一致耶？仆又恐狂言不藏，两鬓秋飞，遣情于婆娑生意，则名山其人之思，不独子长之惓惓矣。

长沙府志序代

黄学谦

三代而上，列国各自为史，而志即为史，史即为政。三代而下，列国有志而无史，则史为史，志为志，而政自为政。迨乎有司之籍不以同文，司牧之良不以考政，选言之徒不以艺学，彼既无所绳其笔端，得以意而修之，后来者又以其意而增损之，其所不及，或以意而遥度之。皇华之歌奏，方岳之考量，忞如也。设上有太史之求，其何志之为？故一郡之有志也，纪里域而章俗宜，人物政事，胪采端委，大之埒乎迁亳营洛之书，而简细不遗，犹足益于火精水怪之数。

长沙之自楚分也，国于汉，郡于吴，州于梁、隋，节度于唐，路于元，国朝为府。介洞庭之上游，山川沆漭，风习矜荡，峻城深池，文学递显于公族。观乎方土之代变，则书之废兴因乎时事，曷足怪焉？自文毅张公于嘉靖之壬辰，会举其纲，所以整齐采刺者，今犹传为良史才。距后六十年，而渤海吴守，偕诸君子重订之，极意广类，自成一家。此邦之人，苟能矜重其篇，虽百世不易可也。顾政与日新，俗繇政革，山川草木之缗，望之畅然人情哉？使轶闻懿事，无所昭于近季，雷使君是以有若存若亡之感也。幡焉廓将来之睹听，而代笔墨之所未周者，其在今志乎？余守荆三十年，今臬湘又瓜及也，岁月要会若与之习，兹为翻索志文。户产则赢者日瘠，赋役则省者日新，财求则约者日靡，俗尚则繇醇而慝，吏治则由良而窳，兵防则由整而竭，无不降本流末，睽正趋弊者矣。观风者具其嬍恶，董治者正其得失，揆余于九丘列国间，概未有述也。

虽然，其中犹有司存耳，以至厥田厥赋，半没于渔波茭苇之场，二鬴不足。重以溢额，佐军兴不少衰止，而诸司之庆且让随焉，如之何不吮然瘖叹也！武人多纨绔子，而执戟士多失伍。履亩之不明也，屯政之不举也，苗落之不靖也，日讨戎索而能无三太息乎？二者皆臬湘之所有事，而志皆灿然圭撮，发余深省。盖尝庄诵高皇帝祀南岳文，谕臣民诏，如志中所列山川名物、文献政迹，比于三皇五帝之纪宁少让？固无俟皇华之奏，而不啻方岳之陈也。以史准志，以志综政，余殆轩乎有志焉！弗敢任尔，冀同心者勖诸。

宝庆府志序

黄学谦

自班孟坚易司马八书为十志，而江文通以为修史之业无难于志者。今郡国志，其名亦沿于孟坚，而其义例实备诸史。以志地则姬公之职方，以志人则司马之列传、年表，以志事若言则左氏之《春秋传》《国语》。乃文事日盛，子虚相夸，繇京师以达郡县，蛮夷道什有九，志抑何易也？约其大致，或佚而亡典，或讹以徇讹，征古鉴来，罕裨风教，又何难也？况有司之所存者，类以征牍程会为功，第能寄听胥吏，不盭旧闻，是亦为政，孰有资讨千古，好谋能听，而举事绳墨之外者乎？

陶君守郡二年，解苛饬废，存乎观民体物之思，暇则摅其渊通，与诸文学按据往编，笔削故实，斐然中伦。志成甫授剞劂，而属余为之序。

盖邵陵亦余郡中山川也，因受而卒业焉，令人坐堂阶，披囊箧，而旷代瞭然目下，作而叹曰：陶君之所以为志，乃其所以为政者乎？夫政因俗所从来矣，里域有广轮、储胥有敛散、官儒有事志、士马有增杀、走集有坚瑕，上下参伍，于以逆群吏之治而听其计会，迨乎细行小物，无所诎以行媚，无所隐以逃名，思深哉，殆良吏之经画乎？处四境之晏如，而周虑乎州邑之远，当阴雨之未作，而豫筹乎百年之利。荐绅掌故，与夫深山穷谷之旄倪无不爰咨，昌言宏议，家谈里语，无不采茹。朝考职，昼讲政，夕序业而夜庀事，以成此志也。行古之道，巡守述职，为民为事，如示诸掌，贻后之人，布在方策。修政齐教于是焉资，岂直子云丹铅，旁及方伎，荀悦五志，兼综十体也哉？故曰陶君之所以为志，乃其所以为政者也。

昔《春秋》，鲁史耳，事载列国，而后世推原其意曰尊周。陶君所莅，召伯之区也，为之歌《甘棠》之风，庙嵲嵲、碣累累矣。政比美乎《召南》，而志奄有乎班、马，不佞于是书窥一斑云。

周宜一乳庵集序

黄学谦

宜一初剪发即能文，伯翁每饮先人，辄进于琴瑟之侧，命之居而示以礼。余不见宜一者不记年，适从杜三读宜一诗慕之，旋从仲玉客舍见之，其念余亦然。李长源之言曰：学立于诗之上者，偶为诗无乎不神。宜一淹综群书，纵目所往，成记于胸。间有称咏，亦复巉洁丽曜，不拘辙迹。杜之汉朝宫阙，李之马嵬锦瑟，柳之亭皋木叶，薛之草随意绿，殆庶兼之。且武侯之论姚仲也，存刚柔，成文武，有一不备，群流生诬。宜一取鉴前识，宏资时用，大言小言，物皆有应。

读宜一之文而愈知宜一之人也。优被经雅，孝友醇至，由由乎以家庭之学而列于文字之林，于是起伯翁于地下，温恭基隅，足以永矣。如曰以君子之阳，阳自适其笑傲之言，岂知宜一者哉？即曰乐其文字，而歌伐木以友之，又岂余序宜一之意哉？

湘水元夷序

黄学谦

余闻鸡次之典，蒙谷之所负也。宛委金简，元夷苍水使者之所秘也。吾侪生湘而不问湘源，繇湘而不达湘路，司记者无与为受，司明者无与为辨，依依乎其饮食之民也与哉？

吾友周伯孔壮年理宿，未能脱蓬衣浅带，而好古服义。幽谷之芳自如，间尝浮沅澧，溯江汉，挹行云于巫峡，和阳春于郢里，藐诸湘水，不能当八十一方之一。当日左徒三间，应对诸侯宾客，自有官守。大臣虑四方，男子志四方，权非衮钺，而志存掌故。司马子长所云整齐故事者，非吾侪畴任乎？于焉撮湘水之渊流，为之诏地事，考地慝，达其道里，同其贯利，可以观风，可以经野，可以知险，可以副图史，通今故。彼子云丹铅，采摭殊语，少文四壁，恣意卧游，方斯劣已。伯孔曰：噫！此遂人土训之书，不得志于时者之所掌也。湘波磐石，观其清泉，吾殆将老矣。吾为戴颙子，能为刘义季否？

桃源拾遗自序

邢祚允

生长花源者，夙世必有山水奇缘，始得堕胎此地。故入不必辟香山五亩之圃，出不必负向平五岳之笈，门庭丘壑，类席上果蔬，举手到口。然自分负济胜具，当踏太华登日观，七十二峰，直几案间物耳。使身到处放过，将生斯长斯，得无坐瓮自羞乎？昔人嗜酒，解衣裸其中，曰使吾肤发豪窍均识酒味，余保此意。期容身而入，饱腹而出。癸酉秋，胸中牢骚，放情山水间，买舟襆被，信其所之。

思洗尽五年尘土胃肠，因忆予邑，自靖节一记，凿开混沌，越数百年，而中郎先生乃于记外补出如许佳话，名山大川，已被两人拈出大半矣。然蔓壑枝峰，非可概尽，舟胶车拒，能无挂遗？彼隐烟避日、自甘沦落者，譬高人韵士，未肯轻易与人同里。褐公先生又披蓁剪棘，著《索隐》一卷。入桃源者如得嫏嬛石室，见未见、闻未闻也。顾山川以时为兴衰，十年之内，变谷移山，一瞬之间，起羊坐石。故有昔未曾有，今始脱胎者。有寻常茶饭，里俗淹没不觉者。有耳闻记载，未坐卧受享者。有幽僻荒废，似处女、老僧不为人知见者。予也敢方灵运，但不忍沉薶为剩山残水，剖开生面。若生逢其时，不克举逸拔滞，咎谁归欤？

尝拟构一祠，祀桃源山川功臣，奉渊明为主，以中郎配享。采诸山川之所出以献，若吾褐公则请画生像，作枯木寒山数笔伴之，供之于右。宋黄鲁直悬子瞻像，每早衣冠荐香，或谓此与子同时上下者，曰廷坚望苏公门弟子耳。此固代山水旌表前贤，亦实为后来探奇者劝。夫山水人所同也，先落文人手，迥异寻常，真腊国造曲蘖，美人口中含一夜，而成味自香美，则海内山水，亦我辈口中之曲蘖也。舌能酿酒，又何虑肤发豪窍哉？记成，愿书余姓名，或置高山顶，或沉潭底，听林谷变后，知菰芦不乏人可也。若曰功臣，则予岂敢？

岳麓志序

吴道行

盖自图书兴而载笔者飙起，而上之国史，次之舆地郡邑乘，又次之埤谐纪录、水注山经，咸足征时论世，供采刺而备周咨。是以作者不轻，而行者可远也。

岳麓神禹开疆，朱、张过化，称古今名胜。而志之创也，始于国朝正德学台陈公，订于万历太守吴公。若翻牍诠叙，则古攸陈先生专其役于前，大都重书院讲学意。而县博师彭先生详其事于后，讨类颇宽广，竟亦因仍旧旨，而差附以禹迹，城南、惜阴两书院事，校辑完帙，勒成一家，登之剞劂，以信来兹。百世而下，其可不易矣。递今人文霞灿，卷帙星陈，兹志且零剥日远，索其旧语至黯黮不可识，余惄焉伤之。

夫岳麓名胜，犹之乎昔也，而稽岳志者不无今昔之殊观，岂昔之创始者姑识其端，而今之博采者欲竟其全欤？夫欲竟其今之全，而使昔之所创阙没不修，亦吾党一欠事也。缘属儿曹极意参稽，余更举原文，删其过繁，订其讹谬，挈大纲，析款类，凡山水、泉石、亭台、馆舍之属，简细不遗。而又为之修明文学，标举词咏，旁收二氏，以昭揭于世，其亦庶几乎作者之意乎？而行之若可远矣。虽然，志者志其迹也，循其迹而无以游宴忽，究其迹而无以空言弃，则表章书院所繇建，缮怀胜迹所由显，余犹悠然有意乎其后之人也。

自序

吴道行

癸未之秋，惊魂欲绝，不即陨越者，不欲与乱胥溺也。多方持护，想见太平。甲申正月五日，即携儿辈匿影穷岩，十一日声息颇恶，更远遁。自是日移一山，火不再举，迨十九日即石宅稍定，亦瞿瞿然风鹤时摇。二月念一日，仍还旧庄。抵庄时，虎啸深林，其声震地，予笑语：洵豺虎之世邪？居亡何，传郡邑侯檄至，临抚有期，私心稍慰。三月初，周公祖首莅，爰以十二日趋府，一见欢甚，慰劳款锡有加，盖以时波靡溃，予家克自介全，若有天幸云。望后唐父母相见，亦如之，故庐俱焚，偕儿孙辈住李公祠，极目焦土，共仰天日。

堵公祖于四月中，一到垂问，进而略相谘度，不数旬而晋秩武昌矣。一时衿氓夺所恃怙，愀儿亦从之去。余送至江上，惟有瞻恋殷殷耳。返至中途，惊闻北事，主亡臣辱，痛如之何？予以诸生食恩累代，独非草莽之臣哉？居旬日，唐父母以团练乡勇属愉儿，促之渡江。余复念各庄荒熟不及半，西成将及，须一验视，属懔儿讷孙辈东西去，独坐深思，杞忧戚甚。无天可问，有鬼相邻，乌能宴宴也？十之日，心愈怦怦动。十一日早起，趋吉府望宫阙朝焉。忠愤无聊，亦云寄也。十三日荐新先人，倍觉悼痛，望之，晨炷香告天，忽忽不自得。明日愉、懔两儿讷孙辈来，理生平手迹编帙，一一付之。十六日早，速肩舆将渡而西，因走笔数言，以志予怀。十八日巳时，笔阁而舆至，将以诘旦遄归。集儿女罗拜，从此从先帝于地下矣。

故池悲诗引

吴愀

余世滨古渡，门外堤桥委宛通湘浦。树木苍古，翳如山谷。有池二区，一种鱼，一植莲。池旁构屋数椽，堂庑亭楼，轩厂深邃，颇擅林壑之胜。先大人课予兄弟叔侄读书其中，好友时来，赋诗饮酒，麓山湘水，遥相应酬，国中人莫不知为吴氏园池也。

予友胡三尔恺卜居河上，凿池乞莲，以诗见遗曰：君门临清溪，平地飞香雪。江陵曹子国朴，过访赋诗，亦曰：信步寻君路莫猜，人言门对藕花开。丧乱以来，国中父老犹有存者，经予里亦莫不指顾兴叹，是吴氏旧池园也。近者感念，先业小筑自憩，而荷池竟为一公卒所据。薄言往愬，逢彼之怒，予世外遗民，雅不欲以此细事烦上官，且自愧。嗟乎！今三及秋矣，例以垦芜新则，亦应还我故物，乃嵎负如故，世无知己，谁与质成？

忆先朝万历丁巳秋，先大人撤故居而新之，检所覆瓦中，有“至大元年谢公造”七字。按至大属元武宗号，迨明神宗时，已三百二十有余岁矣。丙丁之际，刘衡麓先生归休过晤先大人，予兄弟侍，顾相笑曰：予每过黄叔阊西墅，多富贵气，不及君家山林本色，使人移情。嗟乎！先人敝庐，经营古渡，历有年所，不幸遭劫，鞠为茂草。今且承平，门外半亩，为之后者，弱不克势。扪心浩叹，岂独吾爱吾庐？清秋月晓，幽泪盈襟，漫赋此诗，无聊排闷。尔时癸卯七夕。

湖南文征　卷三十二

序八明

三峰诗草自序

米元偶

三峰者何？平山香炉丫髻也。三峰峭崿相对，秀色森挺。秋冬之交，最宜登临。

米子居其上者五年，得尽观三峰之变。当夫天开日朗，风正云灭，四方俱静，流泉孤鸣，遥青来于木杪，幻象结于长空。是一变也。霖雨之后，宿阴氤氲，寸途不辨，惟闻松声。众壑之风，如雷霆之骤至。平地之雾，如波涛之乱涌。是一变也。朝旭微映，白露未晞，百禽争语清晨，幽梦欢然初醒，是一变也。红霞渐没，明月皎洁，疏磬发而烟深，草虫吟而夜冷，苍然黛色，山意矜秋，巍然远影，山情增古。是一变也。积雪尽消，岩阿花发，春晖和媚，点缀山容。是一变也。衰草飒飒，残叶盈盈，物有敛藏之态，人有摇落之感，斯时也，三峰则如寐、如醉、如愁、如泣。是一变也。

三峰之变无尽，米子之观其变亦无尽。然而识昧言乖，逊于谢惠连多矣，乌足以纪三峰，为三峰知己哉？乃或前慕古人，后怀来者，叹我生之何遽，悲荣名之无益，天机动而悟彻，妄想绝而神虚，皆于三峰得之。是米子不能传三峰，而三峰能传米子也。嗟嗟！使异时有读米子之诗者，知有待于三峰，则三峰之传，又未必非米子之诗也夫。

弟同人诗序

米元偶

今夫人郁结不得其通，则发而为声，呼天呼父母。呼天者，天岂真恻隐而震动邪？呼父母者，父母岂真哀之而代之邪？天父母既未尝恻隐震动，未尝哀之代之，而呼之不辍者，何哉？盖无可奈何之情，莫由自达，聊用是以寄托耳。诗三百篇，大抵皆圣贤发愤之作。处未乱之世，老成谋国，则豫为之防。或将乱矣，指陈时事之得失，庶几有裨万一。若夫已乱，则目击而心伤，大有不忍者存，此更难矣。欲默以偷安，则不合于义，欲猖狂无忌，则祸且及身与家。故咨嗟之，歌咏之，曲引而旁譬之，若有意，若无意，若在意中，若在意外，若对影窃叹，若与人交痛，反复不厌，使观者之自悟，是亦呼天呼父母之类也。

吾弟读《诗》十年，颇解其趣。尝谓后之得三百之遗者，惟老杜近之。老杜亲遭播迁，崎岖道路，故于小物小事，皆不忘君，然少直又少显，不能蕴忠贞之言于和平澹宕之中，则其短也。吾弟之论如此，今其为诗，或折衷三百，虽有美刺，不迫而不愤邪？抑亦步趋老杜，喜者可喜，怒者可怒，佯喜佯怒，亦可佯喜佯怒邪？不然，则三百自三百，老杜自老杜，别为一呼天呼父母之音，以留于天地间邪？要之，俱未能也。僻处辱贱，家贫亲老，轗轲极矣。而当干戈之未息，睹兴亡之顿易，问之天而天漠漠，问之父母而父母茫茫，则其无可奈何，亦仍就天父母而泄其呼之之微衷而已。

自忆集序

米元偶

予自戊寅能诗，及丙戌，有诗五百首，已尽亡矣。丁亥，值兵警窜身山谷，穷愁之音迫而成者，亦不下二百首，较五百首遂若稍进。然五百首中亦有至当之语，不可尽湮没也。戊子秋，复罹奇祸，时方东西南北转徙为家，老幼日夜倚门而泣。同人弟始为儿，未更事，而二百首亦随五百首而亡。嗟乎！十年精神，废于一旦，人生世上，心血有几，能不悲哉？

予为诗最早，而为文则自庚辰始。往闻古之能诗者，未有不能文，间有所出，辄警策可观。今则并前文亦与俱失，此予之所甚悲也。予今年二十有六矣，逆计戊寅已十有四年，来日未知，去日苦多，而又履艰难，抱忧患，不得如曩昔闭户读书，则十年之精神，可竟废乎？于是思之旬余，得赋序书记之类若干，诗若干，名曰《自忆集》。

嗟乎！天下之为诗文者多矣，可传者几人，能传者几人，必传者几人？有可传之具，而无能传之力，则不传。有能传之力，而无必传之时，则不传。其传不传固非予所论也，予所论者，谓无虚十年之精神，使后之所得，视此复有益焉否也。然而至当之语，固不可尽湮没也。

岳麓志序

周圣楷

岳麓者，南岳之足也。岳之有足，犹天之有柱，海之有闾也。八柱奠苍灵之位，尾闾通溟渤之气，麓山趾鹑火之墟。凡一受其形于高大，而不能自还于卑小，则必薄厚渊深以造其极，类固然矣。然泰、华、嵩、恒之麓，何以无专称？盖五岳惟衡最远，而独为宗，其鸿洞旁薄，每多左师缓步，颜斶王前之意。今登麓山，南指苍梧，西睨岷峡，东俯涂山匡阜，荒哉万古，阔乎其方来也！而洞庭八百，风涛日月，复出没几席之下。罗含云：遥望衡山如阵云，沿湘千里，九向九背，乃不复见。使非有麓为之吐烟纳润，承接冈陵，彼鹑之首尾，亦虚位焉耳，安见其独为宗邪？

予友吴去佛其尊人见可先生，博雅名通，娴于史学。少负其声价，轥轹诸子，一不获效用于世，而即以其胜情高韵，立乎文章山水之间。郡监司以下造庐而请者，匪朝夕矣。一旦慨然念麓山有志，非山志也，郡之形胜系焉。非郡志也，楚之文宪存焉。于是考其原流，芟其冗复，绘之以图，畅之以论，俾览志者如身在禹碑藏室间，不羡卧游也。俾登麓者，如身在七十二峰之顶，不费宿舂也。庶几劈巨灵之僊掌，见阿閦之佛国者欤？予因是而叹麓山之麓，久无人焉。

古人观于岳而知其高，于海而知其深，有能会先生意旨所注，而仰止道乡之风雨，立朝气节，可嘘而起，探寻元晦之冰雪，问学渊源，可泳而及。若夫射杀陶公之蟒，满酌西山之酒。

按：麓山一名灵麓，为其能为岳而不为岳。高卑大小，无以目之，故灵之也。作志者其更有深思乎？予不得而知之矣。少日隐南岳，欲撰一岳志，稿成而弃去者再。今幸得披先生之书，而又不能违去佛之请，纵笔述所欲言如此耳。

桃花源纪游序

江禹疏

宇内名胜之地，士人长生其间，供汤沐，恣吟眺，又得以晤畸人，聆伟论，徼其著为山灵九锡，尤厚幸矣。建陵豫公先生，公车之余，一毡寄桃花源。接其人襟期旷达，胸藏浩瀚，不可以津涯测。性高简如阮嗣宗，或闭户读书，弥月不出，或登临山水，竟日忘归，足迹所至，遍吴越，穷宛洛，尤淹留荆郢间。登眺之余，咸有赋咏。其至仙源也，以为洞天福地，庆夙缘之不偶。声气相孚，则于不肖实结契焉。盖先君门人周和台佥宪，为先生姻戚，久悉孔、李之好。又吴越间多知交耳，不肖甚悉，因卜居密迩于先墅之小镜湖。每花晨月夕，朝露新晴，未尝不供茗碗，穷丙夜。

壬申之春，始事桃花源，访灵仙之府，登炼丹之台，怡然乐之。余辈以为此寻常境，未足诧异，而先生曰此灵壤也。近而实远，著论甚奇。盖先生每读人间未见书，旷识眇论，浅柯古，陋虞初。今季秋旋以扁舟探渔仙雪涛之胜，登穿石夷望之峰，想文渊据鞍寄生，吹笛风概，而钦山、新湘间，恍遇瞿、黄诸人焉。又为灵崖五洞之游，涉历更奇，诗文当愈胜矣。不肖以人物山川，每相肖似，如不肖之浮沉偶俗，不离人境，则桃花源似之。而水心高灵，可望而不可即，须世之高人韵士当之，如吾豫公者是当仿佛。先生其博雅似董仲舒，深沉类杨子云，故天人之际，鬼神之幽，无所不窥，而夙抱异骨，出禅入元，每不乐人间烟火。于尘世功名，直一摩娑北海之碑，一登眺间，而惠流泽沛，与神禹功同镌勒，此诚达士之旷观，抚兹土者之奇绩也。即不然，而慕仙巢之高逸，读书院之遗篇，真身有湖，四绝有堂，五岳有楼，簹筤有谷，无不可以悟身世盛衰之故，寓疆域同风之感，而极高深之致者矣。岂徒一丘一壑，争流竞秀而已哉？

芥子视之，似嵇中散异日必有奇遇。吸沆瀣，分石髓，岂其遗不肖乎？儿相风气颇遒，先生每与谈，引为阿戎。山水之间，辄随杖履，而不肖则先生以道义收之。盖入山订樵汲之盟，避世定分宅之谊，交契非浅，故为先生序。不觉泛滥至此，又即为名山藏帙之一，不须别拈笔也。

后三代史序

严首昇

古今文词，体制近百，皆听天下文士臆为之。独史置专官，此天子之事也。凡书备以待天子稽考者，务须展卷便得其要领，无取乎繁重破碎，不易洞彻，而必迟之穷年累月，综见绩闻之余者也。虽然，抑又难矣。夫史非一体所能备也，司马氏、朱氏纪年，袁氏纪事，二十一史纪人，三者相需，阙一不可。顾其跋胡疐尾，亦处三不相全之势，史臣何以处此焉？夫王亡倚伏，微渐之来，其兆甚细，事若不涉，人若不谋，而错集一时，俱足觇天道人事之不偶，此编年所独得也。条分缕析，而为纪事，为列传，此旨无存矣。然所谓繁重破碎正复在是。考古者，亟思得夫一事之初末，一人之生平，而连络观之，则纪事、列传亦有微长，史臣何以处此焉？

予一夕思之，编年纪事，皆善录也。编年之善十七，纪事之善十三，兼之者其二十一史乎？本纪、年表以编年，书志以纪事，列传乃更得二者所未有。然则考古者，取此遂足乎？抑又有说焉。二十一史，大概重在列传，而略于其它。尝较论本纪惟“三史”夏、商、周、秦及汉高、光纪为善，余皆录诏命，记官秩，志始卒已耳。嗣后惟魏武、文两纪差存其概，大约有纲无目，莫见端委，其通病也。年表视本纪较又简略，此皆近似编年而无裨者。书志分汇，有如帖括，则又近似纪事而无当，乃其蔚然可观，独在列传。夫列传亦未尽善，有三说焉。国家一日有大故，发言盈廷，一人独持，或排群非，或集群是，众论不同，然后至理出焉。今各以某议割入某传。其失一也。本纪、列传，位次县绝，何朝为何臣，何臣事何主，猝不易辩。其失二也。忠与佞为水火，不有恭显，不见堪猛，不有岳、赵，不见秦、韩也。相与将为唇齿，房、杜、英、卫，克咸厥功，李、郭、陆、李，同勦厥难也。大臣与小臣为主辅，博陆之于田宾，昌黎之于晋公也。在朝与在野为应求，隆中之于鹿门，尧夫之于君实也。诸皆同时共事，或一传总合数传，或彼传错见此传，而卷以类分，厝置易方，观者不即条贯。其失三也。繇此思之，并列传亦未为得也。然则二十一史，亦犹之编年纪事，各有不逮耳。

予思兼此数家之长，而兼却其短，惟纪事予姑舍焉。予且斟酌于《通鉴》、二十一史之间，予将以本纪尽编年之实录，务使纲举目存，其于人主失得，及国家大故，众议盈廷，萃集于此，燎然指掌矣。而随以一朝人臣，各附本纪之后，无问品之贞邪，职之文武，位之崇微，身之仕隐，亦但以其同时同事会为一卷。其或一臣历事数朝，数朝共此数臣，分合先后，自为权宜，非可预设，于是观本纪者，则不啻《通鉴纲目》，犁然大备矣。而以列传尾其后，庶几兼得焉。并所谓列传之三失，举无憾也。此外若兵若刑，若食货、礼乐，为历代大典，虽已详见本纪，又复另自成书，络绎古今，其于弊法相生，损益循环之故，颇足发明，仿佛邓氏《函史》十分之五。盖又集二十一史之书若志，为一书志也。于以资辅人主，考鉴往昔，有微劳耳。

崇祯丁丑春，予一夕思此，时与同学孙悫读书城阙，灯残薄醉，谈言偶及，则二人同心矣。明日，予以《宋史》，孙子以《唐史》始事，两人每日捐半，共定两汉。数月而悫仲氏瀔自白门归，乃以两汉为己任。凡以三代后，独汉、唐、宋为正统，特举此为后三代史焉，其它先秦、两晋、三国、五代、南北朝胜国，以俟君子可也。乃予与孙子为此当务之急，其约有二。一在知人，一在体要。何言其然也？自昔孔子删《书》，唐虞三代，每代仅录一二事耳。《左氏》《国语》，亦每国仅纪一二事，传一二人，而其国大概已见。迨子长作《世家》，便与近代状志家乘无异，嗣是已后，大约一史冗于一史也。昔之人有数字多少，以定班、马、《汉》《晋》优劣者矣，是故史之失，恒失在冗，史之冗，由于求详而爱奇。求详之病，由于不知人；爱奇之病，由于不体要。二者不易察也。太傅为词林，则《治安》不足录；鲁直为孝子，则赋诗非所重。苏、欧无与于《文苑》，潘、杨不列于乱党。古人论人，从其所重，可一言尽耳。

其不然者，《晋书》累牍，不尽彭泽之致。《唐史》万言，仅录香山之柬。皆缘胸无要领，遇录辄采，琐琐乃尔。予等务知人焉可耳。司马《史》肆意于天人微显之间，望气占梦，亦已诞矣。两《汉》因以伸鬼神之说，则日中而下里矣。《搜神》《世说》，为《晋》实录。《南史》《北史》，动志《齐谐》。《唐史》幽眇，及闺门之内。《辽》《金》传闻，在沙漠之表。所见异辞，不皆传信，近情切理，自有大体，不敢爱奇焉。至若宰相之重，重在得人，韦平已空存于汉史，而后代详及世系，甚无谓也。诸王宗室公主之重，重在休戚同国，罪匪吴濞，贤匪东平，安论有亡？而概详本支，欲何为也？予等为事纪人，则什一千百，所称辞尚体要在是耳。惟知人与体要，故汉史之存什八，唐存十七，宋存十六，惴惴然惧或冗也。若乃分羡旁出于项羽，十罪借见于汉高，附麒麟姓名于典属之末，著循良行实于文苑之内。毛举昌邑，以明废立，本非得已；追原靖康，以见亡国，恒繇多制。鼎革之会不敢议，则表章节烈，故周三臣，唐六臣，同主异义。模棱之辈无足讥，则郑重直谏，故汉朱游、宋唐方，位卑言高。武侯纯臣也，而用兵或非所长。惠卿小人也，而御寇洵为美才。诸如此类，或明或隐，或正或寓，亦惴惴然不敢或遗，予与孙子虽谋野哉？实不啻受简于天子，以为此天子之事，何敢臆为哉？

李氏正藏书编年序

严首昇

学者稽古，而得有人焉授受要领，则确且博可岁计已。汉初古史焚缺，士子三年治一经有余，迨子长著《史记》，相沿有三史、十七史、二十一史，而河汉罔极，日不暇给矣。司马氏编年、袁氏纪事，后此者亦各执一端，从其所便，辑成一书。予年三十时，旁览诸编，独取盱郡邓孝廉《函史》上下编为得法。下编予手纂一过，差无憾。上编嫌于饾饤，屑屑然也，因与亡友孙子士先商榷，思以帝王本纪备编年之实，而随以一朝列传附其后，俾其时、其人、其事汇集，展卷条贯，不须割裂类分，零杂尔耳也。因以汉、唐、宋后三代从事，其说详于后《三代史序》。亡何，兵燹二十年，汉与宋不可问，独孙子《唐史》辟地天门，得无恙。空山远僻，购借无具，垂老自逸，亦无力综绩古今，付之虚愿已。

丙申夏，薄游南郡，见书林架阁李氏藏书，予心动。思取李氏分派诸传，而编年次第，足办全史大半。明日往购，则其书已为鸠兹刘明府先得。一日晤明府，作此语，坐上客皆渚宫述作士，为首肯。明府适有同心，豁然举以惠予。予持归，计日而就，殊自快也。温陵老狂，不合时宜，戏谑古人，任意科条，放言横议，其文词不雅驯。予不敢议其后，姑存其目于右，而尽移其伦次于左，以为二十一史式。其未尽移者，滑稽附于战国，道学攒于南宋，亦犹东汉之独行，三唐之词赋，不得不从其类也。方技、占卜、经义、书缋之各为类也，其无预于人国者也。有小隐无大隐、辟世金闺者，分入各代。其它长林丰草之士，不改原传，而振全史之后。天下之生久矣，一治一乱，物不可以终通，故以未济终也。予岂一端之执也哉？

或曰：李氏列传，繁简俱病，错讹因仍者有之，予无暇摘焉，以俟确者。本纪太简，而巨卿硕儒往往见遗，予无暇增焉，以俟博者。鸠兹明府秉三刘氏紘，以古文词名家关西，楚人问字者屦满，予其一云。

李氏续藏书编年序

严首昇

李氏续史，其得失与正史异。正史列传，稍节二十一史体要成文，而续史零采诸笺，未克檃括，固不逮也。然龙湖善谑古人，不敢狎侮当代，其是非一本于弇州而不谬，则正史所不逮也。今自洪、永迄嘉、隆，仍如正史编年伦次，可二十卷。二祖列宗本纪，罔敢属管，而列传有臧无否，未足成一代之书。要其丰功硕德、奇节异能之士，烂然星列，读者亦将式歌且舞矣。虞夏以后，征战取天下者，不再世辄有萧墙之忧。自放桐征东，圣人亦复不免。后此者，沙丘祸烈于青宫，南北军归于母后，唐有六月四日之讳，宋遗涪陵武功之恨，若符节已。

本朝开国几何，靖难师起，而朝野抗节，可五百余人，遂为千古未有之盛。厥后若裕陵之北狩、康陵之南巡、永陵之议礼，阉瑾奸嵩，来鹰鹯之逐，叛镭逆濠，致斧锜之歌。夺情责备于贤者，倚势防微于舅氏，不幸而有一小不正，则有大居正者数十辈起而争，是其刚大之气塞于天地者，三百年无虚日，乌乎，此岂非生民以来所仅见者哉？人主无封禅，无再元，无上尊号，君不纳嫠，后不称制，翁主不贰醮，冠尊履卑，男女正位，圣贤之君辈出，王国之士克生，郁郁乎文哉！二后厥有成命，仁宣庶几文景，睿景之权不失经，纯肃之瑕不掩瑜，无得而议焉。泰陵十八年，则中天之日月也，武庙十六年，则闲暇而槃乐也。穆庙六年，神庙四十八年，则闲暇而怠傲也。怠傲之毒，深于槃乐，积渐至五十余年，而天下之兵动矣。予生也晚，视龙湖老子为太平之氓，又不逮也。乌乎！读此史者，式歌且舞，能无彼都人士之叹哉？

张民部少卿奏疏序代汪御史

严首昇

尝读《北史》，谓三军之命在一钟，转饷一节，须得鲁中牟、倪内史其人任之。洵有旨也。夫饷未赡，兵不可得强，民既贫，饷不可得赡。民之苦兵甚于寇，而苦饷又甚于兵。人主果以牧民之吏练兵，圣人既竭心思，法无加此耳。余因是思古语有不可行于今日者，古贤圣不得已则去兵，又不得已则去食。凡古所为不得已之日，则近代百计召募加派之日也，此岂可见之事哉？

国家畈章孔厚，癣疥为患，敌入即退，寇过不留，非真有不得已之忧，而顾一切出于不得已之计，廿年以来，无不加之租，无不贫之民。因以无不贵之货，重以无不荒之岁，天下事从此日益不可为，所由来矣。

虽然，难言也。本朝自洪、永迄正、嘉，户口田亩日益耗，而牢廪支费日益加。盖自隆、万承平无事时，度支仰屋，入不偿出者，岁计百二十余万矣。今日者，议防秋，议殄寇，则兵增，兵增则饷加。自昔《平准》一书，利析秋豪，而亩税无苛者，末胜于本也。国家本富十七，末富什三，其势非田亩无从出。于是上焉者明知为索鬼神讨荒政之日，而不暇及。亦如下焉者明知有输粟助边之义，而不暇顾。旦请蠲除之命，夕下增加之诏，均之非其心哉？于是居间维谷，左手挟监安之图，右手持量沙之筹，肘交掣而情两困者，独在转输会计之臣。余以是读绳海张先生理饷诸疏，而叹嗟不易也。

公持简莅楚以来凡五期，潇湘上下，鸿雁飞鸮声交驰不绝，而朝廷方议练饷，已又议剿饷。公驻节未几，则疏请移豫镇楚，视贼所在，兵近饷远，不至覆为寇资，楚人因以便宜转输矣。已复请以山西北直抵楚饷，路省三千余里，费可十万有奇。已又请借练为剿。盖剿、练并举，剿急练缓，剿近练远，以练借剿，譬则贷夕为朝也。它如开销借支，铨序劳吏，盛德至善，未可一二数。五载以内，转饷千里，捷于呼吸，而闾闬安堵如故。虽负乘速寇之流，肤功莫奏，而公之功自不可没。爰梓诸疏以为□□□□入告我后之具。先辈刘忠宣有言：朝廷但知民穷，不知忧乃在兵穷。今兹所忧，将无反是。公自昔著绩会稽，治行在中牟、内史之间，稼穑艰难，洞若观火。今取诸奏疏读之，庶几牧民治兵，既竭心思云尔。

案：本集有薛谐孟评云：不能变屯给饷，便无治饷法。不能化寇为兵，化兵为农，便无蠲饷法。无止兵法，无息寇法也。尝与杨翠屏侍御谈及此，为太息，不觉又触绪于此序。

刘公言文稿序

严首昇

自昔文章一道盖日变，以有盛衰，无足咎也，然未有若今日之变之亟者。汉分西京、东京，凡数百年一变。唐有初、盛、中、晚，凡百年一变。终宋之世仅再变。国朝始洪、永，继成、弘逮嘉、隆，凡二百年三变，何徐徐也？大约前者可久，故后者起迟，前人不遽败于后人，吾以服其力。后人不轻议夫前人，吾以服其识。古人积其实不速其名，其行事笃挚，而用心敬慎有如此矣。万历季年已来，可二十载，东南一带地，各立声誉尚往来。齐晋未霸，人自为盟，盖好古已亟矣。计自壬戌，文始大变，三年至乙丑再变，六年至辛未三变。荟蕞子史、优孟大家，以至圣人之言，亦复流弊，秦纵未成，仪衡方始，前者后者，举有咎焉。君子生斯世也，以救斯世，非变前人，无以起衰。非立于不可变，无取于变前人。予持此以相天下士，盖难言哉！

戊寅春，予与孙子出游渚宫，适刘子公言函其文如干首自易水来，追予及南岸道中。予从马上读之，大惊，语孙子曰：天下才也。手持三日，行数百里，寝餐必偕，口诵指画，卷帙蒙茸，不去诸怀。嗣是戎马艰难，周道匪直，而公言使者跋涉万里，终日以文字与予往来。期月之间，好音八至，每至辄文成数帙，盈积几案。予展而观之，日月几何，今昔殊姿，自朝至昃，其长可见，予敬之爱之，久且畏之矣。

以予屡北之将，不应谈兵，公言少年隽才，声振京师，顾虚衷与予交，公言可谓不好名者。生今之世，求其去名积实，笃挚敬慎，动准古人，如公言者何易言也？若夫立于不可变以变前人，舍公言之文谁归哉？

王子正言序

严首昇

十年来风闻天下事，著《不上书》四十二篇。感于事故有书，感于上书言事者辄得官，故以“不上”自明。顾四十二篇犹病其未尽也。既而思之，严安徐乐，寥寥数行，辄足动人主，传不朽。后人有载书满车游京师，或条陈当时五十余事，多至五百余事，不显于世者矣。天下事意所至则言及耳，岂必一一而尽言也哉？

予友王子，少孤且贫，好学深思。其言语之妙，与诗文等。忆甲戌秋，与予相遭于野田蔓草之间，慨当以慷，幽隐毕吐。时王子方弱冠，予以汉人待叔度之礼待之。积渐以来，交日益深，胸中之言，日相多而不能自制。每一觏止，辄彻日夜不休也。兹乃挟其《正言》一种，逆予于南岸舟中，朔风卷雪，相对萧然。予受而读之，酌近十觞而竟，将无病其未尽欤？王子曰：予潦草谈天下事耳，乌乎，匪躬是瘁？当涂卷舌，潦草如王子，不犹贤乎？王子无效严子作《不上书》也，则幸矣。

王子讳嵩祚，字柱河，石首人。

全楚试卷序

严首昇

考自周秦后，取士殊科，既错列，复屡变也。汉西京可十余科，东京定四科，唐宋至三十余科。其特异，则天子自策为制科外，又有高隐异才科，熙宁始画一。涑水当国，复增为十科，盖千百年筑舍耳。顷者科举取士以经义，三百年不小变也。夫惟古殊科，故无专官。自二千石察廉举孝外，人人得举所知。顷一出于科举，故颛责之主司，三岁大比，而汇征于督学。大比仿佛《周礼》大司马，督学则司徒大乐正也。大比从来已久，督学近自正统始。督学之于大比，譬之农氏课耕以待获，洵紧要矣。

虽然，难言也。三年大比，自万历癸酉糊名易书，主司与士子摩揣相遇。自昔希文驳议，弥封盖十不得一，其势然也，然士子无恨于主司也。督学与诸生通姓名，察貌言，而得其人十不失一，然人犹有憾，亦其势然也。凌玉部先生督楚学政，课士仍经义而博古招隐，兼殊科之获，故是科大比，得人差盛。大比取士于督学，大比以得人称，而督学挂吏议。

百谷既成，保介获谴，予惑焉。先生以高隐礼待予，予思为先生解当世之惑，因于其试卷授梓，公言之曰：凡兹大比所拔士，则试卷先拔之矣。

江陵诗社序

严首昇

予家在洞庭、玄石之间，十余年来聚同调十数人为华容诗社。嗣是玉沙、石坛、油江往来唱和，亦复十数人。今秋若溪周子彝仲谪迁巴陵，集其一家言，及吴中名士近十人，与予社为一。顷共人、樵之、叔方、宸青、五锺、朋玉、象岩、用梅凡八人，为江陵诗社。函其春吟如干首以讯于予。予色然喜曰：何其盛也！夫诗浅事耳，然其兴也，非一人事。建安以来，称敌称豪，七子四家，代不胜数。胜国之季，迨我正、嘉，诗社浸盛。大约倡者弱冠，和者剉发，只在十年之内，盖风气使然矣。林九成有言：位高者无诗心，无位者无诗身。以予观之，身与心未必遂可以诗也。司马子长以绝世独立之才，官太史以为身，轗轲寂落以为心，而赋让杨、马，诗让苏、李。假使子长生开元、大历间，岂复使李、杜称尊哉？何则？风气然也。

正、嘉以来，大雅寥阔，典型独存。吾楚蕴酿百余年，今始大振，诸君子生当其时，皆积奇宇，负夙誉不终无位也。又不即有位，其心与身适足为诗。龙台鹤泽之间，楼台芳草，为吾楚最胜。入春以后，歌舞日夜无虚，天下名流，四方至无间，乘传担簦，虑无不与诸君子邂逅为欢者，宜其诗多且佳也。窃尝有言：诗厚物也，刺常似美，美不似刺。怨常思群，群不思怨。谷风无失其故，行野无失其亲，诗中天地，不在人间，而况诸君子合志同方，永以为好者哉？其相视莫逆何如也。

梁园吟序

严首昇

七十子惟赐与商可言诗，有为言之耳。后遂有端木诗传，卜诗序，未知果然否也。传与序不相谋，则知言诗者无不有之矣。顷天下言诗者如讼，薄齐语以钟鼓，轻楚声为虫鸟，而云间裘马，吴门镂绘，正复一般。严子曰：皆是则皆非也，诗无不有之也。古今诗人多矣，不佳不传，不病不佳，可勿药耳。傅子老于诗，则今之药欤？今人效古人与变古人而病，仍以古人药今人可也。夫学者义理悦心，不能自已而有诗，非沽誉干禄之具，何须为它人地？然作者思为千秋计，则众论不同，予两言以蔽之曰：古体若汉魏，近体如中唐。虽群议勿恤焉。予读傅子诗三十年，乃无憾矣。

予每诫人作诗，尤诫刻诗，独终日促傅子授梓不得。顷遣梓人数辈迫之，乃梓其《梁园吟》几何。傅子官梁州，则彭泽八十日。彭泽八十日不作一诗，诗皆田园归来后，傅子乃得之八十日，岂居官时较闲，且放于彭令乎？抑岂有为言之欤？古今人不相谋，益知诗无不有之也。

应迫自序

严首昇

古高士闭门逾垣，子舆氏谪之迫斯可以见，子舆氏亦未为古人虑也。一见则无不见，无不见且无不至，端可开欤？余生于世四十有四年，舞象太平者十余年，处堂者二十年，破巢者十年。十年之内，泥中露中者五年，一丘一壑者五年，屏迹东山，比邻密戚，概未接对，自拟阮嗣宗鹿床，殊不愧尔。忽忽己丑冬，渡江访江陵故人李共人于三湖，顷之，真定彭旷庵见招于荆，北川王子京见招于岳，爰是大同朱六旦、姑苏袁葎庵、维扬汤右君、南阳彭禹峰、金陵房大生、兴国冯密庵、梁山伍芝云，嘤鸣一时，踪迹遂在人间。东野云：一日人间游，六合人皆逢。倡予和汝，旬时成帙。用古谚“应迫”为题，后世自未可令段干木等辈见，或不妨使子舆氏见也。

共人孝廉，讳世恪。旷庵荆州监司，讳三益。子京澧监司，讳璲。六旦岳州太守，讳光。葎庵荆州太守，讳于令。右君澧刺史，讳调鼎。禹峰滇南中丞，讳而述。大生吴诸生，讳天驷。密庵楚进士，讳之图。芝云汝宁监司，讳三秀。皆以诗名世，络鞮带甲，天下皆是，而嗣侣适会一时，当与中州十六诗人并列也，余故详志之。余虽污，不至同怀素自序尔。辛卯春归日，髯僧无不可题于南平舟次。

霞浪草序

严首昇

南郡庚先刘子，示仙人诗一帙，云用二童子扶乩，积日月为之，自题曰《霞浪草》，嘱刘子致声予、丐予评定为序。竟读则怪如骚，丽如选，工且逸如三唐诸名家。或即事立就，或经营点窜，不作缥缈荒唐语。书怀咏物，一与词人不殊。予以是信天下果有神仙。凡天下所为神仙，则皆诗人文人也。汉志神仙十家，隋以后遂三百余家，愈多术愈不传。秦皇汉武，挟富贵致畸人，穷极海外不能得。深山大壑中，炼真采药销形瘠骨以求之，亦不必得。而古今诗人文人，纵酒好色，登高临流，坐而得之，乌乎，亦甚异矣！桓谭云：天下神人五，一仙二隐。仙者不必隐，乃以文词自见乎？余于是思诗文之慧，其福可以不朽。又思其为魔为妖，至死不除，闻道者懮然足以戒。

为三司送户部少卿张公还京序

严首昇

周制，国有大事，司徒主之，先计帑余，后定诸费。若冬官、司马等辈，视所授少多以为广狭，非如后代诸费，一任百执事而度支黾勉以应也。汉初，天下亩税，出入仰司农，而天子后宫供养以末税归少府，国有事则取给少府，而司农不与。盖务在损上而不至取下也。迨后《平准》一书，利析秋豪，而亩税无苛者。是时天下末富什八，本富什二也。

国朝法制周密，人臣不得出位预事，故司农职颛輂输，而不问何施。又祖宗俭泊相承，岁入尝不偿出，少府无私积以备缓亟。且开国之始，末税三十而一，本税十分而三，故财必有由赋，一旦有事，非田亩无从出。然则周、汉虽善，以语于今日实难耳。廿年以来，内讧边警，郊垒棋布，而巨浸稽天，旱魃为虐，亦复并集眉睫间。朝廷忧在寇，则不得更忧及岁。于是兵日增则饷日加，若练若剿，诛求之名日益新。民之苦兵也甚于寇，而苦饷也又甚于兵。天子亦或思之熟矣，特简大司农张公輶轩来楚，在昔刘士安所置诸道租庸使，皆慎简台阁士以充，而盛治之朝，往往以宰相兼度支。古人重念民艰，无不至尔，乃今亦犹行古也乎？

公驻节未几，则尽得利病所由，爰疏请移豫镇楚，兵实逼贼，而饷故远之，不至复为寇资。楚人因以便宜转输，策最上矣。久之，复请以山西北直抵楚饷，前此九十钟致一石者，今不啻筑场纳稼也。若乃开销借支，则丝粟无虚，铨序勋勚，则策力靡遗。五载以内，转饷千里，捷于呼吸，而闾闬安堵如故。盖转饷也，阴参夫用兵之宜，馈兵也，默行其赈民与课吏之意。古大臣敷政于外，于斯为盛哉！

维时天子旌其事，载诵山甫永怀之章，思以置诸左右也。考两汉始末，功首酂侯，名归隆中，皆以持筹转运，获纪功宗。两人经营，多在楚蜀间，今日抑何符节欤？维时届公旋之日，诸大夫属予一言为公觞。予思古人察岁时丰俭以治一国，权万货重轻以治天下，公以持筹一方者持筹天下，鄢、郢、襄、邓间，若丰若俭，既在图绘。因是以推，或者损上益下，伸本诎末，天下大势，尚有遗议，将无周、汉善法复行今日欤？公自是秉厥成，所谓国有大事，司徒主之者，非公其谁属哉？

堪舆王子序

严首昇

天下之生久矣，一治一乱，而周礼以三物尽生民之用。窃尝疏言之，六德六行，治物也。六艺或不然，古之人不得已则以艺行。或无以自脱也，脱于艺。或无以自见也，见于艺。语云：行千里不裹粮，有达财无穷途。不其然欤？要非治世事也。余因溯洄数之，虞、夏、殷、周，君子不得志于时，则耕陶屠钓云尔，无他技也。自春秋实始，记史记卜，记筮记医，审音望气，无虑皆寓言，不得已也。迨其后，纵与衡咸受业于鬼谷，山东谈天，山西谈地，地幻于天也。商有天下八迁，周五迁，考卜宅京，二涧百泉，皆后世相宅事。晋以来始谈泉下，分阴分阳，阴幻于阳也。晏子葬于其父，孔墓居为孔里，阴与阳无分，分又幻于合也。淮阴侯葬其母，营高敞地，令其旁可置万家，大约止谈地形。汉魏以来始谈地性。性幻于形也，其说近于不信，顾紫阳君子儒也，图绘燕冀，云有王气，指掌三大水，而鸭绿得与江河并尊。由今日观之，抑何信欤？

若乃昔者三百二十年之忧，忧在牛首。今者二百八十年之忧，忧在河道。其始皆妄听之，其后卒未或爽。乌乎！天下之生久矣，一治一乱，抑何言者，不幸皆中欤？江右王子来荆，垂老矣，通才博学而隐于艺，为形家言辄奇中。余初识面于桃花巅尽，则以为形家子耳。余友孙子男凡自天门归，以尊公大事属王子，周旋且久，为余言王子古达财者，非但形家子也。且其人轻利而信，有古德行风，贷余文言以记之。余然后知王子所以自见者，乃其所以自脱也，王子其亦有不得已于今日者欤？

张朴余明府寿序

严首昇

青城老人村，有见五世孙者，不知盐醯，厥后渐通五味，乃仅百岁，饮食所以生也，养生家务节损以永年。推之财利亦然。国家而进理财之臣，非气运之福也。匹夫而析秋豪，血气之衰也。延与促非关天命，人事实然，乃其在长吏则自清厥心，而受赐便在群生，则即苍苍者佑之矣。余舞象时，闻先君子言，百年来未见廉吏，余年亦近七十矣，乃今仅见我公张明府也。

古史称廉吏，则范莱芜最著耳。莱芜故肥饶地，地饶则吏虽廉而给，民亦不甚解悬于廉。华小而僻，土物外，下无可生之财，上无可言之利。乃其田下下，赋上上，其困已甚。前此积弊难言，至公而纤豪不染，众咸目之。赋清则徭与俱清，无蘸甲处矣。俸入几何，数米断饮，萧然如寒士鲑蔬，负贩者复以公堂为利，杖笞无锾，关市弗问，馈献尽屏，莫解何以自给。使釜中不尘也，又有不解者。廉则必亢，公谨恪上官，虽简不缺。廉则必俭，公时有颁赉于人，桥梁庙寺，靡不捐助。廉则必刻，公恕而慈。慈且恕则易玩，而常有余威，威之行，独使悍猾者敛迹，而平民仍乐近之，又不解何以燃犀取照，一过而得之也。盖己正则物自正，至诚则罔弗动，厚重不饰，则制人于无形。干理有方，则事集而不扰，积逋不催而足，俗弊不革而除，民无无情之讼，情且不讼。士无非公之事，公并无事，贫者仰俯无忧，富者寤寐不惊，公亦优游有余暇。退食则卷展，即景则句佳，心闲物闲，城头姑射，在此日矣。

维时届公诞辰，僚若属及卿大夫士，以予智足以知公，又不阿所好，又敢尽言不恤也，不征言于当世显者，属予言以寿。予思古史但称廉平，汉以后始尚廉能。野受其平，而朝赖其能，公之能而适以平也，朝与野咸推戴矣。养生家每谈庄、老，老氏云：有国之母，可以长久。庄生云：志洁如玉，可以久长。请为公券焉。夫天道人事，或不可问也，然极其至仍不爽，若我公者其至矣乎？

公之乡，自白沙称儒宗，忠介著清节，而文康梁公、甘泉湛公，皆以冰蘖居高爵介眉寿，梁公年八十，湛公年九十五，浮丘白鹤，竞隆青城久矣。今公之年未半百，后日以卓异秉钧，且为国家气运之福，何但福我华人也哉？

刘他山文稿序

严首昇

自昔辞赋一道，六朝三唐皆盛，而古今文人特重言西京者，为夫天子好文，诸所为辞人，皆受知人主，诚盛事也。以予观相如、子渊等辈，咸借左右致声闻以动天子，亦无大异。若乃群然队伍之中，一见遽赏，除授异数，则惟菑川、广川为不偶。此诚天子神圣哲能官人所致乎？抑亦士子精神所蓄积于平日者有以自致也。

庚申，圣主亲策士，召对平台，擢二十六人。刘君他山以第三待诏金马门。辛巳夏，予过澧水，与他山抵掌谈天下事。裒然草土之中，言笑无择，而精神满腹，莫测涯涘。予尝有言，晋重耳、越句践，区区侯封耳，而艰难迟久，以有成事。然后知圣人至是邦必闻其政，次或立谈取人卿相，其中要皆有大过人者存。

天下事不皆偶然也，今见他山，益征不谬。此岂犹夫人世之穷年帖括，摩揣富贵，以为能事者哉？而云间诸子且为梓其制举艺若干首，以问序于予。今天下无一人不重他山者，为其受知天子则重也。他山之受知，在廷对数语，于其平日制艺无与。而云间诸子之重他山，乃在制艺，于其受知廷对无与。君子于此，知他山精神之无方焉，知云间诸子不同众人之为见焉。菑川勿论已，史传广川天人三策，必求其平昔蓄积所在，以为是曾下帷讲诵，三年不窥园者，其精且勤如此，今云间诸子所欲公诸天下者，皆他山精且勤之物哉？

挽一念和尚诗序

邓祥麟

和尚出金陵之上元，世承指挥使。中年以甲申之变，祝发南岳，卜栖新宁放生阁，近三十载。余得为世外诗酒禅交，亦将二十年。短发萧萧，手眼高脱，而兴之豪侠旷达，直欲杯块湖山。一粟世界，当路甚器之，似不可多见者。

有诗二集，刚谋寿梓，于庚戌十二月十四忽圆寂于本阁之方丈，年七十有五。禅室之香灯无恙，而余去此老友矣。因为诗以哭之，付其门人性润、性受、性定勒为一卷。遇名公巨卿，骚人墨士，或诗赋，或赞铭，润等三人当顶礼而征求之，并刻所遗诗集，为千秋净业，和尚虽死犹生也。

余弁言于首者，盖瓦缶先投，以代乞珠玉之意。卷成即付住持，藏之本阁，什袭以珍，众等若挟为杖头游具，则有罚。

十鬻诗自序

过蒙抡

予自补诸生来，食贫者十有余载，南陇新畲，西园旧莘，皆相继谢去，一时僮婢，咸臣仆他人。知我者勉强来慰，然予负性高疏，素耻作求田问舍，想竟处之晏如也。

迩来深世外之思，诸缘谢尽，贫益到骨，惟存案上清物拥以自供。启笥谒多闻先生，抽豪友介石居士，或对绢中群峭，纸上颠书，问葩不语。则挹汤公子以泽枯肠，叩博山叟以止浮念，未几而牢骚欲来，引卮自酌，拔三尺枯桐起舞，壮怀勃勃跃也。岂知数茎傲骨消减，非复少年时哉？

偶览寿光侯，始觉元、白互更耳。窃意有此数君，可以乐饥。无何，耽奇嗜古之情，竟难自坚，致令数君亦次第别予去。噫！贫之累人，殆至是欤？记别之日，予与数君有恋恋难割之怀，或托非其人，置非其地，将终身抱恨焉。追忆之下，作诗十首，以志予不得已之情，与无可奈何之计。庶几中道弃捐之罪，在售田鬻舍之上者，或可少忏。善化过蒙抡识。

案：诗为七言绝句十首，所鬻为书、剑、砚、炉、茗、壶、花镜、帖、画、饮器十事。自序之外，有谢璜、李驭芳、周侯三序，皆湘潭老宿，李、周并殉己丑之难者。家藏有此旧帙，而数君皆无多文可采，故悉载编中，聊备故事。查《善化志》未有过君，盖已失传。观《李文庄湘洲全集》亦所校刊，则亦一时文士，而名流所推许者矣。汝怀附记。

过伯英十鬻诗序

谢璜

过子伯英，困诸生数十年，落魄弗偶。徙八股业，遨游山寺，诗、文、词穷益日工，工日益富。我辈钦其人，悲其遇，靡不四三浩叹，谓诗能穷人，语良不妄。嗟嗟，诗曷能穷人哉？孟浩然四十游京师，从王摩诘入直秘省，及玄宗召出床下，命自诵生平得意诗，遂拈“明主弃”之句，失意放还，终隐鹿门。人谓孟诗甚富，偶拈及此。若或使之讵非诗穷，因以遇穷，不知浩然特穷玄宗一遇，不弹进贤冠耳。摩诘负一代诗名，官尚书右丞，愿与浩然为莫逆交，偕入直匿床下，卒以实告君。令其自诵诗，维时浩然已自不穷。后摩诘过郢州，画像刺史亭，因曰“浩然亭”。咸通中，郑诚再葺此亭，谓贤者名不可斥，更署曰“孟亭”。

试问当日开元中，弹进贤冠者甚不乏人，不尽与布衣争不朽，孰谓浩然终穷，诗能穷浩然哉？语曰：士伸于知己，屈于不知己。知不知非遇不遇之谓也。伯英年逾四十，落魄弗偶，与浩然同。诗穷益工，工益富，与浩然同。今日传诸吾党，他年悬诸国门，世有摩诘，不须玄宗。过子毋自谓终穷，遂掩卷避人也。请先梓其《十鬻诗》，姑且传其万一。

崇祯己卯，王正元日中，湘社弟谢璜仲玉父书于此园飞梅处。

湖南文征　卷三十三

序九 小序附 明

育斋遗稿序

邹泰

余弟汝正，以乙酉先余举于乡。丙戌下第归，越丁亥夏月忽构脾胃疾，亟请医诊视，谓病势未可卒瘳。自是养疴家居者数年，每日谷食渐减，止饮酒杂以薄羞延生，神已不旺。越岁辛卯，余厕贤书，联辔北上，至京邸，汝正惟穷古籍，检方书，数科俱未入试场。戊戌谒选铨部，又限于年格，仍由运河南归。舟次为暑气所伤，宿疾举发，急抵家中，伏枕就医者数月，寻亦小愈。至己亥初夏，病革而殁。

追忆吾弟才敏于余，早负大志，初年业麟经，未有专门师，多所自得。后博洽诸经，皆通达大义，绝无经生家气习。乃天啬其寿，未试诸用，良可永叹！生平有浮白之兴，触景赋诗，止就其才之所近者为之。使假之以年，就正名家，又长一格。因检笥中得遗稿若干首，不忍散落，付诸梓人。痛同气之云亡，俨声韵之如在，且使其孤收读之，以志感兼宏世泽云。

管弓伯挽歌二首序

王夫之

有明文学管嗣箕弓伯，以今癸卯冬卒于南岳百丈山。病乃使余有宿草而不得哭，其明年返灵筵于高节里之故居，乃申一痛，良慨然矣，将复何言？抑夫生人之役荣凋欢恶，咸有二三，惟一而不两者，死而已。惟一而不两，故昧者迟回，觉者引决，但一忍之须臾无他畏难矣。慷慨之捐，唯一斯易，假令试之二三，则壮士之频繁，不能鲁缟之穿也。今刎说弓伯之死，得年五十有二，考终于室，弓伯固不期此。癸未，贼投人于湘水，雁行相接，弓伯犯其不测以保难弟之节，一死矣。戊子起兵不利，缧而系之潭狱，刻日就白刃者，一死矣。庚寅流离困病于岭海，犯难以护难弟于长林，一死矣。以身突其三死，而谁期一者之考终？弓伯弄死如丸，死去弓伯如鹜，复得此十三年于荒山野径之中，弓伯余食而赘形视之，昔不为弓伯骇，而今为弓伯哀邪？妄也。

弓伯磊磊不为愿人之容，人或以为弓伯诟，此何有哉？弓伯善饮，亦善饮人，弓伯善以财假人，然以二者故，引其溪壑之涎，而终不能充塞之。弓伯不慕炎而弃寒，以是睥睨炎者，而虽不炎者，亦妒弓伯之不与己同调以歆歆于炎涂，诟之兴自此积矣。虽然，彼流者且龁腥草，唼腐蘋，宝敝帚如拱璧，而嚅嗫于寒云酸雨之中，浸不诟弓伯，则弓伯病矣。

弓伯家世宣州，寓籍蒸上，族寡而未有血胤，则或有为弓伯惜者。夫万汇之息，形生为下，神传为上。今弓伯以其孝友义烈之气，如云如日，其晖荫所注，且将孕为千百奇男子以似续古人。彼区区保有其血肉之产，呴呴噢噢，卫之如君，爱之如父，此一藕之丝，其联能几哉？故凡此者不足以哀，不足以哀则亡用其挽，聊绍古《薤露》《蒿里》各一章，以娱弓伯于漠漠焉耳。

庄子通序

王夫之

己未春避兵楂林山中，麏麚之室也。众籁不喧，枯坐得以自念。念予不能言之心，行乎不相涉之世，浮沉其侧者五年。弗获已，所以应之者，薄似庄生之术，得无大疚愧然，而予固非庄生之徒也。有所不可两行，不容不出乎此，因而通之，可以与心理不背。颜渊、蘧伯玉、叶公之行，叔山、无趾、哀骀它之貌，凡以通吾心也，心苟为求仁之心，又奚不可？

或曰：庄生处七雄之世，是以云然。虽然，为庄生者犹可不尔，以予通之尤合辙焉。予之为大瘿无脤，予之居才不才之间，知我者谓我心忧，不知我者谓我何求。孰为知我者哉？谓予以庄生之术，祈免于羿之彀中，予亦无容自解，而无能见壶子于天壤之示也久矣。凡庄生之说皆可因以通，君子之道类如此，故不问庄生之能及此与否，而可以成其一说。是岁伏日，南岳卖姜翁自序。

老子衍序

王夫之

昔之注《老子》者，代有殊宗，家传异说，逮王辅嗣、何平叔合之于乾坤易简，鸠罗摩什、梁武帝滥之于事理因果，则支补牵会，其诬久矣。迄陆希声、苏子繇、董思靖，及近代焦竑、李质，益引禅宗为缀合，取彼所谓教外别传者以相糅杂，是犹闽人见霜而疑雪，雒人闻食蟹而剥蟚蜞也。老子之言曰：载营魄抱一无离。大道泛兮，其可左右。冲气以为和。是既老之自释矣。庄子曰：为善无近名，为恶无近刑，缘督以为经。是又庄之为老释矣。舍其显释，而强儒以合道则诬儒，强道以合释则诬道。彼将驱世教以徇其背尘合识之旨，而为蠹来兹，岂有既与！

夫之察其悖者久之，乃废诸家以衍其意。盖入其垒，袭其辎，暴其恃而见其瑕矣。见其瑕而后道可使复也。夫其所谓瑕者，何也？天下之言道者，激俗而故反之则不公，偶见而乐持之则不经，凿慧而数扬之则不祥。三者之失，老子兼之矣。故于圣道所谓文之以礼乐，以建中和之极者，未足以与其深也。虽然，世移道丧，覆败接武，守文而流伪窃，昧幾而为祸先，治天下者生事扰民以自敝，取天下者力竭智尽而敝其民。使测老子之幾以俟其自复，则有瘥也。文、景踵起而汔升平，张子房、孙仲和异尚而远危殆，用是物也。较之释氏之荒远苛酷，岂不贤乎？司马迁曰：老聃无为自化，清静自正近之矣。若犹龙之叹，云出仲尼之徒者，吾何取焉？

王江刘氏族谱序

王夫之

王江诸刘潜明经是玉氏、湘孝廉若启氏，奉季昌先生之志，修其家乘，以示夫之而征言焉。夫之拜首而言曰：夫礼之不可以已也如是。夫礼者，天之秩也，其在《诗》曰：有秩斯祜。天之所秩而天祜之，祜者以祜其秩也。刘之先长沙定王，以汉懿亲而食南国，安成者思侯之所胙也。沉潜荆沔者，长沙之流汇于江汉，而同润乎南条者也。湘上者固长沙之国邑也。定王之祜纪于南国，而诸刘之盛因之，岂不以天哉？夫之遂言曰：夫礼，立本以亲始，率先以崇孝，统同以益爱，纪分以辨微，尚贤以昭德，旌贵以起功，立训以著义，广类以奖仁，顺古以作则，俟后以行远，十义赅焉。故曰天秩之也。

允哉，刘氏之谱其族乎！昉于陶唐，肇于炎汉，而子孙系焉，亲始者也。六十年而一续，续而不失其先，崇孝者也。诸刘之族，散衍于南国而合于益，益爱者也。有合族焉，有分族焉，合者顺而下之则分，分者溯而上之则合，辨微者也。先世之行谊，章者不溢，微者不忘，建乎闺门之懿而备，昭德者也。勤于王家，升于司马，荐于乡，造于太学，学于庠序，奕奕列焉，起功者也。发其美效在是矣，著义者也。所贵者生也，而录之备，奖仁者也。文定、象山、诚斋之三君子者，嘉言赅而存焉，作则者也。勿替引之，以相长而待乎后之禆益，行远者也。斯十义者，天之所秩，祜者以祜其所秩，夫礼诚不可以已如斯夫？

夫之终言曰：礼始于亲，亲有类，类有感，感者感其所同。夫之之举于乡也，与若启氏讲以世，后长氏偕以年而协以采，夫之伯兄既与若启氏讲而游辟廱之岁，与季昌先生寿玉氏、声玉氏、赐玉氏胥以齿，然则以类而感，感而秩以其言，夫亦窃礼之遗意也与？

明纪野获序

王夫之

藿园周子摭遗文，捃稗说，扩诹谘，叙一代之典，成《通纪野获》二十卷，示夫之而俾述其指。夫之遂言曰：韪哉！其可以俟来哲也。夫窃闻之矣，史之为道也，微而显，约而该，举大以挈小，故《春秋》尚矣，范围作者而不可越也。虽然，非有《左氏》之书，殚纤芥豪毛之善恶，则后之学者欲以知圣人之指，若无楫临川，而欲航沧澥也奚从？然则有其显而后可微，有其该而后可约。不遗其小而后大者彰焉，虽圣人且有所资，而况其下焉者乎？司马子长之作，既有《左氏内外传》《世本》《战国策》《楚汉春秋》诸编为其明征，而所记幽隐曲折，多溢出于数书之外。如《封禅》《货殖》诸篇，搜访极乎委屑，田、窦、灌夫之传，曲绘其嚬笑，要皆耳闻口授，非有简编之足据。故可绍素臣之嫡系，而王仲淹迫求微约，徒贻优孟之嗤。旦仿圣言而夕成圣人之书，何圣人之易邪？班孟坚阳攻腐史而阴用其教，故能与子长相雁行，嗣是而陈寿、范晔，欲以精核易其畅达，譬之支干具而神理不属，象人也谓之曰人，不可也。

陈寿之书，得裴松之而呴之使生。六代南北史，得李延寿而吹之使鸣。马、班而下，斯为愈矣。貌山者秀以云烟，貌人者灵以襟带，非褊心者所得与也。司马温公立于千载以下，会通以成编年之纪，受模范于左氏而不敢伉圣经，学海而蕲至于海，惟其不为海而为川，是以异源同归，川无非海。温公之渟泓汪沛，成区宇之大观者，其寻源者远也。其为书也，邮载书厨官供食料，随其宦游，凡十余年而始就。故能于十七史之外，旁搜纤悉，以序治忽以别贤奸，以参离合，以通原委，盖得之百家之支说者为多。繇此言之，显其微，该其约，即小以举大，岂靳靳焉诵一先生之言，可与前人相觌面哉？

一代之史，阅三百年而无可观者，郑端简自命作者，而一往芟夷如耘莨稗，并良苗而拔之，乃至南杨一传，但历叙其宦代，而一言一行之无闻，审尔则南杨一尸位之具臣，而又何称焉？李宏甫踵以为《藏书》，益以阿私之好，妄人也尤不足齿也。举凡大政之因革，如夏湘阴之治张秋，朱诚斋之定条鞭，弘治丈量田亩之蠲减、嘉靖厘定岳渎先圣之祀典，以洎石城、宁夏、闽海、郴桂寇盗之起灭，或竟佚无闻。或括以数字，酌海一卮而曰海在是也，后之人能不以卮为海者，几何邪？下而有陈氏之通纪，其荒陋益甚。又下而为沈国元之《从信录》，于嘉、隆以后召乱致亡，神人悲愤之大端，如贵溪、分宜之相倾，华亭、新郑、江陵、长洲之相轧，高、顾、沈、汤之冰炭相恶。辛亥、丁巳，两察之函矢相攻，皆置不敢言。如胡应麟以下第狂生，托梦说以诅典文者，顾录之以为口实，流行天下者且数十年，俾一代鸿章，曾不与《十六国春秋》《南唐遗事》同传异代。藿园之惩此而博采以资论定也，其情贞，其志远，其学不倦，诚有弗获已者。故曰：洵哉！可以俟来哲也。《诗》不云乎：于以采蘋，于涧之滨。于以采藻，于彼行潦。涧之滨，行之潦，无所择也。而蘋藻非是莫有，舍此而求之寒泉一掬之中，终年弗得，而又奚以荐邪？顾非其人，孰与采者？公侯之事，岂寻芳拾草以冶游者之所与哉？

藿园以渊涵霞建之才，谢世荣以孤游，历燕、赵、吴、越，访故家之藏书，问遗民之记忆，以起二百八十余年九京之先进，相为挹注，是编之成，未能即问之世。禹峰石廪应为珍护，又非但温公之资镜治原已也。

颛愚自述长诗序 明释观衡著　　车以遵

诗有诗之精，如取火于灯，望气于剑，全无往来增减之迹。善作诗者亦有诗之味，如贪锋铦之蜜，妙在能尝，解虎项之铃，惟在能缚者而已。若以此论僧之诗，则诗有诗之佛，明星一见，动地烛天，悟者自实。诗亦有诗之魔，如错一转语，不止失人身，权向他方亿劫中，再攡消息耳。嗟夫！为佛易，为魔难，古人情高绪缈，冀得当一字一句，与千言万言，皆不难。伤前人之心，刻鬼神之状，亦有不离杀场而作菩提，不必宝所而清凉地狱者乎？

余家藏选诗善本，无如锺谭所选《诗归》为最。业已津津好之，故后见锺谭诗，不以为其诗，而以为古人之诗。迨后予为诗，亦不以为我之诗，而以为锺谭之诗已。偶遇灏禅师兰若，出此本相读，偶得一章，禅师喜谓予曰：诗固可长乎？予笑曰：诗何不可长也？逾数夕而自述诗作凡千言，禅师乃复惧曰：诗太长矣，可奈何？余又笑曰：诗何可太长也？取而细阅之，乃知禅师半生阅历，自北而南，古刹无不居，名流无不爰，且中间世谛之要，佛法之髓，语言之妙，一一剖以示人，譬之舍利在人身中，必人化而舍利乃见，然彼天眼，即其人行住坐卧，已知有坚固。又譬之铁网为珊瑚，盈尺径寸，虬结皆佳，可以敌国。夫此犹禅师半生自道耳。

过此年弥高，世谛弥出，佛法弥沛，语言弥沉，则是诗也，门弟子尚存乎见少，而何多之足云？故予序是诗而赞曰：是诗也，以法显之记佛国，兼以王子年之志十洲，郦道元之注诸水，幽冥合沓，全副而为吾师自述之诗。知斯三者，可以为长诗已，可以读《诗归》已。

嵝山堂集钞略自序

吴道行

今人士出世大业，只须莹精制义便足了局，有商古文辞诗赋典故者，直目为千秋业匪足逢时，只扪舌相戒耳。余非能文者也，陆沈博士员几四十年余，历试乡国，曾以中隽许我，而竟弗售，则自笑铅椠之莫办，奚彝鼎之是工？

要以早年劲气，余勇堪贾，每当昼长漏永，不甘拙庸，上下古今，凡百著列。几经冥搜，而又旁及时宜技艺，夫亦聊谢儒者之耻，还冀以耗壮心而送余年耳。二三友人不我吐弃，竟推毂牛耳，或负笈北面，即郡邑长、乡先达，咸折节注存，询以典故，属以撰著。而同侪中乞言问奇，三家村商索庆吊，始不获已，勉为之以代斫，回视几案间，颖秃沈枯，稿帙填委，则亦任其散漫已耳。儿辈欲诠次缮本，以当家璧，噫嘻！驽马嘶风，潜蛙鸣夜，纵振耀流声，徒费一番追琢，于以视瓦砾不啻，强作璧传，将无囮诮邪？

虽然，半生攻苦，惭类蠹鱼，满榻丹铅，谁非箵履？矧就中检点，宁无古今之要领，一得之心灵，足以备周咨而供清玩邪？即不可与于悬市藏山，哆口千秋，不犹愈于雕脂镂冰，以炫美一时者哉？随听儿辈拾之案头，得诗文、笺启、杂著若干万言，储之家簏，俾元耳以下，知不文如余，犹庶几谬有文因，则余今日存稿意也。录集既成，爰自为叙。

天启六年，如月之花朔，长沙嵝山居士吴道行见可父题于清华园之寿松轩。

诀诗引

吴道行

癸未之秋，惊魂欲绝，不即陨越者，不欲与乱胥溺也。多方持护，想见太平。甲申春，殆有甚焉。正月五日，辄携儿辈匿影穷岩，十一日声息颇恶，冒雨荡风，于夜分更谋远遁。自是荆披露濡，雪冻涂泥，日移一山，火无再举。迨十九日即石宅稍定，亦瞿瞿然风鹤时摇，二月念一日仍还旧庄。抵庄之刻，虎啸深林，仆人震地。予笑洵豹虎之世邪？居亡何，传郡邑侯檄至，临抚有期，私心快之。三月初，周公祖首莅，爰以十二日趋府，一见欢甚，慰劳款赐有加。盖以时波靡溃，予家克自保全，若有天幸云。望后唐父母复任，相询、相见、相款锡亦如之，故庐俱尽，偕儿孙辈住李公祠店侄弟小居，极目焦土，不堪惋惜。独以绕膝闲语，共仰天日，差慰人伦耳。

逾时，长沙殿下至，鬼域之余，复见汉仪，忻踊趋之，感幸交集。堵公祖于四月中，一到垂问，且留意郡志，慨及世谟时进，而略相谘度。不数旬而晋秩武昌报矣，一时衿氓夺所恃怙，借寇莫从，卧辕罔及。且慠儿亦以行役去，送之江头，急使人曰高年其免礼数，夙闻善摄，其益加餐自爱。南帆风竞，予有瞻恋殷殷耳。返至中途，惊闻北事，主亡臣辱，伤如之何？君相南兴，重明有日矣。抑置先帝何所？予恩屡代，独匪草莽之臣哉？居旬日，唐父母以团练乡勇属愉儿促之渡江，余复念各庄荒熟不及半，西成将及，须一验视。属慞儿讷孙辈东西去，独坐深思，杞忧戚甚，无天可问，有鬼相邻，乌能宴宴也？

十之日，心愈怦怦动。十一日早起，趋吉府望宫阙朝焉，忠愤无聊，亦云寄也。十三日荐新先人，倍觉悼痛，望之，晨炷香告天，忽忽不自得。明日，愉、慞两儿讷孙辈来，见予容色，异而相问。予栉沐坐堂中，理生平手迹编帙，一一付之。十七日早，速肩舆将渡而西，因走笔数言以志予怀。十八日巳时，笔阁而舆至，将以诘旦遄归，集儿女罗拜。予云逝矣，但贻清白，无香履可分，更寄语慠儿：君亲恩并大，去住理原恒。缑山有月还堪晤，陟岵靡瞻莫再赓。

世求录小引

吴慠

往者先大人惧先泽之遐邈，而后起者莫或稽其详也，制一册，叙列祖之真首著之，稽列代之窆区次图之。又次录状记、志铭、传赞，又次录海内名人赠言、诗章，题曰《风木遐思》，于以昭先德、垂后范也。

自癸甲兵寇频仍，护匪惟谨。岁壬辰，忽邵陵溃北之余魂，鼠窜狼突，间道窃奔，沿村一炬，遂全灰烬。每念兹卷，我罪囷囷，已复思先代遗迹，有散见于往帙中者，有识存于记睹者，不一购存，将元耳辈曷从识高曾之嘉懿而衿式之也哉？爰远乞旁搜，得数篇汇录之。虽所收视先大人之纪，不及十之一二，然无征者既不可得而详也，而有可得而存者，又令其终散佚而弗克存之，不亦重予之罪乎？柳氏之诫其子孙也曰：丧乱以来，门祚衰薄，基构之重，属于后生。孝慈，友弟，忠信，笃敬，乃食之醯酱，可一日无哉？罗一峰先生曰：子孙之贤，在于以礼义淑其心，礼义足以淑心，则视一族犹一身，百世犹一世。而李空同先生亦云：生死出处之际大矣，要之不离乎事实。不然，后世何观焉？

是录也，继先志，述先事，亦取其实焉而已矣。将理学忠孝之风，百世可淑也。吾甚有望乎后起者！

录季霞弟类吟诗序

龙孔然

夫人之情，凡于物在人亡，感今思昔，莫禁触绪凄怆，况至爱乎？吾弟季霞，少长共居，订业共地，其匡坐苦吟，习见其濡墨含豪，瞑目拈髯，今逝者已矣，而手泽徒存。览此伤怀，五内为裂，尚堪以之咀朝夕乎？虽然，季霞自总角以至而立，勤勤恳恳于觚翰之余，翛然倚骖，则谋篇恐暇，方舟解缆，则沿岸追寻。茧纸半帙，精神焉系。今虽脱形徂化，一省览间有若英气勃勃者。所苦兵火散逸，篇无完幅，幅无完字。

类吟诸诗，搜剔于烂纸堆中，梅诗百首，绎寻于涂窜未定。至书序、铭记小文，尤百不存一。偶掇编成，庶几乎晨兴夕寐，雨风冥晦之时，觌面遇之，则人虽往而谓之未往焉可也。是为录。顺治甲午四月。

赠阳一初诗序

刘三吾

澧故四川宣干阳以斋先生诸孙一初，自始兵来，间关转徙，由鄂而澧而辰而都梁，以达于潇湘，客所鄂检校善堂杨君所。杨厉廉隅，不苟交纳，昌黎所谓所主，贤可知矣。一初始愿既乖，百念灰置，独诗书夙好未忘，所至必求作者文之。每述及军中所遗失其祖诸著述，辄欷歔不自禁，噫，岂惟一初家然哉？

至正乙未春，伯兄存吾书来，家所世宝，思陵手诏镏锜还兵顺昌，及所批还锜丐便养奏状，自余若制诏及古今名贤墨迹、法书、名画，一皆焚荡无余遗。兄为痛哭者数日，文献澌灭，湖湘在在皆然也。然如一初能不以兵乱废文墨，贤张许子弟远矣。临别征言，为赋此诗。

华容十景序

黎淳

《周礼·职方氏》：荆州其薮泽曰云梦，方八九百里，跨江南北，华容、枝江、江夏、安陆，皆其地也。《左传》：楚子济江，入于云中，又楚子以郑伯田于江南之梦，合之则一，分之则二也。华容在江之南，实为梦泽，襟长江，带洞庭，引荆山，控衡岳，正当四会之冲，沃野平原，一望千里，所谓吞云梦者八九。泽之上常有云气浮空，氤氲缥缈，朝晖夕阴，气象万千，变化莫测。故曰“梦泽晴云”。

章华台，华容、监利皆有。晋杜预《荆州记》：章华台在南郡华容县。今华容原属南郡也。唐张文昌《楚宫行》：章华宫中九月时，桂花未落红橘垂。江头骑火照辇道，君王夜从云梦归。华容梦泽地也。元时科场以此台为赋题，指监利江北、华容江南为证，亦谓在华容者为是。按《左传》昭四年，许男如楚止之，遂止郑伯，复田江南，许男预焉，即其地筑章华台，役三年始成。使薳启强召鲁昭公来落之，七越月乃归。台高四仞，方广三百余步，旁有细腰宫故基，高登远览，良足游宴，而不知荒亡无度，兵败乾溪，孤身死矣。古城荒草，麋鹿来游，徒足以垂无穷之戒焉。故曰“章台古迹”。

《禹贡》：沱潜既道。《尔雅》：水自江出为沱，汉出为潜。华容县河旧亦名沱水，其源出自大江，入调弦口，过焦山东迤北为庾溪。又东周回县治，过楮塘湖南入于洞庭，即沱水之一也。禹治水时既顺其道，岁久湮塞，晋杜预守荆州，通郴、桂之漕，乃浚而广之。其流至今不息，夏秋水涨尤浩瀚焉。县之北有官渡，行人使客往来不绝。每扁舟晓渡，水气空蒙，茅店鸡声，江沙雁泊，疏星淡月，曙景苍然，亦一奇也。故曰“沱溪晓渡”。

东山在县东二十里，来自岷峨，峙为鼎山。南分为龙峰，迤逦县治，过青湖为禹山。东分为桃花山，为仙庐，乃晋张惊喜飞升之处。又东为墨山，过大江为幕阜，其北则石龙、金鸡、白鹤诸山也。争奇献秀，上干云霄，不知其几百里。巇然而高，窈然而深，回环抱揖，望之无穷焉。值大雪初霁，凝华积素，若屑琼雕玉，千峰万壑，宛在图画。故曰“东山霁雪”。

南山在县南四十里，周围皆洞庭湖水，北为禹山，禹治水尝至其地，故名。其上有神禹庙，相传禹登山时以六月六日，故今有司遵祀典，亦以六月六日致祭云。层峦叠翠，延袤二十余里。过湖为古楼山，山之中苍松古桧，秀入云汉。又二十里为明山，两峰对峙，有官驿临其上。又入湖中为团山，而尽于君山。杜诗云：蛟室围青草，龙堆拥白沙。正其地也。以兹山苍翠秀丽，远隔重湖。故曰“南山远翠”。

板桥在县东二十里，东山众水所出，横亘长途，故为石桥以跨其上。旧名板桥，实石砌也。阔百余步，长二百余步，旁俱石阑，今废。西上即华容马驿，其路北通燕冀，东达江淮，西抵黔蜀，南即洞庭湖。行人使客，往来络绎。每当蜀江雪涨，湖水泛滥，则桥之下大声吼地，高浪蹴天，云梦并吞，君山豪末，银峰玉垒，一望千里，真奇观也。故曰“板桥春涨”。

杏花村在华容县北沱水之上，东北为东山，西为黄湖山。河水回环，苍翠掩映，有官路经其中，盖楚灵王筑章华台于此，多植杏花以供游览，故名。村中台址尚存，乡民多于此设酒肆，地势高坦，可以南望洞庭，东眺岳阳，后之游者，往往极目于斜阳古木之中，徘徊留憩，以寄其遐思。故曰“杏村夕照”。

青草湖，一名巴丘湖，在县东十里。按《荆州记》，巴陵西有青草湖，周回数百里，日月出没其中。南有青草山，因以为名。盖华容古属荆州，与巴陵接境，东为洞庭，西为青草，其实一也。适玉宇初晴，扁舟夜泛，水光荡漾，七泽澄明，如在冰壶，浑无涯际。范文正公所谓“长烟一空，浩月千里。浮光耀金，静影沉碧。渔歌互答，此乐何极”是也。故曰“青湖夜月”。

赤松亭在县南五十里，周围土城，曰赤亭城。其下三面临水，即洞庭湖支派。一曰赤亭湖。西北有桥曰赤亭桥，按《列仙传》，赤松子三皇时为雨师，随风雨上下。汉史：张良入关，导引不食谷，曰愿弃人间事，从赤松子游。盖亦避世之士尝栖于此，筑台结亭以炼药。今石炉、石鼎尚存。梁置巴洲湖，湘东遣陆法和等据赤亭桥，与侯景约战于此，因有城郭也。往事悠悠，不可问矣，而遗基尚存。风月闲旷，徒足以增感慨于千载之下焉。故曰“赤亭遗址”。

自通化驿抵临江驿，凡百二十里，道旁俱有长松，黛色参天，清阴幕地，凌傲霜雪，四时不改。每微风初动，其声琅然如协音乐，闻者心清。县志载宋绍兴间，岳飞破杨幺于洞庭，滨湖筑三城，遗址尚存。贼平，乃图北伐，故植此松以引路耳。今自武昌抵衡桂数千里，驿路皆有引路松，皆云飞植，信不诬也。又湖边产飞枪草，青茎直上，红纹绕之，他处所无。人云飞威灵所感，飞虽遇害，古松尚存。挺岁寒之后凋，振风声于万古，岂非天表大节为之发扬其义气邪？当与孔明之柏、莱公之竹并传矣。故曰“驿路松风”。

傅泽民分桂轩诗序　　夏原吉

余曩与泽民同业于四明丹崖史先生之门，先生尝云：昔唐太史奏月中桂子落天台，后三百年当应。至宋六飞南渡，吾祖衍本初得红木犀于山阿，献之高宗，植复古殿前。仍制诗称贺，于是史氏以丹桂别他族。今典教来湘，泮池上复有桂一株，是天副吾愿望。泽民得其意，乃于此分一稚桂植书室前，且曰：先生之桂来自月中，予之桂来自先生，有所本矣。因匾其室曰“分桂轩”，示不忘所传也。

永乐癸未夏，泽民由水衡官擢监察御史，暇日携《分桂轩诗》卷索题。予既知其由，不敢以拙钝拒，遂摭其概以塞责。

傅溪旧谱诗送族父以吾归永宁序

谭麟应

以吾与予同司户派，居永宁之大龙已四世。两经丧乱，一日忽携谱系回故里，叙宗盟，徘徊月余，恋恋不忍别。临行，复求诗歌书谱后，为作《傅溪旧谱诗》以饯之。

广平祷雨诗序

彭友信

古洺郡有山曰聪明，神封昭惠侯。去郡六十里，凡有旱溢，祷之即应。洪武癸丑春，三月不雨，至夏六月，赤地千里。来祷此山，甘霖透地三尺。秋八月不雨，至甲寅三月，二麦枯槁，斋沐登山，焚香致祝。翼日大雨，自酉至子乃止。越三日谒谢，遂成古句以表神功云。

三峰二京集自序

范辂

三峰，辂旧隐处也。二京，南北都会地也。辂自俟罪龙州以来，因谪所阒寂，常静思。及岁月倏迁，家国辽绝，故旧参商，义理晦蚀，怅然有惜往日意。闲中因检阅旧稿，自辛未至己卯寓京师所作，存者若干首，厘为四卷。间有一二，去国后所作，亦录之，用识处江湖不忘廊庙意也。

刘忠宣西行稿序

孙继芳

肃州地苦寒，非人所居。公与诸公同难者日探韵赋诗，忘其在沙漠也。自金城北归，凡有诗一卷，曰《西行稿》传于世。《静志居诗话》：忠宣谋猷是经，王室倚赖。李景文《东山草堂歌》：九重移榻数召见，夹城日高未下殿。英谋密语人不知，左右微闻至尊羡。明良景象，百世犹将兴思。

莼菜诗呈龙君御先生序

杨嗣昌

仆去岁四五月间，于武林西湖食莼而甘。以吾乡泽国，意必有之，乃取花叶辨问，得其状貌。今年春，于下阳坪展墓回，道见洗马堰中有此，采而食之，往求他泽，则绝无有。过家舅陈季主氏，谈及，舅拣郡志示我。府西北十五里有古莼陂，别无洗马堰之目，盖即其地也。

湘痕草自序

郭都贤

此乾坤何等时也，尚忍言诗乎？每诵少陵野老之句，辄不胜呜哽。徘徊湘上，知己过从，瘖哑自吞，呻吟间发，楚囚对泣，近如妇人矣。湘竹泪斑，浸染枣梨，题曰《湘痕》，点点滴滴，按之入木三寸。

割肝吟序

郭都贤

里有割肝救母者曰彭友元，得识其人，悉其状，掇陈慷慨，可为难矣。欲备风谣，焉用文之，作《割肝吟》。

廉虎行序

郭都贤

白额虎昼见，则伤物及人。覃园远近，见告者再矣。家畜山屐偶不戒于圉人，被创左股，血肉淋漓，乃竟得脱。不死虎口，之死而生，世安得独称廉豹哉？作《廉虎行》。

铜雀行序

郭都贤

一瓦千年，盛以玉匣，泥尊于玉矣，疑属内府之藏。回念甲申三月，诸物散佚人间，不知凡几。某甲易自长安市上，闻去价才七十金，玉又贱于泥矣。笥人不虔，玉匣竟损于中途，幸铜雀无恙。玉碎瓦全，若有呵护之者，偶得摩挲，良生欣叹，作《铜雀行》。

补山堂歌序

郭都贤

小枸沙湾拜尔梅张公画，悬之茅茨。千岩竞秀，直补泽国所未有，因补山堂额作歌以咏之，并谢其以烟云供养老僧也。

九叠泉诗序

郭都贤

入石门右望，一条界破青山色者，飞泉二十七叠也。曲磴逶迤，落吾亭中，止见三之一，题“九叠泉”于亭。

裴亭诗序

郭都贤

裴亭建自甲子，载酒赋诗无虚日。迨后予以庚辰出山，旋以甲申入山，风景不殊，举目有新亭之泪矣。庚寅仲春，偶见史男纪游诗，回环今昔，感慨系之，如韵书怀。

寒霜十感序

郭都贤

国难在疚，目裂魂消，自夏徂秋，奄奄如泉下人，不复向笔墨作生活矣。复感寒霜，悲歌当哭。言之长也，故限以韵。

浮湘亭诗序

郭都贤

浮湘者游客也，余抚江谢事之后，故园兵火之余，欲归不即而滞湘者也。游情所骋，与孝廉阳子山公、刘子若启、龙子季霞，茂才洪子伯修鸿淑、龙子非声赞乡、阳子予私、贺子岱岳，涉江无虚日。

选胜望南庵之左，跨而亭之，踞山颠宛浮湘面，因取游客之亭以名亭。举诗落成，余亦将栖隐石门焉。余且去，而亭长留，又乌知滞者之非浮，浮者之非滞邪？余不愧浮湘亭矣。时乙酉仲春之十有二日。

悼女诗序

郭都贤

戊子中秋，当余新丧小女，罗直夫远来襄事，甫毕即别去。知余怀殊恶，不堪淹留耳。女年十八，已赘宗伯罗萸江长子名贤扈，直夫则宗伯从子也。

感赋诗序

郭都贤

八月念日，接直指张公书问，心肝气骨，楮幅盈盈。纸尾云福地中人，故得屈伸自如，成千古完人。一加委蛇，便堕坑堑，遥望宝幢，惟有呼号。兴言及此，一字一泪，一点一珠，感赋。

书感诗序

郭都贤

自兵燹流离，避居以后，走嘉鱼，依熊尹，初寓梅熟庵，再寓八斗角，三迁西滏之张家坊。后又转徙新堤，前后十九年。当仲夏惊暴客，俯仰无告，儿辈强迎归里，补山堂非我有矣。今年二月，沔守诸君为余勒石其地，亦从来流寓之仅事。赋谢书感，且志愧焉。

谒三闾祠诗序

邹统鲁

古今人局蹐人伦，则托乘方外，同情也。三闾不以远游终，而以怀沙终，忠孝性至，仙佛固不足与易也。斯为独奇已。然则违仁以生，而驾言远游，虽踵期握之清尘，亦不得齐野薮于稻粱而称同气矣。乃若墨客词人，风流澌尽，犹俯仰手骚，而一唱三叹，窃草木之臭味，何哉？雪庵而后，堪读骚者鲜矣，须眉肝血字，岂落巾帼脂黛中？迹其唱叹，谓甚于靳尚之谗口可也。漫叟退谷，尚绝竞进，濯濯灵均，能不一扼其吭乎？因谒而有请焉。

四小景诗序翠壁云眠，菊田岚叆，寒林月啸，松岭涛回

唐之正

巉石千寻，骞历穹表而白云席之，独无芦花被破冻，令作华胥游。然亦不让倪迂满幅烟水迟人信宿，但恐飞鸿惊散耳。

草木冥冥，凉光侵野，空蒙独立，有声跫然。月亦孤愤者与？嗟乎，岂临皋叶落时哉？抑眉山古雪初消也，胜北窗一榻风矣。

栗里醉东篱，尚荒三径。沈子兰阶外，艺菊盈亩。仲醇称菊田者，是晓看露霭霏微，类隐君子，固宜焚香修谱，无五斗易也。

长松万个，阴映崇冈，香风偶动，涟漪潆洄，如广陵八月，足濯几斛愁也。采之归来，为挹一勺，取松花烹之，我其波臣

也哉？

皇雩歌序

陈所闻

友人彭延仲，吾州高士也。典礼日废，古道不复，余每伤之，独于延仲见其大致焉。庐墓三年，未尝见齿。一也。异母诸弟，抚而教之，发名成业。二也。独居廿载，旁无姬侍。三也。海田既徙，高隐不出。四也。

藻臣先生，气节千古，延仲当无愧于家声矣。近卜筑皇雩山，将有终老之意，乃作《皇雩歌》以赠之。

赠文木生诗序

程本

崇祯庚辰，兄文若授蜀太平令。癸未，木生授蜀南部令。旋苦寇，相见于白帝城，而兄卒于建始署所。木生累官至太常，自南诏归里，黄冠野服，访余于石门。拜受兄令终状，及白帝唱和诸诗，相与饮泣，感而赋诗。

示甥近修诗序

程本

往岁寇逼境，姊夫张斯焌结垒东山战死，姊骂贼死夫旁。甥士均弱冠，求报仇，几致杀身。余伤其志，作诗哀之。

赠熊石疏诗序

程本

熊子貌类山癯，目光炯然。喜饮酒，善病，意霍如也。初苦兵，再苦寇，滨死者皆以罪获免。为诸生久，忽遭斥。明日，戏就童子试，竟得首录，举场闻之，掩口而噱。熊子适醉，捧腹向余曰：三十三登鬼录，两日两试诸生。问我醉中供案，提学阎罗贼兵。子盍为我赋之？

满竹园诗序

米元僴

吾弟读书十年，僻处辱贱，轗轲极矣。当兴亡顿异之际，欲默以偷安，则不合于义。欲佯狂无忌，则祸且及身与家。故咨嗟之，歌咏之，曲引而旁譬之。若有意，若无意，对影窃叹，使观者自悟，亦是贫穷呼天，疾痛呼父母之意也。

挽慧师诗序

邓祥麟

己未七月二日，师自金峰下竹楼，辞余反寨。余送之半岭，哽咽不能别。时方立秋日也。师禅心道意，迥绝一时，不肯从热灶里觅生涯，尝向冰雪中讨消息。其染翰敲诗，机锋战伐，他僧殊逊焉，洵与余相知之深者，奈何八月遽归道山矣。云碧其萎，感慨何如，为赋挽诗，以告其塔。

送黄父诗序

谢璜

桓拨黄老师，潭邑贤侯也。丁丑秋，峒寇蹂潭，值侯借篆邻邑，潭之民闻风窜逸。侯奔归，收残兵，扞孤城，仅以身免。后竟为地方受累，父老诣阙请留，格于功令不得上。道路饮泣，侯益淡如，一舟上下，问丘寻壑，檄月招风，恍然如未入官时也。独潭民念侯甚，虽穷偏绝壤，方舟所致，壶浆欢迎。去则掩袂哽咽，因思晋何尚之为吏部郎告省，倾国拥车，其父叔度云：此送吏部，非送何彦德也。今侯将去矣，而遮道拥车亦复如是，胡为乎来哉？诗以纪之。

湖南文征　卷三十四

跋书后　元明

御赐石刻千文拓本后敬题　欧阳玄

今上皇帝得智永千文，命近臣摹勒刻置宣文阁中。所拓墨本，从官之有文学者，则识以“宣文阁宝”而赐之。授经郎浦阳郑深浚常侍上经筵，故预是赐，可谓稽古之荣也。

夫金璧珠宝，天下贵贱之所同尚者也。国家以旌有德，赏有功，于所同尚者而不靳焉，所以示恩也。至于法书名画，遇弥文之代，时君圣性好古，则其所尚有重于金璧珠宝矣。于其文学侍从之臣，不靳其所独尚者而赐之，所以示异恩也。

郑氏浦阳义门，九世同爨，朝廷常旌之。今浚常以斯文又膺是赐，元故愿义门之子孙世世宝之，上无以忘圣天子好古博雅之志，下无以忘乃祖父遭遇之由，足以垂久远矣。

邓显鹤曰：案《元史·周伯琦传》，帝以其工书法，命篆宣文阁宝，仍题榜额，及摹王羲之书《兰亭序》，并智永所书千文刻石阁中。此文云命近臣摹勒，所谓近臣，即伯琦也。伯琦字伯温，鄱阳人，以父应极荫授南海主簿，三转入翰林修撰，顺帝至元元年，改宣文阁授经郎，教戚里大臣子弟，故曰近臣也。

敬跋先冀郡公沁园春词后

欧阳玄

词云：玄子来前，还忆汝，今朝初度时。是吾家几世，书香阀阅。我翁畴昔，心地坦夷。宅相伊何，泛红老子，汝母慈仁喜有儿。如今憾，倚门人去，和胆为谁。　　丈夫七十何为，算三十功名已是迟。要经天纬地，拓开实用。嘲风弄月，省可虚词。我亦生平，卮言徒费，犹酌檐花向九疑。团栾好，待吾老泉石，留汝钟彝。

大德丁未玄贱生之日，先公作《沁园春》词示勉，玄受而读之。年少家贫，性亦疏散，房中惟有一败箧，以绳约之。箧中无所有，又以纸外护之甚严，暇日时复展玩。明年戊申，不幸先公弃捐，自是见辄呜咽，殆不忍睹。

皇庆壬子，玄免先公丧又二年矣，先公在时所定谢氏姻，岁久不克成婚。继妣长沙郡君谋为玄毕婚，而玄方游湘中，继妣老妮启玄箧取故衣浣濯补纫，以俟新婚。老妮目不知书，箧中文字亦为所持出，此词亦在焉。玄归而求之，竟失其所，遍索十数日无得，深自刻责，以为不能宝藏先人之训。遂为此生抱憾之大端，每至劬劳之日，则泣而识之，如是二十五年。屡常吁之先公冀阴相之，庶几复见此词，以无负付嘱之意。

延祐乙卯之年，玄侥幸科第，历官中外，至元改元乙亥，叨恩翰林直学士、国子祭酒。先公赠翰林直学士、亚中大夫、轻车都尉，追封渤海郡侯。寻蒙奎章近臣奏请，有旨申敕词臣制碑以赐。玄感激之余，付书还家，嘱舍弟信翁先白于祢。告祭之日，诸昆弟子侄咸集中堂，侄进老遽前曰：昨日偶治故书，得先祖手泽一纸，蟫食殆半，乃寿八翁《沁园春》词也。兄弟相视大惊曰：此汝叔平时遍求而不得者，汝何得此？众取视之，果然，即作书报玄京师。二年丙子夏，谒告南归立碑，甫抵舍，侄即以词见遗。玄奉词涕泣，如隋珠和璧，去而复还。自计生平可喜之事，未有过此，乌乎异哉！

词所谓“宅相伊何，泛红老子”，谓外大父临贺府判理斋李公也。“倚门人去，和胆为谁”者，是岁免先夫人丧也。“嘲风弄月，省可虚词”者，玄少作颇患多，故先公以实学勖之也。“犹酌檐花向九疑”者，先公分教春陵时将之官也。虽然，玄之至喜者以此词之失而骤得，则先公若有阴相之也，他日或可逭伯鲁授简之责也。其至惧者，则以先公期待之意如彼，而玄之疏文謭学所成就若此，其何以逭伯符不克负荷之讥乎？

装潢既毕，踪迹所至，必随以自携。三年丁丑，以侍讲学士召入京。戊寅春，以二品恩例申请。夏五月，进赠中奉大夫、湖广等处行中书省参知政事、护军，追封冀郡公，先妣追封冀郡夫人。六月甲申，祭礼毕，因出此卷再写缮本，并志所感云。男玄泣血书于贤良坊寓舍。

跋皇太子眉寿二大字

欧阳玄

至正丁酉九月，浦阳郑深浚常由吏部员外郎除浙西宪佥，将行，自念先为授经郎学士，内府密迩青坊，常获侍皇太子砚席，今日远役，谊当入辞。乃因宫臣以见，既询其南归之由，对曰：老母年近八十，思便侍养，是以远涉鲸波，不敢惮劳也。储君恻然，顾左右取近日所书“眉寿”二大字赐之，盖以高其亲之年，庶以求其子之养也。敬惟皇太子天迪仁孝之性，于兹一事，二美备焉。仁事亲之实，孝为仁之本，皇太子平日视膳问安，尽其爱敬之道于三宫，冀以宁君亲之心，说君亲之志，以蕲君之寿也。一旦推其锡类之盛心，成己成物之功，仁与孝不可胜用矣。

“眉寿”始见于《豳风》之《七月》，老人眉有豪，寿之征也。后屡见于《鲁颂》之《闷宫》。今郑氏在浙东九世同爨，旌表孝义之家也。部使者兴化美俗之官，深知斯行奉元良心画以归，心法之正大，笔法之端严，焜耀山川。新民观瞻，于是称《豳雅》

之兕觥，效豳人寿君之敬而竭其忠，赋《鲁颂》之台背，保鲁侯寿母之乐而遂其孝，继今郑氏忠孝之祚，日炽而日昌，其兆在此也。深属玄述其实，谨书之下方云。

跋罗涧谷先生遗稿

欧阳玄

至正壬午十一月，予访族至钤冈之防里，县大夫浚仪赵侯尚之，因休日特来劳，既而又专其馆宾罗君孺文，与其子琏求《钤冈题名记》等作。时予又之别族之安成，孺文踪迹余所至，暇日敬问其先世，则先辈涧谷先生之从诸孙也。先生分教长沙时，先尚书澹轩先生居郡泮前庑，道同志合，友谊弥笃。既去官，书问不绝。咸淳甲戌，先冀公以混补入国学，先生时为权院留临安，贻书相庆，以为先尚书宣力学校之报。内附后犹数有书，于是予与孺文叙先世通家之好，聚首数日欢甚。将别，出先生长沙稿一帙视予，帙中或手自钞，或笔更录，朱墨如新，皆所点校。敛衽读之，如从先世与先生游咏碧湘翠麓间也。独询其适传，则有如往时湘中之所传者，使人不能不系之以感慨。士大夫曰形可托者二：一曰有文，二曰有后。二者未必得兼，不得已而去，则有文庶无憾也。

跋兖国文忠公墨迹

欧阳玄

玄生平所见兖国文忠公真迹甚多，其篇帙大者，于同年许安阳家，见《毗陵胡文恭公墓铭稿》，于文辉上人所，见《州郡名急就章》。胡氏碑行草，《急就章》皆微涉行楷，余家所藏佳者，曰《与杜祁公苏明允书》，及晚年三乞致仕表章，皆笔法如一。独与祁公书端谨，结体颇若苏氏父子，岂非苏氏感公之至，初年仿公之书，后充拓自为一家体邪？兹来叙族至早禾田欧氏，见《集古题名碑跋》，而欧氏在枫树下者，又出《与留守学士书》见示，皆名墨笔也。书中“贶”字两用，虽“贶”“况”古文通，然意若有所谓，留守学士者得非田元均乎？旅寓乏文字考订，识此说以俟博古之君子。

跋太师右丞相墨竹

欧阳玄

右墨竹一幅，太师右丞相所画，以遗其馆客授经郎郑浚常者也。丞相天姿明睿，知识过人，一日得文与可竹，谱学之即臻其妙。观其枝叶面向，柯干节脉，皆与可法，而笔意老苍，与近代李、蓟、邱诸人所作迥然不同。浚常在相府直言不阿，又多引拔善类，为长史甚得体。相君雅爱重之，故受以心画云。

跋先公与南谷先生书

欧阳玄

先冀公与南谷居士未及一识，族中宜翁为之求书于安福同知王君习斋。未几，习斋去官，故未及投，留之箧笥。考其岁月，盖大德丙午、丁未间书，则玄为子弟时代先公作者也。至正壬午十一月，玄叙族至防里，俯仰将四十年，南谷先公即世皆久，两家子弟览之怆然。

书远林刘君墓铭后

欧阳玄

前代士大夫非居忧，人不敢以铭墓请，非此则奉敕，或密友族属尊行与座主举主也。今太常博士刘君文廷制中作《远林刘君墓铭》，文字简古，又得古式，故特表而出之。

永新龙孝子母吴氏墓铭书后

欧阳玄

余拙于书，病余愈拙。近日求余文者多强余书，余不得已力书以塞其请，然实非予之素志也。禾川龙孝子谒其母吴氏墓铭，独能见谅。于是请太常博士刘闻大书，余甚嘉之，因书铭后，使知得余书者，不如谅余书者之使余感也。致其辞来请者，其子师戴与权也。其人甚贤，使余不忘。欧阳玄书。

书泸溪儒学碑阴

罗辰龙

卿士惟月，师尹惟日，庶民惟星，日月星辰交运而岁以成。卿尹庶民，交助而教化兴。泮宫既作，四方闻其风而悦之，由是燕山李营奉、圣薛荣、长沙方珪、巴陵周福南、衡阳谭昇，皆英僚俊彦，不惮远僻，相继来赞治。公退之暇，必同游息，讲切政理，询究闾阎。又以旧斋狭小，佥议广之，风棂月牖，有尘外意。师弟子均得所归矣。

令尹乃从容谓众官曰：文庙之成，有献地以为基，发帑以助役，或悉心以纲纪，或竭力而经营，咸欲使姓字灿然与金石同永，孰谓众星之光无补于日月乎？同僚曰：然。于是文于碑阴。董其役者，邹德惠、李玘、杨璠孙、楮从善、石万全、赵应龙。延祐丁巳仲夏吉日，衡山罗辰龙敬书。

题钱舜举所图唐三学士围棋后

刘三吾

钱舜举所图唐三学士围棋，吾里好事者谭继先传心得之，前进士李一初希蘧先生题之也。先生登元统癸酉李齐榜进士第，始参议张公起岩、尚书宋公诚夫、监丞揭公曼硕，读其廷试策，拟甲是科。启缄乃南士，遂改次李齐。公宴会齐病，上表谢恩，则先生也，城西龙湖乾之谶验矣。

初授文林郎，应奉翰林文字，未已过家拜重庆，乡里荣之。已而连丁内外艰，改同知婺源州事，兴学教民，士子骎骎知所向方。转儒林郎、江浙儒学副提举，同寅班公彦初以善书名，词翰兼工，班让能焉。既还乡，值乱离，用广西宪臣荐，入风纪佥湖南宪，道梗未仕，养晦里中。建诸义垒，转徙禾川，诸诗礼大家争迎致之。虽在艰危，不忘忠爱，时纡思乎吟咏文字之间。兵燹后，所存惟《云阳集》而已。先生人品高尚，胸次廓然无城府，故其为文不事剞劂，而缅幅自然。诗亦如之，评者谓有馆阁气象。乌乎，已矣，九京不可作矣！

今睹此画此诗，宛然如鸾停鹄峙之在目也。继先什袭惟谨，念遗响寥寥，不远江湖数千里，介其子以和装潢成幅，恳识其后，意恐先生地下叹里中人为尔寂寂也。厚哉继先之用心也！予于是益有感矣。天之将丧斯文也，吾里也吾不得而知也，胡为使先生以垂绝之音声绪阜山之义垒？天之未丧斯文也，吾里也吾不得而知也，胡为并后死者获嗣其遗响于今大明？朝玉堂与琼署，其亦有数也夫，其亦有数也夫？言之不足，载咏歌之，诗曰：

老钱设色工写真，图此学士只三人。其时大开天册府，中人妙选皆凤麟。更番无事只退坐，华馆方床锦绣茵。手书不看看棋子，何以得此逍遥身？流传幸到谭隐士，题品不用余缙绅。前朝翰林李应奉，彩笔落纸如有神。今朝翰林刘学士，紫微泚露当清晨。李则已矣邈遗响，捧心之后难为颦。工颦效颦不用辨，且看梅花报小春。

洪武二十一年，苍龙戊辰良月既望，翰林学士、奉议大夫兼春坊左赞善里中老契坦坦斋书。

案：此篇不见坦坦斋本集，今从李提举《云阳集》中录出一文一诗，他日可补入本集。《宋史》：晏殊，临川人，景德初以神童名，赐同进士出身。宰相寇准曰：殊江外人。帝顾曰：张九龄非江外人邪？此篇亦言南士不得甲一科，盖宋、元时功令之陋如此。汝怀附记。

题谢明远西溪图序

刘三吾

此前衡鄜邑丞冠州张宗颜，为吾里乡贡士谢明远图其所居西溪景也。明远世邑之诗书望族，家西乡之西岸，岸与溪四时清趣，悉得居而有之，因姓是溪以西，若愚溪之愚，濂溪之濂，皆以人得姓者也。吾闻明远西溪汀有芷兰，馨袭杖履，水泽琮琤，响答吾伊，照须眉其清泠焉，成文漪其渊沦焉，所谓送夕阳，迎素月，无不于是溪得之。境胜矣，人胜矣，抑是溪静深其原，波澜其委，霜余水涸，其归宿也。明远自始学即功存涵养，为得诸其静深，一试秋闱，以雄文大魁多士，为得诸其波澜。自告老春官以来，征辟屡至，而志在是溪，终获考槃，非霜降水涸，得其归宿者能尔耶？

载观是图命意，主是溪者家于松皋深处，无出山意也。其前面溪，扁舟之上下，行人之往回，昏鸦之飞度纷纷，是晚景间世故无涯亦然也。世故不有涯，溪山为谁好？则西溪之泉石膏肓也，烟霞痼疾也，宜亦善自珍爱哉？于是述此意，为西溪与溪神相问答二歌，歌曰：

西溪之人兮家溪之浒，猿鹤其友兮鸥鹭其侣。烦溪之神呵护吾所，暂一出即归兮，毋劳尔乎延伫。

神欣闻兮矢辞：尔溪尔居兮谁其争之？自今吾与尔世相好兮，指苍松岁寒以为期。

题邓唯吾所藏陈子尚赠行卷序　　刘三吾

此卷下方一诗，故友至正庚寅乡贡士陈子尚作以送唯吾者也。子尚妙龄隽才，夐出流辈，受经先兄存吾，深期许之。时予馆其姊婿贺彦明家，二人者至相得，间拟诸题之难措手者，与同经五七人不书名录呈先兄。兄见之，必识其为予、为子尚之作。别去数年，兵兴矣，予由常宁避地岭南，子尚之江西间，亦书问往来。后数年，则闻子尚于兵戈中亡矣，惜哉！

暮年归里，不意唯吾得存其所作于屡经兵燹之余，见其词翰，想其英迈也。唯吾既装潢成轴，示予求题，为识语其上，且次其韵云。

题太祖高皇帝御书后

黎淳

洪武十八年冬十月朔日，御制大诰成，上亲作前序，命左春坊左赞善臣三吾为后序。越十五日望，具稿进呈称旨，奉上躬洒宸翰题稿首，褒其文曰：理道精详，始终无疵，畅然哉，用！臣三吾宝藏于家，昭子孙余庆。距今成化十九年，已历九十有九年矣，其孙陈善来京师，装饰为卷，奉示搢绅，臣淳谨拜手稽首为说。

夫宸翰“理道精详”者，以文体言，谓其出入经史，纯粹精严，而推本帝王之治，无少欠阙，使臣民诵之，感发趋善，追古作也。“始终无疵”，仍文法言，谓其首尾贯通，敦厚典雅，而根源圣贤之学，无少瑕玷，使后学师之，取为模楷，垂今范也。“畅然哉”者，谓文体既条达，文法尤疏通，犹滋味悦口，何其畅然哉！适人意也。“用”者，付有司绣梓，用以颁行天下也。《易》云：上下交而其志同也。《书》云：元首明哉，股肱良哉，庶事康哉！方创业初，元首以知人为明，上克灼知三吾善文而用之。股肱以任使为良，三吾辅成一代文明之治而应之，上下志同如此，宜六合康宁，而垂万世无疆统绪于今日矣。

抑文章与时高下，当元季文敝，士习纤巧。博者放荡，如泛大海，茫无津涯。约者拘束，如缚四肢，罔克纵步。时使然耳。臣三吾实以其经术左右圣明，刊落繁华，敛归精实，使小大制作垂后者，粹然一出于正。今观《大诰》数万言，皆直述易晓，臣三吾序文亦简古易见，变艰险为平坦，诚大有功于斯文焉。

近数年来，学者乃厌卑近而求高远。其文体渐蠹蚀，而文法每疏略，甚至科场荐士但求词气，虽经旨悖者弗究，如一论首敷衍数百言，未见本旨。文衡君子用经术扶世教，肯如是乎？庙堂元老，皆三吾同类也，如欲究治，当先究文，必有良法行矣。臣淳观此，重增感慕，高山仰止，庄肃敬书。

成化十九年夏五月既望，赐进士及第、通议大夫、吏部右侍郎、前少詹事兼翰林侍经筵讲官、同修国史华容黎淳撰。

敬书云阳集后

李东阳

右我希蘧府君诗文集十卷，家有旧本，题云男位编集，即墓表所称自立者。字画瘦劲，有府君家法，盖其所手录，而永新俞千户懋所刻也。东阳省墓时，俞氏已绝，板刻无知者。比吾友顾君天锡知吉安，谓东阳曰：此吾郡流寓所当表见。东阳乃取旧本，属广阳刘瀚、永嘉赵式分录之，国子祭酒方石谢先生为序，则太仆少卿李公贞伯所录，次以旧序若干篇。惟刘某序隶字多阙，无所从质。会礼部主事杨君谦来自苏州，以录本见遗，因得补其残舛，并以近所得于括苍梁泽、苏州许翀者古诗一、绝句二，及近时大夫士题识附焉。

近又见朱大理文征所藏《清明上河图跋尾》真迹，盖今第十卷所载，后有印曰：不二心老人。此平生所未闻者。府君之志，又于是乎观。吾李氏子孙，其敢忽诸？

书碧落碑后

李东阳

碧落碑石本，吾子行所藏，自云手补首行五字，及十五叶一行之阙。今观补字，非子行不能作也，独其跋语，谓以籀文归小篆为妙绝，恐未必然。周伯琦疑其杂出诸体者，得之。盖其妙在笔，不在体也。此帖数传至陈刑部明之，予尝见此刻久不复识，手临二本，辄为好事者取去。数月后，偶检旧藏而得之，则首行故在，而其中乃阙三十余字，岂摹拓先后互有异邪？古刻浸不完，此固可宝，而子行之篆，伯温之隶，与杨宗道之楷书，宋潜溪之题跋，皆不得已，明之其永宝之。

题括苍陈氏画

李东阳

画，技之微者也，其用不过充玩好，资论议而已。及其至也，亦足以攘造化之巧，达幽明之际，感发心志，流通精神，画亦未可少哉？故其为道，始于摹拟肖似，而极于变化，千形万状，不可窥测。上下数千百年，变而为数十百家，其所为所见亦有不同，而同归于妙而已。

予生不习画，手不能举笔运纸，而凡为位置高下，皆不能外乎吾心。口不能指摘年代，辨阅名氏，而凡为妍媸工拙，清浊雅俗，皆不能逃乎吾目。平居未尝费一钱之购，无寸纸尺素之藏，凡持以求题识者，无虚旬月，至辄悬之斋阁，坐卧其间。后先相代，而吾家未尝无画，盖吾之于画，犹元亮之于琴，子瞻之于酒也。

括苍陈汝同氏居京师，家藏书画数百卷，汝同尝游于江湖，及归而其家毁于火，先世之古物无复遗者，汝同每痛之。一旦得山水图一卷，请于予曰：吾将以此藏于家，然不可无先生识之。予嘉汝同之好事，遂书于其颠，志汝同之续藏者，实自此图始。

跋都御史蓝公生祠记乐词去思碑卷

杨一清

正德己巳，盗起蜀川，蔓延于汉沔。庚午，遂聚徒数万，流劫城邑，杀人盈野，村落为墟。武庙命东莱蓝公文绣为右佥都御史，巡抚陕西，往任戡定之责。公至汉中，不数匝月，抚有文告，剿有兵，守有城郭，问民疾苦，大布惠泽，于是创伤者稍苏，故亡恙者益安干止。又越二年，蜀犹抢攘，汉人安堵无事。癸酉，群盗悉平。

公之谋绩居多，遂进右副都御史，迁南京刑侍以去。汉人德之，为建生祠。祠有记，记有乐歌，去思有碑。吏、民、大夫士颂歌之者，至于今不衰。公既引谢，厥子御史君玉甫裒之成集，属予以言。方公受命讨贼时，予起废西征逆藩，闻公举措，知贼不足平矣。比诸镇告捷于朝，予为吏部，赏功之典，实与议焉。盖公廓大而有容，条理井井，细巨不遗，且善知人任人，宜其成功若是之易，而感人若是之深也。

尝闻治内盗与外寇不同，赤子盗弄兵革，非化外戎狄可比。汉宣帝时，渤海盗起，命龚遂往治之，至则移书属县，悉罢捕盗吏。无何，盗贼悉为良民。宋仁宗时，蜀中有寇，京师震动，张方平为帅，乃归屯军，撤守备，得贼不诛，悉令归农，蜀竟无事。公之平寇不免用兵，若异是者，盖海濒遐远，其民困于饥寒而吏不恤。益州之贼，初苦侵苛，假息其乡无他志，故皆得以安之而无患。

今蜀汉之贼，非饥寒所迫，皆恶少年群聚不逞，敢于拒命称乱。其鸱张跋扈之志，有难窥测，不可以恩结，不可以赦原，其势不得不兵之。顾公之在陕与见素林公之在蜀，皆抚剿兼用，恩威并施，不滥杀以逞，而公城守之功尤著，有不战而屈之势焉。使二公与龚、张易时与地，其所处宜亡以异也。因与玉甫论文，于是乎书。

书刘东山西行稿后

何孟春

刘东山公晚年肃州之谪，虽事由逆瑾，其实公同年焦阁老芳者为之。公与焦素无他，焦特忌公名耳。岑猛赂既行，瑾集大臣议欲置公重辟，诸大臣惴不敢吐一语，独都御史屠公滽曰：刘某此何罪？必欲文致之，当其不应。瑾勃怒骂屠曰：老畜党刘某邪？明日，大臣以屠议奏，瑾谋于焦及吏部尚书刘宇，宇又素嫉公者，乃署刘某轻议夷人迁徙，与潘尚书蕃俱发远戍。瑾初拟广西边卫，焦曰：是送二人归也。乃定肃州。

公《西行稿》载公赴肃州时，故旧皆避不来会，独乡人严仲洪赠诗和答之。公过六盘山，寄西涯阁老诗，末句云：寄语同年老知己，天涯孤客几时还？叹同年也。后归自六盘，和前韵末句云：凭谁寄语中州子？前度刘郎今已还。中州子，焦与刘也，其事盖如此。公在戍所，又尝寄其故人嘉兴姜用真诗，末句云：边城黄阁醒醒处，惭负当年旧布衣。时姜以太守致仕于家二十余年矣。

公之谪，予当家难不在京，今始得见其族子所刻《西行稿》者为识其事。黄阁中州子之云：公岂亦未之能忘情邪？天下代公之愤而高公之为人，今日已有定论，公死可无憾也已。

书朱文公真迹后

何孟春

考亭先生跋荆公书云：先君子自少学荆公书，邓公志宏尝论之，以其学道于河洛，学文于元祐，而学书于荆舒，为不可晓者。题曹操帖云：余少曾学此。时刘共父方学颜书，余以字画古今诮之，共父谓我所学者唐之忠臣，公所学者汉之篡贼耳。余默然无以应。

昔扬雄氏有言：书，心画也。心画形，君子小人见矣。彼二丞相岂世之所谓君子乎？而先生父子顾从而学焉。先生自言志宏于其父，有不可晓之论，而亦自亡以应共父之言，是又不可晓者。今日于明之处观先生真迹，因举以质明之，余不知书，且不曾见曹氏书，不知此幅亦带老瞒心画否也？

书李文正公遗墨后

何孟春

先师李文正西涯遗墨《名山大川诗》一卷，小大真、行、草诸体略备，正德壬申四月既望，书付其子兆蕃者，今归云南邓川杨治中浩家。浩尝承命经公葬事，极尽心力，事竣，诸孤谋致谢，而浩一无所受。诸孤意不自克，故举是以报。是卷予昔曾预观，标曰“传家之宝”，公所自题，其为得意可知。浩奉使过滇，重以视余，卷末公自跋：予南行北上，及于东祀，所经名胜地辄有诗，略记其大者于此。余各有录，不能悉书也。回忆曩昔多者四十年，少者亦且十年，山川风物，仿佛如梦，犹憾未能摹拟其妙，以遗今日之思。可胜慨哉，可胜慨哉！云云。四十年者，谓其南行时。十年者，其东祀时。予敬读一过，三叹而复之。杨氏子孙，其尚永永宝之，勿为望气者所得可也。

公跋后八年，为庚辰四月望。何孟春识。

书黄石公小像

何孟春

世传张子房圯上受黄石公书师事之，卒以诛秦蹙项而兴汉，厥功伟哉！今其书存真赝不必辨，大抵多阴谋诡计，自战国士纵横捭阖中来者。良佐高帝，凡夫蹑足附耳借箸之为，盖莫非其书之、计之、谋之有以启之也。

说者以良晚年从赤松子游，至谓其有儒者气象，斯特取其见机仿佛儒耳。良固黄石而非儒也，使良而儒，将等而上之师事尹、旦，汉其商、周矣。虽然，高帝莫可得而汤、武也。如良何？余因题黄石公小像，漫书左方，归鄂守昌君有恒，不识为我肯首否？

跋董太史书桃花源记卷

龙膺

膺交云间冯元成、董思白两先生，游思竹素，鞭抶风霆，臻丹台之九还，入那伽之三昧，儒邪，仙邪，佛邪？元成先生持节来武陵，思白手书陶靖节所为《桃花源记》并诗投之行李，岂以武陵故仙隐福地，而使君天人也？宜操五色管，一抉其灵阙。膺生长桃溪上，有志于仙佛而隐焉，因缀数语于卷尾。

跋沈石田画卷

龙膺

膺得石田是卷，时时披玩。恍夙游溪村最胜处，与黄绮诸隐逸相偕，竹露松涛，板桥草阁，扶藜载舫，以吟以觞，庶几自悟前世，盖无怀葛天之民也。文章诗画有独诣者，能移人心神类此。

吾乡为桃花源故里，人好山水隐逸，殆先民之遗。近辟灈园于柳叶湖上，林壑幽胜，绕屋长松，大与图相仿佛。即以是为《溪山别业图》可耳。令千载而下，见兹图者如见我灈园也。

茶解跋

龙膺

孝廉兄有茶圃在桃花源西，崖谷幽奇，琪花珍羽，莫能辨识。其所产茶芽，实用蒸法。如岕余理郙，日游松萝山，亲见方长老制茶法甚具。余手书茶僧卷赠之，归而传其法，故山中人弗习也。中岁自祠部出，偕罗高君太和辄入吾里，偶纳凉城西庄称姜家山者，上有茶数株，翳丛簿中，朝晞瀼露，高君手撷其芽数升，旋沃山庄铛，炊松毛活火，且炒且揉，得数合驰献。先计部命童汲西流烹之，洗盏细啜，色白而香，与松萝等。

自是吾兄弟每及谷雨前，遣干仆入山督制如法，分藏仅仅。迩来荣邸中益稔兹法，近采诸梁山制之，色味绝佳，乃知物不殊，顾腕法工拙何如耳。

书经史正音切韵指南后

洪云蒸

闻之邵子以声起数，以数合卦，万物可得而推。故声音之道与政通，岂但《切韵》而已哉？大唐舍利立字母二十六，梁山温首座加六母为三十二位，至胡僧了义以三十六字尽天下之声，诚足夺造化之巧，为司马公指掌图蒙古韵之所不能外，止为翻切用而未尝及于《易》理，然《易》理实备。

吾观元刘士明《正音切韵指南》而窃有所见也。曰内外，曰开口，曰合口，则两仪也。曰清浊，曰使清使浊，曰通偏广狭，曰四声分四层，则四象也。内外各八摄者，八卦也。四声为十六层，合十六摄者，十六卦也。十六摄每摄四层，共六十四卦也。每韵三开口、三合口，则六爻也。三十六母则象三十六宫，何一而非《易》理哉？经世四象体用之数，知合于《易》理而合焉者也。《切韵指南》，则不期合于《易》理而亦合焉者也。但十三重复之母，则分殊终不明，然经世精于《易》理，开发收闭中，未始无平、上、去、入。而平、上、去、入中，亦自有开发收闭，似未宜以阳声阴音相配。予则谓沈氏虽不精于韵，然于四声则无不该，经世书又安能加于《切韵》之理也与？

题王生诗草

陶汝鼐

岭海归来，生趣日促，不复谈风雅之事久矣，然非不欲谈，不暇谈，谈亦无寒山片石也。中湘王子维之同在荆棘中逃此慧命，而少年磊落，贫且益坚。读其诗词，多游戏笔墨，有刘毅家无担石而一掷百万之概，岂得非可人哉？且中湘言诗者十数家，宜与扬推甚备，而或于沈约四声若不留意，王子得无谓汉魏而下不足范驰驱邪？

王荆公尝编集杜、李、韩、欧四家，以欧公居太白之上，世莫晓其旨。荆公曰：太白词语迅快，无疏脱处，然其识污下多如汉高，饮酒近妇人。欧公今代诗人无出其右者，尚憾其不修《三国志》而修《五代史》耳。以此证古人持论之严，风雅一道，非可苟焉矣。夫王子方勇于词骚而龄尚少，使十年读书，登坛不晚，然返而求古人之诗与古人所以论诗之道之严，虽少陵、退之可觌面揖也。

予愧无以益王子，而聊举荆公语使折衷之，是数年岑寂中一段谈诗公案尔。若夫序“三都”而行之，愿以异日。

宫保杨修龄先生罪吟跋　　陶汝鼐

士君子处祸患之适来，而五宫七色迷于中央，庸甚矣。不然，故廓其外，颤其内，以示无怖。譬如凡璆，安能火三日哉？奇男子一生经济，直是胸中空浩，眼底分明，此性从刀山剑树中历过，施之大患，有身游行自在耳。昔刘邵辨英雄二分，嵇康谓明胆合德，正在耳许。

予读先生之《罪吟》也，窥所为处患难者。先生经济人，德量多古将相所不及。秦之绩抚戡已定，有司激而叛，其失不至于好山水，遂自束身归朝待罪，激者乃益中伤，公以自文，得祸几不测。皇帝察其忠，谪戍江右。公自受逮以至生还，凡数月间悉泯怨愠，而于蹇驴青帽之中咏歌不废，迄于赦命。入衡山，浮湘流，其行也益高深秀宕，去骚之忧，得庄之达，亦何从容整暇若泊乎无所遭也哉！

尝思赵清献闻雷悟道矣，夫道可期也，悟不可期也，闻雷抑又不可期者也。丰隆轰轰，闻者过耳，惧者掩耳尔。而清献独披心洞胸以承之。雷霆有何交涉，不可谓此雷无故也。公偶使予论其诗，予以此测公之得罪也，爽然于心而庶几有助于道。故其在朝廷，在边疆，在圜扉戍所，如其在山水烟云也，可以一致矣。

自书孝经跋　　陶汝鼐

晚年尝书《孝经》数帙置书阁中，为人取去，无复存者。去秋偶简破簏，得澄心堂旧纸数张，漏痕所渍，裁截其未败者，裱成一卷。入春霁暖，作辍五六日书且竟。

尝念吾家世授一经，未尝显仕，只“孝弟”两字，先君子实有诒穀。长儿典二十逢乱，不干进取，而能竭力于忧瘝患难之时。

我则降志辱身，延此离昃，郊居无事，尚不免弄笔墨以自怡。然尝为索书者所苦，辄复厌去，偶完此卷将藏于家。顾瞻堂构之间，亦庶几有守身事亲者，厥后昌焉，经德其弗衰欤？

律陶诗卷跋

陶汝鼐

五柳先生诗，超旷平澹，归于自然，人与诗品俱高出千载之上。老杜并推陶、谢，犹专论风骚，至坡公乃云吾于诗人无所好，独好渊明耳。坡公遂全和其诗，寄追赏之意。

明末始有王季重先生律陶，如羽衣仙人使就检押，予尝戏谓山阴此举，正与驱陶公束带见督邮无异，然其属对命篇，亦有绝妙者。乱后求原本不能得，以予意为之成十八首。年来又复散失，而和山阴作者又数家矣。长儿辑诸旧稿，尚存其目，偶草窗春雨，掩卷闲吟，横竖拈来满四十首。坡公云陶诗外枯而中膏，又曰质而实绮，亦可证苏子之知言矣。

题惊天集

周星

或问于九烟曰：天可惊乎？九烟曰：可。曰：奚惊？曰：天以风雷惊人，人以文章惊天，风雷者天之文章，文章者人之风雷也。昔太白登华山落雁峰，曰：此处呼吸想通帝座，憾不携谢朓惊人诗来，搔首问青天耳。夫以惊人之诗问天，则骎骎乎惊天矣，但不知阊阖之中，亦解道“澄江净如练”否？少陵之寄太白曰：落笔惊风雨。夫风雨非天之风雨乎？然不曰天而曰风雨，犹之乎呼荩臣、告仆夫云耳，尚未敢直言惊天也。至长吉之咏李凭箜篌，则直曰“石破惊天透秋雨”矣。夫箜篌一小技耳，尚可以破石惊天，而况大于箜篌者乎？

尝观《周易》之《坤》曰：龙战于野，其血玄黄。太白之剧曰：海水群飞，蔽于天杭。此真惊天语也。诗中有类此者，不得不亟取之。嗟夫，天苍苍而高也！屈原问之而不应，庶女叫之而不闻，邹衍谈之而不知，晁道元之笺之而不答。从来梦梦若此，吾亦何从而惊之哉？然世无惊天之事，而诗实有惊天之理，岂沐日浴月之章、吐火施鞭之句，反出二十三丝下邪？

题泣鬼集

周星

九烟曰：古今来善泣者无如鬼。昔苍颉制字，鬼为夜哭。哭字耳，非哭诗也，然而有字即有诗矣。《檀弓》云：有爱而哭之，有畏而哭之。后世诗有佳有劣，不知此夜哭之鬼，果爱其佳而哭邪，亦畏其劣而哭邪？尝观葩骚所载，如苌楚桑柔之什，山鬼礼魂之歌，其为可泣者多矣，而不闻有鬼从而泣之者，岂其时鬼皆顽聋乎？惟贺季真初见太白《乌栖曲》，以为可泣鬼神，而少陵即用其语相赠。长吉集中一则曰“愿携汉戟招书鬼”，再则曰“秋坟鬼唱鲍家诗”，后人遂以鬼才目之。

夫鬼能泣诗，诗亦能泣鬼，鬼之与诗，不知其是一是二，然诗有佳有劣，鬼亦有佳有劣。其为雄奇高妙之诗，则必有雄奇高妙之鬼赏之，其为卑俗庸陋之诗，则必有卑俗庸陋之鬼赏之。但恐以劣诗而遇佳鬼，则鬼当泣，以佳诗而遇劣鬼，则诗又当泣。斯二者之泣，一则鬼之不幸，一则诗之不幸也。吾所取于泣鬼者，其必以佳诗而挑佳鬼，以佳鬼而拜佳诗乎？噫！鬼犹如此，人何以堪？

题移人集

周星

九烟曰：天下之最难移者，其为斯人乎？礼乐移之不得，政教移之不得，甚至兵刑移之亦不得，而独有一物焉可以俄顷谈笑而移之。一物者何？即所云释西伯而走司寇者是也。故于《传》有之曰：尤物移人。然此物安可多得？则思得近似者以充之。诗也者，文章之尤物也。孔子诏小子学诗，而曰兴观群怨，之四者以言诗可，以言尤物亦可。取尤物而比诗，殆犹西子之与西湖与？

夫古今之为尤物者多矣，粉白黛绿，燕瘦环肥，其为尤也不一，而皆足以倾城国而眩帝天，所谓美人不同，而皆悦于目也。惟诗亦然，如《邶风》《山榛》《隰苓》之思，《楚辞》《沅芷》《澧兰》之赋，岂复知尤物之为诗，诗之为尤物乎？但诗虽与尤物同功，只恐世有鲁男子与登徒大夫，则真无可如何耳。如其不然，吾见其从风而靡矣。若夫伯牙学琴于成连，从之东海，成连去而不返，但见海水山林群鸟悲号，伯牙叹曰：先生将移我情，此则姑射飞琼之流，又不当与凡俗同观矣。然其为移人，岂有二乎？

题周子楚书

严首昇

自昔天子购求遗书，下至伧父牧竖，亦复减朝炊觅人数字，而士大夫可知已。近代已来，书日益多，至挟书求售于人不可得，虞卿不穷愁不著书，卒乃以著书故益穷。平生五千卷，一字不疗饥。坡翁且然，况其它乎？

周子著作如千种，前后梓行于世者三十年无虚日，独《楚书》一书近六十万言，费不赀，遂郁郁为枕中物耳。蔡司李为宣言当世，状如募疏，往古未有也。岁余无有应者，实赖吴中高子区画寿梓，且为题序，遂纸贵一时。乌乎！周子不幸而著书，古今著书如周子者，抑又何幸哉！

邵阳县志跋

车以遵

《尚书》云：若射之有志。志者，的也。肈帨其文，谓之过。椎鲁不文，谓之不及。过与不及，而志或不在焉。奈何？曰：前事之不忘，后事之师乎？遵年逾六十矣，少壮时尝备郡志葑菲之采，然惧立言之无当也，无足以酬谘询之盛意，因退而为《召乘胪句》，凡二卷，其书具在。往监司东海黄公序而梓之，谓可辅郡志以行远，若《春秋》之有三传也。

今二十四年矣，念邵陵瓯脱地，顷被大清休养者十余载，鼎革莫甚焉。中间忠孝显微，气义节烈，风俗徭役，业不可比而同之，为与往夙一辙，属以邑大夫紫岩颜公最绩之三载，善政莫可殚述。俨不鄙蕞邑，而谋志事于乡绅人士，遵敢谓某备编纂之末也乎哉？而邑大夫则既以束帛而物色之矣，因集于古光孝报恩禅寺中。某与诸子约，以邑大夫之不鄙蕞邑，而谋志事于乡绅人士也，罔曰弗克。惟既厥心，抑遵闻之，童牛角马，不今不古利用革，诸君子无亦舍旧而新是图，而进教之以告无罪于邑大夫也。遵实拜嘉诸君子之赐焉。

及岁余而志告成事，大夫虚衷折节，以诸子之克负荷也，能举善也，能敬恭也，能体国朝休养之泽，而能相兹良书以具十余年之故实也。公余之暇，则笔则削，不主先入之言，不徇已成之牍。凡可以资黼黻、利久远、诏来兹者，无一之不悉。

是志也，大夫固已优为之矣，刻且竣，谓遵宜跋。遵又敢曰予跋也乎哉？然而窃有闻也，邵于汉为荆州刺史部，又为零陵北部，往事之丽于荆于零陵者，讵悉于邵无所与邪？若隋解建州，而福唐亦为建州，唐置南梁州，而今为保宁府，亦为南梁州。某既已核之矣，致堂胡寅之记义门金氏也，金说从之问学，而五峰宏之记绍兴州学也，具见志中。往志或以寅出邵州之未至也，乌知湘潭之有文定致堂、茆堂、五峰之墓在隐山，而真西山奠之有文邪？秦县大于郡，邑名昭陵，后名州，《邵阳县志》附郭事纪述多从郡，邑之自为志，在明嘉靖间百余载矣。

沐大清休养者十余年，鼎革莫甚焉。乃自邑侯杨次羲而外，无齿及者。今大夫以文学、政事才兼有之，而为是志也，异日者天子坐明堂而辑瑞，贡民谣物价以成风，是志实为郡嚆矢。兰台石室之上有其书焉，殆不减于昔人之收图籍也。而未也，王祖桃陵先生著述名海内，江州高白傅之吟，都梁香王门之裾，兹志之成于文孙也。武攸洛陵，世世咸被膏雨，靡有涯涘。即遵先大中，前见家集中，而又采之于邑志。遵感激当为奚似？而邑大夫无私也。惟是《胪句》一篇，残蚀莫保，虽曾经赏识，而以驱车言迈，遂无从较订，俾翼邑志以行远也。大夫其抚然曰：余以俟君子也哉！

大禹碑跋

江有溶

按张光叔《游宦纪闻》，述宋嘉定壬申何贤良子一得禹碑于岣嵝峰。何过长沙，遂摹刻于岳麓书院后巨石。此禹碑至于长沙之始也。然前此碑在岣嵝时，经千余岁未有传者，至唐中年韩文公始述道士所见，形之于诗。此道士现身说法，非人间羽流可知。迄文公搜寻此碑，千索万索，竟不得见，故其诗曰事严迹闷，盖知其为神物也。自岣嵝有此碑，仅一道士见之，告之文公，文公不得见，留此一诗为千载后人眼目，知此碑有必出见之日也。由唐迄宋，经数百年，何子一摹刻之后，碑仍隐秘。

历宋、元、明又数百年，至明嘉靖癸巳，郡守潘公叠峰因樵子传播，披榛剔藓，拓传世间，而长沙乡贤熊公元性夙号淹博，于艺林中拈出张光叔《游宦纪闻》一则，然后禹碑来历确有考据，海内争奉为神物矣。溶故曰：道士也，韩文公也，何子一也，张光叔也，潘叠峰也，熊元性也，皆禹碑功臣也。今观刻禹碑石，砐礥特甚，何以经久不泐？又碑在岣嵝，何以严闷不传，在岳麓则传？善乎湛甘泉云：宇宙内神物，天宝而地藏之，藏久而必复见。顾东桥云：禹精于水，其篆体皆流水形，昔之人所以赞扬阐发者至矣。若其译义，则有杨升庵、沈靖阳、杨时乔三家，未知孰当？今皆尊信升庵译文，并《禹碑歌》以备考云。

读陈书书后

王夫之

人能为天不可为，当其乱之难讫，天且萦纡以延衍之。极乎其终，天力尽，天情且息，犹未尝无千金一壶之几，然且拂乱以即于倾仆，斯诚可为之大哀也矣。

江左历四代而至陈，前此者晋能合已散之天下而一之，宋武人杰也，齐高、梁武，整昏乱之纪纲，规恢略定。故乘童昏以攘大宝，而天不厌之，以为差愈于北方之蒙□□也。陈宣武以遐方小校，器止斗筲，忽起而干天步，立国五年，穴斗不解，救死不暇，遑问纪纲？流血相仍，无言生聚，侯安都、淳于量、章昭达之流，以村坞之雄，承乏秉钺，而周迪、留异、陈宝应，掉臂狂呼，屡相蹄龁，陈之自崩自坼以趋入于亡，一夫折捶而收之，固必然之势也。而吴明彻督星散之旅，侥功淮北，夺七十余城，几半齐士。使天不假周，卷齐以相临，几于兴矣。乃策勋未几，故版旋亡，一覆于吕梁，而兵燔将俘，如疾风之殚脱叶。鲁悉达之言违于俄顷，元武之溃应如鼓钟，岂非吴明彻之不谋其终，而陈王之未量力而度智也与？

夫为国之道，不以国戏，将者国与民之司命，不以身戏，武乡六返复拔四县，晋追符寇，不逾长淮，使能于丧乱之余勤修内治，休养数十年，内无篡夺之祸，两河一京，未尝无收复之望。而明彻悉残陈之力，扶尪罄罍，争匹夫之气以取必于一死，陈所恃者一旦向尽，故知南土之灰飞，不待叔宝之昏庸也。东野子之马力尽矣，无亡胡待焉。故善承天者，当其有余忾乎若不足，及其不足，则欿乎若无之，几虚几盈，天乃复至。而君臣将吏虚枵浮起，无反是之思以乘隙而侥幸，此用兵者之大戒，抑为国者之永鉴已。使明彻能从悉达返吕梁之旆，我气不尽，敌威不增，保固长淮，宇文氏犹将惮焉。然而贾竖之智没于小利，内不量己，外不度物，所谓逢运之贫，坏不可支者也。司豫之功，犹属弋获，又足见天拊衰运，未尝不眄睐重叠，佑人于离绝涣散之余，而弗克承天者自趋沉没，天之不能延司马氏之人民以徯武德也。岂得已哉，岂得已哉？

读李大崖先生墓志铭书后

王夫之

夫之读白沙先生集而有疑焉，疑当时之授宗旨于江门者，自张廷实、林缉熙，以及乎容贯、陈冕之流，洗髓伐毛于钓台之下，无幽不抉，以相谘印。而白沙所珀芥以弗谖者，则惟大崖先生。其唱和诗几百篇，抑未尝以传心考道之为娓娓，视彼诸子者言不勤矣。以此疑而思，思而不得者盖数月。乃置其往还唱和之迹，而设身以若侍两先生之侧者又数月，而后庶几若见之。乌乎！两先生之映心合魄，而非张、林、容、陈之得与者，岂其远哉？白沙之于一峰犹是也，于定山犹是也，于医闾犹是也，于汝愚犹是也。其时相与接迹者，前为三原，后为枫山，虽未尝与白沙游，大崖亦未尝造膝焉，而亦犹是也。

逾此而外，交臂失之者多矣。白沙没，诸君子先后谢世，弘、正以降，此意斩焉。又降而言学者辈兴，建鼓以求亡子，其所建者非所以求也。而所亡者固其子而亡之也，则使以泰州、龙溪之心测两先生相与之际，而期其遇之也，不亦难乎？而况于其徒之琐琐者乎？《记》曰：天下有道，行有枝叶。天下无道，言有枝叶。江门风月黄公台，披襟而对之，扶疏葱蔚，拄青天而荫沧海，言乌足以及之哉？

先生裔孙雨苍氏占解年七十有三矣，以王文恪所撰大崖墓志铭寄唐生端笏，使与夫之共读，谨志其后以讯雨苍，当如面谈矣。

俟解题词

王夫之

所言至浅，解之良易，此愚平情以求效于有志者也。然窃恐解之者希也，故命之曰“俟解”，非敢轻读者而谓其不解，惧夫解者之果于不解尔。其故有三：一者以文句解之，如嚼蜡然，而未尝解之以己，反诸其所言、所行、所志、所欲，孰与之合，孰与之离，以因是而推之以远大。此解者也，吾且莫俟之。一者谓汝之所言者然也，而吾之所尚者异于是，是犹进野蔌于王公之前，非所甘也。虚其心，平其气，但察其与人之所以为人者离合何如，而勿曰汝能言之，未必能行之，况于我而焉用此为？则俯而从之。此解者也，吾且莫俟之。一者则谓汝所言者陈言也，生乎今之世，善斯可矣。如汝所言，则身且不安，用且不利，吾焉能从汝哉？同此天地，同此日月，吾亦同此耳目，同此心思。一治一乱，同此世运，尧舜之道，不无恶习，夏殷之末，自有贞人。同污合俗，不必安身而利用，亦何为而不可自处于豪杰哉？此解者也，吾且莫俟之。

甲子重午，船山病笔。

湖南文征　卷三十五

书上 元明

答刘桂隐书

欧阳玄

玄顿首再拜复书桂隐先生执事：

玄视庐陵江乡，乃未获桑梓之敬，诸乡先生亦未尝一望履絇，虚名误人，仆仆南北，抱兹二欠，负负奚文。先生道德之重，藻鉴之明，今先之以书，且有文集叙之谕，仆何足以叙高文之后？此亦虚名误听闻耳。踵袭讹谬，如是不已，岂不甚可畏哉？仆自去春痹疾甚作，一岁之中，谒告十九，今者又有哭子之戚，伥伥南归。予环之使，要诸潞上，夏初误恩落侍讲升学，俯偻循墙，迨今未敢拜命，心常怔忡。旧学废忘，仲宾还，姑尔塞责滓秽高明，知罪知愧，盛暑力疾治答，不敌先施，切希照亮。

答意山书

欧阳玄

意山聘君老兄文侍：

玄去冬防里弥月之留，涵濡道德之味于骨肉之情，得于兄所教良多，迨今铭感未已。令郎来辱惠问勤恳，第憾溢美辞多，令人读之赧然。贱迹自正月中旬以来，右膝焮肿，其痛如剜，始者护痛不敢屈信，久之两足筋挛，即日行立俱废。稽延召命，恐违官箴，遂援年虽未及身委有病，自愿致仕者听之例，移文有司，行达朝省，冀此庶得药裹专心。然亦沉痼如旧，书来所谓促装上道，那得许事邪？

令郎初至，适值病体服宣利之药，遂至泄泻不已，困惫不能见客。数日稍复当图报，深愧无能效豪发之助。闻张毅甫尚书除江右宪，使其人相知，力疾一书干之，或能相汲引一试也。侧闻今岁垂帐，仍在旧馆，郡判必时至，彼诸生常得亲炙老成，亦幸事也。余惟万万自爱，占答崖略，不敌先施，等于尊照不宣。

答所立书

欧阳玄

相距五百里，相别十五年，逆旅倚伏，靡不更常。起居动静，邈焉无从，忽宜翁兄携所惠书，得之惊喜相半，追忆曩时先君子琴册，适执事自彩侍来以拜见。退相从斋阁，是时仆与执事俱为人子弟，一门自为师友之乐有不容喻。今日此况此味，惟属之所立，仰惟门第雍熙之轨，翁季道德之盛，异时秋蝉赋，侧耳独领略。吾知叔弼久矣，两科士论，殊以鲁生不来为憾，六月之息，三年之鸣，端有所待。他日榜中龙虎第一相承，舍君其谁？政当坚坐冲密，守庚申耳。区区遭时承乏，何足致牙颊？来书谆谆然及之，令人卷舒愧涶可拾，甚者以六一为比，是何以美疢强加我邪？

此公事业，未论其他，只芦荻画地，我辈曾受此苦，曾下此工夫否？此则断断然不梦见足板者也。庐陵、长沙之议，不谓兹事亦彻听闻。仆在二郡，不翅沧海一稊，或者之语仆亦不辨，惟应之曰：仆为崇韬不敢，藉谈尤不敢也，不改布素一语，亦告者过。番毡瘦马，自是鄭亿家风，且先辈三尺森严在前，何敢猖獗一步？

寄示画轴，皆米家虹月，惜芜秽不足发挥，岁晏百冗填委。宜翁行又遽，尊翁朝奉、令叔意山学士、令弟芳茂，暨族党诸先达，皆不及专状，敢告申敬。何时谱亭叙拜，以罄鄙怀，家兄两次附致谢臆，等几魁照不宣。

与刘文廷书

欧阳玄

玄手书再拜上文廷博士提学相公：

玄往夏去国，同列中以不获一言以别为憾。客冬还乡久之，又以不蒙一纸之寄为欠。今夏忽睹除目，承有儒台之擢，既喜且骇。其喜则以国初甚重此职，覃怀许公由是拜左辖，亦愚叶公由是拜右辖，大德中吴兴赵公由是入为侍讲。吾文廷居之，允惬士论。其骇则以迹离翰苑时当揆力勉留，其言以为斯文渐觉人少，仆抗言荐数士为代，如文廷皆其列也。当揆盖尝诺之，今忽外补，非文廷求出必不尔也。已而果传有子夏之戚，闻之胸次作恶者数日。

昔有三人闻客言虎患，一人蹙额大甚，仆其人也。才不才亦各言其子，往年尝以此致心疾，后来熟思之，理数自然，皆有乘除修短存乎其间。暮年晝伤，亦复何济？不若姑听造物所以与我者何如耳。刘仲宾行，亟此代面，外有一启，极知剩出。或可助发一莞，聊以宽君之忧也。仆态胜旧，近又苦痰晕之疾，但夙缘无涯，竟日为人造绮语业，殊可厌也。豪楮草希照亮。

勉男守孚书

朱英

予猥以驽劣，冒时显位，愧负多矣。然功名事业，惓惓吾子者，岂有他哉？盖欲相与勉竭身心，共图不忝，以成家世而已。岂意春闱之捷，又寥寥无闻邪？夫取士至三百五十，贤路大开矣。天下知名之士皆入网罗，主司公且明矣，而吾子尚不偶，命邪，学邪？

或者以为命，而吾独不然。姑以吾子所知予生平者言之。早以昏弱之孤，赖先妣教养，期在成立。自十五六遣入学宫，随时游惰，莫知所从，人莫不以为愚。至十八九始知奋发读书，间将《四书》流水诵读，题目不拘长短，学作四五篇。虽草于稿，即识于心，向之所谓愚者，渐日为之释矣。至二十二三，通将《易经》题目流水改作，不拘程式，截长补短，变而通之，皆为我有。辛酉赴乡试，初场七篇，皆夙成典雅。二场论表，皆窗下成稿。惟策学未详，初学用功未至，不偶而归。志力益励，自行严立程限，凡书之艰涩者夜读之，平易者昼读之，卧起以困省为度。每于早饭后午饭前，定作课一二篇，虽人事或误，于事毕后补作一篇。每题既作长篇，又分作短题，破承数条附于左方，以备玩肄。久则与心为一，自然不忘。间令同心知己将书流水揭问，逐一应曰：此篇某人旧文如何破作，吾今如何破作。彼此长短，随问而答，无一放过。且玩诸儒论注中，有可为行文之助者记之不遗，可备对问之助者汇以成册，如此日新，未尝或怠。尝从容斋舍，归省田园之间，优游厌饫，温习自若。当此之时，家贫亲老，百事无聊，薪水虽劳，齑盐虽苦，而庸人贱子白眼相看者不知其几，未尝一系于心而或怠者，志欲笃而业欲修耳。

窃自念曰：使人学近颜子地位，又何贫贱富贵之有？如此者又三年，应甲子乡试、乙丑会试，场中题皆平昔熟知见成，殆求什一于千百耳，信手挥之，晡即出场屋，何尝秉烛以待更深？惟以此取功名如拾芥耳。

成宦之后，罔敢怠心？困学励行，至今犹愧，是皆吾子耳目所及，非过为矫激也。以吾子之姿禀、识见、议论，皆过于我，独笃志读书作课著实功夫，殆相远耳。汝虽三赴春闱，往返六年之间，所作文字不满二百，可为矜式。程文嘉言成说，未尝留意记诵，随时扭捏，希冀侥幸，以此求进，何怪乎功名迟早，吾与汝之大不同哉？

大抵士欲涵养造就，务成贤人君子之事业为难，至若从事章句以希世取名，亦中人以下之资所常能耳。今吾子有可进之资、可大之势，既无饥寒之忧，又无身家之累，诚痛追前悔，维新另图，闭门谢客，寡欲清心，严立程限，经书传注，熟读详玩，买纸千余，装成课簿。每日自晨至午，将经书题目，不论长短难易，逐一改作。体段辞语一效刊过程文，务要通畅，言必有据，毋事扭捏。太简无文，破承尤宜切当，使人一见不忍释手。破若不精，其中虽锦，主司未必入目。昨见会试题目，吾已知汝必为所窘，至于历科论题，皆为吾子拟定在册，惜未经手作过，寸晷向就，何以动人？《策学》《策海》《史鉴》等书，亦须留心熟玩，以助行文，以备对问。如此勤力，则心与理日相涵，身与事日相安，而所知所行者日益深且固矣。三年之后，识见必高，学问必博，而文不惊人、名不魁众者，吾未之信也。又况三场精熟，一理贯通，非但可以为文章取青紫，即而推之，则凡所以穷理修身、致君泽民而成贤人君子之事业，亦于是乎备矣。

嗟乎！昌黎大儒，尚三试礼部而不偶。梁灏饱学，亦八十皓首而成名。吾汝何人？敢求近效？昔人谓年少登科大不幸，良有以也。慎毋安于小成，毋狃于近利，甘心人下，以负先师凌掌教训也。若夫尚仁，于我犹子也。可以吾言告之。

与李士常书

李东阳

奉别来屡勤教问，甚寡裁答，即有所答，必出冗迫，苟具简牍书名与姓通问候之礼而已。虽欲执笔觇缕略布所欲言，竟不可得。平生每自怪习惰成癖，其于世事多所阙失若此，则非惰之罪也。仆居京师，久多知识，岁时来往，非惟人所责望，抑亦事理当然。加之应答文字，逋负崇积，动经岁时，率意为之，出不偿入。又不能杜门自谢，远同隐人，纵能极力排遣，不过人情细事，其于分内何所裨补？自滥官职以来，不减十载，学业未就，旋已荒落。每命志役气，自谓足以妄攀古人，而弃本逐末，违道日远。即令委靡沉溺，与草木同腐烂，则又倔然莫肯降下。其心愧耻，若为人所唾骂摈斥者惟有是耳。岂处之非其地而进之非其方邪？

然得良友者为之依归，鞭辟警策，使不得自肆，或犹有可冀者。此仆所以不能自已者。

吾兄信古好修，勇往自遂，不在子路之下，宜不苟然于世者。而又独处远地深思静学，志无所乱而气无所摧伤，造诣践履与日俱进。古之人学成而后仕，此仆所愧于吾兄者也。仆求友于四方，如吾兄者不可遽得，况以倾盖之旧，承通家之好，在分不为薄，而在义不得疏，此正仆所宜日夕左右者，而又隔绝于此，奈之何哉？然仆闻之，古之学者必资游行，以广闻见，未尝自以为足，所谓自一乡以友天下之善士，傥翻然一来，于仆固幸。仆虽庸劣，亦岂无所报哉？仆在此所恃以为益者，惟时用为多。时用之意，亦与仆合，不识吾兄以为然乎否也？

阎提学南巡未至，及是时先暑而至，不妨按试，不然则继今以往，毋吝书札，以贻诲言，亦所望也。老先生遗稿近颇条次，但更录数手，讹谬实多。旧草残缺，猝未能办，须缓图之。此事至重，非面尽不能既也。《晦庵语录》一部，用供览观，伏惟照察。某顿首。

与方石先生书

李东阳

近得山字韵诸诗，意气激烈，令人感愧不能已。日惠数绝句，寄兴愈高，却未有甚解者，而鄙吝之释亦多矣。司成之荐，舆论所归，盖当习俗波荡之余，必得清德重望，乃可廉贪而立懦。所以培植根柢，树揭标帜，风厉天下，非分一署、领一务者比。先生虽远引高蹈，邈不欲与世接，而天下之士未尝不一日属望于左右也。况剡章一入，遂契渊衷，虽平居职事，未尝周旋旒扆，以廑顾注，而圣心明睿，辄记姓名，以为荐稿之所屡见，特加优擢，出于常格。于是朝野内外，竦然生风，知公道之不亡，文运之当有复也。

说者谓先生抱道自乐，或不为劝驾所迫。仆则以为出处之分，视义可否而已。南雍之辞，词意恳切，朝廷俯而从焉，固已成先生之志矣。今圣天子方重士风，采舆论，有寤寐英贤之意，此数十年之所仅见。先生何忍不幡然就道，以一副宵旰之怀乎？且君子之所以安于处者，以道之难行也。今既有行道之地矣，而上下无方枘之沮，左右无掣肘之患，盖将举一世之名教付之先生，而听其所为，先生亦何惜不一出以毕平生未尽之志乎？若又以为事不可以预料，功不可以必成，苟出焉而有所不合，则所以处者固在，浩然而归未晚也，又孰敢强其所不欲而曲为先生留哉？

仆任重力微，侥躐已甚，正韩昌黎所谓行且谋引去，而柳子厚所议以为非者。乃以是言为先生计，宜亦有不见谅焉。徒恃平生之知，犹有足信，而是言也非一人之私，殆一时之所谓舆论者也。瞻溯之余，不胜翘企。刘、谢二先生同此致意，谢别有书，并希照察不具。

与刘东山书

李东阳

承抵家后两寄书，后书尤详，中所叙多田园间乐事，令人叹羡不能置，而世情民瘼，则肉食者所深愧也。草堂赋石，诸者久不至，近稍物色之，云已误送他处，且将续补，果不补即当别图奉寄也。阅岁以来，荐剡屡上，斯堂之乐，恐不可久淹。四方知旧，每以执事之去为疑，且以不克留为不肖咎，诚亦有不容逭者。斯赋之作，益以重吾过耳，而又欲补书之，不已惑乎？仆不意今春复莅试事，偶值奇变，处之极难，嫌疑既露，不得不有所更定。而冒怒取怨不能解，执事乃以文体之变为誉，无亦姑以是慰其抑塞拂郁之怀乎？

仆生也拙，无丘壑田亩为终身计，坐是以未能勇退，此执事所素悉。武昌之产，尝累尊怀，地荒路僻，恐终不获自遂。今秋病痔逾月，呻吟展转中，念常州为先祖妣诞育之乡，先祖游寓之地，风土腴厚，去京师坟墓不甚远，已决计于此置田数亩，聊以系情志，图去就。岁稍益之，傥不能俟益，则尽鬻新舍以供其费，亦粗可办。断不至进退狼狈，以贻识者之笑，为知己之忧也。方具书宜兴，徐先生及武进亲旧待报而举，不敢不亟告执事。

执事闻之，颐不为一解乎？方石新命，不识肯一幡然否？恐所欲闻，故不及具。

答乔希大书

李东阳

走处身无状，不能勇决必退，以逃贪冒之讥。夙昔初心，中间事势，皆希大所深信而洞烛者，无容喋喋。第闻迁转官僚一事，众议以为不当，此有不得不言者。盖詹事府、左右春坊、司经局四衙门，乃国朝定制，今通无一员，是百余年所未有。坊、局诸印，例皆内阁委掌，不过寄之翰林。翰林学士，未闻有一人带管二印者，既非吏部所得具缺，岂可不为之处？翰林迁转，非九年考满，则纂修书籍。自逆贼擅权，老奸附和，四三年来，修《会典》者退降升职，修《实录》者挤黜大半。当是时，旁观坐视，不能救正，咎有所归，后虽稍稍复旧，而资格尚淹，员数反阙，变而通之，势不能已。

彼此兼职，固是祖宗朝深意，明旨昭然。向时单除，是故为惜耳。若谓宫僚无故，不宜预设，则成化、弘治之初尝为之矣。宫保太少，又其大者，非惟历朝之所不废，而今亦有之，且嫌于无阳，固宜有深望而预待之者，必欲尽虚其职而后为当，可乎，不可乎？若又以为秉钧衡而植私恩，则凡掌铨曹者，查缺选官，乃其常事，亦将避此嫌而尽废天下之官乎？况今迁转之官，有当日考满者，有满在数月者，计资算历，无益有亏，怨骂之声，不绝于口。盖当拟议之际，亦为朝廷靳惜名器，而非敢以相徇也。顾外招物议，内咈人心，公私之间，两无所据，实由识计疏浅，处置乖方，即此一事，敬闻过矣。知我罪我，其将以为如何？

柬西涯先生

杨一清

连得手书，穷边寥落中，不胜慰藉。知近来柬札所及，如仆者仅一人耳。顾仆何以堪此，感愧感愧！比事想宁帖，冬间套中贼情，决不敢保，恐非书生所能独当。况陕西武备废弛之甚，极力料理，只办得二三分，而武安债帅，拥虚位、失人心已久，奈何为处，今亦不敢不勉。凡百以身任之，利害进退，皆所不暇顾。六月十四日，贼到兰州金城关下，若无前奏留官军，其害不可言也。今虽无杀获之捷，幸不失利。仆七月初九日至兰州庄浪，炮火不绝，道路阻塞，却再不曾犯兰州。盖彼亦知我有备故耳。靖虏边防，颇区画停当，今冬想无虞，姑未敢言及。

盖士夫方恶闻修边之说，此事当为即为，以佚道使民，无所不可，不然今贼势如此，既不敢保其全胜，则慎封疆，守要害，设险自固，以逸待劳，斯得策也。又避而不为，然则若之何其可哉？大抵今人止可与乐成，不但凡民为然耳，此中曲折，难尽难尽。募土人使自为战一节，事体相宜，人心乐从，非如所谓招募籍民为兵者也。冬间贼果内侵，必获此事之用，今亦未敢尽言。

柬东山先生

杨一清

翰教勤恳，极感至意。北虏入套已久，未尝侵犯，东见于高家堡，西见于宁夏河东墩台者，数亦不少。而沿边一带，瞭见烟火，无处无之。此其奸谋尚未可测。仆十月间大阅镇兵于固原，十一月大阅边兵于花马池，皆号数万，先声伐谋之意也。兵聚而即散，分布诸要害，声势相接，如贼犯某城堡地方，所至为正兵某兵出其左，某兵出其右，为两奇以应之，某兵继其后为援，随处皆然，联络如贯珠。又多藏兵于素所无兵之地，至则出其不意，易于取胜。大要避之于沿边广远之地，而图之于乡野村寨阨塞之区。贼诚似先年深入，恐难以善其归，顾此贼今不窥我之西而潜寇我之东，若解此机者然。

延绥东路兵马精强，无足为虑，况又不能深入，不过觊觎近边而已。向者兵机一疏，以去年曾有此机而失之，故先事预图，欲待其千里深入，有机可乘而为，攻其所必救之计耳。非敢轻挑强胡，无故启衅，奏疏中亦已明白，不敢不慎。

承谕使人以器之说，愚意正与此合。贱目积劳与热，旧患大作，余情不及缕缕。

与内阁吏兵诸先生第二书　　杨一清

两寺新命，人心耸然，精采百倍。诸被改擢者悉皆砥励鞭策，用图报称。往时颓靡废放之风，为之顿革，顾习玩已久，人犹未知所重，其参政、佥事、改卿、少卿者，同事且哗而轻之，亲友问讯，辄出唁语。若以为堕坑落堑云者，流俗之难晓至此，此固不足深恤。然转移之机，在庙堂一筹运耳，何则？二寺体势素轻，今虽奉有明命，而朝廷所以待之者未审何如。以京寺待之，是亦京寺而已矣。以方面待之，是亦方面而已矣。此其故不可以不讲也，若一切循常袭故，不加隆重，则空言无据，何以歆动人心？

至于考语一节，关系尤重，盖巡抚、巡按与二寺政务不相涉，考语无凭填注，未免询诸二司，二司未免询之知府。往者弗振，实坐此故。今不为之处其事势，恐又渐堕故辙中而莫之能救也。详具奏牍，伏惟察之裁之。

与内阁吏兵诸先生第四书　　杨一清

茶马论列，已罄其愚，虽未敢自以为是，要其事势不得不然。其推原祖宗立法本意，恐是一段大议论，似不可少。所患私茶不易禁，官茶不易积耳。大抵茶是本，马是利，无本则利将焉出？

官买固顺，以输运之艰，故有招商之议。商贾固便，以价出之难继也，故复有官卖之议。行之数年，茶司各有数十万之积，则金牌可复，然仆前所言差官一节，又不可不预为之思也。

至于四川东乡、利州诸处，诚今日私贩之渊薮。其地密迩汉中，宜附陕西巡茶提调，不然禁之于此，开之于彼，譬之治水不于源头理会，而徒遏其流，恐奔放溃决之势终不可遏。余惟主张国是者采择之。

与内阁吏兵诸先生第五书

杨一清

清地募军文册，差官奏缴，监牧之政，二事为先。顾兹政初举，佥谓草场为土人占据已久，决不可复，必复之，恐激土达之变，而总制秦公尤主是议。某熟知此中情状，恐喝摇撼，乃其故习，不足深恤。懋简练事之官，分投清理，凭据籍册，尽得其实，徐谕土人，听其附诉分豁，改委他官覆勘。凡辞有可指，及情有难堪者，稍稍还之。奏疏中所谓宁亏牧地之额，不敢失众庶之情者，此也。至再至三，其情已尽，其辞已屈，然后树立封界，分地授军。地有定额，军有定止，草场既复，人情亦安。向之群咻众哄者，今何如哉？

至于募军之令初下，任耳者习于往岁延宁招募之弊，间生疑议。殊不知积年逋逃，势既不能驱之复业，而盗贼奸宄皆此辈为之，将来贻患不细。今收集以归之官，官获其用，彼安其役，门攒户合而力不孤，什伍团结而官可考，固未尝取诸见在有用之人，而贻损此益彼之诮也。疏中亦略及此，诚惧传闻之失真，听察之难凭，故哓哓云耳。若以为自衒伐，岂某之志，亦岂明执事之所以见待者哉？大抵天下之事，在见之真，行之果，若徇流俗之论，则无可为者矣。

与陆提督都宪书

杨一清

不意流贼之变骤及江乡，上则南都根本之地，下则东南财赋之区，关系至重，鄙怀不胜悬切，不独同室被发缨冠之义而已。去年已尝虑及此，屡言之诸老本兵，以事势未及，未有所处，亦尝致书巡抚、巡江及敝处府、卫，使知此意，早为设备，不知曾留意否？而今果如所料矣。

计此贼百战之余，虽甚勇黠，顾本不习水战，制之宜无难，第恐得我逋降，驱彼迫胁，怵之以刀兵，啖之以财货，则我滨江盐徒游食鼠窃狗盗辈，皆彼乡导，皆彼精兵也。不早扑灭，则根本为之动摇，贡饷为之阻隔，其祸有不可胜言者。正意当此危急之秋，诚得如执事才识威望，而又习知江南事宜者，往领安攘之寄，必无不济。方谋议间，忽得来翰，毅然请行，闻者称快。本兵即如所拟，但愿以拯溺救焚为念，星驰前去。量带西北劲兵数千人，半驻江北以为声援，半渡江南以备截杀。彭提督、仇总兵人马，亦于南都以东，随便屯住防遏，一以壮金陵之保障，一以为瓜、真二坝之防，有急易于征调。至于召募乡兵，求间谍，悬重赏以待之，术取计破，用收不战之功，又执事之所稔知者，不赘言。

此穷寇也，譬之困兽，不宜急斗。镇江以脆弱不练之兵，婴其初至之锋，取败固宜，而志则可取，较之闭门畏缩者不同。是宜怜其志，姑贷其罪以责其后功，则人知自奋矣。指挥孔涌素以骁勇闻，杨能又出京营，二人号为出色。今皆丧败，傥不见弃绝，或可收之桑榆。掌印指挥陈章，廉静不扰，爱养士卒以固人心，无出于此。且镇江蕞尔之郡，骤屯重兵，外而防御贼寇，内而承应上司，劳惫可知，可役其力不可征其财，二者并征，则驱之为盗耳。当于他郡县多方区画钱粮，输送前来，以备供应。严有司科派需索之弊，此止盗上策也。况镇江卫官军粮饷，经年不得支给，屡奏有行，未闻区画，怨声载道。怨极生变，难保必无，不可不虑。

又思此贼出没无常，闻大军之来，或奔淮扬、通海二州以趋山东，彼之计常掩夫不备，而我之患常生于所忽，故淮凤之兵不可尽撤，山东之地不宜全虚。察之图之！

复黄巡抚书

杨褫

窃惟天下一家，而吾乡吾邑，则一家最亲者也。万物一身，而吾乡吾邑之民，则一身之最切者也。今夫庸夫庸妇，苟见其家有卒然疾病濒死之祸，则莫不皇然捐金币思救药而奔走之，如使其最亲有卒然疾病濒死之祸，而不知捐金币思救药疾奔走，暨不假食与饮者，抑大惑也已。天下浑乎一家，万民浑乎一身，庸夫庸妇诚未易达此。若夫大人君子，秉深识远察之明，究天地万物之理，其将不以为诚然邪？夫今之列鼎食，位通显，能念切疮痍、恫瘝藜藿者，恒相求而不相遇，况辱来谕，敢诿之弗闻，顾虚盛意已乎？

今夫常德，故湖省瘠郡，又当水陆之冲，愚民仅务农桑，而工贾之利率归他省，山泽之入又隶入藩封，是故一罹水旱，坐毙立见。然守令达之监司，监司达之台省，执事具不烦谘诹，亦尝知之矣。而执事亦自许曰：彼危且亟，我知之尚忍立见坐毙哉？亦将往而救之矣。某虽至愚极陋，亦曰执事抱希文先天下之忧，奚俟彼喁喁然呼？而望之者数数，夫然后往救之哉？抑地隔势悬，虽寄耳目广延访，殆难免于覆盆之遗耳。如某负疴谢归，敛襟间谣之余，日与诸野老披草班荆聚谈，故知之颇悉。夫今日之患，实非他郡他时可比。闻诸天顺八年、成化五年，虽尝以灾告，第未有若是之酷且烈也。夫岁饥而变若田产，鬻若妻子，此常情也。乃至悬膏腴之田，廉其偿以缓旦夕之死，累日积月而竟无与易。始也斗粟易妻，升粟易子，继则不责升斗，漫以与人而弗之顾，势何岌岌哉？

民饥斯起而为盗，自古然也。彼暂不滨死者之家，有数斛之储，群噪而夺之，甚者三五成群，伺肩担背负者，挟刃露梃以相待。若深山长谷，纵暴流毒，尤有不可言者，吁，其忍闻哉？加之疫痢交作，涂嗟野哭之声，菜色鹄形之状，虽郑侠流民之图，未尽描写，而富弼青州之疏，亦难悉指陈也。况前此近山者，尚有蕨可采，近湖者尚有蓼可掘，今皆尽矣。此后事变景象又不知何如？所幸执事赈贷之令既下，始远近欢赖，复萌更生之想。

夫一掬之水，知不足以沃焦釜，然使吾民犹得后一日而死，则亦受赐多多矣。父母拯援其子，忍一试遂中辍邪？夫发仓之策，只今日然眉之急计，所以善其后者，毋亦早见而豫图之。兹种牛俱缺，春农无所资，有秋曷望？纵自今雨旸时若，亦无具承受，又递年拖欠额办，暨坐派物，每项银以十计。加之催并禄折，追赔夫价，譬之羸人，重负既压其首，又縋其足，寻并其所负者，竟胥失之矣。况公私俱仰给于田，田实全赖乎牛种，其得不豫为之所邪？

夫天下其家，万民其身，执事之心也，而武陵之民亲于家、切于身者，某之私也。非恃执事有仁天下之心，固不敢必求遂某之私。先民有言：求生凡可以缓死者无不用，救亡凡可以存存者无不为。执事幸垂察焉！

奉大司成绪山先生书　　萧禹臣

不肖自丙戌冬进谒我先夫子，遂得领教范于龙冈之侧，至是始得闻致知之学，少知趋向。后别居父任萧山，蒙赐手教频频，益知自励，以期无负我圣师贤友引进切磋之力，无负此生得闻此学之幸。然志或有余而力实不足，且资质愚劣，自分终其身以无所就也已。戊子春，家君命归籍，随诣越城请益。时先生归姚，遂不获见，蒙王龙溪先生及唐子昆季同宿书院，复领教益，于头脑处似亦有得，别归笃信此学，真百世以俟圣人而不惑者。但敝乡僻处湖南，人文鄙率，间有豪雄，大都沿于时好，于此学漫不知讲。不肖虽每言之，亦多诋笑不信，离群索处，几复以死也。所幸良知本体，时有未息，每于日用间自家体贴，颇觉有下手处。然无友谊挟持，无所取正是非，卒亦无大发明，而区区之志，则尚有不敢自诿者。

丁酉，不肖获领乡荐，喜北上得亲先生，愿弃旧业，一心此学。以圣贤为依归，虽世之荣辱利害不顾。至京则闻先生家居，不遂愿见，益切企仰。下第南还，取道自浙，将渡江而西请教门下，至杭乃复闻先生北上矣。人生会合不偶，良可叹也。回籍未几，即欲过北了事，意得见先生假馆受业，以期精一，又以家贫亲老，未遂起行。今春将欲治装，而家君不禄罹大荼苦，无所控告矣。意者天其限量不肖，使无所成立已乎？不然，何遭逢之若此也？

迩来彭山先生开讲岳麓，不肖辈亦侍门下，然敝地路冲事剧，彭山率多不暇，且以公门限隔，亦不能朝夕进见以淬砺之也。窃意学之不讲也久矣，人之不相信也深矣。以久不讲之学，继之以深不信之情，而吾之所讲者，又皆出口耳，而无身体力行之实，则人心重自疑畏而叛之矣，无怪乎戚嗤非笑之接踵也。若是而望道之明，其可得哉？且天下之理，本有一定之是非，而人心之灵，本有自然之好恶。是非出于一定，好恶根于自然者，吾心之良知也。知不蔽于私，则无入而不自得，知或昏于欲，则无行而不自馁。自得者得此者也，自馁者馁此者也，此其天然自有之发，有不庸一豪强假者也。吾观今之学者，非不自知病之坐馁也，而迹其所行，复相背戾，岂知良知之有出入乎？抑不能致其良知，而卒蔽之于欲也？若有扫除廓清之功，一刀两断之决，其于事物当自有斟酌，而必不为之惑矣。抑不知扫除廓清之功，一刀两断之决，果何以致之也？近辰州杨月山以公干过此，朝夕相讲，渠于此义亦甚见得真切，亦可谓有志而不负者矣。先生以同门入室之哲，传道觉人之责，其所以振励风化、裁成多士者，固以超凡而入圣矣。不肖虽在荒陬僻壤、衰麻哭踊之下，尚欲有请以私淑其身者。伏惟先生轸念一体之学，不吝恳切指迷，仍于同门中之过敝方者幸有以告之，使不肖有所藉以成就，亦不负先师属望先生之重任也。

壬寅之春，不肖当服阕北上，领教尚有日矣。兹因敝乡黎同年，便谨此奉问。黎号湘亭，亦志学士也，幸进教之余，惟矜其愚，悯其志，恕其狂，而与进之。不肖不胜惓惓。

复林巽峰先生书

萧禹臣

窃闻君子之于天下，固贵能自树立，然上智不多，中材亦罕，其所以振作激励之方，不能不有待于司世道者焉。恭惟我公秀钟八闽，气横四海，蜚声禁苑，著绩名邦，卓哉！间世之奇英，允矣斯文之先觉。天不弃潭，乃荷借寇，莅任未几一年，政声遍达千里，士民增色，远迩承休。且于卧治之余，复轸斯文之念，悼末学之支离，悯词章之陷溺，大昌心学，仰跻圣贤，惠莫大焉，会非偶尔。某不才，幸生兹土，实庆躬逢，乃缘父丧居忧，未便请谒，领教之私，徒切瞻仰。迩幸开讲岳麓，猛欲借杏坛之半席，醉洙泗之春风，又以老母于四月五日病故，盈门酷祸，父母继亡，哀毁几绝，已无复人间念矣。时闻荣陟戒行，而初丧累服，莫遂愿见，惟增怅望。

昨偶得杨医官颁赐佳制，不肖含哀拭泪，匍匐展读，不觉怃然叹曰：不肖不幸亦至此也邪！联失怙恃，荼苦摧裂，其不即死以徇二亲者，徒以先志未终，及愿学未成耳。兹幸大贤过化，乃以多艰未遂请益，人生不幸，宁有甚于不肖者乎？然不肖质虽愚陋，志愿不群，早岁随父宦于浙东，得游阳明夫子之门。尝闻所谓良知之学矣，寻绎几十余年，虽不敢自谓有得，然于天理人欲之幾，是非得失之辨，觉亦稍有发明。特以同门诸公，身体力行者固多，而徇名失实者亦不少，遂使我阳明之学咸嗤于天下，谓非吾同志之罪不可也，以故不敢窃以道学自名，而其志则未尝敢以自诿者。

往岁彭山寓府，不肖亦尝以岳麓之讲请之矣，然实阻于承天之役，而振励之权，若将有待于我公也。朱、张再见，山岳重辉，岂直楚潭士民之幸哉？而实天下斯文之幸也。乃复开心见诚，锡以珠玉，招致诸贤给之廪饩，共成此志，所谓乾坤事业，圣贤规模，盖已素养于平时，而将发扬于今日矣。继往开来，成己成物，甚盛心也。特以不肖方切师资，而遽尔言别，虽当颠沛衰迫之中，而不能自已于秉彝好德之念。

敢因来教，窃有所请，以指迷途，以端趋向，以私淑其身焉。庶乎所谓并情前哲，补报明时，为光岳麓者有所藉以自励，而不负属望汲引之惓惓焉。荒迷不次，俯候教言，临书不知所云。

上少师瑶泉申相公五难

艾穆

某最愚陋，闇于当世之故，误蒙相公降心下问，若谓沼沚涓流，真足以仰裨海渎者，此其心即周公吐握之心也。某方多病乞身，杜门俟命，读之终夜不寐，思沥诚以报。某惟相公粹德冲襟，茹纳万类，天下之人，皆谓其如高山大陵，含蓄云雨，如重溟洪河，吐纳元气，为能不动声色，而措天下于泰山之安。某窃怀忧盛危明之虑久矣，每谓士人有斯世斯民之志，不得行而托于知己者以行，犹吾行也。以故不惮哓哓，渎之太原相公之前，而有不暇计其听我与否、罪我与否者，夫谓吾尽吾心焉耳。至于相公，则固知其休容之度，受天下若壑，而乃逡巡不敢以一言进。

孟子曰：责难于君，谓之恭。穆惟今之告吾相，犹告吾君也。窃谓今时事切要者，相公有五难焉。主上颐和穆清，朝讲久辍，而举天下以听于相公，君相血脉不易流贯，则格君之难也。天下洊饥，民死亡相续，所赖以起骨加肉怀结穷殍者，惟亲民吏，而今或有大谬不然，则安民之难也。天子予夺寄之宰相，相公操天子之所寄，而为天下之所奔，每多善入巧投，令人堕于其中而不自觉者，则知人之难也。袭套献谀，虚美熏心，无有设不然之事，为逆于尔心之言以渎听者，则反己之难也。各持意见，议论横生，朝堂之上，宛如聚讼，则定国是之难也。相公当此五难，天下理乱关之，而有不得不皇皇焉求以明四目、达四聪者，穆则以为格君难矣。宜因明而通蔽，如国本虽定，须及时册立以定中外人心。如易纳约自牖，遇主于巷，从容求成可也，安民难矣。宜慎选抚臣，而重墨吏之惩，诸以墨著者，令抚按不时奏劾，不得以任浅假之。若必待其罪状显著，而民之沟壑者已过半矣。

今天下大祲，道殣相望，此何时也，而可使墨吏一朝居邪？知人难矣，而其大要则易见焉。夫用人必先知人，刚介寡合为人不喜者君子也，柔媚易亲为人喜者小人也。于此辨之，十得七八。故执政者惟用吾私心之所不喜者，而天下服矣。脱不辨而误用小人，势必如瘿附颈，去之不易。昔王金陵以行谊高天下，至今人犹信之，以其果于自用，为一吕惠卿所卖，致乱宋室。此不知人之祸也。夫小人勿用矣，至其所用者岂必皆兼才完德乎？或有德胜才者，此贤者也，而使之在位。或有才胜德者，此能者也，而使之在职。在位在职各得其人，而天下有不蒸蒸向治者，未之有也。反己难矣，而此心本自至虚，反求即得，孟子曰：行有不得者，皆反求诸己。其身正而天下归之。自古名臣贤相，不曰人言不足恤也，思天下国家无皆非之理，而躬自厚，用能显序大业，而方轨稷、卨，何者？谓罪己罪人，尧、桀攸分，而祸福理乱之机也。能罪己则能服天下之心，而不必防天下之口。能服天下以道德，而不服天下以机权，自是庶人不议矣。国是难定矣，而定之者在虚心平气以应之，孔子谓：众好众恶必察。而孟子于国人之论然后察之，见其贤不贤而后用之去之。夫谓察者，察之于众而得其公是公非，尤必以君子之言为准也。见者见之于己，而得其真是非。知其论人者，又知其论于人者，皆与君子之言合也。如是而举之错之，不执意见，不昵朋比，人皆帖然称平矣。

《大学》论平天下在絜矩，而首言平好恶。《书》曰：无有作好，无有作恶，荡荡平平。陆宣公谓平章国事，如权量之无情于物，万人莫不安其分而服其平。此定国是之道也。五难皆时事切要，而反己与知人二者，又天下太平机括所系，为尤要也。此皆老生常谈，而穆忧盛危明以仰副下问者，卒莫有加于此。语曰：狂夫之言，圣人择焉。以相公休容好善优于天下，而见之采纳，固国家之福，亦相公之福，贤子孙不世之福也。穆多病，无能为知己者死，傥吾言用，即吾志行，而有不必自己出者，即槁首山樊，讴吟元化，有余快矣。

长年三老，泛万斛之航于大瀛，诸所习于风波之具，业已无不预。而操一叶轻舠者，又从而擢发细数，语之赘矣。乃长年三老额手受之曰：而我忠也，惟相公赐览观焉。天下幸甚，穆亦幸甚！干冒清严，不任悚息待罪之至。

上元宰王荆石相公

艾穆

某惟相公正直通于神明，精诚贯乎金石，以故上结圣主非常之知，两年虚元揆之席以待，三遣官督之起于家，六上辞疏，而温纶之眷留者弥笃。顷接邸报，知相公已还朝，必奉太夫人舆与俱，上谐圣明鱼水之欢，下慰苍生云霓之望。矧上天垂休，惠我有明，必笃太夫人之嘏于无疆，以究相公黄虞事业。

相公入而论思密勿，启沃圣心，出而归第奉晨昏，承欢亲志，俾忠孝两纯，为千古名相绝盛事不在兹与？喜今边尘已净，海波不扬，赖有君相一德在上，某虽跧伏草野，可无杞人嫠妇之忧矣。独以国本未定，圣心不断，而言者务以直激之，以急求之，致触圣怒而伤国体，不独于事无济而已也。某则以为此在元老相公调停斡旋于其间，而非直与急之所能图成也。夫龙之颔下有逆鳞，未易批也，虎之与人异类，而媚养己者顺也。诸言者但知逆以批龙，而不知顺以媚虎耳。

今中外之人，皆浪传宫中有谓世庙不立储而享国永，穆庙立储而享国促，以致摇撼圣心不决，果尔则又寻常大都人情之所不能无惑者，似未可坚执常理以重违之也。某愿相公未可逆之如批龙，姑顺之如媚虎，以顺之久而后逆之言可入，顺之极而后逆之事可图。是顺所以成其逆也，逆必有资于顺也。徐俟中宫无生，圣心觖望，或微有机括萌动，即迎机而导，乘间而入，为元老大臣者，婉言密陈，内以开其蔽而祛其惑，通纳牖之明，以冀于巷之遇。外之言者明目张胆，申明祖训立长之义，于时圣心必穷而无以自解，斯庶几易于回天转石，而大事可图成。吾故曰：在调停斡旋于其间，而非直与急之所能成也。

方今圣明举天下以听于相公，岂有此大事而不惟相公是听者？以相公得君之专，将举天下惟其所欲为，而赫然以相业焜耀万代，其事又孰有大于此者？惟相公从容图之。

与大司成赵濲阳

艾穆

仆楚之鄙人也，昔官燕中，数从士大夫后，窃窥明公之为人，如大圭不琢，大羹不调，绝立声利之表，非今世之人也。

居无何，仆以狂取谴，锢之圜土，荷明公拔群而顾，当是时，明公首倡同志，急人之困而抗援救之章，仆盖未之知也。别来万死之身，凭倚宠灵，不即膏裔土以有今日，快睹明公朴忠直气，茂膺殊简。今且躬操天子之炉锤，以陶铸天下士，而摅以人事君之大忠，计旦夕爰立，为世道苍生庆也。第吾二三同志，横罹口语，风萍散矣。说者谓有道之士，不凭意气，不堕俗情，善己善人，远谗消忌，信吾党亦与有责矣。乃至以是快仇雠，如国是何，如天下后世公论何？

野人惟恐入山不深，掩耳时事久矣。恃明公之知，为一泄其嫠妇私忧也。调停斡旋，潜移世道，是在名世者，附启申侯兴居，少抒十年驰恋之悰。伏惟崇照，幸甚！

与邱明府次峰

艾穆

肃二尹来，获拜手书，宛接芝宇，兼之大制见示。率泊乎希乎，有古之遗声焉！方今海内结轨，谈诗文者无虑数十百家，俱盛推李于鳞、王元美之作，以为上掩李何。今观其雄词逸气，凌压当代，殊令读者避席起敬，而棘喉涩吻之语，亦每每有之，则比拟者甚之耳。窃欲折衷其间，以图庶几于不朽。虽跃然在目，尚力难从心，如师瞽无相，老匠何以教之？家兄阜野遽弃人世，天之降毒痛于不肖极矣。

每惟平生撰著，至今乡中犹能赏之，可谓有振千古之才，而殚于邃诣，已命侄辈汇集，以俟异时加之商榷校订，梓之传家，犹阿堵中百万贯也。怜才知己如翁，幸为阿宜生再造之感。

不肖以先兄故得肆力于文章，然先兄自不可一世士，而其处心则甚虚。曾记童时每与操觚为举子文，见不肖稿则匿自稿不登，后不肖偶府考落名，则移书姚府公曰：予弟每与对案挥豪，且有令伯氏缩手处。迨读不肖古文词，则又抚膺叹赏之。至京中睹不肖恒阳之作，为书勉之曰：予二十年良工苦心，犹仅仅若此，不意弟一旦超然有得，何论恒阳！行且与上都诸名家抵足论烈，愿寒扃中重续子云之元，务究竟所至可也。乃今忆兄言如券合，信知我成我者莫如兄也，胡为大命不延，令我吁天无从？拟撰行实，求王凤洲墓志，汪南明墓表。二公盖当代作者，借之阐发先兄潜光，非独借重高官之手也，业令侄辈磨石以待。

不肖叨满者三月，惟是殚贫官之力，购图书万卷于闲曹，日夕遨游其中，不复问除目。憾彼美一方，无由相与论交千古，幕阜连云二山灵，久在吾胸中。以故持气岳岳不下，卒莫能袭善官伎俩以取妍于时，使二山灵不在胸中，则声利之态浸寻几化。夫轩乘非荣，岩栖非辱，惟达人一之。今世仕宦谈山林，便谓无志气，此其俗状可憎矣。且让翁作□，终当与不肖鸿沟耳。因翁言并及之，呵呵，悰私缕陈，不觉多赘。

与学宪蔡青门

艾穆

昨年敝楚学宪公缺时，弟语诸人士曰：新学使来，必伯华蔡君乎？此君无论文章领袖诸章缝，欲侍端师，非伯华其人不可。居顷之，报足下茂膺新命矣。人皆神吾之言若操券，而不知声相应，气相求，即寥逖千载，越绝万里，若天动神合于一堂之上，又奚疑于弟之料足下有今日邪？第十年前同患难兄弟，今皆风萍散矣，求一握手开口不可得，而吾楚云梦八九之灵，乃能为我来足下，将全湖之精英化秘，尽收之而泄为篇翰，以直追屈平、宋玉、唐勒、景差之遗风，气概之鼓动诸人士，罔不云蒸而龙变。弟得以颙观其盛，不谓有厚幸与？

吾楚在昔称名学使，如少华许公、□石乔公，皆能以文行倡兴多士，收公明作人之效，几空同振铎大江之风。矧足下人品出二公上，先声孚格已久者乎？弟以是幸楚士之有遭也。第楚之士昔也朴，今或浮靡矣。昔也介，今或脂韦矣。昔也厚，今或佻达矣。昔也毅，今或阘茸矣。此其作之实在足下，夫谓金之在冶，泥之在钧也。又始进自干进者多，而始进轻矣。夫进一有力者，则阻一寒士之进，此幸窦之所宜杜也。足下家邻于楚，杜之宜严，兹固无待弟赘矣。

弟年来洊罹家难，须发种种成翁，一切世情，了不干涉。独平生抱山水之癖，怀五岳之仰，顷且走书约沈纯父、邹尔瞻为洞庭、衡岳之游。乃纯父欲归不得归，而尔瞻报弟书曰：老亲尚未徼一命，终当视丈为进退也云云。弟旦夕将裹粮独往矣。弟今如伏蛰之虫，颓然放于山泽萝薜之深，不复知有人世，与其若二三同志者落在赵孟套中，岂若偃仰烟霞于长林大壑之间？即不能如黄鹄之摩九天，庶几与鷦鷯、鴳鷃共适其适乎？此隐衷非足下不以告也，薄将愧不成享，亦不复袭套具贺书，惟赐鉴亮不宣。

答云梦孙山人

艾穆

仆以幸直之性，忤时触宪，自誓剖心裂肝于殿陛之前矣。赖天之灵，犹得以仅存余喘，归见老母，始谋以短后之衣从塞上也。此由狂瞽不量所致，而足下为我怜之，远烦长翰，惠之大篇，若九天咳唾，一旦落吾掌中，令奄奄就木之人，漱芳挹润，嘘枯就生，此之为感宜何如者？而足下意气翩翩，不于兹可征邪？足下握瑾不售，含光匿景，而托之文采，其为人孤介逸俗，海内呼为山人。假令足下翱翔青云，置身朝廷之上，岂能与世之须眉妇人，竞为妖冶之态，以取妍时眼媒显融邪？是仆之所不为者，信亦足下所不为，而足下喜今仆之所为，犹吾为也。

仆自燥发受书，见古之达人，以死为生，以辱为荣，以贱为贵，用能浮云世态，旦暮万古。而遐览宇宙之表，每私心高之，持此以观之，取于搏击不难一决者似之矣。然或以天子、宰相为奇货，而借之惊节树声，吾又未始不略其行而详其心也。仆今日者其或有类乎是邪？此又仆之罪。仆居冷局十年矣，旦夕当补外得热秩矣，特以事关纲常，致动天变，不得已而当其时，即七尺躯吾不能有，而况其他邪？此仆所以旦夕悲心，流贾生之涕，而慕屈平之沉也。恃足下知我，为吐其愚，贱体稍妥，拟束身造河湟戍所，异日者即无能北策胡，西策羌，从介子、延寿后以振奇万里外，尚期于荷戈之暇，取足下篇章，歌之塞上，当与古铙歌鼓吹呜呜相答响。于时助我清狂，发之天窍，造物知不吾禁，即投之绝徼，于此兴不浅。肯呢呢为儿女子悲邪？教末即田画告志完之言，惠我大矣。

移胡生云从

艾穆

仆于足下非有平生之素，倾盖出肺腑相示，不自爱而爱足下，冒父子必不能相信之嫌，于二三直指一旦援之九渊，而欲其覆盆见日、羊肠化坦者，盖怜足下之才，而又冀幸足下之有悟。收桑榆之力，救东隅之失，如太空重云，欻尔开霁，万象不失。使人皆见之，天下信之，则足下一变，便殊绝非复故吾，而仆亦可以有辞于当世，无使人谓某氏子以风节闻天下，而其取友有不然也。前致书援周处、戴渊二公故事规足下，意盖在此。乃足下故态犹存，惟知以奔竞为快意，视交结为良图，疲神殚力，用财如土，费酒如川，惟日不足，可谓许子之不惮烦矣。况党与非人，如入鲍鱼，与之俱化，至是而足下之反己求新，无复可冀，而仆亦悔于厥心，誓从此断吾臂不为人假一字，障吾面不敢见一人，充吾耳不欲听人之有口，死吾心不复见可欲而乱，得保吾硁硁之介，为全圭完璧以终其身，而不致半于九十，是足下非所以为吾累，固吾好修励行之资也。

孟子曰：人恒过，然后能改。困于心，衡于虑，而后作。足下之困衡非一日矣，果待何时而作邪？谚云：牢狱，福德堂。此语最有味，惟达者得之为此生受用。禅家谓灭动心不灭照心，即吾儒明善诚身指也。足下素好禅，今动心不灭矣，照心何在邪？蘧瑗行年五十，而知四十九之非，卒之名德烂然，与孔圣同光，照耀千古，不可及矣。如周、戴二氏，一遇清河、云间，番然改行，至今有无穷之闻，此亦尔乡前人芳躅也，可不思仰止邪？且足下以结交为苦乎乐乎，荣乎辱乎，祸乎福乎？试一反思，当自知之。今以苦为乐，以辱为荣，以祸为福，仆殆不知尔所税驾矣。

或谓足下业已膏肓于此，一旦去俗从雅，离嚣即恬，舍浓趋澹，如猿鸟之入篏绁，将有性命之忧，自非天下之大勇，何能一变至道邪？嗟嗟！尧、桀转移，在此一念。前事之不忘，后事之师也。鸟之惊于矰弋也，思乱浮云以避之。兽之脱于罗落罝罘也，思凌高丘以远之。夫谓周身之智得于尝也，足下尝之矣。自谓予知矣，而曾二物之不如。仆阅人以来，如贵阳宋吉士某、西蜀姚员外某，皆以意气交游倾海内者。宋后谪参军，落职家居，今以伪印罹重辟。姚迁王官归，今家徒四壁立。二氏皆大败于交游，此又足下可镜也。

仆始望足下攻旧业，致身青云，终厥壮图，以报知己，今亦已矣。所望以前事为在车之鉴，无蹈覆辙以祸其身。况人皆信迹遗心，向之罪足下者信之平时，而今之议足下者信之一日。何者？谓其声著也，奈何不之思邪？苦言，药也。甘言，疾也。愿足下仰慕蘧瑗，希踪周、戴，息机忘物，励无求之操，坚食贫之志，有力则可赀而官，不则宜安分听天，无生心阶祸。且心迹已明，自可长啸物表，或明农治生，或立言为不朽，皆惟足下所为。《语》曰：天之假助不善，非祚之也，欲逞其心以稔毒而降之罚也。足下幸无逞其心而厚其败！

湖南文徵

三

〔清〕罗汝怀 编纂
邓洪波 主编

岳麓書社·长沙

文獻叢書

嶽麓書院

总　目

第一册

第二册

第三册

第四册

国朝文

第五册

第六册

第七册

第八册

第九册

第十册

目 录

卷三十六 书下

卷三十七　传上

卷三十八　传下

卷三十九　碑记上

卷四十　碑记下

卷四十一　神道碑铭上墓表　墓碣

卷四十二　神道碑铭下墓表　墓碣

卷四十三　墓志铭上

卷四十四　墓志铭下

卷四十五　行状诔　事略

卷四十六　祭文上哀辞　告文

卷四十七　祭文下

卷四十八　杂文

卷四十九　尺牍

卷五十　公牍

卷五十一　骈体上疏　颂　表

卷五十二　骈体下箴　铭　赞　启　序　引　记

卷五十三　赋上

卷五十四　赋下

湖南文征　卷三十六

书下明

与唐三府却矿税差官书　陈尚伊

万事不理醉复醒，长古烟波弄明月。此太平时隐士诗也。今何时哉？播酋虽诛，苗寇复叛，征兵增饷，财尽民穷。加以矿、税二使，远自京都，接踵而至。此辈惟知横索以充私囊，罔恤敛怨以累主德。凡所经过地方，大肆骚扰，如近日申百户临州，动称奉命开采宝山，不知此山乃一州形胜所关，惟累累千冢，无他宝也。假令开采不已，如枯骨何，如形胜何？赖老父母多方区画，复以厚利啖之，遂移车他往。一则泽及枯骨，一则保全形胜，厥功岂小哉？但又闻陈太监尚在省中，百户乃其爪牙，欲索千金以填其溪壑，岂知民膏有限？前四百金已叹补库之难，若复益之以千金，不知此金从何处出产？想台下自爱爱民，必不忍轻派穷民，如索之不已，必申详院道以及本府，自有主张。

杜少陵诗曰：谁能叩君门，下令减征赋？苍生所仰赖以裁抑内使者，惟院、司、道诸大人而已。尚伊本山中人，乃敢越分渎请，喋喋不休，目击时艰，自有不容已者，惟台下谅之，幸甚！

上沈公却南粮书　陈尚伊

尚伊山居之人，本不敢轻渎，顾事有关一州之民命，若坐视不援，是豺狼也。敢披沥为台下陈之，愿垂听焉。吾桂阳乃极僻小郡，自国初至今几三百年，德安仓折色银两，百姓尚苦转输，一旦改抵汉川县南粮二千有奇，父老闻命，惶惶失措，呼号之声，震动山谷。诚以南粮之不便于吾州者有三：

其一曰山险。州治四面原无河道，舟楫不通，北去五十里有一小江，而此五十里之中，多崇冈峻岭，巉石横道，空手难行，岂堪肩挑背负者乎？运米数百斛，民力已竭，况米至二千石以上乎？此之谓山险，一不便也。

其次曰江险。夫小江不能容大船，小船不能载重粮，况有石滩二十余里，号十八滩，剑石巉岩，舟触之辄碎，船过一滩，十船九坏。夫一二滩之险，重载之船尚不能过，况十八滩之多？此之谓江险，二不便也。

其三曰凶年之险。吾州山多田少，丰年仅足以周一岁之用，岁或少歉，则必仰给于出谷地方，此其常也。今骤加南粮，若丰年尚可变产凑银，贵买他乡之谷，遇凶岁则嗷嗷待哺之穷民，救死且不暇，其势必至于填沟壑，窜远方，宁复顾南粮之办不办哉？此之谓凶年之险，三不便也。

此三险者，惟十八滩为尤甚。国初吾州之派折色，夫岂无谓？今一旦而改易之，此民情之所以汹汹也。夫汉川、桂阳，均一赤子，一则援之井上，一则推之井中，贫民何以处此？不平之鸣，自有不容已者。伏乞俯念民瘼，以南粮改回汉川，令吾州仍解德安仓改折，庶京储不至愆期，生民不致失所，国计民生两攸赖矣。伊不胜仰望恳祷之至！

复长沙太守孙丰山请修郡志书

陈论

论读《直隶苏州府志》，洪武间守臣姚公讳善者，汲汲于育养英隽，无怠无倦，政治为天下第一。初闻郡士王宾贤，造陋巷访之，宾阖门不纳曰：惊吾母矣。公笑而退。复择日再往，望间去骑从，徒步及门，以指叩其门者三。宾问为谁，曰：姚善。启门迎入，公再拜，以郡民良苦为请，语不他及也。有韩奕者隐于医，闻公将亲玉趾，避之上方，公辱于上方，奕又泛舟入湖。公叹曰：韩先生所谓名可得闻，面不可得而见也。后数因宾请往，乃得见。

又有钱芹者，贞介绝俗，公数候见。芹对使者曰：某民也，礼不可往见于庭，苟明公宏下士之风，请俟月朔，胥会学宫。公如期至，迎芹置上座，请质经义。曰：姑舍是，乃今事有急于此者。出一编怀中曰：予所欲言尽在是矣。归启封视之，乃守御制胜策也。嗣后靖难起兵，公之精忠峻节，赫然与日月争光，是故有史明古之传，有吴匏庵之志，将传诵千百世以为典要。论以区区管见，窃尝骇其为当世所绝望矣，仰维执事龚、黄其政，周、召其心，以儒素行公卿，惠后学如子弟，挺然力挽三代之风，且欲因《郡志》作明一经，以裨国史之所不及，盖纳民于轨物者也。

弗类如论者亦两辱收录，俾从司笔削，羲翰辉煌，光照山涧，忘二千石之尊贵而下友匹夫之贱，异数奇逢，孰谓古今人不相及哉？是故姚苏州不得专美于前矣。论既力疾拜使转请宽假日，惟力是视，窃自度一介腐儒，幸附姓名于至治馨香之中，此生平所深愿，而不可必得者。奈年逼六旬，神疲气短，即日间时事记后忘前，况其虑不及精，思不及睿，又岂能侍杨、刘二太史，雌黄点染，以自速辜哉？是故万丈光焰，空切瞻依，然钧命弗敢方，亦惟勉强舆疾，窃欲效子来者之丕作。

或曰：有一代之兴，必有一代之文运，大人君子起而乘之，以为斯文之模的。今在上者，以贵下贱，其屯之初九，阳德方亨时也。子之心反变塞于行古道之君子，非所以益上者也。范文正曰：非子陵不足以成光武之大，且民未知礼，未生其共，子固徇世俗而闻命奔走以为共乎？论曰：昔张师德之所以见鄙于王旦者，正谓此也。诚如是，则时人莫有如论之所以为共者矣。苟为不然，前疾日臻，鬼神弗赦，如天下后世之物议何？乞保全残息，万一原而宥之，则所谓济之以已绝之年，赐之以既盲之视，自兹卒岁皆其所再造矣。论尚图效犬马之劳以报所知，又岂敢脱然长往哉？虽然，论闻有天下之大福者，必有容天下之大量，盖其心浑然天理，物我无间，故曰有容德乃大，斯又匪直为泰之包荒已也。

京邸寄族人书

曾朝节

去年还桑梓，未半月即理装行，未获一一敦叙，而十数日间，以先君未绪之务有相关白者，不无言语之失。负咎良多，愧歉愧歉。节登乡试垂二十年，遭回困踬，备尝酸楚，晚罹先君、季弟之变，情境丑恶，物态人心于此都一一勘破。盖若南陇之梅，枝枯叶瘁，傲然于冰霜风雪之中，良苦矣。偶来帝畿，遇知己南宫，收置上列，进对大廷，蒙皇上可其策，御批第一甲第三名，钦除史职。日食太仓，供玉粒，大官馐以珍馔，翔翥秘密禁近之地，抗揖巨公名卿之间。玉堂清暇，世人尝拟为仙，而胪唱之日及第，恩荣异数，尤极崇渥。传制毕，京兆具伞盖银瓜诸仪，从东长安门迎至顺天堂举公宴，两京兆乃复送之西长安归第。此殆天子所以风励四方学者，顾节以谫劣，赧汗于遇分之过，而无以堪之也。

节伏自思，我祖宗自元末季肇基罔麓一脉，善庆之泽，弥远弥积，乃始骏发于今日，以衍于后来。如川方至，因信善积之，必有果报，人固不可不务善也。愿与合族贤者共相策励，非善念决不可萌之于心，非善言决不可形之于口，非善事决不可蹈之于身。孝弟忠信，为宗族乡党所称道，天地鬼神所歆享，则报不于身，亦必于其子孙，此事之必然，当不诬也。

尝见俗情多务近小，不知远谋，尤好倾轧，以欺诈成风。家即贫，为父兄者亦宜训子孙以诗书，教之以礼让，成必为俊为彦，不然，亦不失为名家子。不宜使之逐末而弃耕读，嗜利而习技智，以自伤其福。在家务相规约，大小事务，先剖之族长，不必遽鸣于官府，此亦修礼让之一事。在今日尤宜益崇美名，以培养福基，勿俾邻里亲友有所窃指，或亦昌族宁家之上务也。节处贫有年，然卒不负所志，则能耐者固非痴客矣。兹遣人归迎老母，草草寄报列位尊前，因附鄙私，伏冀谅察，幸各珍重。余不一。

与王百谷书

江盈科

夜郎蒙诏辐殆五千里，江生马蹄抵天尽头，所至缙绅无不问王先生健否？夫足下萧然布衣，名驰九夷八蛮，向者鸡林购白傅之句，象郡播柳州之咏，宁胜此哉？

不佞审谳两省，解主上之网，死而生之者凡三百人。然两省元元，苦兵苦饥苦贡金苦凿矿苦抽税，死者十三，徙者十四。譬之黄冠代富翁设醮，放鱼放鸟，名曰放生，以为功德，而富翁方且屠戮羊豕以肥其口，诛求逋负以肥其室，较所生于所杀者才万一耳。奈何奈何？比事竣东归，休憩敝里，里中斗米，直青钱百文。陆贾之装既罄，史云之突莫黔，惟是玩泌忘饥，吟诗销日，聊以自遣，稍俟秋风荐爽，乞米长安为糊口计。征君动履，想复佳胜，伸楮抽思，无任绻结。

与守宪议排山驿递书

陈宗契

衡阳负郭孱邑也，封域不广于祁，而瓯脱沮洳居半。甲子大歉，自冬徂春，填沟壑者又半矣。加之翦桐大建，腊皮及骨，初犹轸念，免二运三年。今又京兑二重役，仍旧科解矣。黔辽之饷，率土皆然，惟是疮痍之衡，衣薪剥笋之困，京猾之虎视，京匠之狼噬，市魁之采办，王夫王马之驿骚，三空四尽，衡之为衡亦可怜悯矣。大声疾呼，方不择音于邻之仁人君子，一手援之，乃有秦越衡民，辄乘其惫弱而中之，于是举排山三股之马，以均半告矣，又以撤驿告矣。夫驿撤则祁顺流而衡逆陆，难易之数，可不可之较，尺竖知之不辩知也。惟是三股之议，溯源有自，祁人未之深考耳。

盖沿成化间衡邑以一千两协济襄阳、吕堰、光州，嘉靖间又以四百两协济湘潭之黄茅，又以三百两协济府属之安仁。夫孑立一衡阳，协帮四五，于是祁阳之排山，不得不议三股矣。祁人独见今日并齿之衡，何以不均递，而不自思昔日堂堂之祁，何以不吕堰、黄茅也？等济也，昔年当事亦曾经几人告，几人议，以有此定局，相生相守，底于今日也。若祁人舍定局而不守私，一膜以荧听，必欲衡阳均递，则必尽除衡阳之吕堰、光州、安仁、黄茅帮协而后可，当事肯任乎哉？

不肯任则衡有死不受也。某等率三老盥濯焚祝，外复絮絮作此质语。盖天启壬戌年，曾对簿陈词，而蒋知县之条议，舒按院之批允，见今奉为蓍蔡者也。

与抚按并藩臬公书论桂府王庄

陈宗契

捧宪檄有桂藩二万项之令，续蒙老公祖宽政，业许衡属供五千项，此字小盛心也。荆、衡虽并藩，然荆大而衡小，衡邑额赋，岁止万石，居恒供不及格。且城大仅如掌，使者执荆藩成例，多敓民居扩之，衡几无城矣。而王夫王马之役，剜窑竖厂之费，采石征木之烦，重以刊山竭泽，狐兔丘陇，虽有道府极力安集，无奈尽邑而夫，尽山而童，尽川而涸，尽人而骨立。嗟嗟！室九空犹有室也，家四壁犹有壁也，鞠为茂草犹有草也。今府无市、市无居、野无地、地无毛，安得不恸哭哉？

然则五千项竟何结局？不佞谓衡阳之小，十于江陵，江邑以免派，固有监利、石首之三千项在，而孑立衡邑，独不可引例邪？衡之雍府田产，当已变值入景府，二百年之事，无隙可问，问徒滋扰，无已请归福、潞两藩之赡金六百余两乎？无已请拓衡、卫之绝产百余项，竟入抵数乎？无已请洒派衡之属邑乎？无已请自台裁，于衡属五千项议减而分之邻郡乎？然所谓卫之绝产，非真绝也，执绝之名，勉括军民以答明旨。议者谓但可征课，不能管业，勿论畸零杂碎，箕敛堪羞，亦蚕食鲸吞，虎冠骇听，安往不有哉？事关地方真切，一字一血，忘其固陋，合词以请，惟老公祖断力主持，幸甚！

请裁黄堡驿马弊书

康元积

衡山蕞尔下邑，水陆交冲，土瘠民贫，俗陋人愚，长于奉法而短于避祸。惟是黄堡马驿一事，遗害已极，被困不堪，一路之哭，酸辛靡控，敬具陈颠末，代为请命。惟当道大人少加怜焉！

窃照衡、湘二县，自国初以来，各就长马上下径递，行之二百年矣，未闻所谓马驿者。马驿之设，盖自万历元年始也。缘长民者偶触力役之疲，当道者欲疏壅滞之虞，不知法久必弊，役久必玩，就中稍加振刷，岂无善道？而谬为更张，议将本县霞流水驿，改于湘潭之黄茅堡以为马驿，而名之曰黄茅驿。夫设驿马三十四内，衡山议编九匹，湘潭议编八匹，又将安仁原编霞流水驿站力工食三百一十余两，准马十三匹。三县共三十匹，各县各当，彼此无混，驿官第取办供应而已，不为辖马也。

顾马虽三县共递，驿则湘潭地方，而驿之官吏，乃属衡山、安仁两县，违误者必责偿于衡。后因安仁闪躲，接递不及，致使上司嗔怒，责令衡山替役，令安仁止认解银。然官价走马，实不能敷，而安仁里甲，亦于价外倍帮，本县虽替役，尚堪支也。至万历九年，奉文裁革里长，于二十四两之外，豪无私帮，而马始困矣。其后安仁日益玩视，并官银不依时解，致马户赔累告扰，当事者误听奸猾某某，乘机贿蔽，遂将本县夏税银两与之拨换，于是安仁代衡山解夏税，衡山代安仁走马。自后安仁所编本驿脚马，无其实，并泯其名矣。万历二十年更定全书，复派衡山加驿马三匹，而于湘潭县反减三匹，于是衡山驿马增至二十五匹，湘潭渐减至五匹，此日困日增，彼日逸日减，不知官长何所甚憎，而独困此一方民也？后又奉议将本驿马裁革六匹，衡山存二十匹，湘潭存四匹。湘潭名虽四匹，其实抗顽多不赴役，而往来马递，其责尽属之衡山矣。马户力不支，而小民之私帮愈增，至今每马一匹，除官价三十两之外，民间私帮增至一百二十五两，合二十匹，其私帮银二千三百两，破家荡产，鬻妻卖子，以偿此额外无名之役。今民困已不聊生，而马户半岁之外，尚多逃窜，又不得不责偿于小民，纵欲医眼前疮，而百姓心头已无肉可剜矣。

细思此驿之设，于事理之不均者四，小民之受害者四，马户之不便者三。请得而终言之：

自湘潭县八十里而至黄堡驿，又五十里而至柘塘铺，而至衡山，其属地方才三十里耳，道路之相去可谓悬殊。今以一百三十里者出马四匹，而三十里者出马二十匹，多寡轻重倒置如此，其不均者一也。衡山路当孔道，南走两广，北走荆襄，又有醴陵、攸县、安仁、湘潭四处小路不时卒至，又有南岳、祝融游览纷沓，诸如此类，车马络绎，靡有息肩。今编驿马九匹，犹云本县应供耳，乃未几而责使代安仁之十三匹，又未几而责使代湘潭之三匹。夫二县咸蒙轸念，衡山独可重困？其不均者二也。自驿未设之先，两县长马径递，此往彼来，未有差等。今驿在湘潭之地，官吏应属湘潭，即不然亦当调停适均，毋使偏累。自官吏属衡，而厨传之供亿，馆舍之修葺，无不属之衡者。以两县供应之役，而损一县之物力以徇之，其不均者三也。既设黄堡马驿，下之接递湘潭，上之接递衡山，马之应役，与县无殊。今驿马裁为二十四匹，而湘潭四匹又不用命，则驿马既不能当县马之半矣，而县马之至于驿者，照数对递，其多寡又复不异，矧该驿去县辽远，所遇不良，差使勒索惜马等项，数倍于县，莫敢喘息。而当道不察，犹议裁而不议增，其不均者四也。

若夫衡民之所被四害，则读之犹可酸鼻矣。自衡山误以夏税银两更换安仁马价，今共三百一十余两者，才足供两马之用耳。而每岁所赔安仁者，计马十一匹，约银一千五百九十余两，此害之大者一也。其代赔安仁者，犹曰作俑于夏税之更换耳，乃减湘潭之三匹以加于衡山，则不知其解矣。当道大人曲徇一时之情，遂尔上下其手，不知衡山官价与私帮，每岁赔银四百四十两，谁作厉阶，至今为梗？此害之大者二也。自驿马既敝，一县当三县之役，马户以驿为阱，一遇佥报，刑驱以往，如赴汤火。复有无赖棍徒，借口重困，故相推委，编户之家，惧其往役，宁倍加帮贴与之。而此辈所领公私马价，先已花费荡散其十之八九，仅以其十之一二者，只买二三瘦弱款段之马抵塞过客，每至八九月，马毙囊空，揭借无路，遂至逃窜，则县官坐令编户之家重赔顾募，以毕前役。一之为甚，岂可再乎？此害之大者三也。马驿未设之先，我往彼来，上下中火，两县各任。自有此驿，而一切供应尽归之驿，如曰本县原编霞流水驿之费足以充之，然黄堡陆路之冲十倍霞流，其所编增诸费，皆小民额外之膏脂也。至于公馆司宇置自衡山者，彼土之民折损盗毁，虽有看司门子，异县之地军民分错，莫敢谁何。本县每年修理一行，一木一砖一瓦匠斫之属，咸自本县负运以往。县官岂有神输？皆驱民之力，取民之财，筑愁筑怨，控诉无门，此其害之大者四也。

若夫马户之不便于驿者三，此亦有足念者。黄茅堡地瘠不毛，野无茂草，山麓田畔有草之区，湘民立界称主，非有价易，豪不敢犯。方春稼时，豪民厉禁约曰：衡马两足下田者，赔谷五斗，四足下者倍之。或不认赔，则絷其马以为质，甚则重棍系之，送之远方，而马没入不可返矣。刍牧孔艰，所在为阱。一不便也。黄堡地属湘潭，衡民越八十里而往役，立锥之地，一椽之栖，赁土僦居，计日而酬，稍有朽毁，立为修葺。矧驿地原系军卫屯所，军民庞杂，嚣陵诟谇，山薮萑蒲，寇盗充斥，往往被盗失马，不可究诘。二不便也。马户一名，除正身答应上官外，若背包，若刍荛，若炊爨，若往来探听，多者八九人，少亦不下五六人，日用酒、米、盐、茶供给，皆运自八十里之外。一遇风雨冰雪连旬，接济不及，湘民坐索倍价。三不便也。

原夫设驿之始，固曰裁不急之水驿，而改设于衡、湘之间，庶几以驿供官，而取驿役之费供马以佐二县之不逮。岂不谓官民长利无逾于此？顾行之数年，便成沮格，行之十余年，而衡民大困，至今仅二十余年，而衡民无不啮指蹙额咨嗟太息，若不能以须臾矣。夫昔年以两县长马径递，至二百年而始敝，则其法之可行断可知也。今马驿之设不三十年，而数变数困，以至于败坏，则其法之当罢断可知也。

今日衡山之事，编户与马户重困，民力与马力俱尽，不止昔人所称东野之御。设今不改，日甚一日，不至驱衡山之民而逃窜流移不已也。兹若不废马驿，而官民胥便，则当酌于事理之公平，庶通变而可久。请于驿马仍照初设三十匹之旧，而议衡、湘二县各出十五匹，衡山之十五匹隶之驿官。凡由衡山而下者，驿官以衡山之驿马接递之，其自湘潭而上者无与焉。湘潭之十五匹隶之堡官，凡由湘潭而上者，堡官以湘潭之驿马接递之，其自衡山而下者无与焉。各县各马，各县各递，以省长马径递之劳。至于供应下程，仍照旧例付之驿官。窃以为均两县之差，而苏公私之困，无逾此者。万一湘潭以近例多寡为辞，则请有以折之。夫此驿未设之先，衡山之马径递湘潭矣，湘潭之马独不径递衡山乎？其径递衡山也，亦有他县为之协济者乎？共食王土，共服王事，偷逸二十余年，以偏累衡山，人穷反本，尚安所借口也？如其坚持不下，请仍复国初以来二百年之旧令，二县各以长马径递，盖计程一百七十里，非有甚远。夫役可行，马匹尤其可行，何易于人而难于畜也？矧以三十年重困之新法，而较二百年久安之旧法，其因革之势既已较然，即以新法调停，而使两县之聚讼议论之不决，则莫若使之各照旧额，一彼一此，不复相牵，庶可服二县之心，杜偏执之口，而息衡山之困也。

至于驿官原管支应而不管马匹，矧数年以来，差使鞭笞棰楚，无管马之名，而被管马之害。今马各撤回，可以全民，亦可以全官，而差使逼勒之害亦少息乎？若夫安仁银两，原系协济本县霞流水驿者，似当仍归衡山，以济马驿之冲疲，而帮马驿之供应，似亦公平之论。傥湘潭以争帮为辞，则马驿未设之前，原无所谓私帮者，既各复旧，则协济非湘潭之所得与明矣。

某目击桑梓之困，熟悉马驿之害，忧徒激衷，爱不能助，谨条陈颠末，代为本县父老子弟控诉于大人之前，伏乞详览洞察，俯赐矜恻。恳罢新法，准令各依旧制走递，俾财力不致偏累，邑里稍苏息矣！

与邑侯余公书

洪云蒸

承平久，武备弛，治生所目睹。真兵真将，仅郑芝龙兄弟。若粤兵，则以七千众方可当芝龙之一千五百，是粤不及闽，而赣院之兵，则攸中寻常人等耳。故锺之余伙逸出，仅六百余人，一入闽，即掳胁闽人之强有力者为伙，遂二千人。郑芝龙追至，即逸入赣境之瑞金、会昌、雩都、宁都、兴国，赣额兵三千，无能当一阵。及兴国而粤将与闽将追及，即逸入泰和之白羊坳与冠朝地方，乃四月十七八等日也。

闽粤兵星驰冠朝一击，杀贼五百级，取回被掳三四百人，而贼潜入大山中。时吉、抚、建南赣诸人，皆谓贼散尽，将闽兵、粤兵反目之为贼，见塘报兵则杀之，持银买米于泰和，泰和弗与。致闽将发愤回闽，粤兵将惧饿死亦回会昌，及兵回而贼又突出。江右吉、抚、建诸府，只责备于虔兵何以不堵贼，送贼入内地蹂躏。虔院受江右无端之责备，只转以责备于粤兵之回，出疏特参，治生于此际，为之浩叹！治生于宦念，已久灰尽。只憾养兵地方，频年徒以数万金饱债帅之腹，今竟似无一兵，任贼掳掠。据称宜黄、乐安人，俱以厚赂和贼，贼未杀人而财已空。崇仁人与贼持则杀之多，永丰系宁都界，贼往来两番。治生虑民祸无了，从南韶入赣，与赣院面商。六月十八至赣住十日，吉安报有二百贼到吉水地方，永丰报廿三四等日，每日有贼四五十人到城下哨探，城中以鸟铳打之随跑去，而二十三日粤兵三千驰永丰顺流贼尾。

七月初一日回雄。治生之奔走无宁日者，惟是以“荡平”二字报朝廷，然必无一贼乃可安枕，不然，弗论二三千，即二三百强贼入境，亦祸不可言。缘无拼命之壮士以当其锋，若不拼命，则数千当贼与无一人等。

闻老父母练兵数百，固不得不如此。然能劝谕乡城各家，不问大小，皆将武艺自演，以各自保身家、自保性命计，则官不费饷，而户有打手，风声远播，贼来探必疑畏，且此一著，若先示以尔等演武艺，贼来听调，则无一人肯演，畏其调也。惟先示只为本里自卫，则人自为之。然此每乡村，若有上百人学成武艺，贼至雄心便遈，其大阵上千数人不敢轻出。俟其分掠各村时，则此等能一鼓擒杀。一村擒杀，村村皆擒杀，拥一二千不能零掠，亦困而走耳。且贼皆带银，或百金或数十金不等，杀一贼而得金如许，其奔利如骛。故粤之杀贼，但遇官兵敌败贼零走，则乡兵杀之殆尽。此谕家人演练，其益实多，而官兵演练，必得上过阵人以为之师乃有益。

至闻老父母探于庐陵，雍父母最妙，彼中音耗星驰，则缓急先人一着。治生日夜惟冀荡平，敢谆谆白于老父母，惟维桑与梓，人民休戚，实切恫瘝，而亲友关情，又不待言也。

请议益阳还朴约书

贺凤梧

粤自古昔以来，世一降则风一变，人一出则俗一新。风俗颓坏之余，类非有贤豪长者不可得易也。论者皆曰：风会之流，转移在上，此固然者。窃又闻之，昔阳城居于晋之鄙，晋之鄙人熏其德而善良。温公与康节在洛，里中后生皆畏廉耻。然则乡先生者，尤乡之人所服习而转移风俗之机也。今诸丈年高望重，当不在阳城诸公后，而今之益未尽得如晋之鄙，宋之洛，则可不一问乎？

夫益俗之弊，莫大于奢侈，侈风一开，靡所不逮。故有宴一宾，致一馈，而虚一廪者矣。有嫁一子，娶一妇，而亡数亩者矣。有橐亡赢积，而庭宇楚饰，服御绮丽，若贵豪公子者矣。甚者临丧不哀，而务奢费以延宾，以是为不俭其亲，此其亡仁义之尤至者也。竞侈成风，大都类此。

闻之父老，吾益之饶，旧称乐土，庾廪之积，遍于里闾。今则无论中人下产，即奕奕名巨家者，其帑藏亦不偿所出矣。此岂非俗日漓而奢侈者之过哉？此不亟返，是使人之疾背康庄而走荆棘无已时也。迩者与同志十余辈作“还朴会”于草堂，治具一如甘泉先生所为还朴约会，既乃梓先生《约》而传之，亦同志者救时盛心也。然先生所约，筵宾一事耳，吾党之不朴，岂独在樽俎间哉？第吾侪德等年微，不足为乡人倡。譬之学古礼者，古服古器皆非其所习，其兄季陈说而引导之，即不反唇而訾其行也，率亦不大力也，有父师者俨然命之，则人有肃然听命者矣。诸先生众父师也，在今日欲抑浮奢、还朴质，使人向风而慕义，则莫若诸先生倡之于上，诸同志少年翼之于下。先为还朴一宴，集会里中贤者，各摅其所见，自宾筵而下所当约者，悉条其目，笔之于书，遍告于比闾族党之间，以共还朴俗，而诸不在道理之事，悉皆厘去。梧不敏，亦幸得追杖履之末少佐下风，则安知不自今庶几哉邹鲁之风乎？而晋鄙与洛可勿言矣。诸丈维持世运之功顾不伟欤？

尝读蓝田吕氏、紫阳朱氏乡约，则叹古之人视天下不殊其家，而所以一道德、同风俗者拳拳若此，此其心何心也？诸先生固忠义为本，吾疾夫通人智士敢倍圣遁天而不惧也，取豫章之意作是说以谂之。

却聘书

冯一第

十月朔日谨复书麾下：

某起身单寒，畛旁迂士也。少小诵读，叨入贤书，将近廿年，不敢怨尤。初意闭户著书成一家言，藏之名山，传之其人而已。讵期天步多艰，措躬无地，近挈老母入山，冒寒冲雾，吐血及斛，足折难扶，决计作太平时废人矣。忽从邑长得奉接征檄，读至尹聘幡然之句，殊觉延揽之诚。在古有是礼，而某惜非其人也。且某窃听望气家言，井鬼翼轸之间屡有异气，而世之庸相不能返之，宜乎徒步而起者众矣。某既识此，岂昧时务乎？但时值不偶，遂强项作顽民耳。伏乞明公俯鉴愚衷，置之跃冶之外，遂其野鹿之心，区区之所当衔结以报者。

况盛世不拘逸民，天造原多隐士。唐宗虽有应诏之魏徵，亦有不至之刘翼。宋祖虽有草诏之陶穀，亦有难化之韩通。稽之前代，往往而然，引此进说，岂见拒乎？兼之八旬老母依子为命，正古人所谓此身未敢许人，岂明公盛德将置此不讲邪？或者下石之流以誉为谤，遂使推毂之辈索玉于瑕，专望仁慈亟收成命，小子幸甚，老母幸甚，合宅生殁亦幸甚矣！

辞岳麓山长书

陶汝鼐

古今文章道德之事，士君子未有不竭蹷以赴者也。然使赴之无力，而趋之非其时，将责蹇以代骐骥，击枯而求韶濩，岂得不辍音而却步哉？前蒙老父台高驾造庐，示以上台硕德耆儒之檄，将使主盟岳麓为诸生长，而意属不肖，惊悚弗宁，至废寝食。虽事在举错之间，幸老父台灼然知其不可矣。

顷承宪檄坐名，枉垂聘币，则披沥之私，不敢不尽。某今年七十余，自癸未弃公车业，浮沉小草，丧乱余生，忽忽三十年，不省制义为何物矣。当事雅意作人，专为鼓昕后隽，与之较艺程文，使多取青紫，非用近科壮岁方攻举业之士不可，何也？此道三年一变，花样不同，陈人不如时人之工，后辈尝嗤前辈之拙。某之衰陋，岂不甚形秽哉？如其垂访遗民，义存几杖，则养老于庠，非勤职事，结耆为社，岂论文章？万不可谓老马知途，强而与飞黄竞走也。且某昔在中年即逢祸难，惊悸困辱之后，失血健忘，今瘽然病矣，聪明俱损。一旦厚颜跼蹐，使游于英俊之间，非笑则哗，尚可谓执牛耳以相劘切乎？

伏冀察其衰迈，代述悬诚，俾不致玷兹清举，获罪抗辞，则上不累藻镜之明，下不冒负乘之诮矣。临事悚切。

与温总镇书

罗其鼎

狡寇猖獗，于兹为烈，时事破坏，亦于今为甚。微老将军静镇义陵，桃花一片地其有宁居乎？往遗书二守公询贼坚脆状，并及进剿机宜，冀其乘间转斗，未审曾一商略否？

初，贼据有荆襄，意江南半壁，传檄可定，澧阳奔溃而后垂涎常武，犹其机上之肉耳。几番入寇，乡勇御之，受创者数数复退保孤城，四散山谷为分掠计，与先年黄、德、光、邓等行径大略近似。然以事势度之，黄、德诸郡，非崇山峻岭，即宽平广原，寇骑便于出没。自繇荆州而南，长江天堑，水深溪回，所在皆然，易进而不易退，可攻而不可守。以奇兵间道邀之，南北隔越，首尾不相照应，设间用伏，渠魁可立擒。贼之据澧城宁为得计乎？乡兵数战后，贼锐气亦既稍稍挫折，岂狡猾不测，强而姑示之弱乎？抑别图大举入寇，姑分道而出，尝我以小喜乎？孙子曰：吾所举之地不可知，则敌之所备者多，吾之所与战者寡矣。贼所犯境，取道不一，官兵处处备之，未免兵分势弱。乡各有堡，堡各有兵，伺贼之来而击之，以逸待劳，以饱待饥，遂得以捷闻耳。岂乡民之技战，出官兵上乎？所处之势然也。

今各镇会剿，其尽忠王国竭力办贼者有几？各镇之兵分驰，其谨纪律不肆焚掠者有几？主将既公忠自矢，偏将而下，人怀观望，士卒视之，滋行不肖。有幸乡兵之无成，而不乐为策应者，有诬乡兵之附贼而希借为功首者。桓桓赳赳之旅，不御暴而为暴，蚩蚩梦梦之民，不仇贼而仇兵，业已成冰炭不合之情，安所收胡越同舟之利？此愚生所为私忧过计，欲消弥之而无从者也。

夫乡民立堡自卫，为全身家性命计，非有建取功名之想。若官兵乘其杀贼之时，共愤同仇之义，缓急救应，奇正互出，借乡兵为功狗，而坐收发纵指示之获，主将且藉是以成通侯世袭之荣，今兹之日宁非千载一时乎？老将军澄怀远览，情形昭然。不佞义切封疆，痛分桑梓。言之冒昧，伏惟垂神，幸甚幸甚！

与某丈量书

严首昇

某阁下门墙之下，孰何往复？无虑皆析疑探奇，区区为雕虫地耳。阁下安疆绥民，艰大猬集，知是庐陵不谈文字之日也。某亦姑置，敢以当务之急请命台阶。

某伏处东山，辄闻阁下料民料田，轓骑履亩，万姓瞻仰，诚盛事也。顾令严察奸，而宽大之诏未下，某窃疑焉。窃效一得以助高深，大约有四，惟流壤收之可乎？某考《会典》，洪武初，天下田土八百四十九万六千顷。历百四十年，迄弘治十五年，存额四百二十二万八千顷，失额四百二十六万八千顷，户口亦然。华邑初七十六里，至永乐减为二十二坊里，成、弘又减为十九坊里。夫大明二百八十年天下，独十八年弘治称极盛耳，以开国草昧，土与人应少复多。承平百四十年，应多顾少，何也？是时主极圣，臣极忠，天下极治，则国网渐阔，而利乃日归于百姓，朝廷知而不问。迨其后主以察渊为圣，臣以心计为忠，尽地力增户口而天下事去矣。然则土与人以日少为治安，臣子牧民守土，忧国奉公，以日减为贤能，亦如司败之有囹圄，以空虚为课最也。

自昔丈量，原为百姓清经界，均赋役，俾贫不困，富强不食弱，非为官家析秋豪。先辈邹文庄等曾言之：诚宜议减不宜议增。此为天下公言者居一。荆、岳二郡错壤，亩税莫轻于江陵，莫重于华容，其轻也以相国张文忠功在万历故，其重也以伪汉陈友谅，洪武定鼎后至株连故。夫使江陵食相国之功，百世不替可也。使华容代伪汉受罚，遂与天地终始，可乎？山河且殊，恩怨安在？华容东接巴陵，西抵安乡，北连石首，近水则同安乡为菰田，负山则与巴陵、石首交错，厥田上、中、下，宜同三邑一例定则。此诚至公非私者居二。顷年来苦寇苦兵，苦荒苦疫，什不存一，大略与公安、石首等。公安报粮八百有奇，石首六百有奇，旧皆广且众于华者，未闻郡省会计见少也。华粮四千有奇，当路苛求隐匿，日日议加，阁下车驾经过不次，亦按图索形，为华幅员计乎？华东西八十里，南北四十里，其在洞庭中央，异时堤而防之为田者，今已还归洞庭，无复人烟矣。独东、南二山硕果尚存，顾其形如覆掌于案然。掌以外为洞庭，掌与指为山，指拇空隙之处乃为田。此指拇空隙处，洞庭浸灌去十分之二，山夹水曰涧去其一，沙石庐宅去其一，共去十分之四，止得田六分。而巴陵、石首间杂居其一，屯田又居其二，民田仅居其二。今所报四千石粮，则尽取此指拇空隙，十分居二，而尚存见少，可乎？是故华之粮重于它邑，华今日之粮又重于昔日。请自今丈量摊派归总，以现存四千石为期，宜减不宜加。此则似私实公者居三。夫军与民皆苍生也，军卫民，民养军，宜耳。独奈何以不识甲兵，四民同业之军，佻佻如公子，蚩蚩若山叟，袭一人一日之恩，坐享三百年之利。此疆彼界，苦乐悬绝，不均已甚。时异事殊，理宜变通，今日与民更始，请以屯田、民田一例照亩起税。此则无以私害公者居四。四者惟屯川一议，或叩阍难决其议，损上益下，近于迂疏。其额止四千石，亦似无着，独是华容与石首、安乡、巴陵三邑交错，但仿三邑成式，不须议轻议重。此可一言定者，官民俱应无说也。某书生，顾喜谈天下事，顷投老东山，似不能言久矣。适见华邑困于赋役，聚族谋者咸以弃田为上策。

某年四十有四，初举一子尚未周岁，弃田则无所托，存田则忧滋大，我躬我后，虑靡弗至，不得已为此言。以某推之，某见为难，通邑可知，某之私皆公也。华众如寒蝉缩猬，噤不能言，独某言之，某非敢恃爱于阁下，所恃者阁下牧民奉公，仁为己任之怀耳。夫父母姑息之爱，存于心不可出于口，某知宽大之诏不可下，而自存于阁下之心，惟阁下默自告，因密告诸奉行吏曰：今日之役为百姓除害，非为国家兴利也。百姓幸甚，国家幸甚！

与杨长苍书

严首昇

某百拜负荆，自首于长苍老先生座前：

自甲午秋武昌相见，二十年未通鱼雁，惟把见赠诗不去手。客冬敝友自京谒选归，带得令弟刻单，将弟上尊公大人书条条摘谬，却温厚不为已甚，益增愧竦，芒刺不能一刻安。弟万死矣，只合踵门戴头颈作君家砺刃石耳，复何辞？顾道兄长者，亦容弟一言可乎？弟年三十前摩厉以须，用武无地，遂病狂谈天下事。假使异时入京面天子，即时填沟壑矣。尊公大人当路，思扫相公之门不可得，转而自伤。日月未见，叔孙武叔，不与七十子并传千古耳。然尊大人实无可毁，弟亦实未毁也，段段引用古大贤相规勉，并及熊、贺两大臣位置，尊公绝顶矣。道兄幸虚中一再览之。

自古无百全之圣贤，亦无众好之君子。周公亦有流言，禹德衰，尹割烹，尧、舜亦遭齐东野人之谑，安得如新莽百万人齐颂功德乎？令弟谓我自负文人，则何当文人万一？果文人也，文人何足定古今之论哉？违众立异、拂人之性以翻案者，文人也，高举如延陵季子，而胡氏贬之，真堪喷饭。班史列汲长孺于卜式后，人未尝轻汲而适以谬班。明允目荆公以奸，子瞻比杨云以陋，王与杨俎豆大成殿，苏氏父子何当焉？至事关军国，则有天下非之不顾者，正借微云点缀日月。武侯才短，汾阳老奸，有文潞公不可无唐子方，有李文达不可无罗一峰，甚至如艾和甫以梓里攻张文忠，毕竟于诸大贤何损？当时与尊公水火者，黄太史、何给事、成侍御等辈，才得如唐如罗如艾耳，何况草野豪末如弟乎？假使尊公见之，自是优容，或且采受，不然亦儿辈畜之矣。

自古父子不相谋者多矣，陈咸之违其父，其父果非。刘向之异其子，其子果非。此未可与今日同年而语。书法如内史而阿献轻之，著作如弇州而阿骐讥之，为父者岂不乐有此子哉？弟所深不自安者，既拜交于贤金玉，则不应有此。自甲午相见后，此文即不入集，为辛巳流传到吴，吴中好事者插入，今百口难白矣。抑又有说焉。林文节作苏氏兄弟刽子手，伤及老苏，子由泣涕，子瞻引咎，反服其能文，不绝其交，即道兄金玉亦可为弟解一面，亦足以发明尊公休休有容矣。大将军有揖客，惟善人能受尽言。道兄欲尊公门下，尽承颜顺旨，唯唯诺诺，而后快乎？君子悦之不以道，不悦也。尊大人当路时，道兄入都门，有赋百韵诗奉饯者，径是一卷《历代名臣表》，尽取名贤美事罗列成篇。假使道兄以人事君，便进彼而退严生邪？弟寂寂无闻，草木同腐，实驾古人而名不逮，藏版深山，后世何从见此。万一获传于世，安知不有识者？以意逆志，因此益重尊公乎？但看真正王衍、卢杞，有人辨奸否也？且此文传，则君家之辨驳此文者更传，安有不信正史而录野史者，遂以弟一言抹却杨、贺、熊三大人邪？弟此文实于尊大人有益，非但无损，而田珩、伍相庵、毛文度三君子，必欲弟焚此版。弟特具札报奏座前以自首，白于天下后世，以补弟此一过。

王元美续集中多自摘正集之谬，弟亦欲自数平生之误，而此其一端矣。弟年六十有五，鬓白齿落，亦复何恤？将以自忏，至贤金玉怒霁与否，听之已耳。但考孔氏后来如何处武叔，某临驰主臣不宣。

答江陵诗社八子书

严首昇

弟于天下事概知之未尝行，独于诗则行之未尝知也。《商书》曰：非知之艰，行之惟艰。凡事皆然，诗独不然。当其欣戚所感，言语真切，虽伧夫里妇，有王、孟所不逮者矣，而不皆知诗。即古今作诗者一字一句之佳，何可胜数？而不皆可以为诗人，诗盖易作而难知也。不知诗，因不言诗，而兄等必欲弟言之，且以黄建开历济南、琅琊，及近日公安、竟陵，何去何从讯弟，弟于此则思之最审矣。夫昔马前扬，必不沿袭，而右丞善用旧句，均之可传也。逝梁伐笱，草虫阜螽，四牡八鸾，三百篇不妨叠见，古人沿袭古人如此。今我自作诗，必欲一字不同古人，其愚无以异于优孟古人者也。

古人多矣，即欲不同此古人，则不免同彼古人矣，何厚彼而薄此邪？嘉、隆以后，厌薄初盛，公安乃为长庆，竟陵又同郊岛，逃墨归杨，未知孰是？夫述而好古，为圣人有余矣，何多求焉？大约未有今人不慕古人而有所获者，要其慕古人正非优孟古人，辟如司马相如慕蔺相如，非有一豪相似，且慕古人未必不过古人，如武侯自拟管、乐，岂但管、乐而已哉？抑有说焉，学古人可也，学学古人者不可也。其说有二：一者为其不足学也。彼惟其才不逮古人，故学古人，譬之孟之学孔，分量明甚也。学孔者不失为孟，学孟者乃为万章、公孙丑也，万章、公孙丑不足学也。一者为其不敢学也。前人好奇，后人又复好奇，尤而效之，必加甚焉。譬之杨氏学夷，墨氏学惠，学夷、惠者，其流不失为杨、墨，学杨、墨者，其流至于无父无君为禽兽。无父无君、禽兽，不敢学也。夫诗亦犹是也。今之学古人为诗者，或举古人偶然一二语索以为常，又古人佳处初不在此，但得其疵累处以自岸异，辟如假玉但假瑕，效佳人专效颦耳。以予言之，黄建开历古人也，可学也。古人则无问卢、白、孟、贾，皆可学也。济南、琅琊、公安、竟陵，学古人者也，不足复学也。我辈无问在朝在野，遇事辄思救时，安有时尚在此，又复为此者乎？

细读《一春吟》数卷，櫰之、叔方、共人、五锺、朋玉、用梅，人各臻妙，独象岩诗尚未见凤鸟不鸣，亦自为瑞，所谓想当然耳。诸道兄持此，方前无古人，何堪向百年以内问道也？先辈有言，人之有诗文，犹其有儿女子也。才不才亦各言其子，它人子何可爱哉？弟不知诗，妄言诗如此，诸道兄见此，其果以为不知诗否也？庚辰九月十九日顿首。

答陈子贞

严首昇

古文一道，不孝手实未至，而眼差辨之。自不孝言，国朝无几人可称古文者。先时特推献吉，以予观献吉之文，体气俱全，形迹都泯，居然两京，而理事兴致，无一足存。此塑古文之像者也。后此澹远如山阴，解彻如义仍，前后鹤立，殊有可观。吾惜其不可大也，不可大不必惜，惜其不可大则不可久也。三百年内，求如此三子者盖无多矣。三子而上，有广大教主焉，元美之容受百川，包罗万象，无所不有，至其根据远代，判断时务，允不可废。它如霍詹事、尹河间，指掌天下事，其游、夏矣。外此有文不足传，其理可传者。龙溪识大，文成入细，高出宋人数等。白沙、近溪等辈，皆有宗旨，亦未可废。若乃用修博而小，宾之丽而孅，应德好异，顺甫同众，概无足录，况今日乎？今日名士推虞山氏，无得而议焉。它或简远如山阴矣，而径直易尽，典核近元美矣，而守说不变，相去霄壤。其余诸家，胸未万卷，手不成章。其于此道何曾梦见？方圆在千里之内，前后无百年之久，而栩栩自娱曰：名士名士，井底蛙可哀也。窃尝有言，爽如漪园，芜如居来，文中之钱虏也。温陵，文中之暴客也。四十年内吾楚一二文人，文中之角抵也，或粉鬓污面，博人张颐，或折腰短步，动人顾盼。不亦悲乎？

窃尝语人，复州无才，南岸不思，各不相兼，兼二子之长者山阴。此语自谓不谬，大约此等小传、小叙、小记，颇足开颜，傥授以帝王本纪、名臣列传，便搁笔矣。与之言性言天，能亹亹到底，与之谈天下事，能缕缕指掌，连牍不尽乎？辟如小匠筑斗大室，石桥竹径，措置如意，一日委以未央殿、承露柈，应袖手尔。而顾轻薄前辈，凌厉一时，去井蛙几何也？弟向不敢訾人，因仁兄札来，屈服此等已甚，不禁狂直。一笑。

与王季豹

严首昇

舟中诵扇头佳诗，悲喜交集。不孝头颅渐老，以本凉之才当既倦之志，其于天下事概无可望。顷乃闭关息机，独了生死，而尘缘猬集，脱身无术，无问在家作客都不自由，躬自悼矣。仁兄所处，天人名实，一切非弟可比，大约才兼志赜，肝肠过热，靡事不为，无人不交，此病似非小可。我辈之身非乡里亲旧之身，四十以外之年力，非千条万缕之年力，思之思之，则得之矣。

仁兄亦思李白何如人？刘全白犹以无所成名为惜。夫子又何如人？党人亦复惜之。古人不为穷大不治甫田，用心颛笃而作事近著如此。人有不为，后可有为，历数古今，断未有靡事不为，得成一事，亦未有无人不交，能得一人之力者。弟自分才疏意广，病正坐此。每以自砭因为仁兄砭矣。弟达心而懦之人也，日侍左右，口难径开，革面尽忠，不嫌过直。要知全白不逮李白，而李白自不足以快全白之意。惟党人之议诚无党耳，然数画而后为象、象所损，求之先天以上，即夫子亦可惜也。子曰：予欲无言，则既自惜之矣。季豹何遂不为平子所惜哉？灯下薄醉，言之过长，倪罗、孟求过，幸并示之。

上高汇旃提学

严首昇

东陵拜别已后，旋有澧兰之游，与周先生晤对可三十日。自春徂秋，此身强半在道路间，七月初一日抵家，初五日得手书，《廿一史总志》已领过十册，尚有《史记小论》一册未发下。姑徐徐不妨也。《宋史》料理小半，亟未录上，附去近诗五章，近文三首，遥希绳削，另有唐突者。

昇行年三十有五，志在丈寻而获无尺寸，天实为之耳。尚有求在我者，自昔仲舒不窥园舍，而子长迹遍江山，同归好学，各观厥成。昇自返此生，闭户未满一年，举趾不越三楚，则两失之矣。皆原班列诸生，动多羁绊。顷华容县学崇祯十一年额贡物故，思补此缺，庶几脱此襕衫，得以肆力读十年书，走万里路，必有可观者焉。师台何以为昇地也？

答闯贼伪令江一洪书有叙

严首昇

崇祯十六年二月二日，闯贼陷吾邑，挈家舟居在洞庭中央五月余。已乃僦居澬阳，为献贼所逼，复归华容，窜迹南山深处。贼帅移檄伪令币聘来饵，余将他徙，而水涸失舟，不能挈家，权作书以绝之。

恭惟台臺文武为宪，将相兼资，有如此才而不偶，将无宰相之过？生当斯世，以有为不虚造物之意。昇荆之野人也，半生驰驱，无益胜负，退而稼穑自好，鹿豕为伍，草莽之义不见诸侯，未通姓字。忽忽德音自天际来，此古人捧檄色动之日也。虽然，有说焉，自古天下处阳九之厄，则有宏济时艰，为所欲为者矣。抑有退而自匿，惟恐人知者。两者并行，天地不悖。自昔越王攻吴，徇于军曰：筋力不足以胜甲兵，志行不足以听命者，归莫告。则昇今日事矣。

昇生于世三十有七年，老于场屋，难博一第，可谓无才。卓锥无地，嗟来辄食，可谓无行。妻妾更番，未有男嗣，可谓薄福。五年前得足疾，痛苦后继以麻木，坐起俱须人扶，其能据鞍上马乎？迩来闭关调息，人事都绝，富与贵非不欲焉，辟如妇人慕作男子，非其质已。台臺慈肠慧眼，幸为请命当路，待以不臣不友之格，俾得耕田凿井，无烦帝力，受赐多矣。谨对使百拜，力疾报命，从此深山大泽，国门市肆之间，踪迹不常。姓名非一，台臺虽欲旁求物色，不可得已。狂奴故态，要不失严氏家风。一笑。

又

严首昇

昇初未尝以身许人，读书万卷，未博一第，国家于昇何恩？四壁萧然，靡有旅力，其何能为？而足下疑畏乃尔，过矣过矣。且昇不为周之顽民足矣，不食周粟为商义士，足下亦安得以太公废伯夷哉？足下币聘物色不能得，顾加以兵，家在一舟，天地之大，何所不可？其肯以身就戮乎？博浪沙中大索十日不获，此中大见本事，昇非足下所能得也。鸟既高飞，罗当奈何？足下无复为意，幸甚！

上两粤沈中丞请兵讨献贼书

邹统鲁

某读书论世务，尝妄言《诗》与《春秋》之不同治也。《诗》十五国之贞淫奢俭不相谋，惟听治于成周。《春秋》则列国分灾恤患，如赴左右手，其曰固圉者，岂第固吾圉已哉？盖《诗》以分治，世治之治也，《春秋》以合治，世乱之治也。无《诗》之治，则降为春秋，无《春秋》之治，则降为六国。其已事也。

今两都采风献职，有成周诗治之文，而秦、晋、楚、豫之灭裂狼狈，势岂能置《春秋》不道哉？何以言之？献寇初发难于楚，及蔓至豫而楚不闻。闯寇初发难于晋，及蔓至秦而晋不闻。楚之抚帅曰：吾固吾楚以无罪也，及豫糜烂而楚亦莫支矣。晋之抚帅曰：吾固吾晋以无罪也，及秦糜烂而晋亦莫支矣。此古六国之解从以坐待强秦，今晋、楚更蹈其辙而取覆者也。今之粤岌岌有类于晋、楚，而私冀其不类者，则惟恃有明公在耳。粤之鱼盐赡吴楚材赋，士卒、金革、火器甲东南，文武官吏皆萃一世之人物，北则三边，南则两粤，如明公之连帅重寄、势侔桓文者，天下惟此两任。平刘香山，平八排，如明公之方略雄才，天下不过数人，此某之所以捐父母妻子而为南楚吁命于明公也。

计南楚士民陷溺寇中者，已一月矣，凡粤之郡守、监司、郡邑，寇皆部署其人，无不怀符组、候时月于楚、粤之境，旦夕耽耽视粤为幕燕釜鱼，而粤之人懵如也。愚者自狃曰：吾粤山川足恃也。智者则过计曰：一隅一日之粤，与积地积岁之寇，形固较若邹鲁也。乌乎！阳山、风门、湟水三泷之险，岂险于长江、洞庭、南岳哉？闻寇一队至吉州，旬日即罢归星沙，其错置湖南者，皆湖南市井饥寒不得志之人。某料寇不走蜀，则走黔耳，然湖以南十数万市井饥寒之人，进贪功名，退怵罪罟，安保蚁子之术不终祝为似我邪？此十数万危粤有余矣。思及此，而车齿之亡依，办肤之浸剥，犹不足喻。而明公犹画疆而守，不毅然专大夫出疆之利，行先发后闻之义，得乎？惟明公西檄桂一旅出永，北檄虔一旅出郴，东檄闽一旅出桂，悉东粤之师出郴、桂、闽，纵不能使寇殄于一旦，而以革楚南十数万无赖之面目无不足也。楚南平而两粤已固矣，曩明公面谕援楚，适闻粤帅皆欲按兵境上，止云固粤。乌乎！不援楚而能固粤，某知其不可也。《春秋》书救则善，次则讥，不救而次，尤非《春秋》之治也。孔子托诸空言，明公能见诸实事，则为成周之治矣。

答邑侯张君书

米元僩

所请立张氏碑，蒙来教云其兄数出入其家，人多疑之。此诚君神明测识，恐其以诈为忠，有累盛德，故慎重之也。然张氏年十八失夫，又无老姑弱子为之辅，鸡鸣风雨，穷愁而不自悔。想贲、育亦不能夺，至于今垂六十余矣。尝见豪杰慷慨之士，轻取与立然诺，何事不可脱略？而独于好色之心不能忍，往往更甚又不自知者，况妇人邪？今自少至老，孤立行一意，不易其所守，其过豪杰远矣。而小人之徒挟持鄙私以议贤者，贤者为之奈何？且其兄笃厚长者，素行不悖于乡里，而兄弟天性未有不痛切者。必如彼说，将使割其天性，饥寒勿念，劳苦勿慰，岁时绝不往来，岂人情乎？

仆于张氏名不相接，无豪发之亲。特以节义久孤于世，人习于奸淫而不觉，幸有其人，宜亟亟焉以表章风俗。在上者不闻，则失其为政之本，在下者不言，则非君子成人美之意。二者皆有责也。故仆辨之，独力伏冀鉴察不宣。

湖南文征　卷三十七

传上 明

朱惟善先生传

朱英

先生讳惟善，字复初。自幼为家塾师，淑人于善，故称惟善先生。先生自幼明敏嗜学，书法欧、王体兼承。庭训之严，授《春秋》经，于尊王抑霸、褒善贬恶大义，讲求切到。洪熙间，族人欲借先生为塾师，请命于通判甫，谕之曰：童蒙良心未丧，天理纯全，希圣希贤，胥基于此。发蒙之道，不可不慎，其他声音句读，揖让进退，与夫诗书六艺之文，皆师所系，汝慎旃哉，毋误后进！先生既受命入塾，恭执师道，仪度肃然，序以长幼，谕以学规，教读之声听无暇时，或诗或对，命题改稿，手不停批。习楷书者点画必归于正体，暇则娴以洒扫应对之仪，授以阴阳算卜之术，而入孝出弟，谨言慎行，又时时深切著明焉。故人多所造就，虽愚亦善书知字，吟咏对偶，至束脩厚薄非所计也。由是愿游于门下者日益众，一时青衿济济，蔼乎礼让之风。

先生持躬甚严，不苟言笑，虽甚暑出入，必整衣冠，学者见即凛凛如授业时。先生英之再从兄也，英自幼失怙，赖先生之考通判甫维持，而受先生之教诲亦有年。正统甲子夏，英偕先生侄琛应武昌乡试，先生喜谓英曰：宾兴盛事也，吾愿同往观之。即买舟偕行。至长沙，先生遘疾，舟泊洞庭之黄陵庙。先生忽疾笃，执英辈手嘱之曰：吾欲来观盛事，为汝辈贺耳，不幸至此，汝当归葬吾于先人之兆，死亦瞑目。言已卒于舟，时七月十七也，春秋四十有三，因稿葬。赴试毕，琛先归理葬事，八月撤棘英与选列，迨归而先生已葬家山矣。先生配九塘桥李氏，继配孔厚坊何氏。子男四而殇其二，守信、守文循循雅饬，克遵父训。守信尝教读乡校，不幸亦早世。呜呼！

先生为人，德行索裕，学有源委，善成于己而淑诸人，人亦思慕之无已。所作虽集未传，其藏于世家而脍炙人口者，皆本乎性情之正，而蔼乎盛唐之音。惜英不肖，不能推先生之教于有为。然其本源所以培养乎昔时者，自当始终如一，勉图所以无负于先生。盖知先生者英也，先生虽不偶于时，而其所存所施实有不可泯者，一或泯焉，英之罪也。是用谨述其概，而列为传云。

元洲拙逸传

黎淳

金溪西北有元洲，元洲之水发源宝山为元水，沃土弥望，凡十余里。或曰是水之流曲折蜿蜒，状若“元”字也，故名是洲为元洲。或曰是洲也阒深元远，居之可养元德，名取其胜也，故谓之元洲。乡之逸民有将家属农于斯者，爱其风土质朴，与乃拙性宜，且安土既久，因自号曰“元洲拙逸”。拙逸初来时，家犹贫，躬垦洲中，给祖母二亲之养，依场圃结草庵，号“稼庵”，历数岁而力始裕。于是逐良贾，溯江汉，趋秣陵，旁午于吴越之区，以迁有无。晚而来归家甚丰，世故益熟，乃更今号，盖括囊肥遁不复婴名利云。

拙逸于书无不读，尤深于《四书》。操觚染翰，得晋人笔法。生事爱敬，死事哀戚，仁亲之道，化成一家。敦厚质直，简默少华采，不能与世俗俯仰取欢悦。然人雠之亦不复盗，侵之亦不较，卒皆感而输诚。衣服惟布素，不事绮縠。饮食惟蔬水，不爱肴馐。行动惟草履竹笻，不乐骑从。家多谷粟，正统、景泰间两值岁歉，散以赒贫，不责其偿。生子二，皆教之文学。长琼，天顺初元遂赐进士及第，拜官翰林编修，又三年秩满，得推恩拙逸如子官阶文林郎。然又屡书来谕，拳拳惟清慎忠孝是勉，声华美丽不言也。尝语人曰：古之逸民，其上不降志辱身，其次言行中节，兹吾幸生太平无事之时，无不满意者，焉敢复为高尚如彼哉？素性本拙，啻适吾性而已耳。

然而，吾游是洲数十年来，尝见善游者溺矣，善骑者堕矣，又尝见漆有用而割，膏以明自煎矣。吾养吾拙以生吾生，拙以养心，收而无邪思也。拙以养身，约而无违理也。拙以养行，慎而无后艰也。拙以养言，讷而无羞辱也。由是而之焉，虽不巧何悔哉？故虽寡交，人自乐从，或饮之酒辄尽醉，醉则自歌，曰：皦皦易污，硗硗易缺。安命乐天，何如我拙？又歌曰：众人纷纷，而我醇醇。一觞一咏，聊全吾真。此可识其生平大概矣。寿六十而卒。

拙逸姓徐名文，字贯道。其先有柏轩翁为府郡博，实始迁祖。而高祖松坡先生至厥考万竹翁凡五世，俱尚隐德云。太史公曰：古者桧巢而居，营穴而处，人事朴略，然其俗熙熙皞皞。后世雕饰纷华，文治日明，其俗反浇薄，何哉？岂非其人日趋巧而不知返拙耶？商鞅巧于法，苏秦巧于辨，李斯巧于术，弘羊巧于利，然卒以自戕。拙逸一隐者，顾乃流庆余裔，身被显荣，且获寿考而终，其为人贤不肖何如？杜子曰：用拙存吾道。周子曰：天下拙，刑政彻。拙逸可以共适此矣。

太保朱恭简公行实录

黎淳

公讳英，字时杰。其先为广州节度，避难自曲江徙家郴之桂阳，故世为桂阳望族。闻祖德甫，乡称长者。高祖讳一咏，号吟叟，有诗名。曾大父讳希尹，字如铎，号竹园。皆隐居不仕。大父讳攀麒，字贤瑞，原任广西阳朔县主簿。父讳思谏，字良弼，俱赠资政大夫、正治上卿、都察院右都御史。祖妣宋氏、邓氏，妣胡氏，皆赠夫人。

公生而颖秀早孤，暨弟惟庆，皆胡夫人鞠。比长遣公为邑庠弟子员，每归必亲戒厉，公感服慈训，自奋不怠。始治《书》，改《诗》，又改《易》，故虽以《易》为专经，而犹事《诗》《书》大义。正统甲子，领乡荐，乙丑第进士，时族兄克宽亦在选列。先是，桂阳科目久乏，至公弟兄齐名，人以为难。试政夏官，大司马邝忠肃公特加器重。丁卯授浙江道监察御史。己巳，朝廷以闽浙寇起，皆酿自银冶，遣公等御史十三员，同中使分守州县，预计抚绥。比至大军尚驻金华，公欲趋处州，守镇危之，遣人遮留不听。乃取道庆元，下榜谕贼以祸福，招出被掳老弱，又计获贼首周明松若干人。顷之，中使窦某者报曰：黑面大王领众三万，欲劫周明松等以复仇。议欲偕走，公持不可，徐使人觇之，而令所司尸明松等于市。贼果不至，公益练民兵据险隘，募壮勇为守战计。

会景泰改元召回，父老泣留，皆慰遣之。回朝论处中便宜五事，诏下诸司议行，自是留掌边事。外戚都督汪全，纵家人侵民产，时林庄敏公为给事中，公讽庄敏公交章劾之。上虽贷全，仍夺其产以给民。中官善增姚广恃宠暴横，又与庄敏公等劾之，同列有缩首改容，不与同署者，上亦竟以二人下锦衣狱。浙江都指挥张勇、王越罪当谪戍，假赂夤缘，终拒不少贷。

壬申八月，召多官入内，有易储之议，公与御史沈义同林庄敏公等对用事大臣，历论不可者再四。公知事已无及，与庄敏公相向泣下而退。明日诏风宪官被讦者，无论结罪与否，俱令吏部补外。盖大臣尝欲夺乡民田，恶御史周鉴、王豪不附己意，令人诬奏勘核未报。至是欲并逐之。公上章极论其非便，上纳之，并敕诸司详看诏格，有疑碍者议奏。故王、周得免，而用事者忌公亦深。是冬，遂有广东布政司右参议之命。道便归省，胡夫人见公归橐萧然，止有上赐银十两，喜曰：儿居官正宜如此！随趋赴任。旧俗上司下车，奸民避役，假额外隶从，身以贿免，一受其饵，多至欺卖偾事，公至悉遣之。司中事无巨细，由公可否者众皆宜之，理问狱赖以不滥。始与巡抚杨公议均徭法，限以十岁一役九休，至于今不废。校理戎政，停遣惟当，省类总册仍式下洲县使自造，岁裁冗费以万计。癸酉乡试，有都指挥于姓者为子求举，要以厚赂，公叱弗许，且誓执事去取必公，奉诏会录各属罪囚，一意伸雪。一日宿雷州分司，梦有人为换心者，取心照之白色，点以药末赤色，安置如旧而去，惊惧觉疼以寤。

甲戌以后，专理抚治。斗峒贼首扬通、刘三仔恃险为乱，公屡抚谕不听，始分兵剿平之。捷闻，赐彩缎宝镪。又招贼党郑初等百余人，将臣皆欲处以军法，公陈辨数四，止诛首恶数人，余悉纵之。丙子秋入觐，还过南昌，时族兄克宽佥宪江西物故，虽不及见，而得与殡殓，人以为友爱之验。戊寅，叶文庄公巡抚两广，一时因革进退，多所诹谘。冬进万寿表归，路遇新淦尹李舟、南海尹赵庄，给由来会，各囊白金为贶，公俱却之。后二人果以赃败，受贶者俱坐累，公独不及。己卯有采珠之役，中官督责甚急，公掌司事，谓之曰：兵乏民贫，宜俟巡抚会议，且节其日给费。疏乞召还，民赖以无扰。

两广常会兵剿贼，叶文庄属公督察奸弊。初，参将范信先在会剿大藤峡时，以木头峒瑶贼为名，径趋廉、横间，诬报永泰、永平等乡居民皆为贼党，诛杀殆尽，遗逃徙者数家，后稍复还农，至是信又欲并进城等乡灭之。公驰赴其营，凡所获无辜，皆审实纵遣之。夜梦一男一妇两黄口诣床前，愀然曰：吾无官作主，被害。一妇又曰：吾夫又被擒矣。公梦中拊膺谕之，比觉持议愈坚。明日，信欲发兵袭其乡，公止之曰：往年永平、永泰之冤不可追矣。进城实在腹里，耕读者万众，恶状未著，奈何戕之？信忿不能成功，图公者百计，相持月余，会文庄间使至，公具以告，请亟班师，诸乡民始脱血刃。又有告广州丰湖堡民作乱者，欲尽族之。公知其冤，力争以免，至今生齿日蕃。辛巳，湖贼罗、刘、甯等流劫郡县，屡挫官军，公奉檄会兵剿灭，生俘胁从者。皆欲以为功，公曰：良民也。纵之，全活者甚众。军中获被掳者数千人，公别置一营以处妇女，人莫敢犯而各还其家。捷闻，赐彩缎宝镪。

新会有海淤田，大姓争讼不决，公籍之以给贫民无田者，争始息。迁右参政，闻母胡夫人丧，还桂阳。成化乙酉，改任陕西。丙戌以后，更守延绥、甘凉，所至缮城堡，足粮饷。时凉州及西宁官藏被劫，所司委罪主者，至皆诬伏，公访获真盗，遂明其诬。延绥久旱，公斋沐躬祷山川，雨及旁郡。土达满四寇固原，官军失利，大将以上皆获罪。上命项都宪忠往讨之，檄公总馈饷，凡军中进止必见諏焉。未几贼平，亦与赏赉。己丑擢福建右布政使，时提督市舶中官物故，守镇以所积分惠诸藩臬，公署司事，今尚书何公乔新时为宪副，亦署按察司事，各以所分籍于官。壬辰，迁陕西左布政使，均徭定法，凡诸兴废事必皆宜于其俗，两省便之。甲午，迁都察院右副都御史，奉敕巡抚甘肃，首陈安边十事，大略欲练兵、积粮、兴屯种、柔诸番，皆切于时务。既又陈十事，如徙居戎、简贡使、谨烽堠、防奸细等事，恒虑所未及。后又因星变议陈八事，如请衣裘以给墩军，故虽苦寒人免冻皴。其余七事，悉切中机宜。

尝举武官分授要任，疏贱不遗，如王玺、刘晟俱为当时名将。乙未，奉敕总督两广军务，兼理巡抚，行之日，民遮道泣留者不绝，诸将受举者或密赍金帛以赆，公皆却之。时两广贼情不靖，将臣每张其势以邀功伐，凡动大众必檄远州，刻期输挽，民死道上者半于锋镝，公至下令抚缉，有梗令者始购首恶诛之。要害所在，刍粟皆豫，或因粮于寇，虽有调发，无事远输，故民咸得安息，盗亦无敢倡乱者。如广西立山首恶瑶、壮李恭著等，闻令向顺，为请于朝，置永安州，以其子世吏目，余党皆为编氓。立山实大藤峡，群盗往来之冲，自立州以来，莫敢越境为害。后山去广东不百里，山恶间聚出掠，有利其膏腴者，讽所司以乱闻。喜功之徒或请屠其乡，公移兵临之，语乡之良者执群凶以献，所诛止英祖旺等数十人，全活者无虑万计。田州岑氏有头目黄明者，烝其祖母，劫众以叛，始则夺恩平州印，以危其主溥之叔钦，既令还印，又假主祖母命以危溥，公计将戮之，不欲重损民夷，乃遣使谍谕钦，及其宗思恩岑鐩，俾除世仇以靖家难，钦等感泣。黄明父子传首军门，兵刃不接而岑之州郡以安。于是诸郡瑶、壮素为患地方者，率听命招抚，各还民业，数年间所增户四万三千六百八十三户，男妇一十五万六十六名，承认税粮一万五千三百四十余石，钱谷称是。他如韦谏成、潘万蛮、潘公添等，实天河、荔浦、浔融间剧盗，以次遣兵殄灭，共剿过巢穴一百七十余处，擒斩贼徒九千三百余颗，余丑从治，未尝妄杀。

凡事先置而后闻，上加慰劳，降敕奖劝者六。其略曰：尔能开诚布公，设法招抚，诚为弭盗安边良策，朕深嘉悦。二曰：尔能运谋设策，委付得人，成此克捷之功，少除边方之患，忠勤可嘉。三曰：尔能协谋招抚，俾往时对垒构营之徒，转为安居编户，胥戕劫夺之众，化为守法良民，保全家世，消祸地方，视彼兴师动众而成攘除之功者，其于地方损益大有径庭。四曰：尔能善于运谋调度，致此成功，特降敕奖谕，以慰功勤。五曰：尔能同心协力，运谋画策，不惮峻深之劳，获此平蛮之捷，绩奏有征，良可嘉悦。六曰：尔能同心画策，善于调度，致兹成功，特降敕奖谕，以励勤劳。戊戌特升右都御史，复加从一品禄。

两广自大藤用兵之后，财用耗乏，公以为忧，乃力为蓄积，未尝妄费一钱，十余年来囷藏充溢，故军资优裕，功成而民不扰。交趾侵老挝诸郡，且立营栅于龙州外境，议者谓彼谋内寇，将加兵焉。诏诸镇设备，且询公以处之之谊。公奏曰：安南蕞尔小国，不过与老挝、龙州互争隙地尔，志岂敢深犯哉？但边多妄报，而彼之情使未通，姑谕之，彼当悔悟。若果不量自取覆亡，致讨未晚。上用公言，交人感恩，修职贡不弛。新会贡士陈献章好古博学，隐居养母，公累疏起之，授翰林院检讨。给事中林营、行人黄乾亨，使满剌加国溺于海，公悯其以王事死，奏录其子各一人。

壬寅、癸卯间，公三上疏乞骸骨归，上皆不许。且有练达边务、军民信服之褒，兵部尚书缺，廷臣首荐公，上以两广重地，未可轻代，遂不果。甲辰，公以边邮安静，乞归展墓，罄俸余以仁三族，曰：吾无以仁子孙者，如二疏伯起足矣。无何还镇。都察院官长缺，上求老臣忠亮者无逾公，乃以玺书召入。公上章恳辞，制曰：卿才识老成，练达有年，宜勉副委任。不允所辞，乃就职。未几，六载考绩，上遣中使赐彩缎羊酒，寻加太子少保。乙巳星变，公陈八事，又以关陕饥，请移甘肃余粮以赈，再请京师出粟，赈诸郡就食之民。上皆可其奏。凡事关风纪，有裨时论者，方次第行之。且尝与其子守孚曰：吾忝禄仕四十余年，受兹眷任，死无以报。但景迫桑榆，首丘之念，未尝忘尔。六月疾作，子守孚、守蒙、守贲，孙珑、珷、瑶朝夕侍药，竟不能起。呜呼，痛哉！

公性孝友，事母胡太夫人如严父，初在广迎养，太夫人念乡土复奉归。数年始卒，居庐三年，虽羸瘠不忍食肉。一日会亲族为墓祭，涉渡有巨鱼跃入舟，因取以荐，人谓孝感所至。处弟惟庆终身无失欢，又捐俸资为输粟，乞补散秩。平生慎取与，不少假借，惟见母党皆泣下，有所请辄俯从之。事君以忠鲠自许，所树立必韩、范是期，故遇事虽巨艰不避，于所当言则忿然争之，直而后已。居官恬退，不事暴著，尝曰：进一步不如退一步。虽劳于外者三十年，未尝有难色。总督有军功者，例遣子侄奏捷，以觊录用，公独以盛满为惧，虽累捷不遣，各令以耕读自效。家居冠婚丧祭，一遵晦翁礼，乡人化焉。尤不惑异说，分守韶雄时，民洗濂者有女笄，自称仙女能飞升，妄语休咎，蛊惑群听，夜引二僧侍坐，公廉其奸，捕治之，群疑以释。凡与人言，恒虑不及践，有所厚必吐露肝肺，人亦相信不疑。如为御史使处州，同事监生韩尚文道卒，公特具棺殓，遣人护归其乡，其恤人之艰类如此。

政暇辄亲书史，所著作甚富，诗有唐、晋风。号淡庵，更号诚庵，又号认真子。有《澹庵纪年》《诚庵奏稿》《认真子集》若干卷，藏于家。生永乐丁酉十二月二十五日，成化乙巳七月十三日卒于官，年六十有九。公疾之日，上命医来视，给内饵，且遣中使视疾，赐光禄酒馔，抚慰甚厚。及卒，上闻惊悼，又遣中使赐万缗于其家，加赠荣禄大夫、太子太保，遣礼部尚书周洪谟谕祭，缮部营葬。

配胡氏，累封至夫人。男五，长守孚，成化己丑进士，历任刑部郎中。次守颐、次守谦、次守蒙，成化癸卯领乡荐，皆胡夫人出。次守贲，县学生，侧出。女三，长适千户葛冕，次适义官宋志渊，次适生员欧守雄。孙男二十，长玭、次珑，恩荫国子生。次琅、次珙、次瑆、次璋，国子生。次珷，补荫国子生。次瑶、次玮、次琭、次璞、次珣，荐元。次瑞、次瓛，正德庚午领乡荐。次理，县学生。次玉、次瑢、次瑗。曾孙旻等四十有奇，若晟、昺、昴，县学生。玄孙一贯等二十有奇。

是秋守孚等奉柩归，以丙午十二月十二日葬于南陂之阳。予辱与公同乡，且与嗣君中孚有相知之雅，于公之殁不忍于言，亦不能已于言也。敬述其世系爵里及其履历之概，以俟秉笔者考焉。

夏忠靖公传

李东阳

公讳原吉，字维喆，姓夏氏。其先会稽人，后徙开化，再徙德兴。祖希政，元季为湖广行省都事，国初占籍湘阴。父时敏，以布衣被召授湘阴教谕。母廖氏，梦三闾大夫降其室，实生公。年十三丧父，学《诗》及《春秋》。贫甚，教里塾以资养，选充县学生，以《诗》领乡荐，升国子生。例入禁庑书诰敕，太祖幸书所，见公字格方正，特赐纱衣一袭。后遣人察诸生所为，独公端坐正书，竟日不色惰，上心念之。二十五年书满，有司奏当署部职，上曰夏元吉端厚，特实授户部主事，同官有疑事多就质，独刘郎中者耻其不能，因事谮公，云专尚书郁新柄。上察其诬，刘坐死，盖自是数遭危谮，竟得无他。二十九年公考绩，升引面乞归省，且云道远乏僮仆，乞舆皂以行，上特允之。三十一年廷荐，擢户部右侍郎，充采访使，巡抚福建。杨文敏公荣为诸生，公一见奇之曰：必为解首。杨自是起名。

郡有明月楼多妖，宿者多死，公径往宿之，妖遂息。归镇蕲州。三十五年，太宗入定大统，以公旧臣负重望，迁左侍郎，公辞疾，不许，寻进尚书。凡贡赋、役法，悉命详定。公酌古今为经久计，其所议多从厚，曰：不可使后难继困吾民也。又命公申明教化三十余条，榜示天下。永乐初，两浙大水，国用告乏。三年，公往治，至则奏罢蠹民防政数十事。诹访耆宿，相度地势，疏河导渠，修筑堤堰，俾水归于海。又奏发廪粟三十余万石，所活不可胜计。乃分给牛种，督之耕种，民忘其饥。有干泽者奏水退田淤，宜召民佃之以足国用。公得报，叹曰：民疲极矣，可重役乎？亟奏云水不胜岸矧，已后时，劳且无益，事始寝。吴人至今怀之。三年还掌部事，首请裁冗食节浮费，又禁盐钞法诸弊，凡水旱必奏请蠲租税。尝以府帑仓庾，及丁户田赋之数，备书小帙置袖中，时复检计。一日上临朝问天下粮储若干，公历陈其数，不失升勺。上奇其才，益亲信之。

时录靖难功，禄赐无虚日，又大封亲藩，累讨夷寇，创制宫殿，增置百司，财费以万万计，悉取办于公。公极力经画，无弗给者。采木运饷之夫，道壅不进，命公巡视，自龙山抵北京，律治怠事者，给锦衣卫官校四十人，许便宜行事。公于号令中寓矜恤意，事乃大集。上思公，特召还。七年，兼掌行在户、礼二部，及都察院事，扈从车驾幸北京。复命兼掌刑部，有二指挥冒支官粮，上欲斩之，公曰：罪自有律，若真盗者何以加诸？乃止。八年，上亲讨北边，仁宗为皇太子在南京，命公辅皇太孙留守北京，兼掌行在诸部及都察院事。谕之曰：朕以房玄龄委卿矣。公日决庶政，顷刻而毕。凡北奏南启，下令天下者惟公是赖，京师帖然。上还，公慰赉有加。冬还掌户部，从太孙周行乡落，取民间畜黍以进，曰愿知此味。召见乡老，令陈风俗，赐老给孤，表著节义，民皆感叹。道有逸兔，太孙欲驰射之，公谏而止。有从卒犯令者，指挥周敬以上命执之，太孙谕敬，不得遂系敬。公极谏以为不可，因厚赐以励其直。从之。

九年公考绩，上宴于便殿，赐敕奖谕，又谕群臣曰：原吉乃太祖皇帝养成贤德士，尔等欲观古名臣，此其人也。命同太子少师姚公广孝监修实录。十一年再扈北巡，命辅太孙以行。十四年，太孙还南京，又从。凡道所见必见谘问，呼为先生而不名。十五年再扈北，十八年宫殿成，命驰召皇太子、太孙于南京，至则陈太子承诏，勿亟今乃速来，盖以陛下慈注之深，故孝思之情不得不切也。上善其对，公因言营造民疲，多至失业，宜悉听复业而蠲其税。十九年三殿灾，复请蠲赋税、停采办、赈饥馑以回天意。诏皆行之。

初，大臣科道多言南北建都便利不同，上御午门楼令廷辩，密遣中使问公言孰是？公对曰：臣等罪也，科道言是。上两宥之。或尤公背初议，公曰：吾辈历职久，言虽失，幸上怜之。若言官得罪，所损不细矣。众始叹服。复命掌工部事。交趾平，上问公升赏孰便，公对曰：赏费有限，禄费无穷。于是多从赏格。西域法王来朝，或请亲劳之，公曰：夷人慕义，宜示以伦义，若万乘一屈，下必有走死而不顾者矣。上曰：尔欲效韩愈耶？乃不出劳。他日法王入见，上命公拜，公曰：王人序诸侯上，况夷人乎？长揖而已。山东俘逆贼唐赛儿之党三千余人，上属公与都御史李庆，公审其胁从者悉原之。陕西有伪称金轮王者，廷议将发兵，公言乱止数人，不宜重费，但遣人擒其首恶，自定矣。已而果然。或言周王有异谋，公奉命往诇之，复命曰：王实无他，但恃陛下友爱之深，故少肆耳。上然之。谷庶人逆谋既彰，上问公曰：长沙人通谋否？公请以百口保之，遂免穷诘。太孙冠礼，有司以尚书蹇义，方宾名进，上特命公行之。上元节张灯，许臣民纵观，公奉母太夫人往，上宴群臣，顾问公曰：闻尔母来观灯，尚在此否？

公曰：已归矣。命彻御案暨宝镪赐之。

公弟原启至京，上召见赐酒馔，濒归遣人送之。见舟中惟米二石，问公曰：卿弟贫，盍少赠之？公对曰：臣所遗俸资已寄之，无以为赠。上笑曰：朕当助卿。赐异布数匹。十九年，上议亲讨北边，群臣莫敢言，公曰：吾受上恩厚，不可不死争之。约尚书方宾同谏，入独言曰：频年师出无功，戎马储积，十丧八九，灾眚间作，内外俱疲，况圣躬少安，尚须调护，勿烦六师。上命公治边储于塞北，宾惧自缢死。遂获罪并籍公家，惟赐钞千贯，余皆布衣瓦器，命锦衣官克日召公还。公方治粟，使者趣甚急，公曰：姑少俟，不尔虑有侵渔，死吾安之不以相累也。上御午门问征敌得失，公历陈往鉴，谓当内治，不宜勤远略，执不变。坐系内官监太孙，屡奏请宥公，上察公忠，间访国事，公敷对如平时。二十二年，车驾至榆木川不豫，顾左右曰：夏某语未了，若谓其爱朕者。八月，杨荣以凶问至，皇太子亲临公系所，与共哭，令出视事，公叩首曰：臣先帝罪人，未闻遗诏。强之乃受命，给上方笔札，咨以国事。公首陈东南民力困于漕运，请幸南以省供亿，继请抚流民、罢西洋宝船、止云南交趾采办金宝数事。上即阼，首复公官，赐章服器张咸备。公始闻太夫人丧，辞归襄事。上曰：国事方艰，卿以丧辞，则朕亦未当在此。特遣官护丧归葬。

太孙既立东宫，加公太子少傅，时吕震为太子少师，班在公上。上引震次公，进公少保，兼职如故，兼给三俸，公辞太子少傅俸。尚宝少卿袁忠彻以言语获罪且不测，公谏以为先朝所爱，乃止罢官。洪熙元年，上以天不雨雪，制《忧民吟》，公赓和称旨。翰林进公诰辞，上亲增二语曰：勿畏崇高而难入，勿以有所从违而或怠。因召公至扆前，赐银印一，其文曰：绳愆纠谬，比有封奏，则以此识之。三月，上敕公等除腐割鞭背，及妖言诽谤等刑，公赞行之。

寻命兼掌礼部，赐象印一，文曰正直，以便处分。上欲禁西山樵采，云犯者死。公曰：材木固可惜，人命尤重。乃命如律。

上赐田五顷于城南，又建两京甲第以旌其功。李忠文公时勉以言事获重谴，公从容劝释，请下法司徐拟定之。是夕预受顾命，时宣宗在南京，中外汹汹，昭皇后命襄王监国，悉以军国委公。车驾至郊，首问公所在，群臣莫能对，上不怿。有顷召公慰曰：比见太后，谕所以留卿意，卿当以皇祖事朕。凡丧礼及即位之仪，皆公一二人所预定，命令诏教多主公言。或命坐赐茶，或退立殿庑，少休复至。凡章疏批拟未毕者，或携出至家进之。

先是，命公监修《太宗实录》未成，遂并修《仁宗实录》，国朝三预监修，惟公及英国公张辅为然。宣德元年，汉庶人谋反，诬辅臣乱政。杨文敏公密劝亲征，上顾公，公曰：兵事贵速，荣言是。从征还，赐阍者三人，令扶掖出入。公辞曰：旧制非勋臣不敢用。上曰：卿辅导心勤，非勋而何？尚书郭敦以廉直得谮，公力救释之。交趾复叛，王师屡失利，二年请降，廷议勿许。公与二杨公言民罢财竭，不可再举，如痈伏于身，未溃而忧不测，已溃则宜缓治，兵乃得息。

三年，公与蹇公入对称旨，上留侍宴令尽醉，将退，上顾公有欲言状，就问之。公造膝以建储请，上曰：朕当白太后行之。寻召至便殿，赐范金银印八。其一曰含宏贞靖。尝侍游西苑，以骑随，复命登御舟游太液池，上射凫获之，既烹割以啖公。复遣中官偕玩奇石，恣所欲取，公取尤小者数枚。有郎中还自河南，言山西饥民流徙南阳诸郡，至十余万，有司遣人捕逐之，多至死。公即以闻，上下令赈恤，且禁捕者，民赖以宁。扈从巡边，上取公等糗糒尝之，曰：卿亦食此乎？公曰：臣等得食此足矣，随营将士尚多馁者。遂撤上供物赐公等，且遍赐将士。上还京，念公等四人春秋高，不欲烦以庶政，特赐敕辍部院务俾专论道，而顾问益亲。又从狩至兔儿山，诸将有违令者，上命褫其衣以辱之，公言天寒甚，不可因微罪至杀将臣。上不应，起入帐内，公随之，上顾见公曰：卿且休。公曰：陛下怜臣恩甚至，诸将濒死矣。上笑曰：特为卿赦之。上元侍宴，赐紫瑛砚、龙香墨。公诞辰御制寿星图及诗赐之，自是宠赉稠叠，不可殚记。上尝制玉冠二枚，以其一赐公，曰：使卿子孙知吾君臣一体也。

五年，两朝实录成，赐宴赉。明日入谢，归得末疾，犹执笔拟旨以进，是夜卒，年六十五。上早朝闻讣震悼，遂辍朝垂涕还宫，左右感恸，莫能仰视。公卿大夫下及闾巷兵民，莫不叹息，有流涕者。赠特进、光禄大夫、太师，谥忠靖。赐祭殡葬，皆越常典。官其子瑄为尚宝司，承命户部蠲户役。后瑄官至南京太常少卿，孙崇文举进士，今为南京吏部郎中。皆贤而有文世其家。

论曰：昔在祖宗朝，多用旧臣以成治理，惟蹇忠定、夏忠靖、杨文贞及文敏四公者，皆受知太宗、仁、宣三朝，托以心膂，位遇隆重，礼绝群僚。蹇、夏虽分部任事，实以三孤参决机务，而夏公辅宣宗监国之功为多。盖是时车驾在北，仁宗监国南京，务颇简，又有蹇、杨诸人在，天下大政皆属太孙，而时方冲幼，公独领庶政，定危疑，镇浮惑，不动声色而根本正固，可谓难矣。至亲征一事，独以身谏，濒死而不变，有古大臣之风焉。仁宗亲阅利害，故委任尤切，至宣宗时廷降手敕，受寅亮天工之寄，庶几与古宣麻者比。是时蹇重厚多谋，文敏明达有为，文贞博古守正，而公含宏能断。故事，涉民社则多出公，涉人才则多从蹇，涉军旅则多从文敏，涉礼仪制度则多从文贞。而可否相济，期于至当。自余诸阁老尚书，皆各领厥务而已。公之德量功业，天下皆熟其名，而惠泽所被，犹有不尽知者。某晚出乡郡，以不及见为憾。尝伏读累朝实录，退考二杨所著碑志，得其大者，又征诸其子太常君及其孙郎中所手录者加详，故撮而书之。惟监国时所兼署家乘，以为六部、都察院、太理寺皆在，而墓志所书，吏、礼及察院不知何据，姑并存之以俟典型君子。

止善刘公传

李东阳

公姓刘，讳必宏，字崇道，号止善斋。岳之华容人，其先东平人也。以失怙自强问学，慷慨有大节，遭元季乱，海内分裂，乃游武昌，下九江，盘旋吴越间。有所接见，辄与议论。议不合，辄叹曰：是非足与有为者。拂衣去。如是者数岁，翻然归其乡。时盗贼蜂起，里闬无宁岁，郡县吏皆弃印绶以走，民无所归命。公与乡民约，结义兵为保障，战不废耕。倪文俊之党有蘧某者，攻其乡急，公一战擒之，由是贼不敢犯。元行省参政泼张者据岳州，檄公治奸民所告变事，有祁、毛、王十三之语，皆邑大姓，连结甚众。公托以五字为人名号，斩死罪囚一人报之，事乃定。张屡遣人致公，欲与俱，竟不可得，然犹重公甚，每令其部人曰：慎勿犯刘氏乡。众皆赖之。

太祖高皇帝定江南，公籍兵内附，还乡里。洪武四年，上亲录若干人姓名，下诏征之。公以名当赴，至金陵系狱月余，复诏遣归，寓于南门外鬻鞍者齐氏，得疾遂卒，年四十有一。其友严伯霖者属公骸于齐氏，携其箧以归。有纪行诗若干存焉。后数年，公子孙遣人迎葬，则其主已易数姓，竟莫知其在。

初，纲纪久坏，淫风恶俗遍天下，公乡居每集耄稚论彝理，明利害，多所变革，无赖民愧公者或徙居他邑，终其身不敢归。公日所与论议倡和，惟乡儒徐执中辈三数人，自余皆却立趋候，无敢与抗礼者，其严如此。公既没，子行简亦不仕，至其孙仁宅为广西按察副使，曾孙大夏为兵部职方郎中，世其家。

赞曰：予闻刘氏宋南渡时有都统制宝者，从岳飞平杨幺，屯田岳、鄂间，为恢复计。飞死失志，遂隐于华容以死。公每论及此，未尝不感叹泣下。此其志决非澳溷于乱世者。观其历览形胜，蛙视群雄，待时委命以成效顺之绩，有马新息之风焉。当天下未定，虓呼而獝走者皆肆其凶暴，争搏噬吞啮之利以召祸取戮，近及其身，远则及其子孙，无足怪者。公材足以得地，力足以驱民，黾勉自守，进不昧于所托，而退不失其身，始终之迹有足观矣。顾其德庇乡邑，而禄不逮躬，仅脱械系，卒困于道路以死。是固时命之不相为偶者，抑将以遗其后人乎？

化州同知杨公传

李东阳

公姓杨，讳景，字某。云南安宁人也。事母以孝闻，性狷介，不妄取。少补州学生，举永乐、癸卯乡贡，卒业国子，拜霸州判官，专领马政。政久弛，逋课累数岁，官急征，马数益耗。公叹曰：养马者民也，民困马何由息？乃与民约，悉纵使就业，期年而马足。会遭父丧，民数百辈诣阙请夺情，留公不得，皆涕泣去。服阕，改澧州，力益举剧。有卒失牛，诬民吴姓为盗，州已成狱，公疑之，阴遣人置牛郭外纵之归，牛经卒门，奔民家入其笠中，卒乃服罪。会九载秩满，民请留，部使者六七至，例不得复留。擢化州同知，峒夷乱贼千余将攻城，会久雨城浸坏，民谋走徙，号声震天地，守将夜缒城以遁。公令曰：吾在此，毋恐！时城中民兵不满三百，公激以义，且示祸福，皆愿尽力，乃撤故仓木以蔽城缺，又缚稿人被衣铠置城上以疑贼。贼夜至，攻甚急，有三人缘堞上，擒斩以徇。贼知有备，乃引去。欧都督信在高州，闻警以兵至，则贼已遁。欧大惊叹，书“守忠”二字遗公，而置守将于法。公益治城练兵，寇屡至无所获，遂不敢复犯。民皆曰：活我者，杨公也。

方贼乱时，有按察官夜至城下，守城将启关内之，公执不可。按察怒曰：汝寇我邪？公谢曰：今日之事，城为重。明日果闻有异服自稠人中遁去者，按察方欲报公，愧乃止。公每获贼，既鞫实，必诛而后报。或曰：法不当尔。公曰：脱有不虞，奈何？既而邻郡缚贼者皆堕贼计，人益服之。

化俗尚鬼，有广西罗姓者客死，民讹传为神祠事之。公毁室，斧其像，妖遂息。天顺庚辰，以老乞致仕，道巴陵，贫不能归，因占籍焉。子一清举奇童，入翰林登进士第。而公卒，家益贫，不能归巴陵，一清乃葬公镇江。比拜中书舍人，获敕进公阶儒林郎，封公配张氏太安人，时公已卒若干年矣。

太史氏曰：世恒谓处常易，处变难，其非然哉？夫自取舍至于利害，以极于生死，皆有际分，有所向必有所辟矣。苟纵意恣欲，箪豆无所择，而望其赴难徇义，蹈死而不顾，恶有是理哉？予与中书君游，闻化州事，壮公所为，及询其恒居细行，固若是濯濯也。呜呼！居小官，处僻地，能向义辟利，确然不为变，不可谓不难矣。故著之，若化州事灼灼在人耳目者，固皆难之，岂俟论哉？

刑部郎中朱中孚公传

邓庠

公姓朱氏，讳守孚，字中孚。其先本徐人，有为广州节度使者，避难过桂阳，因家焉。曾祖讳攀麒，任广西阳朔县主簿，惠政及民，卓有贤声。祖思谏，隐德弗耀，乡称长者。父诚庵公，讳英，历官太子太保、都察院右都御史，气节德望，蔚然为时名臣。君自幼颖敏，端厚与常儿不群，乡邻异之。正统中，诚庵公为监察御史，君随侍京邸。甫十余岁，嗜学不倦，遣从同邑进士欧阳复受举子业，博闻强记，为文援笔辄就，皆据于理。弱冠补邑庠生，中天顺己卯乡试，累举春官不第，卒业太学，所与游皆一时俊彦。

癸未丧偶于道旅，形影相吊。时童仆亦相继沦没，无以给薪水，常情所不堪者，君独处之裕如。每发愤刻苦，涉猎经史，力求诸古人，弗深造弗已。成化己丑，登进士第，为改刑曹。时进士多虑外补，诚庵公尝寓书戒之曰：委质事君，人臣之职弗尽为辱耳，内外非所计也。君佩服，益勤以慎。壬辰，拜四川清吏司主事，惓惓重民命，前大司寇四明陆公、三山林庄敏公深加委重，凡诸司谳狱书奏决者，案牍皆属君阅视，既允然后奏。丙申夏，五月不雨，皇上省躬致祷，惧刑有冤抑，诏诸司选郎署明慎者一二人，赐之玺书，俾所至求其允，遂有云南之行。既至，刑律轻重，断以至公，虽戚属无敢干以私者。大理人罗荣、袁亨为巡捕者所诬，考掠成狱，不能自白，君察其冤，召被盗张姓者讯之。验赃而听其辞竟得实，二人皆免于诬。寻有土官妾沙适者，因争袭职，谋杀嫡男事败，被连张昇辈一十五人皆罹极刑。君廉其诬，直之，坐以所当罪，张昇辈得不死，谪戍边。盖君之审刑一以求生为心，率多类此。由是人有受诬不能白者，咸以得造台下为幸，全活甚众。时有劾中贵钱能怙势骄横者，按正勘实，回奏无所顾忌。戊戌，升江西司员外郎。又二载，升四川司郎中。常按事于徐之沛县、浙之杭州，及奉敕于北畿之八郡审录罪囚，所至折疑狱、雪冤枉、锄强暴、植善良、黜赃吏，皆洪涊首鼠者所不敢为，以是狱多平而声誉益洋溢于中外。

甲辰冬，诚庵公召还掌院事，君得以彩衣愉色，躬奉甘旨者数月。惟母胡夫人年高且多病，每以弗遂迎养为歉，与人言辄泣下。乙巳秋，诚庵公遘疾，躬侍汤药，衣不解带，每夕吁天祈以身代，逾月竟不起。殡殓一以礼，而哀毁过之，扶柩南归。大事未襄，君亦以哀毁致疾而卒，盖丙午八月二十一日也。

君为人清白耿介，虽历华显而自奉俭约，一如布衣时。居家孝友，出于天性，与人交诚信谦退，遇危难必济之。临取与非道与义一介不苟，历官二十载始终一致。公暇工草书，喜吟咏，披琴以自适。旧所居书斋据林泉之胜，名之曰“竹园”，因以为别号。所著有《竹园诗文集》若干卷，藏于家。配何氏赠宜人，继陈氏封宜人。子男一，瑶，陈出。女一，适同邑宋族，何出。君生于宣德甲寅十月十一日，享年五十有三。葬本乡珠沙山之阳。既卒之明年，乃弟乡进士守蒙来京，谓予素知君者，宜状其德行。呜呼痛哉！每念士君子才德杰出，如吾朱君，诚不易得，固将望其骎骎大用，为乡国闾里光，岂意其竟止于此邪？庠幸从游日久，受教爱为深且厚，有姻眷之谊，闻其讣也方悲痛不已，夫何忍辞？谨述其先世阀阅，及学行大略，以告太史氏，求一言以勒诸贞珉，庶几君之潜德为不朽云。

陈旺传

廖希颜

陈旺字功让，湖广长沙攸县人。弱冠寓衢州开化县。补邑庠，正统甲子举浙闱，乙丑留京。时太傅钱塘于公方起复为兵部侍郎，以巡抚理部事，先生以材武为于公所器。己巳秋，乜先猖獗，车驾亲征，土木蒙尘，传警戒严，赖于公辅景帝即位，镇定社稷。先生以书上于公曰：瓦剌得志，由上驾轻动耳。今其势必长驱而南，我武库军实耗矣。请令司马分道募兵，司空搜乘缮械，九门要地，以大将守之。凡兵当出营，郭外毋自示弱。郭外之民当安插内地，毋令失所。通州仓与诸敞草，宜令官军运之，毋以饱敌。于公嘉其谋，授指挥使。

十月，乜先挟上皇窥京师，先生设伏郭外，从神机营都督范广，以飞枪火箭逼贼营，杀伤无算。贼退，进都指挥使。于公又以涿、易、保、真诸州郡为京师拱卫，当宿兵，乃令先生副右都督某守之，又捕磔奸人之为喜宁用者，凡此皆先生成绩，可附纪国史者也。天顺复辟，石亨诬于公谋立襄王，论弃市，先生叹曰：宵人得志，吾属当知幾矣。遂由宣抚病免，挂冠以行，由江左纡涂归攸。宪宗初，诏复于公爵，释谪戍诸臣，先生令长子袁入京诇验时势，欲再为国家效力，无何袁去杳然，先生终岁郁郁，亦遂无意于用世矣。

廖子曰：先生风度俊爽，膂力绝伦，于经史无不涉而尤谙知兵法。观其上于公书及破敌功，盖谋勇兼备之士也，惜未尝专阃，未尽才之所用耳。然而远见于未萌，避危于无形，则先生之智于是乎不可及矣！先生其以余言为知己也夫？

颜鲁公小传

艾穆

公在元、肃、代、德间，犯权奸之忌。建中四年，李希烈袭汝州，执刺史李元平，卢杞荐于德宗曰：非颜真卿往谕之不可。夫谓公负物望重，可敌十万师也。诏公为宣慰使，举朝公卿错愕，以为朝廷失一重臣。公驰至东京，河南尹郑叔谓公曰：希烈反状尽露矣，盍止之？公曰：如君命何？至许州见希烈，矫诏横甚，亲兵五千人拔刀争进，公神色自若。希烈麾之退，勒公上书雪己罪，公不从。又遣李元平说公，公厉声叱曰：尔为天子命吏，屈首受逆贼颐指而不能致其身，乃为作说客邪？希烈虽横，而服公大义，计将还公，召而饯之，令倡优媟亵狎侮朝廷。公怒曰：公何无人臣礼若是邪？拂衣去，希烈大恧。当是时，朱滔、田悦、李纳诸使者皆在座，谓希烈曰：颜太师名德煜然中朝，公将建大号而太师至，是天以良弼授公也，置相谁先太师者？公叱曰：若不闻颜常山吾之兄乎？安史之执，骂贼不绝口，而吾反受若胁邪？吾今惟知有死而已。元平辈惭，甚衔之，密以言激希烈，希烈乃囚公官舍。掘地谋坑公，公曰：死生有命，愿得一剑足矣。会希烈赍张伯仪首级示公，公大恸伏地，愤绝复苏。

哥舒曜收复汝州，希烈遣其党周曾、康秀林等领兵袭舒曜，行至襄城，共谋反兵杀希烈，欲奉公为节度使以归。事泄，希烈乃遣骡子军三千掩杀周曾等，送公龙兴寺。是时幽公三年矣。公自度必不免，作遗表、墓志、祭文，指寝室西壁下曰：此吾死所也。希烈盗大号称帝，使人问仪制，公不之对。无何，王师复临，希烈惧，令景臻、安华聚薪于公庭，曰：若不屈当焚死。公奋身赴火，景臻等遽止之。后又使阉奴等矫诏害公，公诘其伪，怒骂曰：此逆贼耳，奚诏焉？奴将缢杀之。

先是，公与吉温论事不合，温党杨国忠恶之，出为平原太守，公遂以平原受知玄宗。公从兄颜杲卿斩贼将李钦，通河朔一十七郡推公，连兵二十万横绝燕赵，又用清河人李崿计，大破贼，斩首万余级。数以蜡丸裹书，上肃宗言事，拜尚书，迁御史大夫。代宗朝封鲁郡公。公屡建大议，卒为元载、李辅国所抑，历贬峡、吉、抚、湖四州。载伏诛，进吏部尚书，后加光禄大夫、太子少师。德宗即位，方切倚毗公，杨炎、卢杞忌之，迁公太子太师，外示优崇，而阴实疏之云。

公刚介不阿，居官四十五年，居中仅十载，终遭贬斥，竟致杀身而后已。死之日，年七十六，三军皆恸哭。天下无论识不识，皆称颜鲁公云。汝人即龙兴寺祀之，知州江锐乃庙于州城之东。余惟为臣死忠，为子死孝，自天地剖判以来，惟此元精正气，朗然与四序三光流耀宇宙，而其神则无不之。公出入四朝，独秉孤忠，汝州之难，请剑赴火，百折不回，死而后已，可为人臣殉国者法。其生气至今在汝，即不庙而凛凛。嗟夫！公国之元老也，以元老而出使，卢杞荐之也。杞之荐公者，忌公也，而德宗听之，卖于杞也。岂惟德宗，即天若为杞用，而卒不能脱公于逆贼之手者。夫士非艰难无以表特操，公之大节炳烺，令天下后世，仰其结为星辰而行乎阴阳者，夫故于汝得之也。吾故谓杞非忌公，盖公扬休树烈之资也。虽然，杞亦非公死，其取唾骂于天下后世必不甚，天其厚杞之毒于公，而益明其不肖，俾于公之贤而并传也欤？旧志吉水王君昂有传，余为删润之，而复为小传附焉。

双节传

艾穆

程道南，新安人也。自余寓恒阳，道南素与促膝论心，一话及先事，辄脉脉改容，沉痛而语余曰：不肖先太母与余母遭先大人之不延也，而并以节显，孤行暗然莫白，丐子为文之。按：新安程浩生妻汪氏，休宁汪帅女，其孙倬妻亦汪氏，歙信行里汪春盛女。汪母年二十归浩生，明年生子廷富，又明年浩生逝，廷富痴痴在襁褓，人劝母改嫁。母指遗孤，吁天大恸曰：我今为程氏母矣，宗祧我承矣。可令程氏如线之绪遽绝于我乎？夫九原有灵，其谓何？言者色悔。当是时，程氏家业中落，母卸却铅华，躬緝纬自给，茹纳艰苦，足迹未尝一出闺阈。

廷富长，为娶妇黄氏，生子二。长佶，次即倬。廷富贾于徐，计息视他贾绌也，母与其妇黄篝灯相对治麻枲，至食不茹荤，以勤俭佐其家。迨廷富舍贾而农，资渐桀矣。母亦无复侈心，犹勤俭如贾绌时。年九十，鹤发翩翩垂也，步健不笻，一蹶中风而卒。其节行闻弘治间，纪在郡志。倬妻汪氏未笄，归于倬，十八始婚，后生道南，复生弟道东。会倬游徐归卒，汪氏哀毁骨立，泣尽而继之以血，两目遂丧。年二十五，斩然在疚，惟拮据奉两老姑，冬绵夏絺皆出其手。两老姑慰之曰：媳竭力如此，其于伦本厚矣。天必祐之，何忧终窭也？越数年，两老姑相继化去，汪氏又斩然在疚，营理殡葬大事，辛苦万状。至其履操冰霜，皭然齐于汪母。嘉靖甲寅，遣道南入都，道南秀而文，尤工书法，逼古名匠。时重修《永乐大典》，礼部首简入供事史馆，事竣，例得膺冠带。汪氏已久养京邸，至是且喜且悲，谓道南曰：吾早失汝父，汝季复早世，惟汝在，是天所以祚吾程而延厥蒸尝也。今汝曳组于朝矣，其矢务扬休迈烈，以表白当世而恢大其先闻。道南为哽咽受教。居无何，汪氏寝疾四十余日，将革，呼道南属其后事，缅缅不乱，词气慷慨如常时。又其达如此。世为表双节云。

艾某曰：节义者，天地之栋梁，谓天常人纪赖兹弗坠也。世有诵先王说理致者，往往弁髦名行，而后元精正气，朗然流耀宇宙者，卒侈谈笄袆之伦，亦可慨矣！乃今程氏二母世其节，先后光映，牵联俱传，不谓奇事哉？然余又有言焉，立节易，立孤难。当春秋时，晋大夫赵氏之友程婴存立赵孤，盖尝为其难矣。今婴之苗裔在新安者一发千钧，而天生二母以覆翼之，伶伶俜俜，以迄于道南之身，而程氏之孤始显，与赵氏孤相为不泯，岂惟二母能完节哉？亦婴之能为所难，而千载之下犹得以食其报也。余为之传传焉。

曾祖大使公传

艾穆

大使公者讳本，字时显，号渔隐，雪筠公长子也。生有颖质，善读书，书法遒劲，逼虞体。顾丁家不造，雪筠公早世，诸父亦相继世，兄弟中多嗜酒使气，先休日堕，公以兹废学。年十八，宁州巨姓樊氏争地界，欺公门户孱，又谓公少年易与也，白日结其党掘发先垅。公即吁天大恸，衔冤徒步诉阙下，事下两省会勘。公孑身屹立诸狳狞中，雪涕抗声，以暴九泉之长恨，诸勘官直之，悉置樊以法也。自是里中诸大猾豪辄又敬惮公。弱冠，奋笔（椽）〔掾〕臬司，臬司宪使郁、侯二公咸才公而遇之优。

适狱中有三十人者，郁宪使案治，当劫盗论死矣。公舍连狱司，日夜闻此三十人者呼天叫冤声不绝也，密诘之，果砖石工，因捕者概诬为盗。公具以白之郁，郁不听，且厉声大叱骂公曰：尔竖子何得妄言，尔竖子何得妄言！公不敢对。越数日，复白之郁，郁又大叱骂公曰：尔敢故为群盗解脱地，而欲挠吾大府之宪也，咎将谁执？夫为群盗则得矣，其谓我何？公顿首指天誓曰：谓某于群盗有他邪而欺公，神明俨然殛之。某所以知为砖石工者，以有工匠诸器物在，又诸庸者家可讯也。郁又叱骂公，不听。久之曰：尔且休矣。是时郁业已论报，盖阴欲自讳其讯鞫不明之短云。公于是计无所出，废寝食者两月，殚心昧死，说郁万端，申救愈力。又因郁之应门者，具道三十人所以含冤状，通于郁之内为郁解。居有间，公复顿首郁前曰：公之成案已定矣，然不明之失小，三十人之冤大也，某不敢以口舌争，第提诸庸者家来，真伪自见耳，某请以身受命往。郁不得已令公往，而公乃私贻狱官吏金，为稍稍宽桎梏桁杨，延旦夕之命以待。无何，提诸庸者家至，郁尽出其狱群盗于臬司大堂，令遍识之，果识出二十八人者，皆砖石工也，而其二已糜烂狱中矣。郁始惊叹其冤，尽活之归，而相率具工食费，千里来吾乡造地面砖，砖公之堂者五以报。工竣，哭而归。固不受直，然公竟直之也。

安陆有孙生交者，美少年也，贫而微，又落落无能文声，来就试鄂中。公一见异其器，尽力馆谷之。同辈笑公曰：艾氏子痴，艾氏子痴。已则非文墨行，而徒以器识鉴赏孙生。公闻之，遇自若也。顷之，孙果第连成进士，不十年跻尊显，公以谒选上吏部，孙适又握铨吏部，欲破调报。公固辞曰：何可以某一故人故而废典铨大法？为授两淮盐大使。公至两淮，富商大贾有墨其金赂公者，公首发其奸不少贷，廉声著淮上。

正德间，逆瑾用事，凶焰灼天下，乡有御史梅岩黄公论劾，瑾矫诏挞之朝堂，几死。公走使千里介医，护之南归。已而瑾又以诸盐官货源也，有能入货如望者拔其官，公自顾宦橐萧然，雅不喜附炎阿权以侥膴厚，遂弃官归乡。人谓公必捆载归也，归月，值宸濠诸亡命千百人行劫，乡人尽避匿深山中，皆谓公必不免。公为具食饮门外以待，邻有与公郄者大呼击贼，命移怒公，贼将入，忽见群鸦蔽天鸣，贼惊曰：此必善人家也。遂相率去。人谓公阴德之报云。

公归，日与田夫野老狎党乡里。青黄交时，日往来通衢，语人曰：若能举此数日火乎？不尔，吾且遗若。公不饶于资，又太母胡孺人素重与，公每每侦问时人之匮。冬月遇冻者于途，辄解衣衣焉，尝一冬曾大母凡三制重裘也。岁时出里中收责归，携有布帛诸物，预呼房族之贫者路遗之，曰是物一入门，非吾与尔有也。见里人家无担石，而外作纨袴之态者，心甚鄙焉。常率家童采薇食，乡国子生唐佐贻公诗，有“清居官地俭居家，白日清天玉未瑕”之句。此虽琐琐，亦可概公生平。

居无何，逆瑾败，诏天下以忤瑾失官者，尽征入京，计日超厥阶也。邑大夫促公应诏，公固辞，因号“渔隐老人”以见志。晚岁病咳瘠甚，一日病革，乡有不检者数辈来问疾，公犹瞪目视曰，尔可饬励行检，学做好男子云云。其正气至今犹可想见。公自杨坊徙居庄头，谓庄头风气胜也。又识姜源邓家山有旺气，葬其父雪筠公与其母邓孺人，至令吾辈后公者皆斌斌以诗书发家。人皆谓公卜阴阳二吉，为有征云。

艾科曰：若大使公者，可传矣。往余髫年，尝侍左辖黄先生，黄先生曰：尔知尔先人大使公乎？尔今秀而文，食尔先人之报矣。

且为道所以云，而尤服其救冤盗、识孙生、忤瑾不复出三事。黄先生之言大有征也夫。若大使公者可以传矣，作《大使公传》。穆曰：《大使公传》出伯氏万安公手，盖早年作也。余检出笥中，芟蘩补遗，以成实录，令后代子孙知有大使公耳。夫期年树谷，百年树德，公之德种种厚矣，固宜其留为子孙数世之利也。然余于救冤盗事则诚叹其难焉。昔大宋及第，以活数百万命，余每过渡蚁桥，为低徊久之。夫蚁蠕动微物眇耳，而宋公犹然身享其报，公以一臬司（椽）〔掾〕，苦心殚谋，倾心极力，脱三十人游釜之命于椹锧下，相与呴湿濡沫而复为生，且法司论报已成之案，一旦以公废也，其视宋公渡蚁事为何如?《传》曰：不于其身，于其子孙。言善恶终有报也。凡人家子孙茹肥乘良，不念先世，以故行事多隤厥先休，余为此惧。官刑部问刑，辄求其生。奉使虑囚，矫诏不敢多杀。起官蜀臬，数从大疑狱案出，人凡此皆恻恻以公为念也。第余居官，生人固其职，比公所生活，事体权力时势盖难易殊矣。吾侪其尚念公之所留，益务树德积骘，无忝前人焉。

先大父国子公传

艾穆

国子公讳秀，字世芳，号友筠，大使公子也。公从诸生廪而擅时誉，为提学霞山蔡公所识拔，每出校各郡县令公随。年几六十，以岁荐游北监挂选归，居无何卒。公倜傥有大略，而急于公义，识度深沉，凝然不动。加之以无故，临之以非常，如无有也。为人孝友笃至，治家以严，内外食指林林，寂无敢哗。教子孙尤严，吾仲父稍长受书，而有童心善逸，公怒鞭笞之，锢之室中不令出。吾长公幼颖慧，顾佻达任诞不羁，公时时鞭笞辄辱之，冀其有立。后长公荐于乡，公病中趣工匠办桌椅诸器用，人问故，答曰：旦日者某必第，其待贺客。及报至而公逝。

先是，通户为儹，运粮流亡，艾氏衰微矣。公奋曰：天之所支，不可坏也，吾艾氏奕世好修，无忝旧德，天实支之。而今顾罹其羸，将振颓亢宗之有待乎？未可以当吾世而坠先绪。于是招亡复业，捐己力馆谷而怀结之，又立为家政以联其族之散，如曰合族众、奉祠墓、叙伦理、勤织业、崇节俭、急赋役、禁诬讼、兴礼教八条，皆其著者。用是人各有固志，艾氏稍稍立。有里中豪者欺公门户孱也，观衅谋霸其产，扬言曰：吾必逐艾某还杨坊乃已。杨坊者，公祖居也。而大使公新徙庄头，犯豪之忌，公不得已讼之官。公以孑身当群雄鸮张犷食之冲，讼数年卒得直，而豪亦自敛手退矣。

曾记长公谓余曰：大父每与仲父商讼事时，见余至则脉脉缄吻，退谓仲父曰：讼多机械语，坏人心术，吾盖不得已为之，可令若闻之乎？其教子孙严而正，率类是。至其存心仁恻，振人之急如不及，每出谷贷乡里人缩其息，贫甚者折券捐弗收也，人以此多公之义，益德焉。每出府县，见有卖活鸟雀者尽买放之，见道旁有死人则令僮弛负担，尽日出力为殣之。常往府途宿，闻一妇哭甚哀，问之为积逋不偿也，将鬻儿女偿之，所以哭甚哀也。公愀然为倾囊代之偿，其厚如此。又公达人也，例出贡置酒会合学友，公在县酒半，家人来告吾赠公之变甚亟，满座大惊，瞿然失席，公色自若，饮如故。吾赠公入棺，待公回目始瞑，公卒不之哭，第见公满面发赤色露筋而已。

人谓公矫情强忍，余以为非达者不能也。不然，公独无父子情者哉？余以童时所习于公者纪之，穆曰：余七八岁时见公，辄避不敢见，后读书官楼，公每教余与诸父习揖让行步，不一借颜色。又尝见公元旦日携岐南叔步出行，以小忤手鞭笞，至余家哭不已不止。是时岐南甫十龄耳，于此见公之教子孙严矣。吾家自先世迄公，始以儒术著，又敦德好修，延及我后人，庶几茂明之公之功，要不独振颓定倾已也。余以故列其行事。

先妣李太恭人传

艾穆

李太恭人名龙，赠鸿胪寺卿丹崖公配也。为长庆李菊逸公配方孺人长女，方孺人子孙多，日夜祷神祈女，已而有身。异居侄子李大美者，夜梦数人舁一舆入孺人室，舆中一女子翟冠绣服，纡绅扬帔，俨然不类常女也。又二龙绕舆旁，觉而曰：兆也，其为吾叔母产乎？厥明来方孺人家言梦。孺人以夜半免身，生太恭人矣，以梦龙名龙，又龙，男兆也，应余兄弟二人云。大恭人事其公国子友筠公姑胡孺人最谨，以孝闻，相赠公为名儒生，一切家内外事独身之。年四十三，赠公逝。太恭人天性澹泊朴素，孀居拮据佐其家，勖长公与余颛学。长公以先大父督之严，学而名有成。

余受训长公，长公亦督之严，而太恭人时时举儒生远大事，责索谯戒于内，以故余亦继长公名有成。长公官万安也，迎养太恭人，不就养，后余官京师也，知太恭人亦必不就余养，日望云为苏苏陨涕。每家书至，太恭人必属曰：儿幸虔其职，无我念。余稍稍慰。余奉使决囚上谷归觐，是时诏治决少者严甚，余别太恭人曰：余兹行，宁听参，毋宁滥杀。太恭人漫应之。卒之余果决少被参，几夺其官。居无何，余考刑部主事满，得侥天子之灵，封母太安人，函制辞章服，介使上太恭人寿。太恭人喜，于是人争诧曰：乡者太恭人产时，梦舆中翟冠绣服女，其谓今日乎？兆母兆子矣。余是时在京师日夜念太恭人不置，欲告则不可得，懊不即挂冠归，然而志念决矣。先尽束其行装，僦置粮船上载之归。顷之，有江陵夺情事，事与余志念大相背，因愤发言之，挞之朝堂，几百人争传不讳矣。余内则闻而信之，喟曰：吾固知吾夫之有是也。闭门三日不食，形容瘦损，举家皆惊。太恭人慰解之曰：吾儿果有此，是为国大义死，且天必佑善，知吾儿不死，况吾日来无不祥梦乎？尔何过听，而沉痛若是？久之，余家书至，知吾内信余与太恭人料余，事皆不爽。太恭人闻余书中斩斩语，益大喜。余过家时裹疮卧，脓血淋漓，又两解官横甚，日怒骂索余金促之行，太恭人为时时具美食饮柔两押官。庶几故疮少延息之，且促余扶病行也，行时举家皆哭，独余与太恭人欣然揖别，无儿女之态。余后以间归觐，太恭人曰：儿第行，无我念。又欣然如前揖别时。盖余自蒙谴以来，太恭人不独无半语怨悔，即咨叹声不闻也，顾不以余矫诏少决人为是，太恭人何独不仁如妇人哉？盖有见矣。

顷余报起家西蜀，太恭人喜，自是行不杖，余以春秋高，邅延不忍行，乃日促余之官，必欲与行俱西也。念踌躇久之，一日闻尽散其室中藏与人，知其有决志，遂奉太恭人舆至夔州。始挽舟上巴渝，在巴渝署中，余每有公出，太恭人则又时时念余念家。一日报余转光禄，大喜，呼酒共诸孙诸妇饮，朗诵少时所记口号诗大笑，声彻署内外，且欲与余俱北，如前西行时。既而舟至归州古黄陵庙前广儿水，太恭人大恸，遂决意归。余以此灰心世途，且谓顷者母西吾与西，母今不北，吾安能舍母而北也？为具告养疏拟上之。会太恭人从岳州抱病归，至明年正月十八日诞辰，乃揽衣起坐，室中子孙诸妇罗拜上寿，逾月奄忽大逝矣，痛哉！

太恭人性耿直，无机事，人有过，面折之。素鲜厚藏，有则推以与人。平生衣布蔬食以为常，余兄于署中每寄锦绮文绣服，置不服，即章服岁时仅一披之。诸妇有华服来室中坐者，坐竟日不语，布衣来坐者，则呼婢煮茗啜，相与言笑竟日夕。以此诸妇无敢华服者。见人有过失，动举所习闾里语警之。有好浮靡者，则曰：不闻牛背稳、布衣牢乎？有好争讼者，则曰：不闻饶人非痴，后得便宜乎？又居常每对子孙曰：床无病人，狱无罪人，便是此生受用清福。其为慈训忠厚如此。年八十六，常纫补敝衣履与婢女穿，匿不令子孙见。灯下常自穿针，余谓其年望百，如母方孺人也，讵谓其遽不起哉？医家诊老人脉宜休囚，太恭人独旺如盛时，本之阳脏，每已病必凉药。顷病时真火蒸蒸灼其躯，手掌龟裂，药不能已矣，痛哉！享年八十七云。

穆曰：余为郎时，思太恭人辄敝躧视其官，及受笞欲死时，大惧伤太恭人，初未拟其何似也。余归见其容貌志气，别而之戍所，以此知太恭人识度深远矣。余为子，恨知母晚也。至论天性澹朴，不以余兄弟故而有侈心，常自亲中馈纺绩，见之者谓萧然食贫妇也，不可以观太恭人哉？

先兄万安公传

艾穆

隆庆中，余官京师，家人来言，公从吴中归，邑邑不自得，颜色憔悴羸尪，又卜筑杨坊庄居，日㮣㮣为投老计。余抵公书曰：隋侯之珠，不可以弹千仞之雀，谓其所损者重也。吾人之有生，非直隋侯之珠之重也，吾生之未卜而卜居乎？无何，公讣至矣。吾何忍传公？

公讳科，字晋卿，号阜野，赠鸿胪公长子也。生而颖慧绝伦，读书一目数行下，辄成诵，终身不忘。八九岁时同诸少年受书塾师，塾师日口授诸少年史鉴义数十篇，令公试立其旁听，仅移晷耳。听毕，置不复读，诘旦塾师杂举数十目以难，公一一应声对如呼响答。即赠公与诸少年听讲者，竟日夕读记，反不逮也。人以此奇公，塾师笑曰：父不得而子者，艾生之谓乎？盖是时赠公读书难强记云。稍长，为文泉涌飙发，援笔辄数千言，率多不经人道语。沈御史越令吾邑，见公辄呼曰千里驹、千里驹云。

公读《四书》《易经》，仅涉本文大指，撇帚一切诸讲义，即朱传且置不读。每试目出，窃以其意为之，类暗与朱传合，而时有离之者，有司每每惊其逸思藻发，不谓其离也。年十七八，已博猎百氏，为古文词纵横驰骋。嘉靖癸卯，提学取应试生名次置公后，公发愤却增廪不拜，李邑谕以为狂，讽公曰：今科尔必第乎？公曰：必第。曰：第盍券乎？公曰：券。已而公果第，人以此益奇公。自是公豪于诗酒，放情山水，厌薄举子业，如秋毫浮烟矣。

嘉靖己未，署嘉定邑谕事，见海翁中丞，首荐公学兼六艺之长，文有三苏之气，为忌者所抑，升万安知县。万安值流寇新残，乃缮城修守备，府又当孔道，日使客索折干，豪宦动持官吏短长。

公至，捐俸高其城，缴还府给帑金数百两，因与分巡谭有隙，创守备府，地方赖之。革去折干，裁豪横以法，各造为飞语中公于所隙，得解调矣。公去万安，别谭曰：凡弹章有见之而面热汗下者，有见之而可发一大笑者，若科者真可发一大笑也。谭默然内愧。

久之至江西，上书柏泉胡中丞曰：科之奉职无状，宜有今矣，而其致谤之由则有五焉。夫此五者可无辨也，而今辨之者以官可无作，心事不可不明也。科之任万安以来，见一狂生与县丞揪发系颈而诉于公庭，无复衣冠之体，初未知其为谁氏子也而笞之。后知其为某权贵亲舅，心颇悔之，而其实法固当有然者。狂生自是媒孽万端矣。一也。纪功察院驻节在赣，往来络绎之使，索夫骑折干者日至数十金，民甚苦之。科一切革去，虽民困少苏，而所谓借誉于左右者无有矣。二也。自科历任一年余耳，而察院支无碍银馈乡宦者数千金，其实此银一无有也，于是不得不曲为处之，而有难冒科罚之名以应当路之命者，则甘心科者多矣。三也。五事今遗其二。胡公见其书洒然异之曰：尔文人也，书实事也，惜尔不能尽吐出胸中之奇耳，异时当为言之主爵者，备中书诰敕之选焉。

公入京例得改教授，补瑞州府。凤凰山有文文山庙，文尝九日登高饮其上，后人因庙之。梅崖周中丞奠焉，见石刻奠文不佳，立命公作四六语，公援笔成。有曰：方其登高舒啸，必多悯时忧国之怀。迨其就义从容，亦即把酒临风之意。周大赏其切。先是，补瑞州时，阁老养斋严公、尚书浔阳董公、镇山朱公，见公所为《孤志录》叙文，交口叹曰：艾教授异才也。为枉车骑礼之，皆面许转公诰敕，公以诗谢，有“开馆几人延国士，扮谦此日下儒官”之句。乃公方出京，而三公皆相继解去矣。即前胡公入为太宰，物故矣。居顷之，公亦承太母重归，起补苏州教授，升襄府纪善矣。

夫人患无才，才矣患不遇知，遇知矣患不见用。公之才气称万人敌，乃不利于官，而犹幸遇特达之知于四公。四公者皆当路太阿在掌，可谓有厚援矣，而卒不能一振公淹，岂非命哉？此长沙之行所以徒来宣室之召，而卒俾之愤郁以终也。余于兹泫然动古今才人志士之悲焉。然公虽不亨于官，而朗畅自豪，每有尘外之致，为人不事苛廉曲谨，意气倾湖海，海内士一见辄吐肝胆交欢，诸富贵有势出己右者必驾陵其上，诸出己下者愈贫贱益敬礼与之钧，见人有小善荐宠如不及也。议论口若悬河，杂之诙谐，满堂宾客稠人中有公在为捧腹绝倒。第性直稍褊急，面折人过不能容，闻人长短如茹物不下，必吐乃已，以故往往以口邮被讪，人附之者少焉。然其中绝无宿藏，洞见里底，时或怒人，转盼如太空倏霁，万象不失。平生急于义，如湍水赴壑。吾平有寄庄税，代宁民偿者百十年矣，以隔属故，公为书抵江西当道曰：国有分土无分民，宁民田之而使平民赋之，是厚怨于平，非宁之利也。长民者将怨是弭，而可不从公处分以已乱善邻乎？卒之委官会勘，如公指，两地帖耳称平焉。里中黄氏，田卖各家而税留其户，名曰贼无征逃亡矣。公悯之，贻书劝里中人曰：百足之虫，虽僵不仆，以扶之者众也。千钧之重，十人举而少一人则不易胜矣。黄氏之存亡，固吾九家相与为利害安危者也，若见小利，昧大义，苟目前之便，而忘久远之图，是弃其所以安，而就其所以危也。里中人不听，令持书诉之当路，卒各归其税，黄氏赖以存。凡此皆智巧所避，而公独毅然肩之，以是任谤任怨有弗辞者。

邻邑□空崖有黄道人者以仙术闻，为通和殿日会玉帝，□纠诸老争俨然师事之，鼓动一方矣。公为移文曰：神仙事有无不可知，设有之，亦必遣六欲，灭三毒，恬淡以颐神养气，而后能清净得道，与上帝通也。今观道人者，一酒肉俗道士耳，其去仙奚啻万里？而顾鬼言玉帝以自神，抑可谓欺人于白日矣。诸老甘心事之，畏阎罗勾唤耳，而因之荧惑一方人心，则诚可虑焉。监司读公文，为驱之出境，其不惑于神怪又如此。

公幼学而好弄，大父国子公督之严，余犹及见其第之前数月，日鞭笞不已也。公又以大父督己者督诸父与余，尝对人曰：吾邑继吾而第者，必待此小子。是时余年甫十余龄也。余果后公十六年继之第。曾记公送余赴试曰：尔兹行即场中文不可知，知必第也。后余入初场文不称，而家间鸦鹊千百群应期绕舍鸣，公曰：此第征也。即大书旗面“文魁”字以待，又日趣工匠治庐迓贺客，有间报至矣。一见试录名次，为默然久之，公之望余不但已已。公教人常依节义，尝数为余谈刘忠宣公西戍事，余童时尝诵“白头今过六盘山”之句，而想慕其为人，乃吾楚自忠宣公西戍后百年矣，而继公西戍者独余焉。公之教余与余所歌诗，不至是谶乎？余时为怅然追忆赋之。顷余拔自行戍矣，知公之灵，必为余喜，其以直鸣又以直显，庶几少慰公于九京也。顾余又何能报公哉？余为之传，欲后之读者仿佛公风神意气言笑焉。

公所著诗文，有《对镜集》《惜羽集》《糜砉集》《寓吴稿》。穆曰：五石之瓠，不以之浮乎江湖，而忧其瓠落无所容，夫谓其拙于用，大也。以公之才气，使为举子业，趋时学样，必能芥拾上第，为诗文尚法摹古，必擅名家。居官务循谨抑损，可致通显大有树，乃皆不之然。其于用大也拙矣，然公固不以此易彼也。尝观公之为人不羁，每类灌仲孺骂坐，谒上官言必笑，亦每以是见过，盖本之嵇叔夜、阮嗣宗之流，宜论于绳墨礼法之外者也。以时局论公，失公矣。至其英风义气，伟文雄谈，则士大夫至今叹慕焉。

亡儿而广传

艾穆

嘉靖戊午余初第时，一相士谓余曰：公三阳火旺，必生男，其应在十月乎？余归而十月十八日广儿生，小名广，以余新从湖广归也。长命名曰“而广”云。隆庆庚午，余携家官国子，是时广年十六，而痘险几不能全，赖陈中丞公为迓支医全之。陈公复为余捐金谢支医，义至高。由国子徙官刑部，丙子秋，余奉使关外，携家归。明年，余以言西戍，又明年广为博士弟子矣，从余西。余体裹廷笞，疮不能马，广身疥亦不能马，日相与跰蹮行数十里，过沔池县遇药，广一日疥尽瘳。至谪所，两面孔相向，空存皮骨。居逾年，与广游终南山，栖祖安道院中。余日读书，哦诗不休，广亦发愤举业，浸有得。时或乘兴寻幽吊古，夜半登说经台，冀所谓青牛紫气，隐隐千古之上者庶几遇之。之仙游寺，过涧掬玉女泉饮，问坡仙调水符何在？共友人浮白引满，酒酣耳热，为邀月黑龙潭边，放歌舒啸，与江声相递和。厥明，东游草堂寺，观鸠摩罗释古塔，翠色滴滴，光芒欲飞。尽日剔藓，磨断碑，读如接古人。当是时，余施施漫漫，与烟霞鹿豕为徒，不复知身在万里外，而广亦安余之娱，穷愁破岑寂，父子相依欢甚，不忍离也。

又明年，广以岁考归，金提学置其文高等补廪，余起家巴渝，未浃旬转光禄矣。余与广同舟归，以舟狭，别居广兄弟子侄六七人于民舟随之行。时水落峡中，诸险恶道已过，至归州古黄陵庙前，广与六七人方同饭舟中，广先出如厕，舟忽触石败，广沉水死矣。时万历癸未之十月五日也。痛哉天乎，痛哉天乎！余何罪，祸及吾儿邪？吾儿何罪，祸及其身邪？天实梦梦爽报施邪，元冥失护邪，人生大齐止是邪，舟何以不败于峡中诸恶道邪？何六七人同饭舟中，广独与祸会邪？此其故余莫知之矣。

先是，余未起官时，广二牝鸡晨其音，又家人梦广所居屋大颠，至昨未败舟前二日，半夜忽闻水声大响者二，如人从水跳跃者。又广妇喻夜梦数人手绳索来河船上捕捉人，船欹欲覆，觉而见灯照船窗上，人簇簇怖甚。明日日晡时，遥见河船欹如梦中状，人皆林立小渔船，顷之而庆与日茂二孙悲号来，知广死于水矣。日茂几不免，去其足一靴水中，又同广沉者庄民陈也。二响声固征哉？

广意气类余，余西戍时所有诸名公书与诗，广皆手录成帙，且欲为余刻《西戍集》。性放达能酒，常歌杜子美“明年此会知谁健，醉把茱萸仔细看”之句。又刚硬，人不可干以私。亲知有因广干余者，广对使焚其书不以告。即入蜀，于余行事有裨，余先从陆之任，广奉先太恭人舟中行，事先太恭人欢甚。所过属地馈送，一切不妄受。余两有公出，广在署中，禁应门者一切馈问不通。余治北行装例发，各物价与主办官给行户，广劝余亲给之。蜀匠造牛尾巾者，例赏可一金，广独以三。此虽琐屑事，可以观人。广与友人同攻科场，业有次第，文健朗可望，讵谓英英奇气，一旦河伯夺之哉？余之饮恨，当与黄陵江流共长矣。虽然，人之饮啄前定，况死生乎？广之化期死所皆有在，命实司之，将无天促广之归，而使余有兹行，余之有兹行也非广为余，而余实为广与？不则晨鸡之鸣，颠居之梦，何独见征于三官未报之先邪？余于广又奚悲？

广有子二。长曰日茂，次小名曰川。余往辞按君印州，梦赭衣黄旗道上来，后见一小儿可五六岁，貌甚癯，抱之则公呼余，余觉而知广妇产必男也。后果举男子，貌癯宛如梦中见。小名川者，川东道中生也。生二十日而广及于难云。

湖南文征 卷三十八

传下明

洪云蒸传

杨嗣昌

洪云蒸字化卿，号紫云，长沙之攸县人。万历庚戌进士，少入塾读志士仁人章，曰：为人须如此。师事安城刘泸潇徵君，喜玩《王阳明文集》，又尝访刘养旦问阳明之学。

先是，泸潇著贤奕编入仙释数则，屡修书致辩，极论天下高明之士溺佛滋甚，不可复扬其波矣。癸卯登贤书，丙午建金仙书院于里中，集吾楚同志讲学。攸素有官船差，又值檄查绝产入官，均言于院司罢之。议分轻重监，去囚长窘辱良民之苦。己酉，刘徵君约建吴楚书院于攸东凤山，未成而卒。公徒步临其丧，作年谱及传纪之。庚戌会试，出宣城汤霍林房，座师叶相台山与纵谈天下事，谓霍林曰：洪子王佐才，不可忽。辛亥除诸暨令，父次崖公橐金寄之曰：自用而羡，周民急可也。莅任一载，廉惠声为浙省最，以直道忤监司被劾，叶相雪其诬得不下狱。

甲寅里居讲学，时贵州有警，攸僻运饷未便，言于院司调处免之。乙卯，改许州判，时天龙、白龙田宅沦于水，乃与郑守修堤浚河，开荒置庄，招集流亡。又增修学宫，讲学西湖书院，溺二氏者丕变，著《许州语录》。丙辰除梁山令，改昌平州学正，至则捐金广学校，月讲学课文三。戊午迁北京国子监助教，奏请增宋明从祀，定学宫礼乐。又疏言灾异宜修省，备边宜以能战为守，饷不可吝，以困军需，文武将臣必择人久任，重其权勿使中制。留中不报。

己未，升南户部清吏司主事，是时民苦绢布，难解难交，官苦钞难用，乃建议易以银。有《俸粮条议》一书，行之官民两便，却水手银以其出之民。壬戌二月，奔父丧归里，癸亥兴文会于里，或举象山议东莱事致诘，曰不肖遵遗训，欲以此常见羹墙。每会辄鸣邑。甲子赈里饥，乙丑补北户部主事，历员外郎中。时魏珰方炽，公与杨大洪、贺对飏自少定交，至是皆绝迹其门，魏衔之，公欲有所发，罗萸江止之，曰：君明于《易》理，不思成器而动乎？时原任攸令李在吏部有隙，欲下石不得，有隐者寄诗示避祸，公和其诗，语中珰，珰益衔之。

先是，广州太守闽陈某私其乡人贩谷，士民激变辱太守，且山寇海寇蕴祟，囚停决至三千，为危邦。魏乃以公代，计不困于民，必困于寇，且州盘错簿书猬集，两省兵饷由太守发，并可诬赃。公曰：鞠躬尽瘁，利害何恤？八月出都门，别同志曰：曾念王文成三人好作事乎？予得此邦，安知非竭才地？十月至广州，即尽心兵饷备变。丙寅置常平义仓，折狱详慎，不事鞭扑。旧两广兵饷，太守常侵渔，且罗织富商得贿，公力反旧习，将士与商咸德之。魏珰察状不得，嗣是珰败，得免于难。戊辰觐归，增城寇肆掠，公由间道捣其巢歼之。广州屡无年，公平市价，发仓廪，三年百姓建生祠于省会。己巳从化铁冈贼锺国让出掠，公力御之。锺诈降，分其党犒之，引让见督院王数罪正法。海寇李之奇犯内洋，忠将陈钰水战失利，抱铳自沉，公痛之，乃筑铳城、铳台，修战舰，措饷调兵，御于南头寨虎头门，旋就肃清。

寻升岭南道副使。庚午，京师告儆，援兵入卫，院司议监军人多难色，公寓南雄，即毅然任之，欲速赴，以院司议将莫决。三阅月，师乃行。六月朔，度梅岭，遇老人授以书云：来何迟？去未知。金陵班师一木支，一木难支祀海溢。寻不见。在途两月，日与焦参戎及诸将领讲求韬略，激劝忠义，健儿数千，所过肃然。

七月至金陵，奉诏班师，疏乞便途归省，敷陈剀切，著《先忧十议》未上。至长沙，与门人冯一第论学，撰次所著《易说评驳》。辛未夏至粤，摄岭东惠潮二道，时流寇陈万踞惠九连山，锺凌秀踞潮铜鼓嶂，与曾阎罗、赖大总等相犄角，又巢寇叶袄婆、张文斌、邹崖鼻、邓悝衷蜂起，蹂躏岭东南，肆掠江右瑞金、会昌，福建长汀、上杭，四月破始兴，祸更烈于王文成、殷司马时。公素议山寇、海寇须大用兵芟夷，不剿而抚，为害滋大，督院不从。至是特疏题请以公监三省军，公度贼必能剿而后能抚，亦须先抚以分其势而后可剿，攻掠有内应，非诘奸重惩不可。又制其分掠为官兵侦导，必借团练乡兵，饥民附贼必发廪大赈。策既定，于是督师解永安、海丰围，斩内应数百人，招饥民严两郡团练，贼乃解散数万。锺、陈乞抚，公佯许之，令勿与曾、赖援，以分其势。七月升广西参政，由权贵忌其成功，或贺其去危邦。公愀然曰：粤民失余，无救之者。督院王虔、院陆、按院梁，会同奏留以新衔监军，即于惠郡督师力战，擒杀曾、赖等，惠境平。郑芝龙兄弟至，公优礼之，犒劲士有加，令诸将勿忌其能。

九月，督粤闽师会剿铜鼓嶂，凌秀走九连与陈万合，公即回龙川河源督调集兵困之。冬，锺、陈食尽，果溃围入虔，公督诸将疾追。壬申正月，公先布兵扼定作渔筌大战，斩枭雄百余，令降贼锺魁吾诱各归巢听抚。先堵铜鼓险地，俾凌秀入石窟易地。堵九连深地，俾陈万入樟坑浅地。二贼消息不通，诸将诱杀之。是时官兵多被礧石伤，誓尽峒屠戮，公招出良民，令报籍贯，与难民并安插程乡平远，治以保甲法，活命数万。时残党突虔，江右兵不能堵截，遂入泰和。四月，郑芝龙与张一杰五将共奏冠潮捷，郑因江右不与米粢，且杀其团报，遂旋师。公闻之，从韶入赣，与虔院面议督调粤将，复奏吉水黄牛捷。秋，贼复入粤，拥凌秀归巢，文斌据歧山蜡烛肆掠，公度贼起灭，由附险杂处，乃筑长围，使民有定居。将入围姓名册报，邑令稽查无敢逸，于是铜鼓自献勍贼二百余。程乡平远，搜捕六七百，流寇平。

升江西湖西道参政，亦惟权贵忌成功也。癸酉，虔院陆、督院熊、按院钱会同奏留，时攻锺、张于歧山蜡烛，壁立之上，石下如雨。公密遣焚其储粮，绝其汲道，我架天棚打后山水门寨破，擒文斌，诱龙川邹崖鼻擒之，并得真贼多人，邹党尽歼。又获锺凌秀于雉鸡陇，山贼平。按院钱疏叙功第一，赐太平宴、赤白金四百，公以金置长郡学、攸学及家庙祭器。寇平，公复思王文成虽设和平善后，然九连三面筹之未周，于是入九连相地形，议建连平州，以和平、河源为属，修城建署不厉民，捐俸五百为倡，且勘丈贼田入官，立营屯兵，调度得法，工农趋事，九阅月工毕。

岭东久旱，公朝夕露处，礼祈得霖雨，龙川建生祠祀之。甲戌，升整饬山防伸威兵备，分守岭东。按察使从两院奏留请也。虔院举卓异为天下最，不报，亦权贵沮之。公初无怨，独虑海寇为三省患，议密疏会剿，督院熊不从。公怏怏，阅兵寓碣石诗云："朝家倚柱石，久矣怅空闻。"叹将相无人也。夏四月，刘香老果犯海丰，公举前议，熊又不从。五月，香具帖求抚，公令海防暂许柔之，复请督院料理兵机，以战为守，又不从。八月，公见濒海诸城危于累卵，乃亲镇海丰，知官民有通贼者，悬联署门云：恃平生爱民保民，示化盗一腔血，鬼神可质；誓此时差役员役，受抚人半文钱，天地不容。回惠州报督院，云贼情叵测，请以才将张一杰、廉将阮应辰赴惠协心料理，四阅月为期。督院仍不决。十月，海丰士民哀乞亲抚，督院熊令巡道康承祖，参将夏之木、张一杰迫公同往，海丰谢道山单车诣垒招之。公念不往，恐有陷城之惨，抱病而行，谓康曰：我生死在此一行。昔监军入卫，过梅岭，遇老叟，今当应其言。若三公同往，何异隋珠弹雀？不如我一人冒险，公等寓惠策应可也。康以为迂，乃偕行。

先是，潮州指挥周孟震等受贼贿，泄谋，致贼见其不至以为伪，遂留公与康、张、夏三人，公怡然登舟，谕之曰：汝能不掠百姓，抚局必成。康错愕，公蹑足乃定。公日读《易》赋诗，贼信其无他，不知公与两院书，所验放归差言抚，所密达言剿，督院熊欲归咎康、夏，上疏云：道将信贼自陷，登舟往抚被留，臣实不知。上知其罔，切责之，着戴罪自效。公累密约闽将郑芝龙进剿，又密嘱省城各处严守以俟闽兵。三月，刘香入佛堂门，欲突省河，侦不敢进。公谕之回白沙湖，即田尾远洋。旋闻凤阳陵寝之变，不食数日。四月朔后，海水三日赤，公喜，继而郑芝龙至粤，兵亦会。贼惊惶无措，请公出止之。公大呼曰：速速进击，勿惜我一人，贻害三省。香遂加刃，推落水中，官兵环攻香，势促焚舟死。康、夏、张脱归，郑得香师余洛及诸贼并被掳人，讯其详。后数日朱参将辈乘舟至田尾远洋，觅公尸，遇逆风反棹，泊沙口。于捷胜所小柘尾，见大鸟悲鸣，气涌若云，近视鸟张翼覆公尸也。扶榇还乡，所过粤东郡邑士民无不号泣，崇祀惠州、广州。

余与公同第同乡，于崇祯十年曾具疏题请赠恤，十二年始赠右副都御史。公颖悟绝人，淹贯经史，所著有《易说评驳》《许州语录》《广州运甓斋启草》《小影诗集》《紫云文集》。

论曰：有真学问，斯有真经济。公自少讲学，景仰王文成，即毅然以担当世道为任。自筮仕诸暨、许州、昌平，历南北部曹，坐而言无，弗起而行。其行之不远，用有所局也。迨一麾出守，十载东粤，龚、黄、颇、牧，一身兼之。卓异为天下最。当山寇荡平，建城善后，与文成后先辉映矣。向使督臣熊文灿早用公议，思患豫防，则公之靖海氛，一如其除山魈，而从容奏绩，何至促迫，往抚单车见留哉？然而自冬徂夏，啸歌贼艘，明缓其锋，阴图其隙。三省害除，伊谁首功？惟是权贵内沮，不获叙绩易名，上诸史馆。论世者有余慨焉。相传公少时，有异人刘邋遢谓之曰：君文质彬彬，惜不用于北而用于南。夫用于南又曷能罄公之经济哉？

文士昂传

郭都贤

文士昂字台仙，同郡攸县人，天启壬戌进士。初授四川华阳县令，地苦燥多不耐旱，公至大兴水利，修筑陂塘，教民设筒车转水。连岁大熟，民建生祠于邑。寻晋工科给事中，值陕西、河南大饥，特疏请敕抚臣赈发，无拘常例。兼边疆时儆，中官监军，屡陈文武将臣掣肘之弊。本邑大洲堡在南，凤岭在东，两处关隘为奸宄出没之所，奏请分设巡司。复出为威茂道，升云南参政，整饬临安兵备，诸酋感颂。台省上其功，转太常寺正卿。

崇祯中告假归里，时临蓝贼犯攸，奏请改建砖城。甲申闯贼陷清河，献贼焚皇陵，南北隔绝，徉狂山谷，卒能全节。

陈恒叟传

刘培泰

陈嘉谟字恒叟，崇祯时人。年十五六，即偕妻杨善事父若母，以童孝名。年三十，父南泉殁，事母邬尤谨。邬病喘，每鸡鸣大剧，谟必起以身翼母，拊摩熨贴，声声相续。其妻即燃火煮茗，沸洌数进，候母喘定就枕，谟及妻始裹衣告眠。是时谟家仆婢不以相苦也，如是夫妻偕作，子夜不间者几三十年。

中年厄于豪，破其家无供养具，谟挈家长沙，自与老仆艺蔬赁舂，具甘腻以欢母。凡妻儿以下，皆日持菜糜，如是又十年。及母邬年七十有二，而谟夫妻已五十余，母病革粪溺污衣被，谟及妻必手自浣濯，更迭以进。有奴求代，却之曰：儿报母三年鞠育，仅此日耳。涕泣事如前。会母葬，雪壅负柩不得前，谟跪雪中，哀号惊一市，僵冻不起，负柩者争感泣。起行半里，雪止，及兆乃大霁，郡人冯一第题其事曰：云开孝子眼，雪霁苦儿心。其时传咏者甚众。惜此公以贫老终，而其后单微，迄无有大其事者。其出继子郭金台哽咽为予言，予故笔之以阐幽。

案：恒叟湘潭人，陈恪勤公鹏年之从曾祖也。金台即幼隗先生，以避难，冒郭姓。此云出继者，隐其事也。汝怀附记。

冯棍公传

郭金台

长沙冯子棍公，讳一第，别字洲一，晚号龙喜。姓字传天下久，予何传？崇祯十有六年八月二十五日，逆献陷长沙，越十一月二十八日，长沙孝廉冯一第死之。郭子金台属一第生平交无两人，振笔涕泗下，为冯子传。

方城陷时，凡不意计而来招附乞令者某某几辈，贼佯从乞，都谢去，独下令私其伪守吕曰：必为我致冯子棍公。先是，棍公匿上湘，约从酉阳乞师，分内外谋图贼，大有制。吕遣役币往，亦失所从。会有以冯子机事告吕者，驰两役径诣冯子所，冯子已急亡。久之，某仇者赂府役，盛逮其老母七十，两兄一子，大索冯子家。冯子乃告绝上湘人曰：吾宁敢爱一死贻屠戮母兄乎？扁舟诣府，经湘潭，手一册戒予曰：一第今年正四十，不幸遭乱，余偕妻孥斋沐办佛事，两朝为自吊文告天，为易姓文告祖，一第不能以祖姓供死贼口，取辱先人。老母付两兄，投文付予，三拜泣且行。舟泊岳麓下，其仇即先持楬拔刃遮道，揕冯子胸数仆地。疾呼："谋逆春元，冯一第来！"大喧噪贼门。贼疾起，骂冯子曰：谁教若反叱？缚令斩，一老僧救极哀，免斩，改令断两手、耳，劓鼻，燀眼，囚仆三人，杀一人。更下令没入其家。

冯子奋不顾家，伸气吐尽一夜死。会上湘闻子死，争恐怖死，趋引兵攻走上湘，伪令何和衷归白贼，贼众据湘潭，与上湘兵角，上湘兵失利。有报师出醴陵，大溃贼，贼夜逃，以是冯子家得免死，冯子死，僵尸庭中。贼环视，人莫敢近。予以其仇下石冯子时并亟捕系予，予亦莫近者。有友易子自羲朱子襄治，独解自所衣覆翼棍公，具棺成礼，哭乃去。

棍公有子四人：长洞、次瀛，成诸生。次湘、定，俱业儒。女二，未字。兄二：鹏、鹗，后棍公数月死。母谢，郁悒死。棍公甫冠，丁卯以文奇魁楚，逾年通经，有《十三经借课》行世。

性工诗，所著诗不一，凡以年纪集名诗谱记若干卷。自庚午至壬午攻史，仿《公》《穀》体，著史《发凡》二十卷。书成，从卜易名《贲书》。辛巳，与予论古，著《代古诗》同梓行世。自此诗外，为文逸帙寄予，尤多奇。

约略冯子身不逾五尺，年不逾四十，所著成书至十余种，诗几千篇，文数百卷，诸名人来其家，至发秘流览，累日不绝。人谓士大夫好读书，即年至六七十，恐无以过也。予谓冯子使文不奇，诗不工，经史不致力，名必不大传，贼亦不必大索，忌者亦必不深中至死。即微忌者，冯子发奋时事便发上语雄，浑然马革裹尸气，贼不死，冯子亦不肯独生。死诚非冯子所重，度其余生，祸乃有烈于死者。汨罗香畔鹦鹉芳洲，必将雄雄旦旦，争耀同光。冯子森然长幽，此伧凄烟腐草之间矣。友弟金台识。

黎平公小传

郭金台

公讳腾蛟，字云从，号□□。贵州黎平人，由□□举人累功擢御史，监宁南侯左良玉兵驻武昌。乙酉五月，玉兵叛，拥公而东，公持不可，玉夺之急，公词色并厉。玉怒投公于江，叛舟东下，而公浮流西上，自辰迄午不没，赖渔艇救公起。遂渡湖而南，驻长沙，奋呼号召，有众数十万，军声大振。先是，大清逻得公母子豢于营，令公家奴持书招公降，公集众绝之曰：吾死此耳，祝吾母勿儿为念。以丁亥清兵南上，诸师散走，公率滇营胡一清西入粤。戊子十一月，复整师恢全永衡，遂壁衡。

是时闯逆余部自常至长，大掠西宁。两湘之间人畜杀几尽，各邑争得公至卵翼之。公乃单骑免胄入湘潭视师，诸部诇公下，皆敛刃释累以百万计。明年己丑正月十九，清帅郑王大举万骑，自岳麓潜师至潭，诸部闻变皆四走，而公所部尽壁衡，无当敌者，以是骑生得公。公方袍危冠，大呼曰：吾督师何某也！骑系见王不屈，王义之，闭公一室，令满、汉官先后重爵訹公降。坚卧不食，间取水咽漱，仍吐之，凡五日。值图赖固山佟至，辄下床拜曰：闻公在武昌善视吾母，宜答拜，非屈公也。卧如故。又数日拽至流水桥岸，竟不屈死之。相传桥岸有树蓊然覆一抔土者，即公。暴尸月余不变，国人悲而合身首以瘗，是其化碧也。

越乙巳春，凡十七年，其族子某白有司乞骸归里，即其处拾全蜕出。或曰公所瘗址居民多见灵异，咸尸祝之。人不欲传，故不传。

周大司农家传

周星

公讳堪赓，字仲声，五峰其号也。先世自周显德间节度周行逢镇潭州，子孙繁衍武陵、吉水、湘乡，明初始占籍宁乡，而公为宁乡人。曾大父策明，正德十年举于乡，令广西贵县，有循声。以子采贵，赠兵部侍郎，兼都察院右副都御史，巡抚云南。大父檄未仕。父耀冕，万历七年举人，授山东东平牧，多善政，州人祠祀之，详《东平志》。擢同知陕西延安府事，会回民倡乱鄜畤间，出奇掩击，贼败走。余孽仍剽剠为民害，复请剿，监司、郡守主抚，申报不以实，不肯署名。由是不获乎上，遂引疾归。

子四：长堪贲，户部司务。仲、叔俱早殇。公其季也，生而颖异，性笃孝，六岁诣塾读书，倜傥多大略。年十九，学乃大成，补郡庠弟子员。天启甲子、乙丑，联捷成进士，时年三十三。初授福建永春令，以才调福清，海贼流劫远近，屡挫官兵，公密遣壮士入其党，廉得各盗首，悉捕获置之法，海氛以靖。有坊店主要客于路，杀而夺其金，佯为申状，哭尽哀，公曰：若号而无泪，又数睥我，中情怯耳。夜半抵其坊，召而诘之曰：客何罪而汝杀之？一讯辄伏，起获原赃，封识宛然，阖县称神。公持谳明决，一时有升米完讼之谣。治行为八闽冠。

行取授陕西道御史，按山东，劾藩下官恣纵，及奸民投献庄田二十事，直声振朝野。按畿辅，言厂卫树威牟利害民状，同官皆悚惕，公意气自如。上虽不能用，亦不之罪也。适畿辅戒严，公缮阨塞，厘兵饷，简士马，劾将帅不职者，壁垒一新。有司捕获奸细百余人，法当枭，公覆鞫七十余人，无显状得末减。事竣请假省亲还，侍郡丞公不离左右，数月不入内寝。公未显时，母胡夫人先卒，奉木主朝夕进膳如常仪。假满入朝，犹依恋寝门，悲不自胜。

乙亥丁外艰，己卯服阕，入掌河南道印。庚辰，管京察，举劾悉当，人称铁面，稍迁太仆光禄寺卿。辛巳，迁顺天府，有民妇匿母家，取他尸以证，本夫以诬服坐抵，公驳讯获其妇，事以昭雪。霸州大盗狱已具，亲属挟重资赂权贵，欲曲宥之，公摘其奸，论如法。旋擢工部右侍郎。壬午九月，闯贼决黄河灌汴梁，保督侯恂堵塞弗效，陵运攸关，上忧甚。十二月，特敕加副都御史，赐银币，发帑金，命公往。当是时，李自成已据荆北河南地，眈眈虎视汜水、荥泽间，将渡河长驱畿辅，物料人夫百无一备。初命下，爱公者咸为公危，公诚信招徕，不浃旬，兵夫云集以万计，为阴勒部署，以备不虞。挥汗赤日中，与下均劳苦，能得人死力，且守且筑。贼以公在汴不敢径渡，乃从上游以济窥潼关。自癸未二月迄十一月，为时二百七十日，卒砥狂澜，河还故道。上大嘉，赉拜南户部尚书。以积劳成疾，继闻潼关不守，呕血数升。陈六大弊疏，及扼宣云关隘，指陈时病，语甚激烈。不报。连疏乞骸骨，上允之。过留都，谒孝陵痛哭。甲申四月旋里，京师已陷，缟素昼夜哭，濒于死者数。

公仅一子铉，已登贤书。献贼乱湖南，与世父堪赉先后被执，不屈死。堪赉亦无嗣，遗孤孙二，一七岁，一六岁。每北望，涕泗交横下，值两孙在旁，辄挥之去，闻者酸心。乃遁入沩山禅林，或瞑坐竟日不语，或中夜绕榻行，至达旦不寐。福王立于南京，闻相马士英，公拍案大恸曰：其无望也乎？史可法以书招之，因泛舟南下。兵部尚书张国维为公会试同年友，素与国维善，先致密函，请诛马、阮以正纲纪。行次吴城，得报知不可，乃返棹，复变易姓名，走岭表、走瓯闽数年。侧转山海江湖间，而公已病不能支矣。归来结庵邑西四十里之董家村，常焚香礼佛，病则弥月不起，乡邻罕识其面。

国初经略洪公承畴以特遣重臣徇滇黔，道出宁乡，洪与公有旧，令迎谒，猝问周司农安在？令愕眙，仓皇出询胥吏，乃具书爵里以进。日将晡，洪命驿卒前导，以数骑向邑西驰，长吏以上皆骇诧，至董家村已昏暮。驿卒传呼经略来，遽辞之弗获，而洪已造榻前矣。草屋三楹，篝灯布被，卧病奄奄，洪抚其臂曰：吁，甚矣惫！公扶杖徐起，相持而泣，坐定促膝语地方疾苦甚悉。少顷，呼僮摘园蔬留共饭，至夜分，洪乃骑马去。公曰：吾当与君永诀矣。翌日家人请致地谊，不许，曰：吾不以此辱洪公。卒不通一刺。时大湖南北叠罹兵燹，郡县白骨青磷，荆棘千里，经略疏免荒粮百十余万，民庆更生，人谓公有隐德云。

顺治十年癸巳，恭顺王疏其贤，简命下，已成废疾。次年四月晨起沐浴，衲衣趺坐而逝，年六十三。公清操介如，通显二十年，妻孥菜羹麦饭如田家，坦中不为崖岸，虽农夫樵牧皆可语。居恒恂恂，未尝以才智先人。及临大事，决大疑，则义形于色，片语立定。身罹国难，南北间关，至万死一生而志不少挫。其晚年逃禅，盖忧患之余有托而然矣。著有巡察及治河诸奏疏、《黄河纪》《五峰文集》。呜呼！士君子当革命之际，流离困顿以死，其行事多不表见，则惟乡党后死者知之，然知之卒不能深，语焉而终不能详也。崇祯末，余在京邸，读公劾保督侯恂疏，斥其仗左良玉以要君，大不敬罪当诛，风裁凛然，可不谓伟丈夫哉？卒以运移事易，而赍志以殁。悲夫！

忠襄伍公传

严首昇

自古天下治乱倚伏，大可见也，承平久则其上必有骄奢淫佚之主，而在廷皆优游息偃，不任艰险之臣，闻鼓声而蒙被矣。爰是养士多年，一日而缓急欲得其力，如使鹤然。然后知有文事者须武备，圣人之言可畏也。周之盛也，以文公、康公辟疆之才而制作大备，迨其衰也，申、甫、方、召樽俎之贤而尽瘁万里，乃以支延厥祚。顷者大明三百年，独泰陵十八年为中天日月耳，亡何，康陵继之有震且业。当时以文臣任武戎，以保和盛明者宏济艰难，实维忠襄伍公其人也。

公讳文定，字时泰，松滋人。荆平时伍氏之裔，父琇，官少参，为成、弘间名臣。生六子，公最少。弱冠举于乡，弘治己未成进士，授常州司李，多异政，平海寇有功。以忤逆瑾免。瑾诛，起嘉兴丞，剿流寇刘六、刘七及华林贼，迁河南太守，移吉安，皆有擒贼功。大约居官干实，廉察以断，而恩信任使，动皆有法，故人乐为用，所在有绩。公亦善骑射，知兵法，乃以武功著也。当是时，国家承平近二百年，天子继敬皇帝明良之后，荒淫槃游，巡幸无虚日，所在骚然，盗贼蜂起。储嗣未诞，人心动摇，致有南昌逆濠之变，仓猝生乱。舟楫蔽江而下，所向披靡。公延新建伯入吉安，画方略，撰文祭孙、许二忠，置木主，激发诸路援兵云集。已乃传檄设疑，贼稍怯，我师得有备。临阵黄家渡，火燎须足不移，随出大牌书“宁王已擒，我军敛兵”。贼惊扰遂溃。是时逆濠为二百年未有之变，新建亦立二百年未见之功，事终始皆公。公之功不可没，与孙、许二公之忠并烈也。事平，迁江西按察，历广东藩司、南都御史，提督操江，平江上寇及海寇功尤著。

世宗即位，论濠功，荫子锦衣。同杨慎等议大礼，公以功大未获谴，因致仕。寻起累迁至大司马，督师滇黔，入境贼即解。乞休终于家，诏赐祭葬，所在祀名宦，松邑祀乡贤，万历时谥忠襄。公持正简亢，而虚中通朗，无城府。初在庶常忤御史陈琳，洎丞嘉兴，琳为守，和衷无嫌猜，其旷达如此。垂暮以芒部不靖，议剿，与御史戴金争论不稍屈，亦如筮仕初抗节阉瑾，则刚大直方足以有执，生平如一日也。官留台时值邑大饥，捐俸输南米三千及漕米三千，里人勒石纪之。其居官除烦苛，多遗惠，可类推也。同邑王孝廉相之所著《东崖集》，皆公点定，盖又以博雅称。史但纪其武功，公之善不胜书，故一书之，从所重尔。

四子皆贤且显，至曾、玄不替。其四世孙民部起宗，以循吏著。子鹭名下士，两世为予友，因得读其家乘，并考诸史，纪实不阿云。

论曰：姚姒千五百年而有鲁若邹，后之得其传者，汉广川、唐昌黎、宋濂洛、大明余姚，历历然也。余姚若或驾宋轶唐，超西京而上之，岂非以其功在宸濠，神武不杀，庶几三都夹谷，化不可知也哉？予论其世，考其实事，终始皆忠襄公力也。余姚能用公，公亦悉为余姚用以克有成，皆大贤事。后人俎豆余姚，晚乃推公，又殆有其功而不居者，尤贤于人远矣。考其行实，美充而辉，汉以后皆有闻知无见知，今传道学者概列余姚及门士，若心斋、龙溪诸君子而不及公，犹之声音笑貌尔矣。

一瓢子传

严首昇

一瓢道人不知其姓名，性嗜酒，善画龙。敝衣蓬跣，担筇竹杖挂一瓢，游鄂渚间。行歌漫骂，学百鸟语，弄群儿聚诟以为乐。顾其神明映彻，怪准奇颜，髯疏疏起。吐语作洪钟声。有时衣新绛衣，从人假驺马，拥大盖，往来市中，观者如堵。隆庆丁卯居澧阳，年可七十，澧人异之。或具酒畜墨汁，乞一瓢子画不能得。一日饮龚孝廉园中，颓然以醉，直视沉吟久之。座中顾曰：此一瓢子画龙势也。一瓢子骨相既奇，如蛟人龙子，更卸衣衫赢而起舞，顾谓座客为我歌《入塞》《出塞》之曲，又令小儿跳呼，四面交攻，已信手涂泼，烟雾迷空，坐中凛凛生寒气。飞潜见伏，随势而成，署其尾曰“牛舜耕”，问其故，笑而不答。有饮一瓢子酒，年余不能得其画者。久之，画一人科头赤脚，踞地而遗，筋骨隐起，作努力状以赠之，其善谑如此。

信口辄成诗，间有异语多奇中，澧人渐敬之。竞馈问皆受而弃之，华阳庄靖王请改馆一瓢子，不可。所居无定处，一日宿文昌祠中，礼文昌像，作胡咒像落压其脑，乃遗书庄靖，请速营黄肠，吾将老焉。王如言为治木，木具，一瓢子坐其中不覆，令人舁而过市，拱手大呼，与人言别，周遍街巷。迁郊外普贤庵，命众曰：可覆我。众不敢覆，视之已去矣，遂覆而埋之。举之甚轻，如空棺然。澧人为题石于澄水桥头，署“画龙道人一瓢子之墓”。盖隆庆辛未七月也。

或曰：一瓢子少读书，不得志，弃去走海上。从军征倭寇有功，至裨将，后失律，匿于群盗，出没吴楚间。乃以资市妓十余人卖酒淮扬，所得市门资悉以自奉，诸妓更代侍之。日拥歌舞，具饮食以自豪，凡十余年，始亡去。乞食湖湘间，终于澧。

外史氏曰：一瓢子晚年持戒，殆类得道，顾其先且杀，且盗，且淫，具犯诸戒矣。尝笑穆天子命太仆正，正于群仆侍御之臣，盖自严已甚。而耄荒之余，车辙马迹遍天下，未知税驾何所？彼实戒之而犯之，以视一瓢子犯之而戒之者何如哉？

罗公传

唐访

访迹罗公始末，见其徒手起家，不阶寸土。其好施也，如范大夫三致千金，三散千金，终不失陶朱巨富。其豪纵侈丽也，如袁广汉家僮九百人，郭汾阳家童三千人，麋竺家僮万人也。如何曾日食万钱，和峤日食三万钱，杜悰日食五万钱也。然朱公诸子碌碌，公有子异是。广汉、汾阳、麋竺、何曾、和峤、杜悰凭借名位，公布衣异是。访曰是不可以不传。

传曰：公名尚质，字文嬴，武陵人。父懋宪公三子，公居仲。姿相伟岸，倪齿，遇异人抚其顶曰：是儿不贵，然五岳朝宗，贵人不敌也。懋宪公奇之，授以书，不成。懋宪公曰：我且困之。析产不给一资。或为请，公曰：不见石季伦翁乎？曰：是儿当自有之。公始困，日见窘侧，欹落聊奈，凡穷巷狭市，卑肆小廛，靡不历试。然为辄弃去，不屑也，益困。获小资，稍任贩湖湘，然不称意，亦复弃去，不屑也，益困。里有周公某者，先进巨室，偶从杯酒识公，一见嗟异，欲从公语，公绝不往。周公益绝欲从之，幸一遇于某处，强属至家，曰：以子之才，使假以资，素封岂足道哉？授以千金，公不受，强之受其半。还，买舟下吴越，不移月息倍，不移月息蓰，不移月息什百。归，以子母报周公，仍奉千金为寿。计时授受，往来才七月耳，而答酬如响。英雄识报，奇兀痛快，为一时耳目所惊见。

公性易，不参权术，然先事无诖，取物每后人。不为猛兽鸷鸟之发，然物无留时，权值不奢，然有盈无缩。用奴不择桀黠，然恩怨可使，贪诈可使，卒以无欺。以此三十年，起家巨万。公曰：某稍可以谢不孝罪矣。事父年七十，事母年八十，吮疽者一，不辱遗命者三，为伯氏营名金五百，为叔氏偿负金三百，营室金千，遗命也。外此为诸侄成家人三，娶妇人四，嫁女人二。外此为伯叔父、叔祖母、姑母营葬人五，此大节也。又外此而恺悌慈惠之事，则千金一修城隍庙，千金一修道观，千金一修梵宇，百金一葺浮图。又外此而慷慨义侠之事，则吉事数应不下数百金，凶事数应不下数百金。患难饥寒，奔走憔悴，号呼疾痛，有呼必应者无算。某亲负贷不下数百金，某友负贷不下数百金，老死流离，窘迫亡匿，苟且局骗，有负无偿者无算。又外此则土木之工必极，图书之玩必极，金玉之器必极，山海水陆珍错之味必极。贵介之车必满，贫贱之屦必满，方外之足必满，声乐之妓必满，棋蹴、丝管、六博之具必满。当其开第东郊，治园野外，丹宋粉桷，竹坞花堤，宛炎林郎，赤文绿字，屈金软玉，通犀明珰，齐丝晋纻以及南海之姜，西海之鲭，纷纭错列于窗牖之间。当其敞宴招宾，飞觞剧饮，王公才士，侠客迁流，黄冠羽扇，缁帽衲衣，齵笑折腰，啼妆堕髻，籧篨戚施，焦侥侏儒辈，歌舞欢笑于几席之外，以此又三十年，娱耳目，极心志，仍不失家巨万。伯叔微谏，公曰：侯自我得之，自我失之，庸何伤？其达观如此。

公三十起家，三十年自享，卒年七十有八，寿矣。晚年得二子，时升、名升俱奇士。时升交访久，故访得迹公始末云。

放史唐访曰：《洪范》叙五福首富，封人祝唐首富，太公云：太上富，民首富。司马迁云：君子富好行其德，小人富以适其力。近世侈贵羞言富，何也？士贫贱饿且死，此易知。贵者挟势凌人，不足济人。富者无势，不贤犹得挟取，况贤而好礼，其视贵犹足以济人，此难知也。富也贤而好礼也，罗公也。箕子所云攸好德也，封人所云散无累也，太公所云好礼也，司马迁所云仁义附也。

双肩和尚传

唐访

双肩和尚予初不识，识其兄枯藤和尚。枯藤貌陋性强木，口讷不能言，然有奇行，能为人犯险关，入死地，委曲成事。往予兄弟隔绝沅、溆间，凡三四岁，不致迷陷歧路者，枯藤力也。枯藤死，予兄复滞粤西又三四岁，予叹息枯藤已矣，安得复生？忽双肩至，枯藤弟也。双肩视枯藤貌少泽，性少温，细口吞吐少能言，然有奇行如故，能为人犯险关、入死地、委曲成事如故。去秋七月朔一日，索书一纸，辞余西行。比时两境战争，烽火接席，楚粤二千里声息阻绝，且游骑剽盗不时出没，讥察非常。双肩敝衣跣足，独肩朽木一株，围一尺余寸，长一丈余尺，忍痛肩远，踯躅跛行，日二十里。侦伺者见其尪羸痴赘，疑土著负薪，略不加顾，顾不加问，问不加诘，以此逾二千里。越三阅月，达予兄所，为去冬十一月朔五日。复从兄所索书，越三阅月归报余所，为今春正月朔一日。

予起叹曰：壮哉双肩！此行度二千里，金铁磷骨、乌嚎腐哭间，不慑不惧。就视其肩，凹然见骨蛆浮颈外。曰：悲哉双肩！何计之迂也！叩其所挟，徒恃一朽木，闯营垒，息肩灶侧，倚臂戈头，饥则就健儿乞食，曰此苦肉计也，兵法不载。曰：嘻！死地得生，亡地得存，韩淮阴言之乎？曰：噫唉！不谋面，不受恩，不请粮，间关历险，千里通邮，兄终弟及，如出一手，难矣。其所为计，又毁弃皮肉，忍痛坚苦，迂远痴重，腐诞无聊之事，难矣。然卒以此报成，其视世之华言乱道、巧谋败公者，相去几里？乃复潸然流涕曰：伤哉！予兄弟隔绝八年矣，始三通问者枯藤，继一通问者双肩。双肩之难，难于枯藤，见双肩如见枯藤，见双肩如见予兄也。予没，双肩不传哉？书其事以告后人。

湘乡郑医者传

龙孔然

郑翁云从以医名于湘，躄者弃杖，蛊者约带，羸者控拳，由是轮蹄争门，礼币接席。湖以南诸达官贵人，皆以翁之至否自决其吉凶。居稍暇，予造而问曰：夫病固多端，而翁四面应之，其有道乎？翁曰：何为其无道也？天地之气常有余，而人之气常不足。夫惟不足，故有余者恒乘之而夺其舍以居，于是而天地之有余，留于人身之中，纵横驰突，粗工悰之，以为是人之有余也。有余者不得不损，遂从而损之，不能损天地之余而恒损人之不足，是犹盗者讻于人之室而执挞其主人也。吾惟厚恤其主人而治其客，是以病四至而余应之恒一也。

余曰：天地之有余乘于人者，其状何若？翁曰：是所谓火也。天地之余气四，曰风，曰寒，曰暑，曰湿，入于人不足之中，而郁以蓬勃，则皆化为火。火蒸而上则逆，火结而下则塞，惟火生人，惟火杀人，故《阴符经》曰：火生于木，祸发必克。火灼之，吾从而润之。火散之，吾从而收之。火迫之，吾从而缓之。夫其受灼、受散、受迫者，皆不足也，吾从而充之。使不足者失其不足，则火无所居，于是仍归之天地，而人完其全人矣。不然，见其灼，从而浇之。见其散，从而追之。见其迫，从而扑之。不能攻天地之有余，而但攻其人，使府藏而能言，岂不涕泣而诉曰：吾已受盗，而奈何其榜掠我也？此生杀之枢也。

余曰：道止此乎？翁曰：应变之道不一，而此其本，本立而变以攻，或浇，或追，或扑，皆有时焉，而不与生杀之枢相悖。要之未有失本而善其攻者也。

余既闻翁之言，乃知翁之所以动辄效，而众归之如母，盖有以也。且因是而知有余、不足、本末之说，可以推之道，可以推之学。翁名元龙，云从其字也。始为浏阳人，迁于湘，有子世其术。

龚南台先生传

简而廉

南台先生姓龚氏，讳守忠，字葵仲，号二酉，余之业师也。先世江右金溪人，其祖讳显章，嘉靖初游于楚，遂居宝城敦睦坊。善经营，置田数百亩，然豁达磊落，仗义轻财，有抚孤还金之德，乡称善人。考讳卿，字佐纲，缵承父业，田园渐阔，赋性孝友，宅心正大，人咸服之。好读书，善属文，经书子史靡不精通，顾厄于非籍，不得与试。崇祯初，以先生赠文林郎、北京大理寺左寺左评事。母卢氏赠孺人。

先生生而颖异，才识绝人，六七岁时日辄诵千言，行文下笔立就。性刚直，遇义敢为，不计利害。事父母以孝，处兄弟友恭，不异乃父，而英迈豁达过之。其种学绩文，皆乃父庭训，未就外传，以故幼时名不彰，而得与邵阳考试。年十五，道试第一，补邵阳县学弟子员，邵阳人竞起以冒籍讼上，乃父多方调停，约费千余金，得不褫。越三年，岁试弁诸生食饩，嗣后凡岁科所试及观风月课，往往冠军，邵人愈恶之，欲死以拳。于是宝司理丁公为告游学，携往南京者将十年乃敢归。万历丙午遂登贤书，己未成进士，天启壬戌殿试通政司观政，受北京大理寺左寺左评事。在任数年，凡七差，赍饷辽东一，赍炮辽东一，踏视长城一，验视漕河一，市椒广西一，市石云南大理一，市羊毛陕西一，皆称上意。当是时，魏珰侮政，副都御史杨涟疏陈忠贤二十四大罪。涟楚人，魏遂大恶楚人，指为楚党。杨涟、熊廷弼等数十人罗织诛死，楚人侧足而立，事魏逃死者什八。先生叹曰：身非言官，不言足矣，何至畏死辱乃身乎？竟不趋附，以故久不迁，而日驱之奔走于风尘道路。

戊辰，今上御极，客魏败，乃升迁，拜北京福建道监察御史，巡视十库南城。先生以骨鲠之性，处清要之任，得行其志之时，顾影奋曰：所不尽心报国，有如此影。于是每月疏上，言事可否，上多纳之。遂剔弊摘奸，弹劾部寺官若干人，又禁群饮，查赌博，止夜行，诘奸宄。一日行按栅，召守栅者诘之曰：何为不闭栅？守栅者曰：奉城主令夜夜闭。先生曰：此栅不闭者当十夜矣。不服，遽命闭之。沙壅不可闭，发兵马司杖二十，街巷肃然。

先生遭圣明之主，感知遇之隆，沥肝胆上书陈十事：一曰察忠奸，二曰别贤否，三曰器任使，四曰严贿赂，五曰广积贮，六曰念民瘼，七曰振兵威，八曰守边疆，九曰豁株连，十曰信赏罚。累数千言，皆切中时弊，惜上未审而先生罢。初，上在信邸，稔知仕途贿赂，深恶之，及即位三年，风未息。辛未正月，手一笺驰中使诏先生曰：其廉访仕路夤缘者，尔臣才气精明，无牵恩，无畏势，隐匿漏脱罪尔臣。先生集五城兵马使，示以御笺，越旬日，兵马使捕得夤缘者，遗当事书札二十余封、财物几八千两白先生，先生系其使，焚其书札，以所获财物闻。上大怒，发驾票逮，终宵三遣，于是其书札所遗诸人，阴联前受先生所弹诸人，环攻先生。奏曰：此两臣同乡不相能，故发其事，设相能亦不发也。某果公而忘私者乎？不并罢某，不杜倚公快私之门。上犹豫，而见为此说者夥，竟两罢之。先生疏谢而归，京师贤士大夫多饯送，作建言回籍诗唱和成帙。于后上颇念先生，欲召使治兵击流贼，宰执以为性太刚，无容物之量，今山东、河南等处兵骄慢成风，卒以急严董之，恐不安，遂止。后又特诏九边立功，先生感泣喜幸，其郎君尔仕谏曰：大人气色涩暗，非立功时也，愿暂息林下。乃谢病不起。

崇祯戊寅九月廿二日卒，年六十有六，葬城北七里菖蒲塘。

先生少居敦睦坊，强仕时迁宝庆卫衙前，奉旨建坊，敕赐“南臂重臣”四字。初娶陈氏，早卒无出，继娶唐氏，生一子，讳尔仕，县学例贡。又续娶高氏，亦无出。崇祯初皆膺封赠。

嗟乎！先生以英敏之才，处得言之地，感知遇之隆，屏身家之计，尽心报国，不避艰险，而乃未蒙谕旨，反与所劾者同罢归里。直道而行，焉往不黜？从古皆然，是可叹也！廉忝附及门，目击始终颠末，因纪其大概，以示后之君子云。门人简而廉谨撰。

卢二勇传

何文照

二勇者，州民卢氏族兄弟也。长名文典，字五一，生城南水源山中。不读书，勤耕作以养其亲。有膂力，初亦不自知也。一日有牛陷深淤中，集二十人而牛莫之起，五一至，揽绳一振，牛离淤寻丈，于是众以“牛牯”呼之，而五一亦不顾也。又一日，其家豕为虎衔去，五一只身往寻，不意虎方踞石啖豕，五一突前大喝，虎即弃豕向人，跃高丈余，势若崩岩，而五一徒手往迎，拳中虎胸，而虎旋伏地毙矣。五一肩虎归，村族无不咋舌，于是牛牯之名愈振。次名文超，字不群，生城北柏园村。幼勇敢，尝与人赌力，能举石六百斤，人亦以“牛牯”呼之。闻水源山族人五一名，二人情好，不啻同胞。

崇祯十二年戊寅，临武贼刘星宇纠党五六千人围城，迫甚，州守佳士陈公招募乡勇，而二勇与焉。同事约千人，其勇敢无出二卢右者。日出日入，或分或合，二勇所向无前，贼为杀伤者甚众。千户刘大勋师事五一，以其勇而技艺精也。其时贼势方炽，城中戒守御无轻出，候援兵至，而二勇躁甚。一日城中不见五一，众方惶然，未几而城外喊声如潮，众往敌楼望之，乃五一冲贼寨也。于是我兵出城往应，不群闻其兄在外，于是直前大呼，冲击斩首无数，贼溃三里许。二勇回城时，血渍衣如红袍，州守举酒相劳，赏予甚厚，订以纪功申报，二卢乃勇敢倍常。次日复出，而不群恃勇轻敌，被创，三日而卒。五一在军，及贼平，制军录其功，给千户功牌，候题覆授职，乃未匝旬而五一亦物故矣。惜哉！

夫弹丸小城，危若累卵，而二勇以不识字之夫愤身急公，危城得安者，二勇之力居多。事定而不能一日食其报，岂非天哉？余时谬参机务，目击二勇之功，不忍其与草木同腐也。于是爰存其略，以示来兹。

宫保李湘洲先生家传

谢璠

公姓李氏，讳腾芳，字子实，号湘洲，湘潭人。曾祖讳志荣，生子九人，第三即公祖绍郁。父孚三世赠封礼部尚书。公夙有异慧，体貌瑰伟，四岁授书，父封翁频梦一方冠者教之，才思纵发。年十三赴童子试，督学金公学曾拔而奇之曰：此远大器也。二十四登万历戊子科举人，二十八成壬辰进士，改庶吉士，益博涉精研，尝自言构思每至心痛未尝辍，故其文章冠绝一时，而平生尤以经济节操著。

初授检讨知制诰，凡所撰制词动关国计民生及边疆机务。会倭患，公上安攘至计，疏请定战守，重内地，明赏罚，假将权，练京兵，积刍饷，破文法，祛宿蠹，洒洒数千言，皆切中时弊。董公其昌跋其草云：论兵事者众矣，此疏条分缕悉，烛照数计，末复归于知人，有用文字，所谓颇、牧在禁廷者。迁赞善中允，至左谕德，因顾公天埈被枉劾，并及公，遂再疏乞休。

三十七年挂冠归，杜门著述，坟史诸子、天文地理、韬钤技术之书，更番雠注，虽山居不忘魏阙。间与封翁谈及朝事，辄太息某边无备，某处不可守，举朝但争闲是非，无一为国家长虑者，不数年决有蜡丸征兵之变。闻者皆河汉其言，迨有警方征远见焉。先是，以擅去降太常博士京察，复谪都司理问，迁行人司正。四十七年趣出山，升太常少卿，管司业事。

光宗立，擢少詹侍读学士，掌南京翰林院篆，旋拜礼部右侍郎，教习庶吉士。光宗上宾，熹宗嗣位，有相择山林之命，公攀高穷幽，探风水之胜，卜吉壤以献，即庆陵也。议者后舍公所点真穴移上见石，及凿下公所点处果得吉土，人推学识。御史王安舜曾以他事媒蘖，比奏辨求退，奉旨李某以才望用，据奏心迹具明，着照旧供职。公亟恳归养，泰昌元年十一月予假省亲。

天启元年在籍，命为两朝实录总裁，辞未允。二年加太子宾客，正二品服俸，荫一子入监读书。三年起转礼部左侍郎，兼翰林院学士，时以赵公南星为吏部尚书，特改公吏部左侍郎，兼经筵讲官，严黜陟，勤启沃，中外忻忻望治。四年丁母王太夫人艰，赐祭葬，加公礼部尚书，驰驿奔丧。五年丁父艰。公刚方严正，为东林弁冕，魏珰弄权素忌公。适杨公涟参珰二十四大罪，珰以公与杨同乡，忌益甚。崔呈秀书东林姓名，进《天鉴录》于珰，将公名与叶向高、孙承宗、赵南星、高攀龙、杨涟、左光斗诸公并列，御史王际逵承珰指劾公，遂削夺。崇祯初珰败，二年起补公礼部尚书，仍兼掌院学士，协理詹事，晋太子少保。京师戒严，守御条画尤多力焉。已而有请建储及进戚继光兵略等疏，又以吏治日窳，人才日匮，请广制额，精用舍。他若宗藩请名请封例费不赀，悉奏除著为令，诸宗便之。

公逮事四朝，耆德硕望不减洛下司马，咸仰为救时之相。会廷推阁臣，以公及成基命、□□□、孙慎行、何如宠、罗喻义等十一人名上，而周延儒、温体仁名不与，体仁讦奏不公，因尽停所推者，暂未进用。崇祯五年，公在告，卒于京，年六十有八。位止宫保、宗伯，未罄厥猷，莫不惋惜。当公官庶常，值三王并封之旨，具书规首揆王文肃，文肃感悟，遂反并封议，私谓公师冯琢庵曰：此子真奔轶绝尘之才，但国家异日未必竟其用。后屡起屡踬，如文肃言。然公虽未得握枢秉轴，而经济节操，素所树立，已足暴于天下后世矣。

卒之日，帝震悼，赠太子太保与荫职，加祭五坛，遣中书官护棕回籍。行人官造茔，谕葬于邑八十四都塘冲，崇祀乡贤异数也。公世居高塘，兄弟五，公其长。弟鹭芳、骈芳，廪贡。驾芳，廪生。驭芳，举人。公元配卢氏，继娶陈氏、张氏，俱封赠如例。长子殇，卢夫人出。次宗岠，荫翰林博士，任南京户部主事，陈夫人出。元高，张夫人出。公所著有《说庄》《孙子说》《印玉衡集》《岣嵝文集》《备鉴录》，批选《王阳明集》《湘潭县志》等书行世。而邺架盈室，被峒贼寇湘半灰秦焰。抚遗编者，慨然想见其人！

傅司马润生传

罗时昇

傅作霖字润生，一字竹君，号九峻。年二十三始补武陵诸生，壬子举于乡。崇祯末年，欲伏阙言事，会路阻不达归。甲申，怀宗殉社稷，先生野哭茅亭，草讨贼檄，散家财，检僮仆，结轻客，而西捧金陵诏。前督师何腾蛟收兵星沙，制使堵应锡建旗召募，余两人定计从之，晨征则谈兵马上，夕偃则画计帐中。过余将军庙、蔡江门祠，低徊流连，鞭鞍渍渍也。余留幕先生奉使，时隆武决意幸楚，先生廷陈楚兵将之虚骄，何、堵之姑息，杨督之贪庸，理财先屯田，用人宽科目，仿□□遗法分天下为四，□□为元帅，召豪杰如张所、傅亮，疏条议十余，上拟大用，会忌之者仅除兵部职方，监辰常镇。周思忠庸懦不检，故甚与先生凿枘，适奉委督饷全楚，遂历试诸镇，遍察情形。至武冈，前总兵刘承允虚左郊迎，先生坦怀结纳，受直指监军命抵星沙。未几闽报至，先生与前何师相定议，册永明王，晋兵侍复晋本兵，力辞不允。诏同刘承允迎驾，星沙不守，国步日蹙，外敌内讧，先生阴脱永明走粤西。

未数日，我定南王不血刃入宝武矣。先生方巾葛衣挺立于庭，强之拜，瞋目不屈，胁以刃，先生引颈。久之，王命先生弈，先生云：巾服坐谈始可。王许，盖优容之，令其服也。先生反乘间说王，王知不可夺，始絷维，犹使周思忠同黄某某百口劝说，并殷勤致刘承允意，日往反再四。先生曰：吾欲面商于刘。王喜，出先生。时刘承允在坐，先生一见喷唾，提石击之，不中。王曰：吾阅人多矣，未若子，当成汝名。先生曰：血欲洒久矣。引先生出，先生巾服北面再拜，从容出袖中诗十首。王命全先生首领，细刀剸腰下死。王当具椋，殓以白绫，出钱建庙，众瓣香罗拜焉。不一年，刘承允有叛志，定南王杀之。欠一和尚曰：死之之难也。文山拘燕也，不能不感于王炎午生唁。叠山槛送也，不能不激于张子惠一诗。岂若先生从容就义，百折不回哉？

议者谓先生过任刘承允，以不知人咎先生，嗟乎，人岂易知哉？余束发交先生，试不利，相劝勉易业也，竟以此售。文未易知也，况人乎？先生讷讷不出口，嗣后经理错综，倥偬马上，军旅钱粮，山川地利，宾客辐辏，内外咨禀，目览手答，耳听口酬，方之刘穆之。然先生死节，妻死馁，长子夭，天之报施善人，余又不能不重有感矣。

孝烈传

王夫之

双髻外史曰：吾避戎上湘，湘之人竞相告曰：洪子挥利刃而雠仇，女彭抱婴儿而赴水。余谂之良然。盈目皆忘恩畏死、苟图荣利者，而能称道弗绝，人心固不容绝也。亟次所闻而传之。

洪孝子者，问其名不得，祖懋德以孝廉仕县令。父业嘉，字伯修，补文学，喜交游吟咏，与湘人士龙孔蒸、欧阳淑称湘三诗人。丁亥春，湖上堕守，降将王进才之兵，鞭督师溃，掠而走湘西。湘西之地曰榖水，林箐深险，伯修奉母匿峻谷中，独与姊婿浏阳胡某坐谷口茅舍中诇音息，胡某故贵公子，裘马甚饰，偶客于此。伯修有老狞奴曰家禄，不知何以愤怨其主人，逸出，故与兵遇。告兵曰：从此越丛薄，有谷口茅舍，胡、洪两公子在焉，多金，有好马，可袭取也。兵如其言，执胡某及伯修，索金无以应，索马马尽，兵怒曰：适一老黑汉而伛，言若为胡、洪两公子，多金，多好马，而不与我邪？遂杀伯修及胡某。当其时有小奚奴匿积草中，且闻之，孝子时年十五。阅旬日兵定，乃行哭求尸敛之，求父所繇遇害不得，昼夜悲号。小奚奴怜其骨立，乃具以告，孝子遽起，掩小奴口，故慰劳家禄，携之至伯修母孺人所，长跽泣血以请曰：某将手刃此贼，不敢不告。孺人以某稚弱，狎其言未应。明日复携奴至伯修殡次，捽奴跪殡前，呼小奴出证之，奴且谅其无能为，漫应曰：兵执我，我不如此云我死矣。语未绝口，孝子先淬一利刃藏殡帷中，至是急斫之，奴首已堕地矣。遂刲其心置筵上，退就位号泣，以告于殡。血流殷衰，旁人怪叫，孝子母惊出视之，大骇仆地。孝子掖母入，温言慰母，神色不变。

孝子素清羸，发方覆额，长不满五尺。奴故狞，挥刃俄顷头陨胸䰈，人羡怪之，以为有神助焉。余尝交伯修，欲求至孝子所吊慰之，道阻不达。惟习闻湘人之言，百喙如一者若此。

双髻外史曰：神勇者死而忘乎虑，性勇者虑而决以死。夫虑至则勇且衰矣，虑而能勇，勇矣哉！唯绝虑者能以虑勇，要离菀勃，焚其妻息，伍员从容，寄奴后从，其致虽殊，均虑效也。

上湘有乡曰梓田，王氏世居焉。丁亥春，长沙巡使赵廷璧率所部兵溃而西，纵使大掠。彭烈妇者田家女也，适王氏有子方晬，兵猝至，烈妇与其姒及婢皆被执。烈妇姿容独粲，兵睨而谑浪之，烈妇赪然而怒，已而正容俯首而思，良久而定，拊其姒曰：吾知所以处此矣。姒曰：若何？曰：死耳。姒曰：我焉用死？获而絷者，岂徒我两人哉？烈妇笑曰：此非而所知也。我未即死者，以一岁子无所托，将践蹂之，或豚子置之。姑与夫不可得见，将谁授邪？诚不忍其践蹂，且先决绝此而吾自处易矣。其子时在婢怀抱中，遽起夺而趋之池畔，投子水中，戟手呼曰：吾无所复念矣。跃入池水死。其婢后得释归，对其家人言如此。死三日兵去，尸乃浮出，不胀不黚貌如生。外史曰：此妇勇而能虑，虑以生勇，善虑而力勇者与？呜呼，岂不烈哉！

伯兄石崖传略

王夫之

崇祯末人士以声誉相高，兄尝怆然曰：此汉季处士召祸之象，不十年而见矣。张贼陷衡州，索绅士补伪官，吾兄弟以亲老不能越疆，望门无依，赖舅氏谭翁引匿南岳莲花峰下，贼购索益急。兄忽向野人问黑沙潭之胜，夫不解兄意，曰：此岂游山时邪？兄笑曰：今日不游，更何处得一湾清净水为我两人葬地邪？会其日暮，家人遽报家君为逻者所得。兄闻之，欲脱出先子而沉湘以死。夫知兄出且与先子俱碎，夫所数与为文字交者黄冈奚鼎铉陷贼中，知吾兄弟必不可辱，曲意相脱，夫乃剺面刺腕，伪伤以出，而匿兄以死告。先君子乃免，夫亦随宵遁。当夫出时，兄藏绳衣内，待夫信即自尽。夫既免先子而自免，乃不果死。然则栖迟荏苒，年逾八秩，而死于林峦之下，非兄志也。

廖给谏传

江有溶

廖国遴字孟府，封给事中小塘公长子。小塘公与封母王安人世有隐德，年四十始生孟符。有奇兆，秘不以传。孟符生而颖异，方六七岁书过目辄了，好大言，小塘公掩其口，屡诃之。小塘公起家农穑，见孟符渐长，学举子业，心窃疑不信。又孟符文早成，而阨于童试，小塘公常以为忧。年十九，始补弟子员。小塘公督课益急，每伺孟符小过，辄叫噪不休，以故孟符多读书刹宇间，月一归宿，小塘公稍色喜。

孟符虽负性高迈，而笃于孝友，一切家事，付弟国选综理，专意杜门下学，《四书五经大全》《纲鉴》《左》《国》，秦汉以下诸大家文，日立程限，业完乃就寝。宽衣被，寒暑靡间，作为文章，光焰万丈，人不敢迫视。前后学使者金坛素心余公、清溪正庵蔡公、昆山闻修王公，试辄冠军。孟符既一时文名，夺人耳目，兼负气节，少许可目相孟符者，摭拾其疏脱细故，流传排诋。究竟排诋者，又私录孟符文记诵之。惟有溶及李先登、车万程、董良玙、周生文、谢三达、武灿文、胡梦宏、吴憿、李凤翔、黄钫鉍兄弟合订岳麓大社，为文章性命之交，相视无间言。公业师胡其廉亦先称誉之，壬申有掩关读书之约。孟符常取经书及所温习古今文属余背诵，会文刻日七艺。孟符手敏心间，笔不加点，文成出示诸子，无不人人面热吐舌，相对哑然者。

癸酉举于乡，大主考受之，钱太史奇其试论，刻以进呈。丁丑成进士。有《廖孟符百篇》行世。初授维扬司李，时中宦杨显名领鹾政，开府扬州，横行无忌，公傲之不为礼，随列其不法事奏记按臣，露章纠之，公直声赫然震海内，诸君子翕然归心，推毂恐后矣。己卯分考，得士八人：李用楫、张墀、虞植、荆镇、朱应昇、王先甲、沈德舆、顾称。为南闱极盛云。其他督漕率吏，禁暴止贪，载在碑珉。同时参宪潜庵郑公、临侯袁公，先后共事，咸倚为左右手，曰：此真司理也。

旋调保定。保，畿南重地也，初被蹂躏。公至，缮城垣，料兵筹饷，督抚及诸大帅严事公，曰：是常纠杨太监者，不可犯也。岁饥，施粥以活饿者，暇则进诸士论文，纪公耀、高公桂皆其所赏拔士。壬午入奉召对，授户科给事中。公遭遇明主，知无不言，章数日一上，皆报可。其大者，如入垣三日即劾次辅公之策、守宁远、备关中、疏荐刘公宗周、郑公三俊当大拜，皆济时硕画也。久之，奉覃恩封小塘公如公官，母王、妻李皆安人。公精白一心，以仰酬知遇，朝野属望焉。惟是非邪正界限太严，间激于意气，人阳奉之、阴中之者不加察也。同乡元应周公、洞门赵公屡讽譬之不得，亡何熊鱼山先生廷劾宜兴相公，附相公者谓先生疏稿出公手，上其事，遂诏下狱。不半岁，宜兴伏法，公得雪。

甲申公以幅巾归里，时湖南兵燹，田庐灰烬，公日舞斑衣两尊人前，余数数过从，相与抗怀赋诗。公曰：吾绝意仕进，幸有子元章、元轼，侄元恺辈，虽幼，皆远到器也，吾亲督教之，书香世业其在兹乎？余别去，公竟郁郁不乐，以是岁卒。

公貌修伟，方背阔额，善饮酒，长于议论。喜拔名下士，徐孚远、刘敷仁皆公为之荐，人无知者。若仕路汲引更多，汾阳古遗曹公、公安特邱袁公，特力推举，卒以被谤，悲夫！诗豪宕如其人。公之在狱也，余亦客燕，周旋独久。其疏草及诗古文词，从狱中相与较订成集，曾为之序。经兵火散佚，极千古文人之厄，其存者仅《狱中别鱼山先生七言古》一篇，为合淝所手评者，笔痕犹新耳。

方公之举于乡也，先数月，里中文士请乩卜之，判云：小塘龙现爪时。人不晓。小塘为封君号，惊相传诘。孟符闻之，私蹴余曰：我之谓矣。后孟符为余言，封君生孟符先一夕，梦后池中龙现一爪，今始验矣。报捷时，孟符王母年九十余，封君夫妇皆六十余，杖而受乡人贺，乡人荣之。未几，王母先孟符卒，孟符卒后十年，王安人八十三卒。又三年，封君八十七卒。一门享大年，胡至孟符独数短也？天有不可问者邪？

湖南文征　卷三十九

碑记上 元明

河平碑

欧阳玄

至正四年夏五月，大雨二十余日，黄河暴溢，水平地深二丈许，北决白茅堤。六月又北决金堤，并河郡邑，济宁、单州、钜野、郓城、嘉祥、汶上、任城等处，皆罹水患。民老弱昏垫，壮者流离四方。水势北侵安山，沿入会通运河，延袤济南、河间，将坏两漕司盐场，妨国计甚重。省臣以闻，朝廷患之，遣使体量，仍督大臣访求治河方略。九年冬，脱脱既复为丞相，慨然有志于事功，论及河决，即言于帝，请躬任其事，帝嘉纳之。乃命集群臣议廷中，而言人人殊，惟都漕运使贾鲁昌言，必塞北河使复故道，役不大兴，害不能已。先是，鲁尝为山东道奉使宣抚，首领官循行被水郡邑，具得修捍成策，后又为都水使者，奉旨诣河上相视验状为图。以二策进献：一议修筑北堤以制横溃，其用功省。一议疏塞并举，挽河使东行以复故道，其功费甚大。至是复以二策对，脱脱韪其后策，议定乃荐鲁于帝，大称旨。

十一年四月初四日，下诏中外，命鲁以工部尚书为总治河防使，进秩二品，授以银印。发汴梁、大名十有三路民十五万人，庐州等戍十有八翼军二万人供役，一切从事大小军民咸禀节度，便宜兴缮。是月二十二日鸠工，七月疏凿成，八月决水故河，九月舟楫通行，十一月水土工毕，诸埽诸堤成，河乃复故道，南汇于淮，又东入于海。帝遣贵臣报祭河伯，召鲁还京师，论功超拜荣禄大夫、集贤大学士，其宣力诸臣迁赏有差，赐丞相脱脱世袭答刺罕之号。特命翰林学士承旨欧阳玄制河平碑文以旌劳绩。

玄既为河平之碑文，自以为司马迁、班固记河渠沟洫，仅载治水之道，不言其方，使后世任斯事者无所考则，乃从鲁访问方略，及询过客，质吏牍，作《至正河防记》，欲使来世罹河患者按而求之。其言曰：治河一也，有疏，有浚，有塞，三者异焉。酾河之流，因而导之，谓之疏。去河之淤，因而深之，谓之浚。抑河之暴，因而扼之，谓之塞。疏浚之别有四，曰生地，曰故道，曰河身，曰减水。河生地有直有纡，因直而凿之，可就故道。故道有高有卑，高者平之以趋卑，高卑相就，则高不壅，卑不潴。虑夫壅生溃，潴生堙也。河身者，水虽通行，身有广狭。狭难受水，水益悍，故狭者以计辟之。广难为岸，岸善崩，故广者以计御之。减水河者，水放旷则以制其狂，水隳突则以杀其怒。治堤一也，有创筑、修筑、补筑之名，有刺水堤，有截河堤，有护岸堤，有缕水堤，有石船堤。治埽一也，有岸埽、水埽，有龙尾、栏头、马头等埽。其为埽台及推卷、牵制、薶挂之法，有用土、用石、用铁、用草、用木、用杙、用絙之方。塞河一也，有缺口，有豁口，有龙口。缺口者，已成川。豁口者，旧常为水所豁，水退则口下于堤，水涨则溢出于口。龙口者，水之所会，自新河入故道之潨也。

此外不能悉书。因其用功之次第，而就述于其下焉。其浚故道，深广不等，通长二百八十里百五十四步而强，功始自白茅，长百八十二里，继自黄陵冈至南白茅，辟生地十里。口初授广百八十步，深二丈有二尺，已下停广百步，高下不等，相折深二丈及泉，曰停曰折者，用古算法，因此推彼，知其势之低昂相准，折而取匀停也。南白茅至刘庄村，接入故道，十里通折，垦广八十步，深九尺。刘庄至专固百有二里二百八十步，通折停广六十步，深五尺。专固至黄冈垦生地八里，面广百步，底广九十步，高下相折，深丈有五尺。黄固至哈只口，长五十一里八十步，相折停广垦六十步，深五尺。乃浚凹里减水河，通长九十八里百五十四步，凹里村缺《元史类编》作减水。河口生地长三里四十步，面广六十步，底广四十步，深一丈四尺。

自凹里生地以下，旧河身至张赞店，长八十二里五十四步，上三十六里，垦广二十步，深五尺。中三十五里，垦广二十八步，深五尺。下十里二百四十步，垦广二十六步，深五尺。张赞店至杨青村，接入故道，垦生地十有三里六十步，面广六十步，底广四十步，深一丈四尺。其塞专固缺口修堤三重，并补筑凹里减水河南岸豁口，通长二十里三百十有七步。其创筑河口前第一重西堤，南北长三百三十步，面广二十五步，底广三十三步。树置桩橛，实以土牛草苇，杂梢相兼，高丈有三尺。堤前置龙尾大埽，言龙尾者，伐大树连梢系之堤旁，随水上下，以破啮岸浪者也。筑第二重正堤，并补两端旧堤，通长十有一里三百步。缺口正堤长四里，两堤相接，旧堤置桩堵闭河身，长百四十五步，用土牛、草苇、稍土相兼修筑，底广三十步，修高二丈。其岸上土工修筑者，长三里二百十有五步有奇，高广不等，通高一丈五尺。

补筑旧堤者，长七里三百步，表里倍薄十《类编》作七。步，增卑六尺，计高一丈。筑第三重东后堤，并接旧修堤高广不等，通长八里。补筑凹里减水河南岸豁口四处，置桩木草土相兼，长四十七步。于是塞黄陵全河，水中及岸上修堤长三十六里百三十六步。其修大堤刺水者二，长十有四里七十步，其西复作大堤刺水者一，长十有二里百三《类编》作五。十步。内创筑岸上土堤，西北起李八宅西堤，东南至旧河岸，长十里百五十步，颠广四步，趾广三之，高丈有五尺。仍筑旧河岸至入水堤，长四百三十步，趾广三十步，颠杀其六之一，接修入水两《类编》作西，误。岸埽堤并行。作西埽者夏人水工征自灵武，作东埽者汉人水工征自近畿，其法以竹络，实以小石，每埽不等，以蒲苇绵腰，索径寸许者从铺，广可一二十步，长可二三十步。又以曳埽索绹，径三寸或四寸，长二百余尺者衡铺之，相间复以竹苇麻苘大綷，长三百尺者为管心索，就系绵腰索之端于其上。以草数千束，多至万余，匀布厚铺于绵腰索之上，橐《类编》作橐，误。而纳之。丁夫数千，以足踏实，推卷稍高，即以水工二人立其上而号于众，众声力举用小大推梯，推卷成埽。高下长短不等，大者高二丈，小者不下丈余，又用大索或五为腰索转致河滨，选健丁操管心索顺埽堤立踏，或挂之台中铁猫大橛之上，以渐缒之下。

水埽后掘地为渠，陷管心索渠中以散草厚覆，筑之以土，掩其上，复以土牛、杂草。小埽梢土，多寡厚薄先后随宜修叠为埽台，务使牵制，上下缜密坚壮，互为犄角，埽不动摇。日力不足，火以继之，积累既毕，复施前法卷埽，以压先下之埽。量水浅深，制埽厚薄，叠之多至四埽而止，两埽之间置竹络，高二丈或三丈，围四丈五尺，实以小石。土牛既满，系以竹缆，其两旁并埽密下大桩，就以竹络上大竹腰索系于桩上，东西两埽及其中竹络之上，以草、土等物筑为埽台，约长五十步，或百步。再下埽即以竹索或麻索长八百尺，或五百尺者一二，杂厕其余管心索之间，俟埽入水之后，其余管心索如前薶挂，随以管心长索远置五七十步之外，或铁猫，或大桩，曳以系之，通管束累日所下之埽，再以草、土等物通修成堤。又以龙尾大埽密挂于护堤大桩，分析水势，其堤长二百七十步，北广四十二步，中广五十五步，南广四十二步，自颠至趾，通高三丈八尺。

其截河大堤高广不等，长十有九里百七十七步，其在黄陵北岸者，长十里四十一步。筑岸上土堤，西北起东西故堤，东南至河口，长七里九十七步，颠广六步，趾倍之而强二步，高丈有五尺，接修入水，施土牛、小埽、梢草、杂土，多寡厚薄随宜修叠。及下竹络，安大桩，系龙尾埽，如前两堤法，唯修叠埽台增用白阑小石并埽土，及前洊《类编》作游。游，修埽堤，一长百余步，直抵龙口。梢北栏头三埽并行埽大堤，广与剌水二堤不同，通前列四埽，间以竹络成《类编》作以管结成。二大堤，长二百八十步，北广百一十步，其颠至水面高丈有五尺，水面至泽腹高二丈五尺，通高三丈五尺。中流广八十步，其颠至水面高丈有五尺，水面至泽腹高五丈五尺，通高七丈。并创筑缕水横堤一，东起北截河大堤，西抵西刺水大堤。又一堤东起中刺水大堤，西抵西刺水大堤，通长二里四十二步，亦颠广四步，趾三之，高丈有五尺。

修黄陵南岸长九里百六十步内创岸土堤，东北起新补白茅《河渠志》白茅误白予。故堤，西南至旧河口高广不等，长八里二百五十步。乃入水作石船大堤，盖由是秋八月二十九日乙巳道故河流，先所修北岸西中刺水及截河三堤犹短，约水尚少力未足恃，决河势大，南北广四百余步，中流深三丈余，益以秋涨水多，故河十之八，两河争流，近故河口水刷《类编》作一，误。岸北行，洄漩《类编》作河流。湍激，难以下埽，且埽行或迟。恐水尽涌入决河，因淤故河，《类编》作故道。前功遂堕，鲁乃精思障水入故河之方。以九月七日癸丑逆流，排大船二十七艘，前后连以大桅，或长桩，用大麻索、竹絙绞缚，缀为方舟，又用大麻索、竹絙用船身缴绕，上下令牢不可破。乃以铁猫于上流硾之水中，又以竹絙绝长七八百尺者系两岸大橛上，每絙或硾二舟或三舟，使不得下。船腹略铺散草，满贮小石，以合子板钉合之，复以埽密布合子板上，或二重，或三重。以大麻索缚之急，复缚横木三道于头桅，皆以索维之。用竹编笆夹以草、石立之桅前，约长丈余，名曰水帘桅。复以木榰拄使帘不偃仆，然后选水工便捷者每船各二人，执斧凿立船首尾，岸上搥鼓为号。鼓鸣一时齐凿，须臾舟穴水入，舟沉遏决河水怒溢，故河水暴增，即重树《类编》作重更。水帘。令后复布小埽、土牛、白阑、长梢，杂以草、土等物，随宜填垛以继之。石船下诣实地，出水基趾渐高，复卷大埽以压之。前船势略定，寻用前法沉余船以竟后功，昏晓百刻，役夫分番甚劳，无少间断。

船堤之后，草埽三道并举，中置竹络盛石，并埽置桩系缆，四埽及络一如修北截水堤之法。第以中流水深数丈，用物之多，施功之大，数倍他堤。船堤距北岸才四五十步，势迫东河，流峻若自天降，深浅叵测。于是先卷下大埽，约高二丈者或四或五，始出水面。修至河口一二十步，用功尤艰。薄龙口喧豗猛疾，势撼埽基，陷裂欹倾，俄远故所，观者股弁，《类编》作栗。众议腾沸，以为难合，然势不容已。鲁神色不动，机解捷出，进官吏、工徒十余万人，日加奖谕，辞旨恳至，众皆感激赴功。十一月十一日丁巳，龙口遂合，决河绝流，故道复通。又于堤前通卷栏头埽各一道，多者或三或四，前埽出水，管心大索，系前埽硾后阑头埽之后。后埽管心大索，亦系小埽硾前阑头埽之前。后先羁縻，以锢其势。又于所交索上及两埽之间，压以小石、白阑，土牛草土相半，厚薄多寡，相势措置。埽堤之后，自南岸复修一堤抵已闭之龙口，长二百七十步。船堤四道成堤，用农家场圃之具曰辘轴者，穴石立木如比栉，薶前埽之旁，每步置一辘轴，以横木贯其后。又穴石以径二寸余，麻索贯之，系横木上密挂龙尾大埽，使夏秋潦水，冬春凌簰，不得肆力于岸。此堤接北岸截河大堤，长二百七十步，南广百二十步，颠至水面高丈有七尺，水面至泽腹高四丈二尺。中流广八十步，颠至水面高丈有五尺，水面至泽腹高五丈五尺，通高七丈。《类编》七丈四尺，无“仍治”字。仍治南岸护堤埽一道，通长百三十步。南岸护岸马头埽三道，通长九十五步。修筑北岸堤防高广不等，通长二百五十四里七十一步。白茅河口至板城补筑旧堤，长二十五里二百八十五步。曹州板城至英贤村等处高广不等，长一百三十三里二百步。梢冈至砀山《类编》误作锡山。县增培旧堤，长八十五里二十步。归德府哈只口至徐州路三百余里，修完缺口一百七处，高广不等，积修计三里二百五十六步。亦思剌店缕水月堤高广不等，长六里三十步。

其用物之凡，桩木大者二万七千，榆柳杂梢六十六万六千，带梢连根株者三千六百，《类编》作八百。稿秸蒲苇杂草以束计者七百三十三万《类编》作一十三万。五千有奇，竹竿六十二万五千，苇席十有七万二千，小石二千艘，绳索小大不等五万七千。所沉大船百有二十，铁缆三十有二，铁猫三百三十有四，竹篾以斤计者十有五万，硾石三千块，铁钻万四千二百有奇，大钉三万三千三百《类编》作二百。三十有二。其余若木龙、蚕椽、木麦、稭扶、桩铁、叉铁、吊枝、麻搭、火钩，汲水、贮水等具皆有成数。官吏俸给，军民衣粮，工钱，医药、祭祀、振恤、驿置马乘，及运竹木沉船渡船、下桩等工，铁石、竹木、绳索等匠佣资，兼以和买民地为河，并应用杂物等价，通计中统钞百八十四万五千六百三十六锭有奇。

鲁尝有言：水工之功，视土工之功为难。中流之功，视河滨之功为难。决河口视中流又难。北岸之功视南岸为难，用物之效，草虽至柔，柔能狎水，水渍之生泥，泥与草并力重如碇，然维持夹辅，缆索之功实多。盖由鲁习知河事，故其功之所就如此。是役也，朝廷不惜重费，不吝高爵，为民辟害。脱脱能体上意，不惮焦劳，不恤浮议，为国拯民。鲁能竭其心思，知计之巧，乘其精神胆气之壮，不惜劬瘁，不畏讥评，以报君相知人之明，宜悉书之。使职史氏者有所考证也。

案：新化邓氏新刊本，云碑文久佚。兹从《元史·河渠志》《元史类编》《贯鲁传》采录，即所云《至正河防记》也。

显灵义勇武安英济王碑记

冯子振

大丈夫忠愤不酬于尺寸，而庙食滂沛于九州，功名不留于须臾，而义烈感慨于千古。长河之北，大江之南，陋之而偏州，迂之而僻县，枵然数十家之聚，辄裒金券地，畚土伐木，宁鹑衣百结，不敢虚丹雘于云长之祀事，宁蜗涎一角，不敢乏牲酒于云长之亩宫。矧大邦剧邑，人物充斥之乡乎？

四百年赤帝之玺，睥睨于一旦侥幸之奸凶，刘表无意于中原，刘虞殒命于幽朔，卯金刀之胄，仅悬其一缕之坠绪于楼桑大耳之衰宗。云长奋起河东，与玄德遇，自尔周旋艰险，投间抵隙之会，未尝不身亲其间。识者谓馘颜良于白马之围，不如破孟德于赤壁之斗。争鲁肃于益阳之濑，不如降于禁于襄阳之攻。业勋垂成，貉夏为厄，有志之士，盖深悲之。乌乎！刘玄德展转于公孙，羁縻于吕布，栖迟于袁绍，进无容足之地，退无寄迹之穴，四方响应之初附，乍合乍散，乍奔乍衄，殆不知其几矣。而云长不肯辄去，去辄复返，古所谓主在与在，主亡与亡者邪？人间世梗梗橛橛之夫，后云长千数百载，所以愿为之执鞭，不慕王之翦敌万人，不慕王之雄视百代，不慕王之能块土裂三分之汉鼎，不慕王能赤手擎一面之荆州。其拳拳向云长之心，特以其当贼于九州之地，已有其七之时，伎穷力殚，独不忍背弃流离颠沛之玄德耳。

彼张翼德亦若是也，英魂凛凛，虽死犹生，广陵之城隍西庑构祠，严事云长甚谨。予是以掇拾王之平生衷素如是，遂并书之。天历二年中秋。

尝读《淳祐志》，知广陵三绝为苏昌龄起句，冯子振脱草，赵子昂书，心切慕之。乾隆壬戌至扬州，访得于旧城老关帝庙，急摹墨刻，如获至宝，以示冯氏子孙云。易宗涒识。

科贡题名碑

邝埜

圣朝统有天下，仿唐虞三代之规制，诏州县立学以尊崇儒道。作兴风化，教育贤才，为太平万世计也。宜章为邑，逖在荆楚南裔，境接百粤，然自洪武初钦承明诏，兴学育贤，实同于中州。自时厥后，任提调教训之责者，咸能仰体上意，殚尽厥心，邑之俊秀相继为弟子员者，莫不涵濡圣化，笃学力行以成其器。故由洪武迨今，造就之士，或应宾兴而观光上国，或应选拔而充贡天廷，彬彬辈出，接踵云逵，悉为国家治平之用，其视虞之俊乂在官，周之济济多士，殆不多让。猗欤盛哉！

宣德五年，江宁唐公彬来知县事，累进诸生，谓已升之士弗题其名，无以光扬先烈，激励后进，于是历稽科贡诸士，悉书于板。越二年，典史乐平莫公晓、本县训导灌阳蒋君恭等，咸惧板之所书久而漫灭，相与营资，命工镌勒于石，且广存余隙，以俟后之续勒焉。又相率固请述其梗概于首。余惟题名之作，从古皆然，虽以招揭于既往，而实用劝乎将来。自今吾党之士睹兹刻名，已升而从政者益当竭忠效劳，辅理承化，期以增光门墙，毋俾后人指其名而议其失。毓秀而未升者，益当感发淬励，期必致身青云，名登于石，罔俾先觉得专斯美。若然，则贤才之兴无负国家，斯名之题有裨于世教矣，夫岂徒然哉？某年月日邑人邝埜记。

贡院碑撰文

黎淳

始湖省未有贡院，每当大比，假城隍庙为之。近数十年来，人材富盛，庙弗克容也。正统初，乃即凤凰山之阳，因旧公馆辟地建屋，汇试群贤。其地西北高，东南下，作者因山为制，列场屋山冈，而至公堂、校文馆及诸执事所皆在山麓。君子或讶其高下失伦。

成化戊子，都察院右副都御史南昌罗公以宪使升秩巡抚，有司疏陈贡院之弊，请图改作。公命参政周晟、知府章纶、知县孙翰审视皆实，遂檄三司撤旧易新，移堂所于上，场屋于下，用恢廓厥基。公又言因陋就简，不可建万年经久之功，劳民伤财，莫克满宾兴三载之意，仍令公帑给缗，贸易良材，官储发粟，分食群匠。而藩、臬、郡县官，日循监之，经始己丑九月，凡历半载余。功未就绪，而公被召归南台矣。明年夏，右佥都御史繁昌吴公简自宸衷，来代巡抚，外攘枚举，内治益修，重惟兴贤选才，毋堕成绩，乃率群卿按行其地。见东南促隘，规制弗固，而千户钱麒有隙地长十有八丈、广十丈可辟地，即偕巡按御史江沂、布政使杜铭、陈之鹏，按察使张纲、副使戴珙暨诸卿佐，以白金百廿两买之，区画程度，檄知事邹璧、指挥使陈琳、义官李英督造，开展平原，星列席舍，陟登峻级，旁竖牌坊。进而为大门，门之内为巡绰官。中道构小亭，曰青云亭，建巍楼曰桂香楼。左右为受卷、弥封、官誊录、对读四所，又升级为至公堂，连续为聚奎堂。二堂限隔在内，而东西有燕居之室，较文之庐，又东为供给所、养牲所，表里庖厨，库藏充实，诸品工肆器物备全，盖以间计之总百二十有三，而且居尊驭卑，壮丽高明，鼓铎戒严，垣墉渊肃，超越旧规远矣。

既竣事，太史氏适过焉，布政杜公曰：是为子发身之地，当有言纪载。太史氏为之言曰：惟上天纯佑我邦家，降诞星宿之灵，钟毓江山之秀，以产此众英，其生之良难。圣天子集于乡校，丰饩廪，颁经籍，选模范，饬科条，其教养成之也尤重。今都宪郡卿仰承天意，宏敞兹院，冠冕诸藩，后此凡值试期，驰轺走币，延聘儒硕，较典文之任，诚望其以心为鉴衡，辨妍媸于分寸，别轻重于丝毫，为邦家得实材供用焉耳。若乃自昧鉴衡，或因是私焉。其与天与圣天子所以难且重之意，不亦大有负乎？是故凡为主司暨执事于兹者，必廉足以除宿弊，如昔人却从弟纳金则士品立，而结丕休哉之纳其失污。必公足以杜私恩，如昔人荒陆氏之庄则服人心，而贻擢陶邴之诣其失滥。必明足以扬幽隐，如昔人浮艳者必黜则文运正，而错认颜鲁公其失暗。必断足以决群疑，如昔人直言必举则国论定，而不取李复古其失柔。必勤足以拔俊秀，如昔人联玉笋之班则儒道昌，而有下第李程其失怠。必慎足以屏怪诞，如昔人革轧札之弊则词体变，而有称臣何烈其失疏。必宽足以萃众长，如昔人贤良集鸾凤则材器备，而齐贤置丙科其失隘。必和足以偕众愿，如昔人倡和成篇什则情绪畅，而五星谤主者其失乖。

夫廉生公，公生明，明生断，而又效勤慎以集事，资宽和以济用也。曰廉曰公曰明曰断曰勤曰慎曰宽曰和，此八善者缺一不可。凡为主司暨诸执事于兹者，其可忽乎？杜公曰：富哉，言乎是，可慰都宪公之心矣！太史氏曰：未也。吁俊尊帝，克用宅俊，是乃圣天子之所钦尚也。抑不特圣天子所钦尚，惟天聪明，惟圣时宪，是又天之心所鉴临也。敬天有重赏，福必归之，慢天有重罚，患亦随后，可不畏哉？杜公曰：然则敬天而全八善，时必有豪杰胥此焉出。钧衡庙堂，雨露民物，建盖世之勋烈者，吾与子试观之。太史曰：诚然矣！遂伐石而书其事。

罗公名篪，字淑和；吴公名琛，字舆璧，皆由名进士为时名卿，有大材德又时有大名位。斯举也，凡所统属，各效劳勚，勒石于碑阴。成化戊子辛卯十二月立。

溆浦科贡题名碑记

彭瀛

国朝太祖高皇帝迅扫腥膻，平定海宇，首崇文教，建学立师，以育英才。诏天下各道三岁一开科取士，各府、州、县学限年各岁贡一人，又于儒学立碑，刊其名氏官爵以垂列久远。故当时以科贡为正途，师保经纶于内，郡吏旬宣于外，悉于是乎出。与兹选者顾不伟与？

溆浦自洪武以来，登科贡，入仕版，表政绩者，项背相辉。然儒学刊石题名之碑，则未有也。瀛早游芹泮，锐志淬励，良用自勖。第恨偃蹇场屋，赍志未伸。成化庚子，循例卒业成均，得与天下士讲论，以资见闻。既而抡次铨曹，滥膺民牧之任，每怀砥节砺名，庶继芳躅于前烈。然昔之所勖者，犹切于怀，盖恐岁移月改，竟致沦没，使先哲以科贡显者，不闻于后，则游学之士固无所感激，而朝廷作养之恩亦负。巫阳公暇乃涓吉，鸠工伐石，镌碑载归，竖于文庙门侧。僭文以纪其上，标题以注其下，前列登科人物，而以岁贡次之。备刊年月、名氏、官爵于后，庶游学于斯者，得睹吾邑科贡人物之显。云仍奕世之光，亦将有所奋发兴起，此瀛立石题名之心也，敢妄自夸大为身图哉？虽然，溆为辰州名邑，山毓水秀，土沃民庶，当必有豪杰之士钟灵产异特出以光昭前烈者，则又砻石以俟。弘治十二年彭瀛记。

重修潆湾桥关壮缪侯庙碑

黄宝

汉关将军壮缪侯乃心汉室，勋烈且炳炳麟麟矣。方其鏖兵赤壁，曹孟德之狼奔鼠窜于华容者，犹曰借势东吴，公瑾德谦，亦得分一臂之劳。而侯于追亡逐北之余，在彼已势若釜鳞，我何难掩其阱兽，顾置之死地而犹生，留未烬之灰，复滋难图之蔓，毋乃纵敌而挠军令乎？而侯之用意甚深，而为虑甚周也。有曹与吴以犄角之，而我得以坐观其变，曹去则东人无北顾之忧，焉知不有西向之举，此岂浅人所能测哉？厥后昭烈既西，侯以一身独处江陵，扼吴与魏之中吭，跃马横刀之力多在襄水荆樊之间。讵料功堕于末路，业挫于垂成，未必非时数之适然，而猥以成毁论英雄也，亦浅之乎为丈夫矣！要其灏气丹忱，炳于天日，累朝以来，保釐家国，惠爱黎元，通都大邑，穷乡僻壤，靡不尊崇而庙祀之，亡虑千百处。郡城湘春门外，有庙在焉，岁时官民屠牲湑酒，为国祝釐，缘城内尚有黄忠故宅，相传庙为侯与忠交战之所，其说存而不论可也。

余高大父侍郎公自豫章致政归，建侯庙于湘江之西潆湾市，规制粗讫，铙、鼓、鱼螺、钟磬之属，靡不具备，僧某幼有夙悟，秉戒于华山，乃令住锡于此。方拟为后殿，为前楹，及左右廊庑，庾井庖湢，次第经理，讵靖难师起，偬促停工。未久而僧示寂，又未久而我公亦前赴玉京矣。余省墓频过其地，肃而入焉，登其堂而梁桷陊剥，晨钟暮鼓，响寂音沉，惟侯像岿然存焉。乃刻日鸠工庀材而重理之，市井若士，若农，若贾，咸踊跃欢忻，相与拜而揖之，尸而祝之，且曰自侯庙建后百余年来，合境时和年丰，土敝水烦之患无有也，疾疠夭札之灾不作也。

侯惠绥一方，而庙宇不修，我辈无能为役，缘系公家庙弗敢举也。於乎！圣王之制祭祀也，以死勤事则祀之，以劳定国则祀之，能御大菑、捍大患则祀之，是岂可视为寻常谄渎之地乎哉？

顷夏奉吉王殿下命，为重修郡城寿星观落成撰文，因属同郡南陵罗都宪湘川书以寿诸石，因慨然念我先人潆湾桥未竟之工，余亦颓然就衰，恐其久而湮也。后之人傥有更举其事，丰其薨者乎？毋亦茫乎前望，溯图经所始而无从也。爰将建置所由来，次列于左，仍倩湘川书之，而系之以铭。铭曰：

羲驭代序，正气冏光。麓山之北，潆湾之阳。保兹黎庶，固兹金汤。吴宫墟圮，魏阙苔荒。以古况今，孰否孰臧？元霄奕奕，白水洋洋。岳镇同峙，湘水偕长。

大明正德十一年，岁在丙子季秋。

醴陵乡贤祠碑记

徐一鸣

夫淳风告逝，美恶之迹斯彰。化理日微，宏奖之术逾广。故有阐幽崇远，以追古邈之风。或表物惜遗，以致标鉴之意。斯皆所以跂前贤、导来哲、培植人材者也。《传》曰：太上有立德，其次立功，其次立言，此之谓不朽。在昔明哲，悯颓光之易殒，惧修名之不立，思欲奋身长存，留世有永，莫不饬身澡行，强力树迈，风轨德范，为世作程。是以身虽没而名不泯，年逾远而道弥显，气类之感，异世乃有继起之士，侧闻风烈，斯慨然想慕其为人。想慕之不足，则思诵其言。诵其言之不足，则思论其世。论其世之不足，复思得其人而事之。于是祠宇兴焉，兹非所谓人亡道存，死且不朽，九原若起千载一世者哉？

醴邑风气朴茂，鸿儒硕士代有其人。今图牒所载，传诸长老。或忠贞端亮，树立天朝。或恬粹宏雅，镇训流俗。或文为国华，或道传圣绪。以至宦游俊茂，丕振徽烈，宣猷迪化，遗爱在兹。虽迹有优劣，器有巨细，要之均能羽翼生灵，圭璋家国，仪准当时，辉映来世者。年载迁流，顾使名贤践履之实猥同澌灭。嗟乎，前之无传，则后将何述，兹非典之阙与？乃者方侯明育以新安世胄，司牧兹土，明德懿矩，既以子惠群黎，敷宏品式矣。犹虑化导未洽，风声或堕，乃即学宫创构斯宇，详稽祀典，比其行事，列之祠前，欲使神明若存，典刑攸在，祼献周旋，怳如颜觌，讵徒为羹墙之见，寤寐之求而已哉？尚友之士，载瞻栋宇，繇是惕焉起其景行之思，冀欲并轨芳躅，用图不朽，俾无替前闻，久光兹举。如其不然，固将张俎豆为群嬉，视祠宇如置舍，其又奚取焉？

祠昉有宋以迄今名宦凡九人，乡贤凡十有八人，余俟来者考列云。

栀子桥墓碑记

彭泽

水必有源，木必有本，人能言之，知睦族者尤屡言之。然言之非难，得其理而行之者为难，推而行之，遂其志者为尤难。是故有系之人，系之天，不可以力而致，智而取。呜乎！天即理也，吾人天理之所在也。天理之在人心，浑然而无间矣，吾之心纯一，则与天浑然而无间矣。能与天浑然而无间，虽天地可格，金石可通，草木禽兽可孚，夷狄盗贼可行，况吾人乎？况族属恩义有相与流通而莫测者乎？试以水言之，千歧万派，无不润而下也，无源则竭矣。以木言之，千枝万叶，无不曲而达也，无本则枯矣。可一瞬息、一动静而有间也哉？所患人心之不诚耳。尽吾心之诚，靡有不合。

泽之先，自高祖武德将军，起自元苗阳左丞相下头目，戊戌年归附我太祖高皇帝，以翊运武功至兰州卫后所副千户。伯曾祖武德府君，扈从我太祖文皇帝北征，转正千户，赠先祖讳庆二字"应祥"，及我高祖如其官。先祖妣陈氏、高祖妣邹氏皆宜人。屡膺诰敕贴黄，为湖广长沙府长沙县人。我伯祖武德府君所纪世系，彭氏世居长沙十三都栀子桥，高祖妣为湘阴邹长者女，文渊阁待诏西坡潘先生若水为高祖墓志备之。泽为儿童时，先伯祖妣暨先承德府君屡言之，恨南北辽远，无由展省于长沙。弱冠，先伯既没，乃述所遗世系为族谱，序至赠武德君陈氏以上无考，辄废笔而叹。比登进士，历官至守真定，屡托知厚求访之。同年元氏赵君介夫始查存有大略，并图其茔域，录其宗人姓名见寄，谓胜国时移自江西之福安，遗业为常永芳所据，而族属犹未知之。数年以来，荷蒙圣恩，备差董师，于河南、湖北、山东、淮、颍、川、陕讨平群盗，所谓水木本源之心，无时无之。顾戎务孔棘，身家未敢恤，矧及此邪？

及正德癸酉秋，同年东莱李公承裕自陕臬宪副转湖藩，宪长乃以公文私移渎之李方有行，而宪副武进恽公甫适见之，矜泽之积，念之勤恳也，乃遣指挥李辕者之长沙。辕素有才略，欲事济而人不扰也，乃伪为贾者至湘阴邹氏物色之，得今胜琼之父添敖，年七十有二。先以他辞，徐言及之，寻有端绪。添敖盖我高祖妣之表玄孙，泽同辈也。恨老不能行，乃遣其子胜琼暨孙万琢偕至汉中，其谊高矣。盖彭氏及常氏与胜琼辈基业相比邻，族属相缔结，其系派的续皆无知者，第恐为戎籍所累，或为遗产所逮，亦以泽叨禄仕，或以凌害之故也。呜乎，是则禽兽之所为也！

我武德府君之出乡土也，迄今百五十余年矣，且革元而为大明，又百四十余年矣。族属虽存，亲疏自异，矧版图屡更，赋役登耗存之有司，以官治之则不得已，况家之盛衰难保，子孙之贤不肖尤难保也。且洪武、永乐间，天下初定，法制尚严，南北迁徙漫未可测，废业荒丘在在满野，孰能存久荒不耕之田、久衰不祀之墓，为世所稽访之人计哉？虽孝子慈孙或不能守，况路人也哉？此泽之本心，非为彭氏和睦而不凌害之也，第得吾先祖衣冠之藏，宗人世系之悉，载之家乘，少示姻恤，尽吾尊祖睦族之心，他日有颜面见吾先人于地下，且俾吾子孙之能继述者有考耳。他何说哉？胜琼还，泽重乃翁父子之厚于泽也，书此以赠，俾告彭氏宗人，及常氏之受吾业、守吾先陇者，苟知敦睦而畏法焉，泽将益厚于彼矣。脱彼未知所以自处，则更当有以处之，亲亲仁民，圣有明训，敕后革前，圣有常典。泽虽欲倒行而逆施之，恐难乎其为公义也，因赋小诗以寓意云。诗曰：

木有本兮水有源，人有祖兮厥有先。大彭氏兮祖籛铿，古今上下三千年。盈海宇兮万同姓，胡能一一相周旋？崇韬之拜君子耻，老泉之训世所贤。吾之子孙当祖我，我为人后胡不然？上有天兮下有地，敢忘遗魄沦重泉！长沙有祖自吉安，旭湖举义操机权。元元不祀乱贼起，遂尔卜居非播迁。常陈邹氏旧姻党，凤毛麟趾相绵延。熊湘谱牒自源委，吾祖而上无真传。武德府君信人杰，彷徨择主兵戈前。幸际飞龙起淮甸，委身仗策依尧天。东征西伐允宣力，屡从大将平中原。虏主北遁四海一，龙章屡锡今成编。褒封五品延世赏，扈从帝子来秦藩。无何转徙任西鄙，金城北载遗邱园。谢兰窦桂未可拟，清白节孝知勉旃。相去一百五十载，彼此相间如天渊。朅来方镇众浑厚，寸诚更为太守怜。栀子有桥横旧港，栖隐有寺森青莲。狮形后蹲先垅左，彭家塘右青山边。宗人连路廿余里，林泉相望犹青毡。牛眠有石翳烟莽，岁时何人罗纸钱？联姻邹老敦世好，胡翁万通知的缘。宗盟景卿出新谱，业户常氏亦转圆。凌云宰木幸无恙，佳城郁郁如新迁。华表晓归丁令鹤，青林夜泣巴山鹃。周君再纂《会宗谱》，王尹为买供祭田。快哉此举万事足，九泉瞑目情无牵！缄辞万里告吾祖，书并魂迈相翩翩。咄哉遗体因老病，未能躬诣徒悬悬！间从兰州访山口，衣冠屡叶多貂蝉。至今簪缨世未乏，旭湖已上无的联。亦当续之俟询考，刊为别籍未敢捐。移文致语警族众，毋与常氏相欢喧。世更运改历岁久，泉台阒寂巢鸥鸢。吾族尚不识吾祖，途人安可求其全？矧知常氏有世好，吾翁而翁胡可偏？田畴听尔自耕凿，室庐听尔遗曾玄。但须念我敦睦谊，世与寒族无间言。岁时展祭如而祖，而祖有灵福自骈。乾坤沧海会有变，孰能永保无崩骞？此言殆可鉴天地，此言特尔贞珉镌。

是诗并序作于正德九年甲戌春二月，时姻戚邹氏胜琼偕侄万琢，来省于陕西之汉中，吾先祖武德府君以上派犹未明也。是后奉命总督甘肃军务处，值虏患夷情事宁，奉敕回本院管事，时都察院右副都御史无锡秦公国声、湖广地方监察御史汝阳王君梦弼、清军伍总兵官都督同知孤竹杨公世杰为镇守，今佥都御史同年东黄王公道夫为宪长，今致仕佥宪福人谢公邦用为分巡，余姚陆君良弼为太守，皆协心寻访。又得湘阴尹王公槐公甫极力相助而经画之，始得吾族望光胜字景卿所编新谱。又得乡彦周君文献字徵之者，并泽昔所编为《会宗谱》。始得自远祖旭湖府君，至高祖武德府君系传之次，且得先祖赠武德府君先茔于佃产人常永芳屋基之后，又得襄阳卫指挥佥事余生大伦，以公差躬诣青山族众所居，备询博访，各得其详。时族子生员表听选注吏，仲椿邹生万镒皆来省于京师，又得王尹公甫为置买祭田贰拾亩，镇巡藩臬郡邑都公为石坊墓道。泽又恐吾族与常氏有相构讼也，移咨本院，转行司府，各给帖付照，永各安其业焉。又得今四川按察司宪长同年安福公景俊，为查庐陵山口世系寄示于京。今年夏，泽以衰病，请老于上，屡疏赐予得归田里，适秋台旧寅长、分宁周公仪为左右方伯，同年西蜀聂公承之为宪长，皆遣人询问焉。捡旧稿，续以所未书者，录奉诸台，傥蒙念及垂青一二，则吾寒族存殁无涯之感戴也。故又述此以达愚悃，且以告吾长沙族众，并邹、陈、常诸姻云。

大明正德岁在戊寅孟冬月榖旦，赐进士，特进光禄大夫、太子太保、柱国、兵部尚书、侍经筵，奉敕十二团营、前都察院左都御史玄孙彭泽谨撰。正德十六年岁在辛巳菊月吉日，湖广长沙府知府宋卿、同知唐珉，通判黄文辅、陈谟、项璜立石。

郡侯陆公去思碑记

孙宜

嘉靖二十三年，岳州大旱，华容尤甚。于是山岳不云，川湖罔泽，三时既违，百谷斯绝。邑之民士稚僵鲐毙，羸仆壮移，殍靡华贱，啼兼孑遗。父货其子，夫鬻其妻，视其室则榱棁埜甎，几榻衾繻。鸡犬猳彘，甑釜盘盂，无不转易求一食者，于是里接废堵，村余败墙，蓬蒿夜风，骼骸朝霜。四郊之墟，虎豺队行。二三长老有言：兹毒也，成化、弘治以前未数见者，盖异数云。是时嘉兴篑斋陆公琊为岳州府知府，乃履邑巡畛，督檄告凶，剖折群咻，裁断已衷。帑罄积财，仓无留钟，集其民鲐者、稚者、壮者、弱者、遗者、徙者，任贤使能，别远甄迩，量急揣缓，分田出粟赈焉。计其田芜者，则预为厝画，牛种俾咸播耨，于是道还窜踵，庐有生色，啼饥罕闻，委壑稀值。亩疆多开，穜稑半息。

次年夏复旱，公复履其地，如其政，行之二年而所活数万人。于是监察伊公上公之绩于朝，诏陟公京四品以劝。未几，公入为太仆少卿，邑之人思公弗置也，相率为去思碑学宫傍，不月而告成。

曾令去思碑记

刘钦荐

予幼读史传，稽古去思之碑岘山之外无有也，恒叹善政之难其人。迨壮游四方，所至郡邑，画衣冠，留剑履，生祀于庙者无处无之，未尝不讶善政之著于今，何多多乃尔邪？徐观其碑，皆甲科而陟显耀之士，乡举岁贡无一人焉。设有之，必其子孙之达，可以进退予夺乎人者。故官属溢其美于百年之后，求公卿之有权力者而文以文，饰伪以乱真，取妍以希进，百姓盖有莫知其名与氏者。夫欲干其泽，而先意以逢其好者，下欺上之术也，恐逸于后而殊遇以要其感者，上欺下之术也。上下相欺以成此名，呜呼！奚翅不足以为人之思，而反为识者之鄙矣。

我侯曾公讳衮，字时补，号龙川，江西吉安永丰人也。学博而心古，气和而行方，嘉靖间以贡授句容训，未几陟醴陵谕。隆庆乙巳又陟吾攸令，始报之，或谓我国家以贡职教者，无有司之迁，兹闻也或非其真也。久之果如其报，又咸谓陟之超者必其政之异也。莅若任而视事，循循恬恬，无以甚异于人，人亦以平平目之无喜怒焉。今代当述职他邑，皆载宝以朝，公独单车就道，人不知其去。百姓苦其扰而思公之靖，病其费而思公之廉，老幼奔迎其家者，络绎于道路。既以谢任而至，遮道留之不可，裹粮追而送之于公之邦，号泣以别之，登高以望之，然后累累然归。逾年闾阎之思如始去。五乡父老伐石为碑，树之归路以志其思。

利侯平寇碑略

周采

利大夫宾者，广东人也，视新化邑政凡四载矣。嘉靖十五年冬，邑二十一里周邦达等言于郡大夫曰：昔我邑里盗某实据元溪，去邑西百十里，西引辰酉溪峒，积负险阻聚徒旅，出则掠我谷帛、鸡豕、牛马、儿女子，岁无不至。时盖正德初也。某死子继，诸徒类亡命，党且千人，西阻溪洞，盖且三十年矣。

嘉靖十一年，我利令视我邑政，日计画广储饷、募壮丁、悬赏罚以摄之，夺之险而伺其出。而盗又多其父所部伍，业不相长下，又持之久而惫也，则内益自疑忌，则又令盗得相翦戮，自赎得不死。乃数日，盗党某则果以其首来。令又计某不死，盗且不已，而我又业许以不死召之宜来，乃明日匿壮士若干墙序下，召党某入，人来椎牛酒犒以墙序下，则壮士者出，诱而推之即入，人无不毙，余悉就抚。

邑所苦负固盗，今底平，邑卒以无盗民，令之力也。谨图所建祠砻石以待，惟郡大夫惠顾我民，私遂所请。郡大夫曰：可哉！则又介书邑教谕舒君文明，请文于周采，而采为纪其实以文诸碑。

分守道金公祠碑记

邹廷望

君子为政得民心，而王道无近功，然民心易感，机亦至神矣。其德泽及肌髓者，民亦世德之不忘，致有生祠之建，则我金公之于宝庆是已。公监司一方，师帅邵郡，其距民也远矣，何以得此于民？迹公政略，初以藩司大参，继晋秩按察使，乃兼分守，于壬辰孟冬驻节郡城。首以清德率下，凡道中供亿诸费，悉从省减，主于约己裕民。郡当祲后，因条画贮积，取旧所行便于民者，申饬之定为义仓，听民以义自为敛散，最为良法。

适癸巳岁，夏秋不雨，禾尽槁，道殣相望，人情惶惶。公独忧之，斋素露祷，以身为民请命，浃旬罔懈。先命所部属中，省讼清狱，以回天变，及时急令民种蔬种麦，民收其利，赖以卒岁。且议赈贷，立旗善亭劝谕士民。又计本处谷，民间旧藏有限，仍行所属益阳有谷地方，不许遏粜。收府县库贮金，选委丞簿尉员，及民间殷实有行义者，领官银操舟籴买。自是谷船鳞次，达于江浒，谷价始平，民稍得食。又访府城内外列肆居民万家，时已及腊，无过岁粮，委员借与仓谷，照门牌丁，每铺给米一石，约以明夏麦熟之后，输半值金于官，仍为粜本。当此年终艰食之际，家家熟炊，人人含哺，公之赐也。且布令毋兴岁事繁仪，毋华服，毋轻肥，小民借以得从啬约，损浮费、省民财无算。诸所策画，标本调剂，而捐俸减膳，其视民饥由己饥之念，犹可想见。

又经理军粮，定起解，刊书册，为民永赖。肃官箴，则贤而尽心民事者荐扬之，其为民害者，逮问褫职。造士类，则自督学全楚时，及今分守先后所造邵士，业已取科第，斌斌隆著，一时人文，倍于往昔。恤军伍，则撤粤西之班，定戍守之额，苏更番之劳，而清屯丁，禁克制，事事罔不究心，尤足为军人长利。他如行保甲以寓教化，禁宰牛以弭盗贼，比征定为九限，仓斗主于募役，开水利，革牙行，种种方便。又公经制之余，而其中救荒之政，义仓之法，活数万户生灵，功德尤为无量。阖境晏如，四方安堵，歌颂之声，彻于闾阎。

方祈借公任，而简命忽新，以抚治八闽行矣。去之日，郡人持老携幼，焚香再拜，致拥使车不能行。公善谕之，如家人父子，乃诸父老私相谓曰：公生全我民万万，今去矣，盍相与立祠俎豆之，以寄我邵人世世之思？群起而告于乡士大夫，购地庀材，诸费皆人人响应，创为祠门五间，正堂五间，中肃公像。工始于二十二年十二月，不日讫工，而公之门生何大谦等述诸父老状，以书来问记于余。

余惟论治体干济存乎才，若经纶之本，非诚无以运之。公之才与诚合，心存广济，理晰精微，法行秋肃，而意若春温。一念恻怛之真，可盟幽独，质鬼神，故所至感人若是，则公之人品，又不但惠泽之足以感人已也。方江陵在相，授之吏部而不受，及督学吾楚时，持法严而用法甚宽，虽与之相左，公宁去而不顾。此真人品，真识见，古人且逊美矣。区区一记，乌足为公重也？

姚侯平寇碑铭并序

邹廷望

元溪在县之西南隅百十里许，林麓四塞，通辰酉诸溪峒，为四方亡命所窜伏。渠魁李再万者，又逋逃主也，据元溪凡几世，啸聚诸无赖，出入剽掠，毋论新之人不获宁处，即邻境诸县，亦惴惴焉伺其动止以卜休息。上官檄郡邑大夫，则又不可掩捕，一夫当隘，即千百人徒瞠目视，毋敢撄其锋者。故新有元溪，元溪有李，号累世膏肓云。当道议决去，久之竟无一俘者。

癸未，我大夫姚侯至，首询民瘼即议剿，已而抚之曰：欲利民而先厉之，非策也。于是先走符招之，不至。复悬金饵之，又不至。遂遴左右有计干者抵其巢，啖以奇策，陈说利害，不听。居数月，大夫曰：击先匿形，吾计得矣。会督学至，故事，提调挈诸生往，大夫辄空国行示以不备，密授诸从事以方略，复往说之，贼果不疑，如期率党至。比至，犒以醪馔，张乐饮宴，贼安心焉。饮方酣，左右袭执者突出，贼相视错愕就缚，无一脱者。大夫遄反，下檄走穴以安其众，余党遂散。乃籍其田宅若干，遗孥徙之别里，计口授地，俾耕以食。上其事于当道，有忌之者，大夫循循不自有而时议遂息。

除寇甫二年，大夫功且定。邑士大夫相与谋曰：元溪之平，大夫世世功也。不有坚珉为大夫世世颂未称，乃问纪于野史邹廷望。廷望曰：昔孝宽当一面寄，统百万师仅奏一捷，而勋州之置至今有余慕焉。矧大夫以一令而一骑不烦，即杯酒谈笑间而百年盘踞之寇去若拉朽，伟哉！俾我新与邻，顿释骇顾而跻之安堵，其所不能忘者，又何如哉？虽不文奚辞？因叙其事而铭之，命工勒石昭示后人。侯名九功，字徵虞，滇之临安人。铭曰：

贤哉大夫，保障攸系！犁我坎窞，登我衽席。祈灏有赫，晋大夫鹭。鹭也何如，永世无斁。

重修康济庙碑记

刘应龙

二水抱城而东走可里许，乱石层岩，怒而湍，仰纳其委，而砥柱之者曰高庙。祠不下五六所，而大者曰康济，以祀五显神者也。祠创自宋，以及我明，毋虑数百年于此。先是，数倾圮，郡人修葺之，已而圮甚，盖其历年多而风雨蚀其过半，神像亦悉为苔藓所封，非复昔黄金色矣。往余登双清，慨然曰：祠名康济者，夫非以康济吾郡而谁哉？栋折榱崩，神将压焉，即不然而日则日、雨则雨、睆神如土偶者然，又何以春秋陈吾俎豆，而冀神不吐之也？郡民不减数万家，人持一钱置祠中，可令轮奂一新，竟无施者。而有事东望，祝曰：庶康济我乎？比之操豚蹄而望岁，不尤可笑邪？

吾已与好事者共商之，而以岁俭罢。自癸卯四月藩参朱公升兵巡，原郡守沈公，二守霍公，别驾袁公，司理刘公、卢公，邑侯朱公捐俸为郡人倡，而郡人若宪副车公、主政何公、别驾缪公、邑令周公，洎诸广文、诸孝廉上舍，各出帑金佐之。令父老刘添荣、熊桂、王良佐、宋以源等董其事。轮墨娄绳，若而庀匠。楩楠豫章，若而呈材。僮佣手指千，若而鸠工。呼邪许者，若而填城溢郭。以甲辰年十月落成，问记于余。

夫父老必欲得余言者，岂以余往时登双清有此志而今得遂，而为余所乐言者乎？余则谓事以缘兴，缘存则无之不存，缘亡则无之不亡。以今祠观之，至倾圮已甚，非一木所能支之时，非一缗一粟所能谋工而议匠之事，而诸君子相与成于旦夕，若童子取木石戏作楼阁然，益信乎斯缘之未亡也。夫抟沙作浮屠若拇指许，画像若锥头许，犹福德不诬，以此福德较之，应算数譬喻所不及矣。虽然，一切器世间是无常法，而况曰土木？诸君子今以创为修矣，数百年而后，而能新庙貌如今日者，又何可知哉？后之君子得余说而读之，而有感于未尽之缘，庶斯祠之不遽朽也。

万历甲辰岁孟冬月吉旦，赐进士第、中宪大夫、南京太常寺少卿、前江西道监察御史郡人刘应龙撰。

新建高庙注生夫人祠碑记　刘应龙

出关门稍折而东北，走五里许曰高庙，仰吸资邵之流而砥柱之如地肺，亦宝庆一胜地也。祀凡若干，而大者曰康济庙，五显神主之，兼祠注生夫人于后。夫人者，先禖神也，祓嗣允者属焉。先是，为风雨蚀，像且朽矣，我霍公以佐郡之年，公余登眺，穆然感之，乃捐俸命工，相庙侧隙地为祠一所，纵广三丈余，而貌像以金，非复昔日者之仅存土偶而且获有专祠矣。落成而问予记。

予惟禖神之昭昭，今无论他，周家八百之祚，绵于姜嫄之一弗。鄹人有尼山之祷，而迄于今有圣，厥功巨哉！禋祀之所由来尚矣。公宽然长者，慈心不杀，取郡赤子而乳哺之，盖有父母之道焉，固宜有子。而祷之且久，爰以建祠之次年甲辰冬十月，即睹弧矢悬门，又以知称诗问礼者之必诜诜于庭也。是役也，霍公曰：谁不为父母，则谁不愿有嗣息？予必祝之曰：使先世之派有不绝如线者，咸于斯克禋克祀以弗无子，而以免夫三不孝焉，则其锡类又多乎哉！于是益见公之仁心无穷，而其后有必传也。不然，一行作吏，举凡祀事皆以为不必急，不则祀非其鬼，以入夫淫，又孰能崇正祀而溥神泽于生民哉？

公讳应麟，号名阁，山西屯留人。登壬午科乡试，为政持大体，清宁不扰，载民口碑，不具列论。其襄祠役者得附书，亦以见公之感人深而庶民子来云。万历三十二年，岁次甲辰十一月吉旦。

蜀山苏公祠堂记

李东阳

常州宜兴之荆溪有蜀山，本独山也。志称苏文忠公与蒋学士之奇同举进士，买田卜筑于兹山之麓，于是易独为蜀。按《尔雅》：山独者皆为蜀。《志》又称：爱其名而居之者，理则然也。

公尝欲作亭，种橘预名曰楚颂，后上表乞居常，及归自岭南卒于州邸。其弟文定公以其丧，去葬于颍上，其家亦不复至常。当是时，盖有所谓东坡书院者寻辄废，越七十年郡守晁子建择州学旁地，建祠祀公。元僧敏机因山为祠为之居守，晁公武、徐一夔皆有记。今常州祠尚存，而蜀山祠废已久。弘治庚申，县人沈公晖自南京工部侍郎致仕归，以告抚按暨府县佥议既协，躬访遗址，悉为居民所据。赎而归之，得地三十余亩，为堂六楹，肖公像其中，寝称之为左右二亭。一刻公楚颂帖及诸诗词，一刻兴造之碑。东西庑及门各四楹，厅馆庖湢诸室为楹者以千数，其外则甃石为周垣百二十丈，视州祠深广略称，而伟丽过之矣。既乃用表忠观故事，命道士居之，岁奉祀焉。

夫天下之论名臣硕辅者，或原于岳降，或归之地灵，文章气节亦以为得江山之助，固也。及乎遐陬僻壤，一丘一壑，或有所凭借，亦足以不朽于世，是所谓人与地者，恒相须以显，而亦不能不相为重轻。若君子去父母之道，则迟迟其行，越在他国，则触物感事，怀思顾恋而不能已，是盖存乎人而物不与焉。

会稽之东山以谢傅名，其在金陵亦筑土以象之，天下之为东山者何限？而非其人莫知名也。公之自蜀入洛，隐然重京师，父子兄弟之名遂擅天下，则公乃天下之人，俗传三苏生而眉山之草木皆枯者妄也。及其流离贬窜，不能归其乡，卜居兹山，托名以寄意，颍之山名曰峨眉者，亦此义耳。后虽其体魄在颍，而魂气之无不之者，安知不徘徊眷恋于兹山也邪？且公所谓不待生而存，不随死而亡者，将流行充塞于天地间，而况其经过寄寓之地哉？公之文章气节，天下莫不尊之，是虽不得与于天下之祭，揆之乡先生社祭之义，有过而无不及。独山之为蜀也，其社之类乎？然则是祠之设，固耆民俊士衣冠俎豆，所宜周旋而倾注焉者也。夫使文章不如公，气节不如公，则蜀之王万亦尝榜郑邸为蜀舍，而朱俊民、刘跋为之记铭，然亦不显。

东阳楚人而燕产，尝因赠太师徐文靖公之约买田兹乡，而遽罹家难，竟莫之遂，工部以其迹颇相类，而不知其文之弗称也，请为记祠事之成。予于是亦诚有感焉，因用楚语作迎送神辞，其亦《橘颂》之遗意也夫。其辞曰：

橘之树兮如蓬，郁青葱兮间玲珑。彼亭兮在中，信吴邦兮楚风。橘之树兮如盖，采芳鲜兮荐甘脆。我公兮来归，神陟降兮如在。公之树兮荒莱，公之亭兮但空苔。植我兮构我，望游魂兮归来。公归来兮恍不可以见，渺惆怅兮悠哉！荆之土兮如酥，荆之米兮如珠。山有茶兮溪有鱼，生不足兮没有余。公去此兮何居？楚之调兮欷歔。蜀之山兮盘纡，神往复兮无定所，聊为此兮踟蹰。生不为世所容兮，没将恣其所如。凿余井而得泉兮，又安穷其所？于彼亭常存兮树常实，待以荐公兮，愿少驻乎须臾。

赠固原伯刘公世墓修建记

李东阳

予每闻搢绅士夫谈畿甸间茔墓庄墅之胜，云卢沟树村有固原伯刘毅敏公墓，尤为卓绝，盖公之仲子锦衣君武所修治者也。其中为毅敏公讳玉及夫人某氏，次左为公之长子都指挥同知讳文及淑人某氏，次右为武之配某氏，而虚其圹之半。又次左为公季子锦衣卫指挥佥事斌，而诸子及妇皆以次祔焉。入其门为池，为桥，为绰楔，其中为重门，则有诰命谕祭之碑及神道之碑，飨祭之堂，培筑坚厚，缔构闳壮，而工制甚精，虽尺木片石无朽缺弗称者。其东偏则为别墅，为茂园，长得其半，广得其三之一，而封树之事皆备，远而望之，蓊郁巃嵸，蔼为佳城。周而观之，森耸明秀，与甲第无异，盖近时所鲜见者也。

武字廷弼，年十八即干蛊为养，天顺初以迎銮功授锦衣正千户，坐累解官，乃南游襄汉，入云贵，东抵辽阳，北历大同宣府，西至延绥、宁夏，又南至建宁，环居于淮扬，往返动万余里，皆应募输金谷以济边需。既逾六十，始携资归京师，慨然曰：吾半生远涉川陆、备尝险艰者，以图养计也。今父母既逝，吾将复何为哉？于是徜徉墓林，日夕哀慕，思所以用其情者，尽于此乎致之！数年而后，成愈久而益底其极焉。

夫圣人之论孝曰：生则尽养，没则尽哀。衾襚衔敛之为终，粢牺俎簋之为远，皆是也。墓之事则兼终与远之义而有之，自墨氏之流以薄为道，其弊遂至于无亲，而后世有识者又以厚葬为亲累，二者盖将取衷焉。然致之所得，为与力之所可为，往往不能以皆备，备矣而或为少艾妻子所移易，则亦有弗暇者。于其所弗暇，而诿曰葬不可厚，亦名教之罪人也。

廷弼自谢官职以来，其图养未尽者，日蓄月积皆以为追远之计，是富而善用其财，席家荫，遵国式，从所得为而力必自致。是华而不过其制，虽亲之贵无待其显扬，亲之寿不逮其奉祀，而其为孝亦可谓自尽耳矣。且有堂焉以飨，则仪物可陈，有田焉以耕，则粢盛可备。即祭祀之事，揆之以堂构播获之义，为刘氏子孙者，可不思所以勿替之哉？

刘氏本磁州望族，毅敏公累官至左都督，赠固原伯，丰功大爵，实开厥家。文为宁夏副总兵，俄迁锦衣卫事，宣力中外，尝有志于墓而未果。廷弼独无所事事，故得竟其所为，而所以遗其后者亦远矣。工始于弘治乙卯，毕于甲子，既告成事，廷弼念缔造之艰，虑其久而废也，属翰林张吉士禬诠叙其始末，请记于予，将刻于墓前，以示来裔。予近识其人，许其信义有不啻兹举者，因备书之。而其世系履历之详，载于碑志者可互见云。

曾祖考少傅府君诰命碑阴记

李东阳

右曾祖考赠少傅府君，暨曾祖妣赠一品夫人贺氏诰命二首。东阳当今上登极时，以从龙恩加少傅兼太子太傅、户部尚书、谨身殿大学士。未几以恭上太皇太后、皇太后尊号，恩诏给诰命。盖不待考绩而得异数也。

府君在国朝洪武初，以兵籍隶燕山右护卫，挈先祖少傅府君以来，始居白石桥之傍。后廓禁城，其地已入北安门之内，则移于慈恩寺之东海子之北。生三子，其二仲曰雷曰孔，皆生于京师。先祖生二子，先考及叔皆不逮府君，闻吾祖言府君质直简默，不事侈靡，始居北方，风土不习，言语不相解，未久而卒。夫人值歉岁大病疫，几死者数矣。间以谕东阳，时幼稚不能悉记，惟其勤苦累积之状可以想见。阅三世百有余年，乃得有官职，贻封赐一命而跻于极品。予小子曷克臻兹？惟我祖之善式克贻其后，而还以自致云尔。越既修墓封及累代，谨录语词，刻之贞石，以彰君赐扬祖德，挂漏之咎，有所不敢避云。

祖考少傅府君诰命碑阴记

李东阳

右祖考赠少傅府君，暨祖妣赠一品夫人陈氏诰命四首。盖自东阳为礼部侍郎，已赠及二代。及迁太子少保、礼部尚书兼文渊阁大学士，以恩诏再赠焉。迁太子太保、户部尚书兼谨身殿大学士未及赠。加少傅兼太子太傅，以两宫尊号恩又赠焉。修墓之日，乃构两亭翼飨堂左右，其左则刻后二次所给诰，而侍郎诰则不及录。

乌乎！吾祖生于郴州，郴州去茶陵三百里而远，茶陵兵多番戍，意者曾祖府君以戍故居郴。说者又传北上时生于途，而郴非道所经地，未知孰是？吾祖入京师稍长，即代父役靖难之师，实在行伍，以功当禄，（椽）〔掾〕吏索米三斗。当得官时大饥，米斗千钱，府君曰：官岂可赂得？竟弗予。止得小旗，调金吾左卫，以艺简入内局，值初制军器，每以新意佐官长。官长欲白其功，则谢曰：我贱者，虽功何益？终其身不以语人。纯孝无伪，刲肉疗母，夜祷于神。以刀置碗上，铿然有声，不越月而创愈，乡邻传而神之。或以问焉，弗答也。迁居海子之西涯，坐贾为养，不需厚息。息日滋则以赒贫者，囊无留资。性不嗜杀，虽虮蝎之类必纵使得所。东阳之少也，实钟爱之，谓吾父赠少傅府君曰：天不我负。后颇克自立，有贺者，吾父辄泣曰：吾考之庆也。

祖妣本王氏，从舅氏之姓曰陈。常之武进人，从父上京师礼配吾祖。简默寡言笑，躬勤女事。家旧藏祖像，布褐服有补缀处，皆祖妣手所纫制，其俭如此。乌乎！孰谓数十年之久，乃得封锡之命，以为身后荣？九原有知，其亦有以少慰也夫。

先考赠少傅府君诰命碑记　　李东阳

右先考赠少傅憩庵府君，暨先妣赠一品夫人刘氏继母、封一品太夫人麻氏诰命共六首。今刻石于飨堂之右，与祖考妣诰命正相直，而始封翰林院编修，诰封侍讲学士，赠礼部右侍郎兼侍读学士诏，不能悉载也。乌乎，吾考妣之纯德余庆，乃至此极哉！

先考为人诚朴坦易，言若不能出口，父疾累岁，日在床褥，至亲捧溺器。母病痰壅，以苇筒就而吸之，皆族鄙所亲见。偕吾叔处，怡怡终日，虽浊醪蔬菜必与共醉。赘张氏姊育其寡孤，出而复入者三十余年。工书及诗，每见东阳书辄不当意，曰：书自有法，宁可以私意矫揉为之？东阳同考礼部，有南士以白金三百两属所亲告先考，先考辞之。其人曰：不犹愈于贷乎？先考怒曰：吾父子宁穷死，岂可为不义辱？比考南畿，例有供张，先考曰：慎勿纳其酒，虽吾所爱，亦不可挈，独不闻薏苡事乎？东阳皆奉命惟谨。尝雪夜归自外，不忍斥责，遣孙兆先致一绝云：朔风凛凛雪漫漫，诗酒棋枰取次欢。何事尔情犹未洽？冰霜不问仆夫寒。东阳自是归不敢到夜，戒之终身。学士之封，具朱衣请客，见辄麾之曰：吾不惯此。燕后忽得寒疾，时值庙斋，东阳归视汤药，辄赴院曰：逻令方急，毋以我故犯法。其恭慎至此，不乱如此。

先妣出东安武弁，归先考时年已逾二十，力服勤苦，有酒肉供馈外，必储为客具。族鄙外内称为贤淑，同然一辞，女妇暴厉者或从而化，老子长孙相传至于今道之不衰。乌乎！以吾父之德艺，不能售其身，而生封之再命没赠至一品，要诸始终造物者可谓无负。而东阳罪咎深重，不自殒灭，十龄而失恃，四十而失怙，今年逾六十，侥冒光宠，而不能以一日为养，其何以自立于天地间哉？自今未死之年，犹冀延一线之绪以承祀事，然是则存乎天，惟尽吾力之所得为者。致存追远述德纪行，传之不朽，谨以君命先焉，而附及其私云。乌乎痛哉！

三闾行祠碑记

罗奎

梁侯一西，蜀之江津人，以进士来令湘阴，敦化敷政，振弊举废，罔不殚心。劝忠节之念，尤为拳拳。夫忠节之在楚者，惟三闾屈子为最著。其仗节死义，世有定论，载诸史可考也。其祀事崇报，岁有常典，载诸志亦可考也，乃湘之邑内罔祀焉，是为缺典。按：正庙在汨罗，为其死所。行祠三，一在垒石，一在菱子市，一在湘治之广照寺。谓湘境内之地，为公所常游也，宋、元间迁废靡常。祠在广照者，今失其址，二百年来未有议复者。自侯之始莅也，慨然有志而未得其地。既越月，巡视邑内，得有当毁衙舍一所，遂捐资于俸，借力于民，鸠工庀材，两月竣事，栋宇巍然，丹书赫然。前对衡岳，后带洞庭，一时庙貌与佳山秀水同其高深，公之灵其妥于湘矣。

虽然，公之精神充塞宇宙，固无往而不在，岂独著于湘而已也？特以公楚产也，湘楚之冲，而汨罗又湘之属也。汨罗在湘东隅，去湘治六十余里，则公之正庙为僻阻，是以天下之人，凡抱忠节而历楚湘者，往往以不一觐公像为遗憾。则是祠之建，匪公灵之独妥，而所以对天下以淑人心风后世者，胥于此焉寓矣。祠在县之东南隅约三百步，庙一，寝一，庑门各一，广、深、宽五丈，祀仪如汨罗。先是，汨罗祠有隙地，计周围一千一百三十六丈，为豪右侵久矣。侯核返侵地，岁取其租，以供新庙之祀云。

核田碑记

刘应峰

今天下田赋浮诡之弊，萌滋久矣。故豪宗右姓之所磐石，率多无税之田，而沉痛茹苦，空输无田之税者，倍在畸门窭子辈焉。积岁累世，固根深穴，虽强察吏莫之诘也，而缘弊反本，核田之议所由起矣。然负才挟智，喜有为于世者，类多务虚恢，寡实效，且宿蠹未祛，而元气先耗，利不能胜其害也。激时艰者复思矫之，图与方内民休息，故上议于朝，戒郡邑吏毋率纷更云。自斯议一下，而养望避事者辄又借口守故常，置便事不问。闾阎愁叹疾苦，其畴恤之哉？

攸邑徐侯甫下车，即孳孳询民事便否，将次第兴罢之。而民以虚粮诉者，日纷集庭下，虽察隐补虚，随事厘正，足取办于旦夕，而根穴深固之奸，岂一耳目、一手足所能尽爬剔者哉？侯乃起而叹曰：理目而渔，孰若挈纲者之为要？缘裔而衣，孰若操领者之为便？兹非与攸民约画更始，核田壤，均赋则，非一劳永佚计也。于是集邑之士庶商可否，佥曰：斯举徯望且久矣，幸君侯及今图之。间有举近例言者，而侯独毅然抗论，谓能身冒议端，毋令重吾民困也，矧爬剔数十年之宿蠹，以还复邑里额赋之旧，实有司奉法循理事也，乌得概以纷更议哉？乃条陈事状，请于台司，皆报如其请，曾未闻指近例中格，盖知侯之志切民隐，非虚恢应文者比也。侯乃布谕申令，筮日举事，召各都里推择可任属之人，群分而班之职，职丈，职算，职书，人各有数，分理属公正，总视属监丈，而辩认田亩之主，则知识属焉。

其田之广轮参差，悉属以绳，视剂量方弓法，较若简便，且足杜奸萌也。按屯籍以稽军民之淆，清界粮以释虚赔之累，俱不烦绳责，帖然称服。诸事事者奉约束惟谨，罔敢骫法以徇所私，即侯时迹之畛涂间，交核互覆，戒不以供饷扰民，田野民庶晏如也。田有沃瘠不等，而科粮均以一则，俾滑胥积算，不得操赢缩于其间。及考其成籍，粮无溢额，邑人获减损者十之七八。而间有一二稍增益者，亦寂无哗语，盖以赋轻则均故耳。

事始于乙亥冬十一月，凡七越月事告竣。册报台司，大嘉叹称焉。邑荐绅耆庶，无不欢呼称便，谋伐石记侯功德，用垂有永。乃命庠生龙子、尚宝刘子、腾生谭子阶，持状谒予记，复属予姻家陈子制申之。予览今状感往事，因咨嗟叹曰：有是哉，大政之易举也！夫可与乐成，而难与虑始者，人情大都然也。往吾茶议举核田，实高安刘君司之，约田程功，一切驱以苛峻，群役惴惴受事，如赴汤火。然弊源利窦，横溢旁漏，事未就而讼牒起矣。日雠月校，不复谁何？丈册竟以荒略成，而粮额视昔翻益增焉，茶民迄今憾之，然犹近事无论也。盖尝览镜古昔贤豪，虽睥睨天下，无一难为事，至语及更始均田，则未敢易视之焉。即经世大儒，如晦庵朱子，其论打量丈亩，攒造图籍，亦未必不惮甚劳大费，淹历岁月而后可成，盖甚言举事底绩之难也。乃今徐侯始议核田，而士民之悦趋也，一唱群和，且以数月劳瘁之勤速纠功绪，率贻攸民千百世之永利，斯其注措，必有犁然当民心者矣。孰谓难与虑始之民，必苛刑峻法如吾茶高安君之为哉？《易》曰：顺以动，故豫。《书》曰：民可近不可下。若侯者有味于斯言乎哉？

侯讳希明，号凤山，东浙古虞人。雅称名练识政体，诸所兴竖，如均里徭、创社学、建书院之类，皆非簿书吏所能及，而慨然核田一事，则为攸固根本计者，兹特书之以诏勿坏。

湖南文征　卷四十

碑记下 明

增修醴陵社学碑记

庄天合

鸿野晏侯治醴三年而政成，凡所以壮黉宫，课士业，具礼器，清学田，文学盖彬彬蔚起矣。复以风化之原权舆社学，乃即城东西南北各创一区，其北隅为旧基，其南隅为官地，其西为僧会司故址，其东隅为徐胤贤民地。侯捐俸置买，计一区为厅事者三，廊房者二，门楼者一。周以墙垣，储以笔札，博延弟子，谨择师儒，诵读之声，达于四境。盖数年而俗熙熙如也。

庄生闻而记之曰：嗟乎，社学之兴，其古家塾、党庠之遗乎？三代以还，农田市井分途，而春作冬息不必其同业，上老庶老不必其同师。闾阎小民，少不知六甲五分书计之事，长不知先圣礼乐君臣之法，淳风日夷，浇讹滋甚，所以起敝维风，稍存古意，惟社学而已矣。乃今铜墨之长，明作者以赋敛刑狱为精神，雅化者以儒术文章为贲饰，至问所谓社学，则若听其自存自废而无容心焉。彼不以为迂阔无当，则直过而去之以遗后来，而往往令与知与能之民，或以成顽鄙嚣陵之俗，噫！吏治之不古，岂尽地与民之咎哉？

夫诗书礼乐之教，其渐人也深，童年稚齿之初，其振德也易。而醴以民醇士恪之邦，晏侯乐利抚绥之后，率而行之，久而习之，终而循循焉莫知所以使之。昏者不盲，懦者不劣，巧者耻于作伪，陋者耻于无文，虽慓悍椎埋、屠酤樵牧之人，亦且从风而化，故卒使刑罚省，狱犴平，耕者输，力者役，而侯日相安于无事。然后知法古之治优，而家塾、党庠即谓至于今不废可也。噫！晏侯其信古之遗爱也夫？其信古之遗爱也夫？

侯名朝寅，字汝直，别号鸿野。蜀郡雅之名山人，万历己丑进士。

修堤碑记

孙羽侯

华容古云梦泽，人民舟居。潭户无常产，其地有赤沙湖，夏水、涌水、沱水，而又沅、澧、资、湘澹涔，与诸水吐纳汲引，萦回浸灌，注为五渚，会为三江，固江湖间一大汇也。伪汉时据土储偫以十数万，彭蠡之败，连舳舻下，遂视为壤赋，民不堪矣。知县张瓒、何宏、陈宗宪，主簿李整先后奏请，得减至二万石有奇，履亩而税，以其余畀军人。当是时，军人右也，割其腴者，民莫之亢，西鄙萧然，沟中之瘠可指也。

成祖年，邑人以水决四十六垸，请命发旁郡邑民修之，至睿皇帝时，知县杨镃复为请，得报可，出内帑若干金，遣工部员外郎王士华、湖广右布政使蹇贤，即其地画为四十八垸，越数载绩成。士华入为仪制郎，贤遂留华容家焉。小民因仍人自为守，得增至百余区，湖地腴，亩收岁一钟，闾阎殷厚。民出粟实塞下，佐县官费，授爵一级表宅里，而贤者亦斌斌兴于文学称仕国。故先正侍郎程公万里、王公俨、都御史萧公一中、参政严公永濬、知府魏公廷楫、严公永灌、张公守约、谢公上箴，皆西鄙人也，贤书亦岁不乏。

嘉靖之季圮矣，至隆庆间浸废，而又会料田令下，弁若蚕，奸人若蜮，侵牟隐射恣心计，以其重移西鄙，西鄙田至亩税七升，其泽卤地亦四升有奇，而民益死徙，数十里无鸡犬声。岁庚子，水大至，遂泛滥决裂莫可集。都御史梁公云龙始以布政使镇荆澧，躬临决堤，瘝厥身念莫可与计事者。越一岁，知县王君绪至，驰视四野，走污莱不忍朝食，则日驰而赴郡国，百拜为民请命。梁公曰：夫堤吾志也，尔能行吾志，吾为尔请金粟济尔事。时御史应公朝卿行县道出西鄙，行沮洳中，不胜感激，移书都御史赵公可怀。而左布政使薛公三才、兵备副使徐公尧莘、佥事周公应中咸恻然继为请，下岳郡守酌议有成画，都御史遂各出赎锾若干金，移旁郡邑粟若干石。梁公、薛公、徐公、周公各捐赎钱若干贯，供亿数百缗。屯盐副使邓公原岳亦捐常禄若干，郡守徐公时进、霍公荩臣、通判黄公如金、推官吴公启蒙，亦各出其羡若干助堤费。而巴陵知县徐公自强，暨澧、平江、临湘、石门、慈利咸有所附益，先后至。王君亦自出其禄入，若岁赎又若干，民得受食，力其所自有，而因以召集饥者借其力共事，民忻然荷畚梮往，以篑程土，以日程食，偷惰者无所置足，兼并者不得染指。梁公又不时行县遍察之，民亦鼓舞喜操作。

参政公之裔孙曰严左铭者，始建议合诸垸，曰：合则力众，力众则易集事。于是自邑以西，起新堰距龚湖毛家为垸一十有二，延袤数十百丈。为堤一，高若干丈，厚如之，堤足倍，曰永固垸。又自邑稍南曰刘城左陂桃树，为垸一十有九，又循湖堧地绝湖水加筑为堤一，曰新兴垸。又自西至南曰吴清陈家垸，凡一十有一，其西北大堤曰安津蔡田，次菱圻涛湖垸凡九。又渡邑河而东曰黄蓬薛家垸凡五，又东北曰纸坊上吴垸凡二。而最近城者官垸，即宋黄封堤，连亘及蔡田，官亭民舍在焉。

诸垸星布棋列，包络凡若干里，高若干丈，厚若干。堤足若干所，容民田不下数千余顷，岁收稻、麦、粟不下数百千石。民室庐坟墓亦不下数百千，以典史刘坦、训导吴权才敏，则日使巡堤上，咸凛凛承上指图永久，以能有成绩，数十里版筑相望，皆沃野。窜徙者复，荡析者定，民乃始有宁宇，岁比登租调不诎。岁癸卯，西鄙遂有应乡举者，则天与人之相感岂偶然哉？

先是，每岁堤决，有司亦数数请上官檄，出金粟，鸠工力，而狃习故常，恣隐实冒，公家禀握，丁壮不出，机智憸人，賁为利薮，而又宣泄无策，垦及填淤。一遇亢旸，竞营私窦，又或苟目前，不旁及。首官垸，次安津蔡田、西鄙诸堤之鱼鳖，岁久芜没，鞠为茂草，所为堤之害岂独洪水？微梁公之首事，诸监巡郡大夫之协心，王尹之不遗力，吾其鱼乎？乃相与刻石堤上，知功之所以大。其词曰：

洪流滈汗，游波旁礴。汲引鲸鲵，摧撼林谷。豁若天开，蛟龙叠跃。水维荡然，虑殚为壑。畴咨俾乂，乃命司空。方伯相宅，百堵其同。稻人嘉谷，岁用屡丰。百年祟祀，嗟我僝功！稼圃为墟，渚宫为沼。上窟下巢，凫茈芦蓼。徯我后来，追兹昏晓。履出堂皇，谋用不挠。郡公道合，乃底绩成。流输转粟，以业遗氓。靡劳弗逸，靡险弗平。环堤虹偃，决莽云耕。曰若文命，实勤沟洫。畴假菑畬，畴贻黍稷。秉心塞渊，为民作极。金堤不溃，贞珉不勒。

分守督修诸垸碑记

孙羽侯

管子曰：富贵多粟生于农。故《度地篇》言水官为最详。大略以冬之日储器，以春之日起事，以高下行水，以岁月埤工，以三老、里有司、伍长董成，以甲士都匠庸力，以荆棘备外，以杨柏备内，以贫者为守，以经产为界。故曰圣人之处国必于不倾之地，择地形乡山左右经水之泽，为落渠之泻，因大川而注焉，乃以其材地之所生，制养其人以育六畜。故地高则沟之，下则堤之，此所以流膏而国之富也。挽近世之言水者可知矣。官不习为地属之长，长不习为萌属之利，水未至则思避役，水骤至则思免鱼。甚者冒食廪而幸成事，偷旦夕为嬉也。不则相与艺稚稼觊速获，借以私篙笆，水至则业已为瓯脱，而立视之曾不少恤。是故上之视民也若沟，下之自视也若燕雀之在楶棁间，虐焰至而未尝顾也。上不胜其委，而下不胜其漏之也，岂惟以国病哉？

先是，都御史梁公以参政镇荆澧，岁庚子，水大至，公行县，知县王公绪以堤防请。公曰：是莫非吾民，亦先其亟者，夫西鄙于邑什之七，所出稻若粟什之八九，其先议西鄙。以金钱粟请之都御史，御史得报可。越藩、臬、监司暨郡守、丞、倅亦各有所蠲裨成画，计所蠲金钱若干，粟若干，移旁郡邑帑若干，合西诸垸堤通作而倍增之。越一载告成事，曰永固、曰新兴、曰合工，为垸堤若干，延袤数十里。邑以西无不远水者，岁以大获，颂声作焉。具梁公修堤碑中，越四载岁丙午，水又大至，势更倍往日，闻之父老，自正德丙子百年来未有者。啮诸堤无一存，王侯躬临决堤，哭吁诸神祇不可救，水涌至仅以身免。城廓、室庐、府藏荡焉，舟楫行市廛中，几不可为邑。

会参议太仓王公至，邑士民遮道以堤防请，公曰：是天行之数也。天行之数兹二载为最甚，古未有无事者，虽然，吾守土者也，夫何敢言岁？亦为之务不可胜者耳。于是檄郡邑议堤事，其议增以大，其役增以广，其计增以长久，而其所下金钱度不得如往日。会王侯以选去为京兆倅，主簿田世科又以运粮饷将赴南度支，邑无官，无可与计事者。王公谓主簿廉，且习地利民情，是不可去，力为请摄令事，以他官往南度支，命一切缓征讼、宽簿书，独殚力堤事。有训导王臣者，长沙人，公谓是习为水者，俾时日视伍长董公役。公乃自捐供亿费若干，又为请直指史公发他郡邑帑若干。主簿兢兢守成画，严视其金钱粟，度时日不敢为苟且，人得无偷食。训导受命徇堤上，首严诸弟子员亦不敢为规避，岁十二月受事，明年春三月工甫竣。周视邑左右无不就绪者，堤益固且倍。会丁未水又大至，至七月连日夜雨，山谷崩弛，蛟龙放溢，西诸垸堤屹然不动，民亦各有所收获，谷价大贱，民不觉为灾。独北境二三，以邻邑堤不固因而为壑，是嫁之祸也。然所增饬培壅，亦足为永固，因以为粟土不难矣。

始梁公之工重于西，所费倍而时日远，水又不卒至，故其功稍易。王公之工遍诸垸，而费又浸薄，为日又最近，水且卒然至，故其功独难。《语》曰：事无巨细，人存则行。又曰：人定胜天。其王公之谓与？于是邑父老感公之覆庇我也，相与砻石为碑记功德，使观者知堤工原委也。

灵仙之府碑记

江盈科

观察陶宇刘公，蜀富顺人也。生而负烟霞之气，以万历庚辰成进士。宦辙所至，名山胜景辄徘徊踌躇不欲去。迩年奉简书以宪使观察辰、常诸郡，一日行部经桃源，过秦人洞，愀然叹曰：此非《图经》所载三十六洞天之外别一洞天者乎？胡为湮没荒芜如此？乃捐俸若干，属邑令魏君构亭洞前，用标胜迹。

盖洞天外隙地凡数百武，旧无一椽。念所中丞江公曾命工累石砌圆亭一座，然其中狭隘不堪布席，俾游玩者无所托足，而过宾旅食者枉车舆，就厨馔于元宫之傍，甚为不便。魏君奉公时，乃庀材鸠匠，治亭一所，为廊、为庑、为厅、为门，而且茶厨庖舍井井毕具，环以周垣。又引洞中之水入亭前为小池，清澈可鉴。

盖余尝一至其地，晏坐亭中，四山岚翠，飞堕眉睫。遥望元宫，出于山杪，隐然如蓬莱之见于海上。又松杉干云，平畴散绿。每朝日初曦，明月欲上，鹤唳于皋，猿啸于谷，鸣蛙奏乐，山鸟吹笙，发静中之籁，证嚣中之寂，其妙何可胜状？洞之四围渔歌牧唱，舟语农谈，自相响答。洞之前坦然周行，负者休焉，行者憩焉，或偶而嬉，或群而遊，自适其适，不啻渔郎踏花初入桃源时也。盖举一洞之胜，而以一亭收之，观察公有造于兹地多矣。

夫昔中山刘梦得为唐名臣，曾官鼎州，所题咏桃源最富，又尝题“桃源佳致”四字于洞前，垂千余年与洞不朽。观察公风流文采不减梦得，而经济过之，即今建牙辰、常间，春生秋肃，能使诸蛮喙息，万姓安堵，黄发者以长寿终，而黄口者如鹑之饱而睢睢也。盖一二千里疆域，总一洞天，总一仙界，直区区秦人一洞已哉？亭既成，公自题曰“灵仙之府”，魏公属余言为记，遂为书其大凡如此。

金峰郑公去思碑

江盈科

公讳天佐，闽福清人。起家孝廉，繇文学异等擢令桃源，在官六稔，直使者荐牍三四上，上喜其能，晋秩惠州守贰。濒行，邑父老子弟遮道祖送，车骑为枳。度不可留，相与请公所着靴笥而藏之，县诸丽谯，曰：此所以识也。逮今伏腊十易，桃人思公不忍释，齿及辄咨嗟太息，甚或涕苏苏陨，乃相与谋镌之石。石既具，征记于余。

余曰：嗟乎！公何以得此于民？夫令于一邑为长君，植良锄顽、旌义翦蠹，宁尽煦濡，罢棰楚弗事乎？宁人抚而家赐乎？谓宜此爱彼憎，甲举乙呰。既不然，朝而见德，暮而忘之，胡乃万口交颂十年一日，公何德而致然哉？盖治无他奇，便民为上。往公治桃，诸擘画注措，撮其要一归于便民。

公始至，悯桃民凋瘵，日夜乳哺而噢咻之。得其所宜沿革诸款，次第从事。如尽剔里甲浮费，官所取给自为办，不令南亩之民，仆仆走县治听征发而里民便。讼者交于庭，立决曲直，即情态万状，进之膝下，先后以言，务中实而后已。非重犯不笞，非甚扞文罔不罚，老吏大猾受成牍奉行如流，一钱无从得而狱讼者便。催科督逋，罢市廛之肉吾民者不得侵揽，令民自为输，以时稽察。持衡者不得额外加锱铢，趣旬日躬校簿，计吏胥无从多寡其数，以掩上而市下，而输赋者便。平物价，禁伪镪，罢泽梁之要害者，使不为舟楫梗而商便。戒乡里之侠，无敢操奇赢，收倍息，剥小民膏脂。有傍邑慈利大猾汪某，恃金多杀人，火其尸得漏网，后复杀人。事属公，公立置重典，请托之牍充庭，谢不听。豪右闻之股栗，而穷民便。平道，修梁，建堤，令路不啮，水不为灾，民不为鱼，而居者、行者便。修饰胶序，俾弦诵有所，以时进诸生口授经义，躬勤考校，士气用奋。创义烈、祠血食，故上书蠲免死登闻鼓下若苏斌者。新乡贤坊旌先达苏青阳有孝行者，期于章往风来，而搢绅、师儒靡不称便。盖公徽猷懿政不尽书，书其大凡若此。然公歉然自以为不足，盖公察桃土田廛廛，而藩国戍卒割十之三，或豪强自擅稍蚕食旁地，大豪奸富，重值市田，不收其赋，公欲履亩均税，力请于上不得，赍志以去。

自公去阅十年，复得今邑侯孙公修公旧政，沉疴之民稍稍起，不尽委沟壑。盖犹公之留也。宜其民嗟陨涕，相率勒碑，公功哉！夫古去思不著，著自召伯始，《甘棠》之诗至今诵之。公之政其犹古循吏之遗而《甘棠》之续乎？父老子弟闻不佞言，再拜曰：是足称公信史已。遂勒诸石。

鼎新长沙府学碑记

刘宏化

《传》有之，建国治民，无先教学，故鲁僖以泮宫发颂，而《子衿》刺废，《郑风》可覆按焉。秦汉以还，政与教分途，师帅者惟簿书期会是征，致以俗吏蒙讥，仅鲁平、文翁、倪若水建学兴贤，遂赫然著声。要以化民维俗，原本宫墙，能无失古先王风厉至意，故足述耳。当兹文明之世，岂不亦驾周鲁、陋汉唐？而弦诵之地，几经凌夷不可问。岂诚俗吏与贤者殊，抑亦时所渐靡乃尔。其孰有劲挺自持，从世法倥偬中而注精文学，如司理林公者哉？

公以真儒为名进士司理长沙。我长沙称文献奥区，湘兰岳秀，从昔固然，惟是学宫创自国初，递修递废，迄于今颓靡漫漶，不无待于发灵振采其人。公自农桑谳决，以及消弭备御之兴，蔑无不殚虑，更念学宫殿庑，尤鼎革一大机务，遂捐俸纠工匠，凡木甓撤而新之。始事于癸亥二月，毕工于十二月。复审形度势，建尊经堂以培龙气，广璧水池以澄秀颖，耸文星阁以峙选峰。猗欤此一役也，费不捐国，役不疲民，文令不烦邮移，而巍然规千百年之盛举矣。诸文学弟子佩公嘉美，图所以昭示来兹者，乃介绍吴生愉属余文之。余起家本庠，又夙侥好于公，欣兹盛举。

窃谓贤才骏发视学校，学校废兴视师帅，师帅之神情融结于此，将山川之精华、章缝之文采亦转移于此。今兹表著在望，肃雍在庭，俎豆在列矣。诸人士将无临璧水而有洋洋观海之思，入宗庙而有巍巍泰山之仰，聆钟鼓丝竹之音，而有和邦国、谐宇宙之远念乎？升堂入室，敬业乐群，知类通达，气若增而扬，文若增而绚，所为把吾道之旌旄，振声华于南国，炳炳烺烺，蔚为国器，岂非公之大有造于多士哉？诸人士其尚力学敦行，以骏发为公报，俾千百世知郡庠之中兴自公始。公之显名鸿发，自吾郡始，尤不朽异数哉！

公讳正亨，闽之福清人。己未进士。太守二兑谢公宗泽雅意文学，亦捐助，例应特书。而别驾熊公维镗、善令彭公瑀皆有力于斯役也。若督理则长沙府照磨王卫、经历康学博，诸生瞿思恭、何玺、吴愉、程万里、皮之绣等，爰并书之。

鼎新长沙府学启圣祠碑记

罗喻义

夫圣人本道以经世，其生也非偶，而至圣之道集大成。其生也更有所自，溯其自而后知斯道之元元本本流衍无疆，则生人之被道化者，崇报大典盖可忽乎哉？余尝谓斯道之传，自有生民以来莫有过于夫子者。说者以为至圣实由天纵，虽然，圣固天纵，彼胎灵孕异不有发祥始基者邪？而夫子固胄于商者也，弗父能让正考铭勒，防叔来奔，陬人倚立，至叔梁纥水精庆祚，勇力长驱，世德懋明，积诚敦敬，恳祷尼阜，瑞吐玉书，而夫子生焉。致令天下后世诵法夫子之道者，靡不归美于笃祜之严亲，则崇夫子之祀典者，亦宜申敬亲之特祀。奈秦汉以后钦圣道之中天，至加王号，巍宫庙，备太牢，奠释菜，自天子以逮绅士骏奔弗遑，而曾未有议及启圣祠之祀者。

洪惟我世宗肃皇帝神鉴宸衷，厘定祀典，重本源始，遂于嘉靖九年颁令京省各学，特建启圣公祠，春秋祀享。以先贤颜无繇、曾点、孔鲤、孟孙氏配，以宋儒程珦、朱松、蔡元定□张迪尊荣并极，可不谓神圣之作轨乎哉？迄于今，我长沙启圣一祠竟剥落漫漶不可观。岁丁丑，我二守永新朱公元湛视学顾瞻，遂慨然捐俸庀材，撤而新之。始事于某月，毕工于某月，休哉丹青朱垩霞灿云辉！诸博士弟子员佩公嘉美，图所以昭示来兹者，乃介绍吴生道行属余文记之。

余惟政莫先于文学，礼莫大于祀典。昔夫子与宰我论享鬼神，有曰筑为宫室，春秋祭祀，教民原古复始，不敢忘其所由生。然则夫子躬承道脉，其尊亲荣亲之念不较然著哉？要以继志修废，不无有待于后人耳，有如朱公以理学真儒籍鼎专城，其敏干清操，自农、兵、储赋、谳决之属靡弗襄也。更从世法倥偬、兵旅抢攘中注精文学，祀重启圣，历年缺略，旷典一旦重新，是又能以孝思妥圣灵，以敬祀完国制，俾我绅士望桥门而怀正业之思，瞻祠宇而兴重本之念，其功德不益宏且远乎哉？余从史氏后，姑纪始末之概以砻之石若此。

公讳士景，号元湛，江西永新人。由乡进士起家闽司理，二守长沙，例应特书。督修则博师宁惟诚、李春鳌、李□吉，生员胡顺华、吴愉、阳调元、李自荣，爰并书之。

杨侯德政去思碑

杨嗣昌

沅陵邑侯杨公以弱冠成进士，初任溧水令，多惠政，以卓异改令沅陵，时崇祯甲戌也。侯以恤民造士为务，勤考课、劝农桑、蠲烦苛、疏积弊，当道贤之，下其法于旁郡。逾年直指使者上其能，晋秩南京水部。荐绅士庶涕泣议留，裹粮走数千里诣阙叩请，不获命，至是已逾两年矣。沅父老子弟久且益思，走武陵谋于余，欲永诸石。

余切念沅陵于楚为滇黔孔道，北控诸蛮，南接星沙，土广民瘠，而当武陵上游，沅陵之利害、武陵之安危系焉。余之于侯，非独河润之民已也，微父老言，余能忘侯赐哉？但庚桑之祝，世俗沿为故事，今欲以是重侯，而闻者或不以为信，将奈何？父老进曰：侯无是德而侈言之，愚氓之耻也。侯重有造于我，而湮没弗闻，荐绅士先生之羞也。可曰侯不以是邀重于吾民，而吾民遂敢忘侯之功邪？侯以少年巍科，身为长吏，而食不再簋，衣必三浣，一丝一粒，不以烦民。留犊之日，萧然无长物，可不谓廉乎？廉故无欲，无欲故见事达，而一切恤民造士皆出至诚。盖沅邑四塞皆山，土硗而赋重，于辰独为疲邑。尔来征调频仍，额赋屡加，逃亡者十室而五，里甲相沿为奸，指公科索，民无从白。侯至即严革火耗，令纳户自兑自封，又请立易知单，令上下晓然，民皆便之。库役习为那移侵蚀，严刑峻法不能诘，侯制为日报、指掌二册，稽其出纳，使六曹不相借，而巧胥不致中饱。时省属岳、鄢二处饷不及额，有议于辰、沅代纳者，公毅然请于上曰：沅陵者未及言之岳、鄢也，岳、鄢者已在告之沅陵也。竟获罢。且沅邑政务烦杂，冠盖络绎，日无暇晷，先时长兹土者课较委之司铎，丹铅之役未遑及也。侯月课季试，必亲为较雠，尤者旌之梓之，鼓舞振作，一时出其门者皆联翩捷去，作人之功，岂可诬与？先时以辰卫无学，尽附于沅陵，故郡庠独取沅邑与卫子弟实焉，近各属多求窜入，真赝无稽，侯言其弊甚悉，议请如旧。

嗟乎！侯之恩泽其沦浃于沅士民肌髓者至矣，而侯犹以为未观厥成，未遂厥志也。濒行刻《酉阳纪略》一编，恳挚肫切，欲后之君子莅兹土者，览斯纪而恻然有感，以竟侯未竟之志，而贻无穷之泽也，侯之惓惓于沅民如此。至于修学宫，谨夜柝、完城郭以备非常，免漕米以豁赔累，请益价以苏夫马，禁重犯之凌轹狱囚，察衙官之侵虐无告，诸父老子弟言之甚悉，而难以枚举也。余为之记其大略，勒诸石，以志兹士民之不忘于侯者，且以告后之长兹士民者。

侯讳邦翰，字羽君，号仙石。广东南海人，辛未进士。

辰州通判石公遗爱碑记

米助国

方今神京震动，时事旁午，率土臣民疾痛无地，维我辰郡独得安然保其疆宇者，盖少伯石公保障之功也。公倅郡五载，善政难以枚举，惟举其大者而著之，以永吾辰人之思。

方癸未春，值三年大旱之后，四方多故，援兵接踵而来，浸淫骚害，民苦莫极。公设饷捐犒，始尽遣之。三月闯寇余党据澧州，偏院将官周晋焚掳常德，辰民闻风惊窜，公独力肩其任，举身家为誓，民有徙者斩，众皆股栗共为城守计。公晨夕筹画，广布方略，缉奸擒伪，贼知而宵遁，宁独二州十四邑均受奠安，即滇、黔、两粤亦借以高枕焉。是年，□□贼张献忠陷全楚，破常德、桃源，杀戮之声塞于天地，而辰郡草木皆兵。当事假公兵篆，公详移京饷调土兵，偕僚属沅陵令唐公夔等严守城池，鼓士绅，练乡勇，造火器，迎藩嗣以延嫡派，大张神武，分兵防隘，水陆截堵，贼不敢入。至于刊城书，派垛口，设灯笼，立窝铺，种种公费，悉自捐助。嗟乎！事当仓卒，势危如累卵，公以一身调度其间，而全郡已安，使海内得如公者数人，又岂独一郡之安哉？

公之初抵辰也，民苦疫，公礼神而灾除。民苦旱，公祷天而雨降。又如作养士子，征聘贤才，举皆预事以图存。公于辰人不啻起死人而骨肉之也，辰之人独能恝然于公，而忍一日舍之去邪？迩者忽升滇南太守，余愀然者再，阖郡士民耆老遮道攀留，势不可挽，吾侪如失所天，其何以为吾辰挞伐之主，全楚中兴之地乎？闻两院已议仍知本府，虽有仰望之日，而公已先奉调，难以久待，不可以私留也。于是士民公议即虎溪九母殿之东设生祠，留像刊石，以志永矢弗谖之意，而使助国直纪其事之大者于其下，且系之词曰：

行乎如神，德霈若河。敛彼肃杀，敷为太和。神乎微乎？武略且多。天人合发，所向收戈。回鼎足于既摇，存正气于靡他。

仰千载之道范，将万古而不磨。

迁建关圣帝庙碑

黄学谦

按：民教有三，祀典居一。祀法：以死勤事则祀之，以劳定国则祀之，能御大灾、捍大患则祀之。然汾阴、好畤，祀各其地，朝日夕月，亦各其时。禋望升中，四岳各举焉耳。若夫肸蚃万方，尸祝千古，蒲坂瞽宗，楚蜀神游，未有如诏封天尊帝君之隆且赫者也。

郡治北城外旧有帝庙，父老岁时争持醵钱聚赛，至磔鸡刺彘穰吉筵从，芸芸昏旦遥应如响，盖不计年。余治兵兹土，每低回义勇之色忾若凭之。丁丑冬，流寇猝薄城下，无虑千人，初不得志于城南，辄相率于北隅稀旷之地，恣所撕掠。帝庙故逼垣楼，诸寇顺风纵火，计令守垣者惊且溃。余乃偕若属望帝灵礼祷焉，须臾风且反而西。亡何，内应之奸，近楼不数武袖火四焚，余祷之再而风反亦再。旋得大索魁党磔之城上，而寇稍稍焰烬。逾八日，寇复西窥江楼，谩意造云车可跨耳，而北则火帝庙以及垣楼，乘墉兼克风霆莫支，余三祷而又三反，寇卒以失利而宵奔。嘻！睥睨之间，若有摄其魄而沮之者，佹叩佹协，将坛蟠踞，仿佛英标，则帝之神愈王灵愈爽，其绥惠一方愈不敉也哉！余且斋心申祷曰：寇之犷逆如彼，帝之拯荡如此，万一阴骘下民，悉就烹缚，矢为遹新庙祀，作镇域中，曾未及期，而天王寺巢中集大兵临之，虺蛇之蛰，尽屏妖踪，夫非当年横刀跃马之遗烈也邪？

余悚且跃曰：闻之忠义民轨也，匪扬则淹。寇患民厉也，弗驱乃伤。驱厉于神，扬轨于吏，帝之赐也。社而稷之，匪以为报，永为民觇耳。已惟旧庙，前蔽狭径，而郭外既非所以妥灵，于是选胜内地得卫局之东，周遭可十五亩，间广阴森，宜帝降止。郡人来观，抵掌戟手若神惎之，已而思曰：时得无绌乎？是未可以烦我父老子弟，搜餐钱之余，先后得七百有奇。自吉殿下厚倡之，两辅从焉。守、佐、令或百什以下为等，文武衿氓辈任其差，差乐效。岩者、壑者、斫者、圬者、力者一如治私室，莫不义其役而归功于神，繇是堂殿垲洞，左右各翼以十楹。后为寝制杀于堂，宾庐在序，庖湢庾井各适其所。缭以丹墙，捍以崇门，窿然异往格矣。

自命期以迄完缮，阅月有八，郡绅谈公嘉瑞，都尉吴景朝力董此役以告成。爰诹月吉迎神而入，佥谋记石以答帝功。余义不能默。余惟帝在当时，义勇雄概称万人敌。记其挥戈斩级之所在，襄樊为多。方照烈之西也，帝以节钺独守江陵，江陵距吴魏之冲，帝援襄攻樊，降其郡县数十，即智若彧、攸，勇若瑜、肃，无不委伏称臣妾。且也洞该麟史之略，宜会人心之天，解梁奋拔，涿鹿合并。参真璧于乱氓，识独鹤于群鸡，奇气高风，雄视三国。夫何蜮射猪啮，顿失隆勋，竟不获遂其祀汉配天之志？故曰：帝生而能英，死而能灵，天兵鬼斧无不知之也。湘城一垒耳，蠢兹峒寇，遽动其仇贼讨乱之心，呼而答，祷而应，风可使回，炎可使烬，岂畴昔荆楚之戈，转而止于长沙，而皑皑之甲，亦赭其马，以助圉臣之行间，而俾少逭其陷城之罚乎？则今日之迁祀，余区区初念殆有先于子来者，乃忘其固陋，而僭次于左，又为迎送神词以侑飨云：

神之来兮髯飘飘，赤兔马兮青龙刀。汉朱幡兮蜀锦袍，风棱棱兮山鬼号。庙象岿兮俯平皋，荐桂醑兮然兰膏。抚境内兮崇勋劳，神之往兮朝贝阙。马腾云兮刀偃月，前青旗兮后黄钺。援荆襄兮度燕粤，行万里兮如电掣。岁降康兮歼彼孽，镇此邦兮灵不歇。

案：丁丑为前明崇祯十年，是年五月，湘乡土贼江长子等踞天王寺，聚众数千，肆劫安化、宁乡诸县。沅抚陈睿谟檄巡道高斗枢，督副总兵罗安邦讨之。十月贼寇邵阳，十一月贼复通临、蓝，土贼焚掠湘潭，围攻郡城，分党至浏阳剽掠。已而转醴陵去袁州。《旧志》未详战事，此篇殆代巡道高公作。合高兵宪祠碑观之，则情事悉具，可补志乘所不及也。汝怀附记。

高兵宪祠碑

黄学谦

苏明允有言：城小不足以容兵，兵少不足以实城，皆兵忌也。长沙舞袖不旋之国，城址拓于五代湖南马氏，枵然中空，承平日久，人不知兵。桂阳、零陵之间有伏戎焉，即有缓急，披甲者少，翦桐地重，维桑情切。予身处枝邑，心忧根本，当事往复，书疏甚苦。或唁予曰：子尚良食，夫集事惟才，有明使君胜十万师矣。子尚良食，乎若高公，承天子明命，观察兹土。或曰：使君昔守荆南，有秦寇能御大敌，盗不足忧也。公为人洁廉，志在澄清，其为政威怀有方，甚得民和。

丁丑冬盗发，乘湘直下杙船，城中震焉。公独身先，登陴固守，此十一月、十二月事也。迟明傅城，城上人发火器击之稍却，时吉殿下斸金飨士，率内臣同仇，爰逮绅衿无不𩏂𩋎从事者。侨旧同心，文武齐力，请开门决战，公不可，惟日夜帅吏士乘城，曰：古者戎事袀服，自今以始，有机事若技材方略，皆告以勿拘相临体。故人人尽力。贼阵城南，其魁有若禹步者为妖异动人，城上人射之殪。又行城北，城上人又射其魁，亦殪。贼疲于仰攻，以其千金所致敢死者二人门焉。及吾阖，或进计穴门楼地，从孔中下械歼之，钩得其尸，尸诸城上，贼望城上大痛。当是时，贼死者甚众，取其尸陈之沙上，或哭或歌。不获其尸，则从寺中着僧衣出，向空而咒如浮屠法，城上人亦恶之。关壮缪侯庙在城外，贼爇之几延北楼，公且拜，风反火止。复烧城门，洞见城外，城中垒石窒之，须臾而合。有谋翻城应贼者，公磔以视贼，贼气稍沮，然徉翔无去意。公叹曰：吾昔在荆南，贼大至城下，小衄辄引去，未有坚忍如此者，真难当贼也。最后架飞梯城西，高与城等，扳堞欲上，城上人攒射之，弃梯反走。缒人焚其梯，贼计始穷。时北风正急，扬帆宵遁。公目不交睫，凡九日九夜，城中解严。上下相慰劳，咸曰：微公，城几不守。盖公临事御物，发于至忱，故感神神应，感人人应。长沙自宋季兵燹，及今三百余年，而有峒寇之乱，治乱之数兹其当之，赖公之力以底于定，过此以往，吾知免矣。

近日移开府于此，郡城改为镇城，可以用大，不忧中空。若夫全城以待，公之功不可忘也。邦人共谋俎豆之事，而选地鸠工，实殿下睿旨，王国常侍黄、张诸公助成之焉。昔范蠡存越，越人铸金为像，祠之西湖，而蠡去矣。公未违湘州，祠已告成，患难安乐，庶几一致，不亦善乎？有侐其宫，有俨其容。彼都人士过之憩之，拜之揖之，社之稷之，醊其侑矣。维其祝矣，其祝伊何？使使君介福，使使君眉寿。朱绂斯皇，殿天子之邦。与岳山俱苍，与湘水俱长。于维此堂也与哉。

安化鼎新学宫碑记　陶汝鼐

安化在大湖以南，亦一奥区也，群峰崒嵂，其原自庚辛浚发，迤逦为县治，蜿蜒为学宫。盖始于有宋熙宁，迄明神宗朝，历四百余年，皆子午正配。其时文章节义驾沅湘而上之，都人士犹以久淹乡贡，归咎地灵，遂致迁改不常，气脉宣泄，沧桑之后，茂草兴悲，莅兹土者咸思修举，而苦于力之不支。我王侯来宰斯邑，甫下车谒庙，见栋折榱颓，即慨然以兴复为任。值时有事西山伏莽，糗粮刍茭日不暇给。已而荡平，乃与诸士谋复宋、元故址，爰捐俸及赎锾数百缗以为之倡，而阖邑望风慕义，靡然景从。以故士子之醵金什之一，里甲之输助什之一，余则悉侯自区置，刻期就绪。丁未春，予策蹇游梅，趋视宫墙环桥，而望殿宇岿然，堂构巍然，门庑池台井井然，翼翼然，咸谓壮丽宏伟，视昔数百倍焉。噫，盛矣！

多士感侯之德，尤欲勒之贞珉，以垂不朽，属予记之。予方谓今之世公私告匮，忧时之士不胜嫠恤，而有司惟期会簿书是急。

侯乃既竭心力以为永远之谋，此非有志振兴文运，以羽翼国家者未易能也。盖自乡举里选之典废，而士子以学宫为进身之地，今国家崇励实学，真转移风气之一大机会也。而安庠之改观易辙，适当其际，则应运而起于斯预卜，况垣正子午肇启文明，尤为地灵叶吉也哉？以是知侯为安庠计者，虽曰作新，实为由旧，虽曰增美，匪徒改观，则后之君子，臆见无容纷持，物力无烦过举，侯可谓识周千古矣。

虽然，予犹有进焉。昔文翁之在蜀，鲍德之在南阳，范纯仁之在襄邑，皆以能兴学校，崇教化，致民俗大变，故名照一时而传诵至今。侯今日者报最奏绩之时也，四五年来，梅邑之井庐田畴，佥曰皆我侯之贶。而又出其余力鼎新学宫，则所以誉髦斯士者，文、鲍诸君子固不得专美于前，而安化且借是以长为文明之域矣。其为见重一时，与垂声后世者又安有穷哉？时司教铎者为汪君，奖励有方，学宫调度，功亦俱多焉。而诸士又克勷盛举，所为乐得贤司牧而作兴之，乐得英才而教育之，吾于汪君又有感焉。梅中官况如此，亦一时之盛也，予故乐为之记。

侯讳丕振，字伯遹，陕西朝邑人。汪君讳可方，汉川人。诸生某某，皆得以次而书于碑阴。至经始落成日月，与输助之姓名，别有石以纪之，兹不赘云。

安学安生供田碑记

罗调阳

邑少学故无田，有之自分宪荆南周公始。周之衔命镇抚荆南也，计缝掖之艰者捐羡镪为供田，计袯襫之艰者捐羡镪为积储，盖两郡诸属民二十五少学，幅员千余里，所种德远矣。安乡所受积储法如他邑，出入至今可复稽，独供田以租税者弗重厥初，至岁为水蚀无所入，虚种德意良久。曩仁侯、今侍御谢公，精心士民计，谓周公意当广也，于是邑田之无民而隐利于豪猾者无数，其田之积逋亦无数，问逋故，则家必曰是无民弗又也。谢公曰：

弊久矣，邑有无民之腴田，不以公利邑士民，而为诸猾据，且因之久负国，莫可谁何，吾不能忍已。立法旁搜，得某种田千亩，以若干亩学入租，命曰安学，广供田也。以若干亩县入租，命曰安生，广积储也。余田租、分邑、祀典，重者充修葺，此微独士若民赖之，即明神且赖焉。奏记两台，使当道报可，具列治行高第，乃籍方实。

谢公入拜西台去，诸猾弗甘也，巧为讼，不争士民田而争于神，听讼者淆于幻，谓神无用田，一切夺安学、安生田听猾民取之。是时王侯初莅邑，岁稍稔，官租始入即千余石，住佃亦喜，方移创仓廒为民厚储，而田已复为猾民有。侯曰：如此三稔，邑元脉可转，如听讼者之淆何，如屡讯之弗报何？吾有气塞耳。自是日夜思复谢公籍，虑忤夺者无由即复。居久之，供田又弗稔，概求蠲租。王侯曰：将委周公金河伯乎？以请于侯公，则报分宪，侯公又数语侯，无失谢公美政也。然侯曰：是湫低弗堪亩也，前人德意岁岁问诸水滨耶？归若金，归若田，其谋有颗粒以不朽种德可焉。王侯如所报，责之归田而金还帑矣。所还金五十一，再置田一百六十五亩，而豪所隐士民田向未尽露也，复搜之得三百六十九亩有奇，皆阜而腴，无水患，计田租三百六十四石有奇。议充赋外，分予供田租八十石，增旧数二十石矣。余二百八十四石备赈储县，奏记侯公曰：善，足为士民永恃矣！王侯曰：吾虑忤者，聊以此成周公德，存谢公美政于万一耳。安得如安学、安生之丰，为邑培元脉哉？

虽然，士民有幸，更俟之尔已。嗟夫！当路之种德斯邑也，有周公、侯公。邑侯之种德斯民也，有谢公、王公。相继为之若弗及，令政一成而无毁，美利讵有涯哉？而先时区区数奸民足以乱之，而王公不力为振，即周公德意且就乌有，岂复有今日实德？《语》曰：予不期多寡，期于当厄。士民之艰者有数百石恃也，德实且永矣。后之主施者，豆区釜钟以实予焉，无俾干没焉，德实且永矣。《诗》曰：虽无德，与汝式歌且舞。王侯之德，民歌舞之久矣。夫宁止此亩钟已耶？他美政不记，记其寓赈者。

周公名应锺，锦衣人。侯公名执躬，归德人。谢公名正蒙，惠来人。王公名思旦，丹徒人。邑续志屡删之，今特阐录。

湘磷化碧碑记

郭金台

潭自顺治四年二月以兵服，明年冬又称不庭，越六年正月，万骑自长潜渡围其城，屠潭人以数万计，尸坟起与垣檐平。会守帅某提馁卒至，搏尸衣而暴露之，堕藉污泞，隘巷间横竖比叠。有未亡者欲以面目求死者状，裹骸还里，此臭皮囊三七日外作鬼畜变相，竟人人似，又哭而置之。潭非忍弃其父兄亲戚枕藉漫野也，法严祸毒，绝者众，伤者仆，主者亦有所偷幸而不敢即也。

庚寅，新安程青来客潭，捐资命僧，敛白骨若干石，络以缕，购亩地而稍瘗之，功且半。明年上人节中，更谋施主拾骸，又十余坨凿三巨穴，纳诸骸其中，布列头身手足，无剥裂倒置。居然以众死形作众生相，卜买杨氏之山，扦某向封大冢三，额题“湘磷化碧”，勒石表墓上。构旁舍一，延数僧，欲以香茗、梵贝度脱此诸泉下人。呜呼！此泉下人诚称毅魄鬼雄，至死无憾，而节上人昂然以一枝拄子，波波咤咤，敬为湘流千万鬼伯作护持，此中布施功德，了不足谭，而其志气于自度度人何与？呜呼，上人大勇哉！因白上人曰：世尊不喜亲近比丘尼说法，马伏波亦愿马革裹尸，不碌碌死儿女子手。

潭之屠，灭阳生阴，此冢中人皆男子身也，生前未必无分贤愚不肖，今幸聚敛魂魄，磊起高丘，曹蜍李志，亦得与廉颇、相如争生气千载。吾愿孝子顺孙、贞人义士，过是冢而凭吊者，宁敬毋亵，宁服毋訾，将有《大招》之赋、《国殇》之辞，踵予言而厉兴也。潭人报予，予报九原诸君子，差不辱潭矣。节公愿成，勉予言，予不敢不勉。

古文昌阁碑

潘应斗

今域中祠文昌，咸左右文庙为专祠，罔敢不虔？考《天官书》，斗魁戴匡六星曰文昌宫，内一星曰司命。《宋志》上台为司命，其下主荆，则楚固文昌垂照之区，祀宜益虔。我武冈之有斯祠也，在城之南市，《州志》称明南渭郡王花园也。王梦蜀秀才借园读书，感而祀之。后以祀马祖，遂移文昌于后寝，神弗妥也。郡之内城南有谯楼，相传即宋理宗书“宣风雪霁楼”，其下数武为止戈坊，盖古名胜也。

犹忆壬寅秋，同牧伯吴大夫凭吊古迹，应斗请存南楼，以复宣风大观，牧伯亦谓然，且为经理未竟。厥冬游击将军韩公节临日，即以修举废坠为任，慨谓神之失序，何以宁民？于是东岳武庙及水府火神，次第建祠，专而不渎，殆《祭统》所称顺道备福者欤？嗣复登眺南楼，怃然曰：此地于文庙则后护，于州治则左翼也。挹云滨济一郡清淑之气萃焉。乃周其垣，乃崇其级，乃壮其栋、厚其宇，祀文昌于中。又为构魁星亭，对峙拥城。功既竣，乃与吴大夫宴师生而落成焉。酒数巡，州人士友相纪盛迹，谓应斗宜有言。应斗因叹文事武备之不谋，则季世之陋也。古者祭祀必以射，宾燕必以射，文习武也。出兵则受成于学，振旅则释奠于学，武习文也。韩将军先朝尚书，庄僖公之曾孙也，时奸慝在朝，百僚皆重茧而立，尚书独守己不阿。为大司寇数年，活人盈万，肺石无冤，海以内外咸识其高于氏之门，而将军则为其后裔也。

将军历仕吴，仕豫，仕楚，讦谟定策，咸有祖风，所至颂长城焉。方叔以元老临戎而克壮猷，召虎以武功饮至而矢文德，公盖兼之。即文昌六星，如上将尚武威也，次将正左右也，贵相理文绪也，司禄赏功进士也。天垂象君子则之，将军以文武全备，恪恭昭事，神自克享矣。今将军与大夫偕师生于此，登高怀古，其亦有宣德树风、投戈讲艺之思乎？《援神契》云：文者精所聚也，昌者扬天纪也。即后世化书垂训，无非原本忠孝枢机言行。今神灵有赫，多士蔚蒸，若但谓文事之隆，恐雕虫刻鹄，非聚精格天之旨也。《易》曰：富有之谓大业，日新之谓盛德。其庶几乎斯文在兹矣。《诗》曰：文武吉甫，万邦为宪。为将军颂，为大夫颂，亦将为吾党厚期望焉。语不文，质之同志以勒诸石。

三神碑记

严首昇

往读《搜神记》，知鬼神之盛，虽圣人之言有未尽也。彼实以其情状与百姓为质，视之曷尝不见，听之曷尝不闻邪？邑东山三神，终始国家三百年，或哲或愚，咸敬且近。其大者生甫及申，若泰陵司马迹最著。诸凡士子试于乡，赴公车必请祷，凡得隽者必示以兆。故终其世祇肃弗替，细至牧竖里妇，感而遂通，无虚日也。尤喜与词人觏接，一字之佳，馨于羊豕。士大夫相沿以诗赋古文词为禋祀，法书名笔，积成卷轴，神亦时降，伥子与倡酬，往来通邑大都之间，传食荐绅诸大家，从者千余人，白日不疑，往古未有也。爰是邑先正为相宅筑坛于发迹之墟，在石门深处，买田五十亩，岁时百礼取给其中。邑令长为另立神户，蠲除租庸，以待士大夫之礼待之。盖未以神事之，直以人事之，亦甚盛矣。

《传》记夫子不语者四，为其不可胜语尔。不语力而力多于德，不语乱而乱多于治，由此推怪与神可知也。秦汉以后，辄以封禅为惑，而周之克殷以慢神为辞首，虐民较次之。呜呼！商以尚鬼兴，以慢神亡，学者争言无鬼神，岂圣人之言哉？

案：楚俗尚鬼，自古而然。然至如文中所称，则风俗之靡敝极矣。文中具有抑扬，殆以积重难返，徇众意而为作记欤？而所谓荐绅诸大家者，不能无愧于其言也。汝怀附记。

聂刺史去思碑

严首昇

尝考古今人事，有设施甚同而治乱悬绝，贤不肖异实者往往然矣。商君徙木，自吴起始也，为将则有余美，为相则有余恶。青苗，安石治鄞已试之事也，一邑则有余治，天下则有余乱。予因思自古人才如郑子产、齐敬仲、秦卫鞅、宋介甫四人，皆救时器也。鞅之事类子产，介甫类敬仲，而功名殊不相及，则天地时势各有攸宜也。介甫实居天下之任，鞅之谋秦亦将以取天下，而思以子产、敬仲一国之治治天下，其可乎？

楚之有澧水也，土物坟衍，鱼盐浸盛，近古大国之风，而族大宠多顷复不少。予来游此间，颇察其微，以为君子果识时务，非以子产、敬仲之故事行之不可。乃澧之先有刺史聂公，其人者则既先得予言，澧人至今思之不衰，且社而稷之矣。刺史体长而削，亢颡深目，苍然如冬干。百姓望而畏之，虽载色笑，终莫敢仰视。初下车，即廉得境内狡黠足为蠹贼者若而人，未尝设缿筒，喜㚖㚔，而发奸摘伏，莫测所由。下至闾阎帷薄之事，不能自察，控于刺史则罪人立得，一时称神君焉。乃其外严内宽，济敏以勤，动有方略，好为民利，故虽善怒而不失民和。民有贫不能娶，思离其婚者，为之助聘。士子贫不能应试者，为捐俸以贶。它如墉壑亩籍细大具举，莅治五年，罔有闲怠，澧人所由没世不忘也。

虽然，予犹为刺史惜焉。古有强于治民、弱于事君者，黄太守是也。亦有温柔待下、刚果立朝者，徐参军是也。刺史幸而以澧水终也，或不幸而不以澧水终，吾无从知焉。国家祖宗上德在宽，法制疏阔，而顾重有执法之臣。百年来宰相则称江陵，御史则称忠介，是时天子敦大成裕，而臣下持正不阿，为两得焉。嗣是以后，法严在上，而在下无一尽法之吏，外或猾夏寇贼奸宄将无在是，假竟刺史之才为江陵、忠介所为，安知不大有可观者？夫子谓子产有君子之道，而当时亟称管子天下才，吾又安知一国之治不可以治天下哉？

刺史姓聂，讳惟挺，字虞赓，金溪人。某年举于乡，某年受是任，凡五年终于澧。又五年为纪其事，更作歌曰：

兰江之清兮百尺，下见凿凿兮白石。维刺史之无欲以为刚兮，与江罔极。澧之人则知兮，不先杀而后歌。澧之人则仁兮，既之死而靡他。

佑圣碑记

车大任

余尝斋沐读元帝传略，以国王胄肇元教宗，含真悟道，功成八十二化，位列诸天之上。镇靖寰区，福国庇民，厥功伟矣，历代皈崇匪替。自我太祖高皇帝定鼎，肇建崇祀，暨文皇再造，赫然默翊，屡显灵异。敕建金殿于楚之太岳太和峰，六合钦崇，万方景仰云。郡武冈高沙市，距城六十里，近市龙头村突有怪石矗起如人状，夜炯炯若星悬，光亘数里，连丙夜而毫欻愈炽，遐迩老稚咸惊异之。肖镌元帝圣像而灵爽钟焉。

乡之耆民举异沙市，附大士庵顶礼敬供之。然而庵创先代，湫隘荒圮，帝为之大阐威光，辉奕金轮，明彻幽谷。里父老俯仰鞠跽，瞻望象仪，香氛烛光，星雾隐见。云冠霞佩，芝盖华幡，御气乘风，辉映飚举。聆音觌影，恍惚若光。四野翕然尊崇，万姓斋心顶礼。其或孝隆尊亲，慈怀幼稚，义钟伉俪，爱笃弟昆。灾眚疠苦，旱涝凶荒，祷言甫发，响应旋臻。疠疾顿瘳，菑害随弭，讼争悉释，吉庆频护。昭赫冥契，遐迩殍传，咸元帝威，灵之辄应。而彰善瘅恶，豪不差舛。即武当太和金阙又奚加焉？猗欤帝庥！以神道设教而大有造于斯民也，维时岷辞禄，南樵宗侯，默契元宗，诚皈帝德，捐金首倡。郡侯王，缙绅士，逮田夫野畯，工贾市竖，凡有血气者争致金帛，悉倾廪倒囊，非所吝惜，云拥子来，咸乐有助。南樵宗侯偕乡父老刘继祉、刘圻、汤大受、邓公杨等若而人，殚智竭虑，鸠工程材，鼎构巍伐，辟创巨观。襟带江渚，波流耸矗。市廛表镇，昂射云霄。光摇翼轸，庖湢丹垣。天门贝阙，仑奂瑸纷。焕乎紫霄玉虚、净乐瑶台矣！自肇建以迄工，集凡四年所。嗣是灵应谷响，士民朝夕祗谒，蹔赴峰趋，辔骑巷休，舆轿道息。跋涉瘁劳，络绎载道。徼福冀德，殊可更仆数耳。父老以南樵宗侯倡作于始，更积累众以助成功，因索记于任。余尝参元释根宗长公，谙竺乾奥旨，俾书贞石，藏诸名山。乃为词曰：

猗欤帝德！道配苍穹。玉虚秉枢，迁较和宫。功无弥上，泽被寰中。云胡分光，阐化村隆。星悬丙夜，遐迩尊崇。显示祸福，斡旋化工。解世创网，辟世群蒙。御灾捍患，回凶作丰。登民觉路，翊国基鸿。明烛屋漏，惠及昆虫。厥新琳宇，天地攸同。

万历丁未岁孟秋月吉旦立。

湖南文征　卷四十一

神道碑铭上墓表　墓碣

元中书左丞集贤大学士国子祭酒赠正学垂宪佐运功臣太傅开府仪同三司上柱国追封魏国公谥文正许先生神道碑铭有序

欧阳玄

洪惟皇元，度越千古。世祖皇帝以天纵之资，得帝王不传之学，上接伏羲、神农、黄帝、尧、舜不传之统，而为不世之君。若鲁斋许先生以纯正之学，下接周公、孔子、曾、思、孟轲以来不传之道，而为不世之臣。君臣遇合之契，堂陛都俞之言，所以建皇极、立民命、继绝学、开太平者，万世犹一日也，猗欤盛哉！

先生既没之三十三年，为皇庆二年，仁宗皇帝诏暨宋九儒从祀宣圣庙廷，明斯道之所自传矣。又二十三年，为元统三年，今上皇帝敕赐臣玄文其神道之碑，以赐其子师敬，使刻之。于是臣玄再拜稽首，以复明诏曰：论世祖之为君，则见我元国家之初，当贞元会合之气运。故善言先生，必以道统为先，而后及功业，则上可以称塞圣天子命臣作碑之初意，下可以厌服天下后世学者景慕之盛心也。臣谨按先生家乘及尝私淑父师者，序而铭之。

以金泰和九年己巳九月丙寅生于新郑邑中，幼有异质，八岁入学从师，问读书欲何为？师曰：应举取第耳。曰：如是而已乎？师大奇之，谓其识趣非常，他日必有大过人者。自顾章句儒非其师，遂辞去。年十余，有道士过见之，惊曰：骨清神完，目光射人如箭，苟非命世大贤，即当神超八表，人间富贵不足道也。稍长，嗜学如饥渴，而精强绝人。世乱家贫，无从得书，闻有善本，冒险数百里就而录之，读之有疑，即能有所折衷。

岁壬辰，天兵渡河，为游骑所得，其万夫长酗酒杀人为嬉，先生从容曲喻，卒革其暴，久乃信其言如蓍龟，人赖全活者无算。万夫长南征，乃东去隐徂徕山，迁泰安之馆镇。寻迁大名，扁其斋曰鲁，世因号曰鲁斋先生。国家既有河朔，遣官分道以试选士，中者得占籍为儒。魏人力劝应试，既中选，留魏三年，自挽鹿车载书还河内。魏人致仆马，不听。入洛求第，果得之。自洛适魏，闻河内政虐，还止苏门。十余年间，虽颠沛流离，行不愧影。其与人交，中刚外和，一介取与，必揆于义。人与之居，虽有忮求，驯致俱化。所至学者翕然归之，察其诚至，乃留馆下。既留，诱掖忘倦，身教属属，言教循循，于是师道尊严，亲友日至。在魏友窦默，苏门友姚枢，相与论辨，探幽析微，诣者慑伏。凡伊洛性理之书，及程子《易传》，朱子《语》《孟》集注、《中庸》《大学》或问、《小学》等书，言与心会。于所从游，教以进德之基，慨然思复三代庠序之学。甲寅，世祖受地秦中，闻先生名，遣使者征赴京兆教授。先生避之魏，使者物色偕行。廉希宪宣抚陕右，传教令授以京兆提学。卜居雁塔之东，与同志讲井田之制，买园为义桑会，得请还。

世祖即祚，建元中统，召先生为家教，既至谒归，复召至上京入见。上问所学，以学孔子对。留上所无几，以疾还燕。明年，自上京召，数有敷对。时相王文统用事，而先生及姚枢、窦默日被顾问。默在上前屡斥其学术不正，枢以才见嫉。盖默言本出于先生，文统亦颇疑之，乃奏枢为太子太保，外示尊礼，内欲摈使疏远。默、枢拜命，将入谢，先生独毅然辞，谓二公曰：礼，师傅见太子，位东西向，师傅坐，太子乃坐。今能遽复此乎？否则此礼自我废也。二公怀制阙下辞。文统闻斯言，遂寝其命，改授先生为国子祭酒，默为翰林侍讲学士，枢为大司农。先生亟辞以疾，乃予告还河内。既而上京使狎至，应命至燕，病弗能往。

至元元年，自燕复还。先是，有诏即家为教，以业来学，乃躬耕里中，未尝以诏示人。至是诏入省议事，旋踵求去。丞相安童来谒，欲留之。退谓人曰：时流欲辈行许先生，吾见相去千百寻。有诏趣赴省，遂遄行，见上檀州。谕之曰：安童少不更事，卿无负所学，悉以传之，有嘉谋嘉猷语使入告。对曰：圣人道极高远，学者所得有浅深，然当罄所知如圣诏，其所不知，不敢强也。安童明敏有操守，告以古人极言，往往领悟。第恐有间之者，则难行耳。自是预大议，时至都堂，扈行上京，咨访日广。宿卫之士见先生入对，举手加额相庆曰：是欲泽被生民者。上疏陈五事：曰立国规模，曰中书大要，曰为君难，曰农桑学校，曰慎微。累数千百言。读奏未彻，上久听微有倦色，先生即敛衽求退。上肃然正襟危坐，先生乃再读。读讫，上嘉纳之。其余论谏，多削其稿，世罕得闻。有顷辞疾，听五日一诣省，赐西域名药美酒，俄许其还。继召与太保刘秉忠、左丞相张文谦议朝仪官制，多所详定。

阿合马请建尚书省总六部，与中书省角立。特用先生为中书右丞，先生求面辞，不得见者再。越数日，奏所议事毕，自陈曰：臣有三宜辞，一非旧勋，二蔑文德，三所学迂，恐于圣谟神算未能尽合。上曰：用卿出朕意，毋事多让。先生辞不已，上命从官掖之起，有旨曰：出。既出及阈，还奏曰：陛下令臣出省邪？上改容曰：出殿门耳。明日又辞，遣近臣哈剌合孙先谕止之，强出视事。

至上京，奏论阿合马罔上不道事，不报。因病谢幾务，丞相难之。御史中丞孛罗为之请，上恻然曰：召子师可谕使举代。对曰：用人宜出上意，臣下举代，恐开市恩觊觎之渐。有旨：以国人世胄子弟就学。遂笃意教事。奏门生王梓、刘季伟、韩思永、耶律有尚、吕端善、姚燧、高凝、白栋、苏郁、姚燉、孙安、刘安中十二人为伴读，被旨咸驿致之。以先生为集贤大学士兼国子祭酒。先生之为教，精粗有序，张弛有宜，而必本诸圣贤启后学之方。逾年，诸生涵养熏陶，周旋中礼，贯讲通适。上喜其业成，时自程之。

越三岁，以改葬亲丧谒归，属召赴行在，遂请朝辞以行。上命诸老议其去留，姚枢谓先生出处有关世运，宜成其志。更命张文谦问所以告归之意，其对如初，始允。十四年，召议改历法，仍拜集贤大学士兼国子祭酒，教领太史院事。十七年，《授时历》成，以疾屡告。上礼貌隆至，路朝锡杖，内殿赐坐。疾剧，裕宗在东宫闻之，为言于上，以驿送还。师可以河东按察副使，改怀孟路总管以便养，皆东宫请也，且使宫臣谕曰：先生幸医药自辅，无以道不行为忧。十八年三月戊戌，薨于私第之正寝，易箦不变，年七十三。是日大雷电，风拔木，城中无贵贱少长哭于门，商唁于涂，农吊于野，天下识与不识，闻讣慨叹。四月乙酉，葬李封村先茔之南。既葬，四方学者来会，为位哭墓而去。

先生真知力行，实见允蹈，斋居终日，肃如神明。尝遇迅雷起前，泰宇自凝定，不丧执守。其为学也，以明体达用为主。其修己也，以存心养性为要。其事君也，以责难陈善为务。其教人也，以洒扫应对进退为始，精义入神为要。虽时尚枘凿，不少变其规矩也。故君召辄往，进辄思退。方世祖急于亲贤，而先生笃于信己，以是终无枉尺直寻之意。及夫仕不受禄，人以为高，则喟然叹曰：甚矣，余之不幸而有是名也，仕岂有不食君禄者哉？食无忝而已。伐宋之举，一时名公卿入受攻取之略，先生言：惟当修德以致宾服，若以力取，必戕两国之生灵，以决万一之胜负。及宋既平，未尝以是慊，世祖亦未尝以是少之。

臣观三代而下，汉、唐君臣，未闻以道统系之者，当世儒宗或知足与知，仁未足与居也。宋濂洛数公，克续斯道，然未尝有得君者。世祖龙潜，诸儒请上其号曰儒教大宗师。乌乎，汉、唐、宋创业之主，乌得而有是号哉？此天以道统而属之世祖也。先生出际斯运，一时君臣，心以尧舜为心，学以孔孟为学，中外如一喙号公鲁斋先生。乌乎！鲁者，曾子传道之器。历代佐命之臣，虽欲为此号，岂可得也？非天以道统属之先生乎？先生之谋国，譬工师受命作室，既得大木，不肯斫而小之。是以宁不受工师之命，而必使学焉后臣之道，无愧于伊尹。宁不预平宋之功，而必使以德行仁之言，无负于孟轲。中统、至元之治，上有不世出之君，能表章其臣继述往圣之志。下有不世出之臣，能赞勷其君宪章往圣之心。于是我元之宏规，有非三代以下有国家者之所可及矣。及夫元贞大德，高第弟子，彬彬辈出，致位卿相，为代名臣。皇庆、延祐之设科，子师敬参预大政，以通经学古之制，一洗隋唐以来声律之陋，致海内之士，非程朱之书不读，又岂非其家学之效，见诸已试者欤？先生平时颇病文籍之繁，尝曰：圣人复出，必大芟而治之，则周衰以来文胜之弊，尤将有以正救于其间，是岂浅之为知者乎？

先生讳衡，字仲平，其先河内人。父通，避地河南，隐德弗耀，今赠银青荣禄大夫、大司徒，追封魏国公，谥惠和。妣李氏，追封魏国夫人。子男四：师可、师逊、师孚追封魏国夫人敬氏子，师敬封魏国太夫人贺氏子。公于闺门有礼，中馈皆贤，事公甚敬。师可由河东按察副使，历襄阳路总管，赠礼部尚书，谥文简。博学敏思，工于辞章，有文集贻后。师逊、师孚未仕卒。师敬由监察御史践扬中外，历治书侍御史、吏部尚书、中书参知政事、国子祭酒、太子詹事、中书左右丞，两为翰林学士承旨，知经筵事。今由两台中丞拜御史中丞，阶光禄大夫。明经务诚，学尚节概，肖父风。女三，长适于章儒者，余早世。孙男六：长从宪，以荫累迁湖广行省理问，以归德知府致事。次东孙，夭。次从宸，积官监察御史、山南宪佥，终河东副，志趣端正，惜未究用。次从宜，太史院经历、中书省照磨、翰林院国史经历。次从宣，太保府长史，中书右三部照磨。次从宗，章佩监异珍库提点。孙女五：长适广东宣慰司都元帅宁居仁，次适大禧院管勾覃质，次适翰林应奉萧璘，次适宁陵簿张构，次适阜城尉陈恕。曾孙六：长崇祖。

次绍祖，秘书著作佐郎，武进县尹。次书童、文童、礼童、武童。曾孙女某。

大德元年，赠大司徒，谥文正。制词有曰：圣学方湮，惟洙泗之源是溯。嘉谋曰告，非尧舜之道不陈。至大三年，加赠太傅，追封魏国公。制词有曰：天非继圣学之坠绪，则不生命世之大贤。国欲与王道以比隆，肆命为蒸民之先觉。姚文公燧作《祠堂记》，则谓五百年必有王者兴，其间必有名世者出。惟公足以当之。盖太祖皇帝建国丙寅，而先生生于己巳，上距宋庆元庚申朱子之卒方十年，当兴王之会，续传道之业，必有数存焉。世祖尝称其论事多与太祖之言合，至取祖训示之。玄生晚学陋，何以知先生？然诵诸儒之说，而想望其余光焉。先生之道统，非徒托诸言语文字而已，盖自谨独之功，充而至于天德王道之蕴，故告世祖治天下之要，惟曰王道。及问其功，则曰三十年有成矣，是以启沃之际，务以尧舜其君、尧舜其民为己任，由其真积力久，至诚交孚。言虽剀切，终无以忤。至于其身之进退，则凛若万夫之勇，何可以利禄诱而威武屈也？晚年义精仁熟，躬萃四时之和，道出万物之表。无事而静，则太空晴云，卷舒自如。遇物而动，则雷雨满盈，草木甲坼。事至而不疑，事过而无迹。四方之人，闻之而知敬，望之而知畏，亲之而知爱，远之而知慕。求其所以然，则惟见其胸中旁薄浩大。人欲净尽，天理流行，动静语默，何往而非斯道之著形也。又尝切论之，先生天资高出，固得不传之妙于圣贤之遗经，然纯笃似司马君实，刚果似张子厚，光霁似周茂叔，英迈似邵尧夫，穷理致知、择善固执似程叔子、朱元晦。至于体用兼该、表里洞彻，超然自得于不动而敬、不言而信之域，又有濂洛数君子所未发者。宜夫抗万钧之势而道不危，擅四海之名而行无毁。近代元丰之异论，嘉熙之纷争，先生处之岂有是哉？拜手稽首，铭曰：

世降邃古，太朴日雕。天吏不作，治教寂寥。帝恫我民，眷求有德。世祖齐圣，作其建极。臣有许公，身任斯道。为仁肫肫，制作慥慥。昔公在野，世难荐臻。精义致用，屈蠖之信。心乐则颜，志任则伊。朝思夕维，天将启之。朋来远方，以辨以问。会融一贯，冰释理顺。世祖居潜，时号儒宗。多士既归，功德日崇。召公起家，斯世将泰。灼知俊心，天地正大。既握乾符，尊履五位。利见大人，乃在九二。覃怀之居，辂车实来。屡进亟退，求福不回。论议上所，容德休休。献可替否？言直以遒。上曰仲平，汝左朕丞。其悉尔学，资朕股肱。惟诚惟一，以结主知。惟明惟哲，其止也时。初问伐国，对不以兵。上达公猷，不在宋平。官盛既禀，公耻素餐。敬事后食，匪为苟难。近臣贵胄，世荷国宠。我淑以道，国收其用。小学功堕，大学陵节。我教多术，循循无越。虽圣有谟，载范其驱。以步以趋，畴敢侮予。自古在昔，气化推移。仁人之兴，惟世盛衰。凡今有生，孰司荣悴？惟道为大，与天罔坠。世祖继天，惟天生贤。道统有任，民彝赖焉。有德有言，有子有孙。皇命作诔，贻厥永存。

元翰林学士承旨荣禄大夫知制诰兼修国史赠江浙等处行中书省平章政事魏国赵文敏公神道碑铭有序

欧阳玄

至元二十三年，世祖皇帝遣使求贤江南，得赵宋昌陵十一世孙孟頫。入见，奏对称旨，起家为郎。由是被遇累朝，扬历中外。仁宗皇帝圣眷优渥，擢长词垣，致位一品。文宗之世，有司举行赠典，进秩辨章，驰爵上公，仍议节惠。至正五年春三月，今上皇帝以集贤大学士腆哈等特赐墓道之碑，敕翰林学士欧阳玄为文，集贤侍讲学士苏天爵书丹，翰林学士承旨张起岩篆额。臣玄奉命谨考行状次第而铭之，叙曰：

公讳孟頫，字子昂，姓赵氏，系出秦王德芳。五世祖为秀安僖王，实生阜陵，赐第湖州。曾祖考师垂，故宋定江军节度使、开府仪同三司、万寿观使，累赠太师，追封新兴郡王，谥忠襄。

妣庄氏，卫国太夫人。祖考希戭，故宋赠朝奉大夫，直华文阁，致仕累赠通议大夫。妣郑氏，封硕人。考与訔，故宋正议大夫、尚书户部侍郎，知临安府，浙西安抚使，临安县开国子，累赠银青光禄大夫。妣李氏，封硕人。及公入仕我元，推恩三代。曾祖考改赠集贤侍讲学士、中奉大夫、护军，追封吴兴郡公。祖考改赠资善大夫、太常礼仪院使、上护军，追封吴兴郡公。考改赠集贤大学士、荣禄大夫、柱国，追封魏国公。曾祖妣、祖妣并吴兴郡夫人。妣及生母并魏国夫人。

初，太常公早世无子，郑夫人选同宗子为之后。集贤公本兰溪房，侍兄与訔通判湖州。郑夫人一见奇之，遂请以为嗣，内降许之。初娶李氏，续娶邱氏。公邱氏出，行盖集贤公之第七子也。生十有一岁，集贤卒。邱夫人贤能，勖其子学。公资禀俊迈，读书一目五行俱下，弱冠中胄监试，调真州司户参军。皇元混一后，浮沉乡社间。邱夫人尝语之曰：天下既定，圣朝必偃武修文，收四方才士用之，汝非多读书何以自异齐民？公闻益加讲贯，每从里中老儒敖继公质正，数岁大进。尚书夹谷之奇，以翰林编修荐，不就。江南侍御史程公钜夫出访江南遗逸，得二十余人以应诏，公在首选。初授奉训大夫、兵部郎中，转集贤直学士、奉议大夫，迁朝列大夫，同知济南路总管府事，兼管诸军。奥鲁以修世祖实录召入。书成谒归，改知汾州，未上，以集贤直学士行江浙等处儒学提举，除扬州路泰州尹，进阶中顺大夫，需次于家。仁庙在东宫闻公名，召入，拜翰林侍读学士，知制诰同修国史。改集贤侍讲学士，中奉大夫。复入翰林为侍讲学士，知制诰同修国史。俄迁集贤侍读学士、正奉大夫，进集贤学士、资政大夫，拜翰林学士、承旨荣禄大夫，知制诰兼修国史。延祐六年五月，告老还湖州。是冬召入朝，以疾不果行。至元元年，上章乞致仕，不报。二年春，遣使存问。夏六月辛巳，薨于私第。至顺三年，赠荣禄大夫、江浙等处行中书省平章政事、柱国，追封魏国公，谥文敏。

公初见世祖，风神散朗，容止闲暇。上以为有神仙风。会尚书省立命草诏，公援笔立成。上问大旨，召近臣译以对，喜谓公曰：卿言皆朕所欲言者。自是国有大议必与咨询。一日侍侧，有诏群臣议政。上顾公曰：卿往共议。至则众议赃以至元钞二百贯为满，论死。公曰：钞法初行，以银为则，岁入厥直，轻重相去至数十倍。今虽改法，比及虚实，政未可知。古律以米、绢论赃。二物民生所须，谓之二实，最为适中。况钞乃宋人所造，其初止行远方，今袭用之，以钞论死，恐非良法。刑部杨郎中起而作色曰：朝廷初行至元钞，故以计赃。公诋其非，欲阻其法乎？吾意今日议法，必集儒臣，又岂无一士如公者乎？公曰：人命至重，议法失当，人将不得其死。奉诏与议，偶有所见，不敢不言，且中统钞虚，故改至元钞，君谓至元钞终无虚时，有是理哉？杨为之赧然，议罢出谢曰：某失在不学，细思公之言是也。洎入夏官，会天下驿置，凡使官委积之费，至元十三年以来，每岁仅支中统钞二千锭，物价腾踊，使客日增，吏无以自给，物倍于民，不胜其扰，请增至二万锭用乃舒。

会济南总管阙，公独判府事，听断明恕，讼牒以稀，或经月狱空。有元掀儿役于盐官，逃之他郡。其父疑同役者杀之，得遗骼之半于泽中，以为子骸。同役不胜掠诬服，公疑有冤，缓其狱。掀儿果归，诬服者释。城东有上腴田二顷，两家兵役互争而皆亡其券，有司不能决，公断以养士。夜出逻闻有读书之声，使人私削其柱为识，明日馈酒为劳，得一能文之士必加奖异，自教以文法，郡儒风以盛。岁旱，祷雨龙洞，有云如车盖随马至城中，大雨旬余。城东有龙湫，自为文责之雨洊至，岁大熟。白直数人者盗米，其徒自首，吏请加诘。公却之曰：加诘累人必多。及去官，有数人送之至京，号泣不忍去。问之，即向盗米者。盗当墨，必自临视，语吏曰：是中岂无迫于饥寒及诖误者？戒之细书。盗闻，转相告曰：赵公仁人也，吾徒何忍数犯？

其在朝廷，多所匡正。圻甸地震，北京尤甚，死伤数十万。上忧之，自滦京还，先遣平章阿剌浑撒里驰至都，召集贤、翰林两院老臣问故，密旨勿令丞相桑哥知之。时桑哥遣忻都王济等理算天下钱粮，已征数百万，未征数千万。名曰理算，其实暴敛无艺。州县置狱株连，故家破产，十九逃亡入山。吏发兵搜捕，因相挺拒命。两河间，盗有众数万。公顾诸老无敢诋时政者，素善阿剌浑撒里，密谓之曰：今理算苛虐，民不堪命，事变且起，地震之由，实在于此。宜请于上，援贞观故事，大赦天下，蠲除逋负，则和气可回，灾异可弥。阿剌浑撒里入奏如公言，上大说，从之。诏草具会南院诸老都堂，桑哥瞠视诸老，见公进读诏草至蠲除一条，怒摇手曰：此事必不可行，汝曹所拟必非上意。公徐进曰：今理算钱粮，其不可征者皆死亡之数，不及今放散免之，他日有言中书省累失陷钱粮数千万者，丞相何以自解？桑哥怵曰：吾虑不及是。诏书既下，兆姓举手相庆。始有苏息之望，上问留尚书、叶右丞二人优劣何如。对曰：梦炎昔与臣父事宋时，臣方幼，忠佞不能周知。臣与梦炎同事陛下，见其为人重厚，笃于自信，思虑深长，善断国事，有大臣风。若李之所学，在臣亦不知，亦不能言。言未既，上遽曰：卿意岂非谓梦炎优于李也？贾似道罔上误国，梦炎在中书时无一言，李布衣伏阙上书乞斩似道，是贤于梦炎明矣。李论事厉声色，盛气凌人，若好己胜者，故刚直大过，人多怨之。今朕得卿之情，卿父与梦炎同朝，不欲斥其非耳，可为朕赋诗讽梦炎。公立进诗曰：状元昔受宋家恩，国困臣强不进言。往事已非那可说，且将忠直报皇元。上深喜卒章之意。出见奉御彻里于幄殿侧，告之曰：上论贾似道误国之罪，责留梦炎不能言。今桑哥误国甚于似道，我辈缄默，他日何以逭此责乎？近臣中读书知道理，慷慨有大节，上所亲信无逾公者，诚能捐一旦之命，为天下除此贼，仁人之事也。彻里曰：今灾异数见，盗贼蜂起，皆桑哥聚敛所致。吾所以为日夜切齿腐心者，公实启我以机，殆天诱之。径造榻前，历数桑哥之罪百倍似道，不亟诛必乱天下。上初大怒，叱卫士批其颊，口鼻流血仆地，少间，复呼而问之，对如初。既而大臣有助其言，上大悟，遂按诛桑哥。后彻里语及斯事，叹曰：使我有万世名者，子昂之力也。平江守赵全不法，前守王虎臣讼之。诏遣虎臣就问，右丞叶李执奏以为不可，上不允。公曰：全在平江，为政贪酷，固当治。虎臣在官亦尝犯法，全尝持之。今虎臣罪幸在赦前，故得捃摭全罪。若使就讯，必挟公济私，别遣官为当。上从其言。

其在馆阁，尤多裨益，因有事南郊，他学士撰祝册有云：章亥复生，不足以步皇元之幅员。又云：太祖皇帝正东向之位。公曰：天子父事天，子夸疆里于其父，可乎？不可。且公不为礼乎？礼大袷太祖，东向居中，子孙在左者南向，故称昭。在右者北向，故称穆。若南郊之位，上帝南面，太祖自宜西向。故事第称配天作主，公不用何也？其人谢服，从所刊定。皇太后命学士拟改隆福宫名，同列拟光被，公拟光天。或曰：光天，陈后主诗，不祥。公曰：帝光天之下出《虞书》，何谓不祥？各书所拟以进，后竟用光天。以远臣遭遇累朝，特见优礼。世祖戒宿卫，公入内廷毋禁，赐坐叶丞相右。每见与语或至夜分，公于天下事，当言者无所不及。尝称公聪明刚正，敢为直言。公闻之，益自敛退。一日，问公曰：卿太祖子孙乎，太宗子孙乎？对曰：臣太祖子孙。上曰：赵太祖真英主也，其行事卿知之乎？对曰：臣早失父，故老不以语臣，故臣粗知其略耳。上曰：太祖行事多可法者，朕皆知之，暇日当以语卿。又尝面谕之曰：大臣奏事，卿可与俱。人有过差，意涉罔欺，悉为朕言之。公谢不对。自尔数求补外，后闻其家贫，赐钞二千五百缗。

仁庙字公而不名，诏近臣曰：文臣世所难得，唐李太白、宋苏子瞻，姓名至今在人耳目，朕有子昂，与古人何别？时有撰述，转传旨属笔。与侍臣论公，他臣不能及者数事：苗裔一也，姿表二也，博学三也，操履纯正四也，文词古雅五也，书画绝伦六也，旁通释老书七也。他日赐钞五百锭，恐中书留难，以普庆别贮赐之。虑其畏寒，敕内府赐银鼠翻披。英庙命公书《孝经》，亦遣使以上尊酒，衣二袭，即家赐公。公为兵部，早入官署，过东苑墙外，道隘，马遇滑即堕闸河水中。桑哥言于上，因移墙近里者二丈许。桑哥下令，曙钟鸣治事，部官后至者笞。公至偶晚，独得释，自是笞止曹吏。公虽忠结主知，亦致众忌。性简易疏伉，发言切中时病。屡在上左右，上察其无他，获全晚节。程钜夫方荐公，有台中丞言：赵某故宋宗室，不宜荐进，使近左右。钜夫奏曰：陛下盛德，立贤无方，台臣以是劾臣，将陷臣不测。上曰：彼竖子何知？顾侍臣传旨，不越今日，逐其人出台。仁庙眷公方隆，不悦公者言公赵太祖子孙。上初若不闻，已而游辞不已，乃厉声视之曰：汝言赵子昂赵宋子孙，岂谓家世不汝若邪？始惶惧趋出。又言国史不宜使公与闻，上大怒曰：赵子昂乃先朝简拔以为帷幄臣者，朕使讨论古义，典司著作，此曹呶呶，不惩一二，无以戒后。言者乃息。世皇屡欲用公，公自知直道不容于人，居正路弗便，往往力辞。初授官，廷论欲以为吏部侍郎，高参议持不可。尚书省罢，贺伯颜入辞参知政事，公适侍立，上目公进曰：卿亟往中书参决庶政，以分朕忧。公坚辞不拜，上问阎复、宋渤二人如何？对曰：相才实难。是日，京师盛传公已入省。暮归，贺客候门者填塞，公笑而遣之。至元钞法涩滞，公与尚书刘伯宣同被命往江南，按问行省丞相慢令之罪。左右司、路、府官许就笞，公深以为衣冠之辱。比还，一无所决罚。桑哥欲加谴责，公不为动。初受程钜夫荐，晚进翰长，与程交代，必先往拜其门，而后入院。公所为务崇廉耻、先礼逊，缙绅相传以为厚德。平居嗜好冲淡，家世纨绮，况味埒韦布。贵及崇阶，不见矜色。客求文字，与之周旋终日，虽极劳甚惫，未尝拒人。独人有过失，必面致讽谏无隐，然直而不讦，人亦易从。病剧将终，援简濡毫如常时。有顷，翛然而逝。

娶管氏，讳道升，字仲姬，工词翰，善画，治内有才具，累封魏国夫人。先四年薨。子男三人：亮早夭。雍夙慧，有父风，以荫历守昌国、海宁二州。奕举茂才。女六人：长适强文实，次适海道运粮万户费雄，次适李元孟，次适王国器，次适刘某。孙男二人：曰凤，曰麟。薨之年九月，葬德清县千秋乡东衡山之阳。管氏祔。

公治《尚书》，有书注，于礼乐度数甚明，知音律幽眇，有《琴原》《乐原》各一篇。号松雪道人，有《松雪斋文集》若干卷，《谈录》一卷。为文清约典要，诸体诗造次天成，不为奇崛，格律高古不可及，尺牍能以数语曲畅事情。鉴定古器物、名书画，望而知之，百不失一。精篆、隶、小楷、行、草书，惟其意所欲为，皆能伯仲古人。画入逸品，高者诣神。四方贵游及方外士，远而天竺、日本诸外国，咸知宝藏公翰墨为贵。故世知之浅者，好称公书画。识者论公，则其该洽之学，经济之才，与夫妙解绝艺，自当并附古人，人多有之，何至相掩也？仁庙累公及管夫人及子雍所书，藏中秘书，曰：使后人知今朝人臣中，一家书学有如此者。适新太庙成，君相欲讲禘祫，定庙乐，求习礼乐者如公已鲜。今上修《宋史》，思士大夫熟宋事者，亦何可得哉？元初以礼部奏名，召奉大对，公为读卷官，擢置前列。及公薨，状公之行，乃同年进士宁国路推官杨载。距二纪，玄备列北门，公有赐诔之命，谊不敢辞。请系以铭，曰：

有白其马，惟周之客。周人尚骍，客世殷白。我元忠厚，轶彼成周。宋有近属，遇之加优。侃侃魏公，征自炎方。入见殿廷，美如圭璋。昔客在周，但闻助祭。未闻侍侧，命以献替。维此魏公，进为亲臣。询厥世系，念其前人。魏公在列，玉立陛前。上有顾问，其言便便。群议法命，命往咨度。援古例今，论政以确。法司在坐，盛气见侵。理到之告，折伏其心。上命代言，对御操笔。宸衷未吐，已布尺一。上遇灾变，诏问其由。公言暴敛，时政是尤。委曲献忠，请释逋负。公进诏草，时相震怒。相怒未已，公言徐徐。相莫之阻，乃下宽书。万方欢呼，涵泳圣恩。公启近臣，力拔恶根。近臣感激，碎首强诤。权奸既摧，乃息稗政。宣室夜问，言不及他。吏蠹民瘼，直言无阿。弱弗胜衣，食弗尽器。临事论建，奋无畏避。世祖援公，俾入政府。闻命而偻，恳求外补。仁皇践祚，首召入觐。皓首来归，宠冠禁近。乃登瀛洲，载顶鳌岫。丕焕皇猷，黼扆在手。琨牒瑶编，藏在宗庙。屈玉垂金，山岳照耀。远方裔夷，偶获片纸。虽未识公，想见丰采。嗟乾之资，惟一清气。人禀至清，乃精道艺。天朗日晶，一清所施。星月明概，云章陆离。图书以陈，文字以立。颉始造书，鬼神为泣。宇宙精英，发泱在兹。清气所萃，乃臻瑰奇。允矣魏公，玉壶秋冰。巧出天授，知窥神能。凤翔其羽，止于阿阁。朱雁天马，播之庙乐。弥文日增，制作日淑。国于老臣，百不一赎。皇上稽古，访问旧儒。丰碑为赐，螭首龟（趺）〔趺〕。敬告后人，毋忘帝力。世祖深仁，仁皇至德。黼喤祼周，孰拟我朝？词翰扬休，百世孔昭。

元故奎章阁侍书学士翰林侍讲学士通奉大夫虞雍公神道碑铭有序

欧阳玄

自汉魏六朝以来，经生、文士判为两涂。唐昌黎韩公、宋庐陵欧阳公力能一之，而故习未尽变也。濂洛诸君子出，其所著作表里六经，言或似之。于是文极文之典奥，道极道之精微，一趋于至善而后止。其殁也，门人录其语以相授受，其为书虽出一时之纪闻，然概之圣人修辞立诚之旨未尽合也。昧者准之以立言，世之文士共起而病之。然文士知病其为文，而未必知文外非别有道，道外非别有文也。二者均失焉，宋末病滋甚。我皇元混一天下三十余年，虞雍公赫然以文鸣于朝宁之间。天下之士翕然谓公之文当代之巨擘也，而不知公之立言无一不本于道也。既而退居山林垂二十载，乃得昌言于斯道，一志于斯文，而遂老矣。惜哉！易箦之再期，子安民奉状踵门谒玄，铭其丽牲之石。玄辞不获，则先发其所深慨而请继以言焉。叙曰：

公讳集，字伯生，姓虞氏。系出虞仲，世家会稽。唐永兴文懿公世南为唐初名臣，子孙始迁雍。永兴生户部侍郎昶，昶生江阴令陟，陟生盱眙丞知、长城令礼、金吾卫长史明。传五世，至仁寿太守敦人，从僖宗幸蜀，子孙为蜀人。仁寿九子，伯曰赏，五子，次曰琚。琚生庾，庾生承，承生询，询生继，继生崇。崇三子，季曰昭伯，宋银青光禄大夫国子祭酒赠太师周国公。五子，季曰轩，赠太师魏国公。三子，季曰琪，进士及第，历官左中大夫，赠太师秦国公，生左丞相雍国公允文，赠太师，谥忠肃。三子：伯曰公亮，早年高尚不仕，晚以奉议郎直秘阁赠开府仪同三司。仲曰公著，知渠州，官至中奉大夫，仁寿县开国男，累赠光禄大夫。季曰抗孙，大理寺丞，官至中奉大夫。开府六子，次曰刚简，是为苍江先生，官至朝请大夫，利州路提点刑狱。二子，伯圭官至奉直大夫，历知永、连两州。自永移连，道临川。其女弟适邕管安抚陈公元普。先寓属邑崇仁，闻其至，使人迎之。得前郡守江陵项公别第于南门外以居之，自是家崇仁。皇赠中奉大夫、礼部尚书，追封雍郡侯。妣张氏，雍郡夫人，无子。而从祖渠州有子六人。长兵部直宝文阁晋，三子。仲子朝请郎通判惠州从龙，子汲，长而贤，乃以为后，是为井斋先生，公之先考也。皇赠通奉大夫、四川等处行中书省参知政事、上护军，追封雍国公。妣眉山杨氏，追封雍郡夫人。夫人，给事中工部侍郎国子祭酒见山先生文仲之子，参知政事平川先生栋之犹子也。所出三子：长即公。次槼，进士及第，卒官嘉鱼县尹。次业。参政公初授承直郎黄冈县尉，见山守衡州，夫人从，参政方需次与偕。时未有子，见山祷于南岳，已而有妊，及将蓐，见山一日晨兴出治事，视时尚早，公服坐中堂，以坐久假寐，梦一牙兵持刺剑入曰：南岳主者来谒。起肃之而寤，闻儿啼声，公生焉。故命公小字衡。公对客尝自言未昏宦时，屡梦游南岳，能言其胜处。

乙亥，见山移守漳州，参政伉俪同行。丙子，宋亡。公五龄，夙慧，避地无书籍，杨夫人能倍诵《论》《孟》，及《春秋左传》，欧、苏文之常诵者，口授辄成诵。九岁还长沙，始得墨本，而公已悉通大义。又五年，居崇仁故寓，已善属文。草庐先生吴公请见其所作，谓参政公曰：贤郎他日当有文名于当世。邑庠循旧式月出词赋经义题课士，公与嘉鱼令以书义试皆中前列，老儒为之叹服。兵后胜国名公卿家多流寓是邦，公游诸公间，备闻前修格言，考核前代典故、旧家世系源委，言若指掌。杨夫人素高吴公伯清之学，赞参政公遣二子从之游。吴公方著书，有所论辨，公能推类达意，吴公每获助焉。大德六年，用大臣荐授大都路儒学教授，平阳王文宪公尹京待以客礼。十一年，擢国子助教，丁内艰。至大二年，服阕，以旧官复用。四年，转将仕郎国子博士。延祐元年，改从仕郎太常博士，奉诏西祠岳渎。四年，迁承事郎集贤修撰，考大都乡试。五年，被旨召集贤直学士吴公伯清于家，寻除翰林待制儒林郎兼国史院编修官。丁外艰，服阕，以旧官召还。泰定元年，考试礼部，升承德郎国子司业。三年，进奉训大夫秘书少监。四年，再考试礼部，拜翰林直学士奉议大夫，知制诰同修国史，俄以前职兼经筵官，进阶奉政大夫。明年，又兼国子祭酒。天历三年，特授中顺大夫，未几，拜奎章阁侍书学士，升亚中大夫，依前翰林直学士知制诰同修国史，兼经筵官国子祭酒。会有令，诸兼职不过三。辞祭酒，得请。两月进阶中奉大夫，余如故。至顺元年，御试选读卷官，被旨修皇朝经世大典，为总裁官。三年，拜翰林侍讲学士通奉大夫，余如故。今上皇帝入正大统，用至大故事召诸老赴上京议事，公在上列，及还大都，以病谒告归家。元统二年，遣使赐上尊酒金帛召还朝，使者至郡，疾作不能行而归。至正三年，敕修宋、辽、金三史，欲用公总裁。或陈其病状，毋苦其远行，奏牍将上而止。朝使有自江右来者，廷中大臣趋询起居。八年五月二十三日，以疾薨于私第，年七十有七。大风飘瓦，拔屋前后巨木数十株。治命以深衣敛，毋用浮屠。明年己丑八月二十七日乙酉，葬邑之长安乡道德里天宝山西之潭源。

娶浚仪赵氏，系出宋秦邸，前公四十二年卒，累封雍郡夫人。子安民，赵夫人出也，荫奉训大夫广州路东莞县尹，转奉直大夫惠州路总管府判官，升奉议大夫吉安路安福州知州。徐氏生男二人，维摩奴七十，女一人，俱早夭。刘氏生男一人，宪孙。女一人，栾，栾适谭绂。郭氏生男二人，长延年，以广东帅府奏差授武缘县博合寨巡检。次翁归，业进士。马氏生男一人，高明，甫弱冠。孙男五人。

某盖尝论公家世勋绩，文懿事唐文皇，博学洽闻，伟绩谠论，忠视魏徵而始终无疵。葬陪昭陵，像绘凌烟。忠肃当金海陵南侵至江，以儒者一战而却之。思陵在江上归，禅位阜陵，金易其国书，南北势始定。阜陵遂相之，功烈不卑矣。及公之身遇圣代，事九朝，铺张皇猷，位列法从，与文懿、忠肃后先七百年照映史册。乌乎，盛哉！又尝论公家学，礼部公与临邛魏华甫，成都范文敬、李微之讲学蜀东门外，为西南道学之倡。他日以学为政，参蜀制阃，自请行边，却敌兵数十万人。守简州，宪夔路，立保置屯田，得流民三十九万余以实边鄙，敌不敢犯。参政公克振沧江先生之文学，吴公称其为文清醇，典教江右湖南，简拔俊乂，如阳南孛木鲁翀子翚，后多显融，号称知人。吴氏学未盛行，首与藁城董公表章之，使大有名于时。时杨夫人早得见山先生《春秋》之旨，从父平川先生以道学自任，当时夫人未笄，尽闻其说。景定甲子彗出，平川草封事于家，夫人侍侧进曰：从父当辞位久矣。平川叹曰：汝曷不为男子生我家邪？及归虞氏，以家庭所亲得者教其子。公资质之粹，学识之正，岂独得之父兄师友而已？

公在成均，思正化本以孅士习，上丁监礼殿上，伴读刘生被酒失仪，公命扶之出。明日，声其罪削之。贵近有为生谢过者，公持不可。蒙古生款者传仁皇东宫谕旨，姑薄其罚。公以吏牍列生罪状，咨詹事院以启仁皇，更是公所为，由是益知公贤。践祚后，以中书平章李道复领胄监事。公与李公议岁贡法，谓旧法以制禄立程，诱诸生以进学，如是则虽勉弗善，请于众中择静重有识，尝试以事者，岁荐二人，上亲擢而用之以为劝。李公亟言于上行之，会李公去位不果，已而拜台臣为祭酒，召四方名儒为业，锐然有责成之志。公与同列讲求，以副上意，有好为异同者挠之，司业投劾去，公亦以病免。诸生之贤者卒业私塾，居数岁不绝。其在集贤上议及陈学校之弊，其略曰：师道立则善人多。学校者，士所受教以至于成德达材者也。今天下学官，猥以资叙强加诸生之上，名之曰师。有司弗信之，诸生亦弗信之，于学校无益也。如此而望师道之立，可乎？偏州下邑之士，无所见闻，父兄遣子弟入学，初无必为学问之意，师友之从游亦莫辨其邪正，然则所谓贤才者，非天降地出，有可望之理哉？今莫若亟求经明行修之成德者，身师尊之，求以至诚，庶几德化之及斯民有所观感。其次则求操履之近古而不为诡异者，经义守正说而不尚奇论者，为众推服而非乡愿者，延致之，使教学者他日当有所发也。又其次，则取乡贡之退者，其议论文艺，犹贤于泛泛莫知根柢者也。朝臣韪其论而惮改作，初考会试，议曰国家科目之法，诸经传注，各有所主，将以一道德、同风俗者，非使学者专门擅业，如近代五经学究之固陋也。圣经深远，恐非一人之见可尽。试艺之人，惟其高者取之，不必先有主意，使求贤之意狭而差，自此始也。

又尝经筵讲罢，上言东南海运劳险，因谓京师濒海以东至于辽碣，皆萑苇之地，潮汐日至，淤为沃壤，宜用吴人圩田法筑堤捍水为田，募富民欲得官者合其众请耕。官授以地而定其畔，能以万夫耕者，授以万夫之田，作万夫长。千夫、百夫亦如之。三年而视成，惰者易之，勤者劝之，地力之高下，定额于有司，以渐而征之。五年有积蓄，真授以命，就其储给之禄。十年然后佩以符信，如军官法世袭之，庶可宽东南运饷之役，可得民丁数万卫京师，制岛夷。又因使富民驭贵之志遂，而江海求食民有所归，凶岁不至为盗。今海口万户之立，颇宗其说，而未尽用其法云。关中大饥，公建言大灾之后，土旷民稀，可因之以行田制，择一二有仁术、知民事者为牧守，宽其禁令，使得有为。因旧民所在定城郭闾里，治沟洫畎亩之法，招其流亡，劝以树艺，数年间复其田租力役。春耕秋敛，量有所助，久之，远者渐归，封域渐正，友望相济，风俗日成，法度日备，则三代遗规将复见于空虚之野矣。天子称善，群臣未有相其谋者。

太史院教授雒阳杨茂先知造律候气之法，试用于郭太史有征，晚合律历为一书，谋以进，而患其辞烦简失当，知公研究是学，属润色之。公慨然整治其书，且告当道冀其见用。茂先病死不见进，今书藏于太史齐伯高家。

《皇朝经世大典》之为书，公任其劳居多，其目则《周礼》之六典，其制则近代之会要，其事则今枢密院御史台六部总治中外百有司之事务，而其牍藏于故府者不足，则采四方之来上者参之。祖宗之成宪、功臣之阀阅具存，凡八百帙，既进，谓同列曰：他日国史诸志表传举此措彼耳。考公制作之志，使究所长，其为圣治裨益，能使一代之风轨蔼然先王之遗烈焉，则其事业岂下于先世两公之在唐宋哉？仁皇末年，谓近臣曰：今儒者尽用，惟虞伯生未显擢耳。俄晏驾而止。英皇既居储宫，议宝册礼，有司讲前代典故，无所于考。郓忠宪王拜住在太常，雅器重公，亟召公入议。公曰：世祖初年即命裕皇东宫，后授玉册金宝，诏告万方。此我朝典章也，何以前代为？王以公言入奏，上大说，辄行之。

及相英皇，力荐公可大用。时居忧方省墓姑苏，遣使求之江西，不得。求之蜀，又不得。比返命而事变作，晋邸御讲筵，见公气貌温和，敷对剀切，赐中统楮币五十锭。今上皇帝召公不至，时赐臣下碑铭，则谕旨于家撰述。公侍延英阁，求去者屡。因言陕西田制得俞旨，徐进曰：愿假臣一郡，试以此法行之。左右曰：虞伯生托此为归计耳。曲阜新庙成，求使代祀，允而复寝。面请补外，则谕旨若曰：卿才何所不堪？顾今未可去耳。中丞赵伯宁乘间为之请，怒曰：一虞伯生，汝辈不能容邪？阁中入承顾问或应制作文，皆寓规谏。或遇事谏止，出不语人。谏弗能止，归家悒悒数日，家人察之，知不能诘其故也。

为读卷官拟进士策问二篇，仿《中庸》九经之目，问所以宜于今之道。次篇问九圣之学。上览嘉叹，用其次篇。一日，受命草一勋旧封王制词于内廷。同列二人尝为上所亲信者，密谓公曰：上意姑与国公。公如其言，有顷，丞相来自榻前趣进草甚遽。公以草视之，愕然。公悟同列绐己，亟易其词以进，终无所言。又一日，受命记一古寺，稍陈前代遗迹，有构饰于上者，谓公前代相臣子孙，适美前事尔。他日入见，上以是语之。对曰：前代已远，臣庶子孙思其父祖，固不忘其所事，可为忠孝。臣愚不足以及此，但臣以疏庸遭遇圣代，致位通显。他日臣之子孙以臣遭遇，世世不忘本朝厚恩，亦忠孝之劝也。故臣谓能为此言于上前者，亦必忠孝之人也。上目近臣叹异之。

公坦易质直，扬搉人品，质正文字，臧否惟是之从，无所顾忌。故朝论屡以御史才荐之，然亦以是贾怨，动以危事中之，赖人主察其无他以免。性笃孝友，少与嘉鱼令共学于家，父子兄弟自为知己，人以拟眉山三苏。嘉鱼殁，抚其孤遗如己子。孟兄采以管库解送官物至京，道途折阅直数千缗，公悉代偿无难色。遇庶弟棐及其孤妹，皆尽恩礼。常以禄养不及其亲，遇珍膳不敢尽器，盛暑不命童子挥扇，曰：劳人以佚己，君子不为也。生平知己大臣，藁城董宣公、保定张蔡公、陇西赵鲁公，皆国元老。赵之复相，尝面请召柳城姚公、涿郡卢公、广平程公、吴兴赵公。每与公论文，辄以方来文柄属之。当世文士尝经论荐，后皆知名。诸公受业，为所推许，今多公辅之器，不可悉数。

公之为学，非托空言，每言先王建事立功，必本于天理民情之实。故教学者务欲贯事理于一致，同雅俗于至情，以是为图治之本。其于经则曰：《易》之为书，首尾完具于三圣人之手，生乎千载之下，仰观千载之上，以凡下之资而欲窥见天与圣人之道，不可下此而他求也。得江东谢君直之说，以先天八卦图为《河图》，九数而九位者为《洛书》，十数而五位者为五位相得之图，心雅善之。或请著说，则辞曰：《易》道广大，苟得其自然之数，何往不合？先儒有成言焉，存以俟知者。于《礼》则曰：学知先务莫切是经，为二戴杂以后人所记变礼，不可尽信。其余则二帝三王之遗文，天子、诸侯、大夫士之成制粲然可考，不可以浅近言也。屡欲通古今为一书，以为后来考礼之助，以宦业不克就。濂洛、新安诸君子之书，就其所存以极其至，而慨夫吾党之士知之者微矣，于吴氏书亦然。二氏之学往往穷其指归，即其徒叩其负挟，有所见则为之太息曰：学者不能潜心圣人之微言，以明下学上达之要，而欲切究性命之源、死生之说，其能不引而归之者难矣。

其为文自其外而观之，汪洋澹泊不见涯涘。浃乎其中，深靓简洁，廉刿俱泯，造乎浑成，与四明袁公伯长、清河元公复初交厚。二人有著作，必即公论之。元初谓公文无雷霆之震惊，鬼神之灵异，将何以称于世？公谢曰：诚不能也。晚乃大服其言。至大、延祐以来，昭诰册文、四方碑版多出其手。其撰次论建与其陶冶性情、黼藻庶品之作，杂之古名贤之编，卓然自成一家言。客来尝见其学书，篆、隶、行、楷题榜，下笔便觉超迈，以书名于世者惮之。少读邵子书，领悟其妙，题其室曰“邵庵”。学者因号之曰邵庵先生，然廷陛都俞朝野称谓，率多以字行。其存稿自题曰《道园学古录》。门人汇而锓之，得《应制》十二卷，《在朝》二十四卷，《归田》三十六卷，《方外》八卷。其散逸尚多。闲居虽久，归美报上之心、仁民泽物之志，未尝一日忘之。邑有平籴仓田沦于方外，力言于当道复之。

邑大夫陈有容率同志作邵庵书院，迎公讲道其中，以会学子，公欣然乐之。落成而公薨。在法，公当进爵赐谥，既葬而命未下。玄于公有奕世之契，最先受知，参政公博士之召，公实荐之朝。同朝十年，奖借非一，故于是铭虽重于作而不敢辞。铭曰：

吁嗟先生，衡山之高，岷江之长，旁薄深广，何可量也！山英川灵，合为天章，变化倏忽，何可常也。君子用世，斯文耿光，凤皇鸣矣。于朝阳也，善人云亡。士气弗昌，鶗鴂先鸣，百草为之不芳也。王良善御，骐骥上襄，孰能置之周行也？范冠蝉緌，蚕绩蟹筐，孰能指之范防也？载彼营魄，返乎混茫，朱鸟之舍，离明之乡也。于粲遗文，布濩四方，琬琰之刻，名山之藏也。吁嗟先生！古有先哲兮，知德知言。知德不易，知言尤艰。先生继作兮，谁谓九原？九原可作兮，百世弗谖。大化幽默兮，孰控孰抟？芝草三秀，醴泉有源。天将以斯文兮，厚公之子孙。

元故隐士更斋先生刘君墓碣铭有序　　欧阳玄

君讳过，字益翁，更斋其自号也。幼颖悟，日记数千言。稍长，受学里中王珏。王客故相江公万里家，其弟信丰宰绕父往来，君从两王先生，咸称为畏友。又尝侍先君子，登巽斋欧阳守道之门，由是须溪刘辰翁、中斋邓光荐皆以忘年友之。先君子博雅能文。须溪号之山中小集古，尤伟君论议驰骋坟索，轶出旁行，敷落蹣跞虞初稗官。刘氏虽好辨者，终不能傲君。当时务抢攘，衣冠家子弟类巽愞不更事。君器局散朗，应对闲暇，父兄赖之以安。至元、元贞间，境有山盗。君承檄捍御，能申条教，齐一民义，里闬帖然。间岁祲，辄杀值以发，饥者为饘，寒者为衣，殣者为棺，靡不终惠。家居敦叙伦纪，姻戚困乏者委曲料理，卒使之有业。性好客善谑，岁时燕集，酒酣欢洽，击节雅歌，四座为悚。尤不喜异端，然时有佳者，亦为之豁达无忌。初号一山，时慕蘧大夫之贤，著号更斋。先辈耘庐刘应登记之。诸名山有诗。生平裕有才谞，薄于宦情。分宪观复马公昭，举行乡饮酒礼，君侍先君子座侧。马公爱其英爽，欲辟以掾属，力辞。御史方匡萧泰登，于君为中表，屡劝君仕，辄不答。

晚岁顺适丘园，容与翰墨，嗜古图画，市或千金，为知己持去，亦辄委置。家藏古书甚多，皆手自校雠。至所著作，才既敏赡，率易天成，旋复散逸，他日门客子弟始汇成编。尝即先庐之旁改筑新宅，将以逸老，扁其楼曰“望云”。不敢忘先人也。泰定丙寅，哭其长子恸，然时能命客自遣。自是婴疾，疾革呼孙撰寅，语无他及，惟诵少陵“微尔人尽非”之句，翛然而逝。生以宋开庆己未前十一月十五日，没以元泰定丁卯闰九月二十七日，年六十九岁。

曾祖从龙，宋迪功郎。祖有开，宋吉州乌程县令。父惟宪，南轩书院山长。皆山翁也。娶戴母族，以贤婉称。子男士元、士荣。士元先君一岁卒，士荣早夭。女四人，俱适士族。男孙三：揆寅、揆辰、揆申，皆以儒学应征辟。孤孙揆寅以至顺壬申十月二十二日奉君柩葬于里之烟竹原。事竣，属其姻戚易景升状君行，谒余请表其藏。景升，余校艺江右时所得士，而余亦素知君学行节概凛有古风。若揆寅之世家学，亦士大夫所愿交者，故为铭曰：

民生于三，父师其二。伦序有五，其一友谊。伟矣刘君，名父之子。隆师亲友，抑又名士。三者之懿，篮知其贤。矧君学行，允也可传。学以事君，行施于政。慭不少试，斯焉有命。命固有之，君亦高蹈。用不于时，而适于道。迈往者气，腾踔者辞。庶俾来世，知君于斯。新居奕奕，花竹斯荟。日月几何，松柏旆旆。有浚其泽，由会及祖。大史撰铭，征之悠久。邓显鹤曰：案更斋，亦安福人。此文未著籍贯，或偶遗漏，不然，传写脱也。篇中信丰宰“绕父”二字，恐有误，从两王先生下应有“游”字。先君子上应有“其”字。“诸名山有诗”五字亦所未解。先生文集经俗刻讹误滋多，此篇尤甚。七卷中有《仰更斋记》，可参观也。

元故旌表高年耆德山村先生欧阳公墓铭有序　欧阳玄

至顺元年冬十有二月，南郊礼成，诏天下民年八十以上无失德者，有司以高年耆德旌表之。袁之分宜山村先生欧阳翁，是年九十，以齿以德当应诏。元统改元，又诏赐高年帛。公年九十三，县大夫来致帛，见其人物议论之伟，惊且喜曰：此岂徒有年者哉？一帛未足以示优礼也。询先诏旌表犹未遍举，方谋为之请，玄适在朝登以文白当道檄有司奉行之。于是旌表将至，偶近翁生朝。子孙请即是日拜命为寿，有司从之。比至，疾遽作，竣事未几卒。后八年，玄谒告南归，访族防里，至翁之门，旌表煜然，而宰木拱矣。子惟德以里名士孙复孙所状翁行请铭其墓。玄忍铭乎，忍不铭乎？

翁讳泾，字源清，号山村。先世自安福令而上，详见吾宗兖国文忠公谱，令以下数世，有自安福迁分宜防里者，至翁传十有六代，代多文儒。曾祖安、世祖必恭、父起宗，皆教授乡里。世父龙瑞，登宋咸淳七年第。公资貌伟特，少以力学得羸疾，有授以食疗法，久乃魁岸。性孝友，执亲丧至柴瘠，每起必杖。为亲择葬地，术家言某兆吉。翁曰：何自致之？曰：以公孝感，当自致。已而果致。季弟目眚，温凉饥饱候伺之，如是数十寒暑，无幾微倦色。没而哭之尽哀，葬之尽礼，伦谊之重，里人至今以为式。家居饬子孙，常举"平心待物"四字为训。能以身教，故子弟率从。由是忠厚日积，致家日肥，奉养日腆，而翁如素之习不改。平生被服前代衣冠，未尝少易华靡，子孙亦不能强之。暮年身健神清，稠人广坐，与一二同辈谈承平旧事，移日不倦。岁时会族，少长咸至，多至数千指，语子孙曰：天伦之乐，无以逾此。饔饩隆杀，非所计也，尔后人毋废斯礼。早年习举子业，精敏有声场屋，与季父同登，俱待补国学。叶丞相守袁，遇士慎许可，见翁之文，独称赏，求识翁面，屡加荐达。至宋亡，科举废，乃更沉潜性命之学，手编诸经传注，汇萃先儒格言。其精义奥旨，融贯演绎，多所论著。细书大帙，充牣巾厢。诗文理致自足，不事雕刿。举动一出诚恪，不劳矜持。尝有老僧，一日同集，人见其踧踖于坐，询之，曾从翁学者。教学者无他言，惟勉其用功根柢，异时少自树立，即有依据。后进往往佩服其言。

生以宋淳祐辛丑六月二十六日，没以元至元乙亥十一月十一日，年九十有五。没之明年丙子八月某日，葬于里之小砻源。娶某氏，先翁卒。子男一，惟德，字秉彝。干蛊有誉，克大厥家。翁干之岁，子已稀年，今将八十，康劲胜常人，每以翁寿期之。孙男二：务敏、务实，皆业进士。曾孙男一，玉成。孙女一，适彭。曾孙女二，长适朱，少适许，皆名族。玄于翁为族弟，先世徙浏，踪迹虽逖，知遇独深。铭墓之请，谊不敢辞。铭曰：

惟翁之身，实备五福。寿跻期颐，富有茀禄。茀禄虽富，公恬不知。曷其康宁？丰约不移。惟其不移，可久处乐。耽书味道，生不饮药。好德已稀，况德之积。迨夫考终，数不满百。大朴未斫，全福有人。岂独全福？有行有文。有文匪他，惟性惟理。以淑其徒，以遗孙子。有觉其闳，国旌寿骏。天光所临，百世流润。尔孙尔曾，赫奕其承。同宗匪吝，惇史足征。

湖南文征　卷四十二

神道碑铭下墓表　墓碣

敕赠开国辅运推诚宣力武臣荣禄大夫柱国安陆侯追封黔国公谥威毅吴公神道碑铭洪武二十八年　刘三吾

上之洪武二十六年冬十月二十九日，安陆侯吴公薨于云南军中。讣闻，上为之震悼，辍朝。明年春正月晦，柩车至龙江，遣官祭奠，赐宅兆钟山之阴。翌日，诏礼曹定议，追封黔国公，谥威毅。其葬之二月二十二日，驾出太平门高冈望祭。既襄事之三年，洪武之三十年冬十月己亥，皇上御奉天门。以工部奏公碑已具，惟文未有，敕词臣臣三吾等文之，镵诸石焉。臣职在扬厉，不敢控辞，谨按其状，叙而铭之。

公讳复，字伯起，姓吴氏，庐州合肥人，贵由公始。曾大父伯七公，追封句吴子，妣严氏，句吴子夫人。大父省三公，讳虎，赠昭勇将军、亲军指挥使，追封保信伯，妣朱氏，保信伯夫人。父万一公，讳海，赠镇国上将军、佥大都督府事，追封安陆侯，妣耿氏，安陆侯夫人。

公生而沉鸷，少言笑，勇略过人。当元季，宇内幅裂，群雄蜂起。念不能坐受鱼肉，必有真主方得拔迹。至正甲午首，自梁县仗剑伏谒今上于淮右。上察其底里无他，俾领前驱，克滁州，下汤泉、六合等寨。乙未夏六月，从龙济江，取采石太平，继当句容、溧水。丙申春二月，破台中蛮子海牙水寨，进攻台城，功先诸将，授管军总管，调之镇江、丹阳、金坛，兵至即下。丁酉三月，授元帅，击江阴、无锡，下之，还守常州。戊戌夏四月，姑苏张士诚军奄至，致死力争，公跃马手矛追奔之。己亥夏四月、九月、十月，连攻士诚军于高桥，于太湖，于常州。庚子夏五月，破常熟西门。辛丑夏四月，张盛气取偿所丧，败于太湖。冬十有一月，又败于长兴，俘斩五千余，张愤屡衄。癸卯春三月，悉众围刘福通于安丰，公随驾往击，率先陷阵，大崩其军，俘获士马资仗无算，嗣是张为之夺气矣。甲辰春二月，领战舰哨江，败敌于黄山，杀伤过当。三月，从徐公今中山王围庐州，五阅月未下。手枪大呼先登，挫敌楼儿张前锐，擒其渠帅连士马，遂克之。时常公今开平王已南定荆湖，有旨授公指挥同知振武卫，镇沔阳。元同佥任亮者，栅安陆肆虓。乙巳五月，开平总大军复襄汉，公将其先锋自沔倍道径诣安陆州。兵大溃，生缚亮以归。上命留镇其地，威憺德怀，款附日至，薙荆蓁宇，公私舍栖，城堞隍堑，粮储甲仗，无不毕具，兵民倚赖焉。

戊申春正月，上即皇帝位，国号大明，改元洪武。其秋，拔麻张寨洪山。冬十月，克汝州鲁山，以功授怀远大将军，同知安陆卫指挥。二年春正月，取勋县、均州、房州，诸栅险以自豪者，悉就削平。三年春正月，踣易文通寨，卤伪官及寇三百余。二月，调征陕西定安州。元大将扩廓帖木儿逆战，走之，擒李区二平章等官，兵士七百余，驼马七百二十蹄。夏五月，征吐蕃，克河州，袭元豫王卜纳王马速院使，至西黄河，抵黑松林，杀阿撒秃干乃还。秋八月，拔南郑，回安陆。冬十有五月，受世袭之命。四年夏五月，从颍川侯平西蜀。五年夏四月，从卫国公平九溪、柿溪、辰州诸蛮，俘峒酋没则蝩蛮三百余。秋八月，帅各卫兵会王都督夹击散毛峒。九月，回本卫，进官镇国将军，佥大都督府事。十年，授世袭昭勇将军指挥使。十一年，从西平侯再征吐蕃。十二年，振旅京师，赐铁券，号开国辅运推诚宣力武臣，阶荣禄大夫，勋柱国，爵安陆侯，食禄二千石。十三年，徙镇北平。十四年，从颍国公征云南。冬十一月，破阿贾、榜土、者月等寨。十二月，得普定，城之。十五年春正月，破西保、阿驴等寨，城水西守之。夏五月，破客里硬、华楚硬、木冈硬等寨。秋八月，取关索岭。九月，赴援盘江。十六年春正月，克墨定苗寨。秋八月，克比纳寨，而旧病金疮复作。驿闻，亟遣尚医医之，已无及，竟薨于水西矣。

最公自结发，从军三十有余年，马蹄所至，由淮而浙、沔、汉，穷梁、雍以西，前后俘馘诸蛮峒七百四十有五，招捕华楚硬等寨三百有一，户四千七百有九。往往冒险矢石，体无完肤。平居同辈中语及征战事，一不自口其能。至临敌对阵，则气机横发，是故所至无坚不溃，无攻不克，斯其树立之俊伟者也。於乎！天以我皇上大是一统，再造斯世，则必笃生名将为之恢廓。徐、常两王开之于其前，黔国诸贤佐之于其间。此其事业相望，忠义所贯，岂不与我国家河山带砺同亿万年无疆之休也哉？

公生至顺辛未某月某日，薨之年，春秋五十有三。室采氏，从封安陆侯夫人。男六人：长曰杰，试骁骑右卫指挥使，袭封安陆侯。次曰佑，曰仪，曰伟，曰伦，曰重喜。女六人：长为齐王妃，次纳赘谭信，次适昌乐侯子智，次适前军都督子谨，余尚幼。公在普定买妾杨氏，年甫十七。当公殓时，恸哭已，即沐浴更衣，自经以死。事闻，上叹异久之，锡封贞烈淑人，从公葬墓下，仍旌表其门云。铭曰：

圣皇受命，龙兴凤阳。风云庆会，神灵效祥。徐常两王，功臣第一。继有吴侯，奋自梁邑。委质以来，戮力输忠。由淮而浙，屡衄寇锋。振武开卫，沔阳驻节。民资以绥，兵藉之辑。元有余孽，邈在西陲。公鼓其勇，彼窘于追。旋师未几，云南肆伐。威风所暨，莫不震怛。掉鞅之遥，九围半周。一疾水西，竟是弗瘳。人之盖棺，旋踵朽息。公有哀褒，于黔之国。谁谓蛮姬，以死从公？谁谓公死，不磨者功？惇史勒铭，征诸尔后。尔后克炽，我铭孔寿。

敕赠开国辅运推诚宣力武臣荣禄大夫柱国同知大都督府事巩昌侯追封陕西公谥宣武郭公神道碑铭

刘三吾

洪武二十年冬十有一月己亥，皇上御奉天门。工部侍郎臣秦逵奏故巩昌侯墓道之碑已具，宜得文及时镵之。有旨翰林院学士制之，臣三吾职在词垣，不敢以才学谫浅为辞，谨按其世系、功勋、年爵次第而铭之。

臣闻天兴圣代大有为之君，必笃生瑰伟英勇之将与之会遇，以辅成其大业。虽人也，实天也。当元季王政不纲，在所裂裳为旗，荷衿为兵，草野自雄，罔所适主。时则今上皇帝龙兴凤阳，天人合应，有若中山、开平两公杰出其间，是故功无所俪矣。其知所趋向，先后疏附，厥有成绩。若巩昌侯郭子兴者，亦岂偶然哉？

子兴世凤阳人，义勇有膂力，善骑射。自癸巳岁起兵，首隶元帅郭某麾下，即知所适主。明年，得滁州。又明年，得和州。亦既从龙济江，若采石，若太平，若溧阳，若溧水，所向崩角，义勇之声日已爆矣。丙申三月，随大军进拔台城，先登，授管军总管，继升统军元帅。攻围常州，身犯矢石，昼夜不解衣甲，为生虮虱。九阅月城始下，被赏优渥。载调克宣州、江阴、宜兴、婺州、安庆、衢州，势剧破竹。壬寅，分兵之江西南昌，得其全城。癸卯八月，进克鄱阳。彭蠡之战，海艘骈集，戒严所部，人百其勇。陈友谅计蹙，一中流矢死，人知天命有归矣。甲辰春，侍上亲征湖广武昌，汗血驰战，多所斩获。用屡功擢鹰扬卫指挥使，简在上心，俾从中山王拔庐州，拔安丰，率先陷阵，大败姑苏。张士诚为之夺气。其平襄阳，下衡州，定澧州、辰州，转而蹂高邮，蹃淮安，截拔浙西湖州，坐困姑苏，往往裹粮力战。中山王以公之勇功闻，升镇国上将军大都督府佥都督。

吴二年正月，改洪武元年，上即位。有事关陕，令领其军，进讨中原，扼守潼关。三年，满献一迹，不敢南移，戍巩昌，招麾逋残，严辑部曲。西戎羌夷，两境帖然。进封巩昌侯。方倚之永镇西陲，而溘先朝露，薨于家矣。上为之震悼，辍朝三日，赙赠有加。追封陕国公，谥宣武。以洪武十七年冬十有二月某日，葬聚宝山之原。

曾祖武某，赠镇国上将军佥大都督府事护国，追封光山县子。妣某氏，从封光山县子夫人。祖考某，赠骠骑将军都指挥使，追封汾阳伯。妣赵氏，从封汾阳伯夫人。考某，赠荣禄大夫同知大都督府事柱国，追封巩昌侯。妣某氏，从封巩昌侯夫人。配汪氏，封巩昌侯夫人。皆由公贵貤恩。子男四人：长景仪，卒于玉关。次振，次宗，次官僧。公生以某年某月某日，薨以某年某月某日，寿五十有四。

惟公自开国以来，从龙上下，尽瘁所事，所至以英勇闻，是故攻无不克，战无不胜，视转万里之远，历岁月之久，若堂奥之朝夕焉。虽锋矢交集，饥渴不时，咸不避恤。必荡歼渠凶，归报终事乃已。其依日月之光，仗雷霆之威，以恢拓疆宇勒勋西陲者，亦人杰也哉！词臣扬厉为职，是宜有铭，词曰：

圣皇受命，龙兴凤阳。戡定祸乱，经略封疆。笃生武臣，先后相望。维陕国公，笃生帝乡。沉鸷其勇，铁石其刚。乘风云会，依日月光。旌麾所指，敌摧锋芒。底定东南，载戢戎羌。万里之远，如在室堂。生前封侯，式是巩昌。身后封公，亦此西方。聚宝之原，不食之冈。佳城郁郁，公所固藏。词臣载笔，德音靡忘。子孙善保，奕世流芳。

敕赠开国辅运推诚宣力武臣荣禄大夫柱国秦王左相兼陕西行中书省右丞长兴侯耿炳文追封三代神道碑铭

刘三吾

皇上有天下以来，玉音日所敷训，文武臣庶，惟忠与孝，是厉是懋。念尔数四开国勋旧，相从济江，翼戴兴运，宣忠效劳，亦有年矣。今朔南一轨，天下大定，而赏赉恤典，稽至于今，则敕赐缗镪，人五万锭，与造第凤阳。亦既告成，行且就第。则载赐钞二十锭，与葺先茔，表仪其墓。念尔子尔孙克有今日，皆由祖宗树德其前。乃追赠其先金四锭，白金四十锭，钞一千锭，文缎表里二十匹。安富厥家，荣享有庙，神道有碑，备物有像，有翁仲羊马。于是长兴侯耿炳文得偕数四勋旧赐第其乡，及爵其三代考妣。炳文惟念不肖之身，奋自田野，获际皇上不世之遇，贵至封侯，富迨子孙，皆非始愿所及也。某愚且蠢，不知所以显扬其亲，皇上不惟教以显扬之道，又与以显扬之资，荷兹渥宠，弥深激戴。又三年，为洪武二十七年，乃状其事于翰林儒臣刘三吾。

按状：炳文世凤阳人，起迹农亩。当元至正壬辰，所在讧乱，乡邑尤甚。与父君用，四顾彷徨，无所于归。父子二人因念与其伏山林叉手就戮，曷若相率举义，得豪杰而往辅之？乃挺身谒今上于凤阳，被蒙知遇。自至麾下，日备使令，授父管军百夫。甲午四月，领军随上取滁州。六月，取城口张营寨，取嘉山缪把头寨，再取滁州守御，授管军千户。乙未闰正月，从上领军取和州守御，授明威将军管军总管。六月，随龙济江取太平守御。丙申二月、三月，从上克采石中丞蛮子水寨，取也先，继取台城守御，聚宝门，悉父子相从领军。是月十七日，同父领军随总兵徐达今开国公取镇江守御。其夏四月，父奉命统兵应援常之宜兴地界。张氏势所必争，则日相遌嘬，各栅木自营，尽死以报。稍失尺寸，即全军而死。是故人百其勇，有死无二。是役也，父贾勇先登，肉薄蚁附，腾栅而上，斫伤几死，犹力战不休。

父既死，炳文袭职仍管其军。六月，取广德守御。丁酉，取长兴守御，开设长兴翼元帅府署，授统军元帅。甲辰，改元帅府为兴武卫亲军指挥使司，就职本卫指挥使。丙午，调随徐总兵取湖州，其年取苏州。吴元年九月，回京授大都督府佥事。明年九月，上即帝位，改元洪武。其年授镇国上将军兼太子右率府副使。

九月，随总兵常国公征大同守御，回太原。二年，以其军随总兵徐国公征取陕西。时两军人马甚盛，方事仇杀，夹武功、东川两阵。思齐在其东，思道垒其西，日数挑战，蓐食以俟，曾不少解衣甲，虮虱生身而疮，弗恤也。如是者数月余，两军相敌，无少休暇。大概彼稍隙我即进，以是坚固，敌力不克支，相与遁去。既得其地，就镇守之，开设行大都督府陕西等处行中书省，署事久之。三年，开秦府，授府左相之职。其相秦也，直言正色，多所匡正。其年十二月，授今封爵侯。自壬辰至丙申五年，悉从父领军。自其父殁于王事后，即以其军攻城略地，得广德、长兴，而侯之爵兆于此矣。继得湖州、苏州、怀庆、泽潞、平阳、太原、陕西，为侯所兼官，亦兆于是矣。前后从军二十有七年，中间多其父子之兵。在昔建武之中兴也，况、弇两耿，实以父子同摅忠赤，尽瘁国家，故能声援相应，共成掎角之势，以恢复旧物，光昭先业。炳文父子，故不敢上方况、弇，而其心之忠，即二耿之忠也。天之生斯人，为我皇上成是混一之功，致此太平之治也，岂偶然哉？为之铭曰：

天生圣皇，龙兴凤阳。有志其人，识主非常。相率来迎，如汉沛丰。萧曹景从，风虎云龙。耿侯长兴，父子领兵。从上讨征，父况子弇。力敌是戡，每战必酣。长兴之役，父也战死，子也世袭。李张在陕，两兵据险，卒也俱翦。长兴受封，悉以是功。孰克比隆？秦相兼官。举由其贤，入其泥丸。父死王事，朝有赠谥。公为果毅，子既封侯。三代亦侯，富贵是优。金匮石室，山河带砺。子孙世世，子孙世世。辅我皇家，亿千万祀。

元翰林修撰兼国史编修国子博士王吾素先生墓表

刘三吾

自予随官，先兄存吾之令桂阳临武也，时以先府公石田之命，改家传伏生经治《春秋》，道郡诸生之来从先兄者，悉送所得《吾素经义》与括例，暨所为志赋一帙。憾生晚，不得亲函丈。盖其贰尹平阳时，道郡士子多从之受经。先生之文之赋，家传人诵，不见其灯窗所拟。得其所试科斗文字，欧阳公所谓蟾兔者以奇崛胜，文字者以清丽胜。可见平日制作之大概矣。乌乎！孰谓私淑遗文时不见及先生，而今白首玉堂，乃见其孤孙纲振所为乞铭其墓碑之行述也邪？

状所述，先生姓王，讳相，字吾素，号玉宇，世吉水文昌乡人。曾太考讳季问，邃于史学，人称其博雅。太考讳镕，性孝友，恒自诵曰：祖宗而上皆父道，仁其子孙，即所以事祖宗。圣贤而下皆师道，尊其德业，即所以事圣贤。识者谓为知言。由孙贵，封承事郎同知太和州事。付家事其子，悉意教诸孙。考讳沂，以子贵，得封奉议大夫秘书监丞、勋骁骑尉、爵庐陵县子。先生弱冠从乡先达朱启夔授《春秋》，淹贯六经、诸史、百子。其所蓄雄博浑厚，尤长于赋。乡校试《禹衍九鼎赋》，独以圣人制器尚象，初无取于怪诞不经，辟左氏浮夸之说。校之者见之，叹赏不已，擢魁多士。元延祐甲寅，科目初兴，先生以三经教授，一时登膴仕者多出其门。又七年，领庚申乡荐。明年辛酉，擢进士第状元宋本榜，授桂阳平阳丞。邑倚郭名难治，先生律身以廉，吏民咸服。满转上犹尹，民负固山谷，素习犷暴。下车初，鉏强苏枯，薰良莸奸，久之，人重犯法。太父年九帙，迎致就养。公退觞俎自娱，人歆艳之。至顺壬申，行省礼聘，较比多士，得人为多。秩满，丁太父忧，服除，以承旨宋公之荐，为编修官，馆阁称得人。无何，改授宁之泾县尹，俗嚚于讼，化导以政教，犴狱为空。邻县豪民重资贿大府，挤其令府檄下谳之。讯鞫所由，榜髀拷楚，窘迫至褫衣视之无完肤，立为直其冤。诸县长竟得无他。荆湘岁旱，民饥，列郡秘不以闻，抗疏请一切宽其逋租，府檄覆核之，则单骑晨出暮归，所到不烦供亿，民闻之，流亡四归。承旨翰林欧公、国子博士吴当助教余阙相率论荐，谓其言行身化足为师表，不宜久摈于外。诏使贲其邱园，授国子助教。六馆人人欣得所师，因有翰林修撰国子博士之擢。未几，以疾卒于官，士论甚惜之。

初，大父镕属纩时，以十事语其考沂曰：汝能行之，吾死无憾矣。盖事皆务敦本抑末，睦宗恤邻。比官满上犹归，闻之，谓吾当继成祖志，即出其三岁之禄，为米近七百石，首建社学里中，为四斋二十二楹。建孔子庙，中殿、庑门悉备，买田百亩以供祀事。廪师生创书楼讲堂，略如校官之制。又刻家乘于石，且表先茔。率里中八大姓出粟，以纾徭役之家。斯皆所以绍先志也。生平所著述不少，兵燹后，余旧稿一卷、《春秋主意》十卷行于时。其生以延祐丙辰，卒以至正辛卯。妣鞠氏，以子贵，封县君。妣萧氏，亦封县君。子一人，后先生卒。孙男一人，即纲振。女孙三人。

呜乎！如公潜德硕行，固科目中先辈之卓然者，最其历治三县，所莅有冰蘖声，人怀去思，咸勒石颂德。斯皆不足为其重轻，所可悼者，一子不克寿，其孙纲振，距乃祖没后又五十余年，方始究其遗绪，收之残编断简，得之旁搜远绍，惟恐祖德之弗闻，家声之或坠。尚幸承旨宋公所碑其父子之文，犹足信今而传后。予读其状，甚悲之。以先生之才学，今其所程式之文，如《河图》《洛书》之策，科斗文字之赋，虽灯窗检阅，尚不能不挂一漏万，而长材滂沛，如洪涛出峡，奔放莫御，神剑跃水，变化不测。惜也，位不满德，殁有赍志！不幸之幸者，子虽不寿，孙克继世，不难江湖数千里之遥，乞铭于数十年前私淑其遗文之太史氏。以大江之西，方之吾湖湘之间，自前八科，迄后八科，将不下数百家。而爽鸠氏之墟，田成子之悲，有能以麦饭洒其松楸，不绝其先，如青原白鹭，文山字水，诸文献大族者，计亦概不多见。而吾玉宇之家，尚有先后金石文章光贲墟墓，斯皆吾湖湘儒林官族所绝无而仅有者。以此较彼，先生所得乎斯文身后之福，非千百之什一也邪？

乌乎！天之将丧斯文也，宜有壬辰之岁，如诗家所纪己亥之岁。天之未丧斯文也，如玉宇之后，犹有嗣孙绍往事于无闻，续遗编于垂坠者也。我表其阡，永锡尔类。尔后克昌，孝永不匮。

明故资善大夫太子少保吏部尚书致仕赠太子太保许公神道碑铭

李东阳

有居大官当重任，仕而人望之，退而人慕且荐之，没而人惜之，若不尽其用者，是恶可强合幸得？盖必有所由致。即是而观，不待接其言，考其世，其人可知也。若河南许公，固可诬哉？

公讳进，字季升，举成化丙戌进士，擢监察御史，出按甘肃、山东，风裁卓卓。都御史陈钺附太监汪直，启衅辽东，为御史强珍所劾，公亦率诸御史论之。珍被逮谪戍，公与凡劾钺者，皆夺俸三月。迁山东按察司副使，监乡试事。有欲私贵家子者，执不从。东昌有武官子怀金挟一儒生饮于酒家，是夜被杀。有司疑生所为，备极拷讯，生诬服。公遍阅历商，见酒家以杀之翼日买布数匹，讯之，遂服辜。

弘治戊申，迁广西按察使，未上，擢都察院右佥都御史巡抚大同，赞理军务，上边事数条。北边入贡，骄诈百出，公严为节制，遂不得逞。武邑王聰沐不律，公奏置于法，降为庶人。又奏大监石岩，岩诬公擅用旗帜，降知兖州府。甲寅，迁陕西按察使。寇犯西陲，复命公为左佥都御史巡抚甘肃。吐鲁蕃世仇哈密，遣部酋逐其王，入据其城，久不复。公与都督刘宁辈出调赤斤罕东诸夷为声援，冒雪夜进。城中人从乱者八百余，登台自保。公谕使下。或欲尽屠之，公不可，乃止。丙辰，以功迁右副都御史巡抚陕西。不屈权贵，召入为户部右侍郎。刑部主事郑岳下狱不以罪，公疏白之。彗见，公会奏修省数事。庚申，寇入大同。复命兼左佥都御史提督军务，与平江伯陈公锐出师进剿。陈以无功获谴，或因以累公，遂令致仕归。数年，廷臣论荐者数十疏。

乙丑，今天子即祚，召为兵部左侍郎，督团营兵马，进尚书，赐蟒衣三袭。正德丙寅，公上疏请勤圣学，戒游逸。改吏部尚书，赐玉带，加太子少保。方逆瑾擅政，事多龃龉。时傅公议瑾浸不能容，乃以署员外郎再署郎中者，诬为非制，谪令致仕。又以公尝荐雍泰为失当，除其名，而怒犹未解。又捃其在大同时尝借军丁出银雇役，后为典守者所克，故苛为稽察，因以中公，几至不测。事未结而瑾败，朝廷用言者复公官，仍致仕，而公已卒矣。乃赠公太子太保，遣官谕祭，命有司治葬事焉。

公器宇魁岸，负抱甚伟，论议汹出，若无不可为者。法尚严峻，凡有请托，多拒不行，见者敬而畏之。顾性孝谨，尝被庭训，挞指出血，后每举指示人，辄感泣不已。事二兄礼敬不替。家素饶而自奉俭约，至于老犹然。所著有《宪台奏议》《平番始末》《东崖稿》。东崖者，其所自号也。

公生某，卒某，葬于城南石觜山之北麓。娶某，生子某。继夫人高氏，生诰，举进士，擢户部给事中，改翰林院检讨，调全州判官。赞亦举进士，擢监察御史，改编修，调临淄知县。公高祖某，曾祖某，祖某，皆以公贵，赠如其官。其上世谱逸，莫可考。一日，于茔域隙地得许五公墓志，称隋楚州刺史法光，唐谯国公绍，左相国师。又五世为同州刺史。八世为宋端明殿学士简，其子东迁长安。又四世为金兵马都元帅威，西征过灵宝，爱其风土，始居焉。又再世为元百户（王）〔玉〕，则五之考也。于是许氏之世系，灿然复完①，状请予铭。铭曰：

陕重周甸，地分东西。西有名关，山川崛奇。代生伟人，出为世用。屹屹许公，有威有重。肃肃内宪，严严外台。有剧必折，靡强弗摧。赫赫天曹，百官是统。震撼击撞，有震无恐。仕我已我，其机在人。不怨不尤，在我者存。明扬在廷，嘉遁于野。既老而传，非徒寿者。膏之沃矣，有晔其光。维源之深，其流则长。物则有然，于人为大。我最公名，昭于一代。

①《李东阳集》该文“灿然复完”下有“人皆异之。公且葬，诰至京师，奉礼部右侍郎李公希”等语。

明故光禄大夫太子太保礼部尚书致仕赠特进右柱国太保谥文端周公神道碑铭

李东阳

昔在英宗复辟之日，登明选公，储养俊哲，以敷遗于后。时太原周公，实领国史。越三朝四十余年，荐历诸曹，官至一品。再谢政事，以功名终。君子谓其遭际之盛，出处之善，胥得之矣。

公讳经，字伯常，举天顺乙卯乡贡，庚辰进士，入翰林为庶吉士。壬午，授检讨。成化丁亥，修《英宗实录》成，进编修。乙丑，同考礼部会试。丙申，直讲经筵，秩满进侍读。丁酉，考南京乡试。戊戌，改春坊左中允，日侍皇太子讲读。辛丑，父庄懿公致仕，居南京。公乞往省，命给驿赐道里费，且速其来。讲御制文华大训，皇太子每起立拱听。内阁大臣或以为劳，谓公宜诡请坐听。公不从，竟得如礼。甲辰，丁庄懿公忧，服阕，久弗调。或讽使图进取计，公峻却之。孝宗登极，超擢太常寺少卿兼侍读。弘治戊申，命直日讲修《宪宗实录》，未成。己酉，擢礼部左侍郎，每议政莅事，必傅经义。若却西域贡狮，毁黄村尼寺，为先朝盛德事，皆公与左侍郎倪文毅公赞成之。辛亥，改吏部，迁左侍郎。一日，有中官谕旨欲以通政司经历高禄为参议，公独承谕执不可，退与尚书王端毅公上疏论之。灵寿人献大明川民田于太监李广，户部驳议弗得。公谓诸司宜会奏。尚书耿文恪公属公具草上之。事遂寝。乙卯，诸司以灾异言事，吏部请早视朝，勤听政，节侈费，省游幸，止贡献，而斥乐戏一事尤急，亦出公手。后有踪迹为此草者以问耿公，公曰：宜以实对。耿曰：吾为尚书，不宜他诿。时论盖两贤之。

丙辰，拜户部尚书。诸王府多奏欲自领河泊所赐税，罢其官。公言：国礼非便，且民力不能堪。乃止。有中官织币南京，奏给长芦盐八千引鬻于两淮，仍给淮盐价银二万两。公言盐策本以济边，且各有分地，若公许越境，则私贩必多，官盐反滞。命止长芦之盐勿给。浙江守臣亦请给竹木银钞税为织费，公又言：关征非旧，且浙地大水，民困征役，乞暂停织造。从之。每委官监税，必谕以爱节民力。课入多者，则与下考。大同缺马，尚书马端肃公请给折粮银就市之，且戒督粮官毋得沮格。既传旨，公言：粮、马各有职，不宜侵夺。且引祖训六部不许相压之文为据，词甚激，上为改命，兵部以马价银充用。给事中鲁昂以财用匮乏，请令诸藩公帑积贮，及均徭羡银尽输太仓。公言：用不足者，盖以织造、赏赉、斋醮、土木之故，若一切节省，自宜少裕。必欲尽括天下之财，恐非藏富于民之意。又有旨取太仓银三万两，为张灯具。公言不可以小民膏脂供耳目之玩，乃命以明年内帑岁额补还之。内灵台奏增洒扫卒，当给月廪。公言：禁地非外人所得入，不过为守者私役耳。疏再上，竟寝之。清宁宫灾，方议修建，兵部欲调山东民夫七千余人。公曰：今岁歉民贫，不可使远去乡井，请以本部羡银就京师雇役为之。外戚张氏有河间赐地数百顷，欲并其旁近民田千余顷得之，且乞亩加税银二分。公言：河间多沮洳，比因久旱，贫民即退滩地耕之，遇潦辄没，即亩加税，将贻无穷之害。且王府赐田，例亩税二分，而此独加税，人将谓朝廷待外戚与宗亲异矣。又闻宪宗妃家亦有私田与民田比，一切夺之，彼亦无以为业，人又将谓朝廷待张氏与他外戚异矣。疏三四上，后有以雄县退滩地献为东宫庄者，上因公奏皆抵之罪。一时近戚贵幸有所陈请，公一裁以法，皆敛不得肆。有中官及部属以言事获罪，与同官上疏救之，声称藉甚，而怨谤亦日深。

庚申，以灾异事乞休致，诏许之，加太子太保，赐敕给驿，令有司月给米三石，岁给舆隶四人。命下，廷臣皆相顾失色，争上疏留之，不得。自是数年，中外请留及复起者，多至八十余疏。前此未之有也。公归，摘敕词二字为保完堂，啸傲其间。乙丑，今天子嗣位，特起为南京户部尚书，公辞以疾，会丁继母忧，未上。戊辰，服阕，改礼部，又辞。上降敕遣使即其家起之，至京疾作，寓都城外。上遣人慰问，赐玉带及《通鉴纂要》，以示宠异。比莅事数月，疾复作，累疏乞休，乃许之，复赐敕褒谕，推封三代，月廪舆隶，视昔有加焉。至明年，公以疾革，上震悼，辍视朝一日，赠特进光禄大夫右柱国太保，谥文端，命工部治葬事，礼部谕祭者九。公年七十有一，以是年某月日窆于彭村之原。配韩氏，陕西按察司副使仕琦之女，慧而知学，先公五年卒，已赐葬，至是而合。子四人：长孟，以荫为右军都督府都事。次曾，举进士，累官尚宝司少卿，皆有世守。次齐，早卒。

公乡试时有甘露降于县学之松，学者因称为松露先生，公亦以自号。少颖敏而庄重，寡言笑。继母性严急，奉事惟谨。及遇诸弟，友爱曲至。母弟纶早卒，抚其四孤，皆登仕籍。少受学于吴布政绎思，吴既谢事，岁致衣一袭，银十两，终其身。其友蔡知府霖卒，申御史论罢官，皆贫甚，并致优恤，久不厌。其敦尚义气类如此。为诗文及书，丽而有则。自为小官，已志世用。日侍庄懿公，习闻天下事，久置清散，两荐为内阁，不果入。其为尚书，简任属吏，亲为裁决，剸烦应变，略无稽滞。而秉政执法，不为权势所挠，尤人所甚难者。予与公同官久，比以孟、曾请铭神道，因撮其行业之大，而于户部独详焉。墓铭出少傅新都杨公者尤备，可互见也。铭曰：

国有世臣，实称济美。其最贵者，尚书父子。施何耿王，维白及倪。公盖其一，他莫与齐。麦有两岐，芝有三秀。矧人有生，得物之厚。惟家之昌，惟国之光。气运攸系，亦靡厥常。两都四曹，公际其盛。令终全归，公受其正。父曰庄懿，子曰文端。代有美谥，夫人则难。亦有难者，祖孙科第。公居其间，有创有继。一品虽荣，公不为华。七十诚稀，公不为遐。胡进之难，而退斯易。所不朽者，非世禄谓。大行之西，有生若人。百世而下，其永有闻。

族高祖希蘧先生墓表

李东阳

东阳少时则闻族高祖希蘧先生，盖吾李氏近自宋茶陵州同知庆远府君至先生乃复显。先生之名，乡人不敢斥称为状元，至于今，虽旁邑犹然。东阳稍壮，乃克稽据家集，知为李齐榜进士第二人，而乡以高第，故特称此，殆其俗然也。及屡见先生书迹图印，乃知其号希蘧，又号为危行翁。又按诸书，知先生始应奉翰林文字，以母老就养江南，授婺源州同知称江浙儒学副提举。今闽本《一统志》，于永新流寓书辽阳提举者，盖传刻之误。元江浙所刻《宋史》，有提调官名氏可证也。及以母忧解职归茶陵，值元季乱不复出。入国朝，力辞征辟，隐永新山中，为俞统制子懋所馆，至梓其集以传。其卒也，葬永新雷公峡出茶陵界三十里。夫人某氏祔焉，其子自立亦祔焉。自立府君之子某，始归茶陵中州之北坪。

成化壬辰，东阳从先考学士公归，访其裔孙政者，见先生手录《易》《诗》传，及诸族所藏大书数幅，独深叹慕。乃摹其遗像，且为文祭于其墓。图有志表之，然未敢易也。越十有八年，弘治己酉，在先公某闻先生之裔不安厥居，遗迹荡逸，莫知所在。因追念清风大节能大彰于世，区区不肖之私，亦有未竟者，以为私愧，窃尝观遗文而有得焉。先生当元之乱，慨然欲效一障以死而不可得，盖见诸余廷心之序。又以为委质事人，不可终负，盖见诸王明妃之诗。及我国朝混一区宇，校诸前代废兴，不可律视。顾尧、舜、巢、由，志各有在，抑亦天下之不可无者，则昭德纪行，以贻来世，岂独为不肖之私哉？况其坟墓在他邑，而子孙不幸莫得而守之，则凡为吾族蒙声望、沾教泽者，虽欲不惓惓于斯，可得哉？

吾友顾侯天锡方守吉安，因以先生墓为托，是实先公遗命，因循玩愒，独不及其存而图之。乌乎，痛哉！永新地虽异省，实吾比境，守望相接，姻戚相属，樵牧之不忍犯者，殆不待于斯言。然不肖之私，自不能已于言也。

先生讳祁，字一初。固所当讳而有不敢讳者，窃附临文之义。虽得罪于君子，亦有所不避云。

大名别驾曾君墓碑

张治

史张子曰：予每阅曾别驾事，未尝不叹其世之能大，而又悲夫天之未定也。别驾讳宗正，字克明，别号麓峰。其父东山公肮脏负大志，以雄俊震于乡，乡之人咸望而震也。成化丁酉领湖广乡荐，名日籍籍起。未几赍志以卒，别驾年始髫，与其母吴氏茕茕然形影相吊也，吴氏朝夕携别驾泣而号曰：何天祸我良人哉？尔成立，俾尔曾氏不堕绝，予则于良人无愧容，未亡人亦奚忍为曾氏谢荼苦邪？乃以别驾托诸东山之友鲁公政曰：惟公不丧友道，公克树予子，则予良人不死，公则于良友亦无愧容。鲁公曰：诺。别驾遂黾勉日诵读古今名人文字，久益旁贯百氏。母吴事纺织助供亿弗倦。别驾学乃大就，补郡庠弟子员，每试有司，辄褒然称首。正德庚午举乡试第几，归忻忻拜母吴堂下，吴喜曰：予自是可无愧尔先人矣！别驾益淬砺，屡试春官，竟弗第。丙子元子述复举于乡，别驾扬扬然若矜曰：吾不售，吾子必售，吾乌能栖栖然与儿曹奔走竞青紫哉？

嘉靖癸未乃谒选为大名府通判，理河政。国家定鼎北平，岁漕江淮粟四百万石以输于京师。黄河每东决漕辄淤，乃于郡县设专官董其役，别驾日周视河上。每夏秋水至，则号工筑塞，卷埽千寻，役夫万指，昼夜弗休息，久之两足苦尰不能良行，别驾曰：吾仕以母老也，今疾，其何以事吾母余年乎？乃弃印绶归。会抚按咸疏荐，坚弗起。资日裕，晨夕具甘旨奉其母怡如也。逾岁子述死，又逾岁子选死，别驾哭曰：天不福吾嗣，吾何以慰吾母邪？遂郁郁作疾。庚子季子造复举于乡，别驾喜扬扬若初，然竟以足疾不能愈，疾亟执母吴手泣曰：吾母所以忍死以至于今者，为不肖也，不肖乃不能忍须臾死以奉吾母，可恨也已！语毕而逝，辛丑二月三日也。

壬寅五月，张子以南铨赴召而北，便道省先墓于茶，归舟涉长沙，子造衰绖谒江上。既而子造跣足走数百里来乞文，张子所居之里与曾氏相去数百武，而子述则同举于乡者。每观曾氏自东山公以儒起家科第，萌发不绝，然皆不能大其所施以庸明当世焉，是岂所谓天之未定者与？翕而舒之，物道则尔，曾氏之后，将其有昌大也哉！因感其事而识焉，其他美东洲之志备矣。

曾氏之先泰和人。宋景祐名学禄者，以连州判徙茶陵之月江，曰奇英，曰昺，曰策。元时相继举进士，至琼祥生永隆，永隆生理，号东山先生，始居长沙。理生别驾。别驾生六子：曰述，举人；曰选，曰逊，曰追，俱郡庠生；曰造，举人；曰逅，习举子业。女二：长适百户谭邦治，次适同知鲁政之孙朝东。孙男子四人：子唯、子约、子孝、子省。孙女四人。别驾生成化壬辰八月，寿七十，娶高氏，壬寅十一月葬于善化县十一都易家山之原。

赠兵部员外蒋公暨宜人万氏墓表　　蒋信

信生十四岁而先君背弃，是为弘治丙辰月日。后二十一年，乃先母背弃，是为正德戊寅月日。先君葬郡东郭曾祖妣墓西，始穿圹即有水隐隐渗出，卒葬之。先母葬南罗阡。逾年丧予室李氏，将祔葬，以凿圹见水不果，顾距先母墓仅数尺许耳。然则信为先君而痛，为先母而又痛，日悬悬思得吉藏易之，以免于水泉涂泥，岂得已哉？又凡七年，值故所弃田来归，始即陇并迁合葬焉，即丙寅岁月日也。予昔割田之半以与渠也，奚忍虞其卒予归也？其来归，予辞之而力逊诸他。奚暇为二亲吉藏计，然而卒归焉？终之永臧未可知，而昔焉泉泥之痛则稍纾矣。於乎，庸非天邪？信昔读欧阳子所为《泷冈墓表》有感焉，曰：如是将无贤于世俗矣乎？夫有感于昔弗之酬，迄于兹身将就木，犹尔因循为也，谓之何哉？信为兹惧，用敢想像神采，并详其卒葬岁月，表之墓左，俾嗣吾为子孙者获考焉。

先君貌颀而古，质重而温，虽操居贾之业，其衣服燕居必取雅饰，不逐时俗。出则着宽博杀缝直身，其长及足，衬其里亦取称是。家居无事，若不闻声。宾客至，揖让既毕，始闻语朗朗然，不至数数，或留之饮，虽甚款狎，不謔浪欢哗，洽情而已。一夕盛暑，卧榻前闻人语嚣嚣，起谕之曰：性定自凉，何乃尔？事先大父肃庵公，屏息不懈，间有请，必从容视带而语，数步外已不闻声，非瞰其颜色不敢请也。是信儿时所亲见有如此者。仲父纶一日以窘乏来告，属先兄杰理家政，欲周之不可，乃解所系绦，令之易粟持归，兄觉之，径以直偿粟主，归其绦。明旦请其故，先君曰：遗之矣。兄乃出绦献之。事闻族人，争以为笑，遂为故事。是则信二十时所闻于大功兄仪有如此者。是故卒之日，内外缌麻以上哭皆尽哀，诸妹婿皆贫，哭之尤极悲云。

先母慈惠成性，推分恒不计有无，佐先君虽极俭，橐无余蓄。先君一旦弃去，门无干仆襄事，仅仅及期，家已槁落，维荼维蘖，备尝之苦可胜言邪？展转长虑，惟训孤已耳！而信复未知南北，遣事师，一不如意即怀卷归，因之痛哭绝声，不知凡几。乌乎，可忍言哉！若夫终岁麻枲衣裳，以为饘粥灯膏之助，不避寒暑为之者，凡五六年。信之不敢终自弃，固先君孝友克备，余庇遗之，而复育成就，荷赖吾母实多矣。乌乎！先君寿才逾艾，先母寿逾稀，均之禄养不及。图之未死之年，惟进修寡过，庶其赎之。顾垂朽无成也，奈之何哉！

先君讳经，号惠庵，信以义追称之也。祖五世而上莫可考，郡耆老相传祖文举者，尝判常寻，被逮京师，高祖审其为凤阳郡竹林湾蒋秀才也，释之。二子德英、士英，生祖睿，睿生祖诚。诚配张氏，生四子，长绅，云南大理府知事，次即先君，生正统乙丑岁月日。先母同郡教谕万公殊女，生正统乙丑岁月日。先君以信官累赠至奉直大夫、兵部车驾司员外郎，先母累赠宜人。

明威将军张氏祖墓碑

陈一能

明威将军张氏，其先衡州新城人也。始祖讳贵，在胜国时为千户。贵生志，吴元年，太祖高皇帝起兵淮右，贵仗剑上谒，太祖壮其貌，得充总旗。洪武元年，克延平，收捕兰秀山寇。明年，调守汴梁。又明年，克兴源，征蜀，调守成都。后镇大竹，平滇南。以战死录功，以志为昭信校尉，调守常德卫，遂家焉。志生政，政生俊，生杰。俊尤绝。杰诣朝请官，仍补百户。成化七年，征荆襄，俘斩有功，升副千户。杰生济。弘治五年，奉例实授。十四年，征武靖、壶头等寨，升正千户。济生纲。正德七年，调征镇筸。十二年，征香炉等寨，累功升指挥佥事。纲生官，荫今爵。祖母汤氏、傅氏、田氏、胡氏、陈氏、伍氏、丁氏，皆以夫官爵诰封如例云。

惟明兴垂二百年所矣，我太祖神武天授，定鼎金陵，一时从事矢石者，大则以侯，次则以伯，类得广食。其次自万户侯以下，咸给券荫官以世孙子。主恩信高深矣，彼诸臣遭遘明堂，相与戮力委躯争竖寸尺者，身被百创，博一战功，其建勋亦艰矣哉！顾世有纨袴子弟，冯席荣宠，一旦绾金紫系印肘后，辄横里中府怨甲士。迨四方多故，乃不能跃马提戈，请当一面，我先朝锡券之恩及先臣请缨之志乌在也？矧能为祖父绵带砺、表丘墓，投笔翔奋以报主恩、承先志邪？惟张将军官克绍祖业，有古良将风。秉枢者恒貌之，授以军柄。将军慷慨负气，腰领木强，不阿时好，逾年辄解印投散，种梅环溪，以老以逸，故别号梅溪云。评者谓将军娴将略志，或少降得从事于文武经纬之间。其书麟垂帛之勋，将不足以捋韩、白、卫、霍之雄哉？乃令抑塞赍志，怜才者深惜之也。夫将军老而投闲，犹时时忆先代汗马功，居尝进子孙语曰：若等席祖父宠荣，得有今日，而封植丘陇固子孙事。爰令陈生碑之，以示不朽，窃惟先臣忠能报主，而奕代孝能显亲，是则可碑也。

将军子三：长天象，为万户侯。次天才，充荣藩王官。次天秩，补郡博士弟子。噫嘻！张氏将家也，章缝甲胄，文武竞奋。斗山之原，先墓在焉。其生卒岁月别有纪也，爰为之铭曰：

于昭圣皇，天授神武。朅朅劳臣，敉宁夹辅。定鼎镌功，铁券千古。惟张将军，韩白同流。积勋累官，为万户侯。团花错落，腰黄射眸。昂昂云仍，燕颔虎头。饮河溯源，树石阐幽。嗟哉张公，干将镆砺！悲风夜吹，犹横剑气。将星在天，寒芒烛地。白马恍来，魍魉辟易。虎子麟孙，奕叶靡替。墓拱繁英，隆隆百世。

隆庆元年。

明故助教怀莲谢公墓表

艾穆

夫修龄屈于短晷，远迹顿于窘途。古及今陨英雄之泪者不少矣，余至是叹天不可问，为道亨哽咽沾襟焉。往余与道亨读书真定之恒阳书院，两人者风雨联床，论交千古，心相许也。道亨是时魁梧丰硕而豪于酒，独每饮则面目汗雨淋漓，余谓道亨体壮，气顾虚。其为人朗畅通达，而不以机数谐时局。余每见道亨治业甚精，说书剖元秘，诚愿为执鞭，而道亨间视余篇翰有当心者，辄避席欲下之。又偶有一当路种种破格礼余以轧道亨者，余心不自安，而道亨安之。初不以忽微见颜色也，此其度盖过人远矣，余以是知道亨，故今揭其大者表之墓。

道亨姓谢，讳邦泰，号怀莲，道亨其字，邵武县人也。始祖讳彦清，洪武初，由当涂县调福建邵武卫镇守，传数世至曾祖景安。景安生大父友才。友才生父贵，号虚舟，公为庠生，配余孺人，生三子，长道亨。道亨少颖慧，未冠为学官弟子，于书鲜所不读。家故贫，余孺人病痢卒，买吉地莲花峰葬之。父虚舟公卒，道亨从京师奔归，亦葬父莲花峰。凡买地与襄事诸费至浩也，道亨皆自极力贷之人，不以困其二弟。别号怀莲，盖志思二亲莲花峰云。二亲之亡也，道亨以己所得束脩，室其弟邦直，教其弟邦美为弟子员。有妹继训导王锦室。锦卒，妹年未及笄，又二子皆前室出，道亨泣谓妹曰：汝为未亡人，能无古人歌黄鹄、吟孤燕以完节终身，幸矣，不则谓妇何？妹泣对曰：敢不如命！我年幼，所不能慰吾夫君于地下者，以文藻、文澧二孤未立也。道亨为抚而教之如己子。后藻官吏目，澧为弟子员。二孤胥有立，而妹孀居数十年，履操皭然与柏舟争烈，固道亨成之也。

道亨每试冠流辈，顾屡蹶不第，以岁荐试礼部，宗伯对山林公奇其文，首拔道亨应试。道亨场中卷几落，学士后溪丁公、凤盘张公，填榜序至八，亟命搜书经房落卷中得道亨卷，二公大喜赏之，且憾得卷晚，为屈之九。明年会试，不第，道亨怃然曰：吾奇蹇不第，至以老生上春官，非遇丁、张二公，几又不第。今第矣，而复有会试科之徯。异日者会试科如曩不遇二公者，是卒不第也。即第可徯，不将皤然翁乎？吾将乞文学一方，造俊而修业焉，以徯再试。脱不然，世以资论官，不以资论人也。于是领学官井陉县。

当是时，余官阜平，道亨与诸生谈性命经义，却束脩不问，陉士为立去思碑。学院陈公品艺真定，萃三十二校之俊于恒阳院，檄道亨与余督课之，是科庚午，士出其门为盛。道亨应陕西聘，余应河南聘，比其还也，冀可再会试。乃业已转官国子，同抱吴钩，而鸣鸣长吟。吾两人者之襟期，则固蝶梦升沉，不以是轩轻矣。

道亨得病由食停中不化，递温递下，致形丧肉脱，又服参蓍诸助脾药少瘥，即触暑谒诸贵人知己者。余移书让道亨，谓子之疾去死仅毛发，而独触暑出谒贵人，乃不身而官邪？道亨答曰：诸贵人故皆我知己，我固当见。顷之，得家报有祝融氏之祸甚烈，余往宽之，道亨笑谓：我命固宜如此。然道亨嗜古好学，病卧犹摊书满座，一日握管作应酬文，含豪沉思，脾火蒸蒸起丹田，投笔而病复作不起矣，伤哉！

道亨生于嘉靖癸未年九月十四日，卒于隆庆六年十一月十九日。遇今上嗣服，覃恩得移赠其父虚舟公如己官。妻傅氏生子三：长汝谟，郡庠生，娶何氏。次汝弼，邑庠生，娶吴氏，继娶龚氏。次汝为，未娶。女三：长适庠生章其蕴，次适郑可行，次未适。孙三：长荣锡，次荣命，次荣义。又孙女三。夫修龄远迹宜莫如道亨者，乃仅一第而官至国子。两年半在床褥，卒之日寡妻弱子号于旅邸，而贫不能丧。此余所以嗟天不可问，为道亨哽咽沾襟也。

处士陈君观泉墓表

艾穆

余以言戍秦中也，则取道归省老母，业闻处士公十日前逝矣，伤哉！今年春，余之戍所，会冢子太学君于城。太学君手状拉泪踞而请曰：不肖孤厕世谊末，先是，以家大人今秋年八十，拟走使都门征先生祝辞荐觞膝下，为家大人鼓舞侈一快，不谓其遽奄忽亡也。生不能得先生一言为重，死愿一言表之，即死且不朽。余以世谊习处士公，又拜太学君之命，何可以不文辞？

处士公姓陈，讳楚球，字某，号观泉。陈氏之先世家北步岭，胜国中有始祖伯寿者生志贤，贤生必端，端生瑚。瑚生昂，即秀峰公，以资雄例而官。配黄氏，生子三：长楚某；次楚坤，官河南布政司检校；又次即处士公。处士公生而颀硕，朗畅自豪，慕义而喜修。邑大夫高其行谊，宾于乡者凡十三矣。而处士公卒，坚谢不一应，夫宾之十三而卒不一应也，其恬于取功名，而果于激俗固若此。生平刚而不阿，遇诸兄弟事，有不可毅，不少徇。秀峰公性严，素不以辞色借儿曹，顾见处士公少而能其家，则喜而叹曰：是儿其庶几不旷坠先绪乎？遂为择室于方伯黄梅岩公之次女。侍御韩峰沈公令吾邑，以处士邑之良也，命总邑七乡事。乃七乡事无不井井纶纶称办焉，沈公大爱幸贤之，为言于巡抚顾公。公谓：诚良也。命董学宫役，役有成功。嗣是邑之夏侯、萧侯与今陈侯，亦皆谓处士公良也。每邑有义举，辄目处士公，其爱幸贤之如沈公云。陈侯令吾邑久，得处士公益详，将优之乡上宾，令诸文学诣门，促处士公应，处士公语诸文学曰：球犬马齿几耋矣，生长太平盛世，无所发明于时，以流光扬休，徒抗迹物外，与泉石缔盟，聊以供输之暇课子孙耕读耳，果何德而宾于乡？卒亦坚谢不应。居无何，邑文庙圮，陈侯又以其名董役请之当路，乃处士公则奋起应之，日夜不惮，寒暑趋事。

居常遇佳辰美景，辄拉子侄携具燕游，仰天拊缶，歌声呜呜，至阑宵达曙不休也，其襟况又如此。

卒之日，一梦若仙去，不一语及儿女事，填门哭者至数千百人，是不可以观处士公哉！余惟水决惟防，马逸惟闲，礼义廉耻者，人之大防大闲也。世有起家先籍者，每至沉酣声利，荡防败闲，而后山林暗沕之，夫得以独行自见，亦可悼矣。处士公之宾而不应也，余盖重有感焉，至其急于奉公当事，又毅然如湍水之赴壑，斯非义人哉？

处士公生于弘治己未七月二十五日，卒于万历五年十二月之八日，寿七十九。处士公卒之明年，万历戊寅某月某日，葬某地名。又明年己卯，诸子买石刻予文树诸墓，俾来裔有考焉。

郭瓛妻李孺人墓表

陈洪谟

嘉靖岁辛丑冬念有二日，郭母李孺人卒于其子承奉正良之私第。先是，良被选侍荣庄王之国，乃迎父瓛及母李来常武就养，逾三十年矣。迨母婴疾，良萃百医疗罔效。至是则擗踊嗷号，若不可生者。敛且殡，率循家礼。诸寮寀及郡邑大夫士往吊者，皆悲感啧啧，讶其能尽子道也。闻诸荣今王，亦慰赉有加焉。良既襄事，复砻石树之墓道，乃衰服过予，跽而请曰：愿假一言以为不朽。予为之叹曰：母子固天性也，然生能致养，死能致哀，复能致其恩以图不朽者，盖亦鲜矣，况又所谓中官也哉！言乌可辞。

按状：李贯保定蠡县，父李母杨，侨居京师之将军营。孺人生有异质，食惟蔬菜，不鲜食。服饰尚俭朴，少与群女处，端坐无戏容，人以为得之胎教。年十八归瓛，亦同里居也，事翁大有及姑赵，皆极其顺。翁常偕赵还蠡，未几，翁遭疾，瓛即欲偕往，复以徒行难之。孺人曰：岂有翁病而妇不在侧者乎？遂与之偕往，昼夜奔驰二百里无倦容，比至，翁犹握其手与诀，数言乃逝。人以孝感称之。既而奉姑赵至京师，孺人躬亲织纫以赡，饔飧无或阙乏。良由内史进宝至今官，恒戒之曰：其饬尔躬，殚尔忠，毋骄以肆尔欲。良佩服惟谨，由是宠遇洊隆，每或有赏赉及精毳甘脆之物，必先驰馈而后敢私。母惟自视欿然，谓诸子曰：是皆恩泽所流，若等其可坐享。及诸孙有隽敏者，教以读书史，循理守法，敦朴者力田服贾，兄弟友爱，家庭之间雍秩如也。疾革，诸子环侍，尤惓惓以良保令终及隆父养为言，闻者感动。

享年六十有四，生于成化庚戌年月日。子男六：长柱，次即良，次鼎、鼐、冕、昂。冕，府庠生。女二，十户王麒、典仗许恩，其婿也。孙男九：曰思、明、聪、温、恭、忠、敬、问难、义。壬寅春月日，葬于武陵汉寿乡万金村之原。寿虽弗跻耄耋，然享禄养已久。子姓蕃炽，没后人哀之，罔间内外。兹又表其氏名姓行于贞珉，以昭不朽，其亦无遗憾也已！

予尝见世之为人子，所谓致养致哀及图不朽者，漫不加意，视同气若秦越之视肥瘠，盖不特中官为然，虽缙绅之流，识道理位通显者，犹或有之。噫！世道之日异，风俗之日偷也，如是也哉！今以郭氏观之，虽其承奉资禀之懿，抑以母氏之贤有以成之也，固应书以为世劝。於乎！是岂直为郭氏不朽计也邪？嘉靖十八年。

右通政韩公墓表

李腾芳

韩氏其先世，扬之泰州人也。初有名杰者，为张士诚将，来归以军功擢武略将军，守蒲州，子孙世居官，遂为蒲州人。公讳某，字某。中嘉靖四十四年进士，改翰林院庶吉士，授刑科给事中，升翰林院提督，四夷馆、太常寺少卿，提督，誊黄通政使司右通政，调陕西布政使司左参议。落职间住，久之诏复通政使司右通政致仕。进□阶中议大夫，卒于家，卒年七十八岁。

公幼慧敏，年十二即能遍读子史诸家书，读即不忘。与大学士张文毅公同赴省试，道经郭林宗祠下，驻马读其碑文，至旅舍相对忆诵，一字不漏。通《易》《诗》《书》《礼》《春秋》五经。以《礼记》举于乡，以《春秋》中会试第四人。时典试者，新郑高文宪公也，咨叹其文，雄悍淹博。公在谏垣，值言路开通，矢心献替，凡关主德国是天下大利病，皆直言不让。先帝即位之初，恭嘿寡言，公首疏励圣志、核圣政、宏圣德三事。疏入之日，明日上视朝独早，论大学士赵贞吉，谋议误国，无大臣□，党同伐异，无大臣心，屡被弹射，无大臣节。论尚书吴山黄光昇，被召迁延不进，宜酌其去留。论刑部郎曹天祐，典狱狐媚龁龁。杨继盛因云：自古权臣擅国，浊乱朝纲，必由奸人谄附，助成恶焰。论侍郎游居敬、顺天府尹姚一元，年老不能事事，云所贵老臣，即庞眉皓首，而神气充盈，谋猷练达，不宜以衰朽充位。论操江都御史吴时来，巧猎虚声，久干物议。论张齐奏辨疏云，谏官论执政至编戍，执政罢则放还非政体，宜核其事之有无，有仍遣戍，无则复官，使后世知隆庆年谏官无纳贿言事者。论督边侍郎不宜留一朝觐县官为渎奏，御史不宜为人滥请恤录为市恩，其词义严切，风棱峻特类如此。

盖当是时，文襄以豪杰迈世之才，独任天下之事，一意强主卑下，首公破党。公为其门生知己，又在言路，开发精采，左右毗益。虏求款市，文襄主之，朝议沸然。引宋之讲和，本朝之禁马市为词，公力排众说，手列八议而事遂定。由是文襄益以公为能助己，言无不从，而公亦幸文襄能用己，不为避匿也。文襄既去国，公亦得罪归。归之日，囷无赢粟，笥无赢衣，渐理东城羊肆一区为隐居，五年而始就。治北郭田若干亩，种南山柿、杏若干株，为朝夕费。闲居读书饮酒，欣如也。其后十九年，而公之子爌举进士，官翰林院编修。又五年，以爌编修考满，恩复公原官右通政致仕。又九年而公卒。其卒之前一日，与子爌叙述平生受国恩，历位列卿，及所以废退之故，以心无愧怍归全为幸，明日遂逝，今上三十三年八月十五日也。爌将以某月日葬公于某山之扦，次公状授予命表其墓。

予读本朝实录、大政纪典则诸编，及学士文人、稗官野老所纪载传多矣，其论宰相人品之伟，功业之著，未有过于新郑、江陵两公者也。两公皆负不世出之才，具绝人之识。本以忠诚不二之心遭时遇主，欲尽破人世悠悠龌龊之见，而措天下于至治极盛，其所就虽皆不竟，然其所设施亦已不可泯矣。独怪两公始相得甚欢，卒于相抵，高公去国，人皆言出于张公，其说虽不足尽信，然亦未可为尽诬也。岂二公之气，各有所偏，其才各不相下而致然乎？古人称丙魏、房杜同心是矣。然韩魏公、富郑公龃龉特甚。由是言之，两公之不相连，亦未可以相贬也。至于公以新郑当事而庸，以新郑释位而罢，则亦理之自然，不必以江陵嫌公为解，何也？大丈夫致身清时，遇贤宰相知己，言听计从，扬眉抗首，死生以之，与夫巧宦小人视人之得势，则趋附若不及，失势则排挤亦若不及，又恬不知耻，自以为有气节风力，不知此昔人所谓又抱琵琶过别舟者也。公以新郑为能任天下，新郑亦以公为能佐己以任天下。新郑欲行而公言之，公言而新郑行之。惟新郑能用公，惟公能助新郑。新郑既去而公又何待乎？假使新郑去而公复改面以事江陵，即江陵用公，而公与巧宦小人何异？然则公之以新郑得罪也，乃所以为公贤也，不必以江陵嫌公为公解也。

奉直大夫陈公墓表

李腾芳

公讳学易，字某，别号慎吾，为杭州之钱塘人。曾祖泰、祖宗仁，皆不仕。父继先邑庠生，以公贵，赠奉政大夫、江西饶州府同知。公举进士，仕湖广岳州府推官，迁饶州府同知、南京兵部车驾司员外郎。丁母忧，服除，遂致仕，卒于家，享年七十有八。公卒时，豫知月日，已自为像赞、年谱、志铭，命予门人表其墓。

公颧面䶊颐，身长六尺八寸，性爽烈亮直。与人交，洞见肺腑，而外常落落。其为吏，所至击断刚决，赫然有声。人多忌之。岳州古巴陵、饶州古鄱阳，二郡皆滨大湖，盗贼魁桀所窟穴，公悉根株论杀之无漏。荆之人有盗故相张公之没入田而产其籍者，公一诘之立吐出。乐平令轻重役法，邑豪鼓众，拘之以兵，远近恟恟，公单骑驰谕，出令坐于衢，与之刊置役书，众遂定。予尝从公泛舟于洞庭、彭蠡之间，或曰：荆人之憾公深矣，丧其盗田故也。公曰：无有。或曰：饶人之憾公深矣，利乐平之乱而公散之也。公又曰：无有。公盖诚以为无有也。嗟夫！以公之才，自李而丞，自丞而郎，郎又南曹，则憾公者岂诚无有哉？

公之曾祖母高氏、祖母邵氏，皆早孀，绝怜爱公，眠食不离手，稍长卧公榻侧，后置一鸡，鸡鸣拈书以授公。二母卒，公恸号呕血，每旦鸡鸣，必起坐流涕，既贵而尤笃焉。事母王太宜人殊谨，太宜人年高，不能从公于官，公时时欲弃官归，及之金陵竟归，聚数月而太宜人卒。待诸弟友爱，子女婚嫁尽其有以助之。宦既贫，以故益窘然，公欣如也，日与宾从故旧饮酒湖山，而以生计付子维新。己亥八月予见公于西湖之上，维新觞予，公忽指以语予曰：吾无子，此吾弟之子也。予愕然。公笑曰：吾数有子而亡，此子甫生，吾妻严宜人子之，今甚孝养，吾意不欲更有子矣。

予别公时，公方构小室于其堂之偏，命予名之，曰：将读书于其中也。更筑亭于湖之涯，曰：以饮酒焉，待子再至为名吾亭。乌乎，予尚忍再至湖上哉？

封右庶子庄公暨配宜人粟氏合葬墓表　李腾芳

某月日庄学士得全葬其父封奉政大夫、右庶子兼侍读少屏公于长沙某里施家湖之原，而以母粟宜人附焉。铭其隧石者学士吴公道南也，表其墓者不佞李某也。

庄氏本定远人，国初祖壶以布衣从军战采石为百夫长，子孙世其官，至于今二百四十年。散居凤阳、长沙，以武功递为指挥使、佥事、同知者数十人，惟学士始以儒奋，而公其父也。公讳如岱，字子寿，别号少屏。祖讳琇，父讳位，皆隐者。公生沉毅有胆决，弱冠能文章，达时务。湘水绕郡城西出于背，故司理翟公议凿渎引流其前，工甚巨，檄公为督，是时公年才十九，役均工办，人以为能，然亦因此废学。家贫，与室粟宜人苦身勤行，澹涩寡嗜，奉抚养，供宾祭，微细缓急，宜人皆商公意庀给，撙节有法度。学士早慧而弱，公课之急，宜人不能无心怜。及连蹇场屋，宜人窃捧其卷而泣，公取读之，喜曰：儿如此何忧？学士举进士，入史馆，宜人已先卒世，公潸然曰：念宜人泣儿卷时，不见今日也。寓书戒学士：以约己力官，毋负所学，以光而母，无念我。

自是操苦节涩益加，稍余辄以丐贫者，市田宅常取其下，而多予之值。岁潦，尝倾橐百金为邻邑湘阴人治桥。熟《内经》《脉》《难》诸篇，喜煮咀以疗人。伯父建江卒于宜都学舍，无子，亲往负其柩归。性不饮酒，不乐御冠带见宾客，郡邑乡饮勉一往而已。晚年须发鬒黑，健飧饭，无疾痛。有园城东，备亭沼之胜，箨巾布袍，来往于柳烟竹露、红叶碧带之中，望之若仙也。岁之某月因病中满，遂不起，学士方请急归省，就道时，距公逝已十有八日矣，恸哉！

公历封翰林院编修、右中允、右谕德、右庶子。粟氏宜人，初赠孺人，累赠宜人。有子曰少詹事兼翰林院侍读学士天合，曰天佑。继室黄宜人，初封孺人，累封宜人，有子曰廪生天质、天柱。孙男廪生以临等七人。曾孙男二人。曾孙女三人。公生于某年月日，卒于某年月日，享年六十三岁。粟宜人生于某年月日，卒于某年月日，享年□□□岁。

乌乎！自予与学士同举于乡，以犹子谒公屡矣，美容貌，长辨说，凡市井田里，官府国计，巨细繁要之事，无不了了，盖智计才能之杰也。因子贵，务恂恂为长者，长沙之人，莫不贤其长者焉，噫，长者足以尽公乎哉？

卢昆石先生神道碑铭

杨嗣昌

今海内以赤羽外飞，潢池内啸，苦金革庸调，疮痍裂肤，阳火烂骨，已二十年于兹。求任人才士，饶力强识，提剑挥羽，清尘缚孽，贻一日乂安而不可得，何也？宁穹穹碧翁俯顾四落，果不生材，而祖宗养士垂三百年，竟不食一士之用与？夫士固自有养焉，若山舂水钓，途贩巷沽，划焉长啸，振臂而起，云雷经纶，此开创之用养于晦昧者也。诗书礼乐以为绳瓮，仁孝忠恪以为胎哺，廉耻退让以为祓沐，刚直方大以为跬武，孱焉泊焉，弦难札，带难孔，而卓然有立于天下，此承平之用养于熏涵者也。嗟乎！有大用者必有大养，有大养者不必大用，以不用其用为养，而所养之用乃奇，吾于昆石先生见之。

先生总角补宫墙弟子，战乡闱数不利，因取古人担当人物之大者，究其所为，用而勿用，勿用而用，以独寤寐言。而先生之父方小用于时，先生挟策随侍所之，辄有以自见。其在浚仪，时时窥吏牍，若钱谷刑名为父参理。邑有薤本，父难拔去之，先生佐决计一方以宁。时河决中州，父方塞小宋，九旬不归。先生夜爇香告天，河一宿他徙。其在南康，父春秋益高，因谢病免。先生视医药，偕卧起，凡百有二日而归。舟下扬子，以轻装先发，风覆其舟，先生扶一木漂流四十里，获他舟济焉。自是遂屏居，而先生之子寻大用于时，时遣人迎先生之官舍禄养，先生笑不顾。忽肩舆凭两奚疾驱至舍中，儿大惊。居顷之辄去，所过州县，长吏无知者莫能具一餐，先生乃乐之。时诫其子曰：家世受国恩，当永为清白吏。关治多剧盗，吏诛锄颇多，则又曰：捕寇毋株连，对簿毋疏略。又闻军中枭某弁之不法者，愕然曰：罪果应诛乎？对国法宜尔，犹旬日不乐，盖天性然也。

初，先生之父寝疾五旬，先生扶掖坐达曙不改衣。及卒，经营葬地，烈日炎风，桉榛涉泽，黎面目，饿体肤，不辞者三月，故年才四十，而精力早衰。甫襄事，母疽发于项，先生祷于天，延医审方，躬抱持吮血，又三月而愈，人以为疽病项，老病疽，十无一活者，独先生以纯孝得之。已乃卜茗岭之麓，割腴产构先祠，聚族而谋，岁时享祀。孝弟力田，规条而守之，家僮仆无敢出庭户吓乡闾，小有言必治。郡邑长吏、监司、直指诣门请事，辞惟公正发愤。若夭罡暴横，牙侩毒噬，访盗诬服，贫不能理者，白除其害与其冤，独行不顾也。居十年，母终，先生念其子，涉江淮，走邢赵，出蜚狐之口，登白登之台。阴与其子决而不言，曰：吾喜衲衣禅帽，子为我制之。既而携归，道中不荤食，至济宁疾作，诫从者曰：衲衣衣我，禅帽帽我，我子孙享祀，幸勿荤食。溘然而逝。

噫嘻，先生不禅，至是乃禅乎？吾于是而知先生用处其未可窥也，用而勿用，吾姑以窥之。父用其小，而子用其大。先生之勿用，养之于其身，而用之于其子也。是故己巳至今十年之间，烽入蓟门，郡守领兵则用之。寇奔晋卫，参藩督兵则用之。已渡洪河，郧襄治兵则用之。载奔江黄，填抚全楚则用之。浸扰凤泗，总制七藩则用之。烽薄昌畿，趋兵入援则用之。既遁冷口，修备宣云则用之。天子赐白金文绮，归遗先生。先生袭其绮，以金分宗党，具杯杓为欢焉。其以所养为所用，而所用不尽所养，未有量也。衲衣禅帽，平生未尝用，亦莫窥所养，而濒行委蛇，独翛然用之，则又似收其不尽所用以归于所养者，是可异也。

先生姓卢氏，名国霦，字公瑜，昆石其号，封某官，生卒某年月日。配某。父名季玉，南康令。母张氏。长子名象升，总督宣云兵部尚书，配某氏。次某，次某。铭曰：

卢氏之先，系于玉川。自洛徙鄞，莫知其年。义兴之族，厥繇虔毡。卜居茗岭，我思笼煎。七世滋大，奏书称贤。怀县有花，彭泽无弦。是生先生，人也而天。友于张仲，孝哉子骞！用而勿用，霄横绛烟。勿用而用，江浮海沿。堕地者迹，观空者元。贻厥者年，将归者全。衲衣禅帽，虚舟出缠。儿女羡援，是真无然。桃溪一点，曷名新阡？光天万象，心月孤圆。

案：此文载《常德文》中，署名杨世昌，而小传中无世昌名，殆嗣昌之讹也。考卢忠烈以崇祯十一年五月丁外艰，时总督宣大山西军务，师次阳和，席袁候代，旋命督天下援兵入卫，十二月殉难巨鹿之贾庄。此文则抵都后乞武陵作也，交谊如此，而谓杨之于卢，沮抑于生前，构陷于身后，有是理邪？汝怀附记。

湖南文征　卷四十三

墓志铭上元明

居士欧阳南谷墓志铭有序

欧阳玄

居士讳同寅，字同甫，号南谷，袁之钤冈防里人也。世为望族，家饶资，尤多储书。居士自幼为学资实，既长，赋性刚塞。居家庭有孝行，处乡党有直声。轻财而薄利，贵义而重德。姻族有孤遗，少任其教育，长厘其嫁娶。里中贫乏者，饥有其粟，死有其棺，殣有其域。岁旱，先其乡人祷，不大雨不止。邻有灾，集救赏，募熸夫，必扑灭乃退。人有讼，求正善譬，析以理。闾阎细民，有戒心来归，必聚而保之。五六十年间，未尝希知遇于当世，故己之德人者甚鲜，人之德己者甚多。尝训诸子曰：处善循理，人生至乐，仕宦何为？当道以教官荐，辞不受。又尝自赞其画像，有曰：务本之学，施于孙子。士称其言先行而后从。晚岁家居优裕，肆力于学，适意于文，广坐辨论经旨，专门士或病之。天历己巳夏五月，疾作。医至，却药不饮。疾甚，诸子请所以命，辄厉声曰：若辈皆四五十之年，犹待剌剌语邪？有间曰：张公艺九世同居，惟一“忍”字，汝曹识之。端坐正衣冠而瞑，是月二十日也，得年七十有六。至元丁丑十二月壬辰，葬临江新喻钟山乡龙伏之原。

曾大父峻、大父珣、父梦显积德起家。初娶刘氏，继室许氏，皆先卒。子男四，鼎亨、晋亨、巽亨，克世家学。鼎亨仕八番，有招蛮功，宣抚司辟荐以官，闻母丧，归不就。巽亨仕湖南，辟临湘县儒学教谕，以亲老辞。女四，所适皆里名家。孙男四：长天祐，次天福，早卒。次天与、天启。孙女七。曾孙男三。曾孙女四。

吾欧阳氏以有姒支裔封越，后并于楚，受封于乌程之欧阳亭侯，子孙以亭侯为（世）〔氏〕。历两汉，涉魏、晋、六朝、唐、宋迄今，南北欧阳惟一族，非如他姓各有所从始者。然自涿州太守而下，显者曰冀州渤海、青州千乘。千乘中绝，今皆渤海后。又自率更令而下，显者曰长沙。自吉州刺史而下，显者曰庐陵。其实出于一。详见《唐书·宰相世系表》及我兖国文忠公谱说。居士先世由庐陵之安福义历迁今防里，八世有府君讳俙，在诸昆弟中子孙最多，迁居外郡，有复迁安福之早禾田，有迁潭州之浏阳马渡者，若是者不一。居士亦俙后，于防里其处者也，玄之于浏阳迁者也。由始迁至先参政冀国公才三世，故世次可考。居士于冀国公族弟也，玄于居士族子也。巽亨来京师求表居士墓，义不敢辞，为之铭曰：

才周世用，用世则讱。德应人求，求人则吝。我宗仪形，遗不我憖。我表其藏，三世其亲。

读圭斋先生所撰南谷居士墓志，知昔人之所积者忠厚深长，其遗诸子若孙固异乎众人也。自凋谢之余而资源，昆弟皆卓然复昌其先世，又知天之报施善人，果不爽也。乌乎，世之人何苦而不积善哉？洪武二十四年六月二十有二日分，宜黄子澄书。

元处士刘翁梅国先生墓铭有序　　欧阳玄

翁姓刘氏，讳隆瑞，字立贤，世为安成望族。幼颖悟力学，家居孝友。遭父母丧，勉力襄事，动循礼则，宗党绳之。遇诸子侄，奖劝诱掖，期于成人，才性踈弛，辄加谨约。刘氏塾业，彬彬可观，翁教居多。世变桑海，旧家子弟巽软，奴客乘势恣睢，翁奋以法锄拉强梗。至元甲午，獠寇陆梁青山，朝廷遣签枢督捕，辄欲禽狝其乡，闻者窜。翁远迎大军，供亿毕给，民用无恐。豪右有宿憾于乡伺间报复，翁辨出无辜，活者千计。寇平师旋，居民残毁，札瘥洊臻。翁被府檄，劳来遗氓，振饥疗疾，流亡四集。有司筑堡垒，以戒不虞。翁曰：军名备御，实则病民。卒言大阃，遂撤其戍。民迄今便之。翁机警倜傥，疏财乐施，为人熸难镌纠，德色不见幾微。晚岁延名师淑诸孙。暇日觞咏畅适，泊然无求于时。所居多梅，因号梅国先生。至治壬戌四月十五日卒，明年十二月十六日，葬乡之南山，寿五十有八。

按状：刘氏在南唐时有为袁州刺史者，始迁安成密湖，传至克都府君，再迁南溪。五世为评事府君良辅，二子：长迪功郎龙南尉汶，次修职郎沅陵令松。沅陵子醴陵令孔彰，善诚斋杨文节公万里。醴陵子埙，埙子鉴，以文学显，终承事郎、秘书省校书郎。秘书生天福，修职郎、广西帅司幕官，是为翁之考，号恕斋。涧谷罗公椅婿之，尝及接见后村刘公克庄。为人慷慨，多知略，与文丞相有姻好，雅见器异。须溪刘公辰翁、青山赵公文、静德王公梦应、复心崔公君举及彭巽吾，皆常与之游。君子于翁行义之卓，尚论先世蕴藉之深，先友过从之盛，而知其负挟有自来矣。伯兄震澧贡进士，仲兄荐补国学生，咸有士誉。翁娶王氏女，有妇德，能持家，后翁一年卒。子煜，字持敬。孙曰汉、善、鹏、嵩、岳、正、泰、约、贯，凡九人。述行状者，湖南宣尉副使周君志仁介煜。请铭者，太常博士刘君闻也。玄识煜久，铭何可辞？铭曰：

安成在汉，隶邑长沙。十世有羡，密湖是家。处士侃侃，浚厥义问。秩若纪纲，不烦以紊。范族以正，刺物以刚。抑浮惇雅，植弱梼强。鼯啸于丛，王师薄违。鸿飞于渚，公曰曷归？负弩军门，其勇万夫。哋其有余，翼蔽一隅。孰弱尔巢，我坚尔屋？孰莠尔田，我庤尔粟？民将德公，尸祝百世。公曰噫嘻，我求无愧！众芳所都，纷郁粹醲。涵泳尧仁，优游以终。被秩三品，奉常斯谥。法当立传，太史乃议。奉常言之，铭者太史。侪是宠光，展也君子。松柏郁郁，君子之域。宜尔子孙，维德之植。

元翰林侍讲学士中奉大夫知制诰同修国史同知经筵事豫章揭公墓志铭

欧阳玄

至正四年七月壬辰，翰林侍讲学士揭公曼硕，以总裁宿史馆，得寒疾，归寓舍。戊戌薨。时京师大雨弥月，朝缙大夫闻者不避泥潦，驰往哭之，人人尽哀。明日，中书出公用钞二千五百缗，率先为赙。于是枢密院、御史台、六部以下，咸致赙仪有差。车驾在上京，适遣使赐诸总裁及史官燕劳，以公故咸援礼辞，中书为改燕之日。使者归上京白宰相，宰相以闻，有旨赐中统万缗给丧事，有司议以驿舟送其榇归江南。孤汯奉史官刘闻所状行，诣玄撰公墓铭。玄与公三为同寅，相知为深，公死为之哀痛，逾月不能忘。故不铭有所不忍，铭有所不忍。九月汯将扶护登舟，乃勉叙而铭。

曼硕讳傒斯，姓揭氏，生而颖异。年十二三，读书属文，即知古人蹊径。家贫不能具束脩从学，惟早暮刻励，父子兄弟自为师友。稍长，豁然贯通，日有增益。未弱冠，里大家延之授业，诸生年或相等，皆以师道严惮之。二十余，负俊誉游江汉间。司徒程楚公为湖北宪使，奇其才，妻以从妹。皇庆初，程公入朝，公馆其门。时国初诸老尚存，闻程公有佳客，咸愿识之，及与之言，荐恐后。延祐元年，用荐为翰林国史院编修官。三年，升应奉翰林文字同知制诰。四年，迁国子助教，学士承旨复奏留之。五年，谒告归。泰定元年，复授应奉翰林文字，丁内艰，去职。天历二年秋，文宗开奎章阁，置授经郎，教勋旧大臣子孙于宫中，公首被选。至顺元年，预修《经世大典》。三年，书成，超授艺文监丞参检校书籍事。元统初，迁翰林待制。后至元四年，擢集贤直学士。五年，奉旨代祀北岳、北海济渎、南镇，竣事引疾，便道由浙左归豫章。六年，以奎章供奉学士召，未至，改授翰林直学士知制诰同修国史。至正改元，兼经筵官。二年，升翰林侍讲学士，且命同知经筵事。三年，年及七十，请致仕归。上闻，亟遣使追及滠南。拜表力辞。再遣使，奉上尊谕旨还。撰明宗皇帝神御殿碑文成，求去，不听。夏四月，诏修辽、金、宋三史，命右丞相为都总裁，中书平章政事铁睦尔达以下凡六人为总裁官。公预其选，遂不得辞。明年，《辽史》既进，《金史》垂成，公薨，寿七十有一。

揭姓相传出楚司马氏，世远姓稀，谱逸。或云出汉功臣阳信侯，或云出安道侯。汉以后揭氏居高平，居汝，居郢。唐乾宁中有讳镇者，以左仆射持节袁州刺史。揭氏仕东南者，昉见于此。今江右诸揭居豫章，居盱广昌，皆大族。豫章族始祖祯，盱广昌始祖填，推其训名，盖祯、填伯仲。曼硕居豫章丰城，今为富州。曾祖光朝，妣黄氏。祖性聪，累赠嘉议大夫、礼部尚书、上轻车都尉，追封豫章郡侯。妣黄氏，继何氏，并追封豫章郡夫人。父来成，以邃学笃行见推前辈，先赐谥贞文先生，赠中奉大夫、江西等处行中书省参知政事护军，追封豫章郡公。妣黄氏，追封豫章郡夫人。皆以公贵推恩。初娶李氏。继程氏，荆湖北道宣慰同知岩卿之女，先公卒。并追封豫章郡夫人。子男二：长汯，国学上舍生，克世父业，李氏出也。幼广阳，生始四岁。女一人，适秀才杨湘。孙男一，敬祖。孙女一。公为子弟，未常有纤芥贻其亲忧。昆弟有无相通，始终无间言。少自处立身，洎有禄入，服食稍逾于前，辄愀然思其亲曰：吾亲未尝享此。故平生清苦俭素，老而不渝。在京师三纪，官至五品，出入未始乘马。为授经郎，诸贵游子弟见其徒步，每早作宫门辨色，辄先诸侍臣至，谋为之贳马。公闻之，自置一骑，寻复鬻之，以示非所欲。

初游湖南，见前宣慰文惠公赵淇。赵素号知人，谓公曰：君他日翰苑名流。宪使涿郡卢公挚见辄称许，其归朝竟以翰属荐之。牍今在掌故。至京师，受知太保李文忠公孟、枢密王文定公约、承旨赵文敏公孟頫、学士元文敏公明善。先是，东南士聚辇下，如四明公桷、巴西公文原、雍郡公集，有盛名于公卿间。既而贡集贤奎，周待制应极荐之，皆驰骋清途。公与清江范梈德机、杨载仲宏继至，翰墨往复，更为倡酬。公文章在诸贤中正大简洁，体制严整。作诗长于古乐府、选体、律诗、长句，伟然有盛唐风。楷法精健娴雅，行书尤工。国家典册及功臣家传赐碑，遇其当笔，往往传诵于人。四方释老氏碑版购其文若字，袤及殊域。门人集其所著，已板行于世。在国史时，李文忠公见所修功臣列传，抚卷叹曰：他人誊史牍耳，若此方谓之传。在奎章时，上览所撰《秋官宪典》，惊曰：兹非唐律乎？又览所进《太平政要》四十九章，喜而呼其字以示台臣曰：此朕授经郎揭曼硕所进，卿等试观之。其本常置御榻侧。为经筵官，上听其讲篇，深嘉其忠悬，故其际遇累朝，皆非疏远儒臣所敢望者。延祐末，朝廷倏罢群臣赠典，公之父独得赐号贞文，又赐之碑。天历、至顺中，大臣有荐文士，人主必问之曰：其才比揭曼硕如何？累称其才可用，欲器使以政。今上初即位，一日使卫士召公，至则以内府所赐诸王缎表里赐之。将赐，躬自辨识，然后以授。讲经退，又赐金织纹缎。至正改选格，诸超升不越二等，公由中顺大夫进中奉大夫，独不为例，超授四等，转九阶。神御殿碑特赐（褚）〔楮〕币中统万缗，白金五十两，中宫亦赐白金如其数。又为之赐贞文书院额，仍许置学官。若此异数，公受之踧踖，不见幾微自炫之色，而许国之志益自奋励。故处散地，论政荐士，以古人自期。

王文定公尝言：与揭公谈治道，大起人意。对大臣言，其辞不及他，第言某处灾伤未振恤，某政弊未除，某人贤在下位未擢用。自瀔南召还，丞相与候见便殿，因问：方今治政何先？公曰：养人。养人何先？公曰：人才。当誉望未隆之时，养之在朝廷，使周知庶务，一旦用之，自识治体。及置史局，又问：修史之道何先？曰：收书用人。又问：用人何先？曰：用人先论心术。心术者，修史之本也。心术不正，其他虽长，不可用。公求去之意未释，上使丞相及诸执政面谕留公。公曰：使傒斯有一得之献而诸公能用其言，天下遂获其利，虽老死于此不恨。不然，何益之有？他日集议东内，公倡言钞法大弊，合用新旧铜钱，权以救之。政府不乐，议论辨驳，示以颜色。公辨不少变，丞相心深敬之，故人才因公言知名，善政因公言张本。公出不以告人，人亦鲜知之。惟丰城地不产金而金课益倍，为害历年，公上言罢之。集贤考校诸路学官所业，下胄监，移博士，吏文淹滞儒者。公请改其制，以事付本院属官，竟得奏允。御史言下第举人以充学正山长，乡举放次榜以充教谕学录。庙堂以咨公，公力赞成之。此世所知者。

考乡试、会试一，廷试为读卷官二，国子监公试七，多名士。后居要路，所教勋旧子孙，后多为重臣。公待之汩然，不矜诩以为声援。于程公礼若宾客，人弗知其为肺腑亲。性耿介易直，好善恶恶，表里如一。闻郡县有一廉吏，他日临文必旁引曲谕以极其称道。或恐其过听失实，公曰：如是犹不足以劝善，况敢亿不信乎？至闻吏有贪墨病民，论之曾不少恕。尝有郡侯以势讽其部民奉金为寿，求公文记其德政，公颇知其人，斥之曰：汝郡侯所行如何，吾敢有以饰辞为谀乎？其人未几以赂败。朝中名臣意趣或不与之合，终身不一造其门，虽尝以是为轧，公曰：吾之进退用舍一听诸天，人何能为！世路龃龉，或不平，心有所感，形诸诗文。旁观谓其太甚，公曰：言当如是，不必虑也。其遇善类及新进诸生，乃复恂恂汲引。

暮年求文者多，寝食为废，子弟数以为言，公殊无厌苦意。有客为人求文而私其金，公既予文，他客发其事，公曰：已受之矣。终无所言，闻者称其长厚。臧获有过，徐以理责之。人问之，曰：长上遇下稍见卞急，后生便习暴戾，当以身教。禀性坚壮，动作简便，群下易事，公集必早，官事尤勤。进《辽史》后，有旨奖谕史官，早成金、宋二史。公奉命黾勉，朝夕匪懈。先代故事臧否，奋笔书之，身任劳勚，不以委人，屡言：今人徒知求作史法，不知求作史意。古人善言，虽微必详，恶事虽隐必书，其意主于劝戒耳。当暑湿盛作，移居馆中，颇自恃其精力，疏于摄生，遂致疾不起。

昔玄与公共修宪典，公素习律仪，又勤于玄，其书大半成于公。今又共史事，公之勤不减昔时，乃遽失援。公未病前数日，谓玄曰：某平生爱公文，恨无因获一言，早晚史事成，求公作贞文书院记，记成而刻，吾志毕矣。玄敬诺之。悲夫斯言！讵意未记书院而先铭公之墓乎？

泫卜葬某乡某原，期以某年月日，预为之铭，铭曰：

古称良史造物忌，予夺是非擅万事。嗟公直笔廉不刿，奖善惩恶义之比，恶书不贷善书亟，寒暑昼夜劓形思。公起南服抱腹笥，布衣徒步品第二。尚方召见呼以字，致君惓惓效献替。讲经作史出一意，陈规进戒为己事。惜哉负挟勤少试，徒抒精忠载言议，感慨论列时出涕，唐之甫也汉之谊。以文发身卒以毙，丰城故墟干将瘗。夜占斗牛有文气，将征遗篇录后裔。

邓氏显鹤曰：案浏刻原本致多讹脱，此篇尤甚。元统初脱"初"字，未始乘马脱"未"字，以示非所欲脱"以"字，已属不成文法。公为子弟"为"误"之"，为之贯马"贯"误"贳"，此犹点画之讹也。至贡集贤奎谓师泰之父文靖公，周待制应极谓周伯琦之父待制公也，文于贡集贤奎下，周待制应极上，添一"章"字。四明公桷谓清容居士袁伯长也，其称四明，冠以地，与巴西公文原文法同，文乃作四朝公桶，虽坊刻恶劣，亦不应讹谬如此之甚也。

元故承务郎建德路淳安县尹刘公墓志铭 欧阳玄

至元二年冬十月十五日，眉阳刘公卒于衡山之私舍。三年春正月，同年友浏阳欧阳玄闻讣，哭诸寝门之外。三月，其门人衡州路推官何克明，以书及所撰公行状，致其孙圭之请来谒其藏铭。

何君之言曰：衡山为邑，自武夷胡氏、广汉张氏寓居是邦，学者宗之，凛然一趋于正。后世百余年，眉阳刘公父子实来，使告邑人子弟私淑胡、张二先生之训，久而弥章，则其薰陶启迪之助居多。今不幸即世，母老孙幼，至以身后属其一二门人。门人愿以不朽托公之同年，惟先生义而铭之，庶几公犹未死也。玄读之欷歔。夫同年以科目为弟昆，师友以道义视父子。师友废，道义不明。同年乖，科目不振。人情死生之际，天理存亡之机，其所系也大矣。吾于刘不铭，忍铭之乎？

公讳彭寿，字寿翁。家谱载其先本汉中山靖王裔，隋时有讳建者，仕为大将军。汉王谅使略地燕赵，将不直其所为，弃官入蜀，家于随。十一世祖贞，仕蜀署眉州司马。蜀亡，宋召入复官之，卒赠银青光禄大夫。五世祖贞卿，字纯老，为广汉军司法。至曾大父演，字谦叔，号中山，由丹陵迁眉之金流镇，是为金溪，中开禧丁卯潼川转运司解。有文集，号《鸡肋》，传于蜀。大父蕃卿，字子才，号默斋，登淳祐丁未第，尉绍熙之灵应，改教授卭州，摄州倅。壬子，蜀被兵。出蜀之荆南，卒焉。考渊，字学海，三领乡解，尝以《春秋》冠全蜀。内附初，避地岭南之桂，寻之象，还寓衡阳，署号象环。卓行笃学，为士楷模，事母至孝，耆年修子职尤谨。用荐为永州路学正。既没，门人私谥曰永政先生。

公幼颖悟，侍父瘴海，不废家学。弱冠负才俊辟衡山县教谕，重闱康强，公以薄奉迎养，菽水怡然。父子授徒，从学云委。久之，乐衡山士习之美，遂留居焉。再调武冈路儒学正，秩满，待教授选。会科举行，延祐甲寅初科以《春秋》贡湖广，乙卯登第，赐同进士出身，授将仕郎、桂阳路平阳县丞，转岳州路行用库使，升承务郎、建德路淳安县尹。受代还，逾年卒，年六十有四。先妣彭氏，公名存外氏，以志孝也。迎养继母于浙西，年八十余，公卒，深哭之。公娶白氏，用公贵，皆当有封赠。循资请于朝，命未下，公殁。子一人，侣。女一人，适茹蕃。侣举湖广乡贡进士，遇恩调衡州路儒学正，应选教授，先公一年卒。公以继世之重，为之衰绖，及期竟以忧感婴疾。疾革，门人江云端、刘延俊辈咸在，将属纩，语延俊曰：生顺死安，无遗恨也。第老母不得终养，孙圭幼未之学，子教之而才，吾受子赐。言讫乃瞑。圭以某年月日奉柩葬于某山之原。

公为蜀名家，世明《春秋》之学。自曾祖演至子侣五世，一经相传，科第接武，家多著述。象环先生有《读易记》《易学须知》《春秋例议》《春秋续传记》《左氏记事本末》《周正》《释经》《古今要略》等书，公所校雠增附不少。其自为书有《四书提要》《春秋择存》《春秋正经句释》《易经说》，未脱稿。生平所著文集，门人方汇编之。初科举未行，公教学者必以五经、四书为本，为文必先理趣而后词章。及科诏颁，悉如公所为教，故高第冢嗣以取科名，校文乡闱，门生多擢高甲。在衡山时，部使者涿郡卢公挚、广平赵公厉皆时名公，一见辄遇以老成。在岳阳，行中书省平章魏高公昉，拔自管库馆之幕下，屡以行省提举荐，不报。迨其为政，勤于治民，而疏于奉上，故当时惟贤者知公。玄与中丞浚仪马公伯常、侍御济南张公起岩、参知政事相台许公有壬同朝，暇日论及同年士五十有六人，二十余年聚散不常，升沉不齐，其间存亡疑信，几不忍诘。至于刘公，则往往相视，有荀慈明愧陈太丘之色。适翰林编修和达来自淳安，能言公幅巾深衣，每月初吉升坐讲书，淳安士庶听讲无倦，致邑中风俗丕变。玄明日白诸公曰：方今宇内州县大夫，皆有师帅之责于其民。其能服先王之服，诵先王之言，卓然以承流宣化为己任者，尝屡见其人乎？诸公方怀论荐，公遽不起。噫，命也夫！公葬象环先生衡山先茔之原，名其阡曰岷衡，因号我山。铭曰：

谁谓岷远？百川其支。谁谓衡高？景行斯齐。谁谓公死？遗书在兹。遗书在兹，使我悲之。铭者是用，不费于辞。

元故将仕郎临江路录事罗君墓志铭　欧阳玄

延祐二年，仁庙初以科目取天下士，左右榜得五十六人。时朝廷骤黜旧例，一以经学行义取人，所得士非故业举子以应时需者。十五六年间，司风纪，掌纶綍，内综机务，外使绝域，才不乏使。其间居位勇退，能以风义先天下，则惟罗君求师一人。

求师讳曾，家庐陵新安里，登第授将仕郎、宁都州判官，再调临江录事，以初授官终焉。其退非有扞格不偶，亦非以材具不适时，而所慕有大于此者，惕乎若不能以斯须留。故同年之士，闻君之风，反自修省，失所负挟，怡然欲争君之高而莫之能也。君至宁都，蔡寇甫平，凋瘵未复，奋以身任抚摩，芟其强梁，薙去宿蠹，久乃安堵。临江素号繁剧，吏从疑儒者劣于剸裁。君夙夜勤恪，事无留难，期年纲纪修举。一日，闻亲有疾，遂弃官去，自是不复出仕以死。惜哉！

罗氏吉望族。曾祖士友，宋承务郎致仕。士友母年满百，故相文文山，与其子弟有斯文昆弟之好，奉币载酒，升堂拜母，题诗厅壁，乡里荣之。曾祖母萧氏，恩封孺人。祖垕。父寅。君孝出至性，亲病，自临江归，拜医尝药，衣不解带。亲终，毁瘠异常，禫除余年，哀不忘。尝庐母刘氏墓，蔬食，数岁不变。事继母习氏尤孝，其死，习恸之切。至其平居，终日忻忻，喜愠不色。莅政廉约，遇物谦冲。自束发与人交不见幾微褊心。登第，偕同年萧君立夫舟还，萧仆死，给以己从。萧病临清一月，君一月留，燥湿共之。未几，萧即世，教其孤遗，长妻以女。其所为不愧古人，类如是。

泰定四年丁卯十有二月二十二日，以疾卒于家，享年四十有五，以次年某月某日葬于庐陵之清湖。娶文氏。子男一人，会之。克世其学，造物之报，庶几在兹。女四人，长适萧霁，即立夫子，今江西乡贡进士，状其行来求铭。乌乎！余于君为同年，又同生昭阳协洽之岁，霁来始闻君之讣，乃哭诸寝门之外，为之铭曰：

雅之乌乌，不止于薮，而集于枯。车之轇轕，不驰于坦，而陟于阪。乌乎罗君！士之以为难兮，君固即所安兮，而卒老于一官兮。

曾秀才墓志铭

欧阳玄

秀才曾氏子一汉，既没于江南，其兄德元在京师闻而哭之恸，知其葬有时，奉行状乞铭于欧阳玄，拜且泣曰：人之生苟有德慧，孰不愿有辞于永世也，弟一汉实曾氏才子弟，今不幸短命，父兄不能续以长，愿得先生一言以传，庶几犹未死也。玄闻其言恻然，乃叙而铭之。

曾氏永丰显亲里大家。一汉字明善，本曾似翁第三子，大父悼其兄之似俞早夭无后以继之。大德十年丙午五月庚午朏生，天历二年庚午五月癸丑朏死。是月戊午改至顺，以是年某月某日葬于某里之原。

一汉五岁读书，数千百言过目成诵。少长无童心。十二三能文章，十五六颀然长以弁。不尚浮靡，不事货殖，笃志道德性命之书，能服行其言。事父兄善，交朋友信，遇宗族之长老恭。未及壮，有学行词章，凛凛趋老成人。初师里士刘福远习举子业精熟，寻执贽临川吴先生门，授诸经说，大称颖悟。年二十有五，病痰喘以死。方疾未甚，四月十日，有厉风从西北来，拔并舍大木。似翁蓍得未济之巽，心疑之。不逾月，一汉乃不起。妻刘氏。子男一人，万奴，才四月而孤。行述似翁所自作，其文不胜哀，有甚于德元言者。乌乎！为父兄鲜有不爱其子弟者，论才不才，恩义有不相掩者。一汉死，父兄若失希世重宝，不能自存。乌乎，一汉真佳子弟矣乎！铭曰：

麟之不角，麕不如獖。鹍之不翰，彀不如鰕。夺其所有，无予之为愈。堕其垂成，无举之为宁。坎而深，树之槮，无重伤其父兄之心。

文渊阁大学士朝列大夫国子监祭酒宋先生讷墓志铭

刘三吾

国子祭酒宋先生卒，既往哭吊，居数日，博士吴守德持寺正朱惟嘉所状先生行实来，曰：先生嗣子麟疚在苫次，不得跣以请，兹将归窆滑之水宁阡，惟翰林兄长吾于先生为同舍，故恳铭焉。尚忆走始来，会先生于春坊，先生曰：得毋与刘长吾为昆弟邪，不然何其面貌之似也？相与感叹久之。乌乎！先兄以后至元丙子入监，周旋十有五年，中间才两归江南尔。在监舍法以同时为昆弟，以昆弟相知为世契，则走于先生忍铭忍不铭？

按状：先生姓宋氏，讳讷，字仲敏，世本卫之山阳人，后徙滑，家焉。两世繇贻恩赠嘉议大夫、礼部尚书，上轻骑都尉，封京兆郡侯，讳德仁。其曾祖赠中奉大夫，河南、江北等处行中书省参知政事、护军，追封京兆郡公，讳宣。其祖官中奉大夫、陕西诸道行御史台侍御史，赠推诚秉义守正功臣、通奉大夫、江浙等处行中书省参知政事、护军，追封魏国公，谥忠肃，讳崇禄。其父忠肃，在元时扬历中外四十余年，五持宪节，逮事七朝，丰功盛德，所以焘后衍庆，神道碑纪之悉矣。

先生濡染家教，动以矩矱，雅性持重，不妄言笑。齿贵胄馆以来，所师宗于硕儒，月开日益，卓然有成，擢科登仕，为时闻人。中经绎骚，乃被褐怀宝，以自韬晦。皇明受祚，征诣公车，召见次有言动听，洪武之十三年也。是冬，除国子监助教。横经发难，击蔀廓塞，学者如客得归。尝同诸儒应制撰敕文，畀僧道录司领教事者一十六通。操笔立成，称上意，超授翰林学士、奉议大夫，俄升文渊阁大学士，日见亲信，有所补拾。会建大学成，中外学徒日夥，而职大司成者往往逡惬，师生相讦，教尼不行。宸衷简注，擢为祭酒，阶朝列大夫，以厘正前弊。上自制诰词，至以尚父兴周八百拟之，感惟眷遇，所以提挈铲磢，不遗余力。师道既立，皇心载宁。乙丑戊辰，两科得士，大率三天下之二，而龙头魁选恒在太学，大被赏遇。一日有疾，上遣中使致谕，其略曰：卿禀天命之性，发仲尼之诚，施己之幽德，修道教人，所以病。不病而速老，以其有神也。尝谓祭酒骨格必寿，天章下贲，光耀儒绅。适有画工至，命绘其像肖焉，喜溢天表，然终老之。以其子麟主望江簿，特敕召之还，俾便侍养，其被遇优渥类如此。

方倚之以栋梁我道，楷式诸生也，不谓得疾。旬日，遽不可起。病也，尚医来治。卒也，遣官致祭。其文悉上所自制。故事，文臣四品无给丧费者，旷典之举，昉自先生。斯皆异数也。居尝寝食，恒在厢房，未始一宿于家。及是病革，麟等托诸监官恳请其还，厉声曰：是何风云气少，儿女情多，况在丁社两祭斋戒中邪？至是祭毕，乃就舁归。一不口及家事，及家气绝焉，二月之二日昏暮时也。乌乎！先生以八秩之年，当易箦之际，而风云为气不少衰，丁社两祭始终斋戒，非其平日操存有素，讵能方寸不乱若此哉？可谓真大丈夫尔。

其生平所裒集先世碑铭传记曰《纪德录》一集，所自著述曰《西隐集》又十七卷。既号西隐，复别号所居别业曰白云茅屋。自法书名画外，他无所嗜好。中朝名巨诗若文，读一二过，辄能记忆，不减少时。今皆已矣。

生以元至大辛亥十一月四日，卒以今洪武二十三年春，寿八十。配康氏，先卒。子三人：长衍祖，即麟，擢进士第，拜监察御史，出主望江簿。次复祖，乡邑训导。次安祖。女一人，在室。孙男三：恕、慧、宪。孙女四：所适其人郭谨，次陈维新，次李均，一在室。曾孙女二，皆幼。临柩时，上再遣祭，舟车之费一出乎官，可谓生荣死哀也已。铭曰：

铜台世家忠肃公，挺生贤嗣际时雍。身逢尧舜接夔龙，代言文渊掌辟廱。感惟皇上倚注隆，率先条约自其躬。风云气概冰霜容，教行六馆诸生从。金石文章锦绣胸，蔚为海内诸儒宗。誉髦多士振文风，栋梁我道繄谁功？夫何一疾遽告终，至尊为之恻渊衷。命医与祭恩礼丰，载给丧费极优崇。年登八秩寿始穷，归窆祖茔得幽宫。铭阡者谁青藜翁，子孙世世其吉逢。

户部度支员外郎许公克谦墓志铭

刘三吾

自予官琼署以来，所居品官舍，区分前后左右，六部官曹错处其间，家之语声相闻也，哄衢之冠盖相遭也，而未始有一日造诣之雅。何者？所职剧易不同，公退早晏亦异故也。户曹员外郎姑苏许公克谦，密迩予舍。始亦两不相造，缘其仲子珪、仲颙，善吾孙子肇兴，因介以见，与语辄悬解，佳子弟也，子弟之贤，父兄之贤可知已，至是二老始相过从。时或见招，击鲜酾酒，肴豆丰整，山襟海度，见诸觞咏，两相莫逆，恨缔交之晚。予日所直文渊阁正邻户曹，赏赐次，讶连日不见度支公，其同事者谓病疽疮，在告已数日矣。退朝亟往候之，将语以予素见楚是疮恒所见效诸方，必万有一得焉者。及门，阍人辞焉，兴尽以返。居无何，珪使人来假家礼，谓夜来公以疮溃死矣。七夕之夕也，痛哉！遄往视其所用家礼如法与否，珪被发柴毁，盛暑熇烝，于复袭褉敛周身之具，举出仓遽，柩实难停，乃即南门冈之焦婆井，从浮图法燔化之，函其骨以归。及是伯子庄仲器亦来，兄弟斩焉衰绖，托其里友主仓部事。王公让状公行实来乞铭于予。予于公父子可谓知生知死者，忍铭忍不铭？

按状：许之得姓，肇自大叔封于周，遂以国氏云礽来吴家焉。屡罹兵燹，家牒逸坠，弗可世次以详。祖榕，字伯固。父天祐，字吉卿。皆晦德不仕。子姓日大以蕃，吉卿始析居郡城望齐门北之陆墓塘，即唐陆宣公墓道所在。是生度支公，讳原让，克谦其字。幼警敏，既长，仪观颀伟。读书务通大义，志在适用。凡奇两之法，南北音律之学，靡不研究。与友皆贤士大夫，来过辄瀹茗论文，散朗襟抱，或命觞款留，絷马镭门，不尽欢不已。当元季，草昧张氏据姑苏，士于斯时，孰不苟求活命，澳涊其间？公独韬晦村野，颇置田产，力农以自给。其隙则开馆延师，教子读书。取古人所谓栖闲者名其轩，誓将终身焉。内附，初选长万石税，劝课区内，有无与通，奔人之急，甚己之急，用是人益向附，岁无逋租。性乐施予，佛、老二氏恳其为宇，为像，为桥、道，捐资弗吝，务底于成。所蓄古书名画，遇有求者，慨然予之，无难色。乃洪武二十一年秋，朝廷选户家补京官，公膺前职，例不受禄。续降德音，愿受者听，公曰：忆在兵革时人，妻孥田庐，朝已业而暮他姓者，比比是也。今天下一统，人得各有其舍，安居乐业，皇上之赐也，敢言受俸哉！时论甚高之。方期向用而遽捐馆矣，惜哉！

媲同郡赵氏，读书识字，喜诵佛经，相度支公尽妇道，内外雍睦。二子：庄仍长万石，珪综理家政。皆尚儒雅，干父用誉，为堂奉亲，额以寿采，岁时奉觞上寿，乡邦侈以诗若文，门楣风范，是家在邑中甲乙也。一女净安，适郡士张仁。庄娶白氏，生子镠，女素英、素琼。珪娶周氏，生子洪，皆余庆所及。公生元泰定丙寅十月九日，卒以今季秋，寿六十有四。其月乙未，葬郡长洲县武邱乡平虚之原，遵遗命也。概公生平大节，在张以不仕为高，在圣朝而仕，以户不受禄为高，有是两高而又获令终，宜铭也。铭曰：

奕世余庆，啬而未通。济德流祉，实在于公。昔甘恬退，耻事张氏。今睹皇明，始乐而仕。一官度支，冰蘖自持。天胡不憖，中道而殒？二郎之贤，方寸所积。仁者有后，报施靡忒。武邱之原，水绕山环。佳城郁郁，公此盘桓。惇史勒铭，考言尔后。尔后克昌，我铭孔寿。

田俊诚墓志铭

夏原吉

宣德元年正月初四日，户部江西清吏司员外郎田铭字日新，奉诰命赠其父处士俊诚为奉训大夫、户部江西清吏司员外郎，以予同郡教，请铭，归田刻诸石，用昭示永久。

公讳俊诚，曾祖讳潮，祖讳德远。世居醴邑之钊陵，俱读书明理，以善承家，潜德弗仕，乡称隐君子。公酷好儒雅，乐与贤士大夫游。当元季兵燹，桑海变迁，士庶流离，左支右吾，明哲保身，携家筑室于良头，开复田庐，延师儒，兴诗礼，竭忠守分，轻财重义。有司知其然，推选为耆英，理乡邑庶务。乃禀刚正之操，贫者怜之，弱者植之，豪横顿挫之，良善奖劝之。人虽威势而无所畏人，虽柔懦亦无所欺。由是乡闾敬惮之，公府器重之，上下官贵民庶咸曰贤而能也。未几，仍复第宅于钊陵，尝庭训曰：我远承先人之遗业，幸际天朝一统，乐育太和，汝曹得生昭代，当勤事诗书，尽力南亩，为工为商，各勤所事可也。若轻浮浅露，忘本逐末，甚至触罹邦宪，吾之所深恨焉。

居无几，次嗣日新，才应时需，出主怀集簿，道经故里，峨冠大带，拜双亲于堂上，所谓锦衣归宁，乐莫大焉。将别时，公从而谕之曰：古人云，事君如事亲，事官长如事兄，爱百姓如爱妻子，处官事如家事。又曰：令是邑之长，簿所以佐令，吾子能以事兄之道事之，同寅协恭，佐兴政务，吾之所深望也。日新一闻其诲，拳拳服膺。

讵意公以疾终于正寝，享年七十有三。永乐十六年戊戌冬十有二月初三日，葬于塔山磨形壬山丙向。子四人，孙八人，曾孙一人。乌乎！君子仁义道德积累之深，莫遂显庸于身者，必垂裕后昆焉。顾田氏由上世曾祖而祖积之也厚，而日新又恪遵父言，居官职举，膺求贤，荐寿秩，历阶而迁，得居六卿郎署之列，超迈等夷，恩休光于重泉，夫岂偶然哉？是宜铭之。铭曰：

水源木本，积累弥深。光前垂裔，由古迄今。一德相传，愈久益盛。惟其休美，永膺善庆。

赠宜人周氏改葬志

夏瑄

亡妻周氏，字慧贞，其先自杨徙燕。厥考讳敬，以功战多奇，拜指挥佥事。宣德间，命镇辽之金海盖州，以勇驰边，卒于其镇。宜人其冢女也，幼偕其母夫人臧氏留京。夫人有贤行而善教，宜人亦婉顺克从，年甫十七而归于吾。先考忠靖公，已捐馆者五年矣，惟先妣太夫人尚无恙。宜人以不获逮事于舅为恨，每遇烝尝忌辰，必躬洁簠簋而极其诚敬。侍太夫人朝夕不敢以寒暑而少怠，甘旨务丰，而处己恒持于约。太夫人以是尤爱之，常曰：是妇也，志与吾合。吾老矣，不负夫所托，复何憾哉？余少也多过，宜人恒规以正，从焉则喜，否焉则戚。余幸而免于颠，亦赖其相焉耳。生二子，曰长孙、曰延寿，俱早夭。夫人伤之，遂捐疾，终于邑之澄清坊里第。生永乐戊戌三月十六日，卒正统四年冬十一月十三日，享年二十有二。权厝于门外八里之庄，盖以余宦于南北者未定也。余后以养疾得请于朝，仕于南都者久之，以恩命始赠其室宜人。余尝歉然于心而不忘者，以域兆之期尚未卜也。

成化十二年，余以事朝京师，值墓主守者俱物故，庐田入他人之区，马鬣之封已平，访之于邻妪而后得焉，哀惨切骨，泣曰：余负之，余负之！何以立天地间，更号丈夫为？乌乎！宜人之殁距今三十有八年，古今之变迁也如此，使后更数十年，将复何如邪？或曰：死者得藏于土安矣，而子恸之毋乃劳乎？余曰：朋友死无所归于我殡，矧夫妇焉？苟于是而薄之，则他可知矣。余忝有禄食之享，而忍乎其妻之骸之枯以自若，可乎？此予所以决于意而不卜其吉与否也。七月一日告以文而启之曰：

乌乎！糟糠之故，结发之盟。每愧予怀，何以为情？自伊云殁，岁月徂征。主守陵替，孤魂茕茕。柩返于湘，以袝先茔。体得以蔽，永保攸宁。庶几始终，以见平生。

告已，书于石而铭之，辞曰：生而同床，死而同藏。乌乎兹言，吾何敢忘！

普安州知州袁君墓志铭

刘显

公讳宁，字邦固，姓袁氏。世居新化之永宁乡侯田，自曾祖志伟徙居太阳乡之桃林岩下家焉，子姓繁衍，散居非一，今称为桃林袁氏。祖克政，父必富，叔必淮，皆隐于农。母周氏。兄弟四人，君居次。自幼生质醇笃，禀性聪明，不妄言动，父母乡党咸奇之。甫十岁，遣为邑庠生。天性嗜学，勤励不怠，及长，亲师取友，日就月将，大有所进。凡讲明道理，发挥文艺，超出伦常，先生长者尤器重之。同门之士无少长，皆心服其贤，且就学焉，日相亲炙，问难解惑，众为文字，咸就斤正，事以师礼，由是名闻于外。提督按临考试，屡居优等，多所奖励。先累举不第，后领正统丁卯乡荐。会试不偶，力业大学，援例历事。天顺七年，选吏部考，居前列，遂授贵州普安知州。

普安贵州极边，民皆蛮夷，地皆营柴，土酋往往横强，专擅杀戮，叛服不常。前州正及僚佐屡抚弗顺，或面从心违。公至持廉秉公，端己守正，不贪其小利，不扰其营窟，待之以诚，示之以信，宽恤抚安之意恒寓于政事之中，故自土酋营长以下，悉心服之，仰赖如父母。或夷民构祸，地方弗靖，公亲至彼，谕以恩威利害，悉皆帖然信服，无敢异词。上官喜其抚治有方，深得夷心，一应巨细，悉以委焉，可谓能举其职矣。历任六年，绝无过举，方拟满考，奏升其官，而公乃厌边方多故，仕途扰扰，恳求谢事，至再至三。当道遂从其愿，准令致仕归休，可谓知幾知止、安身保命者矣。

既遂归来，如释重负，去职任之劳，享田园之乐。日惟诵诗书，教子弟，睦宗族，化乡人。宾至相与谈笑赋诗，或游观山水，或倾倒壶觞，其乐何可云喻！缺九字。晚景康和，益隆福祉，优游逸豫，余十四载。乃成化壬寅四月十五日戌时偶疾，卒于正寝，距其生永乐壬辰年十二月十九日巳时，享年七十。

配尹氏，先世。继室李氏、郭氏。子男皆幼殇，以房弟之子允超为后。女五人：长相真，适邹璿。次善才，适张本源，尹所出。又次普州，次贵州，次归乡，居在室，李所出。郭无出。

卜以死年十二月八日将窆于团山之阳，首亥壬趾己丙，其婿璿奉公治命，持公遗言，不远百里之外谒余，请铭其墓。余与公为同门益友，相处尤善，相知尤深，义不容辞。

噫！观公临终之言曰：生吾顺事，没吾宁也。生有不顺，死有余恨。何足为人？吾之于此，其深愧哉！然欲顺斯事而去斯愧，奈学浅才疏，终莫能去其愧耳。璿可谨述吾言以干巨笔大书，以贲幽光，实为幸也。乌乎！公以笃厚之资，负典实之学。缺十二。善终如始，举无亏缺。独以嗣续乏人，知公者不能不为公惜。然则公贵寿康之余以天年终，夫何憾焉？为之铭曰：

维公之生，性淳质美。忠厚存心，不浮不缺五。问学独优。缺八。谒选天官，考居一等。大夫之职，民牧之领。下车上任，持廉秉公。夷酋畏服，夷众向风。在任数年，绝无过累。居安虑危，急流勇退。挂冠拂袖，归老林泉。优游自适，缺四。有山可樵，有水可渔。忘机鸥鸟，此乐何如？浩首苍颜，以安以豫。缺六。长，去有生死，实理之常。死而无玷，吾道有光。桃林之原，团山之麓。郁郁佳城，千载不没。

明故赠通议大夫都察院右副都御史熊公合葬墓志铭

李东阳

都察院右副都御史道州熊君绣，以考绩恩貤赠其考默庵公，封母龙氏为太淑人。太淑人方就养延绥，未几卒，绣扶丧东下，留真定，而躬请命于朝，将归而合葬。谓予系出湖南，有宿契获闻家教，来请铭。乃叙公行实，附以太淑人事并铭之。

按：熊氏本丰城望族。国朝初，公祖景贤籍戎衡州，洪武末乃徙道。公考讳世名往代父，归而置产居之，实生公，瑄其讳也。公敏而慎，嗜书史，能吟咏，出游楚粤间，为奉养计，家用日饶。既失父，有庶弟三人，皆为娶妇。二子俾经治生业，绣习举子。后以经游岭南，至南宁道卒。时维景泰甲戌某月某日，公之年仅四十而已。

太淑人同郡处士讳寿之女，朴质不华，归于公，宾礼交至，事其舅及姑余淑人，曲致孝敬。有从祖姑刘氏，年九十，依其舅以居，与公事之，食饮服饰皆与姑等，下逮娣姒群从皆有恩。公出游，念母老不敢以薪米为累，则悉付太淑人，太淑人一意综制，为公助刘氏之丧。公尚未返，请于姑，务厚葬之。闻公丧，哀毁几绝，遣人迎葬。葬其姑，如公之葬其父然。训二子，慈而有则，绣举进士，授行人，擢监察御史，出知清丰县，进知凤翔府，历迁山东布政使，以今官镇延绥，所至无远近夷险，皆就迎养。太淑人训益严，岁禄外无厚享，每心安之，曰：儿守官三十年如一日，吾所亲见，他日有以白尔父于地下。在延绥，思其伯子经不置，绣以书趣使至，距属纩仅再阅月耳。时则弘治戊午正月某日，太淑人之寿八十有五矣。

公之丧，经哭扶归。太淑人治命，又与绣同受，与家庭无异。君子谓公夫妇曰：死得其正。公旧葬宜杨乡，今卜用是岁某月某日合葬于蒋君乡。君子谓经兄弟曰：终得其礼。公孙三人，曾孙一。铭曰：

夫终岭南妇塞北，身居道途子在侧。湖南归葬四祀隔，方殊岁异同此宅。天实为之岂人力？刻铭考行视此石，墓不可毁石可泐。

定国公墓志铭

李东阳

公姓徐氏，讳永宁，字克安，世为凤阳人。高祖达，从太高祖皇帝为开国元勋，封魏国公，追封中山王，谥武宁，世嗣公爵。

曾祖增寿，左军都督府左都督。太宗文皇帝靖内难，以死事功追封定国公，谥忠愍。曾祖姑实为仁孝文皇后，次代王、安王二妃。家极贵盛。祖景昌始封定国公，赐号推诚奉事武臣，阶荣禄大夫，勋右柱国，给诰券，考显忠嗣，一门两公，盖本朝所仅见也。

公性敏，喜读经史，通书法。早失怙，能隆师亲友。袭爵时，年甫十有三，仪观秀伟，景皇帝爱之。尝奉使秦、伊二府，殊见礼重。历事英宗睿皇帝暨宪宗纯皇帝，将向用，忽遘风疾，不克奉朝请。久渐沉瞀，间出观户外，有贵近臣怙恃骄纵，道路侧目莫敢近，公奋击之，其人策马走，仅得脱。若是者往往而然，人疑公非病，其中殆介介有黑白，及问之辄失度。时操笔折简通亲旧，或作高昌西番字，盖其少所习者，人益不能测也。弘治甲子正月九日卒，距其生正统辛酉三月十日，寿六十有四。上辍视朝一日，遣官谕祭者再，敕有司给棺椁治葬事皆如制。三月九日，窆于都城西马鞍山祖墓之次。公侧室丁氏真定卫指挥使源之女，侍公病日夕不懈，比卒，沐浴易服，缢于公之寝室死焉。长孙光祚以闻，下礼部覆实，诏旌其门曰贞烈。其事最显，故附书之。铭曰：

古爵五等今惟三，公阶最贵复莫参。下有侯伯无子男，铁券合契金书镵。河山带砺国与咸，父死子嗣限制严。一门两公世所瞻，开国靖难勋名兼。公生早岁头角崭，蹶而弗振迍且淹。朝谒虽废禄尚儋，以病自逸非荒耽。盈亏谦益神所监，祖德下被君恩覃。公业有子箕裘堪，世代圭组随缨簪。公全归之意已厌，上祔祖考无遗惭。先迷后得数可占，穹碑赑屃当巉岩，我铭其幽永不芟。

明故工部尚书进阶荣禄大夫致仕赠太子太保曾公墓志铭

李东阳

公与予同出湖南，同籍京卫，入京学，同举进士第，前后四五十年，交最稔。去冬公访予，病弗果见，为之怅叹以去。今春予始入觐，而公已病，越数日遂不起。其子沄以治命乞铭，嗟乎！予竟不获与公面诀而遽铭邪？

公姓曾氏，讳鉴，字克明。举景泰丙子乡荐，其举进士以天顺甲申。试政刑部，通州民十余辈坐盗，狱且具，公辩其诬，人惑之，后果得真盗，乃大服。初命为主事，寻以父丧，服阕，改工部，督造供应器物，综理甚精。改吏部验封，迁稽勋员外郎，母丧，服阕，再入验封，进郎中，奏拟精核，人无訾议。成化丁未，擢通政司右通政，专领武官诰籍。弘治庚戌，迁太仆寺卿，马政修举。壬子，擢工部右侍郎，督易州山厂薪炭事，剸治经画，事集而人不扰。乙卯，召还转左侍郎，修仓庾，葺宫掖，充唐府册封使。庚申，拜尚书，修诸禁门、社稷坛及京城垣陴。凡涉公帑民力者，时执艺以谏。上尝召至便殿，趣造战车，公言派办不可，亟请以旧所积榆槐木为之。又尝问工匠缺乏，公历陈灾伤逃徙之故，皆见嘉纳。正德丙寅修卢沟桥堤，制内殿龙毯，特赐玉带。自余若白金、彩币等物，不可殚纪。前后所得敕诰，赠封其二代及妻者凡四命，荫其子二人。既病，亟具疏乞休，上念公勤慎，勉从所请，进阶荣禄大夫，令有司月给米三石，岁给舆隶四人，命下而公已卒矣。讣闻，上悼惜，赠太子太保，遣中官赐宝镪万贯为赙，遣礼部官赐祭者再，仍令有司治葬事如制云。

公温纯乐易，不事矫饰，虽风雨寒暑，不废朝谒，官事未毕，继之以夜。性敦孝友，兄弟同居，白首无闲言。族里穷急，力为赒施，而自奉简约，不为禄位所移易。部吏少俊者，教以举业，且为给膏火费，后举乡贡者二，举进士者一，皆德之终身。下至仆隶，亦感慕无饮怨者，是亦可谓难已。公生宣德甲寅六月二十三日，卒于正德丁卯闰正月八日，得寿七十四，以三月二十四日葬于都城南五基之原，其配陈夫人合焉。公初娶于陈，生子洪。侧室滕氏，生子沄，今为国子生。公遗事尚多，尚书李公时器有状，铭不能悉也。铭曰：

卿有六署，公居其三。幼学壮行，老且益谙。工曹最繁，公所终始。世历累朝，岁几四纪。夙兴夜寐，心矢靡他。日累月积，岁计实多。尽瘁而生，得正而毙。亦有余恩，为身后地。凡器之类，锐必先折。公戢其锋，有用无缺。凡物之生，早必先萎。公敛其华，有实之理。公不言功，皇则念之。公不责效，天则验之。孰传厥宗？家有介子。孰最厥名？国有太史。

儿子兆先墓志铭

李东阳

嗟乎天哉！予不德，不能迓续我祖父之遗庆，积罪稔戾，以贻祸于吾子之一身。荼毒之余，痛自寻省，求其端而不可得也。意早窃科第为显官，生长都邑，不识离别，安居饱食，寡积而厚享之故欤？其或起自贫贱，过膺廪禄，徒以肥其身，餍饫其家人，而戚党穷乏，傍观坐视，不能推以济之邪？抑自参钧轴以来，有身不能委，见贤而不能举，民穷人困而不能救，以负圣天子倚任之重，所谓能薄而受上赏者，宜乎其然也？不然则髫年而丧母，中道而失怙，三弟既夭，四男皆殇，是亦甚矣！而才如吾子，又俾其不寿以死，天道之仁覆而下闵者，苟有一德片善，亦将矜而赎之。矧吾祖父之纯孝阴德，比之国法，亦当十世以宥，而忍使其后嗣凋落至此极哉？

吾子兆先，年十八而应试，提学张御史西铭奇之，比入院，病跌而止。二十一复试不售，以荫为国子生。二十四三试，同试者传诵其文，期必得魁解，偶误写题字，卷不得录。今年二十七，试期且迫，忽病作，小愈，病再作，遂不起。然予以盛满，屡思引退，兆先能不予挠，当其志识所到，虽屣脱以从，亦无难者，乃使之两不遂以死，乌乎，尚忍言哉，尚忍言哉！

兆先幼习经义，辄能作老成语，既乃嗜古作，予见所撰述，心颇怪之。会检苏老泉集不得，久乃知为所窃，视字已漫矣。盖自是文思骤发，诸老先生见必骇异，曰：是故得外祖风格，后当有大名于世。外祖者，蒙泉岳翁也，其为歌诗，尤称自得于古人，朴雅简澹，言语所不及，独深领解，有手舞足蹈意，于是不假梯级，径趋高峻。予当其年，实未尝造诣至此也。顾牵絷举业，往往为予所禁不得肆。间有应答，或为人促迫，寸楮片札，多不存稿，故予亦不能尽见。惟归妹阙里，有东行稿成帙，既病，犹手书寄友二首。其没也，其友诵之。又相与辑其遗诗文，得二百余篇。夫苟知其止此，盍使之脱弃举业，尽力于古之文，纵其所之，亦足以一遂其志，而竟莫之遂以死也，可胜恨哉！

兆先生四月，丧其母岳宜人，鞠于继祖母麻太夫人。及长，暨其妇潘氏，曲致孝敬，事继母朱夫人，初无间言。抚二从弟延蕃，皆有恩遇。祖母刘太夫人、前母刘夫人之党暨诸姻戚，情礼周洽。朋辈聚处，每怀谦抑，未尝有挟。值有窘急，必有周恤，或先行而后告。没之日，朝士大夫及都邑邻里，无问识不识，咸为嗟悼，有泣下者，下逮胥隶亦恸哭不能置，嗟乎，儿何以得此于人哉？病少间，尝谓人曰：吾且殆，独念吾父之为人宁有是，吾亦未尝自绝于天，二者无所据，吾且不死。纩未属，以手拊髀，犹隐隐有英气，察其情，重伤吾意，故不忍言死。盖其平居婉娈承志者固如此，至此不辞耳。嗟乎天！其或者以吾祖若父之故，后事未可知，而死者不可作矣，恸哉！

兆先之冠，今宗伯体斋傅先生为宾，字之曰徵伯。其生以成化乙未六月二十一日，没以弘治辛酉闰七月二十五日，葬以某月某日。其圹在都城西小西门，祖资政府君墓侧。生女一，尚未晬。予方值秋丁，奉命代祀，以丧告朝廷，特遣中官赐赙白金五十两，所以慰谕者甚至，实异数也。乌乎！儿不显，乃获上廑天子之宠，以为身后荣。使其有知，亦可以少慰也夫。

予少子兆同之殇，兆先实趣予为铭，及其没之七日，梦儿以碧笺乌丝栏乞书小楷，曰：欲于雪下观之。乌乎！儿果不死，以为其弟者望我邪？予恸甚，不能执笔。其妇翁内翰南屏潘先生拉泪谓予曰：铭不作，儿目不瞑。予乃饮泣为铭，自书之，以寓予哀云。铭曰：

父子之恩，岂贤则亲？吾弗子之伤，而痛其人。乌乎天哉！吾不能庇汝之身，而慰汝以文。吾子其有闻乎？

湖南文征　卷四十四

墓志铭下明

诰封一品太夫人麻氏墓志铭

杨一清

太夫人姓麻氏，故赠特进光禄大夫、左柱国少师兼太子太师、吏部尚书、华盖殿大学士憩庵李公之继室，予友故西涯先生宾之之继母也。成化丙戌，予以童子荐上京师，入翰林肄业，以同乡谒先生海子之西涯。时先生初授官编修，请见，公辱奖与。公令见太夫人，太夫人饮食之。比官外制，先生为翰林侍讲，进侍讲学士，相与甚习称知己。用是吾母张太夫人获相还往，称通家焉。归常语吾妻胡夫人曰：入李之门，子妇礼而雍，视其家规矱斩斩，为主妇者不当若是邪？予既外补，越十有五年，入为奉常。时公及吾母张太夫人俱谢世。先生进秉钧轴，吾妻岁时往拜太夫人，归谓予曰：麻太夫人年几七十，聪明疆固如昔时，先生继配朱夫人事之恭恪，太夫人礼之亦甚厚，若未尝妇视之者。予喜知李氏之泽之长也。正德庚午，予起废西征，被征为吏部，先生已位极元揆。予每造必请拜太夫人，先生既得谢。岁癸酉，太夫人寿八十，倾朝士往称庆，各有述作，予实序之。丙子，先生捐馆，予亦得请休致归江南。又越八年，为嘉靖甲申，太夫人之讣至矣。先生嗣子兆蕃以书告哀，且请为墓志铭，予报曰：吾事也，顾未得状，惧弗悉。明年乙酉春三月，予再起督师，而先生门人南京工部侍郎何君子元以状至，匆匆启行至陕西，间关戎马间，不及从事。又越数月始克为之，太夫人葬已逾岁，惟不及期是愧。念予二家非常交，文难拘常格，故先疏其获通于先生之门者如此。

至语太夫人之福，初封孺人，进宜人，屡封至夫人，两封一品夫人；而例以独存，得加称太，盖近世文臣之所未有者。寿九十有一。其卒也，上赐谕祭二坛，命有司治葬事，仍给斋粮麻布各五十为赙，皆殊恩也。

语其行，公初配刘夫人早逝，公性高雅，以诗酒自娱，不善生殖，家渐落。太夫人继主中馈，惟俭惟勤，以裕厥家，公坐是不婴怀内顾。时先生始十岁，同产弟东山、东川尚在抱。太夫人实抚鞠之，恩若己出，卒成先生之德学，为国师臣，其有功于斯世甚大。自公以上三世皆单传，公乃有弟，弟复无子。东山、东川俱不禄。先生子兆先，荫国子生，才而不寿。兆同殇亡。太夫人生赠中书舍人东溟。舍人生子兆延、兆蕃。先生请于太夫人，以兆蕃为后，荫尚宝司丞，进升卿。兆延亦以先生恩，荫中书舍人，迁大理寺副。自是子姓日延与蕃，引之勿替。又成东山之配萧氏为节妇，恤兆先之妇潘，至死犹戴太夫人恩，以不及报为恨，其有功于宗祊甚远。其他内行尚多，在太夫人为常事，无容述也。

语其世系，出陕西之三原，隶尺籍京师。李之先出茶陵，亦隶京卫戍籍，故太夫人归于李。子四，先生其长，仕至特进光禄大夫、左柱国少师兼太子太师、吏部尚书、华盖殿大学士致仕，越五年卒，赠太师，谥文正。初配刘氏，赠夫人。继岳氏，赠宜人。朱氏，封一品夫人。次则东山、东川，次即东溟。太夫人女孙为先生出者，长适宣圣六十二代孙袭封衍圣公闻韶。次适光禄寺卿崔君杰，为赠舍人。君出者适虎贲左卫指挥张楫。曾孙男，长传、次仲。曾孙女，长适刑科都给事中刘济，余未行。太夫人生于宣德七年八月二十八日，其卒则嘉靖二年六月七日，其墓则孝庙所赐公葬域，以卒之年八月十日启公圹而合窆焉者也。

予与先生为异姓昆弟四十余年，先生之墓予实铭之，太夫人之铭，予何敢让？顾其事行，何君状已具载，而光禄君所述为尤悉，予不能有所益云。铭曰：

只影孑孑，如线不绝。有鸟五色，出自丹穴。翔于天阙，衍其世泽。有绵瓜瓞，繄夫人之德。河岳秀钟，万夫之雄。茕茕在恫，孰保其躬？俾植以崇，为国鼎钟。为文章巨公，繄夫人之功。早施暮取，厚食厥有。天畀之贵寿，世则稀偶。铭昭不朽，九原知否？

华盖殿大学士赠太师谥文正李公东阳墓志铭　杨一清

公姓李氏，东阳名，宾之字也。少居京师，先本湖广茶陵人。国朝洪武初，以戍籍隶燕山左护卫，后改金吾左卫。曾祖文祥、祖允兴、父淳，皆以公贵，累赠如其官。曾祖妣、祖妣、妣，俱累赠一品夫人。继母麻氏，再封一品太夫人。

生正统乙卯六月九日，方三四龄，辄能运笔大书至一二尺，中外称为神童。景皇帝召见，亲抱置膝上，命给纸笔书，赐果钞送归。六岁至八岁，再召见，赐赉如初。送顺天府学肄业。天顺丁丑受举业于华容黎文僖之门。壬午，年十六，举顺天乡试。癸未中会试。甲申殿试，得二甲第一，入翰林为庶吉士。成化乙酉授编修，修《英庙实录》《丁亥实录》成，升从六品俸。壬辰，予省墓湖南。甲午满九载，迁侍讲。乙未，经筵侍班。癸卯，再满九载，迁侍讲学士。甲辰，选侍东宫讲读。父卒，解官守制，赐祭一坛。五品父例无祭，实自公始。孝宗嗣位，弘治戊申，召修《宪庙实录》，以丧辞。己酉，服阕，乃起供职，以从龙恩，迁左春坊左庶子，仍兼侍读学士。辛亥，《实录》成，迁太常少卿，兼职如故。壬子，始供事日讲并经筵讲书。时大旱，应诏上疏，摘经筵所讲《孟子》中要论切于治道者，析为数条，极论其理，而时政得失以类附焉。上嘉纳。甲寅，内阁荐升礼部右侍郎兼侍读学士，专管诰敕。乙卯，与木斋谢公并命入阁，中外相贺，以为得人。公感知遇，力持国是，知无不言，兼稽古纂述之务。上尝命撰祭三清乐章。公等上疏言天子祭天地，礼以简为贵，祭不过南郊，故汉祀五帝，儒者非之，况三清者，道家邪妄之说，不敢奉诏。科道官劾近幸二人，召公等议所当去留者，且出诸司题奏，令一一拟断，亲赐可否，盖自是始复奏事之制云。

武冈知州刘逊为藩府所奏讦被逮至京，科道奏乞宽贷。上怒，俱下诏狱。公等言逊诚，情轻谴重，言官为国尽忠，而概以为罪，后有大利害，大阙失，谁肯言者？事竟得释。戊午，皇太子出阁讲学，加太子少师、礼部尚书兼文渊阁大学士。上虑京营总戎多不得人，召公等议更置，乃出英国公辈所辞疏，面与商推，曰某可去，某可调，公执笔撰稿，上御书下兵部行之。辛酉，病眩，三上疏辞，不允。壬戌，赐玉带。癸亥，赐蟒衣一袭。《大明会典》成，凡议例表奏，皆出公手，加太子太保、户部尚书、谨身殿大学士。甲子，孝肃太皇太后丧，上以庙制事重，屡召内阁臣面议，多公言是用。自是不数日辄召问，因事纳忠，每称意旨。阙里孔庙重建成，敕遣公往行祭告礼，还朝以途中所见民物困敝状具疏言之，因乞罢。是年冬，复以病屡辞。乙丑春，又辞。俱不允。五月，上不豫，召内阁三人入造乾清宫，直叩御榻，圣谕谆复以今上皇帝为托，公等顿首奉慰出。翼日，宫车晏驾，公号恸几绝。

今上嗣位，凡诏册议谥大制作，出公手尤多，以侍从辅导，恩加少傅兼太子太傅、户部尚书、谨身殿大学士。又以上两宫尊号，恩赐诰命，阶光禄大夫，勋柱国，赠及三代。修《孝庙实录》，为总裁官。正德丙寅春，初开经筵，命同知经筵事，上亲耕藉田，豫九推列。三月，幸太学，释奠先师。公分献兖国复圣公。八月，册皇后，充纳吉、纳征副使。公既受顾命，毅然以天下为己任，事有未当，偕同事二公尽言匡正，无所忌避，至再至三不辍。又以诏书不信，政令失中，条陈十事，指斥贵近。自劾失职，乞解任。时逆瑾柄用，于是刘、谢二公皆得谢去，而公独留。公据案涕泣连疏，恳乞同罢，上素重公，两宫亦言：旧臣惟此一人，不宜听其去。瑾不得已，故留之。公以病不良于行，乃诏免朝。日赴阁与新命焦、王二公同治事。已而进二公官，递加公少师兼太子太师、吏部尚书、华盖殿大学士。公卧家恳辞。丁卯春正月，犹不起。闰正月，上偶违和，力疾出。尚宝卿崔璿、御史姚祥、张彧，主事张伟、给事中安奎，各因事被系。瑾方欲示威，俱令枷号。公奏各人所坐，自有本法，枷号重典不宜滥施。俱得宽释。

《通鉴纂要》书成，赐宴于礼部。瑾以修书盛典，欲因以示恩，公谓：此书先帝所命，不及进御，岂敢言功？瑾内衔之。会进焦、王二公少傅，而加公正一品俸，镇守中贵，有请便宜行事者，公执不可。一日早朝，有文书一卷投于丹墀，录瑾过恶。上命瑾等诘问，无肯承者，遂执朝官三百余人送诏狱。公奏此事必一人所为，同朝诸臣仓皇拜起，岂能知之？一人之外，皆无罪之人。乃尽得释。时瑾立苛法，公卿重足立，道路以目。分遣徼卒四出，真伪莫辨，远近惊悚，争以厚敛祈脱祸。公上疏极论之，大忤瑾意，然亦稍稍戢。瑾又患盗贼日滋，欲并其家属俱坐编戍，公言：为盗之人，恶心猝动，虽其父兄有不豫知。自古罪人不孥，若玉石俱焚，何以开自新之路？于是得从末减。有徼卒捕盗不得，并其无服，亲执送官。法司承风旨概坐，以籍没发遣。公谓即如新例，亦不当连坐。乃令改拟如律。又有以例前盗，援新例处分者，悉止不行，所全活者不知几何。其他类此者，不能尽述也。瑾威权日盛，狎视公卿，惟见公则改容起敬。然他人瑾前论事唯诺无敢与可否，公独事事辨析，瑾不能平，每切齿焉，卒不能害也。

庚午夏四月，宁夏庆府置镭与都指挥何锦等叛逆，朝廷出师征讨。公请诏天下，稍革近时苛政。敕旨日数十降。迅笔拟奏，动中机宜，王师出而捷报至。八月，宁夏献俘，瑾罪恶暴著，伏诛。乃赞新政。凡瑾所变更者，令所司察革，悉遵成法。天下忻忻，想望太平。上录公功，特进左柱国，荫一子为尚宝司丞。力辞不允。是年冬，复与同官上疏，以储嗣未建为言。辛未，又屡疏乞休。属群盗蔓延，兵事方殷，不敢决去。一品九载考绩，降敕奖谕，令兼支大学士俸，仍赐宴礼部，再给一品诰命，加厚赉。公辞不许。以修省辞，宴许之。壬申，群盗浸平。公卧家，凡七上疏辞。俱荷慰留，屡遣吏部谕意，鸿胪官敦迫，乃复出。无何，贼首为王师所歼，捷至论功，内阁臣各有赐赉，及荫子侄一人为锦衣千户，公等三疏辞。特改授文阶，又辞。乃命公兼支尚书俸，公仍辞大学士俸。十二月，公复卧家，再辞。上察其诚，勉从所请，赐敕褒谕，令有司时加存问，月支米八石，岁给舆隶十人，仍荫其侄兆延为中书舍人。

公既致仕，非展墓不出。宅东有隙地构轩为石假山，诸所厚者日造问，棋局诗酒，随意所适。丙子年六月，公卿大夫士奉觞献寿者，弥月不止。积劳与热病，卧不能兴。至七月二十日，终于正寝。闻者莫不嗟叹曰：西涯先生亡矣！有司以讣闻，上震悼，辍视朝一日，赐宝镪一万贯，致米布为赙，遣礼部官谕祭九坛，赠太师，谥文正。国朝文臣谥文正者，自公始。

公天资英迈，读书一目数十行下，辄成诵不忘。少入翰林，即负文学重名，然恒持谦冲，未尝以才智先人。资望既积，而当道殊不意慊，每阻抑之，士论哗然不平，公裕如也。比柄用，遭遇孝宗，不时召对，启沃之功为多。更化以来，值权奸用事，随事应变，所以解纾调济，潜消默夺，天下阴受其赐者，公不自言而人亦鲜知之。是时微公，衣冠之祸不知何所极也。公位既显，恒以盛满为忧。顾受知两朝，求退愈切，而眷留愈至。有疾必命太医院官诊视，遣内官赍厚赉，礼意隆重，无与为比。至于谢政，岁时赐鲜，及颁上尊珍馔皆与任事同。郊祀庆成，光禄犹致宴，皆先是所未有者。

事父孝谨。尝夜归，寒甚。父口占一绝谕之，自是终身不夜归。痛母刘夫人早世，语及哀不自禁。养继母麻太夫人如母，事季父如父。同母弟东川、东山早卒无子，哭之痛。东溟麻太夫人所出亦没，遗二男，公抚之如子。

所著有《怀麓堂前后稿》各若干卷，别有《南行》《北上》《东祀》诸录。真、行、草、隶俱有法，而篆书则一划近刁，复古之功为大。乐汲引人才，有善辄称扬不已，所荐士不使人知。同考、主考礼部会试者各二，主顺天、应天乡试者各一，廷试读卷者八，门生半四方，凡经指授多有时名。

初娶刘氏，累赠一品夫人。继岳氏，蒙泉先生女，赠宜人。再继朱氏，故成国朱公女，累封一品夫人。子兆先，岳夫人出，荫国子生，少有盛名，其卒也，举朝惜之，孝庙遣近臣慰问赐赙。次兆同，朱夫人出。今以溟子为后，即兆蕃，恭谨有文，能世其家。择以卒之年九月二十八日，葬于京城西直门外畏吾村，盖公祖茔也。

案：此篇见《怀麓堂集》年谱中，而无铭词，文亦似未完结。年谱为嘉庆初长白法式善氏纂辑，殆亦未见《石淙文稿》完本也。汝怀附记。

敕赐义民华腾霄墓志铭

杨一清

腾霄遽至是哉！腾霄罪无可死，为仇家所中，官不之察，坐以死。鸣之部使者，鸣之朝积数岁，官既知之，嫌于富室，避莫肯直。去年冬，苏郡守胡君孝思，廉得其实，始直之。既脱狱而病，病且革，谓诸子曰：是亦人所为哉！命乎天也！

华氏获通于予，三世矣。腾霄父东洋处士，还往尤习。予每归江南，东洋必造谒，款数日而去。弘治丙辰，予提学陕西，公务取道归。东洋病，不果来。予比行，忽遣其塾师携腾霄致书，云：佑病殆不起，弱子孱弗立，先生其子视之。予感其言，许诺。东洋卒，腾霄年未弱冠，综家政，克自树植。乡人初或少之，乘间肆侮且讼之，百衅丛集，人谓宜稍贬以脱祸。腾霄曰：审如是，吾家破矣。毅然应之，直气昌辞，身遭穷辱，不少沮挠，讼辄胜。自是人莫敢侮，资产蕃殖，家益昌，予以东洋故，每为调护。然相见必有规警，欲其体圣门好礼无骄之训，以保身完家。自是屏除俗好，乐为义举，骎骎有时名矣。

腾霄姓华氏，鲸名，腾霄字也，别号惩斋，其乡先达陈方伯所题，取惩忿之义。陈故东洋友寓规也。华世为常之无锡人，出南齐孝子宝之后。六世祖幼武、五世祖悰韡、高祖兴叔、曾祖宗隆、祖守正，皆以隐德望其乡。至东洋，义声振一时，所与游皆名卿大夫士。其卒也，予为传之。初，东洋壮无子，其配邹氏忧之，为聘曹氏子为侧室，实生腾霄，性颖慧。东洋爱之甚，不遣之学，未充其才，然遇事机警，凡所料理，多出人意表。既遭多难，叹曰：吾祖得吾父，而恶言不至于耳，吾独非夫也乎？横逆胡为乎来哉？吾父将不瞑目地下矣。用是益自淬砺，执礼守让，或时折节下人而犹不免。富者怨之府，势然耳。

初，东洋之丧，治葬与祭咸中礼，邑人改观。比邹母卒，哀慕如东洋，仪文缛腆有加焉，常语诸子曰：吾不母生，而母实子我，无母则无我，况汝辈乎？乃请故殿学靳文僖传邹母事行以传。岁稍丰，谷米盈羡，则曰：此歉之渐也。节缩浮费以备不测。岁忽不登，则倾囷以粜，曰：我享其息，人乐其利，恶乎不可？至于人弃我取，操其赢余，居积如白圭。比佃人输租，有弗给，辄减且蠲之。

正德辛未，都宪桐江俞良佐治水江南，以邑东圩岸圮，知腾霄有巧思干局，檄使治之，不三月工成。丙子岁饥，巡抚都宪王文明请于朝，行劝分之令，多者给之札，得树绰楔于门，旌其义。腾霄应例输粟八百石以备赈，事闻，得授冠带为义民，被敕嘉奖有“素有恒心，犹敦礼让”之谕。太宰太原乔希大为书“素有恒心”四字，揭之楣间，侈君命也。

其生成化戊戌四月二十八日，卒于嘉靖甲申十一月二十二日，年仅四十有七而已。娶邹氏，子男八：长延寿，次延禧、延庆、延祚皆邹出。次延礼、延福、延禄、延绪，皆侧室出。女五人。孙男一，师中。女孙一。今年春二月，予起废西征，延寿率诸弟持状诣予，请撰其父志铭，予以戒行伊迩辞。阅五月，予驻节固原，延寿遣其仆持书谒督府，请曰：先父卜以今冬九月二十八日，祔葬邑椿桂山祖茔东偏，不得公志铭，不肖之罪，无所于赎矣。於乎，是尚可负哉？铭曰：

民以义称世所贵，官以义名君所赐。有高其门表绰楔，树之风声流永世。我不疾趋行乃踬，彼横逆者奚宜至？明明我心坦不愧，胡然而天报施戾？我委其羸畀来嗣，有欲征之视铭志。

光禄大夫大学士许公墓志铭

张治

国朝以文资世列上卿者，惟灵宝许氏，而少傅讳赞，字廷美，别号松皋。许先世出周文叔后，至元有名成者，始家灵宝。七传而生教谕聚，生进士、吏部尚书，谥襄毅，事在《名臣录语》中。襄毅生八男子：伯曰诏，乡贡士。次诰，太子太保、南京户部尚书，谥庄敏。次即少傅公也。次记，次诗，工部主事。次词，盐运使。次志，青城尹。次论，右副都御史。金绯银艾，葰起通籍，一时海内莫京焉。

少傅生颖异，弱不好弄。十岁通戴氏经，力学强记，平时手不释卷。弘治乙卯，举乡试第五。明年，举进士。戊午，授大名府推官，以明法举职。有夜杀人者，取其首以去。晓起负薪者途拾其血刃而售诸市，逻者执以告，拷掠之，遂诬服。公独疑之，曰：岂有手刃人而不秘形迹者乎？久果得杀人者，一讯即服，乃释负薪者。郡称神明焉。方士妄以妖言诬仇家，词连开州民李志，且旁引十余人。李志素伧者，公曰：志且冤矣，况滥及其他乎？执弗捕，已而方士果坐诬死。

壬戌征入，拜陕西道监察御史。乙丑，以疾归。正德丙寅，复出为御史。戊辰，襄毅公入位冢宰，公以例改翰林院编修。阉瑾盗王铁，钳织士类，襄毅素不附瑾，瑾衔之，遂矫旨罢襄毅职，庄敏调全州判官，公亦调临淄尹。庚午，丁襄毅忧，瑾诛，起复升浙江佥事。孝丰寇汤毛九集众陷城邑，公分地画筹，元凶就擒。戊寅，升副使，巡视海道，会宸濠反，贼兵四出，浙东西汹汹，公潜募丁壮，扼险待之，民恃安焉。未几，改山西提学，公校士先理道而后词章，每试毕，必进诸生于庭下，论身心之要，晋人士自是斌斌焉知向道矣。寻陟四川参政，酉阳土酋构兵，累岁不能平，公往出数语折之，二酋稽首服兵罢。癸未，升按察使，平反冤狱，脱死籍者数十人。甲申升浙江右布政使，乙酉转左布政使。浙赋繁重，吏胥缘为奸，公摘发其尤者置于法，宿弊无藏焉。

丁亥升光禄卿，既而升刑部右侍郎，寻为左侍郎。时勋贵人恃权宠擅絷边官，为台谏所论劾，下刑部鞫之，勋贵人辄恃势，无敢决者。公上疏曰：明法所以重王章申天讨也，今不能行法于贵近，尚可谓尊朝廷乎？上特允之，狱乃成。寻以公代尚书任，适刁狡乘风数起重狱，词连辅弼大臣，公力直之不少徇。锦衣指挥施某者，倚阉势擅籍人财，冤民诣阙诉久弗伸，公至即按论如律。庚寅，改户部尚书，会诸省类报灾伤，公奏议救荒便宜，因条盐法、屯田及内府供亿、海户冒滥宗室禄米十余事，上嘉纳焉。壬辰，以二品一考荫子舆为国子生。甲午，庄敏公卒，母高太夫人遘危疾。公乞终养，弗许，特令驰驿归省，寻丁太夫人忧。是岁冢宰缺，上意以属公，特虚以待。丙申，诏改公吏部尚书，俟终制供职，盖异恩也，服阕，公始至视部事。铨鉴品流，剂量贤否，一如襄毅家法，天下称公焉。丁酉，二品两考，进太子太保。己亥，进少保，天子南狩承天，公扈从，寻以推恩给诰命进柱国，赠三代。庚子，一品初考。辛丑，九庙灾，公上疏曰：庙灾宜策免大臣，策免宜自臣始。上允，令致仕。不逾岁复召公还，公感上知遇，益奋竭，因疏铨曹积弊十余条及防边四事，裁割抉剔，咸当机宜。甲辰，以一品再考进太子太傅。上历试公，知可大用，乃进公文渊阁大学士，典机务。公既居密勿，愈自抑畏，与一二辅臣协恭秉义以翊赞上德。乙巳太庙完，进少傅。

公以久居大位连疏乞致仕，上以公老成，方隆倚用，而公疏弗已，与上意忤，乃命公闲住，归至洪县，疾作，足不良于行。家居几二载，岁时及万寿节，辄令人扶掖，北面拜且祝。戊申七月，患滞下疾，亟呼诸子弟曰：吾世受国恩，父子兄弟俱列上卿，无可图报。今已矣，尔曹毋作恶以忝先世，且毋厚葬以重吾过。遂卒。

公生成化癸巳七月四日，年七十有六。公曾祖而下皆以公贵，累赠如公之官。妣皆赠一品夫人。娶李氏，累封一品夫人。生子二：曰俌，早卒。曰僎，以荫历辰州知府，乞便侍养，诏改礼部员外郎办中书事，赐四品服。侧室王氏生三女，长适都指挥张茞臣，次适国子生张良士，次适庠生王阳生。孙男二：茂禄早卒，次茂祯。公性醇厚，与物无忤，尤善容人过。掌铨部十年，每除目下人无异言，前后荐起废闲者若干人。居常呐呐，若无所胜，乃当大政，决大疑，商搉治理，翻正得失，騞然游刃髋髀，中肯綮也。尝自以两世秉钧轴，大惧盈满，每拜命之日，退避逡巡，故终其身乞归凡十余疏。公在位，读廷试卷者四；郊庙祭告山陵，从幸妃嫔册立，数受金币之赐，宠数出诸臣上，而公翼翼然无矜容。盖所谓贵大患若身，宠辱若惊者邪？

性好学，老益不倦，所著有《松皋集》《读史私论》《五经题义》《臆言》《三曹奏议》，凡若干卷。

子僎卜以卒之明年某月某日，葬公于邑城南石嘴东麓，以参议李君状来乞予铭。乌乎！予往在史局，闻襄毅公克复哈密事，及扬历中外，诸声伟甚，晚遭权竖构侮，世共惜焉。乃少傅公与庄敏诸昆弟旋以通儒跻立章显。人定胜天，岂不信然哉？后予贰政铨部，获朝夕侍公，得悉公所行事，故详于志，使论世者考焉。铭曰：

许始受氏，文叔之裔。枝延泽绵，不显亦世。启庆发祥，神降于嵩。佐时肤敏，曰襄毅公。维襄毅公，天笃忠棐。载其嗣人，降以繁祉。嗣兴英英，彼季之贤。懋简在庭，以绍其先。我职匪躬，无间中外。总藩司臬，垣屏斯赖。帝度其能，召掌邦域。乃陟司徒，国计是毗。以长六卿，式是百司。帝曰女嘉，惟朕有臣，惟襄毅有子。尔其宏亮，以弼予躬。公逊不居，毖于初终。崇秩鼎司，象德济美。公怀遄归，帝俞其止。大耋不慭，星陨嵩邙。公归在天，忠鉴不亡。考德论世，我铭其藏。

明武略将军龙潭谭君墓志铭　　萧禹臣

维岁壬寅九月己酉，旁死魄越。翼日庚戌，谭子邦治泣血杖羸，持木庵曾子所为状，以征铭于予，曰：予父龙潭公，讳锐，字抑之。弘治己未某月日而生，不幸于辛丑某日而卒，兹茔墓于祖下里，以今之某月日而窆焉。敢请先生铭，以垂不朽！辞意甚哀。夫谭子，木庵之妹婿氏也。予与木庵子善，因获与闻龙潭之详，且感谭子之哀，而弗忍辞也。乃遂铭之，铭曰：

龙潭之先，世家攸邑。明祖龙飞，丽于戎籍。曾祖志斌，祖则讳镇。秉钺捐躯，乃克用命。肆于父宪，曳柴败荆。维帝念功，令长百兵。先业式恢，货弗藏己。润及沟瘠，富而好礼。乃发其祥，乃生龙潭。酣于史籍，登之上庠。以德为循，以智为翼。气岸孤骞，武以文济。父没而泣，夜以逮明。母孀而养，恪其温凊。母曰已矣，固命之官。君泣不止，强承其欢。乃谒于京，爰膺厥职。天子嘉之，优其宠秩。柱史曰能，以兵二千。赳赳其雄，如古干城。志栗而庄，谋毅而睿。夙夜维寅，靖共乃位。于皇展孝，驾幸承天。君帅其众，戎事有严。曷瘁于劳，一疾弗起。易箦雍容，洞于终始。敛不欲厚，殡不欲丰。厥惟念母，没不克终。敌体则秦，生男惟四。长曰邦治，绳其祖武。邦淳邦清，邦淑次之。女一已适，其二未笄。吁嗟天只，胡弗永年？匪阃害宣，物理则然。石门之冈，松柏孤茂。留骨在焉，令名则寿。蹇予不穀，以庥柩铭。勒之贞石，树之墓门。墓门示藏，草木其香。于维佑纯，允祚聿昌。千百斯亿，世业之光。

江昆岳府君墓志铭

江盈科

江氏之先不可知，盖自胜国时为桃源人，至国朝永乐中，有祖讳华，仕为曲周县二尹。生子讳田汉，季讳海汉，起家名经，入国学，世其父官。有子五人，讳思明、思聪、思温、思恭、思敬。聪有子二，讳璇，讳环。环，不肖曾祖也，治经补博士弟子。有子二人，长讳伯玉，季讳珊玉。伯玉即吾大父昆岳公也。环家贫，中道捐世。曾祖妣邹孺人，亦相继逝。遗大父孤弱，与其弟珊依伯父璇。大父叹曰：先君所恃，瞑目地下，谓何而依人为？即老死将安所成立，以无负于先君。于是谢伯父出居，躬操耒耜作苦，穷日夜不休，娶祖母刘氏，与俱作苦。盖出居之年，家无余粒。不数岁，稍稍赢余，乃辟地构室，为后世规宅兆，公自为卜，今堪舆家率谓得地之胜，岂天幸邪？先曾大父困诸生，受先人瘠田二顷，咸割质富儿家，公悉出子母钱赎归，且曰：富儿归我田，固诚吾夫妇作苦所致，然安得不以分吾季？即季不言，殊非所以报地下人。遂割其半畀珊，而使自为家。

已生吾父凤翎，语祖母刘曰：江氏之先，率以诗书占仕籍，致吾父不幸为书困，所为困者不独以贫故，亦其昆贫自为计，不能相羽翼期于有成。语曰：独树不茂，孤掌难鸣。盖谓是哉！今吾茕茕一儿，欲命续父业，吾虑无所羽翼而复为吾父继也。于是课之农，且曰：农之子常为农，其秀民之能为士者，必出于此，吾谨俟之耳。

已吾父生不肖科兄弟四人，不肖最长，公笃爱不肖。甫五龄与公俱起卧，公口授小诗，辄成诵。公顾谓吾父曰：若有子矣，光先世之籍者，将在是乎？至七龄遣就傅，公亲赍糇粮，旦夕遗之以为常，岁牧豕易资为其师贽。已不肖补博士弟子，数岁举孝廉。盖是岁公春秋八十有五。邑侯合肥杨君高公寿多公长者，设宾礼饮公泮宫。公归释章服，语儿曹曰：吾今而后，乃得谢世故习静以终吾天年。时不肖逐逐风尘，弗克昕夕公。不肖妇刘氏念公老矣，以女儿事父者事公，携其二子一女，令嬉戏公前。公辄相与嬉如婴儿，又时或与诸僮嬉。至庚寅岁，公年九十，吾父六十。当诞辰，具酒馔，相饮食交劝，时或相嬉，傍观者谓：父子若此，真人世希遘云。

未几，忽病，呼吾父暨不肖曰：我死必葬我西郭，从始祖二尹汉公所。并山向指授不肖。逝之时神气不乱，肌肤莹然如沐。公居恒默祷鬼神，蕲不肖一第，没且瞑目。乃不肖再困礼闱，不能副公惓惓，则不肖罪也。公平生勤慎且俭，冠履非尽敝不更，即更不忍弃其敝冠履，谨藏之。所谓留有余以还造化，非邪？公娶祖母刘氏，先公逝。公念刘与俱作苦，每饭辄祭之，曰：是吾与为生者也。公以弘治辛酉年月日生，没于万历庚寅年月日，寿九十。男凤翎、不肖孙盈科等卜辛卯年月日，葬公西郭，从遗命也。嗟夫！吾大父力田起家，传二世，不肖兄弟绍明诗书，曾孙疏黄口而文，微吾大父勤劳不及此。其又可忘邪？不肖科既志大父墓系之铭。铭曰：

公自作苦，乃克有家。贻厥孙谋，毖为国华。华而未实，曷竟厥志？勉旃前途，慰公夜室。西郭祖茔，松杉干云。厝公其旁，奕世永宁。

杜少石墓志铭

江盈科

昔不佞童年受业先师罗潼江之门，则时时有伟丈夫美姿修髯过先师斋头，与抵掌谈经，音旨清远，心窃异之。询诸友人，知其为少石杜公，盖先师高足弟子云。自是相识面，公亦器重不佞，引为忘年友，阅二十余年至于今。公春秋六十有七，辞人间世往矣。公之疾也，不佞三候之，比卒，往哭焉。友人李汝培顾不佞曰：少石遗言，以贞铭相累君，岂有意乎？阅月，诸郎君奉汝培所为状来乞铭。嗟嗟！不佞视公为父执，而于郎君雁行，通家再世，安得以不文解？遂志之曰：

少石姓杜，讳惟耀，字汝晦，世系自来为楚著姓。先祖大山，仕至重庆别驾。传九世至公父，用经术起家，为荔波令。举三子，伯氏某，仲氏某，其季即公。公生而美好英特，荔波公语配龙孺人曰：耀吾门者，其是儿乎？遂令名耀。荔波公初仕，罗城公与俱。时年十七，适大藤瑶为乱，当事者檄荔波公督兵三百人御之，公请自编行伍间，尝矢石为士卒倡，荔波公许之。已遂突入贼阵，手刃一人，贼稍靡，我军乘之鼓噪前，大破瑶众。捷闻，兵宪东潭萧公，欲以是功公而束于格，然荔波公用是益知名，得擢荔波令。荔波在山箐中，多瘴疠。龙孺人不能其水，卒于官。未几，荔波公亦相继客死。时伯仲二君俱留梓里，独公万里匍匐，扶荔波公、龙孺人旅榇归。归则举荔波公所遗田产，听两兄处分。两亲葬具，公独营之。自是以孝友闻。

公垂髫时，间关矢石，翦荆棘道路间，无从得读父书。年二十三，始受经术先师潼江之门。时同门目笑之，谓其治经晚，白首乃得称经生，而公故颖异，明年，补博士弟子，又明年，廪于学宫。前后凡五举孝廉，不第。公投帻叹曰：天乎，不欲汝晦以经术显乎？吾将掣一经以授吾儿，天靳汝晦，宁复靳汝晦儿也？后三子相继治经术，前后补博士弟子，廪于学宫，与孝廉举，咸称秀才异等。公大喜，遂唾去博士业，游意古文辞。书翰自娱，而时时逐酒人为徒，放歌浮白，傲睨人世，以自发其豪兴，而诗文词、书翰遂益工，知名贤豪公卿间。先是，学使者庐山胡公、乡达洞杨柳公，相继讲性命之学，少所许可，独推毂公，谓其超迈之识可与寻向上去。观察南台冯公哀次《桃源诗集》，属公校雠。事竣，颜公庐曰“楚材”。

公中年怜宗族贫窘，多待人火者，又椎鲁不娴于礼，乃割己所赎田若干亩，用范文正公法以食族人，而立族训董戒之。此缙绅轩冕之所难，而公以一韦布行之，亦足窥公之大矣。学使者省吾金公辈相继旌之，诸所赠文词藏家塾。公愀然语人曰：凡为此者，吾尽吾心耳，博名高乎？

公故澹于世味，居恒思上书免博士籍，浪游五岳。至晚岁，烟霞之癖益入膏肓，视人间束结送迎，若鹿麋圈槛，有却走耳。岁壬午，当应荐入太学，固辞不就。有司援恩诏，以博士衔授公，司理陈公颜其门曰“清朝特典”。公强起冠进贤冠，束带被章服成礼，遂取故所服角巾野服被之。盖谢绝世务，徜徉林坞几十年。今年秋，卧疾弥月，属纩之辰，吟诗一章，端坐而逝。年六十有七。

噫！不佞迹公生平，盖三变云。其髫时挺身入贼取首级，类振稿，遂躬佩刀剑，讲黄石，毅然有封狼居胥之志。已俯首受书，游胶序，称缝掖冠，盖循循儒者也。晚年日枕藉曲糟，醉或信口占诗，以头濡墨，作径尺大字，往往入解，似晋竹林七君子，陆沉酒中，乃山、王二公，出称名臣。有如公得当辟举，宁至死杯中物？小史谓竹林诸公俱有子，不佞阅公诸郎，岂绍瞻辈下邪？铭曰：

少陵苗裔，徙家洞天。世抱一经，簪弁联蝉。于惟汝晦，卓尔象贤。振藻艺林，杨马后先。和璧未剖，其璞乃全。托酒逃世，著书引年。伟哉厥嗣，三凤翩跹！苏溪之湄，首邱峃然。龙章炳烺，行贲下泉。

长沙王墓志铭

李腾芳

己未之春三月，予小草出山，谒王于其邸之东圃。有屋数楹，牙签数万，其后方池一区，长三其方，缭以周垣，夹以棕桰，风起木鸣，水动鱼跃。其前则树以紫英绿茎，丹华碧叶，婵媛阿那，极幽胜之致。王送予既别，犹延伫者久之，予且行且还视。王绛颜雪頔，锦衣玉带，绰约花间，真神仙人也。乃才一年所，予自京师归，而王殁矣。过而吊王，岂不悲哉？王之子常淠将襄大事，以刘给谏状来乞志其墓，予安得辞？

按状：王讳翊鏔，别号曰禹山，封曰长沙郡王。盖吉端王之子，宣王之弟，而庄王之兄也。端王有子数人，庄王为嫡子，宣王为庶第一子，王为庶第二子。端王之父曰定王，定王之父曰悼王，悼王之父曰简王，是为吉始封之君，英宗皇帝之子，而王其五世孙也。王载震时，母毕太夫人不坼不副。甫三四龄，聪慧日异，一日端王抱王坐膝上，方宴奏乐，宴毕，王辄能颂其乐章，端王大奇之。自此日课以嘉言媺行而为之训，其意曰嘉言者，所说之善言也。媺行者，所行之美事也。王颔之。洎长，受《学》《庸》《论语》《孟子》义于何生，受《书》于故学士庄公，受《易》于故中牟令欧公，受《诗》于故教授刘公，最后读《春秋左氏》而心悦之，不忍释手。自是议论雄悍精辨，每登堂抗音，湖南文学掌故莫不连拄。其为文与诗雕率皆如其意。尝与予论唐史，称李道宗勇且贤，有战功，乃今传奇摹其状甚丑，何故？予答以不解。王笑曰：是不过嗤吾侪不读书，但堪打诨捧人腹耳。予不觉大噱。又曰：故事，藩国子弟授书，但以老奄人为师，夫岂无娟秀者，顾安所投贽邪？且今宗禄匮极矣，若不开仕进之路，何以支？虽有宗学特名耳，不言春秋贡额何以劝？此礼部责也。公官词林久，后日倘佐雍，当筹其便，予曰：然。顷读江西乡书，言天子重明丽、正薪櫍之始，加广解额，而宗生得隽者一人，因为掩卷太息，恨王之不及见也。

王天性甚孝，平生事毕太夫人，色养俱备，状称其吮乳而痈愈，刺血写经而瘀痺愈，尤为奇行。而又颂其有社稷功二，为孝之大。当庄王殇无子，有挈瓶而走者矣，卒之宣王当璧，此则王之功也。比岁，宣王薨，安惠世子又薨，有逐虎而起者矣。卒之今王嗣服，此又王之功也。夫是二者，由后言之，其迹显，国之人皆知之。由前言之，其故隐，即状亦不能明其实也。予忆王曾出嘉靖时历日一本示予，载龙阳王继封事颇具，龙阳宣王之初封也，然则古所谓有心人者，王其当之。而状指为社稷功，洵不诬云。若夫煮糜以活饥，和剂以疗厉，折节以礼士，倍赏以恤卒，服浣濯以昭俭，远腥血以明慈，其盛德懿美，固未易更仆矣。

王为人长身鹄立，年七十，老矣，行尚能趋风，向无疾痛。因宣王父子相继殒落，遂欷歔不自禁，语人曰：吾其鲁灵光邪，吾岂能为鲁灵光邪？念自简祖以后，独端考徽猷，尚未有刻石，是宣王尸之，今已矣，乃涕泣请于予为碑其陵之左。碑既具，拜而送之，一恸而仆。自是寝疾不复起，然犹日诵《华严经》一帙。逝之先一日，语诸子曰：吾禄食六十一年，念今东事剧，无以佐县官急，汝辈各勉为忠孝。遂不复言。明日，挥手而瞑。时己未之八月十有四日也，距其生嘉靖丁未三月十二日，享年七十三岁。

讣闻上，震悼辍朝，遣官祭葬，而赐之谥曰某王，皆如令甲。元妃吴氏先王卒，今月某日常淠奉王柩，与妃合葬于善化县十一都七里山之原礼也。子男五人：常淠、常潴、常濯皆吴出，万世副刘氏出，万代副戴氏出。常淠今当嗣为王，而万世、万代俱府庠生，万世以高等食饩。常濯有子三人，永昌、永国、永盛。万世有子一人，永年。潴、万代，皆早殇。而淠尚无子。铭曰：

帝子兮，诸侯王。食租衣税兮，岂不逸康？吃吃穷年兮，连屋编箱。胸罗云汉兮，手织天章。散为国华兮，光被湖湘。吮乳刺臂以愈母疾兮，神明来相。丁国祚之屡阨兮，柄大义以劻勷。奠泰土如盘石兮，绵嗣服以无疆。国人皆云王之功兮，虽殁而不忘。衡山苍苍兮，湘水汤汤。王灵去丰隆而出游兮，将下憩于王之幽房。予铭以昭之兮，永保其藏。

田博士宗禹先生墓志铭

李腾芳

古之人未有不学者也，其所学者，以修之于己而精，以措之于天下国家而详。今之学取其读章句文字而已，其所修之措之者，未知其何以也。然今之士，材行秀美者甚众，未尝不可以为学。独恨去古远，不见夫先王兴道作人之意，故沉没于流俗而不知，退而私以为明王在上。苟慎简笃学，好古其人者，以为之师，而教授有法，亦庶有兴乎！而今之师，又率皆诵读章句文字而已。庠序之官，往往齿力残惫，耳目昏塞，不称其位，所谓笃学好古之士，疑于是乎绝，而容不绝者，特一二而已焉。然亦或非流俗所尚，仕进通显之人，故吾求之久矣而不得，仅而得之，又不达而穷困以死，如田先生者，可悲也哉！

先生讳兴，字宗禹，荆之江陵人。世力田，有隐德。先生方幼时，游处有度，即能以礼厉其群儿。家甚贫，受书为儒，攻苦自力，文词整丽，为博士弟子，即有名。早食廪饩，屡举于乡，不克中。万历之某年，先生年若干矣，乃以明经升于礼部。是时学官奉新功令，士之以次当贡，而年老者皆罢不用，先生独以文高见收，盖亦力学之效也。选为岳阳训导，日与诸士讲说古人为学修己之义，设施天下国家之方，以相磨砻浸灌。居一年，士运自变，因亲老投檄求去。时一邑荐绅学士留之，不果。久乃晋郡西教谕，竟弃而归。奉其亲，萧然居于龙山烟水之间，采菽以养亲，遂终其身不肯出，闭门读书而已。

岁壬辰，子大年以进士高第为魏县令。先生一至魏，语大年曰：吾修身励行五十余年矣，遭时之良，终不获，以古学自奋。今庶几在尔，尔勉哉！语毕而去。凡五年，先生告终，则戊戌年某月日也，年七十一岁。子四人：大年，礼部仪制司主事；某；某。大年在魏，以考满恩，封先生为魏县知县，后在南宫，又以东宫覃恩赠先生仪制司主事。铭曰：

观先生之在岳阳而士争自变，则信乎古学之未始不可兴也。先生已矣，大年方赫然为名表。予观大年之方严而知先生，后世又当以予言而知先生也。其奚憾？

封文林郎福建道监察御史陈公墓志铭　李腾芳

衡之阳并冲之原，有松蔚然、有丘隆然者，封文林郎、福建道监察御史陈公之藏也。公讳廷策，字某，衡州府之衡阳县人。

卒于万历丁未年某月日，年六十有六岁，葬以庚戌年某月日。以御史封公者，公之子宗契也。先世吉州人，居吉州者，有元行省参知某，号大邱。国初，大邱子淑清避伪汉之乱，徙于衡阳。陈氏徙衡阳，淑清为始祖，故子孙莫不知有淑清而因知有大邱。自大邱以上，莫得而考也。淑清五传至景通，是为公曾祖。景通生显，由显以上皆不仕。显生公父，曰志珍。起家邑，工曹掾，以律学试南部第一，当得官。是时公生两岁矣，父抱至膝上，环视其眉目，奇之，因弃其官不屑仕。

公在龆年即能为文章，年十三，父死，孤且贫，读书尤力，为博士弟子，最有声。反困于场屋者久之，会御史登于乡，遂焚其所习帖括，肆意于歌诗焉。御史成进士，读中秘书，公策一蹇，来京师就养，因与诸能言者探胜刻烛，穷奇极怪而诗益工。其咏折足鸲鹆有曰：最喜能言学鹦鹉，可怜起舞似商羊。士大夫传者，咨其奇警。生平识度冲远，于人无所嗛，而自持斩斩，则如有督之者。常语子弟曰：昔陈仲举谓一室不扫，当扫除天下。此欺人语耳。因颜其斋曰“敬畏”。手书“十目所视，十手所指，何如其严，如承大祭，如见大宾，只是个敬”二十四字于壁，以志其意。

终身块处无惰容，群居无媟语，饮食言笑，皆有常则，虽疾亟不废栉沐。因自笑曰：昔管宁首过，以三朝晏起，两日科头为恨，吾幸无之。子既贵，与家人约，毋与外事。郡邑大夫岁时修谒者，必固辞不得见，以宾筵请，仅一再往。居常衣粗食粝，御史常函一文縠为寿，封识宛然。一室之内，图书字画。一室之外，疏柳长槐。此外了无他物，而急人之急，则不问无有。常举一质牛者之金，以丐族子而活其死，更鬻产以偿质牛者。御史再拜命，时为书以告之曰：天下有大利害，宰相能行之，谏官能言之。虽然言之易，行之难，愿儿无易言。又曰：抱叶之蝉自槁，不鸣之雁见烹，愿儿无难言。及疾，又寓书曰：老夫不善调以致病满，不升不降，愈在关膈，今日时政正类此，儿能以予病喻国病乎？立身之孝，终于事君，致身之余，无力可竭也。

封纶驰至时，公已不能拜，子弟欲展视为贺，叱之曰：对君命可如是乎？遂什袭而悬之。御史方奉简书按两浙，闻公病，驰归，而公将易箦矣。犹张目熟视，徐自哦曰：儿归念已毕，老至死何辞？遂举手而逝。

先娶萧氏，赠孺人。继娶宁氏，封孺人。举子男四人：宗夔，邑掾。次御史。次宗稷，早卒。次宗禹，太学生。女子二人：一适太学生刘芳，一适太仆卿刘某，子庠生同举。铭曰：

厥陈世远今难追，在吉可考惟参知。因乱徙衡遁而肥，耰仁植义深以滋。公学经术兼文词，将奋六翮黏天飞。材大磥砢世莫睨，雕肝琢肾工其诗。金薤琳瑯谁取之，北游漫兴留豪厘。有子司直集帝扉，忠功孝名神所祺。公茔永宁吉协龟，予词铭之昭无涯。

皇明吉藩次妃何氏圹志

李腾芳

吉之先简王，以英宗皇帝第五子国于长沙，历五传至今王。王于英宗皇帝为第五世孙，而今天子之诸兄也。有国四十年，端静乐道，读书好善，无声色嗜欲之慕。今年秋，予从京师归，见王体恭貌肃，气温语洁。退而私于王之相，云：王居常寡言笑，不饮酒，衣粗食淡，嘿然终日。喜怒不形于色，盖贤王也。又退而私于王之左右，云：王宫中肃雍和畅，其卑者共以承其尊，而其尊者俯以接其卑，无淫媟之言，无嫉媢之行，无侈靡之事，内政一统于王妃，而夫人以下，靡有间焉。由是言之，不独王贤，而其妃亦贤媛也。自其妃薨，国之人莫不咨嗟涕洟，而王亦哭之痛，曰：噫嘻，丧吾良友！其将葬也，天子遣官，护丧视地，恤礼有加，其相右长史某次妃行事，琢隧道之石，以王命属予志之。予无以辞。

按状：妃姓何氏，长沙县人。父名某兵马指挥。何氏为长沙望族，而其先皆有阴德。妃生秀慧特异，娴于诗书。年十五岁选入王宫，册封为王夫人。后二十年，册封为王次妃。子男三人，长封吉世子常淳，次封德化郡王常汶，次封福清郡王常瀫。妃薨于万历戊申年正月廿九日，距其生嘉靖丁未，享年六十有二。其薨之明年十一月初八日，附葬于善化县二十八都凤凰山之原。

妃性仁孝，幼事父母甚谨，视诸姊妹甚有恩礼。及入王宫为王夫人，事王与王之妃，如所以事父母者。拊同辈以及婢妾，如所以视姊妹者。故王与王之妃咸爱之，而同辈以下莫不附焉。洎为王妃，事王益谨，如初入宫时，而拊王夫人以下及于婢妾益有恩礼，如其为夫人时。王益爱之，而夫人以下益莫不附。王之自治以勤，治家以俭。妃一一先迎王意，牢其躬，涩其养，以教其家人。故家人靡不辛苦约素，象王指者。王喜独居，妾御希得进，妃尝协比群星，与均管簟，故王之子最多。王雅性宽厚，不欲重谴人。妃自以意简约其下，使无逾逸，而一以慈佐王。故终妃之身，宫中无有以过罹谴责者。乌乎，妇之德如是，是诚贤媛已！

杨仲先志铭

郭金台

长沙故人杨九仲先，讳德远，岁丁亥七月二十五日，偕妻陈同日卒。有友人吴愀、李镩渴葬之。十年春，予避乱，去杨子二百里许，不获与吴、李会葬哭。明年，讣音到予。七月祀先日，始得哭杨子以诗。杨子有丈夫子一，先三年逝。又自李子赴葬外，亦莫有一人会哭者，故葬月日及山扦向都不具。其时少好事，卒无以铭。予迁徙数月，迄甲午三月，始追哭杨子于衡山西村舍馆，为告志以铭。志曰：

杨子性坦坦迤迤，不矜完好，解绳削硎而无涯岸，大玩于时而息于机，似有得者。行九，自身以上凡八人，所自出殁，亦莫由考。记杨之先世，系籍燕之彭城，自三世祖某以方伯客长沙，因家焉。杨传长衢坊额，有父子尚书、兄弟方伯者，即其家谱也。自其父某好挥金，始鬻阿祖居。今长郡所置督学司，其故址也。

杨子生十余龄，即善属文辞，出童子试，特拔受廪饩。自是每试辄前，九困场屋不辍，亦小无愠愉。予自辛未以举子业缔交杨子。杨子越素所缔交者，独折心予，一句一字，一出入啼笑，晨夕必数。庚辰，筑茅椽与予择南湖别墅夹居。杨子挟其徒子夜读罢，歌呼出篱外。予与王子玉社读罢，自山楼弄琴送音过草堂。每花晨月夕，笑语两相接，兴尽乃伏枕，起视晨星落落矣。癸未，予还潭，杨子返西河。三数年中问杨子，犹籍籍人齿牙间。逮丙戌予举于乡，杨子例得岁贡士，一日抚予曰：天下事止此矣，勿复言。明年，长沙陷。及秋，杨子死。

记死日迄属笔为志铭之日，凡七载。中间无间四五宵不梦见杨子，形声递送，寐交酷亲，倏若忘其人间世真无复此一人者。是邪，非邪，再来缘邪？予惫矣，偷视息，强半忆君，甚不惫，详思流览，一涉而得。所著《史辨》，始周平五年，迄明崇祯十七年，为十卷，藏李錞家。著《太微经》六卷，凡言乾象休咎，奇禽之秘。二书存亡不可知。记君曾取邵子《皇极经世书》，正缺元会运世算法十版，尽一夜钩索推补，异时质刊本，无累黍差，真异资也。后来梦君，有如江淹探得郭璞彩笔事，许以余慧补予钝，拨予懒。及年方刚了一二著作，当奉君苏大后身之语，旦暮努力矣。语咽望重，属以铭。铭曰：

龟筮格邪？上下旁流。谁从适邪？伯鸾东野。将焉求邪，守旧丘邪，历九州邪？将伯助予，毋贻印忧。

明翰林院刘公它山先生墓志铭　　严首昇

士大夫遇国家鼎革之会，如列筵然，主人变起，座上大班散去耳，其或乘兴他适者，予不敢知焉。予自授外史，传闻异辞。近举吾楚乡先生贺相国、金吉士，以身殉主人之变者也。贤者过之欤？观过，斯知仁矣。思山熊君、天门郭君、云密刘君、松涛徐君、耳庵黎君，诸君子皆嘉遁不失其正，则夜阑既醉而歌骊驹者也，予等辈则总未入座者也。若乃初筵方展，三爵几何，立地断决，招招者日至其门，而坚卧不出，加于人一等矣，则惟翰林院澧阳刘公为迥绝也。

公讳瑄，字它山，别号藜峰，籍澧水。明初以勋封袭指挥使，历传至太公鹏翔，折节力学，授公经义。公具宿慧，颖敏绝伦。年十二列庠序，所至诵览，如匡稚圭、王仲任故事。二十四荐天启甲子贤书，遂放意登临，坐上客满，以醉吟自适。已乃愤志下帷，不窥园舍。凡十有七年成进士，时崇祯十三年庚辰矣。天子召对文华殿，公貌伟而皙，声宏气朗，语中机宜，特简授翰苑。甫半载，以内艰归里，杜门尽大事。再期迄癸未流寇稍退，移九溪，转慈阳，闻三月十九日事，痛哭失声，几自尽。乙酉还里，寇与兵竞扰，复走慈阳。时宏光摄位金陵，当路奏起春坊中允学士。适太公捐馆兼丧内子，不克赴。亡何，游兵搜牢，囊笈无存，再走九溪。衣葛御冬艰瘁，仅以身免。会督师堵武陵伯阳，延公商恢复，公入其营，严纪律，禁杀掳，画方略，而听者藐藐，羸兵弊铠，日以棋酒自娱。公遂渡洞庭底湘潭，与中丞何决策进取。顷之，诸旅俱败，画无可复矣。乃入衡岳为僧，髡顶持素者三年始还澧，时顺治七年庚寅也。巢破野栖，突未或黔矣。壬辰，直指李奏用旧人，首疏公，敦迫不次，公以三丧未举，废病不支却之，哀惨陈情，一时传颂。自是无预人间事，结庐湖上，屏迹城市，借书盈席，日夜综绩，不虚晷刻者十有九年，视往昔下帷有加也。所著有《憨园笔帑》《明诗删补》《砑园诗存》《皂庄诗存》如干卷，皆不及梓。一日自题座侧云：忠未报国，孝未显亲；覆瓿种种，传之其人。投笔饮泣不可止。庚戌，病终，年七十。

公至性孝友，内行醇谨，里中称为长者。亢爽豁达，开心写臆，造次相接，必有语可录。顾其刚方不屈，偃蹇自适，虽履险用晦，不稍挫也。当路知者亦观其过，知其仁，其不知者，多格格于公，而以众望攸归，亦不敢或慢也。

生万历辛丑年十二月二十二日，卒康熙辛亥年三月初四日，葬东田堰。配洪孺人，先公卒二十年。继某某。长君肇基为诸生有声，年三十，终顺治乙酉；次巩基，婿黎，皆予友，录其实属予志且铭。铭曰：

野巨尽瘁，过于官臣。大木莫问，一绳几倾。顶趾俱非，不改文心。藏之名山，传之其人。噫，吁嘻！以无用，故有用也。以无成，故大成。

辛亥初春，容城外史严颐，旧名首昇拜撰。

文学刘君昆映墓志铭

王夫之

友人昆映刘君，撤瑟二十年矣。子安基、安镏以幼孤，未能成礼，饮泣而欲求铭其墓，以叔父庶仙氏之命来言曰：志以志功，铭以名名，弗功弗名，亦足以勒石乎？余肃然竦起而对曰：是其所以可志而可铭也。且夫今之所谓功名者，吾知之矣，其始也槁吟而蹙眉以操觚，知刺绣之不如倚市门也。望风会之所流，随波以靡，拾残英，调鸟语，而惟恐其不肖，由是而诡合矣。则以吮弱民，媚上官，赩然猎荣膴，孰不健羡之？苟且诡而失也，犹且侥时誉以自雄于里序，栩栩然翔步于长吏之门，喻呕沤沫以自润，士能不屑于此者，其志可志，其无名也可铭。此余所以乐交昆映氏，而悼之不忘也。二子其何让焉？

君初名永公，更曰玮，昆映其字也。先世有以丞相称者，名不传。大约以祥兴蒙难，而家于衡，遗戒子孙，废读而耕，故爵里名字皆佚。子孙世农而朴，为乡里重。至起潜公登甲，乃读书补文学，登甲生去华公绍蒉乡贡士，未仕。君生而刷眉植骨，有伟人器度，起潜公喜称之曰铁汉，称其质也。读书不甚敏，而所志益坚，苦吟穷旦夕。崇祯间，齐梁风靡骈俪为虚华，而君刻意以搜求经传之旨，每有论辨，毅然不随时尚而求其至当。以是补文学者二十余年，试于乡而不售，乃就山中诛茅构斗室，莳杂花坐诵行吟，忘年忘境。其视世之倏为牛鬼蛇神，倏为娇花啭鸟者，蔑如也，此名之所以穷也。数十年之士风，每况而愈下，其相趋也，每下而愈况。师媚其生徒，邻媚其豪右，士媚其守令，乃至媚其胥隶，友媚其奔势走货之淫朋，而君之义形于色也。人之媚己，视如鲍鱼之在侧，见媚人者，则虫豸遇之，不为一动其色笑。间有初能成削者，亦欣然与定交，迨其以贫易操，则截然拒绝于一旦，乃自相遇而不与揖。以是食贫没世，取给于舌耕，而躬亲田牧，仅免饥寒，悠然自适。郡邑之门，逆风而避其腥，村坞化之，数十里之间无讼。

乌乎！使有遇于世，可追踪器之，以不负起潜公之期许，而赍志违时，中身而折，此公功之所以穷也。叔氏之言，哀君之穷焉耳矣。为名于世，不如顾名于心，为功于物，不如加功于己也久矣。举念而可质之，君子心之名也，卫生而远于不仁身之功也。请广叔氏曰君之功名大矣哉！铭曰：

畴昔过君，湿云蒙岫。雷雨多喧，裂窗倾溜。纵酒高吟，天为倏昼。吊古悲今，别人分兽。自君之亡，狂言谁奏？独遗孤云，宿草青覆。铭以千秋，式垂尔后。

湖南文征　卷四十五

行状诔　事略

明故资善大夫南京礼部尚书致仕进阶荣禄大夫谥文僖黎公先生行状

李东阳

我先生黎公，讳某，字太朴，学者称为朴庵先生。世居岳之华容，本杨姓，曾祖元勋出继姑氏，后为黎姓。考斌宣德间举楷书，为宁县丞，有德政，民建祠祀之。先生资禀特异，少苦学，肆力诸经史。从父宦游归，与兄资深相师友，为县学生。景泰丙子，举湖广乡试。天顺丁丑，举进士第一，授翰林院修撰。有言官被谪者，先生以书抵当道，请救之。当道曰：彼言涉我辈，奈何？先生曰：正以涉公故，须公救之，乃见盛德耳。当道不能用，然心实重之。

预修《大明一统志》成，赐金币。癸未，同考礼部会试，宪庙即阼，充经筵讲官。成化丙戌，满九载，迁左春坊左谕德，供职如故。丁亥，修《文庙实录》成，进左庶子，赐金币及宴有加。辛卯，上疏乞归省，赐宝镪为道里费。甲午，命考顺天府乡试。有试卷奇甚，后场不类，疑有弊，句稽墨卷，果得誊录生截卷状，移帘外按其事，而取是卷为解首，则名士马中锡也。丁酉，修续《资治通鉴纲目》成，迁詹事府少詹事兼侍读，今上正储位，日侍讲读。戊戌，充殿试读卷官。会天下乡试录多舛谬，或犯国讳，先生摘奏数十条，下礼部、翰林议治考试提调官罪，且申定格例，行之至今。擢吏部右侍郎，持法坚正，有请属者笑应之，然竟不行。闻人有玷行，虽所甚爱，必加摧抑，不曲为庇护，下至胥隶，亦畏惮无敢犯。权贵用事者，势甚熏灼，先生律己待物，不通馈问，卒亦无他。凡内批事，翼日部大臣必陛陈补奏。时除授浸广，有讽令勿奏者，先生曰：此祖宗故典，所以防伪遏奸，某不敢废。讽者色沮，久之竟停陛奏，而先生亦改南京吏部。丁未，满九载，迁左侍郎，加正二品禄。今上始擢为南京工部尚书，寻改礼部。上疏陈正风俗、革奸弊诸事，多见施行。辛亥，以末疾乞致仕，诏可，仍赐诰命。归一年，壬子四月十八日卒，距生永乐癸卯十月二十九日，寿七十。朝廷赐谥曰文僖，遣官谕祭，命有司营葬事。

先生性耿介寡合，重伦尚节，痛违禄养，极严庙祀。兄嫂卒，其孤民献及女皆幼，育为己子。遇二弟沾沧无间言。山东按察副使董国器妻死，而董使边未返，先生展省至临清，使携其柩以归。太常卿余孟亨卒，家贫不能举，先生倡诸乡宦合赙赠，俾襄葬事。乡吏邓禄寓银数十两，后禄死，藏所寓物十年，俟其子长，乃还之。居官俭朴，不受私馈，尤慎形迹，事涉矫托，辄穷本末，必暴白乃已。人有过，必面质，或弗能堪。然底里洞彻，无豪发留匿，人亦亮其无他，弗憾也。尝患乡俗侈，躬自裁损，昏葬饮宴，稍示节度，多视以为则。所居黄洋渡，积潦病涉，捐私帑筑堤四十丈，民甚利焉。

先生于书，无所不读，为诗文典赡雄伟，成一家言，有《龙峰集》若干卷。楷法乃整，自习业至公牍，连篇累帙，多不可纪数。教法详备，日亹亹不倦，凡所汲引陶铸。登甲科，仕中外，后先踵接，至不能相识。胥吏向学，辄优给役，俾图卒业，举乡试者四人，举进士者一人。教子尤厉，不假辞色。子民表举甲辰进士，今为户部主事，民牧举庚戌进士，民献亦举乡试，皆未始有外傅焉。配金氏，有贤行，先先生卒。子六：长民牧、次民表、次民衷，金出。次民安，国子生。民俊、民信，皆侧出。女四人，某某。某年月日，葬黄湖山之原，金夫人祔。乌乎！先生清德重望，登甲科，跻台鼎，保身完名，享其寿祉，延于后嗣，诚可谓一代伟人矣，其所树立，要不可使磨灭，非托于当时名笔，将无以为后地。

东阳自童丱执经史，领教佩德，垂四十年，闻讣惊怛，不能拜哭于几筵之下，为终身痛。谨撰述平生事行及爵里卒葬，以备采择。惟讳与先考同，未敢直书。徒恃先生名在天下，有不待于书者，挂漏之罪，固有所不敢避云。乌乎，痛哉！谨状。

明故南京太常寺少卿夏公行状

李东阳

公姓夏氏，讳瑄，字韫辉。其先自衢徙饶，代有显者。曾祖讳希政，元季为湖广行省都事，兵乱死事。祖讳时敏，洪武初为湘阴教谕，遂家湘阴。考太师忠靖公，讳原吉，历事太祖、太宗、仁宗、宣宗四朝，硕德雅量，丰功伟烈，著在国史。公忠靖公次子，少颖敏，喜读书。尝窃观忠靖奏草，及忠靖朝退，必请问所议事，忠靖笑曰：是非尔所知也。然心默喜之。礼部尚书胡公濙，尝梦上以樱桃一盘赐忠靖二子，长子琉退避不敢受，而公独受赐。后琉早卒，胡公以告忠靖曰：继夏氏者，必此子也。仁庙尝顾问忠靖曰：卿子年几何？欲以近侍官之。忠靖曰：臣子幼稚，非食禄时，俟成立事陛下未晚也。宣德五年，忠靖薨，宣庙震悼不已，即日遣中官致命于家，拜公尚宝司丞。明日，公与叔父原礼入谢。时公年甫十有三，进退有度，特赐冠带衣服。公扶柩归乡里，宣庙悯公幼，特免守制，使养母于官，而别遣官护丧归，且厚恤其家。

公强记过人，太师张公辅呼为小友，少师蹇公义而下，多公父执，礼重之。宣庙欲大用公，未逮也。正统初，英庙追念忠靖勤劳，特赐公田十八顷，而蠲其税。杨文敏公荣将归，谓公曰：尚宝非处君地，吾还当荐君。未几，杨公卒，不果。云南夷逆命，公上疏乞立功自效，尚书王公骥奇之，将以公往，有沮公者，乃已。八年，命视尚宝司事。公以母疾乞侍养还乡，母愈乃就职。时四方多事，公上疏陈七事：一谓湖广苗本异种，必有首恶纠合为寇，宜密令诸胁从，谕以利害，诱以重赏，使反兵相攻，然后出其不意，攻之必破。一谓苗出远劫，必使老弱守寨，宜分兵间捣其巢穴，则贼分而势寡。一谓北边虽每岁朝贡，狙诈难测，宜令知兵者行边，旌勇智，退老弱，缮兵治械，修城隍，谨烽堠，以备不虞。一谓福建盗作，虽出师剿捕，功久不就，使贼势日张，民困转输，不得耕食，是益盗也，宜督将臣乘时殄灭。多见采纳。

十四年，北边犯京师，公忧愤陈四事：一谓敌乘胜远斗，其锋不可当，然能野战短攻城，宜坚壁勿战，使进无所得，退复气沮，然后出奇设伏，诸道奋击，破之必矣。一谓敌深入吾地，宜令死士夜袭其营，仍设伏内地，以待追者。一谓敌既举国入寇，边无所御，宜调边兵之半，入捍京城，内外夹攻，彼将自溃。一谓我军依城为营，进无死志，退有所归，宜严号令以坚其志，如以三队为法，前队战退，令中队悉斩以徇，容而不斩者同罪，则士畏法而不畏敌矣。诏亟行之。

后敌使至，公又言：敌无故遣使与吾译者偕来，必佯为逊辞，以缓我应援，疑我进退，觇我虚实，或为诳事虚情，疑我译者以缓我谋，赂我译者令为反间，宜慎防之以观其变。一谓敌若引退，宜分兵五路，间道袭之。以正兵二路击其前，以奇兵二路攻其傍，以伏兵一路绝其后，仍以宣府、大同诸路邀其归。盖彼方恃强不虞吾至，且待彼回图我，而我先夺其心，势可必破。况今太阴犯昴，主胡不利，太白出高，用兵敢战，吉。臣以为天道人事，机不可失。当道不能尽用其言，识者惜之。公又言：敌既得利，今冬来春必图再寇，今汝宁、凤阳诸府及河徙故地，流移之民无虑百万，恐因隙而动，为患不浅。愿假臣便宜，使招募智勇，以图国用，仍条陈事宜，以为先召吏士及其故老，俾各举所知。凡举主及所举，劳以酒币，揭名于旗，以倡忠义，然后榜谕。凡有知兵敢战，习骑射，谙地利，能为间谍者，许以官赏，复其家一丁，以给其力。事平之后，不愿为兵者释之。教阅之法，以百人为率，择其能者十人，以教其九十人。兵集既众，人人习战法，内可以捍京邑，外可以消郡县之变。事下兵部，尚书于公谦请试用其才。侍郎王公伟，公知己也，时为监察御史，亦请敕公募兵淮扬，会事定，不果。

久之，公以母老，乞就养金陵，命掌南京尚宝司事。二月，丁郑夫人忧。上京师复陈三事：曰赏罚，以为御将不可不严，任吏不可不宽。宜罪败师弃守之将，以戒不忠。增廉官能吏之禄，以砺不任。曰去利，以为善治国者，不损民以益己。因举近事以利致害者，贪虏入贡致生边患，穷兵麓川以疲中国，其弊在上。污吏渎民以妨文治，贪将虐兵以耗军伍，其弊在下。宜减浮费以轻徭赋，省游食以足军储，惜民力以培邦本。又谓贵州宜仍洪武旧制，置行都司，罢藩臬郡县，命一良将辅以文臣，使专决于外以宁边患。曰审机，以为制敌之机，系乎攻守之得失。因举近事之失机者。敌初寇大同，气锐锋利，不当战而与战，以致败绩。一也。宣府惩彼失利，畏慎太过，敌经其城，当战而不与战，以致土木之败。二也。及敌越重关，犯畿甸，自纳其死，而我过为防御，无所施措，以致大变。三也。宜鉴覆辙，怀远图，扬天威，以雪国耻。大学士高公穀见公疏，荐于朝，亦不果用。

奉使秦府充册封副使，凡所赐遗，悉不受。天顺二年，公以疾请命，掌南京尚宝司事。逾月，迁少卿。八年，赐诰命，特赠所生母王氏为夫人。成化二年，进为卿。时五府多阙，惟都督一人，公奏守卫事重，非一人可任，乃命四都督往更宿卫。十四年，九载考最，升南京太常寺少卿，仍掌尚宝司事。方图请老归守先墓，无何，疾卒。未卒五日，犹力疾草疏，大略言：臣伏见太宗文皇帝赐皇太孙敕谕，皆农桑、军国、为政、治民之要，诚祖宗贻谋之至意，愿陛下置诸左右，览而行之，仍命皇太子读诵，使预知民事艰难，守成不易，则不必远求诸古，而天下可治。臣怀此言，久未敢辄上，今臣病死旦夕，死而不言，永无日矣。命其子崇文上之。讣闻，上遣官谕祭于南京。

公为人宽厚简易，内刚外和，孝弟忠悫，皆出天性。幼丧王夫人，事郑夫人甚谨，尝弃官走南北，侍养者十余年。郑夫人卒，女嫁虞氏。生子诚而孤，公视若己子，悉以郑夫人遗物并分，赐田三顷予之。诚死又抚厚其孤。与弟璘无间言异色。亲旧患难，力可援者，必为之尽。侍郎王公卒，公娶其女为子妇。其师太常少卿郑公雍言子死，经理其家。驸马井公某道死，尝以千金托公，其家弗知也。公悉封识还之。

公恂恂寡言，及辨议古今成败，兵民利病，文体高下，皆卓有定见，不随时好恶。然自负高，与人寡合，故罕有知者。为诗文宏博豪放，举笔千百言，而感世触物，义归于正。平生所作近百篇，号《拙寓稿》。晚年号白鹤山人。自为传论曰：人谓其庸腐者是也，谓其非庸腐者亦是也。夫璞玉一也，器则玉，未器则璞耳。今山人久为宦而无所见其能，是将为玉邪，亦将为璞邪？识者必能辨之。

公虽在散地，恒忧先天下，每见天垂象，或四方有警，则咨念不置，与客言必先问及北事。常曰：国家养士于平居之时，士当效力于有事之日。尝梦中赋诗云：臣愚思效忠，志欲追前古。空怀葵藿诚，未罄朝阳吐。深思结中肠，远虑遍寰宇。舍生宁顾躯，矢死期报主。病笃，犹以地震为问，语不及私。惟书遗教，嘱其子崇文，皆检身奉职语。又赋一辞，乱曰：梅花一枝开，春风双佩响。拂衣而归，天清月朗。造化小儿，齐声合掌。遂卒。

公生于永乐戊戌三月十五日，卒于成化辛丑二月十七日，享年六十有四。子三人：长崇文，戊戌进士，材器奇博不下公。次崇武，次崇勋，俱学举子。女五人，长某，次某。某年月某日，归葬忠靖公墓侧。公卒已有铭，铭颇略。崇文复备述行实请为状，以干大人先生铭诸神道，以昭不朽。东阳公同郡人也，哀公之没，慨典型之在乡里者，不可复见，谨序次一二，以备采择。

倪文僖公诔

李东阳

成化己亥三月十八日，南京礼部尚书致仕倪公以疾卒。天子悼念旧学，特赠太子少保，谥文僖，遣使者谕祭，命有司治葬事。乌乎！予小子昔在童稚，尝辱爱于公，及与公子舜咨，同举进士，在翰林称后进，获瞻下风，奉余论者二十余年矣。悲悼感慕，宜不在诸大夫士后。独材力卑谫，惧不足以振耀潜德，而公固有无所待于予者，乃窃据古义，为辞以遗舜咨，请归以诔公。诔曰：

乌乎哀哉！堪舆孕精，山川效灵。公出河汴，乃生旧京。奇材异表，嶷然天成。目掣流电，气吞长虹。扬芬曜华，为国之光。頖宫育材，翰苑登秀。海鲸力翻，天马神骤。经帷储宫，公在左右，规周矩旋，义讲仁究。金縢玉函，刊舛除谬。发为文章，水涌林茂。群芳毕求，百货争购。北有大岳，祠命肃将，旱祷而雨，天征其祥。其祥维何？公子是名。出使朝鲜，载扬载宣，礼却淫乐，诗陈雅篇。壮哉兹行！辽海有编。京府选士，文衡在公。有势若敌，公当其锋。中坚如山，不畏击撞。奸屈不逞，蕴为祸宗。戎车北辕，迁于上谷。山林庙堂，七载来复。载直词垣，载编实录。巍巍南宫，两振华躅。春卿位正，以长群属。惟皇眷念，老且弥笃。公来告疾，遂反初服。始亨中屯，宜飨终福。嗟彼苍者，胡夺之速？乌乎哀哉！公在朝廷，如珪如璋。天子之眷，士林之望。公在边夷，为麟为凤。声名风驰，国体山重。公在关徼，百险不回。可抑者身，志则莫摧。新亭有原，公在冥漠。神游气行，下上寥廓。江山流峙，俯仰如昨。九原莫归，逝者谁作？乌乎哀哉！公族既茂，公子既贤。秘书有涵，太史有迁。匪公肇之，孰开厥先？诸生在门，朴斫为才。各适时用，小桷大榱。匪公师之，孰诏后来？乌乎哀哉！玉轴丹书，文犀绣麟。宝镪金铤，酝美食珍。赉赐络绎，罔非渥恩。宫保赠秩，文僖议谥。工官治葬，仪曹降祭。维此备典，孰谓常制？生何憾言，殁有余赉。大运无端，人生有涯。金石何坚，草木何萎？其亡其存，非夭非耆。公名则昌，公泽亦施。幽冥有知，闻此诔辞。乌乎哀哉！

御史公行状

米肇灏

公姓米，讳助国，字民和，别号顺斋，楚辰溪人也。其先山东兖州府曲阜县太平乡人。宋徽宗时，金紫光禄大夫维则兄弟四人，奉命征蛮，退留辰溪东山之滨。七世孙国器，徙居邑之近郊。五世洁以明经官广西桂林别驾。又四世至万锺，中万历甲午科举人，历仕至云南弥勒知州，生公。

公生而颖悟，有大度，有才能，胆略超人，不谋俗细，屡空晏如也。幼训于庭，诫其旁览，父出，辄窃架上书读之。九岁遂通经能文，沉雄高古，名卿巨公多许之。中天启甲子乡试。乙丑联捷。丙寅，授江西龙泉知县，至即却旧例，一无所取。月余，有富翁子兄弟分资，兄没其万金，弟忿屡讼，辄费千金而罢。公取兄恺切训之，令归而自思。越数日，气盛犹昨，公怒，俱系之狱。左右忽敛容吊唁，馈酒浆，塞道路，于是兄弟俱有惭色，数夕累暮金至三千，曰：此可以平其弟矣。乃出而予其弟以金，色益温，辞益挚，兄弟感愧，相对欷歔流涕，和好如初。适有进而请曰：两人之讼，历任诸君几于舌敝，公片言乃使欷歔流涕，岂非至诚动物乎？公曰：非也。富家子弟气易骄，温喻终不能止，故禁之而使有愧心，知愧则知悔，知悔则良心易动耳。自是民不忍欺，讼狱以清。

直指廉其治，表闻之，丁卯，调南昌，荐绅稠叠，民重赋繁，奸多弊重，最称烦剧。公洁清自治而荐绅喜，笃爱简刑而黎庶安，坚执两耳，不惑于谮诉而奸弊平。初，两台试民词数十，立判之，悉服明允，由是词多而事益烦。公常言：凡民小讼易平耳，惟沉冤滞狱，最堪怜惜。故公暇即披尘案，究穷逋，由是平反大辟五六人，平反黔配十余人，息累年莫治之狱数十人。以故慈惠神君之誉，大彻南州。往昔国赋中饱于里胥，岁征不及十七。公乃诫里役革私收，分里置椟，谨列花名令自纳。三日易一书一吏，以掌登记，中饱之弊清，民便之，世尊以为法。

是时孽珰魏忠贤权侔人主，杀僇謇贞，省直取容，胥媚以祠。公窃叹曰：国步方隆，彼特王刘之续，不能致清君侧，复立谀祠，人臣名节安在哉？坚执不为。无何，而忠贤败，朝廷征立祠罪，江右独无，上下归力于公，故一时名动京师。

居官七载，囊虚无所有。故人李宿曰：廉吏可为，独不闻优孟之言乎？公不怡，曰：髫龄省父瓮安，迫暮宿村家，主人治酒，侧立小人，本县差头也。吾侯蔬粝自甘，一文不取，诚恐归路无资矣。因举不诡法、不冤民数事以告，吾入未敢言稍漏于安人。一夕侍饮，安人见色霁，伸其说，答曰：非不敢，无可取耳。以事实之，勃然变色，侧首仰天，须眉俱直，以为吾起于贫，不取直贫耳。贫，岂非吾旧物乎？今尹此为民也，宁为若辈邪？心凛栗如昨日，只知奉此，他非所计也。

壬申赴行取，宰相刘一璟诘旦侯滕王阁，尽欢而罢。渡江，士绅祖道，冠盖相望二十余里。民庶之老者扶杖，少者提壶，摩肩履踵，吁嗟涕出而送者五十里。

先是，有外属生索债严，负者饮父酒缚杀之以诬生，生庭质辞戆气抗，令恶之，深文陷以抵偿。秋谳系南昌狱，尸格有舌长三寸，公悯然曰：岂非冤哉？焉有打死而舌长三寸者乎？以复按君，按君曰：君之剔瘕悉当，可谓能了疑事。鞫之，一如公议，乃雪其冤，还其罪。至是生与其父持香呼拜于车前，公召而谕之曰：子之所为，爱我乎？适以愧我也。与其愧我，何如勿爱？宜速退。生乃远拜呼，尽三日而后返。

至京，行李萧然，豪无馈贻，左右谓：行取须千金结权力，赤手将奈何？公曰：志本不乐奔竞，存吾素足矣。相臣周延儒言于朝曰：南昌令廉介多才，有胆识。明日与之擢福建道监察御史，公拜命，不之谢。两载柱下，不附权，不趋时，通达理势，不激不随。一出户部尚书毕自严狱，一出兵科给事章正宸狱，皆可之。

甲戌，点巡宣大，至即奏出粮道范旷狱，复其官，极力究民间利病，及边防守御之策，成二十余稿，上其七，兵民咸悦。至七日敌入，督监王琨促师逆战，师逡巡不敢进。公望铁骑纵横，尘如山岳，谓琨曰：我气未张，敌声方烈，未可战。兵驰入城即围，立草乞援三疏，勉督抚椎牛飨将士。逾数日，士感奋，虏惊�野去。初，王闻惊，遣内监帅师援，内监逗留，按居庸。虏退报功，毁王琨。琨怒，抗疏争。内监赂近侍谮琨，因遣配琨及督抚等。公以任浅下部议，遂敚职，盖王应熊中执也。

先是，上特卜应熊相，给事章正宸谏，不听。奏三上，语益秽，上怒以诽谤大臣，下廷尉。举朝环视，莫厝一词，科道林立，收息而卷舌。公挺然独奏，三日不下，咸忧叵测。道长王道直诣宅曰：圣怒方殷，何遽撄逆鳞乃尔？公正色曰：正宸惩则言路塞，宵人进则国是日非。以言为职，宁令章君独死邪？翼晨旨下，章正宸自有处分，米助国不必代为琐琐。越日而释之矣。

解任戎伍，例敛金以赆，不受。复增益追进之，怒曰：鄙性不受赂，何故相烦？责遣之。既归，绝口不道为官事，与人若诸生。巡按林铭球按辰州，迎入郡，执礼甚谦，公讶之，乃顾僚属而言曰：球之承乏宣云，继先生后也。见诸疏稿，不翅金城十二。一一上之，至今美球功不绝，不知出自先生也。心折其经略宏猷，能勿敬乎？正宸己卯典楚闱，闻公寓鄂，三谒三谢之。居停问：章君数至，将以报公，何绝之深也？公曰：向之所为，在国言国耳，非为章君也。今一见之，是章君而有市心，自失其我矣。家居十余载，民有利则请兴，民有害则请绝，故一时里中多赖焉。甲申后，每抚世变，时作长叹曰：锦绣乾坤大坏矣。遂辟地东山，日减饮食，祈以自损。庚寅十月朔日，寿六十七岁而终。世变之后，素封子弟，斩绝于兵残者十八九，公之孙子繁多，俱以贫免。人以为德盛操廉之验云。

胡烈母李氏事略

王夫之

吾邑四十二都二区鲤鱼冲，有烈母死于此焉。尝于昏夜经其地，见蓝衣妇人隐见山隈间，心异之，问诸里人，具以告。夫之闻而涕出，时两舆夫在侧，皆泣下。烈母者，衡山胡均峣之妻，板仓李最急之女也。

均峣字云谷，工文章，兼擅材武。当闯贼蹂躏中原，云谷授武冈城步主簿，不就，其意盖欲杀贼立功者。烈母工诗文，明大义，尝言：妇道与臣道同，傥遇难，毋苟活。甲申乙酉之变，游寇肆窜，淫掠乡村。云谷跨马腰铁鞭，率壮士破贼数十寨，斩馘无算，衡湘赖之，贼则深憾之。

俄贼至岳后，云谷携长子彬之守要隘。贼迂道入观底里，人皆惊走。烈母度不免，挈幼子端之、婢桂秀，将匿吾乡石榴庵等处。或劝怀金以为赎命计，叱曰：死耳，奚助金为？遂佩刀以行。贼入室，见炉火熅，曰：行不远。追至鲤鱼冲获之，曰：嫂非胡云谷妻乎？曰：然。嫂今且为吾妇也。叱曰：何无耻？贼抽刀逼其喉，桂秀泣求代，弗许。烈母色不挠，骂益厉，贼刃桂秀乳，比晕，烈母恐终污，佯为惊怖状，曰：吾从子，且寓书吾夫。乃解衣咋指，血书于襟曰：维妇于夫，节与臣俱。臣无二主，妇女何殊？白胡容污，捐躯靡渝。於乎云谷，御侮当涂！抚孤有仆，毋赋归与。紫府再晤，鉴吾痴愚。书毕以覆桂秀，自刎死。贼愕然去。

云谷闻贼入里，泫然曰：李死矣。贼仇吾，必虏李，李素贞，岂从贼邪？李死必矣。里人闻端之悲号，问为云谷妻，遂奔告。迹其尸面如生，敛葬衡山观冲。端之先窜竹丛中，故得免。桂秀久亦苏。人谓烈母阴助云。云谷怜其卫主，遣归从良。烈母死年三十九，时戊子十一月二十一日也。夫之归以语敔儿，敔诵书襟词益悲，曰：是可传也已。因书之以告史官。

案：《梼杌外史》曰：《风》诗十五国，而楚不与。说者谓二《南》即楚风，故传言南国。吾按：汉有游女，不可求思。实楚事，而《行露》《摽梅》《死麕》诸篇，亦皆美女子贞洁。衡隶楚南上游，今观烈母，不其有诗人之遗邪？《关雎》《鹊巢》之化，抑何远也？昔胡康侯奉诏传《春秋》于南岳紫云峰下，后遂籍衡。云谷为公二十二世孙，夫杀贼，妇殉节，皆任纲常之重者。《诗》未亡，而《春秋》又作，信乎风教由来有自矣！

案：近刻《姜斋文集》中无此篇，兹得之《衡阳节妇传略》中，后有储同人评语，殆出胡氏家乘，审非借名赝作，故录存之。既表节烈，亦为《姜斋》补遗。汝怀附记。

湖南文征　卷四十六

祭文上哀辞　告文

焚黄祝版

欧阳玄

维至元三年，岁在丁丑二月朔壬申，越十三日甲申，孝孙翰林直学士、国子祭酒玄，敢昭告于祖考，赠中奉大夫、中书礼部侍郎、上骑都尉，追封渤海郡伯澹轩先生欧阳公。玄奉元统三年乙亥三月制书，以玄忝列艺文大监，备位三品，推恩二代，赠封祖考官职勋爵如右。是年九月，以书到家，告庙改题，且尊彝式。为玄寻迁太常、翰苑等官，限以职守，今者谒假来归，告墓之典，始克成礼。

惟我祖考，懿行粹文。师表湘楚，惟诚淑人。惠利后学，儒者之德，莫盛于兹。余庆所被，施于诸孙。获承国恩，致有褒赠。思昔咸淳甲戌，鼓箧上庠。在其当时，六馆诸生，为厥父母，咸得推恩。世运迁移，先考赍志。六十年间，岁运一周。积善之报，久而弥彰，有若此者。侍郎法从之官，贵列八座。渤海大郡之壤，崇视彻侯。载燔密章，昭侈上赐。伏维膺此宠光，浚厥福泽。庇赖我后，益炽以昌。谨以牲齐殽馔，式申虔告。

防里祭祖祝文

欧阳玄

大元至正二年，岁在壬午十一月己巳朔，越十有三日辛巳，曾孙翰林学士、资善大夫、知制诰、同修国史玄，谨以牲酒之奠，致祭于防里第十一代祖七承事府君欧阳公墓前而言曰：

礼去乡国，省墓而行，重违远地。先世迁浏，动逾十纪。井邑既殊，岁月既久，疏逖松槚，事势使然。余靡所覃，靡间彼此。玄自窃科第登公朝，备列法从，推厥本原，敢昧所自！谒告来归，展省墓下。追怀雨露，怵惕深增。惟我先祖，流庆后昆。愿自今始，无旷彝礼。尚享。

祭子达老文

欧阳玄

至正元年，岁次辛巳二月十一日，老父八翁，即大都崇仁门之宝泉寺，为特举羊酒殽之奠，告汝十二郎上舍之灵曰：

呜乎哀哉！尊者哭卑者，而哭于莫年。生者送死者，而送于异乡。天下之恸有甚于斯乎？吾年五十余，而无子也，既以汝为子矣，凡吾老身之侍奉，后日之继承，惟汝是赖，一旦而失所望焉，天乎，人乎！孰使老父罹此毒乎？以子之学，可受茀禄。以子之孝，宜享寿龄。天乎，人乎，孰使吾子至此极乎？丁丑之秋，赴召北来，汝伯汝叔，送吾与汝，他日吾还，汝独何往？吾亦何面目见汝伯汝叔乎？汝之生父，吾之爱弟也，久矣抱痾，遂废宦业。今闻汝讣，还数千里，其将何以为怀乎？为之兄者，又将何以堪此情乎？且汝之病，吾谒之医而竭之剂。汝之敛吾，致之襚而哭之痛，犹以为有憾也。吾弟于汝，其病也不见所服之剂，其敛也不见所襚之衣。将何以解其憾乎？吾于汝，身亏顾复之义，失父道矣。又于吾弟，乖付托之意，失兄道矣。二者胥失，其将何以逃于天地之间乎？吾才不逾今之中人，吾学不及古之下士，禄宠渝涯，不自乏绝，衅锺后人，致汝夭阏。今虽知过，其可及乎？

去年送汝，先至通州，汝柩发后，有诏止之。留汝一年，不遣行者，欲送汝也。今兹将行，诏又止之，其敢违乎？势难再留，计无从出，专遣干仆，托之信友，扶汝护汝，先还家山。昔汝孝行感于神明，生不获祐，死当蒙休。汝登舟车，无震无惊。汝涉江湖，无恐无怖。魂神清明，依汝体魄。吾今抱病，逾二载矣，其哭汝也，泪尽而筋枯，血涩而心悸。虚名禁持，无所告诉。上天监临，终遂所请。归治汝丧，归立汝后。庶几周吾父子之情，塞吾兄弟之责也。汝其有知，强饮强食，往即长路，以还故乡，其无以老父留此为念。呜乎！人世之别，有怆于此者乎？老父之哀，其可已乎，其不可已乎？

萧同善哀辞

欧阳玄

人贵有后兮，子贵为男。男固可尚兮，子职曷堪？生而悬弧兮，西东北南。终老膝下兮，壮士斯惭。违亲远禄兮，孰与旨甘？荣与养俱兮，此乐孔耽。求备造物兮，十无二三。一或觖望兮，终身如惔。隐君有子兮，诗礼是撢。更习律令兮，读例与凡。卯以儒荐兮，辰愤与兼。怆怀隐君兮，宰木空瞻。幸哉有母兮，华发满鬖！儿服楚楚兮，母怀詹詹。晨碪十霜兮，吴桑九蚕。缩戍望更兮，匪进之贪。生可为养兮，逝恩其覃。岁月不贷兮，枯鱼之衔。吁嗟隐君兮，声流沨沨！孝则愚史兮，寿非彭聃。遭世侘傺兮，脱身戈锬。负母遁逃兮，贼锋以铦。流血渐腓兮，惟晦之咸。创巨虽远兮，永恤之函。掾语及是兮，烦忧如惔。泰山有云兮，起乎岩岩。肤寸裁合兮，八翼可昙。维此下洳兮，气升江潭。将族而雨兮，风醨其醰。思溉根本兮，泽苇及涵。感彼何易兮，顺如驰帆。此进独难兮，徒跣履巉。所处实异兮，命畴吊谗。担志不渝兮，明神允监。遂为哀辞兮，视此幽劖。

祭王侍郎文

夏瑄

维年月日，具官某谨以清酌庶羞之奠，致祭于亡友兵部侍郎王公之灵曰：

乌乎彦卿，才豪气充！如云五色，烂然亘空。发为文章，波涌溟渤。神奇变幻，龙腾鬼没。时之聪颖，孰能子过？三坟百氏，罔不搜罗。子之于兵，如珠盘走。机若铦锋，迎无不剖。年未弱冠，已登崇科。廷论藉藉，惟子之多。子之于家，孝友天性。怡怡承欢，罔敢违命。人处其易，子处其艰。终始克尽，孰有闲言？吏事之精，卓为世楷。敏速绝伦，庖丁牛解。案牍之劬，汗洽背襦。手不停释，口复宾酬。戎兵政剧，官难其委。一曹夹章，争先荐子。帝曰职方，事尤机微。众推其贤，任之奚疑？时方用戎，羽檄旁午。裁决如流，事不留阻。令闻日隆，超拜亚卿。胆碎北虏，稳若长城。戎来请和，承命往迓。酋感其威，卒不敢诈。使有间黠，为边患深。阴以图之，先伐其心。将有跋扈，乃律其劓。公乎一天，遂忤权要。佐大司马，尝以义攻。挺挺其直，矧敢曲从。宁知青蝇，反玷白玉？远吊湘累，往问子鹏。飘风甚雨，曾不终朝。明皇当御，无隐弗昭。卜居桐山，将毕余齿。于松之阴，于湖之水。乃琴乃弈，乃钓乃游。乃濯其缨，乃狎其鸥。孤臣有怀，敢忘图报？力疾而起，勉赴明诏。帝曰汝幽，予为汝明。予有所阙，汝罄厥诚。子拜稽首，力敢不竭。天恩罔极，生死肉骨。恳恳青规，上批逆鳞。结草可酬，岂惜微身？帝悯其忠，方深眷倚。子以疾辞，陈于丹扆。乞赐归骸，首丘故乡。乃允其请，迟迟其行。舟次于鲁，大星夕坠。乌乎彦卿，奄然而逝！讣音之闻，辰越端阳。失我良朋，痛裂中肠。乌乎苍天，曾不子相。四方多事，斯文沦丧。广之东西，盗贼跳梁。民力已穷，戎威未张。子前寄书，拳拳虑此。为国深忧，不遑宁处。书今在笥，墨迹犹新。子有遗恨，终天弗伸。己巳之秋，翠华北狩。人情汹汹，不遑相救。子独与我，矢死协谋。闻鸡起舞，奋雪邦仇。子之广平，首章荐我。愿假便宜，以试其可。当道不从，子不为嫌。曰此骥足，忍使驾盐。我之不用，是亦命欤？子之所举，肯枉正欤？区区庸愚，世所弃捐。子独见收，情好弥坚。古人有言，生我父母。至于心知，则曰鲍友。予之于子，岂殊昔人？胶漆纵固，不及雷陈。乌乎四海，人皆知契！求其真知，曾不一二。我之于子，异体同心。气之相投，如磁引针。我有微长，子极推奖。文或可观，尤深叹赏。子期之耳，伯牙之琴。哲人亡矣，琴何能音？乌乎彦卿，近以姻托！余虽不敏，敢负子约？前日之夕，梦若平生。觉而不见，涕下如倾。乌乎彦卿，汝真死耶？魂虽逝矣，情可已耶？乌乎彦卿，何忍遽绝？临觞一痛，生死永别。

祭朱文鸣文

李东阳

君生丙辰，我卯在丁。我卝我肉，君冠两缨。思乐泮水，言趋其庭。肩随步徐，我弟君兄。壬午之岁，馆于老氏。左图右书，搜章摘字。疏灯檠明，茂竹窗翠。狂歌其中，此兴谁制？秋空踔飞，远翼双厉。我以无能，先登进士。屈蠖之伸，较于一试。翰林文字，刑曹簿书。我在散地，君劳其躯。城东之居，城僻且孤。狂奔疾驰，仆隶怨呼。过我辄入，头垂气苏。曾不几何，愈瘁而枯。我咏君诗，铁面高颇。君笑鼓掌，我形汝图。此言虽戏，实为君虞。屋折其梁，尔梦之符。忧以告我，我言其诬。曾不几辰，君卧于庐。五日一札，十日一车。我力不继，情亲势疏。讣来告言，此事有无。忆君之形，苍崖古柏。忆君之行，清冰苦蘖。三年主事，不给朝夕。病根蔓缠，负券山积。然犹弗足，乃至此极。天之生才，百不得一。有人如此，何夺之疾？我嗟吾曹，滔滔不归！君其去矣，孰使予悲？我之疏顽，视友如师。君其去矣，孰与予规？君爱我文，手不罢持。铭虽不工，我敢负之。我病我目，实劳所思。张棺不举，范吊何迟？子驾有日，永从此辞。平生之交，在此一卮。

祭彭民望文

李东阳

呜乎，老獒而止于斯！生无以为存，而死无以为归。有禄也，而家不得以为养。有家也，而身不得以为栖。君于此时，虽欲为无名之士，不识字之人，而亦不可得而为也。然则学何为而博，诗何为而奇，举何凭而捷，闻何藉而驰，彼造物者何所厚，而子又何所靳而不施邪？嗟今之交，如手翻覆。惟我与子，义则骨肉。然而济难铭死，吾不如孔易。致赙启殡，吾不如宗器。著状买石，吾不如元玉。妻嫠居于家，而吾不能赡。子游学于外，而吾不能淑。乃徒絮酒为仪，悲歌当哭。挂徐剑而伤心，返桥车而痛腹。是将何助乎君，而亦何慰乎仆也？我堂子居，我陌子游。魂乎来乎，其在故丘。山川悠悠，道阻且修。尔孤之还，宛乎吾送子之辆也。数千里之外，九原之下，其有感于予之诔也邪？

祭朴翁先生黎公文

李东阳

呜乎！昔奉先君之命，撰杖屦以从公也。导我幼稚，开我晦蒙。诱我以力学，教我以固穷。谷我以三饭，乘我以一騄。此诚父子之爱，而犹得见长厚之风也。厕官翰林，复为公徒。示我以廉角，造我以范模。谓形迹不可以不慎，而富贵不可以力图。盖于抚事酬物，虽不能尽得其妙，而尚可以仿佛其粗也。南都之行，吾曹孰依？三年易迈，再见无期。睹笔札之遗误，知年力之既衰。恨汤药之不亲，怅车尘之莫追。知幾勇退，固君子之所有事，而瞻望感慕久而不能舍者，则后生之于前辈，学者之于师。此公之去，如龙翔凤翥而不可縶。公之没，如山颓木坏而不复支。登公之堂，吊公之子，就位而恸哭，溯风而长号者，亦岂足以尽区区之私也哉！

嘉禾姜封君哀辞

李东阳

南京刑部郎中，嘉禾姜君用贞，予知己友也。尝道其先君之德于予。君未六十而没，于今若干年，予怀思之而不可得见焉，从而为之辞。辞曰：

有子克孝，式扬厥先。曰有世望，嘉禾之间。岩岩征君，负抱奇杰。内秉刚毅，外鉴清彻。搜罗百家，景仰群哲。雄词逸辩，澜翻障决。逢时之艰，家步中跌。勃兴其余，有奋无蹶。乃如君才，俾有攸设。群疑众纠，盘根错节。孰不就绪？毫分寸析。终焉罔宣，饮恨而绝。孔融重交，季布持诺。谈笑讼解，缨冠斗却。赴难宁力，分财宁薄。人笑其拙，我执愈确。有如君义，幸有攸托。白刃可蹈，三军可夺。如何弗施？白首丘壑。九原是归，往者谁作？乡曰义士，士曰严师。考德问道，如龟如蓍。既诵嘉言，亦瞻令仪。于生有归，于死有思。韦冠布裳，不掩其辉。人生之荣，匪绂与圭。有美郎官，冰心蘖操。人谓贤子，由父之教。睿藻宸书，其章孔照。帝曰汝贤，以劝为孝。东隅之失，桑榆之茂。谁谓公死？不失其报。事有莫致，情有固然。有涯者身，罔极者天。皋鱼泣木，悲风在颠。王裒洒血，柏为之残。亹哉孝子，胡不其怜？月旦有评，太史有文。岁月既迈，陵谷亦迁。公德斯传，百千万年。孝子亹哉！以慰尔虔。

松坞黄公哀辞

李东阳

予读黄岩谢太史所为《松坞黄公传》而哀之曰：黄公盖其乡贤者也，今不可作矣，哀哉！人生逾八十而没，不为夭。生有子，子没，又有孙，皆贵且贤，不为晦。没而葬，葬而墓，木已拱，于今数十年，不为近。若是者，皆无事乎哀。予独念公之能使士信其直，盗匿其名，而僮仆远于罪，可谓盛德，而哀今之人莫之能也，抑以重哀夫今之人之哀之异乎此也。为之辞，以遗公之孙曰文选君世显者。其辞曰：

台之山，山思而水号，霜雪惨栗兮草卉凋。崖嵚谷岖兮，道路险以挠。虎豹伏匿兮，狼狐嗷嗥。岁既暮而改色，见东流兮滔滔。冢巍巍兮孤存，魂一去而莫为招。聊抚景以慨俗，怀佳人兮郁陶。悲乎伤哉！今之人斗捷夸妍，争儇竞浮。锱铢相倾，睚眦为仇。视犴狴为堂室，化冠裳为戈矛。涉狂澜之万叠，瞻砥柱兮中流。悲乎伤哉！今之人社鼠城狐，蝇奔蚋趋。招曹啸群，什伯其徒。磊冰成山，炙手成炉。以郡县为市集，以贿赂为菑畬。念谁为之扼拒，莽前路兮长驱。吁嗟黄公！狷介之节，朴茂之风。有睹其貌，无疑乎其中。予不必吝，取不必丰。辩我者为喑嘿，诳我者为盲聋。盗饮德以怀愧，仆衔恩而效忠。彼琐兮若此，又何论乎耆老之与儿童。吁嗟黄公！家有冠组，不华其躬。门有车马，不藉为龙。不轹众以自力，宁敛盈而若空！慕闭门之泄柳，嗤返驾之周颙。彼乡饮兮不可以屈，致矧辟书之可通。吁嗟乎黄公，世宁复有斯人哉，吾将操几杖以从之也！过公之乡兮，斗斛不欺。入公之门兮，左书右诗。闻公之子兮子孔硕，见公之孙兮孙孔仪。慨老成之凋谢，庶典型其在兹。纵往辙兮既驾，亦遗踪兮可追。已矣乎！岁华敛兮万物归，浮生尽兮大运非。叹羲景之莫絷，伤寒露之易晞。谅今古之一揆，孰彭殇之有违？匪遗德之罔既，奚若人兮独悲。已矣乎！人生不可复见，徒陨涕而拭衣。

董封君孺人哀辞

李东阳

翰林编修宁都董君尚矩，既丧其考文林公，三十有五年，始复丧其母孺人温氏。予往吊问之，时君哀甚，且答且泣，咽不成辞。既数日，得君所为行状，盖其事有诚足哀者，为之辞二篇以泄其情。若公及孺人之贤，已为馆阁诸公所著者，兹不复赘，而亦不必赘也。其辞曰：

大儿五龄兮妇三十，君中捐兮百忧集。执儿手兮属妇，吾不儿父兮儿有母。燠寒兮渴饥，儿心兮母知。壮无使游兮，少不可使嬉。敬尔如父兮，畏尔如师。岂不儿怜兮，无禽犊尔为？儿官兮儿禄，念遗言兮自夙。昊天罔极，儿生有身兮，岂其可赎？卖田兮买榨，然松明兮代烛。携孤儿兮墓哭，泪班班兮石为竹。朝辟纩兮夜续，我分劳兮婢仆。父书兮儿读，布衣兮齑粥。悼吾人兮未亡，非此辈兮安属？得官兮归来，烂高堂兮命服。爰桑榆兮独茂，嗟往事兮谁逐？伤别离兮伊迩，念归宁兮不复。哀皇天兮茫茫，胡白日兮太速？慨吾生兮摧肝，饮予恨兮终曲。

余通判哀辞

李东阳

南昌余鼎实为温州通判，藩臬部使者交荐其贤，获荷锡典。成化丁酉，述职京师，道南昌卒于家。君之季，实娶于学士谢先生之子，先生与君厚且亲，谓其材行有余，而位与寿皆弗称，可哀也。既为文以传其家，复属予为之辞。其辞曰：

油屏兮棨钠，侯之来兮越州。山川缪兮阻且修，岁奄忽乎春复秋。吏民歌兮拥道周，侯将行兮不可留。鸾书兮锦裳，侯之归兮故乡。入我户兮登我堂，子列侍兮孙扶将。志弗违兮身靡康，胡为中年兮罹此殃？越之冈兮楚之阪，魂朝驰兮暮返。望东皋兮野色，芳草萋兮既晚。慨时命兮不逢，哀壮士兮中蹇。渺巫占兮詹卜，谁复问兮修短？长绳兮落日，苍天茫茫兮岂其可绾？吉地兮良辰，侯之辅兮两轮。佳城郁兮彼原，送者默兮如云。绋有绖兮刻有文，生弗达兮死有闻。九原兮可兴，亦将感兮吾文。

程襄毅公哀辞

李东阳

繄程伯之在州兮，粲华胄于南邦。越襄毅之挺生兮，气廓落而开张。珠照乘以驰辉兮，金跃冶而腾光。铿鍧震耀极宇宙兮，孰不知快睹之为祥？君门突其巍峨兮，历谏省而高步。值国是之多疑兮，抗英声乎言路。分侯藩以来宣兮，望辽海而东骛。西略乎岷嶓之墟兮，捣夷瑶之巢户。领太仆与内台兮，载经营乎东鄙。承黼命于先朝兮，实受知之所始。历南都而轶西曹兮，命屡下而载庚。朝涛居而暮陆处兮，寝食惕焉其弗宁。有夷狾于西南兮，骇群言之如沸。皇授钺如大司马兮，驾戎车而言迈。陵嵚谷巇窅乎不可名兮，曰豹尾与龙背。驱猰貐于坤隅兮，扫欃枪于天际。歌凯奏而还朝兮，六旅为之增气。纪名世于太常兮，册两官于一制。身抱疾以思退兮，疏屡上而弗俞。赞留务于南都兮，曰惟老成之是须。物不可使过盛兮，宠吾独可久居。超一去其不复还兮，皇轸念而莫予拘。涉山川以遨游兮，巾予车于歙之野。制兰楫与芰裳兮，作晴舟之钓者。敛予福以全归兮，顾命服之在躬。彼富贵之罔不崇兮，独耆寿之不终。维公有华兮，公亦既有子也。美弓裘之未艾兮，公宁独恨乎此也。抠予衣以登阶兮，及公年之未衰。发予棹于龙江兮，曾岁月之几时？顽父子以翱翔兮，敢忘情于欣戚！怅刍束之莫将兮，溯长风而太息。维瀛有洲兮，维芝有山。维公何归兮，往来其间。木经秋而改色兮，鸟千载而知还。彼大化之无垠兮，归万幻于一端。孰泯泯其不忘兮，孰耿耿而无存？国有史兮家有乘，嗟公之贤兮，孰使予之多言？

追封泾国公蒋侯哀辞

李东阳

悲风飒其何来兮，壒尘沙之蔽空。奄西日之不我留兮，叹川流之既东。星夜陨而无辉兮，剑沉秋于碧淙。感时序之屡移兮，哀壮士之不终。

公何归乎？公将乘风而远游。四方上下杳不可名兮，吾将巫阳之是求。胡冰萃其崚嶒兮，凛穷庐之不暖？彼衣垢而食腥兮，怅华风之日远。杂诸羌之异种兮，语啁哳而不通。炯鬼磷于沙场兮，倏昼昏而夜明。陟蜀徼于西南兮，棘道阻其如棘。隩磵房以为巢兮，构篁箐以为室。莽白骨之纵横兮，血溅溅其相射。夔魖魍魉错然而成群兮，或睢盱而跳踯。生秉节以周游兮，魂仿佛而不止。公乎归来兮，胡为独乐乎此？

帝阍兮九重，粲瑶堂兮紫宫。屹岩廊兮在望，麟阁起兮层空。桓圭兮衮衣，公归来兮此中。棘门兮幕府，左幢牙兮右弓斧。趋金章兮走朱组，令之行兮莫予敢迕。公不归兮何所？甲第兮高堂，绣为桷兮雕为梁。曳华裾兮飘绮裳，斗捷猎兮纷成章。琱盘兮玉脍，荐旨酒兮芬芳。吴歈兮越讴，歌宛转兮何长？公乐其归兮，乐且无央。

泾之封兮杨之里，地之灵兮桥木生梓。河为带兮山为砺，铁为券兮金缕字。国有臣兮公有子，扬休光兮延锡祉。家千年兮庙百世，公不归兮竟何逝？吹龙笛兮鸣鼓鼍，揽予辔兮岩之阿。铁兜鍪兮金盘陀，驱绛毂兮乘赤虾。溯灵飙兮泛仙槎，公不归兮奈公何？茫茫九陔兮渺不可以极，山苍苍兮海增波。

祭张给事中文

杨一清

子之素履，金玉粹完。子之文辞，云霞烂宣。我固识子，置子谏垣。子不我负，克昌其言。枭雄扇毒，窜子蛮烟。子胡不死？完璧以还。大明丽空，燔磷不燃。群凤在冈，翙翙翩翩。子乃死谏，舆榇故园。反复推究，莫知其端。岂人事之修为，无所与于天？抑气数之变，人实乘之，而天亦不能斡旋其间也。乌乎！子心不愧，子名不谖。藐焉遗孤，室如磬悬。追思门墙，垂四十年。生莫子援，死徒子怜。子丧莫助，繄我之愆。寄奠一觞，我涕潸然。尚须执笔，表子之阡。

祭王尧卿文

杨一清

嗟乎！子有浩然不可羁之才，有莹然不可污之志，有沛然不可穷之辩，有毅然不可挠之气。贤科得俊，不可谓之不显。琐闼近君，不可谓之不遇。抗一疏以违时，遽挂冠而勇退。子之平生，庶几可以无愧也。奈何遇事勇为，罔恤前途之险巇。有美不韫，卒为时人之所忌。子之自信不失，为许国之忠。人之议子，谓昧乎保身之智。故徐福之徙薪火未然，谁策其勋？而曾参之杀人，其母不能不惑于三至也。

嗟乎！艰关百折，不易其言。得祸虽奇，终以正毙。子身不辱，死何足计？君子初为子伤，而卒不能不为之一慰也。峨峨南山，子藏已深。失脚而出，一蹶不振。缅怀畴昔，悠悠我心。言犹在耳，莫可追寻。寄奠一觞，我泪沾襟。

祀祖告文

彭　泽

维某年月日，嗣孙泽附告于诰赠武略将军、管军副千户先祖考府君，诰赠太宜人先祖妣陈氏之墓前曰：

泽今奉上恩命，改兵部尚书太子太保仍旧，于正德辛巳七月三日，自陕西兰州赴京，九月七日到任，迄今已逾半年。偶族子程，为永定卫指挥使，功升都指挥佥事者，以进贺至。仲为湖广都司吏役者，以公干至。相与叙宗盟敦睦者久之。兰之诸孙，官锦衣卫、兰州卫者，曰冲、曰浚，俱无恙。独泽以不德配吴氏封一品夫人者，以岁暮卒于家。存殁聚散之间，上感天恩，远追遗庆，不胜怆然。今程暨仲归，谨具牲醴，祗荐微忱。乌乎！父子祖孙一气也，幽冥死生一道也。哀荣离合，想无间然，敢兹附告。伏惟尊灵，俯垂昭格。尚飨。

祭刘东山忠宣公文

何孟春

乌乎！人才与元气相流通，世道以人才为隆替。吾尝观诸前辈，有以验诸当世。才惟间世而出，气实竢时而至。我孝皇之御极，昔群贤之在位。新两间之庶绩，启一代之盛治。繄东山兮遗老，与西涯而同志。处中外而皆宜，历始终而靡二。称虞廷之夔契，作汉室之丙魏。兆周卜于水滨，沛商霖于旱岁。庙谟一本于正，兵政每权于智。或坐决而立筹，或专行而共跻。盖笃生不偶然，岂休明而苟际？森如千丈之标，煌矣九葩之瑞。雨露之栽培也深，冲和之感召也异。声名如之，何不轩翥？事业如之，何不昌炽？公今运而偕往，彼后来其谁嗣？

忆我少壮，承公嘉惠。情无隔于乡曲，礼特优于属吏。洞庭奏钧天之野，衡岳呈玉牒之地。吾邦实钟于英杰，小子敢忘于纯懿！戊辰之秋，公谪西而我制弗从。辛未之冬，我北征而公归已遂。过江关而棹弭，望草堂而门诣。领晤语于乍别，忍悲音之遄暨。惟皇上之恩私，念老成之凋瘁。征舆论于盖棺，易美名于赐谥。谁云明德之难再？有懿烈其罔既。士民闻之，辍相杵之舂。君子谈之，兴椎琴之喟。粤余欲奔走而会葬，奈职守之拘系。托蕰藻以非丰，荐冥灵于不昧。猗逝水兮无回波，徒临风而殒涕。乌乎哀哉！尚飨。

祭李徵伯文徵伯名兆先，李文正公之冢子　　何孟春

呜乎！人惟有情，不乐斯悲。伤今吊古，触物感时。或重太息，或以连洏。况在同侪，死生间之。呜乎徵伯，此痛可知！呜乎！余之交子，始自童稚。子之头角，峊然独异。气降炳灵，质全天粹。学与日升，才将川至。其名愈高，而意弗肆。不已之才，笑人非类。笔砚之间，不余终贰。宗经匠史，朝论夕议。呜乎徵伯！惟子有父。予之有师，门墙数仞，岂予敢窥？子实先容，使余至斯。以奉徽音，以亲道仪。曰《诗》曰《礼》，所得不赀。周旋惟子，并几连帷。言念畴昔，星霜屡移。余兹朴售，子乃珠遗。呜乎徵伯！以子之才，何所不至？咫尺青云，自当立致。临流亡楫，临御绝辔。邅回世途，竟夺初志。一病溘然，并身而弃。运

来何穷，化去何驶？玉树春雕，文星昼坠。士林咸悼，泪目相视。天也谓何，理将安诿？壑有藏舟，隙有留驷。昏庸痴癖，方以禄媚。呜乎徵伯，子岂厌焉？而甘夭死。我师慭慭，痛其曷已。子囊东行，才旬月尔。尚轸师怀，数书邀子。呜乎徵伯！子岂忘之矣乎？子之孝友，余所素悉。限数迟疾，固难子力。呜乎哀哉！灵芝不坚，至宝多脆。物理则然，孰宜孰戾？彼彭与殇，不可同岁。自后观前，孰为长世？处顺不忧，得正而毙。归全是安，孰云早计？白首龙钟，不夷不惠。无述而老，孰非疣赘？呜乎徵伯！余当哭子，复为此词。将慰我师，匪余子欺。吾人所贵，身后有垂。平生所成，精力所施。子文成集，不朽之基。璀璨可掬，烟云在披。其存者长，何年岁为？呜乎徵伯！余于哭子，盖自有在。风漓世降，友道先废。凡今之交，寒暑不耐。韩公心口，翟公睹态。子尝及余，泛论其概。庶几同盟，我二三辈。然诺意气，颇为慷慨。今子已矣，谁其无背？鬼神是临，此言难昧。呜乎哀哉！秋之为气，寂栗萧索。有草则腓，何荣不落？輀车当发，骑吹交作。奠子一觞，送子西郭。寒空度雁，零露起鹤。心折骨惊，脾酸肺削。变化纠纷，子将焉托？清爽之魂，肯终冥漠。尚享。

祭太师李文正公墓文

何孟春

呜乎！公弃诸生，今督七年。比于列星，箕尾是躔。春去京万里，五年而还。追惟我公，北斗在悬。不见其人，拜公墓田。慨兹临窆之所，久绝执鞭之缘。公之仪型不可作于九原，而栖魄之地，吾徒视之实犹函丈之前。公之诗与文，盖自文章家以来所鲜者，论者谓李白、马迁不足为其似。若德望勋迹，则惟唐裴郭、宋韩范亦难以拟其全。事之著也国有史，书之传也家有编。春知有吾师，期于不负而已，兹何更假乎言？洒扫券台，行观寝垣。觞陈俎奠，有泪潸然。尚享。

祭崔门妹文

何孟春

嗟乎吾妹！前岁之冬，归尔崔氏。吾去京师，势当别尔。曾几何时，而尔遽死。嗟乎！吾去今则归，而死者不可起矣。吾痛其可已乎？嗟乎吾妹，吾与尔诀。其期甚迩，而遂乃至此也，吾痛其何时已乎？吾先大夫，室无私侍。吾同母兄弟十人，而七人殇于先大夫之世。先大夫之弃我而逝也，吾始弱冠登一第。旦弟三岁，尔方才七岁。吾日哭先大夫之墓之侧，孰慰吾母之侧者？惟尔与旦弟也。吾忍不即死，免丧复仕。岂于功业，有所宏济？欲纾吾母病中之遗累也。请俸资营少甘旨，吾以进慈帏而藏其余，为同胞计耳。吾妹比长而甚慧，幽闲静专，孝友贞惠。托荆布于礼门，当不惭其伉俪，而命弗昌，而竟殄于沴。嗟乎，吾痛吾妹，其又可既邪？旦弟以去年授室于京，吾有书至郴，吾妹已不及闻。

呜乎！十人之中吾三人存，卵而翼之，吾父母之勤，罔极之恩，吾不能报一于万分。幸吾弟妹始底于成，而吾妹又夭，以重伤父母之情。吾归尚忍哭其坟邪？幽冥两途，骨肉纠纷。泪落奠觞，吾不知所云。惟尔有灵，获觐于先大夫，岂无有感于蒿焄者哉？

祭李黄门文

何孟春

始春进士时，获拜吾祖之同科者，盖不数人。而吾父之同科者，方扰扰乎要津。后之十年，则所谓不数人者，浸复就湮。而扰扰乎要津者，或屈或伸，或升或沦。又后之十年，而所谓伸以升，屈以沦者，几残星之向曙，几枯木之再春。比参汴藩，谒公后尘，感今悲昔，追故话新。公非吾父同科之屈以沦者邪？白发乌巾，风采精神。桑榆余荫，固未易垠。曾几何时，而公以不起闻矣。呜乎！敬老为其近于亲也。今日之事，春安得不为公涕下而沾巾？一勺之献，挹之涧滨。

祭外舅欧阳少参文

何孟春

嗟乎！情至哀者，不能尽之以言。矧寓情于尺札，曷余哀之可传？既有生于万众，孰保己于百年？在七十而已稀，顾始终之贵全。公掇巍科，跻膴仕人，谓才而且贤。坐刑曹而多所平反，历藩省而不愧旬宣。既投劾于公府，遂来归于故田。白日返阮公之辙，青云收祖逖之鞭。聊优游以卒岁，式采美而钓鲜。日月曶其逾迈，兹委化而即元。人谓全而寿矣，公亦心无恨焉。余之所为哀者，哀余私之未捐。余始彀而在巢，公许余于唳天。归季女为我室，结恩好于夙缘。何仕途之出入，渺山蜀而云燕？余惟家难之承重，得迩公之林泉。曾弗究于晤语，抑何有于周旋？嗟乎，士感知己，余哀曷蠲？中有怀而莫报，徒临流而贮涓。望公柩于寝门，拜公象于仪筵。随公子而一恸，嗽愧负之往愆。公之子孙，头角巍然。闺无遗少，诸婿满前。区区俎豆，竞致荤膻。行当执绋，以诀终天。送严霜于远郊，续陶令之短篇。俨阴风其如在，与丹旐而同翩。

祭同年蒋用爵文

何孟春

呜乎！君惟同乡，举亦同年。我与君友，岂当世之士博交则然？而君实天下士，在同年中众佥曰贤。其貌訢訢循循，不少肆而规恢有道。其气磊磊落落，不为迂而操执弗愆。町畦不内设，其心甚坦夷而自有限制。阳秋不外见，其意似多可而能别媸妍。此我辈之取友于君，而君之为贤也。若夫文章之阃奥，经学之渊源，良工独苦，游思入玄。君之才盖又有在，而弗售于春官，曾弗得比于青钱。我辈爱莫助而人皆为之惜焉，一官而领剧县，百里如在针毡。天时洊饥，盗贼满前。诛求日至，簿书委填。官有宿负，民就颠连。世其谁不曰难，而君才略无所遭。呜乎！吾于是知君之不肆者，可以调更张之弦。君之不迂者，可以解既倒之悬。君之坦夷者，可以施平易之政。君之多可者，乃不失乎轻重之权。呜乎！此君之所以为益贤也。区区经学文章，而适于用如吾友者，畴甲科之足肩。政成入觐，绩用既传。天曹是嘉，按例当迁，而君偶尔遘疾，遂至不痊。嗟旅邸非故乡，胡为遽去白日归黄泉？感友道之既孤，叹人生之良艰！何天命之不可恃，而神理之或偏！呜乎，君则已矣，人敢诘天！临棺致祭，痛深涕涟。

祭何潇川文

张治

乌乎，公何以遽然耶？同乡之谊，荣辱进退，死生存亡，悬之哀乐，斯情之常。然而君子之身，关天地之大，系盛衰之运，则又夫人之所歔欷而永伤也。藉衡孕麓，毓汉膺湘。类楚之良，银艾卉壤。昭暗沦章，于维公灵，人实弗忘。旷形势而相感，余不自知其何向也。乌乎！摛华奋英，矫翼风云，曳黄拖绯，位公与卿，公犹夫人也。迈树崇醇，葆端履贞。为世干桢，为乡典型。东山之后，一人而已。

公貌若诎，公言若讷。大美不言，明则不设。容容晦晦，大白不白。至若探玄析奥，发幽洞赜，入棼错，游髋髀，居难当剧，干将独割，殆划然而劈也。雕琢复朴，决畛破域，播忱推赤，粥粥抑抑，肠肾咸出。若至临利害，仗大节，引重鼎，万仞横绝，屹然而独立也。故其危词足以摄时权，真节足以抗逆竖，竞气足以服强藩，纯义足以消犷驭，徽虑足以弭冲寇，沉幾足以克乱绪。释回弼违，急病逊夷。蠢迪捡押，旁开五彝。川流兰郁，掀蔚旁施。圣王秉衷，狂夫遘荼。浮士首难，腐儒裕蛊。维公之望，郁为众枢。协衷之化，庶其有趋。国步弗臧，天不憖遗。春冰雨木，中台坼移。两楹梦奠，梁木其萎。屈长算于短日，顿远迹于促途。

夷世之略，朽有一棺。弥天之志，竟于斧屋。此人之所以永悲于公，而公之所以自悲者，亦或以是与？

虽然，张子有言，存吾顺事，没吾宁也。公复何憾？体受归全，盈虚消息。明昭昏瞢，在数则然。公于是理，实洞其玄。公将藉永澨以潜寐，而或委流化于无何有之天也耶？燕楚万里，素车将启。临风薄奠，为世道一哭也。又不特为同乡之谊而已。

祭阳峰阁老文

张治

呜乎！维公之生，盖全楚气运之所关，即公之始终荣遇也。君臣相得之为难，在昔吾楚以元魁登翰苑，致位宗伯，则有若襄阳之任公，华容之黎公，盖数十年而公始继焉。入赞台鼎，以宅百揆，则有若文定杨公、文正李公，盖数十年而公始继焉。我朝百八十年之间，鸾翔凤翥，仅此而已，岂非全楚气运之所关邪？任、黎举寅清之职，而其究弗极。文定之历事三朝，更艰险而百折。文正之遭世岌岌，持干将而独割。惟公之出，际今上之明哲。经幄细旃，从容论说。金闼委蛇，隆恩殊锡。启沃交修，如尹如说。及位秩宗，入赞密勿。始终荣遇，以至于没。隆名融融，宠光赫奕。夫公能兼四公之位，而得志行道，完身全节，盖有四公之所愿而不可得，岂非君臣相遇千载而一日邪？

呜乎！公之凝重如任，纯朴如黎，相业如杨，文章如李。昭勋华于当时，流声光于来世。先后辉映，则异代而一致者也。公在相位，天子倚毗。中外忻忻，太平可冀。何上天之不憖，讵一疾而长逝？呜乎已矣！昔人有言，惟有文为不朽，惟有子为不死。公文可传，公嗣弗延。有梀在旅，谁侍几筵？图书在目，谁绍其传？此公所不能瞑目，而人之所伤悼而嗟焉。呜乎！天之生物，或修而培，或覆而颠，其气之弗齐，其福之弗完，达人大观，孰洞其端？在古则尔，而于公又何间然！公柩将归，丹旐素旗，绣林之野，公神所依。某等夙以乡曲之故，受知门下，有年于兹。

敬酬以酒，而陈之以词。盖上以写天下之恸，而下以哭楚人之私。

祭壶山先生文

张治

呜乎，恸乎！予与先生不相见者十余年矣，其间动定犹得闻之音耗也。辛卯，先生使来，知先生有末疾，不良于行，而犹闻先生之能强食也。乃今讣音忽至，而先生之没且隔岁矣。忍泪哽咽，不能与来使相语，语之则肠肺酸绝莫禁也。先是，数日之夕，梦与先生相接，精神往来，旷千里而相感，岂意先生遽止于此乎？抑先生之精爽不能忘于予乎？幽明之间，一死一生。今昔成伤，如何可言，如何可言？呜乎！先生衣予食予，冠而婚予，教而成予，固视予犹子也。予则不能千里奔吊，筑场反哭，而以父视先生也，不亦尤可痛乎？虽然，先生言在予耳，志在予心。予虽不肖，敢不勉厥言，践厥志，以求无负于先生？庶或慰先生于地下也。闽山兮楚水，渺漫兮万里。絮酒兮炙鸡，驰奠兮辛苦。魂绝兮无语，泪纷兮如雨。

祭太子少保文隐公龙湖张先生文

萧禹臣

吁！惟我公产于茶乡，秀钟衡岳。神童早誉，高第显擢。官历词林，道称先觉。乃掌丝纶，乃秉铨铎。事业辉煌，才华卓荦。望伟眷隆，简登黄阁。公亦自任，中兴是托。胡天不佑，式返寥廓？朝野悲鸣，江山寂寞。呜乎伤哉！惟我茶乡，代生贤哲。三吾文正，于今为烈。公其继之，先后一辙。名在乾坤，百代殊绝。生顺没宁，公其永悦。某等乡学晚生，沐公教泽。恸公先逝，无任悼惜。临榇陈醑，荐兹束帛。公灵不昧，仰祈来格。尚飨。

祭门生余子完文

萧禹臣

维嘉靖己酉春，自正月不雨讫今，度山子时方忧旱，四顾彷徨，日徒步拜祷于各神祠。越二十日，乃夜斋宿于城隍庙署，过门生余子完之门，乃闻余子以是日卒于家，度山子涕泗不能已。越二十四日，度山子率其僚甘子永正往哭其灵，乃作而叹曰：

嗟乎余生，何天夺之速耶？予官遂以往岁三月望日莅治，时诸生相与迎于郭门之外，予目余生，气昌质伟，丰采凝俊，固识为有用才，然尚未知其名也。继予以文艺试诸士，磊落英多，余子亦居上列，时则知其名矣。既而诸生有求受业于门下者，余子乃托其旧师中翁陈老先生为之先容，予纳之，时则知其人矣。嗣后相与日密，子虚怀善受，予亦罄心以予。但见日异而月化焉，乃知其立志之笃，求进之诚，时则交以神矣。既而予将考邑之文献而创志，谋之学谕碧山苗君。苗君遴子与纂修，越月而事竣，虽同事六人，子之功居多，则知其学博，其识精，其才富，诚兼三长而可言史。乌乎！共晨夕虽未及年，而相知则深且厚。吾方望子举于乡上春官，魁天下，以乘时远到而乃遽止此耶！

予不才，近为仇敌所诬，子与见嫉，每慷慨为予不平。时进规予过，盖欲匡予不逮，而成予之美也。藉令天假之年，使予毋得罪于朝廷，毋得罪于巨室，毋得罪于群黎百姓，师友之相得更何如耶？乌乎，胡天不吊，竟夺之速耶？岂真子之不幸，亦吾之不幸耶？虽然，死者理也，修短者数也，循乎理而安乎数者君子也。古之圣贤，亦安能逃理与数乎？独惜乎以子之才、之器、之学、之识，而竟弗得售于时，以究其所蕴。遽尔赍志以殁，不亦大可哀也耶？乌乎，其未定之天耶，抑天以精英之质赋于人，不欲售之而顾夺之耶？是皆不可得而知也。虽然，吾子有子矣，不在其身，则在其子孙，安知子未尽之志，不见之于子若孙耶？矧子以刚大之气，英发之才，充裕之学，见服于乡人者素矣，其视诡谲奸诈之徒，侥幸于时，腼生于世者何如耶？

夫生顺而死安者，常也。功名未遂，志愿未酬者，变也。吾子亦安其常而已矣，变何足撄也耶？吾子其瞑目矣。吾虽不能为子生前之助，宁能已于死后之悲耶？继自今吾当恤子之家，抚子之孤，以至于吾之去斯已矣。乌乎，伤哉！束刍絮酒，侑以哀吟。吾子有灵，尚祈鉴之。

湖南文征　卷四十七

祭文下

祭丁封君翰林学士文

艾穆

尝闻清河之源，泗水下通。其精英之所结，灵秀之所钟。每每泄为隐人，而化为巨公。厥惟我翁，儒雅沨沨。心行淳古，世美攸崇。贲于丘园，优游若终。逍遥鹖冠，隐大难踪。人咸谓其踵鹿门之遐轨，而追豹谷之高风。乃其含灵毓奇，大启硕鸿。射策承明之庐，洒翰銮坡之东。瑰文渊学，纯德朴忠。讲幄谈经，上彻圣聪。晋贰铨衡，题才执中。旦夕爰立，接武夔龙。此其原本溯始，如彼明珠，颔于骊龙。如彼豫章，挺于巃嵸。则又翁贻谋之谷，而过庭之功。翁也荷天之宠，晔晔荣封。分之大庖，鼎养方隆。期迓纯熙，享算穹窿。乃厌尘壒，遽返瑶宫。讣闻上国，轸于宸衷。承异数之优渥，极生死之哀荣。某等昔官成均，自分颛蒙。象贤不鄙，独我磨砻。衔忆鸿造，报未縻躬。则今兹闻翁之奄忽大还，而怛然悽楚者，诚不知涕之何从？翁之灵其尚炳炳融融，而鉴吾之哀绪于无终。

祭始祖华仲公文

艾穆

我始祖华仲公之来吾平也，盖徙自乐安之太平乡。自宋末迄今，家逾四百年，历十八代，而其家声始昌。旧谱载公墓在罗家坳，某山某向，盖的然有据也。而今索之，大地茫茫。岂历世久远，子孙易忘？而竟莫得其瘗玉之藏。虽然，宇宙万形，同归于敝，其自名人之墓传之敝也，皆化为无。所以千万世而犹不绝蒸尝者，夫谓其人与骨已朽，而神灵英爽固至今洋洋也。公之墓今莫考矣，而其神之栖于兹土者，犹隐隐薄烟雾而凭阴阳。某每追念十八代之子孙，固皆衍自公之一人身也，而且墟墓无征，怛然衋伤。兹持节之蜀，望公之山而一觞。公其鉴吾言，相吾苗裔，而使吾艾氏愈长。

祭诰赠显妣李太恭人文

艾穆

孤某为冏卿七阅月荷新命，持节抚蜀。便归，扫吾母之墓，痛惟吾母之寿望九，而其化也，今已八年矣。某之以言蒙谴也，母悲之又喜之。及其起也，母又及见之喜之，又巴渝万里之行盖同之。母子六年共悲欢，更相为命矣。顷幸官南京鸿曹，得沾天子之特恩，诰赠吾母，人皆以为荣。兹入蜀，其何能虔其职，以光锦江玉垒之遭，而无负于吾母乎？吾母之灵洋洋在也，其潜谕之。

七月望日祭亡儿而广文

艾穆

汝之不得死所，盖天下之至哀。汝父于汝，肠一日而九回。第宇宙万生，同归于尽。即珠沉玉颓，不殊委灰。则亦不必论其死之为何如，而汝可无抱恨于玄台。汝之命犹尺幅已定，非独黄陵江上之冯夷簸扬天吴掀舞能为汝灾也，而人皆谓汝之贤。不死病，不死家，而死于水也，若是乎祸福不可以常理裁。庄生谓：上为乌鸢食，下为蝼蚁食。一何达也？而汝今不惜葬于鱼腹也，于造物乎何疑何猜？岂归州为故三闾大夫之乡，汝父尝慕其忠，高其沉矣。今与尔过其地，而大夫之英爽相求，恍若为汝观化之媒。不然，何汝与汝兄、汝子、汝侄共饭舟中，而独先出也？正与舟之触石会，而阴若有为之摧。汝之年尚不及颜之夭，而于学庶几竭其才。汝之业虽未大有树，而其心行则无愧于修士之皑皑。汝之身与化为友，而其所遗者有三尺之孤，数月之孩。汝父将以此娱晚日，而郁抱藉以少开。俟其成人而授之故业，天其或者既夺汝之速，必将昌大于后来。兹值孟秋之望，为汝焚佛经，爇楮财。此心苟可自尽，随俗于义无乖。而汝之魂飘泊于黄陵江波之上者，其洋洋乎而来哉！

祭耿太夫人文

艾穆

丹穴钟灵，重溟毓秀。凤揽珠辉，天之所授。神物必合，南金则双。原厥本始，母德以彰。夫人淑懿，内则不愆。娴于母仪，聿追曹媛。绍休女史，协期嫠躔。鸿栖光随，如珣偏瑄。笃生令子，埙篪并传。长公崛起，为世大儒。树帜斯道，以标以趋。揽辔秦关，振铎留都。苍赤宴息，缝掖交孚。顷总台纲，百辟为宪。正色立朝，圣明所眷。学术事功，行日可见。爰有季子，骈美绍休。曹郎树声，俶傥寡俦。家有棣萼，国有琳球。伯夔仲龙，陋彼太丘。谁贻之谷？慈训是由。鸾章载锡，鹤发并垂。莱彩方妍，灵萱日披。愿天锡母，永迓纯熙。遽膺降割，跣奔含凄。何云象贤？朝绅共悲。顾惟代谢，乃理之常。曰不泯者，圣善之扬。笃我世祐，其泽大昌。白云千里，玄酒一觞。式陈短诔，魂兮洋洋。

祭先兄万安公文

艾穆

自我兄之殡兹丘也，凡十年于兹。某昔官刑曹，奉使归也，仅一洒泪于墓道，旋即飞盖乎天涯。嗣以考主事满，得加赠我父，封我母若妻，而洊荷天子之恩私。居无何，以言蒙谴，棒之朝堂之上，窜之河湟之湄。阴山瀚海，天地不羁。太华终南，助我声诗。念我兄音容之长沦，每仰天咨嗟而涕洟？釜鱼几肉，踪迹孤危。播荡五年，履险如夷。兹幸天启圣衷，番然回思。凶阉权相，党结相欺。诛奸谀于既死，起戆直于流离。日月之食，划然开朗。霜雪之后，复迓春熙。薄海内外，快睹清时。某昔之以狂获罪也，实惟兄训旨之是师。知兄九原有灵，必为我扼腕击节，且喜且悲。今又将阐兄之幽光，而矫矫扬眉也。知兄九原有灵，必为我鼓舞含笑，欢洽埙篪。某促装北上，别母驱驰。承特命之当赴，敢远弃乎慈帷？继兹以往，誓死报明主之赐环，以副吾生平所期。不则肯忍心我母之绝裾，而娓娓然逐时态诡随邪？此其用舍淹速，事皆有不可知。惟明灵之洋洋，其仿佛而格斯。

祭白野朱先生文

曾朝节

壬午四月日，我师陕西左方伯野翁先生卒于家。越明年癸未二月四日，门人翰林编修某，始克为文，致香帛敬吊先生曰：

祝融石鼓，蒸湘洞庭。奠兹奥区，鸠宅祥灵。匪伊伟人，挺节劲操。畴发幽秘，树声流耀。于惟我师，含真禀和。大节此生，皭乎弗磨。爰自家食，素业晏如。取严一介，名恐寸污。孝弟之敦，自其天性。于贫若饴，于义若竞。聚徒授书，二十余年。迹蹶名起，郁为时贤。强仕既逾，始收科甲。旋以大行，擢置台察。巡鹾淮上，凛凛风清。广右论列，震撼元臣。道直物忤，泉州作伯。政成岂弟，西山并烈。忤者未厌，疏为运司。世不胜巧，而公任之。处秽而洁，弥抑而奋。历浙藩臬，咸归清谕。姜桂之概，在所两难。既骋其辔，亦顿其衔。已从河洛，左辖关内。湔涤弊蠹，节缩经费。以端表帅，以肃寀寮。三秦慕德，遍于群谣。勋猷之积，公望攸属。忽焉归老，修途踯躅。不用而归，世方悼嗟！讵归几何？讣闻天涯。悲哉痛乎！上寿多有。寿我典型，以淑士友。遽夺我师，孰范孰模？浩浩正气，乘虚入无。嗟乎悲哉！不朽者名。水深山高，鄙宽薄敦。节于我师，载德高厚。服膺训诲，庶克有就。往归里中，适师甫还。饮予饯予，音容睫端。岂谓离筵？即成长别。写悰告哀，有泪如血。尚飨。

祭荣定王殿下文

龙膺

维万历四十年三月，荣老殿下薨于殿寝。粤七月，讣闻于居延，不肖贱子龙膺，方有视师关陇之役。以八月壬戌朔，始得为位而哭。已拉泪为文，絜酒炙鸡。裹粮授一介，驰汉寿里，伏阶殿而告曰：

乌乎哀哉，铄为睿王！笃生天潢，茂钟元始。幼而歧嶷，长而瑰玮。博宗六经，旁搜诸史。研精大道，洞悉名理。明德为馨，缉熙敬止。蒸享苾芬，以迓帝祉。懋秉忠贞，肃雍端委。百禄攸同，眷隆斧扆。纯孝尽伦，躬亲滫瀡。孺慕穷年，永思岵屺。燕翼孙谋，螽斯麟趾。丕显丕承，令闻不已。睦族秩宗，惇典庸礼。惠赈懿亲，肇修人纪。乐善崇儒，折节下士。缃帙朱楼，雕床玉几。掞藻如纶，挥豪振绮。云汉为章，烟霞落纸。含钟吐玉，超苏轶米。天纵多能，文心有斐。召晏平台，延纳朱邸。宋玉披襟，相如曳履。考鼓鸣钟，引商杂征。列错罗珍，炰鳖脍鲤。艳舞惊鸿，清尊浮蚁。火树星桥，春华霜蕊。铁拨鹍弦，鱼龙鱼抵。百戏毕陈，三雅叠洗。授简分曹，藏钩对垒。一鼓先登，群锋披靡。川吸如鲸，罚觥惟兕。援斗虹流，悬河飙起。淮南八公，邺下七子。中圣咸宜，惟膺无似。父事我王，亦我儿视。好等齐竽，设同楚醴。贷我狂诙，容我谲诡。急周以资，疢疗以饵。勉我令名，示我周砥。我心靡他，愿怀孔迩。睿独怜膺，实左右依。出告则悲，反面则喜。于役边陲，远辞殿陛。遣使诒书，数千余里。伏闻违和，百拜报启。慎疾加餐，葆摄玉体。髯奴甫还，方庆福履。讵罔浃辰，遂成游晷？言谒玉京，跨彼箕尾。帝悼彻悬，震虩失匕。凡我庶黎，如丧考妣。不肖嗟膺，何怙何恃？擗踊哀号，崩肝裂髓。有涕涟流，有骨柴毁。世无惠施，庄寝而语。知无子皮，侨善谁与？让也国士，管也知己。况我先王，兹非其拟。生我者父，鞠我者母。师玉我成，君器我使。兼四重恩，与天地比。乌乎哀哉，而今已矣！负义不祥，志士所耻。七尺徒存，方寸自矢。幸赖储君，继述济美。有友五人，曾不我鄙。不忘先王，推爱如弟。梁木其摧，大芘有梓。询于刍荛，采其葑菲。徽容在觌，德音在耳。神理绵绵，灵光浰浰。日月云迈，山川间只。束彼生刍，写兹哀诔。何以荐之？澧兰沅芷。何以铭之？枉山朗水。庶其格思，云螭来弥。神之听之，以飨以祀。

祭汉伏波将军马公文

龙膺

维万历甲寅冬十月庚辰朔，越祭日癸卯，参政武陵龙膺，敬以牲醴祭告于汉伏波将军、新息侯马文渊公之神曰：

惟公生为忠臣，死为明神。上与日月争光，下与山岳并灵。千秋万世，人孰不知将军之名？当其奉书通好以决圣主也，人服公明。其据鞍擐甲以示矍铄也，人服公诚。其威槃瓠于壶头，建铜标于交阯也，人服公武而贞。其排群议而不挠，处于贵戚而不骄也，人服公亮而清。其诫子姓以驯谨，重伯高之质行也，人服公直而醇。又其横武溪之笛以托吟，怀下泽之车以寄适也，人服公风流儒雅而不群。

若夫旋旆渔仙，偃戈石室，以辟毒淫，以憩行役，濯足澄波，振衣绝壁，飘飘有出尘凌云之气，而弃钟鼎于鼠腊。故迄今著肸蠁于兹山，通古今于一息。洞有佛庐，公默护而永奠之。村有民居，公阴庇而安堵之。江有舟舶，公宏佑而安流之。山有猛兽，公震叠而远驱之。故千秋万世，孰不知公之名，而又享公之赐？因以颂公之德，愿世世奉公之祀。

膺窃谓公与汉寿亭侯，先后忠于汉，存殁著于楚。齐威灵于山川，并食报于樽俎。固宜同为法门之佐，而永为洞天之主。敬采江蘅以为羞，酌溪流以为醑，辄侑一诗以荐之，知公之不我吐也。

河东谢雨告文

龙膺

河东一郡，大祲频仍。去秋飞蝗为灾，今夏旱魃为虐。以致二麦焦枯，赤地千里，兆姓嗷嗷。职膺日切隐忧，不遑宁处。于是痛加修省，恪奉宪条，率领所司，躬雩露祷。仍遍檄诸属，赈彼翳桑。又恐囹圄淹禁，上干天和。孝妇飞霜，苛吏召眚。乃下州邑，通行清审，轻则释之，疑则雪之。其械系鞫讯者，率多宽其捶楚，减其赎锾。未敢轻挞一无辜，未敢故入人一罪。甚有沉冤，误陷大辟，即为开豁，匪止二三其人。囚粮支给以时，圜土洒扫必净，渴施茶浆，疾施医疗。鳏寡随在收养，务期各得其所，以广太上好生之仁。三令五申，拳拳惟谨。今幸祷雨未几，天意遽回。大沛甘霖，惠此下民。灾民微有起色，耕种可望西成。白发黄童，手额相庆。实戴元穹，感激欢呼。谨修庶品，用谢百灵。除膺益勉洗心，勤修善行，丁宁诸属，洁己恤民。宣布皇慈，对扬神贶。庶雨旸时若，终惠灾黎。

祭庄少屏年伯文

李腾芳

厥惟长沙，水深土衍。学士生焉，清淑广远。有美学士，公为之翁。辟彼崇冈，是产巨松。学士在朝，公安于野。门室静阒，言行详雅。御书诰辞，焜煌里檐。集祥绥庆，居起弥恬。学士承恩，益迩益密。渐于台垣，幸公方力。公貌既壮，公精既王。挟其有余，忽然中僵。书来但云，颇苦气噫。学士审知，彷徨惊怪。流涕控疏，请急遄徂。遭讣于道，号声彻涂。予与学士，情好缪昵。别于城闉，泪衣各湿。闻公之亡，如何不悲？天则不吊，抑人为之？凤鸣喈喈，鸿食衎衎。六十三年，亦不为短。青规紫闼，学士方来。贲终之典，姑待夜台。

祭何江峰文

李腾芳

呜呼！人莫不生，人莫不死。朝而闻道，夕死可矣。道乃何道，闻何如闻？明者如月，昧者如云。惟不明已，唠唠口颊。三教之徒，各斗其捷。彼范子者，抑又何知？谩曰不朽，事功文词。辟如盲人，手执瓦器。谓是器者，金石不替。我闻大翁，操觚最早。出史入经，幽渺坚好。师友二子，鬼构神设。眉山复兴，明允轼辙。咄咄明允，老走京师。权书衡论，觊一试之。何如我翁？翕光自照。用世之业，付与二妙。端居清净，八十一年。厥闻不谬，缘尽而迁。见翁达者，讶翁何往？翁实无往，见者怏怏。维时令子，持节长沙。有万斯人，闻讣叫嗟！令子如霖，斯人如爇。翁不可赎，云收雨辍。斯人之苦，有口莫宣。我同此情，尤有甚焉。流涕再拜，再酬以酒。再侑之词，翁其歆否？

祭张文轩年伯文

李腾芳

昔孔子论士，与硁硁而鄙从政者于当时，盖深怪夫作伪而不知耻者也。虽硁硁之细，而亦取其不欺。是即所以恶乡愿之意，与不得已而为狷者之思。考公生平，为善孜孜，虽食息起居之常，而未尝不谨。与童子婢妾言，而绝无可疑。士之有耻，惟公当之。美哉有子，绝世之奇！豪鹰快鹘，不可韝维。宜摩天而迅飞，盖公心之所期。忽然浮沉，一十三期。如羁骏足，与蹇同迟。增吾徒之感慨，想公心其亦悲。吾闻沧海汗漫无涯，犯波涛而不恐，料舟楫之所宜。苟败材之难恃，将覆溺其奚追？审涉世之忧患，比涉海而犹危。求济险之所具，舍令子而其谁？然则令子之乘风破浪，跨万里以远到，其必有日矣。但伤公之逝而不及见之，凭帷一酹，以告公知。灵风惠来，傥惟其时。

祭少詹学士庄冲虚文

李腾芳

乌乎！莫不有死，惟公死重。悲死者情，我悲尤恸。公之才谞，如华斯繁。不至于实，遽燔其根。公之德品，如井斯洌。汲不及瓶，忽堕其挈。公之禄位，如日方昕。未经于天，蔽以浮云。既失其怙，又丧其偶。祸逮孙子，以及冢妇。一岁之间，摧肝数哭。命也如何？身又不穀。我之交公，逾二十年。缱绻绸密，义厚官连。若忧若愉，并若一体。或合或睽，睽叹合喜。昔岁之冬，公以急归。别于城闉，我嘘公欷。虽则欷嘘，暂尔分诀。谁云此际？万世之别。公侄与子，俄以讣来。发书号绝，举屋酸哀。遂及旁人，莫不叫哭。如李髯者，目肿须秃。豺虎之喙，以予为餐。弃组遄返，匍匐公门。漆棺在帷，瓦灯凄照。邈矣沉阴，有怀莫诏。追维话言，我止子休。世虽子须，子讵世求？有栋有椽，子居我斫。有水有舟，子嬉我擢。我歠子哺，子讴我哦。斯语弥鲜，斯人则麽。公病雨淫，始发于足。山曲弗预，卒伤其腹。三年之间，旦夕吟呻。有药实良，不以自珍。畀之于予，曰汝老矣。不懈服食，庶其有子。予幸有子，而公不闻。若其闻之，如何欢欣？感公之谊，终古绝少。口不能宣，苦如茹蓼。何以报公？祝公之嗣。硕实弸鍧，火然川至。公嗣之贤，挺挺誾誾。毋曰茕茕，德实有邻。以此谂公，公必我听。侑以椒浆，灵兮暂凭。

祭周孺东先生文

李腾芳

世之仕而不达者，必其外寡合而多累。孰谓先生言和行备，交满天下，而犹有求全之毁？世之折而不寿者，必其内不足而先秕。孰谓先生神淳意鲜，万应不乏，而年仅六十以止？盖予尝论天下之事，真有不可知者。若寄物于人，隔宿而取之，且有得失之虞，况乎物之非我有者，其何庸以力争而智揣？然则先生之所能者，先生之所有者尔。苟非其所有者，虽先生亦安所措意于其间，而世之达且寿者岂罕？考其生平，不足以供一笑而已。予事先生三十年，受恩最深，求所以报先生者，丝豪靡以也。盖先生于世间法，靡不精了富美，譬如鼓轻尘以益乔岳，吹唾涕以洒江河，虽稚子亦知其不可矣。顷岁废卧丘壑，闻古圣人知见每欲留于世间，业运每常迁于国土之旨，不胜感叹。思以告之先生，而先生业已不起。呜乎痛哉！

祭姚渥源文

李腾芳

呜乎！予少读孔子人生直罔生幸免之论，以谓凡物得而靡丧、存而靡亡者，必直者也。凡物之丧而未必得、亡而未必存者，必罔者也。既而博览载籍，所记贤人君子，与夫奸伪巧诈之徒，考其生平存亡得丧之故，以质于孔子之论，多有不然者，然以谓得之于闻耳，未敢以为疑也。既而官于京师十有八年，当世贤人君子，与夫奸佞巧诈之徒，其生平存亡得丧之故，莫不悉究，以质于孔子之论，又多有不然者，盖得之于见矣。于是窃有疑焉，既而身陷机阱，风波口语，震动天下，莫知其由，而公叹曰：吾师无罪，惟直其罪。慷慨悲凉，因自言平生以直之故，摧抑万状，专以孔子之言为疑，而予不觉失笑，何吾二人之疑同也，然则直其不可邪，圣言其欺我邪？然直之不可，风波摧抑止矣，而公竟死邪！

公初至予邑也，予告以平日无欲争之利，欲去之疾，欲报之恩仇，借公力者，公惟一意自勉。而公告予，以谓吾治邑专视吾师，吾师相惮，则莫敢不惮矣。嘻！此言非公不敢言也。公又自谓以一邑为己任，临事之际，无一足以挠我者。予谓此苏子所谓气之过人者也。其原出于孟子塞天配道之论，然古今英杰，因之以粗其心、障其识者，往往有之，而伊尹五就汤，五就桀，放太甲而反之。古今圣人，自尧舜以下，伊尹最大，而孟子仅以为任，称之与夷、惠等。公毋得以任之一言沾沾乎？公不觉自失。嘻！此言非予不敢言也。自今以后，能以公之言告予曰谁，而予亦谁与言者，岂不痛哉？公死之明日，妻子尚无以为敛。邑人相与简其爰书，为钱计者自一至七，为两计者不多有也。其清如此。性果于疾恶，乐于为善，学之不已，其进难涯。惜乎！其夺之者早与！虽然，律以孔子之所谓直，则死而无愧矣。

勘河祭神文

周堪赓

维皇明崇祯十六年癸未岁正月丙申朔，越日甲辰，钦命督修汴河，兼管河南、山东、凤、淮、徐等处河工事务，工部右侍郎兼都察院右副都御史周堪赓，谨以牲醴香烛之仪，致祭于敕封金龙四大王尊神曰：

侧闻大王诞生宋末，扬威奋武，救难扶灾。至于我朝，挽流助战，扫除烽烟，重新日月，忠义之气，千古为昭。我太祖高皇帝，嘉尚英烈，敕封大王。崇祀河渎，则大王之宣力于国家甚厚，而国家之酬报大王不薄也。今黄河南决，汴城倾圮，粮运道梗，祖陵震惊。皇上特遣堪赓董工修筑，伏念大王护佑本朝，始终一致，岂维今日，宁弗效灵！今初莅兹土，用伸虔祝，伏望神鉴愚忱，阴扶默相，引水东流，河还故道。使畚锸之众，协力齐心，筑塞之功，一劳永逸。行且入告我后特敕加封，用答神庥，纪功百世，神其听之。尚飨。

开工致祭文

周堪赓

维皇明崇祯十六年癸未岁二月乙丑朔十一日乙亥，钦命督修汴河兼管河南、山东、凤、淮、徐等处河工事务，工部右侍郎兼都察院右副都御史周堪赓，偕监督汴河工部营缮清吏司主事王介庆、开封府知府李岩、卫辉府知府文运衡、南阳府知府李芳蕴、开封府同知牛光斗、彰德府同知赵允光、归德府通判朱以霈、祥符县知县宋祖乙等，谨以洁牲、明醴、香烛之仪，致告于敕封金龙四大王尊神曰：

黄流弗令，曷维其常？湍沸浩瀚，震动大梁。名城倾圮，生灵沦溺。忧我祖陵，梗我粮运。河臣入告，圣衷靡宁。乃命司空，筹画以闻。堪赓不才，承乏斯役。偕兹群工，相土卜筑。敬诹今吉，畚锸并施。稽首漭苍，神其鉴之。百官协心，万夫齐力。风雨弗侵，萑苻敛迹。日省月试，聿观厥成。返流而东，川泽效灵。惟神之庥，奠兹中土。神州恢复，万姓获所。仰告天子，布扬功绩。爰降紫诏，驰使褒崇。特秩巍巍，特庙翼翼。赫声濯灵，万年此日。谨告。

自吊文

冯一第

嗟哉！予何人也？乃至于斯。甫通文字，谬列贤书。将近廿年，不敢陨毁。初鄙章句，涉猎遗经。鼓吹湖南，出腐推陈。家邮公谷，凿必典坟。维彰风雅，争扬楚骚。汨罗流英，续响匪遥。落朽摛华，追厚崇高。屡黜时鸣，心手勤劳。私忧乃殷，文统不彰。唐诗取士，韩柳皇皇。岂翳明人？乃堕鸿章。马班统宗，贾董汪洋。志盈才缩，将念未遑。终淹史笔，殚思竭衷。浩海推航，心游鸿蒙。避经黜肤，厥惟始终。尚须余龄，文字攸功。

嗟哉！予何人也？乃至于斯。家世贫儒，厚德惟基。赡生粗粝，华皖不滋。公车六上，积贷莫支。今予四旬，乃遭乱离。母兄东偏，妻儿西啼。伪征频来，生魄难依。明朝广大，胡不驰驱？淹此鬼域，狐跳狼迷。终焉已矣，心伤瘁矣。功无斯须，名实累只。成书犹存，流寄湘沚。谁发幽光，系予郭子？

祭石见五文

郭金台

茫茫吹万，谁判通塞？劳梦生存，冥归守默。时危命贱，抵项踢跖。有觉达人，妥幽不惑。惟君之生，葆孕百福。麟趾凤胎，览辉华族。幙地席天，荡胸扩目。手摘星辰，下视朴遬。一往呈能，纤疑去腹。自称孤疢，踊悼心劳。纳交满座，用下埤高。燕京吴越，结佩贤豪。声生势长，接系风骚。羸金龌龊，吐唾豪毛。丝绣平原，壶飧绨袍。倏丁溃乱，梃揞矢激。汗漫洞庭，吞天陷日。风涛相匽，中作霹雳。行迷二妃，赭山大索。君视海鸥，夷犹顺逆。呼天祈佛，澹宁神魄。扰龙驯虎，不失寸尺。豁然无诤，曷有怵恤？迨君中道，行方智圆。八八位中，用遁守谦。侍母山间，取酒烹鲜。强半斋食，辅慈栖禅。摩颜依膝，用佐飧眠。或时除径，村侣缠绵。浊醪鸡黍，语笑冲烟。流传井里，誉慕仁贤。君有二难，阶除森秀。湖上抡英，降心求旧。思风言泉，涤秽灭臭。擅场挥斤，凤楼绝构。拙匠旁观，缩手双袖。君心欣然，守中受祐。符契要道，仁者有寿。乌乎哀哉！视天梦梦，德星蒙埃。牺樽青黄，维木之灾。灵均贾少，当世疲骀。自古长沙，不愿为材。历今千祀，而始昭回。君沮志愿，薄雾驱雷。迷文垂史，以耀将来。乃如吾人，相怜同调。历劫逝波，身首纷漂。奇君西归，日时早料。偈洞人天，嘱窥要妙。英嗣振世，追风神骠。白马素车，盈门朗照。冀君歆格，顾予窈窕。霞举轩轩，不嚬以笑。

祭石昆冈先生文

郭金台

岁重光其丽天兮，于次乎赤奋若！届南光之司令兮，会旃蒙与协合。虔告朔之明旦兮，翳著雍其提格。震天人之遄征兮，俨灵化之於赫！肠轮转而腹悲兮，心愠惀而辞拙。乃泣湘浦，束刍熯脯。罢舂停讴，率仪巷里。匍匐跄趋，涕零如雨。悲咏载歌，抑悼且舞。䜣我公之大降兮，诞桥陵之帝山。踵尸毗之仙趾兮，获清凉之巉关。恋兰芷与玉华兮，经重译而怡颜。何烂柯之瞬息兮，蹉跎玉质之复还！公乃垂英自东壁兮，泻洛源之灵液。登祈仙之广台兮，盼凌霄之古柏。顾嘉岭之峨秀兮，扳提仲淹于咫尺。怅浊世以辞荣兮，凭吊杜甫之遗宅。尔乃徘徊五原之城，徙倚百花之坞。度汉庭之恢张，慕今兹之廓宇。心絓结而踌躇兮，灵连蜷而返顾。扣阊阖而云举兮，整玉轪而徐步。将追公于化邑兮，尚逍遥于紫金。疑金龙之幻化兮，尚寄迹于渊城。将辨音于虒祁兮，或夷犹于姑射之泓。不谓白云难著，片鹤无侣。招徕吉阳之群，俯仰轩辕之里。望乌咽兮泉声哀，唤蒙恬兮悲歌起。人景仰夫雕阴，悲不绝于令子。某也不才，以今准昔。荀氏八龙，窦家五碧。我公多男，挺英维十。声振天衢，德冠上邑。比世忠之纯懿兮，又振振乎彦直！较延庆之令闻兮，更绳绳于光世。垂棠荫于湖南兮，盼遐飞乎双舄！史搢笔而流芳兮，乘缀美而磨石。虽振古其凛生气兮，公何不妥夫窀穸？

祭赵洞门年伯先生文

郭金台

呜乎！生则荣而死则哀，非人情邪？骨肉顺聚则荣，中道丧折则哀。富贵还乡则荣，零落归首丘则哀。又岂非情邪？同道则同乐，同乐则同悲。宋玉招平，贾谊吊屈。伯牙之忆子期，平陵蒿里薤露之怀田翟。或为良朋，或为师弟。于歌有思，而哭有怀。抑又有近情者邪？小子辈之哭先生俱不然。夫为生死而二视者，过也。为离合贵贱而殊情者，鄙也。为良朋师弟而攻中者，悲感怆悼，关乎一人，犹泥也。小子辈之哭先生俱不然。

先生功名在朝廷，姓字充薄海内外，处负东山，出迎司马，坐言起行，动罔不宜。先生之德业，可谓有成矣。官京师廿余年，通究天下之山川风俗，读尽天下之异书。耳目聪明，才思周浃。牙签翻跌，目送心怡。文士接门，如望海洋，摇心震魄。先生之文章，可谓有章矣。交天下巨公才子千百辈如交一人，与一人交，自少至老，历成败得丧，无间一心。碍者夷之，疏者挚之。睚眦背憎，涵而揉之。宾至辄饮，饮辄醉，醉辄淋漓歌啸。诗词妙丽，唱满长安。先生之于友朋，可谓有德矣。贫时负米百里外，养亲无失色。艰难经纪，诸弟读书婚姻皆成立。及贵显，千里遗书，课子弟植节敦行，无门第慢容。先生之孝友，可谓有本矣。抢攘荆棘时，先皇帝拔之侪辈之中，立登台班，两膺都宪，危言谠论，严谴不加。今皇上奖用老成，特晋侍御史。不半月，捐馆舍，葬祭荫典，加意不忘。先生之遇主知，可谓有终矣。

小子辈所以呼天抢地，哀鸣乌乌、不能已已者，念今日奉新纶，措置诸大臣俪长沙，为湖南奠安亿万姓。诸大臣又敷宣一德，早作夜思，并力为十二城先雨膏，乃不获乞。先生余年，久护朝端，为外臣左提右挈。闻诸大臣垂念先生，至太息涕出。湖南数州郡亿万姓思先生，至相对失声。小子辈呼天抢地，哀鸣乌乌，又何能已，何能已！如谓先生两丈夫子中折，贻诸孙无留物，身后婚嫁，繁细不完。呜乎悲哉！一死一生，反覆云雨。俗情则然，如先生交安有是焉。侧闻在廷及外诸贤，麦舟持赠，骨理缠绵。铭钟勒鼎，仁后必传。无为鄙论，献笑先生。

合祭王席之卜马文伯文

严首昇

乌乎！自孙子双玉死，吾无与为辩者，是惠与庄相失也。自白子仲清死，吾无与为谈者，殆坡公之思原父也。最后王子席之死，吾无与开口大笑者，则子荆之哭武子也。又月余，有卜马氏文伯之丧，吾无与为善者，则子产之哀子皮也。呜乎！诸君子知我哉？乱离以来，近再期，苦寇苦兵，苦荒苦疫。吾同父十人，存其三。同王父十三人，存其四。其它小功缌麻之惨，或埋或否，更仆未易数。吾皆不能忘情，独念此数子不置。数子中，仲清死差久，子双以寿终。其使我不能暂去诸怀者，则席之、文伯两君子。乌乎！印须我友，从来久矣。若两君子者，非朋友之谓，古所谓第二我也。

予性沉郁，望席之则趾高。予偶飞动，见文伯则容敛。予文好奇，席之尚嫌其平。予文就平，文伯犹病其奇。两君子实韦我，弦我，以为我平生之交。盖自编荆执获，以逮读书作赋，三十年如一日。怀抱古今，寝餐戏谑，胸中阔然，不慕一切。乍见则笑口无已，久别虽流言不入。文伯常苦贫，予不敢有余。席之博一第，予不见不足。此岂复有人我相者乎？文伯之诗，如三河年少，风流自赏。文伯之文，如清辉丽萼，光艳无数。草圣忽发，狂鲜莫止。顾其人厌厌如泉下，不称其才，常以是为若病。席之之文，之诗，一如其人，雄姿英气，千夫辟易，中表毕肖。而皆不寿，何哉？乌乎！席之终日笑，今复笑否？文伯终日忧，今复忧否？倡予和汝，百怪填胸。一棺戢身，万事都已。不亦悲乎？

两君子皆无父母，有兄弟，有文，有子，皆可以死。国破君亡，我等以不死为愧。两君子则何憾？独予之失两君子，不啻左右手，所谓嵇、阮既去，为时羁绁，酒垆麈柄，邈若山河。人生几何，其能堪此？忆昔予初生女时，两君子皆有二男，席之求婚于予，卜不协，以许文伯次子。非有择焉，天作之合也。予不敢以儿女泪哭文伯，流离之余，山川悠阻，爰是合二子于堂而祭之。吾井邑以外，凡为吾友者，举不相闻。近再期，闻王子柱河、袁子子来相继死之。二子则皆有母，皆无子，皆无兄弟，不可以死者。伯虎有句云：黄泉若遇好朋友，只当飘零在异乡。傥亦与两君子及孙子、白子结伴泉路乎？则犹然故乡也。其并受吾祭未可知。乌乎，诸君子知我哉！尚飨。

祭李含章文

严首昇

崇祯十五年壬午秋七月，昇同吾友李子世恪客武昌，闻老伯梅孙先生大变。昇与金子先声、曹子国枫、薛子世望，抱持世恪，踊而登舟，暴雨如注，苍黄分袂，惨然不怿者十数日。因与诸君子约，闱事竣即，溯洄江陵，如古礼行外侄事。诸子皆如约，独昇以楚史留武昌，四阅月始归。经理先君子秩祀乡贤可二旬，无何病甚，不粒食者又十日。然后走奚束刍，更宣一言于先生之灵前，时先生卒哭且既葬矣。不与祭，如不祭，故不敢言奠。不及期，故不敢书日。呜乎，先生知我哉？

忆昔昇生于世二十有七年，屡试不第，而失吾父，又三年，失吾母。自吾母殁后，不第者又再矣，昇则鲜民耳，须此区区者何为？独为此一二知我之人，不敢怠遑。所谓一二知我，则先生其一也。忆昇以丁丑丧吾母，戊寅读书江陵，昇则穷人也。是年穷最奇，日食粥糜，下箸皆姜韭，而未尝告饱。坐卧市肆中，咿唔之声与屠沽相失，祈寒暑雨，不啻中露。一夕床足颓，堕地疾呼，邻人惊起。又一夕雨集，几案皆浮，明日赤脚泥中，坐皋比，训生徒，何其奇也！以是病湿，跛不能履者三年。实维先生，饮我食我，得不饥。解衣致炭，得不寒。结松为棚，得不燥。床折则新我榻，泥中则席我地，夙夜所需，皆先生物。予以是病腰足者三年，毕竟获瘳，则先生实维生我矣。当是时，昇年三十有二，未生子。不知可忧也，先生忧之，为捐不赀，卜一妾。主仆婢妾，可五六口。馆谷屡月而归，惜也其妇五年于兹矣，未举子。假使幸而生子，则实维先生子我矣。呜乎，先生知我哉！或谓予曰：若知交满天下，中心藏之独一阿恪。先生爱其子，因及其子之友，人情然也。夫止慈止孝，均之圣人事。正复不易，若乃知己所在，盖难言矣。才如子建，通如山简，慧如灵运，而父皆不以为子，何况及其友哉！

呜乎！有文不朽，有子不死，况复文人为文人子，如先生者亦复何憾？独是先生视予犹子，予不获父事，区区思博一第不可得，而闻变濡滞，不及期，又不与祭，昇乃不得为古人矣。呜乎，先生知我哉？欲报之德，同我二人。尚飨。

祭显考赉予府君文

严首昇

维皇明崇祯六年，岁次癸酉十一月己丑朔，越祭日甲辰，不孝男严首常、首膺、首传、首伟、首知、首务、首位、首昇，谨以豕一、羊一，列筵灌酒于故显考赉予府君之灵柩前而告之曰：

呜乎！自我父有子若孙，群群然男女婚姻，可千余指。世人咸以为人生快事矣，实则何尝一日食子若孙之报哉？乃终其世受子若孙之累耳。我父主信立义，贫而厚施，庶几实行著称者七十年。死之日，无知与不知皆流涕，此非不孝辈所得言。凡不孝辈所言者，儿女子事耳。我父病亟，视死如归。惟我诸父至，则一堕泪。不孝辈绕床哀号，语笑如常。此岂儿女子所得而哭者？然不孝辈则何能不作儿女子言也？凡不孝辈，所同一大恨，不得比于人子者有五：我父家世食贫，壮志未展。年二十余，即破产购经史，延师友，以致望儿曹。七十不倦，竟无一人博一第观厥成者。一也。又不能谨身节用，尽庶人之力，乃至生无以养，死无以礼。二也。险途隘巷，不爱其身，惟疾之忧，无日无之。三也。择言择行，为家训辱，或至以正不行。四也。兄弟谗阋，相怨一方，高堂无欢。五也。呜乎！此岂可以为人子乎哉？

然此犹其同者也，亦有其私焉。我父待子若孙，愚哲长稚，莫不如一，安得有私？然在不孝辈则各有私也。首则常儿，常儿曰：儿幸为长子，是谓家督，礼不异居，儿家在二十里外，至则如客，儿之恨也。次膺儿，膺儿曰：儿于诸儿中最多男，行且抱孙，以此贫于诸儿。儿终日为人父，为人祖，不得以为人子，儿之恨也。次传儿，传儿曰：儿贫甚于诸儿，病甚于诸儿，而居近于诸儿。儿赖有我父，亦甚于诸儿。有子二人，时时供我父色笑以为欢。儿何能忘我父也！次伟儿，伟儿曰：儿弱而善病，长复无嗣，顷且丧妻，儿之劬劳我父较甚。儿再婚，我父力疾顾谓儿曰：汝当有后。儿何克受此？次知儿，知儿曰：我父无私，于儿独若有私，又于儿之二男诸女若有私。儿长女嫁，值父死。今长男婚，次女嫁，值父葬。儿念此何得无恨？次务儿，务儿曰：我父有诸儿，几称全福，不幸而有儿，儿既废书，又弗力田，使我父生而有忧，死难瞑目者，非诸儿之为，儿之为也。次位儿，位儿曰：儿造事而穷，田庐转徙，奴婢逃窜，不可胜数。性复不驯，有愧色难，其为我父忧者，不可一言尽也。最后昇儿，昇儿曰：儿不幸为父少子，儿以此事我父之日，寡于诸子，居家不事生产，遇人不款曲，以遗父虑。数年来且以其身为四方之人，父病且笃，尚未闻，儿万死矣。我父暮年而有儿，儿且有室八年矣，四壁皆借，一女在褓，不知儿且何终也。

呜乎痛哉！不孝辈群群然，无一人足以报我父万一者，人生至此，亦何得以多男为乐哉？我父少而至孝，长复克恭，偕我伯父七十年，相好如一日，同月而殁，同日而葬，同穴而封，命也。有性焉，儿辈从此善事吾母矣，兄及弟矣，式相好矣，以是不至损我父孝友家声，以是报我父万一。至于积庆所在，或及儿身，或及儿之子若孙，所不敢知，则天之所以报我父者。儿辈尚祈食我父之报，非能报我父也。至戚不文，为之痛绝。

袁中郎曰：古今文字，以家书为第一，以其字字真也。八严祭父文，便是父没后之家书，安得不快绝乎？吾目中惟见吾师倪鸿宝祭尊公雨田先生文，与此作相匹。

自祭文

邱式耔

维年月日，谨以汨罗之水，首阳之薇，致祭于大明招抚使邱君式耔之神曰：

我与尔生长龙标之烟溪，分别武昌之江夏。乌乎，人生离别，固有若是其仓猝者乎？乌乎，人生离别，固有若是其从容者乎？繄昔未有我，先有尔，一有我，尔体我。我与尔相附而不相离者，三十年于兹矣。独奈赋性愚朴，以致今世，遂忘前世事，故嘱尔后世无忘今世事。

家传清白，世受国恩，与尔共之，未尝离也。琴书一箧，弧矢四方，与尔共之，未尝悖也。事亲从兄，型妻信友，与尔共之，未尝负也。只因王气偶歇，元元降割，庸臣误国，神州陆沉，一时东南豪杰，与民效死，孤军倡义，以及楚、鲁、吴、越间槊鸣马怒者，不可胜数。无奈王师远隔，援兵莫及，悉遭惨屠。嗟乎！未尝不昼苦我而梦劳尔也。

顷自王师东下，未忍杀戮，希以三寸舌拯救时弊。孰知齐城未下，而郦叟就烹，身作俘囚，竟与尔永别乎？一别之后，尔且无归，直至承天、凤阳、紫金、西山诸陵，见二祖列宗于地下，诉败亡非桀纣之君。转由邹鲁谒孔孟之灵，谢枉读诗书之责。然后返二酉，归故闾，送梦于老母，告以尔我分别状，亦无甚悲痛激切，有伤母心。其兄弟妻孥，烦尔转达，无须缱绻也。于是上朝金阙，下达微忱，阴护王师，再图恢复，则果哉其勿忘今世事矣！独憾我躯微弱，无握拳透爪之能，所赖尔气浩大，有贯日回天之力。我入地而骨香泉石，尔归天而气壮山河。我言我行，尔切记之。我水我薇，尔歆尝之。至于老母少妇，自有明主达臣之矜恤。贤兄哲弟之孝友，不烦内顾也。我方诵《正气歌》，鼓嵇生琴，与尔唱阳关一曲，可乎？

湖南文征　卷四十八

杂文 明

食戒

李东阳

予病脾，时沈都宪时旸尝对食，退语人曰：是非不能食，乃多食之过耳。后鸿胪凌主簿远为予言：少时病不能食，有一叟问曰：汝欲食乎？吾教汝食，翼日可空腹以来。比至，设饭肉各一器，将就食，遽以手止焉，曰：未可也。取其饭，以箸画之为四分，乃使食。食下一口辄欲就肉，又止焉，曰：未可也。如是者三。尽一分使食肉一脔，如是者四，而器尽。复问曰：汝尚能食乎？曰：能。曰：不可，子姑去，凡食必准此为法。及归，不阅月而食进。往谢且问之，叟曰：脾性恶腻，汝未食而先以腻物困之，安能使之运而化乎？予闻之，重有感焉。越十余年，病再作，皆用此法而瘥。因录以自警。

案：先伯祖赠振威将军渭阳府君讳绍熊，乾隆中以文学教授乡里，生徒众诸孙侍食。初食蔬尽饭一盂，而后及腥腻。先伯兄尝为汝怀述之。近见善化易制军棠，每食侍者以筹记之，举箸以十为度，自言一生无河鱼之疾。证之文正所言，可以得饮食之节矣。汝怀附记。

记龙生九子

李东阳

龙生九子不成龙，各有所好。囚牛，龙种，平生好音乐，今胡琴头上刻兽是其遗像。睚眦，平生好杀，今刀柄上龙吞口是其遗像。嘲风，平生好险，今殿角走兽是其遗像。蒲牢，平生好鸣，今钟上兽钮是其遗像。狻猊，平生好坐，今佛座狮子是其遗像。霸下，平生好负重，今碑座兽是其遗像。狴犴，平生好讼，今狱门上狮子头是其遗像。屃赑，平生好文，今碑两旁龙是其遗像。蚩吻，平生好吞，今殿脊兽头是其遗像。昔在弘治间，泰陵尝令中官问龙生九子名目。因忆少时往往于杂书中见之，仓卒不能悉具，又莫知所出。以询之罗编修玘，玘仅疏其五六，云得于其师左参政赞者止此。又询于吏部刘员外绩，绩以故册来，册面备录此语，亦不知所从出。因据以复命，盖记问之难如此。恐久而复失之，漫识于此，以俟诸他日。

梦解

何孟春

何子常夜苦多梦，梦亦复苦数醒，非醉甚劳极比比，寐而寤者不翅以百数，梦中未尝不自知其梦也。梦中动静若于平日不异，必自诧曰，此梦耳，乃合我行。以是而醒。若事与心违，所见非思虑所及，又必曰，此何为者，岂非梦邪？以是而醒。或梦得大可愿、乐出素望外，必曰我奚有是，乃梦所遇？以是而醒。梦诸怖畏及所可恶，情感不伦，理未应然，必曰是非佳梦，何必久之？以是而醒。梦历异境，参会古人，议论非常，增广耳目，必曰奇梦乃尔，安得长会？以是而醒。梦有所与，必曰梦与人物，胡损于余？有所受，必曰受所梦物，于余何有？以是而醒。梦饮食际，必曰我饥固宜梦食，缘渴梦饮。以是而醒。梦飞与坠，疾走动心，必曰梦魂翩翩，不容力禁。以是而醒。至乃死生入梦，骨肉熏灼，既欣且哭，必大怵惕，神识相扰，势不得留。以是而醒。一切事物，梦类所闻，旧占梦事，必复念言，此当某占，某当此验。以是而醒。

何子引枕一刻之间，盖几梦焉。梦而竟其始末，不自以为梦而亟醒者，一夜数梦之间才一得焉。所得之事，占之来日，无不验也。何子昼而叹曰：吾殆有梦疾乎，孰能治吾疾使无梦乎？吾闻至人无梦，愚人亦无梦。吾不能进于至人，吾何以不自愚乎？前辈达观，以大梦譬处世。吾昼不知处世之为梦，而夜梦中乃独知梦焉。心眼益扰，非吾之疾乎？

或闻之曰：先生多梦而数醒，惟其知梦也。知梦则不惑于梦，其肯惑于醒乎？世不皆至人，不皆愚人，孰能无梦？先生而知梦也，移梦中之所以知梦者以处世，则即知所以处世之梦之道矣，何疾之有？先生不然，而区区于梦醒之别，昼日所验之事，梦乎，醒乎，其别几何？不惑于梦而惑于醒，是惑于醒时之梦也，是非知梦也，是则梦之疾也夫。先生其谁使治哉，其谁使治哉？

原始姓

杨廷相

夫姓何始也？鸿荒之世，遐哉邈矣！羲黄而下，以鸟名官，以官为姓。降自唐虞之际，往往有焉。迄夫西周之兴也，诸侯来朝者八百余国，而制姓命氏自兹肇矣。尝考之吾王氏，自周灵王子晋王子乔，厥后伊始盛于汉，而大盛于晋永嘉、永宁间。故后世称巨族者犹云王谢、王谢云。虽然，盛衰者倚伏之幾也，谨时者知幾之哲也。彼自微而盛，自盛而衰，靡有常焉。而履盈则思抑，值弱则思振，是在人焉尔矣，姓无与也。

吾家自茂宗公以下三代皆王姓，闻国初有王姓之禁，故吾乡王姓者皆改曰杨。吾家实自华七公始易也，然县之版籍犹旧姓焉。或曰：姓可复乎？曰：可。姓原姓以嗣亲也。或又曰：姓可无复乎？曰：可。姓今姓以尊君也。夫嗣亲，仁也。尊君，义也。忠孝等尔，何择焉？故曰复之可，不复亦可，慎为善而已。语曰：民无二王。国初之禁，不见诸令甲，意者其在兹欤？且尊君者不敢齿路马，况王其姓乎？人之贤不贤，姓无与也，何必复焉？慎为善而已矣。然则今之王姓者皆非欤？曰：始无改终亦无改，曷非焉？古人有言，毋易尔心。今不务复古之心，而务复古之姓，亦惑矣。

原迁始

杨廷相

吾家世居青山之下。青山又名石门山，其一支逶迤而西，广衍平厚者为阳市街。阳市街，古市井阛阓地也。父老相传，金将粘没喝下岳阳、潭州时，大肆屠馘，逢山则秃其树，遇水则竭其泽，况于人乎？会天厌其暴，屠至潭州而止，然民之填沟委壑、暴骨原野者过半矣。以是居民田宅莽为丘墟，官以户口虚耗，乃迁洪州民来实之。吾家亦当时所迁来者，今乡闾间往往称之曰古洪之民也。惜乎旧无谱牒，不能详其源委耳。阳市街自兵燹后沦为荒径，近年始斩木堙泽、构屋以居焉。兹始迁之大略也。嗟乎！胜国之凶残，何其酷欤！幸而我太祖明德馨帝，驱腥膻而北之，一屋其社，海宇遂宁，今二百余年矣。民至老死不见兵甲，於戏，盛哉！吾族何幸居太平之乡，为太平之民邪？

谱戒

杨廷相

夫谱牒，漫视之一黝纸尔，而不知宗之系、伦之明、族之睦咸由是焉。且前之哲后之师也，前之事后之资也，可弗重乎？故知重宗者必重谱，毋残于鼠，毋蚀于蠹，毋坏于风雨，毋借观而忘亟取，毋值水火盗贼而不知负以辟也。有一弗谨焉，鲜不慢其藏矣。彼积书贻戒自昔然已，顾兹谱也，书帙云乎哉？

总图

杨廷相

总图代次，略效欧、苏体则。近观吾乡彭尚书幸庵老先生所修会宗谱图式甚善，予窃法之。其谱自总图之外，止有前后序而已。雅朴明洁，无逾焉者。予则略以己意，作为大小宗图，凡图后皆益以小序，又谬为传，亦益以小序，及附语、凡例之类。吁，赘矣！虽然，不如是无以尽吾心也，独愧予谫且陋，又罔究典故，不知所撰述。适值北行之忙，成之亟耳，傥有未善，无惮于改焉可也。

原始谱

杨廷相

吾家旧无谱，比检会宗族亡者，即数代以上，生配卒葬多无所考。又源禄、源彰二公皆失其原派，矧今人渐夥，齿渐繁，距此数世后，日浸远矣，其可考乎哉？顾愚鄙且陋，幸稍识章句，乃忘其拙，辄自纂辑撰次是谱，手书而刻之，庸以张本于后日，且冀联属族人于万一也。其费皆己出，不敢受族人片纸之助。嗟乎！愚绵力寡德，无能为族人重也。是谱也，其少尽吾心矣乎？

谱无贵系

杨廷相

愚作族谱图成，或见之曰：子之先系止是邪？谚云，根巨者枝繁，今观子之族系，罔有赫赫尊巨爰托其始者，欲后世称甲乙繁族，可得乎？愚应之曰：吾家自茂宗公而下，皆弗耀于世。即上世有显者，愚不知也，奈何？曰：晋有王南平矩者，非长沙人乎？其姓同，其邑同，即非尔族，援以为重不可与？愚复谢之曰：君之意诚良已，然反之愚心则乌乎敢？且吾闻人为者不亲，载伪者丛咎。南平信巨公矣，实非愚族，愚恶敢援也。矧晋去今千有余年，纵冒之，人谁我信？徒以自欺而已。夫自欺者匪曰不亲，且丛咎也，愚是以不敢也。或笑之曰：子诚愚人哉！吾往见今之为谱者类多显赫，岂一一实邪？子诚愚人也。吾不敢答，亦笑以谢之，退而纪诸谱。

异姓登谱

杨廷相

异姓不登谱，惧溷宗也。立后不以异姓，惧亲不相属也。然廷槐、廷实非异姓与？嗟乎，愚敢溷吾宗哉？愚固有不得已者。族叔仁隆老矣，然官役吾家，仁隆不以老自辞，逡逡走武昌，走郡城，凡有役，率先诸子弟。又性耿直勤俭，彼业已立，妹子恃以终老。愚不忍其老而失养又无可继者，愚故书之谱，以劝其孝焉。若廷槐，则又吾族中尤肯勤役者。自二十岁来今近六十矣，役京师，役武昌、岳阳，恒频频焉，若郡城则无岁不至也。愚不忍遽黜之，亦书之谱以劝其义，并以告族之怠于役者。虽然，理或未当，固无惮于易也。后如修谱，其议之。

诅风伯文

刘尧诲

夫何南风之不竞兮，岂炎德之未崇。羌朱夏之强半兮，尚离明之不融。凉飙飒其北发兮，湿雨结而蒙蒙。忽闻爽而暂解兮，即蕴隆而虫虫。郁气腾而不苏兮，毒雾凝而若烘。湖鼎沸而浮浮兮，山翠沉而昏浓。雨汗沛其沾腻兮，喘息促而抗胸。舟上下而无凭兮，帆空挂而靡适从。长年号而不前兮，柔橹宿而力慵。苦夸父之吻渴兮，嗟列子之御穷！繄飞廉之为祟兮，抑河伯之告凶。余闻洞庭之灵爽兮，汇九水而攸同。裂东南而作险兮，纪泽国而朝宗。宜其永天行而时若兮，遵六气以和衷。顾乃制于不仁之风伯兮，将积威于灵霳。有洪泽而不洗烦冤兮，望焦原其益红。彼解愠之虞薰兮，与王国之雄风。虽帝霸之日降兮，岂余韵之遂终？

恶草劲而不偃兮，畹兰芳歇而不通。余将叫阊阖而诉帝兮，先陈词于祝融。厘五官以布令兮，齐七政以举中。柔河岳以成时兮，来清穆于穹窿。

客对

艾穆

客有言于觉非子曰：上哲抱元而通方，达士负奇而徇俗，为能洁以污寓，恬以嚣存，明以晦用，刓觚为圜，谐世多术，而无穷之运展焉。今子操广川之航而戛戛乎行之陆，大翼之负无力，而欲轩翥九天之衢，难矣。子盍易焉？

觉非子对曰：贞于性者，时不能化。足于志者，物不能淫。禀分定也。子欲吾易，而未知吾之为吾也。夫吾也，见世之盘辟周旋、玲珑捷疾，如丸之转，如鹘之攫，如醍醐之无不入，如温谷之嘘而饮人以和，谈锋迅开如桴应响答，如飙发，如黄河之原涌出昆仑，奔放百折而东注于海，则从而神之曰：夫盖灵妙天授，非吾所及也。故惟抱拙自喜，引曲为安，一遇未同，如对岑寂，无能以颜色迎人，笑言中物。自谓吾面目本之造化炉铸以来固若是，必欲我袭彼灵妙以求神于世，何异于世之以木貌卢阳君者，而空其中，泽其外，曰此卢阳君也。取而冒之吾面，而错以荆山之璧，缀以隋和之珠，耀以山龙之服，文以结霞之衣，翩翩然为七盘八风之舞，令观者发齿而解颐矣。谓之卢阳君乎，吾乎？夫吾求不失为吾可矣，而子顾欲以傥然者欲我改行而易度，不几于世之以木冒吾面者邪？

夫人情必有不可夺者，虽帝王不能强，故西山之节不降于漂杵之威，茹芝之贤不罗于嫚骂之主。今吾官为吏隐，署有余清，职事稍暇，摊书满屋，冥搜千古，浇灌胸中，翔撰艺林，漱英玄圃。倦则假寐，五岳卧游，蝴蝶飞扬，梦境同趣。时乎白雪垂户，明月盈庭，啜茗焚香，引觞命局。方且诵《大雅》之章，歌《阳春》之调，齐万古于昏旦，以八极为轩楹，付吾道于沧洲，等荣名于土苴，而子顾欲以是为我愿邪？

夫达人之大观，上士之元览，彼仅仅窃窥五步之内，则炎寒异态，欢戚殊悰，身心并妨，天地为隘。惟遐瞩太虚，独观昭旷，俯仰上下，触处当心，万虑俱澄，无物不可。彼视异态殊悰，真若浮沤在水、纤翳流空矣。信乎人生宇宙内，当自有宇宙胸襟，未可为区区者自小也。夫芒蝎宛转果核之内，便谓无九州之大，黄鹄之羁篸绁也，而常有绝四海之心，夫谓知有大有小也。垂天之翼抟九万，而弱羽则卑栖一枝，夫谓垂天之翼非大，弱羽非小，其适均也。吾是以抱拙引曲，而不欲粉嫫毋、镂碱砆以取妍招怜，类于世之木冒吾面者也。

夫人孰无天机哉？而顾以取世资丧，夫固谓仕有鹄而宦有机也。然机之与鹄，孰发之而孰中之哉？大钧簸弄实司之，伎俩且有穷矣。故大巧者拙，大智者愚，大辨者讷，窅窅冥冥、浑浑默默，天之道也。用天之道，惟游乎无物者能之。

客闻而爽然自失曰：吾几失吾矣。今乃知吾自有真，愿奉君之言而存吾。

杂论

案：原编分案谈窥道释义、质经读史、尊正辟异、淆言言五伦诸篇，今采撷若干条而总标之曰《杂论》。　何锐

天之数起于一，五位相得而有合，则一合九，三合七，并五而为二十五也。合地之三十，则为五十有五。

天有三垣，北辰天枢居中不动，五星二十八宿罗布周天，北斗七星柄指十二月十二支之所在。若有以尸之，所谓斟酌乎元气者也，是故辰君象也任其逸，斗臣象也任其劳。

地之数起于二，五位相得而有合，则二合八，四合六，并十为三十也。合天之二十五，则为五十有五。

月阴精，水阴气，精气阴之会也，月初出潮初上，月卓午则潮满，月西转潮渐退，月殁则潮平，阴相召也。至琼海潮候，半

月东流、半月西随，长短星不系月之盛衰，以星亦少阴精也。

分野可尽合欤？如星纪，吴越也，然吴越南而星纪在丑。元枵，齐也，然齐东而元枵在子。降娄，鲁也，然鲁亦东而降娄在戌。实沈，晋也，《左氏》曰：参为晋。鹑火，周也。《外传》曰：岁星为周，往往相反而不相配也。

夫人萃五行之精，魄受精完者上智也，魄受精多者中人也，魄受精少者下愚也。愚可反智，必百炼而金可使精也。

君子以无心待天下无我，小人以有心待天下有我，君子以义胜，义胜则声宏。小人以利胜，利胜则名灭。

天下之事，为之者人，尸之者天。方其成则曰天牖其衷，及其败则曰天夺其魄。

政有七可七不可：可廉而不可矫，可直而不可绞，可严而不可苛，可宽而不可弛，可明而不可察，可敏而不可骤，可刚而不可愎。君子去其不可以就其可。

纬文云：河以通乾出天苞，洛以流坤吐地符，但言图出河而羲画卦，书出洛而禹叙畴，未尝言龙马也，言龙马者无乃涉之怪乎？

君臣之义无所逃者，君既土芥视我，当勇退以全义，何忍于寇仇之报。彼甘心于犬马者，将恋恋刍豆，又何国人之知？视乎孟子殆权辞以警齐王，非以训天下。

生于忧患，死于安乐，信哉！天下之物，我恩者亦我害焉，我害者亦我恩焉，我仇者亦我德焉，我德者亦我仇焉。

武王圣人也，纣自焚，灰烬之首岂能悬太白之旗乎？史臣甚言以恶无道，而不知适为有道者之累。

《洪范》五事，参五行，明天人，一理而已。苟泥于京房、刘向之说，则九年之水，尧之貌事未修，七年之旱，汤之言事未修欤？

武庚乃独夫一子耳，乃能内结三叔，外帅顽民，欲鄙周复商，其志有足取者。奈何天人已去，卒不可收拾，适以自绝焉耳。是故在周则为叛臣，在商则为孝子。

周公制礼乐以准万世也，后人坏之。闵公僭禘，僖公僭郊，昭公僭八佾。仲尼于郊书牛角伤，于禘谓不欲观，于八佾言是可忍，其不满乎鲁者多矣，公之目将不瞑于地下也乎？

《礼》：大杖则走。曾参耘瓜而误斩其根，曾皙以大杖击参仆地。吁！小物击以大杖则非慈，杖至参不走则违礼，万一仆而不起，几乎失一贤子也。吁！

君子论隐公以让得祸，非为义不尽，乃析义不精耳。使隐播羽父杀弟之谋执送桓而杀之，则兄弟之情洞然，让果得祸乎！

申生恭，伯奇顺命，君子取焉。惜乎未能希舜也，使能希舜，不惟不受廪井之厄，且蒸乂瞽瞍至于底豫。父慈子孝，变而不失其常。若申生、伯奇，子道得矣。晋献、吉甫，父道何哉？

形声果可以占人乎？向母闻伯石始生之声，逆知羊舌氏之必丧。皇后见太子劭始生之形，逆知国家之必破。后果如其所料，叔向、宋文，智反出妇人下也。

人但以屠岸呼犬走宣之可恶，而不知为晋之可嘉。人但以程婴捐儿立孤之有功，而不知灭晋之有罪。

读十有三祀王访之言，见箕子于周有师道焉。诵乘彼白马之章，见微子于周有宾道焉。年以祀，系商也。色用白，尚象也。微子去矣，比干死矣，箕子为之奴，何也？曰：将有所待也。幸而天若祚商，纣恶未盈而自毙，武庚得立以图存，孰为之赞襄哉？箕子所以隐忍而受辱者此也。

文王游黄竹之野，袜解，顾左右皆贤无可使者，乃自结袜。汉之王生何人，乃廷使张释之结袜邪？吾于是见文王之圣，王生之狂，释之之劳谦也。

太公为武王傅，王嗜鲍鱼，公曰：礼鲍不登俎，止之。夫嗜鱼小节，一违乎礼尚且止之，而况嗜有大于鲍鱼者乎？人见武王德业之盛，而不知圣功之基已在蒙养之日矣。

周宣王无辜而杀杜伯，王田于园，见伯朱衣白马挟弓矢射王。

齐襄公使彭生刺鲁桓公，田贝丘，见彭生作豕人立而啼，惧而坠车。吁！齐襄兽行，厉杀固宜，周宣贤王亦受滥刑之报，可畏哉！

饰治以文，戡乱以武，并用而不容以偏废者。若始皇焚书则无文矣，销金则无武矣，文武尽而欲建万世之基，不亦愚乎？焚坑之祸，谓出于李斯，启于荀卿，不知乃韩非也。非之言曰：世之愚学，多诵先古之书以乱当世之治，不几乎一言而开衅欤！

天下文、武之天下，高、羽欲立帝，盍求文、武之后而立之，乃立楚怀王孙心帝，果义乎？及羽弑帝，高又听董公缟素行军。吁！以此愚血气之鄙夫则可，尚可以愚天下后世理义之士乎？

汉高易太子，欲立如意，其事诚急。四皓远在洞庭包山之外，岂能卒至关中？且以秦皇之威不能屈，而可以手书诏邪？良殆求须眉之近似者以竦动之耳，当时尽堕术中，无人勘破也。

汉高之得天下，三杰之功居多。然激诛楚之军者，董公也，任诳楚之计者，纪生也。拔剑论功，一言不及二子，真失赏哉！

汉武三视李夫人疾，未获一面，虑厌病中貌丑也，岂独色交乎？天下之以势交者，势尽则离，以利交者，利尽则散，惜乎无夫人之先见也。

人之荣瘁利钝，默默者有以尸其柄。田千秋以一言取宰相，李广百战千瘢不得一佩侯印，岂非命邪？

逢萌挂冠而去，依稀孔氏不脱冕之风。孟昭图佯衰掷笏，仿佛孟子采薪忧之托。彼莽、温何得以浼之？脱洒气象，千载而下令人想慕。

光武十五年杀直臣韩歆，十七年废郭后，杀歆将以为废后地也。使歆在，必能廷诤，后之废或可免。后废未几，光武寻崩。人生几何，而乃作此斁伦事。

严光，光武之故人也。一与同卧，太史遂有客星犯帝座之奏，焉知异日无逼主之嫌？矧郭后废，糟糠之妻已下堂，又可保不忘贫贱之交邪？兹光之所以不就也。

司徒，古教官也。崔烈实冀之名士，以入钱得为司徒，进身已弗端，何以立教？且烈纵不得为司徒，犹不失为名士。买一司徒，卖一名士，其见亦左矣，且亲于子尚有铜臭之讥，而欲外人之不笑乎？

邓骘恶虞诩陷于朝歌，梁冀憾张纲陷于广陵，以为一快矣，二子之功名反因之以显，然则怀阴险者，果何益乎！

张华负母之教乎？还鲊以戒贪也。附贼后而弋司空，贪岂止于一鱼？卒为伦、秀等所鱼，岂非自罹于网乎？

皇甫规刺梁冀下狱，乃男子事。规妻骂董卓，甘心扑狱，女中之男子乎？岂曰夫为妻纲，又妻为夫纲也。

玄德三顾孔明，以卜其进取之机。当曰献帝不可不迎，汉贼不可不讨，中原不可不复，以鼓其向往之气可也。却曰曹操难与争锋，孙权未可卒图，殊失乎同力度德、同德度义之旨。

刘玄德之取刘璋，不必论其义否，自是结果小了。使并力讨贼，备向荆襄，璋守全蜀，旧物或可恢复。乃虏璋以为乐，是犹断手足以全躯，其乐也，只以为悲欤？

曹操不为周武王，愿为文王，恐篡事不成，可免渐台之祸也。荀彧不为元勋，甘为冤鬼，恐魏事不成，可免赤族之惨也。

曹操加九锡，董昭言之，荀彧曰：君子爱人以德。司马昭进爵为王，荀顗欲拜之，王祥曰：君子爱人以礼。吁！曹、马欺孤，可以德礼爱乎？彧、祥党逆，以君子自居，可哂也。

曹操嫉祢衡之才，欲翦久矣，乃欲假手于黄祖。《鹦鹉》一赋，知羽毛之为累而不知自断其尾，知能言之为累而不知自结其舌，恶在其能赋哉？

管辂以何晏为鬼幽，以邓飏为鬼躁。二子依曹爽以加引（擢）〔擢〕，梦蝇集鼻，不能勇退，已先登鬼录矣，又何待于相邪？

华歆、管宁友也。宁名行高洁，辞丕之辟，不受太尉之让。歆声誉随损，挠虞翻之说，奉操辱伏后。不知二人优劣已判于见金之日矣。

司马昭进爵为王，王祥不拜而长揖，卫青为大将军，汲黯不拜而长揖，同乎？曰：黯也内直而外方，祥也阳忤而阴附。

人合之不足恃也。宋文帝欲废太子劭，以谋告潘淑妃，不知妃子与劭合。及拔刃合殿，五指尽落。夫妇安足信邪？袁灿欲诛萧道成，以谋告褚渊，不知渊与道成党。及父子俱死，九鼎顿移。朋友安足信邪？

符坚寇晋，淝水之败，风鹤皆以为兵。盖寇入境，如盗贼夜入人家，一鸡之鸣，一犬之吠，疑主人惊觉。何者？气不足以胜义也。

杨坚受禅，周之臣纷纷劝进，独窦氏女披发下堂，恨不为男子以救舅氏之患。吁！举朝皆男子，而忠反在一女子下，果真男子邪？

魏王尝谓崔浩胸中藏百万兵，何被收之日，声嘶股栗，便液俱下？殆未的见夫义命之归也。且平日笑人所乏者风节耳，不知浩今日之风节安在也。

邙山之败，高欢使彭乐追宇文泰。泰窘谓乐曰：痴男子，今日无我，明日岂有汝邪？乐遂归。淮水之败，慕容绍宗以骑五千夹击，侯景大溃，使人谓绍宗曰：景若就擒，公复何用？乃纵之。吁！人臣持二心以养寇，罪固不容诛，要亦君于平日无积诚以结其心也。

道生于无，显于有，老聃则遗其有而入于无。其始也，将守清静以自延。其弊也，蔓为神仙之诞，刑名之惨。其为害未已也。仲尼问礼，已默喻其越大坊矣。犹龙之叹，果褒之乎！

庄子之学，正杂淆矣。入于正，偶与圣道合。入于杂，流为米贼而不知也。参、何祖之而汉治，其以正乎？晏、衍尚之而晋微，其以杂乎？

道有大根本。荀子论水火有气，草木有生，禽兽有知，人有义，有气，有生，有知，有义，都在枝叶上看得，于大根处全不识，宜以性为恶也。岂特择不精、语不详者？

名之曰儒，尽性践形尽之矣。借曰词章，唐之燕许，宋之杨亿，足以华国也。借曰记诵，汉之马郑，宋之刘敞，足以穷经也。抑何取于为儒？

大哉刚乎，三才之奥也！天能刚则坐役乎万象，地能刚则统一乎万形，人能刚则凌驾乎万物。孔子云：未见刚者。以是欤？

人生数十寒暑，一身之外，已为长物。彼逐逐以自封者，已为造物所嗤笑。王通薄田敝庐，孔明有桑八百株，一生勘得透彻。

行可弗慎乎？韩昌黎一代山斗，累于园花巷柳之思。言可弗慎乎？杜工部一代忠贞，戏于娘家花满之句。

主父偃有言：生不为万户侯，死当五鼎烹。桓温有言：男子不流芳百世，当遗臭万年。嗟乎！言，心之声也。二子卒不免烹且臭者，岂以先入之言为之主邪？

伊尹行放君之事而不忌，孔明当托孤之任而不疑，夫何所恃邪？恃吾之一介不取，三顾始就，有以谅其素也。是以君子贵养盛也。

由也临危而结缨，参也临没而易箦。李斯被收，思东门之牵犬。陆机被收，忆华亭之唳鹤。是可以觇素养哉！

名与身孰亲？曰名亲。彼啮雪餐毡者，薄其身以厚名者也。生与仁孰重？曰仁重。彼碎首溅血者，捐其生以成仁者也。

命讨天也，天不能而托之君，君有所遗，托之史官以济其所不及。是故禹不能褒鲧，管蔡不能贬旦，赵盾不能改董之笔，崔杼不能夺《南史》之简，盖史臣之权与天与君均也。

鸡母之卵鸭雏，相呼相啄，自视以为己出。一旦羽翼已成，浮水而游，曾不顾夫母之在岸。吴起母丧不奔，赵苞母危不为之所，温峤之母留至绝裾而行，是亦鸭雏之类乎？

扑灯之蛾，盖不知黑处则生，光处则死也。穴窗之蝇，盖不知暗处反通，明处则塞也。彼就董卓、梁冀、新莽之辟者，其扑蛾穴蝇乎？

女娲氏炼石补天，石金属，五行之一也。炼五彩之石，以补天之不足，如所谓调元然，非天有缺以石补之也。

世云羿妻窃灵药奔入月宫，名曰嫦娥，然欤？曰羿力能射日，独不能射月以堕其妻乎？意者羿距君，浞灭之，妻以奔获免，不入叛逆之党，人故以月娥高之也。

孙叔敖临没，谓子曰：优孟不负我。庄王置酒，孟为戏以言感之，果录用其子，不复行薪于市也。《滑稽传》谓孟衣冠谈笑语貌像孙叔敖，王疑复生相之，误矣。

《易》曰：作善降祥。忠如文天祥，不保首领，殃欤？然天下后世均以忠许之，祥莫大焉。作恶降殃，奸如李林甫，老死牖下，祥欤？然天下后世均以奸目之，殃莫大焉。

李芾，元兵入潭，举家令帐下先杀，后自引颈受刃，诚忠烈矣。顾子弟未尝委质也，先遣一嫡嗣以延宗祀，未可以偷生例论。至家无噍类，忠而过之也。

月，阴也，其色黑，借日之光白始生。君子以月中影子，有曰宫娥蟾兔，有曰山河大地。岂知月阴气凝结，日光不能洞彻处，即成影子，如境中之瘢，洗磨不能去者是已，又何疑焉？

雷，天之阳也，起于地之西北，阳在阴内，奋出为雷。值之者辄碎，此偶然事，然亦有鬼神乘此霹雳以击妖逆，此必然之理。苏子曰：叛父母，亵鬼神，则雷霆下击之。君子终不以偶然者忽必然者哉！

父之爱子，必望以美地封之。孙叔敖为楚相，疾将危，戒子曰：王必封汝，勿受利地。楚越之间有寝丘，立名甚恶而可长有。王以美地封子，辞请寝丘，后十世不绝。叔敖生而为相，其子行薪，卒而命封，不取美地，虽若薄之，适以爱之也。

惟口出好兴戎，言箴昭矣。贺敦为宇文护所忌，临死谓子若弼曰：吾以舌死。因引锥刺弼舌出血，戒慎言也。子弼事隋，竟不免以舌死，然则刺舌不如缄口邪？

知子者莫若父。山涛领吏部甄拔人物，子简年二十余不之知。简叹曰：吾年三十，不为家公所知。晋平公问祁奚曰：国无尉，其谁可为之？对曰：午也可。公曰：非子之子邪？对曰：君问可，非问臣之子。均为父也，祁奚知午之可，山涛不知简之贤，何邪？

人子有善，宜归之父。胡威之父子以清慎名，世祖问威之：卿清孰与父？对曰：臣清不如臣父。臣父清，恐人知。臣清，恐人不知。是以不如。王羲之父子以书法名，谢安问献之：君书何如家尊？献之曰：固当不同。安曰：物论殊不尔。献之曰：外人那得知？观二子之言，则威之以不及父自居，献之以过于父自任。吁！名之所在，父子尚欲相争，而况非父子者乎？

物议之在天下，固有至亲不容掩者。狗盗之子夸人曰：吾父之裘犹有尾。崔烈入钱得为司徒，而子讥其铜臭。子非不爱其父也，官以钱陟，而欲子之不言铜臭乎？身为狗盗，而欲子之不言裘尾乎？是夸之者适以丑之也，耻之者适以爱之也。

古之君臣，虽明良赓歌，亦惟交相责难而已。南齐高祖曲宴，褚渊弹琵琶，王僧虔弹琴，张敬儿舞，王敬则拍，独王俭诵相如《封禅书》耳。唐中宗饮宴，张锡为谈客娘舞，杜元琰诵婆罗门咒，卢藏用效道士上章，独郭山恽诵《鹿鸣》《蟋蟀》章耳。嗟乎！齐以将相之尊，执优伶之役，唐以亲近之臣，袭异端之为，如之何不召亡而启乱也！

有天下之度者，然后可以居大位以成大业。魏文帝既立为嗣，因抱辛毗颈曰：辛君知吾喜否？唐庄宗入梁，喜不自胜，手引李嗣源衣以头触之曰：吾有天下，卿父子力也。夫为君难，古人兢业万幾尚惧弗保，二君一得高位，举动如此，足以占器度不宏矣。

人臣以身徇忠者见之矣，未有以尸而行忠者。史鱼临卒，命其子曰：吾在卫不能进蘧伯玉、退弥子瑕，我死置尸牖下。灵公吊而问之，曰：此寡人之过也。遂进蘧伯玉而退弥子瑕。人生而售诈者有之矣，未有以尸而行其诈者。苏秦在齐，大夫多与争宠，刺之不中而走。齐王求贼不得，将死，谓王曰：臣死，王车裂臣徇于市。曰苏秦为燕作乱于齐，如此臣之贼必得矣。王如其言，杀秦者果出，因而诛之。均一尸也，鱼以之行忠，秦以之行诈，何邪？友恭，伦之彝也。牛宏弟弼酗酒，射杀驾车牛，妻两告不问，其爱弟之情厚矣。但恐好酒不已，至于醉而杀人，抑将不之问乎？若牛宏之友，友而过者也。宋孔道存虑兄凯东土大旱米贵，遣使载五百斛以饷之，其爱兄之情厚矣，但至官未几，便得此米，于廉不已伤乎？若道存之恭，恭而过者也。

夫人之处常则易，处变则难。司马光见兄伯康年老，事如严父，保如婴儿，每食少顷，则问曰：得无饥乎？天少冷，则抚背曰：衣得毋薄乎？乃处其常者然也。若庾衮举家遭没，二兄俱亡，次兄毗复危殆，父母诸弟皆出，独留抚亡兄柩，哀临不辍。衮亦无恙，咸曰异哉，岂处变而不失其常欤？

天下之名士无穷，而君子待之贵周。汉之陈蕃，知礼士矣，独于周璆设一榻，又独于徐稚设一榻，至则下之，去则悬之，不已隘乎？及义旗一指，人豪张奂不知收用，卒毙群寺之手，可惜也！

与王襄父书齿录

龙膺

略曰：吾两人幼皆岐嶷，善为文。弱冠辄先后成进士，筮仕皆以理起家，著廉平声。予为理六年，登特达之荐十有八剡，竟中贝锦去。已，用为博士，入兰省为宗伯属，而襄父用治行高等，召拜夕郎，守吏垣。不两年，以谠论撄逆鳞，遂被放归田庐，几二十余年。而予浮沉中外，入历南北计曹，出而治兵西塞者再，树尺寸逐寇功，复中言者以诗酒薄责，归隐青溪，得与襄父数数相过，谈烟霞物外之事矣。志行略同，又非徒与齿耳。第陈其概：

趋庭事二人，聚欢百顺，孰睦宗党，人无闲言，其笃孝友同也。仕则斤斤三尺，凛凛四知，所鞭者蒲，所茹者蘖，皆垂橐无长物，而又襄父能披肝沥血以效骨鲠，予亦挥戈决策驰驱朔漠，其殚忠爱同也。里居则抑然自下，不与物忤，禔身如执玉，赴善如赴流，而又恒拯人难，不惜齿颊，不吝解推，其勇于义侠同也。键关谢客，则日手一编，俯仰千古，搜猕丘索，纶饵图经，而又课读课耕，不广畜殖，味贻安之旨，守知足之戒，其薄于世味同也。辞嚣避世，则云床茶灶，钓具扁舟，溯源于兰洲芷浦，而与赤髭白足，羽衣黄冠，并锡禅林，问丹灵洞，谈无生之理，叩却老之方，其逍遥于方外同也。

事贤解

杨嗣昌

仆去岁著《船说》，自书遁世之情，既以闻于友戚矣，而未敢闻于郡邑大夫，然自是于郡邑大夫未尝敢亟见焉，即惠而顾我亦未尝敢亟迎也。或时见且迎，不更仆而谈辄退，有以行藏问者，亦涩讷不能尽其辞。郡邑大夫若闻之，若不闻之。甚矣，仆之开罪也！孔子曰：居是邦也，事其大夫之贤者。诚事其贤，其必见且迎也审矣。不见且迎，为草野而倨侮者邪？吁！何敢然也。仆尝有说于此。

吾鼎之为邦也，手掌之地耳，然而民生其间，日以事待命于郡邑大夫者无虑数千。婚姻往来，于仆有拜亲之谊，其间日以事待命于郡邑大夫，而求关说于仆者无虑数十。仆诚一见且迎，其怀求而伺者必数人焉。为所求者之敌，其怀猜而伺者又数人焉。顾仆虽进而有言，未尝敢以私干郡邑大夫也，然则怀求不得，从而骂詈者日数人也。郡邑大夫虽不过听，于仆未尝不与之笑言也，然则怀猜不得，从而谤毁者日数人也。又有大者，吾鼎虽小，为邑者有四。吾邑虽小，为坊者四十有五。而此四邑、四十五坊，无日无缓急利害之事。其上惟大夫知之，其下惟穷谷之愿而老者知之，峨其冠，肉其食，称乡绅而高谈揖让者不知也。譬之家然，家之政缓急利害，其上惟主人翁知之，其下惟臣妾之愿而老者知之，浮华之子弟、奔走之亲戚不知也。然且亟见且迎，进而问四邑之事，曰我知之，问四十五坊之事，曰我知之。客何为者哉？

知之而不言则为隐，不知而妄言则为欺。隐与欺，其非所以事贤也明矣，而仆以欺者为易蹈为甚病，何以明之？夫一郡一邑之事，非一身一家之事也，彼妄言者曰吾岂无所知也哉？虽然，彼或有见于一身而已耳，或有见于一家而止耳，不然则一方之计也，又不然则一时之利也。夫一身一家毋论已，即彼所谓计一方者，安知非他方之计？利一时者，安知非异时之利也哉？然则虽其知者犹或未尽，况不知而妄言之者哉？又况有所私焉于其间而言之者哉？

为大夫之贤者，其求治也必锐，其听言也必捷。听其知之而不尽者，行之虽无全利，固未害也。听其有所私者，利害半焉。然而以私灭公，以利灭害，其趋利也不尽不休，则其嫁害也不甚不止。彼进言者方窃窃然度下而谀上，视郡邑之人有德色焉，则曰我言之也。有怨言焉，则曰某大夫之为也。若是无益贤者治而重为贤者累，尚得为事贤乎哉？仆之事贤也约，不亟见，不亟迎，不敢以一字入郡邑言事。于仆之身则约矣，惧约之情不明，而倨之罪无逃也，且又有不能如志者，作《事贤解》以通焉。惟赐察之，幸甚！

下发文丙戌六月初二日　　郭都贤

窃维神仙五百年遇劫，何况凡胎！菩萨千百亿化身，不妨变相。都贤忆自弃官庐墓，早已选佛开场。古木变风，晖留寸草。旃檀满月，云割半间。先以为避世之桃源，将可希在天之灵运。不意皇天降割，先帝蒙尘，南北陆沉，中外云扰，干戈载道，苦兵火者已及五年。文武开疆，莅湖南者又将半载。夷归周土，甘采蕨以何辞？宋有叠山，恐征书之不免。敬于六月初二日，斋心顶礼，洒泪陈词，上告皇天后土、二祖列宗之灵，下告社令城隍、三代高曾之主。焚香拜佛，祝发为僧。意比顽民，托名顽石。虽作空门之癞子，依然亡国之逋臣。冀离阳九之灾，仍守再三之节。难报者君恩、亲恩与佛恩，相通者释教、道教与儒教。蓬莱天上，从无不忠不孝之神仙。浮土梵中，岂有不忠不孝之菩萨？元首明而朝廷尊，目今赖佛逃日，苟且全生。肤发全而父母顺，他年还俗加冠，庶几成老。太平有象三千，复华国之衣冠。般若无穷二六，奉空王之礼乐。愿垂悲愍，俯赐证盟，无任瞻仰吁祷之至。谨意。

通直指张公揭

郭都贤

伏念台台法轮转世，慈航渡人。值兵火之残黎，久无净土。悯游魂之喘息，望洒醍醐。顷者文武开疆，甫临下邑。随奉张县主差典史刘、游府某，官民先后入山，守催投见。盖以都贤为乡宦，而不知久已为病秃也。故遣子孙等入城晋谒，并陈老秃蹒跚不能匍匐之状，而游府助饷之命已再至矣。和尚出家，安所得饷？故命子代父，勉输应命。奈秃历薄宦，漫无橐遗。若此诳言，应堕拔舌地狱。兼值数年兵火流离，家资荡尽，田园荒芜，不能咄嗟立办。罄家服饰各项，不足万分之一。点金无术，持钵无门。秃伏思新朝近时部文，止有旧日官宦不许枉用新颁袍顶结交官府之旨，不闻有诛求和尚之旨。

台台以铁面冰心，埋轮按部，数月文告，属邑通行。拳拳德意，无非恩抚流亡之民，未有追索方外之民也。历稽古来革命，其时在天下之人出处各有不同，咸赖在上之主持风教者，兼容而并包之，方得以各行其所见。故同时同地，如磻溪出而西山隐，风雏出而鹿门隐，梦炎、昌言诸人出而叠山隐。在官者为识时之俊杰，未尝鄙夷隐者。甚且扶之于马前，跪之于圯上，拜之于床下，荐之于朝廷。在隐者周旋世法，历稽载籍，西山不闻走孤竹，黄石不闻游关中，鹿门不闻谒荆州，叠山不闻叩雪梅，流传至今，想见一时大海为容，堪作千古美谈。

今秃既然衰谢之姿，又罹阴阳之害，奄奄残喘如泉下人，何敢妄希高蹈？而台台雪肝照人，金臂接众，直当于古人中求之。宰官身现，无不从三世因缘来。念此云水埋踪，沙门本等，膏肓裹足，老病寻常，委而弃之。鸿冥何慕，海鸟相忘。用以广新朝浩荡之恩，以昭明公廓略之度，亦他日湖南一段佳话。秃不胜顶礼无量功德之至。

附：张直指复书

十一日至衡阳，十二日两公郎持尊翰来，口道刘弁横索之状，不禁发指。未及发函，即命驾诣徐帅府告之。渠意颇善，许以严饬责。嗣后不悛，辄以其票撤数目相闻，以塞展办之责也。归署发函，始悉恶弁如此，不佞丛愆莫赎矣。相距三百里，而见闻不灵，慑服不远，诚无可以谢罪。逼逼此衷，而未尝不颂孤竹而慕叠山也。所以间关希问者，徒以功令多求，谤伺周密。纸墨相存，不足增重。交益之远，宁迹远而情切，不敢外热而中寒也。先生住佛地位中人，故得屈伸自如，成千古完人。鲰生一加委蛇，便坠落坑堑。遥望宝幢，惟有呼号。

按：张公名懋僖，山东胶州人。

嵩梦序

郭都贤

三十年前梦作嵩游，早被黄粱夺去。三十年后作游嵩梦，忽惊蝴蝶纷飞。客有闻予言而笑曰：子何梦中说梦邪？白首流离，藏身若茧。青鞋踏破，闭户如关。忽尔走二十八载过去之路，见二十三载别去之人。驴背之尘几升，佛头之秽径寸。经千八百程，阅五六七月，欢然道故，且笑且啼。聊尔逢场，一觞一咏。望繁台之遗响，陵谷伤心。吊梁苑之流风，烟云过眼。何一非梦邪？若夫二石岿然，三花灿若。石上之影不磨，腰间之雪常积。嵩梦子邪？子梦嵩邪？惺惺著。

募修九宫桥疏

郭金台

神禹治水至天岳，疏瀹支派，下达洞庭。今所传平江幕阜山，其上石篆记禹治水至此者是已。山周五百余里，苍崖壁立，众水奔汇，折曲约三十里，而流始大，而江始泛，而渡者愈难。

先是，南江陈氏四贞女子捐金万余，与其昆弟三人造桥九门。跨江利济，不溺不涝，民赖以安。迟百余年，而桥浸圮，水浸漭，葺者浸日难行。僧普见傍桥而庵，施茶以濡行人若而年。目其桴而潭者、暑而淫者、寒而号者，已销其双肩，恳募重修云。自辛卯七月初一起愿，抵今丙申三月，阅岁六周，已修六门，三门完好，三起水柱，石面未周，余三门则全缺也。桥计横面丈之二，纵丈十之二，竖者如横面之数。计须资用几千两。函册诣潭告予，言以竟厥功。予谓时去大禹已久，无随刊驱放之力，不得不借功于桥。岁终无冬官戒役集事，不得不借功于募。前之捐十千金有奇女子弟三人，今乃无有，不得不借功于僧。乌乎，其殆哉！度僧之缘不能再逢一陈氏，其事不能禀冬官，其诚不能动神禹，必如俗传有龙蝘蜿荡险逐石屡御而不可复也。如之何，如之何？吾恐以潭人了潭事，尚忧不终。岳阳云梦之区，必有隐君子勷事永利，未必不如一四贞女郎也。或曰：天岳古所称道书第二十五洞天，珍草异木，羽流杂居。普见坚是愿，曷归入山，觅丹灶深处，再拜而求之？

募修唐兴寺疏

郭金台

石塔寺本于俨大师，铭于刘禹锡，更“唐兴”二字于褚遂良，递废叠修，迄于今将千年。自吾寓目，曾有千寻，浓阴茂树，傍有黄叶亭、搔首楼。潭八景中所传“烟寺晚钟”者是其处也。连年兵燹颓唐，后殿故物犹存。比来一二住僧，又葺而完之。殿之中阛人刘氏构一阁祀准提佛母，阁半就而刘弃世，功且停。乃者居民被火，延烧后殿，一空诸有，惟准提阁以一二人力得不毁。予经其处，阁仅支数椽破壁，与号风怒雨相敌，不亟修则现在功德尽堕瓦砾灰烬中，可悲也！住僧汇如仓猝速予疏，而欲哀号于国中，有愿使唐兴古寺不终空坏者，请自修阁始。阁成，亟扶劫后诸佛，使不蚀风雨，而后随议修殿，以观厥成。吾知祝融回禄有知，必且涌金航海，胥与诸佛菩萨佑灵异而求忏悔矣。

将就园记一

周星

自古园以人传，人亦以园传。今天下之有园者多矣，岂周九烟而可以无园乎哉？然九烟固未尝有园也，九烟曰无园，天下之人亦皆曰周九烟无园。九烟心嗛之，一日者，九烟忽岸然语客曰：九烟固未尝无园也。客问九烟之园安在？九烟曰：吾园无定所，惟择四天下山水最佳胜之处为之。所谓最佳胜之处者，亦在世间，亦在世外，亦非世间，亦非世外，盖吾自有生以来，求之数十年而后得之未易为世人道也。客曰：请言其概。九烟曰：诚然，其地周遭皆崇山峻岭，匼匝环抱如莲花城。绕城之山，凡为屼焉者、屺焉者、霍焉峘焉者，不知其几也。名皆不著，其著者惟左右两山，左曰将山，右曰就山，高各数千仞，而将之高过于就，就之视将，又若减三之一耳。山形内堑而外峭，隔绝尘世，无径可通。独就山之西南隙有一穴，仅可容身，穴自上而下，蜿蜒登降。暝行数百步，乃通洞口。洞外有涧，亦可通人间溪谷。然洞口才大如井，而山巅有泉飞流直下，摇曳为瀑布，正当洞口。四时不竭，状若悬帘，自非冲瀑出入，绝不知其为洞，故终古无问津者。此则兹山之界限也。山中宽平衍沃，广袤可百里。田畴村落，坛刹浮屠，历历如画屏，凡宇宙间百物之产，百工之业，无一不备其中者。居人淳朴亲逊，略无嚣诈。髫耇男女，欢然如一。盖累世不知有斗辨争夺之事焉。又地气和淑，不生荆棘，亦无虎狼蛇鼠蚊蚋螯蠚之属，此则兹山之风土也。

山椒各有飞泉下注，悬为瀑，汇为涧，流为池沼，随处可通舠筏。而将、就两山之下，溪流环绕十余里，中为平野，亦复有冈岭、湖陂、林薮、原隰，参错起伏，此吾园之所在也。园分东西二区，东近将山者曰将园，西近就山者曰就园，统名之曰“将就园”。两园之外皆溪流环之，而中复有一溪逶迤，流亘南北，形如太极，实为两园之界。将园之门东南向，就园之门南向，门外各设桥以度，周遭叠石为缭垣，而中溪居将园之外、就园之中。其东亦有缭垣隔之不相联属，独将园瞰溪有水陆门各一，溪上为桥，桥上为亭，以通两园之往来，即名曰“将就桥”。主人自号曰“将就主人”，此则吾园之大概也。

将就园记二

周星

将园前门临溪，而溪流散注园中，所见无非水者。入门行竹径可里许，径间为亭者三。径尽，度小桥为罗浮岭，环岭皆梅也。人行石磴中，又里许为郁越堂。堂前后杂植名卉，间以梧竹。循堂西北行数十步，为至乐湖，大可二十亩。湖中为长堤曰醉虹，迤逦达北岸，堤皆甃文石为之。两畔有石栏，中央为巨桥曰饮练桥，上有亭曰枕秋。既抵北岸，则因山为楼台。东西两楼并峙，东曰吞梦，西曰忘天。飞甍杰阁，上接霄汉。左丹而右垩，以象阴阳之义。两楼相去约十丈，其中为露台，曰蜺高台。台下甃石置门，状如城闉，正向长堤以受南熏。绕湖四面皆回廊，间以水槛。廊槛之外皆桃柳芙蓉，长堤之两畔亦然，而堤畔垂杨尤多。湖形本类璧镜，以长堤界为东西，西广而东稍狭。东湖之中有岛屿，凸起如龟，于其背作八方亭，曰一点。西湖之中央有横洲如鱼形，其首东向，构屋其上，宛类楼船，名曰蠡盘。楯外垂帘箔，洲旁亦皆桃柳芙蓉，与长堤相望，然泛泛波心，非舟不渡。若湖中芰荷鱼鸟之属，则不假人工，自然蕃育，固无烦主人之点缀也。楼后隙地遍植名花异卉，是为百花村。两楼中各命一美人领之，童婢各四，以供香茗汲钓之役。其庖湢诸室，皆在楼后。湢室之旁，温泉出焉。

园中藏书有阁，酿酒有厨，莳药有栏，种蔬有圃，植果有林，蓄鱼有沼，驯禽有苑，任牧有场，分布园之四隅，大抵皆傍山临溪。而罗浮岭之南有书斋二，左曰日就，右曰月将，为子弟讲读之区。岭之北有花神祠阁，主祀百花之神，而以历代才子美人配享焉。凡宾客往来游宴，一园之内，舫屐皆可经行。独湖北两楼限以堤桥，为美人所居，宾客不得至。其湖西之蠡盘，则美人宾客可更迭御之。若休夏纳凉，则美人宴寝之时为多。循湖而西，历回廊十数曲，为水陆两门，启门度桥，即就园也。

将就园记三

周星

就园前门亦临溪，溪流亦散注入园，而园中之山多于水，其杂卉亦仿佛将园，而松柏梧桐之属为多。入门为石径，磴半之，上下登降可百余级。磴尽为万松谷，行松间可里许，度溪桥为华胥堂。堂前有大池，池畔亦杂植名卉，间以梧竹，颇类将园。自堂而北则皆山也。冈岭复叠，峭壁屹屹如百堵城。溪流径其下为深涧，大小各九曲。每曲折幽胜处辄建一亭馆，凡为亭者六，为馆者四。至十八曲，山势将尽，则突起而为两峰。高阁千寻，东曰就日，西曰将云。两峰之阳各建一祠，祠后有阁。东祠阁中主祀义勇关夫子，而以历代节义诸公配享，命高僧领之。西祠阁中主祀纯阳吕祖，以历代高士逸民配享，命羽客领之。两峰相去可数丈，下临绝壑，不知其几千仞也，而西峰之侧有古藤，其岁月不可考。两干横亘空中，与东峰相接，大如殿柱。两干之中则设横木度之，傍植栏楯以通往来，此天生桥梁也。西峰之巅有平台曰挟仙台，上植五字碑，曰“挥手谢时人”。东峰之腰有洞，洞左有丹室数楹，因岩作屋。苍翠阴森，人迹罕到，榜以七字，曰“洞云深锁碧窗寒”。峰北直下有大潭曰桃花潭，广可二亩，其水澄碧。两岸皆桃花，潭畔有石坡，宽平可容千人。坐坡上观西峰隔水瀑布，飞流下注，声若奔雷。坡侧有钓台，台西有石桥，横枕绝壑，亦可达西峰。从石桥仰睇藤桥，殆有霄壤之隔矣。

园中冈岭之隙，则有桂林，有榕林，有枫林，有柏林，与万松谷相望。其中各有兰若精庐以供羽衲游憩者，不可殚述，而西峰祠畔有汤池，因置浴室以便祓濯。傍亦有丹室数楹，号为燠馆。其气温而不寒，隆冬如春。盖汤池所蒸煦也。其余药栏蔬圃之属，亦仿佛将园。凡宾客往来其中，游陟眺览，无适不可，而宴集则多在华胥堂，美人亦不时至焉。堂东沿山有曲径，倚石壁为回廊，循廊行数十曲至将就桥，桥东缭垣间有水陆两门，门内即将园。然启闭以时，将园可出，就园不可入也。

将就园记四

周星

将就园主人曰：吾两园分而实合，合而实分，其间止一垣之隔耳。论其概，则将园多水，就园多山。然将园所见皆水，而自罗浮岭以至两楼露台，无非山也。就园所见皆山，而溪流自南入者，汇为华胥堂之池。池水北流为十八曲之涧，涧尽乃汇为桃花潭，而潭水复北流出溪，则无非水也。故将旷而就幽，将疏而就密，将风流而就古穆，将富贵而就高闲。四时之中，将宜夏，就宜冬。然将有梅数亩，两楼面南暄燠，可临湖看雪，亦未尝不宜冬。就之岩壑幽深，竹树森蔚，能使六月无暑，亦未尝不宜夏。若春秋佳日，则无一不宜矣。将之东面为将山，其上珠泉百道，四时飞瀑。就之西面为就山，其下平畴万顷，终古斜阳。此两园所见之不同者也。至若两园相比，争奇竞秀，回互生姿。登将园之楼台，西望就之两峰矗霄，不异云中双阙。一望松柏郁葱，则五陵佳气也。登就园之峰，东望将之崇台杰阁，宛如蜚廉桂观，遥睇湖光，又令人作瀛洲方丈之想。岂非两美必合，相得益彰者乎？

虽然，天设此将、就两山，以待将就主人。将者言意之所至，若将有之也。就者言随遇而安，可就则就也。故将山高，就山卑，正如俗谚所云将高就低之义。且将园之中，其二斋曰日就、月将。

就园之中，其两峰曰就日、将云。将就之中，又有将就焉，则主人之寓意可知矣。苟穷极两园之胜，虽什伯不为多，而主人自以德凉福薄，惟恐太奢侈以犯造物之忌。故每园仅取其最胜为目，各十以小诗纪而传之。非敢言园也，亦云将就而已。此则吾园之始终也。

于是主人复岸然对客曰：谁谓九烟无园者，若此区区者谓非九烟之园乎哉？客乃唯唯而退。于是九烟曰有园，天下万世之人亦莫不曰周九烟有园。

将园十胜

周星

竹径三亭

亭小者曰寒翠，曰碧鲜。大者曰造咏。俱在万竹林中，一望修篁戛云，琅玕栗栗，不数渭川千亩。

千户侯封笑渭滨，万条寒玉压湘筠。王猷莫但凭疏傲，看竹先须拜主人。

罗浮岭

在竹径之北，上下四旁皆古梅，绕屋三百树，讵足云多？正恐赵师雄未梦见在。

红满层崖绿满溪，美人高士到还迷。六宫粉黛多如许，羞杀孤山处士妻。

郁越堂

郁单越洲有自然衣食，宫殿随身，堂名义盖取此。因稍更袁石公句为联堂中，云：笑看东震旦，坐抚北俱卢。俱卢洲即郁单越也。

恨不身生郁越洲，化宫衣食足优游。而今别有花天地，谁复埋忧与寄愁？

至乐湖

大可二十亩，天光云影，恍然一碧万顷。庄叟《至乐篇》故与《秋水》濠上相接，因以名之。

至乐人间无有哉，谁知杯海眼中开？鸥天鱼国相终古，此外何人更往来？

醉虹堤　饮练桥　枕秋亭

堤在湖中，而桥适当堤之半，桥上为亭，坐亭中四顾湖光，直如身在水晶壶、玻璃国也。沿堤两岸桃柳芙蓉相间，而垂杨尤多。丝丝拂波，绿烟如织，一望令人魂销。

长虹饮练枕高秋，纵是愁人也破愁。更把柳丝收拾尽，争教张绪不风流。

吞梦楼　忘天楼

两楼东西并峙，面俱临湖。巃嵸轩豁，不让柏梁、建章。登斯楼则心旷神怡，如岳阳之瞰洞庭矣。昔云仙人好楼居，今则美人居之。仙之与美，一邪，二邪？吞梦取长卿《子虚赋》中语。忘天取渊明“重觞忽忘天”之句。

俯吞云梦仰忘天，也住名姝也住仙。姑射元无脂粉气，笑他金屋俗婵娟。

蜺高台一名无云

在两楼之中，因山为台。台上平旷如席，纵横各十丈。其南有短垣如女墙，其北有屋三楹。屋畔大槐二本，左右交荫，有古藤萦绕其间。台下甃石为门，洞穴如城闉。南北径数十步，与长堤相向。当盛夏熇溽时，昼则纳凉于城闉，夜则约月于台上，不知三伏炎蒸之有无也。蜺高盖取龙汉劫前之义。昔汉宫有通天台，又有俯月台，下临影娥池，兹台其兼之乎？

万古千秋见此台，通天俯月想崔嵬。茂陵富贵今何在？赢得山人日举杯。

一点亭　蠡盘

一点亭在湖东，仿佛太虚一点耳。蠡盘在湖西，波光淼淼，宛在中央，绝类凫槛，非艇子不能飞渡也。此二区居内外之界，宾客美人皆可游。若碧筒销暑，则专为美人宴集之所。登楼倚槛，晶帘四垂，解衣槃礴，纵横枕藉，醉乡也，睡乡也，温柔乡也，庶几兼三者而有之。蠡与螺同，刘梦得君山诗云“白银盘里一青螺”，义盖取此。或曰：此与五湖扁舟何异，意者如范少伯之盘桓乎？亦无不可。

一点孤亭对蠡盘，横船高处足凭栏。花房酒肆堪成道，莫作情痴秘戏看。

百花村

在两楼之后及左右，遍植名花异卉，殆无间隙。万紫千红，四时不绝，为美人游赏之所。其中亦有亭子数处，大抵各以其花名之，而最著者为海棠、牡丹、荔枝、扶桑云。

众香国里朝臣妾，万绿丛中长子孙。纵使乾坤终混沌，也须还我百花村。

花神祠阁

在罗浮岭之北，百花村之东南。阁中置木主以奉祀百花之神，如东皇、封姨亦与焉。两傍配以历代之才子美人，如司马长卿、卓文君，秦嘉、徐淑之属。每岁时及花朝诞辰，命美人设果醴致祭，歌新诗以侑之。

啼红怨绿费相思，报答春光借一卮。从此香魂歆肸蠁，词人休赋落花诗。

就园十胜

周星

万松谷

谷可径二里许，一望古松参天，皆老龙怒虬鳞爪也。昔人之五大夫、七处士寥落已甚。若杜牧之赋中所云：数十株切切交峙，如冠剑大臣庭立而议，亦岂能如是之多乎？中有不封亭、白眼庵、寒知道院。

老尽苍龙鳞甲身，攫拿千尺岂无神？纵教风雨群飞去，到底还皈学道人。

华胥堂

昔轩皇梦游华胥二十八年而天下大治，此特梦耳，今则实有之矣。登斯堂也，何难白日到羲皇乎？因题一联其上，云：长离广乘之境，无怀葛天之民。愿与素心古道之我友共之。

羲皇六月睡蘧蘧，不问周欤与蝶欤？轩后梦游谁作证，如今真个是华胥。

十八曲山涧亭馆

武夷九曲，曲曲通舟，溪山亦云奇矣，而吾园则更倍之。亭有六，馆有四，皆天开异境也。不欲别立名者，以名之妙无加于曲也，即以曲之次第呼之，可矣。

溪流如径石如门，峭壁巃嵸樾馆屯。九曲曲中还九曲，武夷何处傲儿孙？

就日峰　将云峰

两峰在十八曲之尽处，盖山势屈盘已极，忽然怒生崛起，如狞龙之奋头角。东西对峙，高各千寻。登其巅，则园之内外四旁无不洞瞩。东为就日峰，峰前建祠阁以奉义勇关夫子，而配以历代节义诸公如张、许、文、谢之属，命高僧主其事。西为将云峰，峰前亦建祠阁以奉纯阳吕祖，而配以历代高士逸民，如张子房、陶渊明、李青莲、长源之类，命羽客主其事。岁时以酒脯致祭。

峥嵘相望两琳宫，天阙惊闻晓夜钟。看尽尘寰皆蚁蛭，万千峰里只双峰。

天生藤桥

两峰相去数丈，如巨灵之擘太华，终古无有合理。若行者必自踵陟巅，岂不走杀凡夫？妙哉古藤亘空，联两峰而为一，谓非仙迹鬼工，谁其信之？自有此桥，不特资羽衲津梁，且关、吕二帝师亦得不时往还，人天乐事无过于此。

划断危崖孰可登？云龙忽挟雩虹升。石梁铁锁多神怪，不及天生一古藤。

挟仙台一名狎仙

台在西峰之巅，视吕祖祠固咫尺也。神仙之中，岂无声气？况其地高寒孤洁，月晓风清之下，定有缑山笙鹤相过，挹浮丘而拍洪崖，固非难事。

挥手高台俯曙烟，时人仰面只看天。等闲便作蓬瀛会，此地神仙不值钱。

两丹室

一在东峰之腰，岩壑幽森，碧云深锁。一在西峰汤池之畔，池气蒸煦，隆冬如春。何寒燠之天渊乎！然其为修真习静之宇则一也。是宜有古道者居之。

池沸丹砂未觉冬，云寒碧洞暑还空。坎离龙虎休饶舌，只在山房冷暖中。

桃花潭

潭在东峰之后，一泓澄碧，夹岸缃桃，固非凡境，然亦平平无奇耳。奇在隔水之瀑布，银河九天，练光雷响，令观者神魂奔悦。若平坡，若钓台，若石桥，皆借此瀑以增幽胜。

隔水银河溅瀑珠，钓台还伴客星孤。桃花潭水深如许，何物汪伦似此无？

榕林

榕为散木，然离披偃蹇，垂鬘成门，亦异种也。园中得一二已足，况成林乎？地在万松谷之东，岁寒不凋，青翠弥望，中有笑福庵。

闽粤曾夸榕树门，鬘缨垂地辄行根。不知何日移来植？轮囷离奇绿满村。

枫林　柏林

皆在万松谷之西，中有霜红精舍、鸦舅庐。秋老红酣，云锦烂然。寒山石径，万不及一。尤妙在西峰顶上观之。

秋来富贵胜春华，霜叶分明五色花。好向双峰高处看，青天一半赤城霞。

桃花三郎钞序

阙士琦

崇祯二年三月十三日，兄雉侯、黄君起元公瞿，拉余载酒邓氏之竹洞。洞低竹为门，交竹为堂，攒竹为室，折竹为几、为槛。凡三洞，皆竹为之。酒行，戏命童子阆作诗。是日邓氏有神降于其家，称三圣者，云欲期余于洞。顷之亦至，以两苍头持神车，横轴作书，辄知先时童子阆所作诗，如其韵，诗竟，作自序。公安盖有二圣祠，序中所云两兄者是也。序竟，叩其年代姓字，作父状，状竟，乞余序托以传。

余观唐人集中，如郭修真“华岳无三尺，东瀛仅一杯”，如织女“朱阁临清汉，琼宫结紫房”，如洞庭龙女“十载一来归，辛苦潇湘水”，苏子瞻所称刘苞、何丽娘，及麻姑与王方平语，上元夫人与西王母书，未有如三郎之情事幻怪、文词陆离者。

阙木人曰：天上当有无穷日月，令节胜事，亦有不如人间寒食清明者邪？人间每欲生天上，天上亦欲住人间邪？吹笙弹璈，骖鸾驾鹤，亦云快矣。颇忆书生伸纸搦笔之乐邪，天人者亦有啖名客邪，天帝亦侧目人间有文字权邪？抑天上人孰为为之，孰为听之，不可与言邪？文人则有东方曼倩、李长吉，狡狯则有王次仲、费长房、淮南八公，风流则有萧史、王子晋，诸公等安在邪？

桃花三郎自序云：余生长公安，父为渔翁。未生余时，渔网中得遇九龙。父曰：龙何在？龙曰：余在西王湖九曲长生树下，余得见女飘舟荡漾，女得见余吟风鼓浪否？父曰：昨有白发老子，以须分水，以手抵浪，执片叶以御风，拈微草以作杖，在水中问舟者，女邪？龙曰：余非问舟，奈天形骸鬼我，衣裳怪我，命余以三桃馈女。父投之手中，天地一瞬而震动，草木片时而鲜妍，顷刻即成三子，龙遂名余曰桃花三郎。三日之后，余慧百端，遂能偕两兄至陀罗山中，羡西山之美，聚童而歌曰：空泠兮高旷，清浊兮南沧。顷有名虫，乘者蝼蚁，随者焦螟，三首四足，九眼两鼻，两兄怪而逃之。余则常而近之，虫曰：个中人也，吾与子行。顷有三黑面发竖者，一见余，而余灵巧不复如常，父大哭。虫曰：一时不视，万世能视也。一时不听，万世能听也。一时不闻，万世能闻也。余果如其言而流传至此。

桃花三郎状父云：父产先汉，厥字卓愕，姓氏刘唐。儿方堕地，形体谲怪，身有丈长。见者闻者，曰兹超常。时大则如丘壑，时小则如蛸蜇。东山之侧，西山之旁，遇者三獐。女见昼哭，男见坐狂。獐即言曰，此子非凡。忽目渔翁，胸有三郎。天为之幄，地为之房。万物万生，皆女文章。父始之记，后勿可忘。

祈年桃花郎序云：余邑有二大士，一为青叶髻，一为娄至德。不知吾雁行中尚有三郎也。三郎以古奥之笔，写《蓼莪》之思，是菩萨而孝。眷怀故国，意敦钩铃，是菩萨而弟。下笔若古王尸斑，而一段朴老严肃之气行于纸上，是菩萨而文章。一门三大士，如三珠树。黄面夫子之位，兄弟同登，不愧二难矣。而其显灵于花源者，何也？或谓三郎欲取醍醐至教，淡荡仙灵，瞿昙微言，开导琼笈。余独谓不然，我有褐公，恂恂孝友，吐纳风流，学者宗之，与三郎同调。故三郎择地择友，愿与阿郎唱和也。其显灵于花源，而语不忘公安者，何也？以兄居水国，弟居山崖，肝胆相照，何妨各归四海！辟褐公田祖，异姓通续，情同水乳，几年无一字，千里若同堂。三郎盖隐隐取吾两人以自况也。余读褐公之文，叹羡不已，并喜三郎为如来世胄，且与我同乡，足为梓里光也。故喜而弁数语于首。

湖南文征　卷四十九

尺牍元明

答所中书

欧阳玄

犹是癸卯年叙谱以来，今三十有五年。是时不肖与所中俱在弟子之列，每思幼从兄弟之乐，今复欲尔，尚可得邪？去夏谒告词垣，假道江浙，初意径趋洪袁，一访故里。中途剧暑，遂与愿违。老仆还，闻族中诸公相候甚久，令人惭恧无已。兹远席宗庇，自忝从臣，恩及二代，兼蒙赐碑，尤出望外，受宠惊惧。蒙书乃以贺言，惟重怵惕，祖茔题表之喻，仆何敢当？第曩岁侍亲春陵，见玄公家数世之墓，皆太守方孚若为题之。他日援此故事，或得一名笔表识，亦未晚也。贱迹近叨两召，贫病交窘，行止未知攸措，吾侄何以告之？仪翁还，专此占复，潦略等几乎照。

又与意山书

欧阳玄

玄壬午谱亭之别，于今六年。都下蒙惠书，送书人乘便即行，往往不别而去，不及报书为歉。方驰仰间，令郎至，荐辱佳翰。承寓居春台，寿履康裕，殊慰殊慰。文集旧序，如戒更写。令郎所著《易问辨》甚佳，已为作序。第愧病余，意绪不佳，乏好语也。令郎气宇明爽，因推其生年日月非常，行当擢科。吾兄收义方之效，享荣养之禄，计日可待也。弟蹒跚如昨，右臂时若风气流注，大为所窘。最是文债日生，无少休息，令人闷闷。未卜会期，惟以道珍啬。草草，伏希尊照不备。

答刘申斋书

欧阳玄

玄顿首再拜复书提举聘君申斋先生丈席：

即辰清和，承体候佳胜，济南耆年有相之道，不胜愿见之祷。吾宗振先来辱书，且知侄孙宗任客腊参谒座下。承缄寄雄文，迨今未至，不审何如？亟称督索，端便复命。陇阡樵采之禁，事出当然，流言之惑，实无是也。区区抱病三载，始获一归，心志凋残，旧学如失，其不能为先正大夫役也审矣。适候卜氏女病，振先就之相见，借纸占酬，凡有潦略，惟鼎茵加毖，以寿斯文。谨奉状不宣。

答孙春洲书

欧阳玄

玄顿首再拜上记春洲聘君先生：

玄读《天台赋》，金声袅袅吾耳将二十年，识公于此盖久。昔人识心在识面之前，斯谓知己。族弟志行家人，至辱佳翰劳问勤恳，殊慰瞻驰。第玉署〔再〕迁之言，此传说者之谬，幸勿过听。区区抱痾三年，朝廷熟察而深怜之，譬之病驹，不任衔勒，置之茂林丰草之地，使之姑遂其性，岂不有复可驱策者哉？令郎才俊，自当不乏知遇，万一邂逅，在他人尚能推毂，岂敢爱一援手之力于秦晋之戚哉？价旋力疾占答，秋杪冬初，必到防里。胥晤有日，余储面赋草略，希照察不宣。

再答春洲

欧阳玄

玄顿首再拜春洲先生执事：

玄向在史馆，与揭曼硕谈江右人物，曼硕称誉足下文品在临川孙履常、何太虚间，曾见咄咄逼人。他日在知翰墨中，益见故人藻鉴之高。日者敝族诸弟子见过，又知结习斯文，固有瓜葛。第憾才薄质浅，仰慕前修，荐士不得，仿佛其万一耳。所求春洲诗及大字，草草塞责，报章远胜作者。子昂墨兰自是佳品，感愧无斁，区区剧暑抱病，趁便裁答，不敌先施。尚几照察不宣。

与阖族书

李东阳

家门不幸，儿子兆先遽尔夭折，哀痛摧裂，不知所措，予兄弟子侄闻之，当同此一痛也。近累得家信，要还居茶陵，盖闻有买田常州之说故尔。缘常州去京稍近，地利甚饶，而田价骤贱，又有诸知旧借银买田数亩，因令李顺父前去一看，实未能遽弃坟墓以往。况今遭此大变，就使得脱职务，亦不过老于京邑，非但不能归茶陵，亦决不能居常州。姑俟葬毕，即呼去仆回京也。

比得董太守书，云为我造屋，已蒙巡按准行，令人惊愕累日。自念作官四十余年，不能一日庇乡里，乃复以土木筋力为之累。纵令出京，宗族亦必借官府之声势财力，于心诚不安，而怨怒诮谤亦所不免，使得归而居之，犹为得不偿失。今乃以虚名招实怨，亦何所苦而为之哉？往岁碑坊之作，在本家已为多费，而官府复屡为之，苦不早闻，及具书辞免，则其事已遂。不意今者复蹈前辙而又甚焉，悲怆之余，增我郁悒，用是衔哀执笔，亟达此情。望我同姓深为体念，亟告于官，停此大役，乃见骨肉之情非道路比也。《湖广乡录》尚未至，二侄不审消息如何，悬渴悬渴。

再与阖族书

李东阳

近者家门之祸，哀恸不可言，已有书奉告矣。嘉表来，承厚馈，且分田百亩以相赡给，非骨肉至情何以及此？但闻古人有分田以赡族者，未闻有出田以供仕者。某自登第以来，几四十年，不能一赡宗族，而顾辱此馈，事之倒行而逆施者，莫甚于此，吾岂可恬然受之哉？所有契本辄欲封还，而嘉表以为身受伯叔之命，无辞以白，执不肯从。姑留一本，以俟后便，即当寄去也。复元到此辄病，累治不效，已为棺殓，买地葬之西门外明光寺之后。闻其有妻及子女无所于托，可怜可怜！嘉敬举乡科《试录》已到，此则可喜耳。匆匆不悉。

与杨邃庵书

李东阳

仆哀疚以来，百事都废，聪明不及，岂复有所进乎？乐府之拟，实未敢草草，亦未敢轻以语人。高明者不以为非，则继此犹可求教。至于笔墨点画，未尝有百日之功。今日所写，明日已不欲观，以为常病，此病不差，未可以言进也。独篆书法颇觉顿悟，此业若成，则于前辈不敢多让。别后所得，惟此一端。今为邵楚雄作“褒孝堂”三字，阁下试取观之，果以为何如也。时雍先生已迁广东民牧，到京尚未见面。希大将卜邻于我。伯瞻之除，甚慰吾辈，但病未脱然。时敛初试毕未会，计当颖脱。门生中有李永敷者，亦非池中物，高第二三辈，南来靳解元者，犹阙面谈。后别报忙甚，语不成伦，亮之而已。

与巡按王御史书

李东阳

近得董郡守书云：本州欲为仆择地盖屋，巡按已准行。此恐是旧按王公俯从州议，而本州者又或有寒族子弟以鄙意诳惑而为之也。仆居京师累世，作宦四十年，不能一庇乡里，岂可以木石畚锸为之累？况祖父坟墓，亲戚聚处之所在，纵令得脱羁縶，亦岂能远涉数千里外，而用此虚名实怨为哉？仆属有哭子之痛，本不暇及，第恐工役已兴，缓不及事，故亟致一辞，惟冀深谅鄙怀，爱人以德。公便中善谕本州，早为停止。区区一身，少免咎戾，以视屋宇之惠，盖万万也。

复徐都宪书

李东阳

病中屡辱存问，甚感。近寄到陈提学所修《阙里志》，谅已经裁定，纪叙详整，快阅一过。间有欲商摧者，辄附其下，仍粘票于上，以代面议。用朱笔者，病目新差，取便于阅视，初不计其僭，后始觉之，万希清照。古今文字，颇亦增入数条，并听采择。先圣图像，闻用庙中石刻蹙小为之，虽笔意可观，未审能不失真否？今将阁本诸书所载，令京中名笔用薄纸摹出，各附一幅，亦惟择而用之。缮写雕刻须良手，仍校对真正，乃可传远。固知精鉴及此，然此事关系极重，工不厌精，言亦当不厌多也。余俟后悉，不具。

柬西涯先生

杨一清

仆谢病以来，自谓相见无期，不图不幸中乃有此良会，岂真有所谓数者存邪？喜看道体康裕，神采倍增，天寿平格，以为斯世斯文无疆之休者于是乎在，不独交游门墙之私幸而已。不才多事，以贻知己之忧，然内自忖度，实未尝妄有作为。体国之诚，天日所共鉴。今日之变，殆其自信太笃，任事太专，好恶太分明，有以致之，是恶得无罪？俟命于天，顺受其正，他非所敢言也。忧患之余，百念都废。饮量颇增，而为病所困，莫克自遂。棋方大进，而制于踪迹，蓄不得施，斯二者尚不能托以成名，他可知已。余俟再见乃尽。

柬刘用齐侍郎

杨一清

今之人物如用齐者，尝拟之汉黄叔度之流，此非今日语，盖定价于二十年之前矣。当此时势难为之秋，用齐居当言之地，而又有可言之机，愿以古君子及人为念，所谓能宽一分，人受一分之赐，用齐之素志亦若是耳。至于潜消默运之妙，有出于人之所不及知者，盖非用齐无足与此，而亦不敢为他人言之也。若惴惴焉拘形泥迹，以洁身为高，而不为吾人后来之地，此士夫常事，岂所望于用齐者哉？默识之余，千万加察。

柬乔希大少卿

杨一清

师生之义，至希大而极，不待今日始有此言，希大之心，自谓尽其所当为。夫自古圣贤，忠如伊周，孝如曾闵，亦尽其所当为者耳。希大是心，为孝子，为忠臣，为大儒，只是一般道理。予老病废弃，不得相与以观厥成，愿益厚自培植，毋以宦成自怠，毋以时事自沮。他日山间林下，有闻吾党之士勋业光价铿鍧炳耀于时，以张儒者作用之功者，必吾希大也。勉之，勉之！南曹清适，脱繁就简，希大素志，亦老夫之所喜闻乐道之者，然不须容心其间，俟其自至，则不必辞可也。

与刘郡守书

杨一清

居上以宽为本，然必济之以严。宽以恤民庶，严以警吏卒。宽以植良善，严以锄强梗。宽严相为用，政是以通，民是以和。否则令出于上而阁于下，虽有良法美意，民将不被其泽矣。

寄湛太史甘泉书

易舒诰

奉别甚久，岂胜驰恋。近陈师鲁监生归，始知动定。往岁曾蒙吉州之寄，极荷通家之厚，久稽裁谢。弟家居十余年，中间忧苦患难，始觉昔时所学者妄也。乃欲尽弃其旧，以求古人所谓身心实用之地。使处逆处顺、在家在国，随其所寓而各得所处之道，无颠蹶溃乱之患，所谓应乎物而不为物所累者，不亦旷然广大乎？但年岁已增，好友在远，恐无所成，何以教之？明秋，先母服阕，或可北上，抑亦欲为取友计耳。衡岳胜地，旧闻先生每欲来游，此兴傥果，仆得执役杖屦，亦平生事也。乘便布区区，余惟万万。不宣。

又答孙山人

艾穆

鄙人归自绝塞，惟恐入山不深，何期除目忽从天降，所幸圣明感悟，又宗社生灵之福。若鄙人升沉，何足论哉！世态炎凉，诸交承以书来，率侈言荣进，而丈独我规严善始善终之戒，大都海内义气友朋，爱之固若兹矣。鹤发垂堂，乌养方遂。昔日狂瞽之谓何，而今忍心绝裾邪？第国朝事体，凡遇特召者，进止多不得自由，又身无兄弟子侄者，方许终养，然际此时会，当沥血陈情，冀谐所愿也。范丈云必也立朝增蹇蹇匪躬之节，诸凡为宗社生灵大计可入告者，我丈不靳以闻，俾得仍以狂直仰答圣明万一而归，庶不负兹行耳。

答大司寇王凤洲

艾穆

某从蔀屋窥春光者两月，无由得翁迅发之期，徒怅结于心，恨天于栖霞之缘不我与也。家乘得托雄文于不朽，后世子孙展而读之，教思宁有穷邪？某久怀去志，仅一疏而止，恐涉有心，去得欠妥，亦仰承至教云尔也。第禽鹿野性难驯，必欲羁之，终是裂樊毁柙而出耳。每与赵宗伯论出处大事，宜虚心平气，要于其当。读来教，谨佩之。附谢复。

答毛具茨道长

李腾芳

二十年相知，真无如兄者。荒城枉重，闾巷荣之，深愧寒凉，不克相迟一宵，伸一茗一菜之敬。门下不以为罪，方怜念之，至华文丰贶，远道见贻，厚则厚矣，曷以为报？差使索书甚急，率尔附谢。仆近读《楞严》《蒙庄》，颇有所入，从此枯寂心甚甘之，深信往因，朝夕不敢怠。窃忆凤麟不多，敢以近刻三经奉上，幸付眷属持之。门下性识恬远，表里莹彻，大有道气，当此际惟多作利益官民之事。南荒去天甚远，大贤持斧至者亦难遇，幸勿以仆言为迂。

答蔡槐亭

李腾芳

紫气飞度，憾无关令先识，空自怅怅耳。陆生来，承惠教墨，深荷接引之慈。金刚三十二相一条，从此明豁，二千年来注疏皆可废矣。台谕三译合刻，容即图之，但敝邑未易得二译本耳。偶刻三经之小本附览。陆生金陵男子，气骨自异，文艺雄隽明赡，自写其不平，绝无近世仕绅山客剿窃虚夸之习，从此得往来潇湘洞庭，点缀于山川云物之间，亦嘉事也。如何？

与熊芝冈

李腾芳

寒岩绝壑中，万念都息，但依依夙昔之雅，时往来于怀耳。又每闻时事辄复作恶，古人削迹林莽，便可自安，今则草木皆兵矣。顷于敝邑父母处得翁兄起居，辄敢为讯。古今有趣之事如文，如诗，如字，如画，如登山，如泛水，今日皆可借以杀人。平生意气朋友，皆可操刀下手。惟槁木尸居，得一慈明守令如敝邑之父母，造福多矣。并闻。

案：江夏熊襄愍公廷弼，字飞百，号芝冈。《襄愍集》中亦有与文庄书柬。邑父母谓秀水包仪甫鸿逵也。包公为湘潭令，在万历三十九年至四十四年。时襄愍方巡按辽东，督学南畿，尚未代杨镐为经略也。文庄初以疏救顾天埈，不报，投劾归。朝议擅去，贬太常博士。三十九年京察，复以浮躁谪江西都司理。问札殆作于此时乎？汝怀附记。

与杨修龄

李腾芳

闻之至人之心若镜，君子之道如弦。观翁丈表里言动，真有当于是也。世界如许之大，贤豪如许之多，而三五佥人扰乱播弄，不胜不已。故乍清复浊，方息复兴。昔人有言，四方虎争，非圣所决。山中枯朽，岂能料其终始乎？端惟翁丈之持世柄，宽大以收同志之情，峻洁以愉异类之气，庶几其有济耳。往舍弟入京师，具一字为候。值豸斧已南矣，遂不及达。后得大疏，垂念死灰不置。感叹高谊，徒有泣下。此生已矣，无德不酬，亮非所能，只深人结草异时之想。拜赐太厚，既不敢辞，又无以报，感甚愧甚。附此言谢，不尽缕缕。

案：修龄者，武陵杨少傅鹤也。考文庄以万历二十年成进士，年方弱冠。少傅通籍后十二年，其子文弱太傅后十八年，而称为翁丈者，殆以其年辈之长，且与其子同朝也。先达之谦抑如此。札则作于斥官家居时，惜少傅荐举起用之疏不可得见。汝怀附记。

与崔兵备

李腾芳

老公祖丰规峻节，清论宏猷，某之心严而神景者已非一日。天假旌麾，俨临湘上，如日之照，如云之覆。当兹纪纲之始，欣逢耳目之新，但恨憔悴山中，无繇随父老子弟之后，快瞻剑履为怅耳。薄具不腆，少申贺私，仰冀鉴涵，可胜驰越。

又

李腾芳

病废以来，沉疴困顿，跬步不能出。无繇瞻觐棨戟，徒勤仰叹！乃蒙宠以华楔，恤以镪金，一之甚矣，况又加以今赐乎？方拜方惊，且感且愧。伏读来谕，委以撰记。大匠辍斤，借之庸手，何以仰承？不肖向有心痛之疾，小发则数日，大举则数月。二年之间，薄劣蒙罚，丧失两弟，摧心呕血，前病益剧。老亲旦夕汪汪相倚。略说其情万一，老公祖之慈亦必酸然矣。然既奉尊旨，无所逃命，但乞宽以月日，呻吟暂已，当具草以陈。先此上复，并谢不备。

又

李腾芳

台垣伊迩，无繇瞻对，徒切仰叹！谬不自裁，更有所启。往者待罪辟雍，识吴人陆生修吉者而才之。别去数年，至遭奇祸。遣戍茶陵，囊木带锁而来，衣不蔽形，食不给口，携一子丐饭于江上。偶一见之，牵手流涕，慨然想古人脱骖之谊而惭不能。入茶陵一年，卫官时束之以法，饥饿累月。近读其文词，益怜之。欲招至斋头授书，而无奈法不得以自便也。查得长、茶二卫，皆属老公祖幕府，幕府执櫜司鼓之役，皆时时檄取二卫。兹特录上陆生文字一卷呈览，傥肯慨然怜才，破格施令，岂独此子衔结无既，而不肖之慕义亦靡有涯矣。泚笔署名时，不胜惧竦。深山长废之人，何宜轻有所陈说？恃在老公祖之慈明宽大，或不过督也。临言翘企。不宣。

与韩求仲

李腾芳

山间每读邸报，辄作恶数日，以是不复经目。偶晤包父母，得见门下手书，读之未竟，几欲掩面而泣。大抵忧能伤人，窃讶门下之忧之甚也，特此数行寄讯。天欲殄绝善类，使枭獍得甘心焉，吾辈岂能与天争？若其不然，将厚其毒，未可知也，何必自伤如此？古人如苏卿持节居匈奴雪窖中，管宁避乱居海外，试一度之，今日之苦何如此二公，何必自伤如此？又吾辈三四人，受祸同烈，然年力壮而福相未艾者，无如门下一人，又何必自伤如此？家户出入宜节，诗文牍札宜少，非真朋友尽炎凉相者宜避，且恐为其所卖。惟谨事太翁先生，和调阃内，读书念佛，以俟天命而已。敝乡人至京师者甚少，然幸与贵乡人合，中苟有智者连其机而用之，岂无六国合从之势？但恐为当事者饵之之法，即大用其乡之人，以乖其向而散其志。诸公如做文字者，向后得一新句，则并原做题目起手主意都不记忆矣。遇有心人可商之。

与憨公

李腾芳

夜读《老》《庄》《大学》论，甚获我心。至《楞严》《楞伽》，尚当有面请教处。夫《老》《庄》《大学》，公之所不屑道也，而其精若此，则二《楞》为公之精可知，而不佞尚欲有请焉者，盖以初学生浅之故耳。然亦可以见不佞之愚痴，而公之笑之也必矣。方今三教中，人材皆为不可多得，强半乔假者耳，又不则死块耳。麟凤如公，不佞岂肯当面错过？但病祟作苦，肩顶如负崇山，暂难即刻走谒，特口占此以讯起居。道体良霍然否？亦须医药否？如宝筏即行，则当以秋爽谒公于湖东祝融之间。珍重不一。

答袁经略

李腾芳

国家多事，议论益滋。边势如此，必一大创，人心始定。然能创之者谁与？故无不汲汲望台下为今之韩、范、郭、李也。某起自谪籍，当鼎革之时，词林偶尔乏人，遂致躐跻非分。负乘致戎，所必然者，台下何以教之？

与王太蒙司空

李腾芳

老先生学本暗然，仕由直道，微彰刚柔之妙，非不肖所能窥其一班，然窃以为今日之第一人也。承谕丹心铁骨、守雌守黑等语，岂以不肖之愚，亦有可与言者邪？感佩感佩！再承明问，敢以臆对。夫兵家之事，有前茅，有中权，有后劲。旧经臣特一前茅之任，而其才亦前茅也。不肖向固忧之，今虽易其人，然亦不过付得失于疆吏，而将来不效，再亦更之而已。兵不可用，必须简练。饷不可乏，必须屯田。此常谈耳，然亦不易之理。不肖山间之物，岂合掉舌？但向知己之前，无容默默，仰维台照不宣。

与许同生

李腾芳

读手教，知太翁下世十四年，仕资不得一命以宠其亲，如何使知者不哽咽也！向甚为杨湛我抱不平，今特覃恩为之喜，独于门下不能不一回一叹耳！去岁仆本不欲出山，老母以先弟之故，愤而病，不容仆不行。逮至京师，而老母病霍然矣。一年间遂叨数转，躐跻非分。故乞之金陵，免刺人眼孔，且得便道见老亲。从武林邀门下剧谈，庶少慰此生耳。新天子英爽倍常，废坠尽举。

士类拔茅茹连，良为世道庆。新辅五公，才品卓然，想自有栋隆之吉。吾辈闲人，但为之开眼读书，闭眼睡觉，开口吃饭，闭口观心，如是而已。太平兴运，门下宜早出。膴仕虽非所怀，但游山济胜之具，纱帽俸钱亦是要务，幸细筹之。

与许少微

李腾芳

往不肖在馆中读老先生谏疏，痛快每欲狂叫，但自顾惭陋，未敢踵门请教耳。辛亥之役，比在山中遇岳石梁，得闻老先生苦心远用，中原不致遂陆沉者，伊谁力也？若不肖一线不斩，尺梯再荣，敢忘所自！新天子英爽迈世，废坠尽举，中外可望见太平。闻冢公深喜老先生，以曹参代萧何之意，将来欲以司马见借，但愿即促锋车，毋更留滞。时局一日一变，缓急之机，间不容发。忘恃心知，不敢作套语。伏惟慈谅。

与胡充怀

李腾芳

明公开田积谷，搏力训戎，使兵食并裕，正今日第一经国手也。保定南临中原，北护燕蓟，东方有事，京师震动，如手捍头，非大材曷克堪之？伏惟起居珍重，以慰舆情。两承台谕，且感且愧。不腆聊以侑缄，仰希慈亮。

湖南文征　卷五十

公牍 明

提调广东学校示

甘镛

为学校事：

尝谓学校育才之地，朝廷风化之原。作新勉励，实在乎提调之得人。讲贯发明，尤贵乎师传之有素。苟为师模者因循不与讲明，则生徒何从而取益？任提调者习常不加勉励，学校何自而兴崇？日就月将，因多废弛。迩者本职钦承上命，巡按广东。事虽安抚军民，职在提调学校。近体访得按属府、州、县儒学师生，与各卫提调学校正官，中间多有不行用心劝勉讲论，以致生徒多以旷荡，不事本业，多无成效。缘所按部邑众多，地里广袤，一时巡按未周，若不豫为行移警谕，诚恐罔知，难为遵守。今将学校合行事宜条例，仰广东布政、按察二司经历司钞案呈，即便备文转行所属卫县，备榜晓谕。各该提调正官并儒学教官、生员人等，依奉遵守，毋事虚文，庶不负圣朝建学育才之盛意。巡按至日，一有故违，定行究问。先具各司，依准缴报。

藩府膳田公牍

李腾芳

某等久居山泽，闻见短陋，势隔体疏，不敢妄有陈说。但顷因藩王膳田一节，前后文移沓至，甚费老公祖苦心，而人情岌岌，不得不一冒启。

如先议二藩共田四万顷，二万邻封协济，二万派之湖广土田。再议邻封协济一万，其三万必自楚出，已经搜出土田六千外，尚余二万四千顷，此一大略已。其派长沙一千六百顷，湘潭九十七顷七十一亩，未审合二万四千之数而均派乎？抑当时尚望邻封协济二万，而但以一万四千之数派乎？此文行于九年六月者，不敢不一问也。新又奉文云明旨搜括万顷，楚人亵如充耳。如前顷土田实无可搜，必须明白申说，无得含糊。未审此一万者，即前一万四千未竟之数乎？抑邻封止肯协济一万，而留此以俟今派乎？此文行于本年四月者，不敢不一问也。

大抵敝省十七州郡，秋粮二百三万六千石有奇，而长沙五十八万六千石零，则以一郡而当一省四分之一且过之矣。各郡有粮一石至田三百余亩者，敝郡有粮一石多不过二十亩，且又有一亩起科三斗六升者，其不均何如也。各郡之田，春麦、秋稻、麻、菽、杂粮等项，多至四五收，而敝郡之田止一收。各郡有湖荡（屽）〔圩〕田，敝郡尽是山（崅）〔埆〕，其苦何如也。往者部派辽饷，以粮起科，敝郡亦曾力争，乃得起亩。今不知老公祖之派，从亩乎，从粮乎？如从亩，则通省有田二百二十四万顷，而以一万四千之数科之，似田及二百二十四顷者，始应派一顷四十亩。本邑止田七千四百顷，大约只合派四十六顷。今派九十六顷，得毋倍之乎？即以当后派一万，亦觉有余。如从粮，则藩田何故不得比于辽饷派亩之议，此不敢不一问也。

夫自始事及今，时非一日，更两台及司道、公祖议非一人，岂有不审者哉？但人病急则乱呼，何暇选语？请以省论省，往温公祖曾引让田之议，比福藩之额奏以潞藩原派楚田二万顷，应还楚藩以苏楚困。本部现行文河南，不识老公祖肯坚持此说，惠我楚人否乎？不然则以郡论郡，敝郡有潭、谷二府，其遗业尽归吉府，而其后吉府庄田一十五万六千一百三亩，尽派长沙，不敢瓜及他郡，则今日衡州雍府废业应归桂府，而桂府新派之田应照吉例专在本郡，何故又派之长沙也？称物平施，事理易见。又不然则以县论县，敝县冲疲，比各县尤甚。往年吉田之派，敝县则三万六千二百余亩，与益阳等，而浏阳则七十三亩，醴陵则七千六百亩，长沙、湘阴则各一万五千亩，善化、宁乡亦各二万七千亩，何多寡之悬乃尔？彼茶、攸、湘乡、安化同隶王土，何竟无一亩之派也？今日之役，应照吉田，原派多者减之，原派少者、未派者增之，庶苦乐各得，民无甚低甚昂之怨也。夫敝郡敝邑，百姓之贱，士绅之少，含苦茹辛，不得伸诉于老公祖之前，非一事一日矣。

某等今幸望见旌旗，不胜舞蹈，辄有四愿：一愿大慈续前温公祖之议，请以潞藩二万之田让归新藩，则全楚禔福。二愿查原派辽饷之例，改派粮为派亩。三愿查吉田当日不累衡郡，今乞比前例，不以波敝郡，则一郡禔福。四愿查原派吉田十二邑多寡之数，通前后苦乐无甚偏畸，则一邑禔福。凡此四事，望老公祖以救焚拯溺之心，即刻施行。某等上干尊严，无任战栗待命之至。再查部文中未及耗银，本邑桂藩供正银不足三百两，而耗逾五十金，亦太甚矣。从来编正供原无增损，每年加增尽是脚耗，致成书岁改月易，皆吏胥解役之利，百姓之苦也。夫钱量数千金，可属之一二夫赍运者，批文数顷可并为一顷者，通求老公祖片语即为膏泽，某等多言之罪，并祈矜宥。不宣。

渌口把截靛船公牍

李腾芳

敝邑之马，一坏于积棍之包当，再坏于乡民之赔累，三坏于市人之充报，四坏于官马之俵养。以致上下束手无策，而借资于靛，岂得已哉？本末具于前后县令申文，老公祖所洞知也。

原靛转贩于南赣，今徙于湘潭。靛苗产于衡山、酃县、茶、攸、湘乡及敝邑之远山，而种以闽人，鬻于湘渚。盖诸流之所会，而贾舫之所集也。县官与士绅公议，借诸商人牙用，以代公家之急。行之数年，颇不失事。顷突有醴陵之积吏晏承光来自渌口，鸠党操戈，凡靛船自上而流下，必拦截取税，有不从者必杀其人而掠其货，威势已同于大盗矣。若曰靛者公利，而醴人亦得与分乎？则货不产于醴，贾不鬻于醴，醴之水经渌口出，而上流蒸湘之水不过渌。渌口本小镇而斜锸于江，如此辈自渌口出江，把截湘潭之靛船，而非醴船也，使其为山泽之雄，操专利之术，不但截醴船，而敢于截通江之船，其事体声势亦非小可。且靛出于衡山、酃县、茶、攸、湘乡诸邑，而诸邑之人不争。靛船行于衡山、茶、攸、湘乡诸江口，如雷家浦、铜钱湾、朱亭等处，难以枚数，而诸江口之人不争。何哉？无亦谓货之集有所，转贩之商贾有投落交易之处。如买木者必于荆州，而木则四川建昌及诸夷洞之木。买布者必于临清，而布则湖广、南京、湖、松、苏、徽之布。事理皆然，人所易见。

至晏承光借杨孝廉为指名，而孝廉前至敝邑，辨其非己，则戎自晏兴明矣。不然，如敝县孝廉士、大夫亦颇有人，而不闻敢有搀靛之谋，则贤者自处亦必有道。某等合词冒干，必祈老公祖尽法处此辈，以安地方以静嚣争，以利敝邑马政。幸甚幸甚！

马政条议

李腾芳

自予燥发以来，见邑马凡五六变矣。始则以大户名马而市侩为兜，侩受直不胜多，然随手蝇飞，仅以一二款段枝谩。急则丸泥其户，窜井匽间，急过则出以大户，价少告矣。或旦窜夕出，或夕出旦告，侩无不利，而马无不害。于是去侩绝兜，拣真大户役之。一年真大户矣，二年大细户半焉，三年则窭人者尽是。于是官收直雇民马以递，始则自丞至尉，继则自吏胥至皂隶皆递为户，而县遂无马。从传东西至者，各以其马直送其所之而止。予亲见分守朱公三日不得行，乃掉舟去。予往京师，自借七骑入郡，为长沙人尽牵之，且戟手曰：吾代汝湘潭百余差矣。此讵足偿？

盖臆予马为官马也。

乌乎！马之敝至是极矣。其后仍报大户，仍用私兜，六七年间乃议官养，而未见其有决然可行之画。自包大夫始克行之，其议曰：中湘马政之弊，莫甚于私帮，而欲绝马户私帮之害，莫善于官走。先该署印同知孟师文，置官马一百二十匹，以百匹存县掣差，以二十匹发黄茅堡接递，法颇可行。但事繇骤创，制未周详，应募多系游人，负乘半为蹇足，自卑县严加稽核，力革冗差，人情稍以贴宁，奔走庶无废命。第此方驿置，委属上冲，百匹之蹄，才轮两日。故马户除所领官银三十两外，私帮尚且无算，以致破家析产，毒遍闾阎。今已禁绝私帮，若复过为裁损，非特有捉襟露肘之叹，亦恐滋物极必反之虞。用是腐心区画，裒益适均，务令官走可常，庶得私帮永绝。谨列为六议于后：

一曰增马额。向者全书载额马八十匹，其实民间以一匹马为三匹也。今当如孟同知议，增八十匹为一百二十匹，虽稍溢于全书，而实俭于民间之倍溢多矣。二曰定马价。湖南之马，仅中下驷耳，每骑可银八两，又装鞍辔银五钱，凡银一千二十两。三曰募马夫。以一夫字一马，可工食银一两八钱，凡银二百一十六两。四曰买马料。一马之饲，可银一两八钱，凡银二百一十六两。五曰造马厩。合百余骑而点押印烙于是乎在，须有宇以蔽霜露烈日，可费银八十两。六曰马既具矣，秣与御皆备矣，可操辔而驰矣。然或差羸而骑乏，则议一马月可八差，每差连包座远近均算，给官银一钱二分，一岁一马九十六差，银一十一两五钱二分，凡得银一千三百八十二两四钱。以上共为银二千九百一十四两四钱。旧征于库者一千九百二十两，协济于安仁者一百五十两，奉文新增者四百八十两，凡银二千五百五十五两。而创始之年，羸用三百五十六两有奇，议借于次年。盖次年则无用买马矣，无用装鞍矣，无用造厩矣，止给马料夫食差价银一千八百一十四两四钱，而厩敝须修，岁酌给银五两，剩银七百三十两六钱。除扣还前借外，尚剩银三百六十六两二钱。至第三年则用剩银七百三十两，而马至三年无倒损难矣。议每匹找给马价二两，实净剩银四百九十两零六钱。合两年计之剩银八百五十六两八钱。

但祈寒盛暑，风雨泥涂，驽马劳人，饥冻疾痛，损益利病之数，岂能逆睹？要在临时斟酌补救，持之以定手，济之以妙思，虽百世不刊可也。问之吏民，征及漆女，辄忧牌票之滥，差使之横，云有票外带马六七匹者，云有包重二三百斤，一驿须数易良马，且须人抬者。云有折干二三两者，云索之不得，至以碎瓷苦刺杂置马衣中，致马背立裂而死者。悲哉！今幸当道至仁，滥横敛手，而卑县亦惟有铁肠冷面，为重茧裂肤之人马请命耳。无庸缕陈于牍。

行户马议

李腾芳

追维邑马之弊，何本江起升、包仪甫鸿逵、杨实先通宇三大夫皆经更创，余皆叨赞末议，而今之所行者，杨公之行户马也。公初下车，余在茶陵之云阳山，是时佥报街坊走马，市人如蹈汤火，言利害者纷纷无所定。及余归，公首以黔中之例皆行户走马为言。每马一匹，官定银百两，私帮更多。潭马止二十四两，不足必请于上司增之。余微笑而已，其后邑人复请公为申文，属余作书求增马价，言之至再。余应之曰：尔等不见成书，每马一匹，定银二十四两，前有增六两者，上官严驳，今文案尚在，可考也，此事谈何容易？其后公见过，密言曾乘间以此事祈某公，而某公不可，始知余言之不谬云。

是时门摊之议起，而主之者州同蔡益斋也。州同虽起家（椽）〔掾〕史，后学佛，其性憨甚。其所作门摊议，多出写状人周之观、刘昆璧之手，事皆不可行，颇似唐人间架，宋人手实法，而云圃蔡公主之，其说遂炽。云圃盖实见州同之心无他，而不暇察也。又市人畏佥报者，皆顶香罗拜州同。州同色益自得，持诸乡绅所批手本强余批，余不可。一日云圃见过，以言侵余曰：向家叔不晓事，不以手本求老先生批，而使诸老先之，故见忤耳。余曰：是何言与？当道每每密向余言，谓吾邑乡宦颇似土官，每私批百姓呈状以压有司，何不竟自决事？余不敢不戒也。时刘碧原在座，曾共闻之。及云圃赴选而石轸余归，亦颇惑于益斋之言，余但唯唯。

至门摊已定，而求收银之人不可得。杨公见教云：众欲借姚我扬、张关南，可否。余曰：彼非乡约长，安忍以如此待之？不若即以创议之人仔肩此耳。越数日，公又云：蔡州同决不肯，恐人将遂碎其居。余曰：如此则是人情不愿纳银，彼何不先度其不愿而造此议，已造之而使人当其不愿，则事何由办？余向所以不批手本者，固知有今日也。于是杨公遂尽铲去门摊之说，而力持抽行户牙用一则，适青靛一行，其利颇裕。甘愿承马，而议始克有成。

虽然，靛之为物，产于诸山，遍湖南郡邑有之，非邑之独有也。潭当水陆之冲，商贾凑集，故得借之以驾御诸商而为马利也。如赵开之在陕西，专用榷酤以佐，张浚经略西蜀，而财用遂饶，阳明先生之讨宸濠，但用赣盐行袁、临、吉三府，而军饷不乏。古人权宜取事，余甚佳杨大夫之为，而所以默赞之者亦不少。故靛行承马五十匹，其费之多少、力之难易不可知，官亦不问。所谓民可使由之，不可使知之也。

有等奸民，财不足以铺山，力不足以招客，信不足以服众，而但欣其获多，故各朋钻马一二匹，借此入身以争靛。而又有不走马者，但借势家奴仆之名以抢船，山客贾人至破头折臂、覆水撞石、丧失性命者往往，而财货无论矣。石轸余书云：所虑市侩顶马钻充，复串同宦仆巧行截夺，以威势则宦仆，以名色则马户。善哉其言之也！今遇当事威令素著，此辈固不敢，然移易其说，而为归总，为入库，则其计愈巧。已享其实而委官以名，一或不察，则甘予奸民以厚实，而自受其不美之名矣。何以言之？夫每岁之靛，或云一百万，或云八十万，或云五十万，言多者则色欲飞，言少者则貌欲瘁。余曰：此何必论其虚实，果实而至于百万，以一包二分入官计之，则为银二万。使入库而有此名，美乎，不美乎？今黔兵甚剧，湘潭正黔督所辖之地，傥闻此风，具疏奉旨取强半以入黔，为之民者，死乎，不死乎？为之官者，苦乎，不苦乎？良工不示人以璞，慎哉慎哉！今又言减靛至八十万，减银至七厘，但脚马之价，原止二千四百两，乃不啻倍之。此谓名之不美一也。在奸民之言，不过曰我等生意不均，借官收而分之，庶无肥瘠，而大夫亦甚怜之，姑为之平其出入，作菩萨一子想耳。然其句稽考较，势必用官差，用乡约，用巡拦，而出纳必由吏胥。此辈皆不欲其均，正欲其不均，但求自餍足而止。将来利入渐微，不但五六千金不可得，即千金亦不及。此时何以自明？而马急人解之祸不必言已，是余之所忧也。

若夫山市之贾，苦于经纪夹帐，其入官者如此，则夹帐亦如此。但取益于贾，决不肯自损，而贾心不堪，则相率而散于衡山、湘乡、湘阴及远之闽赣，皆不可知。此贾人自能言之，余不必代为之赘。

巡按山西劝民息讼示

陈纯德

照得世教不立，狱讼繁兴，毋怪海内之多故也。诚使斯民人人亲亲长长，耕食凿饮，太和直在宇宙间矣。本院初莅晋中，每告不下四五百纸。古称唐风俭朴，何今之嚣也？谚云：官司莫打贼莫做。盖小民做贼，或迫于饥寒，或起于赌博，或成于所交之非人，或由于祖父之积恶。乡党鄙之，官府治之，多方磨之。至于健讼，州县不已，鸣之府道，府道不已，控之抚按。一字在公，身不自主。耕耘不获尽力于南亩，贸易无以毕智于经营，可惜有用财产，费之衙门，及至累穷，卖儿鬻女。甚至事中拖毙，又甚至持刃相杀，怨结子孙，冤及来世。以此推之，方言洵有见也。大抵事势相持，莫妙于一让。横逆相加，莫妙于一忍。能让且忍，讼何自生？每见些小微利动成大讼，当思较之公庭所费孰多。房产相争，讦告不休，当思讼成，并已前之房产或卖。一语相诟、一掌相击忿不能受，当思一入公门，衙役之凌销，上官之扑笞，其难堪更甚。至于醉中狂逞，当思醒后难逭刑章。色里生嗔，当思事完了无余味。若夫架虚逞刁，捏藉拖陷，当思返坐何从解免。常常如此思量，好胜之念自消，和平之心渐养。无讼可兴，而太平有象。此本院之深愿，谅亦尔百姓之所同愿也。其幸谛听毋忽！

督学北直训士规条

陈纯德

照得畿辅首善，人士彬彬。本院承命衡文，朝夕饮冰，惟不克负荷是惧。日取《钦定学政全书》反覆紬绎，至详且切，固宜是训是行。人才日就长养，国家收多士之用矣。乃时事孔亟，动叹乏才，岂上下皆以虚文相求相应欤？使不提其要约，叮咛勖勉，奚以宣圣天子作人之化也？因列数则于下：

一敦实行。从来士先德行，古训详矣，而实则难言之。夫士方家食，饬躬砥行，不过孝弟廉让，是其大端。如朝夕承欢，徐行后长，临财毋苟，卑以自牧，自是知能之良，行己之正，有何难事？而更时诫子弟之嚣陵，息闾党之争竞，言言恺恻，事事端良，久而一乡慕之，既且一乡化之，风俗盛美，只此便是素位经纶。草庐作用，一行通籍，诚心质行，上下交孚，事业勋名，卓然表树，则实行何可以不敦也！

一崇实学。士人咿唔讽诵，何时非学！而实亦复难言之。尝考国朝先正，博览群书，通达治体，一当事任，大之奏绩于安攘，小之呈能于抚字。海内熙饶，清和咸理，厥有繇矣。尔来士子止知耽情章句，腐志时文，矻矻穷年，不越此习。蹶者固贻误终身，售者亦茫无识略。每临民而抚驭失宜，治事而仓皇莫办。甚者率意条陈，罔谙世务，国计民生，重阶之厉，夫圣主之所共襄上理者，惟此读书人耳。乃不读有用之书，而止以帖括从事，虚度一生，则亦大负兴学育士之意矣。从来正真经济，俱从正真学问中来。如《九经》《性理》《通鉴纲目》《大学衍义》诸书，其中理学治道，循常理变，何所不备？读其书如身当其世，亲见其人，亲经其事。以此应举，则写其胸中所素有，如以家里人说家常话，何等亲切，何等透朗！以此当官，则行其胸中所素裕，如以去来人行眼前事，当机迎刃，划然理解。回视无用腐儒，孰得孰失，则实学何可以不崇也！

一维士风。夫胶庠立而学行归实，文气还醇，此本院所深愿，而犹不能已于谆复也。如士而爱亲敬长，雍睦一堂，其风蔼然。傥有亲而事弗竭力，有长而敬不由衷，有子弟而教不式化，风斯悖矣。董帷攻苦，偃室绝迹，其风凛然。傥以公庭为市，而乞怜尝鼎，奔走趋承，恬不知耻，风斯靡矣。甚者包揽钱粮，起灭词讼，既鲜急公之义，复长凌竞之俗，则浇恶不可训。是又胶庠之蟊贼，而士风为扫地矣。虽然，风有自焉，本院通籍以来，矢公矢慎，岂督学而忽丧其生平？其或不勤不公，徇情畏势，以致夤缘得行，孤寒见摈，风轨先坏，其又何望于诸生？一念朴诚，幽明共鉴，当非以空言相勖勉也。

一收士用。国家需人孔亟，而奏效无人。噫，是可叹也！要之士为四民之首，自可借以鼓舞众心，倡率群力。方今虏寇交讧，民穷饷匮，满目流离，道殣相望，抚辑绥怀，大费心血。士生今日，出而拮据当局，先宜成算在胸。处而目击时艰，亦宜借箸为助。一切保甲城守，联络众心，日与地方官实实讲究，无事恒为有事之防。一旦有警，整暇有余，人心镇定。上以巩朝廷封疆，下以全身家性命。即此便见经济，起从王事，断可识矣。吁！士无实学，何名为士？学无实用，需士何为？本院切实指点，诸生毋泛视之也。

湖南文征　卷五十一

骈体上疏　颂　表

经筵预备讲读疏正德七年三月　　李东阳

顷奉旨，令所司预备经筵。臣等闻命忻跃，即令讲读，拱候经月，未蒙宣召。惟圣学与君德相关，经史乃政化所出，自古帝王视为首务，本朝列圣定有成规。经筵以十日为期，日讲则每日从事。盖欲功无间断，庶几学有光明。伏睹陛下聪明刚健，卓冠群伦。自春宫进学之时至正德纪元之始，躬亲诵记，默听敷陈。比岁以来，渐殊于旧。臣等或祗承顾命，有常常请出之言。或同被简知，有职专提调之任。陈力不能，已负扶持之责。受直怠事，难逃货器之讥。况外患之未平，岂内修之可缓？用是仰祈万乘俯鉴寸心，数谕讲筵特修故事，使臣等得以开陈讲说，上启宸聪，征圣贤有用之言，保宗社无疆之业。天下幸甚！

考察自陈疏　　张治

臣湖广茶陵州人。由正德十六年进士改庶吉士，授翰林院编修。历任左春坊左赞善、左春坊左谕德、翰林院学士、南京户部右侍郎，改吏部右侍郎，升左侍郎兼翰林院学士掌院事。

伏念臣器非宏远，识乏该明，学不通古今之宜，才不适方圆之用，徒以一介之鄙贱，幸逢千载之休明。始焉滥禄词林，尚未称编摩之责。继乃贰政铨部，曾莫赞均统之猷。洊历宠阶，冒嫌虚授。坐縻年所，积愧空餐。报何有于涓埃，恩实隆于天地。顷者复援小宰之叙，仍使再跻馆阁之荣。顾二秩之兼华，何寸长之可录？术未深于稽古，岂堪备顾问之司？才不足以济时，徒自切经营之志。虽驽足十驾，敢不勉于驰驱！而蚊力戴山，终难胜其负载。恒惭非据，永惕在梁。况乎秉愚戆之资，恒以忤物。加之以逾分之福，必至招尤。兹逢圣治更新之时，适值国家考察之典，如臣者在群众最为庸劣，其黜罚在所宜先。伏乞恩施，即赐罢斥。以具瞻之重地，祈改任于时贤。如此则官得其人，将不容以幸位。物还其分，庶获遂于生前。下可协舆论之公，而上可昭邦典之重矣。

辞免内阁重任疏

张治

嘉靖二十八年二月二十九日，该吏部差办事官陶兰赍咨到臣。内开吏部等衙门会题，奉圣旨：张治改礼部尚书兼文渊阁大学士，李本升少詹事兼翰林院学士，俱着在内阁办事。宠命天临，臣民惊喜，里巷传播以为儒者至荣。臣不胜感戴天恩，惭悚伏地，五内战汗，莫知所处。谨缘陈力之义，上布披沥之词。

臣窃惟我国家内阁之设，所以辅承枢极，参备论思，虽事无专成，而职亲要地，至重任也。祖宗之慎兹选，匪爵秩之拘，惟仁贤是任，后乃资望并论。盖才必试而后见，劳以久而能积也。逮我皇上临御以来，简任卿辅，尤切审求。近因员缺久虚，至勤少待之旨。仰见圣明慎重之心，即古帝王畴咨之明，而上法我祖宗建立之初意也。伏念臣草茅末品，粗识篇章，朴愚乏通方之知，迂疏非济世之器。徒以遭逢昌运，窃禄词林，几三十年。初无尺寸之能，仰答天造。坐縻岁月，洊历通阶。虽先后五校文武之科，出入两贰南北之政，亦惟碌碌随人，无所表见。顷岁谬荷圣恩，擢司留宰。臣虽不胜犬马思报之忠，而位崇务寡，功薄心违，每怀尸素切抱深忧。岂意天慈即加收录，不远数千里之外，拔诸稠众人之中，俾参纶阁，职以论思。夫德薄而蒙非分之荣，劳微而处非据之位，臣所为栗栗危惧而不能自安者也。

矧惟皇上神明睿知，覆载如天地，照临如日月，远览独识，超绝古今。每大政大猷一经圣断，虽老师宿儒不能仰赞一词，而大烈成功，昭垂宇宙，有古帝王所不能一二举者，夫岂臣下区区思议可得裨赞万一哉？且握图御极，三纪于兹。圣泽所被，愈深愈厚，然而祈天保民，思贤图治，惓惓圣怀，未尝一日忘焉，此则数千载难逢之圣主也。当此之际，诚宜博求英硕，或简诸宅俊之贤，或采诸遗逸之彦，务得真才，俾之左右宸幄，庶几仰承德意，相与究太平之业。顾臣何人，而可与于兹选哉？虽圣主之恩，天地曲示优容，而朝廷之事，豪发动关利害。使臣不自揣量，贪冒荣宠，靦然受任，则不惟上负圣皇知人之哲，抑恐妨误国事。苟至颠覆，臣虽糜殒，何能自赎？

伏望皇慈俯怜愚悃，特寝成命。俾臣仍旧供职，庶楩梓之材，可以收隆栋之效；而榱楹之用，亦能参构厦之功矣。

谢赐银币疏

张治

嘉靖二十八年七月初三日，伏蒙圣恩颁赐臣等各银四十两、缎罗四表里者。臣等谨就直所，叩头祇领讫。除同臣朱希荣等具本恭谢外，伏念臣等猥以凡庸，叨陪禁直，滥从勋辅，获上天阶，引步若惊，沾荣倍昔。讵意天恩之浩荡，特加锡赉之优隆？束帛兼金，并一时之秾缛。殊恩异数，庆千载之遭逢。揣分非堪，抚躬靡措。仰惟皇上凝神大始，合德伭元。明祝之诚，上孚于帝鉴。洪釐之庆，茂集于宸居。万寿万年，愈昌愈盛。臣等初尘供奉，未效微劳，遽冒宠私，实增惭悚。矧才同袜线，何所补于衮裳？顾词出刍荛，尤难章乎粉藻。仰承天度，曲赐贷容，更荷眷慈，愈惭称塞。感独深于铭刻，报矢竭于捐糜。伏愿神禧如日方升，圣寿与天并永。抚环舆于有道，衍宝祚于无疆。

谢赐飞鱼衣疏

张治

嘉靖二十八年九月十四日，钦蒙圣恩颁赐臣大红金彩罗飞鱼衣一袭。臣不胜欢戴，不胜感激，谨稽首顿首称谢者。伏以衣裳在笥，命德昔重于五章。宫锦飞华，受宠特逾于三锡。顾兹草茅之贱质，仰叨天地之深慈。鸿赐骈蕃，屡膺渥赉。鱼袍辉焕，复忝殊恩。露头角于风涛，制出天机之巧。绚翼鳞于霄汉，荣增缝掖之光。龙云自庆于遭逢，鹈翼深惭于尘冒。抚躬局蹐，拜赐惊惶。仰惟皇上道德光华，服尧佩舜。文章炳焕，纬地经天。草木何知，衣被卿云之灿烂。鱼虾至陋，涵濡沧海之汪洋。臣运际昌明，幸获攀鳞于江汉。官陪密勿，曷能补衮于山龙？谬承特达之知，独拜非常之贶。昔唐人以口脂面药，犹侈篇章。而汉臣之紫绶青囊，尚流史册。况被圣时之异数，茂章儒服之至荣。念鱼水之遭，恒千载而难遘。顾乾坤之德，岂百身之足酬？臣敢不益奋愚忠，思效衔珠之报！期昭素节，冀无濡鹈之嫌。惟曳尾以勉图，矢佩服而罔斁。

贺雨疏

张治

顷以经春不雨，二麦未滋，圣慈轸念，降谕礼官躬祷。逾旬，四月初四日再敕申祈。下谕之初，雷雨随至。初八日秘叩上元，仍遣官遍祀神祇，是午雨泽复至。自后十一日雨，十二日又雨。臣等诚欢诚忭稽首顿首称贺者。

伏以王者求端于天，斯应变必以其实。人君躬行于上，则修辅克有其常。虽灾旱之来，圣世有所不免。而感通之理，鬼神实潜其机。成汤罪己于桑林，帝尧儆予于洚水。岂天道之云远，亦明征之在人。仰惟皇上德合泰清，道超无始。运神化以康万类，立四大于域中。建皇极以协庶征，锡五福于天下。居九重之上而志切闾阎，享四海之供而忧勤畎亩。往岁祈年于上帝，既累锡以丰穰。乘春敷赈于下民，咸昭苏于煦育。兹者经时不雨，顾彼百谷未滋，实由庶职靡修，致此两仪愆序。爰上廑乎宸虑，乃秘叩于重元。默抒精一之虔，肃致再三之祷。诚在幽而必贯，德无远而不孚。先地先天，斡元功于无象。为云为雨，慰农事于有秋。神液布垂，陋成都之噀酒。泰和感召，羞鲁国之焚巫。蜥蜴禁而匪灵，麟风轻而让瑞。欢流原野，庆溢寰区。臣等矫首土龙，久渴云霓之望。同情草木，幸沾膏泽之濡。感作霖于《殷书》，弥深激切。颂其滂于《周雅》，莫罄忻愉。伏愿知天之天，而邦本永宁。惟圣日圣，而神庥滋至。曰时雨，曰时旸，若叶徽美于箕畴。书有年，书大有年，扬耿光于世史。

贺白鹿疏

张治

嘉靖二十四年，恭遇永和王奏进白鹿上祝万寿圣节者，臣等诚欢诚忭，稽首顿首上言：

窃闻王者法先圣则白鹿来，人君有盛德则瑞兽至。盖祯祥之兴，实由王政。而天授之美，匪以人为。况应时而来，以万寿之辰，称名而得夫百禄之义。属光华之在旦，仰休烈之丕宣。兆庶欢传，百僚惊喜。仰惟皇上元德孚达，濊泽宏敷。上下与天地同流，功化备圣神之极。致和而育万物，惠何屑于放麑？显比而用三驱，仁殆同于解纲。群生蒙被，沦骨髓而浃肌肤。异类涵濡，洽飞潜而沾动植。用是帝心悦鉴，协气熏蒸。珍瑞奇祥，不一而足。维兹白鹿贡自藩邦，孕秀瑶光，腾异形于苹野。含精金昊，逞曜质于芳原。濯濯不惊，宛在文王之囿。跄跄率舞，依驯舜帝之庭。匪烦力于虞罗，如有感于王化。盖鹿寿所以表灵长之庆，白色所以象明德之成。昔闻献环于昆池，而式启道符。投神于李母，而肇开鸿宝。纪牒所载，固可谓希世之殊祥。圣志谦冲，犹以为盛德之余事。可以播歌诗而奏郊庙，可以被管弦而勒鼎彝。无疆之征端在兹矣，大来之庆其有替乎？臣等幸际昌熙，乐观灵贶。校书藜馆，恒羡美于前闻。载笔艺林，愿扬休于来史。伏愿懋敬德以承元眷，隆至治以慰群心。麟凤来游，万国颂泰和之盛。犬戎不杀，四郊借煦育之休。

谢遣代祭先师孔子疏

张治

伏以六经之道如日星，圣人垂彝伦之教、万世之功配天地。辟雍修报祀之仪，礼特重于右文，事莫荣于代摄。顾惟谫陋，讵荷眷私？祇拜纶音，岂胜忻悚？仰惟皇上日新治教，天作君师，学绍正传茂建中和之极。统承往圣，丕昭制作之权。地纬天经，参两仪而并位。金声玉振，集百王之大成。饬典礼而崇先师，忻睹上庠之殷祀。备情文而昭馨德，羞称过鲁之太牢。冠裳庆儒治之隆，海宇仰文明之化。伏念臣赋材樗栎，厕迹章缝。学未成章，得其门而入者或寡。才非知道，观于海而所至益难。愧乏秉文，谬膺遣命。瞻宫墙而陟降，祇存如在之诚。依钟磬以登歌，期赉思成之祜。入庙每事问，庶妥精意于明禋。举足如有循，仰奉天衷于渊穆。惟深激切，莫罄名言。伏愿登三皇咸五帝，圣治日进于昌明。祖尧舜宪文武，道运允升于亨泰。

致仕疏

陈尚伊

为自揣不职，恳乞天恩俯容休致事：

曩辛巳秋，臣以广西布政司左参议入贺万寿。是年冬，叨转云南按察司副使。臣以母老告乞终养，仰荷皇上赐允，使臣得归侍母侧，借余禄以终乌鸟之私，恩莫大焉。家居来倏经一纪，揣分量才，即捐躯难报高厚。癸巳春，复蒙圣恩，仍以臣任云南按察司副使。大造无私，倏发萤光于腐草。阳春有脚，顿回生意于枯枝。臣又岂遑顾惜残躯，抗违新命？束装就道，万里弗辞。岂意滇南之使方新，岭北之迁随转。匝月之间，两叨宠擢，臣之蒙恩诚至渥矣。正宜鞠躬尽瘁，以图报万一，乃待罪地方，尺寸未树。今遽告休，臣岂不知致身之义者哉？独念臣榆景已逼，蒲质易零，既非能为之时，才惭游刃，又无可为之具，识欠通方，衰与庸实兼之矣。夫衰则筋力难胜，庸则驽骀莫效，此臣之愚分所当安也。不知安分，但知食禄，恋爵素飧，可耻孰甚焉？此臣之告休所以不得不亟亟也。今岁大察，督臣、抚臣、按臣非不知臣之衰庸于地方无补，意者怜臣初起，曲加瓦全，臣实愧之。今臣以赍捧至京，得遂觐光之私，安得不披沥衷悃，自陈于君父之前乎？伏乞皇上察臣真朴，绝无粉饰，容臣休致，别举年力壮盛、才猷敏练以代臣，则庶乎地方之蒙福无穷，素飧之芒刺可拔。俾臣日与田夫野老鼓腹而歌，含哺而祝，以终余年足矣。臣无任仰吁恳切之至。

清理冤滞疏

周之龙

题为钦奉恩诏清理冤滞，敬循职掌，开列科条，恳乞圣明早赐批发，以迓天和，以彰大顺事：

窃惟臣等备员法曹，恭遇庆典。伏读诏内一款，见监重犯，除钦依奉旨外，有情轻律重，律例不合，及人命无尸可检、无证可据，强盗赃仗不明，并情可矜疑，及年老笃疾者，各该衙门即与辩理，奏请定夺。诖误逮系者，该部轻重分别，奏来准与宥释。见问人犯，或有事无的证者，不许深入。臣等仰窥皇上一念钦恤之衷，多方肆赦之典，即下车解网，不得专美于郅隆之世矣。普天率土，蒙闿怿以旁流。犴狴繁填，益翘跂而思豁。臣等当恩纶未播之先，每逢热审则疾首于暄蒸，寻值寒威则痛心于垂毙。节具疏请，尚觊哀矜。矧今旷恩浩荡，德意维新，诏下之日，欢忭鼓舞。莫不谓累累诸囚白骨再肉，而诸囚亦莫不拉泪掩泣，披重雾而睹青天矣。乃臣等而或仰体未至，将顺愆期。是皇上本有非常之泽，而臣等阏之。匹夫匹妇本有更生之路，而臣等塞之。溺职旷官，莫此为甚。有如皇上问臣以不敏之罪，臣则何辞？即皇上而或稍宽督过，臣则何忍？臣等清查各司狱情，参酌恩诏，除情罪如律、律例相合，及证据显然、赃仗明白者，不敢援恩贬法外，其间尚有情可矜疑者若干人，事应末减者若干人，又法当再问者若干人，此皆推中情之至隐，覆众议之佥同。既不敢骫三尺以惠奸，亦不敢泥一成而淹狱。

皇上天纵英明，洞若观火，必有愀然动色，而嘉与冤滞亟为一洒焉者。谨将各犯略节缘由，开列上请。伏乞留神省览，速赐批行。则不特诸囚再睹光天，祝圣寿万万于无极，而臣等亦得遵奉德意，毋溺官守，以疏瀹非常之恩。其所关天地太和，慈闱大顺，不永有休罔哉？臣等干冒圣明，不胜战栗待命之至。

恳释累臣疏

周之龙

题为录期已荷恩纶，累臣未蒙量宥，恳乞圣慈宽释，以隆主德，以作臣忠事：

臣于本月某日，蒙差司礼监太监某公同三法司刑科都给事中河南道御史审录，钦此。臣仰见圣衷无不动念之所，幽谷犹回有脚之春。泣掩向隅，冤平肺石。皇上之恩甫霈，而普天率土欢若再生。真千载一时，万古一圣已。惟是累臣曹学程未蒙宽释。臣自庆典两诏以来，章凡数上。臣虽愚昧，岂不念小臣狂悖无知，戆言触忤当艾，而故屡聒九重尊严之听，曲庇一介狗马之躯哉？夫亦谓学程言臣过激，心本无他。身为十载羁囚，露埃何日？家有九旬瞽母，风烛无时。万一学程未遂首丘之请，而繄母先罹就木之变，及泉始见，终天含悲，此必皇上之所大不忍，而臣等之所大不安者。矧今皇上轸溽暑之蒸，作雷雨之解，特下明诏，大集多官，轻罪悉与湔除，重辟亦蒙宽假。下车祝网，何以逾兹？

而犹使戆言获罪之臣久淹犴陛，曾不得偕矜疑者同沐宏慈，并从末减。臣等所为仰体钦恤，俯共职守之谓何？夫雷霆怒而旋霁，其威益神。雨露润而不私，其恩益溥。今学程创艾已极，困顿可怜。狂而罪之，以彰皇上之断。悔而释之，以昭皇上之宽。霆霁雨润，不称千古芳规哉？抑或情有可原，法难全赦，俾引矜疑之例，得从遣戍之条。彼其白骨再肉，捐糜何辞？必能无二尔心，益贾余勇，以罄生平致命之志，以报朝廷矜全之恩。而令大小臣工，薄海内外，知皇上终不忍诛累臣，将益鞠躬尽瘁，无不为国家摅远谋，出死力。明明天子，万万斯年，其所关主德人心匪细故矣。臣等幸甚，天下幸甚！

再辞入阁疏

杨嗣昌

惟臣弱冠之年，窃荫重闱之下。青毡粉署，时兼吏隐之怀。石室兰台，早绝童观之志。致使居诸浪度，无学识之堪言。狂简不才，曷风猷之足振？迨遭逢于主圣，甫扬历于臣艰。东西马走八年，南北乌号万里。痛庐居之始卜，九原腰领相从。忽环召之惊传，一日肝肠顿割。然而衽存金革，犹堪从事于墨缞。有如鸿渐羽仪，孰与考祥其素履？鹈不濡而宛在，已闻兴刺于风谣。蠖将屈以求伸，适恐滋疑于日者。尚谓仁亲为宝，何哉因利之心？尚且凶耻未除，遽尔割荣之望。窃恐仰伤圣主知人之哲，俯惭微臣出处之踪。臣愚不敢当也。

臣罪吁陈未已疏

杨嗣昌

臣方以纠举招尤，另疏仰祈斥逐，惊闻宠命，不胜彷徨。念臣二载典枢，负丘山之积衅。终朝褫带，彻覆冒之鸿慈。没齿无言，讵复朽雕之望？匪躬自靖，只需瓜代之期。夫然后三沐三熏，朝以入请夕以死。又焉知五章五服，死之日忽生之年。使微臣再忝牙绯，笑失回波之咏。臣祖父如沾诰紫，魂增不夜之欢。此天恩特达以无前，假禁族张皇而洊被。臣非草木，敢不欣荣！顾惟罪重罚轻，臣揣余辜于未往。功疑赏懋，臣忧速谤于将来。累臣之在系孔多，尚爰书之未定。迁客则长安日远，犹牵复之无时。如非大涣其群，忍作中行之独。此臣扪心清夜，愧悚交深，不敢不沥真衷以祈圣鉴者也。失弓得弓，臣敢去楚人之见。刻印销印，皇其宏汉祖之风。必成命之收还，庶愚心之少遂。臣可胜屏营俯伏待命之至。

神龟颂并序

甘镛

皇上登大宝之二年冬，轸念太祖高皇帝圣神功德，大包天地，敕礼部摹功勒石，而隧道之碑趺弗称，爰命臣民旁求。久之，佥谓都城之北曰龙潭，有坚珉丰甚。诏工图之，乃获石龟于其侧。浑然天成，弗假雕斫，而厥象宛若元龟，文采交错，炫耀人目。此诚圣天子孝感之所致也。臣忝列豸职，伏睹嘉征，谨拜手稽首而献祝曰：

洪维太祖躬致隆平，制礼作乐，治教休明。三十余年，海宇清宁。天眷吾皇，继体守成。懋膺祖训，聿钦旧经。追维先德，爰竭孝诚。词林有文，隧道有石。碑趺弗称，圣心如戚。佥曰龙潭，有珉孔硕。祥云覆旒，神龟在侧。浑然天成，靡金靡璧。trusted诸孝陵，用光泉石。亘古匪有，于今见焉。圣人大德，惟德动天。孝诚所感，天罔或愆。茀禄骈集，如渊如泉。圣子神孙，瓜瓞绵绵。於穆皇明，亿万斯年。

河清颂并序

夏原吉

永乐二年冬十二月十七日至永乐三年春正月十八日，黄河水清凡数百里，于是秦王及高平王相继奉表称贺。上谦让弗居，群臣固请，咸谓不可不承天心以虚灵贶。遂俯徇舆情，受贺于奉天殿。庆协神人，欢腾朝野，猗欤盛哉？诚亘古以来非常之奇遇也。臣伏念自古王者政平，地出醴泉。圣人在位，海不扬波。祯祥所见，必有非偶然者。矧今皇上以天纵圣神削平内难，简贤命良，省刑薄赋。恩覃乎远迩，德被乎虫鱼。至和氤氲，充满无间。由是嘉禾生，仁兽至，野茧成，神龟出，然犹未足以擅厥美。乃至黄河水清，绵亘数百里，岂非天意欲以彰皇上之洁白一心，澄清九有，内体乾德，外著阳刚，故特以此而为休征之应哉？是盖不独为皇上一身之庆，而且为华夏亿兆民之庆。不独为朝廷今日之祥，而且为宗社千万世之祥矣。臣原吉忝缀六卿，获瞻盛事，虽菲才浅学，莫克称扬，然忻忭之余，不容自默，谨拜手稽首而献颂曰：

於皇太祖，孔神孔武。受命自天，奄有下土。纲陈纪立，礼备乐明。熙熙皡皡，民乐太平。龙驭上征，作宾于帝。群奸肆欺，构难生厉。穆穆我皇，应天顺人。嗣承宝历，大命维新。乃扬圣谟，乃阐旧制。亿兆归心，蛮彝奉贽。余祲屏息，至和诞敷。天锡灵贶，用作祯符。既有嘉禾，复有仁兽。野茧神龟，迭见先后。所发未艾，黄河载清。亘数百里，湛彻虚明。华彩毕呈，光辉交焕。澡浴日星，涵濡云汉。无污不涤，无垢不消。无微不鉴，无蕴不昭。造化周旋，孰为臻此？垂象从类，以彰厥美。繄皇秉心，渊净洁澄。日新又新，圣德孔宏。爰熙庶务，昭融洞彻。光临下土，如彼日月。体信达顺，上格于天。天道不违，因河以宣。彼河斯清，匪水所发。维皇治功，维皇心法。治功心法，曷征于河？源深流长，遗祉之多。圣子神孙，绳绳继继。于万斯年，永配天地。

平安南颂并序

夏原吉

圣天子以皇天眷顾之隆，太祖高皇帝付托之重，华彝臣民系属之深不容释，乃御大历服，典司神人，纲举目张，礼明乐备，品物咸遂，福祥并臻，五年于兹矣。而安南贼臣黎季犛戕暴其君，鱼肉其民，侵逼邻邦，侮辱朝使。皇上以不可律以中国宪度，逭诛旷罚久矣。季犛不知悔祸，益肆奸狂，于是内而百官，外而占城国名，合辞请讨。皇上乃徇舆情，命大将帅师征之。中军捣其中，左军折其翼，右军掎其角，而占城舟师复扼其奔逸之路。季犛自知罪在不赦，冒死力抗，然而上下解体，兵散身缚。其胁从将领，边远部落，悉皆匍伏乞哀，受命于吏，请比内郡。乃立都指挥、布政、按察诸司，选用守令以抚安其众。累世逋寇，一朝剪除，报至阙廷，内外称庆。臣按：周宣王平淮夷，唐太宗擒颉利，当时文人咸形诸赋咏以纪宏休。臣职备民曹，敢不采摭事实揄扬帝载，发为歌颂以显示无极。颂曰：

於昭上帝，眷命我皇。上承大统，下抚万方。孰危未宁，孰昧未明？敷我彝典，俾各遂成。旰食宵衣，不自满假。方趾圆颅，咸借陶冶。万山宗泰，众星拱北。骈首弭志，无思不服。相彼安南，稊米黑子。敢尔跳梁，干我天纪。命将往问，出车彭彭。彼顽率丑，奋臂以亢。乃裒其徒，鸡翎是扼。金鼓一鸣，倒戈以北。汤汤富良，彼恃天堑。我师飞越，胆寒心颤。土崩瓦解，逃生无门。草薙禽狝，噍类罔存。爰立师牧，树守设宰。吊问无辜，恤其饥馁。乃旬乃宣，于仁于礼。箪食壶浆，我皇久徯。稽颡致词，始迷不知。讵意今朝，重睹汉仪？归语耄倪，服我疆畎。我怙我恃，父母不远。仰祝圣主，亿载万年。圣子神孙，宝祚绵绵。周伐淮夷，江汉歌雅。宋擒刘钅长，凯歌献社。斯皆内地，奚足揄扬？矧兹骏功，可无颂章。爰摭事实，载陈盛美。劝忠圣顽，垂示无已。

瑞应驺虞颂并序

夏原吉

恭惟皇帝陛下缵承大统，克勤庶政，声教诞敷，仁恩旁洽。

天地既位，万物自育。而瑞应骈臻，不可殚记。乃宣德四年春，滁之来安，有驺虞二见于石固山。南京守臣襄城伯臣李隆以之献于阙下。诏赐群臣观之，盖貌首虎躯，白质黑章，修尾隅目，而其性甚驯，真盛世之瑞物也。臣原吉退而稽诸载籍曰：驺虞，仁兽也。天下太平，人君有至信之德则应。窃尝考之往古，惟见咏于周之诗人。自时厥后千数百年之间，旷焉莫之睹。我朝自太祖高皇帝肇兴鸿业，至于太宗文皇帝绍承厥绪，积德累仁，至深至厚。海内康宁，四方无警。然后驺虞迭出，臣获见焉。及我皇上践祚以来，礼乐刑政、号令法度之施，一遵祖宗之旧。与民为信，无所更革，故和气充周，而兹仁兽复见于滁。滁固畿内之地，且又两瑞并出，匹休俪美，何其盛哉！圣德之所感孚，皇天之所眷佑，于此端可见矣。昔者白雉献于越裳，天马来自西域，犹且纪诸策书，见于歌咏，传诵至今。矧兹嘉瑞出于中国畿内之近者乎？是宜被之声诗，以昭圣德，垂示无穷。臣虽拙于文词，然躬睹盛美，不敢以默。谨拜手稽首而献颂曰：

惟我圣皇，总统万方。礼乐明备，治具毕张。民安其所，物无疵疠。和气氤氲，钟为嘉瑞。惟兹嘉瑞，匪熊匪貔。匪角匪鬣，曰惟驺虞。元灵之文，玉雪之质。修尾回风，双瞳炯日。饥不暴物，行避生刍。由心之仁，匪人之驱。神行电迈，千里一息。其性则然，不以其力。侣游俪美，同出一时。不产他邦，乃在郊畿。守臣致之，献于丹阙。自然驯伏，圣情欣悦。百辟环睹，欢动明廷。曰惟兹兽，瑞世之征。惟天子圣，圣德格天。受天之庆，惟庆之锡。惟天子明，圣寿齐天，亿千万龄。

瑞应白乌颂并序

夏原吉

皇帝临御之五年，实为宣德之四年，广东海阳民以二白乌来献。进览之次，赐群臣观于廷。雪质琼姿，玄眸玉喙，怡然驯淑之态，充然慈孝之心，诚盛代之嘉祯，太平之上瑞。其出也，岂偶然哉？谨按《瑞应图》曰：帝王礼敬宗庙，备于孝慈，则白乌见。又曰：帝王肃敬宗庙，仁孝笃至，则白乌见。钦惟我皇上禀聪明睿智之资，备文武圣神之德，自纂承丕绪以来，夙夜孜孜，励精图治。简任贤俊，而兴修礼乐。旌别淑慝，以振立纪纲。明罚慎刑，期民无愁叹之声。薄赋轻徭，冀野有讴歌之乐。至于承事宗庙，则尤严礼敬。奉养圣母，则笃尽孝诚。无一事而不适中，无一物而不得所。是以穹祇昭格，海宇清宁。和气充溢乎两间，皇风弥布乎六合。凡诸福之祥，诸物之瑞，莫不骈臻叠至，以应昌期，然不能一二足也。故此白乌双见于海陬，而其民之爱戴乎上者，不远万里贡于阙廷，以兆我国家万万年太平悠久之征，以昭我皇上万万年仁孝广大之德。猗欤盛哉！臣叨列清班，获瞻奇瑞，虽才识疏陋不足以称扬盛美，然欣欣之余，不能自默。谨拜手稽首而献颂曰：

於昭我皇，圣神文武。纂承丕图，抚有九土。九土奕奕，兆姓蚩蚩。匪宏治化，曷臻雍熙？乃殚圣衷，乃勤圣质。宵分而衣，日昃而食。旌别淑慝，登崇俊良。制礼作乐，振纪立纲。礼乐昭宣，纪纲明肃。惟赋惟刑，是轻是恤。百度既饬，庶绩咸熙。仰惟宗庙，敢忘孝思！孝思维何？奉先追远。礿祠烝尝，一严礼典。载惟圣母，寿庆天齐。致孝致养，前圣曷希？于周有昌，于虞有舜。皇心同之，笃尽敬顺。敬顺既笃，圣德益隆。穹祇昭格，神明感通。充充两间，和气勃郁。灵贶荐臻，嘉祥叠出。乃岁己酉，七月仲秋。爰有双乌，见于海陬。雪质鲜明，霜姿莹洁。修喙啄琼，玄眸点墨。不惊而扰，不暴而侵。驯淑之态，孝慈之心。贮以雕笼，幂以文帛。远驾星轺，入贡天阙。龙颜悦视，臣邻聚观。欢腾丹陛，喜溢金銮。惟此双乌，实国之瑞。圣寿以彰，圣心以慰。嗟嗟小臣，叨际清时！睹此嘉瑞，赞咏敢稽！惟皇圣明，道超三五。安辑黔黎，绳其祖武。惟皇圣明，寿齐天地。万亿子孙，传承无替。

丰年颂并序

李东阳

古者圣人重农为治。今天子既受亿万民命于天于祖宗，躬耕籍田以示先天下。每月朔，辄进畿内耆老于朝。俾顺天尹谕以务本作业，蠲除之诏，赈恤之令，见于比岁者盖至再至三于今矣。乃成化甲午岁大熟，畿内及山东之地实先焉。于是朝士大夫相贺，道商旅相庆，野之民老稚癃疾聚而嬉游，起而歌呼。惟天之灵，惟吾皇之德，信如蓍卜，捷如影响，无有违逆。於戏盛矣！臣材识卑浅，不足铺叙德美，阐扬瑞祥。至于推本陛下敬天勤民之意，昭于上下，用能保祈天永命之实，则不敢阙也。颂曰：

惟帝十祀，雨旸时备。农夫告言，曰有丰岁。其岁繄丰，孰肇厥同？维甸之封，于山之东。维民播止，于彼原隰。穜稑既茂，黍稌孔硕。不荒于稂，不害于螣。相之勃勃，其来绎绎。维民获止，百力具作。载车载橐，载臿载畚。以毕我赋，以飨以酌。朝饔夕飧，永以终乐。民食于饎，甔石则多。既饱而遗，囷有藏余。民之祈寒，卒岁是谋。有缊有缯，申袭其襦。道途其幢，民亦云徙。今入其室，父兄妇子。以及闾里，宾友燕喜。惟皇恤民，有赈有赉，有蠲有贷。民之生矣，惟皇之赖。今天降釐，嘉福来萃。曰此丰岁，皇有大惠。有开明堂，敷德纳祥。乃俭于赢，乃儆于康。皇曰予庶，力尔耒事。迓休四方，以报上帝。曰予群牧，勿谓民富。无亟其逋，俾我民厚。民拜稽首，皇德斯懋。维德之懋，皇有万寿。小臣作歌，敢告左右！

嘉禾颂有序

张治

西苑瑞谷，一茎而三穗者五，一茎而双穗者百一。伏蒙谕示臣等，臣幸际昌期，获睹盛美，忻忭无已。窃稽之《瑞应图》曰：嘉禾五谷之长，王者德茂而太平则生。又曰：德下至地则嘉禾生。

周公曰：三穗一苗，天下其和为一乎？盖禾也者，和之谓也。谷也者，善之谓也。《诗》曰：俾尔戬谷，言尽善也。惟人君和德于上，善及万物，则天地有嘉禾瑞谷之应。是故同颖见于《周书》，六穗纪于《汉史》。古今所共传以为徽美者也。仰惟皇上德茂元功，仁育生类。谓稼穑之宝所以养民，而耕耨之力可以兴利。春秋则举祈报之典，水旱则致躬祷之诚，轸恤民隐，忧勤宵旰。每先事而预为有备之图，虽已治而不忘无逸之念。天下之民涵濡休泽，既无一夫之不获矣。元鉴昭答，黄祇效顺。协气流畅，嘉禾迭生。盖以发至和之光，而锡作善之庆者，况当诞圣之期，降此休征。一茎三穗而五本，所以表阳德也。二穗同颖而百一，所以昭蕃庶也。其为王禄万年圣寿无疆之兆，岂不章然明著哉？在昔圣帝哲王，其德足以致祯符而召瑞应者，载之史册，百世之下，犹能使人喜谈而乐道之，况身被其泽目睹其盛者乎？发而为康衢之谣，以自鸣其庆幸于万一，此固臣子之情惓惓不能自已者也。臣谨俯伏稽首而献颂曰：

瞻彼大田，于帝之苑。维时在秋，稼穑茧茧。中有嘉谷，三穗同出。一茎而二，厥数维百。薿薿芃芃，实坚实粒。田畯来献，皇心悦怿。皇曰受之，天祐朕躬。匪躬之愉，乐此岁丰。国本在民，民命在农。民食既足，国本斯崇。乃荐清庙，乃诏臣工。交相贺曰，维皇之功。维皇之功，格于穹覆。帝心鉴歆，降此嘉祐。嘉祐维何？遐福单厚。简简穰穰，百禄是受。福禄攸集，是崇是茂。维皇诞辰，璇衡在酉。瑞谷之来，不先不后。天实命之，以告万寿。皇曰休征，维帝之力。惠此有秋，立我民极。祯符洋洋，神祉来锡。我敬承之，敢怠厥德！爰修圭币，爰荐芳洁。祀事孔将，以报元烈。於维我皇，凝神恭默。爰知民依，所其无逸。忧民之忧，宵衣旰食。以祷以祈，有虔有翼。尧德儆予，汤躬自责。轸民恫瘝，稷饥禹溺。民乃攸宁，保有家室。出作入息，不知不识。和气熏蒸，大化融液。天不爱道，绥以元吉。地不爱宝，生此嘉植。其机孔神，畴可与测。维天眷皇，维皇得天。其眷维何？

玉食万年。凝和养素，以引以恬。丰穰之庆，被及九埏。维祯维祉，继继绵绵。寿我皇祚，维以亿千。天地清焉，日月贞焉。四时行焉，万物生焉。中和位育，成美功焉。颂声奕奕，垂无穷焉。

进辽史表

欧阳玄

开府仪同三司、上柱国、录军国重事、中书右丞相、监修国史、领经筵事臣脱脱言：窃惟天文莫验于玑衡，人文莫证于简策。人主鉴天象之休咎，则必察乎玑衡之精。鉴人事之得失，则必考乎简策之信。是以二者所掌，俱有太史之称。然而天道幽而难知，人情显而易见。动静者吉凶之兆，敬怠者兴亡之机。史者虽述前代之设施，天意有助时君之鉴戒。辽自唐季，基于朔方。造邦本席于干戈，致治能资于黼黻。敬天尊祖，而出入必祭。亲仁善邻，而和战以宜。南府治民，北府治兵。春狩省耕，秋狩省敛。吏课每严于刍牧，岁饥屡赐乎田租。至若观市赦罪，则吻合六典之规。临轩策士，则恪遵三岁之制。君慕汉高之为帝，托邪律于刘宗。相拟酂侯之为臣，更述律以萧姓。享国二百一十有九载，政刑日举，品式备具，盖有足尚者焉。迨夫子孙失御，上下离心，骄盈盛而衅隙生，残贼兴而根本蹷。变强为弱，易于反掌。吁，可畏哉！天祚自绝，大命苟延。国既丘墟，史亦芜茀。邪律俨语多避忌，陈大任辞乏精详。《五代史》系之终篇，宋旧史埒诸载记。予夺各徇其主，传闻况失其真。我世祖皇帝一视同仁，深加悯恻。常敕词臣撰次三史，首及于辽。六十余年，岁月因循，造物有待。

臣脱脱诚欢诚惧，稽首顿首：钦惟皇帝陛下如尧稽古，而简宽容众，若舜好问，而浚哲冠伦。讲经兼诵乎祖模，访治旁求于往牒。兹循史事，断自宸衷。睿旨下而征聘行，朝士贺而遗逸起。于是命臣以右揆领都总裁，中书平章政事臣铁睦尔达世、臣贺惟一、翰林学士承旨臣张起岩、翰林学士承旨臣欧阳玄、翰林侍讲学士臣揭徯斯、侍御史今集贤侍讲学士臣吕思诚为总裁官，中书遴选儒臣崇文太监今兵部尚书臣廉惠山海牙、翰林直学士臣王沂、秘书著作佐郎臣徐昺、翰林监修臣陈绎曾，循职以分撰《辽史》。起至正三年四月，讫四年二月。发故府之椟藏，辑遐方之匭献，搜罗剔抉，删润研劘。纪志表传，备成一代之书。臧否是非，不迷千载之实。

臣脱脱等叨承隆寄，幸睹成功。载宣日月之光华，愿效涓埃之补报。我朝之议论归正，气之直则辞之严，辽国之君臣有知，善者喜而恶者惧。所撰《本纪》三十卷，《志》三十一卷，《表》十八卷，《列传》三十六卷。各著论赞，具存体式，随表以闻，上尘天览，臣无任激切屏营之至。谨言。

进金史表

欧阳玄

窃惟汉高帝入关，任萧何而收秦籍。唐太宗即祚，命魏徵以作《隋书》。盖历数归真主之朝，而简编载前代之事。国可灭，史不可灭。善吾师，恶亦吾师。矧夫典故之源流，章程之沿革，弗披往牒，曷蓄前闻？惟此金源，起于海裔。以满万之众，横行天下，不十年之久，专制域中。其用兵也，如纵燎而乘风。其立国也，若置邮而传命。及熠兴于礼乐，乃焕乎有声明。常循初而讫终，因考功而论德。非武元之英略，不足以开九帝之业。非大定之仁政，不足以著百年之基。天会有吞四海之志，而未有一四海之规。明昌能成一代之制，而亦能坏一代之法。海陵无道，自取覆败。宣宗轻听，曷济中兴？迨夫浚郊多垒之秋，汝水飞烟之日。天人属望，久有在矣。君臣守义，盖足取焉。

我太祖法天启运圣武皇帝，以有名之师而释奕世之忾，以无敌之仁而收兆民之心。劲兵捣居庸关，北拊其背。大军出紫荆口，南扼其吭。指顾可成于隽功，操纵莫窥于庙算。惩彼取辽之暴，容其涉河以迁。太宗英文皇帝席卷云朔，而徇地并营。囊括赵代，而传檄齐鲁。灭夏国以蹴秦巩，通宋人以逼河淮。睿宗仁圣景襄皇帝冒万险出饶风，长驱平陆。战三峰乘大雪，遂定中原。太阳出而爝火熸，正音作而众乐废。爰及世祖圣德神功文武皇帝，恢宏至化，劳徕遗黎。燕地定都，彻武灵之旧趾。辽阳建省，抚肃慎之故墟。于时张柔归《金史》于其先，王鹗集金事于其后。是以纂修之命，见诸敷遗之谋。延祐中举而未遑，天历推行而弗竟。

恭惟皇帝陛下，缉熙圣学，绍述先猷。当邦家闲暇之时，治经史讨论之务。念彼泰和以来之事迹，接我圣代初兴之岁年。太祖受帝号于丙寅，先五载而朱凤应。世祖毓圣质于乙亥，早一岁而黄河清。若此祯符，昭然成命。第以变故多而旧史阙，耆艾没而新说讹。弗折衷于大朝，恐失真于他日。于是圣心独断，盛事力行。申命臣等集众技以责成书，伫奏篇以览近鉴。臣等仰承隆委，俯竭微劳。紬石室之书，诚乏司马迁之作。献金镜之录，愿摅张相国之忠。谨撰述《本纪》十九卷，《志》三十九卷，《表》四卷，《列传》七十三卷，《目录》二卷，装潢成一百三十七帙，随表以闻。

进宋史表

欧阳玄

开府仪同三司、上柱国、录军国重事、中书大夫右丞相、监修国史、领经筵事、提调大医院、广惠司事臣阿鲁图等，窃惟周公念先业之艰难，《七月》之诗是作。孔子论前王之文献，二代之礼可言。故观赵氏隆替之由，足见皇元混一之绩。钦惟世祖圣德神功文武皇帝，初由宗邸，亲总大军。龙旗出指于离方，羽葆归登于乾驭。栉风沐雨，讵辞跋履之劳？略地攻城，咸遵禀受之算。扬舲而平江汉，卷甲而克襄樊。恭行吊伐之师，昭授宠绥之寄。及夫收图书于胜国，辑甫哻于神京。拔宋臣而列政涂，载宋史而归秘府。然后告成郊庙，锡庆臣民。推大赉以惟均，视一统之无外。枢庭偃武，既编戡定之勋。翰苑摛文，寻奉纂修之旨。事机有待，岁月易迁。屡朝每切于继承，多务未遑于制作。

臣阿鲁图等诚惶诚恐，稽首顿首。钦惟皇帝陛下，恢宏至道，绍述丕谟。往行前言，乐讨论于古训。祖功宗德，思扬厉于耿光。惟我朝大启基图，彼吴会后归版籍。视金源其未远，细石室以具存。及兹累洽之时，成此弥文之典。命臣阿鲁图、左丞相臣别儿怯不华领史事。前右丞相臣脱脱为都总裁，平章政事臣帖木尔达世，御史大夫臣惟一，翰林学士承旨臣起岩、臣玄，治书御史臣好文，礼部尚书臣沂，崇文太监臣宗瑞为总裁官，平章政事臣纳麟、臣伯颜，翰林学士承旨臣达实帖木尔，左丞臣守简、参议臣岳柱、臣拜住、臣陈思谦、郎中臣干栾、臣孔思立等协恭董治，史官工部侍郎臣干玉伦徒，秘书卿臣泰不华，太常签院臣杜秉彝，翰林直学士臣宋褧，国子司业臣王思诚、臣汪泽民，集贤待制臣于文传，翰林待制臣张瑾、臣贡师道，宣文阁鉴书博士臣麦文贵，监察御史臣余阙，太常博士臣李齐，翰林修撰臣刘闻，太医院都事臣贾鲁，国子助教臣冯福可，太庙署令臣陈祖仁，西台御史臣赵中，翰林应奉臣王仪、臣余贞，秘书著作佐郎臣谭慥，翰林编修臣张翥，国子助教臣吴当，经筵检讨臣危素编劘分局，汇粹为书。

起自东都，迄于南渡。纪载余三百载，始终才一再期。考夫建隆淳化之经营，景定咸淳之润色。庆历皇祐，以忠厚美风化。元丰熙宁，以聪明紊宪章。驯致绍圣纷纭，崇宁荒乱。治忽昭陈于方册，操存实本于宫庭。若乃建炎绍兴之图维，乾道淳熙之保乂。正直用则人存政举，邪佞进则臣辱主忧。光宁之朝，仅守宗社。理度之世，日蹙封疆。顾乃拘信史以渝盟，纳叛臣而侵境。由权奸之擅命，启事衅以召兵。厥后瀛国归朝，吉王航海。齐亡而访王蠋，乃存守节之臣。楚灭而谕鲁公，堪矜守礼之国。载惟贞元之会合，属当泰道之熙明。众言淆乱于当时，大义昭宣于今日。矧先儒性命之说，资圣代表章之功。先理致而后文辞，崇道德而黜功利。书法以之而矜式，彝伦赖是以匡扶。虽微董狐直笔之可称，庶逃司马寡识而轻信。至若论其有弊，亦难断以至公。

大概声容盛而实德衰，论建多而成效少。且辞之繁简以事，而文之古今以时。旧史之传述既多，杂记之搜罗又广。于是参是非而去取，权丰约以损增。事严敢计于疾徐，日积亦虞于玩愒。

臣阿鲁图等忝司当揆，实预提纲。周询在局之言，靡不究心乃职。第述作之才有限，而报效之志无穷。倘垂清燕之观，尚助缉熙之益。曰若帝尧，曰若帝舜，惟圣心稽古之功。监于有夏，监于有殷，乃臣子告君之道。谨撰述《本纪》四十七卷，《志》一百六十二卷，《表》三十二卷，《列传》《世家》二百五十五卷，装潢成二百五十二帙，随表尘献以闻。

案：邓氏显鹤曰：《日知录》载元阿鲁图进《宋史表》曰，厥后瀛国归朝，吉王航海。齐亡而访王蠋，乃存秉节之臣。楚灭而谕鲁公，堪矜守礼之国。《金史·忠义传序》曰：圣元诏修辽、金、宋史，史臣议凡例前代之臣忠于所事者，请书之无讳。朝廷从之。此皆宋世以来尊经儒、重节义之效。其时之人心风俗，犹有三代直道之遗，不独元主之贤明也。亦见《元史类编》阿鲁图传注，而不知表文出于公手。盖公文之遗漏者多，史传不尽载也。

进经世大典表

欧阳玄

尧舜之道，载诸典谟。文武之政，布在方策。道虽形于上下，政无间于精粗。特于纪录之间，足见弥纶之具。是以秦汉有掌故之职，唐宋有《会要》之书。于以著当代之设施，于以备将来之考索。我国家受命龙朔，缵休鸿基。发政施仁，《行苇》之忠厚世积。制礼作乐，《关雎》之风化日兴。纪纲具举于朝廷，统会未归于简牍。钦惟钦天统圣至德成功大文孝皇帝陛下，总揽群策，躬亲万幾。思祖宗创业之艰难，与天地同功于经纬。必有铺张以揭皦日，必有述作以藏名山。爰命文臣体《会要》之遗意，遍敕官寺发掌故之旧章。彷《周礼》之六官，作皇朝之大典。臣某叨承旨谕，俾宗纂修。物有象而事有源，质为本而文为辅。百数十年之治迹，固大略之仅存。千万亿世之宏规，在鸿儒之继作。谨缮写《皇朝经世大典》八百八十卷，《目录》十二卷，《公牍》一卷，《纂修通议》一卷，装潢成帖，随表以闻，伏取裁旨。

进太祖高皇帝实录表

夏原吉

监修官户部尚书臣夏原吉，总裁官翰林院学士兼右春坊右庶子臣杨荣、国子监祭酒兼翰林院侍讲臣胡俨，纂修官翰林院学士兼右春坊右谕德臣金幼孜、翰林院学士兼左春坊左谕德臣杨士奇、翰林院侍讲学士臣曾棨、翰林院侍读兼右春坊右赞善臣梁潜、翰林院侍讲兼左春坊左中允臣邹缉、翰林院侍讲臣王英、修撰臣余鼎、臣罗汝敬、刑部主事臣李时勉、臣陈敬宗等，钦奉圣旨修纂大明太祖圣神文武钦明启运峻德成功统天大孝高皇帝实录，钦依修完，谨奉表上进者。臣夏原吉等诚惶诚恐，稽首顿首上言：

伏以圣人启运，肇万世之鸿基。国史纂书，示百王之大法。必凭纪录，垂法后来。故典谟载尧舜之言，方册布文武之政。古今通义，昭晰如斯。矧创业垂统，而茂建于丰功。又继天立极，以聿隆乎至治。欲扬休美，谨在编修。

钦惟太祖圣神文武钦明启运峻德成功统天大孝高皇帝，天地合德，日月同明。膺景命而隆兴，握祯符而御历。义旗一举，豪杰景从。仁闻四张，州郡响应。遂渡江而下姑孰，乃定鼎而都金陵。除旧布新，安民靖乱。风霆肃乎号令，日星焕乎纪纲。威武奋扬，东面征而西面怨。至仁不杀，近者悦而远者来。扫群雄于呼吸之间，拓四方于指顾之顷。连城纳款，挈壶浆以迎师。列土竖降，崩厥角以稽首。举中原如拾芥，荡丑虏若振枯。拯烝庶于涂炭之中，驱群雄于沙漠之外。不十年而成帝业，混一统而主天民。人纪肇修，叙彝伦于既斁。华风复正，举礼乐于重兴。山川鬼神，莫不攸宁。华夏蛮貊，罔不率俾。有过化存神之妙，尽弥纶参赞之功。身致太平，卓冠百王之盛。德兼文武，超越六籍之闻。况俭勤戒乎始终，而谦敬纯乎表里。宵衣旰食，日总览于万幾。秋肃春温，时顺体于四序。是致雨旸时若，岁谷屡登。诸福毕臻，天休滋至。在位历三十余年之久，升遐动万方哀悼之心。自古以来，未有如斯之盛者也。

恭惟孝慈昭宪至仁文德承天顺圣高皇后，天生圣善，克相肇基。诞开文定之祥，永协坤元之吉。同符景运，遂位中宫。德迈嫔虞，功超胥宇。性情适《关雎》之正，子孙应《麟趾》之仁。简能造化之宜，保合承天之庆。政修宫阃，化行家邦。诞育圣躬，茂承天眷。自古后妃之隆，莫盛于斯者也。

钦惟皇帝陛下，圣仁天赋，睿德日新。念达孝以尊亲，在继志而述事。聿颁修史之诏，适当嗣位之初。发兰台之文，而征以藩邸之副。䌷金匮石室之秘，而考乎世家之藏。爰纂录以成书，实仰赖于圣断。谓事贵直而文贵简，理必明而义必彰。乃敕命乎儒臣，重编劘于岁月。

臣等才非良史，愧乏三长。法遵旧章，敢妄一笔。惟洪钧何能于绘画？而至德莫罄于名言。焕乎文章，表经世之大训。写之□□，作贻谋之永图。谨撰述《太祖圣神文武钦明启运峻德成功统天大孝高皇帝实录》二百五十七卷，计二百五十册。《宝训》十五卷，计十五册。谨伏阙上进。臣等无任瞻天仰圣激切屏营之至，谨奉表随进以闻。永乐十六年五月初一日，监修官户部尚书臣夏原吉等谨上表。

重建阙里庙成谢表代

李东阳

袭封衍圣公臣孔闻韶弘治十七年正月修建祖庙落成，钦蒙御制碑文，遣官祭告者。臣闻韶诚惶诚恐，稽首顿首上言：

伏以礼必积百年而后兴，事有旷百世而始见。是盖政关治体，道本民彝。凡在斯文，式均庆戴。乃若余波剩泽，沾被子孙。其视恒情，何啻百倍！窃惟阙里祖庙肇自前朝，列圣以来累加修葺。

比岁郁攸示戒，煨烬无遗。伏遇皇帝陛下天启圣衷，道符先揆。顾宫墙之旧地，实海宇之具瞻。爰敕有司，重加修建。集四方之公帑，阅五载之程期。材干坚良，工制精密。庙貌严整，轮奂伟然。既不替于前规，复恢宏于新制。足以妥灵昭佑，崇德报功。极天下之大观，亘古今而不再者也。又有奎章睿藻，降自重霄。石刻金书，垂之万代。出容台之香币，备郡邑之粢牺。特遣重臣，远称殷礼。衣冠毕集，宅里增辉。臣闻韶甫袭官封，方婴服制。念君命重于家事，而祖庙尊于父丧。易服以迎，拜天颜而敢后。趋朝而谢，率族姓以偕行。伏愿圣学缉熙，儒风丕振。家诗书而户礼乐，益宏世道之光。天日月而地山川，永贲人文之化。徒深祝颂，曷罄名言。

进历代通鉴纂要表　　李东阳

伏以世有古今，史册鉴兴衰之迹。圣无先后，文章昭作述之光。事或因旧以为新，体则似轻而实重。司存纂辑，道切规箴。宁辞寸晷之多，图效万分之一。

洪惟孝宗建天明道承统正中圣文神武至仁大德敬惟皇帝陛下，德运尧文，圣跻汤敬。求多闻于古训，发涣命于群臣。谓先儒纲目之书，本明正统。顾上古帝皇之世，未粹成编。下逮宋元，尤多卷帙。盈箱充栋，实繁四库之藏。旰食宵衣，岂有三余之暇？亲分义例，预锡名称。寒暄阅二载之期，朱墨更数人之手。攀龙髯而莫逮，抚蠹简而增悲。不敢是惭，无功可录。兹盖伏遇皇帝陛下英明出类，刚健居中。上同舜哲之重华，下轶启贤之继道。《实录》方修于金匮，余功载续于汗青。非徒撮要以删繁，抑以要终而原始。政必稽其得失，行必著其忠邪。词省而事该，人往而言在。博采诸家之断，间陈一得之愚。不求敝力于难知，务期开卷而有益。肇呈首帙，进读经帏。渐底终篇，告成寝庙。臣等或躬承神授，或续奉宸英。心微河汉之涓尘，识陋海天之蠡管。《治鉴》开英皇馆局，而成于神宗之朝。《政要》本贞观君臣，乃辑于开元之世。矧兹庸劣，讵免稽迟？幸惟往责之粗偿，敢诧前时之未有！伏愿圣不自圣，益宏作圣之功。新又日新，茂著知新之效。考治乱存亡之故，为赏刑黜陟之规。主善为师，岂谓借才于异代？建中制事，用能垂裕于后昆。

重进大明会典表

李东阳

伏以有谟训以贻子孙，垂万年之燕翼。观会通以行典礼，昭百世之鸿规。盖非天子则不考文，然惟孝者为善继志。粤自结绳政代，契托书传。象魏法陈，理同家喻。制备于《周官》之后，经存于孔壁之余。汉模略定于三章，唐式仅颁乎六典。《会要》作于宋，而光岳弗完。《经世》纪于元，而彝伦斯斁。肆天心之厌乱，属圣主之开基。俊德神功，弥纶宇宙。宏纲大法，敷贲臣民。文皇绍统于昌期，列圣承休于奕叶。政由俗革，道与治同。中间或斟酌以随时，大抵皆后先而合节。顾夫简编穰浩，条贯繁多。彼宿儒老吏亦不暇详，岂僻壤遐陬之所能遍？故博学贵乎知要，必会极然后可归。欲望文献之足征，须及典型之尚有。

昔我孝皇之志，实惟英庙之仪。上溯累朝，仰稽列祖。谓一代开基之制，在诸司职掌之书。或更定于暮龄，或增修于继世。发石室金縢之秘，征两京百府之藏。仪文每据乎旧章，义例特施乎宸断。命官分局，开六馆以编摩。类事归曹，备百年之损益。盖自洪武戊申之岁，迄于弘治壬戌之秋。皆挈领以提纲，亦删繁而就简。体之重者虽微必录，令之善者虽寝亦书。庶几爱礼以存羊，非敢按图而索骏。文取达而不胜于质，信可传而宁阙其疑。制异典坟，宜于今而不泥于古。法殊纪传，叙其事而不录其名。标题荣华衮之褒，序简焕云章之锡。告成虽久，刊布未遑。恭惟皇帝陛下，焕有尧文，缉熙汤学。兵民利弊，以次罢行。礼乐章程，悉加厘革。特令臣等重订是编，当卷帙之粗成，荷奎文之载赐。献诸天府，副在有司。期言之而必可行，俾习矣而无不察。譬则丽空之宿，一举首而在目中。合辙之车，不出户而通天下。

臣等才轻袜线，识小瓮天。功不厌详，贯惟仍旧。拂尘扫叶，深知较阅之难。测海窥天，讵免遗忘之失？伏愿上念宗祧之重大，下知稼穑之艰难。主善为师，任贤立政。惟一心之克协，罔庶狱之攸兼。不愆不忘，率祖考宪章于有艾。可久可大，配乾坤德业于无疆。

拟册立皇太子贺太皇太后表

李东阳

伏以居宫闱而母天下，养已极于两朝。阅子姓以及曾孙，年未逾于六纪。天休滋至，国本弥尊。率土交欢，含生均戴。

恭惟圣慈仁寿太皇太后陛下，圣同坤厚，慈若春温。仁包海宇以为家，寿与冈陵而并算。庆延夏启，遥从有子之涂山。德比周姜，亲见斯男之太姒。乃值佩萸之月，重占绕电之祥。采舆论之攸同，谓皇储之当豫。前星炳曜，借宝婺之余辉。少海渊澄，出银潢之正派。鸾旗鹤驾，绚烂交陈。桂殿椒房，郁葱旁接。睹仙颜之载悦，识内教之夙成。下以贻哲命于初生，上以应嘉名于长乐。博观载籍所记，在古诚稀。粤有宗社以来，于今尤盛。

臣等恩沾俯育，身际奇逢。报称心劳，揄扬力薄。听韶音而兽舞，望嵩岳以山呼。紫禁深严，惧寸诚而莫达。金瓯巩固，祝万岁以无疆。

拟进宪宗纯皇帝实录表

李东阳

伏以君明臣良，极一代治功之盛。父作子述，垂万年简册之光。故圣谟暨神器俱传，而功业与文章并显。

忆宪皇之震出，属国运之丰亨。虎步龙行，识太平之天子。河清海宴，知中国有圣人。文陈干羽于两阶，武汛烟氛于八表。

复鸿名于景泰，汉高之大度弗如。上徽号于圣慈，虞舜之尊亲斯在。重储嗣则著《文华》之训，明史学则续《纲目》之编。衿佩三千，听桥门之警跸。豆笾十二，增阙里之褒崇。声华赫赫以无前，灵爽洋洋而在上。望遗弓而引睇，翻往牒以伤心。

钦惟皇帝陛下，道尽君师，孝兼继述。祖有功，宗有德，议隆九庙之仪文。左记事，右记言，思继五朝之《实录》。承玉几垂衣之命，念青宫授简之恩。启百司庶府之攸藏，合九服诸藩之所辑。曹分馆析，纲举目张。大而典章政教之施，细而名物度数之备。功由众集，敢自谓刘知幾之一家。式自古稽，奚独遵沈既济之五例。德辉下照，炳若丹青。善恶具陈，判如白黑。庶几天地之运，散见于日星之余。涓滴之勤，仰裨于海岳之大。伏愿藏诸便殿，副在秘书。上以廑乙夜之观，下以备甲令之籍。监于成宪，确乎家国之蓍龟。诒厥孙谋，远矣河山之带砺。

升江西按察使到任谢表

洪性

臣质本葑菲，材同樗栎。滥厕黄甲，愧报称之未能。幸附青云，徒衔结之有愿。蒙皇上宏如天如地之德，揣微臣忝作楫作霖之才。试政刑曹，巡按闽域。勘籍直隶，清军滇黔。拔擢至再至三，课绩无分无寸。岂敢觊幸，安希崇班？何图格外之宠荣，有加无已。不次之铨选，月异岁更。仰荷殊恩，超升今职。戴豸冠之岌岌，官衔降自九重天。凛乌府之巍巍，法令严于三尺雪。学鱼头而谢不敏，号铁面则让未遑。况豫章名区，保无治丝而棼之虑。廉使重任，难辞制锦未学之惭。捧檄魂摇，执篆神悚。伏惟皇上才兼文武，德迈汉唐。化讫于东西朔南，仁洽乎草木鸟兽。乃治益求治，深宫斋祓维虔。安不狃安，睿虑防杜益密。臣辞陛之日，面领天语煌煌。莅任之时，心惟日夜惕惕。理冤释枉，不敢滥及无辜。平讼息争，讵侈惟良折狱。若虞芮可化，益征圣德之千寻。倘囹圄少空，差展微长于万一。曷胜虎拜，无赞鹓行？

拟周王得驺虞于神后山以献群臣贺表　邹廷望

永乐二年月日，具官臣某等恭睹周王得驺虞于神后以献，谨奉表称贺者。德合元精，天气呈祥于郊薮。仁孚无极，地灵献瑞于方隅。功凝咸若之休，物昭效顺之象。虽王道无心于玩异，而群臣敢即遇以扬休。庆溢尧衢，欢腾禹甸。臣诚欢诚忭，稽首顿首上言：

伏以马图负河，龟书呈洛，千古仰文明之运。天不爱道，地不爱宝，一德含孚契之精。韶乐顺成，臻仪凤舞兽之盛。文德光大，咏麀鹿鹤鸟之珍。是皆元和长发于域中，时昭茂对。以故四灵毕至于王所，用助游观。自兹以还，风斯邈矣。觌武异域，得白虎以为祥。丰蔀日中，指孔乌而称庆。庸侈奇玩，实滋厉阶。盖神物有待而生，至瑞非道不见。惟兹驺虞之献，应乎麟趾之仁。狓首虎躯，黑章白质。咏于《国风》，歌王道涵仁心之懿。释于《尔雅》，详至物潜真性之机。昔已见于�州，今复产于兖地。获兹灵异，实昭穆清。兹盖伏遇皇帝陛下刚健中正，文武圣神。表饰龙姿，潜邸兆太平之象。文昭虎变，开元纪永乐之年。德隆元粹之渊微，握六符而衍祚。道合浑元之至秘，并四大以常尊。大度有容，神武不杀。尧天再睹，议礼制度考文。舜日重华，亲亲仁民爱物。五兵偃而不用，四序调而惟康。故大德孚天，和气诞延于环宇。而至仁敛福，精英丕罂于洪庥。献自周藩，望尧庭而奋跃。游于神后，仰文囿而奔趋。独角兽何可以同？九茎芝亦非所拟。谓宜播之乐府，永嗣风咏之遗。昭之史官，远续麟经之笔。恭睹异质，知品汇咸育于光天。敢陈燕私，幸九垓甄陶于化日。虽圣心匪异物之贵，而王道征可致之祥。吁嗟无知，若趋天阶而效顺；幸叨管测，可泯盛事以无传。鳌首无几，戴崇山而觉重。鸟声虽细，感淑气以争鸣。伏愿崇颐元气，尽人尽物以格天。精察万幾，明目达聪而作圣。天地交而成泰，阳长阴消。中和致而德尊，神存化普。俾圣子神孙世世奉贻谋而勿替，庶黄童白叟人人歌至治以无疆。臣无任瞻天仰圣激切屏营之至，谨奉表称贺以闻。

此文乃嘉靖四十二年壬戌科会试第二场试论诏、诰、表、判之作。太仆三场朱卷尚存，十一世裔孙湘偶出以见示。既为付装池成册而题咏之，复录入此编以存掌故，以励后学。是科会元则长洲申文定时行，状元则太仓王文肃锡爵也。汝怀附记。

上四镇图说表

龙膺

伏以王者守在四夷，重译方舆凭指顾。圣人坐烛万里，折冲密勿豫怀来。戴日月之丽明，总归版册。摹山川之阻隘，聊仿图经。义取绸缪，谋期底定。

臣某窃惟设险以守国，急儆无虞。思患而预防，慎修有备。奋扬武卫，不弛尧阶。申画郊圻，靡湮禹迹。氐羌来享，美嘉靖之殷邦。猃狁于征，奏肤功乎周室。迨咎生养虎，乃衅起进狼。秦之御寇筑长城，怨遗紫塞。汉以和亲得中策，围解白登。烽火照甘泉，细柳徒劳按辔。鼓钲临瀚海，浑邪安用迎车？惟韩琦城笼罕以扼鸣沙，而吴璘治夹河以先坚壁。必其深沟高垒，后方逸可待劳。苟非批亢捣虚，乌在奇能制胜？爰自廓清于二祖，五千服始列屏藩。及其开拓夫九边，百二关尤称要害。三垂绵亘，东西南北延七千里之遥。四镇区分，甘固绥宁缮十数万之众。虽频岁皇威遐畅，奉赆回心。但迩年帅偾陵迟，掣襟露肘。且以士疲饷竭，恒借箸而虞庚癸之呼。兼之势隔形殊，敢编摩以备甲乙之览。

伏遇皇帝陛下聪明睿智，文武圣神。止孝止慈，得名得寿。氛清星海，拓地轴以兼包。尘断月支，掩天纮而并育。庙谟决胜，以申挞伐之威。圣德止戈，无俟张皇之戒。然犹眷焉西顾，赫尔专征。屡饬尊攘之防，重廑宵旰之虑。授臣以典边重寄，畀臣以制阃微权。裹革沙场，志虽殷于乘障。空庭碛漠，念每厉于增陴。顾关隘未较列星，纵弢钤终难运掌。勉摅衷赤，谬核汗青。由镇达抚以及夷，合为图复分为图。险夷阔狭不齐，亦略绳绳井井。溯昔论今以料后，总其说又支其说。款守战攻各别，弗嫌喋喋谆谆。一览而寇在目中，再思而心游域外。亭堠而了然在睹，机宜而晰可按图。俯竭耿耿之微忱，上赞昭昭之睿览。

伏愿留神遐迩，注意安危。内君子而外小人，允协六阶之泰。显祖功而扬宗烈，重熙九叶之光。三事兼修，懋敛鸿畴之五福。万方胥庆，永绵凤历于亿年。臣谨奉表以闻。

谢赐太平宴金表

洪云蒸

臣某言天地大恩，已无涓埃之答。疆埸微绩，复荷汪濊之施。中谢伏念臣少涉经籍，非有六韬三略之能。近擢粤藩，谬膺七征九伐之任。殚竭驽钝，敢云白马黄须。攘剔奸凶，庶几冲风落叶。降者降，死者死，海邦绝惊边骚野之虞。宅尔宅，田尔田，连平建久安长治之策。实圣明威福所致，岂戎臣尽瘁可几？何意舞羽格苗，不以为至诚之感化。洗戈投甲，乃惟曰总阵之鞠躬。伏蒙陛下特颁内帑之金，敕赐太平之宴。赏逾昔典，岂类周钱之赐子山？功追前劳，何殊郑乐之分魏绛？鳌戴山而知重，肝似铁以弥坚。感极隗徕，宁忘结草之报。情同葵向，益倾爱日之心。

湖南文征　卷五十二

骈体下箴　铭　赞　启　序　引　记

符德堂箴

甘镛

吾乡友王应槐，倜傥卓伟士也。由淮西司仓改今徽之监税，因扁其退修之所曰符德，盖取三槐堂铭“惟德之符”之意也。虽然，予与应槐有桑梓通家之好，且均受委任之重，当各思守厥志，励厥行，洗手奉公，求无愧于斯民，无忝于祖德。故不敢以符其德者为应槐渎告，而但以修吾之德为斯堂箴，是亦警戒规箴之义也。箴曰：

厥初生民，孰无是德？浑然天成，罔有戕贼。气禀物诱，遂迷其初。颇僻是道，亶焉塞途。古圣皇皇，教以克特。修之有素，行或必得。不有其中，曷形于外？不开其先，后将焉待？惟昔晋公，庭植三槐。台鼎是期，庶几后来。孰谓魏公，果登相职？惟德之符，若持左契。匪曰符德，惟德之修。德本诸躬，晋公则优。有美孙子，曰应槐氏。爰符祖德，修之则是。粤若修德，其功曷先？守志励行，罔敢或愆。律己以敬，待人以诚。式光前烈，裕我后昆。翼翼者堂，晔晔其字。箴言其前，勿替终始。

青宫劝讲箴

罗喻义

臣闻《书》称时敏，《诗》咏缉熙。学之当讲，振古如斯矣。

乃有事隆师傅，教资审谕。岂繄琢磨令质，兼之系属人心。所以监抚守从，道著前经。恭敬温文，义彰昔记。长世流祚，垂之万叶，策无出此。

仰惟皇太子殿下，克长克君，闻诗闻礼。兔走之喻，分定于一人。鸿飞之歌，功成于四皓。况复道兼明两，祥开索一。侍宸严于鹤禁，毓圣孙于龙邸。祖孙萃庆，作述齐茂。粤稽周室，则太王、王季以及文王。其在圣朝，则成祖、仁宗而逮章圣。以今准昔，借喻非虚。迩年以来，讲席尘封。宫臣罕接，识者忧之。《礼》曰：男子十年，出就外傅，学书记也。既长，则曰：能典谒矣。于是乎染丹彩于乡塾，叩洪钟于朋友。庶人之子尚然，矧东朝乎？自当春弦夏诵，切问近思。知人间之庶事，识君臣之大道。使具僚观则，百辟式瞻。若献岁之有阳春，元天之有旭日。弘化懿德，乃作元良。岂有国之储副，经年累岁不一接士大夫者哉？臣愚以为非细故也。顷者待罪词林，窃见中秘诸儒讲诵不辍。乃弘文之馆既辟，而承华之门阒如。元稹有言：略其贵者，教其贱者，无乃邻于倒置乎？缅惟祖宗典制，最重讲筵。昔在文皇时，则有若臣缙姓解、臣荣、臣士奇、臣溥并姓杨、臣幼孜姓金侍东宫，臣淮姓黄辅导皇太孙。或专说《春秋》，或进解《大学》，或明乾卦之九四，或陈汉文之类编。即国家有道之长，未必不由此也。臣谨拜手稽首而献箴曰：

天生烝民，司牧司树。咸熙庶绩，式昭王度。惠民垂统，元良继体。丽正离明，惟机天启。君彼东朝，国之储贰。秋坊通梦，春宫养德。何以养之？其崇贤门下之儒，朝婴夕侧，右史左图。何以通之？其金华殿中之语，要言不烦，清辞晰理。罔曰暂辍，道惟缉熙。学殖易落，羲驭难追。罔曰盛年，亦既抱子。前事后师，式谷惟似。乌乎！深居非乐，苦趣在兹。岂不闻耳以音聋，体缘色疲。问业非劳，作德心逸。岂不闻诗能解颐，檄堪愈疾。淮维庶子，荣也少师，士奇端尹，家监幼孜。敞经筵于清昼，开承明而直晚。比于文皇，其则不远。小臣献箴，将美在斯。少海增润，前星重辉。

悔箴

李东阳

言以医戒，行以患惩。嗟此之人，孰可与成？戒则必持，惩则必作。有狂而圣，或其可学。

成斋箴

李东阳

惟天生物，物不相友。惟人性同，无或薄厚。中戕未摧，畴执其咎。形践者圣，质变者贤。成己成物，责斯尽焉。凡我同胞，覆帱必均。一物不成，如手足弗仁。枢机在躬，先本后末。一德不备，如身常饥渴。居必仁宅，行必义路。志则必专，执则必固。惟四勿为，惟五弗措。曰吾弗能，是谓自尽。曰人莫己若，是谓自贼。勖哉君子，成尔令德！式瞻尔堂，式警尔心。君亲有训，师友有箴。君子勖哉，无废寸阴！

止斋箴为汪希颜同年作

李东阳

止乎止，过则邈，不及则迩。学止乎中，人止乎圣。彼颜弗孔，犹不可以竟。圣有方，道无径。颜之希，途则正。止而止而，其未底而，不可以已而。

上清万寿宫棂星门铭并序

欧阳玄

夫天垂玄象，门垣之设具存。道启真风，宫观之兴有自。惟此棂星之号，实居列宿之首。《周颂》之《疏》曰天田左角，《晋史》之《志》曰天门三关。以其通日月经行之衢，故以表神明往来之道。俗书从木从霝，未喻此也。广信龙虎山大上清正一万寿宫，祝釐之胜地，学道之祖庭。碧瓦云连，秘殿宏敞。朱闳露立，道阃邃严。凡有良工，类求大木。然而雨溜霜凝，日荑风戾。裘葛几何？枨阑屡易。粤延祐五祀，仁宗皇帝将遣元成文正中和真人、江淮荆襄等处道教都提点夏公文泳，祇奉玉音，丕承金箓。禬于龙虎、阁皂、三茅等山，给以浙江、江西两省经用。真人底厉清修，树立峻整。釐事既竣，素操弥笃。祭供金币，悉予本山。将迎筐筥，力却常馈。

于是龙虎山住持提点吴以敬、提举知宫董处谦、迨今住持提点程君静时为直岁，请曰：顷者佥议斫太湖之石为棂星之门，其志虽确，其资无从。惟师以平昔之廉隅，诒永久之标准。愿辑祭余之费，式兴门材之役。真人曰：诺。既而审曲面势，方鸠僝工，继以私储，佐其不蔇。众更大悦，率作兴事。凿山具区，贞璞斯献。挽舟大江，纤尘不惊。百牵委输，千指砻错。大门中直，其崇六寻而劣。两门旁峙，其綳卅尺而强。羲娥昭揭乎柱颠，虬鸾交鹜乎楣表。落成维期，环观若堵。经构著雍敦牂之岁，完美屠维协洽之秋。算缗五万有奇，计日再期而就。

于时道士曰陈处恭，裓康庄之涂，广数百尺。曰孙景真，创下马之亭，衺若干楹。曰杨宇泰，载西蜀异木，千株樛柏，植彼左右，蔚然葱蒨。是皆慕真人之高风，所谓表立而景从者也。居无几，上清宫灾，惟此石门，婴燎原之势，脱炎冈之厄。得至人不热之体，岿灵光独存之范。翼蔽蜀柏，翠奕车盖，青逾铜柯。俨坤维之后凋，俪震泽而齐寿。何其异欤！迨夫紫房猬兴，琳宇洊起。石门之左右，石笋乃生。擢竹萌而无根，挺芝秀而有质。非资凝乳而集，非假结气而成，是又异之甚者。嗟夫！门应天之象，石本星之精。稽图牒其足征，接耳目其罕有。石笋之瑞，何其至哉！洪惟我玄尊，无为以辅教，乐至静以保民，导和召祥，特著于此。真人侍祠历年，代祀洁己。是门之作，非徒旌元运于悠久，实以资皇图之灵长。乌乎盛哉！是宜为铭。铭曰：

皇元八叶，仁庙践祚。钦天礼神，崇尚元素。惟师元成，祇若惠顾。代祀名山，慎守厥度。乐周九奏，礼毕三巵。徒御不淹，郡县无酺。肃肃羽衣，皎皎振鹭。於昭上卿，宿昔承晤。作门象山，永息朽蠹。其费伊何？祭有赢布。祭布曷赢？无贶无赂。时惟元成，树德是务。归发己资，相乃供具。口笠泽神，于物莫锢。方舟彭蠡，天堑实溯。犖来山中，并手皆作。砻方为梠，削圆为柱。载雕载几，循顶注跗。骞鸾腾蛟，蹲乌伏兔。道施瓴甋，亭列陛枑。柏来自蜀，枝叶布覆。宫罹于灾，门屹外护。石笋耀祥，宫复其故。太和埏埴，元气煦妪。岌嶪灵星，法象天路。霞舒黄道，云止琼辂。俣俣飞仙，集珮鸣璐。葳蕤骈况，肸蠁膰胙。集釐皇家，锡羡国步。亿载万年，永保贞固。

案：邓氏重刻本云：此篇补录所无，从《龙虎山志》增入。今观此文，信非文公莫办，非庸手所能托，而感邓氏采获之广也。惟云“俗从木从霝”，《铭》中复作“灵”，则其标题行文皆作灵星可知。棂乃坊刻所改耳，今姑仍之。汝怀附记。

敬心斋铭

欧阳玄

人之有学，治心为先。心得其理，乃圣乃贤。贤圣之为，其要曰敬。清明在躬，斋庄中正。敬不于貌，敬于其心。思而俨若，上帝汝临。无贰无虞，惟精惟一。饬我天君，守而勿失。学之终始，惟敬靡他。身之主宰，非心而何？克敬在心，亦敬亦圣。聪明为尧，温恭者舜。汤曰日跻，姬文缉熙。孔严三畏，颜谨四非。孟子养身，尤善养气。彼何人与？主敬则是。勖尔敬心，心以铭镌。为此铭者，太史氏焉。

戚友刘君思清，以其犹子尚敬，谒予浏上。予嘉其好古，将掖而进道，乃为之铭其敬心斋。请事斯语，予日望之。

西平李氏族谱铭

欧阳玄

桓桓西平，为唐中兴。功著鼎彝，德被黎蒸。当时贤良，风云依乘。如浑侍中，如马北平。曾几何世，系冷如冰。惟西平裔，趾美相仍。更唐历宋，我元是承。设科曰隽，试吏曰能。守令之选，台阁之登。表表愈伟，为时名称。子孙千亿，蛰蛰绳绳。天道之报，信哉可凭！予书其概，寓劝以惩。后之学者，於焉斯征。

新宁石城铭

李东阳

维郡之墟，中有夫夷，地险且崎。溪回洞旋，椎卉为邻，以世以年。筑块为城，其上可乘，居人弗宁。图初及终，伊畴之功？噫我吴公。惟厥庶官，惴然务先，蒸民再欢。石城凭凭，谯楼鼓声，城门夜扃。圣明大熙，安不忘危，惟古之规。惟公南巡，有惠在民，石城磷磷。亿万为期，何以永之，责在有司。

桃川洞天重建玄岳行宫碑铭

李　徵

夫山以仙灵，地以人重，昔有斯言矣。然罗浮二岳，以风雨合离。蓬莱五山，因波潮上下。固皆腾之臆说，要非得其真传。桃川洞天重峦复嶂，近在域中。员峤方壶，远非海外。行宫则中峰耸拔，俯瞰洞庭，列岫崚嶒，争雄衡岳。山则瞿子飞身之处，水为渔郎问津之溪。鸡犬遗响于白云，象纬上邻于碧落。石室丹崖，千年如昨。雪涛晴瀑，一览不遗。盖桃川奇邃，著于人寰。而行宫胜绝，甲于洞府。信神仙之攸都，而载籍之希觏也。

行宫旧名武当，神祠真武。历久而废，颓垣败础，鞠为荒墟，羽客幽人，徒□延伫。所幸山川兴替，有开必先。风气淳漓，无往不复。乃种桃道人曾世显，幼厌尘棼，夙耽清净。遍寻名岳，独眷兹山。逖矣岿基，欣然兴念。遂尔弛担息游，诛茅叠石。结庵容膝，朝夕其间。矢复仙踪，用完灵境。尝夜诵经，有虎咆哮突入。结趺谛视，略无震惊，虎绕其座三匝而去。非其道行精专，鬼神呵护，无物无我，孰能与斯？自是名重人天，声闻遐迩。顶香谒礼，耄孺如口。栋梁阶戺，木石之集相先。版筑斧斤，奔走之役恐后。不数月而宫宇崇构，象卫庄严。朱甍碧瓦，抱以回廊。玉楣瑶坛，登之阁道。外为前殿，次则重门。岩谷辉煌，松杉葱郁。琅函蕊笈，祝圣寿于万年。鹤驭霓旌，来列真于三岛。宜遐方之欣慕，距全楚之奇观。

道人恭易其题曰玄岳行宫，遵太和赐额也。始事于正德戊寅之仲春，讫工于嘉靖辛酉之首夏。凡为楹若干，口费若干。道人春秋七十有五，经营于兹者四十余年。是秋嘉靖甲子，乃以创建岁月，不可无纪，自叙颠末，偕里人罗子承业、文子季南辈，属言于余。余谓山之称灵，虽云先世避秦，而地之见重，实以《桃花源记》。顾余何人，敢尘芳躅！惟道人之高洁，不愧玄风，而真武之神异，久崇祀典。且闻道人辇碑于山也，道阻石巨，佥谓必得微雨始便牵挽。时方亢旱，工集而雨若为洒道。碑约千钧，人止数十。登山越涧，不假崇朝。欢声若雷，响应林壑。自非默助，奚以得此？若夫怪力乱神，至圣不言，而福地洞天，方舆可据。庸述梗概，且为之铭。铭曰：

二仪聿判，五岳是宗。赫赫南纪，灵秘所钟。山则渌萝，水为浪光。萃兹洞天，于山之阳。维山之阳，负坎面离。奕奕行宫，玄帝是尻。于烁玄帝，著神兹土。御患捍灾，厥施斯普。猗欤新宫，上象璇极！谁其作之？道人之力。倬彼道人，含贞啬耀。无思无为，讵测其奥？道不可名，功不自有。爰勒贞珉，式垂永久。

慎独斋铭

何孟春

谁氏君子？斋名慎独。遵《易》之夕惕，警《诗》之潜伏。

不必声色之发始惩，每于念虑之萌致肃。验珠玉于重渊，披日星于隐谷。诚几善恶，彼何得于见闻？关判人鬼，此已为之表暴。试瞑目以反观，当检心而内卜。期置理以安居，忍容私于托宿。中心不翳以微云，外体常存乎法服。乌乎，此初之所由复乎，此谤之所由逐乎，此仁之所由熟乎，此德之所由蓄乎，此天之所由福乎？乌乎，此君子之所以必慎独乎？

保和堂铭

何孟春

正德九年八月二十有七日春，以监司之责，按行南阳，获觐唐嗣王殿下于保和堂。王述其名堂之义，谓春盍有作焉？乃敬铭之：

成周建国，有唐叔虞。桐珪用锡，社土是祖。皇明监焉，曰懿亲在。本支百世，磐石千载。维翰维城，唐封载营。仙源衍庆，属籍增荣。贤哉嗣王，执我珪鬲。所宝惟贤，所乐惟善。惟是斋居，孝思所存。思保社稷，思和人民。保和之堂，名义如是。天启王衷，孝思无已。诸侯之孝，盖孔子云。居危不溢，以诏云仍。忠敬谦勤，列斋左右。我铭我箴，世德滋久。忠、敬、谦、勤，堂之旁四斋也。

石冈铭

何孟春

石之渐渐，天作此冈。岩岩尔瞻，伊谁是当？太室之前，郁为太室。拔地倚天，莫高匪石。出云出雨，德大功深。视彼三公，惟方镇尊。勋臣苗裔，愿百千世。汉廷有誓，刻在冈次，与泰山其若砺。

小黄铭

何孟春

陶翁《止酒》，其旨未尝。我欲节之，制兹《小黄》。节饮之杯，量宜可受。从斟向满，于我何有？酒有定限，欢常有余。缅想翁之先世，非长沙其谁与？吾量不啻此，繄吾曾祖杯乎是试。少选当复饮焉，亦奚辞醉？

小黄对古大白而云。曾祖杯传自合州者，吾家大杯也。嘉靖十年正月十五日孟春，燕泉何子元甫志。子元年五十四，赐告归郴，至是又五年矣。

汉凳铭

严首昇

癸酉夏，读《两汉书》近午，辄隐几欲睡。因制一凳，长可一拿，阔才盈寸。危坐不敢息，类古人警枕之义。周旋九旬，感而铭之：

踞悬崖兮走独木，降睡魔兮过三伏，观古人兮日不足。始刘项之争秦，终吴魏之分蜀。

东陵铭

严首昇

年逾三旬，客东陵，始置耋等，为之铭。以其器不驯雅，故以东陵名。时丁丑十一月朔。

财聚惟汝，财散惟汝，汝敬哉！毋苟得，宁妄与。我生锥莫立，二十借四壁，三十须尔力，四十不尔惑，老去戒在得。

固齿散铭

严首昇

非漆非墨，将齿为雪。为灰为屑，俾齿如铁。齿兮齿兮，磨方坚兮涅方白。

御书九霄赞

欧阳玄

圣人居潜，如日未旦。逮其将出，光景于粲。若木蟠桃，实生海滨。天光首被，生万物春。离丽正中，烜赫八表。物物容纳，莫获私照。上在桂林，臣有震宸。躬荷宠顾，染翰赐之。作其践祚，亿兆悉臣。欲揽天章，几千万人。向所蒙恩，旷遇希世。隋珠和璧，曷足言异？今虽近臣，孰敢奏请？仰瞻云汉，惟有引领。日边之气，其名曰霄。阳数用九，潜德孔昭。龙飞之征，有开必先。形诸翰墨，夫岂偶然？天启渊衷，神助笔力。震画乾初，动见天则。猗嗟震宸，世世宝藏！亿载万年，为龙为光。

麟凤二大字赞有序

欧阳玄

皇太子习大书端本堂，上命庋其所书，记之于籍。或以赐近侍宫臣，则籍所赐人姓名而登载之，慎重之至也。宣文阁授经郎浦江郑深，其官署既在内府，与青坊密迩。深家又以九世同居，闻自谕德以下，咸乐与之游。因得侍砚席，被宠顾，故有是赐焉。所赐为“麟凤”二大字，若曰同居为国家之瑞，有若麟凤云尔。笔法方严，意度闲暇，天纵不凡。深得之，允为庆幸，嘱玄敬书其事于下方。谨拜手作赞。辞曰：

春官临池，神助腕力。结体楷严，运笔端直。上命宫臣，以时贮储。遇有赐予，籍而记诸。深仕延阁，授徒宫庠。获陪燕翼，膺是宠光。维麟与凤，肇锡孔嘉。有之似之，瑞我国家。

兖国文忠公像赞

欧阳玄

文在两间，与世推移。道之将兴，文必先知。八代萎靡，韩欧继作。读者瞻之，实启濂洛。五季巨笔，素王微权。本论拳拳，庆历七篇。人心既正，士习斯淳。黄河泰华，我公其人。

静修先生像赞

欧阳玄

微点之狂，而有沂上风雩之乐。资由之勇，而无北鄙鼓瑟之声。以高皇之仁，而见不可留之四皓。以世祖之略，而遇不能致之两生。乌乎！麒麟凤皇，固宇内之不常有也。然一鸣而六典出，一出而《春秋》成。则其志不欲遗世而独往也明矣，亦将从周公、孔子之后，为往圣继绝学，为万世开太平者邪？

邓显鹤曰：案《元史·刘因本传》《元史类编·文翰传》，即据此赞全录。先生之文，为史宬张本如是。

十八罗汉像赞

欧阳玄

我观应贞，玲珑八窗。具妙用故，示诸愚戆。世言神通，自幼哤哤。匪梵匪汉，匪奇匪庞。见师即呵，孰前抟控？千花冥冥，百泉淙淙。猿吟鹤飞，白云空谾。龙伯山君，巴滇蜀陇。爪刚力狞，冠谗服庞。或象瑜来，或于菟降。信摄平等，讵分珉玒？如来在时，慧日万邦。既入涅境，俄然膏釭。固修第二，有二无双。矧此苦海，实资徒杠。南浮诸方，金鼓肆摐。建论性相，树兹疑幢。彼不见月，指月在江。渟为泓洄，激为湍泷。我无成亏，喧寂一腔。

此欧阳先生闲暇时，着意为仲宾题此廿韵。仲宾避乱，客固江黄氏子鲁所，因以遗之。识者当因文以重其画，不可因画而泛观其文也。冯翼翁子羽观跋。

邓显鹤曰：案冯翼翁，永新人，举进士，试科斗赋有名。见《元史类编·文翰传补遗》。

遗像自赞

黎淳

谓千载以前无尔也，何得此理以含灵于古？谓千载以后无尔也，何得此气以受形于今？盖前未见兹，既有迹之可验，则后未泯者，将亦有绪之可寻。此天地无穷之造化，在尔身建之为阳，顺之为阴，而可忧者也。彼区区骇俗之名位，滔滔眩众之缨簪。法令熙有邦之绩，文章鸣治世之音。至于惠泽致人之爱，风韵起人之钦，皆不过理之糟粕，而用气负任耳。尚可谓身所必当得者，用此惑众人之观听，忽上帝之鉴临邪？然则尔能知此，殆庶几矣。其当务者安在？嘻！尔其上戴天，下履地，中参三才而为人，养此气以乘此理，使无愧厥心哉！

瑞象赞并序

夏原吉

臣原吉稽首顿首言：伏惟皇上以神圣大德受天明命，统驭万方。海宇清宁，福瑞咸集。兹者占城国来贡瑞象，玉质鲜明，雪花奇丽。粲然星斗之文，炳然云霞之彩。蛮彝酋长拜献于金阙之前，玉陛之下。郁郁彬彬，光彩照耀。圣情怡悦，臣民欢庆。正当皇上建玉京成宝殿之日，庶民子来，讴歌鼓舞。趋事效力，不督而成。嘉祥奇瑞，纷纭而至。况兹瑞象出于海外遐荒之地，重译而来，旷古未有，自今而见，则所以昭皇上功业之广大，德化之远孚。以固万万年永久之鸿业，以隆万万年大一统之太平。岂偶然之故哉？昔者文王作灵台，诗人咏歌不过游鱼、白鸟，而汉世芝房、赤雁亦见于乐歌。宋太祖乾德中，有驯象玉兔之瑞，有司请制旗以郊。太宗太平兴国中，宰臣请图诸瑞物以昭盛治。以我皇明观之，太平福瑞之盛，岂不过于古昔万万也哉？诚宜宣付史官，命诸文学之臣，参议典礼，歌于乐章，著于銮旗，图于瑞牒。郊祀宗庙，以享神灵。扬芳宣烈，以昭万世。天下幸甚？而臣愚昧，幸蒙圣恩备位地官，无以补报。恭睹嘉瑞，不胜欢忻，谨拜手稽首而献赞曰：

三阶平，万国宁。瑶光明，瑞象呈。霞文布体白凝玉，雪花万点圆妆琼。想当生时最奇异，百神呵护宣光灵。青天云开月扬彩，碧海镜净波流清。应我圣皇德，万里来占城。黄金为络珠为璎，玉阶献之怡皇情。琼林遥映玉华丽，瑞日下照祥光明。皇德宏，圣治成，制礼作乐昭升平。麒麟生，鸾凤鸣，牟麦遍野嘉禾登。从兹万万年，垂衣坐天廷。小臣愿效华封祝，地久天长播颂声。

临江周逸庵处士画像赞

李东阳

周子观国宾，登我堂曰：世有令德，临江之望。视我以遗像，夸我以巨章。色养志顺，生娱死伤。谓世鲜克孝，君独不忘。朝经暮书，教子义方。学有名秩，官无橐囊。捐资赈贫，辞不受偿。谓世利是竞，而君不有其藏。壮游江湖，老归故乡。谓君于于，而众攘攘。国有褒锡，家有祀享。不显其存，其亡则彰。我辞匪诬，沿传摭张。后千万年，式昭耿光。

张汝弼小像赞

李东阳

俯首凝顾，其神在内。发为文章，不采而绘。外探物化，中含道腴。讽刺谐谑，皆文之余。奉上不谄，宁我为简。合交不污，宁我为疏！君子观士，慎其所趋。有弗君如，匪华则谀。君貌五图，兹惟其肖。赞者数十，孰际其妙？君得我辞，掀髯而笑。

襆庵萧封君像赞

李东阳

魁梧杰奇，贵人之仪。朴厚静坚，寿考之资。胡人事之定，而天道之违？赠典在国，公贵则有。庆延于家，孰谓非寿？是不在其躬，而在其后。人亦有言，为冶为弓。贤哉黄门，岂惟父风？朋友之义，视公如翁。九原可兴，杖屦其从。

都阃李公像赞

李东阳

公起秦州，为千户侯。克旅克犹，永昌是迁。维邦巨藩，关陇之间。西征北徂，摧羌灭胡。势雄万夫，旅矢彤弓。天子锡公，惟公之功。功高望尊，公子公孙。倬哉公门，公气渠渠！公容于于，若武而儒。公神上征，煜煜厥灵。孰为公形？冠缨佩琚。公在堂居，见者必趋。

中书舍人王允达像赞

李东阳

行若不违众，言若不出口。朴不外饰，俭无苟取。其藉也可立，其据也可久。是无愧乎文献之乡，忠贤之后。观其日不重肉，戒能世守。此虽细事，亦今之所仅有也。

敬题叔父大本先生像赞

何孟春

吾大宗之能武，有诗赋以济之。老将休于故乡，生实自乎边陲。捕盗之职，虽在公以为拙，捕盗之才，实当道之所推。成功不居，大节靡亏。某水某丘，我游我嬉。宜吾宗之称重，乡人皆仰之为师。此其所以耇寿，而驯至乎期颐也邪？

姜赞

何孟春

东坡有食姜说，予嗜性与坡同，因复赞之。

姜以煎茶茶可瘦，姜以浸酒酒滋厚，姜以和羹羹则馨。姜食于夏，物无不化。姜食于冬，寒犹可攻。山居岚重，匪姜何用？秽浊心酸，恃姜以安。惟姜于我，适口多可。谁谓姜愚？愚自在吾。

写真自赞

何孟春

耳白于面，人皆汝见。唇不着齿，汝尝自耻。平生谤誉，宁系于此。誉多过实之名，谤鲜失真之毁。何之子元，非昔贤比。而得如此，亦云幸矣。

又自赞

何孟春

第一等人，不可让人。第一等事，必当有事。博古知今，要不忝乎古今。戴天履地，须无负于天地。何之子元，此言切记。少年可恃，老其将至。使丹青而不朽，庶面貌之无愧。不然，见者将谓皮只裹痴之具，干乃宅庸之器。彼丈夫也，何所肖似，亦奚以是为哉？

又自赞

何孟春

勿问诸人，成也萧何，败也萧何。勿问诸己，是亦东坡，非亦东坡。问诸人者，其名永垂，不废江河。问诸己者，其文久耀，日星载罗。吾之所为，无愧于江河日星。斯已矣，孰知其他。双凫与乘雁，抑孰少而孰多。

又自赞像

何孟春

心如铁石，老而弥笃，隋薛道衡之所以称敬肃者也。事见《北史》。姜桂之性，到老愈辣，宋景亨之所以复秦桧者也。事见《长编》。

心性在己，其谁不有？予当以铁石姜桂而自守也。蒲柳之质，望秋先零。松柏之姿，经霜犹茂。晋顾悦之所以对简文者也。顾悦之与晋文帝同年而发白，帝问之悦之云云。事见《世说新语》。质姿则禀之气，有薄有厚。予愿茂于松柏，而不零于蒲柳，然自知其厚或可以不朽也。桑榆之光，理无远照。朝阳之晖，与时并明。晋远公之所以诲其弟子者也。亦出《世说》。光晖则系之寿，有先有后。予已晖于朝阳，而更老于桑榆，然自拟其后，今当至于耆耇也。因新正而试笔，自赞于像之首，盖像物以为偶也。铁石姜桂，吾虽老尚有所取。若夫蒲柳松柏与桑榆朝阳，吾既禀之气，系之寿，已厚且后而无负，应一随其所遭与其所受也。

与刘文廷启

欧阳玄

兹谂辍班学省，进秩文台。晨入都堂，陈衷怀而求去。昼归六馆，别同舍以治行。纶綍及门，辎轩在路。既许即家而为府，又容需次以申情。仕宦以称职为称心，宜无内外重轻之辨。贤达惟知义故知命，自明祸福倚伏之机。故于趋贺之缄，辄为譬解之语。孔文举、杨德祖，古人所亲即儿。羡门子、浮丘公，今世未闻有后。首尾不嫌于衡决，肺肝所托于深知。詟詟驰忱，忽忽闯便。

复许参政启

欧阳玄

辱示谦鸣，喜新贲治。包胥感无衣之赋，竟偿复楚之言。相如获全璧之归，始著却秦之勇。盖人之秉忠者必遂，而物之拂性者终还。追惟往事之堪惊，益怀高位之难处。文场有议，岂容居西掖而弗知？丹诏骤颁，乃独使东厅而恭听。此挟奸回之秘策，欲摧俊乂之前矛。寻移疾以去官，姑待时而俟命。生意已存于硕果，大材宁系于匏瓜！皇天实鉴乎臣衷，圣主自定乎国是。予环鹤渚，公曰盍归乎来哉？授柄凤池，忽谓兆足以行矣。属开端于更化，尝超力于代言。然非乌获莫胜，曷克绛侯见阻？急迓辎轩而倾盖，直同韦布以弹冠。洎佥黄发之谋，亲顶绿章之写。于是退前日掩奎之宿，即当时押角之人。嘉与贤能，洊周家选举之法。至贻朋友，播虞廷喜起之音。第愧疏庸，莫陪扬厉。王通受罔极之赐，世乞闲身。孟明收再效之功，当书逸史。亟酬先施，倍切欢悰。

邓显鹤曰：案科举罢行，参政争之甚力。此启盖于复行后致参政，以志欣喜之意。详见一卷《试院倡和》及《寄许参政》诗注。此云“属开端于更化，尝超力于代言”者，复科之诏，实先生撰。今其文《元史》未载，稿遂佚矣。

吉殿下千秋启

李腾芳

金轮王出，华发优昙。胁尊者生，门来宝象。乃圣贤之盛事，想今昔所同然。恭惟老大王殿下，仁静似山，智明如水。嘿成为信，有不疾不徐之神。恭俭以居，得无思无为之体。适此火升之会，欣逢斗酉之辰。五老化而为星，光浮河渚。八公进而授道，瑞蔼仙台。不肖某丘壑孤生，文章贱品，献一觞而未敢，躬百拜以非多。薄有下陈，仰祈崇照。

谢启

李腾芳

恭惟殿下挹道既宏，践义无缺。提山谷之四印，居然元德之师。下海屋之一筹，安用神仙之说？某俯生多咎，却老无功。每愧玳瑁筵前，未有若枣若瓜之献。何以长生院里，频分如脂如髓之珍？饱若翳桑之有脯二朐，醉如步兵之得酒百斛。灭烛尚思于溅敌，避舍岂所以报君？

朱养淳阁老启

李腾芳

伏以沂公当被命始进之时，王旦预知其必大。文穆于搢笏拾书之顷，太宗亦自谓不如。或以器量受知，或以勋德推许。心允忘乎富贵，品无负于科名。自昔称贤，于今再见。

恭惟阁下觉在民先，道为世表。胪传玉殿，副九重忠孝之求。名覆金瓯，慰四海云霖之望。空千驷而不视，虽官居禁掖而贫若寒生。蟠万古以为胸，纵学贯天人而勤如儒士。畴咨旧学，起造新朝。妙大人格非之功，不烦闲适。伸真儒无敌之用，岂畏匈奴？龙飞马行，际乾坤之交会。斗藏沫敛，回日月以方中。此多士连茹上升之期，而至尊垂衣坐治之日也。某门阑旧物，沟壑余生。燕栖难到于画梁，蝶梦常依于华幄。逖闻鼎拜，君子得所载之舆。喜倍恒情，匹夫无不被之泽。式申雀贺，爰托鱼缄。惟冀高闳，不遗下体。

叶台山阁老启

李腾芳

伏闻郭汾阳之在中书二十四载，文潞国之都将相五十余年。韩忠献光辅三君，裴晋公荣登十拜。其功皆克安乎宗社，其名咸丕震乎华夷。其学术贯通于天人之际，而史臣所不能知。其精神洞彻于釜鬵之间，而猜忌所不能隔。其德尽为龙德，其人决是天人。旷世难逢，于今再见。

恭惟阁下诞符异兆，出负英声。绝海迅风，扫积尘而清赤甸。划空长剑，抉浮雾以睹青天。名推殿上之夔龙，才裕禁中之颇牧。溯绛霄而直上，爰执斗杓。指黄阁以夷登，即成霖雨。宛具格心之妙，独擅大人之能。感以至诚，自不烦于议论。防于未发，并亦泯其维持。以故储极奠而不有其功，宫掖调而莫知所自。君臣一德，首尾七年。雅怀颍水之情，连遘鼎湖之痛。眷兹冲圣，赖有元臣。兴礼乐以致太平，共羡姬公之几几。驱猃狁而恢远略，无逾方叔之桓桓。开诚布公，涣号新而尺短寸长共销镕于黄极。安民阜物，丰蔀撤而五风十雨永昭格于元穹。此四海所拭目以徯，而九重所拱手以俟者也。某质惭瓦砾，深荷甄陶。材谢驽骀，早蒙剪拂。逮自投于孽网，犹曲宥以宽条。落花重上于故枝，谁非洪造？唾果仍登于华席，尽属恩私。大厦千间，幸托身之有所。小心半点，方泚笔以难宣。聊修蕴藻之将，仰冀天星之照。

朱平涵顾益庵朱蓼水魏道冲四阁老启　　李腾芳

伏以唐虞盛世而得臣最多，契让于皋，禹让于稷。成王冲年而作圣何早？召公相后，周公相前。庆属中兴，运推常武。克赞维新之命，还须盖世之才。某官沆瀣融精，昭回锡彩。敬义互养，得坤之贞而地道光。潜见惟时，在田之位而德施普。起抱尧舜之道，其任重可知。朝联丙魏之车，其同心再见。敦众策，屈众力，折冲裕而玁狁驱。涣小群，成大群，贤才集而政刑举。二帝之纪立，衮斧斯行。三公之鼎调，阴阳各得。擢亚保衡之任，洊升孤棘之班。鱼垂玉而长在师垣，龟顾金而广开侯甸。此熙朝之胜事，而寰宇之快观也。某湖海微生，门阑旧物。尤来负乘，思惟补劓之图。念切旷官，未识捐躯之所。难湔宿累，复忝新恩。仰瞻司命之台，自怜生贱。高望翘材之馆，益怅身遥。知函盖之无私，荷雕镂于不替。久羁燕贺，聊托鱼缄。幸少鉴其蘋藻之忱，望不挥之墙屏之外。

答许少微两广总督戎政尚书　　李腾芳

晋军谋帅，本诗礼以兼资。申伯于宣，仗文武而为宪。惟兹旧德，积有洪猷。出分两陕之雄，入典十军之寄。国威攸赖，物议佥同。某官契迹风云，禀精象纬。廓山川之伟量，藏垢纳污。

秉金石之淳诚，揭天掀地。久著绳愆之益，聿扬正色之风。以一身系天下之安危，人心所以不死。以片言分群品之黑白，天理所以常存。茂成任实之和，周践藩维之任。爰从南国，归守中枢。江左喜得夷吾，洛下又还司马。兴卒补缺，有汉室之萧何。缺斧破斨，有周家之姬旦。略举数人而论，抑何小丑之忧。至于惟深惟几，大《易》所以著开物之用。不茹不吐，山甫所以成补衮之功。舍公其谁？惟日以望。不肖某十年摇落，百体支离。一线之留，久已烦于仁者。万间之厦，今更属于何人？光奉求旧之纶，益切维新之毗。幸迅促锋车之入，以首膺画象之求。国势（竑）〔屹〕然，群情咸壹。

关太守启

李腾芳

今之太守，古则诸侯。临群吏俨若君臣，子庶民亲如父母。符分铜兽，秩映玉麟。本礼法以训人，必巨儒是任。缘经术以饰治，岂俗吏能为？某官玉珂金钥，暂谢鹓班。紫马朱衣，先临熊郡。四知无愧，汉室惟有杨公。一砚不持，宋代仅闻包拯。讵意长沙之卑湿？得瞻大府之雄风。国小地贫，虽回旋而不足。讼平政理，已愁叹之全消。入拜三公，则有车剑履被之赐。出增一马，则有鼓吹羽仪之荣。自古为难，于今特盛。某瞻岩未遂，受润良多。听无襦有袴之歌，嗟叔度之何暮！睹卖剑买牛之事，喜渤海之常清。积有微忱，聊将不腆。伏维涵纳，无任凌兢。

谢二兑太守

李腾芳

伏念某不学无文，疏衷寡识。既屡蹈夫坎井，遂决意于山林。蒙台下垂念孤踪，每加吹奖。荷圣明不遗旧履，曲赐甄收。何异既槁之苗，赖时雨而能化。辟若已灰之火，非积薪则不然。但藏器所以待时，而无器则何以待？善价所以沽玉，而非玉亦将安沽？

是以苏子而叹蜗涎，悯其枯于壁上。庄周而羡雉啄，不蕲畜夫樊中。窃自省循，冀求开诲。敢损骈蕃之锡，更来华衮之词。被宫征于焦材，尚欲发其音响。饰青黄于弃断，岂图施之杙椽？仁者爱人，与其进而可矣。匹夫怀德，问其报则何居？义未敢以拜登，情但深于衔戢。

贺张司理启

李腾芳

某官盛世鼎彝，明堂柱础。胸蟠万字，吐大日而飞小星。业擅千秋，铸六经而陶百史。暂借云霄之步，来苏湘浦之民。开云气于衡山，法星绚采。摇波光于汉水，金掌澄辉。决断精明，岂逊苏公之莅汴。操行坚正，何殊韩子之临徐？府事悉咨，舆情同庆。不肖某思亲不逮，负国多辜。荷天地之慈仁，寄祖息于丘陇。虫知不及，尚绕大树以求栖。鼠腹无何，将望洪河而自饱。薄陈下悃，仰渎崇严。伏冀俯涵，曷胜翘企？

答心斋刘令

李腾芳

盖闻上德之治，鹰化为鸠。绝世之廉，牛留其犊。蝗且不敢入境，巫何由以生妖？何意今时有此异政。某官负姿磊落，植学宏深。自做秀才，已有天下之志。及宰百里，惟恐一人之饥。既口哺而鼻嘘，亦顶摩而足拊。刘葵戒于伤手，去螣杜其食心。乃至期月之间，民肥吏瘦。至于三年之久，虎去凤来。喜循迹之告成，望征书其遄下。名已刻于殿柱，宠奚止于缯金。不肖某仄息下风，欣闻盛事。未皇燕贺，先拜鱼缄。深怀赠佩之情，益结同袍之恋。

请包仪甫父母

李腾芳

盖闻才有巨细，学有精粗。才之巨者，投艰荷重而不辞。学之精者，入异出同而皆妙。俗儒认影响为学，豪士张气魄为才。似是而非，此之谓矣。绝无仅有，公其人哉！某官无待而兴，有为而出。学以心知为体，物情为用，故焚香读书于一室之内，而万变历然；才以心知为用，物情为体，故运斤游刃于万变之冲，而一知不匮。美其文章者，粹如玉，良如谷，然但见其一端。歌其吏泽者，沃如云，燠如曛，然仅限于百里。假令泻泓亭以洒一世之蒸浊，必尽与以清凉。如其开湛霁以照万品之沉幽，谁不蒙其炳耀？倾己以与人，而己愈有。胥人以由己，而人不知。此公今日以宰一方，而他日以宰四海者也。某身微若草，心混如泥。向坎足于风波，尚不识风波之面。今投身于泉石，岂能契泉石之心？幸有因缘，得覯君子。察于众恶，许以独知。哀中道涸辙之鱼，而惠之清波，讵惜夫升斗？感东郊失主之马，而试以春草，更欲其腾骧。愧无言不酬，真有德难报。洁藻蘋以致荐，亦恐后时。望岂弟而攸归，曷遑宁处？

改诸生请启

李腾芳

四十载治平有待有兴，何但于多士？百千年道系若断若续，当属于何人？运喜在兹，公将安让？欣沾化雨，普为桃李之荣。敬藉信笔，聊作王公之荐。某官承家正学，济世奇才。一羽摩云，背腹之毛安取？四蹄掣电，燕冀之足全空。姓名久著于禁中，文字遍传于天下。清扬绰约，前身应香案之仙。恺悌慈明，今日洵循良之长。下令伊始，作人惟先。程书之余，引墨不倦。是以诸士之陋，皆蒙一字之题。辱在公门，概充里选。风将起而负羽翰者，莫不有天衢之思。海将腾而戴鳞角者，行胥即龙门之下。先陬吉日，敬拜下风。唾为玉而咯为珠，座上元言，聆之尽希世之宝。小如星而大如日，胸中光气，涌来皆胜德之祥。伏愿不拒蒙求，快瞻豫动。无洗足之湩，比于巨蒐。有仆车之诚，窃同冉子。若夫养由操矢，猿抱树以长号。列子引盈，杯在肘而不覆。先生之能及此矣，何以教人？弟子之志愿学焉，讵容坠命？

辞同乡公请

李腾芳

某学本荒芜，人尤凡陋。重荷枌榆之赐，为怜丘壑之余。常以提携，起于颠坠。有怀蘋藻，未成明信之将。忽讶鼓钟，谬比嘉宾之召。乃群公不世之贶，盖愚生未有之华。借此夸诩于市朝，岂非荣幸？因之忖度于心面，实则愧惭。伏冀曲轸微情，收回成命。从此侍清言于有暇，更为饱明德于无穷。

辛酉以省觐归答人通启

李腾芳

伏念某憔悴一生，只合自老于山泽。迂疏百行，岂宜尝试于风涛？况疾走者未有不倾，而孤生者讵能久立？特荷圣恩之浩荡，比于天德之优容。屡疏见留，盖不欲以新冠顿忘旧履。极辞乃许，又不忍以病子贻虑衰亲。得捧廷纶，遄归里舍。一日之养，真不愿以易三公。百年之身，奚暇论增兹多口？仰烦惠问，更辱褒称。病脰肩肩，未获布其四体。劳人草草，聊自附于八行。伏冀高明，矜其寒陋。

雨居赋诗八首序

车以遵

余问天不对，度日以诗。既不期夫人知，聊可谓之自遣。盖欢愉难好，穷乏易工。春者无拂乎相，贫也亦是其病。昔鲁参咏而山鸟下，物且依人。若成连鼓而海水翔，情其移我。切闻朋友之诫，可无故不到城闉。但事大夫之贤，或有时得安田里。乃佞佛而佛加庇，癖僧而僧已来。安道室就于郗超，皆从雅尚。许询席虚于支遁，益唱宗风。爰慰锄犁，兼攻铅椠。捷可惊风雨，情可格鬼神。我愁往矣，民庶采之。况顷经弹射，孽尚怯乎虚弦。老出网罗，鹿不系于厨釜。载赓载咏，斯舞斯陶。殊不择言，庶几应节。诗为家物，矩但用之高曾。穷乃人为，律益严于风雅。虽藏山有作，一丘一壑而有余。悬市无时，长言屡言之不足。如蒙采采，以降忡忡。当想枫落吴江，不惟一语。毋谓偏师秦系，独擅五言。时著雍阉茂之岁蕤宾月晦日也。

种竹亭稿序

王夫之

江天风起，高阁新秋，把酒酹空，问骑鲸弄黍之客，人有赋心，仙依客影。不知今之以白首对江山，遽为残梦，吟蔚子“各怀佳月、人在春风”之句，何以还酬夙昔哉？阳禽回翼，地远天孤。一线斜阳，疑非疑是。江湖皆矰缴之乡，沙塞杳帛书之寄。刀兵队里，有臆无词。生死海中，当离言合。萧萧笳吹，酒夕惊寒。此蔚子所为磊落之胸，哀歌河上者也。及夫半塘画舫，荷柄通觞。曲境幽花，蕉光炫梦。览镜虽霜，为欢亦夜。长夏寻梅，关心物外。花时看尽看花人，蔚子之心远矣。乃前度刘郎，已随逝水。苔生半亩，笛怨山阳。则余与蔚子双影相怜，不禁神尽，又何足以长言邪？乌乎，悲愉之情，极乎壮老！俯仰之致，况有沧桑。凡前三者，苟得一焉，足以春怀杏影之桥，秋问琼寒之阙。矧自把臂以来，莫非销魂之地乎？问道锡山，相期何似！万端迂折，一寄长吟。共此湘湄，各有眇眇愁予之旨，而余少于蔚子，衰乃倍之。贝廷琚语儿新月，杨廉夫红幕春嬉，皆以属之蔚子尔。袁伯业老而好学，陆务观取以名庵。蔚子交游半天下，而存者几也？余幸而存，不禁为蔚子浏连，何能不为蔚子劝勉与？

征辑楚诗小引

廖元度

尝闻石蕴玉而山辉，水效珍而川媚。宝物如此，诗文宜然。然蝇非附骥，安有越都之才？剑不因人，枉负干霄之质。彼夫忠君爱国，吟老三湘。学佛谋仙，笔摇五岳。须知前贤有待于后生，始作亦须于继述。吾楚江永汉广，昔叨先圣之删订流连。沅芷澧兰，续深灵均之悲歌怨慕。至若兰台云梦，素号雄风。衡岳洞庭，代钟间气。怅公子兮未远，思美人兮何堪？缅维泽畔行吟，可惜江潭客去。近思郢中别调，未是巴曲声希。孳孳寤寐，梦切连床。落落晨星，谁当知己？度也学愧淹通，地偏卑湿。丁年问字，忝窃雕虫。辛苦论交，几怀灭刺。讵意遭家不造，遇世多艰。翩翩乎莺迁出谷，哀哀者雉罹于罗。倏尔覆巢，倾无完卵。嗣是双林依倚，八载淹留。霜栖月诉，绕林而乌鹊难忘。吊古怀人，隔水而蒹葭宛在。所恨秦人一炬，空留卜筮之科。争看宋石三函，莫辨连城之璧。尔乃掩柴门而抱膝，借楮墨以写心。拟征楚人之什，以补楚国之风。无如湖北湘南，江云渭树。窃意清新俊逸，宁无庾鲍之章。老病端居，定有孟杜之作。敬伸短引，遥达素心。谅在骚坛，必登大雅。家传帐秘，幸简灰劫余编。丕振金声，毋忘琼玖是报。或忠臣孝子，隐逸渔樵。或节烈军戎，缁流羽士。不拘当代历朝，即付缥囊卷轴。大言小言必有以也，我疆我理当共宝之。仰名山之大业，追维学道之精。发潜德之幽光，敢曰稽古之力。伏冀灿灿邮筒，肯问铜官旧渚？戋戋碎锦，都成石室新书。俾得传之其人，勿吝惠而好我。谨启。

案：作者当鼎革时，罹覆巢毁卵之灾，而著书甚富，今皆不传。惟所辑《楚风补》四十八卷、《楚诗纪》二十二卷，故家尚有存者。其书成稿后，以属武陵陈应元借庭。借庭卒，子长钧甫为开雕，而作者子某，出控泣诉讼庭。时抚院赵恭毅公亲按其事，仍以稿归廖氏。至乾隆初，长沙太守吕公肃高纂修府志，始得牵连镂版以行。去成书时五六十年矣。或曰，康熙初曾修《湖广通志》，作者因志局遗稿纂《楚风补》一书，则此引专为《诗纪》作也。作者字大隐，晚筑室城中，曰息机园。颇有池亭之胜，今名犹存，而故迹不可寻矣。当陈氏刊书时，延陈孟岩一揆校订，故孟岩亦被牵控。尺牍内有文言其事，可见崖略。汝怀附记。

游东台山记

龙孔然

游之日，风暄日美，良物怀新。草细烟柔，涵空助洁。松非一韵，雅奏千笙。花有群名，香登同谱。蹑屐忘劳，吹韶辅腋。送鸿极远，旷景迎眸。揽虚井之鳞鳞，挹西山之戢戢。龙山西睇，莫穷缥缈之端。涟水东瞻，欲尽蜿蜒之曲。巽维片黛，知为神禹之峰。坎位孤青，忆是昭王之岫。信楚天之浩杳无涯，觉郢客之悲凉有以。于是回观同侣，授色征心。盖有涤尔元襟，酬兹韵目，不谋而合，相视莫逆者矣。尔乃选石因乎苔软，倚杖择其枝虬。敷坐命觞，邀云入盏。折松佐令，听鸟当歌。酒绝暄苛，言无矜媚。分曹缀句，韵不险而心和。吊古怀人，事虽遐而情迩。固有欢至而莫状其欢，意畅而欲忘其意者也。余乃扣壶而歌，歌曰：涟之水其孰从生兮，湘之山其焉始？幸万年如一日兮，俾印心而乐此。二三子抚掌而和之曰：情忘一日愉以康，风日滕兮云焉将。执飞鸟而陈辞兮，遵何逵以游乎空苍。已而圆红西坠，薄霭渐升。樵有归柯，林闻夕磬。遵径言旋，闲心未释。迟行待侣，韵目犹留。夫劳生之叹，在昔犹虚。仁乐之情，非登不发。乃静侣惬心，天物效顺。襄此成游，验其至适。又何必卢敖穷北极之观，畏垒尸南荆之社也乎？

湖南文征　卷五十三

赋上 元明

辟雍赋

欧阳玄

皇风清宁，人文盛开。京师崇天下之本，国学萃天下之才。粤若稽古，爰自苍姬，始号辟雍。昉历代声名之盛，本大射行礼之宫。其规创于文武，其度讲于周公。节观者于四面，壅流水以环中。若乃道阃邃严，义闳轩朗。澄源止而不泥，文澜溢而不荡。肉好适半，如璧之象，兹乃辟雍之初，所以名状也。或在灵台，或在镐京。灵台者为文王所建，镐京者为武王所营。兹乃辟雍之初，非一地而同一名也。或习射兮观德，或养老兮兴孝。汇九有之俊髦，轨万方之则效。兹乃辟雍之初，非一事而同一教也。迹其建侯设鹄，矩袷圆冠。襄尺讲事君之敬，剡注视立己之端。斯则辟雍之习射，天下之盛观。鲐背鹤发，尊傅隆师。祝噎以膳，授几以咨。斯则辟雍之养老，天下之盛仪。訚訚休休，泮奂夷犹。览上国之光华，踵贤关之隽游。斯则辟雍之养士，天下之名流。

有客闻之曰：子于成周之制，讲之详矣，于异代亦有所征乎？溯观炎刘，治盛中世。临雍再拜，化及四裔。要荒万里，就学遣质。鼓箧圜桥，以亿万计。于斯时也，辟雍亦可谓盛矣。愚曰：未然，子徒慕先汉之遗风，若未睹今日之文治。我国家声教之所暨也，东逾若木之日津，西探崦嵫之月窟，南穷火维之陬，北际冰天之澨。文轨之治既同，弦诵之风四被。视寰海为一辟雍，陶同宇为一庠序。于是在天则应璧府图书之祥，在地则产孔庙金芝之瑞。藏曲阜之特桐，实飞龙之首岁。乃择成均之师，申胄监之制。三年而科，诏颁文治。日星乎旷世之条，风霆乎多士之气，将见自今以始。彼汉之亿万，尚敢与今日同年而语哉！大抵惟圣人能尽君师之职，惟吾道能并天地而存。惟养贤为吁俊尊帝之大务，惟建学为化民成俗之大原。眷此辟雍，屹乎本根，固愿为今日之赋者续古之颂。被之和声，叶之永言。前以观八百年之成周，后以开亿万载之皇元。

义门赋并序

欧阳玄

宣文阁授经郎郑君涣常，以其家乘示余，曰《浦江郑氏义门文录》。历览诸作，盖彬彬焉。他日谒余一言，为作《义门赋》。辞曰：

繄伯乔之裔孙兮，纷振振其好修。永世嬂之蝉嫣兮，宁隐耀而发幽！循义路以允蹈兮，择仁里而相攸。被芳洁以为服兮，袭温良以为裘。将孝弟以为车兮，方敬让以为舟。历九世而共爨兮，壹乃心之休休。明五伦之于日月兮，实有生之大猷。父慈爱之恂恂兮，子色养之油油。若君臣朋友之际兮，必忠信之与谋。于睦姻其有惠兮，在任恤其有赒。礼仪雍雍以宾退兮，家政凛凛其阳秋。长者施其令则兮，少者效乎顺柔。珪赴弟以瘐死兮，绮代亲而自囚。史何感乎缇萦兮，诗何叹乎原隰之裒！嗟高风之卓绝兮，履艰贞乎何尤？爰孜孜于稽古兮，悉圣训之是搜。陈时祀之秩秩兮，戴首弁之俅俅。述五礼以为仪兮，乐至和而不流。以予观于往昔兮，将公艺之可俦。我欧公之史五季兮，书旌表之法周。门筑壝以绰楔兮，柱双立而乌头。雪霜皜皜于当世兮，松柏岑蔚乎故丘。矧皇元巍巍乎有天下兮，化丕冒于海陬。敦懿行于四国兮，播令闻其若邮。文孙起家而交辟兮，列相第之前筹。寻重席于宫庠兮，彻声华于冕旒。信积善之有报兮，密迩宠光之绸缪也。

罗浮凤赋有序

欧阳玄

罗浮凤者，海南小禽也。家君自岭峤回，挈之北上。予嘉其身负文采，拔去幽阻，而欲自售其羽仪也。是知士之抱道德，怀文章，无微不闻，无远不达，岂肯久滞于天涯海角之墟而遂已乎?虽然，予愧多矣，乃为赋。曰：

惟海邦之异产，挺羽族之光华。育火德而有耀，控离垣以为家。迤赤土之重涨，眇丹丘之僻遐。顾性命之浅薄，特盘桓于烟霞。原夫自南自北，载飞载止。翔不妄集，栖必倒跱。青饰衣衾，绀流爪觜。信凤薮之多奇，类龟台之所使。吮灵秀于紫芝，嚼寒香于琼花。虽斥鷃之同群，固鸾皇之等美。

于是本山川之迢递，羡体气之自然。胡虞衡之弗及，隔瘴疠以能全。或罗氏而弋举，命岛夷以笼迁。望上林而奉进，跋神岳以增妍。念安期之畜养，受抱朴之矜怜。守一枝于岭木，得数粒于岩泉。忽兽圈之可近，任蛇徼之长捐。尚蓬蒿之改观，何鼎俎之容膻!

当其缅南国之蒸烁，朔古龙之沉隘。宜禀赋之尔殊，渺狼睆之昏昧。裹黑质而无缯，瓫鳞躯以弗䕶。奈□屋之何有?望鱼鳖而奔沛。胡鸐鹈之种族，独黼黻以藻绘?矧鞦莎而亿兰，匪踞金与羽芥。献丽容而自媒，炫灵表而罔害。将尤物之移人，岂凡禽之一概?

若乃考黔嬴之所毓，钟品汇而降祥。负英姱而可贵，阏草莽而愈彰。心恒驰于北阙，迹曷屏于东冈?荐董贾之术业，炽渊云之辞章。伟畎谷之文翟，谅备采而有光。逖炎洲之孔鹬，或聚冠以见戕。幸全生而特遇，肯处远以回翔。倘迟延于岁月，恐灭没于殊荒。

然则偶时景之和畅，跋阊阖以凝伫。稽师旷之补经，验冶长之辨语。感轩阁之衔图，副舜廷之率舞。声格磔而应弦，势盘旋而列虡。祠爰居而眩惑，奏鹖雀以笑侮。卯条支而必致，毛拂菻而曷举？彼寻常之猥陋，虽篱落其若阻。相盛德之休明，谓万里而来睹。

是故士当贵而自重，世何嫌于处卑？謦山谷之巢穴，爹朝廷之羽仪。仰天地之广大，拔圣贤于穷羁。极英材之炫鬻，忍道德之掷遗。恻朔风以吹野，惨寒雪以刮肌。屹碧梧而弗实，挺篁竹以无枝。鼓乘传之壮志，蕴弃繻之妙姿。奈负贰之久梏，窘侏儒之长饥。庶飞抟于鹏路，络饮啄于龙池。尚兹鸟之足数，遂历言而咏斯。

黄河赋

李祁

乾清坤夷，岳奠川会。览四海之萦环，见黄河之如带。下亘寰宇之区，上通银河之派。折九曲之迂回，泻千里于一快。想成功于当年，微神禹而谁赖？观其肇迹西土，浚源天渊。浩浩荡荡，翩翩绵绵。或奔放而莫御，或纡徐以迤延。或腾踔奋迅，激强弩以俱发。或喧豗震掉，擂万鼓而并前。耸银阙之嵯峨，驱铁骑之森严。或洪流之浩渺，播余波于两堧。谅一苇之难渡，岂容刀之可言？思昔龙门未辟，积石未导。荡斯民之衡庐，为鱼鳖之阃奥。暨黄河之安流，嘉玄圭之锡告。济苍生于艰危，拯沉溺于闷燥。昭乎如日月之乍明，廓乎如乾坤之再造。此后之临流而叹者，所以深为鱼之忧，而羡禹功之妙也。

逮从西京，治化昭明。何壮心之未已，复驰骛于远征！命彼张骞使于西垠，穷二水之所自，至盐泽而陆沉。是虽足以知黄河之源委，要未可与神禹而并称。盖其甘心远夷，疲敝中国，孰若疏凿成功，免民鱼鳖？灵槎泛泛，使节煌煌，孰若乘彼四载，经营四方？竹杖诡奇，蒟酱甘好，孰若水土既平，稼穑是宝？吾于是知禹之功，如天地之无不持载，无不覆帱者矣。

惟我皇元，万国一统。会百川而来朝，环众星而北拱。不必手胼足胝，而河流无泛溢之虞。不必穷幽极远，而河源皆版图之贡。愚生南邦，未获时用。盖将振衣袂乎昆仑，豁心胸乎云梦。挹黄河之余波，造明堂而献河清之颂。

江汉朝宗赋

黄师郯

玄黄奠极，混沌攸分。屹岷峨之西峙，发天一之元精。沛灵液以长流，亘天南之纬经。激逸势以遄驱，送驰波于沧溟。譬万国之会同，咸疾趋于紫宸。兹江汉之东注，所以著朝宗之徽称者欤？

时其春涛浩涨，万壑流液。骇浪翻空，天纲浮潏。激三澨而霆喧，浸峡云而影没。腾蛟鼓跃而喷风，怒蜺霍挥而翳日。长驱振铁骑之西来，支流若附庸之毕集。望沧海之茫茫，倡百川而坌入。虽百折而必东，靡同波之颓息。兹非诸侯春见而曰朝，于以觐王庭而述职者乎？

又若阴风怒号，浊浪排空。巨浸稽天而浩浩，惊涛触石以溶溶。始两川之并驾，终合势而景从。雷轰于大别之下，电绕于庐阜之冲。渺乾坤其浮浮，蘸旭影之曈曈。飞流骇奔，走涂山之玉帛。狂澜澎湃，集王会之琛琮。兹非诸侯夏见而曰宗，于以朝京师而会同者乎？

余尝快西风之晓晴，驾西龙兮北征。朝吾道兮江浦，夕余憩兮汉滨。览形胜之渺弥，黔寒烟兮沙汀。洞庭南泻，荡天光之一碧。赤壁西望，俯洪流而下临。蜀山逶迤而送色，楚泽浩渺而连云。凫鹭低回于烟渚，苇花点缀于寒津。濯缨乎沧浪之浦，游目乎鹄山之岑。余于是有所感矣！

思昔龙门未辟，环海汤汤。慨尾闾之未泄，肆川后之陆梁。惟圣神之恻然，乘四载而彷徨。经嶓冢以导汉，随岷山而入江。障狂澜而东骛，若日月之回光。迨夫乾清坤宁，岳奠川会。群流循径以汩潏，飞涝摧云以距海。各顺序而安行，孰奔腾而横溃？

观物理之有常，等民彝之不昧。思禹功于当年，实万世之永赖。

嗟夫！观水于穹壤之间，知物有君臣之义。大而丽天之象纬，微而在物之蝼蚁。虽气类之万殊，实均具夫此理。何世降于春秋，迥霸图之殊异？嗟河阳之书狩，秉麟笔之微意！在桓文而尚尔，于吾楚乎何忌？观逝者之如斯，能不忸怩而愧死！

此余于江汉之朝宗，安得不怅然而长喟？惟圣元之御极，总万国以来庭。虽海隅之遐陬，亦梯航而贡琛。藐余忝于楚产，怀朝宗之至心。鼓三汲之巨浪，振修鳞于禹门。爰寄悰于江汉，聊抒意于斯文。

敕下御制大明一统赋建文元年　　刘三吾

我圣祖刚健中正，宽大英明。神筹成于先定，运量根乎至诚。兼之配以圣后，端一静贞。德符文母，道合太任。储君有象贤之器，群胤皆屏翰之英。所以功业文章，卓乎焕然之可观耳。观其得国远过于汉唐，行师名正于汤武。申明五常兮，民用归极。一洗□俗兮，世皆复古。建官而革宰相之专，列爵而罢子男之数。去神祇之滥封，改先师之象塑。祭先王以御名，待亡国以宾礼。取士而开设贤科，报功而胙封爵土。服制定而兵制严，家法正而国法安。至于订先王之礼乐，复中国之衣冠。正韵书之偏音，除封禅之异端。纪年号而不改，置符谶而不谈。无徽名别号之称颂，无离宫别院之游观。德政不陈于大臣，公侯不封于文职。亲军不隶于五府，藩王不伍于百辟。惠政不限于丰凶，恤典不分于存没。兵不出于无名，姓不妄于谬锡。避讳止于不偏，谏言许以直入。威重典于豪强，隆师道于勋戚。变文体于委靡，排佛法于幻惑。斥神仙兮祥瑞，禁师巫兮邪术。他如资世通训，祖训条章。圣政之纪述，律令之精详。文集之浩瀚，大诰之昭彰。日历纂玉堂之秋，宝训发金匮之藏。礼制颁行于司府，集礼诏及于夷邦。解《论语》之蕴奥，正《书传》之舛讹。《孝慈录》兮仁至义尽，

《昭监录》兮虑远谋长。《相鉴》有贤奸之传，《明贤》有上下之篇。雄文大制，宝墨云章。天纵羲皇，神契禹书。诚与典谟相为表里，雅颂并其节目。所谓圣谟洋洋，嘉言孔彰。此其大者，余其难详。

白云茅屋赋有引

刘三吾

大名滑邑，周豕韦故墟，汉之东郡，唐之义成军。邑西南二里，即瓠子堤。北去大伾宣防半舍余，又西北距善化三山五十里，山即黎阳。又西去太行四十里许，至淇泉二水五里而近，泉名三水，合流曰淇门。有三会台，今成均祭酒宋公仲敏先尊大参忠肃公在日，尝构西亭瓠堤上，颜以“西隐”。仲敏由齿贵胄馆，擢进士第为郎官。官满，更筑草堂其间，号“白云茅屋”。富贮经、史、子、集、法书、名画，晨启窗户，云气时来，与博山炉烟氤氲交错，因复扁其所曰自怡所。国朝征诣公车，历官琼署，掌教上庠。六馆诸生，朝研暮覃，罔敢堕窳败业！今春南宫得士四百七十余，监生居三之一。皇上缘是益深倚注，不容以悬车之年辞焉。仆备官春坊，谬蒙推重，谓某楚产，颇能楚声也。属赋其所谓白云茅屋，辞不获已，而为之赋曰：

白云之云，茅屋之屋。吾意其触石起经檐宿，蔼林阴，度窗曲。因风曳曳之来，和日蒸蒸之郁。随椽叠叠之铺，代瓦层层之簇。爰乘冬隙之休工，岂俟来春之播谷？不炊而暖散晴烟，不雨而润回纯束。任满地而谁其为扫？从养贞而自觉不俗。匪河阳而望入亲舍之思，匪瀼西而吉叶杜陵之卜。此滑台隐君子所为，得兼二者之清致，而克显先世之忠志也与？且夫烟霞栖迟，隐者所甘心也，而胡独爱白云之卷舒？夏屋帡幪，人情所同欲也，而胡独爱茅屋之萧疏？得微以不堪持赠，而仅足吾人之自娱也与？又微以所取索绹，而可还结绳之古初也与？不则以其深可为家，而致诗客之停车，兴在归赴，而为文翁之剖符与？噫！是皆未会其趣之深，而徒得其迹之粗者也。

南临瓠子之堤，北距太行之山。宣防黎阳之揽乎其形胜，淇水泉源之闻乎其潺湲。河流于此乎喷薄，林阜于此乎回环。宜云气之所从自出，而仕者之所为投间也。观其原本天汉，结在山川。度溪缥缈，从龙蜿蜒。或散或聚，或断或连。非岚非雾，非霭非烟。横亘山腰，白虹卧地。孤飞空半，玉马行天。细萦丝丝之缕，轻腾薄薄之绵。当西亭之所在，每欲出而仍旋。始傍溪而欲去，终抱石而如眠。念忠肃之在日，以供悦于目前。既与为霖而济旱，复随还山而引年。慨前修其已矣，尚白云其依然。则有令子象贤，肯构是事。谓云虽无心，而隐则先志。屋不于云，缔创何义？云而不屋，飘散无际。乃不剞劂，因山之材。乃不埏埴，于茅之易。重重束缚之加，密密涂泥之墍。多无八九之间，宽容数亩之地。瓮牖前头之开，绳枢太朴之制。卷帘而素练斜拖，拄笏而爽气随至。香馥馥兮博山水沉，白粉粉兮垣墙薜荔。都迷松径，何许鹤声。不见竹篱，惟闻犬吠。于是远谢世纷，净扫尘踪。我读我《易》，我乐我穷。《河图》《洛书》，究极点点之数。天根月窟，往来六六之宫。窗前有点检之篇，门外从叆叇之封。此则山人所乐，在乎白云茅屋之中。心倦而休，意行所在。或采芝术，或寻兰佩。横遮谷口，疑蒸雨后之晴岚。浓抹山椒，惊失晓来之翠黛。到穷处而水源可探，看起时而诗情与会。此则山人所乐，在乎白云茅屋之外。

方其未葺是云屋也，盛年科名，故家文献。出宰百里，郎星朗见。心融潘岳之春，花满河阳之县。喜《招隐》之赋成，谐遂初之始愿。及其既葺是云屋也，养浩林泉，放情丘壑。结社渔樵，订盟猿鹤。已甘分于退休，谅何心于好爵。胡束帛之见征，违暮年之数约。乃登金门，乃觐我皇。乃承涣渥，乃官上庠。孔庭两丁，资尔代祭。生徒六馆，资尔纪纲。虽引年之屡恳，岂圣眷之能忘？回首白云，幸苍狗之未变。惊心茅屋，恐苍台之易荒。至是则向之白云，今且出而从九重之飞龙矣。向之茅屋，今且廓而为多士之栋梁矣。

念云屋之久别，渺山河之相望。要四老于橘中，会耆英于洛阳。询往事于瓠子，得遗迹于宣防。以此晚景，际此时康，而还得颛此西亭故隐之白云，居此秋风不拔之草堂。圣主优容之赐，老臣暮景之光也。遂书此赋，下以写征君归隐之志，上以效臣子天保之章。

野庄赋有引

刘三吾

汴进士通判长沙王侯师鲁，繇尹猗氏投绂龙门，得金源时故著姓段氏遗址。段辅惟德，屡任宪使。姑射山之麓曰芹溪，一水溉田，可四五村疃。侯筑室其上游，以地之出幽蔚而旷适也，宜田舍而不沮洳也，谓之野庄。上以奉母，下以友于诸兄弟，非直求田问舍而已。其来茶陵，属予文。既为之记，复广其意而赋之曰：

龙门之西，姑射之东。一水芹香，界玉其中。惟是溪之上游，实形胜之所钟。在林樾而独幽蔚，轶沮洳而特崇隆。可以供野眺而寄高情于无外，可以为田舍而适雅趣于不穷。何代见于伟人，由繇出于仙踪。此王侯野庄之所在，非世俗田庐之得同也与？

在昔金源，则有段氏。簪缨名家，庙堂重器。来居是庄，实启其闳。华屋犹存，海桑换世。幸地灵之未歇，有人杰之来继。振三槐之家声，擢春官之上第。由猗氏以投簪，即是庄之留意。树栋宇于荆蓁之故墟，葺田园于莱芜之久翳。邈高风于异乡之后来，慨废兴于崇冈之一睇。然后知高贤之卜居，盖以胜概而非以地利者矣。

是庄也，不村不郭，匪市匪廛。天开图画，地占林泉。荪壁药房，桂栋蕙櫋。杂以楩楠之材，甃以璘瑞之坚。广不四五之亩，多不八九之椽。青来几山之闼，绿护一水之田。岸兰汀芷，馥郁雨余之日。园梨山柿，红白霜后之天。樵负妇汲，往往村巷。鸡鸣犬吠，在在人烟。

侯也幅巾藜杖，胜日佳时，或依岩阅耕，或临流赋诗。但见良苗交风，远近一碧。亦既颖秀，亦既坚实。奄观铚艾，毕是稼穑。竭三时之辛勤，事一日之宴集。斯犬豚之有社，亦人情所共适。此则野庄人平居所借乎耕之力。及其鸣驺入谷，荐剡交举。负疾力辞，蒙恩见许。还家教乎龙门，讲道拟乎邹鲁。恨孔突之未黔，由及门之房杜。虽系匏于礼曹，恒驰情于庄所。此则野庄人前后所异乎出处之故。

潘舆上寿，四时杯酌。彩衣翩跹，萱庭酬酢。母见子兮怡愉，子喜母兮矍铄。愿北闱兮遐龄，永康强兮勿药。则是庄之居，本以奉母而始作。五人兄弟，平居雁行。埙篪迭奏，棣萼相望。问起居兮母所，具甘旨兮上堂。愿友于兮勿替，使母心兮乐康。则是庄之居，又以友乎兄弟而不可忘。

抑人知侯之野庄，其耕以田。而不知侯之野庄，其耕以舌也。当河汾之授徒，纷衿佩之云集。闻岁奉之清俸，犹赋役之所入。顾此田之所收，岂野庄之能敌？自征登于仕涂，已笔耒之久歇。幸心田之克治，无草茅之交塞。种之以经训之菑畬，溉之以伊洛之道脉。耘之以克己之工夫，敛之以道德之充实。始循序而升堂，终深造而入室。则义理纯熟之余，皆刍豢悦口之物。斯固吾性分中之墨庄，人心内之安宅也。又何羡乎渊明栗里所在之高风，陆氏门生为庄之故迹也哉？为之歌曰：

野庄兮龙门，乐此所兮王河汾。宅幽兮势广，宜尔居兮与尔田壤。伏腊兮有余，上奉萱闱兮下以友于。野之庄兮既久别，墨之庄兮亦以歇。志不遂兮奈何？白发倚门兮山之阿。安得解组绶兮如渊明贤？我当为侯兮续《归来》篇。

石门樵子赋有引　　　　刘三吾

东原杜侯惟谨，以其乡举里选，贰令吾邑。崇儒右文，公暇语及中原故家，蒙书示巨儒宋公子贞所撰其先世镇国上将军、权东平府事、兼德州防御使元亨公碑文。因言某世家锦川之隥空静，所居西南亭山迤东，一岩岫空洞如室，高可丈余，延袤倍之。其中通车马往来，两关对峙，是为石门。逾此而东，为大山窝。吴藏、水池、东豹、西豹诸峪，大抵皆胙各泰山之余。其面乎东阿之柯亭，又有所为南望、北望等山。转而西北则滑口镇，岸乎黄流，下注济南。惟石门距侯所居不二三里许，侯日吟啸其间，采山茹美，若将终身，因自号石门樵子。乱离以来，往依里名士韩公纯甫、立甫二昆仲于登州之烟霞，读书讲道，为忘羁孤之苦，如是十五载始归。兹来哦松，不能忘情其所，绘而图之。予知侯雅意在文不在图也，故不俟其图成，先为之赋曰：

天地间可与渔者为友，惟樵父而已矣。况石门兮高寒，更洞天兮幽阻。居密迩兮林泉，地遥隔兮城府。矢不名利之规，甘为麋鹿之伍。行歌云雾之门，结屋岩岫之所。伐木苍苍之山，荷笠蒙蒙之雨。此东原景川郡杜氏之石门，盖肇自乎开辟。吾哦松公之为樵者，独得啸傲乎今古也与？其门也云根之所削成，风气之所凝结，天地之所疏通，阴阳之所阖辟。不扉而扉，藓苹其铺。不枢而枢，石窍其区。都无扃鐍，洞启乎鸿荒之时。长假啥呀，邈自乎补炼之日。通羲娥之往还，峙荼垒之对揭。异乎箭括所通之天，同乎慈利所名之邑。澄空巨镇，资之以关键。滑口雄边，因之与呼吸。故去瑕丘相近，虽不蒙杜陵之赋诗。若果仲由所宿，又何劳晨门之见诘也哉？

其为樵子是门也，楚楚少陵之奕叶，英英宦族之衣冠。登州海市之僻地，故乡朋旧之有韩。每谈笑之相约，各林下之休官。舍尔石门，何所隐遁？微尔樵社，孰与盘桓？我杖我屦，我跻我攀。吟倚云关之冷，坐分雨藓之斑。檐敲山月而身冲杳霭，斧磨苔石而手掬潺湲。当春穿林而岩花拂袂，经秋行径而风叶满山。观棋树下，逢仙人之游戏。束薪涧底，值木客之往还。可以采松花而因之以酿酒，可以煮白石而假之以驻颜。然则杜侯之寄兴是樵也，又岂不以其不事王侯而得遂优闲也哉？

嗟乎！自有宇宙，门斯对启。自有石门，人斯蕃止。家是门者，不知其几何人，几千余年矣。而托樵其间，独有我工部之裔焉。则自人文蹇闭以来，能几人得此清气也哉？盖人以石门视石门，故不过为岩穴之窦。侯以衡门视石门，故不害为隐处之地。是石门者，樵子托兴之所。樵子者，石门清致之士也。结社为盟，以采为誓。不谓鹤书，遂来聘币。山人去而晓猿惊，樵父往而石门翳。岂无其门，孰领清胜？岂无其樵，所乏高致？然则石门之重，固以杜侯之贤。而杜侯之贤，岂借乎石门之庇哉？遂为石门神与樵子之歌。歌曰：

石门兮阴阴，肇自鸿蒙兮至今。岂无人兮过我门？惟尔社父兮知音。知音兮奈何！日负薪兮行且歌，自尔之官兮门径薜萝。□樵父兮寄声，尔门神兮谅悉我情。我与尔兮相与久，一官南土兮匪钓声名，不缘读书兮无此行。挂冠兮神武，告归兮我斤我斧。石门之神正且直兮，吾与尔同肺腑。自今有来者，毋等我所。

竹深赋有引

刘三吾

四明慈溪江侯中立，上世家奉化海口之长汀七十二曲间，广种修竹，岁久成林，深可留客。今复家慈溪，故居之竹，未尝一日忘诸心也。因取杜陵诗语，以“竹深”自号，其有得于竹之趣岂浅浅哉？会公车征贤，邑长劝驾，遂有今茶陵丞之擢。到官以来，趣向幽雅，爱竹之深，寝兴弗忘。不鄙属文于走，走楚产也，以楚声声之以赋。曰：

人为万物之灵，竹有此君之操。惟种德之堪闲，斯成阴之邃奥。宜高贤之与交，非浅薄之市道。既见爱之逾深，谅无日而不到。傥知己之可留，必其间之与造。可以谢尘世之纷埃，可以寄逸兴之高蹈。可以却暑天之炎熇，可以缔岁寒之盟好。此吾四明江侯，不特于竹深而留客，且即竹深以为号与？且夫松爵大夫也，而不与交。梅花处士也，而不与游。胡于竹之深密，独交情之绸缪？得非以其境胜江左，可会七贤之名流与？又非以其地近山阴，可来径造之王猷与？噫！是皆得侯爱竹之浅，而不得其爱竹之深，与其爱竹之由也。

彼其竿耸个个，叶茂丛丛。琅玕绿莹，翡翠阴浓。月上而黄金琐碎，雨过而碧玉玲珑。风至而琳琅振响，雪落而琼瑶启封。海旭朝升，枝梢鸣凤。霜粉夏蜕，箨皮化龙。不洞之洞，而重重交阴。不径之径，而在在可通。如是者盖数里许，曷计其多少？凡几曲折，为迷其西东。自海口而望乎其外者，非烟非雨，四时溟蒙。如蓬莱隔一水，莫测其地之所极。自长汀而入乎其间者，非羽非葆，一色金翠，如武夷萦曲水，不知其路之所从。此固江侯所为爱其深之大概，而尤未见其深之所穷也。

亭台胜日，佳客会心。茶瓜留款，枕簟入林。时则爱其深，而俗客之所不能寻。祝融南来，火龙行日。班荆散坐，凉飙满席。时则爱其深，而炎暑之所不能入。兴乘清夜，手携绿绮。步蟾往过，下露如泚。时则爱其深，而市喧之所不能到乎耳。诗贵得趣，书当会意。笙鹤有声，潇洒其地。时则又爱其幽深之得所，而意趣之超诣焉。

侯爱竹深，人所不见。侯有名闻，人所共羡。竹愈深而人之迹其间者愈密，身愈隐而名之在乎世者愈显。乃捧鹤书，乃别竹所。好风时来，如闻竹语。我所徒深，风月谁主？尔情如深，毋忘相与。侯于是订盟竹君，就征贤良。观光上国，哦松云阳。来南楚之既远，邈海天之相望。虽棠树之日种，曾竹深之暂忘。一存心而虚中是念，一行事而曲意是防。思守贞节，如彼之受霜雪而不挫。思垂令名，如彼之汗简册而流芳。此其爱竹之深，实以厉其操行。讵晋人之爱，徒以恣其滥觞也哉？遂为歌以矢竹深之神。歌曰：

竹深兮成阴，深之所兮谁知音？我与尔缔交兮，如玉如金。今虽尔暂别兮，夫岂其初心？在家在官，期毋贰厥操兮，恒如尔竹深之神与监临。

又为竹深之神以答，其歌曰：

尔爱我诚深兮，吾于尔情亦不薄。尔名诚不显兮，安得縻人之好爵？适聆尔矢言兮，深交情之如昨。愿早归来竹深所兮，期无负乎别时之所约。

麒麟赋并序

夏原吉

永乐十有二年秋，葛剌国来朝献麒麟。今年秋，麻林国复以麒麟来献。其形色与古之传记所载及前所献者无异。臣闻麒麟瑞物也，中国有圣人则至。昔轩辕时来游于囿，成康之世见于郊薮，是后未之闻也。今两岁之间，而兹瑞洊至，则圣德之隆，天眷之至，实前古所未有也。宜播之声诗，以传示无极。臣忝职地官，屡睹盛美，不揆芜陋，谨拜手稽首而献赋曰：

惟我皇之明圣兮，膺天命而御极。环六合以为家，统四彝而混一。化洽殊方，仁覆万物。和气所钟，祯祥叠出，而仁瑞之兽，所以复献于今日也。尔其沧海之滨，瑞气勃郁。元枵降精，二仪合德。荧光烛天，辉耀赫奕。山岳为之炫映，江海为之滋液，百兽为之奔卫，万灵为之拱翼，而麒麟于是生焉。丰骨神异，灵毳莹洁。霞明龙首，云拥凤臆。星眸眩兮焜耀，龟文灿兮煜晔。牛尾拂兮生风，麕身动兮散雪。蹴马蹄兮香尘接腕，耸肉角兮玉山贯额。步无踯躅，必中规而蹈矩。声无哮阚，自协商而应律。固不犯乎陷阱，亦岂伤乎生物？是以不奋而威，不猛而烈。虎豹见之遁藏，犀兕遇之辟易。封豨巨艇，虽悍戾而谁羡。麏麚豺貉，顾旁午其何益？彼汉廷之角端，徒自夸其美，而渥洼之神骏，焉能与之匹？兹实圣世之奇瑞，匪有资于人力。此所以海隅岛夷，不敢自逸。乃梯山而航海，于以献于中国。于是离遐陬，道沧溟，越重译，望帝京。侑之以方物，达之以至诚。匪惟效职于王会，盖将昭德于圣明。于是时也，天门洞开，衮龙在御，瑞物既呈，祥烟斯布。散精彩于彤墀，濯仪文于甘露。或昂首而欲鸣，或跪起而欲舞。重瞳载顾，百辟欢欣。曰惟仁兽，希有之珍。昔在轩辕，曾一来驯。暨于成康，郊薮是臻。历千载而及兹，乃有感于皇仁。越期岁而再至，实前古所未闻。是宜播之声诗，勒之金石，著盛治之无穷，延休征于莫极。顾微臣之谫谫，睹盛美而愉怿。爰稽首而献赋，颂圣德于万一。

桃源赋

文　澍

挐扁舟而远涉兮，泛长江之弥漫。登衡阳而骋望兮，小天地其弹丸。感扶舆清淑之旁礴兮，何独于此郁积？快达观以自慰兮，散幽怀之于邑。览岷山之西来兮，出三峡而放奔。历江陵而安流兮，企神禹之洪勋。采兰茎以结佩兮，慨前修逸驾之不可攀。望重华之南巡而不返兮，迷九嶷之瘴烟。命捩舵以溯流兮，犯重湖之狂澜。夕吾将止于枉渚兮，朝余发乎君山。采薜荔以自娱兮，挹清泉以濯缨。抚武陵之幽旷兮，吊伏波之爽灵。忽心悸而神悚兮，窃古洞之深扃。烟霏惨澹林木蓊郁兮，猿鹤悲啸而长鸣。

忆秦人之厌乱兮，挈家于此而避兵。慨亡秦之并六国兮，奄四海以为家。志既得而骄矜兮，贱金玉如泥沙。阿房崇耸以极天兮，曾不恤万姓之怨嗟。肆头会以箕敛兮，民畏之如雷电与虺蛇。儒生坑戮六籍杂烧兮，逞淫毒以无涯。一旦祸倡罾鱼，璧荐妖鬼。博浪才免力士之椎，沙丘已载鲍鱼之秽。望夷衅作，萧墙祸起。轵道颈系，祀延二世。

时有黄绮高蹈而咏采芝之歌，伊人自臧而举种桃之趾。农耕肆力兮，无王赋之共亿也。斑白游憩兮，俨衣裳之古朴也。木石与居鹿豕与游兮，安乎空谷之阒寂也。知有父子、不知有君臣兮，淳乎标枝与野鹿也。忆当时之来兹兮，聊以偷安乎一时也。焉知历岁之滋久兮，衍后嗣之蕃滋也。春与秋之代序兮，忘寒暑之纪历。草木自荣而自悴兮，审一时之消息也。闻首阳之遐轨兮，慕箕颍之遗风。忆乡土之悬绝兮，动余心之忡忡。

渔人沿溪而款乃兮，异落红之缤纷。爰舍舟而入乎林莽兮，仙犬吠乎白云。外人何为而造此兮，相与讯问乎时代。历秦汉而暨晋兮，凡几兴而几废。陈豆觞以延客兮，俨礼容之不愆。渔郎怀土而弗留兮，羌杖策以言旋。归而号于世人兮，惊世外之真仙。寻仙迹而无得兮，空留睨乎云烟。感神界之既敞兮，造化惜之而旋阏。靖节方思遗世而高举兮，允素心之默契。既因羊长史商颜之行兮，已寄意于黄绮。

今复闻兹芳躅兮，复写情以问游方之士。嗟余生之已后兮，类有考于斯文。嗟阿房以灰烬兮，曾不如茅茨之永存。辞曰：

邈黄虞之神圣兮，俨垂拱其无为。斯民安于耕凿兮，忘帝力而愉怡。何亡秦之乱天纪兮，惨四海其疮痍？快睹圣人之御极兮，招逸民其来归。

奎文阁赋有序

李东阳

阙里宣圣庙，旧有奎文阁以贮古今图籍，在大成殿之前，杏坛之南。金章宗重建，规制颇精。国朝置衍圣公府，其属有奎文阁典籍一人。凡朝廷有事于庙，则礼迓香币，庋于阁中，以俟行事。弘治己未，庙灾而阁存。工既就绪，殿庑闳丽皆加于旧。按察佥事黄君绣，谓阁独弗称，欲撤而新之。众议哗然，以为故物不可废。黄执之益力，巡抚都御史徐公源实主之。阁成，高八丈有奇，略与殿等栋宇相埒，金碧交映，向之哗者，始翕然归之称全功焉。东阳奉敕祭告，乃登于兹阁。欲赋其事，未暇也。徐公既购书数百卷付衍圣公闻韶，令典籍孙世忠守之。四方藩郡闻而致者日益富，徐公使告于予曰：阁不可负也。乃为赋之。

伟新庙兮既宫，突高阁兮丽空。海之右兮山之东，极灏溔兮争嵸巃。纳沆瀣兮超鸿蒙，表日观兮来天风。忽秋令兮始肃，见奎星兮正中。初徙倚兮栏前，暂徘徊兮户外。殿庭兮巍峨，与兹阁兮相对。亭碑矗兮林立，坛屋隐兮如盖。昔金源兮始构，几岁序兮更代。叹轩楹兮未烬，纷瓦砾兮浮壒。及轮奂兮鼎成，藹冠裳兮咸萃。览旧迹兮无余，抚孤根兮一桧。

吁嗟乎，靡丽兮娉婷，彼齐云兮落星！怅望兮情营，或筹边兮冯京。夫岂若睹羹墙兮故宅，诵典则兮遗经？宛蝌斗兮孔壁，恍金丝兮鲁声。感《春秋》兮绝笔，忆《诗》《礼》兮趋庭。存奇文兮籀史，脱虐焰兮秦坑。借神鬼兮呵护，函山川兮精英。乃有韦编兮竹简，石墨兮溪藤。汗牛充栋兮不可以数计，又奚问兮何名？幽并兮青兖，渺宫墙兮在眼。前景行兮高山，每为憾兮不浅。金书兮玉节，幸吾生兮未晚。溯秋霄兮愈泬，恨夏日兮犹短。仰圣道兮弥高，思古风兮渐远。阅千载兮一时，曾一慨兮不满。眷逸驾兮可攀，尚颓波兮在挽。

噫嘘嚱！灵有地兮杰有人，贤有象兮国有宾。下厚土兮上高旻，轶倒景兮离尘纷。博典册兮穷皇坟，厉夕惕兮求朝闻。岂徒析虫鱼兮隐义，辨豕亥兮疑真？讶雨粟兮天半，降青藜兮夜分。盖方舞干羽兮七旬，编弦歌兮八垠。占聚纬兮周髀，听圜桥兮成均。殆将兴兮吾道，庶不朽兮斯文。巍乎高哉，势不可以极！兹阁之名兮，并列宿而俱存。

东山草堂赋为华容刘先生时雍作　　李东阳

东山居士行自京师，将归于故园。涉泱漭，经巑岏。扫瓦砾，芟萧菅。葺草堂之旧构，启衡门之幽关。于时洞庭无波，万里一碧。飞鸿倒影，下映千尺。长林落木，响应川谷。高山大壑，俯仰寥廓。嗟吾生之归来，寄一感于今昨！乃进子姓而告之曰：

吾今而得返于斯也，盖方举甲第，登郎曹。北穷幽蓟之墟，南尽楚粤之郊。画省凝日，兰台丽霄。高居迥瞰，远绝尘嚣。而或江帆夜发，星轺晨骛，水宿风餐，冰行雪度。呀豺虎之噬人，莽荆榛之窘步。惊突黔之靡定，宁足胝而不顾！念王事之鞅掌，忧岁华之迟暮。眉颦为之莫展，领发为之垂素。幸吾堂之尚存，恍风景兮如故。孰谓三纪之余，数千里之外，望斯堂而归欤？且堂之始作也，吾祖遗其基，吾父谛其规。据云梦之名胜，揽荆衡之幽奇。人与地而俱灵，事随年而屡移。吾尝植松为林，种竹成屿，旁引烟霞，上蔽风雨。伤俗驾之犹滞，慨山灵之无主。览物象于群动，悲乾坤于一旅。时偶得兮暂息，聊斯堂兮容与。欣壮稚之相从，若有感乎斯语。于是散发曳杖，载游载歌。朝出暮还，左挈右摩。天壤之间，此乐孰多？人生适意，焉恤其他？

客有过者，见而问之曰：子非治河之中丞乎，非行边之贰卿乎？胡不轩盖是拥，而布韦是婴也。居士不对，客亦就退。如有歌声出于户外者，其辞曰：吾山兮在东，吾堂兮此中，吾不归兮将安从？又曰：少而行兮老则归，税绣服兮被荷衣。今吾故吾兮何是非，人不吾识兮天吾知。声未竟，客行已远，不能悉听也。赋而识之，以告知者。

后东山草堂赋　　李东阳

东山居士，再自京师而归也。乾清坤夷，风恬日熙。山将水迎，猿欣鹤嬉。感万类之咸遂，嗟行乐之及时！卸惊帆于陆海，解故絷于天羁。尔其雨过湖平，凉生秋杪。心送驰波，眦决飞鸟。税驾乎九达之衢，振衣乎千仞之表。倏云开而雾散，豁尘梦之初晓。览宇宙之无穷，逮吾生之未老。非遁迹以遗世，聊闭关而却扫。

客有剥啄之声彻于户内者，居士曰：子其谁哉？客曰：曩昔之岁，过门而问闻歌而去者也。乃与之坐而语曰：子之不相闻者，九年于是矣。兹者惠然过我，其有谓也邪？客曰：昔子之来之，韦裳布裘，以木石为群，与渔樵者游。尔往我还，尔歌我酬。自君之出矣，衣锦食肉，驷马高盖，朱丹其毂，奔走属吏，控制藩服。绝我迹于云泥，贵尔音于金玉。幸逸足之可攀，庶前盟之有续云尔。居士曰：噫嘘嚱，是诚何心哉？当夫事剧岭海，志移山林。触炎埃之勃郁，历远道之崎嵚。身有所不敢洁，口有所不得喑。诏使沓至，天威载临。奋疲庸于鞭策，起废疾于呻吟。固欲趣严装以赴召，向国门而挂簪。及乎预运帷之密命，承侧席之虚襟。责负山重，恩同海深。思赵宣之假寐，惜陶侃之分阴。已而抱号弓之往恨，听击壤之新音。阅寒暄之代谢，怀止足之规箴。惧血气之既衰，为富贵之所淫。谅今之不能为昔，犹昔之不得为今也。

客怃然久之，曰：吾侪细人，朝饔夕飧。观山而不穷其巅，望海而不极其源。以皦皦为能，以孑孑为难。宁独知太羹不调，太玉不琢。招之而莫致其来，挠之而不见其浊，此贤者之不可测也。信斯言之则然，遂为之歌曰：楚之水兮荆山，望佳人兮不还。翩然兮归来，蹑岧峣兮弄潺湲。彼世间兮何物，吾之乐兮吾天。又歌曰：桂栋兮兰房，君归来兮此堂。山可屐兮水可航，彼胡为兮天一方？归来归来兮乐不可以极，愿从子徜徉。

居士莞尔而笑曰：今日何日，故吾今吾。出我处我，天乎人乎？呼我者应以为马，爱人者必及其乌。疑我何深，见我何粗。独斯堂之在山，终不改于厥初。不与世而推迁，不随时而毁誉。匪是物之有恒，吾何恃而归欤？于是举酒属客，客亦大噱。岳云渐开，江月将落。逍遥象外，俯仰旁礴。居士达观静思，盖将后天下而乐也。

篁墩赋

李东阳

新安之篁墩以竹名，黄巢之乱，凡地名黄者辄不加兵。墩之人更篁为黄，以求免祸，其后因习称为黄墩。墩之程氏，有晋赐太守元谭故第。梁将军忠壮公灵洗，亦以功祀于墩。其裔孙春坊谕德克勤，愤其先世赐第庙食之地，污于七百年之伪姓，乃按据谱册，复其名曰篁墩。予谓其考古之学，反正之功，于斯为大。

乃赋其事，以教其宗及其乡之人，使知兹墩之克复旧名者，自谕德君始。其辞曰：

旃蒙子退食玉堂，顾怀旧乡。乃阅《禹贡》，观《职方》。考地志，披《山经》。检国史，搜家藏。望乔林于蓊郁，吊古迹于苍茫。绩梓里之故事，得篁墩之嘉名。彼阜兮孔硕，莽修竹兮丛生。根连蜷以纠结，叶竦立兮峭嵘。物随时而并秀，人与地而俱灵。乃有循吏出晋，功臣在梁。树家声于阀阅，存庙祀于蒸尝。此程氏兮故疆，墩何为兮彼黄？

噫嘻悲哉！广明谶妖，冤句兴孽。有唐弗君，黄入其室。东踏齐鲁，南躏吴越。过城为墟，战野成血。殃鱼陀池，斗鼠悲穴。当是时也，玉帀之所不能啖，锋镝之所不能折。解围无外黄之儿，排难无邯郸之杰。惟竖夫兮讳凶，赖故老兮多哲。宁伪姓兮暂蒙，庶疑兵兮不发。图免祸于巽辞，岂甘心于折节？聊假物于音声，遽遗羞于齿颊。山颦凄兮莫展，竹泪渍兮不灭。贼既死兮墩存，事已往兮名揭。嗤彼躬兮弗遑，奋我肘兮谁掣？慨世俗之无知，苦难湔而易蔑。可胜惜哉？

于是操斧钺之权，秉《春秋》之管。刚肠为之寸结，怒发为之双短。慕盗泉之不啜，念朋字之当辨。耻跖树之是依，思召棠之勿翦。岂名姓之足争，实邪正之相舛。汛氛埃于旧域，揭日月于华扁。还赵璧兮秦庭，复王田兮汉版。植纲常于已坠，诛奸雄于既殄。快九世之余仇，回千钧于一挽。怀世忠之遗风，每为恨兮不浅。幸此地之犹逢，怅吾生之既晚！

于时乡之父老走而相告曰：嗟乎，有是哉！物换兮星驰，朝迁兮市移。江山是兮人民非，生纷纷兮死离离。好不识兮恶不知，嗟吾曹兮徒尔为！微太史之为贤，吾伥伥兮谁归？谅靡德兮莫报，匪吾人兮独私。拂莓苔兮古石，扫芜翳兮荒祠。勒铭章兮篆籀，修俎簋兮威仪。乃命酒酬地，呼山灵而告之。景若表而开明，地若阙而平夷。林柯若起而夭矫，土石若增而崔嵬。瞻虎豹之炳蔚，睹鸾凤之葳蕤。彼鬼蜮兮安在，曷沙虫兮足悲？独勋德之未泯，与文章而相辉。

客有好事者闻而为之歌，歌曰：墩兮篁兮，谁使汝为黄兮？篁兮墩兮，亡吾又使存兮。嗟墩之人兮，勿我谖兮，将以遗我孙兮。

奉诏育材赋有序

李东阳

成化戊戌春二月，礼部试贡士，得三百五十人。三月策试于廷，既赐第一甲三人进士及第，为翰林修撰、编修。复诏内阁臣，择第二甲以下文之优者为庶吉士，命学士钱唐王公、南昌谢公莅教事，遵旧典也。谨按：《书》曰：彰厥有常，吉哉！又曰：庶常吉士。《诗》曰：蔼蔼王多吉士。今之所谓庶吉士者，所以储材蓄德，为天下用，古之遗意存焉。盖自高皇帝立法创制义，精虑远出于历代之所不及。

及文皇帝二年甲申，诏庶吉士与第一甲曾公棨等二十八人，肄学翰林，而周文襄公忱以自陈在列，皆上所亲择。命学士解公缙莅之，而亲顾问程试，大严赏罚之典。诸公亦感奋激励，多为名臣。若王文端公直、王文安公英、李忠文公时勉以及文襄，文章气节，材猷勋业，卓卓在人耳目。储材之典，于斯为盛。

皇上即位十有五年，自甲申至今，凡六策进士，四举吉士之选。是科取人，不减前甲申之数。某以初科吉士，造国史，观旧章，而是科复在礼部滥同校试。今日之事，窃与有荣焉。

仰惟朝廷造士之盛心，名臣巨儒育材之休命，贤大夫士遭时之嘉会，此皆足以诏天下、示后世，不可无所撰述，以先达风教、相励勋业者。作《奉诏育材赋》。其辞曰：

昔在文祖，时维甲申。阖阴辟阳，握乾奠坤。号令雷发，誉髦骏奔。如虎斯风，如龙斯云。乃启玉署，开词垣。举甲第，收群贤。当是时，峨巨冠、拖长绅、彬彬济济者，二十有八人。降精灵于四岳，应列宿于高旻。文章焜耀乎宇宙，德泽覃被乎生民。

隘东瀛之浩渺，俯汉阁之嶙峋。盖尝聆故老之余论，而挹前辈之清尘矣。猗欤休哉！若夫世历五朝，国绵六叶。卿云载呈，奎纬重合。礼门廓开，德化旁浃。棘省春试，临轩昼接。搜羽翼于网罗，挽英雄于彀彀。录匭牍于宫墀，阅人文于仕牒。稽盛典之犹存，冀前踪之可蹑。

乃诏学士二人，往授之业，命之曰：噫！国重利器，器资良工。靡玉不雕，有金必镕。惟我庶士，厥材孔良。尔职翰苑，文章之宗。彼镕尔型，彼瑕尔砻。为鼎为镛，为圭为琮。献我大廷，荐我明堂。惟尔之功，尔往其亹哉？二公受命，百辟倾听。元老在席，群寮交迎。踵沓肩摩，绥辉韨映。同朝肃引领之瞻，载路协弹冠之庆。芃芃乎连茹之征，蔼蔼乎菁莪之咏。自代有科目以来，无若是盛也。

其居则鳌极左峙，鲸波右折。钩陈属道，觚棱对阙。璇台叠云，画栋凝月。风铃语静，露榜花缬。丹芸翠蓮，丛植乎其前。瑶笙皓鹤，缭绕乎其侧。其用则菱笺松墨，天府之藏。玉液琼羞，大官之烹。文缣积笥，楮镪分縢。粟廪岁继，膏缸夜明。出纳之籍，地官所经。选部胥吏，马曹隶兵。百工什器，庀自冬卿。其书则东观幽经，西昆秘录。宣明鸿都，石渠天禄。孔堂旧壁，汲冢遗竹。牙签矗架，锦带充屋。张华之所未尝见，扬雄之所未能读。其学则上溯羲农，下探邹鲁。五纬错陈，六际咸睹。搜罗二仪，囊括千古。议必根柢，文必绳矩。制诏册命，王言是敷。表志传记，太史所书。论劝惩关名教之大，作歌咏本性情之余。盖将阐百王之礼乐，而恢一代之规模者也。

于是二公乃进诸吉士而诲之曰：子知国之所以待子者乎？此虞之意、周之制也，百僚之有师，而三俊之有士也。吾将考古学，陈旧章。胪明条，揭宏纲。定甲乙，分雌黄。约尔以大义，示尔以周行。尔膏尔车，尔帆尔航。驾圣途之荡荡，泳学海之洋洋。绘日月以为辉，组云霞以为襄。耸廊庙之柱石，补山龙之衣裳。逸亨衢以骋步，与往哲而齐光。若乃旅逐群趋，寅入酉出。镂冰为工，画饼为食。纵坚白之嵬谈，炫梔蜡之末饰。而或月弄风嘲，笔耕心织。利私书于子弟，糜公帑于朝夕。是岂徒李太白之忧，抑亦负陆敬舆之学也！

于是诸吉士若喜而蹈，若敛而孙，若惕而惊，若起而奋，谨顿首再拜而进曰：昔者左李嗜学，秘书是求。张窦辞官，不耻为留。我独何人？载歌载游。屹门墙之在望，辱衡鉴之是收。观泱漭之大荒，登昆仑之崇丘。敢不朝研暮索，上绍旁搜。竭吾才以必骛，及吾仕之未优。细丝纶之藻思，输药石之忠谋。辅经世之大业，扬对天之宏休。庶吾夙昔之志可以粗酬也，曷敢负明天子之德，以贻先生之羞哉！

乃歌曰：巨鳌崒兮彼峰，玉堂起兮丽空。历贝阙兮入紫宫，锵予佩兮墀之东。匪吾皇兮圣明，予曷为兮此逢。姬髦兮商耇，文之渊兮德之薮。瞻为山兮望为斗，大者吾师兮小者吾友。生之逢兮不先以后，矢予心兮终不负。干羽兮两阶，冠裳兮九垓。歌明良兮咏蒸哉！赞帝业兮延鸿釐。念功业兮及时，嗟古人兮我期！皋兮夔兮，吾舍此其安归兮？

拟恨赋有序

李东阳

予少读江淹、李白所作《恨赋》，爱其为辞，而怪所为恨多闺情阁怨。其大者不过兴亡之恒运，成败之常事而已。是何感于情，亦奚以恨为哉？中岁以来，更涉世故，记忆旧闻，忠臣孝子、奇勋盛事，或方值几会，遽成摧毁，失之豪厘，而终身旷世不可复得，至令人吞声扼腕而不能已。圣贤不言恨，然情在天下而不为私，亦天理人事之相感激，虽以为恨可也。乃效江、李体，反其为情，以写抑郁，而卒归于正。知我罪我，皆有所不避云。其词曰：

仰视大块，流观古今。抚陈编之磨灭，悲往迹之消沉。或事机之幸会，或祸败之相寻。感志士之涕泪，伤善人之聋喑。若乃国士报怨，吞炭漆身。遗恨饮器，潜身水滨。部马为之惊局，贼徒为之崩奔。奋仇衣于一剑，陨怨血于千春。威横强秦，怨深邻国。壮士夜奋，神椎昼击。山岳为之增气，天地为之变色。误失手于副车，仅逃形于大索。陈窦秉政，誓清浊乱。推席定谋，露章请断。机事暗泄，禁军坐畔。塞宇宙于烟氛，堕衣冠于涂炭。昭烈继绝，武侯托孤。勇复汉祚，雄吞魏都。陈二表之宏略，连八阵之奇谟。忽将星之沦落，悲帝业之榛芜。武庙将建，唐社几屋。跃少海之潜龙，返虞渊之日毂。二竖伏法，五王就戮。功甫收于药笼，祸终流于机肉。建中失母，感慨天衷。顾衮衣与玉食，嗟欲养而无从！误承欢于别辇，翻饮怒于深宫。冀百欺于一得，竟忍恸而长终。金人猾夏，岳侯奋矛。复中原于破竹，誓决策于焚舟。神褫奸魄，天遗国仇。痛长城之自坏，委社稷于洪流。敌骑南驱，江沙夜驻。苦兵力之不支，幸潮来之有处。海若助虐，神灵失据。岂二仪之翻覆，莽万物之非故。

已矣乎！江山改兮人民非，白日黯兮阴风凄。时不可乎再得，叹浮生兮曷归！骇余声于璧碎，伫灭景于云飞。事难成而易败，世寡合而多违。矢修正以俟命，孰利钝之可期？庶人定以天胜，终斡旋于化机。

鹊赋

李东阳

爰有灵鸟，集于中林。修尾长喙，袨衣素襟。皎皎奇质，泠泠警心。我有嘉辰，怀此好音。若夫飞甍峻阁，绣闼雕楹。旭日初照，纤飙不生。茂树芳洁，繁阴翳清。忽促刺以双透，欻骙翀而迅征。刷凝鲜之委羽，写宛转之幽情。纷众啅以争坠，屡驯飞而不惊。晴雪冲腾其下上，间华匝地而纵横。尔其乍东乍西，倏近倏远。栖初危而不定，去未极而中返。或周旋其却顾，或擎捷其将转。方小伫于中庭，误迟归于别馆。曳余音于未绝，袅柔条之半绾。若乃玉关迁客，金屋佳人。淹沉幽圄之士，杂遝高轩之宾。托春心于锦字，迓曙色于雕轮。听泥金之小敕，拥织翠之重茵。晓桃惊梦，春山罢颦。莫不穷途拭泪，幽谷生春。或擎杯以酹地，或倒屣而迎门。嗤村鸥于牖户，怪野鹏于水尘。不利俗以投好，徒增疑而召嗔。试比物以引类，信兹禽之足珍。乃有上苑虞人，五陵年少。挟孤弹于怀中，探危巢于木杪。智藏乎其无形，祸出其所不料。岂百金之足图？曾不满乎一笑。物固有所偏工，意固有所独适。故知来岁之风，不能庇一卵于终日。报罗帏之喜，不能解双颜于漆室。彼世态之无常，徒因之而太息！复有梁州金印，月浦银桥。羡崔梁之窈窕，骇鲁木之翔翱。信慌惚而莫究，徒夸浮而可嘲。吾将使茂先卷舌而却走，成式遁辞而先逃。见天机之流转，知造物之非雕。坐观物以自适，聊寄情乎《离骚》。

翰林同年会赋

李东阳

御水分堤，仙家近阙。支当作噩之年，节应嘉平之月。旭日昫其载阳，飘风为之不发。于磐是渐，鸿衎衎以来仪。出谷斯迁，木丁丁而可伐。乃西江三凤，东海二龙。壶岭交撑乎日观，台城独曜于霞峰。河马既呈，蒙蜀锦而为饰。扬金在贡，囊楚璞以相从。叶数应于方州，地灵斯孕。历星躔于岁纪，天运重逢。慨夫甲第同曹，词林诸彦。角百步于杨穿，溯层霄于鹗荐。陟唐瀛之峻，引房杜而齐登。撷宋榜之华，与苏曾而并选。兰袍映采，游怜花底之江。宝炬联辉，归识柳边之院。是日也，或监或史，载笑载歌。烂云笺之丽藻，滟月斝之微波。耳听流猋，声破遏云之管。心驰急景，光回驻日之戈。弛我道于息游，或知所止。任吾生之俯仰，遑恤其他！若乃麟阁遗风，虎头妙手。假物像以相求，托丰仪于不朽。夸竞茂于松杉，愧先衰乎蒲柳。名高君实，争取验于儿童。病瘦休文，不自辨夫谁某。情因礼致，貌岂心违？谅金石之可断，陋蓬麻之是依。交可绝于嵇书，盖云有激。知不逢于鲍叔，生也何归？乐以忘忧，幸保无荒之戒。敬之终吉，宁遭不速之讥！非徒毕一日之欢，抑以定平生之籍。诚哉宾主之二难，允矣见闻之三益！畴能争滕薛之崇卑，安忍视秦越之肥瘠？吾宁不负，期挂剑以相酬。世独何心，乃弯弓而共射。复有芝兰美德，药石箴言。信荣辱之相丽，匪升沉之足论。骨肉怀深，念东西于离合。勋名道远，竞分寸于晨昏。报以琼瑶，既可示交期之永好。写之琬琰，终当与世讲而俱存。

石淙赋石淙，地名也。为邃庵杨先生应宁赋　　李东阳

耸山骨兮崺嵘，中潺湲兮水声。初溅涓以汩潏，忽砰湃兮铿鍧。或在远以疑近，恒自昏而彻明。感天机于一触，众籁为之不鸣。信江南之绝境，乃万类之至精。彼瀑布兮可拟，曷蹄涔之足称？爰有三南居士，比象引义，取石淙以为名。

客从湖南而过者曰：此非洞庭之波乎？碧浪千顷，青山一螺。挹灵秀于衡岳，激清风于汨罗。昔子之既卝既弁，来游来歌。兴怀于某水之丘，寄迹于北山之阿。校风景于豪芒，繄孰寡而孰多？居士不答，如兹淙何？

又有自滇南而来者曰：此非昆明之漪乎？平地仰喷，从天下垂。建长江而直泻，指瀚海而同归。昔子之乃祖乃父，生斯聚斯。倏星移而地改，方挹彼而注兹。讶江山之不可复识，抑畴是而畴非？

居士乃怃然而叹曰：嘻，有是哉！吾固知石之为石，淙之为淙也。吾方手拊镗鞳，耳闻春撞。应噫气于大块，引希音于清商。挟凉飙以助爽，与皓魄而争光。达大观于无外，谅至美之难双。盖将濯缨乎万里之流，振袂乎千仞之冈。若乃东山在吴，以象旧邦。东坡在黄，遂名四方。彼二东者之伟迹，岂三南之敢望？且夫石者吾知其为坚，淙者吾知其为激。匪徒观物以适怀，抑亦将身而比德。盖将砺我粗钝，蠲我宿癖。涤尘垢于七情，漱芳华于六籍。嗟人生之有涯，见道体之无息！彼群分而类聚，何物非兮

太极！殆不知石之为淙，淙之为石也。

于是二客携酒与琴，游于淙上。荆班杂坐，林歌迭唱。北南俱失，宾主皆忘。慨聚散之殊涂，顾行藏之异尚。三人者各适其适，渺不知其所向也。

湖南文征　卷五十四

赋下 明

四望亭赋

何孟春

亭在桂阳州，判官姜君绾所创也。弘治四年三月，赴君召游，席上有作。原注：先生生于甲午，至弘治四年辛亥，年方十八岁耳。其文如此。

天输胜迹，久假游人。地僻遐邦，希来达士。何此蓉城之郡，倅今柏府之贤？繄风物以有归，在光景而无负。英灵揽结，秀顿掬于九疑。清淑徘徊，势豁吞乎七泽。不废夸娥之置，聿恢夔网之居。抚字劳形，固难将于吏隐。优游卒岁，终用暇于官清。卧治既安，醉吟斯竞。俯遗芳而可拾，聊延伫以相亲。创建欲施，遨祝融而先却。剸裁甫举，鸠郢匠以就工。虎豹为防，熊罴作镇。爰敞八通之室，载名四望之亭。贪聚远以窥虚，得除氛而涤垢。飞甍斗角，跨竹楼于黄冈。累块积薪，鄙茅堂于绿野。山腾翡翠，水绕鸦青。旁峨峭壁以蝉联，下泻奔湍而縻沸。蓬壶骑鹤，谁悲楚易之寒？橘浦脯龙，未减齐商之茹。

惟此季春方晦，适宜昂驺特临。细腰之鼓合鸣，疏节之笙迭起。如骈屐齿，印破苔痕。并骤马蹄，踏翻花影。驾出平原之睹，心庸魏阙之驰。于时众俊盈庭，杂唾珠玑之美。群材塞道，交陈弩矢之威。徼塞纵观，衮轮肆取。俯危栏而乘斩磴，循彩轴而辟雕棂。送目南翔，影断斜空之雁。赴怀东注，情依映水之云。草溅露以光浮，树含烟而色暝。淡妆浓抹，目不容逃。近隐远彰，画难于绘。倒提文笔，泻银汉之几波。横榜绣帏，入佳宾于一幕。罗楼宇宙，料理堪舆。款方丈之遗墟，应昆仑之故堵。托而行乐，急把玩于生前。忘彼沉忧，遂逍遥于物外。于是觞流曲水，罼罻崇阿。箕白石以兴酬，连素倪而列坐。鲁鹛之止，虽惭厚味之歆。卫鹤之乘，亦寄赏心之雅。罚全金谷，颓见玉山。饮剧石巢，醉酣陆筱。奉满堂之笑语，不觉坠簪。顾一介之追陪，频瞻倒屣。境概自人而重，声名由哲而成。苟幸叨游，奚容枉践？问留明月，欣旷气以犹存。和寡阳春，恨高歌之独已。星聚允占于此处，骖停仍待于何期？

嗟夫！夏燕秋鸿，逢同暂尔。游丝舞絮，会岂偶然？倏反照以惊心，掩回风而俯首。命投传舍，足征庄梦之蘧蘧。身倚飘蓬，空怪殷书之咄咄。孟春鸿毛弱质，萍梗寒踪。志有希于圣贤，心实存乎仁礼。一览成诵，窃骋幼聪。三叫能文，自缘天敏。曾驰誉乎上国，反见妒于庸流。宛转匡床，竟抱照邻之疾。陂陁科目，宁逃希白之袪！是以适意任真，怡神养志。埏垓可眺，雀踊无烦。塩壒是超，鹏抟足与。因被知乎伟度，辄冒谒于天方。阎都督之遇子安，妄领奇才之赏。韩荆州之接太白，深蒙高宴之陳。感德弥增，为言莫报。惟勒碑于不朽，乃垂世之所长。敬遵少顷之裁，用纪当年之盛。词曰：

亭实虚兮扁良当，纷不染兮迥不凡。通海市兮连山寰，殊俗制兮改尘观。试登临而俯仰兮，惟逦迤与潺湲。松竹森兮精爽厉，烟云没兮天宇宽。矧贤侯之所为兮，正谪职之所营。非只安于快己兮，亦致念乎康氓。鹰威潜鸷，凤德尚仁。灾疹以息，疮痍坐宁。科徭弗扰，犴狱底平。曾车驱之未久兮，已月晦而重明。才惟优于早办兮，兴有寄乎孤征。未及百年，庶同修之再葺。名流千载，尚斯迹其可征。

寡交赋

何孟春

嗟予交之苦寡兮，恒窘处而兀思！撄古□之遗业兮，幸明训之莫欺。盖龆龀以嗜书兮，心依依乎有期。竟勃郁吾何苦兮，准前哲而独持。班是非之丛委兮，庸懿行之犹亏。谅俶傥之忤时兮，蹇离索而畴知。偶吾影以促步兮，倡不酬之可疑。问仲尼之已衰兮，贫彝鼎而吹糜。岁月溘其遽遒兮，然素怀而弗施。抚运化之茫茫兮，倚曲隅而太息！欲奋迅以激昂兮，又犹豫而幽默。莽荆棘之冯途兮，驰广轮而见塞。寰区岂其质龘兮，攻盘跚而虑踣。矧千里之逸足兮，肯并驽之羁勒。较世故之有得丧兮，苦不谐于修饰。色苍黄之反复兮，揽素缣而近墨。扬蛾眉乎宫中兮，众女怨其淑特。等孤凤于鸡族兮，曾不敢与之分食。信下士之无赖兮，予焉免乎此悲。贤不肖之非仇兮，终异类之难比。性耿介其为累兮，致呀咻之互諆。瓣五彩以绘凤兮，诳有声能鸣岐。妄断粒与殷芽兮，夸罹粲而值踶。世率矫情以干誉兮，夫实余之不为。厉棱角之峭拔兮，鄙圆材之应规。不和光而同尘兮，羞众醉而禁醨。惟君子之好修兮，故末俗之未宜。

呜呼噫嘻！时之不吾与兮，生坎壈而多罚。古道久其不可入兮，盍侧身而营窟？去纷墙之溷浊兮，杳烟霞之倏忽。逝息绝以赋归兮，及熹微之几没。走东海而濯足兮，登扶桑而晞发。披灿烂之列星兮，佩陆离之明月。扰苍龙而服虎兮，辏天街之恍惚。抹瓠瓜以为糗兮，奈彗芒之为孛。托房宿以卜居兮，怵灵飙之撼扤。略蓬莱而友仙兮，慷弱水之易汩。怀抱转以抢攘兮，轫临发而讯征。野萧条而远望兮，群鸟兽吾乌用情。感鸣鹿之呦呦兮，更鸟声之嘤嘤。余愧鸟兽之不如兮，无佳宾兮友生。怅白驹之在空谷兮，皎孤洁之茕茕。历年岁而不顾反兮，差不释夫我怦。饶大泽之兰茝兮，老芳洲之杜蘅。漫江蓠之秀颖兮，惨秋菊之寒英。莫致之其道远兮，繄若人之鲜并。婉清扬而底滞兮，避佻巧之纵横。志肮脏以多虞兮，聆商歌而泪缨。昧瓜李之浮沉兮，即小大为重轻。知己者之既不遇兮，复媢嫉之娄婴。非名势之倾轧兮，余胡坠于彼坑。

余固尝仰孟荀之徽光兮，伟屈贾之夸节。推愈纲而绅直兮，羡璟休之论列。宗正学有程朱兮，工华词为轼辙。纷总总之在昔兮，要皆崛起之豪杰。卒无所逃于咀嚼兮，龃龉交而肆舌。试尚论以混观兮，概骨销而翼折。缅宣父之盛圣兮，莫或为之磨涅。且群小而是愠兮，赐窃伤夫自绝。歆诋雄之所著兮，覆酱瓿而不屑。云有待于后之人兮，乃不今而湮灭。区区文字而则然兮，识悠悠而藐结。物于类之必从兮，代有邻之堪挈。苟尽余之所爱于天兮，心印曷其云别？

已矣哉！余其归安吾之故国。求吾余师兮供吾职，遂吾初兮匪伊忒。吾俯仰无愧怍兮，将菽水而亦得。乐孔颜之所乐兮，追太上而立德。湛鸢飞与鱼跃兮，澹水光兮山色。蔼浩浩之阳春兮，庶有根于胸臆。雾隐豹以成章兮，渊潜龙其不可测。余惟与世背驰兮，频望吴而走北。谅入畸而天则侔兮，何寡交之为惑！山有兰而自香兮，井斯渫而行测。余今将混宇宙以同裯兮，奠古今而共域。

黄鹤楼赋

何孟春

山川大会，今古英称。洵伟观之莫最，惟元气之所凝。感云中之法驾，来华表之仙禽。秀发武昌之郡，灵钟鄂渚之阴。何殊洞府，不愧神京。子安于是以留迹，文祎曾兹而寄情。怅当年之惝恍，闻往事之峥嵘。则楼之所宜作，而扁之所自名也。地窥雉堞，材取邓林。规模日观，架步房心。为一时之巨丽，表千古之幽沉。挹遗风其可慕，示吾人以永钦。

山节藻棁，绣闼雕甍。绕虹蜺于梁栋，挂斗柄于檐楹。功成瑰异，高压崚嶒。超红尘之百尺，入丹霄而几层。椽角回旋，有类乎螺髻之涌。觚棱奋起，可方乎鹏翼之腾。尔其突立乎危矶，横吞乎巨浸。远拾金沙，斜欹玉枕。抚锦绣山名之浓芳，披汉阳之清荫。获多景之不赀，虽甚贪而无禁。砥石江夏，浴池洞庭。朝暾金碧，暮雨丹青。饰则华而弗侈，势已峻而通灵。低梁城其若釜，慨吴址之既坰。群宫却伏，万宇仰承。心悸俯瞰，足酸上登。目生花而欲眩，胁附翼而解升。神实游于沆瀣，身曷苦于炎蒸？忘忧匪萱，适意匪琴。绕芝兰之郁烈，杂松桧以阴森。冠楚中之结构，足郢上之讴吟。非一方之夸美，实四海之赏音。摆脱氛昏，坐当风景。夏日烟轻，湘波霜冷。背市语之易嚣，尚鸟声之难静。眺虚空以自怡，揽精华而独骋。停骖脱勒，若为天马之奇。淡抹浓妆，如觌女容之靓。凉飔荐爽，片翳开晴。软浪微动，浮尘不生。邻武当而昼掩，亘焦度以秋横。渺光阴之浩荡，更物色之凄清。东东丁丁，时集佩环之韵。哑哑轧轧，每闻舟橹之声。消遣乘时，登临适兴。水石可娱，阑干堪凭。极瞻瞩之莫穷，竟有无而如暝。惟良晤之不乖，庶芳辰之始称。苟有吊于古人，奚容忘于名胜？动客情乎殊域，归游志乎故乡。寻春晖之烂漫，开眼界之混茫。曳以烟霞之屦，敷以重锦之裳。偕以凭虚之士，饮以无事之觞。枰敲落日，缨濯沧浪。结盟鸥鸟，敢望庙堂！寄遐思于庾月，发孤啸于许床。听吕岩之铁笛，怀宋玉之高唐。留吴云而楚驻，送北雁以南翔。指顾不忘乎魏阙，笑谈相近于天阊。到此无诗，自信谪仙之让。登高有作，谁推王粲之长？

嗟夫！草草岁华，茫茫天壤。天壤难周，岁华易往。八极神游，三生梦想。我亦无聊，君何不广？任处所以敷陈，表平生之玩赏。彼黄鹤兮何存？尚兹楼兮可仰。

铁屏赋

何孟春

无锡邵君国贤先生，官户曹，居京时，门与城对。以城之铁其色而屏其似也，因目城曰铁屏，而遂以自号焉。

有诧之者曰：先生胡然者？铁非铁，屏非屏也。城而名屏，则夫环城面而居者，孰不可屏乎城也，而独先生有邪？先生曰：借屏于城，古诚无之。自我创名，亦何不可。凡物之名出于人者，以彼物名，以此物名，名物者之一例也。昔人不有以所家所寓之地之所有，而命名者乎？而何尝擅有其地。去此而佗，而此地之所有，又冒名于他氏矣。余今面城而居，取义于城，故加以铁屏之号。同余面而居者，苟所取义，举以名城，城不辞名也，而余何擅有之嫌哉？何子闻而赋之曰：

铁何为兮此屏？屏聊借兮此城。非木中而纸表，异冶铸而工成。惟即小以喻大，不泥形而戾情。善先生之体物，将近似以自名。名弗容于苟加，曰在余而有取。铁坚而余守同节，屏方而余行若矩。岂青壁之万寻，隔红尘乎百堵？风花无由揽余庭，燕雀无由窥余户。杳市语之纷杂，暝午阳于半阴。春蔼蔼而晻暧，昼沉沉而邃深。历岁年之靡佗，屹凝重之可钦。无雕刻以丧真，谢丹垩之易毁。意觉清防之克弼，事从伏思而就理。谅取义之若斯，号铁屏而有似也。

述别赋有序

何孟春

正德壬申，予与族叔大本赴选京师，水陆所经，半为贼梗。彼此相视，深以慨然。所在有司，独何人也？比入司马部，无几而大本除梁山县簿，以捕盗抚民为贵。大本，予大宗使辉之裔。行既有日，因感前事，赋《述别》以赠之。时五月十六日也。

始予之来兮，微行李其曷随？舟两旗以同进，马双辔而并驰。嗟蛟螭而水据，豺虎呀其在岐！脱重波于九江兮，几窘步于合肥。叹风尘之四起，恒扼腕而不怡！望树影而戢翼，闻风声而砭肌。幸全躯于畏途，相与达乎京师。我复官于司马，君得选而有期。思功名以就世，志欲扫乎枪累。繄西蜀之梁山，天遥遥乎一涯。昔弄兵于赤子，凛弗保其孑遗。君之行兮吉兆我龟，彼根节之盘错，惟利器之所宜。矧大宗之能武，有诗书以济之。职抚民与捕盗，匪殊势而异施。予何为其送君兮，驻城西之玉羁。感俦侣于今昔，念骨肉之乖离。燕辞社而去垒，柳逾春而不枝。何人生之长勤，尚努力于盛时！

天麻地黄煎赋寿涯翁六月九日生　何孟春

山泽之儒，草茅之士。神农之民，有美二子。麻也指天为姓，黄也以地为氏。爰从山东而来，河北而至，而俱挟长生之术，有延年之技。一旦邂逅何生之第，相与论日华之妙旨，制铁瓮之良剂。鼎铛甑臼备其器，烹熬蒸捣洁其事。芳润载掬，膏腴攸萃。尝自云功为岐伯所录，名列图经之最。人苟信而用之，疾可蠲，老可避，绿发无改，朱颜不瘁。久而弗怠，仙真可致。盖其才足以有永于世，故其身亦不免为有道者之所饵。何生得此，不敢以自秘也，而献于我公怀麓之堂。于时景风沓至，万物阜昌。值我公之初度，熙化日之正长。二子者久居药笼，各效神方。愿我公如天之南斗，地之南山，天无穷兮地无疆。我公在位，尝有以寿斯民之命脉。其去位也，又将以阅斯世之沧桑。逍遥乎独乐之园，婆娑乎履道之坊。举刀圭以自进，纷卿士而来庆。区区何物，亦厕豆觞；蕞尔之微，而欲贻篯铿，饮伯阳，荐羡门，酌广成。侑以偕老之诗，申以万年之章。醇醪味而实旨，乳腐臭而更香。珠有露兮石有髓，金有液兮玉有浆。质爽以亮，性温而平。岂比夫东坡之杞菊，老梗苦涩，不适口而充肠？独慕乎西河、南阳之寿，而欲峙之为糗粮。则二子者，于我公亦不为无功也。

贞烈妇赋有序　何孟春

贞烈妇者，工部侍郎乔公之侧室高氏也。公卒，高缢以殉公。有司以闻，诏旌其门曰贞烈也。高之缢，在扶公柩归太原乐平之后。高求死者屡矣，不速死者，为家人所制耳。高先死其心而后死其身，其积日阅月愈久而不变者，之惟贞烈能也。潘安仁《寡妇赋》、李绅《节妇赋》，读者悲之。若高之所为，其感动人心不尤甚乎？侍郎子为兵部郎中，郎中子为中书舍人，为吏部郎中，乔门之盛如此。贞烈妇之所为，盖乔世家中一不朽之事也。乐平今有贞烈祠，我师西涯大学士尝传其事，劖于祠石。余兹谨敷陈而赋之。赋曰：

繄若一佳人兮，何当年之命薄！抱郁结而含烦兮，属两间而无托。彼渠革与抑容兮，盛鲜浓而婀娜。岂载阳而摧颓兮？乃南熏而摇落。妾人窃自伤兮，煎白荼而内攻。鸡有栖而雀群兮，嗟谁适其为容？幽明之既隔兮，人鬼之难逢。不沟中之示谅兮，逝一死而曷从？

慨始事于主君兮，工女萝之缔结。佩阶兰而洒扫兮，迹敢离乎闺阒。遇主馈之不妒兮，复蛾眉之不能挈。比彤管以齐休兮，媲素纨而同洁。羌中道而愿违兮，变愉怡为呜咽。忽羽委而枝披兮，遂形孤而影孑。轸西国之轩辕兮，冤此生之短辰。顾四海而焉归兮，匪九族之无亲。世淑明而见忘兮，愧处子之怀春。感柏舟而载咏兮，怅翟茀之仍新。吾不难外倚而内依兮，见吾节与吾诚。

痛彼鳏之未瞑兮，思下慰兮九京。畴割耳而败聪兮，或剔目以毁明。发云委而截绿兮，脸波抉而流赪。火及堂而逮焚兮，台临水而任倾。既不抢攘以违难兮，肯龌龊而负生。生之不敢负兮，死其何心！竹有节而在抱兮，非无波而重起。抚余馥于枕衾兮，伺幽光乎席几。意悬悬而若予兮，魂茕茕而有俟。奉巾栉于百年兮，喟恩情其中止！仰所天之失覆兮，敢苍苍而自矢。势无迫于登楼兮，后绿珠之先坠。期何限于买棺兮，效韩氏之同瘗。心匪石而不转兮，从纬妻而竟缢。计背燕而同晋兮，既旷月而弥岁。死慷慨其不易为兮，矧从容而即义。日惨惨而无色兮，风凄凄而薄寒。送代云与陇雁兮，咸蹇铲而失欢。纷百花及城草兮，宜增悲而助叹，委霜帛于玫砧兮，弃银瓶于井干。合闺间之姻族兮，横涕泪而阑干。老靡芜于上国兮，荒薜芷于故园。奚不齐于合卺兮，德胡慊于采蘩？谢宿颜之粉黛兮，思托体于青山。旒缅缅而佩将将兮，舍寿宫其焉止。息跂层城之缥缈兮，恐扳援之不力。从百辆而拜双旌兮，几阻修而掩抑。出殑殑于重阴兮，畴假梁而借翼。谅显昧其理同兮，要天衷于君侧。溯九泉其甘饮兮，采黄垆其甘食。戒青鸟而启方兮，驱烛龙而昭塞。幸之死而靡他兮，得尚君之颜色。

呜呼哀哉！乃于人兮贞以烈，女之师兮嫔有则。钗金兮丝履，为谁修饰？芳三秀兮弗待，河再清兮可极。峡口兮何云，山头兮何石？施重兮身轻，敢专房兮常席。有褒兮天宠，下照兮幽魄。太史兮传之，永芬芳兮典册。辛夷楣兮椒壁，木兰堂兮桂为室。想神理兮斯在，俨冰姿兮玉质。挟宓妃兮凌波，逐湘灵兮鼓瑟。仿佛兮来临，酒香兮肴苾。顽而髯兮彼丈夫，几捐躯兮沥血。香火兮千秋，此婵媛兮高节。

节妇赋有序

何孟春

余友都郎中元敬为余言，其高妣唐节妇少寡，于元季之乱世，子女方在襁褓，而能矢心匪石，完其身以长其子于干戈之日。辛苦万状，卒及见我圣祖龙飞之运，子有立矣，而始从良人于地下焉。唐之节伟甚，有功都氏伟甚！都氏子孙克蕃昌于今日，如何其敢忘也。国初有传节妇事者，元敬兹复请，余乃为赋之。

慨有元之芜秽兮，致诸夏之反易！嗟骨肉之莫保兮，纷鸟木之栖择！眷妇子于目前兮，曶生之去而死隔。计中原之世裔兮，猖几披而荡析。幸委曲以存全兮，或行施之倒逆。繄若人之伶俜兮，凛冰霜以自持。指德门而言归兮，谓樛木其可以葛藟。顾青阳之未导兮，托白首以为期。

胡中道而失翼兮，凄孤鸣之孑雌？天难谌其孔殷兮，人事怛其日非。身弗男而既嫠兮，何困厄其如之！蓼莪既已就萎兮，叹原鸰之分背！秦树不可复巢兮，孰庭鸟之可俪？心摧残而如割兮，魂惝恍而焉逝。咏柏舟以入夜兮，揽繐帏以拭泪。谅之死而匪靡兮，痛保孤之不易。念所天之有属兮，抚二雏而无寐。二雏懵其曷知兮，越襁褓之孱如。阒匪室之莫窥兮，诉潜灵之靡途。烟尘汹以（澒）〔澒〕洞兮，廛市化而丘墟。守阛阓之故城兮，分郈城之义居。毁形颜以憔悴兮，全视息于须臾。灵尚其来余助兮，子是泣之呱呱。彼南邻与北里兮，慨罹变而改图。父莫留其爱子兮，妻何有乎死夫？世乱极而思治兮，运无往而不复。

氛厉夕以四廓兮，耀灵旦而东昱。仰圣皇之奋兴兮，遂群品于生育。爰陟巘而降原兮，出幽谷而迁木。曰阴德有阳报兮，见余庆之厚福。引不绝于一丝兮，启纤生于凷肉。翔千仞以威凤兮，横四海而举鹄。微昔日之遗彀兮，畴迨今而高鹔。考旧族于隔代兮，忍降皂乎彼嗤。汉功臣之苗裔兮，曾弗免兮氓隶与转尸。感痛定之复痛兮，重含唏而增悲。虎口梦而犹惊兮，羊肠度而始夷。维节妇之介特兮，实宗祊之所依。皇上帝以垂佑兮，匪都氏之云私。续赵卿之坠胤兮，协陈侯之吉蓍。在都氏之子孙兮，愿勿忘于既来。乱曰：

楚姬辞聘，墓有主兮。梁女不死，孤得乳兮。时清道古，固其所兮。若人拟之，心独苦兮。抉耳剔目，戗厥鼻兮。告诚明节，身就毙兮。亏形捐生，弗获已兮。何如若人，天独芘兮。阃仪母范，垂后昆兮。肇吴名家，孙子蕃兮。余为作文，示云仍兮。庶几勿忘，都氏孙兮。

瑞芝赋

张继志

岁玄黓之涒滩兮，溘朱明于蕤宾。产灵芝于邵陵兮，杂五彩之缤纷。禀天地之清淑兮，吸日月之絪缊。浥一气之沆瀣兮，启三秀之囷轮。倏芳风而藻川兮，或雾隐而云羃。散瑶光之陆离兮，森珉枝与金葶。羌濱水之滋溉兮，又香草之熏灼。搴杜蘅于九畹兮，异集蕖之绰约。茁朱柯与紫笋兮，恍琪花之菂皪。于是撷灵芬以承筐兮，揽群卉之馨芳。离卑湿之下土兮，陈君子之高堂。充珩璜之杂佩兮，佐洁白之壶觞。愿屑玉而为液兮，愿琢琼以为浆。沁甘露于金茎兮，流橘井之寒香。信长生之可必兮，乐眉寿于未央。曰余倥偬以侘傺兮，杂蒿艾而何防也。抱蕃蓏之寸心兮，虽不死亦自伤也。委嘉贶于草莽兮，亮瀛岛其无望也。抱灵芝而老死兮，终吾身以徜徉也。

愍知并序

龙膺

左司马汪伯玉先生，以癸巳年四月卒于家，予方被谪出长安，不及闻也。已归陵驿，闻公讣，痛梁木之已隤，愍知我之永诀。为位而哭，涕泗交缨。拟入于越，取道大彰，奠公寝门之外，而职事填委，畛域限之，计今且岁周矣。敬驰一介，炙鸡絮酒而往陈焉，时甲午四月。膺楚人也，因赋骚以招之。其辞曰：

夫何南陬之霠霿兮，曜灵阴曀而不开。羲和顿辔于蒙汜兮，六龙宛彼駓駓。合噫气之横流兮，叩众牝其若哀。雷凭凭以震荡兮，折云门之崔嵬。识龙蛇之次岁兮，实贤人之为灾。招巫阳以篿卜兮，灵媛婵而不来。怆予心之莫将兮，托玄鸟而陈辞。繄美人之降灵兮，裂乌聊之真气。祥烟晔其蚡薀兮，甹矞云之辉丽。骑箕躔以挺生兮，维越国之苗裔。梦灵鹫以征奇兮，表绂鳞而旌异。迈鲁踦之逸轨兮，竦岐嶷而含惠。祖月驷之骧骧兮，轶流俗而高世。

幼姱节而内美兮，乃独好修以为常。纕结绿与悬黎兮，岂惟佩夫齐光？荃酷烈以中发兮，芳剡剡其弥彰。繄董道以端操兮，泛辞海之洸洋。释神奸之鸿鼎兮，辨五父之元章。决沕穆于眉睫兮，麾块圠于毫芒。朝晞发于咸池兮，夕息驾乎莽罠之乡。乘神猋以遐集兮，俯盱衡于八荒。眇归墟之蠱空兮，宁阆风以尚羊！

倚阊阖而儃佪兮，望帝居而回翔。絙朱丝之疏越兮，奏清庙之琳琅。镂龙虎之奇文兮，粹黼黻于玄黄。

衔皇命以莅岩邑兮，委墨绶之若若。膏润霈其渗漉兮，鼓春阳于橐籥。既含鸡舌以入直兮，带龙渊之陆离。丁皇纲之荡荡兮，咏羔羊之委蛇。追绾玉麟以出守兮，遵楚疆而问俗。怀美珵以自韫兮，重修能以明淑。奏肤功于明堂兮，惟帝命曰良牧。羌炎区之氛祲兮，骇齿齿之长鲸。天吴九首之噩噩兮，土伯九勺而狞狞。郁毒雾之（瀏）〔漻〕漷兮，洪涛砉而震惊。草萧萧以无人兮，见鸟雀之空城。闵黔首之膏锋镝兮，哀阽危以伶俜！帝隐忧以眷顾兮，授黄钺而俾南征。师纠纠以雷音兮，廓瘴疠兮载清。锡彤弓之嘉命兮，拓疆圉兮敉宁。协骠姚以戮力兮，标铜柱以勒铭。

荷帝心之简在兮，履荆湘之旧都。遵鄂渚而击汰兮，睇南纪而踟躇。抽兰台之秘思兮，探二酉之群书。望瑶台而总辔兮，访佚女之有无。要屈宋与方驾兮，薄言览二子之祛。吊鹦鹉之不辰兮，渺中洲之靡芜。陟岘首而延瞩兮，慨万化其焉如！惟明德之并镌兮，阅千祀其犹未渝。克文武之壮猷兮，表江汉之令图。

帝耀德于九围兮，惧五岳之堕命。乘六传以北指兮，握枢管于禁闱。拂招摇以为竿兮，扬太白以为旗。畏皇威以巡行兮，校朔方之王师。陈七德之龙韬兮，拥七萃之鱼丽。狎犹辫发而来庭兮，爹登封于医无闾。辞鸿伐而不居兮，抗连玺之若遗。维哲人之昭晰兮，齐时序之消息。嗟王事之靡盬兮，怀昊天罔有极！絏予马于庄馗兮，税予驾于兰之泽。

望彰云之油油兮，指白榆之历历。修初服之芬郁兮，鲜有晖其奕奕。奉滫瀡以承颜兮，戏庭乌以娱目。挈仲季与翱翔兮，恣冥搜于燕息。披丹崖之窅窱兮，望神器以幽觌。追稷丘于悬圃兮，访羡门之射的。披清府之宝箓兮，漱瑶泉之甘液。发玉笈以璨璀兮，擘龙鸟之神迹。予小子无良兮，谬兹土焉是理。占紫气之轮囷兮，式至人之所止。藐大隗于具茨兮，循庚桑之畏垒。溯下风之跻跻兮，阐窅冥之元旨。瞻天都彼岩岩兮，愿齐眉以企只。恶碱砆以追琢兮，乃委疵而就厥美。

畫民生之劳止兮未有瘳，羌独振予之不逮兮忧予之忧。何嫂娟之盈堂兮，独目成与予好仇。日曛黄以为期兮，申婉娈以绸缪。熺华灯之明光兮，接元夜之悠悠。诒琼玖而莫展兮，授萱蒯必予酬。窥元籥之鸿裁兮，触贝宫之琳璆。御八龙之婉婉兮，乃驾言以遨游。吉士纷其托乘兮，齐玉轪而夷犹。申盟好以结言兮，或啸旅而鸣俦。俨归市华之阴兮，恍御风于昆丘。争汗竹之林林兮，藏名岳以俟夫千秋。岁荏苒以流迈兮，白露五变乎梧楸。欣民生之熙熙兮，亦庶几其无尤。

何时俗之工巧兮，竞周容以为度？鹗群鸣以嘈嘈兮，蜮射影而含怒。皇道清夷而坦荡兮，何予独重趼而窘步也？彼其之子不可察兮，岂其有他故也？去君门之九重兮，望浙氾而横骛。彼美人之抽思兮，恐众芳之迟暮。颂升中于帝畤兮，谓臣惠遗而在去。路阻修以多艰兮，隐悱恻以反顾。眷中怀之不寐兮，目营营而达曙。维摄提贞于孟陬兮，予将谒乎承明。告胥命于姑蔑兮，溯浙江而扬舲。亮古骥之弥敦兮，缅契阔其若蒸。欣连蜷以相煦兮，假娭媮以将行。折疏麻于南浦兮，感绵蛮之嘤鸣。聿褰裳以彳亍兮，渺一水之盈盈。念仳离之永隔兮，羌三秋恻予心之未平。

荃返真而委化兮，命猋轮而上仙。去五浊之纠缠兮，驭六气于寥天。魂眐眐以登遐兮，泊长徂而不还。邈河山嗟何及兮，情瞀乱而弗宣！夫匠石之辍斤于郢人兮，伯牙因锺子而撤弦。揆往古以兴感兮，宁居今而有异乎烦冤！予不穀之再黜兮，承嘉惠以南迁。惜美人之长萿兮，予独谁与为晤言？云冥冥而北征兮，水汤汤兮东逝。俨芳徽之若存兮，跂江天而雪涕。悲回风以送怀兮，荐瑶席以兰蕙。灵姗姗而来下兮，媵文螭于云之际。乱曰：

已矣哉！九原不作，莫我知兮。俯仰彳亍，将安归兮。纤阿既没，骥焉程兮。劳心悁悁，谁可鸣兮。行吟累欷，泣如绠兮。予非斯慜，而谁慜兮。

燕泉赋

袁子让

桂林之腋，沉水之间。石碛一派，有泉出焉。始厬渗而觱沸，终枝流而蔓延。枕文明而印碧，漱沆瀣而分元。无岁不潩，泓于八桂。有时长溢，灌于三川。不与醽醁而共酒蘖，不随张陆而护茶烟。为粒民而出世，顷沃土以穰田。

客有观斯泉者，揖袁生而进之曰：美哉泉乎！吾尝斟中泠于江巉，挹太乙于日都，吸明月于金华，酌金沙于霅湖。品虽登于杯碗，功未及于梁稌。斯何泉也，而功至是乎？

生正襟而对曰：桂渚之真，淑气之炫。郁结成泉，蜿蜒为练。其发于窦，其名曰燕。出有本而终闳，达盈科而外渐。渗玉乳以流甘，喷香雪而集霰。淖之不浊，澄之不清。洑而为隐，洄而若见。濯缨而孺有歌，枕流而客忘倦。拜汉甘而可宫，跨秦醴而居殿。此泉品中之绝流，岂人间世可多见邪？

客变色而问曰：凡名之立，惟实是副。鸬鹚集而成陂，鸳鸯宿而泊渡。池以凤凰而美丝纶，洲以鹦鹉而重词赋。泉兮燕兮，孰丽孰附？此子之所稔闻，而予愿闻其故。

生曰：泉之委蛇，燕以为期。燕之去来，泉与之偕。当黄叶之既尽，正青辂之方来。鸧鹒舌动，暖律风回。民举趾而首事，悉计耦以相裁。是月也，碧桃迎候而华，玄鸟应社而降。语叩杂而呢喃，飞颉（颃）〔颃〕而下上。此石此泉，若盈若涨。派云涌而星流，势滥出而瀑放。似骥奔而潨来，比虎跑尤觉畅。助通陂以润膏腴，过游鱼而来荡漾。乐岁有粒米之盈，大旱有云霓之望。及其东作既终，西成告至。景已谢乎朱陵，令传司于素帝。瞻月露之自天，怯金风之动地。功既衰于稼穑，民无借乎耒耜。紫燕巢空，朱衣巷闭。此石此泉，为归为还。田窦枯而成塞，琼膏秘而不宣。从鶬鸹以反国虚，犹凫鹥之在郊原。风不波而潮落，月无影而潭寒。收余泽于龙湫，养重晦于虬渊。其来也抱泉而来，其去也挈泉而去。吾以知燕之有灵。其缩也待燕之踪，其鸣也待燕之至。吾以知泉之有名。浮沉有定候，而如以潮海为程；出处不愆时，而如符天地之经。燕知泉之消息，泉以燕为神情。是佳气之所扶舆，而魁奇之所挺生。

惟泉之东，有何文简公者。饮光而生，濯神而出。孕玄鸟以呈祥，浴秋水以为骼。道溯矣而有泉，才虇焉而不竭。见有期而得出之时，涅不淄而得流之洁。忠愤虞渊，学探禹穴。甚矣泉之似先生矣，精相授也。甚矣先生之爱斯泉也，情相动也。于是乃翱乃翔，以游以乐。寻折氏之觞池，觅舜民之尊窍。掬不尽先生之赏，复拾为先生之号。谓夫泉隔我而尚离其神，未若我即泉而始得其妙。濯白贲于丘园，沛甘霖于廊庙。往来独任，左右逢源。性澄而尘不染，景过而鉴常空。洒霁怀以映秋月，布沃野以慰春农。注《家语》之文，而洙泗衍派。作《周易》之翼，而山水告蒙。修冏寺之马政，止滥觞于涓溶。罢大梁之戎事，兴沟洫以田功。筹边计数十事，而北塞驰瀚海之封。平滇镇十八柴，而南徼建瓴水之雄。擅学澜之百家，汇众派而朝宗。抗大礼之一疏，经万折而流东。大节事三朝而不解。典礼昭万世以为功。春和乘燕来而出，分湛露于九重。秋肃感燕去而隐，藏云水于深谿。两间正气，一代贞忠。此孰非先生之概乎，而亦孰非此泉之所钟乎？

客愕然而起曰：予初不知泉之有燕也，亦不知燕之有泉也，又复不知燕泉之有先生也。因泉知燕，因山川知文献。一闻吾子之言，恍见先生之面。

生怃然曰：先生之大，渤澥难量。先生之深，河源难溯。一隙之流，所达有数。此何足以钩公之元，而亦只以窥公之素？

生颐霤而折磬，客噤舌而却步。乱曰：

天命玄鸟，窍发清泠。气孕壮士，朝借正衡。词源巫峡，学海沧溟。处则渊塞，出则霖倾。百世为师，万邦作型。功盖古记，民到今称。惟燕于飞，惟泉不停。谁司去来，谁主消盈。不可得而知，吾知之燕泉先生。

瀛洲赋有序

罗喻义

瀛洲之山，远在东海。粤若稽古，图牒所暾。洲名者十，山名者五，壶名者三，瀛皆与焉。比于代间，亦犹冀方总九州，泰岱宗五岳矣。顾迹涉怪迂，匪赋何显，匪征何信？游拟逍遥，则方内不如方外。志存经世，恐集仙未若集贤。是用借汉为喻，终之以雅云尔。辞曰：

赤彘降，青雀下。武皇作，开金马。东方滑稽，相如文雅。有诏问朔，积水焉极。谁知其坻？神州有十。畴者神奇，抽子秘思。骋子妍辞，远想冥搜，为朕赋之。

朔拜稽首丕维曰：於戏休兹，岂不异哉！八方之外，巨海之埃。玄都紫府，玉楼金台。遵渚则有青丘凤麟，陟巘则有方丈蓬莱。何众屿之竞奇，而一壶之玄胜。隽八洲而先鸣，殿四山而后劲。于稽其位，厥惟东海。西直会稽，七十万里。地传木公，则诸真之秘馆焉。方乘震帝，则群山之隩墟焉。

昔余望于远海，睇彼蓬瀛。登于衡山，刻石作铭。曰：宝云生于露坛，祥风起于月馆。望三壶如盈尺，览八纮如带绾。余夙蕴此奇尚兮，东入海而徜徉。饮黄露于元天兮，饴丹霞以为浆。朝发轫于朱陵兮，夕余届于扶桑。维彼瀛之巀嶪兮，羌上广中狭而下方。类太华之削成兮，宛在水之中央。展其为大也，恍其为怪也。懭恍不可为容，闪倏不可为概也。尔乃六龙扶日而上升，五鳌冠山而番休。人民隶籍而皆仙，禽兽弥望而如荼。山川仿佛乎中国，风俗依稀乎勾吴。神芝烨烨而擢秀，仙草油油而芳萸。乃有玉石千寻，魁然其阜。下吐醴泉，味甘如酒。数升辄醉，后天并寿。既旨且多，酣饮则那。

余窃乐此据地而歌之。歌曰：天清地旷渺难望，浛天荡荡浩沧沧。百龄暂寄阿许长，清为婆娑玉石傍。酌泉如醴行羽觞，令君长生寿而臧。此中元超非醉乡，黄金作阙芝产房。千秋万岁乐未央。

据地未起，载歌玉醴。歌曰：玉醴方洁甘且清，有道服者得长生。挹彼注兹可数升，陶然常作醉中醒。念兹绸缪乐不淫，何当漂泊从伊人？

惟时相如大夫有醉其容，执简而进曰：吁咈哉异乎所闻！方今圣明在宥，化洽隐沦。西有太液三山，东有玉堂璧门。所谓瀛洲，即此其真矣。何必求之方外，而问诸水滨？朔言非是，臣请为乱，以正厥事。乱曰：

太液兮蓬瀛，玉堂兮璧门。山有木兮水涟，匪集仙兮而集贤。群龙兮跃惕，翼君王兮永世。

河朔避暑赋

周星

溯河朔之盛事，有避暑之遗文。繄何人之倡举，曰本初之袁君。历千秋而不朽，岂无借夫高文？慨自汉纪陵夷，方舆鼎沸！幺麽纵横，奸雄睥睨。惟君侯之家声，堪一世之师帅。兼州牧以将军，督幽并与青冀。时则水连漳卫，地界覃怀。山河表里，川陆儃佪。凡观风而览胜，孰不叹其壮哉？思四序之迁流兮，窃独畏此炎暑。六幕变为红炉兮，五岳化为焦土。恼万国之梦魂，滃九州之汗雨。郁攸加祝融之鞭，列缺佐丰隆之鼓。虽广厦与深宫兮，乞凉飔而未许。倕鏉羽与釜鳞兮，欲逃遁而无所。

于是君乃投袂而起，策杖而嘻，集诸大夫而共谋之曰：酷暑困人，一至此乎，孰为乐郊？我将避焉。

诸大夫皆顿首曰：谨受教。公之宇下，幸有乐郊。是曰河朔，去此匪遥。愿随公往，于焉逍遥。

君乃辴然，且喜且诧。命彼倌人，星言夙驾。移时而去，曾不半舍。

其为地也，左孟门，右太行。背林麓，面朝阳。接沁源之瀌瀌，抚淇水之汤汤。苏门之百泉鬻沸，济渎之盘石沧凉。此诚山川之最胜，固可雄视乎八荒。且也林木郁蓊，涧石落球。翠嶂栖云，珠帘飞瀑。芳草蔼其芊绵，奇花纷其馥郁。处士高径径之松，君子醉家家之竹。人也入乎其中，与天地而皆绿。又有水鸟林禽，朝嘲夜啵。文鱼跃于阶渠，瑞鹿鸣于庭榭。花间之玄鹤时来，云中之白凤欲下。非灵囿之等伦，亦上林之匹亚。

君乃屏驺骑，上高堂。经曲槛，度修廊。登岧峣之飞阁，入窅窱之洞房。莫不絶离娄而鞞韘，晻黮霿以荧煌。然犹未殚其胜概也。遂临巃嵸之峻宇兮，陟崣嵲之崇台。睇苍旻其咫尺兮，乱云气以徘徊。对群峰如列障兮，喜俯带之潆洄。箐樾翳其四合兮，眴茵席如莓苔。白日忽然匿景兮，清风栩栩以徐来。盖下视不知有几千仞兮，何有朱户与黄埃。

维时君则顾而乐之，披襟而大笑曰：美哉河朔也，此非避暑之奥窔乎？于是命几筵，具壶觯。倒琼浆，罗珍饵。招宾朋，呼佐吏。多士景从，群贤毕至。既云蒸而雨集，亦璧合而珠联。邺都空其诸子，竹林失其七贤。咸举觞而角斝，竞拈韵而题笺。晷无分乎昼夜，惟酣饮之陶然。亦有五陵少年，三河壮士。裘马翩翩，冠剑缅缅。殷紫毂与辎軿，闻高风而至止。倾寸心于酒杯，动悲歌于千里。又有明眸皓齿，玉貌冰肌，洛川神女，巫岫瑶姬。音泠泠而送响，影姗姗而来迟。本对之而忘暑，况狎昵于金卮。尔乃散发欢呼，解衣盘礴。或拍或浮，或献或酢。或弈或琴，或歌或咢。或剑或壶，或射或博。时醉时醒，时止时作。载寝载兴，载斟载酌。图席地而幕天，浑相忘乎晦朔。不识人间之可哀，差同天上之至乐。笑汉殿之金茎，陋曹家之铜雀。揶揄座上之刘松，咄咤村中之郑悫。朝食之千钟讵荒？平原之十日非渥。自有伏腊以来，曾未见有此数数。

方是时也，驱火龙于雪山，囚女魃于冰井。炎帝望之而回车，赤熛闻之而戢影。南讹类北极之寒，朱夏变金商之冷。此一举也，岂非千载之奇观，八纮之绝境乎？噫，高矣美矣，畅忘归矣！虽可乐也，亦可悲焉。乃坐而叹曰：

眄河朔兮王侯都，跨燕赵兮空中区。彼避暑兮袁本初，身行乐兮聊欢娱。惜乎垂荫兮无远图，瑶台金阙兮俄丘墟。徒传此一事于后世兮，良足动词人之欷歔。

俦影赋

潘应星

昦晶晔空兮，乌羽翔兮。皎朏丝丝兮，兔魄昂兮。荧烜支檠兮，儍俙乎棂光兮。憯仰瞻怯顾兮，而独徘徊兮，其谁将兮？去不可滥兮，来不可常兮。履之靡卑兮，扬之靡狂兮。抱形不税，容与徜徉兮，肆恋恋亦何伤兮？尔既不时舍，予奚拨拨兮？达勿矜诩兮，穷勿恇兮。庶两无愧怍兮，始终以偕臧兮。

故病赋

唐访

我生之历，丁巳庚戌癸巳午刻。夫人卧病，病革儿生。呱呱而泣，乳失泣声益出，亘昼夜不息。如是者七日。

往叩邻室，远索乳汁。三匙入腹，喉噎不知两颐之滑溢，儿泣母哭。如是者一月。

乳汁不继，日见憔悴。夫人曰：吾不忍置之道旁，不育如弃，恐牛羊之不字，吾将付之老妪，饘粥以饲，布衾以卫，听一丝之自系。如是者三岁。

稍历寒暑，稍厌禾黍，稍习言语。夫人授书，稍知今古。孰是孰否，诺诺如有物而忽欲吐。夫人曰：是儿不腐，不愧而父。厄遭命阻，岁在己丑。祸撄珰怒，大人就逮。家人腐鼠，不支门户。自是废学，两目无睹。如是者岁十五。

珰祸既雪，家人始集。某始负笈授业。不见皮毛，妄意肝膈。不见糟粕，妄意津液。忽不知其心手之扞格，如扪空，如触壁，如胶唇，如钳舌。虽王良在前，左执衔辔，右执羁络，而终欲一往以奔逸。如是者二十。

再战于燕，三战于楚，俱败而走。丧气垂首，妻奴见丑，朋友苦口。抱瑟齐门，三年不售。献璞秦庭，三年不剖。得毋类是，是谁之咎？三诘不受，惟故辙之是守。如是者二十岁有九。

丙戌之春，望粤而弋。一弋而获，是以声名浪籍，遂烦征书之下及。有司催迫，诣阙陈述。臣白：臣病臣癖，臣病风狂，臣癖泉石，不足供犬马之役。臣义纵不得辞，臣耻不敢由捷径以入。天子曰：诺，白衣从事，如古李泌。如是者三十有一。

戊子以后，乃不遑记，乃见颠沛。故园荆棘，举目芒刺。某时辱使，从大人于泰山之次。敌人见募，算以百计。某时敝屣，从大人于梅山之界。采蕨而食，食不盈器。独日向北山，望西风而流涕。大人愤忾，仓卒弃世。某时凶服，从夫人于溆水之汭。己丑之变，网罗四至，举室被质。某时徒步，从溆人于他山之外。骨肉分裂，肝肠寸碎。无声可号，无泪可拭。在数日之内，于是用张良因项伯，脱吾翁于烹俎之地。又不欲髡颠毛，缚手足，委臣妾于刃斧之厕。藏头自蔽，顾影自悸，虞此身之堕坠。如是者三十有四。

过此以往，吾不知逃走无人，振空谷之响，飧松脂，服羽氅，挟飞仙以下上。抑不知其编藉门闾，分司空之壤。春荷器，秋刈壤，逐农夫而俯仰。吾不知其僵立饿死，比迹于西山之二士。天子不臣，诸侯不治，从黄农而存子姒。抑不知其北面就位，托名于痴顽之老子。三去不辱，三就不耻，侣魑魅而溷豕。吾不知其饮酒猖狂，为漉巾之彭泽，为不醒之步兵。或歌哭，或行吟，齐得失以一死生。抑不知其崎岖苟免，为望门之张俭，为堕阁之子云。或毁名，或戮身，逭人厄而罹天刑。吾不知其天地更张，日月再光。宫殿煌煌，人物乐康。白发在堂，考寿无疆。结冠缉裳，三揖行觞。习礼乐以叶宫商。抑不知其天地长荒，日月无芒。宫殿茫茫，人物流亡。白发他乡，沙场眼黄。辫发垂珰，屈膝盘床。毁俎豆而废宫墙。

然吾自知其能上下飞仙，为物化之蜉蝣，不能俯仰农夫，作服箱之马牛。自知其能饿死西山，为不食之枯髅，不能逢迎五季，作衣冠之沐猴。自知其能追逐陶阮，为方外之闲鸥，不能学步张杨，作狱市之累囚。自知其能翱翔盛代，为鼓腹之歌讴，不能弥缝晚世，作扼腕之鸣啾。盖自吾有生以来，记日、记月、记岁、记十五、记二十、记二十有九、记三十、记三十有一、有四，而积痼痿痺之有由。仓公按指而叹，扁鹊望色而忧，吾又安能使吾病之得瘳？

渔仙洞莎罗庵赋并序

周圣楷

武陵龙君御先生，好隐居山水之间，遂自号曰“灧公”。余甲寅春从之游，先生复买山于桃源最胜处，即古渔仙洞也。先生卓一庵于上，名曰莎罗，志禅也，又志洞不属渔仙，而属灧公也。先生于性命则究其精，于文章则纂其大。而为人复坦夷玄旷，喜接名流后生。视晋之安石、宋之子瞻，又何若也。先生夙具文武才，正当用世以竟其担荷，一渔仙洞何足以老先生邪？善乎朱兰嵎太史之序先生文曰：维摩丈室，固能纳被十方。安石东山，无奈望坚四海。余有感于心，是以归而作斯赋。其词曰：

岁在阏逢，月在长嬴。周子返花源之棹，登祝融之顶。气励志凌，蹑云顾景。有南岳先生进而揖曰：子从花源游乎？曰：然。花源游乐乎？曰：乐。亦有见所未见而可得闻者乎？周子曰：秦人鸡黍之事，不可叙也。瞿童上升之迹，不足征也。惟夫武陵之上，有灧公焉，貌甚伟，抱甚宏。早岁登蕊榜，列簪缨。空赤县东南之士，提楼兰百万之兵。出入风云，三十余祀。辞凤诏于彤廷，挂鹖冠于紫荔。日与高士畸人，寻山挹翠。间携鹤发，觅鹫岭，惟栖真养性之地。于是渔仙标洞壑之奇，莎罗表薝葡之异。地以人灵，景以人萃。余尝游而乐之，几忘归。今为吾子叙，恐亦未易也。南岳先生于是敛容曰：唯唯，愿闻。

周子曰：若夫渔仙之别洞，据花源之上流，层峦翥凤，绝壑蟠虬，支分丹穴，形胜青丘。尔其带以龙溪，伏以马石，万岭流霞，双峰削黛。岌峘宫霍，凸凹俱备。左环右抱，参差荟蔚。芙蓉璀璨，上千银汉。缥碧辉煌，下映岩房。

其东则有秦人避地，桃花列岫，白马雪涛，绿萝晴昼。蒲九节而通灵，芝十年而长寿。龍叠叠而如波，岩斑斑而若绣。其南则有穿石玲珑，水心岞崿，仙掌盘纡，渔网交错。鲛人商佯于大泽，木客悲吟于长薄。返照射于谽谺，轻烟羃于礿略。滩鸣夜以如号，石冲波而欲攫。洊澱悬碕，峃硞礐确。雨过则碧涧游鯈，飙举则青霄唳鹤。其西又有灵岩三洞，梅苏二溪。洞中则有瑶葩玉屑，龙象威仪。光凝紫磨，像俨白衣。赪霞驳壁，坏藓残碑。神女夜游，山鼠昼飞。溪上则有黄麋带子，苍鹳哺儿。籀文石墨，翠潋香泥。汀莎岸芷，荫映渔矶。舴艋容与，台笠犹夷。其北则有犀石障江，高吾河洑，跨沅横埭，崆峣嵚砐。背倚阳山之峆窞，回顾善卷之彳亍。新筱缘夫枉渚，老桧翻夫悬瀑。灵欲泄而莫遏，境有幽而必瞩。

灦公于是蹑飞云之履，乘芙蓉之车，张明月之盖，曳紫霞之裾。招邀物外之士，周览仙人之居。乃令山溪农父，斩棘芟荆。跻萝磴，陟椒庭，盼采阁，凌青冥。获兹胜地，佥曰巨灵。枝峰蔓壑，星牖虹棂。沉香遗蜕，电秘雷扃。岩岩神嚣而霄峙，皎皎仙的而烟萦。远近嵳崒，前后峥嵘。三灾之火罔惧，四大之风不倾。真至人之所宅，匪劣质之能凭。

灦公于是情驰雁塔，愿布祇园。药封丹灶，果种金田。仰观星极，揆之以景。俯察地势，界之以川。伐木兰而为柱，刻丛桂而为椽。卓素苑于山河，列香刹于林巅。莲舒藻井，芝绕雕檐。天龙踊跃，人鬼庄严。庵命莎罗，亿劫绵绵。

于是赤髭白足之老，密行精进之人，莫不泛宝筏而利涉，望彼岸而攸循。兰台贝藏，袭以芳荪。莎镫象荐，团蒲晏温。超生出死，拯世觉民。金磬若潮音之翻沧海，瓶水若甘露之洒微尘。

由是地长雪山忍辱之草，岩生天宫陀树之花。动物无麇胎之虑，植生无槎枿之嗟。泽有衔珠，野有纵豝。驯鸽晨投，岩蜜晚衙。跂行喙息，蕃衍无涯。是以当其春风扇和，溪山佳丽，异绿染衣，腥林落毳。屐齿自蜡，单衫共制。净域逍遥，罔修祓禊。一觞一咏，无拘无系。

若夫赫曜当空，炎尘不到。蘋末轻飙，松间长啸。枕石漱流，解襟脱帽。鸣蜩十里，往来一棹。又或侧闻峰顶，梵呗清妙。修乐静观，如登海峤。至于木叶下，秋暑凉，万籁寂，百物僵，则又永山间之莲漏，净苾刍之法场。宝月共额珠长照，旃檀与意蕊俱香。不羡足音空谷，何须荡桨潇湘？又若白雪旋舞，琼山长嶂。洞房无人，寒消蕙帐。梅花邮致，秫米初酿。道侣时亲，尘容靡抗。间登剡客之舟，痛喝德山之棒。亦何春而何夏，觉浮生之为长。是以瀃公动静惟道，出处以时。贵不自骄，隐不自畸。屣倒贤士，茹接玄缁。功辞燕颔，妒谢蛾眉。息心平等，芥纳须弥。遇山水而发其蕴，遂成千古之奇。余借非得之亲炙，而子宁不余疑，然此略叙其一斑耳。若瀃公者，正譬之昆仑、黄河之派，伏地中者万三千里，而莫窥其际。余小子又何知？

南岳先生于是举袂振响，凭虚而歌曰：子胡狂咤兮，为是大言？自混沌死而皇王魇兮，世日耘耘，彼瀃公兮何人？

周子亦骧首云霄而歌曰：彼瀃公兮，余知有瀃公兮。世不我知，又安知余知瀃公兮？

岳麓赋

吴愉

庞洪启维络序，阴阳根顶趾隶。灏莽六虚，端表四极。丹宅暑门，铨德钧物。参和望，灊霍副。纳广莫，宕海日。七十二候以纬旋，三百余纪而经度。匹轸宿之中央，枕湘流而南顾。三峰天外，艳碧落之青莲。卷石岩巅，嵌瑶穹之茵褥。牛金雾以胠胰，马赤雯而踁肆。修圭秀谷，玄虎拥麾。昭霞暮云，朱禽翔伏。苞符何代，明德苍文。灵杰有因，辟丞名宿。

若夫彼岸俶登，彝庚示履。烟茗亍而络逵，花介绍而入室。游庵唐英，飞螭汉拟。阶恍天升，榱县日绮。河海漾瞻，斗辰乔晒。萸炙凛光，凤明式仪。雨香一山，风春四几。洞洞属属，嗎嗎婺婺。碧翁奎肇，素臣岑起。再月求嘤，历霜袭芷。叟支离以撼空，孙林于而被帊。仙少礴石廪之云，山鬼诧赤文之纪。位尸六以时陈，经垂五而波弥。渠兰泛兮九鬟，井华滋而百及。

吾师乎，吾师乎，静一以造兮，峻极而道兮！平而崎，显而奥。阁珠吐寺，屋金流杲。参横天尺，壮于素王之居。月范丰华，贲于杏坛之老。松门寂而花雨冥，黄烟冷而仙巢杳。鹤阴逸响，的三绝于葱林。鸿陆衍亨，榜九河之绀藻。山高水长，风挹道乡。妖靖丑假，志壹声颃。仪综旅整，文皓武堂。莫待谁绥，莫前谁昌？踏蔚蓝兮阊阖排，凌瑶碧兮河山推。新新月与，习习时偕。可诵可弦，可枕可漱。可咏可觞，可独可聚。昴枢房毂，易以无方。虹渴日睨，涉焉成趣。

彩绚林华，匀敷赤嘌。黛霏野秀，软舞轻绡。潭影烟光而素寂，鸟更谷漏以萧骚。或中丽而景匿，亦深瞑而旭昭。四时之朝暮也。晴醺自醉，冶淡微嫣。流歌更度，簇绣递然。清风故人，绿雨㣲眠。翠空飞湿，竿晓亭烟。屭屓诞旷，峦稚靓娟。涛飕萧瑟，鉴冷泓川。云气生衣，石籁亹弦。瀑丝幻雪，粟肌翻炎。朝暮之四时也。

间流洞口，苍狗白衣。细缕绛腰，婴茀素蜺。响落自天，钟磬木鱼。幽樾姿生，野马妍皴。泉发林梢，树荠大陆。阁支仙掌，火连霞域。熊馆封蜃，虎门游鹿。瑟瑟红红，琅琅汩汩。翻银倒景，翕丝亮竹。苍缀山巾，纹披水縠。岚帚开青，风梭织绿。松鬣梵冷，泉乳香勃。萝女团荫，云卿敞幕。不月澄明，无风肃穆。狎飞鸥，友眠犊。宾游姝，侣樵牧。长啸山灵，寤歌思服。节彼南山，尾兹大麓。首出克承，始功有卒。振宗风于名胜，微斯人其谁属？

南岳赋

王夫之

结天元以纽灵，讫阳冶之鸿施。母黄精之函载，爇相见于重离。帝宅炎以诞命，帙万年而不辞。是故其为状也，唯其为象也。尔其所自昉也，爰其所自往也。蝉延蚃挂，蝓虬蠖躞，蜚戍腾拿，龙眒鸾敞于五千里之外者，猲不知其飕绵之逌柢，而匏系之屡迁，固有神荄逡巡而戒步，烛阴睥睨而改颜者矣。乃循近趾，踪远迒，析柔埴，柬骍刚，沓翠微，眬夕阳，幽蚃泣，掣兕狂，别子汰，委裘王，杓匀栉节，逆迎顺将，拎幽络阻，逐景飞光，乍曲驸于坤麓，终回箫于兑方，则亦有可得而形相者焉。

原夫岷山之俶立也，会昌建福。络启大江，荡涤东井，襟带崟钟，是器术之所复穰，而火正之所下降。故其灵吭嗉吸，神瀵尾倾。条分万岫，形擢孤荣。崒嵥翕叶，崭阢硠勍。佚莑莑以田田，集翧翧之翁翁。五指南纤而戌削，三眉西妩以娥孅。匪思存而税驾，脉夭绍以东萦。于是滨若泸，跨马湖，谢锦水，揖云巫。缠以西溆，骖以镡溇。披纷夫夷，趠桀都梁。虽雾沓而星缀，实振领而维纲。盖不知其几千里，而翔集乎邪姜！尔乃蒸水南夹，清涟北款。乍纼崇崖，或襄沙潬。帛飞绪舒，凌蹙烟缓。迫然掣搽，妥而淹蹇。如惊非意，相忘以坦。眐眐浮浮，蔓垂棘钩。又历条山，撇裔水，而后乃抵乎其丘。则有巨块岩石，赪肤碧肌，截为列城，覆为悬帷。繁星经曜，间以晃熠。修鬣平茸，杂以迷离。桓午樊篥，豀以洞达。康逵互径，敛以崔嵬。怒而奔触，旋以妖媉。已顾弈僷，骇以锷鬵。风萍漂细，散以诡状。欱然中起，拔以崇魁。奔精歙魄，停凝矗峙者，则岣嵝为之经始。坡陀逶迤，方伏以起。亘尔顺衍，惊踊旁徙。寻不周而发轫，觅常羊以遥指。仅标秀于七二，纷余峰之莫纪。簇红华，立白石。启小嵩，亚太室。开双髻于玉女，参石廪于麦积。蜿蜒蟠跃，蚓蝱蜴蓦。复或僇牢，单乃瘠徆。翩驱娑其归翰，盘容与而整翮。薄经营于栾坞，已缅邈乎皋宅。张其华盖，郁为烟霞。崱屴崟嵚，天门嵯岈。披九闾，邀日华。神之嫕留经过，杳亭亭疑不邪。则安上芙蓉，匒碒巃嵸，辅承巑附，以奠祝融之封也。

其高也，拔乎原隰者九千六百步。轩轩尧尧，以扪银汉而拄罡风。玉衡乳垂，长沙咡从。朱鸟翼覆，天市作墉。皑光下烛，朱英上通。孤碧混霄，返翠漾空。维时蕤宾律御，羲和辔永。云敛数丝，宵涵万顷。粤涉焉而步测，有天末之焜炯。维南极之枢星，视胡考于仁静。彼征瑞而乍炫，此屋至而恒炳。舍离合之神山，谁共觌其光景？盖其穹窿嶕峣，矫袅萧骚。诣空宛至，出险将翱。平揖太白，俯劳嵩高。哂岱宗之临深，况恒祠之溢褒。宜光怪之伟艳，回寒暑于坰郊。蘋末乍动，焚轮已号。鞺鞳隧陨，扊以冯总。触突漩瀄，余以呦咬。石级柔摇而闪霍，铁梁轻举于鸿毛。其或宿蔼蠲，明星晢。晨鹍疑寝，夕虫喧砌。沆瀣莫分，海天无际。眂金缕之线兴，沓锦浪之腾曳。浴火镜而踟蹰，奋晶宇以涤涚。窕惊心而荡胸，羌不宣其绮丽。何人间之未遥，蹇迟迟其始霁。至若繁云兴穴，油阴冒野。雷雨半山，晴虚孤写。丰隆婴啼，列缺镫炧。浸升云之连蜷，始羃历乎趾下。斯非睽仿佛乎天人，胡同埵而殊冶也哉？

祝融是降，衍为赤帝之阜。秀如摘以离群，矫欲流而终取。其左则朝阳、日观、九仙、润牛、毗卢之所蚴蟉也。其后则雷祖、九龙、莲花、潜圣、妙高之所拥负也。其右则南台、罗汉、明月、涌几之所舒纽也。其前则金紫、流杯、乌石、黄华之所奔奏也。其阴则荆紫、大沩，迤逦辟仆，鼌旋乎暮云之逢迎，而熊信乎岳麓之邂逅。其外则湘、渌、洣、浏，衿回佩纫，而凭隐乎云阳之墟，以挹注乎敷浅之薮。其南则石鼓回雁，碧云雨母，鹗峙鹓胪，椒聊瓜剖，以奔息乎海峤之列五，与夫潇山之疑九。回薄磅礴，团圞枯复。控扶来廷，少长维族。岂后至之或凶，匪挞彼而臣仆。傲紫盖之不宁，终同区而必穆。唯猊奔以鹫举，奄灵徕以载谡。栖赤熛之感生，俨司天之帝服。惩祀典之不经，选祝诵以宜谷。

神眇眇以蝹蝹，紛迟下而流睩。

时则常伯夙请，秩宗宵寅。发策明堂，降匭端门。清酒既茜，制帛维纁。驿驾驰道，有来湘干。蒲钟奭发，风吹清喤。燎飘光以乍晻，香屯烟而徐馨。降炎精之蟲蛸，贻君子以芳荃。勤九伐而不匮，匪明德其已谖。乃至南陆迎日，元辛涓吉。后有事于方泽，差名山以作匹。赫炎冈之显祇，坛六成而列秩。虽逌眡乎上公，实王禋之载谧。瓒筑郁之醇酚，鼎刚骍之茧栗。诚高朗以令终，作后祇之丞弼。彼熯乾封而号万岁，已启俶艳而替昭质。奚况亭亭云云之部娄，浮七十二后之雄心者，曾何足泚右史之彤笔邪？

德馨维瑞，灵贶斯征。护轩辕之琼瓮，霏宝露而饴凝。揽寒晖于夕馆，帝缱绻以宵兴。赉群后以涤目，宛萦带于蓬瀛。降湘妃于北渚，宾朱凤于南陵。迨夏后之斋寤，冀通精以澹炎。畀金简之云籀，谒苍水之灵傀。□弥滔天而无联，棨丝理于奇赅。苟神筊之终吝，眷羽渊而增哀。敩随刊于土乂，讫郊享夫黄能。虞遂陟而觐后，搢玄玉曰俞哉？黄垆敦膏，红泉酿溜。英英九丹，煜煜三秀。鸓明乳雏，应龙伏蓝。叔夜浩叹于林冈，宏景褎回于句岫。故有《山经》穷其削栜，渭卜罔其占繇者矣。乃其什一千百者，犹可得而究焉。

其草则有黄精少辛，芎䓖射干。幽兰菉筑，勺药芳荃。苦葴甘菊，葌茅香蕳。虋冬紫茜，沙参白前。昌歜九节，龙须缠绵。竹纪千龄，松寿万年。青葙虎掌，蘧蒻旱莲。禹余称粮，威灵名仙。交藤乌首，翁草华颠。蕨蘵薯蓣，冰台窃衣。五加羡玉，百合胎玑。绿覆春皋，芳泫夕晖。谒风送熏，馡馡馡馡。积雪吐蕈，方暄擢薇。丛点山椒，弱映水湄。

其木则有梫桂厚朴，榛橡含桃。丹枫英梅，梓榧杉榣。径松接武，微风振涛。银杏山矾，黄心碧梢。木莲六出，晕紫斫瑶。芬熏百寻，艳荡九皋。扶条逼上，擢挺危牢。猿狖磬折，柔逾饧膏。瘣瘇籧篨，虬文曲麈。螺旋乳结，盘涡瀵尻。雅宜曲几，或便诗匏。巨竹繁生，细筱侧出。大任汲炊，直中彀率。密箐云遏，修篁风谧。骀荡藋靡，檀栾萧瑟。晚茗早荈，屑云荫日。紫笋绿枪，鹿茸荷蕊。乃令又新品泉，鸿渐浣盏。吹松风，瀹蟹眼。祛孝先之便便，罢伯伦之荷铲。视天池之与顾渚，亦可登洙泗之狂简也。

其泉则有金沙娑罗，贯道水帘。龙池洗衲，虎跑三潭。春草载荣，石髓飞甘。澄涵霜月，清混郁蓝。拂阪陵碛，悬珠铿吟。偶拽屑其喁噢，旋庨閜以崩坍。振鼍吼之鼛鼓，幽蛩泣其淫淫。惊达旦以宄豫，寄清怨于江浔。

其岩岫则诘轧绸缪，铍挺弓弨。始乎纤屈，终乎广袤。蹇嵯壿翳，疑坠稍收。棱曾磕沓，攲憸徾欱。槛泉沸射，杂以涟謱。千章蔽日，则禺中警夜。丛笴留霜，则暄和怀秋。杳扳扪之绝迹，谁丁丁而见求？阏鸟径以太古，藏内趾之与胥艽。其兽则有玄豹文狸，独猿岐雌？驹駼山都，豪豕刺猬？麃鹿封豨，麖麏兕犛。麝父王孙，蛩蛩狒狒？吟鼯啸狐，清宵吹沸？跂息骚骇，趠越愤毅。度夕樾之与朝阳，坦不忧夫罗罻。

其鸟则有素鹇白练，山鸡吐绶。睍睆莺啼，钩辀雉雊。倒挂鸑雀，海青鹰鹫。鸵鹖鹧鴂望峦斯就。白展素沙，丹欺绨绣。莫不矜羽弄魂，欢春警昼。盼兰芽以低啄，掠飞云而横逐。

其殊异则雨虎晴见而阴合，云师霁出而雾腾。绝涧闪夜光之木，悬崖炬圣者之镫。灵蟆浴春而酿雪，神蜥弄水以飞冰。思爰求而恍惚，亶不信其己曾。迹其昭爽之瑰绝，揽其滂沛之勃蒸。自非象外栖心，天徒合契。莹秦镜于密勿，觅轩珠于辽戾。固有望景而肠迷，临高而神闭者矣。

琳宫丹馆，依隈附巅。丰碑隆碣，冠阜临泉。樾观月清，石梁虹悬。飞航切云，高台合烟。则有巨公经过而磨崖，逸民忘反以闭关。墨卿韵留于金石，琴客曲写其猗兰。其戾止也，拓内美，浣尘虑，披天宇，益修度。心谋籁通，目击道遇。昌黎恣七谏之游，考亭伫三益之素。扶桑旦濯于云中，缟练徐消于天步。指苍天而予正，何美人之迟暮？崇仁抗疏而雾隐，广汉作牧而星聚。东廓函丈而英延，甘泉尸祝而芳驻。咀德华，漱仁津。衍河雒，艺丘坟。树旌帜，翦荆榛。匪西河之疑似，乐雩坛之佳辰。近则荆溪制相，远则江陵詹尹。拂车辙于层峦，观初暾之轮囷。拊剑而毅魄增，振衣而壮心引。滨九死以崔嵬，拯天步之邅闵。若夫杜陵、西昆、香山、淮海之续风而接轸者，取青妃白，激商谐羽于其间，诚无情而不尽。至如王孙愤俗而埋迹，高士问津而行药。子野罢篷以流观，少文展图而栖薄。邺侯避李而挂冠，致堂却桧而蹑屐。忠诚旁求而鹊起，黄门经始而鸟革。刘公昊。谅卜吉于允臧，抑降神其维岳。

矧夫银地表瑞，朱陵通真。释子弥天，羽客乘云。九佺霄举，只鹤霞宾。鸟爪翻书，石粮自餴。懒残饭芋，岩老长醺。扣玉壶于海客，奏云璈于华存。舍茈姜于金母，养钉铰之胎魂。云軿来其宛在，哂探岛之徒勤。逮其三车东驾，五叶南开。头陀既景，思大爰来。海迁蛟馆，顗观天台。让磨石镜，迁骨莓苔。慈明狎虎，芭蕉浴雷。绿萝结庵，露灭名斋。丹霞鹿门，金轮南台。息牢山之戍客，踵紫柏以钤椎。其蠖伏而鸾举也，盖不给于更数。光参帝网，威震毒鼓。位拣君臣，要分宾主。俨华藏之庄严，又何论夫双树！以故金碧璀玭，堵窣穹崇。比岫联香，接宇闻钟。花雨成蹊，白云在封。埒石听于道生，拟鸟供于懒融。苟息心于玄悟，岂来者之未工？虽画一于邹鲁，展道大而必容。要非包泐肸，析鸿蒙。遴众妙之所都，建万壑以逌宗。则夫澒洞溔漾，攒合茏葱者，胡凭借焉以孕大观于无穷也与？

是故其为奥区也，脉蜀踞楚，拒粤引吴。北吞龟陁，南掩苍梧。顾云阳而掉臂，何台荡之与匡庐！浮洞庭，绾濂浯，带潇湘，向背殊。煌煌唐唐，跐踔首出，以参伍乎鄗都。距北戒而络汉广，纪南条以拄天枢。道靡崇而莫尊，功维爽而不渝。皇哉有虞氏之庆也！肆见群后，孟夏徂征，爰服三苗。乃叙南衡，玉辂匪劳。荆土载宾，五圭俪帛，一死二生。诚无妄而苟荐，辟奔走以载盈。

昞自他其匪称，格帝享于斗精。渺江介而遥履，作百王之典程。嬴氏乱纪，汉德中凉。割长沙以建芮，隘幅员于朱方。济三江其已惴，矧云梦之可航。侈瀿霍而僭号，跻小星以专房。羌惉懘于脂辖，讵苾芬之能飨？於戏！阴礼阳乐，征皇王之贸轨者，岂不伟与？抑敛福之丰俭，帝睐焉而以笃其棐也。是以乐惭者缀促，礼朴者俗鬼。邈虞汉于霄渊，更善败其凡几。缅乔岳而揆明禋，继皇妫其孰踸？怀江永于比兴，仿南风于博依。简明德于炎精，溢余思于有斐。颂曰：

赫赫后胙来昌鳌，真人南翔翔阳维，北汉沮漳南湘漓。中合穹岳云葳蕤，蒸哉我皇诞膺之！万寿百禄重离明，秩正川麓灵怡情。报哉不遐朱凤鸣，绥我曾孙宅荆京，靖兴肇允□与庚！业业不倾补天石，赉予金简迁禹迹。帝锡玄圭岳之绩，荡涤川原帝皇醳，骏发炎光庶昕夕。辉辉炫炫岳精来，陵嵩华泰恒若敦，蒲姚安姒企相陪。乃眷南顾曰念哉，玉衡贲光天门开！

湖南文徵

四

［清］罗汝怀 编纂
邓洪波 主编

岳麓書社·长沙

文獻叢書

嶽麓書院

总　目

第一册

第二册

第三册

第四册

第五册

第六册

第七册

第八册

第九册

第十册

目 录

国朝文

卷一 疏一

卷二　疏二

卷三　疏三

卷四　疏四

卷五　疏五

卷六　疏六

卷七　疏七

卷八　疏八

卷九　策

卷十　表

卷十一　颂雅附

卷十二　铭　赞　箴

卷十三　议上

卷十四　议下

卷十五　释上

卷十六　释下

卷十七　解

卷十八　说一

卷十九　说二

卷二十　说三

湖南文征　卷一

疏一

请定仪制明名分疏顺治二年五月初十日　赵开心

题为仪制宜定名分宜明，以光典礼事：臣等于初五日随朝，有鸿胪寺官传汉官俱北向立，同满洲跪接王驾，及驾至即回。群情咸谓前此未跪，而今日跪之，是徒知尊王上，而不知王上之尊朝廷，适贻王上以不安，宜其艴然而返也。顷刻举动礼制分明，举朝诵圣明天纵，非寻常所能测度。至初七日，鸿胪传谢恩，诸臣赴端拱门行礼。夫以叔父之亲而兼摄政之尊，其分位原与诸王不同，即臣民平日亲之尊之，心悦诚服，宁肯外于拜舞？但见朝辞朝各官，将面识其才品可否。若谢恩一事，皇上之恩皆王上之恩，中外莫不倾戴，岂区区在此拜跪之间？故虽群臣朝见，亦必限以礼数，分以冠服。何以别于皇上？何以示人瞻仰，不失臣下尊崇王上之意，又不伤王上尊崇朝廷之意？乃行之而相安耳。臣谓仪制宜定者，此也。

至称号之间必曰正名，臣每见颁之诏敕、诵之臣民，皆曰叔父摄政王。夫叔父为皇上之叔父，惟皇上得而称之，乃臣民一概同称，是尊卑之无异也。自臣言之，当于叔父上加一“皇”字，然后上下有辨，名位始尊，书之章疏，垂之史册，乃昭然而可传耳。臣谓名分宜定者，此也。是二事虽拜起称号之常，实关辨名定分之大，伏乞圣鉴施行。

案：此疏奉旨：这本说仪制名分，情文俱惬，礼部即详开仪注奏行。

恳进剿疏顺治二年十二月十一日　　赵开心

恳催兵进剿，以救残黎，以沛新仁事：臣于本月初二日，接湖广抚臣何鸣銮揭帖，内云湖南六府尚未归顺。及问赍奏差官，则云已差人招安，尚未回信，但水陆梗塞，谷米货物俱不得到省城。又问新抚院发兵与否？差官云兵马并未上去。昨初六日，臣有家人自家乡来，问长沙府光景何如，据云长沙先苦于献贼，后苦于左兵，城内城外之人仅存十之二三。现今仍有李贼余孽、左兵余党，及张总兵、卢总兵兵马近二十万，无日不抢掳，无处不焚杀，征粮养兵急于星火，斯民涂炭，实在汤火中引领而望，只愿清兵速至，殆不啻大旱之需雨、危亡之待救。前此亦闻发兵矣，外廷不能揣摩，未知定向何所。臣生长长沙，恫瘝切体，家人亲见，非属臆传。伏乞敕下兵部，差官驰谕，或江宁兵马，或湖广省城兵马，星夜遄行，只须数千前去，便可殄灭。早一日便早救一日孑遗之民，定一方亦早收一方归心之众。臣情切梓里，事在倒悬，鸣不择音，伏乞圣断施行。

恳勤召对疏　　赵开心

从来治天下者，将欲求君民一体，必先由君臣一体，乃疏通一体之脉，则莫如言路，此不徒在章奏也。古来明目达聪、敷求谠言，必朝夕接见，谏臣盈廷，天下咨询，百官献纳，而后下无不达之隐，君无不善之施。我朝御极以来，用贤纳谏，言路亦既广矣。前偶以事归六部，内外顿成隔绝，乃不久旋复旧制，诚圣明举动，大快舆情。但立政之始，凡一事之得失、一言之通塞，关天下万世之利害，其中大纲大法固须讲求，即细节隐情尤须洞断。惟是有奏疏不能尽陈，而封章不敢频渎者，伏祈皇上开怀延纳，时垂清问，不拘朝见燕见，不分满洲汉官，不拘内院及九卿科道，时假召对，霁以温文，一切用人行政，与民间利病所关，许各官随事条议。一臣言之，群臣商之，主上听之，或可或否，或行或止，斟酌立断。仍命史臣立书记注，如唐太宗召宰相入内平章国计，史官随入预闻政事。元仁宗曰：言事者当直至朕前。如是则人情以此而上达，恩泽以此而下施，所补救者非一人一事，所励精者非一朝一夕也。

抑臣更有请者，科道职在陈言，辅臣悉心襄赞，崇卑虽殊，而致主之心则一。臣考前代凡入内阁预机务者，点检题奏、拟议批答，随时启沃，因事纳忠，是进言初不专在言官也。今阁臣学士等官俱改兼殿阁诸衔，体制既备，职务宜修，伏乞皇上查复旧制，令内阁诸臣赞理机务之余，每遇事关重大，随宜具疏敷陈，可否取自上裁，则臣不虚贵，上下交而治乃可图矣。

请湖南早补官职疏

赵开心

窃照湖广一省，为闯、献二贼荼毒二十余年，自荷王师扫荡，军民始出水火而庆生全。然所恃以抚循者，则莫如设官，又莫急于府州县官。前塘报归顺之日，臣屡具疏请抚按请守令，诚有见于地方之官关系不小，补一好官则万民受其福，早补一日则早受一日之福。今抚按监司湖南湖北俱已无遗缺矣，惟有郡守邑令并未补官。昨吏部员外欧阳蒸有家人自湖广来，问彼光景，则曰地方倾心向化，可得稍安，只委官多不得人，甚以本乡人贻害本乡，百姓急急望都中选官来，且急急望朝廷颁恩诏来。此其言最的确，而其情甚迫切。盖守令与士民最相亲近，上以传布德意，下以体恤民隐，真不啻父母之于赤子，故虽得数监司，不若先得一贤守令也。伏乞皇上轸念残疆，不遗楚服遐迩，敕下吏部，将湖广府县官凡未补者尽行选授，即将前此所颁恩诏，各令钞一通前往，俾穷乡下邑咸知朝廷德意，且促朝受命而夕就道，以早慰地方瞻望之思，则无废事无缺官，其恩施遐方者非小也。如不以臣言为套，仰祈圣断速赐施行。

直陈湖南利弊疏

胡尔恺

臣办事垣中，见吏部覆臣同官梁鋐一疏，内称各省地方刑名钱谷驿站等项，利弊烦多，非一时可尽，应敕服官在邸诸臣，果有确见，应听晰陈。奉有“依议”之旨。仰见皇上居高听卑，不遗遐迩，凡为臣子苟有确见，何敢隐讳而不毕陈于圣明之前？臣楚之湖南人也，窃见迩来四方未必尽皆无事，而苦者惟楚为甚，湖南更甚。自明季兵贼蹂躏残毁，瓦砾荆榛千里如一，青磷白骨所在皆然。顷者大兵屯驻有年，在事诸臣方拯溺扶伤之不暇，而军兴孔亟，休息为艰，一切精粗巨细之物，无一不采办于民间，官无论尊卑，不分暑雨祈寒，率皆胼手胝足，则小民竭蹶艰难之状不问可知。然事关军务，官不敢言劳，民不敢称苦，其势然也。至为有司者，上之怵于功令，有不敢不奉行之法；下之窘于穷黎，有势不能自白之隐。姑就近事之切于民瘼者，摘陈其概可乎？

如丈量田地，所以清荒熟、核隐匿、均甘苦也。湖南历年兵火，大率田在草间，盖因人民鲜少，牛只踊贵，粪田不足，人力不齐，故往日之肥饶者，今瘠薄矣，往日之广阔者，今狭小矣。自丈粮之法行，则新垦未报者自应照熟科粮，但有亩数与弓口不符，每丈一亩，止得七八分者比比而是。夫田之有余者，粮既议加，则不足者，粮亦应议减。且行丈之时，弓手算手，公正里递、造册纸张等项，使费供应，民累已多。而丈失之田，无除豁之令，有赔累之苦，则清丈徒以厉民也。合无令藩司将各州县所报鱼鳞册，细查丈过田亩数，依所定上中下则例，照田摊粮，务令粮之轻重多寡，与田之升合尺寸符合不爽，则荒熟可清、隐匿可核，而甘苦可均也。

如查人丁，所以稽户口、防隐占、杜包赔也。湖南远不具论，自戊子、己丑、辛卯、壬辰异变，奇荒相继接踵，止有耗散而鲜生聚。迩年奉有查丁之例，有司惟务丁多以邀纪荐，于旧额之外不妨骤加数千，究之照粮科派，遂有粮少而多丁者，赔累何可胜言？合无令藩司仍将各州县所报人丁册籍，发回各该府厅逐一细查，果有新增人丁方准入册，即照粮编派，亦必多寡均平，无得参差不齐，以致里胥高下其手，徒滋弊端，则户口可稽、隐占可防、包赔可杜也。

至于里递困惫，总因户重差繁，每当输役之年，取办不可胜算。夫差则有长夫、短夫、背夫、抬夫、青草夫等项，杂办则有猪羊牛鸡鹅鸭，以及细琐难名之物，无一不取给焉。又衙役革旧换新，亦令里递佥补，有每年雇募粮书一名，动费至二三十金者。里递穷多富少，各项安能出办？势必派花户津帮，故正供有限而杂费无穷，此小民之所以重困也。请敕该抚按须严行饬禁，以后有应公用者、有应申详者，于正项开销，杂项则各官自行设处，不得擅取里递。衙役则出示召募，勿令里递佥补。仍榜示通衢，以杜里胥诈骗花户之弊，庶可苏困于万一矣。

驿递凋疲，臣前疏已陈其概。湖南马少而贵，驽骀下乘亦价值三五十金，驿递旧额已属不敷，而差繁甚于往日。且其地方辽远，每站有百余里者，差使遇倒站之处，每每骑马过站，以一马往返奔驰动至数百里，故易至于倒毙。又责里递赔补，且差繁马少则以竹轿代之，人力之于马力相去何啻倍蓰？而恤马酒烟等费，亦索之于人夫，嗟嗟穷民何能堪此？应行各州县多买健马驴骡，于旧额之外不妨量为加增，官自雇夫喂养，不得委之于民，而一切往来差使，严禁需索恤马等情。至竹轿人夫，永远禁革，违者官参吏拿，于以清驿递而除民累，未必不由于此也。

学校原以储育人才，湖南大乱之后，士子日不聊生，何暇治举子业？以故人才寥落从未有甚于今日者。且虽奉有厘剔优免之例，然犹有许免本身丁徭之文，湖南士子未沾此惠久矣。或因本身数石之粮，与齐民一体应差，比较催征固所不免，有拘押者、有羁禁者，甚有径行鞭笞者。夫出入衙门、包揽钱粮，原有明禁，若有应差比较之役，又焉能禁其出入、清其包揽乎？请敕提学道臣申饬有司，除生员果有逋欠包揽情弊，应遵新定部议究处外，其有本身丁徭自应照旧豁免。至于别项不法事宜，亦必申详学道，黜革衣顶之后，方许羁禁鞭笞。如有不遵，许学道详院题参，亦稍增士气于凋残之后尔。

以上均丈量、核人丁、宽里递、苏驿站、培学校，皆湖南之利弊所关，伏乞天语严饬抚按诸臣，痛为厘革，所造于遐方非浅鲜矣。

请恤灾伤疏

胡尔恺

窃惟天灾流行，盛世不免。水旱氛祲之异，正上天以谴告为仁爱，而修省之道务期实惠及于穷檐，乃可以迓休和而消沴戾。伏阅邸报，自夏秋以来，四方灾变不一，如秦晋豫省之冰雹、楚粤江南之水患，人畜致多死伤，禾苗尽归浥烂，赋税何出？民命何依？此灾变之大者，各抚按疏报踵至，部覆行查俱已奉有俞旨。第从来朝廷下令，每如流水之源，有司奉行反致屯膏之叹者，盖有故焉。抚按既经奏报，部覆必俟查明，文移往来动经数月，而自抚按司道以下及于州县，又不知历几何时。州县必问分数于里排，某乡某村孰灾孰甚？差役一番纷扰，已不可言，层累而上，由府而道而司而院，经年累月展转稽延，际此征输孔亟之时，有司不能停征以待，追呼敲扑势所不免，百姓之不能逃、不即死者，或鬻妻子以供赋税。及至邀恩蠲免，而棰楚之下，皮骨无存，非归墨吏之囊，即饱奸胥之腹，是朝廷虽有浩荡之恩，而小民未蒙涓滴之惠，诚可为痛心疾首者也。

盖赈恤灾伤，急则有裨，而缓则无济。今晋省去京不远，行查已数月矣，而杳然未报。又臣乡荆襄、武汉、黄安等府，巨浸滔天，小民几成鱼鳖，纷纷逃窜。今岁之秋成失望，来年之东作难期，不于此时作速赈恤，将见不为流亡即为盗贼，为患正匪细故。伏乞皇上垂念汤火孑遗，复遭异变，惟有奄奄待毙之苦，立下蠲免之诏。且令抚按有司多方赈济，以挽天变，以活穷黎。更乞敕部转饬各该抚按，嗣后凡遇灾伤地方，该管州县立刻身亲蹈验，即将被灾户数，并印信甘结粘连具报，以凭抚按星夜详明入告。该部三日内即与具覆，或蠲或赈，取自上裁，以免再行驳查，费时日而滋繁扰。则闾阎疾苦，可朝上而夕下，九重德意不至为纸上虚文矣。

奉旨：该部知道。

请酌律例疏

彭之凤

题为正律与条例原分后先，以准较真犯，实有攸别，请乞敕部酌议，明示中外，以省驳覆，以副钦恤至意事：臣查《大清律》总目，共计四百五十八条，每条各具律文一段，后开“律”“例”二字。初甚疑之，因为备加详考，始知前所备载者，固历代相传之定律，而后开条例，则故明增入之例也。乃律内又于以、准、皆、各、其、及、即、若八字，一字分为一条，每条逐字注明，贯以“八字之义”四字。其注明“以”字之义曰：以者，与真犯同，故以枉法、以盗论，并除名刺字，罪至斩绞并同科。其注明“准”字之义曰：准者，与真犯有间矣，如准枉法、准盗论，但准其罪，不在除名刺字之例，罪止杖一百，流三千里等语。夫曰与真犯有间，与真犯同，是自有真犯者在，以准之者不过与之相同耳，犯之者各依正律以拟罪，斯已平矣。若后世所增之条例，要皆止一时一事一意为轻重，多未细合律内以、准之各律以酌定。即如官犯赃，新例十两以上，不分枉法不枉法，皆解部流徙宁古塔矣，若正律内开载，如刑名造作可完不完、应改正不改正者，以枉法论。及出使官员多支廪给者，俱以不枉法论。又如监守盗仓库钱粮，新例入己赃至三百两斩监候，秋后处决，若正律内开载，如虚出通关，及起运官物，不运本色而辄赍财货，于所纳去处收买纳官者，则皆以监守自盗论。诸如此类，不一而足。傥不于以、准之各律，稍示分别于真犯，而亦如真犯之新例以治罪，将何以上合本朝特设大法，以警人心之至意，而称平允之各当乎？臣反覆思维，再读清律，至例内称与同罪一条，内开称以枉法论，及以盗论之类，事相等而情重，皆与真犯同，刺字斩绞，皆依本律科断。而本朝定例之初，即于本条下注明曰：所得同者，律耳，若律外引例充军、为民、立功等项，则不得而同焉等语。仰见我世祖皇帝恻怛仁爱，志切平允，其所定新例，不得与以、准之正律同科，早已该括于不得而同之中矣。

盖正律监乎历代酌定在前，若律中条例，系故明新定增入在后，即故明之条例以、准之律，亦不得而同之，而况本朝于顺治三年后更定之新例乎？迩来部寺衙门备及斟酌详审，凡于刑狱之未协乎各律所注者，多为立行驳正，但于以、准真犯之分，正律、新例不得而同之义，未经详明开例，晓示中外，是以仍滋改驳。此臣所谓问刑部衙门固有奉行，而未尽合乎律与例之意者，此也。盖多一番驳审，则多一番迁延，酷暑祈寒，小民即多一番羁禁守候之苦，其于皇上爱民如伤，钦恤至意，得毋微有未协也与？理宜仰祈敕部酌议是否，名例注语，应令中外咸知。傥蒙部详审，奉旨俞允，则驳覆省，而小民即省羁禁守候之苦，未必不是钦恤至意之一道也。伏乞睿鉴施行。

纂修明史疏

罗人琮

四川道监察御史臣罗人琮谨题，为及时纂修以光文治、以垂永久事：窃见我大清御宇以来，百度维新，皇上又复天纵聪明，右文崇学，即帝之重华、王之丕承，无以过此。伏思从来胜国之史，必成于昭代，盖自唐虞已然。辽金宋三史成于元，明洪武二年即命左丞相李善长等编辑《元史》。《明史》一书，我世祖章皇帝亟图举行，皇上缵绪，颇切睿虑，特以太宗暨世祖章皇帝之实录，集思方殷，故尔暂停。今世祖章皇帝之实录已成，太宗之实录亦将告竣，宜将有明一代事迹，订正残讹，汇集成书，以示劝惩。且事贵及时，文献无征，孔子致慨于杞宋。顷故老尚存，闻见真切，若再迁延，此辈渐次凋零，未免参稽鲜据。皇上泰山不让，大海不择，四方博学鸿儒尽集辇下，此正千载一时。伏乞皇上于考试录用之际，特简若干员，锡以品秩，开局纂修，书成优叙。则有明三百年中，英庸贤奸成败得失之故，不致散逸沦没，而皇上垂宪亿万年之徽猷，直与乾坤无尽矣。如果臣言非迂，伏乞采择，敕部议覆施行。

请蠲湖南钱粮疏

罗人琮

巡视北城、四川道监察御史臣罗人琮谨题，为湖南陷贼独深，湖南之民受贼虐独惨，恳乞早沛恩纶，以安惊魂，以广皇仁事：窃惟圣代御宇之初，万方绥定，湖南于顺治四年始入版图，复为遗孽侵踞，杀掳几尽，续经扫荡。又缘巨贼窃据滇黔，蹂躏不次，祸起十余年。急公竭力，供亿大兵，滇黔归命，方获宁宇。不料吴逆煽乱，久稽诛讨，六载未见天日。以朝廷生全刍养之赤子，任其鱼肉，一年征三年之粮，卖男鬻女，敲扑难堪，罄化农器以供兵戈，悉索绵纩以制甲胄，饥寒汤火死亡伤心，贼逃焚掠之苦所在皆然。臣家常德之桃源县，音信久绝，幸仗皇上天威恢复，臣长子拔贡生罗经遣使通闻，备悉情形。凡此孑遗，久叨睿鉴。

伏读二月初九日钞，传上谕将江西十六年以前旧欠钱粮，与各省接壤贼近地方，一例尽行蠲免。仰见皇上如天好生之心曲加矜宥，远近臣民谁不感激泣下？今湖南陷贼独深，受虐独惨之民，贼踞而痛心疾首，北望恩波，贼解而冒险通诚，前导车骑，其为圣怀所悯恻，应更切于诸方。下蠲豁之诏，全苟延之生，何待臣愚琐赘？独念天末残黎，穷乡僻壤不识宽大之政，恐积年被贼追纳钱粮，有司征比万难存活，或弃产仳离，或深谷逃避，耕耘愆期，收获废事，不独服亩输将无资，抑且军需承应莫办。伏乞皇上垂念湖南百死一生之民命，将十七年以前被贼追纳之钱粮，应与闽越江西等处一视同仁，尽行蠲免之处早沛恩纶，使父老扶杖而观化，子弟秉耒以庆生。至于本年正赋有残破尤甚，大兵驻札地方田荒丁绝者，令督抚查明，酌量蠲免。总在皇上恩施，将涉泽诞敷，万里风行，而遐方归命恐后矣。缘系早沛恩纶事理，非敢越例妄干，伏乞睿鉴敕部速议施行，谨题请旨。康熙十八年五月十八日题。

奉上谕：令各臣发还。

请申禁火耗外派疏

罗人琮

窃惟民生当多事之日，非有司委曲培养，无以几生全而固元气。我皇上遐览万方，念切民瘼，军需浩繁，不忍轻议加赋。此即古帝王视民如伤，恫瘝乃身之至仁，中外臣民谁不感激？但州县衙所火耗外派，历来积习，后奉功令严禁，改弦易辙，闾阎困苦少苏。自吴逆倡叛以来，政务纷繁，督抚止取供办无误，稽察未免渐疏。其间牧民自爱者固有，而乘机刻削恣饱贪囊者正不乏人。臣办事衙门，见江南抚臣参金坛知县重耗虐民，又纵役派取票钱一疏，一处如此，各省可知，保无更有什百于此者乎？哀哀小民，何以堪此？至于采买军需，开销原动正项，转饷亦支脚价，傥实心照常招办，相时雇运，何至滋累？惟分发里甲，层累既多侵渔，运官未已，复运军前，守候濡缓，饥寒易填沟壑，百姓敲髓剥肤之痛，皇上虽高居九重，所时时恻然者也。伏乞申颁纶音，谕督抚司道严行体访，务令风清弊绝。夫民愚而神，抚我虐我万口沸腾，耳目胡能掩饰？为大吏者果能体朝廷委任之意，尽去徇庇，则黔黎自食，家室生全之福，渐登衽席，元气固而挞伐张，未必不由乎此也。

请停修太行堤疏

陈鹏年

为钱粮之糜费无益，堤工之修筑可缓，敬陈末议，恭请圣裁事：臣窃查太行堤绵亘直隶、河南、山东、江南四省，延袤千有余里。前人创建此堤，原因河水北流，藉以捍御，故又名汰黄堤。嗣后河流渐渐南徙，去堤日远，官民因此不加修筑，日就残缺。上年钦差吏部尚书张鹏翮等查勘东省河道，并会议兴修太行堤工，除江南之丰、沛二县，山东之曹、单二县，俱系运道保障，理应修补完固，业经估筑完工，另疏题销外，其北直、河南二省堤工，奉旨令直督豫抚，会同臣确估具题。臣因身在南工不能兼顾，直省工程，共估计土方银十三万八千三百两零，虽经前任督臣赵宏燮会疏具题，而一切委员勘估，俱系督臣主裁。豫省工程，共估计土方银十八万七千九百两零，系抚臣杨宗义径行勘估具题，揭报到，臣并未会疏。臣近因堵筑武陟县决工，复行细加确访，查得直省太行堤，坐落滑县、长垣、东明等三县，东接山东曹县，西至河南胙城县。豫省太行堤工坐落胙城、延津、新乡、获嘉、武陟等五县，东自直隶滑县交界起，西至武陟县木兰店止。二省工程据该督抚查丈，共计五万八千四百余丈。臣逐细覆查，皆与黄河相隔甚远，水患所不能及，其间有倒卸坍塌仅存堤形者，有堤址已平或成民居地亩者，亦有飞沙壅积现成高阜足资捍御者。臣访之土人，佥云数十年来黄河南徙之后，从未为灾，即以武陟两次冲决，皆因沁水暴涨，宣泄不及所致，并不系乎太行堤之有无。则此堤非关要工明矣。在昔人创建规模，绸缪未雨，原有深心，至今日河流既徙，地异势殊，似非急务。目今物力艰难，军兴旁午之际，钱粮尤宜慎惜。以臣愚见，似应将此两案工程暂行停止，其间设有关系处所应宜修葺者，可饬地方官设法修筑，不必遽动大工。虽此项钱粮原议各官公捐俸工，按年流抵还项，不敢请动正帑，但直、豫两省捐项已多，仍须预借司道库银。总是朝廷正供，节省得一分是一分，与其用之无益之地，何不留之官库以备急需？

再查上年部臣张鹏翮等会议疏内，有曹县太行堤工，与直隶长垣县接壤界内现有缺口，其长垣以上系河南仪封县地方，如有残缺，照山东例一体修筑等语。臣查直属之太行堤，惟长垣县与山东接界，经部臣查勘应加修筑，嗣以河南漫水冲入长垣，随经督臣赵宏燮将该县之甄家庄、王家堤等处堤工，堵筑完固，报明在案。其滑县、东明等境内之堤，部臣等原未主定必宜修筑也。至仪封一县并无太行堤在界内，该县堤工若有残缺，自有本省岁抢修钱粮可以开销，防河各员可以承修，此又不在太行堤之例者也。除豫省尚未开工，直省长垣县属业经完工，另案题销外，从慎惜钱粮起见，冒昧陈情，伏乞圣裁。再此系条陈事宜，字多逾格，贴黄难尽，合并声明。

题河工收录人员折

陈鹏年

为河工务在得人，题请亲验收用以别贤否事：窃照河工效力官员，固当取其身家殷实，尤必择其才具优长，方可委以重任。查前河臣张□等任内，凡效力文武各官，俱在河工投验收用咨部。至康熙五十二年间，部议科臣观音保条奏一案，内开称嗣后候选人员有愿赴河工效力者，旗员令该旗都统引见，汉员俱向臣部具呈。行文原籍，查取身家殷实印结送部存案，然后发往河工等因具题。奉旨依议钦遵在案。臣任事以来，查部发现在三十余员，逐一试验，其中谙练河务，精明强干者，曾无几人。是当日原籍取结，止取其身家殷实之结，而不察其才能之可用与否也。河工官员关系綦重，岂可止凭赴部一呈，及原籍身家殷实一结，而遂收工录用为河官乎？恐将来河员有缺，不敷题补，臣请嗣后各省人员，如有情愿在河工效力者，俱令其赴臣衙门投呈，臣即亲验其练达精明年力强干者，仍行文原籍，取具身家殷实，并无过犯印结，到臣衙门，咨部留工效力。至于旗员有情愿河工效力者，先令呈明该旗都统，然后赴臣衙门投验，可用者亦取该旗印结咨部，庶在工效力俱有用之才，而贤否不致混淆矣。再查观音保条奏之后，亦有非系部发，指称留工保固之员，题补河官者，合并声明。为河工用人起见，伏乞皇上睿鉴，敕部议覆施行。

请河神封号疏

陈鹏年

为恭请敕赐河神封典，永保安澜事：窃照河南武陟县秦家厂马营决口工程，关系国计民生最为紧要，臣奉旨于本年八月二十七日到豫，查勘堤工，南坝尾后冲开一百余丈。臣即督率员弁昼夜堵筑，于九月二十三四等日，黄水每日加长一尺二三寸不等，又兼西北风鼓浪，北坝尾堤冲刷坍塌，溜射堤根，二十五日又漫开一百余丈，深至三丈余尺不等。水大溜急，势甚汹涌，埽不能下。臣同抚臣杨宗义目睹危险，人力难施，臣等计无所出，只得虔祷河神护国佑民，默助安澜，当题请皇恩赐封以报神功。自是大溜分趋引河，水势消落，得以渐次下埽堵筑，于某月日合龙，具疏题报在案。此皆仗我皇上洪福齐天，圣德感孚河神效灵之所致也。

查康熙三十七年，原任直隶巡抚于成龙疏称霸州等处开河工竣，伏乞皇上敕赐河神封号，并赐河神庙御书匾额。又康熙三十九年，前河臣张鹏翮题加封河神，并御书匾额，皆奉旨依议，各钦遵在案。今臣等愿捐资建庙于秦家厂之北岸，伏乞皇上敕赐河神显应封号，并御书匾额，春秋致祭。则河神得膺圣朝盛典，自必益显效顺之灵，捍灾御患，俾武陟一带河道工程永庆安澜，仰荷皇恩无极矣。谨会同抚臣杨宗义合词具题，伏乞皇上睿鉴，敕部议覆施行。

奏补道员疏

陈鹏年

为道员关系紧要，人地殊不相宜，奏请调补以收实效事：臣蒙圣恩署理河务，夙夜勤惕，凡系所辖地方，处处查察工程，应修筑者修筑，应挑浚者挑浚，务使运道疏通，民生安堵，以仰副宸衷。但河臣衙门向在清江浦，南河工程尤为繁重，不可久离，河南、山东二省窎远，难以兼顾，虽有巡抚管理，究非专责，其一切修防事宜，惟河南管河道、山东兖宁道是赖。查河南管河道管辖开封、归德、彰德、卫辉、怀庆五府黄河南北两岸堤工及各河工，山东兖宁道管辖济南、兖州、东昌三府黄、运河堤及泉闸各工，自应两道员督率各官，不时修浚防御，责任綦重。岂数年以来，俱尸位素餐，不能防患于未萌，以致河南黄水漫决，山东运河浅阻？臣前查察两道所属堤岸，皆残缺卑矮，塌卸单薄，河路处处淤浅，往来船只阻滞。臣随经面饬两道，速率河官人夫上紧修浚，但臣目睹管河道王进楫、兖宁道宋基业，俱老迈衰颓，不能整顿，虽两道居官尚非败检，而年力难胜重任，人地实不相宜。若仍姑容其久任河工，必致废弛贻误，此不可不急为调补者也。臣再四思维，有现任御史陆师，系浙江进士，由仪征县知县行取，前奉命随钦差来南，臣一路同行，见其留心河工，才识明敏，至今仪邑士民犹称其廉能。伏乞皇上俯念河工紧要，可否援邵嗣尧、李维钧以御史改补守道之例，补授兖宁道？如任满三年能称厥职，准予内升，仍以升衔再任三年升用，则修浚以时，漕运无阻，而皇上可免东顾之忧矣。又有现任淮安府山盱河务通判张杓，系正蓝旗进士，世袭阿达哈哈番，又一拖沙喇哈番，在工年久，办事勤慎。伊父张圣铎，曾蒙圣恩以世袭武职补授淮扬道。如将张杓升补河南管河道，则修防罔懈，堤岸无虞，而中州一带河工，亦可无烦圣虑矣。此二官者，就臣所知而言，皇上圣明，知人善任，或特行简授贤员，更于河务大有补益。至于王进楫、宋基业二员，伏乞皇上敕令解任，进京引见，如尚可用，则令其赴部另补。臣为河工重务起见，故敢冒昧奏请，伏乞皇上睿鉴施行。

遗折

陈鹏年

为君恩未报，伏枕哀鸣事：窃臣由进士出身，通籍以来洊历州郡，两次署篆司道，十年供奉内廷，自惟愚昧罪戾多端。蒙先皇帝曲赐矜全，破格录用，于康熙六十年十月内特命臣署理河道总督。受任以来，夙夜竞竞，恐贻陨越。恭逢我皇上圣恩浩荡，湛露旁敷，臣于六十一年十二月二十七日接准部文，奉旨令臣实授。是时臣已卧病，感激涕零，正在缮疏奏谢。而臣家人李朋赍捧钦赐念珠等物驰驿飞来，又蒙特赐良医，恩纶重叠。臣亦知命在旦夕，而沐此殊恩异数，犹思苟延一日以仰报高深。讵料臣福命浅薄，病势日加，医药罔效，气息奄奄，从此永辞圣世，不能复效犬马微劳。所有臣长子监生陈树芝、次子监生陈树萱，向蒙先皇帝考试诗文，着在武英殿行走，效力五年。今臣痊可无期，九泉抱恨，惟有嘱臣两子尽心竭力，生生世世以仰答鸿恩于万一耳。除另疏题报外，谨缮折先行奏谢，伏乞皇上睿鉴施行，臣无任感激依恋之至。

遗疏

陈鹏年

为君恩未报，臣命垂危，死不瞑目事：窃臣一介寒微，由辛未科进士，三任州县，两膺郡守，以赋性迂疏，再遭吏议，待罪殿廷。蒙先皇帝圣恩宽大，格外矜全，宥罪录瑕，于康熙六十年十一月内奉命署理河道总督印务。受事以后，夙夜冰竞，惟虑智浅识短，报称未能，陨越是惧。六十一年八月内，因河南武陟决口复开，奏明到豫，协同抚臣杨宗义堵筑。臣等一到工所，即住宿河干，自秋徂冬，侵冒霜露，不敢辞劳。工程将次告竣，惊闻先皇帝龙驭上升，臣泣血长号，肝肠摧裂。恭逢我皇上圣治维新，用人不次，以臣实授河督，殊恩异数，亘古未有，虽糜顶捐躯，亦不足以仰报万一。正拟工程完竣之日，当即趋赴阙廷，面聆圣训，岂意福薄灾生，数穷命尽，感冒风寒，积劳成病。业经缮折奏闻，犹冀蝼蚁余生，尚得苟延残喘，乃数日以来，病入膏肓，医药罔效，一息奄奄，命在旦夕，从此赍恨入冥，永辞圣世。其各项工程，已于十二月二十一日堵筑完竣，业经会同抚臣具疏题报外，再臣随带江南河库银二万两，系接挑官庄峪引河，及给发兵弁、桩埽手等工食之费，先经题明。将臣衙门规礼，按年扣抵在案。前项银两俱已用完，伏乞皇上恩准，敕部行令于总河衙门规礼抵销，庶帑项不致虚悬，则臣没齿顶沐鸿慈。再臣今年已六十一岁，死亦何憾？但以未酬隆遇，未尽涓埃，上负先皇帝特达之知，我皇上优隆之典。微臣命浅，圣主恩深，图报未终，死难瞑目。臣尚有八旬老母，幽明永诀，未得一面，乌鸟私情，寸衷若割。惟属臣胞弟候选通判鹏年、臣子武英殿纂修候选州同树芝、树萱、生员树葵等，勉自奋励，继臣未尽之志，以上报国恩。臣伏枕哀鸣，语无伦次，贴黄难尽，伏乞皇上睿鉴。

沥陈先世冤诬疏

杨超曾

为沥陈先世冤诬，恭进遗书二种，恳乞圣慈鉴悯，敕史馆湔除远雪沉冤，俯安愚悃事：窃照臣高祖明督师杨嗣昌仕崇祯朝，孤立受知，不附门户，以夺情起用中枢，因入政府，为众所嫉。而在中枢时，因责成剿贼贾怨，洪承畴购党攻讦，以夺情为词，一时言者辄得罪，众滋不平。迨后剿贼无成，赍志以殁，群议遂沸，以致野史杂纪捕影吹索，恣口冤诬。举当日审时度势，不得已而呕心规画之苦衷，概置不谅，凡夫封疆失守，行间失利，与夫同舟楚越扞格抵牾，旁观沮败忌成破局，迄于坏不可支之罪案，尽举而归之管枢主调不应，督师尽瘁以死之一人，以逞其护持门户之私，而泄其击排不遂之愤，承讹袭舛，流布海内。康熙年间，臣祖嗣昌之子山松见而痛之，因褒集奏疏遗稿成编，案据疏稿剖晰讹舛，分案辩雪，凡十七条，名曰《孤儿吁天录》，盖冀止谤明诬，庶备史馆采择也。伏在草茅，无阶得达，以故王鸿绪修《明史稿》，所立本传杂袭诸书，未由刊刷，史馆因之遂以失实，此臣祖嗣昌被诬未白之源委也。

谨按本传中，招诬失实之大者约有四条。

一曰用熊文灿变剿为抚，致寇患不可收拾。考之当日，文灿受事以后，意多主抚，臣祖嗣昌屡疏请旨督责，有“不得误认抚之一字，屡为贼愚，自贻性命之忧”等语。若夫寇事之裂，乃在臣祖嗣昌督师之后，稽其时二十六股之贼已剿抚十九股，玛瑙之捷，张贼仅以身免，因左良玉顿兵不搜，致贼四突。又臣祖入川督剿，料贼必折奔楚，檄左良玉由夔巫迎击，必可成擒，而良玉违令西行，致贼飞奔袭襄渡汉，横突中原，不可收拾。当日事势，本末如此，距熊文灿在事时已二年矣。论者见臣祖督师实能尽瘁，且屡著奇捷，虽难于深文，于是不罪其己身剿局之无成，而反追论其由从前举用非人所致，遂谓寇事决裂，由用熊文灿致然，匪苛文灿，苛举主耳。此当日深文巧诋，流传失实之最甚者也。

一曰讲市主款，戒战失机。考明失其御，寇盗横扰，惟时我大清龙起东方，受天眷命，偏师西指，岌岌戒严，就尔时而论，则为表里并急之势，民力兵力断难两支。臣祖嗣昌不得已而为义州开市之说，亦谓少缓庙堂东顾之忧，稍纾中原涂炭之急耳。事讫未成，仍听便宜决择，迄于筑舍而止。是臣祖嗣昌实言市未言款也，乃诸书则混款市而一之，冤以主款误国。迨戊寅九月，我大清兵自墙岭入，惟时卢象升主判战，高起潜主勿轻战，臣祖嗣昌与二人会商郊外，往复辨论，审酌机宜，随具疏闻，并无附高戒战之说。况查当日未事以前，排市议者初无沉谋妙算堪借一筹，有事之际，敢战如卢象升不过仅以身殉，乃以局外事后之误，不谅局中当事之苦，于讲市未行之议，辄与主款误国之文，何其冤也？

一曰剿饷练饷叠病，民益起为盗。考当时剿饷大者，在因粮、溢地二项。因粮者取之有力，不及无田，与人丁头会箕敛者不同。溢地则主清厘，非关增派。尔时寇患蔓延八省，国家力诎财殚，欲大举合剿，为民除患，不得已而仍资民力，廷议佥同，诚属无可如何。乃诸书持论，谓宜缓图耕战。夫以七八省生灵屠戮，切于拯溺救焚之事，而欲徐议耕战，为十年生聚之谋，何其缪迂而不达事情也！至练饷出自廷臣，议未定而臣祖嗣昌已谢枢务，语在《吁天录》中。《传》称练饷徒糜，以杨嗣昌主之，莫敢难者，岂非诬欤？

一曰为人机警，烦碎自用。按此乃沿袭《绥寇纪略》中语也。今诸疏具在，指陈时势，慷慨淋漓，是否为人机警者，臣不敢辨。又如臣祖身殁在前，雒藩被陷在后，且系病卒，并非自裁，《传》俱失实，有《吁天录》可考也。

敬陈兴利除弊六条疏

黄秀

臣一介寒士，六载词臣，蒙圣恩高厚，拔置台员，适届七十之年，寸心时存忠爱，一得愿献刍荛。敬陈兴利除弊六条，有关国计民生，所宜实心奉行者，敬为我皇上陈之。

一农桑宜勤劝课也。兆庶衣食之原，非农桑则生养无具。三代时井疆有法，授田有制，民无田多田少之事，因无甚富甚贫之家，虽旱潦见告，而凶荒无虑。今土地虽广，生齿日繁，游食者多，人心未免狙诈，习俗尤多侈靡，富者田连阡陌，贫者地鲜立锥，为民牧者止以催科为能，民生休戚，漠不相关，求其抚字心劳者，固已鲜矣。井田久废难复，限田势不可行，只有重农厚民一事为今日亟务。臣恳我皇上特著为令，凡亲民之官，必以勤于劝课为先，不得漫云无游民旷土也。惟于每年春、秋二时巡行各处乡村，躬亲省察，令其预备牛种以勤耕作，广植桑麻以获丝枲，收获米谷不得滥用，俱各谨其盖藏，巨室富家不得重利，咸周恤其邻里。惩奢侈僭逾之习，禁迎神赛会之举，仍俾牧令久于其任，实心奉行，以三年为期，务使家给人足，闾阎实在皆有蓄积，荒年可以不虞饥馑。凡有司报绩，必以此列为首，而征敛次之。督抚保荐，必以此考其成，而他务后焉。其有劝课不勤，储蓄不充，民多穷乏者，则为参罚所必及。如此，则劝课勤而衣食足，斯礼义自兴，又何虑俗不渐返于醇良，而治难追于古昔邪？

一考试宜严弊窦也。朝廷设岁科，两考取士，实属古今大典。自各省尽改学院后，学臣俱清白自矢，又给养廉之费，孰敢仍蹈往辙，自贻伊戚？但习俗巧伪日滋，见学臣廉洁贿赂无门，遂致诡生他计以图侥幸。其中有传递文稿之弊，有长枪代考之弊，有顶名换卷之弊，有贿托巡捕串同堂官之弊，有书役招摇潜通关节之弊，有内藏能手作文暗递童生之弊，有撞骗假托欺哄愚人之弊，种种不法，总由为学臣者止知清以自持，不能明以察奸，以致诸弊丛生。在素性精明者善为周防，严行禁缉，有犯必惩，人情自知畏惧。一遇委靡不振之员，纵废弛以养奸，大为士习文风之害者也。大抵诸学臣一己之精力有限，耳目难周，众人之狡诈无穷，欺瞒莫测，人惟利是图，即子侄且有悖其父兄者，况幕友长随、胥吏衙役素多奸滑，尤为贪利无厌者乎？此真才所以常致沦落，士习所以日益卑污也。臣恳皇上俯允末议，敕部议覆，载入《学政全书》，谕令督抚转行学臣清查诸弊，通行严禁。凡府州县考试，即责令点名散卷，防维代作传卷诸弊，且不多行滥收送考。至院考日，细令廪保识认，毋得给烛。仍认真覆试，更吊府县原卷查对，笔迹相符、文理皆通，然后取中，勿致草索只完故事。傥仍前舞弊，或经访察，或有首告，即严行重惩，搜绝根株。其或学臣愦愦，在他处发觉者，即将学臣处分。如此，则诸弊绝而考场清，文教可以振兴，士风必能丕变矣。

一蠲赈宜核实数也。我皇上念切民瘼，于雍正五年轸恤湖北、湖南被水州县卫所百姓，特颁恩纶，既蠲正供，复发府帑粜谷备荒，如天好生之仁，洵无有加于此矣。惟是免粮无论贫富，而赈济则专为穷黎。富室田多，既免其粮，不须再赈。惟贫民则日食维艰，蠲赈自应兼施。但更有一种最苦穷民，原无田亩报荒，因无姓名在册。臣见外省州县，止凭荒册花名散赈，故豪棍勾通奸胥，饰无为有，聚少为多，肆行侵冒，而真正穷民，反因无费，姓名不能上达。哀此茕独，竟不得少分升合之需，忍听其嗷嗷待哺，悉转为沟中瘠邪？且此弊在各卫所尤甚，卫田散处各邑，卫粮多属大户，乃蠲赈仍益富人，而颗粒不逮穷佃，其情更属可悯。臣请敕部议覆通行各省，嗣后凡遇赈济，俱照近京州邑定例，确查无土赤贫之民，另造清册，并取具邻里甘结。沿乡逐户分给小票一纸，照人口之大小多寡以发银谷，勿令豪强吞并，吏胥中饱，俾现在穷民得自充一日之饥馁，比户皆沾朝廷之实惠，虽有旱干水溢，不足为斯民大患矣。

一水旱宜速勘详也。伏思尧水汤旱，虽属偶歉之天行，而拯溺救饥，必须预筹于人事。臣湖南人也，知楚为产米之乡，平原近地农民勤于耕稼，虽水旱稍歉，亦不致竟成大灾。惟滨湖者多水，傍山者易旱，每遇大旱大水之年，百姓具控号呼，而州县往往顾恤己私，置之不理。或缘先报年丰，后难改详；或谓秋灾不为民病，饰词诳上，因而漠视民瘼，遂致民情壅于上闻，极可痛憾。臣思穷民遭逢歉岁，目前已乏生计，即稍有薄田，食尚不敷，粮何由办？不得不弃产谋生，流离四出，而州县又从而禁其出境，不为收恤，几何而不为贼盗也？在州县官动称报灾有例，不知例所以防弊耳。若实在真荒，见闻难掩，彼绘图上陈者，宁必问往例邪？伏读上谕，凡地方小有水旱，勘不成灾，例不应题者，督抚具折奏闻，令民间情形无丝毫隐匿，方不负封疆大臣之任。大哉圣言！洞悉民隐，轸念民艰，肫诚笃挚，又如此其至也。夫以水旱未及成灾者，大臣尚不当隐匿，岂水旱大为民患者，有司可不速勘详报乎？臣请申谕督抚，嗣后傥遇地方报灾，即令州县速行履亩亲勘，仍委邻县官员确查，固宜严禁民间捏报，尤当重惩官吏隐蔽。如果田地无收，米谷昂贵，亟宜据实详请，或平粜，或缓征，赈济兼施，庶不致流离失所，如此则民间疾苦皆得仰达宸聪，而恩膏无不下逮矣。

一命盗宜严隐讳也。命盗为民生重务，隐讳例严处分，惟有司以盗犯难于遽获，不严加踩缉，以事主愚懦无知，反多方根究，甚有勒取无事甘结以罔下民欺上司者。在事主既苦盗劫，又畏官法，更虑胥役需索不已，往返拖累无休，故失盗之家只得隐忍不言，盗窃因而愈炽。此讳盗所以益多盗也。人命重情，报官则州县往验者多，通详者少。彼见苦主柔愚，或恐吓以危言，或安慰以甘语，甚至豪棍串通行贿，谕令私和，尸亲不忍检伤，情愿自息，以致强梁者逞一时之忿，弱肉强食，豪无忌惮。此讳命所以多命案也。臣请嗣后民间有命盗案件，若已报而不行深究，毋论得赃与否，州县皆宜重惩。其有情真事实，官民交隐，或经上司密访细查，亦许旁人据实出首，一经发觉，官则飞章参处，吏即监禁定罪，豪棍则立拿重惩，务使真盗必获，真命必究，不使盗风滋炽，人命草菅。斯可以称安民也。至于假命图赖以诈索财物，买盗扳赃以诬蔑良善者，其立法严惩，又当加等可知矣。在命盗原有限期，未便率结，然果不得其情，自必虚衷察访，屡如研讯。若情真罪当，毫发无疑，则初招已定，即合出具，不致改供甘结，附卷俱详。其间亦有邻右证与无辜牵连，或老弱贫病难随招解者，即取具的保，听候院司审结释放，庶愚民既鲜拖累之苦，而命盗自无沉搁之患矣。

一堤工宜严浮费也。楚为泽国，惟恃堤防以御水患而安民生。现蒙圣恩颁发帑银六万两，分拨湖北、湖南修筑堤塍，并疏浚支河浅阻，此非常之旷典也。臣查各处堤垸，每岁何尝不修，俱照粮石以派夫工。向令工无虚冒，堤皆坚固，即稍有雨水，亦何至即行漫决？惟从前官役每多侵渔入己，衿棍豪强率皆免富差贫，堤总单头又复徇私包揽，至雇夫必扣减工价，报销又多开数目。

此浮冒所以滋弊多端也。且锄堤土则翻新盖旧，而堤面愈削，筑堤脚则上紧下松，而堤根易塌，苟且塞责于一时，必难经久于日后，此夫工所由难核实数者也。故堤工一事，在小民常苦力役，而官吏反乐兴修，以朝廷利民之举竟为奸骫肥己之计，可胜叹也哉！且修旧堤与筑新堤，形势不同，工程亦异。凡堤有冲溃处，或补筑决口，或另筑月堤，费用既繁，创建匪易。若旧堤原塍现在，止宜择紧要险工，与低薄处加高帮厚，其夫工远异于新筑，未可任其朦混开载，概以数千百丈之长，数十百里之远，一例浮捏虚数，欺上司以侵国帑也。今湖北各属，堤里甚长，支河甚多，修浚自应兼行，楚南州县逼近湖滨者，波涛湍激，多山水迅发，无从疏浚，惟修筑堤围为要著。敢请敕谕督抚委员，清勘时载清土名，实从某处起某处止，堤脚若干宽，堤身若干高，堤面若干厚，细查土方新旧，估计夫工多寡，造册报司，计土论工，按数发银。照旧例每夫一日给米一升，盐菜银一分，即于修筑之举兼寓救荒之策，严革前此积弊，庶克副皇上爱养楚民至意，自属一劳永逸之良谟。然监修尤当差委贤能之员，不得徒用佐贰，致与胥役衿棍勾通舞弊。欲知堤高厚，则插竿累土以测尺寸；欲测堤坚松，则锥土盛水以试疏密；〔欲〕知夫工数目，则点土方大小，查新坑深浅，以辨多寡虚实。工竣又委道员亲身严查，凡丈尺土工俱与原册相符，送部核查，方准开销。而考工程尤须劝惩有法。查黄河修筑堤岸，俱以三年为限，如限内溃决，即令承修官赔补，迨限满堤坚，保固无虞，查明议叙。今湖南堤工因例无处分，州县不独视为利薮，且谓功过无与己事，一味草率，以致堤塍不坚，故湖南百姓岁岁受堤工之累者，此也。查康熙五十五年，工部原议及此，惟是岁久玩生。伏乞严敕督抚实力稽查，分别惩劝，则功过既明，而堤工自历久常固，斯民可以永庆安澜矣。

拟牧令宜就任加秩条奏

王文清

为州牧县令宜就任增秩，而勿迁其地事：我皇上于督抚大吏，时有调换，所以酌人地之宜，称长短之用也。至州牧县令之职，亦有人地之宜，长短之称，但任之方殷，用之方展，彼以贪残黜者无论已，乃良吏之与民宜者，或以大计升，或以行取去，或以超荐而别调。在贤员整饬地方才有头绪，一加调换，顿弃前功。后官各有作用，行旧政守旧令者十无一二，故令牧往往以官为传舍，吏民亦以长吏为过客，有苟且之图，无久远之计，大利所以不兴，大害所以不去也。且牧令之调，往往有在此地则著贤声，一易地而辄取怨谤、干参罚者，非尽改行易节也，盖其性情作用与其地之土俗人情，有宜有不宜，是一迁其地，而两违其用，两失其安也。以臣愚见，凡此等人地相宜者，当应擢应升应离任之际，督抚即当据实奏请，增其俸秩而不必调其地方，崇其资级而不必移其职守。其秩加至郡守，乃听别任。如此，则官得久居其任，久亲其民，既有以鼓舞其前劳，又可以徐收其后效。官以久任而为民计子孙之规，民以久安而于官有父母之戴。宋司马光曰：守令宜度才授任，量能施职，无功则降黜废弃而更求其能，有功则增秩加赏而勿徙其官。善哉斯言！可以处今日令牧之善其职，宜其民，而当迁其任者。

重农抑末去奢崇俭札子

黄炎

谨奏为重农抑末，去奢崇俭，以裕民生，以厚民俗：窃惟圣王在上，有三年九年之蓄，而教化行，风俗美者，为能重农抑末，去奢崇俭也。古者士出于农，而工商不与焉。《左传》载晋之商人木车韦藩曰：虽有泽车华服，不敢与士君子齿。其重农抑末也至矣。夫农人沾体涂足，而得与于论秀书升之列，商贾居积致富，而不齿于衣冠大雅之林，此古道之所以厚也。古之公卿大夫，车不雕几，器不刻镂，躬行俭朴为庶民倡，至冠昏丧祭燕享服食皆有数制，民之犯禁者有常罚焉。此去奢崇俭之要道也。后之循吏，如张堪之辟土勤耕，召信臣之作陂溉田，韩延寿之导民礼让，黄霸之力行教化，以及许荆之守耒阳也，婚姻丧纪皆有制度，仇览之长遂亭也，果菜鸡豚皆有限制，是皆为天子牧元元，以实心行实政者也。恭惟我皇上聪明睿智，进退百王，重农之典屡行，崇俭之训备至，所以为斯民计者，未尝一刻释于怀焉。是惟专其责于督抚大吏与亲有司，体皇上之心以为心，设诚而致行之，以裕民生，以厚民俗，登一世于阜成，而开万年有道之治端在此矣。谨奏。

湖南文征　卷二

疏二

请行版图顺庄之法疏乾隆七年　　陈大受

巡抚江苏等处地方提督军务、兼理粮饷、兵部右侍郎、兼都察院右副都御史臣陈大受谨奏，为谨陈力行版图顺庄之法，以垂永久事：窃惟催征粮赋，在乎因地以制宜，创立科条，尤贵酌今而准古。盖法久弊生，虽前人之成式亦难墨守，而令行奸杜，则当今之良法自应循行也。伏查海内财赋以江南为最，地广粮多，催科之道，实为綦重。历来编征定额，州县大者编户六七百里，小者三四百里，每里为一图，每图为十甲，原系照依田地坐落丘段，挨号匀装，本无参差混淆之弊。缘明季正赋之外，类多杂派差徭，按里轮当，并不计亩均值。又有官户儒户之优免，于是避役者将本名田地寄籍官儒，以免差徭。遂至数十顷之多田，占籍于一图而竟得免役，或田仅数亩，遍载于一甲而派令当差，偏枯不均，闾阎苦累。是以国初科臣柯耸、江苏藩臣慕天颜，咸有均田均役之请也。

夫均田均役，其名未尝不正，其意未尝不善，然考其立法之始，即为滋弊之源，有不可不加详察者。查田地必有坐落处所，故版图鱼鳞顺号册籍，为清粮根本，均田者应视其通邑田地山场之多寡，均分几图几甲，每甲装田若干，挨顺丘段，由近及远，务使履亩即知其田系何图何甲，按籍即知其田坐落何处，则田地何至错杂？而田额亦未尝不均。以臣所知江、广、安徽等省，遍田区分图甲，咸皆如之。乃慕天颜原疏云：听民自相品搭，充足里甲之数。此言一出，民间推收遂不计田亩坐落处所，而以图甲为虚幌，任其取东西南北之田以实之。惟以户名为主，甚至将一丘之田，割裂分列于数图，故欲就实征册而考其田在何处，非里书排年末由知悉。而里排人等以印官传舍，彼钱粮无凭催征，借此权操掌握，花分诡寄，包揽侵收，无弊不作，皆“自相品搭”一语阶之厉也。

至本朝定鼎以来，一应工役俱动正项开销，小民完纳正供之外，并无丝毫杂派，差总无役可均，其所称均役者，乃州县之私派耳。盖里役之设，仿自明季，陋弊相沿。始则借催粮之名供役在官，继则不肖官吏倚为腹心，令其承应一切杂务，按图按甲递年轮当。且有值日里排，每晨即在县前伺候，一遇公私之事，官出一票交给里排承办。县官有费，经承有费，差役有费，指一派十，借以肥己。昔派粮户，每米一石自一二两至八九两不等，名为帮贴，犹不能满官吏之欲壑，因之包揽钱粮，侵渔正项。从前江苏等属积多至千百余万，大概由此。赋逋民困，均田均役之流弊已为至极，是以雍正十年内，廷议举行版图顺庄之法以清田粮，实乃因时制宜，酌今准古之善策。而前督臣尹继善等，又将里书排年等役严行革除，数年之内，钱粮易于征收，小民不得浮费，已渐有成效。第缘各州县印官屡易，奉行不力，而所定科条亦未免过烦，以致版图各册有已经查造者，办理未得就绪。乾隆二年内，升任藩事张渠又有请复均田均役之奏，经部臣议以事关更易成例，永定章程，应令确按地方情形，悉心妥议，题到再议等因。臣自上年调任江苏，查核此案，未经议覆，而各州县依违其间，并将已经查造之册等诸无用，随详加体察，博采舆论，始知版图顺庄，事若相背，而理实相成。只缘旧日里胥积蠹，向借均田推收为婪索之计，一旦易为版图，权柄无所操纵，不能随其科派之私，故尔多方阻挠，极力怂恿，冀其返旧。而不肖官吏希复里排，责令办事，可借分肥，亦多交讧，究于国赋民生有损无益。伏思版图乃就田间赋千古不易之经，即照之初年又造鱼鳞分役，里甲三千，甲田三百，按亩科征，是均田原寓于版图之内。又洪武初验田出夫，田一顷出丁夫一夫，不足一顷者以别田足之，按亩计役，而均役亦即在版图之内。故版图一定，诸务皆便，若舍版图而只言均田均役，则其流弊必至如前所指者。至于顺庄就人间赋，不过行滚单省差便民之一节，版图既清，不难次第办理。但立法贵于易简，庶奉行者得以易知易从，前此举行版图顺庄，条议纷繁，册籍浩瀚，所造丘领户，户领丘，版图实征顺庄等册，纸笔人工所费不赀。且有须逐年换造者，人多畏难，迁延废搁，或勉强遵奉，遂致滋扰。今臣等酌议，州县每年俱令造实征册及滚单册，以为征粮张本。实征册内，田额银数俱与奏册相符，应以现年实征册为根底，照册载各户，每户各散给一单，令其自将该田坐落土名丘段号数，四至邻田，及本户的名住址，一一开填明白，缴县注入实征册内。俟填注完日，督令经承捡查，抽聚挨顺坐落丘段，归并图甲，仍照原额田数均装，次年即照此另造为版图实征册。嗣后田地售卖，只须改写户名，不得将田窜入别甲，再接花户所填住址，分晰城市村庄，另造顺庄滚册以便催粮。其买卖推收住址迁移，随时报明，悉照原议查办，则以州县每年必造之实征册，根据而清厘之。事非繁扰，较为捷便，从此章程一定，不惟田地之积弊永杜，粮赋之催科有裨，即一切经野实政，皆得有所凭依，以为推暨矣。

备陈太湖情形疏乾隆十二年　　陈大受

江苏巡抚降二级留任臣陈大受谨奏，为备陈太湖情形，敬抒末议，仰祈睿鉴事：窃照太湖为东南巨浸，跨连江浙两省，周遭数百里湖滨接壤。江南则苏州府属之长洲、吴县、吴江、震泽，常州府属之无锡、阳湖、宜兴、荆溪，浙江则湖州府属之乌程、长兴等十邑，其水源发自天目，经杭湖常三府地界总汇于湖，支流派别，曰溇曰渎曰港曰浦曰门曰口者，不下二三百处，宵小易于潜踪出没。至湖中之山亦发脉于天目，起伏环结，自西北迤逦而至东南，所指名者七十有二，而马迹、东洞庭、西洞庭三山，其尤著者也。马迹峙湖之北隅，周一百余里，支分二十三湾，居民万余户。西洞庭在湖之中央，周七八十里，支分三十余湾，居民亦万余户。东洞庭在湖之东南隅，周五十余里，支分二十余湾，居民三万余户，田亩虽少，芦荡果园鳞次栉比，乡里之间衢巷曲折，鸡犬相闻，号称繁庶。而湖边迤西一带，宜兴长兴诸山，绵亘最为险远，逋逃窜匿其间，往往入湖为行旅之害。此太湖水陆之形势也。防范之道，以会哨巡缉为第一要务。溯查旧制，先设浙江太湖营游击一员，驻扎西山居中调度，兼辖两省湖面。雍正年间，江南添设参将一员，驻扎东山，将先设游击专隶浙江，各分疆界管理。继又将太湖同知移驻东山，兼司督捕。所以措置频烦者，因该处为泽国要区，纵当无事之时，不可不长虑却顾也。

然臣窃有议焉。全湖汛守原系一局，大员总辖则呼应灵而责成专，分员各管则推诿多而缉捕懈，此事势之必然者。况太湖江浙分界处所，不过就湖面约计，非如陆路之可以定立确界也。偶有失事，或以地界未清，彼此互诿，各自通详上司咨移会勘，动至数月，难免歧误。且江省参将仅驻湖东南之东山一隅，所辖沿边湖境辽阔，颇有鞭长不及之虑。浙省游击驻于西山，乃江南之地，而所管系浙江之汛，亦觉参差。伏查浙交界所设枫林营，系兼管两省汛地，闽省之南澳镇，亦兼闽粤之衔，分汛防守。臣愚以为应将太湖营参将裁改，专设副将一员，兼江浙之衔，统辖全湖，驻扎西山，居中控制。其游击一员改为都司，同原设之守备千把各官分防各汛，仍照江浙原旧地面管理，调考官兵、支领钱粮等事，均照分隶两省旧制，衙署不必更造，廉俸所增甚微，如此则责任专一，声势联络，可无推诿懈弛之患，似于经理之方更有裨益。臣既有所见，理合恭折具奏，伏祈皇上睿鉴可否，敕下江浙两省督提诸臣，再妥酌议，覆请旨遵行。

覆部议禁米囤核城工疏

陈大受

户部议覆条奏，令察禁商贩收米不即发粜，质当典铺更番购买之弊等因。臣窃以除弊务去其太甚，立法必求其便民，固当因地制宜，体察妥办。查商贩之资本稍丰者，每有于秋成后，收积待价之事，然得价亦即出粜，仍为本处食用，市价亦借此不致愈昂，岂可概为察禁？如令其随收随粜，则市价太贱，势将贩往他处。一至青黄不接，民间转致全无积蓄，其何所恃？况米粮非比他物可以收贮数年，富民积粟概于次年秋前发粜，断无留待下年者。是一岁所收，原供一岁之用，出产只有此数，尽先贱粜，而不计日后之缺，曷若藏之于民，而源源出售之为得也？

又部议办理城工严核估计一条，伏查各项工程，委员估计，每多浮冒，若不严加核实，必致虚耗帑金。然或意在节省，而不计工料之是否敷足，则工程究多苟且，难于经久。二者均非持平之道。臣愚以为浮冒侵蚀之弊，若委任得人，稽察严密，自可杜绝。傥用匪其人，漫无查察，即大为核减，而经手之员复肆侵渔，则工程万不能坚固。现在虽有节省之名，而未久坍废，前功尽弃，其虚耗帑金殆有甚焉。伏思城垣一项，内地则为民生保障，沿边沿海则为疆圉重务，应修应建，必期为千百年之计，而不可为目前苟且之图。所有工程应节省者，固不可不详为综核，而实需之费，亦当妥协勘估，勿令简率。但使地方大吏留心稽察，遴干员而任之，其有不肖之员，偷减侵冒者立予参劾，则工程自有实济，而巩固可期矣。

此本两疏，因从《年谱》内录出，未见全文，难于分载，故合为一篇存之。

畿近情形疏乾隆二十七年二月　　罗源汉

奏为畿近情形事：直属地方，仰荷皇仁多方筹画，近于巡省之次，叠颁谕旨，遍逮恩膏，拨帑截漕，缓征加赈。特遣重臣以疏积滞，酌借籽种以济春畬，凡有可为百姓计者，至纤至悉，无所不周，贫民普沾德泽，浃髓沦肌。现在畿近情形，各各欢欣忭跃，尤喜数日来天气晴朗，二十三、四、六等日俱有风，低洼泥沍之区正可渐次干涸，四乡尚有赶种春麦者，其稍低之地，饬令尽翻犁，以待多种大麦杂粮等项。至平粜各厂，米豆麦面四项逐日兼粜，来粜买者甚觉踊跃，其内外城饭厂，现在就食贫民，每日约二千余及一千余不等，凡无所栖依者皆赖资糊口，日来倒卧者亦少。又顺属州县新添粥厂，每县约有二三处，俱酌量适中地方设厂煮赈。甫设之初，就食者尚少，迩来日渐众多，竟有至二三千者。厂内一切事宜，俱由地方官董率乡耆衿监悉心料理，并不假手胥吏。现在陆续禀报，均各妥协，且每棚相隔不过数十里，来往贫民趋赴甚为便易。所有现在畿近各种情形，理合缕悉奏闻，恭慰圣怀。谨奏。

考试情形疏乾隆四十年五月　　罗源汉

窃臣于二月间考试保定，业经恭折奏闻。嗣于三月十一保定试竣，次日往赵州考棚，现在开考。臣察看定州、正定文风，士子胸中虽少书卷，而文理明顺充畅，足敷录取。至于武场生童，弓马尽皆练习，技勇则挽强超距，更在保定之上。但此等武生，气习多半粗卤，必须严加遏抑。臣考定州外场时，有曲阳县武生箭被人拾，旁有深泽县武生王允泰，事不关己，帮同力索，互相争竞。臣查知，立传该生戒饬，并交提调查取平素有无劣迹，惩治详夺，诸生始各畏惧。而士气疲玩，文武皆然。生员欠考者，每学不下十余人，临考竟多不到。及臣饬学查明事故除名，即纷纷以游馆方归，卧病方愈，呈恳补考。臣因积习相沿，择其文理荒疏者，考置劣等示儆，始皆愧悔。

再臣于三月间，接准督臣周元理咨开，各省书院钦奉上谕事，钞寄到臣，臣敬谨细绎，仰见我皇上作人雅化，至大极周。伏念臣荷蒙恩命校士，大小书院并可于临试各府时，就近考察鼓励。因考定州、正定两棚，即饬该学详报书院情形，肄业生童多寡及院长姓名籍贯，以凭查核。于生童考毕后另课书院一场，以征院长之得失，并亲往书院一观，面与生童敬宣圣上作养人材慎重院长之至意，申诫再三。各生童跪听之下，靡不踊跃兴起，感戴圣明，士气颇为丕振。臣谨将考过两棚情形，缮折奏闻。

陈粤西事宜疏乾隆十九年　罗源汉

大理寺卿臣罗源汉谨奏，为敬陈粤西事宜，仰祈圣鉴事：窃臣前奉恩命，提学广西，凡属考试所经，无不留心体察。窃见地方事务，尚有应行筹酌办理者，敬为我皇上陈之。

一荒土之宜劝垦也。粤西地广人稀，臣尝经过柳州之马平、来宾，以至思恩之迁江，一望数百里，尽系荒芜，并无人烟。问之途人，皆云其地多石，且少水源，难于开垦。臣详视土面，芳草俱极丰茸，不尽硗确，而山泉所汇，可相势利导水源者亦复不少。细查荒芜之故有二。一则习为闲惰。土人僻处乡村，岁种熟田，糊口已足，不为隔岁之谋。又俗好趁虚，手艺营生利倍力田，甘心抛弃。一则各惜工本。将欲开垦，必先疏凿渠塘，以资灌溉。水源之蓄已费数十金，愚民见狃目前，遂多惮于从事，而亦尝于该地方筹及，每以工本浩繁，贫民难强为虑。窃思圣世生齿日繁，苟可谋食，几无弃壤。而独此广袤数百里，置于无用，殊为可惜。仰请敕下督抚谕令州县，多方设法，富者劝其自垦，贫者或招募人垦。其或有不宜水田之处，亦谕令种植杂粮，俾尽地利，庶野无旷土，民有余食矣。

一驲马之宜改设也。查桂林向无驲马，北至湖南之永州各县，设有站夫数十名，东至广东之肇庆各县，设有站船数只。臣尝就所经过处，按其形势，东由平乐、梧州至肇庆，俱系崇山峻岭，难于设马。若北自灵川、兴安、全州至永州，路可方轨，遇紧急公文站夫递送，自不及驲马为速。况柳、庆素属产马之地，取办甚易，似不若改站夫设马之为便也。再由柳至南太，虽非他省通衢，亦系边疆要路，现除铺司递送公文外，各处设有快足以备紧要，名曰千里马，其实日不能行七八十里，每致误事。并请敕下督抚，查酌各该县情形，设马数匹，遇紧急公文以马递送，迅速十倍于人力矣。

一教谕之宜酌定边缺也。广西近边一带，地方烟瘴，官其地者三年五年，以边俸升转，向来教职事同一例。雍正二年，部议教官系本省人，裁去边缺，原为烟瘴渐稀地方起见。若太平府之宁明州、庆远府之东兰州，以及泗城府等学，俱在雍正七八年以后新设，现今水土极恶，称烟瘴最甚之地。而臣考试所历，若桂平、梧、郁、浔各府州水土本佳，与内地无异，以桂平数郡之人，选泗城、宁明、东兰等地，水土实不相宜。臣于考试时接见该处教官，受瘴多病，实有苦情，合无仰恳圣恩，敕部令议，将泗城、宁明、东兰三学俱作调缺，酌限年分，任满即撤回内地，另择新员，或亦爱惜人才之一端也。

以上三条，臣愚见所及，恭折具陈，是否有当，伏乞皇上睿鉴施行。

再陈考试疏

罗源汉

窃臣于五月内，将考试保定、定州、正定等处情形，业经专折奏闻，嗣即顺道考试赵州、顺德、广平、大名，现经蒇事。察看一州三府，文气竞尚浮靡，不务根柢，诘其所读，率皆坊刻陈腐旧文。臣谕令多读经书，每考摘其浮游滑调，一一榜出示儆外，敬将皇上钦定四书文，及本朝现有行稿，如熊伯龙、刘子壮、李光地、韩菼、方苞等臣之文，面加训迪，嘱其熟读，而字学韵学亦随考摘出晓谕，俾知所从违。至于士习，时督责教官严加约束，尤恐该教官等不无庸懦瞻徇，因与州府县相见之时，悉行详问。据称近来办理俱甚严厉，该生一有滋事，随即详究，不少姑容，而士子亦稍知畏惧。

臣查举报优劣，事关劝惩，最为学政要务。臣初试所至，举报竟属寥寥，因严饬各学务必悉行访究，凡有小善足录，细行不矜者，务必据实密禀。数棚以来，报者不少，除优生于簪花日当堂另班奖赏，亲加劝勉外，其劣生臣视其开报劣迹、情辞轻重以为等差。如赞皇县武生李彪、广宗县武生张中和、曲阳县武生杨魁远，或恃勇斗殴，戒饬不悛，或负性卑污，在外游荡，或聚饮无度，不交正人，当发该县查明，即行斥革。其余性情浮动，言语轻狂，及屡次不赴学中月课等类，仍遵照《学政全书》条例，暂以劣注册，俟科试时核其能否改悔，分别去留。

至臣考试关防，谨遵圣训，加意防范。而大名一府地界河南、山东，尤恐（抢）〔枪〕手顶替，易于作奸，时时严谕廪保加意认看。乃考试开州，有童生李祖惠，倩深泽县李熊顶名应试，经廪保认出，当发交提调严审，照例治罪。又有童生冯德凉，于考试日交卷后，不俟按牌放出，将封锁之门擅自扭开，经臣查知，亦交提调枷号示众。此臣考试数棚情形，谨据实奏闻。

至于雨水，自五月以后各处连得大雨，臣于六七两月一路所遇，禾麦遍地，满目青青。入广平、大名境，情景尤佳，高者大田，低者水稻，处处如云。虽七月廿五、六等日天雨甚大，近河洼处不无微淹，然旋长旋退。且水退土肥，即可布种秋麦，其高原处则十分有秋。臣窃看村民熙熙皞皞，俱有乐岁饱暖之象，臣不胜欣忭，理合附折以闻。

革职谢恩疏

罗源汉

奏为恭谢天恩事：本月初六日，恭遇常雩大典，工部承办，坛内悬挂天灯，及更衣幄次铺设坐褥，草率玩误。钦奉谕旨：工部尚书罗源汉、侍郎诺穆亲，俱着革去顶带花翎，仍革职从宽留任，十年无过，方准开复等因。钦此。窃臣蒙皇上天恩，由左都御史升任工部尚书，凡遇祭祀典礼，理宜督率司员敬谨承办，无使稍有草率贻误，方昭慎重。乃本月初六日，恭遇常雩大典，所有坛内悬挂天灯及更衣幄次铺设坐褥，臣未能先事督率司员如式恭办，实属罪无可逭。乃复蒙皇上施恩格外，仅予革去顶带，仍从宽留任，十年无过，方准开复。臣闻命之下，既深感激，益切悚惶，理合缮折恭谢天恩，伏乞皇上睿鉴。

论考贡疏

周焘

为贡士为学校巨典，请酌更明季旧制，励人材以收实效事：窃查直省岁贡生员，府学限每岁一人，州学三岁二人，县学二岁一人，其制昉自明世。《王制》曰：命乡论秀士而升之司徒，曰选士，司徒论选士之秀者而升之学，曰俊士。此其遗意也。但明初起送之法，原以各学生员有成材者充贡，又令岁贡精选端重有文及通书算者起送。至天顺六年，始有食粮年深，按照名次先后之说。嘉靖十三年，始奏准有司起送岁贡，止以食粮年分最深者一人拟正，次深者拟陪，提学官考定一人送部。由此直省每岁贡士，但查饩廪之深浅，不复计学业之高下，其例相沿至今，即所谓挨贡是也。臣伏思贡士之意原属论秀登贤，挨贡之法则同于限年蹑级，虽有正贡不堪，将陪贡考取送部之例，然提学务博宽厚之名，必不肯黜正取陪，甚至拟陪者并不与考，而正贡考试亦止赴学院点名领卷，领题回至私寓撰稿誊写，由该学教职转交。纵本生学业荒芜，尽可倩人代构，积习相仍，势难更变，岁贡之多不得人，职此故也。

宋臣苏洵曰：其人皆以为己所自致，则不知戮力以报上之恩。又曰：使天下之士积日持久而得之，譬佣力之人计工受值，岂德其主？今挨贡之弊，宁仅如洵所云哉？附生由一等食廪，增生由二等亦得食廪。食廪之后，虽终身考居三等，无妨挨贡。至近来各学，四等多不过四五人，少或一二人。若卷面有“廪生”字样，学臣尤加护惜，用是庸下者益长玩愒，即隽颖之士，亦以无所区别，久渐颓然。及挨至拟陪拟正之时，其年岁大约在六十内外，又守候二十余年，始得挨选教职，血气既衰，学殖益落，而责以课士育材，宜其鲜有胜任者。

臣愚以为廪生例得岁贡，则凡属食廪之人皆系应考贡之人，固不必俟其衰老然后以之充贡也。今似宜于各属贡士之期，令学臣转饬教职，查取该学廪生内，有食廪以后三次考居一等，且持身端谨素无过愆者，无论年分深浅，均许一体考贡，仍照岁科两试例，弥缝姓名，凭文选择，使隽颖者益开上进之门，玩愒者无复邀荣之路。必争自濯磨勉为实学，将来选授教职，亦多得年壮学优之员，以之育材课士，于学政不无裨补。至岁贡之外，例有十二年一次之拔贡，均由廪生考取，而岁贡选各学训导，拔贡选复设教谕，叙用似属不同。但十二年拔贡之期，虽初次食廪生员皆得与考，原系朝廷特恩。且拔贡入京廷试，入监月课，至肄业期满，然后归班候选，其途益难，其用自宜稍优。则铨选之法，似即可循照成例，无庸更张。

臣窃见皇上钦定会典，损益前制，垂为百代章程。而直省每岁贡士，各学臣尚沿明季旧习，未闻熟筹遴选之法，用是不揣愚昧，敬献刍荛。仰祈睿鉴，敕部酌议施行。

请整饬保甲疏乾隆二十二年　　胡泽潢

掌江西道监察御史臣胡泽潢谨奏，为敬陈管见事：本年十月内奉上谕：州县编查保甲，本比闾什伍遗法。地方官果实力奉行，不时留心稽察，凡民间户口生计、人类良莠，平时举可周知，游惰匪类自无所容，外来奸宄更无从托迹，于吏治最为切要。乃日久生玩，有司视为迂阔常谈，率以具文从事。各乡设保甲长，类以市井无赖之徒充之，平时并不实心查察，虽督抚课有力行保甲之条，不过故套相沿，毫无裨益。即如马朝柱案内十余犯，悬缉数年，迄无一人弋获，此保甲不实力奉行之明验也。嗣后务宜慎重遵行，不得仍前玩视。其如何设法编查，及考核责成之处，着各督抚各就地方情形详悉定议具奏。钦此。臣伏读之下，仰见我皇上准今酌古，除莠安良之至意，自顾谫劣，知识短浅，讵能与参政体，赞裨高深，而心之区区，辄用自竭，一得之愚，敢为皇上敬陈之。

臣思天下者一，州县之所积也，各州县理而天下治矣。理户口之法，莫善于保甲，然法久必怠，怠久必弊。弊者不变，则怠者不振。使狃于成法而安之，托于空言以振之，不过督抚一牌州县一票，而事已毕矣。甚或愚民不得要领，必至惶惑，吏胥乘其惶惑，必至需索。是行法而滋事，又不若废法之安民也。臣愚以为变其弊而振其怠，其要有二，曰分管统、实户口而已。夫今保甲之必期其行，行而必期其善，所谓管领者非牧与令乎？然牧令之所以殿最，大吏之所以考核者，在乎刑名钱谷，而保甲不与焉。赏罚之所不及，即视为政治之所无关，名存而实亡者久矣。岂知户口为刑名所由兴，钱谷所自出乎？臣请嗣后大臣察属贤否，宜首重保甲，则责成专矣。夫责成专之，黜陟随之，州县官亦安得而辞之？惟是州县之地，大者且数百里，小者不下百里，欲以一人之耳目周及四境，户知其人，人知其数，难矣。况所委保甲长，又率市井无行之徒，疑之莫与任其事，信之或且生其奸。处难行之势，而责以必行之效，效不可得，而以瘝旷劾者踵相接矣。臣以为宜分任佐杂，画界以隶之，选置士人，分户以属之。法在十户为甲，设甲长，十甲为比，设比长，长以未达之士，无士以耆老为之。五比为联，设联长，长以在籍之官，无官以未达之士为之。五联设专管官，以州县之佐杂为之。各甲有事，若伤杀盗贼类者，即日以次申报，其他事之应报者，户以本日告甲长，甲长以五日告比长，比长以十日告联长，联长月移专管官，每季申州县官，州县官以岁终汇申上司官。州县官岁一巡视，核虚实、考勤惰、示劝惩，必编所部。专管官以季，联长以月，比长以旬，甲长以日，各巡所部亦如之。其有上申下行而逾期不申不行者，分别事之轻重，期之久暂罪之。应巡不巡者，罪亦如之。甲长、比长、联长及专管官能化导者，以三年举，能职者以五年，甲长升比长，比长升联长，大吏以其名上闻。无官者予官，有官者晋秩。专管官晋秩亦如之。若溺职者夺其任，罹罪者论如法，其功与罪，甲长申比长，比长申联长，联长申专管官，论定而申之州县官，州县官而申之上司官。如是以为分，则事简而易理，如是以为合，则法密而不疏矣。

顾臣犹有虑者。计户设官则佐杂之员宜增，分户设长则代耕之禄宜给，综而计之，费且无算。议者或以此难之。臣伏念增官给禄，其费有定，息事宁人，其省无穷。即谓省不偿费，费多而法行，法行而民治，策诚便也。且臣读《周礼》一书，其设官之制，大者少而小者多，以小者亲民事，大者董其成而已矣。夫董成者得数贤大吏足矣，又安用此纷纷者为哉？即如各省守巡道及府佐贰，率多备员，无关轻重，苟酌其可省者而省之，而即以所省为所增，费略相当，固已转无用为有用矣。臣所谓分管统者，其要一也。

今天下户口之数，由州县而上之督抚，由督抚而上之户部者，未尝无籍，然不必皆实也。往代丁口有赋，隐漏有罚，故其数实。自丁粮摊入地亩，永不加赋，故其数不实，不实则增而不增，减而不减，户非其户，丁非其丁，流亡者不知其去，逃匿者不知其来，役兴而不知当役者何人，灾至而不知当赈者何户，临事而事，事且倍之。牧不知州，令不知县，欲求称职，得乎？臣请每甲以十户为率，其有畸零者均入各甲之内，各以远近为附。甲设一册，先书各户口姓名年貌，次同居亲族姓名年貌，次妻女姓氏年岁、奴仆姓氏年貌来历，各书于册。其家之土著流寓，旧居新迁及迁自某处，其人之有无田地屋产，何所执业，并详焉。各户每日如有生死婚嫁、产业卖买、远路往返、亲友宿留、人口增减，必以告其长，长各如期递申以达于州县官，州县官受而核之，编为一书，申之大吏。就中又取无产有产者别为一书，又取有业无业者别为一书，藏之州县。此三书者，率以岁巡完遍之后，增删修定，无漏无误，如是则四境之民胪于几席，以之听讼而讼不受欺，以之任役而役不滥及，以之弭盗而盗无所容，以之查赈而赈可立办。《书》云若网在纲，有条而不紊者，庶几近之欤？臣所谓实户口者，其要二也。

虽然，二要具举，法乃大备，二要并举，法有必先。分管统先实丁口，未实丁口宜先详烟户，何也？户无数，何以设长？长无额，何以设官？顾官与长未设，则烟户之数司其查核者孰为可任？将任之原设保甲长乎？不可也。否则，州县官自任之乎？不能也。则莫如为牧与令者，以礼延致各坊各乡一人之有望者为之，宣布德意，俾无瞻顾，然后从而任之，率百家任以一人，令其册具户数，亲呈州县官。及计户设甲长，计甲设比长，计比设联长，计联设专管官，行之以渐，镇之以静，吏无所藉手，民无所疑畏，而事集矣。

臣所谓变久弊之法而振久怠之习者，其大略如此。迂陋之见，是否可行，伏乞皇上训示。臣不胜惶悚战栗之至。

召试章程疏

周系英

奏为召试章程，例无明文，请旨遵行事：窃照本年恭逢圣驾西巡，肇举召试盛典，多士胪欢望幸，踊跃观光。臣严行甄别录取，迎銮献赋者，本省六十余人，各省共三十余人。山西士子向虽不甚讲究诗赋，此番屡经督课，争自濯磨，蹈德咏仁，引商刻羽，就其所作，亦复斐然可观。此皆由我皇上加惠儒林至意，入人之深，移人之速，是以文风丕变，士气奋兴，洵盛事也。惟恭查乾隆五十三年，奉上谕，御史龚骖文奏，此次天津恭献诗赋士子，有由三分《四库全书》总校赏给举人者，又有两侍郎一巡抚两藩司亲子，及京堂翰詹科道子弟，遇乡试之年，例入官卷者，应逐一查明，严加防范，以杜替倩等语。所有此次进献诗赋士子，内而京堂，外而督抚藩臬及翰詹科道子弟，并校书议叙，赏给举人。及由俊秀报捐贡监生者，竟着毋庸考试。嗣后巡幸各省，设有召试之典，即以此为例。钦遵在案。

又据御史龚骖文奏，称续查有随围军机司员汪日章、张师诚之亲兄亲子，及此外有无期亲服属者，似应一体查明，入于前项士子办理等因。奉旨：此案甚公，交军机大臣查照办理，嗣经奏准直隶省及各省献赋士子，现据顺天学政金士松将该生等有父兄及期亲服属曾登仕版者，逐一开送前来，应即照该御史所奏。此等士子概行扣除，不准考试。仍将所献诗册进呈，并遵旨各赏银绸一件，令其毋庸守候，即行各回原籍等因在案。臣恭译谕旨，以官职之大小为其子弟应试之限制，既已著为《会典》矣。其实此次所议，凡属职官，无论大小，子弟叔侄，一概扣除，并未遵照原奉谕旨办理，但又未声明“嗣后即以此著为定例”。今臣所取各生内，虽无现任大员子弟，而现任知县以及佐杂等官子弟亦有数人，此等士子或但令迎銮献赋，不准预考，抑或仍准一体应试，出自皇上特恩，臣未敢擅便。至原任职官既属已往，或先曾服官缘事在籍，以及现任教职，其子弟应否免其扣除之处，例内均无明文，理合缮折请旨遵行。

再臣遵照向例，随同抚臣在王快跪迎圣驾，其诸生诗册，谨拟闰三月初二日在台怀行营外道旁陈设，臣与抚臣衡龄率领跪迎圣驾，合并陈明。伏乞皇上睿鉴。

嘉庆十六年三月二十六日奉朱批：另有旨，钦此。本日奉上谕：周系英奏办理召试章程，请旨遵行一折。向来迎銮士子，加恩召试，虽经办有成案，但未明定章程，办理未能画一，自应以其父兄官职之大小为子弟应试之限制。此次朕巡幸五台，所有应行召试士子京官，除现任京堂及翰詹科道军机章京外官，除督抚藩臬及道府以上之亲子侄兄弟俱着回避，毋庸与试，仍准其进册其业。经病故离任，缘事在籍，及其余京外各官之亲子侄兄弟，俱准其与考。嗣后巡幸，各省设有召试之典，即照此例。钦此。

代湖南巴抚军为岳麓书院奏请御书赐额并御制诗文折

袁名曜

为恭恳圣恩御书赐额，并颁发御制诗文，以隆学校而昭化成事：窃湖南省城外，湘江对岸岳麓山，为南岳七十二峰之一。自先贤朱子、先儒张栻讲学于此，遂建书院，居学者千余人。时称潇湘有洙泗风，遂与嵩阳、白鹿、紫阳为四大书院，而岳麓以创建自官称首。嗣后真德秀、魏了翁知潭州，俱以朱张之学训士于此。下逮元明，屡堕于兵燹，随时修复。先儒吴澄明、臣李东阳记之甚详。国朝定鼎，文治覃敷，而长沙以顺治四年始克平定。疮痍甫起，随遭吴逆据叛，兴兵数载，弦诵阙如。圣祖仁皇帝功巍文焕，化洽区宇，康熙二十五年御书“学达性天”匾额，颁悬书院讲堂，并颁经史及御纂各书籍。其时抚臣丁思孔建楼书院后，额曰“御书楼”，以慎藏贮而垂永远。自是湖南人士观感奋发，争自濯磨，遂烝烝上进矣。世宗宪皇帝兴贤育才，至优极渥，赐帑金千两，俾资士子膏火之需。高宗纯皇帝显谟扬烈，兴学右文，乾隆九年特赐御书“道南正脉”匾额，并颁发书籍，云章宝笈，光被南天，邦人士罔不虔肃瞻就，感深肌髓。盖书院虽创建自宋，沿逮元明，修举罔坠，而本朝造士作人，以崇尚理学之实政，加隆于先贤讲学之区，圣圣相承，殊荣迭沛，不特宋元明所不及，亦千古莫比其隆。此南邦之士允宜日夜感激而奋然以兴也。

钦惟我皇上学贯天人，道兼作述，本家法为心法，以道统为治统，普天率土，摩义渐仁。臣沐恩官湖南最久，窃见此邦人烝烝向化，苟非甚顽钝者尚知自勉。嗣以天恩优渥，有加无已，简畀封疆，寸衷感悚。视事以来，伏念升平之世，家给人足，教学为先，时时训课书院。查岳麓书院岁有二三百人不等，虽未必人尽敦崇实学，而科举之文间有可观，故历来湖南得科甲者多出其中。前丙子乡试，臣任监临，本年书院中式者十人。今年肄业者亦多，臣仍以时嘱山长勤加训课，士子踊跃奋发。院中圣庙文昌阁、御书楼，俱加修理整饬。楼中书籍年久朽损，现设法修补。臣伏思圣学高深，御制诗文该括经史精蕴，而宸翰为章，龙盘凤翥，益昭心正笔正之矩，湖南远乡士子，未获仰瞻，喁喁跂望。臣愚昧之见，仰恳皇上天恩，御书匾额，昭示学业准绳。并恳颁发御制诗文，俾院中师生稍窥圣学涯涘之万一，益足生其忠顺之心，而作其奋发之气，为湖南士子之荣幸，而先贤先儒讲道之处，益流传于不朽矣。臣谨循旧例题奏，伏乞皇上睿鉴，敕部议覆施行。

请查办清流品疏

石承藻

奏为奏闻，请旨查办，以清流品事：窃臣阅邸钞，见吏部带领引见人员，内有原任湖北襄阳府知府王树勋一员，奉旨仍发湖北以简缺知府用。臣闻该员于乾隆年间在京城宣武门外广慧寺为僧，法名明心，假托佛法，结交搢绅，借图资财。其时在京官员为此蛊惑，竟有时常赴寺从伊受戒，念经拜忏者，其形迹（跪）〔诡〕诞，通国皆知。嗣后王树勋还俗，捐官为湖北同知，该省大小官吏犹有以明和尚呼之者。嘉庆十七年，该督抚以襄阳府选缺知府，将该员违例题升，是冬该员来京引见，原任刑部尚书金□□因子病，执香向伊长跪，求问年寿，一时物议沸腾。其年臣为编修，即闻人言藉藉，迨去冬该督抚忽请将襄阳府改为繁缺，并以该员不宜繁剧入奏。吏部以襄阳府腹地中缺，并无今昔情形不同之处，议驳在案。

查襄阳府一缺，例归部选，并非兼三兼四烦要地方，该督抚既将该员保题，仅隔一年有余，忽又称地方繁剧，该员不能胜任，安知非因该员本系僧人，不为物论所容，不得已调停入奏？抑系该员平日居官别有劣迹，该督抚因保奏在先，不便参劾，遂委曲迁就，故将襄阳请改繁缺，为该员开脱地步？方今纲纪肃清，人才辈出，似未便以缁流滥厕方面大员。且该员广通声气，夤缘捐纳，公然洊升知府，其为不安本分，已可概见。应请旨究办，以清流品而肃官方，谨缮折具奏，为此奏闻，伏乞皇上睿鉴训示。

案：给谏为天际先生仓森元孙。天际以民困伏阙陈情，事在康熙二十六年。而天际之祖轸余先生万程，在前明天启时为新安守，以忤珰罢，忠直敢言，盖其家传。给谏此疏出，声动一时。未几以内艰归，而有市人与江西商人争斗之案牵连镌级，久之不复，卒于都中。时同县龙白华、黎月乔两太史挽以联语云：高第讵称荣，当年台阁驰声，一疏锄奸足千古；左迁因救斗，寄语枌榆祭社，四时配食答斯人。皆纪实也。其他封事，家无存稿，此疏亦久不传。顷其曾孙家俊旁求得之，联语则给谏葬时汝怀曾见之者。长嗣廷文以乙酉选贡，需次安徽，及次子皆前卒。故其身后无状传之纪，因附著其梗概于此。丁卯九月杪记。

请立民堡收恤难民疏

唐鉴

奏为广西用兵，宜以安民为主，一在设立民堡，一在收恤难民，仰祈圣鉴事：窃为广西自去年秋季以来，匪徒滋扰，转掠数府州县，本省文武率领兵勇，且战且堵，未能得力。我皇上至仁恻怛，深念贼势披猖，小民荼毒，钦派大臣督率文武剿办防堵，屡次各省调兵拨饷，以期速就荡平。仰惟圣虑忧勤，时深兢业，只以贼匪未除，斯民失所，贼一日不净，即一日不安也。臣闻粤西之民至不安矣，贼过一村则一村扰，过一墟则一墟扰，过一县则一县扰，逃者幸脱而家室不知何归，匿者偷生而衣食已非己有，男不得耕，女不得织，而生业废，男为贼役，女为贼孥，而生理亡，闻之心伤，念之心恻，是不可不思所以安之。安之之术，莫善于设立民堡，急于收恤难民。

粤西峰峦重叠，岩岫回环，中间墟场村落，所在皆有。或数百家，或百家，或数十家，田亩园场，家有其业，乘其列障回翔之处，于山杈岭岔垒石为垣，高可蔽人。外面遇有悬崖挺出，峭壁天成，自然之险，坚城不若也。即或不然，施工铲挖，去夷就险，亦非难事。其在平原，则开沟筑垣，沟深广一二丈，垣亦一二丈，上下相资，内外交备。有溪涧则通为深堑，有林箐则结为重栅，较之山寨多费工力，而粤西形势则平原少而山寨多也。其为堡也，合五六村及十余村为之，星散零居之户，则可并入附近堡中。每堡修广约方数里，其田产所出约可食数千人或万人。堡中议出公正有识者数人为堡长，以司一堡之事。稽查出入，毋为贼所欺；禁止禳赛，毋为妖所惑；劝勉耕读，毋为惊疑废正业；讲明忠奋，毋为邪慝生妄心。地方州县朔望出巡，教之以大义，申之以明罚，推之以诚心，结之以恩意，则堡中人皆为腹心干城矣。每堡四面立望楼数座，堡长凭公轮派多人昼夜瞭望。无贼则耕者耕，读者读，樵者樵，牧者牧，各安本分，不废职守。有贼则鸣锣为号，齐起抵御，发石可以歼远，挥锄可以击近，削竹可以为戟刺，揉木可以为钩援。火弹喷筒、砖块瓦砾，皆兵器也，可以应敌。堡中人人自卫，户户相保，众志成城，贼来未有不能堵御者也。

若果府厅州县遍立民堡，声气相连，守望相助，贼至不能得食，退亦无所裹胁。一堡如此，众堡皆然，一县如此，众县皆然，则民志日壮，贼势日沮，贼恒饥而民恒饱，贼恒劳而民恒逸，贼恒濒死而民恒安生，贼恒鼠窜而民恒鸠居。久之而从贼者悔，将散而思归于民，又久之而逃贼者愤，将转而制命于贼。加以官兵四路进剿，各险要均有捍备，则贼不战而自穷矣。而且堡之立也，可以为战阵之犄角，可以为壁垒之应援，官兵穷战穷追，得堡寨而收指臂之助，堡寨被攻被劫，得官兵而有保障之资。是则兵可以卫堡，堡亦可以卫兵矣，堡未尝不恃兵，而兵亦未尝不恃堡矣。

粤民遭贼蹂躏掳掠，老弱转沟壑，妇孺投塘井，愚者被诱而困于无知，怯者被虏而屈于无力，黠者诈从以观衅，良者四散以逃生，急切无告之时，其可原可悯亦非一事，而要皆在天心怀保惠鲜之中。臣愚以为地方有司之官，急宜仰体好生之德，如伤之仁，各府州县收恤难民，其鳏寡孤独按日给以口粮，壮者有技艺者，或令其随营为役，或入堡中以备耕作及防御等事。因人制宜，因事驭众，要不使一民不得其所，则转危为安，同登衽席矣。此二者皆将来善后事宜所必办之事。与其办于贼平之后，不若办于未平之时。贼正披猖，斯民涂炭，逃窜无门，流离遍野，得此堡寨以复旧业，而又加以存活，使得回死为生，贼未平而民先安，与贼平而民后安，其得失大有间也。况得此而民日益多，贼日益蹙，其利害更不相侔矣。

所有办理经费，约计不过十余万，即请归入善后事宜内据实核销。查嘉庆年间办理川楚贼匪，亦以堡寨收功，部中当有成案可稽也。总之，此等乌合如蜂窠蚁穴，深山穷谷窠穴存焉，时出时没，恐扑之未必能遽尽，扫之未必能遽无，而远调新兵未谙艰险，纵加习练，必须日时，糜帑无穷而蒇功难必。不若坚立藩篱，先安磐石，收赤庶为干橹，假崎岖为安宅。彼恃险而我即凭险以困之，彼恃众而我即集众以歼之，拒贼犹在一时，保民可以百世。而且立堡之需可按地而约计，不似添兵之费难先期而预定也。臣愚昧所及，是否有当，伏乞皇上圣鉴。谨奏。

进水利备览书疏

唐鉴

奏为畿辅水利久废不举，现在经费不足，生财之道莫此为善，谨略陈举行大概，仰祈圣鉴事：窃惟民食以稻为重，稻田以水为原。南方之财赋，稻田为之也，水利之最著者也。直隶地方经河十八，纬河无数，又有东淀西淀，南泊北泊，渐次填淤，衍为沃壤者随处皆有。若使引河淀诸水，洒为沟洫，荡为塘渠，则水之利不异于东南矣。而农民安守故常，止知高粱小米，以及麦菽数种，此数种者是皆喜燥而恶湿，畏水而不敢近水。凡近水者皆徙而避之，至使沃土废而不垦，是以有用之水而置之无用之地。而且须用人力以曲防其害，则不善用水之过也。是以雍正四年，有怡贤亲王与大学士朱轼查办畿辅农田水利之举，办至七年，得稻田六十余万亩。厥后总理不得其人，责成各州县各自办理，有岁终功过考核，而历年久远，堕坏难稽矣。臣自通籍以来，往来南北，留心此事，稽古诹今，著有《畿辅水利》一书，刻成十二本。因坊本粗具，不敢进呈，谨交军机以备查采。至举行事宜，求皇上于部院大臣中，择其人之谙于农田水利者，钦派一二员为之总理。其经费不过举行之年约须一二万，次年则已成之田已有收获，年复一年，利益加利，兴功数载，美利万世，生财之道，莫大于是矣。臣愚昧所及，是否有当，伏乞皇上训示。谨奏。

湖南文征　卷三

疏三

请复考试教习旧例折子

陶澍

奏为请复考试教习旧例，以杜牵混而专训课事：窃惟八旗各学，教习向由礼部奏请，钦派阅卷大臣，会同监试御史糊名扃试，秉公甄录。投考则有印结，以防冒倩，已取则加覆试以对笔迹，所以重训课而严弊混，法至善也。自嘉庆十七年，礼部议改于乡会试落卷内挑取，将考试教习之例停止，遂至办理参差，多有格碍。伏查各学教习之设，原以教育八旗子弟，非只为应试人员增一出身之路也。其间自不容有旷学之时。从前考试，多系留京诸生有志赴考，是以一经取录，即在部候缺。至乡会试挑取，则揭晓未经中式，纷纷回籍者多。且有视为小就而不愿留，或身病亲老而不能留，遇有缺出，每至传补无人。一传不到，至于再传，再传不到，至于三传，三传不到，始传其次应补之人，而其人又或屡传不到，辗转迁延，经时历月，则八旗子弟之旷学者多矣。而且挑取各卷，多有已取教习誊录，及在各衙门行走之员，礼部拆阅弥封时例应扣除，如癸酉乡试所挑教习五十名，经礼部扣除三十三名，榜中填列者仅十七名。期阅三年，人数难敷，于是有越次传补，及别项借补之事。书吏得以从中作弊，而物议亦自此滋矣。

窃思礼部改考取教习之例于落卷挑取，名曰防弊，实为省事起见。不知考试各有用处，教习之与举人进士事不相侔，岂宜省为一场，致滋牵混？至若防弊之法，则凡考皆不能无弊，不独教习为然。司事者宜因考而防弊，不宜因弊而废考。况乎贡监试卷，向例只戳印皿字号，今因挑取教习，不能以援例之贡监充选，又于卷面别印“正”字，则册籍既繁，辨识尤易，似于防弊之法反觉有疏也。现距丙子乡试之期尚远，人数无多，将来又不免有越次传补，及别项借补之事，恐滋弊混。应请旨饬复旧例，仍行考取之法，俾八旗官学不致悬缺待人，各学生得以勤习功课，于国家教育八旗之典，方为有名有实。臣管见所及，伏乞皇上训示施行。

筹议海运折子

陶澍

奏为遵旨筹议海运及暂收折色停运治河各情形，分别可行不可行，恭折覆奏，仰祈圣鉴事：窃臣于五月二十九日承准军机大臣字寄，道光五年五月二十二日奉上谕：前据英和奏通筹漕河全局，请暂雇海船以分滞运，酌折额漕以资治河。当降旨交魏元煜等悉心计议，尚未据该督等覆奏。本日复据英和奏雇商分运及折漕治河各章程，据称雇商船海运，应令两江总督、江苏巡抚专委干员，先期剀切晓谕，每官粮一石，给运脚银若干，净照漕斛兑交。仍令该委员亲身押运，抵津时分出仓场侍郎一人，并派户部堂官一人，赴津按官给执照米数漕斛兑收，应给商船脚价银两，由该委员具结承领，漕标员弁酌拨河标差委津贴旗丁。按照减歇之例，办理安插舵工水手人等，援照江浙成案，给与盘费归籍。当上海交代时，由该督抚等先期咨照江南、浙江、山东提镇会哨以资弹压。明岁除豫东照常征运外，江浙漕粮或海运一百万石，或一百五十万石，其余按照时价暂收折色以济工需。至改收折色酌照市价，由该督抚奏定，藩司出示晓谕，不许科索。其随漕轻赍席木赠截等项，亦应折征并数汇解，协济工需等语。治河所以利漕裕国，尤当便民，英和所奏，系属一时权宜之计，朕周咨博访，择善而从，并不预存成见。着各该督抚等查照英和原奏章程，是否可行，悉心妥速议奏，毋得迁就游移，致多窒碍。务须计出万全，期于公事有济，或此外更有良法美意，可以利漕济运者，并着该督抚各抒所见，据实奏闻，不可徒以空言塞责也。英和折并着抄给阅看，将此由四百里各谕令知之，钦此。

仰见我皇上廑念河漕，勤劬宵旰，属在臣工，孰不感凛交增。况臣渥蒙简畀，调任江苏，为钱粮最重之区，当河漕棘手之际，发踪所由，责无旁贷，更何敢迁就游移，致滋贻误。

窃以为漕米关系国家根本重计，而治河即所以治漕。上年洪湖决口，一泻无余，其始只因堵坝稍迟，遂致诸事牵掣。及今岁而借黄不足，继以开挑，开挑不足，继以剥船，剥船不已，继以车运。现在时日已迫，而漕米之在淮南者尚有一百数十万石，劳劳半载，竭蹶倍形，然则变通之方，奚可以不豫也？查海运之法，自元逮明，行之有效，止以阅时既久，章程难复，协办大学士臣英和前折所陈四难之说，言之甚详。然全漕由海运则不可，而商船未尝不可分载。臣细阅英和条议，诚识时之要著，目前筹运之策，无逾于此，自属可行。惟现交秋令，西北风多，船行不便，止可预为布置，以运新漕。其章程一切，则折内所举照斛兑交，官给运脚，及派委大员赴津兑收各条，均极周密。臣甫莅苏境，与督漕诸臣尚未晤面，倘条款犹有未尽，自当随时妥商办理，以期行之有益。至折漕一事，向值歉岁，偶一行之，或山区米少，离水次太远之地，意在便民，为朝廷格外之恩。今若遍行各属，则格碍甚多，所难者尤在银无所出。盖米为民间所自有，而银则不能尽有，惟待于谷米之粜售，漕米改征折色，即与地丁无异。以江苏一省言之，额漕几及二百万，傥以百万征米由海运，而百万折色，约计应折银二三百万。平时一百数十万之地丁，分为上忙下忙，官有惰征之处分，民有抗粮之责罚，犹且催征不前，积为民欠，矧于数月之内，顿加逾倍之正银，势必谷贱伤农，有粜无售。比户需银，而银不可得，闾阎之气骚矣。况一省之漕或征或折，办理参差，尤多掣肘。

窃意漕米折色，他省情形不一，若江苏则势在难行。至停运治河，一劳永逸，最为上策。惟在去冬洪湖初决时，行之则甚易，此时石工将竣，蓄水渐深，沙泥在底，挑挖难施。如微山湖则现在本能蓄水，又未便涸泄其水，以施挑挖也。至于漕运，渡黄吃紧，惟在御黄坝一处，其余工段均不与运道相连，不必停运而始能兴工。况京师万方辐辏，漕米而外，需用甚多，若停运一年，将南方之货物不至，北方之枣豆难消，物情殊多未便，是折色与停运二者均有不可行也。窃思来岁当以海河并运为宜，广招商船，分作两次装载，计可运米百五六十万石。其余俱由运河而行，秋冬之间即由河臣派员，将运河挑挖深通，俾资顺利。计来春湖水益增，自可引导济运，不至如借黄之累矣。大抵专办海运则恐商船之不足，专办河运又恐清水之难恃，惟有两者相辅而行，可期无误。且米运既分，则运道舒而治河亦易，于天储仍可扩充，揆之有备无患之道，更属相宜。

所有臣遵旨筹议河漕大概情形，谨据实分别可行不可行，恭折覆奏，伏乞皇上圣鉴训示。

请仿照唐代转运之法沿淮沿河建仓附片　陶澍

再海运系暂时试行，将来河道全通，自应仍由河运。万一浅阻，亦事所时有，应请仿照唐代转运之法，于沿淮沿河一带建置仓廒，遇有阻滞暂为存贮，俟水足时或由剥船载运，或由原船次年搭运。即使存贮稍久，而距京较近，缓急究有可恃。惟建仓之初所费颇多，但以般运各策计之，其所费差足相等，而仓廒历久尚在，其利较长，似亦转漕之一法，可以济运道之穷。缘奉谕旨，此外有可利漕济运者各抒所见，谨就臣管见所及，附片具陈，伏乞训示。

敬陈海运图说折子

陶澍

奏为敬陈海运图说，仰祈圣鉴事：窃照苏松常镇太五府州额漕，因运河阻滞，改由上海沙船运赴天津，现已办有成局，依次开行。臣伏思海运与河道原相表里，《禹贡》载扬州贡赋沿海达淮，冀州夹右碣石入海，即海运之始。秦唐虽亦偶行，其道难稽，明则由胶莱内河转般登州，实为劳费。惟元代海运最久，然至元十九年初次运米，仅止四万三千石，明年始抵直沽。行之六七年，犹岁只运米三四十万不等。旋因其路险恶，另开生道，运米渐多。盖海船畏浅不畏深，畏礁不畏风，而畏浅尤甚于礁。明人沿嶴求道，非礁即浅，无怪其难，自不若元代所开生道，即今沙船所行为最善。查元明入海之道，或由浏河转廖角沙，或由灌河口至鹰游门。今俱壅塞，惟吴淞口至十滧一路为宜。而由此运米入海，实创自今年。臣因初次试行，即须装米一百五六十万，倍蓰从前，不敢不倍加慎重，每遇熟习海洋之人，详加询问，证以纪载，得其径道。至于大洋浩瀚，本无畔岸，虽舟人定之以更香，验之以水色，格之以针盘，究难确指其道里数目。惟有就西岸对出之州县汛地，比照核计，不相径庭。其小岛微嶴，亦难尽载，谨摘叙大凡，略分段落，并绘图贴说，恭呈御览。

第一段，海船自上海县黄浦口岸东行五十里，出吴淞口入洋，绕行宝山县之复宝沙，迤至崇明县之新开河，计一百一十里，又七十里至十滧，是为内洋。十滧可泊船，为候风放洋之所，崇明县地。

第二段，自十滧开行即属外洋，东迤一百八十里至佘山，一名蛇山，又名南槎山，系荒礁，上无居民，不可泊。但能寄碇，为东出大洋之标准，苏松镇所辖。

第三段，自佘山驶入大洋，向正北微偏东行，至通州吕泗场对出之洋面，约二百余里，水深十丈，可寄碇。从此以北入黑水大洋，至大洋梢对出之洋面，约一百四十余里，系狼山镇右营所辖。又北如皋县对出之洋面起，至黄沙洋港对出之洋面，约二百六十余里。又北泰州对出之洋面起，至黄家港对出之洋面，约二百二十里，系狼山镇掘港营所辖。又北至斗龙港对出之洋面，约二百里。又北至射阳湖对出之洋面，约一百二十里，系盐城营所辖。又北至黄河口对出之洋面，约一百二十里，系庙湾营所辖。黄河口稍南有沙埂五条，船行遇东风则虑浅阁，宜避之。又北至安东县灌河口对出之洋面，约九十里，系佃湖营所辖。又北至海州赣榆县鹰游门对出之洋面，约一百八十里，系东海营所辖。计自佘山大洋以北起，至鹰游门对出之洋面止，约计一千五六百里，统归狼山镇汛地。凡舟行过佘山，即四顾汪洋，无岛屿可依。行船用罗盘格定方向，转针向北略东行。如东南风则针头偏东一个字，如西南风则针用子午。

查江南佘山与山东铁槎山南北遥对，谓之南槎北槎，行船应用子午正针。因江境云梯关迤东有大沙一道，自西向东接涨甚远，暗伏海中，恐东风过旺，船行落西，是以针头必须偏东一个字，避过暗沙，再换正针。此沙径东北积为沙埂，舟人呼为沙头山，若船行过于偏东，一直上北，便见高丽诸山，故将至大沙时仍须偏西，始能对成山一带也。

第四段，行过鹰游门对出之洋面，往北即山东日照县界，山东水师南洋汛所辖。又北至文登县之铁槎山，一名北槎山，自佘山至此始见岛屿。又北至文登县之马头嘴，入东洋汛界，径由苏山岛靖海卫及荣城县之石岛养鱼池。石岛居民稠密，可泊，惟岛门东南向，春时乘风易入难出。自鹰游门至石岛约六百余里，大洋中虽舵工以针盘定方向，犹须常用水托。水托者，以铅为坠，用绳系之，探水取则也，每五尺为一托。查十滧开船试水，自十托至二十托上下，行过佘山试水，均在三十托上下，顺风二日余，均系黑水，再试至十托上下，即知船到大沙洋面。行过大沙，试水渐深，至五十托上下。视水绿色，则系山东洋面。顺风再一日，试水二十托上下，水仍绿色，遥望北槎及石岛一带，山头隐隐可见。再行半日，即至石岛洋面，此商船赴北一定针路也。

第五段，自石岛至俚岛洋面，约一百六十里，俚岛至成山洋面，约一百四十里。俱荣城县地，为南北扼要之所，可泊。水绿色，针盘仍用子午略偏东。从成山转头改针向西略北，入北洋汛界，至文登县之刘公岛，约一百余里。又西至威海卫一百余里，又西至福山县之之罘岛一百余里，又北至蓬莱县庙岛二百余里。以上自石岛起至庙岛止，约共九百余里。之罘岛西北一带，有暗礁，船行偏东以避之。又庙岛之东有长山头浅滩，宜避，试水在十五六托至二十托不等。船至庙岛，以东南风为大顺。计东省洋面共一百零五岛，中有二十五岛，最为海道要地，而庙岛尤大，可以停泊。

第六段，自庙岛过掖县小石岛，即入直隶天津海口，约九百里。针对大西偏北，沿途试水在十四五托，再试水至六托上下，水黄色，水底软泥，即可抛锚，候潮进口。约计天津海口逆流挽纤一百八十里，即抵天津东关外。

以上海运水程，自吴淞口出十滧东向大洋，至佘山北向铁槎山，历成山西转之罘岛稍北抵天津，总计水程四千余里。伏查我朝自康熙年间开海禁以来，商船往还关东天津等处，习以为常，凡驾驶之技，趋向之方，靡不渐推渐准，愈久愈精。是海运虽属试行，海船实所习惯。而春夏之时东南风多，行走尤为顺利。臣谨就见闻所及，胪陈大概，伏祈皇上圣鉴。谨奏。

请将徐海匪徒锁系铁杆折子

陶澍

奏为查办刀械匪徒，请严惩其始，以资整饬，仰祈圣鉴事：窃照江苏省徐邳淮海一带，与皖豫山东等处犬牙相错，匪徒恶棍出没其间。兼之民俗强悍，以佩刀执械为能事，伤人酿命之案倍于他属，屡经臣督饬访拿，拘获匪犯多名，并起获凶器等件，叠次附片，奏明惩办在案。惟查此等匪棍，其始亦不过寻常游手，任性而行，漫无拘束，渐至三五联络，借端吓诈，稍有睚眦，即拔刀相向。庸懦畏势，不敢与较，以致益鸣得意，愈肆横行，久之遂成掖刀渠恶，骚扰棍徒，凶抢仇杀，为害遂烈。虽屡加创艾，总未能杜绝根株。良由习与性成，其来已非一日。

查定例，掖刀匪徒在于场市结伙抢夺，原有斩绞之条，棍徒生事行凶，亦有遣戍之例。一经犯案，不难按例加重办理。而此等佩执凶器，偶然挟诈逞凶，平日又无犯法实迹，按照本例，仅止枷杖。既不敢稍存周内，强相比附，而责释之后，故智顿萌，转以轻于尝试，长其犯法之心，实属大为民害。臣思刑戮施于小人，与其治之于已成，而穷搜远捕诛不胜诛，自不若防之于未然，而小惩大诫辟以止辟。

伏查嘉庆十六七年间，四川广东两省因绺匪及无籍棍徒携带刀械，行窃吓诈，奏请锁系铁杆，钦奉谕旨允行，厥后匪徒稍知敛戢。今江苏省徐淮海三属匪徒，与四川广东情形相类，应请仿照该省成案，除常用小刀不在例禁外，如有佩带凶器刀械之挟诈棍徒，一经拿获，每名锁系铁杆一枝，以四十斤为度。定限一年，果能改悔自新，即予释放。若不悛改，再系一年。傥仍始终怙恶，即按其情节，照棍徒屡次扰害行凶之例，分别从严究办，庶几消其桀骜，力挽颓风，于惩创中即寓振兴之意。再江苏省接近，如山东之兖沂曹三府，河南之汝陈光等府州，安徽之颍凤泗三属，民情劲悍，地界相连，可否一体仿照办理，于壤错相连之处，缉捕更为有益。臣为戢暴安良起见，谨会同两江总督臣琦善恭折具奏，伏乞皇上圣鉴训示。

请将前明高攀龙从祀文庙折子

陶澍

奏为请增文庙从祀儒臣，以崇正学，仰祈圣鉴事：窃惟致治必资懋学，继往即以开来。孔圣之道，师表万世，而历代端粹之儒亦得从祀庙庭，俾广心传，典至重也。兹据苏州藩司贺长龄会同臬司觉罗庆善，详据常州府无锡、金匮两县绅士秦大治、华端翼、陶沅、廉志勋等呈，称明故都察院左都御史谥忠宪高攀龙，承晦庵之主敬，师伊川之存心，以险阻艰难为体认身心之地，其境愈难，其学弥粹，凡德业进修之地，友朋丽泽之功，见于所著三时、困学诸记，语录、会讲等书，操履涵养粹然一出于正，死生荣辱确乎不动于中，实为理学之宗，宜列先儒之祀。伏乞详题从祀文庙等情，由该府县学取造事实册结，详司核转，请奏前来。

伏查钦定《明史·儒林传序》，言正、嘉以后笃信程朱，不迁异说，高攀龙其卓卓者。又御批《历代通鉴辑览注》，载攀龙学本濂洛，操履笃实，涵养邃密，粹然为一代大儒。又钦定《四库全书总目》，载《高子遗书》十二卷，其学以格物为先，讲学语类多切近笃实，阐发周密，立朝大节，不愧古人等语。又查《刘宗周文集》，称古有朱子，今有忠宪。黄宗羲谓海内以高、刘并推大儒，可无遗议。陆陇其亦谓古今有成德之师，有兴起之师。成德之师，砥砺磨砻，造人材于粹精之地，程、朱是也。兴起之师，廉顽立懦，拔人心于陷溺之中，高、刘是也。是皆以攀龙与宗周并称，比诸程朱。考其生平，持身则主敬存诚，立朝则直言正色，卒能取义成仁，不负所志。其立说著书，授徒讲学，皆宗经卫道，足以模楷儒林。恭逢我国家昌明正学，崇励真儒，明臣如刘宗周已荷特旨从祀，吕坤、黄道周亦皆次第表彰，仰邀俞列两庑。高攀龙忠节既树人伦之鹄，道德尤为后学之宗，似宜增入从祀，以励真修而端儒术。除将送到事实册结咨送部科外，谨会同两江总督臣琦善、江苏学政臣辛从益，合词恭折具奏，伏乞皇上圣鉴，敕部议覆施行。

缕陈巡阅江西各境山水形势及私枭会匪各情形附片

陶澍

再臣查江西一省，界连两湖及皖浙闽粤各境，群山环绕，众水西流，九江南康为之门户。其民勤俭务穑，牵车服贾不远千里。君子重节义而能文章，理学事功代不乏人，敦于宗族，家有谱系，祠墓久远，不忘根本。此其风俗之美也。及其敝也，则勤俭或流为啬刻，析利毫芒而亲睦之意衰，甚者弃诗书而事刀笔，故讼风尤炽。族姓众者丁口万计，动辄恃众抗官，逞强陵弱，转以宗祠为聚众逋逃之护符，人命盗案一入强梁之村落，往往不服拘拿，一讯可了之案，或至经年累月不能完结。此风近山各属类然，饶、吉、袁、临皆所不免，而赣南宁都一带为尤甚。

该处向多匪徒，此拿彼窜，迄无定所。臣此次亲莅各境，纵观形势，其山脉自九嶷至湖南之郴桂，分为两干。一由桂东而北，起武功、芦箫至浏阳、万载交界之铁围山，分支趋通城九宫，以逮武昌。正支由义宁起铜鼓，径武宁、德安而尽于匡庐，西水皆归洞庭入江，东水则归彭蠡也。一由郴州宜章至崇义，起聂都山为章水之源，径大庾岭转定南，径大帽三伯桶冈浰头，而至长宁会昌之军门岭盘古山，南则浈水入广，浰水入惠，大帽水入潮，皆归南海。北则群水尽归贡江，源出瑞金，接汀州界之安乐山，西流会章而为赣也。由盘古山北折至宁都州，一支西去，起石城广昌各山，径建昌抚州而迄于省城，则盱江抚河出焉。一支又北径宁化、崇安界，起牙梳嶂上各岭，过武夷，至铜塘封禁山而迄于常玉山，则广信河出焉。由玉山西北起，率山大鄣，至浮梁而婺水饶水出焉。又西径建德、鄱阳，而尽于湖口，与庐山东西对峙。彭蠡湖水出于其间，山川蟠亘，外嵚而内缩，虽面面皆险而无险可御。

即如私贩一项，有浙私有闽私有粤私，四处蔓溢，在官商方以挽运为艰，而枭徒转借崎岖为得计，总由私盐外入有居高临下之势。如广信例食浙盐，南赣宁都例食粤盐，业从山脊引入腹地，而欲于下游散漫之区，驱之使退，其势已难。以致饶州、南康被占于浙私，吉安、临江被占于粤私，如长汀、宁化、光泽、崇安等县，皆隶闽省而居届山梁，是以建抚各属并不例食闽盐而闽私遍地。皆因乘虚易入之故。

又会匪一项，自闽界、粤界以逮郴界，绵延数省，无非穷僻山区，易藏易窜，为害甚巨。其宰鸡滴血，钻桥饮酒，传授口诀，散受花帖，传徒者皆真会匪也，情罪最重。间有富民畏抢，庸懦被欺，胁从图保身家，与夫醵钱酬赛，如城隍财神等会，则虽会而不必真匪也。更有一种游手凶徒，俗名烂仔，又谓之流打浪，遇事生风，执持刀械，每因微隙纠党仇杀，掳掠畜产，拆毁房屋，捉人勒赎，或拦路打抢，或临河行劫，冒充水手担夫，伺客重资，暗行贼害。或遇客船遭风阁浅，假救护为名抢夺货物，赣河下游一带往往有之。此则匪而不会，其情罪无殊于会匪，必应严惩。查赣南等处会匪连年惩创，如前任赣守汪云任、知县周玉衡任内，查拿最多，匪徒知畏。署守南昌同知霍树清，亦经拿获会昌雩都匪犯三百余人，仇杀抢犯百余人，审结抢劫大案五十余起。接任升守易中孚、丰林等，亦皆认真缉捕，有犯即惩，其风业已衰息。惟此等匪徒，散难聚易，未可松劲，全在守令得人。现在霍树清署理南安，其赣州府缺紧要，容臣会同抚臣遴员调补，至江西盐务缉私最要，并容臣逐细筹商，陆续会办。所有臣巡阅所莅各情形，谨附片缕陈，伏乞圣鉴。

会同两湖督抚筹议楚省鹾务折

陶澍

奏为会筹楚省鹾务缉销事宜，恭折奏祈圣鉴事：窃臣陶澍钦奉谕旨，派赴江西、安徽一带校阅营伍，奏请顺道回籍修墓，并乘便会同臣讷尔经额、臣周之琦、臣裕泰，筹商淮盐缉销事宜。仰荷圣鉴，所有湖南鹾务，臣陶澍前过长沙，曾经晤商臣裕泰。兹由洞庭顺帆东下，于十一月初七日行抵鄂垣，与臣讷尔经额、臣周之琦会晤，复将鹾务彼此悉心筹议。缘湖广北南两省为行销淮纲最重口岸，每年额引七十七万九千九百余道，而捆载之仪征老河引距贮盐之汉镇，相隔几及二千里，长江险阻，风信靡常，挽运本属不易，加以船户水手之夹私盗卖，中途节节逗遛，稽察更属难周。

且楚省系水陆通衢，界连川、粤、豫、皖等省，四通八达，邻私最易侵灌，防范设或稍疏，即致贻害腹地。内如湖北宜昌府属之官渡卡，紧接川江，从前铜铅船自四川装运北上，一路收买川私，入楚售卖，经由卡隘，并不听候查验，以致宜昌一郡尽食川私，并灌及下游荆州各属，与荆门之远安、当阳，湖南之澧州、石门等处，大为淮纲之害。即经议定章程，奏奉谕旨，饬令宜昌镇总兵亲督卡运各员查验催趱，并云、贵、四川各督抚，饬令沿途各州县严禁售给该船户盐斤。自奉行一载以来，宜昌一带水道川私严行堵截，销数日有进步。

又随州应山切连豫省信阳州等处，多被潞私侵灌。黄安、麻城切近光山、固始及皖省英山等处，多被芦私侵占。接近淮北票盐之处，亦有阑入，皆因小民趋利若鹜，贪贱食私，缘山越岭，辗转售卖。前经臣陶澍于淮北、英山等处设卡，并派六安营参将赵承德等带兵以时巡历查拿，复经臣讷尔经额、臣周之琦派令湖北盐道于克襄亲往黄州各属，勘明要隘，分设卡座堵缉，近来销数已有转机。又襄阳府各属与豫省南阳各处犬牙相错，豫省行销潞盐，较之淮盐价值贵贱悬殊，侵灌本易，而豫省奸商又复逼近楚境，广开子店，甚至包运到楚转卖，以致占碍淮纲，大为官引之害。现于奉旨饬拿匪犯张开运案内，究出枭贩多名，拘获究办，以示惩创，应俟会同河南抚臣筹议疏缉章程，另行具奏。

又湖南郴州所属之永兴县，系粤盐引地，粤商开设子店，行销生盐，与淮界熟盐本有区别，讵粤商借海船舱底沙泥准其煎熬名色，多设熬锅，将生盐煎熟侵灌淮界，以致楚省引额短绌。道光十一年，经前任湖广督臣卢坤奏，奉谕旨：必应严定章程，令各守地界酌定熬锅额数，永定限制，毋许私增多设等因。钦此。卢坤当即钦遵，饬令两省委员核议。嗣经卢坤核定，每子店一家准其留锅一口，咨商粤省，而粤省总以熬锅不能定数为词。及卢坤调任广东，臣讷尔经额频年文移往返咨商，而粤商又纷纷具呈，终不肯酌定额数，以致迄无成议，影射多熬充赚淮引，在所不免。

伏思粤省来咨，以粤盐系通省融销，若将永兴子店限定熬锅口数，该省引课即有阻滞。兼以楚省所议拿获贩私人犯，例应讯明来历，如讯系永兴子店所卖咨提究办，乃谓楚人自犯之罪，与粤省子店无涉，不应妄扳拖累等语。伏思缉私扼要，必当澄本清源，惟不稍存畛域，始能各固藩篱。粤省融销分数，未必全在永兴一县，何以不能定额行销？且熬锅系为煎熬海船舱底泥沙而设，为数甚微，何能借此裕课？其必欲广设熬锅，无非借端影射，将生盐煎熟混杂侵灌淮界，是粤课固可宽裕，而淮引即被侵占，剜肉补疮，于公何补？且查湖南省频年详办贩卖粤私案件，不一而足，虽各犯罪由自取，而多留熬锅，为奸商开偷漏之门，陷愚民蹈贩私之网，于理似属未协，事关有碍淮引，若不定以限制，诚恐愈增愈多，无所底止。

查永兴县现存子店六十五家，相应请旨，饬下两广督臣将永兴子店六十五家，每家只准存锅一口，永为定额，不准私自加增及添设子店锅口，尺寸亦不准稍有宽大。总期于粤引淮纲，两无妨碍。至于拿获私盐，须照例究明买盐来历，行提审办。粤商更不得规避狡卸，失察私盐出境，地方文武各官亦应照例议处，庶可各知儆戒，以固藩篱。此外疏销事宜，前次立法已详，如有应因利乘便之处，随时斟酌办理，不令窒碍。臣等惟有随地随时同心协力，认真经理，以冀课裕引畅，仰副皇上整饬鹾纲之至意。所有臣等会筹淮鹾缉销事宜，谨合词恭折具奏，伏乞皇上圣鉴训示。再臣陶澍拜折后，即日起程，由水路回江办事，合并陈明。

敬陈两淮盐务积弊附片

陶澍

再臣查盐务纷繁，弊端不一，如印本智票贴息套搭，皆弊混之尤者。不肖奸商巧立名目，借端开销，以致库本全空，课项日绌，竟有积重难返之势。即如商人办运，所有引课场价运脚使费，一切并计，谓之成本。内有商人缺底一项，名为根窝，每引取票银一两，每年按引即须银一百六十九万有余，归于底商。先国课而坐收其利，其余则浮费居多，每由总商开销取之散商，名为办公而实不知其名目，盈千累万，任意摊派。此类甚多，成本安得不重？成本既重，则售价必昂，而私枭由此起矣。如汉镇为销盐第一口岸，盐价每斤需钱四五十文，迨分运各处销售，近者六七十文，远者竟需八九十文不等。其实盐务成本首重正课，其次则场价，计每引配盐三百七十四斤，仅征正课银一两至数钱零不等，其朱单杂课亦仅征一二钱不等，计算场价每盐一斤不及十文，而转销各处竟至数十倍之价。且有搀和污泥，杂入皂荚蛤灰等弊，盐质更差，以致江广之民膏血尽竭于盐，贫家小户往往有兼旬弥月，坚忍淡食，不知盐味者。而邻私乃乘机灌入，此非私贩之销售能胜于官，实由盐价大昂有以致之也。

至于仪征一带，为捆盐之场，奸商与商厮难免私行夹带，江船水手从而效尤，而私枭亦因以罔所顾忌。其实私枭所贩之盐，即系场灶所产之盐，如果商人能收买余盐，何致有私盐可贩？只因商不能收，而灶户穷困，偶有透漏以资朝夕，遂致辗转负载，积少成多。而无资本无身家之匪徒，聚而成枭。幸此辈多系乌合，见利则趋，闻拿则散。现在知县王用宾、署游击金万全，皆练于缉捕之人，枭徒警畏。自六月内黄玉林指拿各犯以后，纷纷逃散，地方尚属靖谧。惟盐务拔本塞源，必须革去奸商，另招殷实。而殷实之商，又必须明定章程，删去浮费，使不受总商摊派之累，然后肯来。前与运司谆切言之，当可次第整理，合并附片具陈，伏乞圣鉴。

再陈淮鹾积弊折子

陶澍

奏为淮鹾疲坏已极，缕陈积弊情形，请旨饬查办理，借资补救，仰祈圣鉴事：窃照两淮盐政，关系国帑，臣频年在苏，已闻其疲敝情形日甚一日，但不料山穷水尽，竟至如是之极。固由院司屡易，漫无责成，因循诿卸，各顾目前，而库贮既空，奸商无可咀嚼，遂成涣散。臣细加察访，其来有自，亦不起于近日。查淮商向有数百家，近因消乏，仅存数十家，且多借资营运，不皆自己资本。更有以商为名，网取无本之利，并不行盐者，以致利衰引滞。向系两年三运，今乃一运两年，愈迟愈积，月利愈亏。而商人习惯淫侈，率多醉生梦死之徒，不知自行经理，惟任商伙商厮编摆作弄，朦混侵吞，以致日形竭蹶。其岸引所以滞销者，一由成本积渐成多，一由借官行私过甚。

查成本之输于官者为科则，有正项、杂项、外支带款等名目，用于商者有引窝、盐价、捆坝运费、辛工火足等名目，此外应征杂支各款尚多。而外销活支月折岸费等款，皆总商私立名目，假公济私，诡混开销，种种浮费倍蓰工课，统名为成本，归于盐价，以致本重价悬，销售无术，转运愈滞，积引愈多。不得已而铳销一年，让出本纲地步，作为分限摊补。且每纲支解之款不能停缓，复将上纲下纲征收之银，通融借垫，辗转那用，屡铳屡积，更于科则之中带征带补，逐渐愈增。此成本所由积重也。私盐充斥，固应首重缉私，然岸销之滞，不尽关枭贩。其商运官引之重斤，与装盐江船之夹带，实为淮纲腹心之蠹，在商人于正盐之外，本有耗卤无课之加斤，即无异官中之私，而又有包内包外之私。其包内者系运商，捆盐出场，多带重斤，商厮商伙亦复如之。且又短发江船水脚，以盐斤私抵船价。其短发所给之价，复被厮伙埠头等勒扣过半，甚至船户不领脚价，转以重赂向商厮埠头等，图谋装盐，下至商宅之婢役，亦月有馈费。彼江船何苦为此？无非借公装私而已。

闻江船装盐，每捆解放私盐，谓之买砠，每船装官盐十之五六，余舱尽以装私，谓之跑风。船既装盐，将全引一船之盐分为三四船，遇有一船遭风失浅，即捏报全引淹销，将并未失事之二三船亦请补盐，既得照例免课，又得通纲，津贴到岸之后，并得提前先卖，谓之淹销补运。是以一引而换数引，明目张胆之私也。及抵汉岸，商人抬价居奇，停船挨卖，谓之整轮。以窄径自窘，而私贩转得畅行。迨穷年守候，销售无期，于是在后之船钻营以提前，其黠者将待轮之盐偷卖，俟轮到时买私补填，谓之过笼蒸糕。甚至盐已卖尽，仍报淹销，将船凿沉，以灭其偷卖之迹，谓之放生。各种弊窦，皆起于整轮，不但抬价，实便售私。此又借官行私之为害也。引既不能年销年额，课焉能年清年款？从前章程本为虚立，而且虚称报效，无非分纲压派之为，虚报奏销，更起悬垫那移之渐。前纲悬垫，后纲复难那补，解饷无措，于是遮掩弥缝，有预纳、减纳、贴色、贴息之名，或折减若干作为正数。其贴色贴息亦于正数内少完若干，作为加色加息之数。商既巧占便宜，而库贮因以短缩，与州县之亏那何异？其少纳之数，虽云分纲带完，然积欠以至数千万，前次清查，或分十五纲带征，或分三十纲归补，辗转相承，从何征纳？且以前商折减少纳之课，摊派后人弥补，李代桃僵，偏枯孰甚？以致殷商裹足不前，正课益悬而无着矣。至于报效一款，原系因公抒诚，得沾议叙，自应各出己资，乃亦先由运库垫解，分年带缴，积欠累累，是库存正款徒为商人骗取议叙之用，而商捐之名适足为消耗之目而已。

以上数端，弊起于商而利不在商，商既自敝，而课因以敝。现在己丑之引行销甫半，庚寅年尚未开纲，课绌商刁，浮伪百出，造谣兴谤，不服稽查。兴言及此，可胜慨叹。然锢弊既深，不得不亟求补救之法。臣之愚见，谓宜计船装盐，不留空舱，则受载有定数而夹带易查矣。实发水脚，毋许克扣，则船户不借口而脚盐易清矣。遭风失浅之船，准其补盐，不准免课，则淹销无所利而捏报自少矣。严查水程，俾销数有准，而无引之私自剔矣。更宜大减浮费，节止流摊，以轻成本而恤运商。以上各条，应请旨敕下盐臣，督同运司盐道妥议筹办，实力奉行。臣亦随时稽查，以资应助。

至于收买余盐，减价敌私，皆正本清源之上策，而现似力尚未能。惟有口岸散轮，则销路畅而场灶自清，食价平而民情大顺，私盐不戢自靖。无如商情固执，但知目前抢跌微似有亏，不知守候太久，月利全无。纵使每斤多卖数文，得不偿失，况过笼蒸糕，沉船放水，百弊由此而生，于商大有未利，不止于亏国课而病闾阎也。查从前两江督臣孙玉庭与湖广督臣陈若霖筹办散轮时，于前两月同到之船散卖既毕，再开后两月之轮，以散寓整，最为法良意美，行之业有成效。自道光八年冬底复改整轮，未及二年，而盐务败坏至此，不可收拾。然则整散之效，不待智者而始知矣。

应请敕下盐臣，会同湖广总督，遴委廉正勤明之员，查明汉岸现在滞销引盐共有若干，仿照前次散轮之法办理，积滞庶可畅销，新纲始可发运，以冀稍有转机，渐还旧制。臣为鹾弊太深，暂资补救起见，是否有当，伏乞皇上圣鉴训示施行。

会同钦差拟定盐务章程折子

陶澍

奏为会筹两淮盐务疲敝情形，拟仍循旧章大加厘剔，严定条款，以肃鹾务，仰祈圣鉴事：窃臣王鼎、臣宝兴奉命前来江南，会同臣陶澍筹办两淮盐务，曾将查出库贮垫占虚报奏销，商运稽迟，灶私透漏各实情，并分派司员会同地方委员，分赴各场履勘缘由奏报在案。臣等一面将淮纲全局详加综核，逐细钩稽，力求课归场灶之法。惟是两淮岁征正杂课银及帑利各款四百余万，丝豪皆国帑攸关，既宜筹利所从生，必须防弊所自伏，因思责成场灶大要有三，而皆有窒碍之处。

一由灶丁起科。淮南以鐅煎盐，淮北以池晒盐。今按池鐅定课，每鐅每池约征银百余两。灶丁皆濒海贫民，若令先纳课而后卖盐，则力有未逮，抑令先卖盐而后纳课，设遇歉产之日，势必课宕丁逃。且场盐每斤向卖制钱一二文、三四文不等，今加入课银六厘，是课重本轻。私卖但及交课之半，灶丁即获大利，贩商即省重资，仍难免透私之弊。此灶丁起课之难以遽行也。

一由垣商纳课，招徕殷商，令其认课包纳，灶盐悉归该商经理出卖，寓散于整，较为扼要。惟两淮池鐅半系灶产，以己业而听命商人，情必不愿。况商人惟利是视，秤收则勒以重斤，借贷则要以重息，灶户狃于售私。职此之故，灶不乐以盐归垣商，亦必无资完课，此垣商纳课之亦难遽行也。

一由场官收税，就各场产盐引额，摊定课额，商贩先向场大使报明，认买斤数照额纳课，赴各灶配买盐斤，如此官为经理，似觉核实。无如计算产盐最多之伍祐等场，照引定课，应征银六十余万两。即等而下之，如梁垛等场，亦应征银二十余万两。虽淮浒等关、苏松各县，钱粮不及此数盐场，微员岂能任此巨帑？况试行之初，额难悬定，若听其尽收尽解，难保不匿报侵欺。兼之场署多在海滨，既无城郭之防，又乏营汛之卫，征解亦恐致疏虞，此场官收税之亦属难行也。至于就井抽税，滇省虽有成效，但两淮情形与滇省不同。滇省盐井二十四区，课额三十余万两，防逻易周，课程亦易足。两淮场地延袤八百里，水陆交通非滇省一井一官即能查察可比。且商运先课后盐，额亦十倍滇省，未易仿照办理。兹据司员及委员等，各以查勘场灶苦累情形陆续禀覆。臣等以事关创始，必须计出万全，连日公同筹酌，竭诚殚思，期于变通尽利。而利之所在，弊即因之，即使先为试办，而清灶佥商，改官变法，非一二年，规模不能粗定。小民难与图始，虽广为晓示，亦恐观望不前。即商贩通行，又必南侵闽浙纲盐，北侵芦潞纲盐，若不统各省鹾务通盘筹画，实不免此赢彼绌之虞。况此一二年中，课额未可常悬，场盐未可停捆，各岸食盐更未可久缺，假令试行尽善，固可扫除积弊，设或稍有未协，即难再复旧章。

伏思我朝淮盐定制，杜透漏则有垣灶之稽查，防捆夹则有坝所之掣挚，绝船私则脚价毋许折给，通纲引则口岸无事轮编。至于管库核自运司，无占垫通那之弊，缉私责在弁汛，严游巡堵截之方，逐层防范，至周至密，果能实力奉行，自不致有流弊。无如相率因循，积重难返，此非法之敝人，人实废法。请即淮盐弊之大者论之。

一曰浮费。岁征正杂各款，以产盐分数核算，行销尽属有余。乃外解外支各项，复有数百余万两之多。其中如盐政之办贡办公、及汉口之岸费、扬州之活支、乏商之月折等项，甚至一切官私酬应，均列入成本开销。似此积习相沿，无怪成本日形吃重。

二曰夹带。两淮正引三百六十四斤，现在各场捆盐多者几至加倍，此商人引盐之夹带也。其余商伙商厮、舵工水手，无不各有重斤私捆，搀杂多装，是以沿途则有买砠跑风名目，到岸则有过笼蒸糕情弊，并有粮船影带之食盐，商巡报获之功盐，无非假公行私，将无课之盐先尽售卖，纲食各引安得不滞？

三曰私贩。淮南之老虎颈及深江孔家涵，淮北之钱家集古寨及新坝龙苴城等处，向为枭徒盘踞马头，盐务中虽有缉捕经费之名，而汛兵巡役往往得规庇纵。且淮盐行销六省，地方辽阔，如湖北之荆襄一带则有潞盐之私，江西之南赣一带则有粤盐之私，他若河南之芦私、安徽之浙私，皆由各省越境透漏，占碍淮纲，其害又不独在枭贩。此皆淮纲受病之处，而推求致病根源，实因视成法为具文，久之遂涣散而不可收拾，诚非区区补偏救弊所能转机，惟有将旧章大加厘剔。现计革除浮费银二百六十万两，成本既轻，盐价自减，尽可敌私。民间亦何乐蹈买私之罪？将私贩不缉而自除，而且清库款革总商，以杜侵渔之渐；定秤桶编船号，以绝影射之萌；挑河道散轮规，以畅运销之路；酌带销缓积欠，以清套垫之源。使射利者无可借端，欠课者无从借口，似较课归场灶之法确有旧辙可循。谨分为十五条，另缮清单恭呈御览，伏候钦定。臣王鼎、臣宝兴经此次厘定条款之后，臣陶澍原有兼辖盐务之责，随时随事力加整顿，傥仍有透私堕课各情弊，立将玩误之官弁商人尽法严惩示儆，断不致偶涉姑容。如此行之数月，定有起色。

查现在己丑纲未销之盐，尚有三分，庚寅全纲，并未启销。应自辛卯纲起，即照新定条款办理，第不划清界限，仍易启套搭之弊，应请前项未销之盐随时带销。如遇销数通畅，即援照从前办过提纲成案，尽数补销，毋任积压。再淮南北各场存积之盐甚多，数月以来商不收运，以致场灶苦累，课帑支绌。此时已届年终，辛卯立应开纲，应严饬商人赶紧买运交课。如有借端延宕，轻则立予参革，重则严行治罪，总期弊去太甚，法在必行，以仰副圣主饬纲裕课、除弊便民之至意。所有臣等会同筹议缘由，理合缮折具奏，伏乞皇上圣鉴训示遵行。谨奏。

覆奏课归场灶之说未敢遽行折子

陶澍

奏为遵旨核议盐务，条陈各件，通盘筹画，恭折覆奏，仰祈圣鉴事：窃臣节次承准军机大臣字寄，钦奉谕旨，将侍讲学士顾莼奏请课归场灶，光禄寺卿梁中靖请就场收税各一折，饬交臣悉心筹画，核议具奏。又前后递到太仆寺少卿卓秉恬请仿照王守仁赣关立厂抽税一折，江西巡抚吴光悦请撤商归灶征其课税一折，均奉旨交臣与湖广江苏江西湖北安徽河南各督抚悉心妥议，具奏各等因。臣查诸臣所请变通盐法，其说不一，皆主于化枭为良，无官无私，立意诚为甚善。惟臣再四筹画，通盘合计，仍有未敢遽议更张者。

两淮盐课甚重，三倍于江苏全省之钱粮，非通泰海一隅之场地所能归入。若征之于灶，则沿海穷民家无长物，即谓盐归丁卖，不患其贫，而一池一鐅，获利几何？岂能以数百万之巨款，散而责以完纳？若欲就场收税，则又弊窦易滋。盖盐之为物，与布帛菽粟同功而不同用。布帛菽粟随处所有，成本重而课税轻，然且不免于透漏。若盐在场灶，每斤仅值制钱一二文，一经收税则价随课长，争其利者必多。海滨广斥，民灶杂处，池以扫盐，凡有箕帚者皆可扫，鐅以煎盐，凡有锅灶者亦可煎，将比户皆私课税，且因之而更绌。至于设厂抽税，或可小试于一隅，若行之于各省，则与就场设官征税之法，地不同而流弊同。缘各省道路四通八达，凡盐所从入之地，安必处处皆有隘可守？绕越漏私，转恐比场灶为更甚。总之无官无私，必须无课无税而后可，业经有税有课，即属有官有私。如谓一归场灶，一设盐厂，即可上裕国帑而化枭为良，窃恐有所未能。

且此数说者，皆本于唐臣刘晏"听其所之"之一语，故诸臣皆以为化枭之良策。其实刘晏榷盐，即今商运之法，所谓亭户粜商人是也。晏建常平盐仓数千，商运不至则减价以粜，置巡院十三以捕私盐，奸盗为之衰息。是晏恐远省缺盐及商灶漏私，已于听其所之之先大有布置，并非仅听其所之而遂能化枭为良也。且晏当日系总天下之盐而榷之，故能听其所之，今则某省食某处之盐，各有口岸，若淮盐任其所之，必至南侵浙闽，北侵芦潞，两淮未收其利，而他省已受其害矣。傥因此遂改天下之盐法，尽归于场灶，则纷更愈甚，关系愈大。利权不操于上，必移于下，恐豪强兼并之徒得据为利，其患有甚于私枭者。是以上年冬间，臣与尚书王鼎等通盘筹酌，业将课归场灶及就场收税种种窒碍之处，详细声明，会同具奏在案。至分地销盐课归商办，原系国家成法，第因日久弊生，浮费愈增而愈多，钱粮亦愈加而愈重。即如每年应解之帑利七十余万，其借本早罄于前人。彼时鹾务犹堪敷衍，又有此一千余万之借本供其挥霍，是以中枵而仍能粉饰于外。今则各项竭蹶，无本可借，而转须为前人岁偿其利息。此外节省之款又有四十余万两，亦系沿袭于昔年而加征于此日，以致负重难胜，沉痼从此而甚。臣于万难措手之时力求补救，自接印以来，疏通积引，惩办私枭，现据湖广督臣函称汉岸旧盐销完，新盐业已开秤，即粮船水手素称强悍，而本年回空亦未敢仍前夹带。傥再能多办新引，似可望渐有转机。无如自三月开纲以来，始而章程初定，商情不无观望，继而被水成灾，场灶又多漫淹。加以商本乏竭，力能办运者不过十数家，设法支持，勉图接济。此等情形，总缘从前之受病太深，故此日之复原非易也。臣自维愚昧，实不敢谓计出万全，惟有殚精竭虑，认真督办，并札催运司谕饬各商，乘此旺销之时设法赶运，俟本纲限满之后，傥能得有起色，则本朝二百年来之成法即无庸另议更张。万一无可挽回，再行据实奏明，另行筹办。总期于鹾务实有裨益，断不敢稍存成见，亦不敢推诿卸责，致负圣主委任之至意。所有臣通盘筹画盐务悉心计议缘由，理合恭折具奏，伏乞皇上圣鉴。谨奏。

湖南文征　卷四

疏四

州县养廉摊扣太多请酌量变通疏道光七年六月　贺长龄

奏为东省州县养廉摊扣太多，不敷办公，拟请酌量变通，以纾积困而杜新亏，恭折奏祈圣鉴事：窃臣恭读钦奉上谕：直省各州县经管各仓库，责成该管上司层层稽核，如果实心查察，遇案即参，属官各知畏惧，何至任意亏空，动辄盈千累万等因，钦此。仰见训言明切，洞见弊源，臣敢不实力奉行，以期一洗锢习？

溯查近年以来，参办亏空已不下百余起，各牧令亦岂罔知警戒，全不爱惜功名？然臣究不敢自信此后遂无亏空者，何也？则以致亏半由于摊捐，而东省之摊捐又较他省为重也。查东省州县素称瘠苦，所得养廉本不敷用，加以例不准销各款，常年摊扣办公益形竭蹶。又有煮赈不符，核减老民赏赉，及曹工三成军需二成，已蒙恩豁免。其六年六月以前，未摊廉银，尚须补扣。而上年盘查案内之无着亏缺，及悬抵各款并垫解垫完钱漕等项，又须于本年起，接扣二成养廉归补。计州县所得廉银，即全数坐扣，尚多不敷，而各牧令办公有费，赡家有费，应酬乡里亲朋又有费，供给过往差使又有费，不知该牧令如何取办？况盘查亏空，皆非现任之事，以从前悬缺之项，摊之于事后无涉之人，揆之事理，本未得平。在定议之时，亦岂不筹计及此？特以帑项不便无着耳。

臣则谓摊扣太多，不但无补于国计，且于吏治民生大有妨碍。

盖州县只有此财，补于彼者必绌于此，是特教之挪新掩旧耳。其实旧亏未补，新亏已增，于国计仍然无益。即于嘉庆八年东省清查无着亏缺，系按缺分大小，派提节省弥补。计自嘉庆八年起至九年止，共提解司库银一百十余万两，迨后旧亏尚未补清，而十九年盘查及专参新亏，又积至六百余万两之多，此其明证。然仅仅挪新掩旧，而不敢于分外取财，犹州县之醇谨者也。更恐公事方殷，费无所出，不肖州县遂于钱漕取盈矣，且于词讼索贿矣。钱漕过浮则民力疲，词讼失平则民气郁，其为害于治道者良非浅鲜，尚何国计之能裨益乎？当此功令森严，该牧令岂敢以身试法？臣更何敢姑容？

然窃恐执法从事，而犯法者仍不能止，何者？州县例得之项为数无多，余则非侵公帑即剥民膏，其势固不能逃于法之外，而该牧令苟纾目前之急，遂亦不顾而甘蹈之也。臣所谓不但无益于国计，且大有妨于吏治民生者，此也。臣之愚见，窃谓凡事当核其实，与其名为补苴而实则暗损，何如缓补旧欠而力杜新亏也？凡事当务其本，与其操之太蹙，使州县惟利是图，吏治敝而民生亦敝，何如宽为之地，使州县不敢虐民，百姓足则国用自足也。臣与现署藩司锺祥通盘筹计，除常年捐款，由臣酌量删减，并将最苦州县免摊外，尚有军需二成仍应补扣，曹工三成尚未摊完。若再加以盘查案内之二成，一时并摊则为数过多，州县实力有未逮。合无仰恳皇上格外天恩俯准，将盘查案内之二成，缓俟曹工三成摊竣后，再行陆续接摊，次第归补。如蒙俞允，则时日稍缓，帑项仍归有着，办公不窘，州县均得从容。既不能借口挪移，更不敢无端苛敛，从此讲求治理，禁止侵亏，民庶获安，仓库渐裕。傥有贪劣之员胆敢恣意亏空，则即严绳以法，亦足以折服其心。似此量为通变，不但无损于国计，实于吏治民生大有裨补。臣愚昧之见，是否有当，伏乞皇上圣鉴训示。谨奏。

再东省州县养廉，因须摊扣各项捐款，并拨还司库历年垫项，经前抚臣奏准提解司库，以便摊支扣拨。惟查常年捐款，系按上中下三等之缺分别摊派，其下缺州县向不分摊，即间有酌摊之款，臣已全数删除，所有提解养廉，现皆无款扣拨，仍须饬令具领，不特有领解之烦，而该州县等缺本清苦，未得随时支廉，办公实系支绌。臣与现署藩司锺祥悉心酌议，除上中两等缺，各州县摊捐较多，仍将养廉提解司库随时扣拨外，所有下缺最苦之宁海、福山、海阳、寿张、昌乐、高（宛）〔苑〕、临淄、嘉祥、定陶、鱼台、临朐、文登、巨野、蒙阴、海丰、新泰、招远、栖霞、沾化等十九州县，解司养廉现无借垫扣拨，应请仍归各该州县自行坐支。所有曹工三成及盘查二成，并恳皇上格外天恩，俯念该州县等缺分太苦，办公实多不敷，一并免其摊扣，以示体恤。在圣恩免摊之处，不过十余州县，为数甚微，而该州县等以积累之区得此调剂，则所益实多，更当激发天良，倍加感奋，所裨于治道者不少矣。理合附片陈恳，伏祈圣鉴恩准施行。谨奏。

州县兑漕苦累请酌量疏道光七年七月　贺长龄

奏为敬陈东省闸内各州县兑漕苦累情形，拟请酌量变通，恭折奏祈圣鉴事：窃查东省有漕州县共六十九处，向分闸内闸外。在济、定、张秋、东昌等运河水次交兑者为闸内，东昌、泰安、兖、曹等属三十余州县是也。在德州、临清等卫河水次交兑者为闸外，济南、武定、临清等属三十余州县是也。闸外州县皆系冬兑春开，自九、十月开廒至次年二月冰泮，粮船始得开行。时日甚宽，各州县漕粮得以从容收足，运赴水次，无须买米交帮，旗丁不能借端勒索，故兑费尚不甚多。闸内州县因运河岁须冬挑，不能不赶早运兑，故向例皆系冬兑冬开，自九月开廒至十月初，粮船便须开行，时日甚迫。各州县相距水次，近者一二百里，远者三四百里，或因粮多收未足数，或因车少赶运不及，除运到水次外，所有未能足额之数，不能不在水次买补垫兑。而旗丁因有不准买米上兑之例，遂借此多方索诈，始准买补兑交，并勾通米店抬价居奇，或勒折重价代为买兑。渔利稍不遂意，辄将现米驳斥不收，径自开船出闸，转以该州县误兑禀揭。该州县恐蹈误漕之咎，只得另雇船只运赴闸外赶兑，需索日甚，兑费日加，而济定前帮之任姓各丁尤为豪横。

访闻任振标、任严化等，挟资巨万，恣意妄为，一经签派头船，则运官听其指挥，州县等于鱼肉。若非百计刁难，何由饱其欲壑，此闸内州县兑漕苦累之实在情形也。伏思买米垫兑，原属例不准行，而向来零星小户，升合之米，乡民每以不便庤量，情愿折色交纳。该州县亦因数太零碎，恐庤手斗给人等易于高下，朘削乡愚，亦遂准其折交，代为买兑。其距仓穹远之粮户，路遥费重，运送本极艰难，若值阴雨连朝，米石更易伤耗，故乡僻小民尤愿以银钱折纳，该州县亦不能不变通以宜民。诚以天庾正供，所重在米，米若不佳，即实系粮户之米亦准帮丁驳换，令该州县买补另交。但期米粒干洁，并未尝以买补为必不可行也。

今东省闸中三十余州县，计其开廒收米以至兑运开行，为期尚不及一月，是以若千至万余石之漕，必须克期收足于旬日之间，则必所属粮户无一顽抗、无一疲乏而后可也。又必于旬日之间，将数千数万余石之粮运送于数百里外之水次，则必风雨一无阻滞、车辆一无损折而后可也。揆时度势，断断不能收足，又万万赶运不及，而必泥于不准买米上兑之例，徒供旗丁讹索之资，以苦此数十州县。若更相沿不改，其势必且日增，似不可不思所变计也。

查苏省漕粮因兑开期迫，州县不能不买米交帮，叠经江苏抚臣奏明在案。东省事同一例，自应量为变通，以速漕运而免讹索。嗣后东省闸内有漕各州县，如届期收未足数并赶运不及者，应请圣主恩施，准令该州县即于各水次就近买补垫兑，仍令赶紧征完，交代案内不准以漕尾作抵，若米石未能一律干洁，许该旗丁驳换另交，亦不得恣意挑斥以供需索。除一面移会漕臣檄饬粮道，将济定前帮之劣丁任姓及此外各帮不法旗丁概予斥革，永不准其复充，并查明（核）〔该〕丁等有无奢纵劣迹，核实办理外，所有各帮兑费，应责成粮道大加删减，但敷该丁办公之用而止。并饬该丁等不得于米未兑足之先，径自开船出闸，致累州县雇船赶兑。该州县亦不准任意稽延，有误兑限。其折价名目，尤应力行查禁，永远革除。至沿河各米店，如有勾串抬价情事，立即从严究办。傥该丁等胆敢仍前浮勒，一经查出，即惟该粮道是问。如此则旗丁无所挟制，州县得免苦累，不但漕户益臻妥速，而该州县省此浮费，则办公不致掣肘，所裨于地方者良非浅鲜。

臣为东省闸内各州县兑漕苦累，不得不据实陈明，并据粮道鲁拟请酌量变通具详前来，理合恭折具奏，是否有当，伏乞皇上训示。谨奏。

议覆严塞漏卮疏道光十八年五月　贺长龄

奏为遵旨议奏，敬抒愚忱，仰祈圣鉴事：道光十八年五月初十日，准刑部咨开内阁，奉上谕：黄爵滋奏严塞漏卮以培国本一折，着盛京吉林黑龙江将军直省各督抚，各抒所见，妥议章程，迅速具奏，折并发，钦此。臣查阅原奏，该寺臣之意，盖以耗银由于洋烟之盛行，而洋烟难禁其来，不得不重吸食洋烟之罚。其虑患甚深，其持论甚劲，而惜其未审于事理也。臣惟治国有经，安内必先攘外，未有不防其外而自扰其内者。我朝最重海防，平时宵小出没，犹须加谨巡查，况银出烟入，为害甚巨。即载烟趸船不进海口，而洋面皆有员弁游巡，现经闽浙督臣锺祥奏定会哨章程，果能实力奉行，不但贩烟匪徒可期敛迹，即一切阑出禁物均有稽查，全洋大局得所控制，讵可诿为难防，转启外夷以可乘之隙也。

且内地之种烟者众矣，食之者亦夥矣，不尽资于洋也。若因食烟而置之死，非特于情未协，兼恐势有难行。臣请得而备陈之。凡论罪必须衡情，食烟者非有凶暴害人之心，亦无狂妄悖理之事，不过如酒色过度之自戕躯命耳，而与杀人同科，毋乃过当。然使此法一行，即能慑食烟者之魄而致之生，虽严刑亦所弗恤，为其所全者大耳。而臣决其必不能者，非意之也。开设烟馆罪加缳首矣，而开馆者未减于前。夫以烟馆之昭然在人耳目易于觉察者，人犹冒死为之，则夫食烟之在重门密室中者，更无论矣。且科条愈重，则勾结愈密，摘发益难，讹诈愈多，滋扰益甚，即保结亦徒成文具耳。

今之奸盗斗很为害地方者，无不控官准理，而犯者累累，曾不知惩。食烟何害于人，而欲以一纸保结责令首告？恐邻佑不能如此奉公，则食烟者复何所畏？此种陋习沿海最多，几于十人而九，边防重地静镇为先，岂可更增纷扰？臣观《隋史》，文帝以盗贼繁多，凡盗一钱以上者皆弃市，或三人共盗一瓜，事发即死，于是行旅皆晏起早宿，天下凛凛，卒因众怨沸腾而止。伏读高宗纯皇帝御批云：盗一钱一瓜皆抵死，而行旅之戒心如故，是峻法不足以遏奸，徒见其滥刑耳。圣谟洋洋，诚万世所当法守也。夫重典既未可用，而食烟者固不尽资于洋，然则银何以贵？钱何以贱也？盖天下之平久矣，二百年来生齿日益蕃，费用日益广，钱由官铸，岁岁而增之，银不能及也。兼之钱质繁重，难以致远，各处行用良恶贵贱又不一致，故民间会兑止于近城，间有舟车运载，尚不及银百分之一。积而见多，安得不贱？银则轻便易赍，所值又多，各处行用大概相同，数千里外皆可会兑，兼能运致，散而见少，安得不贵？

唐之飞钱亦能及远，则不用银故也。今则银日重而钱日轻矣，赢绌情形较然可睹。然则何法以平之？溯查上古以货交易，太公立九府圜法而钱始行。至周景王已患其轻而更铸矣，犹未以为赋也。汉初但出口算钱耳，唐行两税始一律输钱，亦未以银为币。宋仁宗时恒苦钱荒，乃诏福建二广输钱者代以金银，其时银五十两直钱百贯，嗣是民间亦遂以银市易。盖货币流行，迭为衰旺，时移事异，理有固然。由宋溯前，以钱权物而国不患贫，由宋迄今，以银权钱而久乃积重。既成积重之势，宜思通变之方。时至事起而化裁出焉，殆天所以启我皇上乎？昔者禹汤值水旱之厄，铸金作币以振民饥，《周官·司市》亦云：国凶荒则市无征而作布。布即钱也。周景王铸大钱，单子以为民患轻，则作重币以行之，于是以母权子而行。若不堪重，则多作轻以行之，亦不废重，于是以子权母而行。史称其时劝农赡不足，百姓蒙利。盖帝王躬揽天下之利权，与时低昂而天人交应，初非成法所能限也。然如汉武之皮币、宋之交子、会子、元明之钞，率皆质脆物轻，旋用旋废，以其失五金相济为用之意耳。是知利用厚生全资六府，转输挹注必借五（经）〔金〕，除黄金为上币，及黄铜黑白铅并用铸钱外，铁锡粗器未可为国宝，惟白铜质良而品贵，实钟德产之精华，乃仅资玩好之娱，殊亵扶舆之美，当此银绌之际，似宜相辅而行。

夫金为水母，故币若泉流。今以白铜而佐银，仍属相生于一气，权衡铢两，贵得其平。臣请以白铜一两当银五钱，以次递加，至当〔银〕十两而止，分别等差，铸成圆锭。其止于当银十两者，取携轻则流通易也。并于锭面凿明“准当纹银若干”字样，如洋银之便民不须戥秤随手可用，自官俸兵饷盐关课税以及一切民屯额赋，凡下之供于上，上之颁于下，并与纹银一律通行。且今之以铜济银，犹昔之以银济钱也。方银未用之先，亦如白铜之但供饰器耳。一经功令准行，遂为后世利赖，造物原无尽藏，而创始必待圣人，此臣所以妄有请也。

臣闻滇洋白铜器具，华美不亚于银，特未悉滇中岁产几何，洋铜每岁之入内地者又几何。川岳效灵，自当应时而发。宋代用银之始，亦不甚多，当由逐渐增广耳。应请敕下滇省及粤闽苏浙濒海之区，岁入太概分数，是否足资鼓铸，并晓内外工匠人等，不准打造白铜器具，官吏军民之家概行禁用，其旧有者勒交官，优给价值，毋令亏折。铸造之始，铜必精而工必良，则人知贵重。既行之后，法一定而不可易，则众皆信从。自来钱币轻重，虽由积渐使然，而剂之使平，则恒视君人之意旨为趋向，后世食用之物无一不增于前，风会日开，虽圣人不能强之复古，因时制宜，亦惟便民而已矣。如刍荛可采而铜不乏供，应请敕下部臣，将分省设局委官督办，一切事宜悉心酌议，候旨施行。

臣又思钱贱之故亦不尽由银少，我朝钱法最称得中，顺治康熙雍正之时尤极精美，后乃渐不逮前，法久弊生，事所恒有。今试持钱易银，雍正以前者得银必多，乾隆以后者得银必少，高下盖不可诬。似宜敕下部臣，加工求精，以冀渐复其旧，亦抬高钱价之一法也。恭逢我皇上力行节俭，凡为民生国计先事预筹者，盖已无微不到，微臣但有一得之愚，敢不罄竭管蠡，冀裨高深于万一？而识虑短浅，苦无远猷长策，仰纾宵旰忧劳，率意渎陈，无任惶悚，伏祈圣鉴训示。谨奏。

议覆钱票无弊疏道光十八年七月　贺长龄

奏为钱票有利无弊，遵旨恭折缕陈，仰祈圣鉴事：窃臣接阅邸钞，奉上谕：宝兴奏近年银价日昂，由于奸商所书钱票注写“外兑”字样，辗转磨兑，并无现钱，请严禁各钱铺不准支吾磨兑，总以现钱交易，以防流弊等语。着步军统领衙门、顺天府五城会议具奏，并直省各督抚妥议章程，奏明办理，钦此。臣惟政在便民，道崇简易，钱之有票，犹银之有票，盖以运实于虚，方能流转无滞，而虚不废实，仍有现钱可资。非如楮币之即以纸为钱，不能课实也。原奏谓辗转磨兑，并无现钱，臣以为非无钱也。盖缘交易之时，不必即有用钱之事，遂以票兑换而去耳。如果需用甚切，即安能以空纸当实钱？小民虽愚，谋利则智，不待法令之程督也。且今日之银票，其每岁所会兑盖数倍于钱矣，而银乃日贵，更何得以钱贱之故归咎钱票乎？

就臣愚见，钱票不独无弊也，兼有数利焉。钱质繁重，难以致远，有票而运载之费可省，并得交易远方，其便一也。钱有良恶之异，为数又易混淆，今但以票为凭，并可不必拣钱，不必过数，省去许多烦扰，其便二也。且也一票随身，更无宵小盗窃之虞，又免船水沉溺之失，其利殆不可胜计。臣尝考之前史，钱票盖亦便国，不仅便民也。唐宪宗时令商贾至京师，委钱诸路进奏院及诸军诸使富家，而以轻装趋四方，合券乃取之，号曰“飞钱”。宋太祖时令商旅投牒三司，乃输钱于左藏库，而以诸州钱给之，后因制为便钱务，所谓合券者，盖即今之会票。商既便于取携，官亦借省赍运，国民两利，莫善于此。明臣邱濬《大学衍义补》按语，谓今世亦可行之，但恐奉行者给受有停滞之弊，出入有减换之弊耳。臣以为唐宋上下通行，实有裨于国计，今若禁民兑会，何以顺乎人情？应请一仍其旧，于计为便。缘奉敕议，谨就管见所及据实直陈，是否有当，伏祈圣鉴训示。谨奏。

奉朱批：依议，钦此。

捐建及幼堂片道光十八年九月　　贺长龄

奏再黔省向有育婴堂，以养失乳之婴。又有孤贫院，以恤废疾之老。臣到黔两年，督同司道叠加整顿，府县亦皆认真体恤，稽查宽严并用，使铢金粒米均及穷民，可以无虞失所。惟黔中瘠苦异常，每有父母俱无、衣食并乏之幼童，自五六岁至十二三岁不等，率多沿街求乞，或且乘便偷窃。既乏资生之业，又无管束之人，弱则转死沟中，强则流而为匪。滨于死者固可悯，流于匪者尤可虑，与其惩治于既为匪之后，曷若保全于未为匪之先？臣与司道捐廉为倡，各官量力自输，共得银五千两，陆续发商生息。所得息银，每年可收养幼童一百二十名，于城南外置房十余间，以资栖止，名曰及幼堂。其衣食被褥等项，皆官为酌定，以时赡给。至十七岁能自谋生之时，始令出堂。但矜恤之中尤须约束，当派勤慎委员一人，帮同贵筑县典史轮流照管，并雇粗识文字一人、工匠数人，择其姿性稍优者教之认字，余皆令其习学手艺，随时考察勤惰，俾在堂之时既不至逸居而习于窳惰，即出堂之后亦不至无业而相率为非。其未届出堂之先，若有殷实铺户情愿带往帮工，及绅宦人家带去服役者，各从其便，此又随时疏通，以便多收之一法也。但不许非理凌辱，压良为贱，使美意转成厉阶耳。

自置堂收养之后，幼童之游手乞食，衣不蔽体者，街市渐觉稀少，似亦不无小效。所有捐项均系零碎集成，不敢请叙。臣为轸恤边氓，并预杜游匪起见，理合附片陈明。谨奏。

覆陈汉苗土司各情疏道光十九年正月　　贺长龄

奏为遵旨查禁汉奸盘剥苗民，及衙蠹索诈，讼棍教唆等弊，并就原奏所未及推广查办，以杜滋扰而靖边疆，恭折奏祈圣鉴事：道光十八年十二月初七日，承准军机大臣字寄，奉上谕：有人奏滇黔两省，外来客民流民，盘剥苗人土司田产，请饬查禁等语。川楚粤各省穷苦之民，前赴滇黔租种苗人田地，与之贸易，诱以酒食衣饰，俾入不敷出，乃重利借与银两，将田典质。继而加价作抵，而苗人所与佃种之地，悉归客民流民，至土司遇有互争案件，客民为之包揽词讼，借贷银两皆以田土抵债。种种情弊如果属实，不得不严行查禁，着伊里布、颜伯焘、贺长龄，即将折内所指各情节悉心体访，严饬各地方官随时查察，认真禁止。除客民流民已经置买田产不计外，傥有狡黠客民人等侵占苗人土地，及擅买土司田产，即将田地断还本人管业，追价入官，仍照例治罪。至田土案件，如有汉人霸占苗业及夷苗诬控平民，务当公平听断，治以应得之罪，毋得任听胥役诈索客民唆讼，以杜侵越而靖边陲。原折着钞给阅看，将此各谕令知之，钦此。

遵旨寄信前来，臣等细绎原奏之意，盖以前抚臣嵩溥筹办苗疆保甲，将客民一体编查，外来流民渐少，又以苗俗本俭，因佃种苗地之客民诱以纷华，渐致入不敷出，盘剥准折苗产半归客民。其尤甚者，土司与汉民每有田土互争之案，辄被胥役勒索，客民从而包揽教唆，借贷银两，动以田土抵偿，应示以限制，方可保全苗业，预弭争端。

臣等伏查前抚臣嵩溥查办苗疆保甲之后，所有续增流民，续置苗产，以及棚户占垦盘剥准折等弊，均经奏明饬禁，至今遵办，但须实力奉行，不必更设科条，徒繁案牍。惟查原奏流民渐少之说，自今观之，盖未尝少，其势亦难强行禁止。即所称苗民习染纷华，生计渐蹙，亦不尽由客民之诱煽。奚以明其然也？人情莫不重去其乡，计无复之，乃相率而转徙，方宜导以生路，岂可转行遏绝？黔省固多客民，兴义府尤其渊薮。自嘉庆年间平定苗匪之后，地旷人稀，每有黔省下游及四川湖广客民携眷而来，租垦荒山，俱系极贫之户，终岁竭蹶，仅足糊口，其力不能盘剥苗人。且山土瘠薄，垦种二三年后雨水冲刷，倍形硗确，仍复迁徙他往。又他省客民往来滇粤两省，每由兴义经过，中途资斧匮乏，留滞乡场城市者亦复不少。前抚臣嵩溥折内已详陈之。自臣到黔以来，兴义各属已无不垦之山，而四川客民及本省遵义思南等处之人仍多搬住，终岁络绎不绝，亦尝出示饬属严禁而不能止。细求其故，则以四川遵义人稠地贵，而兴义地贱也，思南地利太薄，兴义虽瘠犹胜思南也。然而地多烟瘴，新徙之民不服水土，辄多死亡，故虽地不加广，来者日多，曾无人满之患。此种情形，实堪悯恻，而原奏乃谓客民获利甚丰，半皆广田亩而峻墙宇，毋乃偶见一二，遂以概之千百？若使目击流民之苦，必不忍为是言也。

黔不产盐，布匹又贵，类皆挹注于他省。苗民错居岩洞，所饶者杂粮材木耳，非得客民与之交易，则盐布无所资，即杂粮材木亦无由销售，分余利以供日用，是客民未尝不有益于苗。且苗民务耕作而不知贸易，客民耐劳而俭用，多就谷贱之地以为家，是亦未尝不两有益。若谓纷华靡丽，皆由客民导之以至穷乏，则汉人中昔称富户，今为贫民者，正复不少，又将谁咎？盈虚消息，物理之常，即无客民，固不能保苗民之常富也。访闻黎平之苗，率多富实，固资山木之利，亦由善自经营，岂无客民往来，何以不能盘剥？然则苗民贫富之无常，犹之汉人耳。

臣等更即原奏所未及，细察汉民之情形，尚有数条，敢陈圣鉴。一则苗民实为汉民害也。黔本荒服，皆瑶壮仡佬之所居，自元置宣尉使都元帅府，始有贵州之名。官职既建，乃有汉人。经今五百余年，仍是苗多于汉。查黔省上游倮苗为多，下游仲苗、青苗为多。苗民固近淳朴，而仲苗则凶悍难驯，系五代时马殷自邕管迁来，其种有三。一曰补笼，一曰卡尤，一曰青仲。贵阳、定番、广顺皆青仲，安顺、镇宁则补笼、卡尤也。其俗以偷盗劫掠为事，不但客民不能盘剥，即土著汉民犹畏之。他如台供、青江、黄平等处之苗，亦多沿路行劫，滋扰客民，控制弹压均非易易。

一则苗民自为害也。汉苗固多争控，即苗与苗或因口角，或因争佃，亦复互控不休。甚至苗唆苗以控苗，且勾串汉匪以控苗，颠倒簸弄，从中分肥，刁诈殆难言状。

一则土目土司之为苗民害也。黔省上游多土目，下游多土司。土司多系江西湖广山陕江南等处之人，土目则系从前土著，及由滇蜀拨入之人。苗民佃种土目土司之田，岁上牛羊猪鸡以为年例年租，其土目土司之强而暴，辄虐使其苗，又于年例年租之外多方科派之，苦累殊甚。

一则苗民之为土司土目害也。缘苗民亦多奸狡，或将佃种之田当与汉人，土目土司所管地面甚宽，无由察知，久且转相盗当，辄至迷失。又历来苗民应上条银，皆由土司交地方官转解藩库，近则以土司浮收纷纷控省，求改归地方官征收，及准理饬办，苗民又相率抗粮，地方官传案不到，仍责成土司，土司不得不为之代垫。若欲催科归款，则又以事归地方，该土司需索不遂，借端重征具控。其诪张为幻，不必尽由汉奸。亦有苗民无异于汉人而不相害者。国家声教四讫，椎结侏离渐移旧俗，其中殷实之户亦多勤事诗书，况苗学屡经添设，掇科出仕正不乏人，衣冠之族联门闬而重婚姻，此等即不当仍以苗民视之。更有苗民绝异于汉人而不能相害者。熟苗之外，另有生苗，多在深山穷谷之中，性情嗜好、饮食居处，皆与人殊。汉民既不能入，生苗亦复稀出，虽有狡黠客民，无所施其伎俩。

以上各情，皆原奏所未及。臣等惟恪遵谕旨，通饬各属悉心访查，惩盘剥之习，警包揽之风，杜侵占之渐，加以殷勤告诫，使之归真反朴，不务奢华，冀以锄汉奸而苏苗困。而又将苗民之凶悍劫掠者严行究办，其诬控平民之案照例治罪，则苗民之为汉人害者亦去。苗民互控勾串唆使诡诈百端，若能速迅听断，不令胥役客民得售其奸，则苗民之自为害者亦去。土司无违例科派之事，苗民无借端挟制之心，则土司与苗民互相为害者亦去。至于诗礼之家，苗民亦同于汉。生苗一种，原不与汉人为缘，固无庸议及者也。

又原奏内所称胥役诈索、刁徒唆讼各情形，此二弊实生民之大蠹，不独有害苗民。臣到黔之后，查办衙蠹一百一十四名，业经具奏在案。又查办教唆词讼匪徒二十八名，凶恶棍徒一百六十二名，锁系铁杆五百五十九名，均经达部有案。诚以黔省在在苗疆，若非随时随事严示惩创，何以除暴安良？年来察看情形，宵小尚为敛迹，汉苗亦各相安。复以各属控案细加比对，较之从前已减十之四五。惟是黔省山多田少，民苗耕作已形不足，又有递年寻常军流人犯，现已积至一千七百三十余名。新疆改发人犯，又积至一千二百四十余名。此等人犯，或挈眷偕来，或遇赦愿留，生齿日繁，皆与客民无异。虽向例各犯止准居住城内，不许私住各乡，而生计维艰，亦未便概行禁约，稽查防范，耳目恒苦难周。臣等仍按照前抚臣嵩溥奏定章程，不敢稍涉松懈，亦不敢过事拘泥。惟有谆饬各属，实心实力设法查办，以仰副圣主绥靖苗疆、预弭争端之至意。所有遵旨饬禁，并推广查办各缘由，理合会折缕陈，伏祈皇上圣鉴训示。谨奏。

奉朱批：依议，钦此。

捐资训练武弁片道光十九年三月　贺长龄

奏再冬间合操，原以整肃戎行，申严纪律，而训练尤在平时。该将弁等按期操演本有常规，劣则立予革惩，优即记名候拔，而赏赉不加，仍恐难期奋勉。况弁兵类多窘苦，黔地尤属瘠贫，若非奖劝有方，何以作其锐气？臣与藩司庆禄捐廉筹款，共凑银六千两发商生息，每年可得息银七百余两。自道光十七年起，臣每月挑选出色弁兵亲校一次，弓箭以力劲中多为上，枪炮以及远有准为优，但期临敌制胜，不取虚样美观。刀矛杂技轮番分试，明列等第，当面给赏。该弁兵等喜于获利，又可各献所长，人人竞奋。上年出师仁怀，臣标弁兵尚觉得力，且臣标为通省领袖，并可激励各营，凡有来省考缺者，往往自愧弗如，亦各加意训练。臣复通饬省外各营，挑兵必拣力强，力强则胆气自壮，平日须令习苦，习苦则不避险艰。并仿古人选锋之意，令将奋勇兵丁另列一册，按季申报，务取得用，勿徒充数。遇有事故，随时挑补，以备不时调遣。黔兵向称勇敢，加以精练，更能为国出力矣。缘系训练备防事宜，理合附片陈明，伏祈圣鉴。谨奏。

奉朱批：认真训练，妥为办理，钦此。

会议广敷教化疏道光十九年七月　贺长龄

奏为遵旨会议具奏，仰祈圣鉴事：窃臣等准礼部咨开，道光十九年四月十一日，内阁奉上谕：御史焦友麟奏请广敷教化，整饬风俗一折，着各直省督抚会同各该学政妥议具奏，钦此。等因。并抄录原折，知照前来。臣等伏维国家建立学校，原于教士之中兼寓教民之意，定例府县教官不令经手钱粮词讼，所以使之专心课士，非置之闲曹也。为生员者平日果能率教，自能以礼义廉耻化其乡闾。故士者，待教之人也，以教官教士者，国家之法也，因教士以教民，法外之意也。臣等查原折内，称守令日不暇给，教职向属闲曹，请令专司稽查劝谕，再择品学兼优之生员，每乡数人，将《圣谕广训直解》按期宣讲，仍着教官考察，傥有偷惰废弛，立予戒饬。如查有习教烧香者，许会县拿究。傥有扶同隐匿，生员连坐，教官参处等语。臣等以为各学教官，令其协同劝谕则可，专司稽查则不可，采访利病以补地方官耳目所不及则可，责成会拿则不可。恭查宣讲《圣谕广训直解》，久已载在功令，凡州县教职等官，必实力奉行，方许卓荐，旷误者黜退，立法本极周详。我朝二百余年以来，化行俗美，海内乂安，间有邪说诬民，旋即殄灭。诚以渐摩既久，觉悟易生，虽煽诱百端，而邪不胜正，此诚宣讲《圣谕广训》之明效也。各有司果能协恭训迪，自可渐致敦庞，不必因职业繁简遂分畛域也。

查教官每月有课，又随时接见生徒，以每学一二教官为一学数十百人之师，果能穷经考业，必将继晷焚膏，恐无暇稽查他务。其教官中之毫无所事者，乃昏庸阘茸之员，急宜罢斥，尤不当付以稽查之责也。至教官偶尔访闻邪教，止应密告同城州县，俟其确查办理。若径令会县拿究，必将添募胥差，广招告讦，其无能者听信浮言，轻举妄动，其不肖者捕风捉影，扰害闾阎。且恐借稽查匪类之名，巧卸其训迪生徒之责，非国家所以设官教士之意也。至各学生员贤否不一，令其随时随地劝谕乡愚则可，必分派各乡按期宣讲则不可。

至于连坐一条，尤有未便。查国初有约，正值月之设以司宣讲，其始令举贡生员充当，旋经礼部议准，此项宣讲之人，不拘士民，不论人数，诚以人地不能强齐也。生员中果有品学兼优、众所信服之人，用以宣讲劝谕，则一乡大受其益。然亦只能随地随时，不可强为限制。盖一学中品学兼优者，大率不过数人，或书院肄业，或设馆授徒，借其膏火束脩，赡家糊口。若乡派数人月讲数次，远近不一，往返需时，废诗书而事奔走，恐非所以示体恤也。

再查钦定卧碑，生员不许干与他人词讼。今于习教烧香，有扶同隐匿者予以连坐，势不能不准以讦告，由是疑误诈索百弊丛生。且邪教之人诡秘难测，正学之士迂拙易欺，稽查不周，即同隐匿，连坐不已，必及无辜。遂使读书守分者视学校为畏途，见事生风者借讦告为利薮，于士气之屈伸，人才之清浊，关系尤巨。臣等以为民风之纯驳，固视士习为转移，而端本澄原，实由吏治。若能实心整饬，不必多设科条。相应请旨，敕下部臣核议，可否仍照旧章申明诰诫。于宣讲《圣谕广训》各条，责成守令教职，无分彼此，协力奉行。并严饬各道府不时稽查，偷惰者立予罢黜。其各学生员有能正己率物，化及一乡者，许守令教官不时举报，以待奖励。其行止有亏，以致乡曲效尤，贻害风俗者，立即褫革。该管官徇隐不报，严加参处，总期默运潜移，使吏治士习民风蒸蒸日上，以仰副我皇上久道化成之至意。所有臣等会议缘由，是否有当，谨合词恭折具奏，伏乞训示遵行。谨奏。

奉朱批：所议是，照所请行，钦此。

黔省添设义仓酌议章程疏道光十九年十一月　　贺长龄

奏为黔省添设义仓，酌议章程，恭折奏祈圣鉴事：窃照黔省田少民贫，不通舟楫，向无别项粮食贩运入境，全赖本地所产之粮以供食用。中年仅足糊口，丰岁虽有余粟，而民皆随时售卖，绝少盖藏。一值歉收，辄有嗷嗷待哺之患，自应预为筹备，以免临事周章。臣与司道通饬各府厅州县，将常平谷石加谨收贮，以备不时之需，其旧有义仓谷石动用者，勒限买补，亏缺者上紧追还，不准稍有短少。其无义仓之处，并饬设法添办，先于省城粮储道署内，筹积义仓谷一万石，现已如数实贮。并据永宁州报捐义仓谷一千二百石，罗斛州判报捐义仓谷一千三百石，皆已收齐。其余大定等处报捐二万余石，尚未全交。一俟如数贮仓，即当续行奏报。

向来义仓章程，系于青黄不接之时出借贫户，秋后收还，立法未尝不善。而借易还难，动滋拖欠，或借者已还，而经手之人影射侵蚀，日久每至空虚。臣与司道悉心酌议，应请改出借为平粜，责成各属与本地绅士共司其事。查宋臣苏轼奏议，每称救荒无如平粜，当年歉谷贵，但有数百石米在市，其价自平。而得银仍复买米，又可转运不穷，胜于捐赈之难为继，即比之出借收还亦较有把握。定例常平仓谷，准其存七粜三，犹沿此意。惟必待通报批准后，始得开仓，每苦缓不济急。今拟将义仓所积之谷，一遇谷贵，即碾米减价出粜，以补常平所不及。银存在官而登记在绅，谷价一平，便即籴还。谷交自绅，而银发自官，互相稽查，以归实贮。若非粜籴，不准擅动颗粒，庶缓急可期有备，而侵欺之弊亦除。再此项仓谷，系官民捐办，请免造册报销。理合恭折具奏，伏乞圣鉴。谨奏。

奉上谕：着照所议办理，此项仓谷系官民捐办，免其造册报销，该部知道。钦此。

捐造器械训练片道光十九年十一月　　贺长龄

再炮位刀矛均为行军利器，而威远九脊狸等炮，尤堪及远攻坚，黔省各属俱有额设炮位，间亦有未经制备者。苗疆紧要，武备宜精，自应酌量添设。至矛杆多用竹木，而竹空易裂，木脆易折，皆不如白蜡杆坚实耐久，最为适用。臣与司道督饬各府厅州县，查明旧有炮位，除现在完固及已炸烂锈坏，分别改铸修整外，据粮储道任树森报捐抬炮四位，石阡府宋庆常报捐抬炮二位，一并安设石阡郡城。贵西道周廷授，率同遵义府黄乐之，捐造九脊狸炮三位，添设遵义郡城，前署思南府邓应台报捐威远炮二位、九脊狸炮二位，分设府城四门，以壮军威而资捍卫。粮储道任树森又捐购白蜡矛杆二百根，分发省城三营配用。前署臣标左营中军参将王志元、代理中军事贵阳营游击富保、兼署中军事右营游击博尔洪武，先后捐制白蜡矛杆二百根，利刀四百把，长矛二百四十根，足备操练之用。其余军械，并饬随时修制以重边防，理合附片陈明，伏乞圣鉴。谨奏。

奉朱批：好，钦此。

试种桑秧木棉纺织有效疏道光二十年正月　　贺长龄

奏为试种桑秧木棉，教民纺织，渐有成效，恭折奏闻，仰祈圣鉴事：窃臣前奏拔除罂粟，改种木棉，害除而利亦兴，可补黔省所不足。奉朱批：好，钦此。查黔省山多田少，土瘠民贫，女红不勤，谋衣更艰于谋食。臣于道光十七年，即督同藩司庆禄、粮储道任树森，刊发《蚕桑编》《木棉谱》，通颁各属，教民栽种，以冀渐知纺织。先于省城附近隙地，试种桑秧数万株，长至二三尺时，听民移种。又于楚豫各省，两次购回棉子二万六千一百余斤，分给各属，并委员携赴各乡，于查毁罂粟之便，教民改种木棉，数年以来，该司道等悉心督劝。前署玉屏县知县王存成所种桑树成活者已有二万余株，又在署设局，教以养蚕取丝织绸之法，现在民间能养蚕者已有百数十户，能缫丝作绵捻线者亦有数十人，呈验所织丝绸，较胜于遵义之橡茧。又署婺川县知县陈文衡捐廉设局，并购木棉五千斤，先教以纺，次教以织，现在能纺者已有七百数十人，能织者已有九十余人。局中已织成布九百四十余匹，该署令又分别等差，赏以银牌钱文木棉并纺车织机等项，使之转相教导，普利斯民。

又署桐梓县知县鹿丕宗，以该县民但知养蚕，未谙织造，辄将所取之丝转贸他处，获利甚微，因雇觅工匠教之织绸，民情乐于从事，现已多有能织者。并将织出土绸呈验，虽经纬尚粗，亦足资衣被之利。至省城之及幼堂，亦经该司道等雇募艺民，教以纺织，俾各幼童不致舍业以嬉，近亦渐能自食其力。据该司道详报前来，臣覆查无异，仍当督饬各属实心劝办，使已效者益加鼓舞，未效者不致畏难，庶几渐推渐广，俾草衣卉服之俗并袭冠裳，益宏圣主帡幪之化。所有试种桑棉、教民纺织各缘由，理合恭折具奏，伏祈圣鉴。谨奏。

奉朱批：实力劝导，断不可中辍，勉之，钦此。

议覆捕盗疏道光二十年五月　　贺长龄

奏为遵旨妥议捕盗事宜，恭折奏祈圣鉴事：窃臣接准刑部咨开，道光十九年十二月初一日奉上谕：鸿胪寺少卿叶绍本，奏捕盗事宜一折，着各直省督抚妥议具奏，折并发，钦此。臣率同司道悉心详核，如原折所称盗案初报，宜速移邻封协捕一节，查盗劫之案，事主呈报到官，地方文武例应即时会勘，佥差兵役追拿，并查造赃册，咨移邻封协缉。是捕盗之方，例载本极周密，而黔省地方处处皆有岩洞，可以匿贼藏赃，各属遇有窃盗，皆先就附近搜寻，往往从此破案。或一时未能全获，再移邻封协拿。若事发之始即令舍近求远，转恐捕役松懈，贼匪潜逃，自宜酌量情形，未可一概而论。

又原折所称盗案犯事，宜严惩保甲牌头一节，查保甲牌头原为稽查匪类而设，故一保一牌之中，遇有失事，事主必先报明牌保，官亦着落牌保跟拘，责无可卸。其或窝留贿纵，尤应尽法严惩，而黔省半皆苗寨，不仅保甲牌头，又有亭目亭长寨头之别，临事固应责成，而得人尤在平日。臣每饬各属不时下乡到处体访，必须诚实，方准充当。既得其人，责成自易。

又原折所称城乡居民，宜令守望相助一节，查守望相助其意已寓于保甲之中，故保内窝匪有连坐之罪，邻右获盗有给赏之文。知而不拿，即干例拟。是民间自相查缉，仍须分别劝惩，例文已极该备。而黔省山多田少，人户畸零，保御尤关紧要。臣通饬各属于每年秋收后覆查保甲之时，劝谕士民，各按地界往来巡缉。民苗自卫身家，尚不敢稍存膜视。

又原折所称审鞫盗案，无令苦累事主一节，查事主报盗，止许听审一次认赃一次，原以被盗之家不堪苦累，是以到官次数著有明文，历经遵照办理。而黔省民苗杂处，俗多刁健，事主呈报，动涉张皇，其持械行强赃至逾贯者固所不免，而装点情形浮开赃数罗织夙嫌之家，勾来匪党作证者，亦复不少。事主方存挟制之心，官吏何敢讳匿？间有通报稍涉含混，估赃未能详细，臣必批令严切讯究确实，另估以服其心，现在所属各员尚无刁难事主情弊。

以上四条，均系申明旧例，核与现办章程相同，似毋庸另议科条，致滋烦扰。惟黔省山深箐密，又毗连楚粤川滇，匪徒易于溷迹，缉捕尤应加严。臣惟督率司道谆饬各属，实力稽查，认真侦缉，果能锄奸缉暴，属境敉安，自当据实保举。傥或捕务懈弛，罔恤民艰，亦即严行参办，断不敢稍事因循，以期仰副我圣主除莠安良，绥靖苗疆之至意。所有遵旨妥议缘由，理合恭折覆奏，伏乞圣鉴。谨奏。

奉朱批：依议，钦此。

捐建尚节堂收恤守志贫嫠疏道光二十年九月　　贺长龄

奏为黔省捐建尚节堂，收恤守志贫嫠，用广皇仁而励风化，恭折奏恳圣恩，量予甄叙，以昭激劝事：窃照妇节与臣节并重，而苦节视甘节尤难，是以各省多有恤嫠之堂，而黔中更属极贫之地，乃此事缺然未举，则穷嫠复何所资？臣披阅案牍，每因贫难自赡，莫保初心，或且计无复之辄寻短见，遍询各属比比皆然，岂无穷且益坚，皭然不滓，而任其困苦，罔计安全？既乖敬寡属妇之仁，兼失砥节维风之义。臣不敢妄请动帑，又不忍视同隔膜，再四筹商，惟有捐办之一法。臣与藩司庆禄、贵西道周廷授、署贵阳府事准升平越、直隶州知州石煦，各捐廉五百两。署臬司事粮储道任树森、署贵筑县大挑知县曾鸿翥，各捐廉二百两。护贵东道事、贵阳府知府马佑龙捐廉一千两。学政王庆云亦以此系善举，乐襄其成，捐廉一百两。籍隶黔省之河南藩司朱树捐廉三百两，臬司成世瑄捐廉二百两。一时官绅士民，无不闻风鼓舞，踊跃乐输，共捐银一万三千零六十四两，交商生息，慎选公正能事之绅耆二十四人，酌送劳金，专司其事，官为督察。其收恤人数，若经费敷裕，自应随时扩充。

今就每年所得息银而计，先以一百四十人为额，人给一折，每月照折各给纹银五钱。黔省食用本贱，再能勤习女红，足资养赡。若守节而尚可自存，不准滥给。或始守而中道改节，亦即除名。至丧夫已在四旬以外，即孤苦无依，亦仍归养济院，以免牵混。缘堂名尚节，所以保全青年孀妇，与养老之义殊也。

现定于本年十月办起，其办理之法，始则举报必严，节皆真节，继则给领必核，银尽实银，而其要尤在司事得人。臣惟有督饬司道府县加意稽察，务其实惠，尽及穷嫠，以免虚糜捐项。除臣与学臣司道不敢请叙，并捐数不及二百两，由臣分别奖励，及续收捐项，容另奏请外，谨将例得议叙人员姓名银数，恭缮清单敬呈御览，合无仰恳天恩俯加甄录，显示激扬，俾崇尚节义之志日益坚，而急公向善之情日益奋，实于世道人心大有裨益。臣为振励边荒风化起见，理合恭折具奏，伏乞圣鉴训示。谨奏。

奉上谕：着该部议奏此项银两，免其造册报销，该部知道，单并发，钦此。

广种桑棉兼教纺织情形疏道光二十年十月　　贺长龄

奏为遵旨劝导民苗广种桑棉，兼教纺织，谨将现在办理情形，恭折奏祈圣鉴事：本年春间，臣奏试种桑棉事宜，钦奉朱批：实力劝导，不可中辍，勉之，钦此。臣惟桑棉为衣被之大利，而黔省向不多种者，一则土棉之种不佳，但能织成粗布，惟安顺、兴义、黎平三府，及贵阳府属之定番州间或有之。若细白布则皆贩自他省，路远价昂，故民间谋衣艰于谋食。一则种植未能如法，以致木棉或花而不实，桑条虽长而不茂，辄谓土地不宜，因而畏难中阻。臣自抚黔以来，目击贫民蓝褛情形，常以此为地方一大缺陷。惟粮储道任树森在黔年久，熟悉风土人情，又肯讲求农桑之事，因委该道专心督办。

方种桑之始，黔省皆系插条，而蟠根不坚，枝叶未能畅茂。该道因于省城附近之处治地两区，令以椹子试种，颇觉根固枝繁，易于长发。计十七年至今，共成活三万余株，贵阳府亦于署后隙地栽活二万余株，均陆续令民移种于宅畔山边，以普其利。此外于石阡、思南等府，各种活二万株、一万株不等。惟绥阳县自四川移来桑秧六万余株，均经栽植成活，办理尤善。今将种法通饬各属，需以岁月，桑多而蚕事可兴矣。

该道又以土棉之种不佳，因于楚豫两省购回棉子，散给各属，择其地之相宜者教民栽种，并于附郭地方雇人种植数亩，教以按候锄治之法。数年以来开花结实，与楚豫等省无异，可破向来土地不宜之说。若他处实有未宜者，仍令自种土棉，以尽地利。并据贵阳、安顺、遵义等府及各厅州县具报，棉花收成虽多寡不齐，而所收之种既有留遗，即可渐次推广矣。

该道又督饬贵阳府贵筑县于省城南门外设局，雇匠教民纺织，并令及幼堂之幼童一体学习，俾将来糊口有资。其尚节堂之嫠妇，则另延女师教之。该道又不时亲往稽查，现在织成之布，较之贩自客商者价贱而易售，小民趋利若骛，省城纺绩者已不下数百家，各属亦闻风兴起。而惟思南府及所属安化、婺川两县，劝办最为踊跃，可见地方无不可兴之利，但须实力行之耳。臣惟有督同两司暨该道任树森，谆饬各属悉心经理，务使民鲜游惰，利溥蚕桑，以仰副圣主廑念边氓、训饬殷朊之至意。所有现办桑棉纺织各情形，理合恭折陈明，伏祈圣鉴。谨奏。

奉朱批：所办甚好，钦此。

请饬学政整饬士习疏道光五年　　黄德濂

窃惟治民之道，教化为先，而欲兴教化，必先端士习。各省督抚司道以及守令，固皆有训课士子之责，然或簿书钱谷，鞅掌未遑。至于各省学政则专司教化之事，自宜董率各学教官，尽心化导，以风俗人心为己任。臣恭查嘉庆二十一年，钦奉上谕：各省学政皆慎简儒臣，畀以教化之责。且按试州郡远迩必周，于该省风土人情，无难察访周知。奸民倡为邪说，颛蒙从而习之，或诱于财利，或溺于淫邪，各有受蔽之由，着该学政各就按试之地，察其人民所易惑者，作为论说，剀切化导。至士为四民之首，该学政于接见士子之时，尤当谆切训诲，使以孝弟忠信礼义廉耻倡率其乡闾，身以先之，言以喻之，由寡以及众，由亲以及疏，蚩蚩者氓，耳濡目染，有所观感而兴，将日用饮食群黎遍德，久之迁善远恶，翕然成风，斯邪说不足诱之矣，等因，钦此。仰见圣谕煌煌，为世道人心计者至深且切，各省学政果能敬谨遵行，自可收经正民兴之效。乃近日愚民之惑于邪说者，如山东之大乘教、两广之添弟会，及白阳天主等教，虽法律森严，犹复转相传习，且渐蔓延于邻境省分。此等匪徒左道惑众，法所不宽，但与其惩之于既犯之后，而莫净根株，不若导之于未犯之前，而使之悔悟。

夫乡愚纵属无知，然亦各有身家，当其传习之初，若该处士子有能明斥其非，怵以祸福者，亦必惕然改悔。盖士者民之表率，与民复相习近，虽穷乡僻壤亦自有一二青衿，果能敦品励学，以式化其邻里亲串，自较之官长之禁令尤为亲切。无如近日士子能表率其乡里者少，不自检束者多，或武断乡曲，或把持官府，架词上控者有之，相率罢考者有之，甚至如山东省所办周添明案内贡生刘岛，于孙文治等传习邪教，犹为之书写绫额，懵然不知其非。士习如此，愚民复何所观感？其为累风俗人心者不小，相应请旨饬下各省学政，于按试州郡时实力整饬，如生童中有不守学规、武断把持等项情弊者，一经访闻，立加惩戒。其束修自好者，即文理平通，亦列之优等，以昭奖劝。并于接见之时，将尊亲之大义明白开示，俾各知束身名教，以转导其乡里，期于比户可封，奸邪悉化。且饬各学教官平日实心迪牖，不得视考课为故套。尤宜自端模范，以身设教，使诸生无可议其短长。如此，则惩劝既彰，坊表复植，庶贤良蔚起而民俗日淳矣。

臣更有请者。道光五年即系选拔之期。选拔乃十二年始一举行之大典，各州县皆例得拔取一人，非同乡试之通省合校可比，且不糊名易书，正可将文章品行二者并衡。夫十室之邑必有忠信，一州一县之众，岂无行谊敦笃，素为乡里矜式之人？乃近来取士者，往往比较文词之高下与字画之工拙，而不以器识为先，甚非所以励士习也。况选拔贡生一经朝考，取入一二等者，即得以小京官及知县教谕等官分别录用，其登进之阶视他途为最捷。尤当核其猷守，不得专凭文艺，亦应请旨饬该学政等届期慎重考取，务求经明行修、才能出众者以充是选。即于现在举行岁科两试时，预为察访，亦不得轻听教官之言，致起奔竞营求之渐。所拔取者果得其人，则各学之士有所激劝而入于善，各属之民亦有所观感而耻为非，于士习民风均有裨益。臣言是否有当，伏祈皇上训示。谨奏。

请查禁设卡私征疏道光五年　　黄德濂

窃查湖南宝庆府属之苏溪镇地方，滨临资江，为舟筏所必经之地。该处滩流险恶，自上而下势若建瓴，舟筏至此，停泊为难。乃闻近年来该处土棍串通吏役，即在该处设卡，公然立局私征，称为苏溪关。无论船只箄筏，及所载谷米煤灰一切货物，俱须在该处停泊完纳，然后放行。及再开行，而滩头水势湍急，柁工水手力无所施，因而破坏船只，触散箄筏，每有覆溺之患。

查湖南一省只设立辰关，此外更无分口，并无苏溪关名目。

乃该处土棍衙蠹串通一气，濒江阻险，违例私征，历为商旅之害，该地方官何以毫无觉察？若系官吏通同影射渔利，扰累行舟，则尤为大干法纪，相应请旨饬下该省督抚，确切查办，严禁私征，以除积弊而安商旅。

再资江之下游，为长沙府属之安化、益阳等县，地固多山，江流甚驶，沿江土豪每招集渔户，于江心滩险水流之处钉桩垒石，设造梁筚罾坝跳船等项，为取渔之具。遇水落之时，桩石森列，上游船只撑挽为难。若逢盛涨，则桩石隐于洪涛之中，下流舟筏触之立碎，即获救全而该渔户等反称损伊渔具，截阻勒赔，甚至乘人于危，肆行抢夺，行旅客商悉受其害。嘉庆年间，湖广总督百龄、汪志伊，先后饬令拆毁，不准复设有案。乃近来又复违禁设造，虽上年二月经总督李鸿宾饬委查办，而地方官奉行不力，梁筚等项仍然布列江中。遂至七月初间，益阳县所属黄婆滩地方，有梁筚划破船只，同时溺毙二十余人之案。似此截流而渔，阻碍河道致毙多人，该地方官不为拆毁，难保无土豪把持、吏役包庇等弊，其为害于行旅客商，安有究极？亦应请旨饬下该省督抚，即饬所属资江一带梁筚罾坝跳船，勒限概行拆毁。如查有把持包庇、拆而复修等弊，即严办示惩。其长沙、岳州以下，大江两岸，凡渔户设造壕档等具，有碍河道者，一并查禁，庶江流顺驶，懋迁往来，商民俱受益矣。臣谨即所见闻据实直陈，是否有当，伏祈皇上训示。谨奏。道光五年七月十八日具奏。

二十日奉廷寄一道。

附：湖广总督嵩孚湖南巡抚康绍镛覆奏

臣等查宝庆府关稽查透漏处所，除苏溪之外，尚有硖口、花桥、蓼溪、山口、巨口等五卡，均经先后报部有案，并非私设。征税系知府专司，土棍无从串通。第经理失宜，即难免书差人等乘隙舞弊，额外浮收。地方土棍亦借端挟制，勾串勒索。是欲绝土棍之弊，全在书差得人，使其无隙可乘，其弊自绝。该府系专司之员，自应尽心调理，嗣后设有弊窦，惟有严参惩办，不敢瞻徇姑容。

至黄婆滩覆溺之事，现据查询尸亲，实因遭风溺毙，尚属可信。至江边湖岸居民，大都业渔为生，设立梁笱壕档以厚其利，不顾行旅艰难，甚至借端诈索，实系向来恶习。前经臣李鸿宾暨升任臣嵩孚严饬查禁，臣康绍镛于到任后复经严饬，现据委员等周历安化、益阳一带，并据各州县禀称，现已一律拆毁，诚恐地方官奉行不力，或日久生懈，难保其不故智复萌，自应随时查禁，不敢视为具文。

惟此外尚有筒车一项，亦属河道行旅之害。查自长沙府属之醴陵，直至永州府属之东安，绵亘二千余里，间段安设以为灌田之需。因河水平缓，必于河中筑堤，使水势急湍，筒车方能转旋，历来久远，事关农田，未便概行禁止。惟所筑坝堰日久渐逼窄，纡洄湾曲尤窒舟行，倘经触碰，不特舟身损漏，反得借端讹索。并近来更有无业棍徒，于两岸向不安设筒车之处，亦假此为名，拦河筑坝，故窄河身，其间仅容一舟往来，煤米重载，势须添人索挽，得以任意需索，尤为商贾之患。臣由粤西赴任，沿途访察，深知其弊。现亦严饬各属，查明向设筒车实为灌田所需者，准令仍旧安设，令其宽河面以利舟行。其非向来安设，以及非关灌溉之处尽行拆毁，如有抗违即严拿惩办，以仰副圣主除弊安商至意。

奉朱批：一力稽查惩办，不可稍有徇隐，钦此。

请饬禁无故改委疏　　黄德濂

窃州县为亲民之官，非特实缺人员，宜于久任，不可轻于改补，即委署人员，亦宜约计实授人员到任之迟速，斟酌遴委，不轻于更调，乃于地方有益。查例载原委之员，并无必应改署事故，该督抚辄托故改委者，降三级调用等语。诚以州县事务繁多，刑名钱谷均关紧要，无故改委，必滋弊窦，且以杜候补人员钻营委署之弊，立法不为不详。乃近来州县出缺，实授人员或有事故不能到任，该上司委员署理有屡次改委，甚至三四月一更调者。始而简缺知县出缺，即令所素识人员往署。继而中缺知县出缺，仍令该员往署，而简缺另委他员。而繁缺知县出缺，又令该员往署，而中缺另委他员。即一委署之间，亦无非为人择缺。殊不思州县与民切近，即署事之员亦有兴利除弊之责，若不时改委，虽有贤能之员，于地方情形一时不能熟悉，无从展布。而在不肖之员，则以缺非己有，罔知爱惜，或于词讼之间纳贿受赇，或假催科为名多方朘削。况新旧交代之际，书吏之乘机舞弊，衙役之假票吓诈，尤为扰害闾阎，是缺分之疲敝、吏治之废弛，悉由于署事之多与改委之数也。此种积习直省多有，而湖南为甚。

臣籍隶湖南之安化县。查安化县知县查崇恩，自道光三年选授以来，至本年春间尚未曾到任，而署事已历四员。有署事七八月而去者，即有署事三四月而去者，更替无常，于地方殊属无益。窃恐各州县及各直省，似此者尚复不少，相应请旨饬禁。嗣后州县出缺委员署理，宜约计实授人员到任之迟速，为该员署事之久暂，不得无故改委。仍将通省委员署事年月，按季造册，送部以凭查核。如有假人地相宜为名，而实为调剂属员起见，以署简之员改署繁缺者，将该督抚参奏议处，庶不至更替无常，于地方吏治必有裨益。臣为慎重地方起见，是否有当，伏祈皇上训示。谨奏。

湖南文征 卷五

疏五

请查濒湖私垸永禁私筑疏

贺熙龄

奏为请旨饬查濒湖私垸，永禁私筑，以除水患而利民生事：窃惟致治之方，兴利必先除害，治水之道，宣泄重于堤防。查湖南洞庭一湖，为川黔楚粤诸水汇宿之区，自应使湖面宽阔，旁无壅滞，则诸水易于消纳，上游不致泛溢。自康熙年间，许濒湖居民各就湖边荒地筑围成田，于是长沙、湘阴、益阳、武陵、龙阳、沅江、澧州、安乡、巴陵、华容等十州县，有曾被水冲发帑修复之官围，复有未经帑修陆续圈筑之民围，嗣因居民增筑无已，占湖愈多，湖面愈狭。是以乾隆年间，经抚臣蒋溥、杨锡绂、陈宏谋先后奏准永禁新筑，刨毁私围。

恭查乾隆二十八年六月十四日，钦奉上谕：陈宏谋奏请严濒湖私筑之禁一折，所办甚是。洞庭一湖为川黔粤楚众流之总汇，必使湖面广阔，方足以容纳百川，永无溃溢。乃濒湖居民狃于目前之利，圈筑圩田，侵占湖地，而地方官又往往意存姑息，不行禁止。若湖地渐就湮郁，则夏秋水发之时，势必漫衍冲决，为泽国田庐之患。傥或跨州连邑，所在淹没，即所有私筑围田亦安能保无冲没？利小害大，诚灼然可见者。着传谕乔光烈每年亲行查勘，间一二岁即将有无占筑情形详悉具奏，永以为例，等因，钦此。遵行既久，地方官查禁稍疏，民间复多私筑。嘉庆七年，又经抚臣马慧裕历勘长沙各州县，续报私围垸共九十四处，该抚奏准存留者九十一处，刨毁者仅三处。虽其存留之九十一处当经该抚奏明，如遇水涨冲溃，不准复修，然小民趋利，既不肯听其坍塌，不行补筑，而近来地方官又复意存姑息，凡有私筑，不肯究办，上司间或委员查勘，亦第受规费而去。如湘阴之莲蓬赛、杨林赛、傅家山、上下塘等处，俱系乾隆年间陈宏谋奏明刨毁之私围，乃闻莲蓬赛、杨林赛二围，现今更易名色，已将堤垸复修。此外各州县之违禁私筑者，尚复不少，似此累岁加增，侵占湖地，阻塞水道，每遇水发之时，横溢四出，官围俱受其害，田庐坏而病在民，官赋亏而病在国。究之所筑之私围，亦归乌有，利小害大，贻患无穷。而且附近居民或恐其贻害于己，当其私筑之日，率众阻拦，或以其事属违禁，间遇收获之时，乘势抢夺，以致互相争斗，别生事端。

总之私围之禁不严，故诸患因之而起，相应请旨敕下湖南巡抚严禁私筑，每岁责成地方水利各官详悉查勘。如有新筑围田阻碍水道之处，即行刨毁。若有受贿存留，朦混结报者，查出参处，庶几私筑可绝，水患可除，而民田永赖其利矣。臣愚昧之见，是否有当，伏祈皇上圣鉴。谨奏。

请禁盐务河工侈靡锢习疏

贺熙龄

奏为请饬禁盐务河工侈靡锢习，以裕国计而阜民生，仰祈圣鉴事：窃惟量入为出，筹国之常经，崇俭黜奢，保邦之要务。钦惟我皇上躬行俭约，为天下先，御极之初，恩免各项钱粮不下数千万之多，历年偶遇灾伤，蠲赈兼施，至优极渥。现在河务军需，厥费孔繁，我皇上不惜屡发帑金，以期卫民生而安国本。部臣酌筹经费，自可匮乏无虞。惟是图匮于丰，必须崇实，理财制用，尤重节流。

臣伏查康熙年间，大学士张玉书所纪国初钱粮数目，云顺治八九年间岁入额赋一千四百八十五万九千有奇，而岁需诸路兵饷一千三百余万，加以各项经费二百余万，出浮于入者凡八十七万五千有奇。至十三年以后，岁增饷至二千四百万，时额赋所入，除存留款项外，仅一千九百六十万，饷额缺至四百余万，各项经费犹不与焉，国用亦云匮乏矣。而我世祖章皇帝爱民如子，惟汰冗员抑繁费，军需浩饷无一不取给于节省之余，则诚崇实节流之明效大验也。今岁入之项有常，而所出之数或难预定，有不可不为深长之计者。谨就臣管见所及，敬为我皇上陈之。

查财用之最巨者，除田赋、兵饷而外，莫如盐务、河工二项，而盐务为一大入项，河务为一大出项。盐务之坏，由于商人之奢，河务之坏，由于厅员之奢。夫奢生于有余，而流弊必至于不足。查各省纲食盐引，系康熙初年计口定额，今户口之增无算，何以每年常有绌销之引，以致逋欠累累？即以两淮而论，臣闻其亏欠竟至三千余万之多，固由于私枭充斥，额引难销，而若非商人舞弊行私，奢靡妄费，何以缺额遂至于如此？夫阻滞官引者，有商人之私，有商船之私，有枭贩之私。官盐一到口岸，先卖商私。船私则卖于中途，又在商私之前。枭私则随地充斥。计此数项之私，势且数倍于官引，而究其来源，总皆不越于场灶。

查场灶照额煎盐，大使亲验，按月开报，运使如有隐匿，以通同治罪。又拿获私盐，承审官不究其买自何地何人者，照放纵例议处。是清查灶私之法本为详备，而私盐之放恣自若者，固由场员之奉行不力，亦由众商之承买无资。查商人运盐办课，必系身家殷实、极知自爱者，始能承办无误。近闻或则初本有余，而花销败落，仍然为商，或系赤手无藉之徒，钻营顶充，惟图自利。而为总商者又惟知按引派费，剥削散商，以致虽有殷实之商，恐引多则派索亦多，不肯加本行盐，而一无资本之商，且虚立门面，挥霍为常，服食起居，穷极奢侈，往往因已到口岸之盐尚未变价，而续行出灶之盐又须接运，不得不重利借贷，搪塞一时。利少费繁，已行支绌，兼之口岸贸易假手伙商，任其浮销不知清理，于是夹带重斤之弊生，商则借引以行私，而官引滞销矣。官商收买之本少，则场盐不尽归商买，而私贩日滋矣。课额积亏，实由于此。是国家之一大入项，已坏于奢而日见其少也。

河工以购料为先，以办工为要。臣近闻河工所堆料垛，多系空松，全不坚实，盖缘厅员购料之时多系包办于人，所给料价已多侵减，因之工友门丁巡兵书役，处处分肥，层层剥蚀，料未到厂，早已克扣不赀，遂至虚贮花堆，惟以涂饰耳目。此实河工通弊，贻误非轻。况河南料价本多于东河，而料垛转小于东河。臣风闻河南每料一垛，即办得至足，已可获赢余四五十两不等，近则偷减益甚，侵蚀逾多，惟饱私囊，不顾国计，河务日坏，职此之由。至于办工之要，全在冬勘春修。每年霜降水落之后，厅汛营员，能于所管境内详细履勘，悉心估定，一交春令，次第兴办，克期做足，料实工坚，入伏经秋，必鲜失事。近闻各处工程，往往不于春修做足，暗留为抢险地步。盖以一经抢险，则事在仓皇，尤易侵蚀，故三汛抢修之时，一切浮冒更难究诘，而该厅员等又惟知声色自娱，耽于逸乐，但逢玩好之物，不惜浪掷千金，一入饮博之场，动辄流连旬日。别项既多所虚糜，则工料必益多偷减，是以挑河筑坝既无不浮估冒销，防险办工一委于家人幕友，以岁入有限之金钱，徒供河员之浪费，糜帑生工，伊于何底？是国家之一大出项，又坏于奢而日见其多也。

当此而欲盐务之有起色，必须革退乏商，另佥殷实，力除浮靡，加本行盐，务使煎额不至浮偷，场盐尽归商买，庶鹾政渐肃，而课可常充矣。当此而欲河务之有起色，必须核实料垛，督验春工，率励勤能，力惩奢侈，定议追分赔之限，严厅营考核之条，庶河防益重，而帑不虚糜矣。应请敕下盐河诸臣，务须以身示法，一力挽回，则入项不致积亏，而出项可期撙节，不惟鹾务河防两有裨益，兼可裕国计而阜民生。臣愚昧之见，是否有当，伏祈皇上训示。

敬陈淮南纲引积压太重淮北票盐验资未当请亟筹疏通疏

贺熙龄

奏为敬陈淮南纲引积压太重，淮北票盐验资未当，请亟筹疏通，以防误课，仰祈圣鉴事：窃惟两淮盐务，自道光十年冬皇上洞烛情形，法穷当变，钦差大臣前赴江南，会同两江总督陶澍筹议厘革旧弊，更定新章，自是以来浮费裁而成本较轻，库款严而出纳不混，计凡九载，奏销八纲。且拥带乙未、己庚诸纲残引数十万，较之从前十载仅行六纲，且多预收空本者已有区别。惟是两淮奏销正项，缘先纳课后行盐，与他省之先盐后课者情形迥异，故虽奏销八纲，实非已销去八纲之盐。缘运司每遇奏销，届期即派商赶纳，虽有存岸未销之盐，存岸未销之引，而新纲限迫，不得不按数分派各商如期完纳，商人成本止有此数，口岸多积一引之盐，即占搁一引之本。近闻淮南奏销虽过八纲，竟有积存两纲未销之引，如江西湖广安徽纲食各岸，截至去年冬月止，已运未销盐共一百六十余万引，约计一纲有余，以到岸成本每引十两有零计算，即占搁成本一千数百万两。又运库中已纳丙申、丁酉、戊戌、己亥四纲未运之引，又一纲有余，亦占搁商本二百余万两，通计占搁商本二千万两，而现在扬州各商已资实不过五六百万，其余皆系出利会借，每纲岸盐非两载不得销售回课，而此两载内又添出两纲派纳之数，此淮南转输不灵之实在情形也。

且淮南纲食引盐额完正杂带款课银五百余万两，近年奏销则止完正项，其余杂款缓纳之银，需俟运岸销售始行补纳。每一纲之课非数纲不能全清，故目前虽奏销八纲，实未能征足八纲之全课，以致各省应解各款，不时奏催，无由应手。若但以正项奏销为事，杂款何由足额？此又淮南征解各款，新陈积压之实在情形也。

臣访求所以积压两纲之故，亦非由于办理之不善，只缘道光十年更定新章之始，前督臣陶澍任事过锐，代销辛卯以前滞盐残引一百三十余万引，又代征还未销印本积欠参价铳引残课三百数十万两，皆以后任代偿前任之积欠，共占一纲引额，加以江广水灾，滞销复积一纲，因此积压两纲，至今总无疏通之策。

臣思盐务不过在场轻本、在岸速销二端，现在淮南裁减浮费以来，每引正杂钱粮四两，实难再议轻减，而汉岸销盐止有此数。即使湖广缉私认真整顿，亦止能销足本纲正额，若欲以溢销加倍提行两纲，恐必无之事。然则淮南常年积此两纲未销之盐，空占商人之运本作何销纳？且引愈积压则愈多，课愈占搁则愈绌，傥一二年内竟有竭蹶不能输纳之商，复致倒歇者，彼时奏销，又将如何办理？正项且不能支，杂款又将如何征解？臣详加访察，皆以淮南目前之患在于中梗，若不及筹全局，及早疏通，即恐有难于搘拄之势。惟是鹾务繁重，非他人所能代谋，应请敕下两江总督督同运司彻底确查，通盘筹画，务须先事图维，将前积两纲引目如何设法疏通之处据实入告，勿徒弥缝目前，直至奏销不前，始为临渴掘井之计。

再者淮北票盐，近年因贩多盐少，创为验资折扣之法，而验资银数历年递增，闻本年竟多至一千余万两。其实票盐应收钱粮场价不过百万，其余九百余万一经核定，折领之票仍须发还各票贩收回，徒然压搁，本无所用。而每当淮北验资之时，正淮南奏销之日，一时汇集银千百万两，悉赴淮北验资而去，遂致扬州银短价昂，虽重利无可借贷。是验资之法，于淮北无毫发之益，而适掣淮南奏销之肘。应如何量为变通？或官运到坝发贩，或签商认引认岸，或归场定额售卖，于此数策中酌行其一，即可无庸验资，以累奏销。及将淮南无着悬引如何酌归淮北之处，应请一并饬交两江总督督同运司详筹妥议，以期有利无弊。臣因访闻淮南鹾务，新陈积压，不能转输，一二年内恐误奏销，而淮北票盐验资十倍，有累正课，不得不豫筹疏通之策，为此恭折具陈，是否有当，伏祈皇上圣鉴训示。

苗生边卷宜别号舍疏

常大淳

奏为苗生乡试，与边卷汉文生隔别号舍，以杜代倩而取真才，请旨饬交核议事：窃查苗举人自嘉庆十二年额设，另编田字卷，于本省中额外取中一名。嗣于道光元年，奏准苗举人愿赴会试者，照本省举人之例，给与公车银两。前届丙戌会试后，有大挑二等者，仰见我朝文德诞敷，苗民格化，实为前古所未有。惟向来田字卷苗生与边字卷汉文生同坐一号舍，每易滋代倩情弊。设法之初，原因苗生未谙场屋体式，是以与边字各卷同一号舍，今已应试多年，又准其会试大挑，既予以出身之阶，即有宰民社膺司铎之任，自应拔取真才，以昭鼓舞。相应嗣后乡试，田字苗卷，与边字各卷隔别坐号，俾得各尽所长，凭文中式，不致有代倩之弊。则苗生益知奋励，而文风蒸蒸日上矣。并请敕下湖南巡抚核议。臣愚昧之见，是否有当，乞皇上训示施行。

买补仓谷宜遵定例疏

常大淳

为买补仓谷宜遵定例，赴邻邑采办，请旨严禁本地派买，并交代时折价抵谷，以杜扰累而实仓储，仰祈圣鉴事：窃照各直省采买仓谷，向例于附近邻邑按照时价购办，不准向本地粮户名下勒买，所以杜科派扰累各弊，例禁綦严。惟地方官奉行不力，往往借采买为名私肥己橐，任听胥吏开报按名派买，每谷一石发官价银四五钱不等。门丁胥役里保等复多方需索规费，是以有力之家辄豫向胥吏贿嘱匿报，其承领者并不上谷，惟加倍交价入官，名为帮费。其零星花户无力缴费，则差役挨户逼索，里保串通吓诈，甚至委佐杂各官赴乡勒追。种种骚扰，竟至以惠民之举为累民之端，此向来本地派买之流弊也。

伏思我皇上惠养黎元，谆谆以勤恤民隐为诰诫，凡有款项，不准以丝粒累及闾阎。现查上年办理军需省分及灾赈地方，多有碾动仓谷之项，自应分年买补。诚恐积习相沿，有借端科派情事，相应请旨通饬各督抚严饬所属，凡遇买补仓谷年分，务遵定例，领价赴丰稔邻邑采办。如查有向本地派买，并胥役串通需索等弊，即予参究。再查仓谷为歉岁粜赈而设，务须实贮在仓，方足为有备无患。近来州县于采买时，只图敛费入己，究未买补还仓，及至交代后任，仅以官价作抵，一遇动拨，并无实谷可供支放，尤非有备无患之道。应请嗣后严禁交代时以官价抵谷，并责成该管道府随时盘查于州县领价后何时买足归仓。傥有逾限虚悬，立即惩办，以期谷额皆归实贮。臣愚昧之见，是否有当，伏乞皇上圣鉴，请旨施行。谨奏。

道光十三年六月十六日，内阁奉上谕：御史常大淳奏请禁州县买补仓谷各弊一折，各省额设仓谷原期实惠及民，固不可扰及闾阎，亦不容稍有短绌。若如该御史所奏，地方官采买仓谷，往往不遵定例，借端肥橐，任听书吏在本地按名勒派，每谷一石发官价银四五钱不等，家人胥役里保等复多方需索，以致有力之家辄贿求书吏匿报，其承领者并不上谷，惟加倍缴费入官，名为帮费。至零星花户无力缴费，则差役逼诈，委员勒追，种种骚扰，在所不免。其不肖州县只图敛费入己，究未买补还仓，及至交代后任，仅以官价作抵，一遇动拨，并无实谷可供支放。似此各种弊端，殊属不成事体。着直省各督抚严饬所属，于应行买补年分，务须遵定例领价赴丰稔市集采办。如查有向本地勒派，及书吏串通需索等弊，立即严参，从重惩办。其各州县交代仓谷，责成该管道府随时盘查，于州县领价后何时买足归仓，据实加结申报。傥有逾限虚悬，即时严加究办，毋稍徇隐，以期民无扰累而仓有实储。将此通谕知之，钦此。

遵查滇省兵丁已裁未裁疏

罗绕典

奏为遵旨酌裁滇省步守兵丁，分别现在已裁未裁数目，谨缮清单，恭折奏祈圣鉴事：窃照咸丰二年六月二十一日，钦奉上谕：令各直省督抚将各营现设额兵若干，较乾隆四十六年以前核实裁汰以后，遇有缺出，毋庸挑补，并随时斥退老弱残废。约计三年必可裁复旧额，仍将所裁兵数与节省饷银，每届年终汇奏一次。至各该地方今昔情形，或有不同，不（防）〔妨〕于裁汰之中寓变通之法。即有裒多益寡之处，统全省绿营而计，总不至逾旧额等因，钦此。当经前督臣吴文镕将滇省各营旧设额兵，及现在兵数查明，先行覆奏在案。

臣于到任后恪遵谕旨，覆查滇省各标镇协营，乾隆四十六年以前，旧设额兵三万六千四百零三名。自四十七年以后，节次加添，现在递增至四万四百零三名，较乾隆四十六年以前实多兵四千名。应即照数减裁，以符旧制。惟查滇省界连外域，林密山深，营制最关紧要。其驻扎险要协镇与分防边汛各营，必须详察地势，按以今昔情形，因地制宜，酌量裁汰，庶不致糜饷项，仍足以壮声威。臣悉心稽核，合计筹商，除马兵一项，甫于上年酌改，步兵六百六十八名未便再议裁减外，今拟裁各营步兵二千五百一十七名，守兵一千四百六十五名，共计裁兵三千九百八十二名，每年可节省饷银六万二千八百八十六两。虽逾旧额兵十八名，皆缘因地制宜，遵旨变通办理。臣随即分饬各营，遇有年衰技庸，及事故兵缺，概行停止其募补，并叠次檄催办理去后。兹据云南布政使史致蕃详称将滇省各营应裁兵丁，统限三年裁竣，兹自钦奉谕旨之日起，截至本年二月底止，业经陆续裁去步兵八百五十六名，守兵四百九十六名，共已裁去兵一千三百五十二名。尚有应裁兵二千六百三十名，即应一律裁减，开列清单，详请具奏前来。

臣查裁兵较少之永昌、云南城守，武定、广南等四协营，均已裁汰如额。其余限以三年概行裁毕，仍饬司将所裁饷银截存营中，留抵现放兵饷，并严饬各营遵照赶紧裁清，毋任延宕。俟裁毕后，再将所节饷米定数奏闻。所有拟裁滇省步守兵丁，及已裁未裁各数，臣谨会同云南巡抚臣吴振棫、云南提督臣荣玉材，缮具清单，合词恭折具奏，伏乞皇上圣鉴训示。谨奏。

试行官票大钱并各府铸钱成局折子

罗绕典

奏为部颁官票，及省局铸出当十大钱，现在行使流通，并各府添炉加铸已有成局，恭折覆奏，仰祈圣鉴事：窃臣等于七月初三日接准户部咨称本部具奏，严催各省速立官钱局，并开炉铸钱一折，钦奉上谕：着各省督抚等查照户部原奏，督饬所属酌量地方情形，设立官钱局，并设法筹款，开炉加铸，俾钱法与钞法相辅而行。一面妥议章程，奏明办理，将此通谕知之，钦此等因，当即钦遵转行去后。臣等查此案前准部咨奏，奉谕旨推行官票，加铸钱文，先经严饬省东二局添炉加铸，并令大理、曲靖、临安三府，及宁台厂员筹款设局，一体添铸搭放兵饷厂本等项，约计四路标营赴省请饷时，皆可顺道领钱，不至窒碍。旋奉户部颁发当十当五十钱样，及官票十万两到滇，遵将钱样发局鼓铸，一面在省城中适中之地设立官钱局，派委因公在省之迤南道桑春荣，督同云南府胡文柏专司经理在案。

兹据藩司史致蕃、臬司清慎暨道府等详称省城搭放当十大钱，及奉发官票皆自本年夏季为始，饬令官民通用。惟滇省放款多于收款，现将司库一切放银之款，暂以二成官票搭出，收款暂以一成搭入。其放钱之款，暂以制钱八成大钱二成分配支发，民间亦以二八搭用。得官票者准赴官钱局照市价支取，按成分搭钱文。民间携银赴官局买大钱者，亦照市价兑付。试行以后，体察省会情形，尚无阻挠。嗣复示谕绅民人等，凡买卖交易，制钱及当十大钱准其各半间用。近日以来，行使渐觉通畅，俟行之既久，通盘计算，放银款内或再多搭票银，放钱款内或再增搭大钱，另行酌办。其俸工役食及一切杂款，可以改放钱文者，现已一律放钱以节银款。至各府设局铸钱，事属创始，凡建设炉座，采运铜铅，皆非朝夕所能骤办。其谙练匠役，省东二局各只数名，必须轮流派往指点学习。又一切事宜，由各该员往返禀商，距省远者二十余站，或十余站，有稽时日，是以目前虽经开铸，大局甫定，尚未能一律供支。惟附近省东二局之各营兵饷，现以二成搭放，至易门、路南、东川、宁台、平彝、会泽各营兵饷，现以二成搭放。至易门、路南、东川、宁台、平彝、会泽各厂铜铅本脚，以六成搭放。每银一两，照市价给钱一千八百文，合算铸本尚无大亏。

至放于所属地方，分设官钱局一节，滇中跬步皆山，民居星散，除省城而外，别无商贾辏集之区，难以择地分设。拟俟大理等局铸钱足敷支放，即令各局员兼理收票发钱之事，以归简易。其营分距局太远者，陆路运脚甚重，营员赔累为难，或减搭或免搭，分别程站之多寡，酌定办理。又钱票一项与现钱相辅而行，实为周转良法，已由省城官局制造配搭试用。其当五十以上各项大钱，应俟酌量情形再行加铸，缘边境汉少夷多，愚民狃于积习，若行之太骤，转有阻格之虞。现在官票及当十大钱，省城既已通行，将来由近及远，由少至多，务使乡曲小民人皆称便，自可流行无滞。

再省局甫经加铸，仅供官钱局开发票取之需，其近省各营各厂搭放成钱，暂行筹款易钱支发。合之现时市价，有赢无绌，截出盈余个头另款存储备用，俟加铸之钱充裕，再归钱局支领，合并陈明。臣等覆查所议，核与现在情形相符，惟有督饬所属认真经理，于变通酌度之中仍寓核实撙节之意，断不敢以事绪纷杂心存畏难。除俟布置周妥，再将一切章程分别奏咨外，所有现在试行官票及当十大钱，俱各通畅，并各府铸钱已有成局缘由，先行合词恭折奏闻，伏祈皇上圣鉴训示。谨奏。

查明滇省铜本支绌难按额解折子

罗绕典

奏为铜本支绌异常，甲寅京局正加六运铜斤，难以按额照数办解，谨据实沥陈，仰祈圣鉴事：窃咸丰二年九月、三年七月先后准户部咨，以滇省产铜短绌，奏准将癸丑年京铜停办两运，甲寅年为始停办三运，当经札行藩司及厂运各员遵照在案。兹于九月十六日复准户部咨，滇省应办京铜，自甲寅年起，仍按旧额照数办解等因。臣等伏思京局鼓铸攸关，需铜紧要，自应遵奉筹办。惟查滇省办运京铜，如丙年之铜例，于甲年由部指拨铜本，乙年春间到滇兑收，厂员得以及早领银赶办。从前厂情丰旺，工本既轻，窝路未深，攻采犹易为力，硔质较厚，煎炼尚不费时。然上年冬季请领工本，尚须于次年夏秋始能办获铜斤，迨至发交各店水陆转运，自三四十站至五六十站不等，计铜斤全数抵泸，已在年余以外，但能赶兑交之限，已为至幸。近年攻采日久，槽硐则愈入愈深，柴薪则愈取愈远，工费较前加倍，而数日之所获不敌从前一日之取赢。兼之铜质未能凝厚，𥐰分每易低潮，煎炼之工较前为多，所得之铜视前转少，厂中一切疲乏情形，叠经前任督抚臣备细奏明，并不始于近日。然彼时铜本皆能依期解滇，可以设法赶办，尚非如现在之竭蹶情形可比也。臣前因奉拨铜本不能到滇，各厂势将停办，与前督臣吴文镕会商奏请，以采出之铜铸钱，即以铸出之钱发本，藉以养丁保厂，已属不得已权宜之法。嗣奉部文，令于省东二局加卯添铸，并于提镇驻札之处设局铸钱，以充兵饷，业已转饬赶紧办理。方虑所获铜斤不敷分拨各局供铸之用，今复令自甲寅年起仍办解京局旧额六运之铜，地产人工实皆周转不及，即使奉拨铜本悉数到滇，势亦难于兼顾。况早应解到之铜本，尚有数十万两，至今未到，既不能速发工本，又焉能多获铜斤？其理本显然易见。

查癸丑年铜本，经部奏拨江西、浙江银五十三万七千三百九十余两，内除收到江西省银五万两，又收改拨云南留存经费捐监及四川防堵余存等项银十五万六千三百两外，尚有未收浙江银二十万五千两，四川银八千七百两，其未收江西应解银一十一万七千三百九十余两，虽准部咨以云南扣停养廉抵补，而目前此项并无现银。计未收癸丑年铜本尚有三十三万一千九百余两，是本年办运已属无米之炊，至甲寅年铜本原早应全数到滇，今浙江、江西皆有防剿急需，兼之路多梗阻，其何时始能筹解，实属遥遥无期。

至滇省盐课等项，从前遇有铜款支绌，尚可暂时挪垫。今则屡奉部咨，将应存各款，或协济部库，或拨给邻省。又值本年东川军务借动供支，而咸丰三年及四年春季兵饷，又有三十一万九千五百两未经解到，现届各营请领之时，更不能不设法垫放。臣等与藩司史致蕃时时晤商，深知京局鼓铸紧要，必须发工本以资办运，而通盘筹画，本款既无可支，别款又无可借，百计皆穷，万分焦灼。傥此后各省铜本果能源源而来，将来自可仍复六运旧额，至甲寅年应办京铜，现在时日既过于促迫，工本又一无可筹，若欲将奏停三运之铜，骤照原额办解，其势实有万难，即向厂员搭檄严催，亦属空言无补。此系实在掣肘情形，不敢不据实缕陈，仰求圣明鉴察者也。

再工本支发维艰，恐厂丁散而为匪，尤为边省大患，现在招徕调剂，凡有可以设法之处，无不竭力筹办，以顾全局。但铜本系厂务大宗，若再日久不能解到，势必至束手无策。惟有吁恳天恩饬部，将指拨癸丑、甲寅二年铜本，共银一百一十九万七千五百七十八两零，或就近改拨，或严催原拨省分迅即解交，庶免贻误。所有铜本短绌，及甲寅京运难以仍照旧办解缘由，理合恭折具奏，伏乞皇上圣鉴训示。谨奏。

遵筹滇省接济部库要需折子

罗绕典

奏为遵旨筹议接济部库要需，谨陈滇省酌办事宜，仰祈圣鉴事：窃臣等于本月二十二日准户部咨，咸丰三年六月二十八日奉上谕：现在部库存银不敷支放，自宜迅筹接济，前议暂停各官养廉，除山西业经覆奏外，其余并未议覆。至各省现今筹办捐输，想已各有成数，一并行文，催令随时具奏。至各省仓谷均着酌量售变，以济饷需等因，钦此。当即钦遵行司去后。臣等伏查滇省度支，多借资于协拨，本年奉拨各省银一百二十余万两，收到者不及十分之一，筹画殊形支绌。而现当军储缺乏，宸虑焦灼，何敢以筹议维艰，不复竭力图维？先其所急，因与司道各官再三商酌，但能稍有裨补，亦当少应急需。

查减支养廉一款，前经奏明，每年共可扣停一十一万余两在案。其各属额储常平仓谷，除节年动用借放，及永昌云缅军需碾运，与清查案内提补未完等款外，实存谷菽青稞四十四万八千余石。一省之大，仓储仅有此数，本属无多，且滇省民贫地瘠，舟楫不通，一遇水旱偏灾，全赖官储接济。又如现在迤东回匪滋事，即借此应付兵勇口粮，兼时近秋收，粮价平减，亦复艰于出粜，臣等未敢轻议售变。至劝捐助饷，叠奉谕旨，敕令速办，虽滇省绅商士庶素少殷实，亦宜实力敦劝，以期踊跃乐输。现在筹饷大捐，先后捐获银二万八千余两，又各官助饷银五万一千余两，业经奏报外，仍督饬各属实力劝输，俾现在皆仰沐皇仁，悉得及时报效。

至现在拨解部库无款，莫由少济急需，弥深惶悚。惟查粮道库存昆明县各仓，奉部粜变谷价银六万五千两，又各属未经买补仓谷价银四千余两，又清查案内各属摊补缺谷价银八千余两，又藩库收存捐监正项银九千余两，共银八万六千余两，前经奏请拨入滇饷供支，旋奉部覆，令俟浙饷解到收还原款。兹浙饷尚未解到，可以转计通融。覆查本年秋冬约扣养廉银五万余两，又解部颜料项下，本年应拨青斤石矿价值，马脚盘费等银四千余两，又另款实存捐监正项银三千余两，合以前奏拨入兵饷支用之捐监等银八万六千余两，即请敕谕浙省应解滇省饷银四十一万九千五百两内，先行酌提十七万两，就近解交部库，毋庸解滇归款。其前拨谷价捐监银两等款，请径开除，又另款实存捐监及捐输停办颜料价银，及停发秋冬养廉，亦即拨作滇省支放，如此一转移间，既可免筹拨往返之繁，而解款亦得迅速到部，其截明细数，应俟再行分析报部。除黔省筹议各款，应俟抚臣蒋霨远另行核办会奏外，所有滇省现办情形，是否有当，理合会折具奏，伏祈皇上圣鉴训示。谨奏。

查明黔省实难加增鼓铸情形折黔抚会稿　　罗绕典

奏为查明黔省加增鼓铸，无款可筹，折耗过甚，成本大亏，谨将实在情形恭折奏祈圣鉴事：窃臣接准户部咨开议奏，各直省设立官钱局，推行银票钱票以利民用，并以滇黔两省岁需甚巨，协拨之饷不继，饬令添炉鼓铸当十大钱，就近搭放兵饷，并运赴川楚等省易银回黔以济兵饷等因，奉旨依议，钦此。遵查近来军需日繁，左藏支绌，各省饷银艰于协济，不得已设此变通之法，借票帖之畅行，济库储之不足，以冀必需协拨，各省银钱与票帖周转不至告匮，法至善也。黔省为协拨最巨之省，现当无可协拨之时，凡在臣工，莫不时深焦灼，自应钦遵谕旨，力筹办理，岂容坐视时艰，稍存畏难之见？惟以度支须求实济，立法贵合时宜，一时更易新章，不得不通盘筹画。臣与藩、臬两司悉心酌议，添炉鼓铸先在铜铅。滇中为产铜之区，于各厂加炉加卯添铸制钱，事尚易举。黔中每年采办铅斤，运供京外各局，及本省鼓铸，虽尚有积存，而年额铸铜，每次系委员赴滇采买，往返至速亦须两年。此时需用甚紧，焉能久待？况陆路转运脚费浩繁，现应支发各正项，均已垫入兵饷，库储空虚，此项铜本实无可筹，此鼓铸之难以筹添者一也。

以钱代银，尤在成本不亏，方可冀有余息。查黔省年额鼓铸，以铜铅工本运脚，并物料工费统计，每银一两仅获铸钱一千一百十九文。现在市价每银一两易钱二千文至二千一二百文不等，今照市价支放，则亏折几及一千，是以银一两所铸之钱，仅作银五钱，求赢反绌，成本大亏，此鼓铸之难以筹添者二也。

黔省民间贸易，至百文以上无不用银者。盖因境内跬步皆山，钱质笨重，难于转运，向例兵饷每百两搭放钱八千五百文，兵弁于承领后，即在省城钱店易银携回。若再铸钱搭饷，则银少钱多，势必愈形壅滞，甚至市店无银可易，兵弁领钱后无力运回，更恐不肯领受。似于通权之中不能达变，此鼓铸之难以筹添者三也。

黔省地方瘠苦，并无出产大宗货物可以易回银两，全赖每年所放兵饷铅本，方能周转流通。向来银贵钱贱，近因商贾不前，铅运减少，元年银价每两换钱一千七八百文，今则每两已增至二千一二百文矣。若再添鼓铸搭放，则银愈少钱愈多，必至银价愈贵钱价愈贱，于小民生计益觉艰难，于鼓铸成法尤多妨碍，此鼓铸之难以筹添者四也。

如铸大钱，重则制钱之五，以一当十，似觉甚便。然事属创始，民间骤难通行，惟独兵饷一项搭放大钱，万一不能行用，则虽有领饷之名，竟无领饷之实，阖家待哺，何能枵腹从事？且核计大钱与小钱重轻而计之，虽仅得制钱之半，而合而计之，其笨重艰于陆运，亦与制钱无异，此鼓铸之难以筹添者五也。

若谓于提镇驻札处所添炉铸造，无论建设炉房置备器具，匠役工食各项开销经费无可筹画，即使分炉四五处，而黔地崇山峻岭，径路崎岖，既无北道之大车可载，又无南省之舟楫可通，全系人力挑负，每站不能逾六十里，每挑不能逾六十斤。通省营分有四十余处，提镇驻所在三五站之外者，运钱回营，脚费甚重。即运铜至局，脚费尤多，此鼓铸之难以筹添者六也。

因思黔省既多格碍难行，或冀咨商两湖四川各省，可以大钱搭放兵饷，易回银两，借资支放，乃川省咨覆，以山路难行，兵丁艰于转运，势难再议加搭钱文。湖南省又以易换滇黔大钱发兵饷，而行用维艰，兵情不洽，通懋迁而商贾畏缩，舆论未孚咨覆。至湖北省则现尚有贼匪滋扰，未暇及此。臣复于无可设法之中，再行筹画，咨商滇省如有积存铜斤，可以余铅交易，两省通融协济，暂运目前筹添鼓铸之需。接准滇省咨覆，以铜本短绌，不能多办，且本省已添炉鼓铸，更无余铜协济黔省等情。

至于银票钱票，本与铸钱相辅而行，兹欲筹添鼓铸，既多窒碍，则有票无本，亦属难行。臣与两司当此时艰饷迫，每以缺误为虞，既有部议变通补救之方，自当竭力筹办，断不敢畏难苟安，坐待贻误。无奈本省库款支绌万分，鼓铸成本无款可筹，且折耗过甚，种种窒碍难行，商之邻省亦均咨覆无可通融。臣惟有会同督臣裁汰兵额，以节糜费，并派员广宽矿厂，试行开采，冀裕课项。并据藩、臬两司具详前来，所有查明黔省难增鼓铸实在情形，理合恭折具奏。

派员率兵援楚并请免调各员折子　罗绕典

奏为派员统带官兵驰赴湖南援剿，并恳恩免调文武各员以重地方，恭折由驿奏祈圣鉴事：窃臣于本年四月十一日准湖南巡抚臣骆秉章、前礼部右侍郎臣曾国藩，由八百里咨称贼势全驻湖南，请敕下广东、云、贵督抚臣迅速派拨兵勇各二三千名，来楚协剿，并请调贵州参将闪云、游击图塔纳、马清杰、千总黄抡元、署清江通判韩超、即用知县徐河清挑兵募勇各等因，将折稿先行咨送到黔。

臣查楚省四达之区，江湖上游形势扼要，抚臣等因贼匪南犯，统筹大局，思患豫防，不但保荆湘之疆圉，抑且固黔粤之藩篱，深识老谋，洵为有见。惟黔省额兵三万六千四百七十七名，陆续奉调出师外省三千二百八十九名，又裁汰兵四千七百零一名，所存兵二万八千二百八十七名，现在调赴独山军营四千二百名，其镇远、古州、黎平邻近湖南、广西等处兵力已单，断难再行征调。其余各营汛存城分汛，在在需人，若再抽调二三千名赴楚，非惟需用乏人，实属空虚足虑。臣谨与贵州抚臣蒋霨远酌于黔省上游各营简调一千名，即令署抚标中军参将闪云统带，并饬千总黄抡元随同前往湖南，听候调遣。诚恐兵力不敷，再由臣处挑选滇兵一千名，简派得力将弁统带驰往，以资策应。

至所调之游击图塔纳驰驱从事，皆职分所当然，臣等何敢以夹带自储之才，而昧辅车相依之义？然黔省迩日情形殊非昔比，频年外患未消，潜谋间作，即如大定府僧人向性等，安南县民人丁幅受等，妖言惑众各案，均经该地方官及早访获，不致生事。独山匪徒杨元保等倡乱，前已由驿驰奏在案，现虽叠次获胜，兵端未弭。加以粤西盗尚如毛，黎平、古州一带时时告急，湖南又传警报，沿边数千里防堵三四年，人视黔省为安谧之区，臣等实有厝火积薪之虑。现因独山之乱，省城谣言纷藉，闾阎数惊，游击图塔纳本有城守之责，弹压巡防实有攸赖。是以此次独山军营抚臣未曾派令前往。其韩超、徐河清、马清杰皆在军营，正值攻剿吃紧之时，不特更替非宜，抑且乏员接署。前此臣等恳留升任福建兴泉永道承龄，已属万不得已，兹若再将各员调出，于独山军营省垣重地实觉两有（防）〔妨〕碍。合无仰恳天恩，俯念地方有事之秋，需人之际，准将游击图塔纳、马清杰、署清江通判韩超、即用知县徐河清，均免其调赴湖南，于军营曾无稍损，而于黔省实有裨益。

再该抚臣等所称募勇一节，前此候补道胡林翼调赴湖北所带练勇，皆该道数年来心血所注，训练夙娴，捕盗杀贼屡次冲锋，临行又复简拔添募，故能临敌用命，以少胜多。非黔省人人朴勇可能也，若以未练之众，随不习之将，临不测之地，未有能杀敌致果者。且聚则难用，散复堪虞，故此次独山用兵，只有韩超、徐河清平时招募之练数十名，则募练非难，而用练为难也。所有拨兵援剿，并恳留文武各员，及未经募勇各缘由，理合会同恭折由驿具奏，伏乞皇上圣鉴训示。谨奏。

实力举行保甲疏道光二十一年九月　　　　黎吉云

奏为直省保甲，久成具文，请旨饬下督抚申谕所属，实心实力举行，以定考成，恭折敬祈圣鉴事：窃照安民以保甲为第一善政，地方官果有心求治，则力行此法，百善具举。如上年福建贩烟奸商，闯入江西地方扰害，若行保甲，何至如此肆行无忌？当此海疆有事之时，各省亟宜切实奉行，以期于久安长治。顾维保甲之难，莫难于官得民心。官得民心则不劳而理，其要在不用书役而用民。旧例十家为牌，牌有头，十牌为甲，甲有长，十甲为保，保有正。其为头为长为正，皆听民公举，官但于四乡各择公正一人众所信服者为乡长，加以优礼，给予钤记。有公务许用钤封申送，以免使费。凡民公举保正等，众议允协，即由乡长报官，地方有盗贼匪类踪迹可疑者，由牌头递达之乡长，以送于官，官立为究治，不费民间一钱。其编审之始，即由乡长等办理，每户务令注载详细，如姓名年貌、住址丁口、田产房屋、远近亲戚、有无远出、有无同住之人，编成之后，汇为总册呈官。别为副册，交乡长收贮。其有迁徙生殁，按季改注。至于江岸海口，鱼船蜑户，亦当一体编列，使有统属之人以相联络。又仿宋臣真德秀画图之法，凡田畴、山水、市镇、道路、桥梁、寺观之属，靡不详列，而以民分布其间，与保甲册相为表里。如此则凡有案件，皆可按籍而稽。知县真知一县之事，知府真知一府之事。何善不举？何害不除？实为一劳永逸之举。所有四乡中，宜行各条款，如举团练以缉贼、设墙濠以清界、储仓谷以备荒，官但悉心劝谕，有不遵法度者，官为惩治，此外概不由官管理。民各有性情，谁不思保其身家？知本官实在爱民，则无不踊跃从事，其计画周密，有过于官长之督责者。若徒以空文相挟制，或更令吏胥滋扰，非徒无益而有害矣。

夫保甲之法，载在《会典》，近年以来，何啻三令五申？无如州县视为具文，鲜臻成效。臣思此法实为今日要务，合无仰恳天恩，饬下各省督抚，通饬所属，切实举行。三年黜陟，即以此定考成，庶几共相劝勉，而海内永臻安谧矣。

臣愚昧之见，是否有当，伏乞皇上圣鉴。谨奏。

整顿步军统领衙门积弊疏咸丰三年正月初十日　黎吉云

奏为步军统领衙门积弊太深，兹当更换提督之始，请饬大加整顿，复旧规以重防御，恭折奏祈圣鉴事：窃维国家步军营之设，立法最善，合满蒙汉为营，而隶于统领。自统领以至于委署步军校，层层管辖，步兵二万一千一百五十八人，分布周列，取象人之一身。营卫宣和，呼吸相应，于以捍外而护内，此八旗禁旅之制，为超越前古者也。讵行之久而百弊丛生，至今日几同虚设。臣闻该营之弊，有办事名目，约二十四旗，每旗办事者五人，五人中又有一总头。其五人皆出自召募，并非正身旗人。正身旗人注籍在营者，并不当差，但食甲米，饷银皆归于办事者之手，虚伍缺额，不足十之一二，统领查点，预雇有无赖之徒多人应卯。每次饷银，由办事者冒领，各处均有陋规，殊难究诘。甚至有把持地面，豢养盗贼，卖放米车出城之事。似此辇毂之下，骫法营私，设一旦有意外之虞，尚足以资保障乎？现在东南半壁，贼匪窜扰，则京营武备，亟须实力讲求。凡弁兵之隶于领侍卫内大臣者，隶于八旗都统副都统者，均宜日日训练，以壮国威。

而步军既同虚设，整顿实难稍稽。顷奉旨派左都御史花沙纳兼管，在莅任伊始，无所回护，相应请饬革去召募，永远不准有办事名目，专用满蒙汉旗都统闲散，由步军统领行文各旗都统开明额缺数目，令各都统挑选精壮能当差者足额，送步军统领衙门，妥为分散各地实力当差。至从前办事著名把持者，应请交刑部严讯追究，以绝弊源。每月钱粮，由各旗都统（眼）〔跟〕同印房章京放给，如此则饷不虚糜，一兵得一兵之用。抑臣更有请者，步甲每名月支饷银一两五钱，不足以资当差，莫若并三为二，庶人心自然踊跃。从来兵贵精不贵多，况即改三名为二名，为数尚自不少乎！至操习武艺，应请饬于健锐火器两营中派出多名，教习步军，其章程由统领妥议具奏。

臣为讲求武备起见，是否有当，伏乞皇上圣鉴。谨奏。

条陈时务疏咸丰三年正月

黎吉云

奏为条陈时务，恭折敬祈圣鉴事：窃洪逆占住武昌省城，为从前川楚教匪所未有，实为非常之变。然以臣观之，贼实无能为，惟有剿办得宜。及去年冬月由湖南逃窜时，贼势业已穷蹙，使尔时徐广缙下令督战，无难剿除净尽。且度之于理，其奸淫掳掠断难久稽天诛，而传习邪教绝无道理，不足以要结人心，并非紫色蛙声之可比。所赖一人率作于上，百尔励翼于下，赏信罚必，法立令行，无难立见荡平。谨以愚虑所及，分为八条，为我皇上陈之。

一请谕各帅和衷共济也。臣维天下事以和而成，以乖而败。今人智力不及前人，诚使虚衷有度，未必不可以数人而敌一人。臣窃见今日风气，莫难于和衷集事。或满与汉不相能，或文与武不相能，或大与小不相能，甚至满与满不相能，汉与汉不相能，其文武大小之皆然。以之共襄军务，将此欲进而彼欲退，甲欲战而乙欲守，各持意见，不相接应救援，其何能济？顷见皇上特简向荣为钦差大臣，向荣本被议之员，以其独能奋勇前进，即予升擢，仰见圣心公明，豪无疑滞。又命琦善、陆建瀛为钦差大臣，圣意盖望其同德一心，三面合剿，斯贼不足平也。臣鳃鳃过计，惟有向荣行伍出身，学养不必纯粹，全在陆建瀛、琦善之虚怀折节，以国事为重，不复稍存意见之私，则功无不就。前闻向荣在广西与赛尚阿、乌兰泰不合，在湖南与张亮基亦不合，惟与劳崇光相善。在陆建瀛、琦善未必所见不如劳崇光，一经温语谆属，则彼此和协，肤功易奏。此实安危善败之先机也，谨首及之。

一请饬办团练以固民也。今日之民久不见兵革，一闻贼警，虽隔居千里，早已搬徙一空。现在都圻已有被浮言摇惑者，此不可不急起而固之。在士民胆怯，原不能勉强禁止，惟到处举行团练，则见有所恃而不恐，谁自甘流离失所者？其办法如筑堡结寨、掘濠增墙、制器械严号令诸事，备载于阁学臣许乃钊《城乡守辑要》一书中，臣去年八月奏事，已经题及。前湖南抚臣骆秉章照刻，分给各州县，其办理得宜之处，贼过不敢入，其成效彰明较著。然办理不善，流弊极多，全在地方官认真督办，各乡绅士委任得人。尤宜先清内奸，方可以御外侮，然后相度地势，筑堡结寨防守。其中头绪繁多，办成良非易易，亦断不能因噎废食，以其难而不办，任贼长驱直入，盘踞蹂躏，流毒无穷。纵办理不能得力，贼闻有团，尚不敢肆行无忌，图为久踞之计。相应请饬各督抚臣认真设法，相度地势，严札各州县及时赶办。

一筹饷须于出入定制内参酌也。自军兴以来，我皇上轸念民依，不待疆臣帅臣奏请，往往宽为预备，源源拨给。无如承办者事机屡误，尽成虚縻。方今贼势披猖，所需军饷未知所底，臣工捐输其力易尽，不得不筹及增饷之法。臣愚以为自古理财之道，开源而外惟有节流，诚使各省藩司循名核实，于军需应支各款，认真据实开支，不使稍有虚縻浮冒，于寻常定例应支各款，可缓者缓之，可省者省之。如河南一省，二年来藩司所征，较前数年已多出数十万，惟能核实故也。使他省皆能如此认真，不待设法筹款，所入已属不赀，至不得已为权宜之计。臣再四思维，惟有二法尚可暂行者。拟分户口为三等，曰上户、曰中户、曰下户。除下户全不输纳外，上户每日输钱十文，中户五文，是故民无所损也。合计直省州县共一千四百四十九缺，其省会市镇多至十数万户，即简僻州县亦万余户，将盈补缩，只以每县上、中二万户为率，约略计之，每月可得五百余万金，每年可得六千余万金。各省大吏札行州县，赶办户口鱼鳞册，注明上、中、下字样，详缴上司。各大吏出示晓谕，注明数目，并谕以不得已暂借民力不肯损民之意。每年春、秋两季，由各该县绅耆汇收缴县，由县解司存库候拨，如此则虽军务稍稽，无匮乏之虞，亦无意外之变。或谓此论琐屑，而不免于扰。然试思《周礼》之赋，口率出泉，泉即“钱”字，汉兴定律，人出一算，是皆计口定赋，岂古之时以口计而不虞其扰，今之时以户计独虞其扰乎？必不然矣。此外惟有减平一法，课税所入仍依颁定库平，至所出之项，岁需二三千万金，均减一成发给。似此尚不见有变更之迹，俟军务告竣，一切复旧。请饬户部议复，祗候圣裁。

一请饬钦差大臣选兵分用也。所调各兵不能一律，用兵既久，不难周知，临阵杀敌，使勇者当先，则怯者亦勇，使怯者当先，则勇者亦怯。以臣所闻者言之，如副将邓绍良所带之兵，系湖南镇筸镇等十营之兵，合成八百名。已革副将瞿腾龙所带之兵，系苗兵一千名。贼在湖南两次轰城坍塌，系此两起兵出力保全，均经罗绕典等奏明在案。合无请旨饬湖南抚臣查明请奖，并查首先奋击者给予官职，以昭激劝。即以此两起兵交向荣用为先锋，其口粮酌从优加，以之临阵，自与未经试验者有间。此外各兵或宜战或宜守，均应挑拣区分，庶营伍之中精神振刷矣。

一要缺道府州县，请饬各督抚察看保举调换，以重地方也。团练防堵诸事，全恃地方官有干济之才者，始能用民力而结民心，故处无事之日，当无事之地，虽庸员亦可藏拙，自非然者贻误不小。在皇上一日万几，于选用各员，安能一一悉窥其底蕴？然犹往往有旨交督抚察看，其慎重地方如此。而在各督抚，见其人尚无劣迹可指，亦不肯参劾，上挠黜陟之权，至一旦误事，追悔无及。如岳州府是其前鉴已。岳州有险可守，有器械火药铅弹可用，使得一能用民力、结民心之员，贼匪自难窥伺，又安能径趋武昌？

语云亡羊补牢，未为晚也。今请于防贼各处之道府州县，均谕督抚细心察看，保举调换，如到任三月之后，团练尚未办成，致贼来有失误者，保举之督抚一并严议。

一请饬并用奇策，以纾兵力也。臣闻兵以谋为主，运用之妙，存乎一心，全恃主将临机应变，略举一二以俟采择。用挖煤挖铅之人掘地道，一策也。贼之攻城，在广西时，不闻有掘地道之事，过郴、永裹胁挖煤挖铅多人，在湖南专用此计陷城而不行，至湖北竟行其术。贼计能用此等人，我独不能用此项人乎？若用此等人至湖北，度地分掘，以陷城垣，因而大兵继进，较易为力。贼党之多，闻多由裹胁，未必均甘心从逆，以类相招，解散贼党，亦一策也。如有出城归我，即令剃发自新，不加以罪，并出重价雇用，自可勾引潜出，或用以作内应，所为兵不厌诈。此不过略举其端，引伸触类，是在当事者操之在握而已。

一请设法诘奸，以杜后患也。去年湖南省城被围八十余日而能完全者，查拿奸细之力为多。各街各巷添设栅栏，令居民分段巡查，各城派委员绅严查，奸细毋从得入。以故城屡塌而无内应，贼不知虚实，不敢径入。若湖北省城失陷之速，闻多由奸细先入城作应。此时各省府州县，均应请饬一体严查，认真盘诘，毋得视为具文。即都城重地，亦宜加紧设法查诘。都城道面宽阔，五方杂处，奸宄易混。现在传闻城外有张贴伪告示、传布伪通书之事，虽未知确否，然奸细不能保其必无。五营堆拨久形松懈，五城各坊捕役无多，应请旨即饬添设栅栏间墙，分段稽查，由步军统领申谕参游都守各官，巡城御史申谕司坊各官，督所属合力踊缉。一面查保甲门牌，客店庙宇尤当留心稽查，各段分界，令近居官宅互为纠诘，则奸宄不能漏网矣。各城门官不多，应请每门添设数员，以重其事。

一土匪乘间窃发，剿办宜速也。现洪逆占踞武昌，奸人必有闻而思附者，全在地方官精明敏捷，常与公正绅士接见，细察地方情形，见有端倪，即时剿办，所谓涓涓不绝，将成江河也。如湖南浏阳周国恩一股设立征义堂名号，臣闻此已数年，又闻其豪无本领，若地方官留心设法，早为剿除，何至流毒至今？其办法应请照去年剿办临湘土匪，以本地绅民为乡导，庶不致妄杀无辜。臣闻浏阳情形与临湘不同，临湘不闻有团练，现在浏阳良民有团兵数十起。应请饬湖南署抚，以官兵围堵其外，另派明干文武委员至该县晓谕，督率练兵攻贼，当可不费力而成擒矣。并恳皇上通谕各省，遇有土匪，立即认真设法剿除，万不可畏难因循贻误。

以上八条，臣以杞人之忧，抒管窥之见，竭诚披沥，不敢稍涉肤浮，伏乞皇上圣鉴。谨奏。

湖南文征　卷六

疏六

周历江防综度全局形势片

李星沅

再臣周历江防，综度全局形势，从前大江管键原在吴淞海口，今则以江阴县之鹅鼻嘴为第一重门户，丹徒县之圌山关为第二重门户，江面至此收束，宽不过五六里及八九里。由圌山关而上，焦山特立江心，其南为象山、北固山，其西金山对峙，又为京口切近门户。中间水深溜急，江面宽止四五里。焦山四面皆水，金山亦宛在水中，故未安置兵炮。江省防守，最要莫先于鹅鼻嘴，该处大小石湾，背倚君山、黄山，沿江南岸设有万斤、八千斤、六千斤各炮五十尊，北岸刘闻沙亦设炮三十五尊，堤防不为不慎。惟京口副将驻扎江阴县城，所辖京左右营分驻靖江、京口，江阴营兵亦无多，有事猝难应敌。查高资营都司额兵五百余名，本属京口协营，分驻内港僻地，拟并移驻江阴，或距县城稍近，容再饬查安兵处所，奏题另办。

又鹅鼻嘴、圌山关水操船只太少，查庙湾、盐城两营海曲沙淤，前拨舢板船只，拟勘明酌拨应用。至金、焦两山现未明设兵炮，有事或可暗防，攻其不备，亦当预计藏兵处所。原设京口水勇名不副实，已饬右营游击陈柏龄广为雇募，认真教演，由臣捐给口粮，随时抽调考验。

计自鹅鼻嘴至江宁省城，袤延六百余里，江洲平衍辽阔，炮堤必不能周，且止株守一隅，后路接应官兵亦仅此数。前次夷匪内犯，均一面驻船开炮，诱我迎敌，一面登陆抄袭，夺我炮台，吴淞即其明证。值此无事之日，势难多派重兵，常川驻守，节经严饬将备，各就现在兵炮实力讲求，按期操练，务令炮堤十四处，一气联属，呼吸皆通，万一有警，即行添调外兵，分布后路隘口，逐层设伏要截，以防登岸绕越。兵将相顾，奇正相生，庶几制敌之道。谨再附陈，伏乞圣鉴训示。

遵旨筹防泖湖再行酌度情形折　　李星沅

奏为筹防泖湖等处，遵旨再行酌度情形，会议覆奏，仰祈圣鉴事：窃臣李星沅承准军机大臣字寄，奉上谕：据陆建瀛覆奏，密勘泖湖等处设防情形，先行绘具图说一折，朕详加披览，如所议。斜塘口、拦路口等处豫置已旧粮艘贮石浮舣，以备临时凿沉，遏阻夷船来路。因思此项船只，虽以无用之物为有用之备，然各口门俱系往来出入要路，无端多设粮艘待沉，不惟有事无以制寇，即平时船只亦多窒碍，是欲阻寇而先以自阻也。且移运粮艘，亦易启夷人之疑，而究之于拦阻夷船，恐不足恃，所议似出下策。其所称两岸口门，用竹篓碎石镶筑裹头，及炮位无庸豫设等议，亦未周妥。着李星沅到任后，会同陆建瀛再行酌度情形，悉心筹画，妥议具奏。将此谕令知之，钦此。跪读之余，弥深兢惕。适查阅江防出省，拟即至苏会商，当经附片陈明。兹于八月二十三日行抵苏州，面晤臣陆建瀛揆度全局，屏除成见，悉心再四熟商，复同至宝带桥，亲历湖口，细察情形，钦遵前后奉到谕旨并各图说折件，逐层计画，务求慎密周妥，扼要筹防。

查黄浦江与吴淞江汇流入海，本苏州诸水之尾闾。泖湖内通苏州，外接黄浦，如斜塘口为第一重要隘，拦路口为第二重要隘，以地势论，择要而守，无过于此。惟所以守要之法，必须先事预防，俾此间缓急有可恃。亦须因利乘便，俾他族逼处无可疑。计由黄浦至泖湖斜塘口外，江水宽深，原无阻遏之理。即当斜塘口门，朝潮夕汐，大波轩然，亦未易言堵御，自应于口门内由深渐浅处所，酌量施工。前拟竹篓装石，平时抛入镶裹，以防激水展宽。又拟浮舣粮艘，临时凿底沉塞，以防番舶突驶，究于水道疏畅不可必，而于夷性疑虑不可知。叠蒙慈训周详，多方指示。臣等懔遵密计，展转思维，因泖湖居民往来贩运芦草，时用木筏过渡，较为便利。拟添购木簰数十架，于斜塘口近处，无事则分为小筏间段停泊，民不病涉，习以为常。有事则联散为整，捆扎坚厚，缒以大石使沉底，放之平水使截流，似平时形迹泯然，临时拦阻有备，而民船出入、农田宣泄皆可相安。

由泖湖至淀山湖是为拦路口，水面益狭而浅，且与内河密迩，帆樯云集，一有警报，约中号船四五只飞速驾往，载石凿沉，夷舶即难径入。其斜塘口外迤西一河，可由浙江嘉善县绕出苏州，又尖滩、老滩、古浦、野鸡墩各小口，尽有船只，届期一律赶办，无须专备粮艘。惟碎石必不可少，且难立致，应行先期采运。原议章练塘距泖湖仅三里，拟请移驻县丞一员，守备一员，外委一员，额外二员，兵丁一百四十名，合之旧设弁兵，共二百一十四员名，责令巡缉侦探。如邀恩允，新建衙署兵房需用碎石，即可借此为由分起堆贮，并木簰交汛看管。湖口所需千斤炮位，密存守备署中，相距甚近，调用亦尚便捷。

至黄浦江两岸，如闵行镇得胜港、东汉口、西汉口等处，均经安设炮位，提督驻札松江，自可就近防守。沿海倘有不逞，必于斜塘口一带分驻重兵，以资策应，而尤在良将劲旅摩厉以须，因地因时虚实兼用，最为先务之急。臣等受恩深重，断不敢苟且张皇，惟当审择机宜，整练营伍，慎谋于无事，防患于未然，以期仰慰宸廑于万一。所有遵旨再行会议缘由，谨密折覆奏，伏乞皇上圣鉴训示。

酌议现办淮南盐务章程折

李星沅

奏为查明淮南盐务，酌议现办章程，恭折奏祈圣鉴事：窃臣前因淮纲销路未畅，当合全局通筹，附片陈明，奉朱批：认真妥办，钦此。伏思两淮鹾务为国家度支所关，淮北改行票盐，著有成效，淮南课额较重，销数易亏，历年总无起色。臣甫膺重寄，考核攸资，敢不勉力承当，悉心补救？此次道经扬郡，与运司但明伦讲求体察，复随时博访舆论，详稽案牍，以期因革权衡。窃惟课之来源在乎引，引之去路在乎销，必有年销年额之盐，乃有年销年额之课，如丙午等年五纲，经前督臣奏准，推展减运，原为带销残引。查近年楚西两岸捆运引数，总在八十万左右，乃本年春秋二单，截至九月共止运过三十余万引，不及上届运数之半。正额尚多短缺，残引安望运销？且闻楚西存盐多至一百余万引，在扬未运及已派未认者，又多至一百六十余万引，商本占搁不赀，后运转输非易，此引盐壅积之情形也。至减运正项虽用照额全完，而杂款分带，未免递有延缓。从前运库实贮银三百数十万两，即二十五年六月运司但明伦接收交代，库存亦几及二百万两。现在运库存银止一百数十万两，而先后奉拨甘肃兵饷军需均系紧款，必须迅速解交。

此外如内务府节省银两，并外省盐规匣费利息等项，均各需用孔殷。河南赈恤米价尤为紧要，亦须各别缓急，次第筹解。设再拨放滋繁，库贮即难周转，此课项支绌之情形也。揆厥所由，官以畏难而因仍，商以畏累而机巧，成本增于杂费，行销滞于售私，年复一年，几同痼疾。若不于减运期内上紧设法疏通，届限断难复额，课源日塞，库藏日虚，办理从何措手？兹当丁未开纲伊始，先以内清场私，外截邻私为急，则治标之计。本年回空粮私，业经臣奏奉谕旨查禁，其川私粤私潞私浙私亦均咨行堵缉，并严饬各场稽查火伏，收缴废鏾，不准视为具文。

又引船夹带，向来为害最巨。经臣专委干员会营扼要搜查，即在扬州仙女庙报获一起夹私，至一百十五万九千余斤，又在江宁下关报获一起夹私，至三万二千九百余斤。均即提省审办。

他如慎出纳以重库贮、提缓课以备解支、派悬引则纲额悉清、删繁文则商本暗减、配运残引可渐疏销、提售新盐可免停积、裁浮糜巡费以备收买灶盐、禁捏报淹消以防船户盗卖，谨酌议章程八条，另缮清单恭呈御览。臣仍督同运司，因地因时，务全大局。凡有裨益课运，应为酌剂变通之处，容再相机策画，分别奏咨，遵旨认真妥办。总期治人治法相辅而行，殚竭愚诚徐图整理，仰副圣主垂廑禹策之至意。所有查明淮南盐务，酌议筹办缘由，理合恭折具奏。伏乞皇上圣鉴训示。

谨将筹办淮南盐务，分别因革事宜，酌议章程八条，缮具清单，恭呈御览。

一运库正杂商课，丝毫均关要款，当此慎筹国计，尤宜撙节实存，嗣后额解额支，应查照各藩库，于动放时专案报明备查。其无定活支等项，不分银数多寡，均查明原委，按款具详。由臣核准饬遵，不得先行动放，以凭斟酌删减。

一近年办理折运，收数较少，放款仍多，必得量入为出。现饬运司及早预筹，除运库实存银数之外，计今岁秋单、来年春单，应完商课是否足数支解，如有不敷，即将节年缓课，飞咨楚西盐道赶紧提回。并本年悬引缓纳课银，饬商就近在扬完缴，毋许延欠。

一楚西引盐，历派纲商认办，其有倒歇退悬之引，始准酌派招徕，近日率多化名诡避办运，有一商化作十余名者。现查丁未新纲，虚悬三万余引。又历纲积存已派，未认十四万余引，应将捏造假名一概删除禁止。所有朦退引数，均归各本商名下认回照办，其实在无着者，酌派通河各商，至历纲未认积引，责令已派各商纳课投请。如有违混，即照商欠盐课例，从严追究。

一淮商重运引盐，自完课请票以至盐船开江，凡管盐各衙门给发官件，如印本、银票、引单、底马、桅封、水程之类名目甚多，需索勒措诸弊即由此起，大为商运之累。现与运司熟筹，应裁者裁，应并者并，务使删繁就简，直捷易行。一切公件随到随办，毋许牵掣延阻，如有胥吏把持需索，严提究惩。

一楚西两岸岁约销盐八十余万引，而折实留运止六十余万引，是运足新纲之外，尚可带销二十余万引，应自丁未纲起，饬令各商将额派引数赶紧纳课发重。凡请运新盐一千引，配运残盐三百引，不得先尽残盐请办。其宁国、上江等食岸融楚者，本系轻则之盐，运销重课之地，未便转为占压，拟俟新纲运竣，再准请办。

一湖广存盐计引不下百万，前经奏明以三百万包为一档，按到船前后逐档售卖。惟先销积引，似与丁未新纲有碍，不能不酌中通变，即拟咨商湖广督臣，每于一档之中将盐船到岸停泊，两年以外者先提一百二十万包，两年以内者先提一百万包，新纲运到先提八十万包，仍以三百万包为一档，均匀派卖，毋许争先抢跌，亦不准高抬价值，自阻销路。

一查淮南巡费每年所需甚巨，从未得收实效，今拟酌留走私各要隘照旧派巡，其余一律裁撤。即以所省经费收买灶盐，使穷丁得有口食，不致偷卖济私。仍饬商配搭捆重，按引扣还接济。至州县营汛，本有缉私之责，查获私盐变价充赏，不准因裁除巡费，稍为松劲。如有庇纵，分别参究。

一盐船淹消，自道光十年奏定，止准补运，不准免课。迨后查有行舟实系遭风失险者，复经奏明，量为矜恤。近则报案叠出，甚至到岸停泊，亦报淹消，虚捏必不能免。即就补运之数，约计每年三五万引，积少成多，纲引亦形占碍。嗣后停泊盐船呈报淹消，概不准免课补运，船户盗卖之引，追赃给领，亦不准免课。其在大江行驶，猝遇风暴失事，经地方官勘讯属实，仍随时酌准，以示区别。

酌筹外海水师章程折

李星沅

奏为酌筹整饬外海水师章程，恭折奏祈圣鉴事：窃臣等前因江苏水师废弛，洋面盗劫频闻，胪列情形据实陈奏。钦奉上谕：着沿海各督抚，各饬水师将弁，不分畛域，认真兜截，不得稍留余孽。至该督等奏称水师废弛，原设营制未能尽善，现在整顿水师，严缉洋盗，另议章程，务当通盘筹画，于连界分捕合捕之处悉心妥议，总期责有攸归，渐著成效等因，钦此。臣等伏查水师出洋，首重船只。江苏外海，九营所辖，洋面辽阔，向止舶船十二只。臣等先务为急，现议劝谕绅商捐造添补应用，另折具奏。惟船备而镇将不力，弊仍与无船等，而镇将之所以得力，又在湔除积习，鼓舞新机，当因者因，当革者革，调度固需临事，巡缉亟应预筹。臣等体察情形，悉心妥议，谨拟言之必可行者，约举数端，敬为我皇上陈之。

一人才宜磨励也。江苏风气柔弱，水师尤难得人。近年洋盗未清，从不闻兵船在洋接仗之事。经臣等叠次指参庸劣不堪之镇将，分别革职枷号，并派文职大员督办各营，始知儆畏，勉力出洋，而昏晕呕吐，无状不备。又经汰其已甚，奖其稍可，革除陆兵名目，专从水务取材，数月以来，略有起色。如署参将刘长清、游击黄登第等，先后击沉盗船，擒获盗犯，救回被劫商船，皆近来所未有。惟全材甚不易得，要必舍短取长，明定赏罚，优者破格示奖，劣者加等示惩，驾驭而鞭策之，令其知感知奋。

一营巡宜变通也。苏松、福山两镇，同为外海水师，而苏松镇常年统巡外洋，秋冬兼巡内洋，福山镇仅止春夏统巡内洋，秋季会哨一次，未免劳逸悬殊。应从道光二十九年正月为始，苏松镇春秋统巡外洋，夏冬统巡内洋，福山镇夏冬统巡外洋，春秋统巡内洋。狼山镇本系陆路总兵统巡，有名无实，其轮巡外洋官兵，应听苏松、福山两镇调度考核，并南汇营都司守备，应与苏松镇标中营等六营，一体轮巡外洋，以资练习。

一会哨宜核实也。定例苏松镇总兵与浙江定海镇总兵，又苏松、狼山、福山三镇总兵，及各营将官，按期互相会哨，立法未始不善。近年则该镇将均止派弁，由陆路取结呈报，彼此并未谋面，遇有盗案，懦者懵然不知，黠者借词推诿，实为水师大弊。节经臣等咨会浙江抚臣，并通饬江苏镇将，必须亲往巡哨，一遇盗船相机兜截，另派干练委员轮驻海口，明查暗访。如再虚应故事，立即密禀核参，徇隐同罪。

一堵缉宜扼要也。现查江苏外洋，佘山最为吃紧。臣等遴委参游一员，带领兵船在彼寄碇，按季更换，如值该员巡洋之期，即作为过班递推派调。其统巡之总兵，除随时游巡外，常年寄碇崇明县之黑沙觜，稽查策应。傥仍收泊内港，一经委员查出，严参枷号示众。

一配兵宜足数也。原定舳船一只、大舢板船一只，各配兵四十名，小舢板船一只，配兵二十名。栖宿时形拥挤，偶值追逐洋盗，技勇亦颇难施，以致派不足数。臣等自上年冬间廉得其弊，核定大舳船配兵三十六名，大舢板船配兵二十四名，小舢板船配兵十六名，无论内河外海，一律照派，试行尚觉相宜。嗣后旧有船只应即照此派调，仍俟新造加宽加长之船工竣，再行酌办。

他如沿海接济必先杜绝，而后盗粮无可资，下海私船必先查禁，而后盗踪无可假，以及海口人户俱照内地编查，保甲借清勾结而免窝藏，一切应行事宜，屡经臣等照案谆切通饬，无庸另议更张。

至海洋捕盗之方，诚如训谕，必以不分畛域，认真兜拿为上策。而畛域各存意见，非独邻省难于兼顾，即本省界限亦有专司，几至牢不可破。此次通盘筹画，本省邻省，总期一力巡防，声势联络，分捕合捕，责有攸归，守之以严，行之以实，不敢侈言成效，尤不敢稍袭虚文，以冀仰副圣主绥靖海疆之至意。谨会同署江南提督臣来英合词恭折具奏，伏乞皇上圣鉴训示。

筹捐添造外海水师战船折

李星沅

奏为江苏外海水师战船不敷，现拟筹捐添造，恭折奏祈圣鉴事：窃照水师各营之驶船，犹陆路各营之驭马，陆路尚可马步兼用，水师则非舟楫断不为功。溯查水师定制，总以谙习水务枪炮为第一要义。江苏省额设外海水师九营，原有放大舢船旧式。大舢船共五十八只，轮班出洋，自道光二十年各营官兵派调防堵，舍水守陆，修造未遑，渐致船只缺额。至二十二年存营存厂之船遂不可问，水师因之废弛。嗣于善后案内，钦奉谕旨变通船政，前督臣耆英查明江苏外海，惟放大舢船最为合宜，定议具奏。复经前督臣壁昌遵旨体察无异，即成造十二只，发交苏松镇标中左右营、福山镇标左营，及川沙吴淞营共六营，每营各二只，以一半配兵出洋，一半存营按季轮替。惟狼山镇标右营、掘港南汇营亦系外海水师，尚无放大舢船，所有舢板船只，出洋殊难应用。

综计江苏洋面，自浙江至山东两省交界，南北二千余里，东西更为袤延，操缉巡防，仅止舢船六只，为数太少，无论分捕合捕，均难得力。且盗船近从闽浙而来，时以浙江渔山为巢穴，或三四只，或六七只，聚散无常，北窜伺掠，亦非舢船六只所能分投抵御。臣等自上年冬间专委文职大员驻札十滧海口，会同苏松、狼山、福山三镇，于存营舢船内酌调四只，凑成十只，又雇募民船二十只，并饬外海水师九营挑选兵丁，以将备为统领，千把外委为管带，配坐各船责成署苏松镇总兵田浩然为总统，分驻佘山及黑沙连头等处要隘，俾盗船寄碇无所。始得稍有端绪，节据禀报击沉盗船，擒斩匪犯在案。

惟雇船巡洋本非长策，而舢船十只又须轮流修舱，动形掣肘，要以添造船只为正办。即饬据三镇总兵议请查照现在舢船式样，加长加宽，添造三十四只，分给各营配兵巡缉。如佘山外洋水深风大，盗船冒险游奕，商船失事大半在此，虽经水师遵札轮驻，一遇风潮仍须收回内洋。闻广东省艇船高大坚固，能御波涛，议请仿造数只，以为驻守佘山之用。并据上海厅县禀报绅商郁松年等，因以泛海为业，情愿捐资造船，犹恐缓不济急，仍先雇募船只水勇协同官兵巡缉等语。臣等查水师巡船原数，此时照额造补，势有所难。即各该镇议请酌添舢船三十四只，经费亦复不赀，合力捐办，较为易举。而捐项非克期能集，雇募船勇更不可以为常，应先筹款兴造，以期迅速。因思善后存余银两，计尚可造大舢船十只，现拟饬司提拨，赶紧设厂添造，以为之倡。俟上海捐数有成，即行接续添造，以三十四只为率，余仍归补。现提善后银款，所有上海捐造船只，及上年迄今捐雇船只水勇之绅富，好义急公均堪嘉尚。外此官绅客民，如有捐资造船者悉从其便，统俟事竣后，核明捐用银数，吁恳皇上天恩俯赐，查照江苏省捐输米石成案，给予奖励，用昭激劝。

至广东艇船必借广东舵手驾驶，而于江苏洋面尚难必其相宜，如前此同安梭船试造不能合用，欲卖则无售者，欲改则为弃材，废搁海壖，忽经数载。甚至本年正月因民间放灯遗火，焚毁一只，正在饬司严究。是以艇船一项，臣等未即饬造，拟先雇一只试行，如果适用，再行酌办。除将整饬水师事宜另折陈奏外，谨合词恭折具奏，伏乞皇上圣鉴训示。

南盐因灾绌运酌筹办理情形折

李星沅

奏为南盐因灾绌运，酌筹办理情形，恭折奏祈圣鉴事：窃淮南盐务，于丁未开纲后，经臣酌议章程奏，奉谕旨督办，节次札饬运司谕催各商，早运一引之盐，早收一引之课，方冀疏销存积，商本周转从容，请运渐能踊跃。乃值江湖河海上年泛涨异常，四五省销盐引地，二十场煎盐灶舍，及仪征捆盐、沙洲屯船运盐纤路，同时被水淹漫，实从来所未有，停捆停运几及半年。臣于勘灾请赈折内，曾经附奏在案。迨至江水渐落，刻期催办，时已冬令，报运寥寥。统计一岁中，运盐四十万三千余引，于近年为最少。

现查纲食各岸未运残盐，及在途在岸，存盐为数尚巨。体察全局，夙夜筹思，据运司但明伦覆称南盐当疲敝之候，水灾重困益深，若在乾隆、嘉庆年间，原不难铳销一纲，又可支持数载，方今制用孔亟，断不敢轻言及此。惟有划清残引，赶运新纲，自戊申纲起，专征新课正银，全完报拨杂项。尽收尽解无误要需，其戊申以前积欠如盐规匣费利息等项，循照辛卯成案，暂行停缓，俟残课收回，补解济用，详请具奏前来。臣查淮鹾先课后盐，各商纳新运旧，在场欲年运年引，在岸必年额年销。历纲套搭未清，前后统算占搁成本不少，而残纲所完杂项，又因新纲杂课未完通融垫用，解款转觉周章。该运司于运新带残之中，议应停缓积欠。新课既免占压，残课亦易疏通。京外各衙门公需尽收尽解，并有缓纳杂项收回应付，核之库贮商情，两无窒碍。

臣以上年运务既因水灾致绌，本年春单发运，未敢稍事拘泥。已饬运司谕商照议办理，赶紧完课运盐，务令解支无缺。仍察看运销情形，如有应行变通之处，随时酌议奏办，仰副圣主廑念淮鹾之至意。除饬运司查明积欠款项，造册呈送咨部外，谨缮折具奏，伏乞皇上圣鉴。谨奏。

南漕分成改折易滋流弊折

李星沅

奏为南漕分成改折，易滋流弊，恭折缕悉陈奏，仰祈圣鉴事：窃臣接准户部行知，以臣前奏抽查折漕，力求有利无弊一折，现经王大臣会议覆奏，并开呈折漕酌办章程六条，奉上谕：着李星沅即会同江苏浙江巡抚，将新议与旧章悉心参酌妥办等因，钦此。当即钦遵恭录，咨会江苏浙江抚臣，屏除意见，体察会商，另折奏请训示。

伏查造报积欠一节，前次奉到谕旨，即同江苏抚臣饬司督属依限赶办，并奏明添派委员提催。臣前折所陈，语多悬虑，盖为实银筹补，非为实账报查，且为抽查计期，非为清查展限。兹荷重申巽命，谆切详明，益当凛遵画一，不准稍有迟误。至南漕改折一节，果能勉循恩谕，因地制宜以苏民困，及王大臣原议，一转移间经费有补，此变通尽利之举，奚容以难办为词？臣所见为难办者，惟恐国计民生功效未能立应，而或不肖州县明开浮勒之端，不法吏胥暗长讹索之渐，曷敢轻于尝试？臣前折首重采买，于折征意有未尽，谨再为圣主披沥言之。

查《户部则例》内载漕米改折，江苏粳米每石折银一两，粟米每石折银七钱五分，正改兑米每石折银一两二钱，例价为数甚轻，照此折收，官民称便。惟南方粮值贱，北方粮值贵，加以水陆运脚非例价所能采买，不得不酌量议增，而示谕例有明文，漕政攸关，迥非州县通融办法。若就州县折色分别轻重等差，无论各州县情形不同，即一州一县中情形亦各不同，治丝而棼，几无端绪。且不能舍户部定例，转执州县勒价为凭，多则征收不前，官项又将那垫，少则采买不足，仓储洊致周章。此国计之难也。

通行一条鞭征法，易知易从，今以某州县额漕内应折米若干，某里某户额漕内又应折米若干，数目奇零，催科细碎，粮册粮票，开载愈烦。且如折银完漕按照市价，而银价时有长落，将今日少完，明日复多完乎？年景时有丰歉，将今岁少取，明岁复多取乎？小民正愁谷贱，兼值银荒，以有易无，展转亏折，而又不得确数，输将恐后，仍叹追呼。此民生之难也。

州县借有帮需，不免私收折色，然以羡补不足，尚未敢显著为令，且皆制钱洋钱随便抵算，非若折漕解部必须一色现银。今如明示折收，又未通行定价，州县将无顾忌，假公济私，甚至为通收分解之弊。征收从重，报解从轻，视帮需为盈余，并火耗以加费。迨经查出参究，闾阎受累已深。况运费能减不能裁，如令折色若干全行解部，本色若干将何交帮？势非折而又折不止，此防州县浮勒之难也。

吏胥为良民害，由来久矣。江苏漕额最重，科则最重，粮书经造勾串诈混亦最重。即照定额征漕弊已层出，若复兼收折色听其参差不齐，此辈因缘为奸，更可高下其手，多一名色，多一利孔。本官固为所挟持，上司亦不胜拿办，脂膏朘削究惟编氓任之，此防吏胥讹索之难也。

夫法穷则变，原可更新。变而难通，不如守旧。臣有统辖之责，既未能力全漕额，豫拟丰收，复何能胶执臆说？兹事体大，他省赋轻额少或可议行，独于江苏时势揆度利害，总觉行之维艰。同一为国为民，王大臣筹议于内，疆吏筹办于外，均非意存成见。伏读上谕：准米折银，以百万石为率。系约略之词，亦在该督抚等权衡缓急施行，钦此。又王大臣奏称不得已议及折征，如何核办方臻妥协等语。仰见宵旰勤求盈廷襄赞，只期万全无弊。此中委曲繁重，即臣备员江省，亦未敢自信周知。钦奉饬发折漕酌办章程六条，谨当会同江浙抚臣，再三悉心参酌，或兼新议，或仍旧章，或民折官办，地方径行解银赴部，或带征缓漕，届限专款折银报完，利取诸因，事惟其便，不敢以一奏塞责。此折力疾创稿，谨缕悉陈奏，伏乞皇上圣鉴。谨奏。

奏请叩谒大行皇帝梓宫折

李星沅

奏为沥陈哀悃，吁恳鸿慈俯准微臣叩谒梓宫，瞻觐天颜，恭折具奏，仰祈圣鉴事：窃臣于湖南省寓惊闻大行皇帝龙驭上宾，抢地哀号，五中摧裂。钦惟大行皇帝圣神文武，久道化成，三十年如一日，普天率土，渥被仁施，沦肌浃髓，怆兹大事，万类衔哀。皇上至孝弥纶，笃思罔极，宸怀益深悲恸。惟当乾元作睹，临御万几，承宗庙社稷之仔肩，胥天下臣民而托命。伏乞圣躬保卫，勉节哀思，薄海苍生，同声叩祷。臣由翰林外用知府，仰蒙大行皇帝特达之知，曾不十年，洊膺疆寄，生成逾量，感矢捐糜。上年四月，臣于两江总督任内，因患症结掣痛，据实奏，蒙恩允回籍调理。复于交篆陈谢一折，钦奉朱批：一俟痊愈，即行来京，朕切望之至，卿当谅之。钦此。跪读之余，弥深感涕，方期医治稍愈，即速北上。何图鼎湖长痛，怆极终天，泣血之诚，不能自已。惟有吁恳鸿慈，准臣叩谒梓宫，瞻觐天颜，俾臣犬马余生，力疾稍申哀悃，不胜迫切待命之至。伏乞皇上圣鉴训示遵行。

筹议新疆事宜疏

易棠

奏为遵旨筹议新疆变通事宜，谨就管见所及，据实密陈，恭折奏祈圣鉴事：窃臣于本年六月初一日，承准军机大臣密寄，咸丰四年五月十六日奉上谕：户部奏边饷浩繁，协拨不继，亟宜变通以期经久一折。前据奕山等遵议变通新疆兵制，及豫筹经费各条，经军机大臣等议，以所奏未能核实，请谕令详细覆奏。未据该将军等奏到，现在内地军务未竣，度支告匮，所有新疆各城经费，及协甘兵饷，几至无从筹拨，若非设法变通，断难经久。着奕山等各就地方情形悉心筹画，将各城兵制应如何变通，所需经费等如何设法核减，不致以兵饷匮乏难继别滋事端，此系边疆紧要关键，务当通筹全局，迅速详细驰奏，毋得互相推诿，敷衍塞责，一奏了事。户部折着抄给阅看，将此各密谕知之，钦此。仰见皇上廑念边陲，俾资久远之至意，跪诵之下，钦服难名。

臣伏查新疆地方，自乾隆年间戡定后，设立重兵分驻防守，俸饷经费为数不赀。即一切应用物件亦皆取办于内地，百年以来所费何止万万？诚如部议，即帑藏充足亦当筹议变通者也。夫土者财用之所自出，必使本地之财足供本地之用，而后足以经久，则处今日而议变通，亦不过曰开财之源、节财之流而已。生财之道莫先于开垦。查咸丰元年，伊犁将军奕山等会同议覆御史张廷瑞条奏新疆事宜折内，声叙伊犁共垦地七十六万余亩，乌噜木齐共垦地一百五十二万余亩，叶尔羌等处共垦地八十余万亩，合计不过三百万亩有奇。甘省地土硗瘠，计纳粮地二千余万亩，新疆延亘万里，所垦地亩不过甘省十一有零，揆之地利，似未有尽。查该将军等会议原折，声明饬属广为查访，如可设法引水开垦，即行详请筹办。又称地土肥沃，水草茂盛之地，皆圈为孳生及满汉各营马厂，是该处未必尽无可垦之地。现据该将军来咨，拟将存留驼马变价，则该处厂地，除酌留营马厂外，其余亦可开垦。

又查兵屯地亩，其所垦之地往往倍蓰于所给，每年此种彼闲谓之歇稙，固为休养地力，要亦地多工少所致。若将歇稙之地另召承种，粮课可期倍增。他如水草畅茂之处则疏凿泉源，傍山积雪之区则多作渠埝，灌溉有资，垦种可以渐广。至该将军等会议原折，但称兵丁不便加屯，而于民回屯地是否尚可加增未据议及。又议复南路情形，但称各城向无兵屯城外，地亩皆系回众耕种纳粮。此外道途窎远，即有水有地可设兵屯，恐仓卒有事，征调不及，且致弃业无顾，而于该处是否可以招募民回开垦亦未议及。臣愚以为兵屯虽有未便，似可招募民回广为垦种。其南路窎远不便屯兵之处，若招募附近回民一律垦辟，既可裕课，亦可实边，似亦一举两得。

又查该将军等原折内，称回疆商民并无家属，去留无常，巴尔楚克招民开垦，屡招屡逃，迄无成效，追令废员捐招眷民一百户，六年之久始行办成，足见开垦地亩，总以招集眷民为要。臣愚以为内地民人赴口外谋生者，宜广为招徕，悉准携带眷属，少弛出边之禁。其南路各城换防官兵，上年经臣奏准如伊犁等处之制改为眷兵，若能陆续招募，毋须再行调拨，则日久生聚，亦可借资开垦。总之地辟民聚，赋入自可日增，开财之源不外于此。然此非可期效于目前，而欲求暂节其流，则非裁减兵额无裨实济。新疆各城宿兵数万，有岁支俸饷者，有预调经费者，每岁所需约银一百七八十万两，其中惟伊犁兵饷为最多，岁需银七十余万两。乌噜木齐次之，岁需银三十余万两。巴里坤又次之，岁需银十六万余两。其余各城或岁需数万两及数千两不等。开拓之初，地处遐荒，反侧初定，故历办善后事宜，惟以壮兵威严边备为重。其时物力充裕，于经费固所不惜，今则治平已久，耕牧相安，兵力似已少纾。且度支竭蹶，筹饷维艰，更不得不于无可撙节之中设法撙节也。现据叶尔羌参赞具奏，请裁叶尔羌满营防兵、巴尔楚克绿营防兵各五十名。经部覆准南路驻兵较少，尚可裁撤，推之他处，自亦可行。臣请就其可裁者言之，如屯兵一项，该将军从前会议折内声明，兵丁不谙耕作，赔累难堪，且农事武事势难兼习，故乌什喀喇沙尔、吐鲁番历有裁屯归汛、改拨民回承种之案。惟伊犁尚有屯田兵二千余名，乌噜木齐尚有屯田三千余名，若一律召改民回承种，既可俯顺兵情，亦可无亏课额。且此项兵丁，武事既难兼习，操防自属虚名，撤屯后自可暂令入伍差操，遇有缺出停其募补，于兵备无损，而于饷需大可节省，此可裁者一也。

又上年乌噜木齐都统乐斌，会议变通新疆兵制折内，请由乌噜木齐提镇两标，添派南路换防绿营兵一千二百名、满营兵三百名，经军机大臣会同户部议覆，俟军务告竣，再行派往。臣查上年轮值五年班满之期，因军务未竣，未经更替，所有南路各城班满官兵留驻一班，至咸丰八年始行班满。如此后可悉改为眷兵，则乌噜木齐议添之兵无须调往，此可裁者二也。

又臣现准伊犁将军奕山来咨，该处驼马牛羊，存留久饲，徒滋烦费，莫若照时价变卖，可值银四万余两。该处牲畜既议变卖，经牧官兵自可入伍差操，日后出缺停其募补，此可裁者三也。

要之南北各城，虽地有轻重，事有繁简，情形不同，然去兵存食乃不得已之权宜。今饷既不足，多一兵转多一兵之累，臣谓宜酌量成数，将应裁兵额先行核定，不必遽裁其人。惟遇有缺出停其募补，使兵不失业，饷不多糜，虽目前所省无多，数年之后于经费必有裨益。至新疆兵额，历年以来屡议增减，原无一定，如日后度支充足，再加兵额亦自无难，是在各该大臣悉心妥议，斟酌办理也。

至上年户部所议新疆抵充经费事宜十条，因覆奏未能核实，经军机大臣会同户部议驳，奏奉谕旨令再详细覆奏。现据该将军等拟议列款，咨商臣详加查核，有可以照办者，有应行商酌者，现已逐款咨覆，嘱令熟筹核办。查口外封储、实存二项，业已抵充经费，所剩仅七万余两，此外可以节省者，亦不过十万余两。现经伊犁将军以口外兵丁搭放银票，钱钞无从行用，奏请将满兵减五成，绿营减三成给发。若乌噜木齐及南路各城照此办理，每岁可减兵饷十之三四，然尚须百万两上下，仍不能不仰给于内地。查口外明岁兵饷，本年秋季底即须由甘拨解，而各省协饷旧欠既多，新饷亦难指望，甘省虽竭力筹维，终难抵此巨款。目下不独明岁口外兵饷筹解维艰，即内地饷需亦未能按时给发，日后支持更难为计，是所急者正不止关外遐陬也。目下各路军营大兵云集，仰赖皇威远播，统兵诸大臣力图剿贼，迅奏荡平，俾度支少纾，各省协饷得源源解到，则边兵咸歌鼓腹，经久事宜亦可次第料理矣。

至新疆一切杂费，臣未能周知，其内地有案可稽者，如农具纸札等项，皆系相沿旧例，在内地采买，岁需银七千余两，若改由本地购买，或官自备办，亦可少资节省。近日乌噜木齐有裁驿归台，并裁理事通判之奏，有免拨内地营马就地变价之奏，叶尔羌有裁经牧章京之奏，当年旧制可以变通裁减者当不止此。

他如博采矿砂以收地利，广铸钱文以资饷项，皆于经费不无裨益。臣愚昧之见，是否有当，谨据实覆奏，如蒙采纳，应请饬下该将军都统参赞及各大臣等，妥速筹议，据实奏办。所有遵旨覆奏缘由，谨缮折密陈，伏乞皇上圣鉴训示。谨奏。

请招募猎户防堵番贼疏　易棠

奏为拟请招募猎户堵御番贼，并试采金砂作为口食，以重边防而资地利，恭折具奏，仰祈圣鉴事：窃臣前因甘肃沿边一带连年番贼滋扰，恃其枪马便捷善于伺伏，官兵追捕往往失利，惟猎户一项较为得力。经臣移行提镇谆饬各属多雇猎户，教练兵丁勤习鸟枪，一有番贼窥伺，即探明要隘，设伏攻击。曾将办理情形于上年三月内附片奏明在案。嗣准甘肃提督臣索文来函，以提属察汉俄博营所管之亦斯们沁，为番贼往来扼要之区，拟招募猎户一千名，责成营员管辖，令其远探近防，以固甘凉后路，并令猎户试采金砂以资口食。臣当以招募猎户堵御番贼，令其试采金砂，自食山谷之利，无须另筹经费，尚属可行。惟事属创始，必须筹计万全，方免别滋流弊，函覆提臣，嘱令责成营员认真办理，不准闲杂人等混行阑入，并嘱妥议章程，移覆酌办。旋准提臣酌议咨覆，并请由臣出示，严禁商贩运粮出卡，经臣照议缮给，告示咨覆试办，嗣复准提臣索文咨称，亦斯们沁安设猎户一千名，边疆驿路悉臻安静，拟再于附近之野牛沟、沙金城二处，各招募猎户一千名，连前共三千名，一半淘挖金砂，一半防堵番贼。以采获之金砂济猎户之口食，俟试采一年后，如果金苗旺盛，再由文员议请升科等情。

臣查野牛沟一带，道光初年曾为汉奸盘踞，借挖金砂为名，勾引野番乘隙抢掠，经前督臣那彦成奏明封禁，原不应轻议开采。惟利之所在，小民趋之若鹜，节年虽经查禁，而奸民之偷挖与兵役之包庇，仍在所不免。且十余年来番匪猖獗，日引月深，皆由武备积弛，自堕藩篱，初非尽由私挖金砂之人勾结指引。现值军需浩繁，度支竭蹶，经户部奏准，令各省开矿以尽地利，并钦奉谕旨，令各督抚力筹变通济急之策，自不应拘泥原案，以天地自然之利置诸无用之地。今议请招募猎户堵御番贼，试采金砂以资口食，系为因时变通起见。惟利弊每相倚伏，全在权其轻重，设为制防，庶操纵在我，不致有末流难制之患。所有亦斯们沁前募猎户千名，是否实止此数，有无闲杂游民混迹？现议野牛沟、沙金城添设猎户各千名，是否尚可裁减？如何设立头目，稽查钤束，游民混迹如何防范？金苗衰歇如何散遣？及现需口食如何购买稽查？均宜先事预筹，以免滋弊，当即遴委西宁镇总兵双锐、升任两广盐运使甘凉道李恩庆、西宁道毓科，会同提臣详细履勘妥议具覆，以便核办去后。

兹据提臣索文会同该镇道等，覆称于本年二月初五日，会诣亦斯们沁等处逐一勘明，缘察汉俄博营地处卡外南山与甘凉边界，中隔一山，形如扇面，山南自凉州属之平番县，至肃州嘉峪关止，仅长六七百里，较之山北大路由平番抵嘉峪关，计程一千三百余里，颇为便捷。亦斯们沁及迤西之野牛沟、迤东之沙金城，均系山南要隘，相距三百余里。前于亦斯们沁安设猎户，仅可防堵甘凉二州之扁都口等口隘二十七处，其余各口隘势难兼顾。今议沙金城安设猎户，堪以堵御凉州属之一颗树等口隘三十处，野牛沟安设猎户，堪以堵御甘凉肃州所属之大磁窑等口隘十八处，与亦斯们沁声势联络，须每处安设一千名方足以资震慑。并勘得该三处实俱产有金砂，所募猎户，拟以一半专司堵御，一半淘挖金砂作为口食。所需猎户，山南即招西宁、大通、河州三处户民，责成大通县军功蓝翎从九品文生孔廷俎总管，山北即招张掖、山丹、东乐、抚彝、高台五处户民，责成山丹县文生李凌霄总管。均择其素习射猎兼务农业者，分为两翼，按名给予腰牌，注明姓名年貌籍贯，其外来游民及无家室者概不准滥收。仍遴选家道殷实老成服众之猎户，作为练总，每人管辖猎户一百名，每一练总名下，分设小头人十名，各分管猎户十名，官为制给旗号、枪炮、刀矛、器械，由该总管及练总人等督率团练，倘有弊窦，惟该总管等是问。

至亦斯们沁一带地气严寒，不产五谷，猎户所需米面计口授食，止准由扁都口运出，其余各口概行封禁。山北责成永固协副将，山南责成永安营游击，互相稽查，俾口粮不得私贩，入山游民无从得食，自可禁绝。倘金矿日久衰歇，该猎户俱有身家，可以不遣自散。并据声明，前在亦斯们沁安设猎户一千名，均经按名给予腰牌，责成头人管束，由察汉俄博营都司按月结报提督衙门查核，委无闲人混迹之事等情，复经臣檄饬藩臬两司确核妥议去后，兹据藩司段大章、臬司常绩核明所议，均与边防有裨详请具奏前来。臣查防番之道，全在该提镇等督率沿边将弁，实力侦探，先事提防，一有番贼窥伺，立即督兵掩捕，自不致深入滋扰。至猎户生长山谷，素以打牲为业，鸟枪较准，且路径熟悉，履险如平，素为番贼所惮，实足辅兵力之不逮。上年西宁一带番贼虽屡有窥伺，均经兵猎人等随时击退，夺获赃物割取首级，未能得利而去，较从前之动辄深入者颇觉有间，甘凉一带亦俱静谧。提臣索文上年于亦斯们沁地方安设猎户，并无番贼滋扰，似已粗有成效。今议请于野牛沟、沙金城二处，各安设猎户一千名，连亦斯们沁所设猎户共三千名，以一半淘挖金砂，以一半防御番匪，既可慎固边防，亦免另筹经费，似属一举两裨。

所议设立总管练总人等以资约束，分给腰牌以免混冒，稽查口粮以杜闲杂，亦俱妥协。惟采获金砂必须官为稽核，应令该总管按日登记确数，除散给猎户人等口粮外，余俱按月缴官，以杜隐混。所有总管及练总人等，傥有弊混及经理不善，即行随时更换，分别惩处。

至升科一节，该提督原议试采一年升科，嗣经该镇道等会议以一年为期太促，请照开垦地亩之例，以三年后升科。臣查甘肃安西州敦煌县开采金砂，均系按夫定课，每年解京备用。现在试采伊始，所有采获金砂，应由该提督按季册报臣衙门。于一年限满造册报部，仍俟试采一二年后，察看情形，应如何酌定课额，另行核办。

再据该提督声称，所募猎户均各有身家，如矿苗衰歇，可以不遣自散等语。臣查矿苗衰旺，皆由积渐而然，应令该提督随时察看，如日久矿微，即将所募猎户陆续减撤，毋致聚集滋事，相应奏恳圣恩，俯念边防紧要，准其招募猎户试行开采。所有未尽事宜，仍由提臣索文详晰筹议，由臣督同两司悉心酌定，责成该提督督率营员认真经理，毋致稍滋流弊。所有拟请招募猎户堵御番贼，并试采金砂以资口食缘由，理合恭折具奏，是否有当，伏乞皇上圣鉴训示。谨奏。

请拨铜资铸疏

易棠

奏为甘肃兵饷紧要，搭放钱文为数甚巨，请将四川泸州积存滇铜酌拨来甘，以资鼓铸，恭折具奏，仰祈圣鉴事：窃照甘省岁需兵饷银四百余万两，全赖各省协济，自咸丰二年至今，各省欠解至三百余万之多。司库存银垫发殆尽，本年兵饷虽经户部照常指拨，而军务未竣，各省能否解到，殊难预定，支发兵饷刻难缓待。前准部咨，议行宝钞，按五成搭放兵饷。甘省岁需钞四百万串，目下部钞尚未发到，臣现与藩司段大章商酌，先行刊印司钞搭放，俟宝钞到日再行更换。惟行用官票必须豫设官钱铺，使之有钱可取，方能信用流通。臣前经饬司委员购买铁斤，采挖胆矾炼铜，并收买旧铜，采办白铅，以资鼓铸。但开采煎炼，及分途购买，事涉繁重，有需时日。且应用钱文为数甚巨，臣与藩司悉心商酌，云南岁运京铜六百余万斤，均运至四川泸州，由川河水运下达湖广，取道运河始抵京城。现在江面阻隔，所有滇省铜斤，存寄泸州未能拨运。目下甘省需铜甚殷，前项铜斤与其存积泸州无裨京局，不若酌拨来甘，尚可权济一时之急。

查泸州水道，顺流至重庆入嘉陵，江溯流而上达陕西之略阳，与甘肃秦州、徽县连界，若水运至彼，改由陆运至省，计程不过一千余里，所需运脚尚不至于过费，于支放兵饷不无裨益。据藩司段大章具详前来，合无仰恳圣恩俯准敕部，于滇省运泸铜斤内，酌拨二三百万斤来甘，以便加卯鼓铸，借资搭放。臣一面咨明云贵、四川总督，并饬司委员赴泸等候，一俟部文咨行到川，即行拨运来甘，以免迟误。所有请拨泸州积存滇铜来甘鼓铸缘由，理合恭折具奏，伏乞皇上圣鉴。谨奏。

炼铜资铸折

易棠

奏为访闻山场出产胆矾，现在开采仿照古法，浸铁炼铜，以资鼓铸钱文，谨将办理大概情形恭折奏闻，仰祈圣鉴事：窃臣前准户部抄奏行知，拟以现制官银票暨大钱样，颁发直省设立官钱总局，招商承办钱票搭放各项，并筹画铜斤以资鼓铸，钦奉朱批，依议速行。臣因甘省向无开采铜矿铸钱之事，当将暂提库存制钱二十余万串先行搭放各项，并访查有无可采铜矿，另行办理缘由，奏闻在案。臣复周咨博访甘省地方，现未闻有产铜之处，惟闻皋兰县属距城二百余里之白银厂一带出产胆矾，土人往往私行挖取，并用该处之水炼铁作铜，事颇秘密。臣考之方书，胆矾本名石胆，可以化铁为铜。复详稽前史，宋时曾以胆铜铸钱，各场均有岁额。其法以胆水浸铁，刮取赤煤三炼成铜，载在《宋史·食货志》，是现在访闻之说并非无据。当面谕兰州府知府邓庆恩，委员前往该处觅得胆矾少许，试行浸炼，果如所闻。复饬藩司段大章派委前任河州知州蒋立鏊，前往白银厂一带，招募能识胆苗之人遍行踊寻，并雇募工匠连日开挖，凿透石板数层，始见矾肤，矾肤之下，始为矾脑，现已陆续采获，就近设厂浸炼。其未经采出暨已见胆苗者为数甚多，尽堪应用。

臣查验矾脑，色系灰白中夹深碧，胆矾其色正如铜绿。该委员试加浸炼，矾力厚薄不一，大约用矾脑二斤浸铁一斤，刮取赤煤可炼铜十两以上。如专用净矾，则其力较厚。现虽未试有准确分数，以应用工本，暨开炉鼓铸之费，约略计之，较之采买铜斤，省费不啻倍蓰。大约铸成当十当五大钱一串文，工本不过在五六百文上下，以之搭放兵饷，于钱粮大有节省。此皆仰赖皇上宵旰勤劳，诚求保赤，是以地不爱宝，川岳效灵。现值节交冬令，山谷苦寒，采炼殊为不易。臣现在饬令尽力办理，一面饬司宽为采购，暨应用铅斤，并札调陕西钱局工匠来省先行鼓铸，俟春融后即可多加工力，广铸大钱，以稍济协饷之不足。其设厂采炼，开局鼓铸各事宜，现在饬司妥为筹议，另行具奏。所有现在办理大概情形，谨缮折具奏，伏乞皇上圣鉴。再应发甘省官银票暨各大钱式样，应请饬下户部即行颁发，以便搭放鼓铸，合并陈明。谨奏。

再查宋时胆水炼铜，惟饶州兴利场、信州铅山场各有岁额，未闻及于他处。今甘肃皋兰县地方既产胆矾，考之方书，蒲州、嵩岳、曲江亦均产此，而药肆所卖又多自云南而来，足见产此并非一处。窃思各省有铜可采者，自可毋庸另议，其素不产铜地方，向来采自他省，不无转运之烦，现值推广钱法，加炉鼓铸之际，似可一面遵照部议设法劝捐收买，一面饬令地方官详查，如有出产胆矾之处，即行官为开采，用资鼓铸，似亦节省成本之一法。是否有当，伏乞敕部核议施行。

部议：该督所奏，载之方书者，实为明确可据，即下江西、山西、河南、广东各巡抚，确查蹦寻，并通行各直省按照甘省原奏情形办理，以节经费而资鼓铸，奉旨依议。

湖南文征　卷七

疏七

乞蠲缓各属本年应征钱粮各项疏咸丰六年　胡林翼

窃照湖北省本年自夏徂秋，雨泽稀少，各属高阜田禾暵干黄萎，被旱较广。又江河水涨，以致低洼田地被淹，先后接据该州县禀报，均经批行藩司移饬该管道府，督同印委各员周历查勘，并将查明受旱安抚大概情形奏明在案。除最重之襄阳、德安二府本已受旱成灾，复因襄阳县、随州均有匪徒滋扰，光化、谷城、枣阳、均州、宜城、南漳、安陆、随州、云梦、应山、应城各州县，或切近贼氛办理防剿，或间被贼扰，民情本属瘠苦，兹更迁徙流离，应将钱漕一律缓征。又武昌府属之江夏县，汉阳府属之汉阳县，被水受旱，兼之贼扰过甚，请将本年钱漕一律豁免，以纾民困，现已另折奏恳恩施。并武昌府属之武昌、咸宁、嘉鱼、蒲圻、崇阳、通城、兴国、大冶、通山，黄州府属之黄冈、蕲水、蕲州、黄梅、广济等州县，迭被贼扰，应俟全楚肃清，汇入全省善后案内查办。郧阳、宜昌、施南三府得雨较早，无碍收成，兴山县虽有水患，已在收成之后，且旋即涸退，毋庸查办外，所有前据黄安、黄陂、孝感、麻城、罗田、汉川、沔阳、钟祥、京山、潜江、天门、江陵、公安、石首、监利、松滋、枝江、荆门等州县，或因受旱，或因被水，或因水旱频仍，陆续禀报，均经委员驰往会同勘明，由该管道府议禀，除各属禀内可以照常征收之处，仍即催征。并天门县多多等十六垸，卢埠左脑等十七垸，老狮黑市等八十四垸，花台二郎等三十三垸，西堤等十九垸，内有收田地照常征收外，实勘得黄安县受旱日久，西北二乡之东烟等二十六会成灾十分，东南二乡之松溪等二十四会成灾七分，黄陂县麻老宋等共二百二十九会成灾七分，孝感县尚义等一百二十会成灾七分。又沔阳州本属水乡，向不畏旱，迩年因钟祥县狮子口溃口，因屡年贼扰未筑，致水势下注，加以本年夏秋之间，雨水不多，湖河皆涸，受旱之甚从来未有，实勘得张家七里等共四百一垸成灾六分。其余受旱被淹各州县均勘不成灾。所有应纳本年银米、堤闸河费芦课闲丁租饷等项，请分别蠲缓，以纾民力等情，开列垸区村庄名折，由藩司马秀儒、署粮道张曜孙，议详请奏前来。

臣等伏查州县如遇水旱灾伤，例应勘明成灾分数，将被灾军民分别抚赈蠲缓。惟库藏支绌异常，军饷不继，实难筹办抚赈，前已奏明，通饬被灾各州县劝谕殷实富户，各就灾区随地周济，妥筹安抚。已据各该州县禀报遵办，是灾民糊口有资，不致流离失所，毋庸动项抚赈。第成灾之区颗粒无收，困苦异常，实堪悯恻。其勘不成灾各处，亦皆耕获失时，收成歉薄，且逼近贼氛之地，办理团练堵剿按田捐费，民力颇形拮据，自应分别豁免蠲缓银米，以广皇仁而示体恤。除拟缓本年漕粮现已另折请旨外，合无仰恳天恩俯准，将成灾十分之黄安县西北二乡，例得蠲免银米十分之七，成灾七分之东南二乡，例得蠲免十分之二者，念该处屡次越境剿贼，民力窘艰万分，连蠲剩本年新赋银米全并豁免。成灾七分之黄陂县麻老宋等二百二十九会，孝感县之尚义等一百二十会，应征本年银米各照例蠲免二分。成灾六分之沔阳州张家七里等共四百一垸，应征本年银米照例蠲免一分。蠲剩银米及例不并免漕米。并孝感勘不成灾之观善、尚文等八十二会，又逼近贼氛，并受旱被淹。较重之麻城县东北乡七十三区，罗田县平乡、栗子坳、等多乡、下台寺、奉乡、七里牌等六十区，汉川县喝城等三十三垸畈，钟祥县萧家店、龙山观、杨林寺一百九十村庄，京山县高家、鸭山等一百一十七团，潜江县杨湖崔家等七十八垸，天门县关庙、多多、卢埠、左脑、老狮、黑市、花台、二郎、西堤等各垸内较重之区，江陵县洪化桥、龙堤等三百五十一垸，公安县毛一赴一等二十里，石首县一都九岭等四十一坊垸，监利县永固等并频年积淹之崇林等二百三十五垸，松滋县中二等八都甲，枝江县上百里等二十洲垸，荆门州七里等二百七十四区，各应征本年新赋钱粮、南米、堤闸河费闲丁租饷等项，一并缓至来年秋后。成灾者分限两年带征，未成灾者统限一年带征。

又受旱被淹次重之汉川县花林、甲厂等十四垸畈，潜江县之乡东等十一垸，监利县之张家等三十五垸，松滋县之下三等四都甲，各应征本年南米照常征收，请将本年新赋银两，缓至来年秋后，限一年带征。又公安县之赴一等四里，监利县之六合等四十八垸，各应征本年新赋银两照常征收，请将本年南米，缓至来年秋后，限一年带征。其有武昌等卫被水受旱，已未成灾军田，应蠲缓银米，均照屯坐各州县一律办理。再汉川、江陵、公安、石首、监利等五县，本年压征咸丰五年芦课，或因被水芦根浸泡腐烂，或因干旱太甚芦苇未能长发，所有压征银两，一并缓至来年秋后，限一年带征。

又本年被灾各属，内有咸丰三、四、五等年，并节年因灾缓征银米，本年应复请展缓之处，并本年新赋照常征收之处，有因收成稍薄，请将带征银米递缓者，因咸丰三、四、五等年，应行蠲缓银米，楚北省垣迭次失陷，文案被焚，未经查办，前已奏明，俟楚境肃清勒限办理。是以本年被灾各属，仅就本年水旱轻重情形，分别蠲缓之处办理，其有应请递展，并征新赋而请递缓带征者，应请如前奏，俟楚境肃清查办。除饬取被灾各属，灾分顷亩册结照例题报外，所有勘明受旱被水成灾分数，及勘不成灾轻重情形，拟请分别豁免蠲缓钱粮、南米等项缘由，理合恭折具奏，伏乞皇上圣鉴训示。

再此案系因武汉军务紧急，司道相距均远，又兼襄阳、随州匪徒滋事，窜扰无常，各属文报道路梗塞，驳查往返，实难依限汇齐办理，例限已逾，灾务重大，谨飞章由驿五百里驰奏，合并陈明。

再江夏、汉阳二县本年受旱情形，原次于襄阳、德安等府。惟二县为武汉首邑，贼匪久踞，蹂躏较他处更甚，迁徙流离，农业多荒。直至本年三四月间始陆续旋里播种，又值旱灾秋成失望，低洼之处复被水淹，实属困苦异常。而各乡士民恨贼滋扰，义愤常伸，六七月以来官军长围困贼，修筑濠垒，悉皆踊跃从公，甚资其力以息战士，虽酷暑烈日，无一告劳，犹复力办团练堵剿窜匪。昨于武汉克复后，捆献伪丞相、伪检点将军数逆首解营讯明正法，不使罪恶昭著之犯幸逃罗网。其帮同官军随地围拿临阵歼毙之贼不下二千余名，是该二县士民于颠覆流离之余，益矢同仇敌忾之志，实属深明大义，允宜渥沛恩施，用示体恤而昭激劝，合无仰恳天恩俯准，将江夏、汉阳二县应纳咸丰六年钱粮漕南二米等项，一并豁免，以广皇仁而苏民困。其有咸丰三四五等年因贼滋扰并水旱歉收，应行查办蠲缓各款，仍照前奏，俟楚北全境肃清再行办理，是否有当，理合附片具奏。

再汉川县属官军立营挖濠，不及栽插地亩，前经臣官文示谕，蠲免上下忙钱粮。其新沟至曹家河一带践踏各处，蠲免上忙钱粮以示体恤在案。嗣据代理汉川县知县曹福增，详称该县向来完纳地丁章程，户柱应完二钱以上者，方剖上下忙分完，其一钱及一钱有余之户归上忙全完，一钱以下及分厘小户统归下忙完纳。今仅免本年上忙，该小户未免虚邀惠泽，应请免分上下忙，一概归入上忙造报蠲免，俾贫苦小民均沾实惠等情，造具蠲免户柱银米数目清册，由藩司马秀儒、署粮道张曜孙详请附奏前来。臣等覆核无异，合无仰恳天恩俯准，将汉川县因立营挖濠，不及栽插地亩之田，正秀等一百二十四户，应纳本年正银二十四两七钱七分一厘四豪，悉予豁免。又新沟至曹家河一带，因践踏之大户吴延等一百三十四户，应纳本年上忙一半银二十三两一钱三分九厘五豪，悉予豁免。其余下忙一半，与南米均归下忙照常启征。又小户周月明等一百四十三户归入上忙，共免银六两五钱四分六厘九豪。又更名钱粮渔银之大户张意元等二十一户，应纳本年上忙一半银一两一钱三分二厘四豪，悉予豁免。其余下忙一半银两，仍归下忙照常启征。又更名钱粮渔银之小户胡之邦等七十户归入上忙，共免银三两六钱一分二厘九豪。又芦课钱粮，例不分上下忙完纳之张光玺等四十八户，共银四两三钱一分八厘六豪，亦悉予豁免。总共免银六十四两有奇，理合附片具奏，伏乞圣鉴训示。

陈楚北吏治兵政情形疏咸丰五年　胡林翼

奏为恭谢天恩，并附陈楚北吏治兵政情形，仰祈圣鉴事：臣于二月初十日沌口行营接准督臣前抚臣饬知，正月十三日内阁奉上谕：湖北布政使着胡林翼补授，钦此。兼准札饬以北岸带勇防剿乏员接替，其藩司一缺另委盐道常恩兼署，当即恭设香案，叩谢天恩。因道途梗塞，尚未专折赍奏，三月二十四日接准督臣咨开，三月初三日内阁奉上谕：湖北巡抚着胡林翼署理，钦此。闻命之下，感悚难名，即于武昌营次望阙谢恩，接办巡抚事宜。伏思兵勇之冗杂不精，则兵饷之支绌弥甚，连年以来，楚北之患，怯弁猾卒习惯溃走，闻警尚且先逃，临阵安能致果？惩前毖后之计，首在练兵，明耻教战之方，贵先选将。被贼蹂躏州县，悬缺待人，兼摄承乏，刑罚不当其罪，而稂莠日多，恩惠未及于人，而士民不信。吏治之与兵事固始终相因者也。凡此应办之事，惟当激励士卒，迅图克复武汉，即当次第举行，容与督臣虚心实力和衷商办，以期稍报鸿慈于万一。所有微臣感激下忱，理合缮折附奏，恭谢天恩，伏祈皇上圣鉴。

再巡抚关防，前经署藩司常恩赍送荆州将军衙门，尚未赍回。此次军报久稽上廑圣怀，谨借用臬司印信缮发，合并陈明。谨奏。

附片咸丰五年

胡林翼

再湖北贼势自秋冬以来，大股专注于南岸，即下游金陵皖江之贼，亦专以逼胁多人分股上窜为计，而总不离沿江两岸。求所以制贼之死命者，惟以精水师、断贼粮为先务之要。或以贼之掳掠银钱，聚于金陵，财多人众，日增猖獗为虑，臣愚以为不然。自来盗贼之扰害，其志专在财利，彼岂能以财利与人哉？即至穷蹙，忍不能舍，固贼情之常也。夷考古今平贼之略，必以据上游形势断贼粮为先，而财帛之丰歉不与焉。武汉则金陵之上游也，荆襄关南北之大局，而武汉又荆襄之咽喉。两湖及巴蜀之米多于吴会，故谚有"湖广熟，天下足"之语。昔年江面安静，米艘蔽江而下，日夜转输，今乃久为贼阻。通筹吴楚之全势，必以武汉得手，设立重镇，屹然不可再摇。乃会合江西内湖一军，以水师之全力制贼，而下游红单巨舰，亦得并力以扼贼吭。

惟查水师将材，以副将杨载福为最忠勇廉明，每战必先。自道员彭玉麟调往江西之后，外江水师仅恃杨载福一员，积年力战，肺病日增，而灭贼之志终始不渝，病不言劳，功不言赏，志识已高出寻常。其十营将官如游击李成谋、都司鲍超、张荣贵等，均勇敢冠军，惟未经特将，尚待悉心审察，观其战阵之方略，别其才识之利钝，再行详悉具奏。此则水师将才之宜预筹者。署臬司李孟群以炮船六十只入湖，值冬令水涸，不能绕出襄河，停泊沙市等处，距汉阳尚数百里。营中将弁勇目未能精实，颇难力战，业已严饬该司慎守船炮，毋许资贼，致贻祸根。外江水师船多炮少，取给湖南炮局，暂可供用，惟模范较小，不如粤东所购之美。查上年侍郎臣曾国藩奏请炮位，因道梗未经运竣，应请皇上天恩，敕下两广督臣叶名琛购运五百斤以上、千斤以下洋炮六百尊，派兵妥护，交湖南舟运湖北，期以冬杪交付，转交侍郎臣曾国藩匀配，以资异日东征利用。此又炮位之宜预筹备者也。谨附片奏祈皇上圣鉴训示。谨奏。

陈湖北兵政吏治疏咸丰六年 胡林翼

奏为敬陈湖北兵政吏治之要，恭折奏祈圣鉴事：臣查湖北军务不饬，已历五年，无论贼匪之多寡强弱，而闻警先惊、接仗即溃者，比比皆是。上下相蒙，恬不知耻。推求其故，则以将领不得其人，纪纲不立而是非不明也。深思纪纲所以不立，是非所以不明之故，则误于使贪使诈之说，不知己则先为贪诈所使，而曰吾能使贪使诈也，岂不谬哉？本省既无得力之兵将，而川楚河南勇目之黠桀者，纠合无赖随营投效，以一报百，以百报千，冒领口粮，交绥即溃，所投不合，又顾之他。国家帑项至为艰难，而徒以供无赖之欲壑，以此杀贼，犹北辙而南辕，势必不可。至遣散不得其方，则相聚为盗耳。此近三四年楚北募勇之大患，其流毒将有不可思议者矣。

古之治兵者，必求将而后选兵。今之言兵者，先招兵而并不择将。譬之振衣者不提其领，结网者不挈其纲，是棼之也将自毙矣。督臣官文上年受事以来，收集兵勇，力加整顿，备尝艰难，得力尤在马队之忠勇，能使三军之士风气为之一变。查有前任湖南臬司降补知府魁联，久任宝庆、衡州、岳州等处，捐解私囊养士募勇，已历十年。其志趣公忠，迥非庸俗可及，经督臣官文派充总理营务，伉直明决，知无不言，厘剔弊端，独任劳怨，实为湖北军务必不可少之员，目下力疾从公，尚难羁以职守。惟马队及各营之精锐，必应迅速进取，而湖北本省饷少勇多，冗杂不治，不戢自焚，后患方大，急应裁汰浮伪，简炼精锐。可否敕下魁联帮办湖北南北两岸水陆营务事宜，责成一例简汰，该员曾任三品大员，应否赏给三品卿衔，以重事权之处，伏候圣裁，非臣所敢擅请。

至湖北绿营兵丁怯懦若性，正额虚浮，军政营制，荡然无存，而其虚縻钱粮如故也。现署提督杨载福之才识严明，如可假以二年，必能整饬。惟东征事急，水师无可专委之员，容臣再行详思访举，另折奏闻。此为兵事急应整饬之要。

武汉形势壮阔，自古用武之地。荆襄为南北之关键，而武汉又荆襄之咽喉。武汉有警，则邻疆震惊，南服均阻，控制失宜，本根先拨。四年之中，武昌三陷，汉阳四陷，国帑因而虚縻，民生因而凋弊，东南数省受害之烈，亦惟武汉为尤甚矣。昔周室征淮，师出江汉。晋代平吴，谋在荆襄。王濬造船，循江而下，陶侃之勋，镇守武昌。宋臣岳飞、李纲之谋画岳鄂，均以此为高屋建瓴之势。控制长江，惟鄂为要，固东南一大都会矣。夫善斗者必扼其吭，善兵者必审其势，今于武汉设立重镇，则水陆东征之师恃武汉为根本，大营有据险之势，军士无反顾之虞，军火米粮委输不绝，伤痍疾病休养得所，是则平吴之策必在先保鄂郡矣。保鄂之不失，必须先固汉阳，盖汉阳为江汉总汇，武昌仅南岸一府，而汉阳则可通八府也。臣查历年湖北之失，在于汉阳并不设备，江面无一水师，下游小挫，贼遂长驱直入，束手待毙，莫可如何，前车之覆，殷鉴不远。应请于武汉募陆师八千人，水师二千人，此万余人日夜训练，则平时有藜藿不采之威，临事有折冲千里之势，本境乱民随时征讨，固可销除隐慝。且东征之师孤军深入，善战者必伤，久役者必疲，伤病之人留于军中，不仅误战，亦且误饷。若以武汉之防兵更番替代，弥缝其阙，则士气常新，军行必利。至水师以炮为利器，炮声震叠，无半年不小修之船，亦无一年不大修之船，更番迭战，以武汉为归宿，则我兵常处其安，而不处其危矣。

或疑武汉两城公廨私庐百不存一，人物凋残，与缔造草昧无异，城周二十里，设守为难。臣愚以为非是。蚡冒蓝缕，以启山林，卫文作都，训农通商，是在行之以俭，而训之以勤耳。苟此而不能守，去之他处何益？此则武汉宜急设防练兵之要。湖北莠民之从贼者，以兴国、崇阳、通城、通山、大冶、广济、黄梅为最多，臣于臬司任内由岳州驻崇阳、通城二月，以保甲之法勒令户首捆斩三千人，未及毕事，而驰往九江矣。兵至为民，贼来从逆，及今不治，终必为乱。治之之法，兵勇搜捕，不仅徒滋扰害，亦且事久无成。惟有保甲清查，户族捆献，分别斩释之法，然而牧令不得其人，则法不能行，害且滋甚。其已被贼扰之三十余州县，吏惰民骄，其未被贼扰之三十余州县，官仇民而民亦且仇官。夫吏治之不修，兵祸之所由起也，士气之不振，民心之所由变也。官吏之举动，为士民之所趋向，绅士之举动，又为愚民之所趋向。未有不养士而能治民，亦未有不察吏而能安民者。臣恐湖北之民揭竿而起者，不必粤匪之再至，而将盗弄潢池矣。即如五年大熟，州县乃或报灾，经臣驳斥在案。六年大饥，州县转不报灾，又经臣迭次驳斥在案。以丰为歉，是病国计，以歉为丰，是害民生，而终必害于国计。

又查积年以来，每遇歉岁，官吏私收，而恩旨蠲缓者，实惠不及于民，则因有挖征名目，又改为急公名目，无一非蠹国病民，饱丁胥之欲壑，而肥官吏之私囊，实堪发指。凡下与上交接之事，诿之幕友，而官不问。凡官与民交接之事，诿之门丁，而官不问。词讼案牍病在积压，盗贼奸宄弊在因循。夫州县之小事，即百姓之大事，今日之小贼，即异日之大贼，厝火积薪，隐忧更切。又如军饷浩繁，不能不取给于捐输牙帖厘金以资小补。报捐则有踩堂贽见之费，牙帖则有勒索之费，厘金则有私设之费，其所缴于公者薄，其所取于民者厚。臣受事以来，迭次特参，均蒙恩旨俞允。在国自有刑章，在臣亦甘为怨府，然而深思利弊之原，劾贪非难，而求才难。前者劾去，后者踵事，而巧避其名，则其弊将有不可胜言者矣。且贼扰之地官缺久悬，观望不前，所在皆是。臣愚以为必应严禁官场应酬陋习，与群吏更始，崇尚敦朴，屏退浮华，行之数年，或可改观。

人情固欲自便其私，上无所求，则下可自赡，即责以廉洁而无辞，风尚必使先趋于正。大官所好，群吏所瞻，即不烦董戒而自变。目下情形，州县尚悬缺待人，可否敕下部臣，暂勿拘臣文法资格，地方吏治，是臣专责，责无可诿。容臣次第清理，分别委署，如果试验有效，才具出众，即行奏请试署，以期实济而利民生。此吏治急应整饬之要。

以上二事，实湖北之先务，其余应办事宜，容臣随时奏请恩训。刻下武汉甫经收复，人或以为已治已安矣，而臣之所忧方大。如以为已治已安，则前此固已收复二次矣。况今日江西腹内七府尚沦于贼，与四年之仅失九江者情形迥异。江西之腹地皆与武汉唇齿相依，旁轶横出，不仅九江、安庆为可虑也。且未收复之先，事势极难，而文武尚有惧心，既收复之后，布置尚易，而特恐文武均萌肆志。外省粉饰之习，久在圣明洞鉴，不揣愚昧，直陈圣主之前。可否敕下廷臣，核议准行，理合缮折附驿以闻，伏乞皇上圣鉴训示施行。谨奏。

裁汰铺兵改马递差递疏 咸丰七年　胡林翼

奏为湖北裁汰铺兵，分别有驿无驿，改为马递差递，酌提银两以资津贴，恭折覆奏，仰祈圣鉴事：窃准部咨议覆山西省各厅州县，向于公文驿递外，另设铺司兵递送文件，多系奸胥冒领，并未专设铺兵。拟将通省铺兵，全行裁汰，改为马递，有驿各厅州县，留工食十分之二，津贴捐马工料之用。无驿各厅州县，留工食十分之四，以资差役饭食之需。令即查照原奏，各就地方情形，详细体察办理，以节糜费而昭核实等因，当经行司查明议详去后。兹据藩司马秀儒、臬司罗遵殿会查，得州县安设铺司，原为递送寻常公文起见，近年楚省多未专设铺兵，工食不无冒领，自应循照晋省奏案，一律裁汰，以节糜费而昭核实。请以奏咨奉到部文之日为始，将湖北省有驿之江夏、武昌、咸宁、蒲圻、〔汉阳〕、汉川、黄陂、孝感、黄冈、蕲水、罗田、蕲州、黄梅、广济、钟祥、京山、潜江、天门、安陆、云梦、应城、应山、江陵、公安、松滋、宜都、襄阳、宜城、东湖、归州、巴东、荆门等三十二州县，原设铺司改为马递，查照年额工食，酌留十分之二津贴捐马工料之用。无驿之嘉鱼、兴国、大冶、通山、通城、崇阳、沔阳、麻城、黄安、随州、石首、监利、枝江、枣阳、南漳、光化、谷城、均州、郧县、郧西、房县、竹山、竹溪、保康、兴山、长阳、长乐、鹤峰、恩施、宣恩、来凤、咸丰、利川、建始、当阳、远安等三十六州县，原设铺司改派差递，查照年额工食，酌留十分之四以资差役饭食之需。嗣后各该州县递送公文，责令随到随派，傥有迟延分别，查参究治，庶于公事无误，而经费亦归实济等情，具详前来，臣等覆查无异。谨合词恭折覆奏，伏乞皇上圣鉴，饬部议覆施行。谨奏。

减湖北北漕南米疏咸丰七年　　胡林翼

奏为湖北漕务积弊已久，现拟革除冗费，减定漕章，以纾民力而裕国赋，密折恭祈圣鉴事：窃惟湖北通省有漕州县，凡三十有三，额征北漕正耗米十五万石有奇，南米十三万七千石有奇，北漕由丁船兑运京仓，南米由州县解支荆州满营及各标绿营。咸丰三年，因湖广漕船停运，部文令变价解部，每石折银一两三钱，各州县仍照旧征收。时因省城失陷，未及办理。臣自咸丰五年三月蒙恩擢署湖北巡抚，即访闻各州县征收漕粮，多所浮勒，大为民病。每思有以变易之，以军事方殷，无暇及此。上年武汉克复，楚境渐次肃清，今岁雨旸时若，年成颇称丰稔，漕粮可望开征。若不于此设法清厘，举积弊而一更张之，国计民生将何补救？惟是楚北漕弊，浮收之重实由于冗费之多，使非先察积弊之由，是犹止沸者不去其薪，垦田者惧图其蔓也。臣请为皇上密陈之。

查湖北各州县额征米数，多者二万余石，少者或千余石，或数百石。北漕南米合征分解，其征收米石者谓之本色，以钱折米者谓之折色。其征收折色多寡不同，有本色多于折色者，有折色多于本色者，有本色折色各半者，有全收折色者。其征收折色，每石折钱或五六千，或七八千，或十二三千，或十五六千，竟有多至十八九千者。其征收本色，每石浮收米或五六斗，或七八斗，或加倍收，竟有多至三石零者。此外又有耗米水脚等项，分款另收，又有由单券票样米号钱等名，多端需索，民力几何，其能堪此？而州县则有所借口也。向来漕运道通时，不无津贴，方能挽进入都，而丁船借此需索兑费，为数甚巨者固无论已，即现在停运免兑，帮费可省，而粮道有漕规，本管道府有漕规，丞倅尹尉各官俱有漕规。院署有房费，司署有房费，粮道署及本管道府署书吏各有房费，此冗费之在上者也。又有刁绅劣监包揽完纳，其零取于小户者重，其整交于官仓者微，民谓之曰蝗虫。更有挟州县浮勒之短，分州县浮勒之肥，一有不遂，相率告漕，甚或聚众哄仓，名虽为民请命，实则为己求财也，官谓之蝗虫费。种种蠹弊，盈千累百，无不于州县取之。

其派拨南米者，拨定后由州县自运，交荆州府衙门，或交本色，或交折色。其交本色者，正米耗米之外，尚需杂费银两甚多。其交折色者，每米一石折银或二两，或三两不等。要之费未交足，米故迟收，此冗费之在南米者也。夫州县既多冗费，势不能不向粮户浮收，州县既有浮收，势不能不受刁民挟制。于是大户折色之价日减，小民折色之价日增，土棍豪衿多方抗欠，猾胥蠹役从中欺侵。各州县虽勒折浮收，间有所得，半皆耗于上下冗费之中，而国家维正之供，往往征不足数，则相率捏报灾歉，借缓征为腾挪，而漕政因之益坏，百余年来日甚一日。东南数省积弊相同，而湖北则几有不可挽回之势矣。

湖北现当兵燹之余，若听有漕州县仍照前此之每石十余千收取，必至民困难苏，有负我皇上轸恤凋残、爱养民生之至意。臣自九月初旬由九江旋省，日与省中司道武汉二府昼夜筹商，立志减漕以苏民困。窃谓欲禁浮收，当先革冗费。现已遴委道府大员，驰诣各州县，体察情形，破除情面，分别删减，严立限制，明立章程，榜之通衢。俾穷乡僻隅一律周知，贪吏猾胥无从欺隐，取中饱之资以分益乎上下，务期积弊尽除，民力借以稍纾，而国赋得归实济。《易》云穷则变，变则通，通则久，此其时也。然积重难返，弊已百年，利之所在，人人得而争之，一旦发其痼疾，穷其利薮，取而还之于民，归之于公，将必有疑之怪之且从而谤毁之者。臣愚以为苟有利于国，苟有利于民，即孰杀之歌在所不恤。臣膺封圻重寄，钱漕系臣职守，漕弊一日未清，臣职一日未尽。除俟办有端倪，再行另折陈明，谨先将湖北漕务积弊亟当清厘情形缕晰密陈，伏乞皇上训示遵行。谨奏。

举隐逸以正人心励士习折咸丰七年　胡林翼

奏为访举隐逸之士，恳恩赏给京衔，以正人心而励士习，恭折奏祈圣鉴事：窃惟鄂居天下之中，水陆四达，平时富商巨贾往来聚集，竞尚繁华，闾阎耳濡目染，相习成风，变本加厉，识者盖隐忧焉。迨经兵燹迭扰，民气凋残，迁播流离，四民同困，此固循环剥复之自然，亦天心人事转捩之机会也。臣维移风易俗，教化为先，顾官之于民，条告或视为具文，刑章亦幸图苟免，不若其乡之贤士大夫，朝夕与处，情易通而言易入者，亦势使然也。特以侧陋寒微，不求闻达，当道者又不搜罗汲引，任其沦没岩阿，无怪乎滔滔皆是提倡无人，而浮伪之士且以为积学立品如某某者，卒亦无所表见，甚至穷饿终老，人亦何乐为君子而耻不为君子哉？此世风之所以日下，而人才之所宜急举也。

鄂之兴国州为江西入楚门户，逆匪频年嵎负蹂躏特甚。处士万斛泉结茅山中，读书讲道，贼至时正襟端坐，弦诵不辍，贼亦不敢逼，自相引去。平日以朱子《小学》暨《近思录》为宗，尤精研《大学衍义》并性理诸书，家贫性孝，取与不苟。前学臣龙启瑞、杜翰将拔为秀才，遂不应试，延主崇正书院讲席，深裨士林。其弟子宋鼎、邹金粟，均布衣，不求仕进，安贫乐道，砥砺廉隅，为乡里所矜式。臣征之，皆不肯出，复加采访，舆论翕然。窃以造物生才，原关气数，国家选士，不限云泥，当兹力挽颓风，得才士百，不若得醇士一。可否仰乞天恩，准将兴国州处士万斛泉给予国子监学正衔，宋鼎、邹金粟均给予翰林院待诏衔，庶几观感奋兴，顽廉懦立，共率由于仁义道德之域，实于人心风俗大有裨益。谨缮折具奏，伏乞皇上圣鉴训示。谨奏。

请川盐官运官销疏咸丰七年　　胡林翼

奏为楚省盐法，援照旧案试行官运官销，请酌拨引张，以济民食而裕军储，恭折仰祈圣鉴事：窃照湖广两省，自淮盐阻绝以来，盐法遂无章程，惟藉邻省商贩陆续运到，以济民食。此实暂时权宜之计，非可恃为久远也。查潞粤各盐成本较昂，运贩止及近边，不能行远，惟川盐一水可通，成本较少，是以近年两省食盐，实以川盐为大宗，俨与淮运相埒。咸丰三年，前署督臣张亮基，奏请借拨川盐引张，派员督运，著有成效。因粤匪上窜，遂未续请，嗣后两楚食盐皆系私商运贩，经川省之夔关、楚省之宜昌、沙市，抽提课税后，即准作为官盐，任其所之。

约计入楚之盐，以旺月计算，每月约合川省水引九百余张，一千万斤上下。此项盐斤固未定有额数，亦未给有引票，惟视楚省盐价之长落，以卜来盐之旺衰。正月间，宜昌有襄匪之警，商贩一月不前，南省盐价大昂，民间几于淡食，盐之来楚与否，其权皆操之商贩，不统于官。盐法为国之大政，利权下移，无此政体。万一奸商欲操奇赢，相率一月不至，民间即鲜食盐。一旦相随麇集，先到者倍蓰获利，后到者又复壅滞堪虞，大非便民裕用之道。臣等自省垣克复后，即再四筹商，拟仍援张亮基借拨川引之案，而稍变通其法，改为官运官销，仍不夺商贩之利。以每月销盐九百引计算，拟按月官运川盐水引二百余张，七百余引仍听商贩自运，由楚省派道府大员，至川会同川省委员按月督运。仍照川省章程完纳引课，到楚后另派公正委员勒限督销，其运盐资本，即由川省协济楚饷内按月交发，驻川委员承领运办，通四月报销一次。其所销盐价，并所获赢余，一并解赴大营作为军饷。以此通融办理，其利实有数端。

楚省引地袤延数千里之大，民运旺衰不常，官运源源不竭，价值不虞顿长缺乏，随处可通，此一利也。川盐成本较轻，傥经理得人，则赢余颇厚，以实军储，不无小补，此二利也。川省济楚军饷，竭力供支，尚虞不足，兹画作盐本，在川省所筹，仍不过照向月之数，而楚省所获较丰，是不增饷而有增饷之益，此三利也。南省米多而缺盐，北省盐多而缺米，即令委员运盐易米以作军食，此四利也。民运七而官运其三，既非占民之利，且商贩得随官运，可免痞徒讹抢之虞，此五利也。九江之于金陵，风利不过五日可至，是东征之师，不仅目前之挹注，必以鄂为根本，即异日之饷糈，终赖鄂为转输。鄂省一隅之地，民力凋残，饷项日绌，凡有资军饷之事，几于搜索殆尽，此尤便民而不病商，实可万全无弊。如蒙俞允，即求饬下四川督臣，每月借拨楚省富顺厂盐水引二百张，交楚省委员承办，并就近将济楚月饷交委员收领，以免往返解运之烦。其督运销章程，并委员衔名，敬俟奉到谕旨，详悉咨送户部查核。试行半年，当有赢余，以资军食，即可将蜀省月拨五万兵饷，再行奏请停止。所有吁请借拨川引作为官运缘由，理合恭折具奏，伏乞皇上圣鉴训示祗遵。谨奏。

变通有驿州县夫马报销疏咸丰七年　胡林翼

奏为查明湖北有驿州县，近年驿站夫马情形，酌拟变通报销章程，请旨敕部议覆，恭折奏祈圣鉴事：窃据藩司马秀儒、臬司罗遵殿会详，咸丰二年以来湖北有驿州县多被贼扰，致将驿马劫失，号舍焚毁，剿退后均仍照旧安设修理，接递文报差使。查马匹一项，例应详司照户部换票出口购买，始准填补上站。维时军报络绎，若遵定例买马递送，缓不济急，必致贻误。经该州县在附近地方，各按例价额数买马补站，或按额数雇马应差，即完善各驿。自咸丰三年起至六年止，每失马倒马，或因道路梗塞，难以专丁赴口，或因臬司远在军营，未能照例请票，即在附近地方按年按额买马填站，其失驿州县，未设以前俱系雇夫代马，均经通禀有案，办理系属权宜。所有未经奏销之历年支用驿站银两，自应变通报销，拟请将咸丰二、三、四、五、六等年各驿在于附近买马者，无论填补失马倒马，准照出口买补倒马之例，分年支销马价，扣解皮张银两，仍不得过年额存七倒三之数。如系雇马应差，不准支销马价，应以咸丰七年为始，按照倒马例数递年请票补买，俟口马买到若干，即裁去雇马若干。并俟雇马裁竣，始准接报倒马，不许两项并支。其被扰州县，未失驿站以前及失后补设并完善各驿，无论买马雇马，查系实在夫马足额者，历年额支夫马工食工料，加闰支应号房、鞍屉、夫价、健夫工食等项银两，准其一体照额开销。不足额者，按数核减。其失驿州县，未设以前雇夫代马，此项健夫工食银两，应请比照襄阳、谷城、均州、郧县四州县添设王政桥等一十七站之例，日按名支食。如雇夫较多，即不得过原额马夫之数等情，请奏前来。臣等查楚省州县近年驿站夫马事宜，实因限于时势，未能循例办理，该藩臬两司酌拟变通报销章程，系为核实撙节、力杜浮冒起见，惟是事关动支驿站钱粮，且与成例多有不符，未便擅专，相应请旨敕部议覆遵行，伏乞皇上圣鉴。谨奏。

拟请厘正文庙祀典疏

罗文谦

为请厘正文庙祀典，考礼定乐，勒书垂远，颁示学宫事：臣伏考有天下者，孔子与社稷并重，是以历代崇奉，至我朝而极盛。然尚有沿旧制未经厘正者，属当文明之世，必还大备之观。臣谨按备礼乐祀孔子之制，自南齐永明三年，从尚书令王俭议，设轩县之乐，六佾之舞。至唐开元二十七年，追封孔子文宣王，内出王者衮冕之服以衣之，乐用宫县，而舞佾未增。延及有宋绍兴十年，从王普请准社稷之制，京师释奠文宣王为大祀，加笾豆十二，而佾舞未闻。至庆元元年，仍改中祀。明洪武二十六年，颁大成乐于天下，舞仍旧制，乐用登歌。成化十二年，祭酒周洪谟始奏孔子既用天子冠服，亦当用天子礼乐，请增笾豆为十二，舞佾为八，初格于部议。洪谟又言孔子道不外乎礼乐，欲体孔子之道，亦莫先于礼乐，今冕服既用天子之礼，而佾舞则用诸侯之乐，以礼论乐则乐不备，以乐论礼则礼为僭，若因循不加厘正，后世必见非笑。于是众官集议，以孔子所封之王，乃当时天王之王，非后世国王之王，宜增其器数为十二笾豆，舞八佾，则礼不僭乐不缺，可以格神灵厚风化，补前代缺略之典，备圣朝尊崇之制。诏从所请。嘉靖九年，大学士张璁以议礼得进，缘帝意妄议孔庙祀典宜当改革，于是仍减笾豆为十，舞为六佾。当时诸臣若张兖、徐阶等已极言其不可，而帝不从，且得罪。国朝顺治元年，礼科都给事中龚鼎孳，言文庙佾舞益而八，笾豆益而十二，虽曰天子礼乐，然既素王奉之矣，德足配天，则不可以位限，况圣功大于尧舜者哉？且成均，天子释奠尊师之地，以天子自尊其师，而用天子礼乐，谁曰不宜？部议仍沿明制，未及改正。雍正七年，阙里文庙成，圣像冕十二旒，服十二章，从通政使留保请推原先圣从周之义，用元衣纁裳，颁发镇圭，不以称至圣先师，去爵号而不用天子礼服。则是祀孔子以天子礼，终古不可改易，而乐何可仍诸侯之制？

臣窃以为孔子万世礼乐之主，遵其教故报其功，如以报功论则备天子礼乐不为过，如仍明嘉靖制去爵号，则祀诸侯礼乐亦为僭。而况王者之祀，自唐开元已然，六佾之舞，自齐永明已然。虽专行国学，与通行天下郡县学，其制不一，然考后代尊崇典礼，究未加增于齐唐旧制。即宋绍兴进大祀，明成化备八佾，乃未久俱复其旧，是千百年来不醇不备之一大缺典，未必不有待于今日之厘正者也。伏望采明臣周洪谟、国朝给事中臣龚鼎孳所言，诚为至当之论。考礼定乐，应增笾豆为十二，舞为八佾，准祀社稷制，进孔子于大祀，颁行国学阙里，其郡县学或通行，或杀其制，庶极崇儒重道、隆礼先师之意。

臣又按以道重者不以爵贵，然后世尊奉之典，爵贵则道愈尊，所以肃人瞻仰。考四配前代仅封公爵，未极其尊，均宜进以王封，如后世国王之王，以避孔子。有宋诸儒惟朱子为集大成，其所注书颁布天下，是以我圣祖仁皇帝特诏升配十哲之次，诚以后世有功圣门者莫如朱子，亦宜隆以王爵。准我世宗宪皇帝追封孔子之先五代，则颜、曾、孟与朱子，均应封其先世三代，如关帝礼，并请于春秋丁祭次日，各以牲牢六佾之祀，祀其里居家庙以报其功。

臣又按两庑从祀先贤，如蘧瑗、林放二贤旧祀于乡，今列东西庑之首亦觉未妥。蘧子本先圣故人，不宜屈在弟子，合改祀崇圣祠东庑从祀列，庶以两安。林子亦非孔门弟子，宜改位七十子下，则位次不紊。臣又按后世从祀诸儒，议者每以发明圣道，始得与于其列，善乎薛氏瑄之言曰：自紫阳以来，斯道大明，学者只须躬行，律以四科，则发明者言语之儒，躬行者德行之儒也。是以果合圣贤所言，虽无著述亦应从祀，谓其可以身教。况学校者所以明伦教忠教孝之地，岂可不核其实？臣愚以为，所当增入从祀者，则有若晋之陶氏潜，亮节清风，激励后世，实晋室之夷、齐。宋之韩氏琦，与范、欧伯仲者也。范、欧既已从祀，韩何可阙？岳氏飞忠孝性生，廉顽立懦。文氏天祥于孔孟成仁取义之训，实允蹈之。明之于氏谦，孔子所谓可与权，孟子所谓有安社稷臣者也。史氏可法，则我高宗纯皇帝，与黄氏道周、刘氏宗周同褒为一代完人。之数人者，忠义经济，百世下闻者莫不兴起，虽不事著述，要无愧圣门德行政事之伦，所谓行合圣贤，以身教者也，亟宜厕诸俎豆，有关名教不小。又如制氏制乐，祀在瞽宗，则有若汉之司马氏迁，后世史法所宗，且其赞孔子以至圣，定万古不易之论，下有删节议诸从祀，或应同升。

凡臣所论，俱以崇奖实行，以孔子道侔天地，两庑从祀，宜收古今第一等人物，不欲使皮傅濂洛关闽者窃理学之名，矜得孔孟心传，实与世教无补。伏乞皇上饬部核定施行，并请钦定《文庙祀典志》一书，仿修史例，改《史记·孔子世家》为世纪，其四配朱子列为世家，先贤先儒以次列传，附录从祀缘由，及礼制乐制之全，颁示天下学宫。昭官司之守，重奕祀之规，于以知我朝崇礼先师，礼明乐备之盛，实度越前古万万，天下幸甚。

湖南文征　卷八

疏八骈体

贺勒乌围奏凯疏乾隆四十年八月　罗源汉

为圣主德威遐布，微臣忭庆情殷，恭折奏贺，仰祈睿鉴事：窃臣于八月二十五日在广平府曲周县途次，欣闻红旗驰报大捷，勒乌围阖部荡平，班师奏凯等因，臣望阙叩头庆贺讫。钦惟我皇上孝隆继述，治冠古今。文德诞敷，万国被菁莪之化；神功懋著，八荒惊震叠之威。固已雷厉寰区，除至难除之苞蘖；风行殊俗，辟从（来）未辟之版图矣。乃有金酋索诺木者，负固为嵎，营深作窟。前沐圣朝之宽大，得免危亡；今侈丑类之枭张，致滋罪戾。会蘖竖僧格桑，罔冀逃生投窜，复敢亡命跳梁。恃险而啸聚荒陬，作梗而横行绝塞。猖狂屡肆，诚天讨所必加；罪恶既盈，讵王章难再宥。六师迅指，奋身而绝壁俱平；三路齐驱，飞步而悬崖奚恃。扼吭附背，坐看羝羊触藩；以逸待劳，恰遇涸鱼游釜。檄书传处，众虏早谢惘忱；露布飞来，狭窟尽行剿绝。此皆圣天子之制胜万里，如在目前；斯得诸将之奏功克捷，直同操券。从此海陬献雉，愈昭一统无外之模；郡国鸣凰，永裕万世无疆之福矣。臣无任踊跃欢忭之至。

代陈顺天在籍绅士庆祝疏

罗源汉

奏为据呈恭奏事：据顺天府在籍搢绅原任詹事府詹事陈浩、太仆寺少卿薄海等呈称：本年十一月内恭逢圣母皇太后七旬万寿，普天同庆，八表腾欢。臣等世依辇毂，旧例簪缨。荷累洽之深仁，天高地厚；际慈闱之鸿庆，日丽星辉。街衢竞颂升恒，草木思酬雨露。我皇上懋昭孝治，式焕天经。合万国以承欢，钩钤朗耀；汇百昌而献瑞，珠璧联晖。重以德威遐畅，丕冒无垠。月窟天方，并归疆索；龙沙浦海，悉隶版图。莫不望阙抒诚，款关顶祝。属在郊圻臣庶，恩膏之沾被独先；惟兹葵藿悃忱，寤寐之讴歌倍切。拟附近光之末，敬效嵩呼；虔辟介寿之坛，用申华祝。理合呈明，伏乞据情转奏等情到府。臣等敬惟圣母慈寿维祺，凡为率土之臣，均有尊崇之义。矧梯山航海，祝釐者且远集于殊方；则就日瞻云，效祝者应率先于辇下。所有具呈人等，均系顺天府属绅士，应随臣等衙门恭祝，理合预期奏闻。臣等仍行文总办万寿工程处，即于府尹衙门庆祝处所酌给地面，令其虔设斋坛，敬宣梵典，恭诵无量寿佛经，以伸颂祝，俾得各展葵忱。谨具呈缮写各员名单，一并恭折具奏，伏惟皇上圣鉴。谨奏。

代谢恩疏

陈长镇

窃惟至难逢者，再造之恩，最难状者，更生之感。况负罪如某者，众皆欲杀，法无可逃。解疏网于二天，出惊魂于九地，自非土石，能不欢呼？伏念某质本颛蒙，性尤戆激；深疾贪酷，不啻仇雠。从前不自忖量，久分膏身荒塞。我皇上垂怜愚直，特赐生还。复入谏垣，已如再生。回翔有日，涓滴无酬；中夜披衣，椎心泣血。旋因母老，北阙跪陈；仰荷圣慈，南方优转。一堂骨肉，既获团圞；中间愆尤，更邀赦宥。急欲效蝼蚁之义，敢不施鹰隼之仁？适目睹某，婪赃剥民；复不自量，据实通揭。冀逃得罪百姓之僇，遽违善事上官之箴。捏款纠参，重兵防守；老母幼子，点及晨昏。溢米勺浆，搜其出入；曲蒙睿鉴，钦遣重臣。一洗兽行，得还人类；仍予开复，重厕衣冠。树已枯而载荣，虫久蛰而忽起。父母于子，仅一生之；皇上于臣，生之至再。有何顶踵，忍勿捐糜？惟是母年七十有六，精气衰颓；独子追随，形影单只。经兹震骇，益致怔忡；卧箦呼儿，啮臂霣涕。欲具呈终养，则报主之志弥长；欲领咨赴补，则侍亲之日已短。肝肠惨割，进退回惶。何幸锡类深仁，复得近补今职？舟车不费，定省无违；竭力致身，一心两尽。捧丹书而呜咽，自问何人？望紫极以悚惶，难胜异数。痛定思痛，忠益求忠。肯因风波之险屡尝，遂令姜桂之常顿改？苟三生之可补，纵九死其奚辞！

恭谢恩赏银币折

周系英

奏为恭谢恩赏银币，仰祈圣鉴事：窃臣于五月廿八日，在淮安府接准礼部文称：恭照《实录》告成，恩赐阁馆官员赏赉，并单开离馆副总裁减半。赏大蟒纱一匹、大彩缎表二匹半、里三匹、银四十两，传交江南提塘颁发知照到臣。兹臣抵署之次日，适提塘恭赍赏件送到。臣当恭设香案，望阙叩头谢恩祗领。窃臣笔乏三长，材无寸补。虽忝簪豪之职，敢希稽古之荣？伏遇我皇上性敦孝慕，治本敬承。恢继志述事之模，成系月编年之制。洪惟我仁宗睿皇帝，仁本如天，睿原作圣。书名默告，为天祖所鉴临；授玺传家，异唐虞之揖让。以天下养诒谋聪，听以三年；等百世王巍荡独，隆于千古。鸿休伟绩，史不绝书；圣德神功，笔难悉纪。文武之政布方策，佑启后人；尧舜之典冠《尚书》，顺考古道。爰是特开馆局，集议章程。微臣适蒙召用之初，旋拜总纂之命。攀鼎湖而莫及，正切抢呼；借实录以效勤，稍酬知遇。面聆训诲，首在简明。凡属大经大法之昭垂，悉本左史右史之记载。

是以手胝口沫，辰入酉归。综廿八人草创之功，讨论□于贯串；纪一二日时几之敕，著录敢有漏遗？商榷虽自于馆臣，裁定悉经夫圣览。而臣甫周匝岁，屡沐超迁。及贰冬官，遂升副事；随蒙恩纻，出使西江。所进正本，未及十年；所办稿本，仅逾大半。何期庆成之典，亦邀恩赉之荣？文绮□□，发箧而藻采溢目；朱提璀璨，倾囊而宝气盈庭。身远觚棱，既切维鹈之惧；坐縻厚禄，更虞县特之讥。曾摹天绘日之无能，乃锡类推恩之逮及。省循之下，感悚交并。臣惟有益凛冰渊，勉承渥泽。文章矢报，被服□儒者之林；廉洁自持，励品企精金之操。仰盛典于觐光扬烈，祝景福于亿载万年。所有微臣感激荣幸下忱，谨缮折奏谢天恩，伏祈圣鉴。谨奏。

奏为恭谢天恩，仰祈圣鉴事：前者恭逢《实录》告成，臣以一年离馆人员例得恩赏，当即祇领奏谢。奉朱批：知道了，钦此。兹于本月初九日复准吏部文称：请将在馆一年之副总裁议叙，奉旨周系英着加一级，钦此，钦遵。知照到臣。窃臣□□史长，屡叨恩赉。属攀鼎湖而莫及，适当馆局之初开。顾资众手，则贯串为难；爰命微臣，司讨论之事。粤若稽古，敢诩摹天绘日之功；永言孝思，用昭继志述事之大。而臣适逢出使，未克观成。然犹蒙半赏之颁，已惭鹈翼；兹更邀一级之赐，例晋鹓班。九功惟叙，而不泯微劳；一命优加，而益深伛偻。省循载切，感幸交深。臣惟有益矢慎勤，勉酬高厚。江湖虽远，日倾葵向之微忱；谟烈永垂，共仰鸿庥于万祀。所有微臣感激荣幸下忱，谨专折奏谢恩，伏祈皇上圣鉴。谨奏。

谢恩疏

周系英

奏为恭谢天恩事：本月初六日，内阁奉上谕：周系英着充实录馆汉文总纂官，给予纂修公费，钦此。窃臣本无学术，况乏文才。蒙先朝生成豢养，廿有五年；顾微臣迂拙糊涂，万无一报。

皇上恩覃废籍，优假卿班。复因实录之初修，畀以总纂之重任。兼左言右动之职，综编年纪事之司。夫岂庸愚所宜忝预？钦惟仁宗睿皇帝，孝则以天下养，德则为万世规。无怠无荒，惟精惟一。三年训政，《尧典》实首《虞书》；二纪绥猷，文谟用启武烈。臣早逢盛际，亲睹重华。缅惟鸿庥伟绩之全，实协扬厉铺张之极。惟有倍加敬谨，勉事编摩。敢辞橐笔之勤？辄荷囊钱之赐。识惭窥管，讵能摹绘乾坤；才愧滥竽，窃忝均沾雨露。所有微臣感激下忱，谨缮折奏谢天恩，伏祈皇上圣鉴训示。谨奏。道光元年二月。

谢恩疏

周系英

奏为恭谢天恩事：本月十五日，内阁奉上谕：周系英着补授翰林院侍讲学士，钦此。窃臣质同瓠落，材本樗庸。荷蒙旷荡之恩，仍厕班联之列。尧文炳焕，方惭莫绘乾仪；汤德宽仁，更愧未酬尘壤。何期宠绋，特许登瀛。回思往事以省愆，弥觉余年之多幸。云中金阙，此生竟得重瞻；天上玉堂，自昔未闻三入。认巢痕之依旧，窃喜回翔；睹砖影之如新，倍增激励。诚儒臣之荣遇，实圣主之鸿施。臣发白始衰，忱丹无改。敢忘砥砺，稍懈编摩？足文史于三冬，惟敬事夫铺张对天之烈；策驽骀于十驾，总益矢其驰驱报国之心。所有微臣感幸下忱，谨缮折叩谢天恩，伏祈皇上圣鉴。谨奏。道光元年十一月。

谢恩疏

周系英

奏为恭谢天恩事：本月十七日，内阁奉上谕：周系英着补授内阁学士，钦此。窃臣学本芜疏，才原驽下。早蒙知遇，叠蹈愆尤。乃荷旷荡之恩，载畀清华之秩。报微尘露，感切髓肌。兹复渥被隆施，特加峻擢。紫泥盈手，人夸琐闼之荣；丹禁濡豪，职重丝言之掌。三旬儤直，方循砖影于五花；八载回翔，更喜凤池之再到。宠真逾分，幸岂胜言？臣惟有益矢慎勤，倍加策励。综左右史之纪，敬诵典谟；仰一二日之几，还窥训诰。药阶地邃，敢矜五字之才；鸡树枝高，愿上万年之颂。所有微臣感激荣幸下忱，谨缮折恭谢天恩，伏祈皇上圣鉴。谨奏。道光元年十二月日。

代大学士朱珪等谢折

袁名曜

为恭谢天恩，仰祈圣鉴事：内阁奉上谕：直隶省宛平、文安二县应征嘉庆八年各项旗租，及文安、大城、新安州四州县，自二年至五年止，未完出借口粮籽种谷米，并折色银两概予豁免等因，钦此。钦惟我皇上敬与日跻，福先春锡。七年功蒇，阜财首裕夫八旗；元旦霙霏，丰泽预占夫万国。轸庚呼而贷粟，江左右咸沐隆施；蠲丁赋以宽租，楚南北均沾渥闿。秦关日煦赈期，并展于甘州；浙水波温恩綍，不遗于滇海。总以青黄未接，正月宣仁；务期黔赤举安，祥风扬惠。固已周亿龄而登衽，统八表而饮衢。惟兹三辅之瞻云，尤廑九重之布雨。辛年偶涝，迭承凤阙之慈；寅谷初旸，又奉龙纶之赉。总六邑而正供胥豁，农力安舒；阅三载而民隐如伤，皇衷周浃。辛祈叶吉，和光应旸雨之期；子惠腾欢，佳气集垓埏之庆。臣等谊联桑敬，恩逮梅先。依玉烛而共贺盈宁，傍金门而同跻仁寿。普天送喜食毛，并省追呼；近日登熙载笔，欣逢康乐。伫看六飞谒告，祥霖洒东陆之甘；早知九有登书，嘉谷献西成之颖。所有臣等感激下忱，谨合词奏谢圣主格外天恩，伏乞圣鉴。

代大学士王杰等谢折

袁名曜

为恭谢天恩，仰祈圣鉴事：内阁奉上谕：云云，钦此。钦惟我皇上黄枢迪化，紫宙均禧。祈年廑虔巩之诚，省岁笃盈宁之望。

捷邮递凯，先腊鼓而阗欢；福宇覃熙，肇春台而锡羡。候祥风于上甲，五韪循占；盼佳气于元辰，六霙兆瑞。贞符翕集，三阶基青陆之禔；温旨遄颁，七萃拜丹纶之渥。日畿启淑，丰膏迭沛鸿寰；岁籥迎韶，涣诏勤询鹭序。抚豳图而盼稔，轸念秦中；念雍录以驰诹，筹咨陇右。偏隅聚潦，昨年偶告涝灾；歉户分赒，比邑频叨赈问。计丰收于补莳，丁赋停征；荷巽命之重颁，子民饫泽。济穷农而振乏，折色平资；眷逋亩以敦耕，先期贷种。千行布恺，青黄遥剂秧畴；四鬴充餔，苍赤皆愉蔀屋。蒇戎功于偃伯，鹭堠销锋；勖稼政以兴犁，鳞塍恳沃。臣等殷怀梓里，依景枫墀。屡蒙积岁之蠲符，载沐新恩于首祚。京坻伫祝，预征丰峙之山；浍遂勤疏，溥注太平之水。瞻榆望杏，诵时训于春祺；效谷宜禾，兆丰祥于地利。快睹星辉格泽，璇玑占七政之齐；弥欣岁叶天仓，玉粒积三登之庆。惟乾施之普被，忭兑泽之覃敷。所有微臣感激下忱，理合敬谨缮折恭谢天恩，伏祈皇上睿鉴。

拟湖南京官谢折

袁名曜

为恭谢天恩，仰祈圣鉴事：本年十月二十日，内阁抄出奉上谕：云云，钦此。钦惟我皇上化洽黄图，禧均紫宙。牒增轩纪，山效祝以呼三；福锡禹畴，邦屡丰而绥万。抚杏风蒲雨之序，岁大有以频书；总鹣山鲽海之偏，泽中孚而遍渥。维滨湖之沃壤，宜多稼于大田。丁鹑野之天文，光分翼轸；甲鸿寰之地宝，庚积京坻。过长沙稻米之乡，闻香风于五里；续荆楚岁时之记，纪湛露于三秋。乃偶然聚潦于偏隅，较常时岁收为稍绌。以一二邑之乡陬略歉，岂致庚呼；而十千数之岁取未盈，犹廑辰告。环寿宇而欢同雀跃，纶音远被茅檐；选期门而胪唱虎贲，巽命重申荆域。或蠲符全沛石田，竟比闲田；或征令递宽新赋，留为旧赋。收即稍违扈序，何殊耕三余九之饶？人共被夫鸿施，岂止用一缓二之惠？德意比云阳更峻，恩波较攸水尤长。珠崖佩浦之区，诚敷保赤；龙洞鹿山之壤，户接畚黄。惟得所不遗于一夫，故逮下遂周乎片壤。臣等情殷梓里，光近枫宸。读凤诰之十行，常陈时夏；捧鸾书之五色，旭煦小春。群寄语于南乡，快承恩于北阙。□围八百里，湖周八百里，从此迄用明朝；皇春亿万年，帝夏亿万年，共祝绥以多福。所有臣等感激下衷，谨合词缮折恭谢云云。

代大学士戴衢亨等谢折

袁名曜

为恭谢天恩，仰祈圣鉴事：内阁奉上谕：云云，钦此。钦惟我皇上恩均畴载，德洽垓埏。稼穑知小人之依，我疆我理；衣食如赤子之保，已溺已饥。自己未亲政以来，颂多方之布惠；读辛酉纪事之帙，仰一视以同仁。盖木穰而金饥，在年运值气数之转；惟尧水而汤旱，恃圣心补造化之功。属者疆吏腾章，隅灾告匮。候逾北至，地远西江。势屡已于盲风，泽久稽于甘澍。当楚尾吴头之壤旧，饭稻而羹鱼；何蠡湖庐阜之灵艰，兴云而致雨？顺天时之暑，方禁烧灰；交月令之秋，真成流火。讯高田之多稼，秀穗未扬；盼下湿之晚禾，秧针又悴。畎圳或成于龟坼，稻粱难付于雁谋。计逮下之东西，十余三属；问市中之米谷，石已合金。虽屡丰尚困窖之藏，而春熟正征输之届。甫闻辰告，如听庚呼。念十郡之歉区，奚啻千里？而一年之生计，惟在三秋。廑父母之心，时饱饥其倍切；廓天地之德，溥雨露以均施。凡未纳之租，及应收之漕，悉宽岁额，徐俟年周。逾分县之带征，并按期而递缓。虽偶栉墉之未裕，俾供升斗之自谋。北九派浔阳之波，南三折宗江之水。东连盱汝，西接信饶。黄帖初誊，户少打门之吏；瓦盆得饱，家犹吹甑之人。胜新膏立起夫槁苗，如湛露顿滋夫小草。加犹靡已，敕殷心贫户之稽；感则斯通，谕诚意名山之祷。定报甘霖土透，连村皆种菽种麦之农；更祝时雨师行，隔省化买犊买牛之旅。臣等心依桑梓，身自犁锄。读北阙之恩纶，感同茅蔀；听南邦之乡信，颂遍江湖。惟愿来年丰稔，仰符于省岁；相期不日输将，早纳于在官。庶酬缓赋之隆慈，长守急公之善俗。所有臣等感激微忱，谨合词缮折恭谢。

谢颁赐大清会典折子

陶澍

奏为恭谢天恩事：顷由提塘递到颁赐《钦定大清会典》全部，臣谨即出郊跪迎至署，望阙叩头祗领。钦惟皇上绍庭出治，缵圣绥猷。始和悬象魏之书，陈常时夏；无逸式康田之训，敷锡庶民。亶聪明而作之君师，政惟由旧；观会通以行其典礼，善必称亲。仰惟仁宗睿皇帝，扶本引纲，斟元立极。大廷授玺，一心孚六圣之传；册府镌珍，四辑会三朝之典。百九十余年之掌故，咸搜采而入裁成；千一百余卷之牙签，悉绑绶而归折衷。规模既富，典则咸昭。谟丕显而烈丕承，聿著经纶于骏造；述者明而作者圣，爰征佑启于鸿图。臣获睹崇编，钦承渥赐。安上治民莫如礼，体本心精；经天纬地谓之文，粲如眉列。向以福威以极，敷彝教而是训是行；远乃猷裕乃民，绍德言而用康用保。变而通之尽利，损益可知；识其大者为贤，方策具在。若稽古重华协于帝，迪乃前光；继自今立政用以人，圣惟时宪。所有臣钦诵感忭下忱，理合缮折叩谢天恩，伏乞皇上圣鉴。谨奏。

谢颁赐春秋左传折子

陶澍

奏为恭谢天恩事：窃臣奉到颁赏《钦定春秋左传读本》一部，当即恭设香案，望阙叩头祗领。钦惟我皇上亶聪懋学，稽古同文。道阐麟符，既扩元苞于景命；模垂鸿则，更传巨制于儒林。缅《春秋》本经世之书，独《左氏》得属辞之要。轶《公羊》《穀梁》之曲说，所见各殊；绍汇纂直解之遗篇，其文具在。由古哲敷求古哲，君本兼师；惟圣人能知圣人，作仍善述。元元本本，列眉而传自为篇；是是非非，缀尾而篇皆有注。抉地志山经之奥，道里无遗；订别风淮雨之讹，形声必协。尊王之义大一统，敷施悉载于皇言；良史之职备三长，折衷爰归于至教。臣质惭抱蠹，识等测蠡。幸窥乙览之精微，获奉宸编而肄诵。愿书万本，用识中心悦服之诚；莫赞一辞，弥仰盛世观文之化。所有臣感佩欣忭下忱，谨缮折恭谢天恩，伏乞皇上圣鉴。谨奏。

谢赏戴花翎折子

陶澍

奏为恭谢天恩事：窃照海运全竣，经臣会同督臣琦善奏报，请将出力人员鼓励一折，于六月二十四日奉到朱批：汝总办此事，诸凡妥顺，朕深嘉悦。另有恩旨，钦此。并准兵部火票递到道光六年六月十七日内阁奉上谕：海运事属创始，办理维艰。仰赖神灵垂佑，在事臣工竭诚宣力，雇船兑运，筹画周详，两次络绎开放，稳抵津门，朕心深为嘉悦。自应即沛恩施，以昭奖励。琦善督饬有方，可嘉之至，着交部议叙。陶澍亲驻督办，深协机宜，着赏戴花翎等因，钦此。跪领之下，感悚交萦。伏念臣职效凫趋，才惭鸠拙。属以漕河之偶阻，议由瀛海以试行。千帆张鹢首而飞，联行沪浦；六月运鹏程而息，衔尾津门。鹦粒全输，乌幡不警。护由神佑，御香贲而藻翰同颁；训禀宸谟，天宠绥而花翎特赐。象析羽而加之首，彩溢簪缨；庆弹冠而尚以琼，辉生弁冕。金枝绚日，遥分鹤顶之文章；翠羽飏风，何幸鸿毛之际遇。举头知重，附尾增荣。翙朝日以翔衢，和声并应；觐云霄而傅翮，励翼弥殷。从占逵羽为仪，允戴圣恩之高厚；还共山龙耀衮，载飏盛世之光华。所有臣感激荣幸下忱，谨缮折恭谢天恩，伏乞皇上圣鉴。谨奏。

恭进御书印心石屋墨宝图册并谢恩折子

陶澍

奏为恭摹御书墨宝，并图册进呈，仰祈圣鉴，叩谢天恩事：

臣闻河洛阐先天之秘，一画宣苞；图书流东壁之光，三能煜采。是以赤文绿字，炳十瑞而巍尧；玉检金泥，纠重华而慕舜。珠囊肇启，石墨爰镌。钦惟皇上宥密单心，缉熙懋学。敕命几康之暇，庸有赓歌；恰神道德之余，兼资游艺。图标蒙养，题词早播于前编；检切身修，志额弥殷于新宇。偶尔观澜听雨，抒怀总在民依；无妨绘水模山，深意隐存臣鉴。式瞻鸿藻，靡罄皃依。微臣渥荷钧埏，身亲高厚。比以朝天述职，因之乞假旋乡。蒙询里居，在茱萸江之山峡；遂邀宸翰，有印心石之璇题。若作室乃念肯堂，承赐书而标通德。刘向传经之地，敢云乐在山林；晏婴更垲之余，庶几居于廉让。天花洒处，蓬荜生春；琅管飞来，松楸焕色。既而霁颜屡接，清问频蕃。知两岸有若重门，千寻壁立；复四字仍烦大笔，万丈芒垂。特书屡书，遂荷稠施而拜贶；一命再命，更加伛偻以承恩。以视尹玘常参，获一通而光荣已极；即论孙奭直阁，兼两纸而宠幸犹希。载奉恩言，允臣勒石。捧出云霞天上，画丽银钩；修来日月岩边，山开玉斧。体乾坤而为法象，神模毕现于毫芒；肖圭璧以成方圆，元气浑含于橐钥。南崖既选，北牖旋凭。念诸生就日之忱，岳麓无殊邹鲁；况列圣藏书之府，琅嬛宛在金焦。爰亟重模，快资咸睹。莲花峰下，别通营道之潺流；岣嵝碑前，更广夔门之錾刻。大观有耀，经天纬地谓之文；盛迹长留，河岳日星壮其气。微臣夙叨鲤对，忝荷龙光。景庥命以凛对扬，仰奎文而知训诲。精怀炼石，惭无寸补于云天；感切铭心，长纪殊恩于奕祀。臣无任瞻幸屏营之至，谨装演成轴，并绘刻图册，缀记附后，进呈御览，恭谢天恩，伏乞皇上圣鉴。谨奏。

谢京察奉谕议叙折子

陶澍

奏为恭谢天恩事：顷臣于二月二十五日接准吏部咨开，道光十四年正月二十二日钦奉朱谕：三载考绩，大典攸关。满汉诸臣中，有为国宣勤、尽心职守者，允宜甄叙，年老而精力未衰者，仍应留任。本年京察，吏部将京外各大员具题请旨，朕详加酌定。大学士长龄，功宣绝域，同德同心。大学士曹振镛，久任军机，克勤克敬，年登八秩，精力如常。大学士富俊，宣力有年，公勤清慎，年已八十有六，精神颇健，洵为盛朝人瑞。协办大学士文孚、户部尚书穆彰阿、王鼎，承旨精详，匡勷是赖。礼部尚书耆英，管理步军统领事务，诸事认真，颇知振作。两江总督陶澍，办事实心，两淮鹾务日有起色。陕甘总督杨遇春，中外宣劳，功勋懋著。俱着加恩交部议叙，特谕等因，钦此。臣跪聆之下，感悚交臻。时飏当三载之期，龙光共觐；日赞荷九重之眷，驽策同登。伏念臣袜线非长，衣袽夙凛，过蒙知遇，忝领封圻。十三年江国承流，豪无报称；一二日天工时亮，倍切敷宣。属当积潦在途，嗷野而哀鸿满目；更值熬波乏术，巡场而形虎煎心。小大事必由之，与百尔勉修职业；东南力已竭矣，惟一人允念艰难。典守徒殷，方自愧制事制心之要；主恩弥笃，岂期预懋官懋赏之班。是盖伏遇我皇上，哲秉知人，诚能开物。有冯有翼，有孝有德，官必惟其人；汝明汝听，汝翼汝为，皇则锡之福。官方澄叙厘工，实熙绩之源；府事修和慎宪，极省成之效。臣仰承埏埴，幸列驰驱。天高地厚之余，效职莫酬乎万一；益赞夔咨之下，图功弥惕乎二三。所期黼藻山龙，永弼盛时之熙皞；庶借盐梅鼎鼐，长调圣世之祥和。所有臣感激悚凛下忱，谨缮折恭谢天恩，伏乞皇上圣鉴。谨奏。

赐福并颁赏谢折四件。道光十七年、十八年、十九年、二十年

贺长龄

奏为恭谢天恩，仰祈圣鉴事：窃臣赍折差弁回黔，捧到钦赐御书“福”字，并颁赏奶饼、果干等件。臣跪迎至署，恭设香案，望阙叩头祗领讫。伏念臣湘浦下材，黔疆末吏。际龙躔之肇始，惭鹤俸以虚糜。忽拜宸章，兼叨珍味。金薤琳琅之笔，敛五福以

班春；蓼萧湛露之恩，普八埏而饫德。自维薄植，荷此隆施。念受禄之不诬，咏素餐而知惧。臣惟有钦瞻墨宝，益励丹忱。体圣人敷锡之心，胥庶汇偕游寿寓；宣盛世醇酞之化，俾遐方共乐熙台。所有微臣感激荣幸下忱，理合恭折叩谢天恩，伏祈皇上圣鉴。谨奏。

奏为恭谢天恩，仰祈圣鉴事：窃臣赍折差弁回黔，捧到钦赐御书“福”字，并颁赏奶饼、果干等件。臣跪迎至署，恭设香案，望阙叩头祗领讫。窃臣谬以薄植，忝领边圻。抚青律之载阳，咏素餐而滋愧。猥荷便蕃之赐，莫名感悚之私。皇锡福以宜民，荒徼咸游化寓；泽自天而播闿，小草亦沐春膏。富寿之衍箕畴，风和日丽；膏饫之宣舜德，露湛云需。题处犹新，俨亲承于玉案；味之弥永，如饱挹乎衢尊。臣惟有益励初心，坚持晚节。绎恺悌不回之义，所期受禄以无愆；推圣庙大酺之恩，更愿投醪而共饮。所有微臣荣幸下忱，谨缮折叩谢天恩，伏祈皇上圣鉴。谨奏。

奏为恭谢天恩事：窃臣赍折差弁回黔，捧到钦赐御书“福”字，并颁赏奶饼、果干等件。臣跪迎至署，恭设香案，望阙叩头祗领讫。伏念臣竽滥黔疆，倏逾两载。叠拜便蕃之赐，愧无报称之能。当兹风琯新调，仰荷龙章宠赉。大有上吉，欣受祜于自天；既醉太平，喜饮和于首祚。瞻宝翰而道垂羲画，星日增辉；分玉食而泽溥尧仁，醍醐共饱。臣素餐滋惧，丹悃弥殷。咏宜禄于鸳鸯，何以为受恩之地？勉竭诚于驽钝，誓不渝报国之心。所有微臣感激荣幸下忱，理合恭折叩谢天恩，伏祈圣鉴。

奏为恭谢天恩事：窃臣赍折差弁回黔，捧到钦赐御书“福”字，并颁赏奶饼、果干等件。臣跪迎至署，恭设香案，望阙叩头祗领讫。伏念臣代匮黔疆，愧无寸补。际此龙躔肇始，方惭鹤俸虚縻。猥蒙锡福于天章，辉腾羲画；兼荷分甘于珍品，德饫尧衢。念受禄之不诬，咏素餐而滋惧。臣惟有导扬郅治，与斯民共迓春祺；宣布皇仁，俾边徼咸沾渥泽。冀长承夫恩贶，期勉策于驽庸。所有微臣感激荣幸下忱，理合恭折叩谢天恩，伏祈皇上圣鉴。

谢恩折子

唐鉴

奏为恭谢天恩事：本月二十日，内阁奉上谕：前经特召前任太常寺卿唐鉴，来京迭次召对，嘉其品学兼优，器识安定，欲令留京供职。念该员年逾七旬，力陈衰老，若使勉强服官，转不足以示体恤。唐鉴着加恩赏给二品衔，仍回江南主讲书院。江南为人文渊薮，得老成硕学为之教导，俾后进有所矜式，于士习民风当有裨益也。钦此。窃臣一介寒儒，至愚极陋，祖父而下，世受国恩。东观紬书，幸与清华之选；西台供职，惭无献纳之诚。宣宗成皇帝御极之初，臣以候补员外郎特擢知府。洊膺屏藩之任，愧扬历于廿年；复蒙内召之恩，得趋陪于九列。属耄年之将及，遂引病而乞身。退居山林，六载于兹。自维两朝豢养之恩，无寸长之能报；虽处万里江湖之下，实一饭而不忘。恭逢我皇上龙飞初元，荷特诏之遥颁，召微臣而入谒。趋朝累日，沐温谕之从容；待漏经旬，瞻天颜于咫尺。虽还山之志笃，犹恋阙之情殷。乃蒙九重之渥眷，给以二品之卿衔。且复褒品学之兼优，嘉器识之安定。江南为人文之薮，期有益于士习民风；书院为后进之倡，乃谬许为老成硕学。臣自顾何人，膺此旌奖？半生之学，曾未涉乎津涯；一字之褒，岂仅荣于华衮？感激之下，惶悚弥深。惟当惕厉自持，黾皇不怠。本躬行以教士，宣圣德以导民。寸念冰渊，常守君父谆谆之训；太平日月，长作唐虞皞皞之民。所有微臣感激下忱，谨缮折叩谢天恩，伏乞皇上圣鉴。

谢赏花翎折咸丰三年十月初八日

易棠

奏为恭谢天恩，仰祈圣鉴事：窃臣具奏倡捐军饷一折，钦奉朱批：另有旨，钦此。伏念臣猥以菲材，忝膺疆寄。曾乏职司之效，虚叨廪禄之糜。既不能执戟军门，共襄师武；复未能陈谟黼座，少裨戎昭。输将虽切于悃忱，涓埃何补于馈饷？乃荷隆恩，特颁奖赍。花翎宠锡，俄增黼黻之华；甄叙有加，仍忝丝纶之命。肃三薰而弁首，喜溢簪缨；谨九拜以铭恩，感深寤寐。臣才惭仪羽，念切殚心。惟有益励修能，以冀少酬高厚。伏愿期门劲旅，大张貔虎之威；楼橹雄师，早静鲸鲵之浪。策勋庸于殿陛，赤芾金舄对扬，益鬯皇风；普德泽于垓埏，草服黄冠耕凿，咸歌帝力。所有微臣感激荣幸下忱，谨缮折恭谢天恩，伏乞圣鉴。

湖南文征　卷九

策

定从祀策

李文炤

尝稽周建四代之学，而虞夏商周之圣哲各为一学以祀之。自孔子有作，而祖述宪章大成是集，则自汉以来舍列圣而专祀至圣，礼之宜也。至于诸贤诸儒之从祀，则或亲炙于其门，或闻风而兴于百世，亦礼之可以义起者也。然孔子之经，得朱子而后明，非他儒之可并，而世多忽之。则皇上之天亶默成，表章先哲，升而跻之十哲之列，岂非旷代之盛事哉？至若范希文之为人也，以天下为己任，授张子以《中庸》，诚永叔翼之之伦，而今日始得跻之两庑之列，诚千古之特典也。乃执事犹以损益升降尚须厘正见询，生请陈其管见，以待择焉。

夫朱子既升于十哲，则濂溪之先知先觉，明道之履中蹈和，伊川之言坊行表，皆大贤也，岂可杂之于诸儒之列哉？十哲之内，既跻子张，则有若、子贱、原思不当仍居两庑，惟南容则记称其载宝以朝，恐不得以一言之尚德而遂进之也。且公西华娴于礼乐，殆亦当与由、求并列乎？蘧伯玉之出处合乎孔子，诚宜从祀，而林放生平无他实验，尚当酌之，而诸贤之位定矣。汉世经师训释多误，自董子而外皆未必合乎圣人。宋明之儒，亦有显与朱子为敌者，岂可并附宫墙哉？希文既已表章，则诸葛武侯之无惭王佐，陆宣公之不愧醇儒，不无待于尚论，而诸儒之位亦定矣。夫典礼之所关，即学术之所系，一时之论定，而百世之道术明，其于世教岂曰小补之哉？则升之降之，损之益之，诚有待于建中和之极者矣。生读诸子之书，常想见其为人，不意值右文之世，承下问之临，故辄率尔而妄对如此。《诗》不云乎：高山仰止，景行行止。虽不能至，心窃向往之。是则平日之素志也夫。

拟博学鸿辞策对一

聂焘

制曰：士不通经，不适于用，治经之学，于民生本务，体国经野之宜，尤所当考详而切究者。《周礼》九职，首列三农。所谓三农者，以地别耶？以人别耶？其各见于注疏者，其同异若何？《禹贡》之三壤，《周礼》之再易，《尔雅》之三田，又何所指称耶？上农夫食九人，下至五人，又何差别之殊也？夫通劳逸而人力可均，画井疆而地利先辨，井田五义，见于何书？条目若何？五地九土，九地九田，九等十二土，分见何书？其条目若何？多士剖析言之，毋泛毋隐，朕将亲览焉。

臣聂焘对曰：尧舜之世，洪水既平，十二州之地利悉出，十二州之人事可兴。三代圣王，渐次修治，以地利权人事，以人事尽地利，凡以博民于生谷之原而已。夫阡陌开而井田不可问矣，然其大经大法，载于《周礼》，亦时时见于他说，犹可考而知也。《周礼》太宰以九职任万民，一曰三农，生九谷。郑众注云：三农，平地农、山农、泽农。郑康成注云：原、隰及平地为三农，斯固从地而别矣。朱子《诗传》，又以上中下农夫为三事就绪，复从人而别。岂其彼此判然哉？盖三农之解，有以地别，有以人别。人限于地，则从地别，地各殊人，则从人别。傥必执以人别之说，而地不与焉，将《禹贡》之咸则三壤，就九州之中，而分为上中下三等，又就三等之中，而分为上上上中上下、中上中中中下、下上下中下下，胡纷扰若是耶？

《周礼》大司徒之制，不易之地家百亩，一易之地家二百亩，再易之地家三百亩。《尔雅》亦有三田之号，又胡彼此错出耶？是知九州之地，肥硗不同，故则壤成赋，轻重各等。以雍之上上，例之扬之下下，则苛矣。以荆之下中，例之徐之上中，则滥矣。且夫不易之地，美地也，岁种之，故一百亩。一易之地较薄矣，休一岁乃复种，故二百亩。再易之地，抑又薄矣，休二岁乃复种，故三百亩。所谓量地而授产也。

不独此也。《周礼》小司徒之制，上地家七人，可任也者家三人，中地家六人，可任也者二家五人，下地家五人，可任也者家二人。此亦可以证田实有上中下之分，而二郑之注三农，皆从田别，非无见而云矣。若夫《尔雅》之三田，一岁曰菑，二岁曰新田，三岁曰畬，此又以开垦之次第，定地之高下者。故曰三农之辨，匪直以人限于地，则从地别耳。然而以人为别，则固有之。《王制》曰：百亩之分，上农夫食九人，其次食八人，其次食七人，其次食六人，下农夫食五人。孟子之说亦然。朱子云：粪多而力勤者食九人，其次用力不齐，故有此五等。《文献通考》亦云：授田之制，但如大司徒及遂人之说，则是田肥者少授，田瘠者多授。如小司徒之说，则口众者授肥田，口少者授瘠田。若如《王制》及孟子之说，则一夫定以百亩为率，而良农多食，惰农少食。然则三农之分，或以地，或以人，地不能为惰农而效其灵，人亦安能转瘠土而遽丰其报哉？是故先王疆里天下，竭人之力而归诸田。物土之宜，而布其利，有五义焉，兴人事也。有五地九土，九地九田，九等十二土，尽地宜也。五义见于《公羊传注》。《春秋》定公十五年税亩。一曰无泄地气，二曰无费一家，三曰同风俗，四曰合巧拙，五曰通货财。道源刘氏《通鉴外纪》，亦有五义，与此不同。而《周礼》大司徒，以土会之法，辨五地之生物，山林、川泽、丘陵、坟衍、原隰是也。《左传》楚蔿掩为司马，《春秋》襄公二十五年传。度山林，鸠薮泽，辨京陵，表淳卤，数疆潦，规偃猪，町原防，牧隰皋，井衍沃，盖九土矣。扬雄《太玄》，因九地高下而别其名，曰涉泥泽地沚崖，曰下田中田上田，曰下山中山上山。《周礼》载师，六乡之外，有九等之田，廛田、场圃、宅田、士田、贾田、官田、牛田、赏田、牧田。大司徒以土均之法，辨五物九等，以土宜之法，辨十有二土。骍刚、赤缇、坟壤、渴泽、咸潟、勃壤、埴垆、强檃、轻爂，九等也。十二州，十二土也。夫分其地而理之，合其人而治之，以地利权人事，以人事尽地利，瘠者可使之转而肥，惰者可使之变而勤，帝王经世之大经，其在是欤？若乃仲舒限田疏后，均田之议，代各不同，或谓唐口分世业犹近古，而林勋《本政书》，朱子爱之，讫亦未见施行。是知井田既废，师其意不泥其迹，固在善法古人者。牖下书生，何能执《周礼》《尔雅》《春秋传》《王制》《孟子》《太玄》等书以索解耶？

拟博学鸿辞策对二

聂焘

制曰：朕稽古硕儒名臣嘉言谠论，彪炳方策，略举数端，聊用咨询。夫六籍之微言无论矣，三本六务，三具四齐，其说维何？贤良三策，晁、董不同者焉在？言世务书，严、徐所见者孰优？仲长统之称《政论》，《申鉴》之详政体，其言可采者，皆得而敷陈欤？嗣是而后，莫切于十思之疏，五规之论，至以十事陈说，唐宋诸臣不一而足，何人何事？孰得孰失？可得而论列胪述欤？伊川之先务，紫阳之大本，纯儒之学异于管、荀诸人者，又何在也？多士数其辞，陈其义，能条对者，朕嘉与之。

臣聂焘对曰：治天下有大本，立乎其本，而经纬错综，皆以此为枢纽。治天下有先务，知所当务，而张弛翕辟，皆恃此为运用。古圣微言，载在六籍，无论矣。周秦以及唐宋，硕儒名臣之论，敢略陈焉。管子之书，有曰三本六务。三本之目，曰德当位、功当禄、能当官。六务之目，曰节用、贤佐、法度、必诛、天时、地宜。夫天下之本一而已，曰六务，是驰务也。且是数者，皆治天下之节目，而本务不存焉。荀卿者，又混王霸为一途，淆本末先后而言之，曰三具四齐。其言仁、义、威，三具也。治法、佐贤、民愿、俗美，四齐也。夫仁、义，心之德也，言仁、义而不言心，仁、义将何所本乎？威，义之用也，言义而并以威，体用不歧为二乎？即其四齐云云者，亦概为平等之论，而无当于先务之重，是则管固非王佐，荀亦不得为纯儒矣。

汉之大儒，推董仲舒，贤良三策，晁、董并著。晁对于文帝时，董对于武帝时。然晁安能匹董哉？晁之对，唯三王臣主皆贤，则共忧之，故同谋相辅一段为正论。五帝其臣莫及，则自亲之，故自亲事。五霸不及其臣，则任使之，故任之以事。此皆邪说也。称文帝大功数十，又皆谀辞也。此真西山之论。帝以直言极谏求，错以邪说谀辞对，固先儒之所共讥者也。而董子之策，明天人之道，达性命之原，发治教之实，得孔子之真传，为百王之大法。此张邦奇之论。故朱子云：仲舒识得本原，如正心以正朝廷，仁义礼乐皆其具是也。胡瑗曰：仲舒多得《春秋》要义，所对却中当世之病，如罢黜百家，表章六经，其功不在孟子下。真西山曰：《大学》心正、身修、家齐、国治、天下平，《中庸》致中和、位天地、育万物，仲舒得之，其学粹矣。陈仁子曰：仲舒勉强行道，即傅说行之艰之说也。尚德教不尚刑罚，即夫子道之以德之说也。惟“性者生之质”句，朱子疑其不识性善，然固不害其为明体达用之士矣。

自是以来，汉世诸儒进说于君者，似此盖少。若徐乐、严安之言世务书，崔实之《政论》，荀悦之《申鉴》，皆其踵武者。顾尝总而论之，严优于徐，而荀又超乎崔。徐乐以基本积坏，譬之土崩，以祸难卒起，譬之瓦解，而曰天下之患在乎土崩不在瓦解。夫土崩固可患，瓦解亦岂可不预为忧乎？此非圣贤致治防微之道也。论本之真西山。逐走兽，射蜚鸟，金石丝竹之论，引君于畋游声色，又非大臣陈善闭邪之衷也。严安则欲为民立制度，以防其淫，使贫富不相耀，以和其心。其言省刑罚、薄税敛、减徭役，尤足为武帝针砭。而“用兵乃人臣之利，非天下之长策”二语，更可杜要功生事之口者也。此陈仁子之论。盖徐乐效战国策士之谈，而严安多董子经术之旨，故其优劣悬殊如此。

崔实之《政论》，仲长统称之，以为凡为人主，当写一通置之座侧。今读其书，主于参用霸政以严致平，有曰刑罚者，治乱之药石；德教者，兴平之粱肉。以德教除残，是以粱肉理疾也；以刑罚理平，是以药石供养也。此乃救时一偏之设，绳以董子所言教化之渐，仁义之流，非独伤肌肤之效，殊相悖也。荀则谓人不畏死，不可惧以罪，人不乐生，不可劝以善，故五政之目，在于兴农桑、审好恶、宣文教，而立武备、明赏罚辅焉。其曰教化之废，推中人而坠于小人之域，教化之行，引中人而纳于君子之途，尤足以摧崔实之垒，而发仲舒之覆矣。

唐宋诸臣进说于君，史不绝书，若十思，若五规，若十事，后先相望矣。然而心不正，志不笃，徒补苴于事为之际，泛骛于赜杂之途，无益也。故伊川之言曰：今日之务，所尤先者三，立志、责任、求贤是也。三者之中，复以立志为先。朱子上封事，及乎辅翊太子，选任大臣，振举纲维，变化风俗，爱养民力，修明军政，而要其归曰“天下之大本，心而已”。由是言之，心者，志之主也，志者，心所之也。心志定则思无不通，见可欲则思知足、将兴善则思知止、处高危则思谦降、临盈满则思抑损、遇逸乐则思撙节、在宴安则思后患、防壅蔽则思延纳、疾谗邪则思正己、行爵赏则思因喜而僭、施刑罚则思因怒而滥，而魏徵之十思可用矣。心志惕则规无不入，由是保业、惜时、远谋、重微、务（赏）〔实〕，而司马光之五规可用矣。心志纯则事无不括，政先仁恕、不賥边功、法行自近、（官）〔宦〕竖不与政、绝贡献、戚属不任台省、接大臣以礼、群臣得犯忌讳、绝佛道营造、推此鉴戒为万代法，而姚崇之十事可用矣。夫且用元稹之十事，则教太子正邦本、封诸王固磐石、出宫人、嫁宗女、时召宰相讲庶政、次对群臣广聪明、复正衙奏事、许方幅纠弹、禁非时贡献、省出外畋游。用范仲淹之十事，则明黜陟、抑侥幸、精贡举、择长官、均公田、厚农桑、修武备、减徭役、覃恩信、重命令。以至于畏天、爱民、修身、讲学、任贤、纳谏、薄敛、省刑、去奢、无逸，用吕公著之十事，简而切焉。师傅、六官、经界、乡党、贡士、兵役、民食、四民、山泽、分数，用程明道之十事，约而广焉。心志一定，而百务俱举，夫是之谓先务，夫是之谓大本。程、朱之学，所以直绍六籍之微言者，盖在乎此，即大儒如董子，尚不能与之颉颃焉，况管、荀杂霸之术哉！

清理楚南钱粮策

陈长镇

地者诸生之根荄也，田者王家之府库也。因土作贡，惟正之供，而钱粮赋税于是乎兴。其法始于黄帝，备于成周，坏于强秦。后之田则商鞅之阡陌也，后之赋则杨炎之两税也。岂无英君硕辅，勤思法古哉？时势既异，习俗顿殊，井田之难复，犹结绳之难治也。我国家平成一统，规模宏廓，世祖章皇帝审时度势，均定田赋，法制美备，为田者二，曰民曰屯，为赋者二，夏曰税，秋曰粮。上下遵守，百年于兹。宜草野效输将之诚矣，而积欠相仍者，何也？法久必变，弊作宜修，朱子所谓吾将半年之劳，祛数百年之弊，可五十年不坏，诚以天下无不弊之法也。弊而复救，存乎后贤。

楚南远介南服，素称沃壤，民庞俗噩，畏法奉公，而抗欠时闻，率难尽革，必有故矣。皇上洞悉民隐，吴越一带特遣重臣与为清理，眇此楚南亦劳清问，盖欲剔累年之宿弊，立万世之良法，意至深远也。窃尝综楚南之赋税而计之，每田一亩纳米不过四五升，田之所入，中上之岁每亩得粟一二石，视成周之制不及什一也。而犹多抗欠者，岂诚背公藐法，寡廉鲜耻哉？毋亦督责之不得其术，经理之不得其人耳。盖钱粮之不清，由于有司之怠玩，蠹吏之为奸，而百姓不与焉。生武陵产也，请即以武陵对。钱粮之有奏销也，必按月而征之，分限而课之。按月则时缓而财易办，分限则数少而力不疲。自前有因循怠忽之令，日入醉乡，不以催科为事，于是旧欠累数万矣。一旦欲举数年之赋输于一日，此民所以轻犯刑罚，倾家荡产而不偿也。然犹在民者也，尚可言也，至若蠹书之奸，尤难数计。粮米有飞洒之术，油票有砍头之名，予以规礼则匿户不抽，素无赠遗则纳者复发，公帑悉入私囊，民脂半肥蠹腹，虽自封投柜，而旋入旋出，那移之法精，侵渔之计熟，逮至正额不敷，则捏造欠册。夫数两数钱之欠，在民未可知也。分厘之数，其完纳也，必数倍而始成锭，冶师火钱倍之，原差路费倍之，上城食用倍之，民虽至愚，决不留此些微自贻重累。故册中之数，分数厘皆欠在吏者也。

然犹其小者也。欺隐之弊，数十石粮一入吏手，左铺右展，倏归乌有。奸民给以金钱，名曰卖种。吏按户大小挨加升合，即可灭迹。故蠹吏之家，及其至亲密友老吏子孙，莫不坐享无粮之业，而众户之额益加。小民何知原额？催签一发，仍托蠹代查，蠹即曰此原额也。不则曰虽非原额，不完则签难销也。不则曰姑完此，当为尔除之。则民且感激拜托而去，至来年而复如故，不则飞入他户矣。间有黠者欲自呈辨，一纸递入，旬日不出，店钱食用，为橐已空。原词批出，仍发本房查夺，而蠹反从而索纸笔之费，此民所以甘于加额而不辞也。况老田弓口，较今最为广阔，今之转卖者，大抵皆俗所谓生子田。田既生子，则粮亦生子矣。故富人新置之产，率粮多于田，而蠹遂借此以为藏奸之地。田赋弥加，正额弥缺，为长官者不过核其总数，而总数如故。为幕友者不过稽其欠册，而欠册皆虚。此其弊不可言也。

今欲清理，宜先清田地之欺隐，次清欠数之虚实。新垦之欺隐，在山田者十之六，在湖田者十之四，而平田无之。粮米之欺隐，在吏役之家者十之六，在民间老户者十之四，而新户富户无之。今使下一令曰欺隐自首者免罪，必百无一应，谓欺隐者不独我也。将履亩而清丈，则差役悉索之，供给悉索之，投册提号悉索之。书吏弓手反因以为利，虽日不暇给，亦无济也。盖钱粮之弊始于飞村换甲，而成于割过推收。何则？田在一村，粮在一村，人在一村，奸之府也。必也其倒户归区乎？归区之法，前升令已行之，而竟无效者。以其勒民自首，不分上中下则例冒昧清丈也。第令人代为首，民自为丈则得矣。所谓人代为首，非招告之谓也，招告则扰矣。宜兴十家牌之法，绳贯钩连，互相保结，按其住处，逐一详报，名曰土方册。如某田若干系某之产，现住本村或住他处，一无所混。匿而不报，与欺隐同罪，挟仇捏报者坐之。夫门外之田，十家所共知也，甘为他人受罚，必不为也，则有田毕出矣。复令田主自丈，而尽收其先年丈册，使各按方圆弓口之数另行清报，注明田若干，粮在某村，某则开垦若干，欺隐若干，缴入内署悉免其罪。另延善算数人，取十家册而核其田数，取实征册而核其粮数，取先年丈册而核其弓口之数，符则奖赏之，粮多则减之，不符者令自诉，诉而不符，必欺隐者也，严讯得实，则惩一以警百。或抽一二户而减从亲勘焉，其谁肯以身试法哉？至若书役之产，另造一册，一如前法而重其科条，取本人亲供并十家总结，有欺隐不报者准人首告，即以其产予之，妄出结者同坐，则奸诈难售矣。于是照册清粮，仍其户名，各归区块，勒成一书，将来易于催科，永无彼此躲闪之虑矣。

若夫清欠数之虚实，莫如另造欠册，给发各村，令民亲笔填注，如某户已完无欠，或已完若干尚欠若干，各画花押。不识字者则倩兄弟亲戚代写，各注明画押。书役代为填写，暨填写不实者罪之，其填写已完者必书役之侵蚀也，则拘讯焉。自首者免其罪，而分限以追偿，其抵赖者取民油票为质，重置之法，则虚实立辨，旧欠毕清矣。此法前署令亦已行之，第不严比旗户黄册，令其速缴，牵延既久，竟无成效。今此册犹存，急宜追比，速填速缴，如其不存，即宜另造。傥不行此法，窃恐滚单一出，不问已完未完，差役虎狼，小民懦弱，典衣鬻子愁苦之状，盖有仁人所不忍言者，而奸蠹反欣欣以为得计，钱粮何由清哉？

至于十家牌之法，其所系有不仅在钱粮者。乡里盗贼，乡里自知之，第以顾惜情面，恐结深仇，不敢申报耳。今亦令十家互相出结，或耕或读，或习杂艺，注明土方册内。有为盗贼及游荡生事者，亦注明册内。如有妄行出结，一经发觉，一体治罪。弭盗之术莫善于此，惟执事行之。阙

抑生更有请者，田有欺隐，赋有积欠，皆经界不正之故。经界者，非徒井田有之，即邑分为乡，乡分为村，村分为区，亦有经界焉。经界正则田有定形，赋有定数，奸无所匿矣。欲正经界，宜兴版籍之制。所谓版籍者，有图焉，有册焉。图所重在田，则田为经，人为纬，田各归村，诸原隰坟衍广狭长短之形毕具，转卖者虽准过户，而必冠老户名于上。有开垦者执图而稽之，如烛照也，则欺隐除矣。有争讼者执图而质之，如列眉也，则争端息矣。此不与人为转移者也。册所重在户，则人为经，田为纬，田各归户，一切新旧买卖、同居析爨之名皆具。虽转卖数十主，必历载其名户，遇赋税之征则稽之，遇田产之讼则质之。其户必用本名，毋许另立字号。此与人为转移者也。田之随户者朝更暮易，而地之土著终古不易，则图亦终古不变，约一甲子而修其漫漶焉，于法为母。户无岁不变，十岁则大变，册亦十岁一更，于法为子。母以权子，子必随母，则田地无淆，户口不紊，在钱粮为清理之善法，在邦国即经理之至计也。执事江左名儒，辱守敝郡，其所设施当有高出寻常万万者，诚以生言为可采，则愚者之虑未必非山薮藏纳之一助也。

殿试策对

陈长镇

臣对：臣闻道莫隆于唐虞，法莫备于三代。尔时之出作入息者，犹是日用饮食之民也。其分理民事之卿贰牧长，犹是敷奏明试之彦也。其闾井仓储补救转输之令，又非别有智取而术驭也。而师济盈廷，熙皞成俗，即被光之苍生黎献，咸能修家献廷。著九德之行，彰有常之吉者，惟道立于上而法行于下也。虽然，今昔异宜，道因以用，淳浇殊尚，法由以更。《书》曰：虑善以动，

动为厥时，昧厥时宜。则虽高诵唐虞，侈谈三代，终于耳食而已，能济实用者几何哉？

钦惟皇帝陛下，以天亶之圣建时中之化，考课明而吏治清，农桑重而本富裕，官仓私廪三九有储，小眚偏灾万千不惜，河渠备而天庾足，实学重而士习端，洵所谓道隆法备，继美唐虞，齐踪三代，千载一时者矣。乃于廷试之期，犹进臣等而以制治在审时宜，论治必征实用，殷殷下询。臣虽愚陋，敢不谒诚极虑，效山海万一之记助？记曰：事君先资其言，况幸际得言之会。事在古人者不敢远引也，请就近事切究之。行之已效者不敢铺张也，请举弊端直陈之。

天下非一手一足之烈，必赖卿尹大吏，亦不能独理也，必赖丞郎守令以赞其功。递相为任，亦递相为师。今之卿尹大吏，知守法以保位，矫廉以全家者，盖不乏人。而公事之来，率多不得已而应之意，苟可诿之则竟诿之矣。恬退者视自公为传舍，卑鄙者苟据位为光荣。见其始终当官，保身肥家者，不问其生平益国计何事，利民生何事，群相称羡，谓为福人。彼其胸中借公以图私，借国以利家之见，滞而不化，安望其公尔忘私，国尔忘家哉？本是以率属丞郎守令，复能望其震动恪恭，服勤趋事，砥节奉公，劳心抚字哉？今将起而矫之，惩贪则竞苛刻矣，戒酷则学模棱矣，厌纷更则流为弛废矣，虽未遽至此，则未雨绸缪必有道矣。

我皇上爱民如子，首重吏治，所整饬激扬者已至，而犹难复古者，窃谓有数端焉。赏罚，国之大柄也。今之罚人，必列其罪而刑之，赏人则不必列其功而迁之。是密于罚人而疏于赏人也。绾半通之绶者，有苟延岁月，一吏持簿以迁之耳。古者强仕、致仕皆有定年，今有致仕之限，无强仕之限。是轻于弃老成而重于奖新进也。在茂才异等，若颜回、子奇不可年限者，旷世一遇耳。余皆中材也，虽有宝刀，淬之乃可一试。不造就使成器，而遽使临民，美锦学制其何以堪？国家设科郑重取士，其得举者年以三十为率，必六十外乃可得官，有才智者已不及待，而昏耄者转以愚得寿与官。壮则置之，衰则收之，亲民之官不几为优老之任乎？

制策曰：农桑者，王政之本。诚至论也。其人有遗力，地有遗利者，虽游惰蠹之追呼扰之，与夫荒莱不翦，耒耜不勤，俱所不免。而司牧不加省，大吏徒具文，尤为切病，似非劝课所能变也。请仿汉六条、唐二十七最，及陆贽五术、五要、四科、八计法，必明列实迹，乃得迁官。外官尤以农桑为首。又仿左雄限年令，年少有才，许居文翰丞郎之任，非四十不得临民。兼于科举之中行保任法，内责卿尹，外责督抚司道。举不当者兼罢举主，规避者又仿汉不举者罪法，三年一行之。非科甲出身及例应回避者，概不得举，则一列显任，视得人如己得官，失人亦如己失官，庶昏昧芟，贪私杜，铨法疏。以众人之智知人，则无遗才，以众人之官任官，则无过举矣。

积贮者，生人之命，然《周礼》十二荒政不言，遗人委积，皆民赋也，余一余三，皆民藏也。至齐桓魏文，始言贵粟，而平粜、和粜兴，久之官之所为，竟与商贾居奇者等。皇上惠养烝黎，于眚灾尤急，故所积最丰，而利亦极溥。然利者弊所伏也，后人才智未有远过古人者也。采买则官勒抑矣，重以吏胥为市，富化为贫，贫化为富，一也。交纳则民赔垫矣，重以抽收车扬，石耗一斗，百增十石，来年平粜则十石之糠复化为谷，司仓者但食其糠而已肥，(三)〔二〕也。平粜时凭以油票，限以数斗，于法得矣。抑知油票莫多于吏胥，数斗可积为数千百，又况发票有期，开仓有期，离城三里即不肯裹粮废工而买，买者市井豪猾耳。年来复责民补，是民岁岁交官，不一食于官，三也。

至谓谷价腾贵由于囤户，似未深中事情，何也？若辈利晰秋毫，谷非耐久之货也，一年色变矣，价减矣，二年母失子矣，三年子母全失矣。苟有蝇头，无不急售者，而谷价涌贵，则“生谷止有此数”一语，圣心为洞其原也。未贮以前，此数千万粟米未委沟中也。今则民间岁少此数千万矣，有不涌贵乎？免税发仓，究不能平，岂尽奉行不善乎？臣窃谓积贮不可废也，而可减也。

近水贮之，远水停之，买必离其所属，则勒抑除。粜时照时价发行户，谷多则价自平而豪滑阻，补时仍责行户则赔累蠲，多留升合于闾阎，即多延闾阎之旦夕。康熙年间之成效有明征矣。或虑少则赈恤无资青黄难接者，不知贮在民则民自为接也。水旱之作，小一隅大一省止耳，移民移粟皆可行，几见多贮而此地灾眚即能给哉？

至于册造于吏胥，散限以时日，赈恤之弊，在在皆然。今山东上廑宸衷，复仿前赈江南法，截漕拨帑，分遣大臣台谏莅其事矣。犹欲博采古昔成法，综而行之，意甚盛也。臣窃谓范仲淹、赵抃、富弼、苏轼、朱子诸良法，但宜讲于平日耳。今山东孔亟矣，听往莅者随地因时，不惜帑、不辞滥，则气自苏。一拘以成法，不惟滋扰，且无及矣。而乘雨沾溉，招流亡、贷牛种，盖尤要者。治河通漕，不出以淮予河，以河予淮，以淮河予海之法。今以漉泗洪流束之一口，豫徐大溜其势益暴，堤坚难溃则弥漫，漫久则沙淤，淤多则口益急，决溢随之，非操舟制器加厚培高可制也。多其道以杀之，予之地以平之，抑一策与？又明臣言一旦瓜仪决堤，淮徐溃河，临济散闸，舍海运无所恃，则分河漕三十之一试行以习其道，亦未然之胜算欤？学古将以致用，而略经术，急进取，竞浮华，天语煌煌，诚金鉴也。顾教化已明，积习难返，由三物废，有言扬而无德举也。古有有以文选者，以文则韩非、扬雄上第矣。诚取朱子《学校议》《白鹿洞规》、胡瑗二斋法，兼采汉晋制，伦纪苟亏，禁其进取，送者并坐，则士皆改弦易辙，学术端，人心正，处为良士，出为良臣，廉法并兴，政事毕理，国家景运与唐虞三代比隆矣。臣草茅新进，罔识忌讳，干冒宸严，不胜战栗陨越之至。臣谨对。

石鼓策

魏晋

石鼓高二尺，广径一尺有奇，其数十。其事纪天子之畋，故一曰猎碣，其文则史籀遗迹也。旧在岐阳之野，唐世始显，元和中郑余庆自石鼓村移置凤翔，孔子庙获其九。五代之际，鼓复散越，司马池知凤翔，辇致府学，其一亦亡。宋皇祐四年，向傅师得之民间臼，自跋云：第十鼓最小，文亦不类。访于闾里，果获一鼓，字虽半缺，得其真迹。然则其先盖尝有伪为者矣。徽宗时，由凤翔迁汴，诏以金填其文。后作辟雍，蔡京请置讲堂后。辟雍废，迁禁中保和殿。金人入汴，鼓北徙，置王宣抚宅之废园。元大德末，虞集请于时宰，分设国学大成门内左右壁下。郑夹漈谓靖康之变，珍异北去，或传济河遇风，重不可致者，弃诸中流，鼓之存亡未可知。王子充谓金人入汴，剔取其金而弃去之，不言弃于何地。盖是时北方非宋所有，而二公又皆南人，故其说云然。

诸家铨次十鼓，惬山潘氏迪从施序，自甲至癸是也。甲鼓，薛尚功、杨升庵居八，郑夹漈居三。乙鼓，薛与杨居五，郑居一。丙鼓，郑居四。丁鼓，郑居五。戊鼓，薛与杨居九，郑居八。己鼓，薛与杨居七，郑居二，向傅师所搜访而得之也。庚鼓，薛与杨居一，郑居九。辛鼓，薛与杨居六，郑居七，鼓文最磨灭，施云存十三字，潘云家藏旧本存仿字。壬鼓，薛与杨居二，郑居十。癸鼓，郑居六。丙丁癸三鼓，薛、杨与潘同，嘉定孙氏更定董逌本，己一癸二辛三甲四丙五丁六乙七庚八戊九壬十，其义又与诸家有别矣。欧阳修《集古录》载四百六十五字，梅圣俞所谓四百六十飞凤凰也，薛尚功《款识》仅多二字，胡世将《资古录》自称先世藏本，在《集古录》前，仅多九字。吾衍《周秦刻石释音》，载四百七十七字。孙巨源得唐人录本于佛书龛中，视《资古》藏本又前矣，载四百九十七字。元潘迪《音训》载三百八十六字。据今拓本，止三百二十五字。大抵愈传则愈久，摧残剥灭仅得其余。杨升庵乃谓从李宾之所得见东坡本，凡六百五十七字，又言得唐人拓本七百有二字。秦人以杨本载入陕志，并刻石临朐。冯汝言编《古诗纪》亦用其文，不亦诬乎？

《集古录》谓鼓作于文王，至宣王而后刻诗，云本自韦应物。

夫鼓必有所由作，即非以石刻诗，何缘而作此鼓？作者一代，刻者又一代，必无此事。况今韦诗具在，但云“周宣大猎兮岐之阳，刻石鼓兮功煌煌”，何曾有文王之说？不知欧公果奚所见也。董逌、程大昌据“成有岐阳之蒐”，以鼓为成王时物，且引吕氏纪仓颉造大篆，考之载籍，皆以为宣王太史籀损益科斗古文，著大篆，称曰籀文，从其名也。又曰史书从其官也，对李斯小篆而言。籀篆者，小篆之所从出，则籀篆为大篆。对仓颉古文而言，科斗者，籀篆之所自来，则古文亦可曰大篆。今鼓文不纯乎科斗秦篆也，其为籀书真迹无疑，安所得宣王太史书刻于成王时乎？

其言游猎之事，朱子谓与《车攻》《吉日》相类，赵古则又历引《诗》以证鼓文，如董程言岐在丰西三百里，鼓文更安得云“驾言徂东”邪？其以鼓为秦者，郑夹漈《石鼓考》谓“也”为“殹”，见于秦斤；“丞”为“巫”，见于秦权。其作《通志略》，谓三代而上，惟勒鼎彝，秦始大其制为石刻。然考程氏《雍录》，方秦之议刻山也，群臣上言，已曰“古之帝者，犹刻金石”，是石刻犹来已久。凡文德书于鼎彝，武事刻于钲鼓，此言田猎，故石形从鼓。蔡中郎铭后汉桥元之庙：“是用镂石，作兹征钺军鼓，以勒公文武之勋。”则武事刻于钲鼓证也。古文《周易》“也”皆作“殹”，而“巫”取山高奉丞之义，著在《说文》。秦未创小篆，以前斤权亦用旧文矣，且乌知既作以后，大篆小篆秦不兼用，而以是断石鼓自秦始哉？

金人马定国，以宇文泰尝蒐岐阳，定为宇文时。夫宇文刻石纪功，唐相去甚近，何文献无一传者？苏绰，勖祖也，用事于周，词令皆出其手。使绰有此举，勖必深知，而勖际贞观时，亦以石鼓为周宣刻，何也？他如李嗣真《书后品》、张怀瓘《书断》、徐浩《古迹纪》，咸以为史籀真迹，虞世南、褚遂良、欧阳询皆有墨妙之称，嗣真高祖时人，怀瓘则老于开元者也。老杜《李潮八分小篆歌》“陈仓石鼓又已讹”，亦列之仓颉、李斯之间，则昌黎断为宣王时物，韩公嗜古，自属可据。

欧阳公著《石鼓三疑》，谓汉碑大书深刻，磨灭十八九，自宣至今，文细而刻浅，理岂得存？不知碑刻之存亡，视石质之美恶、摹拓之多寡、风雨之及不及。且如《诅楚文》刻于秦惠，字画细浅，视石鼓过之，由始出近代，戕害所不及，无一字灭者。颜真卿《干禄字刻》，才六十余年，而遽已讹阙，则以摹拓者多也。秦前石刻大都质粗坚顽，非如汉以后石虽精好而质易剥落也。若其疑自唐而上罕见称述，又隋多藏书，独无此刻，三古法物溷于川岩泉壤、榛莽瓦砾，几经湮没，而后世始显者良多。即《诅楚文》笔迹高妙，近世始出，亦可谓不称于前人，不录于隋氏，而指为伪物耶？

或谓鼓文不录于《诗》。古人著作或范金，或刻石，或作册，各有所施。勒金石者未必复书于册，孔子特取太师所掌录之，宜于石刻未见收。且传记中逸诗多矣，辞义典雅，孔子删之，则或因《车攻》《吉日》既登，而此削其重复，未可知也。要之三代之文存于今者，岣嵝禹碑，穆王吉日癸巳外，惟史籀石鼓。今即其文考之，"宣"字见于《诅楚文》，"涉"字见于《义云章》，"西"字见于尹彝，"奄"字见于盄和钟，"高"字见于碧落碑，而《说文》所采九字，又其彰彰矣。赋有窦臮、周伯温、李丙奎、罗曾，诗有韦应物、韩愈、梅尧臣、二苏、张耒、洪适、张养浩、揭奚斯、宋褧、马臻、吴师道、程敏政、李东阳、何景明、朱国祚诸作，诚重之也。我皇上懋勤稽古，于乾隆五十五年，重编石鼓旧文，勒石太学，于以信今而传后，将更为神灵所呵护，同圣祚亿万载而长存，岂不休哉！

湖南文征　卷十

表

贺御极表

陈鹏年

为庆贺事：康熙六十一年十二月十三日，臣于河南怀庆府武陟县地方，接准河南巡抚臣杨宗义咨送钦颁诏书一道到臣，臣随率同在工文武大小各官，恭设香案，跪听宣读，望阙叩头庆贺外，伏以鸿图启运，万年开有祜之祥；大宝凝庥，六合庆同风之盛。欢腾率土，喜溢寰区。恭惟皇帝陛下，聪明天亶，睿哲性成。文章与云汉为昭，道原精一；治法并日星同灿，学本生安。九凤来仪，巩河山而御宇；六龙得位，膺历服以乘乾。当主器之初承，讴歌共戴；即恩纶之特沛，涣汗宏施。至德渊微，有要有伦而孝仁兼备；小心竞翼，尽美尽善而公溥无私。从此玉帛共球，薄海咸归化域；会见东西南朔，普天尽沐阳和。永庆升平，难形颂祷。臣欣逢盛世，幸际昌期。类葵藿之倾阳，心惟向日；似潢污之归海，念切朝宗。当俟堵筑完工，即拟星驰就道。红云一朵，奉咫尺于天颜；紫气千门，肃拜稽于宸陛。伏愿三灵交泰，万福来同。圣治诞敷，睹清宁之永奠；皇猷广运，绵统祚以无疆。臣瞻天仰圣，无任欢忭之至，谨奉表称贺以闻。

拟上指授方略绥靖苗疆恩威并济南服百蛮无不洗心向化纳土归流群臣谢表

陈长镇

伏以帝泽涌江源，翼轸静天狼之气；皇威临月嵎，保障恢地犬之牙。提北斗以酌阳春，热版寒门依雉尾；鼓南风而拂区夏，榆河桂海列鱼鳞。龙韬独运乎九重，堑铁桥而作镇；虎竹遥分于五水，枕铜柱以为邻。捷奏西曹，欢腾南甸。臣等诚惶诚恐，稽首顿首上言：窃惟先王守在四隅，不侈拓地开边之略；圣主光函九有，必昭同疆共井之风。盖一统之车书宁殊中外，而八家之畎亩岂异要荒？惟西北逼狸犹之乡，而东南半瑶僚之域。竹浮三节，爰生遁水鲸鲵；木化九隆，实产牢山狐兔。廖仲力除虎孽，廓板楯以开基；高辛绩纪犬戎，窍岩峦而孕气。或居松外，或据黔中。牛角贻孙，家习凶残之性；马郎跳月，人忘礼义之行。鬼鼓迎神，宾厨杀老。买水唱斋之异俗，穿胸跛踵之殊形。等身而铸金刀，钊驷奔猱其若电；烧石而成铁蹠，履荆蹈茨以如猿。

粤自开辟以来，遂尔屈盘为患。姎徒跳跃，不闻输租纳课之经；郎火纵横，屡烦命将征师之讨。顷襄略地，庄豪仗节安归；建武征南，刘尚全军不返。马傅专旌武水，空歌毒雾蒸鸢；唐蒙通道且兰，莫解炎氛烁石。三年疲众，霜清定管之魂；五月兴师，风惨渡泸之魄。程苞漫颁，赦诏制裂黄麻；高骈浪结，和亲玉埋青冢。从此夜郎自大，因而都贝称尊。黎母摩天，阳乌驻辇；点苍插汉，阴兔回銮。谓半湾水足抵三千，恃一尺崖可当十万。精夫星列，窃著版章；鬼主棋分，私征徭税。虽有羁縻之郡，不载王会之图。从古如斯，于今为烈。间有雄才大略，欲令纳土承风。乃巴氏归心，谬说鸡镞幏布；秦襄勒石，虚传清酒黄龙。置吏始于宋均，未必狼心顿洗；分州盛于赵鼎，何曾犬性终驯？韩愈之请施恩，原非得已；尹穑之思立堠，究属空谈。爵禄金钱，耗尽崇宁帑藏；珠玑玳瑁，飞来元狩楼船。赕钱不入賨人，邛杖转流身毒。越裳翡翠，两劳京观之封；蒙舍名驹，三费南城之筑。昆仑关外，依然九菌风烟；安化州前，仍是三苗瘴疠。巴渝协律，孰绾铜章？水曲献歌，谁遵牙节？都护何殊画饼，刺史不异添蛇。归明官之职仅存，都誓主之风愈扇。未有宏慈远被，箐篁依日月之华；内御允孚，江汉鼓朝宗之浪如今日者也。

兹盖伏遇皇帝陛下，道凝琼镇，业峻铜楼。舞虞后之干，昧谷明都焕彩；发轩皇之鼓，丹山赤水蜚声。沧澥无波，晋泽马山车而荐瑞；遐方用享，综前儿在子以呈图。横却月于天街，已见交州送款；划长虹于地脉，更看乌藏投戈。环海十洲，波通太液之水；邓林万里，影交上苑之花。固已璧合珠联，四表占风纳赆；麟游凤舞，八方候月归琛矣。犹以至德无私，构乾坤而作室；元功靡竟，辟山海以为门。傥有一民一土之非臣，悉属己溺己饥之在念。惟兹荆襄左右，实为仡佬窝巢。僰道虽开，半留蛇窟；湘江直上，间涌鲸波。子继孙承，不啻青毡故物；云翻雨覆，几同白马齐盟。岂无沅芷澧兰，宁忍置之户外？苟或狼奔豕突，难容卧此榻前。是用睿算渊渟，揽九溪于指掌；神谋岳静，烁六诏于观燎。若熟若生，何事伏波聚米？某家某野，无烦充国披图。镜悬玉案之峰，僚树瑶藤动色；日照银坑之麓，岭花峒竹生风。虏已在乎目中，冲遂折于俎上。特简北门锁钥，专司南国旌旄。只期迩服远安，非曰穷兵黩武。驯如桓诞，自当锡以三章；骜似单程，乃始加之七萃。无为残同薙氏，扰此青衣；痴比虎侯，伤吾赤子。煌煌宝训，涣颁鸡鹊楼前；矫矫干城，敬布豺貙穴里。鸡羽刷黄沙之露，檄走滇池；马蹄腾白帝之云，谕传马界。恩威并播，灵蠢周知。赤裩白衫，乍闻言而拍手；西洱东谢，欣舞袖以歌风。雕题凿齿之伦，卖刀买犊；魋结桶裙之辈，束发垂缨。八百雄关，莫不焚其壁垒；二十巨姓，争思范我甄陶。讵有洛土遗顽，敢效苗民逆命。恃七羌之险隘，羊假虎皮；弄九互之波涛，鸠犹鹰眼。于是张我两翼，整我三奇。扬天子之威灵，展大君之方略。驱虎豹而摧坚百二，抟鲲鹏而击水三千。进据虎头，已夺廪君之气；直趋龙尾，遂沉鳖令之尸。飞头襁负以偕来，掩鼻壶浆而并出。日鸟与风禽胥嬔，楚粤天开；长鲸暨短蜮咸芟，滇黔日皎。跳梁既靖，异种争趋。前列行头，款关送质；后随绣面，抱子陈情。卉服皮冠，希入鹓班鹭序；乡公土目，冀纡紫绶银章。合折腰咳首以皆同，革掉尾断头以就饰。齐归日出之主，纷来星使之庭。养印腴田，绘册图于疆吏；兰干细纻，捧土物于峒官。迩乃俯协舆情，仰承庙略。别其族类，按厥方隅。画野分州，不问大章大亥；浚隍筑埠，无遗爨东爨西。朔禀阿驴，莫习山中旧历；阡开永顺，谁为世外遗民？桄榔树里，扇调风南东若绣；剑荔宫中，飘化雨禾黍如云。农功既修于米贴乌蒙，水耕火耨；流官复建于鲁魁罗倮，玉律金科。除兹邛谷私衔，复尔提陀旧业。清平锡爵，复庸甲戌之元侯；归义更名，悉隶戊己之校尉。锦袍革带，初如罗鹿之身；格磔钩辀，尚卷山鸡之舌。炎峰冻碛，徐通尹政诗书；红仡紫姜，渐染郑纯德化。比鱼游灵沼，洗丹江白水之污；似鸟入上林，避九股七蕃之瘴。凡此偏荒骄子，久自弃于方轸圆穹；何幸中国圣人，复见收于仁罗义网。同文同轨，越方遍置旄牛；来享来王，汉使何劳獬豸。吹芦笙而挝铜鼓，酌虫醅以庆尧云；祠金马而祀碧鸡，持番咒以祈舜寿。异蛤神胶之贡，纷委鸾阶；白狼槃木之章，允谐凤管。横山北上，告家殿以如归；合口南还，喜长安之不远。从此义钱口赋，司农添蜑户之书；枸酱椰醪，膳宰荐龙家之篚。衣钵莲开千叶，香满瑶池；留求果结十株，青涵桂馆。数寻赑屃，倒横丞相之碑；万里江山，永逸观音之句。防风已集，何殊后至行诛？稗海为家，岂待指南远导？是皆廷谟默运，允为圣武旁昭。千古无俦，万年有靓。

臣等才非毛颖，志类终缙。乏陆贾之奇谋，腰余一剑；想狄青之伟绩，囊涩百钱。若令载笔行间，亦可勒铭剑阁。设使分麾戏下，或期立柱珠崖。北望昆明，目断石鲸鳞甲；南通靡莫，心随天马蒲萄。当此朝驰定筦之辰，益切负弩乘车之望。伏愿文超虞德，武迈夏功。御后殿以总八蛮，不废贾生之末议；坐明堂而辑百濮，常思诸葛之三言。顽风谱作弦歌，鹤柘蚕丛并隶华胥之国；兵气销为日月，驺牙象齿齐输大帝之廷。由南服以推朔方，金瓯永固；自东渐以讫西被，银瓮常辉。不独蜃户马人，奉明月以绕床，共绵地久天长之历；抑且乌荒狼纛，占青云而得梦，同归剖符辑瑞之班矣。臣等无任瞻天仰圣激切屏营之至。

拟纂修圣祖仁皇帝实录告成贺表　陈长镇

伏以圣人达孝，简编昭述事之详；天子显亲，纪载溯贻谋之善。所无逸之君子，率由旧章；惟有道之曾孙，监于成宪。命官分校，含毫争吐奇葩；据事直书，传神正在阿堵。庆流寰海，喜溢臣邻。臣等诚欢诚忭，稽首顿首上言：窃惟帝王开万世之统，前为创而后为承；史册流千载之芳，述者明由作者圣。故左史右史，言动之记有专官；而大书特书，是非之公无阿好。典坟有作，五帝不啻宗承；谟诰叠兴，三王自成家法。夏启继禹之道，四百载文命诞敷；商甲率祖攸行，六百祀后昆垂裕。粤稽文武，布政在方策之间；逮至成周，雅化纪思齐之咏。欲垂法守，端赖典章。乃公安事诗书，卒用叔孙订礼；汉家自有法度，不拘异姓成规。厥后历代成书，几于汗牛充栋；若谓千年信史，直同啄雀鸣蝉。韩愈日侍顺宗，录犹失实；赵普躬承艺祖，述或非真。良由主德有间于纯疵，而本纪或乖其事实。从未有焕文章于盛世，萃琬炎宏璧之精华；集馆阁之良才，倾柱史倚相之沥液如今日者也。

兹盖伏遇皇帝陛下，神灵天亶，仁孝性成。运协中天，统万二千年之元会；治隆上古，综二十一史之宏规。远祖述而近宪章，圣不自圣；君至仁而子大孝，醇乎其醇。洪惟圣祖仁皇帝，登三咸五之功，巍巍莫并；涵天盖地之德，荡荡难名。曰时旸曰时雨，六十年太平天子，挥弦而臻上理；若闽粤若滇黔，数百万猖狂巨寇，垂手而奏荡平。肆赦之诏频颁，子夜听乌啼之曲；蠲租之恩叠普，丁夫绝鸿叫之哀。乌弋黄支，觇东风而受吏；雕题凿齿，测海水以来王。论享国之悠长，黄农以来罕其匹矣；溯成功之远大，书史所载何以加焉？既启文明，以协龙见之占，昭回有象；复宏敷锡，而衍燕谋之庆，佑启无疆。惟圣祖德比神尧，特迈尧以重华之圣子；惟我皇孝符大舜，独傲舜以峻德之先皇。只今汉寝衣冠已闷，山龙藻火之绣；而唐函典册倍极，琳琅璀璨之辉。乃命儒臣，恭开史局，爰登实录，分任校雠。宣众力以录三长，譬精金必经百炼；责全功以除四患，俾美玉尽涤微瑕。字栉句梳，若江河之行地，而支流派衍；纲提领挈，如星辰之丽天，而纬贯经穿。历九转之鸿钧，辛勤卒业；振千秋之凤藻，甲观敷荣。拜献彤廷，赤雀衔来金简；对扬休命，苍龙捧出玉苞。浣露披呈，恍瞻日角珠庭之表；柱香拜诵，如叩黄钟大吕之音。从此石室珍藏，六甲六丁护九庙精灵之秘；琅函世守，文孙文子承万年戬谷之遗。惟盛斯传，有征必信。

臣等技疏铅椠，业愧箕裘。拟献赋于上林，文非司马；徒备员于史馆，直乏董狐。当年身是红云，曾捧玉皇于天上；今日手披缃帙，敬传金鉴于人间。自深宫一话一言，莫不动关主德，曷敢遗美于丝纶？洎翠华一游一豫，无非念切民依，永播芳声于辇毂。事惟纪实，匪效媚兹；美不胜书，用昭来许。伏愿敬典勿替，世德作求。凛顾諟于汤型，益复思恭思孝；大缵承于禹服，常同陈范陈畴。抚圆明之胜景，愈思鸟兽草木之咸若其生，务跻渊鉴之忧勤；坐勤政之高堂，遐思工虞水火之各熙乃绩，毋忘畅春之仁寿。将见觐耿光而扬大烈，递增美盛于缥缃；奠磐石而固金汤，永续瑶编于亿祀矣。臣等无任瞻天仰圣踊跃欢忭之至。

拟上御极特开乡会恩科广额及增广学额表　陈长镇

伏以圣主膺图，开中天之景运；皇仁造士，罗八极之英才。重栽桂树于秋风，露浓星斗；特沛杏花之春雨，浪暖鱼龙。合上庠下序以甄陶，共仰西园广植；综全才偏才而化育，欣看东壁兼收。艺圃云蒸，文峰日丽。臣等诚惶诚恐，稽首顿首上言：窃惟天生民而立君师，君储材以卫社稷。登庸伊始，典重辟门；陟位维新，制隆吁俊。商隆表正，资佑命于旁招；周志永清，借成功于吐握。汉高得天下于马上，念切同游；唐宗升大位于邸中，情殷旧学。盖树人所以立国，而用逸端在求劳。粤自乡科会科之设，实仿选士造士之遗。桃浪三千，遍洒蛟池之雨；云程九万，高抟鹏海之风。度出金针，早蜚声于日下；烧残桦烛，俄簉羽于天边。然而大比三年，人生三年有几？成名一日，若个一日能逢？和氏之璧依然，那得荆庭再献？许子之乌宛在，难蒙苑树重栖。按定岁以抡英，流落岂无赵旭？执限年而进士，咿唔尚有子奇。又况弟子之员，实属进身之始。梯云路杳，明珠岂无按剑之呼？采藻途穷，芳蕙或有化刍之叹。青钱万万，堪选犹多；玉笋班班，同登盖寡。委雕龙于草莽，空碎唾壶；老蠹鱼于春秋，徒穿铁砚。未有瑶图不焕，蒸海气于珊瑚；琼镇初基，蔼云光于棫朴如今日者也。

兹盖伏遇皇帝陛下，应期出震，履运乘乾。凤表云姿，刚健中正而作睹；龙犀日角，聪明睿智以有临。固已外礼节而内乐和，治臻上理；左公旦而右君奭，人切近光。犹且侧席以求虚车之左，特念薖轴之内岂乏遗珍？山海而遥，不无含璞。虽设正科于乙丙，犹多空守于庚申。一韵偶遗，自可重收李迪；四凶有语，何妨复取刘几？读古战场文，或素知而暂屈；进不迁怒赋，冀昔落而今收。沛恩纶而铁网宏施，合直省而棘闱再启。既后先而歌鸣凤，亦次第而听吹笙。夜皎蟾蜍，屡舞霓裳之曲；暖依杨柳，重过晶海之宫。岁云秋而取材，时符后甲；德布春而推毂，期比先庚。犹念中式有常，或致搜罗未遍。酌增定额，用广兴贤。玉种蓝田，采尽连城之价；月明沧海，括余照乘之奇。掷地金声，无自置孙山之外；笼墙纱影，旋梦醒鸿渐之碑。下笔如食叶春蚕，家贡再绵之茧；无哗似衔枚战士，人收三北之勋。艳阆苑以先登，望龙津而继跃。海上今年通博望，行人循八月星期；殿头明岁听胪传，太史占五云日色。抑且恩不专于向阳之花木，春必周乎下泽之葭莩。八十斋头，都是龙吟之窟；万千学舍，皆为虎变之区。树杞梓者犹待十年，食鸡蹠者可拘定数？青青者子，培风翼于南图；峨峨其冠，极芹香于万里。天上朱衣有眼，点头皆黉序之宾；月中丹实无根，转瞬即红绫之客。从此不虚日月，措大之髀肉皆销；勿云赚老英雄，冬烘之头脑靡诮。

臣等用惭樗散，达谢珪璋。食廪饩于西胶，岂有文章华国？仰奎娄于东观，何能歌咏酬恩？捧束帛之便颁，委怀之子；睹弓旌之叠贲，结想美人。盛事举于隔年，难忘此数；一榜尽赐及第，敢负初心？拟献颂于王褒，窃以参苓寿世；岂置庄于陆贽，妄希桃李私门？道契巡河，德高访洛。开集贤之馆，工虞水火师师；建进善之旌，疏附后先济济。由成均以推乡学，水镜常悬；自首善以迄寰区，火珠高烛。上林枝满，肯教胡旦待来年？下国材空，何有杜羔归近夜？将见提千春之玉尺，萃一十六子于虞廷；卜万祀之金瓯，迈三十六王于周室矣。

拟纂修世宗宪皇帝实录圣训全编告竣谢表　陈长镇

伏以圣孝阐璇图，燕翼动羹墙之慕；皇猷昭玉简，龙文发琬炎之辉。琼阁捧函，灿星辰而光日月；瑶篇标轴，媲韶濩而叶英茎。晋清职以酬庸，彩凤挟虬章竞舞；开左藏而锡类，青蚨依鹭序齐飞。万祀扬庥，三台集庆。臣等诚惶诚恐，稽首顿首上言：窃惟国家设内外史于左右，式垂当代典章；朝廷注一二日之起居，用示后昆文献。典谟训诰，稽古流徽；《左》《国》《梁》《羊》，发凡著美。夏王承父之道，四百载文命常敷；汤孙率祖攸行，六百祀嘉言永播。勒诸钟鼎，不仅风愆；谱向管箫，岂徒雅颂？粤稽汉代帝纪，肇其权舆；亦越梁家实录，昭其体制。功高创业，入陈贞观之年；符应安民，进讲大中之世。开宝则通书炳炳，庆祐亦国史琅琅。韩愈文起八朝，香分银管；赵普治用半部，任重

《金縢》。三十年旧典聿修，有折微之可据；一万言彝章载纪，知日录之非诬。簪笔螭头，未比《西京杂记》；然藜豹尾，讵同《南部新书》？若乃序美《孝经》，郁郁声腾金石；文褒《通鉴》，乾乾藻缋元黄。优巨儒以唾壶之班，赉直相以兼金之重。醉兽樽于日下，夺凤锦于天边。虽匪千秋掌故所关，亦见一代堂廉之盛。未有谱开天之骏业，芝文兰叶悬珠斗于琼霄；沛匝地之鸿施，棘院槐庭挹金茎之宝露如今日者也。

兹盖伏遇皇帝陛下，衣言远绍，食德重光。虎观满芸香，户牖通诗书之气；鸾阶生笋绿，箕裘养精一之心。合尧樽舜瓮以陈衢，酌阳春于北斗；综武烈文谟而锡福，鼓区夏以南风。固已治益盛于成康，兵刑并措；道大光于文景，礼乐俱兴矣。犹且监不忘成，政惟由旧。钦惟世宗宪皇帝，有灵得一，作睹函三。爰乙丙夜之辉，乾行日丽；发二酉山之奥，巽入风回。十三年沐浴渐摩，永镌碧落；百千国留遗酝酿，聿炳丹青。凡兹壬寅以来，乙卯而上。宵衣旰食之迹，石渠天禄所藏。钧轴默旋，河魁独运。训词调露，何殊大吕元音？批答回波，宁止十行细札。既簠簋之共饬，遂纲目以齐张。草绿春扉，狴犴开而雀消芒角；桴青秋野，萑苻刈而犬静花村。周魃应祷以潜逃，商羊顺时而屡舞。蠲於越句吴之浮赋，畦边华黍敲云；奠浮山啮柏之惊涛，河畔桃花写镜。幽燕开水利，亩尽东南；楚蜀垦山荒，原同西北。海蛟移其窟宅，石岂须鞭？罗鹿袭其衣冠，剑还争卖。更修五丽，三千玉律如衡；苟禅群生，百万金钱似翼。若乃翠华视学，黄屋尊师。遥天驾经史之梁，甲厨分而人游鹿洞；大地振鼓钟之响，乙火给而家入鹅湖。泽溥分车，苏季无愁裘敝；额增锁院，杜羔不假夜归。崇德报功，祠坛肃肃；旌贞举孝，棹楔巍巍。蚩蚩莫昧遗金，岂谓彦方之觉？总总能倡义举，宁劳卜式之封？教既如斯，养还若彼。是固集客卿之子莫效揄扬，秃中书之军犹惭括漏者矣。至若惟时惟几，不迩不殖。斋宫致散，瓒斝必亲；禁苑俭勤，书囊或集。贡除异物，奚徒西旅之獒；膳减殊珍，岂止南方之蛤。训聿先于公族，丽尤谨于甸师。选五郡之材官，烽清榆塞；权六师之子母，纩挟柳营。乌弋黄支，绘出前儿在子；天苞地契，蔚为编贝联珠。凡皆敬承仁祖授受之心，丕启圣皇显扬之地。美矣备矣，蒸哉皇哉！

爰乃御兰殿以绍休，坐松轩而思道。念白云作歌而后，瑶坛已配馨香；而丹鸟衔沙以还，石室犹缄岁月。忍使长乐之钟声寂度？宜令上清之玉筭分司。特检云编，同修薇署。晨趋琐榻，晴窗影映花砖；夜直纶扉，皓露光摇莲炬。望去绣赗锦轴，精撼瞳人；罗来玉海金山，腕疲天马。攀大木于扶桑枝畔，由本之颠；寻长河于星宿海边，穷源得派。冠六爻而结体，囊万象以蜚光。濡墨则旭日解冰，纵笔则惠风偃草。综唐典虞谟，殷盘周诰，垂为一代金绳；合易奇诗正，书核礼严，揭作千秋宝鉴。经六年而报绩，十仞为山；合群力以策勋，百川汇海。于是虔扬骏烈，敬冠龙章。发河文洛纤之奇，焕宝剑遗弓之彩。选良工而刻楮，亥豕不上凤梨；择妙纸以薰香，丙蠹敢来蝶帙？西昆肃进，虬箱荫五色之云；东序恭呈，凤陛宣九天之制。天颜开霁，帝赉便蕃。光禄罗珍，飞霜叠雪；柏梁泛醴，浥露流霞。饼裹红绫，还入参军之袂；羹翻碧浪，都沾学士之袍。麟趾枭蹄，翡翠床前写朱提之宝气；龟章螭钮，琅玕桁上晃赤绂之荣光。展鹤头而线软花虚，组雉首而珠跳绮散。对金鳌以虎拜，百灵翔鸠雁之班；想石马以龙攀，九庙灿凫鹭之色。

臣等技非绘日，身是捧云。当年未登常侍之床，已希飞白；此日幸备司香之史，幸睹誊黄。匪周必大之才擅数人，矢司马光之日完一卷。藻谢左而质谢马，横草无能；今逊琳而古逊舒，失禾有梦。寒消腊酒，志切春晖；价减双南，名惭三品。既匪素丝比洁，益知绣缎难酬。口沫手胝，拟著陈瓘尊尧之录；籍僵湜汗，莫为班固泳孔之辞。伏愿祇遹不忘，鉴观有获。日精表孝，轩辕之镜如虚；月准敦仁，玛瑙之尊常满。旁罗赤汗，坐百尔于锦茵；遍布黄金，进八埏于绮席。绍庭为第一义，人间绵金检之符；陟家斯最上乘，天上回玉皇之电。不独峤生银瓮，黼座受三灵之趾，恢肯堂肯构之规模；抑且星降瑶光，茨宫披五老之图，亘重润重轮于奕祀矣。臣等无任瞻天仰圣激切屏营之至。

御赐岳麓书院道南正脉匾额谢表

陈长镇

伏以化日再中，钟鼓养诗书之气；庥风四讫，山河荫棫朴之枝。修义路而讲仁居，文回北斗；辟乾门而瞰坤户，光烛南天。玉宇涌出云章，奇彩结成日字。璇题飞来奎藻，真形恰像衡峰。骚国倾心，儒林拜手。臣等诚惶诚恐，稽首顿首上言：窃惟圆穹方轸，张席幕以为庐；圣域贤关，洞阴阳而入室。五百年见闻代起，堂构攸宁；十五国英哲踵生，庭除载葺。粤自符昭玉简，聿崇东鲁宫墙；统绍水精，共仰尼山梁木。升堂七十子，进居上舍之班；列庑三千人，退就二斋之选。合南北东西于比屋，综德言政学以同坛。讲肆遥垂，已是开天鼻祖；精庐继衍，何非传业耳孙？秦汉而还，尊崇渐备。祀牢一亩，灌斝两楹。剪阶下之荆榛，谁料璧还窃一？响壁间之丝竹，应知工莫歌三。迨后郡县云屯，到处胶庠霞蔚。然而木常卷舌，兰鲜同心。春秋奠菜有人，朝夕诵弦无地。若乃制隆璧沼，典重桥门。书画算之士，蜂攒都称蛾子；甲乙丙之科，鳞次均比麟儿。八十斋头，蝉噪穷经之宅；万千区内，蛙鸣议礼之家。竞博虚声，讵传正脉。亦有鸿都坐讲，遴来紫薇舍人；虎观分雠，选去青钱学士。馆名雅集，杂等牛毛；观号聪明，雕惟虫技。如明王刊柳叶，奚裨丘坟；譬新妇诵椒花，何关心性？又况梯云匪易，食玉为难。老亲则梦远长安，惊心乾鹊；游子则魂迷故国，刺耳慈乌。几多上计以偕，不少出门而笑。于是枕经硕彦，漱道名流，共敛义资，肇修书院。穹窿丽正，草创中朝；巍焕睢阳，鼎新少室。岩岩鹿洞，抗颜凌五老之峰；澒澒鹅湖，雄辨夺九渊之席。铃冈耸翠，满座春风；涑水浮香，一江秋月。琵琶洲上，蔚为道德之休；岣嵝山前，蒸作衣冠之薮。

徒高立雪，师妙吟风。岂云踵事增华，自足收功落实。矧兹三湘半壁，由来四大名区。岳岳朱陵，砰砰石鼓。车渚之荣光未夜，道国之莲气犹芬。张敬夫尚有遗楹，周必大不无留范。凡以育材白社，理宜见奖朝廷；勷教黉宫，代有相褒笔札。然而碣垂金薤，大抵盈川；缣散琼花，无过袭美。米老窃濡颠墨，梦师谬染僧云。宝翰亲挥，何曾黄竹紫庭；纶音自吐，未若芳兰秀菊。间有望考亭前，黄标飞景；了翁宅畔，银榜干霄。衡岳题自余分，罗峰赐缘私宠。铺张道系，总归判花视草之司；扬榷文园，都是天禄石渠之客。未有绛帛垂天，江汉正朝宗之脉；彩虹映地，箐篁泳道义之源如今日者也。

兹盖伏遇皇帝陛下，丹书合契，绿宇凝祥。爰乙丙夜之辉，乾行日丽；发二酉山之奥，巽入风回。春融三十六宫，散齐州之花雨；胸罗二十八宿，□赤县于璇玑。固已春羽冬干，北讫黄支乌弋；入经出耒，南周赤裈白衫。表医闾以东门，寻师踵至；指昆仑为西镇，侍子纷来。犹以瞽宗虽储育之场，乡校固论升之路。而或徒嗟见日，莫遂采芹。欲广陶甄，无如书院。匝地布袅蹄麟趾，莺喜迁林；普天构鹤麓龟山，蜃惊涌海。洪钟四振，坚木齐攻。丙夜分膏，登蓬瀛者个个；甲厨启秘，探宛委者家家。尤念长沙本衡星之精，散作千茎香草；岳麓是儒宗之岸，传来一炬遗薪。泽未沬乎朱张，褒宜将乎华衮。特允抚臣之请，遂邀御札之颁。召中书之君，非关咏雪；呼客卿之子，岂谓赏花？铁画银钩，运三辰于蝶茧；金声玉振，回万象于乌丝。冠六书以孤骞，囊二仪而首出。鹤头写就，已欣晴日解冰；雉尾将来，益喜惠风偃草。居北辰而昭拱北，灿烂知归；惠南国而示指南，驰驱罔越。云光尚湿，炉气犹香。岂徒朱鸟峰头，色夺甘泉旧院；顿觉青牛谷口，芒销苦县名碑。敬奉丝纶，伏思宵旰。紫微学士，宁非橐笔螭坳；红杏尚书，大有含香凤阁。而铃胸独运，虎褒亲裁。即一额以睹一中，止四字已全四德。谁信气吞八九，偏出万几？从兹水击三千，俱归大造。在昔东风留牒，谬诧仙灵；西藏求经，侈陈圣教。

讵比鼓吹千圣，黼黻六经。贝叶鬘花，都成桧纽；珠签云笈，尽化韦编。视明堂悬象以愈明，比暗室传灯而不暗。宠过十鼓，化并五弦。

臣等学愧面墙，识惭窥管。入门无自，只低徊于风雩亭边；得路何缘，长踯躅于道乡台下。讵知啸月，徒切瞻云。空吟二陆文章，莫探奥窟；试考三五坟典，宁免讹音。目炫誊黄，辄拟作司香之吏；神移飞白，还思登常侍之床。自惭蟋蟀吟秋，共笑蚍蜉撼树。材非芳杜，名今逸乎骚经；身足香芸，辉竟分乎册府。伏愿开承益笃，作育弥殷。眷百年以树人，泽不遗乎澧兰沅芷；综九州而宣教，化常治乎岳雨湘云。玉笋旁罗，悉是濂洛关闽之彦；金门肆辟，都来龟蒙凫绎之儒。玉蘸蟾池，垂露烟浓百国；沙研鸿砚，余霞绮散千江。萧艾变若菁莪，鄉嬛开如橐籥。不独翠楣编贝，翔龙鸾于奕世，远光千圣之衣；抑且碧海占风，合鱼鸟之殊形，永革四门之面矣。

拟上轸念民依特颁恩诏蠲免钱粮继允群臣之请轮年挨省务使普天率土均沾乐育而楚南首被大泽尤歌升平之盛治群臣谢表乾隆十年　　熊光琛

乾隆十年某月某日，具官臣某等，恭遇上轸念民依，特颁恩诏，蠲免钱粮。继允群臣之请，轮年挨省，务使普天率土均沾乐育。而楚南首被大泽，尤歌升平之盛治，臣等谨奉表称谢者。伏以帝德汪洋，阴雨遍膏于四国；皇仁湛涉，甘霖早沛于三湘。蠲应免之租，惠吉宏乎格外；免难宽之赋，恩流远洽寰中。悬化日于无私，僻壤遐方咸沾煦育；布阳春于有脚，茅檐蔀屋先荷帡幪。九重之纶綍新颁，四野之桑麻增蔚。臣邻喜溢，黎庶欢腾。臣等诚惶诚恐，稽首顿首上言：窃惟圣王御宇，政惟重乎养民；哲后绥猷，施莫先于薄敛。故望君若岁，富国不若足民；而以食为天，损上于焉益下。平水土以成赋，夏后自有良模；参贡助以宜民，周世尤传善政。文帝西京之诏，感动蒸黎；光武南顿之游，恩周父老。租蠲河北，唐宗之茂绩攸昭；复赐江州，宋室之休风丕著。虽解衣推食，只为善世之常规；而宽赋减征，具见累朝之厚德。盖不贪为宝，不畜为富，大公者直同天地之宽；而克养其欲，克给其求，无偏者毕协风雨之好。自赈贷之风既邈，斯轸恤之政无闻。供菽粟于神仓，徒资红朽；贡金钱于太府，必尽锱铢。太傅策陈，孰计牛羊之牧？监门图绘，畴怜鸿雁之鸣。从未有念切胥匡，飞彤云而成瑞霭；情殷抚字，洒灵雨以作恩波如今日者也。

兹盖伏遇皇帝陛下，得一以临，登三而治。所其无逸，深知稼穑之艰难；视之如伤，时问闾阎之疾苦。己饥己溺，虽烟蓑雨笠谱之声歌；求莫求宁，凡蚕妇耕夫图诸屏幛。固已一日二日，奏康阜于南朔东西；余九余三，庆盈宁于要荒侯甸矣。乃犹以饔飧可念，馈饷时难。安益求安，行矜恤于不必恤之地；治弥期治，施怜悯于无可悯之中。纶音从三殿传宣，觉近悦远来皆为赤子；凤诏自九天敷布，凡秋粮夏税悉与蠲除。吹大地之阳和，苟利尔民，何必财输府库？沛溥天之恺泽，既裕我国，无须粟挽东南。群工挟策而陈章，一人持筹而决计。省分十五，无难酌盈以剂虚；年列后先，复可裒多而益寡。轮年递及，均沾太液之波；挨省平施，悉被春台之照。大巽风于中外，纵秦关蜀栈尽戴尧天；宏解泽于滋畋，将闽海黔山群瞻舜日。在湛恩普遍，无分于彼界此疆；而厚泽遐敷，先被于湘兰沅芷。峰高衡岳，莫并圣德之崇隆；波壮洞庭，恍著王恩之浩荡。食和平之福，道洽靡穷；乐手足之安，恩周无既。

臣等才惭调燮，志切循良。出视诸州，未谙元晦置仓之制；循行内地，空怀长孺持节之心。睹众志之中孚，弥深鼓舞；聆颂声之远溢，更恤催科。伏愿淑气旁流，薰风四达。勤修和于六府，庶绩咸熙；握皇极于九畴，休征悉应。安居粒食，不闻集泽之鸿；正德厚生，鲜叹食苗之鼠。将见雨金雨粟，不独熊湘草木皆春；生荚生蓂，行使禹甸膏腴并浃矣。臣等无任瞻天仰圣激切屏营之至，奉表称谢以闻。

案：明文内已录邹太仆廷望《会试拟表》一篇，顷从家藏故书中，检出乾隆十二年丁卯科进呈《乡试录》，复得此表。《录》中第壹场《四书文》三题、《易》四题、《书》四题、《诗》四题、《春秋》四题、《礼记》四题，第贰场论一、诏诰表各一、判五，第三场策五道，一切犹沿明制。其后二十二年，增八韵诗而去诏、诰、表、判，士惟从事时墨一途，益便于弋获，而学古征典者稀矣。

又案：武陵陈氏长镇拟表数篇，当亦有乡会场中作闳博典丽。近今举子无论未能，作并未之见。白战不持寸铁，亦从何处问津？此人才今昔之殊也。戊辰七月上瀚，汝怀附记。

进全唐文表

何凌汉

伏以乾符启雒，八风赓循道之章；泰策呈嵩，六寓焕同文之治。引珠光于斗极，联曜台阶；扬玉彩于河潢，汇流瀛甸。华飞沉露，锵凤吹于琅函；奥衍丛云，秘龙威于琼笈。文甄一代，录著千家。臣等诚欢诚幸，稽首顿首上言：窃惟崇山宗海，曾缄萧统之文；概日凌云，夙勒徐陵之序。综逸编于楚汉，璧碎玑零；标丽句于齐梁，花明雪洁。探骊秘阁，孙巨源窥宛委之藏；检蠹经龛，韩无咎缉嫏嬛之富。录名臣于晋代，纪能赋于梁园。欧阳类聚之编，虞监书钞之博。靡不家提玉尺，人擅金镵。渊掣鲸鬐，岩遴鹗毳。逮自咸通类表，始断代以成书；长庆题名，因并时而合集。三百家叔阳之汇纂，部次州居；五十卷吉甫之编排，绮交绣错。撷群书之丽，藻绛阙琼华；披宝刻之丛，章雷文云篆。岂独名传搜玉，英灵配河岳之篇；句缀联珠，伯仲奏埙篪之雅。题襟汉上，简牍粗存；名集箧中，菁华偶拾。然而晏元献之续萧选，殿唐彦于阴何；李康成之仿徐编，冠陈文于卢骆。子明已邈，谁珍昌谷之才？公武不逢，难订下贤之册。从未有始终条理，萃二十帝而文集大成；巨细包罗，统三百年而书匣全帙，广求瓠本，重付枣雕如今日者也。

钦惟皇帝陛下，金鉴澄怀，珠囊朗握。炳辰枢而叶纬，太乙扬辉；膺甲箓以恢纲，先庚涣号。交华同颖，鸿章提万代之文衡；纪事编年，狐史正百王之道统。光浮绿错，十华编玉之藏；蕴阐丹壶，四彻中绳之博。素牙朱带，回睿照于丁函；青玉白银，亶圣聪于丙夜。揽八代文章之府，响震盛唐；嘉千秋柱史之林，根盘仙李。仰惟圣祖仁皇帝，轩琴协雅，宣六义于龙蹲；虞管谐韶，播八音于夔拊。一十函编周甲，干诗式骈罗；九百卷架列壬，签唐音统贯。缵承前圣，缉诗文而言各一家；润饰鸿猷，合唐虞而书成二典。自昔晋阳云起，同时多接武之贤；只今奎度星明，盛代布右文之教。爰敕兰台群俊，同务编摩；颁芸阁瑰篇，俾勤校勘。溯自楚天遗佩，童蒙拾芳草之枝；汉代留鞶，髦誉守绣丝之制。邺中七子，较班马以风漓；江左六朝，暨陈隋而体滥。大抵竽吹一一，鸟谚同同。鼓万窍而共声，错千逵而合轨。畴能复古，返大辂于椎轮；争事翻新，荐雕盘以华实。于是紫虹贯斗，白雀栖牙。天人开鸿藻之章，上下竞龙腾之管。丹青帝制，作者七人；纂组臣篇，都为千帙。坤闱黼翰，光分团扇之娥；震殿瑶笺，彩接剪圭之彦。咏霓裳于垂陛，台阁摛华；载渔具以扁舟，江湖擢秀。蕙心兰质，萦芳绪于璇机；象教羽流，演灵文于真箓。推之雅陈巷伯，款纳车师，亦各同分绣虎之才，共握灵蛇之琲。有石室纵横之笔，有金闺博丽之英。有凌颜轹谢之雄，有演纬摹元之手。耸壑昂霄之质，峭拔千寻；渡河擘海之辞，雄奇万状。琼杯玉斝，侑之以元酒太羹；靓服铢衣，佩之以纯钩巨阙。卢牟祖构，孚甲新裁。接萼承跗，春华归于秋实；钩心斗角，人巧匹乎天工。统元会为机钤，作古今之综轴。是则不观澥尾，无以验阳冰阴火之同生；不到渭源，无以征内鷇外鵌之并育。谓柳韩变燕许，讵知伯玉之首鸣；谓说颋变王杨，未识嘉谟之前导。萃四门之子弟，私淑尚有孙刘；浚万古之江河，遥溯非无李段。彼崔苏美锦，可方宋沈良金；而小杜雄锋，亦抗中山峻辨。别有猗玗洞口，名标酒漫渔聱；绛守居中，字诧瑶翻碧潋。莫不五家五队，耀金翠之大观；四正四奇，极鸟云之幻态。而况鸡林贯去，丰碑照九译而遥；麟阁持来，宝翰压千门而遍。百家腾跃，万手传抄。乃陶叔献之所收，杳难复识；若贺志同之所采，俚又堪讥。揽姚氏之一编，漏张登之三赋。而且专取古初之格，都删偶俪之言。翻磨吏部之碑，转益文昌之碣。自淆其例，谓谈理而体爽正宗；徒发其凡，谓论文而诀非宗古。盖必全牺解后，千蹠尝来，而后骈散可别其裁，盛衰得提其要。开国聚匡刘之辈，议礼即以考文；颓风沿宣懿之朝，知人因之论世。惟是英华旧帙，雍熙之副墨无存；册府遗编，钦若之元刊已替。载沿玉格，改袭金根。欲窥豹于藏山，在然犀而照水。

所赖恭承指示，亲定体裁。诏广旁搜，许窥中秘。龙宾虎仆，储缣素于西昆；玉蹬金题，探图书于东壁。集成万卷，岳峙渊涵；永乐四声，绳联珠贯。舆图晓展，金壶流翠墨之香；簿录宵陈，铁网贮红珊之影。罄珠林之三藏，贝叶芳褰；抽云笈之七签，芝函润挹。岂但书雠刘宋，凭刘氏以订全文；史校薛欧，资薛编以存遗策。共睹丰城之宝气，迥彻层霄；始知悬圃之瑶华，远超群玉。由是声蜚大笔，搜燕国之遗文；誉妙轻缣，补曲江之雅制。检嘉祐平原之刻，备美吴兴；访灵岩北海之碑，拾遗山左。权文公丝纶世掌，九年之内制重裒；刘宾客珠玉家藏，十卷之佚篇复合。一品勘会昌之集，增以摭言；三缣酬皇甫之才，掇诸大典。樊南则表笺总括，快乙集之新排；江东则掌记久湮，幸谗书之可购。他若青茸白腋，缀成皆黼大之章；黄谷赤瑛，括出尽圭同之瑞。其人总总，其旨多多。鸾台鸡树之宣，凤口鹿卢之敕。内相则莲檠夕拜，中书则薇省晨趋。校自史宬，次百卷纶言之集；聀从文海，补四篇制草之名。上傃壹戎定业之初，下洎五季余分之末。或退入臣行之列，或附登帝集之中。风会递迁，云章弥绚。更复详稽乐石，铭征五凤之砖；博考吉金，篆拓黄龙之鼎。剔翠苔而搴岣嵝，披金薤而擢琳琅。宝新出于曹全，订续增于洪适。以及艺文全蜀，专罗一郡之贤；寰宇太平，遍揽九州之记。丛残必拾，增采綦繁。庋别集于紫庭，种几盈百；甄逸材于丹轴，数更逾千。若夫文似而淆，有盈川之附编庾集；体殊而舛，如和叔之列表徐笺。门楬双铭，因并登而删罗衮；卢杨两传，缘歧出而削李华。黜比干碑于翰林集中，登令狐疏于文泉子内。萧颖士泛舟之序，无取陈鸿；李子卿张乐之篇，必归钱起。记诛茅于邕州亭上，援柳集以汰毗陵；贺瑞羽于兴庆池头，审权文而裁壳士。黝须画一，名不歧双。乃寻辨体一书，遂补阙名百赋。阐微索隐，别类分群。剑已化于延津，珠仍还于合浦。从此赋成文鹿，共知姓属公孙；诗咏牵牛，复使卷题枚叔。至荥阳改玉溪生之作，犹昌黎效玉川子之诗。卢韩既别卷以分收，李郑亦离文而互载。又或君臣合撰，铭镌后土之灵祠；父子继成，碣表邠王之长史。管同宫而异曲，花接叶以分枝。其他李翱平赋之书，窦泉述书之赋。譬水经于郦氏，注有双行；等地志于班生，文多旁缀。则亦体仍其旧，义取其详。例仿萧书，附弹文以谳牍；讹殊戴记，混传说于经言。庆善本之储藏，读从渠阁；萃群编而钩考，衡以琅函。至若刘朝霞献赋于温泉，李药师上书于华岳。王子安之赞传大士，施肩吾之会记群仙。或体杂于俳优，或名疑于依托。则必剪榛集翠，翠乃蒙茸；焚艾留芝，芝方菌蠢。晋家宣武，列眉御赞之篇；唐代褚乔，续尾臣工之传。刘知幾之通群史，罗昭谏之著两同。或非马之枝流，或良狐之衿裔。所贵裁以挚虞之流别，证诸刘勰之品题。至于黄石传书，碧瑕腾谤。侮真灵于嵩华，托行纪于周秦。何取挦撦？转伤钩钲。惟志怪搜神之语，多涉虚诬；与香奁脂盝之词，概从芟汰。

钦承圣训，斗东指昧以旋杓；恪禀天裁，尺璧抵瑕而屏椟。若乃出风入雅，贞符柳子之言；佩实衔华，圣德韩公之表。越王楼迥，飞奇藻于宗师；云母泉甘，洒清词于遐叔。怨寄湘中之解，丹留月下之题。送晁监以浮溟，赠瑗公而归岳。义关比兴，词托揄扬。昔曾载入全函，诗有分标之序；兹特垂为定本，文无互见之辞。贵别录以单行，慎会函而复出。又若半千名重，或疑前代之材；长吉词豪，早订忘年之契。必欲辑通侯之月表，绘学士之瀛图。稽名录于天随，捃姓源于柳氏。而后李膺郭泰，证以偕仙；老子韩非，斥其同传。台省金鳌之奏，存某月以待核其人；科名玉笋之班，因同题而进稽其世。亦复隐征梅里，会考兰亭。六逸寻溪，三生访石。或题桥画壁，旧字笼纱，或志水铭山，残题啮藓。枌榆社在，询耆旧于襄阳；棨戟门传，叙搢绅于洛下。则且仿统签之例，并紫色而兼罗；比记载之规，附金行而共著。下车封宋乞降，修表以名家；投阁美新劝进，题笺而居首。开府暮年之词赋，司徒去国之山河。虽史改以名仍，竟官同而代异。此则集登骑省，断从开宝之前；碑录鹅池，验以普安之拓。复有致尧感愤，表圣归休。力穷无回日之戈，身远有依天之笏。斯固留侯挟策，未尝屈节于祖龙；征士编诗，只可系年于司马。等诗函之附编余闰，义寓绳先；俾文誉之得表孤忠，理存彰往。且夫舜英尧韭，周益公所以参稽；装仗席帆，彭叔夏因而辨证。元本杂收甲乙之集，其间颇沿丁子之讹。宋有王珪，乃并制词于叔玠；唐无徐勉，竟收赋句于修仁。缘汉章之号，亦肃宗马严疏载；取鲍出之传，于魏略鱼豢名胪。葺冯志亨黄箓碑铭，下寻元代；搜尹义尚与齐书启，上列陈贤。鲍表韦琳，梁才远借；虎图李翰，蜀本重编。可频瑜见渔仲之书，忘为复姓；宇文逌作兰成之序，羼入前朝。毋哭毋婴，舛由形似；蒋防蒋访，紊以声同。唐元度校正九经，殷盈孙熟精三礼。乃名存而姓佚，致畛别而区分。著元翰而复出崔鹏，昧文成之即为张鹫。凤兮本一，豕也讹三。原其多误之由，盖亦未成之本。所愧削除不尽，订讹有俟于宸衷；习俗相承，诏改得祛其燕说。偏旁审定，庶期纠谬于吴缜；同异参详，共效决疑于王述。以英华为嚆矢，仍订英华；以册府为滥觞，更箴册府。凡此宏纲细目，一禀酌于睿裁；史例经凡，悉规随于圣证。贡琛鹊岫，约寸寸之朱丝；分茧鸳机，取纯纯之锦段。排皂相渥洼之马，流电浮云；披沙拣林邑之萤，紫磨黄荡。例则同乎文鉴，括一世之宏材；源则导自选楼，接千年之坠绪。此疆彼界，异吴讷之强区；剪谬疏芜，退凝真之类纂。人人系传，种种分条。刻楮叶以多年，成艺林之胜事。

臣等业疏提椠，职在操觚。管窥苍昊之高，锥画黄神之广。幸得身依枫陛，手校蒲编。黼黻皇猷，迈房杜遭逢之盛；笙簧圣籍，企常杨著作之才。五辰运启乎棣通，二酉学资其津逮。况复周情孔思，道源谈虎观之经；羲画仓钩，文囿览鸿都之典。探元珠于赤水，甲令星悬；扫落叶于青山，寅衷冰惕。百川宗澥，导万壑以增流；五纬躔箕，拱三垣而焕彩。合二史甄收新旧一千卷，辑文苑文艺之遗；与全诗辉映后先亿万年，颂丕显丕承之盛。臣等无任瞻天仰圣踊跃欢忭之至，谨奉表恭进以闻。

《全唐文》书成，先公未与纂辑。御序既出，曹文正公特属先公敬书，进呈付梓。其《恭进全唐文表》，则先公与姚丈元之、孙丈尔准、谢丈崧共为之，实应两淮都转阿公阿克当阿之请也。绍基谨记。

拟进呈元史新编表

魏源

臣源言：伏闻天不变，道亦不变，国可灭，史不可亡。粤稽典谟，三五之年，《春秋》所纪二百余岁之事，自周汉至明廿三史之编，事非一端，迹多殊轨。元有天下，其疆域之袤，海漕之富，兵力物力之雄廓，过于汉唐。自塞外三帝，中原七帝，皆英武踵立，无一童昏暴缪之主。而又内无宫闱、奄宦之蛊，外无苛政、强臣、夷狄之扰。又有四怯薛之子孙，世为良相辅政，与国同休。其肃清宽厚，亦过于汉唐。而末造一朝，偶尔失驭，曾未至幽、厉、桓、灵之甚，遂至鱼烂河溃，不可救者，何哉？

《礼运》言三代之治天下也，曰大道之行，天下为公。公则胡越一家，不公则肝胆楚越。古圣人以绂冕当天之喜，斧钺当天之怒，命讨威福，一奉天道出之，而不敢私焉。明人承元之后，每论元代之弊，皆由内北国而疏中国，内北人而外汉人、南人，事为之制，曲为之防。以言用人，则台省要官皆北人据之，汉人、南人百无一二。其破格知遇者，官至集贤翰林院大学士而止，从无入相秉枢之事。乃稽之《元史》纪传，殊不尽然。太祖龙兴，即以耶律楚材为丞相。太宗则刘秉忠主机要，而汉相数人副之。宪宗、世祖则史天泽、廉希贤、姚枢、许衡、窦默诸理学名儒，皆预机密，朝夕左右。即姚、吕后虽以事诛，而史言有元一代纪纲多其所立，则亦非以汉人为不可用。而末年至正中，贺太平尚以汉相负中外望。惟是中叶以后，台省官长多其国人，及其判署，不谙文义，弄獐伏猎，不得已，始取汉人、南人以为之佐。至于末造，中书政以贿成，台宪官皆议价以得，出而分巡，竞渔猎以偿债帅，不复知纪纲廉耻为何物。至于进士科举，罢自国初，中叶屡举屡辍，动为色目人所掎摭。顺帝末年，始一大举行，而国将亡矣。兼之中原财赋，耗于僧寺佛事者十之三，耗于藩封勋戚者十之二。是以膏泽之润，罕及于南；渗漉之恩，悉归于北。界鸿沟于大宅，自以为得亲迩疏逖之道。致韩山童伪檄有“贫极江南，富归塞北”之斥。天道循环，物极必反，不及百年，向之畸重于北者，终复尽归于南。乘除胜负，理势固然哉！

且元恃其取天下之易，既定江南，并大理，遂欲包有六合，日本、瓜哇皆覆海师于数万里之外。又不思中外形势，外置岭北、岭西、阿母河诸行省，动辄疆域数千里，马行八九十日方至。内置江浙、湖广各行省，举唐宋分道分路之制尽荡覆之。旁通广辟，务为侈阔，鞭长驾远，控驭不及。于是海都、乃颜诸王叛于北，安南、缅甸、八百诸蛮叛于南。穷年远讨，虚敝中国，如外强中干之人，躯干庞然，一朝痿木。于是河溃于北，漕梗于南，兵起于东，大盗则一招再招，官至极品，空名宣敕，逢人即授。屯膏于未炽之初，而曲奉骄子于燎原之后。人心愈涣，天命靡常。二三豪杰魁垒忠义之士，亦冥冥中辄自相蚌鹬，潜被颠倒，而莫为之所，若天意，若人事焉。乌乎，孰使然哉！

人知《元史》成于明初诸臣潦草之手，不知其载籍掌故之荒陋疏舛，讳莫如深者，皆元人自取之。兵籍之多寡，非勋戚典枢密之臣一二预知外，无一人能知其数者。《拖布赤颜》一书，译言《圣武开天记》，纪开国武功，自当宣付史馆，乃中叶修《太祖实录》，请之而不肯出，天历修《经世大典》，再请之而不肯出。故《元史》国初三朝本纪，颠倒重复，仅据传闻。国初平定部落数万里，如堕云雾。而《经世大典》于西北藩封之疆域、禄籍、兵马，皆仅虚列篇名。以金匮石室进呈乙览之书，而视同阴谋，深闭固拒若是，又何怪文献无征之后人哉！是以疆域虽广，与无疆同；武功虽雄，与无武同。加以明人旧史，不谙翻译，遂至一人重出数传，而元勋反无姓名，顺帝末年事全抄吏牍，如涂涂附，为从来未有之秽史。

近人如邵远平之《元史类编》，徒袭郑樵《通志》之重儓，分天王、宰辅、侍从、庶官、忠节、文翰、杂行等类，以廓扩之忠勋，列入杂行。又有纪、传，无表、志，因摭志入传。又多采制册入纪，多采书序入儒林。又多采《元典章》吏牒之书以统卷帙，皆不登大雅。甚至本纪直以世祖为始，而太祖、太宗、宪宗三朝，平漠北、平西域、平金、平蜀之功不载一字，更旧史之不如。至钱詹事大昕重修之本，亦仅成《氏族志》《经籍志》，余并无稿。

臣于修《海国图志》之余，得英夷所述五印度、俄罗斯元裔之始末，枨触旧史，复废日力于斯。旁搜四库中元代文集数百种，及《元秘史》，芟其芜，整其乱，补其漏，正其诬，辟其幽，文其野，讨论参酌数年于兹，始有脱稿。乌乎，前事者后事之师，元起塞外有中原，远非辽金之比，其始终得失，固百代之殷鉴也哉！咸丰三年七月，序于高邮州。

案：此文题为表，首用“臣某言”而末云序，殆先为序文，复改为表，未经完篇，而抄胥不察，遂照稿草录之欤？今姑附表类，以存其文。其诗文、经说诸稿，系作者亲交何编修绍基，固未曾校订之草本也。编修恐致遗失，为抄副本，讹误殆又甚焉。而原本悉归作者亲侄魏彦槃仲，汝怀撷其文数十首录之，似菁华在是矣，复拟谋梓其诗集云。戊辰大寒附记。

拟宋文彦博平贝州妖贼露布拟唐体　陈长镇

贝州行营枢密副使、参知政事、河北宣抚使臣文彦博上兵部尚书：臣闻圆穹显象，众星环北极之枢；方轸凝图，群水会东王之谷。上冠下履，难逃亭育之经；阴惨阳舒，不废春秋之序。鼓元胎而充气母，杀以成生；辟櫜籥而扫欃枪，刑能止暴。所以弧陈八卦，备王者之四征；今列五材，助圣人之一怒。熊后阪泉耀武，扑火蘖之横氛；娲皇冀土观兵，靖水魔之逆浪。缴大风于长队，山无风雨之妖；射九日于高旻，川断虹蜺之足。武库一动，允矣胜残；文昌偶飞，非曰勤远。况尧天舜日，岂容左道潜骄？玉宇瑶阶，未许榻前鼾睡。奋斯干而宏丕冒，法迅霆以振沉淹。大庇兆人，永清四海，则我国家得之矣。

太祖应红光而总极，山河开地络之文；太宗腾赤羽以乘乾，昴毕正天街之位。南征北讨，清狼燧于金瓯；偃革辞轩，锁蚊蟁于铁树。固已见遐荒底定，虔输象齿之珍；僭乱削平，（依）〔旅〕叶驺牙之瑞矣。钦惟神摛四叶，道契三辰。出厚轴以登期，川分帝子；张高纮而抚物，岳动天孙。造化入乎灵襟，经纶流于宝思。华猋月涧，抝返景以制幺麿；光闪霞庄，廓太虚而陈干羽。威行有截，决浑沌以为家；泽普无涯，合根茎而孕气。崇儒重道，曾无逐鬼之符；一俗同风，莫诵驱神之咒。壶公竹杖，难诳世以成龙；释子芦枝，敢炫愚而渡海。蠢兹狗党，妄肆狐妖。违光蓬艾之间，假气钧陶之内。

贝州贼首王则者，涿之弃子，恩之流佣。岗陇牧羊之僮，擅飞金虎；宣毅荷戈之校，妄伺铜驼。素习五龙，何殊五斗之术？幻传滴泪，不辞滴血之诛。驾为绯衣两片之谣，私著果头三律之谶。刺福字于脊上，曰是褒文；布恶教于寰中，云归佛戒。彼苍天已老，黄天当立，昔年张角云亡；乃释迦谢世，弥勒持权，今日子贤复作。贼党张峦、卜吉等，忝为州吏，罔知磔鼠之文；伪号军师，自比梦熊之佐。志青盖之邪说，侈黄旗之谬谈。镜里兽形，诡作来生变相；船中鱼跃，浪传故主还刀。如意高挥，厕名恶子；长弧不入，托迹武威。半夜狐鸣，敢惊世而骇俗；诸州乌合，遂结德以连齐。拟以庆历八年春王元日，断据我檀州，蹂躏我河北。因遣贼从潘方净，蜡书潜递，铁券阴颁。欲连天子股肱，同作元凶耳目。北京留守臣贾昌朝，忠诚作骨，金石为心。发其奸回，膏兹斧钺。贼知元关既泄，难邀三面之宽；群飑倏飞，遂挺九头之暴。于庆历七年十一月戊戌冬至，纠马首蛇身之众，设鸡坛牛耳之盟。狼子蚁奔，豺儿鸠集。施彼呼船之技，展其发匮之材。冒犯城隍，迫胁官吏。天庆观里，神鬼为之震惊；骁捷营中，烟燎为之布濩。知州张得一，叨纡紫绶，殊愧丹心。不思孟义孔仁，甘作奴颜婢膝。兵马都监臣田斌，裹疮战巷，无惭士贵孤忠；提点刑狱臣田京，勒骑保关，颇类张巡死守。北京指使臣马遂，持孝宽之檄，捽左慈之杯，断荆卿之臂，既见噬于长鲸；贝州通判臣董元亨，守东山之藏，掌北门之钥，詈南面之厅，亦被吞于封豕。李浩、齐开之命，并委西山；王奖、王湙之魂，同游东岳。因而东平僭位，横标得圣之年；丑朔颁书，特起中京之第。树如来之帜，俨同天竺伽蓝；建安阳之旗，宛尔罗刹鬼国。州楼星列，类黄巾之大方小方；总管棋分，似白波之左髭左校。编户遭伍保之戮，蒸黎受涅面之刑。东海糜竺之家，俄归冰化；西蜀王孙之室，尽被瓜分。从此秽气旁敷，火入高阳之冢；彗芳四合，气迷微子之城。据重镇以排营，阻长河而列险。飘鸱鸮之风雨，响蚊蚋之雷霆。熢燧达乎钩陈，一人有赫；荧惑孛于躔次，九伐斯张。十二月庚戌，特命知开封府臣明镐，为河北体量安抚使，牙璋按律，玉节专麾。长毂脂轮，高旌舒旆。金缃玉匮，将军扬月驷之镳；鹗祖膺呼，壮士挟天山之箭。抵严城而分守，形等鱼丽；据四隘以合围，象侔雉网。

越日癸丑，天子特降恩纶，高悬爵赏。但获项王之首，不辞李广之封。韩日文之斩叛秦，殊勋载纪；陈仙奇之诛伪楚，显号犹扬。爰有州民汪文庆、郭斌、赵宗本、汪顺等，密结外援，欲为内应。帛书系箭，私飞燕将之营；布絙垂垣，宵待秦父之至。我军乃猿持而上，蚁附以登。不谓小丑蜂攒，群凶猬合。类鳍鲋之跳跃，比蛮触之纷纶。瑕叔盈搴蝥弧之旗，周麾罔应；郰人纥抉县门之捍，毕出无伤。我气弥盈，彼力已竭。悬知迫蹙，益肆杈枒。欲于正月十四日，入于营门，劫吾辎重。契丹既觉，侦谍来通；臣镐密遣，殿待安素。设三覆以临阓，张二骑而待寇。果于是夜，众数百人。戴明月以衔枚，披残星而属矢。岂知魏公定计，须陀歼伏莽之间；孙子施谋，庞涓死大树之下。鱼无漏目，鸟尽随弦。我陛下终以好生为怀，不以咸刘为意。复遣内侍，远沛殊恩。准其招安，与之更始。谓项庄佐季，犹然裂土射阳；彼孙皓臣炎，尚可锡名归义。无为昆山肆燎，珷玞洎瑶珥俱焚；傥尔程门賨霜，樗栎杂楩楠共谢。特申黄龙之约，无贻赤颈之悲。讵料贼等蜂虿为心，豺狼成性。踵粗如股，尾大如身。食钩啄以疗饥，饮鸩毒而救渴。燕巢卫幕，鳖走宋池。司马之谕已穷，青犊之归无日。于是天子奋然震怒，大振威声。聆鼓鼙而思将帅之臣，简中权而任节旄之寄。鬼神协伐，星官占不战之祥；天地合谋，参觜导无前之气。是祃是类，九庙助其神灵；如虎如貔，三锡状其气色。玉剑吐冲星之焰，琼戈腾转日之辉。爰捡吉日良辰，用徂齐台赵地。臣彦博勇惭射虎，智类添蛇。谬托主知，辱司阃外。一军尽骇，敢希韩信之登坛；众女争嗤，窃比孙武之拜将。饮冰受斧，肯辜推毂之恩？搢铎挺铍，大誓屯方之众。六步七伐，视旗鼓以为归；尺籍伍符，书功罪而罔贷。毋入扬干之罚，勉图冯异之勋。三令既申，六师遂起。仗元麾而直指，隼击千群；骋朱鬣以横行，龙骧万队。前锋电激，走列缺于金鞭；后骑云屯，骤丰隆于铁部。缘箕峰而插羽，影动方神；遵濮水以扬铃，声惊河伯。指挥则漳河为立，叱咤则陶山若摇。

臣以庆历八年春正月丁丑，行赴贝州，遂临贼垒。初布常山之栅，旋开偃月之营。鹤势鹅形，俨渊渟而岳镇；山蛇云鸟，列正阵于奇门。两前伍后之咸齐，左牡右牝之毕练。露刃则截鸿奔驷，弯弧则落雁啼猿。略施射马之能，已有食牛之气。第念萑苻陋质，半属良民；弹子微丸，何须全力？用是广宣帝德，敬布皇仁。冀九婴之可驯，幸三苗之或格。无奈贼等犹发射天之矢，还投秽地之腥。罔知十二累棋，不悟千钧悬缕。臣乃饬我幕府，整我苍头。二百河魁，既哮阚而飙发；三千太乙，亦浩荡以波流。蒙轮拔距之夫，投盖挟辀之将，骨涌肉飞；蒲梢兰池之骏，吴鸿扈稽之兵，霜凝雾合。黄公遁甲，争箕张而翼舒；元女神兵，奋捣虚而批亢。贼等驱不悛之众，拥无赖之徒。举尾支山，怒蛙当辙。

臣因陈我犄角，置死地而无疑；老彼锋芒，立如山而不动。畜精强于未鼓，申法令于先庚。五校雄儿，同鼓巨灵之掌；三河猛士，齐磨石勒之拳。莫不视死无时，轻生有地。臣知其可用，拔角而攻。枢密直学士、左谏议大夫、参知政事、河北安抚副使臣明镐，胸蕴豹韬，志清兔窟。辕门受钺，排扃楗以无辞；中帐分旄，摧坚刚而罔顾。洗兵刷马，风鹤助天子之威；角止鼓行，草木壮王师之气。武胜军节度使、检校太傅、同中书门下平章事、判大名府北京留守、河北安抚使臣贾昌朝，身荷异宠，念切干城。耻逆党发己部中，一心靖难；思奇勋赎乎行内，共力同仇。凛制节以麾尘，气沉宇宙；帅步骑而斗格，色晦郊原。阁门祗候臣张绸，前扼其喉，啮辔摄苦蝤之魄；贝州城下总管臣王信，后撄其背，摇旌横梁犊之尸。以及矫矫偏裨，桓桓士旅。扬幡类长虹东指，举旗似大火西流。各施塞井夷灶之谋，共逞七变五成之略。抗足而跐，攘背而扔。夸父断碣石之流，掷棰可渡；共伯挟昆仑之柱，桀石而投。引北海以灌秋萤，何当销灭？运泰山而压春卵，莫等摧颓。杜宇迷魂，行见啼风泣露；苌宏热血，伫看化碧流丹。

城里商农，贼中蠓蠛。知其将坏，各欲自新。连连稽桑壕边，累累悬绳标下。犬羊之族已去其二三，鹏鳄之群更吞其八九。贼复幻千孙泰，妖百许生。浪言剪纸飞沙，漫拟征风召雨。恃逼阳之峻壁，依嵋坞以藏奸。率其祭酒师君，深沟高垒；会兹魍魉魑魅，舞爪张牙。臣镐乃造公输之云梯，运临淮之石擂。车名霹雳，采妙制于曹公；炮号将军，法灵机于李密。一发而麏惊麎走，再施而地裂天摇。固已雉剥堞倾，立见元规授首。何期灌膏束稿，敢循许远遗模。臣镐又以为自下攻上者易为防，从幽达明者难为备。握堑遏隧，虽罔效于宁陵；窟地通城，究收功于柘静。于是相其形势，穿彼垣墉。复恐善计滋彰，必致敌人有豫。惊东南备西北，亚夫亦设疑兵；东郭出北郭入，虞诩尚行诡道。先声后实，遥为牵制之谋；暗度明攻，阴肆抉爬之力。千锹林立，万畚云兴。阓外已积土山，溷中渐成铁瓮。疑透九重之地，初通一线之天。

闰月庚子，臣乃踵厥良规，因其故道。夜选鸦儿之俊，共为鱼尾之衔。比诸侯巨鹿之师，蛇行而进；似温峤牛渚之役，犀照以前。既出地中，惊来天上。乘障一呼，如登放马之山；出穴下临，类瞰封泥之谷。长冲乱舞，九拒何庸？大角齐喧，百楼失险。环女墙而围，杀气飞走无声；拥墟市以飐，惊飙苍黄易位。戈铤交挥于阛阓，虮虱悲吊于闾阎。飒飒摧枯，琅琅破竹。索鲍鱼于广肆，即此非遥；抱积薪以烧身，方兹尤甚。妖贼王则等困兽犹斗，穷鸟尚飞。还鼓吠尧之唇，不返背阳之翼。蛣蜣裹甲以蔽体，冀天坏之可支；螳螂张斧以待轮，幸地罗之或漏。窃与戒党张（蛮）〔峦〕、卜吉等，更施谲诡，复逞妖邪。谓执燧象以奔吴师，楚昭之功难再；驱画牛以触燕众，田单之智堪庸。缯服千头，漫说借灵于飞鸟；龙文五采，扬言受约于神师。角横干将之芒，煜如曳电；尾带祝融之焰，烈似燎原。彼军愈肆诪张，我众渐为輴轫。

臣又念射天狼之目，劲弩为先；舂野兕之吭，长枪是切。疾令前偏之杰，各挺修矛；旋招两广之豪，并称大戟。其耳湿湿，初踞地以来奔；其鼻垂垂，乍中戈而反走。掉头向内，翻成即墨之师；拖炬倒攻，转有江陵之捷。援桴一鼓，何殊以牛杀牛？秉钺三驱，是谓以盾攻盾。积甲齐于熊耳，僵尸等于长平。黑山尽被诛夷，白雀悉从剿灭。郝用贼之心膂，沥恶肺以祭元亨；石庆贼之羽毛，搴尖心以酬马遂。纷纷魔卒，相看蝉蜕登仙；总总鬼徒，肯使狼仓入海。马逸不能止，力清华注之烟；风利不得泊，迅扫金陵之气。

越日辛丑，妖贼王则等睹此焚毛，自知沃雪。开青门而左遁，窃拟偷生；环白道以右抽，苟延残喘。臣细骤然临敌，亟接刃以缘壕；迫不及谋，竟拊膺而陷阵。自摩出突之颈，士尽眦张；顿丧先轸之元，贼皆胆碎。臣信贾其余勇，突遇寇于营前；厉厥雄威，遂生擒于戏下。元凶既得，俄看一军尽化沙虫；滋蔓仅存，行且三师尽归俘馘。

妖党张峦、卜吉等希苏顷刻，复保村坊。已知鹿丘之重宝难存，因而渭水之离房一炬。回禄腾其赫烁，飞廉扇其炎焱。般若凶徒，果尔吐口烟而自灼；沙门孽种，从兹然心火以自焚。天公地公，荡涤不遗余力；蛾贼米贼，剪除不费崇朝。唐县之火，坑入而何有？蚩尤之雾，阵散已无余。身首盈衢，赤起武邱之筑；髑髅塞巷，白堆京观之封。

臣以人无尽刘，道忌太甚。去其蕛稗，原不弃夫良苗；歼厥渠魁，自当宽其胁从。用体如天之德，释兹逐臭之夫。悉捐堂皇之愆，各安渤海之业。知州张得一，忝列衣冠，忍忘水木。虞刑之所不赎，汤网之所必诛。合入槛车，以彰国宪。其在城官吏、僧道、军人、百姓等，惨罹水火，已苦秦法之苛；喜拨云天，再睹汉宫之盛。瞻帝乡而陨涕，家庆更生；乐皇甸以歌风，人欣再造。至城垣庐舍，臣已缮其倾颓；鸡犬桑麻，臣更劝其树畜。受降城内，神祇佑我新邦；王会图中，山泽通其旧气。然后班师卫水，振旅弇山。仰灵社以书功，望神都而奏凯。雄雷所击，雌霓悉收。彼方忌癸亥之穷，我已得甲午之晦。

凡兹一州之复，将士同劳；第其五等之勋，臣镐为最。臣彦博精非太白，灵岂雷泉？望无当道熊，谢七纵七擒于诸葛；功若辽东豕，惭百战百胜于武安。何幸微躯，叨逢盛举。敦诗说礼，敢云郤縠之能；庙算廷谟，实赖圣君之福。总由皇猷远播，圣武旁昭。运斗杓于河津，恩沾涸鲋；轰雷车于地轴，威慑封蚬。所以六旬六日之间，致有三接三捷之报。其贝州妖贼王则，并伪署官寮以下若干人，既就生擒，合同俘献。从此扶桑若木，开图降王母之云；广乐钧天，锡册入秦王之梦。善芳奇干不隔乎中州，青鸟丹蛇常输于内府。臣彦博等无任庆忭欢呼之至，谨遣某官某奉露布以闻，军资器械别簿录上。

进起居注前序嘉庆十九年　何凌汉

钦惟皇上撰合清宁，量宏位育。道光玉镜萝图，膺锡羡之庥；治炳珠囊芝甸，播諴和之化。际阏逢之纪岁，气协棣通；觇淹茂以顺时，瑞征桐闰。臣等紬书虎观，珥笔螭坳。瞻巍焕于中天，无思不服；仰光华之复旦，有举必书。

伏见我皇上诚通昊綷，躬奉穹仪。璧气含春，肸蚃崧圜丘之祀；桦林擢秀，蕃釐升方泽之馨。莅茝席以祈辛，丰年为瑞；望雩坛而驭丙，好雨知时。吉练元辰，黛耜重四推之典；礼隆周甲，灵晖扬二曜之华。庆秋汛之安澜，河神则函香致敬；感夜光之有耀，关帝则封号特增。辂听鸾鸣，宜肃诣坛典礼；职司虎校，岂容舁辇濡迟？翊卫无取乎参差，祝版尤昭其详慎。仪隆法驾，在官无旷送迎；志洁斋宫，视祝益严服色。凛鉴观之有赫，悉赞引之多愆。

唯格帝能飨亲，亦敬天故尊祖。太室升芗于四孟，閟宫献斝于三朝。节届清明，命轺车而考礼；时零伏雨，葺珠殿以昭虔。置公廨以护桥山，无妨借俸；饬官兵而巡辇路，特戒邀功。寰海无尘，祗谒感在天之佑；经涂如砥，蠲输敷过化之仁。盖成民以事神，即奉天而出治。披章乙夜，聆四序之铜签；听政寅阶，迟三商于玉漏。布除莠安良之诏，常思保障乎闾阎；摅实心行政之谟，当媲赞襄于岳牧。双歧呈瑞，尚期氛沴全消；三省告丰，已庆祥和立召。俗吏狃因循之习，患切戒于养痈；小民多守望之资，噎岂因而废食？勉思流芳后世，无徒塞责目前。呼卢本乌合之林，赌缗有禁；陶穴乃兔藏之窟，购线须勤。宦竖投充，端在随时检察；宫廷给使，奚烦逐日剔搜。庸医术类蜮沉，异端斯屏；武弁心甘鸱义，逆迹必书。稽铸局之烝徒，谨河梁之偷渡。法严诘暴，政在得人。以德举以言扬，何事露章入告？或敕交或钦派，岂容风宪持权？举亲举仇，征庸庆弹冠之士；同旗同籍，回避宽随带之员。勿辞溪刻之名，勿避烦苛之谤。勉为桢干，勤教诲于平时；净厥根株，用肃清乎余孽。是可忍孰不可忍？内外臣当清夜扪心；名无欺实岂无欺？重大事转何人置喙。是盖私必废职，敏则有功。一册黄绫，饬光禄缮题之缓；再颁丹荔，诫宗藩陈谢之频。礼宁尚乎虚文，事必识其大体。器使无偏于满汉，钦帱载之同仁；官刑自酌其重轻，仰权衡之独断。员由帝简，例难更以外题；缺本部铨，法仍归于内选。入资而骤膺剧郡，吏治奚裨？遇事而辄改繁区，旧章安在？悯蔀屋株连之苦，虽湔雪以何堪？除花封科派之条，无扬波而益甚。赋防影射，巧取讵任狼贪；关有额征，苛求徒滋蠹饱。牙行擅利，例禁朋充；口外谋生，法宽佣趁。居高提倡，必善劝而恶惩；率属认真，漫阴违而阳奉。匿名本同伏鼠，吏议无及于上官；侮圣敢托扶鸾，典刑宜申于革令。列青衿而上疏，敷陈徒见其拘墟；宥黔首之腾章，约束仍严于守土。鹓行随扈斯徒，蠲给照之条；雁塞通商来往，斥投繻之弊。覆新声于菊部，廌史言迂；仍旧贯于芝垣，鸠工议息。家叨爵俸，冀勋臣能以静生明；职列骢郎，袭绪论必所言无补。纳粟预圜桥之听，实款勤稽；输缗核内帑之登，虚衔杜冒。地邻三辅，入官之产宜清；赋贡万方，收鞘之期必速。佐郡虚黄昏之隶，有愧官箴；典商课赤仄之钱，殊乖政体。名沿汉习，戒联字之已诬；犯以地称，斥临文之多谬。经纶大备，典制昭明。风盖时巡，鸾禁重合符之守；狼烟息警，鹖冠裁卫士之增。荷延赏而谢恩，实俸不同于军校；献祝釐之如意，外廷当限以官阶。朵殿勤临，读奏肃鱼讹之罚；清漪偶憩，趋班详鹄立之方。遵道路之康庄，无滋露积；停京堂之傔值，为屇年班。虔禀前谟，蒲类却输粮之请；虑縻左藏，沈阳停垦壤之谋。成宪率由，官方澄叙。一门抗节，专祠逮存没之乡；阖署输忠，从祀普馨香之荐。骏惠既垂诸奕裔，鸿施兼被其枌榆。俎豆遥颁，崇荩臣聿怀良佐；胶庠益广，嘉多士俾励醇风。谷璧酬庸，特褒绳武；芗萁赐奠，追奖贻谋。念枢府之多劳，加恩后嗣；怅轺车而不返，优恤良才。

若乃志切急公，人知尚义。或助渠弥之费，或佽敌忾之需。或勤侦逻之劳，或笃任恤之谊。值跋狼而效命，从列鹳以宣猷。悉荷渥荣，咸邀甄叙。盖有功而必录，赐拜醍醐。亦有过而必惩，箴严簠簋。禁廷入值，切戒偷安；内府轮班，宁容旷职？责成有定，调官毋屇乎四参；黜陟惟公，考绩仍衷于三载。铨政禁舞文之吏，宜警诪张；谏官存直道之公，勿怀报复。桑榆日暮，海南休转运之司；琴鹤风清，山左复贤能之职。台长罢龙钟之任，许原品以归田；郡符膺熊轼之荣，勿为人而择缺。职乖陈臬，京堂非降补之阶；事异从戎，缉捕无夺情之例。眷前劳仍留司运，荣贲首之升衔；离原任始奏染疴，斥有心之恋栈。畺臣职懈，改迁纶阁之班；廉使龄衰，量授银台之秩。世禄鲜能由礼，责谴难宽；严刑尚系因公，降留适当。广文而妄增书斗，深惭校序之司；廉访而故纵家僮，合谪轮台之戍。习气未离乎纨绔，任愧旬宣；人命几等于草菅，谳期迅速。子衿御侮，吁恩杜越境之章；午陛愆仪，逞诈示换班之罚。银印慎六官之守，钤轴防严；绣衣跻三品之荣，疏泉寄重。案关械斗，禁避重以就轻；款系帑藏，杜挪新而移旧。亏库第私其后嗣，暂停子舍之官；入幕漫假以属员，转启夤缘之路。读礼乃犹越礼，实忝贤书；镌官不啻在官，难邀宥典。金鐍万两，特宽兹惠之师；麦报八分，深警虚诬之奏。情甘唾面，疲玩实深；事等吹毛，苛求已甚。存轻武重文之意，相形实见低昂；怀瞻前顾后之心，交代愈滋轇轕。橐囊勿饱，报销宜弊绝丁胥；鸦片何来？怀挟竟防疏戍校。原委之情未悉，奏戒张皇；贤良之位擅移，见惩杜撰。声名狼藉，岂胜领郡之荣？附和雷同，难恕奉常之咎。星轺四出，封疆宁等于具官；月奏一函，海岱宜清乎积案。思亲染疾，允遂乌私；抵过论功，例停虎拜。恩辜湛露，鲁邦之大吏胥惩；报捏遭风，洋岛之奸萌宜净。司牧竟存畏葸，褫服金乡；建言而骇听闻，还官玉署。儆于有位，罪殃民荡检之员；称匪其人，明滥举讳参之罚。图蔓既疏于平日，免议赎金；发蒙先破其潜谋，赏优加绶。未操刀而使割，慎司刑总办之员；能制梃以御戎，原念母逃归之罪。位崇棨戟，敢任性以作威；职摄韬钤，漫徇情于驭将。劾奏而实稽劣款，非轻听乎风闻；知情而故陷齐民，幸平反于日下。衅由称贷，敢肆严刑；教习食符，尚殊故勘。为功为过，格登记于簿书；或接或交，谨盈亏之关键。书陈辇道，罚逮龙骧；姓系臬司，误殊豕渡。礼义多舛，负惭红药之庐；名器宜严，难贷黄花之戍。禁逢迎之供帐，洁己奉公；减仆从以褰帷，巡乡问俗。治严察吏，心切爱民。祺锡春韶，赏口粮更多贷种；惠周夏甸，平市价兼予缓征。帝城宽煮赈之期，京县沛蠲逋之令。虑青黄之不接，抚苍赤以咸苏。幽并兖冀之区，吴越荆河之境。澧阳上下，皖水东西。豫章神木之乡，铁岭开原之地。或木饥而水毁，或雹厉而霜寒。或遭蹂躏之余，或积歉灾而后。屯膏预戒，解泽立施。诏速誊黄，杜吏蚀官侵之弊；户应别白，权就民设厂之宜。振廪给糜，至三至再；除租宽赋，或旧或新。斥卤水淹，更逭荡田之税；余氛波累，且纾煮海之征。芦引滞销，际秋运而兼筹调剂；淮纲积款，经夏旱而并酌转输。私田难例以归官，运本不辞乎借帑。业仍许赎，赵璧能还；款必议赔，楚边有备。买补恐妨于民食，摊征特免乎堤工。令甲既颁，旗丁并赉。温处缓晒飏之米，赒及八帮；池宣免雇募之船，怜其九运。筹截卸回空之费，展分年搭运之期。以纾力于鲎帆，更腾欢于凫藻。御苑酌朱提之赏，跸宫给白撰之钱。营驻炎区，借支口食；师还远道，拨补军装。羊蹄矞惠远之城，借还药价；鱼钥启司农之库，宁待旗租。捍卫无愆，宥门东之护校；质剂多算，禁廛左之奸商。允裕兵民，兼权食货。用关经国，何堪谋及庶人？官既亏公，岂复容其任子？输例原非得已，丱金无事多开；流泉本自能通，楮币转形滋伪。奏拨准奏销之例，弊绝渔侵；未完混未解之条，法惩袒庇。粒皆贮玉，常平无旷乎仓储；户免炊珠，囤积漫滋其垄断。回漕严惩积蠹，疏销力堵私枭。任红朽而借公，几同冒赈；舍白藏而请款，无乃多縻。河务军需，宜速上报销之册；府亏廥缺，无空陈弥补之文。黄输实鼓铸之需，敢托牵风滞水；黑锡亦泉刀之助，当思复灶增炉。

由是筹宣防之宜，策飞挽之利。疏新泉而勒石，名有攸稽；测收水于志桩，源来更旺。筑增鸬堰，详南岸北岸之工；流注鸿陂，导蜀湖微湖之路。迩淮城而培凤闸，民借官修；近汴水以护虹堤，吏邀恩奖。星畿首重，早恬永定之波；雪浪顶冲，更筑果渠之坝。急疏堙于北运，上裕天储；庆顺轨于南河，仰承睿示。稭麻岁稔，计工嘉核实之员；堤坝年修，生息拨交商之款。勿议捐资购料，早裕竹茭；莫为邀誉市恩，滥登简牍。禁土宜之多带，喜冰凌之全澌。潴蓄有方，破格懋建牙之宠；蠵和奏绩，连帆皆衔尾而来。寄剥贵权其后先，往还勿误乎南北。贿图截卸改章程，实厉所由阶；弁逞刁难挟私见，真法无可贷。富民足国，纲举目张；敷教揆文，风移俗易。敦本阐宗枝之训，怀德维宁；议功宽奕叶之愆，推恩自近。爱深棣萼，七旬节待漏之勤；劳懋琼华，三眼重垂翎之赐。袭爵惟当慎拣，谪居尤儆逾闲。罹咎关心，无致薄于所厚；慎终守典，宜给假以来归。锡春殿之芝筵，璇源毓庆，联天家之瓞系，玉干分辉。亲睦共仰尧文，纶绋聿昭禹范。经筵再举，宸翰披云；御论叠宣，天章倬汉。重农贵粟，务知崇尚本图；葄史枕经，更勉别裁伪体。毓宗潢之杞梓，再试枫廷；培京兆之菁莪，覆稽土著。北阙拜恩荣之宴，蕊榜重逢；南宫酬耄耋之儒，冰衔载锡。馆开文颖，揭韩碑柳雅之全；书贮武英，检玉笥琅函之富。优贡例殊拔贡，免试紫宸；站丁籍异官丁，漫邀青选。

圣有谟训，黉宫当勉以诵维；史辨贤奸，馆职敢疏于编纂？诞敷文德，克诘戎兵。训练时勤，储锐尽百金之士；简稽有制，挽强准六力之弓。名粮岂任饷縻，额缺尤防竽滥。绾郡符而阅武，弊等代庖；简军实以选材，藏皆利器。执冰无勇，岂迁地之能良？偃月连营，勿增屯而多费。池鱼可念，凯旋严携带之条；垌马未臧，典守罹失闲之咎。允谐师律，载缵武功。敢肆枭张，匿聚三才之峡；乃驱鹤列，腾骧七萃之兵。蹑骑金竹园边，雷奔电击；奋翼柏杨岭上，风卷云屯。汉南吹大角之歌，陇右奏短箫之乐。元戎晋爵，恩兼逮于偏裨；世职酬勋，泽更周乎卒校。方驰露布，复殄雷波。大谷前驱，捣虚批亢；凉山深入，振槁摧枯。若乃窜兽稽诛，涸鱼偷息。法严荒阅，巡风并及津关；缉遍穷乡，捉影漫同海捕。勤按里按户之访，舍己何事芸人；明获功获罪之由，谋身即以报国。谨终如始，庶免沦胥；以伪乱真，必多滥及。欲弭乱而长乱，难称谏垣；勿令欺其可欺，转同逋薮。葱山内外，出关之口票宜严；蔀屋秋冬，比户之门牌倍肃。励同仇于闾左，何须印牒频颁？饬禁暴于城南，无事金吾轮驻。芳园匽匜，敢旷职于鸡筹？禁籞森严，特分班于豸袖。托术明灵之目，国法难容；发奸积善之林，宫衔特晋。儒生仗义，官特锡以孝廉；勇士勤公，秩宜班之营弁。治益求治，共饫尧樽；刑期无刑，更开汤网。善承昊眷，必兴正以除邪；适际春融，遂乘时而布泽。无枉无纵，有要有伦。况当孽沴全消，尤喜祥和溥被。惟既生成自外，难逃漏网之诛；但令情罪可原，仍上平亭之议。递减不遗乎远塞，久羁兼省于圜门。持巾帼之蛇符，法当申挺；注刀珪于鹤纽，事本子虚。革且复充，宜严花户；罪而后悔，难返玉关。勿滋揑佛之诬，例应授首；既悟持斋之谬，令许回心。官有常刑，宁滥操诸日役；狱当覆谳，必委解于云司。革薄从忠，适于大道；畏威怀德，化被远方。祝暇输诚，暂免蕃封入觐；开渠导利，仍停垦地升科。因巫蛊而蹈愆，末减实资于往绩；禁官兵之多扰，深仁溥洽于回疆。免颁麟趾之金，钱通普尔；许发鸡鸣之麦，粜济蒲犁。莫不尊亲，咏四方之来贺；无有远迩，庆万福之攸同。是诚丰茂世之规，昭锡极之盛者矣。

臣等职忝簪豪，才惭汲绠。谨仿编年之例，常殷向日之心。言如丝而出如纶，号涣悉典谟之旨；身为度而声为律，德充胥法象之符。百度惟贞，绵亿载无疆之福；重熙累洽，基万年有道之祥。

进起居注后跋嘉庆二十年　何凌汉

钦惟我皇上仁周函夏，化洽登春。冠德卓踪，轶帝鸿而超三古；敕几省度，表君鹄以正万方。绎丹书数语之精，存诚主敬；括金鉴千秋之义，虔巩勖勤。基命单心，励寅怀于宵旰；釐工熙绩，时申儆夫臣僚。府事共仰其修和，言动悉垂为谟范。于铄哉！郅治之隆轨也。臣等恭纂嘉庆二十年《起居注》成，凡二十有四卷，谨缮录贮函，藏之金鐀，为奕世法程。

伏睹我皇上德参穹昊，瑞袭灵祇。度畷假于两郊，龙鸾肸饰；升嘉芗于十室，虎蜼丰融。翠羽雕禾，盥荐重辛祈之典；绀辕黛耜，敦耕隆亥藉之仪。莅仙席以明禋，雩坛肇祀；酌棕街之远近，玉趾遥临。河水安澜，炷鹅梨而报贶；桥山展礼，乘翠辇以省方。座陈七宝之华，雕几必谨；几设五香之奉，尺寸难诬。谒祭愆期，罚惩宗翰；赞仪失度，俸住太常。盖节事通神，诚敬上昭于天祖；而洗心藏密，先劳倍切乎臣民。乙夜批章，细事无烦仰体；寅阶听政，前期讵任高眠。辨身勤与心勤，著诚去伪；视国事如家事，早作夜思。敬尔在公，待召时权乎卯冒；儆于有位，箴言唯励以辛勤。勿以小故而惮于烦劳，勿以非祥而多其避忌。雨沾绣甸，留京之报何迟？日丽花砖，散值之期已早。林木成于芽蘖，务慎始以图终；江河汇自细流，必防微而杜渐。御园儤直，宜均繁简之班；秋谳届期，漫减刑名之奏。事功懋矣，典制昭然。肃吏治而杜夤缘，奏留当慎；饬官常以昭政体，捐复须严。借补无因，念只贪乎鹤俸；拟陪失当，例宜限以莺迁。升衔自有权衡，见缺岂容趋避？事乖令甲，计典无取乎增删；学未识丁，荐牍必惩其冒滥。投刺而交巷职，咎有专归；逃禅以玷官方，责难轻贷。况乎援儒入释，五戒堪嗤；匿罪佽金，八刑安在。此皆有忝簪缨，负惭簠簋者已。

若乃亲耕助耕，耤牛必勤其驯习；请宝护宝，官马无事乎纷增，所以崇体制也。免印簿之钩稽，宽游民之来往，所以除烦苛也。谨合符不敢暂离，守信牌以为要务，非所以明靖共也。书地而文难别白，祝釐或字昧中黄，非所以遵常式也。庙非临跸，宁烦宸翰之颁；祠等居家，宜褫广文之任。诫贺章之专达，轸番疆鹭堠之徒劳；读折本以多乖，惩阁学鱼讹而示罚。名连汉字，旗籍焉存；苑设镫城，畺臣滋妄。因勒休而捏控，岂胜墨绶之荣？冀免罪以逞刁，合谪黄花之戍。由是准民事之废兴，课官司之殿最，禁逢迎乎长吏，明举劾于至公，则风声于是树焉。漫徇私以废公，罔化大而为小，严讼师之串结，核案簿之循环，则听断于是平焉。戢贷官牟利之风，申溺女鬻妻之禁。容刀讵同乎兵象，城树靡惑于形家。刑律岂可遍刊？法官毋滋远出。眷旧学而锡奠，先期特沛温纶；敕国法以原情，终养仍当移住。乡贤未应滥厕，何待坐论乎草茅？揭帖本属匿名，正可踩踪于笔墨。综纪纲而在宥，合巨细以简心。勤政之旨既赅，爱民之恩尤渥。壤区黑白，惠有必均；节介青黄，泽无不逮。际春韶而布闿，迟秋稔以纾征。振廪给糜，至三至再；除逋宽赋，或旧或新。凡夫辽沈上都，江淮泽国，冀兖幽并之境，楚秦荆豫之区，雨雹陨霜，权其多寡；木饥水毁，酌以重轻。恩自天回，早播龙纶而受祉；灾缘地震，更颁骏惠以咸苏。葺庐输麟趾之金，煮赈给蝉鸣之粟。

他如筹运本以赒盐甲，借官项以济旗丁。久废屯田，免鹢艘之岁制；偶因薄沴，贷餍灶以口粮。俾万姓各遂其生，无一夫不获其所。信安民之恐后，抑察吏有必先。猾胥力遏其诪张，劣幕敢恣夫盘踞？纠弹无据，飞章适见褊心；案牍纷陈，画稿何堪假手？越俎而代为规避，任性自专；漏卮以听其挪亏，玩公实甚。才长缉捕，无嫌留任坊司；令苟洁清，何至多干吏议？恤守正不阿之士，悯与民同患之员。自误衔名，多愧白云之署；未谙国语，深惭红药之庐。苟其博简讼之称，转形滋弊；但使清积年之牍，用奖急公。挑浚提催，折岂需乎专递？都俞吁咈，道不悖于并行。讳饰以请纳锾，只成取巧；受欺而称获犯，几致淆真。魑訾封函，岂应入奏？龙钟恋栈，宁许姑容？借贷微嫌，本无难于质判；犯供确据，胡竟诿于秋卿。避差托缉匪之名，褫鞶不宥；悬案弊无辜之命，戍塞攸宜。一纸空言，岂遽谓封圻之咎；四年服役，宁未知仆隶之奸？嘉水利之兴修，警洋烟之私贩。劝捐输勤赈贷，唯期泽必及民；广教化杜欠亏，端在人能奉法。奋庸熙载，一人操董正之原；禁暴诘奸，万宇乐平章之化。惟安良而除莠，允协天心；务崇正以黜邪，钦承祖训。勿邀功以卸过，勿阳奉而阴违；勿煅炼以沉冤，勿因循而废事。鳞编及于组绶，徒见纷烦；机捕预以僮厮，更多扰累。捏情屈陷，难膺民社之司；协力歼擒，特懋弁员之赏。彼夫窜身洋岛，匿迹江湖。或标圆顿之名，或表鸿钧之目。或自诡于升天，或妄称为生佛。凡会名之偶立，皆国法所必伸。桃坞诇散帖之谋，柘皋摄渠魁之魄。狼心甫伏，豕首旋枭。锡爵酬庸，属吏并邀甄叙；效忠向义，招提亦荷殊施。分司移京县之丞，用专臂使；稽户破深山之案，更晋头衔。滇池之野夷销声，粤徼之奸顽敛迹。民生允卫，治教攸隆。时维仲春，经筵懋举。

阐源流于仁爱，验感召于和平，则主极于是建焉。实录玉牒，敬斟抖晾之期；宝笈珠林，续启编诠之局，则世德于是彰焉。禁类书之獭祭，严枪冒之蝇营。酌民俗以立言，职在采风之使；衍圣训为直解，责归守土之官，则趋向由是正焉。陈书而才非左癖，聊恕迂儒；肇衅实名愧东胶，必惩健讼，则士习由是端焉。罪疑惟轻，释戍边于缘坐；罚非不赦，弛班馆之羁留。谪未逮乎瓜期，难允邀誉之奏；偃几同于李代，宜镌诬谳之阶。控属子虚，律刁民以反坐；法能申挺，究余党之潜行。鸡廉褒理事之员，蜮诈重逃亡之罪。简孚至当，定覆奏之章程；钦恤惟殷，饬爰书之积压，弼教之义由是详焉。暖入青轺，顺天时而讲武；秋回紫塞，绳家法以肄勤。眷跸途扈卫之宣劳，量颁金帛；裕歉岁驻防之生计，许贷粟缗。守旗镫以戒鼠偷，扃炮位而严鱼钥。黄岩镇迥，难容鹤病之员；赤跕波沦，预借马干之价。设余兵以收其闲散，疏卫缺而示其变通。劣弁諟刁，逖矣采薇之谴；逆酋抗顺，焚如集莠之巢，诘戎之旨于是备焉。法既寓于兵刑，制兼权乎食货。悬逋久积，善筹鸠敛之方；滥借滋多，厘剔蠹侵之弊。交代宜符于昔准，包征无纵以豪胥。力裁省友之名，永黜犒师之目。恣填欲壑，立程限以明刑；坐拥私囊，敢卸亏于旧令。挪帑岂容任子？垦田但取升科，重府库也。私囤有禁，回漕须防。高廪重戒其红糜，丰区预筹乎买补，慎仓储也。海口坚束水之堤，山腰建落渠之写。才通潴蓄，泽更逮于所生；职懈穿淘，罚以惩乎其后。趁年丰而备料，缉宵小之随帮。官引必绝其私销，缓工岂宜于妄估？重河漕也。铜禁罔苛，不竭丹阳之产；炉工有贷，更滋赤仄之饶，裕鼓铸也。政无微而不举，恩自近以为推。春锡芝筵，庆联瓞系。轸懿亲之端谨，酹赐黄封；溯畴曩之勋劳，园移黑柱。延旧祠之俎豆，计请室之饔飧。移驻本无私，何庸台谏？谪居原示儆，敢效墙逾？罹罪雉经，实自干夫法网；追亡猬缩，洵有忝于宗潢。嗜利贪求，义乖凤胄；临流畏葸，职愧龙骧。宪典不私于所亲，德威乃及乎无外。畀之世职，嘉土目之输心；扰及回庄，捣番酋而授首。垦锜畴于旷土，用力勤公；闭链矿乎新疆，且防滋事。仍卫藏添兵之赏，恤洸洋补贡之劳。代蕃部以析资，殊乖大体；议轮台之经费，转涉虚縻。镇静足以宁边，无改弦而多所扰；公平为能服众，敢苛索以快其私？

于斯时也，畅垓溯埏，无有远迩；游原泳沫，莫不尊亲。然且怀兢兢，履翼翼。抱珍黄而酌宪，勤保赤以求宁。图匮于丰，作所无逸。仰帝德之广运，乃圣乃神；颂皇极之敷言，是彝是训。汪汪乎丕天之大律，轩顼以来蔑以加兹。固宜酞化懿纲，万世景铄。臣等循例编次，飏言简末，其于盛德大业，要非管窥蠡测所能导扬于万一尔。

每年岁底，《起居注》进，书例有前后序跋，皆总办者为之。先公充日讲官，曾为甲戌年前序、乙亥年后跋，兹敬录入《湖南文征》，以存奏御文字之式。绍基谨记。

案：以上二篇，当分隶序跋类，而彼二类，无进御文，故附于表与露布文之后，以其均为庙堂对扬体也。汝怀附记。

湖南文征　卷十一

颂雅附

天威远播平定青海颂有序　雍正二年　　彭维新

臣闻招携怀远者，天地之心；伐叛绥民者，帝王之政。惟丑类弗知悛而稔恶，故圣人不得已而用兵。〔上〕① 稽虞帝，垂裳命徂。征夫弗率，亦越商宗。思道用挞，伐夫不庭。贯之既盈，刑斯莫贯。矧此氐羌族类，无殊豺虎贪残，暗通枹罕为党援，奸甚驹支之漏泄，悖天蔑理，自速芟诛，扫穴犁庭，永销烽燧。钦惟我皇上声教讫于四海，德威极于八荒。乾德辉光，彰治理于风霆雨露；泰符协应，溥恩膏于南北东西。纵属豚鱼，犹知感格，凡有血气，孰不尊亲？蠢尔蕃夷，藐焉部落。吐谷浑留兹遗种，荒徼孳生；西平郡本我旧疆，塞垣逼近。曩者工为翻覆，浸而扰及河湟。我圣祖仁皇帝惟欲安民，因归附频加抚辑；冀其改过，历岁时概事包容。我皇上煦育万方，庭衢六合，更颁爵秩，俾备藩篱，宜其革面而革心，于以保身而保世。不谓釜鱼幕燕，渐为豨突鸱张。蒙赏赉之加，未酬丰渥；孤乾坤之造，自外生成。依青海之弥漫，披猖水击；恃黄沙之布濩，跳踯尘飞。撼我边邮，侵我亭障。阴狡而巧营三窟，狗彘不食其余；宣威而驱遣六师，熊罴倍贾其勇。兵车以律，禀睿算于行间；杀伐用张，扬天声于塞

①据彭维新《墨香阁集》补。

上。弥望毡裘毳帐，欻成灰烬之墟；尽日草薙禽歼，一泄神人之愤。鼠首之同谋皆得，蜂屯之故垒寻空。积野充途，大收其辎重；角赢耳湿，遍获其牛羊。蹈藉者相仍，胁从者辄宥。丐生归命，氛扫垓埏。乘胜前驱，飙驰关塞。逆贼兽奔迷道，鸟怖焚林。蒙巾帼以窜逃，闻风鹤而疑惧。游魂靡托，生母为俘。约倒戈投仗之多，数逾累万；计六军三捷之日，期仅旬余。京观山攒，铦兵雨洗。似此寇平神速，剪枭獍如摧枯。总缘圣虑周详，制羌蕃于指掌。曩代所传，获嘉闻喜，未若此日鸿猷；昔人所纪，即叙来威，庶比今兹骏烈。臣思飏美盛，愧乏文辞，幸际凯旋饮至之时，爰效鼓吹铙歌之奏，谨稽首顿首而献颂曰：

皇帝缵绪，声教四驰。兆民安阜，万物华滋。跂行喙息，荡秽濯疵。罔不祗伏，肃就纲维。昏嚚氏蕃，弗驯于化。窘蹙来归，恩予宥贳。优锡厚秩，俾藩塞外。曾是弗思，而附奄蔡。昏嚚氏蕃，锋猬斧螗。潜联猾虏，此狈彼狼。往来倏忽，遮掠糈粮。敢为挠抗，丛厥咎殃。皇帝仁覆，矜闵暗蚩。叠诲怙终，乃命六师。六师桓桓，犀甲隼旗。应弦染锷，三捷塞陲。胁从悉宥，投戈稽首。逐北捣巢，栗栗群丑。青海蹄涔，祈连培塿。曼头树敦，靡固可负。酋魁鼠窜，飘泊游魂。同恶瑟缩，骇无逃门。颈颡帛系，阙下伏豚。即社行诛，示戒外藩。外藩震叠，我武维皇。相率革面，来格来王。王会增图，万国梯航。干戈永戢，垂衣庙堂。

圣驾东巡盛京恭谒祖陵大礼庆成颂有序　　彭维新

臣闻德惟仁孝，能飨帝而飨亲；治有本原，务尽伦而尽制。故爱存悫著，已致于礿禘尝烝；而僾见忾闻，更求诸陵园寝庙。自昔累朝谒祀，有举必书；至若万国尊亲，惟今特盛。钦惟我皇上道隆继述，德洽神人，值百年礼乐之兴，膺一统车书之盛，无逸作所，时切民依，主善惟师，永怀祖德。以列圣为皇天所祐，树亿世之规模，而盛京为王迹所基，系八纮之枢纽。协灵辰而告庙，诹吉日以启行。日霁秋旻，尘清御路。恭承慈圣，勤定省于行帏；深惬皇情，验丰登于绣甸。周巡紫塞，虎卫骈阗；簇捧红云，鹓行络绎。边庭之劲部，咸稽颡以瞻天；属国之名王，并献觞而上寿。凡夫所覆所载，罔不悉主悉臣。递近神皋，胜彼周原膴膴；频纡天赏，迈于殷土芒芒。洵山川气脉之英灵，为风雨阴阳所和会。谨趋寝庙，恭谒鼎湖，俨蓬岛之三山，融鸿钧之一气。王公卿士，骏奔走以执豆笾；绥甸要荒，聆笙镛而从拜跪。礼超汉制，乐协虞韶。我圣祖巡方展祀以还，复睹曾孙绳武；我宪皇奉命荐馨而后，兹来孝子升禋。巨典告成，荣光遍溥。推恩锡类，留京集王会之图；行庆施仁，寰宇跻春台之乐。孝思标物则，觉白山沧海非遥；睿藻焕天章，视研都练京为陋。今值一阳来复，咸钦万乘言还，臣民皆欢忭靡涯，懿美讵名言可罄？臣恭逢盛举，深愧菲材，爰集诗书之辞，用效升恒之颂，谨拜手稽首以献曰：

皇天上帝，佑我烈祖。丕冒海隅日出，绥厥士女。用集大命，地平天成，表正万邦，永底烝民之生。一

丕承基绪，惟皇作极。亶聪明作元后，兆民永殖。敕天之命，动惟厥时，庶绩其宁，百志惟熙。二

帝德广运，无远弗届。声教讫于四海，安民则惠，克宽克仁，惟精惟一。兢兢业业，所其无逸。三

明德慎罚，亮采惠畴，敬授人时，水火金木土谷惟修。四海之内，平康正直，各设中于乃心，归其有极。四

政在养民，惟民从乂。惟德动天，天休滋至。帝曰钦哉，惟时惟几！绍闻衣德，言予思日孜孜。五

三后成功，在兹东土。若日月之照临，多历年所。戒尔卿士，克慎厥猷，用奉若于先王，往哉惟休！六

祇见厥祖，怵惕惟厉。邦伯师长、百执事之人，惟恭奉币。八音克谐，箫韶九成。懋昭大德，至诚感神。七

纪于太常，则亦有熊罴之士、不二心之臣，同力王室，其克有勋。人惟求旧，惇宗将礼，惟忠惟孝，以功作元祀。八

眚灾肆赦，宥过无大。保釐东郊，鳏寡无盖。时庸展亲，始于家邦。乃日肆觐四岳群牧，诞告万方。九

侯甸男邦采卫，罔不承德。奉先思孝，万邦作孚，一人有庆，格于皇天。天惟纯佑命，惟曰：欲至于万年。十

昊天有成命，受言载之。维清缉熙，福履绥之。有命既集，正域彼四方。昭兹来许，长发其祥。一

本支百世，以似以续。燕及皇天，受天百禄。世德作求，昭哉嗣服。念兹皇祖，锡兹祉福。二

七月流火，零露瀼瀼。卜云其吉，终焉允臧。爰方启行，六辔耳耳，八鸾玱玱。百辟卿士，烝烝皇皇。三

山川悠远，幅员既长。无此疆尔界，自西徂东。畇畇原隰，我稼既同。黍稷彧彧，麻麦幪幪。四

洽彼四国，时迈其邦。莫不震叠，莫不率从。来献其琛，受小共大共。裒时之对，不吴不扬。五

会同有绎，弓矢斯张。一发五豝，是用孝享。夙兴夜寐，式遄其行。三后在天，继序思不忘。六

乃觐于京，既庶既繁。相彼泉水，瞻彼溥原。此维与宅，大启尔宇。景员维河，奄有九有。诒厥孙谋，绳其祖武。克昌厥后，有秩斯祐。七

自古在昔，天作高山。高山仰止，峻极于天。作庙翼翼，松柏丸丸。穆穆厥声，濯濯厥灵。陟降庭止，赫赫明明。八

于穆清庙，克配彼天。天子穆穆，奏格无言。享祀芬芬，百辟为宪。式礼莫愆，乐具入奏。崇牙树羽，籥舞笙鼓。既和且平，衎我烈祖。九

既优既渥，德音不已。在公载燕，孔燕岂弟。言旋言归，既多受祉。孝孙有庆，上帝是祇。于万斯年，自今以始。十

圣武远扬青海平定颂有序　进呈　　黄秀

国家统驭万方，文教诞敷，武功赫濯，四海内外，含生负质之伦，与雕题凿齿之属，靡弗梯山航海，执币献琛而至。依古以来圣帝哲王，车书玉帛之会，一统无外之模，未有若我皇上德盛化神，功崇业广如斯其至者也。自御极以来，宵旰弗遑，励精图治，庶绩咸熙，百度振举。至仁远被于寰中，圣武布昭于塞外，四方绥靖，万国咸宁。岂犹有萌逆节肆悖叛，弄兵于潢池之中，阻声教以梗王化者哉？彼青海部落，前此率众归附，奉天朝正朔，沐天家洪恩者已非一日。乃蠢尔丑类，有罗卜藏丹津者，心怀奸慝，罔矢忠顺，欲以螳背当车，釜鱼鼓浪，纠集青海兄弟，同谋煽乱，以剽掠我边境，蹂躏我生民。此非可以化外置之、异类视之也。

皇帝特命将帅，指授方略，驻军西宁，锋锐洵莫敢当，而先声夺人之概，已足令小丑胆落而志丧矣。故大兵甫建旐出境，而逆寇遂望风奔溃。爰率众军，乘机进剿，屡战屡胜，不旬日间，捣彼巢穴，俘其母妻，执其台吉，并歼其党羽，尽获其辎重。由是渠魁畏慑，易服远窜，而殄灭即在旦暮间。从此一隅宁谧，六宇澄清，重译来朝者，自极乎天覆地载之广远矣。捷音具奏，凡属臣民莫不举手加额，共乐万世升平之庆。爰择三月某日之吉，天子御五凤楼受献俘之礼，文武臣工悉顿首稽首踊跃欢忭以称贺，而庆赏刑威之典行焉。夫铜柱标勋，燕然纪绩，自古将帅立功边徼，犹勒贞珉以志不朽，矧帝王定寇遏乱，内安外攘，维彼诗人罔弗形诸歌颂，上奏清庙。属在史臣，亦必秉兹珥笔，永著简编，凡以昭示中外，垂型奕祀也。臣备员史馆，自愧学识谫陋，不能鼓吹休明，扬圣烈于万一，敬从诸臣后，敢百拜冒昧而献颂曰：

圣王御宇，揆文奋武。声名洋溢，普天率土。畏威怀德，无拂无侮。后有万年，前无千古。相彼青海，居朔漠外。柞棫斯拔，行道罔兑。忘我国恩，肆彼狡狯。譬诸夜郎，弗知汉大。天子闻之，赫然震怒。特命大将，统军西驻。旆旌如云，剑戟如雨。设伏扼吭，毋俾脱兔。将士贾勇，卒伍争先。执讯获丑，累万盈千。顿驱鲸浪，迅扫狼烟。上兵神速，踔厉无前。其母就擒，其子焉倚。变易巾帼，奔突似豕。潜迹隐踪，胆丧魄褫。献馘授首，直指顾耳。钦惟庙谟，咸由独断。制胜阃外，悉符睿算。天威远播，剪除野豻。灭之朝食，用舒宵旰。汉征冒顿，唐剿吐番。宋人三鼓，亦渡昆仑。取残荡虐，征烈如存。孰若盛朝，勋满乾坤。幅员既广，声灵更溥。荒徼绝域，无虞伏莽。弓矢载櫜，干羽旋舞。遐迩一体，悉臣悉主。好生去杀，元后之仁。深谋大略，料敌若神。天锡圣武，靖边安民。永清沙漠，瀚海净尘。古称三德，曰仁智勇。一人兼之，荷天之宠。万福攸同，百禄是总。镌诸金石，万世永奉。

平金川颂

徐世佐

蜀徼数千里，攒峰刺天，层壑拆地，实造化之奥区，促侵巅而巢，攒拉腹而穴。乾隆十三年，促侵郎卡侵扰毗近土司，朝廷发兵讨之，冞入其阻，穷蹙乞命。我皇上如天之仁，赦而不诛，以需后善，御制诗曰：上将有心期利执，大君无物不包蒙。自是慑于天威，伏处者二十余年。郎卡死，子索诺木尤桀黠，与攒拉僧格桑唇齿而健。乾隆三十五年，僧格桑攻围鄂克什，索诺木杀革布什咱土司，并其地，制府遣官谕令改行，不从，饕餮且益甚。于是皇上知其必无革心之日，遂行天讨，解达木巴宗围，收革布什咱地，遂入美诺。僧格桑走促侵，大兵随之，坚碉万仞之上以百数，皆巨炮仰击，往往摧裂。既破乌勒围，丑徒无险可守，遂围噶剌依刳山腹，置巨炮其中轰之。陷其巢，擒索诺木，并其弟莎罗奔甲尔瓦沃杂尔、斯丹巴沃杂土妇，其党丹巴沃杂尔、阿木鲁绰尔斯甲、尼玛噶喇克巴，献俘阙下。

四十一年四月二十七日，上亲迎劳将军阿桂于西郊，先期筑台。是日，武备院设黄幄御座，礼部、工部设青幄，兵部设将军凯旋纛多号螺，工部陈棕荐，鸾仪卫陈卤簿，大驾自行宫至郊劳礼成，军士鸣螺歌升平曲，上回行宫，军士马上唱凯歌。翌日，上御门受俘，诏曰：殄靖戎落，扫除蛮氛，定一劳永逸之模，际偃武修文之会。盖上之用兵非得已也。

往者上平准噶尔，擒达瓦齐，破叶尔羌，诛小和卓，五年而大武告成，其地万里。促侵小丑，才可一州，亦五年而后克之，縻饷七千万两。盖溪山重阻，甚于绝域，故克之难也。当唐之中世，蔡州一席地，无拳石之阻，车驰马骤出关门，率五六日而躏其庭，吴元济小竖子，系其颈而来耳，以宪宗之断，裴度视师，李愬、李光颜之勇，三年而后得，以视促侵何如哉？于是臣佐拜手稽首而作颂曰：

于赫我皇，万邦是怙。乃圣乃神，乃文乃武。往者西裔，有乱斯侮。王旅啴啴，如夺如舞。北尽突厥，爰执丑虏。南尽土番，大启我宇。蠢尔攒拉，促侵是附。乃巢而枭，乃穴而鼠。是啄是啮，不安其所。乃枭而狼，乃鼠而虎。饕餮是恣，爰攫爰哺。雪山盘盘，负其险阻。檄之不从，抗我制府。明明上天，岂曰无睹？包蒙而畔，帝乃震怒。遄命虎臣，简兹劲旅。是往是诛，匪茹匪吐。惠此边氓，厥旱惟澍。万山峨峨，冰雪太古。危石欲堕，仄径蟠互。或箐而密，乃昼而暮。螭蜮骑蛇，飞鸣在树。万仞之巅，坚碉棋布。丑徒其间，盱睢而俯。我军仰攻，石下如雨。铁骑碎骨，孰予而汝。庙算有神，武臣是与。皎皎白日，迢迢戎路。猿攀而登，鸟飞而度。下天雷吼，绝地云翥。何险尔守，何隅尔负？乃抉其穴，鼠窜而腐。乃造其巢，列枭而数。絷之曳之，不以衅鼓。献俘于朝，告于天祖。武臣反命，观者如堵。帝曰都俞，予恩汝普。尔劳尔勋，为肱为股。礼重郊劳，惟觋斯举。蛮氛既靖，天惟雨露。东溟我池，西戎我户。安我北极，广我南土。荡荡平平，弥弥栩栩。更亿万年，受天之祜。

平定金川颂 周春

我皇建极，丕冒下土。芒芒六合，悉臣悉主。惟山有梯，惟海有航。纳琛献赆，来享来王。蠢兹金川，蛮獠贱族。僻在外徼，如豕与鹿。曩者内附，曾从征讨。遂列荒服，世相继绍。其地遐阻，其民昏眊。狉狉狺狺，罔闻礼教。迩乃跋扈，启衅邻番。称兵互斗，民人贼残。其酋长与小金川构兵四川，抚臣遣使谕之，抗不听命。于我吏议，劳我王师。敿干彀甲，奄忽逾时。有节者山，寇以为窟。军吏因循，迟于飞越。虏因山架碉楼甚固，元辅讷亲、总制张广泗督兵攻之，久不克。帝乃震怒，简命良辅。节旄西指，迅如风雨。元辅傅恒奉命视师，行甚迅。载申师律，旋锄乱党。诛良尔吉、王秋等。援枹勒兵，谷应山响。乃伐贼垒，靡坚不脆。乃歼贼魁，靡勍不毙。厥酋詟栗，哀吁涟如。元戎弗宥，谓法当诛。帝曰无庸，彼辜已伏。上苍好生，我武非黩。时惟初岁，戎旅振振。受降诏下，绝域回春。翩彼飞鸮，怀我好音。憬彼金川，来革其心。其心既革，誓不贰携。睦邻修贡，向化无迷。金川既定，圣武惟扬。柔远能迩，式于四方。兜离僸佅，穷发凿齿。同遵文轨，环卫天子。

瀛台赐宴恭纪有序　平邸拟稿　　陈长镇

钦惟皇上毓德凝祥，体元总极，敬天基命，法祖绍庥。至教覃敷，则云行雷动；仁声远讫，则草偃风从。绌薄尚忠，萧艾与荪荃俱馥；扬清激浊，帷薄与簠簋齐修。定律持平，轻徭弛责。正直伸而方神用享，妖妄杜而野鬼不灵。草绿春扉，鼠消芒角；桴青秋堠，犬静花村。周魃应祷以回骄，商羊顺时而献舞。室家均足，犹蠲大地朱提；暵旱偶偏，即发太仓红粟。兴举水利，亩尽东南；扞固金堤，原同西北。山无下卧，海不上飞。武库动即胜残，文昌飞无勤远。冠带月支之窟，梯航日出之乡。寰海十洲，波通太液之水；邓林万里，影交上苑之花。可谓下下高高，无无有有，照临昭晰，包孕深宏者矣。

若乃访道延儒，生知下学。乾行日丽，爱乙丙夜之余辉；巽入风和，发二酉山之秘蕴。训词调露，批答回波。礼修则五采光宣，乐明则八音响合。式浮染翰，郁郁尧文；导豫腾笺，煌煌禹律。时而云飞兴念，遐瞩封圉；偶因菊秀纡怀，远萦藹轴。或廑天时人事之巨，或触鸢飞鱼跃之微。大有玉振金声，都是补天浴日。美矣备矣，烝哉皇哉！至于诣笃绛源，恩覃朱馆。封既穷乎五等，对每接夫三雍。竹池桐山，姁妪春风似水；桂岩兰坂，浸潭膏露如珠。下至大宗小宗，余子门子，敦亲有院，积庆成图。库建维城，则四时推解；学兴教胄，则两翼甄陶。剪剔驹蹄，长养雏羽。遇有眚而每贯，希为善以同归。推之九棘三槐，千官万品，置腹以去，沥胆而来。笙簧发其精神，酒醴通其血脉，莫不鱼鱼雅雅，彪彪麟麟。功德既如彼巍巍，仁恩复若斯荡荡。用能鼓南风而吹区夏，提北斗以酌阳春。羲瑟娲笙，飞元音于赤县；尧樽舜瓮，沃妙酝于齐州。苍兕忘其武容，彩鹭嬉其文藻。曰旸曰雨，如影如声。盈车之元秬际天，充箱之黄麰匝地。叟拍腹以成咏，坎坎鼓音；童张口以出声，镗镗钟叩。草木自乐，鱼鳖知欢。信乎得一以贯，函三而立，可以作歌宣畅，可以酌醴庆成者也。

恭逢御极之十有一年，清商入律，白藏司辰。皇帝居无逸之宫，览安平之牍。四岳九牧，百口一声。畿人甸师，稽颡并膝。佥称三时不害，六寓其同。割尽黄云，遗金布陇；艾余紫绶，滞玉盈畦。斥卤既喜满篝，荦确复夸没轴。尧阶远荐，拮拮如闻；禹膳初尝，烰烰直上。天颜有喜，凭轩而静洽宸襟；帝泽无私，赐酺而敬稽宪典。洪惟圣祖，肇文宴于瀛台；特举威仪，绍清游于仙苑。念兹同姓异姓之族，俱希天揖时揖之荣。近之三十一房，远而三百六属。多以靡别，会岂罄欢？诏彼大挠，分刚内而柔外；诹兹双吉，用首亲而次疏。凡此藩服之诸丁，荷厥荣光于先甲。

是日也，金飙荐爽，玉露垂珠，苑草如茵，池波似縠。桂殿丹粟，飘月子以争迎；菊坞黄琼，苞霜英而望幸。鸡人初报，虎士方严，凤辇天旋，龙旌日运。循螭头而右转，拥雉尾以西移。百子池头，衔珠之鱼竞舞；豳风亭畔，布谷之鸟齐歌。黼座高张，玉扆密迩，亲贤毕集，少长咸臻。蒲谷躬桓，雍雍济济；金锡圭璧，绳绳诜诜。列坐维年，加觞以德。但雁行而无爵，亦鱼贯以升阶。授几肆筵，星弁霞蔚；喝盏唱箸，风袂云兴。骑递天厨，叠雪飞霜之错；车行仙醴，流金泛玉之波。牢丸薄夜，则弱似春绵；异藕灵瓜，则明如秋练。羹翻碧浪，汝阳溉厥馋涎；饼擘红绫，东平果其皤腹。金匏设，琼管陈，八列齐，三终叶。英茎响逸，徵角招流。归昌师其抑扬，帝江传其节奏。礼成既醉，乐且未央。帝鸿之砚云垂，天象之文斗转。拈来七字七调全声，制就三章三侯减色。冠六爻而首出，囊万象以孤骞。隐隐韵里行间，霭霭一家元父。智者捧而感泣，愚者诵以欢呼。犹且温语重申，殊云更绾。丰貂共五云飞下，雕锦和三露分来。翠管银罂，馝芬发越，牙签玉麈，宝气璘玢。藏袖里之星辰，捧怀中之日月。还允分携子弟，任教深处周观。郁郁青丘，漪漪翠水。阁似海中涌出，栋疑天上飞来。宝树吟风，瑶葩泫露。才尝琼液，已入蓬莱，偶拾玉荣，恍游宛委。窃欣今世，依若木以遥分；尚想明朝，陪末行而复入。

臣识惭窥管，才愧雕云，横草功轻，倾葵心切。猥缘近属，得备诸孙，幼侍虎闱，依光最早。长趋豹直，纡眷独深。扈镐上之车徒，与沛中之歌舞。顷复宠升高坐，加赐上樽。接周召之襟裾，联鲁卫之剑佩。鱼凯乐于在藻，鹿和鸣于食苹。卷施之草有心，岂忘春晖之德？樗散之材无用，难酬清露之濡。喜极忘言，感深靡术，寸衷自转，中夜屡兴。念欲答乎高深，计惟形之歌咏。学殖谫薄，词藻弁芜。譬蛩感露以吟，何知清浊？如木喜阳而笑，岂计妍媸？用是跪聆龙章，三诗既和，归搜蝉腹，四字还成。虽颂尧巍者莫能名，咏孔繇者难为语，亦野人负暄之情，贫子将芹之意云尔。辞曰：

于铄圣祖，乾元降神。披攘九野，冠带八垠。陈常时夏，与物为春。酝酿岩阻，章明宫邻。鸿羽渐渐，麟趾诜诜。酌我北斗，鼓我南薰。灵台灵沼，驻景敲云。煌煌宪典，赫赫高雯。谋贻皇帝，体膺上圣。运以河魁，照以天镜。乐内礼外，义纬仁经。庆行有脚，声蜚无胫。臣哉邻哉，之角之定。拔去筌簹，纳之觳孕。锡福饮和，山晖川映。人宅其衷，天申其命。日兄月姊，循轨安驰。海王岳帝，回澜敛威。露童霜女，泛洒轻霏。雨师风伯，晓节知时。黄薤烘天，紫颖幂陂。报以鱼梦，不责豚蹄。秃发醉舞，毁齿饱嬉。兽欢鸟唱，草笑木熙。华胥靡加，大廷爰肖。贞元会昌，纯嘏骈召。皇让弗居，帝谦弥耀。十一年秋，安平书报。亿井同形，万方一貌。天颜大怡，龙光远照。缅怀圣祖，赐酺命嚼。与尔臣庶，肃则虔效。温丝既贲，陬日云良。维寅维卯，曰宗曰乡。乌未出谷，兔尚在梁。森森珠树，弥弥银潢。若伯若叔，阿弟阿兄。先甲授几，同寅奉璋。如鱼衔贯，似雁排行。鞠躬屏气，望幸迓祥。九凤翳天，六龙殷地。日车驻帷，星弁陪位。席似川平，醪如波至。芳藉射越，珍错澎濞。翚鹳六四，凤凰十二。其音方希，其容有粹。彩云应节，清飔助吹。太乙停骖，羲和回辔。瀛台之上，麟麟瑞烟。瀛台之下，漪漪晴川。瀛台之左，北阙巍然。瀛台之右，西山映焉。有鸟有鱼，有蒲有莲。桂飘菊绽，揉黄筛丹。虹骞岛峙，效景输妍。顾此天伦，动我皇欢。星转乾文，风回天韵。七字渊渟，三章岳镇。溟涬昭苏，虚无充牣。庶藩情移，胄子心印。极感出涕，如蛰方震。既欣饫沃，还颁琛赆。鹤头云委，袅蹄星晕。压韧盈鞍，握瑜怀瑾。宸襟既洽，銮驭斯兴。许携子弟，遍瞩冈陵。猥以凡骨，入此仙瀛。锦禽竹裂，幽涧琴鸣。景多莫接，恩重难承。青丘峨峨，翠水澄澄。三生一日，缀液连茎。归告家室，出夸友朋。圣祖当年，隆仪有斐。兰台载笔，芸编特纪。绮甲方周，载丁斯契。格彼豚鱼，况臣肺腑。奉人筋舒，暄迎痼起。愿化灵禽，永歌圣祉。万岁千秋，庖鳖脍鲤。既醉矢音，以答行苇。

恭庆圣母皇太后七十万寿颂有序　集五经　　潘相

天亦惟休于前，宁人长发其祥。时惟姜嫄，曰嫔于京。德合无疆，载生载育。亶聪明作元后，应乎天而时行。虑之以大，爱之以敬，行之以礼，修之以孝养，纪之以义，终之以仁。于是乎民和而神降之福，永言配命，罄无不宜，丕冒海隅日出，罔不率俾。西方曰戎，广谷大川异制，国险而多马，昏迷不恭。帝乃诞敷文德，分北三苗，自彼氐羌，有大艰于西土。皇帝哀矜庶戮之不辜，利用侵伐，则亦有熊罴之士，不二心之臣，奉将天罚，罙入其阻。导弱水至于西河，自西河至于流沙，马之所生，有骊有皇，有骊有黄。西土之人，怀我好音，牵马而前，在坰之野。苞有三蘖，诞敢纪其叙，自作不典。文武吉甫，钦承天子威命，济济有众，一乃心力。尽俘以归，释奠于学，以讯馘告，西戎即叙。越在外服，雕题交趾，莫敢不来享。越在内服，各以其列，无思不服。帝曰俞哉！光天之下，至于海隅苍生，含宏光大，应地无疆，以引以翼，母道也。鸡初鸣而衣服，朝于内朝日三，春王正月，合万国之欢心。时迈其邦，祀山川，觐诸侯，布德和令。下及兆民，以示慈惠，六服群辟，罔不承德。归于京师，其乐也融融，何天之休！

二十有六年冬十有一月，日南至，万寿无疆。是日也，天子玉藻，至于寝门外，殊徽号酌以大斗，庶邦侯甸男卫，毕献方物，大合乐。凡我有官君子，多士多方，观国之光，以雅以南，称彼兕觥。予小臣世世享德，敢执壤奠，拜手稽首，乃赓载歌曰：

维清缉熙，万国咸宁。惟圣时宪，善则称亲。文王之母，缵女维莘。天祚明德，其命维新。一章

事亲如事天，于缉熙敬止。自朝至于日中昃，立爱自亲始，酌彼金罍，式燕且喜。德之休明，令闻不已。二章

明照四海，受小球大球。苗民三旬逆命，克壮其猷。招携以礼，建万国，亲诸侯。亦右文母，实万世无疆之休。三章

大衍之数五十，天子万寿。元端而朝于其王母，如天之福，火在天上大有。用敷锡厥庶民，保艾尔后。四章

思齐太任，如山如阜。在位七十载，仲冬之月，日在斗。施命诰四方，以祈黄耇。于万斯年，如天之无不帱。五章

五载一巡狩，省方观民。令德寿岂，立爱惟亲。执玉帛者万国，雷雨之动满盈。大孝不匮，是为成其亲之名。六章

允犹翕河，泉流既清。三时不害，品物咸亨。问内竖之御者，寿耇且宁。行庆施惠，永庇烝民之生。七章

重巽以申命，施于中林。拔茅征吉，简在帝心。赏以春夏，庶绩其凝。仁之至也，以莫不兴。八章

四方来贺，考祥其旋。绵绵翼翼，奠高山大川。其礼备，其乐具，惟曰欲至于万年。其所以蕃祉老寿者，克配彼天。九章

东巡颂有序

潘相

天惟纯佑我皇清无疆景命，列圣继继承承，奠丽陈教，抚驭函夏。覃敷东西南朔，穷荒万万里外，含生之伦，靡不仰治教休明。合数千年君师统为一，三五以下，莫能比并。皇上聪明天纵，养德书斋，洙泗宫墙，时形寝寐。御极十有二年，心法道法治法，一禀四子六经训典，亲临辟雍，躬奉殷荐，岁时崇祀传心殿先师神主，更备且肃。惟兹昌平圣里，圣祖仁皇帝肇举幸鲁盛典，焜煌万祀，绳祖武，访圣迹，观庙堂车服礼器，礼固宜之。乃诏以来春东巡，仰止杏坛，用申夙愿。复念岩岩泰岳，鲁邦所瞻，惟隆古盛时，虞巡周迈，有册有典，懿旨肫肫，是彝是训。

爰以戊辰春二月朔四日戊午，自京师奉皇太后车驾起程，省方观民，行庆施惠。戊寅至曲阜诣孔子庙，至奎文阁降辇，入大成门，升阶盥手，入殿上香九拜。越翼日己卯，行释奠礼，礼帅

康熙甲子盛仪，乐用阙里乐章。命大臣分献四配十哲、两庑贤儒，命诚亲王祭崇圣祠毕，御诗礼堂讲筵，圣裔举人臣继汾、优贡生臣继涑，以次进讲《中庸》九经及《周易》临五之象辞。衍圣公臣昭焕率各博士十三氏裔，巡抚臣阿里衮率司道属官皆入听讲毕，敕大学士臣傅恒宣谕，谕衍圣公率族属敦伦慎行，式勿替至圣彝训。留曲柄黄盖于大成殿，率前烈，光秩祀，群臣皆呼万岁。遂酹酒孔林，祭金天氏帝陵，谒周文公庙，颁榜联，加赈恤，蠲租税，广学额，拔隽髦，晋阶秩。赐衍圣公以下燕，赐经史衣服银币有差。又遣大臣分祭元圣及四配专祠，乃回銮至于岱宗祀岱庙，报德祈年。凡汉、唐、宋陋儒所称七十二君封禅说，屏弗用。赫赫乎！巍巍乎！帝者之隆仪，皇世之盛轨也。小臣某敢拜手稽首，乃作颂曰：

于皇上帝，佑我圣清。笃生天子，天亶聪明。后先一揆，玉振金声。以治以教，允集大成。惟十三年二月初吉，四牡龙龙，东巡启跸。屏翳清尘，天姥练日。观风广鲁，升堂入室。业业尼防，先师故里。圣祖幸之，肇兴盛轨。神孙述之，载绩其美。日丽杏坛，龙蟠泮水。贤臣赞襄，圣裔蹈舞。肃肃凤箫，逢逢鼍鼓。虞牧圭璋，鲁生干羽。煦以春风，长以时雨。乃瞻庙貌，江汉秋阳。礼循旧式，乐奏新章。雍雍穆穆，富美裔皇。六十五载，乃宣重光。乃御经筵，抉圣之蕴。政举九经，智临广运。圣者子孙，宣昭义问。百辟其刑，是彝是训。咨衍圣公，虔奉鬯卣。曲柄龙盖，衣德重留。汝率汝属，率典慎修。公拜稽首，对扬鸿休。乃奠圣林，乃祠少昊。元圣阏宫，所钦惟道。锡厥额联，辉其山藻。异数殊恩，降福浩浩。乃至岱宗，敷天裒对。若虞之巡，若周之迈。震出物生，云蒸雨霈。玉检金泥，永息群喙。肆觐东后，庆让以殊。锡予蠲复，东人其苏。有歌于巷，有谣于衢。一游一豫，惟慎步趋。皇帝至圣，合德素王。律天袭地，祖述宪章。曩师其学，今诣其堂。于万斯年，于羹于墙。皇帝至诚，人道天道。过化存神，我风民草。总角者儿，庞眉者老。于万斯年，天氓皞皞。

皇帝大孝，玉虹化鲁。万国心欢，钦奉文母。永言孝思，受天之祜。于万斯年，缉熙纯嘏。皇帝大文，明述圣作。重定诗书，再兴礼乐。贤于尧舜，道弸教旷。于万斯年，渊泉溥博。

东巡以释奠阙里为主，及于泰山，名作多倒置泛举，兹恪遵谕旨，犹异陈言。以文不逮古人，不欲存也。此届承乏曲阜，恭办差务，见闻尤亲切，欲作颂志之，以初次典礼更盛备，因增改戊辰年稿，敬识其后。辛卯夏，知县臣潘相恭纪。

皇上肇建辟雍释奠讲学礼成恭颂

谨序集九经，颂四章集《诗经》　　张九镡

皇帝书经正位凝命易经五十年书经，夙夜基命宥密诗经，而从心所欲论语。惟日孜孜书经念终始典于学书经，以临其民孝经，圣人久于其道而天下化成易经，礼乐明备礼记，此其征也春秋左传。岁书经癸卯春秋左传，帝书经稽古书经，天子视学礼记，以行其典礼易经。王者之制礼记大学礼记，天子曰辟雍礼记，如璧诗经圜以应规礼记。其中孟子明堂周礼辟四门书经，刮楹达乡礼记，其外周礼为圜易经亦如之周礼。泽上有水易经如桥衡礼记，观者礼记以节易经，固周制也春秋左传。大雅云诗经于乐辟雍诗经，文王是也孟子，镐京辟雍诗经，武王帅而行之礼记。继自今书经皇建其有极书经，若合符节孟子，惠此京师诗经，于万斯年诗经，始基之矣春秋左传。命司空礼记匠人周礼，经之营之诗经。甲辰春秋左传冬周礼，告厥成功书经，帝庸作歌书经，以待来岁之宜礼记。乃命有司行事礼记。乙巳春秋左传惟二月书经丁亥书经，春官释奠于其先师礼记，天子乃帅三公九卿诸侯大夫亲往视之礼记，龙卷以祭礼记，用特书经大合乐礼记，大昕鼓征礼记。众至礼记，令奏钟鼓周礼，升堂而乐阕礼记。太史典礼，执简记礼记，三公九卿礼记皆在左右礼记，王中礼记奉席礼记乃坐礼记，读书礼记见易象春秋左传：天行健，君子以自强不息易经。帝曰书经：朕在位书经五十易经，昭事上帝诗经，兢兢业业书经。噫嘻臣工诗经，钦哉！惟时亮天功书经，诵诗论语于缉熙敬止诗经，惟文王书经兹迪彝教书经，君君臣臣父父子子论语，正是国人诗经，民用和睦孝经，皆所以明人伦也孟子。仪式刑文王之典诗经，又何加焉论语？曰太宰礼记论道经邦书经，以辅台德书经，大司成论说于东序礼记，掌成均之法周礼。教之诲之诗经，又从而振德之孟子。告尔多士书经，懋哉懋哉书经。是日也礼记，天子穆穆礼记，即之也温论语，循循然善诱人论语。金声而玉振之孟子，俾万姓咸曰：大哉王言书经。环涂周礼观者如堵墙礼记，自西自东，自南自北诗经，跄跄济济诗经，以近天子之光书经。佥曰书经：此由太学来者也礼记。帝德广运书经，至矣哉春秋左传！予小臣书经敢再拜稽首春秋左传，属辞比事礼记，为之歌颂春秋左传四章春秋左传，其辞曰周礼：

天之牖民，有物有则。雍雍在宫，聿修厥德。于穆不已，小心翼翼。诞先登于岸，思无斁。一章

于乐辟雍，无思不服。乃觐于京，四方之极。誉髦斯士，生此王国。有觉德行，顺帝之则。二章

二月初吉，于彼西雍。奉璋莪莪，鼍鼓逄逄。古训是式，锡我百朋。展也大成，穆如清风。三章

观其流泉，秉心塞渊。济济多士，言采其芹。天子万寿，遐不作人。遹观厥成，天子万年。四章

圣驾五巡江浙恭纪颂有序

张九镡

臣闻箕畴九，五福曰寿，大德之受命，以符周典十二年时巡，圣道之化成于久。盖惟正位凝命之本既立，而后省方观民之教以行。粤稽放勋刻玉，仲春游河；重华受图，甲子巡洛。夏后涂山之会，执玉帛者万重；宣王甫草之田，选车徒者四集。载诗书而炳耀，金石扬徽；溯官礼之辉煌，简编志美。凡皆节宣豫定，奠六合于清宁；履泰丰亨，示千秋为轨范。

钦惟皇上临御之四十五年，适际圣节之七旬万寿。三元统纪，

抚玉烛以常调；五运应期，卜金瓯而永固。犹且宸衷谦让，却贡献而弗居；庆典覃敷，锡恩纶而大备。谓寰宇之臣民踊跃，悉抱嵩呼华祝之思；而东南之士庶讴吟，更切望日瞻云之志。太平有象，四巡已遍于推恩；教思无穷，一纪再勤于问俗。乃择辛卯之元辰，特举时巡之令典。是日也，苍龙御宿，先祈谷于郊坛；鸾辂行春，即省耕于畿甸。于是六飞左指，遂达海邦；万乘南行，爰经淮浦。丹阳渡楫，大江东去朝宗；震泽溯流，两浙西来交会。此日吴山越水，俨列画图；当年农井桑郊，都陈锦绣。星庐驻罕，花间闻千户之钟；露冕凝旒，雨中看万家之树。迟迟春旭，照宫扇以曈昽；习习和风，拂属车而荡漾。杨柳仓庚相映，两行翠盖参天；桃花紫燕齐飞，万朵红云捧日。黄童白叟，同称介寿之觞；香市渔村，竞献迎銮之曲。由是宸眷从容，皇情悦怿。时调法膳，知耘耔之艰难；屡进御衣，念蚕桑之茂育。鳞层蔀屋，征量衡律度之同；绣错名区，察户口版图之异。进有司而设教，申涣号以时闻；命太史以陈风，聆清音而肆好。集九天之珠玉诗篇，则星斗斓斑；耀万丈之光芒翰墨，则云霞璀璨。天颜有喜，大彰对时育物之仁；造化无私，益显山色湖光之美。此盖圣祖六巡之会，自昔为昭；而我皇上五幸之期，于斯为盛者也。若夫引导河渠，指顾而金堤自合；经营海岸，擘画而石楗重新。以及蠲租赐复之条，宥过赦疑之令。乞言养老，歌行苇于生成；造士育材，叶菁莪于雅化。龙章凤诰，尽膺锡类之鸿恩；东赆西琛，共沐怀柔之厚德。凡兹盛典，一体举行。然后返跸徐扬，弭节□□。翕河乔岳，安禹甸于千年；化日光天，乐尧封于万祀。开明堂而坐治，虞帝正恭己之容；探紫府以观文，轩皇受长生之箓。巍巍荡荡，无得而名；绵绵延延，自今以始。

微臣躬逢泰运，幸际昌期。读梁父汾阴之词，窃惭巨丽；彷曲水华林之制，未继鸿裁。敢伸雀跃之私衷，企敷陈夫盛美；用志凫趋之夙慕，庶扬扢夫高深。谨拜手稽首为颂十有六章以献曰：

皇帝万寿，福征九五。四十五年，适符厥数。七十届期，从

心维矩。天覆地载，乐我寰宇。一章

寰宇载德，圣泽如春。东南望幸，爰举时巡。乃择吉日，辛卯良辰。至于南郊，载展明禋。二章

乃驾仓龙，乃御鸾辂。周览近畿，阳和始布。舆卫有仪，刍秣有度。驾言徂东，以游以豫。三章

望秩岱宗，躬祀河流。灵雨清道，安澜行舟。遂过淮浦，大江浮浮。朝宗万国，以受共球。四章

昔我仁祖，六巡吴越。我皇五至，所在清跸。三江既经，两浙以达。万里光华，沐日浴月。五章

帝有诏言，与民共乐。勿张行宫，勿饰帷幕。銮舆所指，莫不如约。焚香讴歌，以忭以跃。六章

三春之日，风雨攸调。有禾在野，有桑在郊。鸣鸠宛转，紫燕逍遥。老幼迎止，其乐陶陶。七章

维扬驻跸，瓜渡不惊。金山塔涌，铁瓮潮平。阊门草绿，茂苑莺声。灵岩窈窕，左右洞庭。八章

帝阅海塘，如履磐石。乾轮坤轴，或朝或夕。龙鳞跃锦，鲸波漾碧。胥灵静镇，阳侯奠宅。九章

青旂画舫，眷彼明湖。有树有泉，有鱼有蒲。高台朗镜，练影平铺。六桥三竺，环绕成图。十章

朱方东来，楼舫树帜。北府水师，天堑攸设。我皇莅止，惟以观德。吴楚青苍，江天一色。十一章

扬帆西上，遂抵金陵。牛首霞蔚，钟阜云蒸。六朝佳丽，疆理经营。载观南纪，皇心则宁。十二章

皇帝曰咨，问民疾苦。陈诗观风，载歌载舞。帝时乐之，恩泽无数。宸章飞翰，挥洒如雨。十三章

维天之仁，春生夏长。维帝之泽，爰教爰养。同时四海，有蠲有赏。兆民悦服，庶邦来享。十四章

帝车言旋，计日京畿。吴越青齐，遥望六飞。河岳效顺，黎献瞻依。咸庆嵩呼，达于帝扉。十五章

自昔羲轩，受命洪延。论功颂德，巍焕惟天。我皇受命，于古无前。载拜稽首，天子万年。十六章

东巡颂有序

张九镡

皇帝嗣位之十有三年，德教洋溢，化驰若神。于时怀生之类，沾濡浸润，协气横流。四方延颈望幸者，云集雾接。上方谦让未遑，稽于秩宗，独决宸断。以春二月东巡狩，亲致奠于孔林。又奉皇太后銮舆秩于岱宗，而反跸青齐，典至肃也。臣谨按《虞书》：岁二月，东巡狩，至岱宗，柴，望秩于山川。必于二月者，顺阳气以出也。又考《周诗》，《樊般》二章歌时迈，巡狩之事，铿锵炳耀，颂声流于无穷。厥后典章浸微，职事稍懈，下及霸臣，乃引孔子称封泰山、禅梁父者七十二君，秦汉方士祠官，求仙候神蔓延于此。而当时儒臣，侈陈金泥银绳、设坛纪号诸迹，咸莫得而本焉。独汉高帝过鲁，章帝巡幸阙里，皆以太牢祀孔子。盖前史所纪巡幸之君，重道崇文之意，仅有存者。恭惟我圣祖巡幸东鲁，亲奠孔林，世宗特加崇封，重新庙宇，为千古未有之典。而皇帝心存继述，道备君师，精神贯六经，治法超百王。是以溯洙泗之渊源，践杏坛之堂奥，俾金石丝竹发其音，车服礼器昭其度，所谓先圣后圣，若合符节者也。臣又按《礼记》言：德为圣人，然后为能以大孝事其亲，而禄位名寿诸福咸备。故今奉皇太后懿训，报飨岱宗，合坤德之无疆，与乔岳而并永。《易》曰：受兹介福，于其王母。殆谓是与！古昔帝王，殊尤绝迹，类皆建非常之原，创无前之烈。今景仰曩躅，崇圣也；纂修丕绪，法祖也；报功祈福，教孝也；观风行惠，省民也。一举而四善得焉，且合千载之制度典礼而光大之，可谓盛矣。至于扈从有节，郊遂靡供，大赉殊赏，遍布青齐。匪惟国不费，民不烦，而实有以锡福于庶民，如此其丰功伟业，岂臣子所能赞一词者哉？普天率土，圆领方趾之士，载发含齿之伦，孰不拊髀雀跃，讴吟无已？臣窃不自

揆，谨拜稽首而作颂曰：

皇矣齐圣，有孝有德。受命于天，锡民保极。尊亲永宁，克和神人。及时省方，厥惟东巡。东巡维何？驾言鲁邦。岩岩岱宗，雄长五方。中天降神，于昌平乡。昔吾子登之，示我周行。当姬而颓，于今有光。圣圣相承，惟皇之师。天子曰咨，懿我仁祖，躬亲来祠。皇考封之，庙貌斯垂。曰余一人兮，是法以治。盍登其堂，见而知之。乃驾仓龙，乃服仓玉。笾豆有秩，潜心斋肃。峨峨杏坛，汤汤洙泗。古桧耸碧，灵蓍抽翠。钟鼓煌煌，丝竹以吹。昔古巡守，多历有年。先师订典，《虞书》攸传。汉畤泰封，乃淫于仙。事神治民，重道为先。既崇圣德，神功亦耦。天子载行，銮舆奉母。圣母有言，泰山之灵，胡不报飨。坤德直方，以生以养。用承鸿庥，爰答嘉贶。帝云相之，至于殿庑。玉瓒初流，燔柴斯聚。海鸟以升，潭龙以舞。槐柏森森，时风时雨。帝拜稽首，慈颜载兴。俾介福繁祉，以如山如阜，如冈如陵。既嘉明禋，青齐莅止。官方以澄，吏治悉轨。二月清和，时惟春耕。柳风徐拂，麦浪旋萌。青旂飏飏，黄鸟嘤嘤。其惟我民，刍荛不扰，徒御勿惊。齐呼万岁，庆我太平。帝来东巡，齐邦瞻依。八埏九垓，惟恐后时。先王游豫，省耕畿甸。我皇行之，一物四善。孔纪诗书，莫之或先。出坐明堂，归告太庙。雕镂玉牒，为后嗣效。德之光矣，圣教昌矣。孝之至矣，诸福备矣。阴阳调和，万物序类。百灵效顺，五岳奠位。于万斯年，协于天地。

西师献捷颂有序

张九镡

皇帝临御二十载，正位凝命，端拱垂裳，矢文德以无为，备武略而不用。于时四方攸同，万国来贺，乃受乾坤之图籍，膺宇宙之贡珍，玉帛星驰，共球云集。凡航浮索引，陆詟水栗者，盖不止西荡河源，东澹海澨，北动幽崖，南耀朱垠矣。上方彰明礼乐，优渥燕赉，集剑佩以铿锵，撞华钟而震耀，厚往薄来，有加无已。将以扶皇极大一统，俾薄海内外，罔不袭职守率法度，继绝兴废，慕义怀仁，勿令有纤豪过谪，以干王灵而渎天听。

乃者西戎准噶尔夷部，僻处要荒之中，亦在职贡之列，恃其险远，罔知声教，怠弃伦常，荼毒丑类，鸱张肆于骨肉，蚁聚乱其君臣。自达瓦齐篡弑之后，神人积忿，党与携心，酋长部落之不附者大半。遂已不远万里，襁负载途，投诚待命，阅万余人，皆号泣赴愬，呼吁上闻。皇帝哀矜逋逃，受降改缚，处以内地，予之衣食，以示涵濡生全之至意。顾念不致讨，则元凶之罪难容，不除暴，则一方之民未安，虽欲鄙弃边隅，缓纵渠魁，惜一时之劳，失万世之利，岂可得哉？于是决自宸衷，奉行天伐，风雷交作，赫赫业业。遂按图考形，洞悉情状，选徒遣将，指授方略，分师两路并出，不逾时而至其地。番夷望风下拜，如降时雨，如脱水火，壶浆箪食，以迎王师。亡命待擒，捷音先至。盖始春整旅，而初夏奏凯，兵戈无血刃之试，边羌有解悬之乐。虽一月三捷，两阶七旬，曾未足方此迅迈。非夫聪明睿知，神武而不杀者，其孰能建此亘古未有之奇绩乎？

于此时也，群臣奋勉，咸各奏肤功，以劳定安集，毕奏乃事。皇帝将告清庙以成功，登明堂而受贺，铭勒鼎彝，勋纪简牒，炳焉与《虞典》《周雅》同风矣。臣职司封疆，越在南土，岂足以铺张伟略，润色鸿业？而舞蹈咏歌，出于微忱不能自已。谨拜手稽首而献颂曰：

于皇至圣，天覆地载。日月所临，霜露所队。并育并生，亦除凶秽。怀德畏威，罔有外内。古称西戎，夫岂不治？书纪即叙，肇定边陲。汉唐雄图，是羁是縻。爰克厥威，乃背而驰。惟彼凶顽，有准噶尔，塞隔伊吾，地逾弱水。毒殄豺狼，行败蝼蚁。元恶滔天，诸番不齿。于时酋长，有从有违。率众逋逃，匍匐来归。重茧万里，达于京畿。呼号请命，嗷嗷无依。帝曰噫嘻，其许勿却，赐汝衣食，处汝庐幕。帝又有言，锄强扶弱，来者不拒，居者何托？爰亶神谟，赫然一怒。山川胪列，道里指数。选将饬卒，师行两路。义问先声，示此露布。乃渡河水，乃陟秦关。玉门迢递，葱岭巑岏。驼鸣草伏，马饮泉寒。百万骁骑，如飞如翰。鼓声渊渊，旌旗扬扬。风沙吹堡，阵云压帐。何来王师，从天而降。乌合蜂屯，不知所向。部落遗黎，脱于笼樊。左牵右袒，牛酒方温。困兽穷鸟，逃窜无门。戮止鲸鲵，摄彼游魂。羌民还归，妇子安堵。久罹暴虐，忽成乐土。捷音飞闻，载忭载舞。兵气澄清，光华天宇。昔师未兴，小疑大惊，今来莅止，干戈永宁，佥曰帝之明。昔师未兴，众拂以侮，今来莅止，捷于桴鼓，佥曰帝之武。昔师未兴，羌氓苦辛，今来莅止，沙漠无尘，佥曰帝之仁。皇帝谦让曰：予岂得已？微兹元恶，安辱鞭棰。告而不治，荼毒胡底。一方之民，惟予是庇。昔我先皇，念此一方。以抚以绥，挞伐用张。孰知今日，肆厥猖狂。不行天讨，孰服要荒？既服之后，克奏肤功。惟绍我烈祖，惟继我烈宗。俾四方万国，有土有封。以来王来享，来格来同。始自去年，厥有成命。自春徂夏，遂普大庆。虞周千祀，曷致斯盛？德齐天地，惟我至圣。至圣有临，恭敬斋庄。遂告清庙，遂开明堂。七十二代，谱牒攸光。于万斯年，受命无疆。

南巡颂九章

张九钺

天眷佑圣皇，式笃其祜。慈寿万年，永锡纯嘏。呼嵩遍地，庆溢东南。鸠叟黄童，跂望鸾骖。岁越敦牂，爰奉萱舆。春水澌玉，春花鸟呼。火树银灯，九河月洗。讴歌太平，慈颜有喜。其一

于赫神谟，西廓版宇。筐篚蓁蓁，原隰膴膴。条支回鹘，名王之豪。赤芾葱珩，从于旌旄。及其子弟，奔走碕岸。度索寻橦，角觝曼衍。乾坤焘载，遐迩则一。食德服畴，视兹南国。维帝其庸之，永奠尔宅。其二

钩陈天开，华杠星扶。行于二东，遂至南吴。车以和风，旗以澍雨。牛呞而耕，麦花于土。既除赋供，亦蠲丁徭。或给穜稑，

或（□）〔截〕[①] 漕艘。煮海之商，负弩之役。以泛以濩，以嘘以植。昔岁协洽，越赤奋若。帝来锡类，恺泽旁薄。重覲天颜，重瞻慈晖。六年慰望，歌仁祝釐。更亿万千年，懿寿无有期。其三

河水洋洋，洪湖汤汤。圣皇莅止，造舟为梁。怀柔百神，荐璧沉珪。爰咨重臣，亲授机宜。滚坝安澜，高堤有巀。碧镜长茭，如虹如蜺。乃疏清口，清口广止。乃浚六河，六河畅止。及彼毛城，堵泄当止。秋有蟹稻，春有鱼租。维圣皇经营，以安以纾。其四

帝观于海，其旂鱼鱼。海若秉笏，日月旋枢。帝巡于塘，其舆安安。望彼困潾，尖山塔山。乃召岳牧，来相来度。孰石以揵，孰苇以筑。德协重润，不震不惊。如冈如墉，永观厥成。沛沛麦禾，芃芃桑麻。维帝之恩，奠地有家。其五

帝曰咨汝岳，朕巡是南邦。求瘼求宁，陈诗观风。靖共尔位，以作是庸。孰为邦师，扬扬揄揄。孰为邦蠹，爬之梳之。帐殿有供，山屏松藩。昭质敦本，毋侈靡观。饬汝簠簋，慎汝纬繣。俗厚民安，则余一人乃怿。其六

帝曰汝耆耇，实旧百揆。及汝休沐，维王国使。汝迎而来，用锡汝祉。皤皤黄发，汝粟汝帛。蔼蔼吉人，汝簪汝绂。言广泮水，烝彼髦士。下逮圜扉，鸡竿晓起。众拜稽首，天子万年。如江如海，福履绵绵。众拜稽首，天子万寿。长奉璇闱，以承天祐。其七

帝在东南，风日清美。水有兰蘅，岸有桃李。帝乘锦舟，苍龙夹趋。黄鹂在花，银鳞跃湖。彼笠者农，彼桑者妇。或舞或歌，其鼓考之。帝心载愉，来歌矢音。睿藻宸章，续耀云林。摩崖委宛，刻珉砚石。璧合珠联，垂天地无极。其八

万姓攀留，帝曰旋归。杏坛展祀，言观其旂。其旂翩翩，至于汶水。凤艒徐行，锦缆安止。霭霭花香，悠悠棹歌。贾舫不惊，

①据张九钺《陶园文集》补。

祥风不波。圣母顾之，既悦且豫。帝承色笑，先迎于潞。钩钤载明，玉烛载调。五云捧舆，南薰叶箫。宝瓮器车，赤麟紫凰。金瓯永绵，璇算无疆。小臣作颂，敬纪嘉祥。其九

平回雅并序

张九钺

皇上御极之二十四年，神武维扬，声灵赫濯。命将军兆惠、富德等，奉机宜追剿逆回霍集占兄弟，乘胜采入。逆回穷蹙，鼠窜至拔达山。汗素尔坦沙慕德畏威，援旗请奋，斩酋首，函献军门。籍地内附，自关门以西，拓疆二万余里。十月捷闻京师。先是，准部荡平，版宇疆理跨蹑朔漠。左右萨克、东西布露，特皆献筐篚，请臣仆。皇上既宥釐而噢咻之，而逆回背恩构衅，助凶反噬。皇上有赫斯怒，声罪致讨。是时懦谋纷纭，佥谓不可究武。皇上毅然念天讨之未伸，祖绪之未竟，断自宸衷，周于庙算。阵无不摧，城无不下，卒得罪人正国讨。计濯征以来，迄于旋归，不越五载，盖骏烈丰功若是之速也。

捷至之日，皇上适躬祀圜丘，宣捷受釐，神人欢洽。告庙告陵，用申继述之志。恭逢圣母万寿嘉辰，扬慈晖，锡景福，殊恩茂典，更番稠叠。群臣仰戴皇上骏业肤功，登三咸五，佥谓宜崇尊号，显铄万世。谨据典礼，奉表以请。皇上谦让未许。于是薄海内外，益仰见圣主挞伐之苦心，敬天尊祖，功成而不居也。臣谨按书册所载，汤之誓师，曰“将天命明威”，又曰“尚克时忱”。武王之誓师，曰“夙夜祗惧，受命文考”，又曰“时哉！不可失”。《诗·大明》之七章颂武王之决，曰“上帝临汝，无贰乃心”。《下武》之二章颂武王能缵绪有天下，曰“世德作求，永言配命，成王之孚”。盖古圣主不得已而用兵，皆凛天命，承祖志，乾惕之心，渊塞之神，惟日不足，贯乎终始。故言出而天下信之，功成而天下安之。

维天笃佑于我大清，太祖、太宗创定丕基。世祖抚有区寓，

武烈神功，彪炳史册。圣祖平三藩，收台湾，三征朔漠，底定西藏。世宗绥辑青海，继述相承，师之所至，天顺从之。我皇上缵绪以来，南平金川，北定准部，业至隆矣，功至茂矣。兹之用兵回部，理棼如之绪，排筑室之谋，宵旰焦劳，日兢兢于上天之明命、列祖之付畀。精诚所结，蔚为谟猷。遂使五年之内，数万里之遥，不挫一师，不羁一旅，四夷效力，属国敌忾。成祖宗百余年未竟之绪，拓古今数千年未绥之疆，若运诸掌，拾诸芥。至师行之地，赈恤时闻；军兴之饶，不藉内郡。威震绝域，而天下不知兵；地包穷荒，而百姓不知饷。转战于语言不通、声教不讫之国，而险阻不足惊，狙诈不足虑，则又诗书以来所绝无而仅有者。虽上天眷佑，宗社垂庥，而皇上所以缵承而袁对之者，何其盛欤！

臣伏读睿谟宣布，灌耳饫目。窃谓皇上肤功之迅奏，曰诚，曰神，曰几，而其要尤在于得几。《易》曰：惟几也，故能成天下之务。又曰：知几，其神乎！《书》曰：敕天之命，惟时惟几。几之变不测而用无方，行乎不得不行，止乎不得不止，天所以周流四时，提衡六幕者，端在乎此。皇上顺天时行，知势之必不可失，时之必不可愒，武力之必不可懈。不惑于浮言，不谋于肉食，不狃于近功，不挫于小衄。赫然握金镜，转璇玑，风行而电扫之。严以奋杀敌致果之心，迅以厉既胜将刓之气，宽以收四夷顺轨戮力之路。惟知几，而又贯之以诚，运之以神。是以天心助顺，人志同仇，优游庙廊之中，决胜万里之外。信乎周子曰：诚、神、几曰圣人。惟三者合，而后成此不世出之隆勋也。

臣不揣弇陋，谨仿古录实纪事之义，恭撰《平回雅》十三章，词俚意浅，非敢自比《江汉》《常武》之奏。幸瞻谟烈之昭垂，睹丰章之焜耀。窃抒抃诚，揄扬万一，惟圣慈实垂训焉。其词曰：

于赫我皇，有耆其武。金川既平，准部克举。疆理亭障，至于漠野。筐篚者酋，壶浆者女。即顺而柔，悖义而刑。有雨有风，以耘以耕。孳于天庥，孰敢蹈不庭。一章

怼矣回酋，其凶有恇。皇释其累，使归而疆。敢构狂且，为

群鸱张。皇整厥师，明明赫赫。螗斧摧车，风鹤丧魄。不憬而悛，狡焉负嵎。昏嚣卒狂，用干灵诛。二章

皇曰汝惠，专汝斧钺。剪兹鞠顽，光我大罚。惠扬皇谟，援桴整队。采入其阻，扼吭扼臂。矫矫我师，疾首大憝。誓歼厥家，以敌王忾。三章

王师桓桓，两道疾驱。欻腾波流，碎辒破庐。既犁库车，既收阿苏。乌什和阗，我宇我图。皇居明堂，单心万里。几行风从，如运之几。匪安匪舒，以报天子。四章

藐尔花门，胁于二凶。王师之来，悉憬以悾。王师之来，奉天威德。非藐是图，用去尔蟊贼。苟洒以濯，无余汝吓。赐汝绥章，锡汝衔敕。长为大清臣，奠尔安宅。五章

二凶狼狙，悍焉据巢。我虎我貔，傅于其壕。九头为群，环而噬嗥。四百壮士，截流以奔。雷轰电骇，斩其前军。岂繄不险，岂繄不繁。天助皇顺，孰敢以狺。六章

戈壁谽谺，旃旐逶迤。非胜而剗，蓄锐乃驰。孰觑我疲，思怙其凶。惟神佑之，因险成功。驤（□）〔騂〕[①] 万马，自天而下。夜斫贼营，歕地震野。角蹙血蹂，乃益怖詟。乃挈重锱，大仆以北。七章

叶尔阗阗，哈什嵬嵬。伯克来迎，里门大开。朱旗琱戈，入其内郛。抚其郊原，收其税租。以我贝刀，易其腾格。以我冠裳，临其鬈帼。八章

皇曰汝惠汝德，毋懈以息。朕奉天讨，罪人是得。非利其土地，用广区册。或徼其裲，或穷其冗。是震是拔，无亢无匈。丧贝弃辎，束其子妇。尔游魂几何，敢稽天掊。九章

峨峨拔达山，酋曰坦沙。与大邦同仇，忿入于牙。非侦以诱，绝其萌芽。掎角遮要，歼于厥家。神人稔怒，首恶骈诛。洞其腰膂，函其头颅。毋辱稿街，毋污衅鼓。假手以戕，不膏我斋斧。十章

---

①据《陶园文集》补。

凶既殪矣，酋亦乞降。稽而伏蛾，袒而牵羊。皇曰噢之，毋究我威。能助天顺，实余宥釐。回部既平，拓二万里。亥步未周，章测未纪。回部既平，五年计日。我斧未破，我锜未缺。十一章

回部既平，淑旗绥章。以其版图，告功于皇。回部既平，皇心载宁。惟几乃迅，惟断乃成。回部既平，天章克肃。怀仁者庸，背义者戮。饮食耕耘，无欢以黩。诸夷不知，视如草木。十二章

天佑我皇，东鹣西鲽。皇让不居，天祖之泽。天佑我皇，版宇孔章。皇让不居，圣母之庆。锡类推仁，酬庸策勋。臣何力焉，惟皇圣神。武功既崇，文德攸宣。保泰图宁，宵旰乾乾。巩我皇图，大清万万年。十三章

圣驾释菜临雍讲学礼成恭纪连珠九首　罗国俊

粤稽有虞氏始建学，太学曰上庠，小学曰下庠，分养国老、庶老，俱以燕礼。夏分东西序，养老以飨礼，商分左右学，养老以食礼。至周并立四代之学，兼用燕飨食礼，而辟雍居中焉。其祀先圣先师，其入学以齿，太子亦齿焉。《诗》曰：于论鼓钟，于乐辟雍。此文王之学也。孔颖达曰：治世之音安以乐，故与闻之者莫不喜乐，是和之至也。饶鲁曰：文王毕竟自朝至于日中昃，不遑暇食，用咸和万民。人必得所，然后有此乐。《诗》又曰：镐京辟雍，自西自东，自南自北，无思不服。此武王之学也。朱子言：武王徙居镐京，讲学行礼而天下服也。《白虎通》曰：辟者，象璧员法天，雍之以水，象教化流行。所谓春秋教以礼乐，冬夏教以诗书，宪而乞言，袒而割牲，执酱而馈，执爵而酳，教天下之孝弟者，于是乎备。

夫以唐虞授受之隆，而讲学或不如后代之详，成周作述之美，而立学又判以侯国王国之制。当文王讲学之年，武王尚以诸侯世子齿于灵台辟雍，迨镐京辟雍始为天子之学焉。故知伊古以来，圣圣相承，同堂设教者，为难遘也。秦亡，金镜于灰烬之余，固

无足论。汉至高帝十二年，过鲁，以太牢祀孔子，自是除挟书律，置博士官，开献书路，而儒道稍振焉。唐宋元明以来，莫不举行此典，然马上成功，未睹诗书之效，而座前致问，徒矜讲习之名。岂如昭代之宏规，实迈前王之彝轨者哉？

夫国子监，即元旧学，明永乐间改建，在国学之西。中曰彝伦堂，有圣祖御书赐额，御制祭酒箴，世宗御书“文行忠信”额。至我太上皇帝，于乾隆二年大成殿易盖黄瓦，三十年钦颁周范彝器，凡十五年建辟雍宫于集贤门内，以复古制。是年二月，亲行释菜，御制临雍讲学诗，三老五更说：堂哉皇哉，诚千载之盛举也。

迨我皇帝践祚以来，凡郊社宗庙，以及经筵诸大典，罔不恪遵庭训，次第举行。今陬二月之吉，圣驾释菜，临雍讲学，典至隆也。惟我皇上聪明天亶，仁孝性成，尊养兼隆，迈舜文之大孝，英贤并育，绍孔孟之心传。爰以圣经一章，为圣学之总会，格致诚正而德无不明，齐至均平而民无不新。要皆以修身为本，至善为归，又以上之临下，贵于教思无穷，容保民无疆。是以德泽之盛，其所以沦浃之深，渐被之广者，皆由此卦象推而致之也。一经指示，而千古之心法治法昭如日月焉。盖圣以继圣，而道统为见知，治益求治，而教思沦肌髓。唐虞三代以来，臣子之所未闻，而生昭代者顾得躬逢其会。凡为儒臣，恭献诗赋，赓飏盛事，讵不幸乎？臣章缝末品，占毕陋姿，幸厕清班，祗聆睿诲，不禁心悦诚服，用敢推广圣意，敬演连珠。其词曰：

臣闻临雍展礼，式昭重道之风；启幄谈经，懋辑右文之治。何则？大学为贤士所关，教化伊始；孔子自生民未有，载籍攸存。是以经正而民兴，文敷而化洽。

臣闻阴阳无息，天道所以有常；精一执中，帝德所以不朽。是以寒暑相因，日月无照临之私；运会频迁，道德无古今之异。

臣闻心为天君，泰然而百体从令；物皆我备，和焉而万族皆春。是以明镜空悬，不穷于屡照；原泉渊浑，不竭于长流。

臣闻彰往察来，变易归于不易；开物成务，执中贵于用中。是以岳峙渊渟，君子知其分定；天行云静，达人悟其化机。

臣闻阴气潜消，三阳所以开泰；谦虚受益，六爻所以并吉。是以春生夏长，物皆底于光亨；海阔天空，谁能窥其涯涘？

臣闻理欲之辨，自粗以及精；诚伪之分，由中而达外。何则？人或未见，已自先知。是以人心道心，圣人以危微为警；莫见莫显，君子以戒慎为先。

臣闻诚应则妙，理幽赞以弥渊；静虚则明，道前知而罔翳。是以乾行在上，莫测保合之神；离照当空，丕著向阳之治。

臣闻元为善长，实先万物之根；德无常师，聿建会归之极。是以庶物首出，本修而末自理；三才一贯，纲举而目自张。

臣闻义方敬直，矩无絜而不平；公溥明通，静有主而自立。是以聪明睿知，至圣惟能有临；仁敬孝慈，至善而安所止。

平水土颂有序

唐仲冕

臣闻水奠而庶土正，土演而六府修。舜命禹曰：汝平水土。禹亦曰：荒度土功。《书序》：帝厘下土，方设居方，别生分类，作《汩作》《九共》及《稿饫》。说者谓“汩作”与“汩陈”异，振而兴之之谓作，九共即九丘，所谓降丘宅土，稿饫则刍粮皆备。故伏生《大传》称《九共》之词曰：予辨下土，使民平平，使民无傲。盖治水主于敷土，物土之宜而布其利，王者慎财祇德之道也。《河渠书》云：河衍溢，害中国尤甚，禹厮二渠，引而载之高地，入于勃海，诸夏乂安。河既南徙，自明以来挟淮入海，所经在洪湖运道之间，所治不外以堤束水，以水刷沙，而通塞屡易。国朝方略炳垂，近自乙丑，以至辛未，岁有壅阏。皇上眷焉东顾，爰命柱石耆臣总制江南江西四行省，畀以治河重任。

先是，议者以下游未畅，欲改归墟而北之，而河乃横肆泛滥于淮海诸州邑。下民其咨，制臣至，立罢改海之议，筑云梯关下南北两堤，以迅趋海之途。于是浚塞并举，其年王营减坝堵，明年二月李家楼大工告蒇。惟力排群议，上契宸衷，故成功以壹而神也。向之沦于波涛者，皆涸而复矣；向之转徙荡析者，皆返而庐矣；向之激浪排沙者，且化堉而腴矣；向之议恤议赈议蠲议减，岁縻水衡数百万，而生计蹙，经费绌者，今则一双之田扩为顷，一亩之收倍以钟，若以偿前此之辛苦垫隘而有余矣。

于是大司空疏称海晏河平，度海州、安东、阜宁淤田，无虑数十万顷。近时民多隐占，争械滋起，莫若官为执度，量地任力，定其疆畔，赦其蔽匿，收其值课，以豫都水岁需之用。天子曰：俞乎！命制臣遣吏，治之经年未竟。臣仲冕适以福宁守引疾侨居，方报痊。制臣谓臣曾知海州，习知东海地形，人民谣俗，檄综其政。嘉庆二十一年三月，制臣举其要入告，大约荡归营不侵其薪茭，池归灶不夺其牢盆，泽归渔不扰其罾罟，田归氓不改其沟畎。惟其水降而地升者，旧豁者复赋，新淤者纳价，科则昔弓申于今弓者，科而不价，从民欲也。复赋除其重，纳价取其薄，科则率其轻，体皇仁也。辨九等，弃不毛，使同贯利，视司空悬算不及什之一二者，实核而宽予也。书奏，天子悉允所请。臣仲冕以道员被荐，留吴待次，亦蒙诏可。制臣以为事经草创，功贵善成，三州县虞候亭户之界址，士庶里党之讼牒，土著客户输纳之期限，不可无人督理，而属臣仲冕终始之，期于使民平而无傲。臣因是往来郁洲莞渎至射湖后洋，亲诣东洼北滩以东，观黄河入海情势，海若建瓴，河如驰辙，曰：庥哉！皇上如天之福！

臣闻今年东河奏言，盛涨异常，而消退甚速，职尾闾通利之由。臣又闻南河自徐邳以下，至河口，沿堤不见河水，底深至三五七丈，真水由地中行也。地不爱宝，土尽可耕，计今所获谷土，仅百四十八万亩有奇，特少许耳。观射父云：天子田九畡，以食兆民，岂有量乎？非地平天成，曷克致此？臣躬睹其盛，谨撰《平水土颂》一篇，冀□上尘睿览，付之史馆。乃献颂曰：

荷精布兮趋大壑，水维缓兮旧防削，间为河兮废耕凿。承帝咨兮参□流，治其委兮塞蚁丘，金堤巩兮柳谷收。沮洳涸兮遍洲渚，向泥涂兮今禾黍，私则竟兮公则溥。冬官陈兮诏曰行，正经界兮惠吾氓，抑豪强兮杜侵陵。辨三壤兮上册籍，田万顷兮价累亿，助水衡兮养力役。罄山海兮杭且梯，是戋戋兮太仓稊，喜水平兮土可犁。斥阡陌兮岁复岁，任垦种兮泽汪涉，归懋勋兮召伯埭。

皇上六旬万寿恭纪万寿雅十章谨序

贺长龄

嘉庆二十有四年，岁值屠维，月在大渊献，恭逢皇上六旬万寿庆辰。嘉祥鳞萃，诸福骈集。庆泽叠施，周浃宏溥，香坛祷颂，山呼欢呀，声动天地。煌煌乎帝者之上仪，诰誓所弗及已。伏维皇上躬至圣之德，丰茂世之规，敬天法祖，勤政爱民，中外同愉，高深毕洽。然犹未明求衣，日旰忘食，翼翼勤勤，二十四年，有如一日。武王带之铭曰“恭则寿”,《鲁论》曰“仁者寿”德至则符臻，自然之理也。

臣谨按：德莫盛于唐虞，功惟懋于文武，然封人之祝，野老效颂，质而不文。考之周雅所陈，如《天保》《棫朴》诸什，受天福禄，而进之以升恒日月之歌；寿考作人，而推之于云汉为章之盛。一时公卿士庶，嚅吟道真，涵泳圣涯，将其忠爱之诚，而致其颂祷之实。铿锵炳耀，舄奕千载，斯治世之隆轨也。至唐柳宗元有《平淮夷雅》，明王世贞有《明雅》，而颂天庥以介醇嘏，则无闻焉。非其材之不逮，抑其时治道之未光也。臣幸值昌期，躬逢盛典，属以奉命，视学山右，不获趋赴丹陛，与于拜舞之末，而望阙庆忭不能自已，谨撰为雅诗十篇以献。

于昭美世德也。圣清世受天命，克世其德也。

于昭圣清，诞膺景运。笃生高皇，武烈丕奋。文皇继统，无思不顺。无忘国俗，无斁祖训。章皇绍之，以宣昭义问。

于昭章皇，缵绪克昌。天戈一麾，乃堕天狼。放牛桃林，归马华阳。义武趯趯，于汤有光。仁皇绍之，以对于四方。

于昭仁皇，缉熙执竞。既戓三蘖，四海荣镜。笃之抚之，以游以泳。煦之妪之，以生以正。宪皇绍之，以保有景命。

于昭宪皇，躬秉圣哲。抱表怀绳，执义陈臬。整之敕之，百辟有洁。匡之直之，九寓有截。纯皇绍之，以光于前烈。

于昭纯皇，凝绩抚时。绍庭夙夜，陟降在兹。丕显宝训，是仪是师。丕念民瘼，是诹是咨。我皇绍之，以章我帝晖。

于昭五章，章十句。

皇矣凝命也。圣人顾遈天之明命，无时不敬也。

皇矣上帝，惟德是眷。大德凝承，延洪锡羡。南郊北郊，躬申藻奠。高熛上通，流华吐绚。斋肃寅恭，普淖昭荐。

惟圣时宪，昒穆芝房。时雩肇举，荐璧升香。曰雨而雨，曰旸而旸。昭应感通，兆为丰穰，万民罔不康。

惟圣时宪，式礼雍容。祈年祈谷，瑞协天宗。辛占上次，亥耤南东。绀辕黛耜，四推劭农，百谷罔不丰。

惟圣时宪，将事如在。六宗群望，岁时匪懈。肃肃憢憢，荐芗晻蔼。河岳吐符，日月清泰，百禄罔不介。

皇矣四章，一章章十句，三章章九句。

嗣服绳武也。圣德重光，绳其祖武也。

昭哉嗣服，不息自强。绍尧见羹，述舜见墙。一话一言，曰祖训臧。

昭哉嗣服，执中授受。河图在左，赤刀在右。一政一令，曰祖徽守。

法祖考仁，含和执冲。唐厨扇箑，虞殿挥桐。蒸为清氛，疏为泠风。味味喁喁，衢樽致中。

法祖考孝，斋夔夕惕。原巘衣冠，桥山剑舄。土壁葛灯，前徽赫奕。洞洞属属，僾忾允塞。

法祖考诚，有缶其孚。珍黄内蕴，太紫中枢。如量受概，如节合符。郁郁嶷嶷，春衮秋钺。

法祖考敬，虔巩不已。执玉晨兴，投签夕起。如金如琼，如冰如砥。亹亹穆穆，前巫后史。

嗣服六章，二章章六句，四章章八句。

勤止勤政也。圣人秉乾健之德，庶政皆简心焉。

皇既勤止，日总万几。宵中索烛，昧旦求衣。海隅虽邈，奋雷煦曦。民隐虽微，云靡风驰。以求以思，夙夜敢不熙。

皇既勤止，求贤抱蜀。有鹤在阴，有鸿在陆。饮之食之，文仪鹙鹭。引之翼之，声和韶箾。以共以肃，夙夜敢不勖。

皇既勤止，求言无吝。设铎思箴，悬鞀纳谏。涓滴不遗，如海之润。土壤不择，如岳之镇。以遴以进，夙夜敢不慎。

勤止三章，章十句。

灵雨爱民也。天子求民之依，无时或释也。

灵雨既零，惠风既承。如春在空，欣欣向荣。或衢而咏，或壤而赓。奔走偕来，同我升平。

灵雨既蒙，惠风既融。如橐鼓物，生机棣通。或棠而芾，或黍而芃。含甘沇滋，游我尧封。

有庞者老，或作或息。翼翼横纵，我疆我埸。油油黄茂，我黍我稷。匪我之积，唯天子之德。

有烝者士，是度是絜。䜣䜣德音，我琴我瑟。济济国华，我黼我黻。匪我之质，唯天子之锡。

有蚩者氓，爰居爰处。轧轧在户，我机我杼。绵绵在体，我丝我纻。匪我之奔，唯天子之予。

灵雨五章，章八句。

天章歌圣学也。我皇学绍古圣，道备于己也。

倬彼天章，昭回翕艳。圣性钦明，渊深恭默。览阅书林，垂情古则。讨源洙泗，御论明敕。惟精惟一，而康而色。蔚乎文思，敻乎峻德。亿万斯年，人伦立极。

书契既兴，载籍遂博。群言殊途，衷诸圣作。谟烈维昭，纂经于铄。我皇继武，学古道扩。琼笈琅函，金舌木铎。丹毫裁制，曰笔曰削，亿万斯年，道光六幕。

圣敬日跻，动与道俱。发为宸藻，巍乎焕乎。维商铭盘，维周箴杅。味余藻耀，几暇文敷。八年一集，轹范轶谟。经筵垂论，继统唐虞。亿万斯年，德炳珍符。

天章三章，章十四句。

桐梓辨官材也。官材辨则民得所矣。

桐梓猗猗，在彼南山。资尔作室，是雘是丹。皇曰钦哉，善葆尔真。为梁为栋，维国之珍。

桐梓猗猗，在彼旱麓。资尔作舆，是剔是斫。皇曰戒哉，善治尔朴。或驰或驱，维国之轴。

为屏为翰，下民承流。轩鉴在悬，靡微不周。害马既去，嗷鸿既鸠。皇曰俞哉，尔公尔侯。

为令为牧，下民从欲。虞门载辟，靡幽不烛。泽萑既薅，泮芹既彧。皇曰嘉哉，尔福尔禄。

桐梓四章，章八句。

奕讲武事也。圣人仁义并用，威武服于天下也。

奕奕高山，皇皇六师。肄习以礼，简练以时。动止进退，中矩中规。如江如汉，如云如霓。箕张翼舒，丕振皇威。

旧典恪遵，木兰讲武。虎枪花刺，兔弧风举。三面开网，两阶舞羽。缅象款关，佗鸟受土。民望如春，皇师如雨。

皇命出师，威申天讨。苗氛既靖，莲教无扰。如风卷箨，如霜振槁。燕幕巢空，蚁军穴扫。市肆不惊，皇心惠保。

蠢尔小丑，负嵎而张。蹂躏于滑，臂奋螳螂。皇命整旅，武夫洸洸。萤消渤海，石烬昆冈。跻之春台，熙熙穰穰。

奕四章，章十句。

敷天行庆也。天子行庆施惠，泽及四海也。

敷天锡庆，丹凤衔书。湛汪澔溥，浸于肌肤。乃命使臣，皇华载驱。翕河乔岳，金吐云嘘。青郊集凤，翠渚浮鲈。沉圭告瑞，检玉凝符。怀柔遍洽，远迩交孚。

乃笃宗亲，麟趾宠邀。乃嘉耆旧，鹤帙崇褒。追荣锡类，锦轴花彯。旌门表户，彩楔云标。桂宫露湑，滟滟黄醥。蕊榜香添，济济青袍。恩纶四被，人沐春膏。

乃优三老，赐帛被体。乃恤七萃，投胶浃髓。列校走卒，挟纩而喜。编徒隶役，闻謦而起。秋赋载蠲，春祺载美。贯索躔空，圜扉草蕿。惠闿宏敷，萝图锡祉。

敷天三章，章十四句。

禔福受庆也。朝野欢悦，笃禔福于万年也。

秩秩禔福，玉烛时调。将将九卿，雍雍六曹。奉表稽首，拜螭陛坳。咸英风动，缨佩云摇。

秩秩禔福，雍昭和穆。龙节蜺旌，九州之牧。鹄峙鹓趋，为我皇祝。如松如柏，如岳如渎。

绀霞烂纠，乡烟缭纷。旃裘之长，毳幕之君。鳞集景从，祁祁如云。载拜载赓，天子万年。

宝树仪鷄，香林舞鹫。耕凿之谣，中和之奏。黄发元韶，胪欢奔走。载歌载飏，天子万寿。

禔福四章，章八句。

平回疆颂

汤鹏

天命皇上为亿兆生民主，嗣无疆大历服，敬戒不怠，无小无大，怀德畏威，罔敢有肆厥志。道光六年夏，逆裔张格尔，乃敢偷据阿尔回什回庄，乘机勾结白帽回子，集其凶顽，猖獗亡忌。于时喀什噶尔、英吉沙尔、叶尔（□）〔羌〕、和阗四城以次陷没，复扰阿克苏麾城郡邑，势未有底。皇赫斯怒，乃集群臣于廷而告之曰：昔我皇祖高宗纯皇帝，声威挞伐，奠定西陲，版图所纪，回疆附焉。越我皇考仁宗睿皇帝，绥靖边陲，旁敷闿泽，户口繁登，安居乐业。盖其革顽归化，任土作贡，戴白之叟，垂髫之童，靡不熙熙皞皞，涵濡变化于饮和食德之中。六十年来，勿之有贰，惟天付任在予，惟祖考传次在予。今张虏自作弗靖，非予有咎，荡摇我边方，戕害我官弁，荼毒我生灵，予弗歼除之，其何以将天命明威，绍复先王之大业？曰：长龄，尔为扬威将军，以总军制。曰：杨遇春，尔为参赞大臣，以襄军务。曰：武隆阿，尔偕遇春为参赞大臣，以佐厥勋。曰：芳，尔帅其部曲以从。呜乎！尔有众肆，予以尔西征，善彀尔甲，张尔弧，简尔锐骁，齐尔纪律，惟尔贤，往敷朕威灵。越厥张虏，宜执俘之以献于太庙，勿大肆杀戮，其不用命者诛，其用命者尔尚兢兢怀保若抚鷇雏，俾朕膏泽布于下民，予则大赉汝。群臣曰：都！蠢尔小丑，上劳宸虑，不敢不力。

七年春二月，进兵浑什巴河。天戈直指，勇气百倍，山岳倾颓，风云腾郁。虎啸龙骧，虏众惶恐，奔如流澌，我兵乘之。矢锋所贯，自相枕藉，流尸塞川，弥望无际。一战而复喀什噶尔，再战而复英吉沙尔，三战而复叶尔羌，四战而复和阗。浃辰间四城迅扫，张虏大詟，仅存喘息，旋以数骑乘间而逃。群臣戮力王室，志在歼厥渠魁，今复我土地，逸尔张虏，咸相顾怍愕，不知所为，以奏于皇上。皇乃言曰：张虏乃元恶大憝，罪无赦，尔长龄、尔杨遇春、尔武隆阿，弗体朕心，恭行天罚，不其或稽，罪人斯逸。皇又言曰：张虏以多罪逋逃，今而后其不敢再颠越不恭，矧其结怨于民，自绝于天，我乃其大罚殛之，不逭乃死。尔长龄、尔遇春、尔芳，同德同力，底定四城，朕不没汝绩，册功长龄赏加太子太保衔，遇春赏还太子太保衔，子国佐赏加游击衔，芳赏加骑都尉，并挑乾清门行走。其余将士臣工，各赏赉有差。

臣稽在昔，唐平淮蔡，韩愈为之碑，明平江汉，宋濂为之颂，至今炳耀铿锵，读其文者想见其崇功伟烈，以为美谈。今兹之役，首虏虽逃，然而我战则克，四城以完，稽功于古，未堪多让。且臣尝读《诗》至《六月》之五章，曰：薄伐猃狁，至于太原，云逐去之而已，勿穷追也。盖逐去之所以伸国威而息寇攘，勿穷追之所以广皇仁而怀丑类，则今兹之役，深有合于古先王威德并用、潜孚默率之意，而歌咏不作，非甚阙典与？臣谨备著其事，撰为词颂一通，上以宣我皇上之声灵于亿万祀，而下以俟太史之采录云。其词曰：

于惟我清，受天明命。宠绥四方，罔不承令。额额回疆，厥惟西鄙。烈祖神功，辟地万里。款关附阙，载就载瞻。陶以雨风，武嬉文恬。西方之人，以歌以舞。历六十年，不闻桴鼓。有余者孽，倚伏其间。地大物众，煽乱作奸。聚徒劫掠，扰我兵农。跳踉以逞，窃据四封。皇帝震怒，历告在廷。我其歼之，命将徂征。饱尔粮糗，励尔干戈。黄旄白钺，照耀山河。雄威所吞，虏胆已落。既与虏逢，冲击大作。矢锋雨集，炮声雷奔。六军震动，日月晦昏。或绕虏阵，截其两肘。或断虏援，突其群丑。或擒虏目，磔其枭狼。或覆虏穴，刮其奸藏。以彼虫鸣，当我虎吼。骨碎血流，竟亦何有。虏众大溃，僵骸蔽皋。逆党尽戮，酋长乃逃。横戟长追，且侦且匿。譬彼狐兔，奔窜荆棘。皇帝曰吁，不可黩武。我将既劳，我卒既苦。复我四城，彰我天讨。屡战屡克，如振枯槁。犬羊之聚，其何能为。来既驱逐，去勿穷追。放之遐陬，俾自惩刷。阳和诞布，阴曀清彻。矧彼丑虏，肆厥弗恭。赫赫天网，终不汝容。飞走途穷，如鼠入橐。不日就诛，以润鼎镬。我将我卒，其盍归来。凯歌振旅，天云荡开。我民实烦，转输恐后。有田有庐，刹遭践蹂。乃免其贡，乃宽其庸。大兵之后，俾即于丰。西人欣欣，举手相庆。逆者骈诛，顺保性命。西人闲闲，昼出夜居。昔何骚动，今乃纡余。西人曰嘻，天子宽慈。衣我哺我，我无冻饥。西人曰嘻，天子英武。而今而后，贼不予侮。稽古战功，载在书策。千亿万年，有声啧啧。惟皇圣明，惟将忠勇。荡扫凶顽，西陲固巩。凡在百僚，欢忻慷慨。可无歌诗，俪美前代。臣虽贱微，文字是喜。对扬皇休，以告太史。

平楚颂

赵璘

惟宣宗成皇帝在位三十载，湛恩庞鸿，休烈焕炳，燋齿枭瞯、雕题文身之民，靡不被风濡化，浸浔濯沐，声教所暨，喁喁如也。而湖南宝庆一郡苗民，孽牙其间，比岁数不靖。二十九年冬，贼渠李沅发，结党煽乱，立五营十行名目，据新宁城，戮良善，肆劫掠。前巡抚率兵往剿，绩用弗成。今天子新即位，诏宫傅制府裕泰公督师讨贼。公自孟陬莅邵陵，时贼已弃城走，蔓延粤黔两省界，四出滋扰，锋甚锐。公至，遴部将，信赏罚，简军器，峙糗粮刍茭，分兵追剿。二三月间，连蹙之，贼党羽略尽。夏四月，贼势复张，相率窜粤之怀远，守备刘宗熙等追剿，贼逃奔杨梅岩等处。

先是，公虑贼叵测，难骤除，即虚留一路，引其窜回，而各瑶峒皆经公晓谕，毋或为贼逋逃薮。瑶民感奋，识大义，团练协防。公于要隘遣重兵堵御，贼不敢窥，遂潜由粤楚界山径窜归新宁。公探知，命择险设伏，要其半渡而击之，歼毙甚众。贼退走金峰岭。岭故新宁巨镇，巉岩峭壁，南通粤之全州，东连永之东安，北界邵阳县境，绵亘百余里，亦与武冈接壤，泄云喷雾，咫尺不相见，其中径路岐出，最便奔逸。公命诸营密加防御，命提督向荣督兵分三路进剿，公移营居中策应。二十三日乙酉，天大霁，岭雾如扫，公命左右翼夹进，前攻后守。提督向荣督将弁等躬冒矢石，由中路直跻其巅，自辰至未，歼贼三百人有奇，生擒首逆李沅发，并毁山中诸淫祠，胁诱者胥解散，楚匪平。六月初，槛沅发送京师，诏磔以殉。策功，公晋太子太傅。

伏惟我公天授智勇，克靖大憝，勋伐之隆，无所与让。某公车敦迫，不得从事戎行磨盾草檄，在京师时每闻捷书驰奏，抃踊无似。兹适还里，闻大功告成，辄依古作《平楚颂》一篇，凡四十韵六百四十四字。虽辞薄气靡，不足自效，惟导扬威德，警动荒徼耳目，以昭示来许。其辞曰：

皇帝践阼，阳雨应时。中外禔福，怀而慕思。惟楚一隅，苗民穴处。千峪万箐，薮奸之所。己酉之冬，实始构难。据城戕虐，既慓以悍。以芦为笙，以竹为弩。膏人于锧，血人于俎。官军既集，且围且攻。文恬武嬉，未剪厥凶。皇帝继统，咨汝虎臣。曰毋养寇，亦毋虐民。孰起而啸，惟汝殄之。孰胁而从，惟汝遣之。公起视师，金节锡盾。犀甲蜺旌，照耀韅靷。征徒简卒，秣马厉兵。罙入其阻，是讨是征。惟公始来，贼势方炽。急之则藏，缓之则恣。公布腹心，同我袍泽。训于群师，克齐乃力。桓桓将士，惟公命是庸。孰是指麾，而不率从。公崇至仁，如几如式。行不偏勤，止无兼役。部队既正，誓号既明。雷动电熛，环我中营。我出我师，于彼近郊。执讯连连，远布迩昭。贼党卒迷，益狂而狾。奔呼叫呶，云扰波沸。有饵其诱，其动蠢蠢。以红抹额，出没驰骋。滋蔓于楚，于粤于黔。釜鱼跳掷，将聚而歼。趯趯我公，大奋厥武。运筹帷幄，整饬营伍。曰兹贼徒，逸不受控。虐我邻邑，其又可纵？曰予将士，其赞助予。以苏民困，以正天诛。大军环集，或左或右。或掎其足，或掣其肘。粤楚之界，羊肠盘旋。轨不得并，骖不得骈。我公诇知，分师逐捕。攀萝蹑磴，义不反顾。我公神勇，威谋靡亢。诱擒元恶，如阱引狼。获其资粮，与其器械。其强既锄，其弱则溃。元恶眈眈，敢稽大刑。窜归其巢，莫之敢撄。公与神谋，算无遗策。乃谍乃侦，于彼窟宅。乃发徒旅，搜岩破樊。乃获渠魁，致之军门。公亲鞫治，拲手桎足。输于帝都，诏加显戮。稂莠既拔，嘉禾遂生。乃慰乃止，靡陂不平。始时苗疆，迷入坑窞。公与开导，涤濯污染。始时苗疆，柔惠莫安。公与绥辑，室家复完。公来五月，民获慈母。公归鄂城，攀号拜叩。帝曰太傅，汝功汝多。锡之策命，砺山带河。帝曰太傅，诸将协心。汝简汝奏，缀组纡金。阵亡是恤，孤寡是廪。豁租免税，渥泽流沈。伊昔方召，平淮与荆。采芑江汉，诞兴颂声。公承帝命，克绍厥猷。匪慢匪虐，惟凶人是求。既殛凶人，南邦震叠。作为诗歌，以谂来叶。

湖南文征　卷十二

铭　赞　箴

戴氏周鼎记铭

王岱

太原戴公廷栻有周鼎，三足而员，高广各盈尺，腹著饕餮纹，间云雷，班烂朱翠中隐马鼠之迹。始为明神庙李太后宫中物，太后以赐其弟某，迄怀宗末年，李以勋戚输饷无资，售于太原御史潘公云翼，贱其值，犹至百五十镒。后潘氏转售于同郡戴氏。因鼎有马，里中传为天马鼎。公他君傅山，博物人也，以周鼎一鼠，令马履之，出《吕氏春秋》，引为证据。戴公更详其义，以马属午，鼠属子，是为午年子月，兼取坎水离火，为水火交姤之义。由是鼎益珍且重。

康熙二十一年壬戌秋，戴公持鼎示王子岱，且曰：此鼎自周迄今，上下数千年，其间阅历人代不知其几，安保其终无劫烬，永为戴氏藏乎？幸为我铭之。时同学金子德嘉相与聚观，即为著《戴鼎说》，而以铭属岱。岱按《历代鼎录》，始于夏九鼎，终于家羲之书鼎。盖鼎者，烹饪之器。上古不谷食，茹毛血，未始有鼎名。自包牺氏火食，然后鼎铸，故画卦火风名鼎。其后皇帝采铜首山，铸神鼎，鼎成而龙飞。夏禹铸九鼎于荆山，使民知神奸，不逢不若，四足而方，不炊自烹，不举自藏，不迁自行，此鼎之最著者也。汤祷桑林，持鼎三足。周之鼎，牢鼎九，陪鼎二，著饕餮，有首无身。所称鼎中著一鼠，令马履之，为其不阳也，固亦周鼎之一也。其余鲁岑鼎、郜鼎、正考父鼎、齐甲父鼎、吴寿鼎、卫舒鼎，种类繁兴，皆纪功铭德，又不专以烹饪也。故汉萧何铸三石之鼎，自表己功。由汉及晋唐宋，其获于冢墓岩谷川原，为神鼎、玉鼎、石鼎，自一二三四至五六七八，及十二十八，数之多也。自一斗至七斗，一石至三石，大之概也。其创之炉冶，有乙鼎、辛鼎、癸鼎、刑鼎、姜鼎、亚父丁鼎、王伯鼎、孟鼎、中鼎、伯硕史頙鼎、方簋分鬲、崇贯谗刑之号，以及苍彤晶宝、魁阜牡风、育明藏正、健顺和洁，此十六号皆鼎鼐之属，皆非可效壶醢酱瓿、怀挟提挈者。至近代所珍以供玩好，尽几案间物，其余烹饪、铭功德之意，浸失矣。

兹戴氏之鼎，大不盈尺，小不至拳，界于大小轻重之间，超于烹饪铭纪之外。上不及夏，下不至汉，马鼠著迹，固为周鼎，古色斑驳，应非赝物。古人制器，必有取义，少见多怪，未敢妄臆。姑铭之，以俟后之博物君子焉。铭曰：

土子水母含精英，气秉西兑质坚（莹）〔莹〕。制器取辛以炼庚，用享火风为煎烹。水火既济无所争，有实则悚以和羹。震主匕鬯铉裁成，姬造克昌宜永贞。宝此寿考纯嘏生，振振子孙显且京。

金会公曰：网罗闳博，千古上下历历如数家珍，断据明确，周鼎无疑。弇州大泌既往，天壤间久无此种文字，戴公嗜古慎交，故应得此良友。

廉石铭有序　　陈鹏年

予既治苏之明年，于道左得一石，高可七尺许，其状庞然而厚，其色黝然而深，无孔窍，亦不雕琢。予异之，视其文曰“廉石”，乃知此所谓郁林石者也。按陆绩，吴人，为郁林太守，归无长物，舟轻，以此石镇之，遂为旧迹，而不谓捐弃于阛阓瓦砾间也。予惟陆公之取此石也，似亦有意。《易》曰：介于石，不终日。《诗》曰：我心匪石，不可转也。世之为长吏者，皆能介而不可转焉。虽刘宠之一钱，有不欲受者矣，而况其他乎！且其厚也，异于世之轻儇以为体者；其深也，异于世之令善以为容者；其无孔窍，则机械不生；无雕琢，则太璞得完。凡此皆所以为廉之本也。宜其载以俱来，而颜之以“廉”也。嗟乎！贪也，而名其泉；廉也，而名其石。物之荣污，岂不以其人乎哉！顾人知廉之为贵，则此石宜有以位置之，而犹泯泯焉，则知德者或鲜矣。今大中丞永宁于公大修郡学，而明太守况公祠因以获新，予乃舁而置诸其侧。盖况公廉吏也，廉与廉称，不独陆公之遗徽可接，而后来者亦因是生景企焉。则兹石虽微，可与砭愚订顽，同垂箴戒矣。抑闻物必有偶，美必相合。昔邵武王司马得瑞石，以立诸韦公之祠，今吾得廉石，以立诸况公之宇。两石相望，一锐而有斑，所以象韦之文；一缦而无理，所以象况之朴。其必有相得而益彰者乎！乃志诸铭。铭曰：

在天为星，在地为石。韫玉生辉，补天无迹。贤守乐之，坚姿劲格。载与东归，表兹清白。世远物迁，几同瓦掷。载奠贤祠，用彰遗泽。寒山一片，螺川双璧。辉映中吴，千秋有赫。山斗同钦，庶几无斁。

洞真观铭缺末叶

彭之昙

观傍炎帝行祠，不知自始，闻昔有胡真观殿，或其故与？真观者，炎帝从臣，为帝卜葬南方，殁因庙祀其旁，凡帝殿所在，皆有之。审若是，则观之由来旧矣。羽士务图象教，尊其所闻，而观以名。迨梁大同中，标曰洞真，后有因易代而更号者，此独仍梁旧也。外若寂然，登其堂，前后殿各一，雷坛一，其所谓象教者，不一而足，具壮丽之观，表威严之致，非寺枕寒流，佛卧荒烟者可拟。黄冠江承祥具言，同其师江世景，极力经营，继世而后妥。且言其师粗彻元根，受位之夕，雷绕厥居，烈焰光烁，皆成金字。丐以数言志之。夫木题居士，求福偏多，契结茅山，药术资理，彼其心亦近于济人也。况观形有人雄猛以继其志，可不谓良乎？爰为之铭。铭曰：

炎精承纪，火位南方。百神攸集，髯堕龙藏。绵绵万祀，托止云乡。俗尚巫鬼，庙貌馗煌。真元一脉，支傣云阳。曰惟洞真，基造于梁。宋人易之，青霞著望。敬留旧号，古迹用彰。聿经劫火，灰烬荒凉。叶垂十一，祖法继光。结茆扪虱，傍城之隍。沙回九汞，筑三真堂。复拟仙迹，飞甍丹黄。念谁主此，元武足当。金身丈二，翠壁开张。枣盘所指，霹雳护将。壶中日月，阅三万霜。蜕茀曼衍，鹿驾翱翔。修景弟子，名卜承祥。雷坛续构，绍矩先臧。怀疑问难，降心儒行。兴酣白阁，七字篇章。忘所未忘，窃欲忘忘。差彼寄褐，附道于肓。惟今宁一，人坐羲皇。八公奚补，咄谈老庄。顾兹里社，好事趋跄。后阙

磬铭

王梦扬

磬，《释名》：罄也，声坚，罄罄然也。按《世本》：毋句为磬。《周礼·考工记》有磬氏倨句，其制也，以玉石为之。玉磬，《虞书》所言戛击鸣球是也。石磬，《禹贡》所纪泗滨浮磬是也。此为石磬，而制何以殊？考磬之名不一，有大磬、编磬、歌磬、颂磬、笙磬。《周礼》：眡瞭掌凡乐，击颂磬、笙磬。《郑注》：磬在东方曰笙，在西方曰颂。一说歌磬以节登歌之句，即颂磬，未详其是。其形亦不同，如《博古图》载周雷磬、琥磬、云雷磬，皆煎金镕范，非玉非石，或虎形或雷纹，无磬氏倨句之法。然则磬之制，盖自周已异矣。则是磬也，其亦形之一变者欤？余得之而县之簴，为之铭曰：

击石拊石，磬以立辨。声轻且清，听之而善。

砚铭　王梦扬

尔之为物，吾与友共。不事笔墨者，置之无用；能治笔墨者，乃可常用。

城北草庐记铭　张声玠

今夫天地，一大蘧庐也。人生于天地间，而天地贮之。故天上乎我，所以覆我，无天然后无覆。地下乎我，所以载我，无地然后无载。有覆有载若是者，可以无庐。然而鸿蒙开辟，即有所谓穴处者矣。穴处不已，即有所谓宫室者矣。日月之所照，霜露之所降，风雨之所漂摇，不藏其身不可也。夫庐，所以藏其身者也。故大庐之中，而又有小庐焉，岂惟于人，物亦宜然。波涛之内有窟焉，蛟龙之所以为庐也。树林之间有巢焉，鸟雀之所以为庐也。凡此者，皆所以藏其身者也。是诚不可以无庐。

虽然，庐不可废，亦不可拘。爱一椽而守之，必其老死于是而后可也。若有行焉，弃此庐矣。即返而居之，又终保其不行而弃之。善视庐者，当吾之行也，则水之舟，陆之车，皆吾之庐也。当吾之行且止也，则邮之亭，驿之旅，皆吾之庐也。无远无近，无暂无久，无东西南北之界限，而皆以其托为庐。是不可废者庐，吾任其不废也，而何必为吾之庐？不可拘者庐，吾妙于不拘也，而何必非吾之庐？狭也而愈宽，无也而愈有，家山传舍之念，其犹有动于中者乎？

城北草庐，予赁居五载矣。初知为人有也，久之若视为吾有，又久之竟亦不知人有而吾有，盖吾亦视此庐为水之舟，陆之车，邮之亭，驿之旅而已矣。何我而何人哉？爰以数语记之于壁，并为之铭曰：

城北有庐兮，予居其中。沧海一粟兮，藐哉吾躬。况非予之所有兮，偶然其相逢。然何我而何人兮，又何异而何同？望天地之皆庐兮，遍南北而西东。随所遇而安兮，羌不知夫去从。意萧然而无与兮，悠然而无穷。心廓然而能大兮，豁然而能通。爪之迹兮，萍之踪。蚁之穴兮，鹅之笼。于以置之覆载间兮，吾身亦何所为不容？

悔过铭并序

罗泽南

悔之为义，大矣哉！人禀天地之性以生，日用伦常莫不各有当然之则，惟古之圣人存养于未发之先，省察于将发之际，存天理之本然，遏人欲于将萌，始能无所偏倚，无所差谬。下此皆不免有过焉。白圭有玷，磨之则洁；衮职有阙，补之则完。惟视其能改与不改耳。改之则为忠孝、为仁义，入于圣贤而不难；不改则为邪僻、为凶恶，流于禽兽而不知。夫无心者，过也；有心者，恶也。无心而失之，复有心而遂之，则过日多而恶日集。恶大祸烈，噬脐何及，此悔之所以不可不早也。虽然，昨日有过，今日悔之，今日悔之而不能改，明日又将悔今日之过矣。无日不在悔中，复无日不在过中，其与不悔者相去几何哉？某以愚柔之质，而不自加困勉之功，怠惰因循，莫克自振，仰愧俯怍，何以为人？作《悔过铭》以自警。铭曰：

不知而为之，其过犹微。知而为之，过将谁归？纵欲牿性，任气忘规。人虽不知，吾理已违。况乎鬼神之鉴察，人世之议论，尤显著而难欺。嗟嗟，一言之失，驷不可追；一行之失，药不可医。大丈夫行事，当皎然如白日青天，了无尘垢，何独憧憧往来，不能慎之于先几？诵圣贤之明训，守父母之遗肢，惩其既往，救之将来，或庶几其无大疵。

白人铭

何钰麟

余客岭南，闻官幕中称得意者为红人，失意者为黑人，红人不屑与黑人交，黑人奔走于红人之门者惟恐后，于是乎二者若冰炭之投，又若蚁膻之附，心甚怪焉。余羁旅其间，既无半命之荣，复不图一枝之借，无所谓红，亦无所谓黑，遂自命曰白人，以其在不红不黑之间，而存其本色也。或曰：白受采，子将由白而红乎？或曰：素丝易染，白圭多玷，子其早自濯磨，庶几免于黑矣。予曰：唯唯，否否，不然。《易》称：白贲无咎。《鲁论》称：涅而不缁。苟超然于尘埃之表，皭然于浊淖之中，虽红如珠、黑如漆，尔焉能浼我哉？乃作《白人铭》。铭曰：

羽之白也浮且轻，雪之白也飘且萦，茅之白也柔且薄，水之白也流且盈。粲粲门子，将何取以成名？于羽也取其洁，于雪也取其明，于茅也取其藉，于水也取其清。四者之外，吾尤取乎白璧之莹莹。天地钟其秀，山川毓其英。五德备矣，纯粹以精。君子佩之，铿铿其鸣。黑为元圭，红为赤瑛。岂曰非宝，匪我思存。维此白人，保寿全贞。纵心皓然，何辱何荣。

朱翁传赞

曹耀珩

朱翁字玉章，吾邑十五里西坝冲人。与王翁某邻旧，为性命友，往来过从，辄经日夕不去，所与言，相期古处。王翁少贫无家，年三十治生产，田园累数十顷，子三人皆籍诸生。非其人不妄交，独厚翁。一日过翁，私语曰：吾视吾子当得奇祸，吾不及见矣，非金无以活。吾晚岁所居积，谨瘗之，独不可令儿子知，恐一费早尽。吾与若异姓同怀，微若，无可托者，他日偕若识其处，幸勿泄也。翁唯唯。越二年，王翁病剧，招翁至，屏左右家人语曰：吾旦暮不起，向所托难须臾缓矣。手一册，固遗金数，恳恳志数言于尾，告之瘗处，令独往视，识勿忘。且曰：若年自永，儿子祸在二十年后。初逮狱时，幸勿言，逮势穷，事已无可奈何，起其橐，乃克济矣。翁唯唯，涕洟而起，曰：而勿虑，其不终而言者，有如此河。

翁自王翁之逝，缄其口，即家人未偶露。果二十年，其子以葬母故，罹于难，几不测，议减犹有城旦之罚。迁延五七载，匮乏莫支，欲售其腴产。翁曰：无庸，而父有金，曾语我，为尔兄弟今日故也。掘园隙，得八百金。数月金尽，又欲售产。翁又曰：无庸，更有遗者。伐盈把之桃，掘其下，得一千三百金，涕泗言曰：而善为之，吾可报吾友矣。还其父手书之册。翁后年至百岁，惜其家微贱，未有以人瑞闻于朝者。余耳此事久，今年十月，翁之孙文学元来谒，余询之其言，与昔吻合。为之传赞曰：

朱翁行事，余莫能详，迹其王姓藏金一节，岂不当于古人求之邪？世人殉利忘义，锱铢之微且探其隙，攫为己有，谓二千金明明知之，而漠然无动于中者邪？推此意，千驷万钟弗顾可也。史称鲍叔分金，杨震却金，管宁挥金，翁节操加数子一等矣。且朋友一伦，其始也，誓患难生死不相背负，其后二心，至于反复波澜，既坠且下之石者，比比也。翁所谓久要不忘者，与若王翁知其子，更知其友，俱可云贤矣。

程君传赞

曹耀珩

程君召南，江北滁、和间人。游京师不一谒权贵，所为制艺诗辞绝工。一宦族闻其才贤，罗致之，命子弟受业焉。京师固冠盖云集之地，凡名士馆于斯者，怀刺访友，倒屣接宾，日不遑给，时时索修金为酬酢资，或以饰冠服。程君角巾短褐，如山中野客，然绣纨狐白之绮丽，书画笔砚之精良，藏于皮笥间，一取被体曝架，俨然贵游非贫也。自入馆，手一卷，不出门户，亦绝无一士来谒者。口不索俸，令节遗之，辄曰：吾无事需此，而姑检存。

迨仲冬辞去，主人治酒馔为寿，具脩脯百数十金，旁及节赆可二百，以中落无力，窃窃惧其薄而逢怒也。程君笑谢不言。明日，主人往送旅舍，距太平园尺咫。太平园者，京师第一酒炉也。邀主人入四筵，豪贵皆逊程君上座，饔人左右惟命，嘉品毕具。既撤，不偿直遽去。邀主人再过舍，从容语曰：今岁受若托，于君子弟无尺寸裨益，所赠脯脩节赆，置若庋，归检入，吾不敢素餐也。主人惊愕，婉请者数，犹疑其诳。反视之，封识宛然。再投坚不受，三至行矣。询同舍客，莫知所往。张三湘门后寓主人舍，视壁间诗辞，主人告湘门，湘门豪其行。舟过其乡，访识不得，甲寅夏为余言如此。赞曰：

馆师砚为田，笔为耒，志将求食也。程君自食其力，而又必称其功，视伐檀君子，岂有异哉？徒谓磊落豪举，似古侠客者流，犹未深知此君矣。

谭生传赞

曹耀珩

谭生讳士泌，字慕郸，世居沔阳，与竟陵同系，其曾祖中万历进士。慕郸以名族子，好读书，家虽中落，性豪侠，视货财如土。论文之暇，酷嗜弈，亲故及四方士夫乐从之游，食客满座，樽酒盘飧，日费数千钱。以是更贫窭，游湖之南，依余兄弟，欲谋生产自给。顾太傲岸，非文章意气，不通一刺。尤嫉权贵人如仇，虽宴集酬酢，一权贵人座，俯首不言，甚或拂衣去。僦小庄居，额其堂曰“免死而已”，署联于板曰“芸人之田，为己之学”，此足觇其磊落不羁之素抱矣。敝篚中，短褐一，芒鞋一，他无长物。所著《五经鳞》《虚窗论》《史饿说》诸帙，常以自携。在居停，口哦手录不释，虽宾至不起立，与语不答，时流叱之。某岁宴某氏园林，约曰：无少长贵贱，步屧来。一新贵独后，乘车下阶除，慕郸怒冲冠，大言叱之。众哄然笑，某亦面赤不敢言。逮入席，慕郸曰：爵与齿弗如也，吾之尊其德乎？夷然自居上客，众又大笑，无伦次毕坐。慕郪非甚无礼者，盖甚恶夫车中人，有所激然也。

越二年，益无聊，吾为书，游扬于鼎岳潭攸诸郡邑。其倨嫚不礼，及门而阍人辞者，为请谢之。有“敢题稽喜为凡鸟，自比陶潜是乞儿”句，遂不复过。又尝录赠余什遗客，诗题书余名，见之者诋慕郪真狂夫，奈何名曹君？慕郪曰：此真俗客耳。李白诗：饭颗山头逢杜甫。杜甫诗：南寻禹穴见李白。古人情文质挚，故直书名，岂不重其友者？昔一士官楚方伯，家友夏遣存问，伻至前曰：吾家谭二郎遗汝书。群吏呵斥，方伯遽止之，谓非吾友不畜此奴。夫以家主隽榜首而无隆称，方伯尊秩尔汝之不顾，必一立谈，一染翰，咸尊奉之曰：大人先生，大人先生，此何理哉？浩然决反，卒无一当。余为谋馆于马头冲，岁晚持脩脯归，过一贫户，夫死莫殓，哀怜之，割其半，拮据自若。尝易粟，误多斗许，负而还之，其严取与乐善又如此。年四十余，死吾里，榇未归。赞曰：

谭君傲骨棱棱，不充诎于富贵，不陨获于贫贱，其义命之安素矣。穷乃见谭君，然则君子殆不妨穷邪？

青浦县城隍显灵伯画像赞　　唐仲冕

显灵伯者，明崇祯六年敕封，前四川左布政使沈公也。公讳恩，字仁甫，上海人。宏治丙辰进士，授刑部主事，忤刘瑾落职。瑾败复官，历云南按察使。时黔国公张甚，公不为屈，按其不法事，问遣其奴辈二十余人。寻擢川藩，廉知蜀兵苦边饷，前后奏减二百余万石。时杨廷和柄国，苍头请托之书，公悉焚之。其子慎廷对第一，争致重币以贺，公不礼焉。免官家居，谢绝竿牍，尝徒步送其师之丧数十里。其殁也，贫无以敛，卒祀乡贤，敕命有云：生为直臣，殁为明神，显灵所由封也。庙建县城，并祀黄渡，遗像在焉。余以疏浚吴松之役，寓祠下，瞻礼仪容，敬献赞曰：

惟大君子，正气笃生。崧降申甫，斗垂帘贞。钟材海峤，毓德沪城。性涵纯直，学守忠诚。怀方岳岳，树品觥觥。是有精爽，王于神明。当其登第，试政司刑。辄忤逆奄，无愧庭争。起官陈臬，执法罔倾。豪奴必按，勋爵皆惊。分藩井络，勤恤蜀兵。奏减粮饷，布泽编氓。朝有柄相，礼币从轻。因之退位，幽居寡营。望尘却步，葬师徒行。持身节俭，振俗奇英。龙见蠖屈，渊默雷声。存为方伯，殁比列星。瞽宗既秩，侯社斯灵。枌榆相近，俎豆惟馨。下走于役，托庇祠庭。载瞻庙貌，敬仰仪型。丰棱自峻，器宇弥清。目光电炯，眉采山横。日角高广，霜髯拂萦。气兼温肃，胸有准衡。化参位育，功奏奠平。爰摅赞颂，用叶镛笙。

东海东磊赞并序

唐仲冕

东海云台山，古郁州山也，一曰郁洲山。《山海经注》：山自江南移来，上有南方草木，旧在海中，与朐山隔海，滥为黑风渡。靳文襄《治河方略》云：海日东徙，他日必有策马而上云台者。今果然矣。山势蟠郁，景物绝佳，东崖尤奇峭，为锦屏岩。言石壁若屏数百丈，杂树牵缀，望之若锦也，人呼东磊。余刺州时，登咏者数矣。今偕师禹门太守履勘桑田，流连榛嶂。太守属纪其胜，因为之赞云：

黔嬴胚倏忽凿，爪盘陁蹠磊落。重黎冥灵焉托？嵝箅篁胠橐籥。旸晋嵎吴朝壑，夔虚逯冯蠵跃。圭郁东圣产博，勒栈鼚粲懿铄。

合竹赞并序

何钰麟

癸未夏，友人罗秋航持一卷示予，且索诗。披阅之，则其尊翁所得合竹图也。竹约三尺余，下一本，至中忽分为二，末复合为一焉。亦物理之最奇者。吾邑张君中阶，为作序，命曰“祥竹”，信矣。诸名士竞为诗以颂，长歌短赋，肖物摹形，无美不备。吾不敏，何敢复置喙？然重秋航之请，不敢固辞，因率愚见而为之赞曰：

一生二，二而一。其心虚，其体直。卓哉此君，道协乎易。或曰是坤象也，所为静翕而动辟。或曰是离象也，所为中虚而外实。予曰：嘻！不然。是直一太极，其分也对待之形，其合也流形之质。阳生阴而阴复生阳，阴阳互根而易简之理得。盖本乎太和元气之所生，一言以蔽之曰：吉。

当日题咏者，连篇累牍，惟先生以此制胜，一时名下士俱推倒焉。秋航前岁九日，与余登拱极楼，为诗酒之宴，犹道及之。受业刘邠谨识。

中庸赞

赵世景

造物于人，厥赋惟均。若有恒性，厚薄何分。蚩蚩之氓，所受者薄。匪徒气拘，物欲牵缚。维彼圣人，生知安行。不思不勉，尽性践形。贤人之学，由教而入。自明而诚，择善固执。择分学困，执分利勉。视彼圣人，夐乎其远。其始虽异，其归则同，极之愚柔，百倍其功。百倍其功，因有成功。知行合一，是为中庸。中庸之德，无过不及。小人反之，君子则一。行由于知，问察隐扬。执中若舜，大知谁方？知由于行，拳拳服膺。卓哉颜子，择善是凭。益之以强，知仁与勇。胡为后世，隐怪接踵？用费体微，斯道之要。鱼跃鸢飞，莫名其妙。道不远人，要之以诚。贯乎大小，统乎鬼神。体物不遗，诚不可掩。必明必强，我公是勉。诚明明诚，天道人道。理本交通，学期深造。小德大德，至圣至诚。条分缕析，如丝不棼。从天及人，从人及天。无声无臭，妙几微焉。是有精义，撮其大纲。悉心研究，理无尽藏。

育德箴有序

周系英

世俗于生辰，率献（谀）〔谀〕辞为寿，君子鄙之。然考雅颂所歌，史传所载，古人君臣朋友之间，燕饮之际，往往有奉觞上寿之文，非苟为媚悦。盖本忠爱之忱，用致愿望无穷之意，斯颂祷之善者也。平时且然，况览揆之令辰，又乌可已乎？英侍学三天，自愧谫劣，未能裨补万一。兹逢殿下二十初度，不敢以谀辞进，敬绎昔年赐额之义，制《育德箴》五章，献诸座右，以为颂祷。虽迂谈不文，要所以致其愿望无穷之意，则犹之古人也。傥蒙鉴此拳拳，曲赐采纳，比诸瞍赋蒙诵，于以侑觞，有厚幸焉。

于维世哲，笃生秀异。性体渊涵，天姿玉粹。德为福基，味以道腴。用心若镜，体妙于虚。匪莹弗灵，惟昏斯惰。澄而廓之，岂不在我？清明在躬，志气如神。先民有言，请书诸绅。右清心

三极彝训，大义微言。君臣父子，正鹄攸存。上下千古，编年纪事。治乱兴衰，法戒斯备。知人论世，尊闻行知。经经纬史，一以贯之。禹阴惜寸，武耄不怠。努力春华，庶无后悔。右学古

民生疾苦，稼穑艰难。人心淳漓，情伪万端。生于深宫，锦衣美食。唯诺逢迎，左右近习。中堂千里，睫在目前。往往明哲，犹蔽于偏。兼听并观，周咨博访。四目四聪，至人所尚。右通今

文以载道，诗以言志。据德依仁，曰游于艺。阐扬义蕴，陶写性真。言皆有物，庶乎大醇。不朽之三，毋曰末技。盛汉盛唐，百家同轨。玉佩琼琚，飏拜赓歌。陈思八斗，宁患才多。右游艺

动作礼义，威仪定命。笑颦必谨，衣冠必正。治家有法，出言有章。君子检身，何用不臧？刍荛之言，端委粗备。所贵少成，日致纯粹。润身育德，谟训昭垂。侍膳承欢，长慰圣慈。右饬躬

湖南文征　卷十三

议上

漕运议

黄秀

昔夏禹敷土奠川，则壤成赋，俾九州底贡，或浮于济洛，或浮于江淮，皆达河而止。盖因帝都在冀，三面距河故尔。然在当日为贡所由经，在后世即为漕运所自昉也。春秋时秦馈粟于晋，自雍至泽，吴开沟于扬，由江及淮，不过为一时权宜之计。汉代多兴屯田，未立漕法，然议开渠，引渭水入河，则食粟者益多，而漕运不得不讲矣。唐初创府兵，漕法甚省，开元间王珙开运道，沿河置仓，随地转输。刘晏岁运百万石，而覆溺无患。汴宋漕分为四，于黄河为甚近。迨高宗南渡后，尝作堰以遏汶流，乔惟岳复开沙河，创二斗门以通水利，而漕舟无阻。元伯颜始创海运，外由江浙濒海之区，泛舟扬帆，以底直沽，内复自阳谷入境开渠，北抵临清，名会通河，是漕运与海运并行也。然河渠浅阻，装无多，故终元之世，惟海运常行而不废。明初海运犹如故，永乐时亦曾行之，逮宋礼治漕，用潘叔正策，仍修会通故道。用老人白瑛计，筑坝于汶上戴村，至分水龙王庙，四分南流，以济徐淮，六分北流，以达临清，相地势高下而修水利，因时日启闭以为蓄泄。时督臣陈瑄尤筹画多方，良以海险而河平，斯其法最善而可久。故漕运遂迄今行之勿替。

独是言漕运于今日，其用为至亟矣。然言漕运于今日，其事又有甚难焉者，何也？京都百千万户民若兵，暨文武臣工禄糈，俱取给米粟于东南，用不已繁且多哉？第以数千里之挽运，十数金之耗费，历长江运河之险远，经年累月始致一石于仓庾，又何艰如之？况昔有军运民运之异，今则概用军运。昔有截运递运之殊，今则概用长运。且昔之治水者专治河，今之治水者兼治漕，河流既导，而漕运无阻，其道洵两得也。且前此运河滞涩，粮艘耽延，虽水浅泥淤之故，亦由旗丁装载者太重，在官弗能严禁，侵渔者过多，在军每多拖欠，遂令往返迟滞，难以利涉轻便耳。今则诸陋弊皆已革除，仍于二月过淮，七月抵通，照旧例冬兑冬开，法诚善矣。

我皇上自临御以来，廑念河工，于武陟之塞决将已告竣，则遣官相视，思善后有良图也。加意漕务，因山左之运道稍有浅阻，则发帑兴工，俾役夫沾实惠也。且有总河专其任，副总河兼为理，近又设河臣于齐鲁间，俾得就近分疆以治，已无鞭长不及之虞矣。而漕运则总漕仓场两大臣统辖之，坐粮厅与各监督分察之，厘弊剔奸，官吏毋敢侵欺，爱军恤民，公私勿滋纷扰。是以七省之遥，四百余万石之粮，皆得常盈于天庾，而漕河永作咽喉之计。即至江浙之元纁巩组，楚蜀之杶干栝柏，亦可远达于神京，不仅以东南为财赋之邦，此诚历久不敝之道也，又奚必拘拘以海运启纷更之说，而蹈涉远履险之途也哉？

钱法议

黄秀

先王均财货、平物价、驭人事以制国用者，莫过于钱。钱者，泉也，贵流通而不滞，常行而不竭也。昔夏禹铸历山，成汤铸庄山，太公立九府圜法，而钱制已肇。周景王铸大钱，单穆公有母子相权之说，迨汉初创榆荚钱，已属轻矣。后变为八铢，复改为四铢，若比轮失之太重，鹅眼失之太轻，惟武帝之五铢，则轻重最为适宜。至唐武德时有开通元宝，与五铢相颉颃。宋兴鼓铸于诸路，元与明因之。而以年为号，则自刘宋始，宋开宝以后，更一号则铸一钱，迄今犹相沿不易。至若中统之楮币，末世之钞贯，又不足论矣。

我国家设宝源、宝泉二局于京师，初令各省鼓铸故钱，无甚贵甚贱之患，后因私铸者多，轻重大小其制不一，遂禁直省开铸。今各府州县买铜远输于京都，而京局所造制钱分发于外省，原以杜奸民私铸之弊，定远迩画一之规也，宜乎钱可流通而常行矣。乃在内既无定价，各省亦鲜成值，时多时寡，钱既弗广，价腾贵者，无他，以铸钱专在一方，用钱不一其地，且买铜者其事为甚难，而运铜者其费又甚繁，至于出入转徙，其劳勚更甚，而弊窦滋多故也。外省买铜，或上至滇黔，或下至苏杭，程途既已遥渺，时日耽延复久，州县势必违限，故铜每难于骤致。至京都发钱，或水由粮艘，陆由车脚，转运既虞其苦，侵渔亦不能免，而州县势不得不另派赔补，否则参罚随之，而钱亦难以足用，恐非经久无弊，国民两利之道也。

为今之计，其源宜开也。钱需于铜，使产铜之地毋禁民采，废铜之收听民自便，贸易铜斤者任商贾往来，务照时值，不致有抑勒扣减之弊，庶买铜不劳官运，铜不累民而泉源始不涸矣。且其式宜定也，方圆厚薄有定法，轻重大小有定衡，勿论中外远近，其钱一文以重一钱为准，不得过小而轻，亦不必过厚为重。铜无分于青红，斯价无异同，省无分于南北，庶钱可通行，而钱乃能历久矣。然其要，总在直省各藩司另开鼓铸耳。各省另开鼓铸，设良法、择能员、严禁令、平物价，毋令奸胥奸民以盗铸滋其弊，以低昂异其用，以制钱改造铜器，惟即其地所产之铜、所买之物，供其地所用之钱，是钱既不致于匮乏，又何虞其壅滞邪？

如或制钱日广，凡俸工兵饷及存留等项，俱以银七钱三相配搭，俾官可给于民，民亦可输于官，不特无远涉搬运之劳，无违限赔派之累，即重戥加耗之弊，亦不待严禁而自息矣。足国以裕民，通商而惠农，可久无弊之道，谅无逾乎此者，此钱制所以如泉之流通不滞，而常行不竭也。不然，虑铜斤或乏，患币钞过重，如唐之文宗禁天下以铜铸佛像，武宗又诏毁其像之已成者，立法纷纷，未见其善耳。况天地有自然之利，必溥其利于四方，而物产斯能增。万物有必争之数，惟平其争于人情，而日用乃可弗匮。如是而财物尚虞其不均，经费尚虑其不裕者，未之有也。

积贮议

黄秀

稼穑乃王政本务，积贮为生民大命，从古皆已行之。如《周官》遗人掌邦之委积，以待施惠，乡里、县都之委积，以恤艰厄而备凶荒，立法极为详尽。而《王制》三年耕有一年之食，九年耕有三年之余，是藏富恒在民，敛蓄不尽在官也。后代有半粜、和粜、均输、市易之法，制每不一。而愚谓在官者莫过于常平，在民者尤宜于社仓，兼举而善用之。其预备必有道，务令丰穰先时而足，其转移必有方，务令侵渔，罔滋其弊。且给散尤有法，务令穷民获沾升斗之需。至于管理尤宜得人，毋尽专制于官吏，亦勿概及于闾阎，斯所积所贮者，行诸一方，尤宜遍及天下，行诸一时，即可永垂千古矣。

国家休养生息已阅数十余年，先帝临御最久，深仁厚泽入人至深，频蠲正供以裕民财，时发仓廪以济民生，截漕米于东南，减粜价于州邑，加惠元元，既有加而无已。我皇上践阼之初，惓惓以民依为念，赈京畿之穷黎，豁江苏之积逋。两湖水偶泛溢，则发帑金以修堤防，寓赈饥于畚筑之中，而水不为灾。闽粤岁稍有歉，则买米稻以备旱荒，多转运于邻近之省，而民不乏食。救荒善政，洵属超越前古矣。然赈恤于临时，尤宜绸缪于平日，则议及积贮，诚今日急务也。

试言预备之道。常平一法，昉于隋之耿寿昌，行于唐之长孙平，由来已久。无如州县奉行者止视为故事，始或劝捐于绅士里民，继或买补于城邑镇市，保无有勉强抑勒，俾小民多赔累之苦者乎？惟当有年之时，捐输皆出自诚然，不致强派以所难，买补则因乎时值，不得抑多以为少，而谷纳于仓，又毋使奸胥高下其手，家丁苛索陋规，则裕于丰亨者，自可发于饥馑，而储蓄为已豫。其转移维何？谷既多积，则陈陈相因，自宜出陈以易新。乃有司每多亏折，吏役复加侵食，而豪强且为兼并，即有盘查之例、分赔之法，往往彼此蒙蔽，互相瞒隐，或捏为民欠以报，或伪为霉烂以闻，而仓廪悉属空虚。诚尽革积弊，俾官不敢肆欺，吏不敢侵渔，盘查必核其实，不循虚文、受贿赂以欺国而蠹民，则取陈以食农，生新以足用，而转输自可勿匮。至于岁遇荒歉，或减价以贱粜，必令远近穷民得受一分之赐，毋使商贾囤积计图生息；或煮粥以活众，必使真正孤贫得饱口腹之需，毋令老弱饥馁益增疾苦。且议赈议蠲，不得加户口之数目，改升合为石斗，而豪强借贷者必取偿，吏胥减扣者必加罚，庶给发不致留难，而中饱侵蚀之患盖亦鲜矣。

至若管理，何以得人也？如义仓设在城邑者既有定所，而社仓虽可佐常平所未逮，然朱子犹谓里社不皆可任之人，岂良法必资夫美意欤？今诚于乡村镇市皆立社仓，每处积谷数百石，择殷实淳良之民三四人总理其事，则民与民相通易，彼必知某也贫，宜用赈，某也良，宜用贷，某也男妇若干，须计口而授，按名而与之。丰则收入于仓，荒则散出于众，有司年终查核其多寡，稽察其虚实。倘有细民逋负者，则责之总理之人，总理有侵渔者，有司务稽查得实，绳之以峻法，速令其赔补，不得少为宽假焉。如或有司借端扰民，假公济私，则府道必核实申详，藩司即指名揭报，督抚访查随以纠参加之，庶诸弊不致丛生，而小民均沾实惠，积贮之法自可行于远、历诸久而不敝矣。所谓有治人而后有治法者，此也。不然者，徒循其名，不责其实，则法立弊生，安能俾爱养斯民之善政，下逮于穷檐，而嗷嗷待哺之百姓，胥沐救荒之良法美意于无穷也哉？

乡谥议

邹定周

邵阳文学平园先生，以今康熙己丑佛浴前一日，告终于先人庐。既殡，乡邑人士毕至，拜哭于灵次，退适公馆，集议谥。昔柳下之谥以闺壸，明道之谥以同产，河汾之谥以门人，以先生之文与行，拟之古徒尚无愧焉，讵可略诸。于是私谥曰文毅先生。

余于先生同岁生也，闻讣往吊，诸人士因以谥议请，遂弗获辞。余慨夫今之自命为文者不少矣，而君子或无取焉，实弗称也。先生早岁蜚誉胶庠，每为学使者所亟赏，然卒无意棘闱。广购书籍，博涉殆遍，谓圣贤之精蕴存于经，经济备诸史，寻讨尤精，故其著作不屑事浮靡，独存昭质。如《慕亲堂自述》篇，情词真挚，斐然称名构，绝非操觚家所克办，此其道德博闻者欤？抑先生早孤，几不克自立，幼与群儿嬉游，或有侮之者，遽奋然曰：我孤儿也，苟弗自振拔，异时求为人役不可得，岂但见凌若辈乎？由是刻苦力学，休卧并忘，以迄于有成，非所谓能自强者邪？顺治末，王师有事滇黔，军需孔亟，民斥产鬻儿，供赋犹不给，稍后时辄罹奇祸，莫敢一置喙。先生毅然为当事陈其状，且请清派数、宽比征、省差催，皆从之，民赖以少苏。及丈亩，同乡以浮粮撄累者众，先生与邑侯蒋明府善，又请汰殆尽，非所谓见义必为者邪？其谓之毅也又宜。

虽然，文近柔而毅近刚，未易兼优也。先生生而失恃，自幼事嫡母以孝闻，每遇苦难，事不躬亲不乐。值岁歉，负米数十里外，时不食已日余矣，困甚忍饥，行归与母相持而泣。事从兄正希君甘脆与共，请命而行事，然有所不可，不敢从也。盖顺事者其孝友，而坚忍又若此，至事所必行，有他人缩项敛手而退避者，独任之不疑，事成众始惊服。子姓仆从爱怜极笃，及有过，虽小不贷，莫不亲而畏之。使其得志于时，岂非慈惠爱民，而果断难犯者哉？世论灵宝许氏父子曰襄毅，其真宏毅士乎？庄敏宏而不毅，文简毅而不宏，甚矣其难也。若先生之谥文与毅也，吾何间然。

请改邑名公议

陈一揆

为恳详更定邑名，以昭典雅，以颂治安事：窃惟海内州邑星罗，代有沿革，要从一统治安之日，酌定嘉名，乃足昭垂久远。常属四县，武、桃与沅取义各当，惟“龙阳”二字殊属传疑。或曰水势曲折如龙，县治在其阳也。或曰因山旧有龙阳名也。或曰赤乌十一年，黄龙见于县地，亦在阳也。夫天下水势之如龙者多矣，何独以此名县？县南横山，唐天宝中改为龙阳山，则横山古也，龙阳非古也。至于龙之变化顷刻，既不能执地所在，而在三国时孙吴割据，龙虽见，亦非瑞可知矣。总之，名始自吴，相沿已谬，加以龙阳君之浊称，士大夫咸鄙笑之，何堪久而不易乎？

按吴以前，西汉曰索县，东汉曰汉寿。索之义无考，汉寿者，符国运也。吴以后，宋大观中改曰辰阳。辰阳者，从辰水之阳，如酉水之阳也。辰与酉皆据上游，而下汇于邑，邑地往往称之。夫汉宋之统俱正，其传世又久，而县治东北至今称有汉寿乡、辰阳村之号，就斯二者取焉，具征典雅。彼孙氏何必改汉寿为吴寿？而宋季又何必复辰阳为龙阳乎？然则邑之名屡更，而当定于今。圣朝御极，皆土皆臣，如台湾之设郡宣化，沙漠之勒石纪功，尤从来所未有。一邑虽小，版图系之，风教亦系之。某等生其地，思其义，较之回车不入为更切，则革割据而沿正统，定传疑而易嘉名，颂美无疆，夫固一代之宏规，千秋之盛事也。

开矿宜禁议时奉当事，下访众议，作此应之

王文清

闻往岁有苗民猖獗，致烦官兵擒捕者，此虽苗民之罪，亦开矿之举激之也。湖南土产谷米之外无他物，民风则耕凿之外无他

业，非若云贵广西等处，地以金锡为产，民以开采为资也。故往时郴州银矿，屡开屡禁，其余湖南各郡，则绝无作俑开采者。非不惜天地之利也，良以开一矿则官吏受一矿之利，而地方居民受害无穷，射利之徒每每夤缘贿托，奉官票、挟官差、办官工，木可伐、山可残、石可凿，高崖之平路可成，墓庐之地脉可斩，斤斧之响震天，喧哗之声动地，炉灶之烟火蔽日。大矿丁夫用千，小者不下百数，口多则饮食屠沽百物腾贵，众聚则酗酒赌博厮闹行凶，一呼百应，鸡飞狗走，此地方居民所疾首蹙頞，敢怒而不敢言，而苗疆与内地同情者也。

闻往者靖州地方官初议开矿，苗民哀求停止不听，遂致伤苗民之心，迫苗民之怒，激苗民之变。初次建厂，众怒来焚，焚而又建，建而又焚，焚矿未已，因而揭竿拒捕，陷于极刑。是此辈本非轻生，而矿开必速其死，矿之为害何烈哉！且靖州之苗，非贵州苗比也。彼其朴陋为风，耕凿为业，近且有读书入学者，其俗与内地相近，忽焉犯法至此而不顾者，深痛矿之害及身家，不惜以死拒之也。

窃闻湖南此时开矿纷纷，名曰铜矿，而所煎熬者多系铅锡及银，盖射利之徒阳以铜掩国家之耳目，而阴取银锡以充己之私囊，官吏佯为稽查，实则猫鼠同眠，互相遮蔽。一切不耕不读、不工不商之流，结伴争趋，有如归市。一人得意则十人效之，一倍方虚又十倍逐之，有赤手入炉，侥幸捆载而返者，有破产图利，反至流落无归者。得陇望蜀，其欲无餍，游手招聚，田地抛荒。窃恐矿厂日扩，矿徒日讧，束之则其令不行，驱之则其势难散，急之则其状难驯。

先朝矿政之坏，载在《明史》，可为殷鉴。抑恐言利者，或以抽税铜斤有资鼓铸为辞。不知我圣朝梯山航海，万国贡献，国富民阜，远驾千古，此区区铜税，捐之于国家何损？进之于国家何益？况矿利利在炉户，利在金商，利在地方之官吏，而国家仅得其万一豪末之利，苍生国脉坐受疮痍，国家何利焉？即如往昔靖州之事，矿方议开，而已致遣兵矣，索马矣，调粮草矣，制铠甲器械矣，前议犒师、后议颁赏矣。计此等不赀之费，与日后矿税所得，孰少孰多？惟愿当事鉴察始末，严敕永禁，小民幸甚，国计幸甚。兹蒙下访舆议，故据实直言之，非敢越位建言也。

此予壮时所拟作也，今数十年矣，见其有关国事，因付之剞劂，以示后人云。

上范中丞利弊条议

张增

为遵谕密禀事：窃卑职中湘下士，末学微员，前由举人铨授溆浦教谕，修葺学宫，勤举课艺，甫及两载，丁忧回籍。起服候补，乾隆十九年九月内，补授今职。本年二月初四日，蒙大人亲加考试，拔置一等，俾袜线庸才异日稍有进身之阶，感激之私，虽竭顶踵，无以报称万一。自三月十七日到任以来，即同训导潘岱训迪士子，严加约束，每月举行课艺，陆续解报，惟期无玷官箴，励志上进，以仰副大人拔取至意。五月初四日，恭奉宪檄，谆切下询士民习俗若何，生计若何，何利当兴，何弊当革，并该处印杂各员优劣舆论如何，据实密禀。卑职到任未及两月，闻见未真，不敢妄逞胸臆，含糊塞责，正在密行采访，复奉严檄饬催。卑职不敏，敢敬陈管见，将宁邑利弊恺切详言之。

窃惟为政之道，不外兴革二端，而革弊即所以兴利。盖两利相形则取其重，两弊相形则取其轻，道惟权其轻重而已。所谓革弊即以兴利，所当权其轻重者，一在熟田种麻之弊，当议革也。宁邑僻处岭南，县分四路，东路尽皆沃壤，多植晚稻，收获最多。南路次之，西路、北路更次之。其杂粮素无所出，惟东路钞纸，南路种麻，西路、北路出铁炭。钞纸地方，其民皆于农隙男女苦作，获利甚微。出炭地方，其民亦于农隙肩挑负贩，差比佣工度日，均于农事不相妨。独南路一带，其民不种稻田，尽将熟田遍植苎麻，十室而九，平畴旷野，一望弥际。盖缘宁邑田亩，每担禾田，种稻不过七八斗，价值数钱不等，种麻可获三十斤，价值二两有奇。是以土著异民，群引为利。不思宁邑地方虽广，山多田少，即勤加耕作仅足敷一年之食，今纵不能广种杂粮，以备三耕一余之蓄，奈何使熟垦之田化作艺麻之圃乎？南路如是，东路从而效之，一邑熟田已去其半，一旦荒歉，将何以济？其弊有不可胜言者。揣其意，不过以种麻之利倍于种稻耳。不知田荒则谷少，谷少则价昂，价昂则虽获卖麻之利，不足偿买谷之苦。更兼舟楫不通，无谷可买，种麻何利焉？彼愚民自不之思耳。况山边荒土、宅旁隙地，尽可任其种植，何必废熟田以作麻园乎？今若严申熟田种麻之禁，勿令妨耕，其有荒山隙地可种者，务令尽行开挖，广艺苎麻，兼种杂粮，则不独获稻多而价愈减，抑且山荒垦而利益饶矣。所谓革弊即以兴利者，此其一。

一在私开锡矿之禁，当议革也。宁邑有瑶冈仙、三姑仙二山，距县南五十余里，山径高险，颇称出锡。向未议开，诚以矿砂之多寡不可知，一经议开，而商客钻营，官员踏勘，胥役骚扰，厂未设而民先病。且宁邑出产谷米仅敷日食，一经开挖，商民蚁集，动逾万计，米价必昂，国帑之起解无几，而亏蚀侵渔，官商坐享其利，而百姓阴受其害，其弊有不可胜言者。其不议开，确有所见。但近来有射利棍徒，潜藏山谷，煽诱愚民私行偷挖，始犹藏踪匿迹，渐至百十成群，若不及早严禁，诚恐将来奸宄窃发，贻误匪轻。今若严申私开锡矿之禁，摘限捕缉，轻则杖惩，重则详究，庶匪类除而民枕安矣。所谓革弊即以兴利者，此其一。

一在补买仓谷之弊，当议革也。宁邑常平仓谷共计四千八百九十六石有奇，每年存七粜三，约粜一千五百九十八石有奇。本年卑职准县详委监粜，查宁邑烟民不下二万三千余户，一家五口为率，不下一十二万余人，以一千五百余石之谷，供一十二万余人之求，虽家赐人益，不足餍小民之心。卑职监粜，惟有晓谕乡民，宣导宪台德意，实力奉行，除粮多者不准籴买外，谨按花户人丁多寡，分别一二三斗不等，逐名散粜。且随到随给执照，赴仓速发，早遣归农，勿令羁留守候，俾得均沾实惠，稍惬民隐。至蠹役之诡名包揽，奸徒之囤买射利，俱经逐查严禁，务绝弊端，业经发讫，详报在案。惟是补买仓谷之法，则有尚容请议者。宁邑往年仓谷，俱由经胥领银，沿乡派买，此实大开弊窦之由。何则？彼常平出陈易新，平价籴补，原非累民之事，无如经胥挟此官银，视为奇货，呼朋引类，三五成群，突至有粮之家，昼则勒取酒食，夜则歇宿流连，稍不如意者，多金压买，饱其溪壑，还银免籴，挨门插户，无了无休。其有豪强殷富积惯把持者，畏势不敢发，亲族乡里素所亲昵者，瞻情不往发，其所受累尽是良民懦士耳。甚且侵蚀肥囊，假名充领，莫可稽查。及至减粜之时，乃始签差四出，又皆党羽之人，狡饰扶同，而其身巧脱局外，种种弊端不一而足，名为平籴，实则累民。今若痛革此弊，莫如照粮均派，按查粮册多寡，某都某甲某人粮米若干，应籴仓谷若干，计发价银若干，先造清册，然后发银平籴，勿令经胥高下其手。其有粮不满石者，免其补买，如此则不得指贫为富，诈富为贫，众擎易举，人心允服，将弊端绝而急公乐输之情不呼而自集矣。所谓革弊即以兴利者，此其一。

一在义学延师催收馆谷之弊，当议革也。宁邑有文昌阁义学一所，延请师儒，选邑中子弟俊秀者朝夕训诲，甚盛事也。卑职到任以来，两进生徒而考课之，见其英龄有志，文艺可观，殊堪造就。而馆谷有限，膏火无资，只有城濠佃税一十二两，半陇租谷一十一石，以为逐年延师馆谷之资。数年以来，虚应故事，所有佃税、租谷俱系馆师自行催收，半归乌有，呈请差追，又多浮费，遂致师徒丧气，士习颓然。窃思人才裕于乐育，士习端于蒙养，义学之设，所以兴起教化，储养英才，务定永久之规，以为培植之本。其县中有无无碍银两租税，可以拨入以助膏火之资，尚须酌议。至现在延师馆谷，应何衙门征收完足，备书恭送馆师，庶不失斯文体统。诚得实力奉行之，将师道日隆，人才日起，进为栋梁之桢，退亦足为桑梓之望矣。所谓革弊即以兴利者，此其一。

以上数条，皆宁邑切实利弊。卑职愚昧，罔达政体，仰承大人严谕饬催，不敢缄默，故不觉其言之覼缕也，伏候大人应否采择施行。至于印杂各员优劣舆论如何，知县李允性到任半载，禀性廉介，苞苴不行，因在署日少，春间代管州事，夏初奉调入闱，五月初始旋署，两月以来勤于谳决，士民引领乐观善政。训导潘岱精神强健，在任十年，熟于学务，士庶称之。典史董伟到任未及一载，素有才能，与滁口司巡检任鋕均属勤于供职之员。卑职到任甫逾三月，于各员确无异闻，除再细体察以备密禀外，并不敢畏缩游移，声张挟制也。再查宁邑早稻倍收，数年以来无此丰稔，晚稻亦有九分光景，尚未收获，合并声明。为此具禀，伏候大人俯赐查核，临禀不胜恐惧惶悚之至，须至禀者，乾隆十七年七月十二日。

大礼议

陈圣清

孝子之追崇以尊亲也，而非准之于义，则典祀丰于昵，而列祖之神不安。明主之刚断以黜邪也，而苟济之以私，则宵小伺其间，而正士之祸愈烈。世宗以亲王入继大统，未尝为孝宗嗣，其得尊崇其亲也亦宜。然继体之君有祖庙，在世宗承武宗，称先帝则武宗也，献皇帝之庙何居焉？厕之武宗之后，不可，跻之武宗之先，尤不可。未尝为帝，而文而饰之，不亦诬其父乎！未尝承统，而攀而附之，不亦渎其祖乎！此非以尊崇事其亲，实以不义事其亲耳。考世宗在位，英毅自强，而于大礼之议，举朝刑杖谪戍，几于空国之正士而去之，张璁、桂萼因此致位宰相，权倾朝廷。其后严嵩误国，亦附议礼之说，凶焰弥张，皆世宗蔽于私有以致之。李福达以从逆谪戍，逃归更名张寅，复输粟得官，出入郭勋家，事发，勋遗书马箓嘱免穷治，箓劾勋庇奸乱法，科道交章劾勋，此其本事，原易明白。郭勋疏言：臣以议礼触众怒。帝信其言，至于举朝讯福达事无异词，帝皆怒而罪谴之。李鉴、陈洸之狱，罪状昭然，亦皆以议礼触众怒之言惑帝聪，使廷臣讯狱获罪，如出一辙。一蔽于私，其为害乃至于此。使世宗不蔽于私，而以其英毅刚断，反而穷治奸回，其以造国家之福也，岂有涯哉？

虽然，杨廷和等不欲以私恩害大义，是已。至议考孝宗而叔兴献，亦非典礼所宜，而有以启璁、萼之邪说也。夫义不得称皇帝而得称皇考，不得祔祖庙而得别立庙，以此明。虽天子必有父，而即以为天子父见尊之至，公义私恩原不相悖，稽之于古皆然。廷和引汉宣止追谥悼考悼后，亦即是考兴献之证；引光武止立庙章陵，亦即是别立庙之证。使遂援此定议，则世宗所谓务求至当，应不过如此，张璁、桂萼其何从而构之？以统论，世宗承武宗，非承孝宗也。廷和既援兄终弟及之议，则同祖之弟皆可云及，何以必考孝宗而叔兴献邪？为人后者为之子，孝宗既有后矣，而复以世宗后之，是诬孝宗为无后也，且将置武宗于何地？夫礼缘义起，为孝宗后而称本生之父为叔，宜也。未尝为后，则岂其然？今方诏议追崇其父，而献议者乃并欲不父其父，亦大非人情矣。惟当日援据失实，致大拂世宗意，而璁、萼因乘其隙，反得附正义以肆邪心，至于激之愈甚，流毒不已，惜哉！抑尝考闵弟僖兄三传，皆以父子为言，然则世宗承武宗，与父子同乎？伏读《春秋钦定案》，博引群议，论兄弟相及，昭则同居昭，穆则同居穆，庙制与父子异，其义精矣。且三传所言君臣之辞，比喻之文也，礼不可以亲亲害尊尊，又岂可以君臣而渎父子之伦乎？

或又曰：继统不继嗣，当以张璁之说为正。不知当日错处，在误以世宗承孝宗耳。果为孝宗后，又岂论育养不育养哉？张璁之说，原意在逢君以图富贵，究于继统典礼全无深切著明处，致使端人受祸，群邪蜂起，转相迷谬，其罪何可胜诛哉！

族谱书法

罗天阊

谱而大书名为纲，细注字为目，妻若子属焉。忠臣孝子贤母节妇必书，所以立人极而扶天常也。文学行谊必书，人材不易得也。好善乐施亦书，于人必有可济也。著述必书，为其苦心力学，发前人所未发，而可以教后世也。科名禄位必书，扬名显亲也。诰敕封赠必书，宠锡光荣也。纳粟奏名必书，重名器也。其人尚存，虽美行不书，盖棺而后论定也。生某年卒某年必书，人之始终也。葬地必书，不可不识也。子孙从祖父曰祔，妻从夫曰合，祔合必详左右远近，惧后人不识也。生曰娶，死曰配，有继室曰元配，重敌体也。曰继室，曰侧室，分贵贱也，而所生子女各属焉。夫死而再嫁者，有子书某子，于夫葬后曰子某母某氏，义已绝于夫而犹母云者，天下无无母之人也；无子书曰已娶，嫌未昏也。娶妻曰某人之女，明所自出也。女嫁曰归某人，明有家也。娶再醮之妇曰娶某妇，曰妇云者，明非女也。女再嫁书前婚，从一而终，再嫁非母家所得主也。无子抚子曰以某兄弟子为后，出为人后者曰出为伯叔某为后，兴灭继绝之义也。抚异姓子则不书，惧乱宗也。抚同姓而昭穆不相当者，斥归本宗，惧乱伦也。出为异姓子必书，冀其归也。即为僧道亦书，望其反也。远徙外省者必详书，其人虽不反，或其子若孙不忘本，得有所据而归也。甲戌以前不尽以书法追改者，世远无征，疑以传疑也。凡此皆天理人情之可以感发人心，可以惩创人志，庶几有补于家教之万一云。

岳州筑堤开田议

吴思树

岳州城之下抵城陵矶，中山名七里山，自城至此，适七里也。由城至七里山，皆行古堤上，堤高三尺，宽四尺，长可六七里。中渡一石桥，桥高三四尺，凡堤内之水皆于是出。水无源，不常流，春夏积雨时，洞庭大湖过堤下，大江扼之，则湖流斜注，大江倒灌，由石桥空中逆而上，凡堤中数千亩之地，皆湮于水。访之居民，每岁水涨时，堤上犹可行，其没堤之水不常有，水即没堤，深不过二三尺。常凭高望之，内外皆水，堤如一桥，直至于七里山。堤以古而坚，若再加之一丈，则水不能没，塞其石桥之空，则外水不能入，所患独内水耳。内水有二道，一自南来下注之，然其来至城北九华山侧，则旧有大池，阔可二三十亩，塘塍犹存。一自东来横贯之，然其来处两山相对，口甚窄，筑之可为池。此二池者，以消内水上流，旱则开，潦则闭。如二池已闭，而水犹溢于地，则七里山下形势低而洼，于此留为潴泽，以消内水下流。又修堤时，堤上加一丈，则堤内之沟亦深一丈，皆可以受水。俟外涨稍退，如石桥塞处留一水门放之，水涨不退，内水不消，则教耕民为无数小沟入堤边，大沟多用桔槔，或泰西水车，可翻而注之江矣。此开田消水之说也。盖此与岳城南南津港之地不同者。彼地当大湖，内有大江水流，不堤则外水入，堤之则内水溢，与此迥异，不可以彼而废此也。

修堤之算，堤长六七里，以古法三百六十步为一里计之，六尺为步乘之，每三百步为一百八十丈，每六十步乘之，为三十六丈。合七里二千五百二十步，乘之为一千五百一十二丈。每丈须加一丈，每人宽丈长丈能日加一尺六寸，凡六日可加二丈，合一千五百一十二丈，共为九千零一十二日。以每日人工七分计之，为六百三十四两九钱。而水门石闸当值二百金，缩古赢今，拓余补剩加之，得千里足矣。凡用一人一月可完五丈，用三百人一月可完一千五百丈，此鸠工庀材，量地纪日之说也。

堤内之田，准古法纵横一里开方九百亩之法约算，七里当得六千三百亩。除斜狭不足，当得五千余亩。亩收二石，当得谷万余石。石准五钱，当得五千余金。今弃为灌莽澶漫之墟，鱼虾之所游，牛羊之所牧，甚可惜也。抑更有便者，暂于巴陵帑中借千金，不待谷熟而偿耳。但于募耕时用民间佃田法，每亩出银二钱，视民佃为甚轻矣。且其地势平，沟塍甚易，民必乐为之。五千亩之田，可即得银一千以完帑项，是不费一钱而收无穷之利。若得此田召耕，人受二十亩，有田者不得与，可养二百余无告之家。以若干亩为府田，若干亩为县田，凡驿传之夫费，徒卒之月粮，书院之膏火，生童考试之卷价，一切取给于此。若干亩为学田，为师生及贫生之资。是上可渐增税额，不费国而有益于国，下可积储义仓，不劳民而有益于民，一举而数善备，诚不可失已。

邱氏非左氏后驳议

谢振定

盖闻宗法废而姓氏之原紊。三代以前，姓与氏分为二，战国时以氏为姓。及秦灭六国，子孙皆为民，庶人各氏其氏，而姓氏之失于此始。两汉姓氏学不甚著。魏立九品中正法，设簿状以备选举，遂专以门荫相高。至李唐重八姓，而姓氏之论乃盛行。大抵以地望五音字体为主，援引附会，犹相沿矜尚门第之遗风焉。论姓氏者，皆原于《世本》《公子谱》《风俗通义》等书，其实亦不外乎《左传》因生赐姓，胙土命氏，及以字以谥以官以邑之说。后乃推而广之，至三十二类，如以乡以亭、以技以事、以次以族、以凶德以吉德诸目，类益繁，论益密，而穿凿支离，不可究诘。其势则然也。

自宋以来，姓氏书轶遗略尽，即唐林宝之《元和姓纂》，仅仅附见于《永乐大典》中，固未为全书也。且其书奉唐相李吉甫之命所著，只二十旬而成，断难洞悉源流，具臻美备。故于国姓无定论，于自姓不知所由来，已见讥于郑氏渔仲。博雅者当不其然，而乃奉此以为姓氏之金科玉律也，可乎哉？

《风俗通义·姓氏编》固久轶，然亦附见他书，其所载邱氏为左丘明之后，尚见于《广韵》，实非无据，不得泥《姓纂》所不载而疑之。即所据《广韵》云，邱氏惟河南之邱为左丘明后，河南与齐鲁邻，何以知其与肥城之邱豪无比附邪？至左氏精舍，出于故老之流传，历代守土者祀之，或亦有所秉承。如以邱堂叙文鄙浅，断为非汉人笔，则邱堂固不以文名者，当东汉之时，焉能尽天下之人而笔势全归于醇古也邪？夫姓氏以谱牒为据，谱牒以墓地为据，左氏墓在肥河乡都君庄，又名衡鱼村，其地名里数既与《魏书·地形志》、唐《元和郡县志》、宋《太平寰宇记》吻合，又其子孙世守丘墓，聚族而居，相传已七十余代，虽其详不可知，要必不始于近时，岂有逆料其后必有博士之设，而预冒一祖以为之地乎？如以邱氏非左氏之后，能尽逐其子孙于异地，而令其别立一祖乎？左氏而不立博士则已，左氏而立博士，则舍守墓之邱氏，而谁与归？

且夫谱系之难详也，杨子云之于晋杨侯、司马子长之于程婴、沈休文之于沈子嘉、白乐天之于白乙丙，文人袭讹，往往有之，断不能于千百载后，一一而是正其真赝。故邱氏之祖丘明，亦犹叔氏之出共叔、皮氏之出樊皮、员氏之出伍员，其子若孙既有所受之，仍宜因仍其旧也。我朝为左氏设奉祀生，以肥城邱姓主之，盖因宋祥符初封瑕邱伯时，已有令邱姓承祀之举。亦如东野氏为伯禽第三子，得以奉祀周公，是皆据邑乘之所胪，允大吏之所请，酌古准今，类非臆断。何得竟议其误邪？

案《古今氏族谱》，以丘明为左史倚相之后。而明方氏《通雅》所载单姓邱者，不尽出于（毋）〔毌〕邱，引孔平仲《杂钞》云左丘明本邱姓，李太虚言湖州人有发古冢得碑者，纪南朝邱迟为左史丘明之后，王元美驳之。亦不知丘明之确为左姓，又言孟奇亦有丘明不姓左之说。据此则丘明为左史倚相之裔，与邱氏为丘明之后，昔之人亦尝言之，不尽出肥城邱谱之杜撰矣。

尝谓考古之士，与其以意轩轾，毋宁慎言其余，如啖助、赵匡谓《左传》非丘明所作，或以为六国人作，或以为出于子骏，或以为出于三晋辞人之手，亦不过姑存之说，不得撤左氏学官之立、西庑之享。其即疑以传疑，信以传信之微旨也欤？要之考宗族则他人不如其子孙之审，核情事则悬揣不能比守吏为详。《左传》一书，瑕瑜不相为掩，然其有功于《春秋》，则古今人无异辞。汉建武中曾立李封为左氏博士矣。李封非左氏后也，有能世守其墓者，则以之奉祀也宜，即以之袭博士也亦无不宜。不然，据残阙之书，而欲更邱氏世世所奉之祖，是乌足以服子孙之心？又乌足以垂百世不刊之令典也哉？谨议。

浦市善后事宜议

严如熤

浦市风樯云帆，烟火万家，东南一大都会也。而西、北、南三面皆毗连苗境，资货堆集，既启奸徒垂涎之心，地势坦夷，又无武夫当关之险，一有苗警。受祸最烈。沅泸当其下游，不免风声鹤唳之警。去岁屡经焚掠，商民畏苗如虎，赖当事焦心劳思，两载筹画，念人非险莫凭，修大堡而粗安矣，堡非人莫守，练乡勇而粗固矣。然将来大功告竣，官兵尽撤，乡勇亦不能久糜国帑。堡内固可安堵，堡外瓦寨垅、浦溪、蛾眉湾各处，则难保其绝无苗警。各处果有滋扰，则堡内亦必人心惶恐，土著之家不能安业，远来之客不肯停贩。且仅存堡内，则本市规模狭隘，即邀天之幸，苗不复来，而市廛已难复旧。又况苗人贪狡成性，经频频得利之后，心中无刻忘市，势同垒卵，危如巢幕，安得忘远虑而致近祸哉？

鄙意为此方画久安长治之策，莫如于见在大堡之外，更建三小堡。市正西之瓦寨垅，地势高敞，拊市之背，就民居形势度之，周遭不过二三里，于此间成一堡，则可以当高山坪、杨球坪苗来之路。市正南之浦溪，为本市左臂，东之钓坡园及沿溪而西，有水可凭，只须用一围墙建堡，从黄泥桥起，至岩垅头止，约不过三四里，此堡成，而南自杀人溪、军屯、小颜坪，西南自硬山长坪、高垅头之苗路，俱截断矣。市正北之蛾眉湾，为本市之右臂，如筑堡由新桥绕岩子坡，至旧衙上手河坎而止，亦不过二三里，此堡成，而青竹坪、花园坪之苗路，有以当之矣。

熠且就建三堡之利而言之。大堡固雉堞连云，而堡外一无可恃，则尚属无援之孤城，有三堡而星罗棋布，声势雄壮，为全楚之雄藩，一利也。三堡基地，居民不敢起造房屋，数年后荆枳自生，狐狸所嗥，岂不可惜？三堡成而渐次居住，今虽废墟，日成乐土，二利也。本市贸易要地，为各省商民所恋，残败后，来市者不敢复挟重资，即间有所挟，亦寄顿舟中，不肯住市买卖。三堡成则外有所捍，而大堡可以高枕无忧，远商自当放心贸易，阛阓日盛，三利也。浦市后顶大朝山之脉，前环以大江，形家称为盛地，但地势涣散，三堡成而前后照应，左右回环，于收藏之中寓透露之致，风水更美，四利也。至遇苗警之时，近浦东村民可辟入浦溪堡，西北村民可辟入瓦寨、蛾眉二堡，分居各堡，免聚处而生疾疫，而村民与堡民相兼防守，即备堡内佽助之兵役，五利也。夫于浦市上下十余里，屹然而峙四堡，无论鼠窃残苗，不敢存觊觎之心，即使勾结大队，欲分攻四堡，则万万不能。大堡建三望楼，三堡各建一望楼，瓦寨堡则就印家桥修甬道以通往来，蛾眉湾堡则就新桥修甬道以通往来，浦溪堡则从吉家头筑围墙以护往来。遇警则于望楼鸣锣吹号，指示埋伏堵截，而从甬道暗传消息，分之而为四，合之而为一，望之如五花八阵，而实具率然之势。各堡人自为战，固地小而易守，大堡得三堡为屏，即地大而亦可固。此议果成，本市数百年之福也。

至经费所用，约计三堡之资与大堡相埒。市中旧多殷厚，而经苗变之后，元气俱已损伤，即三堡内见在有屋之家，亦不可过为派累。总之为合市计全安，而不宜心分畛域。见薄收厘头之议，即可通用于盐铁、花蜡各货，经费筹之商货，庶疮痍之居民不病。夫流俗之情可与乐成，难于谋始，今使为地方谋安全，而必重困此一方，即不为之可也。且使于商货谋蝇头，而将微润乎己囊，即不为之可也。周别驾实心实政，久为地方所服信，如饬主持于上，而择市中公正殷实之绅耆，俾畴司入数，畴司出数，畴庀财而鸠工。堡工告竣，即将厘头停止，上不费国家公帑，下不借难黎之家私，而令东南大都会永固金汤，古人铜柱盛业垂之史册者，不过如此矣。

覆汪大中丞清理虐政议

唐仲冕

本月十五日，接奉宪札，指示年岁收成，当先清理虐政，以迓甘和，分列四条，剀切告戒。仁人之言，其利溥哉。回环雒诵，反复细绎，恍如甘雨和风来集纸上，仰见执事体圣天子中和位育之庥，著官箴而恤民隐，非寻常文告所可比也。伏念海州地瘠民贫，十年九荒，非蠲即缓，自旧岁小稔，新麦登场，民始知有生业，乐于输将。然去秋今春，雨泽愆期，卑职登山浮海以求之，幸而得雨。诚如钧谕所谓临时引咎祷求，事后追悔补救。今蒙执事诚求丰歉之由，确示感召之要，抚躬循省，踧踖难安，谨就四条情弊，据实登答，不敢作一欺心之语。

伏查班房久经禁撤，而犹阳奉阴违者，贪者借为恐赫取财，惰者任听胥役索诈。卑职入官以来，颇以廉勤自矢，除小窃贼犯拘伙吊赃暂行管押，俟结案发落外，其余词讼案件，从无羁押之累。每遇准理差票，必酌道里远近，人数多寡，朱限某日解到，即于是日审讯，更无送卷挂牌等事，以致耽延。傥或逾限，重责原差。又随时密查各饭店、客寓寺观等处，恐有寓居讼事之人。或两造已齐，而原差不禀到者，立予严惩。至于审理断结，即令释回。或案难率结，准取的保，亦并不闻有取保难行之说也。枷杖例有定式，历任所经，江南多不及式，江北或稍过之，亦不至板重十余斤，枷重百余斤。如卑州僻处海滨，界连东省，间有曳刀私枭匪犯，情重法轻者，若以蒲鞭示辱，反致水懦民玩。地方官德不足以化民，虽不得有惨酷之实，亦不可无严威之名。卑职素性慈柔，人多慢易，勉为峻厉，法在必行，故得凶徒渐戢，良善稍安。然如连根之杖，数孔之枷，任意敲扑，累日叠责等弊，亦不敢故为残忍，致撄祸尤。若夹棍之设，原为重犯狡赖而用，平常讼件借以取供，必成锻炼。历官十余年，从未轻用。比较代杖，江以南多有之，官吴中时深知此弊，不肯堕其术中。劝谕征输，虽间有赔累，亦有粮则稍重，民力未纾，未尽催科之拙也。此地则权其缓急，年清年款，无所用其比较。凡此四者，皆足干阴阳之和，召水旱之灾。且明有典刑，幽有鬼神，计惟奉钧札于座右，朝夕警惕，勉而行之，以期实效。

抑卑职窃由执事清理虐政之意而推广之，狱讼繁多，易滋拖累，胥役肆扰，鲜获戢休。大约易准难审，则讼师逞其伎俩，多差少解，则胥役恣其诛求。亲讯呈词，以察其端倪，勒审速结，以绝其支蔓。不转票，不添差，以省纷烦。讼师工于搭台，倘词近架捏，必究暗中主唆之人，以靖险健之习。差役擅持铁索，苟案非命盗，必标“不许用锁”四字，以断吓诈之缘。此固寻常治官之法，而以实心行之，或亦清厘庶狱之一端乎？要使百姓无生怨恶，斯四时自协雨旸。伏惟执事本恺悌之怀，酿和平之福，卑职不能导迎善气，又安敢稍涉浮辞？惟望采择施行，俾吏尽其职，民安其生，则非特卑职一人之私幸也。

与乡耆约减粜弭乱议

邓显鹤

道光十有二年，岁在壬辰，湖南瑶逆赵金陇作乱，吾邑谷价骤贵，石粟值钱二缗，所在聚众揭竿，抢劫民仓。县官日行酷暑烈日中，周历村落，弹压擒治，桀暴者至敢与官抗，四乡汹汹。吾村幸安堵如故，且相诫曰：毋嬲邓先生也。呜乎！余德不足以服众，而乡之人顾乃爱重信服如此，岂平日真能修德于乡，有以默化之邪？亦蒙其矜悯而已。

先是，余亟约里中存谷家与贫民之待籴者，同日赴近村之十里铺，而先召存谷者密语之曰：天灾流行，何国蔑有，邻境遏粜，尚申盟誓，矧同乡井忍坐视其为饿殍填沟壑乎？以情理论之，闭粜不祥。夫四乡之所以汹汹者，以富家谨守盖藏，抵死不肯减价，其意以为奇货可居，乃不崇朝而仓廪一空，此虽罪在乱民，实为富不仁者之有以自召。今邑中若此扰攘，诸君尚欲积粟以贾祸乎？以时势论之，祸在眉睫，闭粜尤不利。诸君顾虑不及此，抑何愚也。为今之计，急宜减籴以恤灾，且以息祸。诸有谷者皆唯唯。乃出语贫民曰：富民之昂值求赢，咎固不容辞，然遂聚众劫掠，与白昼杀人者何异？朝廷三尺法在，罪不容赦。且聚数十百人而劫一家，人获几何？以升斗之粟，致令全家受桎梏之苦，罹搒笞之毒，甚且不能保其首领，亦何自戕其生之惨也。若等悉良百姓，我为若平粜以给旦夕之需，能从我约，可乎？众皆唯唯。方是时，余家贮谷无几，爰与从子琳计口留粮，劣供饘粥资，余悉减值粜之。或有背负稚子，手持百钱，求易粟斗许者，则哀而予之，不计值。于是里中稍稍存谷者，皆平粜，一乡皆帖然无敢倡为乱者。呜乎！当饥馑荐臻之岁，余家存谷仅戋戋耳，而一家老幼妇子皆赖以活，一乡颠连困苦、嗷嗷待哺之众，亦得余为倡而胥赖以存，此可见稼穑惟宝，余九余三之式宜筹之于早，亦以见吾乡地虽贫瘠，俗尚淳厚，为极可悯可恤可亲可爱之至矣。

然乡使余家不有薄积，首先出粜，亦难以口舌争。然则世之足谷翁何惮不为积善之行，而必以身殉财邪？是亦愚之甚矣。《洪范》五福，次言富，而申之以攸好德。言乎既富，则必好德，而后长保其家。亦言既富则易行德，而非虚有其愿。夫窭人子矜言利济，有其心而无其具，惟富而好行其德者，乃可以畅然满志。故尝以为天下之患不在细民之穷，而在富民之穷，善治天下者，务使富民宽然有余，斯穷民得所养而不致失所。假如一郡能多得富而好德之人，则一郡之穷而无告者，皆可望其周恤而安全之，使之相维相系，不致流为盗贼，而驯至于寇乱。一乡能多得富而好德之人，则一乡之穷而无告者，皆可望其周恤而安全之，使之相维相系，不致流为盗贼，而驯至于寇乱。故富民者，穷民之命，国家之府，朝野上下元气之所关，匪细故也。顾无如世之为富不仁者比比也，不亦重可惑哉！

祀何忠诚公于湘潭流水桥议

邓显鹤

明督师何忠诚公之殉节于湘潭也，其地为流水桥，稿葬在是。后虽启殡迁去，而精爽长留，潭人言月夜尝见有红袍玉带徜徉桥畔者，公之灵也。

先是，公部将张熹宦者，襄阳人，有胆略，以都匀右营游击从公于武昌，公任之笃。左良玉之变，闻公投江，夺舟追及，正渔舟救公于关将军庙时也。自此展转从公，累功晋都督同知，戊子代镇将胡一清驻武冈。时武冈再复，公亲书送行诗云：江南江北望如云，岭表孤峰带夕曛。报国惟凭心与力，勤劳今日属将军。熹宦至武冈未久，闻长沙变，领所部从衡岳后山奔援，抵花石，而公尽节已五日矣。熹宦闻，大哭坠鞍，拔佩刀自刎，为其下抱持慰止。张氏家传云：抱持者，同官胡跃龙也。少间，饮泣大呼曰：公尸未得，宦何敢死？乃驰诣湘潭，与老僧沿河行索，得之于流水桥，其地在今湘潭十四总。亲负之出，具棺用常御袍带以殓，躬瘞于桥岸双柳树下。于是熹宦遂誓死守公殡不去，为潭人矣。屡致书公子文瑞曰：主帅死忠，裨将收骨，分也。熹宦所以久于潭而不去者，以当日覆一抔土者惟熹，欲留以待公子之至，亲指其地，白之有司，乞公骸骨归丘土，与殉节夫人合葬，然后公之一门节烈，砰礴照铄于天壤而无憾。盖公配王夫人，亦闻公丧而以死殉者也。其后湘中有水灾，熹宦卒遣人往五开迎公子凯及从子之玉来潭，张氏谱：其年乙巳，盖康熙四年也。引至瘞所，痛哭展祭待启。当瘞公时，共秘其处，惟故守备曾启先、衡阳丁德所豆腐家老暨老僧与熹宦弟某仆老冬数人知之。至是相与启函，颜色如生，双眸炯炯，项下长新肤，棺中衣不解带，体全蜕出。咸惊讶称异。灵车既发，熹宦擗踊哭送，谓公嗣曰：熹宦十七年心事，今日始尽，所望于我两家子孙者，建一祀于此地，则公精爽常在湘天矣。

今越百八十年，祠初未建，其地且为市人侵占，欲求流水桥双柳树遗迹，无有能言其处者。余重刻《楚宝》时，憾吾乡表章忠义之典未尽也，曾发其端于增辑中。嗣又为邦人上官数数言之，以谓公撑持残局，尽瘁湖南，其心则崖山之心，其志则文山之志，与史忠正之殉扬、瞿忠宣之殉桂同例。今扬州之于史、桂林之于瞿，春秋享祀，奔走恐后，而湖以南独无半椽一楮之奠，如之何其可也？今闻潭人有稍稍议及此者，但公殡地久湮废，骤难规复，议别建祠于他所。余谓公神无不在，然其精光不昧，时隐见于古桥双柳间，非祠于此，无以妥公灵也。彼都人士致多君子，终必有起而任其事者，故书公墓而详及之。谨议。

迁祀宁乡令邱公暨邑中殉难一百三十六人于北郊义士庙议

邓显鹤

邑北郊有故邱公祠，祀前明宁乡令邱公及邑绅士殉难一百三十六人。祠建于明邑侯党哲，岁久荒废，无可稽考。乾隆二十八年，陈文恭公抚湖南，檄侯令可仪求其地不得，乃就北郊灵官庙侧义士庙故址重建，即今祠也。嘉庆十三年谢侯攀云、二十年王侯余英前后补葺，祠以是不废。道光七年，显鹤来铎斯土，故事岁春秋学官率弟子员修祀事于其祠，至是见其地势逼仄，庭宇卑陋，慨然思所以更之。辛壬之间，邑诸君子奉功令建节孝总祠坊于北城外，阴阳协相，基址宏敞，意欲因利乘便，迁祀邱公于其左，而高大其垣墉，增广其堂庑。遍商之邑君子，询谋佥同，盖公与百三十六人忠义之气在人心，而都人士秉彝好德之良尤不尽昧也。谋未定，会江华瑶丑蠢动，邑当孔道，军书旁午，当事无暇他及，议遂寝。久之，遂无有过而问者。

窃尝论之，明季流寇之祸凶焰炽天，所在皆望风靡，而公以无城可守之宁乡独当其冲，慷慨誓师，捐躯遂志，而其时荷戈赴难，万死不顾，甘以身殉者，又皆莘莘俎豆之士，至一百三十六人之多。后之过此都者，式其城可也，而况亲为其编氓，同里子姓姻婕，有不欷歔凭吊，求所以妥忠灵而永肸蚃者乎？抑余重有感焉。昔李忠节、蔡忠烈之殉潭州也，宾客仆隶皆乐为之死。二公后先相望，彪炳史册，锡予美谥，载之祀典，潭之人无不知有二公者。然二公之名在天下，亦犹其在潭也。公于二公之死同，又益以百三十六人同殉之烈，而前史不书其名，方志并逸其事，易名之典缺如，表忠之祀行废，伊可伤也。又况先邱公而殉者，有摄县事之府经历莫君可及与其子若鼎、若珏，而义士庙复专为捐躯捍贼之砦官余君升设，其事均见堵文忠公所为《忆江楼》诗。今邱公之祀幸存，而义士之名反佚，经历之祀无闻，鬼而有知，能无怨恫？且此百三十六人之膏血北郊者，半已姓名没灭，蕞尔一祠，不及今维护而更新之，再阅数十年，恐遂夷为平地，而百三十六人之英魂毅魄，与邱、余、莫三公之精爽英灵，同湮没于荒烟蔓草中而莫之知也，岂不哀哉！所望邦人君子、故家大族各解私囊，同襄义举。显鹤拟通详大宪，上其事于史馆，请谥锡祀，以阐幽魂，以光盛典。谨议。

湖南文征　卷十四

议下

增祀圣门仲孙何忌七贤议

王泉之

窃惟重道崇儒，首隆禋祀，发潜彰隐，端赖表扬。孔门从祀诸贤，自颜子而下七十六人，惟公伯寮、秦冉、颜何见于司马迁《史记》，蘧瑗、林放见于文翁成都庙壁画像。明臣张璁疏正《祀典》，以公伯寮、秦冉、颜何、遽瑗、林放五人不载于《家语》七十子之数，俱请罢其从祀，改祀瑗、放于乡。雍正二年，我世宗宪皇帝特谕礼部衙门曰：祔飨庙庭诸贤，皆有羽翼圣经、扶持名教之功，然历朝进退不一，而贤儒代不乏人，或有先罢而今宜复，有旧缺而今宜增。敕下九卿、翰詹、国子监、科道等，会同详考定议。时廷臣议，改祀于乡下之林放、蘧瑗、郑康成、郑众、卢植、服虔、范宁，及罢祀之秦冉、颜何、戴圣、何休，凡十一人，应复祀，孟门弟子乐正克、公都、万章、公孙丑、汉诸葛亮、唐陆贽、宋韩琦、尹焞、黄幹、陈淳、何基、王柏、元金履祥、许谦、陈澔、明罗钦顺、蔡清、本朝陆陇其，凡十八人，应增祀。嗣奉上谕，宜复宜增，必详加考证，折衷尽善，使万世遵守，永无异议。廷臣再议，戴圣、何休、郑众、卢植、服虔、陆贽、韩琦毋庸增祀，又请将孔子弟子县亶、牧皮、宋儒魏了翁、元儒赵复一并增入从祀。是我朝于诸贤诸儒，有功圣道，有裨名教者，无不特沛殊恩，咸予祔享，诚旷古所未有。

泉之于公余之暇，研习经史，窃见孔门弟子尚有载诸《论语》《孟子》《礼记》《左传》《家语》《史记》诸书，不与《家语》七十子之数，而确为孔子弟子者七人，曰仲孙何忌、曰孺悲、曰惠叔兰、曰公罔之裘、曰序点、曰颜雠由、曰孔璇。考之圣裔孔继芬所述，袭封衍圣公孔昭焕《阙里文献考》刊本，载有仲孙何忌等十二人，内除仲孙何忌之兄仲孙说。考之《论语·子谓南容章》朱注：南容，孔子弟子，居南宫，名縚，又名适，字子容，谥敬叔，孟懿子之兄也。是仲孙说即系久经从祀之南宫适，并非另有仲孙说其人者。余如见于《庄子》之常季、《晏子》之鞠语，皆为经传、《论》《孟》《家语》《史记》所不载。而鲁峻石壁画所绘之子服何虽，即子服景伯，见于《论语·公伯寮愬子路于季孙章》之注，第无弟子确指，皆不敢滥拟渎请。即《礼记》所载之宾牟贾，虽有侍坐论乐之文，然亦无弟子考据，文内又有孔子称宾牟贾为吾子之处，查之载籍，孔子称门弟子无称吾子者，亦不敢遽请从祀。至如仲孙何忌，载在《左传》。孟僖子云：若获没，必属说与何忌于夫子，使事之而学礼焉，以定其位。故懿子与南宫敬叔师事仲尼。杜注说南宫敬叔、何忌、孟懿子皆僖子之子。载诸《家语》者有云：南宫说、仲孙何忌既除丧，定公命之，辞曰：先臣属家老使命二臣，必事孔子而学礼，以定其位。公许之。二子学于孔子，则仲孙何忌之为孔子弟子明矣。载诸《礼杂记》者有云：恤由之丧，哀公使孺悲之孔子学士丧礼，《士丧礼》于是乎书。郑注云：时人转而僭上，士之丧礼已废矣，孔子以教孺悲，国人乃复而存之。是孺悲之为孔子弟子又明矣。载诸《家语》子游传者有云：子游特习于礼、尝从孔子适卫，与将军之子兰相善，使之受学于孔子。考之《礼记·檀弓》，兰即司寇惠子、将军文子之弟惠叔兰也。《家语》所称将军之子兰，似系将军之弟惠子兰，而佚其“弟惠”二字，遂致承袭之误。是惠叔兰之为孔子弟子又明矣。载诸《家语·观乡篇》者有云：孔子退而与门人习射于矍相之圃，射至司马，使子路执弓矢出列筵，又使公罔之裘、序点扬觯而语，射既阕，子路进曰：由与二三子者之为司马，何如？孔子曰：能用命矣。其载在《礼记·射义》者大同小异。则公罔之裘、序点之为孔子弟子又明矣。载诸《史记》者有云：孔子以《诗》《书》《礼》《乐》教，弟子盖三千焉，身通六艺者七十二人，如颜浊邹之徒。《孟子》云：于卫，主颜雠由。朱子注：颜雠由，卫之贤大夫也，《史记》作颜浊邹。则颜雠由之为孔子弟子又明矣。载诸《家语》叔仲会传者有云：叔仲会与孔璇年相比，二人迭侍左右，孟武伯见孔子而问曰：此二孺子之幼也，于学岂能识于壮哉？孔子曰：然。少成则若性也，习惯若自然也。则孔璇之为孔子弟子又明矣。

夫道莫大于五伦，文莫备于六艺，礼乐尤君子所斯须不去者也。仲孙何忌受父命而学礼，故孔子于问孝而犹以无违喻之。孺悲学士丧礼于孔子，俾已废之礼国人复书而存之。惠叔兰以子游特习于礼，与之相善，因之受学于孔子，子游正其礼于身后，师友之成就者不浅也。射为六艺之一，矍圃之射，观者如堵墙，弟子之与射圃者不少也，夫子独命裘、点二子扬觯而语，以继子路之后，非以其容比于礼，节比于乐乎？《家语·弟子篇》所载七十七人，无颜雠由，亦无颜浊邹之名，《史记》称身通六艺七十二人，而以颜浊邹冠之，则其受学于孔子，不得仅以三千徒众概之矣。孔璇虽幼，与叔仲会迭侍夫子左右，亦可谓彬彬有礼矣，较之载于《弟子篇》无言行可考，而仅存其名于左郢石处颜相、秦祖诸贤，不尤彰明昭著邪？且仲孙何忌与南宫适，同承父命受学于孔子，今祀适而遗何忌；孔璇与叔仲会同侍孔子左右，今祀会而遗璇；惠叔兰与澹台灭明同为子游所取之友，使之受学于孔子，今祀灭明而遗兰；孺悲学礼于孔子，而士丧之礼得赖以存，林放问礼之本，而俭戚之宜于焉昭著，今祀林放而遗孺悲。如谓取瑟而歌，曾见拒于孔子，彼鸣鼓而攻者，不亦尝见绝于孔子乎？不知孔子之不见孺悲，在未学士丧礼以前也。《仪礼·士相见礼疏》载：古者士相见必由介绍。孺悲不由介绍，故孔子不见，若既学礼，是师弟也，常见何用介绍？朱子以学礼在前，见拒在后，是《仪礼疏》全未寓目，致令圣门首先传经之贤不列禋祀，谓非朱子谬解《论语》之过乎？矍圃之射，子路列筵于前，公罔之裘、序点扬觯于后，孔子皆称之能用命，子路久跻十哲之祀，而裘、点未叨明禋之荐。颜雠由与蘧瑗同为卫之贤大夫，孔子皆主于其家，《史记》独以颜雠由冠诸身通六艺之首，蘧瑗已邀复祀，而雠由未得祔享。他如汉以后有功圣道，有裨名教，窥户牖而涉藩篱者，皆得其门而入，乃以亲受业于圣人之门者，反令其宫墙外望，未始非缺典也。

我皇上重道崇儒，发潜彰隐，既以明臣刘宗周从祀西庑，又以本朝臣汤斌从祀东庑，又以明臣黄道周从祀东庑，明臣吕坤从祀西庑，唐臣陆贽复祀东庑，明儒孙奇逢从祀西庑。重学术即所以正人心，正人心即所以广教化而厚风俗也。泉之肤浅之见，未能窥圣贤义蕴于万一，惟念诸贤之在圣门，于《论》《孟》《礼经》《左传》《家语》《史记》俱有行事纪载，或昔未议及，或议及而各执己见致未陈奏。欣逢文教覃敷之日，正诸贤幽光阐发之时，用敢不揣固陋，敷陈刍荛，可否依经具奏，增祀仲孙何忌、孺悲、惠兰、公罔之裘、序点、颜雠由、孔璇七贤，俾与二千余年始行从祀之牧皮、县亶并入圣朝典礼，以补缺漏，以广皇仁，以妥诸贤不朽之灵，而圣门无遗祀矣。谨议。

增祀章水神议

王泉之

《祭法》曰：山林川谷丘陵能出云，为风雨，见怪物，皆曰神。有天下者祭百神，诸侯在其地则祭之。又曰：山林川谷丘陵，民所取财用也，非此族也，不在祀典。故天子祭天地山川岁遍，以其皆有功烈于民也。《管子》曰：水之出于山而流入于海者，曰经水；水别于他水，入于大水及海者，曰支水。江西之水以章为经，其源出崇义县西南九十里聂都山，旧隶大庾县，明正德十一年王守仁抚赣，征服横水、桶冈贼，设崇义县，割大庾平正乡义安三里与崇义，山亦隶焉，绵亘四十里，与湖南郴州宜章县界。山脊自西而东，水流江西，《山海经》云：赣水出聂都东山，盖谓此也。东流七十里，入大庾，而良热水入之。《寰宇记》云：热水，昔名豫水，汉置豫章郡，因此水源以为名。是章水发源于本省最先而最远，汇十二水至赣县而合于贡，故章水为经水也。

贡水之源有四：一出于项山之麓，曰龙溪，即湘水也，地为平远长宁界；一出于武平袅嵊崍张坑洞；一出于长宁周畲山；一出于汀州之新乐山。项山远而新乐近，则项山之湘水又当为支水之经水也。《寰宇记》言：贡水源出雩都县新乐山，亦未为确论也。《汉·地理志》注雩都言：湖汉水东至彭泽入江，行千九百八十里，并未言源出何山，是湖汉之为贡水，犹彭水之为章水也。章、贡名水，郦道元讥北齐刘澄之以“贑”字为说。晋《太康地志》载赣县属南康郡，因水以为名。《虔州图经》：章、贡二水合流为赣，其间置邑，因为赣县。《广韵》云：贑，亦作赣。贡合二十六水抵赣城北，入于章水。章、贡既合，渟滀于储潭，由是汇吉、袁、临、瑞诸郡之水达章江门，由南昌县左行；合抚、建、广、饶之水入东鄱湖，由新建县右行；合宁州、武宁、靖安、奉新、建昌之水入西鄱湖，皆章水之所经而入者。东章西贡，贡近而章远，经章而支贡，宜也。

奔流澎湃，合东西鄱湖而皆经，利舟楫而备材用，为风雨而见怪物，必有神焉，实式凭之。礼崇报功以昭德，章水神独无庙祀，非缺典乎？都昌元将军，明洪武间仅附祀于湖神庙，嘉庆十四年前，抚臣先奏请立祠专祭，敕封显应元将军，春秋遣官致祭，帆樯顺利，粮艘遄行，神之为灵昭昭也。况章江纳众水而汇彭蠡，为江西薮泽巨浸，岂可失其禋祀乎？圣天子怀柔百神，有功德于民者祀之，今既增立章水神祠，自宜以贡水神配之。其从祀诸水，则以《汉志》与《水经》为断，曰豫水、曰庐水、曰淦水、曰南水、曰蜀水，以次祀于右，曰盱水、曰余水、曰鄱水、曰修水、曰缭水，以次祀于左。道尚右，礼也。谨议。

黔省下游各营专设捕盗兵丁议　贺长龄

设兵所以卫民，卫民即以保国，大用之则征讨叛乱，小用之则缉捕盗贼，能缉捕盗贼而不能征讨叛乱者有之矣，未有不能缉捕盗贼而能征讨叛乱者也，何则？大小之用异，则难易之势殊也。然欲其征讨叛乱，必自缉捕盗贼始，何者？兵事难以尝试，未经战阵，虽有长技不足恃也。惟用之捕盗，则追亡逐逋，非捷不可，格斗击刺，非勇不能，蹑险搜窝，非胆不敢，是亦临阵之先资也。孰与夫按期排操，徒为观美，而不适于用也哉！今天下绿营兵，每省多者五六万，少者一二万，不为寡乏矣，而能缉捕者卒鲜，于何验之？试观邸报，吏兵二部获盗引见者，文员多乎？武弁多乎？武弁不过文员十之一二耳。又观刑部盗案题本，凡首先获犯者，文员多乎？武弁多乎？武弁先获者不过十之一二，大率协获者十之八九耳。况所谓协获者，半出文员情面带叙，半由武弁嘱托免咎，其为乌有子虚者又十之八九乎！

第就黔省近日言之，各案获盗者，文员多乎？武员多乎？公牍具在，可考而知也。计黔省文职养廉不过八万，而武职廉俸兵饷多至八十万，各营将弁多于文职数倍，兵丁多于差役数百倍，受国家之豢养如此其厚也，备国家之任使如此其众也，营房塘汛棋布星罗，若使处处认真，宵小从何托足？乃盗风仍未止息者，岂兵之不能缉捕哉？武弁不肯讲求耳。其不肯讲求者，则意在偷安，直以此事诿之文员耳。诿之奈何？则曰经费无出也。然则平日所食之饷，竟皆虚糜乎？民出财以赡兵，兵出力以卫民，值此承平无事，幸少征调之烦，独不可为民除盗乎？即有赏需，遂无闲款可筹乎？则又诿曰兵不识盗也。夫兵丁孰非本地之人，弁有去来，而兵皆土著，可云不识乎？即有外来之贼，亦不过附近匪徒耳，差役能识，兵丁独不能识乎？即云不识，亦由于不捕耳。

捕之斯识之矣，而奚诿焉？

夫既为兵丁，孰不宜缉捕？今乃议设专兵责之捕盗者，欲使不得以差操借口耳。且责成专，则心力自一也。其法按兵额之多寡，每百名内酌设十名，或五名，责以专拿盗贼，一切递解人犯、护送饷鞘诸杂差，概行免派。其人宜募勇黠而与盗习者，令其专习拳棒、刀矛、枪炮、跑山、跳涧等技，择弁之健壮者领之。即平日无赖而今能自新者，亦准收用。黔省下游古州、镇远二镇之兵，不下二万，即可得二千人，或一千人，分别才具高下列为二等，上者食战粮，次者食守粮。无事则约束归营，有事则遣出侦缉，酌筹闲款，以为赏资，有能破窝擒魁、历著明效者，即予超拔。如是而兵不鼓舞不能获盗者，必无之事也。此以盗捕盗之法也。

则有难之者曰：捕盗而被伤或且死，则奈何？查定例：捕盗兵丁有受伤亡故者，照阵亡例赏恤，带兵官例无处分，如不实力擒拿，武弁则题参革职，兵丁则重责除粮。然则与其退缩而受罚，何如勇往而蒙恩，即不幸而被伤至死，且得照阵亡之例，恤赏有加，荣及身后。若伤未至死，亦分别能当差不能当差，照绿旗阵伤例优加赏赉。何去何从，不再计决矣。且其中又有三利焉：鸡鸣狗盗多出异材，可为国家备干城；飞扬跋扈收入樊笼，可为闾阎息事端；其狼子野心终不驯伏者，阴以法诛之，可为地方除后患。夫亦何惮而不为此？今我皇上患各省盗贼之多，凡文武各员之以获盗引见者，无不立加擢用。即以黔省论，文如谭同知以知府用矣，吴经历以通判用矣，武如春副将以宣化镇用矣，此尤利之大者，皆前此所未有也。现今黔省缉捕，无不严核功过，明示赏罚，但有微劳，断不埋没，近日黎平吴补心一案可鉴矣。诸将弁幸际此时，明明上进有阶，何不力图自奋乎！然武弁又有词矣，曰：此辈入营，必不安分，恐滋事干议也。是又不然。试问在营之兵，岂无滋事者？孰非倒提年月，作为开革名粮乎？何独于此而疑之。下游各营行之而效，即可踵行于上游，需以岁时，则兵之懦者日以健，弁之怠者日以勤，遇有缓急率之以行，必能奋勇杀贼，立功得官。如此则凡为兵者，皆将欣然慕效，踊跃从事矣。此奇正互用之法也。

前岁钦奉谕旨，令各州县召募土兵，当此太平闲暇，亦惟用以缉捕耳，则何如设专兵以捕盗，而即以隐储敌忾之资，尤为计之得也哉！或曰：此辈聚于营伍，不虑犷悍难制，或生他变乎？此更不然。每兵百名中，此辈不过十名五名，何能为患？倘或不靖，以十人制一人，未有不就缚者。譬如善医者，以乌附、硝黄猛烈之药攻病，而用大剂人参、甘草驾驭之，则其力更大而元气无伤，治兵一治病而已矣。无增兵添饷之烦，而坐收靖乱安民之实，为今之计，似无逾此，特须实力行之耳。行之不力，而辄以小小窒碍追咎始议者之非，则区区不任咎也。谨议。

更定豁免章程议

彭永思

本日江南司传奉中堂交下《豁免章程》一分，内称嗣后豁免，照旧欠之数，在次年新赋内免征等语。江南司以竟免新赋，简而易行，如照旧欠之数抵免，殊有窒碍。奉中堂谕，从前成案俱系豁免积欠，现拟折内只免次年新赋，不免节年积欠，虑与成案不符，是否可以竟免新赋，俾拖欠者知有欠不免，不敢抗延，全完者亦知不欠官粮，普沾恩惠，各省司公同酌覆等因，职奉此，仰见中堂轸恤民瘼无微不入之至意。

伏查嘉庆二十三年以后节年民欠，计银二千一百六十余万两，米四百五十余万石，川贵两省无积欠。现在奉天、山西、江西、甘肃、湖南、福建地丁漕项，及湖北地丁、长芦等处盐课，已据题销在案，未销民欠尚有银一千六百余万两，除安徽、江苏共未完一千万有零，其余直隶、山东、河南、浙江、两广，合计不过六百余万两。小民各秉天良，惟正之供，未有甘自拖欠，只恐偶罹偏灾，禾麦无收，即如安徽、江苏、河南、山东诸省，连年奏报，被淹村庄不少，奉旨缓征，不一而足。如逢豁免，止免次年新赋，不免积年旧欠，倘次年仍复被灾，则新赋虽免，如同未免，从前之欠愈欠愈剧。若尽免积欠，则四川、贵州省分历系年清年款，曾无逋赋，一遇豁免，必至向隅。即两湖、两广、浙、闽、江西等省，按照旧欠之数抵免新赋，将未完者转多观望，已完者亦恐胥役从中串弊。职悉心体察，不若将节经被灾省分，饬督抚按照奏报，缓征带征实在无力完纳积欠，造具清册，奏请全行豁免。其未曾报灾，及无民欠各省，或加恩全免，或免十分之几，均归次年新赋免征。如此则海宇共沐皇仁，将来民欠不至盈千累万。即各省州县，亦不得借民欠为词，致滋亏短。如此分别清厘，似与民生国计两有裨益，是否有当，伏乞训示遵行。此议。

征教匪议

陈人倬

臣惟邪教之始起也，惑愚民以徼福，其肆扰也，激愚民以免祸。彼非有惠泽固人心，亦非有勇略服众志，然而历年不靖，所至蔓延者，非官兵弱也，非官兵寡也，非饷有不继也。今夫良医之治疾也，必先辨其致疾之源，洞然于病者之腠理血脉，而后药石之，针砭之，无弗应者。夫用兵之道多端，要不外于命将、练勇、料敌、转饷四者。将有勇有谋，有千人将，有万人将，观其气度，验其才略，孙、吴、诸葛固已论之详矣。我皇上智勇天锡，知人善任，将将之道固已超越前古。而臣谓今之为将者，尤贵于淡嗜欲、节糜费、公保举，与士卒同甘苦。联之以一心，激之以大义，毋观望而自宽其岁月，将体上心，兵解将意，庶乎几矣。

教匪自蹂躏以来，已历川陕楚豫，官军日事尾追，动经年月，疲惫实甚。是以教匪云：吾不乐与官军战，但事奔走。遇村落则焚掠以食，得深山峻岭则盘踞以处，官军方且负器械、赍营帐以从，又乌能战？即战又乌能捷？即有时麕聚山谷，宜可一鼓集事，终以途径未娴，不敢深入。迨至匪众提防缜密，山岩峻壁擂石累累，攻之不可，招之不来，于是遍布卡座以围之，大者或跨百余里，小亦数十里，兵分则单，持久则懈，匪众因之豕突而兔脱者，不一而足。故为今之计，莫如募乡勇以济兵力。

夫乡勇者，平时类皆血气强、骨格坚，于所居山川险阻多所熟悉，然宜与官兵分，不宜与官兵合。官兵每以乡里儿轻乡勇，共处营卡则奴隶视之，是以义勇之锐气不舒辄解去，不乐为用。今请择绅士之知大义、明志节者，令其召募操演，凡能得百人至数千人，先分别予以爵秩，有功量加迁擢，俾朝夕团练，如李抱贞之训练泽潞丁男。贼至则相机击之，录其功能，随时陈报，农夫贩竖皆将有上进之思，又孰不乐争先效命也乎？且一方之乡勇，即令其守此一方，既无随征之苦，又得以保聚家室，蓄养锐锋。川陕楚豫虽遥，以此方联彼方，声息既通，应援亦易，不数月间星罗棋布之势成，匪将何所容身哉？而又以官兵分设要隘，固守城邑，彼匪徒不得滋蔓，偶有阑入，尽力剿击，此以逸代劳，百战百胜之策也。

且夫料敌为出谋之首，转饷为师行之要。自将帅不知教匪诈伪浅深，名曰追剿，实为其所牵，以至司饷之吏莫识师行所在，挽运阻滞转为弁卒借口，而实不能料敌有以致之。诚使侦悉匪众变幻之情，出没之路，隐饬地方官吏预谋饷道，将所至士饱马腾，何至与粮吏互相诮让乎？况侦教匪较侦他寇为易。教匪之众乌合胁从，被掠者居其半。方今圣天子下宽大之诏，投出者概予罔治，且给之养赡，民方感激不知所报，当更思庐舍被焚，资财被掠，父子兄弟惨遭夷戮，痛心疾首，必欲得所甘心焉。斯时也，择其果敢精细之徒，使为间谍，何患教匪之一举一动不尽得其实哉？于是相度机宜，密为调遣，随时随事檄知兵弁义勇，戮力同心，不难以次集事。至于饷之糜耗，不在兵之众多，而在将弁官吏之滥支滥应。兵之支给日有常额，将弁官吏不知所节，则一人日糜数十百人之食，冒销浮报端由此起。果能裁汰浮靡，人知卧薪尝胆，相与奋勉图功，将军储充裕，士气百倍，彼区区教匪当如摧枯拉朽，净扫于旦暮间也。谨议。

平定州专用铁钱流弊议

黄辅辰

晋省平定州设立户部宝泉分局，原系移炉就铁，铸钱运京以济铜钱之乏，继因钱质过低，复令就地行销，除工本外，将每岁余息解部。咸丰七年，据分局咨称：每年铸钱十九万余串，平定一州难于行销，请各府州县一律行使铁钱，不分成数。当体察舆情碍难更变，咨部在案。本年添设三炉，铸钱愈增。十月间平定绅民呈请渐次搭用铜制钱，由院批饬在案。而分局部员总以阻遏为辞。查晋省铁钱难于畅行，实因各镇集铜币尚敷，周转民间行使，不愿更张。咸丰五年奉准部咨行，令搭放铁钱，当经王抚宪率属捐资，于省城试铸铁钱，复经分局陆续解到铁制钱二万串，由省城试行搭放一成。当时民间虽无阻挠，而行使究多勉强，至省城数十里外，商民仍不收用，是以分局解到之铁钱一年有余始能放完，而省城试铸之铁钱则始终未能搭放。若布为号令，以数十万铁钱向各州县市易，必至高抬银价，贻误钱粮正供。此晋省铁钱碍难通行，曾经咨部之情形也。

嗣后平定寿阳、盂县等处，因铁钱时价较铜钱甚贱，商民惑于小利，凡以银易钱者，均取铁而弃铜，奸商更将铜钱藏匿，凡客商过往有易铜钱者，得借此以居奇。因是铜钱日少，铁钱日增，而银价日贵矣。据分局前咨，每岁铸铁钱十九万余串之多，即使此外无分文私铸，行销已属不易，况复增炉鼓铸，有加无已。直豫两省以为平定铁钱畅行，纷纷载运入境，铁钱愈多而愈滞，银铜遂日少而日昂，小民逐末，所得铁钱不足偿本，则百物腾贵，贫民无以聊生，必然之势也。查从前试行铁钱，原未禁用铜钱，现以银价日昂，民间仍请铜铁并行，不过欲借铜钱以减银价，并非弃铁钱而不用，实因专用铁钱，则无从得钱而生计日蹙。此又民间呈请铜铁并用之实在情形也。

查分局所重，惟在余息易银，计每岁解部从前不过三万余两，而铸钱则无有限制，将欲行布于通省，则征收钱粮必至铁多铜少，难于易银批解。近年以来，平定州征解钱粮诸多窒碍，固分局所目睹。晋省钱粮为数甚巨，奉拨京协各饷，全赖丁粮接济，稍有迟滞，贻误匪轻。以数万两之余息，致碍数百万之正供，利害相悬，固属不值。若止平定行使，则一州之用银有限，而分局之铸钱无穷，银竭害生，即欲严法重刑，勉强行使，其势有所不能。在分局之意，以为不费帑金，坐获余息，岂知利害相因，利所在则众争趋之，害将至则众争避之，争趋之而利固难久，争避之而害更可虞。且平定辖境皆在万山之中，平时稽查巡防已属不易，自设炉以后，匠作夫役并挖铁运铁，及外来趁利各项人等，日聚日多，难免匪徒混迹其间，久则易聚难散。是岁出之利甚微，而流贻之害甚大，此更不可不虑也。

改河议一

左仁

天下之事，穷则变，变则通。至于穷之极而愈穷而愈不通，人不为变，必将自变。以人变之，其权在我，所谓决诸东方则东流，决诸西方则西流也。听其自变，则积久之势猝不及防，一旦溃坏决裂，不至于不可收拾不止。凡事类然，于今日之黄河尤其亟也。河身日高，又无可宣泄之路，惟有加筑两堤以为苟且。目前之计，不知堤日加，河中之淤亦日长，而堤之加虽峻，淤之长尤速。今之河身去堤顶，高者不过寻丈，低者仅三四尺，所以一交伏汛，节节危险。非甚水大也，乃河员禀报，动云涨二三丈，皆以旧日志桩为凭，岂知原定之志桩久已埋没淤泥中，其现存在外者不及三之一乎？是今日之河，未虞溃决，先患涌溢，而涌溢即无有不溃决者。到处可涌，到处可决，竟无往而不险也。

河自南宋入淮，前此不若今日之淤，故历今千年，堤顶高于内地止三四丈。今则河底每年淤高一尺，若及千年，可淤至百丈，不几欲驾龙门王屋之山而上之哉！恐将来素无河工之山陕地方，亦被其害。计之穷，无有穷于今日者也。今之黄流非河也，直是一带高山蜿蜒绵亘于中原，接不竭之源，而通之使流也。夫水从天上来，注之地中则易行，今以天上之水仍流之天上，其势既平，流安得而畅？挟沙泥而就下则易去，布之平地，沙安得而不停？河之在中国，或数十百年一小变，或数百千年一大变，何以不闻有当年之大旧河蜿蜒绵亘如今之高山者存？大抵后世生齿日繁，无不辟之山，无不耕之土，大雨冲出其泥沙已多于古，又加以东南两河之埽土碎石充积其中，以为停淤之，故淤易也。且古之河在北，山少而平原多，水可直出，故古河千里一曲。今之河在南，避山出峡如蚁穿珠，故今河或数里一曲，或数十里一曲，人行堤上，帆转河中，如所谓相见湾者，处处有之，故留淤尤易也。

然而河之淤，不始于河，而始于海口。海口之淤，固自裁革混江龙、耙沙船始，而犹不止此。黄河自云梯关出海，大江自狼山佛山出海，相去不过五六百里。而大江之水入海向北，故其沙不淤于崇明以南，而淤于崇明以北，自通州、东台、兴化，沿盐城、阜宁至海州，与黄河之淤相接。是黄河出海之口，黄河自淤之，而海口以外之河，则大江共淤之，由其相去太近故也。于此而不为之所，惟有听其壅塞于外，溃决于内，其患将有不可胜言者。

改河议二

左仁

然则黄河非改道不可矣。夫改道非遂能不淤也，能使之不即淤也，且有法以使之久不淤也，而先可以弭涌溢溃决之患。水性就下，夫人而知之矣，决高山之水，而注诸畅入海口之深河，不惟新淤不停，旧淤亦可以去。远者不可考矣，道光六年陈端盗决于工，二十二年桃源涌溃萧工，大溜下注，至今缺口处之河身尚深三四丈不等，绵长数里十数里又不等。可见水下则沙下，其理固然。然所以仅深数里十数里者，当日堵闭甚速，水仍平流故也。若今水势日下，而又复混江龙、耙沙船之遗制，则改河虽止数百里，而全河皆受其益。河自徐州以上，河性轻松，下有飞流，断无不奔赴之理。如人之一身，两便通利，其人犹有病胀满者乎？然则其改之也当奈何？则道光二十二年桃源之缺口，天改之矣。当时黄流直穿运道，归六塘河，由桃源、沭阳、赣榆入海，是年沭、赣两邑亦无水患，是六塘河本能容黄流，而有故运道虽被冲而仍无阻碍，回空军船较常倍速。

且黄水北去，洪泽湖水放入旧河，清淮亦复故流，粮艘扬帆，径渡入南运河，极为顺利，而高宝下河七州县，遂不受湖水之害，岁得丰收，此已然之事。予所亲见，非得之故纸堆中者。奈其时当事惑以浮议，河工狃于积习，以堵口为利薮，以清江口为故居，不肯轻去其乡，坐失此千百年无穷之利，为大可惜也。

为今之计，不必侈谈禹迹，亦不必寻南宋以前之故道，但改由六塘河归海，有四便焉，有五利焉。六塘本与运道相通，去黄河不远，或于宿迁以下之刘老涧，或于邳宿交界之皂河窑湾等处，其地之至近而甚顺者改之，工省而费不多，一便也。说者谓改河必先筑堤，为费不赀，此即二十年阻挠之词也。不知水行地上则需堤，六塘宽广深通，水行河中，何堤之需？况近年挑复未久，深通更倍于前，二便也。或谓有关运道，无论二十二年之运道无碍也，向来南北各有清口，南口坏于庸人之手，后乃强为倒塘湾运，今杨家庄之清口犹存也。岂彼处可作清口，易地即不可有清口乎？且可省湾塘之劳，三便也。北河借山湖水，济运每苦不足，黄河既改于宿邳之间，则北河道里较短，来源不至缺乏，南河则参用近日改塘避闸之法，由清江浦开通数里之河至杨家庄，是避闸而并不用塘也。惟杨庄之水本系东流，今须引洪湖入淮之水逼使西去入新河。前年杨庄进口即溯逆流，今则顺流而下矣，四便也。改道之后，全河无患矣，又可省无量之费。河员二十二厅，须裁其半，上游各厅及中河运河仍旧，而宿迁改宿北厅为宿河同知，桃源改桃北厅为桃河同知，沭阳设沭河同知，赣榆设赣河同知足矣。此外如宿南、桃南、外南、外北、山安、海阜、海防、高堰、山盱诸厅，皆无用也。现在徐属八厅，每年支销银八十万两，今下游既畅，绝无险工，不过三十万足备岁修。其新河改设四厅，每厅予以五万为善后，加以江运、杨河、襄河、中河之旧额，共计每年不及百万。是改河每年即省二百万矣，其大利一。高宝下河七州县膏腴之田不可以数计，淮、杨、常、镇四府民食皆仰给于兹。自黄河高仰，湖水别无去路，积而为患于内，涵洞闸水淹之，四大坝又淹之，昔年泄水可入海，今则范公堤外游滩至二三百里之广，以致千百里上上之田尽成泽国。改河则湖水他去，田皆涸出，民得安业，赈抚蠲缓之说不闻于耳，而沿海各盐场亦永无漂没之患，其大利二。洪泽、高宝诸湖为淮南巨浸，渌洋、白马、射阳各湖次之，此外湖□不可悉数，大半清水泛滥之所为。清水归淮故道，湖地必多成田，昔日之巨浪洪涛，一朝变为平畴沃壤，以道里计，可敌淮扬一府之地，以生息计，可得苏松数县之赋。而旧黄河自清江以上，至改道处数百里，亦皆可为田。国计民生两有裨益，其大利三。向来南北运河冲接，由浙买舟可至北通州，自南清口坏，舟楫久已不通。改河则又一棹可达，货物之所集，榷税之所入，百千倍于往日，其大利四。从前南漕帮费内有闸坝费一项，由办漕州县解交各本府汇解漕督衙门，每年不下十余万。改河则无闸坝，更不需费，而州县亦少此苦累，其大利五。有此四便，则改河既易为力。有此五利，则改河之益无穷。虽费国家数百万帑金，而例之每岁虚掷三百万守此朝不保夕之旧河，其得失相去何如哉？然而非河工之所乐闻也。

改河议三

左仁

或曰：君子谋国，务在久大。自大禹以后，河故道屡失，至后汉王景治河，塞汴归济，筑堤修渠，自荥阳东至千乘海口千余里，行之千年，迄唐五代，河犹无大患。其海口在今山东之利津县，即大禹厮河为二渠之南流也。说者谓由武陟改道，循王景故河，归大清河入海，其势甚便。今子胡不师王景千年之利，而为是小近之谋乎？曰：子之言是也，然子亦思今日之工，尚能如乾嘉以前之动辄数千万金而不见其匮乏者乎？今日之河，其岌岌乎不可终日之势，尚能迟数十年以待帑藏充盈而不虞其溃决者乎？请与子言改河复古之难。王景时河未南徙，不过满溢散涌，不就约束，且其时北条之水尚多，非若今日之半成平陆也。故因势利导，其功易成。今则无问禹迹，即景河早已为陵，地势虽低，究无归壑之路，若平地筑堤，则水仍抬高，不数十百年又与今河无异。况北运河由地中行，与黄水由地上行，将仍不免倒塘灌送之劳。且南运河有洪泽湖水借灌，北河无清水可借，未能治河，先已误运，难一。筑堤不可，则必新拔一河，而南北相去千数百里，工大费繁，岂遂能刻期复古？新河既未竣事，黄水尚存旧河，彼处已兴开河之工，此处犹需防河之费，是一河而有两河之用矣，难二。黄流南徙以来，山东、直隶之民千年无河患矣，小民各顾身家，何知天下大计。今一旦取其田畴而河之堤之，举其庐墓而毁之掘之，徙则安土重迁，虽给以厚值而不愿，然则彼民何罪？恐不免衅隙之先开，欲图百世之安，先酿目前之患，难三。故子所言非常之原，万世之利也，功大而谋难就，予所言目前之事，百年之利也，势顺而功易成。天下事急切图久，大而不可得，则先择其小者、近者为之，而久大之业尚可徐图，以视夫激之在山，坐视其溃坏决裂而不可收拾者，其得失为何如邪？

或曰：子第言南河而未言东河也。改由六塘之后，遂能保徐州以上之河不溃乎？曰：河日就下，水可攻沙，前固已言之矣。然仅恃此二三百里畅流之六塘海口，谓遂能掣通数千里积淤之长河，虽予亦不敢遽信。然新淤可保其不长，此须俟改由六塘之后，缓至二三十年，治河之力既暇豫而有余，防河之费其节省为已多，然后再兴武陟北行之议，既可弭目前之患，又可诒万世之利。是在司事者得其人，因其时，相度其形势而次第举之，又非今日处堂而谈者之所能逆睹也。

改河议四

左仁

或问：本年徐州丰北决口，堵筑之费，估需五六百万，胡不就此改道入六塘河？省堵口之费为改河之用，不亦可乎？曰：不可。昔裘文达亦自有改河入六塘之议，或终不利于运道。夫改河入六塘，实无碍漕运，而就丰北改之，则真不利于运道矣。现在黄水自盘龙集直下，西北自沛县入〔微〕山、昭阳、南阳诸湖，浸淫涌溢，已将江省韩庄以北，及东省之夏镇至济宁州临清闸一带纤道闸坝，全行冲断。将来回空军船，不知如何南来，而韩庄以南至邳宿各处之运河，水不加涨。盖黄河大流自入湖后，不能容纳，又溢而东南至铜山之蔺家山，冲开旧坝，散涌四乡，〔微〕山诸湖近虽淤垫，而地势本低，故浊流以之为壑也。

又闻诸徐方父老云：嘉庆初年，两次决口，与今日相去不远，其时各乡河道深通，距今将六十年，河底尚低五六丈，故水不为害，惟洼地被淹，高田收获如常。其水则自〔微〕山湖，由铜山之荆山河口出运河而南，缘荆山河之间，本有前人借黄济运之故道，故水必归运河。而昔则入湖即归运，今则至湖即散涌反不归运者，盖此数十年中运河口淤日高，水不能逆流而上，所以常年湖水济运每苦不足，湖未尝涸也，河高不能畅流故也。今若从此改河，则须开通荆山河，或由韩庄运河直下，至宿迁骆马湖头相近之地，及刘老涧等处开道入六塘河，或于韩庄上下之间穿过运河，别开一河入六塘河。然二者皆未见其可，且为费不赀，何也？运河小而浅，且其河底高于平地，若欲加挑宽深作黄河，而地段绵长不下二百余里，较平地拔河尤难，一也。若穿运道别开，则须在今运河之北，经由山东峄县、郯城、兰山入江省邳、宿境，其间山石丛杂，开凿维艰，未必一水可达，二也。荆山河已为平陆，改作黄河，非开挑即筑堤，自盘龙集至韩庄几二百里，亦系平地开河，三也。河本东流，决口乃向西北，改道之下，即有一曲始绕向东，其势已为不顺，四也。而合而计之，以堵筑之费为改河之用，究属不敷，五也。

然则为今之计奈何？曰：堵筑断不可缓矣。夫以数百万之巨帑，假使于上游有他道可图，而费又不过如其数，河工诸君子未有不乐从者。而无如道远费繁，竟不得不出此堵口之下策也。噫！

平瑶议

陈起诗

平瑶之法，搜捕之功多，战阵之用少，而搜捕之兵，北兵不如南兵，客兵不如主兵，官兵不如乡兵。请详论之。

五岭绵亘数省，自广西、广东、湖南以至江西、福建，岭巅所在，多瑶人耕种，去住荒忽，名过山瑶。而广西、广东、湖南三省交界处，有平坡千里，万山环抱，南通连州，北负永州，西枕平乐，东隔韶连，为瑶人祖宗以来巢穴聚集之处，名八排瑶。大道自连州三江口入为咽喉，永州九嶷山为背脊，广西桂岭为首，湖南骑田、江西大庾赣岭为尾。永州瑶匪系过山瑶，有生瑶、熟瑶二种，熟瑶与近山汉人杂居，风气略同，生瑶言语不通，嗜欲亦异。熟瑶强富，生瑶瘠贫，生瑶常听熟瑶指使，是二是一，如鬼如蜮，所以啸聚动成千百，猖獗遂连三省者，地势联络然也。苗瑶蛮僮性俱恋家，易惊多疑，不耐持久，贪利苟得，不能远谋。嘉庆初，湖南苗反，辗转七八年始定，而未出辰州一步，可知苗瑶无足虑，以性俱恋家故耳。然山深箐密，聚散无常，非有平原旷野可以布阵安营，而决机于十里数十里也。林翳谷伏，诡谲易生，非有高城深池可以十围五攻，而取胜于一战再战也。东窜西突，楚粤并起，非有通衢要道可以整军聚粮，而捣坚于一路也。无百人数十人可容之巢穴，而鼠穴鸟巢，剿之不胜其剿。无数百人千人之攻伏，而雉攻兔伏，防之不胜其防。其地仿佛金川，亦尺寸皆山之地。其事不异苗疆，惟雕剿之法最宜。故曰搜捕之功多，战阵之用少。

虽然，言搜捕者，必主调兵。吾谓兵不必调而必练，兵不贵聚而贵分，兵不在官而在民，则北兵不如南兵，客兵不如主兵，官兵不如乡兵之说也。北兵长于弓马，驰逐平地，性气刚果，临阵齐一，然不能耐饥寒，难于持久；不习潮湿，炎热郁闷必多疾病；不能轻捷跳跃，攀援钻窥易致竭蹶；又不识瑶人言语、瑶人性情，则剿杀追逐进止迟速，起伏探望呼吸之顷易失机宜；不习山林高深、途径纡直之实，则欲迎头反成尾追，欲兜杀反多透漏。故曰北兵不如南兵。四川、贵州兵素称劲旅，既耐劳苦，又习险阻，湖南、两广遣调较易，将来大营非此五省之兵不可。然而楚粤之兵素欠训练，必多涣散，小利争进，小失竞奔，又专恃大营，则防此失彼，剿一逃三。欲战则饵之来而不即来，欲守则多所防而不暇防，旷日持久，师老饷糜，苗疆之役所以不收功于福贝子，而得效于傅鼐。故曰客兵不如主兵，官兵不如乡兵。

且夫团练乡兵以剿瑶匪，有十宜焉。山谷高深、径途远近、形势险易人人易知，则彼之所乘与所必获，我知趋避，我所可及与不易及，又知缓急。识地利，一也。久雨烈日、寒热温湿、春疫秋疠习而不苦，饥饱劳逸不生诸病。顺天时，二也。彼之言语十知九，彼之性情十知八，为攻为守、为伏为逃、为降为诈十知六七，临阵之际人人有应变之机。得贼情，三也。人自为战斗，家自为捍御，号呼击刺之声同，不误于风雨，父母室家之念重，敢弃而散亡？兵心固，四也。近瑶十数州县，村庄累万，既苦裹胁，又震兵差，守则固无可恃，逃则必有所归，团练乡勇则并小村为大村，移低堡就高堡，寨长渐多，粮薪渐聚。民志定，五也。会匪居民十之五，盐贩居民十之二，矿丁厂徒居民十之三，盗贼逃人居民十之一，约此数种，不少枭雄，此有所收，不窜人彼。削贼党，六也。边地民人畏官最甚，文武皆可统领，易于节制，临阵捍救官长，必不致分彼此。一操纵，七也。官兵饮食衣装不比乡民耐苦，查官兵日给银二钱五分，贴补糜费似尚不止此数，若匪逆起灭无常，则大军驻撤两碍，团练乡勇则可以久驻，易于供给，即瑶事平静，亦可倚为善后之图。简供亿，八也。此有乡团，则边野无所掠，而彼米盐布絮铜铁之来路穷，汉奸无所通，而我声击擒伏虚实之机密。坚壁垒，九也。临武、蓝山、江华、永明、道州、全州、灌阳、恭城、富川、连山、连州、阳山、乳源十数州县，皆有乡团，则彼势剖而难聚，防多而难备，力散而难久，心分而易疑，变化由我，胜算先人。势剖而难聚，则大兵所入，贼不能并力以御。防多而难备，则声东击西，诱此伏彼，贼必自救不遑。力散而难久，则各为其巢穴，各逃其生命，而剿抚可兼施。心分而易疑，则贼党必有互相推诿、互相残忌者，首逆可不日擒献。制死命，十也。具此十善，而谈瑶事者不出此。

其难亦有四。谓旷日持久，无速效也。谓纠保练约，必骚扰也。谓乡兵非尽善类，易藏奸细，不识步伍，难约束也。谓寨堡团场、旗帜器械所费不赀，地方官吏借练勇之名以为开销，或借以索民间帮补仍无实际，忧经费也。是四者诚然。然而天下事有见为缓而急莫甚，见为扰而安莫甚，见为难而易莫甚，见为费而节莫甚，请破其难，而仍申吾说。

自兵兴以至今日，已二月矣，调贵州兵、湖北绿营兵、驻防兵，久需时日，由今以后，所谓速效又可必邪？使自今日始，三省督抚通饬沿边州县近瑶山者团练村堡，约每县五六处以为守望，招集乡勇约每县六七百人，要县至千人为止，以备剿杀，奉行得人，一时并举，不出三四月可以成事。团练既成，分道并进，不出一月，必能剿灭。命将出师，可必之于四五月之内乎？是所谓无速效者，盖见为缓而速莫甚者也。

边地州县所辖之乡民，其骚扰有甚于客兵者乎？州县自练之兵，其骚扰有甚于满汉兵者乎？外来之兵一则骚扰官府，二则骚扰市集，三则骚扰田产，即节制得人，而风声所到，亦足骚扰人心。贼来之民心已震，兵来之民胆又寒，当事类能知之，未必能言之耳。其实客兵骚攘之敝，更足以摇动边境之人心，而使之勾通瑶贼，不可不防，不可不畏也。果得有胆智得民心之州县，劝谕乡民，使日为团结，招徕壮丁，使听吾指使，所团者皆比闾族党之家，所练者皆交友认识之群，州县既可借大兵驻扎之威以驯乡勇，大兵又可借乡勇搜捕之力以壮军声，两相为用，既不扰官，又不扰民，又不扰兵，若龚遂之治渤海，张纲之定广陵，虞诩之平朝歌，只在良有司十余人耳。是所谓恐骚扰者，盖见为扰而安莫甚者也。

奸细之伏藏，于乡兵可畏已，奸细之伏藏，于大兵所临之地尤可畏也。然伏藏于大营之左右，而客兵不能识认之，伏藏于乡兵之左右，而乡兵无不识认之，见生面而必诘，闻音异而起疑，外来奸细固不患入吾团练。第乡民非尽善类，朝集暮逃，稍纵滋骄，刻绳易变，其可虑亦与兵同，要在良有司慎简而收之，善抚而教之耳。教之善则莠民可转其力为奋不顾身之士，教不善则官兵可恃其众而有咆哮挟制之时，得失之数，亦略相等。况约束以官，又须各乡绅耆董之，各乡殷实明白者分理之，游手以有所事而日勤，枭雄以有所希而亦奋，贼匪奸细有为我近边乡人所知识者，并多方招之为我用，多方疑之使之不敢自用其奸细，如李愬之平淮蔡是也。所谓难约束者，亦见为难而易莫甚者也。

今日经费之艰难，人人知之，人人能言之矣。大营所在供应不少，吾谓撤荆州驻防千兵，即省千兵之费，半撤湖北督标、湖南抚标、广西抚标兵约不下二千人，以见在余提军领贵州兵驻广东、广西界，罗提军领湖北、湖南兵驻湖南界，进战之事全以任之，不使文官掣其肘；湖督驻永州，广督驻连州，广西抚驻平乐，督饬十余州县团练乡兵，不使武将梗其论，三四月内各县即可分道并攻，大军亦于两省分进，吾知不待战而降者降、逃者逃、擒者擒、伏者伏矣。以五六月而告功，费之省也几何？即以撤兵之费为各州县倡首赏劳之费，亦已省经费多多矣。至于各州县经费之出，其说有四。一则劝谕富民输粟出财，修堡建团。二则劝谕平民自出财谷，相为移并，以保身家。三则通粤盐之禁于宝、茶、攸、酃、郴、衡一带，官收税以济军需，考照宋李忠定、明王阳明办湖南兵事旧法，勿以安常处顺之见泥之，兵靖复旧。四则熟瑶叛产即与近边民田错杂，各县皆有，仍须乡老勘报清理入官，粮收堡寨以为屯积。又各州县常平、社仓、义仓、育婴、桥亭等项公田公费，县绅乡老自为经理亦复不少，兵兴动用，兵靖偿还，无伤于官，无害于民。乙丙征苗之役，调两广兵，衡、永、郴、桂四府民间助给过兵口粮，甚为踊跃，况地近切肤，岂忧悭吝？则此四条经费已足，而于国家经费固省之又省也。是所谓忧经费者，又见为费而省莫甚焉者也。

夫团练乡勇之说，古人言之详矣。即平定教匪、平定红苗，亦已著有成效。而今日不能早决此策者，事狃于所习，而疑倡始为甚难，人惮于改更，而虑劳怨之难任，大抵然也。溯查教匪、红苗两举，初皆调兵征剿，西灭东起，此窜彼伏，积年累岁，然后归于坚壁清野之策以致底平。夫明者先见于未然，勇者定计于必行，前之策不效而后变计，则所失已多，是宜力求循良，稍破资格，官兵与绅士并资，采访与稽查互用，以人荐人，以边治边，其究也并可以瑶攻瑶。且夫今日南方之民，即瑶匪平静，岂遂不思所以善后哉？亘广西、广东、湖南、江西、福建数省边境，丛山长林，苗瑶僮蛮所居外，矿丁厂徒，木客盐贩，盗贼所匿，罪人所逃，硝磺铜铁之产不乏，鸟道羊肠，攀藤沿壁，百里咫尺，呼啸惊疑，民无所恃则动易静难，官无所恃则赏穷罚竭，催科提解捕捉之案棘夫手，养育教诫判断之事梗其行，此何如之策哉？故曰团练乡勇，即瑶事平静，亦可倚为善后之图。乌乎！又岂徒平瑶之策已哉！

宗法议

成毅

邑先正旸谷黄氏著《家礼》一编，首讲宗法，备录程朱之说而断之，谓大宗主阖族之祭，小宗主高曾祖祢之祭，居必有祠，祠必四世，亲尽则祧，祖迁宗易，一如古礼。某愚，窃以为宗法诚善，然如黄氏之说及所引先儒礼经，似惟诸侯大夫之有国与家者始可言之，施诸士庶，必有所不便也。试详言之。

古者有世贵有世贱，贵者而不严之以分，其势必争，庶人无虑是也。故贵者主尊尊，尊尊故祭隆而丧杀，贱者主亲亲，亲亲故丧隆而祭杀。祭隆而丧杀，故三庙五庙其势愈远，而期功以下之服绝焉。丧隆而祭杀，故缌麻袒免皆所必严，而祢庙以上之祭绝焉。贵贱之分各不相蒙，是不可不辨也。且自命士以上，始有土田谷禄名位以相传袭。有土田谷禄名位以相传袭，则其力可以世世守之，无废先人之祀。庶人受田于官，百亩之入仅足自赡其身而已，未闻国家别有所以厚于民之为父后者，而独责以敬宗收族于嫡长子孙，不已难乎？至于后世尤所不能。百亩之田不能世世有之，而庶人之所以遗其子孙之财与产，又无独厚嫡长之例，数传以后不能自存，比比皆是。而谓嫡长子孙能独以土田谷禄祀其先人，世世不废，有几家邪？即如宋明以来贵者得立五庙，而朝廷无世禄，则其后必微，为宗子者将必有绌于才力之时。且既推为宗子，则必贤智，而且尊优于族之人。必贤智则必教之备，必尊优则必养之厚，能必嫡长子孙世世足以自赡也邪？不能自赡则必族人代为之谋，此亦其所不可继矣。

且更举古礼经证之。《记》曰：庶人无庙。又曰：庶人荐于寝。凡以庶人不能世世祀其先人，则荐于祢，嫡子主之，终其身兄弟听命焉耳。此即汉诏所谓民为父后者也。今谓立大宗以主阖族之祭，百世不改，立小宗以主高祖之祭，五世则迁，是庶人皆得有庙，皆得祭及五世以至百世，不显与经戾乎？又古者治民之法详于《周礼》，族师比闾邻酂之长，读法谆谆，何不闻属之宗子，使治其族之政令祭祀也者？又如令国民族葬，掌其政令者为墓大夫，何不闻掌于宗子也者？则古宗法之未尝行于庶人，其尤彰明而较著也。

且宗子有君道，有君道则凡为宗子者，皆得臣其伯父叔父伯兄及伯叔祖曾，今律论亲属，何第以尊长卑幼及服之疏戚为定断邪？大抵言礼之家，每多泥古而不深求古人议礼之意，与夫后世时势之所不可行者，不敢变而通之，无惑乎礼教之愈微也。吾乡旧俗，族各一祠，祠择一人以为之长，上主族之祭祀，下治族之教诫，揆诸礼制，并所不悖。而议者或谓体统未尊，及多不公不正败坏家事之人，汲汲援宗子之说以为愈焉。然能必教育无素之宗子，定为贤智乎？似诚不如族人之所共择而共推者之尚足以称家督也。愚固以为宗法诚善，而无如势之有所必不行也。

保甲团练议

成毅

圣王之治民也，其上教诲之，其次整齐之，其次禁制之，其次斩刈而芟夷之。教诲整齐以治君子，斩刈芟夷以御小人，禁制之术则所以佐教诲整齐之不及而预为之具，使奸谋邪心因之摄伏，而可不至劳吾芟夷而斩刈也。故时虽承平，必不废兵。凡兵之威，不在于用，而在于备，在我常有必不可犯之势，而后在彼常有必不敢逞之心，此谓兵之威也。譬如猛虎伏处，不待搏击而见者失色，闻者屏息，何则？知其爪牙之可畏也。是故兵者人主之爪牙，而禁制之大柄也。

国家兵制久定，额设之数预备战守，百余年来无事可试。昧者几于谓兵可废，然而近时盗贼窃发，虽不逾时即就诛夷，而每一事起，大府动色，睢盱瞤顾，调发千里，官民交困，则以禁制未豫，而所以御盗而卫民者，全恃官兵已也。窃计盗贼之发，不过奸民亡命，潜相啸聚，非有豪杰大猾、魁奇出众之才，非有长戈铦戟、冲锋陷锐之器，而其附和之人又非饥寒转徙无所告诉，暴敛横征濒于死亡之势，平时无所甚迫，而其始祸之心不过泄忿于一二仇怨之子。然而悍焉无所顾忌，仓卒揭竿，事同儿戏者，直缘轻视官兵，而习知其不足畏也。

议者或归咎于兵之不练。非兵之不练也，兵即练矣，而其势本单。试以郡邑计之，每郡额设不过数百，每邑额设不过数十，分为驻防塘汛，散处数十百里。是即一一练习而其势且必不能振，而况其不练也。又按盗贼偶起，调发官兵，有司长吏实多牵制。何则？伏戎于莽，形迹诡秘，纵有传闻，信疑常半，此其不敢张皇者一也。即令形迹暴露，变在顷刻，而众寡强弱未易悬揣，此其不敢张皇者二也。盗贼滋事，至于调发必被弹劾，有司初念尚事弥缝，此其不敢张皇者三也。必至祸衅已成，呼号始急，而邻邑旁县极近亦当百里，倾城赴援极多不能百人，至于邻郡二三百里裹粮跋涉，疾趋赴斗，力已先竭，气必自索。而况暑雨祁寒，百里之程二日而至，尚为劳苦，是故贼常逸，兵常疲，贼常暇，兵常遽，宜乎兵未遇贼而即惴惴危惧不自保也。

又客兵虽至，地利不习，入山则径路错杂，遇水则汊港纵横，甚且东南西北迷无所向，兵即厚集，尚须时日，迟回审顾，不敢轻发。又调发旁邑邻郡则节制不一，纪律号令必俟大府始相绾摄，牵制愈多，观望愈甚，是故小丑跳梁，动需经时阅月而始定也。所犹幸者，朝廷宽大，民气安乐，奸宄鸱张，不能煽动，而劫掠之祸迫于乡村，各有身家，咸思自保。或聚众而邀遮，或扼险而共守，众怒难犯，贼不敢撄，所以官兵邀击，尚易扑灭。假令水旱饥馑，乡村细民不思自保，又或迁延时日，残破必多，身家无恋，易被裹胁，住则蜂屯蚁聚，行则豕突狼奔。是虽名城大郡，所恃者何？人各自危，莫有固志，正恐虚声恫喝，不待寇来而自扰矣。兴言及此，窃谓可为寒心者也。

然而兵不可议增也，增兵则需饷，且不可无事而多聚也，无事而多聚则易哗，糜饷而易哗，于事不便。故尝熟思远虑，莫如保甲团练之计。始于城垣，遍于乡村，其初恃以御盗，其既可以弭盗。譬如火然厝薪，曲突之侧，列瓮储水，预以待之，纵有偶失，一挹注之而已熄矣，视远而取诸陂池，其缓急得失为何如也？故窃谓兵者禁制之大柄，而团练所以补兵之不逮者也，爰条其说于左。

士庶昏丧遵制正俗议

李德骞

考《仪礼》昏丧之礼，尚存《士昏》《士丧》《既夕》《士虞》诸篇，然士为有爵之士，其礼不下庶人，后如温公《书仪》、朱子《家礼》，皆有爵位时所作，其仪节犹繁，亦难概施于庶人也。恭读《大清通礼》，酌古准今，于品官礼外，更制庶士礼、庶民礼，俾家家知礼而讲之，人人循礼而行之，典尽善矣，但藏在官府，民间罕见。故闾里虽穷，而奢风究莫能挽，等威未辨，而僭分实不自知。其有志世道者，援《仪礼》《书仪》《家礼》诸书，欲以矫时而未免反古。兹议谨遵《大清通礼》及《大清会典》《大清律例》所制士庶之昏丧，以正邑俗之僭侈，庶几率由有准，而民德归厚，民俗还淳云。

《大清会典》云：无品级人及生监军民，不得用执事，庶民妇女不得用执事大轿。而邑俗庶民迎妇悉用执事大轿，此僭而违礼者也。《大清通礼》云：品官昏请期备礼物，三品以上羊酒，四品以下鹅酒，庶人昏请期用鹜。夫四品犹仅一鹅，而邑俗乃用八鹅八鸡十鹅十鸡，此僭而违礼者也。《通礼》云：舅姑飨妇，妇退，飨妇送者。是飨送者必先飨妇而后及耳，两飨亦一日耳。且飨妇其仪详，飨送者则略，以送者即布婿席之媵耳，媵亦一二人耳。《通礼》云：媵布婿席于东。注云：媵，妇家送者。而邑俗送者男女十余人，甚至数十人，而飨送者肆筵设席，必大宴至三日四日五日之久，此奢而违礼者也。《通礼》云：诹日，婿以贽见妇之父母，主人醴婿，此亦一日事耳。而邑俗婿家必备礼物送妇党，而妇党亦各家宴婿，必延二十余日或月余之久，此奢而违礼者也。继自今酌礼俗之宜，请期绅士只双鹅，庶民只双鹜，迎妇庶民只小轿，送嫁妇女只二人，飨送者只一日，妇家宴婿只三日，齐之以礼，违则有罚，庶几僭奢之风可革也。且邑有不明女父母，因婿家贫，遂声言请期必备八鹅八鸡，迎妇必具执事大轿，明知其力不能办，而借此难之，以致男年当娶而不得娶，女年当嫁而不得嫁，甚至延之多年，阴为毁婚之计者，良可慨焉。诚能以礼为防，匪特僭奢可革，更能婚姻以时矣，斯杜离婚之渐也。

况邑俗溺女，亦原嫁娶之奢。盖因妇家送者必男女多人，非装奁盛不足为送者光。又因婿家飨送者必开筵数日，非装奁盛不致为飨者喜。又因此女异日将送人嫁，斗美竞多，服饰必豫为求备，非装奁盛不能满其女意。邑俗送者女客十余人，服饰彼此相形，若一人不齐则耻甚。且燕数日，必易服十数次，若一次不齐，则耻甚。故嫁女必预备之。以此嫁女装奁不得不盛，因求盛不得不负债鬻产，因虑嫁女鬻产，故邑多溺女。若送者妇女不过二人，飨送者不过一日，则女之服饰无须乎多，嫁女亦无虑其难，而产女自无庸溺矣，斯清溺女之源也。惟望民之父母，晓以定制，正其习俗，敦典则民知礼，崇俭则民知义，保赤则民知仁，行一物而三善皆得者，此之谓也。

《大清通礼》云：品官丧，初祭大祭，一品官羊五，二品官羊四，三品四品官均羊三，五品六品七品官均羊二。是品官丧祭只用羊，犹不敢兼用豕。而邑俗成服用羊豕二牲，此僭而违礼者也。《通礼》云：成服后亲宾各以其服吊，具酒果香烛，厚则加财货。而邑俗亲宾之吊用绸段为挽帐，此奢而违礼者也。若未成嫁娶之生亲家，是无服之亲，不宜讣、不宜吊者。而邑俗丧主必讣生亲，生亲吊仪必重，尤奢而违礼者也。邑俗已成嫁娶，谓之熟亲，庆吊恒相往来。若未成嫁娶，谓之生亲，则喜不相庆，而丧反相讣相吊，已不合乎情矣。《通礼》明言各以其服吊生亲，无服而吊，又大违乎礼矣。况邑多襁褓结亲，亲家祖父母丧、父母丧及夫妻丧，皆讣皆吊，有累讣累吊之后，或男亡则女另许人，或女没则男另择配，不得复称亲家矣，是前讣吊悉付子虚。《通礼》云：择宗亲善书者一人题主。而邑俗必延官绅点主，俗写“主”字无点，待官绅加之，前儒已辨其谬。张筵宴客，族戚咸吉服如庆贺，此奢而违礼者也。《通礼》云：凡丧三年者，百日剃发。而邑俗三年丧者，四十九日剃发，即除丧服，是违礼且忍心也。《通礼》云：丧遏音乐。《大清律》十恶条，七曰不孝，居父母丧作乐，而邑俗丧事用鼓吹，以哀为乐，是违礼且罪重也。请自今凡民有丧，礼律可核，祭止一牲，或用羊，或用豕。挽毋用帛，剃发限期，音乐尽革，乃如题主必宗亲是择。

且夫丧礼之不讲，民德所由薄也。尝见人家有神龛而无神主者矣，推寻其故，则以为力不能延官绅也，力不能燕族戚也。夫宗亲题主，贫亦优为，顾何以拘于俗见，致令先人之神无所妥，而蔑于礼之甚邪？若夫丰裕之家，以官绅点主为荣，以鼓吹燕会为庆，以绌段挽帐为光，而初祭、大祭、虞祭、祔祭、祥祭、禫祭之礼，曾未一行焉，岂知所为费金钱、竭人力以行之者，究越于礼邪？凡此者，皆积习相沿，而未见《通礼》士庶丧礼之故耳。为民上者，诚援定制以正之，出示以晓之，有不爽然失、废然返乎？虽然，犹不能无扞格于其间者。邑有阻丧恶俗，或人父母没则族属生事，或妇人没则外戚生事，挟嫌挟势，刁难多端，不用音乐弗已，不用羊豕弗已，不张筵宴弗已，不多给白衣弗已。《通礼》云：亲宾各以其服吊。是自具其服而来，非待丧家给服也。况无服之宾，奚必给服邪？若丧家贫力，何能给邪？稍未遂意，辄肆阻挠，不许大殓，不许发引，致令恒产之家因是縻费而破产，讲礼之士因是支吾而失礼，尤宜禁此恶俗，严戒重惩，庶几礼教得以通行也。然则丧礼之讲明，回狂澜于既倒，溥孝治于无涯，岂非大有益于世道人心哉！

湖南文征　卷十五

释上

释云梦

黄本骥

云梦古无二泽之分，见于经传，有合称者，有单称者。《周礼·职方氏》：荆州其泽薮曰云瞢。瞢与梦通。《尔雅·释地》有十薮，《吕氏春秋》《淮南子》作九薮，《汉书》作八薮，皆曰楚有云梦。《战国策》：楚王游于云梦。宋玉《高唐赋》：楚襄王与宋玉游于云梦之台。司马相如《子虚赋》：楚有七泽，其一曰云梦，云梦者，方八九百里。又曰：吞若云梦者，八九于胸中。《史记·高祖纪》：用陈平计，乃伪游云梦。《汉书·地理志》：南郡编县有云梦宫。又曰：楚地东有云梦之饶。《后汉书·郡国志》：南郡华容侯国，云梦在其南。《水经注》：云杜县东北有云梦城。又云：夏水自州陵东径云杜沌阳，为云梦之薮。《隋书·地理志》：安陆郡有云梦县。《元和郡县志》：云梦泽在安陆县南五十里。又云：云梦泽在云梦县西七里。凡此皆合称云梦者也。夫曰县曰城，为地已隘，必以云梦合称；曰台曰宫，其地更微，亦未尝舍云而称梦，舍梦而称云也，其为一泽断可知也。况相如已明言楚有七泽，云梦其一乎？《左传·定公四年》：楚子涉睢济江，入于云中。《国语》王孙圉对赵简子曰：又有薮曰云，连徒洲。司马相如《子虚赋》：楚王乃登云阳之台。《后汉书·郡国志》：江夏郡有云杜县。《隋书·地理志》：巴东郡有云安县，元改为云阳州，明改为云阳县，今因之，属夔州府。凡此皆单称云者也。《左传》：宣四年，郧夫人弃子文于梦中。昭三年，楚子以郑伯田于江南之梦。宋玉《招魂》篇：与王趋梦兮，课后先。凡此皆单称梦者也。

其单称云、单称梦者，特省文耳，非谓云中非梦，梦中非云也。杜预注“云中”云：入云梦中，所谓江南之梦。言云而并及梦，则梦亦在云中矣。注“梦中”云：梦，泽名，江夏安陆县有云梦城。言梦而并及云，则云亦在梦中矣。注“江南之梦”云：楚之云梦，跨江南北。然则江南江北皆云梦也。自司马贞《史记索隐》乃云：云、梦本二泽，人以其相近，合称云梦。而云梦泽名始分为二。至宋人之沈括、罗泌、易祓、郭思、郑樵、洪迈、洪兴祖之徒，遂有江北为云，江南为梦之说，后之学者莫不遵之。古之云梦方八九百里，今湖北省之沔阳、荆门、蕲三州，监利、石首、枝江、黄冈、麻城、安陆等县，东抵蕲州，西抵枝江，京山以南，青草以北，皆其地也，而德安府属之云梦县置于西魏，至今因之，特云梦之一隅耳。犹古之苍梧其地甚广，后世以名粤西之县，岂谓苍梧仅一县地乎？《禹贡》：云土、梦作乂。《史记·夏本纪》作“云土、梦为治”。《水经注》因之，亦作“云土、梦作乂”。而汉石经及《汉书》引《禹贡》文，作“云梦土作乂”，唐太宗始诏改石经为“云土梦”，以符《史记》。玩《史记》以“为治”二字易“作乂”，盖谓云梦之土可治，非谓云之地仅土见而已，梦之地已生草木，可芟乂也。又考《湘中记》云：云阳之墟可以避世，可以隐居。唐张谓作《长沙风土碑》亦引此记。夫长沙去古云梦之地且千余里，其墟犹以云阳为名，则云之为地，亦安得谓定在江北而不在江南乎？其误盖由于《史记》传钞本偶倒“梦土”二字，而《水经注》因之，唐太宗遂据以改经，小司马因分云梦为二泽，宋以来儒者复创为北云南梦之说，而经传古义遂弃若尘羹矣。

庵字诂

黄本骥

"庵"字在汉不见于《说文》，而见于《衡方碑》。碑云：庵离寝疾。《隶释》云：以庵为奄，是虽有庵字，犹无屋舍之义。至梁之《玉篇》云：庵，舍也，痷也。其时虽以屋舍为庵，犹未尝以庵为僧舍。唐人如温庭筠诗云"禅庵过微雪"，陆龟蒙诗云"寻僧助结庵"，则以庵为僧舍矣。然唐之《唐韵》云：庵，小草舍也。宋之《集韵》云：圜屋为庵。其时犹未以庵字专属之僧舍，故宋人多以庵为别号及书室之名，如朱子号晦庵，胡诠号澹庵，米芾号海岳庵，陆游所居号老学庵是也。庵之为字，以广为义，以奄为声，取就广为屋而有所掩覆之义，故后人或以广字为庵字之省文。其字与司马相如《子虚赋》"菴闾"草名，谢灵运《山居赋》"菴罗"果名之"菴"字相通。菴一作葊，文之变也，故掩、揜二字义亦相通。菴有掩义，在《石鼓文》"勿窨勿伐"，其字从穴；至东汉王充《论衡》"菴丘蔽野"，始变而从艸，皆以掩蔽为义。以其屋舍为菴，则见于《后汉书·皇甫规传》"亲入菴(□□)〔庐巡〕[①] 视"、《三国志》"不出菴幔"、《晋书·竟陵王子良传》[②] "编草结菴"、葛洪《神仙传》"结草为菴"、王子年《拾遗记》"编茅为菴"、杜佑《通典》"齐人谓柏菴为帐幔"，皆菴与庵通之证也。后代摹印家以六书无"庵"字，不能强作篆文，故元吴镇有"梅华庵"朱文印，则借盦为庵，明王稚登有"广长庵主"白文印，则借闇为庵。《说文》盦从皿酓声，字既从皿，义当为器。《东观余论》有周素盦，又有邛仲孙伯戋之鐀盦，又有汉小盦，《宣和博古图》有周文虬盦，皆盛滫饭之器，有盖以覆之，是为盦之正义。而闇则《说文》云"闭门也"，亦与庵义有别。盖

---

①据《后汉书·皇甫张段列传》补。

②《晋书·竟陵王子良传》当作《南齐书·竟陵王子良传》。

以屋舍为义，当以菴为正，以菴、弇为通，以窨为古通，以广为今省，而盦、闇则借用也。其以庵为僧舍专称，非古义也。

释乐上

曾兴仁

乐之名不一，乐之音亦不一，而要其声之还相为宫者则一，何以言之？乐有匏、土、革、木、金、石、丝、竹之名，即有匏、土、革、木、金、石、丝、竹之音，音与名固迥然各别，而用之迭相生而成声者，则未有不同者也。故曰审声知音，审音知乐，明乎声有高低、有清浊，不离宫、商、角、徵、羽也，且乐未尝亡也。乐者，人声也，天下乌有人而亡声之理？自汉后论乐，不解求之声，人各有说，而乐遂亡。不知《大招》曰“二八”“四上”，二八者，言人声有十六；四上者，言笛声有四、上、尺、工、六，即言宫为四，商为上，角为尺，徵为工，羽为六也。故黄帝制乐，断自伐竹，而舜乐之妙，称为箫韶。于是又从六而推为高四，为高上，为高尺，为高工，共成九声。而独无高六者，以羽音本为高清，再无可上。此五声中只名九宫，不名十宫也。夫人声十六，层次虽多，然止五声为本，则是所谓七声者，以五声而加变宫、变徵为二变；所谓九声者，以五声而加宫清、商清、角清、徵清为四清；所谓十二声者，以五声而加四清为九，又加二变为十一，因变宫有变宫清，而变徵最高，无变徵清，则又只加一变清声为十二声。第此三变清声，多设而不用，仍只九声。九声去四清，仍只五声。今观笛家，凡吹调必有禁指，可恍然也。是以三代歌曲不及七声，故《国语》七声，韦昭注不知其义，以为二变是文、武所加，则岂文、武以前，唐、虞、夏、商并无变宫、变徵乎？亦惟设之而不用，故不传也。

唐时乐官分番乐、古乐，以七音为番乐，五音为古乐，相沿至金章宗朝，则竟以番乐为北调，古乐为南调。北调则七声并行，二变交作，而南调则仅周旋于五声之间。逮元尚北音，致设科取士专用北调，元末明初始有南曲行于世。则是古乐用五声，今乐用七声，凡和平宛转，春容乐易，即古之乐；其险奥荒澹，冲僻夷穆，统以变声出调，攒簇成音，即今之乐。凡此皆毛西河《竟山乐录》所详言也。然则五声必继以六律，谓何以言黄钟、太簇、姑洗、蕤宾、夷则、无射为阳，林钟、南吕、应钟、大吕、夹钟、中吕为阴？亦无非言宫、商、角、徵、羽，而以六律配六吕也。今世之言乐者，苟能数其乐之名，并能由四上以辨乐声转变成文而为音，则凡乐声之有雅有俗而还相为宫者，皆可一而类之也。且由是推之，则今日之铜弦洋琴，即可知仿古瑟有多弦之遗制也，今日之吹芦大清小清，即可知仿古埙似称锤之遗制也，亦谁谓古瑟失传、古埙罕见，而乐遂云亡哉？作《释乐上》。

释乐下

曾兴仁

余既取西河之说而为释乐，犹恐人莫知五音六律，与今“四上”等字有合，仍茫然也。适谢君子湘以所编《周诚斋音律指迷》寄示，因即所说而申之曰：六律之继五音，以五音有三音相连者，有二音相连者。三音连者为宫、商、角，则徵、羽二音连，而角与徵隔一律。二音连者为宫、商，则角、徵、羽三音连，而角与商隔一律。惟五音中有相隔之一律，故不能以五律正五音，而必以黄钟、太簇、姑洗、蕤宾、夷则、无射之六律正五音，此圣人竭耳力之神用也。圣人又以人声有阴阳，律而无吕则孤阳不生，乃依六律而制六吕，黄钟之吕曰林钟，太簇之吕曰南吕，姑洗之吕曰应钟，蕤宾之吕曰大吕，夷则之吕曰夹钟，无射之吕曰中吕，六吕之声各从其律，而大吕即黄钟清，夹钟即太簇清，中吕即姑洗清。林钟与夷则同声，南吕与无射同声，惟应钟则别为声，附六律而为七律，故《左传》云“为七音以奉五声”是也。律吕诸声，或夫妻相配，或子母相生，则一律定而诸律皆可倚声而定。大凡上生一位，则十分损一分一厘九毫五丝九忽五微，与九分损一之法异，递损七位，恰得清声；下生一位，则十分益一分三厘五毫八丝四忽，与八分益一之法异，递益七位，恰得倍声。盖神明于流法，推至隔八相生，毫厘不爽矣。

然以《辽史·乐志》，其音凡十，曰五凡工尺上、乙四六句合，则《梦溪笔谈》及蔡西山《律吕新燕乐篇》，强以四上等字配为十六声，以符人声十六，良由不知六律、六吕止有七声，而谬以为十二声，复并四清为十六也。而要不若只以九字随调移换为得，推之笙簧十一、琴徽十三，以及琵琶、云璈等乐，皆无非高低清浊正变，用律吕配今合“四乙上尺工凡六五之”九字也。夫如是精以审之，古今乐可恍然矣。作《释乐下》。

释道山三条四列

魏源

问：道山之义，或谓其叙在道水之前，必先浚涧谷之水，由畎浍距川，故即山以表之；或谓其叙于九州之后，是必怀襄已奠，乃随其山势首尾而巡行之；或谓即道水施功之次第。但山川各有奠定，故分二篇以纪之者何？

曰：以为道水之前乎？则禹自言决九（州）〔川〕[①] 距四海，而后言浚畎浍距川，苟大川未治，畎浍安归？且壶口、底柱，则大河之经流岷、嶓、衡阳，岂畎浍之功役？其不合者一。

以为道水之后乎？则怀襄已奠，跋涉重劳。且岍、岐与鸟鼠相近，乃舍之不循，东至海、碣，而后复及于西倾；西倾与嶓冢相近，乃舍之不巡，及东极陪尾，而后复及于嶓冢；嶓冢与岷山相近，乃舍之不巡，及东至大别，而后复及于岷山，此不合者二。

以为即道水施功之次第乎？则禹之治水，自冀河而外，皆先下游而后涤源，故兖、青、徐、扬最先，荆、豫次之，梁、雍最

①“九川”，原误作“九州”。《尚书·皋陶谟》《史记·夏本纪》俱作“九川”，魏源《禹贡说》亦作“九川”。据改。

后。以水例山，则宜先东后西，雍州之荆、岐既旅，终南、惇物，至于鸟鼠，是其明证。今道山皆先西后东，全逆施功之叙，其不合者三。

然则如之何？曰：禹随刊之次第，已分见九州，皆以人功先后为主，而山川从之。此则随刊已毕，总纪山川条列，皆以山之干支、水之源委为主，而禹迹从之。使徒分见各州，则散而不属，颠而不叙，非所以奠山川之位，垂万世之经。

故史臣于禹告成功之时，大书特书曰：凡九州之山，则南条、北条、中条，禹之所随刊者，从首至尾有如此；凡九州之水，则四渎、五川，禹之所疏道者，从源竟流有如此。

贯数千里之山川为一条，分九州之山川为四列，具图副说，告成于帝。帝不下堂，而悉九域之经纬，五服之平成焉。不然，何以青之岱，徐之蒙、羽，梁之蔡、蒙，雍之终南，皆各州功役所及，而反不见于道山？惟冀之梁山、龙门该于壶口之内。弱水之合黎，黑水之三危，河之积石、大伾，江之东陵，皆见于道水，而亦不见于道山？岂非以随刊虽及，而非大渎之所经，与冈陇脉络之所重，则虽施功而不叙乎？

至若壶口、太岳、底柱、碣石、西倾、熊耳、桐柏、大别、衡山与北条之荆，则一见而再见；鸟鼠、岐、华、岷、嶓与南条之荆，则一见而且三见；岍山、雷首、析城、王屋、太行、恒山、朱圉、陪尾、外方、内方、敷浅原，则他州不见，而独见于道山。岂非以大渎之所经，与冈陇脉络之所重，则虽重见而必书，虽从不见者亦必特举乎？故知道山之文，犹道水也，因山以纪渎，明山川之本末，而非述功役之次第也。

问：岍、岐以下，渭、河、济水所经；西倾以下，伊、洛、淮、渭所经；嶓冢以下，汉水所经；岷山以下，江水所经。其为因山以纪渎，则闻命矣。至若《孔传》，以荆山之脉，逾河而为壶口、雷首；太行、恒山之脉，连延东北接碣石而入沧海；衡山之脉，连延而为敷浅原。则《蔡传》辟之，以为地脉之说，始于蒙恬，成于郭璞。当训为禹之逾河、禹之入于海、禹之过九江，今仍主山川脉络之义者何？

曰：此所谓目不见其睫者矣。《汉书·地理志》曰：《禹贡》北条荆山在怀德，南条荆山在临沮。此《今文尚书》师说，而马融、王肃用之，以道岍为北条，西倾中条，嶓冢南条者也。马、王间用今文说。

《史记·天官书》曰：中国山川东北流，其维首在陇、蜀，尾没于勃、碣。自河、山以东南者中国，于四海内，则在东南为阳，阳则为日，岁星、荧惑、填星占于街南，毕主之。其西北则狐貉之民为阴，阴则为月，大白、辰星占于街北，昴主之。此古文家说，而郑氏注用之，以道岍为阴列，西倾为次阴列，道嶓冢为阳列，岷山为次阳列。

《唐书·天文志》复祖之曰：山河两戒。其北戒自三危、积石，负终南地络之阴，东及太华，逾河至雷首、底柱、王屋、太行，北抵恒山之右，乃东循塞垣，至涉貊、朝鲜，是谓北纪，以限戎狄；南戒自岷山、嶓冢，负地络之阳，东及太华，连商山、熊耳、外方、桐柏，自上洛南逾江、汉，抵武当、荆山，至于衡阳，乃东循岭徼，达东瓯、闽、越，是谓南纪，以限蛮夷是也。以经文质之，于北列书道岍，而次北之西倾蒙其文；于南列书道嶓冢，而次南之岷山蒙其文。则四列之义，实本于大禹。

粤自庖牺画卦，俯察地理，言九州地理之书，谓之《九丘》。地理者，地之条理脉理也。天地定位，山泽通气，两山之间，必有大川，则两川之间，亦必有大山。推之，两小川之间，必有小山，两小山之间，必有小川。小山者，大山之分；大川者，众小川之合。使三条四列非关脉络，则岍、岐远在大河以西五六百里，安得与河东诸山并为北条？壶口、底柱不过河中之石脊，安得与雷首、析城争高并举？岂非渭北荆山之麓，左自壶口石脊，逾河而为雷首、太岳；渭南华之脉，右由潼关、函谷，分底柱石脊，逾河而为析城、王屋乎？道水之过九江至于东陵，东迤北会于汇，明谓江水过之、至之、迤之、会之，非谓人过之、至之也。何以道山言岷山之阳过九江至于敷浅原，必非南条五岭山脉过之，而必为人过之乎？北条之山，尽于碣石，逾海为岛屿诸国，故经言入于海。正所谓中国山川，维首在陇、蜀，尾没于碣、渤。而说者乃以为禹之入海，则导河至海口，忽航溟渤而东行，将何往乎？《道水》篇“入于流沙”，“入于南海”，亦皆禹入之乎？

释道山北条阳列

魏源

问：道岍及岐，至于荆山。《地理志》：吴岳在扶风汧县西，古文以为汧山。县今凤翔府陇州地。《尔雅》：河南华，河西岳，河东岱，河北恒，江南衡。是殷、周以岍为西岳，华为中岳。而《史记·封禅书》自华以西名山七，则析岳山与吴岳为二。《元和志》因之，《陇州志》以州西四十里之吴山为岍山，州南八十里之岳山为吴岳。其实峰峦延亘，东邻岐岫，西接陇冈，在《禹贡》时止名岍山；周都岐、丰，尊为西岳，则总名岳山。至汉武时，始析岳山与吴岳为二。自唐以后，崇祀皆五峰为首，仍合为一。此则祀典代异，犹太华、少华，太室、少室之本一山也。岍岳在华山之西，故说者皆谓周以岍为西岳，华山为中岳。独近日金氏鹗谓四岳之名，自古不改，惟中岳随帝都为迁移。唐、虞以霍太山为中岳，周初以岍为中岳，而华山仍为西岳。

考《周礼·职方氏》：河南曰豫州，其山镇曰华山。正西曰雍州，其山镇曰岳山。此华为中岳，岍为西岳之明证。若如金氏说，岂有华为西岳，反属豫州；岍为中岳，反属雍州者哉？岂有豫不为中州，而雍反不为西州者哉？且周都丰、镐，东距华山不过二百里，而西距岍山四百里，中岳既为帝都之镇，乃舍近取远，反在西岳之西乎？

若谓西方诸侯朝觐西岳之下，不应使越京师，而远赴岍、陇，不知畿内虞、虢之属，原可就近朝京师，若巡守而会西诸侯，则陇西、汉南之国毕至，去岍近而去华远。且金氏力主衡山为南岳，则偏在五岭，何不虞南国朝觐之僻远，而反虞西（畿）〔畿〕之岍岳乎？

或又谓《禹贡》北条荆山，《汉志》系诸冯翊怀德县下，而富平亦有怀德，故城亦有荆山者何？

曰：此三国时所移立，非汉之怀德。且朝邑有洛水，历疆梁原入渭，在荆山下。《同州志》谓之华原，俗谓之朝坂。自荆山麓直抵河壖，东连壶口，故荆山之脉，从此逾河。若富平并无洛水，且东距河二百余里，安得即为逾河之壶口乎？

或又以富平县无高山，欲以三原之巀嶭山当之。见《汉志》池阳下，俗名嵯峨山。则更在富平之西，距河逾遥，北条山脉至此，安得即逾于河？且岐山东麓，为九嵕、甘泉、巀嶭，以尽于荆山，故《禹贡》西举岐、东举荆以包之。岂得因洛水亦有漆、沮之名，遂以后世漆、沮入渭之处，为洛水入渭之处，并荆山而移之乎？

问：壶口、雷首至于太岳，底柱、析城至于王屋，皆北条逾河之山也。而龙门在壶口西岸，言壶口不言龙门者何？《汉志》雷首在蒲坂。则其东脉为中条山，尽于垣曲，王屋在焉。不言至王屋，而言东北至太岳者何？析城在濩泽，今泽州府阳城县。王屋在垣县。今平阳府绛州垣曲县。则析城反在王屋之东北，而言析城至于王屋者何？

曰：《汉志》壶口在北屈，龙门在夏阳。本一山连亘，禹凿之以纳河，故两山夹峙东西，而经以壶口属冀，龙门属雍。此欲言山脉之逾河，自当举东岸之壶口以表之也。雷首一山九名，亦名首阳山，《大戴礼》：伯夷、叔齐二子生于河、济之间。此首阳即雷首在冀州之证也。亦名陑山，《书序》：汤伐桀，升自陑。注：在河曲之南。是也。或亦谓即中条山。见《元和志》。又名襄山，又名薄山，并见《穆天子传》《封禅书》；又名尧山，见《水经注》。今有王官谷者是也。虽逦迤数百里，随地异称，三方志各书所闻，而其正麓，则自临晋、绛州溯汾水，北走平阳诸县，以达于霍州之太岳。盖大禹主名山川，知霍太山、雷首之脉，自壶口逾河，为北条之左支；王屋、析城之脉，自底柱逾河，为北条之右支，各有其纪而不可乱。又唐、虞以霍山为中岳，而沇水出自王屋，皆冀州之望，故两书“至于”以表之。盖王屋东接太行，而霍岳北走恒山也。王屋济水所出，自当在今济源、阳城二县界内，其水南入济，北入沁，若垣曲则并非济水所源，何得王屋在其境内？疑《汉志》本以析城在垣县，王屋在濩泽，而后人传写误互之欤？且如城如屋，皆山形方正得名，故或误以析城为王屋欤？析城亦名中条山，正与雷首中条相近之故。苟谓析城在山东阳城，不特于山干东西不合，即谓禹之道山，亦岂有由底柱渡河，先东行至泽州阳城，始复折回西至垣曲者耶？

释道山北条阳列二

魏源

问：太行、恒山，至于碣石，入于海。说者多谓太行为天下之脊，自河内走幽州，凡有八陉，皆谓之太行。而恒山则仅上曲阳之一峰。是北条阳列，几可以太行尽之者何？

曰：是从来之谬。试以《禹贡》质之，则太行自太行，恒山自恒山，不能并恒山为太行。犹之道岍及岐至于荆山，不能并岐、荆谓之岍；西倾、朱圉、鸟鼠至于太华，不能并朱圉以下谓之西倾；熊耳、外方、桐柏至于陪尾，不能并外方以下谓之熊耳。恒山以恒水所出得名，即今之浑河，发自浑源州，与滹沱、卫河夹恒岳而东行，故《禹贡》并称恒、卫。

凡大山皆有大川界之：黄河以北，沁、济以南，王屋之干也；济、沁以北，滹沱以南，太行之干也；滹沱以北，桑干以南，恒山之干也；桑干东北，（泺）〔滦〕[①] 河西南，燕山之干也；（泺）〔滦〕河以东，辽河以西，医无闾、碣石之干也。历代诸史，据太行言之，谓之山东、山西；据恒山、上曲阳言之，谓之山左、山右；据燕山言之，谓之山前、山后。虽分三干，并祖于大同府外

①泺水在山东，滦河在河北，此作“泺”误，据《禹贡说》改。下同。

之阴山，而分脉于宁武府之管涔山。故朱子言冀都山脉发自云中，不言发自太行，此精于北条脉络者。《汉·地理志》惟于河内之野王、山阳二县，言太行在其西北，即今怀庆府之河内、修武二县，而他处不言太行。又于上曲阳县，但言恒山北谷在其西北，而不直言恒山在其西〔北〕[①]。两山间曰谷。盖恒水出自恒山，行数百里山谷中，至上曲阳始出山行平地，故北谷在焉。此精于言太行、言恒山者。

今人尚执太行直抵碣石之说与北岳在上曲阳之说，请列数证以辟之。《列子·汤问》篇：太行、王屋二山，方七百里，高万仞，在冀州之南，河阳之北。是自古太行、王屋两山，合记亦仅方七百里，安得有太行东走千余里，直至海滨之说乎？证以郭缘生《述征记》，谓太行自河内逾中山，尽于幽州，凡有八陉。考山中绝曰陉，太行绵亘上党、河内二郡，又东北跨辽州，迄今获鹿、井陉之地，旁薄虽广，实止五陉：一、轵关陉，在济源县。二、太行陉，在河内县。三、白陉，在辉县。《左传》亦谓之孟门。四、滏口陉，在彰德府磁州，为自邺至晋阳要道。五、井陉，在真定府获鹿县。皆在滹沱以南。故《淮南子》称太行为五行之山，正以五陉得名。若第六飞狐陉，已逾滹沱上游，在恒山之北，不得复为太行。今宣化府蔚州飞狐口。第七蒲阴陉，在今易州。第八军都陉，今昌平州居庸口。则更逾桑干为燕山，在恒山之东，谓之恒山且不可，况太行乎？其辩一也。

《史记》：赵简子告诸子曰：吾藏宝符于常山之上。使诸子求之。无恤还曰：已得之。从常山上临代，代可取也。《地记》曰：恒山北临代，南俯赵。晋隆安五年，魏主珪自邺还中山，将北归，发卒万人治直道，凿恒岭，至代五百余里，即倒马关路。若上曲阳之山，能俯临代乎？《燕世家》：燕听张仪之计，献常山之尾五城于秦。正谓代北之地。若真定常山郡地，则燕都近障，岂能献之？而秦亦岂能有之乎？其辩二也。

恒山之干，亦分三支：其南支自神武泉东出，尽于真定，而

---

①据《禹贡说》补。

滹沱与滋河界之；其中支自五台东出倒马关，尽于上曲阳之大茂山，而沙河与滱河界之；北支由蔚州东出，尽于大房山，而易水与桑干河界之。三支以中支为正，故浑源之玄岳为祖，五台为祢，上曲阳之大茂山为子孙，实则一干自相首尾。自长城筑后，遂画浑源之山与五台为二。考《名山记》，恒山有五名：一曰兰台府，即南台也；二曰列女宫，即北台也；三曰华阳台，即西台也；四曰紫微宫，即东台也；五曰太乙宫，即中台也。《水经注》：崞县南面玄岳。汉雁门郡崞县，为今浑源州地，五台正当其南。是五台为玄岳之中峰，故灵异埒于岱、华。即不祀诸浑源，亦当祀诸五台。若大茂山，谓玄岳中支之麓则可，谓即是玄岳，则以孙为祖，以足为首。其辩三也。

《周礼·职方氏》：正北曰并州，其山镇曰恒山，其川滹沱、呕夷。是并州无太行，呕夷即恒，滹沱即卫，恒水上源出浑源州，卫水上源出五台。恒、卫二水，夹恒岳东行，至真定始出平地。是禹涤恒、卫之源，必在恒山上游。若上曲阳之山，所出何水？大禹施功何所？其辩四也。

《王制》：中国疆域，南不尽衡山，北不尽恒山。是南以衡山包五岭，北以恒山包燕、云。故策士以常山之蛇喻中国形势，亦谓首尾蜿蜒之远。是《王制》述中国，北面以恒山界华夷，不以太行界华夷，况区区上曲阳一山，能为中国北界乎？自恒山至于南河，千里而近，其时禹河未徙，上曲阳至南河大伾山，五百里耳，若非浑源州之恒岳，安得距河千里乎？其辩五也。

汉、唐望祀北岳于上曲阳，不过因古昔巡守之旧。帝王巡守方岳，不必升造其岭，犹祭岱山于博，祭华山于华阴，止取广平，便于朝会，非即以华阴为华岳，奉高为岱宗。若后世不举巡守，不觐方岳，岁时遣官秩祀，则衡处南徼，尚不谓辽，况浑源密迩燕都，反以为辽乎？会稽山在秦望，庙在覆釜，岂可即以覆釜为会稽乎？秦、汉置常山郡于真定，正犹九江郡治寿春，会稽郡治吴，苍梧郡治粤，其地望皆距郡治千百里，岂得谓九江在寿春，会稽在吴，苍梧山在粤乎？岂得以常山郡治所在，为山之所在乎？金、明议者，尚据《诗·崧高》疏，谓必据所都以定方位。则轩居上谷，处恒山之西；舜居蒲坂，在华阴之北。五岳之名，应无代不改。试问唐、虞四岳，见《尚书大传》，轩皇五岳，证据何书？唐以霍太山为中岳，周以岍山为西岳、华山为中岳，殷及两汉以嵩高为中岳，何谓五岳不随帝都而改？况浑源之与上曲阳，同祀恒山，不过一在其支麓，一就其主山，并未舍恒别祀，何谓迁改？

本朝顺治七年，移祀北岳于浑源州，一正前世之讹谬，而阎氏若璩辈，犹袭孔颖达之讹。请断之曰：后世帝王举巡守朝会之典，则望祀北岳，宜于上曲阳。如仅遣官特祀，则北岳必在浑源州，次则或于五台山。

释道山北条阳列附本雍州文，附论道山下　魏源

问：终南、惇物，至于鸟鼠，或谓起陇山及南山，皆谓终南，或谓止太乙一山，而惇物则莫知所在者何？

曰：《地理志》：右扶风武功太壹山，古文以为终南。武功，今郿县。太壹山亦作太乙山，今曰太白山。垂山，古文以为惇物。钱氏（玷）〔坫〕曰：垂山当作岳山，即今武功山，俗称敖山。敖、岳声之转，旧本误作（岳）〔垂〕①，今据《封禅书》《郊祀志》正之。《水经》：陇山、终南山、惇物山，在扶风武功县西南。此并以太白山即终南，其武功山为惇物，故古有“武功太白，去天三百”之谚。此《古（之）〔文〕② 尚书》说也。《隶释》载汉《无极山碑》云：有终南之惇物，岱宗之松扬，越之篠荡。洪氏适谓以惇物为终南所产，与松、篠同科。此欧阳、夏侯《书》说。程氏大昌本之，谓终南产物殷阜，故称惇物，非别有一山。考此文与“原隰、底绩，至于潴野”，耦文对举，“惇物”正与“底绩”对文。此《今文尚书》说也。其释“惇物”虽殊，而释终南为大壹山，则古今文无异说，伪《孔传》及《括地志》

①据文意及《禹贡说》改。
②据下文及《禹贡说》改。

皆本之。《武功志》复云：太白山一名太乙山。此并以太乙山为太白山，两名实一。自家法不明，信道不笃，于是有析终南与太乙山为二者，张衡《西京赋》、潘岳《西征赋》皆以太乙、终南并列，《唐六典》又以终南、太白并列。有以长安南面之山自盩厔以东皆终南者，自盩厔至蓝田之山，《禹贡》但谓之华阳，汉人但谓之南山，无谓之终南者。《地理志》：鄠、杜竹林，南山檀柘，号称陆海。《东方朔传》“谏起驰道抵南山”云云，皆指华阳而言。而胡氏渭乃力主南山为终南，误矣。华阳之南则皆秦岭，今并以秦岭为南山者，更误。有并西起陇山，东及秦岭，凡商颜、太华，皆谓之终南者。见柳宗元《终南山祠堂记》。因有谓华山为惇物者，《水经注》《索隐》《寰宇记》因垂字误作华。有谓惇物宜近南山，而以太乙山及武功山为皆惇物者。胡氏渭。请以经正之。

禹于雍州治水，自北而南，刊山则自东而西，故从荆而岐，而终南、惇物，而鸟鼠，则终南必在岐山以西、鸟鼠以东明矣。若秦岭、南山，则反在岐山之东，曷为列次其后？西跨汧、陇，则包鸟鼠在内，曷言至于鸟鼠？证一也。

《秦风·终南》美襄公始有岐周。《史记》曰：襄公伐戎，至岐而卒，子文公以兵破戎，辟地至岐，岐以东献之周。盖岐在渭北，终南为太白山，正在渭南，地相准直，故秦人美其始有终南。若岐以东之南山，则襄公兵未至其地，其子文公又以献诸周，安得为秦有哉？以《诗》之终南证《禹贡》之终南，非太白而何？证二也。详《诗古微》。

古人封山表镇，取尊特，不取袤延。故冀不岳太行而岳霍太，雍不岳南山而岳岍、吴，南纪不岳五岭而岳衡、霍。今雍州之山，莫雄于太华，莫峻于太白，不应不列于经。赋家或以太白、太乙与终南并列者，盖以终南为总名，而太白则终南之主峰，一而二，二而一。然终南亦至岐而止，后人侈之，遂有始陇终秦之说。不知终南《毛传》《左传》皆作中南，司马侯曰：中南，九州之险也。潘岳《关中记》曰：终南一名中南，言居天之中，在都之南。《淮南子·俶真训》作“中隆”。高诱注谓即终南。盖太白居群山之中，隆然独高，故名中隆。其中、终，隆、南，皆同声假借，不以始陇终秦为义。证三也。

盩厔、蓝田之南山，《禹贡》但谓之华阳，盖皆华山之来脉，故曰“华阳、黑水为梁州”。若以此为终南，曷不曰终南、黑水为梁州乎？华阳以炭谷、龙湫之山为主峰，俗呼为南五台，神秀冠峙，南山皆其屏障，正在华山之阳。乃或因《雍大记》称五台太乙谷有太乙元君湫池，汉武帝元封二年，祠太乙于此，建太乙宫；又山有太乙峰、太乙池，遂以南五台为太乙山。则不知古言太乙者，犹言第一山。今南五台虽秀，安能与太白争高？且置华阳于何地？证四也。

至“惇物”之训，则必从洪适《汉隶释》所引《无极山碑》“有终南之惇物”云云。盖导山异于导水，若空述脉络，不预随刊，则与《导水》篇何异？九州无是列也。故荆、岐必言既旅，蒙、羽必言其乂，蔡、蒙必言旅平，原隰必言底绩，终南必言惇物。此今文家无上精义。鸿荒之世，终南奥阻，人迹不至，虽材产殷阜，无由显于人世。自随刊涤源以后，樏橇四通，于是终南材木金箭，取给不穷，西至鸟鼠之山，皆秦陇所仰供资用，故以惇物与旅、绩并书。乃从来但据《汉志》“太壹山，古文以为终南；岳山，古文以为惇物”，从未有表章今文家说者何哉？盖上文“沣水攸同”，止治渭南患甚之一水，时荆、岐、终南、鸟鼠，则并涤渭南、渭北山谷之源，而后循治原隰，以终道渭之绩。故知禹之治水，皆先下游而后涤源也。古文家不察经谊，强以惇物为山名，而自来杨、马、左思词赋，侈铺名胜，以及秦人土语，从无一言及于惇物之山者。凿空之词，终难征实。证五也。

释道山北条阴列

魏源

问：北条阳列之山，起岍、岐，尽碣石，而不及陇西诸山，首短而末长；其次，阴列之山，起西倾，止陪尾，而不及岱东诸山，首远而末近者何？鸟鼠、朱圉、太华，皆渭水所经，若西倾非渭源，在鸟鼠西六七百里。《地理志》：《禹贡》朱圉山在天水郡冀县，为今伏羌县地。则又在鸟鼠之东南二三百里。道山乃先西倾、朱圉于鸟鼠者何？

曰：龙门未辟以前，河由孟门左右分决雍、冀，泛滥岐阳之地，挟渭水而东，则岍、岐固洪水所支溢也。故北条始岍、岐，终碣石，皆以道河为主。而岍、岐以西之皋兰、祁连诸山，陪尾以东青、莱诸山，皆非随刊所及焉。

至西倾虽非河、渭所经，而洮水出其东北，其入河之处，距渭源甚近；今临洮县是。桓水出其东南入潜，详梁州下。则西倾因桓，自与道渭为一役。且其山在嶓冢之北，非南条阳列之山，安得不与鸟鼠并举乎？朱圉为渭水所经，而《伏羌县志》称：县西南诸山，皆朱圉之别峰，随地异名。则是山或曰白岩，或曰石鼓，《禹贡》总谓之朱圉。西接洮水，与鸟鼠南北相直，其山脉横行，自南而北。则朱圉固可为鸟鼠之来脉，故道山先朱圉于鸟鼠。《汉志》谓在冀南梧中聚者，就其尽处而言，或祀典所在，犹上曲阳之不可以尽恒山，西县之不可以尽嶓冢。而阎百诗泥之，谓一聚可容，阯必非广。则经曷为系诸鸟鼠之上、西倾之下？即谓禹道水循行次第，亦岂有循洮水至渭源，乃不道鸟鼠，而先东至朱圉，始折西至鸟鼠，复折东至太华者耶？胡氏渭至谓经文必作鸟鼠、朱圉，而传写倒互，是不以经求地，而反改经以殉地耶？雍州刊旅，先荆、岐下游，而后上至于鸟鼠；道山则先鸟鼠上游，而后至于太华，益知《道山》篇文，皆以水之原委为山之条列矣。

释道山北条阴列二

魏源

问：熊耳、外方、桐柏，至于陪尾。《汉志》嵩高山，古文以为外方山。金氏履祥谓《大雅》“崧高维岳”，安得与江夏之山相为内外？因别取陆浑县之方山为外方。或又谓中岳崇高之名始于汉武者何？《志》言江夏安陆县，横尾山在东北，古文以为陪尾。

安陆，今湖北德安府属县。而《孔传》谓皆在豫州界，淮（在）〔出〕①桐柏经陪尾者何?《导山》于岳，有华、恒、衡、嵩，而不及岱东者何?

曰：嵩高，古不名岳，止名外方，唐、虞巡守所不及。殷都豫州，始以嵩高为中岳。故《尔雅》五岳，前条为周制，后条为殷制。至周室东迁洛邑，始尊之曰太室，取明堂五室，太室居中之谊，则复用殷代中岳之制。故《左传》司马侯曰：四岳三涂，阳城太室。是太室在四岳之外，不在五岳之外。至汉武遂案古图书，复礼崇高为中岳，非创也。《大雅毛传》：山大而高曰崧。通指四岳，因申、甫、齐、许世掌四岳之故。此西周时语。自应劭、《风俗通》刘熙，《释名》始混崧、嵩为一，而释《大雅》为嵩山。金氏履祥遂以殷及东周之五岳，上例《禹贡》，而疑其不当名外方，疏矣。

至《汉志》安陆之横尾，并非淮水所经，姚氏鼐谓当与安丰之大别互易，乃传写者误移其文，谓大别、汉水当在安陆，陪尾、淮水当在安丰。此说亦未尽善，详大别条（山）〔下〕②。考经凡言“至于”者，皆相距甚远。至于鸟鼠，至于太岳，至于太华，至于碣石，皆千里、数百里。以导淮（之）〔自〕③桐柏东会于泗、沂推之，则陪尾当从《水经》在下县泗水所出之说。《隋志》：泗水县有陪尾山，今山东兖州府。《周礼·保章氏》疏曰：外方、熊耳，以至泗水、陪尾，属摇星。盖本《春秋纬》文。则汉人本以陪尾为泗源，岂有班氏作《地志》，近据图籍，上本《禹贡》《周官》，反不知陪尾所在，而属之江夏、安丰者哉?盖浅人校《汉书》者，妄取伪《孔传》入之《地志》。盖以为孔安国真古文，与安丰、大别之增窜，正同一例。知陪尾为泗源，则陪尾正岱宗之来脉，至于陪尾，即至于岱宗也。

---

①据《禹贡说》改。
②据《禹贡说》改。
③据《禹贡说》改。

近日曲阜桂氏馥曰：岱山为中条之尽，其脉自泗州徐、沛间，渐起冈阜，由吕梁穿过，而起沂、峄诸山；再峡为峄县之阴平岭，而起东蒙山；三峡为泗水县之陪尾，而起徂徕、新甫诸山；四峡为莱芜之原岭，再转即东岳插天矣。正干逆转西南，经东阿、肥城，以尽于东平州。而曲阜正当其环抱之处，汶、泗拱合，钟生至圣。济水东行，岱脉西转，与济相逆，而巨野大泽，则其汇水之区。以上桂说。

案，嵩山之脉，尽于成皋；桐柏之脉，尽于汝宁。此后河南、淮北，一望旷衍，几无踪迹，渐起于徐、泗，而突起于山东。后世黄河横决，而南运河复横截而北，使人忘其所自，至有岱脉自辽东渡海而来之说。岂知《禹贡》“熊耳、外方、桐柏，至于陪尾”，已包尽中条之脉络乎？陪尾志泗源之山，而不及汶源之山者，汶不入淮而泗入淮，仍以桐柏之淮为主也。

释道山南条阳列

魏源

问：道嶓冢以至大别，此南条之阳列，汉水所经也。《地理志》：陇西西县，《禹贡》嶓冢山西，汉水所出。或谓当在沔阳者何？南郡临沮县，《禹贡》南条荆山在东北，漳水所出。临沮，今襄阳府南漳县西八十里，有荆山。江夏竟陵县，章山在东北，古文以为内方山。汉竟陵故城在今安陆府钟祥县南，与荆门州接界。考荆山起南漳，迄荆门，与内方相接。何不援西倾、朱圉、鸟鼠至于太华之例，而必以至于荆山与至于大别并举者何？汉水至大别入江，而《地理志》云：六安国安丰，《禹贡》大别山在西南，非江、汉所会。或以为汉阳翼际山，则在汉西而非汉东，又与《左传》不合者何？

曰：陇西、嶓冢，兼跨氐道西东二境。西汉水出其西，东汉水出其东，二水潜通互受，故《汉志》互举以明之。《禹贡》导水，有东汉无西汉者，东汉入江，流长路远，自以远者为正流。凡沔、漾皆东汉之名，而西汉止“浮于潜”一语耳。胡氏渭据后魏所置沔阳之嶓冢县以驳《汉志》，东西相距五六百里，使汉源反短于潜水，南条不起于陇西。别详于《道漾章》下。至道山经文，凡言“至于”者，皆以志水之原委。至于太华，志渭之入河也；至于王屋，志沇之发源也；至于太岳，志汾之上游也；至于碣石，志河之入海也；至于陪尾，志泗源也；至于衡山，志湘源也；至于敷浅原，志彭蠡之治也。

江、汉、沮、漳，为楚之望，而沮、漳皆出于荆山以入江，而景山即荆山之尾，故《水经》沮出沮阳县西北景山。而《淮南子》以为沮出荆山，则景山即荆山也。荆山为荆、豫二州之界，兼沮、漳二水之源，首尾数百里，安得不特书“至于”，以见为南条之中脊乎？

至以章山为内方，则种种不合。《汉志》谓古文说，则今文不然也。章山不过荆山之尽麓，其山所出，并无著名之水，举荆足以包章。且大别实在汉东，与章山隔水，其脉安能至于大别？且汉北汉东，名山无数，何独此详而彼绝不及？

考楚国方城为城，汉水为池，则内方自当为方城。楚之方城有三：一在上庸汉中之地，居荆山上游，非此所举；一在汉北，即屈完拒齐师之地，在今南阳、裕州、叶县，连山相接，六百余里，号曰长城，而汉水流其南；一在汉南，即吴、楚夹汉时，楚左司马戌欲出方城外毁其舟，又塞城口断其归路，在今信阳州及应山之地，居大别上游。而《禹贡》内方，则专指汉北叶县之方城。盖导荆山者，导汉南沮、漳之水入汉也；导内方者，导汉北丹河、唐河诸水入汉也。至于大别，则导汉东涢、溠诸水入汉也。

至大别山，则《书正义》谓《地理志》无大别。惟《郑注》云：大别在庐江安丰县。杜预纠其与汉水不相近，疑后人取《郑注》以增入《汉志》。且《志》果有此条，杜预岂有不知，而托为“或说”者？《正义》岂有不见《地理志》，而直言其无者？《郦注》于《汉志》无条不引，岂有独阙此文，而但引杜预者？故知此注必在郑氏以后，而其混为《班志》原注，又必在唐本以后，孔颖达时尚未紊淆也。《水经注》亦不信安丰大别之说，而所言江水东径鲁山南，《地说》所谓汉与江合于衡北翼际山旁者，亦不言是大别。《元和志》始言鲁山一名大别山，在汉阳县东北百步，前枕蜀江，北带汉水。则今鲁山实在汉岸之西，与《左传》吴、楚夹汉，楚“济汉而陈，自小别至于大别”之说不合。盖楚济汉东，则大别当在汉之东岸。别详《导汉章》下。姚氏鼐谓今《汉志》安丰、大别，当与安陆、陪尾互易，则近淮近汉，各得其所云云，亦善于解环。

考《左传》定四年，吴伐楚，舍舟于淮汭，自豫章与楚夹汉。左司马戌谓子常曰：子沿汉而与之上下，我悉方城外以毁其舟，还塞大隧、直辕、冥厄。子济汉而伐之，我自后击之，必大败之。子常不从，乃济汉而陈，自小别至于大别，三战不利，败于柏举。吴从楚师，及清发，将击之。夫概王曰：不如俟其半济。从之，又败之。又败诸雍澨，五战，及郢，司马戌及息而还，败吴师于雍澨。考《春秋》吴、楚争战，皆在今潜、霍、六安之地，由淮而不由江。盖古浔阳、九江，及大雷、彭蠡之间，江面横广，各百余里，浩瀚沮洳，洲渚纵横，为舟师所惮行。故皆溯淮而上，宁由陆越山，而不敢战于江也。或谓柏举在麻城，清发在德安府安陆县西之（涓）〔涢〕[①] 口，见《水经》及《元和志》，郧水即清发水。雍澨在京山县东南，皆与《左传》地形不合。

盖柏举即在大别、小别之地，不应东隔三百余里；清发当济向郢之津，不应远在孝感；雍澨则已涉汉而西，不应反在汉东。以《禹贡·道汉章》证《左传》，则三澨在大别上游，当为今宜城以下入汉之夷水口、《水经注》：夷水入汉，俗名蛮河口。激水口、古都国故城，俗曰乐乡河。权水口。径荆门州东南入汉，俗曰荆门河。此三口皆在均州沧浪水之下，此据《水经注》引《地说》，所谓沧浪之水出章山者。天门大别山之西北，而权口为自陆安府赴郢必由之道。则权口当即雍澨，

①据《禹贡说》改。

与《左传》合。而《水经》及《索隐》并言三澨在邔县之北，邔县故城，在今襄阳府宜城县东北，正当此三水口；而郑康成谓三澨在江夏、竟陵之界，汉竟陵为今天门县，亦正在此三口东岸，于古书无不合。楚师战败于天门县，大别、柏举皆在此。由权口济汉，当即雍澨。转战荆门州，五败而及江陵之郢。及左司马自息还，则汉东已无吴师，故济汉救郢，而吴师自郢东御之于雍澨。以《左传》证《禹贡》，则大别之在汉东不在汉西，无可疑者，内方当为汉北之方城山，不当为汉南之景山，亦无可疑者。

释道山南条阴列

魏源

问：岷山之阳，为南条之次阳列，故蒙道嶓之文，而岷不复言道。然岷山至衡数千里，中隔绳、若、沅、澧诸水，且衡山非江所经，而言至于衡山者何？衡在湘水之南，其麓尽于洞庭之西，而《孔传》谓衡山之脉，连延而为敷浅原者何？大别以下，南条之循江北下者未尽，敷浅原以东，南条之循江南走者未尽，而道山中止者何？敷浅原或谓在九江，或谓在鄱阳，其说不一者何？

曰：道山之文，有于一条中复分二支者，荆山逾河，一为壶口、雷首，以至太岳；一为底柱、析城，以至王屋，而皆为荆山之所分是也。南条则岷山之阳为五岭，一由桂岭而为衡山，以尽于洞庭之口；一循庾岭而为庐阜，以尽于彭蠡之口，皆为岷山之所分是也。

岷山，《史记》作汶山，盘亘松潘、茂州、灌县，及陕西岷州卫，将千里，与太行无异。故陆游言自蜀郡以西，大山广谷，谽谺起伏，西南走蛮箐中，皆岷山也，大江出其东，大渡河源出其西，是岷山所包甚高广。山南曰阳，山北曰阴，五岭皆在岷山之东南，则皆以岷山之阳统之矣。《王制》曰：西不尽流沙，南不尽衡山，北不尽恒山。是以五岭为衡山矣。自江至于衡山，千里而遥，若祝融一峰，距江不过五六百里，安得千里而遥？惟五岭始能为中国华蛮之界，非衡岳一峰所能界南纪也。

衡者，横行之名，《禹贡》衡山，盖上连桂岭、郴岭、九疑诸山，总谓之衡山。故可南抵巴陵之大江，东走庐阜之敷浅原。道山之条列，即道水之条列。岷山道江，东至于澧，过九江至于东陵，即此之至于衡山过九江也。东迤北会于汇，即此之至于敷浅原也。古时三苗之国，左彭蠡，右洞庭。五岭之山，禹未深入，惟纪岷江所经，则上游所受南条诸水，莫大于三湘，故举衡山以表之；下游所受南条诸水，莫大于豫章，故举敷浅原以表之。《水经注》引《地说》曰：汉与江合于衡北翼际山。则自巴〔陵〕[①]至武昌，凡沿江南岸诸山，皆衡山之麓。则《孔传》谓衡山为江所经，亦未可非也。

《蔡传》既斥孔氏、苏氏地脉之说，而又谓岷山之脉，一支为衡，一支为敷浅原，吾不知山脉与地脉，有以异乎？无以异乎？谓道山书“至”、书“过”，皆禹至之、过之，吾不知道江书“别”、书“会”、书“过”、书“至”，亦人别之、会之、至之、过之，而非言水乎？大山之尽，必有水以界之；大水之会，必有山以纪之。因流坎之自然，行所无事，何得道山之文，独异道水之文乎？岂但辟地脉而主山脉，自相矛盾乎？至《地理志》，豫章历陵县，南有傅阳山，傅阳川在南，古文以为敷浅原。《通典》以江州浔阳县之蒲塘驿，即汉历陵故地，敷浅原当在彼。考其地，正当浔阳大江之尽，又适当匡庐山麓之尽，犹叙中干云“熊耳、外方、桐柏，至于陪尾”，为岱宗支脉，举陪尾即可证岱山也。又犹荆山下有彊梁原，亦名华原也。《水经注》引孙放《庐山赋》“临彭蠡之泽，接平敞之原”，正谓庐山南临彭蠡，北接敷浅原也。胡氏渭引此以证山南之原，非是。其地有望夫山，南有湓口水入江，与《汉志》傅阳山、傅阳川，亦无不合。乃后人因汉历阳兼有后世浔阳、德安、星子三县地，于是马端临谓德安有敷浅水，则不但远隔浔阳江，且在未起

①据《禹贡说》补。

庐山以前，不应道山过九江，反遗庐阜。胡氏渭又以星子县之落星石当之，则在庐山之南麓，而非其北麓，但濒湖而不濒江，与浔阳大江无涉，与《汉志》傅阳山、傅阳川亦不合。故知《通典》之言，确不可易。至晁以道谓在饶州之鄱阳县，则并非汉历阳县地，且中隔大湖，于浔阳、于庐山皆无涉，更不足辩。自此以下，为扬州、吴、越三江震泽之域，地势卑湿，决川之功多于随刊，犹之大别以下为徐，陪尾以下为青、兖，皆道山所不及欤？固知疏浚多在下游之东，随刊多在上游之西矣。

释道山南条阴列附

魏源

问：南岳，《史记》以为衡山，《尚书大传》以为霍山，此古今文异说。《尔雅・释山》一曰江南衡而无霍，一曰霍山为南岳而无衡。或谓殷、周异制者何？

曰：《尚书大传》唐、虞以霍山为南岳。伏生在汉武之前，知非汉武始移衡于霍。盖古时衡山有二，有江南之衡，有江北、淮南之衡。江南之衡，五岭是也。江北、淮南之衡，即霍山也。汉高帝、文帝并于六安置衡山国，中属淮南，武帝时别为六安国，此汉初衡山在淮南六安地之明证。《秦本纪》：始皇帝东行，上太山，并渤海以东，穷成山，登之罘，南登琅琊，遣徐市入海求仙人，还过彭城西南，渡淮，之衡山。由南郡浮江至湘山祠，逢大风不得渡，怒伐湘山树，赭其山，乃自南郡由武关归。是始皇并未渡洞庭，安有至衡阳之事？其所叙衡山，在渡淮水之下，南郡浮江之上，则知是淮南之衡，非湘南之衡明矣。再以《封禅书》证之：武帝巡南郡至江陵，而东登灊之天柱山，号曰南岳。浮江自浔阳出枞阳，过彭蠡，北至琅琊。皆始皇所巡之旧道。以两文参校，则《秦纪》之衡山，即《封禅书》之灊、霍，非汉武始移其祀益明矣。《水经・山水泽地纪》亦以霍山为南岳。是古文《尚书》说与今文同。《史记・五帝本纪》：五月，南巡守，至于南岳。

南岳者，衡山也。亦即指灊之衡山明矣。

古帝王南巡守，不过江北、淮南，于朝会差近。若苍梧、九疑之地，秦皇、汉武所未至。故《山海经》衡山在中山之经，而不列为岳。而谓唐、虞五载巡守，必朝会，必于三苗之地乎？禹会诸侯于涂山，执玉帛者万国。杜预谓在寿春东北，为今凤阳府，亦江北、淮南之地，距灊、霍不远。而今霍丘县之山亦名霍山，与灊连界。意者，古者霍山包举广大，涂山即其北干，天柱则其南干。专就天柱峰称之曰霍，取大山宫小山之谊，连淮南诸山总名之曰衡，取横行之义。盖本虞、夏南巡朝会之地，而秦、汉皆袭行之欤？至《道山》篇岷山之阳，至于衡山，过九江，《王制》南不尽衡山，自江至于衡山，千里而遥，则并指江南之衡。五岭横行，故曰衡，亦非专指祝融峰也。邵晋涵《尔雅正义》曰：灊、霍、天柱孤立，而四面皆大山宫绕之，故名曰霍。若衡山，则祝融主峰，高出诸峰之上，何得名霍乎？并存其说，备参考焉。

释道北条弱水黑水

魏源

问：道弱水，见《地理志》张掖删丹县，桑钦以为道弱水自此，西至酒泉、合黎。又居延县有居延泽在东北，古文以为流沙。《水经·山水泽地记》及《郦注》同之。《孔疏》谓酒泉郡在张掖郡西。居延属张掖，合黎属酒泉，则流沙在合黎东，与经言弱水西流不合。胡氏渭因谓流沙当在敦煌以西，不信《汉志》居延之流沙者何？黑水随地可名，至弱水不胜鸿毛，古今书传并未指实何水，或遂臆为枯绝，或谓字取谐声，不以柔弱为谊者何？

曰：弱水以西逝者为正流，而东入流沙者特其余波，则流沙之不当在西明矣。《淮南子》云：弱水出穷石山。《离骚》所云“夕次于穷石”也。《说文》谓之岍山，亦谓鸡山，即祁连山之异名，在今甘州府山丹县西南。弱水出其山南，又西径合黎山与黑水合。《水经》：合黎山在酒泉郡会水县西北。案，会水县在今肃州之东北，高台县之西，北有溜赖河，下游与山丹河合，即古之合黎水，今俗通名黑河。盖山丹黑河，即弱水之正流，及至合黎而会《禹贡》之黑水，故经曰至于合黎。盖《禹贡》所施，止道入黑水而止也。至弱水，《说文》作溺水，亦取柔弱为义。《山海经注》不胜鸿毛之海，即今之青海。故《地理志》金城临羌县西，有西王母石室、弱水昆仑山祠，则亦指羌谷水为弱水，而西海即青海也。西海一名鲜水，羌谷水亦名鲜水。

青海周七百余里，群山绕之，潴而不流，不胜鸿毛，不通舟楫。中有二岛，惟冰合时可通。番夷居岛者，皆于冬月乘冰度海至岸，储一岁粮，与外人不相往来。此弱水之明证。其敦煌黑河之枯绝者，盖伏流重出，潴于青海也。自黄河言，则谓之西海，自弱、黑二水言，则谓之南海。且其性弱，其色黑，实二水之尾闾。是青海为雍西之地望，为华夷大界。故《禹贡》特取二川，有至劲之黄河，即有至柔之弱水。自古至今，有伏流而无枯绝，可息一切之诤。青海并无上源，凡玉关外水皆伏流潜入之。故黑水、弱水皆以青海为归宿。其弱水余波，兼潴于居延泽，在合黎东北千余里者，与西被之流沙各为一地。而其正流自由合黎之黑水西逝，同潴不行，而伏流潜入于青海。后世不知青海即不胜舟楫之弱水，故谓之枯绝。胡氏渭遂反以居延为正流，而以其伏流枯绝者为余波，别入敦煌以西之流沙，遂排《汉志》居延泽为流沙之说，则岂经言弱水既西者，不谓其正流而反谓其余波乎？岂居延泽之潴于沙而不行者，可不谓之入于流沙乎？敦煌以西之流沙，在玉门关外，即古之白龙堆，今之流沙卫，并枯碛无水。《王制》：自西河至于流沙，千里而遥。惟在居延故耳。若敦煌以西之流沙，距龙门西河岂止千里而遥乎？至《史记·大宛传》“安息长老传闻条支西海有弱水，而未尝见”，本疑词，非指实。且中隔葱岭，非禹服所及，非经义所关，儒者所不通。而程大昌辈竟谓弱水虽在雍地，而实与西海条支弱水贯为一川，则是水必倒流上葱岭而西，且所入亦西海而非南海。孟浪之言，野等齐东，诞逾邹衍，何足与辩乎？

问：黑水、三危皆在雍州，伪《孔传》谓过梁州而至南海。则黑水无绝河源，逾陇、岷而入南海之理。于是说者谓《禹贡》黑水有三，一雍州黑水，二梁州黑水，三道川入南海之黑水，而三危亦非雍州之三危。《郑注》谓三危在鸟鼠、积石之西南，黑水径滇池，非中国之水。说者多取潞江、澜沧江、牂牁江以当《禹贡》入南海之黑水，其说似善于解环，而《汉志》《水经》皆不言及者何？

曰：果如是说，则弱、黑二水当叙于道川之末，当纪于梁州之内，何反居道河、道江之前？何为均在雍州之域？考经文先弱、黑，次河，次江，次汉，皆自北而南，则知弱、黑必在河源以北。且皆叙于雍州之内，则其道川之黑水，即雍域北条之水，三危即雍域北条之山，而南海亦雍域之海也。《禹贡》：东渐于海。其西、朔、南三面，皆不言海，是其中国惟有东海，无南、西、北三海明矣。至声教所讫之四海，即《尔雅》东夷、西戎、南蛮、北狄谓之四海者也。《易》卦《兑》，西方之卦，为泽而不为海。《礼·乡饮酒义》曰：祖天地之左海也。则右之无海明矣。弱水余波入于流沙之居延泽，而《淮南》及《地记》均谓弱水南流注于海，黑水与弱贯为一川。《水经注》曰：泽水径武威县故城东界，此水流两分，一水北入休屠泽，俗谓之西海；一水又东径百五十里入潴野，世谓之为东海，通谓之都野矣。是武威即有西海、东海，皆淀泊渟潴之名。故曰北人得水皆谓之海。此等小泊，皆得海子之称，岂敦煌以西之黑水，独不可有南海乎？然《括地志》所称黑水出伊吾县北百二十里，又南流二千里，绝三危山而入河。考伊吾，今哈密地，并无南流至三危之水，况入河与入南海无涉。至杜佑谓其年远湮涸，则水之枯者不过如泲之断续不常，如九河之故道迁徙，未有源流涓滴不存之事。然则黑水当于三危左右求之。

《水经》：三危山在敦煌县南。《括地志》：三危山在沙州敦煌县东南三十里，山有三峰，党河自鸣河山西流十里，径三危山。《肃州旧志》曰：白龙堆沙东倚三危，北望蒲昌海，是为西极要路。《春秋传》曰：

先王居梼杌于四裔，故允姓之戎居于瓜州。《地理志》：杜林以为敦煌郡即古瓜州。此杜林《古文尚书》说。是敦煌戎为三苗之裔。《山海经》：灌湘之山又东五百里曰鸡山，黑水出焉，而南流注于海。鸡山即《说文》弱水所出之屼山，乃祁连山之别名也。祁连山亘甘州、肃州之南，〔兼〕① 汉张掖、酒泉二郡地。弱水出其东南，黑水出其西南，即今之滔赖河，土名黑河。至肃州东之合黎山，古酒泉郡会水县地，而与张掖之弱水会。自《郦注》误以黑水之鸡山亦在张掖，于是《括地志》《史记正义》皆因之，皆以张掖城北之河，一名羌谷水者为黑水，既局弱、黑于一地，又局鸡山于一县。且《禹贡》言导弱水至于合黎，则合黎以上皆弱水之源，无黑水之源。故《水经·山水泽地》说合黎山在酒泉郡会水县，盖弱、黑二水至此始会，故县名合黎，是其明证。在今肃州之东、高台县之西，古酒泉郡地，非张掖郡地。盖祁连山横亘酒泉、张掖二郡之南，岂仅局于一县，故知黑水为（蒲）〔肃〕② 州东之滔赖河，土人亦名黑河者。合黎在此，则黑、弱相会亦在此。禹时导二水西行，径今玉门县、安西州之黑河，黑河至玉门县名苏赖河，至安西州名布隆吉河，皆党河上源。古黑水古道，随地异名耳。而至敦煌，受三危山之党河，西南流以注于黑海，即今大小色腾海也。再伏济潜入于青海。青黑同色，地当正南，且与弱水同归宿也。后世肃州之黑河，与玉门县之河隔绝不通，反同弱水余波，皆北注于居延海之河。于是黑水无上源，惟以玉门、安西州之河与敦煌党河为上源。及出关外，又止潴于西黑海，名喀喇泊，番语喀喇，黑也。而不通于南黑海，即大小色腾海。更不通于青海，于是黑水无尾闾。而说《禹贡》者，遂求三危、南海于雍州之外。然今日肃州黑河，虽与玉门苏赖河中断不接，相去百余里，而二河之间，尚存二泊，为旧日黑水相通之故迹，是上源非无迹可求也。西黑海虽不通流于南黑海，相去一二百里，然南黑海即青海，并无上源，皆以为潜流之所潴，则是沙下暗通也。《禹贡》言弱水既西，又言导弱水至于合黎，皆不言其所至。盖弱既入黑，则黑水之下游，即弱水之

①据《禹贡说》补。

②据《禹贡说》及上下文改。

下游，黑水所入之海，即弱水所注之海，而青海即黑海，又即南海明矣。但知弱、黑贯为一条，青海为黑、弱潜流之所入，则不但《禹贡》无不合，即《淮南》《地记》《水经》所言弱水、黑水亦无不合。

或以合黎河至青海，中隔大山及大通河为疑，则葱岭河源何以先汇于蒲昌，而又洑绝大山，出于星宿海，济水何以贯河底，而重出于荥泽？今许河、济之伏流潜发，而独不许弱、黑之伏流潜发，此何理也？矧青海周围七百余里，至今不胜舟楫，不胜鸿毛，惟海中有小岛，每岁冰合时，番僧裹一岁粮入定，其余时断无一叶之渡。是青海即弱水之明证。以其色黑言之，谓之青海；自三危合黎言之，谓之南海；自雍州望之，谓之西海。《汉书·地理志》：雍州西海有黑水祠，有王母石室。此自古祀黑水于青海之明证。惟僻在西羌，春秋为鲜水羌所据，故《离骚·天问》已有"黑水玄趾，三危安在"之言。《禹贡·山水泽地记》曰：弱水西流入合黎山腹，余波入于流沙，通于南海。此所言南海皆青海，故不言入而言通，与《汉书·地理志》之西海黑水祠若合符节。是黑、弱二水之在雍州青海，明如星日。至伪《孔传》不考故籍，无稽妄臆，指为梁州入南海之水，后人遂释《地记》曰：三危山在鸟鼠之西，而南当岷。则《禹贡》何为到于雍州之地，叙于导河、导山之前乎？岷山又在积石之西南，黑水、（若）〔弱〕[①] 水出其南，于是竟以黑水为梁州北徼外之水。试思梁州导江自岷山近源始，岂有远越金沙江外，导及荒服南溟之黑水，而又叙之雍州者哉？

使经文言导黑水至于三危，又南入于青海，则人人瞭然矣。然《山水泽地记》曰：弱水西流入合黎山腹，余波入于流沙，通于南海。夫言山腹，则是合黎中有孔穴相通，如东西漾水之比，故曰通而不言入。苟必泥指大海，则使当日傥书曰导黑水入于西

---

①据《禹贡说》及上下文改。

海，将逾葱岭而注雷翥海乎？傥曰导弱水入于北海，将真绝大漠而汇于冰海乎？未有瞽缪若斯甚者。

释道南条九江

魏源

问：九江聚讼，一谓在荆之上游，一谓在荆之下游，而东陵、汇泽，即随九江而上下。若谓大江水派别为九，则一水之中，沙水相间，横列十有余条，将无以容。若旁计横入之小江，则所受不知当为几千百江。古今聚讼，无所折衷者何？

曰：荆州上下游各有九江，《尚书》今古文各主一说，而洞庭及鄱湖水皆不与焉。盖九江犹九河，九河为河水之自分为九，则九江亦必一江自分为九，而非九水之入乎江。故《淮南子》言禹凿江而分九路，朱子所谓一水间当有一洲，沙水相间者是也。其在上游者见《山海经》，而《水经·山水泽地记》宗之。此桑钦所传《尚书》古文说。此西汉真古文，非马、郑古文比。

《荆州堤防考》言古有九穴十三口，今多淤废。其十三口乃外水之入江，而非江水之泄于外，与九江无涉。如汉阳之沌口、青滩口，江夏之金口，嘉鱼之六溪口、石头口，皆是。《水经注》中更有数十口，今尤莫考。惟九穴即古九江。盖江自百里洲而下，江分南北，北江为沱，其南江正流东至于澧者，则洲渚纷歧，分为九派，曰：虎渡穴、章卜穴、郝穴，皆在江陵。又杨林穴、宋穴、调弦穴、小岳穴、皆在石首。赤剥穴，在监利。皆昔时分泄江涨之地，分布江陵、石首、监利之间。今惟江陵对岸之虎渡穴及石首之调弦穴尚存，余尽占为圩田。

计今江南岸公安、石首、华容、安乡四县，皆古九江洲渚故道，汉许商言九河自鬲津以北距大河，中间相去二百余里。今大江去澧亦二百余里，正与九河广狭相等。故《水经》言《禹贡》九江，在长沙下隽县西北，下隽即巴陵。不言在下隽之南也。洞庭则正在南，非北矣。《山海经》澧、沅、潇、湘之浦，在九江之间，不言九江在澧、沅、潇、湘之间也。自圩垸日兴，洲渚尽化民田，设立城邑，于是南岸大江距澧平陆二百余里，而《禹贡》大江至澧之文遂不可通。自松溪至巴陵，江堤长亘六百余里。九江亡其六七，而诸水尽钟于洞庭，于是以洞庭为九江，而《水经》及《山海经》皆不可通。其北岸则大江别出之沱，自监利、夏首受江，径沔阳州潜县入汉，谓之夏口。今则北岸长堤亦亘七百余里，夏首不复受江，而东别为沱之文亦不可通。《汉志》以枝江为沱，《郑注》别夏水为沱，盖以江分于洲，南北皆经流，无甚宾主，必别行入汉，方可为沱耳。《水经注》引应劭《十三洲记》曰：江别入沔为夏水，以冬竭夏流得名。案，北江沱水通入潜、沔，故荆州贡道以浮于江沱、潜、汉为言。其又东至澧以下，自说大江正流。北沱渐塞，南岸九江亦塞，惟存虎渡一口至澧，遂反以南江至澧者为沱，则下文曰“过”、曰“至”、曰“迤”、曰“会”，岂皆承江沱言之，而不及大江耶？至以九江为洞庭，无论洞庭是湖非江，且入湖之水惟沅、湘、资、澧，故洞庭在古止谓之三湘，谓潇湘、沅湘、资湘，其君山则谓之湘山，湖口谓之湘江口。见《水经注》。《国策》又谓之五渚，若五口然，安得有九？《水经注》五渚并澧水、微水数之，今巴陵东南微湖是也。若并上游入沅之五溪数为九水，则资、湘、澧所受溪各有数十，何独数入沅之水耶？故欲明上游九江之是，必先辟洞庭为九江之妄，洞庭之妄明，而九江故道明，即古三湘、七泽之说亦无不明。七泽今无一存，亦为圩田所占，与九江同。九江既在荆州上游，则东陵当从《汉志》《水经注》，在今蕲州之东，地名田家镇，两岸石山，抱江曲折，有如巫峡，正当寻阳上游。《水经注》：江水又东，过下雉县北，刊水从东陵西南注之。刊水出广江郡之东陵乡，《尚书》过九江至于东陵者也。江夏有西陵，故此言东矣。案，下雉县为今兴国州大冶县地，其东则为蕲州，在寻阳之上游，《郦注》以此为东陵，则不以寻阳为九江可知。此九江在荆州北界之说也。

至寻阳九江在庐江郡，本属扬州，与《禹贡》荆州九江不合，然其名则见于《史记》、太史公曰：余登庐山，观禹疏九江。《汉书·地理志》。九江在庐江郡寻阳县南，皆东合为大江。应劭曰：江至寻阳，分为九派。考寻阳北岸为广济、黄梅岁修堤防之地，占水为田，在昔堤防未设时，江必自广济堤穿入武山、连山诸湖，下达黄梅之太白、张家二湖，包沦县治，挟源湖、感湖、涉湖以东至宿松，广于今之江面数倍。

是寻阳在昔原有江分数派之事。然秦立九江郡，则实仍楚都寿春之旧。兼有汉九江、庐江、豫章三郡地，以寻阳大江界南北之中，故举九江为郡望，如治吴而会稽，治粤而名苍梧，皆距郡治百千里。盖楚徙寿春，仍名之曰郢，如鄢郢、郊郢、陈郢之例，随地侨置，因并故都郢中之薮泽而徙之。秦、汉因楚，于是九江遂移于寻阳。太史公登庐山观九江，盖今文家说。

至王莽以豫章为九江，而寻阳他属，则九江已不在界内。于是刘歆又创湖、汉九水并入彭蠡为九江之说，遂以莽制傅会《禹贡》。而《郑注》用之，谓九江孔殷，为山溪之水，孔窍繁多，歧之又歧，缪之又缪。故欲明《禹贡》，则必先明寻阳九江之后起，即欲明寻阳九江，亦必辟彭蠡九水之妄。

盖鄱阳在昔不名彭蠡，止谓之湖汉水，故《汉志》言豫章郡鄱水、余水、修水、豫章水、盱水、蜀水、南水、彭水，俱入湖汉水，为九水，东至彭泽入江。《水经注》：湖汉水会豫章，总谓之赣水。赣水总纳十川，同辏一渎，俱注彭蠡而北入江，亦犹洞庭在昔止名湘水，正同一例也。其时彭蠡泽则在湖口下游，小孤山左右，为今彭泽县对岸。《山海经》：赣水出聂都东山，东北注江，入彭泽西。庐江水出三天子都，入江，彭泽西。此皆彭泽在九江下游北岸之明证。桑钦《禹贡・山水泽地记》：彭蠡泽在豫章彭泽西北。此尤彭蠡在彭泽县北岸之明证。

《山海经》：赣水又北，过彭泽县西，北入于江。《汉志》豫章郡彭蠡县：《禹贡》彭蠡在西。考今彭泽县对岸为宿松、望江二县，尚有泊湖、章湖、青草湖、武昌湖等水，又太湖县旧有大湖、小湖、五湖之名，皆魏、晋时所谓大雷地也。彭者，盛大义。蠡者，旋螺义，与雷音近。盖江水至此成大螺旋，语音转展，呼蠡为雷，遂以彭蠡为大雷。其池下抵今桐城之枞阳，为汉武南巡射蛟之处，秦始皇亦由此浮芜湖、丹阳，入震泽，出中江之地。惟其泽在北岸，故曰东迤北会于汇。经以彭蠡之汇专属于汉，而江水时迤北往会之。郑康成注所谓“汉与江斗，转成其泽”，岂有彭蠡反在江南之理？岂有汉水截江而南汇为湖，又贯江折而北，仍自为汉之理？

自楚考烈王徙都寿春，并名寻阳为九江，故太史公有登庐山观禹疏九江，而《禹贡》荆州之水薮遂移于扬州，秦汉于此置九江郡。加以后世堤岸日兴，江（南）〔面〕[①] 日狭，自鄂渚至桑落州，沙水参差，分为九派之事，皆不可考，而九江郡之名则今古如一。岂能以湖汉水为彭蠡，移江北之泽于江南，而汉水“东汇泽为彭蠡”之文遂不可通乎？有谓古三苗之地，左彭蠡，右洞庭，大禹未尝深入，特遣官属巡行，故纪报不实。夫《禹贡》导山，明言岷山之阳，至于衡山，而舜崩苍梧，为巡守之地，何言三苗之地乎？江水“东迤北会于汇”亦不可通，而以为经之误文，歧缪又歧缪，并非刘歆所及料。歆虽以湖汉水当九江，未尝以湖汉水为彭蠡也。且入鄱湖之水，有四无九，犹之洞庭也。赣江、修江、锦江、婺江。今即欲仍秦、汉寻阳之九江以说《禹贡》，亦必先辟鄱阳为彭蠡之妄，方合于江水“迤北”、汉水“东汇”之文，庶无犹较刘歆彼善于此。此九江在荆下游之说也。程氏瑶田既从郑氏，以九江在寻阳，而又以彭蠡及会汇为鄱阳。则是江水迤北而会于鄱阳，汉水截江横过而汇为鄱阳，真不值一笑。

寻阳九江之说，虽亦《尚书》今文家言，凡《地理志》系以《禹贡》者，皆今文说。《史记》本用古文，因汉人习称寻阳九江，故亦从而称之，无关今古文说也。然较之古文之九江，则于经种种不合。何者？前后汉《地理》《郡国》二志，庐江郡、九江郡并属扬州，不属荆州。及《元和志》因其不合《禹贡》，始改彭蠡以东为扬州界，寻阳九江以西为荆州界，又显戾《汉志》。不合一。

《汉志》庐江郡金兰有〔东〕[②] 陵乡，是地名，非县名。《前志》庐江十二县，《后志》十四县，均无金兰。《郦注》始以为县，自是魏代所置。汉西陵为今黄冈，正北岸有山濒江之地，则东陵乡亦必北岸濒江之山。

---

①据《禹贡说》改。

②据《禹贡说》及下文补。

据《水经》，东陵乡在下雉县以东，明即今蕲州东数十里之田家集，或盖田家矶之声讹，与道士洑为上下游，是为长江下游第二关锁，亦为荆州一大户阏。盖罗田、英山诸山，盘亘淮南江北数百里，其山北之水，由光州固始出淮，山南之水，由蕲州出江。其山自麻城、罗田连延南趋，至此横插入江。自《郦注》缘魏世金兰县，谓东陵乡在其西北，则在今固始县地，《水经注》：灌水导源金兰县西东陵乡大苏山，至蓼县入决水。蓼县故城在今河南固始县。南距江数百里，中隔丛山。岂有江水逾冈越岭至固始之理？亦岂有固始水南通大江之理耶？后世置县，多非古地，且往往一县兼两三县之地。如魏世嶓冢县，距汉世陇西之嶓冢数百里；华容古在江北，今在江南；夏口古在汉阳，今在武昌；九江郡秦治寿春，王莽时治南昌；丹阳郡秦治芜湖，后世治丹徒。至胡氏渭谬谓汉东陵乡南值黄梅，岂知江汉自过蕲以后，豁然浩瀚，其北岸岂有横插入江关锁结束之冈陵？谓在广济且不可，况黄梅耶？是东陵实今蕲州东、广济西，踞寻阳九江上游，不应寻阳九江反在东陵之上。且导山导川，凡言至于某者，皆相去千里、数百里。北过洚水，至于大陆，汉人或谓千里，从无书“过”、书“至”，同在一处。岂有九江、东陵同在寻阳左右之事？不合二。

郑氏既用刘歆湖汉九水之说，而又以东迤者为南江，江分于彭蠡为三孔入海，则北会于汇，势必指中江所汇之震泽。然震泽实在中江之东南，何言北会？不合三。

是故今文家寻阳九江之说，虽系一江，自分为九，差胜于洞庭、彭蠡，而尚不及《山经》《水经》之荆州九江上符《禹贡》。以是知考古之事，据唐、宋不如据两汉，据两汉又不如据周、秦也。

释道南条汉水

魏源

问：《禹贡》除四渎入海外，其小水源委皆入大水而止，如渭、洛入河，即不复为渭、洛。独道汉至于大别，南入于江，则江、汉已合流矣，又称东汇泽为彭蠡，东为北江，入于海，若江自江、汉自汉，终始别行者何？彭蠡在大江南，汉在江北，乃能汇之者何？宋儒谓果如《禹贡》经文，则汉水入江后，当别有一洲界其间，以为江、汉之别，而今无之，因疑末二句为衍文，并谓三苗之地，禹未亲入，遣官属巡行误报者何？

曰：此皆由误以大别在江滨，为今汉阳府之翼际山，全汉由此入江，其南入之汉水，即东汇之汉水；又误以禹时之江、汉，即今日合流之江、汉，中无洲渚；又误以彭蠡为鄱阳湖，在江南不在江北，是以重纰叠缪，遂至以圣经为不可信。请一一疏通证明，以廓千载之蔀。

汉水自襄阳、安陆而下，至潜江分为二：其南流径沔阳诸湖，分出青滩口、沌口，所谓南入于江者也；其东流者径天门、汉川二县而至汉口，所谓东汇者也。其南流之汉，与江合，其东流之汉，古时尚未与江合。何者？《水经注》言：江水东径鹦鹉洲，南有江水右迤，谓之驿渚，三月以末，下通樊口水。又曰：鄂县北，江水右得樊口，上自谷里袁口，受江津南入，历樊山上下三百余里。此古时江水支分之第一证。鄂县即黄冈县。

盖鹦鹉洲据汉口之上游，而樊口值黄州之东南。禹时汉口以下，两岸皆湖，而江心为洲，断续袤长数百里。江水自鹦鹉洲右迤出樊口，夹青山在中。武昌南岸小坡逦迤，俗名青山，西东长百余里。又鹦鹉洲旧与汉口镇相连，明崇祯间始为水冲断无存。青山南有赛湖、梁子湖，首尾皆与相通。此禹时江水所行也。江北岸尤衍平，汉口自后湖下通滠口、阳罗各湖，以东至黄冈，皆在鹦鹉洲之北。此禹时汉水所行也。至蕲州，两岸忽峡束，而江、汉始一合。过蕲而广济、黄梅为古寻阳地，江复出东陵峡后，奔放淤涨，分成数派，故秦、汉时亦号九江。陆氏《释文》引《寻阳记》曰：九江始于鄂陵，终于江口，会于桑落洲，参差随水长短，或百里，或五十里。此又自鄂渚至寻阳，江中洲渚连绵，江、汉仍未全会之第二证。鄂陵、鄂渚，皆谓黄冈。胡渭曰：《缘江图》寻阳所记九江，今已无考。桑落洲在今九江府东北大江中。鄂陵，今武昌县县界有峥嵘洲、芦洲、杨叶洲。旧志云：江入县境，播为三江，过中洲，至双口夹，又自峥嵘洲过碛矶，至大洲为三江口。又案《水经注》：江水东，径钦县故城南，城对五洲，江中五洲相接，即今蕲水县界也。又《寰宇记》：畎江五阜洲在黄梅县南五十里。县东北有寻阳故城，桑洛洲在九江府东北。《寻阳记》曰：桑洛洲在宿松县东南九十里，与寻阳分中流，江水自鄂陵派而为九，于此合流，谓之九江口。又为武林洲，即桑落洲之尾也。可考者惟此而已。唐《艺文志》有《九江新旧录》三卷，今佚不存。在当时，沙水相间，自必实有其形。然既云参差长短，则非九派相并，亦非至寻阳截然即止也。

直至德化之桑落洲，而后洲渚始略断，江、汉始大会，汇成彭蠡。《郑注》所谓汉与江斗，转东成其泽，其地在今彭泽县北岸，宿松、望江、太湖各县之地。凡泊湖、章湖、青草、武昌诸湖，自皖江以上，至今为江涨所泛漾，古谓之大雷池者，其皆古彭蠡所汇欤？晋人守江者曰：毋过雷池一步。亦以此为上下江之扼要也。南岸小孤山，北岸彭郎矶。彭郎即彭蠡之音讹，是彭蠡至今属彭泽县所辖北岸之地。蠡者，旋螺义，彭者，盛大义，言水大回旋如螺。其后大螺讹大雷，亦即彭蠡之音讹。以在北岸，知为汉水之所汇，故不言“过”、不言“会”，而言“为”者，犹济之溢为荥，江之别为沱，河之播为九河，同为逆河，皆水之自为，而非此水过彼水、会彼水之谓也。若江以南之鄱阳，则江、汉但过之而已，可言“汇”之、“为”之乎？汉九江郡本治江北之寻阳，后世始徙治江南之柴桑，是古时寻阳九江，均在江北。江势自寻阳以东，折转趋北，故言“东迤北会于汇”，犹言北会于汉。汉为北江，汇于北岸，而中江迤北往会之。若鄱阳在大江之南，江方当南会之，何反会于北乎？至下游而桑落洲之尾，断者复连，如采石矶大江洲，中有陈家洲隔为二，于是江、汉复分。行至芜湖，一由东坝出震泽，一东下为扬子江。故《郑注》言：江分于彭蠡为三孔，东入海。今日洲渚变迁，非复《禹贡》之旧，而由池洲下至芜湖，江面皆阔三十余里，又有杨家洲、黄天荡、白鹭洲，皆江水歧分，与采石矶之江洲相仿。盖古时各洲在芜湖以上，今时在芜湖以下，东涨则西坍，凡古时截江径渡者，今则各隔长洲，亘百余里，沧桑变易，故江至采石以下，南北分流，南即夹江，与《禹贡》之汉阳、寻阳事同一辙。古时江分于芜湖以上，故北江行北，南江行江南，而中江由芜湖以入震泽。是上游北岸彭蠡为江、汉所共汇，又为江、汉所从分。若彭蠡为鄱阳，在江之右，隔以庐山，湖可入江，江不入湖，可言江、汉分于鄱阳乎？

《水经注》：沔水又南至江夏沙羡县北，南入于江，与江合流。又东过彭蠡泽，又东北出居巢县南，又东过牛渚县南，分为二，其一东北流，其一又过毗陵县北为大江。江、汉始终各自分行，其旧迹见于秦、汉、魏、晋者如彼；经言江、汉朝宗于海，又曰东为北江，入于海，东为中江，入于海，其炳诸经者又如此，昭昭乎经天纬地之不可淆。

自后世与水争地，堤岸日增，江面日狭，洲渚日少，鹦鹉洲著名自古，自鄂渚至桑落洲，沙水相间，为寻阳九派者，荡然无存。于是江、汉合于上游，不得复分二水，而经之受（疑）〔诬〕[①] 者一。

寻阳、彭泽北岸诸湖，尽化为田，不通于江，于是诸水尽钟鄱阳，遂以鄱阳为彭蠡，且以彭蠡为九江，而经之受诬者二。

五堰筑而中江不通于震泽，海塘筑而南江不达于浙滨，独有北江为正流，安得专属汉水？于是三江又合为一，而经之受诬者三。

汉水自潜江县以下，始分二道入江，则大别自当在潜江以上，当汉水之东北，今天门县城东南有大别山，土名大月山，其西有二小山，当有一是小别。《汉志》六安国安丰之大别山是淮非汉，与江夏安陆之横尾山又是汉非淮，说者谓传写之互易。是大别之当在安陆东南，征诸《汉志》，适得反证。而天门正当安陆之东南，其大月山亦见府志。盖山势至此而尽，汉水至此而分，又距内方山不远。《地说》云：汉水东行，触大别之陂，南回入江。《郑注》每用《地说》，必西汉古书，《孔传》亦用之。可见汉水在大别之西，大别在汉水之东。故春秋吴、楚夹汉，楚师济汉而陈，自小别至于大别。若如今汉阳翼际山在汉西，则东行之汉水，何

---

①据《禹贡说》及下文改。

由触陂南回？且楚郢西来之师，已济东岸，与大别山隔水，安得反依西岸之山？况吴师舍舟淮汭，自豫章与楚夹汉，《杜注》：豫章，汉东江北地名。或云在今六安州，然无据。则吴师不由江而由淮，自息县登岸，逾义阳三关，至安陆汉水东岸。而楚师自郢东出御之，则当先在荆门州地，与吴师夹汉。故楚司马戍欲子常阻水勿战，而自悉方城外之兵，往焚其淮上之舟，并塞三关、城口之险，断其归路，而后夹攻以败之。义阳三关，即《左传》之大隧、直辕、冥厄也，在信阳州之南，应山之北。自淮至汉，行山谷中二百余里，必次第历三关，方出城口。若如今之大别，南濒大江，则吴师已距淮千里，安用焚舟塞隧之迂图？而《禹贡》"南入""东汇"之文更不可通，其诬经者四。

《尔雅》：水自江出曰沱，汉别曰潜。今潜江县汉水之分流者，名芦洑河，又曰白洑河，皆取别行似沱，非必伏流潜出。故荆州贡道，浮沱入江，浮潜入汉，是南入者为潜，东汇者为汉。自后人专以全汉在翼际山入江，其上游更无分注，于是荆州更无潜水可指，其诬经者五。

去此五诬，则知《禹贡》之江、汉，迥不同于后世之江、汉，而凡执今日之水道者，皆不可以治《禹贡》。案《堤防考》云：潇湘河离汉口北岸十里，本汉水正道，久淤。其水旧分二道：一入后湖，夏秋水涨，游船偶至；惟北河乃其经流，夏涨时舟至后湖，达潇湘河、应马河以入江。乌程范楷《汉口丛谈》曰：汉口镇在前代一芦洲耳，即古之鹦鹉洲，明时尚未有民居。汉水由后湖出江，未径其前面也。迨成化间，汉自上游冲开，而后河遂淤。然前后两水并行，尚可为泊舟之所。后又冲改，而汉口遂盛甲于天下。又《堤防考》曰：汉阳之水，旧从排沙口至郭师口，曲折绕抱，凡四十余里，然后下汉口。成化初，忽于排沙口冲开，经过郭师口，仅长十里，而故道遂淤。崇祯末，又将鹦鹉洲冲断，渐次坍刷无存。源案：江、汉变迁之迹，以上游证之，荆州枝江百里洲，古建县治，明嘉靖末冲断为二。再以下游证之，扬子江旧阔四十里，瓜洲本在江心，今洲与扬子桥相连，江面仅七八里矣。靖江县治江洲，大江分绕其南北，故县属常州，明末潮沙涌积，北江竟成平陆，遂与扬州泰兴接壤矣。黄天荡旧广数十里，为大江巨险，今则中亘大洲，多有田庐，占江面三分之二，一苇可杭矣。江乘即今龙潭，旧为六朝津渡，今尽化洲田，去江二十余里矣。以此推之，则昔日江、汉分流之处，其鹦鹉洲亦如瓜洲、靖江之旧，亘江中袤长百十里，江水分流其南北，与今日黄天荡之白鹭洲相似。而今日之汉口镇市，旧皆连鹦鹉洲，芦苇一片，岂如今日之北岸，烟火万家哉！执今日之江面，且不可以谭昔日之瓜洲、靖江、黄天荡，况以谭《禹贡》之九江、三江乎？又考《汉阳府志》：大江环抱郡城，其自沌口过城南、经鲁山东北与汉合流者，江之正流也。又一支自沔阳播为阳湖诸湖，接太白湖，由沌口入江；一支自沔阳播为黄蓬湖，由新滩入江；一支自孝感之石潭河至黄波河口出江。此皆汉水潆汇江水别出之沱，江弱则下流归江，江盛则逆涨而入于各港，皆今日江、汉互相灌注之势也。案此可为古时汉上游分支入江，下游经流并未入江之明证。

案旧说皆以大别故在汉东，及《左传》楚、吴夹汉，与小别、大别地势不合，故疑大别当主《汉志》之在安丰。然今大别之在汉西，则以明成化初汉水自郭师口改流而然，见《明史·地理志》，此篇所引《堤防考》亦有之。是成化以前，山犹在汉东矣。《左传》左司马戌谓子常曰：子沿汉而与之上下。盖欲子常牵缀吴师，而己得尽其毁舟塞隘之力。夫沿而上则郢之东北境，沿而下则及今之汉川，其济汉而陈，适在沿下之时，故自小别至于大别，而又陈于柏举也。柏举今麻城地。若吴师在今之荆门夹汉，则郢已在望，何更远及柏举哉！济汉之地明，而大、小别可无疑矣。汝怀附记。

释道南条三江　　魏源

问：三江既入，震泽底定。古今聚讼，不出三科。一则别于其源，谓北江、中江、南江至彭蠡合为一而入海，是始分而终合。为此说者，亦有一正二旁。一则徐坚《初学记》引郑玄云：江水左合汉为北江，右合彭蠡为南江，岷江居其中为中江云云。本与江至彭蠡分三孔入海者联为一条，与苏轼味别之说风马牛不相及，乃胡渭诸人皆以郑说为苏说，实为大缪。其旁说有二。一则盛宏之《荆州记》：江出岷山，至楚都，遂广十里，名为南江；至寻阳分为九道，东会彭泽，经芜湖名为中江；东北至南徐州，名为北江。徐锴《说文注》宗之。则是同一大江，特以上流、中流、下流三次异名，与扬何涉？与彭蠡以下入海之三江何涉？甚则郭璞《山海经注》：汶山郡有岷山，大江所出；崃山，中江所出；岷山，北江所出。此释《海内东经》“大江出汶山，北江出曼山，中江出高山”之语，本不言《禹贡》。而杨慎据之，谓求三江于下流，不求寻之上游，三江同源于蜀而注震泽。则是梁州之水，越荆而纪之扬。至谓同注震泽，弥不足辨。惟郑氏差胜焉。一则别于其流，谓江自彭蠡下分为三道：北岷江、中松江、南浙江，以各入海，是本合而末分。为此说者，亦有一正二旁。正说者，班固《地理志》、桑钦《水经》及《书疏》引郑康成注、郦氏引郭璞注及《周礼》贾公彦疏，皆汉时今古文师说是也。其旁说者，一则不得《地志》之本意，如胡渭诬班氏以中江尽于震泽，而其下游松江别为南江。不知班氏言分江水至余姚入海者，正谓《禹贡》之南江也。一则不得《水经》之本意，如《郦注》见桑钦言南江、北江，不言中江，因谓南江东注于具区，谓之五湖口，东则松江出焉，其南出至余姚入海者为南江。是又以中江为南江之支流，且以浙江为南江，则误渐为浙，而全祖望诸人以钱唐江为浙江，即南江者所本也，更与震泽无涉。若《孔疏》申伪《孔传》言三江至彭蠡后分流共入震泽，出泽复分为三，此水遂为北江而入海。水道瞢如，盖无讥焉。一则更别诸震泽之下流，谓自震泽出为松江、东江、娄江，皆在中江、北江之外，故“既入”“底定”，其文相连。为此说者，亦有正有旁。庾阐《扬都赋注》、陆《释文》引《吴地记》，并以娄江、东江与松江为三江，于《禹贡》《职方》之三江无涉。故《郦注》《孔疏》皆不取其说，谓《职方》扬州宜举大川，不应舍岷江而记小水。至《史记正义》，始以解《夏本纪》。而南宋蔡沈诸人并从之，虚谭水利，无关经义。一则《国语》越争三江五湖之利，韦昭注以为吴松江、浙江、浦阳江亦皆在大江之外，且全氏祖望又以岷江、松江、钱唐江为三大望，而中江、北江则仍止为一江，均与《禹贡》经文无涉。

是三科者，北宋时禹迹已湮，班、郑不讲，而《孔传》又难依违，于是咸信异源同流之义。自北宋苏氏《书传》以后皆然。南宋后承吴越财赋之区、中江堰断之后，则咸主震泽下流三江之云。自《蔡传》以后，皆本郏亶、单锷吴松水利之议。国朝讲明经学师法，始知执后世所行大江以求三江，犹按后世所行大江以求九河。于是信《地志》《水经》所述禹迹，谓江分于彭蠡为三孔东入海者，盖今古文师说，近古得实。顾氏炎武、金氏榜、钱氏塘、姚氏鼐、阮氏元、孙氏星衍并从之。然尚有可疑三焉。下游以震泽底定为主，则（为）〔惟〕中江易明，南江次之，而北江不可通。上游以江分三道于彭蠡为主，则惟北江易明，中江次之，而南江分流了无其迹。乃《班志》《桑经》正言之，郑元、郭璞、贾公彦述之者何？

曰：说经必以经文为主。《禹贡》岷山导江，东为中江，入于海；导汉，东为北江，入于海。此明以岷为中江，汉为北江，皆下游分道入海，则并南江为三道入海可知。《地理志》申其说曰：

北江在毗陵北，东入海，扬州川。毗陵兼今武进、江阴地。此言北江为岷江也。中江为丹阳、芜湖西南，今县属太平府。东至阳羡今宜兴。入海，扬州川。此言中江为松江也。分江水自丹阳石城今池州府贵池县。首受江，东至余姚入海，今会稽山阴。过郡二，行千二百里。又云南江在会稽吴县南，今长洲、常熟、吴江地。东入海，扬州川。此言南江为浙江也。是为《郑注》“江分于彭蠡为三孔，东入海”及“东迤者为南江”之所本，亦为贾公彦“九江至寻阳南合为一，东行至阳羡，复分三道入海”之所本，亦为郭璞三江为岷江、松江、浙江及《说文》“江水至会稽山阴入海为浙江”之所本。

世人惟知北江为大江经流，而莫知中江、南江古为大江之分流者，以由芜湖至阳羡之中江，自南唐筑五堰蓄水济运，而流始狭。自明始筑东坝于高淳之胥溪，逼宣、歙、广德州诸水，尽西出芜湖大江，而东流遂绝。惟漂水一支，尚径荆溪以达于太湖。即永阳江。自是三吴水患少息，而中江上游之故道渐不可寻。胡氏渭不知《汉志》所言至阳羡入海者，明由震泽以入海，顾谓中江止于震泽，而以吴松为南江之下游。则《志》曷不言中江入泽入湖，而直言入海乎?《史记·河渠书》言吴渠通三江五湖，正以胥溪为春秋吴、楚舟师要道，阖庐所辟，实因禹迹。不知中江即今芜湖之县河、高淳之胥溪、溧阳之永阳江、宜兴之荆溪，西连固城、石臼、丹阳诸湖，受宣、歙、金陵、姑熟、广德及大江水，达荆溪、震泽。宋单锷建议，言修五堰，则苏、常之水可十去七八。则当洪水时，其浩瀚更可知。故《墨子》言禹治天下，南为江、汉、淮、汝，东流注之五湖。此禹导淮入洪湖，道中江入太湖之明征。吴人所开，因禹旧迹，疏而广之，并非凭空开凿。是中江、南江，同以芜湖、胥溪注震泽，为东迤会汇之证。郑言东迤者为南江，不须别觅源流。盖中江以大江为源，而南江又以中江、震泽为源也。乃《汉志》别有分江水过吴县，南至余姚入海者，《水经注》指为《禹贡》之南江，谓江水东至石城县分为二，其一东北流，过毗陵县北为北江，其一又东至会稽余姚县东入于海，此叙南江原委。然分江水由贵池、芜湖倒流入江，无与震泽；中隔万山，无绕避震泽而至海之理。惟南江下游之径湖州、余杭，至海宁入海者，〔故道尚存〕①。《水经注·浙水篇》：浙江又东合临平湖，湖水下注浙江，浙江又东径御儿乡，浙江又东径柴辟南。阮氏元曰：此条可为南江即渐江之证。南江由吴江、嘉兴、石门、钱唐、余姚入海，通名渐江、非浙江之证。胡氏渭力辨《郦注》之失，抑未之思也。

南江自以震泽为源，不必借分江水为源。震泽受宁国、广德、湖州之水，非尽中江、荆溪之水，荆溪故道五堰，汇于震泽。由吴松江、娄江、即刘河口。黄浦江，凡松江以北、钱唐江以南，受广德州、湖州万山之水，由嘉兴、杭州、海宁入海者，是为南江。以其水平渟涵演，不当急驶，故谓之平江路。此南江名渐江之明证，与钱唐江之潮水逆流，曲折而上名浙江者，判然各异。

浙江由常玉山发源，与震泽无涉，惟下游赭、龛、海门入海之处，会合为一，故《说文》“浙”及《汉志》及《水经注》，均言江水至会稽余姚入海，此指渐、浙二江相会处言之，非指其上游以南之渐江为浙江也。

自北魏石门、仁和流塞，唐初筑海捍潮，于是海潮不至震泽，震泽下海口，不会于钱唐江。而《汉志》《郦注》之言渐、浙会同者，亦皆莫审其实，骎骎并三江为一江，皆由扬子下海。而震泽底定之言，亦无所属。曾亦思范蠡曰“吴与我争三江五湖之利”，言“吴、越之地，三江环之”。《吴越春秋》：范蠡去越，乘舟出三江之口，入五湖之中。是皆可谓三江即是一江否耶？吴与越争战，可谓不在南江而在北江否耶？《秦本纪》：始皇东游，自云梦浮江下，过丹阳，至钱唐、浙江，上会稽。秦丹阳郡为治在今太平府当涂县，其地西有今池州、宁国二府，东为江宁、徽州、湖州、杭州、山阴内地。是由芜湖浮溧水出震泽而渡浙江，尤中江、南江古道之明证。中江与北江

---

①据《禹贡说》补。

分于彭蠡下游，而南江、中江则分于震泽。南江无上源，即以震泽为上源。《职方》《国语》皆谓震泽为五湖，犹洞庭之为五渚，皆以所受五水口得名。中江为荆溪口，左则常州滆湖之水由无锡入湖，右则广德州南溪、合溪之水由长兴入湖，苕溪之水由乌程入湖。南江为震泽所分，非中江所分，今分江水故迹既无可寻，则今日谭南江，不如直以震泽为源之愈也。震泽以潮水震荡得名，苟南江之水不沛然东注，则力不能敌海潮，必至由嘉兴直抵太湖，沙岸坍为巨浸，平壤涨为斥卤，震泽其尚能底定乎？苟北江之水，尾闾不辔，则大江泛溢，必且由芜湖挟宣、歙、金陵诸水，贯胥、溧、荆溪以入太湖，非吴松一江所能受，而浙西且沦为巨壑，震泽其能底定乎？

《论衡》释"江、汉朝宗于海"为潮水，《说文》及虞翻《易注》同。云潮发海中之时，漾驰而已，入三江之中，始小浅狭，水激沸起，始腾为涛云云。故后世筑五堰以遏中江之下游，不使入震泽；筑嘉兴海塘以遏南江之下游，不使倒灌震泽。观后人遏江保泽之迹，益征禹导三江、关震泽之利害。故《墨子》言禹南为江、汉、淮、汝，东流注之五湖，以利楚荆、越、南夷之民。苟无中江水，则江、汉何由注之于各湖？苟南江非由太湖入海之浙江，则禹但能利荆楚，何由利越、南夷之民乎？《书》言"江、汉朝宗于海"，《孟子》言"水由地中行，江、淮、河、汉是也"。苟如后世汉水入江，距海尚远，安得云"朝宗于海"？孟子亦安得举江、淮、河、汉而不及济水乎？《荀子》言禹通十二渚、疏三江，与禹疏九河同功，一治河之委，一治江之委。水不两行，久必淤废，苟执今之松、浙上游无通江之源，何以疑九河故道非禹迹乎？若谓《汉志》于中江、北江、南江，皆不系以《禹贡》，是《职方》之三江，非《禹贡》之三江，岂知《班志》正以《职方》证《禹贡》。故三著其为"扬州川"，正所谓考迹山川，缀以《禹贡》《周官》者也。今不以三代《职方》证《禹贡》，反以后世臆说证《禹贡》乎？

人知今日之河不可以言禹河，而不知今日之江不可以言《禹贡》之江。黄宗羲、王鸣盛、钱坫、全祖望，皆号通儒，乃其所说，皆不出以岷江、松江、钱唐为三大望之说。至胡渭则更傅会郑氏，以自张汉帜，而实与苏氏之说无以异。且谓郑氏之说，非《班志》之说，若三江合流入海，则何不用导河之例书曰“又东播为九江，同为一江入于海”乎？至郑氏谓“左合汉为北江，右合彭蠡为南江，岷江居其中为中江”；《初学记》、孔安国、郑康成说。“江分于彭蠡为三孔，东入海”。《兼明书》引。此二条本一条，先言其上游，次言其下游，但《初学记》参合郑、孔为说。窃意《郑注》原文，当云“左合湖汉水为南江，右合沔汉水为北江”，盖古时彭蠡非鄱阳，止谓之湖汉水，若郑君以彭蠡为南江，则不当云“江分于彭蠡为三孔”矣，经不当以彭蠡为汉之所汇矣。岂彭蠡既为北江之委，又为南江之源耶？南江不见于经，犹西汉水以对东汉水得名，则湖汉水亦必以对沔汉水得名。姚氏鼐、阮氏元言三江，皆主《汉志》及《郑注》，惟疑《初学记》所引前半条为误，江氏声、孙氏星衍始知其同条共贯，源更校正右合“彭蠡”字为“（胡）〔湖〕汉水”，以申经文及今古文之义。

释云梦

魏源

问：《史记索隐》本作“云土、梦”，《索隐》注曰：云土、梦，二泽名。又引韦昭《汉书音义》亦作“云土”。韦昭曰：云土，今为县，属江夏。《地理志》江夏有云杜县，是其地也。是《史》《汉》旧本，皆以“云土、梦”为泽名，盖西汉今古文所同。自颜师古后，始用伪孔之本以改《史》《汉》，而训为“云、梦之土”，段氏玉裁《古文尚书撰异》。宋儒因分江北为“云”，江南为“梦”。近儒段氏玉裁亦以“云”“梦”为马、郑古本，而唐《石经》“云土”“梦”为俗本，甚且以“云”“梦”为古文，“云土”“梦”为今文者何？

曰：段氏校《史》《汉》《孔传》本异同甚核，惟于《尚书》经师家法不明，专据马、郑本为真古文，因以《史记》之不同马、郑者，皆武断为今文。此条知《史记》作“云土”“梦”，同于

《汉书》，则臆度马、郑本，当不同于《史记》，而同于伪孔，遂以作“云”“梦”者为古文。重纰贻缪，乖违经义。何者？“云土”泽名，即《地理志》江夏之“云杜”，亦即《楚语》之“云连徒洲”，皆同声假借。单言之曰“云”，长言之曰“云土”，又长言之曰“云连徒洲”，犹山之名“医无闾”，名“华不注”，薮之名“昭余祁”也。若以“云” “梦”为古文本，而望文立义，以“土”为高丘，且或曰“云”地为方见土，而“梦”地则已堪耕作，以是为地势之高下，水落之先后。王氏炎、蔡氏沈、王氏鸣盛说并同。岂有江南之卑湿，反高于江北之郢、随乎？其缪一。

段氏谓必加“土”于“作乂”之上者，大野、大陆、云梦、震泽居《尔雅》十薮之四，皆地兼水土，故“大野既潴”“震泽底定”，皆自水言，而土治在其中；“大陆既作”“云土、梦作乂”，皆自土言，而水治在其中。然则大陆又何以不言土？古者薮泽所占极广，皆潴于夏秋，涸于冬春，不与水争地。故宋、楚田于孟诸，魏献田于大陆，卫、狄战于荧泽，郑、楚田于江南之梦，其事皆在冬春。安得云、梦独土，而他泽不土乎？于经不词，于例自乱，其缪二。

《书传》云、梦互称，云可兼梦，梦亦可兼云，从无江南、江北之别。《左氏传》楚子与郑伯田于江南之梦，盖对江北之梦而言。郧夫人生子文，使弃诸梦中，郧子田见之。郧都今江北安陆县，岂有涉五百里，而弃诸江南，而田诸江南？是跨江南北皆谓之梦。又吴师入郢，楚子涉雎济江，雎即沮水也。涉雎是西奔，济江乃南渡。入于云中，盗攻之，遂奔郧，又奔随。盖吴师循江北岸而西，故昭王弃郢西走，自雎渡江而南，东至云中，遇盗，始复奔江北之郧、随。是江南亦可谓云。今以土为水土，遂分云与梦为二，又分江北为云，江南为梦。王氏鸣盛至谓郢在江南，楚子自郢济江而北；又谓《禹贡》分纪云、梦，其时尚未为泽，郧夫人讳其生子，故使人打桨渡江而弃诸梦地。是则《禹贡》《春秋》水地易位，《职方》《尔雅》薮泽迷方，一字亡羊，千歧独露，其缪三。

《汉志》南郡之华容、今江南石首、江北监利皆其地。江夏郡之编县、西陵，皆有云梦。编县，今荆门州；西陵，今黄冈、麻城。皆在江北。《水经注》：夏水径监利县南，县土卑下，泽多陂陀，西南自州陵东界，径于云杜、沌阳，为云梦之薮。云杜，今京山县；州陵，今沔阳州；沌阳，今汉阳县。是则苞川亘隰，水草沮洳，方八九百里。其时未有洞庭，故名不见于《禹贡》，皆以是薮为金、木、竹箭、羽毛、齿革、麟介之所汇焉。自作乂以来，陵谷代迁，垦田涸陆，云、梦自失其旧，而诸水并钟于洞庭。于是“五湖”“五渚”始见于《国策》《楚词》，遂以后世洞庭说《禹贡》之九江，而不知置云、梦于何地？况他泽不言土，而梦泽独言土，几疑古时云、梦之外，别有洞庭，其缪四。

至伪《孔传》以云、梦为江南之泽，益无讥焉。

湖南文征　卷十六

释下

释江源

魏源

问：江有三源，最远为绳水，一名黑水，即金沙江；次为若水，即鸦龙江；又次为岷江。凡水以最远为正源，而《禹贡》叙江源舍远取近者何？

曰：《禹贡》：华阳黑水为梁州。以黑水为梁州南界。盖金沙江名丽、名泸，皆取骊、卢黑义，为入滇必由之道，即诸葛亮五月所渡之泸。是《禹贡》非不言及黑水之源也。此水出金沙，故曰金生丽水。《山海经》：南海之内，黑水、青水之间，有水名若水。即黄帝次子昌意降居若水之地，西介金沙江，东介青衣江，故曰"黑水、青水之间"。其上源曰鸦龙江，中游曰打冲河，最后会金沙江，始名泸水。故《汉志》言若水入绳，自以金沙江为正源。金沙江出西藏，未入云南以前，已行二千余里，及经云南之丽江、永定、武定三府，至四川境，始会若水。又经东川、马湖、叙州三府，始会岷江，距发源已四千余里，受大水小水无数，较岷山远逾一倍。且若水已为昌意所居，不得谓非内地，然《禹贡》但以为梁州之界，而导江不及者，泸水以上，瘴重难入，湍石无可施功，而岷江古号沫水，于成都利害最切，故导江自岷始，非即以岷为江源，犹河非以积石为源也。知金沙为江之正源，则知河出葱岭之东，江出葱岭之南，同源于昆仑，昆仑即葱岭也。非河源长，江源短矣。

然金沙江为滇、蜀要道，巨石亘塞，不通舟楫，实不可强施疏凿。乾隆二年四月，据大学士鄂尔泰之奏，谕云贵总督尹继善、巡抚张允，随委员察勘，俱言江通四川泸州，为运铜道所必由，除东川以上，无计行舟不必勘估外，自东川小江口起，至四川屏山县之新开滩止，计千三百二十里。又自小江口（自）〔至〕[①]汤丹厂百五十里，虽崎岖险阻，要皆人力可施，化险为平，以利行旅。自乾隆四年兴工，至十三年，惟此江上游吴公岭等十五滩水势尤险，议从陆转，般过北岸再下船。虽奏请开浚，旋不成而中止。乃师氏范作《滇系》，于此江再三言之凿凿，谓滇铜运京，岁费（距）〔巨〕[②]万，若开通此江，可省陆运夫马费之半，即可抵工程之用，功不在禹下。岂知金沙之不可通运，犹底柱、三门之不可通漕，且乱石礌砢，有百倍此者，谓禹功所施，不如书生坐论乎？

六书转注释例

魏源

《周官》保氏以六书教国子。《汉书·艺文志》曰：象形、会意、指事、谐声、转注、假借，造字之本也。象形、指事、会意、谐声，皆无异义，独转注、假借颇多歧解。昔人有“反正为乏，反存为在，谓之转注”之说，然此数字外更无可证。近人知其不可通，于是段氏本其师戴氏之说曰：转注者，犹言互训也。以老注考，以考注老，展转注释，是为转注。惟象形、会意、指事、谐声为六书之体，而转注、假借则六书之用。而力辟《汉志》六者皆造字之本之说。

又以《尔雅》为转注之书，而初、哉、首、基、肇、祖、元、

①据魏源《书古微》卷五改。

②据《禹贡说》改。

胎、俶、落、权、舆，始也，即以始字为建类一首，互相训释之义。然初、哉、肇、基等可训为始，而始不可训为初、哉、肇、基，乌在其为考、老之互训也？推之而弘、廓、宏、溥、介、纯、夏、幠、庞、坟、嘏、丕、奕、洪、诞、戎、骏、假、京、硕、冢、箌、将、席可训为大，而大不可训为弘、廓、宏、溥等三十余字；赉、贡、锡、畀、予、贶可训为赐，而赐不可训为赉、贡、锡、畀；衎、豫、妉、般可训为乐，而乐不可训为衎、豫、妉、般；遹、遵、率、循、由、从可训为自，而自不可训为遹、遵、由、从；询、度、咨、诹可训为谋，而谋不可训为询、度、咨、诹；典、彝、法、则可训为常，而常不可训为典、彝、法、则；黄耇、鲐寿可训为老，而老不可训为黄耇、鲐寿；妃、匹、仇、敌可训为合，而合不可训为妃、匹、仇、敌；绍、胤、嗣、续可训为继，而继不可训为绍、胤、嗣、续。再推之，天，颠也，而颠不可训为天；元，始也，而始不可训为元；礼，履也，而履不可训为礼；海，晦也，而晦不可训为海；不，丕也，而丕不可训为不；井，法也，而法不可训为井；秋，揫也，而揫不可训为秋；牛，事也，羊，祥也，马，怒也，髮，拔也，而事、祥、怒、拔等不可训为牛、羊、马、髮；荐，藉也，而藉不可训为荐。树本木名，假为一切树立之谊，而立不可训为树；竖本童竖，假为竖直之义，而直不可以训为竖。举《尔雅》一书，无非会意、假借，无一条可指为互训转注者；举《说文》一书，形、声、事、意、假借无所不有，独无至互训之谊。段君、戴君徒能言之而不能指明，除考、老二字之外，不知当以何字为互训。惟窒、塞、疑、惑、喜、乐、悦、怿等字，及力部之功、勋、劭、勉、劝、勸、勤、勩、强、勍，阜部之陋、隘、险、阻、隤、陨、倾、坠、隐、蔽，丝部之纲、网、纪、绪、绍、继、缠、绕等字，差堪互训。此外遍检各部，并无可当互训者，非如象形、指事、会意、谐声之字部部有之，乌有此窘狭之义可列六书者乎？

且“建类一首”，谓以五百二十六部首，展转贯注于每部数百字数十字之中，故每部必曰“凡属某之字皆从某”。许君《自叙》曰：其建始也，立一为端。方以类聚，物以群分。同条牵属，共理相贯。杂而不越，据形系联。引而申之，以究万原。毕终于亥，知化穷冥。是许君《自叙》一字不及于象形、会意、指事、假借，而惟以部类建首转注为六书之纲领。其纲领或在上下，或在左右：如日、月、金、木、石、风、土、水、火、阜、人、口、手、足、言、首、目、骨、肉、毛、鱼、虫、牛、羊、犬、豕之类，偏旁在左者，皆左为转注，右为谐声；凡隹、鸟、皮、邑、殳、久、支、戈、多、它、巴、长、永、欠、斗、戊、卜、攴、觋之属，偏旁在右者，皆右为转注，左为谐声；凡山、屾、雨、西、高、癶、冂、冃、冃、襾、网、冏、门、鬥、一、二、三、四、亩、艸、竹、宀、穴、虍、東、亯、厂、𠂇、亠、广、自、白、瞿、壴、大、先、甘、音、旦、釆、㫃、聿、北、入、夆、厶、乃之属，部首在上者，皆上为转注，下为谐声；凡其、且、巫、几、丌、亏、兮、堇、是、此、氏、氐、矢、止、己、支、乙、壬、韭、臼、丰、寸、皿、豆、丹、用、重、共、见、至、王、丁之属，部首在下者，皆下为转注，上为谐声；此全书之通例。即如晦、明、眺、朒、雷、云、飘、飙、炎、燎、冰、凌等字，使非从日、从月、从风、从云、从火、从仌，何以知其属天乎？邱、陵、境、壤等字，使非从邑、从阜、从土，何以知其属地乎？江、河、波、涛、流、润、清、浊等字，使非偏旁，何以望而知其为水乎？岳、崇、岐、岱等字，使非部首，何以望而知其为山乎？从艸、从木、从竹、从鸟、从隹、从鱼、从虫、从黽、从犬、马、牛、羊之字，使非偏旁，何以知其飞潜动植乎？从金、从石、从玉、从革、从韦、从丝、从衣、从匚之字，使非偏旁，何以别其何物何器乎？从心、从毛、从髟、从耳、从目、从皮、从骨、从肉、从页、从面、从手、从足、从子、从女、从人之字，使非部首，何以辨其何形乎？举五百二十六部，无一字使能出部首之外。故形、声、事、意等字，如人之有名字，而偏旁部首，则如人之有姓氏，而后祖宗嫡庶、宗族支派，秩然其不可乱焉，又若丝网在纲，经纬错综而不可紊焉。六书转注之谊，孰大于部首建类者，而乃以互训当之乎？以互训当转注，则此五百二十六部首，于六书属何门？岂部首反不在六书之列乎？况以註书为注书，起于东汉马、郑之臆造。《汉·艺文志》载诸经师之书，如《齐诗故》《鲁诗故》《韩诗故》及《春秋》邹氏《传》、夹氏《传》、左氏《微》、铎氏《微》、张氏《微》、《毛诗诂训传》《公羊穀梁外传》《公羊穀梁章句》《公羊颜氏记》，从无有称註书为注者，岂《周官》保氏时已知东汉註书，而预为转注以待之乎？《尔雅》：水注川曰溪，注溪曰谷，注谷曰沟，注沟曰浍，注浍曰渎。《春秋》有靺韦之跗注及华不注之山，皆以山水得名，从无涉于註解。戴氏、段氏小学专家，乃毕生不知转注之义，可谓求之千里，失之睫前，此许君转注一首建类之义大异于戴、段者也。

至于许君部分，亦有不尽符建类转注之本旨。有孤立部首“凡某之属从某”而部下并无一字者，有部首下尚有数字可隶而不收隶者，有一部中忽分二字、三字别立为部而绝不解何意者，有二部、三部并之实止一部者，有不以形为部首而以声为部首，违全书通例者。如𩫏部从回，象城𩫏之重，两亭相对，并无隶字，何不以𩫏入邑部而自立部？又如鼻部之前先立自部，惟一鼻字隶之，何不以自为鼻之部首而免立专部？后部只一㖃字，皆当入口部，何以别立部？司部止一詞字，何不以司入口部，詞入言部，而独立部？珏部止一斑字，何不并入玉部而别立部？異部惟一戴字，戴当入戈部，则異当入共部，何得专立部？如毌部惟一贯字，当入贝部，又虜字当入虍部，则毌部可废。㡀部，败衣也，即敝衣字，从攴，㡀声，当入攴部，何以专立部首？耑部，物初生之题也，题，顟也。上象形，下象根也，并无一字，案此即端字，当归立部，为端之省文，而废此部首。尗部，豆也，惟隶一（豉）〔敊〕字，何不与卷、登等字均隶入豆部？又如宀部，家、牢皆牛豕之宫，而谓家从豭得声，则牢之居牛，又从何得声？五百二十部中，皆以形为部首，不以声为部首，何以丩、句两部亦声之字，独首声而不首形？而同声之字，如鉤、痀、笱、拘、纠、丩等，又挂一漏十？段《注》不一纠其失，反曲为周旋。如枸、丩当入木部，鉤当入金部，痀当入疾部，拘当入手部，笱当入竹部，纠当入糸部，则丩、句二部可废。柬部只一韢字，案韢本从韦，柬本从木，当以韢入韦部，柬入木部，而废此部首。㐭，禾麦吐穗上平也，部内只一齋字，即等齐之齐，当以㐭齐并入月部，而以齋为齐之古文，则㐭部可废。瓜部九文，而瓠字独另立部，并无隶字，殊不可解，当并入瓜部。朿本木芒也，部内只棗、棘二字，考朿本从木，当入木部，而此部可废。声即克字，肩也，象屋下刻木之形，又古文克作亝，此部并无相隶之字，今缘仔肩之义，引申假借为克能、克胜之克，应入合部，不当别立部。录部，木录录声也，此部并无一字，何以不入木部而别立部？凶，恶也，与兇惧之兇同字，何以不入凵部而别立部？又朮部只枲字，而下林部有𣏟字，枲属又有𣏟字，即离散之散，又下为麻部，有䕮、䵃、䵉三字，当以朮枲及麻等并入林部，共计八篆，不必别立部首。帛部只一锦字，考锦字从金，以其美贵如金也，当以锦入金部，而帛入白部，巾部决不当别为部。垚，土高貌，尧字从之，当并入土部，不当立垚为部首。㐆从反身，只一殷字，案躳亦反身，当以殷与躳、躯同归身部，否则隶入殳部，而吕则躳之偏旁，皆不当别为部。告部仅一嚳字，当以告入牛部，而别立斅部，以嚳字隶之。又若哭、笑不入犬部，而独以哭为部首，仅一丧字，当归入吅部，而笑则并不收入。至李阳冰归入竹部，改犬为夭，谓竹得风如人之笑，有同儿戏。此并单文孤部，无可转注，不当空立部首者也。至若庚部、壬部，均无一字，然赓字从庚，妊、任、衽、饪、纴等字从壬，何以不为收入？此又部中字之应收不收者也。至于宀部七十一文，而宫、营二字独别为部，山部五十三文，而屾、岙二字，嵬、巍二字各为一部，而不入山部，均不可解，宜并入山部。此小部之当归入大部者也。此皆与许君部首建类转注之谊未能尽合，《自叙》望后人董理者，意在斯乎！意在斯乎！

说文假借释例

魏源

问：转注之说，戴、段全非，至于假借之谊，亦有可议乎？曰：假借之说，段君言之虽深悉其本原，而未旁通曲鬯其族类。段君《说文注》曰：假借放于古文本无其字之时。许书有言“以为”者，有言“古文以为”者，以，用也，能左右之曰“以”。凡言“以为”者，用彼为此也。如来，周所受瑞麦也，而以为行来之来。乌，孝鸟也，而以为乌呼之乌。古文𠌭，神鸟也，而以为朋党之朋。子，本冬月阳气动，万物滋也，而人专以为称。韦，相背也，而以为皮韦。西，鸟在巢上，即古栖字。而以为东西之西。许书言“以〔为〕”者凡六，是本无其字，依声托事之明证。本无来往字，取来牟麦字为之，及久但知来往借谊，而本谊反废，此许说假借之明文也。其云“古文以为”者，洒下云古文以为洒扫字，疋下云古文以为《诗·大雅》字，丂下云古文以为巧字，臤下云古文以为贤字，旅下云古文以为鲁字，哥下云古文以为歌字，诐下云古文以为颇字，𦣞下云古文以为䩕字，爰下云古文以为车辕字，𢾭下云《周书》以为讨字。疑即《无逸篇》“诪张为幻”之诪。此亦皆所谓依声托事。而麦、来、乌、朋、子、韦、西七字不同者，本有字而代之，与本无字有异。然或假借在先，制字在后，则假借时本无其字，非有二例。惟前七字则假借之后，终古未尝制正字；后十字则假借之后，终古遂有正字，为不同耳。

许书又有引经说假借者。如㺼，人姓也，而引《商书》“无有作㺼”，谓《鸿范》假㺼为好也。案：㺼、醜同声，以醜为好，如以乱为治。莫，火不明也，而引《周书》“敷重莫席”，谓《顾命》假莫为蔑也。垐，古文垐，以土增大道上也，而引《唐书》“朕垐谗说殄行”，谓《尧典》假垐为疾也。圛，回行也，而引《商书》“曰圛"，"圛，升云半有半无"，谓《洪范》假圛为骆驿也。枯，槁也，而引《夏书》"维菌辂枯"释之，谓《禹贡》假枯槁之枯为木名也。此皆许称说假借，亦由古文字少之故，与"古文以为"者一例。大抵假借之始，始于本无其字；及后既有其字矣，而多为假借；又其变也，后代讹字亦得自冒于假借。博综古今，有此三变，此所谓无字依声者也。至于经、传、子、史，不用本字而好用假借讹字，此由古书不尽著竹帛，口授方言，转写变易。许君每字以形说其制字本义，而其用本字之声不用本字之义者，乃可定为假借矣。

源按：用本字之声而不用其本义者，固不可枚举，即古文有此字而终古不制字者，亦不可枚举，何拘拘于《说文》六字、十字之间乎？有引申之假借：如号令之为令长，长短之为长幼、君长，本义与引申之义并行。推祖考之考，假为考成、考索之考；攻玉之理，假为义理之理；道路之道，假为引道、天道、王道之道；途路之路，改训为大而为路门、路寝、路车之路；土圭测景之圭，假为王侯执玉之珪；子孙之孙，假为孙让之孙；介本大龟，而假为耿介之介；井本水泉，而假为井法之井；㞷字古文以丶为火，以㞷为盛火之器，后人假为家无二主之主，别作炷字代之，而主之本谊废。又如能本多力之熊，为本好动之猱，犹本多疑之兽，而假作能敏之能、作为之为、谋猷之犹；若治、若沽、若济皆水名，通假为浚治、沽鬻、济渡之谊，而本义皆废。易即蜴字省文，而假为变易、移易、易简之易；鬯本郁酒升香之器，而假为一切鬯茂、䌷郁之义；㫃本旌旗之斿，而假为语助之於、於戏之於；等本竹梢相平，而引申为等齐、等级之等；第本韦之相次，而引申为一切次第之第，又假为居第之第；贯本象以物串贝，而假为贯通之贯；克本肩也，缘仔肩堪任之谊，假为克能、克胜、掊克之克；南方有大象不得见，拟其仿佛曰象，因假为一切形象之象；豫亦大象，而假为豫大之豫；彖本豕形，而假为爻彖之彖；美本羊羹，而假为一切美善之美；奪为手持妨夺，而假为一切攘夺之夺；奮为大隹自田中奋出，而假为一切奋往之奋；舊本黄離，而假为新旧之旧；離本仓庚黄鸟，而假为离坎之离；雍本鸟名，而假为雍和之雍；隽本禽之肥，假为奇隽、中隽之隽；桀本鸡栖木上，假为英桀之桀；豪本豪猪，假为豪杰之豪；特本牛父，假为特立之特；荦本驳牛，假为卓荦之荦；牟本牛鸣，假为牟等之牟；旄为徼外犛牛，假为旄倪之旄；骘本牡马，假为阴骘之骘；骄本马高八尺，假为骄亢之骄；雕本鹫鸟，假为雕琢、后雕之雕；乌本孝鸟，焉本黄鸟，而假为乌乎之乌，语助之焉。以至哭笑皆犬之喜怒，假为人之喜怒；家、牢皆牛、豕所居，假为居人之家，牢笼、牢固之牢；孚本鸡之抱卵，假为中孚之孚；默本黑犬，假为墨墨无言之墨；某本甘木，因作楳与梅相通，假为谁每之每；燕本玄鸟，假为燕安、燕享之燕；难本雁鸟，随阳去来，以其难至，假为难易之难；易者蜥蜴蜕化，假为变易、更易、易简之易；雅本鸦也，假为大疋之疋；龙本纯阳之物，假为宠光之宠；[illegible]本凤皇，百鸟从之，假为朋从之朋；物本从牛，大物也，假为万物之物；习本鸟羽学飞，假为时习、性习之习；不本鸟飞不至地，假为一切不然之不；非本鸟飞不下，而假为是非之非；有飞鸟遗音象，易中孚䷼横成非字。故《史记》秦非子养马汧、渭，而晋卢子谅诗引作“飞子”，注“非”与“飞”古文通用，亦通作“蜚”。然本火焚，假为语助之然；则本典则，假为语助之则；戴本分物得异，而假为负戴、感戴之戴；曰象口出气，因假为言说之曰，又假为粤、为爰。此皆有引申之假借，依声托事，借谊与本义并行者也。

有不依声而从形近之假借：如丂古文以为巧字，疋古文以为雅字，臭古文以为泽字，敽古文以为叡字，臤古文以为贒字，𤔔古文以为𤔔字，㠯古文以为鲁字。《左传》：仲子生而有文在手，曰“为㠯夫人”。又有不依事而但托声之假借：如霸本月魄，而今假为五伯之伯。栞古文以为刊字。人名则皋陶古作咎繇，偰古作卨，讙兜为讙吺，丹朱一作丹絑，仲虺古作仲䨻，囧命古作臩命，子贡古作子赣，卫侍人瘫疽即侍人参乘之雍渠。地名则牧野古作坶野，费誓古为粊誓，岷山古作嶓山，许国古为鄦国，灵台古作灵臺。器则牺尊当读莎尊，此并由卫包之徒改古为俗，而亦托于假借。乃至男女互相尔女，自当作女，而假用汝水之汝；黾本介虫，而假为黾勉之黾。此皆无引申之假借，借谊与本谊并行，终古未尝制字者也。

至于训诂，则厌有平、上、去、入四声，而分厌倦、厌沃、厌压、厌恶之四义；恶有平、去、入三音，而分乌恶、疾恶、羞恶之三义。让不改音，而有推让、责让相歧之义。敦彼行苇之敦，又为敦盘之敦；格本长木貌，假为感格、格正、格式、扞格、格至之格；本末原谓木根木杪，假为一切本始末终之义；相本以目观木，假为相度、相与、赞相之相；笃本马病行迟，而假为笃厚之笃，又竺笃为笃之古文；箴本缀衣之鍼，而假为箴铭之箴；暴本日出曝暵，而假为暴富、暴虐之暴；堪本大突，与坎同谊，而假为堪能、堪舆之堪；節从竹，本谓木多节，而假为节义、节制、节俭之节。又或倒义互训：《论语》以乱为治，《尧典》以攘为让，《易·师卦》以毒为治，《洪范》以敄为好，《诗》以落为始、以榖为恶木。若夫引申之义，大而言之：则天本苍穹也，而引申之则夫为妻天、君为臣天、父为子天、食为民天；极本屋梁，居栋宇正中，引申为北极、太极、皇极之极。〔阴〕阳字皆从阜，本谓山南阴、山北阳，引申而两仪、四象、八卦、四时、四方、阳律阴律以及水阴火阳、否阴泰阳、邪阴正阳、幽阴明阳、男阳女阴、牝阴牡阳、雌阴雄阳、阳木阴木，无不以阴阳相配。再考天干、地支：则甲本天干之首，而假为甲拆、甲胄之甲；由从倒甲，凡木倒甲而生即为由蘖，而假为由自、率由之由。丁亦天干，假为人丁之丁，又为伐木丁丁之丁；辛亦天干，假为辛苦之辛，又为更新之新；壬本天干，而假为壬林、佥壬之壬。子乃地支，孟冬阳气之首，而以为父子之子；寅乃地支，假为寅畏、寅恭之寅；庚本地支，假为大横庚庚之庚，又引申为赓歌、赓续之赓；戌本地支，假为征戍之戍；未亦地支，假为未来之未；※古文癸，象冬时水土平可揆度，因引申为揆度、揆法之揆；午本训牾，五月阴气逆阳冒地而出，假为旁午、相午之午；申，七月阴气成体，假借为诎申、引申之申。此皆假借引申之最大者也。

辄本车下两输，因舆中人倚输，引申为倚恃专辄之辄；将本将帅，引申为将来、将请、将送，又假为钟鼓将将之将；尊本尊彝，假为尊崇之尊；秀本禾颖，假为一切秀出之秀；穆本木名，假为於穆、皇穆之穆；填本训塞，引申为填压之填，与镇同。又假为《大雅》仓况之填，又为《毛传》训烝之填；《棠棣》诗“烝也无戎”。垂，远边也，引申为垂天云之垂；罪本捕鱼器，从网，秦始皇以辠文从自似皇字，改辠为罪；辞让之辞，本与文词各义，而世多假辞说为词；字本乳子，引申为文字孳生之字；桼以书简，墨以书帛，《尔雅》“不聿谓之笔”，石墨相著而研墨，桼能书竹不书帛，是笔、墨、研古皆有之，因假借为贪墨之墨；胡本牛颔，假为胡虏、谁胡、胡卢之胡；纳本丝湿，假为出纳之纳；酋本酒官，假为酋长之酋及《诗》“似先公酋”之酋；郑，似也；酋，终也，谓将嗣先王之业而终之。雉本野鸡，因旁从矢，矢可度量，假为都城百雉之雉；脩本束脩，脯也，假为修治、修能之修；胥本蟹醢也，假为吏胥、皆胥之胥；灏本豆汁，假为灏大之灏；柰本木果，假为奈何之奈；岂本凯旋车乐，假为岂弟之岂、语助之岂；勿本旗物，假为毋勿之勿；且本荐也，假为语助进词之且；而本须也，象形，《考工记》“作其鳞之而”，假为语助之而；方本两舟相并也，字本作匚，假为四方之方，又假为语助方甫之方，又假为方旁之方；业本钟虡，而假为事业、德业、兢业之业；荣本屋脊，假为荣华之荣；向者溺也，假为方向之向及向昔之向；宣本宫室名，假为宣明之宣；宋本木名，专植诸亡国已屋之社，故周封殷后以宋为名；廉本堂隅，假为廉节之廉；钦本欠貌，假为《尧典》“钦哉”之钦；堪本地坎也，假为堪能之堪，又为堪舆之堪；厥本发石，假为厥逆之厥，又为其厥之厥；若本香草杜若，假为若顺、若似之若；帅本佩巾，假为将帅之帅；常本裳衣，假为旗常之常及五常、庸常之常；矢本射镞，假为矢陈、矢誓之矢；然本火然，假为然诺之然，又假为转语之然；纲本网纮，假为纲维、纲纪之纲；维本车盖，假为四维之维；纪者丝之总耑，假为统纪之纪；纔释为帛色，盖即缬字，而假为才纔之纔；经，织纵丝也，与直横相对，东西为经，南北为纶，而假为经纶天下之大经；萬本虫名也，而引申为千万之万，又假为曼长之曼；孔本从乙从子，乙鸟应候至而得子，可以嘉美，因假为一切孔美、孔大之孔；薦本鹿名，而假为一切荐藉、荐举之荐。此皆借义行而本义废。

《说文自叙》言孔子书六经、左丘明书《春秋》皆以古文，其不用假借明矣。及李斯改古文为大篆，程邈又改篆为隶书，以便徒隶，而经文失真者十之二三。加以秦火断烂之后，《尚书》由女传口授，《诗》由讽诵竹帛，经文失真者十之四五。如《尚书》“横被四表”或作桄、作光、作充；平章作采章；便章一作辩章；平秩古作平豒；旸谷作崵谷；嵎夷或作嵎峓，又作禺铁，又讹作嵎铁；南讹本作南为，一作南伪，一作南讹；疾谗作堲谗；民献作民仪；盟，古文盟，象明神在上以皿盛牲血；孟诸一作盟潴；孟津一作盟津。又唐、虞、三代无仪器，故《尧典》授民时专观天象，斗极旋绕北极枢机，而后人假为璇玑，又作璿玑以配玉衡，因谓以玉饰铜仪，以汉世机巧靡丽之器施诸上古，是误认假借为本义，而正义反废。推之割训害，班训遍，孟训勉，寡训顾，卢为旅，讼为额，顺为训，美作媺，亦作娓，巽作顨，皆《尚书》《周易》今古文之异同。再推齐、鲁、韩、毛《诗》，谷与穀，格与假，鉴与监，蕑训勤，节作岊，媞作提，共与供、龚，留黎为流离，逶迟为郁夷，乐饥为㾥饥，㾥、疗同字，乐、㾥同声。倬假为箌，永假为漾，螓首为頱首，皆三家《诗》之异文。《尔雅注疏》引证孔繁，遽数之不能终其物，此并同声假借之例，本有其字，不用本字而专用他字，或与本义并行，甚至本义反废者也。

至《汉志》小学家有《别字十三篇》，不入六书之内，以其无义可引申，遂不成字，而亦自附于假借者。如汉碑虽国姓、庙号、官名，皆可冒滥。欧阳作歐阳，中宗为仲宗，县令为县苓之类，洪适《隶释》即已斥之。又碑文《易》之莧陆乃莞睦之讹文。而《说文》中亦有俗体，许君滥收者：如某旁加木为楳，喿旁加口为噪，尊旁加木为樽，犓犵字之加牛，嗽字加口，此与“马头人为长”“人持十为斗”何异？皆必当芟薙之字，而人之为篆书者，反以其见于《说文》而遵之。至于劉金刀国姓，而必改书为鎦；潮字本于江汉朝宗，乃以《说文》所无而改书为淖、为涛，是雅其所俗而俗其所雅也。甚至《尚书·皋陶谟》七始咏讹为桼始，又讹来始滑，又讹采治忽；《盘庚》篇“今予其敷心优贤养历”，而马、郑古文讹为“今予其敷心腹肾肠”；《易·杂卦传》寡髮讹宣髮；《列女传》卫寡夫人讹为卫宣夫人，加以能研诸侯之虑。《易·系》亦有衍文，《酒诰》《召诰》之简，中垒校其脱佚。此则豕亥、鲁鱼、阴陶、别风淮雨、夏五郭公，非竹简之断烂，即传写之讹佚，如是而概谓之假借，何异以燕说郢，以鼠证璞乎？至于一部之中，所收重文有声无义者，不可指屈。玉部除球、琳、琅、玕、琬、琰、璧、珏、琼、瑶、琮、瑾、璋、珪、瓒、璅、璁、班、璎、珣、玗、琪、碱、砆外，尚有瑧、竖、瑰、瓏、瑄、珣、琟、玛、瑦、瑂、璒、玜十余字，皆云石似玉者，不言何石何玉。艸部莡、荅、莡、蓟、萬、薛、菩、薽、蘄、菌、萚、藷、苹、莰、藺、莩、荽、蓞、蓒、葎、蕿、蔦、芁、菁、蘢、莨、藹三十字，皆云草也，不云何草何形。此等无用之字，多收何为？故许冲上表言：慎以文字未定，故久未上。许君《自序》亦有后人董理之望。故敢管窥蠡测，以告小学家之不持成见者。

说文会意谐声指事象形释例

魏源

《说文》之字，以转注、假借为最广，五百二十六部，无一字能离于部首之转注与偏旁之谐声者。惟谐声有专谐声不会意，及谐声兼会意之不同。谐声不会意之字，五百部中不可枚举。其谐声兼会意之字，不如专声者之广，且其解说之谊，即《说文》

亦间有未得制字本意者。如父、母、毋三字，《说文》训父为以手持杖，母从女有二乳，毋象女有奸之者禁止之毋令奸。然父之治家岂仅恃持杖者？谊似浅狭。今考父从八从乂，八者阴阳所以分别，乂者阴阳所以交会而生子，故爻、交字皆从乂。毋者母训子之声，故为禁止词。毋字说本武进庄氏。又如地、池、驰、施等字，皆从也得声，似有施布向外之谊，岂有如《说文》训也为女阴之理？也音与者同部，与地、池、驰、施不同部，何以诸字皆从也得声？不能解也。《说文》以江、河二字示谐声之例，考江、红、虹、鸿、豇、杠、矼、扛、贡、攻、空、功、巧等字，皆从工。贡者上供之义，与工同用。空者化工太空之义，而攻、功、巧并言工上之力，惟此四字兼声与意。而巧则从丂得声，余皆有声而无意也。河、阿、哥、何、珂、坷、诃、轲、呵、泀、舸、哿、奇等从可之字，亦有声而无意，而奇则并不谐声，与从也诸字同例，皆所未晓者也。推之義、儀、蛾与譌、讹同声，彼、陂、被、披、破、婆、波、颇皆从皮得声，而除義、儀外，余皆有声而无谊。崇、悰、淙皆从宗得声，终、雺、螽等皆从冬得声，惟终兼声意。考谐声不会意之字，百二十部中不可枚举，今专求其声意兼得者，惟沖、盅、忡、忠、仲皆从中以声兼意，濛、矇、曚、幪、蠓皆从蒙得声，而《洪范》则雺、蒙同字，亦声义兼得。勇、涌、俑、踊、慂、通、痛、蛹亦声中有义。龚、供、拱、珙、恭皆有声有义。喑、瘖、谙、愔、黯、暗皆从音得声义。堪、戡、谌、湛、嵁、踸并从甚得声义。又椹、碪字有声无义。唅、盦、谽、颔、婎皆从酓得声义。酓、含同字。沈、耽、忱、眈、妉皆从冘得声义。枕、衴二字有声无义。澹、憺皆兼声义。谦、歉、慊、嗛、溓、隒皆从兼得声义。酣、柑、谽、苷、泔、某皆从甘得声义。酣者，甘酒；柑，甘果；苷，甘草；泔，甘汁；此并声义同者。惟某从甘木而非甘声，则以楳、梅相通之故，假谁每之每为谁某，因并从每音，与神、伸、绅皆从申得声义。钧、均皆从匀得声义。傧、摈、殡皆从宾得声义。梱、阃、悃皆从困得声义。壸、阃同字。墳、蕡、黂、羵、豶、鼖、馈、镄、濆皆从贲得音义。贲训大也。墳者，大冢；《诗・桃夭》“有蕡其实”；黂，大麻子；羵、豶，大羊、豕；鼖，大鼓。

又《诗》言馈、馕者，食之丰盛；辖，大车声；墳通《汝墳》之墳，谓堤防高大。惇、敦、醇、焞、谆、啍、錞皆从享得音义。皆敦厚之意。肫、沌、芚皆从屯得音义。殚、瘅、燀、弹、蝉、禅兼得声义，惟觯有义无声。单、殚皆尽也。《诗》曰“哀我瘅人”，言劳病无已时也。燀者，火炽将尽。弹取声欲尽不尽，蝉取其声蝉联不断之谊，故皆从单。禅与继相对，前禅终尽，后代承继，故禅从单尽。觯者，饮酒器，《射礼》“举觯罚饮立尽”，故从单。《说文》：觯，酒器也，从酉，单声。案：觯音至，无读单之理，当衍声字。盖觯从单尽之义，非从单声也。歡、驩、懽、讙、灌、觀、勸皆从雚得声义。灌取祭祀灌鬯郁酒，人神欢洽之义，觀取旁雚欣喜之义，驩、歡同字。辨、辩、辧、辮皆从辡得声。焕、涣皆从奂得声义。蔓、缦、嫚、漫、谩皆从曼得声义。嫚、慢同字。滋、孳皆从兹得声义。侅、该、荄、孩、垓、頦、晐、峐、陔、骇皆从亥得声义。凡从亥部字，皆有取于侅大生长之义。亥者，万物所以成终，故亥为天门，乾为亥方也。侍、峙、诗、時、恃皆从寺得声义。寺，法也，寺廷为礼法之地。硕、願、颁、颙皆训大头，从页得声义。句、枸、拘、笱、钩、痀、雊、軥从句得声谊。即章句之句，亦以句读钩勒为义，雊音与句同，金陵句容县取山圜勾曲义，俗读同章句者谬。价、玠、界并从介大得声义。朻、纠从丩互得声义。濡、懦、儒均从需得声而谊不同，儒取需用之需，席珍待聘，为国储材之谊。逾、踰、愈、瘉皆从俞得声义。弼、（□□）〔粥、弱〕① 皆从弜得声义。推之自私为厶，反正为乏，黻以两弓相背为弫，恶以两己相背为亞，两邑相背为邻邑，两臣相背为𦣞，此皆相反相通之谊。至若卯为春门，万物以出，其字从丣；酉为秋门，万物以入，其字从丣，此皆会意之字。丣可通为桺，不可通为卯，而郑以桺谷为卯谷，读为昧谷，此如汉人讹呼丣金为卯金，形与谊俱相反，断不可认会意为假借者也。

又其制字会意有两字合为一字，如玨、吅、棘、林、艸、𥄕、覞之类。有三字合为一字，如𣡌为栗，犇为奔，飍为飚，一从木为𣡕，羴为羶，麤为觕，雧为集，灥为原，聶为多语。又有四字

①据魏源《古微堂外集》卷一改。

合为一字，如罒、嚚、器从四口，《诗》“我夃酌彼金罍”，籀文作靁，象云雷之形。又《钟鼎款识》畾为古文雷，又木部櫑为藟之古文，畾为罍之籀文。又䢅从四工为𢏚，又䛇古文以为讨字，即《书·无佚》篇“诪张为幻”之诪。拳勇之拳，古文作𠔪，𦾓，为蚕箔，即萡字，此并见《说文》，有会意无谐声者也。

至于指事之字，自人言为信、止戈为武外，如上、下、左、右、前、后、东、西、南、北、春、夏、秋、冬、青、赤、白、黄、黑、玄之类，皆指事之字，为例不多。其象形之字，则篆文皆为隶变，失其真形。如☉、𝕡皆象形，自隶变为日、月而不象形矣；艸、㞢皆象形，自隶变为草、木，则不象形矣；鳥鳥皆从两足，象形，自隶变乌、鸟，从四足，则不象形矣；爲本母猴，象形，自隶省作为，则不象形矣；鳦本阳鸟，其乙象飞形，自隶变为燕，则又不象形矣。此六书大概，姑述其略，以告童蒙小学之士。

湖南文征　卷十七

解

东迤北会于汇解

张明先

《传》之解“东汇泽为彭蠡”也，曰：汇，回也，以东回为彭蠡大泽。朱子曰：彭蠡之为泽，实在大江之南，以地势北高而南下，故其入于江也，反为江所遏而不得遂，因而自潴，以为是弥漫数百里之大泽。可谓精于言汇者矣。然《禹贡》导漾言汇则明指彭蠡，而导江之汇未有明文，作传者或承上节，仍指为彭蠡，以此句为衍文。或云北汇于汉而汇于彭蠡，或云汇径当作汉，此皆不深绎《禹贡》本义，且未熟悉洞庭水势，讹承至今莫有辨者。

夫彭蠡在江之南，为江所遏而自潴，回而为泽。九江即洞庭，亦在江之南，其势相同，岂遂不为江所遏，回而自潴邪？余往赴试岳鄂，每见夏秋之交江水盛满，逆入洞庭，萦回湍激处约广十余里，此《巴陵旧志》所以洞庭吐纳百川，而大江西来横亘其口。每岁六七月，岷峨雪消，水暴涨，自荆江逆入洞庭，清流改色。《北梦琐言》亦有湘江北流，至岳阳达蜀江，夏潦后蜀江涨，遏住湘波，溢为洞庭湖，凡数百里。其彰明较著者也。盖江水从江陵南岸虎溪口分入澧水，过洞庭与沅、湘诸水合流，至巴陵县，皆由西趋东略转北，而大江之正派在北者，包公安、石首、华容诸山在中。江、湖二水夹流，洞庭之水至东陵下十五里城陵矶，北会于江之荆河口，所谓东迤北会，确乎不爽也。会时洞庭面宽水平，大江势高，湖水遏而自潴，自古至今，岁岁皆然，何况滔天襄陵时邪？公安袁中道《澧游记》云：郦道元注《水经》，于江陵枚回洲下，有南、北江之名，南江即江水由澧入洞庭道也。陵谷变迁，今之大江始独专其澎湃，而南江之迹稍湮灭，仅为衣带细流。然江水会澧，故道犹可考云。小修公安人，最为亲切，止知近时江水入澧仅一小河，以为变迁，独不思洪水泛滥，溢岸浮野，岂由地中行者邪？今之河道未尝改也。

又有谓江水逆流，此水涨使然，语其变，非语其常。岂尧时洪水尚可作常论邪？又有谓江水虽逆流于湖，而潆回反复，仍入于江。岂彭蠡之水汇而为泽，竟未入江邪？知彭蠡则知洞庭矣。按《周礼》未载九江，统在薮泽云梦之中。《尔雅注》指洞庭为云梦泽，“泽”字之义似可与“汇”字作明证，犹恐后人附会，姑置不论。即以《禹贡》经义绎之，导江则于“于汇”之后曰“东为中江”，导漾则于“东汇”之后曰“东为北江”，“汇”字即不可厌重复，岂中江、北江漫无分别邪？余以书之所言，目之所见，合之心之所悟，不惴固陋，窃以为导江之汇即指洞庭，不言洞庭者，以上已有九江字样，不再赘，书法又一变。以导江之汇为洞庭，则中江、北江之地皆各有段落可指，而三江之说亦得以互相发明矣。“汇”既训“回”字，意甚活，上加一“于”字，则汇似有实地。俗本作“为汇”，较“于”字更稳，且又安知俗本之非旧文乎？

乐律后解

陈之骍

律法自司马子长后已失所传，高允、胡瑗、房庶、蔡季通皆儒者，谬信所学而不适于用。其以黄钟老阳，二而实之，三而损之；六寸为林钟，林钟四而实之，三而损之；五寸为仲吕，尚余一分，又将一分穷算，则毫厘丝忽自此不可收拾。律十二也，止此三律而相生已穷，圣人作律自有成数，岂如此阑珊哉？即《淮南子》置一而十三之，起为积分，即置一而九三之，以为寸法，皆迁就之词。《系辞》谓天一地十，何事以九为十乎？不如《乐府》之说为可晓。吾不敢信《乐府》遂为神理，然其数皆成数也。使其理有穿凿，能合自然之数哉？但其子午相冲丑亥相配，犹为枝叶，而三分损益，隔八相生，反置架阁。盖自应钟退至冬至，一阳微动，包束重泉，未能为暴举，仅进三分之一，遂为黄钟额数。自黄钟后即以九加之，使当时不如此斟酌，则积至蕤宾反不能合阳九成数。惟以三分先暗参黄钟内，遂觉六律皆此三分为之推移，此为上生知益，非谓逐加三分也。阴数亦然，阳数主进，阴数主退，自林钟后皆以九退之。奈当蕤宾时，日晷正长，流金焦石，一阴潜滋，止退三分。余律皆带此三分并促，积至冬至前黄钟未加，恰合老阴之数。此为下生知损，故曰每三分以损益也。至于黄钟隔八生林钟，林钟隔八生大簇，凡上生者数皆百三十八，除九十外，余四十八得地支之数。四本偶，方围四也，凡下生者数皆百二十，除九十外，余三十得天干之数。三本奇，圆围三也，阳数九阴数六，进退皆以九为度。阳统阴也，犹地天中之地也。九满十则除数已尽也，独有中吕生黄钟百二十三，多此三数者，缘黄钟以三分益，故数终仍还此三数也。应钟生蕤宾，百三十五，缘蕤宾以三分损，故数终仍阙此三数也。此皆本乎节气长短，阴阳相配，然则谓黄钟至蕤宾七律为上，林钟五律为下者，妄也。

变声旋宫

陈之驲

宫有二，一为黄钟之宫，一为林钟之宫。律家但主黄钟者，宫君象也，一阳初生，君以少为贵也。林钟六月，太阴湿土，其器为埙，实正宫也。玩律家不曰宫、商、角、徵、羽，而曰宫、徵、商、羽、角，五行之序顺矣。然以为变徵者，此宫乃徵声内之宫，故不以宫名，蕤宾为正徵，则此为变徵也。黄钟亦羽内之宫，而以宫名者，阳一君而二民，君子之象以少为贵，故以大吕为变宫。盖黄钟为正羽，大吕近宫，从君而变不复名为羽也。□□□□□□□□旋宫非谓大簇、姑洗亦为宫也。盖五声皆有清浊，如黄钟有清黄钟，角有清角，商有清商，以此律为主，则众律从而间之，从而和之。旋宫宫字非谓宫声，乃递相为君也，如崇丘六奏乃笙声也，笙属角，则角为君矣。夹振之而驷伐，用铎两行，宣导威武，铎属金，金商音应秋气杀伐，则夷则为君，商君而宫亦臣矣。

伯夷传解

陈之驻

通篇皆是疑词，未有然伯夷意，总归伯夷以孔子成名，伤已无显闻也。首言伯夷让国，先从许由让天下开端，又为许由下一疑。尧、舜为君，舜、禹为臣，皆以久试方禅，说者乃谓尧先让许由，何其轻易？次解云“余登箕山”，又有许由冢，则当时果有其人有其事，然孔子序列仁圣贤人，独称伯夷，不及许由，何也？此段是文之迎送，入伯夷已为得孔子而名益彰，岩穴湮没张本，分明是一经品题，便作佳士，其卞随、务光、泰伯并后颜渊皆伴说。古人文字宽衍，不似后人单帮，李克卜相可见。既入伯夷，次其行事，亦未必尽能无怨，如孔子所云。但天亦不当报善人如此其爽，而盗跖反如此横福，接到若彼近世，明明关照自己，公正发愤，无妄受灾，天道全不可信。道不同一段，见君子自修不以天下为惑，此是文章大开脱惑叹处。君子疾没世，渐收回人之得名非偶，必有遭逢，伯夷幸遇孔子，如此类湮没不知凡几，自悲不附青云之士也。余恨学者不解其意，聊为疏捕，其他帝王《项羽本纪赞》《月表》《年表》，悉当以是类之。诸赞无甚味，跛尾耳，不必过索。

负薪解

黄秀

岁在阏逢摄提格，时值昆明鲸动，避乱黄道山中，偶登山巅，挟书一册，且读且歌。既而负薪以归，憩息松阴下。客有自外至者，粲然谓余曰：盖闻贤者必有为于时，志士不浮沉乎俗，生斯世也，岂徒以穷约自甘云乎哉？实欲借利达以舒厥志，借富贵以荣厥身也。古之人或抵掌以说王侯，或叩角而取卿相，或对策于金马门，或垂勋于云台上，或献赋而名当世，或草疏而结主知，彼皆心异庸众、行轶人群者也。今吾子年甫弱冠，名列黉序，习诗书，谈道德，笃志儒业，繄云有日。曷不掇青紫，邀禄爵，显扬是图，以夸耀闾里？顾乃依山栖谷，枕经藉史，终窭且贫若此，意者独居感愤咨嗟，而有怨悔矣乎？

余曰：吁！客前来，吾语汝。是所谓以鸠鹗而笑鲲鹏，乘驽骀以测骐骥，多见其不知量也。曩者帝王肇兴，际乾旋坤转之期，乘风虎云龙之会，元首明，股肱良，故聘币殷勤，莘野辍耕，物色征贤，胥靡释筑。磻溪辅佐王猷，南阳鼎峙伯业，咸由圣贤道同，主臣一德，始克建丰功而竖懋绩。借令上不悬八纮之网，下不奋六月之息，即有伟抱殊猷，亦将老死岩穴，与草木俱腐，乌能声施奕世也哉？世降以还，事殊非古，宾师之礼久废，造请之典蔑闻，英雄豪杰每延颈以待用，感奋而抒怀，莫不困于遇合，沮于资格。今虽圣明在上，一才一技之士皆得效力清时，而地阻势隔，致身无术，时吴逆踞岳阳五载，两科未获与试，故云。惟有蕴我圭璋，俟我良琢，植兹楩楠，听匠石已耳。矧乃欃枪未扫，狼烟未靖，剑戟称雄疆圉，弧矢矜能马上，而欲驰驱皇路，垂名简册，似亦难矣。故君子不以戚戚之穷，廑忧心于一旦，而以赫赫之势，移真乐于生平也。

客曰：子言诚然，然值兹四郊多垒，曷不逞炙毂雕龙之辨，建倡仁扶义之谋，上尊人主，下说公卿，益人家国而縻人好爵，使见之者形惧，闻之者意骇欤？余曰：否否！夫编槿而庐、缉篱而扉者，太古之风也，廊栋凝云、檐牙饰彩者，后世之制也。今欲以太古之风为后世之制，非惟弗达权度，亦罔识时势矣。子以处今世而谈战国，泥所闻以拟所见，不亦异乎！独不闻子云屈节新都，孟坚托迹权贵，蔡郎寄身董丞，文若效能孟德，始谓攀鳞附翼，可以奋兴立业，孰知身危族灭，名节为之毁缺，譬若猎者获獐麋，而亡命于豺虎，渔者睹鲲鲵，而躬蹈于大泽也，悲夫！当吴逆叛踞时，多受伪扎者，后皆陨身丧节，予预知其必败，独能免此。夫予独非人情，岂其恶富贵而甘贫贱哉？良以尘容俗状，奔走乞怜，倏干宠禄于前，随遭戮辱于后，孰若优游自得，理乱无闻，将以笃吾业而守吾贞也？

客曰：子不萦情利禄若此，将以碌碌终厥身乎？抑超然遐举异于人乎？敢问古君子殚心以企圣贤，而彼且奚为也？曰：予尝闻诸《易》有曰：鹤鸣在阴，其子和之。《诗》有云：鼓钟于宫，声闻于外。士君子不虑身名未荣，但虑道德弗修，彼夫玉蕴山而山辉，珠藏渊而渊媚，此物此志也。是以君子修身制行，其道有二。遇则行其学，不遇则明其道。行所学著于一时，明其道垂诸千古，亦因其时所可为者为之而已矣。试观仁山讲学兰江，益之著述，金华阐圣言，绎贤传，绍往绪，启来学，彼殆有不屑屑于利达，不汲汲乎富贵者，亦犹商彝周鼎未见售于目前，卞璧随珠自流辉于日后，此真吾徒师表也。若夫商财贿之有无，较锱铢之重轻，盗声闻于党闾，计温饱于妻子，是名虽儒者，而行实同贾竖也。仆诚不能与此辈并埒，故皎然独守所志，而谁识予之素心？

解惑

曾绍孔

山后赵侯以试用摄邑篆，甫三月罢去，绅士耆庶酌而饯之，送及郊。乡人惑焉，走相告某曰：令，父母也，民，子也，子于父母情患不足，不患有余，三月之令未可以饯欤？告者曰：抚我者父母，虐我者仇雠，令未有大德于民，仅三月而以父母厚之也，不已过乎？曰：父母即未慈，子何可不孝？令无大德，亦无小怨，虽一日未可薄也，况三月乎？且江河不返久矣，不有过厚，何以矫薄者之失？世无申生，人且寇仇其父，其鼎锯不避者，即斯人之药石也。世无屈原，人且弁髦其君，其日月争光者，即斯人之针砭也。世无伯夷、柳下惠，人且习于脂韦、流于溪刻而莫知所极，其浩气孤行不能磨灭者，即斯人之砥柱绳约也。故当世教凌夷之日，而有一二贤知主持其间，以其忠厚悱恻者自致于亲长之前，挽颓风而振末俗，遥情逸韵不问而知其近古矣。盖不肖者常薄，贤知者常厚，式薄以厚，即有过，当殆所谓贤而过，过而弥见其贤者也。《记》曰：贤者过之。孔子曰：观过斯知仁矣。今如子所谓过者，抑其所以为贤欤？乡人曰：微子言，智不及此。乃揖而退。

天秉阳垂日星解

余廷灿

天秉阳，垂日星，谓阳主施也。地秉阴，窍于山川，谓阴主受也。播五行于四时，非山川播之，谓日星播之也。日中星鸟则播为春分，日永星火则播为夏至，《尧典》其明征也。参以《月令》，日在营室，昏参中，旦尾中，为孟春为盛德在木，而益信四时有其播之者。何谓和？日星有短永，有赢缩，有分至，有启闭，有南北燠寒，有东西早暮，凡阴阳消息，一与四时相进退转运而后和，和而后月之晦朔弦望因以生焉。今夫月无光，以日之光为光者，日之四序晷刻不得其和，即月之三五盈亏不得其准，施受一气也。然惟中国当赤道北，寒燠温凉得天地之中，故月之盈亏亦与平气应。若夫两极之下，其地大寒，又或以半年为昼，半年为夜，彼其望月即有盈有亏，亦必不如中土之晦朔弦望互相停调。朱子谓：不和岂必月不生？绎朱子未尽之说，则经言月生者，正谓其舒光吐曜一一如五行四时之冲气会合，故月和而后月生也。

天左旋解

余廷灿

横渠张子有“天左旋，处其中者顺之，少迟则反右”之说，儒者往往以右旋于左为迟，遂疑日月亦左旋，因行迟而觉其右转，则徒以右转为推步家反算捷法，而有左复有右，有顺复有逆，究不以为天之实象。然其说非也。谢生大猷曰：如以七政为顺天左转，则日行一日不及天一度，月行一日不及十三度有奇，此犹有常可执者也。至于五星之迟留伏逆，进退疾徐，无常可执者，何得以顺天左转为定论乎？且五星之行，值日则伏，与日三合则留，对冲则退，当其见伏留退之交，其行又有疾初疾末，迟初迟末。至金水二星，又各有合退伏，其参错不齐若此。以张子之说考之，则当其退行之际，皆为行过于天，而金水退疾，又当过三度强者。夫日月之行既皆不及天矣，五星之行独何缘而过天乎？

谢生之辨七政非左旋甚明快，而于右转之说尚浑含其词，未极剖析。按《晋书·天文志》称周髀家云：日月实东行，而天牵之以西没。又案《明史·天文志》记洪武中，帝论天与七政之行，群臣皆以蔡氏左旋之说对。帝曰：朕自起兵来仰观乾象，天左旋，七政右旋，历家之论确不可易。尔等犹守蔡氏之说，岂所谓格物致知之学乎？此则右转之说远有端绪，今日兼证之西法而益明者。盖古者第以恒星为天体，则天左旋即指恒星天，而于岁差之故不明。西法以宗动为天体，故不独日月五星东行，恒星亦东行，而于楚词“圜则九重”之说乃合。盖自有宗动天，以浑灏之气挈诸天左旋，其行甚速，故外之近宗动天者左旋速，而右旋之度甚迟，内之远宗动天者则左旋较迟，而右移之度转速。是故恒星天东行最迟，岁差才五十一秒，大较历七十年而差一度。新历不谓之岁差，而谓之恒星行度是也。其次则土天木天，又其次则火天，至日天金水天较速矣，而月天则最速。所谓月行一日不及十三度有奇是也。谢生第谓天以二十八宿为体，以日月五星为用，体用一经一纬，旋转一顺一逆，乃天道自然之妙。则其说尚沿旧解，而于右旋无确据。予故参西法证之，而右旋之说益显白无疑。且既谓之浑天，则必环固内抱，旋纽互根，安溪谓如层云叠涌，云有背有驰，如二水合流，水有流有滞，则明乎一气参差之故矣。又谓置盂于此，自边而引之旋，其近中者必缓矣。宗动之天急旋于外，若或引之，其弥近地心而弥缓者，势也。可谓精于譬类者矣。

谢生来学城南，潜心经义，尝具一往深沉之思，己酉以选贡赴京师，未与廷试而遽没。是篇与《挂扐解》，皆试于学使风檐，为人所传播者。乙卯索居，偶从故纸堆中检出，心怦怦有恸，因采其独悟之思，补其未备之说，正欲存生之孤诣迈往，以见不可禁御有如此者。

挂扐象闰解

余廷灿

学使拔诸生之秀杰者贡成均，而试以挂扐象闰解。耒阳谢生大猷颇究心《易》义，则曰挂扐之说，郭氏与朱子异，朱子常与之往复辨论，良由郭氏之说偏滞不应经文。夫经既曰挂一以象三矣，象三者岂能复以象闰乎？人皆喜谢生之辨甚明快，然亦有未曲尽者。郭氏惟以挂一象闰，遂谓后二变皆不挂而但有扐，彼所坚据者，在“再扐而后挂”一言也。夫固谓初变有挂，须更阅二变而后挂，亦如初岁有闰，又须更阅二岁而后置闰也。然经何以不曰三岁一闰，又何以不曰六岁再闰，而必曰五岁再闰乎？如郭氏之说，直使“五”与“再”二字皆悬而无所着，再闰再扐亦判而不相联矣。朱子以一挂两揲两扐解“五岁再闰”句，以经证经，于“五”字、“再”字乃显白无疑。且后二变皆有挂，既与四营成易合，而于成卦变爻，皆有自然之法象，于后二变之数不四则八者，亦绝无参差不齐之弊。朱子曾推究之甚详，此固不得轻议朱子之解五岁稍涉杂凑，而可漫以左手五指遂臆决其当五岁乎？

谢生又谓挂不同于扐。朱子之解挂也，谓挂于左手小指之间，与其所解扐者无异也。岂知挂不得同于扐，挂既象三，宜挂于胸前以法中，初不与揲余混，而朱子不辨，其著《筮仪》漫曰通挂之策，不五则九云云，是朱子自不能别其一于归之外，安得使人不混其一于归之中，无怪滋郭氏以归挂一之奇于所揲之余之诬也。其辨愈凿凿可听，然未免愈离其宗。夫经文固明曰归奇于扐矣，则奇与扐自是两物，并而归一也。经本并其一于归之中，解经者乃别其一于归之外乎？若以奇为揲余，扐为指间，朱子曾据《孔疏》解之，不知以归奇为归挂一之奇，扐为所揲之余，其说已始自虞翻。而扐为数之余，见《礼记·王制》，又不得执《孔疏》辟郭氏，而谓经文之归奇于扐，非归挂一之奇于揲余也。况挂为气盈，扐为朔虚，气盈者综三百六旬之成数而可知，故分二之后即除一而挂之也，朔虚者计十二月之空分而后得，故逐揲之后乃存余而扐之也。归气盈于朔虚而置闰，故归奇于扐以象闰，则气盈者正闰法起积之端，而挂一者又蓍策起积之端，谓挂象闰则不可，谓合挂与扐皆以象闰固无不可也，又乌可别其一于归之外哉？

周官媒氏解

张九镡

媒氏主合婚姻之官，谋合异姓，故曰“掌万民之判”。《丧服传》曰“夫妻判合”，言判别而合之。合，即下文所谓会也。凡男女自成名以上，书年月日名，令三十而娶，二十而嫁，极言之，令其父母使不得过限，男女得以及时，此为始婚之正者言也。凡娶判妻入子者，皆书之，谓人所出之妇再嫁，所鬻之媵妾改适人者，娶之者皆书于官，以绝争讼，此为婚娶之变者言也。仲春夏正二月，阴阳交顺，天时以成，《昏礼》出令国中皆会合男女，谓已行媒受币之女，惟此时虽有不待备礼而嫁娶者，亦所不禁。《内则》云“有故，二十三年而嫁”，俟三年丧毕也。若无父母丧故，而二十不嫁，不以仲春婚娶者罚之，此皆令其父母配合之，罚亦指其父母言，所以戒愆期也。又承上文言，亦于是月司男女之无夫家者而会之，国中鳏寡单丁女户，皆无父母主婚，始官为司之，称其年材，察其情愿者，官为之媒，许即时配合。此不必禁罚而自从，故不以令言，亦无不用令者，所以闵怨旷也。凡嫁子娶妻入币，纯帛无过五两，此言婚姻无奢礼也。禁迁葬与嫁殇者，此言死葬无越礼也。迁葬，谓出母改适无子，前子欲迁以祔父母者；嫁殇，谓十九以下许嫁而死者，生不相接，死而合之，非礼也。邴原女没，不从魏武之命与仓舒合葬。《曾子问》：女未庙见而死，归葬于女氏之党，示未成妇也。况未合昏而可合葬乎？今山西俗重冥配，父母必合葬，先葬者虚左右以待。有母改适死，而仍求与其父合葬者，又有并未许嫁，求人家及笄未嫁而死之女与之合葬者，亦谓之冥配。今考《周官》，乃知秦晋间自来有此风俗，周公已先禁之矣。

中春会男女之文，考《二南》如桃夭于归，摽梅及时，皆相证明。至奔者不禁，先儒误解，谓听其自奔，遂为《周官》第一疑案。按《内则》云：聘则为妻，奔则为妾。奔指未聘者言，不得与夫敌体，故谓之奔，非如《毛诗序》东门之墠，男女有不待礼而相奔者也。刘向《列女传》：召南申女，许嫁于酆，夫家礼不备而欲迎之，女不肯往，夫家讼之，女终拒之，而作《行露》。《毛序》谓召伯听讼也。六礼至不亲迎，犹见刺讥，非受币不交不亲，则知临时不备礼者之嫌于奔矣。又《有狐》诗序云：古者国有凶荒，则杀礼而多昏，会男女之无夫家者，所以育人民也。皆明据《周官》言之。多昏见《周官》荒政，会无夫家，即管子治齐掌媒合独之政所本。二事当分别言之。盖经文先言会男女者，令父母会之以许嫁者言，次言会无夫家者，则官司会之，以鳏寡言，次第井然，不容攙越。近日方氏注云：始婚者第可言未嫁娶，不可谓无夫家，覆出此文，明会而不禁者惟鳏寡也。总缘疑为一事，遂谓文有错简而移易之，又辨此为刘歆所增窜，引《王莽传》私铸者伍坐，没入奴婢以十万数，至则易其夫妇，民人骇痛为证，至并经文三十七字而删去之，非《周官》权天时、体人情之本意矣。

十乱解

张九镡

《论语》：武王乱臣十人，有妇人焉。马氏云文母，刘原父云邑姜，皆非也。“妇”字与“殷”字篆文相近致误，当作殷人。《太誓》云：予有乱臣十人，同心同德。《大诰》云：爽邦由哲，亦惟十人。而《君奭》云：武王惟兹四人，上言文王时有若虢叔，以文王弟故不与也。周公、召公、太公、毕公、荣公、太颠、闳夭、散宜生、南宫适九人，皆周臣。按《史记》本纪载辛甲大夫归周，《竹书》帝辛三十九年，大夫辛甲出奔周。刘向《别录》云：辛甲，故殷之臣，事纣，盖七十五谏而不听，去至周，召公与语，贤之，告文王，亲自迎之，以为公卿，封长子。《左传》：周辛甲为太史，命百官箴王阙，作《虞箴》。则直称之曰周辛甲矣。所谓殷人者，指辛甲也。妇人不与外事，文母既涉臣母之嫌，邑姜更犯司晨之戒，且果系二母，孔子亦不敢斥之为妇人也。顾宁人云：此陈师誓众之词，皆身在戎行者。其说近之，而未实指其人。王伯厚则据《论语释文》作“予有乱十人”，《左传》叔孙穆子亦曰“武王有乱十人”，谓本无“臣”字，不必改从原父说。然苌弘亦引乱臣十人，与其去经文“臣”字，不如改“妇”字为“殷”字之为愈矣。

重订史记历书解

彭坊

余偶阅《史记·历书》，见凌稚隆所辑《评林》注，多讹字讹句，如日得甲子，注中三百八分当作三百四十八分，九百三十八分当作九百四十分，盖历法以九百四十分为一日也。又其间意尚有未尽者，因略为改正，并以己意补释如右。

《史记·历书·历术甲子篇》云：太初元年，岁名焉逢摄提格，谓甲寅也；月名毕聚，谓十一月也。其实太初历建寅，此十一月尚属甲寅前一年癸丑，缘历元起数必从子始，故此预书明年岁名。

云无大余、无小余者，谓十一月之朔也。盖历法必以至朔同在甲子日先期夜半之年为历元，此年十一月朔，恰是甲子。前此并无余分，故云无大余、无小余也。

下文再云无大余、无小余者，谓冬至也。至与朔法异，故两列之。此年冬至恰是十一月甲子朔旦夜半前，此亦无余分也。

重书焉逢摄提格太初元年者，谓此年建寅之月以后也。历法之元必从子月起数，前书太初元年，焉逢摄提格是也；汉自太初历始改建寅，此书焉逢摄提格，太初元年是也。

大余五十四者，一年十二月，从上年十一月朔数至今年十月晦，六大六小，合三百五十四日，以甲子一周六十除之，五六三十，除三百日余五十四日，未满六十，故云大余五十四也。

小余三百四十八者，每月二十九日，又九百四十分日之四百九十九，积十二月为五千九百八十八分，以历法九百四十分为一日，得六日尚余三百四十八分，故云小余三百四十八。此是通计一年十二月合朔之零数，故后总云小余者月也。

再书大余五、小余八者，一岁三百六十五日四分日之一，从今年冬至数至明年冬至前一日，以六甲除之，六六三十六，除三百六十日，尚余五日，故云大余五也。又余四分日之一，以一日分为三十二，四分日之一是八，故云小余八也。前所载小余，是将一日分作九百四十，此所载小余，是将一日分作三十二。其分数不同者，日原无一定分数，缘日有奇零，历家分之以便算耳。即谓此小余为二百三十五亦可，盖将九百四十分而为四，则每分为二百三十五也。

每年书大余、小余者，每年除五甲子，余五十四日为大余，逐年递加，满六十则除存其零数，俟明年再加。其小余，每年三百四十八，逐年递加，满九百四十则成一日，除去九百四十归一日在大余数内，存其零数。若系闰年之后一年，则大余止有二十三，小余有八百四十七。其除法归法并同。

其每年大余恰满六十，除去无零数，则书大余无。小余恰满九百四十，除去无零数，则书小余无。

其每年第二次所书大余，亦满六十除去，存其零数。小余满三十二成一日，除去归在大余数内。

此书总以甲子为主，故前总题云《历术甲子谱》。其每年前书大余、小余，为算将来月朔逢甲子。后书大余、小余，为算将来冬至逢甲子。朔至同在甲子日之先期夜半，则为一千五百二十年为一纪。然岁首犹非甲子也，积三纪四千五百六十年，至朔同是甲子日之先期夜半，又在甲子岁首，总会如初，是为一元。

闰年之后一年，大余止二十三，小余有八百四十七者，盖一年十二月为三百五十四日又九百四十分日之三百四十八，加闰月二十九日九百四分日之四百九十九，合之得三百八十三日八百四十七分，除六甲为三百六十日，余数得此也。

其所以必在闰后一年者，窃意《太初历》虽改建寅，而置闰或仍用秦法，总置在一年之终则当是闰十二月也，历法以建子之月起数，故将闰月置在次年数内算。

原性解

张世法

天之象穹窿而已，地之象广漠而已，天地之性清宁而已矣。凡萃于上而天有日月星辰风霆流行，固于下而地有山岳河渎土石凝结者，皆其性也，无不善也。谓天之所行皆善乎？日月何为而薄蚀，星何为而隐而霣，风何为不发而霾，雷何以不击而厉邪？谓地之行皆善乎？百川何以沸腾，山冢何以崒崩，土何以而有帝之息壤，石何以有言于晋国邪？凡不得其正与怪戾之尤者，亦其性也，有不善也。然则天地之性果有不善乎？曰：非也。阴阳者天地之气也，五行者阴阳之质也。舍阴阳则天地失其所以为气，而气有升降清浊；离五行则天地失其所以为质，而质有刚柔美恶。故夫浑然无不善者，天地阴阳五行之性是也；淆然而有善有不善者，天地阴阳五行之气质是也。惟人亦然，是以圣人可学而能，而禽兽昆虫草木不可学而至于人也，亦于其气质异之而已矣。性岂有不善乎哉！

原毁解

张世法

天地万物之理，不与其有成又从而毁之，甚矣其蠹也。毁之者曰：凡物之理，体不欲方而欲其圆，轴之横者必脆，箱之中者必楞，圭角之露不可完也。质不欲刚而欲其柔，齿之坚者必蔽，骨之立者必僵，芒刃之利不可撄也。气不欲峻而欲其夷，城之截者必崩，石之啮者必坠，崭绝之过不可居也。道不欲清而欲其浑，渭可使之为泾，练可使之为缁，皎洁之辨不可存也。材不欲美而欲其恶，木之甘者虫先腐之，华之馥者风先萎之，瑰异绝特之秘不可穷也。夫体为其方而与圆者转，质为其刚而与柔者克，气为其峻而与夷者衡，道为其清而与浑者同，材为其美而与恶者处，皆大不胜之数也。夫先自毁也，已而又谁毁焉？然恶其方也，将蜣丸之智亦可弄，彀卵之仁亦可伏，而玉瓒圭邕不可以假郊庙，辑瑞不可以觐诸后，酌斗不可以祈黄耇乎？觚不觚，觚哉！觚哉！方之刓世道人心之害也。恶其刚也，将鸱夷滑稽，桔槔辘轳，俯仰上下，以从人为，虽有干将莫邪，不得与铅刀争其铦，镛金岱石，不得与沙砾争其砥砺。恶其峻也，将使泰山下齐于部娄，日月下并于丘陵。恶其清也，将谓江汉之濯不可以刷潢潦，秋阳之暴不可以明爝火。恶其美也，将谓玑珠华实之纤不可以言鬼神之能，羽毛翚飞之丽不可以言乾坤之文。颠倒瞀乱，雌黄诟厉，甚矣其蠹也邪！彼世无孔子为依归，则是方若子高，刚若季路，峻若史鳍，清若公绰，美若端木，而皆不得学圣人之道，躏中庸之堂而造于其室。虽有异者，终莫可如之何也已。呜乎！天地万物之理，其又孰从而正之？毁由人生，亦由人灭，其蠹也，亦元气之坏也。

易则河图

唐仲冕

圣人之则河图也，奈何？曰：蓍则其数，卦则其位，参两倚数，大衍五十则其全数也，则其五十之居中也。虚其一以为太极，则其一之在北也。分为二以象两，则其二之在南也。挂一以象三，则其三之在东也。揲以四以象四时，则其四之在西也。北为空虚不用之方，而水主流行，故虚一以则之。南为向明任事之方，而火主分辨，故分二以则之。东居左，故挂于左手，而木主发生，挂一亦发生之端。西居右，故揲于右手，而金主变化，揲四亦变化之端。一二三四，生数也，故以为营。七八九六，成数也，故以成易。东方物所生，形质杂出，阳内阴外，故八为正阴。南方物所养，气象昌茂，阴内阳外，故七为正阳。西方日昃月朏，阳极而阴生，故九为极阳。北方寒深暖动，阴极而阳生，故六为极阴。故归奇于扐，不外一二三四，变而成卦，不外七八九六，所以则河图之数也如此。

河图内方外圆，水火木金相对而克，赖中央之土以生之。圣人知其然也，布乾巽艮坤于四隅，使顺而相生者，培木之气以生火，培金之气以生水。水火者，阴阳之精，日用之要也。置坤土于西南，以续火金之断。置艮土于东北，以隔水火之交。火铄金，金气不能容，坤以藏之，而中宫之用以生而妙。水生木，水气日以泄，艮以止之，而中宫之用以克而妙。盖艮以终始万物，而后帝出乎震，岁功成于十二月，而后春以产物为圣。断续之间，非惟则图，实有以发图之蕴。且河图阳数自左而升，阴数自右而降，皆逆也。序卦之初二三爻，则其阳之左升，上五四爻，则其阴之右降也。是为易逆数也。

问：画卦则河图方位，曰天一、地二、天三、地四、天五、地六、天七、地八、天九、地十，阳数皆天，阴数皆地，天包其外，地凝于中。神也者妙万物而为言也，坎离之据南北，天一生水，地二生火是也，东西无定所者也。水生木而为山，故画山于一三之隅。木生火而为雷，故画雷于三二之隅。火克金而为风，故画风于二四之隅。金生水而为泽，故画泽于四一之隅。山雷在左，则其阳之左旋，泽风在右，则其阴之右降。然则山泽乾坤之交上爻，风雷乾坤之交下爻，此言山泽下而雷风上，何也？曰中国居赤道南，北极出地三十六度，南极入地三十六度，北极上南极下也。坎离乾坤之交中爻，何以不居东西而居南北？

曰：南北极贯天地人之中也，故曰极，东西无定，故虚其位而以山雷泽风实之。《序卦》就人事而言，乃有东西，有东西而乾坤乃有方位矣。天一生水，故乾居一之上四之下，坤为中央，土在火金之交，故居二四之间。东西在天虽无定位，而木生金杀，雷动泽说，人事中不易之东西也。故退震于三，进兑于四，使各得其正位，生成之义著矣。至无定者莫如风，移而置之三与二之间，以明长养之用。至有定者莫如山，一三之间元气浑沦，所以成始而成终，故仍画卦之旧，与坎离南北方位，为终古不易者也。《序卦》财成辅相，与卦画相与流通，《乾凿度》以四正四隅属之宓牺，非无说也。

易则洛书

唐仲冕

洛书外圆内方，圆者象天，方者象地。然外之圆也，相对者皆相生，动则相克，与河图之静则克而动则生者相反，而义实相成也。盖静克动生，谓天之枢纽屹然而圆转自利也；静生动克，谓天之生生不穷而递有乘除也。内之方也，五行各如其位，与河图之阴包阳如环无端者不同，而义尤相济。盖阴包阳，谓地如匏，外为质而中有真气存焉，故能凝于大气之中而不坠也；五行各如其位，谓地之东西南北虽分，而随人所立皆在其颠也。书之数即图之数，仍以一六为水，二七为火，三八为木，四九为金，其谓一坎、二坤、三震、四巽、五中、六乾、七兑、八艮、九离者，《后汉书》所云太乙下九宫法，洛书之变例也。易既则图，即则书矣。虽然，则图画卦，则书演畴，亦笃论也。《春秋纬》云：河以通乾出天苞，洛以流坤吐地符。宓牺有见于天之垂象而作易，大禹有见于地之平成而演畴，易有三才之道，畴有九州之象，圣人师天地，其义一也。易虚一以为太极，畴建五以为皇极，太极为阴阳之所由分，皇极为五行之所由叙也。

易则仪象

唐仲冕

易之为言往来也，其道本于仪象。盖天为大包络，其气疾转，而地圆凝其中，人附地上，首戴天，足履地，西方之足与东方之足其底相对，故西方之旦为东方之暮。圣人知之，故以反对为易。无时不往，无时不来，此卦之初，即为彼卦之上，二五三四皆然，所谓变动不居，周流六虚，上下无常，刚柔相易也。上卦为数往者顺，上为天，五为人，四为地。下卦为知来者逆，初为天，二为人，三为地。合之则三四为地，居天人之中，二五为人，居天地之中，初上为天，包人地之外，兼三才而两之，故六。六者非他也，三才之道也。

天左旋，故易为逆数，然则乾坤坎离及四干卦独无往来乎？曰：此本卦自为往来也，故上下经之卦数适均。且天气健运，六爻皆阳，往如是，来亦如是也。地气中悬，六爻皆阴，往如是，来亦如是也。坎离为南北极，枢纽不动，故不相射而相逮。四干卦往来如一，故以刚柔相易，序于二经将终之所。君子观屯蒙咸恒，则知继天立极之始，观山雷、泽风、风泽、雷山四卦，亦可知高岸为谷，深谷为陵之象矣。虽然，天道远，人道迩，故圣人系易，专言人事。

天南北极不动，东西环转，既有南北，则各有东西，其体圆而方。然其所以方者，地方之也。地为气所转，凝中不坠，其体方而圆。然其所以圆者，天圆之也。河图象之，外为四方，中为十包五，作易者则焉。卦之德方以知，蓍之德圆以神，非蓍卦何以方？非卦蓍何以圆？此动静互根之妙也。然地之方之者，其气本圆，故七八九六分布四方，顺而相生，实为阴阳变化所从出。天之圆之者，其质本方，故五十虽为蓍之太衍，而宅图之中卦有无穷之变，而五十之数终古如故也。盖自参两为数之所倚，而其可推衍者为五十，其于河图全数既有合而无遗矣。五十又适为河图之中，以五析之则十其五，以十析之则五其十，然数不可穷也，故虚其一而用四十有九焉。五十为大衍，其一则为太极，七八九六四象，阴阳人事皆由此兴，衍有大于此者乎？其一又七八九六所从生，而不增不减，不偏不倚，极有大于此者乎？

或曰：五十有五，既虚其五，又虚其一，何也？曰：物生而后有象，象而后有滋，滋而后有数，参两者立乎太衍之先，数之根也，非虚之也，其一则已在数之中矣。数为人所用，而有不用者存，不用者用之源也，故五十虚一而后分而为二，有奇偶以象两，所谓易有太极，是生两仪也。然则一生二，二生四，四生八乎？曰：此蓍卦之叙，非画卦、重卦之叙也。彼之所谓一为太极者，乃在参两之前，有数而无象，是因太极而有易，非易有太极也，且又安有数在象先之理乎？况宓牺画卦，仰观俯察，近取远取，本天象之垂，立人事之则，其于鸿荒以上，奠宁以外，固存而不论也。此之所谓一为太极者，参两之后太衍之中数也，即神也易之所必有也。圣人何以不言虚其一以为太极？曰：从古圣人不言一，独阴不生，独阳不长。大造之成象也，有上中下，人事之成形也，有始中终。故画卦不曰一天两地，而曰参天两地。专言一自老氏、荀子始，梅（颐）〔赜〕《尚书》乃极言之，非圣人意也，一不可为训也。爻何以止于六？曰：兼三才而两之，故六。曰：不可三之乎？曰：参天两地而倚数，参其两而为六，两其三亦为六也，且反对法仪象，故兼三才而两之，所谓易以贡也。

秬鬯即玄酒

唐仲冕

《周礼》一书无玄酒，《礼记》“玄酒在室”，后《郑注》云：玄酒即明水。《司烜》注云：明水以为玄酒。今以三礼参考，玄酒、明水实非一物。玄酒追古初质淡之原，为义至大，周公何不设官，职其陈设之事乎？且《礼记注疏》谓郁鬯在室中，而玄酒配之，则《记》何不言郁鬯在室，乃于始灌之齐独言配尊乎？案明水以方诸取于月，盖露也，故曰明。而五齐皆以涚，玄酒则微有酒之质而非水，玄色黑而非明较然也。盖鬯以秬黍汁为之，秬，黑黍也，玄酒即鬯无疑。肆师、郁人、鬯人皆司其物，可知周公之重此玄酒也。而《记》之玄酒在室，即为秬鬯矣，以芬香条畅言曰鬯，以质色言曰玄酒，以筑鬱而涚沸言曰郁鬯。五齐三酒，以是为最尊，《记》称秬鬯以事上帝，则祭天以玄酒矣。其在宗庙，天子以祼，诸侯以奠，少牢特牲礼得设之而不酌，冠昏礼则用醴矣。

字课解

柳廷方

形绝而习之，使肖则甚难。齿者不可使角，蹄者不可使距，形绝也。手之持，足之行，具同而利钝之不肖，不习故也。习固有权也。余少劣书，临池过久，腕病如脱，稍研习之，讫如故，则窃悔。出见世之工者而惭也，穷日夜为之，腕既稍顺，逾时覆焉，艺加进，苦习之晚，则又悔。均悔也，吾犹不若齿之使角、蹄之使距也，吾宁悔吾前之不习以终吾悔。

续字课解

柳廷方

天苍然，地之体芒然，天地以其苍苍绵绵者，泱漭回薄于十二万九千六百年之中，运于空而不坠，曰惟空也，故不坠也。狮子搏象用全力，搏兔亦用全力，彼之力视兔犹象也，亦空也。痀偻丈人之承蜩，轮扁之斫，宜僚之丸，公孙之舞剑器，人世一切技能，肄智之巧，胡不然？古人作字，有云钗股痕、屋漏痕，其评右军书曰：龙跳天门，虎卧凤阙。始吾不之悟也，肄习久之，乃用为信。虽然，彼运于空而忘于空者，天地也。忘于空者全，倚于空者败。狮子之搏兔则全矣，吾乌乎知之，亦于右军知之。续《字课解》。

帝乙归妹解

王泉之

帝乙归妹之文，一见于泰之六五，一见于归妹之六五，何也？此《易》之以天干取象者也。蛊之先甲后甲，巽之先庚后庚，革之己日，皆此义也。《本义》于泰之六五云：帝乙归妹之时，亦尝占得此爻。凡经以古人为言，如高宗、箕子之类者，皆放此。不思卦之彖爻象辞，作于文王、周公、孔子，如以帝乙为汤名，为纣父名，其归妹之时，从何占得此爻即有帝乙归妹之辞也？其取天干之乙以为象，又何疑欤？取天干之乙以为象，而必言帝乙者，何也？此假借之义也。丰九三云：日中见沬。沬，雨珠也，借作归妹之妹，因上卦归妹，以本卦互兑为少女之象也。渐六二云：饮食衎衎。借作坎坎，以六二互坎也。

帝乙者圣人，假人君之名以立象，俾天下后世知君子之道造端乎夫妇，婚姻为人伦之大，王化起于闺门，不可苟也。荀《九家易》曰：五者帝位，震象称乙，是为帝乙。余为之分晰其义，震称帝，震一阳在下为乙，泰之六五，变自归妹来也。六往居四兑为上爻，九来居三震为初爻，上互震下互兑，互体及卦变皆成归妹，故亦曰帝乙归妹。五为坤，主取象帝妹，乙者坤纳乙之谓也，不得谓纳甲之言，皆可摒弃不录也。乾道成男，坤道成女，男阳女阴，所重者阴阳之交也。交有正有反，有吉有凶。泰之六五乾下交于坤，而坤二来归，男求女也，得其正则吉也。归妹之六五兑上交于震，而与震二同归，女说男也，反其正则凶也。泰之《彖传》曰：天地交而万物通。归妹之《彖传》曰：天地交而万物不兴。此正反之殊也。何言正反之殊？二与五合而为七，七者天地之会也。自乾以后，泰居七宫之正，自未济以前，归妹居七宫之反，得其正则协泰交之吉，反其正则罹说动之凶，此泰与归妹之不同也。至《乾凿度》伪孔子之辞，以泰与归妹所言“帝乙归妹”，皆为汤之嫁妹。子夏传京房、荀爽、项安世、《王注》《孔疏》《本义》《程传》沿其说，且传汤嫁妹之辞。抑思汤得天下已在末年，岂尚有未嫁之妹，而正反吉凶之不同者哉？经义之不明至于如此，愿与世之执象言易者共证之。

在璇玑玉衡以齐七政解　　李德骞

天之象圣人，以器验之，玑衡正天文之器也。玑为转运，以象天行，衡为横箫，以察三光，按玑衡尺度，蔡邕所谓玑径八尺，衡长八尺，孔径一寸者，殆为汉候台铜仪。《隋志》谓古浑象周七尺三寸半，莫知何代所造，疑亦汉制。皆玉为之。《孔传》《孔疏》《郑注》《马注》、蔡邕《浑天说》《汉郊祀志注》《后汉天文志注》《隋天文志》皆以璇为玉，《蔡传》以为珠，恐非。而《史记·天官书》《汉书·天文志》乃谓玑衡为北斗七星，《尚书纬》谓璇玑斗魁四星，玉衡杓横三星，《星经》谓魁四星为璇玑，杓三星为玉衡。《大象列星图》《晋天文志》同。此皆因斗建而傅会之，不知《夏小正》《逸周书》始言斗建，唐、虞未尝用建也。且以北斗七星为璇玑玉衡，是以七星为七政矣。七星齐而中星遂不察而自齐乎？而日月可不察不齐乎？至《大传》璇玑谓之北极，《说苑》璇玑谓北辰句陈枢星，是又察辰而遗日月星也。马融独辟星纬之说，谓玑衡为浑天仪，见《尚书正义》《隋天文志》。郑康成、说见《史记·五帝本纪集解》。蔡邕、《浑天说》。范宁、说见《太平御览》。贺道养、《浑天记》。孔颖达、《正义》。颜师古、《汉书·郊祀志注》。李淳风、说见《唐天文志》。张行成、卢肇说见《玉海》。皆宗之。或以浑仪造于洛下闳，疑自汉始。然韩显符《浑仪法要序》谓伏羲立浑仪，见《玉海》。刘智《历正》谓颛顼造浑仪，见《玉览》。《春秋文耀钩》谓唐尧即位，羲和立浑仪，见《隋志》。则舜以前已有其制矣。善夫王蕃云：浑仪，羲和旧器，积代相传谓之玑衡。是玑衡、浑仪名异而实同也。

七政旧有三说。《书大传》谓春、夏、秋、冬、天文、地理、人道，所以为政也。见《史记正义》《玉海》。而《玉海》又引《大传》，以日月五星为七政，恐误。《孔传》：日月五星各异政。《马注》：七政，北斗七星，一主日法天，二主月法地，三命火谓荧惑，四煞土谓填星，五伐水谓辰星，六危木谓岁星，七罚金谓太白，各异政也。见《史记索隐》。然玑衡以观天文，非以观地理，则伏说似混。叶梦得、洪迈亦以伏说为无据。马氏以北斗七星求合日月五星，未免牵强。《孔传》主二曜五纬，郑康成、说见《史记集解》。刘昭、《后汉志注》。孔颖达、《正义》。洪迈《容斋三笔》。亦从其说。然《尧典》惟言中星，不及五纬，即后世测五纬多以占验，兼用推历，可知五纬无关授时之大也。近时戴震《书补传》以岁月五行为七政，是犹日月五星之说少变易尔。案伏生言春夏秋冬而遗岁月日，戴氏言岁月而遗日与四时，惟沈彤以日月春夏秋冬岁为七政者近是。盖日积之而为一月，月积之而为一时，时积之而为一岁。七政自然之序也，即《虞书》所正之日，所协之时月，所定之四时，所成之岁也。在日之出纳以齐日，在日与月之合望以齐月，在日之永短昏旦之中星以齐春夏秋冬之时，在日之周天月会日之常数及其闰，以齐三百六旬六日之岁，在璇玑玉衡即历象日月星辰，齐七政即敬授人时也，盖协于帝也。

名字问答

李德骞

问：《春秋公羊传》：定公六年，仲孙忌。《传》曰：此仲孙何忌也。曷为谓之仲孙忌？讥二名，二名非礼也。哀公十三年，晋魏多。《传》曰：此晋魏曼多也。曷为谓之晋魏多？讥二名，二名非礼也。然则今人二名悉非欤？

答曰：二名有两义。《白虎通义》云：名或兼或单何？示非一也。《春秋》讥二名，何乃谓其无常者也？此以改名为二名也。《五经异义》云：文武贤臣有散宜生、苏忿生，则《公羊》之说非也。见《曲礼疏》。此以二字为名，《公羊》所谓二名也，然许氏仅举周二臣耳，唐虞八元八恺亦二名也。春秋时国君二名凡六十余，诸臣二名尤多，其毋乃讥之不胜讥乎？即经书何忌于昭、定、哀之际者凡十三见，胡讥其一而遗其十二乎？即经书何忌于定六年者夏、冬两见，惟冬无何字，杜注以为阙文是也，如曰讥之，胡于夏不讥，而于冬则讥乎？至晋魏曼多，《左氏》《穀梁》皆无阙文，胡《公羊》独以阙曼字为讥乎？况圣母二名，鲁君亦有二名，诚如《公羊》说，是圣人将讥及君亲矣。孔门弟子二名匪一，诚如《公羊》说，是圣人不能讥其徒矣。此岂可墨守邪？后世新莽二名之禁，假《公羊》说以饰治，又岂可为典要邪？

问：《集古录》云：《杨震碑阴题名》一百九十人，疑皆是字，后汉时人见于史传，未尝有名两字者。《困学纪闻》云：东汉之士犹无二名者。博学如欧、王二公，其言当不谬欤？

答曰：《后汉》列传有刘盆子、任文公、樊志张、费长房、泠寿光、蓟子训、计子勋、解奴辜、封君达、郝孟节、王和平、陈文矩、刘长卿，或字或名尚难辨。其附见诸王传中者，有刘无忌、刘騊駼、刘便亲、刘元寿、刘安国、刘虎威、刘常保、刘延平、刘万岁。其附见列传中者，有邓广德、邓甫德、邓广宗、陈专诸、耿文金、王坚石、窦万全、窦会宗、伏无忌、郑益恩、郑石雠、孔长彦、孔季彦、廖孟举、廖伟举，此子若孙若曾孙若元孙若犹子若从孙之附见者，当亦名也。且有确是名而非字者，《野客丛书》云：《后汉传》苏不韦字公先、王延寿字文考、谢夷吾字尧卿、东郭延年字公游，此明为二名者。余按《范史》，二名犹不止此，如郑小同见《郑元传》，元以其手文似己，名之曰小同。邱灵举见《郭泰传注》，谢承《后汉书》曰：云中邱季智，名灵举。公孙进阶见《党锢传叙》，注云：公孙，姓也，名进阶。编盲意见《方术传》，注云：编，姓也，盲意，名。此小同、灵举、进阶、盲意之为名确矣。又如安丘望之见《耿弇传注》，嵇康《圣贤高士传》曰：安丘望之，字仲都。马日磾见《马融传》，《三辅决录注》曰：日磾字翁叔。赵无忌见《赵岐传注》，《决录注》曰：岐次兄无忌，字世卿。此望之、日磾、无忌之非字明矣。况小同为侍中，其名又见于《魏氏春秋》。日磾位至太傅，其名又见于蔡邕、赵岐、孔融、袁绍诸传。此皆二名之章章可考者。至名之或单或兼，如刘宠一名伏胡，耿良一名无禁，韩康一名恬休，又未始非二名也。

问：《日知录》云：单名以偏旁排行者，始见于刘琦、刘琮，此后应玚、应璩、卫瓘、卫玠之流，踵之而出。今人以偏旁排行者，此其证据欤？

答曰：周匡王名班，弟定王名瑜，是偏旁排行不始于汉矣。琦、琮、玚、璩，皆兄弟，见《后汉书》及《魏志》，亭林谓之排行是矣，至谓瓘、玠为排行，则误甚。《魏志・卫觊传》：觊薨，子瓘嗣。注：《世语》曰：瓘子恒，恒子玠。是玠为瓘孙甚明。据亭林说，是以瓘、玠为兄弟矣。亭林号称博通，不应谬误至此，或偶未捡耳。又案《晋书・卫瓘传》，恒二子璪、玠，是亦偏旁排行，岂亭林原作璪、玠，而钞刻讹璪为瓘邪？

问：明太祖即位于东宫，亲王世系各制二十字，俾世守之。今世作谱，预定排行诸字，其仿此欤？

答曰：此不自明始也。《南史》陈文帝谓宣帝曰：我诸子皆以伯为名，汝诸子宜用叔为称。宣帝以访毛喜，喜即条自古名贤杜叔英、虞叔卿等二十余人以启之。是君臣酌议排行字，已见于南朝矣。宋宗正寺《仙源类谱》，太祖下有德字、惟字、从字、守字、世字、令字、子字、伯字、师字、希字、与字、孟字、由字诸行，太宗下有元字、允字、宗字、仲字、士字、不字、善字、汝字、崇字、必字、良字、友字诸行，魏悼王下有德字、承字、克字、叔字、之字、公字、彦字、夫字、时字、若字、嗣字诸行，英宗子吴王益下有孝字、安字、多字、居字诸行。淳熙初，诏多字行之、子、连、自字，绍熙初，诏自字行之、子、连、甫字，徽宗子棣华宅诸王下连卿字，卿字下连茂字，茂字下连中字，中字下连孙字，是宗室排行诸字且著列谱中矣。然南朝及宋诸王子有不联名而联偏旁者，即明太祖二十五子皆一字名，用木旁，是宋、明犹画一也。

问：《容斋五笔》谓单书一字者，若陈胜字涉、项籍字羽、彭越字仲、张欧、吴广、枝乘字叔、楚元王交、朱云字游、爰盎字丝、张释之字季、郑当时字庄、刘德字路、眭宏字孟。东汉以下，则不尽然。然则今人无用一字为字，殆自东汉已无欤？《容斋》独举西汉，岂西汉以前亦无欤？

答曰：周时已有一字字。案：冠字，周道也。有谓鲧字熙、禹字密、皋陶字隤者，恐未然。《史记》“太公望吕尚”，《索隐》曰：牙是字，尚是其名。《诗》“家父作诵”，《朱传》曰：家氏，父字。《春秋》“南季来聘”，《穀梁传》曰：南氏，姓也，季，字也。案：以伯、仲、叔、季为字，以父为字，见于《春秋》经传甚多。列国中，郳夷父字颜，见《通志·氏族略》，易牙名巫字牙，见《左传正义》，文种字禽，见《吕览注》，范雎字叔、屈原字平，见《史记》列传。圣门中，曾蒧字皙、颜无繇字路、任不齐字选、秦冉字开、公夏首字乘、颜祖字襄、申党字周、颜之仆字叔、左人郢字行、燕伋字思、廉絜字庸、颜何字冉、狄墨字皙，见《史记·仲尼弟子列传》。此皆西汉以前一字字也。且东汉以下亦多有之。《管城硕记》云：《吴志》孙休长子字莔、次子字㒒、三子字昷、四子字𥎚，案：此出《吴录》，以为《吴志》，误。《南史》王修字叔，《北史》长孙绍达字师、颜之推字介、弟之仪字升，《后魏书》李延实字禧，《北齐书》田敬宣字鹏，《唐书》房玄龄字乔、颜师古字籀、崔伦字叙、崔衍字著、杨元炎字温、杨仲昌字蔓。《曝书亭集》云：《唐书》李众字师、李琇字琇、张巡字巡、郭曜字曜、宇文审字审、李恢字祚、李条字坚、窦思仁字恕、张义方字仪。余案《晋书》有窦允字雅，《新唐书》更有彭思王元则字彝、柳公绰字宽、任瑰字玮、颜杲卿字昕、乔潭字源、田季安字夔。此三国至唐一字字见于史传者。又案《后汉书·苏竟传注》延岑字牙，《爰延传注》爰兴字骥。此东汉一字字见于史注者。《新〔唐〕书·宗室世系表》李思训字建、李正字佩，《宰相世系表》郑兴字赣、《后汉书》作少赣。傅允字固、赵融字长、以上东汉人。崔幼字季、崔亮字敬、韦郑子字英、以上后魏人。陆惠彻字监、齐人。封翘字明、高锡望字中、高玮字晕、房重字慕、李栖筠字贞、李鐈字浩、崔瀚字幾、姜协字寿、陆威字岐、韦晏字宜、韦希叔字季、韦昂字重、薛楚玉字瑶、薛诚字符、薛逸字智、薛庭章字介、欧阳雅字琟、唐茂字兴、徐伦字坚、徐惮字揖。以上唐人。此东汉至唐一字字见于史表者。《颜氏家庙碑》颜勤礼字敬，《李氏三坟记》李曜卿字华，其弟一字万、一字荣，《神泉诗碑》韦元旦字烜、徐彦伯字光、尹元凯字铖，碑铭有许洛仁字济，墓志有李文字纬、郭思训字逸、潘智昭字洛。此唐之一字字见于石刻者。《放翁笔记》钱勰字穆、范祖禹字淳，是宋时尚有一字字也。《后汉书·列女传》周郁妻字阿、许升妻字荣、袁隗妻字伦、庞淯一本作涓。母字娥，《晋书·列女传》杜有道妻字宪、王浑妻字炎、皮京妻字怜，是妇人尚有一字字也。岂可执《容斋》说，遂疑东汉以下无一字字哉？案：后魏镇东将军刘乾字天，《金石录》訾为怪。

问：欧阳永叔谓房玄龄名乔、颜师古名籀，在唐无所讳，不知何避而皆以字行？赵德夫谓颜师古《匡谬正俗》既以称名为是，而乃以字行，殆不可晓，是乔、籀皆名矣，而史作字，何欤？晁子止谓《唐鉴》范祖禹淳父父一作夫。撰，是祖禹字淳父矣，而放翁作一字字，何欤？

答曰：房乔为名为字，诸书已有异同。《旧唐书》云房乔字玄龄，《贞观政要》云房玄龄名乔，以字显。此主名言者。《新唐书》云房玄龄字乔，《玄龄碑》亦云讳玄龄，字乔。此主字言者。而《宰相世系表》乃云字乔松，此又以二字字言者。然终以碑与《新

〔唐〕书》为定。颜师古亦名，《新唐书》云颜师古字籀，其所撰《汉书注》及《匡谬正俗》，皆自题师古，即《颜氏家庙碑》亦称名师古，案：颜鲁公撰《家庙碑》，自父以上皆直书名。则籀自为字矣。至其名字异称，亦未必无因。《匡谬正俗》谓隋大业中出敕，断单称复名，幼小不为复，名者辄更加增。玄龄、师古皆生隋世，大抵初名乔、名籀，而后改为字耳。唐初单名复字，而以字显者当亦缘此。欧阳公、赵德夫之疑，当亦以此释之。若范淳之一字字，确有所据。《梁溪漫志》曰：范淳父之母，梦邓禹而生淳父，故名祖禹，字梦得。温公与之帖云：邓仲华笃行淳备，欲更表德曰淳备。次日复一帖云：淳备字大显而尽，不若单字淳，临时配以甫、子，五十则称伯、仲。是祖禹之字淳，实由温公，而后之称淳父，亦温公先论之矣。考《史记・仲尼弟子列传》，颜回字子渊、冉求字子有、宰予字子我、原宪字子思、南宫括字子容、樊须字子迟、公西赤字子华、司马耕字子牛、巫马施字子旗。《家语》作子期。而《论语》所书则曰：颜渊、冉有、宰我、原思、南容、樊迟、公西华、司马牛、巫马期，是记者止称一字字矣。颛孙师字子张，而子游曰"吾友张也"，曾子曰"堂堂乎张也"，是朋友亦称一字字矣。由是观之，又何疑范淳之为一字字乎？

问：《管城硕记》论一字字，兼论三字字，如《北齐书》斛律金字阿六敦，《南齐书》魏什翼犍字郁律旃，《隋书》宇文皛字婆罗门，《周书》孝闵帝字陀罗尼、武帝字祢罗突、贺拔岳字阿斗泥、王雄字胡布头、叱伏列龟字摩头陁、韩果字阿六拔，前燕慕容廆字亦洛瑰，《后魏书》乞伏慕末字安石跋、朱蒙子字始闾谐、石勒父周曷朱字乞翼加。是三字字似起于晋而止于隋，不知此外尚有否？而晋以前、隋以后亦有否？

答曰：《十六国春秋》前凉张天锡字公纯嘏，亦晋时之三字字也。《新唐书・宰相世系表》隋高祖字那罗延，《龙川别志》隋道士屈突无为字无不为，亦隋时之三字字也。若樊侯字仲山甫、程侯字伯休父，见《诗・大雅》，是周时已有三字字矣。王戒字文宝主，见《汉司隶校尉杨孟文颂》，是汉时亦有三字字矣。唐南诏王字阁罗凤，见《南诏德化碑》，兴圣寺主尼法澄字无所得，见《法澄塔铭》，宋晁景迂一字伯以父，见《陆务观文集》，刘敞字仲原父，见欧公所作墓志，是唐、宋时尚有三字字矣。

问：程伯休父，孔冲远《诗疏》云：程国之伯字休父，韦宏嗣《国语注》云：伯，爵也，休父，名也。刘仲原父当时亦称原父，似皆非三字字者。

答曰：《周语》称樊仲山甫，《楚语》称程伯休父，是明明一例称谓，若以伯为爵称程国之伯，岂可以仲为爵称樊国之仲乎？则《孔疏》未当也。《诗·荡之什》一则曰王命仲山甫，一则曰命程伯休父，又明明一例称谓，若谓休父为名，岂山甫独非名乎？则《韦注》未当也。李微之解《士冠礼》，伯某甫谓如伯休甫、甫或作父。仲山甫之类，是亦不以伯为爵、休父为名矣。刘原父之多一仲字者，盖遵《仪礼》伯某甫之例也，故欧阳公作墓志从之。当时以三字字不便于称谓，故称原父耳，至费补之，谓伯、仲与甫之类本语助，非表其德也。余案伯、仲为长幼之次序，甫、子为丈夫之美称，古人有以伯、仲与甫为字者，谓之语助可乎？若《左传》孟之反，《杜注》云：字反，则之字真语助矣。

问：朱竹垞论一字字，有李琇字琇、张巡字巡、郭曜字曜、宇文审字审，是又以名为字矣，不知起于唐否？此外尚多有否？

答曰：《日知录》云：名字相同，起于晋、宋之间。史之所载，晋安帝讳德宗字德宗、恭帝讳德文字德文、会稽王道子字道子、殷仲文字仲文、宋蔡兴宗字兴宗、齐颜见远字见远、梁王僧儒字僧儒、刘孝绰字孝绰、庾仲容字仲容、江德藻字德藻、任孝恭字孝恭、师觉授字觉授、北齐慕容绍宗字绍宗、魏兰根字兰根、后周王思政字思政、辛庆之字庆之、崔彦穆字彦穆、唐田绪字绪、刘济字济。案顾云：绪济起家军伍，未曾立字，史家例以为子，非也。然史传有不书字者，若果未立字，何必例以为字乎？《湛渊静语》云：郭子仪字子仪、张嘉贞字嘉贞、李嗣业字嗣业、白元光字元光、侯仲庄字仲庄。

《管城硕记》云：郭暖字暖、魏少游字少游、张忠孝字忠孝、案：《唐书》作孝忠。戴休颜字休颜。是以名为字者，已二十八人。余案晋时更有孔安国字安国，见《晋书·孔愉传》。唐时更有襄邑恭王神符字神符、韩王元嘉字元嘉、尚可孤字可孤、田承嗣字承嗣，见《新唐书》列传。李承昭字承昭，见《宗室世系表》。张均字均、薛嵩字嵩、韦器字器、韦光辅字光辅、韦纲字纲、郭敬之字敬之、郭幼儒字幼儒、郭晤字晤、姚弈字弈，见《宰相世系表》。是以名为字者，再得十五人。又如白长命，白建之父也，碑云字长命，而名阙考，《北史》《北齐书》皆云建父名长命。赵奉，碑云讳奉，字奉伯，考《北史》《北齐书》皆云名奉伯。此二人者，亦北齐之以名为字也。又如路嗣恭字嗣恭，《新〔唐〕书》作字懿范。见遗爱表。郑仁恺字仁恺，独孤仁政字仁政、乙速孤行俨字行俨、王履清字履清、段行琛字行琛、朱孝诚字孝诚，并见碑铭。史继先字继先、赵思廉字思廉、王训字训、解进字进，并见墓志。此十一人者，亦唐时之以名为字也。且亭林谓起于晋、宋之间，亦未确。案《宗室世系表》汉河南太守李丞公字丞公，将军李广玄孙。《宰相世系表》汉御史大夫薛广德字广德，千户侯薛鉴来孙。案：薛鉴，即《汉书·英布传》所称薛公也。则汉时已有以名为字矣。余见近日谱牒，无贵贱老幼，靡不有字，抑思冠而后字，所以表德。《仪礼·士冠礼》有字辞，名人文集中有字说，诚慎之也。夫人之闻于时而传于后者，亦贵有实行耳，岂因字之有无哉？郭汾阳勋业彪炳，累叶贵盛，其父子兄弟犹以名为字，案：郭敬之，子仪父也，幼儒，其弟也，曜、晤、暖，皆其子也。亦可为世俗之鉴者也。

禹贡九江三江沱澧解

杨丕复

《禹贡》九江之为洞庭，而非寻阳也，朱子之辨详明，后儒多从之矣。导江、导汉，所言中江、北江，及汉之东汇，江之北会，朱子疑经有误，后儒勉强解释，以一水自为宾主，说究不可强通。其云东至于澧，或以为山名，或以为水名，而不敢直指为今澧州之澧水。盖以江、澧不通，何得云东至于澧？独公安袁小修，以江至江陵县南虎渡口分支入澧，为《禹贡》东至于澧之故道，《禹贡锥指》力主其说，固可信而无疑。然《锥指》所言，又似太偏，彼据《水经注》，以江至夔州府奉节县南分出之夷水，至宜都县北入江者为荆州之沱，此水《汉志》不言首受江，独《水经注》言之，而其故道，后皆湮塞，则即属分出，亦为细流，不足以当"东别为沱"一语。彼更据《水经注》"江至江陵枝回洲下，有南北江之名"，遂以由荆州直下者为北江，入虎渡口者为南江，且以南江为经流，北江为支流，又以今之大江为别出之沱，而经流则东至于澧。不知江至枝回洲，分而为二，及洲尽处，仍合为一，非截然有南北江之分也。其入虎渡口者，至公安县南界四水口分二支，一径石首县，至安乡县东景港渡，过枯树塘，至华容县界入洞庭。一至安乡县西北焦圻，过马红窖，出汇口入澧。既入澧水，则东至于澧者信矣，然其江身甚小，不敌荆州大江十分之一。且虎渡口夏涨冬涸，即谓潮沙壅积，今异于古，而两面之堤则有定也，要不过大江之分流耳，岂足为大江之经流乎？指此为东别之沱，斯得之矣。

盖尝思之，梁、荆、扬三州之水，江汉为大，洞庭次之，彭蠡又次之，震泽又次之，而江又为总汇，合数千里之水，皆由江以归海。《禹贡》条别其经纬，于梁首言"岷嶓既艺"，此江汉之源也；次言"沱潜既道"，此江汉之支也。于荆首言"江汉朝宗于海"，其大者已滔滔汩汩顺流而东下矣；次言"九江孔殷"，其次者原浩瀚而不可津涯也；次言"沱潜既道"，其江汉之支流，亦疏导而顺其轨也；次言"云土梦作乂"，则以江汉之水治，而附于江汉之薮泽，水皆退而可耕种也。于扬首言"彭蠡既猪"，此专属扬州之大水，随江汉以行者也；次言"三江既入"，江汉入而彭蠡亦入也；次言"震泽底定"，则在江汉之外者，亦各得其安也。合三州观之，而自江汉以南之水，其大势如指诸掌矣。次又于导水统言之，其言导汉，于潜不复举，以其流小而不费大功也。既入于江，而言“东汇泽为彭蠡”，固统江汉言之，不专指汉汇也。其言导江，特言“东别为沱”，以沱流会九江经洞庭，而其功不轻也。故下接言“又东至于澧，过九江，至于东陵”，皆指入虎渡口之沱言也。即“东迤北会于汇”，亦指沱言也。惟指沱言，而后可言会。盖以支流会经流，且支流与九江偕行，言沱而九江已寓，以九江会大江，自然有宾主之分矣。东迤北者，洞庭出口而东流，渐迤向北也。会于汇者，直与江汉汇彭蠡之水会也，其必言汇者，以彭蠡一湖，收庾岭以北之水，并入江以归海，是即所谓南江也。汉入江，九江入江，彭蠡亦入江，则但有一江，安有三江？然汉与九江、彭蠡，其水原大，不能为江掩，故因其源分，亦举其流分之，为北江、为中江、为南江。北江者，汉水也；中江者，九江也；南江者，彭蠡也。然皆统在江中，故虽有南、北、中之分，而皆目之为江，此所以云三江既入也，东为北江入于海，东为中江入于海，皆当作一句读，谓自彭蠡湖口以东，此为北江之入海，此为中江之入海，所谓因其源分，而指其流以实之，非至此始分为北江、中江也。先儒惟泥看北江、中江，故愈解愈疑。自“东别为沱”一语有的义，而导汉、导江两条，皆迎刃而解，诸疑冰释矣。

或曰：如此则大江东流，不太略乎？非也。观其言江汉朝宗于海，知大江早已安流，盖其势勇猛壮盛，不可阻遏，又不比黄河之多泥沙，故禹原未尝大施经理，惟沱合九江，不容不费功，故特详之。试证之以导山，岷山距衡山，将二千余里，其中之山皆略而不言。衡山距洞庭，数百里地，而必言过九江，不敢略也。敷浅原以下，至入海处，尚有千余里，而又略之，不可见禹之重治沱与九江乎？若谓岷山导江以下，不得即接言江陵别出之沱，则岷山之阳，何以径接至于衡山乎？又如导河积石以下，北绕塞外，南入冀州，计三千余里，而不嫌其略。至于龙门以下，至于海不过二千余里，而不害其详，亦可以证导江之详略各有当矣。

若夫九江之源，湘、沅二水，源远流大，其势均敌。次之澧水、资水，亦各自入洞庭。次之耒水，源出桂阳县耒山西北，至郴州合郴水，又北经永兴、兴宁、耒阳，又西北经衡州府城东北注于湘，而诸儒皆不之及。次之潇水，源出宁远九疑山，合舜源水，又合江华之沲水、砅水、永明之遨水下流，至零陵县治西入湘，而诸儒以为无此水。次之无水，源出贵州都匀府故黄平州境，至湖南黔阳县无口入沅。次之辰水，源出贵州铜仁府境，至湖南麻阳辰溪入沅。次之酉水，源出四川酉阳州，经施南府境，至湖南永顺县，又南至沅陵县入沅。凡此九水，皆可为九江之源矣。若溆水，源流短小，不足数。渐水不三四十里，即入诸湖，亦未足以当一江也。李氏叙欲以湘江为九江，谓沅、澧、资等皆入湘，其于湖南水道，全未经历，尚何足与之辨耶？《蔡传》以松江、东江、娄江为三江，此本庾仲初说。其水为震泽之委，既入海，而“震泽底定”上下文义，正相承接，说原无弊，《禹贡锥指》力辟之过矣。惟是一偏之水，不足尽扬州之大，则不如因中江、北江言之为安也。

祷雨解

汤鹏

道光丁亥之夏，酷暑射人，枯旱弥野。侧闻天子下诏诣黑龙潭拈香，遣王大臣分祷神祠，既而雨沛然下。今夫天之远，不知其几千万万也，神之隔，亦不知其几千万万也，其适然也邪？其求之而应也邪？盖天子渊然而积其仁敬孝慈之德于宫寝之中，而又肃然而生上下左右之心于对越之会，因以达于天地民物，其故微矣。昔者益阳亢旱之年，稻田枯竭，百姓有愁苦怨叹而哭于州县之吏者，曰：无雨奈何？州县之吏亦应之曰：无雨奈何？百姓曰：小人不敏，闻雨可祷。州县之吏亦逡巡作色而应之曰：闻雨可祷。既而州县之吏忘之矣，百姓再请之而三请之矣。既而州县之吏祷之矣，百姓但见其祷，而不见其雨矣。既而州县之吏厌祷之矣，百姓仰天太息，束手而无策矣。幸而雨也，则天与神爱百姓也，非州县之吏之力也。不幸而竟不雨也，则天与神罪州县之吏也，而因以及百姓也夫！天子有其渊然肃然者，而后得雨，而州县之吏顾乘其贪残醉饱之余，而呼其素所不敬之天、不礼之神而告之，则何怪其求焉而不应，应焉而不速邪？且夫一念之祥，和风甘雨，一念之妄，厉鬼妖星，盖有所伏，必有所现，其理然也，凡为吏者，皆可以警矣。

五韵表

邹汉勋

凡五韵之响，万有三千二百，五类以应五声类，三部以应三统。支佳部宫类，黄钟天统也。歌麻部宫类，太簇人统也。鱼模部宫类，林钟地统也。耕清青部商类，黄钟天统也。阳唐庚部商类，太簇人统也。东冬钟江部商类，林钟地统也。侵以下诸部，东冬阳唐之附声也。谆文欣魂痕。部角类，黄钟天统也。元寒桓删山仙。部角类，太簇人统也。真臻先部角类，林钟地统也。蒸登部徵类，黄钟天统也。脂微齐皆灰部徵类，太簇人统也。之咍部徵类，林钟地统也。虞侯部羽类，黄钟天统也。萧宵肴豪部羽类，太簇人统也。尤幽部羽类，林钟地统也。部八等以八风，内言开口也，外言合口也。内有正隅，外亦有正隅，正隅皆有洪细，是谓八等。内洪南也，内细东也，外洪北也，外细西也。正以应正，隅以应隅，等有二十二音，而出之以八体，以应八音。喉二深喉、浅喉。革也，喉外三今谓之牙音。金也，腭内三今谓之舌头。石也，舌二隆舌、洼舌。木也，齿三竹也，齿缝三丝也，重唇三土也，轻唇三匏也。革木一声，故喉舌不具三音。音五声，上宫也，阴商也，阳角也，去徵也，入羽也，凡在覆载之内，秉类肖形，八体苟具，无不能渎也。万有三千二百响者，调其八体，尸之以心，伺之以耳，无不谐矣。

湖南文征　卷十八

说一

阅尔雅说

何文鹿

我闻先辈有言，《尔雅》倡于周公而成于子夏。鹿十岁治《尚书》，行年十五而五经旁历，阅实其目，十三经中，《尔雅》与焉。独怪日加博涉，睹经十一，而《尔雅》与《仪礼》俱弗得见。前两值攻城之寇，后频遭革命之兵，如是者六年间，兹二书也，屡购求弗得，贩书者皆云版废，付之长叹而已。兹幸廖友景陶近赴秋闱，获购《尔雅》以归，借阅之，则丁卯春新刊版也。彝陵州守田恩远，字岂三，乃三韩人，自癸丑秋以长阳令摄篆西陵，旋拜命实授。闲阅《州志》，中有雅台明月之景，其台乃晋郭景纯所建，注释《尔雅》于其间。询之，台久废而书无存，遍觅其书不可得。偶遇明经刘子于廷对后，自燕台获旧集云，旋出览之，乃先明万历戊午秋，彝陵州守上犹人良明吴从哲所校刊之旧本也。田公惊喜，因授梓以行之。鹿今得见，欣慰夙心，七十行年，仍似童龄之笃志。细阅之，则多系释《诗》，如《释训》一篇，过半是姬公以后人事。鹿思舍藏之愠屡积于心曰居居，穷诘之言频宣于口曰究究，关切之情怀，指其故好而子之，居居究究之语句，则姬公所未前闻者也。孝友之张仲，在姬公二百五十年后，切磋琢磨之辞，瑟僩赫喧之咏，又岂在于姬公时乎？恂栗威仪之说，盛德至善之文，则曾子《大学》之语也。向非子夏同时见之，焉能翕其口吻？子夏长于《诗》而作《序》，则所谓《尔雅》倡于周公而成于子夏，其言洵不诬矣。独是昔吴守序刊于前，则但曰周文公，今田守序刊于后，亦但曰周元公，皆不言及于子夏，是岂未之见，疑而致思邪？抑皆略而不言邪？又或二守未得闻其实邪？

予兹且勿论，更有蟛蜞似螃蟹而小，蔡谟误食蟛蜞，人咸谓其未谙于《尔雅》也。予少阅群书，见所记先龙之外，有鳞曰蛟龙，有翼曰应龙，无角曰虬龙，未升天曰蟠龙，此犹是《广雅》之言也。但明宣德中，上阅《书》纪飞龙之有翼，出问群臣，检讨陈继对曰：有翅曰言龙，出在《尔雅》。取视之，果然。小史具载，可考而知矣。麟、凤、龟、龙谓之四灵，今兹刻本略于麟、凤，犹曰瑞物不常见，可以勿赘也，乃如龙则湖海所常见，而灵变至贵者，乃何以此书既详于龟，且详于贝、雉、鼠、螽，并无一字为蛟龙之记辩，而言龙、蟛、蟹均无与焉？讵非因当年旧本有脱简阙文也哉？简脱文阙，则书弗全矣。前景纯序谓别立音图，今此刻无图，而音切则彝陵学博黄九门所辑者，是景纯之音图又失，而注解弗全矣。鹿初以得见是书为庆，继乃以此喜幸之中心多歉焉。周公云乎哉？子夏云乎哉？诲我者当更有以慰我矣。

九疑说

曹耀珩

宁远之九疑山，《舆图志》载九峰连属相似，故名九疑。余以乙卯官宁，入山谒舜陵，其庙在舜源峰下，傍侍娥皇、女英，二峰略相似耳。盖此山绵亘千里，其余诸峰多在百里数十里之外，箫韶峰且相距十五里，颇不相似，亦绝不相连，又何从而疑之？余则谓此山实大有可疑者，不在峰形也。孟氏曰：舜卒于鸣条。孟氏去古未远，宜其言之有据。《史》则称舜崩于苍梧之野，葬于九疑。然则孟氏之言反不足征信邪？舜南巡至于衡山，衡之去苍梧九疑千里，舜胡为而履其地邪？说者曰：今之道州，古有庳地也，舜封象于此，爱弟之心，不远千里欲一见耳。吾过漫潭岸，果有象王庙，土人四时祀之。独吾谓舜都蒲坂，至道州辽远已极，数千里中，岂无一近壤可剪桐者？则当时非封之，实远之耳。又何能望其源源而来常常见邪？圣天子友爱之心，顾如是邪？若《宁邑志》谓舜升天仙去，今舜庙之阴有玉琯岩，为舜时何侯炼丹处，其前有何侯宅，谓皆舜一时仙侣，以至宁邑南道有“帝舜过化处”五大字碑。此尤不经之论，宜斥而不存者也。

不独此也，宁邑城东五里许黄马砠下，有泰伯、仲雍祠，传采药而逃于此，后人即其地祠之。然则断发文身之处，此其是邪？而史书缺载，何也？又邑城六十里逾坪田而北，山上有光武城，谓光武始起兵舂陵地。吾考光武南阳人，当年起兵南阳，或南阳别有舂陵而讹传此邪？乃传载汉王子买封楚，为舂陵侯，人谓光武则王子买之苗裔也，故起兵于此。诸如此类，不敢过疑，亦不敢遽信，稽古者阙之以俟参考而已。故因九疑而并记此。

风水说

廖志灏

谓风水之说为无邪？则周之时业已相阴阳，度鲜原，不无审顾而经营之矣。是安得谓之无？谓风水之说为有邪？则后世风水既兴，宜其笃生圣哲，胡返不若上世之不葬不封而神灵间出者？是何凭谓之有？盖凡物负阴而向阳，乘生而避杀，莫不皆然，而况乎其生于土而归于土者乎？夫堪舆家之有取于龙穴沙水，宜也，谓龙悠穴正，水秀沙清，宅高明而祛卑湿，五患不得而侵之也。窆穸之区，为千百载之宅兆，若以龙为宫室，以穴为坛座，以沙水为几案列屏，而左图右史，前堂后幛，取其可以惬吾意焉，而不使有倾斜攲侧之状，杂乎其间而已矣。盖一有所杂，则宾客且为之弗肃，而况乎其为吾亲。一有所杂，则旦夕不可居，而况于千百载。但因其形之端斜，以卜其气之清浊，要亦俾化者毋使土亲肤云尔。是故心安而理得则地吉，理不得而心不安则地凶。先世之体魄既宁，而后人获福，斯亦理之固然，无足怪者。而今术者乃遂于此分别官贵之高下，财富之大小，人丁之多寡，与夫世代之长短，因而习俗相沿，辄不念先灵，而恃以为弋取荣华之具，恍兮惚兮，奉之铁券，不亦惑哉？

且夫天自为天，地自为地，方员动静，岂能强而一之？余观《青乌》《白鹤》《青囊》《黑囊》诸篇，以及顶门之针，琢玉之斧，将天皇天市之星，子父财官之卦，矫勉凑合，以佐雄谈而滋世惑，虽三尺童子鲜不知其谬者。幸予仰止先生《统一全书》出，而堪舆家始知贬星卦，尊峦头，一取五星九星之正变，而握生克体用之柄，其旨似矣。独其间因山立形，缘形定评，以其带诰带轴谓之曰贵，而又有御屏御座、天乙天马，不一其名。以其带仓带库谓之曰富，而又有金厢玉印、禽星兽星，不一其号。不知诰轴仓库等类，自有人来始有此物，有物方有此名，岂天地当日无名之始，于生山生水之际，遂有心为今之人预设此物，以为求富贵利达之具邪？天之星，易之卦，与地无涉，朝廷之诰轴，人家之仓库，于地又何涉？然则执诰轴仓库之说而笑星卦，是亦五十步笑百步，其相距能几何哉？

总之，山水之生非人力之所能造作，稍不倾斜欹侧，则亦可耳。与其必待诰轴之地，令其暂不能安座，何若择于稍不倾斜欹侧者而座之为安也？至于势穷力极，并稍不倾侧者而无之，必令其终不就座，何若迁就于倾侧者而且座之为愈也？为人子者，若置父母当然之寝席，以冀后来未必然之宝贵，夫岂仁孝之思也邪？虽然，世之人葬吉而吉，葬凶而凶，此固理之常也。若乃葬吉而返凶，葬凶而获吉，其故何欤？若大奸大恶之夫，苟葬吉地辄获吉报，则是有地而无天矣。天人呼吸应感之间，浅之涉气数，深之关积累，必知性者可与言之，有非时术之所得而窥其万一者也。

吾友快山人精风水，故为此说以贻之，且嘱曰：知地必知天，看地须看人。

怪竹说

彭维新

余友海丰洪庸箴，性嗜奇，得一怪竹，其大劣于拇指，长不盈丈，近根尺许成蛇形，口眼鳞跗毕肖，其半仍竹也，云购自东莞农舍，每持以诧宾友。一日，郑重出以示余，余曰：是不足异也。天地间阴阳二气流衍鼓荡，生生化化，一息之顷，万变不穷，理所必无，事之所或有，世人耳目之所不接者，盖不知其几矣。就其见闻所及，亦悉数之不能尽，有化而同类者，鹰为鸠，韭为苋之属也；有化而异族者，雀蛤、雉蜃、鱼凫、蚕蛾，蛣蜣为蝉，蟾蜍为鹑，鲨鱼为鹿虎之属也；有迭相化者，鼢鼠与鲫，蛹子与鱼子；有递相化者，胥为鼩掇，鼩掇为乾余骨，久竹生青宁，青宁生程之属也；有无情化为有情，朽瓜为鱼，麦为蛾，腐草为萤；有情化无情，蚯蚓结为百合，蛇蟹凝为顽石；无情化无情，松之为石，橘之为棘枳之属也。然则两间之物，羽、毛、鳞、介有定质邪？食水、食草、食肉、食谷有定性也？深山大泽，寥廓之表，莽旷之滨，其谲幻俶诡之物可胜既乎？物化固不自知，即化物者亦复不能自持，横渠张子所谓不得已而然者是也。斯竹之化亦适然为农夫目击耳，何异之有？矧竹化蛇，蛇化雉，及葛陂竹杖化龙，前乎此者已著其事矣，尤不足异也。

今夫物有万，人禀五常之性，其贵于物也，偏全、纯驳、灵蠢之相去何可数计哉？世第以人之化虎、化鼋、化石，君子猿鹤、小人沙虫之事为异，不知此阴阳之事非异也。最可异者，俨然圆顶方趾、横目竖体而为人，且严动止，矜名节，褒衣危冠，欲自拔于人，而其方寸诡幻闪烁，久已沦于禽兽，且并不如禽兽，竟为雷霆所不能怵，鬼蜮所不得窥者，子终日偏与之接，曾不之怪，而沾沾奇此数尺之竹，不亦蔽哉？然则物之怪者，人得而烛之，人之怪者，造物亦无如何也。儒者持世之道，反经而已矣，是故君子道其常，圣人不语怪。

白石说

李文炤

环案头之器，皆用白石，隆者以为架，洼者以为池，平者以为砚，直者以为尺，方者以为印，圆者以为印之盒，曲者以为纸之镇。乃若扇之楮，炉之玦，瓶之玻璃，屏帐之缟练，皆与之相称者也。客曰：吾闻五色合而成文，胡专用白乎？答曰：太极既分，赤白成象，或淑或慝，万品纷纭。吾欲内以洗心，一疵不染，外以理世，百姓昭明，故假诸物以自警云尔。客曰：子之愿亦何奢乎？尝试观于方寸之间，自平旦以至向晦，倏而雾迷，倏而潢污，倏而渊幽，倏而岳起，盖电磷之明灭者屡矣，其与太虚同体者，有几刻乎？又试观于大运之内，自浑沌以至文明，倏而草昧，倏而陆沉，倏而夜长，倏而昼蚀，盖玄黄之杂战者数矣，其与神明合德者，有几世乎？今子以凡庸之资而冀皜然皭然之诣，抑何不知量之甚乎？答曰：是诚然已。抑吾闻之，静虚之极，明通之几，是虚室生白之义也。忠信之积，礼法之本，是白可受采之义也。见素抱朴，敦本尚质，而后以人文化成之，是白贲无咎之义也。斯三言者，或可以企焉而及乎。乃若大白若辱，则世尘溷矣；玄而尚白，则灵台黯矣；湛浊在下，清明在上，则纯一杂矣。其术虽工，而非吾之所乐由也。语有之：不曰白乎？涅而不淄。虽不能至，心窃向往之而已矣。

经星方位说

李文炤

王者向明而出治，故紫宫居北。出震而御宇，故大角在东。太微前朝也，天市后市也。枢者天体之大中，皇者气机之主宰。帝后储贰，代天以理物者也。尉宰辅弼卫丞，匡君以建极者也。四辅其左右之人，五帝座其凭依之所。华盖以覆之，阴德大理以承之，阴德主恩，大理主威。或分阴德为阴阳二德，非是。勾陈、天柱以夹持之。尚书宣其化，六甲布其政。柱史、女史以记其言动，御女、天床以待其燕息。此垣内之分职也。内阶宫涂也，辇道御路也。内厨玉食也，天厨大烹也。八谷以厚生，天钩以制度。文昌以司文，枪棓以用武。牢理以禁非，玄戈以除害。传舍以礼宾，四势以防奸。天乙太乙掌皇猷之润色，公师相守察辅弼之赞襄，而北斗为之纪纲。此垣外之分职也。

大角者，至尊所处，左右摄提以辅之，天市在其左，太微在其右。五帝座者，五行之司。将相执法者，大君之辅。太子以嗣之，幸臣从官以护之，郎宿虎贲以卫之，公卿诸侯以佐之，三台少微以佑之。内屏障其扰，谒者通其令，灵台须其候望，明堂备其时巡，长垣固其藩篱，常陈严其捍蔽，而前朝之象具矣。帝座者，九州之主，左泽右山。二十二国者，中原之分。后主内政，(官)〔宦〕给内令，《宋志》以宦者为三妃，以帝左右二星为常侍，以斗为宦寺阍人，以斛为内屏，未详孰是。女床供内御，宗正、宗人聚内族。斗斛帛度，量度之器也。屠车列肆，交易之所也。贯索以拘贪虣，七公以平法令，天纪以齐众庶，而后市之象具矣。

东方苍龙，角为首，亢为咽，氐、房、心为腹，尾为末，其宫辰卯寅。南方朱鸟，柳为咮，星为颈，张为嗉，翼为翅，轸为尾，其宫未午巳。西方白虎，觜为口，参为身，其宫申酉戌。北方玄武，为壁，为室，为屋之危，穹然若龟之有甲，其宫亥子丑。

辰曰寿星，龙寿最永也。角、亢居之，角总兵刑，库楼统众之器也。周鼎者，国祚之镇。天田者，东作之方。进贤者，当务之首。平星者，出政之初。七政所由是为平道，中垣所向是为天门，而南门以为郛焉。亢为疏庙，一作朝。斗柄所指亦名天罡，水墓所归是谓亢池。折威兵也，颉颃刑也，而阳门以为郛焉。

卯曰大火，木旺所生也，氐、房、心居之。氐为燕寝，帝席饮饫之方也，天乳润泽之施也。天辐阵车骑官，道路之驰驱，招摇梗河，关津之防卫。房则将相也。震象马，故又称天驷。日者太阳之精也。键闭司户，钩钤司宫，罚司赎刑好生之德，明堂司政出震之体。从官近臣也，东咸、西咸侧室也。心则大君，而嫡庶随之，积卒雷门之威也。

寅曰析木，水衰继旺也，尾、箕居之。尾主后宫，春而孳尾之象也。傅说其师氏乎？屈原、庄周又以为殷相，未详孰是。巫觋宫中所用者，天江、天龟、鱼子，皆以其近汉耳。箕司五谷穜稑之种，生于后宫也，糠杵扬风之义也。风木司气。

丑曰星纪，列宿之终始，斗、牛居之。斗以量农，丈人以耕，柔土之所产也，天渊、天鳖河汉之所有也。鸡鸣丑，狗象艮，籥以守门户，建以立都关，弁以表玄武之首。且斗养生而弁饰体，故斗主禄而弁主爵焉。牛者力耕之物，其名一元大武，而居金库则大将之状也。桴鼓者军之耳，旗者军之目，男耕女织，相与为耦。水中之土是曰渐台，水傍之土是曰罗堰，坎纯水而田纯土也。

子曰元枵，物至此而耗也，女、虚、危居之。女至阴而生物，十二国之人民系焉。扶筐其职，离珠其府，瓜其中馈之所供也。天津水之位，奚仲丧之车，万物出于虚而归于虚。司命所以驭其生，司危所以驭其死，司禄所以驭其福，司非所以驭其祸。哭泣以送终，败臼以致毁，天垒以障空，离瑜则后之饰耳。物高者易危，土功象之。人者所役之众，杵臼者所赍之粮，钱者所用之财。坟墓虚梁以送死，盖屋以安生，车府造父以壮行，而工役备矣。

亥曰陬訾，象偏隅之口也，室、壁居之。室乃王居，离宫为别馆。垒以环之，羽林以卫之。纲其帐也，魁其阵也，鈇钺其用也，土工吏其役也，而师门固矣。雷电处天门之间，螣蛇则玄龟之配耳。乾位西北，天文丽焉，故壁司图书，其象为马，故天厩从之。霹雳云雨雷电之类也，鈇锧鈇钺之类也，土工吏力役之司也。工官掌邦土，盖取法于此乎？

戌曰降娄，阴降之极也，奎、娄居之。奎为武库，南门其郛郭也。阁道附路，天厩之所，驰策以驭之，王良善驭者也。一作王梁，谓天子之桥梁。天溷以象沟渎，外屏以障之，土司空则工吏之长也。娄为牢苑，更其刍牧之官。斗口所临，亦名天魁。大将军者，统众之象，仓庾则西成之所收也。

酉曰大梁，如桥之跨汉，胃、昴、毕居之。胃为仓厫而列囷廪，若动物之有胃。万物闭于西，大陵其域，积尸其形也。兑象泽，是名积水，天船行泽之具也。昴主荒裔。月者太阴之精也。阿主隐伏，阴主潜密，砺石以利刃，皆攻伐之情也。兑司口舌，故卷舌，天谗处焉。秋多草莱，故天苑刍稿属焉。物成而宜田猎，故射场、马道具焉。毕者取兽之物，边兵象之，天潢咸池水沐之地也。天街天关道路之界限，天高斥堠之盼望，五车天节九游参旗行役之威仪。天园百果之所成，九州珠口，重译之所通。六诸王则朝于明堂者也。

申曰实沉，古分野之君也，觜、参居之。觜乃军候，座旗所以辨等威者。物反常为怪，殆更革之义乎？参正司兵，金旺则伐矣。玉井军井水生之地也，天屎天厕屏以障之，则水之滓秽欤？

未曰鹑首，当鹑鸟之前，井、鬼居之。井为暗昧之所，未者，昧也。钺弧矢为肃杀之具，两河四渎皆比地而行者也，五诸侯皆分地而守者也。水源于申，故水位水府列焉。木成于未，故寿林老丈寓焉。天尊以象井养，阙丘以象坤偶，军市以象大众。虎狼陈宝之限制，则庚伏之义也。积水为酒，积薪为燎，皆所以供鬼享者欤？鬼为暗昧之物，积尸其质也，天狗以伺之。将烬之火是为天爟，外厨滋味之象。未者，味也。社乃土神，天纪统百物而载之也。

午曰鹑火，丹凤之位也，柳、星、张居之。柳为天厨火之利用，酒旗燕享所以养阳也。星象文明，离之性情亦为中女，故后妃寓焉，大民小民乃其宗也。南面而垂衣裳者，莫盛乎轩辕，或曰轩辕者，后宫之门窗。天相其佐也。稷乃谷神，内平则百姓太和矣。张司宗庙，天庙峙焉，微阴始生，鬼之所处。右社稷左宗庙，建国之神位也。同其尊者，惟齿德之贵戚乎？故谓之太尊。

巳曰鹑尾，当鹑鸟之后，翼、轸居之。翼司礼乐，光华之地也。轸联玉衡而司车骑，引从之仪也。当巽故主风，器府乐之所用者，金生方始军门以固之。夏耨当专，土司空以节之。东瓯青丘，海岛之分也。长沙主寿，兼入于辰尔。乃若南极之下，马蛇、蜂鹤、飞鱼、金鱼、火鸟、乌喙、孔雀、翼雀、海山、海石、南船、小斗、夹白、附白、南门、三角、波斯、水委之类，虽或见之，存而不论可也。至于紫宫之内，宗藩、公侯、将军、虎贲，昔传其象而今不可见，亦姑阙其疑云。

恒斋说

李文炤

李子馆于张府，门人请斋名，以恒揭之。既而叹曰：此予三十年旧宅之斋名也。盖古之学者，七年而小成，九年而大成，皆以其不思见异而迁耳。予少窃早慧之号，岸然自足，弱冠下第，始闻宿学之训于舟中，而后知离经辨志，复赴棘闱，获从有道者游处，而后知敬业乐群。嗣是以往，广交尚论，心境屡易，而后知博习、亲师、论学、取友，诚有序而不可诬也。迨既壮之后，乃觉经、史、子、集皆有以会其源流，而洞其得失。盖于知类通达，恍若近之。至若日用所遭，大故小节，虽未能情文备尽，而亦不敢苟循乎流俗。盖于强立不反，未尝无意焉。

夫古人以九年而有成，而予乃迟十二三年之久，且犹未敢自信，盖困勉之艰如此。向非有恒之一念根柢于中，则飘摇震撼亦孰知其所底乎？今年将衰矣，世波万顷，尘路千歧，以末学而涉历其间，向日之所知所能，虽未必克养而光大之，然亦未至失坠焉，诚不自甘自即于无恒也。子辈之龄，皆在弱冠前后矣，如以为过时乎？则年富力强，正在此际，不得谓之过也。如以为需时乎？则荏苒蹉跎，不转盼而迟暮及之，失今不学而更何所需乎？噫！圣人之神化，非吾侪所能测也。君子之美大，非吾侪所能几也。善人之醇懿，非吾侪所能拟也。至有恒而犹不思奋励以追之，则将置身于何地哉？处斯斋者，尚其触目而警心也夫！

天文全图说

王文清

按浑天家言天体浑圆，周天三百六十五度四分度之一，半覆地上，半在地下，其二端为南极、北极，相去一百八十二度半强，赤道距两极各九十一度少半。北极出地，常见不隐，谓之上规。南极入地，常隐不见，谓之下规。一行《盖天图》以百四十七度为外规，则北极距下规之度也，以三十五度为内规，则嵩高北极出地之度也。内规即上规，所谓常见者也。冬至日躔赤道南二十四度，距极当一百一十五度少半。夏至日躔赤道北二十四度，距极当二十七度少半。或以内规作冬至日躔所在者，非也。今法以周天为三百六十度，两地相去一百八十度，北极出地二十二度，南极入地亦二十二度，所见星座视古为多。兹作《天文全图》，以一百五十八度为外规，即北极至地平见星之界也，以紫微垣星界为内规，而不用北极出地度，以北极出地随处不同，无定界也。至于星官积数，历代《史志》各有不同。今按《灵台仪象志》，除中国地平下不见外，凡二百七十九官，一千二百二十八星，仍依巫咸、甘、石三家之位，用赤黄色别之，以便考也。若夫赤道天纮，黄道斜络，则一行遗法不容易矣。

戴记义疏中庸大学后案语

王文清

案《小戴记》有《中庸》《大学》二篇，乃全书之骨也。自宋仁宗抽出，赐吕、王两状元，乃荣之重之，非去之也。程子特为提出，亦欲人加意习之，非谓《礼记》中不宜有此书也。即朱子《章句》，亦于章末载某节在旧本某节之下而存之，亦未尝遂以旧本为当废也。自陈澔《集说》行，而四十九篇只列其目，而不载其文，于是此书之注疏遂废。夫汉儒长于数，其学得圣人之博，宋儒邃于理，其学得圣人之精。二者兼，乃得圣人之全义，乃竟举注疏废之，殊非汉、唐人意，并非朱子意也。

夫朱子章句，去小戴删定千有余岁矣，中间群言淆乱，向使无郑、孔大儒字栉句梳，饷遗来者，俾得群相考信，乌知其不为《齐论》之无传，与冬官之莫购也？然则二书之得表章于朱子者，注疏羽翼之功又安可没也哉？明季张氏溥尝兼辑《注》《疏》，与《朱注》成书矣，顾于注疏从节，未免有阙略之憾。兹因奉总裁之请，将《大学》《中庸》二书编次《注》《疏》，与《朱注》同其详备，不厌其文之繁、辞之复，与其义之各出而不相谋也，非杂也夫，亦主于修古，不忘其初而已。存古于后人所不存，尤存古于后人所共存，此《注》《疏》暨《朱注》两相存而不悖也。

说者谓新修《三礼凡例》有六，兹何以未之用也？曰：以有朱子《章句》在故也。《章句》所定，岂容有所择于其间哉？若夫《郑注》《孔疏》，与《朱注》不合者多，又择之不胜择矣，第各存其原文，俟夫好学深思者参互考之可耳。然则三家之外，别无可采与？自宋、元、明以来，讲说林立，其可采者已囊括于《大全》一书。又其为说，要皆与《朱注》相为表里，第读《朱注》，而其说之相表里者可知也。惟兹《郑注》为解经之权舆，《孔疏》为释注之墨守，皆为《大全》所未载，即为诸家所未采，谨全录而存之，一不没汉、唐先儒守经之功，一仰体考亭不没旧本之深意，俾后之学者便于参稽云。

读楚元王传说

陈其扬

元王既建国于楚，有士三人者申公、白生、穆生游其门，皆微时学《诗》之侣也。元王殁，而其孙王戊与吴濞谋逆，穆生者已先为醴酒不具引去，世以是高穆生之为人。夫穆生之为人于此，亦足以见其高矣，而吾独怪夫楚元王平生学《诗》，其友又专力于《诗》，而其子孙遂为谋逆，至于僇辱，为可痛也。孔子之教读《诗》曰：迩之事父，远之事君。今戊于臣子之分决裂若此，岂元王与三人者说《诗》，戊都不闻邪？抑岂元王子孙都不可教邪？《传》称元王著有《诗传》以行世，举世宗之，而《班史》述其与三人者，于秦时学《诗》于浮丘，浮丘学本荀卿，毋亦都有择焉未精、语焉未详者哉？不然，王戊之立去元王只四年耳，生长深宫教诲之中，亲见其祖与客论《诗》，不旋踵而彝伦骨肉之间乃若正墙而立，其于孔子教读《诗》之义，何其悖邪！

申公、白生、穆生既无所见于元王之国矣，后至孝武帝时，有申公者年八十余，召为大中大夫。是时汉兴六十有六年，计其年数，于秦时学《诗》浮丘年十余，殆亦即其人也，而卒亦无所建明于当时。《诗》曰：衮职有阙，惟仲山甫补之。又曰：十亩之外，行与子逝。彼申公者，道不行则去耳，老而恋禄，何为也哉？语曰：不知其人，观其友。今申公若此，而白生、穆生可知。申公、白生、穆生可知，而元王之传《诗》更可知矣。然则元王之传《诗》，毋亦综博考据之事较详，而于孔子教读《诗》之义曾有未洽者哉？即不然如三人者，其毋乃僴然具高世之概，而未可遂施之于行事之间者类邪？姑为之说，以志疑事焉。

律吕存疑杂说一

陈其扬

黄帝命伶伦取蠏谷之竹，以正声而乐作。乐也者，和也，阴阳十二，无不和也。然虽律吕雌雄各六，而伶伦制器，仅取正变七声而止，何邪？古之制器者，琴七弦，管七窍，各有五声二变，琴之缓急燥润，依管而定，管则一成不可易者也。然各七声，而有七调，此七调者，即黄钟七声旋宫之七调，是乎？非乎？非则岂复圣人制作之元音，是则于中乃不能无疑义之参矣，何也？黄钟以下至蕤宾之七声，既制器以具奏矣，然则蕤宾之生大吕以下五声，其竟置而不用邪？非置五声而不用，其竟七声之调，可该大吕以下五声邪？而又本宫之七声旋相为宫，则二变律不遂役五正声，而为商、角、徵、羽邪？役五正声，准之律书所载，为大纰缪矣。谓废五律而不用，则一年而废季冬、仲春、孟夏、孟秋、季秋也，不然，其必正变七声已备，大吕以下五律之奏，虽律管高下各殊，而缓吹疾吹更迭相配，十二阴阳全体毕具乃可也。六代乐音虽亡流传，乐器具在，然伦管虞弦反覆推究，缓急七声之外，更无别作他声起调者。即谓汉以下定管之家多高于古律，然或高一律而起调大吕，即大吕七声而止耳。起调大吕，即大吕七声而止，不犹之起调黄钟，即黄钟七声而止乎？制无两器，器无两声，其于旋宫十二，周而复始，运用不穷之妙，何从见之？今之伶人乐官，粗知声而昧于律，而前世著述之士，则又详于律而略于声。凡此数端者，考之诸书皆未明言，意者别有秘籍，远地未之觏邪？略书而存之，以俟他日之得其解，而无忘今此之疑也。

易说

陈其扬

《易》之为书，以人心见天地之心者也。人心者，一动一静，其由静而之动，由动而之静也。阴生于阳，阳生于阴也，而天地剥复之机具矣。是故天者旷然者也，定之以日月星辰之次舍；地者块然者也，觇之以草木裸介毛鳞之异状，而分至以正、四时以行，凡皆于圣人之一心见之。人之心以一动一静而为其阴阳，天地之心以一剥一复而形其动静，此以言乎其同者也。其不同者，天地之动，动而无动者也；人心之动，则有善有恶，是故教之以惩忿窒欲，以务去其慝，其卦为损。损者，损其所过中也。人心之灵，皆能为善而去恶，是故教之迁善改过，以务进于道，其卦为益。益者，益其所自进也。而其由一而二，由二而四，重之而六十四，析之而三百八十四者，使人据爻定位，内自度其德之凉厚，遇之险夷，而力求寡过于天地之间。圣人作《易》以教天下万世之人心，常人读《易》以求见圣人之心，而因以见天地之心，是故莫患乎不内惕。吾以一身介天地之间，而心之一动一静，与圣贤同异之故，未能常常而省之，而此心放矣。其次莫如不玩占，日读圣人之书，而或于爻位不明所处，漫不知戒而过日益矣。

杨生鸿治他经，改而从《易》，余维学《易》之难也，作《易说》以贻之。

梦说

陈其扬

《正月》之诗曰：讯之占梦。夫人之梦三，其占一而已。孔子梦周公，思也；晋文梦盬脑，境也；高宗梦惟肖，机也。机动于祥，则有占，占所以决其从违也。思构于心，境接于身，则无占，本吾身心之所接构而形诸梦寐，圣人则若此矣，霸主则若彼矣。公私之形兆，若鉴若券，亦既示之而又何占？语身心之接构者，莫如乐广之说矣。乐广谓卫玠曰：人未有梦乘车入鼠穴者。此言理之所必无，皆为梦之所必不涉也。若此说者，人皆以为然矣，而有不尽然者。盖人生百年，一明动晦休尽之，苟其明动之顷，善恶之念杂而相干，斯晦休因之。官骸各有所嗜，即各有所昧。大约昧在耳目者，梦中多匪僻于声色；昧在心思者，梦中多匪僻于巧伪。此其无理，岂翅乘车入鼠穴之类乎哉？

且凡人之于梦，吉则喜之矣，凶则禳之矣，疑则占之矣。占梦既前言其略，若吉则无喜也，凶则无禳也，君子有终身之忧，亦何有梦幻之是赖。况吉凶或每互应，孰知其极？庄子所谓“梦饮酒者，旦而哭泣”是也。至若欧阳公同人见缺耳马之类，则人之祥咎，又要诸一定，梦特先事而示之兆耳。吉莫吉于视履而考祥，旦昼之精明，梦寐之清回也。君子所以为禳，如此而已矣。

笏侄请数语于卧帐书檐，为作《梦说》以贻之，亦刀箴剑训之意，俾足以触目而警心已矣。

限田说

黄炎

三代教养之泽废，而贫富常患于不均。环天地之间皆人也，奢侈靡丽之象盈于目，呻吟愁叹之声盈于耳，而太和不复在宇宙矣。秦废井牧，开阡陌，而兼并兴。汉之时，富民墙屋被文绣，贫者至无立锥。至于唐、宋，终不能反三代之旧。考之《明史》，太祖身起穷巷，憾贫富不均，立法多右贫抑富。又惩元末豪强侮贫弱，故籍天下富民于京师，以次召见，名为量才录用，实务抑损之。自洪、永以后，历代相承，选天下富民以实京师，其籍附顺天，仍应本地徭役。供给日久，贫乏逃窜。宣德间定制，逃者发口外充军，官司邻里隐匿者俱治罪，有司勾摄，官吏诛索，无聊生矣。弘治以后，始免解在逃富户，征银与宛、大当差，富户之害沿二百年而不改。观明之政，所以抑富者至矣，而非圣王安富之道也。人生而富，天之命也，君人者，教化整齐，驱之于善而已，苟困抑之使不得其所，岂为民父母之义乎？

我朝列圣相承，休养生息，恤富安贫，减税蠲租，愚幼之氓无不可以受田者。夷考明代正、嘉极盛之际，田价不过亩一金，至本朝康熙以来迄于今，则亩或十金，或数十金。偶遇岁祲，谷价腾涌，富者积粟居奇，坐拥重资，有田之利而无田之害，是以不爱重值以收膏腴邻近之业，而中人不能与之争。故相竞而田益贵，则租亦重，佃民终岁勤动而不免饥寒，老无以为终，幼无以为长，富者日益富，贫者日益贫，此生人之大不平者也。今欲轻税，则有田者受其赐，而无业者不与。欲减租，则扞格难行，而徒使业户、佃民不协。天子虽有忧民之心，而欲乐利之浃于蔀屋穷檐不得也。自井田法坏，衍沃之土、山泽之利尽归豪民，当其席是业也，好食美衣，恣其所欲，曾不稍推其余以逮族里。及其荡检逾闲，骄淫恣肆，日朘月削，曾不转盼而属之他人。是非有以裁成而节制之，而听其或丰或啬，倏消倏长于天地之间，此亦在上者之过也。

汉之时董仲舒欲限民田，魏孝文给露田，唐太宗定口分世业，后周世宗期以一岁大均天下之田，而唐元微之亦有《均田图》。是三君二臣者，或有志而未行，或行焉而未久，小民叹苦乐之未均者，且数千年而未知所终极，岂天地之化不欲使人范围邪？夫井田固不可猝行，限田固甚易易也。今使富人不得多买田，则中人以下皆可以有恒产而业均，田数定则豪民不敢奢僭，贫富不得相耀而志亦定，裕民生，正民俗，固莫有大于此者矣。司马迁有言：富有三，本富为上，末富次之，奸富为下。夫农圃山泽，凡筋力纤啬之所积，本富也。商贾，末富也。吏胥倚势得财，僧道异端惑众，奸富也。夫君人者宰制万物，将以裒多益寡，节其过而助其不及者也。良民以勤致富，兼并比于素封，犹尚恶之，况夫奸胥巨贾，上无益于国家，下为害于风俗，今纵无法以抑损之，奈何使连阡累陌，坐占平人之产，而制元元之命乎？是宜为之限制，商贾、僧道不得有田，胥吏之子成丁受室以上，毋得过二十亩。今之二十亩，当古之百亩有奇矣。农之子弟毋得过三十亩，士毋得过五十亩，八品以下之官视士，七品以上之子弟不得过二百亩，四品子弟不得过三百亩，二品以上则倍之。总以人数为之制，虽一品毋过千亩。有司按册以审户，有官户、士户、农户、吏户之别。编户以稽粮，因粮以稽亩，犯制者没入之，使农末有等，上下有别，贤贵者处优而天下以为当然，贫贱者各安其分而不敢怨嗟。夫古之二十而受田者，皆无值而仰给于官者也。今贫民竭其力之入，殚其室之出，或不能与豪民争尺寸之地，而生人之道苦。田价平而业民、佃户均受其赐，民气其少舒乎？

或曰：田则固宜限矣，故有者如之何？曰：新买者不得过制，故有者则听之。三十年之后不必勒令出卖，而富者之田自分散矣。

售画说

张九键

客有能以指画者，刻纸数痕，施墨数点，加以一节一叶，须臾而成松。他日，又刻纸数痕，施墨数点，加以一鳞一爪，须臾而成龙。且其成松与龙也，指到墨随，飒飒如风雨有声。然持以示人，至旬日曾无一售。他日复濡指泼墨，一友旁而睨之，代卷其画，置于他所，进语曰：子之画虽工，然能以画画，未能以不画画也。夫以不画画者，敞明牖于外，袅香烟于内，手其尤绝，悬之素壁，玩以古心，闲嘘以气，不惹以尘，风生色活，见龙如松，见松如龙，其寓托在形影之表，其指授在浓淡之中。吾学其术十数年矣，而后乃默而得之一夕。子如欲尽其妙，子权以百金为质，可乎？客闻而神夺者半晌。及明日，其人入市觅一净店，果敞棂牖，炷炉香，居画于中，而自就傍趺坐，澹烟浮动，隐隐乎其身之岸崛轩特，合松与龙而三也。未移时，立者、语者、去而来者，踵踵相错，皆就牖注视，求得画为快。客闻往观，见其画若不与己侔，疑揣嗟讶，亦思得画为快。比烟歇香散，启户授之，乃即客所自画。客怪而问：若所称画之妙，固妙于有以眢人者乎？其人点颔笑曰：曩子知此，则子之画售矣。

闲人说

曾绍孔

大而万国之会，小而一身之备，自天子以至于庶人，无非事者。学公卿大夫之学，不患不精而患不勤，业庶人之业，不患不成而患不力，未有旷逸其身心而自置诸无用之地者也。乃亦斋独号闲人，命为之说。或曰：亦斋年六十，有田以足衣食，有庐以蔽风雨，有子孙以绍箕裘终构获，其亦可以闲矣。若然，虽未至于六十，而席丰履厚者，皆可以及此耳。又曰：亦斋农不劳耕，工不劳役，商不劳旅，士不劳官，故悯世俗之狃于劳者，而以闲自觋欤？此又邻于遗世独立，外形骸，薄功名，示无所用于天下者，均非亦斋所谓闲也。吾闻之作德心逸日休，盖斯道之在人心，譬诸五谷之种，靡弗句萌甲坼，欣欣向荣，特植之未固，培之未厚，养之未纯，乃至不如荑稗。作德者犹是耳，惟日孜孜，去其矜心，绝其昏气，本诸义理以植其根，要诸敬恕以培其基，参考善恶以择其精，优游岁月，勿助勿忘，以俟其至，而后可几于道也。夫士君子立身行己，凡物得以挠其中而撼其外者，以未尝学道也。苟适于道，不愧于中，无愿夫外，天地古今各得其情，上下左右皆素其位，虽遗大投艰，出屯济险，未尝不神暇而意适，心安而气和也。舜、禹之有天下而不与，文王之不识不知，周公之赤舄几几，皆是耳。而况居闲处独，自得其不学不虑之真，无思无为之体，窈然以深，邈然以远，其视人世之富贵贫贱、得丧荣辱、是非好丑，若游云飞鸟浮沉上下，曾何足动其心而役其志。吁！此亦斋之所以为闲人也欤！由是以观，士病于不能闲也。而或以世界为空轮，瞑坐为持养，应事为粗迹，灭绝人类，堕弃一切，而辄自号为闲人者，其与深山之木石、大泽之龟蛇老于人世者，奚以异也？吾不知亦斋视之为何如？

非祖神说

曾绍孔

楚南多淫祀，僧寮野观削木抟土辄神之，莫可究识。通都大邑，遐陬僻壤，山颠水澨，皆是也。尤者家奉一躯，聚族合享，命曰祖神。嘻，异已！古仁人君子，爱其亲而原所自出为祖，敬其身而惕于有畏为神，位以宗庙，联以祫禘，禴祀蒸尝，恪恭惟寅，凡以为爱者，不忍不若是也。澟之屋漏，主之五祀，社稷山川，献享以时，凡以为敬者，不敢不若是也。故爱以情亲，敬以分肃。《记》曰：祭如在，祭神如神在。解之者曰：祭，祭先祖也；祭神，祭外神也。祭先主于孝，祭神主于敬，则祖之不可混于神，犹神之不可混于祖也。混祖于神，无关祀典，而以神尊之，讵不僭欤？混神于祖，本非族类，而以祖昵之，讵不滥欤？滥与僭其罪不同，其为悖理伤道一而已矣。矧以其神而祖之者，岂真有功于天地古今，而聪明端一之谓哉？神能是，安肯受媚于人？人得而媚焉者，度不过僧寮野观莫知谁何之神而已。视莫知谁何之神而亲以吾祖之情，则固玩其情不真，而其视吾祖亦如莫之谁何之神矣。甚则鸡豚罔逮所先，椎牛以享非鬼，其流毒世道，可胜道哉？

鸣乎！万物本于天，人本于祖，祖之名尊于父母。假指漠不相属之土木而父之母之，虽孩提之童亦知其非是，况举而加诸父母之上恬不为怪，智岂不童子若哉？毋乃溺于世俗，迷于天性，而未有以仁人君子之说告者。苟知仁人君子之用心，自必明乎爱敬之道、亲亲之情，与夫僭与滥之为非，而神之受媚于人者，决非聪明端一之谓，吾楚淫祀之风，亦可少衰止矣。

湖南文征　卷十九

说二

楚南水入江西章江水说　孙良贵

楚南水流入江西章江，归鄱阳而达长江者，又有七焉。一曰桂水，源自桂阳县益将司，东行至南安府崇义县，合横浦汛水，由赣县桂源司口入章江，《山海经》所谓聂都之山，诸水所出，即源也。一龙泉水，源自桂东县八面山阳，经左安、北源二司，过吉安府龙泉县城而东北行，绕万安县北百嘉镇上二十里，为龙泉河口，入章江。一永江水，出茶陵州皇雩山阳，经桥头十五里至永新界为路江，又下为箭市江，至卢陵县敖城而下，历永阳大镇又下双江口，至永河埠口入章江。一曰琴亭水，源于攸县凤岭东，经永新县合石潭水，至莲花厅北为琴水，又合安城水、固江水，及武功山南诸小涧水，至吉安府城南上十里，为安福河口，入章江。一钤江水，出浏阳县首埤山顶大湖，流经袁州府万载县合龙江水，至分宜县下四十五里河口埠，合袁州府之渝江水，自插岭关下为芦溪水，同流过新喻县临江府，下至黄土店，临江河口对樟树镇入章江。一曰锦水，又曰蜀江，亦出浏阳首埤山东，经万载县东北界至上高县，合铜鼓营水，又新昌县之盐溪水，花桥、天宝二镇水，至瑞州府为华阳水，由丰城县对岸龙头书院下小江口入章江，又曰由南昌县市汊口入江，或其歧汊也。

六水源流行五六百里不等，惟南昌府艾城县之滲水为最长。

汉之艾城，今宁州也。源有三：一浏阳首埠山顶之大湖水东北流，一浏阳平江界大光山涧泉，一平江通城界之天岳山东南麓水。俱约长一百八九十里，会于州前犀角津下，收梁口水过钝埠，至武宁县收凤口金口水，至建昌县收淳湖水，由涂家埠下至新建县之吴城大镇入鄱阳湖。由发源至此，约计七百五十里。又一百八十里，经青山汛、大孤山汛，至小孤山湖口县入大江，适得千里焉。故经名修水，修，长也。又郭璞曰：有水名修，天下大乱，此处无忧，是也。密而循之，朗而括之，楚南之水，无余派矣。嗟夫！有夏先后之明德远矣，后贤桑、郦亦既没矣，郡会、行省、军卫、道路之沿革，名屡更而变其旧，以致志乘仍讹踵谬，挂漏什九。愚诚欲讨源而津未逮也，先之楚南，以发其例。

楚南水入江说

孙良贵

三湘九江既定，外有源出楚南，流入楚北大江者，更有流入他省者，不可昧其流也。岳郡前有滃水焉，唐相张说有诗志曰“南津港当曰澜青”，取潮来天地青之义。源出江夏郡隽邑天岳山。隽，通城也。经九陵山、《列子》：禹斩巴蛇九段，积骨成陵。鼋山至扁山夹湖口下入江。岳郡后有城陵水焉，源出巴陵丘东岭冈，由矶市口入江。再下有隽水焉，出楚北下隽今崇阳。幕阜山之阴，合通城、嘉鱼之水，又收巴陵云溪驿水，汇为白泥湖，于临湘县治北关入江。又下为望江湖石头关水，源出豫章天岳北冈，收临湘县桃林土门司及长安驿各水，又嘉鱼县东南乡各溪水，由赤壁祭风台口入江。台下北岸数武，属嘉鱼汛地，而楚南之地出湖至此乃尽。考此水当为《水经》之蕲水。此其流在大江东者也。

其澧州、安福、石门、安乡、华容迤北之水，歧汊不一，皆流入楚北长阳县之洋溪口，及宜都县之三河口芦花荡、张桓侯截周瑜处。松滋县之磨盘口莲花荡、江陵县之黄荆口、石门县之柳子口、监利县之唐家洲瓦子口、车水湾各处，以达于江。此大江迤西之流水也。

其四川重庆府涪州江，西南源于贵州遵义、平越二府，东南源于楚南永顺府张坝、永绥厅地叶坝，至四川酉阳州，合龚滩郁山司水屈曲而西，经贵州思南府，合婺、印、湄、瓮诸水，下彭水县，北至涪州城下入江。此又楚南水之由川入江者也。

考定九江说

孙良贵

九江之名，古今聚讼。如孔颖达、李宗谔、罗泌者，以浔江为九江，起郭璞一人之说。夫浔阳即今江西九江府，历号江州，一水散为九派，如江有沱渚之类，非实在有九水也。稽楚南古为江南，项羽弑义帝于江南，即今郴州。常郡人先起兵应高帝，故武陵本寿陵，改为义陵。檄曰：发九江兵，南浮江汉以下。可证九江之为洞庭矣。又东汉光武初，宋均为九江太守，猛虎渡河，今虎渡口在大江南岸荆、澧之交，是又一证也。而可以隋以后之九江冒之乎？况浔阳地居吴头，已在扬州之域，于荆州无与也。自蔡氏遵朱子注“九江孔殷”，正以为即今之洞庭，而群喙息矣。

近世犹有为骑墙之说，与朱、蔡发难者，是欲翻《禹贡》三有明文之案也。观其先曰“九江孔殷”，乃曰“沱、潜既道，云土、梦作乂”，江西之无沱、潜彰彰矣，犹序于孔殷之下，明其为在楚南也。又曰“至于衡山，过九江，至于敷浅原”，夫过而后至，是九江在敷浅原之上也。今敷浅原在饶郡洪家阅一带，以地势较之，九江府反在其西下二百里，即《地舆志》以为德安县之博山为敷浅原，亦在九江府之上一百二十里，愈见今之九江非《禹贡》之九江矣。又曰“东至于澧，过九江，至于东陵”，澧即澧州，东陵即巴陵，东西相对，洞庭汇其中，故《列子》、屈子以东陵为巴蛇九陵，而唐张说《灉湖寺》诗“云间东岭千重出，树里南湖一片明”是也，而可以九江德化县晋兴始创之东林一禅刹，指为东陵以实之乎？而且柏翳《山海经》及汉初桑钦所出古本

《水经》，系周秦以上之书，《山海经》云“澧沅之风，〔交〕潇湘之渊”，是在九江之间，郦元本之，以注《水经》。事不信古秉经而翻成案，妄引强解佐其荒诞，惑后进而欺天下，其得为著信考艺之醇儒乎？

顾九江即洞庭，不创自朱子也。先之者有胡旦、晁说之，但正郭、孔之谬，而皆未有水名以实之。九峰始师曾彦和，和始据《九经图注》，拈出源长者，创为元、辰、酉、溆、沅、渐、澧、资之名，而终之以湘，订于朱子。朱子以元、辰、酉、溆皆入沅之水，湘流浩大，所入大水多，《水经》有名者，而一无取，未免偏枯，遂以“元”为“无”字之讹，疑无是水，采郑氏“至于澧，为纪江水所经流”，遂去沅、澧二水，进湘滨之潇水、蒸水，为执中调停之说，以授九峰作《书传注》。九峰终以潇、蒸源短，仍主曾说，于是湘湄间人祖朱，沅浦间人祖蔡，交讧迄今而靡有定。其实蔡据曾氏，未行考实，若据实在情形，终非吻合夏后氏刊奠谟畴者也。谨发二先生之覆，求其有当而后即安，意者其许我乎？爰是全去朱子所取之潇、蒸二水，又去蔡氏之元、溆二水，订酉水之乱辰水者，析为大小二酉水而咸去之，改正辰水之只在辰溪者而去之，别得湖滨龙阳县之辰水以补之。收回三大源之澧水流近二千里者而特列之，以埒于湘、沅、资三湘，新拈出微、灈、泚三水之泛滥于洞庭上游者以补之。若射覆然，发必中的，凡皆入于湖之湄，经行湖之脐，而后入君山之蛟室蜃腹焉。非若潇、蒸、沅、溆、酉五水之远在二千外，与洞庭无涉也。观夫旱干涸落，湖心宛然九派，各私一泓，皆有沙屿隔越，趋于布袋口而后莫度其浅深之寻丈焉。谚曰：九条龙落君山口。其即九江之说乎？人顾习而不察耳。

考定三湘说

孙良贵

楚南水数百派，尝考而能言之，以窘于尺幅则弗悉，惟取

《水经》《地理志》所载者，统约之于三湘九江，复订讹征实，据古印今，庶几了然心目，无患杂而越也。考《寰宇记》，以湘潭、湘阴、湘乡为三湘，而区以上、中、下之目，狭而陋矣。《舆地志》以潇、蒸、沅会湘为三湘。明人主之作考，为修志者采，是又并湘而四矣。弊由泥湘水以求三湘，而不知楚南之无非三湘也。绎湘之义为合，湘纳千流以入江，合中原百渎以与河争盟，近事则河淮同导入江，以南纪而受北条之全矣。观其同源而南趋入海者曰漓，知其不与中原盟会，而离异于岭南北粤之区也。故愚意以资、沅二水源流，皆二千里外与湘相埒，并湘为三湘，虽各入湖滑行百余里，而后沅引澌、辰二江，自湖心之黄钴潭，合资以趋于湖腹，又行二百里许，由小布袋口入湘，若朝宗然。而澧则西引荆江众沱，左会于大布袋口，东对巴陵澂江口，来而咸入焉，以为湘之门。故长沙之宜为省会也。

先仁皇帝洵先天而弗违矣，偶阅唐末逋臣杨益《金璧玄文》云：南龙湘水涌波澜，不知多少枝叶繁，悠悠地轴洞庭关。又曰：荆楚元来是霸图，分明九派入湘流。虽形家者言，亦可以证楚南总名为湘矣。是以岳州城北有三湘浦，今为临湘邑治，虽出湖口百余里，大江东去，犹以湘名。自岳郡对岸大江西浦，为湖北荆郡监利县、安陆、沔阳州地方，即古左州侯地。而江东则由城陵矶达石头关祭风台，为巴丘赤壁鏖兵地。非黄州之赤鼻山。越三站二百七十里，而湖南之边界乃尽，故汉曰江东，唐曰湘南，至赵宋始称荆湖南路。盖三湘所由称，有如此者，而宋人张君房《湘山野录》全载楚南故事，斯得之矣。《续野录》多不经，释文莹手成。

广养生说示儿绍祁

罗典

岳麓院左旧有文庙，修建龛座及石陛讫，复度门外隙地，缭以红墙，辟东西两阖，命二儿绍祁董其役。闻予有读书声，或偶聚从游谈文，辄作禀词相规云：久视伤神，大声伤气，男以身试验而信其然，盖初以为畅快，而不知神气之皆病也。其说未可厚非，而不能实有见地，岂以人而比于泥象木偶为得养邪？予尝读《汉书》王吉谏昌邑王疏，中称“休则俯仰屈伸以利形，进退步趋以实下，吸新吐故以练脏，专意积精以适神”，四语实养生之要。予自出身守京职，凡当斋戒陪祀靡不到者，即今掌教历二十七年，每值祠庙朔望行香及春秋正祭，凡十处所必悫谨将事，虽迩来筋力就衰，跪兴必假扶掖，而必勉为之者，亦因之俯仰屈伸以利形也。讲堂前曾构转棚，地平如砥，长五十步，计驿路以八百步为一里，闲时一气往还，如数乃止，斯非进退步趋乎？惟但任直走折旋，则足欹头晕，乃复代杖以人，日出院门约二三遭，意特主于行耳。观《班书》中原注云：人有不行，则膝下虚弱不实。义甚明也。予生平无他癖，惟困于蔫，顷觉胸腹左旁有气上冲，必张口数呵乃解。因取书缓缓读之，出以停顿，不过五百字，其论文则久旷而一及之，皆借为吐故纳新也。盖声起于丹田而达于喉舌口齿，其五脏之气必会萃以供吐纳，是练脏即练气之别名，练则令其随身习惯之谓。

至于精之与神，犹魄之与魂，虽分而实合，故精神每联言之。惟心藏神，而心之所之为意，意不专则邪心耗精，神由以损，其不适固宜。惟矢志研理，则欲心退听。予自从事诸经，岁周四纪，得成《周易》《毛诗》《尚书》《春秋》四部，用心良苦，而神不甚伤者，精之能积也。既耄而仍忝山长，评点课卷不敢草率，非精神犹能振作乎？院内收蓄草花，盆盎环列，际斯盛夏灿烂庭阶，早夜坐其间，假以适神，亦《国风》好色不淫之旨也。夫人之既生，饥欲食，寒欲衣，长则欲娶妇有子，虽圣人莫能外之，独以节而不过为主。过则不克积精以适神，失而复悔，悔而复失，病而知戒，戒而复病，恒情类然。故不必高言无欲，惟当从事窒欲。《书》称“冒贡于非几”，非几，欲念也。适自其心窍突出为冒贡，是宜用窒。在《易》之《损》，谓损上卦之刚，以益下卦之柔也。孔子作《大象》，就损刚益柔之义为学者说法曰：君子以惩忿窒欲。盖以人之逞忿必过刚，其容欲必过柔，能损其逞忿之过刚，以益容欲之过柔，则忿可惩而欲亦窒矣。人莫不有忿，亦莫不有欲，责以惩忿窒欲，不待外求，而谁能诿卸焉？昔孟子游齐，宣王对其岩岩气象，绝不讳言有疾，初曰好货，既曰好色，一似疾自王生，不可力制。然王不更言好勇乎？王之勇与匹夫抚剑疾视等，此特其忿耳。惩好勇之心以窒货色之欲，孰谓疾之不可力制哉？聊以予所心得及平生见诸行事者，觇缕以广汝所不及，工竣当归录一通，以铭座右。

书王蕃浑天说

余廷灿

王蕃《浑天说》曰：天之形状似卵，天包地外，犹卵之裹黄，圆如弹丸，故曰浑天。言其形体浑浑然也。其术以为天半覆地上，半在地下，天居地上见有一百八十二度半强，地下亦然。北极出地上三十六度，南极入地下亦三十六度，而嵩高正当天之中。极南五十五度，当嵩高之上。夫嵩高不在极南之九十一度，而在五十五度，是则嵩高本非天之中也。惟就出地所增之三十六度，与入地所减之三十六度，均其两端以取中，其下适直嵩高，浑天家遂标嵩高为天之中矣。故推步者谓夏至，日道入赤道北二十四度，北距嵩高弧背九度余。夏至日道下直衡岳，晷无影，而从嵩高至衡岳，夏至日道圜天之弧背，以弧矢术求弦，得衡岳距地中弦径，约九度余。是则嵩高本非天之中也，特缘出地入地之度，折其低昂以表天中，使测算者有所依据界段，亦犹洛邑本非大地之中，特缘王畿五服之地，折其里道以表土中，使享王者知所环向会归也。

今新历家自侈独得，乃历指前人之说为不然。康熙初，西士南怀仁入京师，深诋天圆地方之说，及以九州为中国之误，言天之包地如卵裹黄，未有卵圆而黄乃方者。天地既圆，则所谓地中者乃天中也，此惟赤道下二分，午中日表无影之处为然。怀仁与会士来时，曾身履其处，乃真所谓地中者。其言似自矜其创而确，不知从南极北极均其两端以取中，则天地之中自在南戴赤道下之国，不在嵩高洛邑，然古人但就赤道北之中国言中，其不言者往往隐寓其意，故言北极而不言南极，写盖天而不写浑天，古圣人固多阙于所不见，要无不心知之者，岂有疏漏以待后人补阐乎？昔程子谓地无处而不为中，盖以地体浑沦，四颓旁薄，随人所处无适非中。及明末利玛窦辈入中国，言地原无上下，无正面四周，人著其上，以为不宣之秘，而不知程子已先发明之。及近日宣城梅定九出，又推阐《周髀经》，以为亦原如此说，何必西学？今使论中于南极北极之下，潜见绝判，寒暑绝悬，甚或半年为昼，半年为夜，此则昼夜不均，赢宿互异，诚不可以言中。至论南戴赤道下之国，日之出没于地，上下皆半周天，初无永短之异。《周髀》言冬有不死之草，岁有再熟之禾，岂非得气至平，诚天地之中乎？然使一岁之内，晷影绝无短永，无进退饶乏之渐，无阴阳消息之平，执一拘墟，揆之于理亦中而非时，究非中之至也。如是，则惟九州中国之地，晷刻淹速，寒暑升降，一一与晦朔弦望、春夏秋冬相推移乘除，豪无缺欠，而洛邑又其中之中者。《周礼·地官》所谓天地四时之所交合，阴阳风雨之所和会，周公岂欺我哉？《尚书疏》谓浑天必古有其法，遭秦而灭，则不徒营自洛下闳，度自鲜于妄人，象自耿寿昌，而有所受之于古矣。

禘祫详说

张九钺

祭始祖所自出之帝，而以始祖配之，此赵伯循之说。举之以五年，亦赵伯循之说，诸儒并同。有以禘为郊者，韦元成之说，郑康成主之。有谓禘即祫者，杜元凯之说。有谓禘小于祫者，亦郑康成之说。有丧终吉禘者，诸儒之说，杜元凯仍之。鲁之禘为太庙，鲁之禘为文王，赵伯循之说，朱子仍之。按禘与祫确是二体，其混禘于祫为一事，故历代纷纭不定，则自汉贾逵、刘歆始也。杨信斋论之极详，而莫明于朱子“王者有禘有祫，诸侯只有祫无禘”二语，灼然无可疑矣。《礼大传》曰：礼不王不禘，王者禘其始祖所自出，而以始祖配之。此言天子有极尊之大祭，天子以下所无也。曰：诸侯及其太祖。及者，牵连以下之词，与配不同，即大祫也。亦诸侯极尊之大祭，诸侯以下所无也。故下曰：大夫有大事，省于其君，干祫及其高祖。言大夫无祫，有功德而君赐之，乃得祫及高祖。然云干祫者，非礼之常也。凡尊必兼卑，卑不得僭尊，故天子有禘复有祫，大祫则合毁庙群祖之主食于太庙，禘则止设所自出之虚位于始祖之庙，而以始祖配享，不合群主不序昭穆也。后人妄谓禘即为祫，皆合毁庙群祖，所异者但天子多自出之帝，此说非也。《大传》明言以其祖配之，因设位在始祖庙中，故不复赘曰始祖，而曰其祖耳。非谓始祖而下皆祖，故可统祖群祖也。且配之云者，偶尊之词，故郊祀止配以后稷，宗祀止配以文王，禘则祀喾而配以后稷，皆以一位谓之配，未有群然众列而云配者也。如所言，则《礼》文当云“王者禘及其祖之所自出”，斯得耳。

或谓禘为大祭，若仅以始祖配而不合群主，似太简寂，何谓大祭？此又不然。祭各有义，有文有简，有多有少，各以其义为贵。禘取尊远，祫取合祖，岂以庙主之众寡为大小乎？如圜丘明堂，后稷与文王且不相兼，一何简寂，然则郊宗之祭亦疑不得为大邪？

或曰：按《诗序》，《长发》为商大禘，《雍》为周禘太祖。《长发》歌玄王相土，武王中叶，《雍》歌文武，则似禘亦兼群庙之主。曰：朱子固辨之矣。《长发》既为商禘，乃但述玄王以下，而无一辞及于喾、稷，祀所尊而但颂其后，必无是理。若据此为大禘，岂禘祭并及阿衡文母邪？义更不可通矣。故朱子以《长发》为商大祫之诗，《雍》则祭文王之彻诗，其以为禘诗，盖《诗序》之妄也。凡《序》之不足信，而朱子辨说之精类如此。正惟为天子别有禘之尊，而鲁僭用之，故夫子曰：鲁之郊禘，非礼也。若止是祫祭，但有所自出之异，则鲁又未尝僭祀喾、稷，何为非礼哉？礼制虽散亡难考，然但就《礼经》参订之，尚有足据，如《大传》《礼运》《曾子问》《仪礼》《子夏传》，皆昭然可见。至《春秋三传》止侯国僭礼，后之纪载名实混乱，固有不可以证大礼者，是又不足凭矣。

理气无二物说

张世法

有问曰：今夫泱漭轧塞于太空间者非气乎？气蒸而成色，蟠结而成形，摩荡而成声，絪缊而成臭，是故天地得之以为转旋，日月得之以为驰骤，风霆得之以为抟击，百窍得之以为于喁，万物得之以为知觉运动，皆气也。一息无气，则一息无宇宙矣。敢问理之说果何物乎？吾曰：理无色、无形、无臭、无声，焉得为物？

曰：然既不得为物，则指其气而名其生者可矣，而圣人必别为主名，以为气粗而理精，气后而理先，是将使为老氏、浮屠之说者，不曰清静，则曰虚空，以与吾徒犄角而争也，说将何辨？吾曰：歧理与气而精粗先后之，此后世穿凿者之为，圣人无是说也。圣人曰“一阴一阳之谓道”，阴阳者，非气而何哉？阴静而阳动，阴阖而阳辟，静与动相涵，阖与辟相倚，真精而凝，变合而生，譬之于物，理其枢纽，而气其门户也。夫乾坤，阴阳之大门户也；健顺，阴阳之上枢纽也。故乾之健为马，而又为龙也；坤之顺为牛，而又为牝马也。阴阳之理，变而合者也。不言健而乾之理不见，所以卦之六位，一勿用，二苟得毋咎，一有悔，然履四位而仍不失其正，故曰健也。不言顺而坤之理不见，所以坤之卦穷而永贞，虽遇龙战于野，而其贞自如，故曰顺也。信如子所云，苍然者，天气之上浮者是，然当未有是天，岂能曰不已有旷然之天在乎？无象之先，而遽如是其苍然者乎？块然者，地气之下凝者是，然当未有是地，岂能曰不已有是浑然之地在乎？无质之先，而遽如是其块然者乎？无枢纽何以藏其根？无门户何以分其宅？故曰：易有太极，是生两仪。又曰：维天之命，于穆不已。而《老子》亦曰：有物混成，先天地生，寂寥独立而不改，周行而不殆，可以为天下母。其说维何？总之不离乎"一阴一阳之谓道"者是，阴阳者，非气而何哉？

然则若天地之外，天地之前，复有何物乎？曰：无物也，皆阴阳之道也。天地有终始乎？曰：阴阳之道无终始，天地亦无终始也。物莫有大于此者，乾坤毁则无以见易，理、气有二物乎哉？

唐陶山曰：理字名目不见六经，圣人从不于未有天地之前著议论。后儒因二氏立一混未开之说，说无说空，乃以理字易之，其义伟矣。相沿至今渐远，遂谓未有天地先有理在，此毕竟是何物，以视二氏之说，唯之与阿，相去几何？此名言廓清，昭然揭日月而行矣，岂肤受皮传者所能涉其藩篱？

奇偶说

张世法

一之数主奇，而二之数主偶，凡数之奇者，必穷世常厄之，然则三与九其遂不可用乎？非也。奇得偶而对待形，以其相辅而行，不以其相离而用也。尊卑合而上下之志同，动静交而刚柔之德善，故天地之数，五皆居其中，而五行四时十二月还相为本也，五声六律十二管还相为宫也，五味六和十二节、五色六章十二衣还相为质也。极之参伍以变，错综其数，而天下之事业成矣。使其离而自为，则不特阳有奇而阴亦有奇。夫无物不有对，孤阳不生，独阴不长，如是而能保其无穷乎哉？然阳常居其尊，无以扶之则用丧，阴常喜其合，有以比之则党坚，是以君子之道必奇，小人之道必偶也。善用天下者，亦在乎理驭之而已。

续说

张世法

或曰：人之一身，凡所为耳目手足皆其偶耳，而口独无二。内则甘饮食而多欲，外则出好兴戎而多故，是以恶其奇也。虽然，人之有身，若首若鼻若心者，独非奇乎？夫首戴天而出，万物之君也；鼻先天而生，万物之祖也；心代天而理，万物之宰也。万物莫不尊君本祖而听命于一宰，为上为直为中正，皆君子之事也。惟口也，甘饮食而出好兴戎，而又无诸物以辅之，其事有类乎小人不可奇也。小人而奇，于象为横，几于不可制矣。然微口则无以为生，守而缄焉，其庶乎金人之义也。

禋于六宗说

魏晋

宗，尊也。禋于六宗，谓祭所尊有六。而说经者言人人殊，以为三昭三穆者，刘歆也。以为天宗三，日月星，地宗三，河海岱，贾逵也，而司马彪又以地宗为社稷五祀之属。据《周官·大宗伯》以槱燎祀司中、司命、风师、雨师言六宗者，郑康成也。而此外又或以天地四方言，或以乾坤六子言，按之经文皆不合。《经》曰：类上帝，祭天也，以形气谓之天，以主宰谓之帝。类之云者，言非郊天正祭，类于郊也。类则天地合祭，举上帝而地示在其中，社稷之属统此矣，不得以六宗复言天地及社稷也。《春秋》书不郊，犹三望，谓望祭河海岱也，专主鲁而言。《经》云望于山川，则六宗不得先言岳渎矣。岳渎分列东西南北，更不得赘言四方矣。古者祖有功，宗有德，三宗迭兴，传于有殷。七庙俱称宗，自后汉始，唐、虞时无此名目也。天子七庙，三昭三穆，合太祖之庙而七。是时尧老，命舜居摄，故《孟子》云“使之主祭”。舜固不敢私僭天子制也，即以为祀尧庙，何以及三昭三穆，而独遗太祖庙乎？且类上帝、望山川、遍群神，外祭也，禋昭穆，内祭也，上下神祇并祭于一日者有之，未有一日而兼及人鬼之享者。郑司农云：司中，三能三阶也。司命，文昌宫星。风师，箕也。雨师，毕也。郑康成云：司中、司命，文昌第五星、四星。如先郑说，则司中一也，司命二也，并风师、雨师而四。如后郑说，文昌宫星有六见于《贾疏》，《疏》本之《武陵太守星传》，曰上将、次将、贵相、司命、司中、司禄。此六星者，何以仅祭其二，亦并之风师、雨师而止为四也？若其谓乾坤六子，则古今不闻有祭卦之文，谓其象为天、地、水、火、雷、风、山、泽，亦于类、望及遍群神括之，故其说皆不立。

惟王肃取《家语》祭时、祭寒暑、祭日、祭月、祭星、祭水旱为六宗，即今《戴记·祭法》篇云云也，与孔安国《古文尚书传》同。《孔传》在汉未立学官，故贾、郑诸儒，虽甚贱欧阳、大小夏侯三家，而未及见《孔传》古文，意王肃拾而得之，因本其说而取之，揆之经文独合。盖类上帝，则此六宗之禋以次类法也，由是望山川、遍群神，《祭法》所谓“山林、川谷、丘陵，能出云，为风雨，见怪物，皆曰神。有天下者，祭百神”是也。曰百，则五祀皆在群神中矣。苏东坡云：《祭法》所叙，即《舜典》之章句义疏。《朱子语类》亦云：如此说，则上下次序皆顺。蔡仲默作《集传》主此。伏读《御纂书经传说汇纂》，削群言而定一宗，诚以此为千古不易之解也。

祠祭不当泥宗子主祭说

魏晋

事有行之古而必不可泥于今者，君子当谋所以变通之，国传家嫡、祭主宗子是矣。我朝圣圣相承，于传子之中兼寓传贤之义，一人克享天心，四海并受其福，此诚超千圣百王以立隆，而为亿万世不易之良法也。夫古者君与宗相因而并重，故《诗》曰“君之宗之”，其制大备于周，有百世不迁之大宗，有五世则迁之小宗，载在礼文，粗通经义者皆知之。余独以为不可泥，非无说焉。

古之诸侯世国，既以长子主器矣，乃立适子之弟为宗子，原无贱者也。今则封建易为郡县，虽贵官大僚犹古诸侯之大夫不世爵禄，继其后者非克自树立，不能服官于朝，则以公卿之子而降在皂隶，以宗庙之牺而服勤疆亩者，所在多有。然不能必宗子之皆贵，而未必族姓中之无有贵者也。抑不能必宗子之皆贤，而未必族姓中之无有贤者也。人莫不乐有子孙，为之振其家声，光其门阀，度祖宗之心，亦犹是耳。今使春、秋二祭济济跄跄，肃衣冠者以分非宗子，退居襄事之班，而宗子以秃缨浆衫、单袜布履，为之登降拜跪奠献于其间，且万一其人素不理于人口，久不齿于人群，方将屏拒之惟恐后，而忽以宗子故，俨然攘臂而前，压族属司匕鬯，无论宗祊减色，骇奔走在庙者之不服，揆之我祖我宗，谓能罔时怨而罔时恫乎？安溪李文贞公曰：庶人无田不祭，宗子而庶人则荐而不祭矣。士三鼎，大夫五鼎，以士祭不如以大夫祭。虽《礼》有“庶子为大夫，以特牲祭于宗子之家”之语，然不如使大夫主祭之为安也。临川李穆堂先生曰：州县，古之子男也，文林郎，古之元士也，在古于期服，正期不杀，旁期则且诸侯绝、大夫降矣，而况于祭乎？况于官爵在州县以上者乎？愚谓今之祠祭，本不得以古礼例。古者庶人祭于寝，今则世家巨族通立宗祠，且得祭及始祖以下昭穆考妣，不限以世数。凡以报本追远，人同此孝敬之心，较诸古不嫌加隆。礼以义起，亦礼缘情制，因革损益，不必尽泥于古，《易》所谓“穷则变，变则通，通则久”也。

且不惟此而已。夫子曰：生乎今之世，反古之道，如此者，灾及其身。吾侪生长盛朝，当恪遵王章。往者嘉庆时，有提督某贺表称“皇长孙”，立加谴责。无皇长孙之名，正以其无皇太子之目也。国不必定传于嫡长，以是而推之宗祠，祭必定主于宗子乎？宗支与旁支贵同，则宗支主之，旁支之贵有进于宗支者，即不得属于宗支，而宗支之纯乎贱者无论矣。盖祭用生者之禄也，旁支之中贵同，则或以分，或以齿，或以德，存乎族众之议，不得入庙而争，亦不得临事而推。经理宗事者先为通知，所以使之预为斋沐，致其诚敬也。余族近年祠祭各持意见，有主宗子之说者，谨著此说，质之族中长者，并以谂诸博学宏通、磊落英多之士。

禫说

张宗耀

承问禫期，案《士虞礼》记文：期而小祥，曰荐此常事。又期而大祥，曰荐此祥事。中月而禫。是月也，吉祭，犹未配。《戴记・三年问》：三年之丧，二十五月而毕。《间传》：又期而大祥，素缟麻衣。中月而禫，禫而纤。《檀弓》：祥而缟，是日禫，徙月乐。又鲁人朝祥暮歌，及孟献子禫二节，王肃云：中月祥，月之中也。经文处处通而不阂，而郑康成云：中犹间也，间一月也，初丧至此凡二十七月。觉经文前后不相应，遂与王说为敌对，而均为历代典礼所宗，魏晋以后行二十五月，唐宋至今二十七月。读周人之书，父在为母期者十五月而禫，服被屈而情有必伸，斩衰、齐衰三年者二十五月而禫，服既遂而情有当断，原人子之心，通古今之变，哀痛未尽，思慕未忘，二十七月禫而从御，吉祭而复寝，未遂为贤者过之也。

中元祀祖说

张宗耀

《礼》云：祭不欲数，数则烦，烦则不敬。祭不欲疏，疏则怠，怠则忘。先王定为四时之祭，自天子至于庶人，或享诸庙，或荐诸寝，人人得申其孝先之心，而遂其追养之意，而冬至祭祖、季秋祭父。后贤复推周公郊祀后稷、宗祀文王明堂之意，以通行于士庶。义至精而当也，礼至备而美也。若中元盂兰之设，始于后汉，谓佛以七月十五日寄生，因是有天尊集福之说，地官校籍之传。而玉京花果幢幡之献，东都冥器衣服之焚，乃益盛于李唐以后，踵事增华，久而不觉其诞也。

今楚俗以七月初十夜礼先祖于中堂，谓之接公婆。其神位糊纸榜一轴，标高曾以来名号，下至子孙之殇者，母党妻党之戚者附焉，可张可卷，以备年年之用。略者不为纸榜，直降龛中神主于中堂案上。其礼北面拜跪，其具香茶、酒馔、纸钱。次日以后，朝食、午食、晚食皆如之，略如事生人之仪。至十五夜事毕，卷纸榜藏之。先于十三日或十四、十五日作纸缄，中贮纸钱，面各标先人名号，旁注己名而焚之，谓之化包，亲疏以意多少之。是食羞物加隆，节文加烦。此虽俗节，犹是木本水源之思，事死如生之意，亦可奉行，矧弃礼之家，古之时祭季秋之祭，多废而不讲者乎？

昏说

张经田

昏礼者，将合二姓之好，上以事宗庙而下以继后世者也。《昏义》一书，所以修阴阳之教而厚男女之别者，礼周且备。今之议昏者，竞夸门第，惟尚资财，礼蔑如也。虞翻《与弟书》云：长子容当为娶妇，远求小姓，足使生子，天之福人，不在贵族，芝草无根，醴泉无源。司马温公有言：凡议昏，当先察婿与妇之性行及家法若何，勿苟慕富贵。范文正公为子娶妇，或传妇以罗为帏幔，公不悦，曰：吾家素清俭，罗绮岂帷幔之物？持至当火于庭。先贤嘉言懿行，可为鉴戒。古人重昏礼，《礼》载纳采以雁、合卺以匏、馈豚以明顺、奠菜以习事诸大端，凡以示之俭，导之正，厉之勤，抑之谦，是以家室和平而后嗣长也。日来人心日漓，将择妇必问奁装之厚薄，将嫁女必问聘财之丰啬，苟厚矣丰矣，妇德婿贤勿遑恤焉。此则市井驵侩之不若，而谓贤士大夫为之乎？抑闻之昏礼不用乐，幽阴之义也，昏礼不贺，人之序也。今则合卺之夕，置酒演戏，沉湎喧呶，甚且媟嬻相轧，披帷搜枕，名曰闹房，则几乎亵矣。此又俗尚之偷，有力者宜亟挽之。

俭戚说

张经田

《易》曰：文明以止，人文也。大哉止乎！圣人不忧不文，而忧不止，故曰与奢宁俭，与易宁戚，则亦曰止而已矣。近日丧者之家，散帛款宾，延僧设醮，踵事增华，每至开吊而耗至千金，或数百金者，是惟富人能之耳。孔子曰：称其财，斯之谓礼。先王制礼，岂专为富人设乎？况人事无常，用之终竭，或至叠遭凶构，虽富人亦岌岌乎不可支矣，往往因营丧而罄产者有之，贫者更无论已。嗟乎！丧必从奢，非礼也。礼不穷人，人自穷于非礼耳。孝子之产，亲所遗之产也，破亲产以葬亲，亲不穷子，子自速穷耳。《书》云：不作无益害有益。以有益之银钱供无益之浪费，既大乖乎古制，豪无补于亡人，不亦愚且悖哉！何如移此无益之用，广置祀产以奉蒸尝，增置义田以赡宗族，其礼为可久，而孝为无穷邪？

诔，古礼也，书之纸轴，祭毕即化。今则联锦数幅，金碧焜煌，虽家贫亦倾囊为之，或醵众金公举之。昔人致祭，只鸡斗酒，白粥生刍皆荐之。今则牺牲罗列，山海错陈，鼓乐导迎，名曰响祭，护祭者舆从动以百计，举凡犒赏酒馔，在丧家亦不胜其酬应矣。是不惟损己，兼以损人，于古人赙助之义何有焉？世俗出殡前一夕，大家则演戏宴客，谓之暖丧，小家亦亲朋满座，鼓吹达旦，谓之伴大夜。大江以南踵其风，杭城亦然。吾乡亦有伴夜之习，绅民徇俗，恬不为怪。士君子维持风化，砥柱颓波，宜何如挽救邪？

自度说

张经田

旷舜溪与余论佛法，问念虑不住，云何降伏？云何灭度？余曰：佛非能度人，须人自度。尝读《六祖法宝坛经》云：邪迷心、诳妄心、不善心、嫉妒心、恶毒心，如是等心，各须自性自度。何名自性自度？即自心中邪见烦恼愚痴，众生将正见度。既有正见，使般若智打破愚痴迷妄，众生各各自度。邪来正度，迷来悟度，愚来智度，恶来善度，如是度者，是名真度。

舜溪曰：既自度，何用归依佛？余曰：君又不闻《坛经》自归依之说乎？六祖云：归依佛，佛在何处？若不见佛，凭何所归？经文分明言自归依佛，不言归依他佛，自佛不归，无所依处。自归依者，除却自性不善、嫉妒、谄曲、吾我、诳妄、轻人、慢他、邪见、贡高等心，及一切时中不善之行，常见自己过，不说他人好恶，是自归依。常须下心，普行恭敬，即是自性通达，更无滞碍，是自归依。彼世之所谓佛者，庄严色相、四大威仪耳，以为佛在是。又所谓归依者，缁衣祝发、钟磬膜呗耳，以为归依即在是。以是佛以是归依，是即如来所谓若以色见我，以音声求我，是人行邪道不能见如来耳。夫《坛经》之所谓自归依者，即自度也。《金经》云：我应灭度一切众生，灭度一切众生已，而无有一众生实灭度者。如谓佛果可以度人，佛何不发广大慈悲，奋金臂力，放白豪光，化浊尘为净界，变诸魔为善信？更不须神通威力，以法遮制也。是故佛当度众生，实众生自度。《论语》云：退省其私，亦足以发，于回也如愚见之。夫子之道，忠恕而已，于曾子曰唯证之，君子造道其自得也。

他日，舜溪向余曰：自闻自度之说，时时反求诸己，觉若干种心消去许多，而后知从前念虑不住，皆由自无主宰。遂呈偈曰：提耳发其聪，幸仗维摩手。自度两字经，谛揭终身守。

梦因说

张经田

昔卫玠问于乐广曰：人何为而有梦？曰想。亦有身所不接，意所不经，而梦其事者，曰因。佛氏有因缘、因果之说，梦幻境也，何因之有？然世人惠迪从逆，种种造因不同，梦亦随之以异。

如晋侯梦大厉、荀偃梦与厉公讼，此恶梦，即恶因也。秦穆公梦至帝所闻钧天广乐、刘勰梦执丹漆礼器随仲尼南行，此善梦，即善因也。大抵心地光明磊落者属阳，阳气常伸，往往梦瑶台琼室、乘龙逐日诸境。心地险贼昏昧者属阴，阴气常屈，往往梦荆棘坎埳、云雾晦冥诸境。凡此岂想之所致哉？亦曰因而已矣。《孟子》曰：旦昼之所为，有以牿亡之，而夜气不存。夜气即梦也，旦昼所为即因也。释氏论梦有四，首曰善恶种子，善恶因也。即梦观因，而人禽之路已分也。古之至人，静与天游，舍诸染却，其觉自忘，其寝不梦。其次勤修道德，清心寡欲，则妖梦、噩梦亦无从而起。人能于梦中之境，忖己察究，于前因后果思过半矣。作《梦因》，附于《梦想》之后，以广其说。

却瘴说

戴泽三

余署河西邑之八日，奉府檄委往溪处乡办理命案。临安十一土司，溪处其一。自县至溪处，所过府县二、土舍一，凡五站。中隔一江，江自楚雄来，由元江过溪处，逶迤达粤南国。元江故瘴厉地也，槟榔花开，其瘴尤毒。溪处承其流，两岸山高数十仞，炎热熏蒸如灼，故亦多瘴焉。从人有难色，余晓之曰：瘴可却也。请问却之之法。曰：食必茹素，清其气也；酒必量饮，清其神也；息心屏虑，凝其精也。神气清而精凝，内乃实矣。内实而充，外焉能侵？推而言之，忠信笃敬，蛮貊可行，极而论之，诚能动物，龙蛇蛟鳄可以驯伏，尚何瘴之能为厉哉？以故出入于瘴厉之乡，得以安然而无恙。

湖南文征　卷二十

说三

编诗说

唐仲冕

《诗》，太史采之，圣人删而授之子夏，子夏序之。其篇章次第，圣人本旧史而手订之，《诗》所以著王者之迹也。其为教自闺门乡国，达于朝廷郊庙，故先《风》次《雅》次《颂》。

王者之风系之《周南》，诸侯之风系之《召南》，《周南》《召南》，正始之道，王化之基也。诗为乐心，乐莫先于房中，故以《关雎》为首。《关雎》，后妃之德，《葛覃》其本，《卷耳》其志，《樛木》之逮下，《螽斯》之多男，以致《桃夭》《兔罝》《芣苢》，皆后妃之所致。要为文王刑于之化，故化行南国，为《汉广》《汝坟》，而应之以《麟趾》《鹊巢》。诸侯夫人之德，《采蘩》不失职，《草虫》《采蘋》大夫妻能循礼法，亦由召公能行文王之化以导之。故明教则有《甘棠》，听讼则有《行露》，节俭正直则有《羔羊》，劝以义则有《殷其雷》，然后男女及时为《摽有梅》，惠及下为《小星》，美媵为《江有汜》，下则《野有死麕》以恶无礼，上则《何彼秾矣》以美王姬，而应之以《驺虞》。驺虞者，乐官备也。此文武周召君臣风教之醇美，其后邶不尊贤，而风变也。邶、鄘、卫，故殷墟，周受殷，故次《二南》。

邶之《柏舟》，仁人不遇，而夫人失位，为《绿衣》，与《燕燕》《日月》《终风》，终为庄姜伤己，遭州吁之暴，故有《击鼓》

之怨。虽有《凯风》之孝子，无补于宣公之淫风，而《雄雉》《匏有苦叶》《谷风》作焉。卫之不能伯甚矣，黎侯失国而托于卫，宜其有《式微》《旄丘》之篇。其时《简兮》之贤者不用，《泉水》之思归不行，《北门》之忠臣不得志，至于《北风》之虐，《静女》之无道，《新台》《二子乘舟》之淫乱，而祸烈矣。

鄘之《柏舟》，共姜自誓，贞白可风。乃有《墙有茨》《君子偕老》《桑中》《鹑之奔奔》，曾鸟兽之不若，宜其为狄所灭，不有文公，卫安得存？故《定之方中》美其复国，《蝃蝀》止奔，《相鼠》刺无礼，《干旄》美好善，而许穆夫人赋《载驰》，犹有共姜之风焉。

卫康叔尚矣，武公有文章，又听规谏，以礼自防，入相于周，故美之以《淇澳》。惜乎后嗣不克继其业，《考槃》刺庄公，《硕人》闵庄姜，《氓》刺宣公，而有《竹竿》之女思而守礼，《芄兰》刺惠公，而有《河广》之归思，是康叔、武公之遗，尚有存焉。然《伯兮》刺行役之不反，《有狐》刺男女之无夫，家国几亡矣。赖齐桓封之，故以《木瓜》之诗终焉。

夫政由五伯不恤宗周之陨，《王风》所由作也。《黍离》闵宗周，《君子于役》刺平王之危难，《君子阳阳》闵周之士大夫，皆全身远害。而《扬之水》追刺平王远戍母家，《中谷有蓷》闵饥馑而室家相弃，《兔爰》哀桓王之构怨丧师，《葛藟》则王族之弃，《采葛》则谗言之兴，《大车》则称古大夫，《丘中有麻》则思贤人以救时患，盖庄王时也。

周之东迁，郑武公有功受封，故次郑于王，而首《缁衣》以美武公，以明有国善善之功。未几而庄公纵其弟，以绝其母，故有《将仲子》《叔于田》《太叔于田》三篇。厥后《清人》刺文公之恶高克，《羔裘》陈古君子以风其朝，《遵大路》思君子，《女曰鸡鸣》刺有说德而好色。至太子忽不昏于齐，无援而见逐，致有祸乱，则《有女同车》《山有扶苏》《萚兮》《狡童》刺焉。《褰裳》因狂童恣行，而思见正于大国，《丰》《东门之墠》，皆刺男女之无礼。继之以《风雨》之思，《子衿》之刺。夫忽无忠臣，《扬之水》闵之。公子互争，《出其东门》闵之。迄乎《野有蔓草》之思遇时，《溱洧》之刺乱，皆兵革不息，男女失时，民弗堪矣。

东迁以后郑最亲，而齐最强，故以齐次郑。齐之变风始于哀公，故《鸡鸣》思贤妃，《还》刺田荒，《著》刺不亲迎，《东方之日》刺淫奔，《东方未明》刺无节，而太公之政荒矣。至于襄公鸟兽之行则有《南山》，无礼义而求大功则有《甫田》，田猎毕弋则有《卢令》，而《敝笱》《载驱》《猗嗟》由文姜而讽刺，尚可读乎？

春秋时齐、晋、秦迭兴，晋灭魏，故先《魏风》。魏始以俭啬而日侵削，故有《葛屦》刺褊，《汾沮洳》刺俭，《园有桃》刺迫小。《陟岵》之孝子，《十亩之间》之桑者，皆有离散之忧。其后《伐檀》刺贪，《硕鼠》刺重敛，而魏且为晋矣。

晋之始封为唐，燮父改为晋，而其风则唐也。《唐风》忧深用俭，而僖公俭不中礼，故有《蟋蟀》之刺。昭公政荒民散，分国封沃，支大于身，故刺之以《山有枢》《扬之水》《椒聊》。于是《绸缪》刺昏姻不得时，《杕杜》刺骨肉离散，《羔裘》刺在位不恤民，是以昭公之后大乱五世，从征者不得养其父母，而有《鸨羽》之伤。武公并晋，请命于周，故赋《无衣》，而《有杕之杜》即刺其寡特无贤辅矣。献公好战而《葛生》作，听谗而《采苓》作，唐尧遗风，鲜有存者。

秦仲始大，《车邻》美之，襄公始命有田狩，备兵甲以讨西戎，《驷铁》《小戎》美之，然《蒹葭》刺其不用周礼，《终南》戒其初受显服。迨穆公贤而三良殉，《黄鸟》哀之，康公弃其贤臣，《晨风》刺之，好攻战，不与民同欲，《无衣》讥之。然而《渭阳》有念母之怀，《权舆》无故旧之笃，何哉？秦为伯翳之后，而陈为虞舜之胄，桧为祝融之裔，故次陈、次桧。

陈之《宛丘》《东门之枌》，皆刺幽公淫荒。僖公愿而无立志，

《衡门》以诱掖之。《东门之池》思贤女配君子，《东门之杨》刺亲迎而女不至，《墓门》刺陈佗之不义，《防有鹊巢》忧宣公之信谗。《月出》《株林》《泽陂》，皆为灵公淫夏姬，杀泄冶，致徵舒之祸，而为楚所县也。

桧之《羔裘》则大夫以道去其君，《素冠》刺不能三年，《隰有苌楚》则疾其君之淫恣，至是不能无《匪风》周道之思矣。

曹，文之昭也，而其风则《蜉蝣》刺昭公好奢，《候人》刺近小人，《鸣鸠》刺用心不一。至共公侵刻下民，曹人疾之，而思治之《下泉》《匪风》并作。

人心居今思古，此豳诗之所以救桧、曹也。周公遭变，陈后稷、公刘王业之艰难，于是有《七月》之诗，《鸱鸮》则公居东遗王以明其志，《东山》则公东征三年而归以劳其劳，而《破斧》《伐柯》《九罭》《狼跋》，皆周人美周公，以讽四国而达朝廷者也。

夫《风》始于二南，迄于桧、曹而变极矣。天道不可以终变，故以《豳风》殿之。然则《二南》《王》《豳》皆周诗，何以分？曰：《风》乐章，《南》乐名，《豳》亦乐名，而周、召、王、豳，则其地之音也。他国皆然，故《邶》《鄘》《卫》同咏卫事，《魏》《唐》同咏晋事，非其音之有别，奚弗合而一之？夫《二南》，文王之诗，《豳》，周公之诗，欲救变而反之正，非文王、周公谁与归？此则圣人编诗之志也夫。

今夫诗之厚人伦，广教化，美风俗，莫善于《风》，而其正君臣，和上下，著兴衰治乱之由，莫重于《雅》。《雅》亦乐章，礼政有小大，故《雅》亦有小大。《小雅》先文以治内，后武以治外。治内则君恳诚乐下，臣尽忠事上，故以《鹿鸣》燕群臣嘉宾为首。在国则燕之，使还则劳之，故次《四牡》。遣使则送之以礼乐，故次《皇皇者华》。君臣既洽，邻国又睦，乃可和燕兄弟故旧，故次《常棣》《伐木》。君能燕劳臣下，臣亦归美以报之，故次《天保》。内事治则当克诘戎兵，以征不服，故《采薇》以遣成，《出车》以劳还，《杕杜》以勤归也。文、武以《天保》以上治内，《采薇》以下治外，始于忧勤，终于逸乐，故次《鱼丽》。美万物盛多，可以告于神明，而人得养其父母，故次《南陔》《白华》，言孝子相戒以养且洁白也。万物盛多，人民忠孝，则致时和岁丰，故次《华黍》。太平之君子乐与贤共，故次《南有嘉鱼》。是以万物由其道为《由庚》，极其高大为《崇丘》，生各得其宜为《由仪》。由是《蓼萧》泽及四海，《湛露》饮燕诸侯，《彤弓》褒赐有功。有功蒙赏，惟才是用，故次《菁菁者莪》，可谓极盛矣。此正雅也。宣王中兴，北伐则有《六月》，南征则有《采芑》，会诸侯于东都，因田猎而选车徒，则有《车攻》。《吉日》安集万民，至于矜寡，则有《鸿雁》，然末而德衰。衰有其渐，故次《庭燎》，美且箴之。箴之不改而规之，规之不悟而诲之，诲之不从而刺之，故次《沔水》《鹤鸣》《祈父》。贤人去，故次《白驹》。礼教不行，室家相弃，故次《黄鸟》《我行其野》。然而《斯干》考室，《无羊》考牧，宣岂厉、幽比哉？周室亡于幽王，故自《节南山》以下，至《何草不黄》，皆为幽王作也。家父作诵，以究王讻，为《节南山》。哀民无禄，为《正月》。后党专权，谴自上天，为《十月之交》。小人专恣，覆灭周宗，为《雨无正》。《小旻》刺王谋之不臧，《小宛》伤天命之将去，太子之傅作《小弁》，大夫伤于谗作《巧言》，苏公刺暴公作《何人斯》，寺人伤于谗作《巷伯》。由是俗薄而朋友道绝，为《谷风》。孝子不得终养，为《蓼莪》。谭大夫告病，为《大东》。贪残构祸，为《四月》。役使不均，为《北山》。大夫之贤者悔将小人，作《无将大车》，悔仕乱世，作《小明》，刺其荒乐而怀古乐，作《鼓钟》。因而思古祭祀，为《楚茨》。疆理稼穑，为《信南山》、为《甫田》、为《大田》。《瞻彼洛矣》思明王之赏罚，《裳裳者华》思仕者之世禄。君臣上下动无礼文，故刺以《桑扈》，思贤君奉养有节，故刺以《鸳鸯》。诸公刺其暴戾无亲，为《頍弁》，大夫刺疾妒，为《车舝》，信谗为《青蝇》。卫武公作《宾之初筵》以戒沉湎，而《鱼藻》《采菽》陈前。王居镐京，朝诸侯，以刺王之至，《角弓》作而骨肉怨，《菀柳》作而诸侯不朝，故《都人士》思行归于周之民，望不可得，而《采绿》刺怨旷，《黍苗》刺无膏润，《隰桑》刺君子在野。原夫乱所从生，由于幽后，《白华》所以刺也。微臣刺乱而作《绵蛮》，大夫刺弃礼而作《瓠叶》。朝野上下纪纲荡然，戎狄交侵，师旅并起，中国皆叛，因之饥馑，故次以《渐渐之石》《苕之华》《何草不黄》，而周室东迁等于列国矣。

《大雅》起自《文王》，至《文王有声》，标盛隆而推原天命，上述祖考，首《文王》，言受命造周，次《大明》，言天复命武王溯文王之兴由太王，故次《绵》。文王能官人，故次《棫朴》。既言任臣之力，又述受祖之休，故次《旱麓》。又称其母之贤，以成其圣，故次《思齐》。文王既圣，世修其德，天使之代殷，故次《皇矣》。既圣能代，泽及鸟兽，故次《灵台》。武王圣德继文，故次《下武》，继其功伐，故次《文王有声》。文、武之功起于后稷，故次《生民》以尊祖。《行苇》言世笃忠厚，《既醉》言人皆醉饱。有士君子之行，既得太平，又能持盈守成，故次《凫鹥》、次《嘉乐》，以嘉成王。召康公惧其盈也，述《公刘》之厚于民以戒之，又戒之以《泂酌》，言皇天亲有德，飨有道，《卷阿》言求贤用吉士，此文、武、成王之正雅也。《民劳》以下，为厉、宣、幽作而雅变矣。《民劳》作于召穆公，《板》作于凡伯，《荡》作于召穆公，伤周室大坏。《抑》作于卫武公，亦以自警，《桑柔》作于芮良夫，皆所以著流彘之祸端也。宣王承厉王之烈，遇灾而惧，侧身修行，仍叔作《云汉》以美之。尹吉甫美其建国亲侯，褒赏申伯，故作《崧高》。任贤使能，周室中兴，故作《烝民》。能锡命诸侯，故作《韩奕》。兴衰拨乱，命召公平淮夷，故作《江汉》。召穆公美其有常德，以立武事，因以为戒，故作《常武》，是犹变之正也。幽王大坏，凡伯刺之为《瞻卬》，以长舌为厉阶，为《召旻》闵天下无如召公之臣，视《小雅》诸篇，有呼天长号之象焉。然则正雅之为乐，国君以小雅，天子以大雅，虽或上取下，就其大较然也。而变雅之大小，亦即所刺讥者之重轻为区别耳。《正义》云：大雅广远而疏朗，宏大体以明责；小雅躁急而局促，多忧伤而怨诽。盖亦当于音节间求之。

风、雅有正变，有美刺。颂者，容也，专美盛德之形容，以其成功告于神明者也。《周颂》，周公所作，祭宗庙之盛，歌文王之德，莫重于《清庙》。太平告文王，故次以《维天之命》。文王道可为法，政教清明，武王象其伐，以制乐歌，故次《维清》，奏象舞。成王即政，诸侯助祭，故次《烈文》。道为诸侯所法，可以追祀先王先公，故次《天作》。人本于祖，推以配天，既祀于庙，又当郊祀天地，故次《昊天有成命》。祀文王于明堂，故次《我将》。巡狩、告祭、柴望，故次《时迈》。武王继文，上帝是皇，故祀之以《执竞》。武王执竞致牟麦之瑞，推后稷以配天，故次《思文》。牟麦为丰年之瑞，故遣助祭诸侯于庙，歌《臣工》。自天降康，因春夏祈谷而致福，故歌《噫嘻》。二王之后来助祭，故歌《振鹭》。秋冬报祀，故次《丰年》。既获年丰，天下和乐，合诸侯奏而听之，故次《有瞽》。万物得所，信及鱼鳖，季冬荐鱼，春献鲔，故次《潜》。备物致敬，祭其祖之所自出，以其祖配之，故歌《雍》，以禘太祖。诸侯始见于武王庙，故次《载见》。微子来见祖庙，故次《有客》。于是奏大武，以示诸侯，故次《武》。武，武王之大事，周之最盛者也。然未身致太平，嗣王幼冲，朝庙谋事，群臣进戒，故次《闵予小子》《访落》《敬之》。先朝庙而后咨谋，君访闻而臣进戒事之次也。臣既进谋，君又求助，故次《小毖》。因而致敬民神，春祈秋报于社稷，故次《载芟》《良耜》。既年丰民安，可以祭祀，祭则有明日之驿，以致胡考，故次《丝衣》，以绎灵星之尸，祭之全也。然天下所以年丰寿考，本以文王得用师之道，武王克定厥家，封功臣，陟四岳，祀河海，故告成大武为《酌》，讲武类祃为《桓》，大封于庙为《赉》，巡狩祀河岳为《般》。《周颂》皆太平之歌，告神之事，要以盛者为先。《书传》云：周公升歌文王之功烈德泽，尊在庙中，尝见文王者，愀然如复见文王焉。可以知其辞之笃矣。

周公有太平制典法之勋，成王命鲁得郊禘，故圣人录其颂，同于王者之后。颂作于僖公之世，季孙行父请命于周，而史克作之，以公遵伯禽之法，宽俭爱民，牧于坰野，故以《駉》为首。君臣有道，谷贻孙子，故次《有駜》。能修泮宫，故次《泮水》。能复周公之宇，故以《閟宫》终焉。

《商颂》存于宋，昔正考甫校名颂十二篇于周太师，以《那》为首。至圣人则仅存其五。《那》祀成汤，《烈祖》祀中宗，《玄鸟》祀高宗。祀当为祫。《长发》颂高宗之大禘，《殷武》述其征伐荆楚，修治寝室，皆为高宗作，亦足以存一代之典章矣。

《风》《雅》《颂》皆周诗也，而以《鲁》《商》颂附焉，亦犹《书》之存《费》《秦》二誓也，圣人之有深意也。

易简说

唐仲冕

乾坤有知能之象，乾默运而无遗，知孰大焉？坤静镇而并育，能孰大焉？然其知也，即以默运，其能也，即以静镇，故曰：乾以易知，坤以简能。故者以利为本，易则易知也，执简可以御烦，简则易能也。圣人法之心，无一息少懈，故知不滞于物。外物不足以挠之，故能济天下。易简者，动静之象也。河图之动则相生，易知也。洛书之静则相生，简能也。非特此也。画卦之神天地而虚东西，得易知之道焉。序卦之分震兑而定乾坤，得简能之道焉。子在川上曰：逝者如斯夫，不舍昼夜。其乾以易知乎？子曰修己以敬，曰修己以安人，曰修己以安百姓。其坤以简能乎？故乾曰君子以自强不息，坤曰君子以厚德载物，且首艮者曰连山，首坤者曰归藏，首乾者曰易，各以首卦之义名之，乾以易知之，为变易无疑。

尚书说

唐仲冕

六经圣人手订，以诏方来。《书》为体道出治，经权常变之轨，则尤兢兢焉。事涉奇诞，语近幽渺，奸雄之所借口，庸儒因而误国，虽在坟典，亦必删除，所以树平成之准，严傅托之防，尽变通之神，恢参赞之量，而适协乎大中至正之理，所谓信而好古者，信其无偏无陂，好其可大可久也。后儒信道不笃，而惟古是好，虽圣人所删，亦欲存之，以务淹博，不已傎乎？伏生所传晁错《尚书》二十八篇，盖圣人所删，存圣门所传习者，只此数也。《书正义》引《别录》云：汉武末，又得《泰誓》一篇，为二十九篇，马、郑注之。《汉书·艺文志》所云二十九篇，则又以《书百篇序》足之。余谓二十八篇同于列宿，治道备矣。汉时所称复出十六篇，增益二十四篇，无论真赝，皆圣人所删者也。若马、郑所注《泰誓》，即非张霸伪书，而白鱼入舟、火流为雕、以谷俱来，圣人将存之，为符命之倡乎？《论衡》又谓宣帝时，河内女子发老屋得之，盖武、宣之世，神雀五凤之瑞兴，故博士伪撰以为谀，而不知新莽篡汉之衅，实兆于此。《诗》必有序而后明，《书》本文已具，安用序为？且其篇名亦多乖离不经，何得上诬圣人？汉世去圣未远，尚知坚守二十八篇，《泰誓》晚出，马季长能辨驳之。魏晋而后，君臣以诈力相陵，士大夫以虚无相尚，老庄方滋，释氏又炽，与二十八篇相违戾。于是晋宋以下，牵缀群书，傅会古文，以阴攻其澜而起其焰，而生民之祸烈矣。且夫尧以观型，底绩禅舜，而曰玄德升闻，是天位可暗干也。君曰典，臣曰谟，《禹谟》载受命，已失名分。且征苗逆命，显为篡位，用兵不服者分谤，汤放桀，存《汤誓》，武王伐纣，存《牧誓》足矣。《仲虺之诰》乃曰：惧于非辜，德足听闻。是汤伐夏以自全。武王曰：时哉不可失。是图度天命，皆非伐暴救民之心。《太甲》之文，《大学》引之，而伊尹放太甲之事不著，《书》亦不存，以杜臣子废立之渐。高宗不言，《论语》述之，而傅说举于版筑，未必即在是时。况乎梦赉象求，虽见《国语》，岂可为训？凡梅赜所上古文，皆当时君臣士大夫所乐闻也，幸而朱子疑其浅，诸儒辟其谬，至梅氏《考异》、阎氏《疏证》，惠氏、宋氏相继排摘无遗，而纪相国昀校上四库书，奏蒙纯庙圣鉴，昭示学者，而圣人垂世立教之苦心，炳如日星矣。

洪范九畴说

唐仲冕

九畴即九丘，犹八卦即八索也。汉孔子谓九州之志，谓之九丘，畴亦丘也。《洪范》九畴，则平治九州之大法也。上古有大功烈于天下，必受天命为天子。当尧之时，求治水者登庸巽位，而鲧堙洪水，汩陈其五行，非特逆水土二行之理，《国语》谓鲧播其淫心，《离骚》谓鲧婞直以亡身，所谓汩也。五行之汩，由于五事之不能敬用，故帝怒而不畀，禹兴而六府孔修，庶土交正，故天锡洛书，禹法而陈之，为当受命也。《洪范》以五行为体，五事以下皆用，当以五事配五行，而《郑氏注》引《五行传》，谓貌木、言金、视火、听水、思土，不循水火木金之次。庶征亦云雨木气，春始施生，旸金气，秋物成而坚，燠火气，寒水气，风土气。凡气非风不行，木金水火非土不处，故土气为风。其言雨木旸金，未免费解，不如仍依五行先后。盖五事以人生先见者为序，状貌先具，貌有动用属水。其次有声为言，言主宣扬属火。其次开目为视，视主条达属木。听次于视，听主收纳属金。四者皆出于思，思主中央属土。医家亦以貌悴由肾亏，貌属肾水，舌乃心苗，言心之声属心火，视以目，目属肝木，听以耳，耳属肺金，思多则伤脾，思属脾土，非强合也。貌恭如水之澄为肃，言顺如火之文为乂，视明如木之畅为哲，听聪如金之断为谋，思睿如土之博厚为圣，反是为狂僭豫急蒙。庶征雨水、旸火、燠木、寒金、风土，人所易知，即五纪亦然。岁如水之流行不息，月受火为光，日生于东得木之生，星辰皆金行所凝，历数则土可推步也。若稽疑之五十，又不待辨而明。惟五福六极似稍迂远，然亦可循次推衍。《郑注》乃云：思睿则致寿，听聪则致富，视明则致康宁，言从则致攸好德，貌恭则致考终命。凶短折，思不睿之罚。疾，视不明之罚。忧，言不从之罚。贫，听不聪之罚。恶，貌不恭之罚。弱，皇不极之罚。非惟不依五行之序，亦且自乱其例。吾谓貌肃为智，如水之明静，故寿；言乂为礼，如火之大有，故富；视哲为仁，如木之畅茂，故康宁；听谋为义，如金之精良，故攸好德；思圣为信，如土之纯固，故考终命。反是，狂易者凶短折，僭差者多疾，豫怠者有忧，急躁者必贫，蒙昧者为恶，其究皆归于弱。惟皇建极，身其康强，故能敛敷锡保，要在敬用五事，君子庄敬日强，此尧舜禹汤建极之本也。

禋于六宗说

唐仲冕

伏生、马融以天地四时为六宗。欧阳和伯、夏侯建说六宗，上不及天，下不及地，旁不及四时，居中央，恍惚无有神助，阴阳变化，故郊祭之。李郃、刘郃、孟康、扬雄谓六合、六气、游神，皆本其说《古尚书》。贾逵说天宗三，日、月、北辰，地宗三，岱、河、海。《春秋》说鲁郊祀三望，鲁下天子，不祭日、月、星，但祭其分野星及名山川，六宗只祀其三。刘歆、孔光、王肃以为《易》震巽等六子之封，祭日、月、雷公、风伯、山泽。汉安帝从李郃议，祀于洛阳西北戌亥之地，礼比大社。晋司马彪表驳诸说，以为天宗日月星辰寒暑之属，地宗社稷五祀之属，四方之宗四时五帝之属。幽州秀才张髦疏称六宗即三昭三穆。太学博士吴商谓升禋报阳，非祭宗庙之名。张迪以为六代帝王，则不知何帝何王。虞喜别论地有五色，太社象之，总五为一则成六，当为祭地。刘昭直以堙从土，为埋祭。明陶安谓六者，地之中数，亦以为祭地。至罗泌以为天宗、地宗、岱宗、河宗、幽宗、雩宗。

方以智以为重、黎、该、修、熙、勾龙。惠士奇以为方明。杭世骏谓天地四岳之神。沈彤以为六府。《五礼通考》以为岁、时、日、月、星、辰六物。言人人殊，要之禋祀为天神，非地示、人鬼必矣。

卢植以为《月令》祈年之天宗。孔安国及王肃取《戴记》及《家语》所载祭时、祭寒暑、祭日、祭月、祭星、祭水旱为六宗。司马彪云六宗所禋，即《祭法》之所及，《周礼》之所祀，即《虞书》之所宗。之数说者，最为得之。惟《周礼·大宗伯》不言六宗，而于“禋祀昊天上帝”之下，云“以实柴祀日、月、星、辰，以樵燎祀司中、司命、风师、雨师”，后郑以星辰以下六者为《书》之六宗，而不及日月。贾疏云：祭天主日，配以月，日月尊不及宗。夫宗之言尊也，星辰尚有专祀，为尊之邪？蒙按辰为十二次，即《戴记》埋少牢于泰昭，祭时也。司中北斗在北司寒，南斗在南司暑，即相近于坎坛，祭寒暑也。日月星则王宫祭日、夜明祭月、幽宗祭星也，星谓金木水火土五星。风恒则旱，雨恒则水，风师箕，雨师毕，即雩宗祭水旱也。盖自圜丘以下，天之贵神无如六宗，方泽而下，地之大祇无如四望，六宗之祀日月星辰与四方经星，犹四望之祭五岳四渎也。以是考之，《周礼·祭法》与《虞书》同条共贯矣。

纳于大麓说

唐仲冕

纳于大麓，王肃训麓为录。大录万几之政，如汉之录尚书事，而以烈风雷雨弗迷，为风雨节，阴阳和，上协于天，盖因百揆为入掌机衡，四门为出总方岳，至此当为受禅之渐，纳于大麓，犹纳于百揆也。然麓训录无所本，录尚书事，《燕然铭》所谓“纳于大麓，惟清缉熙”，尧舜时安得有此？且风雷弗迷，亦非无疾风暴雨之义。马、郑皆曰“麓山足也”本之《史记本纪》。《索隐》引《穀梁传》：林属于山，曰麓是也。按《尧本纪》云：尧使舜入山林川泽，暴风雷雨，舜行弗迷，尧以为圣。《舜本纪》亦云：入于大麓，烈风雷雨不迷，尧乃知舜之足授天下。颇似尧试舜而舜得天眷，仍未免谶纬家言。蒙以为尧使舜入山林川泽，非试之也。当时生民之大患在洪水，尧独忧之，咨求登庸巽位，以救此患，放齐不达，称朱启明，尧知朱之不任，一时无可登庸，故咨若采，但求能干事者。事莫大于治水，故驩兜称共工为水官，方聚集夫役，僝然见有功效。而尧斥其言与行乖，徒有其状，虽所在之方鸠工为防，而水犹然滔天也。然滔天之患不以无人而不乂，于是勉循四岳之举而用鲧。《国语》云：共工氏壅防百川，堕高堙庳，以害天下。崇伯鲧称遂共工之过，尧益以不得人为忧，于是举舜而敷治焉。其时共工未流，伯鲧未殛，水之滔天未艾也。舜既宅百揆、宾四门，安能晏然于朝堂而不亲履乎？纳于大麓，所以相视奠山行水之道，洪荒之世，疾风迅雷甚雨盖常有之，舜遭此变而无所迷惑，则他日洒沉澹菑行所无事，固已有成算于胸中矣。故尧以为圣，谓能办此大事，而天下可平也。曰“询事考言”，则与“静言庸违”者异矣。曰“乃言底可绩”，则与“绩用弗成”者异矣。而洪水之忧，断可释矣。由恭让而致光格，正谓此耳。《竹书纪年》云：洪水既平，归功于舜，以天下禅之。其后禹平水土，实秉舜命以成功，要自纳麓弗迷豫定之，此封山浚川所由著于《虞书》也。

易画卦说

唐仲冕

画卦先画乾坤，画三而为天，两其三而为地，以天视地，则爻象策数无非两也，以地视天，则爻象策数无非三也。一能生物而不能成象，故一为太极而不用，且一画中即兼三两，所谓始中终左右是也，三画即具天地人，所谓上中下是也。然其画也，必先上次下次中，何也？天开于子，地辟于丑，人生于寅，叙也。乾如是，坤亦如是也，所谓“天地定位”也。于是以乾之上画易坤之上画而为艮，以坤之上画易乾之上画而为兑，所谓“山泽通气”也。以乾之下画易坤之下画而为震，以坤之下画易乾之下画而为巽，所谓“雷风相薄”也。以乾之中画易坤之中画而为坎，以坤之中画易乾之中画而为离，所谓“水火不相射”也。山与泽皆得天之气者也，雷与风皆受地之力者也，水与火皆备人之用者也。此上中下之分也。其曰定位、通气、相薄、不相射者，何也？《传》曰：天尊地卑，乾坤定矣。又曰：乾坤，其易之门邪？易之蕴邪？又曰：乾刚坤柔定位者，不易之义也。艮兑震巽，有交易之义焉，通气以上爻言，相薄以下爻言也。坎离亦如乾坤，不可倒易，以变易而兼不易之义，故曰不相射。此八卦相错之道也。

画卦自上而下而中，序卦则自下而渐上。皇古之时，轻清上浮，重浊下凝，而后人物繁殖，画卦之准也。中天而后，天气动于下，人事应于中，地气交于上，养而教，教而和，取财于地，立法于人，归功于天，序卦之准也。数往者顺，知来者逆，作易者其于中古乎？是故易逆数也。雷以动之，风以散之，雨以润之，日以晅之，艮以止之，兑以悦之，乾以君之，坤以藏之，自下而上，逆数也。

然则序卦遂不用画卦乎？曰：不然。上经首乾坤，天地定位也。下经首咸恒，山泽通气，雷风相薄也。上经终坎离，下经终既济未济，水火不相射也。非特《周易》然也，夏之《连山》首艮，以天地定位之后先，以乾交坤而为山，且协止水之义，故以艮为首，而夏尚忠即始于此。殷之《归藏》首坤，以天德不可为首，而阴为阳根，且协代有终之义，故以坤为首，而商尚质尚鬼亦由是也。周之尚文也，定君臣之分，严夫妇之防，制民寒暑水火之用至详且备，而画卦几无未发之蕴矣。

由序卦而观画卦，天地定位者也，而其用则神妙而不测，雷得之而动，风得之而挠，火乘风而熯，泽借风而悦，水以暗动而润，艮以动极而止。故水火居中，不相射而相逮，坎离既未济之所以终也。雷风相薄而不相悖，山泽之气益通，咸恒损益之所以括下经也。然后能变化成万物，皆神之所为，而乾坤易知简能之理恢之弥广矣。序卦自下而上，以震巽六子代乾坤，故乾坤之后为屯蒙。由震而坎而艮，三阳用事，阳道主进也，阴主退。由兑而离而巽，为革鼎，去故取新，震乃出而主鬯矣。至于咸恒以四卦对乾坤，损益以四卦对否泰，颐大过中孚小过，仍以四卦交错，而皆终以水火，总不外画卦本意。

礼记说

唐仲冕

《周礼》为典章，《仪礼》为节文，所谓“经礼三百，曲礼三千”，皆经圣人考订，与弟子讲明而切究之。其时七十子之徒及后学者所记，一百三十一篇，又有《明堂》《阴阳记》等篇，凡二百十四篇。戴德删为八十五篇，为《大戴记》。戴圣又删为四十九篇，为《小戴记》，今所传《礼记》是也。非特《中庸》《大学》为圣道之渊源，其余四十七篇亦皆修己治人、达天道、顺人情之大要，是《周礼》《仪礼》为制作之迹，而《记》则其精义，与《易》《书》《诗》《春秋》并列为经，宜矣。然其中尚有后人窜入怪诞驳杂之辞，如孔氏三世出妻，殡于五父之衢，及防墓不修，皆为诬蔑圣人。《月令》之命太尉，举长大，务搏执，严断刑，皆秦法。《文王世子》之周公践阼，为新莽所增。《礼运》之四灵以为畜，《礼器》之升中于天，《明堂位》之称周公为天子、鲁为王礼，《坊记》之引《论语》及吴孟子卒，《表记》之义道以霸，《儒行》之毁方瓦合，皆文之害于义者，不可为训。而《大戴记》之《夏小正》古于《月令》，其诸侯迁庙，诸侯衅庙，投壶公冠，皆古礼经遗文。又《礼三本》《保傅》《五帝德》《帝系》《曾子》十篇，皆有可采，若以补小戴之未足，则《礼记》于是乎全。且夫古之学者，岂犹是诵诗读书，寻章摘句，剿说缀文而已哉？将以求立身体道，齐治均平之业，必毕生专一于礼，由少小以迄成人，由冠昏以至朝聘乡射，由仪文度数之著以达于天人性命之微，皆于是书取资焉，不可斯须去身者也。而其辞义之害理而伤道者，尚可过而存之乎？夫《大学》明德亲民，止于至善，《中庸》之笃恭以契上天之载，所谓“穷理、尽性，以至于命”，而圣贤相传即在记礼之说，则古人为学入德之途，舍礼何以哉？

春秋说

唐仲冕

《易》《书》《诗》《礼》，圣人赞订删考，独以史文次《春秋》而曰作，何也？曰：本旧史，微者显之，繁者约之，常者刊之，异者表之，无一字无关于义法，即无非圣人手笔所裁，所以文成数万，其指数千，虽谓夏五郭公为圣人所作可也。《春秋》何以必当作？曰：《易》《书》《诗》《礼》各有体裁，各有指归，理相通而义弗贯，文甚切而事无征，《春秋》则括《易》《书》《诗》《礼》之要指而明著之后世者也。《易》言天道，非《春秋》无以章之人事。《书》纪帝王，非《春秋》无以延衰周。《诗》关风化，非《春秋》无以示惩劝。《礼》严纪纲，非《春秋》无以明是非、考得失。是故《春秋》有五始，而《易》之四德著矣。《春秋》主鲁史，而《书》之称周公者有述矣。《春秋》存王迹，而《诗》之由变而亡者可续矣。《春秋》详于朝聘、征伐、会盟、婚葬之典，而《周礼》尽在矣。是则《易》《书》《诗》《礼》者，《春秋》之典据；《春秋》者，《易》《书》《诗》《礼》之规则也。子曰：文王既没，文不在兹乎？又曰：托之空言，不如见之行事之深切著明。此《春秋》之所以作也。其书辞事立见，无深文奥笔，无须作传，中有未注所由者，即自注明，如以成宋乱、用致夫人、宋灾故之类。故读《春秋》者，如无传焉。

左氏即耻足恭、耻匿怨之君子，故所论断皆衷于圣人，且亲见《晋乘》《楚梼杌》，故能言之凿凿。若谓孔子见百二十国宝书，则左氏亦当见之，何以晋、楚而外，他国皆不能详也？公羊氏、穀梁氏于《左氏传》外，不能别有记述，是又在左氏后矣。然谓读《春秋》者可无传，不得谓三传之无所窥测于《春秋》也。夫孔子之作《春秋》，与伏羲、文王之作《易》、周公之制《礼》无异，参之《易》《书》《诗》《礼》以读《春秋》，而圣人垂万世法之苦衷，昭然若揭矣。庄子出子夏之门人，言《春秋》有所授，曰：《春秋》经世先王之志，圣人议而不辩。若三传者，无乃辩乎？

春秋传说

唐仲冕

《易》之有象，《礼》之有记，后人发明《易》《礼》之义，在作者之圣，原无待于发明而后可垂世立教也。圣人作《春秋》，亦犹是也。是预留作传地，以待有传而后明，则《春秋》为隐语，故曰无须作传。然则啖、赵不信夹谷却莱揖对之事，欧阳子不信隐公之摄、赵盾、许止之说，为得其实乎？是又不然。盖舍传而经自明，证之传而经义愈章也。夹谷之会，齐人归田，圣人原不自表其功，然谓过化存神，一言不发而田自归来，有是理乎？隐公不书即位者，不行即位之礼，摄可知矣，而谓传言摄位为非也。赵盾、许止之弑，圣人岂虚被以首恶大逆，而盾名复见于经，许悼公书葬，非宽盾而赦止，正以明其不亲弑而必书弑之故，是何也？人臣无将，将则必诛，盾心乎弑而假手于穿，是后世司马昭、朱温之流，安得不书弑？亲有疾饮药，子先尝之，止进药而杀其父，虽非有心，然其父实死于止之药，安得不书弑？律于杀人者以主使抵罪，父母无误杀之宽条，即此义也。凡传所言，经皆有之，废传不信经，亦难通，故曰：舍传而经自明，证之传而经义愈章也。

周礼九两说

唐仲冕

以九两系邦国之民，《注》：两，犹耦也；系，联缀也。《疏》

谓王者于邦国之中，立法使诸侯与民相合耦而联缀，不使离散，盖取二耜为耦之意。蒙以为两即《易》之比卦，先王以建万国亲诸侯，王者有分土无分民，亲者亲其民也。牧守土牧民，魏氏校云：诸侯各有分地，世养其民是也。似不必拘定八命作牧，而以诸侯为长，与《疏》所引大夫称长、诸侯称君之义不合。诸侯有土地，上卿有爵位，故曰以地以贵，且施典于邦国，而建其牧，立其监。又以监为诸侯，引《梓材》“王启监”为证，亦非《书》本义。夫以邦国建侯，立法无庸广及八州，八命作牧，以功德加命兼统一州，非仅以地得民，盖监即长也。此言长而彼言监者，此以国君之下莫贵于长，彼因下有设其参，故以天子所使大夫监其国者为监，在三卿之上也，牧即邦国所建之牧长，亦如都鄙所建之长，王畿侯国皆上卿也。师、儒亦非诸侯之师氏、保氏，教者必以师，师必德行足以教民者；通天地人曰儒，所以使民知伦纪礼乐者也。宗以族得民，为立大宗小宗，俾民敬宗收族。大夫称主，先郑云：有采地能布其利于民，且主对臣仆言，九职所谓臣妾闲民，《诗》所谓亚旅疆以，皆利于得主者，故曰以利得民。吏，群吏治事者，《注》：小吏在乡邑者亦在其中。友即师友之友，任即六行中之任，所谓朋友，若孟子出入相友谓同井友爱之意，与相助相扶持略同，非谓朋友也。薮，《注》云：有虞守其财物。《疏》谓上八者，皆据人而言，此独言民所居之处，恐无是文法，且薮亦难该括山泽。干宝云：宜作叟。必非无因。《考工记注》：毂空壶中，为众轴所趋者曰薮。薮为材物之所聚，亦当指人言。《集注》以为富室以富得民，即司徒保息，六曰安富之义。王氏与之曰：民心无常，难合易暌，牧、长、主、吏、薮以系其身，师、儒以系其心，宗、友以系其亲朋，然后相亲相逊，相安相乐，虽有变故，亦固结而不可解，自九两废而人心离，曾子所谓上失其道而民散也。蒙按：封建之法，莫先井田，不曰君而曰牧者，牧养斯民也。以贵得民者，君子治野人，野人养君子也。次设学校师、儒者，庠序之教也。宗以联其天属之亲，主以合其人偶之众，而礼俗善矣。佐牧、长之政惟吏，辅师、儒之化惟友，济宗、主之穷惟薮，则井田、学校、礼俗无不法制相维，恩谊相洽，两以建之而德不孤，系以亲之而情不乖，比之时义大矣哉！

尧德说

唐仲冕

五帝之德具于性，尧性之也，钦者智之神，明者礼之察，文者仁之显，思者义之藏，安安者信之浑而该也，与《洪范》五事相表里。钦为智为水，肃也；明为礼为火，乂也；文为仁为木，哲也；思为义为金，谋也；安安为信为土，圣也。马氏云“威仪表备谓之钦”，自主貌而言，若明则出言有章、照临四方，文则高瞻远瞩、经纬天地，思则虑深通敏、同于耳训，其义亦与言、视、听相通。惟安安以为安天下之当安者，自当从《集传》解，生知安行，非睿作圣而何？《尧典》帝德，《洪范》王道也。郑氏曰：不懈于位曰恭，推贤尚善曰让。允克则三达德之勇，九经所谓修身也，恭让即以天下禅舜之本。克明俊德为天下得人，尊贤也；九族既睦，亲亲也；平章百姓，敬大臣、体群臣也；协和万邦，黎民于变时雍，则子来柔怀皆是也。千古内圣外王之道，备于此矣，而必先之以钦，此与舜之恭己、禹之祗台，即《大学》《中庸》诚意、慎独之旨，亦即所谓“允执其中”也。然尧禅舜但曰“询事考言”，而不载此语者，谓实见诸行事，非托空言。圣人作而万物睹，天下咸服也，《论语》第二十所载，大率其篇为圣人所未录，而其章句之精者，记之以明帝王递嬗，异迹同揆。伪《古文》乃因“允执其中”，而剿袭《荀子》所引《道经》“人心之危，道心之微”及“精一”之语，以为道妙，则前人辨之已详，曾何足窥钦明几康之圣也哉？

六书转注说

唐仲冕

六书者，造字之本，阙一则造字不备。六者相因而不相同也，然五书易明，而转注难识。《说文》前序所云：建类一首，同意相受，考老是也。其义确不可移易。徐楚金乃谓耆耋寿耄，孝子养老皆是，若松柏等皆木之别名，同受意于木，江河同受名于水，此与形声何异？是转注为赘文矣。且比之医家鬼疰，不亦异乎？《周礼注疏》乃云文意相受，左右相注，正徐氏所谓左回为考，右回为老，为委巷之言也。然则转注当如何？曰：建类一首，同意相受，象形、指事、会意、谐声皆不能该，无论假借考老之外，如在存同为在，载哉同为始之类。若宫之为室，室之为宫，亦形声而非转注也。徐氏谓散言之曰形声，总言之曰转注，误矣。

即如指事与会意，亦须别白。指事者视而可识，察而可见，上下及一二三皆是。会意者比类合谊，以见指㧑，止戈为武，十口为古，皿虫为蛊之类，皆有谊理存焉。形声由象形来。象形者画成其物，随体诘诎，日月山水皆是。形声者以事为名，取譬相成，譬谓声也，江河松柏之属。《周礼疏》云：形声有六体，有左形右声、右形左声、上形下声、下形上声、内形外声、外形内声，详矣。然岂能分出为转注乎？且转注与假借兼以字义造字，转注从形以通义，假借从声以通义，故假借曰“本无其事，依声托事，令长是也”，而字之孳为无穷矣。

或谓转注之字太少，何弗合并于形声乎？余谓转注实非谐声，亦非会意，不得不单立一门。古人立言行事，不肯苟且牵就，大率如此。即以五百四十部而论，有数十百文居一部者，亦有一二文居一部者，后人乃强合之，韵部亦然，日趋简便，此古人所以不可及也。

人生堕地而有声，能言而声益繁，形形色色，事事物物，动于意必发于声。圣人因声以成文，因文以生字，有形可象则象形，无形而有事可指则指事，无形与事而有意则会合其意，此三者皆可为建类之首。其同一类而称名各别者，则谐声以别之。其同一类而意义无殊者，则转注以明之。其意义小殊而有声无字者，则假借而用之。凡言之有声者，皆可宣之以字，有字而声传，虽不言亦传矣。每造一字，音义即具字中，谛审可知，无庸更作解说，转注其尤著者也。

郊社有尸说

唐仲冕

古称祭祀，惟人鬼有尸，谓以后人之血气追先人之精神，其论笃矣。然节服氏郊祀送逆尸，士师祀五帝则沃尸，又祭胜国之社稷，则为之尸。《国语》：晋祀夏郊，董伯为尸。《虞夏传》：舜入唐郊，丹朱为尸。《礼注》：周公祭太山，以太公为尸。五祀行、中霤、门、户、灶，亦皆有尸。又本经冢人祭墓为尸，张子谓郊祀为尸，五帝为五人帝之尸，然夏郊鲧而董已姓，非鲧后也。士师为亳社尸，太公为太山尸，冢人为墓尸，即以其官与诸侯，则亦未见天神地示之无尸也。《春官》言尸出入，令奏肆夏，又逆粢盛，送逆尸，沃尸盥，皆承大祭言，《曲礼孔疏》“天子祭天地、社稷、山川、四方百物，皆有尸”是也。先王之制祭祀也，索之冥冥，必求之昭昭，恐以虚无浩渺，致精意不专，故郊祀皆以人鬼配，以为自外入者无主不止，又必立之尸，使心目中若或象之若或飨之。古者宗庙之尸一人，至周旅酬六尸，可知外祭之必有尸，不必为人鬼之后也。惟其义之足以相感者，卜一人为之以象神，所以答祭者之精诚，使如在之敬有所栖泊焉耳。于此见仁人飨帝，孝子飨亲之诚。

社祭后土说

唐仲冕

《郑志》答赵商云：句龙本后土，后迁为社，王大封，先告后土。玄云后土，土神，不言后土社也。又答田琼云：后土，古之官名，死为社而祭之，故曰后土社。句龙为土官，后转为社，世人谓为后土，无可怪。案《左传》：共工氏子曰句龙，为后土。《戴记》：共工氏之霸九州，其子后土，能平九州，故祀以为社。此郑所本也。古人皇天后土尝并举，一言天神，一言地示，非自句龙始有后土之名也。郊社并重，则郊为圜丘，社为方泽。《鼓人》云：以雷鼓鼓神祀，以灵鼓鼓社祭。雷鼓、灵鼓之见于《大司乐》者，圜丘、方泽也。《大宗伯》云：以血祭祭社稷。与以禋祀祀昊天上帝对举，圜丘祀皇天，方泽祀后土，不待辨而明矣。在上古后土为司土之官，死而食于社，以义相从，犹之烈山氏之子曰柱为稷，周弃亦为稷，死皆食于稷。稷，古田正之官，谓社非土神，将稷非田神乎？古初立官，如句芒、蓐收、玄冥、祝融，其名各如其物，死即祀为其神，不必歧而二之，曰迁曰转，误矣。但经多错举，或言社，或言地示，或言后土，亦如郊或言祀，上帝或言祀天，随文见义耳。至社有方丘大社、王社、胜国之社，亦如郊有圜丘及四郊、四类之别也。圜丘、方泽惟二至祭之，祈谷大雩、明堂大飨帝则在四郊，祀后土则在大社，大社在库门之内，右附以稷者。若云后土非社，则未闻更立后土之神于何所也。若云社非土神，则未闻社字从土从示而又为何神也。

至《注》云：后土，黎所食者，《左传》黎为祝融、句龙为后土，殊不合。《贾疏》云：黎兼后土无据，郑盖本《史记》“颛顼命北正黎以司地”也。是又未尝不以后土为地矣。《五礼通考》：大示即地示，地示即后土，对天神而言则曰地示，以其尊于五土之示而君之，故曰大示、曰后土是也。至谓王者尊天而亲地，郊与明堂皆祀天，而莫尊于郊，方泽与社皆祭地，而莫亲于社，故天子一岁祭天凡四，地虽止夏日方泽一祭，他如载芟、春祈、良耜、秋报、丰年秋冬报、孟冬大割祠，与夫军旅、会同、田猎、灾眚，皆有事于社。盖祭社亦是祭地，故曰祀社于国，所以列地利，其义甚精。然郊社并举，天举所尊，地举所亲，社非方丘之祭地则拘矣。王氏应麟、汪氏绂皆谓大社即方泽，汪氏克宽谓社者地示之别祭，而亦礼之大者，如《召诰》丁巳用牲于郊，戊午社于亲邑，可见郊以明天道，社以神地道，为并重也。必谓言社不指方丘之祭，是犹谓后土非地示也。古人立言，随文见义，当以意会，如郊社对举，社非方泽而何？社稷并称，社非王社、国社而何？是祭地有大小，皆可言社也。

分祀合祀说

唐仲冕

经多言祀上帝，而不及后土，岂详于南郊而不详北郊乎？盖地可统于天，犹之后可统于王也。专祀地者，只夏至方泽。祀天则圜丘、明堂、元日、祈谷、孟夏、大雩、季秋、大飨及大旅大类，皆祀上帝。上帝之祀，百神皆从，地示当亦在其中，犹之王之祭祀，宾客、后皆与焉者也。然谓地示从祀则可，谓天地合祭则不可。东坡奏引《虞书》肆类、《周书》柴望为天地合祭，以《昊天有成命》一章《序》言郊祀天地为据，朱子言天地定不是合祭，《礼经会元》言《诗序》谓祭天地皆歌此诗，何尝言其合祭？罗泌谓《序》言天而并及地，犹言父者并及母，且诗亦言文武受命，不详言天并不及稷，盖谓郊天祭地皆可歌耳。《五礼通考》引《孔疏》云：经不言地，《序》知其因，此二祭而作，故具言之，其意甚明。又引陈氏《礼书》、宋黄复、明夏言驳合祭之说尤详。蒙按：六宗四望有专祀，岂王者父天母地，地示反无专祀乎？况大宗伯有苍璧、黄琮之礼，典瑞有四圭、两圭之祀，大司乐有圜丘、方泽各奏之乐，与《戴记》燔柴泰坛、瘗埋泰圻，同为分祭之确证。汪氏克宽谓祀天可并及地，而其统则兼，体不遗礼，地虽不可屈天，而其实则尊归于一，可谓得制礼之遗意。所以经文祀地与祀天对举，或以社稷与上帝对举，或言祀天而该祀地，《中庸》所谓郊社之礼以祀上帝，与《周官》之言上帝而容有后土者同也。方氏苞曰：经文彼此互见，昊天上帝别见于《司服》《司裘》，以未见禋祀，故于大宗伯职揭之。五帝同用禋礼，别见于《大司寇》，故宗伯职略焉。圜丘、方泽别见于《大司乐》，四圭祀天、两圭祀地别见于《典瑞》。宗伯职不举方泽，参考可知，群儒乃谓古无方泽之祭，误矣。

禘祫说

唐仲冕

大宗伯以肆献裸享先王，以馈食享先王。方氏《集注》谓四时常祭之外，莫重于祫禘，莫多于月祭，肆献谓祫，裸谓禘，馈食谓月祭。若注疏，则当曰以裸肆献馈食享先王，不当分而为二也。考《注》云：肆，进所解牲体，谓荐熟食；献，献醴，谓荐血腥。祭必先裸灌以郁鬯，谓始献尸求神后，乃荐腥荐熟，逆言者与下共文。祫言肆献裸，禘言馈食，著有黍稷互相备也。比语极得古经简奥之精，其分为二，亦犹柴、燎、升堙本一事，经分为三，《疏》所谓事列于卑祀，义全于昊天，作文之义也。若不分为二，乌知为禘祫二大祭乎？

但汉儒多据纬说，五年一禘，祭感生之帝为夏正，郊天则周宗庙之禘，为小于祫，故有祫五齐、禘四齐之说。且谓三年丧毕，明年春禘于群庙为终禘，练祭迁庙时为始禘，丧中吉祭周大夫馈食礼，此虽非始禘，其以禘次于祫、以馈食属禘说，盖本此。蒙按：大专禘其祖之所自出，以其祖配之，异于时禘，其礼实重于祫，献之属莫重于裸，求神于始祖之先，则裸献以通幽合漠为尤重矣。以肆献裸享先王，非禘而何？《公羊传》：祫，合祭也，毁庙之主陈于太祖，未毁庙之主皆升，合食于太祖。礼同于禘。特不追太祖之自出，太祖得正东向之位，义重合食，以馈食享先王，非祫而何？司尊彝追享、朝享，先郑亦以禘祫为次，盖祭皆追远，禘尤追远中之远，故曰追享。朝谓祫祭，则太祖之子孙，无论已毁未毁，皆得朝于太祖而合食也。肆献裸、馈食，分言之，为互相备，合言之，为六享皆然。

若谓意有偏主，将槱燎者不实柴，貍沈者不血祭乎？《集注》：月祭朔奠之礼，数而略固可不言，亦不得列祠禴尝烝之上。且天子宗庙之祭，未有自馈食始者。盖《注疏》之失，在祫禘倒置，不在分而为二也。汉张纯曰：禘祭以夏四月，夏者阳气在上，阴气在下，故正尊卑之义。祫以冬十月，冬者五谷成熟，物备礼成，故合序饮食也。《五礼通考》谓周宗庙一岁六祭：仲春祠、孟夏禘、仲夏禴、仲秋尝、孟冬祫、仲冬烝，禘祫为四时之间祀。盖本横渠张子。禘也、祫也、郊也，必岁有之，以明郑氏从《礼纬》三年一祫、五年一禘之非。至郑氏三禘之说，天神主北辰、地示主昆仑、人鬼主后稷，因谓禘大于郊，其谬不待辨而明矣。

时禘说

唐仲冕

《通典》曰：有虞氏四时之祭，春曰礿，夏曰禘，秋曰尝，冬曰烝，夏商因之。盖本《王制》所载诸侯、天子宗庙之祭，与《祭统》所云祭有四时，礿禘阳义，尝烝阴义，禘者阳之盛，尝者阴之盛，故莫重于禘尝。《王制》又云：天子犆礿，祫禘，祫尝，祫烝。诸侯礿则不禘，禘则不尝，尝则不烝，烝则不礿。诸侯礿，犆；禘，一犆一祫；尝，祫；烝，祫。《注》谓：天子先祫而后时祭，诸侯先时祭而后祫。蒙谓：文有顺逆，礼无先后，诸侯之下于天子，在省一祭而禘间岁一祫耳。要之禘为时享，祫对犆言，皆非殷祭可知。虞夏商之禘祫，即在四时祭祀之中，其禘为祭始祖所自出，祫为合祭未祧已祧之主，则自有虞氏亦然矣。周公以为郊配稷而禘及俈，列之时祭，于礼为轻。合祭群庙，三时行之，于礼为数，自当改为间祀。以禘为追享，祫为朝享，祀春、禴夏、尝秋、烝冬为时享。追享阳之盛，在禴夏之前为四月，朝享阴之盛，在尝秋之后为十月，祠禴尝烝在四仲，详见《夏官》。《礼记》莫重于禘尝，及禘尝之义，皆指追享朝享而言。然《周礼》一书，不明言禘祫，而但云追享朝享者，缘虞夏以来传袭已久，言禘则疑为时禘，言祫则习闻尝烝之祫，故必大变其文也。

然禴祠烝尝，仅见《天保》之诗，其他记礼之书，因言礿禘尝烝。且邦国所行尚仍其旧，如改正朔建子，而《豳风》犹言夏正，《周礼》多言正岁也，春夏常事不书，所书必其失礼者。然有禘尝烝而无祠禴，盖礼秉周而名多从旧矣。礿与禴同，薄祭也；不王不禘，大祭也。夏商因禘在夏，而春为岁始，故礿于春。周因禘于孟夏，改夏祭从禴，而春为祠，为盛礼不可亟举也。祫近于烝，功臣皆与，自禘祫为间祀，而祠禴尝烝皆犆矣。丧三年不祭，丧毕而行时祭必举盛典，故有吉禘，及晋人禘祀之说。《公羊传》五年而再殷祭，特就《春秋》所书约略计之，不知《周礼》明明曰四时之间祀，又焉有年数之疏阔乎？《春秋》所书大事有事，自是追享朝享，余皆时享之失礼者耳。商以前时享以禘为大祭，每禘必祫，故《长发》诗相土、阿衡并称，即《盘庚》所谓大飨于先王也。周禘不祫，《来雍》惟云"燕及皇天"，以明不王不禘之义。商周《雅》《颂》得其大意，如《昊天有成命》，为郊祀诗，不似汉唐乐府，字句贴切，而真意反不存也。禘，《说文》从示，帝声是也。汉张纯谛諟昭穆尊卑之说，方性夫递及始祖自出之说，固不确。即《五礼通考》以为享帝之祭，如虞夏禘黄帝、殷周禘帝喾，皆自诸侯为天子始，得追祀五帝，其义似精，而适足启太微五帝之精及三禘之妄说，不知周以前禘为时享之大祭，周则易其名为追享，而禘于群庙者仍为时祭，义之轻重不嫌同辞。若以字从帝从示，遂谓必非时祭，以驳《王制》祭统，则谛、揥等字之从帝者，又何关于五帝乎？

诸侯飨王说

唐仲冕

《大行人》所载王飨诸侯之礼甚悉，《掌客》所云王合诸侯而飨礼，具十有二牢，则为诸侯飨王，若《春秋传》郑伯享王于阙也。盖周之大礼不过十二，天之数也。虽曰二王之后，宾而不臣，至于飨礼九献、食礼九举，亦云足矣。尽取备物以予之，又何以加于此乎？诸侯长十有再献，明明谓上公之献王也。王巡狩殷国，《注》云：殷国者，王不巡守而六服尽朝。非也。殷国即殷同巡守而会诸侯于方岳，故云国君膳以牲犊，百官百牲皆具，如会于王而飨王之礼也。曰国君不曰诸侯，指所至之国而言。至王不巡守之说，谓以丧疾不行，然疾已丧毕自可行之，不宜更旷其期至十有二年之久。且王果丧疾，又不应日觐四方诸侯也。况巡守者，巡所守也，岂可以诸侯之朝代哉？六服之君无岁不朝，以图事比功，又一岁而遍召之，义无所取。

世妇说

唐仲冕

世妇，每宫卿二人、下大夫四人、中士八人、女府二人、女史二人、奚十有六人。《注》：汉始，大长秋等亦用士八人，贾、马皆云奄卿也。《注》犹疑辞，《义疏》则直以为皆奄矣。《周官》奄之有爵者，只内小臣上士四人，然犹属于内宰而统于太宰，防微杜渐之意严矣。使《周官》而有奄卿倍于六卿，不亦害于义而妨于治乎？盖每公卿大夫士，即宫中之贤女主祭祀之事，以诏王后之礼，重祭祀故优其爵，且以为内宗外宗之长。或谓即卿大夫士之妻。夫王朝六卿，六宫当十二卿已难具数，宿戒比具共齍，亦非诸命妇之事。又明云比外内命妇相外内宗，则非命妇可知。且使卿大夫士之妻，舍其祭服、朝服、大带、蘋蘩之职，日夕备官王宫，大非治体，为是说者弗思耳矣。

然则何以知其女官也？曰：凡职内有奚女者，皆不以士大夫为之。官名世妇，又云每宫，不言可知。盖《春官》之世妇，即《天官》之世妇，彼不言数，谓有德者充之，此则择其尤贤者，予以爵而董其事，故其所司略同。以祭祀丧纪之重，故详于《春官》，而又列其名于《天官》者，明冢宰得兼统之也。寺人祭祀、丧纪、宾客之事，帅女宫而致于有司，佐世妇治礼事。《注》：有司谓宫卿世妇，世妇、二十七世妇，歧而二之，误矣。然则世妇之数，不浮于二十七乎？曰：《记》所云，《注》亦谓夏殷之制，即以二十七大夫论，《周官》之中下大夫且百余人矣。

妇人无外事，而王后有好事于四方，有好令于卿大夫，有哭诸侯之事。世妇吊临于卿大夫之丧，女卿从世妇吊临，寺人则凡内人吊临于外，帅而往。内宗凡卿大夫之丧，掌其吊临，好事好令。《注》言后族亲所善者，往问慰之，至于哭诸侯，则言诸侯薨于王国者。吊临则或言王遣，或后遣。诸侯之薨，王服吊服缌衰而已，后又吊临之哭之，亦非正位乎内之义。若妇御吊临外丧，尤大非宜，先王制礼必不远于人情，诸侯之薨，令宫中群而哭之，果何为者？卿大夫之丧，宰夫与职丧治之，肆师相其礼，王亲吊之为服锡衰，疑衰亦已至矣。又遣妇御吊临，殊无谓，且奚不遣外官也？蒙谓：所哭诸侯必后之父与兄弟，内人吊丧者，亦即其人之父与兄弟。虽妇人内夫家、外父母家，未始不可伸其情也。然内宗掌之寺人，帅之女御，御之宫卿世妇，又云凡内事有达于外官者掌之，此亦达于外官之大端。掌则司其可否行止也，男女内外之别，盖其严哉！若然，则所称王后有操事于妇人，先郑以为爵妇人，后郑以为拜谢诸侯。夫人之吊大丧者，妇人无爵，从夫之爵，诸侯夫人亦无奔王丧之礼，则操事亦必其母若姨，或王之世母叔母之属也。

鬯人句读说

唐仲冕

鬯非酒也，特秬黍之汁，且灌和以郁，亦必以醆泲之。故齐浴丧洟之事皆用秬鬯，祭天地不合郁，贵其质也，其重于浴洟者，盛以彝而奠以圭也。社壝用大罍盛鬯，多以奠其彝，禜门用瓢持以沃门，赍庙用脩。脩、涤古字通，盖贮鬯以涤爵斝者，因谓其器曰涤。故赍于宗庙，所谓水在洗东也。承涤水而弃之曰洗，贮鬯以待洗曰涤，皆祭器之以用为名者。《大射仪》宿视涤，《注》：

溉器，此涤，盖濯除，宗庙亦可用之。且荐腥时，王亲洗肝于鬯而燔之，以制于主前，曰制祭必此鬯，而非郁鬯也。赍谓用多，当预贮更别于祼也。山川四方用蜃，蜃，若今大螺杯，或以蜃饰者，《掌蜃》祭祀共蜃器之蜃。祼事用概者，血祭、禜祭、貍沈、疈辜虽用鬯，皆无将受之仪，祼则宗庙宾客之事也，概以木为之，贮鬯以待筑鬻者也，取灌溉之义，概脩必别者，重祼事也。疈事用散，无饰曰散，容五升，亦取其多。旧以"禜门用瓢赍"为句，杜子春读赍为粢，粢盛也，郑康成读为齐，谓割柢令齐。如二君说，赍字皆赘。庙用脩，《注》：脩读为卣，卣，中尊，献象之属。谓始禘时自馈食始用中尊，虽费参考，或有传授，然既为中尊，即当属司尊彝。且脩、卣通用，别无可证。下文脩酌为涤酌，《尔雅》：蓨为蓧，脩、涤通用。《礼经》颇有鬯如米沈，微有香气，可衅可浴，则涤爵斝用鬯可知。即郁人祼事沃盥，亦当用秬鬯也。《注》读祼为埋，谓字之误。然貍祭山林，则已用蜃矣。郑特以祼在郁人，不宜见此夫鬯之和郁，必筑而鬻之。肆师司其事，郁人和以实，彝则鬯人豫以概，盛未和之鬯所必然矣。按《诗》"秬鬯一卣"，《注》谓鬯为香草，筑煮合而郁之曰鬯，《笺》谓秬鬯，黑黍酒，谓之鬯者，芬香条鬯。鬯非草名，是也。郑司农云：郁，草名，十叶为贯，百二十贯为筑，以煮之镬中，停于祭前。郁为草若兰，《尔雅翼》云是郁金草，和酒令黄如金，故谓之黄流。《五礼通考》谓必和郁而后谓之鬯，使秬鬯、郁鬯无别，鬯人、郁人无异掌，皆由不知秬鬯即玄酒故耳。

天理人欲说

唐仲冕

《乐记》云：灭天理而穷人欲。理欲之说自此始，然尚非对举。盖理有文理、有条理实义，修理、疏理虚义。《孟子》所谓理义，则理即礼也，从无以天理为心性者。理与不理对，凡紊乱皆其反面，欲与恶对。天理人欲对举，自宋儒始，后乃以理气对举，因而有性理之称。至谓理在太极之前，是道之外又有理焉，且谓微妙难名，吾不知本何经也。夫古之所谓理，为文理、条理，皆主礼节而言。自清谈名理，而理已虚渺，后儒亦深其说，易启人蔑视礼法之意，故不可以不辨。

[清]罗汝怀 编纂
邓洪波 主编

湖南文徵

五

岳麓書社·长沙

文獻叢書

嶽麓書院

总 目

第一册

第二册

第三册

第四册

国朝文

第五册

第六册

第七册

第八册

第九册

第十册

目　录

卷二十一　说四

卷二十二　说五

卷二十三　说六

卷二十四　论一

卷二十五　论二

卷二十六　论三

卷二十七　论四

卷二十八　论五

卷二十九　论六

卷三十　论七

卷三十一　论八

卷三十二　考一

卷三十三　考二

卷三十四　考三

卷三十五　考四

卷三十六　考五

卷三十七　辨一

卷三十八　辨二

卷三十九　辨三

卷四十　辨四

湖南文征　卷二十一

说四

白虎说

朱声亨

术者推人行年神杀，有白虎星到宫之说。其星按年轮转，命宫小限值之，主刑伤口舌等事。相传以立春日缮写当年白虎神位，香楮供奉，夜分送诸河干焚之，是岁转祸为福，谓之送白虎。又市井风俗，亲友邻里有感冒、风湿、时疫、疟痢等证，日久不愈者，醵钱延僧禳之，谓之打白虎，又曰禳星。又京房《易》以本日天干所值，配螣蛇、白虎等星入卦，谓之六神。六壬课以本日贵人所值，配天空、白虎等星入课，谓之十二神。又每月值建除等星，建为青龙，破为白虎，谓之十二星。

谚云：白虎当堂卧，无灾也生祸。是皆言天之星，与地之白虎沙无涉，天之白虎为凶星，卦命会遇，或非吉征。地之白虎为吉沙，左右环抱，断无凶理。古者建国经野，辨方正位，一切营造，皆合天象。东方角、亢、氐、房、心、尾、箕，其象为龙，其行属木，是为苍龙七宿。南方井、鬼、柳、星、张、翼、轸，其象为鸟，其行属火，是为朱鸟七宿。西方奎、娄、胃、昴、毕、觜、参，其象为虎，其行属金，是为白虎七宿。北方斗、牛、女、虚、危、室、壁，其象为龟蛇，其行属水，是为玄武七宿。以属肖论，亢金龙在辰，尾火虎在寅，龙虎皆在东方七宿之内。此专指一物分配十二宫，以定缠度，各有性情，以为考验者也。以形象论，青龙在东，朱鸟在南，白虎在西，玄武在北，统论天象，以别方位者也。天之方位既定，地之方位因之。《礼》云：前朱雀而后玄武，左青龙而右白虎，招摇在上，旗常以之取象。推之左祖右社，朝日夕月，左圣右义，东作西成，皆是物也。吉则皆吉，凶则皆凶，故天体左旋，日月星辰右转，形家言虎踞龙蟠，书家言龙跳虎卧，兵家言龙虎鸟蛇，以及云从龙，风从虎，龙虎榜，龙虎山，皆类言之，不能轻虎而重龙，恶右而爱左也。宋中兴《天文志・石氏》云：西方白帝，其精白虎为七宿。奎象白虎，娄、胃、昴，白虎，三子也。毕象虎，觜、参象麟，觜首参身也。王奕曰：白虎亦瑞兽也。《尔雅》谓之甝，驺虞之异名也。不食生物，食自死肉，其性至仁，五灵之一也。以五行媲之，苍龙，木也，木得其性，则苍龙见。朱鸟，火也，火得其性，则朱鸟见。灵龟，水也，水得其性，则灵龟见。白虎，金也，金得其性，则白虎见。与麟、凤、龟俱为王者之瑞，故西方七宿配焉。

汉宣帝南郡获白虎，宋元嘉中琅琊有白虎，史臣俱以为瑞而特书之。伏羲先天八卦，艮为山而居西北，兑为泽而居东南，山高而泽下，自开辟以来，先天之位已定，地之形势象焉。西北多山，则有太华、昆仑之峻极，故北极出地三十六度。东南多水，则有吴越、瓯闽之卑湿，故南极入地三十六度。毛虫三百有六十而虎为之王，鳞虫三百有六十而龙为之长。虎山物也，故比之西。龙水物也，故比之东。非别有轩轾也。历观都邑之地，山雄西北，水绕东南，下合地形，上应天象，其地必贵。若西不昂而东不伏，与天地大形大象相反，则其地必贱。自州邑、省治以及古今名墓旧宅罔不吻合，有创新奇之论者，谓白虎不宜占高，不宜开口，其所本不可考，证之于书则大不然。夫虎啸龙吟，以开口为贵者也。虎气腾上，以占高为美者也。矫矫虎臣，高则何嫌？阚如虓虎，开口何忌？反其道以为言，殆不可解。若以虎为讳，则周有虎贲，齐有虎门，汉有虎闱，蜀有虎将，文炳以美大人，皋比以尊经师。尊彝藻火取其孝，雕龙啸虎取其文，何尝为凶象？且水官之扰龙，虞人之搏虎，禹驱龙蛇而放之，周公驱虎豹而远之，龙虎皆为猛兽，故道家谓之降龙伏虎，非虎宜伏而龙不必降也，若以西方为金地，金主肃杀，主成，实万物之所说也。

佛家谓西牛贺洲为极乐世界，天生五材，民并用之，废一不可，故金、银、铜、铁流通宇内，谓之国宝，形家以太阴、太阳为金星，贵之也，非贱之也。况尾火虎在寅宫属木，亢金龙在辰宫属金，则虎亦不尽属金，又何嫌焉？若以白为不吉，白者，朱、绿、玄、黄之始也，商以金德王故尚白。《月令》三秋之月载：白旗服白玉。《易》曰：白贲无咎。《礼》曰：白受采。《文中子》曰：君子非黄白不御。是白之为物，涅而不淄，非红紫之奇邪也。吴以白虎起于冢上，因名虎丘，至今览胜寻芳，游人如蚁，何谓不宜占高也。汉制，白虎观校书，至今《白虎通》为士林所宗，何谓不宜开口也。

古者宾主之礼，以右为尊，故吉事尚右，凶事尚左，偏将军居左，上将军居右。楚人尚左，当时讥之。天之生人，左为肝，右为肺，肺开窍于耳，故《洪范》以听配金，肝开窍于目，故《洪范》以视配木。肺主气，气属阳。肝主血，血属阴。气嗓居右属阳，食嗓居左属阴，阴阳之理，并行不悖，未有贵阴而贱阳者也。人之生也，父母教以右手，凡弹琴学射，操箸握管，有以左手者则人笑之。若贵左而贱右，则礼之尚右，天之生人，父母之教子皆误矣，岂笃论乎？高山之东，亦有美宅，高庙之左，亦有吉葬。桥陵胜地也，而西山矗然。平阳、安邑、蒲阪、丰镐，名都也，而西峰耸峙。东海而西岱，故海岱维青州。西荆而东河，故荆河为豫州。今人称人之美，曰无有出其右者，则右之宜高可知也。若州邑皆忌白虎开口，则西门以外之民屋皆可去也，西乡之民居皆可徙也。若西方不宜占高，则西市之庙林立鼎峙，干霄蔽日，皆可毁也。即令屋可移，庙可毁，千寻之石，崔嵬于西之西者，皆将为愚公之移、精卫之衔、五丁之凿乎？抑舍旃乎？造物之位置高峰于桑榆，或者误乎？

总之，白虎星与白虎沙，一在天，一在地，霄壤迥隔，吉凶各判，彼此牵混，是以杳无证据，徒惑愚人听闻，殊无谓也。尝见天星有开口者，流星有声为天狗星，是开口也。荧惑星下地传童谣，是开口也。西法五星谓南极下无数恶星，孔雀、蜜蜂、飞鱼、火鸟之属，食人无厌，种种恶状，是开口也。凡此皆与白虎星无涉，天之白虎不能开口，地之白虎沙独能开口，亦怪甚矣。制国犹体性焉，为高必因丘陵，为下必因川泽，言有定也。有宜高者，有宜下者，有宜动者，有宜静者，总视方位，以为考验。方位值吉，高亦吉，开口亦吉。方位值凶，不高亦凶，不开口亦凶。舍地理而专论龙虎沙，舍左沙而专责右沙，舍右沙而专咎白虎，舍白虎沙而牵连白虎星，且远求之十里之外，痴人说梦，盲人说书，亦可悲矣。

潭之来脉，从湖头岭入首。右水由长寿亭转出大埠桥入湘江，左水由宋家桥入湘江，此一龙虎沙也。瞻岳、熙春两门之外，小水分入湘江，又一龙虎沙也。城内一沙从学宫至江边，一沙从洗脚桥至江边，又一龙虎沙也。一从板石巷至观湘门，一从三眼井至观湘门，又一龙虎沙也。此皆贴身紧抱之沙，不必摭拾于龙虎之外。层层环抱，层层界合，实无可訾议者。若夫县西潇湘冲激，其势莫御。佳哉杨梅洲、石嘴山等处！天为设险，崛起石峰，犹秦望之拒胥江，鹤楼之敌大江，愈高愈美，此正邑之护卫曜气，非龙虎沙也。无此一峰砥柱其处，猝遇春涨（駮）〔駛〕駥，从夔家湖怀襄以下，县治为鱼矣，尚暇讲龙虎邪！

或曰石嘴山下旧有小庙，名曰壶山旧迹，沧海一粟，在彼河侧。前任邑侯某公，惑于白虎开口之说，毅然告毁，一时众议翕然，以为狄梁公之巡抚江南，胡颖之经略广东，韩文公之谏迎佛骨，不是过也。然吾闻未毁之前，邑无大祸，既毁之后，受祸更烈。不独壶山旧迹，惧其反唇相稽，白虎有知，亦将叩九阍而呼屈矣，此足当识者一噱邪！抑又闻之，孔子过泰山侧，有妇人哭之哀，问之，曰：昔者吾舅死于虎，今吾夫又死焉，吾子又死焉。

何为弗去也？曰：无苛政。孔子曰：小子识之，苛政猛于虎也。古歌云：虎告相公听我歌，相公比我食人多。相公若肯行仁政，我自双双去渡河。由前之说，虎患不如苛政之猛也。由后之说，虎不祸君子也。前任某公闻之，不知有愧于此歌否？愿以质诸嗜奇之士谈虎而色变者。

天主教说

朱声亨

三纲五常，不学而能，不虑而知者也。修道之谓教，教以人伦而已。而西洋以天主教来，彼其所为，无时无在，非弃天亵天之事，而其教易以惑人。愿入其教者，予药一丸服之，三日以内，犹可荡涤，过三日药发，其人五脏六腑悉听客之所为，终身无悔心矣。他日其种类遇于途，口有号，手有技，人莫之识也。彼既会意，秦越为骨肉，器用财贿共焉。入其室，妻子共焉，恬不为耻，愚者无问也。

最可怪者，身列儒林，名登仕籍，一受其毒，靦然北面而拜，舍其所敬祖宗，五祀以奉之。其师至，阖室罗拜。有配以处女传其教者，伤风败化，莫此为尤。然其师飞扬飘忽，不知何时而来，不知何时而去，虽比邻密戚，无得见者。为鬼为蜮，实禹鼎所不及铸，益经所不及志，恨孰甚焉。西洋麇聚澳门，榛榛狉狉，仅具人形。呼中华为唐人，中华亦呼为鬼子，鬼子者，龟兹之讹也。鬼子每七日拜庙诵经一次，谓之出会，旗幢、刀剑、仪仗略备。万队鱼贯，杂以龟兹乐，其音凄惨，大类呜笳。旗画鬼像，手捧纵横十字，彼之教主之祖也。最后有僧一队，队有短僧一人，谓之僧王，亦以二木纵横为十字，手举于上，头俯于下，群僧环列以行。彼所奉者教僧，既称王，是为教主，即天主矣。无何入庙，群鬼随僧拜诵。事毕，僧王驱群鬼阶下池边牛饮之，再拜乃出，纷纷兽散。此僧所至群鬼之室，肆其淫戏，群鬼荣之，群僧亦然，谓之度佛种。呜乎！所谓教者如此，所谓天主者如此，鬼之廉耻澌灭久矣。中华之人，上自仕途，下至府史胥徒，大半倾向，可胜叹邪！

往者蚩尤为乱，重雾四塞，民坠涂炭，黄帝乃以《洛书》之数，取法北斗，作指南车，以正子午。子午既定，纵横对待，罔非十数。午者，午也。十字之制，实昉于此，众乃不迷。破蚩尤于涿鹿之野，肢解其尸，分葬其骨，令民不逢不若，蚩尤余党畏帝之威，越海而遁，遗孽西洋，复毒中华。今之指南，夏造殷因，日有增益，安徽休宁，其制尤精，西洋虽谲，购以善价，莫之能仿，故犹望纵横十字而畏之。天之生人，同此纲常之理，而夺攘矫虔，狱讼繁兴，一室之中，戈矛丛生，洎乎教类相遇，则又同心同德，舍命不渝。若谓可以获福，则宣淫稔恶，罪之通天，至矣，乌得言福？

若谓可以获利，则处顺安常，不入其教，而享美利者亦又不少矣。辛有适伊川，见被发而祭于野者，曰：不及百年，此其戎乎？堂堂衣冠礼乐之人，甘为海岛魑魅所愚而不返，亦下愚甚矣。若不人其人，火其书，庐其居，吾未见天主教之能熄也。天主教不灭，吾未见天主教之祸可以遄已也。亦危矣哉！

镜说

朱声亨

西洋创制观天之器，以水晶一片薄其中，厚其旁，嵌之以筒，名曰窥天管，又名千里镜，引远至近，可析豪芒，前古所未有也。尧时分命羲和止定中星，四时不忒。以前民用，其法疏而实密。西法算穷杪忽，诸所占验，无裨于实，其法详而反略。是故古之数学习于童年，妇人孺子皆善天官，今之岁差，纷纷聚讼，授时推策，讫无征验，虽有奇器，无益也。

沿其法以瞽中华之目则有之，只为千里镜，双为叆叇，叆叇者，以有目学无目者也。其制有老花、少花、养目、近视等名，近视又有十二时深浅之别。人情恶常而好奇，喜新而厌故，我生之初，一二老辈及生而近视者，偶一用之，不以对客也。迩来制益奇巧，价益腾踊，有赢余者，无论适用与否，腰携一具。其制出于服食器用之外，而光天化日，居然变为幽谷鬼国矣。康庄之间，彼垂头而蛇步于前，此磬折而鸡顾于后，忽忽如有所惊，惘惘如有所遗。熟识亲友，觌面莫顾。眼鼻无辜，桎梏横加。以其暗径，故称眼镜。

未镜之前，可辨练马，既镜以后，莫识牛虮。是以镜代目，适以镜失目。用之既习，水晶外铄，瞳子内短，一旦少释，有如夜台。白昼启鼠窃之萌，暮夜有狼跋之患。日在混沌中央，诩诩焉自鸣得意，亦愚甚矣。

菸说

朱声亨

吕宋产菸叶，锉而吸之，谓能辟瘴。其国与福建漳州为近，漳州之产，更盛于吕宋。胜国之季，内地一二吸者，诧为罕见，迨顺治、康熙中，蔓延中土，无不吸者。然故老菸具以铁为管，长不满尺，于无人处暗吸一过，即藏其具，恐为人非笑也。又数十年而吸之稠人广众中矣，又数十年而吸者不问老少男妇矣，风俗薄恶，威仪沦丧，尚可言哉！

一室中，外则祖孙、父子、兄弟、叔侄，内则姑媳、妯娌、侄娣，各衔一管，杂遝淋漓，如相击刺，击刺之余，口吐烟雾，祖熏其孙，父迷其子，兄袅其弟，内室亦然。化庄敬为戏谑，易勤谨为潇洒，饔飧之余，考业之际，尔索我觅，如饥如渴，其事不列酒肉菜果之数，而能费财用，启弊端。乡落亲朋，以得一撮为喜。城市妇女，以奉一客为乐。斗室则炉中纵横，入夜则灯烛龌龊。棐几有刀切之患，漆器多香烧之痕。烧酒醉后，烁肺可以致命。月黑夜行，跌仆良恐轻生。一市之内，菸铺多于米店。一乡之中，菸土盛于菜园。菸号千夫，每藏奸慝。菸车碾轧，易启斗殴。岂漳州未产以前皆死于瘴邪？岂中土既吸以后更无病瘴之患邪？假令尧、舜、禹、汤之圣，游、夏、颜、闵之贤，起、翦、颇、牧之勇，房、杜、韩、范之正，日手一具，须臾不离，亦城阙之佻达而已，恶得钦为圣贤将相者乎？

至若鼻薰一种，吸之鼻窍有若粪土，殊为不雅，久之能令鼻齇。水薰盛称兰州五泉，吸之最能裂肺，往年尚不多见，近二十年来，奸民销化青钱，为水薰壶美具，可获利五六百钱，是以铜器日少，铜价日昂。市中装薰为生者，三五成党，娼赌充斥，窃盗公行，疮毒传染，薰之为害与鸦片埒。

学宫击柝说

朱声亨

古者八岁入小学，教以六艺，乐其一也。至大学更详，舜命后夔典乐教胄，周制大司乐掌治学政，凡有道有德者，使教焉。死则以为乐祖，祭于瞽宗，谓之神瞽，谓之先师。先师者，道德之师也。

古学久废，乐器散亡，八音、六律、五声为赘疣。国都以及闾巷，道德之教既微，乐祖之鬼斯馁，函丈之间，有遗音者矣。或曰金之属莫上于钟，钟为金奏。木之属莫下于柝，柝近于牍。应雅铎金体而木舌。三者之声，或舒而远，或疾而短，置之学舍，皆可以警有志之士而启其觉。噫！此器数之乐，非致乐以治心之旨也。

大学之教，八音克谐，动荡血脉，流通精神，而救其气质之偏，未闻专一之听，可以警志士而启其觉者。故周景王铸无射而危，季武子作林钟而亡。《乐记》：君子听钟声则思武臣。今文学之儒，恒舞于宫，酣歌于室，以操巫风而思武臣，不祥莫大焉，何觉之有？佛为众生说法，或由棒喝悟人，如圣门时雨之化，故谓之觉。少陵《宿招提》诗，以晨钟叫旦报曙，梦觉深省，借用禅语喻意，非谓钟声浚灵益智，别有觉悟也。如谓后觉之效先觉，必借叩寂传响而后启，则口耳之学，不足以为人师，岂长乐花外，姑苏客船，尚有发聋震聩者乎？

古者天子施令振木铎，《明堂位》曰：振木铎于朝，天子之政也。禹待四方之士，曰告以事者振铎。《夏书》《周官》《月令》所载，鼓人所教，皆言施令，不言讲学。仪封人谓天下之无道久矣，天祚夫子，将施令以行道，以木铎之施令拟之，非谓夫子讲学四方，如今之广文冷曹也，故曰二三子何患于丧乎？鲁用天子之礼乐，振木铎于朝，故有司铎之宫，亦有司铎之官。后人乃以司铎专称教官，教官，古司徒之称也。官阶悬绝，亦不振铎。惟田畯朔望振铎读法，略似遒人，其役亦非其所隶，以彼有教训茂才之职，而无一堂受业讲贯习复之劳。不施令以徇于道路，谓教官司铎，谓铎宣教，犹之误矣。《穀梁》范注：柝，木鱼也，今用之放衙而击于昼，是为昼柝。《易》称重门击柝，以待暴客，则击于夜，是为宵柝。宵柝其状无可考，《孟子》朱注：柝为夜行所击木。《左传》林注：两木相击以行夜也。徐注：判两木于门为机，相击以警夜也。是昼柝人击之，宵柝柝自相击矣。

《周官》：野庐氏掌建道路，若有宾客，则令守涂地之人聚柝之。环人令聚柝，掌讶令聚柝，修闾氏掌比，国中宿互柝者，此御暴之柝也。挈壶氏掌挈壶，以令军井，凡军事悬壶，以序聚柝。汉仪城门击刁斗五更，卫士周庐击柝，昼漏尽，夜漏起，省中黄门持五夜，又名五更，此壶漏之柝也。宫正掌宫中之官府，多击柝而比之。郑注：行夜以比直宿者，为其有懈惰离部署，此巡察之柝也。古者救日于社，大夫击门，士击柝，此救日以充阳之柝也。五柝有昼夜常变之殊，均无与于大昕之警。其人则卫士守涂地之人，司寤氏之夜士实供其役，既贱且劳，盖喑、聋、跛、躄、断者，侏儒百工，各以其器食之。执技以事上者，出乡不与士齿，则击柝皂舆仆台事也。或援抱关击柝为解，非也。

司关掌国货之节，以联门市，凡四方之宾客，叩关则为之告，是其职在讥而不征，故孟子与委吏、乘田连类言之，非谓关吏常职，躬亲援枹击柝以食于上也。况敦劝为之驾，岂陈殷置辅同年而语哉？书院者，自古圣帝明王设为庠序、学校，培养孝秀，以备异时蔼吉之选者也。郑废乡校，子衿伤之。近世大学，群萃肄业，犹沿古制，直省则与泮宫分建，以广收人才，而慎择乡大夫、乡先生为之师，其待之忠且敬，曾子之武城，孟子之雪宫、上宫皆是也。贤人君子，初不以适馆虚拘为意，而当世公卿大夫，好善忘势，决无以湫隘尘嚣处吾儒者，师严道尊，而民知敬学，由来久矣。《周官》：中夏教茇舍以辨军之夜事。注：草止也。于师行则一宿为舍，其余官舍、学舍、书舍、传舍、客舍、田舍、蟹舍，大抵皆过而不留之义。官舍则有中书舍人，学舍则有上舍生，此其异也。

宵柝于夜事为近，不得不舍明窗净几，而野处露宿于茇舍之中，以成其行僻而坚之志。其为舍也，蜗牛一椽，粗蔽风雨，不敢拟于爽垲。充其操率担簦负笈之徒，赁舂皋伯通庑下，为弟子都养而后即安，其志将以求食焉，毋乃视吹竽执籥为更瘁邪！或曰：鱼盐版筑，屠狗牧豕，天以劳其筋骨，苦其心志，亦有降大任于是人者，是又不可以讲学该也。老农老圃，樊须之小也。饔飧并耕，陈相之倍也。事之不近人情者，鲜不为大奸慝，此所谓可鸣鼓而攻之者也。《学记》曰：善问者如攻坚木，善待问者如撞钟。撞钟非警也，坚木非柝也，不可治心为乐，而以形而下者为务，则能金奏，一钟师耳，能舂牍应雅，一笙师耳。师也者，瞽也，非道德之先师，非教德行之师氏也。声音之道，可不慎哉！

院堂旧置昼柝一具刻木鱼，堂卒击焉。别置持更者，东西学舍各一人击宵柝，方之两木为机相击之状，已失其制。而警夜与聚柝无异，兹取宵柝与晨钟同警，以名其舍，则未知其两木为机而击之与？抑躬亲援枹而击之也。以为救日则天变戒先时，以为壶漏则晓箭隶鸡人，以为巡察则师勤而功半，以为御暴则负刍有已事。于义无所系属，置之土鼓、陶匏、蒉桴、苇籥间，不得与于裸属、羽属、鳞属之数，不可以为春诵夏弦之节，不可以奏高山流水之曲，不可以发白雪阳春之响，而可以奸玉振金声之律。

当其退舍习勤，惜阴分寸，威之以夏楚，和之以琴瑟，比之以推敲，歌之以金石，乃杂之以如怨如慕、若断若续之柝声，未必不骇圜桥之听！趣数烦志，道欲增悲，而曰此非恶声也，吾不信也。且谓柝不如铎之宣教，又不如钟之启觉，是知其瓠落无所用，而弗鼓弗考，无关于吾学之重轻者也。犹且长夜焦劳，服暗履危，为此志微噍杀之音，明知冥昧，徒乱人意，是亦不可以已乎？一旦野庐氏令焉，环人令焉，掌讶令焉，击壶氏序焉，修闾氏比焉，老师、祭酒负其便便经笥，手一柝以折五鹿之角，其自命居何等也。

夫月费岁縻，廪人继粟，庖人继肉，以养君子。有司以时上会计，朝岁以为常，不可谓贫。师弟子论德考业其中，官课馆课旬日一试，以考其成，又非位卑不敢言高者比，不可谓卑。国家定制，绅衿优免徭役，不得坐栅支更，所以劝士也。其师俯而给卫士、夜士之役，则其弟子宜退而习辉胞翟阍之业，以其器食之而不得与士齿。以贵下贱，降尊就卑，舍车而徒，俾昼作夜，寡廉鲜耻，莫此为甚，非所以仰副圣天子崇儒重道之意，显违乎绅衿不得坐栅支更之令甲，岂不悖哉！

吾闻招大夫以旌，士以旂，庶人以旃，虞人以皮冠。今以皂舆仆台之招招士，不应则见猎技痒，应之则何以自立于大夫、庶人、虞人之间？拥皋比于书策琴瑟之地？异日祭于瞽宗，以为柝祖，谓之神柝，谓之先柝，不伦孰甚焉。是故征聘召役也，脩脯佣值也，廪饩豕交也，仪文兽畜也，衣冠草服也，宫室橧巢也，先师柝祖也，弟子夜士也，上食槁壤，下饮黄泉，自得也。呼而与焉，蹴而与焉，不择也。

不贫之贫，不卑之卑，矫廉以丧廉，混俗以骇俗，似忠似洁，温饱之志可掬也。王播云十度，逻斋九度，空可恨阇黎饭后钟，此有志之士所以启其觉而就口食者邪？恐三郎郎当，其去古者入学教乐之意远矣。

偿马说

王梦扬

庚戌仲春月既杪，余乘牝马将由县治而东，省李岳蟠夫子于草堂。牝所息腾，驹尚随母，虑其踶趹也。絷之而后行，行里许，有腾驹嘶奔而来，齐色莫辨，余意絷者之逃追也，仍之。既随过城，径春头岭，有马成群，腾驹入焉，多方招致不复随，遂与群马竞驰而去。

及至草堂，使人求之莫知向，归问家仆，始知向之误识也。后有奚流为主人求马者来言，类余所识，因语之故，奚喜形于色。明日奚复来，则曰子失某之马，当取子之马以偿。初异其侮耳，徐察之则横逆之来也。余曰：噫嘻，异哉！余不过见有若是之马耳，安知其是邪非邪？果若所言是余窃子之马也，是余直遭横逆也。为温言释之，奚益不逊。旋驹复来，奚亦至，属奚往视，则曰非也，而语益支离矣。致主者与予，隙莫或释，嗟乎，余所见之驹是也，某所失之驹非乎？是与非不必深论，当马之相从复去而莫知向也，余不自惜其马矣，庸知为人之马乎？

昔有伯乐者，其于马善相而已，世岂有失马而问之善相者哉？又有王良者，其于马善御而已，世岂有失马而问之善御者哉？彼见马之相随，亦若是也矣。夫未尝亲见其马之从人马而失之，不可谓马之从人马，为人失其马，即亲见其马之从人马而失之，亦不可谓人失其马。行人之见马者多矣，腾驹之游乎牝者亦多矣，是夺蹊田之牛，犹曰蹊田人也，罚酒具之家，犹曰酒有具也。若是以偿，将见马者虑横逆之加，使道途之间人缄其口。觌面者交臂而过，道上已无耦语者，遑问道上所见乎？是使俗流失世败坏，三代之直道，泯然无一存于今者，畴职其咎也夫。

于是有相慰者曰：居今之世，宜三缄其口。今之人皆巧也，子惟直，故及此。夫以子之直，远近无不信服，则本此道以驰骋于宇宙，将攸往而咸宜焉，固也。然而谗谄之蔽明也，邪曲之害公也，方正之不容也，尺寸之必争也，大抵然矣，子宜知所变计。余蹙然曰：不然，直者心之端蘖也，心直则理正，理正则气壮，气壮则行矢，忘机械之巧，除奸险之习，风示里党，感格物类，此忠笃所以行于蛮貊，中孚所以信及豚鱼也。彼不自反而以尤人，借曰欲加之罪，何患无辞？犹有鬼神，于谁加之，孰得孰失，孰是孰非，必有能辨之者。孔子曰：人之生也，直罔之生也，幸而免。其人谢而去，用规于失马者。

湘愚轩说

陈士杜

余侨居湘城五年，欲营盈丈地筑室以居，未得也。岁乙巳，僦居府治后，茅屋二楹，堵皆粪土，高不逾五板，出入辄俯首伛偻。室中设榻一，几一，具笔砚琴书之属。客或三四人，必坐一于户外，乃能容膝。余因榜其轩曰“湘愚”，因以为号。

客有过而问曰：吾闻水之为物，智象也，且湘水至清，生其间者，多清慧而文，今子忽以愚目湘，且名其轩，奚谓哉？余曰：天下之物，莫灵于人，谓其心能出智虑也，口能为论说也，耳目手足，能曲赴其心意之所注，而委折必达也。余湘人也，生而独愚，上之不能出智虑以立勋名，其次又不能键户著书见知于世，下之并不能持筹会计，厚资财以豪乡里，而乃曳败絮，炊藜藿，无数椽之居以自蔽，无数亩之田以自给，落落焉身为人役而不辞，是心愚也。然或吐辞设辩，五兵纵横，强者震慑而跽请，谄谀阿比豪贵，共倚为腹心，则其愚犹未甚也。而余不然，言乖于心者，辄赧汗蹇腭，若物之隘于吻而莫能出，是口愚也。至于利之所在，若无睹闻，巧伪者得利其愚以饱贪，人有急必悉力以赴，及其既解，余不任德，人亦莫亲，是耳目肢体无一而不愚也。且夫急财利，崇势位，便辟以求媚说，非世所谓贤豪间者哉！余皆不能，安得不以湘之愚自任？客曰：然则从而解之若何？余曰：否，否，天以愚赋我，我以愚承天，率臆而行，游神清静，无得无丧，何怨尤之能集？虽然，吾以其愚博观载籍，则愚者千虑，必有一得焉。以其愚谛玩乎禽鱼花卉之致，放迹于山巅水涯之间，熙熙乎与牧童樵叟欢呼上下，发为诗歌，亦愚者自得之趣也，吾安往不得其愚也？若夫汲汲于荣名，皇皇于势利，巧诈逢合，以仿摹乎智者之为，吾固不能，吾又有所不可。

客矍然起，怃然退。余因辑其所为问答者录于座以自鉴，且以告过兹轩者焉。

师鉴

张晋本

今有盗杀人取财，人皆知罪在不赦矣。设有怜之者，曰：是或可从末减乎？则刑名家必以为迂夫子不通王法也。事固有类于此者，则误人子弟之蒙师，是欺王法之所不能行，不惟蒙赦，而且可要赏，名虽曰师，情甚于盗。昔韩文公作《师说》，慨师道之不明，人以师为耻，而嘉李氏子之来学，称童子师，授之书而习其句读，无预于传道解惑。按：文公儒者，宜轻视童子学，不知发蒙养正，在厥初生，关系最大。

夫近日之经师，大都不过点勘文字，若蒙师则人鬼之关于此分，终身成败之机于此判，一日之益益无量，一日之损损亦无量。盖少成若天性，习惯成自然，所争不在多也。故无论名公巨儒，其传授各有渊源脉络，即乡村牧竖童子，苟曾经端正蒙师教出者，虽不必皆能有成，而要不至于大坏。尝见衰年老翁，往往称道儿时扑责故事为谈柄，盖生平得力处也。夫教子弟难，富贵之子弟尤难，何则，贫贱之家，习见祖若父艰难勤苦，食淡衣粗，无纷华靡丽、淫荡邪侈之薰染耳目。至彼纨绔之子，席丰履厚，不知米从稻出，丝自蚕抽，以故甘脆肥浓不适于口，细软轻柔不便于体，或更育于妾媵，长于官衙，其耳濡目染，视居家者尤甚。除父母以外，大半皆逢迎谄媚、颐指气使者流，甚或夤缘为奸利，其放辟邪侈，尤不忍言。所赖为之师者，道以严正而纳之轨物，庶不至瞒昧尊长，而阴入于败类。且小学之道不讲久矣，顾使课读得法，亦不失为第二义。

先儒谓读书千遍，其义自见。又读书在记遍数，已成诵而数不及者，必须补足。盖一次读熟，即终身不忘，其不然者反是。今且有人问其书则多，令其背诵则一句不能上口，诘其故，缘初授读时，已是勉强生涩，杌陧危疑，至其温习，则将诸书杂然并列，每本所温，不过十余句，朱墨圈角，标记累累，噫！是一日可读遍十三经矣。究之诵读之时，即其遗忘之时，不必待其掩卷也。朱子读书法，首在熟读精思，夫熟读而不精思，尚止口耳之学，况全不能记忆乎？无怪终岁咿唔，徒成不识字白丁也。

耕牛犁田，必翻土块。胡孙演剧，尚假人面。揠苗助长，无益有害。而独不闻之乎，何误人子弟至斯也。课读之卤莽灭裂如此，其他猫鼠同眠，希荣固宠情态，不言可知矣。由是言之，盗害人之死命，兹竟害人生命。余于师道，固不能万分一，然前贤绪论，窃尝服膺。故以儆夫为人师者，且愿力能教子者之必择师。

禹贡三黑水说

陶澍

叙州府宜宾县，古僰道，汉置犍为郡治，负山枕江，滇黔要路。秦惠王破滇池，通五尺道。汉遣唐蒙发卒治道，自僰抵牂牁。《隋史》：万岁征南蛮，经马湖番山而进。宋末，蒙古将纽璘侵蜀渡马湖，皆由此。

此外水之衿带也，马湖江自屏山县界流入郡境，与岷江会。按：马湖江，即《禹贡》梁州之黑水。其上游大水有三：曰打冲河，曰泸水，曰金沙江也。打冲河，蛮名黑惠江，又名纳彝江，又曰鸦龙江，其水汹涌冲击，故以打冲为名。明初讨月鲁帖木儿，破之于打冲是也。源出西番界，在黄河源之山南，地名查楮必拉，蒙古谓之七察儿哈拉。平地涌泉数十如鬵沸，散若列星，汇而南，左右支河十二道注之，至瞻对入四川界。南流东折，绕盐源县东北，又南至乌喇猓猓，即今云南大姚县之左却乡，与金沙江会。

泸水源出汉沈黎郡之西，古筰都境。旄牛徼外西番境，谓之可跋海，周七十余里，东流至越嶲厅旧建昌司之南十里，其地有泸山、泸沽，古乌蛮所居。唐贞元中，韦皋招南蛮断泸水桥攻吐蕃即此。又南流至会理州，东接云南之武定州境，与金沙江会。

金沙江，源出西藏卫地之巴萨通拉木山，为冈底斯东麓。冈底斯，昆仑祖山也。其东麓即古犁石山，水曰犁牛河，番名木鲁乌苏河，收纳乌蓝木伦阿、克达木毕拉枯枯乌苏等河，凡数十水，曲折四千余里，至塔城关，入云南丽江府境，曰丽水，又名金沙江，以水产金沙也。东南径姚安境，与打冲河合。又东历武定境，会泸水，于是金沙亦兼泸水之称，又称马湖江。《水经注》：越嶲郡马湖江有泸津，即武侯南征道也。李京云：从越嶲至滇，道经金沙江。《通鉴》注：自嶲州西南行八百里渡泸是也。又东流径昭通府，至叙永厅入四川界，即马湖府旧治。又北至宜宾入江也。计金沙发源，在黄河源之西一千五百余里，在岷江源之西二千八百余里，凡行六千七百余里，与岷江会，实川、滇、黔中间第一大水，而《禹贡》不载。《水道提纲》以此为大江真源。

郦注谓马湖古若水也。按《山海经》：黑水之间，若水出焉，卢者黑色，加水为泸，而金沙称丽。丽同骊，亦黑也。源出犁石，犁亦黑也。曰乌苏，番语亦黑也。然则泸与金沙，皆古黑水，打冲界其间则若水也。三水既会，皆可称泸，皆可称马湖，又有绳孙淹鲜诸称，实皆黑水耳。源远流长，故《禹贡》举以界梁州之南境也。至黑水之说不一，郦道元、孔颖达、杜佑皆言在张掖南，至敦煌过三危山，南流入于南海，不知中国之山，皆祖冈底斯。一支由于阗羌南，起巴颜哈喇，至积石以逮西疆，而为终南，此中干也。一支由诺莫浑乌巴什，起卓尔长山，至塔城关以逮云岭而入黔粤，此南干也。河在中干之北，海在南干之南，江在两干之中，黑水果经敦煌，当积石东北，纵能绝河而南，亦断不能越中干以绝江，况能越南干以入海哉！

窃谓《禹贡》言黑水有三：一雍，一梁，一至三危入于南海，本非一处，亦犹雍有沮水，兖又有沮水，梁有蒙山，徐亦有蒙山，不必强合为一也。梁州之黑水自在马湖，所收黑、惠、丽、泸诸大水，皆因黑取义，且与华阳南北相对，地界截然。至雍州之黑水，本在张掖境，经黑山下西入青海，正雍州西界也。其入南海之黑水，樊绰《蛮书》以为有四：曰西洱，曰区江，曰弥诺，其一丽水，即《禹贡》黑水。夫丽即金沙，何尝入南海？樊盖误以澜沧为丽水下游也。按：澜沧即弥诺，出自藏卫，李元阳以为即黑水，然亦于三危无涉。程大昌又以滇洱为黑水，谓与叶榆泽相贯，且地近宕昌，本三苗种裔，与三苗之叙于三危相应。此说较善，然滇洱池潴弗流，不入南海。

愚意应以唐蒙所见牂牁江当之，牂牁出乌撒，一名盘江，在南干山脊之南面，其水缭绕于云贵之境，以达广西，为左江，至浔州北，会黎平、都匀、定番之水为右江，径梧州，会漓江至番禺入南海。此水在岭南最大，盘回四省，长四千余里，正入南海，粤人谓之黔水，以其出自黔中也。黔之为名，自系因黑取义，且苗疆也。《禹贡》或因三危之迁而名其旧地耳，聊备一说，以俟博雅者正之。又按《水经注》：过江阳雒水，从三危山东南注之，是三危不止敦煌一处也。

禹贡荆州江沱九江说

陶澍

《水经注》：枝江地平敞，北据大江，江汜枝分，故名。东过石鼓滩至焦崖，凡三十里，山势逶迤欲尽。又二十里至羊角洲，而弥望皆洲，江流至此，如枝之析，分为南江、北江。

所谓江有沱也，以江心为界，北属枝江，南为松滋地。《荆州记》：县左右有数十洲盘布江中，百里洲为最大。大江自枝江县分流，经松滋至江陵境，其南一枝入虎渡口，东南流，经柳市、弥陀市至公安县之黄金口，又南径港关塞口、杨家荡、泗水铺入湖南澧州界，至三汊脑而分为二支，一出津市稍东之观音港入澧，一出安乡交界之焦溪入澧，皆东注于洞庭。

所谓沱也，凡水之出于江而复合者谓之沱，梁与荆皆有之。《禹贡》：导江，东别为沱，又东至于澧，过九江至于东陵。今自虎渡至澧，南北相距二百余里，说者遂以《禹贡》至澧之文为不可解。王晦叔谓，南江在古时为岷江之正流，从虎渡口注澧，而北江则沱水也。其后北江渐盛，南江渐微，反以南为沱，北为江矣。此说甚新，然细观山脉，从澧州至公安杨家荡，皆有冈脊，惟三汊河无山，是其过脉处，及东逮安乡、华容，则重起山峦。江本经流，非沱可比，难于穿冈脉而南，果穿冈脉而南，则当如导岍逾河之文，曰逾于澧，不言至于澧也。

大抵洪水之时，江与澧本自相近，中间界脉，惟有杨家荡等处一线之隔，今之相距二百余里，皆两岸堤垸为之耳。澧本水名，因以名地，江行至此，南岸为澧境，故曰至于澧，犹言至于澧州云耳，非谓会于澧，入于澧也。由此而东至巴陵之地城陵矶，而洞庭之水出焉，故曰过九江也。至九江之说不一，有以彭蠡为九江者，刘歆也，王莽缘此，改豫章为九江，而郑康成之说因之。有以浔阳为九江者，汉浔阳县在蕲州界内，地名兰城，南接德化境。孔安国书传与班固《地理志》也。孔颖达缘此，谓江分九派，犹河分为九，而应劭之说如之。此皆秦汉时九江，非《禹贡》九江也。《禹贡》言九江者三，皆在荆州，而彭蠡、浔阳在扬州之域，刘、郑诸儒皆北人，昧于南方地形，遂并《禹贡》原文而昧之。孔、应之说尤谬，江果分江，则九江即江之正身，岂得言过邪？按《山海经》：洞庭之山，帝之二女居之。是常游于江渊，澧沅之风，交潇湘之浦，是在九江之间，然则洞庭之称九江，由来久矣。

又按屈原《哀郢》云：上洞庭而下江。又曰：当陵阳之焉至兮，淼南渡之焉如。屈原放逐江南，将溯洞庭，必先由郢下江，道出城陵矶，即东陵也，所言陵阳，自指东陵之阳，犹今巴陵之称岳（陵）〔阳〕也。由此南渡洞庭而浩淼无际，故曰南渡焉如也。《水经注》：江之右岸有城陵山，其上有城，盖后人因城之故而讹东陵为城陵耳。荆州本治江陵，而城陵与夷陵分踞东西，夷陵为楚西陵，则城陵山之为东陵无疑矣。自川江而东，除却洞庭，更无九水同汇一处，可以总名之曰九江，亦更无名山在东岸可以称东陵者。若林三山谓庐江郡有东陵乡，无论小乡僻地，不足为证。且江至东陵，东迤北会于汇，果在庐江，则江汉方朝宗赴海，更从何处迤而北汇邪？

至曾彦和以辰、沅、渐、溆、无、应作沅，一作潕，又作巫，作无者非。酉、澧、资、湘为九江，朱子去无、澧而易以潇、烝，后人又谓无、澧不当去，烝不必入，但当易渐为潇耳。蔡传亦从曾说，而三山谬谓曾氏之言无所考据，不可从，不知《山海经》非僻书，而沅、湘、辰、溆，屡见《楚辞》，资、酉、渐、无，注于《水经》，岂得谓之无据？若林氏可谓盲人道黑白也，因论江沱而备及之。

禹贡梁州江沱说

陶澍

青衣江水，自夹江县西来。大渡河水，自峨眉县南来。同会于嘉定府西南之双湖，又东流绕城隅而北入于岷江，三江会合，古有合水之称。《晋书》桓温讨李势，循外水西上，势遣李福拒温自山阳，即峨眉山之阳。趋合水是也。

按：青衣江源出雅州之蒙山，在芦山县界。经名山洪雅丹，棱青神夹江，至乐山，即古沫水也。以其源出蒙山，故又谓之蒙水耳。大渡河一名羊山江，源出茂州西南徼外之羊山，一名铁豹岭，即岷山之别名也。本与大江同出，而大江东流在岷山之阴，大渡南流在岷山之阳，故又曰阳江也。其水自打箭炉入越巂，有罗罗河、鱼洞河注之。又东至清溪县界，经鬼皮落野夷入峨眉界，而三峨之水入之，故许慎谓之涐水。《汉・地理志》又谓之渽水，渽即涐也，殆传写之误。

大渡河下流称阳，亦曰沫水，沫者，水石相激，喷薄如吐沫也。大约蜀中险滩之水，皆可称沫，不特青衣、大渡可称，即大江亦然。传言李冰凿离堆，避沫水之害，是江至灌口亦称沫也。此二水为《禹贡》所不载，源流既远，名目互异，记载纷纭，无所折衷，辄为论之于此。

又按：大渡自入中国过郡三，行二千余里始至嘉定，其源本与江同而复会，故疑此水即《禹贡》梁州沱潜既道之沱矣。否则此水与大江相表里，不应禹迹不到也。

禹贡浮潜逾沔说

陶澍

大要蜀中之水，以大江为经，而群水纬之。大江自岷山经川西至川东，《禹贡》南条之首也。其在川南者，则大渡河、马湖江为最大，即《禹贡》之蔡蒙、和夷也。其在川北者，则嘉陵江为最大，即《禹贡》之潜也。四川之目，当指此四水言之，亦有举资水而无大渡河者。不知资水较小，虽有中水之称，只系大江之别流，不足自名一川，不如大渡河之源远流长也。

嘉陵江一名西汉水，皆汉以后所改称。《禹贡》但谓之潜，梁州贡道由此水，溯今广元，逾宁羌州浮沔。溯褒以出斜口，故曰浮于潜，逾于沔，入于渭，乱于河。彼时帝都在冀，若不由潜，便须浮海，否则由荆州溯汉，仍须逾河，其道转迂远，不如浮潜之便捷也。《史记》言褒通沔，斜通渭，皆可以行漕。然汉武穿之道果便近，而湍激不可行舟，卒废其议。

盖古今陵谷变迁，褒沔近山多开垦，沙石所壅，浸失故道，自禹至汉，不过二千年，而武帝时褒斜已不可漕，况后世乎？

杂说

陶澍

小时见一时文，有云潇湘云梦之间，其人多诈，不知何本？或云此因“楚人多诈”一语而杜撰耳。

按："楚人多诈"语，出《史记·郦食其传》，所谓多诈者，乃谓齐，非谓楚也。且楚亦秦汉时之楚，非春秋时之楚也。《郦生传》云：汉王欲捐成皋以东屯巩洛以拒楚，郦生因曰：今田广据千里之齐，田间将二十万之众，军于历下，诸田宗强，负海阻河，济南近楚，人多变诈，足下虽遣数十万师，未可以岁月破也。臣请说齐王使为汉而称东藩，夫项羽起江东，都彭城，为西楚，而齐阻河济。所谓南近楚者，指徐、邳、淮阴之地，今江苏北境徐州、淮安、扬州等府是也。扬州人或举此语以诮湖广，因戏谓之曰：子何为数典而忘也？聊记之以儆不读书而妄谈者。

阎百诗著《四书释地》，颇有可采，而将八股时文连篇累牍载入，殊乖典雅。至其子咏，谓孟子言南蛮鴃舌，即今之永州人，亦载入《释地》中。夫春秋时楚都郢中，在今之湖北江陵县，永州在其南，相隔千有余里，其为楚地，已在羁縻之列。逮孟子时，楚徙都陈，且东迁于寿春矣。北距滕国，不过三百余里，是以文公行井田，而许行、陈相之辈，皆闻风自楚而至，以其相去甚近也。若谓许行为永州人，则江陵距孟子时之楚已千余里，更南去千余里而至永州，乃能负其耒耜朝发而夕至，殊非情理。且楚东徙时，秦已取鄢郢及洞庭五渚，永州更在洞庭之南，八百余里，已非楚地，中间更隔宋、魏诸国，安知滕之行井田而涉远以至哉？以此释地，其有誉儿之癖乎？

湖南文征　卷二十二

说五

赵象庵爱冬图说

彭浚

庚辰冬月长至后一日，余过访象庵赵子宅，晤谈半晌，出其《爱冬图》小照属题。忽有投刺者，则蒋子次竹至，披图共观之，蒋子曰：赵子固隐于菊者，一官冷澹且三十年，每当秋风戒寒，出黄花数十种供人赏玩，幽香古艳，罕有比伦。故都人士咸啧啧称赵菊花，其形清逸不俗，苍坚弥古，似兹之黑而腴者，殆非所以形赵子也。

余曰：否，此正所以形赵子也。夫冬者，藏也，所以裕春生、夏长、秋收之渐。《易》曰复，其见天地之心，此其生者机乎？不有郁积，焉有发舒？老氏之学，以退为进，理固然也。特世人日劳劳于纷华利欲中，其志未定，其心未泰，精神内溃，若火之销膏而不及检，此不知冬之可爱者也。使徒为是形容枯槁，亦终近于禅寂之所为，不然长林古涧之中，历练冰雪，塞向墐户，则老樵野叟固已受用无穷矣，何爱冬者独有赵子哉？然则是图也，以泰定之心，写广胖之状，黑而腴也，不亦宜乎？

赵子亦（冁）〔辴〕然微笑，蒋子曰：子真善言赵子矣。遂为之说以书于卷。

五日子说

周树槐

孟尝君五月五日生，父靖郭君令勿举，其母窃举之。长而见之靖郭君，靖郭君怒，孟尝君顿首曰：所以不举五日子者何？靖郭君曰：五日子者，长与户齐，将不利其父母。孟尝君曰：人生受命于天乎，将受命于户邪？受命于天，君何忧焉，受命于户，则高其户耳，谁能至者？靖郭君曰：子休矣。卒拔之众子中，立以为嗣。

壮学子曰：自孟尝之生见于《史记》，其后王凤、胡广、王镇恶之徒，俱以五日生，至将相，独唐崔信明不显，或乃以其文采当之。所以艳称而乐道之者，以晓愚俗止故杀也。余一不知夫人人之情，视其子之贵显有文采，与其身之利不轻重缓急，取舍何如也。

余少读书岳麓，或为余言：乾隆中，山长翰林侍读熊为霖者，五日生，生四岁而孤。比余纂修家谱，族之人五日生者乃颇有之，竟不贵显，亦竟无文采，其父母亦竟老寿无恙。人之生众矣，贵显者，有文采者又众矣，生而丧其父母者又众矣，生何必不五日，五日生何必不贵显，有文采？何必贵显有文采？生不五日，生五日，长不与户齐，何必利父母？生五日不高其户，何必不利父母？虽然，靖郭君但言五日子不利父母耳，至《风俗通》乃云男害父，女害母，男不举者盖鲜，溺女之祸烈矣，不必其害也。更为邪说以导之，不仁哉！

卜日说

周树槐

从父兄文学之葬，日者三人得三日焉，各相非也。孤振鹭不能决，告于几筵，丸纸而探之。壮学子曰：是古之卜日之遗也夫，夫日曷吉乎？便于事则吉尔。雨也沮之，雾也误之，霾也迷之，沍也锢之，不便于事，故不吉也。卜者，卜此者也。卜废而后选日之说兴，人之敬其事，不如其欲福而畏祸也。

日者乘其虚而劫之，乐其诞以售之，今曰某日晴，某日雨，人人不敢也。曰某日祸，某日福，人人敢也。晴雨难欺，而祸福易惑也。今之日无不选也，然而不必福也。不以为日之无验，犹以为选之未精，是以古之日吉多，今之日吉少。

余赠李宾门序之后二年，所谓今有人者，盖年七十有九，为其父母营兆过诧余，余曰：葬有日乎？曰：今岁启殡无日也。余骇曰：尚待明年邪？曰：明年山向未宜，更一岁而选之。前葬三月死，葬子之事也。天假之年，地靳之日又禁之，岂其命邪？亦其父母之命邪？至于死而不悟，可哀矣夫。

壮学子曰：古之卜日，求以便事，今之选日，适以废事。古之卜者重人事，虽听于神，人道存也。今之选者希神福，虽听于人，人道亡也。然且以古为解，岂非名实俱舛者哉？

改葬说

周树槐

改葬可欤？不可欤？曰：视改葬者。《礼》有改葬之服，视改葬者何也？曰：视其所为改。改葬曷昉乎？曰：昔者文王有之，王季之墓，欒水啮之，见棺之前和，是不得已也。

廖金精之葬父，始以二纪必败，而两载可致富也，则葬之。客吴园十九年，则又汲汲归改之，是再以父骨为饵也。然且靦然以教人，其徒世世传之，以为当然尔。

六百年来，死而不得安其所者众矣，责报焉尔，归怨焉尔，死者能自明邪？呜乎！客十九年，廖氏盖未尝富也。两载不必富，则二纪不必败也，祸其亲以及人之亲，何也？

案：风水之说，辟之与惑，皆涉偏见。盖辟之则一切不信，遂至五患不避而草率了事矣。惑之则崇信术士，顾忌拘牵，停柩谋吉，遂至强葬盗葬，健讼倾家矣。而改葬之害尤烈，往闻长老言：乾隆中，子姓以贫故，将改葬先高祖儒林君墓，谓为去水也。或窃穴视之，棺木坚好，遂止。道光初，又议改先曾祖承德君墓，再从父晞阳君，因言里中唐姓迁改祖墓，棺中水明如镜，容貌如生，以口气嘘之，须辄飘动，出诸水而颜色顿黑，自是家业销耗，日益不振，闻者以此致疑，亦以未得善地而止。迩来子姓多以武功起家，冒叨荣遇，其地亦转成吉壤矣。

善化凌工部玉垣以选贡得京秩，复与其兄玉城先后举乡闱，势方骎骎日上，忽相继夭折，今仅留二丁，力难自给。推寻其故，则于得举后迁葬经十八年之坟，闻其迁时启土见棺，有若缯丝者蔓延棺上，俗谓之紫衣，地有生气则然，其亲懿皆尼其迁而主者不从，及剖棺则蓄水涵骸，与唐姓祖坟无异。此固风水之书所未尝载，堪舆之家所未尝传，然若以为湿气积成，则当腐骨朽木，何以水之不暗而光，不秽而良，而躯壳衣衾之无损伤乎？则造化之理，非人所能详也。

凌氏兄弟，吾所交游，未尝研究青乌之术，其任情迁葬，则笃信柳姓之言，其人曾刊附会影响之地书，故能惑人，所谓祸其亲以及人之亲者也。数年以来，伤凌氏之凌替，憾不执其人以肆诸市朝，而会城乃鲜知之者，则其骨朽久矣。夫改葬云者，乃必不得已而后出之者也。远则父为滦啮西伯所嗜，近则兄在水中望溪入梦。吾家亦有征焉，从祖承德君葬有年，孙男女数以足疾殒，疑而探墓，则树根入棺穿祖足也，此不容不改也。要之当慎于始，苟附棺者，诚信弗之有悔，而安用改乎？窃见近世士夫竞谈风水，峦头弊在，似是而非，犹为人所共见。理气则元空幻渺，术士借便售欺，才智闳博之流，亦复信之，且为立说以扬其波，是编不免过存其文，亦欲后之人考其家世，以证其说之然疑，非遂谓其可备一解也。

古者卜葬卜日，故慎终之道，亦惟自尽人事，而智力俱穷，则亦归于退听而已。葬之凶吉，殆有数存，乌容力取？历观兴门先垄，或以藁葬，或出渴葬，有何名师法眼为之审定？且郭璞、杨益以前，未传葬术，彼五侯七贵，猗顿、陶朱，安所得哉？此理固易明也。顾今之辄为诞妄术士所惑者，实由未尝研究此途，故不能别其术之正伪，如郭氏《葬书》，杨氏《疑龙》《撼龙》，犹为持之有故、言之成理者。为文不繁，易于寻究，学者无事他求，以滋惑也。下卷《孙氏颐臣答改葬问》，可以参观。汝怀附记。

桃源说

方宣维

近儒说桃源者，多以为寓言，然谓借此境以寓言可也，谓无此境而空为此言则不可。

夫渔人黄道真、太守刘歆，姓名见于王安贫《武陵记》。安贫与渊明同时，渊明本其说以作记，则实有此事矣。小口有光之类，或以为奇，然此类黔粤甚多，余尝游遍桃源境，如太平洞、穿心洞、龙潭洞之类，皆前后洞穿，望之见一线光，即之窦甚小，伛偻过之。内开朗有田园，水皆伏流，自小口出，则实有此地矣。即今桃源洞，尚有伏流，自方竹亭下入地，至北三里复出桃花溪，又焉知当日非小口通人行，而后渐湮塞邪？邑中漉鱼洞、仙人洞，数年前尚可秉炬出入，嘉庆十七年后，始因凿石填塞，亦其证也。但今处太平诸洞内者，其人皆耕桑愚朴，必以为仙，则不可耳。

柳子厚借愚溪诸山水，以自寓其拂郁，然非本无诸山水而虚拟之也。王荆公借褒禅山以寓理境之难穷，非本无其山而臆创之也。《桃源记》何独不然，夫古人固有无是地而创是言者，如《醉乡》寂光国之类。渊明所记，其愚溪、褒禅之类邪？其醉乡、寂光国之类邪？必有能辨之者。至其寓意所存，宋明诸儒以为不事刘宋，近人林西仲以为思治世，又以为谈性理，三者未知孰是，然论世知人，则不事宋，思治世之说为近云。

原情

胡嵩龄

人道之所以相交接者，情也。内以顺性命之理，外以联万物之欢，是故父子无情慈孝灭，君臣无情仁敬缺，夫妇无情家室咽，兄弟无情骨肉折，朋友无情交信绝，大哉，情乎！

圣人之所以为圣，贤人之所以为贤，其皆出于此乎？自古圣贤修身及家平均天下，未有遗情者也。是故圣人平情，贤人善治情，中士任情，下愚纵情，情一纵而行败名僇，家破身辱。天地反覆，万物不育，故矫其弊者，又激而为太上之忘情。呜乎！情乌可忘也。彼圣人心普万物，情顺万事，廓然大公，物来顺应，所谓平也。若贤人之治情，则心不能不动，于欲而必制之，不使出也。心不能不牵于物而必闲之，不使入也。

敬以养虚静之原，精以察危微之判，一以严克治之功，动不逾时，发必当物，学者欲希贤以几于圣，亦惟善治情以至于平情，而圣贤之能事毕矣。或曰：纵情之害若是甚，与其纵也宁忘。曰：不然，人之所以为人者，以有情相接也，无情则木石耳，而身非木石也。父生之，君长之，师教之，兄弟以联之，夫妇以合之，缔之以戚属，辅之以朋友，推之于天地民物，无日不以情相接也，忘情而其害可胜数哉？

昔何晏、王弼以老庄虚无之说惑乱天下，礼教凌夷，风俗颓败，中更变乱，且数百年，故范宁谓王、何罪深桀、纣，非激论也。余既深恶乎纵情之害，而又惧忘情者之失其所以为情而贻患远，作《原情》。

原性

胡嵩龄

性也者，与生俱来者也。凡物莫不各有与生俱来之性，故蜂生而螫，犬生而吠，牛马生而负重致远，麒麟生而不杀，豺虎生而暴戾噬啮，是非作而致之也。

其气禀之生初，性即随之，如火之必热，水之必寒，有断断乎其不可以易者。人性亦然，人之生禀气受形，得阴阳五行之粹，故其性万理皆备，而其知独异于群生。性之理随气质之生而有者也，知则因性而著者也。无气质之生，何以有性？无性何以有知？故离气质而言性者，是不知其与生俱来者也。然则人之生，气质固有恶矣，孟子言性善，何也？曰人之生虽得阴阳五行之粹，然其奸恶乱逆，天所生以败世之人，亦必戾气独钟。故商臣蜂目豺声，子西知其忍。越椒狼声虎状，子文知其灭宗。此性之随气质而恶者也。然商纣至虐，听文王而除炮烙，未尝无恻隐，用文王为西伯，未尝非亲贤。太史书崔杼弑君，杼即杀之，是其心未尝不知君之不可弑也。晋惠童呆，曰嵇侍中血勿浣，是其心未尝不知忠臣之可念也。以此见本性之善，虽至愚极暴之人，未尝泯绝。

其独钟戾气而为恶者，究未尝无一二清气之存，故善性虽亡而未亡，其知亦若没而未没也。夫人有性而后有知觉，有知觉而后有情，有情而后运而为才，能尽其才，然后可以成其德业，复其本性，故欲不失其性，必先勿昧其知。知善之当为，则情乐于为善，情乐于为善，则其才不得不竭。竭其才于为善则性复，而天德隆焉，王道茂焉，作圣之功毕矣。然性之理实禀于生初之气，告子曰：生之谓性。其说非尽不是也，但其以生之气谓性，而不知其理之粹然至善，禀于生初之气者，乃谓性耳，非即可以气为性也。以气为性，则人欲横而可以灭理。以理为性，则天理尊而可以制欲。且知性之理原禀于生初之气而不由外假，则人何可以我所固有者，而弃之如遗，自灭其生理也。

原人

胡嵩龄

孔子曰：天地之性人为贵。董子曰：人受命于天，固超然异于群生。故必明于天性，知自贵于物然后知仁谊，知仁谊然后重礼节，重礼节然后安处善，安处善然后乐循理，乐循理然后谓之君子。

善乎董子之言人也，人受中天地，禀气阴阳，卓乎万物之上，其耳目手足官骸之运动，固与物殊，其心之禀气含灵，全真纳性，以配三才、立人极者，更禀之自天，而超然独异于群生者也。故天之精华聚于日，人之精华聚于心，耳目百体禀命心君。心得其职，则肫然而仁，断然而义，秩然而礼，判然而智，确然而信。随事物之接而时生于其心，运于五官百骸，措于人伦日用，以逮酬酢万变，无不宜也。一失其职，则昏惑陷溺，迷其本性，为所不为，欲所不欲。人视之若浼而已，犹昵就之也。人听之怀惭而已，犹乐道之也。噫！岂不可怪也与？

夫天之生人，固甚爱惜而保全之也。五谷鸡豚、鱼鳖鸟兽以为之食，丝、麻、枲、帛、裘、葛以为之衣，舟车牛马以代其劳，草木百药以调其疾病，宫室棺椁以安其死生。犹惧未能戢其心也，为之君师官长，以定其分，以齐其志。爵禄以劝其从，刑罚以威其淫。又代生贤圣，明道立教，以警觉其聋聩。天之于斯人，欲其善也，可谓至极尔矣。而乃亵天明，逆天命，失其所赋畀，弃其委曲成就之意，而甘于非类，岂不获咎也邪？

善为人者则不然，知吾心之性为天所畀，而必敬以复之，使合乎天也。知吾身为命所寄，而必敬以修之，使配夫命也。家修孝弟，教本也。乡崇礼让，善俗也。清白励操，洁己也。正直靖共，事君也。平恕待物，及人也。一命有济流，岂弟也。泽及四海，天下归仁也。由是性情勿漓，官骸受检，人伦笃叙，民物完安，然后可以食五谷，衣麻丝，受禽鱼兽畜之供养，为两间完人，而无负天之所以贵斯人而爱之之意也。呜乎，可不念哉，可不念哉！

原儒

胡嵩龄

晋庾爰之问范宣曰：君博通经籍，何以太儒一若以儒为颛颛守咫尺之义，而乏通方之识者？故拘滞不达，谓之儒迂。选愞畏葸，谓之儒懦。优柔弛废，谓之儒缓。引古缘饰，谓之儒文。此皆得儒之近似，以混其真，而世俗因之，以为诟病。然而儒之术终贵于天下，所以陶世范俗，非儒莫由，选贤任能，非儒莫进者，诚以儒自有其真也。

儒之名见于《论语》《戴记》，而辨在于君子小人。文、懦、迂、缓诸病，皆小人得儒之近似，以混其真者也。故宋襄学文王不禽二毛，成安君自以儒者不用诈谋奇计，此儒而迂。匡衡阿附石显，张禹不敢言王氏，此儒而懦。窦武谋诛宦官，不即收杀，王晞戎马填闾，遨游啸咏，此儒而缓。扬雄、王通依仿《论语》，此儒而文。皆不得为真儒。真儒云何？君子而已。君子据经守正而非迂，戒谨恐惧而非懦，和平温雅而非缓，服式古训而非文，故经术通于吏事，体用咸宜也。大胆出于小心，仁者必勇也。宽严得中，政教平也。华实相资，文质称也。于以禔躬范世，参三才而立人极，奚曰不然？是故董子正谊明道，诸葛澹泊明志，非迂也。陆宣公直击延龄，范文正自任西事，非懦也。司马文正力改新法，王文成急讨宸（僚）〔濠〕，非缓也。程伊川布帛菽粟，陆子静八字著脚，非文也。故由君子而得儒之真。则暗修笃实、下学上达而为醇，博究群言、淹贯六艺而为通，中和位育、赞化参天而为大，皆起于一念之为君子。故随所造就，或迟或速，或先或后，而皆可以驯至。若甘心小人之归，则虽闻见赅洽，言行修饰，人见之俨然儒者也，而所为已不堪问矣。

文、懦、迂、缓之诮，虽世以为儒者诟，然亦儒之不能尽其道有以致之。呜乎！儒而不尽其道，儒而非儒也，儒而非儒，无惑乎天下之以儒为诟也。且天下待治于儒，教化、风俗、人心出于儒，儒而不儒，则天下之治忽与，所谓教化、风俗、人心者，皆可知也。且世既以儒为诟，更恐人耻为儒，而以诈力势利相倾，区区名教防检，愈不足维持天下，而世变将不知所终。故举世之诟于儒者，皆非儒之真而不足以为儒病，然后晓然于儒之道，固可褆躬范世，参三才而立人极者也。而相与群趋于儒而得其真，庶于世教人心或有裨乎？作《原儒》。

三鱼书屋说

严正基

子咸之将生也，客有馈生鲤者三，或曰，是殆祥征也。夫鲤为鳞虫三百之长，阳数起于一而盛于三，今其兆若此，祥莫大焉。余曰：否，否，夫祥之至也视乎德，德则其祥也，非是则祥何有焉。

昔者孔门伯鱼生，鲁君赐之鲤适至，特命名以荣君贶，此孔氏之祥也，有孔氏之德则可。昔者杨伯起以学倡关西，有冠雀衔三鳣来集，占者以为鳣蛇属，卿大夫服也，三又三台象也，此杨氏之祥也，有杨氏之德则可。夫以其德如彼，天祚之以祥也固宜，而余何有焉？虽然，余愿学孔子者也，弗因祥未至而始修，亦弗因祥至而德不增修，且先子以清白吏遗子孙，尝有杨伯起遗烈焉。余虽弗类服官，亦匪敢有贰，窃念德犹未逮焉，顾敢以偶至之祥而不加勉于德乎？

咸生有十年矣，齿日长而学不加进，吾惧其为泰山之麓阻而不得升也，葱河之洳壅而不能达也，咸生勉之！抑惟毋艮其趾，毋堙其流，崛然渤然，徐以俟其至焉而已。近取三鱼之义，额其书屋而为之说，使咸知祥之归本于德，少而惕焉，长而率祖攸行，庶几德成名立，天将有以偿之，则祥莫大焉。夫有德则祥易集，无德则祥难居。外德而侈言祥征，亦非余之所乐闻也。

治蜀臆说

严正基

窃尝取蜀中全局而熟筹之，渝夔竦其东，威黎控其西，邛笮跨其南，巴阆峙其北。中贯岷江，雄关四塞。附近成都之十六州县，地势平衍，向资江水灌溉，稻粳丰殖，甲于荆扬诸州。此外亦地多膏腴，五种俱宜，盐铁榷利，贝货充溢。

武侯称益州隘塞，沃野千里，天府之土，而所在林谷奥阻，易于藏奸，居民五方杂处，无族姓联属之谊。材武争雄，其势各不相下。又不务盖藏，丰年挥霍无余，岁一不登，辄呼庚癸，则通省风气皆然，民情既易浮动，缓急实难为恃。今就见闻所及，举其患之显然易见为地方大害者，则患在肘腋者一，患在心腹者三，患在肢体者一。

何谓肘腋之患？川兵久历戎行，素称劲勇，其平居恃功骄蹇，固难驾驭，又常冀幸天下之变，以攫取富若贵。间有不肖将弁，阴为之主，持吏长短，动辄遇事生风，狼狈为奸，不惟有事难期得力，更恐乞求无厌，转滋意外之虞。且聚处城市，逼近官舍民庐，猝遇事变，难以设备抵御，其害有不可胜言者。此肘腋之患一也。

何谓腹心之患？一则土棍散处各州县地面，乘蜀中连年荒歉，一二魁杰者倡首，以吃大户为名，群不逞之徒附之，借贷米粮不遂，恣意抢夺，至酿戕伤事主重案。其时办理过于姑息，辄以饥寒所迫从轻发落，州县因解省不肯执法，亦遇此案将就了事。此辈无所惩创，常怀弱肉强食之心，比比皆是，近省地方尤甚，深为可虑。一则啯匪，伏匿川东北沿边一带，百十成群，有帽顶大五小五之称，操习拳棒刀矛，开场纵博，间赴邻近边远市镇，下帖逛会，客长度势不敌，置酒敛钱相送，秋豪无犯，否则拔刀相向，肆行抢夺，必饱其欲而后去。始虽乌合，继渐鸱张，嘉庆年间教匪之变，此辈相助为逆亦复不少。虽经剿除净尽，而此风犹未尽熸。一则烟枭来往川南，凡毗连滇省地方，纠众取道兴贩，其烟购之阿瓦司，一入川境，常有数十倍之利。每起或数百名、千名不等，常以两人执持鸟枪刀械，护卫烟挑一名，州县虑及拒捕伤差，莫敢谁何。虽此辈现未滋事，而人数既众，易聚难散，殊为内地隐忧。此腹心之患三也。

何谓肢体之患？川西南接壤各夷，沿边文武员弁，或用非其才，加以饥馑洊臻，夷中谋生无资，控驭稍失机宜，因而启侮肇衅，在所不免。即如川南一带夷匪，连年扰害边圉，老师糜饷，迄无宁宇，固由峨、叙、马、雷各厅与夷境犬牙相错，地面过于窎长，难以处处防范。内地汉奸及附近之熟夷，暗相勾结，于无备处伺隙劫掠，彼此分享其利而然。亦由地方文武，平日不能恩威并用，思患预防，临时又无应变制胜之略，以致边民受其蹂躏。此肢体之患一也。

夫天下之患，莫切于肘腋，莫大于腹心，而肢体次之。患在肢体者，每发速而祸小。患在肘腋与腹心者，每发迟而祸大。惟明智者先事而为之防，则患可以常弭，而国计与民生不至两受其害。愚以为约束兵丁之要，在于服其心，而兵心之服，尤在于将弁得人，神其驾驭之方，使之慑服而不敢逞。但此辈起自行伍，不必人尽可靠，惟有明定劝惩之法，察看将弁中有能整顿营务，使所辖部下兵丁守法，而又技娴艺熟者，优予升调，以奖其劳。傥或纵容兵丁滋事，或阘茸不能戢伍，以致扰害地方者，亦严行降革，以示惩儆。至兵丁应领钱粮，不准将弁率行克扣，考补缺分名粮，亦不准将弁得贿滥放，违者严绳以法，庶兵丁无所借口。再饬将弁于所辖兵丁，设立功过二簿，将平日当差勤谨、技艺精娴者，分别大小记功。其酗酒打降、赌博滋事者，亦分别大小记过。遇考补缺分名粮，记功者以次首先拔补，记过者按照过之大小扣除，一二次后始准与考，复以军诫及圣谕广训，于朔望集众宣讲，俾知遵守法度。又平时察有曾历行阵、晓畅营务者，密折登载，以备有事调遣。忠勇廉干之员，加以恩礼，为各营将弁矜式。

将心既得，士气自驯。蒋襄平相国制西川日，因标兵屡次在省不法，奏请移驻绵州等营，以分其势。将弁之劣迹尤著者，严行斥革，以儆其余，一时营伍帖然。大约将兵不外将将，果能用当其才，赏罚严明，即有悍将骄兵，亦不能摇惑已固之众心而相从为变，则肘腋之患不足虑矣。愚又以为，治新起之贼，利于神速。土棍因饥抢夺，众方涣散，事易震惊，乘其凶焰未张，急应购捕渠魁，立置重典，以示严惩。其有被害村庄，谕令力能捍御之绅耆，纠集丁壮堵缉，并准格杀勿论。一面出示晓譬余党，开陈利害，俾令投首者得以免罪，再设法赈贷兼施，以收辑未经附贼之众。倡乱者显罹刑章，守法者获邀恩恤，其党自当解散，不至复聚而为乱。

若啯匪则啸聚日久，其交已固，其锋莫撄，非多树之敌，合力以攻，断不能弭其豨突之势。除在官兵役□乡地例得捕斩给赏外，应令沿边窎远村庄，彼此守望相助。遇有啯匪行劫，邻村相机协力抵御。有能擒首伙贼匪，准予格杀勿论，同兵役一体给赏。又此辈本以利合，非真有固结不可解之势，一经败衅，亦易设间构离，如伙贼能缚元恶投诚，或斩首级以献，准免治罪，仍照格给赏，并收其枭杰者入伍效力，湔濯录用，俾有系恋，则贼党自相携贰，为我用而不为贼所用。又将不击而自散矣。

至烟枭虽结大队来往，非如土棍、啯匪之扰害地方，不至为人憎恶。兼有阴食其利而为之耳目包庇者，是以治办更难。盖因近年禁烟愈严，立法愈峻，若辈心惮官府之缉拿，又虑土豪之刁留磕诈，结伙出外兴贩，执持凶械自卫，遂至变贩而为枭。然所过豪无侵犯，交易厚给价值，民人利其遄行，既不愿拿，伙党人数既众，率皆亡命之徒，复推有气力者为首，号令一而人心齐，兵役畏其拒伤又不敢拿。且赍货最轻，牟利过巨，较之私贩盐斤，尤为携带甚便，探听防范，稍疏地面，迂道兼程行走，即有严明有司，亦不能越境截拿。然则如之何而后可，计惟有责成地方文武，厚结邻近州县营汛，平日联络一气，不分畛域，遇有大队烟枭过境，星速暗通消息，虚声以恫之，伺间以击之，狙伏要隘以邀之，俟其四散奔窜，或合力兜拿，或分段截擒，即不必全行俘获，而一经大创，亦不敢肆行无忌，公然出没境内。再于销售鸦烟口岸地面，严密稽查窝囤窑户，跟踪搜捕，照依新例严办。仍须参用盗匪投首之例，稍贷鲸诛，不令结成死党，纠纷莫解，庶烟枭知显戮在前，自新有路，闻风相戒敛迹，或不至愈聚愈众，致滋别项事端，则心腹之患可以渐消矣。

愚又以为，制外夷之内犯，在于杜绝乡导之人，使彼无由知我虚实，亦不敢深入为患。夷匪本无长技，前此导之使来，频频得利，是以势愈猖獗，若能断汉奸、熟夷之勾引，即可以制其死命，而操纵惟我。闻雷波刘别驾耀庚，与同城武弁同心协力，激厉团练义勇之乡绅，将熟夷向通夷巢路径，堑山堙谷，不令往来，常率兵勇，巡逻防堵，夷匪不敢窥伺厅境，是其明征。现在沿边添筑碉卡，调兵驻札，梭巡守御，不为不周，但地介荒僻瘠区，购食维艰，似应于额领粮菜之外，稍加津贴，俾兵丁不至借词枵腹，庶免他虑。至绅民结寨，团勇自卫桑梓，若鼓舞适宜，较之外调兵丁，更为得力。昌黎有云：征兵盈万，不如召募数千。为其谙悉险阻，进退无虞，保护身家，死生惟命也。客兵必资义勇为掎角，而哨探始明。义勇亦借客兵为爪牙，而声援益壮。主客之气须联战守之心方一，若夫用间用谍，则李牧之制匈奴，虞诩之平朝歌，沈希仪之定瑶贼，诸法皆可变通用之，而其要在于遴简文武厅营，其人实有干才可用，推诚委任，毋以文法相绳，使得各尽其长。又复筹画经费，俾令敷用。既无掣肘之虞，自奏克敌之功，则肢体之患又可永纾矣。

夫肢体之患不治，其极不过痿弛而止。腹心之患不去，则日久成为锢疾，犹可以苟延旦夕。肘腋之患不除，则祸发于崇朝而躯命随之，相病证之缓急轻重，以次处方投剂，所患自当霍然。

至于培养元气，保固根本，则择守令，兴水利，筹积贮，培学校，饬武备，又所当及时绸缪者。正基足迹未履川境，不过得之望闻而究少问切之功，于现在办理夷务一切情形，不能洞悉本末，容难胥中肯綮。钧阁洞垣一方，采择而施行之，措置岩疆，安如磐石，蜀人之福也。

知人

黄浩为

经曰：君子畏天命。弗知天，恶能畏天。弗知人，恶能知天。夫人身犹天也，天之大数止于十，人生一月而膏，二月而肤，三月而胎，四月而肌，五月而筋，六月而骨，七月而成，八月而动，九月而躁，十月而生，合于天数也。

在天为命，在人为性，在天为阴阳，在人为柔刚，在天为五气，在人为五常。头圆以象天也，足方以象地也。天有四时，人有四肢，一肢三节，三四十二，十二节相持而形体立矣。一时三月，三四十二，十二月相受而岁数毕矣。岁数三百六十六日，形体三百六十六节，大节十二，副月数也，小节三百六十六，副日数也。心有计虑，副度数也。行有伦理，副天地也。九窍副九野也，六腑副六气也，五脏副五行也。肝木脏也，心火脏也，脾土脏也，肺金脏也，肾水脏也。肝主喜，喜气取诸春。心主乐，乐气取诸夏。肺主怒，怒气取诸秋。肾主哀，哀气取诸冬。故肝为风，心为日，脾为雷，肺为气，肾为雨，以与天地相参也。

掌之圆也，法天以运动。指五法五行也。大指属土，食指属木，当春。中指属火，当夏。无名指属金，当秋。小指属水，当冬。土居中央，为万物之母，至尊。婴孩初生，拳大指于其掌，中央之象也。冠众指而巍然，至尊之象也。春秋日长短，同食指、无名指相若，春秋之象也。夏永冬短，中指极长，小指极短，冬夏之象也。目之乍视乍瞑，昼夜之象也。鼻之乍呼乍吸，消长之象也。故曰身犹天也，数与之相参而命与之相连也。夫天地之道，至纮以大，尚犹和其阴阳，顺其五气，正其四时，罔有乖戾。风雨以时，百物以遂，人秉其灵，矧敢多悖！

欲百体之载荣，必五脏之胥调。欲五官之当职，必真宰之永昭。血气化乎风雨，喜怒答乎寒暑，精神通乎造化，气志弥乎六宇。睹元神于屋漏，载帝命于出王。以四时为纪，以阴阳为纲。

遹守五常，遹协柔刚。穷理尽性，以至于命。音明。此之谓知人，此之谓知天。音汀。

屈贾像说

黄本骥

长沙岳麓山有屈子祠，道光八年，刻屈、贾二像立石祠中。余各为之说。

《屈子像说》曰：雯山阙岚丈，以丹青名于时，为仙佛鬼神形状，尤擅吴道子之长。戊子春正月，诸城王香杜太史金策、新化邓湘皋学博显鹤、宁乡黄本骥集同人于岳麓祠，为三闾大夫作生日。雯山与其会，见塑像以为不类，慨然曰：大夫以忠死，以《骚》传，像祀于此宜也。余客湖湘二十余年矣，写生其所习，不可不以是役自任。因谓本骥曰：君博雅士，生长湘中，大夫之年貌冠佩，必有详考于平日者，幸以教我，庶像成不致为士林所笑。本骥按《史记》本传，未载其生卒年寿，自张仪以六里绐怀王，至项襄王听子兰之谗，而大夫被放。以《六国年表》考之，其间不过十余年事，前后不得而知矣。《楚辞》《离骚》亦仅述其降生于摄提之岁，孟陬之月，庚寅之日，其月日为楚之何王何年，固未之及。即其自投汨罗，亦不知在项襄之第几年，无从臆度也。惟《九歌》曰：老冉冉兮既极。《九章》曰：年既老而不衰。《戴记》谓七十曰老。则大夫之卒必非壮年。《渔父》篇曰：颜色憔悴，形容枯槁。其貌必瘦削而黧，忧世之心有见于面者。《涉江》篇曰：带长铗兮陆离，冠切云之崔巍。被明月兮佩宝璐。而《离骚》亦曰：高余冠之岌岌，长余佩兮陆离。则其冠必方屋而高，岌岌然有切云之象。长铗其佩剑，明月、宝璐其杂佩之珠玉也。大夫之年貌冠佩可知者如此。若夫纫兰作佩，制荷为裳，驾青虬而乘赤豹，骚人托喻之辞，未可据为典要。其行吟泽畔，搔首问天，幽忧抑郁、无聊不平之情状，又有惊才绝艳、志洁行芳、皭然不滓之态。流露于衣冠瞻视之余，是则颊上添豪，惟吾丈之笔能传之，非善考据者所能历言而求肖也。

文翁学舍武梁石室，昔人固以画像传矣，要皆于千百年后想像为之，未必确有所据，至今赏鉴家以拓本为珍藏，未有或议其面目之不能神似者。盖求肖于貌，不若求肖于神，吾丈试据案伸纸，闭目凝思，若与唐勒、景差、宋玉之徒，杂然共侍于大夫之侧，然后放笔为之，无不神似，不尔孙叔敖虽复生，优孟不能肖其万一也。衣冠云乎哉！

《贾生像说》曰：雯山阙丈既作《三闾大夫像》，曰：屈、贾二子皆有遗迹在长沙，屈有像，贾可阙乎？属本骥并考太傅生卒，将图诸石以三闾配。按：太傅之生不见于史，本传载其卒年三十三，为齐文王薨前之四年，以《诸侯年表》推之，为文帝十二年癸酉，逆推而上，三十三年为高帝七年辛丑，其生卒可得而知矣。传曰：年十八为河南守，吴公召置门下，由高帝七年至高后五年，为十八年，文帝初立，召以为博士。由高帝七年至文帝前元年，为二十二年，故曰年二十余，最为少也。岁中至大中大夫，则二十三矣。为长沙王太傅三年，而作《服鸟赋》，赋曰：单阏之岁，四月孟夏。单阏，卯岁也。文帝六年，岁在丁卯，太傅来长沙已三年，则以四年乙丑来长沙。长沙王者，文王吴芮之元孙，靖王差也。时差袭封二年，太傅年二十五。赋服后岁余，帝复征入，则以八年己巳去长沙，为靖王差之六年，太傅在长沙凡四年，去时年二十九，是年拜梁王太傅。梁王者，帝少子怀王胜也。胜封国十年，于文帝十一年来朝，坠马死。太傅在梁凡三年，时年三十二，后岁余亦死，其年为三十三。夫颜子以三十二而为亚圣，贾生以三十三而为通儒，人贵自立，不以年限也。《治安建策》固可与日月争光，然其在长沙才四年，《吊屈原赋》《服鸟》外，未见他作。

太史公至以同死生，轻去就，与屈子合传，千载以下，如刘长卿、戴叔伦之流，过长沙访故宅者，未尝不想见其人而咏歌焉。彼绛、灌之功名何在？顾以年少短之哉！是像不可阙也，因书以复之。像成附刻其末。

幕友说

陈必宁

入幕之宾，自古有之，所以补裨政术，匡救阙失，其次亦以子墨客卿司飞书驰檄之任，皆以佐治也。然古人学古以入官，通经以致用，不但洞悉治术，以期好恶之洽于民心，即六曹庶务，皆宜谙练，而刑法为尤要，故昔之官人法，身年之外，兼取书判。后代试士法，制艺之外，亦用表判书。表所以观其文理，判所以验其听断也。

今时则不然，揣摩入彀，惟在八股试律，亦且不必兼工，乌论治术！八股求之时墨，先正且不及涉猎，何论经史！洎夫弋获以登仕途，则钱谷、刑名一切资之幕友，主人惟坐啸画诺而已。然而幕友中未尝无学识之士也，其称名幕者，大氐天资高，读书多，洞悉时务，而又能立品，不可轻屈，非隆礼厚币不能致。故业此者常挟其具以骄人，然其具犹可挟也。

及其敝也，子弟不能读父书，学徒不能继师业，人以其出自匠门，而又得有力者为之推毂，其具无可骄而骄自在也。迨馆谷既丰，饱暖生欲，妻妾之奉，宫室之美，往往轶官而上之。官有黜陟，幕无黜陟，官有赔摊，幕无赔摊，故官多绌而幕多赢也。然则幕之可为不甚于官乎？曰：非然也，张子不云乎，富贵福泽，所以厚吾之生也，贫贱忧戚，庸玉汝于成也。忧戚非忧贫伤贱之谓，谓忧勤惕厉，动心忍性，增益所不能，以任世事也，岂有持尺一之本，墨守死法，以毕乃事？

巧者工为避就，狂者妄操生杀，玩视生民，愚弄居停，而欲以是康其身，养育其子孙，有是理乎？其早拥厚赀，不旋踵而困饥寒者比比然也。然则幕之不可为不甚于官乎？曰：非然也，幕与官一也，能学古通经以端其始，持盈保泰以善其终，官可世，幕亦可世也。若其未尝从事诗书授受，摘钞律本以为遵守，不复更事推求，又复性耽饮食宴乐，其于民事，以隙治之而已，若是者，则未见其可为也。

师说

汤鹏

韩愈曰：弟子不必贤于师，师不必贤于弟子。闻道有先后，德业有专攻。今也不然，其先生曰：如是焉则是，不如是焉则非。而弟子退然服矣。其弟子曰：如是焉未必是，不如是焉未必非。而先生拂然怒矣。推弟子之所以退然服者，若曰吾先生也，迹之也。推先生之所以拂然怒者，若曰吾弟子也，亦迹之也。先生以迹教弟子，弟子以迹事先生，是以先生无不智，弟子无不愚，先生无不贤，弟子无不否也，而岂理也哉？

天生民，而立之君以长之，立之师以教之。长之云者，非曰莫予违也。则夫教之云者，亦非曰莫己若也。万事万物之理，人与己交备焉，则人与己交尽焉，彼未必尽昧，而此未必尽明也，彼未必尽离，而此未必尽合也。故古之学者，其自视常若有不足，而于人不敢有所轻。师弟之间，湛然相与，无迹之见，而一出之以学问之意。借端起例，以发其情。推此测彼，以伸其类。反覆辨论，以衷其是。参伍错综，以尽其藏。其所以为学，与其所以为教，盖如是其不苟也。孔子曰：起予者商也。又曰：回也，非助我者也。孟子曰：子归而求之有余师。夫曰起，曰助，曰有余云者，其谓教与学相益也，非以相胜也，相导也，非以相难也。故曲而尽，简而平。

今之人万万不及孔孟，而其意气、其梗概乃反过之，君子讥焉，曰：此其为师也，意气焉已耳，梗概焉已耳。意气梗概之师，果可以教天下哉？

遇蛇者说二

刘岳轩

余始为《遇蛇说》，未悉夫事之颠末，故极叹吾兴伯之弱，且于蛇无怪焉。迨悉其详，兴曰：方吾之遇蛇也，林间一吼，冲面而来，摇头吐舌，横曳于空，吾自分危矣，乃跪而请曰：汝蛇即暴，必杀有罪者而后可，吾此生无深孽，胡遭此不祥之罚？傥陷于不知，暂免吾归后，虽死而无悔。不去，又厉声致词，谓吾有刀在手，汝虽噬吾，吾亦杀汝，两败俱伤，安所利之？而蛇仍如故也，不得已低首下心，诵《救苦经》二遍，复诵《高王经》二遍，蛇乃退，据杉颠，伸如匹练，然余怒未息，尚瞰余而欲噬者。然而吾且行且睨，稍远则绝尘而奔矣。此兴所以得有今日也，佛诚善护人者哉？

而吾谓不然，何者，天下惟理足以屈万物，惟气足以伸万物，理直气壮，虽猛物亦避其锋。当其与蛇相持，皇皇然自审其生平，是即古人遇灾而省之意也，而诵经奚为者？昔韩退之之驱鳄鱼也，始责以义，继示以威，而鳄鱼避之。蛇岂猛于鳄鱼者邪？故吾谓蛇之去也，以兴之能以理谕也，以兴之能以气伸也，其不去者，殆欲观兴之自信其真与否，自恃之坚与否，至其去而止，止而顾，应亦怪兴之能以理谕乎？能以气胜乎？而何为又以术愚予也？

斯时也，兴以蛇为怪，安知蛇不以兴为怪乎？且是蛇固无足怪者，使蛇而竟杀兴也，则怪之，怪其不可以理谕也，怪其不可以气胜也。如第曰蛇之形怪也，蛇之飞怪也，彼山经海志形形色色、生来未有之奇，从古不经之事，并出其际，又乌知物之怪不更有甚于此蛇者邪？然则吾将怪兴而不怪蛇乎？则又非也，蛇不足深论，而兴之事则有系于人心。使兴而能如韩之驱鳄，且能如韩之谏佛骨，见怪不怪，而复以怪息怪也，讵非吾道之幸乎哉？

息壤说

张瓒昭

《山海经》鲧窃息壤云云，原与《洪范》《国语》《祭法》之言鲧者同，非不经也。

自晋郭氏以土自长解息壤，取汉元帝时临淮地长为征，而异说起。及唐时永州寺僧，夷古冢为堂，夷而复起，柳子厚援郭氏息壤注以文饰之，永州遂以有《息壤传》。于是为《战国策》息壤注者，又牵合柳说而引伸之，以为息壤不独秦有而异说彰。至宋王旭在荆州，误认江陵旧埋石屋为息壤，作之记。而苏子瞻又作《息壤》诗，高荷又作《息石》诗，各有序以相夸，而以讹传讹，所谓字经三写，焉乌成马，其将伊于胡底。

自我言之，畎浍距川川达海，泥沙石砾，随流而下者多，海天同体，岂能容此？此盖仍随泽气上附于地耳。土之长以此，今江湖中深莫测，忽焉洲起，高出水上，岂尽水之所壅乎？历考史书所载，如临淮地长之类，不一处，指为息壤，未为不可，特不可以为《山海经》帝之息壤耳。

然则帝之息壤云何？曰用修杨氏《丹铅摘录》云。《说文》：壤，柔土也。帝之息壤，盖指桑土、稻田可以生息，皆君所授于民者。鲧治水不顺水性，力与水争，决耕桑之畎亩，坊淫潦之洪流，故曰窃帝之息壤以堙洪水。此解出而后《山海经》无不经，解人固如是夫。

寄竹山人说集禊帖字

唐李杜

今夫天地之大，古今之殊，同此寄也。风日寄于天，山水寄于地，此寄之无终极者也。

情寄于言，情尽故言尽。言寄于文，言尽故文尽。曲寄于弦，曲尽故弦尽。此寄之有终极者也。或寄于有形，或寄于无迹，有形者可以寄目，可以寄足，无迹者可以寄兴，可以寄怀。一时之寄寄也，终日之寄亦寄也。一岁之寄寄也，万世万古之寄亦寄也。昔之所寄，至今日已无矣。今之所寄，至后日又无矣。一人寄之不为少，群生群类寄之不为盛。寄之为言大矣哉！

人日寄于天地古今之间，固不若风日山水之无终极，犹不自知其为寄，或仰以悲，或俯以乐，不亦妄与？若夫既以为寄，是随地可寄也，随时可寄也，随事可寄也，今有取于寄竹，岂无故哉？夫竹与人同寄于天地古今之间者也，竹寄于天地古今，人寄于竹，岂人犹不竹若与？不然人无可寄，故因竹以为寄与？夫寄者，暂也。人之在天地古今，一暂然事也。寄者，托也。人不有天地古今，将无所托也。故云寄也。竹寄于天地古今，人又寄于竹，是寄之又寄者也。

知竹与人同寄于天地古今，又知人之寄于竹，有所以寄于竹者，竹之外将一无所寄矣。竹之外一无所寄，斯得其所寄矣。得其所为寄，以视风日之寄于天，山水之寄于地，同此无终极可也。由是寄于言，寄于文，寄于弦，随地，随时，随事，亦无不可也。能知其所寄者，其寄竹山人之怀也夫。

楷竹说

成毅

虎臣诸子，以严谨之笔写小丛竹，细瘦不盈半筋，间以岩石，望之蔚然深秀。谛视笔意腕劲而气和，笔锋着纸，廉利深稳，自署曰楷竹。

其友人成毅见而说之，曰：楷本木名，竦直疏秀，王次仲作正书以此名之，后人专目近体为楷，其实籀文、篆、隶并是古人楷法，飞白、章、草则又楷之变焉者也。人知易真书为飞白、章、草，则知易章草而为兰，为梅，为松，为竹，无二道也。推之凡作金碧楼台，皴染山水，刻划士女，钩勒花卉，假令并用楷法出之，如晋人作字，一波一折，具有精神，则其所为小品，必有远逾于常格者。然其事倍难，惟静者心知其意，可以仿佛得之。

大凡涉笔不得楷法，不足成家，极其微妙，与性情通，知之而必俟乎习，习之而必俟乎养，养之久而弗忘弗助，几于自化，庄生所谓承蜩、累丸、解牛，胥是道也。推之琴，推之射，二者盖与用笔同焉，皆可以观道妙者也。而其法并昭于严谨，是故君子之志于道也，则务为楷人，而其成必资乎学。

杂说四

成毅

士人服官，亦惟谨守朝廷法制禁防而已，然而法制备，禁防周，及其敝也，便于小人而不便于君子。夫其所以为之法制而禁防者，盖曰君子恒少，小人恒多，则吾为之定制而划一之。不问其人之为君子与小人也，行吾法焉已尔。

顾事未有行之百年而无弊者，故君子循法，而常不足以展其才。彼小人者，则曰法固如是而已，其得与失，非吾所能知也。于时君子日劳，小人日逸，积之既久，形隔势禁，相率举其成法而尽弛之，小人乃渐奋其私智越而轶焉，而转足快人意，于是法制禁防乃遂不可问矣。且夫君子守其仁义之本心，则多所顾畏，即荡然无所禁防，而其小心敬慎，常若有所制焉，而不敢逞，是惟听其因事措置，不为限量，则思虑周密，操纵在心，即可随其才之大小，任之轻重而皆足以自见。

今一切窘之以法，是即豪杰之才，亦无异于庸众。至于势且不行，其事未必不可稍为变更，而不变者且随而议其后，君子于此，苟且迁就，救过不遑，故能轶法度而建功名者，往往不能得之于平世也。小人异是，彼其恣睢桀骜之气，阴贼险健之智，营私自便之心，固皆足以肆然自为，则方幸吾法之密也，而知所以禁防之者，止于是焉，此外不得而我议也。

彼其私心所营度者，乃即常在吾法之内，而又习知法之所行，事必不济，则且故为驱迫，或怠缓焉，以俟其法之敝。及其败而思所以易之不能，而其桀骜恣睢之气，阴贼险健之智，皆足起而中之，以便其私。故凡君子之所由之而重困者，皆为小人之所公然越之而不可以究诘者也。于是猾吏奸胥，行私罔上，牵缠轇轕，君子方将借以苟且目前，势且不得不相与为掩覆，故为君子所不便，而乃愈为小人之所甚便。然而吾于世之所谓君子则犹有说，今夫善恶、义利、邪正、公私之辨，此如泾渭两水，判然不可相人，又如方舟并进，必不容以一身而两御之。

读书之士，知自好者十得八九，顾恒不能委曲成就此心，其终至于同流合污，而不克以自拔，无他其术疏耳。夫当其闭门读书，亦常习闻仁、义、忠、信之说，然而确然有所自得，而遂从而谨持之者，盖亦寡矣。而其精神敝敝，语言文字之外，无他及焉。则凡所为识人情，察物理，审时势，如此而得，如彼而失，曲折变幻，近在日用耳目之间，而皆以此为非吾事，然且挟策干进，贸贸然来，亦既遂能得之，私愿已足，且不自知吾身将为何事。夫由其仁、义、忠、信之说所习闻，而既不可磨灭，丧其本心，而其所为祸福利害之说，持之不能自坚，及夫骤然身撄世务，则愈摇摇无所自主。是则清浊之界，固犹未能判然先自划定，而其才力又常不足济之，何则，先时既未经历世故，讲明切究，则于一切诪张变幻之术，试之当前，茫然莫辨。于是而不颠倒俯仰，身为傀儡者鲜矣。夫既傀儡登场，任其提掇，于是猾吏奸胥，皆得从而诱之，即皆得从而制之，而况乎法之所在，往往牵掣，不尽可行。顾畏愈多，竭蹶愈甚，此其所以左顾右盼，相牵而出于一术也。然则君子始苦于自困，终蕲于自快，则亦丧其从前所守而弗恤尔。且夫上之所以莅下、寡之所以胜众者，正直以持之，明通以照之，公溥以御之，使夫畏而爱焉，敬而服焉，故能语之而必信，令之而必行，禁之而必止，而后帅以从事，指挥如意，反是则异，是将何道以济之邪？

大率小人之尤者，其机必快，其手必辣，盖由径窦习熟，胆气久壮，而又可以冒然公行，无所忌惮。夫欲小人有所忌惮而不敢以冒然公行，此无望其发于天性，禁于宪典，直恃君子之才之足以驭之耳。是故猾吏奸胥所以敢于侮其主者，亦为有所尝试而知其人之易与也。而小民视此矣，是故服小人以德，御小人以才，二者缺一不可以为政也。然则非尽法制禁防之足以困君子而便小人也，亦为未有裕乎其本以待之者。

湖南文征　卷二十三

说六

原律吕说

邱之稑

尝读邵子《皇极经世》书，而叹律吕之循生不已。与其往而不返，莫非天地自然之道也。律以黄钟为本，黄钟一阳应候，而得天数之始，管长九寸而备天数之终，故气应冬至天开于子是也。

是月也，复为辟卦，自《复》一阳。历《临》《泰》《大壮》《夬》《乾》，所谓阳生于子，极于巳，而黄钟、大吕、太簇、夹钟、姑洗、仲吕应焉。自《姤》一阴，历《遁》《否》《观》《剥》《坤》，所谓阴生于午，极于亥，而蕤宾、林钟、夷则、南吕、无射、应钟应焉。此阴阳之一大辟阖也。邵子曰：无极之前阴含阳，有象之后，阳分阴也。阴为阳之母，阳为阴之父，故母孕长男而为复，父生长女而为姤，是以阳起于复，阴起于姤也。又曰：乾坤为大父母，复姤为小父母。先儒谓同位娶妻，隔八生子。余谓生子固隔八，娶妻非同位，乃对冲之辰。试以阴阳交媾、律吕相生之次言之，黄钟生林钟，实由复一阳与姤一阴交，下生遁之二阴，遁六月卦，林钟六月律也。林钟生太簇，实由遁二阴与临二阳交，上生泰之三阳，泰正月卦，太簇正月律也。太簇生南吕，实由泰三阳与否三阴交，下生观之四阴，观八月卦，南吕八月律也。南吕生姑洗，实由观四阴与大壮四阳交，上生夬之五阳，夬三月卦，姑洗三月律也。姑洗生应钟，实由夬五阳与剥五阴交，下生坤之六阴，坤十月卦，应钟十月律也。夫论消息之理，阳极于巳，阴极于亥，几不可以再生，然相生之数不穷于亥者，乾阳也，生道之始，无遽绝之理也。以坤之顺，交乾之健，则阴阳之气复息，故应钟生蕤宾，实由坤之纯阴变阳，与乾之纯阳变阴交，上生姤之一阴，姤五月卦，蕤宾五月律也。蕤宾生大吕，实由姤一阴与复一阳交，上生临之二阳，临十二月卦，大吕十二月律也。大吕生夷则，实由临二阳与遁二阴交，下生否之三阴，否七月卦，夷则七月律也。夷则生夹钟，实由否三阴与泰三阳交，上生大壮之四阳，大壮二月卦，夹钟二月律也。夹钟生无射，实由大壮四阳与观四阴交，下生剥之五阴，剥九月卦，无射九月律也。无射生仲吕，实由剥五阴与夬五阳交，上生乾之六阳，乾四月卦，仲吕四月律也。此娶妻生子之奥旨，即男女媾精、万物化生之妙义也。至是而仲吕将复生黄钟乎？曰：不能也，生生之数，止于此也。如先天卦之序，乾数始于一，坤数终于八也。如先天图之象一，一始于南，八八终于北也，所以往而不返也。按之律吕相生之数无不符，推之阴阳消息之机无不协，则黄钟为十一律之本，而不受生于十一律，尚何疑哉？

先儒只知娶妻生子之略，而不明律吕所以配月卦、分阴阳之理，为天地自然之机，故终不能制器审音也。或曰，如子之说，阴阳之理，其终有穷乎？曰：否，物穷则变，变则通，通则久，《易》之义微矣哉！

按：《京房》因仲吕还生黄钟，不及原数，创立执始等名目，转生四十八律。杜佑《通典》本此，以仲吕不尽之筭，三分损益，再生黄钟以下十一律，为变律。蔡西山《律吕新书》本《通典》节取之，以黄钟、林钟、太簇、南吕、姑洗、应钟六律为能具足定为变律，且曰应钟之实，又不尽一，筭数又不可行，此变律之所以止于六。又谓变律止于应钟，虽设而无所用。窃谓设无所用，有不如无，即以变言，古来论乐者，只五正声，之外有变宫、变徵。律至仲吕，不能还生黄钟，实阴阳消息之机，天地自然之理，历千古而不能变。诸说于此，是为节外生枝，究于音律，豪无所补。备举于兹，其失自著。

五声六律十二管还相为宫说

邱之稑

昔皇帝使伶伦自大夏之西，昆仑之阴，取竹于嶰溪之谷，以生而空窍、厚薄均者，断两节间而吹之，以为黄钟之宫。制十二筒以听凤凰之鸣，其雄鸣为六，雌鸣亦六，以比黄钟之宫，而皆可以生之，此声律之所由始也。

《虞书》曰：同律度量衡，曰声依永律和声。又曰：予欲闻六律、五声、八音。《周礼》：太师掌六律六同，以合阴阳之声。皆文之以五声，播之以八音，想见虞、周盛时，制作大备。秦汉而降，乐经残缺，声律之道微矣。其散见诸书者，莫如《戴记·礼运篇》五声、六律、十二管还相为宫之说，为得古人制律之精意。夫声有正，亦有变，正者何？宫、商、角、徵、羽五声也，变者何？变宫、变徵二声也。言五声者何不及二变？二变不可统五声，五声可统二变也。羽、宫之间，收一音曰变宫，角、徵之间，收一音曰变徵，虽名为变，近于宫前徵前，故仍不离乎宫、徵之名，不离乎宫、徵之名，因有以淆乎宫、徵之音，故合之虽七，而用之则五也。用之则五，而还之又不可无其七也，故五声成调，二变禁用。如黄钟宫声主宫变，宫变徵当二变之位，不用太簇。商声主宫，正宫、正徵当二变之位，不用是二变，用而五声中有不用之二变，二变不用，而五声中又有时出变宫、变徵而兼用者。此言五声可以知其统二变也。

何曰律？黄钟、太簇、夷则、无射也。言六律者，何不及六吕律阳也，大吕、夹钟、仲吕、林钟、南吕、应钟，阴吕也。阴吕不可统阳律，阳律可通阴吕也。故《周礼》谓六吕为六同，《国语》谓六吕为六间。吕其体也，间其位也，同其高下之情也，阴助阳而理无成有终之义也。故天子之乐，黄钟主宫而六律从之，诸吕不敢以上僭。诸侯之乐，大吕主宫而六吕从之，诸律不至于下移。无他，阴阳之道，立君臣之分严也。此言六律可以知其统六吕也。

合律与吕言之，所谓十二管也。且夫律固可以统吕，而阳终不可亡阴。郑氏康成曰：六律合阳声，六吕合阴声是也。然则律有五声，有二变，吕亦有五声，有二变，阴阳各备正变，合之凡十四声，而管仅十二，何也？管仅十二，五正而外，蕤宾、林钟为变徵，而变宫之声独缺焉。缺可乎？不可也。律吕止于六，损益相生之数，往而不返。至仲吕而终穷，非可缺也，无其位也，无其位将求变宫于律吕内乎？抑求变宫于律吕外乎？求变宫于律吕之内而无其位，无怪阴阳错杂。如汉唐以来，律家以应钟为黄钟宫变宫，以黄钟为大吕宫变宫，夫应钟阴吕不能变黄钟之宫，黄钟阳律不能变大吕之宫，不变强以为变，虽律家变之而律终不变，律不变是求变于律吕之内，而应、黄之清浊各判者，两不与相谐。求变于律吕之外，而仲吕之损益相生者，不能尽其变。求之不得，意者其在不内不外之间乎？何谓不外不内？取声之法，莫妙于半律三，半吕三，倍律三，倍吕三，三而六之，六而二之，合六律十二管，为二十四管，以十二管之律合之，得二十四管之多，由是以一而神体与本管各殊，其长短以两而化声，与本管别具乎高低。长短殊，高低别，而后七声生。七声生而后变宫出，变宫出而后还宫之义著。还宫之义著而半倍之，体裁仍不出律吕之法度。不出律吕之法度，则二十四管不啻十二管。不啻十二管，故不曰二十四管，只曰十二管，亦犹言五声而二变在其中，言六律而六吕在其中也。孰三半，孰三倍？律莫长于黄钟、太簇、姑洗，吕莫长于大吕、夹钟、仲吕。半律半吕者，谓折此三律三吕之管而半之也。

律莫短于蕤宾、夷则、无射，吕莫短于林钟、南吕、应钟，倍律倍吕者，谓加此三律、三吕之管而倍之也。半管之音，较正管本音低一律，倍管之音，较正管本音高一律。故以正宫、清宫言低一律者，半黄钟、半大吕之管，不应黄钟大吕之宫音，而应倍无射、倍应钟之变宫音。半太簇、半夹钟之管，不应太簇、夹钟之商音，而应黄钟大吕之宫音。半姑洗、半仲吕之管，不应姑洗、仲吕之角音，而应太簇、夹钟之商音。按：唐宋言乐者，昧于制律之源，谓四半管为四清声，不审音律之协不协，竟以半黄钟应黄钟，为黄钟清声。半大吕应大吕，为大吕清声。半太簇、半夹钟亦然。至以其音过高，直目为郑卫之音者，更属于理无当。夫郑卫之音，自当以词之淫靡分，不当以声之高下别。风诗具在，较然不爽。高一律者，倍蕤宾、倍林钟之管，不应蕤宾、林钟之变徵音，而应夷则、南吕之徵音。倍夷则、倍南吕之管，不应夷则、南吕之徵音，而应无射、应钟之羽音。倍无射、倍应钟之管，不应无射、应钟之羽音，而应半黄钟、半大吕之高变宫音。不应本音，何其故？由于管体之半其长倍，其长而未半其径倍，其径所以与正管本音不相应，而七声之所从生也。故曰七声生而后变宫出，变宫出而后旋宫之义著焉。

今就阳律十二管以黄钟主宫言之，倍蕤宾居下徵为第一位，倍夷则居下羽为第二位，倍无射居变宫为第三位，黄钟居宫为第四位，太簇居商为第五位，姑洗居角为第六位，蕤宾居变徵为第七位，夷则居徵为第八位，无射居羽为第九位，半黄钟居高变宫为第十位，半太簇居高宫为第十一位，半姑洗居高商为第十二位。正变各备，高下并陈，旋相为宫，循环不已。其于宫为君，商为臣，角为民之义，自然不致陵犯焉。由是黄钟为宫，与半太簇高商应。则太簇为商，与半姑洗高商应。姑洗为角，蕤宾为变徵，夷则为徵，与倍蕤宾下徵应。无射为羽，与倍夷则下羽应。倍无射为变宫。与半黄钟高变宫应。旋太簇，与半姑洗高宫应。则姑洗为商，蕤宾为角，夷则为变徵，与倍蕤宾下变徵应。无射为徵，与倍夷则下徵应。半黄钟为羽，与倍无射下羽应。黄钟为变宫。与半太簇高变宫应。旋姑洗，则蕤宾为商，夷则为角，倍蕤宾下角禁不用。无射为变徵，与倍夷则下变徵应。半黄钟为徵，与倍无射下徵应。半太簇为羽，与黄钟下羽应。太簇为变宫。与半姑洗高变宫应。旋蕤宾，则夷则为商，与倍蕤宾下商应。无射为角，与倍夷则下角应。半黄钟为变徵，与倍无射下变徵应。半太簇为徵，与黄钟下徵应。半姑洗为羽，与太簇下羽应。姑洗为变宫。旋夷则，与倍蕤宾下宫应。则无射为商，倍夷则下商禁不用，如用倍蕤宾下宫则不禁。半黄钟为角，倍无射下角禁不用，如用倍蕤宾下宫则不禁。半太簇为变徵，与黄钟下变徵应。太簇为徵，与半姑洗高徵应。姑洗为羽，蕤宾为变宫。旋无射，与倍夷则下宫应。则半黄钟为商，倍无射下商禁不用，如用倍夷则下宫则不禁。半太簇为角，黄钟下角禁不用，如用倍夷则下宫则不禁。半姑洗为变徵，与太簇下徵应。姑洗为徵，蕤宾为羽，夷则为变宫。与倍蕤宾低变宫应。旋倍无射，与半黄钟高宫应。则黄钟为商，与半太簇高商应。太簇为角，与半姑洗高角应。姑洗为变徵，蕤宾为徵，夷则为羽，与倍蕤宾下羽应。无射为变宫。与倍夷则下变宫应。推之阴吕十二管亦然。

管子所谓下羽之声大于宫，伶州鸠所谓宫逐羽音，亦即旋宫之义也。由是五声二变，旋于七均之中，合清浊二均为一十四均，而九十八声成矣。此皆天地自然之妙，岂人力所能强为哉？

蕤宾林钟说

邱之稑

孟子曰：圣人既竭耳力焉，继之以六律正五音。六律者，黄钟、太簇、姑洗、蕤宾、夷则、无射也。五音者，宫、商、角、徵、羽也。正也者，以黄钟正宫，以太簇正商，以姑洗正角，以夷则正徵，以无射正羽也。

何以不言十二律也？六律阳也，六吕阴也，阳统阴也，阴助阳而代有终也。然其所以正者，亦若是而已矣。大吕助黄钟而正宫也，夹钟助太簇而正商也，仲吕助姑洗而正角也，南吕助夷则而正徵也，应钟助无射而正羽也。但吕之音每清于律，阴不敢拟阳也。律吕各六而止用五者，音止于五也，其不用蕤宾、林钟，何也？蕤宾中五月律于时卦为姤，一阴始生于下，而遇五阳，女德不贞壮之甚也。由姤而消息至复卦，阳又生矣，阳者君也，复者十一月之卦也，律应黄钟，黄钟律吕之本，亦万事之本也。蕤宾与黄钟对而不敢自用，臣避君也，故于五音无取也，林钟亦然。盖林钟六月律也，六月于卦为遁，二阴浸长，阳当避遁，故临之。

《彖》曰：至于八月，有凶，慎之也。夫临十二月之卦也，是月也，律中大吕，大吕助黄钟以宣物，犹后之助君而理内政也，故林钟亦与大吕对，而退处不用，犹妾媵不敢抗嫡也。然而蕤宾、林钟非终不用也，音居角、徵之间，借以济角、徵之不及，故二律皆中变徵之音。变徵作五音，联五音，联则变而可正，变而可正则律吕谐。律吕谐则阴阳和，而万事无不得其正矣。

其七律何也？变徵之外又有变宫，变宫在十二律之外也。变宫备而后还宫之义见焉。凡此皆阴阳自然之运，不容少假人为。愚于蕤宾、林钟，略参造化之妙矣，汉儒误以林钟为徵，应钟为变宫，是不制律吕之过。故孟子曰：不以六律，不能正五音也。

声字配合五声二变说

邱之稑

古人言乐，但有宫、商、角、徵、羽、变宫、变徵七音，无以《工尺字谱》名声调者。盖五声二变得六律而始正，而六律非五声二变亦无以妙其用，此按律可以知音，亦审声可以定律，二者实互相资也。且律之音每浊于吕，吕之音恒清于律，律吕二均一管，不容混杂，杂则其声不相和应，故六律六吕有阴阳之别，而五声二变有清浊之分。

声字之合四一上，《尺工》凡六、五、九音，盖混律吕而一之。混律吕而一之，则阳律阴吕之声，其各以类从者无由辨，律吕之以类从者无由辨，则五声二变之清浊不淆者，亦无由明。始犹以声字代正变，为谱曲之捷法，相沿既久，只知声字是依，并不复知有五声二变矣。此管律之制所以不传于后世也。后世失管律之传，仅以时笛正律吕，细审时笛声字，合与六四，与五同一音而分高下，是声字之目虽有九，而其音仍不外乎七。七音中一凡禁用，是声字之音虽有七，而其以正应者亦不越乎五。以今证古，以俗证雅，两相符合，如是溯厥由来，非无明征。《楚辞·大招》曰：四上竞气，极声变只。此言声字之权舆也。

何曰四上？就四一上相联之三声而取其二也，取何只及四上？盖四上之间为一之次，一居四之中，得声淆杂，兼收其声，必致变调。所以云然者，谓四与上之气两相竞，而一之声独不与相协，故曰极声变只也。由是推之，则一与四上非即羽、宫之间，取一声为变宫之义乎？一居四上之中，取为变宫，例诸工凡六，相联三声而凡当禁用，非即角、徵之间，取一声为变徵之义乎？变宫、变徵之声得推之，上为宫，尺为商，工为角，六为徵，五为羽，合与六高低相应为下徵，四与五高低相应为下羽之义，莫不皆明。此声字与五声二变所以两相符合也。

世之审音者，诚能备制律吕之管，穷求正变之音，庶五声二变之清浊，不因声字之便易而全废，而六律六吕之阴阳，实因正变之清浊而悉昭。每谱一曲，注明某律某吕主宫，某律某吕起调，区别阴阳，分晰清浊，丝豪不混，然后以声字配合正变，以图易记，或不致得末而忘本，本末兼该，声调悉著，安见古乐之不可遽复哉？时笛合字应蕤宾者为律笛，应林钟者为吕笛。

五声配五行说

邱之稑

尝读朱子书，有乐声是土、金、木、火、水，《洪范》是水、火、木、金、土之语。窃叹五声之配五行，与《洪范》五行一顺一逆，要皆本《河图》《洛书》之数而不可易者也。

《河图》之数，一变生水六，化成之居北。二化生火七，变成之居南。三变生木八，化成之居东。四化生金九，变成之居西。五变生土十，化成之居中。《洛书》之数，戴九履一，左三右七，二四为肩，六八为足，五居中央，虚十四应《洪范》五行之始于水、终于土者，生数始于一，终于五也。五行之生序也，万物成形，以微著为渐，五行先后，亦以微著为次。五行之体，水最微为一，火最著为二，木形实为三，金体固为四，土质大为五。周子《太极图》曰，阳变阴合，而生水、火、木、金、土是也。

若夫乐声之宫，在声为天地之中声，在气为天地之中气，在性与情为喜怒哀乐未发之中，发而中节之和，盖得天地之中数为中央土，而以之统乎商金、角木、徵火、羽水者也。数多者，声大而浊。土之生数五，故宫声最大而沉浊。金之生数四，故商之大次宫。数少者，声细而清。水之生数一，故羽声最细而清。火之生数二，故徵之细次羽。木之生数三，故角声居五者之中焉。然世之言中声者，不以角而以宫，何也？朱子尝论之矣，曰：凡声，阳也，自下而上，未及其半，则属于阴而未畅，故不可用。上而及半，然后属于阳而始和，故即其始而用之。以为宫，因其每变而益上，则为商，为角，为变徵，为徵，为羽，为变宫，而皆以为宫之用，是宫之一声，在五行为土，在五常为信，在五事为思，盖以其正当众声，和与未和，用与未用，阴阳际会之中，所以为盛。若角则虽当五声之中，而非众声之会。且以七均论之，又有变徵以居焉，亦非五声之所取正也。又有为宫当配仁之说者，朱子抑又论之矣，曰：迹其所以，盖以仁当四德之元，而有包四者之义耳。夫仁，木行而角声者也，以之配宫，则仁既不安而信亦失据，然以为可包四者，则不害其有是理也。

夫五行之序，木为之始，水为之终，而土为之中。以《河图》《洛书》之数言之，则水一，木三，而土五，皆阳之生数而不可易者也，故得以更迭为主而为五行之纲。以德言之，则木为发生之性，水为贞静之体，而土又包育之母也。故木之包五行也，以其流通贯彻而无不在者也。水之包五行也，以其归根反本而藏于此也。若夫土则水火之所寄，金木之所资，居中而应四方、一体而载万物者也。故孔子赞乾之四德，而以贞元举其终始。孟子论人之四端，而不以信列序其间。盖以为无适而非此也。

由此观之，宫之统五声，其理益著。或曰：阳律浊声一均，阴吕清声一均。总之，有十声又有何说以处此，曰：生数阳也，成数阴也，《河图》《洛书》之数，五居中，十亦在中，即阴阳二均之中，声所从出也。土五、金四、木三、火二、水一为生数，阳律之宫、商、角、徵、羽也。土十、金九、木八、火七、水六为成数，阴吕之宫、商、角、徵、羽也。太史公曰：音乐者，所以动荡血脉，通流精神而和正心也。故宫动脾而和正圣，商动肺而和正义，角动肝而和正仁，徵动心而和正礼，羽动肾而和正智。故闻宫音使人温舒而广大，闻商音使人方正而好义，闻角音使人恻隐而爱人，闻徵音使人乐善而好施，闻羽音使人整齐而好礼。是乐之有五声，犹人性之有五常，人身之有五事。圣人以之致中和之用，赞化育之道，本乎此也。非知天地造化之妙者，孰能契其微哉？

律历相通说

邱之稑

《月令》以十二律配十二月，不过言其大概，未尝晰及精微。如孟春之月，律中太簇，若雨水未交，虽孟春过半，其吕尚是大吕，不可一见孟春，谓巳中太簇之律。仲春之月，律中夹钟，若春分未交，虽仲春过半，其律尚是太簇，不可一见仲春，谓巳中夹钟之律。

正如正月建寅，寅与亥合，太阳必雨水气至，其时其刻，方入亥宫，雨水未至之前，气犹大寒，太阳仍在子宫。二月建卯，卯与戌合，太阳必春分气至，其时其刻，方入戌宫。春分未至之前，气犹雨水，太阳仍在亥宫。推之十二律、十二气皆然，此音律之道所以与气候冥合，为天地自然之声，惟制律候气心通造化者，始可语于斯。

故凡按时用律，月建已临，而中气未至者，某律即中某月，尚不可用以主宫，其主宫犹用此月以前之律。《记》曰：当其可之谓时，不临节而施之谓逊。其斯之谓欤？

按《文献通考》：宋真宗咸平四年，太常寺言乐工习艺匪精，每祭享止奏黄钟宫一调，未尝随月转律。据此则随月转律，自古已然，不可不详。

六十调图说

邱之稑

《律吕新书》所著六十调图，谓以《周礼》《淮南子》、郑氏《礼记注》、孔氏《正义》定。尝考《周礼·大司乐》：一曰凡乐圜钟为宫，黄钟为角，太簇为徵，姑洗为羽。一曰凡乐函钟为宫，太簇为角，姑洗为徵，南吕为羽。一曰凡乐黄钟为宫，大吕为角，大簇为徵，应钟为羽。无论不用商声，不识何义，即所谓宫、角、徵、羽被诸管律，无一不相协。若谓每乐四章，各举一音而言，总计三乐共十二调，每调五声，为六十声，是必纳商声于各调之内，方成六十。如此又与《周礼》本旨龃龉不合，谓此不可解之经，自当阙疑，不必强为附会也。

《淮南子》曰：一律而五音，十二律凡六十音。郑氏《礼运注》曰：其管阳曰律，阴曰吕，布十二辰，始于黄钟，终于仲吕，更相为宫，凡六十也。按：一律一音，十二律只十二音，五音六十音者，谓一音主宫，统商、角、徵、羽一均为五音，十二管还相为宫，则于十二音中各得正声，五音为六十音如是。六十音者，由十二管中还转而得，非实有其数也。孔氏《正义》曰：黄钟为第一宫，下生林钟为徵，上生太簇为商，下生南吕为羽，上生姑洗为角，至仲吕十二宫，宫各五声，为六十声。是说虽律吕混杂，其所谓宫与声，与刘、郑二说相发明，并未指声为调。如《图说》以六十声作六十调，则一调七音，六十调计四百二十音，即当二变者，不以主宫，数亦未尝加减。夫管各一宫，故为十二宫，宫还而调成，宫既还而商、角、徵、羽莫不与之俱还，未闻还宫之外，复有所谓还产商，还角，还徵、羽之别立其名者。试就图中黄钟一均言之，黄钟宫调与太簇之黄钟商，姑洗之黄钟角，林钟之黄钟徵，南吕之黄钟羽，同此五音二变，一调而重出者四，是有黄钟而商、角、徵、羽之重出者为赘。无射商调与太簇之无射角，仲吕之无射徵，林钟之无射羽，及本调之无射宫，同此五声二变，亦一调而重出者四。是有无射宫而商、角、徵、羽之重出者亦为赘。故曰宫还而商、角、徵、羽莫不与之俱还也。推之夷则角、仲吕徵、夹钟羽，莫不皆然。推之大吕以下十一宫，莫不皆然。是调虽六十，去其重复十二宫之外，别无他调，此声与调之宜辨者也。

夫以律吕上下相生之术，为宫生徵，徵生商，商生羽，羽生角，实由误会管子弦度生声数语，乃迁史律数倡之，班固《前汉志》因之，刘昭《后汉志》仍之，以后论律者莫不以讹承讹，奉为程法，岂独孔氏《淮南子》言之？按前八十四声还宫图，黄钟为宫，太簇为商，姑洗为角，蕤宾为变徵，林钟为徵，南吕为羽，应徵为变宫，推至八音，变黄钟复为清宫。大吕为宫，夹钟为商，仲吕为角，林钟为变徵，夷则为徵，无射为羽，黄钟为变徵，推至八声，变大吕复为清宫。无论阳律杂阴吕，阴吕杂阳律，音不相谐，且半黄钟、半大吕声不应，黄钟大吕以为清宫，又何能谐？六十调图与彼无异，此阴与阳之宜辨者也。

至谓起调毕曲，每五声一均，皆用宫调，如黄钟至夹钟，并用黄钟起调，黄钟毕曲。夫黄钟宫调固知用黄钟者，若黄钟为无射之商，列于黄钟宫下，及列无射本位，又曰无射宫调二也。同一五声二变，起调毕曲，此宜用黄钟，彼宜用无射，不识何由分别，偶举一调例其余，知为必穷之道也。犹精言之，曰宫、商、角三十六调，老阳也，徵、羽二十四调，老阴也。且拟诸六甲五子，谓六十调，如六十日皆三十六为阳，二十四为阴，谓为理之对待，数之自然。言固微矣，其如律吕之不为用，何哉？知此则八十四声图，可不待辨而自明矣。

医说

汤昭弼

叙斋子精岐黄术，不为时人所知。一日过予妙香精舍，瞿然曰：予欲以医道济人，而人不吾信，何邪？予晓之曰：天下事其在人者，安可必哉？昔者扁鹊最号神医矣，而不能救齐桓侯之疾。于腠理肌肤之日，不能与灵巫争用于卫人之家，言不信也。

今吾子挟其活人之心之术，而曰人必吾信，是扁鹊不能得之于桓侯、卫人者，吾子必欲得之于今世，有是理乎？且子亦知今之讳疾而忌医者，在在皆是乎？有媚疾者忌正直之医，有傲疾者忌谦逊之医，有窃疾、贪疾者忌廉静寡欲之医，诸凡戏谑之疾，游荡之疾，沉湎冒色之疾，《论语》之所谓三疾，韩婴之所谓十二疾者，子能一一医之乎？况吾子之疾，正未可一二计者，不合时宜，耿介疾也。不惯趋承，懒惰疾也。不知忌讳，放言疾也。不明机械，坦率疾也。医门多疾，吾子自治且不暇，而暇治人欤？虽然，子亦多疾矣。好古而生死以之疾，在于不知变。学道而饥寒听之疾，在于不知权。雅爱施予，轻财疾也。敦尚气节，倔强疾也。

多疾如此，吾子将以何者补我黥而息我劓，使我不至抱疾以终邪？且予之于医，亦常三折肱矣。词章者，文士疾也，予欲医之以经术。骄淫者，富贵疾也，予欲医之以浑朴。他如农、工、商、贾，疾不一，医亦不一，而欲医之心盖一也。然则吾子之所谓寒疾、暑疾、风疾、温疾、头脚疾、腰背疾者，不过一人一体之疾，其疾小。而予之所谓乃世道人心之疾，其疾大。安得一一医之邪？

吾闻良医医人，先备良药。《山经》所载：食祝余者不饥，食植楮者不眯。食鮆鱼者不骄，食櫜蜚者不畏。他如荣草已风，肥遗已厉。鯈鱼已忧，鮨鱼已狂。举凡不妒，不惑，不疥，不忘之药，吾子囊中其果一一藏之欤？昔者伊尹医商，太公医周，百里医秦，（由）〔申〕麃医郢，原季、范蠡、管仲医晋，医越，医齐，数子诚医中扁鹊哉！然数子能医人之国，不能使人之我信而必医其国。然则吾子虽欲医人，又安能使人之我信乎？

夫古之能医人国者，有一应人请而有割股之心者，禹稷是也。有人再三请终不为人主一方者，巢、许是也。有人不相请而已即不至者，颜子是也。有不待人请而叩门求治者，孔子是也。吾子果何道之从与？信其在我，听其在人而已，信不信何病之有？于是叙斋子乃颦然笑，欣然起，且惘然其若有失也。因作《医说》以赠之。叙斋姓汤氏，余族人也。

嫦娥奔月说

周倬祥

王充《论衡》云：羿请不死药于西王母，其妻嫦娥窃以奔月，是为蟾蜍。事之有无，固不必辨，亦不必非也。袁郊诗曰：后羿遍寻无觅处，谁知天上亦容奸。是不知嫦娥，并不知天也。

天道福善祸淫，人必如轩辕乃能升天，如傅说乃能托精神于箕尾。苟非其人，虽服气炼形不能，唐李虚中饵金丹，而疽发背亡可验也。从来奸人擅国，忠言伏，贤人隐，惟妇之贤者，可行其柔正以谕之于道。羿篡臣也，嫦娥贤妇也，陈婴之母知陈氏之废，王陵之母知刘氏之兴，嫦娥之贤，岂不知大禹明德，非一再传而湮灭者，羿篡窃，非克保其首领者？想其周旋有穷，旁引曲喻，以隐夺其权奸之魄，阴消其跋扈之心，不知若何周且至矣。奈羿暴疾性成，谏之不听，不听而强谏，适足以杀其躯。盖彼既无君臣之义，亦何有夫妇之情？嫦娥既不能甘心为乱臣贼子妇，又不敢背与齐不改之义，则惟有死无二。适羿请不死药藏于宫，乃服之以奔月云。夫王母竟以药赐羿，羿复藏而不遽食，盖所以玉成乎嫦娥也。以为天上容奸悖矣，然则天下不知天不容奸，而为药所误者亦可返矣。

或曰明皇何以游月宫，不知明皇倦于声色，昏迷政治，冥其心，以求天地间元渺之事，一时术士迎其机，伪为月宫之游，厥后果以《霓裳羽衣曲》引导贵妃，几于丧国，岂月宫贻此淫声，以祸人家国邪？

退湖说

邓瑶

余来鄂，鄂城北有僧寺，曰长生阁，地闲旷，余乐而居之。阁后有湖，约广十数亩，遍种芙蕖，盛夏花开，晨起窗棂四敞，清香徐入，此身疑居蓬莱方丈，非人间境也。

先是，余友张君启鹏寓此，颜之曰“退湖”。余尝叩其命名之意，君笑而不答。噫！张君之意深矣。夫江湖憔悴不遇之士，当其穷困至极，则思退而求息，古今人情一也。君以激昂磊落之才，既久困一第，将退求数亩之田于衡山湘水间，徜徉啸嗷，著书自怡，因以退名所寓地。君殆聊寄其将隐之意乎？抑以是湖当春秋之交，雨盛水溢，过时则消，有类乎无本之学，进锐退速，昧盈科后进之义，因以退名，欲为世之卤莽治学者示儆欤？抑又有见于拥高位、居宠禄者，战利欲于方寸，忘宦海之风波，及至进退维谷，势同羝羊，始悔不早自引退，君得毋有慨于此，将为世之知进而不知退者讽乎？噫！张君之意深矣。且夫圣贤豪杰之生于世也，出处隐见，盖尝踌躇审慎，长虑却顾，实有不得已之心，非苟富贵徒贫贱为也。

居庙堂之高，则忧其民，处江湖之远，则忧其君，进亦忧，退亦忧之数语者，非范希文登高远览，感慨无端之盛心乎？士不容苟进，亦乌容恝视天下苍生，亟思引身以自便，进退之间，不其难哉？若谫劣无能，而又憔悴不遇如余者，固宜息耕资上，长为农夫以没世矣。昔漫叟作《杯湖铭》曰：为人厌者勿泛。其作《退谷铭》曰：干进之客不得游。而以孟士源无情干进，在武昌不为人厌，可与泛杯湖，游退谷，故作诗招之。今之退湖视退谷奚若？而无情干进如孟士源者，今又果有其人否邪？张君试访之。

假山说

邓瑶

余宅后有山，曰龙泉。龙泉山之前相距数十武，曰叶公山。

两山之石最多，状最奇。其仰而立者，如猿猱之升于木。俯而伏者，如熊罴犀象之蹲于山阿。其穿树根出而负之者，又如龟之为(趺)〔趺〕。而千寻之木，屹然矗立于上也。圆者可坐，方者可围棋鸣琴，可饮酒赋诗。其余如瓮盎，如尊(罍)〔罍〕，如臼之属，玲珑透剔，不一其状。又有古松、怪柏、杉、桧、槐、榆、枫、樟、橡、(粟)〔栗〕、杞、梓、椿、桂，连理之木数十百本，杂列奇石间，葱郁掩拂。嘻！亦古梅溪峒间一奥境也。

顾吾属生长兹山，恒熟视若无睹，邑里亲串之游其中者，心知其可爱，亦未甚以为奇，而牧童樵竖之驱牛豕过其地者，牛就之砺角，豕即之擂疥，遗矢累累也。其棱削之当路侧者，童竖往往錾而断之，其类臼者又或丛溺其中，而石之遭屈于兹山特甚。盖甚矣，世之无真赏久矣。

湘阴郭筠仙孝廉嵩焘，以道光丙午春偶至余家，余从叔父后偕仲源、仲权两弟，及从子光松、光椿、光黼辈导之游。筠仙摩挲诸石，嗟叹不忍去，以谓平生游历，兹为称最，殊尤之产，惜乎阻于荒陬僻壤，为世所不识也。若以兹山之石辇而致之通都大邑，贵官达人见而宝贵之，一日之间可立售。奈何使其偃蹇穷谷，置诸空虚无用之地也。余答之曰：否，不然。兹石之产于兹山，不知其几千百年矣，得烟霞之酝酿，历霜雪之磨炼，虽为牛豕所伤，童竖所侮，而其磊落嵚奇、离奇倔强之真自全。若辇而致之通都大邑，则必命土人持畚锸而掘其窟，命石工持斧斤而凿其根，零杂破碎，已非完体，及入达官贵人之第，胶而合之，叠为峰岭丘阜之状，颠倒错乱，一听客之所为。工成具酒食，大召宾客落之，众客逡巡睨视，皆曰山也，而孰知其为假哉？乌乎！兹石偃蹇穷谷，不求人知，今乃仅遇郭君耳，假遇有气力者，足以拔取，果欲辇而致之通都大邑，不诚斯石之大不幸哉！郭君曰：子爱石诚善，前言戏之耳，子勿过为石虑。游倦而归，遂为是说以贻郭君。

复性

孙颐臣

光明者火，火无光也，无明也，非火之无光也，无明也，无以光明乎火者也。积薪而焚之，倾膏而然之，人皆曰火之光也，火之明也。假而曰是薪之光也，是膏之明也。执薪而求光，薪乌乎光也。执膏而求明，膏乌乎明也。然而一车之薪光十丈，薪聚则光聚，薪烬则光烬矣。一石之膏明百步，膏盛则明盛，膏竭则明竭矣。夫性，火也。学，薪与膏也。性无不善，火无不炎也。非薪非膏，火熸矣。非学，性漓矣。鉴于水者，胡更鉴于火？

转丸，天下之至秽也。蛣蜣不秽乎？转丸也而嗜之。西子天下之至美也，游鳞不美乎西子也，而避之。匪转丸之馥于蛣蜣，西子之媸于游鳞也。不蛣蜣不嗜转丸，不嗜转丸必不蛣蜣也。不游鳞不避西子，不避西子必不游鳞也。然而叩之蛣蜣，蛣蜣弗知。叩之游鳞，游鳞弗知。蛣蜣性乎嗜，游鳞性乎避也。

人性乎善，犹之蛣蜣、游鳞也。然而蛣蜣不移其嗜，游鳞不移其避，而人独移其性，何也？蛣蜣、游鳞，始终乎性者也。人之移其性，情为之也。故君子制情以复性。

颁示刑律说

孙颐臣

孔子曰：民可使由之，不可使知之。非不欲民知也，道之精者，民不易知，亦不必知，故不期其知也。若夫著为条教号令者，则惟恐其不知。于是月吉读法，遒人徇路，设官备而立法周，凡以惧乎不教而杀也。

今天下狱滋繁矣，为民上者，以为彼自戾于法，我乃得以法死之，彼之死死于法，非死于执法之我也。嗟乎！彼诚戾于法矣，使彼固知法之当死，特戾于法，吾因而死之，是诚死于法也。令彼未知法之当死，适戾于法，吾从而死之，彼虽死于法，能甘心于执法之人邪？死者不甘执法之人，执法者可愧矣。慈祥之吏起而矫其弊，执救生之说，曲全于万一，无论不可必得也，即得矣，生者幸免，死者含冤，使三寸之法不申于朝廷，废国宪而长奸萌，贻害胡底也。

夫鸩人弗饮也，白刃人弗蹈也，以知饮之蹈之之必死也，使知法之必死，未有不视法如鸩与刃者也。然而民末由知，必上之人使之知，而后能知也。古者诗书之泽及于妇孺，弦诵之声遍于闾里，上又以时警惕而告诫之，故桀骜之气化而争竞之风熄。即今世之犯法者，城市尝少而乡曲尝多者，良以城市之民犹习于法度，而与闻乎吏事。乡民或终身不识之无，不见官长，沿鄙陋之俗，率犷悍之性，意之所起，毅然行之，不复有所顾忌。昔尝闻之，有兄弟共妻者，有弟偶寡嫂者，有执贼而淫刑毙之者，亲戚庆之，里党韪之，无一人知所为之干法而足以致死者。迨犯而始知之，未有不叹息痛恨于前此之不知者，然而无及矣。

为士师者，明知其陷于不知，而不得以不知为之解，是可哀矣。今制州县，设乡约，月朔望，集民宣讲圣谕，法至善也。然相习既久，徒为具文，诚令牧民者实力举行，更节刑律中民所易犯者，哀为一编，著其纲而约其目，语务赅简，一览可知，量地之广狭，颁册之多寡，令乡约熟诵，随时与乡人讲解，更于朔望宣讲圣谕后，详细申说，生其戒惧之心，示以避趋之路，使惕于王章之不可幸逃，法纪之不可或越。虽顽梗不化，未必无人，而稍有人心者，未有不惜其身命而栗栗者也。是虽未能以德化民，期于耻格，而以之行于末世，冥冥中所保全者多矣，不犹愈于不教而杀之为民上者乎？

谥说

孙颐臣

五帝兴而谥法作，谥之由来旧矣，所以明善恶，示褒贬，加诸身后，警乎生前，传信于天下万世者也。故善则谥美，恶则谥恶，一循乎生平之实，无稍假焉。

夏商之末，若桀若纣，未尝少讳。及周之叔世，人心既浇薄矣，而幽、厉之谥，犹不得以臣子之爱其君父者废公议。春秋列国，其风尚有存者。汉以后乃多美而鲜恶，其恶者每在胜国之君，及有意以私加者尔。非然者匪惟臣子不敢施于君父，即君之加于臣者，亦将徇俗而不欲斥其非，于是纷纷焉遂以是为荣宠之虚，忘其为予夺之实矣。

古者修德有道之士，或没下位，或终隐逸，乡之人景仰爱慕，迹其品谊，奉以私谥，后之论者从而许焉。此在野之清议，固有较朝廷之评骘尤严且当者。自以朋党之嫌，悬为国禁，于是论定于上者，既不足示信于人，而里党之间，复不得申其进退之义，此所以公道废而好恶淆，好恶淆而人心风俗遂至于不可问也。

谥之所系，岂浅鲜哉？而今达官之子孙，犹有以祖父之得谥为荣者，是可慨已。乌乎！其子孙知以祖父之得谥为荣也，其尚可为与？

答改葬问

孙颐臣

有欲迁其亲之茔者，若疑焉，问于余，余曰：改葬之由有二：一曰邀福，一曰避害。夫避害固以邀福，独于改葬有不得不分者。为邀福之见者，不必出于避害。为避害之见者，不必出于邀福也。今子果何见乎？为避害而不出于邀福者，诚有水蚁之患，狐兔之搰，子孙见而恝置之，非人理也。故不幸而遇此，则有哀痛迫切，不敢一日安，亟图所以避之者，此紫阳文公三葬其亲，后人不得而议之也。

若为邀福之见者，名不遂所欲，利不惬所求，贫者思富，而富益求富，贱者思贵，而贵益求贵，惑术士之言，恃势力之厚，智取巧夺，以先茔为垄断之途，等亲骸于爞卜之具，朝南暮北，几若举棋。呜乎！亲固何辜？其子孙剖析支解之如此其酷也。夫人子事亲至于葬，致情于亲身者穷矣。其欲以吉壤妥其骨肉，情之顺而理之正，然得与不得，若有定焉。一如养亲者之莫不欲三牲五鼎也，势有不得菽水亦甘旨也。不得谓牲鼎之养为孝，菽水之养非孝也。是故为子之道，惟敬慎于卜兆之初以求乎心之安，己心安，亲之体未有不因之而安者矣。

呜乎！吾尝怪世之信修炼与堪舆者，比比也，使事修炼者能寿人，则彼不王乔，必彭篯矣。工堪舆者能福人，则彼宜位公卿且猗顿矣。彼之夭且贱，彰彰若是，而犹信而奉之，使其弊不止戕其身，而并以祸其亲。是皆名利之陷溺为之也，可悲夫！

示诸生习各体诗说

邓枝麟

业优伶者，参军、苍鹘不一一演之，其登场也必窘。事丹青者，衣文树色，不层层衬之，其脱手也不生。今之依永和声，岂异理乎？

功令试诗久矣，匪仅排律为应科目设也。异日者，歌诗清庙侍宴，承明奏燕镐之章，制横汾之曲，长篇小令，选格杂遝，莫不羡安石碎金、卢郎八米也。即或风月觞筵，劈笺阄韵，非同处士着棋，即类宋人刻楮，能无气短颜甲乎？

今与诸君子约，喜得余闲，参拈各体，题取其新，白鸠朱鹭不拘也。格取其正，牛鬼蛇神勿录也。夫五七成声，篇幅易就，披襟薄暝，散酌清宵，皆可抽秘骋妍，了无妨于正道，是亦造就风雅之方，且为联络性情之助也。

余以江花就落，郭锦将还，揽镜鉴形，海神貌寝，然当钵壶传韻，竞病同谐，敢云老马知途，聊为诸君子援枹作气耳。请尝试之，毋怠。

糕说

葛树蕃

糜之谓饵，刿之谓糕。《周礼》重糗糍之羞，《楚辞》登粔

（妆）〔粉〕之品，虽五经无字，曾阁笔于诗豪，而四序有年，每纪闻于艺苑。重阳二社，筐篚互将，银杏、石榴，果仁杂糅，此第按岁时之记。姑且仍风俗之通，孰若千载松脂，糁之玉屑，八珍英粉，黏以琼饴。坚多心科上槁，贵能化腐为神。云子白，风实红，不愧嘉名肇锡。仿文子潜山之制，采就群芳。传韩康京兆之方，市无二价。矧资生惟土，导引爰主黄婆。则和味在甘，养恬最宜赤子。春绵秋练，可参灵宝丹经。擗脯截肪，堪并吴均饼说。

湖南文征　卷二十四

论一

与高节培论三楚文献

王岱

偶阅录中，自隆、万至启、祯，五朝为断，则人文仅五朝，五朝以上，不书然矣，然何以明初之詹同文又入也？五朝以下，不书然矣，然何以死节之堵胤锡又入也？列传为十六门，则每门必备其人，详其事方为信书。

三楚五朝不乏人，如武陵总制杨鹤、师相杨嗣昌，皆以事功著，零陵陈纯德以侍御死闯难，京山杨文荐以巡抚死南昌，江陵张同敞以督师死于粤，死之最著者也。何以不书也？其官于楚者，如粤西何腾蛟督师死于湘潭，吴中章旷巡抚死于湘阴，王焘知州死于随州，又何以不书也？闽中李贽齐安知府，弃官龙湖，著藏书讲学，即恶其人，不列之于名宦，亦宜列之于流寓、方技、方外、名僧、异人中，今并不书其名，何也？岂其人并不能与刘邋遢等乎？

十五郡之阙不遑悉载，即长沙一郡，如大司寇胡应台、少冢宰罗喻义、大司农周堪赓，生有文采事业，死为全人，又何以不书？其间理学、孝友、文章、经济、烈女、义士，又不胜屈指也。总之，此书必非太翁先生手笔，或敝乡李嵩岑先生之臆创，是不能张吾楚，反以辱吾楚矣。望足下再加详订，始为传书，毋徒草草了局，此千秋之业，不容忽也。

郴州矿厂十害论

喻国人

按《一统志》载，郴州、桂阳、宜章、永兴产银、铁、铜、锡，无赖奸徒遂妄称郴有坑冶，辄思开采。窃思天下利之所在，害必随之，况有害无利，其可忘从前之殷鉴、贻后此之厉阶乎？敢将流弊略陈焉。

郴界在岭表，山多田少，一岁之收，不足供一岁之食。今增万千之夫役，则增万千人之口粮，米价腾贵，穷民奚堪？害一。煎淘恶水，一入田畴，竟成废壤，不但衣食无资，并国赋何办？害二。穿求砂苗，深入无底，举数十里之屋庐坟墓，皆有斩龙绝脉之虞。害三。炉炭无出，即伐人禁山而不惜，斫人冢树而不顾，居民风水，悉遭败坏。害四。且本地居民，从无辨炉火、识砂色者，率皆临、蓝、嘉、桂、常、新各处奸徒及四方亡命，昼则横肆抢夺，夜则公行剽劫，令鸡犬不宁，妇女远窜。害五。凶党纠聚，千百成群，少有忿争，便肆戕杀，讼狱繁兴，牵连拖累。害六。恶水一出，数十里沟涧溪河，皆成秽浊，民间饮之，辄生疾病。害七。河道半被泥沙壅滞，时为迁改，乡民恐坏田苗，拌命力争，屡致争斗。害八。万山环聚，疠气本深，更加掘发，瘴雨岚烟，染者多疫。害九。窝逃薮盗，例禁森严，今夫役俱属远方，即有逃人巨盗，藏匿其间，孰从稽查？害十。

凡此皆害，在官民共见共知者也。更有一莫大隐忧关国家之封疆者，脱有不测，咎将谁归？远代无论，姑以明事言之。洪武末，杜回子作乱，将宜章四十九里屠戮十之七八，今止存八里，固蓝山之砂贼也。正德间，瑶、寇大作，兵连三省，征剿数年始定，固溪洞诸蛮也。崇祯丁丑，砂贼结连瑶、僮，啸聚数万，犯郴、桂，劫衡、湘，并袁、吉、昌、韶诸郡邑，致四省大兵云集宜章，尚不能遏其狂锋，固临、蓝、嘉、桂之坑徒也。戊寅年声言来州开挖，王癞子等统众近万，于二月内连攻州城二次，索库银千余两犒赏始退，固新田牛头寨等处之贼首也。至癸未年，砂贼公然发牌张示，率众万余来州开挖两载，奸人朱俨錑因乘机煽诱，招集砂贼，自号辽王，盘据州城，至今疮痍未起，元气未复，室庐尽成瓦砾，膏腴变作蒿莱。固皆坑冶招祸，砂夫酿乱，历历可数者也。言念及此，其得不为之寒心哉？

总之，郴在百里山内，板瑶、峒寇虎视眈眈，邻壤矿徒日逐环伺，无衅可乘，遂隐未发，若开之以隙，令其纠集，少则是夫多即为贼。其播害流毒，非自今始，故宋于建炎后即废坑场，其详见郡守王棣疏中。历明二百余年，从未开采，虽嘉靖间因殿工需材，议开坑场，赖兵宪程公、守宪宋公激切披陈，为民请命，亦遂中止。至明末坑徒猖獗为祸，遂棼结而不可救。由是以观，则坑冶之为害官民，不待智者能辨之矣。

圣朝定鼎，严行封禁，民赖以安。及吴逆叛乱，招集砂贼，开挖刘家塘等处，沿乡掳掠，苦难图绘。康熙十七年，征南将军穆恢复郴阳，两军对垒，时砂贼万余，尚潜匿山谷，名为夫役，实属贼党。将军恐其酿乱，将刘家塘严加封禁，害始少除。十九年，下听民采铜之令，复开葛藤坪、黄泥凹、柿竹园、白水垅、水浪石等。夫朝廷开采之意，原为有资鼓铸，今各处既非铜山，则是无补国计矣。且部文止许本地居民报明详允，果无碍于良田、坟墓、风垅命脉者，方许雇募土著人夫开采，不许异棍假冒，贻害地方，计深虑远，何其详切！今试问开采者果土著乎？抑异棍乎？维时因有官税二分，故地方官皆吞声饮泣而莫言耳。

二十三年，偏院丁公莅任，州守陈公以请停有限铅锡，恩锡无穷民命，防患未然，以靖地方等事，剀切上达。荷院宪灼知郴州大害，无逾坑冶，特委衡永郴桂道朱公，将外来异棍，亲临驱逐，一切无名小坑，概行封禁。浩荡鸿恩，真永垂万世矣。二十四年，奉部文停其抽税，听民采取，可谓损上益下、法良意美者也。在郴民贫苦已极，田畴不足供赋税，乐岁难以糊家口，岂甘袖手乐贫、不思少沾微息？但目前之十害，已觉剥床及肤，后此之深忧，更同积薪厝火，岂可贪锱铢微利而贻百世之灾害也哉？况前此为祸，止在瑶、僮坑夫，今各省裁兵，不事耕种，日逐游手，庙堂恐以安插不善，每为议及。郴壤连四省，傥一闻开采，则两粤、江右、大湖南北裁兵，定闻风蚁赴，以蕞尔之荒陬，集万千之狼虎，脱有奸人煽祸，在郴民之身家性命俱不足惜，其若朝廷封疆何？所以阖郡之人，痛哭流涕，赴上哀呈，咸思永闭，不愿再开也。乃各处流棍，或称商，或称宦，或称弁，假冒土著，今日请开此地，明日请开彼坑，倏来倏往，如鬼如蜮，甚至不由上命，招集奸党，竟自开挖。幸州守陈公极意救民，不避艰危，深入蚕丛，躬犯矢石，始获解散。

国人年近八旬，心长力短，追忆从前之灾患，已神悸而骨惊，目睹近日之情形，虑前覆而后蹈，其言之重，辞之复，盖深念桑梓，实有隐忧。毋使郴受坑冶之害，而余获知言之名，则幸矣。

附：锡坑说《桂东县志》节录

桂东山高水浅，物产最薄，俗传桂东流源双坑产锡，袈裟岭亦产锡，大都所产不多，前朝开采殆尽，今实无有也。

国朝雍正年间，两经攻利之徒引诱外人，挟资充商，呈准刨试，聚众数月，销费赀本，矿砂颗粒无获。而民间日用亦因以腾贵，皆嗜利者阶之厉也。夫利之所在，害必随之，况有害而无利乎？忆康熙五十一年，江广亡命始聚众数十，继而累百盈千，潜挖偷淘，既无所获，日食难供，即行剽劫。民壮驱之不得，继以官兵，官兵不足，继以乡团。迩时知县阎世魁、千总郭开泰，召募土兵，演习铳炮，四乡居民入城守。义勇罗蔡龙等皆犯贼锋而死，团总李俊杰等日夜巡逻，沿山追剿，始得鼠狼奔窜，境赖以安。

邑令阎城守郭，并后令张公宽皆因此后先诖误。此皆前事之可监者也，后之人其毋为利所惑，使阖邑受坑冶之害焉可也。

继善论

陈之驻

《系辞》曰：一阴一阳之谓道。继之者善也，吾不知孰为始之，然后继之。或曰：道言一阴，再言一阳，则是阳继阴也。况道以静体而动用，阴合在先，然则阴为道祖欤？太极动而生阳，静而生阴，太极果纯阴欤？动而生阳，则阳先矣，又静而生阴，得非重阴欤？或曰太极者，坎、离之合体，坎、离各半规，其中之虚白处即太极，非有物也。方其动时，即谓之阳，方其静时，即谓之阴，生无生也，即后文阴阳不测之谓神，若是则太极犹无极也。既非有太极，则继从何来？滋惑矣。

又或之言曰：阴阳循环，亦无独体。坎中有阳，离中有阴。阴阳尽处，姤复之交二至之际，阴阳间不容发。非动非静，静中之动，即其始也，继也。呜呼！是袁黄之言也，非动非静，是何境界，抽薪换火，悬鼓待椎，弥缝未没，跷趾可记，是天地之大改革，大阙陷，亢战险阻，非生生之谓也，而何以继欤？且夫静中之动，苞中有实，甲中有芽，是一岁之继。月沉羚角，露掩钟声，是一日之继。开辟以来，终古之继，必有大始，将安名之？意此“继”之一字，非承一阴一阳，乃天人之势。有天则有人，有命则有性。人者天之继也，仲晦以继善为阳，成性为阴，此又一阴一阳外，以始终言之，若如上诸说，尚不若道家之言，道家以天为纯阳，阴者阳中之阴也。如浑天仪地包天中，摄阴还阳，便与天合，故曰太虚生自然，自然生道，道生一，一生二，二生三，三生万物。一即乾，破乾即坤二也，通乾与坤三也。道即始也，自然即庄生未始有始者也。周子谓无极，佛谓无始，然则以始继无始者极也。此一阴一阳之浑融者也。

以生物继太极者阳也，此一阴一阳之抽发者也。知天之为纯阳，知阴为阳中之阴，以天御阳，以阳帅阴，则“继”字之义有自来矣。其曰一阴在先者，犹鬼神之倒言之也。

史记补亡论

陈之驼

八书何用补？补亦适成其褚先生手。《礼》书杂沓烦冤，尚不如苏眉山、王荆公《礼》论。子长《帝王本纪》，虽采经传，亦不全用古文，未有如《乐书》补亡尽借《乐记》。

吾尝从事乐府词，以为乐者肇于肉声。人心有喜、怒、思、怨，则其口吟吟然，既已窍诸口，遂有长短高下自然之节，故曰声成文谓之音，音圆谓之韵，于是乎管弦以和之，金石以将之，而乐成焉。乐成而后之为诗歌者，又即其音之高下长短以为节，环相生也。故乐府之辞，其初未有曲名也，人自谓之。一加曲名，作者咸取裁焉。以为五声八音，必如是始调谐工妙也。此其法要于辨清浊，乐之清浊，则宫、徵、商、羽、角也。肉之清浊，则齿、牙、舌、喉、唇也。后之论乐者，其清浊未有准也。或以极清归宫，谓阳气轻浮散越，听者悠然爽然。或以极清归羽，谓阴气沉抑深细，听之凄净。或疑宫土羽石，于清浊两无当，然宫既属土，浊自可知，石之灵者，亦有铿韵，故用以为磬，以见坚顽之物尚能入人，则其气之清幽已极。况朝庙之磬皆玉，玎玲振响，但可谓之短，不可谓之浊，岂若土之函胡喑哑哉？

度曲者一以宫为喉，唇为羽，一以宫为舌，徵为唇，羽为喉，本舌者理也。声本于气，气出喉间，先到舌，舌居口中，动乎上下，其气尚束，故声最浊而属宫。达于齿间，尚未出口属角，木声之振振然也。出口到唇即为徵，徵属火，主怒，怒声所发如烈火，唇吻俱燥。王褒曰：雕虎啸而清风起。虎自有风，故人有不平之心者，其风冲激直出，唇起先知，彼谓唇为羽者，不过谓音短脱口不留，如檐之坠滴，岂知唇音之大哉？乃若声未出口，而宛转于两颐之间，此牙音也。金石之铮铮然属商，夫以喉音为宫者，大谬也。喉羽音也，声之出而复入，微而未尽，余音不绝如缕是也。向使为宫，则气未到口，方在喉间，如何有声？是未行而先至也，必出而复入，斯有喉音。至于吞吐不决，一入再出，谓之子宫，此贞下起元也，亦谓旋宫。嗟夫！肉声之不明，何以协乐哉？且乐生于律，十二律分寸损益于黄钟。黄钟者，宫声也，有谓其三寸者矣，参天之数也。有谓其三寸三分者矣，又三寸九分者矣，以母函子也。有谓其九寸者矣，有谓其九九八十一分者矣，此阳不满十，阴不起一，先后之序也。

自何承天、高允、王朴、胡瑗、范镇、阮逸、李照、房庶之徒，未有得其实者，将短者近欤？脱其先长，无以为升阳地矣。然而《乐谱》十二钟之外，又有黄钟四枚，何也？所以尊阳贵君也。黄钟以孤阳伸重泉之下，束于厚阴，冬至景增如丝，浅迎其气，管短声本浊，大浊则又非阳，为轻清之义，故以浊黄钟顺晷候，以清黄钟助宣湮郁。清黄钟者，乃蕤宾长至之宫也。先是，冬至宫藏羽内，其音鼗鼓，至是宫藏徵内，其音埙，必四枚，何也？四季皆土有宫，天无二日，民无二君，别之以清黄钟，异于君黄钟也。

周衰，礼崩乐坏，然诸侯淫于声，未敢毁律。秦收六国之乐，去周未远。汉承秦后，径围犹存，累黍如故，龠量衡尺，事事可验。而太史又世掌其业，与天文、地理、兵法、图史并藏，然身没未几，□□遂失。褚先生既非心知其意，有圣人起，自必有穷理尽制之人，寒谷可回，仪凤可致也。

周礼乐律论

陈之驻

宫声有二，函钟之宫，正宫也。宫音土，季为正，所嫌君道贵阳，至此已二阴行令矣。然则曷不从小吕？曰：阳尽也，又多也，君一而已。黄钟之月，一阳微生，虽非土王，合土也。十二律皆有旋宫，而独以圜钟、函钟、黄钟，祀天神、地示、人鬼。圜钟中春，取帝出乎震之义。坤地也，万物皆致养焉，故函钟为祀示之乐。黄钟微阳，不可有二。天之生物，使之一本。宫声居中，四声夹辅，四声皆有合，宫不言合，无敌体、无私亲也。

三声皆从宫，商独不列者，非大祀废商也。君臣一心，以治民事物，君行则臣避，权矣。民事物成，则让功矣。此三声者，徵、羽常近宫。君者，事之府也，物之薮也。角稍远之，君不与民齐，何况臣？是故圜钟为宫，则大簇为徵，姑洗为羽，实左右焉。徵与羽类，有物则有事也。商与角类，有民则有臣也。黄钟为角，民远君也。徵、羽轻者，同在一春，其气联也。函钟为宫，则蕤宾等之孤虚，犹见君则臣伏也。姑洗为徵，南吕为羽，以左右之，各间一律，夏晷长则节疏也，角愈远矣。黄钟为宫，则大吕亦等孤虚，而抵以角者，权也。

臣恶逼民，恶嫌也，角、徵导其前，羽随其后，不间一隙。冬晷短而节密，然则使南吕为宫，亦犹圜钟。何则？一岁之中，冬至至短，夏至至长，春秋分近。南吕为宫，蕤宾为角，夷则为商，无射为羽，尚何疑哉？有以大寒木根潜行，火生于析木之房，故以角摄大吕，而以徵摄大簇者，此论声无与生克事，勿凿。

十二律皆可为宫，悉以气机协之，反乱矣。又有疑黄钟之宫无射从商，商金声而八音从石，商乎？羽乎？不知无射乃秋气余烈，《乐府》虽引为羽石同调，谓其声之短沉，其实清商铿远，犹孟夏虽用柷敔，岂可以木器不谓之徵？要之无射本变商，以角彷之，又宜得商，若无射犹是商，则应钟为正羽，黄钟居中，大吕为旋角，大簇为旋徵，往来君辅，轮比甚顺。此特三祀之例，可天文度也。然何恶于商而必厥之，意者圜丘方泽，重器难移。夏旌覆题，桑林惊疾，且大礼穆清，奏假无言。洪镈般鎗，吉事也，而有军号，以之作《大武》之舞可耳。韶舞且不有之，然孔子曰翕如也，则知乐之未尝废金也，其或编钟细奏，抑未或知。郑氏又节言之，阳不过巳，阴不过亥。天六气，地八风，人九序，不尽十二律之变，亦大乐不求备声。以是知乐不可极也。

原古

廖志灏

玄武之变，德昭之死，金川之失，兄弟也，而仇雠，叔侄也，而丑虏，是何视富贵若斯其重，而天伦若是其可残邪？唐、明二祖，以天下之大，而不能庇其长子与长孙，秦、燕二王，只见天子之尊，而不顾弑兄弑主之恶，是何怪乎里巷小儿辈之争产，聚讼终身而骨肉叛离也。但当时之兵不起，第不失为藩王，而（纂）〔篡〕弑之谋一成，遂以得正大统，故后世之人，徒知唐、宋、明三太宗为英主，而不复言建成、德昭、建文之冤，是亦可慨也已。

夫成则王，败则寇，作史者之势然耳。正德无道，逆瑾窃柄，宁藩之兵不书靖难何欤？向使建成等不亡，安知非三朝继统之太宗，而秦、燕之与宁藩同罪又何疑也。郭青螺管蔡一论，树千古纲常赤帜，可与权矣。然当时周德新命，殷罪贯盈，尚未可与三君者同日语也。王莽篡哀，曹瞒废献，其为汉贼也昭然。千古《纲目》，不以正统与之，明大义也。若乃石敬瑭之于唐，刘智远之于晋，郭威之于汉，赵匡胤之于周，数子之立心行事，其距操、莽也几何？而《纲目》与之统，何哉？岂两汉之时，得光武、昭烈以继其后，而唐、晋、汉、周无中兴令主，遂以将错就错，论气数而不论名节邪？

孟子曰：杀人之父，人亦杀其父。杀人之兄，人亦杀其兄。天道往复，假手相残，前后五代盖有之矣，读史者宜平心以观之可耳。

读孟子

廖志灏

问：孟子愿学孔子，而实实能如孔子否？曰：孟子之愿学，诚欲体其道，承其心，如辟杨、墨，正人心之类。若其措置作用，各有其时，自不必强同耳。

学圣人者，学其因时而制宜者也。如陈蔡之厄，军旅之对，燔肉之行，三子之告，阳货之诺，南子之见，公山佛肸之欲往，以及匡人围之，而以后死者自命，是何等冲融！何等浑脱！所谓仲尼天地无不覆帱者也。若孟子则如兼金之馈，馈同而受异，以币之交，受同而答异。吊于滕，吊于公行子，皆不与王欢一言，王召而辞疾，客留行而隐几，辟杨墨，薄管晏，舍夷惠，其立身甚峻，其与世甚严，盖所谓泰山岩岩也。泰山岩岩有象，天地浑浑无迹，此圣贤造诣之别也。但其说大人则藐之，其意中尚有一大人在，不若圣人之入公门如不容，有自然之节度。当今之世，舍我其谁？而其意中有一我在，不若圣人之文王既没，而以后死者自任，有自然之担当，然当战国之时，日趋而下，不如是则与仪、衍、鲁连何异？此又各有其时也。

程子云：学圣人先学颜子。盖颜子一浑浑者也，若曾、思则在浑浑岩岩之间耳。孟子之时，世主喜争夺，人民苦虐政，游客好纵横，处士多横议，正气衰坏，人纪阽危，几率人类而禽兽。于是孟子出而操性善一大本领，挽回造化生人之机，为圣门重揭生面，以继唐虞精一之旨。卒之许子之并耕，告子之义外，杨之为我，墨之兼爱，不能胜焉。自非义蕴之精，力量之大，工夫之坚确，焉能孤立以砥柱其间，而使之俱为我禽也哉？齐王之不忍一牛，甚惭于伐燕，而谓其足用为善。然友两问而责之，以是在世子。乐正子好善，而推之于美大圣神，是皆因端见底，而欲令扩其性善之量者也。告景丑不召之义，诘陈贾长君之非，原匡章之不孝，明仲子之非廉，不与子敖而并责乐克之同来，欲讽齐王而旁引距心之知罪，不屑教诲，是亦教诲，皆因人下药，而欲竦动其性善之机者也。

至于告子先我不动，可谓得力矣，而其学在于一偏，故因杞柳湍水之喻，生与食色之说，反复辨明，以确昭其性善之旨也。良心梏梏者，谓性有不善，平旦之气犹存，性安有不善者哉？

管仲，孔称其仁，孟薄其霸，以为功烈如彼其卑。又曰齐王反手，则似鄙管之不能成王业也。桓公九合一匡，几于改物，仲于是时假万乘之强齐，当列侯之推戴，全在尊周攘夷，而伸大义于天下，故主盟者权也，尊天王者正也。若必欲改物，席卷天下而王之，则即是山阳陈留之事，《春秋》尊王之义，又安在乎？成汤放桀，犹恐来世为口实。文王三分，有二以服事殷。周之共主，行未至于桀纣。葵丘首止，大义凛然。管仲之仁，正在此乎？此楚僭称王，《春秋》以号举。向使齐桓称号，则一部《春秋》，不知功罪更居何等矣！盖当时孟子在齐，只见齐人称霸显不置，而更不知有王道之大，故以此言感动世主，得以躬行其道。至于得位而行，则上兴共主，下救倒悬，以继孔子东周之志，未可知也。夫王霸之分，在诚伪义利之别，而岂在功烈之高卑？不知其本而任其流，其弊不至于大坏名义不已。后世强藩跋扈，乘王室之衰而假兴王之义，以盗窃神器，攘夺不已，盖不知孟子之深意，而实适为管仲之罪人矣。

夫子尚论帝王，赞尧、舜、禹，曰如天，曰不与，曰无间。论周之盛德，推泰伯、文王，曰三以天下让，曰三分有二以服事殷，而未尝一语及汤武者，盖春秋虽战争攘夺，列国尚知有周共主，如医者于历年之虚证，而用温养之剂，欲还其本以及其末也。至战国时，孟子对世主多称汤武，盖见列服无君已甚。病入膏肓，如医者于七日之伤寒，而用泻火之剂，治其标以徐图其本也。盖其志在于救民水火，其术将以歆动人君，故称汤武不置，欲效其仁义，非真踵其放伐也。若道性善，必称尧舜，此又大本之不可诬者矣。

土芥寇仇，与夫闻诛一夫之说，似非对国君体，然孟子当日必察其人之可进而后进之。若以此语进于明太祖之前，则金吾之射，当不在千百载之后矣。夫进英主之言，当如甘露和风。进庸主之言，当如疾雷迅电。盖非疾雷迅电，不足以振拔其委靡之习气，乃言之如此炎炎，而听者仍尔漠漠。易位之语，不过一变色而已，甘露和风之言，尚何庸乎？虽然，战国之君，闻兹逆耳，虽不能行，犹能听纳。若至于汉唐而下，敢谏之臣，虽戆如汲黯，直如魏徵，而能以此等言语进邪？未得生王之头，先成死士之墓矣。然而明太祖之忌寇仇语，盖以肃臣子敬谨之分，逆知射之，必有能救之者。既已射之，而复祀之，则可以知其意之所在，诚恐一言之流弊，至于欺君也。有孟子之志则可，无孟子之志则欺也。

桃应之问，孟子之答，盖推度大舜之爱亲之切，而视天下之轻，极其心之所至云云。非有是事，亦非必有是理也。瞍始年溺爱，不过曰父顽，而未尝有杀人之事，况舜既为天子，而瞍尚有无故杀人者邪？瞽瞍天子之父，皋陶天子之臣，纵瞍果杀人，安有其子之臣，执君之父而诛之者邪？况舜为天子，瞍不得有杀人事，纵瞍果杀人，陶果执法，舜亦安得窃负而逃？弃天下之法而私一己之亲，是尤不可为训者也。然则如之何而可，曰：下罪己之诏，优恤后之典。于恩于法，或庶几焉。窃负之说，论其心耳，无是事也，无是理也。

或曰：舜未为天子，瞍若杀人，陶必执法，舜于此时窃负而逃，可乎？曰：乌乎！可。犯杀人之法于天下，重逃罪之名于吾亲，于理未当，即于心有未安，必也引罪于己而代其亲，庶几杀身以成仁欤？或又曰：圣人止知有亲，安知有法，安知有名？曰：此为愚孝言之，而岂所语于圣人之大孝哉？圣人不虑法，亦不废法，不计名，亦不丧名，随事尽善，泛应曲当，岂其于吾亲也苟焉而已乎？

《周书》牧野之战，罔有敌于我师，既已会矣，安有不杀人者欤？孟子曰：以至仁伐至不仁，必不至于血流漂杵。过矣，夫既布黄钺白矛，立止齐步伐，有用命之赏，不用命之戮，则其中三百之乘，三千之贲，于甲子昧爽，奋威敌忾，惟恐以不尽杀商士为憾，则漂杵之流，亦其常也。盖仁人之用心，与天下之服仁人之德，盖在乎一戎衣，而天下定一语，不至于再，不至于三，非若春秋战国而下，积年累月，盈野盈城之甚也。孟子此语，盖惨痛流血之语，似乎残刻，有伤仁者恺恻之衷，然此亦是当然之事，固然之势，不必为圣人掩也。尽信书不如无书，然则我于《孟子》，取五六篇而已矣，孟子服乎哉？

李文正论

彭思眘

李文正相武宗，际权珰煽虐，悉心回斡救正，人第称其保全善类，提拔后学而已。至其锄大憝以安宗社，有功无迹，人不得而知，公亦不欲人知，且为不知己者诟厉，其心弥苦矣。人知发逆瑾之奸者张永也，激永发瑾之奸者杨文襄也，亦知文襄之所由激永除瑾者，果孰为之乎？

公不妄交，所与游必端人正士，而深信其忠悫有为者，寮友中惟刘忠宣与文襄二人耳。文襄孤踪貌寝，由南奉常骤膺殊擢者，忠宣之荐，公为之也。寻瑾诬逮文襄下狱，祸且不测，事竟释而善归者，又公之为也。适寘鐇事起，诏不遣他人监军，而遣与瑾有隙之永天为之，其不遣他人总师，而特起文襄于田间者，又公为之也。诏已下，瑾图延缓以观变，而捧诏具仪趣即出师者，又公之为之也。故瑾既诛，文襄与少宰何燕泉曰：宾翁补天捧日无迹，序其文集，则有应变不易守，及辱知多所规益语，则公平日与文襄忧国深筹，居然可知矣。设策假手，不动声色而翦薙巨奸，此又惟文襄知之，即永终不知也，何况他人。

论者不察公锄奸之苦心，而訾其不与阉忤，则并未征考时事。瑾陵轹荐绅，独于公有加礼，屡邀款会，公从不至其门，诏与议事，一无假借。如议献田土，停荫，叙免，三覆奏，取回出差内臣，革直省提学官，罪平江伯陈熊，憾安奎、张彧、荷校，矫诏执朝班官三百余员，公皆与力争。悚以祖宗旧章，怵以古今大义，面折抗辞无少挠。瑾气夺颜变，若此类不可悉举，不忤者顾如是乎？

至訾公不辞位，则尤无识。方瑾之谪司香孝陵也，刘、谢未深计，致激中变，二公虽去国，瑾之恨刺骨，其欲甘心也，宁须臾忘哉？若公偕去，毒焰必益张，瑾一日未除，二公固不得安处，且国事曷赖焉？二公已蹈壮頄之凶，而公则深合若濡之义矣。余姚喻此意，在籍频数通问，情好逾旧时。洛阳木强人后亦省悟，何局外者反用此为讥议邪？

公天性忠君爱国，非权（悻）〔幸〕所能夺。淡荣利，为相国清约如寒士，爨火屡虚，常售草书取给，而犹不免好事者不忤瑾、不辞位之诬，以没其计安社稷之苦心，则诋其春容大雅之诗文为软熟，诋其所取文学气节之杨升庵为私以巍科，更不足怪矣。此真所谓小人好议论，不乐成人之美者。特不知其于郭汾阳之不忤鱼朝恩，狄梁公之不辞位于延载时，则又何说也。

案：乾隆《湖南通志》载此文，而封公之子尚书维新《墨香阁集》中亦有之，微有异同，未知孰是？考《茶陵志》，载封公十岁能属文，性耽吟咏，手订《张龙湖集》、许氏《说文》、吾丘衍《学古编》行世，著有《书经辨》《读易玩辞》《史衡》各稿，则非不能为文者，惜不多见也。汝怀附记。

周濂溪论

彭维新

道之大原出于天，天道终古不已，其寄诸人而行诸世者，绝续之会，天亦若有意焉。孔子于文之未丧，孟子于时之可，皆卜之于天，然则朱子谓濂溪周子，为天所畀而得斯道之传者，讵不信哉？

周子德性之宏粹，气象之冲融，识见之高明，神趣之浩荡，志操之淳洁，俨具圣人之体。惟生是使独，故其闻道甚早，出处一与道俱。当穷居时，意境恬旷，若与天地万物同适。及临民莅政，精密严恕，皆与天理人情悉协，虽学问邃而涵养深，而其所受于天者，已较然敻绝于人矣。

夫三代以下，言治与政歧，言道与事远，人与天判不相涉，圣与凡了不相通。秦固不足道，汉逮隋唐，中间非无魁儒茂士，钻仰圣道而深探造化之源，究极事物之赜，挈修齐治平之要，以善礼乐刑政之施，均未有如《太极图》《通书》之精微广大、深切著明者也。盖其图寻端竟委，发前人所未发。推本主静，见圣人所以立极，君子所当修为者，举在于是。

书之言性命，言诚，言幾，言学，言治，辞义简要，与图互相发明，天德王道，靡不粲然具举。凡此者，皆所以阐大《易》之精蕴，示学者知所准的，不迷于从入之途。循是而往，上可希贤圣，次亦可以修身寡过。揭正学以祛蒙瞶，异学、俗学无容其汩翳。于以上接洙泗之脉，下启伊洛之传，圣道之几息而复续，已晦而复明者，赖有此也。故羲、轩、尧、舜，譬诸创业垂统之祖也，禹、汤、文、周，象贤守文继世之嗣也。

孔子集大成，能恢廓光大前业之嫡裔也。而周子者，生于斯道若泯若没之会，精心孤诣，得不传之秘于遗经，俾不绝如缕之绪，将坠而复大振，此真云礽之奋然中兴者矣。向非天所特畀，奚能继斯道之传，于历圣既没千五百年之后哉？是则周子之功，不在孟子下。性道渊源，超然独得，董与韩曾未与闻，况余子乎？或乃谓《太极图》传自陈希夷，朱子已斥其诬。至谓受之鹤林寺僧寿涯者，则更为无稽之说矣。

薛文清论

彭维新

明代诸儒，有志圣道者不乏其人，而学术之正，以薛文清为最。盖自孟氏没而斯道之榛莽日甚矣，得宋周子神契道妙，揭纲要以续垂绝之绪，又得二程、朱子递为极力疏阐，示正学之鹄，俾学者不迷所往。知行并进，以造乎道。

当时贤智之徒，过骛高远，已不能无流弊。元儒许鲁斋，步趋程朱，罔至失坠，自是而外，嗣响者盖寥寥矣。明初人材非不盛也，或以忠义显，或以经济著，或以文藻见，讵无一二端之符乎道，而全体至正者，究难其人。

文清生平，立身本末，无有遗憾。其气节，其猷为，其进退之宜，皆原于学问，而其学问之实，一本于诚敬。方少壮时，味程朱遗书，即以复性自力，审之义理，体之践履，验之日用事物，必一一求其自慊，斯须之顷心不少弛。衣冠必整，虽独居燕处，与治事接物无异。监场辰沅，惟惧澄清之不极。视学齐鲁，惟惧教化之未立。平反庶狱，惟惧一民之或冤。悉将之以实意，而持之以小心。距今三百余年矣，宦辙所至，后人犹有称道其事者。其始终不阿权贵，至于际穷厄，罹患难，视为固然，绝无所动其心。非信道之笃，未能矫强而窃其似也。

今《读书》《从政》二录具在，皆其生平正学复性，见诸行事之实者。论者以伊川之严厉，明道之平易，合而拟之，非过也。独怪当日预祀之议，迟之又久而后定，大概以著述未富之故，夫二录所载，何尝非经传沥液，且身体力行，较语言文字，孰难，孰易，孰轻，孰重？但当核其真与否耳。如徒以著述而已，则是扬雄之僭易，王安石之新义，竟可悍然攘臂于仲尼庙堂，而使闵子、南容避席矣。何其时持议诸臣之采华弃实，反不若奸阉厨下之仆，犹知尚德好贤乎？

甚矣，学术之正，不可易幾，而世之推崇正学者，亦难得真知灼见之人也。闻文清初生，举体晶明，洞见五脏，举家惶骇，其祖闻其声，曰：是儿声洪，异人也。此则表里洞澈之征矣，真儒之生，岂偶然哉？

陈寿论

彭维新

陈寿天资恬豁，能窥见前贤根柢。风概亦复矫矫，而饬谨未极，遂为疵类。蜀当黄皓专政，大臣多阿附，寿以区区观阁令史，不为之屈，至屡受谴黜，不改其度。入晋以著作郎领本郡中正，是非一无假借，于一方人物片善必录，冀以振厉人材。所撰《三国志》，前哲多善其书。而或非其寇汉，解之者谅其时之所处，或讥其求米，解之者谓出于无稽。惟诋毁诸葛忠武父子之论，昉于孙盛，而托诸常璩闻蜀中长老之言，《晋书》遂据为实事，自是千古论寿者，竟众口若一辞，抑何其弗察之甚也？

观寿所为亮传及所上文集表，于亮之公诚忠悬，敬勤明恕，津津颂不容口，盖未敢以三代以下人才目之也。亮自比管乐，寿则等而上之，拟之子产，譬之召公，又跻之周公之圣。街亭之役，载予复一诏，见咎由马谡。师出无功，则云时无名将之助，且天命有归，不可以智力争，是皆为推原之论，未始有一字诋毁也。世所指为诋毁者，以有治戎长，将略短，理民之干优于将略云云耳，不知寿之推崇亮者，于斯为极。

盖三国时，奇谋将略非乏其人，孟氏所谓民贼服上刑者也。曾本领正大如亮，而与颇牧方驾，极其至亦不过媲美孙吴，适足为玷耳。王佐德业，惟判于此，而凡所称立法施度，物究其极，运输屯戍尽善，与司马懿按行营垒，叹为天下奇才者，特其余事耳。至魏民追思于身后，魏帅肃祭于庙，禁樵牧于墓，备言德洽。敌国至于如此，而世犹以为涉于讥议，惑矣。故世传寿衔夙怨，殊未可信，果若人言，寿又不应有以生道杀人，虽死不忿，及刑政峻而无怨，以用心平而劝戒明之言矣。况亮死，为亮废斥者叹息流涕，寿又笔之于廖立、李严诸传，则亮髡寿父、寿被瞻轻之事，容有未必然也。其于瞻也，言蜀人思亮，爱瞻才敏，声誉过其实，亦见亮遗爱深厚，人情犹系属其子，非贬辞也。矧邓艾以封王诱降，瞻怒斩其使，与其子尚俱力战死，一一具载于传。象贤绳武，忠孝三世，寿传诸葛父子，洵可谓能见其大者矣。

至父丧有疾，使婢丸药，为乡里贬议，沉滞累年，虽张华以遭疾原情，仍举为孝廉。然未能谨于微，是有其质而未能充也。惜哉！

王羲之论

彭维新

王逸少识精虑远，有经世之略，有挽世之心，同时诸臣，莫出其右。地望不必论，即书翰亦其末迹。

晋自渡江后，浮竞仍扇，风尚益靡。道德既昧厥指归，事业亦卑卑无可称述，惟迭相慕效，于举止吐属间，其出而干实、处而底厉流俗者，百无一二。卞望之而下，蔡谟、陈頵、范宁，差不至背驰，自余不为国是世教之蠹者，希矣。故政事日堕弛，而风俗之坏至于不可救。

逸少幼讷，长骨鲠，天怀恬淡，出处不苟，独不为敝习所渐。与谢安登冶城，规以虚谈废务。于谢万都督豫州，规以与卒之下者同甘苦。及万再迁豫州刺史，则致笺桓温，言其违才。殷浩与温不协，则诫以安朝廷当和内外。浩将北伐，预忧其必败。及图再举，又贻书切止之。复与会稽王笺，极陈其害。其余国事，一一洞如观火。为会稽内史时，值岁饥，辄开仓廪振贷。屡疏言吴会赋役繁重，朝议多见从。又条举郡属诸事之厉民者，致书当国，洪纤不遗。当时执麈尾、凭隐囊者，能之乎？及优游里巷，每因事寄意，以针砭虚元。

至云教养子孙，敦厚退让。令举策数马，仿佛万石之风，则自魏晋以来，荐绅之士，久不作斯语矣。夫世人竞家世，逸少不假门资著。人患无名迹，逸少反以书迹掩其实行。以唐文皇之倾心，尚采其末而遗其本，余故略举其事实以表之。至耻为王述下，未免涉于褊激，君子惜之，然亦无怪其然已。

三十六宫都是春论

李文炤

天地之大德曰生，其生之理则为仁，其生之气则为木，其生之序则为春。故一元之运，以开物为主，其浑沌者所以启再辟也。

一日之运，以平旦为宗，其昏夜者，所以启再晓也。一人之身，以孩幼为基，其老衰者，所以传嗣息也。一草一木之类，以勾萌为本，其凋落者，所以兆将来之华实也。然则春之流贯，本无一息之间，其夏，其秋，其冬，不皆所以成之邪？

昔邵氏论《易》，而曰三十六宫都是春。请申之，或曰：乾一，兑二，合之而为三。离三，震四，加之而为十。巽五，坎六，加之而为二十一。艮七，坤八，加之而为三十六。是亦似矣，然纯卦止于八，如屋之栋宇有定，而层次则以渐进耳，安有因其积数裂而多之乎？或者曰：乾画三，坤画六，震、坎、艮之画各五，巽、离、兑之画各四，合之而为三十六。是亦似矣，然阳一阴二，万物之定分，奇者为一宫，偶者为二宫，则男乃一人，而女乃二人乎？或者曰：六十四卦，正对者八，可当八宫。反对者五十六，可当二十八宫。是则益近之矣，然反对之卦，各自有义，如字之为上为下，为曾为㬎，为出为帀，倒之为义大别，有如巷陌之间，两户相向，遂可合称一家乎？盖尝深思其旨，而知为月卦发也。地逢雷而为复，由是而临，而泰，而大壮，而夬，而乾。阳爻二十一，阴爻十五，乾遇巽而为姤，由是而遁，而否，而观，而剥，而坤。阴爻二十一，阳爻十五，是阳爻合之而得三十六，阴爻合之而亦得三十六，然孰非一气之流行乎？

春之为言蠢也，阳之动也。夏之为言假也，阳之盛也。秋之为言揫也，阳之收也。冬之为言终也，阳之介也。阴亦然。圣人不言耳，然则三十六宫，皆春之所弥纶耳。其在于身，念虑之扩充，即吾人之天根也。幽独之省察，即吾人之月窟也。叙而为亲义序别之伦，孰非至爱之所推乎？发而为恻隐、羞恶、辞让、是非之情，孰非不忍之所贯乎？析而为宽裕、温柔、发强、刚毅、齐庄、中正、文理、密察之蕴，孰非醇厚之所统乎？形而为头直、口止、声静、气肃、手恭、足重、坐尸、立斋，以至大经三百，小曲三千之仪，孰非和顺之所体乎？不谓之春而何哉？

古之君子，端居谨伐树杀兽之萌，养此春之端倪也。得志溥惠，鲜怀保之泽，极此春之分量也。即至穷饿遁荒，徉狂剖杀，而仍不失乎恻怛缠绵、不能自已之至性，完此春之机缄也。三十六宫之说，非即天下之广居也哉？邵诗又有之：天外更无乐，胸中别有春。然则欲求此春之术，无他也，乐天而已矣。

丧论

李文炤

物莫不悲其类，而况于一本者乎？故圣人重丧。夫丧有大本焉，有大经焉。恻怛之实，疾痛之情，大本也。节文之具，度数之详，大经也。盖人之既死，体魄则降，志气在上，为之衣衾，以周于身焉。为之棺椁，以周于敛焉。为之宅兆，以周于柩焉。而所以藏其体魄者备矣。始死而奠无时，犹然养生也。既殡而宾之，于是乎有朝夕之奠。既虞而神之，于是乎有朔望之奠。而所以萃其志气者详矣，君子因之称情以立文焉。

始而徒跣袒括，殡而衰杖，期而练服，再期而素服，此衣服之节也。始而不食，殡而饩粥，卒哭而疏水，期而菜果，再期而醴腊，此饮食之节也。始而苫块，虞而席木，不入中门，再期而后复寝，此居处之节也。顾自汉景短丧以后，虽以晋武帝、魏孝文、周高祖、宋孝宗之毅然复古，而终不能尽变夫天下之俗，于是舍先王之制，用浮屠之法，其居丧者自素服而外，漠然无以异于平日。甚或与宴乐，主嫁娶，而不以为非，不亦悲乎？

至若旁亲外姻之丧，各有差等，民之所以群居而和壹者，恃有此也。而世之君子，当其少也，则以亲在而嫌疑之。及其老也，又以年衰而畏忌之。独不思父党、母党之丧，为人子者多从亲之服，然则定省之间，何嫌乎以凶服侍其亲也？七十犹衰麻为丧，八十而后，齐衰之事弗及焉。且死生常理，虽畏忌之而将何所逃乎？族之相为也，宜吊不吊，宜免不免，犹且罪之，而况乎有服之亲而可概置之邪？即行吊于人，亦当有制。食未尝饱，哭则不歌。羔裘元冠不以吊，圣人之懿行也。傥主人而有酒肉之设，当力辞之，或尊长在座，亦必少尝而速起焉，无使陷于醉饱之失也。

吊服与冠，皆当以木棉为之，不可费主人之布帛。若赞礼题主，概用公服。其失非小，而举世安之。敦厚好古之君子，当必有一洗其陋者矣。

祭论

李文炤

先哲有言，祭祀之报，本于人心，故豺獭能祭，其性然也。自佛老之教盛行于中国，或妖神怪像设之于寝室，或诵经供佛行之于户庭，而祀先之礼概乎灭裂矣。幸而有宋大儒修明典制，虽不尽协乎先王之旧，而礼以义起，正百世之所当遵也。

朔望俗节之奠，以荐新也。冠婚爵命之告，则当因时祭而行之。高、曾、祖、考之祭，凡同服之亲，四时择日，会于小宗祠堂之内，日用丁巳。具牺牲而献之。其旁亲无后之神主，各以班而列焉。然后同高祖之支庶，别择日而祀其三代之私亲。同曾祖之支庶，别择日而祀其二代之私亲。同祖之支庶，别择日而祀其父母。庶乎不涣而不紊耳。始祖、先祖之祭，凡同族之亲，每岁择日会于大宗祠堂之内，具牺牲而献之，但始祖之祀有似禘之嫌，先祖之祀有似祫之嫌，殆非士大夫之家所可僭。不若但择先人中之名臣修士，仿圣人七世观德之意而特奠之，是亦干祫之遗意也。

墓祭则非古矣，然先王联坟墓之法已废，而后世风水之说又盛行，则其势不得不散置于各方。凡夫陵迁谷变之虑，盗葬侵址之虞，皆不可以不备也。于春露秋霜之际，会族人而一展省焉，固人情之所不容已也。至若五祀之祭，则亦有家之至切者。户者万物之所毕出也，故春祀之。门者万物之所毕入也，故秋祀之。养物者莫盛于火，而灶其司也，故夏祀之。滋万物者莫盛于水，而井其司也，故冬祀之。《礼记》作行，亦通，盖古者井田之法，沟即在涂下故也。

万物莫不依地而附天，中霤则一家之土中，而天气之所由通也，故季夏祀之。夫君子之心，无德不报，是数者皆人所赖以生也，而可恝然哉？噫！淫祠谬宇，则群然谄之以求福，至于当敬之鬼神，乃反忘之。经不正而民不兴，可胜道哉？

湖南形胜论

王文清

自大湖南北分，而湖南十二属之形胜，甲于列服矣。盖承平既久，辐员日开，康熙时修《地舆图》，以衡岳为天下之中，盖对湖北而言，湖面为中，以天下计之，则湖南又为天下之中矣。如湖北我藩篱也，与之接壤者，岳之临湘、华容，澧之石门、安乡是也。

两广邻南交之地，今介东粤者，衡之临武、桂阳，郴之宜章，介西粤者，永之道州、江华、永明、宁远是也。江右袁州一路，古三苗地，而岳之平江，长之浏阳、醴陵、茶陵，衡之酃县与相错矣。四川天府之国，永顺之龙山、保靖，宝之城步与相接矣。贵州苗民杂处，沅之芷江、麻阳，靖之通道、绥宁，不与相接乎？其自北而南，则岳州为首，而澧州次之。自南而北，则永州居巅，而衡州次之。自东而西，则轫于长沙，而宝庆次之。自西而东，则肇自沅州，而辰州次之，常德又次之。居西北隅者永顺也，兼东北隅者岳州也，居西南隅者郴州、靖州也，兼东南隅者又衡州、长沙也。此通计十二属之大概也，大概得而逐郡可屈指矣。

控制湖湘，门户交广，左以老龙为潭，右以飞虎为寨，为十二属之领袖者，其长沙乎？左洞庭，右彭蠡，矗君山天岳之雄者，岳州也。登楼而吊范老，其有同忧之志乎？蒸湘云涌，城抱如弓者，衡州也。遐思瑞辑重华，鸣传朱凤，其南天最古之国乎？固不独祝融、天柱之争奇也。常德锁群溪之汇，驻重湖上，地綦险要哉？而论者徒以桃花流水，侈谈仙境，抑末矣。

宝庆势临溪峒，林箐深茂，而武冈、城步为甚，昔唐柳公绰曾于两冈中招溪蛮而降之，不亦壮哉？苗疆故地，改土归流者，永顺也。彼其垣壁之固，濠堑之深，蹊径之纡曲，灌莽之茂密，自昔然矣。辰州崇冈复岭，五溪之众聚焉。至今逾辰龙关，渡泸溪，陟五寨，尚令人心目俱眩。向非楚之师武臣力，其克城此而兼定黔中哉？

沅州者，析辰州而郡之也，蠢兹有苗，岩城御之，其南土之保障乎？若乃近挹百粤，远揖五岭，与黎僮为襟带者，永州诸邑皆然，其有戒心哉！顾营道濂溪，高山仰止。元次山槃槃一亭，颜鲁公中兴片石，洵足壮山川之色已。面西湖，背荆江，钟澧水，酌九溪，出入汇口者，澧州乎？左之黔，右之粤，犬牙错乎苗、瑶，而扼制其□□咽吭者，靖州乎？居楚天之末，距三百六十滩之上，鼓棹而下，直达全楚者，郴州也。凡此十二属者，为郡九，为州七，为县六十有四，所以实此形胜者也。

军则自督、抚、提、标外，凡二镇、九协、二十七营，所以卫此形胜者也。今也，抚兹形胜，窃为未雨绸缪之计：一画战守之宜。有战守俱不易者，澧州也，靖州也，郴州也。澧虽众水回环，然地势平衍，无高山叠嶂，以障蔽之。郴、靖虽山林深阻，然地在边隅，靖尤孤立，黔苗错壤，非种可锄，往往有他族逼处之患。此则战当持重，守亦当加严者。有易守而难战者，永顺也，沅州、辰州也，宝庆也，永州也。峭壁悬岩，可以陷戎马之足。一夫当关，万夫束手，则守之易也。深林密箐，无往非藏伏之场，虽有强兵悍卒，长技莫施，则战之难也。有可战可守者，长沙、衡州也，岳州也，常德也。大江重湖，既自有天堑难飞之势，而宽原平野，又可逞其搴旗斩将之威。商贾辐辏，则百货不缺于供。盐米如山，则高垒可以持久。故进可战，而退亦可守也。

虽然，此亦悬论其大略耳，险阻原不足恃，孟子不曰固国不以山溪之险乎？众志自可成城，昔人所以食子炊骸，而不为城下之盟也，况此十二属者，一德一心，风行草偃，监司、守、令既绳贯而钩连，露布羽书，亦首动而尾应。一方有警，则唇齿有辅车之依。一矢相遗，则手足惟头目之捍。不又分之为十二属，而合之直如一郡一邑也哉？是在当事平日，撙节爱养以阜我粮储，操阅训练以强我卒伍。敦师儒，崇学校，以培植我士气。通商贾，来百工，以招徕远人，以供器用。所谓足食足兵而民信之者，此也。

夫包二千里沃土之区，护亿万家生灵之命，聚黔、滇、蜀、粤之都会，拥汉、鄂、吴、越之上流，无事则烽销烟静，以养其威。有事则鹤唳风声，以敌其忾。要以拱卫神京，忧纾南顾，形势不极其胜哉！

长沙全郡形胜论

王文清

《易》云：设险守国。《周礼》：职方氏掌天下之图，以掌天下之地。彼在德不在险之说，岂通论与？昔之人往往按图籍争险阻，成竹在胸，有备无患，其为未雨绸缪者，至深远矣。

长沙枕冈面山，襟江带湖，此郡城之大势也。统全郡而指之，东则由醴陵而度萍乡，抵袁州，由浏阳而越万载，至吉安矣。西则左走滇、黔，右达荆襄者有益阳，镇瑶民通新化者有安化，接邵阳出武冈者有湘乡矣。南则洣、攸二水合入于湘，而发源于江右之安福，则茶陵与攸亦与江右为唇齿也。日南桂岭过斗飞泷，自分水岭以北，滔滔滚滚，由永州达衡山，而湘潭实全汇之，则为交广之门户者，非湘潭邪？北则岳州之平江，崇山鸟道，石径天梯，千嶂万叠，而长沙实与接壤。洞庭八百，巨浪蹴天，顺风扬帆，不日而万艘毕集，维湘阴独障蔽焉，则北门锁钥，全在湘阴已。独善化、宁乡二邑，包裹腹内，不与他省钩联，然于长沙、湘潭、益阳、安化诸邑，固自犬牙相错，此又长沙十二邑形胜之大概也。

先事而筹，水陆各有要害焉。陆则如长沙之罗洋、智度，善化之岳麓、关山，湘潭之龙王、黄龙，湘乡之龙岩、黄巢，湘阴之玉笥、神鼎，宁乡之大沩、稽茄，益阳之五溪、白鹿，安化之浮青、芙蓉，移风辰岭，四山梅子，司徒二岭，黄罗一岩，桃山一洞，浏阳之道吾、大光、大围三山，醴陵之太平、姜岭，攸县之司空，茶陵之云阳。此中险峻插天，则攻取者难拔。坳阿伏地，则啸聚者易藏。所谓陆地之要害者，此也。

水则如草市之汇茶、攸，渌口之入醴陵，捞塘河之入长沙，亦入浏阳，昭潭、靳家河之抵湘潭，湘河口之扼湘乡，乔口、菱子口之通益阳，亦通安化，净港之入宁乡，下泥港、金子湾之入长沙，铜官对岸之达善化，扁担夹、樟树港之逼湘阴，达各乡之舟楫，通各处之咽喉，转输百货，搬运糇粮，此诚不可一日失守者也。至郡城四面，尤有当加意修治者，则南关外之醴陵坡、豹子岭、张公岭三处，地势高耸，宜造敌楼百尺，俯瞰长江，远窥山谷，此瞭望之宜备者也。大江在郡城西北，别无港汊，舟舶难停，风涛猝起，每有覆溺之危。按：城南有南湖港，城北有新河，向为沙泥淤塞，每奉当事浚瀹，然往往未完其事，必时加疏涤，则运粮输货，有急可资停泊，可避风涛，此津渡之宜备者也。

城下有水陆洲，上之又有兴马洲、古磉洲、晚洲，长亘江心，舟楫出其两面，承平既久，往来者如入无人之境，所当拨兵弁守汛，以扼其吭，以制其冲，此江心之宜备者也。

洞庭为长沙户牖，中有磊石山、琴岐望两处，高距全湖，望周万顷，而铜盆、万石二汊，为湖中栖泊要处。南北有事，势在必争，今虽设立塘汛，然地旷兵孤，鞭长莫及，似当拨武员领兵驻札此地，大之树藩篱之卫，小之警客商之防，此门户之当备者也。

揽郡中之形胜，循十二邑之脉络，运我臂指，固我疆圉，此皆存乎旬宣者保障之力而已矣。

风俗论

王文清

案：《汉书》谓楚俗火耕水耨，食物常足。唐杜佑以为，湘川之隩，人丰土辟。刘禹锡谓无土山，无浊水，人禀是气，往往清慧而文。曹中曰：家闻礼义而化易孚，地足渔樵而人乐业。宋欧阳文忠亦云：山川之秀丽称衡湘，人居其间，得之为俊杰。我长沙为楚南首郡，则风俗之朴实而俊伟者，莫兹郡若矣。

顾积习至今日，竟有大异乎旧俗，尽椓其淳风者，则非质之过，而文之过，非不足之敝，而有余之敝也。冠昏丧祭，三《礼》载之最详。文公《家礼》，斟酌古今，尤为平易可守。今则褓襁巾帽，冠礼固不讲矣，昏礼不问男女，而先求声势，不择德行而专重资财。纳币则侈陈锦绣，遣嫁则夸示妆奁，亲迎则宝马香车，高牙大盖，竭岁月经营之力，博顷刻市童之怜，何其惑也！

丧葬大事，往往舍戚言易，舍质言文。輀轴未行，木主在椟，而歌舞于朝，鼓吹彻夜。酒肉醉饱乎宾客，旗帜高耸以招摇。题主动请命官，赞礼必须多士。苟不如是，则纷纷物议，谓以财帛俭其亲，每有亡者之身未寒，而存者之产已破，九泉得无心恸乎？此风俗之在礼节者也。坟墓所以安亲体，非以利生人也。今则惑形家之说，图谋风水，有以计取之者，有以势夺之者，有以货利诱之者，有以昏夜盗之者，甚至截他人祖宗之脉以葬其父母，且劈自己祖宗之冢而葬其新丧。以亲柩为富贵之资，借葬亲为垄断之策，殃连祸结，暴骸斫棺，不亦忍乎？

僧道师巫，左道也，今则惑十王之说，贪种福之田，病则宰牲禳祷，口称度厄消灾，死则拜佛斋僧，求免锉磨舂火，违名教总归荒唐，此风俗之在营求者也。

衣服、宫室、饮食、舆马，酬应交游，士大夫原有定分，今则遍身绮罗，画栋雕梁，饮食若流，高车驷马，呼卢喝采，一掷千钱。以轻薄为声援，以拍肩为意气。取逋索债者在门，沽酒治肴者在道。此风俗之在日用者也。

男子勤耕，女子勤织，分也。今则男不事耕耘而趋贸易，甚则游手好闲，坐食荡产。女不勤纺绩而饰脂粉，甚则朝岳进香，遗簪堕珥。人离本业，逸则思淫。此风俗之在习业者也。

转移风俗者士习也，而此地士风不一，彼老师宿儒，名山著述，言规行矩，守厥家声者固有人在矣，其间不自爱鼎者，或教猱健讼，鞶带三褫。或浮言动众，起信险肤。或不范驰驱，而矜奇吊诡。或初闻亥豕，而祸枣灾梨。或匿丧投牒，遂忘罔极之恩。或更易姓名，甘心匪类之种。虽有典型，不可救药，老夫灌灌，奈之何哉？

凡此皆俗之失则文而敝于有余者也。风俗如此，不将江河日下邪？曰：非也，长沙古名郡，昔人谓其士恬于势利而好清修，又谓其俗多慷慨，尚节概，而耻为不义。学者勤于礼，耕者勤于力，是惟在莅兹土者正本澄源，以身作则，彰善瘅恶，树之风声，毅然挽颓波而返之淳俗焉，孰谓南风之化，不复自吾邪？

学校论

王文清

士先器识而后文艺，盖器识高而后行诣卓，行诣卓而后事业真，区区文艺，特其积厚之所流耳。长沙人文蔚起，王国多桢，顾趋时务者，往往鄙器识之说为迂，其为文艺，亦非薄先正花样求新。揆厥由来，则功名利禄之念有以误之也。苟可以博功名，取利禄，则不惮破觚为圜，袭石为玉，父兄以是教，子弟以是学，司铎者亦以是应课督故事，狂澜之倒，砥于何日乎？

夫器识莫贵乎远大，而艺文必根于义理。古之君子，独行畏影，独寝畏衾，敦孝友，饱仁义，淡泊明志，宁静致远。处也有守，出也有为，蔼蔼吉人惟天子使，勒旗常，铭彝鼎，社稷倚之，俎豆奉之。视彼借诗书以博富贵，肥身家，甚则怜市童、泣妻妾者，其器识之贤不肖为何如也。

文章根柢六经，廿二史次之。经学通则经术有本，史学熟则议论有征。乃今之学者，舍此而远求诸子，旁索百家，下至拾其唾余，袭其面目，掠其一枝半叶，并诸子百家之意指而又失之。呜呼！离器识于文艺已末矣，况文艺中又失其所为文艺乎？求器识于文艺已浅矣，况文艺中又益坏其所为器识乎？是必有养士之泽，有造士之方，有取士之规，有用士之实。厚其廪禄，俾无入门交谪之忧，斯从善也易，养之之泽也。立其闲检，使有名教自守之乐，斯越畔无愆，造之之方也。尚真修，不尚虚誉，尚实学，不尚浮文，取之之规也。坐可言，起可行，文可经，武可纬，否则乘轩之鹤，削棘之猴，无所用之，用之之实也。

夫如是以言教之，以身率之，优而柔之，餍而饫之，驯而化之，后起多英，南风有不日竞者哉？

湖南文征　卷二十五

论二

五行生克论

黄秀

自太极分动静而两仪立，阴阳有变合而五行布，是五行之气，乃造化所发育，而运行于无穷者也。故二气变化，而阴阳相间，成对待之体者则有质，质附于地也。一气循环，而阴阳相因，为流行之用者则有气。气行于天也，天生地成，是为水、火、木、金、土，而水木，阳也。火金，阴也。此以质而论其生之序也。阴变阳合，是为木、火、土、金、水，而木火，阳也。金水，阴也。此以气而论其行之序也。然统而言之，则又气为阳，质为阴，五行之变，相为生克、相为制化者，洵不可胜穷矣。

试为推论之：金木原有异质，木曰曲直，体既曲而能伸。金曰从革，从乎改以反其本。此金木之纯乎？质者然也，水火虽有质，而以气为用，故火炎上，与阳同升，水润下，与阴同降，而土不得制，此水火之主乎气者然也。然木、金、水、火与土，又有相资为用者。木金者，土之华实也，有水火相杂于其间，故木根于土，非水浸则不生。火性易然，故火附于木而不相离。金亦产于土，然因土性之燥，得火之精以炼，因土性之濡，得水之精以滋，故水火相待以成而不相害。此又木金之质生于土，必资水火之气者然也。若夫土之为物，则五行所以成始成终者，故木金为土之华实，水火升降于土，五行虽并列，而土之用尤重。是以木盛非制以金，难成有用之器。火盛非制以水，必滋燥烈之性。水盛非制以土，难遏浩荡之势。而金盛非制以火，又难以铄之而不至于耗。然则土之为用，不诚重矣哉？至土本地之质化之，终为万物所兼体不遗者，况五行之生克，阴阳互相为用，阳生则阴克，阴生则阳克，其理固然也。如同一木也，甲阳乙阴，故甲生于亥，克于午，乙生于午，克于亥，推之丙丁亦然。同一金也，庚阳辛阴，故庚生于已，克于子，辛生于子，克于已，推之壬癸亦然。而戊己与丙丁，同宫抑又明矣。

故以五行合四时，则生长收藏之序见焉。以五行配四方，则东、南、西、北、中央之地定焉。以五行分八卦，则震巽之木，乾兑之金，坤艮之土，与离火、坎水之位著焉。且五行下凝于地，上运于天，而应乎恒星二十八宿，或顺而左旋，或逆而右旋，而十二辰之象列焉。是天下何一非五行为之邪？然后知五行之生克，有交系之情，有变化之机，有顺逆之势，有母子相生之义，有夫妇配合之意，有彼此制化、旺相休囚之道，而其用不可胜穷者，孰非阴阳之气，太极之理，所以生生不息而绵绵不已者哉？

若夫五德兼备，五事克协，以同符于五行者，则必推阳阴合德，全体太极之圣人能之。而五行顺应，自无疹疠乖睽之虞，而有宇宙太和之化矣。谨论。

与谭孟扬论声乐

陈其扬

声止于四，今之言五声者，谬也。杯之与裴，平声之阴阳耳。去声亦有阴阳，对队之类是也。若徇五声之说，则此不更有六声乎哉？平去阴阳之判，伶人、乐官多知之，而学士有不知，则不学乐之故也。

至于字母之设，牙与喉不二音，唇、舌、齿各有二音。舌、齿合而成音，唇、齿又合而成音，而皆于口乎取之，若口不能举其字，虽日熟三十六母、十二摄无庸也，且亦于乐无当。昔者圣人闻沧浪而警听，下逮宁戚《商歌》而感齐桓，优孟《楚歌》而封叔敖子孙，此皆闻其声而知其诗，味其诗而知其旨者也。是故歌以移人情，诗以感人心者，由其发声之不乖，而取之口者粲然而众皆解也。

且其音又不繁，故其诗一闻而如语，若今之《吴歈》，苟不熟其词，则竟日听管弦咿呀，见优伶发齿动唇而已。是故其音繁者，其词不宣，不宣则非一聆而可知，繁则使人听之靡靡而心荡，其去古也不大远乎？然而不可以不究者。盖乐律之流传，止此一途犹可寻逐，循此而因流窥源，执□□□而五声之相待而相成，六律六间之循环更迭而为用者，犹得浸淫而得领其要。

古之人幼而学乐，长而歌诗赠答，未尝以此一事为旁务也。宾牟贾之请，师襄之避席，圣人犹为之，不得以为过矣。因君于此事极喜究心，故略举大凡如此，而于君何如也。

士人当有礼义廉耻论

黄炎

盖闻人君之视百姓皆为一体，而独于士加隆者，以其为四民之望，而人心风俗赖以维系也。士之名为儒，必行检克立而后为真儒。士之学在道，必防范克端而后为正道。如是则其处也有守，其出也有为，而辅世长民之本立焉。

故“士人当有礼义廉耻”之论，其言深切而其意笃挚也，请申论之：夫礼以制心，义以制事，士人立德之大端，而廉耻又所以维持乎礼义者也。礼者天之秩，非强人也。义者心之制，非外至也。礼非徒揖让周旋而已，必内主乎恭俭庄敬，而行之有节文度数，如伯玉之下公门，不为昭昭信节，不为冥冥堕行，推之至于《礼》经、《论语》所载，凡事上接下，衣服饮食，无一不准乎礼，而不敢徇情纵欲，则礼之至也。

义非徒刚介不阿而已，必准乎天理，酌乎事宜，别嫌明微而不苟，型仁讲让而不过。处而在野，能使乡党辨是非，息争讼，而不为乡愿之为。出而在国，能为国家决大义，断大事，而不存依违之见，则义之至也。然人莫不知礼义之为贵，而或甘蹈于非礼非义者，则以纷华势利夺其守，而廉耻不立也。

夫天地之间，苟非吾之所有，虽一毫而莫取。知以义自守，则淡泊可以明志。知以命自安，则宁静可以致远。惟廉而后能进以礼，退以义，不陨获于贫贱，不充诎于富贵，极之至于伊尹之严一介，杨震之砺四知，则廉之至矣。孔子曰：行己有耻。孟子曰：人有不为也，而后可以有为。古人耻其君不为尧舜，一夫不得其所，若挞于市。故无疚无恶，皆先自疚恶来者也。不愧不怍，皆先自愧怍生者也。推之如《礼记》：有其位，无其言，君子耻之。有其言，无其行，君子耻之。地有余而民不足，君子耻之。众寡均而倍焉，君子耻之。有耻则不徒无荡检逾闲之事，而进德修业，宣猷树绩，皆于耻心发焉。

盖有是四者，上可至于圣贤，次亦不失为谨身寡过之士，无之则为败常乱俗之人，圣王所必诛而不宥者也。士人可不知所务哉？

四皓论

张九键

黄老之术，自汉初已流传盛行，彼以卓然帝者师如张子房，犹不免牵于谷城黄石之约。后又传其从赤松子游，况碌碌余子邪？或曰：当子房时，有东园公、绮里季、夏黄公、（角）〔甪〕里先生，四人皆修身炼道，寿与德俱。傥亦赤松、黄石之侣，以仙为隐，故知如子房，当召见定计，心犹引重焉。余曰：否，否，是固所称开终南之捷径者，非真能有以重于世也。

夫海上有山，望之莫即。云间有鹤，虽招不徕。而四皓以再世之老，天子所不能臣，庞眉皓首，忽而辞隐入朝，岂其诚有不得已于中哉？毋亦意有所欣，遂颓然为人所诱致耳。如不必尔，率其高尚，既不事秦，亦不事汉，何事太子？事太子矣，何又不闻以仁孝之治？俾惠帝徐以格其母后，致令厕中人彘见而惊心，辅翼青宫固如是邪？殆亦非子房所以重太子意矣。吾观子房之意，意在猝致之以激悟高帝，非谓其真能安社稷，计久远，有以出于叔孙通、周昌诸人上也。其在帝之惊见示戚夫人者，曰：羽翼成矣，亦非谓其真能安社稷，计久远，有以贻朕躬后世之福，不过如所云彼事已就尔。而四皓率皆转移其中，颓然不知。乌虖！以颓然转移之人，且尚能守成深坚，重太子以为天下重乎哉？

史称周成王当襁褓时，有召公为保，周公为傅，太公为师，夫惟其冢君，实以师、保、傅任之。而后太公、周公、召公得实以师、保、傅之道自任，正其身，凛凛然如泰山之不可犯，而国之根本，屹乎其如磐石之不可动摇。君上无以嬖幸开乱端，君后无以计画窥神器。《内则》：太子不闻植党，而外则礼臣、御史不闻聚议。《记》曰：教尊而官正，官正而国治。《书》曰：三公不必备惟其人。此所谓为天下重者也。

四皓皆穷老末代，故未识此，然吾闻后汉之世，若诸葛君、庞德公、司马德操数君子者，其于行藏出处，轻重又何如邪？

淮阴多多益善论

张九键

用兵之道，闻有以少许胜人多许者矣，未闻已多而济之以益多也。济以益多，名之曰武满，满则气盈，盈则骄，骄则不固，用兵而持之以不固，虽有百万之师，十年之备，其势难可善其后矣。

楚与汉久相持于广武，汉王曰：吾宁斗智不斗力。斗智非诚汉王所优也，而言则有可采者。凡力有形，智无形，以无形运有形，乘之于其所不足，空之于其所有余，揣于其所必至，而猝而发于其所不虞，故可以用多，可以用寡，可以用寡为多，可以用多为寡，并可以使多寡未接其机早决。可以用多用寡，兵法所谓十则围之，五则攻之，少则能逃之者是也。可以用多为寡，用寡为多，如孙膑减灶以示弱，虞诩增灶以示强是也。

至于敌之多寡藏于敌，犹我之多寡藏于我，以我料敌，未定胜敌，以我饵敌，敌为我探，无不敌敌。其法在于萧王之以兵三千，亲犯寻邑中军而知敌之有余。谢玄之遣刘牢之以兵五千趋洛涧，而知敌之不足，既知敌之不足，又知敌之有余，然后以进则战，以退则守，不进不退，可保无害。不善用兵者反此，敌寡则欺，敌多则迷，己多则喜，己寡则葸，曾不思寡者备人者也，多者为人备者也，以人之必备，授以我之不备。所以高欢将十万，败于宇文泰之一万。曹瞒拥百万，败于公瑾兵三万。夫以号称智谋之人，屡能设奇，料敌制胜，而犹若此，又何怪于高祖之以五十六万败于睢水，炀帝之以百二十万败于辽东，势张气炽，久为敌算，而曾不自知者乎？

山谷之间，聚蚊成雷，然其善啮不如蠡。飞鸟翔集，望之如阵，然其善击不如鹰。则亦势纷附而气力不专也。或云：允若是也，多其了不足恃乎？答之曰：唯唯，兵自贵精不贵多耳，兵以多贵，特诳于淮阴多多益善之权词，岂诚用军行师之道哉？且如信生平，固善于用寡不善于用多者也。观其始之攻魏，所使从夏阳用木罂渡者，无过伏兵。继之攻赵，所使持赤帜，夜从间道入者，无过人二千，外如囊沙可以遏流，则遏之，背水未可以阵，竟阵之，皆信半生金心之形，机数密运，兵不疲而敌已破，不闻其以多善也。迨于卖郦生，攻历下，袭有全齐七十余城之雄，愿为假王镇之，而信之气盈矣，气盈而信致败之机已伏，此正其不善用多者也。

呜呼！信效百战之奇勋，而不免穷于一缚。当此之时，惟冀少少发明前绩，暗回主心，作一时权词应耳，岂诚用军行师之道哉？

汾阳王临淮王合论

张九键

治军有所用反而功相成、名相埒者，若程不识之于李广，李光弼之于郭子仪是也。虽然，子仪岂弼比哉？方子仪与光弼同以节度讨安庆绪，义声所振，诸路延颈，畔逆之平，将指日待。不幸师败河阳，上以鱼朝恩谮，用光弼代子仪。是时弼军谋定后战，将士能以少击多，所用部曲、什伍、甲帐、旗帜，悉仍子仪，壁垒顿为一变。然而朔方军士，惮光弼之严，率无不乐子仪之宽，谓安得抚士如郭公，虽古李将军为不足数矣。

李将军者，汉孝武时匈奴所呼飞将军也，世受射，才气一时无双，尝以一骑数卒，弯弓当千虏，虏为却退。又其行边无行阵，不击刁斗，但逐善水草而止，人人自便。程不识曰：李将军军令极简易，而其士卒乐为之死，我军颇烦扰，然虏亦不得犯。傥即子仪、光弼之谓乎？功名与遭际，古英雄处此，幸不幸亦何可胜道。而要百世后，史书褒称大臣，出入将相，以身系天下安危，天下数有变，外内无援，至不惜帅离散闲旷之部，趋死不顾利害，与敌约誓，归而告成事，颜色不动，天下屹然，则非独威令伸，福泽厚也，其本原必有大过人者。

吾观子仪，历肃、代之世，疑则置之废地，遇有急难，则又遽呼而趣起之，遭逢亦不谓幸矣。而独胸无纤芥，但闻君命，执戟而趋。又所至免胄释甲，咸大惊惭，或悲其来晚，此其视角能两臂，与提十数万师，坚明约束，以靖一镇一藩之变者，功可同日语哉？或曰：以令公声绩，赫赫若此，而遇一丑貌之卢杞则色然，一甫入相之杨绾则又色然，将毋列侍妾，盛音乐，实亦有豪艳畏人指者乎？而不知此又公之所以全其为公也。

夫君子成人之美，不成人之恶，杨绾清俭，少自抑焉，所以成其美。卢杞陋而奸，少预防焉，所以不成其恶。深沉之器，自杜渐明微者能识之。且公生平惟履盛而谦，是以功盖天下，位极人臣，终其身疑忌不作。若武穆王弼，才非不雄，然自顿兵齐州，迁延至于诸将皆不用命，竟以愧恨陨其躯。悲夫！

无吾先生论文

张九键

无吾先生，楚宿儒也，然不喜著作，偶有作则纵笔所之，快意累累，亦不可名一家。其徒容成子进问曰：先生学惟师古，而临文颇不一与古肖，何也？无吾先生曰：文恶乎古？学古者其犹若婴儿子乎？婴儿子始生，寝不离褓，坐不离抱，待哺则啼，饱则哑哑而笑，然未能言说也。有乳母者于齿生时，顺其意绪，导其含胡，乃始渐渐知语，然断昵不能去膝前也。稍长，有幼昆者偕之出入，引之于街巷，指之以繁杂，乃始渐渐有所闻见，然曾未粗识义理也。又有蒙师者，某数某文，口授手画，教以坐而诵，立而背，于是乃始知学。是故积乳哺得语言，积语言得闻见，积闻见得义理，积义理然后乃成文章，然已不复可作婴儿子观矣。

婴儿子断不能文章，古人一家之文章，其独能觉万世无算之婴儿子乎？凡古日之为婴儿子者多淳淳，而晚日之为婴儿子者多荧荧，荧荧与淳淳异，其罔觉识于义理均也。亦必有若书焉为之启辟其性情，有若书焉为之拓广其闻见，又有若书焉为之称引训诂，以解明其义数，而后学成而名尊。是故六经者，文章之乳母也。百家其幼昆，而宋五子其蒙师也。无六经而乳母绝，无百家、宋五子，而出入扶诱一望涂人，吾谁将与呼乎？且谁造化，犹然一婴儿子也。

窍水于泉，混混盈科耳。渐进而放乎四海，堆云于泰山之谷，层层触石耳。渐凝合而能雨天下，谓水云之不始于盈科、起于触石则不可，谓盈科触石之遂足以尽水云之变态，其可乎？是故文无古今，方其学而未之成也，则幼昆亦可扶，蒙师亦可诂，及其成也，则固科坎莫能限，岩石莫能封，盈满于泰山沧海而犹莫能量，郁乎苍苍，深乎洋洋，岂不大哉？

容成子闻言，疑先生之太尊己。其言闳大恢怪，而莫可以端倪也。将避席归舍，适闻庑下童子拍而吟曰：莫赤非狐，莫黑非乌。住又吟曰：白马非马，孤犊未尝有母。先生曰：续者汝识此乎？此固公孙子龙之所以师于魏主。

丙吉论

李芳华

《书》曰：三公论道经邦，燮理阴阳。盖古之三公，意诚心正，表里莹彻，德盛而化神，正己而物正，故能论道而成燮理之功，此岂后世不事事之具臣所可假托者哉？夫道者阴阳之理，《易》曰一阴一阳之谓道是也。

惟是以此日进而与君论之，使其君耳所闻者至道之言，心所存者至道之行，优游餍饫，无少间断，然后心得其养，气得其平，形于动静，喜怒不乖，达于政事，刑赏无不顺，以是经邦，故能措一世于荡平正直之域。至于大化翔洽，民物熙畅，则人事和于下，天道和于上，而四时不忒，寒暑顺序。古之所谓燮理者，盖如此也。夫天道之大者在阴阳，阳为德，阴为刑，刑赏生杀，阴阳之大用，王者燮和，天人之大卞也。苟君德未纯，喜怒任意，赏不足劝善，刑不足惩奸，甚至白昼杀人于大都之中而不忌，则人事不和，莫大如是。乃置不问，而曰吾职居宰相，当燮理阴阳。吾不知彼之所谓燮理者果安在也，谬哉！

丙吉傲然敢以古之三公自处，而于阴阳之义，燮理之术，则懵乎未之有闻也。《洪范·庶征》：五行之休咎，系于五事之修悖。天人果有二乎？抑无二乎？尧之治天下也，明俊德，亲九族，平章百姓，协和万邦，至于黎民于变时雍，乃命羲和钦若昊天。古之圣君贤相，果先天道乎？抑先人事乎？昔人有云：化国之日舒以长。盖言赏不僭，刑不滥，人民乐恺，而日行亦为之舒徐也。又曰：一夫吁嗟，王道为之倾覆。良以赏及恶德，刑加善人，足以伤和气，拂天心，而灾害并兴，国祚于以倾圮也。然则天人之气，呼吸相通，燮理之事，岂在区区牛喘之一问邪？

当是时，宣帝以刻核为治，法吏以击断为能，礼乐缺微，刑赏失正，丙吉为相，曾不闻其先格主正厥事。至于流俗，失世败坏，区区法律，不足胜奸，白昼大都杀人于货，宰相燮理阴阳，岂以是为当然者邪？乃漠不动心变色，思有以救正之。而徒为是无当之大言，以夸相道，可不谓之欺天罔人乎？举世之人，不知其谬，反以得大体称之。盖相道之不明于天下也久矣。《周礼》：大冢宰之职，掌建邦之六典。而自王之衣服饮食，及后、世子之膳服，下至嫔御奄尹之微，丝枲缝染之细，咸属所统。于以佐王修身，齐家，平治天下，盖以阴阳之理无乎不在，所谓燮理也。然则陈平之不对钱谷刑狱，丙吉之不问死人，皆清静不事事，而特假调和燮理之虚名，以自文者耳，则亦焉用彼相为哉？

胡康侯论

李芳华

以人事君者，人臣之大节也，然举士由于知人，知人由于知言，知言由于穷理，而尚论古人者，知言穷理之要也。昔游广平品评秦桧人材，以为可方荀文若。胡康侯曾闻其言，及桧自金南归，因力荐之，桧见柄用，遂专主和议，斫丧宋室，论者咸咎广平，不知桧之奸邪，而拟人不于其伦也。

夫广平何尝不知桧哉？康侯不知言之过也。康侯之不知言，则不能尚论古人之过也。康侯视文若为何许人邪？当是时，曹操图移汉鼎，挟献帝为质，以芟夷群雄，文若以名德嗣孙为国旧人，乃罔念其祖父之清操，而思有以嗣续之，顾乃竭智毕力，为曹画谋决策，助成其篡。以此观之，文若之为文若，忠邪，奸邪？且广平之以文若方桧，正以其皆为小人而具狡狯之才者也。

今试提彧与桧事并论之，彧欲广植人材，羽翼曹氏，而引进其从子攸等，布列朝廷。桧亦欲多引名士使为己助，而荐用张焘、程瑀等并居清要，则其树私党一也。彧欲掩其不臣之迹，而于操事已成之日，故为正论以矫众，说泥传禅。桧亦欲深取正人之信，而于金人劫迁之时，共为议状，请复嗣君安四方，则其欺世俗一也。彧欲为开国元勋，故为曹氏举用，遂委身事操，共成大业，不惮阳奉公朝，阴附私室，而以汉社稷输之。桧亦欲效尤刘豫，故为金人所执，遂要结（达）〔挞〕懒，以求援立，不惮力主和议，冀成前约，而以宋社稷输之，则其深险卖国亦一也。然则桧之为桧，广平固早知其奸，桧与文若埒，而康侯自不能察耳，是故斫丧宋室者桧也，而使桧得柄以逞其奸者，则康侯荐之之咎也。身遭斥逐，无足惜矣。

吁！康侯尝传《春秋》矣，顾乃不察文若之为人如此，则春秋时巨奸大猾，又何从而识之？宜其传之多不足取也。然则后之君子，欲为国家树人而不至于误者，必务知人，欲知人必务知言，欲知言必务尚论古之人。廿一史中，邪正并载，皆学者知言穷理之资也，岂徒供博览已哉？

五行论

李芳华

五行者，质丽于地，气行于天，殆四时之主万物之母，而大《易》《洪范》《太极》之宗乎？或曰：何以言之也？曰：五行者，有本生之序，有相生之序，有相克之序。本生之序，一水，二火，三木，四金，五土，《洪范》所陈者是也。

相生者五气之顺布，《河图》三八木居东，二七火居南，五十土居中，四九金居西，一六水居北。右旋而相生，相生而后顺序以成岁，《记》所谓播五行于四时是也。相克者五材之致用，《洛书》一六水居北，二七火居西，四九金居南，三八木居东，五〔十〕土居中。左旋而相克，相克而后成器以利用，《虞书》所谓六府是也。

曰：其为四时主者，何也？曰：木主生，王春三月。火主长，王夏三月。土为四行之本，且金所由生，故王于季夏。金主敛，王秋三月。水主藏，王冬三月。循环相代，周而复始，时序之所以运行，寒暑之所以迭更，莫不由是，《周礼》所谓五帝者也。

曰：何言乎万物之母也？曰：五行有理有气，气以成人物之形，五官五脏是已。理以为人物之性，五常是已。惟人得其正而受其全，故灵于万物，《记》所谓五行之秀气者也。

且五行有色有声，有臭有味，青、赤、黄、白、黑，其色也，角、徵、宫、商、羽，其声也，腥、膻、香、臊、朽，其臭也，酸、苦、甘、辛、咸，其味也。而天下之物，若动若植，若飞若潜，若有知，若无知，若有情，若无情，若有窍，若无窍，若洪巨，若纤微，凡有色声臭味者，莫不本五行而生也，岂非万物之母哉？

曰：《易》由太极生两仪，两仪生四象，四象生八卦，而谓其宗五行，何也？曰：吾固谓天下之物，未有离夫五行者也。先天以八卦横图中分而圆之，则五行相对以立体，故曰天地定位，山泽通气，雷风相搏，水火不相射。后天本《河图》而更置之，则五行相生以为用。三八木东，则震巽居之。二七火南，则离居之。五十土中，则坤居西南，而艮居东北。四九金西，则兑乾居之。一六水北，则坎居之。故《说》卦谓震巽为木，离为火，坤艮为土为山，兑乾为金坎为水，而大象更屡言之。孰谓八卦不宗五行哉？曰：《洪范》首列五行，其下八畴似不宗之矣。曰五事、八政、五纪、三德，稽疑庶，征福极，无适不函五行之理。今不暇悉数，细玩之自可见也。曰：大《易》由二而四，而八，而十六，而三十二，而六十四，生生不已，乃造化自然之妙也。

周子《太极》由二而五，遂及万物，岂能如《易》之广大？或乃出于方士之绪言，专以五行为用，盖丹灶之法耳，何可与《易》并言也？曰：刍荛之言，先民询之，穆姜之论，孔子取焉。《太极图》纵出于方士，而其阴阳五行之说，则固天地之道，生人生物之理，但彼不当窃盗其机而作弄之耳。反而正之，即羲文、孔子递传之心法矣。是故羲文本吉凶同患之情，而画卦命占，示民趋避之方，故阴阳消长，五行之顺逆，不得不致其详。如泽灭木为大过，水火相息为革之类，所以明其凶。木上水而井养，木巽火而鼎烹之类，所以明其吉。故必由二而四，而八，而六十四，乃能尽其变。若太极，但明造化生人生物之理与气，及圣人继天立极，君子尽人合天之能事，则由太极而阴阳，由阴阳而五行，而昼夜寒暑之道，化育阖辟之机，四序递嬗之运，生长收藏之用，无所不具，举凡气化形生，无不酝酿于其中矣。且五行既具，则所谓帝出乎震，齐乎巽，相见乎离，致役乎坤，说言乎兑，战乎乾，劳乎坎，成言乎艮者，固已并举矣，又何尝不与《易》合？但义各有取，故言有详略耳，安得专泥前圣之说，而妄议后儒之为非哉？

曰：有谓《易》则书，而《范》则《图》者，信然否也。曰：《图》《书》皆具阴阳五行，先儒固谓《图》，亦可作《范》，《书》亦可画卦矣，然细玩之，则《图》之体方，方者其数偶，故《易》自二而四，四而八，八而十六，十六而三十二，三十二而六十四，皆偶数也，盖以《图》之一联六，二联七，三联八，四联九，五联十，皆一阴一阳中，边相配而对立故也。《书》之体圆，圆者其数奇，故《范》自一而九，自九而八十一，皆奇数也，盖以《书》之一三七九居四正，二四六八居四隅，皆阴阳相错而流行故也。对立者《易》之为体，流行者《范》之为用，似乎各有所取，而不可相易也。然圣人聪明睿智，由于天授，目有所触，便成制作，岂若后世迂儒，截正补隅之陋见哉？

曰：有谓太极理也，不当作图，不可作图者，岂不然乎？曰：先天，后天，羲文固已画图矣，若夫天本无言，其理浑穆，而河马、洛龟，又何为生此神物，负图以示人哉？

正统论上

徐世佐

正统之变有二，有奸雄篡据，无群雄割据，先君无一线之嗣，天下统于一人，则以正统与之，非义之从其实也。

秦并六国，晋平吴，隋灭陈，天下无与分统者矣。有奸雄篡据，有群雄割据，先君有一线之嗣，则以正统与先君之嗣，不以与贼。有奸雄篡据，无群雄割据，先君有一线之嗣，则亦以正统与先君之嗣，不以与贼，与之者义之从其实也。篡据者不正，割据者不正，先君之嗣正，正者君，其不正者贼也，故曰义之从其实也。

汉之蜀，晋之南，天下无与分正者矣。无正统者，有奸雄篡据，有群雄割据，先君无一线之嗣，则莫适与正。以篡据者为正，篡据者乌乎正？以割据者为正，割据者乌乎正？各不正，亦莫适与统。以篡据者统，篡据者未能统。以割据者统，割据者未能统。各不相统，故无正统。

唐之亡，梁篡据者，晋、岐、吴、越、闽、蜀割据者，夫篡据者之罪甚于割据者，为其手刃君父而灭其宗社也。以篡据者为正，是犹以杀父者为主人，而分其财者为盗也，岂不悖哉？

正统论中

徐世佐

苏子瞻曰：魏与梁，吾与之名，不与之实。名轻而实重。异哉！苏子之论也。贤者吾名之为贤，不肖者吾名之为不肖。吾名不肖者为贤，曰吾与之名，不与之实也。途之人闻之，其不哑然笑乎？天子吾名之为天子，诸侯吾名之为诸侯，吾名诸侯为天子，曰吾与之名，不与之实也，途之人闻之，其不哑然笑乎？

子瞻曰：位名也，德实也，吾轻与之名而重留其实。夫位与德皆实也，德为圣人，吾名之为圣人，位为天子，吾名之为天子。名者，名其实也。人吾名之为人，鸟吾名之为鸟，兽吾名之为兽，山川虫鱼吾名之为山川虫鱼，子瞻则曰人名也，仁义礼乐人之实也，人必有仁义礼乐之实而后名之为人，则天下之为人者鲜矣。故吾轻与之名而重留其实。然则子瞻将指羽毛鳞介之族而尽名之为人乎？抑必衣冠言笑者而后名之为人也。然则子瞻之为名，犹未免从其实也。

子瞻曰：不必有圣人之德，而后名之为正统。吾亦曰：不必有圣人之德，而后名之为正统，尧舜正统也，桀纣亦正统也，然必正统而后名之为正统也。吾怪子瞻非正统而名之为正统也。

子瞻曰：不必有圣人之德，而后名之为人。吾亦曰：不必有圣人之德，而后名之为人。尧舜人也，桀纣亦人也，然必人而后名之为人也，吾怪子瞻非人而名之为人也。

子瞻曰：必尧而后父，稍不若尧，降而为兄，则瞽瞍惧至仆妾焉。吾亦曰：必尧而后君，稍不若尧，降而为臣，则桀纣惧至奴隶焉。夫父之必不可降而为兄也，子瞻则固知之矣，有是哉！名之必从其实也，而子瞻又曰吾轻与之名。然则兄也，而吾名之为父，降而仆妾也，而吾名之为父，有笑于旁者，吾且解之曰：名轻也，故与之，非与其实也，则何以留其实？曰：名之为父，而实不以为父也。然则实仆妾也，而名父也，则且从之使之，治栖除厕，饮牛饭马，而又詈之，而又笞之。而从之使之，治栖除厕，饮牛饭马，而詈之，而笞之，而名之为父，曰吾轻与之名，而重留其实也。然则臣也，而吾名之为君，降而奴隶也。而吾名之为君，有怒于旁者，吾且解之曰：名轻也，故与之，非与其实也，则何以留其实？曰：名之为君，而实不以为君也，然则实奴隶也，而名君也，则且从之使之，治栖除厕，饮牛饭马，而又詈之，而又笞之。而从之使之，治栖除厕，饮牛饭马，而詈之，而笞之，而名之为君，曰吾轻与之名，而重留其实也。

甚矣，子瞻之谬也。父父也，杀父者非父也。君君也，杀君者非君也。父吾父之，杀父者非父吾亦父之。君吾君之，杀君者非君吾亦君之。曰：是皆无圣人之德者也，不必有圣人之德，而后君之父之也。吾轻与之名，而重留其实，子瞻之愚而悖于道，其亦至此乎？

子瞻曰：吴与魏不两立，夫吴与魏何常不两立？魏灭而后吴亡，魏虽强不能统吴，吾之称名以魏统吴，于实则诬。魏虽强篡据者，吴割据者，吾之称名，以魏正吴，于义则乖。退吴不可，况于退蜀，甚矣，子瞻之谬也。或曰：正统有常变乎？曰：有，得之以正而大一统，则正统之常也。

正统论下

徐世佐

子瞻以为，瞽瞍虽顽，子不得以为非父。桀纣虽暴，臣不得以为非君。魏与梁虽篡，天下不得以为非正统。夫瞽瞍父也，桀纣君也，魏与梁弑君者也，则犹弑父者也。

吾怪子瞻以弑君者同于君之暴者，君之暴者不得以为非君，弑君者亦不得以为非君，则吾怪子瞻以弑父者同于父之顽者，父之顽者亦不得以为非父，弑父者亦不得以为非父。则子而父其弑父者，而子瞻以为孝也。臣而君其弑君者，而子瞻以为忠也。且夫父虽顽，子不得以为非父，非其子不得入之而以为父也。君虽暴臣不得以为非君，非其臣不得入之而以为君也。魏与梁虽篡，其所统者，不得以为非其所统也。非其所统者，不得入之而以为其所统也。非其所统者而入之，以为其所统，曰吾以名与之，非其实也，途之人闻之，其不哑然笑乎？

夫吴与蜀之非魏所统也，晋、岐、吴、越、闽、蜀之非梁所统也，子瞻其亦知之矣，然则子瞻以吴与蜀之各有所统也皆不正，而独魏为正，晋、岐、吴、越、闽、蜀之各有所统也皆不正，而独梁为正。是子瞻独以弑君者为正，而其不弑君者皆不正也。虽丕与温闻之，亦不以为然，而以子瞻为谀而欺我也。且夫正统之名，名以统，不名以德。魏与梁果无分统者，虽非汤武，天下皆其臣子，子孙守之，则正统也。

汤放桀而有若吴者，有若蜀者，则分统也，不得遂以商为正也。武王诛纣而有若晋、岐、吴、越、闽、蜀者，则分统也，不得遂以周为正也。且夫统天下者，统之云耳，奚以云正？有不正者，则有正者，是故正统之名，以与先君一线之嗣也，非与之也，谁非戴吾天而履吾地者？其所篡据，其所割据，皆吾之土地人民也，不得以其篡据之，割据之，遂以为非吾所统也。虽篡而割，犹臣子也，故统之也。统之者不与其篡也，不与其割也，非其所得据也。以土地人民还之天子，是《春秋》之义也，而子瞻胡以与弑君者？

士气论

徐世佐

廉耻者，天下之大纲也。风俗者，廉耻之本也。风俗厚则士知廉耻，士知廉耻则天下治，所谓卧赤子四海之上而安，置遗腹朝委裘而不乱者此也。风俗坏则士无廉耻，士无廉耻则天下乱，虽有聪明强武之君，所谓抱火厝之积薪之下，而寝处其上者此也。是故圣王以君子治小人，不以小人制君子，以君子治小人，则风俗厚，以小人制君子，则风俗坏。风俗坏则士无廉耻，子而人尽可父，臣而人尽可君，妻而人尽可夫，天下大乱不止，此必然而无疑者。

东汉之衰，宦官用事，天下嫉之，其势益横，士不胜愤忿而与之争。人主以宦官为腹心（瓜）〔爪〕牙以制天下，至以天子之权佐宦官之势，而攻天下之士尽杀之。其始宦官畏士，其后宦官制士，其始天子用宦官以制士，其后宦官用天子以杀士，祸变既深，风俗遂坏。予每见潘岳、王俭、任昉之徒，所为状、序、志、铭，序述当时士大夫至于弑君篡国之际，栩栩称其佐命之功，岂非不知其非，而以为美，而慕之者与？盖士之气节折于凶人之威，而廉耻败于戮辱之余，风流波荡而不可止，良可叹也。

唐自甘露之变，北司煽虐，南衙俯首，士类凋残，群小满朝，礼义凌夷，廉耻不立，所谓人之云亡邦国殄瘁者，延暨昭、哀，至于五代，其祸惨矣。唐庄宗宠幸优伶，出入宫掖，侮弄搢绅，群臣嫉愤，莫敢出气，或相附托以希恩幸。当此之时，士之廉耻犹有存焉者乎？天下之祸多矣，原其所本，多由于此。苏子瞻曰：人之寿命在元气，国之长短在风俗。是故圣王惜风俗如护元气。

忧论

徐世佐

欧阳永叔读李尚书文曰：翱幸不生今之世，见今之事，则其忧又甚矣，奈何今之人不忧也。有一人忧者，或斥不用，用者又必不忧。岂惟不忧？一闻忧世之言，不以为狂，则以为病。眉山苏氏曰：天下无事，臣每狂言，世皆笑以为迂阔，然臣以为有时而不迂阔也。

予尝怪之，宋自太祖至于仁宗，可谓盛矣，其君恭俭爱人，其大臣皆人杰也，当是时，天下乂安，上自飞禽，下及草木，涵濡浸润，于升平之世者，百有余年，而二子者不以为乐，乃以为忧，何哉？俯而思，仰而叹曰：古者忠臣志士，其忧国之心，思之深而虑之远如此夫。盖天下之可忧者，莫大于晏安无事，而天下之祸莫大于不忧。孟子曰：天下之生久矣，一治一乱。夫治常生于乱，乱常生于治，非惟天道，亦人事之必然也。天下当危苦之际，人人有忧患之心，又有能忧者出而在上，知天命之难保，鉴前事之可虞，卧而思起而行之，一日不闻其过则惧，是故有秦之乱然后有汉之治，有隋之乱然后有唐之治，有五代干戈之乱然后有宋之治，有数十年之忧，然后有数十年之乐。《诗》曰：殷鉴不远。此之谓也。

及其无事日久，天下溺于治安，无所以为忧。天怨于上而不畏，人怨于下而不恤，君臣相与歌升平，颂功德，一闻忧世之言，不以为诽谤则以为不祥，如鸱鸮之鸣于承尘之上，未有不恶之者。恶盈而不知，祸积而不觉，此所固然无足怪者。远识之士，当有事之时，未见其人，曰天下必治。当无事之时，未见其人，曰天下必乱。昔者晋有鄢陵之胜，范文子以为忧。孟子曰：生于忧患，死于安乐。非虚言也。何以知之？以吾之病知之。往者年少而气盛，凡所以伐其元气，戕其支体者，皆狎为之，不知其害，不以为忧。已而病几死，乃皇然恐惧，爱之惟恐不及，养之惟恐不至也。期年而病愈，愈则心安，豪情盛气往往而动者有之，不自知其爱之未及，而养之未至也，则复病，病则惧惧，则复愈，则所以爱而养之者亦复不及。凡大病则大惧，大惧则大愈，则大不惧则亦复大病。小病则小惧，小惧则小愈，则小不惧则亦复小病。夫安乐之地，皆死亡之境，故曰天下之可忧者，莫大于晏安无事。

权奸怙势，诛之可也。小人蠹国，去之可也。君子在野，举之可也。强臣拒命，讨之可也。四夷交侵，攘之可也。盗贼并起，除之可也。戎马交蹄，羽书遝至，平之可也。而至于不忧，则天地震之而不动，鬼神戒之而不省，处累卵之上而有泰山之安，然而不亡者未之有也。故曰天下之祸莫大于不忧。唐虞之世，不可谓不治矣，尧舜之为君，亦不可谓不圣矣，尧之命曰：四海困穷，天禄永终。戒之者曰：兢兢业业，一日二日万幾。何其忧也？至于禹、汤、文、武，亦莫不然，其视天下匹夫匹妇一能胜予，故曰：予临兆民，凛乎若朽索之驭六马。凡见之行事，著之言语者皆是也。忧则圣，不忧则亡，岂必待有事哉？且夫天下可忧之事，皆在无事之时，不忧者以为无事耳。范希文曰：居庙堂之高，则忧其民，处江湖之远，则忧其君。君者天下治乱之主也，君之心无所陷溺，则气质清明。人之贤者见之为贤，其不贤者见之为不贤。事之善者见之为善，其不善者见之为不善。用天下之贤人，行天下之善政，然而不治者未之有也。

君之心有所陷溺，则气质昏乱，人之贤者见之为不贤，其不贤者见之为贤，事之善者见之为不善，其不善者见之为善，用天下之不贤人，用天下之不善政，然而不乱者未之有也。

人主听政之暇，退而与贤士大夫论时政之可否，民生苦乐，人之贤否，可用为某事者，观古人之书，成败得失，善恶之迹，懔懔然如出诸身，然而其心有所陷溺者未之有也。

若夫日出而视朝，操音乐，服歌舞者立而俟，进狗马者在宫门之外，人主虽勉强政事，然而其心无所陷溺者未之有也。

天下之治乱，在人主之一心，人主一心之治乱，在平居无事之时。然而人主能自勉于临难有事之时易，而能自勉于平居无事之时难。以天下治乱之本，而为人主之所难，可不慎与？见形之士，以为御门视朝之礼国之大事，礼乐刑赏之典，未尝有所废，科举、铨选、考课、黜陟之法未尝不行，诏书未尝不下，谏官未尝不言事，封疆之吏未尝不言利害，部臣未尝不议，则治天下之道在是矣。

若夫天子春秋鼎盛，四方无事，国家累世之富，土木宫室日以繁，苑囿日以广，淫声曼色，优倡、侏儒、百技之戏日以进，则以为治安天子之乐固如此，于天下未有丝毫之累也。忠君爱国远识之士，则深以为忧。且夫人之心愈收则愈敛，愈放则愈纵，愈纵则愈不可收，一颦一笑，何与于治乱之数？然而君子守之，防其渐也。焰焰不灭，炎炎若何？涓涓不壅，将成江河。可不慎与？然则处江湖之远则忧其君，非虚言也。

民者治乱之器也，自唐宋以来，世变不一，要其大略，亦概可知矣。四方无事，县官无催科之扰，天无非常水旱厉疫之灾，民之忧饥寒者十常六七，其俗流之失，狙诈剽险，强凌弱，众暴寡，智欺愚，父子兄弟争而相害不相顾，盗贼蜂起，讼狱繁兴，此亦可忧之大者也。

士者民之首也，礼义凌夷，廉耻澌灭，则何有于民？利者人之所趋也，士或苦行积善，家无担石之储，乡人贱之，名不达于有司，死而为饥寒之鬼。富人大贾交通贵游，意气伟然，妻妾之奉，舆马宫室，冒上无等，固已群慕而争效之矣。且士或穷年积学，皓首空山，不一售其技而利走其间，不疾而速，崔昌遐曰：排公门，入私室，取所欲得如探诸囊中。夫唐之衰不足言矣。

贾子曰：逐利不耳，虑非顾行也。剟寝户之帘，搴两庙之器，白昼大都之中剽利而夺之金，矫伪者出几十万石粟，赋六百余万钱，乘传而行郡国。当汉之盛时，而贾子为之太息，岂以诳吾君而诬天下乎？孟子曰：为人子者，怀利以事其父。为人弟者，怀利以事其兄。夫利之悦人，何所不至。紾兄之臂而夺之，不以为忍也。吮痈舐痔而求之，不以为耻也。夫人所为，得志则愈为之不止。人以利而有势，以其势取利，若钓者得鱼，以易网而施诸渊也。且夫乡举里选，利之囮也，变而求之语言文字之间，非一日矣。

自唐宋以来，取士之法日严，而士愈无实。关防日密，而怀诈作奸，不顾廉耻，以侥幸于一获者，何其多也。且三年贡士，天子亲策之于廷，其最者公辅之储，他日佐天子致治兴教化者也。而其所重乃在书法，岂天子临轩策士之意乎？今使善书者为一邑之治，日书数十帖与民，其不投诸水火者几何？今皇上励精图治，思贤如渴，御制诗曰：岂但求端楷，还须进谠论。天语煌煌，而天下狃于故习，不能自振。王介甫曰：科举之学，大则不足以用天下国家，小则不足以为天下国家用。然而天下之人，乃惟恐朝廷取士，不出于此无用之学，以为此犹取士之道，而具此无用之学以取士者，延千百年，如久腐之索使驭马，引之惧其或绝也。然而此无用之学，犹取士之道，而惧其或绝者，犹守道之士也，不然，则其求利而不得者也。然而求利而不得者，将更求之，守道之士，将穷而思返也。饥寒苦之，室人谪之，无爵禄之荣，无名誉之美，终其身而不变者，天下盖无几人也。

贫者贪，则富者愈贪，贪而富则愈贪，贪而不富则愈贪，诚不知其所止也。明自宣庙至于孝宗，亦云盛矣，嘉、隆而后，贪利相师，决藩溃防，天下靡然，民俗犷悍，尚武勇，相侵夺劫，人以为利。得利以为贤，好乱喜斗，小者两人相敌，大者十百为阵，县官不能治，则反为之辞以自诡于法。闾里少年，贾其伎俩，百里之内，健夫万数，如药之饱于器中，待火而发，流贼之所因以起也。以贪得之心，有饥寒之迫，当狙诈之时，无父子兄弟之爱，而济之以好乱能斗之力，然则居庙堂之高，则忧其民，非虚言也。是故贤者进则忧其民，退则忧其君，不贤者进不忧其民，则亦不忧其君。退不忧其君，则亦不忧其民。贤者无往而不忧，不贤者无忧，非无忧也，忧不在夫君与民也，忧不在夫君与民者，则诚可忧也。

宰辅、台谏不忧君，则有忧宰辅、台谏者。封疆、守令不忧民，则有忧封疆、守令者。宰辅、台谏不忧君，而非宰辅、台谏者忧之。封疆、守令不忧民，而非封疆、守令者忧之。宰辅、台谏、封疆、守令不自忧，而非宰辅、台谏、封疆、守令者代之忧，则忧者之过也。忧者之过亦可忧也，今之贤者，岂特昔之人哉？其有忧乎？其无可忧者而不忧乎？

为君难，为臣不易，今皇上尝以训群臣矣。体圣天子之心，思万世无疆之治，则昔之人所忧者，皆可以无忧也。

湖南文征　卷二十六

论三

邴郑之学论

陈梦元

学问之道，犹人之有体，心腹充实，四支虽病，不足患也。经传为实人心腹之物，博闻强记，旁通贯穿，气盛足以载理，志坚足以裁识，义精足以干事。生平世为国家辅治安，值乱世为伦纪刷氛垢。才或偏至，迹涉怪迂，讵有妨其苦心哉？

高远之士，潜托清白，神颐淡粹，遇物而英发，运机而望廪，力凭于虚矫，然千倍于愚柔。是时奸回寇虏，举手摇足，无不入坎阱，独回翔超迈，自全不摧，岂无本能胜乎？

间读汉末《邴原列传》，载原远方游学，至陈留师韩子助，颍川宗陈仲弓，汝南交范孟博，涿郡亲卢子干，独舍乡里郑玄而不师模。实心知入郑氏学，孤沉迥造，气邻于弱，锐初固终，志馁于完，偿此忘彼，义疏于苟，恐单步负笈，苦身持力，八九年间卒无所得。故原答安丘孙崧有云：人各有志，所规不同者，内断早果矣。

他日荀文若钦为一世异人，士之精藻，崔季珪让以龙翰凤翼，国之重宝，于时海内清议咸云：青州有邴郑之学。虽然，论学原何敢升郑氏之堂，品志节原亦未能仿郑氏之温伟，及身之时云然，后世之人，未或许并称也。乌虖！陈氏曷肯用此语载邴原本传哉？是洵合史裁也夫。

易论一

朱景英

道生一者，老氏说也。道在太乙之先者，庄氏说也。王弼以来，依据老庄，遂解太极为太乙，则是太极非道，别有道以生太极矣。甚矣，异端之惑人也。周子曰：无极而太极。又曰：太极本无极。盖正告学者以太极之义也。其义既明，则言无极可，不言无极亦可。

朱、陆之说，虽相持而不下，然略其辞而观其旨，俱有功于太极者也。刘歆曰：《河图》《洛书》，相为经纬，八卦九章，相为表里。盖《河图》之数，阴阳生成相配，《洛书》之数，阳居正位，阴居偏位。《河图》之数十，而方隅次序，未尝不止于九。《洛书》之数九，而一与九对，二与八对，三与七对，四与六对，未尝不归于十也。又《洛书》亦以一合六，以二合七，以三合八，以四合九，而以五数居其中，悉与《河图》相协。所谓《洛书》，亦可画卦，《河图》亦可衍畴也，而经纬表里之论灼然矣。

文王八卦方位，本法《河图》，见《说卦传》。而邵子以为后天之学。所谓伏羲《先天图》者，则又取《说卦传》天地定位，山泽通气，雷风相薄，水火不相射，八卦相错之义，而衍之也。然朱子既主邵子，而他日又有康节说伏羲八卦，近于穿凿附会之疑。学者可以审所从矣。扬子云准《易》作《太玄》，然托始高辛、太初二历为之，故有方州部家，凡四重而为一首九赞，通七百二十九赞有奇。分主昼夜，以应三百六旬有六日之度。首准一卦，始于中准中孚，终于养准颐，二十四气，七十二候，与夫二十八宿错居其间。其首、冲、错、测、摛、莹、数、文、掜、图、告十一篇，皆以解剥元体。盖以位当卦，以卦当日，起于汉儒之学，而朱子讥其有气无朔，有日星无岁月，亦笃论也。

司马温公又拟太玄撰潜虚，以五行为本，所为源委、荧焱、本末、卯刀、基家者，五行之变名也。五行相乘为二十五，两之得五十，首有气、体、性、名、行、变、解七图。然朱子谓其墨迹多阙文，盖未完之书。而今所刻行者，乃贋本也。

易论二

朱景英

先儒谓乾坤为上经之主，坎离用事是已，然亦有辨焉，自泰否以前，乾为主，坎用事者也，天一生水也。自泰否以后，坤为主，离用事者也，地二生火也。先儒谓艮、兑、巽、震为下经之主是已，然亦有辨焉，自损益以前，艮震用事，至损益则艮震与巽兑合，而兑巽始用事。至渐与归妹二卦，则艮震又与兑巽合矣。六子之中，惟坎离能各自成卦，震、巽、艮、兑，虽有正卦，亦必相附而成，且乾坤体也，坎离用也，大小过肖坎颐，中孚肖离者，盖长少男女，亦未有外水火而能阴阳者。故曰坎、离、乾、坤之大用也。

上经三十卦，下经三十四卦，其遥对者，如上经之乾、坤、坎、离，与下经之咸、恒、既济、未济，上经泰否，与下经之渐、归妹，上经剥复，与下经之夬姤皆是也。泰否者，乾坤交合之卦也。盖以前交坎无离，以后交离无坎也。所谓两卦正对者，如乾之于坤，坎之于离之类是也。两卦反对者，如屯之于蒙，需之于讼之类是也。四卦正对者，如屯蒙之于需讼，师比之于小畜、履之类是也。四卦互对者，随蛊之于噬嗑、贲、临，观之于无妄、大畜之类是也。

春秋论一

朱景英

《汉书·艺文志》有《春秋》古经十二篇，经十一卷，隋唐志并同。眉山李氏以为，此本班氏自注，公羊、穀梁二家所传也。《文献通考》有《春秋》正经十二卷，引晁氏曰以左氏经为本，其与《公》《穀》不同者注于下，此本又左氏所传也。以是观之，自汉以来，所传经文，俱自三传中取出，而夫子所修之《春秋》，其本文固世所不见也，且以三传所载经文，异同甚多。

如一地名也，《左》《榖》为邾，《公》以为邾娄。《左》为蔑，《公》《榖》以为昧。《左》《榖》为郕，《公》以为盛，又以为成。《左》为祊，《公》《榖》以为邴。《左》为浮来，《公》《榖》以为包来。《左》为戴，《公》《榖》以为载。《左》《榖》为时来，《公》以为祁黎。《左》为杞，《公》《榖》以为纪。《左》《榖》为夫钟，《公》以为夫童。《左》《榖》为曲池，《公》以为殴蛇。《左》《榖》为虚，《公》以为郏。《左》为艾，《公》以为鄗，《榖》以为蒿。《左》《榖》为袲，《公》以为侈。《左》《榖》为禚，《公》以为郜，《左》为滑。《公》《榖》以为郎，《左》《榖》为郳。《公》以为倪，又以为兒。《左》为蔇，《公》《榖》以为暨。《左》为郿，《公》《榖》以为微。《左》为落姑，《公》《榖》以为洛姑。《左》为夷仪，《公》《榖》以为陈仪。《左》《榖》为柽，《公》以为朾。《左》《榖》为偃，《公》以为缨。《左》为郦，《公》《榖》以为犁。《左》为下阳，《公》《榖》以为夏阳。《左》为贯，《公》《榖》以为贯泽。《左》为首止，《公》《榖》以为首戴。《左》《公》为甯母，《榖》以为寗母。《左》《公》为鄫，《榖》以为缯。《左》为盂，《公》以为霍，《榖》以为雩。《左》《榖》为须句，《公》以为须朐。《左》《公》为缗，《榖》以为闵。《左》为巂，《公》《榖》以为巂。《左》《榖》为夔，《公》以为隗。《左》《榖》为翟泉，《公》以为狄泉。《左》为訾娄，《公》以为丛，《榖》以为訾楼。《左》为垂陇，《公》《榖》以为垂敛。《左》《榖》为厥貉，《公》以为屈貉。《左》《榖》为麇，《公》以为圈。《左》为承筐，《公》《榖》以为承匡。《左》《榖》为郓，《公》以为运。《左》《榖》为棐，《公》以为斐。《左》为鄄丘，《公》以为犀丘，《榖》以为师丘。《左》《榖》为崇，《公》以为柳。《左》《榖》为陆浑，《公》以为贲浑。《左》《公》为蓼，《榖》以为鄝。《左》《榖》为绎，《公》以为蘱。

《左》《公》为辰陵，《穀》以为夷陵。《左》《穀》为莒，《公》以为卫。《左》《穀》为无娄，《公》以为牟娄。《左》为茅戎，《公》《穀》以为贸戎。《左》为爰娄，《公》《穀》以为袁娄。《左》为廧咎如，《公》以为将咎如，《穀》以为墙咎如。《左》《穀》为琐泽，《公》以为沙泽。《左》《穀》为苕丘，《公》以为招丘。《左》为狸脤，《公》以为狸轸，《穀》以为狸蜃。《左》《穀》为鄫，《公》以为合。《左》《穀》为善道，《公》以为善稻。《左》《公》为鄗，《穀》以为郏。《左》为鄵，《公》《穀》以为操。《左》《公》为偪阳，《穀》以为傅阳。《左》为亳城，《公》《穀》以为京城。《左》《公》为台，《穀》以为部。《左》《穀》为邿，《公》以为诗。《左》《穀》为桃，《公》以为洮。《左》《穀》为祝柯，《公》以为祝阿。《左》为雍榆，《公》《穀》以为雍渝。《左》为虢，《公》以为漷，《穀》以为郭。《左》为太卤，《公》《穀》以为太原。《左》为赖，《公》《穀》以为厉。《左》为蚡泉，《公》以为濆泉，《穀》以为贲泉。《左》《穀》为祲祥，《公》以为侵羊。《左》《穀》为厥慭，《公》以为屈银。《左》《穀》为戎蛮，《公》以为戎曼。《左》《公》为鄸，《穀》以为梦。《左》《穀》为昌间，《公》以为昌奸。《左》《公》为鸡父，《穀》以为鸡甫。《左》《穀》为阳州，《公》以为扬州。《左》《穀》为拔，《公》以为支。《左》《穀》为皋鼬，《公》以为浩油。《左》为柏举，《公》以为伯莒，《穀》以为伯举。《左》为郢，《公》《穀》以为楚。《左》《穀》为沙，《公》以为沙泽。《左》为夹谷，《公》《穀》以为颊谷。《左》《穀》为郈，《公》以为费。《左》《穀》为安甫，《公》以为窜。《左》《穀》为槜李，《公》以为醉李。《左》《穀》为牵，《公》以为坚。《左》《穀》为蘧蒢，《公》以为渠蒢。《左》《穀》为铁，《公》以为栗。《左》《穀》为启阳，《公》以为开阳。《左》《穀》为亳社，《公》以为蒲。《左》《穀》为毗，《公》以为比。《左》《穀》为郳瑕，《公》以为郳娄葭。《左》《穀》为阐，《公》以为僤。《左》《穀》为郎，《公》以为运。

一人名也，《左》《公》为无骇，《穀》以为无侅。《左》为裂繻，《公》《穀》以为履緰。《左》为杞子帛，《公》《穀》以为杞子伯。《左》为君氏，《公》《穀》以为尹氏。《左》为穆公，《公》《穀》以为缪公。《左》《公》为州吁，《穀》以为祝吁。《左》为挟，《公》《穀》以为侠。《左》《公》为仍叔，《穀》以为任叔。《左》《公》为语，《穀》以为御。《左》《公》为献舞，《穀》以为献武。《左》为捷，《公》《穀》以为接。《左》《穀》为詹，《公》以为瞻。《左》为御寇，《公》《穀》以为禦寇。《左》《公》为友，《穀》以为季友。《左》为辕涛涂，《公》《穀》以为袁涛涂。《左》《穀》为兹，《公》以为慈。《左》《穀》为班，《公》以为般。《左》为佹语，《公》《穀》以为诡语。《左》《穀》为杵臼，《公》以为处臼。《左》为颧，《公》《穀》以为髡。《左》《公》为縠，《穀》以为彀。《左》《穀》为髗，《公》以为讙。《左》《公》为射姑，《穀》以为夜姑。《左》《公》为椒，《穀》以为荻。《左》《穀》为术，《公》以为遂。《左》《穀》为声姜，《公》以为圣姜。《左》《穀》为夷皋，《公》以为夷獆。《左》为嬴氏，《公》《穀》以为熊氏。《左》为敬嬴，《公》《穀》以为顷熊。《左》为洩冶，《公》《穀》以为泄冶。《左》《穀》为公孙甯，《公》以为公孙寧。《左》为公子首，《公》《穀》以为公子手。《左》《穀》为速，《公》以为遫。《左》《穀》为荀首，《公》以为荀秀。《左》《穀》为郤犨，《公》以为郤州。《左》为卢，《公》《穀》以为庐。《左》《穀》为士鲂，《公》以为士彭。《左》《穀》为姒氏，《公》以为弋氏。《左》《公》为燮，《穀》以为湿。《左》为騑，《公》《穀》以为斐。《左》《穀》为周，《公》以为离。《左》为轻，《公》《穀》以为瞯。《左》《穀》为环，《公》以为瑗。《左》《穀》为嘉，《公》以为喜。《左》为黄，《公》《穀》以为光。《左》《穀》为畀，《公》以为鼻。《左》《穀》为夏，《公》以为噧。《左》为遏，《公》《穀》为谒。《左》《公》为痤，

《穀》以为座。《左》《穀》为奂，《公》以为瑗。《左》《公》为鲊，《穀》以为专。《左》《穀》为大叔仪，《公》以为世叔齐。《左》《穀》为薳罢，《公》以为薳颇。《左》《穀》为佞夫，《公》以为年夫。《左》《穀》为国弱，《公》以为国酌。《左》《穀》为齐恶，《公》以为石恶。《左》《穀》为罕虎，《公》以为轩虎。《左》为展舆，《公》《穀》以为展。《左》为麇，《公》《穀》以为卷。《左》《穀》为原，《公》以为泉。《左》《穀》为婼，《公》以为舍。《左》《穀》为意如，《公》以为隐如。《左》《穀》为成，《公》以为戍。《左》《公》为世子有，《穀》以为世子友。《左》为成熊，《公》以为成然，《穀》以为成虎。《左》《穀》为公子慭，《公》以为公子整。《左》《穀》为夷末，《公》以为夷昧。《左》《穀》为朝吴，《公》以为昭吴。《左》为蛰，《公》《穀》以为辄。《左》《穀》为向甯，《公》以为向寗。《左》《穀》为叔辄，《公》以为叔痤。《左》《公》为朱，《穀》以为东。《左》《穀》为郁釐，《公》以为鬱釐。《左》《穀》为大心，《公》以为世心。《左》《公》为章禹，《穀》以为章羽。《左》《穀》为黑肱，《公》以为黑弓。《左》《穀》为太叔申，《公》以为世叔申。《左》《穀》为公孙姓，《公》以为公孙归姓。《左》为孔圉，《公》《穀》以为孔圄。《左》为蔓，《公》《穀》以为曼。《左》《穀》为公孙结，《公》以为公子结。《左》《穀》为牂，《公》以为牄。《左》《穀》为罕达，《公》以为轩达。《左》《公》为姒氏，《穀》以为弋氏。《左》《穀》为荼，公以为舍。《左》《穀》为夷，《公》以为寅。《左》《穀》为辕颇，《公》以为袁颇。《左》《穀》为魏曼多，《公》以为魏多。《左》《穀》为区夫，《公》以为弧夫。

其他若矢鱼为观鱼，渝平为输平，逆王姬为逆王姬，卫俘为卫宝，治兵为祠兵，伐戎为伐我，杞伯姬来为杞伯姬来朝，其子杀其君之子奚齐，为弑其君之子奚齐，杀公子比为弑公子比，盗杀蔡侯申为弑蔡侯申。与夫太室为世室，雨雪为雪雹，雨雹为雨雪，火为灾，灾为火，以及螽为螺，鹢为鶂，鸜鹆为鹳鹆。且或己未为乙未，甲子为甲戌，己亥为乙亥，其类殆不可枚举。

试问圣人手定原本，所书者将安属乎？况其中经既异文，传既异义，然则亲见与私淑者，其授受固判然至斯乎？尤可异者，《公》《穀》经文皆书襄公二十有一年十有一月庚子孔子生，《左》氏经文亦书哀公十有六年夏四月己丑孔某卒。夫以圣人手修一国之史，而乃自书其生，必无是理。若以为国史旧文，是时夫子不过鄹邑大夫之子耳，史官岂书之哉？

至于获麟后二年书卒，或以为旧史而弟子引之，杜元凯且以为近诬。谅哉！鄱阳马氏之言曰：襄公二十一年所书者，公、穀尊其师授而增书之也，哀公十六年所书者，左氏痛其师亡而增书之也，俱非《春秋》之本文也。即是以推，三传所载之经文，其各自以意增损者，不知凡几，而敢以是为圣人手定之本经邪？然则究以何经为可信与？

窃以左氏近古也，盖《公》《穀》传文，间列经中，左氏则传外经自为书。观杜氏《集解》序，所云分经之年与传之年相附可知已。夫既析经于传，则其所增损者或差少，而且左氏详于实事，率皆依经曲鬯，与凭空臆决者固自有辨也。虽然，吾夫子手定之《春秋》，岂可得见哉？

春秋论二

朱景英

以例说《春秋》，自汉儒始，而后之衍而广之者益众。

曰牒例，郑众、刘实也。曰谥例，何休也。曰释例，颍容、杜预也。曰条例，荀爽、刘陶、崔灵恩也。曰经例，方范也。曰传例，范宁也。曰诡例，吴略也。曰略例，刘献之也。曰通例，韩滉、陆希声、胡安国、毕良史也。曰统例，啖助、丁副、朱临也。曰纂例，陆纯、李应龙、戚崇僧也。曰总例，韦表微、成元、孙明复、周希孟、叶梦得、吴澂也。曰凡例，李瑾、鲁元生也。曰说例，刘敞也。曰忘例，冯正符也。曰演例，刘熙也。曰义例，赵瞻、陈知柔也。曰刊例，张思伯也。曰明例，王晳、王日休、敬铉也。曰新例，陈德宁也。曰门例，王镃、王炫也。曰地例，余嚞也。曰会例，胡箕也。曰断例，范氏也。曰异同例，李氏也。曰显微例，陈迥也。曰类例，石公儒、周敬孙也。曰序例，家铉翁也。曰括例，林尧叟也。曰义例，吴迂也。凡五十有二家。

若梁简文帝、齐晋安王子懋之例苑，孙立节之例论，张大亨之例宗，刘渊之例义，刁氏之例序，则又甄综其例者，殆纷纶极矣。夫例之作也，大指谓《春秋》所重者义也。学者因文以求义，而有书爵、书族、书字、书名、书人、书时、书日、书月之不同，又或或书或不书之互异。比事属辞而难为解，于是设例以明之。例有不合，则又有曰变例，曰特笔，而极其词曰美恶不嫌同辞，亦綦密矣。

究之例愈繁而其义愈晦，且夫圣人之作《春秋》，好恶一出于平，非若后世史臣有所激而借史以泄其忿也。况因旧史之文，纪当世之事，事核而文直，无所褒，亦无所于贬，盖其用心显然揭日月而行江河，何例之有哉？顾说《春秋》者，未得圣人之意，往往烦其例而苛致其文，予者十一，诛讥者十九。将谓尊周，而动著王室之非礼。将谓诛乱臣贼子，而先责备贤者。不越境即责以弑君，不尝药则罪以弑父。是圣人恶恶长，而善善反短，讵非例之一言启其端，致大圣笔削之公心，竟目为高下其手哉？

昔董仲舒作《春秋》，决事比一书，再传张汤，而其决狱，遂以惨酷为忠。鄱阳马氏有曰：汉人专务以《春秋》决狱，陋儒酷吏，遂得以因缘假饰，往见二传中所谓责备之说，诛心之说，无将之说，与其所谓巧诋深文者相类耳。圣贤之意，岂有是哉？嗟乎！邵子谓《春秋》为圣人之刑书，常秩谓孙复所学《春秋》为商君法，吾故窃为以例说《春秋》者寒心也。

春秋论三

朱景英

《左传》昭公二年，晋韩宣子聘鲁，观书于太史氏，见《易》

象与《春秋》，曰：周礼尽在鲁矣。是可见《春秋》为鲁史之名，其来旧矣。

盖自伯禽而下，惠公而上，载笔者原以《春秋》名之，而其书不传也。隐公元年，为周平王之四十九年，东迁则在惠公三年，是惠公犹介西、东二周之间，惟隐公实东周之诸侯，故以此为断，而东周之鲁之《春秋》作矣。夫鲁至东周，史官岂全无纪载，必待二百四十二年之后，至孔子始成是书哉？是又有说，大抵鲁自隐、桓而降，时多阙政，官无良史，列国之会盟、征伐、薨葬、弑逆，载在策书者，或措语无伦，或涉笔偶曲，于是夫子惧而有作。然作之云者，修之也，盖一因鲁史之旧而为之整理焉耳，其实未尝有所增损也。如桓公十七年冬十月朔，日有食之，传曰不书日，官失之。僖公十五年夏五月，日有食之，传曰不书朔与日，官失之是也。

其他若改葬惠公之类不书，与夫曹大夫、宋大夫、司城、司马之不名，郑伯髡顽，楚子麇、齐侯阳生之实弑书卒，或因旧史所无，或本旧史所阙，或传闻不胜简书，姑从旧史以待察也。此孔子修《春秋》之大旨也。

然则曷为而云乱臣贼子惧也，夫弑君篡国，据事直书，无少讳焉，又乌得不惧哉？而说者乃以深文隐语视《春秋》，谓必如此始合乎褒贬之义，且谓必如此始谓之经而非史，岂知圣人本意，固未尝以深文隐语为褒贬，而所为笔则笔、削则削者，特自以为此固鲁国之史尔，诚不料后之目为经者，如郢书燕说之极于不可究诘也。

礼记论

朱景英

《礼记》原非圣人手定之书，后儒各记所闻，致相矛盾者往往而有。

如《王制》封国里数，职官人数，三卿名数，皆与《周礼》

不合。《杂记》公、侯、伯、子、男皆用圭，与《周礼》子执谷璧，男执蒲璧不合。《礼器》天子堂九尺，与《考工记》堂崇三尺不合。《王制》五年一朝，与《周礼》大宗伯春朝，夏宗，秋觐，冬遇不合。又与大行人九服分六岁来朝不合。《礼器》天子、诸侯席重数，与《周礼》司几筵职不合。《祭法》天地坎坛各异，与《周颂》不合。《祭义》日月与天合祭，与《周礼》分祭不合。《月令》大雩是五月，与《左传》龙见而雩是四月不合。《郊特牲》郊用骍尚赤，与《周礼》大宗伯以苍璧祀天，其牲各仿其器之色不合。《曲礼》大飨不卜，《丧记》大事有时，与《周礼》大宰祀五帝卜日，祀大神祇亦如之不合。《曲礼》大夫祭以索牛，与《仪礼》大夫祭以少牢不合。《丧大记》士大小敛陈衣异乡，与《仪礼·士丧礼》陈衣同乡不合。《杂记》以遣车视牢为非礼，与《仪礼·士丧礼》具牲牢，《周礼》牛人丧事共奠牛不合。曾子问慈母无服，与《仪礼》慈母如母服不合。《杂记》祀用桑，与《仪礼》祀用棘不合。《曲礼》卜筮不相袭，与《周礼》大事先筮后卜不合。《玉藻》天子日食少牢，与《周礼》王日一举是太牢不合。《射礼》天子歌《驺虞》，与《仪礼》乡射亦歌《驺虞》不合。凡此之类，不可枚举。而且一经之中，彼此错迕，一篇之内，前后抵牾，盖不一而足也。况《王制》汉文帝时博士所录，《月令》吕不韦所修，《缁衣》公孙尼子所撰，《三年问》荀卿所著，其余众篇，多如此例，亦极庞杂矣。

然则曷为而列于五经？京山郝氏曰：三礼皆非古之完璧，而《周礼》尤多揣摩，杂以乱世阴谋富强之术，《仪礼》枝叶繁琐，未甚切于日用，惟此多明理微言，天人性命，易简之旨，圣贤仁义，中正之道，往往而在。如《大学》《中庸》两篇，岂《周官》《仪礼》所有？故三礼以《记》为正，今之学官，守此程士，良有以也。

仪礼论

朱景英

《仪礼》十七篇中，其《冠昏》相见三篇，士礼也。乡饮、乡射二篇，大夫礼也。燕、射、聘、觐、公食大夫五篇，诸侯礼也。《士丧》既夕、士虞、特牲、馈食四篇，皆诸侯之士丧祭礼也。少牢、馈食有司彻二篇，皆诸侯之卿大夫祭礼也。《丧服》一篇，则通言上下之制也。此篇第分属之条目也，独称士礼者，因冠、昏、丧《虞礼》皆称士故也。而郑康成遂谓礼独士存，拘矣。

自后苍等有推《士礼》，而达之天子之说，后世遂以为残阙不可考之书。夫《仪礼》之法，贱者为先，故以士冠礼为先。无大夫冠礼。诸侯冠次之，天子冠又次之。其昏礼亦士为先，大夫次之，诸侯次之，天子为后。诸侯乡饮酒为先，天子乡饮酒次之。

乡射燕礼以下皆然，且也特牲不言士，士用特牲，而不止士也。少牢不言大夫，大夫用少牢，而不止大夫也。但举隆杀为例耳。论者不察，遂谓天子、诸侯礼皆无是，毋乃狃于班固，犹愈于推士礼，而达之天子之说，而自狭其见乎？

周礼论

朱景英

《周礼》六官阙其一，河间献王以《考工记》足之，汉、唐诸儒无有异议，自宋临川王安石、新昌黄度均置不问，而疑者乃众矣。

王应麟尤诋諆之，谓以《考工记》补冬官，何异拾贱医之方，以补卢、扁之书，庸人案之，适足为病。且谓百工细事，固非《周官》所可无，而于《周官》设官之意何补？而叶时亦谓以《考工记》补礼书之亡，献王之见然尔。曾是《考工记》而可补礼经乎？明焦竑云：《周礼》乃周公未成之书，冬官之阙，安可以《考工》补之而取缀锦之诮？近代朱彝尊亦云：周官三百六十，多以士为之，若《考工记》所载，直百工焉尔矣。郑氏以为司空之官，非也。此訾议者之大凡也。

宋淳熙中，俞廷椿著《周官复古编》，谓冬官不无错简，五官之内，于是取其近似者别为一卷，以补冬官。其书以天官之属，兽人、㪉人、鳖人、兽医、司裘、染人、追师、屦人、掌皮、典丝、典枲，凡十一官。地官之属，封人、载师、闾师、县师、均人、遂人、遂师、遂大夫、土均、草人、稻人、土训、山虞、林衡、川衡、泽虞、丱人、角人、羽人、掌葛、掌染、草囿人、场人，凡二十三官。春官之属，典瑞、典同、巾车、司掌、冢人墓、大夫，凡六官。夏官之属，弁师、司弓矢、稿人、职方氏、土方氏、形方氏、山师、川师、邍师，凡九官。通四十九官。改入冬官。

其后嘉、熙间，王次点复作《周官补遗》。元泰定中，邱葵又参订俞、王二家之说而损益之，为《周礼补亡》，吴澄又订正之，为《周礼考注》。四家之说备矣。明何乔又考四家所论，为《周礼集注》，其大旨皆于五官中求冬官也。独平湖钱䢅作《冬官补亡》，据《尚书》、大小《戴记》、《春秋》内外传补冬官，凡二十有一，曰司空，曰后稷，曰农正，曰农师，曰司商，曰甸人，曰火师，曰水师，曰舌人，曰工人，曰舟虞，曰匠师，则本诸《国语》。曰寄，曰象，曰狄鞮，曰译，则本诸《王制》。曰野虞，曰工师，曰舟牧，则本诸《月令》。曰工正，曰圬人，则本诸《左氏传》。其自序谓五家之儒，割裂旧文，五官几于尽亡，而冬官犹不存。

予欲使五官尽复，而冬官之义未尝阙也。故秀水朱氏称其不袭前人之言，可谓温故知新者，岂无见与？

为人后论

朱景英

《丧服传》曰：何如而可为之后？同宗则可为之后。何如而可以为人后？支子可也。又曰：为人后者孰后？后大宗也。曷为后大宗？大宗者尊之统也，大宗者收族者也，不可以绝，故族人以支子后大宗也。嫡子不得后大宗。

贾公彦曰：同宗者，谓同承别子之后，一宗之内者，若别宗同姓，亦不可也。支子可者，以其嫡子自为小宗，则不得后他人。故取支子，变庶言支者，嫡妻第二子以下皆是，不限妾子而已。戴圣曰：大宗不可绝。又言：嫡子不为后者，不得先庶尔。族无庶子，已有一嫡子，当绝父以后大宗。田琼曰：同宗无支子，惟有长子，以长子后大宗，诸父无后，祭于宗家，后以其庶子还承其父。薛蕙曰：《礼》之所以立后者，重大宗也。何言乎重大宗？小宗无子，以为可以绝者也，故不为之立后。大宗无子，不可以绝，故立后以继之。曷为后大宗不后小宗？重本也。大宗，祖之正体也，本也。小宗，祖之旁体也，支也。《礼》之正者，支子为后，《礼》之变者，嫡子亦为后矣。嫡子不为后者，非他也，传小宗之统焉耳。明小宗之统为重也，益知大宗之统为重矣。

诸家之说如此，《仪礼新疏》断之曰：大宗无后，则同父仲、叔、季之子皆可后之。凡同祖、同曾祖、同高祖，以及无服之子皆可后之。但取同继别之宗者而已。传恐人拘于伦叙之戚疏，而取必于戚者，则绝己以后人，殊非为后者之所安，而舍多夺少，亦非均安之道。故云小宗之嫡子自继小宗，不可以后大宗，正与传同宗则可为之后相发也。设大宗之外仅有一人，则戴说其正也，更以田说通之可也。又曰：小宗无后者不立后，古法也，以支子后之，要亦非圣人之所禁者。其论甚正，可以定置后之议矣。

禫服论

朱景英

《士虞礼》：期而小祥，又期而大（详）〔祥〕，中月而禫。郑康成曰：中犹间也，禫祭名也，与大祥间一月，自丧至此，凡二十七月。禫之言澹澹然，平安意也。

王肃驳之曰：二十五月大祥，其月为禫。二十六月正乐。《三年问》云：三年之丧，二十五月而毕。《士虞礼》及间传皆云中月而禫，中月，月中也，是祥月之中也。《檀弓》：祥而缟，是月禫，徙月乐。若以二十七月禫，则岁末遭丧，出入四年，小《记》何以云再期之丧三年？郑、王二说不同如此。魏晋以后，用王肃之说，至刘宋永初元年，依王淮之奏，改用郑义，遂以二十七月为断，至今因之。然考《公羊传》，三年之丧，实以二十五月。荀子《礼论》：三年之丧，二十五月而毕。《白虎通》：三年之丧，再期二十五月。《后汉书》：陈忠疏言：先圣缘人情而著其节，制服二十五月。《淮南子·饬丧纪》高诱注纪数也，二十五月之数也。是汉以前经籍所载，无有以二十七月为禫者。言之自戴德始，而康成主之，然司马温公与朱子，皆以王说为是。

近世长洲汪琬，又据《礼》亲丧外除，兄弟之丧内除之说，以为杖期犹祥，禫间月，岂三年重服，而不可用期丧为准乎？且谓《春秋》文公二年冬，公子遂如齐纳币，盖僖公之丧，至是已二十六月矣，而公羊氏讥其丧娶。由此言之，固当从郑义无疑，惟《仪礼新疏》云：古者祥禫之日，不以忌辰，而以卜筮，凶事先远日，则必于后月先卜之可知也。如祥禫俱于近日得吉，则二十五月矣。若祥禫俱于远日得吉，则遂至二十七月矣。而服制之初，则以二十五月为断，盖再期而又奇，则以是为三年耳。要之亲丧宁厚，今三年之丧，从郑氏之说，必以二十七月，则又岘山顾氏所谓过于古人也。

沅州府形势论

朱景英

郡之州邑甚古，而自古谈形势者，未尝齿及于沅，何也？以无滇、黔故也。夫碧鸡金马之路，通于西汉。交阯象郡之物，赋于三都。以至罗施之鬼，夜郎之王，皆见之史籍，传在人口。而其地类以为要窅荒忽，徼外弃之。虽其时亦尝有事其间，顾取道于关陇卬筰之区，深入于岭海黎伶之地，而别以荆夔据其冲，衡湘扼其阻，故沅得安其僻左无事，而形势遂因以不见。

至宋而沅始稍著于史，然是时蛮事倥偬，特以是为八番思播之冲，故经制此地者，恒议废置，则以其时滇、黔犹徼外耳。逮于元而滇始置行省矣，亦越明而黔始设布政司矣，西南半壁，都会在焉。而涉其境者，舍沅莫由，故沅重。夫昔之官斯土者，迁谪而外，率铨以资地。至是始间有中州名人来治于此，而沅益重。驯至有明中叶，则方建宪臣，旋开大府，而沅盖巍然重镇矣。是故有滇、黔而沅重，沅重而滇、黔愈定。夫至重沅以定滇、黔，则近而全楚之赖以捍蔽，远而蜀、粤之赖以转毂，亦从可知。领吭肘腋之说兴，而沅之形势了如矣。

试以全郡而论，延（袤）〔袤〕只数百里耳，三邑鼎峙，铉耳相衔，类天造焉。由西迤东，五驿联络，实以芷江为中逵。自上而下，一水迅驶，又以芷江为建瓴。若夫汇众流于当关，阻重山于一面，则黔阳有管钥之寄。通一线于蚕丛，倚诸营于肩背，则麻阳有屏障之资。此全郡形势之梗概也。

自其郡治而论，则明山为主，山脉自西晃越五士坡，迤逦入城，为郡负扆。南面则榜山为之列案，沅水西下，由北而南，复数折而东，萦纡澄澈，环抱郡城。而五郎溪界其左，渔溪界其右，合注于沅，如带之有绅焉。此郡治形势之崖略也。

夫由前之说，可以识控制之机宜。由后之说，可以兆人文之兴蔚。况重以滇、黔、蜀、粤、荆、湖诸大省之斡运而维系焉，而沅郡之形势于是乎大。

沅州府关隘论

朱景英

沅州郡境，北控苗寨，南拊瑶山，西下仰摧，东来俯遏，盖全楚天然之阨塞也。

顾其所谓要害者，不过坡陀培塿耳。非有天井之乔，飞狐之邃，与九折、五回、七盘、十二绕之险也。其何以守？虽然，昔人有言，守江者不于江，守淮者不于淮。善守者所凭在险，而力常余于守之外。是故文德踞西，辰龙扼东，飞山阻南，崇山峙北，守御有方，声援相倚，则沅之腹背肘腋皆固矣。

沅固则西南半壁可以无忧，然后知沅之名为关者不足恃，而有所以恃者在也。

麻阳县营哨论

朱景英

麻阳之有营哨，盖为防苗设也。明自宣德六年，蜡尔苗叛，都督萧绶、都御史吴荣率汉、土兵十有二万讨平之，班师后随叛，诏绶等各戴罪进剿。乃冒暑夜驰，直捣苗巢，掩杀过半，又围其窜伏者，久之苗皆出降。乃设湾溪等十堡，留官兵七千八百有奇以守。

迨嘉靖二十二年，苗复猖獗。至二十七年，总督张岳力主用兵，始大破之。于是疏罢湾溪等堡，更设哨所凡十有三，各哨以土兵、仡兵数百余人，复召募打手数十人戍守。又增设参将一员，驻麻阳镇守，而守备属焉。时实副使高显、参将曾贤赞画之，故边境少安。三十三年，又议移参将驻五寨司城，就近调遣。及四十二年，又议撤民兵，专募仡凯等兵与新降苗分列屯戍。

先是，十三哨所中，有铜信、水塘、水田等哨。隆庆以后，相继裁罢。寻又增置永宁、长宁、杜壤诸营，嗣又增置龙首营于县东以控之。万历四十三年，副使蔡复一，又自铜仁至于保靖，汛地三百余里，沿边作土墙以遏之，此营哨建置之梗概也。

明陈组绶有曰：麻阳设于施州、保靖之南，辰、靖之西，而西邻铜仁，平茶联湖广、贵州二路。其地自辰沅而西皆夜郎故寨，至今溪洞坪箐土著夷官，仅得以宣慰、宣抚、安抚长官羁縻之而已。有郡县之名，不得其人民之实。盖其时之麻阳，虽疆域犹是锦州，招谕并置之旧，而非其人户久矣。故边镇之表，必系乎麻。堡哨之数，必系乎麻。即重臣、大帅驻节筹边之所，与夫士马刍粮调遣输馈之路，亦必系乎麻。究之人户既非麻有，则疆域实为麻累，而麻之被祸，视他处尤惨。然使非当日营设防御之周且密，则麻亦久非其有矣。故厄塞险阻之说不可废也。

明侯如地曰：五寨哨系中军重地，则岩坎江之防饬宜先。长宁哨最密迩苗穴，则麻里之冲越宜虑。乾州哨城连守备而屯饷易危，则暴水冲诸路不可不堑。永宁哨地近贵苗，而募兵易挠，则火草岭一吭不可不扼。麻阳之库狱赖小坡而保，故雷打坡之四出埋伏，防出没也，仓储之积贮恃石羊而完，故水田营之把寨屯军，杜窥伺也。筸子哨地邻洞口，而上下营之戒严实彼先声，洞口哨壤接清溪，而乌牌隘之坑堑诚如左臂，强虎哨虽雄据万山，然三面受敌，一不设备，而都罗鬼跳梁矣。永安哨虽外倚藩蔽，然强寇在旁，一不加警，而田冲岩坎揭竿矣。

他如王会哨之皮冲江口，盛华哨之都梅坡，蓢塘营之石灰窑，靖疆营之油草塘，要害相均，哨伏宜谨。机宜形势，数语若聚米画沙，是为得之，迨其久也，奉行不善，输挽愆期，将缺于上，兵哗于下，昔之棋置星罗者，未几皆鸟兽散，所谓脱巾呼譽、自决其藩者是也。

逮崇祯间，邑士田英产奏记阁臣，以从前处置乖方，向后扫除宜尽为言，大意谓麻邑设处万山，势虽蕞尔，实关辰沅藩蔽，黔楚咽喉，一失麻阳，渐无辰、沅，安有滇、黔？为今日计，招抚之说万不可行，即守之一说，亦竟无益，因言荡平之后，殆有三便：疆土开拓，可以州县，垦田输赋，以报公家。一。地方宁泰，撤哨去兵，可省军输，以还公帑。二。取道卢溪，直抵铜、平，裁省驿站，以储国计。三。阁臣上其议，下抚臣相机议剿，卒以饷运无所出罢，而边防亦弛矣。

顾说者谓镇筸为节制重地，而堡哨自县境小坡至于永宁镇所，则县边之极，故必远近皆详。我朝声教四讫，蛮僚向化已久，边境之敉宁，实自唐虞以来所未有者。镇筸则自康熙三十九年已移沅州总兵来驻，四十三年又裁土司，而移辰沅靖佥事道驻此，嗣又增设凤凰营五寨司通判、巡司，并设学于此矣。

乾州则自康熙四十七年设同知驻此，又设巡司，并移镇筸镇左营驻防其地。嗣又专设教职矣。六里则自雍正八年巡抚赵宏恩招徕生苗四千七百余户相率归化，乃建吉多营永绥协。文职则设同知、经历，武职则设副将，都司，守备，千、把总矣。辖苗寨者，凤凰营则一百有五，乾州则一百一十有五，永绥协则二百二十有八，亦既各疆而理，专城而领，不异州县其地，凡新旧营寨因之分隶焉。

夫然后始无所系于麻矣，既不系于麻，则昔之所谓要害者多非境内，当无事牵附于麻。故标目止此，而仍追述其始末，以当论古。虽然，一堠尉于东南，复绸缪于风雨，予犹不能不有望于鉴前毖后者。

选举总论

陈昭谋

自乡举里选之法废而科目以兴，虽历代递更，大抵自汉至陈，惟行孝廉、秀才科，自隋唐至元明，惟行进士、明经科。而进士尤重，得人亦盛，盖进士之名始于周，进士之科自隋始也。春官之试，自唐玄宗始也，殿前之试，自唐武后始也，进士试以诗赋，自唐始也，宋因之。至熙宁加经义之制，至明而经义、策论兼用。临轩试以诗赋，自唐始也。宋加试以论，至熙宁始定策试之制，至明遂专用策。糊名之制，自宋淳化始也。易书之制，自宋祥符始也。三年一举，自治平四年始也。唱名及第之典，自梁灏始也。琼林锡宴之礼，自王世则始也。另委官主试，自永乐始也。而各省之遣京官主试，则自嘉靖始也。

说者谓科目之设，徒为束缚英豪之具，而贡举所试，专论文艺，而不论德行，又以长浮薄之风，不如废之而行乡举里选之法，庶士习可端，而人材可得。然知其一，而不知其二也。善乎东坡之论曰：上以孝取人，则勇者割股，怯者庐墓。上以廉取人，则敝车羸马，恶衣菲食，可以无所不至。德行之弊，一至于此。自文章言之，则策论有用，诗赋无用。政事言之，则诗赋、策论皆无用矣。而自唐至今，以诗赋为名臣者，不可胜数，何负于天下而必废乎？

由此观之，何代不生才？何才不资世？专用里选，则人才由里选而出。专用科目，则人才由科目而出。此亦所重之势则然也，何必拘言复古哉？

星野论

陈昭谋

世言分野所属，惟翼轸之地极远，余以为不然，九州之域，保章氏所分，特就中国言耳，六合以外不与焉。

自后世幅员日广，纪地者必核宿以为准。遂举两粤之廉、韶、郁林，胥隶鹑尾之次，而翼轸之地广矣。不知当保章氏时，粤尚未入职方，安能预定所系，何宿而分之？故汉志以翼轸楚之分野为确不可易，但其间有兼张宿言者，有丽司命下星言者，有丽北斗玉衡与天璇者，有主荧惑与司空者，有主天市垣南第十星、女宿十二国第九星者。诸说纷纷，要以十二次分配十二野为正，而《杂占》特附焉者耳。

郴处荆南，旧隶长沙，长沙星悬著轸傍，轸宿峰现居南岳，天垂象，地示形，显然可证。今之郴，古桂阳也。《晋书·天文志》：翼轸楚荆州。零陵入轸十一度，桂阳入轸六度，武陵入轸十度，长沙入轸十六度。《唐书》亦云：负五岭而南为桂阳。则今之郴也，入轸六度。是二书者，夫岂无据云然？今考鹑尾度数，费直起张十三度至轸七度，蔡邕起张十二度至轸六度，《世纪》自张十八度至轸十一度，吴道行起张十四度三十分至轸十度八分。盖费氏始详度数，至吴氏又详分数矣。虽其间度数多寡之不同，以十二次分三百六十五度推之，大约三十度有奇，而当一次。不宜鹑尾所隶独广。以地准天，约二百里有奇，而当一度。若如《世纪》谓二千九百三十二里始为一度，统全楚计之，不下三千余里，只一度而已赅，何用张、翼、轸之分隶哉？

表景揆度之论，似属无稽，或疑桂阳入轸六度之说。以今《地舆》考之，兼郴一属及衡之耒阳、常宁，桂阳州之临武、蓝山胥隶焉。所入仅轸六度，计地二百里有奇，似地天之广狭未尽吻合。第考晋志所云，翼主北而轸主南，惟举七大郡以概全楚，而余度未立主名，安在桂郡所属之地，不已包在轸之余度间邪？刻舟之见，亦太拘矣。

总之，天道幽远，推步实难，况州郡之建置，历代屡更，躔度之盈虚，百年一变。后人星算虽愈推愈密，愈密而愈差，必岁差之法立，随时消息，按地以稽，乃自历历不爽。沾沾求合于度数分杪之间，岂能尺寸而量、毫发无所失乎？

至占验之说，或应或不应，理更难知，故圣贤不言，以天道之妖祥，自有人事以转移之。有德受庆，无德受殃，必一一求其验以实之，则凿矣。第说非无稽，姑存焉以备参可也。

疆域论

陈昭谋

三里之城，必有分界。十室之邑，必有异堧。而况数百里之疆域乎？

郴环山为州，蓉峰西峙，豫水东流，南扼交广，北襟湖湘，固荆南一大都会也。疆域所属，或析或并，历代互异。自宋于兹，未有纡缩。其中乡都里甲，增减更易，虽或不同，而星罗棋布，遐迩画一，如身之使臂，臂之使指，血脉灌注，焉有此疆彼界之限哉？迄今鸡犬桑麻，里闬相望，懋迁有无，各得其所，真太平之世也。

旷览形胜所在，高踞岭上，千峰簇拥，万壑环流，屹然一巨镇已。又地居豫、楚、粤三省之险扼，为用武者所必争，故始皇以十五万兵守五岭，今郴城深壕犹存。项羽谓古之帝者，必居上游，因迁义帝于郴。更观卫飒守桂阳郡，凿山开险，遂通粤地五百里。马殷得郴州，遂兼收岭外，号称霸府。宋将潘美南伐，自湖南进兵，先拔郴州，而岭南胆落。其形势岂浅鲜哉？

曩者吴逆叛乱，据守衡府，庙谟神算，令将军穆詹，自长沙间道疾驱，先据郴阳，建瓴之势成矣。逆贼腹背受敌，其能久乎？故不逾年，而湘湖悉平。非所谓扼其吭，断其胫，遂有以制其命与？则论收复之功，郴属效义独先，当为首庸，亦地势之险隘有以助之也。

至若桥渡路亭，利济所关。郴山多水浅，征途险夷，匪亭奚憩？溪水混流，匪桥渡奚济？行者苦焉。所赖乡里善士，时加募修，登临始便，亦疆域内之急务，而为王政之一端云。

山川论

陈昭谋

郴属山水之奇，陈牧之论详矣，余何必赘？而有未尽发明者。

九州之山，至东南而最高者，莫逾于五岭，而郴之黄岑居一焉。九州之川，至东南而最深且远者，莫大于洞庭，必以九江汇之，而州之郴江居一焉。正不独苏岭为天下第十八福地，圆泉为天下第十八名泉已也。鹿门曰：五岭以南，多名山峭壁，清泉怪石，贤者足音罕至，而深林幽谷之奇，曲屿回澜之胜，卒湮没如沮洳污莽，而不复出也，岂独郴阳为然哉？

说者猥以山高水浅为郴鄙，不知郴山水之秀甲于楚南。旧谓环山为州，其地与衡山齐。且从东岭数至鱼降山，七十一峰，仅少南岳一峰。宋秦观游此，谓其形胜大类华山之阴，而沃润过之。他如五盖、八面、大官、胸膛等山，巍巍乎凌云霄而飞天际，虽罗浮、武夷，何以加兹？水则载在《水经》，钟水、鸡水二条甚明。源发黄岑山，江流如线，迨桂水、耒水入焉。程水、森水、便水又会焉。其源远，其流长，容纳诸水，曲折七百余里，始会湘江。故金仁山谓蒸水甚小，不应列于江，而澧水又不合入于江，而以郴水补九江之数，同入于洞庭，岂无谓哉？

噫！山水不言，因人而命。柳子厚为永州司马，而永州之山水以传，不遇子厚，其名隐而不彰者多矣，天下亦无有知其奇者。郴非遇韩子品题，又谁知为中州清淑之气，所蜿蜒旁薄而郁积也哉？

矿厂论

陈昭谋

矿厂之害，前辈喻春山之言详矣，人皆知为害在官民，而不知其自害也实甚。

试观历来矿商厚挟资本，招集砂夫，怂恿富户，合伙开采。聚众数月，刨试无获，空费资斧，负债而逃，害犹小耳。迨银气旺盛，垅多砂现，讼狱繁兴，陡遇忿争，纠众戕杀。偶值垅中火发，烟毙人命，动以百计，尸亲妇女，环哭遍野，头人隐匿，妻子逃散，杀畜毁室，屋宇一空，害乃大矣。

夫人惟利心，至无厌耳。始为头人，继充矿商，厂卡公费，官吏周旋，甚为不赀。方其盛也，用之如泥沙，食必肥甘，衣必文绣，乘坚策肥，使用多人，故旧亲朋，抽丰无数，意气扬扬，抑何雄哉？及其衰也，厂务渐竭，官课无出，押禁追赔，子孙俱累，悔何及矣。维彼头人，鸡肋难弃，虽砂衰日采日薄，犹加工督办，不留余力。迨日久费多，至荡产鬻妻而不倦，何其愚也？吁！上下数年间，成也几家，败也几家，始成而终败也又几家，何前后顿异如此？盖有盛必衰者，天道循环之数，而有利即有害者，物理响应之常，从未有积众人之怨，致千金之产而能久享其福者。况彼铁厂，其利甚微，其害愈多，虽无科税之费，而吏役需索，盈千累百，受千万人之怨骂，供众役之中饱，于己何益？至众怒难犯，举火一焚，柴炭成空，可怜资本尽化灰烬，其害可胜言哉？

今铅矿之害，赖贤州牧应公以垅坍砂尽详请封闭，郴人均受其福，至今德之。锡厂年久，峒老山空，获砂有限，亦系随抽随报，绝不至累委员赔补。计每年才报四五百斤，并无定额，惟安静之吏，不必设法开采，遗害闾阎，则州之幸也。今惟铁厂私开未已，向例只准附近居民农隙刨挖，以供农器之用，即山主亦惟觅土著良民开采，不许异棍假冒。近多引诱外来射利之徒，设炉烧炼，其采砂锤炼人等，不顾人之田园庐墓，潜挖偷采，禁之不能，虽屡经具控，无如阳奉阴违。烧炼费柴炭最多，致居民日用柴炭昂贵十倍，米价亦起，人俱苦之。又其甚者，砍人禁山，伐人冢树，滋事尤多，十数人之利，千万人之害系焉。况外来商贩，转运贩卖他方，安知不致有出洋之患？而郴逼近瑶人，更难保其不为军器，后患莫测。

为民父母，念切民艰，莫此为甚。是以署州牧常公，下车伊始，即行出示封禁。害除一朝，利垂百年，真善政也。后有官斯土者，严行稽查，勿使复蹈前辙，吾郴之受福，岂浅鲜哉？

事纪论

陈昭谋

天地一元之运，为十二万九千六百年，分而为十二会，会分而为三十运，运分而为十二世，世分而为三十年，此天运一元之大气候也。

年分而为十二月，月分而为二气，气分而为三候，候分为五日，日分为十二时，积四千三百二十时、三百六十六日，而为七十二候，此天运一年之小气候也。

会者元之候也，世者运之候也，月者岁之候也，气者月之候也。天地之运，日月之明，寒暑之代谢，气化人物之生息，始终尽于此矣。月证于月者也，气证于气者也，候证于物者也。如孟春之月，其气为立春，为雨水。其候为东风解冻，蛰虫始振，若行夏令，则雨水不时，草木早落，国时有恐，其感召不爽如此。故祥异气候也，兵变亦气候也。

历考《月令》诸书，气候之运行，虽出于天时，而实有关于人事。是以古之君臣，必谨修政令，以奉若天道，察乎气运，以惊惕人为。故至治之世，天无疾风盲雨之愆，地无昆虫草木之孽，人无兵戈烽火之警。孔子之作《春秋》也，不言祥瑞，即以大有年为祥瑞。书灾异者六十九，书侵伐者二百七十三。二百四十年间，凡气候之愆变失常，征战无已，备详于经，而世道之兴衰治乱，人事之汗隆得失，皆于是有证焉，所以警后世之君臣者微矣。

有守土之责者，鉴观前事，诚能省身以勤民，勤民以敬天，又何阴阳之和不可召，而变故之生不可弭也哉？

屈原论

向曾贤

屈子之穷厄以死，千古所谓奇愤也，故至今吊屈原者，每岁必于其死之日而哀之。而吾谓此不足以穷厄屈子，且以为千古幸，何者？屈子穷不极，厄不极，则《离骚》不作，《离骚》不作，则千古风雅之脉断焉。故天生屈子，非以为楚也，所以传忠臣义士之心，而继三百篇者也。

奚以明其然也？诗之亡也。繁霜《正月》以降，幽忧郁积，至不可解，夫子录而存之，至于《曹》《桧》之末，则亦录《匪风》《下泉》焉。凡以乱极思治，其义如是焉尔。世运递更，人心浇漓，君臣父子之间，泛然若萍浮于江湖而适相值。故孟子曰：诗亡然后《春秋》作也。至于战国，而祸变极矣，晦盲否塞，各以其术相倾危。若孙膑、卫鞅、范雎之徒，去以资敌国用，为害尤烈。屈子生于其间，遭时不幸，主听不聪，而嫉之者又众也。以彼其才，何适不可？而独以其忠厚恻怛之词，寄其憔悴专一之意，以维持于君臣上下之大。天地不失，日月不改，则此志不移也。是心也，即龙逄、比干之心。是书也，即《大雅》《凡伯》《家父》诸君子之什。三百篇之所留遗，而人心之所由以不死也。然则《离骚》之作，不亦重乎？

抑吾窃思之，曩令委任无恙，王言听计从无恙，无靳尚之谗，无郑袖之惑，无张仪之攻击，无令尹子兰之排挤，幸得展其所为，修芳贾叔敖之业，抗强秦以雄长中原，当是时，未遂能相楚除嬴，帝制自为，与皋、夔争烈也。然而遭时得志，功建名立，纵使赫奕不暇著作，纵使著作亦混于梼杌之书，参杂于战国诸篇之内，亦必不传，千载后安知屈子之义愤有如此者？吾故曰天生屈子，所以使传忠臣义士之心，而继三百篇者也，则诚幸也。然而非屈子之意也，彼其忠爱之心郁于中，而大作于外，不得已而寄之于辞，未尝以致必传于后也。

后之踵兴而师其辞者，代不乏人，而求其异世同神，若贾长沙、杜少陵、文文山数人而外，不多觏焉。盖所为源流远矣，乃其音则亦到今未寂云。

反周为唐论

彭孚

唐神龙元年，张柬之等举兵反正，史称其功远贤于平、勃。予以为不然，平、勃时，诸吕在南北军，手握重兵，苟或妄动，便成反噬，所谓刘、吕之势，间不容发者也。若五王，斯时武氏年八十一矣，且又疾甚，承嗣既死，（卢）〔庐〕陵已复，二张竖子，无能为也。

其为唐天下，不过数月间耳。且武氏临朝，只用智术，诸武虽用事，亦未假以兵权，宿卫之将，犹是高宗时旧臣也。故柬之一言，而羽林大将军李多祚泣听处分，斩关直入，若无事然，厥功伟矣。而吾谓此时之举，可为可不为者也。惟嗣圣八年，宗室几尽，朝士俱危，罗织大张，普天同愤，一日，凤阁侍郎李昭德，引王庆之示朝士曰：此贼欲废我皇嗣，立武承嗣，命杖杀之。因言于武氏，自古未闻侄为天子，而为姑立庙云云。

后姚元之荐张柬之能断大事，噫！是时之能断大事者，非李昭德其人乎？时狄梁公同平章事矣，而魏元忠为中丞，朱敬则在补阙，徐有功、李日知亦居法曹，之数公者，若果乃心唐室，当如平、勃合谋，动多祚以大义，直入内庭，迎立豫王，居武氏别宫，诸武无少长皆斩之，岂非复睹天日、人神共雪者乎？

夫士君子之于国家，苟非名义所在，不可一日安于朝廷之上，不可安而苟安焉者，其志欲有所为也，特患其不得为耳。得为而不为，与得为而不必为，吾皆未见其可安者也。当嗣圣之八年也，正武氏改唐为周之二年也，较徐敬业暨诸王起兵之时，其名义又非母后临朝比矣，诸公不于此时乘得为之势，举名义之正，过此以往，而李昭德以诬死矣。为狄公者，囚而复贬，贬而复官，颠倒于一浊秽之女主，至于隐忍就位，而一荐张柬之，再荐张柬之，遂使十三年间之名义，竟成上下数千年未有之事。悲夫！且事机一失，其祸有与唐室相终始者，何则？庐陵初立，裴炎一谏，便云：以天下与韦元贞，又何不可？此其不可为君也明甚。

豫王以恬澹寡欲之资，有狄公诸人之佐，而姚、宋继之。太子、宋王成器，亦学道谦让者，义举一倡，应立皇嗣，立皇嗣则无韦氏之祸，无韦氏之祸，则无杨氏之祸，无杨氏之祸，则藩镇不起，阉寺不专，而巢、温不入矣。虽天下事势不可逆睹，而据此以论，或者华夏女戎之丑，亦未必其若斯之甚也。然此又存乎创业者之家法何如耳。第即唐、周之际观之，如狄公诸人，殆不无遗议也已，或曰：柬之若早居相位，能为之乎？观其不从薛季昶、刘幽求之言，则柬之能为之，仍不能安之也。曰：若平、勃当此，能安之乎？曰：汉高有言：安刘氏者必勃也。吾尝以为幸，於乎！必宋韩魏公其人乎？

此予少作，岣嵝先生谓其上下千古，可与论史。橘州先生谓其变化纵横，是大苏手段。既而自思，未免轻议前贤，欲焚其稿。后见朱子言《通鉴提纲》，凡逆臣之死，皆书曰死。至狄仁杰，则甚疑之。李氏之复，虽出于仁杰，然毕竟是死于周之大臣，不得已随入死例。书云：某年月日，狄仁杰死。今《纲目》所书不如此。燕泉云，盖变例也。因是存之，抑以知天顺夺门事可无庸矣。李文达云：景帝不起，群臣自当表请复位。可互证也。

湖南文征　卷二十七

论四

费氏古文易论

张九镡

《易》始自汉田何十二篇，历施、孟、梁、丘而费氏独著。刘向以中古文校施、孟、梁、丘经，或脱去无咎悔亡，惟费氏经与古文同，盖真孔氏遗书也。

费氏治经无章句，徒以彖、象、《系辞》十篇、《文言》解说上下经。考前汉六经与传皆别行，盖其师法讲授如是，实未尝乱十二篇之次也。后汉郑氏始合彖、象于经，魏王氏始以《文言》附《乾》《坤》，说者遂谓《易》始变于费氏，误矣。秦燔书，《易》以卜筮独存，故诸儒尚有传授著录者万人，然皆各为章句，伪说滋蔓。焦、京之徒，专言阴阳灾异，畔道亡身，惜不知折衷于孔子之传以正之也。费氏出于前汉时，实始以孔子之传解说羲文之经，不烦章句，而易简理得，故事逸功倍如是。此其识岂诸儒所能及哉？

孔子之传《易》也，有彖、象为经，有《系辞》《文言》《说卦》《序》《传》《杂卦》为纬，字栉句比，纲明目张，未尝于卦、象、爻外别立一义，更设一象，盖兢兢以承羲文之心为心也。《易》有圣人之道四焉：变与象占，悉见于辞，故即辞知变，本诸乾坤，有往来内外上下之文，而无所谓随自否来，蛊自泰来也。即辞知象，取物取身，假象显义，而不必乾乃为马，坤乃为牛也。

即辞知占，以六爻之吉凶悔吝，为占者之吉凶悔吝，所谓刚柔杂居，而吉凶可见者也。此其说皆具于孔子之传，后世舍传谈经，乃以卦变互体五行、纳甲飞伏之法当之，殆与瞽者之无相，夜行之无烛无以异。虽后儒以章句解《易》者，亦惟王氏知之，程氏明之，而总不如以传解经之尤简而明也。呜呼！费氏之意，可谓深矣远矣。

自郑、王本行于世，取其寻省附近之《易》，遵用最久，学者但知以分经合传推其原于费氏，而忘费氏经文之旧。及宋晁说之、吕大防、东莱、紫阳，始复田何十二篇之次，而正郑、王之失，删去彖曰、象曰之文，置《乾》《坤》《文言》于传，其意亦善。然其书固即费氏之经文也，盖由汉以来二千余年，而费氏之学独存于今，岂非天哉？余特惧夫费氏古经虽行，而其以传解经之意，犹不明于天下后世也。故为特著其功以明之，欲知《易》之真传，而求三圣之一心者，固将于是乎在也。

诗亡春秋作论

张九镡

诗亡《春秋》作，自范武子、胡康侯谓列《黍离》于《国风》，齐王德于邦君，天下无复有雅，而王者之诗亡，故托始东迁而作《春秋》。吕伯恭则谓，诗亡指笔削《春秋》之时，非谓《春秋》之所始也。其论至大相反。

近世有为西周诗亡，及为正风、正雅亡之说者。考其实，皆与《诗序》及《春秋》本义不合。愚有以知其皆非也，夫诗非史也，东周以前，岂无《春秋》?《春秋》非诗也，春秋之时，何尝无诗。谓雅亡风存，则不可谓之诗亡。谓风、雅正者亡，而变者存，则不得谓之诗亡，然后《春秋》作。

尝以《诗》论之，周之王者，文、武、成、康，太平制治之迹，则《二南》《豳诗》《周颂》，正《大雅》、正《小雅》载焉。其后风、雅皆变，而宣王中兴之治迹犹粲然可观也。至于幽、平之乱，而西周为东，所谓王者之迹尽熄矣。故变雅至幽王而终，变风至平王而终，王者之诗之亡也明矣。

风雅时地各殊，体制亦异，只分东西正变，而无升降。王风旧次，自周乐已定其序，夫子方亟录之以存周之东，又焉敢降之哉？且平王之有变风，与幽、厉之有变雅等，当时诗虽复雅，何异幽、厉？论王迹者，读《板荡》《黍离》诸篇，有同一感慨于此诗之仅存而已。况后此并无所谓诗乎？考《春秋》诸侯，如卫文、郑昭、齐襄、晋献、秦康、陈灵、鲁僖皆有诗，而齐桓、晋文亦附见于《木瓜》《渭阳》之篇，是列国之诗，非王者之诗也。《小雅》之篇，有疑为东迁后作者，《序》以为刺幽，实皆西周时政，至平王时惟弃岐、丰，遣戍申二事，诗人特著明之。盖春秋以前，世变莫亟于此矣。

孔子之忧东周也，夫非以其诗之亡为忧，忧王者之迹自是不可复见，而天子巡狩、述职、礼乐征伐之事，荡然无存，于是乎僭窃横而乱贼炽也。故因鲁诸侯之史以明王法，托始隐公，实接平王末年，首称王正之义，正名定制，一尊天子。凡皆采周之旧以会成王义，垂法将来，盖所以存王者之迹，明天子之事，所谓窃取之义，亦如是而已矣。

《诗》与《春秋》不同，而其义则同，孟子以为，与晋《乘》、楚《梼杌》一者，鲁之《春秋》，而继《诗》而作者，孔子之《春秋》。《诗》纪王者之治迹者也，《春秋》纪乱世之事，而一以治世之迹治之，其迹非王者之迹，其义则王者之义也。谓之诗亡然后《春秋》作，其不以此也欤？呜呼！孟子之说，其于《诗》与《春秋》之义，可谓能识其大者矣。不此之论，而断断于风雅正变，东西列王之间，啜啜于劝惩黜陟，褒贬赏罚之际，亦多见其拘泥穿凿，适足相乱，而卒无以远胜乎前人也。而并欲凿空以为指笔削之时，即《春秋》何为而托始于平王之四十九年也哉？

中庸论

张九镡

中庸者，何礼而已矣。《周官》曰：以五礼防万民之伪而教之中。又曰：以中礼防之。夫礼所以制中也，有道而后有礼，故礼合乎道，谓之中庸。道者礼之郛郭，礼者道之形体，道无形而礼有形，非有形者不足以凝道。是故有礼而后中庸之道始著。

昔传子思子作《中庸》四十九篇，汉儒列于《礼记》，实只一篇。礼之仪文器数，三千三百见于经传者，至明且备矣，而于礼之本原未之及也，此其所以必著于礼书之由与？今观《中庸》之书，自天命之性，至于无声无臭，其言若详于论道而略于言礼者，而其中特举鬼神、祭祀、丧服、宗庙、郊禘，以及礼之等杀，三德五道，九经三重之属，则凡古今言礼之大体，无以加此矣。然犹恐人之离礼与道为二物也，于是合而明之曰：大哉！圣人之道。而实指其大用于礼仪三百，威仪三千，待其人而后行，其意以为礼之生，本于天地万物，而圣人达之于经曲，苟无其人，礼不虚道，故究其说以道中庸为主，而归于敦厚以崇礼。然则非礼不足以道中庸，而中庸之道，非礼亦不能行于天下也明矣。

盖凡人之视听言动、衣服饮食之法度，与冠昏丧祭、朝聘燕享之仪节，莫不以中为极致。而其用之也，必平易近人，各得其宜，期于至当而后已。是故天下之善言礼者，莫如中庸。今有人于一事一物之不得其中，中而不出于庸，则其用之也，必颠倒而无序，龃龉而难安，性情为之不适，官骸为之失措，是不可谓之曰礼，即不可谓之曰道矣。君子欲行中庸之道于天下也，必由于崇礼。是礼也，固即日用常行之道，而吾身不可须臾离者也。故曰即事之治谓之礼，又曰立于礼。曰约之以礼，又曰执礼，曰复礼。礼崇故德厚积，德厚积故道器凝，是谓至德，是谓至道。离礼则德性不诚，问学不明，而所谓广大精微，高明中庸，温故知新，皆空虚无用之物而已矣。审如是则礼必不行于天下，而中庸之道亦不行于天下。

周末文敝，当时以礼为伪，故老氏之言曰：失道而后德，失德而后仁，失仁而后义，失义而后礼。于是言道者皆空言以设教。孔子、颜子、曾子之问学不离乎礼，子思岂有异哉？自子思子没，然后儒者皆离礼以言道，谓有形上、形下之分，德性为本，仪文器数为末者是也。而遂日求道于幽冥恍惚之中，潜思默悟，以为天道物理在是，本心天理在是，而与世之谈玄说妙、明心见性者无以异。至一切礼法，反简弃为不足事，其始本于废礼，而其终至于灭道，犹嘐嘐然曰：吾所言者，中庸之道也。呜呼！此亦道不明不行之故也。

广封建论

张九镡

封建之制，苏子以为，自柳宗元之论出而诸子废，予以为，至马端临之论出而其论始定。盖宗元之论，谓封建为不得已，非公之大，而端临则谓，必有公天下之心而后可以行封建。由是言之，封建本以为公天下，而后世之行封建者皆私也。以后世多猜防利子孙之心，而疑先王亲贤并建之法，则大不可。此端临所以谆谆佐宗元之言，而独能补所未逮者与？

至于封建与郡县之利害，则未有易于二子所云者，何也？三代以前，有封建之利，而无其害，至其末也，兼并僭乱，害甚矣。秦以匹夫群起亡，不享封建之利，而后世复之，则无不害者，故常以郡县为利，是皆前事之无庸赘述者也。然以予尝考之，周初诸侯盖千有八百国，大者方百里，小者不能五十里，皆仅以继世慎职，守纳贡赋，相安于无事，其势与后世之郡县无以异。而自秦汉以后，官制布列于天下者，有牧、伯、守、令，亦与古公、侯、伯、子、男爵禄略相等，虽非继世，而先王封建，内外相统，大小相制之意故在也。故尝谓封建之与郡县一而已矣。

天生民，立之君，君不能一人独治也，必众得人焉，以分治其地。或使世及之，或时择其人以治之，二者不同，其为民则一耳。为民者，利之大者也，亦公之大者也。苟无害于民，而国安焉。虽因时而行郡县，圣人岂能易之哉？故欲垂永远之计，必行郡县，以土地人民寄之于牧、伯、守、令，择其良者，使久于其任。而凡亲贤有功者，使得世继其爵禄，亦俾试于职事，惟不予之土地，以全旧泽而杜后患，斯可谓得封建之意而不泥其迹者矣。

韩子谓禹忧后世争之之乱，封建之不能行于后世，犹禅让之不能行于三代也。而当孟子时，海内方千里者九，天下未定，以定于一决之。盖已知封建之裂，不复可以一天下矣。孟子又曰：民为贵，社稷次之，君为轻。与其行封建，而不能变置其诸侯也，曷若行郡县，而时择良吏以守之之为重吾民乎？作《广封建论》。

颜延之五君咏论

张九镡

士有自负其跅弛之才，不羁之性，以为不屑屑当时贵显之为，而又不安于废黜，于是幽愁忧思，慷慨激昂，或取古人以述其无聊不平之概，是皆有所托以自叙其情，而非尚论古人之是非者也。噫！是乌得以为定论？

余读颜延年《五君咏》，旨趣平淡，知其以此诗为一时推重。及读《宋书》，言延年领步兵，好酒疏诞，不能斟酌。当时刘湛言于彭城王义康，出以为永嘉太守，延年甚怨愤，乃作《五君咏》，以述竹林七贤，而山涛、王戎独以贵显被斥，是延年之作此诗，特发愤之所为作耳。夫延年得罪于时，既已屏黜，不安于位而反尤人，其所以自镜者已疏矣，又安能镜五君之是非而论定之哉？且夫五君者，则难矣，以虚无放达为高，而荡弃于礼法之外，世徒目为清流，不复置臧否其间。以五人视王戎，则皆胜之，而未必尽贤于山涛也。

吾意尚论者于此，必将取其狂狷，责以中行，且引五君为鉴戒而自警焉。不当以己之怨愤，而专取前人之不得志者，以寓其意也。然而延年与五君，其才同，其性同，其不能自处以处世也亦同，故其咏中散曰：鸾翮有时铩，龙性岂能驯？咏步兵曰：物故不可论，途穷能勿恸。咏始平曰：屡荐不入官，一麾乃出守。于参军则有韬精沉饮之言，于常侍则有交吕攀稽之语。虽皆述其人之本末，而以按诸延年之为人，不啻自道，岂真心向往之而不能至与？亦不过当怨愤之余，姑以寄其无聊不平之概而已。延年纵即五君为品目，而五君之是非，岂遂以是为论定哉？

尝考延年文采冠江左，少与谢灵运齐名，然灵运不得其死，而延年独幸免，岂后稍自贬屈而不蹈五君之覆辙乎？特其作诗之意，有见于辞气而不可诬者。太史公感于货贿交游，而发愤作《游侠》《货殖》列传，其论未允，延年之《咏五君》，亦犹是也。愚故曰非定论。

辨似论

张世法

黎丘之鬼善效人子，至父杀其真子，君子曰：非其鬼之机变能毒且害也，乃其父之志惶惑溃乱，不足以辨于其似也。夫使为子也母者，熟习于怀抱之初，审察于啼笑之外，黎丘虽诈，焉能杀其子哉？

天下之理，正而胜者常少，不正而胜者常多。而不正之所以胜者，类为其似。孔子恶似而非，以其德之贼也，紫之乱朱，郑之乱雅，名谓夫人而知之，而风俗人心，流害至不可已。始于豪厘之微，卒于泰山之大，其相似者，皆其实相反者也。使非相反，何恶于其相似？君子、小人之辨，亦辨于其似者而已矣。凡事之在天德者，莫不本乎人情，今夫毛嫱、西施，人之所甚悦也，其不悦者，必其为鲁男子，为柳下惠之能忍与忘也，不则亦其以人言为畏也，未有嫪毒、登徒子而亦高其节，曰美色非吾之所昵也。遗金藏货，人之所甚利也，其不利者，必其为管宁，为直不疑之能廉且介也，不则亦其以祸乱自防也，未有鲁跖、楚蹻而亦洁其行，曰暖昧吾之所不敢欺也。

邹鲁文学之师，以梯其荣，窃其号，而其事已毕，未有晨而饮其羊，关毂而輠轮，力农桑，啜枣栗，道听周公、孔子，而亦思诵说诗书礼乐之云云也。若苟焉渔猎前作割截语气，诳聋瞶之人，邀一时之誉，以是号召乡里，曰文士文士，何以异于素不乐此而故为之者也？且夫人即不能文，不能不好利，不能不好色，亦不过庸众其身而止，岂必蒙重谴于生前，遭鬼责于死后，至指为天下之大不祥人，而嚣嚣者独不愿希图其厚实，而诡袭其虚文以居之不疑，于是前者于于，后者喁喁，翕然群起而和之，不亦大惑也哉？乃或者曰：君子不欲尽言，以翘人过。我之大贤，与于人何所不容。尔为尔，我为我，虽袒裼裸裎，于我侧尔，焉能浼我哉？

夫亦恶乎辨，然使教于后生，则曰彼先达者耳，其谁不愿为之邪？居于要害，则又曰彼搢绅有道者耳，其谁不肯为之邪？吁！斯害也已。吾见郑紫之似，思孔子之所以恶，而欲使里人之皆得其母，毋致为黎丘者之技所试焉，则幸甚！

敬乡论

张世法

成天下之学于一身，则其道高，高则不自其近者止，故学可高，不可傲。用一人之情于天下，则其势分，分则自其疏者始，故情可分不可偷。孟子曰：一乡之善士。曰：我犹未免为乡人也。又曰：乡邻有斗者，被发缨冠而往救之，则惑也。耻其师友之不广，修名之不立，枉己之不直也。然而孔子之于乡党，恂恂如也。乡人饮酒，杖者出，斯出矣。其于原思之辞宰粟，则曰：以与尔邻里乡党。岂圣自圣，而贤自贤哉？将孟子之自视者隘，而孔子之视人者周与？

学可高，不可傲，情可分，不可偷，所蹈之德不同，所处之时不一，孔孟虽贤圣，不鄙夷其乡。蓬莱无根，醴泉无源，此以言宇宙之幻境也。泰山虽尊，不越齐鲁。江流虽长，不忘岷蜀。当其触石而起，肤寸而合，不崇朝而雨天下，经瞿塘滟滪之险，数千里而放乎海，曷尝有丘壑潢潦之见在其意中哉？而其始也，究未之遗焉。

人之初生，由婴儿以俟成人，至于才百人之谓俊，才千人之谓豪，才万人之谓杰。穷神达天，莫可究诘。而其始亦不离乎慈母、保妪、塾师、齿长之为亲。

秦粤之俗，生而嗜欲不通，言语不达，老死不相闻问。及其中流而遇乎风波，则可使之鼓楫而救患。妇姑不相得，则反唇而相讥，夫妻反目，则舆脱其輹，兄弟阋于墙，甚且入室而自操其戈，是又何疏者反亲，亲者反疏？非其情实然，其积渐者使然也。今合四海九州之人士，骤而辐辏于京师，亦事之睽且涣者矣。然而声气往来相慕悦，酒食馈遗相征逐，而于中又自私其孰为秦人之乡焉？孰为粤人之乡焉？曰：此吾父兄辈行所与经过之地也，吾亲戚故旧所与联络之交也。此即尚齿尚德之遗意也。

始吾见有乡之硕然人望者矣，教不知而诲不及，其后则有以所不能骄人者矣，今则有诱人子弟，以为不善者矣。始吾见有居然自为地道主者矣，忧恤与同而宾至如归，其后则有漠不关喜愠于其心者矣，今则有滋他族而因以为利者矣。不数十年间，而吾以一至、再至、三至之身，忽然分淳薄今昔之感，其禄位名号久居于此间者，当何如观也。诗曰：虽无老成人，尚有典型。又曰：维桑与梓，必恭敬止。树犹如此，况其人乎？

绛县之老论

张世法

绛县之老系以人，问而不自知其生之年。或曰：是贤而辱于役者，辱于役，故使之年而承之以谲也。又贤而隐于道者，盖黄老之流也。黄老之术以修炼，其术谨甲子而略于年，是以使之年而谲以告也。贤人终隐，世卿在位，下之人甘于辱以自污其道，上之人辱使贤而并不知显其道。以是为晋之执政者累也。

吾独谓不然，西北之俗，生而不知有纪年，乃各闻以生之所值十二神为其年之先后。或在巳若辰，有问之不能互举以对，则曰大蛇而小龙也。绛县人不知年，岂异于今所云者。至岁有四序，序必占甲子，占以候丰歉，此则老农之智专，恶得以是知绛县人之贤者邪？

古之所重乎养老者，上则宪其德，次则乞其言，次则亦恤其劳。使之不与力政，不与服戎，不与宾客，不与丧祭之事。绛县之老而果贤者邪？则固当素所竖立，以自闻于上矣。其或为韬光养晦以自抑其贤邪？亦当告以力之不可强，时之不可为，以姑求休息于斯矣，而仆仆者何为乎？两有所不能，未闻有溷迹风尘，奔走衣食，为其役久无其声者，而亦必谓之为贤也。且赵武之欲谢之也，何为也哉？将为其贤，抑为其老乎？为其贤，则品望不著乡里，谋画不征于县大夫，平居漫无所谘诹，骤然谢不才，欲使之佐为政，是几以其政为戏也。

为其老，则恤其家，免其力，终其身可矣，而又羁縻之，浮沉之，苟焉畀以一官一职，复陶之使，于举则失义，于赏则失名，此特史赵、师旷、士文伯为之，不过借以夸其淹博，俾闻于邻国，曰：晋有文人，未可偷也。如绛县老者，亦其繇耳，恶乎贤？然则吾何以知其不贤也，以其姓名卒佚于晋则人之，人之者役之也。

祝融吴回论

吴思树

《周礼·月令》：孟夏之月，其帝炎。帝其神祝融。注曰：炎帝，少典之子，姓姜氏，号为神农。死祀南方，为火德之帝。祝融者，颛顼氏后，老童之子吴回也。为高辛氏火正，死为火官。又曰：吴回，回禄之神，托于灶，夏火王，故祀之。盖炎帝火德之帝，祝融火气之神，神农、吴回则人帝，人官之配合者也。

以此考之，则吾吴之得姓已远矣，而后世乃有云成汤之时，居于姬水，故曰姬，由泰伯居吴，武王克商，求泰伯后，封周章于吴，则以国为氏。郑夹漈樵《通志》谓姓合而氏分，姓远而氏近。然则如郑氏之言，吾吴当以姬为姓，以吴为氏也，而岂知周章之先，已为炎帝时之吴回哉？

考《左传》之言，因生以赐姓，则居于姬水之说也，胙之土而命氏，则封吴而以国为氏之说也。郑夹漈该贯古今，自矜其姓氏之学，非汉以后所知，然以吾吴质之，其吴姓而姬氏乎？抑姬姓而吴氏乎？言必有据，恐夹漈亦难臆断也。今天下公论，谓吾吴与欧阳无二姓，何也？无赐姓也，无汉之氏刘，唐之氏李者之多也。然吾吴反多合姓，何也？谓周国之周，非即吴国而可乎？谓姬姓之姬，非即吴姓而可乎？谓河东之虞，非即江南之吴乎？以至于管、蔡、郕、霍以下十六氏为文之昭，邗、晋、应、韩为武之穆，凡、将、邢、茅、胙、祭为周公之裔。及晋、鲁各国之世卿分氏者，别子为祖，不可胜纪，然原其初则一也，不可得而二也，今惟本朝旗下，诸族犹存古意，而世人反疑之，是以己之今，而疑人之古矣。

第天下之人，当先亲其合者近者，而后以推之分者远者，此圣人敬宗收族之义也，不然则一室之亲秦越矣，一邑之人仇雠矣。吾故因吴回得姓之始而极言之，为天下也，非为吾吴姓之一家也。

泰伯无子论

吴思树

泰伯无子之说，但见于《史记》，诸书未有言也。史迁据《诗》《书》《春秋左传》《国语》《公羊》《穀梁》《战国策》而作《史记》，岂以《左传》泰伯不从是以弗嗣，及“泰伯端委，仲雍嗣之”等语，遂疑《左传》“嗣”字为子嗣之嗣，而谓泰伯无子邪？

《左传》谓不从者，不从太王而逃荆蛮也。弗嗣者，不继太王而让季历也。仲雍嗣之者，谓继泰伯后而主吴也。商人立弟，泰伯为殷人，想亦如之。兄弟不相为，后仲雍岂不知之邪？如史迁言，仲雍卒，子季简立，及叔达卒，子周章立，而泰伯遂无子矣。然则商人兄终弟及，其兄皆无子哉？晋人所谓为吴泰伯者，何以加吴于泰伯上哉？“嗣”字之义，专为子嗣、后嗣，通为继嗣、嗣续，如必以嗣为子，则《书》言舜让于德弗嗣，《诗》言大姒徽音之义，皆难以通，而反启后人之误矣。

太史公遭秦火之厄，后人谓其仅局蹐于七八种书，然世远无纪，则当阙疑。而无子之说，《史记》非误解即臆断也。

虞仲即仲雍论

吴思树

史迁《世家》，载太王泰伯、仲雍、季历三人，不言虞仲也。于后又载武王克殷，封周章弟虞仲，列于诸侯，是为虞仲。注史迁者，遂谓始封于虞，是若前无虞仲，后乃有虞仲矣。及《周本纪》，又载古公长子泰伯，次曰虞仲、季历，何哉？《本纪》曰虞仲，《世家》亦当曰虞仲，《世家》曰仲雍，《本纪》亦当曰仲雍，何史公载人名，前后自相抵牾邪？

刘向《列女传》，单据《世家》太王妃太姜，生泰伯、仲雍、季历，后世遂疑周有两虞仲。汪氏琬谓汉、晋诸家，俱不注虞仲何人，近世以仲雍实之。阎氏若璩引《前汉书》、班固《地理志》，已以虞仲当仲雍，先于《朱子集注》，谓汪氏未考及此，是三者皆未晰也。《左传》先言泰伯、虞仲为昭，后言泰伯端委，仲雍嗣之，岂非虞仲即仲雍之明证邪？阎氏据《前汉》，何不即据《左传》？汪氏又疑虞仲果即仲雍，仲雍在夷齐前，叙事不应先夷齐后仲雍，此《论语》特依圣言论逸民耳。夷齐不当先虞仲，柳下惠、少连何以又先虞仲哉？

又谓仲雍俨然有土之君，不可民之。夫仲雍偕逃荆蛮，未闻受有商封也。周章弟虞仲，实受武王封矣，而民之又可乎？故即以圣言折衷之，仲雍所谓断发文身，裸以为饰，即虞仲隐居放言，身中清废中权之谓，其义可定矣。

治河六论

吴思树

天下之水，直则顺，曲则阻。黄河自古迄今，有二大曲，禹之导河，东至底柱、孟津、洛汭，皆自豫西而东，势直也。至大伾则稍东北焉。北过洚水，又北播九河，是为自南而北一大曲矣，故河不能北行。

周时徙砱砾，汉时溢平原，决瓠子馆陶，唐时决博州，宋时决竹村，泛曹濮，皆今山东兖州地。夫河之由冀而兖，何也？北曲已甚，故渐回而南以求东也，其又一大曲，则为自西而南。然元明以来，屡经迁徙，犹未全南也。逮刘忠宣大夏之治张秋，筑太行，于是河之北曲绝而南曲成矣。我圣祖仁皇帝谕河臣曰：兰阳诸堡以下，河渐自西而南，夫自西而南，是又一大曲也。自大伾稍东北而逆河，北曲凡数百里，自兰阳稍东南而淮安，南曲凡数百里。河之南曲也，西决豫睢，东决徐邳，河臣竭力以守之而势不敌，皆此一大曲之所致，非堤防不固之罪也。

第二论。《禹贡》治水之书也，而必曰导山，导山即以导水也。黄河在积石西，曲行为多，然多大山夹之，史所纪河三面绕昆仑是已。龙门至洛汭，河行亦曲，然梁、岐在冀，岍、荆在雍，故积石以西，受河之利，龙门以南，亦不受河之害。河自河阴至荥泽，犹有东西广武也，迤下则无大山矣。有山以制之，则河可曲，无山以制之，则河不可曲。《汉书·沟洫志》云：禹引河北，依大伾西山之麓，载之高地而行，犹借山也。乃汇为大陆，播为九河以疏导之，圣人之心亦尽矣，然天下地形，西北高而东南卑，而大陆之距山也远，故河流渐东南移，难于北挽。故汉贾让所奏徙水冲民，放河北行之上策，犹为但救一方，未综全势之论也。或者曰，河性最强，所移之地既莫挽，胡不自顺性直东，而听人之曲而南北乎？曰：河势又不能也，岱、蒙诸山障之也。诸山接联千余里，横距东方，北至历城，而后有入海之路，南至宿迁，而后有入海之路。故曰势不能也，然则以山势较之，禹之九河，皆因历城而北，诸山已尽，即播为九道，以引之东行。今河南至宿迁，诸山已尽，独不可为一道以引之东行乎？岂九河可同为逆河，而淮沂独不东行，会黄通运，必强河南行，阻淮为病乎？所谓明人治河，以病为药也，因言《禹贡》导山，不详言岱，而于徐州则曰海岱及淮，淮沂其乂，蒙羽其艺。

今徐州东北岸之苏家山，有天然减坝，曾奉仁庙指示，为南河防涨宣泄之要，若于此处先分一河东行，减徐、邳之涨，而苏山以下河流，则启宿迁十字口，放入骆马湖。而蒙羽之山俱尽处，有古朐山，即今之海州，诚因利乘便，使洪流由此入海，而以左沂右淮会之，为通运之道，亦千载之一时也。又言禹之治豫兖兖，其潴曰荥，波曰大野，河无潴则所至无以待众流。大江之有五湖，占地辄数百里，河南行而豫徐之地无一潴泽，能无恐乎？

今宿迁西北有马陵、灵杰诸山，而其东南则有骆马、侍丘、硕项诸湖，亦天成之潴也。诚使导之于徐邳之山，而潴之于骆马诸湖，俾直溜之而东，豫州可无患，不折之而南，徐淮尤可无患也。

第三论。河东行固以利河，尤以利运。漕运所忧者二端：黄流倒灌与运水不足而已。自圣祖改置中河运口，使淮右黄左，相持并下，运河亦斜下出口，相合如“人”字然，故黄流无倒灌之患。今诚师而行之，使河由邳、宿东行，不下清口，以免阻淮。淮出而载漕？循中河故地，按南盐河东北行之路，接开弗道，由安东境渐北斜下以入河，会黄于宿迁迤东之处，漕艘乃浮淮渡黄，是河自东稍南，淮自东稍北，相合并下，犹圣祖之意也。黄水何致灌漕？至东省诸水，因运道既长，每苦不足，无可奈何而为水柜，常忧旱浅，岁烦浚挑，沭水最大又不敢用也。今若再师圣祖之意，使山东汶、泗、沂、洳各水，不必南流，皂河同南沂水向东直下，合沭水由东斜南，会黄于沭阳之境，载回空之舟，以渡黄入淮。是淮水与黄为右“人”字，东水与黄为左“人”字，淮水但至于黄，东水亦仅至于黄，自无忧不足矣。

夫淮亦一大渎也，淮水大则可分，水清则尤可分，惟为黄所阻，则淮水为利少而为害反多。若使清口无黄，淮流独出，以其左东北浮运入河，以其右东南浮运通江，而云梯关下之道可以不治。如是而洪泽、清口之淤可涤，高宝下河之灌亦免矣。

第四论。今诚使河自西而东，不渐曲而南，性顺气利，滔滔注泻，小曲之处，冲击刷汰，河自能治之。大曲既消，小曲自少也。若河力所难开，则于水落时，以捞浅兵船，取其中泓两岸，以守堤积土之堡夫，官地免税之民夫，取其挺滩滞渚，有大湾则雇役助力，凡所取砂礓土石，必南北准较，从两滩干地，又紧铺为坦坡迤上，则顺东削填，俱为平地。以接堤坡，车马道口，亦向东斜，务使两岸相望，高下均平，如是而河即漫滩，自必层次并上，左右俱漫，不至偏趋而拍堤。河岸之上，又有平地可以行水。堤坡之下，又有横格可以回波。若能使百千里之地，两滩坡直如引绳，乃可大合圣祖指示逢湾取直之意。日积月累，久而河之狭者宽，浅者深，两滩之欹侧者平，两堤之汕薄者厚。可厚则可高，将来南岸之堤，可渐如北岸，大行之筑，永固之利也。

又言大汛非常之水，每每验其丈尺，不过若干。以水工计之，中流至两崖，嫩滩至硬地，各容若干。至于堤坡之半，斯足容矣。若计汛水，必泛至堤根，则宜早为之所。凡水必于涨时，立表而记其痕，某堡至某寸，某堡至某寸，地之高下明矣，地洼必独为高堤矣，如是者为涨志。凡水必于落时，立表而探其底，汛时垫若干，汛后又垫若干，河之浅深见矣，垫高必大为开浚矣，如是者为浅志。若夫洛汭、徐邳东西果否相值，或宿迁较洛汭则稍曲而斜南，非测之天文宿数不能确也。

第五论。河自宿迁折而正南，故道已久行矣，今能夺之使东注邪？曰：久决之矣，非敢妄也。以纵引横，则必夺，以洼引高，则必夺，以宽引隘，则必夺，以近引远，则必夺，以无阻引有阻，则尤必夺。西南横而西东则纵也，桃源清河，河所久经，积为地高，不如沭阳、海州之全洼也。河在豫州为宽岸，在南河为狭岸，不如东方诸湖之潴也。安东入海，不如宿迁、海州入海之更近也。归仁阻其西，高堰遏其南，河乃折而东，不如自骆马湖径东行之驶也。或又曰：海州入海，古所未言，河道岂易新治？曰：夫固幸其有可因而后为是言也，今徐州东北苏家山减（灞）〔坝〕水，至邳州彭家河，一百三四十里颇通舟，中惟荆山口窄狭，可凿宽之，皂河下至宿迁十字口，近与黄通，骆马湖水又已东通刘老涧，又北盐河东流至沭阳西南入硕项湖，沭水亦入硕项下海州，皆可因也。

第六论。孟子之言云：禹之治水，水之道也，以四海为壑。今河在开封与城中塔顶平，而南灌淮安，则堤高于城。沿河州县之卑于河者，南岸尤多，此亦积危之势，所宜深虑而更张者已。且使更之而不可久，不如其勿更也。古之治河者，多此决彼开，以救一时之急，否则请复故道，以塞众人之言。其实新河则恐他溃，故道则恐停淤，今若以河东行以淮、沂会之，河欲北往，不过入沂、沭，沂、沭之西北又有诸山为之屏。河欲南往，不过入淮，淮之东南又有湖海为之沼，此何患其纵溢横决，不可久持乎？末言明人有云：河事之坏，一坏于吕梁二洪之凿石，再坏于淮浦锯牙之石亡，盖谓无以激之，泥沙必滞耳。

徐、邳多石，又其河多有称铜帮铁底者，若河东行亦设锯牙，取员石置底，用杂石平塞其罅，淤泥必不能留，以此翻腾下会，当势如奔马，冲刷益深，如苏家山可以全河入也。宿迁十字口亦可不开，然山冈恐难广辟也。若曰河不两行，则禹、酾二渠，其一为漯，又谓之何况不远而即合邪？盖闻沿海之地多有岛，而云梯海口则无之。海中惟青、红二沙见尾间，此亦宜远虑之大端已。

潘季驯以河攻海之说，尤为欺饰。汉王横且言：海吞河道渤碣，河岂能胜海邪？故海州郁洲田横岛外蔽海潮，尤天之所留以待圣主贻惠万世者。愚贱废弃，难叩九阍而陈辞，然此议则必存以俟也。若夫汶上、南旺、淮南运河，皆思有善策焉，又可渐而及之矣。

邺侯论

王梦扬

邺侯事业，史策昭彰，盖古社稷臣之拯救斯世斯民者。何《唐书》史臣之论赞，乃曰：异哉！李泌之为人也。其谋事近忠，其轻去就近高，其自全近智。卒而建上宰，近立功立名计。当时史臣，如欧阳、宋、吕类，皆一时闻人，尚不能明其心迹，识其行谊，况其下焉者乎？

愚尝读紫阳《纲目》，而知大贤之所予者矣。按：国史之大书，特书，屡书，皆为有职位者言之，其布衣之贤者，惟征与卒亦得书之，亦有君臣同美者，若留侯之得武侯之见是也。至独详其行止，惟禄山之乱，特书曰李泌至灵武而已。当明皇播迁，两京倾覆之际，微邺侯谒肃宗于灵武，佐筹帷幄，则唐之宗社亡矣。幸其来谒，故重其文曰至。《春秋》：公出曰如某，还曰至自某。《纲目》法《春秋》义例以成书者，乃以布衣而俨同我公之如至，是《纲目》于布衣书法，以此为最。

惟其予之深，是以书之隆。观《纲目》之所予，可以明其心迹，识其行谊之不愧古社稷臣矣。

图书论

唐仲冕

《六经奥论》，托之郑夹漈，其《河图洛书辨》，主刘牧之说。以戴九履一，左三右七，二四为肩，六八为足，五居中，凡四十五数为《河图》。一六共宗，二七为朋，三八成友，四九同道，五十相等，凡五十五数为《洛书》。与旧说异，与胡一中引王太古《易说》同。

至竟天一地二，至天地之数五十有五，见于《系辞》。天锡九畴，见于《洪范》。无可易也。但《河图》以五生数统五成数，而同方自有水、火、木、金、土之分。《洛书》以五奇数为正，四偶数为隅，初一曰五行，则每一数皆有五行之义，自非分布。《河图》五位，以五为用，其成数皆于生数加五，如一加五为六之类。《洛书》九位而虚十，藏十于对待之中，如一与九相应，合而为十之类。《易》则图也，以震、兑、坎、离居四正，而以艮、巽、坤、乾居四隅，艮为十二支之丑寅，巽为辰巳，坤为未申，乾为戌亥，皆有土。土五数也，《范》则书也，以五福为五行之应，稽疑为八政之应。三德为五纪之应，皇极居中，无对而虚十，与太极用四十有九而虚一，同一义也。太皞以木德王，木居东方，故曰帝出乎震。春生，夏长，秋收，冬藏，四时之序，故巽离以下以次顺布。夏后以水德王，水平而五行皆得所，故一为五行，而修身立政，授时以建极，各以类应。

要之《洛书》之五行，即《河图》之五行，图分而书合，图体而书用，图幽赞而书相协也。《易》曰：雷以动之。《范》曰：敬用五事。斯则圣人则之之心法也夫。

鲁十二公即位不即位论　　陈宏典

《春秋》鲁十二公，书即位者七，桓、文、宣、成、襄、昭、哀是也。不书者五，隐、庄、闵、僖、定是也。

尝读而疑之，隐贤君也，则可书于史，托始也，则当书而不书。桓弑兄者也，不当书，即曰子以母贵而负罪，则宜削，而顾书。庄以太子生之礼举之者也，桓薨而立，宜也，而不书。闵虽庄庶子也，然般弑于荦，申奔于邾，主鲁祀者，非闵而谁？而不书。僖，闵庶兄也，闵弑于共仲，僖立于成季，正也，而不书。文，僖正妃声姜子也，其书也，固宜。而宣，文嬖妃敬嬴子也，不当书而竟书。成承者也，其书固宜。而襄，成公妾定姒子也，亦得书。昭，襄公妾齐归子也，亦得书。定，襄公庶子、昭公弟也，非独无即位，并不书正月，或曰：昭不得正终，定不得正始。故不正。哀，定姒子也，即位仅四岁，大书曰：公即位。隐之不书也，或以为摄，或以成公志，或以为内无所承，上无所请而削之，以为摄而不书邪？

天下不可一日无王，国家不可一日无君，既为桓摄，则为国君，既为国君，则为即位，而不书，何邪？以为成公之志邪？公之志虽欲致诸桓，桓少而隐立，隐固即位矣，不书即位以成公之志，得毋以公之志废国之君邪？且诚欲成公志，胡不书曰公摄位？而必没其文而讳其意邪？以为内无所承，上无所请而削之邪？夫内无所承，上无所请而削之，篡逆者更当何如乎？不书隐而书桓，亦何苛于隐而恕于桓邪？或曰：隐贤君也，故责之周。桓篡者也，故书以暴其急欲得位之恶，夫不书即位为削，则书即位为予，而又以为暴其恶，得毋自混其例邪？

庄之不书也，以为文姜出故矣，然左氏固曰不称姜氏，绝不为亲礼也，公自即位耳，与文姜何与哉？闵之不书也，或以为国乱不得成礼。僖之不书也，左氏以为公出故。夫国乱不得成礼，国家岂可无君乎？出而入即位者，不得书即位，将晋文之亡而复国，绝其为君而不予乎？将后世以藩邸入继大统者，不许其即天子位乎？或又以为闵弟而僖兄，闵薨而僖继，变兄弟为父子，故以不书微其文。夫为人后者为人子，圣人独未之闻邪？且跻僖公为逆祀，左氏固讥之矣，而何以不书邪？

文之即位也，僖公犹未葬，若以闵、僖不书之例推之，国乱不得成礼，而不书即位，出而入即位者，不得书即位，先君未葬者，独不可曰不书即位，先君未葬故乎？宣以嬖妃子倚篡于襄仲，杀恶及视而居之，其不当书也与桓等，而其书也与桓同，此为予其篡邪？圣人岂予篡者邪？抑为暴其篡邪？书即位者，固予以即位矣，吾不知于义例居何等也。

成之书宜矣，然如后世之以深文论《春秋》，向使成未书即位，安知不以宣之篡適，暴其父以夺位，而绝其子以即位邪？则又安禁人之不于书即位也，而假所谓深文以议之邪？且当此时，宣公尚未葬，又何不可曰不书即位，先君未葬故乎？襄之葬成公也，《春秋》书曰：丁未葬我君成公。左氏曰顺也，事在成十八年十二月。杜氏注云：国家安宁，世適承嗣，故曰顺。夫襄，固成公妾定姒子也，何云世適承嗣邪？果嫡邪？而又何云妾子焉？果妾子邪？又安禁人之不议其即位乎？

昭公之立也，继子野之毁，卒而立也。子野之母胡女敬归，襄公妾也。昭公母齐归，特敬归娣耳。穆叔曰：太子死，有母弟则立之。然適嗣何必娣之子，且之人不度不可立也。嘉容于丧次，衰绖有童心，若以即位为予，此不在所当削邪？

定之即位也，以六月。考诸左氏，定元年，叔孙成子，逆公之丧于乾侯。六月，公之丧至自乾侯，戍辰，公即位，此所以不书春王正月，公即位也。而《穀梁》乃臆附以正终、正始之说，不亦凿乎？且云：不书即位，丧在外也。胡不云六月即位，故不书正月即位乎？且定之即位也，胡氏以为，季氏废太子衍及务人而立之，其主社稷，非先君所命，专受之意如者，故不书正月。见鲁国无君，定公无正，果尔则圣人之笔削，所为尊君而卑臣者，且见夺于臣而弱其君矣。《春秋》于定之元年，固书曰夏六月癸亥，公之丧至自乾侯，戊辰公即位，是特即位不在正月耳。

诚若《穀梁》胡氏正终、正始之说，其于“月”字之义，又何以处邪？且必如此释“正”字，其何以处“二、三、四、五、六、七、八、九、十”等字邪？且其谓鲁国无君，意将谓公之受制意如，故不书正月公即位乎？夫定之立，诚受制意如矣。

哀公立，仅四岁耳，遂能面斥其跋扈乎？不能斥其跋扈，其受制必更甚于定矣。受制甚于定，而顾书即位，吾又不知其义例居何等也。然则何为而可？吾得而断之：夫子不尝曰吾犹及史之阙文乎？其不书者，安知其非阙文乎？其所书者，安知其非旧文乎？或曰：如此论《春秋》，然则圣人之笔削安在乎？吾则曰：以《春秋》为断烂朝报者，荆公之莽而无忌惮也。其以一字为褒贬者，诸子穿凿附会之论也。夫子曰：其义则丘窃取之。又曰：知我者其为《春秋》乎？罪我者其为《春秋》乎？孟子曰：孔子成《春秋》而乱臣贼子惧。然则圣人之以《春秋》救世者，莫大乎正君父之尊，正臣子之罪而已。其余奉天王以冠列国，内中国而外夷狄，主鲁国以纪列邦，使强侯虽悍，犹有王也，夷狄虽横，犹知畏也。

鲁邦虽弱，吾宗国也，凡以使臣子之奉君父，无所逃于天地之间，上自天子，下至陪臣，以逮士庶，稍自纵焉，而乱贼之名暴于万世矣。所谓据事直书，而善恶自见，不至如列国之史，夺于豪臣右族，自脱其罪而已。故自二百四十年以来，书弑者二十有四，始于隐四年卫州吁弑其君完，终于哀六年齐陈乞弑其君荼。今列国之史不可见，而诸乱臣贼子之名，闯然于目而大刺于心者，非以《春秋》直书不隐之故乎？而其他之炳于策而著于书者，岂必故为深曲乎？信如即位之予而夺，夺而予，则竟如老吏之以法为奸，而出入人罪矣，而且附之曰：圣人义例之精，非常情所测。

吾不知圣人毋意必固我之私，乃纷纷若此也。然则即位之义终何如，吾则曰即位云者，犹云当国而已。等而上之，天子之即位，犹云有天下云尔。等而下之，有家者之继以宗子，犹云承家云尔。尧、舜有天下，桀、纣亦有天下，武、成有天下，幽、厉亦有天下，如必以诸子释《春秋》者衡之，则将谓尧、舜揖让，意不有天下，遂谓其未即位乎？桀、纣残贼，德不有天下，遂谓其未即位乎？武承文之服事，成遭叔之流言，亦可变例而谓其未即位乎？幽、厉亦将以桀、纣之例绝之乎？如据其事而直书之，让天下者固天子，失天下者亦天子，取天下者亦天子，承天下者亦天子，败天下者亦天子。是故尧有天下也，舜有天下也，禹、汤有天下也，桀、纣有天下也，幽、厉有天下也。然则隐亦即位也，桓亦即位也，庄亦即位也，闵亦即位也，僖亦即位也，文亦即位也，宣亦即位也，成亦即位也，襄亦即位也，昭亦即位也，定亦即位也，哀亦即位也，其不书者阙文也。其非阙文，则秦火以后，赭简断牍而不可考也。

吾甚惜夫戋戋者挟逆亿之私，奋其小辩之才，而未闻圣人之道也，故论之。

皇上五旬万寿恭纪《五经阐福论》谨序　　陶澍

臣澍稽首顿首言：恭逢皇上五旬万寿庆辰，薄海内外凫藻圜欢。微臣供职西清，亲依福寓。饫景含和，莫名高厚。远惟三极彝训，其书言经。经者恒久之至道，不刊之鸿教。皇上精德立中，渊心汲古。御论炜煌，弥纶圣籍。窃意以圣人之论，发圣人之经。即以圣人之经，阐圣人之福。亲切宜莫如兹。昔汉臣王褒作《四子讲德论》，谓欲推主上宏风俗而骋太平。臣生尧舜之世，视褒所称，何啻霄壤？爰斟其式，缀儒臣敷绎之辞，为《五经阐福论》一篇，每条谨宗御论，而以五经之言福者纬之。衍铄铺芬，敬祝圣天子亿万祀无疆之福。文曰：

岁纪祝犁，月在橘阳。寿寓延洪，福林普汜。乃有五经儒臣，翔泳题期。呕呕瀹瀹，即肄业所及。敷茂矩而绘庞褫，于是业《易》者肃然曰：盖闻圣人之绍登大宝位也，尝御经筵而论《易》。其于元亨之义，曰诸福汇集。于惠心之义，曰锡福靡有涯涘。煌哉言福乎！悉经六繇之硕画矣。臣试绎之：圣人握乾符，阐坤珍。巽令飙发，兑泽滂流。经文纬武，则离以烛而震以耆焉。选政调风，则坎以劳而艮以成焉。用是条修叶贯，醇美訾然。享帝尊亲，为既济之禴祭受福。简贤登俊，为井之王明受福。道懋裁成，为泰之于食有福。而犹睬鬼神福谦之旨，虩虩不已。虔巩㧑劳，日慎一日，微天下之至圣，其孰能与于斯？且夫飞龙在天，黄裳元吉。凡《易》之爻，五为君德。而衍蓍之数，起于五十。计过揲之策，九其四为三十六，则爻为奇。六其四为二十四，则爻为偶。奇爻百九十有二，策六千九百一十有二。偶爻百九十有二，策四千六百有八。二篇之策，凡万有一千五百二十。引伸触类，粲乎盛矣。而皆哈芽太衍，与圣寿五旬之生生延福，以至申锡无疆者，绳执而契司也。

语竟，业《书》者起曰：是《河图》之秘也，犹有《洛书》焉。是演福畴，载在《尚书》。臣观《尚书》之文，浑浑尔，灏灏尔，噩噩尔，皆帝王辑福之大源。是以皇上于五十八篇，皆系以诗，实以心法治法，先后同揆。如《书》言作福，不敢动用非德，则皇上之执中建中也。言允升大猷，膺受多福，则皇上之釐工熙绩也。言泽润生民，永膺多福，则皇上之徯志从欲也。然而丕釐景命，舄奕庥祥。开辟之门，罕从蠡测。盖读御制，是彝是训，论而恍然曰：懿铄哉！粤若稽古，绍天阐绎，其孰有如我皇上之默通锡福之原者乎？夫福畴一曰寿，而握其枢者皇极。由初一递之中于五，由次九溯之中于五，协五纪以顺五行。极之建以五，乂三德以推五福。极之行以五，五建极而福以敛，五保极而福以锡。允若兹，作福惟辟，所由仰天子作民父母也。若夫畴数四十有五，主五用九，由七、八、九、六参互成十，循环不息，畅流地符。又与《河图》之五十居中，随在见十者，表里棣通，惟帝相协。极亶平康，曰五曰十，岂非璨皇上之丰福者哉？

业《礼》者越席起曰：得其数矣，未畅于理也。夫圣人之福，悠久无疆。而索剑锲舻，惟五之云。将由百龄至万岁，由万岁至亿兆京垓，其奚辞以述？臣尝读味余书室《随笔》之第四十一章，言《中庸》位禄名寿之理！谓尊荣福厚，非天有私，而归本于德为福基，休哉券寿以理。圣人所以禔福中外者可知矣。盖先王有大福，必有礼以乐之。礼者，理也。所以兴福祥之本。观曲台所记，曰祭则受福，曰为民祈福。曰富也者，福也。曰福者，备也。备者，百顺之名。与皇上泰元增策，寿以政年者，颧若画一。而《周礼》太宰诏王生以驭福，都宗人致福于国，行人国有福事，则令庆贺之。梓人为侯，辞曰诸侯百福，则皇上廓纮恢纲，均禧九有之经也。而尤莫煸于《春官》《六祝》祈福祥之文，曰顺祝，我皇上化光金镜之福也。曰年祝，和调玉烛之福也。曰吉祝，春台熙众之福也。曰化祝，桑田沛泽之福也。曰瑞祝，绚云瀼露之福也。曰策祝，炳符光纬之福也。洋洋乎若德，帝者之上仪，畴能亘之，而辞曰《六祝》。适与《六寓》臣民胪欢祝釐者旨相印也。《仪礼》有曰：寿考维祺，介尔景福，承天之庆，受福无疆。愿以敬祝圣人焉。

业《春秋》者进曰：孅哉论乎！其道首首然万世为福者乎？抑犹华离其辞也，于实际靡征。微臣学于史氏，亲见圣主一切实心实政，逾绳越契，请得展采错事，效鲁史例书之。夫承天抚箓，纂圣膺图，传所谓如天之福也。则尝综圣主寅承之实，书授受礼成，书东巡恭诣祖陵，书每岁亲祀郊坛，书每晨恭诵实录。至于辛祈戊社，占雨量晴，圣德神功，即景纪事，盖不胜书也。夫统辑群元，薰风潜啚，传所谓民和而神降之福也。则尝综圣主惠民之实，书赐民爵粟帛有差，书普免直省地丁钱粮，书赈贷灾民，书给贫民棉衣。至于矜恤庶狱，惟允惟明，范俗甄风，旌褒节孝，又不胜书也。夫右规左准，任杖称材，传所谓国受其福，蕃釐老寿，为信君使者也。则尝综圣主官人之实，书加恩晋赠师傅，书优礼老臣，书录用贤良大臣子孙，书覃恩封赠臣僚祖父。至于每日召见廷臣，引见百尔，纤善必录，衔墨必惩，又不胜书也。夫黼藻太平，色授六服，传所谓不僭不滥，汤以之获天福者也。则尝综圣主懿文铄武之实，书御经筵，书临雍释菜，书幸翰林院，书特开恩科，广乡、会试中额，书增辑皇清文颖，书平苗匪，书平教匪，书平洋匪。至于组仁织义，御集万言，射麕逐麑，矢无虚发，又不胜书也。夫声教谐燮，雷风通响，传所谓同福禄，来远人也。则尝综圣主绥远怀方之实，书颁敕廓尔喀，书敕封越南国王，书诏增琉球国晷度入时宪，书至于高丽、西藏、蒙古外藩，万树园宴，岁蒙恩赉者，又不胜书也。盖圣人训深稽古而尤精于《春秋》，如论能者养之以福，则究极体信达顺之微。论国之兴也以福，则深探天命民碞之本。彼交匪敖，福将焉往？载笔之臣，所为大书，特书，屡书，不一书也。

业《诗》者有睟其容作而曰：德至矣，福盛矣，侯其祎而臣无辞以益之。虽然，和于倪者，天也。嵒于节者，人也。言之不足，则长言之，咏叹之，手之舞之，足之蹈之，如是者，莫如歌诗。伏读御制，既醉，备《五福论》，辨析感应之幾，而归诸法祖行仁，以凝承宝命，固以《诗》言征福符也。臣观三百五篇中，言福之文五十有二，言寿之文三十有一，而互文见义。曰报以介福，万寿无疆者三焉。诚以匪德福无由致，匪寿福无由征也。臣请祓饰厥文，广为新什，敬祝鸿釐，拜手稽首扬言可乎？则应曰：诺。于是为之歌《风》曰：皇斠乃泽，衢而酌之樽。馨以醁，和以醇。醰乎哉兆人！皇振乃俗，春而风之风。日以煦，膏以融。豫乎哉九鸿！皇锡乃福，壤而鼓之腹。嵩以呼，华以祝。莘乎哉百禄！为之歌《雅》曰：穆穆昊天，煌煌日月。于熤其福，絣于有德。我皇之德，抱一构巍。我皇之福，躏五腾徽。徽之颎矣，光于列祖。民之熙矣，式歌且舞。式歌且舞，皇之世多祜。谓天盖高以莫不覆，谓地盖厚以莫不畜。庆有道长，祝无疆寿。为之歌《颂》曰：于铄列圣，累洽重熙。丕显哉，我皇扔之！丕庥矣，万福毗之。翼汝左右，天工亮之。釐汝士女，餴饎饷之。哺之饴之，被之纩之。礼义维之，诗书饷之。我皇之福，自天贶之。旭日暹矣，集于龙皝。瑶星焜矣，贞于上宙。敬之敬之，天寿平格。我皇允惟德之懋。

歌既阕，相与欢呀哄嶷，目眙心醉。愔愔乎扬虞韶之音，沨沨乎畅钧天之韵。咸含和而吐气，曰盛哉乎圣人之福！请书之以为论。

论三传胡传

王绅

问三传得失，先儒谓左氏传事不传义，公、穀传义不传事。信乎？曰：左，史才也。依经发传，纪序一十六国本末，可观此其所长。然而尹氏之卒，以男为女，仲子之赗，以死为生，诬戴文以顽子，强夷姜作庄妻，庶其州密，乱乎大伦。郑僖、齐悼，乖于事实，焉在其事之核也。公、穀经生之家，解释字义，考正句读，洵为得之。然而以蔡仲之废君为权，以叔述之妻嫂为贤，日月尽会盟卒葬之变，氏族定褒贬予夺之殊，于义岂有当乎？

故事，据《左氏》，义存《公》《穀》，而《左》之义亦有精者，《公》《穀》之事亦有得者。郑伯克段，围宋彭城，写得大义凛然，远胜二家。而以文之纳币为孝亲，拳之临兵为爱君，则逆矣。万之弑仇牧手剑而叱之，得夫子连书之旨。柯之盟曹子手剑而从之，得管子佐伯之烈。不以兵车之言见于幽盟，存三亡国之语，详于高子，可以补《左》之未备。而谓仲孙为庆父，燕伯为阳生，郭公为曹赤，则臆矣。就其中而论之，二氏失于拘牵，而实有深得圣人之意者。勤雨闵雨之辨，精之至也。五石六鹢之分，细之至也。谓非西河之传不可矣。左氏失之粗疏，详晋、楚而略宗周，推重耳而抑小白，百里、孙叔，寥寥难考，而狐赵之勋烂焉。未免以意轻重。而城濮之战，邲、鄢陵之役，千载如见。使《春秋》笔削，至今犹可纪者，则其功亦巨矣。

范宁作序于三传，皆有讥评。愚谓不当其病，三传之病，病于不知大道，而以私意窥天地之公心也。诚清而婉，虽短何害？诚辨而裁，虽俗何伤？而失于诬者，又何取乎艳而富也？故曰：三传作而《春秋》散，注疏兴而笔削微。求其一一当理，盖曰难矣。沙而汰之，合而通之，取其所长，去其所短，是又在于读圣人之书者。

问：文定传《春秋》，朱子称之，历代用以取士，而子非之，何也？曰：文定之书，其用意深矣，而于圣人之旨则未之得。仲尼作经于定、哀之间，君弱臣强，弑杀相继，于是正名定分，拨乱世而反之正，故《春秋》成而乱臣贼子惧。文定作传于南渡之后，绍兴之初，当是时，金人肆虐，中夏之气薾然矣，欲为正本清源之说，借《春秋》而发之，此陈谏纳诲之词，其时与势异者也。

昔孔子因鲁史作《春秋》，《春秋》非鲁史也。文定本《春秋》为胡传，胡传非《春秋》也。故谓之文定之书则可，谓之为《春秋》之传则不可。

今取其书而读之，深者少和平之气，刻者无忠厚之情，穿凿附会，牵强而不可解。匪经生之迂谈，则申、韩之苛法矣。且其中往往有相抵牾者，如尊君父例也，而三国从王为贬桓，国君被逐为累上，焉在其为尊君乎？讨乱贼，正人心例也，而商臣称楚子为向善，文姜称小君为无贬，焉在其为讨贼乎？叙先后之伦秩，上下之序例也，而不书即位为首绌隐公，王不称天，为再贬天王，焉在其为秩分乎？至于伐与国，则专罪被伐，杀大夫，则皆谓累上。聘问，天子所以亲诸侯，而王使之来无不讥。会盟，诸侯所以谨邦交，而公卿之出无不刺。天子不葬，则以为鲁不会。天子不崩，则以为王不赴。甚之，鲁事称我也，而济西以称我为讥。莒卒不葬也，而去疾以不葬为罪，与当时情势戾矣。

大抵文定之书，取《公》《穀》之余论而甚之者也。以子與氏天子之事为瞥主，无义战作正鹄，贬天子，讨诸侯，义非不明也，论非不快也，而见涉于偏，议邻于刻，比片字于三尺，同一句于百锾，欲其发心传之要典，正万世之准绳，抑或难焉。故虽历代以之取士，而倍之而不以为嫌，紫阳之所称许，而非之，而不以为妄，以圣经之文具在也。外圣经之文，而曰必胡氏，则予不敢谓然矣。

南北刚柔论

贺之理

友人有问以南离北坎，水懦火烈，何南方反柔，北方反刚，且胡独举南北以该四方也？对曰：然。予尝思之，今夫天地间不外阴阳，人身中不离水火而已。

试观八卦，乾阳也，坤阴也，先天之南北位乾坤，《易》则以是首之。交而易焉，离本乾体，得坤之中爻曰中女。坎本坤体，得乾之中爻曰中男。此坎阳离阴，见互根之道也。故后天之南北位坎离，《易》则以是终之。惟坎离得天地之中，故南北代天地之位，此真阴真阳之所出也。而《河图》之一六居下，二七居上。《洛书》之二肩右七六，足履一，其经纬生克，此理昭焉。而言风气者，可独举南北，以赅四方之刚柔矣。

生物者，天也，天之枢则有南极。成物者，地也，地之脉则有北极。南戒北戒，而人之形质、气力、筋骨皆随所运而别。其实天气之行，则宰以一元，由北极而渐转南极。地气之行，则接乎昆仑，由北陆而渐转南交。故北极常出，而北陆所运之气多盛。南极常隐，而南陆所运之气多弱。观邵子方圆，两图乾阳至东南而尽，坤阴至西北而尽。阳尽者必柔，阴尽者必刚，所谓天地有不满之处是也。姤、复二卦，循环迭运于二至，而一阳生于子，一阴生于午。子北也，而反生阳。午南也，而反生阴。则刚柔判然矣。且不观坎、离二卦乎？离中虚，虚柔象也。坎中满，满刚象也。不较明邪？则请近取诸身，人身惟心、肾司南北之正令，必水火互藏其宅而后病不生。故人先生两肾，由肾生肝而生心火。心有一系通乎肾，肾，水也，真阳位焉。心，火也，真阴位焉。是心火非火，肾中之火乃为真火。肾水非水，心中之水乃为真水。《素问》曰：肾者作强之官，以其动也。心者君主之官，以其静也。静则柔，动则刚也。就水火升降之路言之，肾气自北而左上，心气自南而右下，下则柔，上则刚也。若立东方而观，则左南右北，人左右应天地之气，故以脉道按之，心、肝、肾居左，肺、脾、命居右。右手北方命门，火生脾土、肺金，肺生左手肾水、肝木、心火。火南政也，阴血主之。肾北政也，阳气宗之。人右手足所以多强，左手足所以多弱，南北刚柔可验也。

由是发为病，肾之阳强，则相火挟君火而动。肾之阳衰，则心怯而气下。心之阴盛，则发滑肌脆而多痰。心之阴竭，则五志火起而燥渴。于其不及而知水火之异用，则于大过而知南北之刚柔，况外症见阳，而里阴实盛，外症见阴，而内火实迫，非此义邪？

至于声音亦然，火盛者气由肺出，而音短，短则气散。水盛者气出丹田，而音长，长则气壮。其有体外柔而气内刚者，真气自北上冲也。体外刚而气内柔者，真精自南下注也。故律吕自黄钟生者，阳统之而声渐放。自蕤宾生者，阴统之而声渐敛。人声之清浊高下，即本阴阳之上下生而定，而南北之刚柔亦见矣。且南北人之处事亦然，南人多始强而中衰，北人多渐强而终盛。刚德本足任道，故北虽非刚之正，而遇事敢为，亦性使然也。

自古圣贤北方较多，盖得阴阳之中者。而法天曰健，去私曰克，毋亦刚之意居多欤？由是推之于相法，南人天庭多尖，地角多缺，北人天庭多高广，地角多丰隆，悉是道也。使南得北相，北得南相，不亦全人乎？

又由是推之于命理，如汉关帝之四戊午曰炎上格，炎上，南方火也，宜乎柔弱，何以刚强若是？盖生于午月，即阴生午中之义，格南而气北也。好事者徒推之于地支所藏，犹未能探命学之源矣。

至于天地所生之物，得南气者必柔，北气者必刚，故木坚多心则属坎，鳖、蟹内柔外刚则属离，不尤可证刚柔之分乎？然圣人南北之论，未尝以地分，亦未可以人异。如一家兄弟，同胞一人，血气随时亦各有南北之异，故得其全而化其偏，独归德义之君子。

湖南文征　卷二十八

论五

赏罚论

朱色

五流、五宅、三居之法，先王委曲以全民也。所谓士制百姓于刑之中，以教祗德者也。若官则重者死，轻亦弃，使不得为人。故三风十愆，有一于身，则家丧国亡，臣下不匡者亦墨。故有扈之威，侮怠弃则剿绝之，羲和废职则歼之。《记》曰：大夫废事，终身不仕，死以士礼葬之。犹圣人之厚也。总之，无姑黜而徐用者。

非不用也，势不容再恕也。何则？《虞书》曰：三考黜陟幽明。其必三考者，当其一考再考，功罪讵不厘然？而不即黜陟者，幽者徐以俟其变，明者慎以观其终，其待之厚矣。至三考则贤愚灼见，故陟不再黜，二十二人所以终于官。于是而犹有不肖者，则小人奸深，三考皆为所匿，是罪不容诛也，故戮于社，磬于甸。或别有所议，稍从末减，四凶亦终于裔土。是法也，历三代皆然，有不然者，好人所恶，恶人所好，则灾必及身，故桀纣为逋逃薮，以囚奴正士而灭。

《春秋》书杀其大夫。杀者何？无罪也。以功德进，以无罪诛，干先王慎重黜陟之典，故书以罪之。此妄黜者也，然历春秋至战国，终不闻有黜而复陟者。若管夷吾举于士，孙膑用于刖，皆非本国所黜。他若阍弑吴子余祭，则《春秋》书其昵近刑人矣。

夫惟黜不复用，故臧武仲以防不能以自求。士会归秦，而初非罪出。他若伍员、伯嚭、伯州犁、申公、巫臣、卫鞅、张禄、乐毅等，皆及罪而即逃，以不逃虽不死，而本国无复用之律也。当时固无复用之律，如数人者，殆亦赧颜于再接之厉矣。故黜陟明，而后廉耻立。

自秦人少恩，太子之师刖而不去，而黜陟乃乱。汉袭秦余，功臣就醢，于是方位台衡，旋下廷尉，方困狱吏，复居鼎铉，黜陟之乱，至斯极矣。魏晋而下，承讹袭谬，升沉无定，荣辱不常，议者方谓宜复肉刑，贪污者以去一指与一节为轻重。乌乎！去一节不悛者乃去一指，一指不悛必将再去官，洵有此不廉者，刑人可在君侧邪？擘画民上，此指置何所邪？且上将何以厉廉耻邪？矧其待之抑何不仁义也。

夫后世之刑赏既乱，士因有以入选为耻者，官因有以罢斥为荣者，有丑其高官者，有贺其刑辟者。至有明，遂竟以廷杖为荣。噫！古王其亦有以刑荣人者乎？有以赏辱人者乎？且夫上之罪人也，其重者欲其痛楚之不堪，其轻者欲其挫辱之无地也。后世之刑赏既乱，于是有挫辱痛楚之身，忽然仍尊宠于彤庭鸾辂之间者。乌乎！君臣相对，前事各明，古所谓咸有一德者，顾若是邪？或曰：君子以君父为心，自问无忝何冤之计，惟小人之秽迹彰明为不堪耳。

梅臂翁闻而叹曰：祸水洗汉，子云美新。妖武篡唐，梁公入相。时事所趋，贤者与为委蛇，秦汉以降，君子方不自恤，遑小人之有耻邪？

感应论三

朱色

恶可为乎哉？恶一分则报一分，恶十分则报十分，冥冥之衡，豪忽不爽矣。予死三子二女，遭大冤一，天火一，痢一，亲友皆为予冤，予亦自冤矣。继思之，非也，报也。盖予早岁谬以为有才而逞焉，又或以其窘而妄有所为焉。其他有干于生人之经暨白圭之玷，则不胜指矣。

或曰：斯出于不知，过也，非恶也，而不知，非也。今夫天之于人也，往往多出于试焉。试之而善则福焉，试之而不然则祸焉。方吾之自以为才也，天若曰吾方逸尔，尔即纵邪？方吾之迫于穷也，天若曰吾方绳尔，尔即遁邪？故其报倍厚。吾窃虑如吾之逸者，或复如吾之肆也。如吾之窘者，或复如吾之遁也。

而或又曰：某某者以巧算富也，某某者以夤缘贵也，而父然者，其子亦然，且然者即然，不然者即不然。子所谓冥冥者果可凭邪？予曰：嗟夫！周以仁而历祀八百，汉犹访子南君封之，秦杀数千百万人而有天下，不再世而灭，汉亦不存其祀，帝王且然，况齐民乎？彼非分之富贵，果能自保于后世乎？

小说言白起转为猪，李林甫转为牛，夫猪牛之变，不知其果否？然而闻而快者，无异辞也。夫人共快其猪牛，则起与林甫不猪亦猪矣，不牛亦牛矣。乌乎！猪牛之变，人既愿之，而况于天乎？而世顾有重于吾戾者乎？

论屈原

严如熤

六国之并于秦也，秦智而六国愚，而其愚之甚者莫如楚。其君愚，其臣愚，其举国皆愚，有一不愚者，且群起而嫉之。乌乎！欲其国之不亡也，得乎？

楚地半天下，带甲百万，自成、穆以来，常雄于天下，一旦而顿为秦弱，何哉？夫国之所以振兴者，曰有人而已。楚入战国来，其君既庸下，其臣亦皆碌碌无可纪者。张仪之愚怀王，如戏婴儿，如狙公之弄狙，而举朝愦愦，独一原者知其诈，愤其奸，痛哭垂涕而告之，而终不悟。不惟不悟，且群以为狂，以为诽谤，必不使其身容于朝廷之上。吁！亦可哀也已。

迨贾生作赋吊之，谓原以其才游诸侯，何国不容？而自令如此伤之至矣。然亦未知其心焉。夫屈子其可去乎哉？其忍去乎哉？身为宗臣，准诸箕、干之义，有死而已，有囚而已，行吟泽畔，憔悴枯槁，则亦微子遁荒之意耳。而惓惓宗国，冀其君之一听，则心良苦矣。宁子邦无道则愚，屈子其可谓愚者矣，然正惟屈子之不愚，所以成其愚也，正惟其君之愚，臣之愚，举国之愚，而屈子尤不能已于愚也。竭屈子之愚，而君可以不愚，臣可以不愚，举国可以不愚，而楚可称雄于天下，独奈何愚者之群不谅其愚也。且其言曰：举世皆醉，而我独醒，举世皆浊，而我独清。夫浊者，愚之本也。醉者，愚之状也。当其时，秦以术愚人，而六国者皆在醉死梦生中也。举世如是，屈子又安适也哉？

伊尹之任，伯夷之清，柳下之和，疑皆倚于一偏，得孔子、孟子取而论之，而天下皆知其为圣。使屈子生孔孟之前，得至人以表其微，俾天下后世知臣子之于君国，有如是其缠绵悱恻不容自已者，则三纲得以益明，五常得以益显。

夫圣与愚相反者也，而屈子则庶几以愚而造于圣。乌乎！不谅于屈子之愚，而愚屈子之愚者，独楚人之愚乎哉？

论前将军荆州之失

严如熤

余尝北游荆襄，览川原之壮阔，城堞之雄盛，吊蜀汉之遗事，未尝不痛悼于前将军也。将军世之虎臣，智勇忠义，操畏之久矣。一旦统大众以北伐，兵势初交，名城克复，健将为擒，宜有以慑操魂而破权胆矣。所惜者，昭烈、武侯虑祸少疏，俾将军不克成其志也。悲夫！

武侯未出隆中，策天下三分，曰天下有变，则命一上将将荆州之众，以向宛洛。而将军亲帅益州之众，以出秦川。夫襄樊之地，去许昌数百里，无高山大川为之关隔，健马强卒四五日而临城下，地近中原，易以震荡，所谓正也。祁山之师，行密地，越栈道，出不意，攻不备，以为奇兵则可，未易为大众征伐之道也。

失荆州而专用力于祁山，则敌易于守，我难为攻，汉事无成，不待星陨五丈原矣。

自古命将出师，则必命人代摄后事。当时俊乂林立，法正之智谋，赵北平之忠勇，皆前将军所心许。假钺出征之时，择一人以代守，用为前将军声援也可，用为荆州固其圉也亦可。吴人狡谋，岂能窃发？即窃发而我有以守，荆州亦不至于遽失，何至背腹受敌，陷将军以死哉？昭烈有度而迟，其见不及此，宜也。武侯一生谨慎，而胡不之虑？其失在恃吴之太深也。

夫当昭烈未入蜀之时，吴之请荆州屡矣，及将军居守，又频与吴构衅，岂尽未之闻邪？原当日之心，不过以旧与吴好，方谋与吴为犄角，不应过防以示之隙，而不知子敬已死，吴无可信之人，而孙权则未尝一日忘荆州也。故曰其失在恃吴之太深。嗟嗟！武侯以荆州为正兵，至愤汉贼不两立而伸义讨贼，崎岖险阻之间，岂武侯之本心哉？以武侯之小心，犹失之于此，岂非天不与汉，而无以启其明邪？吾不敢以疏于防吴疑前将军，吾又忍以过于信吴刻绳武侯也哉？

钱币论

周树槐

钱之为币，古者以权百物，而银独施于器饰而已。宋以来，银日浸重，始或铸以为货，其后直以朴行。始但行之闽广，其后通于南北。及明中叶，国之赋民一以银，积重以至于今，举天下惟银之知。

余读《汉书·食货志》，银钱之相准，古今何其悬绝也？古者钱权银，银以两计，为钱三百三十至五百二十有奇。今者银权钱，钱以千计，为银十分两之七。物之贵贱，岂运会使然哉？钱，国之所为也，若银，则非国之能为，亦非民之能为也，而其偏重若此。志古之士，慨然欲废银以复于古。银之用五百有余年，国便之，民亦便之矣。乌乎废诸？然今制率千钱准银两，予者无增，受者若减，是以举患钱贱，而未有以贵之。

物之少而贵，多而贱，物之情也。今廿人之入已微，海舶之银，昔幸其来，今或忧其去。银日已少，而铸钱滋益多，钱之贱固其所也。然国家岁铸有常，顺治逮乾隆，百五十年，铸钱不可亿计。以余所见，嘉庆之初，钱尝过于所准，何也？钱法之奸有二：曰盗铸，曰私销。隐屏而铸之，铸有器，钱有制。隐屏而销之，其未销也，钱也，其既销也，非钱也。是以盗铸易觉，私销难讥。今流行民间者，乾隆之钱，十不得一。顺治、康熙、雍正之钱，千不得一。向之不可亿计者，今皆何往也？然自嘉庆逮今四十年间，必无虑此。

采运既艰，铜质或不如昔，工役偷减，淆杂益多，销之不可得赢，则不禁而止。然则多者固不复少，贱者殆不复贵，岂惟不复贵而已，循是以往，愚未测其贱之所止也。然则奈何？曰：钱，国之所为也，为之而未有以贵之，无为为之矣。乃者直省大吏，各以停铸请，国家岁转滇铜，列局鼓铸，资其赢息，以佐大农。然以今之钱，若非限以准银之定制，随时贵贱行之，即官铸且不足以更费，姑使滇、黔官民，暂纾采运之劳，毋令钱益贱尔矣。如欲遂贵之，其权固在国矣。且钱非果贱也，银贵故贱也，银非能贵也，贵之故贵也。今国赋犹以钱粮为名，然银上供，钱独下行，发之而不一收之，是固贱之也。

顺治中有诏：七分征银，三分征钱。有司乐银简便，私以废格。今诚患钱贱，莫若酌复旧制，视其起运存留，随地制其征数，而不必限以三分。要使钱得通于上下，分银之重于钱，钱何以不如银？然议者争言停铸，独未有援旧制以请者，盖其说有二：今钱之于银十七，而使输者以代银，是使国损其十之三也，则损上。取之必有所用之，今钱之下行者已患其贱，又从而益之以代银，是再夺其十之三也，则损下。是二说者皆泥于准银之定制，是以虽有旧制，今莫敢言也。

愚以为，千钱准银两者，经世之常法，要其终必使至于是而止尔。今欲去偏救敝，则因时而为之权制，钱之于银十七，吾增之为八以收之，即钱必以骤行而贵，如其所增。吾因递增之以至于所准，其行之下各视其收之数，如此则输者有所减，得者有所增。下益而上不损，不数年而钱已复常矣。则铸亦可以渐复，此制驭轻重之权，国之能为者也。若夫严海舶之讥，以节银之流，则濒海有司之责矣。

《汉·志》：秦币二等，黄金为上币，钱为下币，而珠、玉、银、锡之属为器饰，宝藏不为币。朱提银八两为一流，汉权八两，当今三两。直千五百八十，他银流直千。其时银贱如此。汉武帝尝造白金，杂银、锡为之，盗铸者多，民不宝用，数年废不行。金章宗始铸银，名曰“承安宝货”，公私同见钱用。哀宗正大间，民但以银市易，而不用钱，相沿至今。自古取民以粟与帛，唐杨炎作两税，始以钱。宋仁宗景祐二年，始诏福建、二广岁输以银。至明正统，税粮悉折银。及万历一条鞭法行，一切以银为额，今仍之。

银出于山，今产银之山，多封闭不敢议开，旧开者或老而空，银之源已狭矣。康熙初，有司言中国银少，请弛海禁，致番银。自鸦片流毒中国，数十年来，吾人之嗜者日益众，彼物之来者日益多，习海事者多言岁直千万计。法禁既严，不敢以中国之物明与为市，皆潜以银给之，信斯言也。更数十年，中国之银或几于尽。

近读邸钞，广东有奸商以银数万，冒禁出洋被获。吾湖南地接广东，十余年来，鸦片之枭，公行不忌。人言湖南之银，缘此入粤者岁十万不啻，是以银益少，楚人失之，粤亦王土，恐悉付之波臣耳。岂运会之变，将遂废银以复于古邪？不然，是亦天下之大命，为国为民者，得不少加之意也。自记。

宋景公论

周树槐

宋景公之时，荧惑守心，心宋分也。公忧之，司星子韦曰：

可移之相。公曰：相吾股肱。曰：移之民。公曰：君者待民。曰：移之岁。公曰：岁饥民困，吾谁为君？子韦曰：天高听卑，君有君人之言三，荧惑其徙，候之徙三度。壮学子曰：宋景公其知道乎？知道者知天者也。

然孔子称知道者曰楚昭王，昭王有疾，赤云夹日飞，周太史曰：若禜之，可移于令尹、司马。王曰：除心腹之疾而置诸股肱，何益？是王有君人之言一也。如王之心，肯移之民与岁乎哉？不及三者史不及，故王不及，然王遂卒，岂不三不足听邪？将楚无天也。壮学子曰：知天者不以道市，故不可以非道罔。

禆灶请用瓘斝玉瓒禳火，子产弗与而郑火，灶曰：不从吾言，郑又将火。子产曰：天道远，人道迩。卒不与，亦不复火。以后之不与不复火，知前与之犹火也，然则使郑复火，子产无憾也。

荧惑不徙，景公无憾也。故知天者不失人，然而宋之天韦知之。郑之天，虽灶也亦久而知之。楚之天，独昭王、孔子知之尔。此淫巫瞽史不绝于后世也欤？

汉高帝论

周树槐

丁公为楚将，逐窘高帝彭城西，帝急顾曰：两贤岂相厄哉？丁公引而去之。

及楚灭，丁公见，高帝斩以徇。曰：后世毋效丁公。壮学子曰：丁公死晚矣，然谲哉高帝乎？高帝曰：使项王失天下者，丁公也。丁公为项王臣，不忠，然则为项王臣忠者，宜莫如季布，丁公已戮而季布方购。高帝非能以公灭私者也，然则高帝曷为斩丁公？曰：高帝之怨丁公，犹其怨季布尔矣。然而丁公斩，季布终赦者，季布数窘高帝，卒无害于高帝，自以为罪而逃之，则非高帝之所甚恶也。

丁公能窘高帝，能释高帝，自以为德而谒之，是则高帝之所深耻也。不然，鸿门之役，使项王失天下者项伯也，而封之，其有词于后世也哉？

范增论

李象鹍

范增者，项羽之爪牙，义帝之蟊贼也。先是，增说项梁，梁以言可用从之。增之言曰：陈涉败固当，君起江东，楚将争附，知将立楚后也。此其意不为怀王，以为涉之败，在不立楚为名，则梁之成，在立楚为名也。以名不立楚而败者当，则以名立楚而成者宜也。

当会稽守欲发兵请梁将，梁命羽斩之。项氏诸人之不能臣于人也，增知之矣，知其不能为臣，而立之君以臣之，此必有位置其君之地。吾故曰意不为怀王，然此犹曰诛心之律，而世或以深文病也。羽以兵四十万击沛公，沛公亲至鸿门谢罪，幸得脱。是时怀王固无恙，增乃曰夺项王天下者必沛公。夫项王则何天下之有？弁髦其君之心，积之于平日，故于拔剑撞斗，盛怒发泄之时，中情流著，不自禁束，遂以天下属之项王也。且夫意有专注，而特托之名者，未有不败露者也。中郎将流涕送行，而不能不志喜于抱颈。秦王亟让东宫，而不能不关弓于临湖。太傅对客围棋，不动声色，而不能不折屐于户限。乌乎！胡可假也。

厥后羽尊怀王为义帝，又二年杀之江中，而增曾不一言者，知其阴有以教之也。论者不察用意之深，而律以去就之分，疏矣。且义帝恶乎贤，项氏立之而不以为大将，而使受制于徇私玩寇之卿子冠军，此必非羽所安也。及羽矫杀卿子冠军，复命为上将军而不讨其专戮，亦又无能之甚也。增于兴兵之初而劝之立，知其起事则名可倚，成事则人易除，帝之见弑以无能，增之所以立帝也。不然，委贽事人祸福与共，安有同僚弑君，弑已为谋主所立之君，观望周章，迟之数年而始去者哉？

由是观之，项羽之亡，不在疑臣，而在弑君。范增之罪，不在贪位，而在党恶。向令陈平不设反间之计，项羽不纳归报之言，则增将终身倚之，以成功业，岂忍言去哉？或曰：弑义帝者沛公也，策羽有勇无谋，终就夷灭，事定之后，如义帝何？是以阴使人刺之江中，坐羽大逆，师益有名。夫致忍于亲，何有于君？是说也，然欤？否欤？姑存之弗论。

岳少保平湖寇杨太八日成功论　　周嘉缃

考《宋史·列传》，绍兴五年，除岳飞荆湖南北制置使，命招捕杨幺。时张浚都督军事，欲俟来年议之。飞曰：八日之内，当俘诸酋。遂如鼎州，招降其众数万，幺负固不服，遣兵击斩之，余酋俱降，果八日而贼平。张浚叹曰：岳侯神算也。

是役也，自书生不谙军务者言之，鲜不谓其语近于夸，而不知皆实绩也。杨幺自南渡以后，据湖为寇，高宗命统制王躨帅（帅）〔师〕讨之，十年不克。其屯兵之地为王（帅）〔师〕渚，即今之王家寨。荆塘、金盘、湾斗等垸，皆其地也。但杨贼所蹂躏，止在沿湘滨湖之地。湘阴邑令胡公昭徙治于赤竹城以避之，以其长于水而短于陆耳。

绍兴元年，岳侯始来知潭州，兼权安抚总管。其破曹成也，不欲袭招安之故辙而加以剿除，岳家军已有先声矣。至五年，始受招捕杨幺之命，时官军久已罢敝，将佐各怀畏葸，而岳侯顾欲以王帅十年无成之功，豫决其奏效于刻日，何若是之神邪？盖杨贼之所恃以为险者，洞庭一湖耳。考其屯聚之处，大约在湘阴、沅江、龙阳、安乡四县滨湖之界。上自蒲桃山，下至子母城，当泚、湘、澬、沅之下流，沱渚四达，出没无常，故能水战陆耕，与官军抗拒。若纵之入湖，彼习于水战，以轮激水，舟行如飞，更造楼船撞竿，使官舟不得近，安望其成功乎？

岳侯当承命之日，先于湖之四面扼其要害，于巴陵则驻兵于七里山，于华容则筑岳穆湖三城，又为食成台，以严瞭望。于安乡则垒土于石冢山，环而堑之。于湘阴则结寨于垒石戍，高竖义旗，与穆屯之营垒相为联络。此固其豫谋于八日之先者也。比因贼寇鼎州，已破武陵社木寨，岳侯始领兵前往，至则招降杨钦，夺贼腹心，厚遇之，遣归之，诡骂之，杖纵之，三日之间，功成大半。又用运判薛直老之言，乘时当天旱，湖水落洪，度贼出湖口之路，惟澨、澬二江。澨江则由小青口出湖，澬江则会沅、辰、渐诸水由大青口出湖，俱在垒石对岸之洞庭夹。因遣使伐君山木以为巨筏，塞诸港汊，截诸大小青口两处江路，则皆用垒石一寨之兵也。至若浮湖草以壅舟轮，张牛革以蔽矢石，举巨木以撞楼船，置善骂以挑其怒，遣精骑以搏其垒，数事皆旦夕可办。

总之，兵贵神速，如迅雷之不及掩耳，使寇之所长，无所可用，遂致渠魁授首，余酋归心，而破我飞来之言，竟成谶语。盖当其运筹帷幄之中，固早有不忞于素者矣。后世相传，以为得洞庭神力之助，高宗因此加封王号，增建行宫，或谓金沙洲老庙台之立，正在洞庭夹，即始于此，今不可考。

要之神灵之效顺，实由将略之出奇，向使为将而不识天时，不知地利，安能克期制胜有如是哉？彼不谙军务之书生，乌足以语此？

陶侃论

陈士杜

凡人抱磊落傀，杰雄武之资，非际王纲废弛，海内分崩之日，必不能有所借以成其事。若天下一家，名位素定，身为勋臣而有异志，则人心不附，事必不捷。夫陶公既躬擐甲胄，亲执方镇之乱臣贼子，先后诛之，论者反疑其晚节或有窥觊非常之志，此庸人所不出，而谓公有之乎？

当王敦、苏峻之乱，中外汹惧，晋祚几危，赖公翦除凶逆，起而扶之，其功业威望固已震著于天下，而史氏谓其都督八州，晚有异志，惩折翼之梦，因而警惧。乌乎！是何言欤？忠孝干济如陶公，聪明正直不惑如陶公，乃好为议论，无端而媒孽其短，抑何不乐成人之美如是乎？

尝考其出刺广州，盖左转也，犹朝运百甓于斋外，暮运于斋内，人问之，曰：吾方致力中原，过尔优逸，恐不堪事。观此可以知公之心矣。又尝镇武昌，宾僚宴集，每饮必有定限，或劝少进，辄凄然曰：少时尝有酒失，亡亲见约，今不敢逾。嗟夫！人有不忍死其亲之训，况忍逞其逆于生君乎？此又必不然之理也。且史又称其神明机鉴类魏武，忠顺勤劳似孔明。夫既以孔明之忠顺予之，而谓其晚节包藏祸心，亦可见其立论之矛盾矣。

夫冲天折翼之梦，昔人已辩其诬，独讨苏峻时，公以不预顾命为慊，温太真再三敦劝乃行，人或以此疑公，而又不然也。峻之乱，亮一人愎谏召之，及举兵内向，台省宫阙荡为灰烬，亮又恇怯而不能御，徒负贵戚熏赫之势，凌轹百僚，公固内不能平，向恶其人，事败又不能降心悔罪以召公，公是以愤而不行，此特激于一时意气之私耳。及闻太真涕泣之劝，即时戎服登舟，固其素志然也。《传》曰：君子之过，如日月之食。我公有焉，要未可执此以议，况议之者又托于荒唐不经之语邪？

至若体国经野之谟，行军用兵之道，综核明敏之才，皆不具论，特表其忠孝大节数大事炳炳宇宙者，以明史论之厚诬忠直为不足据也。

壬辰防瑶五论　　唐鉴

地方之习于承平也，兵不识步伐，弁不识干戈，守汛塘者一二无赖，防门关者三五群儿，文武恬嬉，天下诚无事矣。

当斯时也，边徼虽荒，数百年不见烽燧，蛮溪虽野，亿万姓悉安耕樵，恃此不恐，而防御无备，战阵无备，一切纠奸（摘）〔擿〕伏皆无备，一日者小丑窃发，啸聚山林，初不过鬼蜮伎俩耳，致使蹂躏数邑，劳师数月而后荡平，吁！岂非无备之患哉？向使江华得劲卒数十，益之以乡兵，乘其出山劫掠，迫而攻之，彼二百余人，何难一鼓而歼灭无遗也。而邑宰虽勇而无兵，乡民虽同仇而无器械，俟之数日而贼势张矣，再俟之数日而狡焉逞矣，卒至于披猖，无所不至，戕害提、协大将，其不备之患，尚可胜言哉？

语曰：事君能致其身。此惟鞠躬尽瘁，死而后已者能当之，其愚而死，轻而死，无备而死，好勇而死，死而张贼氛，死而损国威，死而沮众志，死而益民危，之数者，事理不可死而死，时势不致于死而死，安得以致身为说哉？然而既已死矣，朝廷表忠荩，恤其死，岂犹论其不当死哉？而用兵则当以此为戒，兵，凶器，不得已而用之，愚不可，轻不可，无备不可，好勇不可，是故论战必有略，行兵必知方。贼未至则当清野设防，贼将至则当侦探部署，贼既交战，则当有正兵、奇兵。

李牧之备匈奴也，曰急入收保。寇准之役澶渊也，曰随在瘞藏，不遗贼粮也。韦孝宽之拒高欢也，缚木于楼。李光弼之应思明也，凿道于地，不留贼隙也。孙子曰：自古明君贤将，动而胜人者，先知也。先知者，知敌之情者也。此言侦探也。金人南下，种师道入援，帝命于政事堂共议，师道诘李邦彦曰：闻城外居民为贼杀掠，畜产亦为贼所有，当时既闻贼来，何不悉令移入城中，乃遽闭门资贼。邦彦曰：仓卒不暇及此。师道笑曰：亦太慌忙尔。言无部署也。孔明八阵，其机在二十四队游兵。吴璘叠阵，其要在更休迭出胜算。背水而夺赵帜，撒星而败金酋，大抵皆奇正参合者也。是以将贵有谋，兵宜结阵，从未有知贼之所在而不为之备，甘为贼所愚，而舍身以赴之者也。如海军门者，诚令人低徊愤惋，惊愕数日，有不能解于怀者矣。贼由此披猖，民因之荼毒，吁！将之所系，岂不重邪？

自海军门失事之后，贼势日益披猖，众至七八千人，蹂躏数邑，分投四出，各将领无一敢撄其锋者。于是将倚九嶷山为久踞之策，罗军门设计诱入洋泉洞，连日围攻，亲率将士，不避矢石，克期歼剿，无一逃者，虽古名将，何以加兹？而当时犹有挫辱之者，幸而无瑕可击，得以自全，吁！亦危矣。

瑶亦人也，异视之则异，同视之则同，其种落不一。男衣背有红织文，女头裹红布者，谓之红瑶。白织文裹白布者，谓之白瑶。黑织文裹青布者，谓之黑瑶。男衣负花织文，女头顶板者，谓之花板瑶。女头插箭三枝，以蓝布巾覆之，谓之箭杆瑶。随处迁徙，逢山开垦者，谓之过山瑶。居有定处，与民人杂耕者，谓之平地瑶。平地，熟瑶也，较为驯扰。富川之三辇、倒水、沙母、平石、龙窝、乌源、石鼓、南源、神源、二九、凤溪、谷塘、大围、都家，恭城之塘黄、石盆、伸家、瓮塘、大源、高界、平源、四村、垓里、马眼，平乐之大源、小源、九堡、四哨、莲塘、兰洞、蛇滩、驼口，荔浦之牛角、古累、龙殿、龙莫、桥头、金波、太平、龙枧、龙田、长汉、黄桑、假羊、茨菇、栗木根、长院坪、枧冲、朝冲，皆熟瑶也。修仁之六定、六断、三片杨、柳寨堡、江军长、二长滩、金秀、六那、金村、流村、八沙、六寺、掷妹、赤地，山瑶也。亦不迁徙，永安之东平里八村，龙定里十六村，群峰里四十八村，与之同。贺县大凝五十冲，大桂二十四冲，皆过山瑶。

道光十二年六月，大桂各冲滋事，而大凝各冲，安分守业，其所属犁头山，为冲十八，曰如仁，曰山坪，曰湖广洞，曰仁喜坪，曰见蛇，曰羊烂，曰马地，曰大木万，曰小木万，曰铜罗，曰大隘，曰大浪，曰古那，曰界板，曰石坎，曰龙隐，曰小白礤，曰钓管，过山瑶也。合昭平所属之铜罗山、鸡冲山、枫木坪、苦竹山、文进山、景亮山、屡冲、暗冲、茶子冲、福安冲、牛角山，共二十九冲，为户三百二十有八。当大桂山柑子、金竹等冲起事，往犁头纠约者，昼夜不绝，而讫不与从。及官兵俘获鞫讯，黠者挟憾诬扳，几致劳师，幸以安抚而定。夫瑶一也，何以柑子等冲，遂至畔离远徙，其平时岂有隐忍不得于心，闻江华赵逆之乱，因相煽而趋其事耶？可谓愚妄无知矣。文武官吏，多方晓谕，未出山者，亦即帖然奠乂，是岂与居民异哉？

山之所系，大矣哉！扶舆旁薄，清淑所钟，其民必为秀良。巉岩险峭，毒厉不宣，其民必多顽梗。天之气然，地之形亦然也。连山之八排，万山环耸，其高逼天，阴翳成云雾，岭嶂若干戈。险不可测，生其间者，安得不为蛮野哉？槃瓠之事，远而难稽，即以为廖氏奴，亦属荒渺。要之不知诗书，不辨理义，任其野性，时起斗心，则自古为然，别之为瑶，洵不诬也。其地东通连州，东南接阳山，西界贺县，西南入怀集，北连江华，东北接蓝山，从横四百里而遥。其曰大掌岭、火烧坪、里八峒、军寮、马箭，此内五排也。太坪冲、天塘尾、藤钩岭、八百粟新寨、茅田冷水冲、龙水尾、鱼寨冲、岭尾、六碓冲、盘血山、鸡公背、牛路水、水瓮尾、社下冲、大竹山，十五小排属焉。曰油岭、横坑、行祥，此外三排也。香炉山、大莺、新寨、锅盖、小坪、望溪岭、马头鬃，七小排属焉。

其人猜忍好杀，挺险轻生，非有严明之吏，行恩于威，以刑弼教，野心一肆，犷悍难驯，数十年必有一用兵之役。及其兵将既集，攻守兼施，则又腰鼓焚香，投诚效顺，故从来有事于此者，未有不先攻后抚，先示之杀戮，而仍与以生全者也。然而兔奸鼠伏，明顺暗乖，劫掠乃其常情，险诈逞其故智，抚之不见恩，约之不为信，晨撤兵而夕复起，父践誓而子旋违，以是攻剿者无竟功，拊循者无成德，所赖一二文武员弁，时时以大义羁縻之，以重威慑服之，使之不敢肆而已。

论左氏春秋八条

张学尹

左氏记事，有功于经甚巨，后来经师二百余家，舍左氏更无依据。

《左传》长于记事，尤善于记言。如所记刘康公受中定命，及晋胥臣敬德之聚也，能敬必有德，德以治民，皆圣学之统宗，王道之条贯也。其他名卿大夫，言天，言人，言礼乐，言政事，辨吉凶之故，决成败之机，粹然与六经相表里，时能发六经所未发，盖公、穀所未尝梦见，真义理之渊海也。

左氏记事，有显与经违者，然未尝自是而非经，直以好博而不能割爱，乃离经而博异，以为经文自在，吾自记所闻，明知违经，而未尝稍自匿饰其过，如日月之食，人皆见之。自杜注迁经就传，后儒从而附和之，几欲废经从传，则为《左传》之罪，非左氏之罪也。

左氏文字奇诡，往往怒骂而嬉笑出之，后人辄相訾议。如罪状郑伯，至于幽母射王，使人发竖。而伐许一篇，时忽赞之曰：于是乎可谓有礼。时忽嘲之曰：于是乎失政刑。盖调谑之笔，读者不以辞害意可也。

左氏好谈闺阃，曲尽淫媟情状。鲁之君夫人几无完行，列国几无节妇，于卫略于庄姜而详于宣姜，宋略于共姬而详于襄夫人。又好神怪，多记妖妄，皆足以自秽其书，甚可惜也。

《左传》尤长于兵，其论兵之胜败，能抉其所以然，盖其根柢出于圣门也。而其诡道阴谋，则又参以黄老而掇孙吴之菁英，后世师其遗智，犹屡试屡验。其于城濮之战，先叙晋侯始入而教其民，邲之战极称楚之德刑、政事、典礼，皆先事制胜之本也。舅犯以退舍骄楚，楚子以求成误晋，则临事制胜之机也。鲁曹刿，宋公子目夷，晋先轸、士会，秦蹇叔，楚芀敖，吴伍员，皆深于兵，左氏记之，虽小胜败，皆必揭其所以致胜败之道。大抵以退为进，以纵为禽，以弃为取，黄老之术也。至若晋厉以累胜而身弑，夫差以累胜而国亡，尤足为弗戢自焚之炯戒。

《左传》阴谋之毒，尤莫甚于和与间，齐襄谋纪不克，乃为黄之盟，以和误纪，使弛其备而灭之。晋欲取虞、虢不得，乃以宝马与虞，使自相攻而因以灭之。邲之战，楚使求成于晋，使不设备而乘以败之，其后秦人用之，日以和误六国而遂灭六国。张良以利诱秦将与和，而乘其不备以败之。郦生说齐使降，而韩信乘其不备以取齐，乃至楚汉鸿沟之约。汉高以和误项羽而遂灭项羽，自是以后，历朝用兵，以和误敌而灭之者，十常六七。至秦桧专以和议误宋，而宋竟亡于和议。

和之谋盖祖《左传》也。卫使礼至兄弟仕于邢而灭邢，反间之祖也。礼至不杀国子，则邢不可灭，然使国子不近礼至，其间犹未必行也。后世祖其术而用之愈精，田单纵间，使赂燕王之左右而去乐毅。秦人纵间，使赂赵王之左右而去廉颇，杀李牧。秦人赂魏王之左右，而废信陵君。赂楚王之左右而疏屈原。其后汉高以黄金四万斤使陈平纵间，赂项羽之左右而去范增。盖皆用间之效也。向使乐毅不去，则燕不可败也。颇、牧不去，则赵不可亡也。信陵不废，屈原不疏，则魏与楚岂惟不亡，虽资以灭秦可也。

吾观六国人才，足以灭秦者三人而已，信陵、屈原、荀卿是也。魏弱于秦，制秦犹难，楚强足以敌秦，制秦较易，乃荀卿在楚而废于兰陵，屈原在楚而沉于汨罗，岂天之不欲亡秦哉？人主信间而弃贤，天亦无如之何也。项羽不信间而去范增，羽亦未亡也。至于天生岳飞以予宋，而秦桧杀之，秦桧还自金，盖金人使之间宋也，其力杀岳飞，直图为刘豫耳。而宋之君不悟，则天亦无如何也。

历稽史册，用和议、反间，未有不亡，而左氏已发其端，故曰左氏长于兵也。左氏目光，上下千古，如随会在秦，却成子劝赵盾复之，伍举在晋，蔡声子劝子木复之，不欲使谋臣资敌也。二子得复，晋、楚受其利，假使二子不复，则晋、楚必受其害矣。巫臣用于晋而楚已敝，伍员用于吴而楚几亡，左氏于此，盖三致意焉。吾观三代以来，伊尹尝事于桀矣，桀弃之而后汤得用之。吕望尝事于纣矣，纣弃之而后武得用之。至于秦汉以后，帝王之兴，从龙之彦，无非胜国之弃才耳。当秦之时，李斯坑儒而豪杰遁藏，赵高指鹿而宵小附和，于是萧、曹刀笔，张良逋逃，韩信食于漂母，陈平困于穷巷，周勃、灌婴、樊哙、郦食其之徒，落魄于市井，故汉高得收而用之耳。假令秦、楚之君，不自弃置，虽有汉高，何所取资哉？

汉用外戚，自卫、窦、霍、许姻娅相援，壅塞贤路，而犹未尽散。至王氏盛而贤才尽散矣，犹幸光武起而收之，故汉得复兴。及桓、灵党祸，视贤才如寇仇，杀之不尽又从而锢之，而不知其不可锢也，亦殴之使为三国用而已。两晋门第相高，至以皇后之族，求附于王、谢之婚姻而不得而单寒，又何问焉？六朝相习成风，非有阀阅攀援，贿赂交结，莫得贵仕。英雄在草莽，一遇风云之变，蔚然奋兴，以佐新主，是以六朝易姓如弈棋也。唐、五代及宋、元、明兴亡之故，罔不由之。

夫尧、舜、禹、汤、文、武所日以求贤为急者，非徒以为天下之治理，抑将以塞天下之乱源也。太平之世，庸奴充塞朝廷，锦衣肉食，歌儿舞女，以相娱乐，其所互相属托荐引者，非亲戚则嬖宠也，贿赂也，彼岂不知英雄屈抑在下哉？以为天下无事，无所需此，而且引而近之，又将痛哭流涕，日以不入耳之言来相规诫，杀太平之风景，尤虑人主有所觉悟，将无以固其宠禄，是以很为壅蔽而不恤。而人主不悟，不知国无贤才，如舟泛其流，无纤缆执楫以维持之者，风波一起，不知所底也。自古奸臣败人家国之事不一端，尤莫甚于殴天下之贤才以资敌国。左氏于列国人才之去留，未尝不致意，亦千秋炯鉴也。

左氏断非《论语》之左丘明，《论语》辞意，与窃比老彭相似，必古人也，即不然，亦必时贤之齿尊于夫子者，非门弟子也。杜氏乃谓丘明受经仲尼，何所据哉？传之终，记赵襄子惎智伯，襄子之谥后获麟盖近百年矣。孟子深于《春秋》而绝不道三传，则三传皆孟子以后之书，何谓亲受于圣人哉？朱子云：《左传》有虞不腊矣之文，断为秦人语无疑。

要其学极淹博，其搜罗之富，在焚书以前，其所录名言懿行，皆焚书以后。学者所未见，而古义纷纶，确可传信。后来龙门博采，上及五帝，欲以相胜，止觉荒诞耳。史才如龙门，不易得也。而犹未足以窥左氏之藩，其他又何论焉。

五霸论

张学尹

春秋五霸，旧推齐、宋、晋、楚、秦，今以全经考之，秦未主中国会盟，宋襄争霸，适足为笑。皆未可以为霸。其实能合诸侯，主会盟，僭天子之政权以搂伐诸侯者，齐、晋、楚三霸而已。

春秋之初，郑最横，寤生能纠合齐、鲁，以王师伐宋，又合齐、鲁入许，几开霸局。然周天子能率陈、蔡、卫以讨之，传言败于繻葛，而经书伐不书败，则天讨犹行焉。桓二年，经书蔡侯、郑伯会于邓，传言始惧楚也。八年，传言楚子合诸侯于沈鹿，黄、随不会，使蘧章让黄。楚子伐随，则霸氛已起于天南。至鲁庄时，楚已灭申，灭邓，虏蔡，灭息，大启北门，而齐桓乃起而图之也。

庄十三年会于北杏，《公羊传》曰：诸侯而主天下之会盟。是无君也，说者曰：齐桓始主会盟，而宋、晋、楚踵之，罪之魁也。是也，而非也。是时狄扰于北，戎炽于西，楚雄于南，天子不能制，诸侯莫敢撄，桓将合众力以谋之。一以为周室，一以为诸夏，一以为自谋，遽以无君罪之，则天下谁复敢担当世务者？且是会也，宋、陈、蔡、邾四国耳，而楚已入蔡以挠之。于是乎盟柯，会鄄，盟鄄，伐郳，服郑，力为纠合，而楚又伐郑以争之，争霸也，而桓犹未敢直与楚争也。

再盟于幽，救邢，救卫，示诸夏以简书相恤之义，然后盟于贯，会于阳谷，盖养精蓄锐，经营二十余年，乃得为召陵之师以盟屈完，为首止之会以定周，为宁母之盟以服郑。至于葵丘不歃血，命五禁，齐霸称盛焉。然而楚人灭弦，灭黄，不能救也。淮夷病杞，赤狄灭温，扬拒、泉皋、伊雒之戎伐京师，不能讨也。其卒也，城鄫不果，伐卫无功，则仁义之假不能久也。宋襄为鹿上之盟，以求诸侯于楚，不可谓非争霸。然伐齐围曹，执滕用鄫，横暴已极，乃欲以不重伤，不阻隘为仁义，谬矣。执于盂，释于薄，伤于泓，适足以成楚之霸，岂能踵齐桓哉？

齐桓却狄，苟完邢、卫，而未尝惩创于狄。自僖八年至二十四年，狄横行于中国，九见于经，齐桓不问，遂致有天王出居之祸。则养寇之祸，齐桓不得辞也。天王避狄，出居于郑，晋文纳王，大功也，而《春秋》不书，削之也。重耳有大罪三：不讨狄，徇私惠也。请隧，蔑王章也。遂启南阳，苍葛一呼，玄黄变色，尚得以勤王为功乎？狐偃之谋曰：求诸侯莫如勤王。勤王其名也，求诸侯其实也。是故削其勤王之名，而书其求诸侯之实，凡十有一条：一侵曹。一伐卫。一执曹伯。一畀宋人田。一战胜于城濮。一主盟于践土。一召王于河阳。一元咺之狱，灭君臣之义。一翟泉之盟，亡上下之等。一会温伐许而无功。一与秦围郑以修怨，求如救邢救卫之义。首止葵丘之恭。於戏！远矣。

其中惟城濮一战，说者以为功，盖自齐桓未殁，楚成已张，宋襄又为推其波而助其澜，楚成已霸。僖二十六年，楚伐宋，围缗，伐齐，取榖。二十七年，楚人、陈侯、蔡侯、郑伯、许男围宋公，会诸侯于宋，曹、卫又以往年无礼于晋，惧而从楚，天下大势趋于南。得城濮一胜，少挫其锋，虽无方叔雷霆之威，庶几管仲苞茅之问耳。而夸其功者，乃至拟之唐郭、李之诛安、史，则非也。安史之乱，乘舆播迁，两京陷没，郭、李百战，收复河山，奠安钟鼎，伟绩也。楚虽僭号阙贡，负固一隅，而齐桓尝引与同盟，晋文且受其惠，极论其罪，不过如赵佗之帝南粤，如遇汉文，可不烦兵而服也，岂安史之伦哉？城濮一胜，有天幸焉，未尝摩方城之垒，未尝问汉水之津，犹有奔于楚之卫侯，犹有服于楚之许男，犹有贰于楚之郑伯，恶得与郭、李论功也？晋襄战殽却秦，败箕翦狄，伐许披楚，有霸略焉，然此特先轸之余气耳。先轸殁而霸势顿衰，商臣弑君，破楚之大机也，乃阒不敢声，而使阳处父伐楚以救江，末矣。商臣由是灭江，灭六，灭蓼，莫与谁何？

灵公即位，范山言于楚子曰：晋君少不在诸侯，北方可图也。商臣于是伐郑，郑平。侵陈，陈平。遂及蔡侯，次于厥貉，大张霸帜，竟以考终。庄王嗣位，年亦少，赵盾乃为新城之盟，诸侯复从晋，然而桃园之弑械已成矣。宣元年，楚子侵陈，侵宋，霸势又炽，然赵盾弑君，犹未能讨，盖鞭长莫及，姑掩耳焉。既而郑又弑君，乃连年伐郑，义声亦振，晋不敢争，义屈也。既而陈又弑君，执义讨之，遂盟于辰陵，战胜于邲，服郑平宋，德刑、政事、典礼不忒，则楚霸之盛也。

晋景于是惧而为断道之盟，齐人不至，遂合鲁、卫、曹伐齐，战于鞌，齐败绩。是时楚庄已卒，令尹子重为阳桥之役以救齐，会于蜀，南方诸侯则有陈、蔡、郑、许，北方诸侯则有宋、鲁、曹、卫，大国则有齐、秦，小国则有邾、薛、鄫，则楚庄之余烈也。晋景为蛊牢之盟以服郑，为马陵之盟以服莒，为蒲之盟以谋通吴，虽伐郑屡叛，犹得延霸事于一线。厉公继之，因是以执曹败狄，挟王官以伐郑，伐秦。鄢陵一战，楚共集矢于目，何兴之暴也？然外患未平，内忧已作，国乱身弑，贼无主名，范文子之言，足以为千秋炯戒焉。当此之时，晋衅可乘，乃楚共霸才而抱憾以殁，则十四岁儿之勃兴，其力足以制之也。晋悼三驾服郑，非有奇谋大略，子囊亦未甚庸奴，然而不能不堕其术中，则屈巫之毒深也。楚共不锢屈巫，大度也，而子重子反激怒之，致其教吴挠楚，几致覆楚，可无戒哉？

萧鱼会后，晋政恒在大夫，论者以为，三家分晋之祸，胎于悼公，非也。晋自武献翦屠宗族，专任世卿，范士智中行韩、赵、魏之家，皆有分土分民，蟠根深固。至悼公时，已有积重难返之势。悼公得国于栾、范之手，即如栾黡之汰，举国共知，而不能不为之覆盖，岂得已哉？所幸智莹、魏绛犹有忠顺之心，而晋悼能因而任之，使各尽其才，以成霸业，则亦贤君也。惟不讨孙林父，而反为之伐卫，取卫邑以益孙，则害义实甚。然无足怪也，晋文公伐卫，卫人出其君以说，元咺之狱，乃使医鸩卫侯，助臣虐君，固乃祖之家法，于孙周何责焉？晋平初政，溴梁祝阿，犹有争霸气象，既而商任沙随，专为范氏，锢栾氏，澶渊三会，夷仪再会，重丘一会，概无足观，至弭兵于宋于虢，名为分霸，实则以霸奉楚耳。

昭四年，楚虔合诸侯于申，南北诸侯与会者十有二国，十年之内，三伐吴，灭赖，灭陈，灭蔡，亦假讨贼之名，执杀齐庆封，诱杀蔡侯般，则又霸局之一大变也。晋昭虽有厥憖、平丘二会，而人心已散，叔向之辈，犹欲以威胁诸侯，岂能济哉？其后乃执戎蛮子归于楚，则京师楚矣。吴本楚之属国，自晋人教之射御战陈，大为楚患，遂能入郢破楚，通邗沟、江、淮，以败齐师于艾陵，蹂躏鲁、卫，告命于周室，争长于黄池，其披猖之势，较之郑庄、宋襄、秦穆巍然大矣。然黄池一歃，旋自僵仆，亦不足以为霸。

间尝综齐、晋、楚三霸而论之，齐桓首与楚竞，虽未能复封申息，闭其北门，而能联络诸夏，相为声援，使郑、宋诸邦内有所恃，得以固其藩篱，其殊会王世子，不盟王官，未尝执辱诸侯，亦尝存三亡国，则其事上犹恭，怀人犹以德礼，故推霸之首。晋文踵桓之霸，子孙相继与楚狎，主齐盟百有余年，其间悼公之贤，与乃祖先后辉映，故推霸之次。楚入《春秋》，楚武始见于经传，其君之雄武，夫人之明哲，忠臣智士之深谋远虑，诸夏鲜能及之。楚文继体，蚕食汉阳，有囊括并吞之势，及于成王子文佐之，耽耽虎视，虽以齐桓、管仲竭力谋之，仅得屈完一盟，而凭陵之气不少杀也。晋文在楚，子玉请杀之，眼明手辣，是以城濮虽胜，犹以得臣犹在为忧。然子玉刚而无礼，不可以治民，𫇭贾已料之矣。楚成不杀重耳，乃送诸秦，英雄惜英雄，豁达之度，超出寻常，可敬可爱。重耳才略，无以加于楚頵，若非误用子玉，则胜负正未可知。舆人之诵，盬脑之梦，有惧心焉。惧故善谋，而子玉轻敌，宜其败也。杀子玉以正军法，楚是以终不弱焉。商臣弑逆天下，无讨，虽有霸略，吾不齿也。楚庄经文纬武，殆胜桓文。共、康相继，皆英主也。至虔以贪残杀身，居以谗贼破国，楚濒亡矣。而昭王出走，其忠臣智士，犹能相与维持而兴复，其后齐亡于田，晋亡于三家，楚兼吴越，地半天下，与七国争雄二百余年，常为从约长，则霸运之长，惟楚为最也。

古称五霸，夏昆吾，殷大彭、豕韦，周齐桓、晋文，而不言楚。间尝考之，史称高阳氏之后曰重黎，为帝喾，火正居南方，命曰祝融。重黎死，其弟吴回嗣，为祝融，生子曰陆终。陆终有子六人，有后者三：一曰樊，封于昆吾，为夏伯。一曰钱铿，封于大彭，为商伯。一曰季连，楚之祖也。史不言其封于楚，然惟尔荆，楚居国南乡，已见于《商颂》，则楚建国古矣。武王克商，会同者八百国，大抵因其故土而封之，故楚仍在南。屈原作《离骚》，曰：帝高阳之苗裔兮。然则高阳之后，昆吾霸于夏，大彭霸于商，楚霸于周，其所由来者远矣。

西周之时，尝伐之，《采芑》之诗：蛮荆来威。盖不战而服也。然方叔率止，其车三千，实用三十万众，则其桀骜难驯，已可概见。故宣王城谢，平王戍申，皆患楚也。是以春秋之世，齐桓、晋文皆得以屏楚为功。虽然，周亦何可无楚哉？假若齐桓之世无楚，则周危，何也？内政、军令之阴谋既成，必将有以大逞其志于天下，非灭谭、灭遂之所足遂其欲也。推其弑兄篡国之心，何事不可为？苟无楚，则威令所加诸侯臣属，而能恪守侯度为周文王，必不然矣。晋文性情凶狡，机谋阻深，当其先世固已灭虞，灭虢，灭耿，灭霍，灭魏，吞并畿内之诸侯而不忌矣。重耳未入国而妻怀嬴，既入国而弑怀公，伦理澌灭矣，请隧之志，胡可量也？假令当时无楚，而周天子犹能晏然处其上而不为冠之裂，冕之毁，必不然矣。然则当时齐、晋争伯之日，而楚不窥周，吾不谓非齐、晋之功也。迨齐、晋既亡之后，而楚仍未尝窥周，吾以为非齐、晋之功也。

《春秋》书齐、楚之事，功罪相半，书晋之事，功一而罪百。然则《春秋》贱霸，而贱霸之中，又自有浅深区别焉，不可不察也。

湖南文征　卷二十九

论六

六朝论

彭绍封

予读史至六朝之际，窃慨然曰：嗟乎！不有废也，何以有兴？祸乱之极，固天所以开圣贤也。自西晋以来，骨肉相残，中原鼎沸，天光分曜，割裂土宇。东晋继之，君多孱弱，强臣迫胁，遂以灭亡。通计百五六十年间，盖有十五主云。

晋祚之移于宋也，刘裕擅战伐之勋，袭揖让之迹，从容谈笑，以取人国。自后乱臣接踵，由宋以至于齐、梁、陈、隋，如出一辙焉。当革命之初，或称小康，数传而子孙以不道失国。有出于荒淫昏昧者，有出于崇信佛老者，有出于耽溺诗酒者，有出于穷兵黩武者，或五六十年，或三十年，或二十余年，国祚皆相继陨灭。其自正统外，则有汉、秦、燕、成、赵、凉、齐诸国，惟拓跋氏最大，始于晋，终于梁，号东、西魏，享祚最久，而其后魏禅于周，周禅于隋，数百年间，号令屡嬗，置君如弈棋然，此其故何哉？盖以无王者之兴，天心犹未厌乱也。乱不极则治不生，运会相承，始乎是，必卒乎是，天道好还，其不爽有如此者。

自晋而后，君之无道，未有如炀帝之甚也，罪恶贯盈，天亦悔祸，乃于干戈扰攘之后，特生太宗，以开唐数百年之统。荡涤兵戈，四海臻于清晏，夷夏归于一统，此与其后宋太祖之继周无以异。郭璞有言曰：江东分王三百年，复与中国合，此其数将周矣。陈抟当宋太祖受命时，曰：天下自此太平矣。盖乱愈极，则数必转，后五代之变乱反覆，更甚于六朝者，亦天之所以开宋也。

或曰：唐有高祖，开国之主也，曷不与宋之太祖并论？曰：观高祖立国，草创未久而禅位太宗，使非太宗为之继统，几何不为六朝之续，而何以统一四海，享祚无穷哉？

汉七国论

彭绍封

帝王之治天下，道莫先于亲亲，自王畿而外，封建懿亲以为屏藩，必择其贤者立之，而爵禄废置，一皆禀命于天子，故其共享福祚，与国长久也。

汉之于同姓则不然，自高帝刑白马盟曰：非刘氏而王者，天下共击之。厥后诸子孙相继为王，出入警跸，拟于天子，文帝不忍加诛，未几而有淮南、济北之变。至景帝时，吴、楚诸国又以反见告矣。逆谋已成，不得已而将兵讨之，亲戚至为仇雠，斧钺加于同气，岂非伤心之事乎？论者不推究其所以然，而惟以分地削弱为长策，犹未明乎务本之道者也。古之圣王，敦一本之爱，而未尝以恩掩义。其自宫中、府中，笑嚬不以相假，而又为之采章服物以辨之，为之朝觐聘问以节之，为之燕飨锡予以安之，所以杜渐防微者，无乎不至。不幸而有变，则省躬引咎以愧厉之，如是而又不服，乃为之贬爵削地以惩创之，是故动则有威，而诸国莫敢不惧。

今观文帝躬修元默，一以宽厚为怀。吴太子入宫争博见杀，而吴王不朝，乃反赐之几杖。梁孝王来朝，景帝与之宴，且从容以传位为词，是自启其觊觎之渐矣。厥后七国以诛错为名，而遂诛之，是明以生杀之柄授之七国也。乃错既诛，而七国之兵犹未罢，必至翦灭之而后已。乌乎！文帝之过，过于厚者也。景帝不忍杀其亲，而忍于杀错，卒至不全其亲，皆未讲于本计耳。诚得本计以图之，可以使七国卒安于七国，可以使七国自请于帝而不愿为七国，且可使天下皆知尊王而不独畏威者七国，则宽猛交济之道也。不然，务为惨刻，忍弃其亲，何如贾生之论，众建而少其力，与主父偃之论推恩子弟，分地而国自削弱者，犹为救时之善策也夫。

议大礼论

彭绍封

天下大一统也，承一统之绪而为天子，自当从所受以为之子，非可以苟顺私情而曲为之说也。余读史至有明议礼一案，窃见张璁、桂萼所云礼以义起，世宗不忍自背其亲，不得以汉定陶王、宋濮安懿王为比。称兴献王为皇考，称孝宗为皇伯考，反咎当时诸臣强争者为多事。由今思之，而知说之无以异于考孝宗而叔兴献王也。

当武宗升遐时，杨廷和倡议立嗣，祖训兄终弟及，而以兴献王之子、宪宗之孙、孝宗之从子、大行皇帝之从弟序当立，启太后迎立为帝，是非以世宗后武宗，而以世宗后孝宗明矣。武宗未有后，而以世宗继前统，则是以孝宗为考而己为之子也。兄终弟及，自古而然，非即以兄为考也。古者父子异昭穆，兄弟同世次，故殷有四君一世而同一庙，宋太祖、太宗同居昭，世宗与武宗同继孝宗，自当皆以孝宗为考也。据《礼》：为人后者，为其父母服期。世宗既考孝宗，则不得复考兴献王明甚，有何称本生父母与皇伯考之称为？如谓长子不继，兴献王只生世宗一人，则当迎立之初，即宜辞登大宝。如谓母后尚存，不父其父，而谓他人父，恐伤母后之心，则即如世宗所云避位称藩可也，何必曲徇母后之情而乱大义乎？

昔卫辄拒父，而夫子一以正名断之，可知大义所在，炳如日星，一切权宜苟且之说，皆不度于义者也。其迎合顺旨，无非出于贪恋富贵者之所为。张、桂辈以议礼称旨，骤膺显秩，四方望风希旨者竞进，无惑乎明堂大飨之议起，而严嵩父子，至援严父配天之说，而以兴献帝祔太庙配享上帝为进身之阶也。

奸臣顺旨迎合，以至异日专擅自恣，未必非张、桂始作之俑耳。不然，杨廷和倡议引定陶王、濮王为据，犹曰一人之见也，而后此伏哭左顺门，如何孟春二百余人，岂皆不顾义之所在，必陷世宗为无父之人邪？反覆思维，而终以考孝宗、叔兴献王为正，以求合于大一统之义。

唐藩镇论

彭绍封

天下之患，莫大乎纲维之不立，名器之轻假，始或出于姑息，而天下有以窥吾之畏怯而肆其骄蹇，遂至于积重而不可返，如唐之藩镇是已。

古者天子当阳，诸侯用命，爵秩出于王朝，无敢有封而不告者。唐自广德以来，垂六十年，藩镇跋扈，河南北三十余州不供赋贡，节度使由军士废立，其表请自为留后者，不可胜数。于是天子之号令不行，而彼此声势相倚，一违其请，则反者四出，唐之国势亦孔亟矣。幸而宪宗嗣位，毅然欲革承袭之弊。自杜黄裳首劝讨蜀，威行两河，其后委任裴度，卒平淮西。而承宗敛手削地，韩宏舆疾讨贼，向之抗拒自立者，亦皆相继殄灭。然而竭天下之力以制数州，功虽告成，而朝廷之困敝已久矣。而况根株未拔，由蘖复萌，是后朱克融、王（庭）〔廷〕凑等作乱，裴度诸臣征讨逾年，迄无成功，由是再失河朔，不能复振，以至于亡。嗟乎！藩镇之为害，一至是乎？

虽然，藩镇之乱，不自德宗时始也，其殆始于肃宗徇仆固怀恩之所请，而使然乎？盖怀恩自负其功，其表请薛嵩、田承嗣、李怀仙为节度使，不过欲引为党援耳，朝廷苟冀无事，因而授之，于是天下知爵命之不自朝廷出也。而河北数州，皆偃然有所挟制，以为承袭之谋，此非名器轻假，不能断之于早者，自贻伊戚哉？当肃宗时，郭令公犹在，怀恩虽倔强，固无能为也。向使借令公之威，拒怀恩之请，使天下知朝廷之爵命不可轻假，如令公之敬共靖节，虽州县官必待奏除而后行也，则河北诸州，何自而反乎？惜乎当日诸臣，未闻有一言之争，徇怀恩之私，畔即自怀恩始，驯致诸州效尤，祸发而莫可救止。其所由来，固非一朝一夕之故矣。

《易》有之曰：履霜坚冰至。夫不内正其纲纪，外修其政事，使天下大权归于天子，至事势败坏，乃思以智力补于一时，此实难已。有天下者，而欲定名正分以统一四海也，其可不凛于履霜之戒哉？

赵忠献公论

彭绍封

天位大宝也，神器至重也，立之而非其人，尧舜不以私其子，而兄恶得以私诸弟。异哉！宋之由太祖而递传，乃出自太后遗命也。

当太后疾革，遗言谓太祖传太宗，太宗传光美，光美传德昭，赵普共记之，且立誓约，藏之金匮。乌乎！此何等事，而唯唯从命若是乎？天下非一家之天下，惟有德者居之。以太宗继太祖，诚为不负，然安必光美、德昭之无忝天位乎？亲有治命，有乱命，太后之见，安能及远？如必以从命为孝，则宁殖之罪，可邀免于宁喜，晋献之命，可见慰于荀息矣。太祖惟溺于母后之命，从之已失所宜，普乃应太后之言如响，不顾后此之多变乎？

自古兄终弟及，事之不可常者也。鲁隐公之让而争夺日起，吴诸樊之让而废立频仍，与其苟顺私情，致同气推刃，曷若忍而断之于先？以不敢轻立之故，伏榻而争，虽太后之心未慰于臣，固无罪也，失此不为公，于是可谓谋之不臧矣。迨太宗既立，光美、德昭自以次第当立，或亦不无生心，而公遂不惮幡然变计，谓太祖一误，陛下岂容再误，太宗乃不得不自遂其忍矣。秦王廷美与卢多逊比，廷美既贬，李符又奏以不悔而怀怨望，卒致廷美以忧终。太原之役，有谋立德昭者，帝闻之大怒，而德昭自刎死，为不忘再误之说。凡所以防患而潜图之者，皆公之为也。谋人家国，始以片言之诺而慰太后之心，终以欲更前约之非而顿割其天性之爱。以天子至亲，不惟不有富贵，而并不获保其生全，乌乎！榻前之约，名曰公之，实以害之，使公而自思，何以见太后于地下乎？

史称公能以天下为己任，其佐太祖、太宗，只以半部《论语》，《论语》中所载信近于义，以及不施其亲诸训，公独未之深思乎？凡举大事，必计其始终，无溺于苟且，公义私恩为两得之，是故君子大居正。

熙丰元祐绍圣诸臣论

彭绍封

从来君子之与小人，互为消长者也。自古邪正并立，未有不坐受其败者。君子而与小人争，势必不胜，惟在君子有以善为防之而已。

尝考熙丰以来，王安石倡为青苗诸法，章惇、吕惠卿辈为之播扬，其意主于聚财，其谋在于固宠，又能以博辨济其说，使诸君子咸受其欺，相与交口而荐之，观其称尧舜，薄太宗，善伺人主意，排众说而大肆其谋，诚所谓败乱之小人矣。吾独惜元祐诸君子，知远小人而不得其道，有以激成其乱而莫知所归也。方新法之行也，诸君子皆知主上与安石如一人，则当积诚意以感其君，从容渐渍以开导之，不用其言，即以去就争之可耳。乃司马光、富弼、苏轼日与诋排，而安石持论愈坚，君之宠任愈固，虽偶为退黜，而韩绛、吕惠卿辈复阴相为护持，邪说之难熄也如此。

至元祐之朝，安石既免温公入相，新法一切报罢，群小之积怨蓄怒，思有以报之久矣。且夫害不什不变法，苟其言可采，不必以人而废之。如罢免役而行差役，苏轼亦尝与温公抗论矣。均输手实可罢，而斟酌雇役，亦有可行者。他如保马、户马可罢，而立保甲以省兵费，犹有可取。新经明法可罢，而废诗赋，取经义，亦有符于正学。何必尽举而罢之？夫安石新法，皆本神宗所为，法尽变而以轻弃祖宗为名，则必援先帝遗意以破宣仁太后之命，此绍述之说所由来也。

诸君子不务同寅协恭，和衷共济，以求遏绝佥壬，乃复各持意见，竞立朋党，自相攻击，互为怨嫌，而使熙丰之小人得以乘间伺隙而起。自杨畏首叛吕大防，而章惇、蔡卞相率并进。至于绍圣之间，小人道长，君子道消，向之指斥安石者，尽目为邪党，而皆不免于窜逐矣。揆厥所由，皆诸君子意见过激，变法太骤，自召之灾也。且法可以不尽变，用法之人不可以一二留，诸君子不务绝其人而专欲变其法，自吕公著勿为太甚之说出，而大防辈引用杨畏等，以调停其间，不知君子不欲尽弃乎小人，小人必将肆害于君子。一旦毒发，遂至于莫可解。

迄乎靖国而后，元祐学术有禁，正人之厄为已极矣。在诸君子忠义自矢，其拨乱返正，思得所借手以为快，固不料其祸之至于此极也。然而宋之国势亦已微矣，不旋踵而金师压境，钟簴震惊，卒至王业偏安。后之论者，莫不归罪于安石。安石固不足道，而处之不得其宜，国是遂以日非，予于诸君子，不无少遗憾焉。当时处众阴用事，而能不激不随，思有以潜移而默夺者，惟程明道一人。外此则深观世变，悠然自乐，得以令名终，其惟河南处士邵雍乎？乌乎！观乎此者，可以知进退存亡之道矣。

论兵

王泉之

傅重庵廉访于苗民蠢动时，以参军从贝子福经略由滇至楚，从事戎行。余时就清泉王秋浦明府记室，奉调督理镇筸粮台。重庵廉访时相过从，询余少所学于师者，因纵谈《左》《史》《孙》《吴》，及古今名将行军用兵，出奇制胜之道。

廉访快余谈，属而论之，击节称赏。亟白于大中丞姜度香先生，促余投效，余志切科名，不欲以他途进，廉访以腐儒、懦夫惜之。夫廉访有过人之才，具兼人之勇，不以余言为纸上空谈，竟作袖中珍宝。每采择之，树伟绩，立奇功，天子褒嘉，苗民震慑，生荣死哀，可谓丈夫也。余犹老大伤悲，一官落拓，摩挲旧物，眷念故人，不胜隔世之感。曹子桓云：年一过往，无可攀援。抚今追昔，良足慨也。

一曰治兵。夫兵犹火也，不治将自焚也。兵何以治？法是也。法者律也，律何以严？罚是也。罚何以服？公是也。律何以行？恩是也。恩何以施？明是也。恩罚非公明不见，公明非恩罚不真。此主将居心之要也。何以治兵？曰俭，曰廉，曰惠。俭何为哉？夫兵不知俭，则穷，穷乃兵之一忌也。兵穷往往借官病民，民势必与兵为仇，临事兵欲借此以伤民，民之避兵，尤甚于避贼，民因而从贼者多矣。若兵知俭则不穷，自不至于病民，兵与民无仇矣，遇事则兵之爱民如己，民亦依之为恃。同心合气，破贼如仇，则从者少矣。廉何为哉？夫主将不廉，则兵不俭，欲兵之俭，必先廉也明甚。上行下效，捷于影响。主将不廉财，则兵必奢。其所以奢者，迎合主将之意耳。吾故曰廉。惠何为哉？夫兵无知之小人也，应募者岂真为报效博封妻荫子乎？多为养生计尔，将既廉以处己，又俭以教兵，兵既然不病民，几何不怨上之刻薄乎？其所以怨上者，上无惠耳。上果能惠，则兵被恩之不暇，何怨之有？吾故曰惠。惠而且廉，兵自俭矣，如此然后能治。

二曰制己。夫己之不可不制者，今人多昧矣。己不制则多妄行，己何以制？曰不贪而已矣，不疑而已矣。何以不贪？知足而已矣。何以不疑？决而已矣。贪则有弊，弊安在？如交兵则贪功，贪功每以人功为己功，人谁肯出力乎？疑则有弊，弊安在？夫临兵起疑，则多泄，泄则少成。何以为知足？能得胜不论人我，建功则皆为可喜，是为知足，知足自不贪功。何以为决？决则不乱商于人，不乱商便无疑矣。无疑则不致多泄于人，不多泄则机密，机密则敌人难测，功自易成矣。吾故曰制敌之方，在不疑不贪。

三曰统兵。夫兵何以归统？统者，同也，通也。同者甘苦不分，通者忌刻皆泯。何以同？情是也。何以通？恩是也。统又必须有律，何谓之律？尊卑也，老幼也。唐之郭子仪得“通”“同”二字，兵皆知恩。李光弼得尊卑、长幼二法，兵皆知法。二人相济成功。何以谓之情？凡为将者，除临敌画策之外，一心专注为兵，兵之甘苦，藏之于心，我以意度之，行之于惠便是情，非有心之失，格外宥之便是恩。宥之有法，非宽法也，非弃律也，心中思一易立之功，令其建之以盖其愆，此方为能宥，方是真恩。郭汾阳之治兵以此，故兵将功多而过少。何以谓之尊？主将是也。何以谓之卑？兵卒是也。何以谓之老？疲者是也。何以谓之幼？少壮是也。知尊则能听命，知卑则苦而无怨。知老则疲者知息，壮者便不惜力。知幼则人皆勇往不生畏惧。知老，兵何以便不惜力？盖心中有一疲则可息之意在。何以知幼则兵勇往？盖内中无衰弱者，则兵胆壮矣。何以谓之知老幼尊卑？知老者息之而已，知幼者选之而已。何以知尊则兵听令？兵知尊于我者，高于我者也，听令之故在此。知卑何以苦而无怨？知我卑者，应代尊者出力也，苦而无怨之故在此。李光弼以之破敌，故兵尽力而无怨，得此道也。

四曰教兵。乌合之众不能制胜也久矣，教之之法，不可不讲也明甚。阵图，斗法用也，守御用也。冲锋，破敌则难用。岳武穆常曰人自为阵者，正谓此也。千古以少胜众，岳武穆为最，其所以能以少破众者，心齐也，胆壮也，信也，义也，礼也，智也。其所以能令兵将如此者，仁也，忠也，恕也。教兵之法，不外乎此。

五曰守法。法有三：其一曰紧，其二曰活，其三曰有路。何以谓之紧？交兵在即，守法为先，紧之云者，紧且密也。防人于所不及防之处曰紧，防人于可入之处曰紧，防人于所必防之处曰紧，兵少不敷防守，而能扼其要害亦曰紧，使敌人知我防之严而无斗志，我反得乘其隙而入，是亦谓之紧。活何为也？古有云，置之死地而后生，斯言有语病也。何以见之？韩信背水而获胜，马谡据山而覆败，一则用死于活，一则用活于死。此语惟危急之时，兵强将勇，仅少斗志，以此法制之然后可。若非危急而强用之，是为弄险，若非兵强而强用之，是为轻躁，兵家贵稳重老气，正为此也。何以谓之活？左右有援，前后有防，进有门，退有御，不使敌人截我之助，不使吾人背我之用，先置身于胜地以待其变，以观其隙，乘其有空，我即入之，此之谓以逸待劳、反客为主之法，便是活。何以谓之有路？凡为将者，未虑成，先虑败，此论本云守法，而终以有路，此即先虑败之意也。路如何便有？欲求我有路，我必不能得路，先截他人之路，而我自有路矣。他人不能多进一步，我自宽广，不致狭隘无路矣。此即先发制人之意也。守法之妙，不外乎此。临事当以意用之，不可拘泥，守法备矣。

六曰安营拿卡。不可好奇，又不可平易，高山大泽，易于居险，难以防围。从上压下，势重则可以冲下，难以持久。平坦之地，易于守正，难于出奇。奇正相生，法为最善。何以为奇？奇者出敌人所不及料也。何谓之正？堂堂之阵，整整之旗，平相对垒，不用奇兵，以力胜之，以法胜之，法者阵也。何谓之奇？奇有道存焉，如有敌，遇前有险峻之处，我欲攻之，必先取险，险处敌必有防，我当设法以攻其防，溃其防，我则得本矣。法如何设？诱之而已矣。敌好胜，我以弱诱之。敌贪，我以粮饷诱之。敌喜得地，我以寨诱之。敌人骄，我以败诱之。敌人慎，我以小心处，露些儿疏忽诱之。敌人强，我以兵激之。以上皆诱之之法也，如遇事当变通用之，不可执一。

七曰战法。出其不意，攻其无备，斯言不可单用。当合知己知彼用之，方无失。何以言之？如出其不意而后可出，攻其无备而后可攻。若虽知其无意无备，而我力不能操必胜之权，仍不可攻也。至于交战之先，必令将士齐心，先言曰此阵必胜，三军齐心，以存必胜之战，自无气馁退后者矣。何以能三军齐心？我先料数事无不中，将士自然奉我如神，令下自然齐心矣。至于进退之法，胜不可追击过急，败不可急走。又有不同者，追之不使其展转，退不可待寇，此又一说也。究竟总有要道，要道安在？在于虑事周详，不可大意。临事觑机而动，在于一心，非能豫言者。

八曰计战。断其粮道，一计也。兵弱不能断，不如焚之，又一计也。绝其水道，一计也。兵弱不能绝，不如使其防我，乘隙攻之，而不能出汲之为妙，又一计也。决水灌营，不如激水压之。纵火焚之，不如纵火惊之。焚之则敌舍死来敌我，惊之则胆破而远遁。以上皆省便之法也。

九曰静如处女，动若脱兔。如处女者，处事安详，不露声色之谓也。动若脱兔者，迅速，令人不及防之谓也。夜闻兵不可惊，兵受困不可闷，军士陷不可乱，兵受敌不可急，寇在远不可缓，此皆口诀。临事而惧，好谋而成，神而明之，存乎其人。

十曰勤，曰敬，曰信，曰深，曰仁，曰义，曰礼，曰勇，曰惧，曰恐，曰慎，其最要者，信与慎，仁与勇而已矣。知斯四者，则人心得矣。孔子曰“宽则得众”，孟子曰“天时不如地利，地利不如人和”是也。兵不厌诈，古之名将，出奇以制胜，未有不由得人心者也。

张居正相业论

文诏临

三代之相，才德兼具，出处不苟，功施于社稷，泽被于生民，君臣相信，虽异世而无訾议。三代以下，略德而取才，故功业可以济一时之艰，而不可以杜身后之口，才可取而德不足故也。

明之张居正，救时之相也。当主少国疑之秋，入则经筵讲读，严气正性，使幼主惮其刚方，而学业有成。出则垂绅正笏，董率百僚，奠安黎庶。辞伯爵，却馈金，休休有大臣风。神宗之世，虽非郅隆，亦云小康。惜学术不纯，刚愎自用，身没未几，毁谤起焉，君子惜之。论者以高拱之去为居正逐，夺情视事为居正咎，此二者迹似于希位固宠，而原情定论，究亦功名中人所不暇择者。

今夫拱非明之首辅哉？秉正直之性，握黜陟之柄，居正而贤，拱当荐之，居正而不贤，拱当黜之，当时不闻进退于其间，拱盖默识居正之才而深器之矣。既不欲冒进贤之名，又不欲招蔽贤之诮，不防蒙垢而去，以成居正一代之功名，而阴为国家得十年之辅弼，曾是居正而能逐拱哉？

其居父丧起复也，出自上意，不得为居正罪。君父一也，安得以乌鸟私情，拂王言之慰留？明代台谏，以攻宰相为能事，居正没后，交相攻劾，致使君臣不能始终一德，而籍没其财产，不敌严嵩二十分之一。於乎！居正之宣力明室，几于国尔忘家者，吾故曰救时之才相也。夫救时之相，又岂易得哉？

邓国三甥论

黄开运

昔邓国三甥请杀楚子，邓侯弗许，楚卒灭之。《东莱博议》，以为国之存亡，系于治乱，不系于楚子之死生。楚之灭邓，邓有可乘之衅，三甥置而不忧。顾以邻国为忧，虽楚子可得而杀，犹有楚国存焉。汲汲然谋杀之，何其疏也？

余窃以为不然，夫春秋时，强凌弱，众暴寡，灭人国者相望于策，东莱不既云尔乎？汉阳诸姬，楚实尽之，彼其所兼并诸国，岂尽有隙可乘，诸侯争欲灭之者乎？二语出《博议》。抑楚恃其强大，而因以凌暴之也。桓公初年，楚始见于《春秋》，蔡、郑盟邓，《传》特表曰惧楚。嗣是而伐随，伐罗，伐绞，败郧人，盟贰轸，纷纷见告，与国咸震惊矣。虽丰汝德泽，明汝政刑，固汝封疆，训汝师旅，四语出《博议》。其若楚之凌暴何？而何独以咎邓？如谓环楚而国，如陈、蔡、郑、许、江、黄、道、柏，楚不先加兵，而独急于灭邓，以是咎邓之自取，则持论尤为过刻，且亦不识地里之远近矣。彼陈、蔡、郑、许诸国之去楚，视邓较远，故加兵稍后，然亦俱不得免，而终与江、黄、道、柏同归于楚。楚之吞灭诸侯，号曰蚕食，言其以渐而至，由此而及彼也。

今以楚先加兵而咎邓，是昌黎所谓引绳而绝之，其绝必有处，见者尤之，其亦不达于理者也。且独不见熊通之世，楚师四出，羽檄交驰乎？而曰先加于邓，是饰辞以诬之也，而果得事势之实乎？东莱意谓邓杀楚子，不免于亡，余则谓邓不杀楚子，而亦不免于亡，何也？将咎三甥不劝其君修政以自强乎？

夫《春秋》之邓，无殊战国之滕，三甥之才，不及孟子之贤，孟子不能救滕，而独责三甥以救邓乎？滕文公时，孟子详陈为国之道，井田、世禄、庠序、学校，秩然有条，遵而行之，可不谓善修其政乎？三甥即导君以修政，有过孟子者乎？迨滕逼于齐、楚，筑薛而甚恐，而孟子所为谋者，亦无过筑城凿池、去邠迁岐之故事，厥后虽强为善，终至覆亡。滕文修政，何以不能自强而卒致此，岂孟子亦不善导其君乎？而独以咎三甥之于邓，何也？且又安知三甥当日不曾以修政自强入告其君，而世莫之传乎？呜乎！势所无如何，虽圣贤亦无良策以救败，犹疾不可为，虽卢、扁亦为束手，讵得以垂亡莫救，而谓神医术浅乎？然则邓之亡，其非三甥之疏于谋也明甚。且夫三甥之善为谋，莫如请杀楚子，而楚子之不见杀，则楚、邓国运之所关，盖有天焉，而不可强也。

当日邓侯亲爱楚子，笃于甥舅之情，而楚子包藏祸心，欲覆其国，三甥亟请杀之，其老谋深算，必有善后事宜，出于既杀楚子之后者，岂其懵然剸刃，徒为荆轲、聂政之计哉？使当日果从三甥，立斩熊赀之首，函之新箧，传示四邻，汉东诸国，奋戈四起，楚将举国大骇，救亡不暇，而是时堵敖、熊恽辈，度皆幼稚，国危主少，不数十年莫能振兴。而邓于其间，以时修政，缮完战守之备，缔交与国，连为唇齿，互相掎角，谁谓危亡之祸，不借是以稍纾乎？如曰邓国之见逼于楚子，杀亦亡，不杀亦亡，然与其不杀而亡，毋宁杀之而亡也。与其不杀而危亡之祸速，毋宁杀之而危亡之祸稍缓也。不杀而亡，几于束手待毙。杀之而亡，虽亡其国，不犹为天下除一不仁之人，为芈氏诛一不孝之子乎？邓侯不忍杀楚子，而楚子忍于亡邓国，是不仁之心，先施于母族，他何论焉？执而杀之，不足以快天下之人心欤？

《春秋》不乏贤母，而邓曼尤卓卓可称。熊赀身为贤母之子，纵贪舅氏之国土，独不念其母之贤，而稍存瞻顾之心邪？不孝若斯，是谓贼子。贼子人人得而诛之，况谋臣之于敌国乎？尝试论之，祁侯者，邓之贤君也。三甥者，邓之良士也。惜乎国小势逼，竟遭吞灭，亦由邓侯过于仁慈，不能用三甥之言也。悲夫！左氏于篇终著楚灭邓之岁，其亦有慨于三甥之言之不见用也欤？东莱啧啧讥之，其亦无当于事势之实矣。

论荒政

邓显鹤

宝庆连年歉收，比之下游诸郡，则为乐土。乃春夏以来，谷价斗长，日甚一日，说者谓人荒非岁荒，推原其故，盖有二端：一由强民抑价勒粜，以致富户闭仓。一由痞棍纠匪阻遏，以致商贩不通。

初犹以为强粜也，继而沿门勒索，又继而沿路抢劫。初以为水道阻滞也，继而通衢设卡，又继而僻路设伏。初犹以为禁囤谷米也，继而豆麦皆阻，升斗皆封，被害者非一家，饮泣者不一人。始于武冈作俑，因之邵阳效尤，此风一倡，村村闭粜，处处设围，粒米颗谷不能出境，而一二市魁里侩从中播弄，既借粜谷之名遂其需索，复借阻米之目肆其劫抢。今且三五成群，鸣锣街市，揭帖通衢，敛费集钱，无所不至。父老吞声饮憾，官府膜若不闻。且有穷乡小民，走二百里持衣被向城中质钱，买一二斗米，辄被此辈抢掠，且捉向公庭，加以囤运之名，官亦明知其非，莫敢谁何，反加良民酷刑，以谢群不逞之徒。

此近事也，于是乡曲愚懦，不敢入城买米，富民则闭不敢粜，万口嗷嗷，无从得食。目下邵阳犹可支持，新化则全无生理，贫富皆困，待命朝夕不能自存。缘新化山多田少，无论丰凶，总赖上流接济。今连遭旱潦，又为安化搬去，而上游自武冈以下，层层阻遏，至邵阳作一大关键，颗粒不通，新化城中，遂至断炊罢市，不得已将义谷减价分给，而义谷无多，十日即竭。昨乡绅公措二千金，以官牍向府求买，意谓借大府之力，可以流通也。而新民坐守三日不得报，府符下乃以外邦辞。吁！谁非赤子，而忍外之哉？迨新人告急，文书再至，始委员监盘县仓，为发棠之举，展转推卸，窃恐委员在途，而新民已成沟瘠矣。

今郡城河下，商米守候尚多，为日甚久，大半霉变。大水顺流一日可至，何惜不以济新民，而必爱护此一二痞匪，不肯加半点声色，听其把持武断，立视新民之死而不顾，不知成何政体也。且新民不饱，亦岂邵民之利哉？见在田秧莳插甫竟，而雨多晴少，未知天竟何如？纵使有年，亦在百日内外，方见新谷，此百日中作何区处？此间阻米曾酿巨祸，至于戕官动兵，而皆一二痞匪为之，岂不可寒心也哉？况阻米之私禁不弛，不惟他邑难望接济，且一邑之内，本村有余之谷，即不许颗粒沾溉他村，本族有余之谷，并不许颗粒沾溉他族，非尽由富户昧任恤之道，实缘痞匪严阻遏之禁。故武冈、邵阳素称殷富之乡，亦皇皇然救荒无术，与瘠壤等也。

为今之计，急宜痛惩阻米恶习，以通邵阳关键，而武冈之阻遏不许出境者，则严檄州牧，力弛其私禁，俾米商迅速转运，源源接济，庶新化亿万生灵，不致遂成饿殍。而上游有余之粟，亦不置之无用之地。贫富相通，患难与共，且使群恶少震詟敛戢，不致酿成巨祸。如往日已事，是长官稍一振作，而民之受福不可胜言，子实生我，是所望于守土君子。

陶侃论

蔡云逵

善乎荆公有言曰：近世作史者以忠为邪，以异为同，诛当前而不栗，讪在后而不羞，疑可以贷褒，似可以附毁。诚慨乎其言之也。予读晋史，至陶侃以不得预顾命为憾，未尝不废书而叹曰：

史之不可尽信有如是夫。

方侃之守武昌也，破陈敏，走杜弢，王敦忌之，徙为广州刺史。在州无事，常以致力中原为心，是岂须臾忘君者哉？成帝冲龄践祚，庾亮以元舅当国，措制乖方，时侃刺荆州，劳绩茂著，亮忌其得众，遂以温峤镇武昌，王舒守会稽，互为声援，遥相牵制，是侃之进退，无非危疑之地也。亮激成苏峻之反，峻兵犯阙，亮奔浔阳，逮征温峤入援，未尝一言及侃。峤虑孤军无与，遣人邀侃，非有朝命也。侃对以疆埸外将不敢越局。武臣膺方面而处危疑，操心固应如是。既而峤复遣人往说，侃遂戎服登舟，长子瞻以庐江太守力战而死，丧至不临，兼程趋石头，元凶授首，卒建殊勋。微侃则危矣。

论勤王之责，温为主而陶辅之。录勤王之功，陶为首而温附之。《纲目》于陶侃心迹，不相掩可也，而晋史归美温峤，谓侃托辞迁延，虽其于元规之刚愎自用，不无蒂芥于中。然设身处地，观过知仁，遽以暧昧之形迹迁就而为之词，尚可为信史乎？且夫权臣在内，大将拥重兵于外，非奉诏旨，不敢行师，是侃之深虑也。侃至浔阳，外议汹汹，谓必诛亮以谢天下。亮因峤谢侃，侃遽释然，是侃之先国难而后私仇也。假以不预顾命为憾，能如是之戮力王室乎？矧顾命原非边将所得乎？

尚书梅陶尝谓人曰：陶公机神朗鉴似魏武，忠顺勤劳似孔明。苏子瞻亦云：陶公忠义大节，横秋霜而贯白日。八翅登天门之梦，出自谗慝之口，良由士行平贼，未数年溘先朝露，二子皆死王事。当国者或假史文巧相诬耳。之二说者，士行之定评，而谓史可尽信与？厥后族孙渊明，犹以先世尝为晋室宰辅，耻复屈身后代，其忠义之气，历久弥彰，殆非史官所得而污蔑者与？

魏风陈风论

何钰麟

尝读《桧风·羔裘》逍遥之诗，《曹风·蜉蝣》掘阅之句，未尝不叹奢者之取立亡，而俭者之可以保也。

及读《魏风》履霜《沮洳》之篇，一则曰刺褊，再则曰刺俭，岂奢足取亡而俭亦不可保与？特视其俭之宜耳。宜俭而俭，则节用者可以免《大东》杼柚之空。不宜俭而俭，则短丧者不复见棘人衣冠之素也。况《魏·园桃》有勿思之叹，亩桑兴与还之歌。其国削小，又不能以德用民，使久役之人，陟岵屺而望父母，徒然一俭，亦复何裨？况俭不中礼则必吝，吝则必贪，此《伐檀》《硕鼠》之诗所由作也。嗟乎！候人寄慨于濡咮，曹之所以亡也。公刘致美于彻田，周之所以兴也。乃魏以褊啬之故，致在位者既无功而素食，复重敛以朘民，虽欲不为晋所灭也，必不可得。虽然，俭而固，究胜乎奢而淫也。故魏诗七而淫无一焉，以视乎陈诗十而淫有六者，不差强人意乎？

夫陈自《衡门》《墓门》《防有鹊巢》《东门之池》四诗外，类皆君淫于上，民应于下，其卑风流俗，至于不可遏者。幽公有宛邱之汤，而子仲之子婆娑于东门之枌矣。灵公有株林之游，而有美一人，涕泗于彼泽之陂矣。月出之佼人可好，星煌之昏期以愆。此其恣淫，殆有甚于《东方之日》，其废礼岂仅比于俟我于著哉？

乃先儒谓陈之淫荡，实由于太姬之好巫。愚窃以为不然，考武王五男二女，男则成王、邘、晋、应、韩也，而女则一为太姬，一为王姬。王姬嫁于齐，《彼秾》之诗所谓平王之孙是也。如谓太姬好巫，而陈俗荡，则王姬不好巫而齐俗亦污，何故？盖陈俗之所以淫荡者，大抵在不能以俭率民。不俭则女鲜要襋之劳，士无莫蕢之采。久逸必淫，事所必至，又何怪乎？太姬之好巫哉？故君子谓与其为《陈风》之奢而淫，无宁为《魏风》之俭而固。

前后文十篇，为余畏友何梅阁十七八岁时，温经便于记诵之作，余见之久矣。蔡传参解直是仲默《功臣诗论》，贯串三百十一篇，杀费苦心，卓有见地。今年春，刘子笃斋游其门，于败纸中捡出，奉若至宝，而梅阁竟弃之如遗。余与笃斋为之誊清，梅阁犹不欲留稿，谓幼年所为，徒贻人笑柄耳。余曰：嘉惠后学无穷，何笑之有？笃斋乃固请而存之。癸未三月，鲲南彭瀚识。

齐风唐风论

何钰麟

甚矣，圣人之贱霸也，吾今读《齐风》《唐风》，而知其意矣。夫《春秋》一书，载桓文之事甚详，而《诗》独无有焉，岂当桓文之时而无《诗》乎？殆有之而吾夫子删之耳。

如谓当桓文之时而无《诗》也，则齐、晋之学士大夫、里巷士庶，类皆有忠君爱国之忱，其发于咨嗟叹赏之余者，往往言婉而多讽。如齐哀荒淫游畋，则有《鸡鸣》及《还》以刺之。齐襄禽兽之行，而更好田猎，则有《南山》《载驱》及《甫田》《卢令》以刺之。而晋则若僖，若昭，若武，若献诸君，俭不中礼者，则讽以《蟋蟀》焉。不能修道养叛贻祸者，则讽以《山枢》《扬水》《椒聊》《鸨羽》焉。以孽夺宗、寡特弃贤者，则讽以《无衣》《杕杜》焉。好战听谗者，则讽以《葛生》《采苓》焉。或隐谕，或显谏，莫不慷慨以抒词，岂霸若桓文，反无一语及之邪？则当时未必无诗明矣。然则既有其诗，而夫子删之，何邪？盖王降而霸桓，文实倡之也。论其外则尊王攘夷，使天下犹戴共主。疑若功之首，审其内则虚仁假义，率后世而忘本真，实为罪之魁。刺之者或不足以服其心，而美之者尤不知所以诛其意。亦惟置之不议不论，使人知霸之为霸，为君子之所不屑言者而已矣。

且不独桓文为然也，楚庄创霸，《国》无其风。宋襄争盟，《颂》无其语。秦穆为诸侯长，而《黄鸟》一诗，仅刺其乱命，而惜三良，生前之行事无闻焉。亦犹乎《木瓜》善卫人之情，《我送舅氏》著康公之孝。初无关于桓文之行事耳。或曰：霸者之诗不足录。既得闻命矣，独计于桧伤天下之无王，亦于曹伤天下之无霸。《下泉》之诗，何以继《匪风》而录焉。曰：圣人于此，有深痛矣。

当曹共之时，晋文霸矣，襄王命为侯伯，不能正曹，反挟私憾执其君，分其地，去齐桓之救卫城邢远矣。此曹人所以忾寤叹而念周京也。圣人录之，实伤夫王者不作，霸风愈降，而靡所底止也，岂真有慨然于霸之不可无也哉？是故于《春秋》则详之，而于《风》《雅》则删之。盖史以纪事，不妨存其文。诗以陈风，何足污其简？信乎子舆氏之言，仲尼之徒，无道桓文之事者。

孟荀列传论

何钰麟

昔龙门《史记》作《孟轲荀卿列传》，自是以来，汉、魏、晋、隋学者皆以孟、荀并称。韩退之唐代大儒也，其《进学解》亦曰：孟轲好辨，孔道以明，荀卿守正，大论是宏。是二儒者吐辞为经，举足为法，绝类离群，优入圣域，是以孟、荀皆为圣人之徒也。

厥后读《荀子篇》云：孟子醇乎醇者也，荀与杨大醇而小疵，虽微分轩轾，而犹以为大醇。作《原道篇》时，大抵暮年矣。其序道统，则曰：孔子传之孟轲，轲之死不得传焉，荀与杨也，择焉而不精，语焉而不详，始知荀非孟比矣。夫人之学问识见，与年俱进，如人入海，一入一深，所谓如是者亦有年。然后识古书之正伪，与虽正而不至焉者，昭昭乎黑白分矣，殆以是欤？

迨苏子瞻作《荀卿论》，谓李斯事荀卿，既而焚灭其书，尽废先王之法，皆由于荀卿之高谈异论，有以激之。又曰：孔孟之言，无以异也，后世卒无有及者。由是孟、荀之案乃定。特见卓识，端赖斯人，然则知人论世，夫岂易言哉？或曰：太史公贯穿经传，综核古今，何其识反不及韩、苏、班氏，讥其是非，颇谬于圣人，不其然乎？而不知非也。盖吾尝思之，古人著书立说，皆有深意存焉，合传之体，有以其人之行事正同，而连类及之者，亦有以其人之行事迥异，而举以反形者，其例固不一也。如班孟坚《汉书》作《霍光金日磾传》，相反而形者也。霍纳女于孝宣，金不肯纳女于孝武。霍党恶以护其妻，金见机而杀其子。一则以骄奢灭族，一则以谦让全宗。参观互证，其得失可不言而喻也。其于苏武、李陵亦然。

夫荀卿虽明王道，述礼乐，而实攻孟者也。孟子曰性善，而荀卿则曰性恶。孟子曰尧舜性之也，而荀卿则曰桀纣性也，尧舜伪也。且曰乱天下者，子思、孟轲也。明明树帜为敌，以相矛盾，良史如龙门，夫岂不知，安知夫合而传之也，不因其相反，欲以此之是而形彼之非乎？又安知夫班氏传霍、金、苏、李，不仿太史公之意化而裁之者乎？且柯氏维骐有言：太史公序传，虽举孟、荀并论，然其传中所叙，推尊孟子与孔子同，而断其异于谈说之士阿世取荣者。

至叙荀卿，乃以继于谈说之士之后，且抑之曰：齐襄王时，荀卿最为老师，则孟、荀优劣较然矣。由此观之，则太史之微辞奥旨，更非班孟坚之所能及也。呜呼！儒者读书论古，不穷究考索而妄肆讥评，不惟厚诬古人，亦何自愚其心目哉？

京房论

何钰麟

昔京房学《易》于焦延寿，延寿曰：得吾道而杀身者，京房也。世遂谓京房之死，死于《易》。夫房当石显专权，进谏汉元，致犯奸人之忌以死耳。今考其言，始则泛论古今，而后渐及于左右用事之臣，从容不迫，无非冀幸君之一悟也。初非若郭璞谏王敦，不论理只言数，致有命尽今日之语，贻人口实也。

谁谓房之死死于《易》哉？且夫《易》之道不外理数而已，精于数者，自工于趋避，如邵子老于安乐窝，虽洛阳鹃啼，南人为相，亦且奈之何哉？朱子欲上封事，筮得遁卦中止，遂号遁翁。之二子者，皆明于《易》数以全身者也。然而君子言理不言数，故程子与邵子交最密，终不与言学《易》。曰：邵子自有邵子之《易》，吾自有吾之《易》。即邵子亦尝有诗云：不怕二程夫子笑，要做神仙也不难。非数不胜理之明征哉？

若夫理非独《易》为然也，《诗》《书》《礼》《乐》《春秋》，孰非明理之书哉？明哲保身者理也，而杀身成仁者谁独非理乎？所处之势不同，故所行之事各异，其同归于道也，一而已矣。京房当晦盲否塞之秋，硕果仅存，正当为苋陆之夬，虽大君无武人之断，小人终柔道之牵，而王臣蹇蹇，匪躬之故，理则然也。虽然，内文明而外柔顺，以蒙大难，文王以之，利艰贞晦，其明也。内难而能正其志，箕子以之，京房当明夷之时，不曰括囊无咎，而欲纳约自牖，即谓其死于不知《易》也，亦无不可

论粤西贼情兵事始末咸丰四年正月 严正基

粤西幅员辽阔，纵横三四千里，巉岩丛矗，林箐幽邃，所在最易藏奸。

通计土著十之三四，柳、庆、桂、平四郡，楚南垦荒贸易者多，粤东间有民人，亦略相等，闽省差少。梧、浔、南、镇、思、郁等府州，半与东境毗连，垦荒贸易，占籍者多系东人，闽人间亦有之。土著则妇女耕作，男子游手好闲，因而各省流寓奸民，遇事盘剥取利，相率吃喝嫖赌，引诱为非，劫略伏莽之风，匪伊朝夕。东匪号称广马，土著则统名土马，土马易于制服，广马奸黠异常，事败则窜越东境，难于踩缉。楚、闽二省游匪，亦不能及。土匪中杂有二三广马，即难擒拿扑灭。此西省平日大凡。

自英夷滋事以来，粤东水陆撤勇，逸盗或潜入梧、浔江面行劫，或迭出南、太边境掳掠，勾结本省土匪及各省游匪，水陆横行，势渐鸱张。至道光二十七、八年间，楚匪之雷再浩、李（元）〔沅〕发，两次阑入粤境。土匪陈亚溃等相继滋事，小之开角打单，大之攻城劫狱，浸成燎原之势。此一变也。

迨三十年十月，洪秀全以东人起事金田，窜扰浔、柳二府，陷永安，攻桂林，长驱而北，蹂躏半天下 又林十八一股，起事

粤东信宜，率贼众围攻西省郁林，被西省兵练击退回东，旋经东省歼灭。此二股均崇奉邪苏，遇庙概行焚毁。淫掠尚其余事，党坚交秘，觊觎非常，其众聚而不散，其用兵诡谲多端，非土匪伎俩可比，皆所谓会匪也。土匪则仅拜台结会，旗帜各编堂名，每堂少者数百千人，多者三四千人不等，合数堂便已逾万。或分或合，专以淫掠勒赎为事。通省无虑数十起，饥则蜂起，饱则远扬。起号起马，散号散马，有自行旋起旋散者，有兵勇击败而散、兵勇撤而复起者。有此股甫经扑灭，彼股又另起事者。几于无地无之，无时无之。此变之大者也。

又三十年九、十月后，粤西因通省群盗如毛，郑梦翁始调楚南、粤东兵协剿。李石翁视师，周敬翁相继抚粤，又续调滇、黔兵丁，并募潮勇来西。时届咸丰元年春仲，适洪逆凶氛益炽，向帅被挫，遂专注洪逆一股。既而赛相视师，添调外省兵勇云集，仍以全力专办洪逆。其南太最巨之贼，则派劳辛翁率壮攻击。柳、浔、梧、郁之贼，则派本省弁兵，协同有司，督带民练剿办。虽不及洪逆凶狡，而贼众实数倍洪逆，加以波山艇匪又自粤东阑入，梧、浔江面及各府县小股贼匪，均责成地方守令，督饬壮练自办。辛翁用计擒斩贼魁颜品瑶，以盈万方张之众，渐行解散。分派壮练，跟踪追剿，溃入东境者，复咨会东省道将合攻，大局甫定。越二年二月，洪逆自永安溃出，赛相檄催赴省援剿，致余孽犹未尽除，嗣洪逆全股窜楚，前后来西各省兵勇，亦全数追剿出省，境内未平之贼，并逸盗伏匪生心，依然肆行滋扰。此又一变也。

波山艇匪，自元年十月窜西，其初止贼船八只，以洪逆尚踞永安，大军环攻未撤，乘间勾引土匪、散勇，附从日繁，众至三四千人，船至千余只之多，横行左右江面上下。攻陷贵县，围困浔郡，延至二年七月，本省兵壮纠约东省兵壮，合势驱逐，至梧州城外大江，为绅帅一举歼灭。复将著名之降盗张钊擒斩，江面为之一清。会绅帅视师赴楚，沿江兵勇全撤，张钊余党以复仇为名，又渐次勾结生事。南、太、柳、庆伏而未尽之贼，郁、浔境内未平之匪，或于东省邀人助乱，或于本省纠众肆劫，渐及桂平边境州县。二年冬季，派兵练四出攻击，至三年三月，旋灭旋起，加以楚、鄂、九江撤回之勇，腰间金尽，所至陆续入伙，通省数千里上下，又无处不时有警报，会城亦尝戒严。兴安之变，通县举、贡、生、监，拜台结会为逆，于五月攻陷兴安，分众袭攻会城，幸有畏罪悔祸者，暗通被困未死之蔡令，集众反正，擒斩首逆寝事，不然，桂林几不能保。此一奇变也。

粤西被贼州县，均有团练，若郁林州及所属博白，并南郡之横州、浔郡之贵县，尤为劲勇著声。次则北流桂平、平南、宾州、河池、贺县等十数州县，亦称敢战，贼非大队不敢入境。而其风气之最不足恃者，则莫若南宁之宣化一县，地大人繁，内有守正急公者，即有豢贼营利及出境行劫者，阳托团练之名，阴行鬼蜮之私，为本邑正经团练绅民所不齿。有司利其在境无事，兼以人众且悍，不敢轻动，因即以团练虚相羁縻。辛翁驻军南郡，此辈窥我壮练强盛，稍为敛迹听命，及带壮赴援桂林，逸匪复出劫掠，又复为之囊橐收纳。近知经费支绌，有司不能雇壮，公然修怨邻村，与本境团练为仇，因而向不为非村众。惧无官府之助，其恶少逐渐拜台结会，殷室之被邻匪抢掠者，亦即听从出村报复。自思、太以及柳、庆，均已渐染此风。又柳、庆上年旱蝗过重，一二不逞之徒倡乱，饥民随从抢夺，比比而然。此又一奇变也。

粤西额征钱粮，通计四十万有零。本省绿营兵饷，岁需四十二万余两，既属不敷，其关料杂税，不及十万余两，支给文武员弁廉俸及祭祀、书役、工食等项，亦多短缺。常年征收足额，尚须外拨接济，近年盗贼充斥，人民离散，除蠲缓外，完纳不过十之五六，愈形不足。前此郑梦翁抚粤，因国帑日绌，惮于奏拨，兵事初兴，为因循敷衍之计。李石翁亦不敢多有调拨。周敬翁入向提帅之言，多调外省兵丁，大请饷项，思为一举荡平之计。赛相来西视师，复添调外省兵丁，广募粤东壮勇，专注洪逆一股，源源请拨兵饷，急图歼除此起，觊撤回京。所用乌、向二帅，均属可倚立功，但惑于左右之言，驾驭乖宜，使乌、向同事不协，均不能尽其用，以致洪逆溃围而出，难以收拾。维时洪逆虽已离粤，群盗尚多啸聚，已拨未到之饷，胥为楚省截留，备支入楚大营。洪逆屯聚道州数月，间道距桂林不三日程，会城仍未解严，省内外防剿兵壮乡练，均不敢撤，需费浩繁，司道库贮为之一空。嗣后以楚吴贼盛用巨，又不敢昌言请拨，间有拨饷到省，随到随罄，驯至今日，即本省兵饷，并不能按季散放，而通省贼繁备多，挹注无术，顾此失彼，遂成不可救药之势。此又一大变也。

粤西地瘠缺累，州县不能赡给者十常三四，而省会大吏，向有关料盈余津贴，不至督责州县供应，是以簠簋不饬之习，在于上游尚少，因是州县亦不敢明目张胆婪索。较之楚省稍优而吏治之不饬，则由于十数年前，院司以文酒征逐为豪举，于地方惩办盗案之员，目为俗吏，或加之黜斥，有司讳匿不报，遂至盗势益张，涓涓不塞，终成江河，厥有由来。近年左右江面不靖，关税短缺，大吏亦不能自给，州县疲惫日甚。军兴时，借公济公，尚可支持，今请领无款支发，盗多民困，征粮则民多抗欠，失事则官即逮褫。州县不愿到任视事，每下檄严催，始行登程，民不聊生，官亦不聊生，可为太息。安得耐苦耐劳，视民如子，若于清端公治罗城者，参布州县，卖刀买犊，卖剑买牛，庶其有豸。此又一变也。

西省办理团练，各府、厅、州、县城内，均设总局，其四乡亦有分局，省会则又另设总局，均遴选绅士，以司其事。省局则又受通省总局之成而加重焉，大约得公正廉干者专司局务，于讲求、结团、集赀之事必周，于胪举、出力、请奖之人必允。议事而众乐从，赏一人而众知劝。求之省内外局绅中殊不乏人，而亦有私其亲属戚友，不必尽以劳绩得官，既为人所訾议，且有持吏长短以爱憎为是非，尤为公论不与者。此又一变也。

龙别论

张瓒昭

龙之为神也，兼三才。在天为东方宿，所谓龙见而雩。龙，宋郑之星也，在地为山，如龙门、龙阜、黄龙、九龙之类。在人为太昊之官，及舜时作纳言者。又有姓焉，如孟子亟称古贤人龙子者是。

若是者尚未必皆享庙祀，受封爵，而何有于水物？向使水物而得为神，克有享受，则所谓鼋、鼍、蛟者，与龙俱生，岂不先得之乎？即曰物莫知于龙，龙，物之最灵者，宜其有是。是则麟、凤、龟三物，与龙并称灵者，不亦先有之乎？何以求之今，而今不乏鼋、鼍、蛟，未闻其有是也。更何以稽之于古，而古不乏麟、凤、龟，亦未闻其有是也。是可知庙祀封爵之龙，非水物之龙也明矣。

然则求雨必诣龙王庙，何也？曰：此非有定制也，古之求雨者，经传历有明文，如暴尪、暴巫之类，不一而足。未闻及于龙，诚以龙之为物，与雷并属震，为观震象，而以雷类推龙，则可以知之矣。顾以雷之行雨，有声有光，彰彰在人耳目，人尚不立庙祀之，请加封号，岂非以雨由天泽，雷能行之，不能主之，求无应也。而况今人并不见龙如雷行雨之显迹，徒凭俗说妄谈，又奚足据也？夫独不闻雷为蛰物，龙亦蛰物乎？如使雨由龙行，则夫雨水之为气，宜在惊蛰后矣。蛰谁惊？雷惊之也，今雨水乃在惊蛰前，是龙须雷雨而惊起。雷雨不须龙而滂沱也，然则诣龙王求雨往往有验，何也？曰求雨而验，凡庙皆然，岂特龙王？世无求雨必不得雨之神庙，亦岂有求雨必得雨之龙王？求之有验，龙王庙与凡庙等。

不独求雨为然，此盖其人之精诚感召，不在夫神之职有专司也。予昔在长沙，见市有迎龙王庙神者，刻一角而髯，张牙而出目者以为像。因谓其人曰：尔市亦有马王庙，其庙神胡不塑一蹄而鬣、峻耳而拳毛者，而必冠冕黼黻乎？岂不闻龙、马一类，于马王之马，不敢作牛马之马，于龙王之龙，漫指为蛟龙之龙乎？盖俗情之不能类推如是夫，夫如是，安知其非龙见而雩之龙，曰龙见而雩之语，为后人龙能行雨之讹所由起，其实谓龙星见则春及，惟雨在所必祷，正如朔气惟立春，则中气必属雨水，非谓祷雨以龙为期也。况夫龙见之龙，东方苍龙宿，天神之尊者，与玄武一类。今人祀玄武，一曰真武，在南则称祖师，在北则称元帝，岂其于苍龙之尊仅称龙王乎？我知其必不然也，故不若以龙王为太昊之龙师，为得其正也。

要之鬼神之获禋祀，与人民之享土利相因，自东周以来，不可深究，所可知者，人民奉官师，尚不敢望恩施，人民事鬼神，实切以求庇佑。若龙师之为官师也，业已创建非常，恩施万世，岂龙师之为鬼神也，而不恢宏显泽，庇佑一方？故吾发此以释邑人士疑，实预卜此以为邑人士庆。

王祥论

唐纯

予读太史公《汲黯传》，而叹长孺之风节何矫矫也。武安侯田蚡以太后弟为丞相，长孺不拜而揖之。大将军青天子所贵重，又卫皇后弟也，而长孺与之亢礼。其不畏强御若此，是故武帝称为社稷臣，淮南王欲反，亦惮其守节死义，而不敢发也。亮哉！长孺之贤，未见有继之者。

及考太尉王祥之事，又若有长孺之风焉。在魏主奂之世，抚军大将军炎嗣晋王位，荀觊往谒，以为宜拜，而祥谓以天子之三公拜人，是损魏朝之望也，独以长揖为礼，此与长孺之见大将军初何以异。当是时，魏柄下移，晋威上逼，有祥之风节出而持之，庶几孔父正色，不容弑夺之谋，平仲立朝，克纾盗齐之难，斯真社稷臣，足以动晋王之顾忌，而抑其邪心矣。曾几何时？晋武受禅，祥以太尉加太保进爵为公，而觍然受之，此又何说邪？考其时祥年已八十矣，曩刺史吕虔檄为别驾，以年垂耳顺，固辞不受，岂下僚末秩，不足动念，尊官厚爵，未能忘情邪？向日之高节安在也？噫嘻！我知之矣，彼见晋文之爵晋王也，何曾尽敬，高柔、郑冲犹揖晋文，不之罪，意晋武当与文同，故不复徇众而小为立异，以自鸣其高焉。

今夫深情厚貌之人，其矫饰也最工，心则以依阿为心，容则以矜严为容。抗其节于礼文之末，以示不为党附，实则党附之尤者也。观冯道当周太祖之拜，晏然受之，似高于祥，然道事周为太师，与祥事晋为太保等，道岂与周祖抗者？毋亦师祥之意而用之耳。

史称祥性至孝，夫求忠臣者必于孝子之门，祥不肯以魏之三公苟屈于人，其究也坐视丧君亡国，而未尝以屑意，忠孝之道，岂竟有异用哉？

朋党论

唐纯

朋党非徒朝廷为然也，草野亦然。朝廷朋党见于东汉之末，实起于殷季，《泰誓》所谓朋家作仇，胁权相灭是也。后世党人多君子，其目人以党者皆小人，历代为患，史志备矣。

若夫草野之人，权不足以相统，力不足以相服，宜无所谓朋党者。乃吾揆之于古，验之于耳目闻见之际，而知朋党之为患，草野与朝廷不异也。盖其初起也，亦往来酬酢之大凡，而其后不能无相争，相争也，不能无相助，相助也，不能无相胜，至于相胜而朋党之势成矣。试观庠序之间，学术之异，尚意见之各出，人持一说，至于相争相助而求以相胜。乡党之间，贫穷不相侔，求乞不相及，人护所昵，至于相争相助而亦期相胜，盖莫不然也。

大抵朋党之起自于上者，患在朝廷，而其祸遍于天下。自于下者，患在草野，而其祸延于国家。故学士大夫之流，朋徒交结，议论抑扬，不以平心处之，遂使彼此衅隙，纷然而起。又如好事之徒，托迹城市，干求令长，与胥吏为伍，招集俦侣，肆武断于乡曲。又如鄙野椎鲁之夫，相偕作息，本属固常，而常有桀黠者在其间，为之倡而主持之，小之酿斗讼之繁，大之致揭竿而起，其端甚微，其流甚著，遂使醇源就涸，骇浪横奔，人心以是日漓，风俗由兹大败，此世道之忧也。而世之君子，率忽略视之。以为庠序之隙，止于学士大夫尔。好事者之武断，止于乡曲尔。桀黠者之启事端，有司者治之尔。是皆不足以为忧。呜乎！其亦不思而已矣，昔庾峻见风俗之趣竞，为之慨曰：始于匹夫，行义不敦。终于皇舆，为之败绩。此所谓识微见远者也。

观东汉党祸之萌，由甘陵南北部之讥议。方其时，以为草野之细故耳，及转相牵引，国之贤人君子，相随并尽，而汉祚以倾。朋党之患，岂必起于朝廷而后能为祸乎?《书》曰：无偏无党，王道荡荡。无党无偏，王道平平。圣人定天下以中正，而偏陂反侧之私自绝。有心世道者，尚持之以中正而维天下之风俗哉?

东汉之末，赵宋中叶，明季东林、复社皆是也。小人不足责矣，自命为圣为贤者，亦复尔尔。孔子于乡人皆好皆恶，训一“察”字。孟子辩陈仲子之廉、匡章之不孝，以理胜不以气比，则朋党之祸息矣，至圣大贤所以为万世师也。此文为人心风俗起见，极说得有关系，故附及所见。荫圃赵亨钤识。

湖南文征　卷三十

论七

专重制钱以收利权论

成毅

制国之用，取于民者曰米粟，曰布帛，曰力役。制于上者曰币，曰钞，曰钱。币之用古矣，钞行于元而废于明，至于国朝，利权之操，以酌盈虚而节轻重者，惟钱法一事。炉有常局，铸有定额，工本重而制造精。百余年来，利用流行，公私交赖，可谓酌古今而独得其平者。然窃以为，夺钱之权，而阴为大贾、富商、豪猾所据，而公私因之有未利者，其弊在于用银太重，而银价由此日昂，钱价由此日贱。请得而详言之：

以钱赋民始于唐，以银赋民始于明，其时本色尚多，折色尚少，而官俸、兵食，本色、折色，时相变通。至于明代中叶，条鞭九厘之法行，而一切用银，本朝因之，银之行使，遂以益广。然考明代用钱之初，每钱七百，抵银一两，定课收税，每银一分，折钱七文。厥后私铸恶滥，有以十三四文当银一分，十六七文当银一分者。当时乃议以制钱与前代杂钱并行，上品仍以七文当银一分，余视钱高下为三等。下者二十一文当银一分，然则制钱七文当银一分，实为轻重相权之准。

本朝百余年来，纹银、制钱两相为准，大约不过七八文当银一分，渐乃加至十文，较之往时，已觉钱贱，然而近日银价则有两倍于旧时者。或议以为钱多之故，不知铸局不增额，铸未溢钱何以多，且钱多而日用百物未尝增价，所独贵者，惟有银耳，则非患钱之多，而实患银之少，盖可知矣。且银之所以日益少者，其故易明。

五金之质，金为上，银次之，铜次之，锡次之，铁为下。地产之多寡，与人用之贵贱大约相等。银之行用日广，煎炼日多，地宝之泄日甚，则矿砂有时或竭。其故一也。银便轻赍，箧笥可藏，万里之程，随携而往，日甚一日，散而难聚。其故二也。旧家巨室，便于盖藏，积钱千缗，便已盈屋，藏银万镒，不过一匮，黠者以为居奇之计，愚者以为子孙之贻，入而不出，日积一日。其故三也。中国多贵异物，奇淫之产，购自外洋，盈千整万，去而不来。其故四也。知斯四者之故，而望银之复多，其可得乎？

又银之产于中土者绝少，况闻近时煎银之业，多在交南，又番舶银元市易闽粤，是皆以域外无用之物，而耗中国日用之资，其得与失尤所宜熟计者也。知其必不能多，而行用之权不为变通，是犹山居索鱼，水处索雉，非不勉强致之，而劳费甚矣。夫银之多寡有无，既专操之商贾豪猾，于国与民已属大病，而况并操之域外之黠侩也。则凡所以糜中国之人民者，更无烦他术矣。夫银之所以可贵，亦惟公私并用，上下交需，民间非此不足以完赋，朝廷非此不足以给禄，势处独尊，物无可比，故虽制钱出自府藏，米粟切于日用，而缓急所在，贵贱悬殊，此由势有偏重，成于积久故耳。于此而不早为之计，夺其偏重之权，散其积久之势，而欲贵者之不更贵，寡者之不更寡，其可得乎？

今有人鸡、豚、鱼、鳖已盈于庖，客弗飨也，曰必往索乎邻人之脯，则脯虽可得，而鸡、豚、鱼、鳖皆弃物矣，而况其索之愈急，则其珍愈甚也。故窃以为变通之计，莫如公私上下，百货价值，一切以钱为估。何则？钱者，人君所以持物之平，而御轻重者也。以钱御物，则其权在钱，以银御物，则钱亦一物耳，所谓利权倒置者也。假如一切以钱为估，则百物皆出于民，钱币独操于官。如唐刘秩所谓物重钱轻，轻则敛之使少。物轻钱重，重则散之使多。消息盈虚，操纵在手，此诚上下交利者也。

夫权者上之所必操，利者众之所共逐。以众所共逐之物，而朝廷顾不自操其权，坐令黠者得以居奇，而朝廷与民，交受其困，是乌可不急图之也？

专重制钱论二

成毅

或曰：专用制钱，取利权还之朝廷，其说似矣，未审见在官俸、兵饷，关市各税原额定银，何以处之？曰：国家定赋之初，原系以银抵钱，故今尚曰钱粮。于今即可以钱为赋，但照原定准银之数，每银若干，抵钱若干，固非有损于国，而官民并利。何则？近年银价昂贵，每届征收钱粮，计银折钱，比照先年银价，已及三倍，而官复以钱易银，倾泻火耗，繁难特甚。若径以钱输饷，每银一两，作为制钱一千，用甘肃近例，或七八百文，用初定旧例，官收此钱，贮于司道及州县各库，本地俸工兵食，即行坐支，彼此相当，并无增减，转移之间，只在朝廷一指挥耳。

或谓库贮见有积银，何以处之？曰：此但先尽见存银数一切支放，叩作几成银钱搭放。前代钞钱，本色并行之时，原系随时增损，此可无烦过计者也。或谓坐支之外，尚有拨解，存留之外，尚有起运，钱重难于远行，何以处之？是宜略仿交子、会子之法，小为变易，假如商人贸易，入钱本地，置货他乡，千里以外，并可拨兑。即如米麦盐铁，较之钱文多少轻重，不啻倍蓰，然而千里万里皆可转致，前代纳粟边陲，中盐内地，成法具在，未闻隔碍。谋国之术，贵于经久，无庸专恃其便利也。或谓一切用钱，则钱必骤贵，何以处之？不知钱出于官，但资鼓铸，铜价之贱，去银百倍，假如原额铜价定银几两，今只叩作制钱几千，但令各局采铜添铸，而听商民自以百货易钱，赴局兑买。货价并照时值，钱文听其装运，不过数月，可以随处流行，惟须严禁行用私钱。

盖近日钱文恶滥，实由奸民销镕改铸，及铸局工匠偷减正额钱本，搭铸夹砂小钱，民间谓之毛钱，以致国朝旧铸青黄大钱日见其少，禁之之法奈何？曰：市肆交易，以银准钱，银辨成色，严于分厘。钱杂毛小，不计斤两，钱贱而轻，职此之故，今但限以制钱，一定分两，纳税充饷，并用足陌，不得搀入小钱一文。其民间日用行使，并依足陌斤两计算，或有旧用小钱，定作折二折三，抵准制钱叩算。但定章程，不须抑勒，私铸无利，而销镕制钱之弊，不禁而自息矣。

或曰：更铸大钱，似于交子、会子为胜，其说何如？窃考前代大钱，自周以来，至于明世，率皆行之。折二折三，当十当五，轻重敛散，子母相依，行之一时，亦足获效。然事涉更张，法愈繁密，其事为难。仿古交子、会子之法，只是商贾钱票，官司其事，但有会计而无转移，公私轻赍，此为最便。大抵讲求利市，宜以商人为师，悬吾所有，而令人自趋之。常无折阅，操管榷者心知其意，宜无不可变而通之，以尽利也。

道光庚子以后，银价日贵，司农度支亦绌。时余侨寓岳阳，与老友忍斋纵谭近事，忍斋遂出《酌变钱法》暨《专重制钱》诸论相示，盖与友人往复筹画，而创为斯论者。忍斋精思远识，虑事详善，无如积重难返，亦属空言之无补矣。然存是说也，尚所望于烛计得失，权衡轻重，长谋审处之当道君子。丙午仲秋，诸文炳识。

范增论

魏承柷

项羽之不有天下，范增为之也。羽之救赵破秦军也，既已威慑群雄，莫敢仰视矣。及入咸阳，杀子婴，沛公顿首称臣，当此之时，虽微韩生，何难改正朔，易服色，南面而帝天下？然而未遑者，则以怀王在也。怀王项氏所立也，怀王牧羊竖子耳。伐无道秦何患无名，秦非楚一姓私仇，何必立怀王？甚矣，增之无谋也。

增说项梁曰：陈胜败固当，胜不立楚，后而自立，其势不长。梁乃求楚怀王孙心立为楚怀王。不知增之意姑以从民望耶？将终奉之邪？将终奉之，则鸿门会上不应有夺将军天下必沛公之语。姑以从民望邪？是怀王为项氏君，犹匏系也。匏系之君，无关轻重，徒以掣其肘，使授柄沛公，以分其权而树之敌。乃忿而图之江中，贾篡弑之名以自贼，何如其弗立也。甚矣，增之无谋也。

夫陈胜之不克终，以苛察少恩，诸将不亲附故也，非不立楚后也。沛公之卒有天下，以除秦苛政，得父老心，且上无义帝故也。使向增不扳立义帝，羽之力自足破秦。沛公既已附楚，则夫沛公者，羽之臣子也，虽先入关，必不敢背羽自利，虽自利，羽必能取之。且使羽灭秦，即帝关中，裂天下分王侯，赏罚之权在握，君臣之分已定，非大无道为亡秦之续，沛公必不敢起而兴问罪之师，且使羽即率其所行，或一再传而亡，或及身而败，亦赫然为一代生民主。沛公即代楚，后世必有以篡弑之名加之者，孰与乌江授首，霸业灰烬也哉？甚矣，增之无谋也。

增之为羽谋者，杀卿子冠军也，杀王子婴也，杀沛公也，杀义帝也，杀降卒也，未闻有一言及仁义为羽计久大者。然则增一狙狯无行之忍人也，羽不用增，其犹后亡与？

保甲论

张声玠

今之州县各乡村，或有保长，或有甲长，或有牌头，或并有之，或分有之，分不相统属，事各有专主，盖名存而实灭也久矣。

昔年予莅元氏，差徭讼狱之事，则地方甲长任之，催粮之事，则保长任之，喻以弭盗安民之法，皆懵然无所应对，其意若曰，是非我之责也。然则又岂特实之灭已哉？盖保甲之名，亦相率而就灭矣。窃惟保甲不兴，则有民者如无民，以民之气散而不聚也，以民之心异而不同也，以民之力分而不合也，于是守望不能相助，而外之盗贼易入，奸宄各自为谋，而内之盗贼易藏，地方多事，比比然矣。

且也问山川之险易，村居之疏密，不知何以筹战御。问水土之刚柔，物产之盈绌，不知何以治田赋。问户口之多寡，居民之贫富，不知何以恤灾荒。州县官所必不获已者，犹不能为，又何论于劳民劝相，读法讲论，按册而稽，责人而治，赖之以移风易俗者乎？则甚矣，保甲之不可废也，然其法前贤论之详矣，大要不外得其人则治，不得其人则乱二语。而人人明其理，人人难其事者，何哉？盖王道无近功，贤能不易得，以为门牌册籍之费，酒食车马之扰，吏胥缘以为奸，什伍患其连坐，因是扞格而不行者犹浅也。

今之保正、甲长，皆乡里卑贱无行者为之，或周流门户以供役，日逐营营之利，供给官长，敛派乡愚，而因以自肥于中，如牙行经纪徒耳。其职污下，相沿已久。如择士之贤者、能者为之，必有所不屑。即使隆其礼，重其事，或有应者，而其乡之民必群起笑之，曰：是诗礼之士，而何降志辱身，甘就此保长、甲长之选也？于是不屑之心又逼之使起。然则保甲之法终不可行乎？愚以为宜行保甲之实，而不必用保甲之名，更保甲之名，而暗以济保甲之实。择绅士之贤者、能者，优其礼貌，或曰一乡之董事，或曰五家之总理，而保长、甲长诸人，即令董事、总理。择乡中之纯朴正直者，各举以应役，使士不失其分，役仍供其常，节目分明，条理不紊，以次渐兴，庶其可矣。

至若扰民之议，在王文成当日固已不免，善乎张惠言氏之言曰：一在蠲本户之费，一在杜滋扰之源。当今之务，二者其要也。谨以管见书其事宜于左。

银币论一

马敬之

天下之大害曰饥寒，天下之大利曰菽粟，曰布帛。菽粟极圭撮，布帛极分寸，权之以钱币，交易始偕。银币者，权钱币者也。

利宜与钱分行。

明中叶，国赋颛征银，迄本朝，银币遂盛，乾隆、嘉庆间，隩区广郡，婚丧之酬佽，宾友之惠诒，匪钱币意若嗛。天下之币，乃一出于银，乃以钱权银，今置数者其前，银所欲也，钱所欲也，菽粟布帛所欲也，然菽粟布帛提挈蹇顿，即以今制钱准之。缗若重七斤，一人所胜，率二十缗而止，或数百缗，数千缗，则非舟车运般，未由致远。奔走天下，惟银币乎？银币生，钱币病，菽粟布帛死，资累巨亿，缄束扃鐍，囊橐筐箧焉。便官吏，便商贾，便盗贼。官吏、商贾、盗贼便，吾农吾氓弥甚不便？今夫不便而辗转，而已得银，犹可说也。

坑冶之设，向兼采银，厥今永行禁闭。市舶之集，向资来银，厥今反虞透漏。禁闭严，银源绝，透漏多，银流决，而又钗钏销镕去其一，杯箸镶嵌去其一，椎箔研泥及杂物涂毁去其一，是故银币耗。农夫、织妇，毕岁勤动，低估以售之，所得之钱，不可输赋，更进而权银，近日乡中并未闻以银籴买者。日复一日，钱并壅于商贾，不能得银，且不能得钱。金之用珍于银，天下不忧金之耗者，国家制币，在银不在金也。钱之用浩于银，天下不计钱之耗者，鼓铸未停，抑供亿所亟，在银不在钱也。譬诸身菽粟布帛心膂也，钱血脉也，银指爪毛发也。譬诸家菽粟布帛父母也，钱子弟也，银佣隶婢妾也。先指爪毛发、佣隶婢妾，而后血脉子弟，吾见心膂之堙郁，父母之轩嚣而已矣。以钱权银，菽粟布帛益贱。银益难得，天下之人，骎骎乎背弃闾井，骛为商贾。必至愚至劣者，自念孱懦，姑隐忍，缘陇畖而甸园庐，而气固嚣然其不靖，官吏则贪冒横城府，盗贼则攘夺横江湖，迟之数十年，恐释耒而倚市、投杼而刺文者，尚良民焉耳。

《易》曰：物穷则变，变则通，通则久。又曰：节以制度，不伤财，不害民。处极敝之时，而不思变通之术，节制之经，坐令上亏帑藏，下毒黔黎，有志之士，所欲扼拏而抵掌也。宋熙宁中，张方平疏言：比年公私交困，并苦乏钱，农民皆变转谷帛，输纳见钱，钱既难得，谷帛益贱，人情窘迫，谓之钱荒。方今天下，岂不谓之银荒者与？

银币论二

马敬之

救银币之耗，不在不用银币也，天之所施，地之所生，凡济于用。英君哲相，方将辍宵旰，创起宣导之，矧乃银币，天下不废银币断断矣。

谭者顾踵沿辄云：古未尝以银为币。魏源氏，近之达者也，其《军储篇》亦云：宋明以前，银不为币，此惟《汉书·食货志》称秦并天下，币为二等，而珠、玉、龟、贝、银、锡之属，为器饰不为币尔。太皞始铸金，禹、汤铸历山、庄山之金，不必其银，不必其非银矣。荆、扬贡金三品，梁州银、铁并贡。《尔雅》：白金谓之银，其美者谓之镣。不必其币，不必其非币矣。汉武帝元狩四年，造白金及皮币，少府多银、锡，又造银、锡、白金，其后官铸赤仄，白金稍贱，民弗宝用。贡禹上谏，宜罢采珠、玉、金、银铸钱之官，亡复以为币。王莽即真，溺信图谶，忌刘金刀，乃罢错刀、契刀、五铢钱，更作金、银、龟、贝钱布之品，名曰“宝货”。其银货二品，则朱提八两为一流，直一千五百八十，他银一流直千。（晋）〔北周〕武帝保定元年，河西诸郡，或用西域金银之钱。如今洋钱。《通典》：梁初交广之域，全以金银为货币。韩愈奏：五岭买卖一以银。元稹奏状：自岭以南，以金银为货币。虽遐陬僻壤，兼之市舶，银未通行，固为币矣。

源又云：银矿开采，唐以前史书从无其事。而下篇引《周礼》（丱）〔卝〕人掌金、玉、锡、石之地，而为之厉禁以守之。若以时取之，则物其地图而授之，巡其禁令，谓冶坑开闭禁令之始，庸当时独遗银邪？后魏宣武延昌三年，有司奏长安骊山有银矿二石，得银七两。其秋，恒州上言：白登山有银矿八石，得银七两。锡三百余斤，其色洁白，有逾上品。诏并罢常令采铸。云从无其事，何邪？贞观初，侍御史权万纪上言：宣、饶二州银大发，采之岁可得数百万缗。帝以专言税银之利黜万纪。一时嬓意，千古经制乎哉？道不变者也，法世变者也，变法以牟利害即阶，变法以斥害利即祚。

钱子也，菽粟布帛母也，母可权子，子可权母，例钱于银，银子而钱母，钱币不可权银币，钱币权银币。钱币愈轻，菽粟布帛愈轻。管、商把牢盆，萧、留典会计，不能使裕矣。而况材管钥，量斗筲，诂以大计，弱哂强骂，一二畸儒硕士，罔顾事势之宜与否，矫枉偏持，务伸己说。径行其说，其不毒天下也几希。毕初所闻，可以关其口而夺之气矣。

比干论

周倬祥

《论语》记比干谏而死，孔子合微、箕，称为三仁，诚千古定论也。予以为孔子仁比干之死，盖以其谏不听而自尽耳，非以其强谏而纣杀之也。

自《泰誓》有剖贤人之心一语，《竹书纪年》则曰纣杀比干，《家语》则曰比干剖心，《史记》则曰：比干伏象魏之门，三日强谏不出，纣怒而剖其心。盖欲明商辛之暴，表比干之忠，而不知适以不仁诬比干也。夫比干之谏，将冀其改乎？抑速之败乎？比干，纣叔父也，徒强谏成君以杀叔父之名，使天地为之震怒，鬼神为之不歆，祖宗为之寒心，国人为之陨涕，而奸人且为之伺衅，致异日亳社鼎迁，自贻伊戚，仁人固如是乎？且君臣父子，处常处变，其义一也。尝考舜之事父，大杖则逃，井廪不陷，孔孟称之，谓欲之死而不死也。申生勇从，卫伋不谏，君子伤之，谓欲之死而竟死也。父虽欲之死而不可死，君不曾欲之死而顾可自蹈于死乎？箕子有言：为人臣谏不听而去，是彰君之恶而自说于民，吾不忍为也。谏不听而去且不忍，谏而使君惨杀其身，忍乎？

尝观祖伊之谏纣也，曰：非先王不相我后人，惟王淫戏用自绝。又曰：民罔不欲丧。曰：天曷不降威？逆耳犯颜。夫亦汉、唐中主所不能容者。乃不闻剖祖伊之心，而独剖比干之心，何哉？是必强谏不听，号泣不已，从而指摘之，指摘不已，从而奋怒之，令纣万难自容，然后愤激而剖其心。乌乎！比干而忍出此哉？子贡谓纣之不善不如是之甚，吾故信其无杀叔父之举，而知比干固因谏不听而自尽也。然则比干曷为自尽哉？谏则不行，言则不听，蜩螗沸羹如故，疆御掊克如故，听斯民之诅咒，睹师保之颠隮，相对欷歔，于邑无色，则惟抑郁以终。或不致目睹故宫禾黍耳。万一王哀叔父之死，萌悔悟之幾，则虽死犹胜于生也。即不然，而耿耿孤忠，或足致天命之少延，邀庙社之默鉴，一旦纣崩殂而武庚嗣兴，召微子立太师，兴复殷室，其又将旦暮遇之，宁非出于至诚也哉？故曰仁也。

程子谓不当愚者比干，盖从《泰誓》《家语》《史记》及《竹书纪年》之言，毋亦未按孔子所以仁比干之死耳。而皇甫谧谓纣剖比干妻以视其胎，其明袭《泰誓》剖心之语，而附会刳孕之言，又无论矣。

介推论上

周贶祥

介推者，忠孝人也，后世以清明前一日为寒食禁烟，哀推之焚死。嘻，异哉！是贬推之忠，削推之孝，而实以罪推也。

余读《左传》《史记》，皆无推被焚事，而往往散见于百家传记、词人吟咏之中，抑又何哉？考并州、太原诸郡，或以冬至后百有五日绝火寒食，或言是月有龙忌之禁，神灵不乐举火，或一月寒食，莫敢烟爨，或断火冷食三日作干粥，皆云为介推焚骸故。于是黄山谷有“士甘焚死”之句，孙子荆有“麦饭醴酪”之文，下及咏寒食而悲介推者，难更仆数。此皆沿袭旧误也。即至汉周举移庙之书，魏武帝明罚之令，仅以北方地寒，老少不堪，卒不能辨其诬而革其俗也，惜哉！又况《琴操》载之推燔死，文公令人五月五日不得举火。《月令广义》云：之推焚于二月一日，国人哀之，各禁烟。则又与今寒食大不相侔，以讹传讹，将谁信乎？此皆无稽之言，适启千古聚讼之疑案耳。

夫之推忠而能力者也，其与文公难，从者多人，而割股疗饥，是狐、赵、魏、颠辈所万不能为者。其忘身济君，不可以愧偷生畏死者流哉？文公复国，推知其霸，天启之，贪天功以为己力，皆义罪赏奸之党也。故其母以死相慰，推既不忍效尤而食禄，亦不敢用文而求显，与母偕隐，遂隐而死。乌乎！之推生为羁绁之仆而尽其忠，死归发肤之身而全其孝，西山义士、南荆公子乐引为同心也。其亦得仁无怨无得而称者与？

迨后从者悬书公门，公见而召之则亡，遂旌以绵上之田。使起推于九京而问之，亦将不受也。而附会其说者，以为推作龙蛇之歌而隐，文公求之不出，遂燔左右木而竟死。嘻，此诚诬推者哉！推果知文公之求，固甘焦烂，是彰君隐贤之恶，显己廉洁之名，善人固如是乎？推苟自居其功，或授以子犯之璧，或赂以头须之藏，文公早举而加诸上位，胡为付身灰扬哉？吾决其不出此也，且身可焚而母不可焚，推如率其母而同归于烬，是推杀其母也，此其不忠不孝之尤，将天理所不容，王法所必诛，而谓能享绵山禋祀乎？吾谓介推得正而毙，实足消当时望报之心，立万古人伦之极。彼好事者故为禁烟，以悲其志，反加推以滔天罪，其诬妄不必深辨。

然则寒食禁烟之说曷昉乎？考《荆楚岁时记》：去冬节一百五日，即有疾雨甚风，谓之寒食。其说似可据，然《周礼》一书，秋官司烜，仲春以木铎循火禁于国中，夏官司爟，掌行火之政令季春出火。此其禁而后出者，即后世禁烟之由也。今据历家之节气以推，寒食或当仲春之末，清明或在三月之初，是则禁烟之制不创于周初乎？故汉宫日暮传烛，犹周共坟烛也。唐代榆柳取火，犹周变国火也。观唐时清明赐百官新火，韩浚、王濯诸作，并无一及介推意。知寒食所由起，亦犹行周之旧制也。彼以寒食为悲介推死者，盖亦未深读盲左、腐迁之书而误也夫。

介推论下

周贶祥

寒食禁烟，非为介推焚骸故，余既论以辟之，而禁烟之说，复证以《荆楚记》《周礼》二书，亦颇当于理。

说者谓屈灵均、庄子休皆列国时人，去晋文未远，其著书自确有据。《楚辞·惜往日》云：介子忠而立枯兮，文君寤而追求。封介山而为之禁兮，报大德之优游。《庄子·盗跖》云：介之推至忠也，自割其股以食文公，文公后背之，之推怒而去，抱木而燔死。信斯言也，则推真被焚矣，况有唐并州妒女祠，传为介推被焚，其妹介山氏耻兄要君，积薪自焚，大历李判官禋撰碑志之，则不惟推焚妹，亦同焚矣。余曰屈子立枯，解者不一，林西仲谓禄不及而卧死，或释作枯朽，非烧枯也。

为之禁者，禁樵采以供祭祀，如禁柳下季垄者，非禁烟之谓。若《南华杂篇》，王荆公以此段为寓言，苏东坡、孙月峰谓《让王》以下四篇皆伪作，其诬妄尤有甚者。至《妒女碑记》，词旨殊谬，如畲山附少姨谓为启母妹，清溪小姑谓为蒋子文第三妹，悉傅会无稽。按：诗末句争遣李禋镵，陋语可见。然则禁烟之不为介推，非惟《左传》《史记》无焚山而求语，即《吕氏春秋》仅云：负釜盖簦，终身不见。刘向《列仙传》云：之推还介山，伯子常晨来呼推，曰：可去矣。推辞母入山，从伯子常游。文公遣数千人礼以玉帛，不出。后三十年，见于东海，莫知所往。则介推既非与母偕隐，固隐而得仙者，尚何焚骸之有？且王子年《拾遗记》：鲁僖十四年，文公焚林求介推，有白鸦绕烟而噪，或集推之侧，火不能焚，晋人嘉之，起台名思烟。则推虽被焚，亦不至于死，何至禁烟伤之乎？

其禁烟之节，后汉《周举传》：每冬仲辄一月寒食，以之推焚骸，不乐举火。《岁时记》：三月五日，介推为火焚，国人哀之，每岁暮春不举火，谓之禁烟。雷兆瑞《时节注疏》亦主是说，则又与《琴操》、五月五日。《广义》二月一日。所载，及今寒食不同，果将谁信邪？其为禁烟说者，《邺中记》：并州俗，为介推断火冷食三日。后魏太和二十年，诏介山邑听为寒食月余。似寒食独尚晋地，乃秦为熟食，齐为冷烟，则天下有寒食矣。岂知寒食一曰龙禁乎？雷《注疏》谓龙木星位春属东方，心为大火，在卯宫第三，二月建卯惧火太盛，故禁。《丹阳录》亦云：心大火，权火盛禁之。故寒食有龙火之忌。《路史·燧人改火论》：心者天之大火，辰戌在火之二墓，故心昏见辰而出火，心昏见戌而纳火。卯为心之明堂，至是火大壮，是以仲春禁火，戒其盛也。顾宁人、赵云崧悉遵其说，故昭十七年星孛于大辰，裨灶知宋、卫、陈、郑将同日火。郑三月铸刑书，士文伯以为必灾，盖火未出而作火，宜不免。且辰属龙，今寒食谓之龙忌，或本诸此。

溯自燧皇取火，后有以火德王者。炎帝以火纪，故为火师而火名。高辛时祝融能昭显天地之光明，以生柔嘉材，后世以火神祀之。阏伯为尧火，正居商邱。舜使益掌火，掌火亦唐官名。《夏小正》为禹遗书，三月主火出火，主以时纵火。九月内火，大火心星也。郑康成、仲师辈，谓三月心见辰，使民出火。九月心伏戌，使民纳火。说与《改火论》同。三代惟商之火官不见经传，彼《周官》司烜仲春修火禁，为季春将出火，司爟四时变国火，救时疾以顺天也。皆可见天运之循环，圣人之调燮，故石勒居邺，不禁寒食，而震雹大变，平地洿下丈余，人禽死以万计，岂非逆天纵火，莫知气化攸关邪？

周后惟汉武帝置别火令丞，典司燧事。后代庶官咸备，而火政独缺，是固饮知择水，烹不择火，民必有阴感其疾而莫之救者，其弊不可胜道。而自古迄今，猥以国家禁火，谬为介推禁烟，抑何悖理之甚乎？

张忠献公论

周贶祥

忠献张魏公浚，《鉴》书志在恢复，终身不主和议，功虽不就，人称其忠。朱晦庵谓士大夫倡为和议，独魏公欲正人心，扶持人纪，其功盛哉！

吕氏中谓浚有社稷大功五，世但以富平、符离之役议之，岂可以一眚而掩大德？陈四明谓浚有大志，亲见二帝北行，皇族系虏，生民涂炭，誓不与敌俱存，时论其忠大类诸葛亮。吁！论魏公者，可以知其概矣。乃自揭徯斯谓宋南渡不能复振者，本于张浚抑李纲，杀曲端，引秦桧，杀岳飞父子，丘文庄以徯斯归罪于浚，或者不以为非。张时泰以秦桧榜罪朝堂，浚复荐用事，遂谓武穆之死，人徒知秦桧杀之，而不知高宗、张浚杀之。君子断武穆之狱，当首高宗、张浚而后秦桧，庶得其当。李空同以孝宗倚魏公如长城，亦谓其陷李纲，忌岳飞，使二子掣肘，不能匡扶宗鼎，遂致二圣幽居于沙漠，群黎涂炭于燕云，诚有愧于长城之寄。

《宋史》以浚三为将而三败绩，遂讥其量狭不能下士，智暗不能知人。如富平之役，李纲尚在，浚忌之而不能用。淮西之举，岳飞在营，浚恶之，听其归终母丧而不能留。符离之战，虞允文远在川陕，浚虽闻其贤而不能举以自副。噫嘻！此皆过情之论，使魏公含冤千古而终莫能白，卒无一人论及之者，抑又何哉？

尝考徽宗朝，纲已官居侍郎，陈书剀切，至钦宗靖康时，或守东京，或为尚书，或使宣抚，纲早勋烂史册，乃一罢于李邦彦，再罢于耿南仲，魏公固无与耳。至金人议立异姓，公始为太常寺簿。高宗建炎初，召纲拜右相，朱文公谓纲入来方成朝廷者，正此时也。而高宗惑于黄潜善、汪伯彦之言，使纲所论谏留中不报，纲自再疏求去。邱琼山谓兹何时，而纲欲去，是非人臣委身事君之义，尚不知纲者也。当其时，汪、黄谗间，既梗南阳之议，复沮经制之荐，纲固曰吾尽事君之道，而全进退之节，祸患非所惜也，是纲固决于进退，有合乎谏不听则去之义。时魏公为潜善客，又纲杀宋齐愈，乃公所厚，公故职侍御史，劾纲以私意杀侍从，且论其买马招军之罪，汪、黄复力排纲，遂罢提举洞霄宫。胡新安谓汪、黄不足责，魏公深可惜。吾谓公第不当以罪劾罢，不然，则全纲进退之节者，公也。

是冬窜纲于鄂州，复安置提军举于万安军。后高宗至杭，赦死罪，放还士大夫被窜斥者，惟李纲罪在不赦，更不放还，盖用潜善计，罪纲以谢金也。至富平之败，论者咎公之轻师失律，盖拒王彦之谏，不从刘子羽、吴玠、郭浩之言，复斩赵哲以散诸路之兵，致平生兴复之志，不克少伸，公固不能逭其责。时纲久已罪锢，安得谓公忌而不用？迨绍兴中，以李纲为湖广宣慰使，甫十月上言，有恢复中原之渐，吕颐浩言纲纵暴无善状，遂罢提举崇福宫。呜乎！纲终身为群小所沮，始厄于李、耿，中困于汪、黄，终斥于颐浩，皆彰彰在人耳目。后以纲为江西安抚制置大使，知洪州，《鉴》称张浚荐其忠，则李忠定之忠义功烈，称当代之大贤者，皆公有以成之也。而犹谓抑之，陷之，忌之哉？

若曲端者，当公治兵兴元，以图中原，周静轩谓其正大气象，读之凛凛有生意，其与书汉丞相亮，率诸军屯汉中同意。初端欲斩王庶，朝廷疑其叛，公以百口保之，且以与敌屡角，欲仗威声，承制筑坛，拜武威大将军宣抚司都统制，军士欢声如雷，则端之于公，当死生患难以之矣，胡为金娄室攻陕州，李彦仙求兵于公，公檄端兵援之，端素疾仙不奉命，致彦仙力尽城陷，投河死。呜乎！是役也，彦仙以孤城拒贼，告急求援，端诡托不行，遂使仙城破身亡，民遭屠戮。袁了凡谓仙之抗节矢忠，无愧巡、远，端非贺兰进明乎？杀仙者端也。使魏公军令行事，端复奚辞？况端性刚愎，既逐王庶，夺其印，又欲并王瓔军，朝廷复疑欲反。公使张彬察之，端为按兵据险之谋，公不听，犹积前疑，窜于万安军。自公败富平，思其言召还，稍复其官，徙阆州，将复用之。及书曲端谋反，于憾端之吴玠，斥作诗题柱。于间端之王庶，复值提点刑狱。于鞭背深憾之康随，端亦自知其死矣。于是糊口胁之火，干渴饮之酒，而端之死决矣。时陕西士大夫以端累立大功，死非其罪，莫不痛惜之。军士怅憾，有叛去者。尹起莘谓公前以谗间而贬端，此以谗间而杀端，抑可谓之公议乎？常熟丁奉谓端之死，论者固皆罪公，然端刚愎自用，轻视其上，劳效未著，动违节制，公杀之虽冤，盖亦自取。了凡谓曲端、王庶之不相容，亦杨仪、魏延近邪？乃延之暴当孔明而戢，端之勇遘魏公而横，仪不得用间以害延，而庶乃得工谗以杀端，此魏公之不逮孔明也。然此皆谓端为公杀，当时深冤之，不知端既可杀战败偏将之叔，假至亲以立法，公胡不可杀扼兵败国之端，徇诸军以立威？吾谓曲壮闵固可杀，当杀于陕川违令之时，不当杀于阆州复用之时。且端之死，端自杀之，非公杀之也。

至秦桧自建炎末，金人纵还，《宋史》断非逃归，惟高宗开心抚纳，以为得一佳士，岂天必欲亡宋，故使奸臣得遇为戎虏内应者，洵不诬也。迨罪榜朝堂，示不复用，识者谓中兴之幸。时公以建康为中兴根本，请幸之以图恢复，会谍报刘豫有南寇之志，赵鼎建议幸平江，故以桧为行营留守，盖亦为迁就权变计。公固不应荐授醴泉观使，倘高宗以榜墨未干，君信难失，公其敢要君而强荐乎？厥后郦琼叛，吕祉死，公因引咎力求去，高宗问谁可代卿？且曰秦桧何如？公谓近与共事，方知其暗。乃荐赵鼎代之。时泰谓公勇于自责，昔荐桧而今排之，尚得谓公引之哉？其秦丑缪之杀岳武穆也，肇衅于不附和金之议，成隙于定谋收地之疏，尤忌于指操奸贼之跋。及矫诏班师，河南遂陷，论者谓鄂王不能行权。后又与张俊同如楚州阅军，于是而张俊之忌深，于是而秦桧之怒盛，于是而兀朮之书至，于是而万俟卨、何铸、罗汝楫之交章并劾，于是而王俊之讦谋密出，于是而淮西逗遛之台章指诬，遂致一门被掠，几无噍类。虽有何铸白之，薛仁卿等言之，士㒟保之，韩蕲王诘之，而三字狱成，十年功废。吾谓杀鄂王父子者，高宗、秦桧、张俊、万俟卨为之首，罗汝楫、王俊为之从，而谓公引桧杀之，有是理乎？况公之于鄂王也，于杨幺之平则曰岳侯神算。于蔡州之复则曰指画甚大。时而屯荆襄，时而屯鄂州，时而屯襄阳，命王以图中原，曰此君素志也。王扶母榇还庐山，累表乞终丧，诏不许。盖高宗以中兴之事委王，遂图大举。会桧主和议，召王诣公议事，王以王德、郦琼不相下，吕尚书不习军旅，张俊、杨沂中难御此军，遂与公忤。即上章解兵，终母丧服庐于墓侧，公固谓岳侯忠孝人，则遂其终丧之愿者，固成王之孝也。第奏王积虑并兵，奏牍求去，意在要君，则公怒过矣。不旋踵累诏趣起，趋朝复职，非听其终丧不留，及淮西之师郦琼之叛，公悔不用王言，以致失策，吾意其事，秦桧主之，高宗定之，以公都督军事，咸以措置失当罪公，谓王在营而公恶之，可乎？

虞允文采石之战，以败卒数百，破虏十万众，刘太尉谓：朝廷养兵三十年，一技不施，而大功出一儒生，我辈愧死矣。及史浩参知政事，允文罢，周德恭谓史浩沮恢复之计，允文上恢复之图，二人之忠邪可见。孝宗嗣位，史浩相，公欲遣将伐虏，浩沮之，公尚不得为浩用。幸公锐意用兵，李显忠复灵璧，邵宏渊复虹县，显忠又复宿州，孝宗劳公，谓十年来无此克捷。公以李、邵全胜之师应敌，未为过举。殊两将不和，致大溃符离，论者谓李、邵不相能，公不能禁，士卒愤怒，遂溃而归，不得不罪在都督。意谓远隔川陕之允文，公不能举贤以自副。无论鞭长莫及，而胜负为兵家之常，就令允文近参督府，统率全军，而以战士不犒之显忠，排兵不出之宏渊，违制军令，又无统制时俊辈死战中流，得保其不败乎？且夫国家之待贤也，赏罚兼行，功过并录，公自会师勤王，讨平刘苗，高宗解玉带赐之，而川陕、京湖之宠任，可谓君臣之间，两无所歉矣。

嗣是郦琼可诛，刘子羽可参谋，赵开可转运，杨沂中可统制，吴玠可将，金虏可却，全蜀、江淮可安，公非无志于兴复也，故辛炳、常同之劾，不敌喻樗、赵鼎之荐，而留师镇江，视师潭州，抚师淮上，使御驾一再临江、士气百倍者，何莫非公举措之功邪？

殊意永州安置而后，去国二十年，天下士无贤不肖，莫不倾心。金人至，必问公安在？乃为秦桧、万俟卨、汤思退诸奸重贬，冤抑莫伸。至陈俊卿上疏，乃诏复官，判建康，公则冒险赴君父之急，惟尽其忠诚，而生死得丧，非所计也。故卫士见公，无不以手加额，盖公起废复用，风采隐然，军民引以为重。于是措置两淮，孝宗立召入朝，以为宣抚，封魏国公。至谓久闻公名，朝廷所恃惟公，则受知孝宗，可谓深矣。虽史浩见沮无成功，幸孝宗倚公，不容浮言摇夺。至宿迁师还，公乞骸骨，决不许，对近臣必呼魏公而不名，故隆兴一、二年间，周静轩谓公锐志殄虏，可贯金石。至今以为凛凛，得非忠义素著乎？

《纲目》书分道伐金，书大败金人，书金师退，皆以见连年虏寇侵逼，至此未与一交兵，自屈而去，惟公令德所致，魏公有功于宋若此，真可谓社稷臣矣。亡何，汤思退讽尹穑论罢，虽陈良翰、周操言公忠勤，人望所属，终莫能挽。观去朝上疏，犹谓君臣之义，无所逃于天地之间。闻者耸然。得疾，手书付二子栻、杓，谓吾尝相国，不能恢复中原，雪祖宗之耻，死不当葬先人墓左，葬衡山麓足矣。呜乎！公始终不主和议，死犹眷眷不忘恢复，固有宋之忠臣矣，谥以忠献不愧也。论史者第訾其过而讳其功，且以南渡不复归罪于公，岂定论哉？岂定论哉？

伏读山左邵星岩所辑《国朝崇祀盛典》，历代帝王庙两庑从祀功臣三十六人，内有张浚、潘美，皆明太祖所定。顺治十七年六月，御史顾如华奏：宋臣潘美，虽平南汉有功，然斜谷之败，不能制护军王侁，擅离陈家谷口，致杨业父子无援而死，宋之不能复征契丹者以此。又张浚三命为将，一败于富平，关陕沦亡。再败于淮西，郦琼叛命。三败于符离，而中原不可复振。且劾李纲，杀曲端，与岳飞议不合，奏飞欲专兵权。此二臣者宜罢从祀。从之。吁！潘美之擅权败国，其削祀也宜。若论魏公，不过袭史断及揭文安之言，而绝其禋祀，除其神位，是可慨也已。然魏公之祀典虽悬，魏公之沉冤须白，予特表而论之。

两士论

吴英樾

有两士者，一勇一懦，一辩一默，一华缛，一质朴也。其为人绝不同而同为一官，外之人群相与议曰：某之懦不如勇也，某之默不如辩也，某之质朴不如华缛也，而又同为一官，事将有能办不能办。

久之不决，以问于吴子，吴子曰：不然，是两君某皆知之，然若某君者，盖年老更事多者也，外虽粥粥若无能，而其中有主。

问之者曰：不然，某尝验之行事矣，某公之家居也，孳孳为利，虽升斗必以较，其应事无大小，待人而后决，其质朴拙讷，意非不欲为之，才有不能耳。某何遽如某君？

吴子曰：不然，子之说盖观其细而未观其大也，见其外而未见其内也，知其末而未知其本也。某公之家居，升斗必较者，其啬也，然啬，其分也，非有所攘于人也。其应事待人而决者，其情也，然待人决而卒决之，则又其准情酌理，集思广益，慎之道也。若夫便佞之喋喋，蜉蝣之楚楚，心术变于内，精神竭于外，卒阅事变，进退无计，古之上下相蒙者，多类此焉。某窃为君不取也。

曰：然则如某君者，不足有为乎？

曰：亦不然，某君盖才有余而识不足者也，其见事至明敏也，其应事至周密也，其待人而接物，则又多过谦厚也。然而虑周详而寡断，性机警而多猜，心宽厚而不能择交，气猛过而不能持久，此数者皆足以杀身。

曰：然则两君之成败何如？

曰：当今之势，固未可定也，两君之嗜好阅历，亦犹未有所定也，以理言之，去其偏皆可有成。

曰：奚去之？

曰：若某君者，去啬，去迂，去贪。某君者，能忍，能沉，能断。

太公论

李得春

古今阴谋之说祖于太公。太公佐武王定天下，功业烂然，而其心究不可白于天下。夫纣之不善，载于书，详于史，虽妇孺亦知之，而圣门子贡以为不如是之甚。子贡之意，借以警居下流而恶归者，固也。而吾谓子贡之意，实欲以破尚父之阴谋耳。

当日者，三分有二，归化者六州矣，而彼独夫者，犹复执有命在天之说，燕雀处堂，此时兴仁义之师，吊民伐罪，如摧朽嘘枯耳。而太公之意，犹恐纣为天下之共主，忠臣义士，或不忍遽弃其君，而冀幸其君之一悟，俗之一改，相与激发忠义，号召勤王，则海内之民，亦不忍遽弃其君，以期新朝之大赉，则纣之天下可不亡。纣死而武庚嗣位，或如蔡仲之改行率德，亦未可知。即武庚不才，商人择贤而立微子，以武王垂暮，成王幼冲，保守侯服之不暇，何能为远大之图？

商之不为周有，亦未定之天也。而太公者，以耄年之人，膺不次之宠荣，希非常之富贵，一旦逢君而希君眷，遂使我文王服事之忠，忽易为载主东征之事。又惟恐战不能胜，攻不能取也，于是散布流言，多称纣恶，以离散海内之心，而阴行其险刻之计，使事或不成，则西岐莫保疆土，在武王固可以文考非罪小子无良谢天下，而太公者身为罪魁矣，此诚侥幸于万一之计矣。顾或者谓太公非纣之臣，较韩信之背楚归汉原有不同，而吾谓溥天之下，莫非王土，率土之滨，莫非王臣。太公虽市井之臣，而身沐六七王，休养生息，即使其君不德，而庶人不议，亦当守天经地义之常，何至身为戎首，畔其君而不顾乎？此夷、齐之叩马为忠，而太公之扬鹰非忠也。

观夷、齐叩马之时，左右欲兵之，独太公以为义士，挥之使去，此岂非天良之不泯乎？又或谓识时务者为俊杰，太公怀才而不见用于纣，似乎其兴周者为天下计，为行道计，而抑知不然，盖道可行则行，不行则道可传，以太公之抱负非常，即不见用，亦可著书以垂后世，而乃贪晚年之富贵，冀子孙之茅土，遂至出阴谋以佐主定天下。夫阴谋者，后不昌，太公之智，岂有不见及此者，亦眩于利而为之也。厥后齐俗急功利，喜夸诈，绰有太公遗风，而春秋齐霸为最早，战国齐亡为最先，此亦可以知天意矣。且夫伐人之国者，不强入人之罪，则彼之人心不离。成己之功者，不多饰人之非，则己之军心不奋。太公以阴谋伐纣，亦事势之必然者耳。特为纣者遽萌悛心，不堕入人阴谋之计，则亦可不居下流，而致天下之恶归之也。

吾故因子贡之言，揣子贡之意，或亦欲借以破太公之阴谋也。彼太公者，亦适为阴谋之祖已耳，故后世《六韬》之言，论兵者多采之。

蔺相如论

杨源汉

蔺相如，战国时第一烈士也，夫秦之吞六国，等于虎狼，当其援十五城为饵诱，和璧至咸阳，将璧明明啮之口矣。相如知城不可得，急探诸其喉而取之，乘势驰归，欲假其威而已无及耳。

至渑池相会，分明前日耽耽之欲，犹未释然于怀也。又举盟好以为负嵎之谋，饮酒一酣，爪牙即肆，相如于五步内欲以颈血溅之，张目大叱，左右俱靡，不啻食其肉而寝处其皮，曷足惧哉？若夫廉颇争位，辄引避弗遑，莫之敢撄，非勇怯若出两人也，盖先国难不得不角秦，后私仇即不容格颇。袒裼之勇，忽敛而愬愬，欲同心协力，以效驱除之策也。

使六国士大夫得相如数辈，吾见御侮有资，进斗于函谷，可以逞入穴之奇，退伏于武关，不徒侈攘臂之技。各树其旗鼓，虽欲出而噬人，于势当有所不能。无如士多鸡鸣狗盗，君亦鼠首狐疑，纵其彪炳，任彼狰狞，坐令食韩魏，吞邯郸，毙楚齐，鹿死中原，虎踞西域。伸舌一卷，生齿立尽，而后叹相如之奋击，果无愧于伟丈夫也亦已晚矣。

秦始皇焚书论

杨源汉

诗书者，圣贤之精意所寄，百家者，诸子之心血所存，其呵护之灵，虽帝王不得撄其怒。始皇概不顾惜，悉焚之以愚黔首，而不知烧秦书者，已阴奉上帝之命，日待举焰而令其玉石俱焚，以至于亡。

或骇其言之异，曰：秦书之烧，子何所见而云然？杨子曰：是固载在典籍，非余之臆说也。考之始皇病甚，为书赐太子扶苏，令其与丧会咸阳而葬。当是时，书在中车府令赵高所，高匿之不以闻。夫匿不以闻，必暗地焚之以灭迹矣。真书焚而伪书出，伪书出而太子死，太子死而胡亥立，胡亥立而国祚移。沙丘之火，不必如咸阳之炽也，而秦社以燔。倡焚书之议者李斯也，秦二世二年，下左丞相李斯吏，斯从狱中上书，自陈前功，使书得上，则二世感悟，斯可以不死。高令弃去其疏不奏，高既敢于弃，何惮于焚，斯至此当悔诗书百家，何负于我？我必焚之而后快，则今日之书，其禁之使不得上者，实有鬼神阴为格之，不附之祝融、回禄而不已。

疏焚而斯斩，斯斩而秦亡，秦亡而赵高亦戮。然则赵高者不必有焚书之名，而有焚书之实也，岂非天哉？噫！秦之存亡，系于赐长子一书，斯之生死，系于狱中一书，高能择其扼要者，使不留余烬，其炬亦烈矣哉？昔人云，焚书早种阿房火，吾谓即以为种赵高之火也，亦无不可。

蒯彻论

杨源汉

吾观蒯彻之说淮阴侯而叹高帝之诈也，盖彻之说信，乃帝与良、平等密谋而阴遣之，以伺其动静者耳。

当是时，信既自立为齐王，项王又使武涉往说，欲与连和，楚、汉之命，皆悬于信一人，帝安得不惧？于是阴遣辩士，以窥其向背若何。倘信而无背汉之意，则征其兵击楚而项王可除，若信而有背汉之心，则释楚击信，而先除其腹心之害，毋使为内忧。帝尔时之忌信，固俨然一劲敌而十倍于项王矣。使信果有知人之哲，则当蒯彻进说时，立斩其首，悬于军门，因令将士曰：君臣之义，万古不易，吾既事汉，虽肝脑涂地，所不容辞。竖儒蒯彻以乱言惑我，已枭其头于麾下，诸君如炫于利害，不力攻楚而辅汉者，请齿此剑。如是则高祖之疑可释，良、平之间可消，而信亦得世为大将，永祚元勋矣。乃听彻言，一则曰吾方念之，再则曰犹豫不忍，虽力拒彻，而因循之见，不免含糊于语言，帝之杀信，实决于此，岂待陈豨谋反，假手吕后，而始以疑狱诛之乎？

信历数年，犹不知其诈，反曰吾悔不听蒯彻计，为儿女子所擒，岂非梦梦哉？

余又论之，假令信用其言，即举兵以反，其奈之何？曰：想当日帝筹之熟矣，盖信欲反，必用彻为谋主，帝之使彻，与武侯之用马岱以制魏延，同一机权作用，不反则其死迟，反则其死速，断不能出彻之掌握也。

汉文帝佐百姓论

杨源汉

汉初，民不聊生，肝脑涂地，至孝惠犹未复。及文帝即位，始被厚泽深恩而登于仁寿。其初诏曰：老者不养，何以佐天下子孙孝养其亲？再诏曰：有可以佐百姓者，率意远思，无有所隐。大哉王言！君也而谓之佐，真三代令主，而无愧于纶綍之音矣。

余因推广“佐”字之义，为万世牧民者告曰：天有日月星辰、云雷风雨之属佐百姓，使天不能佐，则上帝旷其职矣。地有河海山陵、平衍原隰之类佐百姓，使地不能佐，则后土失其司矣。人主上承天地，统驭苍生，则以制度、典章、纪纲、法度佐之，一不得其宜而灾祸立见。天子之功过，有天地纠之，天地之功过，有道衡之，故言其分，至尊莫如天地，至贵莫如天子。本非民所敢抗，而论其理，天地与帝王，罔非斯民之佐，虽遍被生成，普施博济，足为赤子之功臣，而不得自尸其功也。且夫天地穷于佐者，须人主代之，人主穷于佐者，又须牧民之吏代之。礼官以佐其冠昏丧祭，乐官以佐其康乐和平，农官以佐其饮食供奉，刑官以佐其曲直从违。由冢宰而至小吏，莫不各有所佐，偶失其职，即干天谴。背王章，激众怒，不为民变，而为官变，不为民犯官，而为官犯民，身名俱裂，青史遗羞，求为百姓之役而不可得，悔无及矣。

余故原本天地为说，而上至帝王，下逮一命之士，皆以文帝之言为龟鉴，而无得罪于百姓焉。斯亿万年太平之幸也。

霍光论

杨源汉

杨子曰：千古名臣，多蒙不白之冤，如霍光在汉，拥昭立宣，大义炳如，虽伊、周何以远过？议者因其妻弑皇后，谓光知之，隐而不发，不免大恶之累。噫！光何尝稍涉隐情，特后儒昧古人文义，遂使一代元勋，蒙乱臣贼子之称，过矣。

按史：夫人显欲贵其女成君，令女医衍进毒，弑皇后许氏。及诸医收系诏狱，显恐，急具语光曰：既失计为之，无令吏急衍。光大惊，欲自发举，不忍奏上。光署衍勿论显，因劝光内其女入宫。此史氏原文也。夫光大惊，欲自发，凛然大义灭亲之意。廷臣谓事涉暧昧，举不忍奏上，将欲寝其事矣。光于是亲为署疏奏之，无如衍自甘受罪，全不及显，若有禁之勿论者然。

众人以霍氏无罪，因劝光内其女入宫，文义本自如是。光大惊，欲自发为句，举不忍奏上为句，光署为句，衍勿论显为句，如是则光之心事，昭如青天白日，显固侥幸漏网，非光之曲护其妻明矣。且更有可疑者，显虽毒后，对光固未明言其事，不过谓女医误进补剂，既失计为之，妾怜其无辜，无令吏急衍而已。不然，显既敢白之于光，岂其不可言之于子？何以大将军薨后，霍氏浸衰，其子禹等方咤曰：闻民间欢言霍氏毒杀许后，容有是邪？显恐急，始具以实告，事历十余年，霍后已立，原案已消，虽至亲如其子尚不知，则光当日并未知其妻之主谋也。乃谓知之而不明正其罪，岂非不白之奇冤哉？

吾闻论古如断狱，断狱不衷诸理，则生者含冤。论古不得其情，则死者抱憾。儒生操三寸之管，当平心静气，剖析幾微，勿令古人饮憾于九原，则幸矣。

唐太宗放宫女论

杨源汉

贺善赞曰：太宗令德善政，莫大于放宫女一事。余谓太宗秘计险谋，亦莫惨于放宫女一事。厥后武氏称制，杀唐子孙几尽，皆其阴祸，惜古今人共为所愚，无有能察之者耳。

按《纲目》：帝自称太上皇，世民嗣位，即继书放宫女三千余人。太宗开府秦邸，不过藩王，立为太子未久便即位，安得遽有宫女三千余人？凄凄楚楚，旧宫一空，踽踽凉凉，上皇饮泣。太宗只图泄其一日之憾，而竟不为高祖少留余地，独何心欤？然而古今人并无以此议太宗者，何也？曰：放宫女美举也，帝素好名，故援美举而欺之以其方。欺宫女必以择配为辞，而宫女乐就，天下必以怨女为解，而天下感恩，孰知驰归女家，则流离于道路。遣媒议合，更幽辱于教坊，名媛等于优倡，有司争为奇货。赋《摽梅》者或时登鬼箓，感《桃夭》者不免遇匪人。人主清心寡欲，与其见放于后，而致干天地之和，孰若勿多娶于前，而永完其室家之好。

历代所书放宫女一事，史臣虽啧啧称为盛德，吾不取也。况太宗借此报怨，其困苦媒孽、束缚拘囚之惨，为害必尤烈乎？夫女子阴物也，阴毒所凝，郁积难解，不变为异类，必化为妖魔，武氏者即前后六千余人之怨气所结而成者矣，不然，长孙皇后家法森严，太宗功德在人，几于刑措，何以不再传，而淫艳入宫，至于大乱，此岂为善之报哉？

郭子仪论

杨源汉

昔郭子仪见宾客，姬妾不离左右，及卢杞问疾，悉屏去之。或问其故，子仪曰：杞貌陋而心险，妇人辈见之必笑，他日杞得志，吾族无遗类矣。杨子曰：令公此举，于明哲保身之道得矣，其如国与天下何？

大臣者，以进贤退不肖为职者也，杞貌陋而心险，此很毒之小人也。公陷于不知则已，既知其险，可姑息养奸，听其他日之得志乎？夫小人而已得志，则羽翼成，君恩固其去之也实难。小人而未得志，则阴谋浅，党与微，其去之也较易。公言他日杞得志，是此时杞犹未能得志也，于未得志之时，知其他日必得志，又不能于未得志时，急为排抑屏绝之，岂公因鱼朝恩、程元振之谮，屡致倾危，故不敢发杞之奸邪？抑因德宗近狎邪？辟习与性成，知言之无益而止邪？且杞得志，岂独公族无遗类哉？杞恶颜真卿忠梗不服，假李希烈杀之，而颜氏之族几无遗类。恶李揆才望太高，使于吐番死之，而李氏之族几无遗类。至建中之乱，群雄僭号，至尊蒙尘，而天子之族几无遗类。

大臣谋国，不拔去奸邪，为异日天下安危之计，徒沾沾为一身一家虑，其所见者小矣。议者不察，谓公出领藩镇，职司武臣，将帅不用命，士卒不和谐，公之职也。朝臣之贤不肖，乌得越俎而侵之？此又非也，夫公在唐室，位极人臣，实非寻常武夫悍将之比。当肃宗即位灵武，命子仪为长史，同平章事，其时已为宰相矣，及入西京后，寻进爵为王，代宗时加尚书令，德宗时尊尚父，加太尉，兼中书令，出将入相，公皆任之，则锄邪去恶，正其职也，何所惮于杞而畏害若是？虽杞之心险，未肆其毒，尔时无可声之罪，然公亦宜密疏于君，使朝廷知备为防微杜渐之举，在公既不失忧国之忱，在杞或不至长恶之渐，国与家两受其福，此策之至善者也。公胡以计不出此？

他日杞为相，陆宣公极诋其奸，李怀光数表其罪，德宗始不得已贬杞于新州，所谓小人已得志，其去之实难也，孰若禁于未然者之为得哉？吾于是而愈不能不为令公惜矣。

唐肃宗即位灵武论

杨源汉

肃宗之即位灵武，庶几圣人所谓可与权者也。当是时，上皇西奔，中原失守，人心汹汹无定，使太子犹胶守故常，万一裴冕、杜鸿渐等去顺归逆，诸路勤王之师不受节制，后世又以太子为何人乎？故上皇纵无传位之命，太子临机应变，暂即尊位以维系人心，亦无不可。

尔时天下为重，承袭为轻，自有权衡故也。昔者舜不告而娶，君子以为无后，况庙社所关，尤大于无后哉？夫天下不可一日无主，自灵武即位后，大臣起兵者辐凑而至，河南、江、淮诸道，知上即位，殉国益坚，然则两京恢复，卒返旧都，谓皆肃宗即位之力也可。

吾闻灵武使者至蜀，上皇喜曰：吾儿应天顺人，夫复何忧？当时名臣如颜鲁公、李邺侯、郭汾阳等，皆不闻以即位为非。至华阳范氏，始谓太子叛父，致堂胡氏讥其欲速见小，拘牵文义，不明大体，非通论也。

湖南文征　卷三十一

论八

论盐一

孙鼎臣

以天地自然之利利民，而国亦赖其利者盐也。虽然，大利之中，大害伏焉，古之榷盐不一。官自煮之而自鬻之者，汉之武帝、明帝，宋之艺祖，元之顺帝也。立官司而收其税者，陈之文帝，北魏之宣武，后周之文帝也。召商输银粟于京与边，给以所在盐者，宋之天圣，明之洪武也。商输银，运司买引赴场支盐者，元之至大，明之弘治以后与今制也。

自汉至今，榷盐之法，随时损益。法之兴也愈繁，则弊之出也愈滋。善为法者，以民之利散之于民，制其出入，不务与民争利，而其利究归于国家。人第知厉禁之为禁，不知不禁之禁为无形也。知多取之为取，不知薄取之取为无穷也。宋咸平中，度支使梁鼎，请官自鬻解盐于边，内殿崇班杜承审，言往者鄜、延、环、应、仪、渭等州禁青盐，令商人刍粟运解盐于边，直与青盐不远，是以蕃部青盐欲售而无从。今官运解盐，欲与内地同价，边民必入蕃贩盐徼利，而居者亦乐其价廉与之市，是助寇而结民怨也。

事乃已，其后河决运艰，增江淮、两浙、荆湖盐价。两浙转运使沈立，言本路盐课，缗钱岁增七十九万，官估高而私贩转炽，诚恤亭户，裁官估，令人得诣场取盐，则盐善而价平，人不肯冒禁私售。帝纳其言，而岁课视旧额倍增。元至大、延祐间，盐一引增至钞一百五十贯，积而不售。明初开中之制，凡引准银八分，商费少利厚，边粟不可胜食。夫禁蕃部之私与禁内地之私，其难易可知，而宋之所以绝之者，惟在于平价增课以给用，人之所知也。乃官估裁而岁入转溢于旧，元之一百五十贯而不售，明之八分而边饷充，由是观之，榷盐利者岂在严禁防而重征敛哉？

夫谷与盐，皆民之所以生而不可一日阙者也。五谷无地不生，盐亦无地不产，有天下者制田为赋，五谷之籴粜未尝有禁，而盐独有官私之别。画之地以限之，又欲其流行而无壅，此于理则不顺，于情则不协，于势则不便，无怪乎法变事棼，心徒劳而政弥拙也。宋蔡京罢转般之法，囊括四方之钱入都以为羡，令商输钱。提举司先至者，争支以示劝，东南之盐利厚而商困矣。明之开中于边，本良法也，久之以商所应支之盐，别之为常股，为存积，倍存积之价，越次收支，存积行而常股滞。叶淇又从而变之，不输粟而输银，不于边而于运司，始之准八分而致一引者。益之至于数倍，虽骤增帑百万，而边储大坏，终明之世，竭天下之力备边，卒亡其国。淇之变开中与京之废转般，其用意同也。京之先至增支与存积之越次收支，其用意亦同也。罔天下之利，而巧为法以取盈，京既祸宋，淇亦祸明。《传》言与其有聚敛之臣，宁有盗臣，岂虚也哉？

立天下之法，必要于简易，使其民易知而易从。后世盐法所以不行而滋弊者，太难与太繁之故也。原其意非是无以笼其利而无遗，然至于格而不行，吾未见其利之安在也。其为计亦左矣，唐刘晏论盐法，谓官多则民扰，惟于出盐之乡置吏及亭户，收盐转鬻，任其所之。晏之言非唐一代之法，百世之法也。仁哲之君，察民物之情，循天地之理，鉴古今之迹，因势利导而为之法，其必有道与？

盐法必数十年一变，大利所在，弊因而起，行之既久，则弊之积也必厚，故当与变而通之。商引之行垂四百年，弊之积也厚矣，变通之利，其在斯乎？嵩焘识。

论盐二

孙鼎臣

治天下之弊，当究其弊之始终，得其所由生与其所终极，去之而利自见。天下产盐之地，曰两淮，曰两浙，曰长芦，曰福建，曰广东，曰河东，曰甘肃，曰云南，曰四川。

淮南岁引一百三十九万五千五百有十，课银五百八十余万两。淮北岁引二十九万六千九百八十有二，课银二十七万二千两有奇。两浙岁引八十万五千三百九十有七，课银二十九万两有奇。长芦岁引九十六万六千四十有六，课银一百五十六万两有奇。福建岁引五十四万五千六十有二，课银三十万二千六百两有奇。广东岁引八十一万四千五百有十，课银六十四万七千五百两有奇。河东岁引三十三万三千四百四十有二，课银五十八万一千六百两。甘肃花马池岁引七万二千六百八十有六，课银一万四千五百两有奇。云南无引，岁额以斤计者三千九百四十二万七千一百，课银三十七万六千二百两有奇。四川无额，视一岁所售之数请引于部，而备余引凡五千。

盖盐课居天下财赋四之一，两淮最巨，其弊亦最甚。为盐之策者亦独繁，要其归则缉私也，恤灶也，裕商也。为缉私之说者，天下无不食盐之人，生齿之息，今倍于昔，盐之售反绌于昔，则病盐者实私盐也。彼塞则此通矣，其说诚是也，然私果安出乎？私之途非一，船私者出于商船之船户，漕私者出于回空之军船，邻私者出于邻境之商，枭私者出于所在之私贩，以其慓鸷也，而谓之枭，功私者出于商所捕得之私盐，而莫盛于商所自贩之私。商贿吏而以卤耗为名，溢于额引者倍于售也。先私而后官，私无课而官有课也。虽然，商之贩私非商之故，课重使之然也。课之重非课之故，吏黩使之然也。

顺治初，始定纲数，淮南之引一百四万二千三百九十，淮北二十二万九千一百二十有二。今淮南之引增三十五万三千百有二十，淮北之引增六万七千八十有六矣。引目既增，商未受盐而先输课，输课之外岁有贡，贡之数五十万，在公之费又七八十万，其间大工大师旅，则有加价，有加斤，商又辄献银以佐国家之急，常一二百万。产盐之地，自场吏以上，行盐之地，自卒役以上。至于文武之大吏，莫不有赂。而又责之贷钱船户以造船，出财募人以捕私，其为用之繁且广如是。定制，凡引课银八钱三分，及一两一钱七分，而商非银二三两不能运一引。其后向之二者增而四，三者增而五，鬻一纲之盐，才得三百万，而所费殆二千万，欲毋贩私，得乎？故虽贩私而吏不问也。商私行而官引滞矣，总船私、漕私、邻私、枭私之数不敌商私。船私、漕私、邻私、枭私可以法戢，而商私不能禁，故缉私之说，掩耳盗钟之说也。

夫盐产于场，场不私鬻，私盐安出？禁其所贩之地，不若禁其所产之地，清其源而流自绝。于是有议稽火伏以禁场私者矣，火伏者，所以稽煮盐之数也，一灶为一鏾，历一昼夜，一鏾之得盐若干，有定数。起止皆场官监之，然诸场广袤数百里，火伏之时有先后，逐灶逐鏾而视之，不能之势也。且夫计口授盐，度天下之丁制为引之数，引之数有限，而盐之产恒有余，积有用之盐于无用之地，欲禁朝不给夕之灶丁使毋私鬻，禁嗜利之商与枭使毋私市，可乎？禁之必收余盐以恤丁，丁有余力，场无余盐，私不缉自止，此缉私先恤灶之说也。虽然，是余者委之无力之场商收之乎？委之积困之纲商收之乎？课逋帑绌，欲仰于官而官又不能，故恤灶之说，亦画饼以止儿啼也。

不收余盐，无以恤灶，不纾商力，则不能收余盐，然则裕商其恤灶之本乎？于是榷盐之使，司计之臣，请蠲玉贡矣，请免积逋矣，请带征滞课矣，请加价加斤而免其课矣。又有封轮散轮之法以剂其盈虚，有借底马之法以资其转运，凡所以为商计者无弗至，而商之困不苏，额入之课，累岁而可逋，官吏之费，依时而无爽，故裕商之说，亦朝四暮三之说也。原其所由，始而极其所终，其利弊之所在了然矣。

往者陶文毅督两江，当淮北积弊之后，纲商尽散，乃更其法为民运，官给票而收其税，命曰票盐，行之而效。盖蠲一切之冗费，其费则视商运才损三之一，而运盐者已获厚利，积年之滞盐顿空，亦宋沈立裁官估而岁额转增之证也。后十余年，淮南之商益困，陆沔阳以文毅为之而效也，如淮北之法行之，而纲法始尽散。未几，东南用兵，两淮之引地戎马交驰，盐法益扫地无余，而弊亦随之荡然尽矣。数穷理极，向之钩带蟠结，坚如锢山，纷如积丝。数十百年，庙堂之上，劳心焦思以图之。闳识之士，竭智毕虑以谋之。扃而不可排，障而不可开者，一旦决去，如转石于千仞之冈而坠之渊也，虽人事为之，抑岂非天哉？

论盐三

孙鼎臣

往者亭林顾氏，善刘晏之法，而称李雯之言。亭林之说，后人习闻之，举之达于朝，谂于当事之吏，尼而不行，则所谓盐利之不可兴，由于盐吏之不可罢也。

当道光之九年，御史王赠芳尝以课归场灶请矣，襄平蒋相国与盐政福森驳之。越二年，华阳卓相国、太仆寺卿梁中靖、翰林侍讲学士顾莼，又以是请，安化陶文毅驳之。今观其驳议之言，则虑场地之广而漏税也，灶户之贫而逋税也，盐之随税增价也，商之争竞居奇也，远地之不得盐也，场不能置库而场官之辇运烦也，场官之职卑而稽察不能周也，灶地之被灾而病税也，根窝裁而失业者多也。根窝之说，后卒裁之，亦无甚害，惧灶地之不能无灾，则制田赋者，亦岂能必天之无水旱哉？是数说者，皆未尝就其事之理而熟思之，为之说而详处之也。

诚著为法，以场商之有亭池自煮盐者为盐户，予以执照编之册，其有亭池煮盐之灶丁愿为盐户者，告官一例予照编册。其贫无力，以亭池鬻于富民而自为灶丁者听。命督抚举廉能州县官为场官而优其品秩。税银之征解考成，视地丁钱粮例，运司总其成，余官皆罢。其税则通核一岁旧征正课之数，与各场一岁产盐之数，均之而酌其中，每百斤定税若干。必画一，毋畸轻畸重，其旧征之杂项勿计。盐户自煮盐，盐成告官开市，场官稽其数而监其买卖，按所卖之盐，依税则纳银，税毕场官给税票，贩商运盐出场，关津验票而行，不问所贩之地，贩商不问何人，先于所在州县领照赴场买盐，无照者禁。

州县每三月具其数上之运司，盐之价毋官定，税则必画一者，均轻重以绝趋避也。勿计羡者，有盐即有税，盐溢税亦溢，盐无所为余，则税无所为羡也。许贫丁以亭池鬻之富民者，通贫富以重盐户，顺丁之情，勿强也。举州县为场官者，吏选慎然后盐政清，刘晏用士人之意也。罢余官而总于运司者，一事权，塞利孔也。场官给税票者，利商旅，讥盗鬻也。贩盐必领照，而具其数上运司者，稽匿漏，防侵欺也。盐无定价者，产有衰王，物有高下，市易之道，不可以法齐也。天下无无税之盐，而私贩不必缉，盐随出，税随入。逋课不必督，大商小贾，人人得出财自运盐，而盐无地不通。垄断不必虑，淡食不必忧，官少而费省，价轻而售易，盐之利尽归于场。不必优恤而盐户自饶，不必厉禁多取而岁入自倍，诸弊去，诸利兴，因利利民，而国亦赖焉者此也。

道光之初，纲法犹未甚坏，食盐之利者众，税征于场，国利，民利，商利，而官不与焉，故虽以襄平之忠，安化之才，不能不挠于众多之势，时之未至，虽贤者无所用其力欤？两淮之纲既废，引地之禁亦尽弛，东南民食之盐，莫可究诘。其直不减于昔之纲盐，民不食贱，而国失数十万之课，利权旁落，皆中饱于奸民，盐法之更，宜莫便于此时矣。于是当事之吏，始思往者之言谋征场税，而不立法，不择官，自咸丰五年至七年七月，税银止八万六千五百余两，偷漏侵渔，皆所不免。或者遂谓海滨随地为盐，不尽受场吏约束，势必设兵重刑，而彼亡命，无不通盗，虽贤能，有难制。且盐官之不能尽罢，犹河吏之不能尽裁，以为场税果不可行。

信能从吾言，盐户立矣，犹有不受约束者乎？盐利尽归于场，犹有通盗鬻私者乎？定场官之考成而精其选，犹有侵欺者乎？《传》有之，疑事无成，建非常之原，而蹈常习故之见牵于中，以此而责成功也，难矣哉！

就场征课之说，亭林先生亟称之，其实必不可行。海滨辽阔，随地可煮，随处可销，孰得而禁之？果行此法，壅者自壅，通者自通，不过驱利而归之场官耳。陶文毅晚悟其非，断然不行，诚远虑也。刘翰清志。

通论唐宋官人之法

孙鼎臣

古者士入大学，格物，诚意，正心，修身，齐家，而国与天下之理皆备焉。庠序、学校，其养之有礼，其教之有法，然及其升于司徒、司马，犹必论定而后官，官定而后禄，如此其慎也。

后世古制废矣，然取之不精，用之必审，重于其始进，而不限其将来，磨以岁月，穷以事变，犹可以塞侥幸而作人才，此吾于唐宋有取焉，而深咎明制之失也。官人之由贡举，三朝之所同也，迟速之序，内外之任，则有异矣。唐制，秀才高第，正八品上，京官则协律郎署令，外官则中州录事参军，事军镇兵曹、仓曹、参军事之属。明经高第，从八品下，京官则三省主事、考功、主书、评事，外官则京县尉、上中县丞之属。进士明法，甲第从九品上，京官则宏文馆校书郎、正字，外官则诸府州录事，上县尉、中县主簿之属。乙第从九品下，京官则崇文馆校书郎，外官则京县录事、中下县之属。筮仕之初，品位不过如此。

宋制，进士、明经，入望州判司，次畿簿、尉。九经入紧州判司，望县簿、尉。诸科明法，入上州判司，紧县簿、尉。判司、簿、尉，初任循一资入知令录，次任二考以上入正令录。知令录循一资入初等职官，正令录入两使职官。初等职官，两资入支掌防团判官，三资人节察判官。故苏子瞻言：选人改京官，常须十年以上。荐更险阻，析计豪厘，犹与唐制不远。明制不然，进士高者入翰林，次主事、中行、评博。又其次为知县，而簿、尉之职以待外流。即举人常调，亦皆自知县始。则其迟速与唐宋悬绝矣。

其内外边转之制，唐世凡官不历州县，不拟台省。侍郎阙，择常任刺史者。郎官阙，择常任县令者。韩退之《河南府同官记》卢迈、郑余庆诸人，皆以主簿、参军入为御史郎中，官至尚书、宰相是也。宋人仕宦，以台阁禁从为荣，而非积资累劳不能至。乾道二年，诏非两任县令，不得除监察御史，非曾任监司、守、行，不得为郎官。初等职官除大理寺丞，两使职官除著作佐郎，支掌团防判官除太子中允，节察判官除太常寺丞，皆六考。其外之大藩列部，又以朝臣出牧，招讨、宣抚诸使，则二府大臣，经略、安抚，则直秘阁以上，河南、应天知府事，则郎中以上，诸府则朝官及刺史以上，出入常均，中外迭用，此二代之制之善也。

明通籍之始，京外截然，后日之通塞由此。惟科道考选，有科目出身之推官、知县，而科目又重进士而轻举贡，举贡知推与进士同考，大抵仅四之一，起州县入为公卿者绝少。此其变唐宋之制而失之者也。

自举贡兴而学校为利禄之途，古之养士之政坏矣。然唐宋入仕有渐，而中外历考之，犹未失论定后官之意。明尽弃其制，用科目太骤，视州县太轻，中叶以后，士横而不制，民困而不恤，朋党与盗贼交讧，故唐之亡以藩镇，宋之亡以夷狄，而明之亡也以搢绅。

通论唐以来国计

孙鼎臣

财者天下之大计，财有数而用无常，考其盛衰，足以知其理乱。其君仁恕恭俭，民得阜其生而遂其求，无蕲富之心，而天下之富皆归于国。君失其道，政失其理，声色狗马，土木之欲繁，而水旱、盗贼、夷狄之患作，于是聚敛之臣进，剥下益上，至于四海困穷，天命人心随之而去。於戏！不可畏哉？

唐天宝盛时，海内殷阜，斗米为钱十三，行千里不持尺兵，是时天下岁入租钱二百余万缗，粟九千八十余万斛，庸调绢七百四十万匹，绵百八十万屯，布千三十五万余端。

玄宗侈心一生，宇文融、杨国忠、王鉷之徒，以财利取媚，遂酿安史之祸。盈虚消息，势如反掌，两京陷没，民物耗弊。肃宗中兴，奋于艰难之中，用兵专仰江淮财赋，至大历初稍稍孳息。史称盐利六百万缗，居天下之赋之半，则其岁入可知矣。宣宗既复河湟，天下两税、榷酒、茶、盐钱九百二十二万缗，而岁费率少三百余万。德宗用杨炎变两税，岁敛钱二千五十余万缗，米四百万斛以供外，钱九百五十余万缗，米千六百余万斛以供京师。元和二年，李吉甫上计，每岁两税、榷酒、斛㪷、盐、茶利，总三千五百一十五万一千二百二十八贯石，较天宝所入，少一千七百一十四万八千七百七十。藩镇专擅封殖，贡赋不入，疆圉日蹙，国计所以日贫也。

宋太祖惩五代藩臣骄恣，渐收利权，守令更用文臣。其时士卒简练，宗室鲜少，自朝廷以及郡县，官不及备，故财虽不足，而绰然常若有余，休养生息，至于太宗，遂成富庶。至道之末，天下岁赋谷以石计，钱以缗计，帛以匹计，金、银、丝、绵以两计，总七千八十九万三千。天禧之末，天下总入一万五千八百一十五万，出一万二千六百七十七万五千二百，有赢无绌。洎于皇祐，翰林承旨王尧臣等，较出入登耗之数，为书上之：元年之数，入一亿二千六百二十五万一千九百六十四，自是而所出无余矣。英宗治平二年，入一亿一千六百十三万八千四百，而其出也，乃一亿二千三十四万三千一百七十四，财多而用不赡，则兵冗官滥、宗族太蕃之故也。熙宁以后，言利者蜂起，掊剥横赋，法守荡然矣。

绍兴偏安，国用粗给。咸淳二年，起截中数，钱关、会子二千四百九十五万八千七百四十八贯，银一十六万九千六百四十三两，绸四万一千四百三十八匹，绢七十三万七千八百六十匹，丝九万五千三百三十三两，绵一百五万七千九百二十五两，绫五千一百七十九匹，罗七千三百五十五匹。户部以是定额，牒诸路趱催，盖南渡后所见于史之数如此。

《元志·食货》疏陋，一代之大计阙如。明初制财有法，立鱼鳞图以核土田，立黄册以稽民户，赋役既定，征敛以时，关市之征，务为简约，尽除宋、元苛细之弊，以屯卫养兵，以开中实边，天下府库，各有存积。外饷不支于内，京师不括于外，其取有制，其用有节。弘治以后，内府供亿浸繁，始增市税，置官房，改折直省漕粮，以供御用。继以武宗之游畋荒宴，世宗之营建祠醮，累世之积耗焉。久之，外库所藏，宣索亦罄，由是羡余干，折钞没，孝顺之名起。奸珰四出，矿税横扰，四海骚然，民不聊生。盖至万历之世，危亡之祸成矣。然其时田土，官民总七百一万三千余顷，夏税米麦四百八十万五千余石，钞万七千六百余锭，租钞三万二千五百余锭，税钞七千六百余锭，秋粮米二千二百三万三千余石，租钞万八千八百余锭。屯田、花园、仓基，征粮四百五十八万四千余石。京、通二仓，蓟、密二镇，漕粮四百万石。太仓库银四百三十八万余两，内承运库银一百六万一千余两。广惠库钞五万八千九百二十八万余贯，折色钱五千九百七十七万余文。天财库钞六十六万五千余贯，折色钱二百四十三万余文。经入之数，无减于旧，而出倍于入，黩货无艺，至天下兵起，乃益横征苛敛，救败而适速之，亦可悲已。

是故天下之财一也，物之衰王，俗之奢俭，系人主之敬怠而已。以开元之富实，而玄宗西幸。以彭原之迫隘，而肃宗中兴。以五季之凋瘵，而艺祖开国。以建中靖国之丰亨豫大，而二圣北狩。贷逋租、宽税额而明兴，讲矿利、增田赋而明亡。数君之成败得失，岂非千古制国用者之龟鉴哉？

附记

本朝顺治八九年间，岁入额赋银一千四百八十余万两，出数一千五百七十余万两，内各省兵饷一千三百余万，各项经费不过二百余万。见顺治九年给事中刘余谟疏。

十三年以后，额赋一千九百六十万，增饷至二千四百万。见张玉书《纪顺治钱粮数目》。至康熙间，部库存至八百余万，雍正时渐积至六千余万两。后西北两路用兵，动支大半。乾隆十年，台臣《请定会计疏》，称每年所入三千六百万，出亦三千六百万。至四十六年，部库存银乃七千余万。见是年阿桂疏。道光二十一年，库丁盗帑事发，亏银九百余万。宣宗责管库诸王大臣分年赔缴，又通饬内务府部院各衙门裁减浮费，斥三苑、三山珍货，命有司变价，库亏之数，数年弥补全完。

自二十一年至三十年，户部奏每岁入数三千七八九百万不等，出数三千六七八百万不等，岁计略有赢余。其内库之数，嘉庆十九年存银一千二百四十万两，见是年英和疏。道光三十年犹八百余万。广西用兵，屡颁内帑济军需，至咸丰三年七月，存银三百万两。

论治四

孙鼎臣

天下者州县之积也。宰相者治之所由成，而州县者治之所从出，不可轻也。治天下者，养之教之而已。朝廷有养之教之之政，而不及于民，是州县之过也。川、陕、楚之变，民皆以州县为辞，州县者民之所望为父母也，今疾之如仇雠而欲刳刃焉，其所由来远矣，岂尽州县之过哉？选之不精，任之不重，待之不宽，夫是以敝至此也。

州县之途四：曰进士，曰举贡，曰捐纳，曰丞倅。举贡、进士困于记诵之学，而溺于科举之文，一日临人，腐儒老生，低首而听于幕友吏胥。即其聪明才德之士，犹必磨以岁月，然后能稍习其事，及其欲有所为，而更调之符至矣。立贤无方，捐纳亦人才之路也，然甫入资而遽出宰，阶级躐矣。且彼之入资，果何心哉？求以偿其欲也。奈之何其以民之脂膏而为市乎？由唐以来，县令多取丞倅，然唐宋之丞倅，士人也，今则捐纳出其中，吏员出其中，其人已尝毁廉耻而自屏于流外矣，其拔而出之者，皆巧于媚其上官，而忍虐用其民者也。千金之璧，使佣丐守之，如之何其可乎？吾故曰选之不精也。

州县之上有府矣，其上又有巡、守、道，又其上有藩、臬之两司，又其上有抚有督。一吏也，而监之者五六人，此一人者之性情、语言、动作，其顺逆皆足以为利害。其左右之人，以至佐史之属，其好恶皆足以为毁誉。其居与行之供亿皆取给焉，虽公廉之长临之，固已不胜其病，而况有所挟以逞其私哉？利之当兴也，害之当去也，此五六人者一不可，则其事不能举。此五六人者条教之所及，意旨之所向，心知其非而不敢不从。三年而政成，课吏之法也，为地择人之说兴，数徙而不安其职，首尾不贯，上下不亲，往者行取之制，州县犹可望跻清要，中材可以勉强于功名。今士人一绾县符，终身摈外。百余年来，公卿中以州县起家者无几人，虽俸满大计保举，未尝无激劝之法，而循资而升，其至方面大僚，盖往往而难也。吾故曰任之不重也。

国家之本意，以教养其民责州县，督之之深，防之之密，本意亡而文法胜。钱谷、簿书之间，一毫之不如法，辄干处分，故有受事数日而诖吏议，历官数十年而未沾寸禄者。岁满考绩，虽龚、黄、召、杜之伦，不能及格，功罪黜陟，操于奸胥之手，骫法要赂，必餍乃已。且夫弦急则绝，法急则玩，操之已甚，穷而思遁者，人之情也。催征不力之法重，不得不侵移。刑名失入之法重，不得不姑息。缉捕废弛之法重，不得不讳饰。刀笔出入，休咎从之，彼其心日谡谡焉救过之不暇，而暇教养其民哉？岁禄之外，加给养廉银，多者至千余两，至优也。然前人侵欠，责偿后人，一人逋负，波及数任，谓之摊赔。公事无名之费，例所不许，均之州县，谓之公捐，皆于养廉除之，而养廉仅虚名矣。父母妻子之养，族姻宾客吉凶往来之礼，安所从出乎？吾故曰待之不宽也。

有此三者，故高人之行，出群之才，常薄之而不乐就，而吏始回面易虑，甘为苟贱不廉，第求便其私图，而职事之修废，民生之休戚不计矣。州县积轻如此，天下果何由而治哉？复唐宋之制，丞、尉以进士、举贡为之，考满擢京朝官，复出为州县，则练于吏职而习知民情。仿汉令、长、太守、刺史之法，州县属于知府，知府属于巡抚，置掾属分理刑名、钱谷之务，罢司、道官则事简而易达，省苛细之文法而厚其禄，则人自效而得尽其才。

用明丘濬之言，九年通考，课功黜陟，一考再考，平常者复任，殊绩就加其秩，然后可以责成功。采唐玄宗之诏，凡官不历州县，不拟台省。进取之望远，故有为之志兴。选之者精，任之者重，待之者宽，州县得人，而天下如纲之在纲矣。

论兵三

孙鼎臣

《周官》之法，即比闾族党为伍两卒旅之师。今之团练、乡兵，其遗意也。聚则为兵，散则为农，无廪饷之给、征调之烦，兵莫善于此矣。

嘉庆间，教匪之变，劳师六七年，坚壁清野之议行，民自团练，遂以平贼。盖以兵战，以民守，官兵之所不及，乡兵佐之，费省而功巨。今患经制之兵不足而行召募，召募不足而议团练，诚省兵省饷之策也。然自军兴以来，直省州县被诏举行，四五年来，贼纵横如故，城邑被陷如故，此其无实亦可见矣。其有能杀贼以自卫者，利见而害随之，岂今昔之事理固殊哉？盖尝论之，今之团练有数难：昔之用给于官，今责之使自出财，民多不欲，此惜费之说也。人情偷惰，侥幸苟免，此惮劳之说也。惑于贼恶团练之言，疑其不能御贼而适以啖贼，此惧祸之说也。以惜费惮劳之心，又益之以惧祸，无怪乎诏书屡降，文告日张，而民之起而应者少也。

嗟夫！由今之团练幸而成者少，使皆成害，可胜言哉？团总、团长借为奸利，凌弱暴寡，鱼肉一方，幸而胜贼，恃功骄横，小之狱讼，赋税官不得问，大之戕虐吏民，法不得加。小民不知礼义，日习战斗，人人有飞扬跋扈之心，喜乱乐祸。於戏！团练用民以御贼也，今乃变民为贼，其与夫始意，岂不甚剌谬哉？其所以然者，法未善而任非其人也。今夫比闾族党，《周官》之所以联其民，使之相属，后世之保甲也。伍两卒旅，《周官》之所以联其民，使之相属，后世之乡兵也。无比闾族党，则伍两卒旅为乌合之兵，无保甲则乡兵为乌合之民，焉有乌合之民而可望之亲上死长者？今之议团练，不先之以保甲，不问其俗之美恶，情之离合，而但驱之为兵，固已徇其末而遗其本矣。而其所谓团总、团长者，其人至猥杂，乡党自好之士不肯为，惟市魁里豪与士之无行者乃为之，非有御灾捍患之意，故其民不之信而莫为用。其寇常出入，民罹锋镝之惨，不得已合谋御贼，则雄武豪猾出，为之渠率而笼罩之，故常偃蹇恣肆而不循法度，团练举若是，天下岂有宁日哉？

夫团练必自保甲始，保甲者所以辑和其人心而整齐其风俗也，非贤士大夫不能任其事。昔《周官》之法，乡有大夫，州有长，党有正，旅有师，闾有胥，比有长，皆以卿士大夫之贤者、能者为之，以卿士大夫吏其乡而掌其政治、军行而因为之将，无事则安其教，有事则听其令，如手足之捍头目，子弟之卫父兄，故散者聚之，聚者散之，举而措之，帖如也。乡大夫、州长、党正、族师、闾胥、比长之制，今不可复，则宜察士大夫之贤且能者，尊礼而专其任，使掌一乡之事。别淑慝，重赏罚，约之以相保相纠之制，勉之以相赒相救之谊，使良民有所赖，而邪僻凶很者无所容。

保甲成，而乡兵由此出矣。度地以制财，量户以制丁，部之以伍两卒旅之法，出则节制之师也，入则教训之民也，如是而不能同仇敌忾，犹有骄恣而犯有司之法者，吾不信矣。昔吕叔简、金正希皆主用乡兵杀贼，世知乡兵可用，而不悟用乡兵者之为吕叔简、金正希也。於戏！安得尽吕、金而为今之团总、团长也。

民团之制，莫详于王文成，而文成用兵南赣、思田，未尝一借民团之力。募数百万之勇，糜数百万之饷，不足以资一战，而责吾民之杀贼乎？三省教匪，以剽掠为生，又非今日比也。察奸民狡逞之原，酌取文成十家牌之遗法，剔除奸慝，良有司任之，以卫一方可矣。嵩焘识。

度地以制财，量户以制丁二语，尽乡兵之要，明末惟吕叔简、金正希可与读此，所谓观于乡而知儒术之非疏也。朱琦注。

墟市论

高崧

洪氏隆兴《职方乘》：岭南村落有市谓之墟，以其不常会，多虚日也。至白乐天诗，则称亥市鱼盐聚。或曰西蜀曰痎，言如痎疾，间日而作，江南恶以疾称，故变痎为亥。或曰非也，荆吴俗以寅、申、巳、亥日集于市，故白诗亦称亥日。总之，不离乎不常会、多虚日者是。而皆不若嘉禾墟之善。

嘉禾十余墟，在南门内者为丰和墟，以三、六、九为期，乡村男女各负米、谷、豆、麦、苎麻、瓜果、韭薤、葱蒜、竹木、盐、油、棉花、布匹互相通贸，非日用所常需者不登于市。朝集暮散，民咸利之，是亦所谓不常会、多虚日者也。而城东北各墟，或相离十里，或相离十五里，或期以一、五、七，或期以二、四、八。以一墟观之，则市不常会，合数墟观之，此虚则彼会，远近各得其所，男女各遂其欲，故市之善，未有善于此者也。

孟子曰：市廛而不征，法而不廛。说者谓廛者所以抑之，其不得不廛者，恐其以市为利薮也。法者所以平之，其不必复廛者，恐其以市为畏途也。

今观嘉禾所交易者，布匹菽粟之恒，所往来者，男女老幼之类。韭薤葱蒜，无山珍海错之奇。竹木苎麻，非珠玑玉贝之异。甚至鸡鸭之所孕字，亦可易粟数升。纺绩之所赢余，亦可贸盐数合。小人近市，朝夕得所求足矣。童子无欺，精粗价相若，可乎？此固不待征，不必廛，并法亦无所用之，故曰市之善，未有善于此者也。

我观通都大邑，商贾辐辏，征贵贱，权子母，男不耕耘，女不蚕织，谓奇货之可居，惟秋毫之必析，究之相竞于末，其实不便于民。列肆之所陈，农夫之所弃也。贾客之所宝，匹妇之所轻也。又况僻在乡村，离城多里，抚兹囊橐，屈计无赢，纵有一尺布，五母鸡，恐亦道远莫致，贾用不售矣。其能如嘉禾之物，各相资墟自相比，易粟易器不为厉，予取予求莫之疵也哉？

夫事之利于民者多矣，非见之则不能知，非知之则不能行。墟市之设，一闻之于洪氏，再闻之于乐天，不知其利于民之若是溥也。抑又有疑焉，疑夫不常会、多虚日者之行之必不能久也，果若兹之以十里为一墟，十五里为一墟，此虚则彼会，远近各得其所，男女各遂其欲，可不谓善乎？凡吾所谓善以利民故也，非利富民，利贫民故也。夫事之利贫民者，岂惟善之而已？吾将告诸同志，各于其乡举而行之。

兵农分合论一

张绅

井田行而兵农合，井田废而兵农分，此固兵农分合之由，而要有不得不分之势。

何言之？古者王国六军，大国三军，次国二军，小国一军，所以分而制之者有其等。军统以卿，师帅以大夫，卒长以正士，司马以中士，所以统而属之者有其人。春蒐而教振旅，夏苗而教茇舍，秋狝而教治兵，冬狩而教大阅，所以训而练之者有其时。无事属之司徒，有事属之司马，夫是故居则联其家而为比闾族党，出则联其人而为伍两卒旅。子继其父，无召募之烦而数不缺。自耕而食，无廪饷之糜而粟自饱也。是井田行而兵农合之善也。

爰及后世，则有大谬不然者。古者一人从军，八家供之，井田废而兵不能无身家之忧。古者马牛车甲，赋自丘甸，井田废而兵赋责之民间，民必重困。古者教练多，调发少，甸积六十四井，始出甲士三人，步卒七十二人，是以七家而始调一人也。三家正羡代更，七家前后迭任，王畿之内，计凡七十征而役一周。民生二十以后，六十以前，其为徒役也仅矣。后世动以百万之众，尽其人而兵之，当战国时已户三男子，其何以堪命？古者征伐不过数百里，又师不逾时，战阵必以礼节，其进退步伐于疆埸之间，不啻俯仰揖让于户庭之内也。后世长征远御，兼年累月，而其为战也，决命争首，其暴骨之惨，苟非强悍之夫，精练之士，欲其出入于生死之地，此必不能，故其势兵农不得不分。

昔齐之管子，天下才也，知先王兵农为一之法，不可以决战，于是变司马法而为简略速胜之兵。参国伍鄙，国之三军，悉出近国，都之十五乡，而农夫不与。其为农者处之野鄙，专令治田供税，更不使之为兵。观桓公问五鄙之法，管仲对以兵不旅旧，则民不偷。是不以其旧为农者，忽而隶于师旅之明征也。兵习于战，而农习于耕，兵农不相扰，齐以故方行天下。又随武子云：楚国荆尸而举，商、农、工、贾不败其业，则楚亦以兵农分强。洎乎秦汉，秦以力征兼并六国，所以诱三晋之民耕于内，而使秦民战斗于外者，势不能复力于农。汉武倾国远征，于是有募兵，有常从，亦审于兵农不得不分之势也。

而儒生动言复古，夫复古莫如唐，唐初分天下为十道，置府兵六百二十四，上、中、下有差，统练有法，更代有时，总以折冲，无事则力耕以足食，有事则荷戈以从戎，此诚得井田遗意。然其后法浸坏，卫士稍稍亡匿，虽欲不从张说募士宿卫之说，其可得哉？或者不察，辄谓府兵设而唐强，府兵废而唐衰，窃以为未必尽然也。当太宗之置禁军也，择善射百人为二番，又选材力骁壮者置飞骑，其试而取之也甚精。其十二都尉率五校兵马而训练之，步伐击刺，秩然有序，其所以横行天下而莫当者，有其法，得其人也。开元彍骑之设，其始各卫悉果敢而勇于战，以故高侃获车鼻，裴行俭斩泥孰匐，王孝杰破泥孰俟斤，其时兵号最强，安在彍骑之不如府兵哉？自李林甫上下鱼书，童、奴、侍官习为翘木扛铁，禁军弛而各卫军皆坏，则任之不得其人也。夫无太宗之人，行府兵之法，不能为强。有太宗之人，行彍骑之法，不至于弱。然则长治久安之策，诚不在袭寓兵于农之迂谈也。

论者又谓兵农分，国有养兵之费。夫此养兵之费，征自民间，非劳国家别计经营以供之也。兵出死力以卫民，民出供给以养兵，其与寓兵于农，自耕而食，虽云有间，而兵不妨农，农尽其力，农无兵扰，农自乐输。以天下之财，济天下之用，于国无损而可以纾民力，何惮而不为此？且农养兵与农为兵，其害孰甚？农也，而兵之，倏被甲兵，倏执耒耜，今日赴戎行，明日赴畎亩，民安有须臾之暇？一旦有警，外深锋镝之患，内荒芟柞之功，设复有周公三年之役，宣王六月之师，农功尽废，而田野为污莱，此舍我穑事而割正夏，虽汤武不能泯其怨咨也。又况农必三时不害，而兵宜以时肄，农不勤犹无农也，兵不精犹无兵也，兵农合征发繁，则农必妨。训练疏则兵不习，以荷锄秉耒之夫，当披甲执锐之任，敌未来而胆已落，有望风而遁耳，安能执干戈以卫社稷？

是以其兵委敌，并以其国委敌也，害可胜言哉？且民风不如三代久矣，令人各知兵家皆习战，其桀骜难驯之气，刚暴不可制之性，横行井里，少不如意，操戈相向，甚且振臂一呼，乱者四应，以之摧坚陷阵则不足，以之挟制官长则有余，法令安所得施？昔宋王安石保甲之编，时乡村无赖子弟，自恃身为保丁，又家藏利兵，身挟武艺，由是要结党友，群行攻劫，州县不能制，父兄不能禁，其甚者入县镇，杀官吏矣，此其殷鉴也。资以御敌，而反为寇盗，以此论之，兵农莫善于分，莫不善于合，四民各守其业，士恒为士，农恒为农，工恒为工，商恒为商，故习其业而精也。

今必责士也，兼之为农工也，兼之为商，则业分而两无所就，且古者入而卿相，出而将帅，今之上马横槊、下马赋诗者几人？如必使武臣操毛锥子舞文弄墨，文人持长枪大剑角逐疆埸，其可得哉？文不能武，武不能文，兵农又安可合乎哉？

兵农分合论二

张绅

三代而下，兵农既分，虽圣人不能复合，其势固然。然以时通变，因地制宜，则有利于分者，亦有利于合者。论者谓人习战斗，法令森严之日，宜于兵农合，承平既久，人不知兵之时，宜于兵农分。窃犹以为，未尽兵农分合之利也。攻战守卫，兵农利用分。防汛边戍，兵农利用合。今夫屯田之法，亦古者井田遗意，井田寓兵于农，屯田寓农于兵，足食足兵，计未有便于此者。

自汉赵营平屯田湟中，遂敝先零。诸葛屯田渭滨，军食因以不匮。枣只韩浩屯田许下，羊祜屯田荆襄，又后魏李彪请立农官，取州郡户十分之一为屯田。唐宪宗时募民为十五屯，垦田三千八百余里。太和末，毕诚募士开屯田，咸收其利。元初当征讨时，每遇坚城大敌，则屯田以守之，后各卫、行省皆立屯。明初则令诸卫分屯于龙江等处，及边竟荒田，拨军屯粮为官军俸。洪武所谓养兵百万，不费民间一文者也。宋时欧阳修、范仲淹辈咸建此议，洵哉足食足兵之至计也！虽然，屯田有利而亦有害，睹其利而未睹其害，将尽天下之兵而屯之，则兵不胜其扰，又尽天下之田而屯之，则民不胜其扰。兵扰而有兵如无兵，农扰而有农如无农，害且不旋踵而至。汉、唐以来，前事可睹矣。汉、唐之所以有功者，边地用屯，宋之所以流而滋弊者，腹地用屯，而魏晋之扰，则又兼以民屯。

夫地有可屯不可屯之别，人有可屯不可屯之分，今欲酌古准今，万全无弊，师汉、唐之法以收其利，而变通于魏、晋、宋之法以祛其弊，则必不可屯之地、必不可屯之人有在矣，所谓攻战守卫，兵农利用分是也。不可不屯之地、不可不屯之人亦有在矣，所谓防汛边戍，兵农利用合是也。何者？攻战与边戍异，防汛与守卫异。守卫之士，即攻战之士，有事以备折冲之用，无事以备干城之固，训练精，弓马技击娴习，乃能出没于锋镝之间，执干戈以卫社稷，非来自田间而可足用也。倏而农，倏而兵，农不习而兵亦不精，则两病，故曰兵农利用分也。

若夫防汛边戍则不然，防汛分屯官道，不能归营伍以时训练，无事不过驲递送迎，有事亦不能用以攻击，升平既久，既无烽燧之警，徒为仰食于官，日事游惰，其黠者阳托巡缉，阴肆奸宄，借端滋扰，罔害平民。国家何事，以有用之资养此无用之兵。然而裁之，则又官驲往来不便，备豫亦疏，计惟有于防汛之处，授以田亩，使之务农，则有恒产兼有恒业，耻心生而奸不得逞，家有积储，守望自切，禾防偷窃，巡查自勤，役不荒，差不误，而国家并无廪饷之糜，则是一举而君民两利也。且夫军国之事，备边为急，备边之事，兵食为先。道里辽远，戎人反覆，撤戍则心生，减兵则力弱，将为久远计，而糜费日繁则国病，转输难继则民病，千里馈粮，师不宿饱，则兵亦病。欲其士饱而嬉，马腾于槽，于以伸威境外，虑非屯田不可。计人授亩，耕耨以时，农隙讲武，而又以其间修城葺堡以为藩篱，蓄木种树以限戎马，人有余勇，军有余粟，戎人震慑而谁何？无养兵之费，而收富强之实，虽以长治久安可也。故曰兵农利用合也。

于其利用分者而合之，兼顾而两不能精，误农兼以误兵也。于其利用合者而分之，供亿而命不能堪，农困而兵与俱困也。是在善谋国者，以时通变，因地制宜，可分而分，可合而合，则兵农两利，而国家有万年不拔之基矣。而要之分为经久，合则权宜，万不可以目前之利而贻害于将来，亦不可以一方之效而流毒于天下。如必袭寓兵于农之法，恐处士之迂谈，无当于国家之实用也。

案：一法立，一弊生，故曰有治人无治法。言得人则法可行，非谓法全可废也。土兵、乡团自古良法，而有得力，有不得力，则视办事之人。乃近时治兵大帅，及谈兵智能之士，皆以乡团为甚不然，几欲悬为禁例。无论各省以团见效者不少，即如楚军之起自湘乡、新宁诸邑者，孰非先练于乡邑而后出征乎？如谓乡团习成剽捍，恐他日逞凶难制，则召募之军何独不然，如近日逃丁叛勇，成群劫掠，来去如风，民不借乡团自卫，束手以待官军之至乎？盖当因时因地以制宜，无庸预设成见也。汝怀附记。

士先志论

刘际泰

立乎千百庸众之上，而侪于千百庸众之中，既侪于千百庸众之中，犹自谓居乎千百庸众之上，抑不知其所以异于千百庸众者果何在也？夫立乎千百庸众之上者非士哉？彼貌为士者，冠儒冠，衣儒衣，自谓与流俗迥殊，究其所为，卑污苟贱，为流俗之所不屑为，而并为流俗之所痛疾而交刺，此固不足为士也。

若既学为圣为贤矣，亦既欲建功而立业矣，犹或不免浮沉岁月，优游身世，初无痛自克治、勉为策厉之意，又或刻自振作，力图日新，窥其隐念，真有不甘于废弃者。未几而气稍靡矣，未几而力渐堕矣，由是迁延畏葸，前功尽丧，甚至身名瓦裂，一败不可更振，此其故何哉？则曰气之不勇，而非仅气之不勇也。则曰力之不坚，而非仅力之不坚也。彼其先立志原不勇，故其气因之不勇。立志原不坚，故其力因之不坚。使其志果卓立，千仞百折不回，则即摧挫之不能少挠，磨削之不能少屈，而决然一往，有必成吾志而后已者。甚矣，志之彻始彻终，而士不可不先定也。

冉氏之终于聚敛，宰氏之行不逮言，皆志之不立者也。孔明之鞠躬尽瘁，不逆睹成败利钝，郭令公之屡遭谗退，闻君命辄身捍国难，皆能立其志者也。

志既定，则明善而善可明，诚身而身可诚，为贤为圣由是，建功立业亦由是，尚有侪于庸众之中，而不能立乎庸众之上者哉？故《记》曰士先志。

谏论

陈源豫

君臣之见相阂则有谏，既不能屈己以从君，乃欲挽君之见以从己，固已难矣，而或不慎所发，适以启厌弃之心，后将难继。故君子不遽谏也，务先积其诚而已。夫诚感诚应，伪感伪应，古之君臣知无不言，言无不行，固有立乎其先者。

后世则不然，臣以直谏之名为荣，君以拒谏之名为辱，谏者十，沽声誉者二三焉，希荣宠者四五焉。其尤者己既欲居直谏之名，又欲使君自爱其名，以妄冀夫身名之俱泰。是故陈利害则或以为恐惧我，援成宪则或以为要胁我，论理道则或以为贤智先我，迫于理势之无可如何，或且阳予之，阴嫉之，容于此而发于彼，臣以术贡，君以术驭，伪与伪交市，天下事未有能济者，而且曰吾言之不用。嗟乎！亦思其所以不用者，孰使之然哉？然则当奈何？曰：莫妙于间，有时间，有事间，有人间。

韩琦谏撤帘而曹后复政，吕端锁王继恩而太子得立。真宗时宫禁火，王旦谓财帛不足惜，患政令赏罚有未当，中外乃得言朝政得失。此得时之间也。（颖）〔颍〕考叔请羹遗母，庄公母子如初。魏王欲易储，贾翊对以袁本初、刘景升父子之事。武后梦双陆不胜，狄仁杰曰：不胜无子也，天殆以警陛下。严世蕃弄权擅威福，徐阶第列其谋逆数事。此得事之间也。若夫人间，则又合时与事、君子与小人而用之。张良招四皓辅太子，高帝以为羽翼已成。吕后王诸吕，陆贾知不可已，乃说陈平交欢周勃，以安刘氏。至于狄仁杰说张易之，劝诏还庐陵王，李东阳、杨一清谋诛刘瑾，先结张永，罔不因人而成事。昭烈白帝之败，诸葛亮曰：孝直而在，当不令主上东行。夫君臣相得如鱼水，不得其人，谏且不行，况其他乎？而要非有忠君爱国之诚者，不足语此。盖其心本不系夫君国，苟得其间而用之，则天下将转移于无形，而彼之名不显。

今试有人焉，善吾劝，过吾规，而究其本心，非谆谆于我，不过讦吾短，以自鸣其直谅，吾将茹之乎，吐之乎，亲之乎，远之乎？以己之所不能堪于友者施之君，友之所不能得于己者望之君，何不恕之甚哉？

子夏曰：信而后谏。孟子曰：不诚未有能动者。伊尹之于太甲，周公之于成王，当其志气未孚，曾不敢以理喻势禁，惟积诚以需之，至于三年之久而始悟。后之君臣，其果贤于太甲、成王、伊尹、周公否邪？而乃欲于立谈之间劫而取之，其可得乎？况欲假是以希宠荣，沽声誉，吾未见有能善其后者。

淮阴侯论

陈源豫

乌乎！韩信忍不如高帝，智不及子房，乌能免于族哉？秦之末造，豪杰并起，高帝虽有萧何、樊哙辈，屡起屡蹶，几不保，逮其后，子房谋于内，韩信力征于外，遂有天下。当时之材智，无二人匹者，其见忌宜亦相等，而子房顾超然不及于祸。

夫欲知人之所不忍，当先观其所忍，方项王得太公，置俎上以相要约，高帝乃为分羹之语，子房于时固窥其微矣。而信顾且为假齐王，且夫子房岂不知神仙之事之为诞者，乃欲从赤松子游且辟谷，信则必待被执时始悟，何信之明于料项王，而暗于知高帝也。语云：神龙有欲则易制。信微时，为母茔葬地，其旁欲置万家，后又以汉必不夺我齐地。夫手挈天下以与人，其所欲得者，仅裂土之封，而卒不保其有，且至夷族，不大可哀乎？

或曰：信从陈豨谋反，罪当诛。夫登坛数语，识时务者莫如信，天下未定，尚不肯背其君，废为侯，手无尺寸柄，复奚为邪？彼舍人之告变，安知无使之者？

君心论

李绍莲

王者御世之道不一，期于治而已矣。王者致治之道亦不一，期于安民而已矣。夫安民以政，政本于心，心之所存有公私，则政之所施有诚伪，有诚伪故有顺逆，有顺逆故有从违，有从违故有治乱。观者泥其末，而不察其本，则曰天下之治，忽在理欲。夫理欲何定之有，当观其存心何如耳。

存心也私，则理也，而人欲矣。存心也公，则欲也，而天理矣。揖让，盛德也，尧舜让而兴，之哙让而亡，尧舜公而之哙私也。征诛，大变也，羿奡诛而暴，汤武诛而仁，羿奡私而汤武公也。且昔者周公杀兄矣，硕肤之度，诗人美之，太宗效之而负咎。夏禹泣罪矣，下车数言，史传称之，梁武效之而国弱。此四君者，事迹不殊，而治乱相反，则存诸心者异也。故夫天下之道，惟其至公而已矣。

礼乐兵刑，庸主以为号令，圣主以为性命，将九州之卒，不以毒民，而以除暴，则铁钺即仁义也。率九宫之御，不以纵欲，而以式化，则夫妇即君臣也。故有《关雎》之意，则可以乐鼓钟。有《车牵》之诫，则可以耽歌舞。有天下一家、中国一人之量，则可以享天地之利而受万物之养。天地之利，非私于一人也。万物之养，非厚于一身也。然且享之而且受之，而世之君或奉宗庙而不足，世之卿士大夫，或保子孙而不能，故曰惟其至公而已矣。故仁有假仁，义有假义，礼有俗礼，勇有小勇，智有私智，信有小信，六者天下所共明也，惟不推其所由然故不辨，是以其端不审，其究靡穷。

今夫雪霰冰霜，天所以肃万物而固其气也。六月而降之，则群起而相诟。雪霰冰霜，非罪也，或有功，或不免于招怨，则所降之者异也。故君子出而谈治术，莫若为至公。惟公也，而尧舜为尧舜。惟公也，而幽厉可文武。而世之言徒曰：理则治，欲则不治。治其所治，而不知其所以治。则治所不治，亦不知其所以不治。夫治者，非公可以治乎？则淮水之鼓钟，犹是丰京之考击，而殷王之璇室，不如西伯之灵台，若是者何哉？

邮政论

陈长镇

朝廷一令出而天下应响，一政行而万里蜚声。以及边鄙有警，而捍御不爽其期。臣下有章，而申奏不违其候。风行电激，射羽驰星，握其枢机，厥惟邮政。

向使驿递不立，夫马缺如，将充国之奏报，戊申至甲寅，七日不达乎畿京。温书之爰书，河西及长安，三日难通于帝座。内外格闭，案件迟留，下天衢以九重，望君门而万里。庙堂宣化，不疾而速，不行而至。果如是乎？夫国家之有邮政也，譬之人之一身，耳目手足，各司其职，必有血脉与为流通。血脉凝滞，则一身之内，必有痿痹亏蔽，莫能自远者。邮政所系，亦犹是矣。

窃尝考之三代以前，未闻所谓邮政者，至周公命官，而始有邮人之职，龙节虎节，朝聘会盟，实嘉赖之。秦汉而还，使者驱驰，相望于道，凡其朝冉駹，定筰卭，通闽粤，收燕代，邮力为多。终军骋辔于昭关，相如乘传于巴蜀，此其征矣。唐宋以后，其任益隆。折梅而逢驿使，敢懈王程。无伴以看好山，恪遵国宪。悉于邮政，是竞竞焉。至于元明，法綦详备，监司纲举于上，丞史棋布于下。伏枥而鸣者有额，仰官而给者有经。上司行查，数马而对。计口而稽，由来尚矣。

顾周秦而上，内而邦畿，外而列辟，各君其国，各子其民，庆赏罚惩，独行其是，告王而请命者，百不二三焉。然犹迎来送往，符竹委遗，满于郊圻，盈于候舍。司分六职，事列九经。矧夫车书画一，中外同轨。郡县星错于神州，征讨汗颁于紫极。柳塞毡裘之长，稽颡来前。月栖日浴之乡，贡琛恐后。而顾无邮以通之，是使下望帝如天，上视民犹海也。是使睢阳之急不得援，郑侠之图不得上也。是使绕朝之鞭可无赠，越裳之车可无造。浮金没羽之章，莫耀于龙墀。巢山驾海之群，不通于凤阙也。乌乎！可哉？

又况今日者幅员之广，十倍于唐虞，腾驾乎往代，耳目所不诣，梯航所不纪，莫不慑栗濡蒸，束发请隶，削衽承风。一年之间，奏闻之项，不知几千百也。咨部之案，不知几千百也。议覆俞允之条，批驳饬行之件，又不知几千百也。苟邮政不修，则声气隔塞，无亦问四海之兵刑，天子不知，问诸州之钱谷，天子亦不知乎？无亦诏旨之下，视同挂壁之文。纶綍之宣，竟作覆瓿之具。不然，是犹舍舟而穷源，今日适越而昔至也，必不行矣，然则邮政可不豫讲乎？顾窃有虑焉。国家立政，有一事必有一事之弊，逮行之既久，颓堕废弛，诸弊错出，莫可究诘，而邮政于是乎坏矣。试申其说：

一则勘合便牌之多假冒也。本非皇华之遣使，而谬挟金鸡。本非白简之飞霜，而漫夸之舄。本无勘合，则兵部之巧吏可以投镮。本无便牌，则督抚之蠹书无妨纳贿。既豹皮而羊质，遂狐假乎虎威。索其照验，冰斯之篆依然，朱紫之符宛在。真赝莫辨，竭蹶趋风，而邮政一坏。

一则高爵显位之多凌压也。不必合驰驿之条，而大人之言传，即成丹诏。不必符递送之例，而从者之口诵，便是明文。俨呵气而鼓风雷，亦摇舌而成罪案。何殊吓鼠，莫敢奋螂，稍有羁延，继之鞭挞。长官令丞，俯首帖耳。流沫相属，立给夫马，安问鲁鱼？而邮政又坏。

一则往来供给之多逾额也。督抚之偶出，岁不二三。府道之因公，月尝一再。旌旗拂雾，岂诚韩信之将兵？仆从如云，屡烦邦君之负弩。胥役悉乘上驷，骅骝叠困长途。不思单车而入朝歌，王尊可法。妄慕连骑而临齐楚，端木称荣。有司不敢抗违，驲递益加烦苦，而邮政又坏。

一则夫马钱粮之多侵蚀也。日分刍豆，官食其七八，而马食其二三，月给口粮，夫苦臣朔之饥，而官享侏儒之饱。锦鞍绣镫之费，尽入私囊。长鞦短辔之资，半归已橐。马之倒毙有额也，在厩而妄称倒毙，皮耳之验何凭？夫之支销有额也，未用而妄肆支销，历册之稽皆伪。甚至马已毙而不即造报，刍豆仍供老饕。夫无常而临时募招，口粮尽填贪嗉。因之马尽疲瘦，夫尽逃亡，一有重差，楫手顿足，罔识所为。一纸迟回，不念监州似火。五花弃置，空烦韦陟书云，而邮政之坏极矣。

当夫羽檄旁午，上司按临，则又设为苛派之计。既可假此弥缝，又复借端悉索。不曰过山钱，则曰铺设费。不曰夫马价，则曰草料资。夺民马而硬打火印，起民夫而捏号排名。近者则供力役，远者则议帮贴。弃农功以承官府，刳膂肉以给征徭。狐兔之智如神，豹虎之肠靡餍。冲衢孔道之民，纷受驿递之累矣。夫有驿而闾阎之鸡犬皆惊，村埠之桑麻悉扰，虚縻国费，玩误公差，此而不修，后将何既？况当百废具举之朝，庶绩咸熙之日，而能令此狐奸鼠诈之弊，如环而生，既非朝廷立法之初心，亦非有司奉公之善策。

然则欲邮政之修，法当权其难易而专其职守。何则？假冒多由于书役，责书役则假冒无虞。凌压多出于上官，严上官则凌压可免。复准有司，不避虎威，详揭达部，按问如律。此二者之弊，犹其易除者也。

逾额之弊，督抚、提镇，旧以便其私，司道、郡丞，因之行其意，相沿日久，最难厘革，则当严其禁于上司，赍折陛见有其殊，检阅盘查有其等。某者骑马若干，不得求之一车两马之外。某者拨夫若干，不得取之民夫丁壮之中。勒为成书，示不可越难易权，而邮政之弊，十去其二三矣。

若夫侵蚀之弊，有巡察以稽查之矣。然巡察之稽查，不如郡守之勘验。巡察一岁偶至，最易弥缝。郡守按月调勘，万难逃匿。驿站之地，另立印册，挨次填注，如某日某差因某事，例用夫马若干，按月报府。水陆塘汛，亦立印册，查点数目，按月申报，以凭核对。马之火印，编列字号，贮之府署，如有倒毙，必皮、耳、火印俱存，方准买补，仍于府请印，方准领给。夫之工食，一日二分，不敷食用，似难责以常夫，无妨准其招募。不则减其名数，加其俸薪，不准招募。郡守不时查点，申报巡察。口粮刍豆，据实开销。鞍鞯鞦缠，必须完好。郡守司其目，巡察提其纲，而侵渔之弊息矣。

至于苛派，近今绝少，但令督抚严加查察，府道按律纠参，民间自行控告，有司虽不肖，何忍以身家之重，自入虞刑，父母之遗，顿罹汤网？是则职守专，而邮政之弊又十去其七八矣。

他如水驿之地虽少，铺递之任虽轻，亦当整理其船只，严稽其晷刻。驿站既修，诸务毕举，帝王整齐宇宙之术，纲维声教之机，莫神于此矣。不然者邮政不修，道途多阻，上官偶至，岂诚骑竹马以来迎？星使欻临，未许驾铁船而径渡。公务之废，可胜道哉？

湖南文征　卷三十二

考一

三江考

张明先

四渎百川之名，莫不昉于《禹贡》，汉、唐以下注水道者，多讹袭后人俗称，指点见前，疑似形势，附会牵合，任意解说，迄无定论。

《禹贡》记荆州水曰：江汉朝宗于海。江之昉也。记扬州水曰：三江既入。三江本一江也。其于江汉朝宗之后，又曰九江孔殷，因江水从今之江陵县南虎渡口分入澧水，至洞庭与沅、湘诸水合，经岳州而仍入江，故九水亦得以江名。所谓东至于澧，过九江至于东陵者是也。《正义》与曾氏亦知下流合于大江，故称九江，而不知江水早入澧水，合沅、湘诸水而复与大江会，是江水与江水会也，称之为江，夫复何疑?《禹贡》之导汉水也，既曰南入于江，又曰东为北江入于海，故称北江也。《禹贡》一书，凡言江者，皆指岷山发源，由梁而荆而扬之江，他无所谓江也。

江水源流，古今未改，非若黄河迁徙无常，失其故道，无可指据。自郑玄注孔安国《三江传》云：左合汉为北江，会彭蠡为南江，岷江居其中，则为中江。蜀人税安礼《指掌图》以为苏轼作，谓水出彭蠡者为南江。蔡沈《圈外注》亦称苏氏谓岷山之江为中江，嶓冢之江为北江，豫章之江为南江，二说欲于《禹贡》东为北江，东为中江之外，增出南江，以足三江之数，意以为汉水自北来，可称北江，则彭蠡南来，可称南江矣。殊不知《禹贡·导水》曰岷山导江，是谓发源处已是一截江。继之曰东别为沱，所以别于江也。过九江至于东陵，东迤北会于汇，即继之曰东为中江，又是一截江。导汉水南入于江，东汇泽为彭蠡，即继之曰东为北江，又是一截江。导江，导汉，以江为主，中江、北江皆原本于岷山之江。文有先后，脉实一贯。

汉水南入于江，在未汇彭蠡之先。东为北江，在既汇彭蠡之后。汉统于江，不得于江水合流之中，独标汉名曰北江。彭蠡为泽，本文已有定名，又安得创立一说以彭蠡为南江邪？至蔡传引庾仲初《吴都赋》注云：松江下七十里，分流东北入海者为娄江，东南流者为东江，并松江为三江。韦昭云：三江谓吴江、松江、钱塘江。此皆未悉源流，止从震泽附近着想，大与《禹贡》三江之旧不合。又《山海经》云：三江者，大江、中江、北江也。汶山郡有岷山，大江所出。峡山，中江所出，东注大江。崌山，北江所出，东注大江。其源皆在蜀也，此又□□江源，后人臆说亦与《禹贡》东为北江入于海、东为中江入于海之旨不合，均非确论也。

学者苟探其源而溯其流，深会乎《禹贡》中江、北江与三江既入之义，中江在至东陵北会于汇之下，北江在汉水入江东汇彭蠡之下，则知中江、北江之上自有一江。江水一源而三目，岷山之江在梁为一江，中江在荆，北江在扬，三江位置井然。三江入海，不至泛溢，则震泽易致于定，不但庾、韦、蔡三家之说悖谬，断不可从，即郑、苏彭蠡南江之创论，汉水北江之特标，亦误甚矣。抑又考《汉书·地理志》注云：岷山为大江，至九江为中江，至徐陵为北江。《水经》及《荆州记》云：江出岷山，其源若瓮口，在益州潜行地底数里，至楚都广十里名为南江。自犍为历澧、沅、湘合诸水，至浔阳经彭蠡、芜湖，名为中江。东北至南徐州，名为北江而入于海。徐说文至主此说，次第不紊，脉络贯通，斯为近之。然以岷山之江为大江，为南江，加一“大”字、“南”

字，与中江相配，反属蛇足。

以愚见惟以岷山之江为一江，无“大”与“南”之名，殊觉浑融，犹是从岷山导江句钩断得来也。至云以浔阳、彭蠡、芜湖为中江，则以中江、北江混为一处，盖由误指浔阳为九江，错解东陵之汇为彭蠡，故以芜湖为中江之界，其实中江在东陵北汇之下起，至东汇彭蠡之上止，彭蠡以下则东为北江矣。浔阳在中江，芜湖在北江，界限不可不明。倘谓中江、北江俱在汇彭蠡之下，岂果如苏氏味别之说，尝水味而知何者是中，何者是北，不尤可哂之甚者乎？

夏口考

彭维新

夏口之淆其名，讹其地也久矣，昉于三国之吴，承误于唐，而成于今之沿袭称说、习而不察者。凡水之流经其地而出者谓之口，《水经》诸所云口者，必实有是水而后受其名。

鄂城左右无他水入江，惟上流入江诸水，经其城西、南、北三面，此大江之南岸也。汉口则汉水由此入江，涢水附之，大别峙其表，与《禹贡》所纪汉水南入于江者，今古不殊，此大江之北岸也。鄂城、汉口，均无夏水入江之口明矣。《水经》云：水东至华容县西，夏水出焉。又云：大江又东合于夏口。注：江水左迤，北出通于夏口。《水经》又云：江水又东左得二夏浦，俗谓西江口，其右岸有城陵山。今曰城陵矶，在巴陵下十五里。

遍稽诸记、志，有曰中夏水，曰子夏水，其地悉在江陵之上，其经流之处，曰孱陵，曰华容，孱陵即公安也。今石首、监利皆昔华容境。而《汉书·地理志》江夏郡注云：沔水自江别至南郡华容为夏水，过郡入江，故曰江夏，似以沔水即为夏水。而于华容则注云：夏水首受江东入沔，行五百里入江夏境，接秭归夷道，今夷陵。征诸《晋书·杜预传》云：旧水惟沔、汉达江，预乃辟扬口，起夏水，达巴陵千余里。与沔、汉本非同条，且其入江更在江陵以上，则夏水之在大江北岸，距鄂城、汉口，均千里而遥又明矣。春秋时，鄂渚亦曰夏汭，然水北曰汭，水曲流亦曰汭，非仅水相入一义，犹妫汭、渭汭之类，非水所由出之口也。至《诗地理考》谓冬竭夏流，故曰夏。其入江处谓之夏口，此本应劭《十三州记》，盖意为之说，故不能实指入江定处。

按《尔雅》：夏，大也。邢昺疏：凡物之大壮者谓之夏。观夏浦之称，叠见《水经》，自南郡至庐江界，水道绵远，滔滔江汉中，夏水得屡标名目，其非随时盈缩，涓涓细流亦明矣。溯淆讹所自，缘孙权于黄鹄山筑城，以对岸有沔津渡，漫以夏口名城，自是而夏口之称移于南岸矣。至唐人则竟以鄂渚为夏口，凡纪行赠别见诸诗文者，无不专目南岸矣。江水径鲁山南，郦善长注引《地说》云：汉与江合于翼际山旁，山上有吴太守陆焕城，盖取江、夏二水之名，鲁山一名翼际山，即大别山也。是又移夏口于北岸矣。

迄于今人不知察，南岸、北岸，任意泛目为夏口，或以夏水本出北岸，竟确指汉口以当之。既不穷夏水之源，又并不迹入江，入汉，入沔，今昔同异有无之处，则自江陵以下千数百里间，凡大江之滨，尽可指为夏口之地，加以夏口之名矣，可乎？故欲得夏口之实，必确得其入江，入汉，入沔之口，而逆溯其所自出之源，则自三国至今，名与地淆讹之夏口一无游移，是亦生斯土而有志考古者之责也。

中州河防考

黄秀

河源发于昆仑山，出自星宿海，聚蒲昌兰河暨巨泽诸水，伏流千余里，由塞外入中土，至积石乃见，禹导河由兹始。《禹贡》曰：导自积石至于龙门，会干渭、汭，则已曲折三千里许矣。自龙门至华山，历韩城、郃阳诸邑，黑水、西河，惟雍州此河上流也。自华阴至潼关，流入阌乡达灵宝，东至底柱，经盟津、伊洛、瀍涧，既入于河，而荥波菏泽复被于孟潴。浮洛达河，荆河惟豫州，此正河之在中州者。且汾水东入于河，漳水横入于河，而济、洛二水皆为豫患。济源为患于数州，其流则散见于兖。洛水为害于一郡，而出入皆属于豫。此又河患在中州者。

若自大伾北过洚水，至于大陆，又北播为九，始合为一。同逆河以入海，此则中州之下流矣。盖砥柱、龙门不凿，难泄上流之怒而导其行。九河、济、漯不分，难决下流之壅而杀其势。故袁氏云：河流半溷泥沙，急则流，缓则淀，往往而然。昔禹治水，自兰州而北，岢岚而南，直至华阴，由雍以下皆引之两山间，使相激荡而泥沙不能积。及将入平地，惧狂澜四出，则疏三门，析津以为蓄节，故砥柱洵如柱，析城洵如城，王屋洵如屋，皆鳞次屹立于河之浒。其来也，有高山大麓列于左右，故水虽奔腾，而不致横溢。其去也，有众水支派为之分流，故水虽澎湃，而不致泛滥。势使然也。

惟中州平原广野，无高山夹之，无川流导之，其地既平，则其土必疏薄，土既疏薄，则水易冲溃。是河之为患恒多，而其为防更甚。粤自神禹以后，中国无水患者七百七十余年，至周定王时，河徙砱砾，忽溃而南，已非禹故道。汉文帝时决酸枣，武帝时决瓠子，后又决馆陶，迨宣房筑二渠导河北行，复分流为屯氏河。此皆地近冀、兖，于豫似无涉，故由东汉及魏、晋、五代，以及唐鲜有河患者。无他，顺河自北而东以入海，其势不少拂逆故尔。唐正元间，王珙开运道，将砥柱诸险隘相继铲平，而大禹导山节水之意胥失矣。宋仁宗时，河决大名，熙宁间又决曹村，因导河南徙以合淮泗，当是时，淮犹受河之少半。至金复决涡河，南由项城经（颖）〔颍〕上，过寿州，河水全入于淮，而故道悉淤，且黄河故道不一，自卫辉之新乡南入于界，又北行与胙城合。元代自原武决，东南流经阳武、封丘而下，兹河北流遂断。至正初，河决金堤，命贾鲁巡行建策以治。明洪武初年，蔡河壅塞，自开封抵陈州，运道不通，命安然亲督工师以疏导之。弘治间，河溢且啮汴城，孙需抚豫，役饥民筑堤以予之佣，堤成而饥民饱。

后河复决张秋，命刘大夏、徐有功往治之，以李善相度水势，开修贾鲁河四十八里，而河用底绩，此皆治河已事也，独不可效而行之乎？

夫自古迄今，河之迁徙无定处，则河之防患宁有善策哉？彼九河之名见于《尔雅》，汉王横云已沦于海，郦道元注《水经》亦云然。以陵谷变迁，非一朝一夕之故。议者欲复禹故道，俾河水入海不入淮，恐亦黮于再致者矣。况昔之治水也专治河，今之治水也兼治漕，故以河水入于淮，而漕运受其利。然以一淮受全河，而生民独不罹其害邪？河流导而漕运无阻，固两得之道也。若中州之河防不慎，上流溃决，则清不敌黄，而洪波弥漫，淮扬州邑，不且尽委诸波臣哉？所以善治水者不与水争地，而欲收其水于地，必先以其地予水，故水方骤至，既有所潴蓄为受水之地，而水将迅往，必有所归宿为汇水之区。此大禹所以有九河疏，九川涤，九泽陂之功，而汉贾让亦陈曰疏，曰浚，曰塞三策焉。

愚谓疏于未然，开旁支以杀其流，决河身以消其淤，是河当疏则利用疏。浚于将然，导上流以缓其来，分下流以顺其去，是河宜浚则利用浚。由此横决冲溢之患，与浅阻壅滞之形，皆可以无虞。迨夫既决则又利用塞，下扫以御之，筑坝以堵之，坚堤防以遏抑之，斯洪波不致泛滥，而沃壤不变为泥沙矣。且相地势之高下以制宜，乘时之缓急以集事，择人之智能以专委任，绸缪巩固，又在当事之审时度势，相机宜以运用于临事时矣。由是上慰朝宁饥溺之思，下致草野生全之庆，则安澜在四渎，利泽及百世，岂第筹河防于中州一隅而已哉？

曲沃征

张坊

今之沃犹古之沃也，亦何分于今古哉？新城为太子城，城乃今县治。故城在县治西南二里，至今遗址宛然，是即晋成侯所徙之都，桓叔所封之国也。绛山不改，沃水常悬，祖宗诸陵之魂魄，新城世子之英灵，千年如在，呼之可即出也。况其见于《毛诗》《春秋》《国语》《左传》《史记》《前汉书》者，原有一一确证，何尝有在，今闻喜之疑，及据今闻喜为今曲沃之明文也邪？

盖尝详绎经史，流览形势，为之推求其故，一由于诸书注曲沃之错会《汉书》也，一由于诸书注新田之游移绛县也。秦分天下为三十六郡，曲沃属绛县，隶河东郡，县名左邑。故城在涑水西南，与曲沃中隔绛山，分汾浍、洮涑两川原也。《汉书·武帝纪》：元鼎六年，将幸缑氏，至左邑桐乡，闻南越破，以为闻喜县。春至汲县中乡，得吕嘉首，以为获嘉县。《地理志》：河东郡县二十四，左邑、闻喜、绛并列焉。乃汉末汝阳。应劭《集解》：闻喜今曲沃也，秦改为左邑，汉武帝于此闻南越破，改曰闻喜。是班氏原云以左邑之桐乡为闻喜县，非改左邑为闻喜县，奈何遂并今曲沃，亦改为闻喜也。如左邑县并改为闻喜县，是汲县亦应改为获嘉县矣，又何以绛、左、闻喜并列为县也。然自应解一行，后儒皆墨守而恪遵之，由是吴之韦昭本之解《国语》矣，晋之杜预本之注《左传》矣，刘宋林尧叟本之注《春秋》矣，范氏本之作《后汉书》矣，北魏郦道元本之注桑钦《水经》矣，唐之孔颖达、司马贞、颜师古本之正我《毛诗》、索隐《史记》、注《前汉书》矣。降而两宋，不能更易其说，况其后焉者乎？

夫未尝亲历其地，又惮于搜罗考辩，依样传讹，而寰宇一统，通府、县志互相解释，无怪其相沿千载也矣。二百余年之胜地，精华尽泄，郁结都宣，霸图其消歇矣。迨三晋纷争，七雄交战，兵燹百劫，简册悉成灰烬，陵茔鞠为茂草。遂至汉兴，两都少有名人，从而识之，即霸国遗文，尚赖东鲁之大圣大贤，一经三传，大书而特传之，至今之书法谨严，文章典重，含英咀华，脍炙人口者，伊谁之力也邪？而当年城郭都鄙，自晋以来，无复有人焉。

考其地而切注之曰：新田本古绛县，即绛邑县地，今何地为绛邑县故墟也。将两都混而为一，珥笔者每从而疑之，逡巡而莫能下，虽明知其为曲沃，将何地以处新田，含豪千里，皆窘步而棘手矣。然生斯土者尚尔传讹，见之古者又有明诠，故其势不得不将曲沃一地分而为二，以古曲沃归闻喜，而以今曲沃为新田也，岂知圣人修史，晋、沃原分两地，曰栾盈，复入于晋，入于曲沃。《公羊》由乎曲沃而入也。左氏作传，底本得之最确，曰：土厚水深，有汾浍以流其恶。且民从教十世之利也，犹留之典籍以待后人，俾千载之秘终于昭雪，圣贤之功，千古不磨，万世为烈矣。夫与其剿袭陈言，曷不披阅经史，纵览形势，以徐观焉而自得之？今于经史原文，识得新田真地，则从曲沃下国以望唐翼晋水，故绛新、绛槷若列星了如指掌，而晋之为晋，沃之为沃，应不待辩而自明也。

自非然者坐新城，抚故都，沃泉悬，鹊邑拱，绛山犹峙，浍水常流，祖宗夫人之陵寝尚存，世子申生之庙墓如故，而成、厉、靖、僖、献五世之徙都，桓叔、庄伯、武公之封国，宁悉迁之桐乡之野、洮涑之滨邪？沃何分于今古哉？去千年之障翳，开万古之群蒙，是在善读书者之自领之而已矣。

新田征

张坊

《春秋左传》：鲁成公六年，晋景公十五年，夏四月丁丑，晋迁于新田。是为新绛，二百有九年之晋国在是，景、厉、悼、平、昭、顷、定七公之春秋在是，出、哀、幽、烈、孝、靖六朝之共主在是，栾、郤士荀知魏、赵、韩名卿大夫之功烈在是，是必确有其地者在，当不徒与曲沃故都同为一地也。

余往来阅历，多有年所矣，迨量移来沃，以素所学征之所见，意确有其地，欲实指其墟而遗老无存，文献无征，上下千年，纵横百里，漠然徒见山高而水清，乃为稽之邑乘。刘鲁生县志则曰：王官城，县西南二里，又号晋城，景公徙居新田即此。引《通考》云：曲沃，春秋时晋所都新田之地。赵彦复《沃史》则曰：曲沃古未之著也，自昭侯封成师而沃著。曲沃之名始此，犹之一国也。

献公欲远世子而城之，由城得新，乃署新城。或曰新田亦犹是也。潘锦县志则曰：晋昭侯封成师于曲沃，献公去沃都绛，使太子申生居焉，遂为之城，号曰新城，即新田也。景公迁都新田。

复为考之《府》《通》《一统》，而《平阳府志》《山西通志》《明一统志》，皆云王官城在曲沃西南二里。《左传》：晋人去故绛，徙新田，谓之新田。即此。《大清一统志》云：绛邑故城，在曲沃西南晋新田地，景公迁都于此，亦谓之新绛。引《左传》《水经注》以明之，又引旧志：南对紫金山，有中城、外城，其南为浍水冲没，东西北遗址尚存。暨《括地志》：汉绛县本晋都新田，在绛州曲沃县南二里，因绛山为名。考之《元和志》《肇域记》《寰宇记》亦同。又以古曲沃为今闻喜，证之《左》、《国》、《史记》、两《汉》、《晋书》之注疏，今之曲沃则古之新田也。证之魏王泰《括地志》，而辟《文献通考》、杜氏《通典》，以今之曲沃为《春秋》曲沃邑之为非是。诸说杂陈，豪无定见，乃知下有建白，斯上有修明，近代著述，编辑了事，馆局凭何采入邪？

及阅闻喜李汝宽驳沃人李廷宝《曲沃辩》云：宝谓汾、浍二水在沃西南，今闻喜之去汾、浍也远矣，以今曲沃为古新田则是矣。至桓叔所封，乃古曲沃也。既以今之沃为新田，而又以为古沃，岂以新田、古沃为一地乎？如其一地也，则晋人谋去故绛，当云复都曲沃，何以言迁于新田也邪？旨哉斯言也！吾因之而转觉向所见之不谬，而二李之辩皆是也，而皆非也矣。

夫韩献子曰：不如新田土厚水深，有汾、浍以流其恶，若夫曲沃其去汾水也，亦远矣，乌能流其恶邪？必也其在今侯马驿之间乎？地在二水之交，去曲沃三十余里，土厚水深，背汾面浍，交流其恶，其无疑者一。地去晋平公虒祁宫十里，禾黍高低，为故国离宫，其无疑者二。地去汾水故梁十三里，水柱参差，为游观津梁，其无疑者三。《春秋》栾盈复入于晋，入于曲沃传，齐兵上太行，张武军于荧庭，平公烝于曲沃，警守而下会于溴梁，道里适便，其无疑者四。《水经》：浍水又西南过虒祁宫南。注：宫在新田，其宫地面背二水，西则两川之交会也。汾水又屈从县西南流。注：《水经》绛县故城北，又经虒祁宫北，汾水有故梁。盖晋平公之故梁也，其无疑者五。《晋书》：绛邑县隶平阳郡，即汉绛县治也。晋初杜预注《左传》：新田今平阳绛邑县。是其无疑者六。《唐书》：绛州有新田府，设折冲都尉雄兵镇卫。江王孙、李希悦曾驻其地，其无疑者七。况川原平衍，千里大会，连城接雉，宛然故都，表里河山，依稀霸国，其无疑者八。朝代虽分今古，山川仍留故地，此非其昭然可据者哉？

彼拘守古曲沃之在闻喜，李汝宽不读经史原文误之也。牵合新田之在曲沃，李廷宝不览山川形势误之也。直指曲沃古城为王城，为绛邑，为新田，前志抄袭建置沿革误之也。眼前胜地，千载晦迹，一经指出，而百有五年之《春秋》，百有四年之《史记》《纲目》，列国君、公、名卿大夫之朝会盟聘，围伐灭人，孔子笔之于经，丘明、公、穀发明于传，司马、朱子记书于史，至今犹想见其处。古人云：读万卷书，行万里路，始可著书。愿与同事诸君，六辔沃若，两骖雁行，以参互而考订焉。将疑义与析欣赏共之也。

集贤书院考

徐世佐

衡山之有集贤峰，意必有巨公逸人、道德文学之士，为师弟子朋友，断金臭兰，千里百里而来，相与藏修，息游于其下，不然，而峰胡以名也。且夫载酒携琴，探奇揽胜，筍舆芒屩之往来，往往有之。不可以为集，集于此，则必有肄业之舍，讲学之堂。舍几区，堂几楹，图书翰墨之所藏何阁，登眺者何亭，燕酣者何轩，集者几人，来几时，去者何日，古与，唐与，宋与？

或曰：张曲江、李邺侯、胡致堂五峰、朱子、南轩，皆尝集于此，此诚有之，亦都无断碣残珉可摩挲而仿佛者。既已荒堙灭没，委之云烟雨露，茂草丰林，文禽灵兽之所歌游，林猿山鬼相与呼啸而徘徊，盖数百年漠然无复败瓦颓垣之可寻而凭吊之者矣。

明嘉靖初，太常卿夏东洲良胜谪守茶陵，与编修张龙湖治、衡山令彭石屋簪，扶筇登岳，旁览幽遐，憩南台，归而（跌）〔趺〕坐峰下，相顾曰：此可堂。石屋曰：惟地主任。于是东洲附之，龙湖赞之，鸠工庀材，凡三年而告成，颜曰“集贤书院”。峰以人名，院以峰名，亦固其所。然其时亦都无辞荣高蹈，讲学从游者千里百里而来，又不欲付之羽衣缁流，为老佛之场，于是为十主，祀唐李邺侯、韩昌黎伯，宋赵清献公、陈了翁、胡澹庵、胡文定公、朱子、张南轩，附致堂五峰。盖三公之意，亦欲后之人睹前贤而兴起也。

越六十余年，院圮且尽。神宗改元之十五年，衡二尹休宁江九皋子鸣署衡山令，典祭祀。先是，方广寺建嘉会堂祀晦庵、南轩，道险远，令皆弗往。九皋请于上官，于书院废基建屋为二公行祠。又六年而仪部曾金简从邹颖泉登岳，慨然有石屋之志，与伍益斋谋捐资首其事。于时监司、郡邑搢绅之士翕然从之，后先营构，亦三年而告成。祀邺侯、昌黎伯、清献，益以周濂溪暨朱、张，凡六主。而澹庵、文定父子、了翁不与焉。以其余资买田二区，收其租为春秋释奠之费。盖废之易而成之难如此。然终明之世，迄无有人焉，相与读书谈道于其中。湛甘泉、邹东廓虽尝寓衡，皆不集于此，则此一院徒以集古之贤者，当世之贤者不与焉，亦山灵之羞也。

本朝累圣相承，崇儒重道，涵濡于人文之盛者百有余年，运会昌隆，群贤蔚起，良有司新其院宇而广之，士之近者，远方来者，师弟子朋友相与读书谈道于其中。出则为名臣，为邺侯、昌黎、清献，处则为名儒，为濂溪，为晦庵。庶几不见古人见今人，为一时之盛，以无为山灵羞，其在斯乎？夫峰胡以名，而又胡以为书院也？昔之人其兆之。

夏良胜，江西南城人。正德二年乡试第二，明年成进士，授刑部主事，进考功郎中。谏南巡下诏狱，杖五十除名。世宗立，起文选郎中，议大礼不合久次，迁太常少卿南京未赴。给事陈洸劾之，谪知茶陵州，已黜为民，以铨司存稿再下狱，杖（戌）〔戍〕辽东三卫，卒。

炎陵祀典考

彭之昱

按：邑志自宋太祖感戴笠持火梦，始识帝陵所在，给守陵户，命有司致祭，以祝融配享。前此帝陵无闻，祀亦弗及。昱曰不然，史载火德王，有火瑞，以火名官，故曰炎帝。《周官》小宗伯兆五帝于四时郊，王肃直以五帝为人，其说未为尽非。《帝王世纪》曰：炎帝位南方，主夏。《月令》曰：南方曰炎天，其帝炎帝。乘离执衡而治夏，其神荧惑，其佐祝融。此则司南天、主朱明者，即帝非有二也。

又古明堂祀五帝，必配以五人帝，从以五人臣。祀夏配神农，从祝融。《周礼·春官》以赤璋礼南方。郑注：礼南方以立夏，谓赤精之帝，而炎帝、祝融食焉。《舜典》：南巡狩，至于南岳，如岱礼。柴望秩于山川。后皆望祀，三代准而行焉。《周官》所载，未闻祀历代帝王于山陵也。唐永徽二年，致祀明堂，以高祖配五天帝，太宗配五人帝，后世非之。宇文周祖神农以配郊，议者谓帝功德配天固宜，而非周之祖，是用嗤之以为不类。秦始皇出游云梦，望祀虞舜于九嶷，盖缘前者伐木赭山，至此而悔过耳。《王制》：天子、诸侯祭因国之在其地而无主后者。注曰：所建国之地，因先代所都故墟也。今无主，祭之子孙，以其有功德于民，不绝其祀，故或于曲阜，或于陈，祀因其国也。

唐天宝间，敕建三皇五帝，创业垂范，宜有钦崇。神农以祝融配，牲用少牢，春秋致祀。《唐纪》曰：此祀三皇之始。前此尧、舜各祭于所都之地，至是并三皇立庙焉。由此观之，三皇自唐虞以来，聿有常祀，或主人帝，或为配享，要之照耀乎南纪，伏灵于岳岫者近是，帝曷尝废祀哉？盖古圣之功德，惟帝最大，故后世之报享，惟帝最隆。至若陵祭，昉自近古，《宋·志》：古者无墓祭，秦汉以降，始有其仪。前此者，典固缺焉。而五帝之祀，未尝少湮，此其较著者也。阅经五代，类多割据一方，幅员未广，又卜世几何，奚暇举此大典？失祀固宜。迨宋祖践祚，制作方新，于登极二年，诏先代帝王陵寝，宜令所属州府遣近户守视其冢墓，有堕坏者，亦加修葺。乾德四年，诏太昊、女娲、炎帝以下十有六帝，各给守陵五户，长吏春秋奉祀。其所云见梦者，果于何年邪？曹操以篡得国，而亦列于成、康、汉文之间，朱温篡弑其君，而亦获与于景、武、元、宪之列，乃以斫揉耒耜、范金排质之开创圣人，独等于泰厉之鬼，无所依归，幻影示形，以求血食乎？信史无征，传语粗鄙，其不出于学士大夫之口也明矣。

明兴，宋濂执宋人熊禾之议，以为三皇五帝，道德功言，载之六经，传在万世，其祀典宜领于学官。濂曰：果如禾言，则道统益尊，三皇不汩于医师，太公不辱于武夫矣。惜未举行。洪武初年，即建帝王庙于南京鸡鸣山之阳，以祀一统之世创业之君。于陵庙既命有司岁时修葺，以春秋仲月上甲日致祭。又三年一次出祝文香帛，遣太常寺乐舞生赍往所在，命有司主之。凡遇国家庆幸典，则特遣官，牲用太牢，祭不以时。

我国朝定鼎以来，亲政有祀，平滇有祀，万寿有祀，祔庙礼成有祀，告灾有祀，祀有专官。文传凤诏，香启龙涎，从以骍牡，色耀彩坛，典至渥矣。复于每岁春秋，礼部先期择吉颁示，有司遵奉时祭，罔敢懈弛。《诗》曰：敬恭明神，宜无悔怒。《礼》曰：祭不欲数。又曰：祭不欲疏。是故合诸天道，准诸人情，仁之至，教之本也。

九江考

罗典

《禹贡》：荆州称九江孔殷，九江即巴陵之洞庭，九非数目字。《庄子·天下篇》：禹亲操橐耜，以九离天下之川。九通纠，纠亦音九，与《论语》桓公九合诸侯同义。

计湖南九郡四州，湘水绕其东，沅水绕其西，自沅州而下，溶水畛其间，自宝庆而下，澧水横其北，自永定、慈利而下，各因所过诸水，以同入于洞庭，而洞庭受之，故洞庭谓之九江。又江西有九江郡，以彭蠡得名。彭蠡合饶信、徽抚、吉赣、南安、建昌、临江、袁筠、隆兴、南康之流，与洞庭为对，而《禹贡》不明称九江者，于洞庭正其名，于彭蠡著其义，恐后之读者或执九为数目字耳。《导汉》曰：东汇泽为彭蠡。谓汉自大别入江而东，有汇泽名为彭蠡者，在其南，此汉之所由东为北江也，以隔于中江不言会。《导江》曰：东迤北会于汇。谓江至于东陵，而东则迤而北，以汇泽之为彭蠡者，自南入江而江会之，以是而东为中江耳。彭蠡言汇，其义即为九，洞庭称江，其实亦为泽也。“会”与“汇”二字宜辨，凡水在南者，以江为大，故江水多从江称。在北者，以河为大，故诸江多从河称。

据九江以解九河，亦为纠合众水之河云尔。但九江、九河，旧皆各有名称，此不可以无说。按：宋曾彦和谓洞庭之九江，若沅水、渐水、沅水、辰水、溆水、酉水、澧水、溶水、湘水，凡九，蔡传遵之，经朱子考定，去沅、澧二水而易以潇、蒸，究之洞庭诸水，欲于其中定所谓九江者盖难之。湘江源自广西兴安县海阳山，流至分水岭，北流者谓之湘水。入湖南境经永州城北，源出九疑之潇水，流至湘口会于湘。下经衡州府，源出宝庆邵阳之蒸水，流至府城北，当石鼓之合江亭会于湘。此既当九江之二矣。自蒸水稍北，东岸有耒口，名耒水，源出郴州之耒山会于湘。衡山东岸之雷家市有茶陵水，上合洣、攸二水，为茶陵江会于湘。及历长沙府属之醴陵有渌水，上流达江西萍乡，下出渌口会于湘。湘乡县境之涟水，源出邵阳龙山，又源出安化珍琏山，合流至湘河口会于湘。长沙府城北有浏阳水，出浏阳大围山。源二：曰大溪，曰小溪。经县前西流会于湘。湘阴县有汨罗水，源出江西艾县界，分为二：一南流，曰汨水。一经古罗县，曰罗水。至屈潭复合而西流会于湘。计自耒水、茶陵水、渌水、涟水、浏阳水、汨罗水，此六江者，其源流皆为潇之敌，而盛于蒸。若合湘与蒸共数之，而九江之数已盈，其他虽会于湘，或不过与差相类者，皆略之。

洞庭、九江之名，经蔡传改定而后，湘江并潇、蒸为三，沅江并辰、酉、溆、渐为五。所改去者，入沅水之沅，其一也。沅水上自贵州镇远入于沅，求之省图，其流不能别出，以之列入九江，其称乎？但所存沅与辰、酉、溆、渐五水，就中亦仍有辨。沅水出四川播州，经沅州府城西，下历辰州、常德二府入洞庭，其列为九江固允。酉水出四川酉阳州，东南流至王村，为辰州府沅陵县境，其辰水之出自三唔山者，合至辰州府城西南入沅水，皆称辰河，是名列二江，实为一江矣。溆浦县属辰州府，溆水在其县境亦入沅水，其流不逮辰河之半，而欲举以同于沅水之列为一江，不得也。若渐水出武陵县梁山亦入于沅，流最小，《明一统志》并阙而不载。旧九江之当改去者，莫渐水若矣。然则沅与辰、酉、溆、渐五江，究之只二江而止，惟沅、湘之间，资水源出靖州绥宁县，经宝庆府城北至新化县，又东北历长沙府属之安化、益阳二县，北入洞庭，是足列为九江之一。澧水源出慈利县西历山，首受永定县以上之水，东流经澧州南入于洞庭。岷山导江东别为沱，又东至于澧，其名特见《禹贡》，则尤宜复列九江为一江者。

综而论之，定九江之名，若但以江之正流称为一江，则湘、沅与资、澧一例，特四江耳。既不足于九江之内，若即江正流之所会，而亦各称为一江，则湘、沅二江中，虽尽改去，其不得为江者，与沅、酉、溆、渐一例，亦可得十余江也。又有浮于九江之外矣，卒将何以定之？

舜陵考

余廷灿

舜陵本始于《尚书》，详核于《礼记》，杂见于《墨子》《离骚》《史记》诸书。《书·舜典》曰：陟方乃死。《礼·祭法》则曰：舜勤众事而野死。《檀弓》又曰：舜葬于苍梧之野。《墨子》则曰：舜道死南纪之市。《史记》则曰：舜南巡狩，崩于苍梧之野，葬于江南九疑。朱子注《离骚》九疑，亦曰九疑舜所葬。又通考十三经古注，《汉书》《汉纪》各注，暨《竹书》《山海经》《淮南子》《风俗通》《世纪》《皇览》《舆地考》，俱各往往称舜南巡崩，葬苍梧九疑，盖历三千年无一异辞者。

自唐昌黎韩子孤据《竹书纪年》云，帝王之崩曰陟，因谓陟为上升。如舜南巡，则地势东南下，宜言下方，不应言陟方，乃断陟为读，而以方乃死为释文。蔡氏传《尚书》采其说，后儒又援《孟子》卒于鸣条一语，遂置经传中确然可据者不信，而揣测乎无何有之乡，群谓九疑不必有舜陵，而陟方断断非南巡矣。然姚姒典谟，简古浑噩，从无赘文自释之例，而《商书》有陟遐自迩之文，则陟亦不尽训升而训行，方则省方之方是。

廷灿窃谓五十载书其年，犹《尧典》二十有八载云尔。乃死书其崩，犹《尧典》乃殂落云尔。中错“陟方”二字书其事，则是年适巡行南方，有事于苗民尔。何以知之？以《吕刑》皇帝清问下民，鳏寡有辞于苗而知之也。夫舜岂徒垂拱蒲坂，而远征发洞庭、彭蠡之鳏寡，走数千里外一问苗情于殿陛乎？吾知其必不然矣，盖自苗民弗用灵，已窜于尧世，叙于三危，《吕刑》所谓遏绝苗民，无世在下者，而其后留而未窜者，又顽弗即工。禹摄位有年，奉命徂征而仍逆命，于是禹因益赞以班师，舜则因益赞而行方问俗，盖不以苗民菲薄，直深入其地，一如所以待群后者，与之明明棐常，分北其君子小人，使鳏寡无盖。蠢兹有苗，忽近圣人至德之辉光，亦遂蒸蒸然向风丕变，故曰诞敷文德而有苗格。不然，舜居摄且三十年，即帝位又十五年，施德既久矣，而史臣独别之以七旬，则此七旬效何以独捷，且将属于何载，断于何时，岂不以禹师临之三旬而不服，舜德南行七旬，而乃所过者化乎？

《吕刑》继皇帝清问下民，鳏寡有辞于苗之下，即曰德威惟畏，德明惟明，正总括文德诞敷，七旬苗格之实言之也。故表记亦曰德威惟畏，德明惟明，非虞帝其孰能如是？且史臣纪《舜典》而殿以分北三苗者，以见舜在帝位之终。纪《禹谟》而殿以有苗格者，以见禹即帝位之始。可知三苗在虞，直至末年南巡而后靖，舜于时适百有十岁，而死焉，葬焉，吾盖读《吕刑》而得《舜典》《禹谟》之通证，并得五十载陟方之确诠、陟方之解定，则舜陵定矣。然则鸣条之说何居乎？曰：淮泗在上，古无涓滴注江，而孟子谓禹排淮泗。公侯在《周官》，本受封五百、四百，而孟子谓公侯皆方百里，此亦何必深求其解？命世大贤，高文英辨，特取东西角对，为下揆一起步，岂于《禹贡》《职方》必一一求详哉？如其一一求详，则毕、郢分明两地也，岂文卒于毕，又卒于郢哉？其亦考所不必考者矣。

或曰：舜即南巡崩，必无不反葬者。不知圣人以天下为身，没即于其地葬焉，又岂可以后世反葬邱首之说泥者？或曰：九疑封树无考，不知冢人设自《周官》。孔子曰：古也墓而不坟。《系辞》曰：古之葬者不封不树。盖因山为体，亦其时制则然。又南方之人信古而质，必不敢妄有增益，惟舜功德在人，奕世犹共识其葬处不忘云。或又曰：苍梧属岭外，与衡隔远，不知苍梧于古为山名，本荆州南境，去衡不数百里。自汉武帝时，始析长沙，置零陵郡，又析南越，置苍梧郡。零陵郡则设营道、营浦、冷道诸县，九疑山在营道南境，故有谓舜葬营道者。营道郡今隶永州府之宁远县，出郭六十里，为天南第一巨镇。舜陵在九疑之舜源峰，耸翠出奇，诚天造地设，以妥虞殡者。苍梧郡则设谢沭、冯乘诸县，谢沭即今隶永州府之永明，冯乘即今隶永州府之江华。江华接壤九疑，而如淳云舜葬苍梧冯乘县，只以两地仳离毗连，又执泥苍梧郡名，故有是误。究之古无郡县，惟以名山大川表封域，尔时九疑正苍梧之野，苍梧之野即九疑。《书》注释云九疑一名苍梧山，应劭云舜葬苍梧九疑是也。惟文颖云：九疑半在苍梧，半在零陵。则犹主岭外苍梧郡言，殊未深考者。

湘乡萧副车智湖作《舜陵考征》，引甚博，予以古文法著其援据之正、断制之确者，而削其不合者，至以经证经，窃谓差有一得，以待通经学古者是正焉。

禹碑释文考

张九钺

《岳麓志》曰：禹碑在岣嵝峰，雾锁云封，历数千百年无有传者。唐韩昌黎、刘梦得因道士之见，寻之不得，形于诗词。至宋嘉定初，何子一遇樵者，引至碑所，始摹本刻于岳麓。隐秘至明嘉靖初，太守潘叠峰剔藓拓传，世始知唐虞三代之书。故湛甘泉一见，信为禹笔，但“帝禹刻”三字，则后人所题。

顾东桥亦谓禹笔无疑，但衡石疏厉，碑必剥落，或宋人流传拓本。林巽峰称篆体离奇，虽石鼓文原父鼎无以过，但秦汉以下知者绝少。季彭山亦谓别有隐义，亦未可知。惟杨升庵、沈靖阳各有译义焉。升庵之词曰：承帝曰：嗟！翼辅佐卿，洲渚与登，鸟兽之门。身参洪流，而明发尔兴。久旅忘家，宿岳麓庭。志营形折，心罔弗辰。往求平定，华岳泰衡。宗疏事裒，劳余伸禋。郁塞昏徙，南渎衍亨。衣制食备，万国其宁，窜舞永奔。靖阳因其说而小易之，谓洲渚当作水处，洪流当作鱼池，久旅当作以此，郁当作赢，渎衍亨当作暴昌言，永当作蒸。而蔡、季诸公随就译义，力辨其非禹笔。

南昌杨时乔又别有所释，词曰：承帝令：袭翼为援弼，钦涂陆登。岛泻端乡，邑存粗流。船暗歇迟眠，即夙迄冬。次岳麓殿，陌裂岙析。鼦罔堕缠，往求出窍。华恒泰衡，嵩陲事裒。献桴挺禋，郁浚垫徙。南暴幅员，节别界联。魑魅夔魈，窜舞蒸彝。所闻麓乘者，其略如此。

予谓禹碑非误，释文自误，后人因释文之误，而遂疑禹碑之误也。夫碑之刻也，蝌蚪纵横，蛟螭拿攫，七十七字悬于九千余丈之上，历数百千年而光怪陆离，不可方物。盖禹精于治水，篆皆成水流形，此我朱陵山川浑沦磅薄之气所郁结而成，泄造化而吐混沌者也。虽起程邈、李潮于今日，安能定其点画而规其体制也哉？且虿文卷尾，螺书扁列，籀歌趯趯，册句窥軏，此三代以下之手迹也。而支家望气，矜而不语，况鸿濛初启，图书方兆，去仓颉作字之时未远，鸟迹虫书之制，夫岂可手摹口画，临摹拓泐，累累乎发声如贯珠也哉？但两者相较，则升庵之说近似而可行。靖阳青瓶宝光之梦，故鬼其说以愚人，而不知其流于伪。而时乔又无论已。

究之禹碑，非可以释文虚摹穿凿为也。后有鸿儒博士为国霖雨者，能探幽索隐，得神灵之真义，则长沙一片石，将荣光起而烛天矣。

湖南文征　卷三十三

考二

周易古文考

朱景英

古《易》乱自汉费直、郑康成、王弼诸人，程传因之。朱子作《本义》，始依古文，故于《周易》上经条下云：中间颇为诸儒所乱，近世晁氏始正其失，而未能尽合古文。吕氏又更定，著为经二卷，传十卷，乃复孔氏之旧云。

明洪武初颁五经，天下儒学，兼用程、朱二氏，亦各自为书。永乐中修《大全》，乃取朱子卷次，割裂附之程传之后，而朱子所定之古文，仍复淆乱。后来士子厌程传之多，弃去不读，专用《本义》，又以《大全》乃朝廷所颁，不敢辄改，于是奉化教谕姑苏成矩，即监版传义之本刊去程传，而以程之次序为朱之次序，致朱子定正之书，不得见于世。康熙间，御纂《周易折中》出，而朱子原本始复还旧观矣。

说易家数考

朱景英

自商瞿说《易》，六传至齐田何，汉初言《易》者本之田生，而王同、周王孙、丁宽、服生四人，皆田氏之学也。同授杨何，宽授周王孙，王孙授施雠、孟喜、梁丘贺，由是有施、孟、梁丘之学，是为一家。而说者谓孟学流于阴阳灾变，梁丘又以符应得幸，其所主大略可睹矣。焦延寿独得隐士之说，京房传之延寿，自云尝从孟喜问《易》，而房以延寿《易》即孟氏《易》，班固所谓托之孟氏是也。房授之段嘉、姚平、乘宏，由是前汉多京氏学，是又为一家。然其书大抵皆卜筮、阴阳、气候之言，不复更及《易》道矣。费直《易》本皆古字，号古文《易》，无章句，徒以彖、象、《系辞》、《文言》解上下经，以授王璜，为费氏学，是又为一家。

后汉陈元、郑众皆传其学，马融又为传以授郑康成，康成注之，荀爽又作传，魏王肃、王弼并为之注，自是费氏之《易》大兴。欧阳修有曰：《易》至汉分为三，有田何之《易》，焦赣之《易》，费氏之《易》，其大略也。然刘向典校书，考《易》说，以为诸家皆祖田何、杨叔元、丁宽将军，大义略同，惟京氏为异，可以知其源委之分合矣。

康成注《易》，多论互体。王弼《易》注，独标玄旨。率以老庄解《易》。汉、晋以来，二家并立，至刘宋初，颜延之黜郑置王，陆澄、王济辈，皆以为不可。自是汾阳诸儒，多主于郑。江左青齐多主于王。唐孔颖达撰《正义》，独取王传，而郑学遂废。至李鼎祚作《集解》，则宗郑排王。顾其自序曰：郑则多参天象，王则全释人事，且《易》之为道，岂偏滞于天人者哉？信持平之论也。

迨宋邵康节之学，本之希夷，则主象数。程伊川之学，受之濂溪，则主义理。朱子《本义》出，而义理、象数，两明之矣。

连山归藏考

朱景英

《山海经》曰：伏羲氏得《河图》，夏后因之曰《连山》。黄帝氏得《河图》，商人因之曰《归藏》。桓谭曰：《连山》八万言，《归藏》四千三百言，夏《易》繁而殷《易》简。是二说也，可以定《连山》之为夏《易》，《归藏》之为殷《易》矣。

《连山》出于刘炫伪作，《北史》已明言之，独《归藏》为郑樵所信。其时仅存《初经》《齐母》《本著》三篇，已非《隋·志》十三篇之旧，而文多阙乱，不可训释。其卦名如以坎为荦，震为釐，艮为狠，需为溽，大小畜为大毒畜、小毒畜，家人为散家人，损为员，咸为诚，谦为兼，涣为奂，遁为遂，蛊为蜀，解为荔，无妄为毋亡。又有瞿、钦、规、夜、分五卦，岑霹、林祸、马徒三复卦之类，名义多不可解。

善夫刘炎之言曰：《汉·（士）〔志〕》不录《连山》，《唐·志》则有之。《汉·志》不录《归藏》，晋《中经》、隋唐《志》则有之。昔无今有，其伪可知，况其言之不经邪？

尚书考一

朱景英

《尚书》本百篇，扬雄曰：昔之说《书》者，序以百。郑康成曰：《虞夏书》二十篇，《商书》四十篇，《周书》四十篇，遭秦燔烧，旧典无存。

汉孝文时，求能治《尚书》者，天下无有，闻伏生治之，欲召，时伏生年九十余，不能行，于是诏太常使掌故晁错往受之。伏生老，不能正言，言不可晓，使其女传言教错。齐人语多与颍川异，所不知者凡十二三，略以意属，读得二十八篇。一《尧典》并《舜典》、《慎徽》以下为一篇。二《皋陶谟》并《益稷》为一篇。三《禹贡》。四《甘誓》。五《汤誓》。六《盘庚》。七《高宗彤日》。八《西伯戡黎》。九《微子》。十《牧誓》。十一《洪范》。十二《金縢》。十三《大诰》。十四《康诰》。十五《酒诰》。十六《梓材》。十七《召诰》。十八《洛诰》。十九《多士》。二十《无逸》。二十一《君奭》。二十二《多方》。二十三《立政》。二十四《顾命》并《康王之诰》为一篇。二十五《吕刑》。二十六《文侯之命》。二十七《费誓》。二十八《秦誓》也。以汉隶写之，故曰今文。至孝宣时，河内女子发老屋得《泰誓》一篇献之，合为二十九篇，乃班固误以为伏生独得二十九篇矣。此伏生今文之源委也。

古文《尚书》者，出孔子壁中。武帝末，鲁恭王坏孔子宅，欲以广其宫，而得古文《尚书》，及《礼记》《孝经》《论语》，凡数十篇，皆古字。恭王往入其宅，闻鼓琴瑟钟磬之音，于是惧，乃止不坏。孔安国者，孔子后也，悉得其书，以考二十九篇，得多十六篇，安国献之，遭巫蛊事，未列于学官。刘向以中古文校欧阳、大小夏侯三家经文，文字异者七百有余，脱字数十，此刘歆《七略》所述，第未知中古文是否即安国所献。盖经赤眉之乱，焚烧无余矣。此安国古文之源委也。

又汉世所传百两篇者出，东莱张霸分析，合二十九篇以为数十，又采《左氏传》《书》序为作首尾，凡百二篇，篇或数简，文字浅陋。成帝时求其能文者，霸以百两征，以中书校之，非是。此又张霸古文之源委也。

又东汉之初，扶风杜林得《漆书》于西川，以授徐巡卫宏，于是贾逵作训，马融作传，郑康成注解。余若尹敏、孙期、丁鸿、刘祐、张楷、孔乔、周盘，类从《漆书》之学，然未详其篇数。《隋书·经籍志》曰：马融、郑玄所传二十九篇，又杂以今文，非孔子旧书。而《正义》又谓：郑氏书于伏生所传，增益二十四篇：《舜典》一，《汨作》二，《九工》《九篇》十一，《大禹谟》十二，《益稷》十三，《五子之歌》十四，《胤征》十五，《汤诰》十六，《咸有一德》十七，《典宝》十八，《伊训》十九，《肆命》二十，《原命》二十一，《武成》二十二，《旅獒》二十三，《冏命》二十四。以一篇为一卷，《九工》《九篇》合为一卷，通十六卷，以合于《汉·志》，得多十六篇之数。说者以为，此即张霸之徒所为伪《尚书》，而陆氏释文，则言马、郑所注二十九篇，亦不过伏生所传，与民间所献之二十九，而无一语及增多之十六也。此又《漆书》古文之源委也。

他若后汉孔僖，自安国以下，世传古文《尚书》，晋世秘府所存古文《尚书》经文。此又古文之见于史传者也。

及晋永嘉之乱，欧阳、大小夏侯《尚书》并亡。至东晋豫章内史梅赜，始得孔安国之传上之，增多二十五篇：《大禹谟》一，《五子之歌》二，《胤征》三，《仲虺之诰》四，《汤诰》五，《伊训》六，《太甲》三篇九，《咸有一德》十，《说命》三篇十三，《泰誓》三篇十六，《武成》十七，《旅獒》十八，《微子之命》十九，《蔡仲之命》二十，《周官》二十一，《君陈》二十二，《毕命》二十三，《君牙》二十四，《冏命》二十五。以合于伏生之二十八篇，而去其伪《泰誓》，又分《舜典》《益稷》《盘庚》中下、《康王之诰》各自为篇，则为五十八篇。其孔氏传亡《舜典》一篇，又取王肃注，从《慎徽》、五典以下为《舜典》，以续孔传。此梅赜古文之源委也。

齐明帝时，有姚方兴者，于大航头得本，有曰若稽古帝舜以下二十八字，献之，朝议以为非。后北入中原，学者异之，刘炫遂以列诸本第。此又梅赜古文外之古文也。

然则今之《尚书》，其今文三十三篇，仍伏生之旧。而古文二十五篇，固非孔安国之旧，并非张霸伪书，与杜林《漆书》之旧，乃出于梅赜、姚方兴之献，合今文而一之也。自汉科斗古文《尚书》出，孔安国以隶书写之，故仍谓之古。至唐天宝三载，诏卫包改古文从今文，厘定为今文《尚书》十三卷，即今所传之本也。盖是书自东晋以后，于经则共信为《尚书》，于传则共信为孔传，无异辞也。疑之自宋吴才老始，才老之言曰：增多之《书》，皆文从字顺，非若伏生之《书》诘曲聱牙。夫四代之《书》，作者不一，乃至二人之手，定为二体，其亦难信矣。而朱子亦曰：《书》凡易读者皆古文，岂有数百年壁中之物不讹损一字？又曰：伏生所传难读，如何伏生偏记其难，而易者全不能记也。又曰：孔《书》至东晋始出，前此诸儒皆未见，可疑之甚。又曰：小序决非孔门之旧，安国序亦非西汉文章。又曰：《尚书》孔安国传，是魏晋间人作，托安国为名耳。其疑如此，其时伸其说者，若赵汝谈、陈振孙诸家，犹未甚也。迨元之吴澄、赵孟頫、王充耘，明之赵汸、梅鷟、郑瑗、归有光、罗敦仁辈，则攻之不遗余力矣。近世若昆山顾氏、山阳阎氏、秀水朱氏，吹疵摘谬，更加严密，益见今文真而可从，古文非真而难信也。

至于张霸伪《尚书》后，又有明之丰熙，其书一曰箕子，朝鲜本，一曰徐市，倭国本，自谓其曾大父河南布政使庆录得之以藏于家，自为古《书》世本，尤诡诞不经。顾亭林极斥之。或曰：熙子坊，此犹是假托《诗传》《诗说》之伎俩，不堪与张霸作奴，而其先后作伪，则同一科也。

尚书考二

朱景英

汉世为今文之学者，伏生教济南张生及欧阳生，欧阳授兒宽，宽授欧阳生之子世，世相传至曾孙高，高孙地余，地余子政，由是《尚书》世有欧阳氏学。欧阳高授林尊，尊授平当及陈翁生，由是欧阳有平、陈之学。翁生授殷崇及龚胜，平当授朱普及鲍宣。宣徒众尤盛。张生授夏侯都尉，都尉授族子始昌，始昌授夏侯胜，胜又事同郡简卿，简卿，兒宽门人，胜授从兄子建，建又事欧阳高。由是《尚书》有大小夏侯之学。周堪与孔霸事大夏侯胜，堪授牟卿及许商，由是大夏侯有孔、许之学。张山拊事小夏侯建，授李寻、郑宽中、张无故、秦恭、假仓，由是小夏侯有郑、张、秦、假、李氏之学。为古文之学者，孔安国授都尉朝，而司马迁亦从安国问故。都尉朝授胶东庸生，庸生授清河胡常。此授受之源流也。

其注疏，在汉则有《伏胜大传》四十一篇，及《尚书畅训》三卷，欧阳生《尚书章句》三十一卷，《尚书说义》二卷，大小夏侯《章句》各二十九卷，大小夏侯《解故》二十九篇，孔安国《尚书传》四十一篇，隋《志》十三卷。欧阳地余等《尚书议奏》四十二篇，牟卿《尚书章句》、秦恭《尚书说》。后汉杜林传古文

《尚书》，而贾逵作《尚书古文同异》。卫宏作《尚书训旨》，马融作《尚书注》十一卷。郑康成亦作《尚书注》九卷、《尚书大传注》三卷，并《尚书音》《书赞》等书。王肃作《尚书驳议》五卷、《古文尚书注》十一卷。范宁作《尚书注》十一卷。此皆注之最早者也。

梁蔡大宝作《尚书义疏》三十卷，巢猗作《尚书义疏》三卷、《尚书百释》三卷，费甝作《尚书义疏》十卷。隋刘焯作《尚书疏义》二十卷，刘炫作《尚书述义》二十卷、《尚书百篇义》一卷、《尚书孔传目》一卷、《尚书略义》三卷，顾彪作《尚书疏》二十卷。此皆疏之最早者也。

至唐孔颖达等《尚书正义》，则主梅赜所上之孔传，因费（彪）〔甝〕疏而广之，而注疏始定矣。至宋之注，朱子所取者四家，而明何乔新，以苏轼之《书传》十三卷伤于略，王安石之《新经尚书义》十三卷伤于凿，林之奇之《尚书集解》五十八卷伤于繁，吕祖谦之《书说》三十五卷伤于巧，然九峰蔡氏之书传，或以为勉强附会者亦有之。

书序考

朱景英

司马迁曰：孔子序《书》传。刘歆曰：孔子序《书》。班固曰：《书》之所起远矣，至孔子纂焉，凡百篇而为之序。隋《经籍志》：孔子删《书》，别为之序。是皆以《书》序为孔子作也。程子亦谓《书》序，夫子所为。而朱子则曰：《书》序恐即是经师所作，决非夫子之言。吴才老亦先疑之，厥后议者纷起，或谓《书》序伪，而朱子并《诗》序亦疑其伪。《诗》序真，而班固、刘歆并《书》序亦以为真。

或谓汉初《泰誓》且有伪书，何况《书》序。或谓《诗》必待序而传，《书》则篇中已详，何用复说？而孙氏宝侗攻之尤力，其曰：《书》序为后人伪作，逸书之名，亦多不典，不但《书》序可疑，而百篇之名，亦不可信。顾亭林极服其说为切当。朱竹垞曰：朱子疑《诗》小序，而并疑《书》小序，疑孔安国所传之古文，而并疑古文之有小序。然百篇之序，实自汉有之，窃谓《周官》外史达《书》名于四方，此《书》必有序，而百篇之序，即外史所以达四方者。其由来古矣，噫！其信然欤？

九州考

朱景英

《禹贡》：九州曰冀州，曰兖州，曰青州，曰徐州，曰荆州，曰扬州，曰豫州，曰梁州，曰雍州。《周礼・职方氏》：九州曰扬州，曰荆州，曰豫州，曰青州，曰兖州，曰雍州，曰幽州，曰冀州，曰并州。《尔雅・释地》：九州曰冀州，曰豫州，曰雍州，曰荆州，曰扬州，曰兖州，曰徐州，曰幽州，曰营州。《舜典》：肇十有二州。

经无明文，孔安国、马融并谓舜以冀、青地广，始分冀东恒山之地为并州，其东北医无闾之地为幽州，又分青州为营州。孔颖达以其据《周礼・职方氏》有幽、并，知舜时当有幽、并，幽、并山川，于《禹贡》皆冀州之域，知分冀州之域为之。据《尔雅・释地》，齐曰营州，知舜时亦必有营州，而齐即青州之地，知分青州为之。然则孔、马之说，亦属意揣耳。

明刘三吾《书传》，又谓幽、并、营三州，皆分冀州之地。又引欧阳忞《舆地广记》：辽东营州，属冀州为征。而昆山顾氏又深以分地之说为非，谓幽、并、营三州山川，皆不载之《禹贡》，为靡得而详也。《汉书・地理志》：尧遭洪水，天下分绝为十二州，使禹治之，更制九州。与《舜典》肇十有二州之文不合。惟陈氏谓《禹贡》之作乃在尧时，至舜时乃分九州为十二州，至夏之世又并为九州，故传言贡金九牧，其说为是。

第其州名则不可考，而孔传为蔡传所取，姑从其说可也。郭璞注《尔雅》九州下云：此盖殷制。邢昺疏曰：禹别九州，有徐、青、梁，而无幽、并、营，是夏制也。《周礼》有青、并、幽，而无徐、梁，是周制也。此有徐、幽、营，而无青、梁、并，是殷制也。然则《舜典》十二州，其虞制乎？龟山杨氏曰：十二州、九州，或分或合，因时而已，不必强为之说。信然。

说诗家数考

朱景英

说《诗》者四家，齐、鲁、韩、毛也。汉初，鲁人申培作《鲁故》，是为《鲁诗》。齐人辕固作《诗外内传》，是为《齐诗》。燕人韩婴作《韩故内外传》《韩诗说》，是为《韩诗》。赵人毛苌作《诗传》，是为《毛诗》。申公受《诗》于浮邱伯，以《诗经》为训，故班固谓齐、韩取《春秋》，采杂说，咸非其本义与？

不得已鲁最为近之，其弟子为博士者十余人，而瑕丘江公尽能传之。及鲁许生免中、徐公，皆守学教授。韦贤治《诗》，事江公，及许生传子元成，由是《鲁诗》有韦氏学。王式事徐公及许生，张长安、唐长宾、褚少孙皆事式，由是《鲁诗》有张、唐、褚氏之学。张生兄子游卿为谏大夫，以《诗》授元帝，其门人琅琊王扶、陈留许晏，由是张家有许氏学。辕固以治《诗》为博士，诸齐以《诗》显贵者，皆固之弟子也。夏侯始昌最明传后苍，苍授翼奉、匡衡，衡授师丹、伏理满昌，由是《齐诗》有翼、匡、师、伏之学。昌授张邯及皮容，皆至大官，徒众尤甚。后汉陈元方亦传《齐诗》，彭俊民曰：申公得《诗》之约者也，辕固得《诗》之直者也。以约穷理，而以直行已。观其言以察其行，信有异于毛公、韩婴之所闻也。韩婴推诗人之意作《内外传》数万言，其言颇与齐鲁间殊，然归一也。淮南贲生受之，燕赵间言《诗》者由韩生。河南赵子事生，授同郡蔡谊，谊受同郡食子公与王吉，食生授泰山栗丰，丰授山阳张就，吉授淄川长孙顺，顺受东海发福，由是《韩诗》有王、食、长孙之学。《汉·志》：《韩诗》有五书，今惟存《外传》十卷，非婴传《诗》之详者。王弇州谓为引《诗》以证事，而非引事以明《诗》，信然。

要之终汉之世，三家并立，《齐诗》魏代已亡，《鲁诗》亡于西晋，《韩诗》虽存，无传之者。陆氏曰：三家之《诗》，至唐已失其旧传，虽有存焉者，伪矣。毛苌之学，自谓子夏所传。先是，鲁人毛亨号大毛公，学于荀卿，为《诗》，故训传于家，以授赵人小毛公，即苌也。苌为河间献王博士，授同国贯长卿，长卿授解延年，延年授徐敖，敖授陈侠，言《毛诗》者本之敖。时齐、鲁、韩三家皆立于学官，独毛氏不得立，惟河间献王好之。中兴后，谢曼卿、卫宏、贾逵、马融、郑众、郑康成之徒，皆宗毛公学，翕然称之。按其书，所释《鸱鸮》与《金縢》合，释《北山》《烝民》与《孟子》合，释《昊天有成命》与《国语》合，释《硕人》《清人》《皇矣》《黄鸟》与《左氏》合，而序由庚六篇与《仪礼》合。

当毛公时，《左氏传》未出，《孟子》《国语》《仪礼》不甚行，而毛公之说先与之合，不谓之源流子夏可乎？吕东莱曰：以齐、鲁、韩之义，尚可见者较之，独毛公适与经传合。《关雎》正风之首，三家者皆以为刺，余可知矣。此所以三家皆废，而《毛诗》独存于世也。

毛诗注疏考

朱景英

《毛诗》三万九千二百二十四字，《汉·志》十九卷，《唐·志》十卷。郑康成作《毛诗笺》二十卷，申明毛义，以难三家，且《毛诗》经文久而滋误者，因郑笺可证其非。又作《毛诗谱》三卷，其《自序》曰：欲知源流清浊之所处，则循其上下而省之。欲知风化芳臭之所及，则旁行而观之。后赖欧阳修补完，而其书始备。

他若贾逵之《毛诗杂义难》十卷，马融之《毛诗注》十卷，王肃之《毛诗注》二十卷、《毛诗义驳》八卷、《毛诗奏事》一卷、《毛诗（间）〔问〕难》二卷，刘桢之《毛诗义问》十卷，王基之《毛诗驳》一卷，刘璠之《毛诗义》四卷，徐整之《毛诗谱》三卷，太叔裘之《毛诗注》二卷，韦昭之《毛诗答杂问》四卷，皆佚矣，存者惟吴乌程令陆玑之《毛诗草木禽兽虫鱼疏》耳。

汉、魏、晋间，撰《毛诗音》者九人，如郑康成、徐邈、蔡氏、孔氏、阮侃、王肃、江惇、干宝、李轨是也，然存者仅什一。《隋·经籍志》载《毛诗义疏》凡七部，其著撰人姓氏者，舒援、沈重二家，此外无名焉。唐孔颖达谓近代为义疏者，有全缓、何胤、舒缓、刘轨思、刘丑、刘焯、刘炫等。顾其书皆亡，惟孔颖达、王德韶、齐威等，奉敕撰《毛诗正义》四十卷，盖据刘炫、刘焯本，删其所繁，而增其所简，即世所行《毛诗注疏》也。而陆德明之《毛诗释文》亦存，后此注家繁夥，殆指难胜屈欤？

三礼授受考

朱景英

《周礼》六篇，前世传其书未有名家，王莽时，刘（韶）〔歆〕始置博士以行于世。河南缑氏杜子春受业于歆，因以教授其门徒。时郑大夫兴、郑司农众及贾逵皆受业焉，是后马融作《周官传》以授郑康成。此《周礼》授受之源委也。

《仪礼》自鲁高堂生传《士礼》十七篇，而鲁徐生善为颂，为礼官大夫，《汉书》师古注曰：颂读与容同。传子至孙延襄，襄亦善为颂，为大夫，延及徐氏弟子公户、满意、桓生、单次，皆为礼官大夫，而瑕邱萧奋以《礼》至淮阳太守。诸言《礼》为颂者，由徐氏孟卿事萧奋，以授后苍闾邱卿。苍说《礼》数万言，号曰《后氏曲台记》，授闻人通汉戴德、戴圣、庆普。德号大戴，圣号小戴，由是《礼》有大戴、小戴、庆氏之学。三家皆立博士，庆普授夏侯敬，又传族子咸。大戴授徐良，小戴授桥仁、杨荣，由是大戴有徐氏，小戴有桥、杨氏之学。中兴后，大小戴传《士礼》，虽相传不绝，然未有显者。建武中，曹充习庆氏学，传其子褒，而董钧亦习庆氏《礼》。汉末郑康成本习《小戴礼》，后以古经校之，取其义长者为郑氏学。此《仪礼》授受之（委源）〔源委〕也。

《小戴礼记》前汉无师说，惟汉末马融传小戴学，而郑康成受业于马融。《后汉书》又云：玄从东海张恭祖受《周官》《礼记》。此《礼记》授受之源委也。

凡此并见于前后《汉书》及《隋书》，近世竹垞朱氏撰《经义考》，于戴德《礼记》下引《汉书》大戴授琅琊徐良云云，于戴圣《礼记》下引《汉书》小戴授梁人桥仁、杨荣云云，是误以《汉书》所载二戴之学，其授受为《礼记》也。不知《汉书·儒林传》，自汉兴鲁高堂生传《士礼》下，迄小戴有桥、杨之学。二传之文，专言前汉《仪礼》授受家数，未尝及《礼记》一字也。其《艺文志》礼经后论亦然，惟《后汉书·儒林董钧传》内，一则曰玄本习《小戴礼》，后以古经校之云云。其曰《小戴礼》者，即高堂生所传十七篇。曰古经者，乃淹中所得五十六篇也。再则曰玄又注小戴所传《礼记》四十九篇，则明为今《礼记》篇数矣。且郑康成有言曰：传《礼》者十三家，惟高堂生及五传弟子戴德、戴圣名世也。五传弟子者，高堂生、萧奋、孟卿、后苍及戴德、戴圣为五。此所传皆《仪礼》也。其说甚明，竹垞亦引于《仪礼》下，何于《礼记》又抵牾若此？甚矣，著书之难也！

注《周官》经者自杜子春始，嗣有郑兴《周官解故》，郑众《周官解诂》，贾逵《周官解故》，卫宏《周官解诂》，张衡《周官训诂》，其书皆亡。马融《周官礼注》十二卷，见于《隋·志》，顾亦佚矣。今存者郑康成《周官礼注》十二卷，王氏炎曰：康成之训释，可谓有功于《礼记》，然一则以纬说汩之，一则以臆说汩之，是以学者不得不疑。王氏应麟引徐氏征言，谓郑注误有三：《王制》汉儒之书，今以释《周礼》，其误一。《司马法》兵制也，今以证田制，其误二。汉官制皆袭秦，今引汉官以比周官，其误三。且讥其主纬书六天之说以乱经，又以南郊圜丘为三郊，以明堂祭天为祭太微五帝，以启蛰而郊，郊而后耕，为周祭感生帝灵威仰，配以后稷而祈谷，信为疵谬也。

魏王肃又有《周官礼注》十二卷，朱子云：肃议《礼》必反郑玄，此殆其一也。后又有（于）〔干〕宝《周官礼注》十二卷，伊说《周官礼注》十二卷，崔灵恩《周官礼集注》二十卷。疏《周礼》者则有沈重《周官礼义疏》四十卷，而晋陈邵《周官礼异同评》十二卷，史称其甚有条贯。迨唐贾公彦作《周礼义疏》五十卷，晁氏称其发郑学最为详明，董氏谓此疏据陈邵、沈重二书为之。朱子曰：五经中《周礼疏》甚好，故今立于学官云。至宋王安石作《新经周礼义》二十二卷，晁氏斥其傅著所创新法，以塞异议者之口。信然。胡铨作《周礼传》十二卷，自谓覃思十余年，仅成集解。惜其书不传也。

注《仪礼》者惟郑康成最显，康成注十七卷，晋荀崧称其于《礼》特明，宜置郑仪礼博士，其为后世所重如此。王肃亦有《仪礼注》十七卷，而马融、袁准、孔伦、陈铨、裴松之、雷次宗、蔡超、田儁之、刘道拔、周续之皆有注，或一卷，或二卷。盖《仪礼·丧服传》一卷，子夏所为，故《旧唐书·经籍志》亦载郑玄注又一卷，其诸家注一二卷者，皆《丧服注》，未尝指为全书注。且陆氏释文，序录可按也。然自《新唐书·艺文志》于诸家下并不著其注《丧服》，后遂沿误而不觉其非矣。

疏《周礼》者，则有沈重《仪礼义疏》三十五卷，黄庆《仪礼章疏》，李孟悊《仪礼章疏》诸书。贾公彦撰《仪礼义疏》五十卷，晁公武、卫湜并云：公彦删黄、李二家为此疏，顾公彦讥黄举大略小，李疏举小略大，为互有修短。朱子则云：公彦《仪礼疏》不甚分明，然自宋邢昺奉诏是正，则亦列于学官矣。宋陈祥道注解《仪礼》三十二卷，范祖禹以为精详博学，惜其书不传。朱子《仪礼经传通解》二十三卷，其书以《仪礼》为经，取《礼记》及诸经史书所载附本经之下，具列注疏、诸儒之说，惟丧、祭二《礼》则属之门人黄勉斋类次焉。又撰《仪礼释宫》一篇，勉斋黄氏干《续通解》二十卷，其《丧礼》十五卷为勉斋手定，

《祭礼》十四卷则又信斋杨氏复据稿本以续成者，合朱子《通解》，均为学者所宗，无异词也。元初，又有敖继公《仪礼集说》十七卷，则与《通解》异，有识者恒以细密精确称之，其书殆不可湮没已。

注《礼记》者则有戴圣《礼记群儒疑义》十二卷，桥仁《礼记章句》四十九篇，暨高诱《礼记注》，见于经传及他书所引，然不可考。马融为传，卢植合十九篇为之解，亦世所不传。至郑康成撰《礼记注》二十卷，遂大明《戴记》之蕴，朱子称其考《礼》名数大有功，事事都理会得。卫正叔亦称其简严该贯，非后学可及。王肃《礼记注》三十卷，虽多改驳，仍按本篇。孙炎《礼记注》三十卷，虽挟郑义，乃易前编。嗣是司马伷《礼记》，宁朔《新书》二十卷，增革向逾百篇。叶遵《礼记注》十二卷，删修仅存十二。唐魏徵病群言之错杂，细众说之精深，成《类礼》二十卷。元行冲作《类礼义疏》五十五卷，顾其书置诸内府，不可复见，朱子惜之。

疏《礼记》者则有郑小同《礼记义记》四卷，雷肃《礼记义疏》二卷，何修之《礼记义》十卷，梁武帝《礼记大义》十卷，简文帝《礼大义》二十卷，贺玚《礼记新义疏》二十卷，皇侃《礼义疏》九十九卷、《礼记简疏》四十八卷，沈重《礼义疏》四十卷，熊安生《礼记义疏》四十卷。唐孔颖达撰《礼记正义》七十卷，其自序曰：大小二戴，共氏而分门。王、郑两家，同经而异注。晋宋逮于周隋，传《礼》业者江左尤盛。而为义疏者，南人有贺循、贺玚、庾蔚、崔灵恩，沈重、宣，皇甫侃等。北人有徐道明、李业兴、李宝鼎、侯聪、熊安等。其见于世者惟皇、熊二家，熊则违背本经，皇乃时乖郑义，然以熊比皇，皇氏胜矣。乃据皇氏以为本，其有不备，以熊氏补焉。此正义著述之大指也。今列于学官者即此。

此后宋则有横渠张子《礼记说》三卷，为魏鹤山所称。王安石《礼记发明》一卷，《要义》二卷，未为完书。而方悫《礼记解义》二十卷，马晞孟《礼记解》七十卷，陈（详）〔祥〕道《礼记讲义》二十四卷，陆佃《礼记解》四十卷，即鹤山所称方、马、陈、陆是也。然其书皆述王氏之说，人颇病之，独朱子以为方、马二解尽有好处，不可以其新学而黜之也。昆山卫湜正叔撰《礼记集说》一百六十卷，援引解义凡一百四十四家，且云：他人著书，惟恐不出于己，予之此编，惟恐不出于人。盖详博至矣。迨元云庄陈皓作《礼记集说》三十卷，以其简便，遂得列于学官。秀水朱氏曰：以公论揆之，自当用卫氏《集说》取士，而学者厌其文繁，全不寓目，若云庄《集说》，直兔园册子耳，独得颁于学官，三百余年不改。

其于度数品节，择焉不精，语焉不详，礼云礼云，如斯而已乎？此外说《礼》者甚多，不能枚举，姑述其大略如此。

三礼考

朱景英

汉兴，高堂生传《士礼》十七篇，即今之《仪礼》，张淳曰：汉初未有《仪礼》之名，疑后学者见十七篇中有仪有礼，遂合而名之。此其最先者也。又《礼》古经者，出于鲁淹中，《汉书》注：里名也。凡五十六篇。刘歆曰：鲁恭王得古文于坏壁，逸《礼》三十有九。天汉之后，孔安国献之。《后汉书·儒林传》曰：孔安国所献《礼》古经五十六篇。孔惠蔚曰：淹中之经，孔安国所得。《隋书·经籍志》：古经出于淹中，而河间献王好古爱学，收集余烬，得而献之，合五十六篇。朱子曰：河间献王得古《礼》五十六篇，乃孔壁所藏之书。吴澄曰：鲁恭王坏孔子宅，得古文《礼》经于孔氏壁中，凡五十六篇，河间献王亦得而上之。其字皆篆书，是为古文。其十七篇与高堂生所传同，而字多异。余多三十九篇，绝无《师说》。在于秘馆，谓之《逸礼》，此又《仪礼》之类也。

汉时有李氏得《周官》于山岩屋壁，上于河间献王，独缺《冬官》一篇，献王购以千金不得，遂取《考工记》以补其阙，合成六篇奏之。至王莽时，刘歆始建立《周官》经，置博士以行于世，即今《周礼》是也。汉初，河间献王得仲尼弟子及后学者所记一百三十一篇献之，时无传之者。至刘向考校经籍，检得一百三十篇第而次之，又得《明堂阴阳记》三十三篇，《孔子三朝记》七篇，《王史氏记》二十一篇，《乐记》二十三篇，合二百十四篇。戴德删其烦重，合而记之，为八十五篇，谓之《大戴记》。而戴圣又删大戴之书为四十六篇，谓之《小戴记》。汉末马融传小戴之学，融又益《月令》一篇，《明堂位》一篇，《乐记》一篇，合四十九篇，即今《礼记》是也。

此皆其后出者也，而逸补删益之，故亦略见于斯。后汉《儒林传》曰：郑众传《周官》经后，马融作《周官传》授郑玄，玄亦作《周官注》。玄本习《小戴礼》，即今《仪礼》十七篇。后以古经校之，取其义长者，故为郑氏学。玄又注小戴所传《礼记》四十九篇，内三篇为马融所益，史误。通为三礼焉，此今三礼次第之所由昉也。

逸礼考

朱景英

《逸礼》三十九篇，其篇名颇见于他书，若学《礼》见《贾谊传》，天子巡狩礼见《周官》内宰注，朝贡礼见《聘礼》注，朝事仪见《觐礼》注，禘尝礼见《射人》疏，中霤礼见《月令》注及《诗·泉水》疏，王居明堂礼见《月令》礼器注，古大明堂礼《昭穆篇》见蔡邕论，《本命篇》见《通典·聘礼志》。又有《奔丧》《投壶》《迁庙》《衅庙》《曲礼》《少仪》《内则》《弟子职》诸篇，见大小《戴记》及《管子》。盖其书初唐犹存，诸儒不以为意，遂至于亡，惜哉！

元吴澄于是汇收八篇为《仪礼逸经》，曰《投壶》，曰《奔丧》，曰《公冠》，曰《诸侯迁庙》，曰《诸侯衅庙》，曰《中霤》，曰《禘于太庙》，曰《王居明堂》，其二取之《小戴记》，其三取之《大戴记》，其三取之郑氏注也。又纂次《仪礼传》十篇：曰《冠义》，曰《昏义》，曰《士相见义》，曰《乡饮酒义》，曰《乡射义》，曰《燕义》，曰《大射义》，曰《聘义》，曰《公食大夫义》，曰《朝事义》。其七取之《小戴记》，其一取之《大戴记》，其二取之清江刘氏所补也。明何乔新又取原父文集中《投壶义》一篇，录于《朝事义》之后，以补逸经之传。而明初汪克宽则以为《仪礼》十七篇，吉礼之存，惟《特牲馈食篇》，乃诸侯国之士祭祖庙之礼。《少牢馈食》及《有司彻》篇，乃诸侯、卿大夫祭祖祢庙之礼。凶礼之存，惟《丧服篇》，乃制尊卑亲疏冠绖衣服之礼。《士丧礼》，乃士丧其亲，自始死至既殡之礼。《士虞礼》，乃士既葬其亲，迎精而返，日中而祭于殡宫之礼。宾礼之存，惟《士相见篇》，乃士以职位相亲，始承贽相见之礼。《聘礼篇》，乃诸侯久无事，使相问之礼。《觐礼篇》，乃诸侯秋朝天子之礼。嘉礼之存，惟《冠礼篇》，乃士之子始加冠之礼。《士昏礼篇》，乃士娶妻之礼。《乡饮酒礼篇》，乃卿大夫宾兴贤能饮酒之礼。《乡射礼篇》，乃士为州长会民射于州序之礼。《燕礼篇》，乃诸侯燕飨其臣之礼。《大射仪篇》，乃诸侯将有祭祀之事，与群臣宴饮之礼。《公食大夫礼篇》，乃诸侯以礼食邻国小聘大夫之礼。

自此之外，如朝觐会同郊祀大飨，帝大丧之礼，盖皆亡逸。况军礼无存，非关细故，乃考于《仪礼》《周官》、大小《戴记》《易》《诗》《书》《春秋传》《孝经》《家语》及汉儒纪录，凡有合于《礼》者，各著其目，列为五《礼》之篇，名曰《经礼补逸》。然是二书也，朱彝尊称吴氏文简而论叙秩然，曾鲁称汪氏辞约而事备，其为可取也。益信矣。若明永乐中，沅州刘有年所上《仪礼逸经》十八篇，诏付史馆，见于《明一统志》。罗伦因何乔新之言，欲待好古君子，上请继类成篇，而焦竑亦惜其未加表章，旋就湮没，杨慎又讶有年何从得之，而朱彝尊则以为有年所进，即草庐吴氏本，盖以逸经八篇、传十篇，适合其数也。虽然，明初庙堂诸公，岂竟未见草庐本哉？

庙制考

朱景英

《王制》：大夫三庙，一昭一穆，与太祖之庙而三。士一庙。《祭法》：大夫三庙二坛，曰考庙、王考庙、皇考庙，享尝乃止。显考、祖考无庙，有祷焉，为坛祭之，去坛为鬼。适士二庙一坛，曰考庙、王考庙，享尝乃止。皇考无庙，有祷焉，为坛祭之，去坛为鬼。官师一庙，曰考庙，皇考无庙而祭之，去王考为鬼。

是二说皆不同，其言大夫也，《王制》三庙，一为太祖而不及高、曾，《祭法》及曾，而太祖则夷于坛而无庙矣。其言士也，《祭法》虽与官师分，而皆得祭其祖，《王制》则不及祖矣，何参错若是？后之说者有曰：《王制》商礼，《祭法》则周礼也。或又曰是庙制也，而非其所祭之数也。凡宗子祭必及四世，不皆庙。官师一庙而得祭其祖，庶人祭寝而不限其所祭，可推而见也。且高祖在五服之中，而可以不祭乎哉？或又曰：《王制》之言庙制也，先之以支子不祭，明庙制为宗子设，支子虽大夫不得立庙。或又曰：大宗必立太祖之庙，百世不祧。宗子为大夫者立三庙祭及曾，失职为士者立二庙祭及祖。盖大夫并太祖庙而四，士并太祖庙而三也。或又曰：支子为大夫士，亦得立庙于家，不必于宗子之家也。盖庙自为大夫士立，不为其宗立，非二统也。凡此诸说，虽各有相蒙，大都欲比《王制》《祭法》而合之耳。

近尧峰汪氏设为五疑，推勘尽矣，而要之诸说者，皆各有据，存之亦足以备考焉。

五祀考

朱景英

大夫祭五祀，《曲礼》《王制》同云。独《祭法》大夫立三祀，曰族厉，曰门，曰行，是本经之言既不能齐矣。郑康成泥于《祭法》之文，于《曲礼》则注曰：五祀，户、灶、中霤、门、行也。又曰：五祀殷制，三祀周制也。于《王制》则注曰：五祀，司命、中霤、门、行、族厉也。又曰：大夫有地祭五，无地祭三也。何一人之言，前后矛盾若此？

夫殷周之制，全无征验，不过出于郑之臆说耳。若以户、灶、中霤、门、行之祀，则止属一家祈报，与分土何与？而乃以有地无地为差等邪？况《周礼》祭社稷五祀，《仪礼》士疾病祷五祀，则五祀无尊卑隆杀之别，而其非殷制也益明。《祭法》司命，郑氏以为督察三命，皇侃以为文昌宫星，夫三命本沿里俗之谈，而大夫又无祭星之礼，皆不足信也。至族厉之说，孔颖达疏，训族为众，以为古大夫无后者。汪氏曰：古者大宗无后，则族人为之置后。非宗子而为大夫者无后，亦如之。是安得有族厉？则其说之谬可知已。

总之，《祭法》怪妄不经，所云三祀，类与庙制乖异，而郑氏泥其文，求其说而不得，遂牵附舛互，一至于斯。大抵《曲礼》《王制》两说，当以一为定。而五祀名目，则从《月令》春祀户，夏祀灶，季夏祀中霤，秋祀门，冬祀行也可。

春秋授受考

朱景英

自昔传《春秋》者五家，左氏、公羊、穀梁、邹氏、夹氏是也。左氏丘明为孔子弟子，作《春秋传》三十卷。公羊氏高齐人，受《春秋》于子夏，作《春秋传》十一卷。穀梁氏赤鲁人，亦子夏弟子，一曰名俶，一曰名淑，字元始，秦孝公同时人。颜师古曰：名喜，作《春秋传》十一卷。《邹氏传》十一卷，《夹氏传》十一卷，并见汉《艺文志》。此传家最古者也。

汉武帝立五经博士，《春秋》惟有公羊。宣帝善《穀梁》说，始置《穀梁》博士。孝哀时，刘歆典校经籍，考正《左氏传》，欲立于学，诸儒莫应。至东汉建武中，尚书令韩歆请立而未行。时陈元最明《左传》，又上书讼之，乃以魏郡李封为《左氏》博士，及封卒，遂罢。然诸儒传《左氏》者甚众，永平中，能为《左氏》者，擢高第为讲郎，其后愈显。此三《传》立学之先后也。

左氏作《传》授曾申，申授吴起，起授子期，子期授楚人铎椒，作抄撮八卷汉《志》有铎氏微三篇。授虞卿，虞卿授荀卿，荀卿授张苍。汉兴，北平侯张苍，及梁太傅贾谊、京兆尹张敞、大中大夫刘公子，皆修《左氏春秋传》。谊为《左氏传训故》，授赵人贯公。贯公子长卿授清河张禹，禹授尹更始，更始传子咸及翟方进、胡常，常授黎阳贾护，护哀帝时为郎，授苍梧陈钦，以《左氏》授王莽为将军，而刘歆从尹咸及瞿方进受，由是言《左氏》本之贾护、刘歆。

公羊子作《传》传子平，平传子地，地传子敢，敢传子寿。当汉景帝时，寿乃共弟子齐人胡母子都著于竹帛，与董仲舒皆见于图谶，自寿而前皆口授焉。是以免于秦火。

胡母生与董仲舒同业，齐之言《春秋》者宗事之，公孙弘亦颇受焉。武帝尊公羊家，由是大兴。胡母生弟子，有兰陵褚大、东平嬴公、广川段仲温、吕步舒，惟嬴公守学不失师法，授东海孟卿及鲁眭孟，孟授东海严彭祖及鲁颜安乐，由是《公羊春秋》有严、颜之学。彭祖授琅琊王中，中授同郡公孙文东、门云，安乐授淮阳泠丰、淄川任公，由是颜家有泠、任之学。疏广事孟卿，授琅琊管路，贡禹事嬴公，授颍川堂溪惠，惠授泰山冥都，都与路又事颜安乐，故颜氏复有管、冥之学。

穀梁子作《传》传孙卿，卿传申公，申公传瑕丘江公，其后浸微，惟鲁荣广、王孙皓星公二人受焉。沛蔡千秋、梁周庆丁姓，皆从广受，千秋又事皓星公。宣帝兴《穀梁》，擢千秋为谏大夫，千秋死，征江公孙为博士，江博士死，征周庆丁姓待诏保宫，寻为博士。姓授楚申章昌、尹更始，事千秋，传子咸及翟方进、琅琊房凤。江博士授胡常，常授梁萧秉，由是《穀梁春秋》有尹、胡、申、章、房之学，此三《传》授受之源流也。至于邹氏无师，夹氏未有书，故不能详云。

左传官名地名异同考

朱景英

《左氏传》中列国官名，若晋之中行，宋之门尹，郑之马师，秦之不更庶长，皆他国所无。而楚尤多，有莫敖、令尹、司马、太宰、少宰、御士、左史、右领、左尹、右尹、连尹、针尹，或作箴尹。寝尹、工尹、卜尹、芋尹、蓝尹、沈尹、清尹、莠尹、嚣（氏）〔尹〕、陵尹、郊尹、乐尹、宫厩尹、监马尹、扬豚尹、武城尹，其官名率与他国异者。

又《左传》地名名同而实异者，如成公元年战于鞌，入自邱舆，杜解云齐邑。三年郑师御晋，败诸邱舆，解云郑地。哀公十四年，阮氏葬诸邱舆，解云泰山南城县西北有舆城，又是鲁地。是三邱舆，为三国地也。文公七年，穆伯如莒莅盟及鄢陵，解云莒邑。成公十六年战于鄢陵，解云郑地。是二鄢陵，为二国地也。襄公十四年，伐秦至于棫林，解云秦地。十六年次于棫林，解云许地。是二棫林，为二国地也。襄公十七年，卫孙蒯饮马于重邱，解云曹邑。二十五年，同盟于重邱，解云齐地。是二重邱，为二国地也。定公十二年，费人北，国人追之，败诸姑蔑，无解，当是鲁地。哀公十三年，弥庸见姑蔑之旗，解云越地。是二姑蔑，为二国地也。而地名盂者又有五：僖公二十一年会于盂，宋之盂也。定公八年，刘子伐盂，周之盂也。十四年，卫太子蒯聩献盂于齐，卫之盂也。昭公二十八年，晋盂丙为盂大夫，太原盂县。哀公四年，齐国夏伐晋取盂，当在邢洺之间。是二盂皆晋之盂也。

州国亦有二：桓公五年，州公如曹，解云州国在城阳淳于县。十一年，郑人将与随绞州蓼伐楚师，解云州国在南郡华容县东南。其异同如此。

春秋三传注疏考

朱景英

《左氏》《公羊》《穀梁》三传，论者不一，谓孔子将修《春秋》，与左丘明乘如周，观书于周史，归而修《春秋》之经，丘明为之传者，严彭祖也。谓左丘明亲见夫子，好恶与圣人同者，刘歆也。谓昔者仲尼与丘明观鲁《史记》，有所褒贬，口授弟子，弟子退而异言，丘明恐弟子各安其意，以失其真，故论本事而作传者，班固也。谓《左氏传》理长，至明，至切，至直，至顺，长于二传者，贾逵也。谓《春秋》诸家去孔子远，《左氏传》出孔子壁中，近得其实者，王充也。谓丘明之《传》，囊括古今表里人事者，卢植也。谓丘明受经于仲尼，身为国史，躬览载籍，必广记而备言之，其文缓、其旨远者，杜预也。

谓孔子作《春秋》，丘明、子夏造膝亲受，无不精究，丘明撰所闻，为传，张本继末，以发明经意，信多奇伟者，荀崧也。谓丘明之传释孔氏之经，子应乎母，以胶投漆者，孔颖达也。谓丘明躬为鲁史，受经于仲尼者，刘知幾也。谓左氏受经于仲尼，博采诸家，叙事尤备，能令万代之下见其本末，比余《传》功最高者，啖助也。谓仲尼明周公之志而修经，丘明受仲尼之经而为《传》者，权德舆也。谓孔氏之门，左氏富而不诬，有以见圣贤之心者，刘轲也。谓丘明与圣人同时，接其闻见，参求其长，左氏为上者，陈岳也。谓左氏释经义例，具得当时事实，非二《传》之比者，陈振孙也。谓左氏曾见国史，考事颇精者，朱子也。

至于《公羊传》，汉初盛行，凡载汉《志》者，如公羊颜氏《记》十一篇，公羊董仲舒《治狱》十六篇，皆公羊之学也。东汉李育少习《公羊春秋》，沉思专精，尝读《左氏传》，虽乐文采，然不得圣人深意，作《难左氏义》四十二事，何休以《春秋》驳汉事六百余条，范史谓其妙得公羊本意。又与其师羊弼，追述李育意，以难二《传》。作《公羊墨守》十四卷，言公羊之意不可攻，如墨翟之守城也。而《左氏膏肓》十一卷，《穀梁废疾》三卷，皆休所作以掊击二《传》者也。于是郑玄乃作《发墨守》《针膏肓》《起废疾》以排之，此休所以有康成入吾室、操吾戈以伐吾之叹也。嗣是魏严翰善《公羊》，钟繇谓左氏为太官，而谓公羊为卖饼家数。

晋王接又谓公羊附经立传，经所不书，传不妄起，于文为俭，通经为长。汉宣帝闻卫太子好《穀梁》，问常贤、夏后胜、史高，皆鲁人，言《穀梁》本鲁学，《公羊》乃齐学也，宜兴《穀梁》。甘露元年，召五经名儒，大议殿中，平《公》《穀》同异，各以经谊对，多从《穀梁》。然晋荀崧又谓：《公羊》精隐，明如断狱，《穀梁》间约隐要。又谓：公羊高亲受子夏，立于汉朝，辞义清俊，断决明审，多可采用。董仲舒之所善也，穀梁赤，师徒相传，暂立于汉，其书文清义约，诸所发明，或《左氏》《公羊》所不载，亦足订正，是又以二《传》宜与《左氏》并重，不可偏废者也。

顾有为之说者曰：《左氏》艳而富，其失也诬。《公羊》辩而裁，其失也俗。《穀梁》清而婉，其失也短。又有曰：言其长，则事莫明于《左氏》，例莫明于《公羊》，义莫精于《穀梁》。言其短，则或失之诬，或失之乱，或失之凿。是三家又各有短长得失矣。然《左氏》显而《公》《穀》微，自西晋已然，且综核诸儒之论，则《左氏》优于《公》《穀》，不必以三长五短相品骘矣。及唐啖助、赵匡，又参考三家，以采其长，助颇右《公》《穀》，陆淳传其学，纂会其文，为《春秋集传纂例》十卷，又撰《集注春秋》二十卷，《微旨》三卷，《辨疑》七卷，说者谓自汉以来，言《春秋》者惟宗三《传》，三《传》之外，能卓然有见于千载之后者，自啖氏始。

盖魏晋以前，学者各守传以合经，唐中叶后，学者颇欲舍传以求经。至宋孙觉《春秋经社》一书，其书亦主啖、赵，而孙明复著《春秋尊王发微》十五卷，遂专废传从经。刘敞著《春秋权衡》《意林春秋传》三十四卷，虽不废《传》，亦不尽从《传》。伊川直以自秦以下，其学不传，特作《春秋传》二卷以明之。绍兴中，胡安国被旨撰《春秋传》及《通例》《通旨》，共三十二卷。其书按左氏义，取公、穀之精者，采孟子、庄周、董仲舒、王通、邵尧夫、程明道、张横渠、程伊川之说以润色之，近世学者皆宗焉。然朱子称伊川《传》，则云中间有说好处，如难理会处，亦不为决然之论。谓胡文定《春秋》非不好，有牵强处，圣人只是直笔，据见在而书。谅哉斯言！学者可以废然返矣。

他若苏辙、叶梦得、郑樵诸人，各有所作，大抵一偏之见，未堪指驳耳。此又三《传》而外，诸家得失之大略也。

注《左氏传》者，自贾谊《训故》始，然其书已不传。其后则有贾逵《春秋左氏解诂》三十卷，服虔《左氏传解谊》三十一卷，王肃《左氏传》三十卷，董遇《左氏经传章句》三十卷，孙毓《左氏传义注》十八卷，王朗《左氏传》十二卷，迨晋杜预《左氏经传集解》三十卷出，而注乃尽善。先儒谓为左氏忠臣，夹漈郑氏比之颜师古之注《汉书》，而晁氏嗤其弃经信传，过矣。

疏《左传》者，则有沈文阿《左氏经传》二十五卷，王元规《续左氏传义略》十卷，苏宽《左氏传义疏》若干传，崔灵恩《左氏传立义》十卷，刘炫《左氏传述义》四十卷，直斋陈氏谓沈氏《义例》粗可。经传极疏，苏氏不体本文，惟攻贾服。刘氏好规杜失，比诸义疏，犹有可观。唐孔颖达据刘学而损益之，撰《春秋正义》三十六卷，而注疏统名焉。迨宋林尧叟亦有《左氏传》，今附杜本行者是也。

注《公羊传》者，汉初有严彭祖《公羊传》十二卷，其后则有东汉何休《公羊传解诂》十二卷，史称其覃思，不窥门十有七年而成。而郑康成以公羊善于谶，休之注引谶为多讥之，岂不信哉？嗣有王愆期《公羊解诂》十三卷，高袭《公羊注》十二卷，孔衍《公羊集解》十四卷。

疏《公羊传》者，则有《公羊疏》十二卷，见隋《志》，而今所行《公羊传疏》三十卷，不知撰人，或云徐彦撰，宋邢昺奉诏是正。其书以何氏三科九旨为宗本，有识者颇斥为浅局矣。

注《穀梁》者，则有尹更始《穀梁传注》十五卷，唐固《穀梁传注》十三卷，麋信《穀梁传注》十二卷，张靖《穀梁传注》

十卷，程阐《穀梁传注》十六卷，段肃《穀梁传注》十四卷，孔君《穀梁传指训》五卷。晋范宁以《穀梁》诸注家为肤浅，于是率其子弟及门生故吏，商略名例，博采诸儒同异之说，成其父汪之志，作《穀梁传集解》十二卷。晁氏谓三《传》之学，《穀梁》所得最多，诸家之解，范宁之论最善，非无见也。此外又有张、陈、孙、刘四家《穀梁集解》四卷，徐乾《穀梁传注》十三卷，然多残阙，不及见矣。

疏《穀梁传》者，则有徐邈《传义》十卷，至唐杨士勋撰《春秋穀梁传疏》十二卷，宋邢昺等奉诏是正。而三《传》之注疏以备。至为《左传音》者，则有嵇康、李轨、杜预、徐邈、王元规、徐文远、陆德明。为《公羊音》者，则有王俭、陆德明。为《穀梁音》者，则有徐邈、陆德明。此皆见于史志，足资考证者。

左氏公羊穀梁考

朱景英

自唐以前，诸儒之论，皆以丘明为孔子弟子。贞观、永徽中，祀周公为先圣，孔子为先师，是时孔庭配食，止颜渊、左丘明二人，其褒崇若此。至唐中叶，河东赵匡则云：左氏浅于公、穀，诬谬实繁，皆孔门后之门人。《论语》左丘明，乃夫子以前贤人，如史佚、迟任之流。焚书之后，学者见《传》及《国语》俱题左氏，遂引以为丘明也。

宋陈振孙亦云：《左传》末记智伯反丧于韩、魏，在获麟后二十八年，去孔子没亦二十六年，不应年少后亡如此。又其《书》称虞不腊矣，见于尝酎。及秦庶长，皆战国后制，故或疑非孔子所称左丘明，别自是一人为史官者。明郝敬又谓：《左传》或出三晋辞人之手，故其说往往右晋。近时徐与乔云：《左传》晋、韩、魏智伯事，举赵襄子谥，则《左传》作于襄子卒后。自获麟至襄子卒已八十年，使丘明与孔子同时，不应孔子殁七十有八年后，犹能著书也。又云：《论语》所引，姓左名丘明，传《春秋》者，姓左丘名明。司马子长曰：左丘失明，厥有《国语》。盖左丘氏以失明，而自名曰明也。凡皆众说之献疑者。

惟秀水朱彝尊，作《孔子弟子考》，特书鲁太史左丘子明。又博采诸儒之说以辨之，曰：论世者惑于赵匡之说，则疑左氏在孔子之前。惑于王安石之说，则疑左氏生孔子之后。众口纷纶，迄无定论，遂使唐代特祀之先贤，并不得与于七十子之列。然则汉、晋以来，经生之说，均不足信耶？又引《风俗通》，邱姓，鲁左丘明之后，以证左丘为复姓，是真可以解诸家之纷矣。

至谓公羊氏为子夏弟子，则戴宏、荀崧、梁武帝、孔颖达、吴兢诸人之说同。谓穀梁为子夏弟子，则应邵、颜师古之说同。独罗苹《路史识遗》云：公羊、穀梁，自高赤作传外，不见有此姓。万见春谓皆"姜"字，《切韵》：脚疑为姜，姓假托。然自高传子平，平传子地，地传子敢，敢传子寿，见于戴宏所记。而班氏《古今人表》载有二子居第四等，其非假托也可知。

若《公羊传》内所称子，沈子，注云：后师明说此意者，又有子，司马子、子女、子子、北宫子、鲁子、高子，《穀梁传》内，亦有尸子、沈子。然则其人皆后师耶？子有言：《春秋》属商，意诸子者，或皆子夏之徒欤？

五伯考

朱景英

《左传》成公二年，齐国佐曰：五伯之霸也，勤而抚之，以役王命。杜预解云：夏伯昆吾，商伯大彭、豕韦，周伯齐桓、晋文。《诗正义》引服虔说与此同。应邵《风俗通》亦主此说。《孟子》：五霸者，三王之罪人也。赵岐注云：齐桓、晋文、秦缪、宋襄、楚庄。与杜解不同。《白虎通》亦有二说，前说与杜解同，后说则以为齐桓、晋文、秦缪、楚庄、吴阖闾。颜师古注《汉书・异姓诸侯王表》，五伯同杜解，其注《同姓诸侯王表》，五伯又以为齐桓、晋文、宋襄、秦穆、吴夫差。然《史记》已言越王句践遂报疆吴，观兵中国，称号五伯。盖荀子原以齐桓、晋文及楚庄、吴阖闾、越句践为五伯也。

大抵国佐所称五伯，通三代而言之也，当以杜解为是。孟子所称五伯，就东周后而言之也，则以荀说为近。而诸说亦可备参，独宋襄求霸不成，伤于泓以卒，其实未尝霸也，而与桓、文并列，赵、颜二说，终觉未安。

辰水考

朱景英

辰、锦之说，纷纷不一，大意谓一水也。在辰溪县为辰水，在麻阳县为锦水，愚窃以为非是。何也？锦水以锦州名，而锦州则以治前之多文石名，是有州名而后有水名，偶名耳，非真欲易其旧也。至于辰阳县之名，实因辰水而有。《水经注》云：辰水经辰阳县北，旧治在辰水之阳，故名。然则辰阳自汉置县后，六朝时已尝徙治。迨隋始改名辰溪。要皆不离乎辰水也。

夫自汉以后，由唐以前，麻阳初为沅陵辰阳地，再为沅陵辰溪地，则固未尝割疆而理，亦何至分水而名？诚无事哓哓不已为也。县志又云：锦水在县西三里，自锦州发源，经县城入辰，名锦江。尤非。盖锦州凡两设，已见于《元和志》，其云：在伏溪水湾曲中，惟东面平地，余三面并临溪岸者，后移置处也。其初固在所谓卢水口者治焉，故亦置卢阳县附郭。卢水不可考，意以为在梁源溪上下近是。而要非辰水也。辰水固出辰阳三山谷耳，顾三山谷亦不敢定指何山。然以入沅七百五十里一语度之，明非自锦州发源矣。《汉书·地理志》：辰阳三山为辰水所出，南入沅，行七百五十里。

盖是时辰阳地界阔远，大抵铜仁以上，犹属辰阳境内，则三山谷之在黔省，固无足疑。今援据考证，定为辰水，名则从古，源则采实，总不敢附会传疑，滋后来之指摘耳。

沅水考

朱景英

《方舆纪要》：沅江在沅州西南五里，自贵州番界流入州境。又云：潕水在州南四里。又引熊氏曰：今辰州之武溪，即古无水，沅州之潕溪，盖即沅水之异名耳。《东还纪程》引顾开雍曰：考镇远以下潕、沅二水，桑钦氏言沅水出牂牁且兰县，为旁沟水，至镡城为沅水。而郦道元又言：无水出故且兰，南流至无阳故县，又东南入沅，谓之无口。无水即潕水，无阳即镡城。桑溯始言沅，郦析流言无，而皆出于且兰，总一水也，不犹济、渎之出王屋山，伏名沇，见名济乎？或谓其支从黄平州者，抑末矣。旧州志：潕水即沅江，一名潕溪，源出四川播州。

按：诸书皆谓潕水即沅水，是混沅、沅而一之，其说均非不可不辩。盖熊氏之以潕溪即沅水者，由误以武溪即无水耳。今《泸溪县志》亦祖其说，实踵误也。夫无水之名见于《水经注》，武溪之名亦见于《水经注》，《水经注》谓武溪源出武山，南注于沅。《后汉书》注：今辰州泸溪县西有武山，高可万仞。《元和郡县志》亦云：卢水在泸溪县西二百五十里，即武溪所出。是武溪可名卢水，而按其源流，与出自故且兰东，南入沅之沅水迥别。顾熊氏之为此，或因《荆州记》中有武溪无沅溪，故遂以武溪当沅溪欤？不知五溪之名，出入不一，武溪之不能当沅溪，犹沅溪之不能当沅溪也。惟见于《水经注》者为足据耳。

至于顾氏之说，则又泥解《水经注》，何也？按《汉书》言沅水首受故且兰，又注言沅水出牂牁，首受与自出既异文，则义固有别，是沅与沅本二源也。《水经》言沅水至镡城县，为沅镡城，今黔阳也。《水经注》言，无水南流至无阳故县，无阳故县，今芷江也，安得谓无阳即镡城邪？乃或者疑经文有沅水东径无阳县句，可以证沅、无总一水之说，不知旧本此段经文，自沅水至牂牁云云，至东至镡城为沅句止，下云“水东径无阳县”六字，则注起语也。郦道元北魏人，其所谓无阳县者，乃晋义熙中徙故镡城之无阳，亦即今黔阳，已非汉旧，故称汉之无阳为故县以别之。且于六字以下，即云无水出故且兰，南流至无阳故县者，盖谓沅之上流，另有此一支之水流入于沅。故注文至谓之无口句下，又云沅水东径无阳县，前有故字，而后无故字，则六字之非经文可知。自明朱郁仪移六字为经文，且自谓据宋本改正。郁仪与杨升庵并号博雅，其点窜古人，不无穿凿附会，则所谓改正之经文，安知非即升庵补石鼓，译岣嵝碑之类欤？顾氏不细绎经注，漫以溯始析流为得解，强为合一之说以误人，而郁仪之移易经注，竟置汉无阳于镡城之东，而莫有知其非者，尤可怪也。

若谓支从黄平州者，则《常德府志》释沅水之言，彼意沅水为正，沅水为支，虽知沅水之源而未尽也。大要与《方舆纪要》之既有沅又有沅，同属两岐之见耳。旧州志承讹既久，未经考正，故亦云然。且以沅州现治于此，则沅水即沅水之见，牢不可破，岂知唐以前之沅州，或治辰州，或治常德，至唐始治黔阳，皆就沅水之所出与所经名之也。从未有治此地者。自宋熙宁中，此郡始有此名，则水之是沅非沅，无可致疑者。予恐人之犹胶宿见也，故备引诸说于前而辩之如此，所以释惑者，正期于传信，非故断断于其间云尔。

案：沅、沅二水，混为一江，今武进李氏所刊《阳湖董氏图》，及天台齐氏《水道提纲》皆然，缘所据旧图，相沿已久也。其实沅江故在，而为清水江之名所夺，故并沅于沅。二考据《水经》析其二原，以今所称清水江者，为沅之上原，足正从来之误。汝怀附记。

沅水考

朱景英

《方舆纪要》：沅江在黔阳县城南，自沅州东流，合县境诸水南流，历会同县境，复东北折而入辰溪县界。又云：黔江在黔阳县西南三里，亦曰黔水，源出牂牁，经县南一里七宝山下合于沅水。县志：黔江下云沅水，发源牂牁，至沅州合潕水，自北逆行而西，曲屈二百余里。南至于黔阳，其自西南来会者曰渠水，渠之西为清水江，清水之源自贵筑入粤西界，由夜郎至通州与渠水合，东至于黔阳，与沅水合流，始名黔江。东注达于洞庭。

按：二书之谈水道，可谓纰缪极矣，其大指皆谓，自芷江县流入县西者为沅水，自清江口流出县西者为黔水，沅、沅之混，已详见《沅水辨》，独不知黔江之名何自而昉。夫既指沅水为黔水，则不得不指沅水为沅水，顾氏茫然所自，于沅水曰县城南，于黔水曰县西南，犹前谓沅州之沅水在州西南，沅水在州南之意也。见既昧于一定，说乃出于两岐，已属鹘突，而县志竟谓沅水至沅州与潕水合，试问沅水之合沅水也，其地安在？则岂能措一辞邪？其云自西南来会者，为渠水是已，至谓渠之西为清水江，则又何据？且清江口以内之水，将名为渠水乎？抑名为清水乎？至合流以后始为黔江，将由此而东至何地，再称为沅水乎？抑竟呼为黔江，而不复以沅名乎？吾不能为志解矣。

总之，渠水之会于托口者，会同西南来之沅水也，无所为清水也。其会于七宝山下者，芷江县西来之沅水也。至是而后，沅水之名不复见，而沅水之称，直至入洞庭而始隐，无所谓黔江也。谓予不信，《山海经》《水经注》诸书俱在，可考而知也。《山海经》：沅水出象郡镡城西。《水经》：沅水出牂牁且兰县为旁沟水，又东至镡城县为沅。况《九域志》于黔阳县下云：有沅水又有沅水。《舆地广记》亦同。盖以县西而上则为沅水，而县东南以下则为沅水，皆未尝涉黔江一字，尤为可信也。

至于黔江之讹，实始于宋之名县，而其先已有黔江城之号，然皆宋时事也。若唐之名为黔江县者，则为今酉阳州之黔江县，凡唐世称为黔中、黔州、黔阳者，皆指彼地。于今之黔阳县何与焉？若夫沅水之名，实自黔阳始有。唐之设州于兹也，以沅名，义取诸此。至宋始移其名于今郡治，已违其实，而更名沅水为黔水，可乎哉？大抵志舆地者，但凭臆决，固自不可，而耳食目论，无所可否，俗语不实，流为丹青，其贻误更不浅矣。惟详考载籍，证以见闻，参伍错综，折衷必当，始于此事不负。

予之为此说也，非故为异同，盖既以订其旧讹，且为沅水所经诸郡县之志，或少佽助云。又按靖州旧志云：沅水入境，过长潭、云潭、文溪、金溪，至托口与朗江合，此说极合，且略悉经行所在，故附录于此以备考。

湖南文征　卷三十四

考三

卦变考

潘相

卦变之说，一详于《启蒙》，一见于《本义》。《启蒙》以六十四卦之变为三十二图，得初卦者，自初而终，自上而下，得末卦者，自终而初，自下而上六十四卦，各变六十四卦，合之凡四千九十六卦。与焦氏《易林》相合，而条理精密，则非先儒所及。所谓引伸触类，天下之能事已毕也。

至于一阴一阳之卦，来自《复》《姤》。二阴二阳之卦，来自《临》《遁》。三阴三阳之卦，来自《泰》《否》。四阴四阳之卦，来自《大壮》《观》。五阴五阳之卦，来自《夬》《剥》。《本义》所载，非画卦作《易》之本旨，后之儒者多疑之。顾朱子尝有言矣：刚来柔进之类，只是卦成之后用意推说，以此为自彼而来，非真先有彼而后有此也。故如伏羲画卦，则乾坤亦无能生诸卦之理。若如文王、孔子之说，则纵横曲直，无往不可，是则看《易》活泼，无所拘泥，朱子所以度越诸儒也。

学者明乎此，可以得《易》之用，可以考历代传注之得失。

易学源流考

刘工询

昔者伏羲氏之王天下也，观天文，察地理，近取诸身，远取诸物，始画八卦，重之为六十四。厥后文王作卦辞，周公作爻辞，孔子又为之传，是为《十翼》。

自鲁商瞿受《易》于孔子，五传而得齐之田何，值汉之兴，田何授王同，同有《易传》二篇，《易》家著书自同始。同授杨何，字叔元，元光中太中大夫，《易传》二篇。汉立《易》博士自杨氏始。周王孙者，亦田何弟子，《易传》二篇，号周氏传。田何又授丁宽，即梁孝王距吴楚丁将军也。宽学成复从同门周王孙，受古义，而自作《易说》三万言，大都汉初言《易》者，本之田何云。

自是而后，《易》学益繁，丁宽授田王孙，王孙授施雠、孟喜、梁丘贺，于是《易》有施、孟、梁丘学三家之《易》。汉宣帝并立学官，甘露中，帝命施雠与五经诸儒，杂论同异于石渠阁，著《易章句》二篇，授张禹，禹授彭宣，由是施家有张、彭之学。孟喜者，孟卿子也，卿治《礼记》《春秋》，《礼》传后苍，《春秋》传疏广，后以《礼》经多，《春秋》繁杂，命喜从田王孙受《易》，喜亦有《章句》二篇，授翟牧、白光，由是孟家有翟、光之学。而同时有焦赣字延寿者，云尝从孟喜问《易》，以其学授京房。会喜死，房以为延寿《易》即孟氏学，而翟牧、白生不肯，曰非也。房授姚平等。元帝时，立京氏博士，故《易》有京氏学焉。焦说长于灾异，房用之尤精，有《易章句》。成帝命刘向校书，考《易》说，以为诸易家说皆祖田何。杨叔元、丁将军大义略同，惟京氏为异，托之孟氏，实不相同，噫！向特未深考耳。

孟喜虽从田王孙，其源虽出田何、丁将军，而喜别得易家候阴阳灾变书，诈言师王孙，且死时枕膝秘传，又故祖好小数书之赵宾而名其说《易》之邪？解为己所授，是孟喜之学已改师法，而考当时艺文，则有《孟氏京房》十一篇，《灾异孟氏京房》六十六篇，是京与孟同为一家之学也明矣。翟、白之言，安知非故靳而自喜也。梁丘贺之得《易》学于田王孙也，始从杨叔元之门人某受《易》，后更事王孙，亦有《章句》二篇传子临。及贺为少府事多，乃遣临从施雠质问。临学精熟，授五鹿充宗，充宗授士孙张、邓彭祖、衡咸，由是梁丘有士孙、邓、衡之学。

其时复有费氏学，有高氏学，费学起于费直，长卦筮，亡章句，以彖、象、《系辞》、《文言》解说上下经，本皆古字，号古文《易》，授琅邪王璜。刘向以中古文校施、孟、梁丘之《易》经，或脱去无咎悔亡。惟费氏经与古文同。高学起于高相，相与费公同时，亦亡章句，专说阴阳灾异，自言出于丁将军。相授子康，康用其术见诛王莽。当汉之世，习经学者，以立学官为显，而费、高二家皆不得立，民间传之。后汉习施氏者，刘昆受业于戴宾也。习梁丘者，范升受业于杨政也。而张兴亦以梁丘显名，弟子著录且万人焉。

孟氏之学，则洼丹作《易通论》七篇，世号洼居通。任安亦少受孟《易》于太学，京氏之学则戴凭解经夺席，孙期垄畔授经，其表表者至于马融、郑众、郑康成、荀慈明诸儒，并传费学。融著《易解》，康成作《易注》，慈明作《易传》，费学盛行而高氏衰矣。考《九家集解》一书，世次稍别，首荀爽字慈明，次京房，次马融，次康成，次宋衷、虞翻、陆绩、姚信、翟子元，命曰荀九家，以荀为主故也。

诸儒而外，又有魏王辅嗣《易注》，江左并传其学，河北学者罕能及焉。而自永嘉之乱，施氏、梁丘之《易》皆亡，孟、京房之《易》，人无传者，惟康成及辅嗣所注行于世，而王氏特为世重。《系辞》以下，王不注，相承以晋韩康伯注续之，此晋、魏以前《易》学源流之大略也。嗟乎！书遭秦火，《易》独不废，授受亲切，不比他书。而源远流分，或考象辞，或谈义理，遂有某家某家之《易》，几如晋、楚、齐、秦之互相雄长。

窃尝综而论之，《易》主卜筮，故其辞必根于象数，孔子赞《易》，亦未尝离数言理，《家语》所载《筮贲》《筮大畜》等类，又孔子用《易》之明征也。商瞿而降，递相传授，必不离乎卦筮，但非如后世之专说阴阳灾异耳。田何以后诸家，虽专门异派，而师承参互其学，大抵相通。如丁宽从周王孙，梁丘贺从杨叔元弟子，贺之子从施雠可见。今考《汉书》，贺尝攻友孟喜之《阴阳》一书，非由师授，及为郎时，以筮兵谋有应，得幸于上，是亦必依于理以用数者。梁丘之学如此，诸家可知。

至若孟喜不守师训，驰心小数，已开互卦纳甲飞伏之宗。而焦延寿云从孟喜问《易》，窃疑所问即孟所别得更改伪撺之《易》也。至高氏学专言灾异，自谓出丁将军，则又或偏用丁之一说，变本加厉乎？宋欧阳公有言：汉《易》三家，有田何之《易》，有焦赣之《易》，有费直之《易》。愚谓孟喜、焦赣、高相一家也。王同、杨叔元、周王孙、丁宽、田王孙、施雠、梁丘贺一家也。独其别费氏于田何，则有难于轻议者。夫费之治《易》，亡章句也，深于《易》也。其以彖、象、《系辞》、《文言》解说上下经，深于《易》也。何则？《易》之为道难言，欲不言，则竟不言而已矣。欲言则即以圣人之言言之而已矣。此非疏于《易》，固尊《易》之至也。《汉书》云：费氏长于卦筮。卦筮非象数乎？其以传说经，解说非义理乎？理数不亦兼得乎？而吴讷乃曰：惟章句可以解经。彖、象、《系辞》、《文言》，何以解也？独不思《十翼》既曰传矣，传不足以释经，而又以何者释经乎？瞀儒徒见诸家有传，有章句，而费氏无所著述，又未立学官，遂摈而外之，不知费氏与田何一脉，本无甚悬绝，不过递传既久，稍有异同，且费氏亦传未成书耳。

十篇解经，必有口义相授，不然，汉之传费学者，所传何指邪？学费诸家，惟马融《易解》颇生异说。荀爽《易传》，据爻象承应、阴阳变化之义，以十篇之文解经意，此荀悦《汉纪》云云。据此，则爽之说经，何以异于费氏之取十篇解说经旨邪？王弼以理谈经，得费之半，而象数之学遂隐。朱子谓其失之一偏，殆亦矫京、孟之流而太过者。顾其力破邪淫，正宗独得，可谓超越诸家矣。世历千年，而荀、王绪言不废于世，费学固未亡也，即谓田氏学犹存可也。

楚南诸水源流考

张世浣

大湖以南之水，莫大于九江。九江之水，莫大于沅湘。《书》曰：九江孔殷。曾彦和以沅、渐、无、辰、叙、酉、湘、资、澧诸水皆合于洞庭，东入于江，是为九江。蔡氏遵之。朱子考定九江，去无、澧二水，易以潇、蒸。盖九江之水，惟澧水发源安福，会南江东注洞庭，其余诸水皆入沅、湘以注洞庭，故西之水沅为大，南之水湘为大。此二水者，众水之所归也。

《地理今释》云：沅水出贵州黎平，俗名清水江。东北入湖南境。渐水出武陵，东入沅。无水出沅陵入沅，辰水出贵州铜仁至辰州入沅，叙水一名渠江，出靖州西北入沅，酉水出沅陵，东入沅，而沅则会诸水以注洞庭焉。湘水发广西兴安，资水出武冈东北入湘，潇水一名营水，出宁远北注湘，蒸水出邵阳界，东注湘，而湘则会诸水以注洞庭焉。湘水有三湘之名，其流入永，潇水入之，为潇湘。流至衡，蒸水入之，为蒸湘。流至沅，而后有沅湘之名。其源流可悉考也。

其他支分派别，载于《水经》者不一而足，要皆以沅、湘二水为之归焉。涟水为资水之别流，出连道西，东入湘。深水一名邃水，出桂阳入湘。钟水出南平，与鸡水合，东北入湘。耒水出郴，会郴水北入湘。洣水出茶陵西北入湘。漉水出醴陵，流至漉口入湘。浏水出临湘，过浏阳与涝溪水合，西入湘。溳水出艾西入湘。其余若冯、渚、泠、洮、观、沩、微、汨、应、黄诸水，皆由湘水以入洞庭者也。若夫运水南注熊溪，熊溪下注沅水。龙溪水出龙桥山，北流入沅。溠水南出扶阳之山，北流会沅。注水导源柱溪，北流注沅。辰水右会沅水，名为辰溪口。

武陵有五溪，谓雄溪、樠溪、辰溪、无溪、酉溪，此溪其一也。他如施水北流注沅，芷水分派会沅，此则其由沅水以入洞庭者也。外此则有漓水与湘同源，而南入于郁。汇水发源桂阳，而合溱以入海。此虽源在楚，而其流各异，若此类者，固不能以殚述云。

舜陵考

萧智湖

舜陵何考乎？详于经，核于史，杂见于诸说传记。抑辨其疑，经史、诸说、传记者，而后知《书》之言确可据。《书》曰：五十载陟方乃死。《左氏》《国语》《礼·祭法》曰：舜勤政事而野死。古文《家语》：孔子曰，舜陟方岳，死于苍梧之野而葬焉。《礼·檀弓》曰：舜葬于苍梧之野。《离骚》特及苍梧九疑，曰：就重华而陈词。朱子注亦曰：九嶷舜所葬也。《史鉴纲目》：秦始皇巡行云梦，望祀舜于九嶷。古志三代祀舜于大阳溪，秦汉建祀玉琯岩前。大阳距九嶷三十里，庙今为白鹤观。玉琯岩在舜源峰左，龟（趺）〔趺〕文础现存。载考《山海经》《史记》《风俗〔通〕》《淮南子》《皇览》《世纪》《舆地考》《寰宇记》《元和郡县志》，《十三经古注》，《国语》《汉书》《汉纪》各注，称舜葬苍梧九嶷无异词。

自唐元结有无死于空山，来而不归之惑，韩昌黎并欲改陟方句读，且因康成注有升道南方之语，谓南方不应言陟方，后儒颇韪之。窃谓昌黎举可辨者，《诗》《书》之文，无自作解释语。既如《竹书》云帝王之崩曰陟，则陟如殂落之文已尔。方乃死字，不亦赘乎？颜师古云：古谓坑为方，舜垂没之时，先定其圹而后乃死。若舜急为寿藏风水之说者，说更难通。《商书》：若陟，遐必自迩。《周书》曰：陟禹之迹，方行天下。陟亦不尽训升也，然则以经释经，陟方即陟遐之谓，乃死则乃殂落之文耳。且昌黎既据秦博士之论，谓湘君、夫人为二妃，二妃何独系于湘，而湘之人百世祀之？然则以谋语舜，脱舜之厄，犹属乌有之言，以舜南巡崩葬并祀二妃，所固然欤？而后儒之疑议不释者，特以《孟子》卒于鸣条语，又疑苍梧与南岳隔远，更不应授禹后复南巡，即南巡崩，无不返葬之理。

又见九嶷封树无考，《周礼》：天子曰崩，诸侯曰薨，大夫曰卒。孔子、《春秋》咸遵之。《孟子》历叙尧崩，舜崩，禹崩，文王百年而后崩，于滕定公书薨，凡皆准《春秋》，正名分，万不应此章舜文，特贬崩、卒也。盖凡六经《语》《孟》之文，除大夫曰卒一语外，无有以卒云没者。卒于鸣条，与卒为善士、卒之东郭，语意正类。卒本训终，生迁卒叙居地之始，中，终也。且章意正验其得志行事，自不及其没葬。又舜文无异词，毕西邑，郢，荆州，以文卒迁于丰，而分陕卒讫江汉，故两及之。如谓崩、卒通文，将以郢为赘文与？抑谓文崩两地与？且谓以大夫而书崩，其亦可与？鸣条一在河南，一在安邑，有云在东夷，有云在南服者，固应以舜旧都隶安邑者为确。《舆地考》云：今安邑鸣条陌未闻有所谓舜陵者。意颇疑《孟子》之误，固未绎《孟子》鸣条之言，初未云崩云葬也。况诸书野死与《虞书》合，苍梧九嶷，诸家之言尽合。诸书颇多出在《孟子》前，史公尧、舜《纪》亦多采用《孟子》。著者又多北人，讵舍其近之信而有征者，特于数千里外凿此不根之论？汉初白虎、石渠诸巨儒，无一核而正之者，而俟唐宋之纷纷疑议哉？

苍梧本山名，去衡不数百里，今道州有有庳亭，或云象所封地，因谓舜念弟过，有庳即崩葬其处，诚未免臆断。《竹书》曰：舜南征不返。《淮南子》曰：舜南征三苗，而遂死苍梧。《世纪》云：舜使禹摄政，时三苗叛，舜南征，崩葬于苍梧。康成旧注多主之。按：其说绎《禹谟》有可信者。禹虽受终摄位，而有苗命征，仍舜为政。曰：帝乃诞敷文德者，讵虞廷之文德今乃诞敷？又何垂裳五十载未化者？今七旬而格之，南北风雷且不相应，舞帝阶之干羽，格数千里外之逆民。一似迂儒不解事之说者。讲家谓振旅以后，苗民自格，则命征舞干，均属多事。玩益言至诚感神，特援见瞽瞍为证。因谓苗民见帝，当如瞽瞍之允若，故振旅以下接帝乃云者，是帝乃南征也。以远行敷德曰诞敷，所过者化，故可舞干羽而格之。大化不纪时日，前三旬以师行，后七旬以帝行，故次第纪之。今九嶷瑶歌，有槃王子孙在山好之语，知犹三苗种也。舜于时适百有十岁而老焉，陟方、勤事之说不互证乎？舜视弃天下犹弃敝屣也，既四海为家，没即于其地而葬焉，又岂可以后世返葬首丘之说泥者？神农葬茶陵，禹葬会稽，人咸无议，胡独于舜疑之？

冢人，周制也。孔子曰：古者墓而不坟。魏文帝亦谓封树之制非上古，特援尧、禹之葬为证。《山海经》纪舜葬凡数见，皆指苍梧九嶷。又云帝喾、帝尧葬岳山者，岳本山之总名，合言以取文贝离俞云云耳。郭璞因谓，应当时殊方绝域之人，各自起土为冢，是尧、舜之冢当遍天下。亦未审当时无起冢事，凡夏、殷以前，所谓有冢可证，皆诬也。夫南人信古而质，不敢妄有增益，惟舜德在奕世，今犹识其葬处。至考封树，则当年本无云。载考《舆地沿革》，汉武帝始析长沙置零陵郡，是以舜陵得名，遂以苍梧名郡，属南粤，于零陵置营浦、营道、泠道等县，营道即今道州，泠道隋曾并入营道，今为永州府属之宁远县，以九嶷在其域内，故汉名舂陵。新莽直以为零陵县。今永属之永明，汉营浦，谢沐县，江华，汉冯嵊县。谢沐、冯嵊，时皆隶苍梧郡。如淳云：舜葬苍梧冯嵊县。《皇览》云：舜葬苍梧营浦县。今九嶷接壤两境，或当年偶隶更易，要古无郡县名，惟以名山大川表封域尔。时九嶷正所谓苍梧之野也。《山海经》云：苍梧之丘中有九嶷山，舜所葬也。《书》注释云：九嶷亦名苍梧山。语最明了。文颖云：九嶷在苍梧，半在零陵。及《史记》崩于苍梧，葬江南九嶷语，特主汉时郡县言，祝氏穆泥此，谓苍梧、九嶷当是两处，犹未确考。

舜陵实在九嶷之舜源峰，今祠庙在其麓。云葬女英峰下者亦误。《墨子》：舜道死南已之市。其书或斥为后人伪作。《吕览》纪邑九嶷、海州、苍梧云云，更为附会，可无论矣。九嶷距今宁远南郭六十里，尝周览其域，脉起三分石，岧峣天半，为楚、粤三省分圻处，即古所谓苍梧山者。迤逦近四十里，起舜源峰，万壑之中，后顿前朝皆平壤里许，峰顶更叠三峰，垂石脉山半成，形家所谓太极晕者二。大小相涵，宛如璧月，诚天造地设，以妥帝灵者。祠戟门内，古櫧二，枝桠皆数抱，诚数千年物。明周子恭所记古杉今颇存，记云：宁远以修孔庙伐其一，时昏黑风雷，工师奔仆。为嘉靖乙巳子恭目击事。夫以一树之故，且天帝百灵呵护，为孔庙所不能取，其他敢亵越视之乎？则舜陵之在此山，尤确有可信者。

至九嶷之易为疑，自晋郭璞始。诸峰皆面舜陵，主从异势，惟皆平地拔起，如《诗》所谓岐嶷者。舜陵千峰拱峙，宁第于九？按：古以九为盈数，九当如九山，九川，九江，九河，九野，九围，九合，以众数言。今考郭璞所名九峰，相距或至数十里，从舜源峰望之，有不尽见者，以云相似难辨，诚未免为好事者之说与？按：汉魏以前，书之最古者，字皆从嶷。

明堂考

张九镡

明堂之制，据《考工》言五室，以《月令》九室参考之，九室兼左右个言，则仍五室矣。其地为王者之常居，宜在宫中而不在近郊，此定论也。郑氏云：周人明堂五室，是帝各有一室也，合于五行之数。《周礼》依数以为之室，施行于今，虽有不同，时说然耳。魏徵云：五室重屋，上圆下方，上以祭天，下以布政。自前世儒者所言虽异，而以为如此者多同。至于高下广狭，丈尺之制，可以因事制宜也。其说可谓通达古今矣。

考后魏孝文时，议明堂制度，国子博士封轨议引《匠人》云：夏后世室，周人明堂，殷人重屋，五室九阶，四户八窗。郑氏云：五室象五行，九阶法九土，四户达四时，八窗通八风，三代明堂，其制一也。吕氏《月令》见九室之文，大戴之《礼》著十二堂之论，室不过五，堂不逾四，九与十二，其用安在？宜则五室以为永则。（晋）〔魏〕正始间，袁翻议亦略同，皆以九室为非是。惟朱子谓明堂当有九室，如井田之制，分左右个，为五方四隅，随其时之方位开门。考前人已有言及此者，孝明帝时，贾思伯上议，亦以戴德、蔡邕之言为非，而从《考工》五室。又谓按《月令》亦无九室之文，原其制置，不乖五室，其青阳右个，即明堂左个，明堂右个，即总章左个，总章右个，即元堂左个，元堂右个，即青阳左个，如此则室犹是五，而布政十二，五室之理，谓为可安。思伯谓诸家纷纭，并无取焉。学者善其识，此言五室者，必以九室参考之，然后知《考工》《月令》之制一而已矣。

至其地宜在宫中者何？考《明堂位》，云太庙天子明堂，谓鲁无明堂，而太庙如天子明堂之制，复庙重檐，刮楹达乡，即重屋五室、四户、八窗之制，此可见明堂为周之太庙也。按：匠人营国，左祖右社，面朝后市，皆在城中。九卿朝室，在路门外，应门内。《唐·志》引颜师古云：《周书》叙明堂，有应门、雉门之制。以此知为王者之常居尔。其《青阳总章》元堂太庙左右个，皆《路寝》之名也。文王居明堂之篇，带弓韣，礼高媒，九门磔攘，国有酒以合三族，推其事，皆与《月令》合，则皆在《路寝》也。《大戴礼》曰：在近郊。又曰：文王之庙也。此奚足以取信哉？且门有皋库，岂得施于郊野？

谓宜近在宫中，据此则杨氏谓王者所居，非王者之常居，误矣。淳于登云：在国之南丙已之地，三里之外，七里之内。与《大戴》同意。以周人宗祀文王于明堂，以配上帝，必与郊祀配天相近，不知宗祀、庙祀不可施于郊野，且郊外非王者之常居，而以为出教令、朝诸侯在是，可乎？孟子语齐宣王：明堂王者之堂。则天子巡狩，诸侯各朝于方岳，亦取明堂之名。故齐地太山有之，而非《考工》《月令》之明堂也。

左传筮法考

张九镡

尝读《左传》，窃叹夏、商之《易》不传，惟《周易》筮卦爻之法，大《传》所未详者，赖左氏所载什九，可相证明。盖《左传》论《易》，卦与筮俱主《周易》言，或称《筮》，称《易》，称《周易》，立文不同，惟不引《易》辞者，遇蛊，遇复、屯之比，大有之乾四卦。杜注谓筮者之辞，或筮书杂辞。又谓临时占者，或取象取气，取时日王相，以成其占，可为定论。

说者谓夏、殷《易》之繇辞犹行于周，亦未有据也。惟杜注于遇艮之八，仍引《周礼》太卜掌三《易》，谓杂用《连山》《归藏》二《易》，皆以七八为占。二《易》之占，七八不可知，而《周易》之用九六而不兼用七八，则经传有明文，且《传》言得八者三，皆断以《周易》卦辞，无以别其为夏、殷也亦明矣。其于艮之八也，史谓艮之随，是五爻变之卦也。朱子谓史妄引随彖辞，宜引随之六二，以不变爻为占，或指占艮二为不变爻。

余谓应兼艮、随卦辞占，史盖讳言艮背行庭之辞，而但援随之名义，以速出为解，故姜引随卦辞云云，亦自知其不能随而必死□□也。则仍兼占艮卦词矣。《国语》：公子筮得贞屯悔豫皆八。以三爻皆变，两卦适均，贞悔皆应占卦词。注谓震两阴爻，在贞在悔皆不动。或谓不变者二三上，在两卦皆为八，殊不知史因屯动遇险，故谓闭而不通。爻皆杂动，故曰爻无为也。及司空季子引在《易》皆利建侯，以两卦卦词兼断之而始明耳。其得泰之八曰，是谓天地配享，小往大来，直引泰卦词，尤无疑义。若如前二说，以阴爻不动为八，例以阳爻不动为七，即以泰言，必泰之坤而后可言八，亦必泰之乾而后可言七也。今六爻不变，三阴三阳皆不动，不得专言八，亦不可兼言七，岂可谓举八以该七哉？此不待推之他卦而知其难通矣。

《易》《筮》皆以变者占，凡《传》中所断诸卦，皆主一爻之变占之。孔疏谓一爻独变，则得指论此爻，每爻异义，不知所从，则当总论彖词。故凡爻之不变与爻之杂动者，占卦不占爻，盖因爻无专主，故仍归之卦。说者谓八为卦数，故总谓之八，斯为近之耳。然《传》于遇蛊，遇复，遇屯，卦皆六爻不变，而不言之八者，详略异文，于遇屯亦曰卦云元亨利建侯。杜注于韩之遇蛊，谓于《周易》利涉大川，往有事也。亦秦胜晋之卦，是占卦辞之明征也。惟六爻皆变，当主之卦，蔡墨论乾之坤，引乾用九。朱子谓乾坤占二用，实则兼占之卦，彖词可也。二爻变、四爻变之卦，《左传》无之，计亦不外两卦体象与卦词言，独占爻则未有明征耳。此虽朱子亦自谓经传无文，不过以例推之如此者，曷若仍据《传》以求之为当乎？《左氏传》中所论筮占，文词奥衍，皆有奇验，犹见《春秋》时人精极象数，闳览博物之学，然旁通触类，亦不出《周易》一书。

后之少见多怪者，辄以为事后附会，不解则逃遁其说，指为夏、殷之书，往往颠倒纷罗，进退无据。余于是又叹《周易》之筮学亦失其传久矣，今故略而不论，存其诸筮得卦得爻之法。与《周易》变占相表里，可以端正先儒议论所不逮者，著于篇。

左传始末考

张九镡

《史记·年表》云：鲁君子左丘明，因孔子。《史记》：具论其语，成《左氏春秋》。严彭祖引《观周篇》：孔子将修《春秋》，与左丘明乘如周，观书于周史，归而修《春秋》之经，丘明为之传。王充云：《春秋》诸家去孔子远，《左氏传》出孔子壁中，近得其实。汉、晋、唐诸儒皆言丘明受经于孔子，惟赵匡云：《论语》左丘明，乃史佚、迟任之类，前孔子传《春秋》之左丘氏，则孔子弟子之门人也。后孔子。《史记》云：左丘失明，厥有国语。左丘是复姓，左氏、丘氏皆其后，其分别前后为二人，亦无所据。据《传》称赵襄子谥，当成于襄子卒后，或云去孔子卒已七十八年，或云在鲁元六年，仅五十四年。疑《传》本称赵无恤，而后人改称襄子。如陈恒卒于鲁悼十二年，孔子卒后二十四年，而《论语》书陈成子者近是。

考鲁哀十六年孔子卒，又十五年为鲁悼四年，《左传》终。又十年为鲁悼十四年，左氏《国语》终。后孔子卒二十五年，赵襄子卒于威烈王元年，为鲁元公六年，后孔子卒五十四年。计左氏在孔子卒时即已四十，至赵襄卒时亦只九十余，则赵襄卒后左氏固当尚存。子夏在威烈王十九年，犹能授魏文侯经艺，必以其年疑左氏非孔子弟子，岂通论与？但考《史记》《家语》，孔子弟子俱无左丘明。《家语·观周篇》：孔子与同乘至周，问礼老聃。乃南宫敬叔，非左丘明也。

《史记》云：孔子年十七好礼，南宫敬叔往学。后去鲁反鲁。敬叔与孔子适周在昭公时，孔子盖年三十。至定公十四年去鲁，孔子年五十六矣。亦无再适周事，未审严彭祖何据而云尔。《公羊》疏按闵因叙云：昔孔子制《春秋》之义，使子夏等十四人求《周史记》，得百二十国宝书。未审左氏亦在十四人列否？今据《史记》，既称左丘明为鲁君子，则与孔子同时，尚及观《史记》，与孔子修《春秋》可知矣。刘歆亦云：左丘明亲见夫子，好恶与圣人同。正与左耻亦耻之相合。《论语》之左丘明与作《传》之左丘明，即是一人无疑也。

禘礼九献考鲁禘异同附

魏晋

礼莫大于禘，大《传》：礼不王不禘。献莫重于灌。《祭统》：献之属莫重于灌。禘前十日，典瑞共灌之珪璋。祭日肆师职灌之筑鬻。鬻与煮同。筑者捣郁金香草而鬻，以为鬯，用以灌也。鬯人掌共秬鬯而饰之，秬鬯谓未和郁者，饰之谓设巾也。郁人和郁鬯以实彝而陈之，濯灌玉，即灌器也。诏灌将之仪，与其雹晏之节，王服衮冕入庙。《司服》云：享先公鷩冕。工奏《王夏》，王入立于阼，后服副袆，从王入奏《齐夏》，立于东房。初入庙时，后从王入，皆在东，但有阼阶、房中之殊，至行灌礼后，乃就西象，日生于东，月生于西，此阴阳之分，夫妇之位也。次乃尸入，服衮冕，先公尸服鷩冕。奏《肆夏》，王不迎尸，反于室。《祭统》：君迎牲而不迎尸，别嫌也。后就于西房，延尸入室，作乐，降神九变。见《大司乐》郑注。王以圭瓒《大雅》：瑟彼玉瓒。《郊特牲》云：灌以圭璋，用玉气也。酌虎彝之郁鬯，《司尊彝》云：春祠夏禴，祼用鸡彝、鸟彝。秋尝冬烝，祼用斝彝。追享朝享，祼用虎彝、蜼彝。按：追享谓夏四月禘祭，朝享谓冬十月祫祭，以其间于四时，故又曰间祀。以献尸，尸受而祭之，啐之奠之，灌地降神。是为一献。后以璋瓒酌蜼彝之郁鬯，以献尸，尸受之如前仪，祭之，啐之，奠之。是为亚献。合初献亦谓之二始，言求神之始也。

鲁禘祀周公，不祀文王，当禘之时，周公东向，以鲁公配之，一如王者禘其始祖之所自出，而以始祖配之也。故《明堂位》云：季夏六月，周禘在夏四月。以禘礼祀周公于太庙。其制不纯乎天子，君以圭瓒酌黄彝之郁鬯初献，夫人以璋瓒酌黄彝之郁鬯亚献，故《明堂位》云：灌用玉瓒大圭，郁尊用黄目。黄目即黄彝也。《周礼》：冬烝，祼用黄彝，间祀所及者远，故用虎蜼，取其孝也。鸡巽畜，春象。鸟朱雀，夏象。斝禾稼，秋象。目者水之精，冬象。故四时分用之。黄彝象冬，反为上尊者，周正建子，天一生水。黄目以贮元酒，一也。夏后氏以鸡彝，殷以斝，周以黄目，为时王所制尊之，二也。目取象于人，虎、蜼、鸡、鸟、禾稼取象于物，人贵于物，三也。鲁不纯用天子制，而特以黄目为灌尊，故《郊特牲》云：黄目郁气之上尊也。既灌，然后迎牲奏《昭夏》，王亲牵牲，《祭统》云：君执紖。卿大夫赞币而从，入告于庭，云：博硕肥腯。《礼器》云：纳牲诏于庭。王乃丽牲于碑，亲执鸾刀，启其毛血《郊特牲》云：君肉袒亲割，敬之至也。又云：割刀之用而鸾刀之贵，贵其义也。声和而后断也。又云：毛血告幽全之物也。幽全之物者，贵纯之道也。牲用骍者，尚赤之义也。授祝，祝入告。《礼器》云：血毛诏于室。遂杀牲。凡用牲，庙各一牢。又《逸礼》云：毁庙之主，昭共一牢，穆共一牢。周禘牲用骍，《小雅》：祭以骍牡。鲁禘周公白牡，鲁公骍刚。《明堂》云：以礼祀周公于太庙，牲用白牡。《鲁颂》云：秋而载尝，白牡骍刚。盖不徒禘祭有别也。

始行朝践之事。延尸出室，祝乃于堂上取牲膟膋燔燎，燎于炉上。王洗肝于郁鬯而燔之，以制祭于主前。《礼器》：君亲制祭。次升牲首，牛、羊、豕三牲首皆升。置室中北牖下。《郊特牲》云：诏祝于室，坐尸于堂，用牲于庭，升首于室。乃荐腥于尸主前，凡主皆在尸右。谓之朝践。后荐朝事之笾、朝事之豆。见《天官·笾人醢人之职》。王以玉爵酌太尊之醴齐献尸，是为三献。后以玉爵酌太尊之缇齐献尸，是为四献。太尊，太古之瓦尊也，祠禴用献尊，烝尝用著尊。献读莎，即牺尊也。

三献，四献，周制，祠禴用献音莎。尊，烝尝用著尊，禘则用太尊。鲁禘君以玉爵酌牺尊之醴齐三献，夫人以玉爵酌牺尊之缇齐四献。《鲁颂》：牺尊将将。《明堂位》云：尊用牺，谓三献、四献也。然后退而合烹乃荐熟，谓之馈食之礼。先陈于堂，《礼器》云：羹定诏于堂。又云：设祭于堂。谓正祭也。延尸入室，徙馔迁先所陈堂上之馔。于坐前，室内尸前。祝先以斝爵酌奠于馔南，《郊特牲》注：天子奠斝，诸侯奠角。乃以六律、六同、五声、八音、六舞大合乐以致鬼神祇。本大司乐文，孔疏谓据荐腥后正祭之时言也。自此以后，谓之接祭。尸举馔南奠斝，祝诏主人拜以妥尸。《郊特牲》云：举斝角诏妥尸。按《特牲》《少牢》二篇，自馈食始，故妥尸在馈食时。若天子、诸侯有二祼朝践，疑二祼朝践时已行妥尸，但馈食时妥尸，则上下同也。后荐馈食之笾、馈食之豆，见《笾人醢人职》。王以玉爵酌山尊之盎齐献尸，是为五献。后以玉爵酌山尊之醴齐献尸，是为六献。

五献，六献，周制，祠禴用象尊，尝烝用壶尊，禘则用山尊。鲁禘君以玉爵酌象尊之盎齐五献，夫人以玉爵酌象尊之醴齐六献。《明堂位》云：尊用象，谓五献、六献也。尸饮讫，王以玉爵因朝献之太尊醴齐酳尸，是为七献。变朝践曰朝献，尊相因也。后荐加笾加豆之实，见《笾人醢人职》。尸饮七，祝酌清酒酢主人，主人受嘏。受以出量人，与郁人受之。后荐羞笾、羞豆各二，见《笾人醢人职》。以瑶爵因馈献之山尊，盎齐酳尸，变馈食为馈献，亦尊相因也。是为八献。尸酳后如酢王之仪。鲁禘君酳仍酌牺尊，夫人酳仍酌象尊。《明堂位》云：尊用牺象、山罍，孔疏谓鲁禘杂用山尊，不知何节所用。愚按：山罍疑鲁当酳尸时用之。《郊特牲》前篇云：庙堂之上，罍尊在阼，牺尊在西。又云：君西酌牺象，夫人东酌罍尊，曰夫人则非后明矣。或君以玉爵酌牺尊，夫人以玉爵酌山尊酳尸欤？亦礼变于天子也。尸饮八，诸侯为宾者，以瑶爵酌壶尊醴齐以献，是为九献。九献之后，谓之加爵，王加以玉爵，后加以璧角，宾加以璧散。鲁禘君加以璧角，夫人加以璧散。《明堂位》云：加用璧散、璧角。嗣子举奠献尸。嗣子，继体传位者。《文王世子》云上嗣是也。尸未入前，祝酌奠，尸入，祭奠不饮，至是尸执奠，嗣子进受，卒觯拜尸，尸答拜，所谓举奠也。举奠后，嗣子盥酌人，尸拜受，嗣子答拜，所谓献尸也。由是冕而总干，舞《大武》。《祭统》云：君执干戚就舞位，冕而总干，率其群臣，以乐皇尸。《明堂位》亦云：朱干玉戚，冕而舞《大武》。

彻则歌《雍》，见《乐师职》。尸出如前，奏《肆夏》，王出如前，奏《王夏》，后出如前，奏《齐夏》，宾出入则舂牍应雅，奏《祴乐》以节步趋。

《春秋传》云：鲁有禘乐，宾祭用之。谓享宾及祭群庙皆用之。《明堂位》言：四代之服（祭）〔器〕官，鲁兼用之。四代谓虞、夏、殷、周，时礼用四代，故言各制度自虞始，乐亦止用四代，故季札请观终于《韶》。《明堂位》亦第云：裼而舞《大夏》。盖鲁制不纯天子，周备六代宫悬，而鲁则止四。《周礼》：　师掌四夷之乐。而鲁第纳任昧于太庙也。学者据赐周公以天子礼乐，未及考加隆之中，仍有不同，故详细考之如右。

旅酬下为上考

魏晋

凡主人酌酒奉宾谓之献，宾酌以答主人谓之酢，主人受酢先自饮，再酌以献谓之酬，先自饮者，导之饮也。

祭必立尸，必择宾，长宾一人，众宾无数，所谓上也。宾之弟子则为下，其位在堂下西阶之西。兄弟中之最尊者为长兄弟，余为众兄弟，所谓上也。兄弟之子则为下，祭群庙则本庙之兄弟子姓咸来，祭太庙则一族之兄弟子姓咸在。其位在堂下阼阶之东。有司、群执事皆北面立。祭礼凡九献及加献，皆堂上之尊也，谓之上尊。为兄弟党尊两壶于阼阶东，为宾党尊两壶于西阶西，是为堂下之尊。

九献既毕，加献复终，至嗣子登献事神礼成，乃顺神意以达神惠。主人酌堂上之尊，西阶献长宾，宾卒爵酢主人，献众宾，宾卒爵不酢主人。大夫士皆祭主亲献，天子、诸侯有摄主，如燕礼之使宰夫为献主。主人乃取堂下西方之尊酬长宾、众宾，献宾之礼以酌副之，其礼乃成。先卒觯导饮，再洗觯酌以进宾。主人奠觯于荐北，宾受之而不饮，奠于荐南，此则西阶一觯，发自主人，奠而未举，正开旅酬之端者也。

既成宾礼，主人酌上尊献长兄弟，有酢而无酬，献众兄弟，并不酢不酬，由是兄弟、弟子酌堂下东方之尊，在阼阶前北面，先自饮以导，如主人酬宾仪，乃举觯于长兄弟，奠于荐南，长兄弟受之而不饮，奠于荐北，此则东阶一觯，发自兄弟之子，亦奠而未举，正当旅酬之始者也。然后宾取前所奠主人荐南之觯，往阼阶前北面酬长兄弟。宾立卒觯，酌于东尊进长兄弟，长兄弟受觯，宾复位，长兄弟即举宾酬觯，往西阶酬众宾。长兄弟自卒觯，酌于西尊，众宾之受酬者受觯，长兄弟复位。众宾中受长兄弟之酬觯者，即举此觯导饮，往东阶酌以酬众兄弟，众兄弟之受酬觯者，又以次往西阶酬众宾，至众宾及众兄弟以次交酢以遍，乃实觯于篚，此先旅西阶一觯也。

然后长兄弟取前所奠弟子荐北之觯酬长宾，一如宾酬兄弟之仪，此次旅阼阶一觯也。众兄弟及众宾亦以次交错以遍，乃实觯于篚，《诗·楚茨》所谓“为宾为客，献酬交错”也。其曰下为上者，盖主人于宾有酬，于兄弟无酬，故使子弟代之，是下为上备此酬觯，而得以导饮于其间也。然犹未及乎宾弟子也，故旅酬之终有无算爵，宾弟子洗酌西尊，中庭北面，各导饮而举觯于其长兄弟，弟子洗酌东尊亦然。凡有司之属，宾及兄弟之私臣也。皆各举旅行酬于宾于兄弟，抑且众众互相酬焉。

推而房宾之众、内宾之少者，亦得导饮而举觯于命妇、宗妇之少者，亦得导饮而举觯于宗妇，惠已均而犹余，爵有加而无算，旅酬惟两觯递下，交错以遍而止，此则遍后又举，以醉为度，故无算。此旅酬之全也。要其下为上，则一而已。

舜陵考

魏晋

《史记》：舜南巡狩，崩于苍梧之野，葬于江南九疑。其云南巡崩，与《虞书》陟方乃死合。云于苍梧之野，与《祭法》舜勤众事而野死，《檀弓》舜葬于苍梧之野合。朱子注《离骚》九疑曰：九疑舜所葬。通考《十三经古注》，《汉书》《汉纪》各注，暨《山海经》《淮南子》《风俗通》《世纪》《皇览》《舆地考》，俱称舜南巡崩葬苍梧九疑，惟《孟子》在诸书前，云舜卒于鸣条，《竹书纪年》亦云然。

韩昌黎《黄陵庙碑》据《竹书》帝王之崩曰陟，因谓《舜典》五十载陟截句，陟，升也，天子崩曰陟，犹云升于天。方乃死。《书》自释陟之文，蔡传采其说，虽云《孟子》《史记》未详孰是，然信《孟子》《竹书》，疑九疑不有舜陵，陟方断断非南巡者比比矣。而元儒吴澄之说尤辩，以为尧荐舜摄位，巡狩等事，皆舜代行，舜荐禹摄位后当亦然。故司马温公诗云：虞舜既倦勤，荐禹为天子。安得复南巡，迢迢渡湘水？说似辩而实不然。《虞书》浑浑，从无赘文自释之例，何独于陟而以方乃死释之？谓陟训升，而《太甲》有陟遐自迩之文，则陟亦训行，不尽训升也。方乃死，本不成句，蔡传已议其非，特引扬子《法言》云徂乎方为证，谓方者四方也，则与《易》云省方之方无异义矣。然则以陟方为巡方，何不可之有？存吾余太史以《吕刑》皇帝清问下民鳏寡，有辞于苗，而知舜因苗之反侧不靖，亲自行方问俗，三苗在虞，直至末年南巡而后靖，故《书》曰陟方。陟方之解定，则舜陵定矣。以经证经，最足折群言而归于一是。且即以陟训升言之，论天下大势，东南为卑，诚如昌黎所议，舜南巡而死，当云下方，不当云陟方。

以衡岳对三苗之国言，《史记正义》引吴起云：三苗之国，左洞庭，右彭蠡，《地理今释》：三苗，今湖广武昌、岳州二府，江西九江府是也。则衡岳实居其上流，舜既分北三苗，安知非从流上至南岳而道死乎？于陟之义无悖也。然则《孟子》与《竹书》何以云卒于鸣条？《竹书》不足征，岂《孟子》亦不足信？沈休文注《竹书》：鸣条有苍梧山，今海州。《吕览》云：舜葬于纪。九疑山下有纪邑，而海州苍梧山近莒之纪城，则意孟子时或以山名、地名之相同，遂指南徼之苍梧为海州之苍梧，而目为鸣条，犹江、淮二水，古无涓滴相入，自吴王夫差沟通江淮，而孟子遂据以为禹排淮泗，而注之江也。但海州之苍梧山，即《山海经》之郁州，郁州，《南齐书》作欝州，今名云台山。经不云舜葬于此，且其地去蒲坂帝都甚远，如吴草庐云：舜命禹居摄。则巡狩当禹代行，舜亦不当至海州也。郭璞云：《山海经》载帝王冢多重出互见，盖圣人久于其位，仁化广及，至于殂亡，四海各自祭醊哭泣，起土为冢，是以所在有焉。理亦近似，顾以此解南巡葬苍梧之疑，何不可以此解《孟子》卒鸣条之疑，而必谓《檀弓》《史记》为诬，《孟子》《竹书》为确邪？

再考《书·伊训篇》，造攻自鸣条。陈师凯谓鸣条在解州安邑。《地理今释》：鸣条冈在今山西平阳府安邑县北三十里，接夏县界。《括地志》所谓南坂口高崖源是也。一云鸣条陌，而陈留平坵又有鸣条亭。近世周理衷《四书辨正》谓安邑鸣条距蒲坂二百余里，天子出无非事者，不获崩于其宫，故云勤众事而野死。亦坚执孟子之言，附合《祭法》，而于《书》之陟方，《檀弓》《史记》之苍梧九疑无他验证也。愚者非不欲信孟子，特以《典》云陟方乃死，则知舜之崩也在于巡，即何必非南巡，而没葬于苍梧九疑。孟子命世大贤，就所传闻，取虞、周两圣东西角对，为揆一起步，于古迹未暇深考，如必一一求详，则卒于毕、郢。毕、郢两地也，岂文卒于毕又卒于郢哉？孙毓以郢为楚都，固与毕风马牛不相及。即据《长安志》引《孟子》，此文作毕程，已无解于文字之讹，安知鸣条非误于所闻，乃以《孟子》故孤据以为是乎？亦殊愧通儒之论矣。

或曰舜即南巡崩，必无不反葬者。不知上古圣人，以天下为身，没即于其地葬焉。炎陵之在酃，其一证矣，未可以中古正丘首之说泥也。《淮南子》：舜征三苗而死。郑康成《礼》注亦然，盖误以清问分北为征也。《墨子》：舜西教七戎，道死南己己一作纪。之市。盖由三危之窜苗在雍州西，故传闻异辞，而以为教西戎与？至祝氏穆据太史公归葬于江南之九疑，疑苍梧、九疑当是两地，亦非也。《书》注释云：九疑一名苍梧山。苍梧踞潇湘上游，潇湘在大江以南，曰江南举水之大者标识之。曰归葬明崩于野，而归葬于山也。

应邵云：舜葬苍梧九疑，得其实矣。今九疑山在营道南境，故有谓舜葬营道者。营道即今隶永州府之宁远县是也。如淳云：舜葬苍梧冯乘县。冯乘即今隶永州府之江华县是也。江华接壤九疑，以两地毗连，又执泥苍梧郡名，故有是误。实则苍梧郡析自汉孝武，古无郡县，惟以名山大川表封域，尔时苍梧九疑，一山而二名，其麓为野，舜陵在九疑之舜源峰，距宁远县郭六十里，无二处也。

辰州五江分合源流考

刘豹

《书》曰：九江孔殷。汉、晋、隋、唐率以为浔阳水，宋胡旦始以洞庭为九江，蔡注从之，而九江遂定。在辰郡者有五：曰沅，曰沅，曰溆，曰辰，曰酉。辰固山水奥区哉？第分合源流，载纪多舛，不博采群书，参以所历，鲜不黯黯者。

五江当以《水经》为断，沅者五江众流之经也，水出贵州遵义府，黎平境，非今之遵义。流径靖州会同，出托口，合朗江，至黔阳西七宝山下无口，与沅水合。《水经》：沅水出牂牁且兰县，为旁沟水，又东至鐔城县为沅。按《明职方地图》云：遵义，秦且兰，汉牂牁境。鐔城，今黔阳。《禹贡》注：沅水出贵州黎平生苗界。黎平，古牂牁境，与《水经》合。此沅之源流也。而《方域纪要》则曰：沅水在沅州西南五里。又引熊氏沅州潕溪，即沅水之异名。沅旧志亦曰：沅水一名潕溪。盖混沅与沅为一水，其弊皆由顾氏泥解《水经注》，谓无阳今芷江。即镡城。今黔阳。考晋义熙中，始易镡城之无阳，故《水经注》称沅水至无阳故县以别之，下文云：沅水东径无阳。方指今黔阳，不细读古人书，谓无阳同，疑沅即沅，而不知其为二也。或谓沅州以水得名，即沅之所出。夫州治于辰，治于常，至唐治于黔阳，皆就沅之所经名之，不得据以定沅也。

首与沅会者㵲也，㵲一作㵳，又作巫，又名舞，又曰无。《方域纪要》：一水五名，其实一也。顾又有讹为元者，元即古“无”字之讹也。《沅州志》：出贵州都匀府，故黄平州西三十里都凹山，经黄平镇远思州，入玉屏东北至挂榜滩入沅州界。《水经注》：无水首受故且兰，南流至无阳故县，又东南入沅，谓之无口。《汉书・地理志》：无水首受故且兰，南入沅，行八百九十里。此㵲之源流也。而熊氏以㵳溪即沅水，是皆为顾氏无阳即鐔城所误。又谓无、武同音，以武溪即㵲水，武既为㵲，则过沅治者，自不得复名㵲矣。考武水出源泸溪武山，今属乾州厅。见《水经》，无水亦见《水经》，未尝言武即㵲。武入沅仅百里，更与行八百九十里入沅之语不合也。若《方舆胜览》㵳水在卢阳，卢阳乃今沅治，非泸溪。如《元和郡县志》：舞阳在舞水东。□□氏《通典》：巫州在巫水之阳。皆指今沅州而言。武水之不得为㵲，亦犹㵲水之不得为沅也。

其次会沅者溆，《□陶志》：源出溆浦县西南金字山，由老庄径古义陵县，出径县城迤逦至大叙山，达大江口入沅。屈灵均：入溆浦兮余儃徊。正指此也。《水经注序》：溪出鄜梁山，西北流径义陵县治，又西北入沅。此溆之源流也。《湖南通志》以口家山为鄜梁，邑中以圣人峰为鄜梁，纷纷不一。夫由鄜梁以求水源，不如考水源以求鄜梁，《陶志》之说是也。考西北流径义陵县，惟金字山与《水经》合，意“金字”为后人加称，鄜梁其本名也。宋曾氏注九江：溆江一名渠江，出靖州。考渠水发源通道佛子岭，无所谓鄜梁山，又不径义陵县，不知何所据也。若叙序之不同，或亦舞㵲、雄熊之类欤？

又其次会沅者辰也，《水经注》：出三山谷，东南流独母水注之。又云：独母水源出龙门山，北入沅。《汉书・地理志》：辰水出贵州梵净山，南径溪口至铜仁施溪司，□入麻阳，径县城南北流二百三十里，至辰溪县城西入沅。《禹贡》曾氏注亦曰：出贵州铜仁。此辰之源流也。而《辰溪县志》云：出罗子山。又云：出龙门山。考罗子山即罗公山，无水源。辰溪并无龙门山，惟龙门溪源出白沙洞，离县一百三十里，不甚长，恐不足当九江之一。则谓即独母水之龙门山，何不可也。谓即辰水之源可乎哉？或疑麻阳既名锦江，不宜又曰辰，是不知锦州之名自唐始，以前属沅陵辰溪地，固不得以后而废前也。《一统志》：辰水又名锦水。《元丰九域志》：麻阳有辰水。举无疑义。至云辰水出三峿山，三峿距郡城东一里，滨江而立，并无水，此又不足辨者。

最后会沅者酉也，《汉书·地理志》：武陵充县之酉源山，酉水所出，南至沅陵，行一千二百里入沅。《水经注》：酉水导源益州巴郡临江县。故武陵之充县酉源山，东南径黔阳故县，今龙山境。又东径迁陵故县，今保靖境。又东北径酉阳故县，今永顺境。此酉之源流也。二书确有可据，而后人互异其说，《湖南通志》据《禹贡》注：酉水出今沅陵县。遂以县西二十里出小酉山者当之。《永顺志》据《沅陵县志》：酉水出苗地□角山。遂以出永顺西北□□保白□山者当之。而不知溯二水而上，大如湖北来凤之北河水，贵州之松桃河水，均不得冒为酉也，而况其下者乎？至若桑植治之酉水，入澧不入沅，则又一酉水而不得与九江之数矣。

夫辰州古大都，五水在境，自汉以来，画界分疆，或出川、黔，或近隶沅、永，五江遂非专治。又考今古郡邑错乱，命名不常，溪流淆杂，变迁不一。考古今沿溯之劳，亲历字异，豹生长辰郡，五江源流，身几遍焉，缘为博采群说，断以《水经》，非敢偏执己见，证疑传信，惟博雅君子教之。

九江考

夏大观

九江之名见于传记有三：考《寰宇记》，在杭州者曰浙江，在润州者曰扬子江，在江州者曰楚江，在潭州者曰湘江，在荆州者曰荆江，在利州者曰汉江，在淇州者曰南江，在苏州者曰吴江，曰松江。此其一也。按《汉·志》，有曰九江在庐江郡之浔阳县，考《浔阳记》九江之目，一曰乌江，二曰蚌江，三曰乌白江，四曰嘉靡江，五曰畎江，六曰沙江，七曰堤江，八曰菌江。此又其一也。又考蔡沈《书传》云：沅水、无水、溆水、辰水、酉水、渐水、资水、澧水、湘水皆合于洞庭。此又其一也。

今按《寰宇记》之九江，总南条之水计之，大约有九，固不得据为九江定名。其列于《浔阳记》者，虽称名凿凿，而孔氏辨之于前，曾氏驳之于后，其于派别形势，既无可取，而反覆书义，亦无所衷。惟宋胡氏以洞庭为九江，则《禹贡》显有明文，其曰九江孔殷，明系于荆州《贡赋》之下。此一证也。《导江》之文曰：过九江至于东陵。东陵今巴陵也，巴陵滨临洞庭。此又一证也。又《楚地记》曰：巴陵潇湘之渊，在九江之间。《水经》亦言九江在长沙下隽西北。参互考证，而九江之为洞庭益明矣。惟是九江之水，各有其源，其载于《水经》者颇详。如无、溆、辰、酉、渐五水，先后皆会于沅，沅水出黔中牂牁且兰县，为旁沟水，东至镡城县为沅水。又东径无阳县，有水从东南入沅，是为无水。无水亦出牂牁且兰，至无阳县八百九十里，汉《地理志》注：无水首受故且兰，南入沅八百九十里。入沅名曰无。按《说文》，无本古“舞”字，故无水或作舞水，又加作潕，又作潕，后人以無省作无，又以无讹作元，究即《水经》所载之无水也。沅既合无，又下合龙溪水、釜水，东与序溪合。按：序与叙通，加水作溆，今之溆浦县是也。是为溆水，溆水一名楠水，为五溪之一，源出义陵县鄜渠山，经龙潭纡折而流，至江口对旗山，下合沅水，沅又合锦水，再合杠水，东径辰阳县南与辰水合。辰水出辰阳三山谷，独母水注之，至丹山石乃与沅汇，所汇之处，谓之辰溪口。此亦五溪之一也。水又径沅陵县西会武溪水，即汉马援闻笛处。再会施水，下与酉水合。酉水导源益州巴郡临江县，故武陵郡充县酉源山，东南流径故无阳县南，又东径故迁陵县界，逶迤而入沅。阚骃谓之受水，水所决入名曰酉口。沅与酉合，下又会东溪水，谓鱼溪水、分岭溪水、东夷水、夷望溪水，又数折而历枉渚，入龙阳县境而合渐水焉。渐水一名澹水，出汉寿县西杨山，南流，东折径其县南，又东历诸湖，方南注沅，与沅同入洞庭。水所入处，厥名鼎口。

澧水出东别之沱，发源岷山，东流至武陵郡充县西历山之东，过其县南合茹水，又径零阳县北与温泉水合，又东会零溪水，又东有九渡水注之，又东会娄水，至澧阳右会渫水，左会黄水，东过作唐县，今安乡。左合涔水，右合澹水，折走龙阳傅家矶入洞庭。

资水出零陵郡都梁县东北，历夫夷、邵阳、新化、安化、益阳，东至湘阴县临澬口，即《水经》所云水青口，与湘水合入湖。

湘水发源粤西兴安、灵川二县界海阳山，至分水岭南流为漓水，北流为湘水。其水最清，故号清湘。经十余县，所合之水亦以十数，至长沙下隽县今湘阴巴陵界。入洞庭中。

宋曾彦和考定九江如此。朱子不知元水即无水辗转讹错之故，以为《水经》弗载，古无是水，故置而不录。又据《禹贡·导江》之文，江先合澧，而过九江以为从九江之外而过，不知实从九江之内而过，故不数澧，于是去元、澧而易以潇、蒸。潇水发源九疑山，舜葬东南陬，南流至三江口，东北与迤水合。一云与瀑瀷漭合流，又东北至永州府城外湘口会于湘，是为潇湘。又过祁阳县，至衡郡北郭与蒸合。蒸水发源宝庆府邵阳县邪姜山，逶迤入衡阳境，是水其气如蒸，故名。至衡阳县北郭草桥河口入湘，是为蒸湘。又历衡山以下数邑，至湘阴临澬口，会澬水入洞庭，合沅水同注长江，是为沅湘。此三湘之所由名也。朱子更定九江又如此。

但澧水实合南江以东注洞庭，故《水经注》于江陵枚回洲下，有南、北江之名。南江即澧水挟江入洞庭道也，夫安得而不数？曾氏之说，蔡氏遵之，似未可厚非耳。合而论之，沅、湘二水实为之经，沅以一水贯无、溆、辰、酉、渐，而他水不计也。湘以一水贯潇、蒸，而他水亦不计也。资、澧二水皆为纬，聚米画沙之形，一展卷而了然在目矣。后之人或从曾氏，或遵朱子，俱无不可，如必欲于曾、朱二说之间，核其实以符其数，则宜取朱子所去之澧，与所定之潇、蒸，取曾氏之湘、沅、无、辰、酉、资而去其溆、渐，盖溆与渐，其源流视诸水为短耳。至于诸水所经，古今异同之名，则又在究心水道，如桑钦、郦道元辈之远览而周谘焉。

岳州城垣考

方应和

岳州屏藩三楚，襟带九江，固西南之要害也。则所以资保障而固吾圉者，讵容或后也哉？

按：春秋时，楚子使王孙由于城麇，此岳城之始也。汉以前，年代悠远，无所考究。三国吴鲁肃城巴丘，故名鲁肃城。晋陶侃城于东八里，故名陶侃城。元嘉十六年，因肃旧城增筑，嗣是而历代仍之，自隋至元，因革无闻，然见于诗，曰山城仅百层，曰波撼岳阳城，殆唐城之形势欤？《风土记》云：湖水嗽啮，去城数十步即江岸，父老相传，今江心，古阛阓也。殆宋城之形势欤？唐去隋未几，元去宋亦未几，观此而二代可知矣。

明洪武四年，拓城基而筑之，厥后永乐、嘉靖、隆庆各有修浚。其间凿汴河而卫之者，则指挥音亮也。筑土堤而护之者，则施副使笃臣、李太守时渐也。垒女墙而峻之者，则钟司马崇文也。然修而或废，废而复修，虽竭缔造之劳，而究不能计长久者，则以经营未必尽善耳。

我国朝康熙八年，重建城楼。五十四年，乃发帑大修之。雍正四年，筹款重修，继为湖水冲塌，因于乾隆五年，拨舵杆洲岁修银两，概加缮葺，雉堞一新，而规制于是乎大备矣。迄今又历三十余年，岁月既深，剥蚀不免，当事请于朝，发帑金四万有奇，宏加深筑，相地置宜，以南、西、北三面逼近湖滨，波涛嗽啮，植基难固，特规进数十武以避冲激之患，民之趋事惟恐后焉。不逾岁而百雉岿然矣。乾隆丙申。

湖南文征　卷三十五

考四

永昌三江考

戴泽三

博南山之西有江焉，名澜沧，来自西番，其源有二：一源于喀木之格尔巩栾葛儿山，名栾褚河。一源于喀木齐鲁肯他拉，名敖母褚河。二水会于又木多庙之南，名拉克褚河。流入云南境，为澜沧江。流至车里宣抚司，为九龙江。流入缅甸，入南海焉。罗岷山下，铁索横空，飞虹远跨，江边石壁如削，题为金齿咽喉。汉明帝开博南山，行者愁怨，歌曰：度博南，越兰津。渡澜沧，为他人。即此。蒙氏僭封为四渎之一云。

又其西为哈拉乌苏，即《禹贡》入南海之黑水，云南所谓潞江也。源出达赖喇嘛东北哈拉脑儿，流出东南入喀木界，又东南流入怒夷界，为怒江。入云南大塘隘，名潞江。其深莫测，两岸平广，夏秋多瘴毒难行。昔渡以绳桥，今易以舟。流经永昌潞江安抚司境入缅，而入南海焉。其水不必四时皆黑，遇黑水来，瘴疠尤甚，飞鸟触之即堕，此入金腾之要津也。《导川》之黑水，断以是为的。

又其西为龙川江，其源有三：一发源七藏甸，为光明河，流至莫落河，通固东河。又一流由阿幸至乌索、固东二河会之，为灰窑江，逾山峡中，深不可测，两岸逼近，俗呼为天生桥，流至曲石江。一发源界头甸马鹿塘，一发源于雪山之麓。双河入瓦甸河、混泥河，经界尾亦至曲石，合众流而东，延高仑山走，蜿蜒数百里，若龙骧然，故名。由此过陇川，通猛密所部莫勒江，至太公城合大盈江，转而南下江头城，入南海焉。此三江者，在东南大干之外，故皆流入南海也。

田双考

戴泽三

黄华《山主王庭筠黄华亭》诗：山僧乞与山前地，招客先开四十双。按《云南杂志》：夷有田皆种稻，其佃作三人使二牛，前牵中压，而后驱之。犁一日为一双，以二乏为己，二己为角，四角为双，约有中原四亩地。

今云南耕者使二牛，一牵一驱，间有中压者。以一人一日栽插为一工，栽用女工，言亩者绝少。民间契约只载几工而已，大约三工可当中原一亩地。

余在永平，见有民间词讼呈阅前明老契者。其地多夷人，号猓家，契载几十双。黄华北人，不知何亦有此说也。

三湘七泽考

张汝大

《寰宇记》曰：湘潭、湘乡、湘阴为三湘。其说不见于他书。《湘水记》曰：湖岭间，湘水贯之，众水会焉，与潇水合曰潇湘，与蒸水合则曰蒸湘，与沅水合则曰沅湘。此说近似，然惟沅水无议。《离骚》：济沅湘兮征南。《淮南子》：楚地南卷湘沅。《史记》：浮于沅湘。证据分明。

古无潇水。罗含《湘中记》：十三水而无潇。《水经注》曰：潇水深清也，潇湘犹言清湘也。惟《山海经》云：洞庭之南，帝之二女居之，交潇湘之渊。郭璞引《淮南子》：弋钓潇湘。然所在则未详也。《水经》：营水径泉陵县西北流于湘。至唐以来，始以营水为潇，谓潇水出九嶷山，然九嶷有九水，亦无潇，未可信也。

古亦无蒸水。《水经》：承水出邪姜山，东北至重安县合湘水。《汉书》亦作承。《郡国志》则曰：俯临蒸水，水气如蒸，故名蒸湘。皆后人附会之说，未见其必然也。《水经注》：湘水北径三石（戍）〔戌〕，为二水之合，西北对浏江，亦谓之三湘口。又湘水纡流西北，水东承太湖，西通湘浦，故有三溪之目，亦名三湘。巴丘湖在湘水右岸，西对长洲，洲南湘浦，北对大江，故曰三江，三水所合名三湘。《南史》：侯景败三湘之浦。《一统志》云：湘浦在岳州境内，一名侯景浦。其说众多，将何所适从乎？大抵洞庭以南，皆可谓之三湘，不必实求其地也。

至于七泽之说，始自司马相如《子虚赋》：楚有七泽，小者曰云梦，方九百里。夸诞之言，无足深信。小者九百里，大者必逾千里矣，楚无此疆界也。按《周礼》：丰殖九薮。其载在《职方》者曰荆，有云梦。《尔雅》十薮：楚有云梦。《吕览》《战国策》：楚子游于云梦。宋玉《高唐赋》：楚襄王游于云梦之台。今文《尚书》曰：云梦土作乂。《汉书》因之。古文《尚书》曰：云土梦作乂。唐太宗改今文从古文。郭璞注《尔雅》曰：云梦在华容县。杜预曰：枝江、安陆有云梦。《元和志》曰：云梦在安陆南五十里，西接云梦县。《荆薮编集》亦载有云梦宫。又云：江夏西陵有云梦宫。从唐诸儒因太宗之改，必欲判为两地。以《左传》楚子济江入于云中，斗伯比生子文，䢵夫人弃诸梦中有证。故《史记索隐》曰：云梦本二泽。沈五则曰：云在今玉沙、监利、景陵等县，梦即荆公安、石首、建宁等县。罗泌、郑樵、洪迈、洪兴祖、沈括等，则有南梦北云之辩。杜元凯注梦中曰：梦，泽名，今安陵东南有云梦城。则梦在江之南。注云中曰：入云梦泽中。所谓江南之梦，则云在江之北，不知《左传》跨江之南北，盖云广袤千里，东抵蕲州，南抵枝江，京山以南，青华以北，皆为云梦。江南江北皆可称云，分言之则为云为梦，合言之则为云梦，不必牵引穿凿。

其余泽《禹贡》《周礼》《水经》皆不载，汉唐注疏俱未之及，即《子虚赋》曰未见其余，则其虚诞明矣。或曰七泽云梦之别名，如昭余祈一泽而名九泽，洞庭一湖而名九湖，皆不可以数求也。亦未可知，姑阙疑焉，以俟博雅君子。

靖节先生书甲子考

陶澍

按：渊明诗文于晋标年号，宋惟甲子之说。自沈约著于《宋书》，而李延寿《南史》、李善《文选注》，相承无异。五臣云：意者耻事二姓，故以异之。犹约说也。至宋僧思悦始创新论，谓诗中并无标晋年号者，所题甲子，盖偶记一时之事，岂容晋未禅宋前二十年，辄耻事二姓，所作诗但题甲子以取异哉？由是王复斋、曾季狸、吴师道、宋景濂、郎仁宝诸人起而和之，而先生之隐衷与史氏之特笔，几为所汩，此所谓以不狂为狂也。

按：北齐阳休之序《录言先生集》，先有两本行于世。一本八卷无序，一本六卷并序目。编比颠乱，兼复阙少。萧统所撰八卷，合序、目、诔、传，而少《五孝传》及四八目，然编录有体，次第可寻，是昭明之前，先生集已行世。《五柳传》云：尝著文章自娱，颇示己志。则其集必有自定之本可知。约去先生仅十余年，必亲见先生自定之本可知。窃意自定之本，其目以编年为序，而所谓或书年号，或仅甲子者，乃皆见于目录中。故约作《宋书》，特为发其微趣。宋元献私记云：《隋·经籍志》：宋征士《陶潜集》九卷。又云：梁有五卷，录一卷。《唐·志》：《陶渊明集》五卷，今官私所行本凡数种。与二本不同，有八卷者，即梁昭明太子所传，合序、传、诔等。在集前为一卷，正集次之，亡其录，录者，目录也，是先生集别自有《录》一卷。而沈约云文章皆题岁月者，当是据录之体例为言。至唐初其《录》尚在，故李善等依以作注。后乃亡之，遂凌乱失序，无从校勘耳。

假令先生原集，义熙以前亦止书甲子，永初以后或并纪年号，休文无端造为此说，则当时之人皆可取陶集核对以斥其非，岂有历齐、梁、陈、隋俱习焉不察，李延寿反采入《南史》，李善又取为选注哉？休之谓昭明编录有体，次第可寻，窃意昭明自加搜校，必依先生自定之目，一以编年为序。若如今本，孰能寻其次第？思悦等但据题上所有甲子为说，不知今集自庚子至丙辰十七年，诗止数首，而壬寅、甲辰、丙午、丁未、辛亥、壬子、癸丑、甲寅、乙卯等年，俱无一篇，《辛丑游斜川》诗，转不在编年之内，其非旧次亦可见矣。

余门人泾县赵绍祖，谓先生未必首首题年号甲子，不过于一年所作之前题之。而《阻风赴假》等诗，盖偶书甲子于题首，后人删其每岁所标之甲子，而此数首甲子，以在题上，故不删。其说近是。若宋景濂谓先生清节，不待书甲子而后见，则似未审所争书不书者，非甲子，乃晋、宋之年号也。不书宋号，正孤臣惓惓故朝，托空文以见志者。王厚斋谓与箕子称殷祀，陈咸用汉腊同意，真先生旷代知己。异说纷纷，可以息其喙矣。

开梅山考

陶澍

曾子固《元丰类稿》中，有《本朝政要策内南蛮》一篇，言宋兴，尝设广捷之兵，习标牌之器，其后又益澄海之师，皆以备蛮之为疆埸害也。

盖及其辄动，而我之所以威附之术可得而谈者，有用兵深入，伐而克之，兴国之初，翟守素之平梅峒是也。有兵已克破，赦而受之，咸平之间，曹克明之收抚水是也。有计能屈之，纳以忠信，章圣之世，谢德权之靖宣州是也。盖兵不足以克，则赦不能以来。计不足以屈，则信不能以收。此古今之通理，而智谋者之所易睹也。今溪峒往往为东南之忧，而议者不谋威略，一欲怀之以利，是见其一未见其二也云云。

据此则翟守素之平梅峒，固尝深入而克之，惜史缺有间，不可得而详耳。其命翟守素之诏，则《玉海》亦载之，从来谭吾邑掌故者，皆以章惇开梅山为称首，而不及翟守素之绩，故书此以备修邑志者之稽考焉。

三江考

万年淳

按：洞庭之支派不明，则九江之名无著。九江之支派不明，则三江之名无著。九江、三江之支派不明，则荆州一州之水俱无著矣。

江自枝江来岐分为二，故县名枝江。《水经注》：江陵县有洲曰枚回洲。《宋书》作枝回洲，自此而分为南北江。《禹贡》经注详于北而略于南，故后之言南江者，无所依据。《寰宇记》云：江自枝江百里洲首派别，南为外江，北为内江。考南江自枝江县南又东径公安县西，又东南为涔水，历澧州东北，合澧水经华容县南，入赤沙湖，又东南径安乡县西，东南入洞庭与北江会，所谓江外也。北江自枝江县北，又东径松滋县北，又东径江陵县南，又东径公安县北，又东径石首县北，又东径监利县南，夏水出焉，又东至巴陵县西，北会洞庭，所谓内江也。禹时外江为经流，内江为支流。《禹贡·导江》云：又东至于澧，过九江至于东陵。记外江经流也。《水经注》云：东至长沙下隽县北，澧水、沅水、资水合东流注之，湘水从南来注之。记内江支流也。

袁宏道《澧游记》云：当怀山襄陵之时，云梦一壑，江身不可复辨。禹之导江，必于高处有山可识者，乃可以施疏瀹之功。自彝陵而下，高阜而多山者莫如澧，由澧导之，从九江以至东陵，云梦始出，而江洪之在云梦间者，始了了可辨，江始分而为二，此即内外江之别也。《水道提纲》：古江直从虎渡口，东南会澧水，又东南会洞庭，后以徙流存虎渡支津，此皆可作《禹贡·导江》注疏。盖自汉以来，外江为湖水所壅，江流入外江者十之三，入内江者十之七，故后人反以内江为经流，外江为支流，且以过九江至于东陵之江为内江，而不知实为外江也。《地理今释》解江流极详，然以此释内江之支流则可，以释《禹贡》过九江之经流，则不可也。且经明言东至于澧，若内江之水实未尝至于澧，又当言会九江，不得言过九江矣。

内外江流之说明，而三江之名乃有定论矣。自古说三江者，聚讼不一，而要之吴有吴之三江，越有越之三江，荆有荆之三江，《禹贡》三江，乃荆之三江也，当以郑氏之注为是。郑氏云：左合汉为北江，右合彭蠡为南江，岷山居其中为中江。蔡氏《集传》所引苏氏之语，盖本于此。《集传》不攻郑氏，而攻苏氏，以苏不引郑，故置之也。钦定《书经传说》，盖汇纂一主集，而又引《地理今释》，谓郑氏融洽经文，确不可易，亦以《集传》为不然也。《集传》以三江既入为扬州之文，遂以庾仲初《吴都赋》注三江之名实之，不知吴都三江起于近代，非禹时之三江也。禹时三江皆起于荆州之域，扬州其下流也。袁氏仁曰：岷江在梁，汉江在荆，而其入海皆在扬，故于扬言之。此论是也。玩既字之文，可见但郑氏右合彭蠡为南江，此句尚未协，当云右合九江为南江，何以言之？九江之为洞庭，前言已详，《山海经》云：洞庭之山，帝之二女居之。洞庭之名，尧时已有，《禹贡》不言洞庭，而言九江，所以备三江之一也。《禹贡》江之名，有中江，有北江，有九江，他无以江名者。《孔氏传》云：有中有北，南可知。其说诚然，但《禹贡》究不言南江而必曰九江者，何也？盖北之入江者惟汉，故以汉为北江而无所混。南之入江者不止九江，故必曰九江而不曰南江，不使凡水之南来者得混也。水之南来者莫大于洞庭，其次惟彭蠡，然彭蠡名泽不名江，洞庭名江不名泽，则南江之为洞庭而非彭蠡也明矣。其泥于经者，谓彭蠡既在大江之南，于经宜曰南汇彭蠡，不应曰东汇，于《导江》宜曰南会于汇，不应曰北会。汇既在南，于经宜曰北为北江，不应曰东为北江。遂以东汇泽为彭蠡为多句，或以东为北入于海为羡文。钦定《书经》谓毕竟以经文为主，而朱子之论辨为附录，诚以经文未必误也。

今以经文考之，东汇泽为彭蠡，东为北江。所云东汇者，谓汉水东流，横截而汇为彭蠡也。所云东为北江者，谓此东流之汉水乃北江也。东迤北会于汇，东为中江。所云东迤者，江与九江之水迤行而东也。所云北会于汇者，谓彭蠡之水北出也。所云东为中江者，谓岷江经流过九江至于东陵，遂挟九江之水而东去。九江为南江，则岷江之经流为中江也。如此则三江、九江俱了然矣。

近日张氏溆《三江辨》，南江力主洞庭，不主彭蠡，所见甚卓。其言曰：三江之名，虽总见于扬州，而三江之源，已并列于荆州。其曰江汉朝宗于海，则自西而东，而中江、北江两源已合。又曰九江孔殷，则自南而北，而南江之源亦已来同。此分水犀语也。但彼专以湘江为南江，不若统以九江为南江，且《禹贡》有九江，无湘江，以经证之，中江、北江、九江之为三江，复何疑哉？

大抵九江之说当主宋儒，而沅、澧不宜易，渐、蒸不宜入。三江之说当主汉儒，而九江不宜弃，彭蠡不宜取也。又考九江之内，亦有三江之名，《水经注》云：巴陵西对长洲，其洲南縻湘浦，北对大江，故曰三江。三水所会，亦或谓之三江口。按：湘浦谓南来之湘江，大江谓北来之内江，西对长洲，即西来之外江。西来之水不止外江，但澧与江合，沅、资与湘合，故西来之水统归外江，一南，一北，一西，俱会合于城陵矶下，故曰三江之口。其实岳之三江，亦犹吴之三江，越之三江，均不足以证《禹贡》之三江者。《禹贡》之三江，洞庭特其一耳。

案：经文无南江，未宜添设，且亦不足证明三江，扬州所言三江，与震泽连缀成文，与《导水》之北江、中江，实不相涉，不必沿孔、郑之误而推助波澜也。篇中所引诸家之说，不皆确义，存之以待学者鉴别，庶不至更拾唾余为创获耳。要之经文之东为北江，在东汇泽为彭蠡之后，言又东乃为北江而入海，岂有转溯来原之为北江者乎？汝怀附记。

九江考

万年淳

九江之为洞庭说，不自宋儒始也。《水经》云：九江在长沙下隽县西北。汉之下隽，今之巴陵也。《山海经》云：洞庭之山，帝之二女居之。是常游于江渊，澧、沅之风，交潇湘之浦，是在九江之间。二书说本分明，而后之说者，以浔阳之九江当之，不知浔阳九江之名，起于后代，非禹时所云九江也。

宋毛晃《禹贡指南》及胡秘监旦、晁参政说之，皆以九江为洞庭，以巴陵为东陵。又殷盛也，言诸水所会，其势壮盛，荆州叙次，继此而后，及沱、潜、云梦，则非江州之下流明矣。诸家多谓九江即今之江州，殊不知汉九江郡，本在江北，今所谓江州者，实武昌之柴桑县。后以江北之寻阳并柴桑而立九江郡，又自江北徙治江南，故江南寻阳之名，后又改为江州，实非古九江也。“寻”亦作“浔”，浔亦江之一名，地在江北，故曰浔阳也。至朱子、蔡九峰更从而发明之，其说已揭日月，凡以他水为九江者，不容辨矣。

近日张氏叙曰：洞庭九江，圆周八九百里，乃一州中权绝大之水，而为荆州之所独，后世荆湖南北路由之而分。彼震泽、彭蠡之小于洞庭多矣，而扬州尚两序之而不一漏，乃序荆州而反遗此水，可乎哉？此诚通人之论也。其泥于经文者，谓九江孔殷，不应在江汉朝宗后，不知古人作经，有正文，有补文，其云江汉朝宗于海，六字已尽荆州水势原委。其曰九江孔殷，所以补叙江南之水也。其曰沱、潜既导，所以补叙江北之水也。其曰云土梦作乂，所以补叙江南江北之薮泽也。必若所言，谓九江为江汉之下流，将沱、潜、云梦不更居其下乎？此可不攻而破矣。

考曾彦和以沅、渐、无、辰、叙、酉、资、湘、澧为九江，朱子去无、澧而易以潇、蒸，谓既云东至于澧过九江，不应九江复数澧，又疑无水不足数，故去之。然考经文，东至于澧，《史记》《汉书》俱作醴。郑注云：醴，陵名。今长沙郡有醴陵县。郑以醴为醴陵，失之太远。要之澧为地名，非水名，确不可易。蔡氏《集传》用郑氏之说，而以澧为山泽之名，甚是。澧既为山泽，则澧水得列于九江之一，不必易也。又无水虽小，实亦与辰、叙相伯仲，释水道者多失考证。《集传》不用师说，而仍从曾氏，亦卓有见地，但当去渐水而易以潇耳。

窃考洞庭虽名九江，其实入洞庭者惟澧、沅、湘、资四大水，其中入沅者四，入湘者一。备为九者，以其源流甚远，足成为江故也。考澧水有二源：南源出桑植县，北源出太平镇。合流而东，有安福县之王家坪水，有永顺府之眉虎溪，有龙爪关之五溪河，即溇水也。有花山埠之铁水河，有石门县之九度溪，《水经注》所云九度水也。有新安市之刻木山水，至澧州，一名兰江，分二派，一东北流。有西北来之杨潭河。有津市之后河，《水经》所云涔水也。又东则大江支津，北自江陵西南岸之虎渡口，南流合三冈湖诸水，自公安来会，即《禹贡·导江》至澧之水也。至王家觜与东南派合东南流者，有西南来之道溪河。其一南流，有田湖、白湖诸水，有武陵县之从河，经安乡县入湖。其一东北流，有白莲湖，经华容县入湖。《水经注》所云澧水流注于洞庭，谓之澧江口者也。源流共一千一百余里，前后有十数水注之，小水无数，此洞庭西来之一大派也。

沅水一名洪江，出贵州平越府之金凤山，有施秉县之沙坪水，始名镇阳江。经镇远府，有思州府之思州河，有大鱼塘之户溪江，东南流入湖南界。经沅州府，有冷水铺之杨溪，有黔阳县之清水江，会贵州平越府之猪梁江、卡龙河、麻哈江、东安江，都匀府之马尾河、龙潭河。有镇远府之德明河，即邛水也。有靖州之渠河，有黔阳县之镇阳江，有洪江司之竹舟河，即巫水也。有辰溪县之双龙江，《水经注》谓之序水，即叙水也。有麻阳县之麻阳河，《水经注》谓之辰水。武陵有五溪：雄溪、樠溪、无溪、酉溪，辰溪其一也。又有浦市之舒溪，有泸溪县之武溪，亦名溮水。

有喜鹊营之乌巢江，有乾州之麻溪，俗亦名辰河。有沅陵县之蓝溪，《水经》所云施水也。有辰州府之北河，即酉水也。有马底河，底乃“氐”字之误，《水经注》：马援征五溪蛮，军驻胡头山。即此。胡，《汉书》作壶。又有清捷河、大小洑溪，新店、新湘二溪。有桃源县延溪，《水经注》所云延江也。又有白洋河、漆家河。有武陵县之德山港，《水经》：龙阳县入湖。《水经注》：沅水东入龙阳，有澹水出汉寿县，东历诸湖，南入沅，亦曰渐水。沅水源流共二千三百余里，前后有三十余水注之，小水无数，此洞庭西来之又一大派也。

湘水源出广西桂林府之海阳山，《水经》谓之阳海山，注云：阳朔，山也。罗君章《湘中记》云：湘水之源出于阳朔，则觞为之舟至洞庭，日月若出入于其中也。又东北流，有兴安县之桃花源水，又北名海阳山，又北分湘、漓、洒三水。东北流，有九龙岩之龙蟠山水，有光华铺之六洞山水、界牌山水，至此始名湘江。又东有全州之扬子江，其北有罗江，合钴铒潭诸水，其南有灌江，合麒麟山诸水，湘流始盛。有灌阳县之黄沙河，有三角司之洮水。又东北入湖南界，有东安县之清溪水，有零陵县之潇水，一名泥江，有祁阳之卢洪水，有县南之腾云岭水，有常宁县之（春）〔舂〕陵水，有蓝山县、嘉禾县之岿水，即舜水也。有衡州府之蒸水，一作烝水，经谓之承水。又有耒阳县之郴江，一名耒水，《十三洲记》所云日华水，《水经注》所云来水也。又有衡山县之洣水、攸水，有渌口市之渌江，醴陵县之泗汾河，有湘潭县之茶园水，有下摄司之涓水，有湘乡县之涟水。浏阳县之浏阳河，《水经》所谓浏水也。有平江县之黄泥江。有宁乡县之围河，左合益阳县之资江，会于林子口入湘，《水经》作陵子口，或作临资口。至湘阴县分为支江，又北有湘阴县之哀江。有平江之汨罗江，《水经注》所云屈潭罗渊也。至磊石洲入湖，一名落桑洲，源流共二千余里，前后有三十余水注之，小水无数，此洞庭南来之一大派也。

资水源出绥宁县与武冈州交界之路山，一名唐纠山，即都梁山也。都梁者，兰也。《水经注》云：南为都梁山，因以名。东北流，有赤溪桥之龙溪，有羊石桥之蓼溪，有紫阳司之紫阳江，经宝庆府有邵阳县之罗江，《水经注》云：夫夷水也。又有府城东之邵水，资未合邵，有五十三滩，既合邵，又有四十八滩。又东北有申家塘之潮水与思水，石柱寨之连溪。有新化县之洋溪，《水经注》所云云泉水也。又有女溪、思丰溪、苏溪。有安化县之炭溪、烟溪、瀼溪、株溪、思贤溪、麻溪、坪溪、河曲溪、敷溪。又有善溪，出自善卷子祠前，自新化茱萸滩起，至安化善溪口，皆多险滩，《水经注》所云资水迸流山峡，变名为茱萸江者也。又东经益阳县，有四里河占溪，经浮邱山北，为桃花江，至县西有关侯濑，吴甘宁拒关羽于此。其南为沽溪，过县治前又变名为益水，以下分派，一支南去，为兰溪，一支东去，为毛家口水。均至临资口与湘水合。惟北经瓦口矶，过沅江县治前一支为正脉，《水经》谓资水与沅水合于湖中，注云：所入之处，谓之益阳江口，其实资水经流不入沅，亦不入湘，直专达于湖。源流共一千七百余里，前后有十余水注之，小水无数，此洞庭西南来之一大派也。

无水。《地理今释》云：无水出今湖广辰州府沅陵县入沅，考今之沅陵，无有可的指为无水者。《水道提纲》记：蓝溪自辰州府治沅陵县东南境，西流曲曲，经新安塘西注于沅。与《地理今释》所载无水合，但蓝溪亦无无水之名，即使的为无水，而源流不甚远大，先儒所以疑之也。《水经》无無水，而注有之，注云：無水出故且兰，南流至無阳故县。对無水因以氏县，無水又东南入沅，谓之無口。考汉之無阳，今之镇远府镇远县也。無、无通，蔡传误作元，后人加水为潕，又别为㵲，实此水也。《汉·地理志》：武陵郡有無阳县。注云：無水首受故且兰，南入沅八百九十里。考汉时镇远隶于武陵，此水源出镇远县南，故镇远谓之無阳。东北曲流南入沅，其流虽小，而源长，此乃曾氏所云無水。《水道提纲》失考，《地理今释》所云無水，非也。此入沅之第一支也。

叙水一名双龙江，南源曰龙潭河，东源曰龙湾河，至叙浦县南境合。又北有县东之四都河，有北来之三都河，《水经注》所云刘备之（姊）〔秭〕归城，即县城也。县城而南与沅水会，源流四百余里，前后有数水注之，此入沅之第二支也。

辰水俗名麻阳河，源出贵州铜仁府西北界，曰顺溪，经岩山东，《水经注》谓之龙门山。有江口泛之省溪、凯洪溪，有北山之小江，《水经注》所云独母水也。经黄蜡关入湖南麻阳县界，有县西之小江河，有滥泥村之中和铺水，至辰溪县入沅。源流共四百余里，前后有数水注之，此入沅之第三支也。

酉水源出四川酉阳州之茶坪，回环石穴中，时隐时现，至州西南之蒲海场始通舟楫。过龙潭至秀山县之石堤，东入湖南永顺府龙山县界，曰北河。有保靖县之世溪河，《水经注》所云迁陵故县之西乡溪也。有永顺府之灵溪、榔溪、白水溪、刺济溪、麦子溪，又东南有榕溪、明溪、酉溪，《水经注》所云酉水本此。又有北来之莲花池与诗溪，至辰州府西南入沅。源流共五百余里，前后有十余水注之，此入沅之第四支也。以上四水，皆入于沅。

潇水源出永州府之九嶷山，《水经注》云：罗峰九举，各导一溪，岫壑负岨，异岭同势，游者疑焉。水界于两广，合江华、永明二县之水东北流，有永安关之营水，故潇亦名营。又有道州之濂溪，有（春）〔舂〕陵山之宜水，《水经》所云宜溪也。又东北总名泥江，至青口有宁远县水，至永州府有零陵之永水，至府城西入湘。源流共五百余里，前后有数水注之，此入湘之一支也。此九江之支派确不可易者。

若夫渐水，《地理今释》云：出今湖广常德府武陵县，东入沅。今求之武陵，实无此水。《水经注》云：龙阳县之澹水，亦曰渐水，所入之处，谓之鼎口。此水甚小，不足以当九江之一，且亦不定出武陵也。《水道提纲》云：古所谓辰、酉、叙、无、渐五水，俱沅所并，惟渐水未明。窃谓不如去曾氏之渐水，收朱子之潇水为得耳。至蒸水更不如澹，不足数也。

又尝考之水之入澧者，若铁水河、从河、白莲湖水，皆行二三百里。入沅者若思州河、竹舟江，皆行二百余里。若邛水，若武溪，皆行四百余里。入湘者若灌水、渌水，皆行四百余里。涟水五百余里，岀水六百余里，郴水七百余里。入资者若罗江，亦行三百余里。凡此皆非小水，而不列于九江者，以非往来通津邪？抑或者古时苗疆未开，未能悉数邪？其外直达于湖不附诸水者，若新墙市之新墙河，龙阳县之五洋港，华容县之华容河。不得列于九江者，以华容河特江水之支，夏水之尾也，余俱不足与澧、沅、资、湘埒，故不数也。

又考九江入湖之口，澧水所入，《水经注》则有澹口、决口、澧口。沅水所入，《水经注》则有鼎口。湘水所入，《水经注》则有陵子口、锡口、玉池口、门径口、三溪口、黄陵口、东町口、决湖口、汨罗口、县城口、青草湖口、荀径北口、劳口、同拌口、水青口、横房口、麋湖口。资水所入，《水经注》则有益阳江口。其出湖之口，《水经注》则有三江口、□□口。三江口谓之江会，既与江会，则有西江口、隐口、良父口、彭□口、白马口。以今考之，澧水有二口：西口南对长坡口，径百五十里。东北口东对岳州，径百六十余里。沅水口在正西，去东南湘江口，径二百余里。资江有三口：资江口至北岸墨山铺，径二百余里。长坡口去资江口四十里。李家蓬口，去长坡口六十余里。湘江口正西对湖中之石录山，又经鹿角司，至岳州府治六十里。北出则为三江口矣。《水经注》所云诸口，有求之不能悉合者。

其濒湖之别以湖名者，《水经注》：澧水东则有赤沙湖，湘北则有青草湖，又北有微湖，或谓之麋湖。又北则有翁湖，又谓之滀湖，又谓之南湖。赵冬曦《诗序》云：滀湖者，沅、湘、澧、汨之余波。夏潦奔注，则溢为此湖。冬霜既零，则涸为平野。以今考之，澧水之下，则有赤沙湖。沅水之下，则有天心湖。资水之下，则有青草湖。湘水之下，则有万石湖、角子湖、铜盘湖，《水经》所云同拌口之讹也。合洞庭、青草谓之重湖，以其水为海内薮泽之冠，谓之太湖，《水经注》东承太湖，西通湘浦，韩子避风太湖七日鹿口是也。统名之则曰洞庭，《禹贡》所谓九江孔殷者也。且洞庭之险，萑苻易聚，水中可居之处，古皆设戍，若今之龙阳协及沿湖诸塘（汎）〔汛〕也。《水经注》：洞庭上流则有三石戍、浏口戍、沩口戍、高口戍、锡口戍、白沙戍、汨罗戍、垒石戍、谨亭戍、万石戍、金浦戍。共十一戍，皆濒湖地。此亦王公设险之义，考九江者所必及也。

九江考

王泉之

九江之名，载之《禹贡》，隶于荆州，非寻阳之江明矣。寻阳之九江何昉乎？昉于秦始皇之灭楚，以其都寿春，置九江郡而始也。楚项羽屠咸阳，封英布为九江王。司马迁自谓游历名山大川，有南登庐山，观禹疏九江之说。厥后论九江者，遂与《禹贡》相悖戾。新莽篡汉，改豫章曰九江郡，柴桑曰九江亭。《淮南子》曰：禹凿九江而通九路。《地理志》庐江寻阳县下云，《禹贡》：九江在南，皆东合为大江。应劭曰：江自寻阳分为九。郭璞《江赋》曰：流九派乎寻阳。

自西汉迄东晋，皆言大江至寻阳分为九江，禹之疏凿者在是也。而《寻阳记》《缘江图》备列其名，若以为确而有据。《寻阳记》云：一曰乌白江，二曰蜯江，三曰乌江，四曰嘉靡江，五曰畎江，六曰源江，七曰廪江，八曰提江，九曰箘江。张须《缘江图》云：一曰三里江，二曰五洲江，三曰嘉靡江，四曰乌土江，五曰白蚌江，六曰白乌江，七曰箘江，八曰沙提江，九曰廪江。二说已小同而大异，乌可执以为据乎？

歙县程哲作《瀛槎蠡说》，引《通典》载张须《缘江图》云：一曰白乌江，二曰蜯江，三曰乌土江，四曰嘉靡江，五曰甽江，六曰三里江，七曰箘洲江，八曰沙提江，九曰廪江。且谓其说可入九江孔殷注。余观《通典》所载，与《缘江图》已自互异，岂张须一人之言彼此混淆，尚可以补注疏之未及欤？至谓九江参差，随水势而分，其间有洲，始于鄂陵，终于江口，会于桑落洲，直须之臆说也。又有谓桑落洲在九江府城东北五十里大江中，鄂陵即武昌县，县界有峥嵘洲、芦洲、杨叶洲，且云江入县境，播为三江。过中洲至双柳夹，又至峥嵘洲，过碛矶至大洲，为三江口。疑即其类。郦道元《水经注》：江水东径轪县故城，南对五洲江，中有五洲相接，故以“五洲”为名。汉轪县乃今之蕲水县，五洲江当在此。而《寻阳记》所称今蕲州界古兰池城，谓之寻水城，即汉寻阳县也。《寰宇记》云：畎江五阜洲，在黄梅县南一百十里。可考者惟此而已。《通典》亦曰：寻阳旧县，在江北蕲春郡界。今黄州府黄梅县东北寻阳故城是也。班《志》云：九江在其南。东晋时，温峤移县于江南，则九江在县北矣。

《唐・艺文志》《九江新旧录》三卷，今其书已不可见，第如张须所云，九江随水参差长短，而以洲渚当之，禹之命名，其果以是乎？郦道元以为秦立九江郡，治寿春县，兼得庐江、豫章之地，故以名郡，是即寻阳之九江矣。亦谓洲渚参差长短，其在当时，九派不甚分明，有郑亦疑焉之说，此《寻阳记》《缘江图》所以求其水以实之，而蔡传亦以寻阳九江属扬州也。嗟乎！禹之治水，岂如是之错杂乎？观其漾汉入江，与江水并大，始名为北江。未入江时，止得名汉，安有沙水相间之洲渚，望江未至而遽名为江者哉？而《元和志》云：江州寻阳郡。《禹贡》：扬荆之境，扬州之彭蠡既潴。今州南五十二里彭蠡湖是也。荆州云九江孔殷，今州西北二十五里九江是也。彭蠡以东为扬州界，九江以西为荆州界。《太康地记》引刘歆谓湖汉九水入彭蠡之说，是以湖汉、豫章，与鄱、余、修、盱、蜀、南、庐九水为九江也。此九水者，同注彭蠡，以入大江，谓之九江可，彭蠡，扬州之泽也，以荆水而移于扬，其可乎？然湖汉、豫章均谓之赣水，赣水总纳十川，同凑一渎，俱注彭蠡而北入于江，郦道元尝言之，则湖汉九水之说，岂定论哉？

又有为之说者曰：过九江至于东陵，实寻阳之九江。《地理志》庐江郡下云：金兰西北有东陵乡，淮水出。淮当作灌。雩娄县下云：灌水者，至蓼入决是也。《水经》云：江水东径西陵县故城南。余考故城南，在今黄州府蕲州西也。又云：东径下雉县北。余考下雉县故城，在今武昌府兴国州东也。刊水东陵，西南注之，谓江夏有西陵县，故是言东也。又云：灌水导源庐江，金兰县西北东陵乡大苏山。盖金兰汉初有是县，中废，晋、宋间复置，故郦注据以为言也。蓼县故城，在今河南固始县北，灌水出金兰西北之东陵乡，东北至蓼县入决水，则金兰当在固始之西南，直黄梅之北矣。薛士龙以为东陵在汉阳、蕲州间，非也。江水东流，自武昌以下，渐渐向北，使九江在寻阳，东陵在金兰，则是先迤北而后至东陵，是禹之治水，使水逆行，无怪乎可使过颡，可使在山也，而《导山》《导江》文义皆不通矣。夫东陵者，今之巴陵也。夷陵名西陵，故巴陵为东陵。江自巴陵以东，至沙羡即迤北，若金兰之东陵，去江六百余里，乌可云至于东陵乎？《山海经》言澧、沅、潇、湘在九江之间，故迹班班可考也。

曾氏说九江，一曰沅，二曰渐，三曰無，四曰辰，五曰叙，六曰酉，七曰湘，八曰资，九曰澧。朱子考定九江，去無、澧二水，易以潇、蒸，然一曰潇江，二曰湘江，三曰蒸江，四曰资江，五曰沅江，六曰渐江，七曰叙江，八曰辰江，九曰酉江，朱子据《导江》文，先合澧而后过九江，故不数澧。“无”字误作元，以为無是水，故置之。或曰無作沅，又作潕。《说文》曰：無本古舞字。無水出牂牁且兰县东南入沅。然经朱子置之，不必论。

总之，九江即《水经》所云，九江在长沙下隽县西北楚地是也。下隽即今之巴陵。朱子所考定者，明明有源可溯，非若《寻阳记》《缘江图》出自臆说，混以沙水相间之洲渚当之，而昧昧者反以为可参入注疏，信乎？执蠡以测海，焉足以知沧海之大且深哉？故朱子谓九江孔殷，正以见其吞吐壮盛、浩无津涯之势，非寻常分派小江之可当。继此而后，及夫沱、潜、云梦，则又见其决非今日江州甚远之下流。九江云者，九水之所汇耳。九河主其分，九江主其合，河自一而分为九，故曰播，江自九而合于一，故曰殷。当其未合，非独九河不得冒江之名，即汉与彭蠡，亦不得冒江之名也。非洞庭其能有此大观乎？

朱子之论，昭然揭日月而行，宁仅胡旦、晁以道、曾彦和辈为爝火之助云耳哉？九江名郡，始于祖龙，再见于王莽。太史公南登庐山之说，不能无附会焉。因集众说，作《九江考》，以俟博雅君子正之。

敷浅原考

王泉之

《禹贡》敷浅原，释之者均泥《导山》之文，皆以原为山，不知山自山，而原自原也，乌可混？

孔传谓敷浅原，一名傅阳山，在扬州、豫章界。《正义》谓，《地理志》豫章历陵县南有博阳山，古文以为敷浅原。《水经》云：敷浅原在豫章历陵县博阳山。《一统志》云：博阳山，古人谓敷浅原也。根盘三十里，为德安一邑之镇。胡渭作《禹贡锥指》，谓“傅”读曰“敷”，今注疏本作“博”字，误也。晁以道云：饶州鄱阳县界，中有历陵故县及傅阳山，禹导山至此，为潴彭蠡计也。蔡传主《地理志》，以晁氏之说为非，但以博阳山为敷浅原，犹以山混原也。

考《尔雅》，广平曰原，载之《释野》。邢昺疏曰：泽之广平者亦名原。汉以平原为郡名，属青州。又曰：荀吴帅师败狄于太原。此大卤也。又曰：高而可食者名原。《诗·大雅》云“笃公刘于胥斯原”是也。又曰：上平曰原，下平曰隰。何休云：分别之者，地势各有所生，原宜粟，隰宜麦，当教民所宜，因以制贡赋也。若是《禹贡·导山》《导水》皆以奠民居则壤以成赋也。《说文》云：原为高平之野。是原之不可以混山明矣。胡渭谓疆梁原亦称华原山，杜氏析山与原为二者，非也。诚如渭言，凡山皆可称原，《尔雅》一书，尚得列之为经哉？且“敷浅原”三字，明明有地可考，《禹贡》非泛言也。

杜佑《通典》云：江州寻阳县有蒲塘驲，即汉历陵县驲，前有敷浅原，原西数十里有敷阳山，原自原，而山自山明矣。马端临《文献通考》云：德安县有傅浅水。“傅”当作“敷”，夫水名“敷浅”，原之为“敷浅”又何疑焉？敷阳山在原西，傅阳山在县南，一西一南，博阳之非敷阳亦明。胡渭未及深考，以“博”字为误，妄矣。黄子鸿主晁氏历陵属鄱阳之说，遂谓柴桑属武昌，不知柴桑实今德化，历陵实今之德安，以鄱阳为有博阳山，遂以《地志》历陵县为鄱阳县。夫鄱阳系汉旧县，不应又为历陵县。且云《吴志》有石印山，即饶州之鄱阳山，敷浅原盖在鄱湖之西，落星之畔，谬甚！

胡渭谓“星子”因落星得名，地本历陵，为汉鄱阳，敷浅原即孙放所云平敞之原，庐山东南之麓，濒于彭蠡泽者是也。是即朱子谓庐山为敷浅原之说。按：朱子《九江彭蠡辨》云：敷浅原疑是庐阜，山高且大，尽乎大江、彭蠡之交，所以识衡山东过一支之所极。然曰惟是为宜，亦未尝指实。故蔡传遵师说，指庐阜为敷浅原，仍以无可考据为疑。又金吉甫云：傅阳山在庐阜之西南，敷浅原之阳也。庐山虽高，其中原田连亘，人民奠居，所以有“敷浅”之名。夏允彝亦谓敷浅原即庐阜，旧说以傅阳山当之，山甚卑小，且与江流无涉，庐阜之巅，禹尝刻字，其可辨者，洪荒漾予乃檋，知禹之施功于此也。嗟乎！山之高平，原田绵亘，何在蔑有，而漫谓庐阜为敷浅原哉？且禹之刻字载于何典，未闻岣嵝之外又增一碑，直好事者为之耳。

吾故稽之《通典》，证之《通考》，决以为敷浅原之在德安也。《禹贡》曰：成赋中邦，咸则三壤。即何休所言，上平曰原，原宜粟，教民所宜，因以制贡赋也。如必谓高大可以辨疆域，广博可以奠民居，信乎王耕野之言曰：五岳中之岱山，扬州灊山、茅山、九华之类，绵亘皆数百里，何以不入《禹贡》纪载也，仅庐阜云尔哉？

汨水即溳水考

周嘉缃

余家居湘北玉笥里，盖春秋之罗汭也。历秦、汉、吴、晋至南宋，而我邑始析名湘阴。梁、陈两朝，罗仍置州未废，逮隋大业三年，初于罗州玉笥山，新置玉州玉山县。十年之间，寻废县、州，改复湘阴，至今不变。以湘之人道湘之故，得诸见闻者，当不爽也。盛宏之《荆州记》云：罗县北带汨水，水源出豫章艾县界，西流注湘。沿汨西北去县三十里，名为屈潭。司马迁记屈原自沉汨罗处，是为汨罗水，盖汨以水名，罗以国名也。于是称口，称戍，称山，称江，皆得汨罗之名。诚哉地以人重矣！

汉桑氏《水经》云：湘水北过罗县西，溳水从东来注流之。郦善长注：自黄陵口以下，湘水又北，右会东町口溳水也。溳即汨水，又作涢，音并同。《经》后十条，详言溳水所出所过，又西磊石山入湘者是已。惟下文言"又北汨水注之"字不作溳，后注亦言溳水又在罗水南，遂滋后人疑议，总由不明溳、汨同音。桑《经》体严文异，而汨罗故迹，郦注掇籍宏铺，自非差别离翕，辨析源流，讵能得其会通邪？湘水径楚南，吴蜀以东西分界，渐至湖濒，皆成泽国。西岸延袤者九属，东岸则罗巴尚为沮洳之场。其自推山觜下，北望磊石，间有夹并，抵岸枯溢靡常，伏见莫定。若土星港、兔儿港等水，非所谓左合决河、积为町湖者欤？所谓溳之在罗者，源独远，流独长，其东注也，宜其与下隽之微渚，致孙麓门表为九江之一也。且汨罗一水而有二源，一出南昌宁州大光山，即艾县。一出袁州万载大围山，北至浏阳东乡古江，合流为汨罗水。夫乌知桑、郦二公均未穷究溳源，而《经》止言艾县，注增出桓山，亦见此水以外，别无经流。自合流以下几五百里，经岳之昌江，下收长乐市溪，意孙权所析立吴昌者，其在斯乎？而所称纯水，右合汨水，则即双江口，由黄谷市以达小江，今虽波流未艾，而名号攸殊焉。自是汨水而径罗县，遂有专称罗水者。

罗子之为国，故城莫考。又西径玉笥山，又西为屈潭，《湘中记》云：玉笥山，屈子被放作《九歌》地。潭以屈名，即罗渊也，然而隋氏所置州县，俱以“玉山”得名，土人或以向母渚、狮子口当之，俱未足信，但罗水从吕览渡直下，又分滨汊四道：一自伍家㘭东合土塘水，归濯缨桥西出陶公汊北潭，别注小河口者，为汨罗水。一自采家洲达泥㘭何家塘镇下青泥湾，北归河北潭，别注沉沙口者，为古汨江。而其南一曰彭家垸，水自百丈口达翁家港，出古汨江横河。一曰胡家垸，水自鸡公滩南注檀木港，横通古汨江。二垸南北排比，周围俱不过数百许，然而北垸则为屈子故宅，真西山所谓南阳吉里者是也。

南垸则见存土城，四门川洑环绕，今尚名五婆城。相传为玉山县故址，或云五婆即古罗之转音，未知是否？要之是四水者，济有深涉，可以方舟就，而未可以略彴通，所谓沱渚四达者乎？此外洲垸林立，汜港百出，六府孔修，津梁所在多有。计此水之流派，入湘有三，则自二垸由檀木港，东南至谢公渡、狗公滩，东注古湖小港。其港狭仅容舟，至冬不竭水，出白鱼岐，是名澋水，字同汨音，麓门亦误以澋水入微水，毋亦决入之汜则然。惟明乎二源三流之分合，斯为善读《水经》矣。

磊石山即古洞庭山考

周嘉绅

考《舆地志》，载磊石一山而有六名：一名龙寿山，一名万岁山，一名青龙山，一名青草山，一名五木山。余谓此名皆出秦汉以后，实即古之所谓洞庭山也。

洞庭之山，见于《山海经》，后世第以君山当之。谨按《尚书·禹贡》《周官·职方氏》《尔雅·释地》所记，荆楚泽薮，均止称云梦，而不及洞庭，即《春秋左传》杂见楚国地名百余处，亦未有言及洞庭者。惟《中山经》于洞庭之山曰：帝之二女居之。是常游于江渊，澧沅之风，交潇湘之渊，是在九江之间。至《海内东经》，于湘水曰入洞庭下，于沅水曰合洞庭中。宋儒始据今之洞庭以释《书》之九江是已。元仁山金氏有云：计禹时九江入江会合未甚广，故未有洞庭泽之名，其后渐渍日广，方八百里，而洞庭山遂在其中，故因山得名。

今观中经之山，志洞庭山前后接壤，各相距百余里，当亦犹南岳之七十二峰，自回雁以至岳麓，盘踞绵亘，统得以衡山名之耳。然则环洞庭而为山者，自磊石而上至黄陵，下至君山，皆得以洞庭山名之，即皆得以湘山名之。近日黄陵、君山俱称湘山，并有二妃墓，职是故也。又按《拾遗记》载洞庭山浮水上，为楚怀王与群贤游宴之所，后屈原被逐赴水，楚人立祠其上。

今君山古迹极多，独无屈子遗址。惟磊石据青草湖滨，东纳汨罗之水，下有屈原潭，其上旧有三间庙，且庙前龙窝磡岸，随水长浮，虽暴涨恒不没。以是证诸王子年之所录，益足信磊石山之即为洞庭山矣。然则今之志磊石者，当必以《山海经》为首据云。

青草湖在磊石山南考

周嘉绗

天下之大湖五，而楚南得其二，曰洞庭，曰青草，夫人知之矣。然青草一湖，志乘皆未能确指其地，《幼学》以洞庭属鄂州，青草属岳州，盖误指云梦为洞庭，而以洞庭为青草也。朱子曰：江陵之下连岳州是云梦。按：鄂州为今武昌，薮泽不一，跨川亘隰，兼包势广，皆得以云梦名之，而大江之水，至岳州过城陵矶下，会于洞庭，洞庭盖即《禹贡》之九江，为湖南众水之汇，何得以之转属鄂州，而以青草之名被之哉？

又《水经注》云：湘水自汨口西北，径磊石山西，又北为青草湖口，故诸志多言磊石山在青草湖南，则是以微水之下流铜盆、万石等湖为青草湖。近日善化麓门孙氏据之以作《楚南水考》，谓滨、湘二水，夹湘阴青山而行，中隔青田一坪，径走高沙州，直下洞庭夹，故青田为东湖，洞庭为西湖，盖以此夹而分东西也。其谓青草一湖，尾尽鹿角哨，悉为湘江之尾闾，而八江皆来同者，是直以洞庭、青草为一湖矣。以余考之，皆非也。《岳阳风土记》：青草湖在磊石山，其东汨水出焉。下有潭，谓之屈原潭，冬春水涸，皆青草也，夏秋水涨，与洞庭相通。《九域志》言磊石山傍青草湖，《荆州记》言青草湖周围百里。且《通志》、郡邑志俱载磊石山在县北一百二十里，青草湖在县北一百里，由是求之，可以得青草湖之所在矣。盖湘江自营田土星港，径白鱼歧而下，其间由兔儿港而入，是名古湖，四望无际，其以湖名者不一而足。每逮夏秋水涨，汪洋千顷，南至大湾石子涧，东至归义武夷山，北至玉笥渔家市，西至荞麦湖，皆沮洳之场也。本朝于其东北之地，修筑窑嘴、公悦、狄湖、茨塘、芦子五围，稍杀其势。而汨罗之水，则由吕览渡、何家塘、畲子营注之，新开江之水则由戴公山注之，檀木港之水则由谢公渡注之，大湾之水则由狗公滩注之。

余尝于五月大泛时，自陶公汊放舟浮湘，四顾苍茫，小艇如叶，前望一拳浮于水面者，为白鱼歧，北望洞庭，犹隐隐见磊石山。南有青青一埂如带者，长年告余曰：此即古之所谓青草湖也。余始闻而未之信，及以《地志》参互考之，则与所谓东纳汨罗，周围百里者正符。又水涸则皆青草，水溢则与洞庭混而为一，且计其远近里至无不吻合，夫以数千百年莫解之疑，得长年一语以正之，岂学士之诵述，反不如野老之传闻邪？盖缘后代考古之儒，皆沿袭郦道元之误。然余细绎《水经注》所称又北为青草湖口者，似另一条，历数湘浦右迤之口，非必其在磊石之北也。况北为微水，止东流注湘，南则灑水，由青草湖注湘。今水涸之时，灑水自穴子口西流，出沉沙港以入湘，是为汨口。其自沉沙港而下，由荞麦湖以注湘者，尚名青草港。今则与灑水之平江河北会，而出于小河口，是为青草湖口，正傍磊石山，故磊石又名青草山也。

又按：洞庭湖南有青草，北有赤沙，亦谓之三湖。盖赤沙在华容，北通江而南注澧，青草在湘阴，北通灑而南注洞庭，跨长、岳、常、澧四属，则为九江众水之所会耳。然则青草一湖在磊石山，惟湘阴得专之，彼游移其说者，盖亦由不善读《水经》而误也夫。

湖南文征　卷三十六

考五

蒸源考

常大湘

考得蒸水其源有二：一出邵阳仁风里黄帝岭，岭形如姜，九峰叠下，土人呼曰邪姜山。岭前有冲曰虎冲，有岩曰虎冲岩，水可溉田百余亩，四季常流，大旱不竭。北流至上砂坪，铺左与铺后无源之水，由两头塘、双板桥来者合流东下，曰高桥，而烟炽岩出水，岩之水入焉。至孝子桥，南斗冲之水入焉。至三脚桥、羊尾冲、雷洪冲，清凉山之水入焉。又东北流，曰仁风桥，曰白云桥，三塘冲之水入焉。此河径广二丈余，或三丈余，但土民筑坝潴水高四五尺，舟楫不通，至白云桥、高家坝下，始容数舟并行。又东北流，曰扈家桥，又东南流，曰长山江口，即下砂坪，而大云山耳石岭之水合焉矣。

一出邵之中乡大云山，山界衡、邵之间，高十余里，围百里许，诚西南隅一大屏障也。山形亦如姜，土人亦呼曰邪姜山。山麓至山腰，皆众小岭蟠伏，如儿孙罗列膝下。田塘溪涧，民居棋错，但体势穹窿，生机甚大，不规规一岩之水，而万斛源泉，随地涌出。四时荟蔚，云雾雨泽易降，岁不患歉。其水泉之出也，自晒禾坪来，自官冲、大石冲来者，皆会于等江，经城坪冲至金兰市、大金溷入蒸。此又一支为下流。自罗家园来，自双江、杉木前来者，皆经堡门前合流，为上山江。至文家巷入蒸。此中一支亦小流。

又有数支水逆流出佳木、白鹿，经灵官殿与耳石岭之水合，乃过阔口庙，通舟止此，上皆名坝。至长山江口，水路三里许。会合黄帝岭水，东北流至佘田桥，复东流出石湾，为衡阳县界。耳石岭者，大云山之支山也，相距仅三十里许，其形如荷叶，上宽广而平，有田数百亩，庐舍环之，亦异境也。但其水无源，易盈易涸，如黄帝岭之有双板桥水也，流经始水塘、铁塘，至黄龙涨水界头冲之水入焉。至孙家桥，芭蕉冲之水入焉。然后过灵官殿，与佳木之水合。总之，耳石无源而河稍广，佳木流小而源实出大云，其合流处黄帝岭之水又较大焉。然势固匹敌也。

数处余皆亲至其地，周览山川，遍访绅耆，得其崖略如此。溯蒸源者，可以知所取舍矣。

上帝考

张瓒昭

帝之为义德，象天地，人主之尊称也，而《经》语多属之天，不独《易》为然。即以《易》论，其见于《经》者三，惟《益》二王用享于帝，是言天。见于《传》者五，惟帝乙及帝出乎《震》，不言天。其余言先王以享于帝，言亨以享，上帝皆言天，且皆言祭，与《经》言用享同，并与《诗》言“我将我享，维羊维牛，维天其右之”同。

今观《诗》《传》，将，奉也。享，献也。右，尊也。神坐东向，在馔之右，所以尊之。是其释《经》之言天以神，可知即神即天也。《传》又言：奉其牛羊，以享上帝。而天庶其降，而在此牛羊之右乎？是又言天即帝，帝即天也。然则言天，言帝，言神，语无二致，似皆非以苍苍一派，浑灏流转者言天，使其以苍苍一派、浑灏流转言天，则形如卵白，状若覆盆，安用烹牛羊以享之，又安望其来降而右之乎？

窃观今之奉祀天帝者，为庙宇，为殿阁，塑冕旒黼黻之像，伟然十尺九尺之尊躯，未尝不疑为道家之亵越，而今则无疑也。

为溯古制于三代以前，其以事人帝者事天帝，非一世矣。盖祀有配享，古之制也。古之时，郊社并祀，社有配享，郊独无配享乎？古之时，山川与星辰并祀，各有配享，天独无配享乎？为考后土为社，更于水正玄冥，火正祝融，木正勾芒，金正蓐收而外，得台骀为汾神，实沈为参神，因而知山川星辰之祀。今人悉覆以庙，塑以人像，有由也。今虽不能一一指实天上地下、山川星辰之配享果属何人，要可知山川非人，而配享则人也，惟其配享皆人，故凡山川星辰之祭，无非饮食致孝，无非以人道事之，又何疑于天乎？然则所谓上帝者，非苍天之名，乃配享之名，盖言人也。惟其属人，所由祭以牲牷粢盛，惟其属人，所由称帝谓者有之，称帝谓己者有之，称帝乃震怒者有之，称帝与我九龄、帝许我罚有罪者有之，此类不可枚举。孔子曰：天何言哉？凡有言语，皆属之帝，濯濯厥灵，洋洋如在，帝固居然人矣。

第不知其人为谁，曰包牺，何以知之？包牺画卦，开天明道，故号天皇，亦称太昊。《诗》曰：浩浩其天。又曰：昊天罔极。天而曰昊，虽犹是言天，要惟言浩浩罔极，非言昭昭之多也。则是包牺擅此尊称，后虽有少昊称金天氏，今尚觉少不如太，金天不如天皇之尊称。其他不系以天，不系以昊者，胥云昊天其子之，又何烦问哉？盖自有天地以来，其功德克配上天，足当上帝之称，惟包牺一人而已矣。予故不揣冒昧，敬为此说，为《易》说不独为《易》说，曰：然则《尚书》称唐尧为古帝，据以推其类包牺，似宜称古帝，今谓包牺是上帝，岂上帝亦可称古帝乎？曰：可。《商颂》云：古帝命武汤正域彼四方。非明征乎？有此明征，然后断上帝为包牺，信不诬也。不但已也，据《传》言，殷荐之上帝，以配祖考。似虞夏以前，包牺配天，称天皇，称上帝，至中古则又分天与上帝为二祀，于是郊祀后稷以配天，宗祀文王以配上帝，《周颂》诗章煌如也。是配享之中，再有配享，亦由周家尊崇祖考，愈以尊崇配天之上帝，自是包牺之名分愈尊，人相忘为古帝，直浑焉共称为上帝矣。

虽然，上帝正不必古帝，即如为社之后土，乃共工氏之子，未尝为天下主，而《中庸》释郊社之礼，概以事上帝言之，此不可得其概邪？然则近日神祇，亦有膺帝号称帝君者，彼其封典出自近今，而濯濯厥灵，洋洋如在，与古经传所称之上帝无以异，可想见明明上天，照临下土，必有所假手，以显著其威权。其在于古，民之视听属配享，故威权悉归配享之帝。其在于今，民之视听不仅属配享，帝亦乐得为恭默，悉委其威权于后圣。封帝者以神其用，盖威令之行，今亦犹古，特民之视听有推移，威令亦稍推移耳。不知者遂疑古经传所称之上帝，威灵赫奕，为神道设教之虚辞，斯殆论失其方于古今之际，未能有以观其通也。

他若五天帝之说，以青、赤、黄、白、黑为号，起于秦汉间，如《月令》所纪，犹可言也，至《春秋》纬所云灵、威、仰、赤、熛、怒等号，直是无稽，可见斯时已不知昊天、上帝为太昊矣，况其后焉者乎？抑后人于郊祀多异议，独不及玉皇为属道家也，不知玉皇即天皇，盖道家不似佛家灭古，犹堪征实如此。

生民帝武考上

周贶祥

吾宗系衍姬姓，而姬则姜嫄所自出也。人屡问生民帝武，朱子作《大人迹》，说近于诞，犹谓履拇歆歆，如有人道之感，然则神人之生，固无人道乎？余曰：嘻！是何言也？人为祖宗所生，即为天地所生，数典而忘其祖，则不能尊祖，即不能敬天矣，而谓能绳祖武乎？且申考之为若人辨。

尝读《诗》折中，帝训高辛氏，武训行，敏训疾，何楷所云姜嫄从帝、始事敏速者，固可主之以祛后人惑，然巨迹之说，朱子亦谓先儒颇疑，业取张、苏之论以破之。张子谓天地之始，未尝有先人，人固有化而生者，天地之气生之也。苏氏谓凡物异于常物，取天地之气常多。麒麟之生异犬羊，蛟龙之生异鱼鳖，物固有然，神人之生，不有异于人哉？盖与饶双峰谓天地泰和之会，钟为麟凤，非有种生者合，明乎天生圣人，固有异于常人也。第苏、饶以畜道譬人道，犹亵天道也。而后稷之神乎人道者，终不能明夫圣人之生而异者众矣。

十纪之前，荒邈不足征，考太昊包牺氏母居华胥渚，巨迹出，华胥决，履以跧，意有所动，虹绕之生于仇夷。是稷生固同于春皇也。若神农氏母安登，感神于常羊，生列山之石室，三辰能言，五日能行，七朝齿具，三岁知稼穑般戏之事，稷之利民宜艺食谷者，不又与炎帝合乎？黄帝有熊氏母符宝秘电绕斗轩而震，生帝寿丘，故名轩。计此三皇已异其生矣，况颛顼高阳氏其母女枢亦见瑶光，星贯月如虹，感已幽房宫而生帝乎？稷父高辛氏生而神异，自言其名。稷母元妃，有邰氏女也。其次妃简狄吞玄鸟卵生契。其三妃庆都阴风四合，感赤龙孕而生尧。尧协万邦之和，契敷五品之教，固同为帝喾子而生之异者，何独至于稷而疑之？至若舜母握登，见大虹意感，生舜姚墟。禹母修己，见虹贯昴，梦接意感，既吞神珠，生禹于石纽。凡历代帝王之兴，其生而瑞应者，炳燿史册间，难以枚举，岂若后世荒瞀者流，故托妖异，自矜诞降之殊，以神谶纬之符乎？然则以帝武疑稷者，当自伏羲以迄神禹，皆得以异类视之矣，岂理也哉？

《说文》云：古之神圣母，必感天而生子，故曰天子。稷虽不及身而帝，积德累仁，历十六世而至武王，亦有天下，君凡三十有七，享国八百七十四年，较唐、虞、夏、商多历年所，其得统之长，食报之厚，非后稷异生之所致邪？就《生民》诗论，弥月生子而无灾害，天显其灵异也。置之而复收之，以异类之物，腓字覆翼，犹知爱护，不可见天之所生，非人之所能弃乎？儿时好种植，天性使然，故力穑者天教之，降种者天生之，肇祀而嗣岁兴矣。此周公制礼，尊后稷以配天，必推本始生之祥以明之猗欤？生民，虽姜嫄生之，而播厥百谷，民赖以生，则生天下之民者稷也，生万世之民者孰非稷哉？

鲁论齐论考

周贶祥

汉初有齐、鲁《论》之说，《齐论》为齐人王中尉吉，宋少府畸贡、御史禹及庸生等所传，《鲁论》为鲁人龚都尉奋、夏侯少府胜、韦丞相贤所传。《汉书·艺文志》云：《齐论》二十二篇。注云：多《问王》《知道》二篇。魏何氏谓篇中章句颇多于《鲁论》，《鲁论》二十篇即今书。《隋书·经籍志》云：张禹本授《鲁论》，晚讲《齐论》。合考之，删其繁惑，除去《问王》《知道》二篇，定从《鲁论》，号张侯论。

又古《论》出孔壁，分《尧曰》下《子张问》为一篇，篇次与齐、鲁异，孔安国传之包、周二氏，就张侯论为章句，马融为训诂，陈群、王肃、周生烈皆为义说，何平叔集，孔、马、包、周诸家之说为集解，郑康成又本包、周章句，考之齐、古为之注。金仁山所谓齐、鲁《论》至张禹合，而郑氏则合三论为今定本也。

故《家语》所记，类多后儒附会，而扬雄《法言》文词艰深，王通《中说》人材卑陋，拟《论语》者皆可置之不论矣。然朱子《或问》云：《唐·艺文志》不载齐、鲁篇目，陆德明释文盖于诸说中得之。朱子辑《论语要义序》，称《鲁论》二十篇，古《论》二十一篇，《齐论》二十二篇，魏何晏等集汉、魏诸儒说，就《鲁论》篇章考齐、古注之。咸平中，邢昺等取皇甫侣疏约为《正义》，后时相王安石父子《论语解》出而《正义》遂废，故朱子初为要义，一易而为口义，再易而为精义，三易而为《集注》，而今之《论语》始定。

由今考之，《鲁论》中有《齐论》，《齐论》中有《鲁论》，《论》固无分齐、鲁也，乃宋儒洪氏兴祖，以《论语》十六篇，云或以此为《齐论》，朱子《集注》引之，胡氏宏云：当以篇内皆称孔子是。嘻！岂定论哉？其称孔子者，或言天子之礼乐征伐，而损益好乐，皆须友以成者，故并君子、圣人善恶志道之说，偶以孔子纪之，奚足异也！不然，齐景为齐之显君，富贵至死，无德而称，齐人尚肯志之以彰君过乎？况篇首多论鲁事，而异闻君称之附于篇末者，更不记子曰发之，吾决其非《齐论》也。

然则齐、鲁之《论》乌乎辨？吾盖取袁简斋《论语解》，以十四篇中所志桓公、管仲诸章为《齐论》者近是。今且扩其说而推广之，夫圣人之所重者仁也，颜渊复圣，仅许三月，余若仲弓，若原思，若子路，若冉求，若公西华，皆以不知其仁谢之。是固日月至者，他如令尹子文则许以忠，陈文子则许以清，俱不得为仁也，何至于管仲而重称之曰：如其仁，如其仁哉？夫管仲之不死子纠，是不忠也。不同召忽，是不信也。请囚得相，是无礼也。背谋事仇，是无义也。天下有不忠不信，无礼无义之徒，而得为仁人乎？且夫子尝称管仲矣，曰器小，曰不俭，曰不知礼，天下有仁人而器小，不俭，不知礼者哉？

圣人之言，世为天下法，何前后悬殊，滋后人之疑窦也？盖鲁人素薄管仲，董子所谓圣人之门，五尺童子羞称五霸是也。以管仲为无一可者，鲁之弟子记之，故篇中舞佾、歌雍、论旅、论禘、入庙告朔诸典，载鲁之礼乐綦详，且上文志定公、哀公之问，下文语鲁大师乐，谓非《鲁论》乎？而齐人最尊管仲，孟子所谓子诚齐人也，知管仲、晏子而已矣。以管仲为仁者，齐之弟子记之，故上篇齐桓公正而不谲，继叙九合一匡之功，下文陈成子弑简公，子路宿于石门，或以为齐地，隐公三年，齐、郑会于此，谓非《齐论》乎？

齐、鲁之弟子，各有伪托，必求定论以折之。如曰：人也夺伯氏骈邑三百，饭疏食，没齿无怨言。乃圣人之论管仲也。若子纠兄而桓公弟，程子妄以为桓兄纠弟，谓仲知辅纠争国为不义，将自勉以图后功，故圣人不责其死而称其功，是真害义之甚，启万世反覆不忠之罪。如唐之王珪、魏徵，不死建成之难，而从太宗者，未必不因管仲而误之也。朱子亦谓管氏有功而无罪，故圣人独称其功，是皆不知此为《齐论》而曲为仲解，抑知仲罪固不能逃，而圣论岂当于理乎？

夫以童而习之之书，人特举管仲之仁以质疑，有茫不知对者，倘不详考而明辨之，将使天下后世终不明乎君臣之分，而以管仲为真仁也。今而后，吾以《论语》中纪鲁事者断为《鲁论》，其纪齐事者则断为《齐论》也。

孟子为门人叙定考

周贶祥

考《史记》列传，孟轲驺人，所如不合，退而与万章之徒，序《诗》《书》，述仲尼之意，作《孟子》七篇。朱子《序说》引之。后汉赵台卿为章指，析为十四篇。序称轲于战国时，以儒术干诸侯不用，退与公孙丑、万章辈，难疑问答，著书七篇。秦焚书，以其书号诸子，得不泯绝。

又外书四篇，不能洪深，似非孟子本真。汉中刘歆有《孟子》十一篇，当合外书篇数。或谓刘歆九种《孟子》，唐陆继善复合赵本为七篇，宋孙奭疏之，明乎七篇，盖孟子手笔也。然昌黎韩公尊孟者，尝谓孟子师子思，得尧、舜、禹、汤、文、武、周公、孔子之传，辟杨、墨，崇仁义，贵王贱霸，故尝尊推孟氏功不在禹下，独谓其书非轲自著。轲既没，其徒万章、公孙丑相与记轲所言。林虔中亦谓七篇非其所著书，而弟子所记，不能尽孟子意，因演其说作《续孟子》二卷，则二公与《史记》、赵岐说异，是《孟子》固非自作矣。

于是前乎唐者，非孟则有荀卿，刺孟则有王充。至宋冯休谓《孟子》可疑，或门人所增益，乃作《删孟》。其时疑孟者温公，与孟辨者东坡，其诋而弃之者，则李觏、郑厚叔也。虽《尊孟》作于虞允文，《讲义》传于陈傅良，而孙奭之《正义》《音义》，朱子犹谓伪托。至是《孟子》之书几灭，自《朱子集注》作而群议始息。顾观朱子《序说》，谓《史记》近是，似信为孟子所作，而《集注》于《伐燕》章云：以伐燕为宣王事，与《史记》诸书不同。沈同章注：《史记》亦谓孟子劝齐伐燕，盖传闻此说之误。《燕人畔》章，引林氏谓此书记事散出，无先后之次，故其说必参考而后通。《滕文公》篇首谓门人不能悉其辞，可谓曰知，疑有阙略。四水入江，曰记者之误。政不足间，“间”字上当有“与”字。《北宫锜》章，说与《周礼·王制》不同。及殷受夏四语，皆云不可考，阙之可也。《食色》章异于二字，疑衍，或有阙文。微子为纣之叔父，书称为商王元子，疑此或有误字。《自范》章孟子曰，张、邹皆云羡文。《仁也者》章，外国本多二十字，理极分明，并《禹之声》章，云此章文义本不可晓，取丰氏说存之，皆未详其是否。貉稽士憎，当作增。不得中道孔子下当有“曰”字。凡如此类甚众，既为孟子作，何讹阙若是？是不得目为自作也。

乃吴伯丰举性善、汝汉两注问，朱子复谓熟读七篇，观其笔势，如镕铸而成，非缀缉可就。王伯厚亦取其语。国朝阎百诗撰《孟子生卒日月考》，初以为孟子道不行，归而作书七篇，卒当赧王之世，卒后书为门人所叙定，故诸侯王皆加谥。其说颇当，后复证以《论语》成于门人之手，故记圣人容貌甚悉。七篇成于己手，故但记言语出处，则又与朱子断为孟子作矣，然则孟子之作果谁信乎？夫宣王伐燕，孟子所见也，谓为湣王者，荀卿所闻也，《史记》因所闻而误著之。朱子《序说》《集注》反取其说而疑孟子，迄无定见，惟金仁山据《战国策》证之《通鉴》，系之宣王是也。阎氏按《燕世家》，载哙初立，有齐宣王复用苏代之文，亦主是说，固皆与《孟子》合，则《史记》诚不足信也。且无论《集注》阙疑甚多，而阎氏《四书释地》，驳《集注》援引误者，多至数十条，殆因记者之所误。况孟游齐适梁，其间之鲁，之邹，之滕，之宋诸国，与诸侯王相问答者，必皆生时谈论，何得皆以谥称？虽曰未死赐谥，北宫喜谥曰贞子，析朱锄谥曰成子，或偶有之。然既卒谋谥，载于《鲁语》，将葬制谥，传于《穀梁》，况《周礼》小史有所谓卿大夫之丧，赐谥读诔。《玉藻》：大夫没则称谥。诸侯王何独不然？故晁氏辨之。死后有谥，且证以梁惠元年至鲁平之卒，凡七十七年，孟子既见平公，惠王初见，不得即称曰叟，其说尤为确切。似必孟子卒后，门人追叙其相见之词也。

吾谓此书盖孟子草创初就，赍志以没，门人缵成师志，故诸侯王死而谥者，援谥加之。《檀弓》所谓谥以易名，《表记》所谓谥以尊名也。则《孟子》之成，亦犹《论语》一书成于门人之手也夫。

历代帝王历年多少考

周贶祥

或问之曰：上下古今，不知经几千百帝，经几千万年，其详可得闻乎？余应之曰：史册具在，可一览而知也。或曰：自《史记》著，而作史者不下数十家，各据见闻，异同互出，且卷帙浩繁，苦难稽核，子以嗜古称，盍综考之为后人总览乎？余曰：马宛斯《绎史》载方密《通雅》，闻诸太西云：自开辟至崇祯甲申，六千八百四十年。依所制《稽古定仪》推之，止五千七百三十四年，此说似可信矣。

元儒胡一桂云：伏羲、神农去洪荒未远，当知羲、农前可以千计，不可以万计。据此三说，则年数可约举也。然按《通鉴》，自伏羲至明末，已得六千一百一十五岁。《史记》《通鉴》明载三皇十纪，岂伏羲之前仅得数百岁乎？则《通雅》亦不足据矣。况《广雅》《汉·历志》皆以《春秋元命苞》，天地开辟至春秋获麟之岁，凡二百二十六万七千年，分为十纪。而《索隐》则谓三百二十七万六千年，世远不能详考，宫定山中丞《纪数》《统纪》注皆引之。余自获麟考至明季，又二千零四十六年，当得二百二十六万九千零四十六年也。且余依诸史考之，自盘古至于有明，仅得五百四十七君，共计四十八万九千七百五十五年，又与诸说相悬绝已。试为历陈之：

盘古生于鸿蒙，莫知年代。天皇十三人，一作十二。地皇十一人，各万八千岁，共历四十三万二千年。人皇九人，一说传一百五十世。亦号九皇，即十纪之首，九头纪，合四万五千六百年。统计盘古、三皇、三十四君，四十七万七千六百年也。由五龙、五皇、摄提五十九姓，合雒四姓，一作三氏。连通六姓，叙命四姓，循蜚二十二氏诸纪，凡百君，有年可考者，约二千一百四十，而因提纪，始辰放，终庸成，六十八君，一作十三氏。有年可考者约二千四百八十。禅通纪，始伏羲，在位一百十五年。一云一百，又云百十年。终无怀凡八十八君，一作十九氏，一作十五世是。共一千二百六十年。又神农一百四十年，一云百二十年。历八君，传五百二十年。统计五龙至神农，二百六十四君，六千四百年也。其疏仡纪，黄帝十世，一千五百二十年，《通鉴》作在位百年，一云百十年。少昊八十四年，颛顼七十八一作五年。年，又云八十四年。帝喾七十年，一作七十五，又云八十。《春秋命历序》作金天，传八世。高阳、高辛各传十世。考年不合。帝尧百年，《史记》作七十二，一说作九十一。帝舜五十，一作四十八，又作六十一。夏禹传十七君，四百三十九年。一说并羿四百七十九年，又作四百四十一，又作四百三十年。商汤传二十八君，一作三十。六百四十四年。一作六百三十。周武传三十七一作八。君，又作三十五王。八百六十七年。一说作八百七十三年，又云至东周君，当作八百七十四年是。统计黄帝至周末，九十七君，三千八百五十二年也。疏仡纪至获麟止，周末尚有一百四十三年。秦三君，四十二又作三。年。又作二主，十五年是。东、西汉二十四一作六。君，四百零九一作十。年。又云四百年，又并王莽作四百二十六，又并吕氏、新莽，共四百二十二。按：并莽当作四百二十四年是。后汉两君，四十三又作四。年。若魏五君，四十六年，六又作五。吴四君，五十二年，一作五十八九年，又作四十九年。混后汉内非正统。东、西晋十五君，一百五十五又作四作六。年。统计秦、汉、两晋四十四君，六百四十九年也。南朝宋，八君，五十九年。一作六十。齐七一作五。君，二十三一作四。年。梁四君，五十五一作六。年。陈五君，三十一或作二，作三。年。若北朝东魏十三君，又云十一世，一百四十九年。西魏三君，二十三年。又作共十七主，道武至大通，一百三十九年。分西魏二十二年，东魏一百十七年。北齐三君，二十三年，一作六主，二十八年。北周五君，二十六年，六一作五。共二十六君，二百二十五年。混南朝年内。隋三君，十八年。一作二十九年，一作四君三十年。唐二十一君，一作二十。二百八十四年。四作五，作九，又作二百九十年。统计南朝、隋、唐四十八君，四百七十年也。后梁二君，十七年。一作二十，又作十六。后唐四君，十四或作五，作三。年。后晋二君，十一又作十二，作十。年。后汉二君，四年。后周三君，十一作九。年。若南唐李昇，三君，三十九年，虽可作正统，与晋、汉、周同时。宋十八君，三百零五年。一作二十，又作十九。若西夏九世，一百九十五年，又作十一世，百九十年。辽九世，二百零九年，又作十九。金九世，一百二十年。俱混宋年内，非正统。元十三君，或作十八、十一，或作十，作八。八十九一作八。年。明十六君，二百七十九或作七，作八。年。统计五代、宋、元、明，共六十君，七百二十九年也。

大约三皇后，十纪之说，名不雅驯，即如《元命苞》十纪年中，马氏谓因、提、禅、通，当得三千年，疏仡不过二千年，岂前之七纪，即得二百二十六万二千年乎？修短不伦，妄信杂说，尚论者断自庖羲可矣。孔安国《尚书序》以羲、农、黄为三皇，少昊、颛顼、高辛、唐、虞为五帝，《通鉴》旧注从之，其说可信。乃史迁作《五帝本纪》，首黄帝而无少昊，遂令欲备三皇者，《史记》谓天皇、地皇、泰皇，郑康成谓伏羲、女娲、神农，《白虎通》则谓伏羲、神农、祝融，《风俗通》则谓遂皇、戏皇、农皇。纷然聚讼，后世迄无折衷，而谓考年，可符合乎？故孔子求古史记，得黄帝曾孙帝魁以来之书，讫于秦缪，三千三百四十卷删之，断自唐、虞，仅存百篇，惟以尧后之年数有可征也。自尧至明，三千九百四十八年，益以羿四十，莽十五，又作四。当得四千零三年也。是则援史考年者，当以正史为准云。

八排兵事考

汤彝

瑶之居八排，自南宋绍兴间始，八排之用兵，自明嘉靖间始。初，连有仕于粤西者，挈瑶仆十余人归，使垦州南黄地源山中。山高六十里，纵横百余里，峰峦复叠，巉刻阻深。群瑶环山麓，每一聚落曰一排，初分八排，曰军寮、马箭、里八峒、大掌岭、火烧坪，为内五排。曰行祥、油岭、横坑，为外三排。久益繁息，延及今，复有小排一百三十有一。地险物众，出为民患。

嘉靖二十五年，因扰边征之，旋议抚，兽心未革，未几复乱。天启二年，连山知县杨懋忠请剿之，参将赵文督兵入，有老瑶数十人，跪马前垂涕乞抚，文信之不设备。夜半贼以虎皮蒙牛犊驱入营，官兵大乱，瑶乘之，一营尽覆。监军道某佯抚之，以缓其暴，密请总督檄都司蔡一申，率锐师衔枚夜入，踞平瑶岭之险，马箭各排不能救。一申用火箭射入军寮，焚其巢。分兵屯白石岭、歇凉墩为犄角，示必剿。军寮贼潜奔油岭，一申率剽卒，裹粮持锄，取间道夜薄油岭。黎明成三大营于林时洞，贼大骇乞命，一申勒献首贼斩之，始予抚。

崇祯五年，复劫民村，逼州城三里许。吏目吴中选会守备梁栋辅追捕之，及于边井塘，为贼所杀。总督熊文灿议剿之而未果，自是益披猖。瑶头李大面者，称雄各部，自以为槃瓠后，遂号盘古。檄民村，征租税，曰瑶粮。某排辖某村，各画封界，索花红酒米，民大苦之。十三年，广西贼犯连山，排瑶应之，复潜结临、蓝高獠、柴獠诸贼，由是楚、粤之交郡邑骚然，一月十三变，遂攻州城，州牧王立准率千总黎树绩御之。飞书告急，总督沈犹龙令签事道魏章、监都司蔡坤、守备马文滔军往援。壁于金相塘，贼大至，围坤营，两昼夜勺水不得入。坤无策，谕贼解围即退兵，衣甲火药尽予之，仅以身免。而以兵单贼众闻上台，犹龙乃奏征江、楚、闽、粤六镇兵，分道并进，号十万。西自大拱桥，东讫大坌岭，营垒星罗，而六总兵以客故，不尽秉犹龙节制，各乘便利，贼乘高望之，尽悉其进退整懈。军寮、马箭贼，遂并力攻闽镇陈鹏营，大战于蕨冈头。日已暮矣，俄里、八大掌诸贼，从山南横击，鹏战死，各军皆溃。犹龙乃城茂古峒以塞其冲，招义兵，命监纪董梅鼎守之，名咸宁堡。前立墟市，民赖以无恐。值明季天下大乱，瑶益肆，沿及国初，未尽向化。顺治八年，流贼马宝入连州，诱排瑶出山，相倚为暴，拆咸宁堡，掠民村无虚日。九年，劫下水堡，千总唐某率兵追捕，伏发死之。

康熙元年，连阳游击武君仕，率三百人侦贼石圭陂，贼数千乘夜出劫，君仕令坚壁勿与战，且更番饱食，天明大呼突出杀贼，贼披靡退入山峒，自此不敢出，乱稍戢。惟令兵役巡隘道察其动静，贼恶之，欲得而甘心焉。一日，数瑶牵牛负衣被，作劫掠归山状，诱兵役追捕。既深入，则起而歼之。其凶狡多类此。各排惟军寮最强，油岭、里八峒次之，有黄村民素苦军寮侵暴，集壮丁伏山外，俟其出，狙击之，擒十人献于县。时县令朱三才畏盗案，尽释之，欲其德己而不为暴也。瑶头房一心易之，率其党益淫杀无忌，控诉皆置不问，瑶难复起。四十年，士民奔行省请讨贼，提督殷化行，入里八峒，驻兵山麓，遣副将林芳入排，谕以缚献首贼，群瑶悉伏山谷，芳纵火烧瑶房，光四照，各排见焚其巢，咸怒，于是军寮、马箭之瑶，从排之下路仰攻，大掌、火坪之瑶，从排之上路俯击。峒瑶恃外援，遂从中路突出，把总陈溥及兵百人皆歼焉。芳走入壶芦田，顾谓其仆曰：此绝地，必死，汝盍去？其仆泣不行，贼来益众，仆以身蔽，芳弯弓四射，当者皆贯胁洞胸，矢尽负芳而死。殷化行率总兵刘虎入，贼焚林据险以拒。化行度兵寡未能胜，留虎于军，而自回广州与督抚会疏以闻。命都统松柱等率湖广、两粤兵讨之。四十一年二月，师次三江口，连营数十里，开山通道，三路进剿。围之数月，贼大惧，乞降，乃抚之。城三江寨，驻兵二千，以副将领之，环八排建三十六汛弹压控制。百余年来，三连之民庆安枕焉。

道光十一年，锦田瑶蠢动，潜结排瑶，应者数百人，续去者为守隘兵截回。群瑶行时，以山土贱售民户，既归，无以资生，又失其农具，遂劫夺仇杀，由西路延及东路，而中路军寮复祖恶助患。五月，李阁部鸿宾至，定议剿之。分三路进攻，军寮贼诱之深入，夜火其营，三路兵皆挫失。游击史鹄、谢国荣、王珍并殁于阵。命禧将军等至连，征黔、楚、粤西兵将集，群瑶慑服，缚献凶逆乞命，师臣承诏抚之，八排复定。

排瑶生深山邃谷，僄捷如鸟兽，恃险设伏，是其所长，故不利远出，而官军亦不利深入。然蔡一申之夺险神速，武君仕之坚壁挫锐，皆以偏师奏捷，而五省六镇十万之兵，或无统帅而溃，或仅取输款而归，求其出奇制胜，以险绝为功，则不易覯。兵法曰：两鼠斗于穴中，将勇者胜。是知深谷行军，贵精练，不贵兵多，亦地形然耳。且贼觇重兵至，必绝隘道，塞关险，聚穴负嵎，虽有良将劲兵，无所用其武。

从来皆以安抚了局者，盖不欲老师糜饷也。夫乱之所起，不起于起之日，其所由来者渐也。窃谓于平日宜抚之，不必抚之于既乱。于既乱宜防之，不必防之于平日。徒防之，适足以扰之，将召乱，况抚之即所以防之，可弭乱也。而其要则曰：防瑶如防猛兽，抚瑶如抚婴儿，饱之勿饥，信之勿欺，驯伏之勿使其奔逸，安戢之勿使其仳离，庶乎袪民暴，寝边患，节饷而不劳师也。

握奇八阵考

戴醇

三军之令，主于中军，八阵未有不以中握奇者。卫公李靖曰：奇，余零也，阳数一奇，阴数二偶，偶方有尽，阳圆无尽也。八阵而握奇于中，中握一奇，统摄八阵，八阵四偶，应乎一奇，民夫羡卒，阙车勇士，余零也。世传黄帝丘井立阵，风后赞之，箸握奇经。然其书汉、唐《志》不载。至宋始出，十分三取奇，余七以为八阵。苏东坡称其繁曲，钩联，蟠屈，为不可败。究与车战人数抵牾，盖由唐独孤及《八阵图记》，依托而踵其谬。

《司马法》曰：夏后氏誓于军中，殷誓于军门之外，周将交刃而誓之。《牧誓》：称戈、比干、立矛而誓。既阵而后誓也。司徒、司马、司空三卿军将，中军握奇者也，阵中央。亚旅亚乎卿，将五旅，阵四正。师氏以虎贲卫王阵，王军中奇也，千夫长佐亚旅，将二旅，阵四隅。百夫长一车百人之卒长也，固足以成八阵而握奇。然左杖黄钺，右秉白旄，犹无以别识乎各阵也。及观周公制礼，四时教战阵。如战阵载以司常九旗，鸟隼为旟，前朱鸟也，阵正南。龟蛇为旐，后玄武也，阵正北。交龙为旂，左青龙也，阵正东。熊虎为旗，右白虎也，阵正西。全羽为旞，从乎朱鸟，阵西南隅。析羽为旌，从乎青龙，阵东南隅。通帛为旜，从乎白虎，阵西北隅。杂帛为物，从乎玄武，阵东北隅。日月为常，中天黄道，阵正中。八阵分明，昭然简册，而量人所为。营军之垒舍，王氏应电谓军中大道，纵横各二、形如井字者，法《洛书》之九数，门皆名和，以行八风，师克在和也。吴子言：招摇在上，从事于下。《曲礼》言：招摇在上，急缮其怒。招摇，北斗第七星。周自敬王八年冬至，日躔南斗月建与北斗杓相应，故以斗为帝车，运乎中而制八方。

当周开国，日起牵牛未及斗，故画日月。管子以五十人为一车，万人一军，车二百乘。李卫公曰：管子制齐，亦由《司马法》一师五旅、一旅五卒之义，其实皆得太公遗法。《六韬》伪谲，无可据，而始于《牧野》，维予侯兴，尚父鹰扬，《雅》诗足证。管子变而通之，乡良人将二千人之旅，即《牧誓》所谓亚旅也。阵四正，分其半一千人，将以五连长之中一长，亦即《牧誓》所谓千夫长也。阵四隅，中军有公之鼓，有高子之鼓，有国子之鼓，君、卿分将，亦即《牧誓》所谓友邦冢君、司徒、司马、司空、师氏也。阵中而握奇，特其号门旗，物未知奚若，则已与九府圜法均归沦轶耳。

武侯以王佐才，自比管、乐，推演八阵，聚石为图，说者谓八阵作于武侯，不知孙武当春秋末，《隋书》录其图。穰苴当战国初，《通典》述其法。虽传闻不免傅会，而汉以十月会营，上为八阵，在武侯先，则八阵原于古，武侯借以定军制焉。盖蜀都重险，西陲一州，东连江表，北踞渭滨，而王业不可以偏安，征伐频仍，转输孔亟，武侯于时睹三分鼎峙之艰，思一统版章之盛。由汉溯周，八十正卒用为战士，二十羡卒用为民夫，易车而徒，正其卒伍，方行天下，罔有不服，庶几乎王者茂烈也！民劳乃可与休息，《成都图经》曰：八阵有三：在夔者六十有四，方阵法也，今四川夔州府奉节县江滩上，汉鱼腹县也。在弥牟镇者百二十有八，当头阵法也，今四川成都府新都县北三十里有弥牟镇。在棋盘市者二百五十有六，下营阵法也，今陕西汉中府沔县定军山下有棋盘市。三图石数相倍，要皆八八以成行。然则八阵本一阵也，后人不察，致以遁甲八门休、生、伤、杜、景、死、惊、开，诧为神怪，岂知奇门占验，李卫公目之为术，名将弗尚也，况武侯乎？

八阵为营垒所必需，阵阵皆宜置之生地，安可间杂死绝？《虎钤经》曰：天阵居乾为天门，地阵居坤为地门，风阵居巽为风门，云阵居艮为云门，飞龙阵居震为飞龙门，虎翼阵居兑为虎翼门，鸟翔阵居离为鸟翔门，蟠蛇阵居坎为蟠蛇门。盖以后天八卦离、坎、震、兑位四正，乾、坤、巽、艮位四隅而分八门，未尝波及于三奇六甲。虽然，军起于五人之伍，积伍成行，积行成队，积队成军，无不以一人居中指挥，左右听令中军。武侯八阵，何以独缺中军？

窃尝考之，其在鱼腹者六十四石，每石一伍，六十四伍，凡三百二十人，分为八阵。阵各八伍，四十人，不列中阵者，八阵以四隅隶四正，中军兼正隅，附民夫以握奇，从八阵可以推中阵也。八阵各八伍，中军当十六伍，八十人，民夫一百，合八阵凡五百人。此盖《周礼》五百人为旅，而旅长帅之者也。昔在少康，有众一旅，能布其德，祀夏配天，不失旧物，则以少康之中兴望汉矣。

其在成都者，一百二十八石，每石一伍，一百二十八伍，凡六百四十人，分为八阵，阵各十六伍，八十人，不列中阵者，亦从八阵可以推中阵也。八阵各十六伍，中军当三十二伍，百六十人，民夫二百，合八阵凡一千人，此盖《牧誓》千夫长将一千人，车十乘也。昔在吉甫佐周宣王薄伐猃狁，元戎十乘，以先启行，则以宣王之中兴望汉矣。

其在汉中者，二百五十六石，每石一伍，二百五十六伍，凡一千二百八十人，分为八阵，阵各三十二伍，百六十人，不列中阵者，亦从八阵可以推中阵也。八阵各三十二伍，中军当六十四伍，三百二十人，民夫四百，合八阵凡二千人，此盖管子二千人为旅，乡良人帅之者也。昔在光武造攻昆阳，自将步骑千余为前锋，能使洛吏复睹汉官威仪，则以光武之中兴望汉矣。

图虽有三阵则无二，上摅报主之忱，下喻恤民之隐，天民之抱负，越霸而希王，论八阵当谅其心，慎勿以术诬武侯，而为知兵者所鄙也。

曾子问考

戴醇

程子谓《儒行》非孔子言，以其辞夸大近游说也。《坊记》非孔子言，以其文征引及《论语》也。

今以《曾子问》考之，礼之变者，不可究诘，若一一以问之，累牍难尽。当春秋时，礼书犹在，似可不问，则未知其问果出于曾子否也。而观其所以答问者，则多非孔子之言。天子、诸侯，祭祀卜日，朝觐戒日，入门将事，遭大丧而废礼也。日食有定度，可以测算而知，《夏书》羲和失职，仲康所以命师徂征也。与其遇食废礼，曷若令日官慎选其日，避食于先，而其从天子以救食也？诸侯各以其方色与其兵，《周礼》司服：大灾素服。初无东方青，南方赤，西方白，北方黑，中央黄之五色。鼓人救日月则诏王鼓，亦无东方戟，南方矛，西方弩，北方盾，中央鼓之五兵。月掩日则食，阴蔽乎阳，伐鼓助阳，执兵助阴，分方厌胜，阴盛阳微，以纬乱经，是尚得为孔子言乎？

且述其问老聃，曰：日有食之，不知其已之迟速。老聃曰：安知其不见星也？老聃言天道犹张弓，凭虚揣度，或有不知。《左传》：哀公十二年十二月螽。季孙问诸仲尼，仲尼曰：今火犹西流，司历过也。乃亦与老聃懵然于食限分杪，是尚得为孔子言乎？

昏礼纳币有吉日，女笄而字矣。遭丧停昏礼也，终丧亲迎，《易》所谓归妹愆期，迟归有时，亦《内则》所谓女子十五年而笄，二十而嫁，有故则二十三年而嫁也。乃婿遣人致命曰：某之子有父母之丧，不得嗣为兄弟。竟以绝昏为辞。免丧，女使人请婿弗许而后嫁之，谓嫁于他族。夫昏结二姓之好，上以承宗祖，下以蕃子孙，重之以父母之命，申之以媒妁之言，一旦遭丧轻弃，女节非所以厚别也。是尚得为孔子言乎？

婿亲迎女未至，而有齐衰大功之丧，男不入改服于外次，女入改服于内次，即位而哭礼也。除丧合卺，未为不可，而曰祭，过时不祭，又何反于初？然祭主一时，昏系一世，祭不可以例昏也。《仪礼》：舅姑没，妇入三月，乃奠菜不亲迎。妇入三月，然后婿见，未尝不逾时行礼，婿虽授绥御轮，共牢而食，夫妇未成，径荐枕席，嫌于苟合，非所以慎人伦之始也。是尚得为孔子言乎？

师行奉主车，以明有尊礼也。未必载迁庙主，齐自太公封齐，传至桓公一十五世，五庙而外，□主甚多，桓公持重，亦未分道出兵，剿民以逞，而曰齐桓公亟举兵，作伪主反藏祖庙，庙有二主，自桓公始，似全不知齐之世系，与桓公之会衣裳也者。是尚得为孔子言乎？

天子出征，类上帝以请命，天讨有罪，礼也。承之以祖，祖配天尊，祖以达天。行之以祢，祢配祖亲，祢以达祖。诸侯为天子吏，奉将天诛，承之以祖。天子巡方，舍其庙也，行之以祢，亦以祖尊而祢亲也。是故庶子在军，则守于公祢。行主曰祢，父主也，例以卜郊受命祖庙，作龟祢宫，其义一也。而曰七庙、五庙无虚主，必以迁主行，推陈无虚主之由，云出于老聃，足征当日重聃而欲以聃耸人听。是尚得为孔子言乎？

庙制定于天子建立七庙，追王则尊为天子，不追王则祀以天子礼也，固不至庙有虚主。若诸侯不敢祖天子，开国之初，如康叔封卫，不得祭文王，叔虞封唐，不得祭武王，则五庙皆虚无一主，而曰惟天子崩，诸侯薨，与去其国祫祭于祖为无主耳。丧祭不分吉凶，是尚得为孔子言乎？

大司马以九伐正邦国，天子亲征，如武王之载文王木主，遣将于庙，则授以主命，令专赏战功，而曰无迁主，天子、诸侯必以币、帛、皮、圭告于祖祢，遂奉以出，盖贵命也。亲征同于遣将矣，是尚得为孔子言乎？

子丧父称孤，礼也。邻国君吊，君临其丧，非孤也，而曰卫灵公吊季桓子之丧，哀公为主，客入吊，公拜兴哭，康子拜，稽颡于位，有司弗辨也，今之二孤，自季康子之过也。君拜则臣避，康子但宜哭踊，不宜稽颡耳。东莱博议，讥左氏纪周、郑交质，称二国为无君。哀公君也，非子何以称孤？康子臣也，何可尊卑并列，目为二孤？君子居其国，不非其大夫，明斥康子之过，是尚得为孔子言乎？

《春秋》鲁史，孔子笔削成经，哀公二年，书夏四月丙子卫侯元卒，冬十月葬卫灵公。三年，书秋七月丙子季孙斯卒。安有灵公先卒一年，犹能适鲁吊桓子丧者？是尚得为孔子言乎？

孔子在陈，司败挟娶吴孟子，非礼，问昭公，孔子应以知礼而即退。为尊者讳，礼也。鲁孝公乃隐公祖，亦鲁先君，而曰昭公练而举酬行旅，非礼也。孝公大祥，奠酬弗举，亦非礼也。直指其失豪不讳忌，若他国之君然，是尚得为孔子言乎？

《春秋》：襄公三十一年秋九月癸巳子野卒。《左传》：立敬归之娣，齐归之子公子裯。于是昭公十九年矣，犹有童心。《春秋》：昭公十一年五月甲申，夫人归氏薨。九月己亥，葬我小君齐归。而曰鲁昭公少丧其母，有慈母良，及其死也，练冠以丧之。丧慈母自昭公始。昭公年十九即位，在位十一年归氏薨，时年已三十，曷尝少丧母？是尚得为孔子言乎？

篇中四言：吾闻诸老聃。石梁王氏曰：此老聃非作五千言者。非也，汉初重黄老，儒者欲托以取重，谬援庄子，妄谓孔子学礼于老聃，则老聃即李耳。然孔子集圣之大成，祖述宪章，述而不作，其言礼也，曰：不学礼，无以立。诚以天秩有礼，不可斯须去身，故雅言执礼，非止如诗书讲诵已也。老聃倡创异论，欲复结绳而用之，使民老死不相往来，而诋礼为忠信之薄。道不同不相为谋，孔子何至向老聃问礼？且聃楚人，所著《老子》，以弱胜强，以柔胜刚，以德报怨，即孔子所谓宽柔以教，不报无道，南方之强也。《史记·老庄列传》：老子者，楚苦县厉乡曲仁里人也。苦县在今河南归德府鹿邑县，有苦县城，春秋属宋，战国属楚。如以聃为楚人，则当生孔子后，惟以聃为宋人，则与孔子同时，孔子微服过宋，何暇与聃问礼？史明习掌故，官多世职，聃生于宋，何繇为史于周？况失道而后德，失德而后仁，失仁而后义，失义而后礼，古无此邪说。韩昌黎曰：凡吾所谓道德云者，合仁与义言之也，天下之公言也。老子之所谓道德云者，去仁与义言之也，一人之私言也。恣臆杜撰，何曾躬览史籍，致孔子见而问礼？而道家者流，竞称其骑青牛过函谷关，关尹喜望紫气而迎之。周自平王迁洛，关中概为秦有，则聃入关适秦，非必为周柱下史。孔子西未游秦，无缘见聃问礼，而曰吾从老聃，助葬于巷党，是尚得为孔子言乎？

聃言史佚葬下，殇经无可考，而金革无辟。鲁公伯禽有为为之，郑康成注：徐戎作难，丧卒哭而征之，急王事也。孔安国《多方传》：周公归政之明年，淮夷奄又叛，鲁征淮夷，作《费誓》，成王亲征奄，周公作《诰》。故孔颖达言伯禽居母丧。王伯厚曰：《左传》殽之役，晋始墨。若伯禽行之，则晋不可言始矣。详玩誓词，并无临丧出军、万不得已之意，盖误以《秦誓》晋襄公墨绖败秦事，实加之《费誓》鲁公，是尚得为孔子言乎？

夫孔子大圣，曾子大贤，子游、子夏亦皆圣门文学贤者，汉儒何为诬罔若是？嘻！我知之矣，汉文帝恭俭退让，惩亡秦之苛暴，节取老子之长而善用之，海内富庶，断狱数百，学者不能议其非，遂以孔子附之。而不知道一而已，天不变，道亦不变也。汉儒之陋也，而又恐天下后世真以为孔子师老聃，于是取其事之失实而舛于理者，著之此篇，令有识者得以知其谬。汉儒之狡也，所言变礼，未必无传于古，足以为法将来。然贾谊痛哭流涕，疏陈政俗，冒上无等，则以老务清净，无礼节以兴教化故也。乌容任其荒诞而不辞以辟之？

《论语》或问以德报怨，其言同老子，孔子折以何以报德，而告之以直报怨，以德报德，即此一言，矫情悖理，孔子不取，何独于礼再四诵其所闻？

五齐三酒考

戴醇

酒正掌酒之政令，辨五齐之名，一曰泛齐，二曰醴齐，三曰盎齐，四曰缇齐，五曰沉齐。辨三酒之物，一曰事酒，二曰昔酒，三曰清酒。

郑注：泛者，成而滓浮，泛泛然。醴犹体也，成而汁、滓相将。盎犹翁也，成而翁翁然葱白色。缇者成而红赤，沉者成而滓沉。事酒，酌有事者之酒。昔酒则今之醳酒也，昔酒今之酋久白酒，所谓旧醳者也。清酒今中山冬酿接夏而成。贾疏：事酒冬酿春成。窃谓五齐，酒之酿而不熬者，故皆有滓。三酒，酒之酿而已熬者，故皆耐久。事酒因事而造，旬日可成。约以郑注：清酒冬酿夏成，则贾疏冬酿春成，其昔酒欤？《司尊彝》云：郁齐献酌。郑注：读献为莎，当读"如"字。盖以郁煮鬯，其齐清香，但临献而酌之也。

醴齐缩酌，郑注：泛从醴。谓醴齐以上，其齐浑浊，必当时以茅缩之而酌也。盎齐涚酌，郑注：缇沉从盎。谓盎齐以下，其齐明洁，皆先时以清酒涚之而酌也。凡酒涤酌，事酒、昔酒、清酒为凡酒，其酒清酤，第随时洗涤其尊而酌也。乃郑注引《郊特牲》：缩酌用茅明酌也。谓明酌为事酒，醴齐取之以泲，则以事酒涚醴矣。盏酒涚于清，谓盏酒即盎齐，涚以清酒则以清酒涚盎矣。汁献涚于盏酒，谓汁献为郁齐，以盏酒摩莎泲之，出其香汁，则以盎齐涚郁矣。旧泽之酒，读泽为醳，以为昔酒，则盎齐涚清又涚昔矣。不知缩，漉也，涚，和也，醴齐、糟酒混淆，缩之以茅，则酒分明可酌，故曰明酌。汁献亦即醴齐，正郑注所谓汁、滓相将者。缩去其滓，汁可酌献，故曰汁献。当其未缩，涚以清酒，乃成盎齐。泽通释，读作释。《考工记》：水有时以泽。糟化成酒，犹冰之释而成水。旧泽之酒，谓清酒已熬，糟释已久，涚之汁献而成盏酒，是以旧泽之酒，释其糟也。记《礼》者，辗转诠解，盖谓盏酒之涚于清，原以汁献涚之成于盏酒，犹是未缩，明酌已释清酒，相与释糟为酒，而成盏酒于旧泽之酒也。则醴酒以清酒涚之成盎齐，非谓盎齐已成涚于清也。郑注不以明酌汁献属醴齐，而分明酌为事酒，汁献为郁齐，且以旧泽酒为昔酒。夫郁齐和鬯，固不必涚以盏酒，醴齐但缩而不涚，无烦事酒，盎齐以汁献涚清，何有昔酒？若五齐之用，郑注以二祼合九献，谓祼用郁，朝用醴，馈用盎，则五齐止用二齐矣。

王氏应电谓五齐三酒非虚设，引《礼运》：醴盏在户，粢醍在堂，澄酒在下。亦以二祼合九献，谓朝践二献，王用泛齐，后用醴齐。馈食二献，王用盎齐，后用缇齐。酳尸三献，王用沉齐，后用事酒，诸臣用昔酒。清酒不献，诸臣用以自酢。虽《礼运》“醴”、“粢”字互有误，移易盏粢，未为不可。然《祭统》言：宗妇执盎，夫人奠盎。《礼器》亦言夫人荐盎。岂王祭则盎献于王，不献于后？诸侯祭，则盎荐奠于夫人，不献于君乎？《郊特牲》言：涚齐与明水为贵新，涚齐指盎。又言：凡涚，新之也。兼指沉缇，皆以清酒浸渍，应候而变，新酒出也。何以沉齐独供酳尸，且齐以奉神，故齐不贰，酒兼饮人，故酒有贰。何以齐有五，四献而一酳，酒有三，二酳而一酢？割裂牵凑，未免近凿。

惟以十二献备五齐三酒而用之，则醴盏在户。醴当作粢，粢从米，祭盛曰粢，米之精洁者也。泛齐米糟初泛，故名粢。朝践三献在堂上，近室户，王粢后盏，故在户。粢醍在堂，粢当作醴，醍即缇齐。馈食三献在堂中，当楹间，王醴后醍，故在堂。澄酒在下，澄即沉齐。朝践堂上，馈食堂中，诸臣酢澄，尊皆附下，故在下。由是第之，酳尸、酬尸各三献，王事酒，后昔酒，诸臣清酒，合以五齐。一泛二醴，王酌以献。三盎四缇，后酌以献。

五沉，诸臣酌酢。盖以酒之成作先后，序尊卑，辨等威焉。故曰：礼者，天理自然之节文也。

予因之憬然悟矣。《内则》：饮重醴。有稻醴、黍醴、粱醴，皆清糟并陈，则以三醴未熬，有糟可食也。酒但言酒清白，则以三酒已熬，无糟可设也。《月令》：大酋监酒。特言秫稻必齐，秫稻，糯也。非酒材之最美者乎？尝见酿秫者，酘缸而糟泛，泛齐也。醪瓮而醶甜，醴齐也。醅以酽烧，始而酒溢色白，盎齐也。继而色缥转赤，缇齐也。已而糟净化澄，沉齐也。俗谓之糯米醐。自其醴并糟而熬之，新则气烈而芬，事酒也。久之味厚而陈，昔酒也。又久之色洌而澈，清酒也。俗谓之糯米烧。然则《礼》经酿法，先民传授至今，与酒尚存也。其如人日饮而忘之，何哉？今俗祭祀用水酒，不用烧酒。水酒即糯米糊漉之，最清而似水者，古之齐酒，盖犹有官礼遗意。

乐记考

戴醇

刘向《别录·乐记》十一篇：《乐本》第一，凡音之起，由人心生也，至则王道备矣。《乐论》第二，乐者为同，至则此所与民同也。《乐施》第三，昔者舜作五弦之琴，以歌《南风》，至故先王著其教焉。《乐言》第四，夫民有血气，心知之性，至是以君子贱之也。《乐礼》第五，王者功成作乐，至故圣人曰礼乐云。《乐情》第六，乐也者，情之不可变者也，至然后可以有制于天下也。《乐化》第七，君子曰，礼乐不可以斯须去身，至先王之道，礼乐可谓盛矣。《乐象》第八，凡奸声感人，而逆气应之，至则所以赠诸侯也。《宾牟贾论大武》第九，宾牟贾侍坐于孔子，至则夫武之迟久，不亦宜乎？《师乙论歌声》第十，子贡见师乙而问焉，至故不知手之舞之，足之蹈之也。《文侯辨古今乐》第十一，魏文侯问于子夏曰，至彼亦有所合之也。前后次第，与今《乐记》异。《史记·乐书》引之，亦互有异。

予尝熟读而深思其义，自首至尾，乃一大篇文字，前分四段，后引四古人言，亦分四段以证之。凡音之起，由人心生也，至则王道备矣。为第一段。言乐生于心，乐者为同，礼者为异，至故圣人曰礼乐云。为第二段。言乐根于礼，昔者舜作五弦之琴，以歌《南风》，至是以君子贱之也。为第三段。言乐象乎治，凡奸声感人，而逆气应之，至然后可以制于天下也。为第四段。言乐章乎德，魏文问于子夏曰，至彼亦有所合之也。为引古人第一段，证第四段乐章德。宾牟贾侍坐于孔子，至则夫武之迟久，不亦宜乎？为引古人第二段，证第三段乐象治。君子曰，礼乐不可斯须去身，至先王之道，礼乐可谓盛矣。为引古人第三段，证第二段乐根礼。子贡见师乙而问焉，至故不知手之舞之，足之蹈之也。为引古人第四段，证第一段乐生人心。

若此者顺逆相承，终始相应，一气倾注，脉络分明。其中精语如天高地下，万物散殊，而礼制行矣。流而不息，合同而化，而乐兴焉。固为朱子所击赏，而物至人化，灭天理，穷人欲，切指道心人心，剖析人禽几希之界。盖记《礼》四十九篇，《大学》《中庸》，极为纯粹，而此居其次。

佾考

戴醇

朱子《论语八佾注》：每佾人数如其佾数。本杜预注：天子用八，八八六十四人。诸侯用六，六六三十六人。大夫四，四四十六人。士二，二二四人。又注：或曰每佾八人，则本服虔天子八八，至士二八之说。夫舞所以节八音，必备八人以成列，降杀以两者，减其二列也。若一列复减二人，士止四人，岂尚成乐？朱子疑舞位必方，故先杜后服而两存之。

考《左传》，郑赂晋侯女乐二八，秦赐由余女乐二八，不以四四为文，而称二八，则舞列必八人。新声女乐且然，何况庙廷古乐？而昭公二十五年，将禘于襄公，万者二人，其众万于季氏。二人不可万舞，人当作八，二人乃二八之讹。盖鲁侯六佾，当六八。季氏四佾，本四八。季氏意如取公四八，合己四八，以舞八佾，故万于襄庙者，仅留二八也。林尧叟谓，孔子谓季氏八佾舞于庭，恐指其事，则季氏忍于夺公佾以充私佾，上僭天子，罪不容诛矣。

《虞书》：舞干羽于两阶。《乐记》：五成而分，周公左，召公右，歌乐在堂，舞乐在庭，庭中当两阶下。天子八佾，左四列，右四列，列各八人，其位方。若诸侯六佾，左三列，右三列。大夫四列，左二列，右二列。士二佾，左一列，右一列，列各八人，则位不方。然《周礼·小胥》：正乐县之位，王宫悬，诸侯轩悬，卿大夫判悬，士特悬。宫悬四面，其位方。轩三面，判二面，特一面，位皆不方。舞人在列，如乐器之在悬。天子悬四面，象天子之奄有四方，故其舞位方。天子而下悬递缺其一面，则其舞位亦不宜四面成方，致与悬位异也。

汉长沙零陵桂阳武陵四郡地考　邹汉勋

两汉荆州七郡，而江南居其四：曰长沙、零陵、桂阳、武陵。上世统谓之江水。《山海经》曰：祝融降处江水。今衡之祝融峰是矣。《大戴礼记》曰：元嚣降处江水，是为青阳。案《始皇本纪》：荆献青阳以西于秦。《汉书·邹阳传》：越水长沙，还舟青阳。今茶陵是也。虞、夏谓之九江。《书》曰：九江纳锡大龟。《山经》曰：洞庭山在九江。《春秋》谓之江南。刘向书申无宇为江南令。《左氏春秋》：楚子田江南之梦。皆目是也。战国谓之洞庭之野，亦谓之洞庭五都，亦谓江旁十五邑。而《货殖传》、《项羽本纪》、扬子《方言》诸书，又谓之南楚江中，江沅之间，沅澧之间，九嶷之野，江潭之间，一江南之地，而数易其名，学者几无从而考证。

汉兴，始置四郡，其名最著，其地皆可考也。案《汉书·地志》：长沙郡秦置，汉为国，莽曰填蛮，县十三。逸《周书》：长沙国，周成王时献鳖。《国策》亦有长沙之目，知长沙之由来久矣。其十三县，临湘今长沙及善化，罗今临湘，连道今湘乡，益阳今益阳，下隽今巴陵，攸今攸县，酃及承阳皆今衡山，湘南今湘潭，昭陵今邵阳，茶陵今茶陵州，安成今吉安府。《后汉书》无酃、承阳，有醴陵今醴陵。容陵两汉皆有，沈志无，《晋书》亦无，《左氏春秋》：许迁于容陵。杜元凯注地阙，解者以为今华容，则此容陵亦当为华容矣。

零陵郡武帝九年置，莽曰九嶷，县十。太史公书舜葬苍梧曰零陵，《山海经》亦载其事，则零陵之目自舜起也。其十县，零陵今全州及湘源，营道今道州，始安今兴安及临桂，夫夷今新宁，营浦今永明，都梁今武冈，泠道今宁远，泉陵今零陵，史表作众阳，洮阳今东安，钟武今衡阳。后书为重安，别有湘乡、昭阳、烝阳。烝阳故属长沙，湘乡今湘乡，昭阳今邵阳。前书表湘乡侯昌，封十一年免。昭阳侯赏封四年免，故志不著。后汉乃常为国云。

桂阳郡高帝置，莽曰南平，县十一。应劭曰：桂阳以桂水名。或曰桂山。即《水经注》所云桂水出桂阳县北界山者。《山海经》亦有桂山，则桂阳虽仿于汉，而桂山之名自伯益时已然矣。其十一县，郴今郴县及郴州，临武今临武，便今永兴，南平今蓝山，耒阳今耒阳，桂阳今连州，阳山今阳山，曲江今曲江，含洭及浈阳皆今翁源，阴山今攸县。后书无阳山，有汉宁今兴宁。

武陵郡高帝置，莽曰建平，县十三。《续汉郡国志》曰：秦昭王置，曰黔中。高帝五年更今名。勋谓《史记》秦昭王三十年，拔楚巫黔中，三十一年，秦所拔江旁十五邑，反复为楚，则昭置黔中仅一年耳。故班黜之。《楚辞》曰：朝发辰阳兮，夕宿枉渚。又曰：入溆浦兮余邅徊。则武陵之辟久矣。其十三县，索今武陵及龙阳，孱陵今公安，临沅今武陵，沅陵今沅陵，镡成今靖州，无阳今芷江，迁陵今保靖，辰阳今辰溪及麻阳，酉阳今永顺，义陵今溆浦，佷山今长阳，零阳今澧州，充今酉阳州。后汉无无阳、义陵，改索为汉寿，刺史治焉。别置沅南今桃源，作唐今安乡，佷山度属南郡，又《前汉书·表》路陵侯童，《史记》作洛陵侯章，其邑即今溆浦县城侧之洛阳城也。龙阳侯陈置署，即晋《地道记》龙阳县，亦今之龙阳县也。二邑皆当属武陵，《志》不著者，无久即废耳。此四郡地之大略也，而疆域亦可按而知云。

重安故城在今衡山县西，《水经》云：湘水北过重安县，又北过酃县，是二县接壤也。酃县故城在今衡山县西十里，是长沙之南垂，与零陵之北界，皆在今衡山也。昭陵故城在邵阳县城北二里，是长沙之西略，兼有今宝庆地也。昭阳故县在今邵阳县南五十里，俗谓之故州。都梁故城在今武冈东，而二县皆隶零陵，知长沙之西亦不越今邵阳矣。《水经》：湘水至巴丘入江，犹属下隽，知长沙之北境包今岳州也。

零陵之地为今永州，南兼全桂，内薄衡阳，西该武冈、城步、新宁，与今靖州邻，东尽宁远，与桂阳州接壤。桂阳之地，该郴、桂之全，北入攸县，南越岭有连、韶诸州，皆幅员近千里。而武陵则又最广，《汉书》：辰水出三山谷。今铜仁之梵净山。无水出无阳，行八百九十里，则今都匀、镇远皆属无阳矣。沅水出镡成西，则今黎平尽属镡成矣。充县西源山酉水出，今在四川酉阳州，则武陵之地，西踞贵州半省，北规湖北施南、四川酉阳，南尽岭内，有辰、沅、靖、永顺、常德、澧州、永绥、凤凰、乾州、晃州四厅、二州、四府，故武陵为雄郡，南北之瓜分也，且为武州矣。此其疆圉之大较也。

屈子生卒年月考

邹汉勋

勋寓于新康学舍，同县邓湘皋先生以考定屈子生卒事相属，并出巴陵方冉亭堃《屈子生卒年月考》。勋读之，见其谊为可凭，但引据或未确，持论或未精，谭历法又及高春迟疾赢缩之事，意欲求精，不知反不合于古，于是发愤成此篇。

夫欲考屈子之生卒，必先定作《离骚》之岁月。案《史记·屈原列传》：原名平，为楚怀王左徒。上官大夫谗之，王怒而疏屈平。平忧愁幽思而作《离骚》。刘向《新序》：屈原者名平，楚之同姓，怀王用之。秦使张仪之楚，货楚贵臣上官大夫、靳尚之属，上及令尹子兰、司马子椒，内赂夫人郑袖，共谮屈原。原遂放于外，乃作《离骚》。张仪因使楚绝齐，许谢地六百里。考张仪去秦，相楚，诈楚，绝齐，皆在怀王十六年，则原之见放作《离骚》，必是年也。《离骚》曰：及荣华之未落兮，相下女之可诒。又曰：及年岁之未晏兮，时亦犹其未央。又曰：及余饰之方壮兮，周流观乎上下。王叔师注：于前曰及年德盛时，中曰冀及年未晏晚，末曰愿及年德方盛壮。以是征之，则作《离骚》之时，屈子年方壮也，惟老冉冉其将至兮，似非壮年人所宜语。然叔师注引《论语》君子疾没世而名不称焉，下继之曰：屈原建志清白，贪流名于后世。盖志士惜日，不觉其年之方富也。况冉冉训渐渐，见五臣《文选注》。曰将，曰渐渐，皆望而未至之词，则《离骚》为屈子壮时所作明甚，夫是则屈子之生年可考矣。

《离骚》曰：摄提贞于孟陬兮，惟庚寅吾以降。叔师注：大岁在寅，曰摄提格，孟始也。正月为陬，庚寅日也。言己以大岁在寅，正月始春，庚寅之日，下母之体而生。据是则屈子故以寅年正月庚寅日生也。考楚怀王十六年，周王赧二年也，其年龙在戊申，前七年为慎王二年壬寅，前十九年为显王三十八年庚寅，前三十一年为显王二十六年戊寅，前四十三年为显王十四年丙寅，前五十五年为显王二年甲寅，壬寅则太幼，甲寅则非壮盛。《记》曰：五十始衰，故曰非壮盛。皆不必疑，惟庚寅、戊寅、丙寅三者难定耳。

《续汉志》：甲寅历于孔子时效，己巳颛顼，秦所施用。汉兴草创，因而不易，至元封中，迂阔不审，更用太初。又曰：甲寅己巳，前已施行效，后格而不用。甲寅即殷历，是孔子时用殷历，秦时用颛顼历。六国承孔子之后，则用殷历可知矣。

殷历鲁元公四年正月天正也。己酉，朔旦冬至，弟十六蔀首也。其年青龙甲寅，即考王十四年也。鲁康公四年正月天正也。戊子，朔旦冬至，弟十七蔀首也。其年青龙庚午，即显王十八年也。显王十四年丙寅，入弟十六蔀，七十三岁人正大。庚戌朔月内无庚寅，显王三十八年庚寅，入弟十七蔀，二十一岁人正小。辛酉朔月内亦无庚寅，惟显王二十六年戊寅，入弟十七蔀，九岁人正大，庚午朔庚寅，为月之二十一。

湖南文征　卷三十七

辨一

三代制产及孟子策滕辨

何文庶

问：夏禹、商汤、周武皆圣人也，其仁民一也。而三代制产之法各殊，且亩起于尺，夏尺较商则短，周尺较商颇长，则夏之百亩不敌周百亩之阔也，况减半乎？抑夏禹以揖让而王，后人且尊称为帝，汤放桀有惭德，武伐纣而作誓，以言乎德之优，似乎武不及汤，汤不及禹矣，乃何以为民制产？夏则五十亩，殷则七十亩，周则百亩，似乎夏反靳而周独厚也。

此何以故？不知井田肇乎轩帝，至陶唐为九年洪水所败，旧之封植皆为淖泞。禹以八年四载之劳，仅得为民除害，故以后稷之教稼，而井里尚未开。即后七十年嗣登天位，每夫授以五十亩，艰食之有资，恩胜百亩矣。民间历二百年而十亩有垦，民俗亦渐化。故终夏四百年，至商而二十亩可加，每夫授以七十亩，而井田助法可行矣。又每历二百年而十亩有垦，民俗益渐化。故终商六百年，至周而三十亩可加，每夫授以百亩，而井田彻法可行矣。此三代处势之变而用恩之一也。

独计滕乃文王子，武王弟，滕叔绣之后，而孟子对文公为国之问，不导以法祖行本朝之彻，而乃欲仿行先代远年之助法，又何以故？盖自东迁以来，大家世族兼并田亩，富者日富，贫者日贫，至商鞅废井田而开阡陌，则荡然无遗矣。一旦翻行井里之旧而均之，贫者固乐其有田，富者深恨其夺业，欲免怨之不能，尚可强之通力以合作乎？即劝谕以行助法，诚云上矣，助行之久而彻可渐复矣。若都鄙用助法，是欲以周之百亩而行商之助也。乡遂用贡法，是欲以周之百亩而行夏之贡也。助虽仿商而兼贡于夏，授田则祖周之百亩，是又通三代以为法矣。若曰都鄙授七十亩为助，乡遂授五十亩为贡，不几启民人之怨乎？

历法辨

何文麃

客问：未来历法，久经前定，确当无遗，而通微教师改历易法，历可改否？新法亦果确当否？予曰：愚草莽臣，学疏识谫，安敢非之，又安敢一意是之乎？

客问故，予曰：自黄帝命容成作历，而唐帝咨羲和置闰，历代屡更，不一法。及元郭守敬历为最善，且新改未久，故明之初因之，而未敢遽革也，若久而渐差，乌乎不改？

客曰：若是则今之新法，确当不可以易乎？予曰：否，否。周天三百六十五度四分度之一，夫天何尝有度数之分？天行疾，以日行每日一周天所不及之余之广，而遂立为一度，历三百六十五日四分日之一，而退合一周，故有是名数。天体浑浑，初非有额限也，犹地之里分，自门外起该几许远为一里，又该几许远为二里，若在一里之中起，则必至二里之中为一里也，亦初非有画额在何地也。然必三百六十五度四分度之一，乃能与日合算而永为信历。

今通微之法，另改周天全体为三百六十全度，而无五度一分之名，度可改，日不可改，以三百六十全度，而合之于三百六十五日三时，是每日一度而有零差也。古人于八十三年差一度，而前后屡更差法，以六十六年求其合，尚惮其难，今每日有零差，是三百六十五日三时之中，日日有差法也，琐碎不可胜筹矣，乌可久哉？古人未立差法，遂至有六十六年而退一度之差，今既立差法，虽经数百年亦可以相去不远，谓有豪厘之或差则可，而通微谓明经三百年已差四度，不言其合，差不亦谬乎？元郭守敬之分节与气，每一十五日二时五刻而迁交，非不知地气有高下，早晚之不同也，但立中道以示人，使地方之过者，俯而就之，不及者企而及之，为易从也。而通微之法，则以冬至后阳生，其气速，而每节渐推而过前，夏至后阴生，其气迟，而每节渐退而缩后，且使十二次俱因中气以随迁，此固所辖日时长短之不同，而躔次亦乱也。然每月下既立总节矣，又列横图以分各省节气之早晚，似乎详且密矣，然月节与横图两殊，不亦自相剌戾乎？且各省异节固然矣，独不思各府，各州县，各乡都，亦皆有地气高下早晚之不同乎？若欲分之，愈不可胜言矣。

至如倒觜宿于参宿之后，或疑参主北满，故尊而移之于前，予独辨其移之之意。盖觜星无度，坐参之内度以为度，而渐近于东，故通微奏闻，移参于前，移觜于后也。独不思日下之参、觜可移，而日、月、火、水、木、金、土之定序终不可移乎？旧法每日百刻，每一刻分六十分，每日十二时，每时八刻，已该全刻九十六，其余四刻，每一刻分布于三时之中，故前初初刻十分，后正初刻十分，合三时之初初、正初，共六十分为一全刻也。今通微之法则分一日为九十六刻矣，每刻作十五算，而每时为八全刻无余分，乃画昼夜之长短，用为定例，由是节气之迁交，太阳之出入，存初初、正初之名而异其实，藏初四、正四之实而革其名，二三异次，前后不齐，讵不巧哉？由是五者言之，固不能经久而无弊也。

客曰：然则旧历当矣，朔晦之更为谬矣。曰：此亦未足议也。清未定鼎以前，崇祯甲申尚行旧历，先颁七月朔丁亥，及四月后宏光嗣位，改六月晦丙戌为七月朔，时予先君尚存，因疑而问之，答曰：曾见万历以来，亦常有改，盖前定历乃一时推算，预刊行以备后人之用，未必纤豪之尽合。及后细推精确，然后更定，此是常事，故吾亦曾察万历间老书，前定历有二等刊本之不同。崇祯辛未冬，亦曾改闰，故今有两种刊本也。崇祯辛未闰十一月小，十五日小寒节，改三十日大寒气，为后月朔前三十一月，后三十三月，此不合法。闰月有节而无气，前编闰十二月小，有十五日立春节而无前中气，前后各三十二月，惟此月为适中，前定此月为闰者，似当是也。然必月行退疾，合朔趱前，故改前月小以为闰也。今通微之立闰，亦有节而无中气，与旧或同或异，则又节气前后推移之不同也，亦犹前代或闰于岁终，或闰于亥终也。姑不具论，而晦朔之更则是矣。何以知之？合朔之时刻不爽也，薄蚀之变，应不舛也，故知其是也，夫是以用而行之也。

客曰：然则历有足用可以永行之矣。曰：否，否。近阅所选历法诸策，惟颂扬通微之精当，而无所訾议，虽连篇累牍，予终未敢首肯。惟读盛符升《策艺》颇合吾意，而尚有未可据为定论者。其说谓通微之法，在今日者无一不应其法，固密，然无有百年不变者历也。故推算之法，合于已往者易，合于将来者难，此语诚然。但又谓闻之蔡氏之说，曰造历之家，当使天运应差之数，逆算之于造历之时，则有以差数为正数者，其法精密而无弊。后之学者因正差之数以定算，因始终之算以定法，其在今日受事之人乎？此语则未可据也，何者？子思子曰：及其至也，虽圣人有所不知。历法以人合天，而星辰进退游移，致度数之广狭，前后古今，屡验不一。上古固难稽矣，即如觜之一宿，《晋书》云：魏益州广汉入觜四度，越嶲入觜三度。是觜在晋尚有四度，及后渐狭，而为一度，为半度，为二十五分，为无度，甚至借参之初度，为觜之一度、半度与二十五分也。何者？今觜居参度，自古二十五分之数，实参之借度也。犹儿童坐成人之身，坐位者成人也，非童子也。周公负扆而朝诸侯，坐位者周公，坐周公身者成王也。事属之成王，则称成王不称周公矣。夫星度以纪日月五星之行次，设纪行次于觜度之三四，古有之而今无之，则无三四度可纪也。此星度之广狭，古今不齐，非若五星四余之有成迹旧例可逆推者。游移不定，人固不能测之也，又何可以精确为万年不变之历也哉？

古人随时考验修改，以与天合，良有以也。若夫通微之法，谬戾尤多，当更难久矣。

客曰：子又何每称通微之善也？予曰：居是邦，不非其大夫，况天室大臣，新撰以为时王之制，愚草莽臣，学识谫陋，又安敢非之乎？然请观我所审用，则知之矣。侯亚公曰：汤若望历法，各省节气时刻，依地经度列之者，今吾兄乃谓以阴阳迟速之气不同，岂不失彼立法之原乎？予曰：吾固见新历之法矣，谓各省日出入及昼夜长短时刻，悉依北极高度定纬，所列各省节气时刻，悉依地之经度所列，然岁差、里差，《博物典汇》谆谆言之矣。但节气时刻，以地之经度列之，非昼揆之以日，则夜揆之以星，而后可定地之经度也。试问节气之迟速，不在阴阳之气，而在日影星光中可测之否，此明贤所谓奸也，岂但天主之说哉？亦不但此也，其大者次舍之分，在天别有明界，非以地理为则。今通微之法，太阳过宫，一则顺天，每月中气时刻，为次舍之分也，以为尊。京师则得之矣，谓十二次舍之分舍，茫茫大地，一准于燕土，为宇宙之通理乎？且地支中巳属火，辰属土，不可紊也。如吾郡入轸六度，旧列在巳宫，为楚之分野，今则裁改为辰宫，为郑之分野矣。问：我桂阳是郑地否乎？向之属火度者，今属土度矣，有是理乎？虽历代之所分次舍各殊，未有若是之甚者也。况天渐差而东，岁渐差而西，代有明验，今每岁一以每月中气之时刻，为太阳过宫之时刻，将所谓每岁差十四秒者何在？七十年间，将差退一度。今每年以中气为准，如新法大寒中气，日在丑牛一度，今以每年此日度，为入子宫元枵之次。二千年后，大寒之期，日必差退在寅箕度，渐及丑宫度，而亦曰大寒后日躔元枵之次，是以丑寅宫为子宫也，可乎？此必不可宗者也。

或者曰：新法立差十四秒，每岁节气渐差而后以与日合，子未暇深算也。予曰：然则节气日迟，而阴阳之气又差，二千年后，未冬至而日已北旋，未夏至而日已南转，大寒中气必差迟在寅月之中，当名曰雨水正月中。而以此寅月雨水中气，立为丑月大寒中气，可乎？此必不可从者也。当必日自日，而节气自节气，各分推算然后可。予固曰通微新法，未敢一意是之也。

予作此辨后，至丁未、戊申、己酉三年，果复改用旧历。历代分时刻法，自黄帝及周有挈壶氏，以百刻分昼夜，汉哀帝时改为百五十刻，梁武帝改为一百八十刻，唐后遵古制，则仍为百刻，至于今清初乙酉年止。顺治三年丙戌，用西洋法造历，每一时八刻，整齐一日十二时，则每日一昼夜分为九十六刻矣。

五合辨

何文熙

每五年而六十花甲月乃周，每五日而六十花甲时乃备，周而复始，备而后配，故甲与己日，其时皆起于甲子，甲与己年，其月皆起于丙寅，此甲所以与己合也。

一阴一阳谓之道，一夫一妇成其室，甲阳而己阴也，甲夫而己妇也，此甲所以与己合也。合则能通，通则能变，变则能化，化则能神。十二生肖，莫神于龙，辰也者，亢龙之所居也，故辰为龙。甲己之年，月逢戊辰，甲己之日，时逢戊辰。戊也者，中央土也，其色黄，是为黄龙，龙能变，故甲与己合。则从龙而化为土也，此所以合通变化以入神也。推而言之，乙与庚丙，与辛丁，与壬戊，与癸，其合其化皆同也。夫倡而妇随，土者，甲之财也，甲与己合为横化，夫昵妇而化为土也，是为化财。金者，庚之比也，庚与乙合为平化，夫乐妇而化为金也，是为化比。水者，丙之官也，丙与辛合为纵化，夫引妇而化为水也，是为化官。木者，壬之子也，壬与丁合为顺化，夫交妇而化为木也，是为化子。火者，戊之父也，戊与癸合为逆化，夫率妇而化为火也，是为化父。因五行而转为六亲，此所以合通变化以入神也。不然，我胜则威，胜我则畏，势每至于相离，而胡以十干逢克而反合哉？

观乎此而转以知水、火、金、木、土、谷六府之序，五行相克，而后能生五谷也。其初相生以成体，而其后相克以为用也。

兴宁县志辨误

何文廌

兴宁旧志曰：兴宁本郴县地，晋改曰晋宁县，隶桂阳郡。陈废，入郴县。近年邑令雍丘耿公念劬重修县志，曰郴《志》称汉高五年分长沙南郡为桂阳郡，领郴、便、耒阳、临武、南、平、含、洭、曲江、阴山、浈阳十一县云云。又称晋天福间，改郴州为敦州，郴县为敦化。邑志谓晋改曰晋宁，无敦化名。且又谓陈废，入郴县，则别有郴县。又按《史记》：项羽徙义帝于长沙之郴县。则县疑不自汉始矣。

廌阅彼县志，耿公之说如此，盖未知时地之两有别也。汉高帝分长沙南境为桂阳郡，是吾蓉城也，其十一县中之郴县，即今郴州也，今兴宁县当日为郴县地，非为郴县官治也。郴县自汉及两晋皆属于我桂阳，在唐则合我桂阳，总为郴州，以城内为附郭郴县。至五代晋天福间，始于我郡分为两境，以东境为敦州，以附郭郴县为敦化，以我西境立为桂阳监。自郴人不服，言前属于我郡，作郴《志》以汉、晋冒我郡名，使人疑今郴城为当日桂阳郡城，一不明也。而我郡东北立晋宁县，在前西晋武帝太康元年庚子，盖绵亘至今兴宁县地，与今常宁县地而立之也。其地甚阔，故得立王于其中。及陈乃废，如天福则在唐后之五代石晋也，相去六百五十七年，兴宁之改晋宁在前晋，郴县之改敦化在后晋，而地亦非一定。

耿公未察五代晋之后无陈，而误以天福为前晋，又未知郴《志》之冒名自讳，宜乎辨论之弗明也。

孝经辨

何文廌

《孝经》之本有三，而时以朱子定本为准。明末江旭奇《孝经疏义》，谓朱子未尝改订，此语信然。

盖《大全》多《闺门》章，从孔壁所藏古文，岂有误哉？颜芝本十八章，而字句稍异。今文之阙也，少《闺门》一章，则唐司马贞之秉笔，以宫阃多秽避忌而删之者，犹无怪也。至如朱子《孝经》本，割裂牵合，以分经、传，朱子何尝有此意？观朱子之解《论》《孟》千驷章二句，脱简而不移，自范章三字衍文而不削，则其意可知也。然竟有改本行世，乃后人欲假托以传，故借朱子名以更订之。究竟自己之名不传，徒致朱子之心难白也。不知经、传之分，在《大学》一书则可，如此论孝之书，既以经为名矣，又何传之足云？观《女孝经》之仿例亦可知矣，况圣人所作为经，贤人所作为传，此经文皆孔圣之笔，又何传之分哉？朱子岂不见及此乎？

崇祯初，江旭奇奏疏曰：臣与朱熹同乡，幼之传诵，实惟今文，如熹果有刊误，乡人岂不知之？即熹族孙吾弼，表章熹生平著作，几至充栋，何亦未之及也？吾观此语，则谓学者当以古文考异疏义为准，无疑也。至如衍出三章，则吾未之见矣。

冬官辨

何文麃

秦火之后，汉兴，除挟书律，《周官》乃徐出，汉儒以《考工记》补《冬官》之阙。或曰：《冬官》散见五官，原未尝亡，自不必补。或曰：此周公致政七年后所作，乃未成之书，亦不得而补。

三者孰是孰非乎？予谓二说不可偏废，而《考工记》自另作一书也，《周官》三百六十，举成数言耳，然则每官各六十，亦概论成数也。盖周公初作未成之书，是以冬官之门未立，而杂附于五官之中，而五官有溢于六十数之外也。若当日更定次序，摘彼入此，则书成矣。惟其初作而未成，是以此阙而彼溢也。而公孤之职，亦未有也。犹今人作书起草，立见未定然也。

若谓官数三百三十，未足六十之数，为有遗漏未编入者则可，谓当日立制，必以三百六十为准是拘也。夫天度尚有零余，前代之官则甚不足，岂以三百六十为定议哉？盖一事立一官，一官司一事，岂周政恰以三百六十事为定律，无有余不足之数哉？吾故曰三百六十者，举成数言也。

书序辨

何文麃

《书序》出孔子壁中，孔安国未尝言孔子所作，刘歆、班固谓孔子作序，误矣。先辈注解皆云不知作自何人，愚谓孔鲋、孔腾兄弟也，皆为博士，当藏书之时，未必不相商，恐后人之失旨，因作序并藏之。上则挟书之律严，下则刀笔之工繁，仓卒之间，岂无一误？此《书序》中所以有不合于经旨者也。

碧梧陈氏谓为史氏之笔，《尚书》百篇，岂一史官所作乎？《帝魁》以下之书千篇，删去九百，仅存百篇，出自孔子之手，存之于家，史官又何从为作序乎？

虞仲辨

何文麃

周逸民有虞仲者，仲雍之次曾孙也。宋郑樵作《通志·氏族略》，有曰：荆蛮之人义泰伯，从而归之千余家以为君长。泰伯卒，无子，仲雍立，至武王克商，求泰伯、仲雍之后，得仲雍之曾孙周章，已君吴矣。从而封之为吴子，追封泰伯为吴伯，又别封周章之弟虞仲于虞，皆为诸侯。

郑樵本历代相承之遗书，纂而为《氏族略》，以首冠《通志》，必有确得其实者。由此观之，是虞仲者，乃虞国肇基之祖也，以其为弟而封虞，故号为虞仲。《论语》列于逸民，指商季未受封时言之也。解逸民章者，以隐居放言之虞仲即仲雍，虽本于《吴越春秋》，误矣。

仲雍在夷齐前，若谓虞仲是仲雍，记者何以列其名于夷齐后哉？

日永短辨

何文鹿

世谓日之有长短，以地有升沉之不同，殆非也。盖北极出地三十六度，南极入地三十六度，春分、秋分之日，出于卯，入于酉，升于天而南，沦于地而北，然高深皆均，故日夜均也。

冬至阴极，然阴始生于午，所以日行南方，出于乙，入于庚，升于天，则极南而低，沦于地则正中而深。日之耀于上者少，故日短。

夏至阳极，然阳始生于子，所以日行北方，出于甲，入于辛，升于天，则正中而高。沦于地则极北而浅，日之耀于上者多，故日永也。

舜卒鸣条辨

何文鹿

《史记》云：舜崩于苍梧之野。而《孟子》谓卒于鸣条者何居？盖卒之为言终也，非谓死也，不然，天子曰崩，大夫曰卒，《孟子》何以不言崩而言卒哉？

三十六宫辨

何文鹿

三十六宫，乾三坤六九也，震五巽四九也，坎五离四九也，艮五兑四九也，合四九为三十六宫矣。若乾一、兑二、离三、震四之说，则兑二乃第二宫，非分为二宫也。离三乃第三宫，非分为三宫也。奈何以虚数算为实宫乎？未是。

月食辨

何文鹿

月之食也，朱子谓之暗虚，谓日光正对乎月，而冲射成暗，犹燃烛于桌下，四外皆明，而桌底当烛焰之上冲，则成黑暗也。此由沈括日耀月明之说而生此论，予谓不然，烛有尖长黑气烟焰，则冲而黑之也，其理固然。

日如金丸银弹，极最团圈，周围环照，六合圆光，无尖长之黑气烟焰，何由冲射乎月而成暗乎？况中隔以大地，即使日有尖长黑气烟焰，而月之明暗，断非由于日之照耀冲射也。况历数家推算日月之食，原因首尾二星，又云金星、水星出早，为日食，为月掩，分杪各处不同，然日有连月两食者，一则为罗计近迫，一则为金水所变耳。

至如月食，天下分杪皆同，而食数之多寡，不过以日相对为推算耳。茫茫大地相隔，月光断非自日星，而月食亦断非自日冲射而成也。其为罗计之肆凶无疑矣。

入轸六度辨

段巘生

按：轸十七度，旧经距极九十度，《唐书》距极百度。又考太微左上相在轸六度三十分，距极九十度。三公三星，左第一星在轸六度八十分。五诸侯五星，左第二星在轸六度，距极六十一度。今桂阳州入轸六度，常宁县入轸六度，中百分度之二十一分，七千八百九十九万余五百四十三秒太。

按：汉时常宁即耒阳地，隶桂阳，则汉费直、蔡邕及魏太史令陈卓所分度数，皆从桂阳无疑。至晋则三国吴时，早已分长沙地为衡阳、湘东二郡。又割桂阳之耒阳西南徼地，以立新宁、新平二邑矣。而亦沿袭《魏志》，止载长沙入轸十六度，桂阳入轸六度，不及湘东、衡阳者，诚以衡阳内史今衡山县，及湘东郡所治临蒸，今衡阳县，皆汉长沙之东西二部地，故仍从《魏志》，而新平、新宁二邑，今常宁地，地虽分属于湘东，星实同度于桂阳也。今之桂阳州，即汉之桂阳郡，常宁虽与桂阳同隶于衡，而星野则仍入轸六度。当太微、五诸侯、三公、上相之间，其衡阳、衡山等处，应仍与长沙同入轸十六度。盖地虽分隶代殊，星度则亘古不易，而旧志以分野从郡者误矣。

宁之广轮，包山林川泽，以勾股法四周得弦，通计积得五千八百七十五里，开方算之，不过方七十六里五分。以三百五十一里余八十步为一度算之，入轸六度，不过百分度之二十一分，七千八百九十九万余五百四十三秒太。自常宁至桂阳州治，一百八十里山路，曲折纡回，以勾股法得弦一百二十八里，亦相距在入轸六度中，百分度之三十六分四千五百八十九万二千六百七十四秒太耳。然此止据各史所载，臆度云尔。若乃黄赤纵横，铢黍不差，躔度分数，微茫必辨，则土圭测验，必有其器，非敢以凭空妄拟也。

圣天子睿学渊深，明天察地，声教所被，周于南极而遥，固已玉衡准平，叶四海无外之量，行将老人星见兆万年有道之祥矣。岂仅翼轸明大，而礼乐车骑之同风，学校文儒之得所已哉？

刘子骥辨

罗人琮

旧志所载太守刘歆往寻之语，合太守子骥为一人，与渊明所记不合，诚属谬误。

明暨阳陈公性学作《八方亭记》，谓歆为汉人，以证其误。而引《隐逸传》刘歆之子骥采药衡山一说，以为渊明所指必此人。夫刘歆典领五经，卒父向前业，在汉成绥和之年，去晋太元时已四百余年矣，安有其子尚存者？且刘歆不产南阳，与渊明所记亦不合。南昌人物，载晋刘麟之，都昌人，字子骥，直指为《桃源记》中刘子骥。麟之虽与周续之、渊明，为浔阳三友，于《记》中“南阳”二字无涉，并非。

余考晋刘麟之，字子骥，南阳人。桓冲聘为长史，不就。其时，其地，其名，其人俱无可疑，永为定论。至所称太守，原无指名，姑缺以俟再考。

南岳衡山辨

彭维新

衡山之为南岳，南岳之居荆州南境，自来无歧说。汉武帝巡方，始移南岳之祭于庐郡之灊山，此特一时权宜，而南岳衡山，古今原有定在。近有好事者撰《南岳考实》，竟谓灊即衡岳，何其漫无考证邪？

稽之于经，《禹贡》：荆及衡阳惟荆州。是荆、衡二山专属荆域，灊不见于经，度其地当在禹九州徐、扬之间，于荆无与也。又云：岷山之阳，至于衡山。衡山巘嶂绵簇，脉自岷山南来，灊划隔大江，距九江、洞庭。敷浅原庐山。尚远，于岷山之阳无预也。《周礼》：正南曰荆州，其镇曰衡山。郑康成注《大司乐》云：五岳衡，在荆州。衡于周之镐京、洛邑均直正南，灊则迤东矣，于正南又无预也。《尔雅·释山》云：江南衡。按：江南、江北之名，昉于左氏，指云梦言，非今日之江南也。若灊则旧隶江南，今在江北，又于《尔雅》所云无预矣。

更证诸史，《史记·封禅书》云：上至江陵而东，登礼灊之天柱山，号曰南岳。夫曰自南而东，则非南矣。曰灊之天柱，则非衡矣。曰号曰南岳，则本非南岳矣。子长汉武帝时人，其言信而有征。班氏《汉书》所纪无异词。至《郊祀志》云：南岳、灊山则就移祀后，言在郊祀，言郊祀，言各有当也。范蔚宗《后汉书·郡国志》：湖南侯国，衡山在东南。厥后诸史无少参差。

更广参之诸家之说，《山海经》云：衡山一名岣嵝。今惟衡有岣嵝峰。徐灵期《南岳记》曰：衡山者，五岳之南岳也。名朱陵，太虚之天，踞离宫之乡，赤帝馆其巅，祝融宅其阳，故名南岳。今惟衡有朱陵洞、祝融峰。罗含《湘中记》曰：衡山度应玑衡。《天官书》：南宫朱鸟为权衡。今灊分野属斗，为北宫之宿，于权衡、玑衡之义均无当也。《吴越春秋》云：天柱峰在九嶷东。《风俗通》：衡山本名霍山。《广雅》释云：天柱谓之霍山。《地理志》：霍山天柱在长沙湘南县之南，即南岳也。然则灊之称霍与天柱已属假借，而南岳衡山之非灊可冒，更不待言矣。王充《论衡》谓舜南至霍山，亦以衡山本名霍山故耳。至天柱称山，凡山之峻特者，多被此名。如余杭、寿阳、平度、太和、乐清、南安皆有之，惟九嶷之东，湘南之县为南岳衡山之天柱，不可移易，故举衡可以统霍，言霍不可以通衡。夫彝莫如经，核莫如史，遐搜幽讨，莫备于百家之说，于南岳衡山均确凿不易若此。

至山之大小崇卑，虽妇女亦能辨之。凡称岳之山，以其高且大殊于众山也。衡山绵亘八百里，巨峰七十二，名泉三十八，岩洞溪潭，不可殚计，为南服诸名山领袖，故与泰、华、恒、嵩并峙宇内，虽九叠之匡庐，四百三十二峰之罗浮，犹俯居支辅，况灊山乎？此必误读《尔雅》及郭璞注之故。《尔雅》云：霍山即南岳，盖以衡山本名霍山也。郭注即天柱山，灊水所出云者，盖据徙祀之后言。观其《山海经》之注衡山，援据明晰，豪无游移可知。《山海经》衡山注云：在湖南衡阳县南岳也，谓之岣嵝霍山。注云：今诸处皆有以霍名者。《水经》第四十三卷末帙句，亦有"霍山为南岳，在庐江郡灊县"之文。举郡名、县名，见其为改祀后之南岳明甚。郦善长于湘水、南岳衡山注，备详邻近诸山水，而于沘水出灊山县，注但云有霍山，有南岳庙而已。有南岳者，如东西北岳庙，所在多有之，非即为某某岳也。今既不征典策，又不识山之形势，且于《尔雅》文义尚未了然，少见多怪，真所谓毁所不见而终以自蔽者。

夫雄才大略如汉武，只移祠祀于一时，仍不能泯岩岳之故处。矧一空疏村学究，倡独学无稽之言，撼千古不刊之迹，纸费墨渝，徒自扰耳。畴其信而从之，且历代踵祀罔斁，圣朝核典崇禋，天章叠焕，永垂亿万世，愚贱不倍之义，敢稍逾与？本不必辨，虑世不乏读《尔雅》不熟之人，取讥贻笑，为引证订误，俾知衡山之为南岳，南岳之居荆州南境，后之人无庸更置一喙也。

十三经源流辨

李文炤

湘潭曾钧著《十三经源流》，门人携以相质，因问曰：谓汉儒之数，出于谶纬，王弼之理，入乎老庄，不足为后学之准谅乎？曰：是诚然也，盖汉儒穷象而不得其真，乃牵纳甲、天星之类以合之。王弼弃象而虚言其理，乃引老庄虚无之说以释之。先儒所以有扶醉汉之讥与？但程、朱全不言象数变互，亦未免于疏耳。曰：扬氏之《太玄》，蔡氏之《洪范》，数皆用九，而儒者多非《玄》而是《范》，何邪？曰：天地之化，不过一气之周流，分而为二，乃为两仪之对待，《易》以其对待者言也，《范》以其周流者言也。若《玄》则裂而为三，与屈伸消长之理不相似矣。

敢问图书位数，三同二异，其同者中与东北，阳之不可易也。其异者西南，阴可易也。七九属阳而亦易，以其成数固亦为阴也，其说何如？曰：此先儒之成说也，但五行之次，水为五气之始，木为四德之元，土为万物之母，皆至尊而不可易，非火、金之所可并耳。然则先儒则之之法多端，可尽用乎？曰：不必然也。一为奇，二为偶，三为画，四为象，六八为阴爻，七九为阳爻，五十为大衍，则《河图》者，则其数而已矣。五行之类，以象五方，八政以象八隅，皇极以象中，三德以象左、右、中。贞悔休咎，以象合十，则《洛书》者，则其位而已矣。

敢问图画变卦之法多端，将何所折衷与？曰：先天来往之义，邓潜谷名元锡，字汝极。得之。盖自震一阳，离兑二阳，乾三阳，自巽一阴，坎艮二阴，坤三阴，皆往而去者。其数则左旋而顺焉。自艮坎一阳，巽二阳，乾三阳，自兑离一阴，震二阴，坤三阴，皆来而回者。其数则右旋而逆焉。如此则无一图二运之疑矣。后天对待之义，惟朱枫林名升，字允升。得之。盖长男少女相对于纬中，中男中女相对于经中，少男长女相对于左隅，老父老母相对于右隅，何必午贯而后为敌偶也哉？至于卦变之说，则惟来瞿塘名知德，字矣鲜。得之。盖屯蒙交易其位，需讼迭居其所，八错之外，无卦不然。或往或来，或上或下，此之谓变也。先儒乃舍此而他求，不免于支矣。盖自《十翼》以后，惟周子得《易》之理，惟邵子得《易》之数，其余百家互相得失，学者精择焉可矣。

问：《书》之今文多艰深，古文多平易，何也？曰：记录之辞杂方音，制作之辞经润色，不观横渠之书乎？其语录或不可解，而手笔无不可通，亦足以见秦晋间之风气矣。设有人焉，能伪作《禹谟》，即舜、禹复生矣，能伪作《伊训》，即伊尹复生矣。又何必疑其辞之不类哉？曰《春秋》《礼记》《孟子》《荀子》所引之书，与此多不相合，何也？曰：古人文字皆书于竹帛，不能家置而人有之，历岁既久，著书之人岂能无所遗忘？其不尽合也宜矣。曰：王仲庵之续书非与？曰：三代以下，岂无天资之偶合小善之一得者？使能精择之，未必不可以继《吕刑》《秦誓》之后，但必尊之以为经，则不免于僭耳。若白居易之《汤征补亡》，则赘而已矣。

问：《诗序》《诗柄》互相枘凿，孰为得之乎？曰《序》多非而《柄》多是，不待言矣。但《雅》《颂》之篇，有成周一代之事迹，可据其实而解之，若《国风》则多无证无案之词讼，何能臆度于千载之上？如郑、卫之诗，其稍涉情致者，《序》皆以为刺时君，讥国政，固非怨诽不乱之旨矣。而《柄》则皆以为男女之私愿，闺房之亵语，又岂好色不淫之义乎？曰：《雅》之有正变，奈何？曰：以时之盛衰而分也，然篇什先后，岂无失次者？如《楚茨》《信南山》，明为馈献祖先之辞，《甫田》《大田》，明为祈报社稷之辞，《瞻洛》《裳华》《桑扈》《鸳鸯》《鱼藻》《采菽》，明为君臣唱和之辞，《隰桑》《瓠叶》，明为主宾酬酢之辞，《頍弁》则燕兄弟亲戚也，《车辖》则燕婚姻也，而《序》皆以为伤今思古之作，可谓舛矣。曰：《雅》之有大小，奈何？曰：《小雅》乃燕诗，所以示慈惠。《大雅》乃飨诗，所以训恭俭。不可以通用也。朱子晚年亦尝见及此矣。《小雅》有侯国祭祀之篇，《大雅》皆王朝祭祀之篇，则朱子未之及，惟《行苇》《既醉》《凫鹥》《嘉乐》，独得其旨耳。曰：此外有子贡诗传，《中庸》诗说，亦有可取者乎？曰：有之，如以《大学》八目释二南，以《中庸》九经释《小雅》，岂可废其说哉？

曰：邵子言删后无诗，谅乎？曰：未尽然也，陶潜之洁身，杜甫之忧国，即列之三百篇中，亦复何愧？朱子于《楚辞》之后，亦列汉、晋、唐、宋之词赋，然则《骚》既可续，而《诗》独不可续乎？但其变而为声律之学，则不尽出于性情之真，必严汰之斯可耳。至若六朝之拟《雅》《颂》，不过娼家之读《礼》，屠儿之诵佛，而束皙之补笙诗，曾不知其有声而无辞也，其智又出优孟衣冠下矣。

问：《仪礼》五十六篇，而止存十有七篇，何也？曰：此汉儒不收录之过也，然明初刘有年犹进《仪礼》逸篇十有九，命藏于翰院秘阁，而今亦不见，伊可惜哉？今求之大小《戴记》之中，仅得《迁庙》《衅庙》《奔丧》《投壶》等篇。求之注疏之中，仅得《中霤》《王居》《明堂》《禘于太庙》之篇目耳。曰：谓《仪礼》皆《士礼》，谅乎？曰：不尽然也，觐乃天王之礼，聘、射、燕食皆诸侯之礼，乡饮、乡射、少牢皆卿大夫之礼，篇目具在，可考而知也。

敢问《周礼》之书，九畿之制，不合《禹贡》，设官之制，不合《周官》，封国之制，异乎武、成、孟子，建都之制，异乎《召诰》《洛诰》，果周公之所作乎？曰：是书经纬宇宙，育正民物，非圣人其孰能修之？九畿之制，即五服之制，但《禹贡》以五百为限，此以二百五十里为限，其外薄四海，咸建五长，则即此之蕃服耳。武、成列爵惟五，分土惟三，孟子本之，皆实封之数，此则兼山川附庸在其间矣。公孤为六卿之加官，非另设也。《周官》乃天子之事，故言公孤之夹辅，此书乃宰相之事，故止言六卿之分职也。《洛诰》《召诰》，卜宅于山川之形势，以求土中，此之建都，测日影之加临以求天中，统三才而合一，岂曰异哉？太宰之职，官府朝廷无所不统，修齐治平，无所不贯，乃五峰胡氏纷纷致疑，岂未读《大学》平天下之篇乎？至若王莽借井田之制以夺民产，王安石借泉府之利以敛民财，皆非此书本意，何乃秦皇焚书而归咎燧人氏也？若苏绰立纲陈纪，粗有伦次，唐之六典亦多本之，孰谓无功？但用之宇文氏，则非其人耳。《考工记》乃周人省试百工之书，观其国号有秦，殆东迁以后之作乎？详于车制而不及舟，则必出于西北，人信矣。他如俞椿、王次点、吴澄、邱葵、方孝孺、何乔新辈，或裂地官养民之法，以补《冬官》，或取《春官》司乐教人之法，以补《地官》，甚或欲一官各司一职，曾不察其有联事之法也，是皆无稽之论而已矣。

敢问《礼记》可尽信乎？曰：是多《仪礼》之传也，其他醇者如《学记》《乐记》，杂者如《儒行》《明堂位》，其辨易明，此外则在精择之耳。曰：谓俎豆席地，袒衣行礼，书名用方策，人死三日敛，祭必设尸，庙各有制，取士用射，若此之类，皆宜于古而不宜于今，然欤？曰：俎豆席地，所以便于礼让，然今既用桌椅，则相习已久，而不必更矣。袒衣行礼，则决拾之际，割牲养老之时，不得不然。书名用方策，当时未造纸耳。人死三日敛，虑其有复生者。祭必设尸，神而人之，先王之深意也。庙各有制，而流泽之厚薄可见矣。取士必先以德行道艺，而后侯以明之，岂专以一艺定其贤否哉？谓人死含珠玉，圹中藏瓮、甒、筲、衡等器，虚土诲盗，三殇之辨太琐，麻葛之易太烦。凡此数者，今用之而不可尽用，然欤？

曰：珠玉之含，先王未预料后世之暴客。瓮、甒、筲、衡之殉，先王未深察东南之蝼蚁。今既觉其弊，则不用可也。三殇之辨，见恩情之深浅。麻葛之易，见变除之重轻。物有赜而不可恶者，此类是也。其他诸辨何如？曰：父在为母期，尊无二上也。出母无服，已绝于庙也。支子不祭，不敢紊宗法也。岂得谓之近薄哉？父母为子斩衰，重嫡长、尊主器也。妻与母同服，父在则屈，父没则伸也。岂得谓之失伦哉？国君飨宾，夫人出交爵，大宾大祭，其敬同也。命妇入养子乳母，必择贤也。国君夫人入臣子家吊丧，生荣死哀，一体之情也。观宣仁太后临温公、申公之丧，赐范相、吕相之社饭，曹大家为六宫之师表，夏侯胜授上官太后之《尚书》，何嫌何疑？又况三代以上乎？宗族姓氏，随官地而改易，为其繁也，不然，则遍天下止有姜、黄、子、姬数姓而可乎？尊嫡抑庶，杜争而已乱也，然惟王侯有土者则然，何不可常行之有？

曰：裒辑三《礼》，勒成一书，当用何法乎？曰：朱子、黄勉斋尝共为之，然实未定之稿也，窃意当分为吉、凶、军、宾、嘉之五类，然后以《通礼》《通乐》继之，《仪礼》为主，戴氏等书辅焉。而《周礼》则别为一书，以存治平之大法。未知有当于圣作明述之心否也？

问：《春秋》三传之得失。曰：《春秋》有事，有文，有义，《左传》得其事与文矣，然义则不能知也。《公》《穀》求其义矣，然事与文则多未考也。至其害义伤教之说，则不可以枚举。范宁有言：左氏以鬻拳兵谏为爱君，是人主可得而胁也。以文公纳币为用礼，是居丧可得而婚也。公羊以祭仲废君为行权，是神器可得而窥也。以妾母称夫人为合正，是嫡庶可得而齐也。穀梁以卫辄拒父为尊祖，是为子可得而叛也。以不纳子纠为恶内，是仇雠可得而容也。且也注许赵鞅之清恶，开强臣篡国之端。疏恕郑术之室嫂，阿昏主渎伦之失。则三纲为之扫地矣，不可以见其概乎？

曰：程子、胡氏之传，果得圣人之心乎？曰：程传多精义，而未及成书，胡氏虽推演之，而多以己意窥测，有如春王正月，不以为周人改时，而以为夏时冠周月，能无更制之嫌乎？桓公四年、七年阙秋冬，不以为阙文，而以为圣人削之，以明王朝之失刑，能无隐语之讥乎？谓滕子不当朝桓，而遂贬及其子孙之爵，则罚毋乃滥乎？谓曹公孙会为子臧之后，而宥其据邑出奔之罪，则赏无乃僭乎？谓胥命为相，谕以信而善之，则战国时之相王、相帝者，果皆善乎？谓同盟为或诸侯同欲，或恶其反复，或王臣与盟，则《仪礼》设方盟之仪，果因此三事乎？齐桓公命诸侯城楚，而乃罪其专封，不已苛乎？刘子、虞公之贪，不责晋人之暴诈，可乎？城濮之战，楚已目无中国，而晋人败之，其功优于召陵也，而乃专恶晋文之谲，不罪子玉之强横，可乎？诸侯出奔，不书逐君之臣，而以自奔为文，存君臣之坊也，谓专以警乎人君，则是强臣之恣行乃义举乎？郑伯髡顽之卒，楚子麇之卒，齐侯阳生之卒，《传》虽以为弑，而经不书，慎疑狱也，谓皆为中国讳，则中国乃乱贼之薮乎？至于称谓，爵氏之间，经但据实以书，非以此为褒贬也。而乃左右随手，高下从心，如獐边之鹿，鹿边之獐，莫可致诘，则可谓徒劳已矣。总之，圣人因鲁史以作《春秋》，盖自处于直笔之史官，初无操天子之权之意，又况敢以天自处乎？徒知尊圣人之神奇，而不知陷圣人于狂僭，此《春秋》所以为绝学也。

问：《孝经》果圣人之自作乎？曰：记录之辞，非自作也。分为经、传而别其醇疵，朱子之刊误，其识卓矣。但传文之次序，犹有未帖然者。友人唐文华断以《感应》章释至德，《三才》章释要道，迥出前人之表。盖天明地察，德之精微也。天经地义，道之昭著也。以下迎刃而解矣。

曰：《论语》为曾子、有子门人所成，谅乎？曰：是，但以二人称子而知之也。先儒又以《宪问》篇为原思所记，一贯以后为曾子所记，未知果否耳？但当时编次之法，犹有未尽，如《中庸》《孟子》所引之微言，概未收入，倘能如朱子《近思录》之辑，则有条而有理矣。尝欲取《家语》《孔丛子》等书，择其合理者为孔氏外书，顾力未暇也。他如《法言》深而晦，《中说》爽而浅，然以拟《论语》，则皆小儿之强解事耳。

曰：《孟子》之书，果其所自作欤？抑门人所记欤？曰：篇中诸君皆称谥，恐出于门人所记也。朱子疑有人能记言如此，不可谓轲死而失其传，然安知非乐正子等所为邪？曰：其言亦以类相聚乎？曰：有之，如《梁惠王》篇，皆与时君之问答也。《公孙丑》篇，皆自任之实学及出处辞受之节也。《滕文公》篇，皆与时人之辩论也。《万章》篇，皆尚论古之人也。《告子上》篇，皆论性与心，所谓彀率规矩也。《尽心》之微言，则直窥圣奥矣。彼司马君实之自是其愚，李觏、郑厚之无知妄论，又何足辨哉？

曰：《尔雅》果出于何人也？曰：是六经以后诸儒训释之辞，观淇澳首章之训，既载《大学》，亦入此书，则可知矣。谓其为周、孔所作，抑何不详之甚哉？

曾氏之说，但纪其书之晦冥表著，与注疏之来历耳，至于经义，未之及也，得此阐明，如暗室中一炷矣。弟芳华识。

省志辨

李文炤

庚戌修省志于北局，各分一府，其总部则各分一事。辛亥修于南局，联而合之。众议通修，遂至道谋筑室，群喙嚣然，而旧例为之大变矣。

星野之纪，相传已久，然昔用赤道之度，而今用黄道之度，则多寡之数不同。昔用初气之宫，而今用中气之宫，则偏正之垣不同。法当两存之，以俟后贤之裁度，今乃尽删古法，一用新例，毋乃非监夏监殷之意乎？且略灾异而备祥瑞，似与敬天省身者不相合也。此其变者一。

名宦之纪，以为后法，非贤且能，岂可滥与？今乃重事功，轻名节，于是凡史传所载宦迹，并为胪列，有如南北朝中反覆之徒，皆得与德业闻望之巨公同等，不亦辱乎？至若一代革除，肤敏之髦士，达古今之通义。板荡之孤臣，守天地之常经。各行其志，不相悖也。今乃尽去守节，专取达节，将使后人何所劝戒邪？此其变者二。

乡贤之纪，原折衷于府、县志，不专据国史也，故国史非系大政者不书，而乡贤则一行一节，不敢湮没。魏抚军尝面谕云：乡贤当取三不朽者，苟能仪型州里，是即德在一乡也。捍御灾患，是即功在一乡也。训诲庠塾，是即言在一乡也。若必颜闵其德，禹稷其功，程朱其言，则一省有几人哉？今乃蔑弃志乘，专求史书，而所重者，又止在名位，有如靖难之代，以董镛监察御史，长沙人。之殉死，牛景先镇抚御，沅人。之从亡而不录，以张武之助逆，夏原吉之事仇而大书，其于成仁取义之训，不亦悖乎？此其变者三。

节妇之纪，所以重风化也，不幸而死于兵者，尤为卓然。今乃谓抗拒义兵者，不得为训。夫妇人贞吉，从一而终，是即其义也。虽汉文帝之母，柴世宗之妻，犹不能无讥焉，岂可以枕簟衾裯之娱，助箪食壶浆之迎乎？即曰大掠所及，完节实艰，不宜多录死节者以愧之，然不能完节者，谓谅其迫于不得已，如《楚辞》后语之论蔡琰则可，若遂以为处得其当，而反讥死节之过激，是率天下而倍其夫也。此其变者四。

隐逸之纪，所以表潜德也，或出于时命，或出于志操，故尧舜在上，下有巢、由。周武革命，而采薇作歌。汉高奋兴，而茹芝成曲。安必盛世之无遗贤哉？今乃一概删削，反若猿惊鹤怨者，为适时通变之人。枕石漱流者，为矫世戾俗之士。则先圣逸民之品题非矣。此其变者五。

孝义之纪，无分于大小，训天下以庸行也。魏抚军亦曾面谕云：割股庐墓，虽非中庸之道，不可以为训，然亦出于至性之诚然，不可使湮没无闻也。今乃于此辈新增者不蒙收录，旧采者亦复屏除，使天下而皆中行之士也则可，天下而未必皆中行之士也，则何如存之以为不肖者之劝欤？此其变者六。

方外之纪，聊以纪异耳，然必其道果高、名果成者，然后登之，虽忠臣义士逃归二氏者，吾犹讥其爱君而倍师，念国而忘家，不足为训也。今乃广搜残碑，博采野史，凡能创庵观、设象教者，即厕之仙佛之间，然则儒者之中，有能造书院、立木主者，亦当列之圣贤之中乎？此其变者七。

艺文之纪，本非所急，然去取亦有体要焉。凡有关于学术、政典、民风、土俗者，虽出于庸夫，亦当存之，苟为不然，虽出于名流，亦当去之。今乃不惟其言，惟其人，然则《国风》不当采闾巷之谣，《春秋传》不当录野谚之语矣。此其变者八。

至于文体，虽本群书，亦当润色而出之，故《公》《穀》《左氏传》，一事而各殊其状，司马行状《神道碑》，一人而各异其文，未有著一书而徒剿旧闻者也。若此之类，又其不足置辨者已。凡此纰缪，本欲尽为商酌，无奈口众而我寡也，故聊记于此，以俟后之君子云。

六辨惑有序

廖志灏

楚俗尚鬼而好佛，鬼佛之说而止于楚也。吾固甚惑于吾楚之人，鬼佛之说而不止于楚也。吾且不止于惑吾楚之人，惑焉必问，问焉必审，要使幽明生死，书教，象教，以及异同邪正之说，无纤豪疑义，然后鬼佛之道真，而吾之信鬼以信佛，事与法且得而征焉。

原夫神道设教之时，王者礼乐不能化，绳之以法，法度之所不及，则二氏起而救之以性宗。歆之以因果，惧之以地狱来生，迨夫地狱来生之说穷，则又相与造为超生拔死之佛法。盖其心主乎善，而理未免近于诬，于是乎以象教而有金身，于是乎以言教而设经忏，于是乎异端之中，生异端之魔孽，异端之外，有异端之异端。与其传疑为愚天下之术，毋宁传信以正千古之经。吾年四十而不能无惑于此，则不容不辨焉。

今夫佛自有所以为佛者，教人以晨钟暮鼓，领戒持斋，不过欲其动心忍性，以为磨砖面壁之基，而所为正法眼藏者不在焉。道固有所以为道，其教人导引擦摩，通关补脑，亦不过固精炼己，以实进火退符之具，而所为金液大还者不在焉。况夫彩服金冠，摇铙斗革，作关摸脚色，如扮戏传奇者流，则岂释迦、老子当日立教之本意哉?

迄观其书，则似近今为之，而非若《楞严》《参同》之奥衍，问其人则曰：随众堕落，依教行持，我亦不解，是故不敢不信，且不得不疑。虽于正法大还之义，未便妄为去取，且略举浅近之数端，为吾目之所见，耳之所闻，近日近地之荒诞不稽者，质之缁羽中之高明，而我辈士夫其能遵而信之者，必且有说以开吾之茅塞，而辨吾四十之惑焉，则吾幸矣。不然之数者，惟楚有之，而楚之风可得而正焉。不惟楚有之，而惟楚为甚，固且愿其一变而不必至于若此之甚也，则楚亦幸矣。独恨空言无补，端有望于主持世教者，采择而酌行之。

一鬼物之惑。夫巫阳祷召，自古有之，而未有如湖南近日之信鬼魅，竟习染而成风者。彼夫《祀典》所载无论已，《搜神》之说亦所固然，外此称神或被封敕，或受居民戴奉，事必有所由始。而近地除土谷神外，每里称庙者以百计。每家奉孳畜者曰家坛，其三五里无烟火曰冷庙，曰坛，曰庙，依草附木，遇臃肿大树辄神之，而侧破裂瓦缶以屋之，神焉如是，何以自立于灵明？然神未尝自道，而父老竟莫道所从来。此一惑也。疾病之家，除祈禳外，有出神拘魂之法。以木为像而人举之，名曰打神，是人打，非神打也。又以人为神，名曰附体，东奔西窜，向前所谓坛庙者咒之，仍是人走，非神走也。人得暴疾者，恨不及待出神为憾，然往往见魂归而人已莫问者，亦恬不之怪。若有若无，吾未尝有无之，只觉造物生死之权，俱任其争哄而莫之自主。此二惑也。又其甚者，有致鬼之术，帘帏中似唧唧有言，及审听之，则莫辨其音与其字。又其甚者，有过阴之术，运符诅咒，能令人身灰冷，梦中呓语，作鬼物声，嗟嗟！人鬼之间，竟可彼来而此往，九重泉地，无界限，无锁钥，亦何幽明生死之分？此三惑也。说至此而人尚骎骎乎慕之，其不率人而鬼也几何哉？

一佛事之惑。缁流羽士，挂紫披金，非扮佛仍扮鬼也，其中科白，多不近情，姑举其甚不可解者言之：一曰颁赦。吾见朝廷之赦，朝廷主之，上帝之赦，而每每可颁也，斯亦奇矣，岂天宫时时有赦，而死者适逢其会欤？抑欺上帝无言而作佛者自赦之欤？虽然，纵上帝有赦，而死者仍不免，则颁之亦徒然。此一不可解。一曰赎罪。人死受罪之说，宋儒辨之详矣，人之生也，有形躯血肉，则刑有所施，及其既死，而体魄一归于无，桁杨枷索，将施之于何处？为人子者，不能于生前扬亲善，而返于没后彰亲恶，独何心欤？吾见作法事者，除忏悔外，又造冥府钱，作十王衣为赎罪具。审尔则是阎罗王亦爱钱财，冥冥之中，公行贿赂，一衣一楮，所费无几，而天下之为恶者幸矣。此二不可解。一曰破狱。地狱之设，正为斯人，曹操、秦桧何惜数十万金而破之邪？以狱为真，有则必不可破，以为真可破，则又何贵乎其有？幽泉重禁，反不若监盗者一牢卒，彼狱虽严，又何畏也？此三不可解。一曰血盆。为女人而设，谓其生育子女污秽世界，聚血为牢以罪之。天地以好生之意，寄之男女，女有牢而男独无恙乎？天地欲不生，则亦已矣，天地而欲生，不自咎而咎人，则亦惑之甚者也。昔目犍连持戒而其母犯荤，犯荤之罪，未必若是之甚，而释氏遂归大恶于其母，则其孝亦可知矣。今剖盆者，无问母氏之圣善、女子之贤淑，而总以己为目连，以其母为忉帝利，岂非忍心而害理邪？况夫天地恶其污秽，而所聚之湖，所剖之盆，此物岂归于天地之外欤？此四不可解。一曰还受生钱。世人谓南岳注生，还钱者必至岳始效，是钱也，天地得之邪？抑岳神得之邪？钱可通神，果有之矣。造物且然，而况人乎？未生且然，况既生之后乎？阎罗爱钱，岳神爱钱，天地爱钱，又何怪于世之人邪？天地得此纸钱，吾不知其何所取用，独其生时不需现钱，而身后乃索旧账，人身不惟可买，而并可赊，世之艰于嗣续者，何不以现钱买之，返觉易易邪？又不知羽毛鳞介，受生于造物，而谁为还钱者？此五不可解。一曰行炼。元门家二候采药，四候温养，三载炼己，十月成胎，惧无所成，而彼以瞬息扮演，遂曰拔死者以升天，欺人邪？抑自欺邪？若云掷彩书符是行炼也，则神仙满世界矣。此六不可解。之数者固非释家、老子之意，而为之徒者，莫识何时衍为科白，俾骇听闻。人皆曰予知，而不觉习见习闻中，为其所愚者久矣。

一塑像之惑。象教之说，昉于佛氏久矣，然吾观灵山绘像，峋嵝癯削，是其本真，原非有满月金光之形。如今日所塑者，则此满月金光，是假佛而已矣。夫佛之教在于明性，佛之心在乎救人，至于涅槃而后，诸弟子乃范土木以像之，则是像也者，非佛自为者也。佛未尝以象教，而况乎其为假像邪？此而可假，则何往不可假邪？我近地每三五里有数庵，每庵有数像，每像少则十金，多至百金，其累于人也实甚，然佛未尝教人为之，人竟踊跃以为之。至于佛之教人明性，教人救人，而返不肯为，与其重费而貌佛之假，毋宁不费而得佛之真也。貌其假像，诵其假言，行其假教，劳人伤财，相沿成习，竟使威音王那畔研穷掩而不彰，良可浩叹。此是余信佛之深，而悯世人之徒费金钱，而不知所以奉之者也。惟是图范一说，在中国已千有余年，无论二氏，即今聪明正直之神，皆范以土木矣。吾谓忠臣孝义，有功于国，有德于民者，祀之则宜以主，而或者疑之，疑夫主也者，所以祀先圣孔子之礼，凡为神者，曷敢当之？是说不然，彼有功于国，有德于民，是即大有造于名教，而为先圣之所喜而进焉者。况夫圣庙主祀，自明太祖始，谓其稍别于佛老耳。嗟夫！见之固明，行之允当，然得其一，未得其二，谓佛老无益，可以不存，则主祀不可，像祀亦不可。谓佛老有功而可存，则既可像祀，亦可主祀。此其事固系乎主持风教之人焉。

禹碑辨

李继圣

岣嵝峰禹王碑，明世一刻于金陵新泉精舍，一刻于扬州甘泉书院，一刻于滇之安宁州法华山，俱本岳麓碑而翻刻之者。后惟新泉精舍本有三家释文，杨升庵、沈镒、杨少宰时乔也。

梁刘显《粹玑录》：萧齐高祖子铄，封桂阳王时，有山人成翳游衡岳，得禹碑，摹献之王，王宝之，爰采佳石翻刻，始见于世。

而徐彦五宗《禅林观空录》则云：六祖慧能法徒行思，思传希迁于湖南。迁徒永昙，上衡山岣嵝峰，一夕起溺，忽见大芒彻窗壁如火，惊出视，其光发自峰椒林，草石皆赤，逾时乃灭。翌日率徒众负锄，攀援陟览，得石洞，蒙茸翳蔽，斩棘而入。洞壁有蝌蚪书字大如拳，不可识，因忆峰故传禹碑，复环觅无之，疑此是也。昙默溯上古，未有碑名，皆云立石，益信大禹纪绩非碑，乃镌岩石耳。

有庳辨

陈其扬

道州之鼻亭，非封象故国也。仁人爱弟，至于虞帝，君子谓人伦之至，乃于封国，必南置之岭峤之地，恶溪穷山之中，远距邦畿四千里哉?

夏、商不可考，周封同姓，不出邦畿近州，其曰以蕃王室而已。帝惟一弟，何故屏之于远如此?而欲源源来，常常见之，则必下三湘，棹洞庭，波涛数千里，舟车屡易，然后至于冀都，帝又何苦劳困其弟如此哉?且《书》称“虞帝三十征庸，于时四岳”之言，谓象亦既蒸乂，后又三十年，帝为天子矣，而犹放之，使不得有为，此亦后世传语，孟子故即事而论其理耳。向使果然也，而远之四千里之外，象欲有为，于国吏不敢抗，帝又安得而猝禁之?瞽瞍杀人，尚来桃应之问，何况于象?惟封之兖豫之间，辇毂之近，庶无鞭长不及之虞，其不格奸，益叶天伦之乐矣。

吾谓帝必出于此，但其地今不可考耳。然则道州之有庳，奚以称?曰帝陟位以来，五载一巡狩，五月至于南岳。其时象扈从偶至，或遂卒于此，当时为立庙，后世遂流传，第不知卒于何年耳。若谓帝巡狩，崩于苍梧之年，不独象无此遐龄，帝亦必不于是年巡狩，何也?《虞书》耄期倦勤，帝年九十三岁，禹已摄位总师矣。天子四海为家，葬于九嶷，固有之，倦勤已十七载，崩于苍梧者谬耳。立庙志其死所者，帝之爱弟也，永厥庙之明禋者，民之爱帝以爱其弟也。故鼻亭所由以不替也。

扬尝过鼻亭，庙貌巍然，村人敬畏，然荒墟绝徼，必非帝封弟之国可知也。故曰道州非封象故国也。且是说也，新安亦未敢据以为信，故或之或之者，疑之也。

湖南文征　卷三十八

辨二

楚风辨

张九键

楚地山川清绝，出乎九嶷，以涉潇湘，泛洞庭，入汉瞻鹿门岘首，苍茫数千里，代有忠孝能文章之士，咸纪其胜，谓楚无风，何薄也？仅摘《汉广》《江永》《遵彼汝坟》诸咏宗之，亦颇嫌略焉，薄与略，岂有得于风之意乎？

夫风者，发动乎天机，疏鬯乎地气，转移乎人心。古昔人心厚朴，多因天地之本，故虽妇女子所歌，间得采而收之。后世人心不厚，往往有孝子忠臣，忧思郁结，抒而成词，悠扬平远，足以导中和，维教化，而概不得以收。其不得收者何？不因乎天地，以时拘之，以格限之也。嗟乎！论《诗》而限以时与格，是犹植长木于林，摇白羽拂之，而其杪不动。其谓无风也固宜，不然，周《诗》已后，若屈子之有《骚》，汉魏乐府已后，若诗之有杜，可不谓楚之风气酝酿独厚，能然与？

太史公曰：《国风》好色而不淫，《小雅》怨诽而不乱。若《离骚》可谓兼之。元稹之叙杜甫曰：上薄风雅，下掩诸家，自诗人以来，未有若子美者。是两人固明明以《楚风》推尊两公矣。夫楚之风气本厚，后人亦明知屈、杜两公之足继楚风，终不难一概薄略之。然则使忠孝有泪可无挥，学士辈自习繁声曼舞，觋面陈请，重为五经玷矣。又独风人之意，邈焉一无存乎？或曰：由子之见，是谓郑、卫、陈所歌，率非善风。夫果一无善，太史不必采之，鲁叟删《诗》，亦何事因而存之？余曰：是又不然，今夫风号于窍，激谪叱吸、怒出而万不定者，其自鼓也。若夫以我培夫，则必择其有厚于风者矣。所以孔子蔽《诗》曰：思无邪。后儒潸仿其意，于《骚》得篇二十有五，外若宋玉之作《九辨》，景差之作《大招》，虽附《骚》末，示从逊。于杜得诗千四百五十有八，其一代乡先生，若孟浩然、皮日休、李群玉，虽并属楚材，殊谓远逊，盖非独逊其词也。其忧谗爱国，每饭不忘君父，读而通之，悠扬平远，檃括古今，彼《楚风》补一编，对此直芜杂可掷去耳。

或曰：其编已成，子一人谓可掷去，将天下后世有忠孝而能文章之士，不仍嗤子为拘于时、限于格乎？虽然，吾宁使天下后世之言风自屈、杜两公而限，不欲使屈、杜两公之风为列国妇女子所歌而限，限则楚真无风矣。嗟乎！楚无风，而天下后世曼淫，安得有风哉？

五经说辨

李芳华

学者穷经，将以致用也，致用者，用以治己，用以治人而已矣。是故《诗》以道志，《书》以道事，《礼》以道行，《易》以道阴阳，《春秋》以道名分。此虽漆园之言，而实五经之要指也。舍此而寻诸名数之末，窃恐义有所难赅，而于圣人垂训，学者所以致用之道，亦不免于或相剌谬矣。

今夫伏羲观马图而画卦，但取其一阴一阳，中边相配，于是画为一奇一偶，因而摩之为四，荡之为八，重之为六十四，程子所谓加一倍法是也。文王由是系之辞焉，而象、占大备。凡以明天道之吉凶消长，人事之进退存亡，盖为卜筮而作，所以示人趋避之方，寡过之道，此其本旨也。迨孔子作《十翼》，而《易》理于是乎大著矣。若夫所谓三名者，不知出于谁氏之言，解者或以为公卿大夫，则于六爻之义，迂而鲜当。或以为太阳、太阴中和，虽若于道阴阳之旨稍相似，然其所谓中和者，毋乃指阴阳之当位者为说与？否则徒以元气言之，斯亦于《易》无所属，而为老氏之绪论矣。或以为天、地、人，盖指六爻而言，《大传》所谓兼三才而两之是也。此虽六位之正义，然要必审时位之当否，以为吉凶得失，若但主此以为三名，亦非所谓惟其时物也。或又以《连山》《归藏》《周易》当之，则亦仅三代之名耳，岂《易》之要义哉？

《诗》有五际，《诗传》以为卯、酉、午、戌、亥，《诗纬》谓午亥之际为革命，卯酉之际为改正，辰在天门，出入候听，而掇取《天保》当卯，《祈父》当酉，《采芑》当午，《大明》当亥。然揆诸经义，则无谓，质诸孔子，所谓可以兴观群怨，迩事父，远事君，与夫思无邪之旨，则更鲜当。此乃术数家之邪说，非圣经垂训之正道，不足论也。

《书》纪二帝三王学问之心源，与治天下之大经大法，而孔氏徒以为有七观，夫帝《典》固可以观美矣，然独无政事乎？《禹谟》《禹贡》言治水画州，与弼成五服之类固事也，然所陈之六府三事，与克艰之戒，敬修之训，何莫非德！何莫非政！《皋陶》《益稷》之谟固政也，然其慎修思永，翼为明听，何尝遗德？何尝遗事？若夫《洪范》，则天人性命，融洽贯通，而美大胥包，政事毕具，岂仅观度而已哉？《泰誓》（代）〔伐〕罪救民，固可观义，然永清四海，垂拱成治，独非仁乎？五诰式化殷顽，固可观仁，然戒其怙侈，劝其和睦，独非义乎？《甫刑》告有邦有土，慎于用刑，固可观戒，然味其言，则好生之仁，罚恶之义，莫不具见。矧于全书中区区摘此数篇以为言，亦甚狭而不赅矣。

《春秋》五例，其言出于杜预，见《左氏传序》，颇与韩子所谓谨严者有合，然亦后儒推勘之辞云尔，非孔子自为此例也。《礼》有五经，谓吉、凶、军、宾、嘉，此洵足以举《礼》之大纲，无容议矣。盖尝论之，五经之晦，阨于暴秦烈焰者半，阨于竖儒淆讹者亦半。汉儒之以训诂诠经者，犹足以核典故，而伪儒之以谶纬说经者，乃所以为蠹贼，故焚书籍者，虽一时之黔首为愚为蒙，而本心之天理犹未至于戕贼。若夫援正入邪，以邪乱正，则有以眩瞀学者之心志，为癫为狂，为妖为孽，而天理民彝为之泯乱，祸且延于百世，然则邪说之害甚于毒火，而原情定罪，固不在祖龙之下也。虽然，五经犹存，彼能剥蚀之，终不能灭没之也。

后之学者，有志于明体达用之学，苟于《易》求诸天道人事，则可以履祥，可以避咎。于《诗》求诸美善刺恶，则可以为劝，可以为惩。于《书》而考帝王传心之要与立政之规，则可以成己，可以成物。于《春秋》而考正名定分之旨，及经世御物之典，则三纲以正，万目以张。于《礼》而明天理之节，文人事之仪则，则粗之而周旋裼袭合其度，精之而视听言动循其理，细之而日用饮食受其裁，大之而君臣父子就其范。

夫如是，则圣人五经垂训，至大至切之指，咸归自我心而得之，彼无稽不衷之说，将不待攻而自破矣。吁！吾能无望于真穷经之士也哉？

礼记近王近霸辨

李芳华

或问：至孝近乎王，至弟近乎霸，其说何如？曰：此殆非圣贤之言也。曰：何以知之也？曰：王霸殊涂也，孝弟一理也。以德行仁是之谓王，以力假仁是之谓霸。王与霸，犹美玉、碔砆之不可以相量，薰莸之不同气臭，冰炭之相反而不可相入也。率吾性之仁而有爱，爱莫切于亲而孝之道以著。率吾性之义而有敬，敬莫大于兄而弟之道以立。孝弟者性之德，同原而异用。盖尝验之人情，未有孝而不弟，弟而不孝者矣。

今乃不察王霸之殊轨，孝弟之同体，顾强分而属之，是其析理之不精，而立说之谬戾，有以知其非圣贤之言也。且夫至之云者，造乎其极之名也。近之云者，相去不远之谓也。《孟子》曰：尧舜之道，孝弟而已矣。孔子曰：孝弟之至，通于神明，光于四海。盖孝弟之至而仁义至焉，仁义之至而性尽焉，能尽其性，则能尽人物之性，而可以赞天地之化育。尧之峻德克明而致时雍，舜之玄德升闻而成风动者，此也。今但曰近王而已，则是孝之至者犹未纯王也。其视至孝不亦浅乎？

至若近霸之云，尤为不类。夫霸者假之，恶足语弟？弟既至矣，犹曰近霸，岂假之之德，反过于至弟之真挚乎哉？刘向曰：周公悌弟。岂德如周公，犹不得为霸乎哉？由是言之，则至与近之文义，彼且未喻，又何足与论孝弟之理、王霸之道哉？吾故曰此必非圣贤之言也。或曰：弟之于长，非事生我者比。彼其屈意承顺，安知不出于牢笼世俗之意？诚不若孝之由中而发也。近王近霸之说，似未大失，子何过之深而辨之力欤？曰：是愈乱道也，先王有至德要道，以化成天下，孝弟是已。故《诗》曰：惟此王季，因心则友。则友其兄，则笃其庆。载锡之光，受禄无丧。语弟而曰因心，明其发于中情之不容已，而非假袭于外，故能昭其兄让德之光，感格帝心，永受天禄也。弟岂笼络人心之具哉？彼笼络人心者，特外饰卑顺之貌，阴售其奸猾之计，王莽之谦恭下士是也，岂圣贤所谓至弟乎哉？

由子之言，是使人心愈伪，伦常愈斁，风俗愈媮，群相率趋于鬼蜮之行，而莫知所底也。其为害可胜言乎？嗟夫！一言之失，流祸彝伦，遗毒百世，不可不慎也。唐子西曰：注医方误，害及人身而已，解经书误，则害中人心。此言宜深味而以为至戒也。今欲文饰前人立言之非，而曲为之解，遂不顾伤败彝伦，惑乱人心，可乎哉？严以辨之，盖亦予之不得已也。

礼记大同小康辨

李芳华

或问：大同、小康之说，其诚出于孔子乎？曰：吾未之敢信也，观其尚道德，轻仁义，贱礼法，盖老氏之眷属，而非孔子之家法也。

夫官天下之与家天下，圣人亦何容心哉！惟是得其人而受以位，能定天下之民，使四海长治而不乱，则圣人之心释然矣。故有时贤适在臣，圣人不容顾燕翼之私。有时贤适在子，圣人不必博揖逊之誉。传贤之与传子，莫非大道为公之事也。孟子曰：天与贤则与贤，天与子则与子。可谓深知尧、舜、禹、汤、文、武之心矣。今《记》者以选贤与能为大道之行，大人世及为大道之隐，盖以后世私心窥古圣人，即万章所述人言之意，为孟子之所深辟者，曾是而乃出于孔子之口乎？

不但此也，昔孔子赞《易》，弧矢之利以威天下，则取诸《睽》。于《师》则曰君子以容民畜众，于《履》则曰君子以辨上下、定民志。子贡问政，则曰足食足兵。齐景公问政，则曰君君臣臣，父父子子。今乃谓大同之世，谋闭不兴。然则黄帝伐涿，舜伐三苗，帝世岂不用兵乎？恶得以兵由此起，归咎于三代圣人也。

设制度，立田里，正所以生养万民，使之老有所终，幼有所长，矜寡茕独废疾者有所养也。今乃一切以为小康之事，将谓大同之世，听民之自为生息，则又谁为之养老慈幼，而恤矜寡茕独废疾者乎？禹之荒度土功，正在尧舜之世，《尚书》明明可考也。礼义以为纪，而正君臣，笃父子，睦兄弟，和夫妇，正所以启迪颛蒙，惇叙伦常，以化成天下，使之男有分，女有归者也。今乃概谓之为大道之隐，然则大道之世，将真任民之盱盱睢睢，如标枝，如野鹿，而称至治邪？彼男有分，女有归，又是谁节制？而尧之亲睦九族、平章百姓者，亦岂大道之隐乎？此即礼者忠信之薄之说，不待辨而明者也。

至于城郭沟池之固，虽若出于待衰世之意，然安不忘危，治不忘乱，帝王同此心也。不然，重门击柝，以待暴客，孔子何以为尧舜氏作之事，而王公设险以守其国，何以于《坎》言之哉？

凡此数者，衷之于理，未见其当。征诸孔子平日之言，更相矛盾，此予所以未敢信其为孔子之说也。

间尝取其全篇读之，自言偃复问以后，极言礼之足尚，亦既与前说两相乖违，而人者天地之心云云。纯粹精密，与《文言》《系辞》传相埒。其礼耕义种、仁聚乐安之说，悉系至论，洵非孔子不能言也。独其篇首两段，全似老子，殊不可晓，岂西河弟子，将记师门问答之辞，而以己意冠之邪？抑亦后之好事者，撰此两条，纂置篇首，以援儒附老邪？

大抵读《记》与读经不同，经宜于精思，而无容简择，读《记》则必待简择而运之以精思，盖不独《礼运》一篇为然也。或曰：帝与王不无升降矣，大同、小康，恐亦未为或过也。曰：昔孔子尝言之矣。曰：《韶》尽美又尽善，《武》尽美未尽善。帝王之优劣，性反之安勉，揖逊征诛之遭遇，具见之矣，岂若大同、小康之甚不伦乎？苟以三代为小康，则自汉以来，举皆乱世也，亦大非平情之论矣。

予妄以为，三代盛时，亦大同之治也，但德业则不无大与化之殊焉。若汉之文明，唐之太宗，宋之仁宗，或富而未之教，或教而未得其教之之本，则小康之治而已矣。彼《礼运》之说，则吾终不敢信其为孔子之言也。

昏礼庙见辨

李芳华

或问：新妇三月庙见，其古礼邪？曰：古礼也，孔子尝答曾子之问矣。

曰：然则郑世子忽先配后祖，陈鍼子讥为诬其祖者，非邪？曰：此讥其不先告至也，告至者主人之事，非庙见也。

曰：何以明其然邪？曰：古人有事必告于庙，示不敢专也，况大昏关于嗣续，尤其重者乎？考之《昏义》，凡纳采、问名、纳吉、纳征、请期，皆主人筵几迎宾，听命于庙。婿往女家亲迎，主人亦筵几于庙，迎婿入奠雁。至于婿出亲迎，则主人告庙而后行。楚公子围所谓告于共庄之庙而来是也。新妇入门，主人亦诣庙而告至，《春秋》书侨如以妇姜至是也。今郑不先告至，是以鍼子讥之尔。

曰：左氏明云：先配而后祖。何以知其非庙见邪？曰：庙见者，奉豆笾相助奠之始至重礼也，必夙斋戒，质明行事。今新妇甫下车，遽使之仓皇入庙行礼，岂能致其诚敬？不诚不敬，何以祇见厥祖？况道有远近，时有早暮，傥昏夜深更始至，遂于是时举行大礼，岂不亵渎之甚？且夫礼也者，缘人情而为之节文者也，如必庙见而后配，则合卺之礼，其后焉者也。夫未合卺，姑无论其未成夫妇，而男女且不相识，以不相识之男女相率偕行，宇宙无此人情，圣人岂有此礼制乎？若谓但令新妇告至，则尔时尚属他姓之女，而突如其来，可谓无因。昔魏郁闾久氏有云：我未见魏王，犹是突厥之女。岂中国圣人之识，反出突厥女子下哉？又况始入庙见，而不偕婿以往，更非所以示之妇顺，他日吕雉、武曌之祸，不早于此阶之厉乎？此等说数，不但悖谬圣经，窃恐伤败彝伦，不可不慎也。

曰：然则必三月而后庙见，何也？曰：三月者，天道小变之节，古者女子将嫁，教于公宫三月，新妇入门三月，而执妇工，其义一也。未三月以前，犹称女而不称妇，魏诗云：纤纤女手，可以缝裳。曰女手明未成妇也，曰可以缝裳，讥其未三月而使之执妇工，此《魏风》所以为褊急也。然则三月而执妇工，执妇工而后成妇，成妇而后庙见，此礼之序也，又何疑哉？

曰：然则《家礼》改为三日，何也？曰：此为士庶人无庙者权之也。夫士庶不能立庙，则自置于正寝，而新妇见舅姑亦必于正寝，既于正寝见舅姑，必迟之三月始见祖，非人情矣。然必俟之三日者，亦曰庶几能夙斋戒，少致其诚敬云尔。

曰：舅姑既没，将如之何？曰：孔子亦尝告曾子矣，三月而庙见，择日而祭于祢，成妇之义也。今若欲俯顺人情，则成昏之次日，用特豚馈食之礼，奠见于祢，或亦事死如生，事亡如存之意乎？

曰：如子之说，则新妇入门，将使何人告至邪？曰：有尊长者，尊长主之，否则婿自告至，又何不可哉？

长子不得出嗣辨

李芳华

吾乡有以长子出嗣于其胞兄者，家甚殷实，其次子垂涎思夺之，乃阴结族人，族人大哗，将讼于官，来质于予曰：长子不得出嗣，律礼森然，彼何人斯，乃敢违之乎？予曰：子所言者常经也，其中有权变焉，不可不审也。

其人忿然作色曰：王者定律，一准于礼，礼者，天之理也，何权变之有？予曰：子姑一息，吾徐陈委曲可乎？

其人曰：其委曲若之何？予曰：圣人制礼，本乎天理，合乎人情，人情即天理也。彼律所云者，为其承父祀耳。使其父身为大宗子，或小宗子，则长子诚不可出嗣也。汝族之事则异乎是，何者？某君居一房之长，本继祖之宗子也，某君行居第四，异日其子不过为继祢之宗而已，则其以长子出而继祖，次子他时奉祢，伦理分明，有何不可？今乃拘拘然执长子不得出嗣之说，欲以次子承其长伯，则他时继祖者，分虽卑幼而俨然大宗，继祢者实虽兄长，而不得不屈抑于其下，毋乃小加大，少陵长乎？

其人曰：子之说亦有所据乎？予曰：礼也者，缘人情而为之节文者也，苟其情顺，其心安，于天经地义少变，而仍不悖夫其常，则礼虽先王之所未有，可以义起也。今之律书，有律有例，亦为此之故。盖律也者，道其常也。例也者，尽其变也。子徒执律而不等之于例，则泥而难通，将使后来兄反屈于其弟，小宗反得据为大宗，不亦拂理乱常之甚哉？

其人卒不以为然，讼之有司，而县尹断案，一一皆符予言。嗟乎！末俗饕于利欲而汩丧其真情，难与论礼，可与论礼者，其惟学古人官之君子乎！

庙中有像辨

李芳华

或曰：古者庙皆有像，宋儒乃议去之，何所据邪？曰：庙中有像，何居乎？我未之前闻也。间尝考之经传，《春秋》书作僖公主矣，不言作像也。孔子云：五庙、七庙无虚主矣。不言无虚像也。又云：君薨，祝取群庙主藏之矣。不言藏群庙像也。《丧礼》言：既殡，设重将葬作主，小祥易练主矣。不言设像也。《郊特牲》云：直祭祝于主矣。不言祝于像也。《礼器》言周旅酬六尸，盖古人祭必立尸，所以依神也。苟其置像，则神所凭依将在像矣，而复立尸，得不赘哉？且既有像，则当祭之时，自合迎像而据几筵，吾不知尸将位于何所？

曰：古人尝言庙貌矣，如其无像，曷云貌邪？曰：庙貌云者，庙之形状也。《诗》曰：缩版以载，作庙翼翼。又曰：寝庙既成，既成藐藐。盖翼翼云者，所以状其严正也。藐藐云者，所以状其深邃也。是则所谓庙貌，古人所为瞻榱桷而兴思者，此也。像云乎哉？曰：汉、唐以来，文庙皆设圣像，迄今犹有存者。刘宋太庙，有高祖、太宗诸像，载在史书，安得以为无像邪？曰：此佛法流入中国后，无知竖儒尤而效之者也，古岂有是哉？如曰有之，则古者大夫无罪去国，必载庙主而行，顾乃舍像焉，得非弃其祖考而滋不孝乎？盖像者象也，惟佛氏以象教人，故诸佛诸天，土木其形，金碧其饰，撑眉努目，位置满堂，特借以詟服愚夫愚妇，使之畏惧匍伏而神明奉之耳。曾谓古之圣人亦以鬼道教民哉？且予尝周游僧寺，历观关公诸像，竟无一相同者矣，岂关公真有亿万化身哉？毋亦雕塑者失其真耳。然则宋子业入庙，谓世祖渠大齇鼻，立命画工齇之者，又何怪其然，而乃重罪其狂悖也。故予尝谓文庙以像祀圣贤，是以佛奉圣贤而为不仁之后学，何也？一须一发，有不似焉，即非吾先师也。宗庙以像祀祖考，是以佛奉祖考而为不孝之子孙，何也？一须一发，有不似焉，即非吾先人也。然则宋儒之议，殊为卓识，何可轻訾之也。

曰：如子之言，灭像不已甚邪？曰：灭像者，佛书之言也，闻之《记》曰：孝子之祭亲也，七日戒，三日斋，思其音容，思其笑语，苟庙中有像，则一入便见之矣，何待思乎？由是观之，则西汉以上，未始有像，从可知矣。至若诸佛诸天，土木形骸，傥有大力者悉举而焚之，沉之，是则舜命重黎绝地天通之遗法，其人即舜之徒也，灭像云乎哉？今之人不深考古训，顾援引近似之言，穿凿附会，以巧诋宋儒，直为佛氏厚积之薪，而助其焰耳。祝氏有云：象山、阳明流毒，近在吾儒，何暇远攻释氏。吁，其言得不然乎哉？

食子肉辨

曾绍孔

尝观成周盛时，圣子神孙，世世相继，然自后稷开基，历古公、季历，及武王有天下，而维新厥命，必推本于文王。盖文王者，其心圣人之心，而德圣人之至德也。以天理为权衡，而力行其所安，故足以法当时而传后世，虽在患难，岂有易欤？

史称纣囚西伯，伯邑考质于殷为纣御，纣烹为羹赐西伯，曰：圣人当不食其子肉。西伯食之，纣曰：谁谓西伯圣人者？而传者衍其说，遂谓文王知而故食之也。吁！是何言欤？此宜常人所不为者，圣人顾有是乎？兽相食且人恶之，况于人乎？况人而圣，圣而父子乎？岂以是为君赐邪？夫为君赐不知食之，恶止纣而已，知而食焉，即他人之肉，而从君于昏，非以为忠也。矧其子之肉，忠与慈两无所处矣，而恶顾止于纣哉？为是言者本史之意，谓文不食，纣必杀之，特出一时权宜，以全吾身耳。夫有经而后有权，权者衡度以取中，非离经畔道、忍心害理之谓也。假西伯果预知其事，方且疾首拊膺，痛哭流涕，触昏主之怒，捐躯亡身勿恤，而子之肉断不忍食也。更不然，自就死地，不忍见子之羹，且曲尽为父之道，并不乐闻君之命。或默冀主心之悔，乃所以为权也。未有食子之肉，可为权者也。夫阴行善之说，咸以史氏为诬，顾全吾躯而食子肉以为权，去杀妻求将、烹子媚君者几何，其何以为圣人，又何以法天下、传后世哉？

余尝读史，高帝与项王争天下，项羽置太公俎上，欲烹之，而高帝公然以分羹之说对，是岂人子所忍出诸口者？万一激其怒，不听项伯之言，太公果就鼎镬，高帝虽靦然人上，不特不可比于子，且不得比于人矣，况能治天下乎？后之论者，亦以高帝为一时权宜之术，而抑知太公之不烹者幸也。是以战国之世，人心薄而天理熄，故桃应设问，与孟子之答，皆推本大舜爱亲之心切，视天下之轻，极其情之所至云云，固非有是事也，有其事讵独舜尔？凡为圣贤者，莫不同此心此理矣。矧文王尤称与舜合符节者乎？今欲诬以食子之肉，殆与高帝同一权术，而不得同舜为圣人也。岂其然哉？岂其然哉？

《诗》曰：惠于宗工，神罔时怨。神罔时恫，刑于寡妻。至于兄弟，以御于家邦。孔子曰：三分天下，有其二以服事殷，周之德，其可谓至德也矣。皆为文王言也。孟子曰：圣人人伦之至也，为君止仁，为臣止敬，为父止慈，为子止孝。此文王之道也。万世之为君臣父子者，皆当以文王为法，如《传》所云，顾敢于诬圣人乎？而况圣人者，必知其为子之肉也，抑又何据哉？

报母斋辨

曾绍孔

古非大故，不绝荤致斋，散斋三日，七日以交神也。自佛法入中国，斋名百出，卿士大夫至村农野妪，持行如一，流弊蔓延未已。遂有三年斋为报母名者，谓孝教天下，畴议其非，而不知此惑世之大者也。

《诗》不云乎：欲报之德，昊天罔极。报之说子所难言，报以斋，不知于母何补也，岂不曰以三年之爱故，夫父母于子惟疾是忧，固终身莫解也，即三年论，母岂仅节口量腹已哉？本根未固，剥蚀易摧，形气之宣扬，意欲之指向，儿喜亦喜，儿悲亦悲，劬劳万状，殆不可名。为子者左右就养，寝兴不宁，能有是否？就令有是，胡敢云报，而况报以其斋邪？瓜果未尝先亲食之不敢，羊枣独嗜后亲食之不忍，非此遂为孝也。小以观大，变以征常，虽小必谨处变，弗苟愈难能也。无不敢不忍者，沾沾焉节口腹以为报，诚不知于其母奚补，世犹踵而行之，非惑欤？

意为此者，特以炫异取名耳。呜乎！身为人子，假父母博孝名，尤惑之甚者矣。尝观孝之至者，极于明天察地，只此庸德之行，竭吾力所当为，而或稍自表暴，类专善而市道者，适所以为愧也。顾可矜言报母而侈然自命为孝乎？矧第以其母而已，为孤子欤？非通论也，非孤子欤？尤未可训也。今有生而眇者，举日月之照，雨露之润，风雷之鼓荡，谓皆地之为也，不大谬欤？何以异是，由斯道也悖于人而乖于天，即无报母之非，何解无父之戾？犹曰以孝教也，岂非盲于心者哉？且斋必三年，岁时伏腊，烹鲜炰肥，家人会食，独苦身窘形，离性灭欲，弃生人之正理，辜美景于良时，母而不贤也。母而贤，鲜不饮泣吞声，食不下咽矣，尚得谓之孝哉？

原其始必有一二人浸淫于佛氏之教，如目连救母、忏罪资福诸怪说以乱其衷，其后乃流为风俗，群以为孝，不知骎骎乎入于不孝矣。惜其人虽不知孝，不可谓无意于孝者，吾取其意，反其事，正之以圣人之常经：一喜一惧，维亲之存。善养亲志，勿伤亲心。亲心燕喜，寿考且宁。

九江辨

易宗涒

《书》曰：九江孔殷。九江之名，滥觞于此。《汉·志》：九江在庐江郡之浔阳县。张僧监《浔阳地记》备列其名，曰乌江，曰蚌江，曰乌白江，曰嘉靡江，曰畎江，曰源江，曰廪江，曰提江，曰箘江。乐史《寰宇记》、李宗谔《九江图经》皆本之。王莽改豫章为九江郡。《淮南子》曰：禹凿江而通九路。司马迁曰：余南登庐山，观禹疏九江。应劭曰：江自浔阳分为九。郭璞《江赋》曰：流九派于浔阳。白居易诗：浔阳九派绕孤城。皇甫冉诗：长江九派人归少。《古雄图经》：南面庐山，北背九江。盖自汉晋以迄隋唐，无不以浔阳为九江矣。

至宋初，胡旦始以洞庭为九江，而晁以道、曾彦和皆从之，而九江乃明。蔡沈注《书》，因直书曰：九江即今之洞庭。但蔡师曾氏，以辰水、沅水、渐水、元水、溆水、酉水、澧水、资水、湘水皆合于洞庭，故曰九江。而朱子去元、澧而益以潇、蒸二水，至今尊尚，而九江遂昭昭如揭日月焉。盖汉、晋诸儒，率多附会，不暇深究，故相沿至此耳。余则以为，洞庭之九江，宜以《禹贡》《山海经》《水经》为断。《禹贡》：荆州九江孔殷。又云：至于衡山，过九江。东至于澧，过九江。此《禹贡》之可据也。《山海经》曰：洞庭之山，帝之二女居之。常游于江渊，澧、沅之风，交潇湘之渊。是在九江之间，出入必以风雨。此《山海经》之可据也。《水经》曰：九江在长沙下隽县西。今巴陵，汉下隽地，县西即洞庭。此《水经》之可据也。《禹贡》作于大禹，《山海经》作于伯益，《水经》虽不知何人所作，而汉桑钦始大其传，亦为周秦以前之书，尊之曰经，必其常久不可易者。不此之信，而以汉、晋诸儒为依据邪？夫孔，甚也。殷，盛也。洞庭九水所会，汇为八百里之湖，故曰甚盛也。若浔阳则为九江所经过之江，上而黄州，下而安庆，同此广阔，何为孔殷邪？此尤彰明较著者也。且孔颖达、罗泌、张须元及《浔阳记》《缘江图》列名，与张僧监互有异同，其为后人之牵引无疑。

至州别、味别之说，尤为不经之谈，知此则浔阳之九江为附会，而洞庭之九江为无疑矣。但余生长湖南，性好遨游，湖南七郡，足迹几遍，窃尝以为，九河之考定，朱优于蔡，九江之去取，朱、蔡似未易优劣也。按：朱子据郑氏之说，言至者或山，或泽也，澧宜山泽之名，故不数澧。无误作元，为无是水，故置之。所以去元、澧而易以潇、蒸也。今考《地理志》，澧水源出武陵郡充县历山，遇郡行千二百里，而东北注于湖，则澧为洞庭之入水，安得而不数也？元无是水，诚蔡之误，但曾氏说九江有无水，古“无”字近元，故误作元。《一统志》载无、沅、潕、舞、湖，一水而五名，其源自贵州牂牁且兰山，经诸葛洞，从偏桥镇远下流而南合沅水。洞庭水源，惟无至远，安得而置之也？若云以其合沅为一水，则渐、溆、辰、酉诸水，皆合于沅而始注洞庭，岂下流之水源短者取之，上流之水源长者反置之邪？抑闻之古无潇水，郦道元曰：潇者水清深也。《湘中记》曰：湘川清，照水五六丈，下见底石如樗蒲，则潇湘犹言清湘也，非别有潇源也。隋唐以后，始谓潇水出九疑山，北合湘水，是为潇湘。尝考九疑旧志，九疑一山，而有金花、银花、巢许、复、溆水、安、归、沙、晋九水，而无潇水，亦属不合。今溯流穷源，九疑山至永州城下合湘处，才三百一十里耳。蒸水，《地舆记》载出都梁邪姜山，《汉・志》载出邵陵县界。余尝循流而下，实出邵阳县之椛木山石亭桥，离衡州合湘处，才二百一十里耳。源皆不远，总不若无、澧二水之为源较长也。今去无、澧而易以潇、蒸，似未见其必然也。

更可疑者，惟溦水，《战国策》：秦与荆战，取洞庭五渚。五渚者，湘、瀆、溦、沅、澧也。《水经注》云：湘水东对溦湖。世谓之麋湖口，今谓之东湖口，即巴陵县东南溦湖是也。溦□□为一源，从洞庭东注大江，水亦不小，非溆、渐诸水渐次合沅注洞庭者比。曾、蔡、朱三子皆未之及，诚不可解。循名核实，既识其非，目睹身游，尚存其是，安得起古人而为之商榷邪？则是分支别派，何止于九？去取各别，不必尽拘。傅同叔云：九江不必求其有九，如太湖一湖而名五湖，余昭祈一泽而名九泽，皆不可以数求也。此诚通人之见矣。是为辨。

镇安县志天书山辨

聂焘

按：天书之事，倡于王钦若，成于王旦。钦若不足论也，以王文正之贤，而为美珠所诱，卒箝口以终身，削发披缁，悔心虽著，其何及乎？忠愍素号刚直，亦借此复入中书，读史者深惜之。

乾祐山之书，史明书为巡检朱能所造，当时中外咸识其诈矣，而后人犹诳指其山以证之。孙待制曰：天何言哉！岂有书邪？予则曰，天何言哉！岂有山邪？削其山辨之于此。或问：山之名于商者，州有商山，商南有角里山，雒南有熊耳山，山阳有天柱山，镇安诸山，见于史册者，独天书耳，胡以削邪？余曰：不然，商山、角里以四皓传，熊耳以禹、天柱以康节传，彼天书胡为者？朱能小人，徒玷山灵，而事又累乎莱公。

传公者以竹林，不以天书，为贤者讳，道应尔也。然而士君子立身行己，一有依循，万口附会，承讹踵谬，几费涤除。后之为莱公者，其亦可鉴矣哉！

镇安县志药王神迹辨

聂焘

旧志载嘉祐辛丑年九月初五日，乾祐县令王衢立碑，上镌“药王神迹”四大字。余寻其碑不得也。旧志又云：山椒有窟，以木塞之。世传药王瘗黄巢于此，后人思而祠焉。说尤妄诞。

唐史载黄巢入长安，僖宗走兴元，李克用破巢军于渭南，遁去趣汴州。克用追击之，巢奔瑕丘，巢甥林言，斩巢及兄弟妻子首以降。是巢趣汴州，授首瑕丘，并未遁入南山，何从而瘗于镇安哉？且以巢之逆乱，人人得而诛之，药王乃从而医之，医一人以毒天下，为药王者不仁，医之不愈而又瘗之，为药王者不智。不仁不智而曰神迹，岂非大可噱之事哉？

诗纲辨义十三则

许伯政

乐歌曰诗，首见于《虞书》。今按：诗言志者，在心为志，发言为诗也。歌永言者，言不尽意，又嗟叹之，咏歌之，舞蹈之也。声依永者，歌之腔调，必文之以五声，所谓情发于声也。律和声者，不以六律，不能正五音，所谓声成文，谓之音也。

《大序》之言，祖述《虞书》，乃诗教之第一义，盖乐为心声，而诗又为乐源也。古乐莫盛于虞《韶》，帝庸作歌曰：股肱喜哉，元首起哉，百工熙哉！皋陶《赓歌》曰：元首明哉，股肱良哉，庶事康哉，元首丛脞哉，股肱惰哉，万事堕哉！其《意象》与维清之奏《象舞》，《武》之奏《大武》相仿，疑即奏《韶舞》之《升歌》，搏拊琴瑟以咏者。故纪于后夔《言乐》之后。《九叙》维歌，疑即《九成》之间歌，夔曰：下管鼗鼓，合止柷敔。笙镛以间，言歌舞之间作也。孔氏《书序》：舜作九，共九篇。疑即《九歌》，如《五子之歌》其一、其二之类。缘壁经古文，摩灭而遂亡之，九共犹曰《九夏》，或因《太甲》《盘庚》篇数，亦以为有书九篇，殆非矣。《大武》六成，象四海之永清。《箫韶》九成，象六府三事之允治。故禹曰：劝之以《九歌》，俾勿坏也。

《舜皋之歌》载《虞书》，《五子之歌》载《夏书》，皆诗也，而止名曰歌。《颂》之名殆始于商，故《商颂》五篇附载三百。又按：《虞歌》之《元首》《股肱》，《商颂》之《缀旒》《骏厖》，虽属赋体，比兴之义已彰，惟别无所谓风、雅。然则六诗之教，至周乃备，一曰风者，上之化下，如风以动之，一国之事，系一人之本，所谓风之自也。二曰赋，三曰比，四曰兴者，心声之感发，正言、喻言，即风而已具。譬诸《易》首乾卦，元亨利贞，犹之赋也。潜见飞跃，杂物撰德，犹之比兴也。由是言天下之事，形四方之风曰雅。雅者正也，所谓远之近莫敢不一于正也。由是美盛德之形容，告成功于郊庙曰颂，所谓微之显皆诚之不可掩者，通于神明，光于上下也，心之所之至此，则自新以新民新命者，无所不用其极矣。故曰：大哉《关雎》，天地之基也！

《诗》三百，孔子屡称之，载在《论语》。今考《毛诗》篇数，笙奏有六本，无其词，《商颂》五篇，另附于后。周代之《诗》，实三百篇，“三百”之得名，殆由于此。孔子所称，非必在删定之后，况删《诗》之说，汉以前不见于经传，史迁始云：古诗三千余篇，孔子去其重，得三百五篇。孔氏《书序》亦云：删《诗》为三百篇。孔颖达曰：案《书传》所引之诗，见在者多，亡逸者少，孔子所录，不容十去其九，迁言未可信也。窃尝就所见闻参之，孔子盖序《诗》而未尝删《诗》，何也？诗以言志，即敷陈直言而反复咏叹，与书《史记》事不同，加之借物比兴，寓意微婉，使无序文，发其纲要，千载之下，曷由考其人与世乎？若《商颂》，十二亡七，无可复删，周《诗》之正者“四始”暨《豳》共一百七篇，皆文武之政教所形，周公之制作所定，其用于邦国、乡人，朝庙、郊社、军宾，掌在太师，乐部攸分，传诵已久，即旧章也。设更有多于此者，孔子方幸为未丧之文，曷为删之？

变雅、变风之作，讥讽时事者，下以刺上，非乐章也。散见列邦者，国异政，家殊俗，其时天王守府，孰为采之？诸侯放恣，孰为贡之？不得领在乐官也。

考之《春秋》，自鲁僖之末，以讫获麟，一百五十余年，唯《株林》《泽陂》作于定王之世，而他无闻焉。所谓迹熄诗亡，非有而不录也。循是求之正诗，止有此数，变诗本无成编，孔子生当周季，伤变者之亡而不作，惧正者之久将失传，于是历聘之余，就其见闻所得，凡三百余篇，为之序次其义，道基正始，故提全诗之纲于《关雎》，正之将变，又著废缺之由于《小雅》，其间即有置而不录者，不过如沧浪清浊之歌，倩盼素绚之吟，唐棣室远之咏，章句寥寥，无国可附者耳。又如艾豭之歌，黔皙之诅，于思之讴，均作于宋，而辞气鄙倍，较之齐《卢令》、秦《权舆》，体格尤为卑隘，乃不采之。诗教之亡，即此亦可征焉。然既非旧有成编，亦不得谓之删也。又如诸侯以《狸首》为射节，《射义》记其文曰：曾孙侯氏，四正具举，大夫、君子，凡以庶士小大莫处御于君，所以燕以射，则燕则誉，此其辞意与冠礼之醴辞相似，故周公制作时系于《礼》，不入于《诗》，非孔子删之，安有三千余篇而十去其九者哉？

《史记》又称：取可施于礼义三百五篇，孔子皆弦歌之，以求合《韶》《武》《雅》《颂》之音。说者遂谓《诗》既经夫子删定，三百皆雅乐，又谓郑声淫，自其土地风气之发于声音言之，非系乎诗辞。又谓《邶》《鄘》《卫》之分，由所采异地，故音节不同。曾不思子谓《武》尽美，而未尽善，是《武》犹不能悉合于《韶》，况郑、卫之音比于慢，安能求合于《韶》《武》？先王之乐，诗言其志，歌咏其声，舞动其容，三者皆本于心，然后乐器从之。今谓孔子所弦歌者，三百之《诗》也，则郑诗者，郑人自歌，其土风不出乎国志，诗与声本一贯也，何故发声则淫，而诗音则雅，若枘与凿乎？五方之风气因乎水土，其发于声音者，固不能齐，但邶、鄘、卫皆在殷畿千里之内，今与郑地并隶中州，其风土相近也，《雅》《郑》不同部，则贞淫相去甚悬也。设《邶》《鄘》诸诗虽为卫作，音节尚异于卫，何故郑、卫之音独可合于《韶》《武》《雅》《颂》，岂非迂僻不根之论乎？今按：诗之始教以六德为本，六律为音，故诗者中声之所止，语夫诗之至也。自周道伤于幽、厉而变雅作，王纲弛于东迁而变风作，侯氏僭天子之礼乐而《鲁颂》作，则非复正始之中声，譬诸中晚之卑于初盛，化治之变为天崇，皆气化人事之消长，蒸郁于人心，而有以使之然矣。孔子录而叙之，分类列于“四始”之后，正欲诵歌之者。

观夫治世之音如彼，其安以乐。衰世之音如此，其怨以怒。亡国之音如此，其哀以思。皆政之乖和为之，故斯民所以哀伤者，由于怀旧而思先王之泽，王泽终不下究，则政散民流之区，渐入于淫且荡，而诗亦因以亡焉。必能鉴末俗，遵先型，俾诗之变者复乎正，庶乐之淫者可还于雅，斯则圣人序诗垂训之志也。如第硁硁然坚执圣经，不为录淫之具，则将谓东迁之王圣如文、武，列国之君德如周、召，夫子取其诗歌，虽《桑中》《溱洧》亦协中声，可施于礼义，毋乃与于导欲妖淫之甚，而不自省也夫。

孔子自卫反鲁，然后乐正，《雅》《颂》各得其所，而不及于风，何哉？二《南》惟《兔罝》《甘棠》《羔羊》《驺虞》四篇不言妇女，其余二十一篇皆阴教所系，故用之乡人，用之邦国，风天下而正夫妇，无僭窃之嫌也。二《雅》言王政，而政又有小大。《小雅》之入乐，有诸侯、大夫得用者，有不得用者。《大雅》《周颂》乃天子庙朝之乐，是以各有其所焉。方周道之盛，辨上下，定民志，名分截然，莫不各止其所也。及王纲解纽，诸侯僭于天子，大夫僭于诸侯，稍陵夷，然其始虽天讨不加，人犹识其非而风刺之。渐积既久，踵而益甚，乐工肆习，皆昧其本始，于是《湛露》《彤弓》以燕宁俞，文王之三以享穆叔，雍以彻于三家之堂，盖《雅》《颂》之失所，至此极矣。夫子圣人，宁不心知其非？而文献不足，则言之无征，历聘既久，所见闻于识大识小者，皆确可引证，然后自卫反鲁，毅然厘正之，故《雅》《颂》各得其所云。当是时，乐工之贤者，恍然见文、武、周公之旧制，乃相与不安于僭窃而逃去，是则正乐，序诗，各为一事，而说者每混而一之，此郑、卫皆雅乐之说，所以聚讼不已也。朱子极辨《桑中》《溱洧》必非雅音，而其解正乐，但云：残阙者补之，失次者序之。又云：王迹熄而诗亡，其存者谬乱失次。孔子自卫反鲁，复得之他国以归，定著为三百篇，则其误亦同于诸家。窃谓圣人之修述六经，一曰翼《易》，一曰删《书》，一曰序《诗》，一曰定《礼》，一曰正《乐》，一曰作《春秋》，其义庶各有当欤？

序《诗》非注《诗》也，注《诗》如后妃既成绨绤而赋其事，后妃以君子不在而思念之，故赋此诗之类是也。序《诗》如《葛覃》后妃之本，《卷耳》后妃之志，几系篇名以制义，而辞尚体要者是也。士生百世之后，取古《诗》而注之，岂不博考遐稽，澄思殚虑，期于至精且当？究之其诗作于何人，何时，何事，臆度而非真知，则豪厘差而千里缪者多矣。序《诗》者，时与事，人与世，早已洞晰于胸，而非屑屑为之分疏也。提其纲领，举其枢要，以示学者，欲学《诗》而不由《序》，惟诂训笺疏是务，辨之弥详，违之益远，犹求入室而闭之户也。程子曰：《诗大序》，其文似《系辞》，其义非子夏所能言也。盖夫子虑后之不知《诗》，故序《关雎》以示之。斯言信得其实矣，但即《序》之源流考之，夫子所序，奚止《关雎》，何也？汉兴，《诗》有四家，鲁人申公受《诗》于浮丘伯，为训，故以教无传，疑者则阙不传，号《鲁诗》。齐人辕固生作《诗传》，号《齐诗》，燕人韩婴推《诗》之意作《内外传》数万言，号《韩诗》，是三家之《诗》，皆自为传训，无所师承也。《毛诗》之传，一云子夏授高行子，高行子授薛仓子，薛仓子授妙帛子，妙帛子授河间人大毛公，毛公为《诗》，故训传于家，以授赵人小毛公。一云子夏传曾申，申传魏人李克，克传鲁公孟仲子，仲子传根牟子，根牟子传赵人孙卿子，孙卿子以传大毛公。两说虽不同，其传自子夏则同也。郑笺云：众篇之义合编，至毛公为《诂训传》，乃分之各置于其篇端。孔疏云：毛传不训《序》者，以分置篇首，义理易明，故不为传。据此是《诂训传》作于大毛，而由子夏以来转相传授者，独此《序义》耳。

《序义》非子夏所能言，则众义合编，皆孔子成之，而卜商亲受业焉，其传授之渊源远矣。《易》象、传亦孔子所作，象言乎象，故明卦象者，称大象传。爻言乎变，故明爻象者称小象传。所谓卦有小大也。六《诗》基化于《关雎》，故统论全《诗》，以冠三百，若网之在纲，因名《大序》。众篇之义，各指其所之，如《樛木》后妃逮下也，《汉广》德广所及也，其属辞较之潜龙勿用，阳在下也，见龙在田，德施普也，文法相仿，因名《小序》。其初合为一编，大小之《序》，有条不紊，及毛公分置篇首，转似

《诗》之命题，又似篇名之注语，则序次之意既隐，大小之称亦混矣。朱子云：按《后汉书·儒林传》，卫宏作《毛诗序》，今传于世，则《序》乃宏作，然毛公之前，其传已久，宏特增广而润色之。隋《经籍志》：先儒相承，谓《毛诗序》子夏所创，毛公及卫敬仲更加润益。今按：小毛公为河间献王博士，出其家传《诗》授王，以不在汉朝，故不列于学。又史称献王修学好古，所得《尚书》、《礼记》、毛氏《诗》、左氏《传》、《孟子》，皆古文，先秦旧书，采礼乐古事稍稍增辑，是古文旧书，小毛为博士时俱所亲见。今序文中附会《左氏》《孟子》诸书以立说者，大抵小毛采辑于前，宏又附益于后，隋史所志，洵为明确，然其手笔各别，见义尤多粗陋，续貂之迹，了然莫掩。兹编既合古《序》于首卷，屏续《序》以还其旧，而解《诗》则仍置篇端，分古《序》、续《序》以别之，并辨其义焉。古序亦间有残阙，而大毛补之者，其说与《雅》《颂》分什之由，另具于《北山》。

《诗》之篇名，多取篇首一、二、三字，或一句为之，皆诗成之后，作者所自名。《书》称周公居东，为诗以贻王，名之曰《鸱鸮》，是足证也。《国语》：宋大夫正考甫校《商颂》十二篇于周太师，以《那》为首，可见作诗必立篇名，其来久矣。所以然者，诗之入乐，其所不同，唯篇各有名，然后乐工肄习，孰为升歌，孰为间歌，或搏拊以咏，或笙镛以间，易于识别而不混。观燕礼之工歌，笙奏间歌，及歌卿乐，又足证也。且诗者，志之所之，感物而动，达意而止，故名篇在诗成之后，非别有所取义。汉高祖置酒沛宫，召故人父老，道故旧为笑乐，击筑歌曰：大风起兮云飞扬，威加四海兮归故乡，安得猛士兮守四方？因名《大风歌》。项羽兵败至垓下，夜起饮帐中，悲歌慷慨，自为诗曰：力拔山兮气盖世，时不利兮骓不逝。骓不逝兮可奈何，虞兮虞兮奈若何？因名《垓下歌》。此皆情动于中而形于言，迄今诵之，兴亡异势，故一则安以乐，一则怨以怒、哀以思。仁暴殊施，故一则不嗜杀人，遂一四海，而马上得之，安事诗书之胸怀亦露。一则武人为于大君，竟无以保妻子，而喑哑叱咤，千人自废，见人慈爱，言语呕呕之气象亦传。良由其时近古，犹仿佛三百之遗意。后之为诗者，即景、即事、即物以命题，乃构思选辞而成之，追琢弥工，性情弥远，其诗亦有题名而无篇名矣。续《序》每从篇名生义，《雨无正》，曰雨自上下者也，众多如雨，非所以为政，不知此诗首引天降饥馑以陈言，其饥馑由于淫雨伤稼，故名《雨无正》。犹之寺人，孟子曰《巷伯》，天子之功曰《常武》，名义皆取诸篇中。明明上天，明明在下，其始皆名《明》，而诵者加小大以别之。《召旻》《韩奕》《小旻》《小宛》《小弁》，皆可类推。笺疏之家，横生异义，而后人又或效尤焉，是求解经，而适以蠹经也。

“四始”之称，创见于大《序》，解之者其说不一，史迁曰：《关雎》之乱，以为《风》始，《鹿鸣》为《小雅》始，《文王》为《大雅》始，《清庙》为《颂》始。孔疏曰：风也，小雅也，大雅也，颂也，此四者，人君行之则为兴，废之则为衰，是兴废之始。成伯瑜曰：始者，正始也。《周》《召》二南，《国风》之正始。《鹿鸣》至《菁莪》，《小雅》之正始。《文王》至《卷阿》，《大雅》之正始。《清庙》至《般》，《颂》之正始。王安石曰：风也，二雅也，颂也，虽相因而成，其《序》不相袭，故谓之“四始”。今按：《序》称《关雎》，《风》之始，故史迁推类言之。《序》称王政所由兴废，故孔疏依傍言之。《序》称一风，五雅，六颂，而雅又有小大，故安石圆融言之，然衷之于理。迁说牵合而失之诬，孔说剿袭而失之阔，王说调停而失之游，唯成氏之言明正切当，独得真诠。盖四诗之正者，其始正也，是谓“四始”及其久而皆变焉，变乎其始者也，是谓变风、变雅，不言变颂者，鲁独有之，父母之国，故微之也。细绎《序》之本文，自当见之。

《序》曰：国史明乎得失之迹。又曰：止乎礼义，先王之泽也。知其说者，其惟孟子乎？盖孟子所云：王者之迹，即先王之泽也。君子之泽，五世而斩。明其迹亦浸熄焉。文武之化，始于二《南》。四方之风，形于二《雅》。成功盛德，播以《颂》声。由是子孙臣庶，相与遵循之，君子贤其贤而亲其亲，小人乐其乐而利其利。《风》《雅》之变者，未由作也。厉、幽踵武，周道大伤。平、桓以降，日益衰微。然而故家遗俗，流风善政，犹有存者。当是时，式救尔后，必称皇祖，维今有旧，必称召公。顾瞻周道，则思西归，念彼周京，则思郇伯。惟前王之芳躅，犹留一线于人心，故哀吟感叹，庶几旦暮见之，《风》《雅》所以虽变而未亡也。《序》次之以附“四始”，俾百世之下，赖以考见得失，可观可兴，而国史所明之迹，无庸取材矣。盖孔子所取乎诗者，吟咏性情，皆心声也，非史策之浮伪可及。

王迹者，一代之人心所缅维也，故怀其旧俗以形于言，迄夫道失民散，风俗日趋于污，人心渐昧其旧，剥极之迹，譬诸梏之反覆，夜气不足以存。是故《苕华》《草黄》有作，则人亡国瘁，无复凡伯、家父诸贤，而《雅》因以亡。《桑中》《溱洧》《泽陂》又作，则性情流荡，诬上行私，恬然轶于礼义之坊，而《风》因以亡。《鲁颂》又作，则饰功盖罪，虚美以媚生君，矫举以诬天祖，而《颂》因以亡。任其四海滔滔，狂澜莫砥，百王之轨辙，将嗣是而不昭。因之笔削国史，以正人心，以存王道，故曰诗亡然后《春秋》作。明夫序诗修史，事异功同，孔子所为，继舜、禹、汤、文、武、周之后，以布衣延几希之绪，而孟子幸得私淑诸人者，赖有此也。先儒每谓《黍离》降为《国风》而《雅》亡，今按：《黍离》作于东迁以后，宗周已灭，故系王城，较之《周南》，虽盛衰迥异，非王者之无《风》也。孰为降之？或曰：王室既卑，故诗人不为《雅》而为《风》，然则《雅》之亡否，操纵于作诗者之手，何惑夫郑有诗，即称其合中声于《雅》《颂》，鲁有颂并美，其同盛德于商、周也夫。

每读《左氏》季札观乐之文，无义蕴可寻，而谬妄尤甚。案：季子来聘，在襄公二十九年，孔子方八岁，未正乐序诗也，设如史迁古诗三千余篇之说，则所删二千七百篇，皆周乐也，其间岂无他国之风，安得由二《南》及《桧》以下，悉合于《毛诗》？此犹曰迁言未足信耳。邶、鄘、卫，周乐既分三部，鲁工何以合乐？且忧而不困，乃闻歌知之，而曰吾闻康叔、武公之德如是。今按：忧而不困，举似二君之德，极不相肖，札未观乐之先，何从闻其如是而指为《卫风》之证邪？其三十九篇内，《新台》《墙茨》《桑中》《鹑奔》，伦理灭绝，以致定中再造，亦忧而不困乎？郑曰细甚先亡，既影附于声淫乱雅之意矣，但既为周乐，何故雅、郑兼收，其后孔子正乐，奚为不放之也？凡人忧思则知戒惧，歌王曰：思而不惧。是困心衡虑而不作，势将死于安乐，何美之有？君子审音知乐，而歌之所凭者唯声与诗，本《乐记》言之敖辟乔志者，齐音也。就三百考之，荒淫无节、鸟兽内乱者，齐诗也。歌齐曰：泱泱大风，国未可量。于声诗两无所据，毋乃姑妄听之，姑妄言之乎？能夏则大歌秦，似为近之。至于魏当闵公元年，为晋献所灭，其诗虽存，实亡国之音也。今曰大而婉险而易行，以德辅此则明主，揆其意中，以魏诗皆为晋作。晋方主盟中夏，遂从表里山河生义而为此说，故唐本晋诗，又从国名生义，舍唐叔受封而叹美陶唐氏，与续序如出一手也。陈曰：无主难久。似专指《株林》，若《宛丘》刺幽公，当厉王之世，衡门诱僖公，当宣王之世，逮观乐时，传世二百七十余年，断其无主难久，将札言之不中乎？抑乐工未歌此数诗乎？

《序》称二《南》正始之道，王化之基，言其经夫妇，成孝敬，乃道之造端，与肇基王迹之义迥别。今二《南》曰始基，犹未勤而不怨，象箾南籥曰：美哉犹有憾！是谬认始基为肇基，惜其三分有二，未能身致太平，则与声淫及商无异，而文王服事之志荒矣。《鹿鸣》之三，间歌之三，笙奏之六，载在《仪礼》，乃周德方盛之乐，工歌《小雅》，莫先乎此。何以称周德之衰，设指刺幽者言之，类皆直陈得失，且有恶恶如《巷伯》者，何以称怨而不言乎？豳诗迎寒暑，豳雅祈年，豳颂祭蜡，载在《周礼》，掌于籥章，歌豳必不越此，何以云周公之东？即就居东言之，《鸱鸮》救乱，《狼跋》美公，哀而不伤犹似之，与乐而不淫何涉乎？三《颂》事异世殊，断难合歌，于歌颂而统称盛德之所同，汤濩犹有惭德，而鲁僖之颂，不但同德于商，且比盛于文武，不已妄乎？况《大雅》曰曲而有直，体即曲而不屈也，未足以该文王之德，《颂》则曲直远迩，迁复哀乐，用广施取处行，对举成文，外强中干，凑合无味。又不知舞以节八音，行八风，此方论歌未及于舞，而遽以五声八风对言之，浅陋尤易见也。《大武》则影附四海永清，曰周盛若此。《大夏》则影附不矜不伐，曰勤而不德。《韶舞》则影附尽美尽善，曰甚盛蔑加。犹无大谬，但鲁乐果备虞《韶》，孔子鲁人也，札得观《韶》于鲁，子反闻《韶》于齐，何也？大抵以《国风》皆周乐，以鲁乐备六代，所见不出汉人，其谬为大言以欺世，求诸续《序》，则多比附，衷以古《序》，则极文离。殆由河间献王所得旧书，有毛氏《诗》、左氏《传》，诂训之士，遂相与采拾增辑为之说。

又考武帝元光五年，河间王来朝，献雅乐，所献之乐，大约歌用四诗，舞称六代，而总以周乐为名。当日献之汉朝，必先有援据，好事者因《左氏》帙繁事杂，窜入其说，以为引用《诗》《乐》之证耳。今考《左氏》本文，叙吴公子札来聘，见叔孙穆子说之，与语毕。又叙其出聘也，通嗣君也，故遂聘于齐，聘于郑，适卫，适晋，文理一线，而其间历叙与诸国卿大夫言者，繁简有条，向背有法。兼入晏子之纳邑免难，及宿戚闻钟一大段，杂而益整。至赜而不可恶，起止亦复屹然。乃于祸必及子之下，横空填入此文，由歌及舞，由风及雅、颂，由文、武及汤、禹、舜，请观起，请观结，手笔庸琐，义意空疏，盖与伪《泰誓》等耳。读《左》说《诗》者，皆不可不辨也。

学《诗》之道有四：一曰作诗，发言必根于志之所之，是谓心声。广博物理，依于音律，是谓出纳五言。《虞书》曰：予欲闻五声、六律、八音，在治忽以出纳五言汝听。又曰：夔命汝典乐，教胄子，直而温，宽而栗，刚而无虐，简而无傲。诗言志，歌永言。《周礼》曰：太师教六诗，一曰风，二曰赋，三曰比，四曰兴，五曰雅，六曰颂。以六德为本，以六律为音。《记》曰：不学博依，不能安诗。皆作诗之教也。一曰诵诗，必反求而内省，慎修而笃行。不徒口耳之粗迹。子曰：诗三百，一言以蔽之，曰思无邪。又曰：诵诗三百，授之以政不达，使于四方不能专对，虽多亦奚以为？又曰：诗可以兴，可以观，可以群，可以怨，迩之事父，远之事君，多识于鸟兽草木之名。子谓伯鱼曰：人而不为《周南》《召南》，其犹正墙面而立也欤？又曰：不学诗，无以言。经解曰：其为人也，温柔敦厚，诗教也，温柔敦厚而不愚，则深于诗者也。白圭慎言，则南容三复。不忮不求，何用不臧！则子路终身诵之，皆诵诗之学也。一曰说诗，必心领神会，发挥旁通，论世以知其人。子曰：赐也，始可与言诗已矣。告诸往而知来者。又曰：起予者，商也，始可与言诗已矣。孟子曰：固矣哉！高叟之为诗。又曰：说诗者，不以文害辞，不以辞害志，以意逆志，是为得之。又曰：诵其诗，不知其人，可乎？是以论其世，皆说诗之方也。一曰赋诗，古人于诗，不以多作显才，而以能赋发志。必熟悉义理，乃精于节取。晓谙音节，乃善于讴歌。用能即故生新，切中事幾之会，兼通彼己之怀，故诗仅三百，而朝聘、燕飨、军旅之际，其用不穷。晋侯享鲁公赋《菁莪》，于是庄叔以公降拜而赋《嘉乐》，郑伯宴文公子家赋《鸿雁》，文子赋《四月》，子家赋《载驰》之四章，文子赋《采薇》之四章，于是郑伯拜，公答拜。范宣子来聘，赋《摽有梅》，则季武子以欢以承命许之。武子赋《角弓》，又赋《彤弓》，则宣子亦以敢不承命许之。穆叔如晋，赋《圻父》，中行献子曰：偃知罪矣。赋《鸿雁》之卒章，范宣子曰：丐敢使鲁无鸠乎？范宣子赋《黍苗》以享武子，则再拜稽首而赋《六月》。穆叔赋《载驰》之四章，以感叔向，则曰肸敢不承命！季武子赋《常棣》之七章以受享，则宋人厚贿之。赋《鱼丽》之卒章以复命，则公赋《南山有台》以嘉之。晋人赋《嘉乐》以享齐、郑，于是国弱相齐侯赋《蓼萧》，子助相郑伯赋

《缁衣》，而晋侯拜齐君之安我宗祧也，又拜郑君之不贰也。他如七子赋诗，赵孟称为数世之主。赵孟赋《瓠叶》，穆叔知其欲一献之礼。六卿皆赋以饯韩起，起因以知郑。其庶乎？皆赋诗之事也。

经解曰：《诗》之失愚，其故何哉？圣人修述六经，以持世教，故时虽舍而天下文明焉。夫唯至教渊广，学者不能遍观而尽识，于是各循其性之所近以学之，而受益无方，入其国，观其为人，即可知其教之所得力，是谓专经之学也。《诗》之为教，信以发志，而穆如清风，故无疾言，无遽色，发乎情，止乎礼义，故哀乐不过其则，动静不失其常。体之以治，厥身心畅于日用，鄙可宽，薄可敦，矜躁释而辞气和平，溪刻消而裒益称物。以经夫妇雍睦，刑于家庭。以亲族党任恤式于闾里。其为人也，庶乎温柔敦厚矣。虽然，罹变如宜臼而曰：我无令人，则能慕而不能怨。居时如有鳏，而曰必告父母，则知经而不知权。诵《北山》者，非深体夫我将教孝之心，势必至于臣父，而非所以为子。咏《常棣》者，不大明夫破斧灭亲之义，道固出于爱兄而非所以为臣，充斯类以行诸躬，措诸家国天下，常变杂投，跋胡疐尾。《小雅》曰：不敢暴虎，不敢冯河。人知其一，莫知其他，斯之谓也。非愚而何，然岂《诗》之愚人哉？亦弗深者自失之而已矣。若夫说《诗》者，以文害辞，以辞害志，小则淇泉之绿竹，区为二物，大则执竞之成康，判为二王。称此以求，而《诗》之失愚，殆不可以更仆数也。即如严君平之学《易》，履乱而皭然不污，遁世而确乎不拔。律己必砥乎廉隅，语人必依于忠孝。盈虚消息，与时偕行，可不谓洁静精微乎？惜夫闭肆下帘，惟讲《老子》，且欲著书以述后世，攻乎异端，其蔽也贼。贼与愚为害不同，其失则一。愚成斯编，而号之曰深，匪云能之？姑以自励夫愿学之志云尔。

夏殷之礼，文献无征，孔子犹难言之，况焚坑以后，六籍仅存，而残阙不少。乐无经，《周礼》无《冬官》，《仪礼》《尚书》亡逸皆过半，《春秋》则经全史缺，虽有三传，而《公》《縠》之解经鲜事实，《左氏》之纪事多浮夸。折衷以符经旨，自昔难之，其间惟文周之《系辞》，孔子之《十翼》，独为完书。次之则《诗》者，古人之文与事，三百具存也。《序》者圣人之所取义，鸿纲举，巨目张，非书《序》比也。《史记》：秦时焚书，伏生壁藏之，其后兵大起流亡。汉定天下，伏生求其书，亡数十篇，独得二十九篇，以教于齐鲁之间。据此则其年至九十，惟口授晁错，由所得旧简，岁久坏烂，而又别无写简耳。孔壁古文出，时人无能知科斗书者，孔氏以所闻伏生之书考论文义，定其可知者，增多伏生二十五篇。伏生原合《尧典》《舜典》为一，《益稷》《皋陶谟》为一，《盘庚》为一，《顾命》《康王之诰》为一，孔氏据《序》分之，故云《并序》，凡五十九篇。其余错乱摩灭，弗可复知，悉上送官，藏之书府。据此，是《序》与《书》同出壁中矣。虽然，《序》果裁自圣笔，必于要义有所发挥，今读其辞，不过节书中事略，记其篇名，本属赘旒。又《九共》九篇，《咸乂》四篇，《太甲》三篇之类，意在详其篇数而已。临淮太守《家语序》云：孔子襄以秦法峻急，壁中藏其家书。由是论之，此《序》乃藏书时虑其简编历久，或蠹朽凌乱，因序次篇名、数目以备考。及与经俱出，孔氏念皆先人遗迹，附经以传，俾后学知删书，旧有此数，故《书序》惟称孔子讨论坟典，断自唐虞，以下迄于周，《典》《谟》《训》《诰》《誓》《命》之文凡百篇，今其存者五十八，亡者四十二，而《序》不与焉。及其承诏作传，乃言《书序》所由作，则《序》非圣笔明矣。

若夫《诗序》，二《南》《大雅》《豳》诗，标旨趣者居多，《小雅》《周颂》《商颂》，明事类者独晰。变风、变雅、《鲁颂》，其书法或婉或直，或平或峻，或予或夺，或显或晦，悉与《春秋》相表里。于今可考三百事义者，独赖此《序》之存，岂若茫茫坠绪文献，胥苦于无征哉？其他声韵、音释、字义、物名、地理、制度、官爵，朱传颇集百家之成。兹编所见，有与《集传》异者，则注之，凡不注者，皆从《集传》，唯逆志于文辞，发其本旨，虽多与《集传》不符，即就《诗》以敷陈之，不能悉为之注也。

或问：朱子力驳《诗序》，而后学说《诗》，每不从《集传》，然则晦翁之学非欤？曰：吁，是何言欤？子朱子，古笃学力行之君子也，其质性似曾子。尝曰：学者须刚毅果决，悠悠终不济事，则其为学亦由行入，惟敏达不逮子贡，故尤加意于格物致知，盖求扩充其所短也。昔孔子自叙有曰：四十而不惑。孟子亦曰：我四十不动心。今读晦翁所为《传注》，或积疑数十年，究无定解。或两义并存，不敢轩轾。或晚年所见，异于少壮，而亦未肯追改前说，即此以窥其学力所到，殆可与立而未优于不惑。若其困而学之，随事体察，则曾子以后所仅见者。使获游孔子之门，一贯之道，庶可以与闻矣。噫！孟子之生，去圣世未远，又近圣人之居，然而无有乎尔，则亦无有乎尔。盖深惧夫见知者邈，则闻知者久且益难，况秦火以来，遗经仅存，诸子百家，群言瞀乱。如治丝而棼之，虽曰豪杰之士，无文王犹兴，而欲于棼丝中，择焉皆精，语焉皆详，中人以上其难之。故《孟子》七篇所言，犹间不慊于人心，又何异夫《集传》之未能无小疵也。

伯政童年学《诗》，谨守《集传》，长而博考旁参，一旦憬然如悟，遂取古《序》及朱传审辨其义，积三十五年，乃成兹编，不忖陋妄，庶几愚夫千虑，或少补明智之所未发。其言是正朱子所深嘉，如其非是，必不能以欺天下后世，又何敢与先儒为难也！虽然，穷经匪知之艰，行之维艰，知及之，仁不能守之，则虽得必失，流为自欺之小人。能不前望子朱子，而恧然惭且惧欤？乾隆十有九年仲春望日志。

湖南文征　卷三十九

辨三

纯水辨

钟圣芳

《平江邑志》云：纯水出纯山，即连云山也，而其发源于东南者，则谓之卢水。《水经注》曰：纯水出其县东南纯山，西北流，又东径其县南，又北径其县故城下，右会汨水。

按：古吴昌县在今之金埠观，故为纯水所径，即《邑志》之卢水也。会汨于故城下，在双江口，则今之中县坪者，故城也。建于三国之吴，《邑志》以为后迁者，其亦传闻异辞者乎？连云称纯山，古无可考，山之所出水分二源，皆属小溪，其入汨乃在故城之上流三十余里，岂得径故吴昌县南哉？平之大溪四，在西北者三，在东南者一，纯水也。四水源流，远近大小，大略相似，皆会于汨，惟纯径古县城，故独见于经传耳。

由此观之，《邑志》之卢山、卢水，皆古之纯也，而又或以卢为罗，其失均矣。因附于此，以正其讹焉。

诗序辨

朱景英

《诗》皆有序，独《关雎》为最详，先儒谓《关雎》为《大序》，《葛覃》以下为《小序》，而作序之人，说者不同。

谓为子夏作者，毛公、郑康成、王肃、萧统辈也。谓《大序》

是子夏作，《小序》是子夏、毛公合作者，沈重也。谓卫宏从谢曼卿受学，因作《毛诗序》，善得《风》《雅》之旨，于今传于世者，《后汉书》也。谓《毛诗序》子夏所创，毛公及卫敬仲又加润益者，《隋书》也。谓子夏意有未尽，毛公更足成之者，陆德明也。谓子夏有不序《诗》之道三，疑其为汉儒附托者，韩愈也。谓《诗序》诗人所自制者，王安石也。谓其言时有反覆烦重，类非一人之辞，凡此皆毛氏之学，而卫宏之所集录者，苏辙也。谓《诗大序》其文似《系辞》，其义非子夏所能言，分明是圣人作此以教人者，程子也。谓《小序》一言国史记作诗者之本义，《小序》之下皆《大序》，亦国史之所述，间有圣人之遗言可考而知者，范处义也。众说纷纷，殆难缕述矣。

近世竹垞朱氏，以为《诗》之有序，不特《毛传》为然，说《韩诗》《鲁诗》者，亦莫不有序，惟《毛诗》之序本乎子夏。故《毛诗》出，学者舍三家而从之，以子夏习《诗》而明义，其序不同乎三家也，且谓《毛诗》虽后出，亦在汉武时，《诗》必有序而后可授受，《韩》《鲁》皆有序，《毛诗》岂独无序？直至东汉之世，俟宏之序以为序乎？其言甚辨，然不为无见也。去序言《诗》者，自宋雪山王质《诗总闻》，夹漈郑樵《诗辨妄》始。朱子因渔仲之说，尽去美刺，探求古始，其说颇惊俗。杨用修谓文公因吕成公大尊《小序》，遂尽变其说为矫枉过正，非平心折衷之论，宜东莱不能心折也。盖自朱传出而訾议纷起，信者少而疑者多，其尤明切，攻之不遗余力者，则鄱阳马氏之论足味已。

大抵谓《书》之序可废，而《诗序》不可废。《雅》《颂》之序可废，而十五《国风》之序不可废。其中举《诗》之赖序以明者凡数端，且谓《诗序》自汉以前，经师传授，去作《诗》之时不甚远，千载而下，学者所当遵守体认，以求诗人之意而得其庶几，固不宜因其一语之赘疣，片辞之浅陋，而欲一切废之，凿空探索而为之训释也。噫！斯殆文公之诤臣也夫。

沅州辨

朱景英

《元和郡县志》：贞观八年，于龙标县置巫州。天授二年，改为沅州。开元十三年，复曰巫州。大历五年，以境接溆浦，改曰叙州。《一统志》据此谓今黔阳县为唐叙州治。兼据《通典》巫州理龙标县之语，而证以龙标山，在今黔阳县城内。则唐巫治在今黔阳，洵属无疑。又谓今沅州治乃唐潭阳县，而旧志误以今沅州治，即唐巫州治，其说甚精，足破从前之惑矣。

乃或者犹以唐沅州为疑，岂知沅州之名，以沅水而称，而沅水自会同流入黔阳县西清江口，与无水合，已详予《无沅二水辨》，则唐沅州治之在今黔阳县更明。且唐王昌龄谪龙标尉，其见于诗者，如《西江寄越弟》云：沅溪更远洞庭山。《龙标野宴》云：沅溪夏晚足凉风。《留别司马太守》云：远谪沅溪何可论。《送柴侍御》云：沅水通波接武冈。《送吴十九往沅陵》云：沅江流水到辰阳。即《辰志》所引“昨从金陵邑，远谪沅溪滨”之句，虽其诗全首不见本集，然莫不指沅水而言，不皆与唐沅州相证明邪？

至今沅州治，实自宋熙宁间始移置于此，绝非唐之旧矣。此误如《舆地广纪》《明一统志》《方舆纪要》诸书犹不能免，不独旧志为然也。

诸葛营辨

朱景英

《一统志》：诸葛营有四，俱在黔阳县。一在县东南安江，一在县南渡名瓮城，一在县西南原神乡，一在县西南托口。相传俱诸葛亮屯兵处。

按《水经注》：沅水又东与序溪合，水出武陵郡义陵县鄜梁山西北，流径义陵县治。序溪其城，刘备之秭归焉，出五溪绥抚蛮夷，亮率诸蛮所筑也。考义陵即今溆浦县，序一作叙，即叙水。黔阳与溆为近，其屯兵处似与郦注所云亮筑城处相距不远，然考《蜀志》，章武元年，先主伐吴，吴将陆议、李异、刘阿等屯巫秭归，将军吴班、冯习自巫攻破异等军，次秭归。武陵蛮夷遣使请兵。二年，先主于夷道猇亭驻营，自佷山通武陵，遣侍中马良安慰五溪蛮夷，咸相率响应。又《马良传》以马良为侍中，及东征吴，遣良入武陵招纳五溪蛮夷，蛮夷渠帅皆受印号，咸如意指。会先主败绩于夷陵，良亦遇害。是入武陵者良也。

是役也，武侯以丞相领司隶校尉，留守成都，不在行间，何缘得有筑城一事？至亮本传云：建兴三年，亮率众南征。考其经由实道越雋，故《表》云：五月渡泸。不宜出此。况先主败军之后，所云荆州三郡，地皆入吴，终蜀汉之世，不能复也。武侯更无缘得经此地。且《水经注》此条，朱谋㙔笺，已谓秭归以下有脱误，盖五溪上是脱文，而良误为亮，音近而字讹耳。

《黔阳县志》于山川类有卧龙岩、冷水井，而古迹内又有诸葛城及诸葛营，俗语流传，不足信也。

若溪寨辨

朱景英

《方舆纪要》：若溪寨在沅州西，宋至和中，溪州蛮彭仕羲作乱，寇辰州界，据守若溪地，既而其兄师晏攻杀之，归若溪地并以皮白峒来献，盖在若溪西也。崇宁三年，始置若溪寨，属卢阳县，今仍为戍守处。

按《宋史・蛮夷传》：北江蛮酋最大者曰彭氏，世有溪州，州有三，曰上、中、下溪。又有州十一，总二十州，皆置刺史，而以下溪州刺史兼都誓主，十九州皆隶焉。谓之誓下州。天圣五年，命彭仕端知下溪州，明道初，仕端死，复命仕羲为刺史。至和二年，知上溪州彭师宝，与仕羲子师党，举族趋辰州，告其父之恶，且言将起为乱。于是知辰州宋守信，率兵数千，深入讨伐，兵至而仕羲遁入他峒，不可得，俘其拏及铜柱，而官军战死十六七，信等皆坐贬。自是蛮獠数入寇钞边，吏不能制。后遣使经制，大出兵临之，且驰檄招谕之，而仕羲乃陈本无反状，愿以二十州旧地复贡奉内属。嘉祐二年，就降辰州，亦还其拏及铜柱。

自是仕羲岁奉职贡，然黠骜数盗，即辰州境界白马崖下喏溪，聚众据守，朝廷数招谕，令归侵地，不听。熙宁三年，为子师彩所弑。师彩专为暴虐，其兄师晏攻杀之，纳誓表于朝，并上仕羲平生鞍马器服，仍归喏溪地。五年，复以马皮白峒地来献，诏进为下溪州刺史。章惇经制南北江，誓下州峒蛮，各以其地归版籍，师晏遂降。诏修筑下溪州城，并置寨于茶滩南岸，赐新城为会溪，新寨名黔安，戍以兵，隶黔安戍云云。

考彭氏所刺之州，在今永顺府，而下溪州即今会溪，在辰州府沅陵县之西北一百二十里。源出永顺县西南，流入酉水，是为北江，俗呼为北河是也。仕羲所据辰州界白马崖下喏溪，大抵即今沅陵县北二十里之白岩界山为近。若沅州之若溪寨，则在今芷江县西，《州志》所谓若水之右是也。沅州上下，《宋史》谓之南江，与北江远不相涉，况"若溪"与"喏溪"字画亦别，其不能牵附明矣。

至仕羲作乱始末，与师晏攻杀事迹，顾氏亦舛错已多，故详引《宋史》以正之。

李白流夜郎辨

朱景英

夜郎壤地最阔，人多通称。唐初屡以名郡县，贞观七年，置珍州夜郎郡，治营德县，亦理夜郎县，乃李白长流处也。

元和二年，州废，县隶溱州，终唐之世，溱有夜郎县。唐凡四夜郎，珍、溱郡县之名三，而沅州之夜郎县，自贞观八年析龙标置，初隶巫州，再隶沅州，又隶舞州、鹤州，终隶业州。至天宝二年，更名峨山。白之流珍州夜郎郡也，在肃宗乾元元年，半道承恩放还，亦未尝身履其地。其《寄王明府》诗所云“去岁左迁夜郎道，今年敕放巫山阳”是也。曾子固谓其汛洞庭，上峡江至巫山，以赦得释。试取其道里所经而次第之，与沅州之夜郎何与邪？

至古夜郎国，汉为牂牁郡，在唐夷播之间，亦绝非李白流所。人率昧于夜郎所在，每信口漫相指目，而湖南诸郡县志，多牵缀李白流寓以为重，且傅会其诗句，若武陵之木瓜山，沅州之武阳山，以彼吟咏，实此留题，黎丘之鬼幻凭，白昼之梦空呓，岂足当通人指摘哉？

后汉书南蛮传辨

刘绍濂

南彝之称，杂见经史，《书》云三苗，《诗》云蛮荆，《史记》《前汉书》云夜郎，即皆南夷种类也，即《南夷传》之星宿海也。初无所谓槃瓠其说者，自东汉末应劭撰《风俗通》，杂采诡俚之语，标为“槃瓠”之称，自矜博洽，而不知其无识不典实甚也。然劭非有柱下纪载之系，恣其丑记，著为创闻，不过博文人谈锋一快耳。夫何宋范蔚宗者作《后汉书》，冀光石渠，上嗣马、班，率臆拉引，漫无别择，乃翻迁、固之局于《西南夷传》上，加入“南蛮”二字，而援应氏诡俚之语，冠于其首，无识者流，增衍为说，益以滋蔓，势不能家置一喙，则亦不可不著论以破之也。

尝试即其说而辨之，大抵其妄有八：犬戎者，山戎、獯鬻、猃允之总号也，南夷从无此称。今云高辛氏有犬戎之寇，帝患其侵暴云云，则是猥以加之武陵蛮，殊骇听睹。其妄一。吴之得姓以泰伯，将军之官自战国，高辛氏之代，安得有将军之称乎？其妄二。且云征伐不克，则吴将军者，其人必悍勇，其党必繁多，其巢穴必险阻，槃瓠，一犬耳，虽狡骍如獒，要非其敌，安所得其头而衔之？其妄三。高辛氏建都于亳，今归德府商丘县是也。商丘至今辰郡，水陆三千余里，中隔洞庭之险，槃瓠以一犬，往返三千余里，又衔一人头，保无伺而夺之，角而毙之者，且又安能走天堑如康庄邪？其妄四。高辛氏列称五帝，其少女则尧与稷、契之妹也，以配畜，虽至愚不为，而谓圣如高辛氏而为之邪？其妄五。令不可违，屈就女配，即如其说，前者以犬衔头而来，今又以犬负女而走，经涉旬月，逾远越险，如入无人之境，而近在数舍之内，事理之必无者也。其妄六。武山石室，传在泸溪，非有甚阻绝也，况犬可以往，岂人不可以至？乃云遣使寻求，辄遇风雨震晦，若迥非人境者。其妄七。槃瓠之子，既以先父有功，母帝之女，立之君长，赐有印绶，厥后唐尧嗣位，南蛮为其外甥，虞舜既帝，南蛮为其亲戚，二代要服之国，瓜葛历然，何并未见他书邪？其妄八。夫此八妄，如瘢着面，有目共睹，初非吹毛求疵也，范氏乃不能烛其纰缪，正告天下，而至援以立传，则非应氏之妄，而范氏之妄也。

当时自谓整理无愧，又云体大思精，即此而观，吾不知其所谓整理精大者安在也。又夜郎之侯，远在汉先，其见于《史》《汉》二书者，夜郎称侯则有多同，其后封王，实惟元狩。而牂牁立郡，亦即在元狩年间，范氏乃援《华阳国志》竹姓称侯之说，若夜郎之侯始于汉武帝者，且牂牁之郡，显在元狩，而范氏以为元鼎，岂范氏目未见马、班二书邪？况二书《西南夷传》于武帝录至元封二年，若有其事，马、班先载之矣，何待常氏掇拾于后？乃范氏不据正史，而据杂记，亦诬且僻矣。

《哀牢》之传，谓妇人触沉木有妊，十月产子，男十人，其小子曰九隆，共推以为王，是为哀牢之祖。荒怪不经，亦本《风俗通》，与郡无涉，故不辨。

尚书今古文杂辨

张世法

《尚书》，先儒传汉所治，惟伏生二十八篇，武帝时增《泰誓》一篇而止。至东晋梅颐奏上孔安国传注《尚书》，比伏生多二十五篇。凡《传记》所引《书》语皆收入，又析伏生《书》为三十三篇，并《书序》共五十九篇，遂冒为孔壁古文行于世。其书不可信，此疑之者过也。

据《书序》中百篇，《虞书》帝釐下，土方设居，方别生分类，作汨作九，共九篇。稿饫合《典》《谟》为十五篇，其十一篇皆亡。《商书》自契至成汤，八迁始居亳，从先王居，作《帝告釐沃》。汤征诸侯，葛伯不祀，汤始征之，作《汤征》。伊尹去亳适夏，既丑有夏，复归于亳，入自北门，乃遇汝鸠、汝方，作《汝鸠》《汝方》。汤既胜夏，欲迁其社不可，作《夏社》。疑至臣扈，夏师败绩，汤遂从之，遂伐三朡，俘厥宝玉，谊伯仲，伯作《典宝》。咎单作《明居》。成汤殁，太甲元年，伊尹有训，作《肆命徂后》。沃丁既葬伊尹于亳，咎单遂训伊尹事，作《沃丁》。伊陟相太戊，亳有祥桑、谷拱生于朝，伊陟赞于巫咸，作《咸乂》四篇。大戊赞于伊陟，作《伊陟原命》。仲丁迁于嚣，作《仲丁》。河亶甲居相，作《河亶甲》。祖乙圮于耿，作《祖乙》。高宗祭成汤，有雉升鼎耳而雊，祖己训诸王，又作《高宗之训》，而其篇皆亡。

《周书》：武王既胜殷，邦诸侯，班宗彝，作《分器》。巢伯来朝，芮伯作《旅巢命》。唐叔得禾，异亩同颖，献诸天子，王命唐叔归，周公于东作《归禾》。周公既得命禾，旅天子之命，作《嘉禾》。成王东伐淮夷，遂践奄，作《成王政》。成王既践奄将迁，其居于蒲姑，周公告召公，作《将蒲姑》。成王既伐东夷，肃慎来贺，王俾荣伯作《贿肃慎之命》。周公在丰将殁，欲葬成周，公薨，成王葬于毕，告周公作《亳姑》，其篇亦皆亡。夫既以其《序》为伪，则其亡之篇，可尽斥也，篇可斥，其人其事亦尽可斥邪？嘻！亦忍甚也已。

又据古文之增者，其篇若《大禹谟》《五子之歌》《胤征》《仲虺之诰》《汤诰》《伊训》《太甲上》《太甲中》《太甲下》《咸有一德》《说命上》《说命中》《说命下》《泰誓上》《泰誓中》

《泰誓下》《武城》《旅獒》《微子之命》《蔡仲之命》《周官》《君陈》《毕命》《君牙》《冏命》，并析而增之者，其篇若《舜典》与《尧典》为二，《益稷》与《皋陶谟》为二，《盘庚》为三，《康王之诰》与《顾命》为二者是也。说者曰此伪也，与伏生之口授不类，夫古今善言《书》而繁称博引者，宜莫如《孟子》七篇，其他则时时见于《论语》《传记》诸说，使疑者而或别有所为《书》，非吾之可得而知也。若只如孔《书》所载，则吾据《孟子》《论语》《传记》，各指陈而断，其章章明白，无可疑者。《孟子》只载见瞽瞍夔夔斋栗，非《大禹谟》乎？乃葛伯仇饷，初征自葛，非《仲虺之诰》乎？《论语》：简在帝心，朕躬有罪，无以万方，万方有罪，罪在朕躬。非《汤诰》乎？《孟子》：天诛造攻自牧宫，朕载自亳。非《伊训》乎？《大学》：顾禔天之明命。《孟子》：子不狎于不训。天作孽犹可为，自作孽不可活。非《太甲》乎？《论语》：高宗谅阴，三年不言。《孟子》：若药不瞑眩。非《说命》乎？而《孟子》又引天祐下民，作之君，作之师，天视自我民视，天听自我民听。我武维扬，侵予之疆。杀伐用张，于汤有光。《论语》亦有予有乱臣十人，虽有周亲，不如仁人。非《泰誓》乎？《孟子》曰：吾于武城，取二三策而已矣。血流漂杵，非当日之即有是言乎？左氏《传》曰：王曰，胡毋若尔考之违王命也。非《蔡仲之命》乎？子曰：惟孝友于兄弟。非《君陈》乎？《礼记·缁衣》，《君牙》曰：夏（日）暑雨，小民惟曰怨咨。冬祈寒，小民亦惟曰怨咨。《孟子》曰：《书》曰丕显哉！文王谟丕承哉！武王烈佑，启我后人。咸以正无缺。非《君牙》乎？若皆纂其语而为之辞，彼《孟子》《论语》《传记》所引称，岂尽自其逸书者而为之邪？然又恶知其纂者之孰为逸，而引者之孰为真邪？

又其中于《太甲》《伊训》《武城》《泰誓》，前所见于《孟子》之言，则显摘其篇而有是名矣。彼纂其语而又纂其篇者，何为邪？若皆可纂而为之书，则《书序》篇亡者百居其半，何不悉纂而为之，岂不竟曰完璧，而仅纂此二十五篇者之为，复割裂今文之旧，分而充三十三篇者之为何谓邪？吾又以决好事者之必不为是也，且彼疑者，非以其今文词反难，而古文词反易乎？然韩子有言，文无难易，惟其是尔。此虽在六经，亦犹是也。圣人之书，存什一于千百，后之人虽极力摹拟，而欲窃效其一二文辞，不惟无唐虞三代气象，亦并无唐虞三代之原本。何者？圣君贤相，渊源聚续，不可窥测，今试问危微精一之言性命，主善协一之言学术，燮理阴阳，寅亮天地之言纲纪制度，当汉之时，有刘子骏、扬子云其人者，能为之乎？又东汉、魏班孟坚、徐伟长其人者，能为之乎？汉、魏诸人不能，而谓东晋之效清言、慕风流者能为之乎？此何异于掩耳而盗其铃之说，然则为此者究何人哉？而悬拟之以为伪也。

或又曰：时代先后，文章厚薄因之。乃古文之为是书者，《商书》清浅，反不如《周书》朴茂，则时代更为倒置也。吾又有以明其不然，夫启与有扈战于甘野，以天子之尊统六师，与一强侯相敌，前后乎此者，未闻也。而今文并《誓》独言之，且其文读之似极平易，而《汤誓》《高宗肜日》《西伯戡黎》《微子》等篇，其今文亦必不尽作佶（倔）〔屈〕聱牙之语。相提而论，黜彼取此，胶柱鼓瑟，刻舟求剑，而哓哓者千百言不已，此亦疑者之过也。与其过而废也，毋宁过而存之。

今梅赜之有是书，吾诚不知其并免于窜易附会焉与否，但竟公然师心伪作，彼亦何敢侮圣人之言者！先儒有知，吾请为主其辨。

序辨

张世法

吾序禹门陈君，而尚有跃如之矢，为彀中引而未发者。客曰：子其与陈君哉，何少人多石之论，娓娓津津，犹未离乎楚之说也？则对曰：吾何序？序即陈君之所自为言耳。陈君初识余，色甚喜而意矜其文，且曰：于实则得，于名则失。楚之所以不亟重于天下者，无大气力以张吾军，而又能者深自爱惜，不肯一出其学，以就当世大有气力之为，故没没也。吾将收辑楚材，出而问世，而力有不逮，先生其为余序之。因苦其心，壮其志，而有是前者之序。

虽然，抑更有说焉，吾不知陈君之所谓楚者，果天地山川无间于疆域远近之为楚邪？抑一水一石争胜于丘壑方隅之为楚邪？果天地山川，南岳之灵，洞庭之富，其气概岂遽让于天台、雁宕、罨溪、清霅之胜？若犹是一水一石，则熊罴之登于山，牛马之饮于溪，蹲踞而环列者，且交相啼啮也。适自诮于柳子之文耳，何多诧焉！今陈君之于文，其能焉与否？吾尚未遑多议，然吾闻其不得志而归里也，有观湘之选，十子之称，夫楚岂尽于湘，十子岂足以尽楚？如得其人文，数十人不为滥，设未得其当，虽一二人已足为累。十何为者？况并无此十子者，于胸中而将归而谋之邪？

唐叟尧章，学成而年尊，其文益可贵重，不宜与诸子齿，陈君欲取而弁之，并以己文为之附，皆非昭明慎之道。吾愿陈君且蕲至于古人之学，而毋汲汲于一时之名已也。

洛书即洪范辨

潘相

《易大传》曰：河出图，洛出书，圣人则之。是二者皆出于伏羲之世，而后人乃谓《洛书》锡禹《洪范》，本于《洛书》，愚窃疑之。夫圣人则之者，言则以作《易》，未云则以为《范》也。

《洪范》云：锡禹《洪范》九畴。未尝云锡《洛书》也。学者生秦火后，何从于正经外，断《洛书》即《洪范》？或曰，其轶时时见于他说，夫他说曷足信？且夫《洛书》理数之可以作《易》，不可以为《范》也明矣。一与六合，三与八合，五居中，其位次犹图也，惟二七与四九易位，其相合仍不异，以画卦则老少生成，错综有意，移而作《范》，一曰五行何以居下，二曰五事何以居右前，三曰八政何以居左，历历推之，类牵合不可通。其文云：初一曰某，次二、次三曰某。以右前之二次下之一，因而次之，皆无次焉。白而奇者，阳为一、三、五、七、九。黑而偶者，阴为二、四、六、八。夫五行、八政、皇极，稽疑福极，何以属阳奇？五事、五纪，三德庶征，何以属阴偶？《河图》相配，皆见精义，而《书》独无之，甚无谓矣。且一、二、四数各五，三数八，五数一，六数三，七数七，八数五，九数十一，天为之欤？禹为之欤？天为之，则有其点，不具其数。禹为之，宜则一为一，则二为二，而任意多寡，于配义奚取焉？如谓但取九类之合，则无往不可作《范》，又奚待夫黑白其圈，纵横其数，禹始能第之成九类也？然则《洛书》锡禹不足信，《洪范》者，禹功成受位，所立治天下之大法也。其言天锡，犹锡王勇智云尔，不必龟负为锡也。其述鲧亦举相反者以立言，犹言武必援文、必举纣耳。因而附会之，谓为治水之瑞，是犹云《春秋》成而麟至也，过矣。

夫学者穷理宜尊经，《传》未可泥也。今质之《书》文，衷之《易》系，察之理数，《洪范》之即《洛书》，其然耶？其不然耶？至谓是说也，出于汉孔安国、刘歆、班固，成于宋蔡氏父子，则前儒之凿妄者多矣。九以为图，十以为书，纷纷者又岂可凭？学者不信孔子《易》、箕子本文，顾宗刘歆、班固、孔安国之说，则是刘歆、班固、孔安国之说，胜于孔子《易》、箕子文耶？

檀弓记出母辨

张九镡

《檀弓》篇伯鱼除服，本父在为母期之制，谓当除而不除，了无可疑，而《子上》章有“先君子丧出母”语，此传闻之诬辞尔。记者以礼之变而存之者，过也。

夫谓为父后者，父没为出母无服，而父在则服期而无禫，伯鱼、子上皆当父在宜服期，是之谓有隆有杀，进退如礼，而子思废礼之非明矣。吴氏妄谓子上继兄后，以子思哭嫂则有兄，不知孔子亦有兄，未闻以伯鱼继兄后，子思兄死，为之继后，记无明文，子思并不及此义，而但自是所见，使子薄其母，独不违祖若父之教乎？子思之母为卫庶氏之母，死不得哭之于庙。嫁母与庙绝族，子思父殁为祖父后，欲为之服，柳若恐其失礼，戒之，故言无其时君子弗行。吴氏妄谓子思支子不主祭，虽父、祖俱殁，亦得为出母服，抑何与不丧出母之言自相悖谬乎？

噫嘻！孔氏三母，不得如太任、太姒之遇，亦何至不如卫共姜、陈戴妫之行。一门三世，视《白华》《凯风》犹有余恫焉，此叔孙武叔、嬖人臧仓，毁侮圣贤之所不敢言，而谓较量区区服制间，可以垂训礼经乎？且其事《史记》无之，《家语》削之，记《礼》者犹存之，吾直以为传闻之诬辞，吴氏反从而实之，此所谓不知而作者也。

论语弟子门人考辨

张九镡

锡鬯，朱氏作《孔子弟子考》《孔子门人考》二篇，其于《家语》《史记》所载名氏异同，辨之详矣。至其分别弟子、门人为二，则不免于辨而失其正也。门人盖弟子之通称，犹称师曰夫子、曰先生云尔。

朱氏引欧阳子云：受业者为弟子，受业于弟子者为门人。意以弟子亲近，而门人乃疏远之称，不知特出于后世之论，以亲受业与否为差等耳。而遂谓《论语》为孔子而作，所云门人皆受业于弟子者何与?《论语》弟子皆呼名，或呼二三子。记者概称曰门弟子，又曰门人，若门人厚葬颜渊。子出，门人问曾子。子路使门人为臣，门人不敬子路。孟子云：门人治任将归。皆孔子之门人，而非颜子、曾子、子路、子贡之弟子也。惟曾子有疾，召门弟子，及两称子夏之门人，为曾子、子夏之弟子无疑。孔门惟曾子、子夏弟子著录者多，颜子早卒，子路、子贡皆不闻其有门弟子，且子夏之门人，即子夏之弟子也，非受业于子夏之弟子，而后谓之门人。孟子受业于子思之门人，即受业于子思之弟子也，而非弟子之门人。若云孔子之门人即非其弟子，则子夏、子思之门人，亦谓其非受业之弟子而可与？

《史记·世家》云：弟子盖三千焉，身通六艺者七十二人。是三千之徒皆弟子也。哀公问弟子，孰为好学？孔子独称颜回，回与无繇父子当各异时事，孔子故曰：自吾有回，门人日亲。言师弟子之益相得耳，非回先本门人，而后列为弟子也。《檀弓》记师死心丧三年，以明无服。孔子之丧，门人疑所服，子贡请若丧父而无服，即所谓心丧三年，犹无服也。朱氏一以为弟子之心丧，一以为门人之服，非惑之甚者与？又《檀弓》称门人者不一，如孔子先反，门人后，如门人曰鲤也，如子贡曰于门人之丧，如孔子与门人立，而概以为门人非弟子，可乎？

《后汉书·贾逵传》有弟子复有门生，欧公跋孔宙碑阴题名云。汉世公卿，多自教授，聚徒尝数百人，其亲受业者为弟子，转相传授者为门生，是亦皆及门之人。如董生下帷讲诵，弟子传以久，次相受业。郑玄事马融，在门下三年，不得见，使高业弟子传授于玄。是弟子可使传业，疑孔门已有之，要之同为先后及门之弟子，即称之为门人，无不可也。唐以后主司门生之称，与东汉举主之门生，虽皆非受业，而可自附于门人者也。朱氏所列孔子门人，如子弓、子思、公、穀、乐正子春、公孙尼子之徒，固有受业于弟子者，其人多不及孔子之门，且其为时久远，孔子已不及见矣，何得妄以《论语》所云门人者当之？若以当孔子时，而颜子、曾子、子路、子贡、子夏已皆有其门人矣，而复称为孔子之门人，又何以别于诸弟子之门人乎？

《史记·世家》：孔子葬，弟子皆服三年，三年心丧毕，相诀而去，则哭，各复尽哀。或复留，惟子贡庐于冢上，凡六年而后去。与《孟子》一一证合。凡《论语》弟子、门人之说，三尺童子所共知也。

夏殷易辨

张九镡

《周礼》太卜三《易》，曰《连山》《归藏》者，当从郑康成《易论》，指夏曰《连山》，殷曰《归藏》。杜子春云：《连山》伏羲，《归藏》黄帝。世谮言神农曰连山氏，黄帝曰归藏氏，又各不同也。

《礼运》载孔子之言曰：我观殷道，吾得坤乾焉。或以非孔子之言，然先儒以为《连山》首艮，《归藏》首坤，疑本诸此也。首（良）〔艮〕亦有成始成终之义焉，首坤亦有阴阖阳辟之义焉，但二代之《易》不传，卦爻之次，占筮之法皆不可考。有指二《易》皆以七八为占，及《连山》三十六策，《归藏》四十五策者，亦与《周易》不同，大都去圣既远，伪说日生，以故后之学者靡得而折中焉。

尝考桓谭《新论》云：《连山》八万余言，《归藏》四千三百言。王伯厚云：惜无所据，抑何夏《易》太繁，殷《易》太简耶？马端临云：《连山》，《汉·志》无之，《归藏》，《隋·志》无之，二书至晋、隋间始出，而《连山》出于刘炫伪作，《北史》明言之。度《归藏》之为书，亦此类耳。考《文心雕龙》云：按《归藏》之经大迂怪，乃称羿毙十日，嫦娥奔月，殷《易》如此，况诸子乎？真可谓迂且怪也。宋元丰中，有毛渐伪作《山》《气》《形》三坟之书，有指《连山》为伏羲，《归藏》为神农，坤乾为黄帝，皆不画卦而名曰卦、爻、大象，其大象皆八，八而八之为六十四者，特以是强合《周礼》经卦、别卦之文，其妄不足辨。

余读杜氏《春秋后序》云：汲冢《周易》上下篇，与今正同，别有阴阳说，而无彖、象、文言、系词，疑于时仲尼造之于鲁，尚未播之于远国也。其书亦只有《周易》，而阴阳之杂说废。凡左史倚相所读八索之书，与《周礼》占人八筮八故之文，皆无复有存焉者矣。二《易》之亡，自周末而已然，又可胜惜哉？

三通同异辨

张世浣

有唐刘秩采古之有关治要者，本《周官》六典之意，为《政典》三十五篇，迄于天宝而止。德宗时，杜佑益以天宝而后事，为《通典》二百卷，广为九门，分十九类，则有《食货》《选举》《职官》《礼乐》《刑法》《州郡》《边防》，以及《田赋》《钱币》《户口》《职役》诸目。宋淳熙间，郑樵因变其义例为《通志》二百卷，仿志为略，凡二十略，则有《职官》《选举》《刑罚》《食货》《氏族》《六书》《七音》《天文》《地理》《都邑》《谥法》《器服》《礼乐》《艺文》《校雠》《图谱》《金石》《灾祥》《昆虫》《草木》等类。后马端临广杜氏之成规，检郑氏之疏舛，附以心裁，成《文献通考》三百四十八卷，为类凡二十有四，则有《田赋》《钱币》《户口》《职役》《征榷》《市籴》《土贡》《国用》《选举》《学校》《职官》《郊祀》《宗庙王》《礼乐》《兵刑》《经籍》《帝系》《封建》《象纬》《物异》《舆地》《四裔》等类。是三通者，并传不朽者也。而要其同异，不可不辨。

夫刘氏一书，房琯谓其才过刘向，杜氏病其未尽，故其书总在覆举故实。李翰作序，谓其刊列治典，缉熙皇朝，粹精而其道不杂。宋祁撰列传，称其博而能约，然其析赋于田制之外，杂贡于税法之中，叙选举则孝秀与铨授同科，论训典则经文与传注相汩。他如天文、五行、封建、世系之属，皆无及焉。马氏评其节目未备，去取欠精。而刘昫撰《经籍志》：习而不察，列之类家。盖亦拟不于伦矣。郑樵之《六书》《七音》《氏族》等十五略，自谓非汉、唐诸儒所得闻，其《职官》《选举》等五略，则谓虽本前人之典，亦非诸史之文。马氏论其天文、地理、器服，失之太简，而五略直写《通典》全文，不加损益。

他若《玉格》，曲名误为宝货。《树萱》，书名指为草木。信毛渐之《三坟》，删子夏之《小序》。诋史迁之礼乐，全用旧文。讥班固之剿袭父书，过矣。至于贯串百家，综核异同，练氏族，校六书，正七音，删列史之荒芜，成六经之要典，非其卓有可传者乎？端临以宰臣之子，无志干进，其书考古证今，门分类别，虽仿杜氏，实可与温公《通鉴》并行。其自称叙事则谓之文，论事则谓之献，若颖滨苏氏、平园周氏、水心叶氏、五峰胡氏数十家之说，撷其菁英，折衷尽善，不愧一代巨手。王圻讥其详于文而略于献，不诚误哉？

总而论之，杜氏之识正，郑氏之学博，马氏之所见者大。其间虽有详略得失之不同，而要其为纪事之书，则未始有异也。宋咸平中，翰林院承旨宋白，奉敕续修《通典》，今已不传。樵子翁归曾续父书，亦未见行世。明嘉靖间，王圻取嘉定以后，及辽、金、元、明典故，撰《续文献通考》二百五十四卷，分合淆而简编杂，讵足与马氏比肩而接踵耶？

南岳衡霍辨

张世浣

五岳之名，由来尚矣。说者云，黄帝游观六合，见泰、嵩、华、恒皆有佐命之主，惟衡山独孤立无辅，乃与昌宇、力牧、方期等，章祠三天，太上使命霍山、潜山为南岳储君，并青城山为丈人，署庐山为使者，令总衡岳以鼎镇，举德真而为主。其说已不经，然犹谓霍山乃衡岳之副，明霍山不得为正岳，或乃以霍山为岳，其实非正。

又《广雅》云：天柱谓之霍山。而《风俗通·三礼义宗》云：南岳谓之霍。或又谓霍者，护也。言阳气用事，盛夏之日，护养万物也，则其说更凿矣。夫南岳衡山，朱陵之灵台，太灵之宝洞，上承翼轸，钤总万物，故名衡山。下踞离宫，统摄大师，故号南岳。赤帝馆其巅，祝融宅其阳，逮于轩辕，乃以潜、霍二山为之副，则南岳信非衡山不足以当之。《尔雅·释山》云：江南衡，南岳衡山也。其说确不可易。李巡云：郭璞因下文霍山为南岳，遂谓霍山，今在庐江灊县，灊水出焉，别名天柱山。汉武帝以衡山辽旷，故移其神于此，今俗人皆呼为南岳。南岳本自以两山为名，非从近来也。又云：汉武帝始乃名之。则是武帝在《尔雅》以前矣，岂其然乎？

谨按《尔雅·释山》云：江南衡，南岳衡山也。是南岳衡山初无二名，而下文霍山为南岳，当是汉人因武帝徙南岳之祭于此，而后附益之，即今衡山天柱峰与庐江之天柱峰，亦不过名同而地实异耳。

神灭辨

张经田

北齐杜弼，尝与邢邵论死生理。邵主人死神灭之说，弼力辨之，理屈而止。然死生之说，于理可信，即其事亦有可证者。如《后汉书》：武陵女子李娥物故，越十四日闻冢中有声，发出遂活，言冥事甚悉。《晋书》：干宝兄病气绝，积日不（泠）〔冷〕，后遂寤，云见鬼神事，如梦觉。宝遂撰集古今神祇为《搜神记》。《辽史》：孩里堕马，瞶而复苏，言见二人引至一城，有持牍者示之牍，书官至使相，寿七十七，后皆验。此皆死而复生，见冥中事者也。

《南史》：齐宗室铿死后，有陶弘景与铿旧识，忽梦铿来话别，云：后三十年当生某家。觉后访之与梦符。《旧唐书》：崔咸父锐为泽潞从事，有道人自称卢老，锐馆之于家。一旦辞去，且曰：我死当与君为子。指口下黑子为志，咸生志验，其形神亦似之。《宋史》：王氏妇梁，会元兵至，死于贼。谋更娶，梦妻曰：我死后生某家，今十岁，后七年当复为君妇。随遣人聘之而合，询其生与妇死年月同。此皆死此而生彼者也。

佛家又有变受异形之谓，如鲧为黄熊，杜宇为鶗鴂，褒母为龙，牛哀为兽，彭生为豕，邓艾为牛是也。他如历代所载幽冥事甚多，难以悉数。彼执神灭之说，岂前代记载尽荒诞不足凭耶？

抑其中别有说。无始以来，天地之大，往往理之所无，而为事之所有，不知即事即理，非凡夫所能测。自异说诪张，于是鬼神之说，不眩于怪，则怵于畏，浮伪日滋，而本心愈失。夫鬼神之事不可测，其理则确切不可易，而见诸圣经者，易言情状，记述幽明。仲尼谓物之精，子思称德之盛，季札之言曰：骨肉归复于土，命也，若魂气则无不之也。孔子善之，子不语神，亦以敬鬼神而远之为智。知生所以知死，事人即能事鬼，皆孔氏之教也。是故尧、舜也，孔、孟也，未尝不死，而其神日在天地，未始灭也。或有谓尧、舜、孔、孟与草木同变灭，鲜不以为愚且妄耳。

以是知生为贤智，殁为明神，此理之常，无足怪者。观于此言，俾通夫死生昼夜之道，人皆思感格鬼神，而交于鬼神之义，亦不失其正矣。

桓公子纠非兄弟辨

王绅

齐襄公弑鲁纳子纠，桓公自莒先入，遂杀纠而君齐。王子曰纠，非桓兄也，襄公子也。桓非纠弟也，僖公子也。

夫桓、纠之为兄弟，先儒言之详矣，兹独以为非者，亦即经与《传》而断之。《左氏》曰：初，襄公立，无常，鲍叔牙曰：君使民慢，乱将作矣。奉公子小白出奔莒，初立而奔，明其为弟也。又曰：乱作，管夷吾、召忽奉公子纠来奔。乱作而奔，明其为子也。在《春秋》之例，本君之子称子，其母弟称弟，故继世之君，当先君未葬，犹书曰子。庆父之弑般也，曰子般。襄仲之杀恶及视也，曰子襄。太子野之毁也，曰子野。故里克杀奚齐，曰君之子奚齐。而卫人立晋，初不谓之子晋。夫子于伐齐纳纠，曰子纠，其取子纠杀之也。曰取其子纠，是犹谓僖公子乎？

夫襄公淫虐暴逆之君也，子不可立于鲁仇雠也。雠者，无时焉可与通，通则为大讥，故其伐齐也，特书曰纳。纳者，不宜纳也，以其为仇之子也。其后之盟于柯也，公及齐侯皆爵，以其易世，且非后嗣也。可以审矣，不然，仲事纠，纠无过而桓杀之，是亦仲之仇矣，胡可相哉？

音韵辨

王绅

音韵之兴，其天籁之自然乎？圣人本自然之音，以舒其衷曲，发为人文，而乐章以启，依永和声，其权舆矣。顾上自赓载，下逮揆予，其中渔樵之所赠答，妪姝之所郁吁，亦可上被管弦，采入辅乘，三百诸篇，可考而知也。

自周沈昉为四声，部分整严，揆之古昔，往往不合。于是为通为叶，以济其穷。不知可通可叶，斯可正矣，不可正，则亦不可通叶矣，且所以叶者，谓不合于正，不得已而用之也，非可正而必取于叶也。今取《毛诗》而读之，天皆铁因，无有为他前者。下皆后五，无有为胡雅者。行读胡郎，事切上止，今皆以为叶，岂当时皆取其叶，而不取其正邪？《行露》章家分谷容，《驺虞》章虞分公牙，岂物取其同，而音取其别邪？

至于通，必其音韵相邻，而后可以兼入，而吴才老之韵与杜韩诗不合，杜韩真、文、元、寒、删、先六韵通，吴则真与文、元，先与寒、删，而真不通先。吴庚、青、蒸、侵皆通真，杜韩庚、青、蒸相通，而不与真通，侵更通覃，则所通亦无定矣。且东、冬通江，而江通阳，则阳亦可通东、冬矣。真、文、元六韵相通，而真可通庚、青、蒸、侵，则十韵皆可通矣。真通侵，而侵通覃、盐、咸，则十三韵亦可通矣。吴有通，又有转，阳通江转庚，庚通真转阳，则十三韵与东、冬、江、阳四韵亦可通矣。合之支、微、齐、佳、灰五韵通，虞、鱼二韵通，萧、肴、豪三韵通，歌、麻二韵通，独用者唯十一尤。然则平只六韵，可以包之。

由是推之，养可以通董，感可以通轸，漾可以通送，勘可以通震，药、锡可以通屋，上六，去六，而入则唯一也。何以百有六部哉？又韵之所叶者，尤不与萧通，而尤叶萧至五十三，萧叶尤至十有五。麻不与支通，而麻叶支至十八，支叶麻至十六。支不与尤通，而支叶尤至十七，尤叶支至十。尤不与鱼通，而鱼叶尤至十二，尤叶鱼至三十。其为转注者，未计一韵之中，可叶至数十，则其余亦何不可叶邪？为叶音者，以古人之所已用而言耳。古诗三千，其为叶者何限？秦氏焚书，有韵之文，又岂仅于《诗》邪？即汉魏以后，其叶之可见者有如此耳，其不见又岂有尽邪？然则百有六部，部皆可叶，八千八百余字，字皆可叶矣。邵子湘《古今韵略通》从杜韩，入声屋、沃、觉三韵通，质、物、月、曷、黠、屑六韵通，药、独、用、陌、锡等韵不通质、月。

今按：杜堂客二十一韵，用屋者七，用沃者六，用职者八。南直十六韵，用屋、沃、职亦三。柳宗元《佩韦赋》杂用屋、沃、职，则屋、沃、职与觉一耳，安在其不通邪？李因笃著《唐韵选》，为子湘之所称，专取唐初盛诸公近体常用之韵，汇而为编，以十蒸独用，以二十三梗二十四迥之半，至“拯”字上为一部，“拯”字以下为一部。二十敬二十五径之半，至“证”字上为一部，“证”字以下为一部。一屋、二沃、三觉、十三职为一部。又与子湘不同，何也？且夫声既分四，则声宜均，何以平、去三十，上音少一，而入只十七邪？阴氏删并上声之拯并者，何意邪？孙缅《唐韵》部分二百有六，上平自一东至二十八山，下平自一先至二十九凡。上声自一董至五十五范，去声自一送至六十梵，入声自一屋至三十四乏。平水刘氏始并通之，为一百又七。分者何因，并者又何因邪？明初刊修《洪武正韵》，删并部分又省为六十七韵，其所省又何道邪？愚谓古今声气，间有不同。五方风土，清浊各异。北音之平、入、上，南土之上转平，务宜以方音通之。天在一先，声可通真，何必叶也。下属二十一马，不通六语，知当时之音，必作户也。行同于天，事类于下，因韵而言，可以详推。

然则六书之所谓转注者，果何谓邪？曰四声本有不同，何可强之为一？转注者，东之于董、送、屋，真之于轸、震、质，声似而清浊不同，必须转而注之。若东、冬之叶拣、恸、宠、诵，皆因其音而转也。唐、登、禽分则其音之相通者也。虞、麻不通东而不可转，虞亦入于叶者，因《驺虞》之诗而误也。古人诗有单句独为韵者，三《颂》尤多，本诗末句，乃嗟叹之词，与上章相叶，不必以本章论也。家亦入于叶者，因《行露》之诗而误也。中句可不韵，字当作本音读也，不然，则当日之方音有殊耳。然古人既已有然矣，后又何必不然乎？

余皆可推而得也，然则音韵可废乎？曰：删而并之，使平、上、去各为六，入为一，而加以转注之法行之，其非转注而为古人之所已通者，则亦通之，随其方音之所合而用之。其亦庶乎其可也。

曾子易箦辨

严如熤

曾子寝疾，闻童子之言易箦，反席未安而没。论者谓圣贤行义之勇，闻善则徙，不以生死易也。然余窃疑之，华而睆者，大夫之箦，意当时箦之用，必以贵贱殊矣。曾子非大夫，而季氏岂容以过赐？季氏过赐，而曾子岂容以过受？即交以道，接以礼，曾子不能以情辞，亦岂必其遽以为席耶？曾子昧其为大夫之箦，而童子知之，岂曾子之明，反出童子下耶？当疾革时，闻为大夫之箦而易之，岂未疾之曾子，其守义顾不如疾革耶？

圣贤之所以异乎人者，以其平日非道非义，一介之取与不苟也。饮食服御，举止语默，常人之视为细故而忽之者，圣贤皆谨焉，非勤于小也。一事之不检，即以见其心之放，人欲肆而天理息矣。细行不矜，终累大德，古君子尽然，而况履冰临渊、终身战兢之曾子，而有不及检之时哉？或者曰，人孰无过，过而能改，所以为贤也。是说也，尤不可以概曾子，十目所视，十手所指，非曾子之言乎？隐微不知之地，曾子之严如此。施受往来之际，而乃不以礼自守耶？日用居处之间，而乃任情自放耶？不此之严，其所严者又何事也。

幸也有爱人以德之童子，一言而易之，设皆为姑息之元与子春，则将终其身箦大夫之箦矣。幸也为大夫之箦，冒昧而受之，冒昧而席之，设为大夫之冠与服，亦将不辨其可否，而遽冠之服之耶？其何以为曾子？将以明君子改过之勇，而反以失君子持己之严。世之推崇圣贤，好为新奇，耸人视听之论，而反以失其真者，此类是也。孟子曰：尽信书，则不如无书。吾于曲台礼亦云。

湖南文征　卷四十

辨四

九江辨

陈楷礼

九江即今洞庭也。《水经注》谓资水入湖，谓之益阳江口。澧水入沅，谓之澧口。又谓二水入沅，汇出洞庭。后来虽有迁徙，总属支流，于经流实未之有改。

乃齐氏《水道提纲》，则谓资水入湘出乔口，又分一支出林子口。夫湘水南上，资水北下，相去已有百余里，乔口之水，不过湘水之支流分入资水者耳，今谓资水流出湘水，则是百余里逆流，未免上下倒置。而益阳江口入湖之水，大于此水几五六倍，反置而不论，中间小水分合无数，既曰入湘，又曰入沅，亹亹言之，真不啻痴人说梦。范氏《风土记》既谓澧水入沅，又复游移其说，谓澧水自入湖。今北家口之水为长澧通道，风帆往来，必先入沅，逆溯二十余里，然后涉赤沙湖入湘。所谓澹澧口者，犹昔称也，入沅之口，直如汉口之入大江耳。若沅水之经流，大于澧水亦五六倍，又独行数十里，迄于明山，出布袋口，而后入洞庭。春夏水涨，则沅、澧通流，冬尽水涸，但有沅水一条，无所谓澧水也。是澧水之不能外沅水入湖甚明。考齐氏《提纲》，于澧水经流入湖之处，亦茫无着落。

以二公之博雅，所纪如此，他可知矣。窃意二公未尝亲履其地，睹其情形，所言水道，皆常、澧与长沙相通之支流捷径，得于舟人估客之传闻，遂尔笔之于书耳。

資水辨

邓显鹤

《禹贡》九江，其大者資、湘、沅、澧四水而已。然澧水入沅，湘水受潇，皆汇众流以入洞庭，惟資能直达，而所出之源，诸说不一。

《水经》：資水出零陵郡都梁县路山。郦注：出武陵郡无阳县界唐纠山，盖路山之别名也。以《水经》之古，道元之精，宜不误矣。而注与经文互异，后之说者，莫能审唐纠、路山之所在，而说淆矣。有谓資水有二源，一出溆浦者，《长沙府志》是也。有谓資水有二源，以都梁水为经流者，《潜揅水道考》是也。有谓資水源于绥宁，即今之高沙市水者，《宝庆府志》是也。其称出溆浦之谬，人尽知之，不待辨而明者也。《潜揅》以都梁水为经流，似得之矣，而未尽也。

盖尝论之，武冈之水，见于记载者四，資水、都梁水、巫水、夫夷水是也。其以土名者亦四，济水、渠水、洞口水、高沙市水是也。方志讹渠水为都梁，又讹資水为济水，求資水而不得，遂以高沙市水当之，府志乃从而畅其说。今以《图经》《水道》考之，都梁水即資水之经流，济水乃都梁水之别名，而資水之转音耳。盖其可疑者有五焉，其可信者亦有五焉，师古注《汉书》：都梁山資水所出，东北至益阳，过郡二，行千八百里。言水势之雄且远也。考高沙市水，溪流一线，又上为铜鼓岩蓼溪花园岭，浅狭不通舟楫，曾不得比于都梁水之旁支，而曰資水尽是焉，舍经流而求支派。其可疑一也。郑注：資水东北径邵陵郡武冈县南，今高沙市水绕州之西北，向东南流，出州之东，距今州治七十里。与道元所云径县南者，相去悬殊。其可疑二也。旧志云：晋析都梁，分置武冈、建兴二县，其县治之所，与今不同，道元盖指当时而言，尤为臆说。郦注云：县左右二冈对峙，重阻齐秀，后汉伐五溪蛮，蛮保此冈，故曰武冈，县即其称。今在州西五里，又名同保山，后魏时武冈县治实未易地。其可疑三也。资水之名最古，所受之夫夷水、邵陵水、高平水、云泉水，郦注考核精详，锥画掌指，若济水入资，道元岂得不载？而高沙市水，又岂宜历千百年莫或知其水名？其可疑四也。高沙市水出绥宁县青坡，府志云：唐纠山在绥宁县，遂以此为资水之证，不知郦注云资水出无阳县界，无阳即今之黔阳，道元谓为无水所经之地，故以“无”名。今之洞口水，即出黔阳县天坪山，以高沙市水出绥宁为资水，则亦将以洞口水出黔阳为资水乎？其可疑五也。

《方舆胜览》：都梁水出都梁县西南百里武冈。《图经》：唐纠山、都梁山，俱在城西南百里，州之西南城步境也。旧志所称济水，发源城步，正西南诸山。其可信一也。《地志》诸书，武冈西南有都梁水，无济水之名，惟《通志》云济水出城步县角山，东流合威溪。角音之转为洛，《史记》洛陵侯，《索隐》注曰：《汉书》作路。后人引都梁有路山为证，则路转音为洛，洛又转音为角。其可信二也。郦注：东北径零陵郡武冈县南，又径建兴县、都梁县南，是资水由武冈县之南，历建兴、都梁，而后东北径邵陵县之北，彰彰矣。《明史·地理志》：武冈州东有都梁废县，邵阳县西有建兴废县，二县今不能指其何处，然皆在州东之境无疑也。今土人所指之济水，回绕城南，折而东下，径邵阳县北，历历如绘。若如旧志，则不必径武冈县南，但云东北径邵陵县之北足矣。其可信三也。旧志云：今高沙市水入济水处，名资巫溪，资巫一曰资无，以谓资水、无阳之名犹未尽泯，不知言资巫溪，可以证济水之为资，言入资巫溪，尤可以证高沙水之入资水，而高沙水之非即资水明甚。其可信四也。《一统志》：宝方山一名资胜山，明会稽张元忭云：《禹贡》九江，资居其一，发源于此州，而寺适当其胜处，故名资胜。今按：宝方山在今武冈城东五里，滨资水，若旧志所云，远在七十里之外，资胜之名，何以称焉？其可信五也。

然则高沙市水非澬水乎？曰：是也。是则乌乎辨也！曰：诸书固言之矣，澬水有二源，其南源为都梁经流，其北源则高沙市水，故谓高沙市水为澬水之北源则可，谓高沙市水独专澬水之名则不可。然则济水之名非乎？曰：非也，诸书无称济水者，《潜壑》所谓土名也。澬水之讹济有说乎？曰：郦注澬水谓之大溪水，澬与溪谐，溪又与齐谐，因澬而呼为溪，又因溪而转为济，故谓济水为澬之南源则可，谓济水而非澬则断不可。《明史·地理志》：武冈西南有都梁水，东北流入澬水。亦仍方志之误耳，且称都梁水亦不言济水，尤可以证澬之即济也。

楚国无诗辨

王泉之

二《南》皆楚诗，谁云楚无诗哉？朱子谓得之国中者，杂以南国之诗，谓之《周南》。其得之南国者，则直谓之《召南》。言固是也，不思周国名，文王西伯也。即迁于丰，而国名仍旧，何以言自天子之国而被于诸侯，不但国中已也？又何以言方伯之国，被于南方，而不敢系于天子也？其说误矣，文王未尝为天子，而诬文王为天子，反以《诗谱》所引孔子三分有二之言以为证，而诬文王分岐周故地，以为周公旦、召公奭之采邑，且使周公为政于国中，而召公宣布于诸侯。于是德化大成于内，而南方诸侯之国，江、沱、汝、汉之间，莫不从化，盖三分天下而有其二焉。夫子之言三分天下有其二，就人心而言也，言天下之人心，三分有二归周，文王犹以服事殷，所以为至德。

若于《春秋传》所云，归文王者六州，及《诗谱》言雍、梁、荆、豫、徐、扬之人，咸被其德而从之，文王直叛臣耳，尚何至德之有？既不能辟国浸广，而岐周片壤，焉有采地可分周公、召公乎？即以《诗谱》而论，雍、梁、荆、豫、徐、扬皆被其德，胡为二《南》均未言及，而仅言先及于荆之江汉邪？朱子既忘却鬻熊为文王师，又泥著孔疏，释《诗谱》之言，因亦曲为之辞。

诚如《诗谱》纣命文王典治南国江汉汝旁之诸侯，是在未迁丰以前，六州业已皆被其化，而作邑于丰，乃分岐邦周召之地，为周公旦、召公奭之采地。施先公之教于己所职之国，其言已自相矛盾，周、召先未分有采地，何言分岐邦周召之地？未得天下，何言称己所职之国，谓非诬乎？

惟是鬻熊既为文王师，文王之德化，熊知之最深，传之国人，故《周南》无召伯之巡行，而刈楚、刈蒌、伐枚、伐肄之士女，皆能俗易风移，尊君亲上，而与公姓、公族同播休美于声歌，非楚诗而何？《召南》皆楚诗，非惟《江有汜》三章云然也。惟《何彼秾矣》一诗插入其中，则不可解。《毛传》以平王之平训正，而齐侯之齐，似当训一，何以于“齐”字独无所训乎？齐东北之国，于南渺不相涉，列之《召南》何为？皇甫谧云：武王五男二女，元女妻胡公，王姬为媵，今何得适齐侯之子？何休曰：事无所出，未可遽信也。或以尊故，命同族为媵，其说亦通。其言王姬下嫁者，武王因鬻熊为文王师，故以其次女嫁于鬻熊之子孙，《传》是以谓武王女，文王孙。孔疏云：德能平正天下，称为平王。

余谓德能齐一诸侯，亦可称为齐侯。若以平王为宜臼，齐侯为襄公诸儿，则谬矣。宜臼之诗，何得列于文、武之时？平王之为文王无疑，齐侯之为楚侯又何疑哉？不得谓楚为子爵，不可称侯，婚礼从其隆也。是召伯巡行南国，在武王时，不在文王时明矣。弟不臣师，故熊绎在成王时始封于楚，且《南》为楚诗，非余之臆说。楚钟仪絷于晋，晋侯使与之琴，操南音。范文子曰：乐操土风，不忘旧也。二《南》列《风》诗之首，故曰《风》，其不名为楚风者，因鬻熊也。《鼓钟》之诗，曰以《雅》以《南》，刘炫之释云：《南》为二《南》，季札观乐，工歌《周南》《召南》，不独钟仪之不忘旧，而《琴操》南音也，《南》为楚之土风，由来久矣，谁云楚无诗哉？郑渔仲曰：周为河洛，召为岐雍，河洛之南濒江岐，雍之南濒汉。江汉之间，二《南》之地，诗之所起在于此，屈、宋以来，骚人墨客，多生江汉，故仲尼以二《南》之地为作诗之始，楚南有诗，岂余之私言哉？

古文尚书分合辨

王泉之

《尚书》何以有古文二十五篇也，东晋梅颐伪上汉孔安国《书序》，谓鲁共王好治宫室，坏孔子旧宅，以广其居，于壁中得所藏古文虞、夏、商、周之书，及传《论语》《孝经》，皆科斗文字。王又升孔子堂，闻金石丝竹之音，乃不坏宅，悉以书还孔氏。又云：科斗书废已久，时人无能知者，以所闻伏生之书，考论文义，定其可知者为隶古字，更以竹简写之，增多伏生二十五篇。夫伏生所传之书，固有文义可考，而二十五篇，非伏生所传，又何以定其文义乎？又云：伏生以《舜典》合于《尧典》，《益稷》合于《皋陶谟》，《盘庚》三篇合为一，《康王之诰》合于《顾命》。伏生髦年穷经，以其所熟习者授于人，断无以分者而故合之之理。又云：悉上送官，藏之书府，以待能者，承诏为五十九篇作传。既悉上送官，藏之书府，又复承诏作传，胡云会国有巫蛊事，经籍道息，不复以闻乎？

余考魏何晏《论语序》云：鲁共王时，尝欲以孔子宅为宫，坏得古文《论语》。邢昺引共王本传疏曰：王初好治宫室，坏壁孔子旧宅以广其宫，闻钟磬琴瑟之音，遂不敢复坏，于其壁中得古文经传，即谓此《论语》及《孝经》为传也。故汉武帝谓东方朔云：传曰时，然后言人，不厌其言。又成帝赐翟方进策书云：传曰高而不危，所以长守贵也。是汉世通谓《论语》《孝经》为传，并未言另有古文《尚书》也。《论语》《孝经》，安国尝自注之，马融、包咸、郑玄等亦各有注，如果因巫蛊事发未行，注之者固无可注，引之者亦无可引，汉宣帝命疏广傅太子，何由通《论语》《孝经》乎？刘向又何从参校古文《孝经》，省除繁惑乎？如果二十五篇同出孔壁，马融作传，郑康成作注，安国亦自为注，何以康成之注《书序》，有汩作《九共》《典宝》《肆命》《原命》，而无《仲虺之诰》《太甲》《说命》《微子之命》《蔡仲之命》《周官》《君陈》《毕命》《君牙》十三篇邪？

又按歆《移让太常博士书》有云：孝文皇帝使掌故晁错，从伏生受《尚书》，初出于屋壁，朽折散绝，今其书见在，时师传读而已。又云：《泰誓》后得，博士集而读之。故诏书称曰：礼坏乐崩，书缺简脱，朕甚悯焉。时汉兴已七八十年，离于全经固远矣。及鲁共王坏孔子宅，欲以为宫，而得古文于坏壁之中，《逸礼》有三十九篇，《书》十六篇。天汉之后，孔安国献之，遭巫蛊之难，仓卒未及施行。及《春秋》，左氏丘明所修，皆古文旧书，多者二十余通，藏于秘府，伏而未发。孝成皇帝闵学残文缺，稍离其真，乃陈发秘藏，校理旧文，得此三事。虽未言及《论语》《孝经》，其所称《书》十六篇者，即三事之一。孔壁所出，献自安国，汉人谓之逸《书》十六篇。后汉卫宏、杜林、贾逵、许慎等，皆为其学，未有注释，而经文并亡于晋永嘉之代，不可复见，无所谓二十五篇也，何待梅颐始行献之于上乎？甚矣，其谲也！惟是列诸学官，遵循已久，以一知半解之小儒咄咄称辨，何异蚍蜉之撼大树？

第念修慝辨惑，圣人所取，试就其所分者言之。《尧典》而冠以《虞书》，无所谓《舜典》明矣。此盖史臣合传体也。《大学》引《书》，独称《帝典》，惟《孟子》则称《尧典》，其所称引，皆《舜典》中语，可知二帝同典，非自伏生始也。孔子删《书》，断自唐、虞，故曰唐、虞之际，实天地亨嘉之会，合二典为一典，用意良深。非如后世作史者，一帝一纪，一臣一传之例也。“慎徽五典”一节，紧跟“我其试哉”一句，乌可割裂？余尝闻之师曰：所谓试者，非试其刑于而已，将试其可陟帝位否也。慎徽五典，试之以司徒。纳于百揆，试之以冢宰。宾于四门，试之以四岳。纳于大麓，试其德之坚定。或询事，或考言，皆试也。乃言底可绩，夫然后陟帝位，试之之义，岂漫然云尔哉？由尧递舜，神圣萃于两朝，天工亮庶绩熙，尧之峻德即舜之峻德，尧之放勋即舜之放勋，所谓二帝合传，分之者胡为乎？皋陶一《谟》，亦诸臣合传体也。“允迪厥德”、“谟明弼谐”二句，实为一篇主脑，故以《皋陶》终始之。其间明刑教稼，工虞水火，五色五音，煊视悦听，而群策群力，各奏其能，无非发明允迪厥德之意。

凡篇中“曰”字，“言”字，“歌”字，俱从“谟”字生来。祖考格，群后让，鸟兽跄，凤凰仪，皆烘染一谐字耳。其要在君德之迪，故臣皆责难于君，其成在臣弼之谐，故君亦责难于臣，知人安民尽之矣，虞廷所以称至治也。孟子曰：若禹、皋陶则见而知之。又曰：尧以不得舜为己忧，舜以不得禹、皋陶为己忧。禹既受禅，虞史成于夏时，《谟》首皋陶又何疑焉？固不必析《益稷》而为二，更不必冠《禹谟》而为三。

今试就《禹谟》言之，允执厥中，本之《论语》，惟危惟微，本之《荀子》，言其曰人心之危，道心之微，盖引古道经语也。此篇前又有“虚一而静”及“倾则不精”二语，遂采窜“精一”二字，隳括为四字，复续以《论语》允执厥中为十六字。《论语》曰：舜亦以命禹。则舜之所言，即尧之所言也。若于尧之言有所增加，《论语》不足信矣。人心，道心，正是荀子性恶宗旨，而后世奉为虞廷心法之传，可哀也夫。夫人止有人心，道即具于人心，《中庸》所言率性之谓道是也。当恻隐自能恻隐，当羞恶自然羞恶，辞让、是非皆然，何尝另有一心哉？不失此本心，无有移换，便是允执厥中。故孟子言求放心，不言求道心。言失其本心，不言失其道心。夫子之从心所欲，不逾矩，只是不失人心而已。“人心惟危，道心惟微，惟精惟一”十二字，未经孔孟言之，其为摭拾《荀子》，豪无疑义。实理学、道学之蠹，且其中君臣相谀，已失都俞吁咈之旨，德必若舜、禹而后有天下，禅位岂可以言功哉？稽首固辞尤多伪焉，无怪乎南朝、五季以功而启篡夺，新莽、魏丕以诈而言揖让，是皆可以《禹谟》借口也。而无稽之徒，遂以舜既让位于禹，禹即逐舜南奔，客死苍梧之野，是何言欤？是何言欤？

再征苗誓师，诸多可疑之处，苗民蓬居野处，蠢诚蠢矣，无城郭宫室，榛榛狉狉，不识声教文物，何以有君子在野，小人在位之事？我国家怀以文德，荣以衣冠，跻之士林，始知向化，当日恐未必然也。《帝典》曰：窜三苗于三危。是《禹贡》之言丕叙，指其窜者而言也。《吕刑》之言，无世在下，乃绝厥世，指其分北者而言也，何尝加以征诛哉？梅书不过以《孟子》杀三苗于三危之语，真谓禹有征诛之举，不知三苗距三危，地隔万里，于三危而杀三苗，无此情理。古篆偏傍多混，“杀”字实“投”字之误，观于《庄子》可知矣。信有此《谟》，《帝典》《吕刑》尚可信乎？

干羽，周制也，唐虞时无之，后夔《典乐》未尝言及。如果干羽一挥，而七旬苗格，诛固不必，窜又何为？不待智者而知其伪矣。梅书因禹之受禅无征，遂以《论语》四海困穷，《孟子》夔夔斋栗，《左传》德乃降等语衍成此篇，而以为未经伏生所见，谬矣。其分《盘庚》为三篇，蔡氏亦谓今文本合为一，则“上、中、下”三字，俱可删矣。汤自中叶流离播迁，子孙不常厥居，劳民疲众，本非善举，《盘庚》授天述祖，怵以刑罚，惧以鬼神，所谓重巽以申命也。通篇以不能胥匡，以生为主，极言不可不迁。天之断命，言不迁之害。天其永我命，言迁之利。末节言奠厥居既迁时事，言正厥位既迁后事。曰大命，曰民命，曰敢恭生生，曰生生自庸，俱是关合首节胥匡以生、断命永命正旨。首尾相应，一气呵成，必欲割裂而分为三，则意致索然矣。

其分《顾命》而别为《康王之诰》，蔡氏尝言此四字可省，益知伏生所传为不诬矣。顾命者，成王将崩，顾太子群臣命之也。首节叙“顾命”二字正面，所以立案。次节叙“顾命”二字实际，所以详其事。末节叙“顾命”二字归宿，所以终其义也。首言训命，以昔君文王、武王起。中言册命，以答扬文、武关合。末言听命，以昔君文、武回应。而一“顾”字，又于一二伯父句中借点，是群臣不负所托，元子不负所付，而成王顾命之事毕矣，岂可强为分割哉？《尚书》于伏生所传二十八篇之外，其所称古文者，辞多浅率，义不深蕴，首尾不应，次第不分，或叠床架屋，或貌似神非。既无《帝典》《皋谟》之精光，又欠《周诰》《殷盘》之宝贵。即以《泰誓》论，其出最晚，在汉文帝时，已书缺简脱矣。故见于《史记》，《书》大《传》仅止上下二篇，至唐以后并失之。今其《书》虽援《孟子》所引《泰誓》之言，其间怒骂聒聒，不啻斗口争舌，岂武王之所宜为者？不得谓《孟子》曾引之而遂以为真也。即如“尧曰咨尔舜”等句，见于《论语》，而梅书叙入《禹谟》，“放勋曰劳之来之”等句，而《帝典》未录其词。“孝乎惟孝”，本系一句，此孔子所引《君陈》之语，梅书截去“孝乎”二字，以惟孝接下友于兄弟连读，伪乎？非伪。可知《书》经孔子删定者，皆逸书也，与逸诗同，亦不得谓孔子删之，而复引之之为可异也。

汉武帝时有伪《泰誓》，合伏《书》为二十九篇，司马迁尝引“白鱼入舟，火流王屋”之语，撰入周之本纪。至晋伪古文《尚书》出，而伪《泰誓》始废，其先梅颐而传古文者，则张霸伪古《书》百两篇也。汉《艺文志》称古经十六卷，即刘歆所云《书》十六篇也。传记所引《书》在梅颐二十五篇之内者，郑玄、赵岐、韦昭、王肃、杜预辈，并指为逸书，非余一人之私言也。唐孔颖达称一代鸿儒，而以梅颐所上之二十五篇为真古文，从而义疏之，岂刘歆《移让博士》一书，竟未之寓目乎？惜孔壁古文，亡于西晋之乱，故孔颖达无以证晚出之伪。其首辨梅书之伪者，宋吴棫才老也。继则朱子亦言《书序》，伏生时无之，其文甚弱，不是前汉人文字。安国序亦非西汉文章，传是魏晋人作，托安国为名耳。气象与孔丛子同，是一手伪书，盖其言多相表里，而训诂亦多出小《尔雅》，于梅传古文，一则曰安国伪书，再则曰安国伪书，是犹以伪书诬安国，而不知安国所传之古文，久亡于西晋也。而为之弟子者，正当信以传信，疑以传疑，乃明背师承，仍遵旧说，使梅书终信于世者，蔡沈之过也。

元初，吴澄著《尚书纂言》，独取今文，引朱子所言：伏生使其女传言，以教晁错。齐人语多与颍川异，错所不知，凡十二三，以其意属读而已。其间缺误颠倒固多，然不害其为古书。又谓伏《书》虽难尽通，然辞义古奥，其为上古之书无疑。草庐既知辞义古奥，其书有何难通？而谓以意属读，多缺误颠倒，又乌知伏《书》之妙哉？至称梅颐所增二十五篇，体制如出一手，采集补缀，虽无一字无所本，而平缓卑弱，不类先汉以前之文。千年古书，最晚乃出，字画略无脱误，文势略无龃龉，不亦大可疑乎？是明知其伪而犹疑之，何也？不知古文《尚书》出自孔壁，在汉成帝时，已发秘府而列学官，即伏《书》所传，亦出屋壁，刘歆言之详矣。伏生使女传言教错之说，始于魏晋间卫宏所言，朱子殆忘刘歆《移让》之书也。明焦竑之论《尚书》曰：始伏生授晁错书二十八篇，汉魏数百年间，诸儒所治仅此耳，至东晋增多二十五篇，即所称壁藏书也。

考《汉・志》有古经十六卷，以其后出，别于经，其慎如此。唐人不能深考，猥以晚晋杂乱之书定为义疏，而汉魏专门之学遂废。近吴幼清叙录悉还伏生之旧，而赵子昂、归熙甫之流，各著为书，靡不悬合。朱元晦尝深疑之而未及是正，今学官既有著令，学士大夫循习不辨，遂使唐虞之遗，掇拾于故老者，尽乱于后人之手而不觉，可胜惜哉！故余胪列诸家而特著其事，俟广石渠、白虎之义者有所考镜焉。竑之言如此。

我高宗纯皇帝鉴定《四库书》，采梅鷟、阎若璩之议，以梅氏书为非真古文，自是以后，学者始得知所折衷。惟是梅鷟所著《尚书谱》，于梅书所摭拾补缀凑合者，一一还其来历，俾梅无所掩饰，而于分合二字究无发明。阎若璩作《尚书古文疏证》，其辨别梅书之伪，可谓不遗余力。其引郝敬所云尧、舜一德，故二帝并典，五臣同心，故皋陶合谟之句为非，盖合于《汉・艺文志》，有《尚书》古文经四十六卷，即安国所献壁中书一语也。又班固于四十六卷之下，自注曰为五十七篇。颜师古于五十七篇之下，引郑康成《叙赞注》曰本五十八篇，后又亡其一篇。遂以康成所言《武成》逸书，建武之际亡，谓所亡者为《武成》，强为分次，以合五十七篇之数，遂以《尧典》为一篇，《大禹谟》为十三篇，《皋陶谟》为十四篇，《益稷》为十五篇，《盘庚》仍分三篇，为二十九篇。《顾命》为五十一篇，《康王之诰》为五十二篇。又以五十七篇厘为四十六卷，卷一则《尧典》，卷二则《舜典》，卷五则《大禹谟》，卷六则《皋陶谟》，卷七则《益稷》，卷十九则《盘庚》三篇，卷三十九则《顾命》，卷四十则《康王之诰》，以强附四十六卷之说，是仍以合者而故分之也。其所引朱升《浙江省试策对》所云，今文、古文，篇有分合，词有难易，观其文理之相接，则可见其始合而今分矣，观其体制之迴殊，则可疑其彼何独难，而此何独易矣。等语。阎若璩既知体制之迴殊，以梅书之易者为伪，伏《书》之难者为真，何以不察文理之相接，又以梅书之分者为是，而伏《书》之合者为非，附会史传，自相矛盾，则又不可解矣。

今即阎氏所自言者以质之，并与世之读《尚书》者共质之，当不以余之辨分合者为凿空之言也。若毛奇龄之为梅书雪冤，不诚妄矣哉？

周公杀管叔辨

王泉之

周公杀管叔，诬之者左氏，成其诬者司马迁。自古文《尚书》出，而疑狱定矣，天下后世，无不以为周公杀管叔者。孟子曰：尽信书，则不如无书。诚有慨乎其言之也。若以其杀管叔在居东之日，是时流言腾沸，王既疑公，公何敢杀叔？既避而居，已无杀之之权，谓居东为东征者，非也。

《金縢》曰：周公居东二年，则罪人斯得。罪人者，管叔也。罪人斯得者，成王杀管叔是也。周公以管叔为罪人，有是理乎？

是杀之者成王，非周公也。又曰：于后公乃为诗以贻王，名之曰《鸱鸮》。言于后者，杀管叔之后也。管叔既杀，周公收其尸，《常棣》之诗曰：死丧之威，兄弟孔怀。原隰裒矣，兄弟求矣。此其证也。

序以为闵管、蔡之失道，初未尝以为周公诛管、蔡也。朱子释《诗》，乃云周公既诛管、蔡而作，是周公不止杀管叔，兼杀蔡叔，又与《左史》《尚书》相悖谬矣。无惑乎墨翟、韩婴、刘向之徒，均以为周公诛管、蔡也。汲冢《周书》曰：元年夏六月，葬武王于毕。二年，又作师旅，临卫攻殷，殷大震溃，降辟三叔，王子禄父北奔，管叔经而卒，乃囚蔡叔于郭陵。未云杀管、蔡也，而文致其说者，且以为管叔既经，周公戮其尸，夫公欲以身代武王之死，岂肯以已死之兄而戮其尸，达孝者顾如是乎？

《周书》虽不足尽信，而言禄父北奔，亦可援为东征之据。试即《鸱鸮》之诗而细绎焉，其情哀，其志切，其视武庚，实为不共之仇，曰鸱鸮者，比武庚也。曰既取我子者，喻管叔已死，而蔡霍已放也，何得谓周公杀管叔哉？或曰：成王杀管叔，康叔实与闻之。《诗传》曰：管叔封于邶，与蔡叔、霍叔、康叔监殷，四国害周公，康叔谏不听，三叔遂以殷畔。康叔忧王室，赋《柏舟》，维时兼司寇，或然也。管叔之杀，天伦之大变也。周公既已避居东土，王杀叔而公不能救，于《大诰》则曰：若兄考，〔乃〕有友伐厥子，民养其劝弗救。于《康诰》则曰：于弟弗念天显。兄亦弗念鞠子哀。于《无逸》则曰：人或诪张为幻，不宽绰厥心，乱杀无辜。无言不痛。其言西土，人亦不静，伤叔之死，而闵其失道也。其言知我国有疵，痛王之杀叔而公不能救也。故于《康诰》奉前人之训，动一本之思，使追念先德，敦天显以济时艰，告康叔兼以告成王也。

朱子释《东山》之诗，谓成王既得《鸱鸮》之诗，又感风雷之变，始悟而迎周公。于是周公东征已三年矣，既归，因作此诗以劳归士。直以居东为东征之年，殆未即孟子之言而思之邪？孟子谓周公伐奄三年，讨其君，灭国五十，非其明征欤？先儒皆以此行为讨管、蔡，误矣。且谓《大诰》之辞缓而不切，徒归重卜筮，不知管叔叛，徐奄又叛。周京僻在西隅，朝歌以东，薄海五十余国，皆挟武庚而叛。公既于王杀管叔而隐痛之，不得已奉王东征，诛武庚，灭诸国，岂欲殄殷哉？武庚诛，微子封，圣人之心，仁至而义尽也。折之以卜，示之以天，而推本于武王，安危之势不两立，殷亡周兴，天也，质诸鬼神而无疑也。

孟子之对陈贾，不过曰周公弟也，管叔兄也，而以为周公之过，未尝言杀管叔也。余故依经断经，决以为成王杀管叔于周公居东之日，非杀于周公征东之年，与世之读《鸱鸮》《东山》《金縢》《大诰》者，共证于《孟子》，以辨此疑狱也。书其可尽信乎哉？

孔子使子贡乱齐存鲁辨

王泉之

孔子作《春秋》，而乱臣贼子惧。陈恒弑君，已在孔子绝笔之后，而犹沐浴而朝，正告哀公曰：陈恒弑其君，请讨之。曰陈恒举大贼也，曰弑君彰大恶也，曰请讨正大义也，公以为告夫三子。孔子曰：以吾从大夫之后，不敢不告也，之三子告不可。又曰：以吾从大夫之后，不敢不告也。其所谓不敢者，不敢养奸，不敢从恶也。而《家语》载孔子语子贡之言，谓乱齐存鲁，吾之初愿，若强晋以敝吴，使吴亡而越伯者，赐之说也。斯言也，何言也，乱臣贼子之言也，乌可以诬我孔子乎？直不知有沐浴请讨之一事也。

《越绝书》《史记》皆称田常将作乱，惮高国鲍晏，欲移兵以伐鲁。孔子使子贡如齐，子贡一出，存鲁乱齐，破吴强晋而霸越，则是陈恒弑君之举，皆孔子使子贡成之也。考之《春秋》，哀公七年，吴征百牢于鲁，太宰嚭召季康子，康子使子贡辞。八年夏，齐人取谨及阐，是兵未加而与之邑。冬复归之，厥后因胡姬而齐使如吴，请师伐鲁，冬及齐平。九年，齐使孟公绰辞师于吴。冬，吴使来儆师伐齐。十年，公会吴伐齐，夏，公至自伐齐，齐人弑悼公，赴于师，齐人败之，吴师还。十一年，公会吴伐齐，战于艾陵，获齐国书，叔孙未对赐甲之命，子贡进而对之，吴将伐齐，越率众以朝，子胥惧而谏之，子贡未尝与其谋也。十二年夏，公会吴于橐皋，吴使太宰嚭请寻盟，公不欲使子贡对焉。及吴藩卫侯之舍，子贡束锦以见太宰。十三年，公会晋侯、吴子于黄池。六月丙子，越子伐吴，为二隧。丙戌，复战，大败吴师。秋七月辛丑，盟吴，晋争先，卒之吴。释景伯之囚，寝伐宋之欲，而及越平。吴之不振，非由于子贡之说也。十四年夏，陈恒执其君置于舒州，旋弑之，是正孔子请讨之时也。而吴之灭也，在哀公二十二年，孔子之卒也，在哀公十有六年，吴亡越霸之说，其信然乎？其诬也。

司马迁乃谓吴、晋争强，晋人击之，大败吴师，越王闻之，涉江袭吴，遂围王宫，杀夫差而戮其相，破吴。三年，东向而霸，直以子贡开后世游说之门，而实有其事，是皆灭经毁圣，而妄自抵牾者也，尚得谓之信史哉？彼《家语》《越绝书》又何论焉？

西狩获麟辨

王泉之

《春秋》书哀公十四年春，西狩获麟。杜预注之曰：麟者仁兽，圣王之嘉瑞也。时无明王，出而遇获，仲尼伤周道感嘉瑞之无应，故因鲁《春秋》而修中兴之教，绝笔于获麟之一句，所感而作，固所以为终也。

十六年夏四月己丑，《经》书孔子卒，杜预注曰：四月十八日乙丑，无己丑，己丑五月十二日，日月必有误。孔子既绝笔于获麟之句，是十四年春，及十六年夏四月以前所书之《经》，皆非孔子所修之史也。杜预谓孔子既告老去位，犹书卒者，鲁之君臣宗其圣德，殊而异之，是书孔子卒者，鲁之君臣也。孔子修《春秋》，游、夏不能赞一辞，获麟以后所书之《经》，果鲁之君臣欤？抑游、夏之赞辞欤？吾不得而知也。己丑为五月十二日，而非四月十八日，何以《经》误而《传》亦误也。是西狩获麟之句，恐亦非孔子绝笔所书者也。

夫麟为生孔子之瑞，称圣兽焉，其口尝吐玉书，岂人所能获者哉？《尔雅·释天》云：冬猎为狩。《春秋》书公狩于郎，见于桓之四年。书公及齐人狩于禚，见于庄之四年。此之所书西狩者不书公，其非公也明矣。非公而书狩，孔子岂肯滥以予人哉？孔颖达疏曰：虞人自修常职，公卿不行，故不书狩者名氏，此狩常事，本不合书，书之为获麟故也。虞人贱者，止可书猎，又胡为而书狩邪？如以获麟而故书狩以褒之，非《春秋》法，获麟之句，信非孔子绝笔之书也。

孔子之生也，麟尝见于阙里，圣母以绂系其角，是麟之为祥瑞，人人皆知之矣，未见其为不祥而弃之也，何鉏商获麟以为不祥而赐虞人乎？鉏商获而赐之，而孔疏以为虞人自修常职，又何说也？《家语》云：子鉏商采薪于大野，获麟焉，折其前左足而归。叔孙以为不祥，弃之于郭外。《公羊传》曰：西狩获麟，何以书？纪异也。何异尔？非中国之兽也。然则孰狩之？采薪者也。薪采者则微者也，曷为以狩言之？大之也。曷为大之？为获麟大之也。故孔疏亦谓，书之为获麟故也。如果薪采者获之，非惟不宜书狩，亦不得称猎。大之云者，何为乎？麟之为物也，王者至仁乃出，不履生草，不践生虫，游必择地，详而后处。不群居，不侣行，不入阱陷，不罹网罗。采薪者焉能获之而折其左足哉？斯言也，其信然欤？其传之非其真欤？抑犹乙丑而讹己丑者欤？

获麟一事也，《左氏》《公羊》《家语》互异其说，其将何以适从乎？然则《经》何以书，其殆游、夏之辈以麟为生圣之瑞，伤夫子终老尼山，抱道不行，伐檀削迹，所入不合，故托为麟之无所应，出而遇获，以寄慨焉！是《春秋》之书麟，亦犹《论语》之叹凤也，而附会其说者，遂谓麟之真获，圣人见而生感，始绝笔焉。且以为抱麟解绂而泣，岂所以拟我孔子哉？《尔雅疏》载并州界有麟，大小如鹿，非瑞麟也。故司马相如赋曰：射麋脚麟而狩。所获者其为麋脚麟乎？其非麋脚麟乎？若以为瑞麟，则吾未之敢信。

周礼阙冬官辨

王泉之

《考工记》，《周礼》冬官之书也，其言曰：国有六职，百工与居一焉。六职者，即天地四时之职也。百工与居一者，冬官所属之官，皆可言百工也。《曲礼》言五官继以六工，列六工于五官之后，亦此意也。官制稍殊，是殷礼虽因，而未尝损益者也。

司空掌邦事，尧时无司空，故帝曰畴若予采，采，事也。驩兜曰：共工方鸠僝功。工，官名也。舜命禹治水而宅百揆，始有司空之名，故郑康成注《考工记》曰：唐虞以上曰共工。贾公彦疏：初，尧冬官为共工，舜举禹治水，尧知有强法，必有成功，改命司空，以官异之，禹登百揆，后更名共工。是其事也。可见禹以司空而宅百揆，工即无所系属。舜又曰：畴若予工，佥曰垂哉？帝曰：俞咨垂汝共工。仍其旧也，故言工、虞、水、火皆官也。《左传》：共工氏以水纪，故为水师而水名。杜预注：共工氏以诸侯霸有九州，有水瑞，故以水纪事，以水名官。又曰：共工氏有子曰句龙，为后土。杜预注：共工在太皞后，神农前以水名官者，其子句龙，能平水土，故死而祀为后土。可见唐虞以前无司空，皆以共工而平水土也。

禹治水何以易共工为司空？冬水司令也。水归冬旺，至冬而反涸，柔而善藏也。天一生水，乾初主潜藏之谓也，故禹之治水，行所无事，法其涸而藏也。董子曰：阴常居大冬，而积于空虚不用之地，冬官之所以无事而名司空者以此。其事皆散寄于五官，犹官府六属不系于冢宰，而系于小宰。《小宰职》云：六宫之属，三百六十。今按：天官之属，六十有三。地官之属，七十有八。

春官之属七十。夏官之属，六十有五。秋官之属，六十有一。冬官之工，二十有四。合三百六十之数，而多一官，即冢宰。冢宰无事也，《周礼》：上法周天三百六十之实数而名官，王者继天以立极，冢宰代天而宣化，天无为而冢宰兼摄乎百职，冬无事而司空总理夫百职，职是故耳，冬官何尝有阙哉？司空平水土，自禹之治水始，司徒之为地官，则自《周礼》始。如谓司徒掌邦教，司空掌邦土，义当更正，则宗伯当为司徒，而司空当称地官矣。可乎？不可。

《周礼》以司徒充地官，则地官之宜兼水上明矣。而教即寓乎其中，《周礼》隐藏冬官，错列六属，其文变幻莫测，而以《考工记》附于五官之后，离奇变幻，则又不测之谓神矣。以为补冬官之阙，直痴人说梦也。《仪礼》为周公所作，《周礼》亦为周公所作，《仪礼》篇终有记，不以为补，而于《周礼》篇终独言为补。何也？五官之文直而正，《考工》之文曲而奇，文笔之妙，犹乐终乱之以《武》，六师振旅，正出而奇归也，贸贸者何足以知之。《考工》所言之器，五官所用之器，所言之法，五官所共守之法。夫人日用而不知者，惟器为然。一人之身，百工之所为备，《易·系辞》云：形乃谓之器，成而用之谓之法，民咸用之谓之神。天工人代，利用前民。国家之事，何莫非工。国家之用，何在非器。日用饮食，城郭宫室，车马衣服，礼乐征伐之器，皆资于百工。是五官分布其体，考工阅实其用，有五官乌可无考工哉？故国有六职，百工与居一焉。唐虞之以共工名官，良有以夫。

或曰：冬官之属六十，考工仅三十，而犹阙六，阙而又阙也。其阙三十者非阙也，分寄于五官也。其阙六者，亦如五官之属，尚阙十一，有官而无事，仅存其名而已，是以不列于三百六十之数也。俞廷椿、王次点皆以冬官为未亡，错见于五官，先儒莫之能辨，遂以《考工记》补之也。邱吉甫《冬官补亡》，自载师封人以迄川师、邍师凡五十四，合俞、王两家之说而损益之，亦以冬官为未亡，所亡者“惟王建国”至“以为民极”二十字，及“乃立冬官、司空至邦国”二十字，及大司空、小司空一条尔。朱竹垞谓《考工记》不可补冬官之阙，周官三百六十，多以事为之，若《记》所云直百工焉尔矣。《记》之所载三十工，郑氏以为司空之官，非矣。临川俞氏《复古编》，谓司空之属，分寄于五官。同安邱氏取五官所属，归于冬官六属，适各得六十，著为《周礼》定本。读此而宛如全书焉。

吴草庐《周礼叙录》云：冬官虽阙，以《尚书·周官》考之，冬官司空掌邦土，而杂于《地官》司徒掌邦教之中。今取其掌邦土之官，列于司空之后，庶乎冬官不亡，而《考工记》别为一卷附之于经后，与俞、王之说稍异。朱竹垞以百工为非司空之官，何不取《尧典》《皋陶谟》读之。《尧典》曰：允厘百工，庶绩咸熙。注言：治百官而众功皆广也。《皋陶谟》曰：百僚师师，百工惟时。注云：百僚、百工，皆谓百官。言其人之相师，则曰百僚。言其人之趋事，则曰百工。其实一也。百工之为百官，彰彰可考焉。若俞、王、吴、朱之言，皆不知天道至于冬而无事也。冬官无事，故名司空，何有大司空、小司空之职？又何用补“惟王建国”等句？更忘却唐虞之以共工名官，全不体会《考工记》“国有六职”四字，而妄为臆说也。洪容斋则以《考工记》出于刘歆，歆常从扬子云学，作奇字，《考工记》多奇字，他经鲜用，以为刘歆伪为。容斋以歆子误歆，《考工记》之文非惟刘歆不能伪，即汉之马、班、董、贾恐亦不能伪也。非周公其孰能与于斯？

《周礼》本名《周官》，周公成而未行之书，事多窒碍，故不传。朱子以为书之草创，诚然。汉以后始易“周官”之名为《周礼》，郑康成以为，经礼三百，非也。临孝存因，孔、孟未尝言及，遂诋为黩乱不验之书，何休亦诋为六国阴谋之说，岂可与言《周礼》哉？程子曰：有《关雎》《麟趾》之意，然后可以行《周官》之法。真西山曰：有周公之心，然后能行《周礼》，无周公之心而行之，则悖矣。有周公之学，然后能言《周礼》，无周公之学而言之，则戾矣。若程子与真氏，可谓知《周礼》者矣。

泰六五帝乙归妹以祉元吉辨

王泉之

邑船山王先生《稗疏》云：旧说帝乙归妹之时，亦筮得此爻而获祉。夫文王作《周易》，周公系爻辞，与商筮之用《归藏》者，象占各异，安得沿袭商筮以占吉凶？况《归妹》爻辞亦云帝乙归妹，又何说邪？《随》元亨利贞，穆姜筮之即凶，帝乙之吉，非其位、非其时者，安能吉也？抑史称帝乙元妃无子，早没，故微子之母，以媵妾摄内主生纣，帝乙一传而殷亡，何凶如之，安所得以祉元吉？

殷天子号乙者，汤称天乙，又有祖乙、小乙，不但纣父之为乙，则必有得淑女，广继嗣以受天祐者，非纣父明矣。其云《归妹》乃阳下于阴之词，二为帝，五为妹，阳反居中于内，阴反正位于外，男来就女之象。婚姻之礼，至周始定，自周以前，男来就女，如今之赘婿，虽天子之贵，亦或用此制，故曰归妹。言往归于妹，与《渐》之言女归者异。王氏以女处尊位，降身下二，是帝乙之女归夫家，非归妹矣。

愚按：《稗疏》辨正本义之说，其论诚是。至谓帝乙非纣父，归妹为男来就女则非。商之君以乙称者不一人，而纣之父独称帝乙。《书·酒诰》：自成汤咸至于帝乙，成王畏相。多方自成汤至于帝乙，罔不明德恤祀，皆原其始，以要其终。文王作《易》，当殷之末世，帝乙其所尝事者。当时帝子下降，周公或目击其事，故取以为象。于《泰》言之，于《归妹》亦言之，自不容泛指前之称乙者。帝乙元妃无子，焉知不有女。况经云归妹，或帝乙之父犹有女之未嫁者，于帝乙自当为妹。《左传》：齐侯使晏婴请继室于晋。曰其姨姑弟妹若而人，则先帝之女当现今之帝而嫁，固事之常，无可疑者。

商之末，不似周之季，尺地一民，莫非其有，虽有叛国，文且率以事纣，其余少有不靖，则六师及之，故《传》云纣之百克，征不庭也。天下及纣之身而失，则就帝乙而言，一统全盛，娶帝子者，未必不可云以祉元吉。若其谓商之时，男来就女，虽天子亦或用此制，其说尤不经。《书》曰：厘降二女于沩汭，嫔于虞。曰降，曰嫔，嫁之也。又曰：娶于涂山。曰娶，则女嫁而男娶也。王季值商之时，度亦遵商之制，其娶太任也，《诗》曰：来嫁于周。曰嫔于京，不入赘也。文王为太子时娶太姒，亦止曰亲迎于渭，安有天子而或赘于人者？

妇人谓嫁曰归，故南国两言“之子于归”，其下如此，其上可知。考程传，亦疑帝乙不知谁属，而特谓自古帝女虽皆下嫁，至帝乙然后制为礼法。《困学纪闻》历引四说，子夏传帝乙归妹，谓汤之归妹也。《京房》载汤之嫁妹之辞曰：无以天子之尊而乘诸侯，无以天子之富而骄诸侯。阴之从阳，女之顺夫，天地之义也。往事尔，夫必以礼义，荀爽《对策》引帝乙归妹，言汤以娶礼归其妹于诸侯也。张说《鄎国公主铭》，亦云帝唐降女，天乙归妹。虽皆据汤而言，然即是亦可知下嫁之礼，不自周始也。

周严同姓为婚，故《礼记》云：系之以姓而弗别，缀之以食而弗殊，虽百世而婚姻不通者，周道然也。岂有周以前女不适男，而男来就女？且制通于天子乎？《泰》与《归妹》，以六居五之尊，故皆以归帝子取象，断以王氏女处尊位，降身下二之说为确。

子见南子辨

王泉之

《集注》据《史记》，南子使人谓孔子曰：四方之君子不辱，欲与寡君为兄弟者，必见寡小君，寡小君愿见。孔子辞谢，不得已而见之。孔丛子云：古者大飨，夫人与焉。于时礼仪虽废，犹有行之者。意卫君夫人飨夫子，则夫子亦弗获已矣。二说不同，要皆以为有淫行之南子，独孙季昭名奕。《示儿编》：南子即南蒯也。何燕泉《余冬序录》，陈绛《金罍子》，顾太初《说略》并取其说，余亦深以为然。

或曰，南蒯何以称子？余曰杨朱、墨翟，孟子之所深辟者也，而他日云：杨子取为我，墨子兼爱。子者男子之美称，当时从杨、墨者，称之曰杨子、墨子，孟子亦随口举之。南蒯叛鲁，借张公室之名，安知人不以男子相呼，而记者随口记之，岂必如《春秋》之以称名，称字，称人为褒贬邪？且恶莫大于弑逆，崔杼弑齐庄，而《鲁论》记曰崔子，又其一证矣。

罗整庵《困知记》云：子见南子，子路不悦，疑夫子欲因南子以求仕也。当时王孙贾亦疑之，媚奥之讽，殆指南子而言。观夫子所谓天厌之者，即获罪于天之意。盖调停于鲁南蒯、卫南子二说之间，以南子为夫人，以见南子为求仕，周理衷《四书辨正》极取之，因谓昭公十二年南蒯叛。孔子生襄公二十二年，是时年二十有二。《家语》志孔子长子路九岁，则当蒯叛之时，子路才十三岁，岂得受业门墙邪？其说似辨，继阅《辨正》子华使齐条，而又笑其自相矛盾也。阎百诗曰：向尝以子华使齐，原思为宰，并为鲁司寇时事。既考赤少孔子四十岁，子为司寇，于时赤甫八岁，应是自卫反鲁后，赤年将三十，求仕于季孙，久已富而粟多矣。《辨正》驳之云：子华使齐，固不必在为司寇时，但不当以年定之，如以年论，则原思少孔子三十六岁，当为司寇时，裁十四岁，亦未能为宰也。

大抵《家语》《史记》所纪弟子之年，多不可信。愚按：《辨正》不信二书"纪年"一语，可谓如齐文宣之斩乱丝，顾以为不足据乎？则不信于原思者，何独信于子路，而引子路少孔子九岁之说，以驳季昭邪？以为足据乎？《春秋传》南蒯奔齐在昭公十四年，则子路年十五矣。原思十四岁而为宰，子路宁不可十三岁而受学？原思十四岁而解辞禄，子路宁不能介十四五之年而疑见蒯也？弗扰召子欲往，子路不悦。佛肸召子欲往，子路引前言以相难。此则已见南蒯矣，与两处欲往而尚未往又不同，想见子路之不悦实深。故夫子援天以自信，而因以晓子路，揆之情事较合，如《史记》《孔丛子》云云。

孔子非聘宾，何得援见小君之礼以为礼，牵与大飨之文以为文？如罗整庵不疑南子有淫行，而转疑孔子求奥援，侪子路之所见于王孙贾，岂非不伦之甚矣乎？

郑声辨

王泉之

朱子曰：郑、卫之乐，皆为淫声，然卫诗三十有九，而淫奔之诗才四之一。郑诗二十有一，而淫奔之诗已不啻七之五。卫犹为男悦女之辞，而郑皆为女惑男之语。卫人犹多刺讥惩创之意，而郑人几于荡然无复羞愧悔悟之萌。故夫子论为邦，独以郑声为戒，而不及卫，盖举重而言也。

后之难朱者，谓《史记》云：古诗三千，孔子取可施于礼义者三百五篇，皆弦歌之，以求合《韶》《舞》《雅》《颂》之音。郑声淫，自其水土风气之发于声音者言之，非系乎诗词。故《春秋传》诸大夫歌诗赠答，多取材于郑、卫，不以其诗词为淫，尤不得以淫诗而目为淫声也。

近世周理折衷《四书辨正》，独力伸朱子之说。谓郑音好滥淫志，自春秋列国皆好之。郑以女乐赂晋，又以淫乐之矇赂宋。魏文侯听郑、卫之音则不知倦，赵列侯好音而爱郑歌，则郑声之能惑人可知。如谓淫不系乎诗词，则《乐记》云诗言其志，歌永其声，舞动其容，三者本于心，然后乐器从之。诗与声，本一贯也，岂有发声则淫，而诗词则雅，判然为二者乎？说似辨而实不然。按：宫、商、角、徵、羽，宫最浊，羽最清，故《周语》云：大不过宫，细不过羽，凡声之淫者多羽声。《左传》为之歌郑曰：美哉其细已甚！羽声多也。为之歌秦曰：此之谓夏声。夫能夏则大，宫声多也。诗以言志，歌以永言，声以依永，律以和声，固未有淫词而声不淫者，亦有词不淫而声则淫者。

子夏对魏文侯曰：郑音好滥淫志，宋音燕女溺志，卫音趋数烦志，齐音傲僻骄志，此四者皆淫于色而害于德。今据朱子《集传》：郑、卫之诗多淫矣，齐则淫诗殊少，即《南山》《敝笱》诸篇，犹曰刺淫之诗也。若宋本无诗，又何以为燕女溺志？则声之淫不专系诸诗之淫矣。且即以《诗》论，郑之淫在下，卫之淫在上。宣公之夺媳，昭伯之烝姜，世族之相窃妻妾，其乱遂至于亡。如朱子云，当云声之淫莫甚于卫，则声之放莫切于卫，何乃转属之郑邪？若其以淫诗之多寡，论淫声之甚不甚，彼《陈风》十篇，淫居其九，胡不曰放陈声？而子夏之对文侯，亦不闻举陈音而并数之邪？

近来艳曲淫词，轻讴低唱，比之筝笛，此诗淫而声亦淫之说也，乃至贞女淑妇之曲，而歌者、吹者柔曼以迟其声，亦复如是，则词不必淫而声淫矣。即如《郑风·缁衣》爱桓武，《羔裘》美大夫，《鸡鸣》述贤夫妇，而比以郑声，亦无解于淫，《传》之所谓细已甚也，何必不发声则淫，而诗词则雅乎？尤可证者，《周颂》之《酌》《赉》《般》，《大武》之乐章也。《国语》云：牧野之事，音皆尚宫，而《乐记》谓有司失传，声淫及商。郑孔谓有贪商之声，或曰商声主秋，淫及于商，则武王杀伐之心动，以《国语》音皆尚宫推之，或说近是。然愚意下云武王之志荒矣，荒与淫相应，《汉书·礼乐志》：纣作淫乐。《史记》称师延作靡靡之乐。窃疑以《大武》之乐入靡靡之调，故曰声淫及商。若非有司失传，则音比于慢，斯志疑于荒矣。郑声乱雅乐，此足以见，今即据先儒旧解，尚宫者可误移于商，而《酌》《赉》《般》之诗词犹是也，亦可知诗自诗，声自声，不相离，究不相混，故郑诗可以录，而郑声所宜放。放之云者，并民间之所习而禁之，如《周礼》禁其过声、淫声、凶声、慢声，非但不用之郊庙、朝廷而已。

至于《诗》，则辅轩采之，太史陈之，不必如卫巫之监谤，国人莫敢言也。故就声论淫，郑为最，宋次之，卫次之，齐又次之。诗则虽淫邪，如陈不在其限，朱子误以郑诗即郑声，后人正当为朱子功臣，不当为朱子佞臣。又况卜序《毛传》之说郑诗，确指为淫者，不过一二篇而已哉？

湖南文徵

六

[清]罗汝怀 编纂
邓洪波 主编

岳麓書社·长沙

嶽麓書院

总　目

第一册

第二册

第三册

第四册

国朝文

第五册

第六册

第七册

第八册

第九册

第十册

目　录

卷四十三　记二

卷四十四　记三

卷四十五　记四

卷四十六　记五

卷四十七　记六

卷四十八　记七

卷四十九　记八

卷五十　记九

卷五十一　记十

卷五十二　记十一

卷五十四　记十三

卷五十五　记十四

卷五十六　序一

卷五十七　序二

卷五十八　序三

卷五十九　序四

卷六十　序五

湖南文征　卷四十一

辨五

桃源避秦辨

方堃

六经无仙字，而词人艳称仙，其好仙邪？其姑以奇离恣谲供文家之波涛也。夫清虚之说，古人或为汩于利欲者下针砭，而其流为黄白之术，祸乱之资，其害于风俗人心者，岂浅鲜哉！渊明花源一记，宋苏子瞻、王十朋、胡明仲，明粤东叶氏，诸公论之详矣，而世犹疑仙疑幻，何哉？盖因唐瞿童有秦人棋子之说，后人一唱百和，遂成荒唐之论，而皆借口于渊明之记，此不可不辨也。

渊明记中无仙字，诗称“贤者避其世”，明纪贤而非纪仙。又，王安贫《武陵记》，备载渔人黄道真、太守刘歆姓名。安贫与渊明同时，渊明闻其说而作记，是当时实有此避世之人，匪特非仙幻，并非寓言也。朱文公谓贤者避世为伯夷、太公之伦，谢叠山亦以商山比首阳，而陶公既称为贤者避世，又拟以商山黄绮，则其人品可想见。考《博异记》，以桃花神为陶氏，则篇中夹岸桃花，盖隐言“陶”，沿溪水源，盖隐言“渊”，小口有光，盖隐言“明”。渊明旷世相感，述古以自况，谓之寓言可也，谓之为仙幻不可也。夫渊明天资高朗，其学几于大贤，为东晋一代人物，读《归去来辞》，直与《采薇歌》《出师表》同意，岂屑为后世之游仙诗哉！论者不察，见其辞意有出尘之想，遂以《子虚》《大人赋》等量而齐观，误矣，甚且为附会之说、穿凿之论。试思一丘一壑，何地无桃源境，避世正在世中，奚怪夫迷不得路者，今且为通衢也。善哉！陶诗云“心远地自偏”，又何事为穿凿附会之论哉？仙之有无吾不敢论，如颜之箪瓢陋巷不改其乐，点之春风沂水物我同适，近于仙矣，其可以仙论乎？特恐世之惑于求仙者，其弊不可胜言，每托于吾儒之记载，故为申其辨，以祛其惑。明夫汩于利欲者，尚可以清虚之说救，而汩于仙幻者，终不能以圣贤之说化也。六经无仙字，实为人心风俗防也。

沅南辨

方堃

临沅、沅南，县名旧矣。其地犬牙相错，沿革不一，今之桃、武北岸皆古临沅地，桃、武南岸皆古沅南地。谓之沅南者，以在沅水之南也。后之人误以临沅专属武陵，沅南专属桃源，遂若临沅东而沅南西。又见桃治在沅北，遂谓古沅南在沅水北岸。名实互乖，而沅南之名义不著，转致疑于南临沅水，及在沅水之阴二语，则以纸上空谈故也。今目治得实，特备论之。

考《水经注》于壶头山下，即云临沅县与沅南分水，壶头在今桃源、沅陵界，是二县分水而治明矣。其下夷望山，在桃邑南岸者属沅南，明月池白壁湾，乃今新湘穿石，在桃邑北岸者属临沅。又其下平山，在武邑北岸者属临沅。又其下云武陵郡南对沅南县，是武邑南岸属沅南，文义了如指掌也。且沅南故城有三：一在县南百二十里，今宁乡驿地；一在武陵县南七十里，距桃源洞二十里；一在浔阳坪，均沅水南岸。是沅南在沅水南岸，如湖南在洞庭湖南，江南在大江南，河南在黄河南，决无在沅北而称沅南者。宋乾道间，置县于沅北延口村，则已改名桃源，而不复名沅南矣。《水经注》又云沅南县在沅水之阴，《说文》山南水北曰阳，水南山北曰阴，此尤沅南在沅水南之证。《荆州记》临沅县南临沅水，《水经注》亦录其语，此又临沅在沅水北，与沅南分水之证也。自贺奇《府志》误引《荆州记》南临沅水之文为论沅南，不惟与沅南故城所在不合，且与沅南名义不符。又或解沅水之阴“阴”字为北，以附会之，不知古邑与河阳、汾阴之类，皆以水南山北曰阴，初无异解。即近世湘阴之名，亦以洞庭为湘水所潴，故洞庭之北名临湘县，洞庭之南名湘阴县，何尝不以水南为阴乎？推其所由误，盖因今县治在沅水北，而执以论古耳。岂知沿革异制，称名异时，刻舟求剑非复故步哉！然则旧志相传，以临沅属武陵，沅南属桃源者，何也？今武陵县治，乃古临沅县治，今桃源县治，亦古沅南县治之徙者。论县志之相承，则武属临沅，桃属沅南，论县境之全隶，则武兼沅南，桃兼临沅，言各有所当然，不足以举其全也。

齐魏纪年辨

杨丕复

《史记·六国表》：显王二十七年，为齐宣元年；三十三年，为魏惠三十五年；四十六年，为齐湣元年。慎靓王元年，则燕哙元年。赧王四年，则燕昭元年。齐宣在位十九年，魏惠在位三十六年，齐湣在位四十年。而孟子在魏，则系于魏惠三十五年；齐人伐燕，则系于湣之十年。其《孟子列传》云：游事齐宣王，宣王不能用。适梁，梁惠王不果所言。故后儒以为孟子先事齐宣，后事梁惠、梁襄，后乃事齐湣，而值齐伐燕哙。《通鉴》则谓魏惠三十六年，改元一年，后十六年卒，为慎靓王二年，孟子至魏，在惠三十五年，及惠卒之年，则去魏适齐，此用《竹书纪年》说也。齐宣元年，则显王三十七年。齐湣元年，则赧王二年。齐人伐燕，则系之赧王元年，孟子去齐，亦即在是年，皆宣王时事。《纲目》谓与《史记》不同，未详所据。朱子《孟子序说》引《史记》，亦疑《孟子》以伐燕为宣王事，与《史记》《荀子》不合，且谓《通鉴》以伐燕为宣王十九年，是孟子先游梁而后至齐见宣王，亦无他据，未知孰是。

愚窃谓孟子书乃孟子自著，其书篇首，即书见梁惠王，次及梁襄王，次及齐宣王，次及滕文公，先后昭然不紊，则先至梁而后至齐，不待辨而自见。其于梁惠，论说尚多于梁襄，则一见而即谓无人君之度，其遂去梁可知。及至在齐，则惟有与宣王问答之言，并无湣王一字，是孟子未尝见齐湣也。蔡虚斋以湣王卒在孟子后，故孟子不得称其谥，凡书中止称王者，皆湣王也。然如足用为善一语，加之齐宣自当，加之齐湣则恐未然。又如伐燕事，前伐燕、取燕二章，皆直称宣王，后二章虽止称王，而沈同一章，当在伐燕章前，陈贾一章，当在取燕章后，合而观之，其为一事无疑。虚斋以前二章为燕易王时，齐宣取燕十城之事，则所取甚少，未尝灭燕，与章内所言虐民往征，以万乘伐万乘，五旬而举，且直称伐燕取之，及毁宗庙，迁重器，谋于燕众，置君而后去诸语皆不合。以后二章为齐湣伐燕哙之事，则《孟子》所言，初未见燕不可伐，王何为因燕畔而惭于孟子，反覆以观，知伐燕哙之为齐宣无疑。乃据《史记》传闻悠谬之说，而疑孟子亲身阅历之言，不亦诬乎！

况《战国策》载伐燕事，明言齐宣，更不得谓《通鉴》之无据也。既伐燕为齐宣，则齐之纪年，《史记》未可信矣。《通鉴》于齐之纪年，虽不见所据，大抵齐威则益十年，齐湣则减十年，而移下齐宣十年，乃合伐燕之事。古今传闻异词，齐威本立四十六年，传者或误为三十六年，齐湣本立三十年，传者或误为四十年，此亦非事之所必无。况又有《孟子》及《战国策》为左证，则《通鉴》之移易，实足正《史记》之误。但谓孟子去齐，即在伐燕之年，则是时燕犹未畔也，越二年然后燕畔，燕畔而后陈贾且有解惭之言，则孟子犹在齐也。后章乃言致为臣而归，则孟子去齐，实在燕畔之后，非在伐燕之年，此又可以《孟子》正《通鉴》之失也。《通鉴》以齐湣元年，在赧王二年，似不如移在赧王十二年，则齐宣为立二十九年，齐湣为立二十年，于《孟子》为尤合。尝考《吕东莱大事记》，亦以齐宣为二十九年，足证予言之非杜撰。且伐燕哙，实为齐宣非齐湣，而燕破后二年，燕昭王立，越二十八年伐齐，齐湣走死，又五年燕昭卒，计在位三十三年，此皆《史记》之文可据者。以此推之，齐破燕，燕破齐，中间惟距三十年，而齐湣之立，犹在燕昭之后，安得有四十年及三十年？是必燕破后，燕人即立太子平为王，于是而孟子去齐，于是而齐宣卒、齐湣立，皆在此一年中，庶几齐湣符三十年之数。而《通鉴》又依《史记》后二年立太子平之说，则《通鉴》终不免误也。

若魏惠之年，《通鉴》从《竹书》，谓三十六年，改元一年，后十六年卒，襄王乃立。以《孟子》考之，与梁惠王言，仅有书数章，其在梁必不久。使于惠王三十五年至梁，后更十六年始见襄王，是孟子在梁有十七年之久，事必不然，知《竹书》之纪年不足信。故邵子《经世书》，亦从《史记》而不从《竹书》，司马公以其为魏史而信之，误。然魏惠三十六年卒，既卒之后，孟子即去梁，去梁而即适齐，则距伐燕之年又似太远，或去梁后仍归邹，或至任后乃适齐耳。及去齐后，或至鲁，或至宋，或至薛，终乃至滕。鲁与邹近，其至鲁盖数矣。葬于鲁，其一次也，臧仓章言后丧逾前丧，则又在去齐后也，喜而不寐章，盖又在臧仓前也。兼金章，因宋、薛之馈追论齐馈，知至宋、薛亦在去齐后也。滕文过宋见孟子，知至滕又在居宋后也。以此推之，孟子生平履历，大概可见，而齐魏纪年之是非亦可定矣。

又考宋灭滕，齐即灭宋，事在赧王二十九年，其时孟子犹在，故有与万章论齐楚伐宋一章。越二年，燕即破齐，而湣王死，则谓孟子不闻齐湣之谥，恐未必然。顾孟子初至梁时，惠王已称之曰叟，至齐破湣王死时，又历五十三年，孟子之寿盖将近百年，而后儒读《孟子》者，竟未推寻及此，吾愿与细心讨论者一商之。

周末存亡辨

杨丕复

周公相成王，营郏鄏以为东都，是为王城；又迁殷民于洛阳下都，是为成周。平王东迁，定都于王城。敬王值子朝之乱，徙都成周。及至考王封弟揭于河南，以续周公之职，即王城故地也，是为河南。桓公传子威公、孙惠公，当威烈王时，惠公复自封其少子班于巩以奉王，号东周，其时王在成周，巩地近之，故令奉王，而己则擅有河南地也。号成周为东周，知王城为西周矣。《史记索隐》云：自是有东西二周是也。《吕东莱大事记》云：平王东迁之后，所谓西周者，丰镐也，所谓东周者，东都也。在威烈王之后，所谓西周者，河南也，所谓东周者，洛阳也。何以称河南为西周？自洛阳下都而视王城，在西也。何以称洛阳为东周？自河南王城视下都，则在东也。《公羊传》亦云：王城者何？西周也。成周者何？东周也。此东西周之分，确不可易者也。然东西周虽分治，皆天子之臣也。东周君奉王，王固自在也，非东周君即王也。即赧王徙都西周，君亦自在也，非赧王即西周君也。

《史记·周本纪》：赧王五十九年，秦取（咸）〔韩〕[①] 阳城、负黍，西周恐，倍秦，与诸侯约从，将天下锐师出伊阙攻秦，令秦毋得通阳城。秦昭王怒，使将军摎攻西周。西周君奔秦，顿首谢罪，尽献其邑三十六，口三万。秦受其献，归其君于周。周君、王赧卒，周民遂东亡。秦取九鼎宝器，而迁西周公于𢠸狐。后七岁，秦庄襄王灭东西周。东西周皆入于秦，周既不祀。其《秦纪》则云：昭王五十一年，将军摎攻韩，取阳城、负黍，斩首四万。攻赵，取二十余县，首虏九万。西周君背秦，与诸侯约从，将天下锐兵出伊阙攻秦，令秦毋得通阳城。于是秦使将军摎攻西周。西周君走来自归，顿首受罪，尽献其邑三十六城，口三万。秦王受献，归其君于周。五十二年，周民东亡，其器九鼎入秦。周初亡。庄襄王（九）〔元〕[②] 年，东周君与诸侯谋秦，秦使相国吕不韦诛之，尽入其国。秦不绝其祀，以阳人聚赐周君，奉其祭祀。

---

①据《史记·周本纪》及文意改。

②据《史记·秦本纪》及文意改。

合二纪绎之：赧王五十九年，西周君献其地于秦，秦仍归其君于周，周者，西周也，即王城也，仍归之者，不绝其祀也。是年赧王适崩，则周之正统绝矣，而西周君仍在也。明年周民东亡，归于成周也。秦乃迁西周公于𢠸狐，然后西周亡矣。及庄襄元年，东周君又谋秦，秦乃取其地，而迁其君于阳人，则东周又亡矣。盖其时赧王寄居西周，徒拥空名，其地皆东西周分有之，赧王不能主也。西周君之献地，西周君自献也，于赧王无与也，秦仍归之于周，归西周君也，非归赧王也。惟赧王适崩于是年，而不复立后，则周亡于是年，西周君虽在，不能承周正统也。然东西周皆周裔，西周亡于秦昭五十二年，东周亡于庄襄元年，则未亡之时，犹延周一脉，而不可略也。

《周纪》言庄襄灭东西周不如《秦纪》之晰，然未尝以西周君献地为赧王也。周之亡，他无可考，自应以《史记》为据，《通鉴》于此直改西周君为赧王，失其实矣。使西周君果为赧王，则赧王既崩，西周已无君矣，明年又何以云迁西周君于𢠸狐乎？《纲目》不察，于赧王五十九年大书秦伐韩、赵，王命诸侯讨之，秦遂入寇，王入秦尽献其地，归而卒，此因《通鉴》之误而失于考正也。继之分注六国之年，略东西周不纪，亦以赧王献地而卒，则周已亡也，此虽胜于《通鉴》之即以秦系年，而书法亦未尽当。窃谓赧王五十九年大书当分二条：初一条，书秦伐韩、赵，西周公率诸侯讨之，秦遂入寇，西周公入秦尽献其地，秦归西周公。次一条，书王崩周亡。其后分注，则冠东西周于七国上，西周灭犹存东周，至东周灭后，乃始单列七国，庶几得存亡之实。宋鲍彪注《战国策》，以安王、赧王为西周，元吴师道力辟之，不知彼固沿《通鉴》之误也。至其时西周君，《正义》以为武公，盖得之。东周君则无考，《战国策》虽有周文君，《索隐》云，亦不知灭时定当何主。盖周室衰微，略无纪录，太史公虽考众书以详其事，然二国代系，甚不分明，其说是矣。

新唐书李氏世系辨

杨丕复

《世系表序》云：李氏出自嬴姓。帝颛顼高阳氏生大业，大业生女华，女华生皋陶，为尧大理。生益，益生恩成，历虞、夏、商，世为大理，以官命族为理氏。按《史记·秦本纪》云：秦之先，帝颛顼之苗裔孙曰女修。女修织，元乌陨卵，吞之生子大业。大业取少典之子，曰女华。女华生大费，与禹平水土，是为柏翳。舜赐姓嬴氏。说者谓柏翳即伯益也。然女修吞卵而生大业，则女修乃高阳氏女，其夫家不著，然非颛顼帝之后明矣，以母族而谓为始祖，其误一也。

大业取少典之子，曰女华，是女华乃大业之妻，非大业生子名女华也。乃云大业生女华，女华生皋陶，以妻而谓为子，以母而谓为父，其误二也。

大业其详不可考。《史记正义》引《列女传》云：陶子生五岁而佐禹。曹大家注：谓陶子者，皋陶之子伯益也。即此知大业是皋陶。今乃以皋陶为大业之孙，而《宰相世系表裴氏序》，又言大业生女华，女华生大费，大费生皋陶，皋陶生伯益，则皋陶更为大业之曾孙，孰是孰非，自相抵牾，其误三也。

然皋陶之为大业，与伯益之为陶子，究无他据，自《尚书》《左传》以至《世本》《史记》，皆无其说，惟刘向、曹大家言之。试思伯益即神圣，何能五岁即佐禹治水？《禹本纪》云：禹荐皋陶授政，而皋陶卒。封皋陶之后于英、六。而后举益，授之政。则益非皋陶之子显然可见。使果为皋陶之子，则秦、赵皆皋陶后也，楚灭六、蓼，其时秦、赵皆存，臧文仲何以言皋陶庭坚不祀忽诸？高阳氏才子八人，庭坚既为皋陶，何可隤敳即益，以父子而同称八恺，又述子于父上，皆无是理。则以为皋陶生益，其误四也。

《帝王世纪》云：皋陶生于曲阜，曲阜偃地，帝因赐姓曰偃。《汉书·地理志》云：六，故国，皋陶后，偃姓。是皋陶之后姓偃也。舜赐伯益姓嬴氏，是伯益之后姓嬴也。今云恩成以官命族为理氏，与偃、嬴二者皆别。且虞时刑官为士，周时刑官为司寇，为士师，皆无大理之名。《史记·舜纪》虽有“皋陶为大理，平”之言，然上文仍引《舜典》言皋陶作士，其言为大理者，亦犹言伯夷主礼、垂主工师、龙主宾客之类，非官名也，岂得据此为李之缘起？其误五也。

《秦本纪》又云：大费生子二人，一曰大廉，实鸟俗氏；二曰若木，实费氏。未尝更有一子名恩成为大理者。伯益既不继皋陶为大理，何以恩成之后，历夏、商千余年皆为大理？盖欲避蜚廉、恶来之族，因造为恩成之名，又欲迁就李、理之音相近，故谓以理为氏，不知与《史记》全不相应，其误六也。

或谓柏翳非伯益也。然《秦本纪》言柏翳调驯鸟兽，与《舜典》言益若鸟兽草木无异，《舜本纪》列益即无翳，益、翳为一人可知。惟《陈杞世家》言翳复言益，《索隐》已疑其谬误。今叙大业之生，与《秦纪》同，而谓益非柏翳，则前后乖刺，其说愈不可通。即谓非柏翳之后，故不姓嬴，然既为皋陶之后，何不姓偃？姓偃有书可证，姓理实杜撰不经，其误七也。

后又言理徵之子利贞逃难，食李木子得全，遂改理为李氏，家于苦县，后裔遂有李耳，此唐之所以谓玄元皇帝也。然耳之姓李，《史记索隐》引葛玄云李氏女所生，因母姓也，又云生初指李树为姓，则其姓李，并非因仍祖父而然。而以为由大理之后，遥遥相承，居然华胄，其误八也。

又云耳后有李宗，魏封于段，为干木大夫，是又援《孟子》所谓段干木以为荣也，其说盖沿于《史记》。然《史记》云：老子之子名宗，宗为魏将，封于段干。注云：段干应是魏邑名。《魏世家》有段干木、段干子，《田完世家》有段干朋，疑此三人是姓段干，因邑为姓也。今乃云封于段，为干木大夫，既欲借段干木之贤，又嫌其以隐居终世，故假为封爵大夫以荣之，沿《史记》而又别自为说，抑不知干木大夫之称何谓。且使姓干木之人，与姓李渺不相涉，相去百余年，而与李耳为父子，远诬先贤，以为己荣，其误九也。

又云宗生同，同生兑，牵引至于陇西成纪而有李广。然《史记·赵世家》有李兑，事武灵王，《平原君列传》有李同，本名谈，史公避父讳故曰同，与平原君同时，则在李兑之后，不得云同生兑。又《史记》于宗后裔云：宗子注，注子宫，宫元孙假，假仕于汉文帝。而假之子解为胶西王卬太傅，因家于齐。则李耳之后，历历可数矣。何不因袭言之，而别谓宗生同，同生兑耶？盖注、宫以后五世无显者，解又家于齐，无缘未久而显于成纪，故必别为一说，方得引陇西以至凉武昭王。然舍其可据者，而牵引其不可据者，且于秦始皇使破楚之李信，而以为李同之七世孙，相去不过二三十年，而世代悬远如此，荒谬不经，莫此为甚，其误十也。

且晋有李离，在李耳之前，魏有李悝，赵有李牧，秦有李斯，在李耳之后，安知李唐非出于诸李。而必推本李耳，且上推至颛顼，而以母家为始祖，岂后为帝王者，皆古帝王之苗裔，而上世草野之民，皆无后者耶？何后代姓氏皆出于古帝王也？此盖凡为姓氏之说之通病，亦不独李姓然矣。唐高祖始兴，惟立四亲庙，虽凉武昭王之近，亦不之及。中宗时，欲以凉武昭王为始祖，议者谓为不可，遂止。至天宝时，乃远引李耳以及皋陶、颛顼，此明皇侈心耳。故《通志》谓姓氏之学，最盛于唐，而国姓无定论，盖知其所牵引皆不足信也。

欧阳永叔博极群书，不苟傅会，独于此表无一语微寓讥刺，且谓源流所在，可以考见，岂欧公于《史记》亦未之读耶？何其诬也！昔公议濮礼，谓所生父必不可改称，乃使伯益冒皋陶为父，段干木冒李耳为父，不知悖谬孰甚耶？

性辨

张学尹

气质无恶也，孟子曰性善，不言气质，以性该气质也，气非性不生，性非气不著。是故自有圣贤以来，言性者皆不杂以气质，以天固不能于气质之外别具其所谓性以与人也。君子必知性与气之所由分，又知性与气之所由合，而后有以确然自尽其性而无疑。《易》有太极，浑然无善恶之形，故杨子指以混，得其似也，而不知其浑然善也。孟子曰：口之于味也，目之于色也，耳之于声也，鼻之于臭也，四肢之于安逸也，性也。性者，非恶也，物交物而客感生，而后有恶，当其未感，天为之主，故善，及其既感，人持其权，故恶。恶者，非性也，而荀子指以为性，不知性也。韩子读《孟子》，既以五常为性矣，又不能不惑于二子之说，于是两利而并存之，凡皆谓之不知性。

嗟乎！性善之说旧矣，至孟子而已著矣，然而后起之说犹得而参之者，盖孟子之言皆在受形以后，如四端之发、平旦之气、乍见孺子之类，皆取其切近而易见者言之，为夫齐宣、梁惠之徒之不足以骤语夫天命之源也。夫智之上者，因其切近易见者而扩充之，而天命之源亦不言而喻矣。故曰尽心以知性，知性则知天，而岂意智如韩子，犹不知自尽其心，而区区耳食旧说以惑乱天下哉！子曰：一阴一阳之谓道，继之者善也，成之者性也。又曰：性相近也。其曰上智，曰下愚，曰中人，皆主其人之所以自命者而言之也，如汤武之敬以自修，桀纣之才辨而自暴，是其所得于天者未尝不同，其所以立志自为者异也。有宋诸大儒者作，于是举天命之源而发挥之，而性命之理昭然若揭日月于天下，然而其所谓善者，乃多在未受形以前。噫！后之人几何不自诿之气质，而归其咎于天也！

或曰：气之絪蕴摩荡而万变也，何事不有乖戾之感？有以人而产物者矣，有以人而化石者矣。叔鱼之未生也，其母曰深山大泽，实生龙蛇；羊食我之生也，其母曰是豺狼之声也；越椒之生也，子文曰是乃狼也。谚曰人面兽心，彼负其兽也之气，而托于人也之形，是固天下之大怪也。夫深山之狐，恶潭之鼍，久而能化，气使然也，而援以证生人之性，可乎？虽然，别乎气以言性，不如即乎气以考性。

衡湘之间有学者焉，限于方隅之偏，锢于见闻之陋，非有荀卿、扬雄之才，韩愈之学，其不足以论性命之精也明矣。然而窃尝取先圣人之绪论而申之曰：天地之始有理而后有气，万物资始于乾，资生于坤，一元而已矣，岂惟人性善，物亦善也。是故重者之善为沉，轻者之善为浮，胶者之善为粘，刚者之善为断，皆各因其气以显其性，而虎狼之父子，蜂蚁之君臣，其最著者也。气之偏者则有之矣，得其偏而终于偏者物，因其偏而充于全者人，其偏者亦未尝不善也，此孟子所以必言乎受形以后也。且夫善恶之名为夫愚不肖者而设之也，圣人之视天下，盖有善而无恶，何则？理之有柔有刚，有短有长，有弛有张，有弱有强，有寒有热，有通有塞，有迎有逆，有舒有结，有高有下，有正有侧，有厚有薄，有虚有实，皆善也。故理主其全，而气主其偏，凡气之所生，皆理之所发也。是故大象之作也，如否、剥、损、困之类，皆取以为君子之善。是故圣人能尽其性，则兵刑可以佐太平，而砒蛭可以已恶疾，故使焚炙施之廉、来不可谓之非善，使都俞同之共、驩不可谓之非恶。今夫罪大恶极，则莫有甚于君行臣道，父行子道，夫行妻道者矣。譬如梗楠杞梓，不以饰庙堂而以营厕厩；黼黻文绣，不以美冠衣而以充袒服；膏粱脍炙，不以奉尊亲而以养仆马，则岂梗枬杞梓、黼黻文绣、膏粱脍炙之不美乎？其所以用之者非也。今举吾聪明才力、仁恩义断、礼肃乐和之肫然秩然而不容已者，而皆反其道而用之，而命之曰恶，吾甚惜之。

夫理者，气之神也，气者，理之形也，无是理即无是气，有是气即有是理。是以庖羲画卦，不取象于太极而取象于阴阳，为乎理之寄于气以行也，理善则气焉得有恶。今夫人受天地之气以成其质，而曰吾将取而气质而变化之，是孟子所谓戕贼杞柳者也，天下之人能不骇然却走乎！吾闻回之敏、参之鲁，皆可以进于道，在《中庸》则曰致曲，在《孟子》则曰扩充。夫耳之善聪，目之善明，心之善思，与乎君之仁，臣之忠，父之慈，子之孝，皆顺其自然者而导之，无可以矫揉造作而成之者也，而何所用其变焉。人无贤不肖，皆必有所谓喜怒哀乐爱恶欲之情，圣人之治天下，亦使之施之各当其可而已。今指性为善而指气为累，是使人得遁于气质之中也，如得归咎于气质，则鲧可以不殛，管、蔡可以不诛，何则？非人之故为恶也，天也。夫天本其理与气以生人，而人得以自持其权，乃绝天而自用，虽天且无如之何，而况于圣人乎！

曰：然则瞽、鲧、朱、均、叔鱼、羊食我之徒，皆不得归咎于气乎？曰：瞽瞍犹知爱象，共工犹知象恭，叔鱼、羊食我之徒，亦必有所好恶，惟其自绝于天，是以施之皆不得其当耳。今夫慈父以千金授其子，使为衣食之具，而其子以其金为淫荡，则岂得归咎于其金乎？是故夫子曰：上智与下愚不移。非谓其气质然也，或卓然而自立，或悍然而自绝，其立志不可移也。乾溪之难，子曰：克己复礼，仁也。楚灵若能如是，岂其辱于乾溪？夫人之所以得与天地并命为三才者，以其克自主也。《传》曰“天道福善祸淫”，谓天既降之以不善之资，又降之以不善之罚，其诬天孰甚焉。

曰：然则叔鱼、羊食我、越椒之恶，何以决之于生初而不爽邪？曰：吾尝读《左氏春秋》矣，其所云懿氏之占，史苏氏之卜，何其验也，既征之卜世三十、卜年七百之类，则悬绝焉。吾闻诸葛亮之智，足以识魏延而不足以识马谡，韩琦、司马光之智，不足以识王安石，苏洵识安石而不足以识程颢，子文之贤不能逾于数子，而羊舌之妇何所挟而能然邪？是叔鱼、羊食我、越椒不足怪，而左氏其好怪者也。君子之所以断天下之疑者，恃有理而已。且以帝尧之智足以知鲧，周公之智足以知管、蔡，而卒使之治水，使之监殷者，必非徇岳牧之请，私手足之亲，而置苍生之成败于不问也，亦望其善用其才，则不为障水而为治水，不为周叛而为殷监耳，乌有定人于未生之前与初生之际者哉！

虽然，气之偏者则有之矣，沉潜刚克，高明柔克，未有不善者也，其不善之气，则莫若豺狼、蛇蝎、砒毒，而圣人因其所宜而用之，天地间未有弃物焉，而况于人乎！夫人之有身，气之融而结焉者也；气之融而结焉者，理之融而结焉者也。孟子曰：形色，天性也。其诸言乎性与气之合也欤！

陈情得请兼祧辨

曾兴仁

道光戊戌秋，南昌太守张子畏先生丁生母艰，以行述索铭。复以陈情得请一编寄示，而说者谓太守固得兼祧，惟部议持服两歧，属余辨之以定其义。余思太守实有情不自禁之情，礼固缘情而定也，何辨之有？然亦有不容已于辨者矣。

太守世居桐城，父辈四，伯仲皆无子，叔有子一孙三，季有子二，太守父其季也。太守年十四出继仲父，其胞弟亦出继伯父，维时太守父母俱年未四十，自谓必有续嗣也。厥后年渐老而无出，太守及弟亦未有子，而出继之弟旋又不禄，不获已乃以叔之次孙承继伯父为孙，复以叔之三孙太守自继为子，展转过继，是伯仲之无嗣者皆得有嗣，独季之本有嗣者转无嗣矣。太守官四品，忧思之深，援例引经，不得不以复继之孙仍继仲父，自请归宗本生父母，因上其事于大府，详咨吏、礼二部议之。二部以孙祢祖、自请归宗，二说均不可行，惟因笃于所生起见，准其一身兼祧而已。第兼祧一议，礼部以太守既为嗣父母持服三年，则将来生父母应持服期年，用符《礼》不二斩之义；吏部以太守既为嗣父母持服三年，则将来生父母亦应持服三年，特明所生为重之情。太守今丁生母艰，因所生无后，专从吏部议，得不降服而仍服斩，则归与不归一耳。此陈情得请一编所由作也。而一时论者，遂以吏、礼两歧为议，不知二部之议实歧而一，特未申言以明之耳。

今之所谓大小宗与《礼经》大异，而通乎其说，则太守今日兼祧皆小宗也。设使太守当日承继大宗伯父，自无论嗣生有后无后，则应为嗣服斩，为生服期，礼也。兹太守承继小宗仲父，自无论嗣孙有后无后，则应均为服斩，礼也。且太守此时一身兼祧，将来得生有子，一为所后承祧，一为所生承祧，礼也。或竟不有其子，则《礼》有言小宗可绝，又何必言归与不归也。惟是礼部以所后与所生无子者未经分晰，复以所生无子而改归者未有成案，吏部则以嗣生持服为统同，是皆未申言古今大宗小宗之有异，而只以兼祧为辞也。《会典》内载独子承继两房宗祧，及《宗人府职掌》内载出继撤回承祀，胥专为今之大宗言也，读是编者更可恍然矣。

或又曰，父母者，生我之专名，似不宜加称本生以自抑疏也。然则天下承继之子，岂有于所生父母之前，而自称为本生父母邪？亦不过对人言曰，此我本生父本生母也。或者之说，余窃不然。

书辨

曾兴仁

戊戌之秋八月念九，包慎伯大令以《艺舟双楫》一书寄阅。双楫，论文、论书也，要其旨不离法古近是。今约其作文之说，慎伯以隐、显、回、互、激、射六字括之，即以其说通于作书可也，又何必别而言之邪？虽然书既为楫，而余不得不亟辨者，以有说恐滋后人疑耳。

《述书》上篇，黄小仲云：唐以前书，皆始艮终乾；宋以后书，皆始巽终坤。慎伯自言初闻不知何语。及观中篇，慎伯解为：始艮终乾者，非指全字，乃一笔中自备八方。后人作书，皆仰笔尖锋，锋尖处巽也。笔仰则锋在画之阳，其阴不过副豪濡墨，以成画形，故至坤则锋止，佳者仅能完一面耳。惟管定而锋转，则逆入平出，而画之八面无非豪力所达。乃复积画成字，聚字成篇。过庭有言，一笔成一字之规，一字乃通篇之准者，谓此也。此慎伯解小仲之说似是而非，而人亦必终不知为何语也。夫小仲所云始艮终乾，实以凡作一字，起笔多不外乎点与画也，克知起笔逆入，则凡一点一画咸始于艮矣，克知平出有往皆收，则凡一点一画咸终于乾矣。彼用顺入无收者，非始巽终坤乎哉！夫如是，慎伯所言仰锋为巽，逆入平出是也，而究不申言逆入即艮，平出有收即乾，且并不专指一画备八方，统言一笔备八方，余故曰：慎伯解小仲之说似是而非也。第凡字有大小，有篆、隶、真、行、草书之别，此其象可以迹求者，惟隶、行、草三体，不可以迹求者，篆与真耳，括其用意要在笔先也。余今得申小仲之说曰：始艮转巽，终乾转坤，则千古作字起笔之妙可尽人而知矣，然亦不过借此以立逆入有收之名，非真别有所谓卦义也。彼小仲之说明明如是，而以唐宋为优劣，复以天地为区分者，其殆故为不传之秘张大其辞耳。何慎伯亦以请其术，卒不肯言，而乃为疑似之说示人邪？慎伯仍以论文之法论书也可。

史记律数辨

邱之稑

汉承秦火之后，先王制作无一二存，而其假借紊乱者，莫如音律一道。考《史记》所定《律书》，以兵械为重，所引“武王伐纣，吹律听声”犹为近理，至详举历代征伐敷衍成文，于律吕豪不相涉，次列二十八宿、十母、十二子，语亦穿凿附会不可为法。学者震其名，未敢议其失，然自识者观之，已知其学之无本，犹其易辨者也。其音律之遗误后人者，莫如律数一节：列九九八十一以为宫。三分去一，五十四以为徵。三分益一，七十二以为商。三分去一，四十八以为羽。三分益一，六十四以为角。且述曰：音始于宫，穷于角。乌乎！史迁为有汉一代著述者，所著律数体用不明如此，无怪以讹承讹，后世之言音律者，皆无所适从，则是六律之不分，五音之不正，诚非无自也。此岂可以不辨哉？

夫三分损益者，律吕管体所从生，管体生而后五音出，孟子曰“继之以六律正五音”是也。迁不以去一益一为生某律某吕，而以去一益一为得某宫某声，是六律之生未终，而五音之名先正；宫可以生徵，徵可以生商，商可以生羽，羽可以生角，是五音之名自正，而六律之以徒劳，有是理乎？况有定者，律也，无定者，音也。何谓有定？如以黄钟正宫，则太簇为商，姑洗为角，蕤宾为变徵，夷则为徵，无射为羽，其不可以他律混者，体之所以立也。何谓无定？如旋太簇为宫，则姑洗转而为商，蕤宾转而为角，夷则转而为变徵，无射转而为徵，黄钟转而为变宫，其未尝以转调穷者，正之所以行也。孰谓宫商角徵羽，可乱为宫徵商羽角哉？孰谓宫商角徵羽之旋转不竭者，可任意指为始于宫而穷于角哉？永嘉陈氏犹谓律吕之法起于黄帝氏，律吕之说定于太史公，知黄帝氏之法而不知太史公之说，则难与制律，知太史公之说而未知黄帝氏之法，则虽不能制律而不害其为律，比拟不伦至于如此，不可不急为辨正也。惟生钟之分与“以下生者，倍其实，三其法。上生者，四其实，三其法”数语于古人制律之遗意为有合焉耳。

按：九九八十一为宫等语，乃《管子》琴度生声法，详三卷《琴考论》，《迁史》不知以定律吕相生之数，遗误后人几二千年，不急辨正，律吕之道将终不明于后世也。

黄钟不复与他律为役辨

邱之稑

黄钟不与他律为役，虽仅见于《前汉志》，当是援引古语，盖谓声气之元，能生十一律，而不为十一律所生，故三分损益，隔八相生之数，终于仲吕，不能转生黄钟，所谓不与为役者此也。《志》误会其意，谓以正相应之声，有同心一体之义，遗及后世，大变古制，如《通典》诸说，直以仲吕之实，三分损益，再生黄钟及以下十一律以为变律，所得之寸数半之以为变半律。《律吕新书》曰：正律十二，子声十二，变律十二，子声十二，凡四十八声，最得《汉志》黄钟不与他律为役之意。又曰：黄钟为大吕之变宫，夹钟之羽，仲吕之徵，蕤宾之变徵，自用变半律声，非复黄钟矣。乌乎！诚如诸说，将视黄钟如赘瘤。

窃谓黄钟虽尊，六律之体赖以生，六律之声尤赖以正，如虚设不用，何成声气之元。故义虽象君，非天子之乐歌不敢用以主宫，若以旋宫言，时可转而为商，转而为角，转而为徵羽，为二变，即体长音低，恐多陵犯。惟无射主宫，黄钟为角，音浊于宫，当用半太簇高宫音代之，其余为太簇之变宫，夷则之变徵，得声淆杂，禁不起调，例当退居不用之列，声之正者可转而为变，役孰甚焉。若于姑洗宫旋为下羽，蕤宾宫旋为下徵，《国语》曰“宫逐羽音”，下羽下徵，其音虽大于宫，律家不忌。至其为倍无射之商，音较清于宫，位自然不犯，由是推之，安见不与为役也。《律吕新书·和声第五》章，谓此乃数之自然，他律虽欲役之而不可得，且曰“此一节最为律吕旋宫用声之纲领”，误矣，合观前说，其失自著。

三律为三统辨

邱之稑

班固《前汉志》以黄钟、林钟、太簇为天、地、人三统，而引《说卦传》阴阳、柔刚、仁义之言以明之，并分乾、坤十二爻直十二辰，而以乾初九居子配黄钟为天正，坤初六居未冲丑配林钟为地正，乾九二居寅配太簇为人正。此其穿凿附会之甚者也。按《说卦传》，天道、地道、人道，以重卦合言之，则上二画为天，中二画为人，下二画为地；以两卦各言之，则上与三为天，五与二为人，四与初为地。审尔，则不惟于三律之义无所居，亦于三律之位无所当。且爻辰之说，实牵合于当期之义，遂执乾、坤十二爻配十二月，而因以配十二律也。后世以卦直月，惟十二辟卦为近理，与律吕相生之气亦吻合，是即隔八相生法也，可见天地造化不假人为，而整齐变化如此，彼牵合者其奚当。至以三统配三律，则尤为无说。夏后殷周之改正朔，定为一代之制，以新天下之耳目，若其时之正令之善，则必推有夏，非比天、地、人三才亘古不变者也。且以律言，黄钟为音律之元，即为万事之本，固亦知曰“尊无与并”也，若林钟、太簇可鼎足而三，尚得谓尊无与并哉！况地统不以大吕，而以大吕之冲当之，即妇孺亦知其陋，此不待辨而明。

唯蔡邕独断以黄钟配周正，大吕配商正，太簇配夏正，为能依文傍义，然于理无所发明，于事无所取法，亦徒乱人耳目而已。何也？夏正建寅，不闻尊太簇为律元，商正建丑，不闻尊大吕为律元，以太簇、大吕于建寅、建丑之义无所附也。究其所失，盖昧制作之源，欲以精深文其浅陋，而又误解《国语》纪之以三之一言。愚谓三言黄钟之管，三其三而为长九寸，径其三而为围九分。纪者，理也，黄钟理则六律生，六律生则十二律备，故曰“纪之以三，平之以六，成于十二”也。一字之义不明，其穿凿附会遂至于此。乌乎！音律之道，岂俗儒所敢轻议哉？

正声无有忽微辨

邱之稑

《前汉志》曰：黄钟为宫，则太簇、姑洗、林钟、南吕以正声应者，无有忽微。非黄钟它律，虽其月自宫者，其和声之应有空积忽微，不得其正。且夫律吕各六，声之正只及其五者，对变宫、变徵而言也。以正宫言之，黄钟主宫，蕤宾为变徵，其当变宫之位者，倍无射也。以清宫言之，大吕主宫，林钟为变徵，其当变宫之位者，倍应钟也。位当其正，所应之声无不正，亦犹位当其变，所应之声无不变，空积忽微之有无，于正声何与哉！《汉志》所云，不过袭史迁律数之谬，然其于制律之法，遗误岂浅鲜哉？试立黄钟为宫，以商音应者固七二之太簇，以角声应者固六四之姑洗，其以徵声应者为夷则，非五四之林钟，以羽声应者为无射，非四八之南吕。信如固言，谓林钟无忽微可正黄钟之徵，南吕无忽微可正黄钟之羽，以林钟、南吕为黄钟徵、羽按次吹之，较夷则、无射音下一律，音下一律，其与黄钟宫、太簇商、姑洗角三声，不待师旷之聪，皆知其不相和应，奚其正？于极不正之中以为正，固岂别具耳力哉？良由不识律为音之体，音为律之用，并不识六律六吕各自为均，丝豪不容假借，故误以黄钟下生林钟为宫生徵，太簇下生南吕为商生羽，体用不分，阴阳错杂，由是不自明其本实之先拨，而谬曰正。乌乎！世岂有不知审音，空谈律吕而克有当者？孟子曰：不以六律，不能正五音。可知音之正不正，由于律之以不以，空积忽微之有无，于五音何与哉！

蒸水源流辨

常大湘

蒸固衡邑巨浸也，源出邵陵邪姜山，《水经》已详言之，而邪姜所在，言人人殊。杨志及高秦原论皆主邵之仁风乡名黄帝岭。《通志》及《宝庆府志》皆主邵界之中乡大云山。分县志乾隆二十一年衡阳分设清泉乃据文学马清言，以为在耳石岭，牵合《水经》邵陵界“界”字，且谓仁风之水固小，堡前之水尤小，当蒸已成洪而旁注之，不可为蒸之经流，是盖未尝亲履其地，而徒凭臆揣耳。夫堡前之水从大云山来，会金石塘水至上沙江入蒸，诚小而旁注矣。然大云山别有一水，自佳木地名逆流至灵官庙入耳石岭，河流虽小而有源，耳石岭河虽至黄龙涨水地名已大而实无源，无源之水岂可据为蒸所自出？若仁风河自黄帝岭虎冲岩发源，北流仅里许至上沙坪，与双板桥水合流东下，已具汪洋恣肆之观，安得谓之小乎？又东南流至长山江口即下沙坪与耳石岭水相会，挈彼度此而仁风河奚啻大三之一，又安得云不可为经流乎？且仁风水程较远十里有奇，岩水可溉田百余亩，其为蒸水之源彰彰明矣。而数千百年陵谷迁变，疆境殊移，则水经界字之不必深泥，亦可知矣。至邪姜名目，黄帝岭九峰叠下，其形如姜，大云山亦然，土人均以此相呼。耳石岭则平如荷叶，初无此形名也。由是观之，则蒸有两源，一出佳木，一出黄帝岭，其殆若大江之源于岷、崃矣乎！

毛郑婚姻正期辨

方大淳

婚姻正期，毛氏以秋冬为正，郑氏以二月为正，后儒或据

《周礼》，或据《家语》，或据《夏小正》《月令》，或又以《荀子》《白虎通》为据。愚谓《家语》《夏小正》伪书也，不足据，《月令》并无嫁娶之文，《白虎通》亦属附会之说，尤不足据，经之可据者，《毛诗》《周礼》是也，子之可据者，《荀子》是也。

迨冰未泮归妻，谓于归也，是冰未泮正言婚期。《诗》言归期，岂言请期乎？《诗》言迨冰未泮，岂言已泮乎？郑笺强属之请期，显与经文背矣。而郑且以《周礼·媒氏》之文，证《桃夭》诗为二月。夫桃华言二月，犹可言也，其叶蓁蓁，叶盛几四月矣，有蕡其实，实大几五六月矣，而亦二月时乎？而亦婚姻时乎？是又与经相反矣。然而为郑说者，犹坚执《周礼》为说。考之《周礼》，仲春之月，令会男女，司男女之无夫家者而会之，言娶妻也；又曰奔者不禁，即奔则为妾之义，言纳妾也，而皆以仲春为正期，此正郑说之所本，而不知其误实甚。周正建子，仲春丑月也，即正岁十有二月是，凌人正岁十有二月，令斩冰，三其凌，与《诗》言二之日凿冰冲冲，三之日纳于凌阴正合，是周正二月冰犹未泮明矣，是周正二月断非桃夭时亦明矣。此《诗》所谓士如归妻，迨冰未泮也。郑以桃夭为二月，不亦混夏正为周正乎？更以《荀子》证，《荀子》一书虽不免醇疵互见，要为秦汉以前无疑，其曰霜降逆，冰泮杀，正与《毛诗》《周礼》合，显然可据。然则婚姻正期，断以毛说为正。

或曰：《月令》仲春祀高禖，盖玄鸟生乳之日，以为嫁娶之候，故天子重之而祈焉。然则《月令》不足据欤？余曰：不然。祀高禖，祈嗣之礼也，非言嫁娶之候也。《诗》曰：天命玄鸟，降而生商。孔氏谓祈福之时，是高禖之祀由来旧矣。且《月令》下文云：后妃率九嫔御，乃礼天子所御，带以弓韣，授以弓矢，于高禖之前。其为祈嗣之礼甚明，何尝言嫁娶乎？

至若《夏小正》一书，本属后人伪撰，二月绥多士女之文，又乌知非因《周礼》而误？孔子曰：行夏之时。又曰：夏礼吾能言之，杞不足征。行夏时者，谓建寅为岁首耳，而其因时布政之事载籍无传，故曰不足征。如果《小正》尚存，则大经大法颇具于此，又何云不足征邪？则《小正》固伪书也，绥多士女之文乌足据？

又考《孔子家语》云：霜降而妇功成，嫁娶者始行焉。冰泮则农桑起，婚礼杀。此说虽与经传合，然今所传《家语》乃王肃伪撰，杂采传记附会成文，其有无不可知，亦不必引此为据也。

又按《白虎通》云：嫁娶以春。春，天地始通，万物交接之时也。则又依托《夏小正》，益不足辨矣。

泰伯让商辨

方大淳

泰伯让商之说，沿误久矣。不考其时势，不足以证让商之谬，不析其义理，不足以断让商之谬，不详其文义，则让商之谬犹未尽著，不发明让周之旨，不深明让周之心，则让商、让周之辨且未有已。爰广集先儒之说，而一一详论之。

一则揆以商之时势而不合也。考殷王小乙二十有六祀，太王迁岐未三年而武丁立。武丁英明令主也，学甘盘，相傅说，挞彼荆楚，奋伐鬼方，殷道中兴者五十九年。故《孟子》曰：武丁朝诸侯，有天下，犹运之掌也。太王以岐邦新造之基，值武丁中兴之盛，安得遽怀翦商之心乎！且是时文王犹未生也，考文王之生，适当祖甲之二十有八祀。《书》曰：其在祖甲，爰知小人之依，能保惠于庶民。是甲亦贤君也，又何云殷道中衰乎？其谬一。

一则揆以周之时势而不合也。太王之事，《诗》与《孟子》言之详矣。《诗》曰：古公亶父，来朝走马。率西水浒，至于岐下。《孟子》曰：太王居邠，狄人侵之，去之岐山之下居焉。太王流离播迁之不暇，而暇谋商乎！《诗》曰：天作高山，太王荒之。又曰：帝省其山，柞棫斯拔，松柏斯兑。帝作邦作对，自太伯王季。《孟子》曰：文王以百里。太王虽迁岐，而生聚犹未众，田野犹未辟，至于王季，始启山林，文王然后蕃盛，疆宇犹仅百里也，太王之世，安得周日强大乎！且使太王如果强大，则何不恢复故土，逐獯鬻于塞外，以雪社稷之耻，乃反晏然不以为事，而欲伐天下之共主，是司马错之所不为也，太王岂为之乎？且纣之暴虐极矣，武王孟津之会犹迟之十三年之后，使纣能自悛武王，亦必不伐之，武王犹不忍伐纣，而太王乃遽谋翦商必不然也。其谬二。

且使太王志在翦商，则太伯不宜让，不必让，亦断断不可让。何也？为人子者，父有过，三谏不听，则号泣而随之。夫与其得罪于乡党州闾宁熟谏，而况事关君臣之大伦，将得罪于天下万世乎！为伯者宜负罪引慝，务积终身之诚，以谕亲于道，岂洁身足以塞责哉？夫顺父之志，节之小者也，盖前之愆，孝之大者也。当是时，使泰伯不去，太王必不以爱季之故，开废嫡之端，于是承国于父，守臣节，尽忠真，若王季之勤王家，文王之服事殷，不惟尽己之心，兼可干父之蛊，庶几君父胥安，而忠孝两无遗恨矣。虑不出此，而避而去之，则是有翦商之志者太王，而成其志者泰伯也；克商以有天下者武王周公，使武周得所凭借以克商者，伯之让实使之也。伯去而翦商之势益成，是伯让商之心终有所未尽其诚也。设曰：吾以商之天下还之商，是足以全吾之本心矣。而因以不臣之谋听父若弟自为之，则泰伯者天下之忍人也，伯岂真视其父若弟恝然若秦越，而是非无与于己者哉？自处于忠孝，而陷弟与父于不义，何以为至德邪？其谬三。

且文义有不可强通者。凡己以所有与人曰让，人以所有与己而己不受，则不曰让，而犹或谓之让，未有以不肯夺人之有而亦谓之让者。太王时，商之天下晏如也，于周何与焉，而泰伯得以让之！若泰伯可谓之让商，则伊尹亦可谓之让太甲，周公亦可谓之让成王，诸葛武侯、郭汾阳亦可谓之让汉、唐矣，有是理乎！此非但时势之不合也，即文义亦难通矣。其谬四。

然则泰伯之让，断主让周无疑矣。考《史记》太王曰：我世当有兴者，其在昌乎？夫太王当播迁之余，得此圣孙，自庆先业浸昌，非即萌废立也。泰伯微知其意，托故而逃，不让国于传位之日，而让国于采药之时，有伯夷之心而无伯夷之迹，则季虽欲为叔齐而亦不可得矣。古今之让，从未有曲而尽如此者。夫孝顺，德也，先意承志，孝子之事也。故泰伯之所为，乃匹夫匹妇之所当然也。夫惟匹夫匹妇所当然，是天下之至情也，而非圣人则固不能尽也，谓之至德，谁曰不宜。当是时以国让也，而自后日言之，则以天下让也；当是时让王季也，而自后日言之，则让于文王、武王也，故曰：三以天下让。讲家泥“天下”二字，遂以太伯为让商。夫使泰伯果让商，则引身而去可矣，何以又偕仲而逃邪？偕仲而逃，明是欲太王传季及昌之意也。既使太王传季及昌，则泰伯之让是让周，断非让商也亦明矣。至若《诗》言“实始翦商”者，谓周家翦商之业，自太王迁岐基之耳；《传》言“太伯不从”者，谓逃之荆蛮，不从太王在岐耳。《史记·晋世家》云：泰伯亡去，是以不嗣。此其证也。奈何据此为翦商之证邪？

让商之说，元儒金仁山、明儒归震川皆有论辨，我朝百诗阎氏、惕庵张氏、东璧崔氏，及吾乡许石云先生反覆辨驳，其义益明，兹撮其大略于此，与学者共赏之。

考《注疏》引郑氏说云：采药不返，一让也；季历赴之，不来奔丧，二让也；免丧之后，断发文身，三让也。按此说亦穿凿。《左传》明云：太伯端委，以治周礼，仲雍嗣之，断发文身。则断发文身亦非太伯事。补记于此。

屈子疑冢辨

周韫祥

少尝从汨罗过平江，沿江诸山多为淘金民所穴，有古堆香草缤纷，古气蟠郁，周遭数十丈，高十数丈者不一。父老告余曰：此屈子冢也。余曰：何不一？父老曰：二十四盖疑冢也。余曰：何疑之有？父老曰：昔者屈子沉沙，逆流三十里抵今汨罗祠山而休，首馋于鱼半，其女镶以金，谚所以有“九子不葬父，一女打金冠”谣也。防掘故葬以夜，而多其冢以乱之，代有发其冢者，皆为风雷所厄。余曰：呜！是谚也，所以起贪人之见而速之使发者也，风雷其难为役矣。夫屈子廉贞嘿嘿，未死以前家无长物可知也，安所得金，其女何人，金又何来。之说也，必起于秦汉间贪夫之臆度也，乌足述哉！父老曰：非金也，何故疑以冢？余曰：非冢也，何更疑以金？父老曰：金冠，古谚也，恶乎疑，而并疑非冢？余曰：惟金之故，而冢所由疑也。非金也，而并非冢也。父老曰：明明冢也，何故无之？余曰：有冢之名，而金之说起也。

从来怀芳好古之士，慕古人之行事，想望风期既已渺不可接，于是抚其遗迹如见其人方且爱敬之不暇，附会之不暇，且又夸耀为都郡之胜而争执之不暇，矧夫竭忠尽知而国不能容，反覆流连而君不之悟，至欲明其心不得，污其行不能，无可奈何徒葬其身于江鱼之腹，若我屈子其人者哉！夫以汨罗一区，屈子之行吟于斯，沉没于斯，庙祀亦于斯，安必其冢之不葬于斯？风骚之士疑以为即在二十四冢间亦固其所。余以为泥江鱼之说，则屈子不必有冢，既有之，由周而来二千有余岁，顾安所得其真邪？且有之一之已足，何故为二十四邪？以有金故，窀穸之初固不能必鬼神呵护也，虽二十四，窃金者何难尽发邪？以为屈子忠义必能格天，又何必二十四邪？古人不我欺，断不若是之劳且拙也。然则冢之二十四者奈何？揣宋玉、唐勒、景差之徒，悯恤其师厥命将落，作《大招》赋，四望以招其魂，此殆其招魂台也。夫台其微者也，而风雷可召，则屈子之真忠格天也，千百世犹存，则山川鬼神所呵护也，不必真冢在其间，更不必冢之有金也。冢之真伪不待深辨，正恐嗜古者泥为冢，又牵于打金之说，而阶为掘金者厉也，如之何不辨？

湖南文征　卷四十二

记一

重修长沙会馆记

王岱

明季时，吾郡会馆有二，其一在内城，其一即今东草场十条胡同之馆是也。自本朝开辟，星沙远隔天末，兵革相寻，车书间绝，内馆并故基失之，独此馆犹存。时别郡借寓，递成邮舍，里人不敢问矣，由是倾圮殆尽。余于顺治八年同唐子世徵、许子长庚始获居是馆，为之修饰补葺，立额以志之。其后风尘往来，屡修屡毁，鞭长不及，仍为传舍。至康熙十六年，量移京卫学，复来都门，此馆竟为人所窃踞，庐舍尽坏，且人兽秽溷，几无措足地，乃捐百金，极力修补。余因心伤久之，念是馆建于崇祯间，余随叔父长荫适同计偕，与先达共勷其事。吾郡所属州县十二，一时官京师者，有大宗伯李公腾芳、大司寇胡公应台、少冢宰罗公喻义、总宪周公堪赓，台省则有刘公光沛、史公可镜、刘公宏化、廖公国遴，部曹则有谢公肇元、郭公都贤，其余大小京职者，不能悉数。外之督抚、藩臬、守令，不与焉。计偕者百余人，故力众易举。自沧桑以后，老成凋谢，上计偕者不过数人。及本朝乡试数科，吾郡兵火之余仅三十人，而通籍者仅三四人，皆一行作吏，此事便废。虽赵公开心官至大司空，胡公尔恺出山为给谏，并官京师，无意及此；黄公鈊以铨部寓是馆，又罹奇祸，是馆几不得保，无复有一人为修补者。余官既冷毡，又当孤立，纵义激于中，如精卫填海，木石屡投，口血都竭。至十八年七月二十八日，复有地震之灾，前后又圮，几案器物俱碎，一身仅免。先是，余以故园久离，值新开复，思告休还里，以遂首丘。适值地震异灾，惊魂未定，兼惜此馆一倾，即成平地，异时必至基失，则后此者将无从问，乃更竭行赀重为修建，一时物料腾贵，较前修费数倍。夫余窭人也，四十载公车而不获一第，十余年青毡而不能致通显，蜗牛戴屋，鸠鸟营巢，志亦苦矣。

嗟夫！吾郡长沙，古称巨镇，星耀翼轸，水绕湖湘，岳麓炳灵，岣嵝著迹，士淳民朴，尚义好文，自熊绎始封，骚臣接轨，其间贤哲挺生，不胜指屈。即明初秉轴者相继叠起，如李公东阳、刘公三吾、张公治若而人，而李文正之文章尤著，夏忠靖之事业不刊，岂至今日徽音永绝，芳躅无存，遂成偏隅荒陋之域乎！后之君子，应共奋起，追先哲之遗风，挽凋残之坠绪，以为吾郡光。不独此区区一隅地，自当踵事增华，效希文捐宅为黉宫之义，立少陵大厦庇寒士之志，更兴复明时二馆之旧，使衣冠萃止之有余地，日盛月盈，视一郡如一家，又安忍使鹊巢鸠据，狐鼠杂居，骡马蹂躏，藐吾郡之无人哉！是所望于后之君子矣。康熙十八年九月朔日。

案：近刻《长郡会馆志》中载此记，无“先是”以下数句，微觉文意不贯，兹从雍正年会馆旧志本增入，字句微有不同处，亦并照旧本易之。汝怀附记。

吼山记

李尝之

留越州两月余，始得一至吼山。此两月中所游山水，每辄言佳，至此皆可尽废，鸷鸟累百，不如一鹗，文举晚得正平，不觉心服乃尔。大约山之妙在空灵，众壑环之，可舟可陆，可速可久，任游人兴至为之。其下放生池，其上石崖，如梁，如华盖，如幢幡，如天阙，荡舟其中，去来无碍者，为水宕；其下亭台楼阁，其上石壁如廊，如洞，如柱，如层台，可琴，可棋，可避暑，为旱宕。两宕虽属五丁凿开，非由天授，然历年既久，渐近自然。古人以身作愚公，听后人增损，后人拈茎草建梵刹，不肯孤负古人，南阎浮提不寂寞，赖此辈好事为之，彼求田问舍人何暇及此。旱宕之右有两石，拔起十余丈，下丰上锐如立锥然，其巅各有一大石覆之者，为飞来峰。

余以康熙己酉元夕前三日，与及门史、童二子来游，未至山半里许，望见飞来峰，以为水宕必在其下。及峰稍近，舟子忽转棹左旋入桥下，桥影未没而舟已入水宕中。方停棹仰观，忽一小艇载三蓁首出宕，两舟去来皆疾，余目送之，则已鹞过新罗矣。史子掷爆竹三，空水应之作周景王无射，鱼乐矣，况舟中人。宕尽舍舟，登僧舍，僧饷杯茗。啜竟，趋前门度桥入空明庵，庵栖女僧，过而不问，亟寻所谓旱宕遍观焉。宕在他邦，当称奇绝，在此山为水宕所夺，如尹夫人望见刑夫人也。庵门内止水一亩，其圆如璧，楼阁环之，粉白黛绿，嬉游其中者鱼贯。若见女人身作比丘尼弟子，受用丹山碧水，岂非清福？今以授受不亲之故，回车而去，惜哉！出庵右行数百武，绕飞来峰一匝，熟视峰顶，疑信相半，信者谓百贲育不能运置其上，疑者谓上帝不应劳神役鬼作为无益，卜度未决，姑舍去。余已自峰降，而二子犹未毕登，余待于庵前桥上，二子至，舟亦至。趋反棹过藕塘头，炊食讫，鹢首西指，过鸟门入东郭，回望吼山，白云天际矣。

柯山记

李尝之

柯山，蔡中郎取亭竹处也。寓园，祁中丞世培所营菟裘也。园去山一里许，山以石胜，园以水胜，越州无地不水，无水不佳，而寓园之水尤为清绝。余来寓园之前一日，与赵吉生、史子声登柯山。登柯山之前十日，与童怀之、史伯韬泛吼山，吼山余有记。方其入吼山也，疑东南之美已尽，不意复见柯山。时残雪未泮，立冰上反看柯亭及石佛寺，面面堪画，亟索纸笔，描其大略，俟还逆旅，誊入溪藤，当令披阅者身历其中。异日见寓园，亦如之。园之亭馆楼台，桥梁廊楹，庄岩层折，既已入妙，而门墙之内，可使小艇往来，桥下饮酒观鱼，尤不可思议。酒半出园，以屈信指代投壶，胜者饮，不胜者度曲，舟行三十里，酒犹未阑。日夕，入西郭抵怀之家。吉生亟称柯山，怀之左袒吼山，相持未决。余言两山一围，有鼎足之势，何可轩轾。试请怀之往观柯山，吉生亦至吼山，必皆爽然自失，不复情量所及快然自足，遽谓所闻不逮所见也。

齐山记

李尝之

弱冠时，诵王山阴、锺竟陵二公《齐山记》，便知向往，迨颠毛种种，犹托空言。己酉麦秋，自金陵还楚，已过芜湖，与同舟估客计日趋浔阳，咫尺齐山，势不得陟。俄暴风大作，行李沉，所不没者，人与书簏耳。明日，晒书于孝娥庙。又明日，入池州郛，晒书于祝圣寺。余始作齐山想，令家童守书，独行出南郭，度桥踏长堤三里许，绝类西湖，而两涘渚汇，较西湖尤空旷。堤尽为齐山寺，寺左有碣，勒岳忠武诗云：经年尘土满征衣，得得寻芳上翠微。好水好山看未足，马蹄趋趁月明归。旧有得得楼，今废。由碣而上，为云窦，为望湖亭，亭南折而下，为三奇亭址，址下为山川坛，坛前后茂树数十本，行者借以荫。余坐树下良久，乃东北行，陟石径，上得华盖洞及庵，由庵西南逾岭，度平冈百武，得五云庵，庵前为周道，皆平平无奇。所可观者，望湖亭北江云城树，与齐山寺南湖光山色耳。返祝圣收书，投止旅舍，复与估客买舟还楚。

牛首山记

李尝之

陟扬子江望摄山，便作栖霞想；登大报恩浮图望牛首，便作祖堂想。会有数故人寓金陵者，访之皆不值，遂从江东门雇驴，度塞鸿桥，入安德门，经天界南，行三十里抵山麓。下鞍徒行，陟捷径，至龙王泉少憩。过殿墀，入养老堂，谒监寺，寺主具茗果延语，寻进食。食讫，令一老僧导余入关公坛，阖其户，令暗中摸索，余不解何谓。须臾，左扉容光射入粉壁，见塔影倒垂，层级历历可数，为之一快。门辟，复导登万佛、接引、弥勒、地藏四楼，每楼有老僧一二人司香且乞钱。既下楼，复导至辟支、文殊二洞，洞左有含虚阁，江山空碧，一眺千里，使人神怡。又导观舍身崖，崖在宏觉院后，石磴盘旋上，朱栏辅之，如行浮图中，甚可喜。磴尽，一屋覆崖顶，易通为塞，易明为暗，如规漆卫公方竹，大可恨。又导从后户出，看万寿藤，藤大如臂，长百尺，施于松上，万松皆斧斤萌蘖，独此株以藤故庇其根本，保天年者，何必不材邪？

李杜翁曰：余于牛首幸见而知之，大要藤佳于阁，阁佳于崖，崖佳于泉，泉佳于洞，洞佳于楼，其最佳者，垂白之僧。不坐禅，不诵咒，挟十余金投监寺，监寺督少者种田博饭给老者终其身。是晚，宿楼头，念去年此日在闽之鼓山会下千人，以释迦睹星之夜，商量浩浩，不遑暇食，而此山钟沉鼓寂，万籁无声，亦不失为无事道人、黄龙侍者云。

富春山记

李尝之

诵小范“云山苍苍，江水泱泱”，疑富春江面雄阔，及泊其下，一苇可渡，而四面环合如坐井然，殊不逮所闻。又池前设烟墩为塘汛地，生不臣万乘，而魂魄肯与戍卒为伍，无有是处。山有东西钓台，各高数十丈，屹立如两石柱，坐此垂竿，大似缘木求鱼，为发一笑。祠有石，勒方正学诗云：正人先正己，治国必齐家。如何废郭后，宠此阴丽华？糟糠之妻尚如此，贫贱之交可知矣。羊裘老子早见几，独向桐江钓烟水。客星偃卧在建武四年，而废后则十七年事，正学错下名言，微独文叔不服，即子陵亦嗤其多事。夫子陵前身为渔父，习气未除，非把钓不乐，原非逆亿故人易交易妻而不屑就也。士各有志，何至相逼，此岂爱热官而虑其不终之语乎？

兰亭记

李尝之

亭去山阴县治西南三十里，欲游者舟行十八，徒行什二，或不乘舟，竟缓步山阴道往，亦有与邦人谋者，则不溃而成，断出一己，则朝发夕至。其登临之际，须如九方皋相马，如杜家婿读《汉书》，如温子贞观《韩山碑》，方不虚一至。置菜佣心目其间，白日欲寝矣。右军自记兰亭，崇山修竹，激湍映带，舌相诚实，真实地中人，不似山高月小，涂抹赤壁使后人妄听。亭右百武，为天章寺，是右军故宅，中有浴鹅池、半月泉。余未至寺，画史赵磐石为导，先至亭址观曲水。既至寺，寺僧为导，陟寺后山巅，看秦望峰。因思苍梧、瑶池之后，适诸侯者戒胶舟，而杯瞰河海，肉视五岳，乃在阳翟贾儿，可谓一世之雄矣。降自巅，出寺门竹庵外，东向看兰亭，枯木参差，是倪云林小景。移步立亭南堤上，看兰亭及四山竹木堤外清流，又如对王中允辋川。若遇烟雨时，执盖立此，便成米颠水墨中人。由堤后至亭址，列坐础上话兴废，已起视址，纵广三丈，曲水之地亦如之，水周旋作九曲形，广三寸，深倍之。一池圆径可五十尺，作者引堤外溪水，暗渡堤下，穿田入池，池盈则曲水溢，溢则决第九之防，泄入低田。往年见人持绘事及石拓兰亭，所画溪水如半里许溪涧，余不能辨，遂以为然，今观此中无有是处，亦犹入灵隐、圣果二寺，则门对江潮，遥天波浸，皆脱空漫语。而或者谓不当以辞害意，夫以陪臣虎为孔子可也，指东方曼倩为侏儒可乎？

俄闻寺中柝声，返寺晚食，具茗夜话，余以重构兰亭讽僧，僧不对。明日将别，复讽之，僧云：有亭则冠盖相望，僧旰食矣。

余心非之，遂舍去，与磐石复至亭址，坐久乃行。

西湖记

李尝之

十月初八日，与仁和刘氏十余人，出钱塘门，泛舟达西泠。登岸过集庆寺，见道左水流如带，有吾师丈人意。行二里，抵飞来峰，峰石破碎蹲踞，与他山异。其根有龙泓、仙人、射旭诸洞，出此入彼，明暗通塞，神工天巧，不可思议。洞内外皆凿佛像，如蛇添足。峰北即灵隐寺，寺可千人，阿罗汉相五百，殿阁壮丽，为西湖冠。殿左建具德和尚塔，院未落成。院僧导余谒客司，司方设茗，刘氏趋入野店食。食竟，缓步返栖霞岭，谒汤阴墓及庙，低徊久之。询于少保冢安在，刘氏指南山云：翌日往观。遂登舟饮酒，至湖心亭登楼，三面湖滨，累累如漏泽园，无复昔人所谓楼外楼者。返舟泊钱塘门外，一少年导余入昭庆寺，寺甚萧索，不类所闻。刘氏立舟畔待余至，约诘朝理南山游事。

初九日，复出钱塘门，泛至新龙王堂，与刘氏出舟登四贤祠。祠祀乐天、长源、子瞻、君复，近复增王元美、李于鳞等数人。余立祠中，想见太守李及之为人，知杭州，戒俗奢靡，不事游宴，一日冒雪出郊访君复，清谈至暮而返。今君复有祠，而太守未置木主，岂非缺典？作是念已，右旋至放鹤亭。亭在山趾，与保叔塔相对，不见全湖，无足取。还舟中，循六桥而南，至三台山，为刘氏诊丘首数处毕，趋入于少保祠。祠额悬“都城隍庙”四字，未知何据。祠后马鬣封七，不知第几冢为少保遗骸。出祠，入守冢者家，受餐讫，泛至藕花居，入净慈，雨骤至，疾行入舟，再游湖心亭。有乐工自亭升舟，一吹箫，一度曲。曲阕，有童子来亭中，市一土偶，至丽甚。余笑曰：此下酒物也。因问小青别业及冢安在，咸谢不知。往尝诵小青诗文，恨不奋飞至孤山，起泉下人而与之语，今亲至西湖，而不得其封树，可奈何？余欲溯游孤山，舟子以日暮不从，乃从烟雨中返棹，跨驴入郭。

二十二日，与吴山云居僧重过净慈，登钟楼望湖，朝岚掩之不可见。乃下楼，巡五百罗汉相，相皆雷同，无足观。谓僧余欲观法相及天竺，僧曰：诺。乃从于忠肃公墓西行里许，入法相寺，拜长耳和尚漆蜕。入东房，看窗外竹木，甚苍翠。僧出茗饷客，言辞温柔可听。少焉辞出，往天竺。道经飞来峰，闻灵隐钟声，入就食。食讫，穿飞来三洞而去。历中、下二竺，见夹道市门数百，或卖药，或宿食香店，凡五里许。抵上天竺，登鸳鸯殿，礼大士像，像高不盈尺，每岁春暮，吴越数十郡士女奔赴不绝，可谓愚惑。然道旁逐末，湖上居停，以及舁夫舟子，数百万人仰事俯畜，皆取给于侫佛之裙钗，木偶虽祟，亦小民衣食之源也。返飞来峰，日初昃。僧言：去此三里，有玉泉寺，鱼池甚佳，宜往观。从之。池清见底，日光映之，金鱼长尺余者数十，对之心眼俱净。问鸟巢禅师塔安在，曰：在凤林。乃过岳坟，入凤林寺绕塔。寺主别崖、历庵皆楚人，留余宿，从之。

己酉二月，自山阴返钱塘，重过六桥，访别崖、历庵、映崑三上人于凤林不值，咏近体一章去。逾旬，复往访之，宿焉。明日，与映崑游玛瑙寺，遂至智果观参寥泉。又至大佛寺，由寺右陟宝石山，数折而上至保叔塔，从塔西顽石中搜剔得一石窦、一石茶灶。又西过一石峡，峡长可二丈，广不盈尺，与映公蟹行而出。复南渡一小峡，乃下仄径，凡七八折至周道。时清明上冢之候，士女笋舆不绝。又天竺大士受谒，远近男女肩相摩，或三步五步一崩角。映公哂之，余言：夏虫朝菌，根器不齐，使由不使知，何害？顷之，过断桥，踏孙公堤，堤长里许，万历中中使孙隆筑以便游人者。堤尽，入龙王堂，坐观童子钓。微雨作，驰入关帝庙，呼庙僧，与之金，令拓董太守其昌书、白苏孤山诗、法华记、募缘疏各数本，僧许之。又西过陆宣公祠，拜公塑像讫，趋入六一泉寺。寺祀惠勤上人及欧、苏，其左一楹祀宋景濂、祁世培、王孝重等二十余人。泉在佛殿后，石亭覆之，甚污浊，此一勺海内所慕，而不可挹注如此，余甚惑焉。出寺，雨益有声，亟度西泠，入凤林，衣冠尽湿。历公自厨下出，云：吾烧笋渍芹，待子久矣，请以方袍更子衣，食之。

留凤林三日，欲与映公登韬光寺，会大雾不果。遂由玛瑙寺左陟宝云山，及赤壁庵，庵在竹树中，到门始见。入门，衲子数人箕踞自得，余亦不与语，但周视挂壁字画而出。出十余步，得一石，与映公坐石上看湖。忽一隼自崖缝飞过，以爪攫映帽不得而去，映公愕然，余拊其背，云：渠欲为汝拈却炙脂帽子，汝却孤负他去。戏谑而下，还经凤林不入，趋汤阴墓左，上栖霞岭，登紫云庵，有燕僧进茗。良久，东北折入佑圣庵，庵本古黄冠之室，今改为僧舍，宝云亦然，此盛彼衰，未知数世之后，复归谁氏。庵僧方兴土木，乞余为晰其沙水，余指示之。僧折笋具食，食已，同陟庵后鸟石，南望江潮，北俯玉泉，心神为之一快。余谓僧：此石宜构一亭，亭畔凿茶灶，嘉客至，擎泉沦茗，坐石上清谈，便可称贤主人。僧笑云：有志未逮，姑徐徐当如子言。

越三日，复与映公驰灵隐。盘旋磴道，凡三十余折，至北高峰顶，望江海城郭，有东山小鲁意。一小庵在修竹中，访之，见二老僧方剥笋具饭，其一熟视余，设坐问讯，欢若旧识，且云登陟不易，烧笋疗饥，毋遽行。食讫，余赋七言律一章赠之而去。下至韬光庵，谒回道人像，观金莲池，池上石刻董云间所书乐天招韬光师入城及师不赴二诗，诗立风露中，渐剥蚀。余思搨数幅去，纸墨未具，但低徊而已。下经涵泽、普觉二庵，入灵隐，时男妇自天竺烧香还过此，如醯鸡逼塞瓮中，几不得出。映公导观白猿洞，洞外亦镌佛像，甚无谓。返度龙泓、仙人、射旭三洞，洞中男妇亦如灵隐，髡者、丐者见其过，亟索一文钱，因坐洞口谛观久之。乃南行，过毛家埠，折上风篁岭，观龙井、片云、过溪诸迹，不慊人意。遂绕南高峰，入烟霞寺，观壁上匡庐、石梁两瀑布及岱松蜀雪，大类黄子久，寺虚无人，得此缋事，始不寂寞。从寺右陟磴数十级，仰观一大士在石龛中，龛如覆钟，为一合爪。龛左为烟霞洞，洞深六七丈，高丈许，内镌十八罗汉及三大士；又镌千佛绕浮图，佛皆二寸许，古人好事，向无中生有类如此。由洞而下，东行二里，入石屋洞，余与映公憩洞中石床上。忽妇女七八人，靓妆冶服，鱼贯而入，其从者叱余出，余已移步，从者忽推余仆地，映公瞋目欲格之，余不可。趋出山门外，映公怒未解，余言：千钧之弩，不为鼷鼠发机，彼犬吠非主，何足校？因引谭长真事慰之，映公首肯。遂往大慈山，观虎跑泉，泉畔竖石，勒子瞻诗、宋景濂铭、潞国美人兰，观毕而出。驰过高丽寺，经于坟度锁澜桥，踏堤还凤林。

杜翁曰：余至钱塘，闻吴山云居寺僧宝雨能鼓琴，往谒之不值，遇故人历庵于庑下。历庵者，辰州人，前巴陵新开院客司，今充云居典客者也。别余七八年，莫知其乡，猝然相遇，大喜过望。是时，余舍馆未定，望门投止，历庵慨然白堂头留余。堂头者，天童之孙，浮名老人之子，孤风大师也，新住云居，乏书记，余志在西湖，愿充其职，以理游事，师许之，遂乘间游圣果、天竺、法相、玉泉诸寺。居无何，余之山阴。明年还云居，则师已解制散众，历庵亦还凤林，余领书记如故。未几，历庵迎余，余辞师往，乃得遍探宝石、宝云、祐圣、紫云、北高、龙井、烟霞、石屋、虎跑、高丽，所不及至者，十八涧及天龙、云栖诸刹耳。向使余不知琴，则不访琴僧而遇故人；不通内典，则不领书记而久于湖上；其得遇故人而久于湖上，虽余与西湖有宿缘哉，亦余嗜琴、嗜内典之报也。余留西湖凡三月乃去，之广陵。临行，大师与历庵皆馈赆。钱塘，东南一大都会也，无一人波及晋国，而一片有心乃在方外之老冻脓，内典亦何负于人哉，人亦何苦而效韩子之颦，欲人其人而庐其居也。

君山七先生祠堂记

李尝之

汤阴，至性人也，观其歆享周同，得古人师友之义；君山，其用武地也。容城，与物无竞，临事有为，一言而福被苍生；君山，其登临处也。南城、山阴，理学名臣，流连君山而不能去，殆有夙根者欤！江、袁，矫开元之滥觞，如张楚一呼，豪杰响应，当时待文王而后兴者，何其无特操也。虽戏题君山，增绮语业，然《广庄》一书，堪与人天为师，至为诸孙留一日于易箦之际，又岂寻常君子邪？武彝，黄冠归故乡；襄阳，缁服游名岳，皆信宿君山，赋诗而去，所谓伊人，于焉嘉客矣。北海连公曰：是皆可祠于君山者也。于是捐金庀材，筑室于梵宇之右，背轩辕台，面朗吟亭，虽四山如玦不见全湖，而前山断处微露烟波一片，祠前疏篱曲径，果树蔬畦，俱可人意。予因遍观山中亭台，虽属古名贤经营，殊皆草草，不及此祠耳。祠成，置木主，大书“汤阴岳先生鹏举、容城刘先生时雍、山阴张先生阳和、公安袁先生中郎、南城罗先生近溪、襄阳严先生橘园、武彝李先生磊英神主”五十一字奉祀其中，榜其门曰“七先生祠”，盖康熙六年仲春事也。

五视居士曰：予犹及见严襄阳、李武彝两先生，其余则予私淑诸人耳。夫所贵乎天下才者，为其能救时也，容城庶几已。汤阴非天下才乎，而不克立功于外，非才之罪也，殆有命焉。孔子志在安怀而忽及友信，盖深见夫口惠之鲜实也。彼徐渭之在井中也，人或下石焉，山阴力出之，非信友乎？近溪生沽玉之秋，而作漆雕未信之想；公安片言折狱，而以投帻为解脱，所谓急流勇退者非邪？假设七先生生同时、仕同朝，容城为相，汤阴为将，公安为司寇，襄阳典枢密，山阴、武彝知制诰，南城为谏议大夫，其有益于人国无足疑者，而惜乎时地之参差也。孟子曰，圣人，百世之师也，百世之下闻者兴起，况于亲炙乎？君子之至于斯也，必有闻七先生风而兴起者矣，然不如亲炙之为愈。夫天下大矣，贤人至众，高山大川间，安知无七先生其人乎？

连公，讳应郑，号海涯，山东青州人，由进士任岳郡推官，建祠时方摄守事也。

沿革合记

谭绍琬

茶陵茶乡之名，彰于古史。子欣子阳之封，昭于《汉书》。自汉迄唐，书缺有间矣。宋元明清，见闻所及，可得详焉。

宋嘉定四年，黑风峒平，曹公彦约议茶地阔远，难以控扼，于是析三乡为酃，而茶于是始分。绍定四年，寇复见逼，守吏力拒，余公嵘建筑城之议，谋协乎希稷，力宣乎子迈，而茶于是始定，不可谓非创治时也。元末，群雄蜂起，一据于欧祥，再据于周七，依山为寨，不遑宁处。洪武初，命吴公聚知州事，招集流亡，营建官署；而成公麟实踵继之，绥辑之功，视前有加，不可谓非拨乱时也。由洪永而成弘，由正嘉而隆万，二百余年间，烟火相望，鸣吠相闻，时逢熙洽，治尚清净，盖公黄老之旨为吏治之所师，而庚桑畏垒之风，尤民俗之所尚。故李、欧布其宽和，徐、钱表其仁廉，吴、杨著其明察，董、林昭其文雅，不可谓非长治时也。流及既衰，明失其御，方汉之险，弃以资敌，蕞尔僻郡，其何以免于土崩哉？入国朝来，南服底定，郡邑献图，署州事袁良陛剪荆撤棘，与民更始；而李公一鄂、杨公嘉兆仁心为质，悃愊无华，安辑劳来，民渐归版焉，可谓拨乱之时，亦可谓创治之时也。时高、李之甲方卷于前，定国之戈复挺于后，叛服不常，治乱相循，然未有水火之深如割据之吴逆者。我皇上锐意南征，王公大人专阃外之寄，文武吏士极一时之选，时熊公应昌宣猷行间，恢复之初，即以州事畀之。刍茭粮粻，咄嗟立办，抚字催科，并行不悖，且也释之锋镝，脱之累囚，酌赋役之平而劳民汔休，下招来之令而游民归里，兼之汲引多士，俾之登庸，朝而诸生，暮而守令，一时选举照耀铨书焉。寓创治之猷于拨乱之中，并寓长治之休于创治之始，此志沿革者所必详也。

茶虽僻远，居湘上流，以道里之远近计之，则宜隶衡，而不宜隶潭；以炎陵、茶乡之故考之，则宜并酃于茶，而不宜割裂；

以郡邑相维、守令相御之制推之，则宜令附近诸邑一统于茶，而不宜鼎峙。此在当事远猷必有念及此者，为陈末议，以补文毅之所未及者。

泽枯记

谭绍琬

太守宜公抚茶之二年，见道有遗骸，喟然叹兴，买山一区，收而瘗之，州人美其事，播之诗章，盖取泽及枯骨之义也。夫泽，于卦为兑，于义为入，于德为说，而有及有不及焉。云汉见呼，滂沱毕应，芃芃黍苗，阴雨膏之，此泽之有可及者也。滋乃枯条，润乃涸鲋，既朽之骨，起而肉之，此泽之有不可及者也。考之范史，曹褒迁射声校尉，营舍有停柩不葬者几百余所，怪而问之，答以建武之后死而无主，褒买地以葬，代为之主焉。陈宠任广汉太守，先是城南每阴，哭声昼闻彻于府中，宠廉得其详，敕县葬埋，声由是绝焉。茶虽斗大一区，居吴楚东南之冲，南征之役，试师于茶，兵锋所触，道殣相望，川谷流人之血，原野堆人之骨，虽古战场未有加者，不有我公垂射声之仁，流广汉之渥，祠骸府阿，掩骼城曲，则新鬼故鬼之哭何时已哉？公湛恩汪濊，六年于兹矣，均役以泽农，建塾以泽士，省兴作以泽工，平物价以泽商，此如六月之雨，既优既渥，既沾既足，无足为我公难者。独是义冢之役，舍畚凄怆，纵锸涟洏，循题兴念，抚俑增哀，此如润下之水，滋液渗漉，于义则为入，于德则为说，而兑泽之所及，更渥于坎水也，既专于泽之所及而及之，复兼于泽之所不及而及之，其与曹褒、陈宠不可旷百世而相见乎！因广泽枯之说，而为之记。

五女同沦记

何文麃

戊午秋九月，嘉禾县东乡地名板桥，有女子七人及笄未嫁，约以登山采小栗为名，于某日时齐赴某水同没自尽，欲辞父母，恐其觉也，乃相与代辞同往。及中途，有二女各遇其兄，二人自远地回，问妹何往，二女以采栗对。二兄曰：此时兵马往来，汝如何去？遂押之转。五女曰：相约同来，如何便归？二女曰：汝先往，我后来。五女曰：我于前某树下候。二兄曰：汝辈去，吾妹不来矣。遂别。二兄押二女归，以为真采栗也，不之防，二女得复往，及树下则无人矣。寻至水滨，见遗系腰五带于岸上。二女相谓曰：吾欲赴水，恐不得其伴也，不如归告伊亲，另行自计。遂归告伊亲。伊亲往觅尸，五女聚沦于水底。二女亲知，制御不得复往，急各令婿入赘，且领迁别土，恐鬼祟之为灾也。或曰：赴水时女子多人，有言失带衣物而旋归者，及水赴殁者七女焉。起其尸，则七女相连为一，盖临尽时以缄线下挛其鞋，上挛其衣，同足并行赴水者也。今姑如传述，以记于此。如其虑世变之或污，先图自尽，则贞女也。当核其名字、生齿及其父母语言以为之传，且请旌立祠，各以生没举祀，尤足以荣门而风世也。

赤宝山记

向文焕

自黔江渡南岸，循江而下数百步，得梅花径。去径碧梯数武，怪石怒起，若狮象拷立，为梅花坞，缘径附石尽梅花。直上数百尺，为第一峰，俯江峭削，畹荪、桃杏、芙蓉、海棠、芳草、梨花，皆缘壁下上。上稍平，则紫竹、黄柑、菌桂、栝柏之属，参差秀郁。逾坂数折为螺山，靡芜荫翳，顶如青螺。稍纡之，为帝宫废址，苍烟杳霭，有黯淡色。缘径竹，得斗山，状如覆斗，又面西与金斗相望。山后为平台，自第一峰径路峻折，至此气象稍舒。侧下略东，为翠云坪，为翠云峰，修竹美箭，空翠森秀，而断云栖之。其下深窈杳冥，为琴涧。涧水曲屈，达于江，声泠泠然可听。由翠云坪渡枫香岭，青枫、乌柏疏落可数，细草、杂树皆能花。蜿蜒而登，得小径，藤萝覆结如亭。亭之名曰翠薇。其下多薇蕨，青翠可茹。稍曲而东，折而西上，纡余千尺，天风冥冥，始达白云峰也。峰势峻绝，众鸟飞鸣其下。俯视白云，去来空际。上平舒，可五六尺。其前如盘谷，窈窕盘纡，树色青葱。昔有鹤，巢其颠，时时引众子回翔其上。背负大壑，深可二千尺，下多良田美树，壑中时作江涛声。

渡危岭而西，稍低为香藤峰，古藤覆径，花时能香也；为萝月峰，夜月萝径疏疏也。又西跌，为岚峰，芳草薜萝，烟岚叠翠也。又西折，则境绝矣。自岚峰鹘落而东，曰回峰，谓香藤、萝月、岚峰皆迤逦而西，此独东也。与第一峰近，若接襟带。回望白云峰，恍然天际。自白云峰东下逶迤而北，为峰五：曰观澜峰，东观狮水，洄澜千折也；曰芙蓉峰，峰势秀如芙蓉也；叠前而奔，曰待月峰，曰先月峰，北临大江而东则月先之，前既得月，而次则略待之；间四峰而低其中，曰乳峰，峰微起，如乳也。五峰都无树木，惟芳草鲜美耳。山之峰十二，得小山二，径一，坞一，废址一，台一，坪一，涧一，岭一，亭一，谷一，大壑一。而十二峰之胜，惟白云其要焉，势为之也。

山之胜，宜春夏，幽芳繁阴，杜宇黄鹂也；宜秋，红叶潇潇，白实离离也；又宜冬，梅花畹荪，刻露清芳也。登山而游，宜雪，又宜月。雪则极目千里，乾坤一气；月则四顾寂寥，万山尽碧，长空无垠，江流有声也。二者月较幽，山势俨然面城郭。邑侯霍邱张公爱其气严而体舒，增植花卉为堂于署之西偏望之，名其堂曰望山云。

游蟠龙山记

向文焕

己酉暮秋，向子亦庵将游蟠龙，与廖子长公、黄子子铉、向子复旦、吉水欧阳孝先，出安远门。始命舟，王子武臣从后至，遂与诸游人会于岸次。既登舟，自溉水渡龙阳洲，溯渠江舟行。步步望山，瓮城缘岸，窍石嵌空，水激有声。乃涉浅濑达岸。舍舟，穿径入平畴，数百亩阡陌交通。缘细路行数百步，略不经意，田尽，山渐合。壁皆赤色，额曰“天台进步”。缘溪行，溪中一石，截流而峙。王子指曰：石中空，旁入可容数人。舍之不顾，折而入，渡石砌，砌下隙处仿佛若水门。王子曰：是李湾潭先生渡仙桥处。水失故道，桥遂堙，石磴磷磷。梯而上，茅屋数椽。篱外垂杨袅袅，为王子庄。游人小憩，出故道，逾峻阪。王子在前遥呼，众愕然。乃从庄后出，径其前也。诸游人岸帻跻磴道数百尺，遥见石洞间薜萝倒挂。王子曰：洞中有石床，壁间字皆篆籀。荒径云封，不可往，遂不往。渡危岭小憩，复梯磴数百尺，杉松寒覆，细磴曲折，清凉沁人肌骨。去真武殿仅咫尺路，不欲即至，故纡以（幻）〔拗〕之。诸游人憩树下，有顷，蚁行历曲磴。一僧貌甚癯，补衲石上，橘柚离离，遂造殿。游人先后至。小憩，入后阁。阁奉佛，半在岩下，气阴森，坐久淡人思虑。石壁有诗，点画断缺，不可读，遂出步檐。石壁嶙峋百寻，色赤甚。仰见吕祖像立石龛，龛架空垂壁外，若将飞去。游人欲上，斗绝不可攀，然必欲从他道穷之。右壁镌张容园先生诗。读毕，渡危桥，过补衲石左，穿修竹岩下丹灶石床。王子曰：明怀宗时，宦者年七十，祝发坐石床，三年无履迹。将乱辞去，莫知所终。出折下曲磴旁，得石径略之。傍林转小径，路如带，细草青青。复得磴道，舍之，取径看泉。泉之名曰杜香，上多杜蘅芳草也。掬饮，寒香沁骨。泉旁细花，红白数点。山半有岩，涌出向空，游人争欲往，王子止之。返向所舍磴道，蹑而登，不尽百级而憩，人各据一磴。有顷涉岭，岭穷磴亦穷。西瞰金斗山，若在足底。潭水渊然可掬。南绕山后，或降或升，遂至绝顶。一石如车轮，苔藓斑驳，去山根万尺，目眩心悸。孝先立石上瞰之，无论城闉，烟火千家，大角、紫霄皆在指顾。两江水如白气一缕。近俯，阡陌屋舍俨然，身在秋色中，万山争以秋色献。顷之，云自谷中出，微风荡之，片片飘忽树间。向子欢然曰：秋山宜淡，霜林黄叶正须白云点缀。乃返磴穷处，诸子盟曰：必踞蟠龙岩始快！遂踊跃披榛往，逾小峰，草树蓊郁，松径滑，履不能着，搜奇良苦矣！

乃猿引穿松径，入石阪，荒寂有龛，垂垂将坠。王子曰：是向所仰吕祖像也。众喜甚，出不意，乃大呼噪。逼前下瞰，心魂肃肃。昔亭其上，今破瓦断椽无存者，游人凭吊久之。去数武，遂得蟠龙岩。石龙蜿蜒，有镵凿痕，上有亭，亦废。至此，游人意颇足。向子曰：向所略石径，当一往，以了此游。诸子许之。于是返石径，临堑谷，危甚。蚁而渡，足所着处，目即注之，窦间积泉落叶如游鱼，屏息不得转眸。既渡，得平山，上可结茅斋数椽。楹隙处多香饵草，香特异，复旦拔数百本，命从人肩之。再返佛阁，足与心目俱劳，遂命觞。久之谋归，便觅向路。王子邀入庄，设鸡黍蔬果杂陈。廖子纵饮，诸子惧舟危，饮不欲多。辞出，返山口。牧童四五折树枝成屋，拾败叶以代陶瓦。至江岸将瞑，乃返棹。渠水流急，向所望窍石，目不暇接。徐棹入濉水，回望山际，暝色黯淡不能辨。是日，意各有余。黄子订再游，许之。

益阳遭兵贼始末记

罗贤胄

癸未九月，张献忠贼骑沿乡索马，先锋王老虎名国用，并伪令庄天成至邑，诱授诸人伪职。贼遁去，常德道胡某率兵来，戮授伪职诸人，株连无辜。十一月朔，邑民倡乱者驾船复迎贼至，贼乃举全营压境，驻邑七里桥，遣贼众过河，驱住市千余人，戮之起春亭江边。十九日，发贼徒往乡搜山，缚男妇若干人，于地名软桥、桃花江、七里桥三处，砍手或断一臂或左右臂，或截耳鼻割势，并沿路杀人万计。献贼随遁常德路，往四川去。余民无食，出山回市。乙酉，复有滇兵张先璧驻邑，沿路自欧公店始搜掠民粮，旋有市恶某某嗾其营将张四海、王玺，在市大索财物，三月尽。又有上游溃兵郝营突入县，杀掠财物子女，丙戌、丁亥连年城空。又被龙阳县民假兵打掳。己丑年，牛马二营大队直过，搜山杀掠，上下无遗。壬辰年，宝庆溃兵宋戴二营下县杀掳。盖邑自癸未以来，民被杀掳、旱荒、鬻卖、流亡无算，田土尽抛弃，数百年未有之变，天灾人害独甚于他邑。

贼陷长沙始末记

罗贤胄

张献忠沿江而上，破汉阳，临江欲渡，武昌大震，议江上设兵婴城。参将崔文荣曰：守城不如守江，守江不如守汉，磨盘、煤炭诸洲，浅不过马腹，纵之飞渡，而婴城坐困，非策也。议者不从。贼果从煤炭洲而渡，（□□）〔直逼〕[①] 城下。文荣御之，小有斩获。贼攻武胜门，文荣（□□□）〔率诸军〕[②]拒之，多所杀伤。楚府新募兵为贼内应，开门迎敌，文荣跃马大呼，贼攒刺之，洞腋死。大学士贺逢圣同守门，城陷归，衣冠北向再拜，以巨舟载家口，出墩子湖，至中流凿舟，俱溺。逢圣尸沉百七十日不坏，十一月始葬。长史徐学颜与贼战，断左臂，右手持刀不仆，贼支解之。楚宗多从贼者。贼执楚王，尽取宫中百余万金，数百车载不尽。以篠舆笼王，沉之江。屠士民数万，投尸江中，尚余数万人，驱之出城，以铁骑围而蹙之入江，浮尸蔽江而下。其余民数百，多刖断手足，凿毁耳鼻，无全形者。贼据（□□□□□）〔武昌为京城〕[③]，伪设六部五府，铸西王之宝，开科擢三（□□□□□）〔十人为进士〕[④]，授郡县官。

张献忠陷咸宁、蒲圻，距岳州二百里。巡抚李乾德、总兵孔希贵，移屯岳州，居民他避。令军中诈为居民，开门迎贼，入城伏发尽歼，留四贼，割耳贯箭，纵回以辱贼。贼怒，益兵进攻。乾德虚立营垒于道旁，林中立旗帜，伏矢炮，积薪其上。贼以火攻之，延烧积薪，炮发，毙贼数百。贼益怒，水陆并进。乾德饰战舰中流向贼营，度矢石可及，即止不进，贼连弩射之。乾德度贼矢炮既尽，水陆奋击，三战三捷。献忠乃悉众二十万围岳州，力屈城陷，乾德、希贵俱走长沙。贼锋前至湘阴，民空城走。献

①②③④均据《明季北略》卷十九、《明史纪事本末》卷七十七补。

忠欲北渡，卜于洞庭神，不许。敛舟湘阴，将北渡，大风覆舟。余贼复还岳州，尽杀所掠妇女，投尸江中。焚其舟，火延四十里。遂陆行向长沙，至城下，李乾德奉吉王、惠王走衡州。长沙陷，推官蔡道宪死之。

初，贼至城下，呼推官曰：吾军中皆知尔名，可速降。道宪强弩射之。攻三日夜城陷，执道宪，百计诱之，不屈，磔之。健卒凌国俊等九人追侍道宪。贼劝道宪降，国俊曰：如吾主可降，亦去矣，不至今日。贼曰：不降，尔亦不得生。国俊曰：若吾辈愿生，亦去矣，不至今日。贼并杀之。内四卒奋然曰：愿且延旦夕，葬主骸而死。贼义而许之。于是四卒解衣裹骸，葬于南郭，葬毕自经。

贼陷衡州，桂王及吉、惠二王走永州。献忠拆桂王府至长沙，造宫殿。遣兵追三王，巡按刘熙祚督水师御之，护三王入广西。而自死守永州，题绝命词于永阳驿壁骂贼，城陷遇害。

白石岩避乱记

朱克靖

白石洞口，甓砌城堞，乃先太保恭简公疏题所筑也。外沙之岩有三，曰仰天，曰水通，而白石其最也。公处明兴中叶全盛之时，恒廑未雨绸缪之思，因筑是岩，以备不虞，谓居平可嬉，遇乱可保也。先时，邑有寇警，父老每挈妻子入山避寇，若指岩而示之，则以为洞中隙地，傥攻击所加，则受困更甚于围城矣。

岁戊子，有粤寇名红头贼者，蹂躏桂邑特甚。民向不睹兵革，自是贼众盘踞，沿乡肆劫，虽深山穷谷，莫不穷搜遍索，杀掳随之，人民奔逃他境，仅存者十之一。城市绝烟火，田庐荒烬，畜牧种绝，数年之间居民皆荡析离居，桂邑几废，独外沙以三岩获全。计予方遭乱窘急，意先太保堵筑此岩，宁无深谋远虑，乃四塞路迷，从而入者仅三五家。及见岩中石灶、沙床零叠无数，且惧且骇。继而走山者多被害，相率来附，群聚于岩至数百家。仰天岩人居满矣，又觅水通岩居之。山麓蓊郁，犄角成势，器械备而心力齐，于是人怀杀贼之志，贼近境则出岩击贼，有不利即退入岩中偃息以俟，贼不敢窥视。时或大聚贼众，举火攻岩，风返烟飙，贼往往败去。越明年，又入白石岩，内外人稠，洞门不闭。贼时在县东南日夜肆掳，独畏三岩之雄，相戒不敢西视。岩中家置厩仓，养鸡豚，备牛种，日出耕，夜入宿，如是者三四年。

时凶荒洊至，当庚寅、辛卯之际，斗米千钱，父子夫妻不相顾，食糠秕，茹野薊，下至农具、田器皆出以易粟，以人代牛耕。而外沙，人民颇免于饿殍锋镝，田庐如故，皆享岩之利也。且迩时兵贼循环，城市丘墟，县尹且来依岩以居，人民趋之俨若都市。仰天、水通两岩，其险阻即妇女亦能守，然中暗，艰于出入，人多筑室岩旁。白石岩外险而内夷，隙光可照，泉洁可饮，防御器具一可当百，坚若金城，尤称最胜焉。三岩奇险，名闻远迩，于是各乡相继搜寻岩洞以为窟宅，而桂阳遂稍稍复业，外沙实倡之也。兵法有云：置之死地而后生，置之亡地而后存。当乱之方始，外沙以势穷入岩，蹈危出险，保全无恙，岂非设备置防于未乱未危之先，而计生死于存亡之日者哉！夫人，苟未尝身历其事，何能为此中亲切之语。余于惊魂乍定之后，备述时变以志感，且虞邑界豫粤事变不常，爰集族人永为保聚，勒石以记，使世世相传，识祖宗诒谋之善与天设之险，有事则知所趋避云。

幕阜岩栖记

唐良玺

幕阜绝顶，石壁如削，水从石壁直下，飞流溅沫，人迹罕到。乙酉之岁闯寇南遁，余党蹂躏乡邑，予挈家匿岩穴，山中况味始得备尝。大抵山晴，虽盛暑日色凄黄，略无暖气；夜则仰视星月，攀手可掬，杂闻山魈鬼魅作禽兽呼号，或似人语。欹枕假寐，凉气侵肤，飞瀑泠泠，如彻夜铜壶，不能成寐。及晓，天空色白，海日涌出，云雾平铺山半，旋风拂之，仿佛大海回澜，奔腾变幻，顷刻万状。雨则深卧不敢出视，四山晦暝，东西南北莫知所向。震霆常在山侧，且有神怪作崩崖拔木之声。雨止林湿，风日微晾，岚气如洗。丘隅岑蔚，异鸟奇花不辨其名。或夜曳杖下山，厥明负粮而上，往往缘枯藤，蹑危石，跋涉丹崖沸池，与山灵相狎，曾无畏垒。每凝眸湘流，似镜悬峰外，东望故园村落历历可数。时有寇掠往来，莫得我所，还念此身，真不啻系一匏于天半矣。

夫平时不知名岩仙境之奇，即兴到一登，非朝往暮归，即信宿而返，不能如是之连旬累日尽领其趣也。昔欧阳永叔谓诗必穷而后工，然则名山景况，非安常无事者可与习处，必经乱离奔窜而后契之深、知之稔，如程明道所谓谈虎色变，个中人说个中事，始得其情而尽其致焉耳。寇退，挈家而归理故业，越三载举乡贡，公车北上，忆兹山旧游不知再得于何年，爰漫书以纪其事。

雪蕉亭记

刘友光

雪蕉亭者，长沙廖子大隐，取其家之旧墟，诛茅断竹，构以读书延客也。亭何以雪蕉名？未有亭时，烟灌茂草，缘延狼藉，大隐从大雪中梳栉瓦砾，种蕉数十本，计绿到天而亭亦成，意与右丞僵卧图不谋而合。亭在郡北，古所称北津城，郦道元云“登临寓目，廛郭之佳憩”，即其地也。亭北枕大江，渔唱樯乌，传声递影，度越女墙，时犯林檐，岳麓、道林，伯昆肩随，往来晴雨中。荒唐大树，细碎香草，亭之南檐则尽收之。亭之西阡陌纵横，可种彭泽之秫，亦可种中郎之豆。又有伯氏屋在西头，鸡鸣犬吠，喧呼杂引，每一相忆，屐步便通，觉王绩渡河犹为烦累。曲沼前临，鲂鲤不肥，水至清也。长沙鱼麦之乡，人无无鱼之叹，亦不足为食客歌也。园圃筑后，雨甲烟苗，韭葵烂漫，有客到门而盘飧殊媚。

丁未秋杪迄戊申夏初，予以上簿留滞，与大隐追随最久。大隐愍余蹇顿，春则传柑招以听鹂，夏则沉瓜呼以语冰，秋则鹣鹣煎鲫招南方未归之魂，雪则除门构火咏左思招隐之词。予亦谑浪忘忧，相与述勋绩则吊番君、征西之墓，陈忠节则下王琳、李芾之泪，晰义理则决南轩、元晦之藩，扬厉风雅则寻杜沈之遗沈、李欧之残碑。男无巾袴，女无鞋屧，风俗之讹，传闻失实，与大隐证之。山有染紫之霜，潭有染红之露，景物殊绝，淹没难穷，与大隐惜之。

忆予少际隆平，长之士大夫，多在西北之陲，朱池翠幙，回月匝烟，穷妙极丽，曾不二十年入望悉黄茅白苇，土木之胜，人不获安，理有固然。即以文靖之德，而五亩不保，为之欷歔顿绝。大隐栖心幽素，门庭萧寂，草莱不翦，竹虽亭而风雨不蔽。予尝思郗鉴为戴逵构屋于剡曲，严武为杜甫营草堂于浣花，虽要人韵举，终为名士之累，未若张融牵舟、玉川破屋，可以了然无系，大隐殆其人邪！戊申八月十三日，攸水刘友光书于柯怡园。

育婴堂记

刘应祁

士人穷居伏处，领诚正之旨，识治平之要，固已得成己成物体用之全矣。至读己立己达、己溺己饥、不忍恻隐诸篇，未有不谓异日傥得志焉，有可以济人利物，当无不为，此其居心立志，似亦人人所共矢。逮身跻通显，遂漠然置之者，此无他，声色货利纷于心，功名子孙劳于虑，而初念顿失，此亦人人之所共蹈，而不可望之一二人。

吾友太史与三车公，少负异才，长列庠序，早有自任天下之重之志，及夫联掇巍科，致身翰苑，剔历省垣，二十余年，家居日少。辛酉，读礼归里，庐居哀慕，严一介之操，惟以一方之疾苦，请命于当事，不啻被发缨冠惟恐不及，一时闾里咸赖之。见贫民有不能育子女者，每弃之途，时为恻然。因筑室于衢东，为堂三间，颜曰“保赤”。复楹三间，守以老衲。前门一间，门列榻，覆以亭。招民不能乳子女者，录其生年月日时付儿怀，夜置门外亭榻，次晨收付乳母家。岁募乳母若干人，视送儿之多寡，月廪给之，资以银帛，贫民有妇能乳者，皆得利之以治生。于是夜送弃儿者，踵相接。公罄其租产之所入，以为育婴费，属其姻范大绅主其事，而以乡耆萧中正、萧启贵、老衲传衣佐之。是岁，即吉还朝，补兵垣，八月擢掌科甲，子复掌鼓厅事。计公立朝正色，职司封驳，夙夜在公义，不暇内顾，而家报时邮无复他及，只以此事为兄侄戚友致嘱，惟惧一稚失养，一夫失所，此何等居心乎！由兹以推，则在朝之日，凡可以恤民之嘉谋无不讲求，凡可以安民之嘉猷无不入告，以赞皇上好生之德符于重华，如伤之隐轶于文考可知也。尝叹士大夫身受子惠小民之寄，不肯切痌瘝于乃身，勤疾苦于拯救，力所得为而不为，分所当为而亦不为，而为之仅见于公也。公纯孝立身，忠贞矢志，身无重裘之饰，家无百亩之增，其于一切声色货利视之若浼，守功名于难进，课儿稚以一经，宜其诚正治平得全于体用，而恻怛不忍先发于乡闾，异时入参卿贰，佐公燮理，出抚名藩，日宏衣被，此又不待余言而可为公量者也。

余老矣，欣睹斯事，伸纸疚心，吮墨颜甲，谬述其事，止以为乡人劝。至于记公之堂，永公之泽，尚俟大人先生能文章者簪笔焉。公讳万育，字与三，敏州其别号也。时康熙甲子冬至日。

案：育婴之堂，今州县多有之，然皆醵资成事，故属阖邑公举，无一二人私为之者。据此文，则其法为车公所创兴，前此未有也。车公官居谏垣，无崇秩厚禄，而能为此博济之事，即其祖产稍丰，不以贻子孙，而以苏穷困，其志行亦何伟哉！然惟其时生齿未繁，给求尚易，若今之庶极而富教无加，虽车公其如之何？汝怀附记。

游龙山记

刘应祁

邵境之山惟龙山最大，而高等衡岳，其顶名岳平，谓与岳埒耳。衡岳群峰四出，忽起忽伏，而龙山横亘数百里，一望如屏。幽崖绝谷，鸟道猿踪，猎者率众裹粮钻火、露餐夜宿树下，故游者亦鲜，而间为浮屠一二之所穴云。

余数往来山下，欲跻颠以探其胜，询之土人，多以为难。康熙甲辰，万松超公卜隐浮云石，约余游者再矣。庚戌，沩山慧公复来，结庐荆竹坪，皆为龙山奥区，心窃喜其有主人。辛亥九月十四，观万松饭僧，超公复申前约，遂以十八日偕钝木、一麐往。度不可舆，挟两僮策杖登羊田寨，逾龙鹤山，至白泥圳，宿万福林。十九辰出夹山口，循溪曲折进，抵狮子石。石突削，横截溪流。复缘溪至禹庙，余欲入谒，钝木曰：可留作归途瞻仰也。听之。两溪会于庙前，询之则曰左发至岳平沈香潭，流为大龙溪，经莫家冲老龙潭。始知龙潭有二，即邵水源也。右为鸡公潭，源发自锡茅冈，流于庙右，至庙前而合度焉。登黄土岭，虽渐峻，路尚阔。可五里许，钝木曰：少息。从此分小径则壁上行耳。山为鹅公岭，林木蒙茸，乃解衣结袜而上。碎石触趾，或百步或数十步，支杖返立。至山（复）〔腹〕喘甚，坐乱石间。复上数里，蹑其颠，又从左横行出一脊。北望岳平咫尺，连峰叠嶂，苍翠硉兀；还视庙前诸峰，皆退逊无复突傲状。又渐上，皆百折于腹里，下平削不可视，时出松杉杪上。复蹑一磴，指曰：此下为叠书台。石横叠有痕，下为小龙溪。复上四里登顿冥密，诘曲数十抵小石山，溪水流出入其内，有田一区，转一山，破椽在焉。先至者烹茗以俟，曰午矣。钝木曰：里许即潭家山。主人预知余至，礼甚恭。询曰：此上岳平几何？曰：壁行十里。荆竹几何？曰：二十里。余欲之岳平，曰径久塞，须半日可达，苦无餐宿地，奈日午何。余意索，遂决意荆竹。

饭已，握杖蹑峰颠，西望厂豁缥缈，沙雾蔽日不可辨。从颠突下，陡壁箭削，两足蹇蹇。数十折而至一溪，意以为平矣，缘溪数里，忽泻而下，排空度险，扪萝履危，趦趄仄壁间，又数里至烟竹坑，村民危氏以茶至，询之则曰：此上荆竹五里，以扳蹑倍耳。余乃委宛以升，礌砢轮囷，十武一憩。可一里而至一峰，突见罾箕岭，径悬壁上，两涧深窅，下复悬绝。气为夺，稍定鼓勇而前，至左涧下，一石覆于路，如屋。缘而上，已抵气所夺者。力为登，后者及前者踵，触土石皆动，而杖复碍，委折弃之。左折及涧，俯视神悚，右折亦如之。目恍惚无定，以手按地佐足者数四，乃命二僮翼余超焉，至其腹则气尽足跛矣。坐息良久，乃入左涧。循溪复上，慧公以驴来迎，却之。蹑其岭，丹嶂横开，紫岩叠起，白云摩顶，古木浮青，渺渺冥冥，神旷情怡，已不知身之在人世也。复下里许，乃抵荆竹，入揖慧公，茗语移时。出步刹外，周视群峰，罗列如莲花瓣。崇阁庋其中，方丈踞其后，水曲折以辐砌，石隐鳞以环阶。彩翠云涛，竞奇献状。视其额，曰“古功德寺”，为观察朱公廷宷题。又前为法华、古德开建故址。夜话至更深就寝。二十日欲行，慧公坚留，与谈出世法两夕。枕畔闻落叶策策，与残钟相应，神为之爽。

廿一日乃从左侧上，一峰出莲花瓣上，与慧公别，俯瞰浮云石在几席间。行数里，从树林直下可里许，而至上城坪隐者处。茅屋斜支，席门欹挂。老僧明空视余甚讶，急烹苦茗出山果为饷。良久乃沿小涧至下城坪，旧为潮水寺，不入。又里许，经一茅舍，鸡犬桑麻有幽致。又转入山腹，下视无际。又二里许至铁炉江，一巨石盘溪中，左右度木成梁，峡壁嶙峋如狮吼虎攫。坐石上听水声。两岸皆种菜，意隐山结茅当不外此。度梁入一庵，钝木曰：此来半矣，必饭乃可登。听之。仰睇庵后诸峰，石怒猿哀。饭已携杖以上，腾转崎崟，视涧石斜泻如舌，胁息扳缘不敢顾。又逾峰后一岭，跻其半，视前峰在几下。路巉削仄不容趾，力跻可五里，而至朝阳庵少坐。询之，僧曰从左逾白水入浮云稍迂，从后较捷。余欲从迂，钝木欲从捷，不得已，听之。不数百武而途穷，钝木先余迹之，不能度。命僮后先牵持，而以手接树根，危甚，心怵汗如洗，似与昨登罾箕岭。颇怪以父母之体，而临不测若此。复逾一岭，登其颠，有石台，遥睨东北，洸漾无涯。僮惊呼曰：

下有白塔，当是浮云。钝木曰：是矣。前有两小径，僮左下，钝木右，亦迷失道，呼僮还，并从涧中直下。缘崖斜蹈数百武，乃得穿径。下视斗绝，气已夺，于险不敢纵足。又上而至于巘，左右皆绝谷，脊仅数尺。夕阳荡滉，心目为眩。钝木肘余左，一麐支余右，垂首顾趾，可三百武而及浮云之径，少憩神定矣而后行。转山嘴，见突崖深窈复悚。里许至普贤碑下，闻水声汸汸，回顾瀑布快甚，眷恋不忍去。超公俟余三百步外，盖在松林时，订是日集于浮云兰若也。兰若为超公休老处，约余游者再矣，今始得一至焉。室前诸峰叠翠，远瞯上湘，一抹如黛，心境顿开，虽以陡上陡下数十里之疲，而忽不欲告倦也。扶杖出视瀑布，如飞花，如坠雪，时而大小异形，时而曲直异态，垢面一洗。反瞯两僮穿壁罅间，如鼠如蜴，询之则曰此走三生塔径也。余欲随之，超公以距三生塔尚远，坐廊下凝目瀑流，不欲入。烧烛茶话，又憾月上迟迟，寒不能待。

廿二辰起，披衣纵足。饭已，超公策杖先余导，从左腋登林肩，看文殊塔空洞可坐四五人。寻扳枝直上，令二三人牵挽如猿引，凡三五息，造其颠。是日风清云淡，雾尽霞飞，指奇岫于云间，示梁岑于林缺，村烟鸟语，若远若近，停盼久之。左行巘上，林木蓊郁，侧瞯绝涧，幽窅莫穷。寻下崇冈，历巉岩而会于三生塔之径，平步坦途以至塔下。塔基巨石仄盘，超公集千工叠小石以就，崇三十尺，余为绕一匝。又左观龙门，石壁削开，一沟直下，不敢久立。钝木曰：此去南台不远。余意不欲遄，乃下至一室，盖构以避暑雨者。坐观瀑布，顾恋容与，久而后坠。已又引下数十步，度罗汉桥，至朝阳台。台石宽平如砥，俯察涧下，民居如井底螺错；仰视三生塔，则凌霄矣。曝日于上，气甚豪举，而院僧以茶果至，相与席地谈胜。已从台下入罗汉洞，超公曰：此下北台尤奇。乃由小室折下，径甚险。缫壁而进可半里，一大木扑地，不得前，乃还纵步林间。林穷壁见，上下皆削，不敢置足，数十武乃出险。午饭已，超公告倦，余与钝木右出探泉石下。

再西折而径塞，命两僮下视曝潭，未及里许，为寒逼，急旋，余乃上观普贤碑。又侧视仙人石。山峰圆秀，前植二石，一石如壁，一石如佛，首髻腕臂，趺坐其上，宛面壁状。飞水洞在其左，盖源自牛头垌，会众流成大溪，行二十里至此，直泻绝壁下。壁悬如洞，水去壁远，若垂帘，故壁皆苍白色，洞名飞水，亦确亦不俗也。又稍上，遥睇北台。自三生塔下，度一脊如梁，仅二三尺，而突盘于涧中，广可一亩，四面皆削成，高几百仞。又稍上，钝木指示仙人桥，盖两峰连而忽断，一石梁其上。又指望佛台，亦石突出巉岩间，好事者置碑其上。余皆不敢进，惟听之，唯唯而已。还下数百步，见瀑布旁有绿碧色。钝木曰：瀑呈五色，此将息矣，憾不早还视之。立未几，碧旁忽作黄色，寻赤寻绀，而五色杂出如锦，映日作紫金光。余狂呼久之。钝木曰：春夏时有，秋冬不尔也。鲛人岂为公示现乎？余笑曰：何以酬之？相与神赏，久而色复如初。归问院僧，皆不见。已复从院下观大竹，又下观溪流，暮还兰若。

廿三觅舆归。自飞水洞折而上，稍见村居。又折而溯流，则鸡犬相闻，田畴井列。可十五里至牛头垌，下舆步上步下至杉木冲，林竹阴郁，居民稠叠，山景更异。又十里至隘门口，看鸡公潭，巉石幽黑，状若虎豹。饭于药铺。行二里许至鹅公岭，已会于昨所登荆竹之道矣。下至禹庙，整衣冠入谒，瞻视梁栋崇宏，丹朱金碧。盖府椽张联芳五年前捐产倡建，而乞余作缘起以成者也。遍览旧碑，得一碣于麦园，半埋土中，额篆“普济”数字，八分精雅，而尚完好。视其文多剥落，不可读，殊为怃然。夕宿松林，廿六日乃还。

是行也，往还凡十二日，结鞋登陟为日者六，停宿半之，而兹山之胜得十之三，由西而东仅历于南面，而岳平尚未跻焉。其山北如凤凰、铁子诸概，未之及也。即龙〔山〕南面而言，禹庙诸峰森列，棨戟翼卫，溪流襟带，田畴方幅，一胜也；鹅公岭叠嶂排空，千流横锁，一胜也；谭家山一望烟云无际，万象全收，一胜也。荆竹功德寺之在莲花瓣中，群峦拱向，起伏高低，玉井金栏，潮涌浪叠。铁炉江幽深窈异，涧流泓渟，如入桃花洞口。至浮云兰若，则天开图画。山峰之秀耸，岩石之灵怪，水帘之奇幻；径栈逶迤于林杪，庵亭巉嶂于幽腹；丹梯指掌，白水盟心，与夫桥塔台磴，皆足以发畸人之鸿藻，留开士之孤筇者。若罾箕岭之斗绝，与朝阳庵之危险，又可一至而不再矣。并记之以告来者。若所未至，尚有积于中怀，俟之异日。

湖南文征　卷四十三

记二

仙梅记

杨柱朝

岳阳楼之擅名，仅以其楼也。湖山形胜，秀甲寰区，自回道人往来于酒家屡显其灵异，而神仙之说遂与湖山并传，此后千百余年寂无所闻矣。胜国崇祯辛未岁，楼不戒于火，郡守戴公、司李陶公倡议重修。忽于楼之址得石一片，上有画梅一枝，色如绀墨，其枝干隆然而起，望之高出于石，宛若人工镂就者。及以手摩之，则润滑如砥，了无痕迹，梅与石无辨也。咸以仙梅呼之。因置诸楼之左畔，而亭以居焉。今楼毁，而此石尚存。夫荒唐之说儒者不道，而事之信而可征者，虽圣人不绝于书。窃尝思之，莫顽于石，而梅之隆然以起者，似有精气存乎其中，则顽也而灵矣；莫静于石，而梅之动静之机、灵顽之理皆具焉。予故特为纪之，正不必托言神仙以掩其信而可征者也。

镜石记

杨柱朝

自湘溯流而上十五里许有石焉，曰晖落矶，壁立江心，高可十丈，其小者不可数计，蜿蜒旁礴，乱流而度，其特立者曰镜石。向东一隅，有光莹然，色如桼器物，凡江天飞鸟云霞出没之状，两岸草木以及人之衣履须眉，靡不毕照。石虽高而所谓莹然者，广数尺，高倍之。予昔年曾与方子仲美舣小舟，于石上盘桓弥留。维时水落石出，天空江旷，对之如披画图。好事者或凿片石携以归，置之案头则生气索然，无向之所谓莹然者，信乎山川灵异之气有所挟以成。譬如人之一身，灵于内者为心，灵于外者为眼，其余皆血肉皮肤耳，心不可见，而精神全注之于眼，斯石殆山川之眼欤？春夏之交，九水与洞庭合而下注，石能以身敌之，故其流怒甚，湍激澎湃之声闻数里外。舟行不可向迩，长年比于滟滪之险，过者不敢游，水涸则不及游，二者交战而石之受知于人者鲜矣。嗟夫！山川固有遇不遇哉！

何仙岩记

罗人琮

何仙岩不知何昉，旧志载世传何仙姑修道于此，实无确据。庵前奉弥勒大士镇武，庵后祀女仙，女不详其姓名。去桃源县四十余里，将入峰峦递见，眠者、蹲者，凭者、起者，行者、止者，俯者、仰者，拱者、揖者，舒者、舞者，断者、续者，并者、错者，山不一状，状不一情。近岩里许，山益合，仄道依东麓里许，中即以称一线天亦宜。由东迤逦折而西上，经石梁数百武抵庵侧。望两山翼岩巍然蔽天如十万之囷，中不可量而斗筲自失，如青兽布威，群象辟易，而狐豕愈微；又如朝宰正笏国门，百僚整肃，大将军戎服登坛，偏裨以下膝语蛇行。钝巨灵之斧，折共工之额，不足以喻其坚也；穷老猿之臂，绝狡兔之趾，不足以喻其峻也。言其古则铁貌斑文，言其秀则碧垂翠滴。招鸾鹤以栖迟，为烟霞之窟宅。庵居山半，上接百仞之高，下临千尺之低，前望溪山，潆洄映带，气象万状，心目轩豁。由庵后石径下经岩阿，稍上为何仙洞。洞泉淋漓，每岁旱，居民迎神取水，得水即雨。递上攀萝蹑蹬可跻岩颠，极目四顾，群山俱卑，或如瓮覆，或如罂悬，或如列屏，或如布席，或如散卵，或如置棋。至于烟生木末，睹孤村之萧瑟，雁度平沙，俨行旅之凄凉，云起足下，语传空中，岂非登临之佳境而名胜之旷致哉！余尝谓山水之在寰中，其见称与否不尽如本分。要地繁会，帆指轮通，游人踵接，骚客珠联，金碧璀璨，题咏远播彰矣。若乃幽可绝嚣，僻能离俗，妙穷人巧，奥纯天然，为群仙所指顾而名闻寂如，如斯岩者抑又何可胜道邪？斯岩也，拟之人为高士为戒僧，拟之诗画为淡描为逸品，拟之器为夏商法物，而邑内水心之孤，穿石之奇，渌萝之雄，灵岩之幻，渔仙之峭折，桃川之幽秘，比长争胜，何多让焉。

余从僧请，题庵之额曰“光凝翠涌”，门联曰“入望溪山如画里，忘机日月即壶中”，佛殿联曰“祇园觅上方，山浮紫气千层出；石林称精舍，月伴禅心一片明”，仙殿联曰“咫尺花源，此处烟霞犹胜地；依稀海岛，分来猿鹤伴仙踪”。盖有得于斯崖之深，非复泛交浅契之所能袭也，并记以遗后之君子。

重修唐兴桥记

唐世徵

界邑上流，与燕子桥相拱抱若左右翼者，唐兴桥也。岁久水啮垂圮，邑有敛金钱议修筑者底绩矣。未几，复圮左角半砖，前事者呶呶委咎石工之不职是已。夫食人食事人事石工将奚辞？予曰不然。若率石工果计口炊量材授乎？果差次赏罚殚竭蹶乎？五申三令惴惴然惧乎？能如是而工不完好坚固，未之前闻，否则匪石工咎也。主之者褊急而偏颇，应之者粉饰而苟偷，幸其成贪天工为己有，即乎败推托谇诟希解免以自容，天下事亦安赖若为哉？闻前之役某僧聚敛什伯归并于某工，问谁纲纪，曰无人，问谁节目，曰无人，虽使盘倕复起保桥之毋仆哉？考省试饩廪，责在冬官，《孟子》曰：十一月，徒杠成；十二月，舆梁成。田功甫竣，用趋力役，今重议修筑不当仿古王制而行乎？兹役也，告诸令公，谋诸士庶，龟筮鸠合，必诚必信，然后相从事，庶乎易成而难败。以知邑有大兴作，断未有无主持于其间，妄畀轻塞，虚糜繁苦，相顾眙愕，为后事者所愤痛。呜呼！岂独一桥哉！

重建青龙桥记

车万育

国家致治平，海宇享清晏之福四十余年矣。偶因滇逆不靖，蹂我湖湘，凶锋所触，邵当其冲，罹其剽掠最惨。皇上赫然震怒，命将出师禁旅进捣，邵值孔道，瘁于转输，邵独当其疲。即城关一桥，日为千万趾往来，屡遭毁废，岁縻宫功，其他可知也。顾桥虽屡造，取办一时，未暇选材伐石，不三四年风雨飘摇，势若累卵，人咸忧之。甲子五月，会为大水漂去，家兄万有暨荐绅为请于郡伯梁公。公慨然捐金四百两为倡，委县佐赵勉周督理，简绅耆之诚朴者，市大木于西延，伐巨石于林壑，募工匠给廪食，灰铁瓦甓无物不具。宽时日，课工作，补旧墩之颓缺而加崇，视旧制之雀拱而增固，重檐鳞甍，平道叠级，洞门广厚，高朗巩坚。工始于甲子仲秋，讫于乙丑孟夏，日省时程家兄与有劳焉。

告成之日，荐绅邮函索记，以志公功。余乃叹曰：郡厄方除，民气未复，一桥之建虽费千金，苟无关于民瘼不足侈也。而此不然，郡之人居廛市皆在于东，米薪之入，四方之会，城关血脉恃此一桥，如人之有咽喉，不可一日堙也，但不选材石，严覆盖，高坚是图，曷有赖焉？今也墩加崇，雀加高，木加良，亭加固，一时之劳，百年之逸，千金之费，百年之利，无岁岁趋事之扰，无日日履险之惧，而况财出自上也，工出自募也，公之功德得不谓之有关于民瘼者乎？且公之功之德不仅此也，闻其倡修六学，积累逾千，崇文教也；糜粥救荒，布给牛种，哀民生也；水火之厄，按户给镪，恤民灾也；止讼息争，刑错不用，省民财惜民命也；敦延儒绅，纂修郡志，征文献也；所举者皆关治体，所禁者皆全吾生，又岂独一桥之足以志公之功之德也哉！余尝叹世之喜事功者，以综核苛察市赫赫声，以发摘钩致邀神明誉，使民日聚讼于庭，逞无情以陷良善，因狱讼以肥胥徒，即有门如市心如水之称，其破民家损民财殒民命者不少，彼卧护淮阳、门可罗雀又何以推焉？公六载静镇，豪无扰于民，一镪不入，万室咸宁，民之感之，正在于此。而谓一方之不戴，岂人情也哉！则戴安静之福致一桥之成，无所取于里甲，无所责于公旬，即一桥可类推已，使后之人因桥而思公之功德者，商贾氓萌也，不仅因桥而思公之功德可以复致治平者，荐绅士类也。噫嘻！是亦足以记已。

郡伯某某咸捐俸有差，总理勤劳则县丞某，督工乡耆某某，例得备纪。康熙二十四年六月。

重建忠孝祠记

车万育

以天下之大势视一邑之孤危，其利害不在一邑明也。以一人之竭节抗百万之剧寇，其维系不在一人明也。然以一邑之令长，而抗百万之剧寇，使其势不得不为之跋疐，而于此一邑一令亦似有为之恫疑虚喝，而不能不龃龉回顾于其间，安得谓维系之不在一人一邑也哉？曾南丰谓颜真卿以区区之平原抗贼而折其锋，四方闻之争奋而起，使贼不敢直窥潼关，由公与杲卿分其势也。乃张巡一真源令耳，起兵讨贼，力竭而不能守则死之，死尚愿为厉鬼以灭贼，彼亦知贼之不可抗，而不以成败生死易其虑者乎？

汴为九州咽喉，闯贼之枭张也，何有于汴？而新郑其属邑也，去汴数舍，地且极冲，以贼视之，直可踏平耳。同邑刘默庵先生以龙阳谕之迁令新郑也，于时为如何哉？明知其邑之不可为，时之不可为，而公必为之，亦知其事之为之无裨，而必以死殉之。设使犹人之言候凭少待，亦不与于难矣，而公必为之者，所谓知可及而愚不可及也。方闯贼之困汴也，两河巨镇拥兵数十万环视而不敢救，郡邑数十城无不失守。公以一丸之邑，激疲残之民效死弗去，贼来则御之，贼去而蹑之，力持于四十日之间，使贼瞻顾而不敢逼汴者，谁之功也？及公死而汴旋亡，公之为智为愚而不可及者，岂仅啮血骂贼，奋臂争死之为烈也哉？郑既请祀于邑庠矣，而犹怀思不忘，又请于当路，合五贤而庙祀焉。五贤者，周郑国侨，唐裴度，宋王曾、欧阳修暨公也。康熙甲辰春育兄弟会试道经其地，而郑具述其事甚详。

而邵之乡人以公之旧有特祠也，先奉宋、陈、何、李诸大中丞后先汇题赐建，而朱侍郎为之记矣。祠在爱莲池上，而今毁不可问，独不可度地而更新之欤？则倡率而呈言于郡伯傅公为宜，卜地于濂溪书院。既得请矣，而督学王公适至。诸人士又以专祠必有专祭，王公慨然为捐学租若干，为每岁春秋永祀费。傅公复补其遗事于郡志中，皆好德之秉彝，而乡邦之盛事也。会育从史局乞假还里，而长君征育记事。育少闻公死节事，心窃韪之。家之父兄每为育言，公固文弱不胜衣，言若不出诸口者，而于大节烈烈若此，而因感当是时邑之不皆如新郑，人之不皆如新郑令也。乃稽郑之五贤，侨固东里惠人也，度与曾、修墓阡前后辉映茨山洧水间，而公赴义时亦以附骨侨庙侧为郑人告，岂非生不同时、行不同事而忠惠不异者邪？即今祠邻于濂溪也，不又有如朱晦庵、张无垢、陆子寿之并俎豆于其中邪？我知公之神，出则依依于遗爱之乡，而归则栖游于道学之林者也。虽然特祠者将以教忠也，亦公之不幸也。不幸而止于一邑一令，其志之不克展也，犹幸而未几巨逆歼灭以复际清晏也。今上御宇以显忠阐幽为亟，方命礼臣采访启祯间事以补纂修，育又知公之事状必赫赫国史中矣。兹督学与郡诸大夫、邑茂宰之乐成是役也，其亦有念简书而行古之道乎？则是祠也，可以观人心而识政事矣。

公讳孔晖，号默庵，中天启辛酉科乡试。初仕龙阳教谕，崇祯己卯聘考滇南省闱，得士十人，成进士者二。其孝友懿行与节烈始末，详之家谱及楚、豫郡邑志中，而龙阳亦请列之名宦，而育独记特祠之所由来云。时则督学王公，讳自新，江南句容人；守藩朱公，讳廷宷，辽东人；郡伯傅公，讳鸾祥，河南汝阳人；郡丞金公，讳星贲，江南安东人；别驾白公，讳美玉，铁岭人；司理颜公，讳象龙，江西安福人；邵阳令蒋公，讳其昌，江南临淮人，于例备书。

诗曰：瞻彼庐陵，文信国公。君其乡人，用蹇匪躬。黄巾滔天，雷邑何封。匪师匪徒，无廪无墉。亦既固圉，亦既屡攻。生则不可，死则人从。郑人向义，大节可风。登之明堂，四贤与同。惟郑四贤，事业昭融。公之配之，乃以孤忠。某丘某水，桑梓敬恭。乃建特祠，濂溪之东。四瑚八琏，焄蒿恪共。有司明享，表章之功。史氏作记，比于考钟。千亿万年，锡类无终。

时康熙四年岁在乙巳八月日。

世祀县侯惕庵林公记

谌会基

县侯林公讳龙彩，字景云，号惕庵，闽同安人也。出身乡进士，崇祯辛巳授溆浦令，甫期年政通人和，士民德之。壬午癸未间，流氛猖獗，震邻剥肤，溆浦几不保。公学守坚定，复集思于邑贤士，缮城浚池练乡勇，开诚布公，谕以忠义，故得民之死力，而溆赖以安。先是，公奉上檄征逋赋，独我龙潭远而僻，积隐壅于上闻。公缓带轻骑，一岁两诣境，深知民情土俗，凡抚字催科，一一怀以德礼，激以分谊，龙潭民咸德之。每退食，即进诸生讲学问业，其绪论皆发明延平、考亭奥义，都人士薰其德而精进者，未可屈指数。未几，临蓝余孽发难，势以龙潭为壑。公请于上，出方略用山瑶捣平之，以寇攻寇，不遗一矢。会都城报警，乡之叛孽倡为红兵之变，吾谌族士庶义不附乱，遂撄其锋，罹首难最惨。公同张典史、周巡检帅都司泣请偏沅巡抚疏闻于廷，发大师剿灭之，而龙潭以安，溆邑以宁，而吾家一线庶几借以复全。嗟嗟，非公吾谌氏能有今日乎？公莅溆四年秩满，考治行第一，于崇祯甲申擢升宝庆太守，晋阶粤西副宪，事见李督师平瑶功次，上之报功优且渥矣。吾谌氏世受公恩，于九月二十六日当公初度，恪立木主，捧觞称寿。虽区区今日未足罄公生成之报，然亦睹河洛思禹功，持瓣香祝南丰之遗意也云尔。

炎陵山水记

罗士彝

酃邑西行三十里，起伏蜿蜒，形势奔趋，有如星罗棋布，俨若金城汤池。接其境古树阴翳，长松挺立，望之郁郁苍苍，斜倚直竖，参差匪一，盖不知其几千万数者，古神农氏之故墟也。殿前有黄杨山两峰对峙，仿佛树旗盖，列旌矛。中如覆盂，视之又不啻悬章甫，朝至尊焉。江流襟带，有武夷九曲之势，黄河澎湃之状。石巉岩而壁立，疑人疑鬼；山崆峒以向应，且叩且鸣。不独周围环匝，宛然辰居曜拱也，宜望气者以为神灵之所栖云。

重建夏紫桥记

简能

治之北有水一泓，绕县东北而入江，横临大路，襟带城郭，使轺之所必经，官府军民之所必历，其有桥也旧矣。肇于胜国之初，名曰夏紫，存其名而遗其义。嗣修于弘正，再修于嘉靖，三修于万历。莅斯土者董其事，爰更其名曰迎恩，以为百岁千秋后不复知谁之力，故更张使相睹记，以无忘其姓氏。然而士人相传至今仍谓夏紫，未谓迎恩也。国朝壬寅，陈君拱照守是邦，性颇戾而好名，信堪舆家，言桥此于地不利，且路冲衙署之后，未足升擢，而陈君纷然多事矣。乃圮旧桥，鸠工运石，徙于治之东，倚岸傍河，一泓所会，若窒其口而扼其吭，遂大书特书曰陈功桥。嗟乎！陈君假此遂足以志不朽哉？而土俗相呼，仍谓夏紫，终不谓陈功也。逾年，陈君以他事坐废。邑之病噎哽痨瘵者，疑桥有窒口扼吭之形，咸归罪焉。群欲废之，而无其力。夫天下之多噎哽痨瘵也，非尽若湘之桥也，固非此桥之足以噎哽痨瘵人也。然而昔或寡，今何多，昔之升擢者累累，今且寥寥，以是知由旧之足以致福，而纷更之足以滋弊也明矣。丁卯秋杪，当除道成梁之际，邑侯王君其始土功，耆老遮道曰：侯治此九年矣。政简刑清，民和庶附，兴废举坠，罔不厘然，顾此桥殊未便，愿易之。侯雅不喜纷更，而坚于众请，乃捐资百金，予家大人暨故旧耆老董其力而共勷厥事。越二月而工竣，仍正其名曰夏紫。

夫民之抚今思昔，睹物而兴怀者，不自今日始也，前之人为其劳，后之人守其逸，虽百世可以无弊。乃始也易其名，继而易其地，而舆情众志终不改其名而必复其地，夫乃征作者之谓圣，喜事之繁不如由旧之安也。士人居官，理物不无因革，而议因者什之九，议革者什之一，革之而善则民易于从，革之而不善则民易以疑，恩与俱洽则存之惟恐不固，怨与俱深则去之惟恐不速，兹桥其明验也。有志者其亦守先由旧，慎无为无益之事也哉！

复易心廛记

廖志灏

廛者何也？受于人而通有无之谓也。吾所有者，天理之固然，而其所未有者，人事之纷然者也。自予受兹血肉之躯，灵明之性，飘泊浮沉未有所止，故其虚灵活泼者为本来货物，而以数十年之血气为廛。易者何也？易生太极，是生两仪，以及四象，微氤震荡，清宁奠分，一阖一辟，所谓主人者有在焉，盖一理主而二气廛也。寰区之内，山泽蒸融，雷风鼓荡，日月代而水火交，错行运动于大块翕然之间若贸易然者，盖二老主而六子廛也。至于五行迭运，品物流形，动者植者，灵者蠢者，无非此一理之贯通，一气之周流而旁洽，生生谓易，呼而周旋者，盖六子主而万物廛也。彼太极生两此理也，由两而四而八此理也，由八而推荡之至于百千万万以至于我亦此理也。其间错综互异，授受相叠，大分而小，一本而殊，性命各正，同汇降才，本然之物，豪无亏欠。迨夫纯杂均承，以物交物，滓渣繁拂，至善无几，天地本然之数不能还所固然，则向所受生生之易者，固不知其存焉与否也。譬若商贾负贷主人，出受氓廛，交易秦楚，中庸之子弟能酬其固有，而善谋者且余其息以利他人。至于不肖之夫恃财妄作，匪惟不赀，亦且耗散本来之货付之乌有先生，生则浮沤，死同腐草，亦其可伤已哉。古之圣贤，主静立诚，念天生蒸民，有物有则，全体惟天，浑身是易，确见画前之大原，以神夫万有一千五百二十之酬酢。殚纯粹以精之量，而默提夫健顺动止五常百行之纲维，一理总其全，万殊通其贯，各正保合，混然完备，天地合德，日月合明，动如飞龙，健如马足，是谓体元用九，乃见天则者也。故易者，天之心，天道内阳而外阴；心者，人之易，人道好善而恶恶。纯阳至健，复自一阳，万善归仁，复于一善，则复之时义大矣哉。是则我生之初，受之为性，我生之后，还之于虚，而藐然之成位并两为三，与大造乾坤争不朽事业，立德立功立言以为法而可传者，是则数十年交易之余资，而于本然豪无亏损者也。是故余之受此廛也，廛之中原有此物也，只恐廛之中不能长保其有也。是故当复其固有之物而别无所加损也，其妙在易，其窍在心，不贵于廛而贵于能复也，作复廛记。

登祝融望日亭记

廖志灏

日，阳丹也，可望而不可即者也。然日无人不可望，无时不可望，无地不可望，而必望于祝融之亭，何邪？盖人之望之仰焉益烈，而祝融之望则俯焉益亲。譬若炼丹者，火龙疾驰，金乌奋跃，发于大渊之底，而腾达昆仑之颠，非赖祝融丈人文经武纬，莫为之锻炼而融洽焉。是故《周易》之画卦也，由下而至上，其布图也，前顺而后逆，纯乾之学取坎填离，纯阳之丹以水济火，其入地之明则构精之象，其出地之晋则聚顶之花，而先天一点真一之炁，真阳之精，莫有真于此者。魏伯阳作《参同》而符契《周易》，然则《周易》者，其果炼丹之书乎？虽然大造千百亿万载，不知几返几还而擅此力量，大阳百千亿万载，不知几抽添而充此精华，当日之秉于大父母不过一凡质，又不知几时长此圣胎，曜光圆觉，曤曔曦曨，造物者乃倚为不坏，然则造物无此健翮阳神，则亦混沌死而已矣。故知元始之为此也，以清虚一大为坛炉，以天海为神室，以翕聚星月为药物，以钻燧为行火，以朝汐为□火，以一日一周过一度者为刻漏火符，以云行雨施霞灿雾掩为薰蒸，以旸谷蒙汜为沐浴，以黄道正线十有二会者为交感之宫，以子半午中为初弦之炁，以晦蚀阴霾为生杀，以昼夜百刻岁三百六十辰为铢爻，以无声无臭为规中，以太白辰星为乳养，以太和元气为丹砂，以二五为真铅真汞，一粒黍米万派灵光，炼自鸿蒙迄于今日，所云净裸裸赤洒洒遂以不知不觉，金火烂镕结此一颗无极大丹，而飞荡于中天无极世界也。于是祝融君展然喜曰：今而后吾庶几无为而治矣。是日昧爽，同上封映禅师与萧君柯亭俱至亭上，萧君知黄白者也，性宗命蒂有如此日。然则望日也，盖望道也，望道而未见之喜，望日而见之也。天地圆球百万里，而祝融始见真日，我生三十余年，今始见祝融之真日云，援笔记之，为乙亥六月之初伏日。

平山堂三贤祠记

陈鹏年

自古以吏治而兼风雅者，前有韦白，后有欧苏。韦白守苏州，各有专祠，独扬人之于欧苏，则合而祀之于平山，非独为其有渊源之谊也，盖亦风雅夙好二公实有相契者焉。南渡以后，扬州多垒，官斯土者岌岌然悉索之不暇，何暇复论风雅之事乎？自元及明，余风未振。惟我国家定鼎，治平垂及百年，长吏无事，幸得以休沐余闲，相与商榷提唱，以歌咏太平之风。而新城王夫子司李维扬，文学政事尤为天下所宗，一时贤俊从之，游辄登山开堂，揖二公而宴诸生，不啻折荷于邵伯，赋雪于聚星也。厥后迁去，为某官，为某官，为大司寇，勋业烂然满于朝野，几若日不暇给，犹每饭不忘平山。盖其精神之所注向在于二公，而结聚尤在斯堂，是斯堂待欧苏而辟，待公而胜也。今夫子下世已若干年矣，而郡人谋所以祀公者，以为非兹地不宜，非欧苏不配，于是奉其主升祔于堂而鼎立焉。既成礼，走告于予，欲予记而勒诸石。予亦从公游者，其敢以不文辞？予惟弟子之事其先生，百姓之事其长上也，如孝子之事亲，《祭义》云“思其居处，思其笑语”，夫居处笑语则非只庙门以内，凡平日之所经涉而乐游焉者皆是也。夫子有德于扬，扬人既俎豆之，而不于其精神注向之处绥我思成，公之神其来格乎？且以德则均，以名则埒，二公将必喜公之来而相为让左让右也，岂复有非族不祀之疑焉？昔朱仲卿谓其子孙不如桐乡人之祀我，今公之子孙贤，自必顾其烝尝。然以新城为特享，而以平山为合食，宜无不可者，吾知三公之神其长妥于蜀冈松桷间矣。爰载笔书之，以告后人，俾春秋匪解，庶吏治风雅永有所式效云。

修复刘东山先生祠堂记

王祚對

立德立功立言，自宇宙不朽盛事。不朽云者，名当世而永后世，不朽在今古人心耳。而《齐家宝训》云：乡先生没，则祭之于社，此祠庙所由昉乎？夫祠庙，人为耳。人之为此，盖亦不朽，古人盛心，而其势不能不朽，要之天下无不朽之物，而必不可朽者自在，则朽者仍不至卒朽。嗟乎！山川清淑，扶舆旁礴之气，钟为伟人，而顽廉懦立之风，千古如一日也，其关系世道人心，岂其微哉！

吾乡忠宣刘先生，明成弘间名臣也。其经济扬历中外，载史乘无容赘，所难者消患于未蒙，图治于未觉，垂绅正笏，不动声色，而措天下于磐石之安，卓卓乎古大臣，立德立功，不朽天地，非偶然也。先生祠宇在邑北郭，明世宗时黔抚同安蔡公监司于澧，实创建之。往大司农武进赵公开府星沙，尝捐俸畀其裔孙，俾之修缉矣。顾先生廉于贻谋，子孙世有显者，而贫无长物，故虽拮据经营，终以不能告成为憾。夫天下事，成毁兴替不可常。方蔡公初创时，鸠工庀材，未有不为经久计者，未百年而鞠为茂草，荡为瓦砾，致不能已于今日之举。则今者祠庙告成，纵辉煌烜耀加于往昔，能保百年数百年后，不为风雨所飘摇，虫蚁所剥蚀，历久常新，不改初缉时光景也邪？且祠毁而于公之不朽非有损也，则祠建而于公之不朽非有加也，然则今日者沾沾一祠求助将伯，不亦劳劳多事也哉！虽然，此可以多事，而不可以无事者也。

夫士君子心仪古人，爱之慕之，憾不与同时同地，亲炙其议论风采，未尝不欲身至其井里，观其故居与留遗手泽。因而奠酒浆，访父老子弟及苗裔，冀得闻一二逸事，俯仰凭吊，穆然想见其为人，所谓好古笃行，深潜尚友，善知人论世者类尔尔也。且夫贞亮醇固，节义廉隅之性之情，夫人而具之矣，苟树之风声，表厥宅里，步武景行之意有不油然兴起者乎？是则一祠虽微，用以表彰往哲固然，而国家厉世摩钝，训方型俗之微权，未始不由乎此也。蔡公、赵公夫非此物此志也与？方今在朝在野缙绅士大夫，谅不乏心蔡公、赵公之心者，使闻先生之祠宇维新无期，先生之冢嗣贫窘莫支，未有不咨嗟慨叹，捐所有以为之地者。是则祠不足以不朽先生，而先生之不朽自在人心，则祠虽朽仍可以不朽也。

游君子山记

曹之璜

君子山距予家不六十里许，然坐来青楼眺峰尖黛色，几案间如列屏幛，盖霁心冈峦之胜而未获登焉。癸丑二月，从岳游归，舟次淦田，望云峰咫尺殊可数，于是拟以明日往。游氛叆叇，霏薄江间，心告山灵，目占夜色，私意昌黎、晦庵诸君子开云霁雪，恐未易数数也。厥明，朱霞界天，万峰吐爽。始登岸，命肩舆出广野中，山时见时隐，时就时却，又数里不见山。惟至一石桥，山又从桥上出，岚光妩倩，若翠黛云鬟跂而相望者。桥头水凝藻沉，碧净不可唾。游人从涧西折入，两山夹峙，中如旋蜗角。稍下一小村，平畴白水，旭旭照人。时山家农事方经始，一村童驱犊，犊急蹈塍，沟水溅衣带，舁夫足裤无所惜。田中蛙乱鸣，更唱迭进，予不能辨其起止。始予从舟中闻风声、棹声、涛声、归鸦声，独未闻此物。闻此物忽聒人耳，似谢康乐游山，鼓吹不及此天然鸣籁也。村尽，行竹坞中，竹鸡从坞中飞出，触舆夫项背，几堕掌股。又数里，过独木桥，乱石泻流，绿无停影，古树错立，森若列戟，似各有位置者。行半里许，取樵路登山，落叶覆苔面，石肌腻滑不可以屣，遂舍舆，步而上。道旁芽甲新开，作红苋色，惟映山花从万绿中朱英照灼，的的怀新。然予未登山时，望君子山时时撩吾眼，及登山，山反掩之使不见，惟行山脊上间一见之。山下泉夹山奔注，从左方者不见泉，惟万丈下草树蓊郁中悬流怒湍，淜淜作响，疑为风声拷万竹，殊不类。右方泉涧益深，山益狭，流益迅。然径稍平，百武内外溪迂曲约数十折，行者亦数十渡，左数武则旋而右，右数武复折而左，水稍阔则置桥，稍狭则垒石，其中央尤狭者竟跃之，人行涧中如越九曲游七星盘。毋论行人，予从岭脊环眺，以为水尽云深，而不知进此有家焉者，有冈而种，圃而蔬焉者矣。山上蕨如儿拳初竖，欲恣饱啖之不可得。大小石悉白玉色，莓苔之气不挂，斑斓之彩悉生，似南中不易见者。行数里，逾分水屿，则罡风凛栗，粟粟肌骨，殆不可留。然是时，万岭方云罗会奔，与游子相见，阴岩幽壑，盖靡不呈露者。逾阿弥峰，耸峙峭拔，气欲削天，惟山腰一线路，俨从螺背蚁旋，才可容足。下壁立，奚啻万仞。游子目眩神悸，惧错趾便当蜕遗羽化。至木鱼峰，奇险略相类。然忆来时路，谓两峰当取道山前，及登岸，游人忽绕山后，屡升屡折，反行斜行，备极险峭，然兴会所至，究亦辄忘其苦。道逢一老僧，虬髯伛偻，手指错屈，课群僧种麻山曲。予登峰来所见，惟群鹿漫游，虎迹载途，约十余里未见人，见老僧宛如故识，引观拜水井。拜水者，前此山坳无泉，一头陀拜乞山灵，泉喷石罅，酌之甘郁芬香，大钟灵气。行数十武至寺门。石砌天然，似不由斲。发源南岳，来愈远而不忘本者，何谬也夫！

予观于山，风骨整峻，亭亭云表，靡所附丽，而受丽于群峰，君子而孤高自异者邪？夫天下灵山奥区，或托仙佛以传，而兹峰独君子著焉，殆正气孤行而左道独辟者邪？然山去衡近，黄帝至，拜青城，署庐山，为衡辅佐，而不屈此君子于衡，殆子陵之于文叔矣。第山记既以君子名世，遂无有知君子者，记自混沌暨今阅亿千年不以名于世，君子哉！岂其有隐德，称隐君子而世顾莫之传邪？然予不游岳，遂不获登此山。嗟乎！山岂独君子哉！

案：文载《醴陵志》，本无阙佚。因所见本脱落一简，未能得他本改补，故注一阙字，作者文不多，未便从芟也。汝怀附记。

新建醴泉亭记

曹之璜

邑以泉故得名醴，是泉者水之源。其漫衍浩瀚，如江汉之源于嶓冢岷山，龙门华阴之源于昆仑星宿也。区宇泉不一名，独醴泉不少概见。陶唐夏后之世，德茂清平，俊乂在官，醴泉凡迭见。嗣是汉宣帝三年，醴泉流滂，枯槁荣茂。至光武中元元年，上幸长安还洛阳，是时醴泉出，于京师瑞灵征应，固不与迸玑、隐剑、虎跑、趵突同科也。

醴邑有泉一区，吐自姜村石窦间。山有陵，陵下有井，味极甘冽。愈疾溉田，功用旁礴；诧花异草，映带潆漩；玉镜晶盘，荡漾沈碧。顾胜迹久湮，过客游人非遇苍水玄夷，几使冰雪藐姑埋没荒烟落照间，真成憾事。陈侯于政成之暇，探奇问胜，特表而出之，为捐俸构亭其上。甃其旧址，建厥巨观。标胜概于来今，创前古所未有，令人知邑所由名，民所攸藉。于是而益知泉之系于醴者为甚巨，侯之泽于醴者为远且大也。

予闻《瑞应图》曰：王者纯和，饮食不贵贡献则醴泉出，饮之令人寿。《鹖冠子》曰：圣人之德，上及大清，下及大宁，中及万灵，则醴泉涌。《白虎通》曰：人君乘水而王，其政和平，则醴泉漉。今圣天子发祥东北，以水德应之，而清宁效顺，固宜神灵滋液，飞润流甘。醴虽楚南丸邑，而洊至休征，为国家征瑞应。陈侯膺天子命，又以和平之政佐之，则其膏惠旁流，敷政浃洽，其所以跻民于仁寿者，已足使人怀其泽，户啜其恩，有如此泉哉！

湘西草堂记

王敔

先子《船山记》曰：船山者，吾山也。敔今之记湘西草堂，亦谨记之曰：湘西草堂者，先子之草堂也。先子自前崇祯癸未张献忠陷衡后，湘岳之间三十余年羔帀踵至，终全志节，闭门著述，迄岁庚子乃徙居于湘西之金兰香，卜舍于茱萸堂。初造小室，名之曰败叶庐。蓬檐竹牖，植九木柱，编篾为壁。次筑观生居，在茱萸堂上易以茅，堵窗棂楹少容几杖。越十二年再徙于石船山下，去观生居二里许，仍里人旧址筑湘西草堂。因避滇氛，泛宅数载后复归草堂，定经诠，秩散稿，辑闲吟，迄壬申而先子奄背。敔仅固遗书于屋右个，而火灾蚁蚀之害，其震惊怵惕者不一次也，因聚徒课业于其中。迄敔年六十，从游者数十人醵金为余寿。余受其金，授子婿曾生重建草堂。易瓦以葺，支椽以栌，炼砖以砌。敔年老病羸，以余年读遗书于其中，而从游之有志，迄姻友之有力者，续侧柏、红梅、碧桃等树成荫，篔筜幽篁成林，而草堂益为都里所共式。逮敔年七十，诸生复醵金如旧，为余刊小草百篇。小草者，先后所成时艺，此不足传，而余之不却者，亦以诸君始终培植草堂之意不可忘也。爰为文付诸子孙，读之者当如读《鸤鸠》而三复也。

西山记

刘授易

西山自太行蜿蜒旁礴起伏数千里翼护神京，玉泉一峰吐珠溅沫，灌溉大内，润泽京师，达于通，汇于海。华夏之攸分，矿石之所产，薪果日用之所资。其形庞气厚，盘旋耸拔，以巩皇图，壮哉此山。往予询北游诸子，往往嘿塞不能对。大抵客燕台者，车马风尘、鞅掌奔走不暇游，非同心贾勇、迁延因循不能游，亲炙手之热、无高人出世之想则以为不必游，是以密迩数峰，竟成海上三山矣。

予乙亥入都，与陈子沧洲分灯对榻，相视莫逆。陈子固膏肓于泉石中者，予至又以西山为竞竞第一事。六月七日同陈子人杰买车驾马，自西直门取道畅春园以往，会大雨弥日，信宿而返。因念游山清福，山灵何秘惜乃尔，然西山苍翠，时献媚吐奇于饮食梦寐间。至九月十八，沧洲披衣夜起，视明星灿烂，残月在天，急款扉呼予曰：天气清朗，西山之胜当落吾侪手矣。乃与陈子愚斋及予而三，奚童二挈游具襆被，策蹇从西便门出。一路夷坦，居民稍稀，望烟树模糊，青黄交接，错杂如绣。沧洲顾予谓久客尘嚣，当前此景仿佛梦中，空林落叶不可让他人独步也。遂舍卫而徒。时黄叶铺地，虫声在野，微风徐来，泠然欲绝。十里至上庄，皆功臣埏隧，古柏耸翠，白杨嘶风，殊动我首丘庐墓之想。道旁一老妪当垆，小憩开尊，领略郊原风味。五里至下庄，折而东有小山突起，寺冠其顶曰隆福，右寺曰香山下院。沧洲曰：此去西山不远，渐有陂陀之意，京师地脉咽喉也。折而北，山坡缀石，累累然如缶如笠如瘿瘤赘。下山一里为田村，二里有茶庵，僧出茗相款，题一联云“世上难完圆满债，亭中且结喜欢缘”，沧洲韪其言。予曰：西山之游，是亦人生圆满债也。相与大笑。西五里为皇村，过皇姑寺，乃比丘尼道场。寺宏敞可容万众，寺中女尼盈千，叩其腊无一须菩提，欲觅骊山下说《阴符经》人了不可得。其住持、首座銮舆仪从半后妃，盖替度优婆夷也。少年小珰二为门者。寺三重，最后有楼，奉□□遗照。予笑曰：使若辈在净梵宫中，则摩邪夫人不知增几许狮子吼儿，而矖侯罗不遍满三千大千世界邪？此处居然离恨天矣。时日已下舂，而峰峦枕其后，磨石十锦山在其西了了一望中矣。就店而寝，听老兵打诨说鬼。

次早买驴而东，五里为善因寺，再上为圣感寺，至绝顶为宝珠洞，田园旷野收吾目中。东折十里至碧云寺，寺前左右溪流会合，汇而成涧，虹桥横渡，水声淙淙，烦嚣顿涤。望殿宇高出天际，从左门入，甃石为桥达于殿楹，桥左右植古松二，枝叶盘盖，皆数百年物。廊下柿叶沃丹布地。由左弄数百步至山角曰龙湫，镂石为龙头于石隙中，口吐清泉，淊潗凋瀁，石枧承流，回环潆带。中构一亭，匾曰水天一色，宣宗皇帝御书也。亭右古桧盘郁，如虬蟠蚓结。亭后荼蘼胜春，诸花夹道。最后一亭，清泉涓涓绕其砌下。亭后石壁数仞，中开一洞，洞三间深，广容数十人，藏大内桂花、橙、橘、瑞香之属。循墙而南数十武上石磴，古树成行，皆车轮偃盖，缭以石垣，浓阴幕天，涛声卷地，乃先明诸珰祠墓。石马翁仲林林罗列，拟王者陵。风撼树梢，松子摇落如雨。予辈趺坐其下，从落叶中拾松子饱啖，愚斋故匿襟袖中，沧洲故以射覆奇中夺之，大笑而出。西一里为香山，山势至此门庭丘壑为之一聚。泉从山顶迸溢道旁，半山霜柿似隋宫彩树，离离耀日。殿宇当山腰，颓败欲压，游者恐怖不敢置足。东构高阁，向僧乞清茗解渴。檐前苍松古柏，枝叶倒垂，至人眉睫间，阴覆百人有奇。北上为来青轩，俯瞰高阁出吾足下。再北为摘星台，右为香炉峰，路丛薄荆棘，不果往。左折为十八盘，羊肠小径，柏树森森，根穿石磴，参差阴荫，仰不见日。至顶为洪光寺，内建圆殿，状如望月，仿高丽国制也。东下三里为卧佛，五里为先明诸后离宫，红墙碧瓦半零落于荒烟辟越中。二里至玉泉山，今上净明园也，缭以高垣为避暑之所。有泉数十道出山下。山之西麓二泉涌出，予辈坐石上，出馎饦，饱啖牛饮，甘洌异常。南有金山寺，墙外遥望离宫，楼榭相向，朱丹映日，迥出天际。楼右吕公洞，护以朱栏。沿江清泉可鉴豪发，水藻蘋蘩游鱼唼呷。度桥而东至功德寺，山后为景泰陵，苍梧金粟瓦砾蓬蒿矣，潸然泣下不忍望。二里至瓮山，沿湖渡青龙桥，自此十里长堤夹道杨柳，银鲫鲂鲤出没于衰荷败苇中。田父腰镰刈稻，提筐馈馌。且行且歌，已抵畅春园矣。宿于王氏南苑，沽酒尽醉。至夜分，霜月皎洁在参毕间。因念自有此山，藩封于列国，割据于金辽，混一于元明，几人帝几人王矣。其中悲歌慷慨，红粉螺黛，高车长剑，又不堪更仆数也。惟有青青者山，涓涓者水，齿齿者石，苍苍者松，尚献媚吐奇以待吾侪，得不下牛山之泣哉！

次日，策蹇由御道而归。残柳半黄，晴烟横锁，树浮烟际，如故园秋景，不觉有家山丘壑之想。古人因秋风而思莼鲈，良有以也。昔谢希深、欧阳永叔游嵩山，暮抵龙门香山，登石楼望都城，各有所怀，钱文僖遣厨致妓，传语曰：山行良佳，愿更少留。今日文僖高致邈不可得，而吾侪逸兴翩翻，庶不令谢欧诸人笑我地下矣。时九月二十日也。

案：此文载《损斋诗集》中，其集久佚，从醴陵龙文学许得之，亟为录入，不独存作者吉光片羽，兼为未至西山者作卧游具。其时则康熙三十四年，陈恪勤公方通籍需次都门也。汝怀附记。

濂溪祠记

段巘生

由周而来道倡于北，以孔子为祖，而孟子独得其宗。自宋以下道倡于南，以周子为宗，而朱子能衍其绪。韩子云：求观圣人之道者，必自孟子始。余亦谓欲学周子之道者，必自朱子始，此先河后海之义也。然学海而必至于海，则学孟子者必以孔子为归，学朱子者又必以周子为归。

汀之南，巅岩碎硉，水石冲激，险不可近。至杭城颇平衍，其水二折而去，山环之，半阴半阳，宛然太极图象。公余之暇，偶与诸生舟泊琴冈，流连半日。返而登山，纵览形胜，雅与心会，遂席地而坐，为诸生讲《太极图说》。且告之曰：凡读古人书，当观其气象，太极一篇是天理烂熟之书，其气象浑沦不在羲文周孔下。又曰：此间草茵大有生意，茂叔窗前草不除，良有以也。诸生曰唯唯，因请祀之。余曰可。值公廨北为卫衙，卫衙者，故千夫长署也。其地门一堂一楼一，地颇宏阔。余惟因陋就简，缺者补之，倾者砌之，朽者易之，欹者正之，漏者盖之，爰置神主于其中，颜之曰“濂溪祠”。诸生以时肄业其中，择邑中文行兼优者，得刘生徽为之师，而复以郭生文正授童子句读于前堂。

夫当圣天子寿考作人之世，得宽闲之地，祀崛起明道之人，又得二君子者为之师，以造就后进高下浅深之材，而兴起其上下千古之志，使之得意忘言、得言忘象于琴冈山水之间，吾将于此快斯道之昌明而观风俗之成也。昔明道、伊川受学濂溪而载道以北，伊川先生之送龟山也，则又曰“吾道南矣”，以后延平尤溪浸昌浸炽，闽之理学由是大兴，汀之龙湖固龟山发祥之地也。诸君子生太和翔洽之世，近名贤发祥之居，其能忘所自来乎？夫士希贤而贤希圣，士君子之志也；宣上德意以乐育人材，有司之职也。遂书以志之。

靖叛纪略

段巘生

皇帝眷念楚疆僻在南服，会前抚军陈公诜升太宗伯，帝曰：咨九卿有能宣力江汉。诸臣各举所知以对。帝曰：咨汝殿衡，厥考抚楚遗爱在人，汝能克荷厥薪，煦育兹邦，楚人望汝如望岁焉。汝其复往。越三年，调总制御史大夫少司马鄂公节度秦蜀。帝曰：吁！谁能为朕保障东南，使宅斯位？佥曰：提臣伦特。帝曰：伦特汝老成持重，威行南国，予嘉乃绩，改陟卿贰，汝其为予节镇上游苗民俾乂。是岁，适前观察使者亦迁官去。帝曰：咨九卿有能明刑弼教，期于无刑。佥曰：连登。帝曰：如何？佥曰：柔而能刚，清而不刻，历任监司，所至有声。帝曰：俞汝往。钦哉！惟明克允。于是三公先后受命经纪楚事，境内肃清。居无何，方伯李公巡抚湖南，督抚两院承制以张公摄其事。

越明年春三月，天子万寿，刘公将祠武当山，额公以湖南地亩不清，行驻节长沙。因谓公曰：三楚重地，吾两人为行者，君为居者，亦复何忧？事有得专制者，不妨专之，勿以嫌疑介意。公曰唯唯，因密语移日乃行。夏四月三日为公初度。先四日，日晡宴集于西偏之揖青轩，酒三巡，有阍人来耳语，公遂起如厕。俄而侍者传言：使君腹疾，命七郎君主席。七郎君者，公侄也。少间又传言：使君疾差可行且复出，请诸君毋罢酒。旋命闭门毋出，从者使君且有犒。良久复曰：使君瘳矣，方理文书，事毕便与诸君痛饮耳。诸宾客方屏息以俟。须臾忽传鼓门者、敲云板者三，公已升厅事，时漏下二十四刻矣。诸宾客问侍者云：何为？侍者曰：顷者使君称疾，伪也。适有僧自卓刀泉来上变告，使君屏人问之，则云：有无赖子王尔寅、陶二者，啸聚汉镇，阴置军器，部署文武将吏，将以公寿日图为不轨。闻某有膂力，忽遣其党李二、李五等一十六人突入僧房胁某，曰：汝能从我则贵，不然死我剑下。某佯为色喜，饮之酒，饵以甘言，尽得其实，已烂醉矣，可速擒之。使君如其言，执讯西亭果然，比密遣王司马渡江踪迹所在。群贼方在睡梦中作喃喃隐语，逻者已围其宅，排墙直入，大呼曰：捉贼！贼惊起曰：呀！水发！水发者，方言消息漏也。遂械其颈，无得脱者，今至矣。于是四座闻言皆大惊，遂罢酒。公验问诸囚，反形毕露，下之狱旋出，教曰：反者某某也，于众人无与。所得誓书，汝等愚民不无挂名其中者，然皆非其本心，已焚之矣。《书》曰：歼厥渠魁，胁从罔治。《易》曰：有嘉折首，获匪其丑。两院临行时，予曾亲承指授诸务从宽，岂于此事独曰不然？汝等各宜高枕，毋为浮言所摇，明神可鉴，予不食言。是夕乌合者转相告语，悉解散去，居民皆安堵如故。明晨僚属来谒，公语之故，且曰：昨已飞报两院矣。仓卒时非不欲使诸公知之，恐涉张皇，反致疏虞，败乃公事。予故急乘其党羽未集，一鼓擒之，所谓迅雷不及掩耳也。众官皆顿首称谢。比报至长沙，从官皆惧。额公曰：何事张皇？张臬司在，自能办贼。其报至武当也，亦云。然公之见信于两院也，盖如此。

越十余日两院驰归，一见公即劳之曰：君不动声色了此大事，我两人行将入告，当得懋赏矣。公曰：不然。此事上闻，必下九卿，往返牵制，动经年月，疑者日众，转相煽动，恐致变生肘腋，可为寒心。陆宣公云：宥之以恩，则日新者咸思归命；断之以法，则怀惧者姑务偷生。良为名言。某昔守青州时，曾有饥民为寇攻城掠食，亦止擒其元凶二三人立置之理，余悉不问，四境赖以帖然。况重臣得专制阃外乎？不如勿烦圣虑，便宜从事，令反侧子自安。倘遭吏议，某诚不爱一官，以纾楚国之难，敢过望邪？两院叹曰：贤哉！此盛德事，人情所难，而君能之，此座不久当属君矣。吾两人所见，亦略相同，聊试君耳。旋复笑曰：古人耻独为君子，有吾两人复有君，岂独分其半？两院命公推勘再三，多所平反，比狱上两院深然之。遂于黄龙山下之阅马厂，取其魁七人杖杀之，余各分别处分遣回乡井，大约多邻省人也。当是时，父老子弟观者环立如堵，咸以手加额，欢声动地，谓三公真有远识，活我一城百姓。又有叹息泣下者，曰：当夏逆构变时，倘得上官如此三公者，必能潜消逆萌，何至猖獗若斯，使我生灵涂炭，至今言之犹为心悸。惜此苦衷不令圣人知之，然而天子已明见万里矣。于是以额公知人善任，折冲万里，可权佩大将军印视师西陲；刘公精勤公忠，休休有容，可独当一面，令以巡抚兼行制府事；张公从容应变，动合机宜，可参禁密，征为卿贰。楚人士乐三公之相与有成，而恐其事之久而失真也，佥谓余曰：先生曾侍张公帷幄，知之甚详其执笔，余曰然，乃书之。

卓刀泉僧人者名某，武昌人，亦有胆智，尚奇好气，公曾赏之金三百，力却不受云。

处士平久黄先生祠堂记

段巘生

君子将营宫室，宗庙为先。黄子得千既卜葬其父处士平久先生于南坑之山，而复建祠于其麓，礼也。闻之《礼》曰：别子为祖，继别为宗。考黄氏家有讳福者，以武略将军官于汀，是为别子之祖，武略爵视下大夫，宜三庙。自六世文学公讳芳者以下为小宗，则庶士无庙。处士公承小宗之后，不袝于祖庙而祭于寝宜也，别建祠何居？然尝稽之《祭法》：法施于民则祀之，以死勤事则祀之，能御大灾则祀之，能捍大患则祀之。余读处士墓志铭而有感焉。

当明祚之方倾也，大江以南率倒戈释甲，箪食壶浆以迎我师，仙霞一带虚若无人，一时山海不轨之徒，乘机窃发，流毒四野。处士膂力过人而笃于行义，尝奋臂一呼，乡勇群集，饮泣誓众，无不以一当百者。当是时，宁化义士李世雄辈，亦什伍比间，阻塞要害。夫布衣韦带之士，非有章服之荣也；先世武略千户之封，非有河山带砺之重也，而六世以来承袭不及，故国之恩亦愈杀而愈替也。向使处士不世际沧桑，与当时所谓学士大夫从容坐论，侈论忠孝，亦未必有以过之也，而承先报国引为己任者，终在此不在彼。纵赍志以没，卒能保障一方，以待升平。原其心虽为前代之遗老，论其绩实为兴朝之干城，揆诸御灾捍患之义，固宜汀人氏世世祀之，岂徒黄氏哉！而吾以是卜黄族之必大也。我国家奉三无私以治天下，凡忠臣、孝子、义夫、节妇表章不遗余力。得千慷慨负气，有厥考风，而聪颖绝人，读书十行辄下，为时文字洋洋洒洒有长江大河之概，他日得志于时，以其先子之潜德幽光上达宸聪，必邀异数以昭示来兹。吾知千百余年之后，溯家世昌炽之由，其当以处士为不祧之宗矣。夫有功于乡宜祀，有功于国宜祀，有功于家又宜祀，此祠之所由建乎！夫得千亦犹行古之道也。

会余偶从画眉桥，舍车而徒览其山川形胜，登其堂，观其遗衣祭器，想见其为人。因颜之曰“汀南处士平久黄先生之祠”，复题其柱曰“坑南寸土堪埋骨，桥上当年尽画眉”，又曰“一片乾坤留俎豆，千秋诗礼付儿孙”，用志景仰之意。是为记。

湖南文征　卷四十四

记三

登最高峰望月记

龙宏戴

己酉七月望后一日暑气犹炽，思上最高峰玩月。与虚舟弟薄暮从左侧上般若台，出珍珠泉见一僧经行林薄间，意甚闲适。询之则邻庵昆公也。问之，余告其意。昆公曰：不若风霜高洁，观晚霞落照之为妙尔。即开柴门邀予茶。坚辞，乃别去。至圆通精舍拉制凡上人，彼已候于竹影之下，盖先日约也。于是解衣曳杖，且行且语，松林昏黑，不辨蹊径，但恃制公音声为步履尔。至中峰喘甚，憩石上。见野田白雾蒙蒙而起，如烟、如锦、如练、如雪，不可明辨。制公曰：此夜气也。地气上升，天气下接，阴阳交结，化为雨露，验之有素矣。相携而上，见水光如镜，波平不流，渔灯村火，乍隐乍明。又约行二里许，至太虚亭。有樵者蓬头垢面，方击磬燃灯，闻杖履声乃出门周视。与之言，闷然不应，有击壤鼓腹之状，殆所谓葛天氏之民欤？制公曰：月色尚迟，少留片时未晚也。予曰：何以知之？制公曰：月将升，则云际微白，霄汉清寒，万物静肃。今气宇昏昧，漠然无虚明之意。因露地而坐。是时白露微下，清风徐来，万籁无声，群动皆息。六人相对，如入不识不知之天，则称予为羲皇上人亦可也。久之，闻钟磬声浮空而下。

制公导予出草莽间至石径，地势峻急，如登层楼。予谓之曰：

闻昔年古柏长松隆然森列，绿阴蒙翳亏蔽日月，公子王孙欢游畅适之地，今皆化为乌有先生矣，登临者惟怅然有荒烟蔓草之悲。昔人云：人事有代谢，往来成古今。岂不信然！相共叹息。缓步而上，磴道三折将一里许。闻犬吠白云中，而东方瞭然有色矣。忽爝火数十点出下方岩谷间，或雁序而行，或凝结而住，亦有自远山来会者，状若疏星，其光绿碧。虚公曰：此阴幽之火静夜则见，深泽大林处处有之，毋足怪也。上款柴门，有苍头出视若旧识者。主人元公演梵未竟，闻客至，仓皇迎待，礼意甚肃。设几席于露台，望月出如大宝镜浮空而上，林峦溪涧森然莫隐，虽境象可观，而鸿蒙之气亡矣。俯视大江，如拖白练，茫茫霭霭，一望无际。元公曰：此宋韩世忠扼兀朮之黄天荡也。往往无风而波鸣浪涌，舟行时有覆溺之患，好奇吊古之士常游览而赋之。然十年已来，芦荻丛生，化为洲渚。今麦禾栖亩皆昔之浩淼无涯之处，海桑之变信不诬也。予凭几而悲，仰天而啸，声不可遏。元公徒属罗列蔬食，乃环坐而飧。因思清霄月色不能常有，而尘途纷扰相对无几，又况新秋深夜凌孤峰万仞之巅哉！乃呼杖告别，主人固留不得，牵送松门。抵家则夜已过半矣。后二日大雨盈浍，因忆制公之言有验，遂走笔记之。

游金陵摄山记

龙佳荫

庚申阳月此庵上人归自金陵，云吾二伯楚云阐道三吴，扬声四海，不啻活佛西来。家君念胞与情深，亟欲买舟东下，以倾积愫，又以家务纷纭，胶胶扰扰，弗果其行。十余年来，常萦心意，形为浩叹。戊寅仲夏得二伯手书相招，家君命余省侍，于六月朔日与姻友刘子嶷若舣舟而往。过洞庭，溯彭蠡，道九江，浮安庆，舟楫所历，凡都邑人民之盛，山川清秀之奇，与夫古来学士大夫、骚人词客之亭馆台榭，陆离光怪，眩目惊心。时同舟既众，泊岸有程，不暇讨幽寻胜。计程二千八百，计日二十有三。是为丙寅，始至金陵，宿观音庵。庵即二伯往来京城下院也。住持可成殷勤款洽，谈论终宵。

次日丁卯，与刘子策蹇出太平门，遵元武湖，时湖水小涸，菱荷被渚。余徒行数里，见有神道碑横斜道左，拂而读之，知为明代中山王墓。墓门荆棘，牛羊践踏，杜少陵云“王侯与蝼蚁，同尽归丘山”，亶其然欤？余徘徊移晷而过蒋王庙，观钟山烟翠。庙祝出盐蔬清酒为荐，余与刘子举五六觞而出姚坊门。不二十里遥望一峰卓立天外，层峦叠巘，左环右抱，郁为精蓝者，即摄山栖霞寺也。摄山为钟阜支脉，高百三十丈，周围四十里，其地产摄生草，故名摄山，其形如盖，又名伞山，而栖霞寺正值其阳。寺本南齐明僧绍故宅，因与法度禅师友善，舍为招提，《名山纪略》具载其事。寺前有松，高数十仞，围数寻，参天蔽日，相传为梁武帝手植。余与刘子憩息其下，清风徐来，烦溽顿释。入寺门，循白莲池，历三会殿、伽蓝殿、祖师殿，殿后有银杏二本，与六朝松相埒。缘石级而上，为大雄殿，殿廊有江令碑，书法奕奕，疑是唐人手笔。绕廊而上，为毗卢阁，储藏经若干函，其右为戒堂，左为客堂，中有石阶，曰白云梯，梯尽为金汤、旃檀二阁。侍僧道恒引余入方丈，瞻二伯道范，顶礼鞠躬，潸然涕出。时日已下舂矣。二伯具饭于白雪轩。饭毕燃烛，烛光缭绕，恍移花影横窗，白云纠纷，疑是雪宫散彩，大有异致。二伯询余邑中事及宗族昆弟乱离之苦，悲喜交集，语剌剌不能休，不觉漏转，方各就寝。

戊辰方曙，震万上人引余观白石塔。塔为隋文皇所建以藏舍利，凡五级，四周镌金刚力士，卉木枝茎工致精巧若有生气。塔左有泉水从石罅中觱沸而出，冷韵铿然，二伯建亭额曰“品外泉”，谓陆羽所未品，故名。过无量殿，礼石佛，佛为僧绍子仲彰感佛光之异所琢，高四丈，左右观音势制稍亚。上为千佛岭，则文惠太子、豫章、竟陵诸王凿佛千尊，蜂房燕垒，巨细相错，俨如千百亿化身。岭坳有石丈余，为明月台，傍为默坐轩，石壁间绘一达摩像，俯身趺坐，庄严甚古。数折而上，为中峰涧，有细流一顷，名白鹿泉。泉出紫盆峰下，旧传山中水竭，居民逐白鹿至此得泉。有古篆石刻，为李言恭书。左折而下，至半山亭，即山神靳尚祠。祠前为春雨桥，泉流萦带，修篁万本。余临风而听，琮琮琤琤，悠然若《韶濩》之停耳。少顷，有梵声从林中出，震万曰：此优昙庵也。再上为白云精舍，即僧绍故宅。余潜心观之，岩壑窈窕，松柏交荫，诚隐者居也。因思僧绍为南齐高士，含和隐璞，秉道匿光，无尘杂之累，叶幽贞之趣，视人世荣名如弃敝屣，真堪为山灵增重，余俯首徘徊久之。住持要余饭，素馔杂陈，余与同人饱啖揖别。

循东廊度崚嶒羊肠鸟道，巨石林立，左右山岩如列屏袋，是为中峰之脊，距高峰尚三里许。余欲跃往而穷其胜，奈两股踸踔，愈行而愈不前，因悟欲速则不能达，天下事大都类是。遂取道西峰，蹲循而下。忽见层岩起伏，灵奇变幻如大海潮汐者，是为叠浪岩。岩左一洞，曰虎穴，昔智聪禅师驯虎于此。下有迎宾石、醒石，其峭壁悬岩间有石刻，鸾飘凤泊与岣嵝毕肖，阅之知为杨公时侨官金陵时，以南岳禹碑重摹于此。蹑蹬而下，为天开岩，即云谷禅师与了凡问道处，惜荒芜，而名人碑记多漫漶不可复识。行里许，憩圆通禅院，登多宝塔，观兀朮饮马涧。饭般若堂中，阅明代诸公所书经典，僧汲珍珠泉以献，余尽一瓯而出。过清欢堂，有葛公寅亮碑石，苔藓剥蚀，余将松枝拂拭，乃可句读。读罢，由绿云庵观飞来佛。复循白莲池，阅唐高宗御撰明僧绍碑，书法遒劲，系高正臣笔，碑阴“栖霞”大字，雄丽飞动，是为高宗御书，余玩良久。震万要余入兜率宫，阅二伯所储经史子集。夜分，宿青云室。

次早，欲造峰顶，因阴雨昼晦，众尼余行。余兴发不可遏，遂携刘子登五云阁。时阴霾稍辟，金风时至。复由千佛岭附葛攀萝登最高峰顶，遥望大江如拖白练，而灵岩、燕矶、金焦、铁瓮诸山，拥翼连绵，靡不周见。俯视栖霞，丹穴红泉共星河而竞泻，珠林白社与日月而争辉，真息心之胜地，遁迹之名区。余与刘子情移志适，目旷神休，嗒然而忘此身之犹在尘世也。余足疲，宿元君殿，观晚霞落照，与刘子连榻清论。空山夜静，阒然无声，忽闻鲸音震吼，尘劳游子不复成寐。

质明，别主人，反方丈，促二伯归期，订以八月桂日共余南还，余闻之蛩然而喜。忽有使命自苏、松来，询之为宋牧仲中丞、张又南元侯请开禅戒之期。二伯坚辞弗获，因谓余曰：吾受浪祖钝置，开堂栖霞，鼎新梵宇，已四十年矣。今年逾六旬，欲归隐衡山，无如莲社老友争礼致之，吾勉应其请。子归语家君，明春当聚首南岳。随命侍者柔克，于七月望日癸未引余入京城，观钟山龙蟠，石头虎踞，灵谷、花山、牛首、鸡鸣、天界、能仁、报恩诸大梵刹，靡不游历。

八月丙午复返摄山住十日，别二伯至龙凤关与刘子联舟而归。刘子因谓余曰：金陵当南纪之阳，山川秀美，文物高华，真巍然天府，天下之巨观也。夫一介之士，命意高远，历岩壑而访异闻，览风物而夸兴会，以舒其不可一世之概，吾与子览江表之名区，睹帝都之壮伟，子可无一言以记之乎？余应之曰：金陵之胜迹在诸寺，寺凡四百八十，当以栖霞为之冠。昔天台智者谓震旦国中自五岳而外，以天台国清、济南灵岩、荆州玉泉、江东栖霞为天下山水四绝。今栖霞之胜，余已十饱其九，其景象之瑰丽，时渊注于胸而不能忘也。舟行无事，因刘子言，援笔而为之记。

益阳村妇行孝记

陈雅琛

有老人语余曰：愿闻村妇之孝乎？曰：愿闻之。曰：吾邻村之女年及笄而从夫，夫农人也，性复椎鲁，所以承堂上欢者惟妇。其后姑撄痼疾，妇事之惟谨，始终无违言焉。余曰：顺矣，孝何易言。老人曰：请道其详。其姑之撄疾也，持行俱废，由衣服、饮食以至坐卧、溲渤举于人是资，妇无一不竭厥力，亦无一不尽厥心。夏则奉之凉，冬则奉之温，固阴冱寒一夜十余起，造姑寝而抚摩之，察其衽褥帖然也而后即安。夫或诟其烦，妇抚然曰：老人多不能熟寐，辗转床笫必至衽褥狼籍，又不能自引手，我不数趋视，何以为心？自姑病后，归宁未尝一宿，家人强留之，泣曰：吾父母幸康可不须我，吾姑则不能一日离我也。姑病于丙寅，殁于庚辰，中间延残喘者十有五年，皆妇之劳，若此而不谓之孝乎？余改容起曰：信若所言是真，可以为孝矣。

古不云乎，“孝衰于妻子”。夫人子之孝，犹或因妇而衰，则为人妇者，但能无违夫子，罔迷溺于不孝焉，足矣。安望夫既愦愦，尚能得其循行妇道，祇事厥姑哉！昔崔母乳姑，今古钦其懿行。如此妇事病废之姑尽心竭力，历十五年如一日，可不谓贤欤！世尝云古今人不相及，岂定论邪？呜呼！妇姑之间可议者，往往而有矣。因箕帚而谇语，不相说而反唇，士大夫家容或不免，何问编氓。乃若号称知礼，于其姑之老且病也，朝而问焉，夕而省焉，其不同居者，月一至焉，日一至焉，为之奉茗，为之视药，则以为妇道在此矣。他如栉沐饮食，一切秽琐之务，直委之婢妾已耳。至不幸而沉疴日久经越岁时，则且习而相安，房帷燕笑，几不复闻堂上之疾痛呻吟也。呜呼！此又不独妇人女子也。试以此妇方之，能不愧死入地哉！老人之语余也，其亦有感于斯乎？夫闻人之善而不信者，薄也；信而不以传者，忍也；传而不以实者，诬也。余既信老人言，又惜夫妇出农家，而懿行不传也。爰为之述其实，以告天下之为人妇者，即以告天下之为子者。妇氏周，归于姚；姑则袁氏；老人者倪其姓，明倜其名，皆邑之十九里人云。

屺斋记

陈雅琛

夏子禹书宅崇冈之麓，结小斋于室之西偏，而额之以“屺”。予过宿斋头，知其义在《陟屺》也，意颇疑之。何怙何恃，古今同痛，禹书于斋乎寄思，可以屺，庸讵不可以岵？诘旦，积雪方霁，山色空明。斋傍一古梅，枝干扶疏，禹书巢其中，引余登眺，潸焉指示曰：此吾母墓也。予乃恍然于斋之所以名。夫禹书自幼脱左髦，其抚摩而翼长之者惟母，其督教而责成之者惟母。当谖庭无恙之日，出必告，反必面，鸡豚足以傲椎牛，斑斓足以薄素组，虽食饩有年，而视棘闱如蜀道，不忍一日离吾母，盖相依为命者三十余载。而一旦母竟长逝，此即宅兆迢遥，断无不凄怆满眼，又况厥封厥树，黯然相望邪？独是《陟屺》之辞曰：犹来！无弃！则所以慰其望者，当尚有期，而斯斋之瞻幽明异路，望亦徒然耳。然诗人之瞻母也间关，禹书之瞻母也咫尺，则触目警心，凡所以求无弃者，当更倍切矣。虽然曰岵曰屺，变文耳。岵宁必不瞻母，屺宁必不瞻父，心苟有父，殆无往而不得岵焉，心苟有母，殆无往而不得屺焉。是故草舍屺也，华屋亦屺，琴书之地屺也，舆马之场亦屺，禹书念之哉。文章事业，阿父志也，阿兄志也，成父兄志，即所以慰母志，是无形之屺，不瞻之瞻也。如第徜徉斯斋，谓不忍一日离吾母，古所谓屺者不若是固矣。禹书才思敏妙，而迹涉玩世，故于其属余记也，终之以规。

复修州学记

彭维新

我州人士之迁建圣庙学舍于西郊江口也，复旧也，亦取新也。稽旧志，茶州学宋绍定时与州城并建在紫微门外，即今址也。地极轩敞，具性天、高明、广大之象焉。历宋、元、明至我国初，未之有改，中惟化治间曾一移置，事出长吏，旋复故所。洎康熙之十年有子衿倡建，挟形家术，不谋于众，撤而迁之南城内，取其材以副速，工制率略。其地后临谺坑，无以流恶，前逼崇堞，虽凿城为门，仍属墙面，左右近介次，湫隘嚣尘均所不免。旧材易敝，上漏旁穿，频事缮葺，甚无益也。士气郁堙，行道恻盡，人情怀旧久矣。近益不能支，复旧之举不敢更需于时。询谋佥同，城乡胥劝，卜吉兴事，讫有成功。

溯三代有学无庙，汉唐庙学或不并设，自宋中叶迨今郡邑无不立孔子庙，师儒学舍即附其旁，俾学子仰止起敬不啻见诸羹墙，造士之法莫良于此。夫圣人之道固不缘地气为隆污，然诣极夐绝，所登弥高而万物皆小，匪宅崇基弗称严祀。至学人藏修息游之地，尤必有以发其耳目，拓其心思，鼓动其天机，荡涤其邪秽，而消融其渣滓，于以日新其德，然后可驯至于高明广大之域。是则高明广大与湫隘嚣尘之于庙学孰宜也，不俟明者能辨之矣。往闻之长老，唐末造及五季，吾里岩居川观之徒，率以洗心澡德相尚，诠遗经、敦善行不怠，其剩编轶事足兴起后世。以故宋元儒行继继绳绳，至胜国而愈盛矣。如刘、李、张、廖暨内外宣猷诸先辈，罔不步趋圣轨，不徒以名位传也。以今准昔，抑何不相逮也邪？或者于高明广大者，未尽若先辈之加之意邪？夫卑污狭陋与高明广大戾者也，其情状递变至无所底止，先辈惟兢兢事心，烛其几而力折其萌，故不至沦堕，虽所得不无浅深，要为不自失其心者，兹非习礼敬业故地乎！今学宫既复其旧矣，则学者亦当返从其朔。圣教之垂世也，惟崇实行，五常五伦事甚庸而道难尽，才智之士驰逐声华，浮沉词藻，安其所习有终身背驰而不寤者矣。故惟审端用力，不自蔀其天，始不至岐于所往。今既知性天之迥超于物，又获揽挹江山之胜，且幸生逢盛世，于此进德修业日新而不已，圣人可学而至也。其于乡先辈积中发外之盛，更何难差肩接迹于此后也哉！此迁建庙学意也。或疑专为科名则亵至圣而轻儒术，不惟无以间执形家之口实，亦圣人之徒之所不屑道者。是举也，土木诸费竞助，人不尽章缝，家不尽丰羡，于人心之同见性源之一，则又深幸吾州淳气未漓之有征也。

工兴于乾隆辛巳之秋，落成甲申之冬。中为大成殿，东西五筵，南北四筵，四阿重檐，廉陛森敞。次为东西两庑，次为大成门。门之内，左右为钟鼓楼。门之外，左为名宦祠，右为乡贤祠。次树石为棂星门，前泮池。大成殿后为崇圣祠。总缭以崇垣，周九十四丈有奇。垣之外，左为明伦堂，掖以学正训导署，迤东为奎文阁，诸生肄业处也。规制有加于前，精坚堪以垂久，妥圣育材，于兹为称。倡率任事暨捐资姓名具列碑阴。州绅士合辞属予记其事，固辞弗获。爰举迁复之由，宜适之故，而引申高明广大之说，期诸吾州之士以副之。至学校之典物纲条，教学之本末次第，圣籍所载、唐宋人学记所述备矣，此皆士所饫闻而稔悉者，不覆列也。先是，院司以改作为疑，功几辍于垂成。州大夫戴侯申恳至再，兼请城中废学永为州试所，得允行，其留心教化，为人心风俗计者远矣，州人士尚其永体此意哉！

重修州城记

彭维新

楚之南，潭属茶最远，处湖湘上游，为省会之屏蔽，扼衡桂之襟喉，壮零邵诸郡之走集，通百粤三吴之行旅，盖要区也。茶有城，昉于汉元狩节侯欣者，曰茶城；至宋祥符邓宜续筑者，曰金州城，悉湮废失其处。今之城则南宋绍定初，缘邻壤梅山寇披猖焚掠四出，茶民时警风鹤，湖南安抚余嵘以地界三路间，非城不可守，檄所司刘子迈城以备寇，民恃以无恐，距今四百余年矣。石泐甓敝，颓堕几尽，跛牂（羸）〔羸〕豕之所狎而出入者也。升平日久，人习而安之，设险之义谓何？圣天子文德武功迥超前古，际重熙累洽之盛未雨绸缪，诏谕直省缮修所属城垣，欲俾兆民世席安全之乐于无穷也。于是藩伯、鹾使更迭至茶相度勘计，谓发帑修筑宜莫先此，而特难其经理之人也。时州大夫戴侯名保豫已膺循卓，经题擢例当入觐，督抚筹议以巨工非侯莫属，疏请留办，侯亦不以迁擢为急，而欣为茶民永贻保障也。爰卜吉兴事，遴匠庀材，酌法授式，分地程实，伐石于山，必修且厚，范土成甓，必致且坚，毁石作液，必胶且洽；造小艓，制轻軺，以运以载；椎杵雷轰，畚臿云集，董巡劳劝，必躬必亲。且卫民者城也，而卫城者堤也。茶城三面濒水，洣、洮、云秋三水交汇城西，流驶势悍，昼夜撞啮，则岸难固；流径南门，深潭邃壑，蛟蜃所宫也，则工难施；迤东积沙弥望，叠椿不能彻底，则基难奠；非举三难，城不克立。今则巨石缒深，层钳叠压，杜刷垫以捍城趾者无弗至，自非胸有定画而措置周详，其能致数百年未举之工观厥成于期年之间也哉！

工兴于某年月，城身表里皆石，堞甃以砖。周回长一千六丈，高一丈八尺，雉堞共一千二百，月城四座，城楼六座，重檷复屋者二，马道七，护城大堤自西门至南门迤东共二百一十七丈，镇堤铁犀层台一座，大成门、正南门外水埠二大座。城为门六，名仍其旧，东曰聚星，正南曰迎薰，次曰大成，北曰朝天，正西曰紫微，次曰通湘也。凡所缮造，视原估均多所加增，墉堤楼橹仆者竖，毁者完，狭者拓，阙者增，言言仡仡，耸肃观瞻，丹碧攒簇，交映江干，南服重镇永与盛世河山同其悠久矣。州人仰沐皇仁，而因叹侯之能上承圣德以下庇斯民也，属余纪其概焉。

种竹记

彭维新

余性喜竹，自来京师所见者，高皆不逾丈余，大仅浮拇指，而心亦耽之。每趣僮仆购诸庙市，凡庭中牖外有隙地，无不种竹者，然旋种旋槁，槁复种、种复槁者屡矣。因翻《竹谱》诸书，有浅种、深种、密种、疏种之说，更以试之，仍就槁。或谓土必洁也，时必择也，方向必仍其旧也。于焉易以远郊佳土，又莳以五月竹醉日，又字识其初生处所向位置之，且溉以甘泉，扶以长架，而槁如故，几疑书所云云者诞也。前年夏，江宁郑子炳文为余种竹数处，久不槁，未几竹萌竞出，今更加于旧。余怪而问其故，曰仍是浅、深、疏、密种之说也。凡竹，独者气单，弱不浃贯，必购丛居者，密种之谓也。竹根必受阳气而平行，深则根郁就腐，故地平发土不得过四寸许，浅种之谓也。由是于地上壅以厚土，俾勿动摇，以固其基，此深种之谓也。虽然，畏其逼也，每从必视竹之多寡为相离之差，毋致叶盗露而根争土，此则疏种之谓也。四者合，而后水土、时日、方位乃因以奏效，四者缺其一，虽幸不槁，亦必不茁长。向者析而施之，槁也固宜，非书之不验也。余因叹读古人书不得确解，不经指授，弗究弗问，只师心臆揣以幸其合，及试之事而龃龉不入，反归咎于书者，均以意种竹之类矣。故记之，以为信书而不求甚解之戒。

修建长沙郡会馆记

彭维新

翼轸为荆楚分星，长沙一星独居轸中而近翼。翼为羽翮，轸为车，郡人士之奋飞叠轨于天衢也固宜。都城之有郡邸，犹列星之有舍次也。圣主当阳星，受日光而有耀，邸舍匪崇广弗称。顾自麓堂颓后，张文毅倡置斯馆。入国朝来，前后官京师者虽频事修葺，而阅世久瓴甓宊桷滋蚀腐，近愈不能支，势且圮。郡人内外居官者谋捐修建，意佥同，属其事于铨部尚书郎罗君立斋，乃别购西城屋一区以栖止来者。爰略基址，程土物，拓恢旧制，更撤向购南邻敝屋及续购屋南隙地，统事营建。修十有六丈，广九丈，为屋大小四十间，堂室中度，门庭闳敞，厨湢备具，自是集辏者交获其所也。回视从前漂摇数椽，厅事偏狭，门不能容车，值赴春官、谒选署，人众每就民舍散居，奚翅径庭之相去哉！夫星之丽天也，在野象物，在朝象官。《抱朴子》云：人受气皆应列宿之精。吾郡山川既上协象纬，今郡邸更轩翔在望，郡属十有二州县之至止者，粲然若华星繁会以近天子之光，则所以经纪万品、光辅治化者，宜何如邪？是役也，易修为建则工巨，工巨则费繁，费繁则任厥事者匪易，自胜国嘉靖至今阅二百有余年，而斯馆始克改建，甚矣其难也！醵资姓名及公定条约，经始落成之岁月，工役财用之数，具载碑阴。继自今慎守而严护之且益新焉，固不能无冀于后之君子。

纪翁孝子事

彭维新

武陵陈庶常宗五，为翁孝子征余诗，复请余文以纪其事。

余尝读柳子厚《襄阳丞赵公矜墓志》云：公矜死柳州十七年，其孤来章徒行求其葬所不得，日哭于野，卜于秦誗兆曰：乙巳于野，宜遇西人。深目而髯，其得实因。七日发之，乃覿其神。明日遇一叟，曰：是故赵丞儿邪？吾曹信也。指其墓地已夷。启土，自乙至辛，恰七日。发之，绯衣缬衾，见者出涕，以来章之孝，神付是叟与龟也。余嗟异之，以为朱寿昌之获遇其母，未足为神矣。今观翁孝子之事，则更有神于子厚所志者。

孝子名运标，余姚人。父曰大环，客游粤西，舟次零陵新塘，夜登岸不返。同舟者有戚友，停泊数日，遍索之无有。疑其他适，驰使告其家，并归其行箧，箧键以镤，其钥则大环平日自系于带，与之俱往矣。方大环出游时，运标与其兄运槐俱孩幼。稍长，母邬氏告以父形貌，兄弟泣别母求父。祈诸神，有“意外得生还”兆语。兄与弟更番迭访，躬负担操舟，备尝险阻者十余年，虚归。叠卜兆如前，终无从得。迨运标成进士，母及兄俱殁，距父出游时已三十六年矣。运标痛切辞家，誓不得父不归。祈神，兆仍如前语。往来湖南北，又从豫章入东西粤，无可奈何。频数溯洄衡湘间，号哭感行路，影响寂然，犹不绝望，哭求不辍。至新塘，悲愈甚。一老叟问故，叹曰：白沙洲墓中人真而父矣。运标叩其故。叟具道其弟海生某年堕水，随流托苇丛幸不死，顾视其旁有一尸，海生既攀援上岸，言之余，共怜而瘗之。运标计年时相符。询其姓名，曰郑海还，年八十，海生死已逾年。讶其兄弟名与兆语“生还”合，复求其征。叟曰：昔瘗尸时，有杂佩数事，年久消灭无有矣，今惟一钥存。运标随往雇急足，挈钥证之伯姊。姊见钥泣曰：是遗箧钥也。试之吻合，还报运标，恸绝。始知其父之淹于新塘，而瘗于白沙洲。感神之稠叠示兆不爽也，求诸土人，丐其地，高其冢，立祠其旁，擗踊成礼，依栖泣血。今运标由武陵令擢道州牧，距墓密迩，时至其地徘徊，呜咽不忍去。楚人竞传其事，能诗者多为咏歌以称其孝。

夫公矜之死十七年，较三十六年为近，且公矜仕者，人皆耳而目之，非若大环韦布之士，暮夜溺水而人无知者。借使天不假手于海生之堕水以瘗之，又不延八十叟海还之年以告之，复不留径寸之钥以证之，则运标求之虽勤，其父终不可得矣。虽然，精诚之至，通乎神明，格于异类，而况一体之亲乎！翁孝子之事固神奇，然感应之理，则甚平平也。世之人子，日侍父母膝下，而精诚不洽，其相去不可以道里计者，闻孝子之感神人，讵无悚然有动于中哉？

书堂山记

彭维新

宋景祐间，有一儒生自豫章郡来茶乡，风貌萧爽，自云望气而至，姓邓，询其名，秘不答，乡人未之奇也。止余族秩堂书塾，授童子句读。性倜傥，经史略皆上口，耽啸咏，时有惊人语，于是人始异之，士人亦多与之游。其卧室常有紫雾异香，中夜扃户，每有问答谈笑声，学徒窃窥之，无所见，率以为常。居二年余，届九月九日，书堂砌菊丛舒，色香逾往昔。邓起谓诸弟子曰：今日吾作上清游，未遑与若曹饮萸酒、赋黄花也。遽解衣伫庭中，指天际片云曰：此吾衣也。即竦身跃空中，其云歘为彩霞，团簇其身。举手谢其徒，西北逝，憩此山巅。寻复冉冉乘霞去，徘徊北高阜上。时观者递迤千万人，相顾骇愕，目极而止。因名是山曰书堂仙山，号邓曰霞衣仙人。学徒立坛其上，旋建庙以祀之，并祀之授读之塾曰小邓阜。乡人九日登高往往就此。其山頳色鲜润，若丹霞灿蔚，晴雨俱有态，木石亦甚清华。每逾年春雨夜，必有雷电入庙巡刷，堂庑帟案尘土净尽，道人及肄业者均见之，至今犹然。山不甚高，西、北、东三面数十里外望辄见。吴楚诸郡邑邻接者，诣祠下求皆应，奔走祷祈无虚月。所谓山不在高，有仙则名者，非邪？

游龙湫雁荡记

彭维新

雁荡山水灵幻，峰洞崖瀑苞东西二谷中，有图绘弗能似者。余素闻人称说，冀往游无由也。雍正乙巳夏五，当按试温郡，霪雨弥月，驿路涨绝，将取道此山，时应试者阻雨未集，因欲遍探其胜。

六月二日自台度姚岙岭，忽开霁，将次大荆驿。距山廿余里，迎面一峰矗立，秃顶偻背状如僧，愈近愈肖，衣有袂，腰有褑，一沙弥彳亍随而行者，老僧岩也。是为雁山东入之户。涧水汇崖下成巨沼，绿净鉴毛发。迤西北陟崇冈，东崖前有洞闳敞，洞口一石拔起纡折其半为门，复盘空横亘其半以为梁者，为石梁寺。由此道谢公岭以谢康乐自此返得名。递折而西，行青苍石壁间长里许，甫出则东谷诸峰森列翔耸弥望矣。历宝冠、含珠、双笋、照屏、初月诸峰洞，抵双阙有危峰北耸者，为灵龟峰。峰岭斜出十许丈，下渐削，中裂为直罅，修垂及麓，有穴若门，游者由兹入，罅不盈尺，而中空阔，数人可并行，磴光洁不陡行，不觉渐高，曰一线天。几二里达于巅，则豁呀巨洞，足容数百人，洞虚悬，飞鸟皆见其背，始知罅中来径之已远也。一曰罗汉洞、灵峰寺在此峰之麓。四周峰崖攒簇，峰曰二贤，曰五老，曰凤凰、灵芝、蹲虎、橐驼，曰斗鸡，曰砺牙，曰犀牛；崖曰白头，曰果盒。循而西有趺坐云际者，为观音崖。崖之膈有洞层通，山僧因势叠阁之，上承观音，颏代陶瓦，名碧霄洞，爽垲明洁。前诸峰曰善才、文笔、将军，与五马岩邻，五马岩下有真济寺。左右有峰类净瓶、鹦鹉。是夕宿阁楼，夜景亦幽奇，群山影欲来，星斗逼槛前大倍常。

次日由石碑崖、朝阳洞折而西，为净名寺。寺枕一峰，峰顶大、中颇而茎特弱者，为荷叶峰。右有谷，谷口有峰，曰顶珠。

迤西两嶂峙竖，端齿，齿若雉堞者，曰霞城、石城。其中水自巅分飞而下者，曰水帘谷。又西曰维摩洞、仙人桥，药杵、鹰嘴诸峰。又西为莲花峰，峰亦上丰下削，削处折入丈余，四面如一人可周遭旋转游者，曰行道廊。又西北两崖对束如峡，行其间登登有声者，曰响崖。出崖有峰侧首倾耳者，曰听诗叟。道旁列崖四，曰钵，曰盂，曰钟，曰鼓。道北百余武，曰僧拜石，过此则为灵崖寺。寺后巨嶂峻丽，石质杂五色，烂如明霞者，名平霞嶂。寺前远近群峰怪怪奇奇，大小疏密相间，拱揖环卫，其近而可指名者，曰展旗、天柱、玉女、卓笔、独秀、双鸾、蟾蜍、伏虎、白鹿、天窗。一曰天聪，凡四窗，即展旗之腹空处。循平嶂之麓，右上仄径劣容足，行二里余至一洞。洞不甚深广而特高，两壁石色丹黄，顶孤耸，猿鸟不敢窥。中裂彻洞背，别有翠石嵌入裂罅，贯上下约数百丈，蜿蜒生动，鳞鬣欲举，尾翘天半，首凸凹离奇，如龙昂洞壁，鼻垂若大瓠，复仰挺一爪，中洼与鼻对，鼻端两孔，乳水左右互滴，爪洼承之，不涸亦不溢。左麓即小龙湫，声势亦骇耳目。灵崖东谷之最胜处，有谷曰安禅，开山僧始居此，今民居在山者，此谷尚十数家。迤西经石屏、小剪刀、鹰嘴诸峰，及观音髻，达马鞍岭。马鞍岭者，雁荡东西二谷分界处也，自兹而往，则为西谷矣。岩簇僧伽形者，为罗汉峰；攒多瓣者，为芙蓉；狞怒挺双孔者，为狮子鼻，皆耸列道左。折而迤南门峙五塔者，为能仁寺。诸涧水合流寺前，巨石返捍之歧而分者，为燕尾水。近寺峰为戴辰、火焰，崖为将军。自此转而北溯，为锦溪。溪清激平漾，砥石上阔处约廿余丈。溪穷，一峰刺天，周十数围，其端西南略歧，正西平，北匀圆。峰一而三称名，歧者为剪刀，平者为石帆，圆者为天柱。此距湫瀑尚远，而耳畔已蘦蘦然。更西北行，觌面语不闻。又数里西，抵铁城嶂。嶂铁色北峙，高千余仞，横亘二里余，平净如初拭，直西作屏叠折，对面老树危巇蔽之。行陡转，忽白雨乱飞溅人，轰雷撼地轴，修霓壮阔从天下垂者，为大龙湫也。距湫三百武，小憩观不足亭。心神稍定，乃得俯仰寓目，而其势、其声、其态、其色变幻不常，益眩悸。数往数却，强近湫逾二时。挹其水沦山茗，偕从游者饭亭中。还经水鹿峰、千佛崖，游道松洞，望常云峰。是夕宿能仁寺。

次晨由狮象二崖、天猫峰，迤西北叠上壁削径，循石罍狭不受趾，先期锄铲者仅损分寸，赖古树寿藤钩带相倚。所过怪异无名峰崖无数，皆不遑与周旋，趾掌互用始跻其巅。石地宽平，苔花药草纷披，猿猱獐麏群游不避人。东北行约二里余，则雁荡在目矣。水疑出常云峰北，山顶外隆中坎受之，荡三五相次生韧草，深处碧澄不可测，两道分流，西南流者，大龙湫也。极目南则海光晃日，郡县隐隐见丽谯。所历东西谷伏足底，东南半壁诸名山，若苍螺点点荡漾烟雾中。旧有白云庵，今废。天风时吼，四方皆震。惧久留归路益惫怯，扶掖缒系迭辅始得下，仍宿能仁寺。

次日由丹芳岭过梅雨洞，西南至芙蓉驿，为此山西出之户矣。

凡三日，龙雁诸胜颇探其概。此山质体纯石，自谢岭以西、丹芳以东，一皆石为峰。根自石起，故能拔地造天，空所依傍，翔骞欹袅，修纤透漏，备极变态，而从无颓落之患。是处溪涧罗络，清浅可涉，篮舆穿石，林蹑清镜，几不知时之为炎暑，身之为劳人也。最可异者，洞邃能明，泉环能燥，即诸峰得名度昉于山衲野老，偶举其似，故重复鄙俗往往不免。重复如一线天、鹰嘴、罗汉、将军、含珠之类，鄙俗如天猫、阎王鼻、果盒、幞头之类。乃一有映合，竟似天成，如玉女所对高峙镜台，观音之旁分列瓶舄，听诗拜石之顾盼有情，含珠顶珠之接承相得，展旗天窗之表里为用，悉神施鬼设，厌人心目。自余拟类愚騃，亦可一望即知其名，岂造物曲体人意而为之邪？然造物之爱护此山亦甚矣，雕镌既尽致，又不欲尽泄其奇，自洪荒迄后代，道书洞天福地概未之及。以康乐之穷搜幽胜，远逾他郡，乃近守永嘉，山屐止于谷外。唐宋文士工于赋物，而此山寂寂，竟不得与魁父介丘时邀品题。旧志东西二谷又各分内外，合计为百一峰，东外谷之峰五，内谷峰四十八；西内外谷各二十四，合之为百一峰。其嶂洞涧溪亦列举名目，壹似次第偻指而纪其数者，其实峰崖奇诡者不可胜计。他山似此一峰一石已足自雄，二谷无美不备，反为众美所掩。盖峰不止百一，即嶂亦不止于三，洞亦不止十二，潭不止照胆、白雨，涧不止卧龙，则所挂漏者多矣。且东谷山奇于水，而可望不可阶者十居八九；西谷水奇于山，而寻源之径崄绝。好事贾勇者多半途而返，海舶遥视为准者惟观音髻，而峻极之常云峰霁日亦隐不见。窥造物者之意，必以为尽彰其美者美易尽也，故闷之于始，更留其不尽于后，其爱护此山不亦甚哉！

余于海内名山多曾经游，常憾未揽雁荡之胜，兹反因霪雨梗阻校试，获乘便作游仙三日梦也。驿馆剪烛略纪游迹，拟劳役时间一披阅以当续游。闻平阳更有所谓南雁荡者，山水逊此，邮程纡回不得游，然亦可不必游矣。

徐天池画记

彭维新

余童时，数闻先君子称徐文长诗文书画，奇肆肖其为人，心识之。后应试长沙，于一旧家见其蟹图，螯跪森作，恒有动势，极求之，靳不可得。雍正甲辰，试学两浙。山阴，文长故里也。试竣，每以善价购其墨迹。阅三年，所得渐多，恒以自随。寻备官浙藩，续购复有增益。戊申，蒙恩内擢将入都，度不能尽挈以行也，虞遗失，概举其数，缄镉寄南船。乙卯，先君子捐馆舍，余奔丧归。服除数月后，奉命又将北上。于是捡前后所得文长各画，撮举而类记之。

人之属：观瀑者二，扶醉者二，放鸢童或独或众十有三，洛神一，荆卿一，文长自貌其相一，人之属凡二十有二。羽之属：为凫者一，为燕者八，为鹊者五，为鸂鶒者二，为练雀者二，羽之属凡二十，而栖鸦、啅雀、雁阵之细琐者不与焉。毛之属：为牛者一，为白鹿者五，侧立、正立、眠草、龁草、嗅芝各一幅。为猫者一，毛之属凡七。鳞介之属：鱼跋浪者二，吹沫者一，戏藻者五，大小群游者九，蟹四十余，行者，止者，衔稻者，半藏石半出穴者，仰者，斗者，虾十有五，蛙二，凡鳞介之属约七十有奇。竹木之属：梧桐二，松十，桧二，桂三，杨柳十五，枯树三，竹十有三，风者，雨者，雪者，霁者，月下者，双钩者，凡竹木之属四十有八，榛莽、荻苇不与焉。花卉则梅之花十一，桃、杏之花各六，芍药五，海棠三，芙蓉二十有三，木芙蓉四，石榴五，实者一，花者一，花实兼者三，玉兰二，兰蕙十有一，紫薇三，辛夷二，山茶十，萱、栀子、秋葵、秋海棠各四，鸡冠二，菊十，水仙六，山丹一，芭蕉十七，花卉之属凡一百五十有九，苔衣、虎耳、马兰附焉。瓜果则佛手一，橘柚一，葡萄五，瓜为类三，荔枝一，凡瓜果之属十有一。其器物瓶、盎、剑、拂、野艇、风鸢，各以类附。诸图各系以诗，多奡岸跌宕之句。为大小幅轴六十三，手卷三十一，册叶二十二，总一百一十有六件，行草书不在此数。富矣哉！文长之墨迹之萃于吾也。当长沙求蟹时，始愿宁及此哉！物聚于所好，而好之克遂与否，又若有数焉，此足以观矣。

文长禀才雄骜，淹洽载籍，而悭于遇，牢骚郁勃之气泄于诗文者未尽，又寓于奔逸之书法，复轶为戏谑之绘事。不假色泽墨气，一往苍浑，挥霍任意，随手成势，随势成形，一物叠见，彼此各极其变，无一重复，视昌黎所谓无一同焉者尤难也。今阅百数十年，生机奇趣著处逼人，墨沈淋漓如初泼，欲沾人衣袂，言南北宗派者，末由追其神逸。故观文长之画，即可知其书法，知其诗文，且知其为人矣。余窃幸萃而有之，而又恒以先君子之未及尽见为憾也。

类涧记

彭维新

韩昌黎《示儿》诗云：昔我来京华，止携一束书。辛勤三十年，乃有此屋庐。庭中何所有，高树八九株。有藤娄络之，春华夏阴敷。东亭见高山，云风相吹嘘。松果连南亭，外有瓜芋区。

西偏屋不多，槐柳翳空虚。山鸟日夕鸣，有类涧谷居。云云。

类涧非涧也，类于涧焉耳。类之云者，疑之也。然始则疑焉，既而信之，久且耽之矣。今夫缭垣曲槛，净沼危碕，其间亭榭台馆之历落，层轩复阤之宏敞崇深，琴床棋石町畦径路之位置，此人事所萃，涧无功，随其所附之类以为类者也。若夫涧，则石磊磊，泉瀌瀌者，其质也；古树寿藤，虬攫蛟萦者，其弼也；削壁攲崖，攒青飞翠，森肃不可干者，其节也；蒸云屯雾，气象万变者，其所泄也；悬葩缤纷，铺卉斑驳者，其生色也；危沙仄磴，草芊眠而苔结轖者，其全体之洁也。凡此者，皆涧之所擅，苟非其类，无从冒而袭之者也。故涧所本无者，人事可勉而能；涧所本有者，虽好事而强有力亦断不能猝办。而况都城之内，阛阓之区，欲仿佛涧之一二，斯尤难矣。

雍正壬子，余备官户部尚书，仰荷圣恩赐白金四千两，因买宅南城。其地为辽金勋戚别业，旧名三公园，今讹为孙公园又讹松谷园者也。前为庐舍百余间，后为内园，园后有园，广袤二十余亩，凡涧之所有与所无者规制已具。稍葺而增益之，移书签画轴与古尊彝甂甗之属，列设于中。类与不类相与为类，合之两美于是乎在，爰取昌黎《示儿》诗所云，有类涧居者名是园。

嗟乎！余本山中人，习与涧为缘。自幸厕仕籍四十年来，宦辙南北数矣。道涂烦热，逢独树辄就憩息，恍好风之被体。当堆案视事时，每睹一砌花庭草，亦复欣然悦之，若清泉之洗其目也。今获于自公退食之暇，游息于斯，树林阴翳，鸣鸟上下，间与宾从觞咏为欢，几忘乎此身之游宦，缁尘之染衣也，讵非遭遇盛时之厚幸哉？夫是以乐而耽之，而不复疑其类于涧谷也。然则世之真居涧谷者，其乐更何如也？

石佛山记

谢天墀

由上湘而西四十里，望之云屏耸秀，烟嶂攒空，有塔影飘浮于云日荡漾之内而若隐若露者，石佛山也。石径逶迤，嵚崎欲绝。登岭坳，循石路，下复上，洼然平衍，有寺曰永福，乃宋萧皓公蜕化处也。下有兜率桥，横嵌于寺趾之空缺以通行人。竹树森翳，日光不漏。每当溽暑，披襟步桥上，清风徐来，松涛竹浪，掀青簸绿，爽气潇然。枕桥有井，泉出石罅间，漱玉淙淙，细流下注，滃然成壑。草若增而青，木若增而秀，石若增而苍润。兹山若此，亦若益其灵幻幽峭。折而上，拾级以登于寺。俯视桥下，树影蓊然深沉，如菱芡荇藻交错于澄潭止水中。人之处其上者，空明淡宕，亦似泛虚舟然。由寺左小径扳萝而上，有巨石危处山巅，俯身趺坐，俨若古佛庄严。群小石如弟子纷列，起者立者，拜者伏者，拱而翼者，跂而待者，跪而献供者，俯首而悟者，仰而若有白者，左右环绕，如参如来坐。山之得名以此。家君礼此，有“自成菩萨参天地，待着袈裟后古今”之句，顽石亦应点头矣。

从石佛岭下，憩于寺之诸天阁。阁高于诸寺，凭栏平眺，层峦叠巘，势如雉堞回环。山分左右翼，奔束峡口。水从峡出，土人引流灌畦。横木枧跨树杪若垂虹然，高数丈，水溢枧外，微风荡之，散为垂丝碎玉，日光晃映，皓然一副水帘洞彻，亦奇也。若夫林谷幽窅，境地清虚，宜咏月，宜对雪，宜雨后看山，宜风中聆竹，宜焚香听偈，宜选石摊书，宜双柑斗酒坐听黄鹂百啭，宜携惊人之句搔首问天，手挥丝桐，目送还云，桃花流水，别有天地，又未许俗子问津也。甲戌上巳日记。

重修棂星门记

胡兴粹

宣圣庙制何昉乎？自汉元帝诏孔霸以食邑奉嗣庙，桓帝为孔子庙置百石卒吏，则阙里之庙也。唐武德二年，始建庙于国子监，而郡邑未有庙也。贞观二年，诏州县皆立孔子庙，而庙与学未合为一也。其后学必有庙，由太学逮府州县咸有定制，专祀孔子，更先圣曰至圣，盖道德于是乎出于一矣。自正殿而南，有戟门，有棂星门。《释文》云：棂者，楣门窗格。陆游云：窗格纵横相间如星眼。门曰棂星，大抵取向明之义。

攸学明伦之堂、启圣之祠、尊经之阁既与庙而以时修葺，而棂星门之建则始自前明嘉靖乙巳，重修于崇祯癸酉。迄国朝雍正十三年十月，是门因岁久就圮，仅存四石柱，柱又剥泐，前临璧池，势且日倾。越二载为乾隆丁巳，于是攸学之士有孝廉龙璠、刘重辉暨生员刘来培、欧阳定枢、定观、刘应洵等倡议鼎建，易四柱为六柱，易红石以青石，视前此为较坚栗可以垂久。召募邻邑石工，订价八十金有奇，他费半之。余闻其议而喜，随备由牒，邑令李雅有同志，豫酌处一切营办。爰命匠人远采衡山青石，牌饬草市巡检司谕土人罔或阻挠，凡七阅月，石工以运石竣事来告。于是国子生洪天书通日者之学，诹吉于闰九月二十七日竖柱定基。时邑令因公在省，余与司训刘君蜚声率纠首诸君杀牲落成。于是戟门之前景象一新，环而观者踵相接云。因复为修饰殿庑堂几，陈丹暗粉顿改旧观，其正殿暨两庑栗主举丹漆而新之，并考正先贤先儒从祀次第俾秩然有序不紊，恭悬御制“与天地参”匾额，巍焕昭彰，星辉日丽。他如明伦堂右墙斜折，柱栌朽败，头门亦将倾颓。余自到署以来，次第修整，颇为完固，一切工程支费，另有印册注记。姑举其略，附识碑末，俾后之官斯土者有考焉。

省志订讹记

李文炤

予承乏志局分修长沙，乃取县志、府志及一统志而参酌之，然返之于心而有未安者，因作订讹记。

盖有隆重势位于崇高者则详之，而侧陋者略焉，是贵贵之书也，专于贵贵则不平。有笃爱家乡强以族姻里党之庸材而文饰之与英贤等，是亲亲之书也，局于亲亲则不公。有奇节伟行而訾其过激者，是善善之未宏也，善善非长则伤仁。有含垢纳污而美其包荒者，是恶恶之未切也，恶恶过短则伤义。至若惑异端者，则搜仙佛之秘怪；溺辞章者，则裒艺文之浮夸，是皆不足以垂训也。曷不以《春秋纲目》折其衷乎？宰周公之会则尊之，王人以下不详焉，贵贵之义如是而已矣，匪是则搢绅焉耳。孔父之节则录之，正考父以下无闻焉，亲亲之义如是而已矣，匪是则家谱焉耳。荀息之忠、子野之孝、宋伯姬之节皆大书焉，盖贤智之过犹愈于愚不肖之不及也。文姜之孙仲遂、行父之聘，意如、荀跞之会皆特书焉，盖尊亲虽所当讳，而三纲五典不可以沦也。且夫同泰之舍身、上清之致祀皆存之以示诫，则仙佛之学岂周孔之名教乎？太元之拟经、永州之作记皆删之以明芜，则辞章之技岂诗书之遗则乎？不去此数弊，志虽工，勿善也。噫！前民之得吾之师，前民之失吾之鉴，乌可苟焉而已哉！

古文周易目次记

李文炤

在昔太古，风气方开，天地之变化，形于图书，是故圣人画卦以明之。爰暨夏商，卦失其次，夏之《连山》首《艮》，商之《归藏》首《坤》。有占无文，而民用勿彰，是故文王周公系辞以释之。流及末世，淫于术数，而圣人之大义微言几乖且绝矣，是故孔子作传以申之。自秦以降，家私其书，人私其学，田何之《易》凡十二篇，费直之《易》则以《彖》《象》杂二经之中，王弼又以《文言》益之，焦赣之《易》第言阴阳灾异，而更不类圣经矣。其得言而失理者，又纷然杂出而莫知其非。杨雄之《太元》、司马光之《潜虚》、元嵩之《元苞》、王通之《赞》皆是。自濂溪周子心契遗经，而作《图》以明其纲领，一传于伊川，程子乃为《传》以释经，而易理明矣。自华山陈氏得图书于方外之学，三传以及河南邵子，推演其义而易数传矣。自嵩山晁氏考订古经，厘为八卷，东莱吕氏复因而详正之，而易书亦复其次矣。三者既备，是故朱子乃作《本义》以折衷之。盖易之明而复晦、晦而复明者，反覆几数十年，而至是始克集其大成也。无何，明儒编辑大全，冠程《传》于《本义》之前，既失其洁净精微之旨，附诸儒之说于其下，又不免于杂乱支离之失，而《本义》之故编遂不行于世矣。某盖屡思更订焉，而未敢也。往岁得敬轩薛先生之遗言，其论易书与愚见吻合，顾以生长楚南，虽欲购求故编而无由，于是手录是书，以俟佗日之参订。虽其违世独异之罪所不敢辞，然而辑圣言之浑成，复《本义》之条理，则不无千虑之一得焉。

广济桥记

王元复

城北三十里石马江，新邵通津也。江狭流急，春夏水涨，小舟孤危，虽有急故欲往来者，亦望洋叹息。明万历间，两邑耆民彭秉岳、谢朝三自掷百金，复纠同志实始鸠工伐石，砌磩五而梁之，一时人嘉赖焉。垂数十年，石圮桥崩，土人无力，就便架木以济舟楫之穷，雨湿足滑，数有堕溺莫救者，因思彭、谢两老人之利于是为大。顾磩低水高，冲荡漂决，石与梁之势不能敌水，是以成之易，而败之易也。今里人邓非凡不惜重资，谋于众，佥有合志。遂乃度其丈尺，相其土功，因石于川，取材于山，乃襄乃成，增是新基，实高且广，雀起翼然，虹垂亭然，砥柱矻然，宽大有以宜车徒，闳阔有以容沸腾。资费千外，阅工三年，而后卒事，其成之之难如此。是役也，捐金首倡者，附近烟民也；嘉与有成者，邑大夫李及见闻诸绅士也；随遇乐施，轻重惟意者，旅宾过客也；不忘志事，尚思既修者，彭与谢子孙也；竭诚募导，不畏劳、不居功者，上人方诸也，例得并书。

湖南文征　卷四十五

记四

重修长郡会馆记

王之锜

皇上以湖南地广材众，分秋闱，增会额，上年诏南楚抚臣征鸿博，天语辉煌，麟麟炳炳，士咸思奋。长沙为郡首，凫趋鳞集，实络绎焉。故一时公车辐辏，不下数倍于初，而会馆为隘。稽斯馆由来旧矣。当世祖章皇帝时，司空赵公以寅亮天工之暇，偕给事胡公经营筹画，而崇祯年间给事廖公、京兆周公、兵马司贺公创始之业，赖以不坠。嗣后圣祖仁皇帝十八年，澄海明府王公修之，五十七年恪勤陈公又修之。至我皇上御极之二年，司农彭公睹中栋倾圮从而修葺焉。余力稍不逮，建庾舍于右，孝廉周君鸠构前宇。迄雍正癸丑岁，翰苑刘君谋建后栋，爰集同乡诸君子鸠工庀材，复邮书四达，与敝邑蒋孝廉走尺牍商之余。余不佞，出清俸勷盛举，且乐吾乡诸君子之大有同志也。今年春，诸君子谋勒贞珉以垂不朽，复谆谆邮请于余，余谊不获辞。因思会馆之设，为公车计也，兹代际勋华，人文蔚起，内则当合志同术，翊赞宏猷，外亦当协恭宣力，远扬雅化。庶停骖斯馆者，共相砥砺，有所借为忠君爱国之助，以无负皇上加意湖南之盛心，是则余之望也夫。

怡颐堂记

黄秀

古者国老、庶老俱各养于庠，引年尚齿，所以教孝弟兴仁让者，胥在乎是典云巨矣。今国家屡举养老善政，以粟帛赉高年，亦犹行古之道也。康熙六十年辛丑试南宫，予年六十有四始成进士。越明年壬寅春首，值先帝在位周甲伊始，特设千叟御宴，赐诸老臣年六十以上者，但序其齿，勿论爵秩崇卑，予时幸获预焉。且命赴燕臣工，皆得乘舆马至景运门，与黄发元辅仝饫御馔，复入侍清宫，敬聆天语。此古今来人生所不多遘者，洵异数也。今上御极，留词馆者六年，侍台班者两载，至戊申秋，予年届悬车，不欲虚縻好爵，久恋禄养，以贻“舍尔灵龟，观我朵颐”之诮，遂力乞解组归田，颐养天和。俾子若孙聚处一堂，绕膝承颜以怡予志，天伦乐事当无逾此者。况优游林泉，力耕自食，杜门著述之余，看岭上白云，差足怡悦，庶可油然自适矣乎！因思吾夫子尝以切切、偲偲、怡怡为士品所重，而《斯干》诗人又以相好无相尤者为筑室落成颂，其意良有以也。岁己酉秋杪，卜筑河遥之畈，爱山林清幽，远城市坌嚣，聊为观颐贞吉。虽经营拮据，不遗余力，然非营菟裘以终老者比，故以“怡颐”名吾堂。盖惟既翕者相怡于庭，斯克顺者益颐诸室，庶期颐之愿或可豫必也。然则怡之情宜笃，而颐之时义大矣哉！吾愿吾子若孙居是堂者，瓜瓞绵绵即派衍云礽，而世世兄弟悉怡怡然相好无相尤，皆能遵圣人之训，如雅什所言，则无愧士行者，斯可似续妣祖而永世克孝矣。不宁惟是，吾尝玩象词，谓“天地养万物，圣人养贤以及〔万〕民”，悉由养得其正始。诚占颐之象，广颐之义，而孝弟克敦，则仁让可风，将举一世而养恬之，斯为大有庆也。又岂第老吾老于一家，以怡然自得者为足，尽由颐厉贞之吉而已哉！用是书其义于堂，作记以昭兹来许。凡我后人俱宜恪遵吾言，种德敦行以绵世绪，毋忘吾惓惓之意。雍正庚戌仲秋月道山老人题，时年七十有三。

王阳明先生书院记

黄秀

文成公书院在黔地者二，其一龙冈，乃先生谪龙场时苗人筑以居公者，有何陋轩、君子居、玩易窝数处，予闻之予未之见也。一在贵阳城东，明席公文同督黔学时，以边方士鲜知学因建书院，延先生为师，择黔士俊秀者从之游，而士因趋正学以识正道，至今尸祝勿忘其有功来许者匪浅矣。逮兵燹屡经，祠已久废，迩来当事诸公复重建于旧址，其形势高阜，四山环列，廊庑轩爽，规模宏整，居之可豁耳目、拓心胸，洵读书讲学地也。予致仕归里久不出山矣，因黔省礼聘纂修通志偶寓于此，流览暇时不禁于先生之讲学立教窃有感焉。

古圣贤有四科五教以训天下，莫不各因材质所近，启其途以从入，不必矫为异，毋容强其同也。即如圣门同一一贯，曾氏积以力行，端木得自多识，似乎不相谋也，然知行初无二理，体用本属一源，殊涂同归，顾学者得力何如耳。非若后世人自为师，家自为学，分门角立，是己非人，纷纷滋朱陆异同之说以惑世也。如谓学术必分异同，将谓曾子似顿悟，子贡类闻见，同事一圣人，所学固如是径庭邪？吾知其必不然矣。

先生讲学，尝拈致良知为宗旨。夫良知言自孟子，致知本诸《大学》，非创说也。人皆具良知，不学以致之则拘于气、蔽于习，而本体之灵明已锢。致良知者，因吾性中本然之知，从事学问思辨，扩而充之以造其极，则尽心知性，躬修实践，蕴之为德行，著之为事功，发之为文章，胥不外乎此。此其立言本旨，原不背于孔孟，亦非大远于程朱也。胡以后人不达先生之意，不知先生之学之行，且未履其境遇，建其功业，乃妄生非议，谓其学涉于禅，功杂于霸，竟以阳儒阴释讥之，抑独何欤？且夫禅家者流，固以明心见性为事也，然绝去人伦，澌灭天性，人或且谓禅家有体无用，予独谓体用原不相离，世未有离体为用，亦未有舍用为体者，禅固无所为用也，讵知其本体已大非矣。先生学既有体，仍复有用，原非空谈性命、流于虚寂者比，而可讥以阳儒阴释乎？况吾夫子即尝小管氏之器，然亦大敬仲之功矣。在管子功虽杂霸，夫子犹许其一匡九合，大有济于当时，并未尝以弗纯乎仁而遽斥之也。若先生功在社稷，泽及生民，而妄薄为伯术，可谓知人论世者乎？故余平日持论，尝言学行如先生，功烈文章如先生，诚无愧立功立言三不朽之儒，而犹不免于讥议，则人世间又安能得百全之行以弥缝后人之口实也哉！且先生既从祀庙庭，今犹专祠以奉、春秋致享焉，益知公论常在人心，故奕世皆敬慕勿替，彼世所讥议，犹之吠日而喘月者，多见其不知量也，抑庸何伤？

予因寓先生书院，故不惮娓娓言之，亦将以明正学、昭圣道也，岂特为黔中人士言哉！用为天下后世之随声附和而妄议儒先者敬告焉。雍正壬子岁嘉平月楚岳阳道山氏记，时年七十有五。

横岩坼记

康应瑚

尝览《澧纪》载慈诸寨而横岩坼居其一，志云昔人构屋于此避秦乱，今门窗虽不存，而丹雘之饰犹在，舟行江上可见。余于癸巳岁因清明构兵，同姚子跃天、朱子四来诸君俱挈眷避此，有红土筑墙、手巾搭岩之奇，土人长老竞传花关索、鲍三娘征战之所，遂遗迹焉。从栈道登其上，背山面河，左右峭壁约二十里，井五石室十有七，凡室可处百人，余则五六人、三四人而已。坼之左有石嶙峋，似可扳援，因命工作栈道五千仞，自晨及午方可步其巅。余于十有三日同姚、朱众友，命童携火烛始步其梯，潜心定目，裹身促足，几凌云摩空也。登其门，高爽明豁，一小洞天也。石砌有五十丈，昔人丹灶杵臼之物宛然如故，石磨、石缸、石棹、石凳之类不可胜纪，大约非人世所能为者。其堂有大石梯，上有四门皆黯不可入，中门稍有明隙，入数里许则石燕拂人，不能深进，水流有声，视之惟有桃叶积两岸耳。再行进数步，烛火俱灭，余因相顾错愕，莫知所之，急趋出，各欷歔久之，谓众友曰：夫非所谓桃源者邪？

夫邑乘《澧纪》纂于宋初，而曰昔者，不知何代之人、何年之事也。考志，在吴为天门郡，在晋属武陵郡，关索生长蒲西，距慈土数千余里，斯言荒谬无稽也明矣。余观夫两岸缤纷，波涛澎湃，武陵人舍舟遇避秦者另一乾坤或此地也。去索口市不过十余里，晋时文教不及之所，太守安能以宵小一言深入不毛邪？渊明诗云止知昔有秦，不知今有晋，意谓知秦之暴刻，不知晋之宽缓，犹觉相安云耳。今则圣主当阳，不识不知，顺帝之则，怀瑾握瑜之士当翱翔上国，安可使南阳卧龙同于处襘虱也哉！后之君子登斯地者，以予言为然否？因不避固陋，命毛颖记之，癸巳孟春月既望日书于坼之左壁间。

翼亭笔记

夏光洛

岁丁酉春正月三日，工土者二人来作园堤，越四十有七日堤成，高四尺有五寸，袤包一千二百有三尺。明年谷雨前二日，始剪榛莽，上竹坡，左转循古堤得迤逦径乃至竹冈。次日，由竹冈取径竹坂，右转循断堑入竹曲。又次日，出竹曲横过木坳口，斜迤而上左折得杉坡。由坡跻岭，横岭乃名，第四五日事也。西下横岭循山傍堤取径，圜转与竹坡通，右转仍达竹冈矣。于是通计费日者七。厥后从事园中历夏徂秋无暇日，间有完日不记日。

下竹坡路口取径左之，两竹当径并生如门枨，并镌“竹关”二字。过竹关而上为越岭，巡岭西下山脚与屋左短垣相属，园堤门在焉，常关耳。竹曲口断堑外有平壤为射圃，凿壤下泉为小池，初名曰君子泉，复易之曰勺。

竹坂直下山隈有小径，循之下岸谷，又自谷跻岸。

竹坡岐路树下，左出先陇右山趾，至屋右域于堤，于堤堑架欹桥渡焉。路经梅巢出如圃，乃至草堂。

四月下弦后四日，双槐子来坐园中竟晨夕。明日晡时将别，题“野性难驯”四字于竹冈竹上，复口占二十字曰：寻到山高处，漫无佳句题。只留四字在，颇似与山齐。云卧镌之竹，遂以驯名园。寄语索徐子念亭为之记。

午月上旬，兄湘岩先生初游驯园，陈子禹封前导，弟洛随杖屦，湘岩诗四首。是日，得仙掌先生题寄诗，沩宁陶氏伦宰来留七言一首。

季夏，于荆牌冲老屋圃场得零断山石一块，舁置杉坡树根下。城中屋墙门外青石一片，舟挽至旋风滩，舁入山，杉坡于是有石榻。又于城中武弁厅前得桃源石瓮一持归园。禹封氏读书友山楼，七月患十日疟，初愈登浮邱，见寺前齿石一枚状如敔，意之曰是可为杉坡石榻上枕，索之僧，僧曰：君能携之，携之去。禹封解衣卷之挟而下，遣佣者穷日力自友山楼负至杉坡，重可三十余斤。

菊月，兄湘岩先生五旬，前二日迓坐驯园留诗一首。

徐子念亭记成，以所属稿寄示，中间点窜则小阮葛庐手笔也。

十月，双槐制寄“野性难驯”匾一，念亭《驯园记》手卷一，匾镌葛庐弟能嫁氏字，卷则曹氏畅庵书，畅庵附一诗于卷尾。

禹封氏有驯园记一、杉坡诗一已脱稿见掷，一日忽时亡捡去，云卧索之，曰焚之矣。

己亥春夜，月出东山，立横岭俯视木坳西畔，光如耀金。次日，作山腰月径。

三月，竹冈、横岭亭址及杉坡小屋基先后成，平古堤作陡径，自竹冈直下竹曲，竹曲上路执事者所误辟，因用之。

裴树郭子来登眺横岭，曰何以得此，成五言二首。

约樵云子入山园不至，寄来七言二首，有小引。

夏四月，勺泉下第二坎成。炎暑时，督食力者删木坳棘莽，得香油子本成阴者百十株，中间有稚松数本出焉，长者三尺余，小者尺许，干霄蔽日、凌风起涛何日邪？

庚子初春，将构亭，门人郭十一景蘧书一联。仲春望日，奉桃江夫子诗训。三月旬有三日，伐山木作竹冈亭，冈亭镌双槐诗字。竹不得留，伐以为亭脊。一月亭乃成，用畅庵诗句名之曰翼。六月朔，悬双槐氏题赠匾。侄夔秋闱归，省问驯园，有五言诗五首。

山旧有兰，惜不多。春二月、秋九月，两度入安乐山，采兰蕙百十本植于园。宅相趾仁氏得石磬一片于某家，藏坐榻下，云卧见而赏之，遂以赠。十月廿三日，舁入园，悬翼亭西南檐角。长二尺，厚二寸，腰阔尺有二寸，上下阔递杀，有窍贯铁系于端，形似败蕉，声清越闻三五里。适周八笏班、郭九卞长、郭十一景蘧同时至，相与熟玩之，皆曰非偶然也。云卧顾谓芝儿曰：我死葬于园，祭于亭，其击此磬以招魂焉。因作《击磬辞》曰：今日有心之，击汝为吾响。他日如在之，祭吾为汝享。麦饭一盂磬一声，精魄山灵千古两。每风雨雪月深夜击之，默诵以为音节，击罢退立对磬一拜手。

十有二月，编壁翼亭以障风雪。除日，奉桃江夫子寄赐一联。

辛丑新春，寄语索联于花奴未即许。

王子位三有远游，便道见访，始设榻翼亭与共一夕。

有业种杉者，或先容之，为伐木坳东畔香油子本，辟地五亩，种杉秧二千本，既而悔之曰不如依旧。

二月，加培园堤高尺许，修饬园中路，路傍得山茶三十余本培之。

插秧事毕日，双槐子来访，宿翼亭，留二律。

五月，乞《石磬铭》于仙掌先生得之。

冬十有一月，病间某友至，翼亭编壁始得，以雪茧代涂泽，董氏来归我茧庵遗笔“对卷也看山”五字匾于亭。

祖磬记

张埴

弟采获祖磬之次年孟夏，南宗八传孙埴记曰：呜呼！此余家襄阳朝王城所藏先世灵磬也，今南迁者四代矣，胡为而至于斯？盖自明社之将屋也，名都大邑、宗室藩封皆已破灭，其图球鼎彝荡为清风、化为冷灰者不可胜数。襄邓之间赤地千里，民居里闬、搢绅伟伐一切颓败，诗书帷幕悉以汗牛马、裹金革，而又何有于一磬欤？今观此磬，土花剥蚀，绣涩皴起，献子之钟增其窾坎，武肃之券重其砢峨，宁不摩挲流连、欲歌而欲泣邪？

忆余童时闻王父督府公言献贼之蹦襄也，欲借襄王以蝥杨武陵，王遇害。余家距城百里，曾王父临难骂贼身殉，王父与叔祖父失而复获，一官郧鄂间关而南，驻于潭，保于衡，播迁于两粤，浮沉于交海，节旄落，皂帽颓，万里单骑，然后迁延匆遽复止于潭。盖北望流涕，无日不兴怀于岘首、鹿门先人丘垅云。中正始一归为曾王父卜宅树表，其老屋荒址在宿莽丛薄中莫可栖息，而南中创造颇有成规，夷陵烬余，宝衣黑土，遂不复省恋矣。大人丁卯登荐后，亦一归讨论谱帙，坠绪茫然，先人灵爽幸而不泯，至法物图书则片羽只字不可索得，此灵磬者隐而未见也。嗟呼！夫孰意数十年之后忽轮囷迸露于耳目之前欤！虽携之者自吾弟，而抉剔磨礲微伯氏某之力不及此矣。

磬重十二斤，高六寸，宽二尺五寸，旁列云气，环七十二乳，岁载万历十一年月日，为三世祖廷宪公置，声清而越、彻而永。唏嘘微哉！《咸》《英》杳默，知之罕矣，自今以往，吾家子姓奉笾豆，设几筵，以击以考，抚其物思其人，水源木本，清河玉牒如在目前也，忧世乱告心哀，拮据艰难，高曾手泽不昧厥始也。敦本之轮奂，朝王之梓桑，千里一缕，咫尺俨接，磬虽微，其为思也广，奚而忽诸？季弟坊博古尊先，促余记之，使后之人得以考焉。

游桃花源记

彭心鉴

曩余尝读《桃花源记》，窃讶人间世现此神界真咄咄怪事也，拟即欲觅小艇问津洞口，卒以世事羁绊不果。岁甲寅秉铎桃邑，越明年春仲课士稍暇，适同年友武陵郭君过访，因与之订花源游。郭君曰：数十年前曾一寓目，然山水之胜固非可一览尽，况仙源乎？余乃相与鼓楫扣舷溯流而西，时惊蛰之前一日也。春和微扇，两岸柳眼半开，城郭廨舍参差隐现于晨雾炊烟中者俨若画图。已而舟稍进，矫首南岸一带，层峦叠嶂若贯珠。郭君曰：此萘萝峰也。并语予以往岁经游时，秋水落霞掩映诸峰，今则嫩绿新抽，碧罗初挂，意境迥别矣。时余方呼家童取榆柳火烹茶，忽闻奔腾澎湃之音捣柁楼，则白马雪涛滚滚注山峡，舟子鼓棹迎涛一跃逾绝险，自是水势稍平。转瞬抵前洞，怪石屹立，罅窦处疑有神工鬼斧为之批郤导窾者，篙工方作舣舟势，余曰：未也，恺之食蔗，佳境当渐入耳。挂帆前经泊水溪，舍舟登岸踏青行，夹路碧桃绽蕊，芬芳袭人。步里许至八角亭，碑碣林立，率多前人名笔，摩挲久之。循山麓过遇仙桥，俯视石涧，清光激湍涓涓吐细响，蓦涧扳古藤屈曲上，奇葩异卉缤纷照眼。郭君曰：仙源近矣。又前数百步，石壁横亘踞山颠，瀑布摇曳若匹练汇成小池，冷冽侵肌肤。余曰：此真古洞府也。池畔有坪可容散坐者近十人，石礎数枚布地，盖旧时好事者曾构亭于兹，今亭废，仅础存耳。乃皆就坐少憩，思一跨绝壁直探水源，以穷于扳跻而止。

爰寻故道，复渡遇仙桥，穿竹林东出经大士阁，山僧延入，列果款饮佳茗数瓯。已乃出阁俯瞰，阶除崭然临无地，坡下美竹森森拂游履，仰视前山若拱若揖，突兀郁苍则桃川宫、摩顶、空心诸古迹在焉。乃稳步下危磴历山腰过渊明书院遗址，逶迤就康庄茅舍数区，腴田一垅，靖节诗所谓荒路暧通者，兹则驰道殊敞甚。道旁有“桃川佳致”四大字，石刻系唐时刘禹锡所题。垅尽陟坡约里余，觉茂林修竹中烟火气匆匆上，而桃川宫已在目矣。拂衣入坐定，回睇大士阁左右诸山，恍如海市蜃楼现空际。起寻瞿童炼丹台，芜没不能得。乃循山胁东下，伏而复起，登最高处踌躇四顾，辰沅诸水委折西来汇而东，势如黄河九曲，到此疑星宿可呼吸通，不啻重逢一仙源也。

仆夫报西山日薄，因与郭君拾晚翠、踏暮晖，崎岖抵缆船所，一路山花浓馥，而舟子已返水溪之棹泊前洞，迓予于绝壁下矣。登舟视石罅间隐隐有隙可投，扣之有声，窥之正黑，意昔云封洞口时景况大率尔尔。延伫移晷，乘兴棹归舟，黄昏后烟雨朦胧，滴滴透孤蓬。予笑谓郭君曰：山灵殆以此洗涤尘襟邪？解人不当作如是观乎？郭君曰：兹辰之游会心不远矣，回视向日所领略，大有径庭。余因述其事以纪胜游云。

岳麓书院四公德政纪略

王文清

书院在深山之麓，创自宋开宝时，江岸有古石牌坊，定向与旧院向差一字，朱子所欲改就之而未及为者也。乾隆中，建城南书院于会城中，阛阓纷华可悦，而岳麓书院遂鞠为茂草焉。时太守吕公南村聘予修长沙郡乘，蹙频告予曰：吾守此郡而不能复岳麓书院，吾不能见先人矣。因捐俸薪，请予馆此，予以终养固辞，吕公请益力，又令司马鲍公、县尹魏公、明经朱槛到门敦请，予乃就席。及门多应童子试者，迨学宪按试，邀山灵之秀入泮者凡十余人，后中式者数人，其姓名今犹勒讲堂右壁。于是读书士子争束行李渡江肄业岳麓，当事亦以师生膏火移归岳麓院中，而岳麓书院遂从此中兴矣。此德政之出吕公者一也。然朱子欲就之向犹未成也。

癸未甲申间，抚军陈公榕门毅然拨公项金若干，增斋舍两层，凡数十间，照依朱子所定向，两山交会，大江横绕，路从古牌坊下而出，大修后连科贤书叠荐。此德政之在陈公者二也。

书院在深山中，人烟稀少，暮夜间屡受穿窬之害。予亟请于驿宪熊公蔗园，乃详定更夫二名，每年共给工食银壹拾肆两肆钱，永夜轮守，师生安枕。此熊公之德政三也。

戊子年，当事以术士祸福之言，忽改书院头门偏对麓右，白虎高昂千尺，院中灾病大作，几致撤散。幸德公纯庵来抚，予为先后详述其事，德公按视之，曰：此如人面然，移嘴居右耳之旁，尚复成人面乎？立命有司唤匠作即行折改，刻期观成，门复旧制，院中渐次安堵如故。是德公之德政不居其四乎？

此皆予亲历其事，亦通省十余郡中人所共见共闻且共仰共戴者。予掌岳麓教，前一载，后八载，今以年髦辞归，恐后人不知其详，故特据实而略纪之，附入《岳麓志》中。俾后之沐浴此中者每饭祝之，而世世无陨善政，无忘旧德也。辛卯冬日，题聘通省岳麓书院长宁乡王文清题于半学斋头。

大汾湖水源及诸洲水道防障杂记　陈其扬

益之南，宁之北，山谷之间有二溪，汇而为湖，曰大汾湖，湖之旁为洲者四，曰汾湖洲，曰滩头，曰排头，曰西陵。汾湖洲之水，别汇于瑶头湖，瑶头在大汾湖之东，夏涨则波连于大汾，冬涸有港，西行一二里北折而与滩头之水合。其大汾湖之水东出再聚而成溪，然后次第与排头、西陵水合。合而更三十里，乃与汾湖洲、滩头之水共会而入于湘。此水之大略也。汾湖洲形如掌指，地势稍高，其浦溆入水之处，或有横堤以障，或无之，然自百年来被水之岁不五六见也。排头东南高而西北下，堤形如半月。滩头、西陵二洲则四边皆下，无偏高之处，故环之以堤。此防障之大略也。

防障之兴，始自乾隆初载。前此沉斥之区，土长苇荻，水游鱼鳖，居人种莳稀有，一二残篱草屋，惰民业渔者而已。是时无所事往，往则荡小舟，刈荻买鱼，冲波而去，竟日而还耳。近者十余年来，防障渐坚，土地尽垦，升障而望，屋瓦如鳞，大约十室率八九农矣。其民三时力田，一时兴作，冬春之会邑令丞必一再课其勤惰，上则中丞以下亲临谕之。锄铫畚挶，早作晏息，列之以行柳，坚之以夯杵，防豫之计必慎必周，一隅渗漏则毕一围之力致于一处，春涨者其来暴，秋潦则势缓而为日多，围民之忧劳亦因时而各异焉。汾湖洲既无防障，亦遂无兴作之烦，然春夏淫雨积潦之注于湖者，为诸洲高障所壅不得骤泄，或至于旬日浃月，故汾湖洲之田其忧春涨则又过于曩时。其所汇之瑶头湖，向为刈荻者于湖北别决小口通舟，垂二十年矣，为其不利于洲之人也，集众力往堙之，使复其旧。同时邑东南有枫林港者，前居民壅闭其流，防澬流之涨以捍其下淤田，亦垂二十余年，去其堤而重泄之。于此可见，溪渎之势当顺其故，不可以意为蓄泄也。

浮邱山石齿枕记

陈其扬

益之浮邱山，其上有石，纵横作齿痕，柔脆而质白，礲以坚石则落如腻粉，环山顶、寺旁皆有之。碎者等瓦砾，大者盈尺寸以上。问之寺僧，或曰浮邱者古仙，此石古仙遗迹也；或曰闻有煮石为服食者，是殆仙之馂余乎？说皆荒渺不可深信。然柔脆腻白而作齿痕，亦无惑其傅会而为是说矣。昔人作《山海》一经，世传以为淹博，然穷极宇宙之变，是书何足逮其万一。通都大邑之所产，人皆见之，则哗然而道之矣。至于遐陬僻壤，纷细而不可究者，盈天地间何翅亿计。虽有博物君子，乌能以尽其变哉！前此康熙五十七年，读书浮邱山下，从人登山而见是石，遍求之，恨无足供器用者。山僧曰有之，乃出一石曰：斯不类枕邪？熟视之，若虎之伏，若猬之伸，瑰谲而嶙峋。因从索得，力致之斋中，意甚宝爱。而邑夏云卧先生新辟园亭，以书来曰：闻得石枕，可赠我为偃仰之助。余以意却，而先生必欲得之，令致书者坐索。余诧曰：是公之好异也，乃过于我。遂举以赠。先生得之，命石工于其上刻“敌枕”二字焉。

省园记

陈其扬

外舅畅庵曹公所治省园，前临深池，后阻密竹，南北数笏地耳，东西才可十余丈。制一斋一亭，斋有室有堂有廊，由斋而亭有曲径，径以甃，辅之以栏，沿地皆栏，无他佳花、美石、竹树杂生其间。公以明经授外翰，官于永郡之宁远，官三年而受聘为岳麓主讲，主讲四年而卒于讲舍，园则其未官之先所治者也。方公之治是园也，有终焉之想，及官千里外，以谓无复初愿。既而主讲岳麓，密迩家园，岁时撤绛，竟得归而至于此，遂自喜以谓沿老告休可以于时起处，而不自谓杳焉，遂殂。然则人之托物以游者，处于大化之中，其意愿顾可以自必欤?

公于文章世号通才，而于诗尤笃嗜，既治兹园，诗日益富。于人则友朋戚好远而都邑京国，千里之外，平生之旧，必有怀思寄赠之章。下逮一名一物，俚事闲情，伸纸疾书，盈筐累帙。方其未之官而偃息于此园也，朋友之候问访临者，书什赠遗者，问道考业之亲炙光仪者，酬酢有不暇给，纷藉而不知其劳，频数而不以为厌，虽亦公之才力有大过人者，然而四方之士，谆笃而不解，景行而不怠，兹非其笃学力行之所积而通焉者哉！盖公自十龄为诸生，才名噪于都邑之中，读书著述积四五十年，逮晚节而托兴于此，此云亭元草之见重于当世者也，而岂一朝一夕之故也?通津不足以为喧，曲巷不足以为固，于人而已。

二柳园石山记

陈其扬

二柳者，族曾祖筠浦公故园也。公没八年而扬始生，生十余年往游其地，闻人指说某堂某亭处，荡然无见，所见荒蹊之畔二柳离立，荒台之上怪石嵯峨而已。迟之又久而往，二柳亦失所在。迟之又久而又往，台上之石亦无所见。问之，曰：其诸孙分散而有之矣。岁甲戌，公玄孙世烈始出其一以为贻，为其曾有所学于吾也，至是出祖物为贽，吾园因以得是石焉。

方吾之始至公园也，所见于台上之石，为横为欹，为奇峰嵂兀，为侧脑，为澒洞中空，状各殊致。溯之当年，盖亦求之非一端，得之非一朝，皆穿虎豹，冒毒螯，据无人之巅，缒不测之壑而取之者。向非公之恩信结于朋友，远地交游皆乐为用，而安能如是之佳且多也？今公没才七十余年耳，所及见者独此一石，惜哉！抑又闻之公之得优游于此园者，中间不过四十余年事，今又七十余年，而此一片石因缘遘会，使其族曾孙为之守之，今族曾孙又皤皤老去，复安知此一片石之为何如？盖石不足爱，爱其有守之之人而已。

言未既，有客逌尔而笑于旁。余叩之，客曰：杜暹藏书而戒其鬻，安知必不鬻？禹偁竹楼不问其朽，岂其竟速朽？君子之于物，但因其见在而已矣，处之以无心而已矣。余闻而悚然曰：子之言是也。因并录而为之记。仍命曰“二柳园山石”者，不欲没其旧也，不敢以自专也。

纪邻

陈其扬

所居地名荷塘，幼时见比屋而居者，合之余家而八，二十年中其六家先后徙去，独余与东家犹旧。今东家又徙，将行矣，语余曰：唇亡则齿寒，繄子今者得无寒乎？余叹而曰：自古虞夏商周圣人之胄更废迭兴，以至于后世相嬗也，又何论庶人之居乎哉！且昔者孔子大圣以宋人而兴于鲁，孟子孟孙氏之苗裔也而显于邹，百里奚一去虞而秦成霸业，范蠡一居齐再居陶皆累巨万，圣贤人既若此也，富贵者又若彼也，今徒以不丧其故而为得，不尔则以为失，是岂足以为通论也哉！且夫吾侪所谓不丧其故者，何邪？忠信以立心，孝弟以率家，力田以急租税，以勤事畜，以是为其故而已矣。若乃弃农织，去诗书，身无所束，遂入游惰。游惰之祸，其伤孔多。三五暗结，狙伏搏击，是谓贪残之民；饮酒博奕，奸幸巧变，是谓干纪之民；怙富假势，陵轹乡闾，是谓乱俗之民；非诡其是，曲枉其直，是谓鬼蜮之民。凡若此者，虽或庇祖父之居，餍肥甘之享，遂以为不丧其故乎哉！向之六家，虽皆非得其意以去也，然于吾所云者，凡皆有其善而无其恶，足以不恨。然余卒悒悒于昔今所见之异，而喟然于倚伏之无时也，作纪邻。

铺石潭刊木记

戴炯

洞庭而南衡湘全道之间多悬滩石，舟行必量水曲避然后得脱于险。若善化铺石滩上流有木妖者，不知起自何年。树不五出，去岸十余丈，盘踞河泓，宽不丈许，攲侧附滩，干尾枝根森若虎牙槎锯。秋冬水涸，虽熟由此路者，舟被穿覆岁数见焉。于是呼号求救，而利其灾者直半其货以为偿，非是则袖手观望不少进。康熙五十年间，粮艘为破，长、善二邑侯往勘，欲抉去之，询诸钓舫，皆云千百年牢不可去，遂中止。

铜有僧曰应适者，雅修善而有胆智。乾隆十年冬，熊君幼苏偕余与寺僧游，话及此。时有为吊诡者，谓此木根固而深，大四围，长五六丈，鼋鼍隐现出没，渔人敬祀之，意有神凭，犯之恐速祸。予曰：不然。古有功德于民者则祀之，今为民害且百千年，胡神之云。且妖不胜正，宜善其策以除之。僧乃乘水涸，伐竹数十茎，作巨缆百尺，夫若干，饭数石，酒数瓮，入水而系者倍偿。于是人争助功于上流，则牵挽数日不少动，众怠且止。僧苦劝，持酒劳之，移而就中，不一日竟拔其一，长五丈，大四围，坚至不可斧斤。阅二日，持粮催夫向下流，又拔其二三。转向上流，决其泥沙，斧锯断凿，无不拔者。如是者三旬。熊君又走函趣余同觅舟过览是溪，连樯而下，放乎中流若平地然，莫不拊掌称快。来自远方者相告问，莫知为谁何之力，僧复不自多其功，不以示人。呜呼！彼向舟人托钵与沿河击磬以求一钱之惠而毫无利便者，去此何翅万万也！

古之强有力者，兴利除害，建无前之烈，大不世之勋，彪炳史册，积之既久，人往往享其利莫知其初。矧此僧去积害，建成劳，利与名不设于心，苟不铭于册而勒之石，不将积久而忘其募众刊木，一劳永逸之功邪？古语云：天下事，有可忘，有不可忘。僧自忘其功可也，安澜而过者其可忘邪？予深嘉僧力之强而不自多其功也，故记之。

六君书屋记

曾绍孔

子猷爱竹，每呼此君，意其性情应有所独得而莫有同焉者。余亦有竹癖，环读书屋周遭植之，得六种。楠竹最肥茁，劲挺峻拔若领袖诸君者。次黄杆，修长清瘦而萧疏朴茂。紫竹、斑竹微嫌以色异，然雅淡宜人，仍不减林下风味。水竹纯青，与斑、紫间相杂适均。最小而俊则凤尾，以尾胜用，殿诸君后。是为六君。余既一所癖于数君，而数君莫不集而惟余癖。虽非渭川千亩，淇上筼筜，知独坐幽篁，弹琴长啸，昔人不得专其清况也。今大者百余竿，森森秀擢，小者亦点缀篱落。旭日东升，晚霞倒映，则翠碧四合，绿影徘徊；皓魄当空，星河皎洁，则荇藻交横，清阴布地。岂惟牙轴涵光，胡床借泽，而蓬室瓮牖，茶铛酒杯，襟袖肌骨，率皆浸染。凡此极骚人韵士所扶策流憩，钟情颙愿而不得者，皆得玩诸席榻之前。且春夏之交，龙孙壳脱，鹊尾稍抽，抹嫩翠于苍霭中，尤浅深各得。若夫飞雨乍歇，凉飔偶动，摩戛有声，疾徐疏密，若中节会。酒醒梦觉，凭几而听之，悄然思，萧然远，直浩浩乎与无怀、葛天游矣。因题曰“六君书屋”。嗟夫！余僻处山野，曩称三君八俊一无所识，惟此数君日与周旋，所见大以成大，小以成小，不欲以所无自少，而亦不得不以所有自多也，又安计余之所得于此者视子猷奚若哉！独子猷能以是传，则不逮远甚。

观澜轩记

杜要

余生康熙戊申年，兄弟四人余最少，初名荟。幼时多疾苦，稍长而吴逆蹂躏衡湘，伪定一时，历甲乙丙丁戊午之间，迄鲜宁宇。余居近市，尤当孔道，父老咸走匿乡井，而先大人当兵戈抢攘之秋，担头必系书史，山居不肯一息闲旷，恒授余读，读时字字句句耳提面命。呜呼！今而知先人苦心呕血为门户计者，虑诚深远矣。而余实椎鲁，不及长兄敏捷。长兄杰，童试多冠军，饩府学四十人中，作为文章脍炙人口。余因不敢自弃，无寒无暑深自淬砺。稍成文，先大人窃语三兄曰：尔季弟当以文章名世，无难乡会腾踏也。余意窃记之，益自淬砺，惧无以副先大人之望。

不吊丁丑秋九月先大人弃余兄弟下世，余读礼山中，以老母尚健，不敢废旧业。服阕，岁试隶县学。壬午，获荐而复抑。迄丙戌，复遭先慈大故，创巨痛深，功名事业始视如土块矣。两学师犹时时催督，余不获已，遂入蜀。三年归，勉理旧业，虽屡蹶棘闱，计前后获荐者四，至己酉与同县两杨君同举。自是公车北上，意少以慰先大人于地下。然而古人有言：赋命有疾徐，青云难力致。余之不遇，则非尽文章之过也。

去岁丙辰，躬逢圣主当阳，用昭旷典，以余年七十犹有志观光，特旨命大臣检阅余卷封呈御览，钦赐国子监学正。而一第不酬，遇犹不遇。今春，又驰车北走，仍然故我。噫嘻！科名固若斯之不易也。然先大人之所以教余小子，与余小子所以承先大人之教，数十年苦心刻励者，则不敢一刻忘也。因流涕而记之。

枫塘藏书楼记

常琬

昔者仓颉造字，天雨粟，鬼夜哭，以发天地未泄之奇，为后世千万年无穷之利。雨粟是幸其利用也，鬼哭是痛其刻切也，则文字利用而刻切，为千万年无穷之利，岂浅鲜哉！造字固尔，而吾人之读书也亦然，利则雨粟矣，害则鬼哭矣。非特读书也，而藏书亦然。

余以一介之士，以诸生举于乡，捷于礼闱，历宰河南诸县。

素性喜书法字帖，不惜重金购之，无刻本者，借而钞录之，与贤士大夫游，日与讲习诗书文字不知倦。人有知余癖于书画者，更赠遗之。积数十年，经、史、子、集及百家言、小说、方技，各种字帖画图，盈千万卷轴，犹索购不已，盈箱充椟，几无贮置处。罢官后，诸物不暇计，惟此以大舸载运之归，造楼于枫塘轩侧以藏之。日登而阅，展而读，非其人不令入，非大事不肯下，余固将终老于此乡也。后之子孙，能体余志，继余业，登余楼而启余椟，展余之书卷，朝夕诵读，未必无一得也。果有所得，未必无一效也。果有所效，则雨粟之利未有不为若人幸也。否则背余志，废余业，甚且拆余楼，毁余柜，尽余书而焚之鬻之，以济其私，以适其意，又岂顾鬼之夜哭也哉！若而人者，人亦谓为余子孙也，余早已不以为余子孙也，即余之书画字帖，亦不乐有是人者。余非惜此书画字帖也，盖甚惜其背余志、废余业何太刻切，不为天地留其奇，存千万世无穷之利也。因有感而为之记。

增修长沙会馆记

刘元燮

皇畿为天下会归之区，衣冠辐辏，每岁当贡士上计偕者，远近毕至，间关跋涉，望阙云奔，无如九陌三条茫茫似海，求一措足之地卒不可得，此会馆之设即《周礼·遗人》路室、候馆意也，顾不重欤？吾郡之有会馆，由来旧矣。自明季至今凡百数十年，其间屡修屡毁，惟赖一二有志之士从而振兴之，而苦心锐志，不辞艰巨，则吾邑山长先生之力居多，其见于自记者详矣。顾自康熙己未迄今癸丑，经五十五年，中间留心斯馆者，惟吾邑恪勤陈公，于康熙己亥年间曾为修饰立匾额，复详考太学题名碑所载先明进士，录其姓氏、里居、爵秩，及国朝文武科甲题名，悉为次第编录，稍存文献遗意，甚盛心也。岁久失修，寻复颓败，壬寅癸卯之间仅土壁数椽而已。至甲辰，赖今大司农石源彭公独力捐资，命其弟謦三及刘子绎武重为补葺，而副使孔嘉王公复为增修，立见焕然，延至今日而已为硕果之存矣。

今国家文教日新，无远弗届，湖湘岳麓之间英才辈出。自甲辰科今天子特命楚南分闱，星沙设立贡院，每科乡荐合郡不下二十人，计偕者几及五十。馆中湫隘，侨寓无多，而匾额日增，厅事前几无措置地。且旧匾铅粉剥落，字迹漫漶，久且必为支床析薪之用。予因慨然久之，思所以传永久者，因与里人谋付剞劂，编次悉照原式，更为酌增条规数则，以示恭敬桑梓之意。兼合谋诸内外显者醵金增修，将为拓其基而廓其宇，使担簦蹑屩者得所栖息如行旅之赴家，而出门同人交相规劝，以砥砺于近光之下，其为裨益滋大。况夫前贤矩矱，瓣香可接，文章经济有若李公东阳、李公腾芳、夏公原吉、周公堪赓诸人皆可为步趋者，近如恪勤陈公以清操劲节身膺两朝宠遇，享庙祀而耀简编，其生平树立岂不伟欤？后之登斯堂者，郁然而思，勃然而起，将按籍而稽之曰，某某以德行显，某某以勋业彰，某某以文章著，则观感奋兴，卓然知所树立，出而黼黻皇猷，赞襄盛治，必皆为有体有用之才，作楫作霖之选，则是编也，不独为诸公授馆计，其于圣朝振兴鼓舞之化，亦未必无小补云。雍正十一年正月望日书于直庐之浴德堂。

环青楼记

方桂

昔欧阳文忠公守滁，常作丰乐亭以与民共乐，又名醉翁亭以自明其乐，岂放浪形骸，漠然无所动于中者邪？东坡葺超然台于胶西，亦云乐其风俗之淳，而所为相与登览放意肆志以游于物之外者，大抵惟自写其乐，而与民共乐之意，未尝见诸文辞间。二公皆宋贤臣，其寓目流连以舒怀抱、畅襟期者，其致则一，而即其所乐之意，又未始不可得其优绌也。

予自临郡调守东川，履其地，万峰壁立，林木阴森，以为蚕丛鱼凫境界于兹犹见，若所云清流、琅琊、常山、马耳、穆陵之胜，如滁如胶者，渺不可得，心窃忧之。处之半载而政渐通，人渐和，吏民咸安，予之拙焉。盖东川属蛮疆，自元明以来已经建置，我朝改土设流，由蜀隶滇，规制既立，骎骎乎与中州并埒，向之凭恃险阻，刬削消磨，然徒见山高而水清。又其民休养生息涵煦数十年之深，故教化易行而风俗易成也。

于是乃洁其庭宇，为苟完之计。而署之西，旧有小楼一楹，四面层峦叠嶂，翠拥岚萦，稍葺而补之，颜曰“环青”。退食之暇，每登临远眺，觉阡陌村墟参差绣错，与云影山光相荡摩。最喜四时之交，田家力作，耕耘收获之状，历历心目间，宛然一幅豳风图画也。又不知丰乐、醉翁之侧，超然之前，时睹此景象否？不禁喟然叹曰：士君子恫瘝在抱，其所为叩闾檐、询疾苦、课农桑、兴学校，勤勤恳恳勿论已，即此凭栏眺望，睹妇子之勤动，思稼穑之艰难，亦正可悉心求瘼以奠我黔黎也。范文正公有云：先天下之忧而忧，后天下之乐而乐。然则登斯楼也，岂徒风烟云物，遐瞩高瞻，自鸣得意而已哉！或曰：楼之以环青名，其即永叔环滁皆山之意乎？余笑应之曰：公能乐民之乐以自乐其乐，余窃慕公之意，又虑其不逮公之所为也。因为之记，以自勉焉。至于登览放意肆志，以游于物之外，则非余之所及知也。

偶坐轩记

方桂

辛巳清和上浣，梅雨初晴，庭除阒寂，主人萧然无事，葺其署之东偏旧舍一椽，方广仅如掌，中设案一榻一，案头供瓶花一枝，榻间置图书法帖并香炉茗碗数事。轩外凿池半亩，周围环植杨柳，杂以时花几本，点缀虽小，亦俨然避喧谢客之别业也。主人每值公余辄偃息其中，或清茶一瓯，或蔬饭一盂即舍去，如是者率以为常。因颜其居曰“偶坐”，盖纪实也。

客有诘之者曰：子之坐此者屡矣，安得为偶乎？主人作而对曰：噫嘻！偶之时义大矣哉！今夫乌升而兔坠，沧海而桑田，天地皆偶也；燕去而鸿宾，桃枯而菊茂，万物皆偶也。推而极之于人，则惊白驹之过隙，哀吾生之须臾，何时非偶也？朝吴头而楚尾，夕燕阙而秦关，何地非偶也？比荣华如朝露，等富贵若浮云，何穷通得丧之非偶也？况夫宦署官衙传舍耳！吾不知自有此轩以前，坐此者几何人而至于我，我之坐此者几何时而留之于后人，总之倏而来者倏而去，倏而过者倏而化，要皆偶然事耳。青莲有言：天地者，万物之逆旅；光阴者，百代之过客。右军记云：向之所欣，俯仰之间，已为陈迹。旷哉二公之见乎！吾轩虽小，可以喻大，安见坳堂者是而芥舟者非邪？客哂而退。睨视晷影下阶，午炊报熟，盖又偶移时矣。

重修城隍庙记

饶梦燕

按：城隍之名见于《易》。北平孙承泽云：庙祀莫究其始。唐李阳冰谓城隍神祀典无之，惟吴越有尔。宋赵与时辨其非，以为成都城隍祠太和中李德裕建；李白作《韦鄂州碑》有城隍祠；又，杜牧刺黄州，韩愈刺潮州，麴信陵刺舒州，皆有城隍之祭。芜湖城隍祠建于吴赤乌二年。综而核之，信有征矣。《记》曰：天子大蜡八，伊耆氏始为蜡。注曰：伊耆氏，尧也。蜡祭八神，水庸居七。水则隍也，庸则城也。《春秋》郑灾祈于四鄘，宋灾用马于四鄘，皆其证也。明初，宋太史请朝廷考证《周礼》，厘正祀典，于是始诏天下郡邑皆立城隍神专祠，则兹祠之设原非诞妄。我朝祭典，春秋享祀在于郊坛，每月朔望，文武瞻拜则在于祠，百姓咸知为一邑之主。於戏！其尊且重为何如哉！

本祠旧址即今之育婴堂，传闻前有倡风水之说者移建于此，越世近二百年，栋颓宇圮，不几亵神而慢祀乎？佥议修葺，而祠前西南围墙逼狭，则募彭姓施地四间；祠后东北，予捐资买地，宽广依墙；好义如国学刘文鹤者，首先输金勷成美举。于是鸠工兴事，倾者植之，隘者宏之，固其基址，鲜其涂塈，往昔匾联润泽维新，观者愉快，乃诏告于我邑主尊神，仰祈休嘉焉。众纠事嘱予作文以记之，予不敏，谨详始末，勒诸贞珉。

望小西洞记

龚自舒

辰州二酉山名闻天下，予童时艳其名，心焉藏之久矣。乾隆己卯冬秉铎沅陵，访之故老，言大酉隶辰溪，小酉去郡西二十里，古迹犹存。然日与及门士讲学论文，初无暇远览也。壬午夏有事永顺，买小舟溯流而上，倚篷遥望，山水历落可人。经酉口抵乌速滩，山水尤奇。中有峰特出，皎石晴霞，林谷幽苍，鸟语花放，若别有天地者。舟人告予曰：此小酉山也。于是停桡摄衣登岸，而山高路仄，竹杖莫支，选石而坐。回视烟岚莽苍中，鸡鹊鸂鶒飞鸣下上，水田蝌蚪错杂嘈嘈。予虽性懒力歉，未能穷幽极邈，顾所谓溪声韵管弦者，已领略其大概矣。或指曰：洞在岩之上，有石穴焉，莫测其浅深，右藏书箧，可坐六七人。又曰：中有两黄者，一名却鼎，一名炼丹。予哑然笑曰：穆之辙镮渺矣，避秦劫者近是。嗟乎！典坟丘索、经传子史，秦人焚之，而至今家弦户诵，如日月常新，其有赖于藏之也信矣。然漆书竹简经数千年之久，而犹叩石洞以问有无，则亦惑之甚者也。昔段成式著《杂俎》以酉阳名，则酉阳不独藏书也，亦著书之所哉。吾以为后之有意于小酉者，如段成式可也，何必效避秦人穷幽极渺以为高乎？时炎日欲西，凉风习习，回舟迅笔记之，以不虚畴昔之愿云。

澧州水府庙记代

罗升

己巳之夏，余膺简命来守是邦，稽旧典应秩祀者，都人士各举以闻。县治西二里许，为水府庙故址，背方顶面回浦滩。春夏澧水泛涌，非惟滩流险急，樯倾楫摧，抑且波势北向，环城岸不无崩圮之虞，故建立于兹以阴护之。岁月久而风飘雨零，虫剥蚁蚀，庙废而神迁，此迩年水势渍迅，北岸冲塌，而城郭人民之不获安处也。余闻之，因往观焉。荒郊蔓土存钟一口，载明崇祯元年建，榱桷墙垣尽没，不禁怆然有感曰：国家重熙累洽百余年矣，景运日新，百神受职，河随岳以怀柔，零阳虽界偏疆，莫非王臣王土，而何保障斯邑者，竟不得妥侑斯地也？爰是构材鸠工，前后两重，缭以周垣，栋宇台墄一准程式，乾隆十四年冬月始事，十六年冬月告竣，率士民迎神归庙，延僧奉香火。两载之内水波不扬，黄童白叟靡不归功于余。夫事神，宁人宰之职也，余曷敢居美焉！惟有望于后起者，以继余志云尔。

新建天镇霜神庙记

张坊

乾隆癸巳孟秋，余官天镇，百谷将登时白露陨霜，收成减十分三四，询诸土人，边关气候岁苦，早霜无如何也。余曰：《礼》：季秋之月，霜始降，则百工休。《淮南子》：至秋三月，青女乃出，降以霜雪。高诱注：青女，天神，乃青腰玉女，司霜雪者。是霜有神也，降有节也，宜早宜迟，宜重宜微，惟神实司之。今边民既苦岁收，何不专祠霜神以致祈祷。民咸以为然。及稽考经史祀典无据，以事属创见，恐无征不信也。余曰：均天神也，风神、雨神、雹神可祷，霜神独不可祷乎？遂择吉鸠工，卜城北一里河阴，辟草莱，筑基址，建神祠，置九天霜神主位其中，率合邑僚属绅耆祀而祝曰：今岁早旱，播种已迟。又当冰雹，补种失时。愿威缓降，普惠是施。福我蒸民，常奉神祠。又祀而祝曰：民得有食，惟神之锡。但愿来秋，载彰厥德。穀我苍黎，保我黍稷。斯宏其宫，永报奕叶。爰扩旧基，建新宫，易塑像，列侍从，设钟鼓，竖乐楼。祀而祝曰：天道冥冥，神恩荡荡。当微而微，宜降则降。二年以来，功德无量。嗣今蒸尝，边民有望。余曰：幽明一理也，固非余之臆见，抑非时之偶值，是在天之神也既昭著矣。他日礼臣即以是议请于朝宁，与雹神合风云雷雨同祀南坛无不可也。为作碑记，勒石于庙。

游泰山记

唐焕

孔子登泰山而小天下喻道也，而蹑屐而登亦复不易。予登泰山者数矣，监籍混施钱，阅视祠宇程作，皆奔奏在公，安得言游，游乃自今日始。是时也，簪组既谢，风日正佳，体便攀跻，兴涉超隽，乃却舆撰杖，携儿子仲冕及两仆行。出北郭遇一黄冠自劳山来，须眉尽绿，问之云崇祯七年生，避乱入山，今始出游，类有道者，步趾如飞，追之弗及。余乃历天门，狃万仙楼，酌护驾泉，观七十二君辇道，憩五大夫松，与儿子论巡望封禅事。且论且行至十八盘，陡绝如应劭所记，勃窣蹒跚不能纵步，然余行辄在儿子、两仆前，经数盘辄小住以待。度南天门，探白云洞，遂陟太平顶，凭养云轩，四顾敻豁，群山伏藏，上与造化者游，而河海形势了然在目，一一指示仲冕，使遍识焉。道士进青精饭，日下舂矣。闻后石坞特幽奥，即谒丈人峰，转西天门下，从北天门荦角入天空山，世所称元君得道处也。怪石冷泉，灵踪诡异，疑有虎豹守关，猿鹤舞座，庵荒径僻，凛乎不可久留。乘月踏云，仍返穹巅，至则夜分矣。

五更起，上日观，立东天门观日出。回礼孔子崖，尚早，坐呼仲冕而告之曰：汝登山，汝亦知学山乎？山之岩岩，树汝风骨；山之邃邈，安汝器宇；山之广博，廓汝识量。晓日初升，汝养平旦，肤云乍合，汝作霖雨，积之以自卑，资之以深造，毋躁汝气，毋堕汝志，则至于山，且至泰岱矣。不然，是大山之麓止而不能升也。小子勉之。仲冕拜受而兴。

归涂纡道经石峪，石坪夷旷，泉瀑敷流，石刻北齐分书《金刚经》，字大如斗。上有明人刻《大学》百九十六言，仲冕素业古本《大学》，进而问曰：《大学》节邪？抑残缺邪？余慨然曰：此宋儒所谓经也，格致补传与古本专责诚意者异。夫物有轨范，知当扩充，诚意者，格致之内功，格致者，诚意之实践。即如余年六十有四，一日之间登岱四十里，往返后石坞亦三十里，而筋力不惫者，游兴畅洽故也，诚意也，周览椒麓，则格致也。不宁惟是，山亦有然，其起伏向背者，格致之情状，其扶舆清淑、旁薄郁积者，诚意之端倪。故曰不诚无物，此小子所宜沉潜，偶于登山焉发之。因书之以为记。

案：作者原有《石岭文集》，遍觅不得，兹从《陶山文录·岱览自叙》中得此篇，聊见一斑云。己巳长至汝怀附记。

湖南文征　卷四十六

记五

春夜游岳麓记

陈葵

癸巳春，若谷与玉川归自武昌，留长沙，相与游岳麓。时玉川门人邓子驯溪读书岳麓书院，院在岳麓寺东南平敞处，俱南向。邓子既受业玉川，与余深相契合。性好登临，有幽意，若谷以此益多之。咄嗟！命觞豆，藉草趺坐，盖院外可遥望岳麓诸峰胜概也。酒半，落晖可掬，山翠若流，诸胜概皆洒濯献媚。

从院后径行，有二池，盖引岳麓寺后泉水注其中，长夏不涸，为桥池上，据桥澄澈可鉴。东北溢流，绕艺兰四箴亭后，甚纡回，俗呼为九曲黄河焉。梓潼殿、御书楼皆在池后，朴素无雕镂，与院左讲堂、诸台殿东西错列。盖有创制，大约俱尚质，时欲暮不暇游也。梓潼殿东北有泉，泉深不盈尺，溢流四注，若捧漏瓮焉，然数十人酌之，亦终日不罄。为亭其上，名及泉，盖朱晦翁讲学于此所取义也。故中庸、高明皆出四子书，先生为理学宗以类从也，然犹在平敞处，未登山，右折路渐欹，暝色无际，返照在林，但闻归鸟啾啁而已。数百步至中庸亭，时三月望前三日，月已亭亭悬高树矣。野花夹路，如闻芗泽、稻香亭疑山在平畴中，盖仙曹挂冠羽衣处也。东北峰峦尤峻，碍月不得见，张籍阮公诗云：升攀想遗趣。信哉！

当是时，诸游人皆醉，各罢散去，余两人扰攘风尘，久忽置身名山中，已不似人间世矣。直上里许，又得一亭，晦翁所命为高明者也，约与寺东西相并而高突焉。山右皆茂树环寺，寺隐不可见。有谷焉，深无际，中隔不能与寺通，亦隐茂草中，邓子视其下，曰：此中当有神人居焉。玉川约留当翼日游，与余俱据石憩。西北有欹石，石冠壁立，余摄衣临其上，月正中，顾影直达石壁。底数十丈，如龙伯国人，虚空中恍若有长啸声，盖玉川已直达禹碑亭矣。路益欹，且行且憩，数憩乃得达。碑藏其内，石晶莹，亭蔽不接月光，而炫灿烁目，仿佛若见字迹者。噫！久旅忘家，宿岳麓庭，其勤也如此。一望苍茫，风景应不殊邪？亭左多怪石，余与玉川枕石相对卧，邓子采薇野花中，回视吾两人，曰：惊人诗句，此间可搔首问青天矣。玉川诵司空山《怀古》诗，余诵《送春》诗和之，山精木魈，潜伏伺听否？

亭后直上登绝顶，为岳麓东北峰，最高处山根四削，匝平畴千顷，平畴皆水光荡漾，月色迷离，怅恍似空蒙中也。平畴了不相接，四山皆俯睇若丘陵，微见淡烟漠漠，远火明灭，则潭州十万户也。西南天际处有数小碧色，与天稍异，倘所谓苍梧、九嶷依稀可即。回望衡山，隐见不能定。玉川曰：安得金声召秋气，令洞庭波涛震撼。余两人凭此听汹汹溘溘声，虽性不能强饮，可一石不醉。夜已分，环山无居民，鸣吠四绝，当是时，春欲暮，风不甚劲寒，是夜气尤澄澈，纤云不起，明月孤悬，草木露凝，山容肃穆，万籁俱寂，俯仰无著，苍苍沉沉，乍有乍无，天乐天香，如晤如闻，四顾茫茫，相对无言，不知月之已西垂矣。回视禹碑亭，已隔数峰。禹碑亭，寺北偏也，随峰随憩，随憩随望，是时已绕寺后达寺西矣。峰势皆相埒，惟寺阳有峰稍昂，绝顶空旷，无竹木，山腰皆深林耸拔，故环山皆不见寺，亦竟不能与寺通，峰陡且多悬岩也。

月既西垂，仍逐月西行。山穷左转，长林郁郁蔽天，淡月不辨，惟闻谡谡松风而已。东西与寺并高，差拟高明亭，即寺西岳麓最高峰山腰也。多怪石，错杂古树间，遇石即暂憩。有流水，夜色不见，隐隐与江声相薄。山南尽处，若有钟声出林木间，邓子曰雷祖殿也。殿在飞来石后，坐石可送月落。因西南行，绕雷祖殿右，出其前，绝壁数十丈，有亭插空，仰视若隔绝不可通，即飞来石也。

月朦胧惝恍，望难定，玉川不欲往，遂直前径古碑亭而归。碑左平敞处，方广数丈，以足扑之，若振金铎然。然皆土非石，故人以此益怪之，即所谓苍筤谷也。古碑亭正当寺南院右十数丈，西南山麓入院，月影犹悬照屋角檐牙间也。邓子因烹薇举酒，与余两人逐落月余辉，相对饮。玉川诗既成，属余作记以志之。

东圃记

旷敏本

署之东有圃，圃有亭，有阜，有台，有竹树。中丞范公公退之余，邀宾从觞咏其中。亭曰丰乐，祝有年也，是公所拳拳而圃所由辟也。

阜枕亭之北，陟其上，清湘横于前，岳麓近在眉睫间。东邻棘院，北接琳宫绀宇。繄星沙全郡，迤逦而蜿蜒周遭。稻畦村舍，隐隐远碧中。春秋佳日，微雨新晴，花香鸟语，乃应不逊桃源。公曰：凡子所譝于圃者，尚非圃之胜也。侈苑囿亭台之为适余非敢愿，抑亦不暇，下车之始，视兹隟地一区，弥望平旷。余曰：是圃基也，顾瓦砾硗埆，荒秽不治，谋畚而舁之，工不訾而置之，亦难其所。乃于南为步廊，为台于后，则就故阜基而增培焉。抟砂砾而救之筑之，见者曰若亭也，若台也，若阜也，不知其以圃也。募园丁四五人，平其垚，沃其壤，觅土之宜而布之。窊隆干湿罔或乖，其圃四隅之竹，则自别苑榛莽中移而植之者也。其旁有溷汪，则园丁箕敛署内外圂余为壅本者也。其右侧有草寮，则以居园丁者也。计圃之费，权圃之入息不翅三倍，后之君子，踵而增焉。土膏肥而物产丰，则余三载来经画之心，亦借以少慰。今将移节西江矣，钱镈畚挶之具为条件而弃之，增丁之月直，俾其守护维谨，以待他日棨戟之临，盖不胜惓惓于斯圃之废兴焉，予因是而叹圃之重有取尔也。

春播夏芸，南霈北霁，察土脉，卜年景也。风散日晅，潴泉疏潦，相水利，轸农田也。去碍涤滓，灌本培元，觇物象，观心地也。羹藿餐藜，咀淡茹辛，却荤腻，清肠胃也。食力资生，佣直赡孥，仰给斯圃者，口不廍十计，谌土地养人也。蔬熟而摘，摘丰护瘠，摘已而溉。蔬忘其摘，治圃治人，留厥有余，道无二也。抑斯菜圃也，亦射圃也，公与僚属校艺于斯，烹蔌而饷之，尝其味而凛簠簋之饬，观其色而廑民岩之畏，圃之助不既多与？而予因有感焉，往更代之际，饲马于轩，曹猳于庑，污而庐，糜而器，斯圃也，其可以鉴乎？曩者兹故无圃也，公曰：然。遂书之以为记。

白沙井记

旷敏本

星沙城之南二里所，有井曰白沙，其泉洌然清浅，从山崖下沙石间歕出。井从裁尺许，衡倍之，深羸于从，而视衡犹杀。凡井皆阑甃，而此则坦迤无隔。凡汲水者，以瓶引以修绠，而此则利用舀。来舀者，以至井所之后先为班次，担头各挂一瓢，班可容两人并舀，频舀而不虞其竭，即或久不舀，而不见其溢。时当炎夏，近井居民竟夕舀之，贮以巨缸，平旦担入城，担可得钱七八。不移时而缸胥罄，其旁有新井，从衡深广亦如之，或云水味视旧井稍逊，然舀者无分，饮者莫辨，盖其渊源同，其臭味自无差也。

予考宇内泉之著者，山左之趵突，黔中之扁趵，江左之惠山，然以方兹泉之流而不溢，挹而不匮，疑未之或逮也。嘻，神矣哉！昔孟子因圣人叹水而论原泉，至放乎四海，海之量，百川归之不盈，尾闾泄之不虚。白沙之盈虚消息，其微近之乎？而圣人之时行时止，不于兹露其倪乎？朱子曰：为有源头活水来。大都君子之泽物，其灵台自有活水，洒之以润生民，予于斯有会心焉。抑南岳祝融峰有泉曰虎跑，其泉从峰顶涌出，寺僧以石枧引其流直达斋厨，予益以叹大地之不爱其宝，而造物之无尽藏也。

旸霖荒田记

旷敏本

孟氏以民为贵于社稷，而其论诸侯之宝，乃以土地先人民。《记》谓有人此有土，似孟氏之言更为允确。昔者韩患秦，下令曰：有能得秦王者，寡人与之国。谏者曰：赏太重。韩王笑曰：得秦王矣，寡人何患无国？此疑善宝土地者矣。然韩与诸国，割地事秦，又何其不宝土地也？苏氏所谓子孙视之不甚惜，真可为太息矣。

予犹及见乡中田地，每十亩直不一金，尔来十金不能购一亩。从前之工生计者，收买不毛瘠壤，今皆获利无算。闻诸先君子曰，将来耕山亦恐无，今不二十年而验矣。予所居东偏旸霖村有荒地，垦之几十亩，岁可获谷二十石，归从兄凌九耕种，连岁旱魃为灾，获者殆十二三耳。然君子不以穷辍学，良农不以馁辍耕，终将收厥报焉，凌九其无怠厥事哉？

旸霖村在醰山旧屋之右。醰山者，先君子所创址也。爰敬录先君子《醰山记》，以示后人。

岳市碾运仓米记

旷敏本

常平仓谷，惠及近城之人，而远乡难以均沾。前辈心殷利济，筹画周详，谓宜将仓谷分贮各村镇，然以事关更法，图始为难，终寝其议。

环岳庙之左右，烟户如鳞，每岁谒庙焚香，士女云集，日不可千百计。而工贾远来，及无业贫民之就食者，沓至纷如。近岳之地，山多田少，舟楫不通，时届青黄，乡贩不至，则嗷嗷不可支。乾隆七年闰四月内，米直腾踊，阛市惊惶，民请于县，发仓谷一千石，踉运接济，民赖以苏。乃复请永著为例，县如其请。每年开仓之日，如数给运，照依详定贾直发粜，缴贾存库，市人为泐诸石，以永其举于勿替。

岳市距城三十里，搬运之费，市民任之。吁！一邑之中，其需运济者，大都与岳市埒也，而僻壤道里或二三百计，然则分贮之议，洵为有心人语矣。

岳麓书院记

易宗涒

宋四大书院，曰嵩阳，曰睢阳，曰白鹿洞，曰岳麓也。嵩阳、睢阳、白鹿皆民间所建，惟岳麓乃宋太祖开宝中郡守朱洞所创。真宗咸平中，州守李允则请赐书籍于院，而山长周式以行义著，召见拜国子主簿，赐鞍马使归院主教，而书院始盛。高宗绍兴中，安抚刘珙延南轩张子讲学其中，而书院遂日益盛。光宗绍熙五年，朱子晦庵安抚湖南，更建于爽垲之地，立馆舍，置学田，为诸生讲学。以黎贵臣充讲书执事，而从者数千人，一饮马而池水尽竭，遂有潇湘洙泗之目，其盛甲于天下矣。嵩阳诸院皆不及也。

元世祖、仁宗两朝，刘必大、刘安仁次第修葺，自是而废弛者百五十年。至明孝宗时，太守钱澍因元旧址重修之，陈纲、李锡、彭琢、杨茂元、王瑫踵事增华，以成前志。武宗朝，守道吴世忠以风水未美迁正学基，翁理孙咸置田千亩，以攸人陈论为山长，著《湖南道学渊源录》，而学使张邦奇鼓励有加，彬彬蔚起，远近称颂。世宗朝，太守王秉良、孙咸更为建置，名其斋曰诚明、敬义、日新、时习，舍曰天、地、人、智、仁、勇。复请赐书、置山长，如白鹿洞例。学使郭登庸聘郡人熊宇主教事，使诸生卒业，逾年中式者十余人，一时振兴，遂逾其旧。至神宗朝，巡道李天植及吴道行、唐源鼎、潘之楫又加培植。崇祯年，黄承中、高世泰重为兴复，然视朱、张之盛，则皆有间矣。此书院修建之大略也。建创固历千年，恢扩尚资今日。

康熙二十六年，我圣祖仁皇帝御赐学达性天之额，兼赐十三经、二十一史于院。中丞丁公力为修葺，嗣后贤当事接踵举行。雍正二年，命生主教其中，今皇上加意作人，于雍正十一年，各省皆赐千金，以为书院兴贤育才之资。更逢大中丞锺公以宗伯师臣开府南邦，仰体宸衷，情殷化导，商之藩、臬两司，精心筹画，将千金别为经营，为岳麓计永久，各节其禄之所入，重为修治。延李君天柱为主教，以司训罗君士撰司其管籥，俾诸生读书其中，授以饔飧，资之膏火。中丞公率其僚属，亲临其地，劝诫赏赉。人人自奋将来，望风云集，书院之盛，于兹方始矣。

窃以岳麓秀发衡山，蜒蜿千里，三湘环其下，洞庭澄其旁，踞湖南之胜地固重矣。而又有朱、张两大儒讲学其间，而地又以人重也。今我朝两贲恩纶，赐额赐金，又有当事为之宣承，俾永久无坏，其辉煌炫燿，增重于书院者，又越古今而上之矣。独是读书其中者，当知其所重，不徒以工文词、弋科名为能事，务求隆德茂业，以仰窥于天人性命之微，坐言起行，出而赞襄文治。人伦明而王道成，盛莫盛于此矣。则庶于朱、张讲学之旨有得，而不负皇上教养之隆恩、当事作育之深心也乎?

义棺庐记

潘世晓

义棺庐，郭庆翁贮棺助葬故地也。翁慷慨好善，凡津渡桥梁，义浆减粜，及宗祠谱牒，义所当为，率尽力举行。乃家临涓水，当京广水陆之冲，居民数百户。其死无归者，例比户取钱，易柴一肩以焚之，有余则购板数片为之殓，求所谓棺不得也。翁恻然出金，置义棺若干，随所取给之，岁终则按所出，更买以足数。初寄贮各处，不得所，又结屋数楹为之藏，此棺所以有庐也。

康熙乙未，嗣君敷五从余游，会湘江暴风，溺舟人无算，一时索者接踵，至公空庐给之。力行久之，费不称心，其夫人刘氏亦善体翁意，或脱簪相助，计所捐资千余金，出棺不止千余具。庚申，余偶过其地，庐坏，居民指曰：此郭公义棺庐故地也。余曰：嗟乎！世之人坐拥万金，日操会计，作无益不吝珠玑，遇急难漠不加恤者，往往而是，此尧夫之助葬，元振之赙丧，称美到今也。若翁家非巨万，能不惜千金为助殓，则无归我殡脱骖旧馆之风，翁庶几近之，宁特麦舟资钱之偶然已邪？居民闻余言，益感公而不忍忘，因请书为记。

游艮岩记

杨河

宜章城南二里许，有艮岩焉，宋邑令吴公所名也。余始至宜章，骤闻其奇，心怦怦动，复于县志中读吴公所记，益奇之，卒未暇游也。

丙子夏，同人以伏日邀往避暑，策马烈日中，略领其概，怅然而返。迨同人自乡试归，乃再订游于重九。先一日，密云四布，雨连夜不休，厥明犹淋漫遍野。窃自疑曰，岂山灵见阻乎？已而稍霁，云薄雨收，即命笋舆出郊外。秋气澄鲜，草树新出于沐，林间数花嫣然笑迎。去岩未远，道复新除，无从前险仄之苦。将抵寺，沿湾回望，豁然开朗。两岸远衔城市，居屋鳞次，若双手环抱，欲收入胸怀间。道旁老僧出迎，导入寺门。西行数武，复逾一门，有亭翼然，适当岩之缺口，半架于空，叠石盛之，水光倒照左右壁，两窗爽豁，虚其前以便往来。后植栏杆，凭栏瞻之，石额横峭，镌其上曰艮岩。下置小石亭，香烟袅袅，与山气相荡，飘摇岩石，若欲及客之身。额左一石侧出，树蹲其上，根露狞狞，旋穿入石罅中，虽大风摇之，稳直自如。顶上石或高或低，或立或卧，或倚叠而连，或直孤而断，谲怪异常。石上有苔，苔间有树，树或桂或松，松喷涛，桂喷香，微风披拂，弄响流馨于虚亭之中。众树皆以青翠相饷，泉流复铮鏦送声，心目耳鼻，变眩莫主。亭真神奇哉！

由亭侧出，缘石址步嵌岩中，深入二丈余，高丈许，广亦如之。顶平如楼板下覆，当中构大士莲台，高齐于顶。旁列二门，入台后，渐深黑不可见。两旁石壁嵌处，置小神像，尘苔中题咏颇多。左镌亨泉二字，泉自岩中心流出，春夏响淙淙。底甃以石，分流石壁下，时有小鱼游泳至岩口，合流而出。每霁日漾辉，炉香时出，花香时入，钟声时送，树声时迎，而声香与泉气俱流，又皆有幽润之光，真足移人情者。

俄而火举，争指上岩赴焉。门不甚高，乱石簇拥，攀缘而下，手挽石莫能自坚。稍右转跻一窦二石，支撑一石横卧，其中双窍炯炯，天光迸入，射于眉间。退而再下，声如洪钟。随火深入，路皆平沙，高广可一丈。仰视岩顶，或骈石连绵，或碎石杂土，腹刳如陶器。蝙蝠百十，触火惊飞，心神悚息。呼火需次而前，森枝下垂，节纹细簇，或曰此石笋也。有石傍壁而立，上肥下削，毫筋并具者为龙腿，石壁上有鬛鬖悬丝、若鬈若鬣者为龙须，其圆如直者为龙角，双披而峻者为龙耳，石棱隐隆、方广成畦者为龙田，高架而平铺、若枕簟历录者为龙床，称曰龙隐，殆谓是欤？

再入而址穷，水泓然以清遂返，足下水声，若随履相送。时吴子德汉跣足渡水，众戏曰：而若今科捷，乃赤脚举人也。计一里，众始出，余视岐洞中有石，如舟半覆，窍其背，谽砑透光，遂俯首侧身徐经焉。盖临出不由故道矣，返仍憩于亭，身疲心幻，惝恍不自任。未几布觞酒数行，兴欲酣，忽一童闯入，指座中急呼：捷音至矣，尔速归。则所谓赤脚者也，众皆狂喜。送别吴子，复即席畅饮。吴子素以文就正，举酒属余曰：此师教育力也，贪天之功，以为己力，余滋恧焉。惟是宜自壬子以来，二十五年于兹矣，今始得一捷，而我辈终日坚坐一斋，未尝轻放情山水，偏于此日此地获兹好音，岂山实有灵，自厌空寂，默招我辈，俾喜气共畅邪？

日暮归署，犹心神徜徉，已复悚然，曰：余虽闲员，岂宜浪迹？又念山水之乐，儒者不废，故聊寻吴公旧迹，且至宜三年始一游尔。余虽自戒其数，山灵应哂其疏，援笔记之，将以自宽，且以自责焉。

仙棋石记

汤天焕

醴之东有仙棋石，距邑治五十里许，相传晋王乔修炼于此，在石行弈，因名仙棋石。按邑乘：旧御书阁，其故址也。地属驿，店肆鳞次，成醴东一小市，故有王仙铺之名。

距石棋二十里，石当道沿岩立，高五尺许，广二尺，少杀焉。旧有树傍石立，樵不敢伐。岁深坏烂，面石有台，相对称宾主。里人锄为田，水出尽赤，居人犬夜鸣，七夕乃止。背倚小峦，众材丛杂，有松，有竹，有桐，有梓，春时花草纠密，幽香袭人，过者咸留憩焉。盛夏暑酷，阴翳在石间，往者，来者，耕者，负戴者借草坐，披襟纳爽，熙熙然如游上古，听虞弦解愠，低徊不忍去。

时维秋也，月在林杪，光点点落石上，如布局然。恨不见仙翁手谈，仿佛烂柯故事，因想像当年胜负争雄。时虽六花飞坠，如身在琼楼玉府，不复作炎凉想，而一日之内，一息之间，蛙鸣蝉噪，牧笛樵唱，悉于弈中忘却，似桃源人不知晋魏然，真仙棋一大快事。夫地以人传，人以地传，兹石以仙棋传，是石之不朽，抑亦王仙之不朽也乎？千载后触石生感，应有遥望白云而冀幸于将来者。余家聚此几世几年矣，因搦管而为之记。

云阳石记

汤天焕

云阳石，考舆图未见出处，因余祖以实公署理云阳得之。方广尺许，厚不及寸，色浅碧，面纹层出，浓淡似画。中有物，非象非虎，特立云端，若有乘时利见之思焉。观者叹赏不置，谓地不爱宝，来现人间，真造物一大奇观也。

余祖珍而爱之，未几命下，升山西直隶泽州，乃饬木工取材于梓，围以屏局，工致悉敌。携至州署，后置斋中，凡几世几年。时余少小，未知所出，稍长，先大人指以告予曰：此泽州公署云阳所获也，曾有句云：宦游两地乘风远，得石他山载月归。因号曰云阳石，汝曹勿仅作玩好观也。

时予记忆不忘，迄今燕居独处，见此石如见先公。因思先公读书用世，宦迹所遗，别无长物，而一介不取之操，恍见于山高水长，为不朽矣。因泼墨数行，俾后世之志切休明者，勿替此遗风，则几矣。

重修湘潭城并建石堤记　蔡扬宗

邑有城而无城，自康熙癸巳始。无城而有城，自乾隆庚辰始。癸巳何以无城，水浸而圮也。兹何以有城，邑得贤侯秦也。

癸巳距今几五十年，前此宰是邑者，非竟秦越肥瘠，忽不置意也。城周围一千三百数十余丈，存者无几。六门左右，几若康庄可越，费少则不足以蒇事，多又虑核减之随其后。幸费足办矣，精力疲于簿书，工程非所素习，砖甓木石，措置茫然。司出入于家丁，借购办于胥役，恐无综理，精密不遗竹头木屑之能，大工一兴，桀黠小民，借端苛敛，僻壤穷乡，难周觉察。故谋筑道旁频仍积岁而袖手退避，鲜有起而担当其事者。

秦侯以戊寅来令兹土，才大心细，栉垢爬痒，增仓廒以广积贮，禁迎赛以维民风，潜踪奸猾，捕诘如神，力雪沉冤，青衿吐气，善政班班，殆难觏缕。是役也，侯力请上官，毅然身任，乃谋概累以砖，官自为窑，而民窑之协办者偿值。以旧城土实其中，遇雨辄溃也，筑石岸高一丈许，石采于燕子岩、小石矶、凿石浦等处，以城向无堤护水易啮蚀也。附郭民居，资给徙之，悯穷乏也。城外枯骸，棺以瘗之，防践蹦也。于是卜吉日，具牲牢，告于神祇，召工授计，石人、圬人，操镘荷锸，以次趋事。案牍旁午之余，时巡工所，暑日不盖。惰者警之，勤者劳之，由是人心争奋，丕作忘劳，堤固城坚，望若长虹之蜿蜿蛇蛇，而壁立嶙峋，俯带湘流也。盖经始于乾隆二十五年之春，讫工于是秋八月，其费帑金二万四千余两。夫富人作巨室，不过为子孙计百年，而经营拮据，谋土木之巧者，且穷年未见有成功。侯为邑数十万户赤子建不拔之基，屈指才八阅月，而城市、乡村若不知有大工大役之兴者，何人不扰而功成速也，非任事勇，擘画详，悦以使民者能若是乎？故曰无城而有城，邑得贤侯也。

今我皇上聪明睿知，既悉治方内，就法度，布昭圣武，赫赫明明。准噶尔两朝逋寇，一朝荡平。版图西极，昆仑而遥，金城汤池，星罗绣错，三代以来，无有伦比。侯经猷卓荦，际兹升平，适当政成报最之期，行见治行第一。宸衷简在，大任端归，愿益宏此远谟，作苍生之霖雨，价人维藩，大邦维屏，不仅一邑蒙庥恃赖以为保障也。则扬宗既为吾邑贺者，又将为天下贺矣。是为记。

生员广额记

邓世让

学校者，人才所自出。国学萃天下之才，郡县学萃郡县之才。将使通经学古，明习当世之务，固非徒为是限额已也。

国朝雅化覃敷，郡县生员之差，一沿前代之旧。伏读钦颁《学政全书》，立法周详，为教优游，列黉序者，宜争自濯磨，以仰副乐育，又非徒为是备额已也。攸为长郡属邑，前代列甲科数十人，膺乡荐近百人，皆起自乡学，后先辉映。国朝顺治戊戌，则有余曾大父永芳以廪膳生为长郡甲科先声。涵濡既久，英俊汇生。阳羡蒋公慎斋督学三楚，按试长郡，有十二城两秀才之目，则攸学生员陈桃文、单羽臣实名动湖湘。嗣是刘来垣由湘阴学岁贡，欧阳廷灿由醴陵学选贡。盖应童试者岁数千人，县学十五名外拨入府学，又间拨入他县学，于时文风之盛，概可想见。

雍正三年，诏天下郡县学，文风浸上者，各广额有差，于是邑绅朱世荣以攸学额可广具呈督学，督学校攸士佳构如林，乃广额五名，而向之入学十五名，遂定为二十名。论者谓一时文风协应，亦由朱君发其端也。盖自广额以来，由雍正癸卯至乾隆甲戌三十年中，列甲科、膺乡荐者数十余人，趾美蜚声，洵未艾矣。是故广额者，他邑所同，而不徒备额，以循名而责实，则在乎一邑之师友渊源，讲贯讨论，禀禀守乡三物之教，不稍涉华虚经訬之习，由是成德达材，处为通经之士，出则为有用之儒，濯磨以仰副乐育，斯其庶乎？

昔圣人之垂训也，曰博学于文，曰行已有耻。自一身以至于天下国家，皆学之事。自子、臣、弟、友以至出入往来、辞受取与之间，皆有耻之事。盖尝三复亭林顾氏之言，而信其不可易也。吾攸人士果仰志弭节而体验于斯，则额广而教亦因之以广，道德之归，其有日矣。否则以备额为美名，于乐育之意何与焉？余故记之以阐扬朱君之盛心，即以为后之列黉序者勖。乾隆丙子仲春月望日。

乾溪洞记

张九钺

辰阳以西，山益峻，石益诡，最雄谲曰乾溪洞。溪出辰溪县西南，势迅悍，洞承其下流传，深窈莫测。行十余里，忽豃朗容万人，床屋灶臼咸具，滇叛时，土人裹十旬粮避于此。后洞在洪江浒溪，水所由入沅也。

游以四月望，同行十余人。午食乾溪堡，望峰如覆釜，左右两阜夹翼，阜巅各峙一亭。行小径里许，登左峰亭，下瞰赧驳桀削，水石隐辚，骇心目，樵人遥指，黝然伏者，洞也。强其导游，以无径辞，皆踆循亭上，余愤然曰：吾必穷其奇。循崖纤圻下彳亍，不及踵三之一。断处绠藤藁，以身为瓶罂，掷而下，谾然堕岩沚。顾同游者止四人，蹑大石，牵缘猱跃。高者狮骧，低者象瀵，浮者龟洑，怒者熊斗，履之震眩欲飞去。遇两石虎，牙对向，各长五六丈，锐其末，不受趾，以手为蹠乃达。最后匍匐穿一穴，则以腹为趾，怒流辊雷掣电，不得逞徐转觳行，若与之斗而胜者，相与躁笑。乃得平石，纵五亩，旁为车箱束流洑其底。少憩焉，仰望洞门，庳豁横七八十丈高三倍之，石如积布叠饼，攒罗旋转，夭蟜飘忽，怪树寿竹，穿疏筋突骨中。垂下入洞府，反平衍，沙软苔碧，向之黝然者，城郭堂皇，萦青缭白，可张石家锦步障。石乳溶溶滴，虬凤蟠攫，闪闪欲动，斜阳倒射，光彩映人，面作五色。沿溪入，左右石乳奋立，成钟鼓狮象，形殊壮诡。

渐昏黑，怪风冲袭，作饿鸱叫。行十数步，溪水忽击入小潭，铿鍧发大声。闻怪蛇啼，惧而出。邑志云：有别径缘潭行十余里，乃得容万人处。惜无炬，不可入，相与怅然。攀右峰亭小径而上，视左稍夸，归驿馆则月上矣。乃援笔记之。同游者彭正之、如之，彭氏仆李湘，余仆魏贵。

武冈刘氏新建宗祠记

张九钺

河南观察武冈刘淑庵先生守东都时，一日至周南讲院，问余曰：予族人醵金建宗祠以合族，余捐廉首倡，既庀材矣，今宗祠与古庙制异同若何？余曰：《王制》：大夫三庙，一昭一穆，与太祖之庙而三。郑氏注谓别子始爵者也。《大传》曰：别子为祖，继别为宗，继祢为小宗。尊祖故敬宗，敬宗故收族。今宗祠盖自兹起。郑注又谓：别子从他国来，别于本国者。今宗祠中以始迁祖为始祖，其义亦权舆于此。又问祭器制度，余曰：古者大夫祭器不假堂，五尺席再重三牲五鼎，不丰不杀，言其称也。昔文潞公作先庙于洛阳，请颁礼器仪制，《宋史》以为知礼，此之谓也。

先生复以前溪族谱属余校订，始知武冈刘氏，自南唐评事公迁抚州之宜黄，为宜黄始迁之祖。长史公迁安福前溪，为前溪始迁之祖。子理公迁湖南宝庆府邵阳，为湖南始迁之祖。余谓先生作宗祠，以子理公为始祖，下递为宗，方与《王制》《大传》之义合。先生皆以为然，且曰：祠成，子其作文记之。

余自汝南旋里，岁丁巳闻先生大梁讣。又三年，客星沙，嗣君蝶园员外，既释服，与小阮江洲学博告祠落成，以祠制节略并图来请记。余览之，祠中正龛以子理公四代居之，两支之祖宗，咸列东西两龛，以分房祖配享。下四龛配享以世次之，或品行卓荦，或爵位有声，或勤劳可纪，无忝厥祖者。使远者不致荒渺难稽，近者亦无淆乱滥及，而评事、长史有专祠在前溪者缺焉。谨严包括，不紊不滥，洵足为天下宗祠楷式矣。

余惟王政之至今存者，教民亲睦，宗祠其首务，非仅崇栋宇、耀彩垩、列俎豆、丰庖湢而已。将使子孙诚敬精神，通于祖祢，来格来歆，介尔景福。至合食之道，又必衣冠有秩，长幼有序，揖让雍容，成礼而退。而为之尊长者，于是时宣礼让之教，敦品行，惜廉耻，读书稽古，力田逢年，无恃勇欺凌，无诪张为幻，咸归淳朴。刘氏一族，将更昌炽未艾，绵瓜瓞，衍椒聊，大振宜黄前溪之绪，而观察公敦本倡首，与诸君子竭情襄佽之苦心，然后可以无负也欤？

瀍东书院谒至圣像记

张九钺

前明嘉靖年间，阁臣张孚敬奏请天下郡县学，毁至圣像易木主。命下，大吏奉行，惟恐不速。次及河南府学，众舁像出文庙，将弃之于瀍水，有庠生孟大智者，袒括衰绖奔至，抱像号哭，声震天地，誓以死殉。主者怒，欲科以抗旨罪，有从中解者曰：是生因保至圣像，理直气刚，罪之不祥，且朝议欲易者，郡县学耳，吾闻阙里及四大书院皆像，敢尽毁邪？苟移置义学，奉祀无害。大智收涕谢曰：即瀍东书院可矣。瀍东书院，宋洛阳城内外四隅十书院之一也。是时周南书院尚未设，瀍东在旧东中门外铜驼巷右，下临瀍水，近且僻静，乃奉圣像于内，大智立塾课子弟，于此终老焉。

今历三百余年矣，余主周南讲席之秋，月率诸生祗谒焉。地横瀍岸，广袤不数十丈，宫阙门廊虽小，规模秩然。至圣像素衮冕旒，左泗水侯，右子思子侍坐，亦冕服。有龛，有幔，有几筵，一庭肃穆雍和，睟乎有容。古柏覆于檐，疏竹窠石环于阶。右院为堂三楹，可讲读，茂树成行，邙山为藩，瀍水绕墙足，风起如竽瑟鸣，相与徘徊不忍去。

余谓诸生，永嘉以新进议大礼，合世宗意，骤用至首辅，天下后世言礼者群攻击之。枋国后创革典制，毅然独断，易像为主其一事也。当举世波靡之日，大智能以孱书生发义愤，如烈日秋霜之难犯，使圣像不溃烂于洪涛巨浪中，至今光生俎豆。匹夫不可夺志，其信然乎？卒以孝子祀乡贤祠，天之所以报之者隆矣。诸生佥曰：孟生事载《通志》，寥寥数语未尽，先生追寻旧迹，发为伟论，孟生须眉犹跃跃欲动，使海内知吾洛庠序中有此义士，传之益久且远，请书之于壁，以示来者。

真西山先生祠堂记

陈益

先生一代之名儒也，事君以道，务格其非心，尝纂《大学衍义》上之。然当是时，奸邪盈朝矣。梁成大附史弥远，罢先生录祠，贻书所亲曰：真德秀乃真小人，魏了翁乃伪君子。此语大快公论，识者笑之。

嘉定五年，以宝谟阁待制兼安抚使知潭州，以廉仁公勤厉属。又有《湘亭谕属》诗，至今诵之不衰。核军实，罢榷酤，蠲斗耗，免和粜，立惠民仓，积谷至九万五千石。又于各县置社仓，及乡落别置慈幼仓，民有死不能葬者，立义阡以待之。凡婚嫁产子暨有疾病者，皆赡赐有差。潭之士民特祠祀之。一夕有留题者云：举世知公不爱名，湘人苦欲置丹青。不须更作生祠记，四海苍生口是铭。祠在城南旧府，故址毁于兵，今复之，良有司力也。乌乎！先生宗正学源流，《宋史》不列之《道学》而列之《儒林》，谬矣。

其守潭也，以周、程、张、朱学业勉士，教化大行，迄今潭之士笃于文行有成立者，皆先生余泽也。《记》称有功德于民则祀之，先生之道，不以易天下，而以泽一方，其功德在人，亦河之九里润也。俎豆之奉，牲帛之勤，其能已哉？先生讳德秀，字景元，宋之浦城人，学者称西山先生云。

辛未平粜偶记

陈益

天下之势，患在时和物丰而民穷财尽，天下之人贸贸以安之，上之人不恤恤以忧之。譬如虚浮之体，醉饱冥豫，精气耗索，一旦感寒暑，尫傫不能终日，此其渐也。

比岁以来，自山东、河南、江南诸州郡报水旱灾荒外，各省虽歉收无恙，然而民穷财尽之势，岌岌乎不可止。庚午秋，大中丞开公延见余，问境内丰歉状，对曰：歉。曰：若何？曰：近五分。中丞为太息久之，然例不得减税给赈，郡民亦安之。今年四五月，米价日昂，贫者持服器，典白镪，号叩富者之门，富者靳升斗闭粜，四郊告饥。太守吕公念民瘼，属邑之民，舟簦云集，日阅票千百，城中豪富射利，黠领屯贩，乡民愚谨，终不能胜市井之捷得也。公乃诏饬胥役数人，巡禁在城，碓户不得取买，以便乡民。而蠹役缘此为奸，反欺乡民稚弱，或劫簦，或劫舟，豺声虎目，持铁索械，乡民吓利赎放，违者诳称包买，送上笞责，乡民愚不得辨，诬受。乌乎！家人戛金，旅客覆盆，数百里饥困之身，横遭蠹役之害，几何不濒于死也。

是时予家亦挐舟买谷，泊城下，蠹役数人者至，将辱予仲，幸仲力格不受辱，而乡民纳价未领谷者，率畏祸飏舟去。予雅知非公意，走白公，公召蠹役数人者至，呵责之，旋宣谕乡民，听次第领买无阻，民欢忭祝公，且感予意云。夫使公素不礼士，则予言不得闻，予素无以服公，则予仲将亦诬受，予仲既诬受，则乡民宁饿死，不为此升斗匍匐求祸。

天下事良有司利之，胥吏害之，往往如此，平粜其细焉者也。昔范质书箑头诗云：大暑去酷吏，清风来故人。旁有貌寝者揖曰：酷吏何止大暑，相公他日当究此弊。持其扇而去。质后至沃广，见土木鬼手持此扇，心异焉，仕周乃手订刑统。然予谓酷吏之害易知，蠹隶之害难除，要其弊当痛惩之也。夫一事也，而人情之狃于治安，不图预防者见焉。官府之拘于常格，难为厚下者见焉。胥吏之肆于积虐，枉辜惠政者见焉。士民之贵于通情，咨访疾苦者见焉。是皆不可不记。

游三仙山寺记

文楷

霞流村，吾妇翁王凝堂先生桑梓也。余家麋城西，读书西城外树芝草堂，足迹不出方圆里许，有时携诗囊，兴勃勃欲到之处，或阻濡滞不果。又家训严，局蹐不得远行，举近城所有诸名山水，足以开视听，供羁客骚人之登眺娱玩者，曾不任意一往。霞流距城且数十里，虽有胜地，安所得游？而余以省妇翁时得往步霞流。

其始也，览山川之大概，叹其满目清丽，进而求其可供登眺娱玩与名山水俱古者，则三仙山寺，其山之尤胜也。望之翳然，林木苍郁浓翠，诸山来朝其下。左右周视之，团团如螺髻，非壮强者步其巅，辄苦喘息。循墙而入，山寺在焉。寺前长松千尺枝，卷曲盘折甚古，绿竹成阴，青苔绕砌，又余景也。游者憩僧房时，忽忽闻下界人语声。午餐听钟鼓噌吰鞺鞳，厥足醒人，觉神骨为之旷爽。自是数年来无岁不来霞流，无岁来霞流不登寺。

今夏适友人陈子景三、雷子茂华肄业其上，余既喜其地之清幽闲旷，而又以是幸同赏之有人也。陶渊明诗云：闻多素心人，乐与数晨夕。今其乐且何如哉？过访之下，三人衔杯酒，抚景怡情，忻然坐话，兴到或联诗数首。寺无棋，时棋兴发，各不能自止，于是索寺前小石代白，黑者以铜钱代，为拍案叫。陈子曰：余摧汝之锋，而不汝让也。或者议之，是作无益害有益。嘻！彼乌知棋中趣，又乌知吾辈所为，与泛泛者正大有径庭邪？且夫人生行乐耳，以如是素心之侣，一时相遘于名区胜境间，不耽其情，以尽一日之欢，安知不逾时而登眺娱玩者，有其地而无其人同赏，朋友聚散离合之感，可胜道哉？夫霞流村得兹山而增色固多矣，而余游亦已乐矣，遂握管而为之记。

蒙泉草堂后记

张九思

乾隆丙寅，余年三十，作《蒙泉草堂》记之。越岁壬申，余在京师，吾师醴谷先生阅其文，大加称赏，其评以为，古之扬子云不过是。嗣是忧病寻侵，旧学榛荒矣。

去年，舍侧初置小屋，为燕息之所，颇采旧名，而表叔游元素为书而扁之于楼，寻所记遂不见。然其大指以为，泉之为物，其出之有其本，而流之及于物者长。在《易》山下出泉，其象为蒙，出潜离隐有觉之意，出而未阔，犹未离乎山之内也，故称蒙焉。觉生自蒙，人以所见为明，明不生于所见，生于所不见，故君子惟独之慎。以一而达，不贰不息，放乎周流，其动也则直。沟浍之水，盈涸无常集也，故圣人以致一，怀哉惟养正乎？或东而东，西而西，逝其远矣，惟势焉驱，波之所荡，而浊之所委源用驳之，虽圣人其如蒙何？故贵夫能自得师，盖当时特因所见而揭以自警者如此，不敢知有当于《易》之义与否。然余尤以为夫人一生之中，前后常不能以自必，即一日之中，离合每不能以自必。

今距丙寅作记之时且十年矣，中间人事错迕，悔吝忧虞之迁流震撼，又何可胜道？然区区所志如此，诚取以自质何如也。故今堂之名，说之旨，皆不复易焉，而更掇拾之以为斯记。然则余之所朝夕循省而惭汗不能已者，亦岂有他哉？自失之而自求之，期无戾其初焉而已，是果行育德之义也。

石棋局记

张垣

余每过名区，见石之如砥者，恒刻为棋局，问曰：某仙弈处？石之如案者，问曰：是翻经处，是抚琴处？即恍然如见古人焉。故山房之成也，亦于石之如砥如案者，名之曰琴床，曰棋局。琴床无可似，棋局则刻为井纹以似之，久之苔痕蚀翠，草带承趺，过者群叹天然云。然断弈六年矣，虽有枰而无子也，故与局相忘。

复十二载，忽远人贻子二合，置之案头，客来自寻石局，未能禁也。乃云幕开枰，风檐落子，儿曹窃视其精神志意，已劳扰胜负之场矣。余惊而投之潭，书二绝于壁曰：

石局纵横不设棋，当年原惜寸阴移。儿曹莫学忘忧客，枉却机心那自知。

非排坐隐夸高隐，厌歇清谈向手谈。绿草成茵花覆局，别饶风味静中参。

客拂然曰：投棋曷若毁局？彼动静方圆，未荒十年相业，不宗李泌之智，而效王隐之愚乎？余未遑与深辨，第十八年之操持，则欲以终吾身，传吾子也，至于局则已与相忘矣，而又何毁焉。倘曰有愧古人也，吾当援琴三弄以谢之。

始建山房记

张垣

居潭上之南塘门，临东陌，欲作向南小斋，苦积石周遭无善地。偶读柳州《杂记》，悟其搜罗布置之宜，始命石工施斧凿，得平地三十余笏，画半以为堂，空其半为种花坐啸之地。其不可凿者，随石势之高下，建亭一，阁一，入其中，不复知身在乱石间也。惟存二石，一作榻，一刻棋局。墙外古梅老桂香送堂前，亭址薜萝复生，更得天然趣。

登阁而望，群山苍莽，涧壑争流。隔岸茅檐松竹蓊郁。春晨秋晚，田歌牧笛，往来上下。阁中之琴韵书声，如相和答。山中人得以坐而忘机，悠然作裴、王在辋川想已。颜其堂曰枕石山房，依堂小室曰寻乐处，亭曰自然，阁曰平山。湘渔兄、画里弟各赋诗以纪胜，一时诸君子聚饮于斯者，咸有咏焉。

夫山之巉岏荦确，振古于兹，一旦少施人力，而幽境豁然。向使薄为无用，则夫可以堂而吟诵，亭而宴游，阁而登眺者，皆沉没于落叶寒泉、荒烟宿莽，谁复为之流连睇赏于其间哉？《语》曰：璞必劳于琢而后美玉出，人必勤于学而后功业成。为地主者，可以知所自处矣。山房距湘江三十里，成于癸卯之春。

湖南文征　卷四十七

记六

还雨福记

郭焌

土之人岁以一豕登三焦之顶，而杀以祀神，命之曰还雨福。

山故未有庙，相传有石香鼎在焉，为樵者所踣。所谓祀神者，山神也。豕之上于山也，不以绳约鞭策，引之至山下，则闯然而登路，若熟习者，众以为异焉。予居山下四十余年矣，每觇晴雨，则视三焦，三焦有云则雨，无则否。或有客雨自他方来，三焦若不为之接应者，则亦不雨。三焦之能，自以其雨福吾民，而不欲掠美于人也。

古者山能出云降雨，以为民福，则谓之名山而祀之。今三焦不然，何其行之似君子也。余故为之记。

游走马峰记

李继圣

常宁，古宜阳也。邑西有峰，字走马，朝云辽巢彭濞，晻溘即雨。俗往往以是为奇验。邑旧乘成于季世，昔君子或未暇详，庚戌辛亥间，修饰前书，采录亦不备，乌乎！穷幽而极渺之难也。

甲寅春二月，余讲学其下，指谓从者曰：余闻诸父老，此屼嵂者，受字亦奇矣。先朝伐寇邑南鄙，师北，乡人夜梦白面郎血透袍铠，自言某唐姓，阵亡于寇。西向走马，徘徊云际，愿栖村北隅最高一峰。今麓之阴有唐相公庙，峰之得名以此。弟子诧其事，请余导先路，衔踵以次登。既百余仞，得石壁嵌山椒，嫩苔蒙茸，滑腻如悬青毡。予方倦，跂足倚立，诸弟子跃然曰：此先生行乐小像图也。憩少顷，循壁左右磴，分行直上，服色错杂，烟霭掩映，各露半身于竹杪松梢间。达巅得石梁，突兀架空，崖崖巉巉，相与屈膝，环余而蹲焉。焚香酌茗，长歌宋玉《对楚王问》，林谷轰然，鸟跃兽驰，山灵辟易，掣剑一麾，凌风大叫，白云冉冉欲堕，竟卸衣冠，从岩端掷下，犹委蜕而登仙。

山下行人，仰视霄汉，未尝不掉头诧奇，卒不能释然于其故以去也。乌乎！唐相公者何如人，死且有知，惝恍来此，以据其奇矣。乃为人迹之所不到，景埋于棘而蹊塞于茅，不有今日，亦寂寂烟云自吐茹已耳。

幸游记

李继圣

天下恢奇古怪之境，不可以有心得也。予于雍豫之界，仆从夫而后马失道，瞌睡乍醒，一径如线，微风淡荡，乱草纷披，黄沙眯目，莫辨方所。

久之蹄声忽住，则马临涧矣。涧阔二丈许，白小成队，逐一大鲤，洋洋而逝。隔岸山阿中炊烟缕缕，欲问居民所向，遂勒衔相浅以渡。沿麓行半里，有丰碑当道，伸袖拭之，无文字。绕左十数步有长坂，古木苍苍一色，时届深秋，无落叶，过林见冈峦罗布，驰入以鞭数之，得八青石峰，整齐协卦位，洞然中虚，甚坦且旷。无尘，无棘草。鸟迹兽蹄印地，若蝌蚪不可识。地中有圆井，掬饮之，甘冽沁心脾。然四望杳无人烟，而八隅则各有大道。（子）〔予〕从西隅出，按辔反瞠，云霞岚雾，种种殊光，冲起天半，始知向所见之缕缕者，其青气之偏发于一面者也。

方徘徊如有所失，不意仆夫已招呼在前矣。异哉！予何幸而获此一游也。灵运为永嘉守，岩壑几遍，未搜雁荡诸胜。昌黎近滕王阁，欲至无由。若天姥，则青莲仅见一梦。是有心者，或目前咫尺难到，而无心之遭，竟不可思议。访诸人，亦率无有知其处者，即奈何为人称述以滋人疑也。聊自记焉，不可忘。

塔树记

李继圣

弋阳江岸有石塔，七级，约高八九仞。其顶铁葫芦约高四五尺，葫芦旁一树干似拱把，而杪似与葫芦齐，鬖松葱蒨，直逼蔚蓝。吾不知顶石之罅，何以蟠根自固，竟能超然向空独立也。士人云，每岁左右，迭为荣枯，荣则秋冬不凋，春乃代谢焉。尝有海贾，愿千金购树，千金修塔，邑人士执不可，贾未言所用，亦未称其名，盖传疑久矣。至今无识者。

吾闻而叹曰：伊尹出空桑，夜郎王出浮竹，徐偃王出弃卵，可以为不经哉？托生于奇绝之处，其来也无始，其成也无终，人或惜夫遇贾之知，而用未显，而名未彰。吾则甚幸，夫未言所用，未称其名，得以致虚守寂，依然混沌之天、鸿蒙之世也。其左右迭为荣枯也，物情忌满，天道好还，则阴阳一气之自为阖辟盈虚也，故荣能不凋，而枯能不死。

代晋平陆杜观察家庙记

李继圣

王者本仁孝诚敬之至而制为庙，所以聚焄蒿之神，联云耳之裔也。庙之外昭穆不相见，群祖东向，献于各庙而不及他宗，此小宗礼也。庙之中昭穆不相紊，太祖东向，袷于太宗而并萃群宗，此大宗礼也。

我杜氏本深而末繁，始炽京兆，继炽襄阳，功勋、志节、文章烂焉。自士能公由梁迁晋，为今平陆一支太祖，此阖族百世不祧之大宗也。幸沐余泽，家习耕读，明季某六世祖及泉公始以科第显，官五马，骨鲠忤权贵，不终迁，邑故有太守坊。某罢居林下，谋之服属，修坊且别立庙焉，此又仿世室之例，而太守公固不可与五世之小宗而同祧者也。

某尝慨世宗法不明，士庶之家多无庙，往往轻去其乡，骨肉不相保，则以气间于生死，而情绝于本源也，夫此岂无故而然哉？古者庙事先，自秦汉作祠畤而淫祀盛，淫祀盛祖庙衰矣。古者尸事先，自禹鼎铸鬼物而假像兴，假像兴尸祭废矣。且祭有四举，而后世惟春秋，至释氏盂兰之会立，妄以中元月望冥王赦诸鬼出地狱，俾享人间血食，天下从风而靡，多私祀其先于家，而春秋之典又荒矣。盖世道人心之坏之至，于此极也。

夫以主神之也，以尸人之也，以庙则神人一视也。我杜氏士大夫之家也，即不能上循古礼，亦不可下与庶人苟安习尚，自兹以往，过庙而思，入庙而敬，宗知大小，亲知昭穆，仁孝之心生，即聪听祖考之训而有余，功勋、志节、文章之士，何患乎不远继京兆、襄阳两派也。若敖氏之鬼馁而，庭坚氏之祀忽诸，抑其子孙不克自振耳。读古至此，能不寒心？善夫孟夫子之言曰：卿大夫不仁，不保宗庙。仁者百行之根本，保之云者，可以长处约，可以长处乐也。其安得不与族人共深无穷之思哉？

丙子会记

李继圣

水火济功之岁，余四人降于楚以南。坎离布化之朝，余四人集于燕以北。盖衡山饶君大昭、许君兼五暨祁阳余宗友桃也。

甲子蒲月望七，醵饮祝饶君，属余纪其事。余四人已近古者服官政之期矣，犹需铨不即为国家效力，学之未优欤？时之未至欤？星士往往谈命，余思水为气之元，而生于数之始，共乘子水来，何遽不可为江，为河，为淮，为济也？又助之丙火，若釜鼎烹饪，当足以养人类，余独何为十年客路，几至于渴不润而寒不暖哉？今年支干建首水与水合，而会于北方，北方亦水行之所宅也，其四渎之朝宗于海乎？且丙火逢甲木，不啻榆、柳、枣、杏、柞、楢、槐、檀之生旺于四时也。瞻云就日，又不啻金燧之获余辉于太阳也。

宋世丙子东坡生，癸丑作遥语，东坡诗《自寿》：陶唐丙子张果生，辛卯作诞日漫记。感及之，奈何才人与同庚，而苏子不复见，仙者与同庚，而果老不可期，犹幸得从三君子数马齿也，又何必曰古之人，古之人。

费履斋云：寸人豆马，竟从片地上驰骋。

龙凤潭祷雨记

李继圣

两大间风云雷雨，气之所聚，神必栖焉，其不时及，神不欲行而气散也，则当以人心之诚聚之，故感而相通。

万年县东隅有龙凤潭，去城七十里，相传祷雨多验。祷之之法，邑令先设坛于城隍庙，遣道士往陈供素果殽各五器，赍表启一道，借以黄纸，浮游水面。纸自斜侧下启入，少顷，乃取锡壶，亦眠浮诸水，神赐水壶立而没，还自出，抱归坛必雨，不雨启与壶不入也，入则其下俨有引手者，所闻灵异盖如此。

乾隆辛未岁，旱甚，予如法求之，得霡霂连日。复求之，道士同众至其处，夜半冷风猝过，失所供素果五盂，□□喜以为神受之矣，尤未尝见闻之事也。越日，果降滂沱一候。予愧德凉，不能重邀神惠，以膏四野，乃三致齐戒，乘兜舆往祷。近潭五里许，徒步小涧中乱石上，跳跃彳亍。两涯无蹊径，涧尽为潭，潭在石壁下，环圆约十余丈，深不可测。其旁高峰对峙，茂林蓊翳。左峰有曲径达壁，壁后一峰如座，水自弋阳来，亦小涧也。绕兹峰之左麓，注壁为瀑布，高二丈余，入潭丁冬郎当，微风吟叶，虫鸟杂响，虽张乐洞庭，不是过矣。右峰悬崖巉突，崖下四碑，明正德、万历时所竖，皆勒书刘真人得道处数大字。无记叙文，亦无名号。按：《旧志》名享文。予向碑行礼，观道士所为如所闻，得神水拳拳服膺。出谷方三十里，阴云陡合，甘雨沛然，予竟体淋漓，役夫欢呼疾走，莫不以为神人感应在呼吸间，时六月廿一日也。

《蒙》之辞曰：再三渎神，固不厌其渎也。匪不厌其渎，不厌其诚也。是以叩祷坛下，而廿四日又雨，邑庶几乎免于旱。夫诚者，天地、鬼神、人物之道之府也，予亦一念之诚云尔已矣。况至诚者乎？桑林之事何疑焉？且予观其飞瀑为潭，潭又发为涧，过两石门，出顶云峰下，两石门者，涧身一束，中昂大石如扃户，而水自罅泻也。顶云峰者，当潭之面，锐削如旗竿，而水自旋转也。乃越乐平界，入江入湖，则其流泽广远，而灵气更合江湖为一体者也，岂惟是兹邑之福神福地乎哉？复纪以诗：溯涧徒行仰地灵，壑中樵牧未曾经。鬼神朝罢月逾白，龙凤鸣来山更青。云展宝幡升朵朵，石班玉笋立亭亭。何须马上加零滴，乞得仙潭水一瓶。

岁辛未，家六叔宰万年，忧旱，闻境内龙凤潭仙灵感应，两遣道士，祈求皆雨。因未沾足，遂撰记，及半，躬往祷，以半稿投于潭，祝其大赐甘霖，乃成篇，用彰神惠，果如所愿。其人，其神，其事，其地，并文而五不朽矣。论幽明之相报，万世一时，毋乃若桃李玖瑶之相去乎？侄启晨注。

重修自卑亭记　欧阳正焕

戊寅冬，余家大人来游岳麓，遂登斯亭，顾谓余小子曰：富哉赵公之命名也，其有概于《中庸》之指乎？

今夫登高自卑之说，学者童而诵之，至于工文章，取科第，置身青云之上，自命诚不凡矣。迨反而求之日用行习之地，或不必悉衷诸道，是骛高而遗卑也。究所谓高者安在哉？今譬欲登岳峰，扪禹碑，俯视苍茫，慨然追朱、张之履舄，而非下循平坂，问涂已经，辄谓其能冯虚御风，骤凌绝顶，其谁信之？然则深造自得之境，固自有真际焉，诚使远观诸物，近取诸身，平心以察之，实力以践之，从容渐渍以俟之，如循绝磴，毋废半途，如陟层峦，母阻一间，卑之既尽，高不可逾矣，则所谓下学而上达，岂外是哉？

小子志之，其无忘先民嘉惠后来之意也。于是小子敬奉严训，缮葺斯亭，而泐其说于石。

白公渡记

刘元熙

潭邑治濒江，为四达五会之地。两岸居民，通阛带阓，问津者往来如织。旧设二渡，相距约十里而遥，而舟苦不给，邑之人屡议增置一渡于其中，如筑室道谋，迄无成而若有所需也。

邑侯三韩白公，以舟楫才作吾潭保障，今阅四年，洁清劳勚，饮湘江一杯水，莅事往往废寝食，沛澍施霆，百废具举，春台熙熙，欲报之德而不知所以。公性孝友，迎奉太母于署，而鞠其兄若弟之孤嫠，色养、禄养罔不周至，潭人士益观感激，发于不容已。会逢太母七旬诞辰，乃皇然相与谋曰：闻我公壮年失怙，赖太母教育而成立之，今秉慈训，以治吾潭，而潭民受福，固宜朋酒羔羊，一效跻堂之祝也。而公廉仁素著，必以为费吾民而不吾许，其何以申爱戴之忱？顾公之不欲费吾民，惟期利吾民耳，吾侪其以利吾民者为太母寿，推公之孝思为潭之利济，公能不我许乎？往者议增置一渡未果，斯其时矣，以告于公，公犹慊然以为费吾民也，自捐俸百金为助。夫孝莫大于合百姓之欢以事其亲，慈莫广于本亲亲之仁以济其众，感莫捷于因利民之政以抒其诚。是役也，上下交孚，相成于不朽，岂非千秋盛事乎？议成而踊跃者遍乡邑，客支、土著争解囊捐田以襄厥役，鸠工庀材，不阅月而集事。择地十六总仓门前马头，造三巨舟，覆以篷，为亭于南岸，以憩渡者。其岁修公食之费，簿籍出入，择公正者司之。

规制既定，邑人属予为记，且酌其名。予曰：昔汉赵中大夫白公凿渠泾阳，溉田数十顷。唐白太傅筑堤钱塘门外，蓄湖水以溉民田。当时皆以白公名之，今公之惠泽风流，与二公鼎足而三矣，即名曰白公渡可乎？佥曰：善。继自今，无祁寒暑雨，乡邑远近之人，至此靡有望洋兴叹者，相与叩舷而歌曰：湘水汤汤，行人彭彭。我侯惠我，如履康庄。匪且有且，讦谟孔章。野无伏莽，树有甘棠。又歌曰：衡山高兮湘水浏，有慈航兮垂永久。锡尔类兮福单厚，勒贞珉兮祈黄耇。湘水浏兮侯之清，衡山高兮母之寿。

燕子岩记

王昭熙

留田之阳多山，其峭然独秀者，旗山为最。群峦环绕，若郛郭然。迤逦而北，叠巘重冈，皆巨石凝结。其西南隅则为燕子岩。是岩也，每当风融冻解，玄鸟群巢于内，呢喃对语，响答林间，故以是名。溯其初，榛芜荒秽，半为藤萝所封，居者未有以奇也。

有明万历间，先子仕宾公览其名胜，有怀于燕翼诒谋之意，于是始以人工而疏天巧，遂成耳目巨观。岩之上下四旁皆石壁，高逾丈许，广半之，袤数十余丈。曲如大环，中可容百人。前有隙地，宽平广阔，上建小庵，钟鼓噌吰，时与山谷相应。列坐其间，近阜遥岑，参差隐见。清幽之况，迥隔红尘。若夫三春花放，林鸟变音，悦目怡神，不可名状。夏木阴翳，炎热不至，蚊虻不生，避暑雅集，恍坐蓬瀛。迄乎万宝告成，山容献翠，丹叶霜红，停车足娱，既而孤松挺秀，玉积群峰，而岩内融融煦暖，不逼寒威，翻疑吹律回春，何如此冬日之可爱邪?

尝论大造一良工也，水流山峙，随地布奇，虽有佳景，未经荐绅贤哲之品题，其名不传。若斯岩者，虽予先人之所培植，然其清奇古奥，实足为郡邑名胜之观，余不能不纪其实，以没山川之胜。

龙标山记

朱景英

龙标山在黔阳县治东，《元和郡县志》：武德七年置县，因龙标山为名。《大清一统志》：梁置龙标县以此。今龙标山在黔阳县城内是也。按《隋书·地理志》：龙标梁置。考《篇海》，檦音表。《北魏书》：列檦建旌。《淮南子》：檦林構栌，为卤簿柱枅之属。山之名此，盖状其势，自梁至隋，未之改也。迨唐始去刀为标，作平声读。李白诗闻道龙标过五溪，王昌龄诗龙溪只在龙标上是也，然失其旧矣。

山坏覆城隅，径涂夷坦，非有峰峦洞壑阻人登陟。其上则普明寺，与城隍庙隔垣而峙，灵旗飐岫，清磬若岩，绀宇琳宫，望之翼翼。黉宫倚建坡陀间，缭垣辟牖，朱碧相辉，列植绿杨，拂檛荫沼，皆为此山簇成景色。

下见公私廨舍，与夫街弄并豳之属，莫不接我眉睫。七宝山面出，如当户庭，岚翠疑可揽结。沅、沅二水襟合下，烟深似海，月上如潮，徘徊登眺，几不知此身在城市中也。

龙溪记

朱景英

龙溪在芷江县西一百三十里，源出贵州黄道司界向家地，流径山硐石壑中，达于刘师洞。又一支自县境小红旗发源，流至此为西河口汇焉。由此而南，径大洞坪，又折而东南入于潕水，凡三十里，为龙溪口。设市于此，货贩稍集，人烟亦稠，估客船郎上下栖泊。《唐书·地理志》：奖州龙溪郡本舞州，亦即业州龙标郡也。奖州故郡，于此溪为近，然则大历五年改龙标郡为龙溪郡，或因此名与？又考唐《王昌龄集》，有《送崔参军往龙溪》诗云：龙溪只在龙标上，案：此龙标非郡名，乃县名也。即昌龄谪地。秋月孤山两相向。谴谪离心是丈夫，鸿恩共待春江涨。可以证此溪之所在矣。

独醒亭记

王立楷

昔读《离骚》《渔父》篇，至世人皆醉我独醒之言，未尝不欷歔叹曰：殆哉！时怀王疏远正士，绝齐事秦，楚日以削。三闾睹举国之号呶，群臣之幡反，作《离骚》《天问》以启悟君心，不啻为贪婪求索者立之鉴也，不啻为谣咏善淫者佐之史也，乃悃悃款款，解醒不逮，一醉而败丹淅，再醉而辱蓝田，又再醉而被执武关，身死不返。为之臣者，若上官大夫、子兰、靳尚辈，又相与喔訾栗斯，卜之昼，卜之夜，以餔其糟也。幸姬郑袖又承款汋约，或涕泣歌舞，以歠其釃也。三闾章画志墨，本九天以为正奉五帝以折衷，目击党人嫉妒，众女婵媛，若梦若狂，乱我笾豆，不得已烦冤瞀客，行吟泽畔，与渔父问答，自命独醒，且以慨叹世人。呜呼，岂不哀哉？

独醒亭之建立汨罗江也，不知创自何时，前明嘉靖间，邑知县戴家猷重建，旋倾圮，去今二百余年矣。岁甲戌，邑侯陈执斋夫子，撤三闾庙新之于玉笥山。明年庙成，邑人李公大章、胥公遵儒踵前事，立亭庙侧，仍其名曰独醒，表前哲即以励后来也。后之托造湘流、凭吊楚累者，其或廉介正直，以事其君，登斯亭也，将与椒兰同芳，把臂修门，而寄志不孤矣。若使突梯滑稽，以辱君败国，踯躅于此，能不汗出浃背，自愧为鬼为蜮，不可久为延伫哉？

亭成，费金一百有奇。董其役者，大章子邦淮、遵儒子从名也，例得并书以贞诸石。

骚坛记

王立槐

乾隆二十一年，湘人士撤三闾庙而新于玉笥山，余瓣香谒所为新庙者。临水濯缨，濯缨有桥，循桥高山，两亭岿然，一曰招屈，一曰独醒。直前有坛，额曰骚坛。坛高而闳，吾乡黄公所建也。

余讶若桥若亭，自昔有之，骚坛毋乃嫌于创乎？黄君曰：惟楚无风，郁极必发。三闾眷怀宗国，作《离骚》二十五篇，雄博瑰丽，称词赋宗。其徒宋玉、景差摅情写志，感慨伤怀，三湘七泽，间为采风，所不及者，骎骎乎大倡宗风矣。于是贾谊、刘安、东方朔、严忌、王褒、刘向、扬雄、王逸之徒，相继则其绮丽，抒其哀怨，鸿裁艳辞，乞灵争长。吾建骚坛于此，欲悬三闾为词赋不祧之祖，彼摛华竞秀，与三十五篇同源者，吾进之坛中，与三十五篇异流者，吾斥之坛外，先生其为我志之。余曰：玉笥为三闾作《九歌》地，《史记》云：原赋《怀沙》，沉汨罗以死。其他《离骚》，《天问》《远游》《卜居》《渔父》等篇，不传作于何地，是天下之骚，系于全楚，而全楚之骚，系于湘阴，兹坛其所以志乎？夫别裁伪体，转益多师者，词垣之统论也。俯视千载，绝断众流者，艺苑之大衡也。且以三闾为牛耳主盟，宋玉、景差而下，历阶而升，树帜北面。其余词赋诗歌之徒，悉逡巡庑下，奔走而驰骤之。昆仑元圃，赤水流沙，皆骚坛丘壑。鸾鸟凤凰，文狸赤豹，皆骚坛物产。杜蘅兰茝，揭车留夷，皆骚坛纫佩。一切靁填雨冥，风飒木萧，猿悲狖愁之声，皆骚坛鼓吹。非是者，厉色登坛，举袂而麾之。自古迁人游客，皆当径此投吊三闾，异时有贾谊、史迁其人过焉。吾知不踯躅江干以垂涕，而徘徊堂府以欷歔也。

黄公名德然，字达山，邑高士，年八十。捐金百两成坛，其孙齐铨董其役，并书之以贞诸石。

洗笔池瑞烟记

张正笏

湘乡东皋书院之右偏为洗笔池，唐褚公遂良行部憩棠故处也。公书法绝伦，洗笔于此，池水尽为云烟，后人名其池，以志不忘，曰洗笔池云。

公没数百年后，池烟不常见，见则人文蔚兴。尝考志乘所载，邑之科名莫盛于宋，其时有池烟出焉。魏了翁记公之祠，于篇末亦微其词而弗遗。乾隆己卯之岁，余授徒东皋，每暇时往来池上，辄徘徊不能去，精神恍契公于千百载以上，然求所为云烟之起，则不可得而见。六月十七日，亭午之会，有来言者曰，池水起墨云，余往视，水异常，烟之浮已淡矣。次日巳刻复起，至未乃没，如是者五日。方出池时，水尽白，少顷墨雾从中起，渐弥漫一池。其布形不一，或如风竹摇曳，或如老梅横斜，或如苍松盘曲。有栖鹤隐显其间，而其回旋圆折为太极图者，则数见焉。远近观如堵，有携瓶瓮取水归者，泻杯中有香气浮出，此历历余目中事也。

是岁大比，邑登贤书者，谢子佑瑾、罗子国俊、邓子文泮，其一男眉大，隽四人而余授业者三焉，一时声噪，咸以为墨池文瑞云。余谓墨烟之起，此仅有事，当以人瑞卜，不徒论文瑞也。士君子读书，处则为纯儒，出则为名臣，穷达皆有千秋之业。如韩魏公草茅力学，具公辅器，及廷对擢高第，太史奏云五色见于天上，其后安国家，定社稷，事业光于天壤，垂之竹帛，如是之谓国瑞。若夫弄笔墨以眩俗目，曲学阿世以图进取，至于列朝籍，身家念重，澳涊自甘，综其生平，为有道所羞称，其为闾里辱何如，何瑞之足云。且夫池之所以重者，以褚公重也。公高宗时以谏立武后，贬潭州都督，当其执笔为谏书时，意必有祥瑞之见于日月者。如韩魏公廷对时事，岂得以昏主之斥辱，弗指为唐数百年之国桢乎？在伪周时，狄梁公宰端揆，使其后日不能反周为唐，则屈身贼后，于公有余愧矣，且公行部有遗爱，湘之人所以尸祝之至于今也。然则池烟之起，瑞之验，不可知以言瑞，古不云善人国之宝乎？卜瑞，卜以此也，是可取而志之，以正今日之言瑞者。

案：己卯为乾隆二十四年，时上湘尚无馆选显宦，至九峰、笔山两公，始皆由词垣洊历乡贰，而以是科同举乡闱，为一邑科第功名之先导，故应有此墨祥，后来当亦有此祥，或无人见，见亦未之纪耳。汝怀附记。

大岳滩记事

文承宠

从攸水达湘江，数百里险道不一，惟大岳滩为最近。闻经兹滩者，舟或溺或破，所漂散器物，如少陵屋上之茅，遇风投地，竟有公然抱入竹去者。

今秋买舟赴衡，至园西坪，则先至者列樯如林，舟人曰，是皆待滩子而后行耳。滩子者，即滩侧居人，幼习于滩，而与人充水手者。予笑曰：古有梓人，阙其床足而请他工，若等得毋类是。曰：不然，吾所可测者，江河自然之径，今兹滩非特石崭岩，水掬折而势剽悍也，人于其间，或掘焉如阱设，或梗焉如锥伏，间徙其道，累石而默识之，不知者惟意所揣，触处皆碍，甚至毁楫摧樯，资装荡败，前之待募不获者汲汲焉，承其敝矣。惜小费蹈大害，子奚取焉？乃各寻旧识，订值促行，久之，滩子挟双履，扬扬登舟，握篙驭舵，时或故为差误，盖其操持甚熟，争胜毫发，不使人得衔尾而随波也。既出险，则啖饭与肉，索值靸履登岸，舟人回望滩头，白涛汹涌，惝恍如梦，罔测所以。

嗟乎！世之以机械驭人，利害得丧，颠倒播弄于其手，而人莫知省者，独兹滩也乎哉？

重修朱子亭记

丁宗懋

旧学宫后有朱子碑石，镌其遗像并诗覆以亭。亭再毁，徙碑石于明伦堂，及学宫迁，遂委之蔓草中矣。

乾隆甲午，始稽其故址，理其莓苔，而覆以亭如旧。考《朱子全集》，载南城吴氏社仓书楼，题其写真诗与此同，是诗与像，并在南城作也。邑志谓朱子初经此地，特镌像，重过此城，乃系以诗，特以明斯亭之所由来。要之朱子道在天下，凡所以系人思慕者，正不专在乎此。当朱子帅潭州时，讲学岳麓，邑先正如吴文定、黎贵臣实亲炙之，是其望风景从，相与羽翼斯道者，大有人在。像而奉焉，以志瓣香，固无论朱子之一过再过也。且醴陵为潭州属邑，相去不二百里而近，维时东莱吕子、南轩张子尝讲学于此，今治北书院与南郊外二贤桥，故迹犹存，然则朱子勤采风之驾，停访道之车，即一过再过，又何俟征诸诗而始信之？东莱学宗关洛，能变化气质，朱子固称其足以范俗而垂世。南轩得胡氏论仁之旨，以古圣贤自期待，与朱子在岳麓往来辨难尤密。今斯亭成，岁当致祭，既议奉东莱与朱子合祀，而以吴文定从焉。愚窃谓南轩并宜合祀于亭，以见诸君子合志同方一时相得之雅。吴文定初从南轩学，后乃师朱子于潭，湖湘一派，表率为多。同时若黎贵臣，为朱子所推重，尝举充岳麓讲书，事业虽不逮文定，要其学术之同出于正，不必以隐显异也，似应并居从祀之列，然后登斯亭也。

溯往哲而念芳型，名贤聚会，信非偶然，师友渊源，昭兹来许。虽山区草泽间，其流风余韵，岂在远哉？端必有闻之而毅然兴者矣。若夫经营措置，倍于前规，有亭有堂，有轩有槛，则吾友鄢君画村实权舆其事，已纪之详。

二圣桥记

丁宗懋

自渌南别业出郊不里许，有桥曰二圣，予讶其名，询之土人，莫识所指也。邑志载有宋南轩张子、东莱吕氏曾讲学于此，土人因以名其桥。呜呼！斯岂非地以人重者欤？

二子讲学之轶事，他无可考，惟东莱书院在治北四十里，大德中，宋渤曾为之记，今遗址尚存。南轩旧讲学于长沙城南外，当朱子帅潭州，相契最深，而东莱生同时，其志趣亦同，朱子尝并推之。且距醴甚近，其往来辩难，谅所时有，惜其说不尽传，仅得于斯桥，慨想其游踪而已。

顾斯桥枕于荒郊曲涧间，广不盈丈，袤不及寻，非有回澜浴日之观也。乃几与昔贤并有千载，彼世之潜光处晦，山之巅，水之湄，岂无胜概？不获邀顾盼于时，卒至与墟烟蔓草同归寂尽，而湮没不彰者，可胜道哉？吾是以庆斯桥之遭也。

夫二圣之称名，诚不免过当，然其时学禁方厉，诸君子散处僻壤，一时庸夫孺子，咸知爱慕，亦可见畴曩之风俗淳厚，而教化之入人深矣。予请易其名曰二贤，盖崇之以实，即起二子于今日，端不以予言为谬云。

游三仙石洞记

张眉大

龚生荣沂学于余，别字参石，余偶询其所取何义，生云：沂居二十一都，近仓冲大石山，山有三仙石，高数丈许，其中洞府尤绝奇。

既邀余至其家，因往游焉。山顶巨石错互，如斗如伏，如星离，如马骤，三仙石独昂首杰然出。其下有门，可俯入，入数十步尚暗，忽现光明焕然。见堂室蝉联，或大或小，皆整饬。壁有松如画，有蒻，有筐筥，皆石。石倚壁若设几案，或小佛三四尊，或有棋枰子俱全，佛与棋子可移不可携出，携则重难举。越一间两间则有井，井皆泉水喷涌，倚左壁南流，瀌瀌有声，渐成河，深不可测，时七月初，甚热，至此不觉凉沁心脾也。

赵德麟谓仇池小有洞天之附庸，余未窥玉柱金庭较此何若，而此之奇要非附庸比矣。是为记。

重修回澜阁记

张眉大

溆邑古多招提，其见于志乘者，凡数百所，然或诛茅幽阻，或结宇阛阓，鲜有能兼山水之胜者。

西郭外有山曰灵翠，枕卢峰，瞰溆江，山骨鬖缺，竹树峭蒨。有高僧万缘者爱其胜，卓锡于兹，创为大士阁，功未竟而师示寂，其徒一皈踵成之，更名回澜。飞甍累榭，上概太清。凭栏遥睇，则平畴锦锈，回渚挼蓝。屈子之亭，槃王之洞，皆可揽之，几席之近，洵奇观也。余司铎于兹，每逢月夕烟朝，辄偕二三同人，步屧而至，以骀荡性灵焉。

乾隆丁酉间，刹尽于火，一皈誓重新之，时岁方连祲，人或以为难。一皈独持一钵，奔走山谷间，风餐露宿，足重茧弗休，道俗咸感，施者云集，乃购名材，镵巨石，不数月而工成。金殿突兀，宝络庄严，禅房斋厨，钟楼鼓笋，咸复旧观，而规制且稍廓焉。

余闻万缘师涅槃时，所余仅卓锥地，今福田垦辟，皆一皈所创。兹复使青鸳之舍，成于弹指，自非发勇猛心，具坚固力，其能若此之易于插草也乎？以此心而参最上乘，未有不入三摩之地者矣。刹成，不独鹿苑缁流可以面壁观心，而吾辈有山水癖者，亦得于香山居士白衣鸠杖，肩舆往来，假香火之社，而徜徉于翠竹黄花间也。遂援笔记之。

乐贫轩记

朱色

家故无仓，以无积也。亨儿成进士，祠例给谷，乃截贮读书之房，剩半间仍以读，仅容膝，力不能广也。即吾志而名之，额曰乐贫。

或曰：贫何乐哉？衣食交歉，俯仰丧资。风霜砭骨，锅突失炊。囊虚柜空，龇稿项弛。世所共愁，君乐何辞？且夫疏水枕肱，食箪饮瓢。孔颜乐道，贫乃偶遭。子取糟粕，乃尔嚣嚣。梅臂翁掀髯而笑曰：俗哉！子之言也。孔颜乐道，固非为贫。贫如不乐，道域奚臻？且子贫不乐，必富是求。人谋鬼谋，乃底丰优。阡陌绣错，爽垲深幽。颐指侪辈，气压人头。此富者之所自豪也。夫岂知天之所生，欲其相爱，而阳虎有不仁之叹。天之所与，欲其自恤，而古人有暴殄之悲。

夫不仁以创之，暴殄以守之，则古言鲜克，自家常奉，御以逮冠昏丧祭，其斩艾计算之有干天和者，岂可仆数也。又况子弟承讹袭谬，踵事而增邪？《语》有之：善恶之报，如影随形。奢必报歉，贪必报啬。淫必报淫，强必弱及。环而顾之，纷纷者何其多邪？昭昭者岂有差邪？富之累人如此，昧昧者不堪嗟邪？且夫天之所生，物贱人贵。贵贱相关，贱怡贵慰。夫何浅俗，徒令罪汇。是故富贵之家，饮食是崇。膏粱熬煎，肠胃自攻。岂若澹素，清意内冲。富贵之家，裘马相耀。躯壳矜贵，筋僵骨废。岂若布素，可负而戴。富贵之家，府第必侈。朱槛雕阑，穿凿无理。岂若蓬柴，岚翠依倚。富贵之家，必有宠房。青蛾皓齿，每召参商。岂若荆室，勤力酒浆。家有臧获，必有陵污。孺子食力，岂有糢糊。家多货赂，诗礼无情。王霸历齿，岂废负横？贪吏不扰，豪强不侵。催科不及，暴客不惊。我宁作我，我乐不禁。可叹哉！花鸟云山，取用不费。富室高墙，障无一卉。馋花而植，饵香而爵。宝瓶雕樊，天倪全未。若非终窭，鲜能知味。无田可耕，再食未阙。无山可樵，炊烟未歇。命数精微，未可滑突。自汲而饮，自锄而蔬。行有余力，尽理残书。服气餐霞，味甘于肉。佩藻纡兰，华胜绮縠。夫妇糟糠，相见若宾。思媚思依，各裕厥真。父子兄弟，耰锄相忘。阖室欣然，谊美恩长。然则天地有真机，贫者测之。天地有真趣，贫者得之。天地有真味，贫者尝之。天地有真气，贫者藏之。不富而富，不贵而贵。贫之乐兮，孰知其既？引而申之，谓之道穗。

梅臂翁曾见富人之母死，息未绝也，诸妇诟于室，诸子斗于堂，询之母，耳失金环也。俗礼，父母死，子拜汲以浴尸，湘上人有母积多金，垂毙，诸子相守，息绝，家人请汲，诸子相推挨。卒议封其房而后议丧。彼二母者，非以多金买子不孝邪？梅臂翁虑后人不能免俗而妄致富，因以致不肖如两母之子，故记吾额而言之长。

记白云山人事

陈梦元

白云山人者，学佛人也，初不知其所出。十年前，遇于汉阳大别山麓。

乾隆乙未春三月，余辞都门，道出襄樊，适遇山人于汉上，招入舟，不冠不屦，不饮啖，自言吴人。问名问年，俱不应，只述其平生甚奇。性无他嗜爱，爱看岭上白云，爱读古书。《苦难记》：旋弃去。年二十四落发为僧，入天台山，复入雁荡，习其教。不知阅几十寒暑，出山至淮上，入燕赵出关，寻返。复走秦、蜀、滇、黔及两粤，至庐山，陟诸峰巅。久之还江南，入青阳九华山，宴坐洞中弥月，忽一日夜半气不属，有道士缘崖来洞口，呼令吐，吐尽饮以清水三四盂，味甘同蜜，觉胸腹殊异。迨晓，洞外无人踪，出洞至一大寺，有老学士读书其中，经史满架上，就读，忽五行俱下，一见辄能暗诵，自憙甚。闻及词赋，下笔殆可万言，学士屡错愕。甫匝岁，而经史悉贮吾腹内矣。别学士，复出山溯江，遍历湖湘山寺，冀遇吾本师，始归吾老焉，适再遇子于此。

指舱内诸书，可随抽试，因倍诵《吴志》张昭诸人传，及《汉书》《天文》《五行》诸志，一字不遗忘。又为余赋《汗漫吟》数十韵。书兼篆隶，即袖其草。余始出近文百十篇就质，山人曰：存可某某篇，余俱烧。幸子根未坏，且读书，他时力为之，庶使人无吐呕作恶矣。语竟，拂衣起，疾乘小舡去。自日午趺坐至月出，娓娓发摅，肘膝未尝少纵惰，洵定力已至者。所称学士者何人，而其本师果谁耶?

昭潭书院学约记

朱廷模

乾隆十年乙丑，吾邑新建昭潭书院成。明年，请衡山聂环溪先生掌教事。丁卯，膺选出宰西秦。丙子，以丁内艰回籍，复请重来。

丁丑冬，服阕，例应补官，从游者曰：先生将出矣，亲切之旨，著于学约，宜纪其略。廷模曰：先生之教及门也，以立志远大，变化气质为先务。敦朴实，慎交游，养性灵，以为读书明道之基。其设教之勤恳也，春初入院，冬杪解席，《四书集注》逐字讲授，岁必一周。《五经》《纲鉴》《性理》《近思录》，以次讲解，尤肫肫于小学一书，夜授古文时艺，手自批点，一堂歌诵，常至夜分。月定五课，俱在讲堂，鸡鸣即起，日昃缴卷，《四书》文二，经解一，诗一，寒暑昼夜，批改不倦。所取不拘一律，惟以理法为宗。发卷序齿为先后，标其优者，用资观摩。

于英年多方引诱，尤加意贫士，不授贽仪，且分金以助之。朱、张、胡、真四贤祠近在院右，时率诸生入谒，以振其志气。邑中先正之以德业文学著者，时时举诵，以奖厉后进。出必告，反必面，有告归省亲者，无不欣允。至事涉公庭，绝不齿及，恒以非公不至为诸生勖。

自先生来主讲席，每年肄业者不下数百十人，相亲相敬，严惮自生。下至厮役门隶辈，咸安戢不敢肆。墙壁户牖，公置书籍器用，一一无或损坏。讲堂学舍，所在肃雍，俾吾侪俯仰揖让其间，相深于道德文章之域。决科采芹，鹊起未艾，实由学约之亲切，积久涵濡，故其所成就有如此也。

先生于门人，恩义若父子。往者宰西秦时，寄书吾侪，殷殷以敦品立学相劝勉。今兹之出也，更有不忍恝然者矣。故既以学约谋梓，因撮其要而记之，未足以尽先生之教，窃志吾侪之所不能忘云尔。

先生讳焘，字函有，号环溪，乾隆丁巳进士。吾侪姓名别载于籍。

桂秀堂记

李光甲

嘉城西里许地名蓼冈，三峰突兀，岿然尊秀，掖拥两山，左右环抱，势自南岭，奔折支条相向，至此划然竟住，与城郭映带，亘出林表。循冈而南，李氏别业在焉。

岁乙酉，余道出西郊，晤李生腾芳，延余少憩其中。时首夏清和，翠影绕帘，凉风入座。弥望平原间野，阡陌连延。中夹泉流，声琤琮，横亘如带。溪东南肃然如列屏而峙者为玉案，㟧然如联璧而耸者为五峰，云烟之所出入，光景之所映射，不可纪状。堂以下初无异卉奇葩及夫容、芰荷之观，惟木犀二株，左右秀出。颜其堂曰桂秀，纪实也。

余啜茗延伫，久之因具叩所自来，李生揖余而言曰：此生伯与父为生等课读计也。伯讳道巃，字维丰，道崇字维高，道巍字维天，父讳道岩，字维石，购得之治数椽，以一经授生，俾远尘坌，尽职业。堂之前薄田数顷，岁入租以资膏火。生恪遵庭训，晨夕无废命，然惧其久而或怠也，幸赐一言，生其祗承之且以示后。余既奇其地，兼善所请，乃指木犀言曰：此非诸翁之手植邪？夫其始种也，必深其根，未茂则忧其瘁，茂矣，则又视其蠹，尽物之性然也。诸翁既勤封植，且以是膀于堂，所谓影摇金殿，香放碧云，得无有深望与？

生第本之仁厚以培其根，泽之诗书以沃其叶，浸灌滋润，无失生理，则霜椿一老，丹桂齐芳，安知今不异于古所云？第谓坐茂树，濯清流，以斯地作诸翁之盘谷，余知其不尽然矣。

六里社仓记

刘永华

社仓之法，始宋朱子，后代因之。我朝雍正初，奉文饬各州县官绅士民，捐谷储仓，以时散敛。我世宗宪皇帝，特降谕旨，以为社仓之制，所以预积贮而备缓急，原属有益民生之事，务俾民间踊跃乐输，量力储蓄，不可绳以官法。又以为自古有治人无治法，必有忠信乐善之良民，方可以主社仓之出入，必有清廉爱民之良吏，方可以任社仓之稽查。圣谟煌煌，所以兴其利、防其害者至矣。

我益社仓自雍正间始捐，分贮各乡，设有仓长，即社长也。我里时捐谷若干，里分十区，逐区轮管。承管者即为之长，以时交卸盘查，无敢侵耗，诚良法也。迨乎积久玩生，不复以时轮替。为之长者借以长充，于是得据其间，视为己有，惟所侵那。迨乎亏缺既深，弥补无术，遂乃援引殷实，举报承充，人畏其项之悬而无著也。承之则赔累匪轻，诿之亦追呼莫免。于是转相牵引，互为攻讦，扰累无穷，而昔之良法成弊制矣。

贺君聿修、符君清河、刘君石岭、龚君渭廷、赵君在位，里中笃实士也，有鉴于此，怒焉伤之，爰集同心会区书偕粮户，慎选首事，酌粮劝捐，购地本里舒堂市，建社仓十间，分贮十区之谷，请诸官追逋欠，立章程。各区之谷，本区自管。总管则十区中择殷实老成之人，轮流更替，以为之长，毋庸纷纷更报社长。其谷散敛以时，登记有册，年终会核，毋许侵渔。时乾隆五十六年事也。

既成，邑侯陈公省庵过其地见之，给之额曰和衷协济，盖嘉之也。予自武昌解组归，从子禹谟尝襄其事，备为予言，予以为社仓者，民捐之而民掌之者也，立制之始以为司，自官则虞其扰民，故仍归之民，以从其便。然民之贤愚不一，得其人则法行，失其人则法敝，洪惟圣谕所谓，有治人无治法，其言尽矣。今诸君子有鉴于法以人敝，毅然起而整之，以从其朔。分之各区，使责有专司，彼此毋能混耗。轮其总管，俾权难久擅，前后得以时稽，是人与法所以相辅而行，而法可持于不敝，抑又考之朱子之始为是也。法十家为甲，甲推一人为首，五十家则推一人为之社首，而无行之人不得入。今之分区，即所为甲首，其总长则所为社首也。而以时择而更之，则无行之人不得预，是不惟甚有宜于今，而适协于古。

朱子之意，虽至今存可也，安在良法之为弊政哉？使后之人守而勿失，则所以为我里之惠，而上副圣朝所以预积贮、备缓急之深仁，皆于是有赖，固桑梓间所乐得称道而弗谖者。爰述而志之，以励诸今，以谂诸后云。

湖南文征　卷四十八

记七

重修安仁学宫记

刘权之

惕惟圣人之道，与天地无终极，愈达而愈尊，其得祀也，于其道称。

今自国都以下，逮于郡邑，咸得立庙行其治，宫墙宏富，俎豆丰备，长老能教，子弟能学，俊杰出焉，孝弟出焉，巍科宏烈亦出焉。何也？天无私覆，地无私载，圣人参天地，无私庇，圣人立极于上，志定人伦，气贯人事而已。万世而下，有能修其伦者，皆其志也。有能理其事者，皆其气也。祥和之应，捷于桴鼓，其两相凑泊然耳。假或听其衰敝，则伦与事之精爽漓矣。礼让文物不备，将必有蘖芽其间，陋者求诸末而迂视圣道，此他物之得以乘虚入也。是以哲人举事，务审所先，崇隆之以示民严，志气内齐，思而不斁，万品以序，群邪以消，立教之大如此。

安仁之有孔子庙，叠见重迁，邑乘载之详矣。兹维嘉庆三年，邑里搢绅及秀士，沐浴圣化，久而日新，乃克感道怀，和愿有光，辅于国家之制。于时董厥事者，为儒学黄君齐雯、阮君大绶，集邑绅士，征工就役，有焕其观，逾年而绪克就。殿庑阶序，严正廓大，东西两斋亦次第观成，用广教基，用贲彝典。耆老卑幼，来观宇下，咸曰其足降多福于是邑也已。

庙成之岁，其邑欧阳生厚均适成进士，选授民部，黄君、阮君寓书都中，愿书其事于石，以属于权之。权之曰：柳子有言，誉天地之大，褒日月之明，非愚则惑，不可犯也，故聊为述敬承之意于左，俾识礼服化者志之。乃作颂曰：众万凭生，性命赅备。圣祀是虔，以服仁义。今人之质，圣人之神。忠信笃敬，克相明禋。祉祉斯邑，厥初丕正。永怀好音，于邦锡庆。典垂伦叙，嘉乃师儒。申申秩秩，道用不孤。圣亦有言，祭则如在。非祭而恭，瞻仪罔怠。时嘉庆六年，岁次辛酉孟春榖旦。

补修石鼓书院记

余廷灿

是山斗然拔岸，驾入二水，如艨艟万斛，衔碇下垂。书院蟠其腹，门前蒸、湘分泻，中间隔地不多，仅仅见界画，如牵一缆。矢直刀削，线脉最奇。厥初门其左隅，以山势直也，利曲受之。无何，有中徙者，表里洞穿，左右激射，风气疏泄，讹言屡腾。郡大夫曰：是不可不还其初。急转移之，遮蒸冲突，迎湘溶漾，则天台、回雁诸岭，尽拱秀效奇，心目得辽朗轩举。

由门入最高当中座者大观楼，楼左右二祠，一祠汉诸葛武侯，一祠赵宋李忠节，岁既久，俱板瓦腐剥，赤白漫漶，不足揭忠敬壮高明。又墙舍中几榻斋厨之需，缺如不具，寝兴无凭，郡大夫又与衡阳、清泉两明府次第筹画之。不废不侈，有则有经。

工既讫，俯仰周遭，引背为向，展旷得奥，则造化之灵秀始呈露焉。濯黯为鲜，抽脆补致，则神人之栖息倍肃整焉。陈列充庭，从容资借，然后体气得夷愉，神志得清宁焉。其畴不裒裒咨嗟感激，奋自兴于学乎？而郡大夫及两明府为政急所先务，尤不可喧矣。书于石，非贺是山也。

牌楼山记

余廷灿

自岳麓逆折而上，有岭崒起莽苍之野，势可万丈，如流星下垂，截然中断，见沟脊界画，是为金牛岭。

岭断冈连，乃安行徐驱，气延脉属，盘礴郁积，回互再折而为牌楼山。山不及岭三之一，去平田加二百步，山延袤如曳布，隆圆如覆釜。山之左刀削壁立如牌楼，其山之得名乎？山顶洼然为天池，天池周遭，如莲叶，如桃实，如啸口广轮，不及半亩。天池之上，微凹如匏柄，是为小天池。先是，小天池中白果树蟠根封焉，占之者曰吉，发白果树得土穴，周遭石也，吾始祖君文公实妥魄于兹。湘水襟抱其前，岳麓屏蔽其左，隔江峰峦，尽收纳入小天池。天池中气通霄汉，时时能喷雾，蒸云，降雨。乌乎！是山固吾高祖忠所公登顿相度，精神凭依者也，有碑纪、墓纪。

是山兼纪田，碑毁于张献忠兵，田并于土豪，而是山仅仅犹存。土人不忍没其实，仍归之吾余。乾隆壬午，小子廷灿请假自京师归，乃克伐石表墓。又四年乙酉，有侵界逼葬者，粤东萧公聚昆官善化，按法治之。逼葬者锄去，侵界者厘正，吾族人如萧公约，又伐石表其四至。墓前纵计二十五丈有奇，后计十丈有奇。右半于前，左半于后。是山庶几完复如吾高祖所登顿相度者乎？抑犹未也。乌乎！为人子孙守祖宗茔墓者，其永念之哉！

戴东原事略

余廷灿

君名震，字东原，姓戴氏，休宁之隆阜人。少家贫，无以亲师友，亦不喜随人治世俗学。闻孔子定六经示后人，求其一经读之，茫茫然无觉悟。寻思既久，乃自计曰：经之至者道也，所以明道者其辞也，所以成辞者其字也，由字以通其辞，由辞以通其道，必有渐。于是考诸篆书，得许氏《说文解字》，三年知其节目，渐睹古圣人制作本始。更念《尔雅》为承学治古文者津筏，又殚心其书，屡淹星鸟，然后从友人假《十三经注疏》，朝夕讽诵，旁推交勘，读之则尽得其古画、古义、古音声、古度数名物，直耸然跻身于嬴刘周末。与诸经师儒宿相语言，謦欬于一堂，有一字不准六书，一字解不通贯群经，即无稽者不信，不信者必反复参证而后即安。以故胸中所得，皆破出传注重围，不为歧旁骈枝所惑，而壹禀古经，以求归至是。

符契真源，使见者、闻者洒然回视易听，步算家测北极兼测黄道极也。则据《周髀经》证之曰：黄道极者，即《周髀》之北极璇机也。璇机今《尚书》作璇玑，伏生《大传》及《隋书》所引并作璇机。璇取旋运之义，机取枢机之义，惟正北极居中不动，黄道极环绕其外，四周旋运，凡日，夜半在正北极下位子，出卯在正北极左，加午在正北极下，入酉在正北极右，此璇机之一日四游所极也。冬至，夜半起正北子位，昼夜一周，而又过一度，渐进至四分环周之一。位正卯则春分，又渐进为夏至夜半位正午，又渐进为秋分夜半位正酉，此璇机之一岁四游所极也。璇机所建，即十有二月建之本，与日躔黄道发南敛北相应，因其璇运不已，故《周髀》以北极璇机名之。日月五星之右旋也，儒者又疑右旋为逆，君则正之，曰：黄道为日星右旋之天周，不惟日循之而南北发敛，以成寒暑，列宿部星亦循之而古今推移。右旋者，日月五星列宿旋转之实也，论南北不论东西。左旋者，为大气所运，遂成东出西没之象，论东西不论南北。虽名以左右，而非一顺一逆，知南北与东西殊致，则无疑于日、月、星实右旋矣。又就《晋书》蚁行磨石之喻，推论日行黄道，南北其象显然。

《周礼》大司徒土圭之法，君论其义曰：日南日北，犹《尧典》之度南交度朔方也。日东日西，犹《尧典》之度嵎夷度西也。日南景短，日北景长，取中而得尺有五寸，以是求南北之中。日东景夕，日西景朝，时刻差移，取中加时，以是求东西之中，所谓测土深以南北言。圣人南面而治，古宫室皆南向，故南北为深，表景之长短，即南北之远近，必测而后得，故曰测土深也。正日景则以东西言，自东至西，环地面各有子、午、卯、酉，东方日中景正，西方尚在午前而为景朝，西方日中景正，东方已过午后而为景夕，以率率之去一次，则差一时。地与天恒相应也。东西相差若干时，半之则为地中与东西所差之时，是则地中景正，而东方景夕，西方景朝，必正其日中之景，以审时之相差，故曰正日景也。是二者一为南北里差，一为东西里差，前古测之极详，犹今之测北极高下也。凡寒暑进退，昼夜永短，随地不同，必悉测之，而后偏中可知，分至启闭可定也。

又尝言《周礼》太驭右祭两轵祭軓，郑注曰：故书轵为軹。杜子春云：軹当为轵，轵谓两轊也。则注改经之軹为轵，既与輢内之轵二名无别，又释轵为轊，轊与軹亦若二制无别者。《礼记·少仪》：祭左右轨范。郑注曰：《周礼》大驭祭两轵祭轨，乃饮，轨与轵于车同谓轊头也。则注既不辨经文轨字即軹字之误，又徒溷轨于轵，轵既误释为轊，轨亦因之误释为轊者。若济盈不濡轨之轨，《毛诗》故训传由辀以上为轨。依《毛传》意，则宜读犯，此又注之溷轨于軓，且声从轨而义从軓者。数字如治丝而棼，不可究诘，今宜还軹于毂，軹毂末也。还轵于輢内，轵车軨也。辨轨字之误于《少仪》，轨车辙，不得谬训轊头也。正轊为轴末，于轵与轨无关。正軓为式前，更于轨不合。辨其名，详其制，乃可正交错缪说。

有苦《考工记》难读者，则删取郑注而自定为补注，更系之图，其正轵崇三尺之轵当为軹，车人彻广六尺之六当为八，弓人胶三锊之锊当为锾，皆经文传误，汉儒已莫能是正者。其训轸，通前后左右材皆为轸，以轸象地方也。训辀人之任正即辀，为下当兔围发意。衡任即轴，为下轴围发意。训锾锊之数，以锾之假借字作垸，锊之假借字《史记》作率，《汉书》作选，伏生《大传》作馔，其数大小不同，未可如郑注之合为一数也。训桃氏设其后之设，宜与设其旋设其羽同义，不得独训为大。训钟之钲间，《记》虽无明文，然钟自铣至钲，自钲至舞，敛㣺以二，准诸勾股法，铣间八，钲间亦八，是谓钟长十六也。若舞乃其上覆，其修六广四，盖举钟羡之度，不得援合以凑钟长之数。郑谓钲间六，合鼓间六与舞广四为十六者，殆未审也。

辨明堂，五室十二堂，故曰明堂。《月令》：中央太室，正室也，一室而四堂。青阳明堂、总章元堂是也。四隅之室，夹室也，四室而八堂，则青阳明堂、总章元堂，各具左夹右夹、左个右个是也。凡夹室之前堂，或谓之箱，或谓之个，《左传》：昭四年，使置馈于个。杜注：个东西箱。是箱得通称个，亦或随左右夹而称之为北堂、东堂、南堂、西堂，故曰八堂，要皆两旁之名也。古者宫室，前堂后室，有夹，有个，有房，惟南向一面明堂，则四面闿达，亦前堂后室有夹有个而无房。房者，妇人在房，明堂非妇人所得至，故无房宜也。此又治经者循习郑注，千余年来未有如此明辨以析者。

六书之说，杂然歧出，而转注考、老，人尤不解。猥云考字左回，老字右转，别举侧山为阜，反人为匕，以象形之变转者当之，而徐铉、郑樵又谓祖考之考，古铭识通用丂，于丂之本训转其义而加老，则以谐声之声义两近者当之。至萧楚、张有诸人，缪以转声为转注，虽顾炎武亦不深省，竟援《说文》假借举令长字，移而属之转注也。君则曰：《说文》老从人毛，毛言鬒发变白也。考从老省，丂声，二字本一属会意，一属谐声，而《说文》又引以证转注者，则会意、谐声其体，而转注乃其用也。转注之云，犹曰互训云尔。《说文》于考字训老，于老字训考，转相为注，是以叙中论转注，又举此二字以实之也。大致造字之始，无所凭依，惟事与形两大端而已。指其事之实，一二上下是也。象其形之大，日、月、水、火是也。文字既立，则声寄于字，而字有可调之声。意寄于字，而字有可通之意。是又文字之两大端也。因而博衍之，取乎声谐曰谐声，声不谐而会合其意曰会意，四者书之体，止此矣。由是之于用，有数字共一用者，如初、哉、首、基皆为始，卬、吾、台、予皆为我，其义转相为注。有一字具数用者，依于义以引伸，依于声而旁寄，假此以施于彼曰假借，所以用文字者，又其两大端也。君论六书孳乳次第，皆自然而精核如此。

宋元以来，论反切之学，俱称释神珙传西域三十六字母于中土。君则谓反切之法起于孙叔然，叔然受学康成之门人，称东州大儒者也。《崇文总目叙》曰：孙炎始作字音。深宁叟曰：仓颉制字，孙炎作音，沈约撰韵。此唐、宋人论反切字咸溯源叔然也。若珙之《反纽图》，惟《五音声论》列字四十，而不曰字母。今所传三十六字母，乃定于释守温，又在珙后者也。尝详珙之自叙曰：昔梁沈约创立纽字之图，是珙图远在沈休文后。叙内又及《元和韵谱》，是珙更后乎元和，何释氏之徒，既移反切之法于珙，又移珙于四三百载之前，冒入北魏，欲追而上之休文，以欺惑后世？而儒者数典自忘，亦且笔之于书并口一谈也。

君又谓《水经注》四十卷，《崇文总目》云亡者五卷，后人因加割裂，以傅合四十卷之数。如注文江水又东径巫县故城南，注讹列为经，遂与前经文又东过巫县南，割分异卷。凡经例云过，注例云径。凡经立文，首云某水所出，已下不复举，而注内详及所纳群川，加以采摭故实，则水名不得不更端再见。又经文叙次所过郡县，如云又东过某县之类，一语实赅一县，而注则必沿溯县西以终于东，详记所径委曲。又经据当时县治，至善长作注时，县邑流移，是以多称故城，经则无称故城者。以是数者推之，经与注溷淆甚夥，而寻求端末，乃可各归条贯。盖君之订正讹舛，即《水经》一书，亦实从来所未发者。

君修干轩伟，强识锋辨，要其著书，取理道显白，未尝过骋议论，以排击前人。尝谓淹博难，识断难，精审难，于天官、地志、勾股、音韵之学，靡不悉心钻研，贯宗勾极。尝自言：治经者，不知恒星七政所以运行，则诵《尧典》数行，即掩卷不能卒业。不知古今地里沿革，则《禹贡》《职方》失其处所。不知古音，徒疆以协韵，则诵二南自《关雎》而往，俱龃龉失读。不知古者宫室、衣服等制，则诵古经士冠礼，即迷于向方，莫辨其用。不知少广旁要，则考工之器，不能因文而推其制。不知鸟兽、虫鱼、草木之状类名号，则比兴之意乖，而诵咏之指趣失矣。又戒凿空立论，谓赵宋而降，去圣久远，学者多习所见闻，喜谈虚无性命，未免蔽以异趣。乃原本经旨，推究天人之道、阴阳善恶之理，作《原善》三篇，自明祈向。

乾隆壬午举于乡，癸巳诏开四库全书馆，必得如刘向、扬雄其人者司雠校，君用诸城刘文正公荐入馆充校理。又明年乙未，与会试中式者同赴廷对，洊升翰林。又明年丁酉，以勤于职业，病不复起，卒年五十有六，时五月二十六日也。其在馆校定《水经注》《五经》《算术》《孙子》《算经》等书，官为板行。所自著书，《毛诗补传》若干卷，《考工记图》二卷，《尔雅文字考》若干卷，《孟子字义疏证》若干卷，《续天文略》三卷，《六书论》三卷，《声韵考》一卷，《声类表》九卷，《方言疏证》十三卷，《屈原赋》若干卷，《原善》三卷，《原象》一卷，《文集》十卷。

初，君与其同郡乡先生江慎修永相讲贯友善，慎修硕学耆儒，著述甚富，然勤一世于山岩屋壁间，竟无所遇以老死。若君者，遭际稽古右文之盛，得出所学于承明著作之廷，不待后世复有子云，既声誉隆隆满天下，而又不永其年龄，以大抒其所蓄，天之生斯人，而奋兴于斯学也，遂如是止乎？君既死，遗文零落无所收拾，其后曲阜孔君继涵，取其书校付剞劂，稍稍流布海内。海内既注仰孔君之表章嗜学，而又幸君之死而不死，以为潜心大业，其显晦升沉之际，乃有如是之感召默成也。君感怆慎修死，为作事略状。

廷灿未识君面，而喜读君书。后君之死十有二年来京师，从士大夫之后，日闻君之学与君之人，恐久就坠逸，因叙次其事略，以待史馆采择焉。谨状。

案：事略当归传状内，以编帙已定，难于改补，仍之。戴氏于六书转注，以互训当之，金坛段氏注《说文》，遵用其说，然转注者，建类一首，同意相受，若互训之字，则不尽建类一首矣。又其四体二用之说，谓指事、会意、象形、谐声四者为制字之体，转注、假借二者为用字之法，然假借可言用，而转注不可言用。

观本书中笱、钩、拘等字，不归竹、金、手部而归句部，实合建类同意之义，而与事、意、形、声之字别为一类。以明明可以从竹、从金、从手之字，乃舍而从所谐之声以为部，而叙中又未别发此例，则转注之说，当于此中求之，固不必泥考、老二字，而强为之说也。汝怀附记。

书米脂令边大绶事

余廷灿

边大绶者，直隶任丘人也。明崇祯时，作令陕西米脂县，遇中原蜂午鱼烂，一日具笺上制府曰：窃见流寇蔓延，李贼尤猖獗不可制，其乡贯实隶米脂，职访得贼祖李海、贼父李守忠坟墓，俱在县治。营葬时，遇异人指画，谓三世后贵不可言，今不幸言中。若伐冢剖棺，灰其骨，断其山脉，泄其王气，贼亡可立待。又访得勷葬贼祖之县民李诚，可为向导。贡生艾诏，则又识李诚踪迹，许钩致者，但乞俞允，俾得便宜行事。是时汪乔年总制陕西，急符下县曰：义心足报国，幸勉为之。盖崇祯十四年十二月也。

明年壬午，艾诏领李诚至县，言诚即闯贼里人，勷葬贼祖已久，亦懵慌不甚记忆其处，但从前启土时，得空穴三陷，黑碗一圜，术者教填其二，用其一，取黑碗注油然灯，并封置穴中。今但见黑碗者即贼祖冢也。大绶即檄练总黑光正、堡长官王道正，及箭手三十名，乡夫六十名，尽一昼夜，行二百里至其地，名三峰砦。遇大雪，深二尺余，凿山上鸟道，攀缘始得上。上一里许，见诸窑舍墙垣，即闯贼村落。又过一山，四面峰峦环拱，气概雄奇，而林木郁葱茂蔚，则封墓累累，计二十三堆。始伐五六冢，骨皆血色鲜润，不似远年骴骼，然皆无黑碗证验。直日已就暝，围火待旦，再伐数冢，而黑碗出，检李海骨，黝如墨，额颅白豪长六七寸许。其左侧冢顶茁榆树一株，笼荫如臂，斧斯墓开，下蟠白蛇，长尺有二寸，头角蜿蜒，是为李守忠墓。其骨节绿如铜青，亦生黄豪，长五六寸。其余骨骸奋张鬐鬣者七八冢，尽数锄出，聚其尸骨而烧锉之，童其山木而焚赭之，仍具笺并黑碗、白蛇上制府。乔年剧喜慰，大加奖许，而米脂人谓是役必速祸不可测。又贼姻党艾朝栋、高映元、马起龙等，闻贼有四月十九日起马入秦之语，更流言鼓煽，群谋缚大绶暨艾诏、黑光正等迎献解忿。大绶曰：无庸，贼来修怨，予一身为椹质，断弗殃及米脂一民。众犹然疑不定，会制府列大绶荐剡中，将会巡按保题城堡厅。又明年，计典，大绶官评称卓最，贼党愈益忮忿不自安，遂捏造单辞，极力构陷，部议镌一级例去官。制府谕留候题，大绶不可，遂襆被去秦归任丘。

十月十六日，闯贼破潼关，陷西安，未几贼烽又逼山西，会真定叛卒杀抚臣输贼，于是固关失守。贼三路犯神京，远近震恐，是时大绶亲昵，亦劝其遁迹用晦，庶或保全要领。大绶怃然曰：如孀母何，又如边族门户何？吾原为朝廷灭贼计，今获死所，有余荣矣，何以避为？十七年三月，贼破都城，怀宗殉国，大绶北向恸哭发丧。越四月二十八日，闻贼溃而西走，方谋聚诸生谢铭石等，将举义师，邀截杀贼，一报国仇。越翼日而贼之缇骑入任丘城矣，大绶挺身不动，未几伪令曹怀玉，嗾群役缚执大绶付贼使白姓、吴姓者，而下其母妻家口于狱，阖门群从，亦被执相连属。任丘人观者塞巷，皆为寒心刺骨。

初一日，贼执大绶西行，其家众以保任获免。明日至安平，明日至无极，又明日至真定入城，贼众充斥街巷，喧传大驾且至，见者咸揶揄曰：是伐墓人边大绶也，亦有此日耶？又明日初五，贼传伪帅马出城，发兵候驾，二贼亦押领大绶出候城外。但见贼兵自北而南者，尘土蔽天日，然皆老幼扶携，丁壮儿戏，十贼中率夹带妇女三四辈，茫无纪律。大绶愤懑，谓如此鼠子，杀之如草，而所向沦陷，神州陆沉，真可痛哭流涕者。延伫良久，倏传驾已至关帝庙，吃中火即行，二贼又带大绶至庙门外伏候。是时随役者止存王姓，其三人暨持驴人俱亡去，大绶度见闯贼必死，尽以后事付王姓，好为传语家人：我死国难，无憾也。须臾贼竟去，伪帅传谕带大绶西行，明日至固关，闯贼以百姓堙塞井汲，方杀人如鸡狗，横尸阗道。又贼卒不腰弓撚箭者，下令尽断左手，血肉淋腥。是时王姓亦遁去，惟吴、陈二贼押大绶出关，适见闯贼，咸下马伏候道左，正欲禀白，而吴贼忽摇手相戒，使其时陈贼出口一言，马前立齑粉矣。

初七日，贼中传言追兵至核桃园，乃下令调后营人马却回防关。二贼押大绶亦退住平定州东关外，听候伪旨。至初十日薄暮，始传止留精兵防关，其辎重先行。是时闯贼已上太原，吴贼乃同一贼僮押大绶疾行一夜，天明至寿阳南关，搜米觅水，炊饭早食，人乏马疲，吴贼命大绶解鞍系马，自入小室偃卧，贼僮则楼上卧。大绶亦假寐良久，忽闻栈马蹄啮声，呵不止，起鞭之，再三鞭之，吴贼方酣睡不觉，大绶遂抽身出门北行。初迎一贼衣黄者，问：何之？诡云：南头无水，复北寻耳。至北头入一店，见三贼方束装，诧曰：汝已行，何复返？则曰：来取水具耳。潜身进后院，下觑寿阳城河无水，即舍身跳下，循城北走。二乡民持梃抢营，喝问：自何所来？答曰：吾亦搜物者。已而四五伧父，各执枪棒，围索财物，无有，洗剥其上下衣，换破衣二具，才被体。大绶见日方亭午，虑有形影可指目，终难脱贼网，即蛰山畔土窑中。气死形灰，至晚贼骑来搜者六七次，皆未破露。待月出甚高，始延颈出穴，视月所向，攀缘上下，历墟墓涧泽中，鬼磷萤火，殊非人境。及晓，逢人问所向，自称保定诸生，被掠逃难，但求得生还乡耳。其人怜之，指东北隅方山寺尚可容栖，大绶极奔三十里，遂委命僧寮，淹住六日，始辞僧众出门，由山僻小径蚁行，饥丐食，晚露宿，经土寇丛中数处，信为乞丐，尚无阻挠。惟闻固关、娘子关俱贼兵严守，不敢过。有荷蒉者三人识小路，导之入琉黄口，而琉黄口万山一线，豺虎猿狖交横噬人，至最陡绝处，顶踵相磨，上腾天，下入渊，凡数十折始履平地。又凡六七道渡井陉大河，始涉虖沱达真定，自是稍稍寄通名姓，传语亲懿，闻者且悲且喜，远来迎劳慰问，洗沐更衣，然后得递达任丘，与一家兄弟婚姻登堂谒孀母，分明团圞相见，母子如初。犹疑在梦寐怵惕中，悲恸欲绝。是为五月二十九日，计被执时正匝一月。

或曰：闯贼不生，明之天下不溃。闯贼不死，明末之天下不平。大绶不令米脂，贼脉不断。鬼神不佑大绶，显道不章。其言朴而切于情事者。乾隆己亥，吾长沙太守边公方泰，为大绶族曾孙行，持大绶所著《虎口余生记》示廷灿曰：太史志在著述，若得巨笔翦裁繁冗，疏通首尾，以补漏遗，备采择，亦国家掌故也。廷灿不获辞让，太守又曰：吾边氏族葬任丘，兆域宽敞，以数百亩计，形家谓梅枝横斜延出，得华则隽，吉壤莫夥于是，又莫绵长于是者。自宋及今，已历四朝，周遭甃石遮禁，若城垣然。方闯贼溃而西也，一夕驻马任丘，即在边氏族葬墙垣中，任丘人莫不为边氏祖骸危，而闯贼乃如痴如梦，不知而过之，岂惟大绶脱虎口有数，其边氏四朝兆域，业在践踏蹂躏中。然且不饱毒手，抔土无恙，亦岂偶然者？是以君子知命不惑，见义则勇为之，无计较也。

譬文书屋记

潘相

韫圣经贤传，诸史、子、集为一屋，屋四室，室各四版。

中之北曰经室，其第一版，曰《钦定诸经》，尊王也。首《易》折衷，次述义，次《诗》《书》《春秋传》说汇纂，次《诗》折衷，次《春秋》直解，次《三礼义疏》《性理精义》《朱子全书》。又次《大清会典》《皇朝礼器图》。其第二版，曰《朱子诸经解》《仪礼经传通解》，经之定本也。次朱子《四书注》或问语类，小注遗书，百家讲章摈不与，大一统也。次《周礼删翼》，《周礼》是圣人天理烂熟书，《删翼》颇有发明，故陟之。又次小学、《近思录》，人圣之津筏也。先儒云：三代后圣人，惟文公为第一等，故《朱子文集》附之。其第三版，曰《十三经注疏》，

《易》《书》《诗》《左氏春秋》《礼记》为五经，益之《周礼》《孝经》《论语》《孟子》为九经，又益之《公羊春秋》《穀梁春秋》《仪礼》《尔雅》为十三。首《周易》兼义，魏王弼注、唐孔颖达正义，共九卷。次《尚书》，尚，上也，上古之书也。汉孔安国传、颖达疏凡二十卷。次《毛诗》二十卷，毛者，传《诗》人姓，别于齐、鲁、韩三家也。或云小毛公，加毛诗二字，汉郑康成笺之，其疏亦颖达也。又晋杜预、孔颖达注疏《左氏春秋》六十卷，郑、孔注疏《礼记》六十三卷，《周礼》四十二卷，则郑注而唐贾公彦疏也。《孝经》注疏九卷，校于宋邢昺，昺又疏郭璞《尔雅》之注十一卷，《论语》二十篇，集解者魏何晏，其疏亦昺也。注《孟子》十四卷者汉赵岐，疏之者宋孙奭。《公》《穀》各二十卷，注《公羊》者汉何休，集解《穀梁》者晋范宁，疏之者唐杨士勋。《仪礼》十七篇，韩昌黎亦谓难读，而郑注与贾公彦疏最详明，但郑氏信谶纬，如解五帝云：苍曰灵威仰，赤曰赤熛怒，黄曰含枢纽，白曰白招拒，黑曰汁光纪。疏亦不能是正，他可类推。朱子谓宜删去，且云汉魏诸儒，正音读，通训诂，考制度，辨名物，厥功甚博。顾所以求夫圣贤者，则不在此。近人又欲宗之而祧朱子，眊矣。其第四版，曰历代经解，自汉魏及今，凡依附注疏及羽翼宋儒者以其班，而余所著《周易尊翼》《礼记厘编》《周礼撮要》在焉。其未定之《诗》《书》，参释《春秋》《尊孟》《近思录》辑注，亦附见其名。

中之南曰史室，史体二：曰编年，曰纪实。编年首朱子《纲目》，次司马温公《资治通鉴》，又《纲目前编》《续编》《三编》，凡为是体者皆附之。纪实之史，马、班大宗也，范顺阳小宗也，《三国志》庶孽也，《五代史》其中兴乎？《明史》其绳武乎？《史记》一百三十卷，评林测议注颇备。《汉书》百卷，颜师古注。《后汉书》一百三十卷，唐章怀太子贤注。陈寿《魏书》三十卷，蜀十五，吴二十，帝曹而寇刘，不如习凿齿，或曰，彼魏臣固尔。唐君臣撰《晋书》一百三十卷，语多骈偶。他若宋沈约《宋书》

一百卷，梁萧子显《南齐书》五十九卷，唐姚思廉《梁书》五十六卷、《陈书》三十六卷，魏收《魏书》一百一十四卷。隋李百药《北齐书》五十卷，唐令狐德棻《后周书》五十卷，李延寿谓其不雅驯，为南北史，《南史》八十卷，《北史》一百卷，较本书差胜，而表志无传，议者病之。魏徵《隋书》八十五卷，欧阳修、宋祁《唐书》二百二十五卷，较旧书文简而事增。顾余最爱景文传，论笔力特劲，欧公不之及。若《五代史》七十四卷，则欧公胜宋、辽四史矣。元阿鲁图等撰《宋史》四百九十六卷，《辽史》一百六十卷，《金史》一百三十五卷。明李善长等撰《元史》二百一十卷，皆烦芜少裁正，惟国朝修定《明史》三百三十二卷为完美。它若历代杂史、通志、郡县志，及余所辑《琉球入学见闻录》《曲阜县志》皆在焉。其未成之兵、农、礼、乐、编口、纲目、书法、读史提要，亦存其目于经室。经室之北曰子室，余少爱《南华文》，既以其乱经，与老、列、申、韩、荀、扬仅一过目，后乃观文中子、紫阳之所称也，惟韩文考异，余盖尝寝食焉。所至必携之，顾讫无一得。他家凡数百种，或偶一翻阅，或仅存其名目矣。

其史室之南曰集室，赋如《骚》，文如《选》，家如柳、欧、王，诗如李、杜，吾师也。旁及李翱、孙樵、杜牧、曾、苏诸名家之粹者皆熟复。若钦定《古文渊鉴》《三通》《子史精华》《大学衍义》诸书，御试题多资焉。其他私集，选本甚夥，时文犹古文也。士非此不通籍，故以钦定《四书》文为宗，诸善本亦存之，而附以余《西汉文精钞》《古文类编》《制义精选》及《讐文书屋集略》，约《六斋制义》《潘氏一家言》。盖余少时亦喜渔猎，长乃务为精专，不欲效近世名人，自雄其拥书数万卷，贻讥记丑。读《大学》至三月余，或穷经一条，数日不能易，犹以性鲁思滞，老老大大鲜成就。

诸所藏卷轴，虽经流览，卒乏圈评。若贾肆窃自恧，大儿归于槐园，修三锡祠，起诰敕楼，楼前作屋贮新旧书，傍为两厢室便读者，余仍名曰讐文书屋，记于碑，俾知学务正而博，博而约，且共历世守，禁严于平泉庄一石一木云。乾隆甲午夏日，湛一学人题于濮阳官署。

勘尼山田记

潘相

尼山之阳隶邹县，旧有学田二十顷，祭田一十三顷，五十亩，七百二十步。东至于小山，西至于普陀山，南至于昌，北至于冷饭堂。乾隆甲申，衍圣公以邹民欺占，咨院行县会勘，六年而未结。

余到官一月，同邹尹马君蕴锦疆理之，得隐匿地十三顷三十七亩有奇，视原额尚缺八顷，以皆粮地不可复。新立，山至东曰夫子洞，北岭西曰五华顶，西麓南曰黄土堐，北曰谷山麓。定租则，严盗卖，戒私佃，造鳞册，钤邹、曲公府印，各存其一，且禁樵牧，详覆报可。

顾尝闻故老言，厥初山多桧柏，荆根如车轮，盘结岩谷，无敢伐。有娄一均者为邹令，学录以鲁源村民盗荆根牒于娄，娄不之罪也，阴纵民遍掘取。衍圣公言于守，守檄娄往勘，娄复阴令民户插小红旗，风俗红旗户有痘儿，胥役诫勿入，其获者皆庙户也。复于守，守以语公，公语塞，禁遂弛，数十年山以濯濯，而民德娄，到今不绝口，娄其违道干誉人邪？或曰：司尼山者，常多倚公势欺民，民取一草一木及马牛偶逸皆有罪，民困甚，娄固爱民人也。是二说者余皆附存之。

救灾记

潘相

乾隆辛卯夏五月，武定府大水，淹禾稼，坏庐舍，百姓暴露乏食。抚军飞章以闻，圣皇悯恤肫谕，速蠲赈如例。

九月之朔，余奉羽檄星夜赴青城、蒲台二邑，经理赈务，至则宣训谕，考规例，相地形，疏积水，度村庄，稽册籍，斠斗升，钧泉货，议厂舍，遴吏胥。先赴西北乡，次南，次东，北望而视其村水，环若濠，长若渠，广若陂。其树槁以榴，其草元以黄，进而视之，彴仄仄，泥滑滑，跣则蹶，揭则陷，车行则滞，马走则隤。视其场，如洗，如焚，如积秽，间堆败秸乱穗，以指按之则瘪如。视其门籍皆无存，问之，则曰某村千户，某村数百。进而视之，突如阜，呀如谷，覆如鳖，累如罂，削如刃，厉如乱石，曰此皆颓墙也。视其巷，岩者，欹者，捩者，拄者，柱瘗土者，梁仆地者，木楂枒者，夹墙怒牙锯齿若欲啮人者，曰此皆败屋也。进而视之，埘无鸡，苙无豚，牿无牛，箱无粒，盎无蔬，瓮无糜。视其饭，煮败桑叶细切之，以少许面和之，蒸之，曰桑饼。磨三棱草，实以少许面和之，蒸之，曰草团。视其人之貌，黑而瘦，黄而痞，体核而脚瘇，疲癃而尪废。视其人之衣，男多裸裎，女拥败絮，无完裙。视其居，或架床水际，圈月席以承露。或为人字棚，广数尺，深数尺，妻子、床棹、釜鬵皆置焉。夜半寒霜降，风飒飒，吹水气入寝，所冻不可忍，则相与抱持号哭，声闻数十里。闻官至，则男女老幼罗拜号哭曰：爷救我。谕以上司请蠲赈，毋戚戚，则又相与泣且拜曰：万岁爷活我。视其口，一户率二三十人或十余人，或女口倍男，问之则皆曰：几世同居也，伯叔母、寡嫂也，女嫁而夫逃以归也。易一村，则其衣殊，其貌不殊，再三察之，则彼村所已阅者往往在焉。视其突，一户计室四五，室各有灶，灶多不黔。

凡查青邑成灾之庄一百五十二，户一万六千有奇，口十七万八千有奇。并于灾庄之庄四十九，益户四千九百有奇，口五万七千有奇。不及分之庄二十九，处高而言洼之庄百二十二，男女老幼千百人，日啼于馆，拥于舆，慰谕之不去。则往勘之，勘不如例，则集众而劝戒之，凡赈分极、次户大小口，次贫两月，极贫三五月，大者人日与之粟二升，小半之，茕独倍之。闻赈归者入之，寒士移学师廪之，灾不成者预借谷以济之，计倒房之间而请畀金葺之，书役之弊混者核之，多出简明示以晓之，不率者惩之，其于蒲也亦然。

噫嘻！亲民之官，莫要于勘疑狱，赈大灾，是役也，予盖忘寝餐三月以赴之，冀万一之补裨，而常多遗憾，则信乎施济之难也。为之记其略，俾览者共恻恻云。

颜子林记

潘相

曩余览任昉《述异记》，称颜林石楠二株，大可四十围，为颜子手植，尝窃疑焉。夫颜子年甫三十有二，陶然自乐于陋巷，奚豫为身后抔土树木？今其树不知凋于何时，独杨奂《东游记》所云：石高二尺许，镌两甲士，背负而坐，一执斧，一执金吾者犹存，不解何自。窃谓古贵者之葬，方相氏执戈扬盾，先匶敺方良，兹岂后人愤颜子葬不得用，后乃赠公应以此守墓而为之邪？君子盖阙之。

顾考林地广袤各一百五寻有五尺，周垣颓塌，林门朽坏，墓前数步，乱石败瓦，碑漫灭不可读，问之，则曰：旧有享殿，康熙中，修庙使者重建之，今久废矣。余即欲复之，以诸庙工迫甚未暇也。

今年夏，乃捐俸构屋三间如旧址，饬其门俾殖，殖有觉，且将谋筑围垣，垒红墙，会有濮阳之役，遂不果。

嗟呼！颜之视孔配也，孔林经上公请修极崇闳，且以近城数逢车驾临幸，邀旷典，独颜氏以世一箪瓢，不克辉先丘略放孔林，毋亦有以上闻者邪？请竢之贤者。乾隆壬辰夏五月，曲阜县知县潘相谨记。

游寿佛回雁峰记

曾贞庆

岁己巳之仲春旬有三日，伯兄扶山先生四十初度辰也，谋于诸弟曰：欲觞客，则碍礼，慈灵其若何？欲弗斝，则吝财，乡人其若何？吾闻七十名峰，回雁为最，峰有佛焉，称无上寿，其风景佳致，耳热心醉有年矣，曷往观乎？叔季群起曰：诺。遂携老仆，驾一叶，沿途买酒，缘处停桡，南雁北飞，北舟南上。仰眺留连，不胜光阴隙驹之叹焉。

舟行五日矣，钟声，磬声，木敔声已泠然入耳矣，遂维舟于峰之麓，越一宿往游焉。峰离郡城不三里而近，离平地不二丈而低，山路皆巨石砌，登临不劳苦而逸。自烟门抵方丈，长可一里有奇，栏可五十丈，风铃铁马，碧瓦朱栏，规模不狭隘而舒，其结构错综，不拘一律。门则有所谓烟雨门、入山门、雁峰门，殿则有所谓天王殿、大雄殿、寿佛殿，阁则有所谓观音阁、准提阁、权巧台。斋堂、方丈、碑榭、回廊，不一而足。兼之青天作背，郡市为唇，湘江草桥为左右翼，耒江为襟带，其余石鼓院、文昌塔、青草桥，凡衡湘以南之佳山水，悉括之斜谷吞吐间矣。况当烟雨池滨，清流耀目，杨公树下僵卧横斜，予顾哗然曰：有此快活幽栖，而不坐活百年者，非夫也。即此一日，已足胜伧父千岁。就树下盟曰：自吾兄初度之始游者也，更五十亦必游焉，更六十亦必游焉，更七十八十至百岁而亦必游焉。第恐伊时之来游也，则好事者流必谓五百年而寿佛回，六百年而寿佛活现矣。松花胜会有不较今日而更盛乎？

相与笑谑久之，金乌欲坠矣，俄闻有钟声出树梢烟云间者。寺僧语予曰：山之西北窝有花药寺，亦丛林也，客兴未阑，曷将此郡佳处悉收之游囊乎？予曰：世间乐境，不可一网尽，请留为明日之观。佥曰善，遂下山买醉于百胜园中。

游黑麋峰记

李光峣

郡城出湘春门六十里，连山绵亘，势若浪涌，其巍峨而杰峙者黑麋峰，盖诸山之冠，一邑之镇也。

顾黑麋所自名不可考，或曰，古号洞阳山，今寺额洞阳古刹可验也。乾隆戊子暮春，偕从弟往游，越深涧，陟巉岩，历虎牙鹰嘴，攀萝扪筱，始跻其巅。至则异境辟，眼界扩，乾坤端倪，恍若呈露。西望衡麓，俨来朝拱，潇、湘之水环焉。北顾洞庭，波光明灭，远在烟云彷彿间。东南之山，若远若近，或见或隐，山光岚色，深翠浅碧，远与天混，极目无际。俯瞰峰下，素所登眺，称奇峭者，若覆杯然。人物往来途陌，如蚁走盘中。峰之下穷岩绝谷，辽邈幽邃，横岭崇巘，攒簇累积，倏阳倏阴，或雾或霁，顷刻变幻不一。

峰四隅各有井，广盈尺，深倍之，水澄澈见底。有物焉，状类蜥蜴稍短，乌黑，腹正赤，金光晃目。天将雨，群自穴出，附石上，俗名汉金龙。山之产古松、老桂、枫、杉、楮、槲，离披虬结而连蜷。草则朱兰、崇蕙、菖蒲、紫茸，随足所诣，幽香袭鼻。其他嘉葩怪卉，得诸睹记者，不尽识其名。寺数椽，规制甚朴，栋牖榱桷多为云气剥蚀，率三二年一易。寺侧数石柱屹立，云是刘仙姑飞升处，遗蜕藏焉。入寺而憩，山僧供茗、饭、果、蔬甚芳洁，已而日驭西昃，犹踟蹰顾恋不忍去。

及寻归路，则半规隐远山矣。因喟然曰：是峰也，轩昂磊落，缭曲往复，其诸柳子所谓奥如旷如者乎？惜僻处险远，登探者少，其胜弗传也，山固有遇不遇哉？虽然，王公贵人，不一践其区，无羁臣逋客以与嘻嘘感涕，而后台榭之宏侈，碑碣之填砌，丹碧之涂泽，不以累其真，独葆其元气与太虚往还，兴云出雨，以福我生民，则兹山之所全不小也。弟曰：匹夫砥行，不彰于时。大率类是，余甚诧焉，爰述所历为记。

芒担石记

邓文泮

乾隆壬辰春，余自京师旋里，宗人多萃处长田者，一往访焉。入其境，有清流泼泼，双石拱揖于前，广约三十丈，高约五十余丈，上下如一峭壁削立，云霞掩映，未易名状。从者告余曰：此芒担石也，相传仙人以芒竿挑石，凌空过，适逢女子见之，弛负担对峙两岸。

余异之，思凡名区胜境，赘者损之，缺者益之，皆气机鼓荡，若冥冥中有主持其间者。此地山明水秀，不可无此双石，意当时不逢女子，势必位置于斯，其必使女子见之，此又仙人游戏，聊示神奇云。或谓叱而为羊，飞而为燕，皆小者易于变幻，似此峻伟磊砢而借一人举之，信乎？余曰：浮山自蓬莱至，鹫岭由耆阇来，层峦叠嶂，大力尚负之而趋，于石乎奚疑？昔衡岳有巨石碍道，集众推挽不能动，懒残系谪堕之人，履之即旋转而下，举重若轻，所以为仙也。

或谓夏时之擘，秦世之鞭，由君言推之，信有然矣，胡为用夫芒之弱也？余曰：果老之驴，一纸也，葛陂之龙，一竹也，见为纸者非纸，见为竹者非竹，见为芒者安在其必为芒哉？且闻壶公试费长房，以茅系数丈石临其上，茅固与芒之弱无殊矣。孙兴公云：骋神变之挥霍，忽出有而入无。可与语此者也。牟子引谚云：少所见多所怪，不可与语此者也。吾恐可与者少而令仙迹不彰也，爰作记属宗人镌诸石，以告后之来游者。

桂东仙女桥记

郭立畿

《旧志》：青石洞有仙女桥，长七十余丈，清夜时闻奏乐声，桂邑佳景也。自明季之乱，乡人半亡去，莫识其处，有好为荒唐者，谓青石岭之断壁，古有仙桥，仙人居之，清夜钟鼓大作，惊居民，雷击桥折，乡人信其说，而断壁间遂窃仙桥名。

去冬吾乡有入下樟者出语人曰：吾侪由东水溯流而入，上高山，下深谷，抵下樟，青石累累，洞中一色，伫立久之，时夕阳在山，禽鸟归林，因假馆宿山庄。始焉山空籁静，寂然无声，忽于深夜后梦中惊悟，闻声自南来，清韵悠悠，类丝竹管弦之响，窃怪山中人何乃有善音乐者。明日，率众往探之，至洞口，两山夹涧，树林阴翳，窈冥昼黑。及观乔木之颠，隐隐有物横空中，穹窿如梁，若隐若见于云霄间，众大骇，不识为龙与虹也。已而登山审视，乃一大石，广数寻，修数十余丈，横驾两山间，偶登之，目眩心惊，股栗不能久立。求昨暮管弦之处，四顾悄然，但闻深山奥穴，鹤唳猿啼，凄然入耳而已。

吾闻桂邑八景，有仙桥天乐之说，或者其在斯乎？余闻之而后乃今知向相传之非也。夫其暮所闻者，仙乐也，昼所见者，仙桥也，向所传者，乃窃其名以欺世也。由今思之，当断壁窃名之日，赫然照人耳目百余年矣，而是桥枕流高卧，匿迹于深山中，不求人知而卒为人所知，又因而知向所传者，乃窃其名以欺世也。是为记。

近圣泉记并铭

夏大鼎

岁庚申，平江邑侯孟津李公秀山滋楠延余主讲其治之昌江书院，会院前增建考舍，工作方兴，鼓箧后即迁馆文昌阁。明年辛酉，始移榻其间，院故无井，力役苦之。

居数月，讲堂东北阶下涓涓细流，时隐时现，首事锺君楷、黄君珊就其地命工凿之，原泉涌溢，甚白而甘，乃甃石成井，而属锡名于余。余以其地邻孔庙也，名其泉为近圣，因纪崖略，泐诸石而为之铭。辞曰：

古罗城西，讲堂聿起。后耸天岳，前环汨水。近圣人居，瞻宫墙美。岁在辛酉，我来栖止。院故无井，人病汲取。沔彼滥觞，咫尺千里。掘不崇朝，混混乃尔。烹煮灌溉，赡足多士。溯厥初基，历年三纪。昔何郁塞，今何清泚。譬如为学，渐进不已。待其融会，万源斯备。其艰其勤，念谁创始。饮斯泉者，尚其鉴只。

野航记

方应清

堂以西因廊构室，架板为篷，编木为牖，宛类吴越游航，特规制小差耳。

每当掩帏静坐时，有书韵机声，依稀渔歌欸乃，鼓棹于回汀曲渚间也。因摘老杜《咏南邻》句，榜之曰野航，客曰：吾子负济川之才，方将乘长风破巨浪，揖皋夔为舟师，招伊周以共涉，若即野航，恰受浪迹名高，毋乃逃虚之太早。余曰：是则然矣，抑有说焉。忆余髫年扬舲蜀粤，理楫滇黔，渡潇湘，溯淮泗，蓬飘鲁卫，萍寄燕齐，忽忽二十余载，今虽暂休征躅，究竟彼岸未登，明年又未识解维何处，但念人生碌碌，只此虚名，其或始之潢港，继之江湖，终驶风于尾闾沃焦之间，虽饱帆而往，亦扣舷而还。然而丁年捩舵，皓首犹且操舟，余宁辞此以求安，亦聊借为停崖泊岛之少自憩耳。客曰：审尔是子之航，依然未缆之舳舻也，乌能为野？余曰：自是不归归便得，五湖烟景有谁争？特患纵苇所如，未肯消受野情耳。倘他日历尽风波，篙藏橹歇，重来故里，再入野航，兰浆犹存，云帆无恙，凫鸥之与狎，渔钓之与游，优哉游哉，以视范大夫扁舟归去，其逍遥闲放，更何如也。

客乃欣然笑曰：旨哉，言乎？由前之说，则青莲所谓两岸猿声啼不住，轻舟已过万重山，是策世之宝筏也。由后之说，则郑谷所谓一尺鲈鱼新钓得，儿孙炊火荻花中，是慰世之慈航也。质之少陵，定当首肯。野航云乎哉？是不可以不记。余曰：然。遂呵冻书之。

游衡山祝融峰记

周锡溥

予之居带湘而枕衡，弱冠后肄业岳麓上舍，麓衡之趾也。迩从书记衡郡，直回雁峰下，岁必登焉。回雁衡之首也，而自湘溯衡，五百余里，乘流上下，则所谓望衡九面者，又历历目游之，余固非无得于兹山者也。顾衡山横绝南纪，而祝融居中最高，左右诸峰，而兼有其胜。有望日、望月二台，而初日之景尤瑰玮。予固山中人，循趾及首，觌面而失之，可谓有得于兹山者乎？

嘉庆壬戌，居停观察史公柘溪巡视岳庙，归语以状，乃决意游焉。于时高蝉咽露，商飙徐起，爰携儿子鸿棐、鸿渠，买棹江滑，以首秋十三日遄发，十四日抵岳市。料理肩舆，诘朝造焉，且憩且行，万山如揖，是夕宿上封寺，钟定雨止，延月于西岭。又明日，僧导出扉，陟巉岩，日已高，有庙岿然若渔艇，上甃铁瓦，石四壁立。稍前亭四楹，亦皆石。栏楯嶙㶠，悬薄万仞，盖祝融峰顶也。庋杖振衣，风谡谡然，侧足下视，而不见其里，决眦鸟外，而不知其所止。少选云气一缕起屦下，倏忽合沓如立薄纱中。相与入庙，拾松实，支颐以俟。又未几，日穿隙有光，一苍石笕卧峰背，莫知其寻丈。循以返于上封之后圃，泉冽草幽，不风而馥。予乃叹元气翕张之妙，莫盛于此。其他所见不具焉。

惟山之晓气，多阴少霁，故是日遂不克登台而观所谓日出者。予惟至此之难，而以未获尽观为歉，顾谓山僧，是可待而观乎？僧曰：夫将与造物者游，造物无待也，游亦无待也，两相遭于泊然，而不知所以然，今子智虑未绝于心，风尘未绝于迹，且不能待也，又焉能无待？予曰：有是哉！予以造物为无待者，幻也。以游亦无待者，玩也。崇幻者堕实，积玩者愔心，是子所以弃于浮屠也。今以一日之积言之，朝夕中昃，晷剖刻分，以为人事兴作起居之节，何者之为幻，而何者之可玩乎？以为幻邪！则一时一事之成毁，不可意而推，何况于太虚，以为可玩邪？则山中之浮光伏景，猿、鸟、麋、鹿皆将玩焉，而子之无待，恐无以加于一物，且夫观日出者莫近于海隅，正日晷者莫中于阳城，君子其将拊髀雀跃以从事乎？抑修其人事之至实而有不暇于此也。僧惝罔自失，予亦辞而去。

嗟乎！彼二氏者之遗外人事，而习为河汉无极以诧于人人，是何足与言，然其取于造物者甚廉，其避远祸害者亦甚智，以视夫热中荣利而有累于人，卒亦自戕其生者，相去较然矣。故君子有时引之以激末俗，或者慕其颓放，而反以迂圣贤之说，则岂不惑哉？昔朱、张两夫子之游于此也，叙记其所为诗，而申以玩物丧志之戒，君子之随时检制其心如此。

予五十解组，自念无以效于国，犹当有以效之于身，荣利吾谢之，山水吾姑寄焉。今日之游，遇诸外而无所胶，返诸心而有以自考，是又予之所得于兹山者，而非徒向时闻见之迹也。棹既返，举斯义以示两儿，因命书之以为记。嘉庆七年首秋月。

书胡氏一家殉难事

周锡溥

大兴胡生廷璨，从予游衡州郡东之石鼓，始谒时，练冠，衷缞绖，貌甚戚。予曰：子有丧乎？生泣下交颐，不能举其词，久乃逡巡请曰：廷璨遭家祸，而犹忍死视息人间者，惧母氏之烈行无闻于后也。今获侍先生，愿得先生之文以存之，廷璨死不憾。出其状视予，予怃然曰：嗟乎！生乃若此。虽然，传之体专，铭者，铭所藏也。生母以烈故，殉其一家，而生又未返葬，是于书事宜。

按：胡氏之先籍浙江，康熙朝刑部尚书讳升猷者，生曾祖。子讳仁治，由某官洊历甘肃肃州兵备道，生祖移，家大兴，因籍焉。生父曰振纪，任湖南永寿巡检司，调永绥厅排补美巡检司，以乾隆五十八年卒于任所。生母李，巡检公侧室也。事嫡室白尽礼，白早卒，母生四子，曰廷玑、廷璨、廷珪、廷璋。巡检公没时，家无余财，十口寄居排补美民舍，而殡公浅土。时再从孙文铨官安徽广德州知州，母谓廷玑、廷璨，盍往贷以归汝父榇，两人治装遂行，时五十九年六月也。

逾年而苗难作，排补美者，辰之极西，苗市集处也。苗发难永绥，其地在贼中无出理。母闻变，挈幼子而噭。仆董辉者，辰州人，启母避难石氏庄，石盖董之佃户，实苗也。母不欲往，则掖其两幼子行，母强从之。已抵石氏庄，石出迎，忽闻吼呼声，有班兰数辈驰至，石色变，母大悔，诟曰：奴误我。指其旁一小池曰：此吾死所。踊而入，从者争赴水，池为之满，从死者，生之庶伯母刘，年六十三岁，生之嫂郑，廷玑妻也，十九岁，廷珪十三岁，廷璋十一岁，廷玑子福官三岁，老婢吴，八十五岁，而生母时年四十九岁，最后董辉驱其妻子俱入池中死，曰：吾以此谢主母。共十一人，实六十年正月事也。

方争死时，苗党瞋视，指问石：此何色人？石云：诉者前巡检官夫人也。则大惊，于是相率举母尸而瘗于石氏宅旁，罗拜去。巡检公故有恩于苗，而苗俗畏鬼，其如此者，惧阴谴也。

始生偕廷玑之广德，适文铨膺卓荐入都，不敢以私故请，留邸三月，余资且尽，再之苏州。明年二月，闻苗警，急驰归，则贼已大合。两人西望恸哭曰：吾家虀醢矣。自是转侧沅湘间。嘉庆元年，文铨由广德州升湖南常德守，常辰故接壤，乃往依其幕下，而日日沿江渚聒商民避难者语，以侦家秏，卒不得其要领。又明年，贼平，两人匍匐至永绥，乃得其母之遗骨于旧仆叶凤，状所云云，则皆叶之闻诸石氏苗者也。初苗犯永绥，叶在围城中获全，贼平后，闻主母死石所，叶故与石善，见而让之，石具语以故，发其瘗，衣履荧然，犹可辨识。乃重加殓具，并启先时巡检公之柩，偕负至永城，而驰访廷玑、廷璨消息，会其至，遂以授焉。其从死遗骸在池中者，叶索诸石氏，石云：当乱时，先后坎诸荒陇间，不复可辨。两人大痛，独载两柩反常郡而封识之，以待北归。

予又以悲十一人之殉难同，而不得收其死骨之尤惨也。呜呼！逆苗之难，如瘈狗杂噬，小有濡忍，即驱辱不堪，母独率先捐躯，义愤之气，恇慑异类，可谓烈矣，而一门之中，子死其母，妇死其姑，仆死其主，又何贞魂毅魄之累累也？

生遭难后，与廷玑旅食漂泊，不克胪其事以闻于朝，宜其饮憾不能已已。今年两人从其中表田太守畿于衡，而田君尤伟生之为人与其文，谓可以决远到，予视之而信。其冬田君入觐，挈生归就京兆试，生以未葬不除服为疑，予曰：此三年外之变礼，服未除而赴举，则嫌于不称其情，顾生力不足以返葬，而服之除无日，亦安用此娖娖小谨者为？古者人子例得求禄以养其亲，则知求禄以葬其亲者之未为失也。生其谨持心丧，以待返葬之期，努力名行，以成显扬之志，斯于孝为两得。生唯唯，于其行也作书事，俾存之以俟后之采风者。嘉庆四年十二月日。

湖南文征　卷四十九

记八

八景台记

张九镡

大湖以南皆湘也，古长沙南至零陵，北界下隽，而湘水合蒸、潇，经九疑、衡山而汇于九江，中州清绝之地，于是为最。攀佳景而临眺者，浮空泛景，万象在目，疑造物之有无，而人自得于湖山千里之外。

长沙故城之西有八景台，宋嘉祐中筑，因作《八景图》，陈傅良复建二亭于旁，八景之名，可不举而知也，而台之兴废者，可胜慨哉？然吾以知景之不系于台也。

余尝访其遗址，登高而观，南北一天，东西四隅，波涛汹涌，风云阊阖。北望洞庭重湖，吞吐日月，乾坤浮浮。南则有潇湘之泉，白沙露，赤崖立，每当晴霁雨收，岚气若无，斜阳倒垂，梵音乍续，渔歌互答，雁行起伏之处，皆可目送，而或寒江积雨，涨沙舞雪，伏万里之鱼龙，呼寒天之鸧鸹，则又有风帆浪舶，出入于江涛浩渺、烟云杳霭之间。景则佳矣，而八景之擅名，亦可谓领其胜矣。

夫屈原之赋《怀沙》，杜陵之行湘春，见于歌辞篇什者，无景不收矣。迄今披元章之图，诵慧洪《溪斯》之诗，未尝不想见其余风，而并以叹台之荒废为可惜也。若夫景之不朽而人自得之者，吾又乌乎惜之！

游白鹿洞记

张九钺

黄溪之东有马岭山，高六百余丈，广圆四十许里，其下为白鹿洞，去郴江之湄里许，世所传苏仙鹤覆鹿乳处。

郴郡踞岭上，山水横绝，而古迹莫著于苏仙，故山水皆以仙得名。自城之东曰来鹤楼，稍东为观，又东跨郴江为桥，再北东而为洞，有祠以祀仙。再上则云松夹道，石级盘空为中观。又上为马岭绝顶，然游人之多，景物之奇，莫如白鹿洞者。以其下远城市之嚣，而上无登陟之劳也。神灵之迹，所在多有，而苏仙生前以孝得名，仙后佑其母以寿，且以种橘凿井愈疾，庇其乡人，其立坛祠食，报于兹土也，固宜。顾世传其母潘孕，感五色浮苔而生，弃之牛脾山石洞中，后见有鹤覆鹿乳，取之而归，以比于寒冰隘巷之事。余考《水经注》引桂阳《列仙传》云：耽少孤，养母至孝。以此证之，世所传非妄欤？

是洞在城之东岭之下，耽之栖游来往，踪迹显然。当其与众儿更直录牛时，牛方裴徊左右，不逐自还。云非汝曹所知，则鹤驯鹿扰于襁褓时，又岂他人所得知哉？余以为欲论苏仙之事者，当如此矣。

余自丙子闰秋独游此山，赋诗五章。戊寅九月，偕友至其地，盘桓竟日，出寺门，复共憩山下，石桥、古松、流水间，红叶青山，夕阳掩映，如隔尘境。噫嘻！步虚声中，若有乘紫云，驾白马，偕鹤、鹿以翱翔而拱手以相谢者。世乃以余言为不然也邪？故为之记，以告来者。

山中学舍记

张九钺

昔在弱冠，愚兄弟读书家园，多朋友过从之乐，每纵谈古今，谓有能文章如太史公、韩吏部，学行如郑康成、朱紫阳，事业如诸葛武乡、韩魏公者，吾当铸金事之矣。或曰：不然，是不可得而兼也。夫古人不朽之精神，常流贯于千百年中，当其时，必竭一生之力而成之，而犹有至有不至焉，庸非所谓性也，亦有命与？

今吾侪生当隆盛，才薄智短，斤斤执古人之陈迹，而思与并驰，是未尝为其事，而姑慕其名者也。然其志则尚矣。忽忽十余年来，穷庐枯落，日月逾迈，而尝南栖百粤，东泛沧海，北出神京，逾雁门，西游河汾淆洛之际，以求广其闻见，发其志气而不可得。又重为有司所困，至于十上无所合，今且投深山荒凉之区，日与昆弟朋友相隔绝，转念前言，如飘风过耳而已。故尝默默以居，简弃人事，宴坐寂照，以是为遁世不见，知而不悔矣。

退而深思，君子不得志于时，而蓬蕖以行者，匪苟为伏藏，亦将以为畜聚也。故《易》风行天上之象为小畜，曰君子以懿文德。天在山中之象为大畜，曰君子以多识前言往行以畜其德。畜我者之大小不同，而吾之所畜亦异，古今人之文章事业，皆其因时后起者耳。若学之所以成其德者，又何可一日已哉？

学舍欲营一斋而无其所，然几榻之旁，图书俨然，而郴又山中也，故取山中之义名之，因并为述余之所处者，以申其志焉。时丙子阳月望日。

西涯雅集记

谢振定

明李文正公居第在西涯，因号焉。今二百余年，轶其处。嘉庆三年，国子监祭酒时帆法公，参考《怀麓堂集》及他书，乃得之。谓当在今德胜桥东南汇通祠前，所谓积水潭者。时帆居亦近西涯，其所指证故不妄。覃溪翁先生覆核之，尤信。

文正之生在六月九日，时帆喜西涯之有其地也，欲以是日集同人为文正寿，大兴令章君石楼、宛平令郭君虚堂闻之欣然，届期夙治具，即西涯故址，张苇寮，悬文正公遗像其中，来者各再拜致瓣香焉。先一日集者十有六人，次日集者二十有六人，再至者六人，余楚人也，时帆以文正故楚产，属余贰主焉。序以齿略礼文，去留惟所便。时帆出文正墨迹数轴，云覃溪先生所藏，属以供文正像前者，座客环观之，赞不置。时积庆亭携所蓄澄心堂琴来，为余鼓《平沙》一曲，淡泊淳古，尽飞鸣止宿之趣，泠泠乎如身在潇湘明月夜也。其拂素吮毫而作画者四人，笪绳斋、布垣庐及所来径，马秋药绘水增草树，谭湘琴写隔岸柳色，又益石，风驰雨骤，瞬息而成。罗两峰后至，支颐观之，即是日雅集图也。

荷香冉冉，与草木葱茏之气，沁入心脾间。遂命酒酌绿阴深处，客有去者，住者，对景画箑者，行而吟、默而思者，碧筒交错，蝉响互更，陶陶然忘日之悠以长焉。醉而归，约翌日再集，而余以是夕病暴下，次日几不克至，及午，梅生过余，促偕来，来则留者尚十许人。两峰方捉管蘸墨，补图中人物苔点。梅生索与文远皋弈，负者偿以诗，弈适平，亦不作诗也。旋共把酒临风，徜徉四眺。观桥洞石龙、狰狞赑屃状，至日夕乃去。

时帆属余纪其事，余于文正生平出处之际，既别论之矣，独念文人学士之旷世相感者，渺不自知其何心，时帆以文正之故倡此举，而诸君子次第来集于兹，以觞以咏，相与流连慨慕，若不谋而合焉。知文正之不徒以文采风流重也。西涯以地传，实以人传矣，自兹更数百载后，好古之士，慕今日之雅尚，或有传其名，览其地，俯仰低徊，穆然如见其为人。至于愈远而愈彰者，则是日之会岂偶然也邪？余以放废之余，归计未得，得与斯集，固不胜桑梓典型之感，然与诸君子都下栖迟，闻声相慕，或有不得一见者，似亦有数存乎其间。若夫仕隐殊趣，合离靡定，明年此会，来者为谁？是又异时举斯会者，所当览山川景物之胜，而慨然增感者也。

游焦山记

谢振定

乾隆甲寅，岁十二月，余视漕河至京口，日与荷畚锸者伍，时时眺焦山在白浪中，蓊蓊如翠球然，辄神慕之不得往，即金山咫尺间，亦无由得至。月既望矣，工且蒇，梦楼先生夜过访，约余翌日游焦山。待旦而行，朱观察白泉适至，相与联骑出城。越北固，抵象山，门人鲁选堂亦来，刺船竞渡，而梦楼已先至，笑指一僧谓余曰：此诗人借庵也。余揖之导游焉。

山周环不三里，自麓及颠，逶迤几五里许。颠有两峰，别峰庵在其右腋。登江天亭西向望，别有二小山附之，又各不相属，所谓松、寥二山者也。中途凡三四憩，所至景辄易，惟半山大士阁最扼其胜。焦公洞在其下焉。比归，仍径半山，人皆科头解衣带，各选石或借地坐。梦楼白须拂拂，与朱履相辉映。白泉、借庵娓娓谈玄理，故不甚解。选堂独不见，寻之乃在古桧树下摘叶细齅。余方踞磐石上跃起，语白泉曰：此一幅天然画也。盍腹其稿，归待异日补成之乎？众皆以为然。遂还，过海云堂，观《瘗鹤铭》新旧碑及周古鼎，复酣饮海月楼中。酒竟，月未上，入借庵禅室，见诗卷外无长物，乃草一诗赠之，醉后亦不省作何语。

及舟，余与白泉锐意溯月游金山，舟子有难色，久乃解维，亚帆翦江上，往还计八九折乃达。月色江光，曲尽其妙，橹声轧轧，与来雁声相互答。风豚拜起，时远时近。更命酒酌柁楼，扣舷叫绝，以为尘世间无此乐也。醉既剧口喃喃不绝吟，顾旋吟旋忘，忘亦不甚惜。听丽谯鼓，或四或三无定响。遣人叩水月山房门，无应者，沿廊而左至玉带桥，趺坐风露中，酒亦遂醒。皓魄澄心，直欲前无古人矣。已闻桥下砉轰震荡声，愕视无所见，从者曰：此老鼋也。露气侵人，江天欲曙，老僧达本延客入楼中，以茗果献，并述其平生好游状，语未毕而童仆鼾声出庑下。起而归，归而为之记。

登太华山记

谢振定

嘉庆甲子秋七月，余奉命典试秦中，道出平阳，极目西望，有山焉，磊磊落落，出没乎烟云浩渺之中者，心知其为华山也。

阅数日，绝黄流，渡潼关，距华不四十里，循凤凰山南麓而北而西，搴帷肆览，目与神谋，及华阴而三峰露爽，仙掌高招，灵气之往来，乃缔结于余怀而不能去。比至西安，数数问华山之胜，人无能言者。试事蒇，言于方葆岩中丞，中丞言：经华者数矣，有登览之志，而羁于官弗克果，愿未知何日遂。言已献然。时九月，阴雨绵旬，十七日北还，泞潦尚尺许。阅二日过华州，日影穴云出，山光承睫，乃与芝龄太史约，同宿玉泉院。夜坐山荪亭，听泉声疑雨，乃为文祷岳神，乞二日晴，期必登。而华阴令何君适来，余问道，何有难色，言数十年来宦此土者，惟毕弇山先生一至巅，战栗不能下。前邑令某饮之药如醉，裹以缯毡，乃徐徐缒下，复以药苏之。其事与昌黎投书绝相类，余亦有戒心，姑诺至青柯坪，量其力之能否而休焉。何退语人曰：是必无至理愈矣。行自返。

越晨，红日满窗棱，大喜过望，急起促僮仆愿行者三人，芝龄亦欣然各舁山舆，复数人左右绳引进。道出张超谷，岚气滃然，夹岸石壁如铁墉，泉淙淙不绝响。里许则下而步，纵横出乱石堆中，已得少夷地，又舁行，如是者数。至五里关，道者出肃客，茗罢又行，行率由涧中，遇怪石梗道，遂无径，人穿石腹中行，缒舆出石背，乃得度。又二里许，见悬崖镌擘窠字，曰上方，舆者言真仙蜕骨处。往有锁可攀，今锁绝又有厉禁，无复至者，盖希夷峡也。又言有唐公主飞升处，亦无路。稍折而南为沙罗坪，旧有祠久圮，惟门横铁狻猊一。望所来径，渺不知何处。又前过道院，出所携瓶酒，与芝龄各尽一瓯而去。道中瀑布落危崖间，声色俱佳，过此以上，泉亦不复见矣。又数里为十八盘，螺旋上顶与踵摩，石壁间往往有字漫灭不可辨，亦不暇辨。

日晷巳正，贾勇而前，见数树历落出云端，至则青柯坪也，坪方广数十笏，山行此最坦。蹑石桥东，道院十许楹，入少憩，视酒瓶罄矣。邑令先令人置饼饵为犒归计，食少许，出后院中，见西峰全壁，如天然屏幅，一望无垠，妥贴苍茫，光芒万丈，徘徊间冠几堕。迤南有白凹处，则辛酉岁大雨坠石一片。土人言，当坠时声震数百里，道者焚香，鸣钟鼓诵经乃已。余闻之，壮气为慑而游志转坚矣。问舆夫已归，倚杖行数百步，圜石卓道，周题曰回心石。沿缘过此，隔溪见崖壁镌当思父母四字，字各丈许，咄咄动心目，此乃攀铁锁初程也。锁卧于石，试缘之琅琅然有宫徵音。面壁行率以锁为命，左手持锁定移右武，右手持锁定移左武，无敢哗，锁左转则面左，锁右转则面右，皆随山转移，惟有高无下耳。折而东，氿泉出石罅，漫溢途间，幸石润而粗砺，能留足，一失足落千丈涧矣。

得稍可驻足处，一仰视，见层崖划开，逗天光一线。有磴如梯，凡二百余级，人蚁游其中，或级一坐，或三数级一坐，及十级未有不坐者，计五六十坐乃达，是为千尺幢，实不第千尺也。迤而北，又一崖斜出，如蟹筐之半，仰不见天日，磴略如幢而峻，磴不及足者，因石隘处横短彴，两肘恒支壁，穴壁衔容指尖，指旁引以铁杙，率不敢下顾，顾辄股栗，是为百尺峡，实不第百尺也。

峡尽为天门，有石方丈，可伫眺，或名曰云台石。又东北行，宛转出二仙桥，逾龙背石小坐，俯渭岩，眺山外诸郡邑，历历可数。径虽迂，是皆可杖行者。稍东有铁猢狲，疾首蹙额，坐石床上，曰猿见愁。又有山如车轸，人跰辟及轸腹趣暗出，曰车箱谷，是皆可扪壁行者。倏而峰回路转，旷若无涯，悬霤中分，崭然而下，其直中绳墨，若亩之新出于耜，高且逾千尺，是为老君犁沟。按：华山不以伯阳显，大约山溜湍急，久而成蹊，后人附会之以为犁沟也。或又谓老君超凡之地，脱离尘垢，故名。义似驯而实鄙矣。

沟势益斗削，始而援锁就磴，继乃一步一匍伏，翘首前行者，或若猱升，若蚓蟠，若蜗缀于壁而不可脱，稍眩视，身恍恍不自适，若将坠然，其实则危坐磴上耳。磴尽得平阜，可展坐，有黄冠长揖请曰：此去北峰数十武，曷少驻？众闻之喜，历坡陀数重乃至，所谓云台峰也。祠穴奉神龛，依山而屋，高可眺远，喘定题名祠壁。出循岭而南而东，有崖上峻下削，行者右耳著崖，若壁听，曰擦耳崖。

又过阎王碥、阎王峡，皆蚹行。又西曰铁牛峡，又南为日月崖，崖如垣，旁有赤白圈，高可三十仞，锁立垂，镵石为梯，不及寸，手与足并力乃得上，曰上天梯。北折为金天洞，金天像居石服冕旒，侍从皆具。又有洞曰三元宫，曰瑶池，每岁三月赛神，远人毕集，率饮爨于兹。无常居，故无典祀者。逾此则乱石槎枒，诘曲而东，有石坊曰升岳御道，为汉唐以来封岳旧迹。自西而南，遥见长剑一道，光黝然，斜倚半霄，修数百丈，广仅尺有奇，旁两山夹道相向。是时霜气乍清，漫山红叶，青黄相间，辉映绚烂，而是岭中出如神龙，腾起锦浪间，昂首强项，势不可留。四顾彷徨，知此为必由径，乃蹒跚即之，则石脊也。如斧凿，略具磴形，栏以石罥，锁于栏，栏圮者植铜铁杙，顾左右皆千仞壑，窅然不见底，设遇罡风震荡，虽贲育无所施技。是日喜无风，鞠躬进，五体并用，得寸则寸，得尺则尺，较曩若峡若沟尤难焉，是曰苍龙岭。《水经注》所谓搦岭者是。既度岭，有巨石冠岭端，曰龙口，又曰通天门，老杜诗箭筈通天有一门，及昌黎投书处皆在此。

更上里许，穿石洞，折而下身倚洞脚，反身据洞巅，如鹰隼之下攫，突然而惊起也。境虽险，幸少缩，故游者不难之。稍进有古松隐巨石旁，涛声在树。石圆而削其半，曰将军面。松旧有五，曰五将军，今仅存其二矣。又迤北百余步，则金锁关在焉，旧名宗土祠，为三峰之麓。三峰如莲华，至此莲瓣始分，群峦奔赴，环而卫之。登三峰者于此判途，右出为西峰，左出为南峰，又左则东峰，与玉女峰所由道也。时导者引而右路稍平，腰脚既惫，亦觉不易。又数里平陂，不一境，泉涓涓流，不遑审原委，倏而西峰道人来迎，问峰远近，曰不三里矣。掖而前过玉井，在崖半未能掬饮。询十丈莲如船藕，皆愕然，谓五百年一开。又有二十八宿潭，亦不能名其处也。道有坊曰西峰顶。又越数岭，或坡，或陀，或阪，皆多石少土，松阴四合，日曛黑，始及西峰院，低佪灵境，心旷神怡，如梦蘧蘧，不知身与世之何以忽忘也。入南簃坐，松风谡谡然，若奏钧天，意天阊密迩，神为之肃。道人治具蔬果、馎饦，皆精洁。数出院中望月，但见清光一片，在高峰苍莽中，院前后固不见月也，探怀中王履《游山记》，与芝龄共阅一过，旋亦就寐，道人以高寒，故出袈裟为覆足，瞬息间鼾声雷动矣。

辨色兴盥，谒斗母宫，韩道人引登莲花顶，巨石如浮，龟出莲叶上，名曰肺石，中断处有斧劈痕，陟其背，北度天桥，观守身崖，心且栗且喜，徐行松林中，倚松四顾，觉此中别有天地。闻水帘洞在峰腰，不克往，水涸亦无帘。还望有与此峰对峙者，则南峰、东峰也。循麓下，坐院东荣，道人出纸素求题，为书联幅纪来游岁月。又摹兹山之性情气概，书直方大三字，属道人镌于岩。既饭，晤张道人，问其年曰六十五，询山中人，实百岁有奇，微重听，颜童而须鬓略白，闻其善琴，匆匆行，不得一聆，怅然。已而同韩道人之南峰，过千尺坂，观巨灵遗迹，刚二尺许，跨石梁度，有壑特邃，闻雀声，如栗留剧清越，乃知传所云青柯枰上无鸟声者，非笃论也。草露未晞，步步踏松根如天然磴。横出山腋，突有石崖，西俯而虚其左，崖石如层波演漾，或作云若芝形，苔藓萦之，古秀可爱，旁镌字数行，云是杨椒山诗及李于鳞题名处，剥蚀不可辨，是为陈希夷避诏岩。

侧身行，顶与崖触，急趋而下，乃反在南峰之半。见岳祠未入，南峰道人先引登仰天池，云此华岳绝顶，为落雁峰，故一片石也。平而敞，上有池三，大者五六尺，深不及仞，水淡碧清泠，若不可测，传有龙潜其中，虽旱不涸，涸则赤地数千里也。席石坐，四望无障碍，河、洛、渭如指掌，脉络贯通，日映之溶溶如银汞，因忆李青莲谓此间呼吸之气，可通帝座。洪荒以来，登于斯，览于斯者，不知其凡几也。知难而退，半途而废者几人，百年之后，能详道其姓氏者复几人哉？古今人心迹同不同未可知，然能至是巅者，意气之盛，类必自命不凡，不知其终且同归于尽，可慨也！

峰背有赛华山，气象亦奡兀。少北为三公山，如列鼎，道人指视三公之麓，隐隐一峡，如卧剑，直接峰脚，曰此形家所谓金线葫芦也。为华山之脉。又远指终南、秦望、太白、武功诸山，森森如儿孙卫立。近指玉柱、毛女、香炉、白云诸峰，皆在肘腋间，若拜伏舞蹈于白帝之前者。天风凛凛，不可久留，乃下谒岳祠，威仪特壮，盖即往时镇岳宫之遗而重新之者也。北出祖师殿，迤东为南天门，旁有石台，曰聚仙，可瞰南峰背，全真岩在其南，传为贺老养静所。突檐下覆穴，壁施铜柱，置板裁容趾。又缀锁为桥，悬度乃抵崖，朱书三字在人迹不到处，亦倜诡境也。余时趺坐台端，望松鬣迸石罅，如一缕云，心慕其奇，惫不能自振，并东峰亦不及上矣。岳东、西、南三面皆削成，无阶可缘，唯北面鸟道百折而上，俯览之，其中实洼也。玉女峰隐其中，而实附东峰之背。东峰峻不可下，乃南度细辛坪，由坪东转行小石峡中，磴道亦崎岖，视罴与峡，此为坦途矣。坐玉女祠门，东峰为之屏，彩虹一片，石瓣槽分，陆离如瓜棱然。聚足升为玉女殿，殿东角即白马峰，顶石亦如龟，视西峰少杀，广可万人坐，问所谓玉女洗头盆，指石上圆坎为证，径围三尺许耳。余环顾石上如臼者三四，皆可容水数斛，不能定真赝，然与《集仙录》所载峰有五石臼者吻合。稍南有罅焉，相传下与黄河通，唐玄宗曾祷雨投简于此。殿东有洞，颇湫隘，曰仙人洞。峰东北隅有悬岩邪出，可览仙掌真形，盖东峰之西北面也。掌欹斜模糊，黄、白、黑三色间之，岐出如指，惟拇指剡上下压，窃意太古来石脂凝成，如洞中人物、笋阜之类，若指为巨灵所擘，圣绩神工，陶镕万象，殆有不可以理测者在邪？

北行为出山计，意少纾，道人尾送犹未已，遇险辄左右维持之，至金锁关而别，寻旧径下行，下视登较易，浏目旷览，如理旧读书，雅足补益胜概。然胆怵者倍以为难，余盖得力于坐以代步之法也。行行且止，不忍遽去。还至半山，见废垣上石碣文隽雅可诵，余偃卧石床上，属芝龄录稿。归至青柯坪，黄日衔山，暮霭纷集矣。舆夫集异舆如来时，惟不须引绳，及玉泉院，漏二下，见者道无恙，或骇异太息，余唯唯而已。

余惟夫兹岳居西方之位，秉收成之权，于令为秋，于卦为兑，其于义也，为刚为断，是天地清肃之气之所聚而钟也。昔人云，华山如立，余游天下名山多矣，其壁立万仞，绝无依傍者，惟华为然。综其端方正直之概，率以险见奇，以奇萃秀，人世间委琐龌龊之状，良不足语于斯。余以隤征旅人，置身绝顶，获领兹趣，微岳之灵不及此。继自今兹山真面目，宛在胸中，其何以荡涤佚志，求无愧于清夜者，惟山灵实默鉴之，爰记其所自得者笔之册，不厌周详，俾时时览之以自警。《记》成于甲子冬十有一月，脱稿则乙丑正月上元日也。芝龄太史者李姓，宗昉其名，淮安山阳人。又有山阴人巡检冯浩者从，宜并书。

重修岳麓书院记

龙骧

盈天地间皆道也，而备于人身，故道明则凡天下之物与事举，有以纲之纪之，鼓舞而玉成之，而其人以传，而其地以不朽。

岳麓为四大书院之一，天下巨观也。余窃谓无六君子，则无岳麓，无二贤，则六君子亦久而或湮。六君子者，朱洞、周式、李允则、刘珙、陈钢、杨茂源也。二贤者，张子、朱子也。自神禹开疆以来，若陶侃、马燧、裴休、杜甫、沈傅师、刘长卿后先结庐于其中，然不过自适其性情而已。宋开宝间，朱洞为郡守，始创书院，以待四方学者，教化大行。咸平中，李允则为请于朝，得藏御书。厥后周式为山长，真宗召见便殿，拜国子监主簿，诏以岳麓书院为名，使归教授，增赐中秘书籍，自是书院甲天下。乾道改元，湖南安抚使刘珙廓而大之，为屋五十楹，内设礼殿，外增亭池，延张南轩主教事，夫南轩得胡氏之学久矣，义利公私之辨，谆谆然至精且微。斯时岳云若为之霁，潭水若为之澄，彼从游人士，有不蹶然而兴者乎？越三年，朱晦庵访南轩于长沙，论《中庸》之义弥月，迄今登其堂，观其手书忠、孝、廉、节四大字，未尝不俯仰低徊而不能去也。绍熙五年，晦庵知潭州，更建书院于爽垲之地，堂室二层，约百间，立百全轩，列礼殿，泮池临江，建湘西精舍，置学田五十顷，聘醴陵黎贵臣充讲书执事，一时游学者舆马之众，饮池水立涸，莫不俟晦庵公余相与共质所疑，旋各得其意而退。当是时，晦庵乐甚。嗣是毁于兵者再，兴于官者三，至明弘治七年，通判陈钢重加修葺，建宗道祠以祀张、朱二子。同知杨茂源复置尊经阁，刊紫阳遗迹，彬彬乎礼乐文章之盛。其后若吴世忠、陈凤梧、王秉良、孙存、林华、李天植、吴道行，凡皆踵其事而新焉者也。天地之道不息，则张、朱之教不朽，六君子或引其端，或衍其绪，岳麓成奥区焉。我朝崇儒重道，文教覃敷，康熙初，尝依中丞丁思孔议，兴举废坠，颁九经而藏之矣。今日者，桂林陈公来抚斯土，究政治之原，提理学之要，甫下车，舣舟过江，访古先典型，慨然徒见山高而水清，爰袭已成之规模，增未备之制度，振厉士风，不遗余力，其亦斯道之幸欤？

夫世之学者，矜骚坛之长，则以骈俪为尚。擅风檐之胜，则以剽窃为工。其于君臣、父子、夫妇、兄弟、朋友之懿，博学、审问、慎思、明辨、笃行之要，或未有以究极其精微而践诸日用，此陈公所目击心恻，不能遏其流而不得不为之导其源者也。顾以公继六君子之后，阐先儒之绪言，吾楚闻其风，薰其德，仰其制作，其必有奋然兴起，绝伪学之险僻，靖俗学之浮丽，存心养性，蒸蒸以进于古者，岂惟岳麓不朽，我圣天子甄陶至意，其庶无负万一也夫。是为记。

重石记

龙骧

邑治南溯卷帘水而上有石焉，其巨如坻，其平如砥，其势自峻岩忽坠，若俯吸夫水者。水至其前则劈，邑人以重石称之。夫石亦何不重之有？

余观涟水滥觞于龙山，漭瀁奔放不得停，每雨甚，怒涛起立，冲两岸辄崩，为农田祸，至大滩尤酷。故舟抵其处，必旋转一周而后下，观者咸危之。大滩距卷帘约十里许，其间渊然而深，渟然而澄。水涨则灏然潆洄，无直泄横决之患，岂非以重石为之砥柱欤？昔人过之，以为天地间惟静可以制动也，爰枕于斯，漱于斯。饮则以之为几也，钓则以之为矶也，对弈则以之为局也，盖视斯石诚重，而重石传矣。

嗟乎！人生富贵贫贱，亦时数之适然，好事者或反以倏忽变迁归厥咎于斯石也，抑独何哉？

修烈媛陈夫人墓前石堤并石墓记

萧智湖

余阅邑新旧志乘，载原寓溪口烈媛陈夫人事甚悉。夫人籍出巴陵，明死王事侍郎章华亭妾也。

当陶弁强委禽时，夫人严词拒之，及陶逼令登舟，行至深潭，遽跃入水死，地即墓前雪花滩之下游，今里人相沿犹能指其沉渊处也。乾隆丁卯所修府志，则遗拒陶之词而曰佯许之，又载行至易俗河，乃自沉而没。按：易俗河居潭城之上游，距溪口约二百余里，夫人宁至此复作自沉之计？且夫人于溪口原无亲属，果没易俗河，何复返葬斯地？邑《旧志》修于明季孝廉刘公，公与夫人同时，且居隔不数里，故应纪载之确。

惟夫人寓于此，即致命于此，里人乃即其怀沙之岸，以为瘗玉之丘。其后有学博贺公纲为之刊碑，邑侯张公念斋重修其墓。

又邑《新志》所备载而遗迹见存者，奈溪波蚀啮，日即倾颓，渐逼垄至不周尺许。余曩商邑人士，依改葬曹孝娥冢例，拟迁于高原，又以节烈遗蜕，谅不至于沉沦，恐事涉纷更，未果也，然而激流则势逼处此矣。岁丙辰夏，邑文学黄子齐斓、李子本敬，商余次男仲信，谓此地不为计虞将堕，当无辜若翁意。仲信乃勉倡为建堤之举，时文学刘子开岚、刘子鸿逵、邓子楚金、曹子明湲，亦共为怂恿，遂发簿劝捐，而推陈孝廉董司其事，始事于丙辰仲秋，越岁而此役告成矣。

堤半规长周十丈，高迄沉水立脚共二丈，石面皆横阔五尺，重立小月台，以石甃墓。华表、拜台如式。复为清厘茔域，凭冢起左右后径各三丈，筑壕界之约费二百金有奇，皆出乐善诸君。余因思人莫不有一死，惟所恃有不生而存者，如或旅次遇疾，不幸归即荒郊，越百余年吊祭不至，冢之存没，谁复过而问之？兹夫人以旅殡孤坟，有立石而树之表者，有培土而隆其封者，今更有凿石鸠工以固其域而新其墓者，讵非节义之感人足不朽哉？而我邑人士慰贞魂，表遗徽，群情鼓舞，亦油然见我朝德化翔洽，而直道之行，今犹三代之民也已。

或谓此地终濒急湍，能永保此域之不朽乎？余谓下游风化滩水神之灵旧矣，可以扞商旅之行舟，宁不可卫忠烈之幽宅？则自此戢悍波而固坍岸，是有祝于河伯之神，而夫人凛烈之气，又应万古长存者，且赖以尊天柱，立地维，宁不可以障川流而回狂澜？则永此占磐石而卜安贞，是仍有祝于夫人之灵。

书徐香庄事

邓枝麟

徐香庄名大纶，浙江人。乾隆六十年，官镇筸五寨司巡检。时红苗焚掠乾、凤、永三厅，明镇台以轻进陷军，苗知筸城虚，攻益急，香庄奋梃大呼，募敢死士百余人，歼苗甚众。暇则团练乡兵，为守御计，苗不敢近，呼为徐三将军，盖香庄行三，故云。

嘉庆二年，以平苗功赏六品服，故中丞傅公时为凤凰厅同知，香庄隶其下，与办善后事宜。是冬一夕，以劳疾卒，次日将殓，香庄忽大声作北音曰：奉神命传傅同知。傅至，又作山西音曰：忠义吾所佑，徐大纶有活生灵功，为请于帝，得不死。呼傅至前，以指画掌，作百余字，且曰：善视若，吾去也。香庄病遽起，当时哗传，以为异事。

余闻之慨然曰：天下之骇人听闻者，莫如已死复生之事，天下之惑人心意者，谓有起死回生之神，圣贤弗道也。天之生人，有若轻视其生而速之以一死者，有必重惜其死而不使以一死谢其责者，其权归之造化，要之皆命也。红苗逆命，香庄战守之功伟矣，官非武弁，秩居末吏，躯不满七尺，年未及强时，使其可死，即死于锋镝间耳，乃借手以奏肤功，而遽促其归大暮也，断不其然。嗟乎！人生不过百十寒暑则终死耳，香庄之死而不死，抑香庄之命系于天，而不当于中道赍志以死也。《小明》之诗曰：靖共尔位，正直是与。神之听之，式穀以女。又曰：靖共尔位，好是正直。神之听之，介尔景福。则在位而正直之人，必为神之所佑，香庄之濒死而神必救之，宜也。然则神果有言乎？夫神之相人，冥冥尔，漠漠尔，何待于言？然观经传中曰帝谓，曰鬼神来告，曰神其怨汝、詈汝，神道设教，自古已然，兹之操西北音者，又何必不然也。

士君子有修身立命之学，而夭寿不贰焉，香庄知不以之死而之生者为幸获神庥，其必有所以自立者矣。闻香庄之之死而之生者，毋徒传为异事，其必思所以命自我立者矣。后之览者，其亦有感于兹文也夫？

城步重修明伦堂记

胡泽汇

城邑明伦堂，自庚午续修后，距今五十载。今上即位之四年，泽汇捧檄铎斯邑，因慨然举其废坏，越三年工用蒇，其规制视前焕然大备。凡瓴甓之费若干，土木金石之费若干，丹雘黝垩之费若干，皆邑人士襄之，不足则益以清俸，监修者生某某等。或曰，事之迟久为之难也如是，不可不纪也，因请余泐诸石。

余复语之曰：维堂之设，依我圣庙。康熙庚子，庙迁城外，而堂斯存，迄于丁卯庚午，增修因陋，距今弗举，维邑人士能振厥旧，增其墙垣，高其榱桷，习俗丕变，视我之所祝，三载考绩，三岁报政，维三年中，迪德兴贤，我用为愧，而堂乃成。成匪曰难，称之为难。习礼读法，月吉是宣。以其余力，聿新我署。我奉二人，得安其处。昔国子司业阳城入学，首饬省亲，谒而归者，盖二十人。我署之修，犹堂之志。我望诸生，助我不逮。学为忠孝，惟阳城之所诲。载泐斯碑，庶几来者之视兹，以翼没而不违。

道乡祠崇祀三中丞记

严如熤

岳麓旧有六君子祠，祀自宋以来官兹土者，创学舍，营膳田，嘉惠士林者也。

岳麓本紫阳、南轩两大贤过化地，凡楚南先达，为名臣，为名儒，多讲诵其间。十余年来，远方横经士日益众，虽由我慎斋夫子德高望重，循循善诱，有以动景从之心，亦由旬宣此邦者相继鼓舞作育，有以导迎善气也。书院旧斋房规模湫隘，春夏间燥湿气蒸人，大中丞又川李公悯之，宏杜陵大厦万间广庇寒士之志，檄属州邑，募资重修之。又将以庀材余资，益学徒膏火，虽因移镇去未蒇事，然高楹明窗，免燥湿之苦，而益勤其藏修者，公之赐也。

书院旧额正课，常岁五十名，大比岁七十名，外郡士道远不知试期，比抵省则额已满，虽千里担簦，亲师取友，非区区为膏火计，然寒士或有资焉。大中丞朗夫陆公念人多额少，筹书院赢资存鹾，使者奏请发典商行息，广额正课三十名，附课二十名，远方士益蒸蒸向化，公之力也。

二公他泽及楚民者甚多，非关于书院，故不详。前二公数十年，有瀛洲李大中丞者，其德于楚南人士尤大。先是，沅抚虽移镇长沙，省试仍在武昌，阻洞庭之险，七八月当湖水涨时，覆溺风波时所不免，士以省试为艰，南士获隽科十数人而已。公力疏请分闱，时为北人官要路者持其议，公抑愤而卒。宪皇帝登极，首定南北分闱之制，南士戴皇仁者无穷焉，然亦公为楚士呼吁，精诚有以动天也。公已崇祀名宦，楚士又创祠屋致虔，岁久渐圮废。

陆、李二中丞，今尚未请入名宦，楚士戴之深，恐其久而湮也。岳麓诸学徒相与谋曰：六君子祠祀有德于楚者，今三中丞之德，我楚士讵不深哉？稽三中丞生平事功节操，俱无愧大儒，以拟六君子，有过之无不及焉。瀛洲中丞没于康熙间，李、陆二中丞亦下世久焉，思而俎豆之，非生祠去思借媚当途比也。六君子祠名既限之以数，志完邹先生旧有祠，以三公之清节厚德而奉以配，庶前贤后贤相聚一堂，傥亦道乡先生之乐，而少答群士思慕之诚乎？相与请诸慎斋夫子，夫子曰：然。于是涓吉具牲醴，奉三中丞之主于道乡，率诸生成礼而退。至若朔望瞻拜，对三公之主，怀三公作育之心，益相与循夫子之教，积学志道，植品敦行，勉期于先达之为名臣名儒，以无负盛朝文治之化，是又当油然而兴者已。熤幸与襄其事，退而为之记。

文会记

严如熤

慎斋夫子讲学岳麓者十余年，倡明道术，衍朱、张之传，湖湘间翕然宗之，一时俊伟奇杰之士，获闻夫子绪余，皆务服古志道为有体有用之学，不区区疲精力于文也。然自宋明以来，以科目取天下士，名臣大儒鲜由他途进，类皆修其文为拜献先资。盖文者士之羔雁也，古君子出必载贽，既将以其文为贽于君相，又乌可以不讲哉？

文者所以明道也，道在《五经》《四子》，士人出其所见，本其所学，体合圣贤语气，以阐明前人所未发，苟有所得，则难者为难，易者为易，皆无害于文之正也。徒雕饰蔓词、浮薄无根文也，近于俳矣。投有司之喜怒，迁就其文以幸于一遇，则性情心术有不堪问者，而何足以语道？虽然，此岂易言哉？先秦以前尚已，自汉以下，聪明博辨之士，殚精劳神，竭毕生之力，以从事此中者，不知凡几，而惟贾、董、刘、扬诸子，韩、柳、欧、苏诸家，磊落光天壤，虽世殊代更，而家习户诵，珍如球琳者犹一日也。余则随时销灭，与花卉草木同归腐弃而已，岂非以诸家者能根据圣贤，关系世道人心，不苟为炳炳烺烺，而非一切炫博斗靡者所可及欤？今制举之文，其貌虽若不与古同，而其以明圣贤之道，一也。先正如归、胡、金、黄，莫不以古文为时文，当其因题抒发，精深透辟，可以立懦砭愚，令人油然思名教之重，怀节谊之大，勉为君子而耻为小人。呜呼！何其盛也。

余与诸君子幸生文教昌明之世，莫不思含英咀华，以鸣国家之盛，顾散处方隅，恒苦囿于见闻，囿于习俗，伥伥乎莫知所从。昔者子夏之贤，离群索居，自云不能无过也，况吾辈乎？曾子曰：君子以文会友。古之人赏奇析疑，考是订非，其借助于友者多矣。夫以圣门贤哲之众，而曾子必曰会之，岂非以各自为学，两不相谋，则直谅多闻，亦不能以谊所不亲，效其益乎？今余与诸君子得大贤人以为依归，既幸有以示其迷，正其趋，而风雨一堂，或齿德俱尊，可为楷模，或年茂才俊，可资辨晰，久者五六载，近亦两三年，皆款洽恳至，不可谓非谊之亲也。因仿曾子之意，联为文会，相与讲论，探讨务志圣贤之志以端文之本，学圣贤之学以宏文之用。善则相劝，过则相规，毋侈声气，毋矜标榜，毋貌合而中离，毋阿意而曲从，庶有以仰体大贤人之训诲，而得古人相与有成之义也。

诸君子者，薄墅彭子、勿斋王子、郁亭潘子、竹轩滕子、鲁斋向子、静轩汪子、竹浯秦子、笛楼赵子、阆圃谢子、真斋彭子、云榻方子、东浦胡子、蔗畦方子、望山陈子、白桥李子、七塘傅子、麓西罗子，偕余凡十八人。

纪梦

胡光北

岁丁未七月二十三日，得陈一予田讣，暮归馆，翦烛西窗，酌浊酒，披《南华》，为解愁计，而愁倍深。

就寝辗转莫能寐，漏四下，始交睫，觉与贺洋泉、李白桥、傅七塘、罗麓西、黄理堂话予田事，忽予田率仆担簦至，余叹曰：固谓予田不死，何如哉？顷之，偕游清风峡，憩松林，借地作筵饮最豪，即白桥素不饮者，立尽十余觥。予田曰：此时此乐，顾安所得执红牙拍，谱《白纻》词以侑觞乎？麓西曰：予田雅工曲度者，何惜紫箫红篴金玉其音？于是予田歌袅姺丝之曲，洋泉和以洞箫，诸君悉歌相答，惟余莫忆一词，乃吟程明道《春日偶成》句代之。洋泉按节而谱，胥无爽调。白桥曰：脱秦竹浯、严乐园在，当不知何如乐？七塘曰：奚必有竹浯、乐园而后乐，一觞一咏，文人韵事，君辈不靳琳琅，余请从后。理堂曰：予田新至，应首倡。予田亦即不让，吟成七字，推余续，余苦不得，让诸君，白桥应声续之，次洋泉，次七塘，次麓西，皆立就。末及余，索枯（赐）〔肠〕始得，予田复以一语殿之，白桥令余以联句串，歌始纵，忽竹浯、乐园醉态婆娑来，余等故不礼焉。乐园笑曰：若辈勿尔，吾即蒲留仙所谓苗生者，如更刺刺不休，悉当果吾腹矣。众益以哗吟，乐园乃作扑击状，余顿惊寤，悟其诗遗忘数字，因纪梗概，以示同人。

附：幻答

初，予田来麓山也，契结自余始，及死，示余以幽梦，始终如一日者，予田也夫，何幻？论者即谓梦幻，既梦诚幻矣。吕东莱云：形接为事，神遇为梦。事且幻梦，安得不谓之幻？乐广亦云，是想是因。予田交好十数辈，何更无一积想成因如余者？人谓之幻也固宜。洋泉坚辨非幻，洋泉入梦而实未梦，恶知其非幻哉？即洋泉又未免幻。夫人谓幻，特以未亲历故，向使置此梦于千百人梦寐中，千百人胥梦，余梦遂不幻邪？佛经谓人生如梦如幻，五蕴非有，四大皆空，此中至理存焉。今而有诘余者曰尔梦幻，余曰幻，尔梦非幻，亦曰非幻，幻邪，非幻邪？即余亦莫辨。

过磕头坡小记 坡在昭通恩安县界　戴泽三

磕头坡者，言上坡之难，如人之叩头，以头至地，志峻也。

坡长十五里，余从凉山过，舍舆而骑，约行五十里，乃至一处，烟云迷漫，咫尺不辨人，下视之，浑浑若天从地底出，即磕头坡顶也。对岸则江边巴布地，又舍骑而徒，二人挟扶而下，约半里一歇，旁有石可扫而坐。行至坡底，悬岩绝壁，峭若刀削，猱狖成群，见人乃攀岩援壁而去。又其下为巨箐，土人烧其树而倒之，大可数十抱，小亦不减数围，远而望之，累累若长蛇之出洞。其高起而偃蹇者，又若苍龙之走石涧中，头角森森然，相持不下。天虽晴而坚冰积雪，滑不可步。

时已昏黑，夷人举火来迎，以是日昃下坡，幸免磕头云。

登南岳记　唐仲冕

衡山为寿岳，岁九月，往祈亲年，裹粮步行，过昭山二百里，见群峰护拥，峰尖皆绀，一峰东向，屹立云端，疑即岳也。问行道者，知为紫盖峰。少陵云：紫盖独不朝，争长嶫相望。信然。

至岳下，庙市喧嚣，招提呗诵，香雾氛氲。入庙顿首卜珓，仰视丹绘罘罳，鬼物青红，灵象有赫。明日出庙北门，歕云泄雾，霭晦溟蒙，思如罗含所云：非晴霁素朝，不见其峰，念已行不敢却步。逾接龙桥，经赤帝峰，石磴鳞次，或题直上南天，或题云梯，皆擘窠深刻，飞泉悬瀑，琮琤道周。经弥陀峰至自卑亭，故半云亭也。晋桓元记云：垂柯跨谷，侠献交荫。曲溪如塞，已绝复开。如是者数，得芙蓉峰。《水经注》：容峰最为竦杰，望之苍苍隐天。憩半山亭，云阴解驳，突兀青空，望天门咫尺矣。

又越岭至丹霞寺，有石题敲冰破冻，今古奇游，兴会可想。益鼓勇金简、惠日两峰间，上南天门，与《泰山记》所云十余步一休顿，不避湿暗。前有燥地，目视而两脚不随者将毋同。其侧瘗一殒于风者，登高临深，可为吁骇。南天门上，俯睎脚底，诸山几于邾娄莫辨。折而东北上，幽崖翳荟，野荔烂红，绀宇觚棱，迥出六幕。金顶斜射，夕照晃昱如霞。鱼梵悠然，阇黎迟客，则上封寺也。昔朱、张所谓板屋者，今一名蓝巨刹矣。长老欲悉易铁瓦，因施一片。苾刍导往祝融峰寺右，循泉枧而上，里许至焉。泉发祝融峰背石罅中，涓涓流入上封斋厨，饮可数百人，虽盛暵沍寒不蘸。盛宏之《荆州记》云：峰上有泉，飞派如一幅绢，分映青林，直注山下。盖尔时尚未有枧耳。山松尽虬屈瘿拳，或生昔邪？则摧黡于风霾使然。

祝融峰为绝顶，岳帝殿甓石冶铁以为固。后有六祖像，皆局于地，不能宏丽。殿南苍石窿起，岿嵬如冠切云。登览南天，云霞低偃，环缀不知其几千尺也。群山伏地如聚米，湘川九向九背，如曳练，如曲蟺。洞庭远如瓯臾，扪碧落而绝红尘，殆非人间世。昌黎云：南方之山，巍然高而大者百数，独衡为宗。岂特南方哉？苾刍指某峰狮子，某峰象鼻，七二但举什一，且仅隐约得之，况能一一跻臻乎？少陵云：祝融五峰尊峰，峰次低昂，求所谓石廪、天柱者，虽莫能知，然自紫盖外，无不俯首帖伏而拱赤熛怒之神。回顾峰后诸山，戈铤矛戟，万马骉驰，自回雁峰来，真所谓歙吸领地灵澒洞分炎方也。

下叩罗汉洞，过会仙桥，踏试心石，回探观音岩罗念庵读书处。《水经注》云：东有仙人石室，学者经过，往往闻讽诵之音。

疑即此。时日入西崦矣，乃宿上封寺。寒甚围炉，长老置茗共话。黄独紫皱，堆盘累案，且多不知名者。正无心懒残芋火也。星月窥窗，以为五更可望日出。及晓钟动，急披裘起，则寒雾冲人，对面不见山。少时闻父兄快言观日之奇，颇恨缘悭，山僧曰：此宜长夏，非秋霁新霁时所得见也。然昌黎不云，阴气晦昧无清风，又云须臾静扫众峰出乎？无已，强至望日亭，杲杲者已与山颠平矣，是为岣嵝峰。

亭中科斗倒薤，鸾飘凤泊，照耀琳琅，则禹碑也。《初学记》云：禹治洪水，遇苍水元夷使者，授金简玉字之书。此碑后人从宋何子一所樵于岳麓者，重刻于此，亦自奇古绝伦。坐玩久之，问邺侯：书院安在？僧曰：南天门西，六祖道场亦在焉。问魏夫人黄庭观，曰在云居峰。问朱、张所侨方广寺，曰莲花峰。皆近在十数里，远或数十里。恐扶鸠之倚门也，乃顿策岩阿，假足轻舆而返。

古砖砚记

唐仲冕

此砚得之故适适园，其质砖，重百八十八两，方尺有一寸四分，厚寸八分。面为井，其文长不及方者寸，广寸二分，深七分。外有圻鄂广寸，近井文末者广五寸，中为田方七寸，能受墨。背四周为云雷方篆各二错。或以为汉宫鲁灵光殿甓，未能详也。

同年王畹馨宰闽，以治平第一，召擢州牧，道过吴门，适奉檄采生黄铜二万斤。生黄铜者，红铜七，白铅三，和炼而成，非可猝办。从容过，从因出，此砚赠之畹馨，甚喜，自为铭曰：养不穷，公无私。不髻垦凿耕之属。余铭曰：如井出泉清其源，如田有畔慎厥思，如甓日运勤乃事。时孙渊如观察、汪瀞云主事在座，皆铭之。孙曰：汉宫砖文斑如，问井田吏而儒。汪曰：仰观天文，泼墨一斗。为云汉章，为霹雳手。于是吴子竹虚绘为图，因并记之。

晼馨名绍兰，萧山人。渊如名星衍，阳湖人。澥云名梅鼎，休宁人。竹虚名履，嘉兴人。

琥珀鼻烟壶记

唐仲冕

鼻烟者，东洋人屑烟叶如尘，渍以他汁而盉之，实诸玻璃瓶为一剌，精者充贡品，余亦每剌价兼金。其臭以辛酸为上，纳少许鼻中，可以解肺寒，疏肝郁，善明目，已头风。京师贵人相饷遗，会宾客则出袖中，先茗汁，交献酬。其烟皆分于剌为小甀，可握弄，曰烟壶，壶必以金玉。余昔得一松纹琥珀者，大如杭子，质坚而轻，中空能容，颇爱之不释手，虽玛瑙、车渠、羊脂、翡翠诸玉，不以易也。

嘉庆元年，为一将官攫去，惋惘无已。大凡友朋会聚，各出鼻烟，以通款洽，必先誉其壶，余颇忆前所失，举以告人，今二十五年矣。过扬州，谒甘泉罗大令，方把晤间，大令遽曰：顷有人以琥珀烟壶求售，吾尝熟闻君言其形制绝相似，因弆箧以待。乃取而见赠，果吾故物也，岂意力觳豪敓，阅岁二纪之久，而仍入吾手乎？拜而受之，喜可知矣。大令亦有心人哉？夫一小甀耳，非必玩好之具也，非必希世之珍也，乃余尝以金宝与人，或被强求巧取，过而辄忘，独是物久而不忘于怀，不能已于言，而彼亦展转推迁，卒为有心人所得，复归于我，毋亦有若或使之然邪？且未失之先，视之尚为常物，及失而复得，虽合浦还珠，连城返璧，不是过也。器犹求旧，而况人乎？秦小岘曰：鼻烟壶不见前人记载，得此文可与麈尾、唾壶同为典故。近世茗碗有船，食案有单以及瓜插蝇旗，皆制造之便于日用者，惜无文笔旌之。物亦有幸不幸也。

景风阁记

欧阳绍洛

粤之山多洞，其幽邃险怪，弗可言肖也。顾去城较远，览陟未易，独叠彩风洞在旧子城侧，与官舍民居相属，视之若庭除间，可蹴而至者。《记》曰：张而不弛，文武弗能。然则以其余间，与邦人士休息于此，固亦张弛之道欤？

洞居四望于越之间，前接广墅，后俯大江，廓然翕受，窈而多风。其东小阁数椽，故为游人憩息地。每盛夏薰灼，于此解烦焉。以其旧无名额，名之曰景风。夫风，讽也。讽则能动，动故不滞，言其婉而从乎？风之景为阳，阳以为养，养故不挫，言其殖而辑乎？若然，余之名斯阁，其大望于吾民也。于是加之葺饬，凡可游处，而与宾友列坐其间，启东扉之丽景，豁南牖之清飙，翛然四瞩，空阔无际，佥曰：气佳哉，造物者生是以娱观览邪？余曰：嘻！其然，顾事有今与古异者，诸君子亦知其所自欤？自唐宋来，岭南以荒远为迁谪地，其咎之自致者无论，或乃硕臣谊士，感悟无由，遂至宅身万里，赐环无日，彼虽流连光景，寄情风物，写其随事，自得之致，究其中之介介者释焉，否乎？今则四海一宇，岭南数千里，乃在内地称乐土，百执事任是邦者，以序擢职焉。揆诸昔之居此者，同乎，否乎？昔欧阳文忠于晏元献座中作诗，拳拳以西师为念，及其作《丰乐亭记》，乃谓民生之乐，微国家涵濡生息之故不至此，且曰宣上恩德，与民同乐，古君子安不忘危，而言各有当如此。

夫今古之不同，非其地之忽易，乃人事实然，然则今之优游览眺于此，可忘其所自欤？因为之记，而并系以诗：岭南富林壑，诡异信神运。披函索吟览，不谓得之近。云霞落危影，桂柏生清韵。川流暨峰峙，千里归一瞬。暇日集宾旧，胜景叠登进。规时卜阴晴，察物考虚牣。翘首云山高，列若掺在敬。庶几薰风来，永解吾民愠。

案：此文为守土者语气，当系代作。

借园记

欧阳绍洛

鹾使署在桂城西，为全城山水萃荟处。顾既面市，而泥形气者，复壁土拥其后，如人以指抵目，虽全身之大，无与于明，可怪也。

梅生先生来巡之岁，人和事举，既戢既饬，将择所憩望者，省视而喟曰：鲁哉珍裘反衣邪？命辟为园，置亭廊其上，于是湖山之奇，豁然呈露。青苍缥缈，极望无际。公顾而欢曰：是拓吾园矣，虽然，吾借耳园，其以借名乎？论者曰：园公有也，如公云者，将达观欤，巽词欤？或曰：否，否，署故啬于地，今接堵者湖吾池，交除者树吾荫，庐舍吾附缀，云山吾藩篱，禽、鱼、洲渚，吾渔叟、牧竖，皆效悦吾目，而各致其事于吾园，因工于天，借事于人，而不假吾力，以是为借云耳。

之二说者似矣，而未尽耳，夫人生而静，形体血气，心知之外非吾有也，而不能不资诸物。彼所资者，其来与生俱乎？愚者夫且固执为己物，破争为均，障篦为癖，屑屑焉据所有而忺于所不足，是其于物也，为溺，为絷，为溜蠹，为外重内轻，夫乌知据所有者之非有，忺所不足者之非不足欤？孟子曰：大行不加焉，穷居不损焉，君子惟其固有者存，外此则有与无皆借耳。故曰：有为物所乐之心，而无不累心之物，知其为借，则适适然相忘。视吾之借，彼与彼之借吾奚异，乃浩浩乎与造物者游也。公笑曰：有是哉！子言之质也。遂命书之以为之记。

重修狮蹲阁落成记　　欧阳绍洛

岁丁巳，余侨寄宁邑，幽林僻刹，所在有足迹，尤最契所谓狮蹲阁，以为邑之胜在是。雨阑日暝，尝借草坐，移时，念就颓芜，意缱绻不忘，欲为都人士言之，匆匆未暇也。

岁之杪，适照师以募告，余曰：此夙志也。叙而遣之，乃二三知好，有同志脱资解藏，以戊午二月始事，五月落成。榱椽黯敝者更之，丹碧剥落者垩之，林立于除，云栖于栋，焕然改观已。第阁旧名狮蹲，为国初邑令王蔚建。康熙中，东鲁牟君国镇令是邑，为其亡息礼谶，易名放生，语近俚俗，荐绅先生或难言之，因反其名曰狮蹲，志旧也。

噫！余以甲辰至宁，今重来此，距十五稔，人事之更易，风景之变迁，寂者或即于繁，旧者或即于新，消息循环，若烟云幻化，即兹阁计自始建，迄今垂数百十年，修废屡易，高天倚杵，大海扬尘，化人视之，曾不数罗刹矣，然亦可知众志所好，虽废必举。后之视今，亦犹今之视昔，余于斯阁之葺，重有感也，夫是为记。

木龙记

罗新瀛

龙，灵物也，以其神能变化，不为时运气数所拘，而木之似龙者，可概论哉？虽然，吾窃有感焉，木龙之始，吾兄醒斋盛时所采取，而置之座右者。

兄聪明好学，嗜奇，每遇物，有可裁成，虽微不弃。其作养人材亦然，少施镌刻，揭其名无不肖。凡鳞、凤、龟、蛇、马、牛、鸡、犬之类，与夫奇形异质，可以赏心悦目者无不备。木龙其尤著也，悬之书室，夜则读书其下，灯光相映，影落壁间，恍若生龙活动，跃跃欲飞之势，亦借以自喻其志耳。往来知己，辄以诗文赏之，相与吟咏于清风明月之下，畅怀于饮酒赋诗之间，几十数载矣。晚乃捐弃所好，播迁他乡，盖屯于遇，厄于时，不得已而为之，无暇恋恋于物之存与否也。

予于乙未春遽见于族侄之草舍，侄习农，亵视之，不甚惜，吾悯焉，乃收之，安于书斋，以笃修吾兄之所好云。嗟乎！物之幸不幸，有数存焉，其亦随人之盛衰为转移欤？当其沉沦于幽谷之中，欲邀一顾而不可得，一旦有识者为之援，锡之美名，登之琴书之旁，以供文人之咏歌，斯亦遇之隆矣。迨至委弃于闲散污浊之地，竟无有过而问焉者，何其穷也。

夫龙与予相昵又十数载矣，兄以己亥谢世，物犹存而人杳不可复见，木龙其有灵乎？安知异日能与予相保其初终如一日乎？窃以今昔卜之，则犹有可惧焉。乾隆五十二年岁丁未书于玉屏山房。

赐縠堂记

首永清

臣清屡上春官，连摈于有司，乃于近舍筑别业，游偃其中，披阅书史，挥洒翰墨，乐之终朝不倦。四周缭以城墙，墙根杂植松桂。他如绿橙、白枣、杞、菊、葡萄、山茶、梅、兰诸花果，次第培壅。凿隙地，作曲沼，畜鱼可径尺，名之曰绿猗园，盖靡日匪时，靡寒匪暑而不涉此园以寄兴也。

越岁之丙午，五上春官，会试后大挑一等，以知县用。五月二十三日引见，是日微雨，蒙轸念引见，各员衣服必有沾湿，赐库纱二匹，舞蹈丹墀，捧归私寓。伏念臣清等草茅下士，一介书生，仰荷如天之仁，俾得及锋而试，紫绶铜章，荣膺百里，食租衣税，泽被一家，涓滴未效，叠荷龙光，所谓千载一时，难得之良遘，若不勤廉自奋，即已仰愧俯惭。

是以历任江西进贤、广丰等县，刻苦自励，勉效驽骀。辛亥壬子，调补浙江，请告回籍。虽宦囊萧索，而不虞之誉，谦让未遑。绿猗园松桂招要，花果笑迎，解装即恭捧库纱二匹，悬之中庭，伸纸和墨，题曰赐縠堂，所以纪小臣之隆遇，当扬休颂祷于亿万斯年也。

湖南文征　卷五十

记九

秋夜游东园记

陶必铨

己未之秋八月望日，陶子与客重为浮邱之游，遂宿胡氏之庄。明日归，意复若有未慊，已而皓月衔山，清光入户，微风动庭桂，香气从鼻间过，令人翛然作尘外之想。

呼刘生蹑影行，阡路纡回，人声阒静，过山市，渡涧梁，坐憩于古所谓石井者而凭吊焉。刘生曰：稍东折而北，生之居在焉，先生得毋有意乎？生请先，陶子欣然缘溪行，入峡口，风在竹林，琮琮之声与溪流相响答。绿痕瓅碎，如玉屑之霏于地，而不可得拾也。忽而山犬一声，嗥然破寂。隐隐一村落，鳞瓦修廊可辨。生曰：此邻居某也，过此数十武，即生居矣。骤步抵其家，约近二鼓，则主人方解衣就榻，闻剥啄声，橐履出迓。曰：先生胡为夜游至此？陶子曰：今兹之游夜邪？乃今而知余之为夜游也。主人曰：光阴过客，浮生几何？谪仙人尝言之，吾乌知先生之不为秉烛游乎？

问答间，杯盘忽已罗列，陶子曰：中庭地白，盍移金樽而对明月乎？主人曰：诺。遂相与列坐阁外，酒肴既备，间撷嘉树之实，芳桂之英，以助其馥。月到中天，花阴尽直，酒数巡矣，主人复起，为指点周遭竹木之胜。傍舍之东，有慈竹一丛，主人曰：此西蜀物也，物为人迁矣，吾乌知人之不为物迁邪？陶子曰：物固有之，然惟君子有不迁于物之心，是以有不易乎世之名。花之影而西东也，月迁之也，然其亭亭者自在也。故迁者形而下者也，不迁者形而上者也。主人大感悟，举杯更酌，古树鸦沉，茅檐露冷，客主酩酊，解衽就寝。东方明矣，启户不白而归。

吴文定公墓记

丁世璪

文定公，宋理学名臣也，功业学术，旧乘纪之详矣，独其丘墓阙如。《通志》虽载在醴陵县南，亦未详其处。窃意公生于醴，家于醴，卒于醴，即年湮代远，何至四尺封土，竟沦于荒烟蔓草而不可稽也，为掩卷太息者久之。

今年春，会续修邑志，始悉邑人刘岩、程本纯等已得诸采访，在治北四十里，地名擂鼓桥石椁岭。石砌周遭，一抔隐约，左右华表屹然尚存，墓碑载：崇祯七年，吴明圣奉旨修理祖坟。虽摩挲苔藓，字迹半归漫灭，而其为吴姓之墓显有可辨。又称墓侧有石笔山，嵚崎峻削，世传为公解组后登眺之所。其地旧名吴家庄，墓之前后左右产业，罕有他姓，其为公故里，夫复何疑？既而邑人陈世荣弟昆复捐山培墓，邑侯黄竹安明府深相嘉许，苟非真迹，陈君又何乐而为此？或曰是固然矣，然则《通志》何以载县南，旧志何以竟阙？曰：楚南名墓，《通志》所载，不一其县矣，亦有一县而不一其处者矣，于公墓何必不然？旧志不载，或亦前人之简略疏漏耳，奚事深求乎？

夫古贤往矣，其精神恒足以寿百世，故虽荒丘断垄，犹足发后人之凭吊。矧兹松楸可指，有不俎豆奉之者乎？且又乌知今之群然采之与慨然捐之者，非公之英爽有以诱其衷邪？故记之以补旧志之阙，以释《通志》之疑。

角鲤池记

丁士铉

池以鲤名，志异也。曷异乎尔？异其为角鲤也。前志载宋朝我祖少连公事亲孝，承欢养志。母嗜鲜鳞，营之市恒不得，公乃于宅右开凿一池，畜鱼以供烹饪。时母思鱼脍，于池中网鱼得一鲤，命膳之。庖人惊报，鱼头生角，鲤已濒死，公祝曰：尔若变化，分当再活。试以水圉圉如初，未几雷电轰煜，云兴浪作，角鲤扬鬐鼓鬣，溯流而上，遂有化龙港之名。池在邑东城隍庙之左，距县治仅三百步。宋天圣间，有司闻其事于上，诏建化成坊，盖取鱼龙变化之义，实征公孝感所致也。

池周遭基地约十亩许，池前建公孝子祠，至元末兵毁，迄明，祖会山公复筑室于此，仍以其池畜鱼，又构书舍于池之后，种柳栽松，以培先业。因著《怀鲤堂诗集》。窃惟天经地义，亘古今而不可易者，孝也。孝之大，足以动天地，感鬼神，微足以化强暴，格鸟兽，孚草木，自古帝王公卿，下及士庶，其以孝行称者，莫不名当时，传后世。若我祖少连公孝感池鱼，荣邀宸翰，沿宋迄今，名迹具在，固其宜也。

岁庚寅，司马宋公署篆吾醴，簿书之暇，常耽吟咏，铉与兄乃持祖会山公《怀鲤堂诗集》呈请序，因问角鲤故事，遂游池撰序，并赠以诗。无何，有志未逮，竟类道傍谋筑，因窃叹铉兄弟等读祖父一卷，有志观光，乃屡向龙门变化，无由竟暴腮徒痛者，类皆孝行有亏，不能表彰先迹，神有怨恫故也。爰于壬寅冬月鸠工，周遭砌石为岸，虽未大展规制，而方圆有象，胜迹依然，可咏可浴，可游可眺。但见池流清涟，水光潋滟，时而云净碧天无翳，星斗为之倒垂，时而风行波澜横生，鸟鱼为之飞跃。然则是池也，非徒为寻芳探胜，适耳目之具已也，殆足以豁人心性，而启孝思无穷与？

洎雍正三年奉旨立忠孝节义祠，余祖少连公得邀崇祀，数百年名迹，至是益彰。铉自揣庸陋，不能聿修厥德，以绍先业，至鲤池颠末暨祖孝行，亦须备记，以示不忘。惟冀后之子孙睹此池者，明发有怀，仰追前贤芳躅，恢宏其制。吾知人杰地灵，云蒸龙变，头角峥嵘，将于是乎卜之矣。是为记。

义庄记

郭家声

义田之制，创自范文正公，置附郭常稔田千亩，以养济群族之人，日有食，岁有衣，嫁娶凶葬皆有赡，至今范氏义庄，犹世守弗坏。

吾父在时，每有志于是，而力不逮，尝言吾家虽非巨，而于吾族本支中，丰啬则有间。家所有由祖宗积累而来，族之人皆祖宗子孙也，其初兄弟也，吾幸免于饥寒，而不恤兄弟子姓之饥寒，奚以慰祖心而敦族谊？自高祖霞轩公支派，不下百人，其贫而能自食其力者不计，其必须佽助者又不过十中之一，此而不为之所吾心恧焉。既而吾父病笃，易箦之际，犹再三命不孝家声曰：予生平有志未逮，惟置义庄赡宗族一事。曩者既绵于力，天又不能假我以年，汝其勉承吾志。仰承遗属，耿耿在心。自戊戌以来，水潦频仍，不孝又疏于理财，承遗命而不克遵行，奄忽数年矣。

癸卯岁秋大熟，因念继志述事，人子之责，分多润寡，宗族之谊，遂勉力均输钱千缗，岁计其息，以为赡族经费。谨述颠末，以志家声之所以不敢厚一己之奉，以薄视夫族人者，实凛吾父之遗训也。后之有力者，傥能扩而充之，以远仿范公之义田，是则家声所厚望也夫。

柏庭书舍记

王梦扬

昔孔子痛殷社之既屋，念夫质家尚白，柏树西指，有葵花向阳之象，因种之于庭，念厥祖也。何以知孔子种柏之为念祖也？考之孔子对鲁哀公曰：某少居鲁，衣缝掖之衣，长居宋，冠章甫之冠。章甫殷所尚，夫子何以冠之？即练祔先后之礼，殷周易制，夫子何以多广殷道于学者？而凡我老彭之窃比与某殷人之长叹，是知惓惓之意深矣。

昔易康言先生居邑西白竹仙峰之阴，尝建家塾于宅左，中为先生燕居之堂，翼左右椽，俾后贤肄业焉。既嗣君楚怀修先生之业，增美其间，于庭前种柏两株，而颜其庭曰柏庭书舍。夫楚怀固孝弟人也，因即孔庭种柏之意，以勉示后贤，盖人能以尊祖敬宗为心，则孝弟之忱自当油然以生。慨自科第以言取人，而后师弟教授，率以胜人先人为事，童而习之，长益奋焉，而孝弟谦逊之风，泯然无闻。乌乎！世道衰微，人心不古，仁义之习，渐入浇漓，恺悌之风，忽成刻薄。傥顾其名，思其义，有不胜其愧怍者，是则楚怀葵忱之所幸甚也。

余游息斯堂，中夜省惕，爰薰沐濡豪而发其义，以昭示于同人。时乾隆壬子岁仲春丁祀日也。

读书石泉山寺记

王梦扬

盘古岭之西北蜿蜒数里，类皆峻岫崇林，溪涧崖壑，其地多梵宇，而石泉寺为最幽。余于嘉庆元年丙辰，偕同人读书其间。寺在山上，山高峻而多石，有泉出于石中，故名。

夫以水石之性言之，石刚而水柔，故石者可以砥砺琢磨，而水则滔淫泛滥，岂可同日而语，抑亦绳木之不类也夫。然张乖崖判吏罪有云：绳锯木断，水滴石穿。言水力虽微，久克有功，是以邑南有水源，悉出石罅，因名之曰磁水石。详《常宁图记》。考《字书》，磁与砥同，兹之以石泉名者，其亦取水磨石之谓欤？嗟夫！士君子居今稽古，其所以为藏焉、修焉、息焉、游焉者，惟欲其砥节砺行，清心洁体，犹之水磨石也。《诗》曰：他山之石，可以攻错。《易》曰：井洌寒泉食。故余于石泉寺有取焉。昔唐李德裕居平泉，有平石，以手磨之，隐隐见云霞草木之形。尝引泉水潆洄而疏凿之，作《平泉山记》，又载有石泉。公家藏藏书目，多园庭草木疏，以为先哲所尚，必有意焉，此余之以斯寺为最也。

泉距寺数十武，树木森罗，花草掩映，读书于此，则朝夕玩赏低徊，其亦思木断石穿之义，于以砥节砺行清心洁体也。是所望于同人。

新建沱江书院记

李大鹏

沱江书院者，邑侯狄明府之始建也。侯以江左名宿莅兹小邑，甫下车，进诸生，以义学久缺，惧夫学术分门，人士散处，无以宣敷德教，惇谕风俗，慨然请之列宪，谋诸僚佐，乃于县治之左，相其阴阳，辨方正位，材木瓦石之属，輂举畚输，分集其处。门庑垣墉，讲斋肄舍，是涂是塈，克期告成，延师就学。邑人李大鹏言于众曰：国家承平，百有余年矣，诞敷文德，以誉髦斯士，三古以还，未有若斯之盛者也。

昔唐虞命官敬敷五教，沿及有周，监于二代，盖自党庠术序之间，其人则州长、党正、闾师，以及乡先生致仕之大夫，莫非董帅其教。自叙秩伦纪，以至升降揖让之仪，靡弗肄习。其政自养老宾贤，以至饮射、读法、祭蜡、搜军之政，无不率从。当是之时，耳目既亲，视听无庞，养成德器，周知世纪，书之司籍，列于王官，故大司徒教民宾兴，而必系之以乡三物也。

汉晋以来，学校间兴，沿唐溯宋，四书院之名播于天下，楚南之岳麓，其一也。说者曰：衡山蜿蜒旁礴，涵演益富，潇湘云梦之水，汇为洞庭，以达诸江，其间应有贤哲生焉。华容控荆岳之间，襟带江湖，十室之邑，必有忠信，况值右文之世，简择良牧，惠我贤侯，创建善地，树之风声，虽文庐江之敦礼教，秦扶风之崇儒雅，监古揆今，罔戾厥指也。夫乡道而行，有开必先，植本崇教，端在初服。昔刘忠宣读书寺舍，不饰边幅，尝自言致知之功什一，诚意之功什九，以故硕德望重，蔚为典型，斯绩学之殊验也。愿与同志勖之。谨庠序之教，正风化之原。学以广才，静以成学，使可为世用，且为世劝。发为文章，以仁义之质，标古雅之神。退可以菑畬经籍，扶树道教。进可以出入谟诰，珥笔雍容。繄惟吾邑乎是望。若夫奔竞声气，游扬虚誉，本之则无，不殖将落，以上负朝家作人之典，大非贤侯所以建学立师之意。是为记。

重修二堂记

李煐

县署之制旧矣，门与堂各有二焉，非徒重厦广宇，构深玮之风，树宏富之模，以崇尊大之体也。盖将董一邑之治，则法令于是乎出，赋税于是乎征，暇则延接宾佐，以究悉利弊兴革之故，于人心风俗之所关，奖劝而作新之，用是以肃观瞻、谨盖藏而便延纳。

堂之设视门为重，无内外一也。华容邑侯溧阳狄公，江左硕彦也，策名筮仕于今数十年矣。乾隆丁丑摄醴篆，不数月而庶事就理。予属治下，既得瞻风采，亲睹其设施，未几以调莅华，予参选亦得司铎兹邑，即造门而请谒焉。见其大堂栋宇既起，轮奂斯彰，周以四围，辅以两翼，房廊就列，井栏成行。退而问诸人，人曰：是非前令之为，而吾侯之新造也。夫任无大小，为政则一，诸葛武侯治蜀，官府廨舍，无不缮理。后之守官者，非狃于前规，则惮于后举，至于听事之处，垣颓栋摧而莫之改作。今侯以巨才莅兹邑，官不废事，民不言劳，未旬日间而斯堂以成，足以知公之经营将不止乎此也。予应之曰：然。

越明年，二堂告成，其中为听事之位，其右为藏赋之所，而左则延宾之馆在焉。予既升堂称贺，退而语人曰：古云郎官上应列宿，出宰百里，盖合一邑之民事、国赋杂然并陈，邑中耆老士夫，思欲跻公堂以奉光仪，其可任夫湫溢狭陋，不较然为画一之规哉？且夫古之人息心公余，游神胜地，草木、土石、水泉之适，山原陵麓之观，清秀敷舒，溶漾纡徐，于是亭榭周建，池台四起，画栋朝云，珠帘暮雨，吾不知其深靓瑰玮何如也。公率不营心，而惟以余力构斯，其升于座则瞻视之攸严也，其莅于库则出纳之惟谨也，其接于馆则进退之有礼也，一举而治事、藏赋、肃宾之道具焉。推之而凡百兴建，结构周密，悉准诸此矣。众皆应曰：然。

华容生童素无肄业专所，公下车，即以兴起学校为首务，乃于县治之左建立沱江书院，画地鸠工，计日可就，岂特鼎建斯堂云尔哉？予既叹吾醴之不获久留公，又窃幸再得从事，而喜华邑之有贤侯也。于是乎记。

游衡岳记

舒东

庚子五月，吾师姚雪门夫子试事既竣，谋登衡岳，衡固楚望。先是，戊戌春，师按临过郡，值雨不得登，今又大风雨，吏白难状，遂止岳庙。

东与余学山、蒋厚山自请行，且曰：如吏言，将无祝融，诸僧早冻折死邪？师笑许之，则短衣芒屦步行，三人者皆楚产，而昔未尝游者也。人之言曰：自庙至祝融峰，上下三十里，必勇甚乃能。遂相戒以却者非夫，且策我师必且至。且行且回顾，会师遣竹舆尾之至，遂舁至半山亭，则师果至。俄而王明轩先生至，惟崔晓山先生以老病辞，郭笏堂先生先三日归其乡不至，有新来布衣黄齐田最后至，遂偕入亭旁寺中稍憩。时东三人以野人服，侍坐锦衣赤舄间，寺僧疑为不类，因忆东坡为学士时遇雨，跣足取民家笠戴归，市儿争笑之，此景殊不恶也。

茶已遂行，上南天门，径观音崖，入上封寺小饮，趋上祝融峰，则日已暮矣。罡风怒吼，人人挟重绵，有寒意，从者且匍匐行。东笑谓师曰：万物皆莫竞于人，而独不如鸟。秋高木落，仰坐空山，微风荡云，如鳞如縠，如舟如车，岂有仙人羽士，相与往来，即乌知不饮酒赋诗，俯仰天地如人世才士所为哉？乃群鸟飞去，卒不可从，每悬念此乐，辄叹造物生人，无所于惜，殊悭此一毛，不谓今日者，如栖真、回雁诸峰，转出我下也。

还宿寺中，期诘朝观日出，得观日出云。始三人者之行也，东必居中，计可前后语，凡所历随二子所指画，听其言甚豪，而厚山向不与浯溪之游，益奋然引为惭。登南天门，则东且落二子后，及侍我师凌风立高处，东谈笑自如，而二子者又若悸不发一语矣。抑是游也，迫于日不得尽，他日我师傥再来，则东三人者候之麓，一奉琴书前，其后为左右翼，挽舆以上，至某寺，某峰，某岩，某亭，曰是向所经过者也。至上封寺，曰是向所经宿者也。至祝融峰、望日台，曰是向所诧奇观穷言状者也。见有僧，是向以弱龄能诵波罗心经者也。见有树，是向所摩挲，今之成围者也。见有鸟，是向所闻识。见有石，是向所箕踞。见风云怪幻，是向者汝东振衣舞，起舞予之侧也。

独芙蓉、天柱、岣嵝、紫盖及方广诸胜，向之所迫，今庶几一至焉。师弟子间乐，将何既哉？既返，二子示东芒屩，幸无恙，且将云藏之若欲以待吾师者，东则失之矣。

重修茶屋记

陈士元

松木岭，新桂通衢也，有树森然，有亭翼然，好义者复设衢尊，以一瓯清茗，涤万斛渴尘，行者乐之。于是置田三亩有奇，而筑屋于亭右，俾主者司茶政。夏凉冬温，咸供无缺。然屋岁久剥落，茅檐粉壁，飘摇风雨中，致红泥炉冷，雪碗香消，茶学士每过而悼之。

壬子秋，复谋缮葺，凡砖甓榱椽之资，救度约椓之费，咸取诸募施。逾月告成，基仍其旧，而墙宇一新焉。每雪晴云霁，暑退凉生，辄角巾来游，见亭主人扫落叶，烹石泉，一缕茶烟，自牖中透出。侧耳亭畔，听瓶笙徐鸣，泠泠然与松韵相和答，觉耳目俱静，道心自生，盖不徒司茶者凭依得所，可借以长济行人，抑亦风味宜人，增我辈闲中逸致也矣。爰纪其事而勒捐金姓名于左。

游天门山记

胡世安

田子王音、宗人诚一与予居近天门山，山甚高而景最奇，心窃慕之，畏其险不果游也。丙子秋，三人约游，会以事阻。越三年戊寅秋，得遂所约，偕二三童冠，载酒携筇，乘舆而往。

西行数里，遇一老叟，年七十余，兴甚豪，步更矍铄，拉以前道，北向而登。初遇一岭，横亘云表，苍翠欲滴，叟曰：是名马鬃，对岭峰曰圆点。久之陟岭，同人喘息坐，忽虫鸟作世外声，草木作世外气，田子曰：此别一天也。叟曰：犹有进。无何，叟攀援而上，同人亦缓随之，相与行歌，几忘乎形骸之外。既歌且和，上云梯，过土地坳，未几而断山桥矣。至桥各选石坐，叟指曰：桥之左乃赤松山，闻丹灶存焉。右为足迹岩，闻有祖师拇迹。

坐久复起，俯视断处，深不可测，白云满壑，流于峭壁，窣窣如有声。田子掷石试之，久方响，响在白云间。又久响在空谷，又久响在对峰，不知其所止也。过桥半里许，一石如人踞，援石而上，有古木枝皆拳曲下垂，田子曰：此岂倒生树邪？童子曰：雪压故也。相顾而笑。陟岭欲设饮，值微雨霢霂，飞洒如雾，四顾峰头，尽为云掩，林际万籁作声，益增岑寂，遂共投寺中，至则衣履尽湿。

明日天霁，仰观群峰，浮于雾面，田子喜曰：天其假我以游乎？于是携手缓步，搜探奇胜。时诚一为僧请卜塔址，叟亦留，予与田子、童冠数人，离寺眺望，异态毕呈，信步而前，忽入仄径，萦纡曲折，藤萝络石，夹道幽趣逼人，遂扪石缘木而下，幽奇怪伟，莫可名状。既下，沿路皆峭壁，周环如城，石罅出泉，声铮錝如琴筑。据石小憩，忽睹青障间树动叶落，忽寂忽喧，审睇之，乃猿戏也。傍石壁而东行六七里，仰见天门洞启，吐翠吞青，云开阊阖，门下万石崚嶒，莫辨径同，相与跨石而登，且畏且喜，既至，而十六峰在望，眼界为之一空矣。门内多凤尾竹，门上约百丈许，有石乳下垂，悠扬飘忽，非雪非珠，謦欬一声，如花雨乱坠，田子脱冠而盛之，玩坐良久，益觉山容变幻，幽趣横生。田子顾予而叹曰：嗟乎！予数人生长于斯，谓是童子时嬉游地也，乃至今日始识天门之奇异。

临反，又欲寻天漕瀑布、玉壶鸣泉，意倦于行，而童冠亦促之归，乃各折凤尾竹一枝，觅原路投寺中，信宿而反。

延光书院记

龚之茗

澧居洞庭西澨，志称神仙窟宅，柳子厚亦称，南州之美莫如澧。则以气节文章，若屈，若宋，若车武子，代有伟人，后先光映，数千年不斁。乃历唐、宋至明，不闻有工词赋诗歌追踪屈、宋者，鼓吹风雅，倡之无其人，彼沉酣经籍、寝食百家者，亦止闭户著述。或啸咏水石，摩挲烟月，名不出于里巷，如文山非上《诗》三百，亦安得校书郎而授之，后亦安知上《诗》三百如文山者而诵之？矧能遍化国中，丕变风俗，使人人骚雅？

今上御极之六年，清河汤钧右先生，以宇内名硕来守是邦，刑措政简。明年，进诸士试以制科义。又明年，檄南北士风以诗古文词，且构书院于澹津。先生之言曰：澧之先屈、宋尚已，读书博雅，不有武子胤其人者，能使千年后，澧人士犹称囊萤故事不衰，其光可延也，是宜名延光。昔公孙弘开延贤阁，集天下群隽比黄金之台，后人艳传，计其得人之盛，隆于一时。澧亦旧有车渚、溪东两书院，亦仅为昔贤读书游息之所，未闻有如先生抱公孙之意，行于厥里者。且澧在今日，无论不如公孙时，承平日久，诸俊响应，却车可载，抑不得如武子、文山两先生时，即无其人，犹能寻佳句于水竹，囊萤光于绣渚。今兵燹迭罹，昔之饱经史、娴讽咏者，缥缃之业化为风尘，逸洒之襟夺于衣食，彼素称文献名邦者，且不悉风雅为何事。先生曰：来尔诸士，吾为尔裁。有花生笔底，绣粲胸次，传同班、马，赋等江、陆者入是院。

龙标之句，雋妓下拜，香山之韵，婢子首肯，典奥可奉，郊庙壮丽，允当宸翰者入是院。若乃义以制科，青紫是梯，奇文秀句，可惊四筵者入是院。抑能记蟋蟀以自娱，赋闲情而送怀，逍遥寄韵于晴窗，徘徊写影于雪案，其文甚嘉，其志堪励者，亦得入是院。先生笔之削之，磨之砺之，清浮彰观之区，宜人人握灵蛇之珠，追踪屈、宋，步武车、李，不愧称文献名邦，是澧借先生之光于不朽也。

先生行且晋公孙之席，诸无忧有三百不得上闻，至自为叩阍，仅仅取校书郎也。若夫记其居址，详其岁月，则有司存。

云秋山记

侯忠陛

县南一百二十里，旧名金紫仙，石山戴土，其中峰特耸，不可仰视，好事者扪萝攀缘而上，不能返，缒而始下。山之面北向，左右小峰攒拥，望如火焰，每岁秋，云覆其顶，恒竟日不散，故又名云秋山。

迤左为山之肩，有石门，过石门有石井，状若莲花，类造物者之设施，而为山僧之所取汲。岩壁间多石耳，食之已病，以其险，人无敢上下者。山之腰有石罅，瀑泉涌出，飞练数千丈，下而成川，流可六七十里，借其荫者无旱苗。其东下而北，绵亘过酃邑界，入茶州西乡，百里至香草坪，以临永乐江，安仁县治在焉。形家以此山为县治祖山，当为邑中名胜第一。旧志言金紫，不言云秋，金紫、云秋非两山也。

吾闻此山古无人径，时晴则见，时阴则隐，且茂树恶木，佳葩毒卉，杂植于其间，而虎豹豺狼凭之以为窟。览胜者屐齿不到，孰从而探其奥窔？百余年来，人尚勤俭，野无旷土，以兹山之险且幽，而蔀屋连烟，竹篱映日，古为虎豹豺狼之窟，今为行旅往来之乡，而此山真面，始得邀游人之快睹，供骚客之品题，并令邑之人士，知此山之奇与此山之利之最大者。盖王道平而地灵不掩，已非一朝一夕之故矣。

夫一山也，于昔则晦，于今则显，岂其突兀峻嶒，前之人难于名状与？抑其遭逢当有时与？嗟乎！山犹如此矣。

金华山记

潘胜鹏

郡城南七十里有金华山，其巅巨石横数尺，夜视若金华峻出云汉之表。有庵曰云雾。山耸立多空洞，视下万丈。中一洞阴翳莫测，旁有一井，取水者执火架梯而汲，投火洞中，声汩汩然，不知所止，或云雷藏其中，曰雷洞。下半里，形如香炉，因曰香炉山，岩阿中石砌小径，曲屈近五里，往来游者甚众。置身其巅，群山皆小，宿雾中郡邑城郭，隐隐胪列，灿若错绣，窅若云海，洵辰州胜地矣。

余庚辰秋游其地，老僧言，昨夏登楼，见洞中白雾缕缕，出如素练，绕窗十余丈，后有黑雾拥雷走舒溪、辰河间，瞬息烟铺雾涨，雷声迅疾，雨滂沱，逾两时方止。倚栏望一素练，徐徐绕窗，复入洞中。予曰：其洞之灵乎？宜是山之多异观也。山后有舒溪流其下，前有杨溪绕其旁，两水分流出辰河，而此峰峙其中。朝则楼前之烟火、村市、风帆、渔艇历历堪娱，晚则夕阳、西霞、村灯、渔火、犬吠、水声、牧歌、鸟语缕缕不绝于耳。山中之乐有如是也，是不可不记，因记其大略。

瑞渌池记

鄢正笏

瑞渌池水载鄱阳马氏《文献通考》，陈士元著《江汉丛谭》，传其渌色可以绘字，《扶舆示异》掌故备登，匪徒征诸郡邑乘之纪胜也。

池之上有古碑，泐朱子遗像。康熙四年，尧山张侯葺亭覆之，为文磨礲以记。百年来，亭墟碑仆，张侯丽牲之地，亦无有存者。

考朱子以乾道丁亥请祠潭州路，邂逅张南轩先生，讲学此地，而乡先辈吴文定公猎《宋史》，称其宗仰朱子，使湖湘之学，一出于正，然则片石流遗，其间绰有渊源。语云：有其兴之，莫或废之。今岁属有事于瑞渌古迹，甃石疏泉，兼构数楹，祠栗主于堂，趺碑于石，栏楯略具，缭绕清江。

工既竣，述其缘起，书置壁间。《檀弓》两卷，皆言物始，知今兹朴斫涂茨，盖特踵前人之旧云。

汲浪轩记

段起玲

岁壬午，余馆于永宁罗氏之汲浪轩，轩临溪，溪水从乱石中泻下，声响喧阗。时初至，更深就寝，聒耳不寐，辗转枕簟间，因默诵《周易》艮卦象辞与程子《定性书》，倏忽有得，遂不觉溪声之寂若无闻也。

盖人心至虚至灵，为一身之主，握万事之纲，傥有所扰而不定，则五官百骸皆逐境迁流，渺无栖泊处。《易》曰：艮其背，不获其身。是止乎其所当止，止而止也，故内不见己。又曰：行其庭，不见其人。是行乎其所当行，行而止也，故外不见人。夫不见己，不见人，是内外两忘也，两忘则澄然无事矣，尚何溪声之足乱吾心哉？

天下惟静可制动，一可御纷，若恶动求静，愈不得静，厌纷求一，愈不能一，然则轩之汲浪聒耳，其示我以定性微旨乎？爰记诸壁，俾肄业是轩者，得静观自考焉。

纪龟异

陈士杜

大龟，径二尺，曰宝龟，世所传见梦于宋元君者也。其他若《江赋》所称六眸，形诚异矣。而荆南又有小如钱者，曰绿毛龟，形愈异矣。至《尔雅》所载大龟，其所生又异于常矣。以余观之，皆未若今者浦市之龟之异也。

道光六年，余寓砚善邑胡君锦山宅，有客自浦市来者与余晤，酒酣，述所见浦之异事，云：浦市贾多江右人，常于河边何公庙中醵钱演戏，不知创于何时。每奏剧，则有大龟自河缘岸跂行入庙，伏处以观，好事者或饮以酒，辄尽，剧散乃去，如此非一。一日演剧，有邀客往观者入庙，龟尚未至，诸贾皆伫立以俟，且于神座旁为龟设一几。剧将作，数数觇视，顷之，观者丛集哗然，呼曰：至矣，至矣。见一大龟，身径尺余，自庙门盘跚以入，绿甲红睛，直趋殿楹，诸贾人肃衣冠鞠躬以揖。龟徐行至几侧，缘梯登几，居中昂首以望。诸贾更焚香爇烛，伏地祷请，客大骇。日中又置汾酒一盘于几，龟伸颈入盘，一吸都尽，吸毕，仍昂首对剧。设剧不当意，辄转首向内，以尾对之。剧散，用纸轿一乘，舁龟其中，鼓乐前导，送至河干，举火焚轿，揭帘，轿已空矣，客愈骇。

抵省谒余，且诘曰：某不解，何以庙演剧而龟即至，又不解诸贾人何以敬奉若此，意者殆以庙神所凭欤？余曰：昔鲧殛羽渊，其神化为黄熊，故夏郊祀之。浦商之意，或有所托焉，未可知也。且龟智虫也，见获于宋，七十二钻无遗策，甲之灵已若此，况生者乎？以臧文仲之智，且为山节藻棁以居之，子又何疑于浦商之敬祀也？第是龟族居甲虫，号为波臣，而溺音嗜饮不厌，亦安能长享是乎？《书》曰：甘酒嗜音，有一于此，未或不亡。吾恐浦市之龟，终不免于豫且之祸也。

书高祖夷子公逸事

陈士杜

高祖夷子公，讳宗彝，湛之公长子也。明洪武初，始祖百揆公自江右徙居长沙，生德清、德华、德亮三人。德清公永乐间由廪生辟为河朔令，升授雷州府别驾，权知府事，政绩详邑志中。

夷子，华公八世孙也。当明季失政，盗贼蜂起，方镇悍将，率不奉法度，拥兵焚掠，居民皆望风逃。一日，闻滇中将军兵至，村舍惊窜，湛之公自外归，直抵军门，曰：昔张贼流毒湖湘，焚烧郡县，掳掠男女，湘民死伤积野，十户九空，今将军既翦除贼党，靖疆土，当传檄远近，招来流亡，俾惊魂未定之民，各安其业，乃复肆暴掠，使士民失望，非所以利国家、安社稷也。左右以闻，将军怒命执之。时举家已避于山，见湛之公被执，惶惧莫知所措，夷子公方十岁，告太祖母王孺人曰：军中执父，索金耳，使儿得见将军，赂以金当免。孺人以幼稚，固止之，不可，乃令携白金、钗、钏诸事，造军垒呼曰：愿见将军白事。军吏不为通，袖金与之，引入，将军方踞床坐，公拜曰：老父向以言语得罪麾下，今愿以微金薄物敬犒左右。将军诚赦老父，非独某一家感再生之恩，境内之人莫不颂德，有不赍牛酒壶飧欢迎将军者乎？不然，老父一儒生耳，杀之何足以示武？且使智能之士闻之，皆谓将军杀士，裹足不前矣。夫戮一儒生，失楚南智士心，将军奚取焉？将军初见公倜傥，甚讶，及闻公语，益奇之，命掖坐于侧，温语曰：吾无子，若肯为吾子，余即释而父。公度不许，两人俱不得生，则伪应曰：诺。将军大喜，乃逸湛之公。传令拔寨南行，抱公乘马驰去。去数日，途遇一人，跄踉奔避，公马上遥识之，呼曰：子非卖鱼某翁邪？其人惊顾，公曰：幸告我家，吾今从将军入黔矣。翁归语湛之公，公惊喜，厚给之。

会黔楚道梗，越一年，乃令与仆加筹携资偕往，将行，公谓加筹曰：曩兵至，吾见旗帜有威清平坝卫将军字，入黔当以是访之。行月余抵黔，久之始知威清、平坝二卫在宣慰司东界，阅月至威清，又十余日至平坝，其地险隘，民多夷獠。所谓九门十八洞者，寨据万山中，鹿角密布，旌旗戈戟，照耀林麓。外建大旆，果书威清平坝卫将军，于是贸饧酒之属，潜游洞中。察一峒民颇朴直，距寨仅四五里，阴昵近之，因寓其家。时具酒食，共饮啖，欢甚，约为兄弟。顷之，诡流涕云：某本长沙人，有弟被掳寨中，父母日垂涕苦思，某故寻访至此，脱得间窜出，当重酬，幸勿泄。

峒人许诺。

已闻军中挂孝，为夫人建醮。越数日，忽发炮辟门，加筹匿壕堑窥之，遥见素旐飘扬，鼓吹前导，僧道数十人，合唱梵呗而出，镫鼓、笙笛、铙镯之音，喧阗若沸。一童子衣白练衫，执素幡，乘白马者，公也。左右簇拥，至水边招魂毕，复入。先是，加筹入黔，闻黔人唱所谓怜花落者，习其声。至是乃走军门乞食，值重门洞开，公方礼佛，加筹立门外高唱以动公。公反顾，遽目止之，加筹因乞斋供，索酒食，噪聒不休，公佯怒，执棒逐之。至厕侧无人，曰：夜间俟我于此。加筹扬去。其夜公伪腹疾，数数如厕，左右谨侍之。至夜半，皆熟寝，乃易衣携金，潜至约处，低唤曰：来否？加筹应声出，负公疾趋峒民家。入门告曰：此吾弟也。令遍拜其家人。公与加筹计曰：军中失我，必大索，奈何？峒人指室中烟埃浓厚处，曰：此炕种姜所也，若踞其上，纵入户索，必不觉。于是共伏其中。四鼓后，闻人声汹汹，光射檐隙，公惊起，扪壁罅觇之，见军士百余人，胥执炬搜岩谷，穿洞穴，踏密箐，漉溪涧，搅池塘，时各峒沸腾，火光烛天若昼。三人终夜惕息，无敢出声。向晓，复见铁骑数百人，风驰而过，使峒人侦之，云将军以公子夜失，大惊且恚，命军校分道疾追，凡邮亭旅舍，深山寺观，有不严缉搜问者死。公闻，蹲炕上者半月，探追骑尽返，乃厚酬峒人金，与加筹及卖鱼翁赍干粮昼伏夜行，间道出镇远界，累骑而还。

及长，补邑庠食饩，赴武昌闱，房考官以公荐元，主司抑之，遂脱榜，公亦以湛之公老，不乐仕进。时吴逆初平，差务繁剧，里长违令者罚不贷，惟公为令所重，丐一言辄解，邑中闻之，多以田界公承差，事竟仍以田归之。

子六，俱游庠，其次四门公为士杜曾祖，以明经拣授绥宁县学博，会疾作，不果赴。公晚年谢绝时务，营别墅于居室之左，朝夕诵经奉佛，凡境内春花、山石、灰㮄、望谷、隐珠及浏邑石牛陂诸寺，施田或百亩，或数十亩，迄今百有余年，寺僧往往犹指公所铸钟磬以告人。卒年七十有九，葬浏阳石牛陂。

公生而颖异，胆气殊绝，智深勇沉，喜愠无所形见，故能以总角之年，履虎尾而不惧，间关数千里，卒用其智脱身以归。及徭役倥偬，公所率多人，悉以兵法布勒其属，檄下无逃亡者。至于修学校，建邑署，兴礼让，厚风俗，其见诸邑乘者不具录。惟采祖父以来所传轶事，以见公之英伟奇特，自其幼已然也。予小子恐日久浸失其传，故访求而谨书之，不识后之子孙读其事者，果能开卷惊叹如亲见我公当年委蛇冒难于戎马崎岖之际否邪？嘉庆十有五年孟夏月之二日，玄孙士杜敬撰。

桃花源游记

陈洪仪

余家武陵，东去桃花源百二十余里，少读渊明记，心向往之，荏苒到今未一往。盖少则严君约束，长而尘网拘牵，老而二竖为虐，无闲暇时，亦无济胜具，故因循至今未一游。夫向平志游五岳，而余乃吝于百里，马迁足遍天下，而余乃惮于同乡，俗不可医如此，洞口桃花，岂不笑人哉？

甲戌秋杪，表弟吴子灵崖有嘉会，余过其家，去桃花源四十余里耳。晤季子东明、陈子虞绪，语甚合，因谓：君等肯同吾游乎？二子欣然愿为桃洞主人，遂以孟冬三日，四人携手桃县，买鱼沽酒，鼓棹漳江，看绿萝之晴画，望两岸之层峦，山色水光，应接不暇。溯流缓荡，暮泊白马渡头，陈子躬执爨，季子溉釜鬵，大白满浮，剧谈午夜，相与枕藉舟中。

东方早白，起扰山厨，登驿路，或谷或陵，高高下下，而足知人意，乐此不疲，不逾时而秦洞不远矣。盖古者山径未开，故渔人从小口而后入，今蚕丛久辟，可不问津，此以见山川景物，隐见有时，亦惟世值熙隆，教化盛行，外而戎夷蛮貊莫不享王，内而各土苗瑶咸归版籍，况武陵南国通衢大道之旁乎？洞向北朝江，入首大开两臂，左臂顺江而下，右臂背江而上，其中开朗，有田一区，桃川两宫，适踞其内。余从右臂翦入旧宫，空杉丹灶虽不见踪，而古木苍翠欲滴。由新宫而下，渡桥而南，梦得古碑在焉，题曰桃川佳致。右折而西行不半里，左折而南复渡小桥即洞门，瀑布泉水所经，过此伏地三里，而后出为桃花溪。沿沟而上，直抵山麓，古碑新碣，屹立如林。又趋而进，则有平地丈余，石桌石墩，俨然棋局，虽后人之附合，而茂林修竹，覆荫清幽，使人躁心尽释。更跻而上，石磴天成，计步而置，则遇仙桥，虽无昔年藤结之奇，而宽平可少休足力。

过此攀援而上，直抵洞门，水帘高挂，注水盈池，洞门紧嵌，小隙亦闭，可望而不可即矣。低徊久之，扶崖而下，复反桥东。旋跻梵刹，登楼四望，田少山多，以此为仙者，固属荒唐，以为幻尤为臆度，然余独怪秦人结伴来兹，历年五百，子孙绳绳，未必尽郁郁久居此也。嗟嗟！秦人一见渔人，即设酒杀鸡，今余来此，并无有过而问之者，岂古人情多而今人则寡与？毋亦物以少而贵，数见则不鲜？秦人惟与外人间隔，故见渔人以为异，设使生于今日，见夫往者来者，穰穰熙熙，必植杖有耘耔矣，尚有从而问讯延留数日者哉？

兴尽反舟，放乎中流，一饭甫终，倏而达岸，余趱步追日，然足倦行迟，不似去时矣。俄而月落天暝，几乎迷路，竭蹶抵家，吴子举杯劳余曰：今日之游甚乐，可无记乎？遂记之而系之以诗。

万民岩记

魏琼

万民岩者，某乡祷雨处也。夫时雨之降，天之哀吾民而赐之也，雨可祷乎？祷则必于天，神何能为，然而神固有回天之力也。

人之精诚不可格天，借于神以请之，于是乎有祷。虽然，神道公也，祷则雨，不祷则不雨，公也，而私之矣，神顾如是乎？旱而必雨，神之请于天以致之，祷之适逢其会也。神不私，私于神，神亦不受，然则万民岩之设，其以私干神乎？天之赐不可忘也，神之赐亦不可忘也。乾隆某年旱，祷雨于紫云山大道之神，不旋踵而雨，天也，何莫非神之为也。神非有私于祷而然，然而吾民则极不能忘矣，爰建祠宇，设神像妥其中，颜以万民，明民之德乎神，亦以见神之心乎民也。

行见神之默相祷于天，而丰稔频仍，不以祷而雨，且不愿吾民之有祷也，而吾民亦恶用祷为？

湖南文征　卷五十一

记十

重建永州府濂溪书院记　蒋云宽

吾郡旧有宗濂书院，在府学后，毁于兵。国朝顺治十四年，郡守魏公绍芳改建于城北关内，易名曰濂溪。中为祠，以祀周子，提学按试，即此校士，而院之左别立社学，右立义学，皆魏公建置，有田亩以资养生徒。厥后提学别立试院，而义学、社学始并于书院，合为一区焉。岁久，院舍就颓，仅余右旁老屋数楹，师生治业其间，湫隘卑陋，居者不能多容。远方负笈之士，日渐以稀。

嘉庆丙辰夏，云宽来郡特造焉。思欲一瞻贤像，肃荐蘋藻，则祠宇久废，像刻徙置斋舍，笾豆缺如。读旧碑，询所谓太极堂者，惟见荒土一丘，蓬蒿满目而已。是年，巴公来守永，有意振作，爰筹公项千金，付之质库，拟岁取息，以为葺治院宇及师生膏火奖赏之资。章程甫定，旋去永，事未果行。丙寅岁，予家厚山先生为山长，适郴州牧应公来署永篆，稔先生贤，折节纳交。先生于接见之余，以院事为请，应公欣然亲相度其地，先营祠安像，而于右院剔朽除秽，易为坚完。改建小廨若干间，添建横斋若干间，几榻之属毕备。次年，拣我厚山先生及刘君瑛、贺君义凤董其事，复于太极堂旧址前重建讲堂一座，颜曰立诚。又建二门若干架，自二门内建过廊八楹与堂接，髹漆丹垩，峥嵘绚烂，离立交映，蔚为巨观。凡用白金七百，皆应公设法筹捐，未用巴公存项。工必佣致，材必市购，不废不侈，有则有经。

工既竣，士之业于此者，登其堂，栋宇轩豁，俎簋鲜致，则瞻依倍整肃焉。居其庐，陈列充牣，从容资借，则游息倍夷愉焉。必将踊跃奋兴，争自濯磨，虽欲自画于道，而有不容已者，而况生长道学之邦，薰染渐渍于前贤风教，匪伊一日如吾永人者哉？若夫提撕作励，鼓士气于弗衰，而以时保护修治，恢拓前模，则后此守土者与郡大夫之责也，吾不能无厚望焉。

巴公名哈布，汉军正蓝旗人，今迁湖南按察使。应公名先烈，江西宜黄举人，今迁常德守。

栎口头修路记

蒋云宽

自永明达粤之平乐，道出栎口头，距县城八里而近，又南至大桥铺，官置邮递焉。逦迤二三里间，遂畛逼仄，径之者必彳亍而后度，蹊隧之危，几与左担道等。

岁丁巳，处士周绍孔诸君谋所以平易之者，募人之财而人争应之，役人之力而人争佣之，凡得钱若干缗，担石土若干，募石工若干，以次修垫，计袤延二百余丈，广半寻有余。缘地势为平，高者三四尺。又夹驿舍旁为桥二于旧置梁处。凡三阅月而工告讫事。嘻！可谓易矣。

夫除道成梁，王政所有事也，徒杠缺而国子贻讥，道路塞而单公兴叹，特言乎牧民者耳。若夫隐处田间，食力自给，与世漠然，绝不相值，非若藩竹之王霸，堆石之岑公，辟道之九龄，其力可以兴利御害，为众所跂而望庇焉者也，而能悯人之难，使之脱危阻而就平夷如此。然则士君子有怀利济，岂顾以穷达或异也哉？虽然，使斯民非幸际熙平之世，享丰亨之乐，将谋室家之不足，奚暇急人利病邪？君子观于道路之间，其亦可以觇世也夫。

周君属予作记，遂书此使刻之，其所与董役、助资诸姓名，例得附镌于石，以志好义云。时嘉庆二年立夏后五日也。

重建邑濂溪书院记

蒋云宽

濂溪夫子里居，密迩永邑，邑中又有夫子寓止之地，流风犹存，是宜有专祠以俎豆夫子，此仰濂祠所由建也。

祠作于明隆庆间，邑令何公守拙，即邑庠旁废寺地创立，已而就湮。万历末年，邑令黄公宪卿择地于郭外潇江之南，改建濂溪书院，遴士肄业其中，岁时修祀事焉。后改为宗元书院，旋亦颓废。本朝康熙十三年，即旧址复修之，仍称濂溪书院，其改称宗元为何时，及复修者为何人，邑乘缺载，不可考矣。二十二年，学师徐公尊显续修之，并捐置田粮九石有奇，以膳多士。又购藏书籍二十三种，用资肄诵，而制始备。徐公去任，邑士裒集经营事宜，勒为一编，名曰《徐公惠政录》者是也。

踵事乏人，一切规模，日久弛坏，雍正以后，田租入于私橐，书院仅存虚名。余少时尝过其地，则见棼橑倾败，风雨弗庇，荒庭寥落，鞠为茂草，盖师若徒不居其间者五六十年矣。乾隆四十五年，庠生徐肇炆，牒请于邑侯田公联科葺治之，又请于督学钱南园先生厘正田租，延师课徒，稍稍复旧。今又数十年矣，栋宇垣墉，渐见欹圮，邑士某某等谋撤而新之，且以院向坎方，于北面师事之礼有乖，于是卜日鸠工，改背为向，易腐以坚。前建重门，中为讲堂，后为景芳亭，最后为祠堂。堂设三龛，中奉元公遗像，左祀有功书院者凡几公，右祀邑先贤宋博士周子俞先生、明教授蒋泰门先生。西院后层为光风霁月楼，楼前两旁斋舍各若干间，为诸生藏修之地。又前为会馔之室。大门外带水环流，筑石梁以达于通衢。其履之为阶除，嵌之为棂牖，饰之为丹垩，无不完整丽密，以至床帏椅桌之属，厘然毕具。经始于某年某月，越几月毕事。

落成之日，邑绅士登庭而修释菜之仪，笾豆静嘉，肴醴馨洁。

周视檐宇，嶷然焕然。群峰万笏，拱列南荣，委秀输奇，气象佳丽，洵向明之胜区，育才之善地也。游息其间者，思夫昔也何以堕坏，今也何以作新，则知因循者无成，奋勉者有功。于焉乐群居业，缅贤哲之风范，而兴其淑艾之思。诵经训之微言，而究其道德之蕴。朝夕不懈，以迄于成。将见出而致用，必有裨赞鸿化，黼黻隆猷，蔚然为王国光者，岂直剽窃词华，弋取声誉云尔哉？

工既讫，乡先生寓书于予，愿为文以镌诸石。予于乾隆丙午、丁未之岁，肄业于此，时经田侯葺治之后，支倾植仆，仅完旧观，喜斯举之能恢前制也，用叙其始末，且为院中诸士劝焉。若夫加意培护，及时修补，以无替前功，则有望于后之君子。

是役也，计用白金八百有奇，出于公产所积者半，出于绅士捐输者半，咸得列之碑阴云。

下寺西塘村新建汉寿亭侯庙记 蒋云宽

邑西五里许，新建汉前将军汉寿亭侯关公庙，上马下寺西塘村人所作也。

先是，上马十村人合作一庙，尸祝五代马氏殷，岁久庙坏，嘉庆八年谋更新之，而下寺西诸父老，以马氏无功德于民，法不宜祀，欲改祀关公，相与谂于村众，佥以古庙不可废格其议。诸父老乃独率族人相地于宅左，而建斯祠焉。遂来征记于予。予惟前代忠臣烈士，振不世之略者，于其殁也，褒以五等之封，予以易名之典，于其所生之乡与其效命之地，隆以俎豆之奉，报功之礼然也。若夫封号尊以帝称，血食遍于宇内，伊古以来，惟蒋子文、张亚子与关公而已。然蒋帝至今罕称者，梓橦之祀虽著，犹不如关公之隆。崇祠峻宇，照耀云日，与素王宫殿相配，凡鸟言卉服，殊方遐岛之乡，搢绅氓贾进礼祠下者，靡不慑于威严，稽首角崩，有所祈祷，如响斯应，盖神功之布濩，正如日月之经天，无在不归其照临中也。於戏，盛哉！

永俗笃于事神，祀多不经，相沿既久，虽士大夫莫能是正。寺西之人独能不谄不渎，恪共明神，可谓明于礼矣。夫神所凭依，将在明德，寺西于邑为僻村，然其人谨愿醇朴，无矫诬慆淫之习，怵以公之神灵，必益惴惴恐恐，懋修厥德。父父子子，兄兄弟弟，酿太和而迎善气。公霓旌玉节，洋洋在上，鉴于昭事之虔，其嘘吸风雨，和会百灵，以贻此方生民无疆之庥，当视他祠宇尤显赫也。

庙既落成，村之人相与刑牲酹酒，颂神之功，而予更侑以享神送神之曲，其词曰：公来兮，来何方？赤骥驰，灵旂翔。风衙衙，云容容。奠桂酒，酌椒浆。恍兮惚，临斯堂。公去兮，去何许？升天阊，归紫府。腾祥烟，降灵雨。锡丰年，绥士女。报神功，终万古。

三然晶舍瑞蝶记

胡振圭

岁辛酉，予授徒于三然晶舍，暮春既望日午，方讲书凤鸟不至章，俄而白蝶大如掌，从空际飞来，集于案，舒其翅，渐缘傅于砚，予嘘气逐之，竟不去。予谛视之，瞿然曰：异哉！斯蝶之文，何异《图》之与《书》邪？色分赤黑，数分奇耦，有黄线亼纹，一二三居首，十居中，四九居左，五八居右，六七居下，三方各十三，各一点小，推之有至理存焉。

昔彭帝锡仿《洛书》，作《地中图》，说者讥为李赤黄居难，斯实有蝶，非意造，不诚天生神物邪？包羲观察，不遗鸟兽之文，使见斯蝶，安知不谓一方，一圆，一锐，蝶文亦与龙马、神龟并则邪？

蝶亦驯伏，思有以豢之，而惜无其术，因叹高陵龟文，背有八卦古字。张掖之石，有讨曹三十五字。上林之柳，有公孙病已立五字。精华蟠结，自成文章，化工之妙，实非常理所可测。与诸子诧异者久之，因援笔记之。

春秋楼记

胡振圭

春秋楼者，吾祖文定公著书所也。宋绍兴初，公由湘碧泉徙南岳紫云峰下，筑室居之，邑《岳志》所称有文定公故居是。

先是，高宗召公为中书舍人，有闻卿善《春秋》之问，可其对命兼侍读，专讲《春秋》，故五年有命注《春秋》之诏。公自遭谤致仕来衡，每登高望阙，涕泪常流，即其居之右山隆起而峙者筑台焉，为朔望之拜，曰祝圣台。台之下去数十武有塘，仿周子之《爱莲》以种莲，即创楼其中以应诏。池今名春秋塘，盖因楼得名也。相传楼以外青松翠竹相环绕，池中清香冉冉扑鼻，识者谓公正色立朝，不伍权贵，草木亦感其德，表劲节幽芳，以助山居胜概，如康成之书带草，紫阳之君子荔云。

绍兴八年，书成进览，帝谓深得圣人之旨，诏加宝文阁直学士。当是时，公独坐秉笔，深虑大义之莫明，而思所以引君于当道，其俯仰楼下，徘徊楼中，身山林而心魏阙，忧国爱君之真诚，犹可想见。抑当王氏柄宋，指《麟经》为断烂朝报，黜不列学宫，极其意几欲纵咸阳一炬。公《传》出，而经旨益明，朱子谓《春秋》极难领会，胡氏虽不中不远。迄今《传》炳如日星，而楼以久而圮于风露。圣朝崇儒重道，以公从祀孔庭，颁祀书院，岁春秋遣官致祭，楼虽不有，庸何伤？顾子孙之于祖父，思其嗜好，思其居处，公嗜好在《春秋》，居处在斯楼，其深后世之寤思者何极？明御史钱公曰：公在胡氏为族姓之祖，在天下生民为伦常之祖，在儒林为经书之祖。读书服古之儒，睹楼址尚存，犹兴怀于遗迹之不可没，况在其子孙哉？

岁辛巳，合族复新公书院，欲并斯楼而新之，未果，然惧其虚而终泯也，谨记之，俾知斯楼故址之所在，且知斯楼之所由创，望有志者起而建造之。

重修玉皇殿记代姜抚军　　魏瀚

百神统于天，天神之大者曰昊天上帝，玉皇之名不见经传，要即贵者太一之说也。《楚骚·九歌》有《东皇太一》篇，楚之祇事上皇，由来已久。

长沙玉皇阁，旧名寿星观，在郡城北门内，莫知其所缘起，毁于永乐，屡建于天顺、正德中。殿有三，居玉皇殿前者，殿曰三清，次曰四圣，廊庑之属若干，其以寿星名者，盖取长沙上应天文分野之义，而卑不可以统尊，则称今名为协。阅岁既久，丹黝剥落，垣圮而榱崩，非所以致尊崇也。予膺命巡湖以南三年，岁皆有秋，民无疵疠，乃克修之。某某董其役，鸠工庀材，经始某年月日，落成某年月日，仿其旧规，新其像而妥焉。

或谓天子郊天南郊，扫地为坛，崇质也，室处而像设焉，不异于古所云乎？予惟天之体至尊不可亵，而神实近于人，至尊则非惟人道，事之不可，即以神，犹不可。是故王者对侑昊穹，礼易乐简，其他罔敢干，然匹夫匹妇，俯首而瞻此蔚蓝苍苍者，则尔心若或临之。渊泉不可穷，掘深则得水。上帝不可私，倦极则呼天。非天之近人乎？天臣民之所莫敢干，天而神之，魄宝昭临，光灵来格，恍兮惚兮，謦欬呼吸可通也。室之神于是乎栖，像之神于是乎凭，固不得执礼经之说相难。况夫欲与神通，宫室被服非像神，神亦不至。明堂昉自周制，秦汉以来，祠天神者咸有庙宇台室，而汉武于甘泉宫画天地太一诸鬼神而置祭具，像之设盖由兹仿，又安见丹其室、金其躯之于古乎异也？

方今圣人乘龙御天，百神受职，司牧者既无敢不心乎民，而又崇德报功，咸秩明禋，谓山川蒸云出雨，守土罔不虔恭祀事。况在天神，其何敢不惟民之勤，惟神之肃？都墙匝紫微之垣，楼观惊金银之阙，群灵合沓，列星环辰，光景动人，氤氲蜿蜒，我其夙夜寅直清哉？懿夫剡剡扬灵，天神咸降，雷师戒具，飞廉奔属，降年惟康，我民乃用庆。比岁以来，幸无获罪，垂享以歆，蒙福以宁。雨旸时若札瘥，夭昏屏伏不作，其敢忘恩眷之自？然而不可常者，人之心也。天心仁爱斯民，亦视人心之敬肆为转移。

抚臣旬宣兹土，敢告同官：君一天也，不负吾君，斯精诚格天，予用是懋焉，匡率其不逮。凡百君子，庶几恪共尔事，更有裨于民，以对扬天子休命，维时上帝其居歆哉？然则伐材运甓，不足以为劳。黄金白镪，不足以为资。辨尊卑之等，合天人之交，仪制勿戾乎古，典礼可式乎俗。报本反始，致洪化于仁寿，以惠此一方黔黎，皆于是乎在。爰书而镌之石。

记砚

魏瀚

友人二，一岳州龚立海，一同邑周治先。砚二，一方，博三寸，长五寸强，厚寸。一圆，微长，博二寸，长三寸有奇，围得八寸强。之二砚常置侧，出必以自随，曰一吾生友，一吾死友也。

忆甲辰旅岳，交立海，予南归，立海贻予砚，所谓圆而微长者也。既至长沙，遘疾，日甚癯，严君来自衡，乞瀚以砚，良且旧，而曰新购于市，甚疑焉。后问治先近状，则与仆人语差异，则又疑焉。亟请之，则曰：治先病血死矣，砚其遗，其尊人以归汝尔。盖严君怜瀚病，恐伤于怀，诫仆诡其词，不得已始以情告也。后有见而欲之者，予弗能兼守，泫然告之曰：方者吾死友，圆者吾生友，生者可得，死者不可夺也。

今治先墓草四青，而砚未尝一日废其用，而立海以贫故走海南，予亦东游江淮，抗手不相闻，然未尝不与砚日往来予怀也。记之以自释焉。

石记

魏瀚

宜春县治秀水南，学廨在其北，廨前有石，屹立江浒，玲珑而峥嵘，漏凡三，高咫方下，围广三尺弱，锐上广尺，甃以砖，不知何时物，亦不知何时徙置此。余见之笑曰：此米颠所谓丈人者也，此盖好事者诧为诡观，而相与爱护宝贵之也。

予家衡山，南山故多石，石有如人立者，如兽蹲者。势翔翥如鹊，厉气佶僳如马腾者。或如倦而倚、畏而伏、踣而仆、贪而攫者。相搏如楚汉，相让如廉蔺者。理篆为人物花卉之文者。殊形诡状，山中人或相与摩挲之，而岂以为诡观哉？而兹石之屹立于此，而人知爱护宝贵之也，谓非其遭欤？

石之未遭米氏也，其堆积于山巅水湄，而名不著者何限。自米氏以癖闻，后之人竞仿效焉，而石乃与珠玑、玳瑁、金玉之属颉颃而尤为雅玩，显晦固有时哉？而宣和之间，以艮岳故，乃至搜岩竭泽以求之，而纲运遂为民病。人家阶甃，偶有奇异之石，辄指为不祥。不祥职石之咎，石其任咎欤？其亦尤物之为妖欤？抑处非所据，而岩岩者睊睊胥属欤？斯又不可谓非其罪也。虽然，物莫顽于石，而兹乃能振拔于其中，而见异人世，是果钟造物者秀灵之气哉？呜呼，亦魁杰丈夫也哉！

倡建平粜义仓记

陈振玉

昔虞廷之命五官也，首以黎民阻饥为虑，而敷教明刑皆后焉。果何故哉？民以食为天，若饥则无以为生，必至愍不畏死，虽敷之以教而不听，明之以刑而不顾矣，此为治莫先于足食，所以制治于未乱也。

顾播谷之教见于《虞书》，而救荒之策未传，即荒政十二详于司徒，而平粜之法亦未著，惟司稼以年之上下出敛法。《玉海》谓出则减价粜，敛则增价籴，是《周官》已开常平之法，而《管子》之《轻重》，即仿其遗意而行之。论者谓平粜始于李悝，亦未深考耳。至汉耿寿昌立常平仓，而法乃大备矣。朱子立社仓最善，彼时人心浑朴，借则悉还，故属可行。日久生变，借出难还，累及社长，视为畏途，而社仓遂多废，故社仓之借，不如常平之粜较为经久。然常平司之自官，或不便于民，又必详上而后能发，恐缓不济急。至义仓之在民有为赈济设者，然发赈不能猝办，而亦不可常施，恐后难继也。合义仓、常平之法而兼用之，则莫若平粜义仓之在民为甚便，而可常行焉。

郴地山多田少，历赖衡湘接济，每遇米船稀少，即有食贵之虞。道光十年，前宪姚始倡为捐办平粜之举，俾玉率及亲友共襄其事。十二年后复踵行之。至十四年衡湘阻米，致郴市缺米者十余日，斗米千钱，人心惶惧。玉亟请于前宪穆，借谷救急，复捐办平粜乃安，张皇补苴，诸多掣肘，惟未能备之于平日故也。宋司马康之言曰：自古圣贤之君，非无水旱，惟有以待之，则不为甚害。古昔所以有荒岁无荒民者，亦惟思患预防，故得有备无患也。程子曰：一命之士，苟存心爱物，于人必有所济。玉曷敢云有济也，亦筹其可济者云尔。玉因是慨然有捐建平粜义仓之志，常与各亲友谆切言之，亦多见信，幸得李君尊祐应允，捐谷三千石，而工可兴，事可成矣。旧岁五月十八，邀在城亲友至舍，公议捐输，得钱五千串，后续增之，共得钱六千余串。相度地基，建仓于文昌宫之右，而李君尊富、周君廷珍及陈君显廷，皆自备资斧，踊跃监工，半载告竣。蒙州宪吴奖劝添贮，以助其成。复劝谕各乡仿行，以广其惠。此可见好善有同心，而风化之权在上为尤捷也。

玉蒙诸亲友信从，获成斯举，愈殷然有厚望焉。一则有望于继起经理之人，一则有望于贤司牧之照拂保护，其关系为尤大也。有以图其始，必有以守其成，人之欲善，谁不如我，郴人尚其体此心哉？是为记。

绥宁营中秋宴集记

张晋本

绥于古荒服地，去长沙千里，界粤西，为极边远，故设官分职，武倍于文，凡以慎防卫、优堵御也。

甲子八月，游击平村许公，以予寓砚虎溪多暇，邀赴龙家寨。适值中秋，公乃进僚佐及分营世职，谂之曰：我辈食天子禄，保障一方民，幸苗瑶宁谧，弗惊刁斗，诸君子平日勤训练数军，实刻无宁晷，余亦不敢稍自暇逸，弗为诸君子倡。际此良宵，矧有嘉客，肯过我一休沐乎？诸僚佐唯唯。爰乃刲羊于牢，摘蔬于圃，谋酒于瓶。时则急雨初过，凉飙送爽，仿徐轩畔，折桂亭前，杯盘狼籍，觥筹交错，什什伍伍，以军政为觞政，其得酒与否，盖亦有天幸焉。先是，令人洁治堂涂，为得月地。日之夕矣，更卜其夜。已而皎兔东升，移樽更酌，剖靖州之梨，擘胡桃之肉，榛黄橘绿，藕白栗肥，传觞引满，仰视明月，各在襟抱。似欧阳子所云衔枚疾走，而予不工饮啖，则命代以茶，又如巨鹿之战，诸侯从壁上观也。

久之，芙蓉欲卧，香露沾衣，坐中亦多不胜酒力者。平村欠伸起曰：今夕之酒乐哉！憾不闻《霓裳》一曲耳，子能续《水调歌头》乎？余笑曰：某固愿随营学习者也。乃序而记之。

记异

柳廷方

辛巳，余馆浏北笃敬堂，环堂东北悉小阜，惟南循长廊辟松扉，小山外即见仙女岭。

岭延缘数里，矗天半，云气常与天接。外则群峰合沓，不知几层叠。九月，秋深天黯，积雨如尘，客欧阳礼门，胡星堂家从孙卫桢见访，余偕同人送别。回望岭巅，云气一线滃白，惟自山腰下积青如沫，佶男忽咋曰：是近麓形如苍狗者，何物邪？群愕顾，则去地且数丈，形渐长，斜曲循青山青处行，片晌入西南峰深处，始不见。群客返视叹绝，则又行，去不数武，物忽自西南蜿蜒循故道返山麓，惜小阜障目，不见其没处。客欲奔视，则物复跃起，仍径返西南。三次周折，得谛视，长不知几许。

尤异者，循坡越岭，首昂而尾逶，身腰叠折，纤悉皆见。噫嘻！其龙欤？胡鳞爪之不见而云其身也？或曰：龙兴则云属，云其身所以为龙也。顾吾闻龙以春升，以秋潜，今以秋见，失其时矣，殆非龙矣。或又曰：是山有老龙窟宅故在，今之见非蜚也，其殆跃也。嗟乎！龙之潜亦既老矣，老则不蜚，而又将奚跃？今且忽跃，然则蜚之机，殆又在数年后欤？志其跃所以卜龙之蜚也，暇仍当拉客入山，并其窟宅访之。

君山记

陶澍

海内之水莫大于洞庭，其峙立湖中者，东则扁山，南则磊石、青山，西则明山、寄山、团山。数山中明山颇胜，余皆部娄，不足当登临之目。独君山周七里有奇，苍然帖湖心，为沅、澧、资、湘之砥柱。予往来洞庭数矣，未及登也，会有事常德，而岳守陈公亦专人相迓，遂买舟往道明山、寄山、团山下。

时秋水方平，微风不起，俯仰惟天，浩然无际，遥见君山，鬅松若魋结，可望而不可即。更初始相近，舟人将径抵南津港，半渡，因风返，遂泊焉。月色如盘，冉冉出波中，四顾苍茫，如成连之在海上也。自念此山在十一福地，不可不到。我辈历碌风尘，湖山易隔，诘朝解缆，不免觌面失之，遂起，踏月山椒，略识面目。山寺犬声如豹，露气袭人，摄衣而返。

翼早北风大作，望岳阳楼，缥缈云边，无能飞越。舟人相谪，惟予幸石尤之见留，饭后携仆入二妃庙，阶下丛菊盛开，老树荫庙后，寒翠欲滴。其右为洞庭君祠，稍上百余步为二妃墓，有小碣著茂草中，墓上樠树一株，亭亭如盖，相传犯之有蜂、蛇之异。按《山海经》：洞庭之山，帝之二女居之。郭璞谓天帝之女也。是则上界天仙，岂有玉棺遗蜕，留迹凡间？自祖龙焚书，博士大都不学，随口应对，傅会虞姚，遂使此山横被髡赭，不知苍梧南狩，二妃未从，是以《九歌》所赋，不征釐降之文。昔人谓倦勤耄岁，甥馆久虚，乃以白头老妇跋涉要荒，蹈浊水以捐躯，望空山而掩涕，殆不其然，昌黎《黄陵庙碑》亦不言其葬此，而小人无忌惮，至有辟阳侯之诮，悖矣。

由墓旁小路迤西，有刹立山奥，榜曰有缘，盖言山非有缘者不至也。蓬莱三岛自在人间，然名利两航，去来如织，逆风则不能至，风顺又不肯至，其有欣然襆被，蜡屐思游，而尘心未化，见远山灵，往往阻以风波，或临岸而引之使返，如今日之游，不谓之有缘不得也。崇胜寺隐然山之南麓，恐佳境易穷，故折而东，迤逦过数岫，则监利、华容之山皆在目矣。

滨湖西上里许，转入山径，窈而南曲，折如旋螺。久乃陟轩辕台，为山之最高处，烟波浩淼，骇目荡胸，志言黄帝铸鼎于此，鼎成上升，故旁有飞升亭。窃谓铸鼎荆山，未必即此。考史，黄帝南至于江，登熊湘，解者释熊、湘为二山，君山旧名洞庭山，又曰湘山，则此地自属公孙遗迹，不必借攀髯遗弓事以文之也。其南为酒香亭，昔汉武遣栾巴求得仙酒于此。山下嵚岈林立，有石方平，可坐数人，谓之汉武射蛟台云。

遂下山麓，东至崇胜寺，群岫环揖，古木蓊然，间作赭色，云是秦火之余。僧堂下列铁稍二，各重千斤，其文曰：淳祐五年，孟府十位铸。或云：孟昶尝以八宝鼎献马希范为寿，马以赐君山僧，兹即其遗。按：淳祐为宋理宗年号，时孟珙镇襄阳，去此未远，其为所造无疑。寺壁悬钱南园先生书，苍劲似鲁公《争坐位帖》。柳毅井在其左，水甘冽，四时不竭，山寺皆饮之。旁有刺橘，大数围，空灵古拙，千年物也，即柳毅为泾阳妇人传书处，事见小说《虞初志》，流俗遂訾为洞庭之神矣。

出寺循涧而下，观龙、虎二洞，石窍嵌空，涨痕初落，相传昔有虎居之，昼伏夜动。予惟岑郁之区，灵禽是集，如柳归舜所见，则有武游郎、花都子之属，至若毛虫四足，无从傅翼，故《图经》言此山不受秽恶，无猛兽。况山君水处，说尤不经。按：君山有穴通吴之包山，郭璞《江赋》所言巴陵地道也。又《拾遗记》云：洞庭之山，浮于水上，其下有金堂数百间。故知山本中空，而二洞则往来之门户，今山之南有响沙，水渴时蹬足有声，殆中空之验云。由洞稍东，高阜据湖滨，旧有朗吟亭，因小憩石畔，坐数九马、金鹗诸山，历历如画。西眺明山一带，昨日之所经者，亦微茫若粟，浮沉于轻烟薄雾之中。

夕照衔山，落霞千里，但闻渔歌绵邈之音，远起芦荻间。舟人以风息来告，遂鼓枻至岳阳城下，沽酒巴陵，登楼记之。

漕河祷冰图记

陶澍

漕运自扬达淮，经邵伯、高邮两湖间，有地曰露筋，渔洋所云湖云祠树碧于烟者也。

按祝穆《方舆胜览》云：旧传有女子夜过此，天阴蚊盛，耕夫田舍在焉。其嫂止宿，姑曰：吾虽死不失节。遂以蚊死，其筋见焉，故名。而段成式《酉阳杂俎》、江德藻《聘北道里记》，或言醉者止此，白鸟咕啖血滴露筋死，或言鹿为蚊啮而筋见，皆不及贞女事。惟欧阳公《憎蚊》诗云：尝闻高邮间，猛虎死陵辱。哀哉露筋女，万劫仇不复。而米元章《书庙碑》亦云：泽国之女，嚼肤露筋，不就有帷之子。氏不显于当时，祠方揭于千古，庸夫庸妇之所传，有如昨日。

至我朝康熙四十六年，圣祖南巡，御书“节媛芳躅”以赐，而后神之贞烈，乃昭然揭诸星日矣。嘉庆乙亥十一月，臣澍奉命视漕瓜、仪，道出祠下，见栋宇摧落，瓦砾溷集，坏壁苔生，而神像俨然，太息久之。其时漕艘归次，出江者甫半，连日北风怒号，湖冰冻结，深恐贻误漕行，爰斋祓为文，于是月十八日斋祷于神，次日风回日暖，全河冰泮。篙师长年踊跃奋迅，二十八日各船出江报竣，其夕冰凌复合，迨晓一望皓然。江南人传以为异。明年，新漕驶行，得无阻滞，计所运之米，多于上年一百五十万有奇，而行期反速至四十九日。比余押尾北上，躬拜祠下，复获顺风，扬帆至淮始息，有以知神之灵昭昭也。

六月回京复命，仰荷圣询及之，适节相菊溪百公与漕帅书岩李公、河帅湛溪黎公、直指厚庵阿公，会奏重修祠宇，因及余祷冰获应一事，得旨封为昭灵普惠之神，赐祠名贞应。盖神自唐宋以来，千有余年，至是始邀封典，其端实因祷冰事发之，故倩野云山人为图，以志神应，而昭我国家有道之祥，且使他日谈故实者有所考焉。

义犬记

邓显鹤

义犬者何？先君台峰府君之所畜，而能以死报其主者也。

犬守夜勤于群犬，少有警，如巡逻者防敌然。府君爱之，侪于诸孙。每食，诸孙绕膝，分甘与之，末必一脔投犬。府君或携诸孙策杖，有所游憩，犬必随，伺主人倦游将反，则为前导，徐疾辄伺主人意。府君病，问疾者日盈门，群犬嗥吠，犬独摇尾迎之。府君卒之日，诸孤擗踊，水浆不入口，犬亦不食。葬府君之夕，诸孤环穴哀号，犬亦俯窥穴，泪涔涔欲滴，以前两足跪伏圹门者移时，众咸异之。诸孤庐墓，犬每夜蹲伏墓侧，闻庐中悲泣声，则亦狺狺作泣声应之。府君小祥日，又值先妣卒哭之期，家方如礼虞祭，犬忽曲踊哀叫，死于庭中，问之已先二日不食矣。

乌乎！父母畜人子，劬劳万状，为人子不克先填沟壑，驱狐鼠地下，覥颜偷生。犬以豢养微恩，乃能一死报主。七尺男子，曾一犬之不若也，能无慨然也乎？爰以敝帷裹之，埋于庭前之小园，并为封识其处。时嘉庆二十有一年十一月十七日也。棘人显鹤感而作记。

孝犬记

邓显鹤

今将执什伯千万庸众中之最懦者而语之曰：汝曾一狗之不若

也。人其能受之乎？然即反其词以慰之曰：狗固不汝若也。人又岂能受之乎？乌乎！其亦未尝借观而反思之也。

余尝授徒家塾松桂堂，塾旁东西数百武为族子某家，畜子母狗，余爱其子，买而畜之。僮牵之行，甫就縶，嗥吠不受。强之，其母狺狺追送，以口啮其牵绳而返，虽百牵不能至塾所。余闻之，至其家，命释缚，饵以美食，解以词色，犬似解人意。明日又至，则摇尾迎。又明日至，则知其为新主，欢然随主人后，其母亦欢送，非复前日狺狺态也。

犬守夜甚勤，然日必数归视其母，主人爱之，每食喂以蒸饭，犬四旁尽其余粒，留中之半衔归哺母。初见之以为偶然，既而无食不然，主人怜之甚，因戒喂食者必多与饭以为常。诸学子因争以手抟饭成丸置地，视犬衔哺以为戏。又或故迟之以违其候，母乃走至塾左乌桕树下，作声以呼，子闻之而知其饿也，则嗥嗥向主人距跃作乞食状，与之食，虽饥甚，必至树下哺母，然后归食。阅岁母死，悲号不食者累日。余解馆，有炉观某生归，犬随至其家，留畜之，一日忽不见，意以为返故主也。后其家刈禾，入深处见一犬蹲伏禾中死，皮革存焉，验之赫然犬也，乃以敝帷拾而埋之。余以为犬固肥大，彼中人或有垂涎者，犬见颜色不善，因坚匿自全，使其身不受烹剥之惨与？不然，何自苦为也？

乌乎，犬乎！母在汝能养，母死汝知哀，见几汝知避，能保全母之遗体而不罹惨祸，斯可谓孝犬也已。可以人而不如犬乎？事在乙丙之间，子振子曾作《孝犬记》以示诸生，其稿久矣，欲补作而未果也。道光癸巳冬，偶检阅旧作《义犬记》，有感于怀，因呵冻补记，追忆其事，如在目前。甚矣，何邓氏之犬多良也！

沉舟记

邓显鹤

国朝以八股取士，每三年大比，外设学臣，往直省岁科试，学使行郡，首试诸生，次童子。诸生违试，教官以欠考注册，比之逋赋，功令然也。

道光三年癸未，学使沈公巍皆以二月初四日按临宝庆新化，生童逐队前往，有力之家，乘篼舆行，健者徒步，二者俱逊，则买舟往。余自嘉庆丙辰，列名庠序，碌碌诸生中已二十八年。例在应试，无可宽假。家贫，无力雇舆，年届始衰，又苦徒行，乃约姻戚陈碧昆上舍及其馆师刘仁山明经，率两家子弟，买舟同往。订初六早解缆，余携从子琳由家起行，距河干二十里，日中未至，舟子不能待，已扬帆去矣。别留一舟至，则舟子招之上，中坐者半比邻人，见余至，皆俯躬出篷，立船首招迎，兼述陈、刘两君前路相候之意。乃携琳登舟，次日宿麻溪，与前舟会。两君相见喜甚，由是联舟行。

明日入滩河，水手合力挽船，每滩十余人牵缆，至急流处，牵者首抵地，两手攀石磴，或握岸畔垂柳蔓藤，如牛负轭，必力竭而滩始上。越三日，入一滩，滩甚恶，乱石横亘，水激搏怒流，舟从石罅中上。篙师失手，左右夹击，舟砉然有声，前舱坏矣。两孔如拳大，水渍涌入，舟中人怖骇，都无人色。急命船夫舀水，水干而船就岸，于时同舟十余人，转惧为喜。船夫扛船上岸，以絮塞孔，外加覆板重钉，仍牵缆再上。

初十日抵郡城，十二日学使至，十六日试五属诸生，二十日试新化童生，是日季弟湘皋至。二十三日，新化童生榜发，同舟诸童，无一入彀者。次日天方明，诸童悻悻怒，蹑屩担簦，穷一日夜力而归，不少待。余亦命琳随后行，湘皋走送河干返，喟然曰：余为人父，愧不能以一舆代儿子步。余曰：否，否，不然，贫家子弟，不使之习劳苦，他日何以自立？湘皋乃俯首无一言。是日湘皋亦赴粤，仍应李春湖中丞之聘，余与陈、刘两君送至南门外之长寿亭，临岐顾余曰：幸早归，毋劳大兄盼也。盖其时伯子抱恙，尚未全愈，余心急如火煎灼，合目即如见伯子卧病喘息状。既又心悬琳儿路上不置也。先是，琳起程日天晴，尽去其服，着襕单，利于行走。次日天忽风雨，寒比严冬，余欲遣急足追，刘君止之曰：不及矣。余坚忍之，而犹觉路上之一步一趋，一寝一兴，时搅扰于胸中，而不能须臾去也。又念余季路受风雨之苦，而复不忘其子之苦以增其苦，是使余方寸之地，而吾伯、吾季、吾犹子更番往来，忽捉之坐，忽援之起，起坐不宁，惟有声声叫苦而已。

即日出城外觅船，立江壖遍呼无应者。迁延至二十八日，有舵师吴聋子来云，即有船行，心喜甚，且人人云吴聋子能，如是与刘君等六人登舟。舟固小，两舱复载煤，俯躬局蹐，气不能舒。顷之，岸上呼船急，且呼予姓字，谛听之，则为刘君带朝也。刘固学中称前辈者，意不能却。此外尚有三人矗立船首，六人皆以船不能载辞，舟子利其资，许之六人，且增为十人矣。次日午刻，抵铜柱滩，滩素以险名。柁师欲施其能，嘱毋登岸，余厉声呼之，始泊舟，强同人上岸。远望雪涛汹涌，砰磅訇礚，怒势渍瀑，高数丈许。聋子意气扬扬，指挥群动，扶柁而下，势如奔骏，倏忽船穿浪中，浪涌船转，须臾间船沉，后半柁已随水漂去矣。幸桨手并力，船未沉，已近岸，于是诸人走至其处，踉跄解履袜上船，行李半从水中漉取，摊晒岸上，顷刻陆地几成海市矣。箧中敝裘数袭，缄縢甚固，得不沾濡。噫嘻！河伯有灵，既惜我死，又虑我寒，尚欲留此无用之顽躯，以偷活于人间，天之爱我，何其至也？于时聋子舍船匿他所，作楚囚泣，同人欲殴之，不敢复露头，作故态也。是夜宿岸上何姓店，余谓同人曰：我与诸君以急败，急于归，故不择舟之稳与否也。舟子以贪败，小船希重载，又自矜其能，宜其自取覆败也。若今日不上岸，杂遝惊张，船不破碎且速沉，同登鬼箓矣，尚安有今夜围炉长话之乐哉？

次日雨，同人别觅舟行，余独惩前车之鉴，问之土人，有路通麻溪，乃蹑芒鞋，荷雨盖，从乱石丛棘中取道走。有时遇绝壁数仞，则攀巉岩而上，猿挂蛇行，惴惴焉恐。俯瞰江水奔流，飞鸢跕跕，天色昏黑，烟雨凄其。于时也，竭蹶前赴，惟有静思平日过愆，思我平日安坐室中，受妻子养，曾不知天壤间饥寒困苦，转徙流离，十倍百倍于此时此景者，何可胜道？而我膜不动心，不一援手，又安望今日之有援我引我者乎？是夜更尽，抵小溪市，计程盖已八十余里矣。有贺奉朝者，素不识面，走来问讯，见余体泥湿，为易鞋袜，兼具衾枕。探囊尚有余资，急呼主人作饭，虽粗粝，甚甘也。明早雨甚，小溪距麻溪七里许，路多歧，迂曲迟延，至麻溪已晨饭后矣。望高兄弟见余至，喜甚，具早餐唯谨。望高者，余族子，贾于麻溪者也。适从家来，甫见面，即得伯子病愈实信，且知琳归家无恙，大叫欢呼，不能自持，观者群相骇怪，以谓余为颠也。

时同人刺舟麻溪小港候余，从篷窗中望见余至，刘君仁山即同带朝来望高店，相见叙苦，且云昨日沿河刺舟候君，不见君来，今晨雇肩舆来接，何途次之相左也？噫！二君友朋之谊如此，亦可感也已。

计自铜柱滩而下，旧志载有五十三滩、四十八难之名，滩名多不典雅，类皆象形而名，可想斯河之险阻、岸路之崎岖也。有顷，带朝偕余子别去，仁山独与余偕，水暴长数丈，别雇新舟，日中从麻溪解缆，不逾时即抵县地塔山湾，是为三月之初二也。仁山居城南，上岸相别去，余乃截流横渡，取行李肩至仁山馆中，馆主人即陈碧昆上舍，寓郡未归。余女婿陈能玖诸昆季，则试罢先归者也，闻余至，走候于门，为语其故，群咋舌相惊愕。坐定即呼笔砚草此，示能玖诸君，以诸君异日皆有乘风破浪之会，万不如余之运蹇屯遭风涛作恶也。然道而不径，舟而不游，亦未必不于谨身事亲之道有所裨益云。

书高大镐

邓显鹤

桃源多奇伟权变之士，余从朴园所，往往闻其略，其言高大镐事尤著。大镐于朴园为中表兄弟，故言之最详云。

嘉庆初，白莲教倡乱，蹂躏荆豫间，所过残毁。大镐省其父陛于临淄邑宰署，归，携仆王明，道经荆门州，匪焰正张，道梗。闻舟行尚无患，乃买舟，行抵沙场，突见无数小舟，打桨飞集，近之，桨皆枪也。大镐横剑踞坐以待，须臾贼蜂拥登舟，大镐神色自若，徐曰：君等盗乎？吾非畏盗者，畏盗则不敢来此，财物任汝取，可引我见掌柜。盖贼称其魁曰掌柜云。遂问掌柜为谁，曰姓戴，大镐乃佯喜曰：是与我有旧，我见掌柜必喜我，将来我与若皆好兄弟也。贼众咸喜，遂拥见戴，且述其语。大镐身长七尺，骨干修伟，见戴长揖不跪，戴异其状，且恶其倨，大呵曰：若与我何旧？得非官军营弁来侦消息乎？命缚出斩之。大镐大呼曰：我盗也，非弁也，君欲为盗而乃杀天下之大盗乎？戴奇之，释缚与语，曰：何谓也？曰：某学盗三年矣，而不得所归，闻戴掌柜非常人，特千里相投，不图今日之见杀也。曰：大盗云何？曰：戕人之命，劫人之财以为盗，其盗小。戕盗之命，劫盗之财以为盗，则群盗皆委财于我，授首于我，而盗乃大。大盗成，乃可横行一世。子欲为盗，必学大盗，欲学大盗，当资我，奈之何杀我？曰：汝为盗，能杀人乎？曰：能。遂牵三人出，曰：可手刃之，以试尔能。曰：此三人者盗乎？非盗也。曰：非盗故杀，盗故不杀也。大镐乃大笑曰：若是何足齿吾剑，请掌柜别择亲军以勇闻者，与较胜负，愿死无愧。于是贼中最号骁勇善槊者三人跃出，与角皆毙，贼众股栗，戴亦惜其勇不杀，然心忌之，防卫甚严，故大镐亦不能害戴也。大镐因此深自韬晦，侪于俦伍中，日以醉酒酣歌为事。

未几，掌柜下令攻宜城城，拔营往，大镐亦逐队行。至一处，溪流清激，长桥翼然，佯语同行者曰：我暍甚，思浴，汝姑前行。跳而下，已见桥下一土窟，草木阴翳，劣容一人，因屏气蹲伏其中，尽一日夜，桥上马声未绝也。良久寂然，始出，饥甚，远望道旁僻处一小屋，投之阒无人，觅食得绿豆数升，将煮以疗饥，又念炊烟久断，或余贼后至望见，将不利。遂出户四眺，果见三人荷戈来，大镐伪为狎昵状，急以手招遥，呼使近，语之故，且曰：得食可共啖，我惫甚，若为我炊。一贼欣然投戈，裸体俯拾薪爨，两贼赤膊坐地，取凉相笑谑。炊将熟，大镐乃笑取三矛评利钝，作距跃曲踊状以助嬲，谩曰：钝物何能杀人？我姑试之。出不意，一枪中爨贼背洞胸，两贼惊愕不及起，复一枪中一贼胸洞背，一贼疾起走出户，又追毙于阶下。乃从容取釜中豆饱啖，裹其余，取径兼程走宜城，径诣县门，大呼贼来。县宰惊问故，具道本末，宰曰：可奈何？大镐为画守城策，尽取居民、市廛、街道阶礦石碎之，运置城上，密布女墙间，盖大镐住贼中久，知贼畏飞石胜军器也。已而贼众大队至，见城上石如山积，知有备，气沮。大镐登城周呼曰：为我语戴掌柜，高大镐在此，可速去，不然且尽歼。贼愕然，遂宵遁。宰乃飞檄邻县，城赖以完。事平，宰上功大府，欲以首庸入大镐名，大镐毅然曰：幸脱虎口，得生还足矣，敢邀功哉？坚不允，乃止。

宰乃厚送之归，归后十日而王明至，王明亦桃源人，诚悫无他能，随大镐陷贼中，绝不相见，盖已不知其生死矣。归具述与主人相失后，贼逼令炊爨负担，鞭挞劳苦，屡濒于死。一日至某处，贼与官兵接仗，不胜走，官兵捉获二百人，王明与焉，闭置一处，刑讯惨毒，明历供被掠情实，无谎语。明日，又易一官讯，明供如前。又一日，易一官讯，明仍如前。凡五易官而五讯，明终无异词。五讯后，官乃分二百人为左右队，各造名册，载里居，忽传左队进，良久见两人执刃挟一人出，肩上各插一令旗，以次骈斩。是时明立右队中，回顾同队人，皆觳觫无人色，泪涔涔下。有顷，呼右队以次进，官按册问名姓里居，无他语，辞色甚和。问毕，人给一符一金，谕曰：若等皆良民，不幸陷贼中，今拔尔归见汝父母、兄弟、妻子，符以卫汝行，金作汝粮糗资。汝归，归语若长老、子弟，益勉为太平良民。于是众皆叩头泣谢，各领符取金，欢跃而散。盖王明所亲述如此。

噫嘻！高生杀贼如屠羊豕，勇固不可及也，迹其仓皇遇乱、死生呼吸之际，而能谈笑权词以解，使贼不疑，卒出万险以保其身而全一城，其功又何伟欤？乃抑抑自下，有而不居高，固奇男子哉？而如王明言，又可想见当日从戎诸臣，曲体朝廷宽大深恩，不妄戮无辜德意，然非王明诚悫谨愿，前后无异词，得不同为草菅哉？然则君子之处乱，其亦有道也乎？乌乎！教匪煽乱，劳师糜饷，用兵至七八年之久，然后敉定，夫乱之始，犹火之焰焰耳，不能扑之于早，遂至燎原而不可遏，谁生厉阶？可胜叹者，此高大镐之事所由书也。

案：分二百人为左右队时，便已决别良莠，其右队皆良，故皆释之。观其五易讯官，真得明慎用刑之道，其率师者必儒吏也，惜不知其时与地，无可考矣。汝怀附记。

宝庆形胜记

邓显鹤

邵陵之用兵，始于东汉桓帝元嘉詹山之叛，窦应明但筑城守备，未入其阻，盖苗巢天险，北方步骑，最难为力也。

至昭烈章武二年，零陵北部都尉举兵应汉，为吴人所杀。至晋怀帝永嘉五年，流人杜弢陷湘州，而邵陵内史遇害。至齐和帝永兴元年，邵陵人逐内史以应台军。至梁敬帝绍泰元年，太守刘棻救江陵，为其下所杀。自隋以前，战争多在中原，邵陵非要地，亦无重兵，故举事辄败。唐大历五年，王国良据武冈反，用兵者数年。宪宗元和六年，辰、溆首领张伯靖反，扰武冈，用兵者二年，皆不能平之。盖汉、唐武冈即今城步，其地万山峋崚，使二竖者，非迫于虐政，素蓄叛志，据山谷以凌衡湘，岂曹王、柳公单骑所能招哉？

邓处讷以邵州杀周岳，马希萼用梅山蛮攻潭州杀希广，元陷宝庆而李芾死长沙。盖宝庆者长沙之西偏，有龙山、石子坳诸山界长沙，而长沙处平地，有山不甚高。由宝庆而攻长沙，势若建瓴而下，由长沙攻宝庆，譬如拖船而上，故国于长沙者，有宝庆则可以御滇、黔，而国于黔、滇者，陷邵阳、新化，则长沙之西门不启矣。

李定国由枫木岭陷宝庆，而敬谨亲王没于衡州，度八十里山，而恭顺王死于桂林。盖武冈、邵阳有四望、高霞、黄帝诸山以界衡、永，新宁有八十里山、江头岭，城步有金子山，湖南界以界桂林，据诸山而守之，则衡、永、西粤御寇不暇。故武冈、邵阳陷，则战在衡、永之西郊，新宁、城步陷，则战在桂林之北门矣。

贝子彰泰度枫木岭而吴逆远窜，盖郡西有洞头、莲花、枫木、凉山界、龙口坳、牛家店、老牛坡、纸钱、笋芽诸山，循山而守之，则辰、沅、靖战场矣。宋张虎据新化，战斗屡年，故由新化下安化，则岳、常之城门尽闭矣。然则宝庆者，中高而四下，西南有事，不可忽也。今将各县险要具载于篇。

刘仙岩记

陶章沩

游风洞山之明日，遂游刘仙岩，岩为仙人刘仲远所居，故名。由山趾左折而上，石洞豁然，即石为磴，尽其级。又一石室，天光旁通，数洞相属，玲珑联络，缭石腹而达岩端，奇巧莫测，盖神斤鬼斧，作此重楼叠阁，与人槃嬉，吁！可怪也。

岩前极旷阔，奇峰拔地如笋。林中皆丹枫老桧，绮绾锦结。秋色正丽，山情转幽，于是读壁上之诗，想仙人之踪，徜徉而忘返焉。或者曰：造物之钟，异于是邦者，可谓至矣。使致之吴会之间，好事者施其结构，以游以息，必能益发天地之奇，惜其僻介粤岭，无有张其胜者，渐恐郁湮而不知矣。或又曰：一丘一壑之胜，览之易尽，则假于亭榭陂池，以娱耳目，若此邦奇观，天穷其技，人莫加焉。存其天以待其人，必有真赏也。

是二说者姑置之，独是粤山，可游者不胜数，而余之游兴亦未衰，恐游事日多而或忘也，爰分地志之，复园图之，无咎凡得诗若干首，合为一册而藏弆焉。后有游迹，则续存之。乌乎！羁旅异乡，使予日有可乐，而惟日不足者，非此青山与吾好友邪？

惜乎又将舍去，去而曰归亦可矣，而驰驱于风尘车马之间也，可胜叹哉？

伏波岩记

陶章沩

明日与无咎、复园登伏波岩，岩上有马伏波祠宇，故以名。

岩若削成，壁立百丈，下临渊潭。好事者就岩隟凿磴构屋，游人槩空以遨，江水即焉。急濑跳波，来若奔马。抵岩忽止，寂然无喧。含声蓄影，意与沉冥。举目纵览，则隔岸诸山，势皆向岩，苍翠万状，如髻如簪。影或落江，绿侵渔舫。布帆沙鸟，悠然而过。相与啜茗闲坐，徘徊久之。山川清气，满我襟袖。却顾二客，各有会心。

嗟夫！马伏波之南征也，建立功业，行佩金紫，不负其慷慨大志矣。顾乃言其在浪泊间，下潦上雾，毒气重蒸，卧念从弟少游平生时语，以为不可得，何言之悲也？今我辈遭时太平，亦无进取功名之志，假使如马少游所云，衣食裁足，守坟墓，乡里称善人，斯亦足矣。而为饥寒所驱，漂泊岭峤，舍故国之山川，觅他乡之名胜，而即今吊古，如伏波之功业已为尘土，徒见夫山高而水清，况我辈偶然游迹，转瞬之间，已为乌有，亦何足道哉？

于是与复园、无咎乐而转悲，俯仰而三太息也。

栖霞寺记

陶章沩

由伏波岩唤舟渡漓水之东，过花桥，抵栖霞寺，寺宇宏耀，游人颇多。

寺院折而北，台榭倾圮，行蔓草中，所履甚平，而所见特险。苍石层累，绝壁如砌，高广并数百尺。石罅多瘦木怪藤，枝叶掩冉，若缘墙薜荔。大风北来，摇撼众绿，涛鸣波旋，危石欲坠，一步一骇，舍而去之。还过寺院，折而南，怪石横出如奇鬼，意欲攫人，蹑其跟趾，穿其腰腹，抉其口鼻。却坐下视，桂城若砺，漓水如带，烟树原田，绮铺绣错，盖所履则险，而所见则平，与前异致矣。遂历七星岩、四仙洞，遍观石刻。

还坐于碧虚亭，山童束组以请，曰：星岩之下有奇观，烛之可见，愿导以游。予与复园曾游，不愿往，无咎欣然独行，阻之不可。噫！无咎特好奇而不知所从也。盘洞而下，深黑若隧，所恃者火耳。风嘘云触，火不可恃，况如所称老僧暴衲，渔翁撒网，状类虽多，大抵石乳凝结，庸人妄为指似，皆习见熟闻之物，非有异形诡状，使人可以喜，可以惧，为平生所未经历者，岂贤于振衣千尺，纵目百里，披云霞而狎猿鸟乎？复园曰：然，俟无咎出而问之。

季寿叔外舅《桂林游记》凡八幅，皆徐复园画，易无咎皆有诗，为舅兄子立所珍庋。余乞之不可，则强分其四。子立殁于山左官所，兵火之余，先人手泽，不知尚无恙否？而此八幅，竟无由合并矣。何绍基谨记。

榕树楼记

陶章沩

复入西城，徐君曰：近有胜处，不可以不游。欣然从之，折而南趋，盖一楼峙阛阓中，初不觉其异也，既登楼，古榕布阴，覆檐如幕，楼故得名于此树也。

楼之下有塘，阔数十亩，竹树环绕，树巅远山，若露修眉。清风徐来，水波鳞鳞，而楼前老榕，与四围之竹树，摇空照水，万影团绿，变弄姿态，以为客娱。其所见如此。

然吾以谓此楼之胜概，尤宜雨朝与夫月夕也。它日雨中，必踏屐而来，二子其能从乎？惜乎中秋已过，未尝携酒来赏，而为今日悔也。然吾之见事每迟，而悔于后者，独此楼也邪？

湖南文征　卷五十二

记十一

学耨斋记

彭浚

吾族自江右来衡，先世皆力于农，至高祖骙园公笃学力行，有积德，生子二。伯曾祖衡陬公以名进士起家，眷怀旧德，颜其堂曰恒农。先曾祖碧垣公由一第擢明通，粹于学，尤厚于德，遂以耕德名堂。嗣而伯祖云亭公题于居室曰步耕山房，先祖松泉公亦题居室曰亦步所，盖弟不先兄之意，亦均承父志耳。

夫耕农之始事也，始之则必继而成之。甘雨时降，嘉禾遂生，既沾既足，发荣滋长，而获丰年，慰耕者之望存乎天。百谷既播，良苗怀新，是穮是蓘，剔草芟蔓，以培嘉植，继耕者之志系乎人。惟学亦然。《礼》曰：讲学以耨之。以云继也。余小子德不足以继先人，而书泽之存，拳拳勿失，亦深惧耕而不耘，草其宅之耳。至其成也，犹有待。

京居堂侧，拓厅二楹，有藤一架，夏雨初过，开窗延爽，丛碧侵人，曾署为小碧山房。志曾祖之别号而额之，窃惧其近于亵，因名曰学耨斋。时嘉庆庚午仲夏中浣也。

浮石记

彭浚

石可浮乎？曰：不可。岁丙子，余过耒阳桐木，宿于族之书斋，其左为家祠，右则聚居四五村。族人食余以鸡黍，有诸生郑某在坐，言此地数十年前，某祖若父皆讲学于兹，彬蔚可观，故啧啧称桐木彭家，今皆家道中落，老成凋丧，不胜今昔之感云。

族负山而居，山形名狮子，树木阴翳，大可盈数抱。其趾多石，白者可以取火。内有带土形者，色黄，中有文理，杂白蜂窠间之。投之于地，其声硠硠然。受以斧，则泥粉稍稍坠而大体无损，抑似强项而未可侮。手举之，则轻如非石者。置之水中，若瓢焉，浮而不能沉也。噫，异矣！或曰：天气轻清，地气重浊，至地秉乎天，其刚柔燥湿之不同，犹阴阳寒暑之在天。产于地者，亦视气之清浊为轻重，泗滨浮磬，《书》有之矣，兹其得气之清者欤？余曰：以质言，则石取其坚重，不得言浮，如人之生，得阴阳之气以成形，观其自立，必士端农朴，男悫女憧，戒奢而崇俭，敛华而就实，用以保世滋大于无穷，不然辄败。故砭石以箴懦，介石以比节，石而浮，岂石之本性也哉？

时仆夫载三石以归，余固不之取也。因书其义以示族人。

重修五贤祠记

符鸿

古之人行高天下，则天下闻风景慕，而当一国之近，以至一乡一邑，则被其泽、熏其教者，思之愈不能置，则宜祀之不祧，故古之仁贤众矣。

近在一国则祀之，若我江侯闿之祀十九贤是也。在一乡一邑则祀之，若我李侯忠之祀五贤是也。五贤者，为周楚屈原，则桃江天问台遗迹在焉。盖原放逐江南，尝侨寓于斯者也。为汉诸葛孔明，则县郭中故井存焉。盖公佐先主，调江南诸郡租赋，尝经理于斯者也。为宋张乖崖咏，是尝宰益，而压波之烈犹存。为胡致堂寅、张南轩栻。南轩讲学青修小庐，尚传遗塾。县志有小庐精舍，郡志称南轩讲塾。致堂徙籍潭州，尝弃官归隐，其于益必尝所游历者。李侯之崇而祀之，盖非苟已。祠初建于学宫侧，明嘉靖间，刘侯激创龙洲书院，复建祠尊经阁后，为铁像五，其制巍然，大视人逾身有半。时聘蒋道林信开讲于斯，道林没，人思其教不忘，乃增祀学宫侧之祠，是为六贤。

国朝康熙甲子，江侯复因六贤广为十九，建祠五贤祠之旁，所祀则汉贾太傅谊、关忠义，晋陶桓公、谢文静安，唐褚登善遂良、杜子美甫、裴公美休，宋唐子方介、岳忠武飞、朱文公、真文忠德秀、辛忠敏弃疾、李忠节芾并旧六贤为十九也。以皆尝仕游于楚，故祀之。乾隆丁卯，高侯自位修复书院，改正祠向，以十九贤于五贤有重出，乃减其主为十四，祔五贤上龛，而十九贤祠废。已而学宫右之六贤亦毁，而是祠者，遂岿然独存。乾隆癸巳，冯侯鼎高始加重葺，嗣是垂四十余年。嘉庆丁丑，邑绅蒋文轩煦，捐修书院斋房，于是祠独未及措工。予自丁丑摄讲席于兹，相继三载，睹其象日漫漶剥落，其堂日就倾残，且嫌迫促也，时思所以新之而未得其缘。

庚辰，予仍主斯席，经管书院者，邑绅胡君显韶、臧君逢善，而邓君阜连岁同事志馆，予因以重修五贤祠向商，邓君慨然诺为己任。俄而李侯光瀛偕两学送诸生登馆，予举以告，李侯辗然称善。因言蒋道林于书院有讲学功，旧祀六贤祠而今已废，是地铸象限以五数，不可增，然道林之祀，断不宜泯，思惟张乖崖别有专祠，又祀名宦，可无庸渎，宜以道林易之。又言书院中为文昌阁，诸生上学，仅谒文昌，不及孔子，亦有缺典。今文昌正祀已迁城中，曷若于此移其象于祠，而设孔子之位于阁乎？众佥曰：善。邓君乃遂选工购材，规祠之前廊并为堂宇。又前为过亭与讲堂接，余门壁龛楣，一一鼎新丹黝。重装五贤及文昌象。乃如李侯命，于五贤易乖崖为道林，余仍其朔。旧各有木主，遂因而新之，分设象前。余十四贤旧亦有主。乾隆乙巳，邑先达蔡二然璨主讲于斯，曾以赵文肃贞吉易关忠义，今亦仍而新之，乃移文昌于祠内上龛之中，十四贤分列左右龛。又江侯、高侯旧亦有主从祀斯祠，二侯者，惠政在民，且有功书院，宜食报于斯者也，亦循其旧，分列十四贤之侧。

凡此诸工，计共费金二百，皆邓君独力成之。乃于阁因旧文昌龛座加之缮饰，敬设先师孔子神位，阁前仍额曰尊经，则臧君捐资理之。凡两越月工竣，书院之制于是厘然具备。顾或者谓，昔五贤讹为五岳，江侯考而正之。后犹诸佛梵杂祀其中，冯侯迁而别之，今并祀文昌，可乎？曰：文昌者，本诸星官，所谓斗魁戴匡六星，曰文昌。《周官》祀司中、司命，即其中星，后世主其祀以人，犹五帝五行之本天神，而主以人神耳。故曰自外至者，无主不止，且其象为文明之主，其化为德行之崇，是以载在祀典，享以春秋，岂异氏比哉？或又以像者二氏之所为设教，以奉诸贤可邪？曰：不然，自汉灵帝时画孔子及七十二弟子象，后代虽圣庙皆以象祀，洎明洪武间始更木主，刘侯之为此，盖旧之通制，非故然者。今制自圣庙外，象非所禁，而又何议与？惟夫十九贤者，高侯尝欲正之而未敢发，今犹其意也。

若夫五贤者，遗踪在益，余泽未湮，今为重新其祠，俾后之人讲学于斯，展祀于斯，仰其遗象，缅其休风，思其政教，观感则效之心，必有发于不容已者。是以仍目其祠曰五贤，从其朔，且明其切也。既成，李侯属以其意为之记，于是乎书。

杨统制祠堂记

蒋舒惠

宋统制杨再兴殉难于小商桥，其子弟家人，褪其骨灰，携其遗甲并二铜锣以归，建祠于夫夷之南乡大绢。

其甲长大无伦，想见其容体之魁梧奇伟。其锣雌一，雄一，子孙恐古锣之神而为怪也，埋一雄于地中，上植樟树以镇之，六百余年而青葱茂翳如故。存其一雌，遇祭日，择品行端方者声之于祠，以三为度，外此不得妄动，动则疠疫作焉。或有无知儿童嬉戏声之，则疫大作，说者谓见怒于统制之神，而以疫祸之尔。余曰：人则自祸，神乌能祸人？夫水旱疠疫之灾，有造物者司其权，非神灵之所擅用也。杨统制古之仁人也，其忠魂在天，必将为民捍大灾，御大患，今即不为民捍灾御患，而以一锣之声之愆，遽降祸于子孙黎民，岂仁人之心也哉？然则锣之愆夫声也，疫何为而作也？曰：物失其常者凶，故应鸣而不鸣与应不鸣而鸣者，皆凶兆也。是锣之以三为度也，常也。声锣者之失其度也，愆也，其兆凶也。礼之三揖而进，三让而退，常也。忽有人焉，揖让以四以五，则容止失常而精神不守。执玉高卑，子贡所以卜邾、鲁二公之亡也。

夫霜雪风雨之不时，中于人而为夭札疵疠，而适比于锣之不应声而声，声锣者不自知，亦非神之所得知也。然则夭札疵疠，岂杨统制之仁人为之哉？

啸岩记

蒋舒惠

士固有特立独行，隐居深山，不求人知，无万钟而富，无黻冕而荣，无阿弥而佛，无导引而寿，无丝竹管弦而和者，而名山佳水、灵泉异石之处于荒隅遐陬也，亦往往而然。

丙子岁，会安循斋先生延修宁邑志乘，遇首事刘时兰道及宁之奇胜，无如啸岩，余曰：何也？刘曰：今岁六月间，至邑之北乡龙回村，人烟颇稀，日已晡，思得茗而饮之。闻山中钟声，以为必有寺观，周围觅之而不可得。忽见巉岩中一小径，彷佛有人迹，徐步而进，得一石洞，可容一人行。又数十步，奇胜天开，光明洞达，庵院五六座，上生石观音，魁梧庄严，望之肃然起敬，岂非无阿弥而佛、无导引而寿者与？又生一石钟，山之上有泉滴焉，其声清越以长，其韵油然而幽，击之则洪大窾坎，虽魏武子之所铸，师旷之所听，不是过焉，岂非无丝竹管弦而和者与？于是拥烛入第二洞，石禾仓二，周数十丈，玉树一枝，高二丈余，挺然特立，无阿附柔媚之态。第三洞玉田数亩，玉江一溪，玉坝一所，万顷琉璃寒彻骨，疑是银河落九天。第四洞一金山，一银山，削出秀芙蓉，如登瑶台仙府，方之蓬莱方壶，无不及焉，岂非无万钟而富、无黻冕而荣者与?

余闻之，欣然欲往，时操笔墨而不果。后志乘毕，邀采访诸人往游。登其山，竟迷离烟雨，无处问津，而后知此为方外之山水，不许方内人知。海中之珊瑚犹可网，而此中之玉树不可伐而披也。乌乎！孰谓山林泉石之隐，不如接舆南郭之高也哉?

三十六琅玕图记

唐业谦

己卯夏五月，叔陶山观察权江南河库道事，谦来袁浦，得相从，欢甚。厅前植竹数行，葱蒨阴森，望之如翠玉，可珍爱，爰名所居室曰三十六琅玕。

适吴郡周君雨香来为之图，而以谦列侍，且命为记，谦曰：昔晋阮籍与从子咸为竹林之游，一时七贤毕集，啸歌觞咏，称衣冠盛会，将得与之后先辉映乎?窃谓嗣宗之为人，越礼惊众，不肯龌龊世故，固所称高士，而傲睨自恣，未蹈中行，且其时尚清谈，士大夫虚无诡异，故乐隐于酒以自晦。公抱负经纶，风云会合，在官职，所至有清勤声，性好恬澹，胸中坦夷，时复确乎不可拔。尝与人道今古上下议论，慕东方曼倩，不当以阮籍比。

若谦者，资禀篴脆，非有识微神解，学日浅，碌碌安得颉颃古人如仲容青云器哉?抑又思竹之生挺特端正，干霄直上，其中虚，其节劲，与公生平气概有符契者。然菉竹篇咏君子曰圭璧，将优游四注之廊，偃息南窗之下，猗猗数十竿，俨立相对，温润缜密，穆然与万化冥合，谓人如竹可也，谓人如玉可也。谦虽蕞陋，无炳蔚可观，得所扶植，厕身大雅之林，轶混浊而鲜清英，俾克自树立，不随流俗汩没，亦将愤发，企古人而从之，非一生之大幸欤?

图既成，谦将有远行，他日竹林清话，赓续群彦，傥重挹九天之珠玉，则更幸矣。遂援笔为记。

登铜山记

唐业谦

道光九年正月初二日，余以巡缉捻匪公出，越四日至泌阳县大路庄，虑匪徒出没于山岩之中。县故多山，而铜山为尤著，志称其上有三天门，恐匪徒之匿于斯也，欲往搜焉。皆曰兹山高耸千仞，怪石崚嶒，车马不能上，仆隶不能从。余决意往，莫敢阻。

相与逡巡至山下，但见怪石堆阜，如鱼鳞之杂沓，层叠而攒蹙也。如虎豹之蹲踞，狮象之攫搏，逼仄而掎角也。乃屏骑从，选干役，召其土人，取家中所设木椅，凭之而坐。緪以大索，前者挽，后者推，数十人爬沙扶掖，当此之时，一跌足则碎首，众皆骇汗喘气，猱升鼠缘，遂躐头天门焉。石壁摩霄，径路夐绝，舉者稍憩，乃延伫而望，见其旁处空曲，露一线天，问之人，曰：此二天门也。下临深岩，仅可一人行。磴道盘盘，约数百级，余奋起曳衣而登，众随之登。低视踽步，则又悚息惴惴，竟跻二天门。由石门而入，地颇平夷，有一小庙，甃以石，余力乏，席地而坐。少间，道士出拜。望其上，甍栋深隐，若更有一重山者。余曰：是所谓三天门邪？道士曰：然。又偻行数百步，乃至焉。至则过仙人桥，谒祖师庙，观龙湫岩，泉滴涓涓，经年不涸，盘桓久之，则三天门又上矣。

余乃拊手而歌曰：巉巉之石兮垒为天门，谁其来兮抉云根？既而慨然曰：昔王阳过九折阪，驱车而返，曰：不敢毁先人之遗体。后王尊过九折阪，曰：车驱之，车驱之。王阳为孝子，王尊为忠臣，二人所见各异，而各有道。余守是邦，以事来登高履险，亦奉厥职耳。为王阳之孝固难，为王尊之忠岂易哉？抑又闻谢灵运为永嘉太守，常著游山屐，所至山水，无不历览，论者谓其时士大夫风流相尚，而政务多疏。方今朝廷清明，讲求吏治，太守即欲肆意于山水之间，万万无暇，乃不意因公夙驾，成兹胜游，则谓太守之从役，即为太守之游山，不亦可乎？为绘图以纪其事。

寻淮源记

唐业谦

余少时读《禹贡》，导淮自桐柏，习称淮水出桐柏山，而未详其地。及出为南阳太守，属邑有桐柏县，心窃喜，以谓昔时欲考淮源而不得者，今乃庶几得之。

其后有事桐柏，入县界，望见冈峦重复，问其山为大复山。山下河形甚宽，涓流一线，即淮水所经。迤逦至固庙，距县尚远，因小憩。庙祀禹王神，规制宏敞，甃井三，其二在庙内，一在庙外。相传以为淮井，建碑其上，曰淮源，尝疑淮水之源，即在是井欤？古人所谓出山下者不合，而舍是井又莫能指其他处。

道光九年三月，余复以事至桐柏，宿固庙，访之土人，则曰：淮源尚在山巅上，相距三十里许。遂欲往观焉，吏人难之，曰：山势高且绵亘，非车马可到，况雪水方融，山滑难行。余谓之曰：尔其虑吾扰乎？吾为山人之行，不为太守之行，何扰？且吾乘兴而往，万一道滑不可步，则废然返耳，又何患？难者语塞。乃召土人设小椅肩舆行，缠以大布曳之走，骑从皆息庙中。方近山下，水从石罅流，粼粼可爱，遂上山，山冈突兀，皆土阜少石。有樵径可循，行至山腰，土人呼为接官亭，基址无存，见一井，酌水尝之，味甚甘。又行十余里，至山颠最高处，谒淮渎神庙，庙下有井，土人曰：此真淮井也。井不大，覆以石板，乃知所谓淮源者，盖在于是，意固庙之井，为淮水伏流所发见欤？因思淮本四渎之一，《礼》曰：凡天下名山大川，在其地者莫不有祭。淮之祭由来已久，往时祭淮渎，或于此山之庙，故有接官亭，其后颓废，毋乃因差使烦亿，夫役疲惫，小邑受其困，遂改建于邑中而祀之欤？

庙有一道士，供奉香火，贫难自给。余踌躇久之，越明日，告诸邑令宁君曰：邑故有庙，秩祀常崇，第兹庙在山巅，淮水所从出，其可缺祀？今将议修淮渎庙，若以余资稍加葺治，俾道士不至困乏，奉香火足矣。然吾因之有感也，自少时读书，欲考淮源而不得，至长来守斯地，问之土人始得之，岂所谓学问至刍荛者邪？是行也，天气晴朗，路干洁，往返竟日，非余有向往之诚，几为胥吏所绐，虽欲考淮源，亦不得矣。噫！胥吏之口不可用，天下应为之事，往往见沮于胥吏者岂少哉？是为记。

重建西昌书院记

贺长龄

新建自太平兴国六年分南昌为县，续建书院四十余处，西昌其一也，今皆无一存者。西昌建于邑令魏双凤，在县治旁，尘嚣不可居，废之非一日矣，犹存其名，稽始也。事不责实，存其名已可伤也，靡不有初，鲜克有终，凡事类然，非仅为书院伤兴废也。

省会旧有三书院，豫章创自南宋，中祀二十四先生，友教因子羽而得名。洪都为东楚地，班史言子羽居楚，友教士大夫是也。东湖成于宋嘉定间，县丞丰有俊，辟李寅涵虚阁故址，以馆游学之士，故为南昌书院。今河督黎湛溪先生续修之，有湛溪夫子讲堂之称。嗟乎！教化行而风俗美，师道立则善人多，斯言良可味也。

前此合县诸绅士，商复西昌书院，谋于今吉州郑梦白太守。太守时宰新建，慨然曰：教养，守土者之责，以文章道德从吾游，吾能不尊之哉？因于澹台门内择地而更新之，复得令尹李君石溪奖励焉，鼓舞焉。肇建于嘉庆丙子，落成于道光辛巳，岁六稔而功竣。门则伉如，堂则靓如，左右两旁则翼如。涂丹垩，缭周垣，与夫焚膏继晷之费，笔札馆谷之资，无不经营而尽善焉，是可谓有始而有终矣，是可谓实至而名归矣。书梦白夫子讲堂者，仿南昌也。

夫居官有一行之善，而民即不谖若此，况有功德于民者哉？诸士肄业其中，朝受业，昼讲贯，夜服习，亲师，论学，取友，不苟同于流俗。教者有不倦之心，学者有不怠之功，蓄道德而能文章，处则为正士，出则为名臣，吾为尔多士望矣。借非然者，始则勤而终则惰，实不称而名虚悬，功隳于半涂，事败于垂成，城阙贻讥，茂草兴叹，吾为尔多士虑矣。可不惧哉？可不惧哉？是为记。

汤楚儒赠公遗像记

唐鉴

余尝闻乾隆间凤山殉难之事，每神往而心驰焉，而未得其详也。一日雨，生协戎称其先赠公楚儒先生有遗像，示以同人题赠之作，属缀言其间。吾观协戎修伟有雅度，与人交，澹而笃，未尝不想见先生之为人也。

及读先生《与竹居弃稿》所载《传》《赞》《志》《诔》诸篇，大抵皆言先生豪饮放歌，喜大言，不屑绳检，工诗，善鼓琴，傥所谓儒者之狂欤？夫人惟有真性情，而后能见天下之真理。惟负大气概，而后能持天下之大节。古今来纲常名教，皆一二英伟贤豪扶持而匡正之，使之不颠不坠，不沦不斁，以长存于两间，即遇事有难为，势不可支，而此刚强劲直之气，足以正人心而维风化。如先生者，前日之狂，即后日之殉义也。使先生不遭凤山之难，养其才气，扩其性量，其所树立，当必有大异于人者，而乃不出此，亦可伤矣。然而天之予人，忠孝其大端，先生以忠成孝，以孝殉忠，为天下万世植纲常，垂名教，儒者之道，又孰大于是哉？

余未得仰见先生之遗像也，谨识数语以为敬云。

楹语记

唐鉴

臬廨西偏有池有亭，道光戊戌春，鹤来止焉，饮啄自适，无猜无獝，偶一鸣，清响振云霄，噫，何其高也！

夏池莲帖水，出于亭亭，从泥中挺立，花洁而不滓，虽盛暑，有清风徐徐来，此其品为何如？可以为鹤伴矣。鹤之来也，有意邪？无意邪？避尘嚣邪？觅俦侣邪？吾不得而知之也。莲凡处皆有，未尝不入俗，而实未尝污于俗。其生于池也，未尝有异，非同鹤之为世罕见也，然而鹤之高，莲之清，是皆君子之所取法者。

爰为楹语以记之，其楹语曰：亭前日暖常留鹤，池上风清独爱莲。

行乐山房记

罗光奕

昔司马温公居洛下，筑独乐园，自号迂叟，谓人有同其乐者，愿与天下共之，此伟才硕望，后天下之乐而乐者也。邵尧夫著《击壤集》，名其居曰安乐窝。当时里人于所游息之处，复构为行窝以待，则自乐其乐，而人亦与并乐其乐，非所称天挺人豪者，尤不及此。

余自早岁受书，身弱多病，家政归仲兄经理，日侍亲侧，菽水承欢，颇得至乐。中年益自颓放，莳花养鱼，阅方书，理钓筒，浮云富贵，渺若天外。次男绕籍博一衿后，俾我耕稼。长男绕典官京师，近复督粮关中，陈臬山右，撙其廉俸所出，寄助老人薪水。余老矣，安车屡迎，雅不愿以衰鬓颓颜，复受风尘之苦，乃以杖头余钱，小筑数椽，颜之曰行乐山房。

房楼岑锐，与老屋齐。楼下小圃多新花，可娱目。仲兄今年八十有二，腰脚尚健，风日清美之候，率相与灌畦引水，倚槛看山。子侄孙曾辈撰杖牵衣，亦乐与老人共笑语，昔人所谓叙天伦乐事者，庶或近之。是则尧夫安乐，自有行窝，何待里人别构乎？若夫庙堂黼黻，霖雨苍生，以温公之独乐、同乐自期许，是有望于吾子孙之贤者，非太平识字老农所计及也。道光二十一年月日，省庵老人记。时年七十有二。

首望山记

邹文苏

新化之山，传自宋以前者凡三，于晋得《湘中记》之文斤焉，于魏得《水经注》之首望焉，于宋得《九域志》之长龙焉。文斤之传也，或曰以其景幽邃旷奥传，或曰以仙传，或曰以祷雨有灵应传，而不知实以清白吏传。长龙之传也，或曰以其形独长传，或曰以其状肖龙传，而不知先王画野分疆，必借名山川别识之，则实以其地控扼吭喉，为新邵关锁传。独首望山，其传不可得而闻焉。

神禹、伯益奠高山，述《五藏山经》，其有取于山者，为其亭峙耸屹，终古不移，不如川流，经数岁而辄改，故书以为万世谈地里者宗。尸佼、刘安论水泉所起，亦详天下名山，犹斯志也。若是则山宜传，而山之出泉者，尤不可不传。郦书言高平水出首望山，则首望以高平水传，然高平水行不二百里，彼且不能自传，又安能传首望哉？《小戴记》曰：凡山川能出云，为风雨，见怪物，皆曰神。首望之山有卢慧之尸焉，凡所为触石而出，肤寸而合，崇朝而雨者，首望咸有焉，而又有名禽异卉，环石清泉，沉香、黄连、薞苓、芝术、射干、天麻、鬼箭之属，仙药备焉，则首望之传，殆以是夫。

夫山各有其可传，而说者或谬，则既有其可传，又必有知其可传者，而其传始真。余长于首望之隈五十年矣，而不知其所以传，又搜披《郡国图经》，推寻之，拟议之，而愈不知其所以传。逮今陟其颠，观其体势，穷其形胜，询其兰若之名僧，访其溪谷中华发堕颠、庞眉鲐背之老，而始知其真。因叹夫士之耽典坟，嗜经史，搜百家言，讨论古今文辞赋，旁通星历、算法、技术、河洛、纬候、钩谶、内典、释藏，目不窥园，夜不解带，忘老将至，或隐而不传，或传而不真者，何可胜道，知我者又何可希哉？是日也，余喜得山之真，因记之以诒亲交。

对岘亭记

郑敦允

岘山之北为檀溪，溪之北为襄阳郡城，又北为周樊侯故城。先是，溪水自鸭绿湖襄驾而来，至万山西岐为二道，分绕郡城，一由郡南径檀溪逶迤东下，一由郡北贯襄、樊二城而下。汉胡烈、唐张柬之相继筑大堤以卫郡城，明杨一魁直接万山，筑老龙堤，塞檀之隘，于是水始合流郡北。岁久，渐啮樊城南岸，浸及城堙，坏民居十四五。檀溪既夷而为田，樊城复半没于水，昔人慨念陵谷时有变迁，殆信然与？

岁戊子，余来守是邦，士民合词请甃石堤。暨吴司马云门白之上官，道宪文公亟韪所请，命为董其役，余乃日诣其地，相土宜，规水势，亲为量度可否，以次兴筑。

阅二年而毕务。堤之袤计四百丈有奇，高一丈五六尺，下阔二三丈，面阔四五丈不等，虽工累巨万，若宿成焉。夫水分则势杀，水聚则力坚。汉水十里九曲，最称难治，而二城首当上流之冲，旧分为二，今迸为一，势尤迅驶，故易溃决，而其地为水陆交衢，亦一中州锁钥，安可听其废弛？则修堤防，开道路，虽属民事，实守土者之责也，故乐与士民殚竭心力，以蒇厥事焉。

堤既成，士人建亭其上，俯临汉水，仰对岘山，余为名之曰对岘亭，欲使此亭此堤，长与岘山相对，不随汉水之分合为变迁也。因从士人之请，书诸石以志其颠末于此。是为记。

唐母徐氏节义记

赵先雅

龟台益近郊一屏障也，昔人建书院其上，瞰江抱郭，踞山水之胜，合图书之奇，迩复于其麓创斗魁塔，与江北三台塔、江间魁星阁相鼎峙，称巨观。好义者复置膏火，葺斋房，肄业彬彬，人文日盛。

丁丑，予自词垣乞假归，见而美之，寻反都门，里中来京者复为予言，书院临江旧有径，久为荆棘梗，瓦砾塞涂，近辟而甃之。自院旁下迄江干，凡数百武，皆垒石为级如梯，并竖石为龙洲书院坊，屹然江岸，益便登临壮观览。询其工，则邑唐子万经之母徐氏捐金数百独成之，予不禁钦然曰：有是哉！此吾亡友紫庵之淑配，尝以节著者也，乃复好义如是乎？忆吾与紫庵旧，同学时俱年少，交甚欢。紫庵磊落负大志，不幸早殂，其妻氏徐，年二十有八，遗嗣万经、万纬，俱幼稚。氏毅然以持门户，抚藐孤为己任，嗣是家日起，子勤学，万经屡应童子试不售，乃与万纬先后援例入成均。氏治家整肃，闺门内无嬉笑诟谇声，行年五十余，动必以礼，家人无大小咸敬惮，冰霜之操，里党称颂，无闲言。始万经来谒予，执故人子礼，缕述其母之苦贞，乞为之传。予时谋北上，未有暇，且以生而立传，不如姑俟诸异日，然心窃志之，不敢忘。

今闻是举，益叹其义之著于一乡，裨于一邑，倍可信其节之贞诸平日，永诸百年，宜亟表而出之，以为风俗励也。因掇而记之，邮致诸唐子，即以是为传焉可。

家塾记

李绍莲

予家塾五间，缉茅盖，广寻径丈，高不及常，总角时读书处也。继而颓，颓而重构。因予出就外傅，嗣又友教于四方，不为书馆者二十年。

岁乙酉，予失馆，且以儿子作新、作城未从师故，遂寓于此而教焉。前檐最低，光不能遍照，因剪其茨，且凿后壁以为牖，牖成而天日之光，烟云之色，交映于几席。予熟视良久，顾谓二子曰：小子识之，自古惟我自有之者为可久，亦惟我自有之者欲有为而立就也。念予教馆于外，五六年间，所遇高堂广厦多矣，于以贮琴书，聚讲贯，非不甚足，然其进退予夺有主之者，岂惟才不得展哉？亦使予今年南，明年北，而靡有定也。近如去年新市之馆，左回廊，右静室，美矣。至于九月，而有毁坼之患。继迁锺氏之宅，高甍碍鸟，美有加焉，然主非其人，业许今年聘而不果，孰若斯塾之设？吾幼学于斯，吾继从吾父重构于斯，今又携尔曹教于斯。茨可剪也，剪之而莫吾御。牖可凿也，凿之而莫予辜。天日之光，烟云之色，可爱也，收之几席而莫吾禁。

小子识之，自古惟我自有之者为可久，亦惟我自有之者欲有为而立就也。夫天下我自有之而可以久，可以欲有为而立就者，岂惟家塾哉？吾愿尔即小以见大也。

沩水舟行纪略

罗鉴龟

沩水源发黄材，势如建瓴而下，至新康靖港入江，计程约百五十里。其流潆洄，绕山曲折，舟行如游沼池，不见其出也。郁积蟠结，土膏肥美，素封之家，望衡对宇，其椓杙横截、垒石为坝者百有余。坝端倚岸留洪，以水为机，以转筒车。筒车形员如车轮，断木为轴辐，午贯之内盘，十六重为外盘，参差置辐承其杪，数五倍之。斜系筒数十于辐颠之间，筒长三尺余，有底，旁掩以箦，纵稍缩于筒，横尺许。岸植木为二架，盛轴之两端置水中，水与箦薄激而旋转，筒饮水满，以次沥出如酌。架有曲尺枧，接以灌田。坝之中则留洪以通舟，舟名乌舡，莫解其命之之义也。闻造于黄材者良。

宁地沃饶，足谷米，烟、铁、薪、炭诸货，懋迁有无，资其般运，而安、益、湘乡之界宁者亦如之。故樯影上下，如栉如墉，欸乃行歌，宵旦响答。河身宽者数十丈，隘者数丈，风帆不利也，而洪狭流急，即篙师之能者，篙稍失势，虽将上犹复从流而下，二人不足，增数助之，甚必减载，然后克济焉。邪许謣與，一登则訾謷笑噱，靡所不有，而自上而下者，稍左右分寸，则舟为杙损，糜碎沙沉，故沩水之舟子，乘风破浪，或非所长也。至行舟以力，实捷而有神，又能使水如佣。方其溯洄而上也，火伴开头，后者呼取盘杆之属，前舟举投之水，虽相距寥廓，流触其舟，绝不他适，俯而搴之，如拾地芥。舟首有孔，维以索钩贯之，其上洪也，一舟既登，以钩挽后舟连之，不烦号召也。即杳不相识者，无德色，无倦容，维舟食息，邻舟素未谋面，娓娓剧谈，坦然不疑，虽击鲜炰羔，亦会食无猜。受者初不以为惠，何人我之见，交相忘也。此二者殆风俗之醇美者欤？硁硁小人曰：世之扬舲湖海者，詟魂栗胆，操奇赢于狂飙骇涛中，是以性命与货糈相角逐也。

兹水广如衣带，无风波之虞，密迩里居，筹持利获，且竹树畅茂，两岸笼舟，名禽时花，四时不断，壹似天悯其劳，而酬以清妙之况者，行行不落寞也。若夫鲜明如镜，游鱼鳞鬣可数，渔舟一叶，散布瑟瑟澄潭，密网截围，没水籍刃者，时攫巨鳞于绿波翠潋中，泼刺而出，而流溆触杙，从罅隙迸涌，望之皑然而白，如置身于雪碗冰壶，水晶宫殿景光，尤不易觏焉。

彼目慠耳佣，安安而揽之者，若一任西湖、虎丘，三岛十洲之名胜，举无足移吾情怀，纷吾游棹也。己卯闰月十一日。

书夏雨

罗鉴龟

管子称夏雨雨人。雨泽四时，利赖而独言夏，岂不以苗之蕃熟，百昌生殖，胥赖以成哉？晓岚纪氏谓：有天雨，有龙雨，油油而云，潇潇而雨者，天雨也。《礼》经天降时雨，山川出云是也。疾雷震电，不久而过者，龙雨也。《易·文言传》云从龙是也。谚云：夏雨分牛脊。谓有无之界，其判最微。尝试验之，百不一失，殆所谓龙雨欤？

予家居山止湖起之交，百三十余年矣，其田与圩壤接不半里也。北望洞庭，百里而遥，无卷石之山相间隔，惟其地承山之委，部娄夷旷，无流泉浸润灌溉，恒苦旱。每逢五六月间，晴干课雨，跂望昏夜老龙潭之电，人无停睫。老龙潭，俗传介东北之间，其电以缓为准，谓之上水。当云霓望切，雷以时发，则老幼欢呼忻抃，果不一二日而雨，从无或爽。若其左右之电，各方之电，及他端之占，则有应有不应焉。察之在云汉之首，或曰河口是。又立春五戊，禁不动土，则降雨期数而大，不禁者期疏而小，亦有征而可信，斯皆理之可推而不可推者。他日之符验，又不知奚若焉?

犹忆丁卯之岁，自四月十七不雨，至于七月初九，薄暮周天皆赤，予告人曰：物极必反，雨至矣。初十之午，大雨如注，平地水深数尺，池之竭者盈而决，耄耋之老，惊未见焉。此又经历之深中大效也。初，田下湿而壤沃者，收可得半，高而硗者，秕而不实，商蓄稻孙而毋或刈之。议者谓经旱多矣，未闻蓄而获谷者，不蓄则秕可饲牲而苫可盖，蓄将两失。予非之。及得雨，有以成法进者曰：悉芟夷之，俟其发生最捷。或曰：择其颖栗者捋之，徐待稚之落实，陈与新将两取焉。或曰：禾茎松脆，捋则关节开拆而本亦摇，将不敷荣。况有水滋养，即陈与新并登，必不脱落。碾而为米，不过较新者稍形破碎，何伤乎?如其言，斗田获谷二石，一方赖以给足，吾家计充四月之食。其用他说蓄者，所获反是。

辛未之旱，我稼无损。乾隆戊戌、乙巳，吾乡旱甚。戊戌赖吾母在堂，予少不更事，凶荒之度，母卵翼之。乙巳田佃高姓，租仅数石，粜贷以给，糠核、羹粥、屑杂、豆麦、莱菔为饭，吾妻终岁啖之，余一餐犹难能也。彼其时，陂泽之蓄无几，其掘而放乎阡陌间也，又人人争相浥注，风日燥熯，故公潴易涸，而旱魃得肆其虐。今池水既浚而深，荫注之务，复择老于农事者专之，浅深一致，惜涓滴如金，故虽叠灾无害。非旱祲异也，御旱之术异也，此亦人定胜天之一端，而居山皋者，欲有备无患，未旱之防维，当旱之支持，既旱之补救，均不可不加意也。

嘉庆己卯夏旱，禾稼之伤者多矣，而予里独丰，故书夏雨而类叙之。

书王翁还金事

罗鉴龟

王翁南有，宁乡人，素廉谨。乾隆丙戌冬初某日午晡，自赵市归，渡河，舟中徒行者、负米者、呼庚癸者，肩背相摩。翁后登，茧足舷隈，有橐迕足，鞠膪探之，金也，知为过客所遗，虑声张，难完赵璧，徐取而袖之，达岸，忍饥坐胡宅以俟。日将入，见一人踉跄对岸，反首抵掌，诉失金状甚悉，橐具银袱皆合。翁出，招之来，曰：金固在，无忧。出橐开袱，就沙中展视，约百两，散乱未权。予之曰：若细检视，某固未启若封也。请酬以半，不许，请三之一，不许。曰：咳！脱利若金，抵岸即走，当数十程耳，安从物色哉？世岂有不掩人之物为己有者，反乘窘急、矜德色而析之乎？若第持归慰家人，望毋缓。其人泣拜去。翁非丰于财者，而能检押若此，亦难矣哉！

翁吾妻之姑丈也，距予家不八里，尝耳其事。一夕饮翁宅，面询之，因得其详。

轩皇遗迹记

周嘉绅

昔孔子删《书》，断自唐、虞，而赞《易》则上祖三皇，然《系辞》所谓取诸乾坤者，惟黄帝与尧、舜并称，诚以千古人文之始，实自黄帝而开也。

盖羲、农之世，民用未滋，若网罟，若耒耨，若交易，所急者不过衣食之资，故洪荒之事，朴略无传。迄至黄帝御宇，于是乎书契作而铸器有铭，礼乐兴而咸池大备，棺椁易而封树从厚，都邑分而疆域以昭，其斯所谓通变神化与民宜之者乎？然则求遗迹于上古，必自黄帝始矣，而其传于吾湘者，独有五焉，一曰凤凰台，一曰笙竹岐，一曰神鼎，一曰鼎湖，一曰龙寿山。考《传》

载帝张乐于洞庭之野，奏诸重湖之上，时有凤凰，雌雄各六，鸣于九龙山而和之，因建台焉。又史载黄帝南巡，崩荆山之阳。《仙书》称帝采首山之铜，铸鼎于荆山之下，鼎成，有龙垂胡髯下迎帝，乃升天，臣僚持龙髯而髯拔，攀帝弓而弓坠，不得从帝，仰望悲号，故地名鼎湖，弓名乌号，有由然也。《拾遗记》亦称厌世于昆台之上，在鼎湖之极峻处，留其冠、剑、佩、舄，立馆于其下，帝乘云龙而游殊乡绝域，至今望而祭焉。

夫以自古名贤之所经历，虽偶尔流寓，里之人犹必相与爱惜而私之，矧帝王之泽及万世者乎？今轩帝之陵，则移祀于陕西鄜州中部县之桥山，然亦止传葬其衣冠。诚如郭璞所言，圣人久于其位，仁化广及，至于殂亡，四海若丧考妣，各自立庙而祭，起土为冢，以志不忘，是以所在有之耳。惟其复见者多，是以流传失实，即如尧崩临汾而其冢乃在成阳，舜卒鸣条而其陵乃在九嶷，以经史之有可考者犹尚传讹如是，又况宋乾德中，诏隆历代帝王陵寝，而当日儒臣失考谬指，无惑乎其以秦惠文王、悼武王之陵，为周文、武之墓也。若黄帝之迹，使不考其实，则随处皆可附会已，故或云铸鼎在黄山之天都，则因南条、荆山之近在襄阳也，即君山亦有轩辕铸鼎台，然岳州旧志云：鼎湖距府城西二百里，又有乌号村。亦明言其相去较远矣。盖以鼎湖所在，志乘多莫详其地，邑旧志以为在天心湖下，则以近龙阳之鼎港口，其旁有看灶山，相传有神鼎出乎其中。宋改朗州为鼎州者以此。此则近日所谓两湖分界之处，庶乎近之。然余考青草湖，当在垒石山南，则所谓重湖之上者，惟垒石一山，南踞青草，北瞰洞庭，正与今凤凰台相对，故王嘉《记》称潇湘洞庭之乐，听者令人难老，四时每闻金石丝竹之声，彻于山顶，盖此地也。又按：今凤凰台畔，穴子口对岸，灑水之南，有香炉湖焉。湘北方言，凡三足之鼎，多以香炉名之，意即所谓鼎湖欤？两湖吐纳，四望平衍，诚必以磊石山为极峻处矣，然则帝之铸鼎、张乐、乘龙上升，皆必在吾湘之磊石，是山之以龙寿、万岁得名者，殆亦有取诸此乎？而天心湖下，特神物复出之地耳。至若神鼎山，或其采金之处。笙竹岐，为其截筒之所。皆在湘阴。良以当日画野，百越未开，幅员之袤，南讫江陬，自沅湘以外，尚皆阻于声教，故帝之南巡止于重湖之滨，为之张乐以昭德，铸鼎以象功，皆其所以化被蛮方者，而当日之民，直游其化中而不自知也。

《寿者传》载帝寿登三百岁，而孔子答宰我之问，则谓生而民得其利百年，死而民畏其神百年，亡而民用其教百年。顾由今上溯黄帝陟方之岁，已几历四千四百年，而帝之过化存神者，不俨然与天地无终极也哉？考新旧邑志，并载轩辕庙在县北，地虽不传，而昆台立馆之迹正未可灭也，余故详为之记，俾考古者务得其实，不为沿袭傅会之谈，抑以见吾湘之得力于人文之始者，其来有自云尔。

书义仆唐自仁事

葛树蕃

自仁从主氏唐，颀伟精悍，有胆识，躬役于唐者三世，克护主于难，养主于生全。仆也，而行义士矣，余闻而壮之，因识之。

顺治初，贼氛未靖，逃窜习为固然，仁主家七口，匿山谷中，独留仁照料于家，日贮饭蔬、碗匕之属，筐赍以食。偶遇贼山椒，贼遽刃之，仁遽仆佯死，贼远乃起。初，仁制高领，密缝布七层防不虞，及是刃痕五层而止，利在迎刃而速仆，入故未竟，不者殆已。比觅篋莫乡，仁臆凭碗之破否卜主存亡，迹而得诸麓，碗有全者乃喜，反家，更赍以往，主果无恙。

日贼坌涌至，罄掠家中物，仁睨某独攫篋百金，贼共雄视仁，招为党，阳肯之。随至贼所止地，先觑得某贼匿金处，乘间阴纳诸怀。某惧众攻其私，忍弗敢张。明日，绐贼赌骑射，众方整辔具韨，先跃马着鞭而逸，竟得脱。急踪主眷属，得伯仲二稚，问主何在？曰：饿已三日，父觅食未回，母先被掳。仁携稚安置好乃出，遇主山峡中，导与稚一处。又出访主母，闻以殉节投水死，族有葬之者，号痛而反。

择栖主幽僻，资前金力作以济养。数年迁湘潭锣塘，伯仲教读婚娶皆恃仁。主既没，伯贸景德镇，死于痘，两孤方襁褓，时仁年五十矣，奋然往奔柩反葬，循抚两孤如前。先是，其主母窖藏七十金，及发窖，金乌有，仁循土坟松处，掘十余丈得金塘边，俗金走之说良信。寻买田如干亩曰荷塘，生计遂给。主家德之，妇以婢，生六子，乃令终。

计仁奔走数十年，险阻艰难，备尝之矣，若其生于刃，脱于掳，再全金于既失，仁不惟义，殆又智欤？今荷塘田饷册犹自仁名，唐氏后裔，岁清明必扫其墓，所以报也。然仁在当日，惟知有义耳，讵望报哉？

率园记

罗江

事之因陋就简与踵事增华，皆行其心之所安而已。心之所安，即分之所在也，故士有时绳枢瓮牖可居，而翚飞鸟革，君子攸跻，不必过出于矫，而要当持以不敢侈肆之心。

道光辛卯，适馆吟江张氏姻家，书室缭垣之中，地有余间，盖通南北舍之所。余扃其门，使别取径，而杂植时花野卉其中，烂然满目，以成于草草，颜之曰率园。主人以余之寄情于此也，为平治其偏，颇修葺其墙壁，辟窗牖以引薰风，增回廊以供徙倚。客谓余曰：今而后不得复名率矣，请更之。主人曰：否，否，请仍之。噫！此苟完苟美意也。夫园之大者，有若平泉、绿野，炳著一时，即兰成之羁寓，梨桃百树，栗里之隐沦，方泽十亩，兹者无十笏之山，但数弓之地，不远致奇花异卉，惟于四邻分其所余，拾其所舍，我惟时其灌溉之，壅培之，无弃材焉。善夫苏子瞻超然之记曰：凡物皆有可观，苟有可观，皆有可乐。故惟有真乐者，能即物以成趣，不逐物以丧志也。今世人无雅俗伧慧，皆好花木，或谋取佳植，不遗余力，稍拥余资，则大治园亭，崇饰以为观美，其赏以目不以心，其见在人不在己也。如是而平泉不必赞皇，绿野不必晋公，若人人皆可为之者，而忘夫分之大有所逾矣。

张氏先世，蕴蓄者厚，主人复蔼然仁让之风，常恐子弟或浸淫于玩好，傥复导之土木之巧，奇货之居，以荡其目而肆其志，此岂主人之所望而余之所当出邪？亦惟涉是园以游泳其心思，涣发其文采，睹桃李而乐天伦，梦池塘而增新句，固无事怪奇玮丽为也，而又何嫌乎率焉？客曰：善。遂记之。

夜狩记

彭定本

岁癸亥九月先望一日，日云暮矣，月且东上，余晚食讫，烹苦茗啜之，思欲挑灯读书，有金重子者，叩门云：适从桐子坡来，见二褐衣者，迧迤入自子山，迹之不得，愿借黄犬与子一行。余时固辞不往也，金重子勉强久之，余乃脚着芒屦，手携木杖，步山椒而登焉。

皓魄朗曜，微飙肃清，从寨背下历何家岩，惟荆莽荒秽，水声潺湲而已。金重子曰：不越险阻，何由得兽？遂相与摄衣，望茅栗桥进发。皆崭岩嵚岑，扪萝缘磴而上，却顾所来之径，已觉高不可攀，折而西行，有鸟焉，起于蓬蒿之间，人与犬皆以为兽，逐数步始知。及抵大坳下，耳后忽有风声，始徐终疾，如万马破空，自北而南。仰视月中，一无所见，余方心动欲还，未几有若兽之相啖声者，相违不过数武。走黄犬逐之，愈逐愈上，按其声尾之，第见一峰，插天路，皆砂石，流动不能住足，而声适在其颠，因以杖抵行，始得踞其绝顶。黄犬亦绝无所遇而来迎焉，于是觅小径，从峡后相累而下。

约自斋公坡木头石归，余诺之，以为其险必不若此也。至则石壁峭立，为归路必经，兼以露气所湿，滑泽难行，余乃魂悸魄动，大失故步，直匍匐而归，于时月已渐沉西矣。金重子前谢曰：

枉子一行，幸勿为过。余曰：是何言与？余二十年居此山下，所游胜境不少，其生平所未经历，以子故一夕而遍之，所获多矣。然余归数日，犹时时如置身诸险处云。

武陵水灾记

胡焯

道光十一年夏五月，大雨，水涨五溪，合注武陵，溢南岸堤，浸村野。十三日甲子晨，决北岸堤，自河洑山以东至城西，决者数十处。西城东一里外，同时亦决，尽大野潴而为湖。

水之决于城西也，若千万雷霆、兵车甲马之声，磅礚触击，不可言状。覆舟拔屋，叠压以下，环西北城屋尽坏，人漂没不可计。骑屋据树，附器具随水浮沉者数百人，呼号痛哭，惨不忍闻。流益急，小舟不得进，知县垫江卢君，步巡城陴，竟日彻夜。及旦，命役乘巨舟自所溃以入拯之。时门当水者闭，自城堞绳引而入，邑有力者相率济以巨舟。于是邑令使诸避水露处城市者，分居诸僧寺，饩以米，会举人、乡贡、诸生督吏胥给之。越三日，置釜灶为粥以食。故云贵总督邑人文恪赵公建预备仓，其子敦训、敦诒以其谷为粥，更益以家资。官所置之地二，赵所置之地三。是时城西北至东北隅有倾圮者，卢君率役，会兵民设版筑之。

东北城水窦水涌入，势急，使善没者入水，以布囊盛土塞其窦。而雨方不绝，城以内积至数尺。水益汹涌，冲啮其外，老幼男女，亿万人相与痛哭，惧其遂沉也。官民相与奔走，祷于城隍坛社。请于提督，会弁兵登城，震火枪以达阳气。六月辛巳朔，雨止，水势减，众乃稍定。于时城西十余里河洑车乔村，城东十里德山，各有富者主置粥事。而逃生民日渐集，入城者数万余，其以饼、餤、米、钱、药物予人者，各视其力。官之置粥也，邑绅民暨商旅宦游者，各输资助焉。文恪从子敦让，与桃源候选训导于颜，乘舟率没人出溺尸，为棺数千，并病毙者敛葬之。湖南布政使南海吴公来视灾，察数邑患之浅深，别其令之贤否而黜赏之，问其士民之能恤患者而奖之。自武陵还，以状闻巡抚、右副都御史，请于朝，蠲租赈粮，给屋资，遂募壮者筑堤，以次举其事。秋七月，既给赈，止置粥，于是水渐落，民各求其居止土田，补植诸谷为终岁计。当水之至也，逃生者以得免溺亡为幸，而流离散失，饥寒病困，以至于死者，又不可数计。凡此耳不忍闻、目不忍见之状，何可胜言耶?

黔蜀之交，群山万壑，汇为五溪，同入于沅水，纳诸涧谷，分合数郡二千余里以至武陵。东入洞庭，洞庭合沅、澧、三湘之水，北入大江。大江之水自巴蜀出彝陵，趋江陵泛溢以下，势横拒而不相受，湖堧土地渐垦，堤防日逼，泥沙又从而壅之，濒湖郡邑，岁受其厄。武陵塞五溪之冲，惟恃堤防以为固，而下流无可疏通，群流灌注而下，洪潦为灾，遂至一决而不可御。当此之时，御变于仓卒而拯其危急，又为之筹策以善其后，朝廷大吏论恤灾者以武陵为得所，盖知县卢君之勤能，县人士之乐义，皆不可没也。至于疏通湖流，决去壅塞，俾湖滨郡邑永无溃决之患，则又必有贤士大夫斟酌而行之者矣。

湖南文征 卷五十三

记十二

南村耦耕图记

魏源

有士士者，有农士者，有商士者。其静渊渟，其动云征，得时则驾，不得则蓬累而行，泛兮大化之无情，此士士者也，吾不得而见之矣。侃涧其躬，岳砢其容，与世不逢，独宜固穷，谓轩冕者劳，而桔槔者充，此农士者也，求之于世，或遇或不遇焉。若夫攫拿夥颐，行尽如驰，在坑满坑，自郐无讥，岂朴散既久，士皆哗而不能静欤？抑非其人不能遇其伦，固有志托丘麻，心耻耒耜，而未能自决者欤？夫劳人相竞以知能，野人相忘以天事，独怪予之浮沉于二者之间，而一无所以自处也。以视两邓子，不散其朴，奋然于战胜臞肥之间，以辨其志而定其性，此岂易测识者哉？虽然，性刚才拙，与物多忤，自量撄患，黾勉辞世，此渊明之所自命，乃宋苏子暮年而多托之，岂士之所存，固有泓其中，不胶于迹，而未可一概论者欤？邓子归，其询诸仲氏，更有得焉，速以语余，当荷锸而相从于寂寞之浒也。

高江桥记

黄崇光

高江桥者，旧名回龙桥，在城东十里山，自西南曲折蜿蜒至此，作回首状，桥当其前，卧波隆起，故名之曰回龙。考之碑志，建自明崇祯十年。穹其空者七，广可通舆。桥设而向之以渡名者，易而名桥，故亦曰高江桥也。

自明及今，叠有修葺，逮嘉庆庚午春涨，桥之穹者圮其三，石岦沙鄞，行者苦焉。监生谢君承莳商同里车昀、李宗莲、粟德懋、胡昌龄捐募复修，众允焉。于是鸠工伐石，惟梁崇之，惟防网之，惟沙汰之，惟水漱之，阅月而工竣，计其费，几二千金，承莳捐十之四，盖谢主焉，而众勷之也。

余闻承莳生平自奉俭朴，而乐于施济，尝于西路歇骑岭建茶亭，墙皆石砌，施田为久计。买官山六处为义冢，嫁名他人。于资水青溪铜柱险滩置救生船，施田四亩。凡诸险滩，雇工镵石，所费类皆不赀。其余亭路之修，及施棺泽枯，俱无吝恡。程子云：一命之士，存心济人利物，皆有裨益。承莳其庶几乎？

兹桥之建，慷慨作登高之呼，区画周详，不惟不畏其难，抑不欲自多其绩，自是勒之贞珉，莳之名与桥同不朽矣。若区区以造桥修路广福田，积阴德，期食报于无穷，庆缘善积，理固宜之，抑或未足以尽莳之志也夫！

遇仙亭记

周燮祥

营田乡有二异焉，一柳冶痊噎，一黄丐愈痈。柳名贤攀，业冶谢家坪，病膈噎剧，将诣营市与友诀，道遇癯丐，须鬑鬑，背隆露，手赤趺，服敝布蓝褋，袭青短襦，讶柳龙钟状，柳告之病，丐曰：余能疗。询名氏里贯，答：张姓，先日名。居日光庙，来甚远也。行且语，至郭公桥，柳将沽酒而觞之，丐强柳纡行，就宅旁小桥憩焉，则易翠亭先生新宅，缭垣下渡，堑石矼也。丐索柳钱百，曰：便为医之。横三钱桥端，余错布长如人，出佩囊银杯拇大，鍉药和田水令咽，以所扶竿竹书空作状，掖柳钱上行，遂懵不知，醒则卧布钱上，而丐已渺。归来饥甚，餐脱粟数盂，病若失。为锡制杯式龛供之，此嘉庆二十五年四月二十七日事也。

越明年而有黄丐事，黄幼病瘺，痿足挛踠，暴面掌据地臀行，丐里市四三年矣。道光元年除日，求寒衣翠亭先生家，有与。越二日，里中欢称黄丐癃者行也，众诧异，趾错于门，问何修获此？秘不言，固问，则曰：昨归自易翁家，迤垣行而东，遇皓须眉老人，蓝襦曳杖，橐于肩，顾谓曰：而苦若病，吾为而瘥之。余蹒跚从之，行止于新宅前石梁，即曩传柳叟遇丐医膈处也，授药丸曰：饮此愈而疾，不足为外人告。归如命酣卧两日，起而蹀躞行矣。余不言遵老人属也，遂与柳事以二仙并传。

戊子春，余过访翠亭先生，步桥头，讯及曩异，先生曰：固有之。余曰：曷不标识，为二仙留其迹邪？先生曰：仙之说得毋幻乎？余曰：夫人罹沉疴，濒于危，遘一医起，咸从而仙之，今无端哽者食，痪者趋，回造化春，功捷俄顷，奚幻为哉？夫黄鹤、岳阳、邯郸、缑岭类以仙踪偶寄，得雅士标题，后之墨客骚人，摩挲旧迹，辄为流连不置，况二仙异迹，亲获诸闻见之真，又介子闬闾侧，仙者亦若择地而待子永其迹也，不此之志，将久渐芜没，后有好奇嗜古者流，因诸传闻搜讨其遗踪，彷佛不可得，是不足惜乎？先生曰：诺。遂拓桥而亭其上焉。凡五阅月，亭成，肖二仙象其上，与客落之。余曰：子业以标二仙者迹也，顾桥与亭，乌乎名？先生曰：桥之设也旧，今缘二仙之济柳、黄于斯，其名之曰仙济，而亭即颜曰遇仙，可乎？众客曰：善。遂额之，并属胪其颠末于壁。

过李阁老胡同记

文舒耀

胡同者，从外省郡邑某街某巷之称也。李阁老者，沿明时李文正公赐第在此而名之也。其地在西长安门西，公没后析为民居。嘉靖乙酉，麻城狄公定向赎完为公祠，祀公像，并具箧藏公举奇童时，所着粗纻衫、二寸履于其间，而今无留矣。公又有别业在北安门北，集中《西涯十二咏》，有桔槔亭、杨柳湾、稻田、菜园、莲池，而响闸、钟鼓楼、慈恩寺、广福观皆在咏中。其墓在城西畏吾村，据《怀麓堂集》，自曾祖逮其身若子，凡五世皆葬焉。子孙不振，至使贩盐者以墓前白石捶碎杂卖，盖宅墓皆久不可识矣。

嘉庆初年，国子祭酒法时帆先生居近畏吾村，尝访公轶事，裒集为记，又屡托大、宛二县尹查其墓。一日，尹以大慧寺老僧所指前明一古墓以告，法乃亲往僧寺，又遇一六世居此村之八十老翁，同诣寺西北审视。见僧所指一冢外，旁又隐隐有二冢形，而八十翁又指一处，云：是间向犹见有二冢。法乃瞿然曰：此为文正墓无疑。盖因符集中所载祖孙父子坟五冢是也。查其地，计三十一亩，主之者为百祥庵僧。法即谋赎之。宛平令胡君逊即慨然捐俸百金复其旧，于是谢侍御芗泉、萧侍御昆田为文以告同志，一时闻风捐助，乃营葺墓道，就墓前建祠二楹，小屋二间，缭以周垣。嘉庆六年六月，祠成，设祭以落之。文正之生在六月九日，嗣是同乡京官，岁岁以是日集同人往为文正寿。而凡慕文正之风者，不拘楚产皆与焉。予昨读夏一卿去年《诣畏吾村寿文正公》诗，既嘉叹之矣，今过此，乃并纪其实于右。

又按：法公记云，公子孙久已废绝，盖据蒋一揆《尧山堂外纪》也，然予考安乡潘经峰《适鲁录》，云伊宰曲阜时，犹有文正裔孙，以公府赘婿之后居此者，但不堪扶植云。吁！文正之感人，至数百年若此，此岂徒以文采风流焜耀今古云尔哉？

秋山补读图自记

黄诚

少侍先君子读书，略有禀承，不幸才弱冠，先君子见背。易箦时，犹以偕弟辈读书为嘱，且谓读书非徒能文章、博科名已也。每忆之如在侍读时，顾以母氏年衰，两弟稚弱，不获已橐笔谋生，借资事畜。二十年来，粤峤吴山，奔走靡暇，迄今反哺，又已无及。弟辈差免就荒，而浮生事业与文字因缘，半消磨于舲唇屐齿间矣。

友人陈君伯谷与余交，知余意之有在也，为作《秋山补读图》以赠。夫峰峦之峻，林木之清，非不足以寓情也。烟霞之契，泉石之侣，非不足以见志也。然而心身之失检，言动之或乖，实足为吾生之累，伯谷之作，其将为山水之乐与？抑非仅为山水之乐与？秋景甚佳，秋日未莫，古人云：失之东隅，收之桑榆。安在不可补之于晚岁，岂曰事过境迁，遂垂老坐荒，以重违遗训邪？

家山万里，计日可归，茅屋数椽，何时堪托？是图也，能无对之而时深警惕欤？

七十二峰樵采图自记

黄诚

吾楚山川之盛，甲于天下，其广而深者惟洞庭，其高而秀者惟衡岳。余少游吴越，屡涉重湖，昔人所谓含远山，吞长江，浩浩汤汤，浑无际涯，朝晖夕阴，气象万千者，已身历其境，而衡岳之胜，犹未之见。

嗣游西粤几二十年，往来潇湘间者不一次，每于扁舟一叶，江水潆洄，见夫远山耸翠，众峰环列，烟云缥缈，或远或近，风日晴和，或隐或见，恍若有七十二峰在焉。亟欲极登临眺览之怀，而或促于客程，阻于风雨，每不果行。几谓天地间名山胜境，或到或不到，似亦有夙缘焉，不可强而致也。

丁未夏，寓研衡郡，城之南有望岳亭，暇偶登眺，觉晴岚翠黛，直插云表，较前所见为倍亲，然亦可望而不可即也。未几，溽暑全消，新凉渐爽，爰约友人策杖偕游。越二日，达山门，又二日，历峰顶。远瞩群山，直如丘垤。俯视城郭，已隔尘寰。向之所谓晴岚翠黛者，今若熟视无睹矣。向之所谓烟云缥缈者，今忽生于足下矣。星辰可摘，阴晴各殊，洵令人有超然出尘之想焉。

他日笔耕或暇还，以扁舟寄兴，溯湘而上，将樵采于七十二峰之幽，以快吾游览焉尔。爰作图以纪之。

藕堂记

黄开运

宋营道周元公知南康军，筑室莲花峰下，前有溪合于湓江，取营道所居濂溪以名之，学者称为濂溪先生。先文节公尝叹其人品甚高，胸中洒落如光风霁月，今读《太极》《易通》，其渊源可概见矣，《爱莲》一说，寄托遥深，危坐读之，令人有亭亭净植之想。

从兄古邻臣，洒落人也，庚午秋，卜筑藕塘之上，堂宇数椽，逾月而工告毕。登其堂，饬如也。纵步外观，陵麓绵延，形势壮阔，登高望远，则影珠面其前，飘峰背其后，昌江诸危峰复左右环绕，突兀峭削，足以开拓心胸。古邻臣迁自龙首坡，名其堂曰藕堂，命愚为文记之。

今夫莲花之君子也，藕莲之本根也，根之茂者其实遂，君子之学植根深，固不为外物动摇，然后酿为英华，莫可掩抑，藕之与莲犹是也。顾塘故无藕，而以藕得名，毋乃如永州铁（垆）〔炉〕步，无其实而冒其名，致子厚之讥乎？然子厚居冉溪，更名曰愚，今犹相与愚之。兹塘无藕而藕名，并其堂而藕之，与愚亭、愚岛、愚池、愚堂，并传为美谈，不亦可乎？独念子厚才高气盛，而卒莫克大用，寄愚于溪、岛、亭、堂，亦感喟之所形耳。数百年后，大贤挺生其间，而悠然自适，溪泉与之俱永，由此观之，人亦可知所适从矣。

古邻臣居是堂，其将仰止濂溪，潜探夫无极、太极之妙，使当日不由师传默契道体，与孔、颜之乐，吟风弄月之趣，皆于斯堂焉得之。愚于古邻臣有厚望也，于是乎书。

平崇图记代

毛国翰

辛丑冬十二月十日，崇阳贼民锺人杰谋逆报至，既遣兵巡检，即自选麾下步骑兼程以进。十八日屯咸宁，闻贼于十二日劫仓库城守，十七日已分据通城矣。而崇阳揵湖南之临湘，东界江西义宁，北连通城、通山，其道四达，非遣所屯兵分守，贼必滋蔓，而所调各营兵未集，由是益募白丁，旦夕训练，为习流，实行营，防奔突也。

先是，以蒲圻之汀泗桥距咸宁二十五里，为湖南北通衢，贼所争，已遣兵分守。至是月除夕，且大雪，虑贼必乘无备来攻，乃遣别将帅兵以援之。是夜，贼果大至，围官几不保，而所遣兵至映雪奋击，贼披靡遁去，围乃解。是后所遣往援严家山、界水岭，及蒲圻、通山诸隘兵先后告捷，皆以寡胜众。将果锐也，士用命也，贼遂不复突出矣。十八日，乃拔营由汀泗桥、桂家山进，而界头、西岭诸险，皆为贼固守。十九日，令诸将由白蚁桥奋击，至崇阳之西北，越包牛、薄力诸岭，复自石盘山分道并进，悉奋夺诸贼卡。是日抵黑桥，遣将帅兵向通山，破界头等寨，遂会围崇阳，且檄蒲圻诸将，分兵由桃花岭夺洪上及小岭隘口，由是贼腹背受敌，始穷蹙欲窜矣。城中应官兵者，因诱贼出城，伏发，遂擒锺人杰等。是日入城安民，肆不易市。二十一日，乃遣将分兵，收通城，而城中人于二十二日缚知县但扶泷等送行营，崇阳、通城皆复，是日再承天宠，锡新命焉。

二十六日，自崇阳振旅回武昌，遂宴文武僚属于黄鹤楼，劳还礼也。是役也，自出师至复二城，凡三十六日而贼平，时廖子文舫适自江右至，为之图十二，因次其事而为之记。

果木明正学全体记

朱文炑

乌乎！正学在天地，甚明且晰矣，乃世之言学者，顾往往各操一说不相下，甚至轻重失伦，源委倒置而亦有所不顾，甚矣，其蔽也。

余不敏，窃请以果木譬之。树之始初有根，其伏于土也，虽为人之所不及见，而盘曲深固，实为干、枝、叶、花、果所自出，是固大本也，是正学中道体一层。其次为干，干本于根，树之所以为树在此，一切枝、叶、花、果，借是以立，是为正学中性命身心，所谓德行一层。又其次为枝，枝附于干，千条万绪，各有脉缕，是正学中经济一层。又其次为叶，有干、枝而无叶，亦不见其茂密，是正学中名物象数，即所谓考订一层。又其次为花，花涉于虚，然实为全树精英所著，有此以壮观瞻美矣，是正学中词章一层。最后为果，果由花出者也，然花浮而果实，树之真元实蕴于此，播于土则又生出一树，是词章中发明理道之言，所谓经传一层。凡此六物，阙一物不足以为树，犹之正学六层，阙一层不足以为学。

虽然，其中有体有用，统言之，则根、干，体也，枝、叶、花、果，用也。析言之，则干，体也。根，体之体也。枝，用也。叶、花，用之用也。果则用而反于体者也。有本有末，有先有后，有大有小，盖其浑然全具之中，所谓粲然而不可紊者，固又未尝不寓焉。是故为学必以干为本，以根为大本，以枝为用，而叶与花、果经纬其间，此为正学之定则，古今圣贤君子由此其选也。若夫干、根有不足问而惟枝是荣，则世俗所谓经济之学，干、根、枝俱不足问而惟叶是粹，则世俗所谓考订之学，干、根、枝、叶俱不足问而惟虚花是竞，则世俗所谓词章之学，世亦未尝不以为惊哗，然而圣贤固有弗贵者矣。

吾辈今日但当奉全体为标准，而又必明于源委轻重之序以从事焉。既学之后，德行必求无忝，而枝、叶、花、果之所在，则各随天资学力，而有全与不全，有至与不至，固有不可强齐者矣。余窃有志于此，而又愍世俗之学，罔所折衷也，因即果树为喻，期与海内同志者相为共勉云。

八十寿亭记

彭洋中

亭在邵阳小东路水东江上鼻子坳，曾君子璟构以憩往来行旅。

为屋三楹，置田四亩，岁以其租入施茶饮，为经久计，凡费白金七百五十两。既成，里人以君是年寿登八十，因以名之，介君之婿贺生希乾丐余为之记。

先是，君六十时，构亭县九塘下，名希寿亭。七十时，构亭十塘下水尾滩，名七十亭。二亭规制皆视八十亭，费亦如之。道光辛丑，县令慈溪裘公美君高义，欲以风示里俗，乃详采二亭规制经费，及君向所倡修余田桥费若干，积年赈米施药费若干，共白金万两有奇，请于大吏，奏准以同知衔议叙，制诰命服，远近荣之，而君不以自足，而复有斯亭之举也，岂非济物利人之怀老而弥笃，日夕廑于中而不能自已邪？视世之龊龊自守，不肯稍出其赢余以佽人者，其于为人贤不肖何如也？

昔余曾大父不息府君以中人之产，自其六十、七十、八十、九十，每禁家中觞酒称庆之需，于邑中道路崎岖之处，伐石平砌各十余里，邑人至今以为法。今君构亭之意，盖适与之合。顷，余晤君，聪明矍铄如四五十许人，继自今而九十，而期颐，天之所以佑君，其寿正未艾，而君之设施其亦必有加无已也。因以是复贺生，其泐之石以为之券。

重修贾太傅祠并建小学记代　　黄本骥

长沙旧有贾太傅故宅，及太傅所凿井，在县治西北濯锦坊，后人即其地建祠以祀，并追祀楚大夫屈原，一名屈贾祠，《水经注》《元和郡县志》及《大清一统志》记载甚著。

太傅事迹见史传，而生平论定则互见于晋庾阐《吊太傅辞》，唐戴叔伦、刘长卿《过故宅》诗，宋苏文忠《太傅论》，明李文正《修祠记》，然其出傅长沙，史仅载投湘、赋鹏两事，而于泽及湘民千秋庙食之遗爱，举无可考。前汉庙祀之存于长沙者，惟文王吴芮、定王发二庙，一在北关外，一在东关内。芮佐高帝以忠显，发筑台思母以孝著，而此祠独岿然与二庙并存，非以更定法令，未竟所施，被谪浮湘，必有小试于痛哭陈书之先者，故思之深而传之久邪？

去岁，余莅官来湘，祗祀先贤，见是祠为住僧所踞，内则商货囤积，外则市肆障蔽，榱桷倾圮，丹漆驳落，未称景贤之典，因考建祠始末。明成化元年，始以宅基改创，著于祀典。至国朝康熙二十二年重建，四十年，长沙通判贾仲儒置香火田九石有奇，乾隆二十四年重修。嘉庆二十二年，前方伯翁君元圻捐春秋祭银二百五十两。祠碑多剥蚀，惟衡山侍御欧阳正焕祠田碑，及长沙守刘某刊刻存焉。乃为屏逐住僧，拆去左右市肆，筹款修祠，并植栏以护旧井。经始于嘉庆二十五年仲冬，落成于今年孟春。

属乾州丞翟声焕董其役，又属善化令李宗沆勘丈祠田，田在善化七都十一区，民田六石有奇，屯田三石，与碑载无异。岁入折租银一百四十两，又祠后隙地岁赁银四十两，翁方伯捐项岁息银四十两。属理问瞿中溶总其出入，除春秋祭及祠田额税、守役工食外，建立小学二所，每所课童子十人，置修脯，聘馆师，余存藩库，为葺补之需。

夫小学非仅为童子计也。学者立身行己，务求实效，以希有用，若徒以章句训诂弋取科名，童而习之，白首终无依据。《治安》数策，当时虽未尽用，识者谓如其言，虽三代无以远过，则湖湘人士期为有用之学，取太傅遗书，服膺而三复之，其成就定能远到。然发蒙养正，自童子始，故增立是学，以广岳麓、城南坛坫之所未及，而太傅庙食之遗爱，益永垂勿替矣。

终南访碑图记

黄本骥

关中为金石之藏，终南一山，西起秦陇，连亘长安、咸宁、盩厔、鄠杜之南，而东抵于蓝田，绵延盘踞几八百余里。又为关中藏宝之所会归，其中吉金贞石之沉薶于荒烟蔓草间者，不知凡几。

前明赵子函生长其地，颇以憙事自负，其于此山仅作三日游，所得旧碑不及十种，而石墨镌华之著，流传至今，已几几与南山共寿。车君秋舲以江南才士囊砚游秦，好古之癖，远过前人，视子函遗册为筚簬蓝缕，未足以穷陆海之胜。尝于春秋佳日，具糇粮，召徒侣，凡丹崖翠嶂，古墓丛祠，猿鹤之所栖，樵牧之所憩，苟可以得寸金片石者，皆为屐齿所必到，因乞小蓬王君为作《终南访碑图》，而属余为之记。

夫物聚于所好，欧阳子尝言之。余谓所好之聚，亦视其物为何如耳。卫懿公好鹤，郑子（藏）〔臧〕好聚鹬冠，秦皇、汉武好神仙，彼以君公之贵，非所当好，终有难聚之物，况吾辈一二寒畯，必欲探渤海之奇珍，发元圃之秘蕴，其能得乎？然未可与访碑之举同日语也。刻碑之传，可以诠经，可以证史，非仅耳目玩好之具，正惟吾辈之所当好。

秋舲行矣，他日芒鞋踏破，翠墨盈囊，不独子函三日之游难与比数，即欧、赵、洪、薛诸家，竭数十年心力著为专书，亦不足以擅名山之藏而夸金匮石室之富，则此图之作，亦山灵有幸，宝藏勃兴之会也乎？

历朝尺式记

黄本骥

《前汉书》：廷尉掌五度，度者，分、寸、尺、丈、引也。十分为寸，十寸为尺，十尺为丈，十丈为引。古人审度，其称不一。如一发为程，十程为分，五寸为咫，八寸为咫，尺有三寸为矩，二尺二寸为幅。三尺为武，又为跬，又为柯。四尺为仞，五尺为墨，又为几。六尺为步，又为弓。七尺为轨，八尺为寻，九尺为筵，一丈为板，丈有六尺为常，丈有八尺为制，二丈为端，三丈为雉。四丈为两，亦为端，又为匹。五丈为堵。此长短异名也。

《公羊传》注：侧手为肤，按指为寸。《礼·投壶》注：铺四指为扶，一指按寸。《大戴礼》：布指知寸，布手知尺，舒肱知寻。

此古人制尺之原也。

蔡邕《独断》：夏十寸为尺，殷九寸为尺，周八寸为尺。《通鉴外纪》：禹十寸为尺，汤十二寸为尺，武王八寸为尺。陈详道曰：周法十寸、九寸皆为尺。《考工记》：十寸，尺也。《王制》：八寸，尺也。此古人用尺之异。

汉刘歆有铜斛尺，光武帝有建武铜尺。章帝时，冷道舜祠下得玉律，度以为尺，谓之汉官尺。又建初六年造虑傂铜尺。晋始平间，得古铜尺。《隋书》有十五等尺，曰周尺，晋田父尺，梁表尺，汉官尺，魏尺，晋后尺，魏前尺、中尺、后尺，东魏后尺，蔡邕铜籥尺，宋氏尺，隋水尺、杂尺，梁俗间尺。此自周至隋尺制之异。

年代既远，古尺无存。今就各家考订历朝尺制，及国朝各部所颁铜尺，造为木尺若干枚，匣而藏之，以存其式，俾知一朝有一朝之尺，未可浑同。考订古器，当用古尺，记载今器，当用今尺，庶不致有豪厘千里之差。

三长物斋记

黄本骥

余旧名斋曰式相好，自余兄花耘先生即世，不忍复称是名，因易之曰三长物斋。

三长物，何物也？余不能书，而嗜古人之书，集秦汉以来金石文字数百种，为长物一。常学琴于湖北沈山人，不能竟学而止，蓄旧琴及支琴砖各一，为长物二。囊无一钱，而有周秦刀布数十品，人以为废铜，匣而藏之若拱璧，为长物三。然则长物止此乎？驰逐名场三十年而名不成，有志读书而未暇，吾身亦长物也，何止于三？

第以三者皆有用之物，适与顽然之躯相遭而辱为长物，则以三长物名吾斋也宜矣。

三长物斋后记

黄本骥

既以三长物名吾斋矣，搜索斋中，复得三物。一自制溪州石磬，闻客谈猥俗，铿然一击，耳为之清。一历朝尺式，自唐虞至国朝靡不备，世有挟赝骨董者，不能欺以长短。一《云阳楼看山册》，云阳，长沙市楼也，乙酉重九后四日，集名流饮此，以诗画见贻者汇为巨册，用识朋友山水之乐。

夫天下之物足供嗜好者，岂有穷乎？今既汇三为六矣，由此而十而百而千万，皆长物也，皆可作三长物观也，故仍其名曰三长物斋，而著所由推广之义于后云。

重修李中丞祠堂记代

黄本骥

前中丞李瀛仙先生，以康熙五十五年巡抚湖南，借帑发赈，出谷平粜，厘奸剔蠹，吏治肃然。其尤彰彰者，则乡试分闱一事。

湖广乡试，旧系合闱，湖南学额与湖北等，而赴试者不及湖北十之三，中式者准此。盖以险隔洞庭，屡遭覆溺，功名之念，不敌性命之虞，故三年大比，裹足不前者十常八九。先是，赵中丞宏恩、潘中丞宗洛疏请分闱，俱为部议所格，而先生复踵其后，三疏吁恳，并捐俸创建贡院，仍格于部议，不果行。迨雍正元年，钦奉俞旨，于甲辰科举行湖南乡试。湖南士子，永沐圣恩，科名蔚起，皆先生屡疏入告、剀切陈词之力也。

先生以劳瘁卒于官，士绅请入主贤良祠，与前巡抚赵恭毅公申乔合祠，复建恭毅及先生专祠于城北。岁久，祠为营卒所踞，榱桷倾圮，享祀弗虔。庚辰秋，余叨抚是邦，恭诣各坛庙，为士民祈福。见湘中庙祀，类多废弛，乃次第新汉贾太傅及恭毅二祠，复敬奠一觞于先生祠下。怀遗爱之永垂，惧荐馨之弗称，爰饬长沙谢令希闵勘丈祠基，筹项修葺。新化李令之梓，先生后裔也，捐银二百两，与通省守、令公捐恭毅及先生祠经费，发商生息。又丈出祠外铺地若干所，取其赁租，交布政司理问，岁会所入，为春秋祭，及香火岁修之用。是役董工属之翟丞声焕。楹柱朽蠹者易之，丹漆驳脱者新之，瞻仰轮奂，顿复旧观，而先生之崇祀日新，全省之士风益振矣。

湖南贡院，原建号舍七千有奇，乾隆十一年，杨中丞锡绂以号舍湫隘，拓而大之，仅存五千。嘉庆三年姜中丞晟，二十三年翁方伯元圻，以应试人数过多，两次增建，各以千计，合之仍符七千之数。夫以未分闱不及湖北十之三者，今且增至数倍，非湖南人才昔绌而今优也。文风积而日兴，端赖后贤之培养，士气剥而必复，实由前哲之转移，则先生庙食此邦，宜其为百世不祧之祀，而后人之崇德报功，洁蠲致敬，以培一方文教，以永千秋祀典，孰有急于是举者哉？故于修葺告成，谨记岁月以泐诸石。

访米忠毅墓地记

黄本骥

余昔年与修《湖南通志》，载有前明贵州巡抚米忠毅公寿图墓，在沅州府城东古台山，及司铎黔阳，屡至沅郡，询之士人，莫知古台山所在。

一日，友人邀游城东雁塔寺，闻寺外有米巡抚墓，心知即古台旧域也。亟往访焉，见荆棘满地，荒冢累累，有一冢稍高，其上压葬一棺，盖营卒新冢也。前有小碣，仅存米字，余文磨灭不可读，因慨然曰：昔贤埋骨地，遂荒秽至此乎？告之总戎，迁卒冢，并作示付芷江县尹，募邑绅捐修米墓。邑贡生唐君可久，好义士也，闻余言，独任其事，出金修复，马鬣岿然矣。

逾日，余偶步城南关帝庙，见有诛逆熄乱额，粉版墨书，字类颜法。前题隆武元年正月，盖大清顺治四年丁亥，明闽藩唐王聿键年号也。后题宛平米寿图书，则忠毅遗墨存焉。其年四月，巡抚贵州，张献忠遣孙可望陷贵阳，忠毅奔沅。十一月，大清兵收复沅郡，偏沅巡抚傅上瑞以城降，忠毅遂阖家死节。书额之日，正其协守沅城，当戎马倥偬时，所谓诛逆熄乱者，盖一片血诚，无可控告，自言其志，质之神明，非为壮缪表灵迹也。余因钩摹其字，携归黔学，并以《明史》忠义本传各刻一碑，运交唐君，属于寺之左厢设立龛主，而以二石嵌诸厢壁，以为忠毅专祠，俾邦人得以瞻礼遗烈，而一抔藏蜕，不致再为蚩氓所豪夺也。唐君谓余曰：君以同郡冷官，表彰邻邑古迹，勤恳如是，可见大君子遇事辄为，不以疆域为限。余复之曰：此中盖有夙缘焉，余不修省志，无由知米墓在沅，不以职事至沅，无由知古台山即雁塔寺，不至关庙，无由知前贤手迹尚留人间，且不得好义如吾丈者，更不能于丘垄垂废之际，而为一郡大观。是盖忠毅在天之灵，有以默为驱使，余与丈皆奔走承命者也。不然，墓在此地垂二百年，岂无一二有心人为之经理而听其荒废至此乎？彼皆限于不知，或知之而力不能为，故冥冥中不能驱使而奔走之也。

十年前，新化邓君显鹤，搜辑明长沙司李晋江蔡忠烈道宪遗集，适其乡人宦滇者道过长沙，询其行箧藏有忠烈家书，索观之，乃尽节前五日墨迹也，因摹其字于祠壁，而以书稿入文集，逸事入年谱。若或使之，故不先不后，而此书适至。修省志时，岳麓山长招局友赴饮，湘潭张君家榘邀余游山至岳麓寺，寺僧延入方丈款茶，见案头有朱批《妙法莲花经》，字类《金钱圣教》，盖康熙初开山僧阿诺所注全经也，因摘其自序并碣铭事实，编入释家书目。余曾肄业岳麓，不知寺有藏经，非山长招饮，寺僧款茶，且非是日见经，均无由载入省志。彼特百余年前一释子耳，平生心血，寄于简编，尚能驱使吾辈为之代传，况米、蔡二公，忠魂毅魄，历久长存，而谓修墓立碑、录文入集为偶然事乎？余故牵连及之，而知夙缘之由前定也。

嗟夫！人特患不自立耳，果能自立，岂必丘首方保遗骸，岂必子孙方珍手泽？是又在吾辈之表彰前人而因以自励也。

溆浦谌生瑶，殆所谓有心人也，钞录同时游客表墓诗文，刻集行世，兹不具述，而以拙诗附于记后，诗曰：不堪回首望幽燕，独向沅南作寓贤。奋笔尚书诛逆字，锡名赖有表忠编。摩挲断碣荒郊外，想像英雄夕照前。愧杀当年降节度，几曾富贵到黄泉。

双陆局记

黄本骥

双陆之戏，始于西竺，其局彼此内外各有六梁，至魏陈思王植始置二投，盖取投掷之义，即今骰子所托始也。

其戏盛行于齐、梁、陈、隋间，如梁萧贲与湘东王绎双陆，食子未下，贲曰殿下都无下意，绎深衔之是也。至唐狄梁公与张昌宗赌集翠裘，中宗为韦后及武三思点筹，遂为宫壶之戏。宋太祖有《双陆》诗纪于奎文阁，其时犹以此供御。洪景卢《双陆图序》云：阅时既久，中州泯泯罕见，而殊方偏泽，类能为之。盖南宋以后，博具益精，此戏遂不甚传，而湖湘以南见者尤少。尝阅唐子畏《谱双陆序》云：垓不可虚，门不可启，敌不可纵，家不可失。积则量轻重，迟则计缓速。推其术可以用兵，并可以论文。心窃好之，而未及一见。

壬午秋游山西，于洪洞刘氏得之，仿为一局，传之好事者，以存近古雅戏。博奕犹贤，或亦大雅之所不废云。

书某氏妇事

黄本骥

妇人所重者，节耳。吾乡某氏妇，孀而嫁，嫁而死，节不终，君子无取也。然其往事有烈烈丈夫所难为者。

前夫故贫士，妇之父官冀州，夫挈妇所生子往依之，父子相继死于冀。妇闻秏，偕小叔往迎丧，走长江，取道金陵，时有官其地者强止之，遣其叔去冀。迨丧还，而叔又死，妇瘗叔于金陵，而负夫与子之骨归里。其归也，无舟资，妇曰：是不可以柩返。出其父子尸，以大油布裹长短袱作行李状，孑身至江间问舟，舟子见一妇人而将两袱，廉其直，附以归。妇至舟，以夫置卧具之左，而枕其子以卧。时值酷暑熏烝，尸气达于袱外，妇焚旃檀乱之，且祝曰：若幸自敛，不尔舟人不我载，父子终为羁鬼矣。阅四十日，经三千里，舟人莫知也。将至里，换小舟，妇自念曰：数千里扶丧而以袱归，为乡里笑，非死者志。吐其实，倾橐中数铤付舟子，为市大小二棺，就舟中解其袱，尸腐筋断，骨有易次者，手正之，载以归里，里中人莫知也。

时妇年未三十，此其生前自述者。吾为书其事，所以壮天下之妇行，哀之也。阙其名，所以励天下之妇节，惜之也。

白水洞记

杨太灏

洞自棠溪径北，两山绵亘夹峙，中有清溪百步，一折寂无人烟，窅乎莫测所向。沿溪行三里许，经铁局亭，又里许抵一桥，桥之旁曰片石庵，庵上有岩曰吞湖，右有亭曰寒碧。寒碧亭当山水要隘，松涛石籁，时与疏钟相答，行者褎褏其间，觉山穷水尽，无复有进步处矣。

既而右转数百武，豁然一小洞天，民居数十家，田园庐舍，鳞次相望。溯流而上，有滴水岩，青壁侧立千寻，如猛兽奇鬼，森然欲搏人。转侧间，前阻巨石，从石壁行而上，两旁径绝，居人于右壁凿石置趾，行者扪萝附壁，足垂二分，俯视澄泓倒影澹灦，稍一移足，辄眩掉不能自持。须臾逾险，诵青莲“一夫当关，万夫莫开”之句，为之怃然。

里许，瀑布悬于岩上，高百余仞，如水晶帘，及山半有石承之，忽破碎如霰，如雾，如云烟散布，不可名状。下注为冷泉，晴则日光映之，作五色长虹，炫耀不定。岩前土润草肥，阴森绵邈，幽寂移情。其中为陵塘，为静池，又为深隩八九仞，游鱼出没不时。

又二十里许，横峰侧岭，移步换形，令人应接不暇。至螺蛳洞，水源出焉。崎岖险巇，人迹罕到。山上居民，皆刀耕火耨，结茅以居，如在天半。至此回望洞口，连峰亏蔽，白云合沓，不复可辨识矣。

黄荆洞记

杨太灏

郡城西北二十里许，有山曰峨山，怪石嶙峋，熊蹲虎踞，多穹谷嵁岩，而其大者为黄荆洞。

洞连属如重闉，始入可罗胡床十八九。旁有石柱天成，其下水流成溪，响操琴筑。渐窄如瓮，再进复历落宏敞，差可容数十人。顶俱有华盖，又入则犬牙错互，渐就昏黑，投以石作钟磬声，烛之则石田纵横，田畔有小潭，潭水清冽，时有游鱼，头头可数。立久，寒气砭人肌骨。旁有数穴，左穴微敞，可蛇行入。

曾有穷其险者，结伴然炬半炊时，山顶佛龛石下，闻击啄声，启之则一人出。又顷，或出自山后石穴，或逾数里自前山小洞出，如蚁穿牟尼珠，不自知其何由出，复不知窈暗中何以相失也。各道所见，言人人殊，未身历者，盖亦不能辨也。

洞前有两荆树盘根石上，一则围七尺有咫，一过七咫，高俱八丈有奇，苍古耸秀，望之如云，婆娑劲干，抱石俱老。洞以此得名。

竹界冲水记

杨太灏

龙山之阴竹界冲，距岳平顶二十五里，沟水一道，秋冬不竭，源出鸡冠山，山处岳平顶之腹，如雄鸡昂首而绛帻，故名。水自悬岩喷涌而下，十里至羊虎洞口，经曾家坝，坝之江身即杨家滩之别源，合经流以入涟水者也。五里至紫花坳细溢冲，又五里至油榨冲石头坳，始入竹界冲。居人黄、周二姓，于上流均一分注荫罗眼大塘、脚下干塘、排乌龟塘上下田亩。于下流均一分注荫潘家坳茅塘、黄冲集大方塘背上。都计近万亩，旱暵得借以无虞，而鸡冠山之水利普矣。

尝考龙山诸水，其冈脊以北为涟水发源，南为邵水发源。涟水出邵阳三溪一都界江坳，经五都、六都入湘乡，周学霆诗所谓“八面龙山湘占十，一分涟水邵居三者”是也。邵水出邵阳三溪三都龙山，自洪桥至西洋江会桐江、槎江，又西北至双江口会檀江，至郡城东关外，拦江犕入濱，自是礌而为七十二滩，邃而为四十八溪，泓而为二十四港。然后同声并力，以达于洞庭，在沅、湘间独为一派，即涟水且不足比数，况竹界冲水乎？

虽然，士无论出处，期于有用，功无问大小，期于及物。今夫草泽之中，寒泉一泓，沛然四达，逸于舟楫，疲于桔槔，源不待寻而可知，流不待考而具见，然而静深而有本，时出而不穷，居民皆得以食其利，及其有余，亦滔滔汩汩而有朝宗会同之势。以视大川之水，其汪洋澎湃，浑浩流转，虽若可惊可愕，时而高亢绝物，居其间者，或至不得蒙其涓滴之惠。是虽巨细显晦之相悬，而食其利者，终不能以彼而易此也，如竹界冲水者是已。抑余读刘澹山先生《游龙山记》，详于山而略于水，其记水处，亦止略言邵水之源，而涟水未之及。湘邵邑志皆详言之，此水同出龙山，曾不得挂名其间焉。盖方志之遗漏者，抑又多矣。兹得备悉此水之源委，与其及人之功用，因表而出之，为兹水贺，更为濒是水而居者贺也。

重修玉潭桥记代

李隆萼

宁邑为省会西北通衢，轮蹄辐凑，县治南滨玉潭，沩水入湘，必经此道，郦道元《水经注》所云“沩水历沩口戍，东南注湘水”是也。春夏漶漫，行者苦之，邮牍辄稽遭，前明以来，于薛花岩下架木桥以渡，曰玉带桥，屡修屡圮。

国朝乾隆二十六年，县令刘君善谟谋邑人移建石桥于南关外，会更替未及蒇事，越三十五年乃成。桥上置化字介次一，石狮四，铁牛二，栫以栏石，亘若雉堞。工牢，费逾巨万，创始之难，有如斯尔。岁月绵历，沙碛漱啮其下，又数遇大水涨高于桥，近岸基趾，甃之廉且龋也，磴之悬且压也，介次半閪，狮、牛亦漂落，追蠡阘剥，物理常然，盖自肇造迄今，已百年于兹矣。

予以癸亥莅宁，道经巡览，见岌岌有不支之势，窃惟兴利修废，有土之职也，顾兴利难于创，而修废易为因，因其创者，而踵事焉，利即存乎其间已。予之来兹土也，去粤酋牿乱未久，残缺颇多，比户方急输边，未敢扰以兴作。属都人士来谒，佥以厅廨多就颓堕，相与醵资修葺，爰自两辕头门内及二堂，皆肹饰而新之，堂之西偏拓六楹为衙斋，翼以篷房，基柱衡缩恢于前。因庤其赢余，复商诸君子，益以羡锾各款，得千余缗，择监生朱兰恬等董其事。就地量度，广（袤）〔袤〕约十丈，召匠石鸠工庀材，绳之准之，营之缮之，础碣而砻斫之，桔槔翻翻然竭流而籍板也，层磥磝磝然涩浪而浮砌也。草諯八月，两阅月而工讫。予就观之，有若琢者焉，有若削者焉，有若施砥濯者焉，夷庚由由，庶几旧规之完焉。

予稽邑志，桥自刘君经始，其间停工殆五六年，义民李廷清出佣，积百余金倡输之，邑人感而乐从，功以竣。是役也，举之不费，成之不劳，盖因之说也，因其易实，因其利而利之也。夫兴利修废，有土之职也，顾初终一出于因，虹其飞欤？鼍其巩欤？予何力之有欤？于其成书以纪之，更俟后之善因者。桥旧无碑，廷清事或弗闻，予嘉其义，并以表诸石。同治三年。

骑田岭石研记

陈起良

物有拳曲臃肿，不中绳墨，逃斧斤，饱风露，以全其天。不幸则爨为薪，腐为磷。幸或取以为玩，杯之瘿，杖之曲，五石之瓠，窍其中而用亦得。

乃若和之璞，赵之璧，犀象珠玑，珊瑚木难，珍诡瑰丽，怪怪奇奇，龙蛇之所潜藏，虎豹之所蹲踞，如有神守之而不得见。见矣，未有不呼号招要，百计千奇以求之者，此犹寒不可衣，饥不可食，治世用之不能兴礼乐，衰世用之不能致太平，且如此。若夫人生日用，如饮之瓢，食之箪，工之刀削，农之耒耜，其为物也，取之甚易，而用之甚便，人以其所甚便也，而漠视之，遂若以为无足用也者。甚矣，人之好怪也。村夫牧竖，山野无所见闻，则其好也不足奇，而其怪也，亦无足论。乃有豪门巨子，墨客文人，穷其力于无不可穷之处，聚其尤于无不可聚之端，如是则其搜罗也甚苦，而其寄意也独精。呜呼！是说也，吾于骑田石研而愈知之矣。

郴之山巃然高而大者，不知其凡几，而骑田又为郴山之最，嵯峨云表，上则剑阙，下则阴岩，未秋而寒，不风而栗，非复人世间之所居游矣。先是，土人取以为砺，好事者目之，曰：是石也，于研宜。道光初年，郡守曾公石友，好古者也，闻而异之，命仆从偕宾僚鸠工凿山，度以千金，而石之良者群然以出。或曰：是石也，产于山者，不如产于水者之良。凡天地间，烟云山水，鸟兽草木，人物之形于此焉具，往往索之而得，或索之费巨资而亦不得。惟时从兄云心、曹君鹿泉咸争致之，而骑田石研之名以传。

呜呼！是石也，不汩没于荒烟草莽之间，而与吾文章驰骋之事相期于无尽，是则石之幸也。然以予所闻眉山之龙尾，信国之玉带，吾不知其于石何如也。夫眉山、信国，古之不朽人也，意其精神，必有与石俱存而不可磨灭者，而石亦因之存矣，是则石之幸也夫！是则石之幸也夫！

湖南文征　卷五十四

记十三

改修八面山路记

何庆元

五岭博大，亘南天。郴为州，当五岭上，仰达于两桂，而桂东又踞其颠。岭至此如积，横奔怒立，攒簇盘互，亏蔽阴阳。其尤高而险远者，曰八面山，山在邑西，延袤二百里，赴郡者必道焉。自四都柔毛岭至庙头岭，形势倍阻峭，崖峦仰耸，湍瀑俯喧，降跻往复，顶履摩接。前后官民，启辟更徙之勤，志记备矣，然未获坦捷。

茂才李君锦春，希濂先生高第弟子也。悯行旅艰危，慨然思有以康逸之。精准望，计道里，避高就下，化方从斜，舍迂得直，凡缩路十五里，夷阻二十五里，费累百金，功逾一年，比成行者称便。其友刘君拔元，寓书欧阳子泳，丐予为文以章之。予曰：君子居是土，则思利是人，心乎爱物者，其于世必有所济，本末相应，人事通变神化，相推相阐，理势固然，不足为李君颂也。

山谷浑沌之民，囿习成俗，往往男劬女佚，厚于养而薄于教，是故人伦不明。秀髦者亦罕所成就，耕织本业也，则有农无桑。术序党庠，古之人所谓既富方榖也，乃更附益田宅，贸取轩裳以自张，而不知务学好礼为保世滋大之计，郁蘖韬卝，自咨阻深，甚可忧也。李君既夙禀师教，约己利物，著有成效，则曷弗创兴蚕桑，申明妇职，增设乡学，崇起儒术？倡之以身，行之以次，俾幽昧险隘皆得耀乎光明，其宣砥斯人之性，正外内以驯顽鄙也，功不倍于宣砥斯途者乎？既约纪其劳，并书以用劝。

筑隘记代

何庆元

古者国有重险，城郭沟池树渠守内，山林川谷丘陵守外。凡造都邑，必周知其四境之阻，因其山川，达其道路，治其固与其守法民皆有职焉。国有故则藩塞阻路止行者，官司率其属与地之众庶守之，昼三巡，夜三鼜，虽有卒然之警，民安堵寇，罔获蹂躏，其备豫也。

桂为楚徼，南逼粤，东邻豫章，西北接兴东壤，重山峙其外，壁立环匝，巍峨亿万雉，因其间窊凹者稍辟焉，才可通往来，委折峭险，狭逾彭门，四境率如是。道光二十一年辛丑，予来宰斯土，会粤氛，奉檄戒备。先严保甲，清宄慝，乃率耆老搢绅，循省吾圉，凡途之入粤者，与粤之道他途可达桂者，必穷之底于界。佥曰：天险也。属两山而垣之门，启闭略如潼梅诸关制，山不可属者墩之，堞其上无山卡焉，则守者逸待劳，利且万世。于是计亩捐资，遴能督绩，甃石墁灰，高厚视城墉，费白金几二千。役毕，额以名，上其事于各宪。凡为隘八，墩一，卡一。

正南曰太平隘，两山夹途，出于隘门下，行入粤之仁化，距县治四十里而近，距仁化界十五里而遥。乘垣望可见，数十里内有隙地容百人。不百武有水泉山，旧曰蜡岭坳，以太平堡在其内，故命之太平。太平隘之右十里曰城溪隘，形势道里如太平。乘垣望可见，十里内有隙地容二三百人。数十武有水田山，旧曰风门坳，以城溪团限其外，故命之城溪。城溪隘之右二十里曰龙虎隘，形势如城溪，下行入粤之乐昌，距县治六十里而遥，距乐昌界五里而近。乘垣望可见，数里内有隙地容数十人。不百武有水泉山，旧曰分界岭，以龙虎团在其内，故命之龙虎。西南曰延寿隘，形势如龙虎，下行入乐昌，距县治六十里而遥，距乐昌界十里而近。

乘垣望可见，十里内有隙地容百人。水泉远，筑隘苦汲，坎其旁，得泉出不竭，事葳泉涸，今其坎故在。山旧曰砖头坳，以延寿团在其内，故命之延寿。正西曰镇安隘，形势如南，下行道文明司，入粤之乐昌，距县治五十里而遥，距乐昌界三十里而近。乘垣望可见，二十里内有隙地容百人。不数武有水泉隘，初筑上庄桥，水患徙于此山，旧曰百丈岭，以文明司限其外，文明本镇安，故命之镇安。东南曰东岭隘，形势如南西，下行道东岭，入粤之仁化，距县治七十里而遥，距仁化界十五里而近。乘垣望可见，十里内有隙地容百十人。不数武有水泉山，旧曰轮子坳，以东岭限其外，故命之东岭。正东曰集龙隘，形势如南西，下行道集龙，入江西之崇义，距县治四十里而遥，距崇义界三十里而近。乘垣望可见，十里内有隙地容百十人。不百武有水泉隘，初筑丰洲亭，艰守徙于此，山旧曰花坳岭，以集龙团限其外，故命之集龙。东北曰永丰隘，形势如南西，下行入崇义，距县治六十里而遥，距崇义界五里而近。乘垣望可见，二十里内有隙地容千百人。不百武有水泉山，旧曰牛子塘，以永丰团在其内，故命之永丰。

太平、东岭之间，曰九曲岭，道峻削，艰上下，仅容一人行，无两山夹，故墩于其颠。墩受二十人，水泉近，距县治四十里而近，距仁化界二十里而遥。集龙隘之右三十里，逼崇义界，曰百石丘，地平衍，旧无卡，今增焉。距县治七十里而遥。其小路间于各隘，而不利修筑者七：南曰竹里坳、带角岭、马迹岭、冬茅江，东曰黄土岭、猿坑，西曰姜阳洞。其西北路之达兴东，可筑而未及筑者五：西曰竹篙岭、江顾峡，北曰八寮坳、寒岭头、樟溪坳。有事时，皆当量置防守，毋易视。

守隘之人，自保甲出，就其乡户编壮勇，择机警为众服者统之，籍于官，时纠几焉。禁令赏罚，必明必信。守隘之资，富民量产出财粟，而立廉能者司出入，罔侵欺，罔妄费，人乃用命。守隘之器，鸟枪炮石为上，弓弩次之，戈矛又次之。

先时相度地势，于太平隘得断碑文，剥蚀略可辨识者九十七字，无年月，不知是何朝代也。其辞约曰：郴桂门扃，两山夹耸，天生扼要。桂邑黎庶，昔年被贼。本镇亲勘，桂之四境。捐资命匠，永定关隘。奠安内地，捍御外侮。厥后兴工掘地，又得古隘遗址于隘所，砖石俨然，昔人先得我心，益以证此举之非创矣。自今以始，时涂塈，修次舍，有其举之莫敢废，是存乎后之守是土与密迩是隘者矣，申画郊圻，慎固封守，独予责也哉？因搨其碑附案，而详记颠委以俟。

修复山西平阳府莲花池记

罗绕典

平阳郡以平水得名，而郡城距水远，独莫沾其利。城中地势隆然高起，其视城外，若高岸之临深谷，虽引水无从入也。居民以井泉咸苦，车运城外之水供用，无力者苦之。

宋庆历间，潘公大博始凿莲花池于城北隅，引东山卧龙冈黄芦泉水注之，经金源氏之乱而池废。明洪武十年，郡守徐公仲声复引汾河潶利渠水穴城灌入，分为两池，方圆各二百二十武，其深七寻，跨以土梁，名其池曰永利。成化乙巳，太守李淙重浚之，凿通郡学泮池，及不由儿濠创为引水洞，长有百尺，过水洞长半之。又于池旁凿井，以便汲取。井桥既具，花木茂美，建书院于池侧，极一时盛事。其继起修之者，嘉庆间则有刘司马衍祚，万历间则有邢太令云路。自国朝康熙三十四年地震后，池之旧址就湮，而水洞遗迹更邈不复睹矣。

余于道光丙申来守是郡，每徘徊池上，窃念前遗泽沾溉穷檐，竟听其荒废几二百年无由修复，不适重守土者之过欤？考《水经注》载：潏水出巢山东谷，北径浮山东，又西北流与劳水合。即《山海经》所谓“牛首之山，劳水出焉”者是也。乱流西北，径高梁城，则距郡城仅十里矣。乃先期戒徒疏浮山潏水之源，引入樊家河之千金堰，使水源大旺，溉地有余。改修旧渠及小莲花池，畚挶既兴，凡引水、过水诸洞，井然具见。掘其淤塞，增其瓴甋，俾复旧观。城乡诸父老子弟，莫不欢忭鼓舞，捐资协力。经始于戊戌十二月，迄明年五月而事竣，计费缗钱凡二百万有奇。而东村士民亦请修复黄芦泉水，由翟村县底开渠，迤逦至城。又于东城濠内，掘出甘泉，甃为郡井，城中数千户提瓮荷担、车马驮运者，取之裕如。其莲花之水，由北关入引至郡治前，为小海子折由西关而出，甘如醴，清如镜，周环如拱璧，衣带融衍莹净，其流涣然。昔东坡《赠唐州赵太守》诗曰：渠成如神。是举也，殆亦默有神助者欤？池上旧有三元宫，为居民捐建，并输田为是池岁修之费。因祀龙王神于其中，以答神贶。

余于池成后，适奉命观察秦中，其书院及亭台花木，未遑次第补葺，谨以俟后之君子。因泚笔记之，以见平民之好义急公，而风水惟贞，亦即将来人文鼎盛之券也。别后西湖付与谁？诵白香山句，益低徊留之不能去云。

重修八蜡庙记

罗绕典

伊杜里在平郡城南，旧有八蜡庙。余以丙申冬来守兹郡，下车伊始，问民疾苦，佥曰：比岁以来，常苦旱，米价日增，穷民艰食，闾阎不乂，实重为父母忧。余因反而深思，所以致此灾者，岂冤抑之未伸欤？强梁之未辑欤？抑沟渎有未通而暴骸有未瘗欤？于是悉按治之，而邑父老犹愀然长虑，谓关南北多蝗灾，而平郡幸频年无恙，今八蜡之祠颓废已久，非所以答神贶也，且惧无以康神之灵，而俾一方民不蒙其泽也。

余考伊耆氏始为蜡，其祝词曰：土反其宅，水归其壑，昆虫无作，草木归其泽。夫为民之故，而索飨以奠水土、辑昆虫，其肇祀之意，不诚深且远乎哉？平阳，伊耆旧都，凡茅茨土偕之迹，蓂荚之亭，邑父老犹能指求其约略。乃伊村旧壤遗祠荒落，土鼓苇籥之声不作，举古圣人息老劳农、仁至义尽之典，竟淹没于烟荒草蔓间，亦守土者之过也。

越明年，乃醵金合郡重修之。庙以南为汉关壮缪祠，亦裒其余资而肸饰之。别建东廓三楹，为刘将军祠，将军元人，驱蝗多灵异，近始列之秩祀，亦诗人因秉畀而迓田祖之意也。其西廊三楹，为齐宿所建房六间居守者，又重葺茶房、官亭，缭以长垣，严设扃钥，俱如式。落成之日，大雨适降，秋禾以成，城乡士庶，幸岁功之有成而灾荒可弭也，咸归其功于神，相与琴瑟击鼓，咏歌以乐之。是岁也，蝗过境不为灾，予因喜而为之序。

修贾浪仙墓记

舒梦龄

予守姑孰之明年，始于郡城南得唐诗人贾岛墓，墓四面皆田，锄犁所侵，仅存抔土。因与前当涂县季令谋加修葺，讵江涨圩破，村落尽在水中，兼地方有风鹤之惊，戎马倥偬，无暇及此。嗣季令调宣城去，予亦量移同安，浪仙有知，得毋责其食言乎？

今年春，乃函百金，寄交饶星垣教授，并书托胡青亭太守、史颖生明府，相与经理其事。落成之日，适权观察，近在鸠工，星垣以书来请予记其颠末。予按：岛初习释，名无本，韩昌黎尹京兆，与为布衣交，教其为文，遂去浮屠，举进士，然一身落拓，久困饥寒，枯坐苦吟，至饔飧无以自给。张文潜云：唐诗人多穷，莫岛为甚，生前瘦骨，死后吟魂，忍听其蹂于畜牧邪？

或曰：墓系贾嵩，非岛也。岛因谤贬长江，卒于蜀。郑谷经其墓，有七绝一首。而曹松又谓在房山。近代王阮亭亦有诗。然前志载岛官水部员外，不乐进取，客死葬当涂，必非豪无依据。即《舆图全书》，一载当涂，一载房山，世远年湮，不可得而考矣。要之嵩名不甚著，人亦鲜有知者，岛则称当时，闻后世，其轶事或时见于他说，爱其诗者至呼之为佛，甚或绘象奉之，其为人所推重如此。则此一丘之垅，即归之长江簿，亦无不可。

中墩记

伍泽景

郡地脉自西南来，故绕郭皆山，北枕资，东滨邵。资深且广，济行人以舟。邵稍浅而狭，水底沙石层起，且道通衡湘，往来络绎，非舟楫所得尽济，宜造桥，桥曰青龙，位在震也。肇造自宋之宝庆丙戌，至于今六百有余岁，历元、明迄我国朝，代有废兴。初建时，撰石为梁，形如半璧，势悬若坠，故易毁。后更为墩，墩凡五，驾大木梁之，覆以版，状若筏，铸铁犀蹲上游，以镇水怪。南北为廛舍，东西通大道，过往者肩摩踵接，如履坦途，而忘其为桥矣。

道光戊戌夏，大水骤至，怒涛中激，墩全圮。民病涉，权宜造浮桥，联以铁缆，遇暴风疾雨，卒解散，至有堕溺莫援者。邑绅耆咸集，请于官，谋复修，于是有任修东岸及第一墩者岳君也，任修东之第二墩者予族父例贡生武扬君也，任修西岸及第一、第二墩者城内外诸君子也。惟兹中墩，回既倒之狂澜，作中流之砥柱，所最紧要，而水深湍急，当邵水南来北下之冲，其施工尤难，则有予再从弟国子生福、县丞职衔谢翁承莳、文学生陈君必耀，捐资为倡，募合邑善士共修之。伐石东塔山麓，占良工，董乃事，墩表里皆甃以石，基址仍旧而石维其新。巨者径丈余，小亦径八九尺，其中之罅隙处，熘石为灰，弥缝其阙。美哉！联众石为一石，历久弥固，较前之填以沙砾，外坚而内脆者，其密致为何如邪？

墩既成，购大木梁其上，南北建杰阁，一祀水神，一祀关忠义。左右廛舍，悉依旧制。经始于己亥，落成于丙午，计费金六千有奇。一墩之巨，且难固如此。是举也，予再从弟福始终经理之，糜金最多。予无力资助，惟是承邑侯石兰裘公命，备糗粮走乡劝乐善君子，慷慨好施，以共襄厥成也。

城南五忠祠记

陈本钦

呜呼！此吾湖南晋、宋洎明前后五忠之祠也。初，谯王及孟公五人，宋世即南岳行宫设位以祭。淳熙中，朱子帅潭州，始于郡城之北门，创建五忠祠，肖像专祀。是后南宋及明之亡，潭之士大夫与官于潭者，捐躯殉国，若李忠节、何忠诚、蔡忠烈诸公，光赫赫若昨日事。呜呼！何忠魂毅魄前后数百年间不相谋而相同，毋亦大贤之表章崇奉，有以风厉而兴起之与？既岁久，祠之故基不可复得。谯王、孟公之主，乃侨祀于国朝贤良祠之夹室，李公、何公则不血食者且二百年于兹。湖湘之间，淫祠多矣，贞臣谊士之魂，乃黯没若是。嗟乎！犹有人心其忍此傎乎？

先是，新化邓湘翁显鹤修辑《楚宝》一书，憾此典之阙也，议复朱子五忠祠于故城南书院废址，益以宋、明湖南死事诸公为后五忠祠，并僚佐、仆卒与乡士大夫之殉节者祀焉。久之，议遂不行。道光甲辰秋，本钦方崇祀陈、屈两贤于妙高峰上。妙高峰者，宋朱、张二先生所尝讲学地也，故南轩祠焉。其前楹既祠两贤矣，左右有隙地，求可以栖前后五忠之神者，与两贤同堂而异室，室凡东西四楹，五忠祠东序南向，后五忠祠西序南向。盖规制虽略，而春秋牲杀器皿之供不阙，基宇虽不闳，而周旋于大儒孤忠之庭，亦神之所安也。

祠成，亟谙湘翁及黄虎痴师本骥、左仲基宗植，择良日刑牲礼神而奉安焉。呜呼！晋、宋暨明之末造，可不谓极乱之世也与？为人臣者，平居北面立，夫人之本朝而享其富贵光宠，及一旦四郊多垒，弃城避遁，全躯命，保妻子，甚或输地倒戈，卖君父以取荣利者相踵也。湖以南，荆吴之上游也，天下有事所必争之地，形势偏远，无厄塞关隘可以阻险而悍戎，惟恃一二人杰奋万死不顾一生之节，固人心而报所受，扶名教以风有位。而此落落十数公者，明知事无成，崎岖艰险，竭力所事，至或寸磔其躯以死，或遍刃其家人而后死，或僚属、友朋、仆隶感忾，而相率缢林木、婴斧质以死。呜呼悲夫！死生亦大矣，彼岂异夫人之身与？何义烈若斯之隆也？非夫负至大至刚之气，而概乎有闻于圣贤之道，恶能从容坚定如此也。

夫古人往矣，其浩然之气足以配天地，其名足以光古今，固不在后世祀典之有无。百世之下，言之者动容，闻之者改观，庙而祠之，尸而祝之者，秉彝攸好之良，廉顽立懦之感，傥亦有大不容已于其间者与？然则朱子表章崇奉之意，其必有在矣。道光二十四年九月既望。

柏子书院记

张瓒昭

东安四乡少义学，凡学中人自乡来谒，余必劝之修义学。其有源源来者，余则劝之至再至三，惟东乡端桥铺周生而溥应余，言其族有公田数十亩，将遵谕定为学田，但未有学舍耳。越数月，余以奉札讲训兼劝修义学，宿山口铺，言学田事及周生，人告周家现在定其祖遗柏子庵为学舍，余喜甚，因劝其推与同里各大姓共之，且欲劝各大姓皆有捐项以相助。于是特订捐簿，并作叙文弁其首以遗之。

既而闻端桥诸学人咸允予说，惟不欲用柏子为名，盖疑柏子无与于学也。余于时业已为之书额曰柏子书院，斯不得不有以记之。其辞曰：古之为社也，殷人以柏与夏松、周栗并传。或曰：柏者，白也。殷尚白，故以之。以吾推类于夏尚黑，黑于松无与。周尚赤，赤于栗无与。颇不谓然。然而柏既见取于殷，则必有关于学，何者？学与教相因，言教不始自殷，言学则自殷人始，今《学记》所引劝学书文，皆殷之书文，是明征也。且《易》兴于殷世，故高宗、帝乙、箕子经有明文。《洪范九畴》，武王访于箕子得之。说者谓殷自契为司徒，以教为职，由来久矣。

学具在殷，岂顾问哉？虽书缺有间，未闻亳社左右有学，然吾闻辟廱之为学在囿中，囿为习军旅之所，几习军旅，君亲誓社，以观其习变而流示之禽，禽非囿无有，则社与学皆在囿中可知。夫社必有树，而学必有林，社与学既并在囿中，安知殷人以柏为社之树，不并以柏为学之林邪？然则今之太学所植皆柏，并不参之以松、栗，岂非监于有殷者欤？《商颂》曰：陟彼景山，松柏丸丸。景山，殷所都也。丸丸以子言，松子之丸丸，不如柏子，以柏子有仁，味甘而气清香，主养心而去百邪，医家所珍，珍其仁也。夫仁为大生之德，吾身之仁与木实之仁无二，生生之理同也。吾学中所重在仁，故孔孟之言仁至悉。

宋代国学以责仁名斋，有以也。惟柏子以仁重，兹即以柏子名学，胡不可？故吾今定端桥义学为柏子书院，因为之记如此。亦曰柏者，百也，端桥自有此学，吾愿其学人皆仁人，且人之多以百子称盛云。

扩修前明娄贤妃墓道记

邓仁堃

当宸濠兵溃樵舍，娄贤妃与一时获从宫嫔皆赴水死。《明史纪事》谓当日求妃尸葬者，为南赣巡抚王公守仁，而旧志则称妃自沉，逆漂至德胜门外，渔人网得之，私瘗隆兴观侧，即今新建、上饶两漕仓之窆所是也。

夫此丽牲之石，久渐倾颓，掩没于穷氓灶侧者，历有年所。逮乾隆辛未，铅山蒋太史士铨与修邑志，请于方伯彭公家屏，重为立碑。妃本上饶娄谅之女也，母族避祸，易锺姓，支裔有徙居沙井者，出所藏朱牒，适诣方伯，备陈妃墓湮圮之故，犹得稽其圹址，而妃之死事亦具详焉。嗟乎！中州之记与夫藏园片石之传，其表扬盖已至矣。越二十六年，吴公山凤以观察来领藩牧，捐金徙墓旁蔽舍，稍稍扩清。在昔樵夫牧竖攀登砺角之所，易为风帆雨楫，骚人过客低佪感喟之场，世远年湮，一抔不没，固妃之灵爽阴相之，亦前兹守土者勿替也。

咸丰三年夏五月，粤匪之乱，陷及金陵，其党掠艘数千，突犯南昌，历夏徂秋，三阅月有奇，附郭民居，罹兵燹者殆尽。余守郡时，先事区画，商诸台省，为城戒备者严。贼至，百计环攻，屡扑屡蹶，掘隧道，燃药轰城者再，后就前叠陷隙，左右并发裂数十丈，皆余与江公忠源及其弟忠济，合力固御，且战且筑，极危而安。复与在事寮寀，出奇计击之，贼穷，终不得逞，一夕焚攻，具遁去。当其千樯附集，原野之丛祠古刹为贼凭据，而旋成丘墟者，不可胜数，以昭明太子之贤，文信国谢叠山之忠，咸不得其歆飨之室，任窟狐鼬，即一二凭眺所寄，如滕王阁秋屏北兰诸胜，一俯仰间，悉与千万阛阓顿成焦土，独此冢封识可寻。吁！是殆志节不泯，留凷壤以系存亡之故欤？

史称宸濠将谋反，妃泣谏不听，卒困于兵间，以身殉难，盖明夫顺逆之理，而悲逆藩之逞戈为无道也，结衣沉江，有隐痛焉。余昨岁备兵擐，尝锋镝，置身命于度外，而终以堑险既失，狂澜莫回，不得击楫提戈，先发制于境上，坐使重闉逾阈，悉委榛芜，蒿目棘心，茫茫感集，其得留此剩迹者，抑又益以悲已。曩者方伯彭公以移官去，匆遽未增式廓，吴公有意兴废，逼于仓困，惮重迁未令他徙。余幸逮前贤未竟之志，又以阐幽发潜，先为胜国遗簪导扬嫕美也。治城既竣，命子辅纶监视修葺，并为文以泐绰楔。风景不殊，河山异致，后之揽斯胜者，其感慨又何如邪？

昭德侯祠记

陈起书

郴自四月不雨，至于五月米价骤腾，知州事姚公悉心条画，祷于昭德侯而得雨，禾尽起，价复平，因立侯祠于橘井观之左以报焉。

公之筹救郴饥也，予曾赞之，谨将已行未行诸策，详书以告后人曰：救荒之策，招商买米为上，骡夫运米次之，劝绅士买米平粜次之，严强粜、禁游民又次之，必不得已而发仓又次之，莫不善于平商米价。郴居五岭之颠，山高田少，仰食于衡湘。五月之杪，米价骤昂，桂阳州出示平价，米至日少，民祈发仓，郴商虑发仓则米必贱，又新谷将登，商咸不行。予以郴四十万人，就仓谷二千余石，何足济？乃通计商米之在郴者，在衡湘者，在途者，共八千石，而耒阳、永兴去其一，桂阳州临武、蓝山、嘉禾去其一，宜章、兴宁去其一，郴不能十日食。早禾已坏，中禾尚迟月余，二十日内将安食？况是时衡米断阻，湘来往经月，不先时计之，食尽无策矣。

公乃招商人奖以花红，有愿买千石者，其日闻风者数十人，皆给路引，得数千石焉。若郴亦平商米价，米必不来，不惟价不能平，且食不可得矣。不平价而价自平，招商之力也。又五月初旬，郴米价四百八十钱，而瓦窑坪实止三百八十钱，盖瓦窑坪至五湖澜，船载米五石，石三四百钱，夫运于城，石又数十钱。公则不僦舟而雇骡，石二百钱，运价少而米来多矣。公又虑米出于商而钱出于典，郴一典而桂阳州之典复停，仰给于郴，郴日质千金钱必尽，乃谕典运钱于衡，给路引而载以骡，钱有出而后米可入也。又劝绅士买米八百石平粜，又以游民易动，为严刑强粜数人乃复静。

昭德侯适至而雨降，郴得不成菑焉。夫民祈发仓而公不急于发仓，何也？人知荒之须谷，而谷无从出，知仓之有谷，而不知仓无益于郴。仓谷八千石，存七粜三，官不能自发，禀大府又咨部焉，往返数千里，新谷登而文移犹未至也。又况胥吏之费，大府之费，委员之费，银钱折换之费，米去其半，迨买补而费亦如是，米未及民，官已惫矣。夫救荒无奇策，发仓平价，言之甚美，行之甚迂，古人有增价以招四方之粟，而腾涌顿息者，彼诚洞于物情而不邀一日之虚誉哉！

若夫未行而可行者，五隅赈米，六乡贷仓。近城无粮者多，先分五隅造门牌，二日而成，约二千张，以十口计之，得二万人。人各一升，家得一斗，二百石已足。人各三升，家得三斗，六百石已足。二百人领米，五日而毕，不畏拥挤也。六乡有粮者多，惟门牌难猝造，不能周知户口之多寡，家计之上下，令民执上年斗、升、合、勺饷票，依数发之可矣。

施粥之地宜分，或劝富户令人担粥，随地给发。又施药饵，施棺木，收小儿。禁烧锅熬糖，禁私宰，禁嫁娶宴会繁靡，禁僧道道场，禁聚众演戏。劝种冬荞，严察流民，谨稽保甲，皆宜于郴者也。夫救荒之策，先事为上，当事次之，事后为下，俟郴人有桑梓之爱。

立昭德侯岁祀记

陈起书

考之《礼》，有功德于民者祀之，能捍大灾、御大患者祀之。又曰：雩祭水旱。雩有二，《月令》：仲夏，命有司为民祀山川百源，大雩帝，用盛乐，乃命百县〔雩〕祀百辟卿士有益于民者，以祈谷实。此龙见而雩之常雩也。《周礼·司巫》：若国大旱，则率巫而舞雩。此非常雩也。

今夏旱迎昭德侯赴郴，祷祀而雨降，因立祠于橘井观之左以报焉。《宜章县志》：侯浆水人也。唐时武进士，历官都统，屡立战功，委身殉难，封为武陵侯。每遇旱灾，祈祷必应。宋嘉定五年，因亢旱瘟疫，迎神赴郴，雨降疫止，请于朝，封广惠侯。宝庆四年，因大旱致雨，加封广惠灵佑侯。景定五年，因大旱盗起，祷于侯，雨降盗息，加封广惠灵佑显应侯。元至元二年，因旱迎神赴郴，祈祷雨降，加封广惠灵佑显应昭德侯。明宣德己酉，因赣寇萧彦贞作乱，将入境，侯显灵于风雨之中，寇惊遁，诏有司岁具牲币，春秋二仲，率属诣庙致祭。国朝因之。可谓有功德于民者矣，可谓能捍大灾、御大患者矣。其祀礼也，今宜有祭而郴无祭，雩祭复久废，乃将立庙羡余，以少牢之礼，每岁春秋二仲致祭，即以为雩也亦可。

夫水旱乃天道之常，侯神有桑梓之爱，或祷之有应有不应者，其故有三：岁祀不虔不应一，祷祀不诚不应二，政不足以感神不应三。后之主斯祭者，于岁祀之时，必思政之足以感神，而后于祷祀之诚，乃可以甘霖立沛云。

蓝王庙桥记

陈起书

由州城北通永兴之路曰东大路，由州城西北通永兴之路曰西大路。西大路之西有小路，在州城西三十里，至蓝王庙过西河，可通永兴、桂阳州，向有渡，以其不便也桥之，为齿若干，为用若干。

夫桥之便行人也，天下所同也，不必余言也。春夏间，瑶扰桂之泗洲碛，其时余谋守郴之策，画西河而守之，则瑶不能入境。桂在西河西，郴在西河东，西河水深，瑶能行山，不能过水也。于桥西砌一墙，高丈余，下实六七尺而级之，留孔以枪，内宽外隘以取准，则我能俯击而瑶不能仰攻。于桥东砌一亭，留门如栅，实下而虚上，则我能仰攻而瑶不能俯击。百人守之，千人不易过也，千人守之，万人不易过也。上下救援，沿岸巡查，则偷渡无虞，音问易通。

西河之桥十有二，当守者六，蓝王庙其一也。幸贼久平，因书其法于碑，以示后之守郴、桂界者。至于砌亭之说，则于憩行人、禁盗贼，亦不无小补，愿以其余修一亭于桥东。

陈君祀事记

首焕彪

云心先生既没之二年，岁在壬寅，州人士知与不知，言及犹流涕，彪等心伤之，伥伥然如无所归，而失其依也。因取古人拜五经之意，议于先生诞日，位以栗主，荐以溪毛，设宴而展拜焉，相与志瓣香之祝，礼也。念非置产不足以垂久，为醵钱若干，置铺宇一所，纳其租，使岁岁行之不替。与斯会者，罗君储雍、周君德光、陈君昌仑、黄君仲骐、谢君良室、张君贤咏、黄君如岱与彪，凡八人。诸君虽各有受业私淑之不一，其心切景仰则一也。事既成，爰命彪志之。

盖自两汉以来，文振八代之衰者韩文公，学开百世之统者周元公，二公之生，旷代所仅见，吾郴并得而祀之，何幸也！夫以郴僻在南服，而山川清奇，又为名公魁儒之所游宦，意教泽之所被，必有闻风兴起者。乃历数吾州爵秩科名、衣冠文物之盛，虽唐有刘平章，明有何文简辈，类皆间世而始一出，出亦卒遭厄抑而不竟其用，岂真清淑之气积以有待邪？抑限于荒阻穷深，无人焉昌明先圣先儒之绪以共振之邪？

先生继刘、何而起，毅然以道德文章自励，用意精苦，力抗古人，所作诗古文辞，直逼昌黎，不肯轻出以示人，而尤好博揽宋、元、明诸儒书，讲求体用，以上证濂溪之旨，故其经国大业，胸中海涵地负，诚可以扶世济民而收实效。虽一官冷局，讫不得施，而怀抱古今，眷恋国家，尚欲勒为一集，传之千秋，以备采择，此则彪所深知而有难为外人道者。即欲言之，而亦安能尽其精蕴邪？嗟乎！先生往矣，借使当日居得为之位与能言之职，功业亦乌可量。不然，而或令优游著书，少发抒其蕴蓄，安在近不可以表章刘、何，远不可以绍述韩、周，乃天顾必龃龉之，摧折之，以归于尽，天纵不为吾郴惜，宁不为斯世惜邪？

昔韩门之学，得籍、湜而彰，濂溪之道，借程、朱而显，贤如程、朱，固非浅学所能希其万一，抑岂无勉为籍、湜者乎？薪火相传，厥有端绪，遗文补录，望之何人？第沾沾以一祀为足重先生，是岂重先生之意欤？

分水潭记

何钰麟

分水潭在桂林兴安邑，湘、漓二水分流处也，其源发自海阳山，横流奔注十余里，至此而分。左顺流而下为湘水，右顺流而下为漓水。二水中分，一潭为界，舟隔数里，遥望水势，如天河倒泻，匹练飞空，左右皆然。谚云：兴安高万丈。信不诬矣。

予世居湘江上，溯湘之源，稽之志，云在阳朔，或曰在全州湘山，今夏来粤，始知其皆非也。事不亲履其地，目击其形，而徒恃耳食，乌可传信哉？吾因之有感矣。古人云：饮水者当思其源。夫楚粤之人，日饮湘、漓之水，而或不知湘、漓之源，是无异泾渭不分、淄渑莫辨矣，岂不可叹？且不独此也，万物本乎天，人本乎祖，虽支分而派别，实异流而同源。奈何人日戴天之德，而不知所以事天，日沐祖之泽，而不知所以念祖，不几自绝其源哉？悠悠人世，君子所以有江河日下之忧也。分水潭故不可以不记。

稻香楼记

锺显震

稻无时不香者也。爇檀于炉，檀烬而香歇。莳花于庭，花落而香消。惟稻不然，朝夕间一酒一食，皆稻之菁华，浮浮焉生于中，达于外，滃于口鼻而沁于肺腑者，无往非稻，即无往非香也。

楚南为古荆州，谷宜稻。魏文帝言：长沙有好米。新粳稻出，斜风吹之，五里闻香，其来旧矣。熙人楼于其庐之右为读书地，楼之外稻田弥望。五六月间，良苗怀新，甘露在野，金穰玉穗，莫不含芬吐馥于窗棂几案之旁，与楼中人妙气喜神，交相长养。即稼收野阔，而耕夫田父，雨笠烟蓑，犁者、锄者、桔槔者、篝车而担荷者，妆点平畴，歌声互答，登楼徙倚，目览耳收，皆有自得之趣。

卷轴之暇，具杯酒盘飧其中，而嘉谷余香，又浮浮焉从座间起矣。况早稼方登，稻孙重碧，米元章无为州城所见，青青者固犹未艾哉？乐哉斯楼，其与爇檀莳花者，所得为孰多也。

记武隆阿秀堃八旗生计疏及双城堡屯田始末

孙鼎臣

我朝八旗以兵政寓民，一马甲月给银三两，护军四两，月米皆四斛，于京城内外按旗分给。房屋于近京五百里内圈给地亩，衣租食税，恩至渥也。

雍正中，每旗发帑十万生息，以为婚丧之费。乾隆四十四年，户部赎回八旗入官老圈地二万七千余顷，责成直隶州县征租解部，于年终普赏各兵一月钱粮。嘉庆十年，又节省巡捕营马干银，增养育兵额。十一年，复发帑银七十万，交商生息，再增兵额，所以为旗人谋生养者，无微不至。然历年既久，生齿繁而衣食绌，列圣时以为忧。

宣宗登极初元，大学士伯麟奏调剂旗人生计，诏八旗都统、副都统详议以闻。于是喀什噶尔参赞大臣武隆阿、帮办大臣秀堃，言直省绿营既有满官，亦不妨有满兵，请将各将军、督、抚、提、镇、标绿营马兵，酌分十之五为旗缺，以驻防八旗马甲养育兵就近送补。无驻防者，以附近之驻防兵往补。三年补足其额，差操钱粮恤赏与绿营兵同。千总、把总、外委缺出，较其优劣，一体拔补。其在各府、州、县，照商籍、寄籍例编为旗籍。户婚、田土、命盗诸务，归地方官管理。生子随时呈报，督、抚年终汇咨部旗。旗籍子弟，愿补绿营守战马粮，许一体考补，并许应府县文武试及乡会试。应翻绎试者，由各省咨送入京。其欲预赴各省候挑兵丁及自谋生理者，呈明给咨，赴州县入籍。驻防兵补绿营兵后，分满营兵缺，以其二补本营驻防闲散旗人，以其八调取在京闲散旗人往补，由京旗都统按缺选派。所以应补之缺，截旷银粮计数支给，为道里之费，官给车船递送。其马甲养育兵愿赴驻防者，许辞京缺，前往听补。父拨补而子为闲散者，得携其子。子拨补而其父辞缺随往者亦听，兄弟叔侄亦如之。京旗中愿随外任亲戚，或愿赴各省谋生者，皆呈明都统，给咨赍赴所往之州县入籍。如此，则京外旗人生计充矣。疏入，上命八旗集议，事格不行，二公由是获谴。

当昌陵之季年，议开奉天、吉林等处荒地，移驻京旗。于是富俊、松筠，迭为吉林将军，首尾经画十余年，双城堡之屯始成，他未遑及，而二公继没矣。先是，乾隆间，御史舒赫德、范咸，户部侍郎梁诗正，请于盛京、黑龙江、宁古塔沿边开屯，议者多以为不便。至嘉庆十一年，谕曰：京旗户口日增，生计拮据，乾隆间，以八旗人众，分拨拉林地方，给田垦种，迄今甚享其利。今若将在京闲散，陆续资送吉林，以旷地拨给，或自耕，或召佃取租，足资养赡。乃命松筠、富俊与盛京将军和瑛会勘议行，会吉林将军赛冲阿奏秋收不丰而止。

十九年，富俊为吉林将军，乃始奏于双城堡设中、左、右三屯，为移驻京旗之计。双城堡者，吉林辖境也，南北七十里，东西百三十里，西南为拉林河，北为松花江，地势平衍，土沃泉甘。其地俗以晌计，一日可犁之地为一晌，大晌十亩，得粮四五石，多者七八石，一石准仓石二石有半。四年十月富俊奏。富俊奏挑派吉林、奉天旗人三千户为屯丁，官给耕牛、农具、耔种，分中、左、右三屯，为百二十屯，每屯凿井二，每井给银十八两，每户给盖窝棚银四两。拨荒地九万数千晌，每丁给地三十晌。先开熟二十晌，五年后征粮二十石。移驻京旗，到日拨给熟地十五晌，荒地五晌，通二十晌，余十晌荒熟各半。给屯丁为恒产，不征其租。后道光三年，松筠奏改为两户屯丁原分二地六十晌内，照原议荒熟地亩之数，两户屯丁拨给一户京旗二十晌，各屯丁每户留二十晌为恒产。每屯屯丁三十户，京旗三十户，中、左、右三大屯，议移驻京旗三千户，每岁移驻二百户。愿移之户，十月报部，次年正月起程。每户户部给治装银三十两，本旗津贴银十五两。车马皆官给。到屯后，户给屋四间，皆官建。自道光二年始，移驻二十八户，三年移驻三十一户，四年移驻五十三户，五年移驻七十七户。时垦熟之地已三万三千一百余晌，四年容照、耆英奏。盖富、松两公前后数任，始终其事，阅时最久，故规画倍详。二公殁而当事者不能无懈，京旗安土重迁，往者益少。

其后协办大学士英和犹以为言，以为经始维艰，宜推广以竟成功，而任事无其人矣。

方双城堡之兴屯也，富俊欲推其法于伯都讷围场，以为募民开垦，可得地二万余晌，较双（地）〔城〕堡事半功倍，前后奏至六七上，廷议以双城堡屯务未竣，且经费不足，不能更及，竟寝其事。而松筠于道光三年任吉林将军，亦请开养什牧，及大凌河马厂，皆嘉庆十七年故所勘地也。良法美意，虽未果施行，而老成谋国之心，条议区处之密，与营平之在金城何异？若夫成功，则岂人之所能为者哉？

八旗生计，舍是二者，别无良法。煦斋相公当国时，以过犯销除旗籍者，岁常数十百户，则又无可如何之计也。今旗民岁饷不支，相与安坐待毙，数公谋国之苦心，至今日而始见其效，岂不哀哉？嵩焘附识。

壬辰征瑶记

汤彝

瑶之类甚蕃，错居五岭腹背，有土瑶、獏瑶、猺瑶、过山、箭杆、顶版之别，大都皆蛮族也。《路史》引《伯益经》云：黄帝曾孙卞明生白犬，是为蛮人之祖。而《汉书》谓为槃瓠狗种，杜君卿非之，得毋因白犬之名而传讹与？

蛮自汉以来叛服不常，惟以蛮制蛮为上策，总不外乎剿抚两端。而宋主抚，故沅州、诚州之建废日繁。明主剿，故韩雍、李震、王守仁之师徒时起。国朝则因时因地，剿抚互施，诸瑶畏怀威德，百余年来伏莽潜消。复择土瑶之秀者列诸庠序，易其名曰新生，化榛狉而冠裳之，实足超轶前代矣。

过山瑶者，即《郡国利病书》所谓食尽一山，即移一山是也。而信鬼崇巫，恒与民构怨。道光辛卯，湖南江华有过山瑶赵金龙者，居锦田之长塘寨，业巫觋，以端公降神为众瑶所尊信，屡与民人讦讼，有司不直之，瑶益怨民。先是，常宁瑶赵福才扬言通仙术，山中将有瑶王兴。赵金龙貌伟多才，愿助起事。金龙惑之，潜结八排九冲瑶千余人，遂起为乱。冬十二月二十九日，出焚两河口、沉田冲各民村，执匪徒与有宿仇者数人杀之。壬辰正月三日，江华县令林先梁，会游击王俊，率兵役往捕，贼拒敌，戕兵胥，分遣逆党出掠，迫胁土瑶，响应渐众。永州鲍镇军友智，先于初五日，檄调附近兵七百余名，李郡守铭绅募乡兵八百，十五日齐抵锦田，十九日分两道进攻长塘，西路兵连战逼贼巢。二十日黎明，东路兵亦焚夹冲、平山，抵长塘。赵金龙挈逆属党与九百余人遁，东路兵仍由平山出屯两河口，贼尾之，过夹冲东折黄竹寨，于是官军皆在后，贼遂如入无人之境矣。

迨镇军分遣将兵堵蓝山县大桥诸隘，贼已入将军坪葛藤冲，宁远县之大小紫金山，屡拒官兵，随地胁掠。时镇军征宝庆各兵，画定信地，防堵九疑要害，皆以道远未至。贼复乘虚四窜，俄镇军、郡守皆以轻进被劾，兵心益懈。二月十二日，海提军凌阿抵宁远，宝庆兵亦至。时贼屯九疑山内，如提军驻宁远县城，设疑兵于下灌等处，贼必惧不敢出，将坐困山内，而锦田、大桥各兵蹑其后，成擒必矣。乃蓝山告急，日再至，其实贼入九疑，蓝山在贼后，提军不设侦探，未审贼之所向，以为蓝山事急，即趣兵往援。十四日，天微雨，误由僻道至池塘墟山口，贼分队突出，官兵不及阵，遂溃。提军及副将马韬、游击王国华、守备吴鉴皆被害，兵械尽失，贼势始张。二十四日，犯新田，县令王鼎铭令仆怀印走省城，自率乡兵至窝塘御贼战殁，贼遂陷县治。

桂阳、常宁、新田各瑶，赵福才、赵文凤皆纠众起。卢督府坤至永州，奏征镇筸等处兵七千余人，上复命湖北罗提督思举，领郧竹兵一千，贵州余提督步云，领黔兵一千会剿。三月朔日，我兵入新田，贼遁屯杨家铺。初十日，罗提军至永州，各路兵亦渐集。赵金龙欲窜入常宁，并赵福才之众，北扰衡州，而赵福才已在罗家桥被歼，余贼匿聚黄峒，金龙固未之知也。屡攻桂阳之排前墟，上下白水洞，与官兵相持十余日，战甚力，赵文凤复据杨家铺，均距黄峒不远。督府以贼势掎角，牵制官军，若急攻必窜逸四出，转分兵力。常宁北面已有重兵，密檄桂阳守将，但设虚声旁击。罗提军由新田南路逼之使聚，为一鼓歼捡计。各贼闻我兵已进新田，果北合黄峒贼，同窜踞羊泉。二十九日，提军至獠头飧军，食毕即进，前队甫行数里，提军复撤回獠头。时贼设伏道旁，欲出不意劫我军，既见未至，又值注雨，乃退去。提军侦知北路兵将合，挥兵疾进，夜半毕至，贼数驱众冲突我兵，冒雨力战，连四昼夜，歼其多人，贼不能支，始退匿洋泉市中。

羊泉居四山间，平畴十余里，溪水贯之。村市临溪，延袤数里，墙壁皆砖石砌筑，以防溪涨，故市外复叠石为垣，如坚城。贼据之穴垣，出枪铳，我兵不觉，多为中伤。乃持挡牌进击，提军下令，先登者赏不次，士皆奋舁攻具，薄垣跃而上，前者被创坠而继进不绝。火其屋数十间，杀数百人，贼势愈蹙，图溃走。每夜深雨黑辄犯阵，围之密，不得出。一日，赵文凤领十余贼诣营乞降，罗提军佯许之，令缴枪械，献首逆，各贼具结去，盖欲懈我兵心，乘间窜逸也。初九日，罗提军督兵进攻，余提军亦领黔兵至军。策应益众，枪炮叠发，火具并举，一时市房尽然，我兵冒烟焰直入，咸奋勇攀登，斫门杀贼。贼惊噪突出，或由墙隙犯火奔逃，我兵内外夹击，立歼二千余人。赵金龙改易服饰，混群贼中逸出，为官兵格杀之。俘其妻孥并八排、新田贼目数十人。十九日，卢督府亦自永驰往犒师。时市房焚烧殆尽，惟李氏宅重楹叠宇，逐日焚攻，至二十四日始尽毁之。贼众尚数千，悉毙于火。乃班师。

先是，上命禧大司农恩瑚、将军松额往视师，至则已奏捷，即驻衡州，会筹善后。适广东连州排瑶续受赵逆约，潜兵赴援，为我守隘兵截回，而资粮器具为附近村民窃取，因之劫夺仇杀，渐蠢动。羊泉班师时，曾奏留劲旅二千，屯楚、粤要隘，备协剿。五月间，有连州朱冈瑶赵子清纠众入楚界，扬言为赵金龙复仇，迫胁九冲瑶数千犯江华，余提军就驻边兵围捕。六月八日及之，于濠江冲一战而溃，赵子清窜入银江冲，为官兵所捡。六月十九日，复有广西苍梧县旱塘瑶盘均华，以赵金龙已败亡，湖南瑶山多旷土，集二千余人前往夺据。二十五日，至芳林渡，广西祁抚军墳遣兵追及，盘均华拒敌败，走匿江华竹排界山洞，经降瑶侦报，并其妻女皆就获。排瑶见官军大集，亦詟伏，缚献凶逆乞降，诏抚之。楚、粤瑶地悉平。

呜呼！蛮患自昔为然矣，然唐以前尚不甚剧，以省民熟户居内，山瑶峒丁居外，有所捍蔽也。自宋熙、崇间，拓地之议兴，各献款内附请吏，于是民与蛮乃相接，多辟径路，深入溪洞，通市易渐，典鬻田土，仆赁其孥，奸猾牟利，百计相欺诈。蛮性戆直，辄忿起仇杀。逸囚逋盗，乘隙扇诱，而寇乱迭起，每抚蛮以制蛮。元明因之，设诸土司，溪洞有警，动征其兵一二十万，土兵习地利，耐瘴毒，与蛮共其所长，此韩雍、王守仁所以奏绩也。

国朝雍正初，沿边土民，苦土司暴敛，争赴诉愿为王人。时国家方经略西南夷，疆臣亦以为请，乃相继削土改置流官，土民不啻出水火而登衽席。郡县既治，诸蛮亦多帖服，藩篱虽撤，而法禁则纤悉无遗。久之，边吏习于晏安，防范疏阔，偶致蠢动，复芟夷而惩创之。酞化渐被，孳息日蕃，同于齐民矣。不谓流言扇乱，小丑鸱张，为祸如是之烈也。然而事变多起于所忽，锦田处九冲万山间，近接八排、八寨，环千余里皆瑶，弹压控制，营卫是资。而总永州一镇，兵甲不满二千，锦田防兵，又仅十数人，器仗楛窳，军威不扬，奸宄玩易，启其戎心，仓猝闻变，兵难骤集，必待远地征发，而贼已滋蔓矣。且绥怀异类，尤贵拊循。瑶地跬步皆山，稻田绝少，垦种薯芋、苞谷，充其口食。葺茅崖广，仅蔽风雨。狷狖其形，殆非人类。而性朴鲁，知敬畏官长，得良有司尽心抚治，可以无事。乃设丞理之，又以僻远，鲜莅其地，民户偶以侵山讦讼，惟瑶是虐。瑶既衔恨刺骨，而信鬼祟巫，民亦疾之若仇。瑶与民有隙，将其姓名书之竹木，瘗于土中，其人即死，名曰埋禁。势疑则隙生，力侔则乱作。何文简云：大抵蛮夷盗贼，恒起于讼之不平，政之不理，苦其吏而不能自达则怨，怨则变生。揆诸今日，可谓明效大验也。

朱冈、苍梧、八排各瑶，气类相同，先后附响，以剿以抚，始获肃清。或鉴成宪，度时宜，议兴议革，以善其后，然而进考已事，成法具在，如熙宁间诏曰：顷湖广诸蛮，近汉者无所统壹，因其请吏量置城邑抚治。绍兴间，全州守臣，言本州密迩溪峒，平居失于防闲，驯致其乱，宜徙闲地巡检兵，及分遣士卒屯诸溪谷山径。嘉泰中，湖南守臣言制驭溪峒，宜择素有知勇，为瑶所信服者，立为酋长。隆兴初，廷臣言湖南州县多邻溪峒，省民往往交通瑶人，擅自易田，或许匿其产，避科差，宜禁之。此皆制蛮安边之至计也。

今议者移涛墟同知于锦田，改永州通判，理宁、桂诸瑶，符熙宁之制矣。移江华游击及提、标、守备驻锦田，增大桥各防兵，如绍兴之议矣。设瑶长、瑶目、瑶老等，专其钤束化导之责，犹嘉泰之遗意也。瑶田准苗疆例，禁与民交产，又隆兴之区画也。他如惩邪术，禁兵器，察缉汉奸，议有司疏纵之罚，则皆昔所未及者，可谓备矣。而其要惟在理瑶得人，则榛狉可革。杜预曰：法行则人从法，法败则法从人。《易本义》曰：先庚三日，丁也。后庚三日，癸也。丁所以丁宁于其变之前，癸所以揆度于其变之后。审是则择贤能而图绥辑，不益懔然于设险之道、慎固之义也哉？

还白轩记

彭昌运

古者家有塾，小学也，然蒙养基于此焉。余年五岁，即奉先大夫庭迪授以句读，假馆于对岩先生，有屋五间，印泥土为垣墙，以然石之白灰垩之，皎洁而清幽，真读书处也。余幼好弄，尝当昼讲贯，生徒皆侍坐，余乘闲嬉戏，见巷壁如素笺，援笔疾书，黑若涂鸦，先大夫怒，威之以夏楚，屈指五十余年矣。

国家制科取士，明试以言，余以占毕取科目，得筮仕。岁己亥，以太宜人之忧，自信州府丞归。窀穸既毕，筑室于易园，亦先大夫讲学之区也。拮据两载，始蔽风雨，而家塾未就。越明年，为从屋于西南隅，亦印泥土为垣墙，垩之以白灰，幼子童孙，请业于其中。朝暾入户，夕月当窗，幼时涂鸦之所，宛然在目，因名之为还白轩。夫大造载我以形，劳我以生，佚我以老，老而还少，养生者争言之，而实未数数觏也。

我生之劳太甚，年十四为诸生，困顿场屋十有八年，始选拔入成均。淹滞都门凡十年，列甲后出入都门又十次。一行作吏，鞅掌风尘，锋镝死亡之忧，舟车覆压之险，躬自蹈之。回忆趋庭授句读时，若再世人，而惟幸清白吏之犹为故我也。我朝圣圣相承，之纲之纪，燕及朋友。上自即位以来，封疆大吏，或以亲老请养，或以老病乞休，入告即报可，前此未之有也，而闲曹更无论矣。余年既六十有一，忧劳之后，耳目力衰，近又失足夷左臂，量才度力，自谓宜休，其飞倦知还之鸟欤?

多少朱门锁华屋，主人到老不曾归。诗人尝嘲之。兹轩则白屋也，少时为读书之处，于今为佚老之乡，出处同揆，后先一致，还少未可必也，还白则不诬矣。然不见吾先大夫者已二十年，则周旋出入之所耿耿者也。

由昆明湖上圆明园记　　袁樤森

圆明园在都城西北二十余里，圣驾所常驻跸者也。百官直宿，咸自都城襆被往。会试入都者，类多匆匆去来，欲往未暇也。

甲辰四月，先放榜三日，心怦怦动，因与洪瑞南西潭、刘腾翼云翥、张宜照近曦偕往焉。卯刻车及前门，仆夫告曰：稍迂道由昆明湖便。皆曰：诺。则过前门西行，入宣武门西北行，出阜城门，行十余里，见稻田畦塍鳞次，新秧已绿，农人麇集，讴歌载路，仿佛南邦风景。有顷，至昆明湖，湖畔仅有茶亭，盖为游人设也。舍车行湖上，俯瞰明漪绝底，蒲藻菱荇，牵风展带，烦襟顿涤。趋视高碑博厚，环刻纯皇帝《由高梁桥泛舟至昆明湖》诗，楙森与宜照敬读之，想见当时游豫之度。

前登一桥，名未详，桥止一空，高数仞，云翥且登且数，云自下上，上四十三级。去桥约里许，有寺在水中央，绕屋扶疏，望之深秀，咸欲往游焉，遇一桥中断而止。西望西山，蜿蜒蒸蔚，石塔笔卓者三。北顾高梁桥，虹飞百尺，桥北为玉泉山，树木丰茂，楼阁森耸，下临湖面，天然一幅画图，但例禁游人，可望不可即耳。返憩茶亭，迎风啜茗，清泉味美，沁入心脾。入都以来，始获领兹佳胜，真大快事。

登车北行，过虎城，仆夫曰：此虎城也，观虎便从之。城守拒关索钱，人数十，始令入。入则导以登圈，圈周遭石壁，高约二仞，其上屋之圈，羃铁网复之，中畜一虎，时止三虎，尚有空圈也。虎皆帖地卧，见人不惊，有两虎良久乃起，形略似猫，首尾长五尺许，高三尺许，腰围二尺许，起徐行微啸，旋卧，百计令复起，不可得，想其在深山时，有见人不怒，且不起者乎？积威约之渐，一至于此。闻之虎日饲一羊，守者窃更以五斤，故虎皆瘦且孅。圈后有穴，穴口承以柙，柙有闸，盖欲出虎，则引之入柙，下闸闭之，可数人扛以行，亦可以一人制其命也。

出虎城北行，即圆明园地。又北东至驻跸处，其后绵亘缜密，固若苞桑，前惟环以档木，守以卫卒，下车由左角入档木内，即亦不禁。宫前地极宏敞，嘉木林立，丰草芊眠。遥望宫门，石狮蹲踞两旁。朝房数十，门内树木交映，闲痶蓬勃，时于绿阴中瞥见瓦缝参差而已。伫立徘徊，有奉宣室以何年之感。既出，言旋过林外大荷池，青钱叠叠，想花香风送时，不知若何欣赏也。有居民渔钓其中，旁若无人，西潭谓予曰：刍荛者往焉，雉兔者往焉，文王之仁政复见于今矣。予曰：抑所谓其民皞皞而不识不知者与？

迤东行十余里抵万寿寺，寺宏壮富丽，殆甲都中。铜佛三，金刚四，诸天护法，巍然大样。酷爱佛殿前古松二株最大，黛色参天，龙鳞耀日，抚摩瞻仰，不能遽去。殿后有禅堂，中为大和尚座，左右各施帷幔，可坐十数僧，然未见一僧跏趺也。出禅堂，东南隅有假山，可坐数十百人。时释家浴佛前期，士女殷盈，不无猱杂。回廊暂绕，出寺小酌。行六七里，入西直门，时尚早，仆夫曰：可更稍迂行，览金鳌玉蝀也。则由西四牌楼绕紫禁城后至其处，东西大渠，有桥南北跨之，金鳌玉蝀者，其桥两端牌坊上额也。渠畔绿阴冉冉，楼阁参差，殆与昆明无异。伫望景山孤耸，上有亭塔，亦可望不可即。过桥行二三百步，登车绕景山行，过西长安门，出前门大街，回寓时，己酉初矣。

是行也，西潭屡约予，予初以谓通籍后不患不至其处，但恐屡至不一，至为劳耳，何用是汲汲为？既而思之，不可必得，傥复下第去，决难复来，则将以两赴礼闱，于皇上驻跸处，不一望见为悔。适云翥、近曦亦有同志，于是乎行。既归，秉烛书之，聊志梗概，其游历所至径过者，多不能细也。甲辰四月初六日，书于都门之长郡会馆。

湖南文征　卷五十五

记十四 骈体附

首望山记

邹汉纪

首望山在新化西南九十里，一名望云山，值某所居罗洪村之西，高入云际，每旭日东升，村境晻暧未辨色，山颠已曈曈然晴光煜烁矣。

庚辰冬，偕同志数人，为绝顶之游。崎岖乱山中，数里小驻，觉眼界顿豁，而桃仙、銮寨诸峰尽如培塿。又数里有涧出两山间，水落石出，曲径逶迤，石级高尺许，余疲于行，憩息再四。行行且止，见地势平敞，得池焉，莎草蒙茸，水深四五尺，闻昔为泓然巨浸，今所见不逮远甚。有野人宅，绕宅清泉瀌瀌，宅左得一池，池姓罗，竟日鲜笑语声，因忆天地寂寥、山水清逸之趣，非身历者断不能知。拟诛茅结一小斋，牧于斯，樵于斯，读书张琴于斯，未知何日得此一番野趣？

过此为石佛寺，佛为土人掘地得之。乙丑冬，沙门某重葺其寺，金碧辉煌，焕然改观。入寺谒石佛，须眉粲若所谓神工鬼斧者，非邪？其座颜曰生成石佛。两庑有睡罗汉，因口占君是何年醉云云。寺僧煮茗款客，榛栗盈盘，余感其意，为之小坐畅谈。已而徘徊庭际，爱日西斜，寺僧从室角指示余曰：灵山不远矣。从寺右登，见油盐石，磦然旷野中，大如五石匏。杳无异迹，又上征风力异常，衫飘帽举，岂遂为罡风世界邪？未几，见有古树罗列，余喜曰：此绝顶洞天也。从树下左转，树中数十亩，有寺在其右，题曰天门，笔法遒劲，谓有圬者某悬立所书。余以为是，殆圬而隐者也。不然，则兹山之神效灵于是书者，亦遂动于不自知邪？南有高埠，埠上构石室，室前一石长出丈许，下临无地。余至石室中，风力稍定，因得徘徊凭吊。东望桃仙岩下，挺然立一峰，矫矫天半，僧曰：此铜凤山也。西望数十里外，有如屏风迤逦，僧曰：此冷溪山也。南望诸山，俯者，仰者，踞者，倚者，蜀者，宫者，奇者，丽者，澹者，浓者，峭拔者，深邃迷杳者，森然并峙，偃蹇参差，惊心腭目，僧曰：此古高平地也。山颠紫气岍遽，穷于眺望，尝在邵州闻于先达云：秋日晶明时，见城北有远峰，相传为新化之望云山。今登兹山，时已久晴，不得暴雨潇骚，一洗诸峰尘壒，而所谓邵州城者，徒得于摹拟想像中，殊属憾事。

山麓稻里一带，迤而东北，山田错置者，为罗洪，为洋溪，为古塘。又其下为新邑治，彷彿不甚分明，其外迤而东南，为高平诸村山之右，其迤而西者，为邵邑隆回乡。幽兴未已，友人告余曰：夕阳在山，可归矣。而山北诸山水村落，遂不及见。余以家于山下，至今始得登临，又以仓猝，故不得尽游目骋怀之盛，感而咏曰：他年不负青山约，碧草瑶花鉴此心。所得净坛小竹绹，实如指味甘而澹。其即如凤鸟所食者乎？

抵家，寒蟾高揭，柴门静锁，展转不能寐，合眼胜游历历如在，因志之以俟后游者。

邵阳重修龙神火神刘猛将军庙记

邹汉勋

郡城南隅有泉，曰濂泉，甘洌甲郡内，昔人祀龙神于此。我世宗宪皇帝，雍正五年颁龙神二像于直省，令守土大臣虔诚祷祀。于是天下水泉池泽之神少有灵异者，咸得列于典祀，而水旱之有祷也，于龙神礼尤重。邵阳旧有龙神祠二，龙山之龙湫与此濂泉是已。龙山虽在宋赐庙额，历元、明相沿祈祷不绝，而濂泉以近在城内，独专龙神之飨云。火神庙旧在郡治之南，盖国初所建，历久摧颓。康熙癸巳，移神像与龙神共龛，垂帷以别之。是时龙神、火神咸为无文之秩，固未有专尊也。不廿年而有守土虔奉龙神之诏书，则龙神独尊。迟之又久，至纯庙时，湖南巡抚陈文恭公始檄所属，以春秋仲月上戊祀火神，而火神亦为典祀。于是一庙之中，神有二尊。或曰庙居正南高显之地，于以宅火神也宜。或曰庙在濂泉之侧，为龙神之旧不可移也。

郡城之东有砥柱矶焉，旧有五显祠，所谓康济庙也。庙侧有注生夫人祠，相传为先禖神。明季通守霍公于此弗无子，获所请，因崇斯祠。我朝汤文正公奏除五通淫祠，而五显以疑似汰，注生夫人祠亦虚。乾隆壬午之岁，郡伯郑公以注生废祠下临资水之深潭，谓可宅龙神，因移奉于此。自是吾郡龙神不在濂泉而在资水之潭，而火神始独专有此庙焉。洎乎道光之初，砥柱之龙神庙渐为风雨所剥落，复即濂泉为庙，而火神、龙神又并庙而居，皆在濂泉之侧矣。其时火神庙内，又别有财神堂、观音阁，则皆时俗相沿之祀，非正典也。

道光甲申，郡伯翟公入庙致虔，见栋宇倾欹，垣墉剥蚀，集郡中绅耆谋之，罔不忻然以应。城内及负郭之廛，毋虑数千，主者皆输其租什之一，别有乐输者焉，共获缗钱二千有奇，贮之质邸，以权子母。至道光乙未，获子钱三千余缗，共子母钱六千五百余缗，又增益乐输钱一千八百缗，盖八千余缗矣。乃伐石抡材，购地拓基，新正殿以奉火神，殿左右设钟鼓楼，楼前为长廊，廊前右为土神祠，左为财神阁，庙左别院则为龙神庙焉。宫濂泉于庙内，泉本悬崖侧出，因叠石穹其下，浚为井，首曰龙目，末曰龙尾。又为一池一井，分濂泉以周注乎庙中。泉前为龙神殿，殿侧有厅事，长官奉祀及月朔致虔，愒息于此。其右有阁二，前奉大士，后奉刘猛将军。刘猛将军者，元代指挥，今颁祀典为治蝗神，吾郡旧未有祠，至是邑大夫张君以行省檄新建者也。阁后又有厅事一，士绅之所惕息也。其外皆周之以垣，有门，有亭，有坊，门之外复有台门，岁时修祀事则舞于台，台侧之平地，皆墄石为基。盖经始于丙申季春，而落成于己亥首夏，所费近万缗云。

乌乎！以一县之民，致力于此，经营至十余年之久，为钱近千万之多，而民皆欢忻鼓舞，不以为厉己，是则神焜耀普润，救灾捍患之功德，沦洽于肌髓，而民自不容已也。然考之经记，火神者，荧惑星也，在周列于实柴之典，故与岁镇太白辰诸星同祀，未闻特异于诸星而颁之天下。其特祀而颁之天下也，盖自宋崇宁始。宋自以火德王，故特崇之，至今数百年废而独兴，而湖南特盛，则以南方亦火方也。龙神者，即《月令》所云名源、渊泽、井泉也，《史记》《汉书》之朝那湫亦其比。以吾邵论之，龙山，名源也，濂泉，井泉也，是皆于法应祀者也。《诗》曰：田祖有神，秉畀炎火。猛将军其是与？八蜡之祭词曰：昆虫毋作。是蝗蝻者，八蜡之所司，猛将军宜祀于八蜡者也。八蜡之祀不修，猛将军其可少乎哉？若夫火神之庙额，宋曰离明殿，近世曰乾元宫，殆以坎离为乾坤之用，离本乾体也。乾元云谓乾以为元，非乾之元也。或曰邵之火神独灵异于诸方，则以南岳配朱鸟为火之宅，而南岳实邵阳龙山之所衍云。

新化建火神庙记

邹汉勋

天生五材，民并用之，而水火于民最切。天一生水，地二生火，若木，若金，若土，皆居于后，则水火于五行又最初生。顾水位于北而幽，火位于南而明。水令于冬而藏，火令于夏而长。幽者不若明者之可向，藏者不若长者之可欣，故火尤著于水，此火神所以有祀而水神特少也。

顾世之言火神者，其说不一。尝考之经记，天有五常，司火者为赤帝、炎帝，神农氏王焉。地有五行，其一为火，重黎食焉，是曰祝融。而五纬之中，荧惑为火，二十八辰之中，心为大火，咮为鹑火。主大火者阏伯，荧惑与鹑火未闻焉。凡此皆司火政，在周咸列于祀典，盖古圣帝明王所创制，而非世俗悠漫不经之说也。其在后世，汉东京有心星庙，以季秋月祀之。至晋，江左始不特祀，是大火特祀者有之矣。宋庆历中，修大火祠，以阏伯配，是大火特祀而以阏伯配者又有之矣。崇宁元年，建长生宫，祀荧惑，以阏伯配，其从祀以五方火精，且令天下崇宁宫皆修是祀，是荧惑特祀而以阏伯配者又有之矣。明制，每月朔祀火雷之神，仅通言火，未知其为星为行。

我朝有司火之祀，实维荧惑，见于《会典》可稽也。而世多称其庙为祝融宫，学者疑焉，而余谓一也。曷言之？五纬之与五行，犹本之与标，源之与川，祖之与孙，本为一贯，殊无二致也。祀祝融以配火，即以配荧惑焉尔。《记》曰：天子祭四方岁遍，诸侯方祀岁遍。郑康成曰：祭四方，谓祭五行之神于四郊也。句芒在东，后土、祝融在南，蓐收在西，玄冥在北。方祀者，各祭其方之官而已。经曰：中秋教治兵，遂以狝田，罗弊致禽以祀祊。贾公彦曰：此祀四方五行之神。陈祥道《礼书》曰：《大司马》于社言祭地示也，于礿烝言享人鬼也，于方言祀，盖兼上下之神也。勋谓《记》于天子言祭，于诸侯言祀，亦互文也，益足以明方祀兼上下之神矣。夫祭五行而兼上下，非五纬而何？故曰祀祝融以配火，即以配荧惑也，而孰能岐视之哉？谓之为祝融宫，亦何不可哉？况古者诸侯许祭其方之官，而吾楚位居南服，于以祀祝融正合经典，而又何疑焉？说者又以火神为炎帝、阏伯，则亦非也。炎帝为古天子，非郡国所得尊崇，而大火则与鹑火同为十二次之一，宋祀之可也，而非南方之通祀也，而非天下之通祀也。宋崇宁时，以阏伯配荧惑，特尊崇其分星之神耳，亦非古今通制也。乌得以此为疑哉？乌得以此为疑哉？

我南楚自乾隆二十一年，行省兵部侍郎兼行台副都御史桂林陈文恭公，奉大部议，檄下府、州、县，以岁时祀火神，于是府、州、县多立庙，而新化未遑也。乾隆《新化后志》云：火神每祭，需银五两二钱九分，知县自捐备。则新化亦有祀火神之事，特以无庙，旋举旋废耳。先是，新化屡不戒于火，术者言县面维山而治，维山形锐，于堪舆法火星也，宜于南门建水晶阁以厌之。道光二十年，南关外灾，自青石街而北，薄水晶阁而止，赖救者之力，廑以免城内之灾，而阁撤去其半矣。不数月，南关内又灾，自毛家衖而南，亦薄水晶阁而止。一岁之中，再致火灾，约焚数百家。议者谓水晶阁不宜丹雘，或曰宜于南方穿大池蓄止水，或曰火神之祀不修。邑侯胡公恻然以澹灾为念，二役并举，惟城南绵亘数里皆民廛，无可穿池者，其议不行。其复建水晶阁也，即以黝垩易丹雘以符议，而兴火神之庙为尤谨。爰购地以定基，鸠工以经始。庀材焉必取其良，筑墉焉必取其固。捐绅商之财，尽工农之力。董其事者，为李明昭上舍泽源、晏圭瑞上舍贻琳，既勤既慎，夙夜罔愆，风雨无间，数月而庙成。凡治役者，罔不体我侯恤民澹灾之心，而致力于神。

乌乎！生民昼夜赖水火之功，固植其体干，以生神明，以成德业，而可忘之乎？在水虽无专享，而龙神、江神何莫非水火之支别？至于火，则阙而不祀，可乎？况乎火之为神也，在天有荧惑以纬之，在人有淳耀惇大、天明地德、光昭四海之祝融氏以配之，又已历百世祀不衰，先高宗朝，复有廷议省檄以兴建，则州邑之长固宜奉命维谨，聿新斯庙，以大庇斯民。而吾新化悠忽不举者几九十年，其间亦尝更历循良令长、公勤士绅，而卒未能以修建是庙为言，逮至火灾叠起而始憬然。甚矣，民之难与图始也。乌乎！无吾胡侯之仁，与吾李、晏二君子之能，则我新化之民，至今不获蒙祉福也。是乌可不记？道光二十五年十月五日。

学艺斋记

邹汉勋

勋既以学艺名斋，有过而请者曰：子当明道，奚以艺自卑也？勋曰：艺奚卑哉？仆方有愧于艺，学之而恐不至也，艺奚卑哉？

夫人之性本于天而恒动，动必有所精。书也者艺也，动而精于书则探啧。数也者艺也，动而精于数则钩微。御也者艺也，动而精于御则致远。射也者艺也，动而精于射则宣威。礼也者艺也，动而精于礼则骸束。乐也者艺也，动而精于乐则情夷。情夷则其志章，骸束则其人庄，威宣则其身强，远致则其事行，微钩则其计明，啧探则其言彰。故匪道则艺无从而生，匪艺则道无从而桢，艺故以辅道，而非外于道，况子所言者道，而子所问者非道也。高道而卑艺，艺故任受卑也。高非道而卑艺，艺不任受卑也。诮者于是乃敛。

勋又曰：无艺而求道，譬之无址而墙，无基而堂，毂辐未揉，埏埴未兆，而求其无之用以为称首，浮而不至，虚而无有，粗则腐，精则老，合乎俗，倍乎道，便乎己而得誉利早，是谓浮竞之道，学艺者乌用斯为哉？诮者乃退而走。勋亟命同志之友书之座右。

宝庆疆里图记

邹汉勋

夫作图之法，古有成规，盖必明于句股，深知形势，更能测星测景，又有指南、记里、准表、重测之器，故其成图也，特为精绝。(□□)〔暴秦〕① 灭法以来，知者盖鲜。晋裴秀作《禹贡图》，条陈六法，尚能存其仿佛，贾耽诸人略能宗仿，此后又将绝矣。国初胡朏明渭，又申明六法，而以鸟道为要，可谓振坠绪、兴绝业者焉。自是踵而效之者愈多，然取鸟道之说则未有详言者，而朏明所撰《禹贡图》，不画支川，因之地势差移，亦未为精妙。知之非艰，行之为艰，不信然乎？

近世为地志者，大半委之画工、书吏。画工之法，与图地形者迥异，假手斯途，是南辕而寻太行也。书吏则草草应责，豪无

①据邹汉勋《学艺斋文存·宝庆疆里图说》补。下同。

法度，安得有善图哉？今作斯图，深鉴诸弊，增益六法，讲贯既明，方举郡内髦俊，转相授受，按方搜讨，既成全图，始一一分划，裂为小图，以著于篇。又缩为六图，冠之篇首。其指揣方向，钩心斗角，以明形势。寻历川途，辜榷近远，以明分率。用心良苦，知者亦希。然记里、表准之器，徒有成说，未能造具，不克见之行事，是所不及于古人而未快于心耳。

夫作图必明分率。分率者，约地之广狭与纸之广狭，辜榷而命之之谓也。其法画纸为正方格，或每方千里，或数百里，或数十里，数里，惟所命，此作图之第一义，决不可变者也。作图而无分率，是谓偭规凿矩，然知者虽多，而能者绝少，则由不知其病也。画工描景之法，近密而远疏，图地形者亦师其意，近城之处，虽为地无多，必寥廓盈纸，及乎四境，虽疆土寥廓，反窄狭无几，病一也。画工之画山也，必为崇峻崝峭之势，一山之广大，必寸许方能容。其画川也，必为波澜壮淼之形，一川之躔历长充幅者，阔亦寸余。夫图之大者，不过方丈，切缩而厕之卷首，仅尺许耳，势必不能容，于是一图之中，仅一二中流、四五崇山而已，而山川之关会，概未之及，病二也。又见方志中绘城廓，必如杯碗之大，备列门巷，尺许之幅，一城已居其半，境地无从而安，则扁缩不能如率，病三也。书吏之图，略具城邑汛哨，此外皆不之及，山川城邑之大，率如前病。既无分率，则无远近。故汛哨距城之里数，必书于幅，每绘一处，多至数十字。本是粗犷之法，断不可用，而保残之徒，反以为明爽，图何以堪？病四也。葬师之法，专图龙穴，环回抱护，曲折必明，一片之山，动盈尺许，病五也。

今为此图，五病皆祛，又酌古今之图，勒为成法。凡作山，但连叠数（人）〔∧〕而已。作川则为双线，经流稍阔，支水周尺，度之廛分许。干流故道则墨填其中，伏流则空之，而使其势连属，书伏字于间。绘途则叠点，分界则单线，城郭略具形势，大小依率，字书于中。故城则填墨，字书于上。村团洞寨，则有

□〔△○〕之别。关则为ㄇ，塘汛则为+▯，桥则为▯，渡则为〔○〕，皆在水中。又别以五色。分率之方格，方隅之斜行，子甲之记号，皆以黄色。山川城郭之形，皆以墨色。道途以蓝色，分界以赤色，去误则以粉焉。

分率既明，而准望可得而言矣。准望者，方隅、鸟道之谓也，胡朏明言之详矣。方隅之法，自来地志之书，惟四正、四隅、十二方，朏明增为十六，曰正东，曰正东微南，曰东南，曰正南微东，余以类推。堪舆家则有二十四向，测望家则有六十方三百六十度。若以三百六十度六十方则太密，以八、以十二、以十六则太疏，今酌用二十四。而学者每疑二十四向之不古，不知纬书之言明堂也，有巳地、丙地之论，《淮南》之序节候也，有指甲、指寅之文。一兴于六国，一起自汉初，复何疑焉？而作者之不能明方隅也，则有八病。地图之制，无论册书卷轴，必上北下南，前东后西。昧者初见，冥不能辨，倒易其方，或上南下北，或隅正反施，病一也。旧志及采访册，但有四向，或并四向而无之，据以作图，无从位置，病二也。作图者先定中宫，作一县之图，以城郭为中宫，一府之图，以府城为中宫，一省之图，以省会为中宫，中宫不立，凡旧志采访册所云东西南北，举不能定，病三也。省、府、州、县之境，原不正方，城又不定处于中，作者知有中宫，又必以纸心为中宫，不知就偏，裁空申实，图何以成？病四也。作者不能实测名山之方向，徒依方志之言，苟且填入，东南浸易，子午乖方，据其訾言，布置形势，纠缪胶轕，无从下手，病五也。多山之县，数里外即为岭峤所阻障，无从而测其方向，是宜用转测之法。转测者，先自城下测可见之山，自可见之山以测远山也。舍是，则已测者可填入于图，而未测者断不能填，病六也。既知转测，又不能以转测之山填之于图，则由于不知转移中宫之法也。夫绘图者，以城郭为中宫，分而为二十四向，城下可见之山，固可依而写矣。而转测者中宫非城郭，乃城下可见之山也，作者迷乱，不知移易，必瞀惑而不能成，病七也。移易中宫之法，以纸书二十四向，而中宫聚于纸心，欲移中宫，则以此纸之心摹套其处，据向以书，虽转测至四五递，皆可画也，不知此法，则虽能测而不能绘，病八也。

鸟道者，空中鸟飞一直无回转之道也。黔首曰履川原，而谓能知空中之直径，人孰信之？是必有法以取之。讲求其理，凡有二端，取四海九州之遥者则以日星，取一郡一县之细者则以句股重测，既得二者，又参之道路，三法思过半矣。而不能者，则有六病。由北极出地之度，可以知南北之鸟道，由偏西之度，可以知东西之鸟道，作者不解其理，不求其率，虽有明文定法，忽为不经，病一也。出地之度，无有所差，偏西之度，地在赤道北者，类北狭而南广，作者不知以率缀算，形势必不能肖，病二也。句股重测之法，原以御高深广远，详具于《周髀》《海岛算经》，平日不能讲明，不知何以测度，何以入算，病三也。徒能讲明其法，而无其器，若准，若引，若表，若筒，四者无一，必不能测，又何以算？病四也。一县之地，可测者不过数处，其余山川必须以道里消息，作者高论，谓待处处重测，方可入图，必无之理，难成之事，徒以惊人，病五也。既取鸟道，得其远近，每每不能写之于图，则由于不知作分率尺以度纸也。作者既申纸命率，必别造一尺，长视纸之十格，又画分寸，欲取远近，则依数量之，展转回环，惟其所用，是谓分率之尺，不明于此，远近曷法以取哉？病六也。今造此图，以府治为中宫，方隅则分二十四向。既成图，始去其线，而留线末以为标识。其取鸟道也，以出地偏西定五属城，而重测之法，则以制器未成，不及施用，余则悉依法以制也。

夫作图之必有道里者，盖以图之所肖，惟山川、城郭、关隘、疆界、里居而已，城郭、关隘、疆界、里居，咸人所建置，惟山川则以一定之形，经纬土宇，尤不可略。乃山脉川道，恒多曲折，独人行之道，避纡趋径，避曲趋直，故道路较山水迂回特少，此图法所以独重道路也。裴秀六法，其三曰道里，其四曰高下，其五曰方邪，其六曰迂直，皆以言乎道路也。作图而不能记道里者，凡有六病。图有分率，以鸟道为主，道里出于人行，以人行较鸟道，有绌无赢，故纳道里于分率，绌者为密合，赢者为真差，不明乎此，少见不合，辄自瞀乱，病一也。道路远近，于有塘递之处，官标其数，似为可据，然以营册较旧递，每每塘铺同处一所，取途亦未少异，而铺路十里者，塘路辄止八九里，彼此参差，不能酌定，病二也。无塘递之路，信口以呼，讯之途次，言人人殊，有一里而实有二三里之远者，据以入图，形势乖舛，病三也。两山之间必有川，而山峡之际，恒多两水分流，此实山川之关窍，而亦道路所必经，于此辜榷，可得正形，昧者漠不留心，任意移至，道里必乖，病四也。地有高下，路出其间，一上一下，为里必多，又或南北大同，东西无异，自此之彼，循弦必近，磬折则远，又或一则羊肠九曲，一则驰道直除，远近自应殊悬，作者不知消息，形势必不能合，病五也。定经途之远近，步步而量，未若记里鼓之推行，即知今之作者不能有其器，又不知以意消息，图必不成，病六也。水道人行，皆有支裔，交互贯串，徒有经途，名川而横出，道苞之溪径，经过之津梁，概委而不绘，则纸多空阔，路不交川，必致差移，病（六）〔七〕也。今为此图，无论官道小路，经纬咸登，委曲备写，而又酌之以高下、方斜、迂曲之三法，贯之以津梁，图既茂密，差即易知，此亦作图之关键也。

大抵古人六法，今约之为四要，曰分率，曰方隅，曰鸟道，曰道里。而察其要害，抉其苞蕴，廿又五病之说又兴焉。为知者提其肯会，为习者道其艰苦，或不以哓哓为嫌也。

罗山记

罗泽南

余之居在湘乡县百里外之罗山，群峰钩连，四面罗列，故名曰罗山。山之势自西来，最大者曰黄龙山，横亘数十里，曲屈变化，矫若游龙，能兴雨。山脊盘绕，北下双髻挺峙，突兀云端，日光射之，紫色夺目者，荆紫峰也，上有寺，最幽邃。其西北一峰独秀者，曰颜子岭。横列若屏者，曰龙破石。皆雄伟特立，无柔媚态。桃林一山，峙其北山之麓，罗山诸溪之水汇之，夹岸多桃树，此西北诸峰之美者也。

由黄龙逆折而南，冈峦伏起，翘峙于西南者，曰石屋岭。上有洞，洞中有床有灶，下有泉，相传为昔人修炼之所。南为蕉芭岭，又折为天使岭，视石屋、蕉芭尤高，缥缈云端，如天使下降，其下多奇石异岩不可纪。循是而镗鼓岭，而稿车岭，而仙峨山，连亘东南隅，悉种竹，烟云缭绕，翠色参天。忽而奇峰迭起，高与天使埒而大过之，与荆紫峰对峙于东南表者，为九峰山，黄龙南折至此，皆衡山干脉也。自此一支东趋祝融，一支东北趋历城涧为双峰，屹立水滨，与桃林山会，为罗山门户。周约百余里，中径五六十里，居其中望之，如城，如垣，如藩篱，如旌旗绕侍，如臣僚笏立，无一处有稍缺者。其耸立于山之中者，曰笔山，曰观音山，曰古牛峰，三山并立，端凝庄重，余之居在其下。

其余诸小山，纵横交错，如相揖拜于宫殿之内。其间多良田宜稻，园宜菽、宜瓜蓏、宜麻，山之材宜松、宜杉、宜桐、宜梓、宜竹箭。鸟多黄鹂、慈乌，人多淳朴。水最清，汇而成川，潆洄奔赴，由双峰下而出。夫山川之流峙，天地自然之结构也，人于修业之暇，时相与眺览之，最足以涤尘垢，宣堙郁，以条达其广大高明之气。是山据湘之上游，旁礴郁积，其巍然于外也，万仞壁立，高不可逾。其闳然于中也，宽平舒泰，无一物凝滞。投之不能得其间，窥之不能尽其藏，其殆有类于有道者与？

衡岳在山之东不百里，七十二峰，苍苍郁郁。山之西有龙山，其高亦不让于岳，尝登高处望之，又若重翼于外，成为一家者然也。

惜字炉记

罗泽南

近日好善之士，乐修惜字炉，所过名区，皆石阁挺立，浓烟郁馥，足见一时崇文之盛。余谓习字之义，至无穷也。科斗篆隶，字之文也。仁义礼智，字中所载之理。人惜其文而不忍委诸地，尤当惜其理而不敢忘诸心。

古圣贤嘉言懿行，微义奥旨，莫不载在典籍，纪诸编册。读其文者，自宜身体而力行之，以不负其所训。见孝子之书，则思我之所以事父母。见忠臣之书，则思我之所以报君国。植纲常，扶名教，正品行，厚风俗，凡有关于世道人心，无不为之维持，斯其所惜者大，而其所修者宏，非徒以敬惜字纸，遂可告无罪于斯文也。惟爱其道，因爱其文，故于断简残编，蠹册剩墨，不忍令其糊之窗壁，坠于泥涂，兢兢焉建炉以焚之，以见文字之所系者，为匪浅鲜故耳。世之诵虞夏之典，览孔孟之籍，弄笔墨，邀利达，患得患失，无所不至，名节所在，罔知爱惜，羞其行者，共叹为斯文之扫地，睹字炉之建，应亦有所惕然于心也已。

余族某以好善为心，欲自勉其所行，劝族众捐金修炉于女子桥之侧，余因举是说以告之，共喜余言之是，且欲书之以勒诸石也。谨录所见，质之当世之敬惜字纸者。

重修叉鱼亭记

罗泽南

癸丑岁暮，余与李子续宾平永兴土寇，驻师郴州，过城北叉鱼池，乃唐昌黎伯韩公贬谪阳山令，量移而北，待命郴州，招张员外叉鱼处。道光间，州牧曾公钰构亭其上，为堂三楹以祀公。驻马视之，栏榭门棂，无一存者。询之土人，知去秋为粤寇所毁，兵燹之余，荒凉满目，因偕李君出金修之，以复其旧。

公之贬阳山也，或以为论宫市，或以为论关中为天下根本，小人媒孽其短，郁郁适兹土，后之人莫不为公悲。余谓天下之祸乱，忧之者君子，酿之者小人，君子思患预防，苟有谋猷，入告我后，小人则从而排之挤之，使不得竟其说，诪张为幻，变乱是非而不顾。公有唐一代伟人，骨鲠之性，死生弗渝，使当日用其言，公之所欲建白朝廷，为天下生民计者，必尽形诸奏牍，以制治未乱。讥谗频加，待罪万里，匪惟公之志沮，天下忠荩之士莫不为之结舌，朝野大政堕坏，冥冥之中，遂有不可胜计者。唐之末造，黄巢以一匹夫倡乱海滋，度岭表，下潭州，涂炭中原，祸延关中，李唐之祚，不绝如缕，是非一朝一夕之故，其所由来者渐矣。由是观之，小人之为害君子者浅，流祸天下者大，抚今追昔，有不胜为之太息痛憾者也。

公待命郴州，不过偶尔驻迹耳，而其叉鱼，亦一时遣兴之所为，无足异，千载而下，犹从而台榭之，歌咏之，萋兮菲兮，成是贝锦，究何损于君子之大也哉？余方巡师永、桂，不及待其工之竣，董是役者，湘乡李子□□、萧子□□，郴州曾子纪龙也。咸丰三年癸丑除日。

书少廷尉张公逸事

唐祖价

公讳瑮，字岂石，号湘门，湖南湘潭县人。年四十七举于乡，康熙五十九年出知无锡县，历知河间府、长芦盐运使，加按察使衔，内擢大理寺少卿。前后在官凡七年，故有“七年鞶带滥吹竽”之句。

知无锡，如乡过山垭，风摇其舆，下舆步山深处，风如故，左右落梧叶，遽呼役两人，拘吴八来。役问：何事？曰：风故。曰：吴八安在？曰：我初来官，讵知之？往不获，杖汝。役哂之。访一日不获受杖，三日不获杖如前。役置不访，日逐嬉观剧，偶晨过屠所，一人叱屠者曰：而割何不正，让我吴八割。役骇闻拘之，见于梧下，讯曰：汝吴八乎？曰：然，拘何为？曰：汝罪发，直供不汝刑。吴八固曰：无罪。杖亦无供，乃命伐梧，吴状惊愕不可，强而伐之，命再掘，强亦不可，乃命役掘五尺，得女尸，颈有伤而面如生。吴八对尸战栗，于是且杖且供。盖邻邑夫妇行乞，吴八逐其夫，强奸不从，手拉之毙云。事在十三年前，梧为吴八手栽，已拱矣，叶左右落如八字，故机触而拘吴八。吴八供实，置之法。

守河间，查狱，一犯呼张公救我，而曰：某故秀才，某官诬我以强奸毙命，惟公救我。初，某官无子，携妾之任，妇与女居城，女日绣于后楼。会官戚婚礼，妇往贺，秀才偕友人亦往贺，且行且语，过楼下，女适唾落秀才帽，彼此不觉。楼下有屠门，一屠过，适见之。夜衣冠来，门役询问，诡称官表侄，顷晤妇戚家，故来此。径入女室，则称我秀才某，日中过楼下，小姐唾我帽，其有意乎？言已解衣强奸，女怒且羞，呼婢役逐之出，投缳死。宦愤告秀才，秀才称冤，守令无能得犯，屈秀才狱中有年矣。公故疑，乃索得女之婢，细诘强暴状，婢曰：镫光中貌仿佛，但身躯修短不同，然犹记解衣时胸露黑毛一团。公验秀才无之，于是信秀才诬，思所以得强暴而脱秀才。一日示称地方多盗，盖厉鬼出世，城隍之役纵之也，某日讯城隍之役。士民莫不哑然。夏五月，果讯于厅事，观者拥塞，大哗奇。公曰：人无哗，移后院讯，可容万人。然由厅事至院，必数过曲室，室中预伏兵役，而女之婢在焉。令愿观者男入女否，入室则令各袒，徐行以验，验八百人，得胸有黑毛者，屠人也。先是，示凡三易，距讯之日久，绝不言秀才事，而来观者，初不意为是，故屠人亦来，既得屠人，出秀才于狱。

一日坐堂上决事，忽四役拘两人至，曰盗也，公注视良久，怒而杖役，曰：若良民，曷诬为盗？两人亦叩头颂青天！青天！遂赏酒食去。夜分，进所杖之役曰：日中所拘果盗，然小卒也。拘小卒，大盗必去，为邻境害。纵之，若必谓我不识盗也。杖尔，则谓我无意于盗也。乃今而后，可得盗矣。盗每夜饮，乘兴劫掠，我给汝资，坐肆偏处饮，有盗入肆报我。越夜役饮，果十数大汉偕昨所拘者人，酌酒相庆曰：久闻本府名，故不如某官也。俄又有人者，或数人群，或十数人群，约六七十矣。役既报，公会营弁团肆，盗哗起，将出走也，兵役畏盗，无敢入，公乃当先入，入于门，顶门一刀下，公乃举手拉持刀者腕，而刀与人齐仆地，役前缚之，群盗赤手，又见缚，持刀者皆战栗就捡，于是河间无盗。

在大理寺，某王重其才，然以事与王抵牾，不少屈，同僚病之。尝入白事，王辞以病，因求见阍者，不可，大叱之，卒白事于寝。久之，世宗廷谕曰：汝有才而无量。公顿首谢。后归建学量斋。公多读古人书，熟经国济时之略，鲁亮侪观察之裕出其门下。余以邑人鲜知其遗事，谨掇所闻书之，而见于县志及他书者不赘。

重修文信国公祠记

陈源兖

皇帝御天下之二十有四年，江西亖吏以宋臣信国公文天祥请从祀，制曰：可。海内之士，咸奋自矜厉。越一载，源兖被命守吉安，始至，展公墓城东北五里螺山下。旧有祠，明弘治时建以祀公及同时徇难者，岁久垣且夷，其堂庑丐者止焉。府训导刘拱辰请缮葺，六月某日始兴事，源兖适移守广信。逾岁祠成，邮书请为文刊之石。

《易·剥》之上九曰：硕果不食。其卦五阴盛长，一阳垂尽。宋当帝昺播迁之时，其剥极矣，公以一阳回薄于众阴，陵险蹈义，舍命不渝，其所以摩厉而致此者，岂朝夕之故欤？士大夫气节之盛，无过东汉。魏晋以降，洎乎五季，背主迎降者，若逆旅主人之迓过客，教之陵夷与人心之陷溺，盖五十有七年。宋之初兴，旌韩通以厉臣节，于是天下皦然知有廉耻之存。逮其末造，蹈鼎赴镬者踵接肩摩，而信国尤炳然为诸臣称首，则岂非教化之所陶冶，而天理民彝之终不没于人心者欤？世之苟贱之徒，揉其筋骨，更互迎合，以据厥宠，彼岂独无羞恶也？教猱升木，将天下皆安于苟道焉。

源兖因斯祠之成，敬绎今皇帝崇祀信国之义，盖褒贤之盛典，即教忠之微旨所由寓也夫。道光二十七年四月既望。

重修钟楼记

陈源兖

钟楼者，青原台旧址也，在府廨东少北，楼三重，有铜钟围广丈许，非大事不叩，叩辄闻数十里，岁久，楼且圮。道光二十六年五月，余始至，郡民谋新之。时四方田事亟甚，余难之，固请始诺。于是桡折者、破碎者、漫漶不洁者，举治之。

工既竣请记，余考《周官》，小司徒均土地以稽人民，而周知其数，起徒役毋过家一人。载师掌任土，民无职事者，出夫家之征。《戴记》曰：用民之力，岁不过三日。盖古者计丁授田，无尺寸之土不为民业，岁毕其力于田，毋敢夺以他事。及其役也，则又权人之多寡、时之久暂，而不使有不均之患。自秦废古法，豪强兼并，于是失业之徒，相与逐锥刀之末，而农始病。乌乎！天生人而失其所以为业，于是颓惰放佚，将并其所以生人之理而亦失之，其积也，乃至聚党剽窃，以重为吾民病。

夫三代之所以均徭役者，重农故也。今之民且资以为利焉，然则佣其力以豢其家者，于时使之，义或不大乖与？是岁也旱，祷之雨岁丰，民忘劳焉。吉安守者茶陵陈源兖记。

游齐山记

陈源豫

齐山距城近，望之若培塿，而志乘所载，多昔贤摩崖文字。伯兄久官此，将刻其诗于山中，属选其幽久未暇也。秋凉身健，始与徐子毅甫往焉。

山小而奇于石，冽于泉，灵于谷，由漫岩东有洞曰九顶，憩焉。寺僧曰：昔有僧来，将潜真于此，旋以饥去。折而西径，石壁间曰苍玉峡，出稍厂，石矗起，巉峭错落，高不过数仞，逸秀无险恶状。凭湖远山屏列，九华出没云际，了了可辨。将穷其胜，草丰滑步，日正烈，僧屡告饥，遂罢游。是役也，所历及山之半，僧又犷野，目不识一丁字，顾独得龙图公之书额，与夫岳武穆、王文成之所留题。僧虽俗，中途为余言朱、张、吕三君子之遗迹，娓娓不置。夫昔之人刻划斩斩被岩谷矣，而是僧乃独于残蚀剥落不甚可辨者，有味夫其言之，抑独何哉？

伯兄之诗与余文，行将刻于山中，未知后复有僧苍茫指顾如此焉否邪？是则重可感也已。

水月林记

瞿元钧

长沙东城有寺曰水月林，不知创建何时，虽以水月名，究未尝有水也。寺凡三楹，左右皆邻菜圃，地僻而远于市嚣。湘阴李文恭公为诸生时，尝读书其中，暇则与二三知好唱酬谈宴以为乐。及督学粤东，《觞杨丈芝樵》诗，犹有“今宵炎峤月，疑照定王台”之句。盖寺旁即汉定王台，清旷之景，闲适之趣，恒惓惓不能忘也。道光丁未，寺主将售之他姓，废为民居。时梅生编修方营第宅，辟地为芋园，以其为文恭公读书处，出资购之，缭以重垣，别通一径，山门、佛堂悉仍其旧，于是斯寺乃与园之池水相属焉。越十四年，仲云观察复修芋园，并施丹垩于寺，径前增以回廊，栏楯蜿蜒，因曲势作小亭，取苏子语意，以知水月名之寺。复筑屋三间，刻文恭公遗像于壁。

一日招予游，啜茗亭上，而相谓曰：吾前夕来此独坐，时值好月初上，清光透林隙射水中，明灭不定，游鱼潜跃，宿鸟惊呼，凉风翕习入襟袂，此心欣欣，若有所得。已而星稀云敛，皓魄当中，水色空明，渟泓滉瀁，数声鹤唳，与寺中钟磬相和，令人有高世远举之思，自以为古之辋川、平泉，恐不是过也。既念先君子读书时无此胜景，即后乞养暂归，奉先大母以游以息，亦林泉粗具，不逮今日，则又悲从中来，俯仰怆恨，而不能自已。且先君子驰驱王事，黾勉匪懈垂二十年，卒以督师尽瘁，遘疾以终，于古人先忧后乐之意，洵无所愧。

方今四方多事，时艰孔亟，圣天子忧勤于上，诸疆吏与将帅鞅掌劬劳于下，而余独席先人业，从容暇豫，徜徉于兹，得不内顾皇然大惧，负荷之不克胜乎？余既寓书叔弟，为述此意，即欲使后之子弟知芋园之所以有水月林，共思奋励有为，志先人之志，则是役也，庶非徒以供游瞩而便居息也欤？余深韪其言，因不揣弇陋而为之记。时咸丰十年六月既望。

廖大隐息机园记

游乾

夫潭州距洞庭绝岭峤，西引黔巫，东襟区豫，躔络降秀，川岳贡美，虽方舆千里，而蕴郁渊宏，故熊绎受胙，番君分茅，马氏裂版，旧代藩封。地重则育类蕃，庶滋则情势溢，缘感而迁，触变成害，机动而不自知，此《阴符》所谓反覆天地也。

大隐先生百年华胄，三世青毡，少而耽奇，吞云梦者八九，中逢灰劫，悟般若之色空。乃辟地城隅，树阴十亩，竹覆五楹，名其居曰息机园。余憩于其堂，木几横设，图书数卷。炉敛焰而灰寒，尘满案而帚挂。入其室也，内供粤仙小像，神光晔晔。葫芦悬串，无药无丹。敝榻缊衾，客倦则休。菹黄粟脱，腹盈而止。及徐步其中庭，虹泉遥迸于江麓，龙谷虚吟于郭渚。嘉蔬品列，媚目菁英。野鸟时飞，随风上下。晴岚绕槛以回光，崩涧汩流而呈籁。篱鲜吠犬，池杂鸣蛙。琴不弦而螳螂何捕，神常惺而檀罗谁梦？见青虫之满院，忘长日之小年。余怃然曰：此大隐之所谓息机乎？

念吾人之禀于胎，鼻为祖，承气而发斯，机智横生。小之蜗蛮触，蚁穴争。大亦倒昆仑，决沧海。宜阳解甲而炎火旋飞，烛影方摇而崖门浪卷。若雪蕉故馆，花谢芙蓉。骠骑新营，巢迷燕子。况熊湘之冢土迹芜，三洞之长杨条合。吴宫楚苑，鹃血榛烟。大隐以天地为庐，太虚与处，觉西山之歌，襟期尚小。商洛之芝，香纶徒钓。履斯国者，鱼之游江湖，鸥之浮海溢。穆然三古，而与之相忘，又何机之云息哉？

岳麓寺智公和尚退院记

陈圭

盖闻昙花布影，香弥十地之阴；慧日移轮，光彻三天之界。扫八垢于化人城内，得六通于选佛场中。衍象教之正宗，参龙牙之妙谛。针锋粟颗，小具迦陵；翠竹黄花，都成甘蔗。谈经宝座，说法香台。花散身而不沾，石点头而皆起。此翠微白脚，当留金偈于名山，而鹫岭鸡园，遂烛祥光于终古也。

维我潭州省会，岳麓道林，形胜山幽，年深寺古。引七二峰之远翠，紫盖祝融；瞰八百里之重湖，赤沙青草。万家烟火，水隔洞天；一径松篁，图开福地。历唐宋元明之代，道脉长留；镇衡湘荆楚之区，山灵永奠。琉璃地上，频放白豪之光；欢喜园中，时播旃檀之气。住持方丈，轮转三年。归两足之尊，接十方之众。非惠远莫成莲社，惟生公乃坐虎丘。禅板蒲团，晨钟暮鼓。群生则借其导引，众念则奉以皈依。古亦云然，今之谓矣。

智公和尚，心含冰雪，骨带烟霞，正念归真，餐风味道。太虚不滓，何来一障云浮？万虑俱清，只见千潭月印。启三箧八藏之秘，口海澜翻；括九根五蕴之精，心田香满。托身净域，涤志清浏。阐鹿苑之微言，住龙泉之上刹。法有根而自固，名无翼以遐飞。西域同尊，南宗共仰。即心是佛，着眼皆空。爰攀宝筏于湘流，乃续禅灯于麓寺。空山锡响，虎豹皆惊；古渡杯浮，鱼龙自远。证辟支之果，不灭不生；现菩提之花，何无何有？凡在缁流，诸知震旦。于是金碧照耀，三千之世界重光；宝络庄严，丈六之身容聿焕。清斋玉粒，挂单者悉饱德于香厨；戒律金绳，听法者自腾光于觉路。故知慈悲所被，业无善而不臻；神化所通，缘无恶而不蠲。莲花漏永，六度春秋；祇树林深，长瞻水月。问年则六十四卦之中，甫周方位；记日则三百六旬之内，靡弛门关。

兹者任性逍遥，随缘解脱。望故山而心旷，指归路以神飞。挽之不留，行乎在迩。袈裟一片，杨柳一瓶。策白马以驮经，唤乌鹊而止树。慈云有像，佛日无边。不因片语以抒诚，那尽群情之永慕。他日青枫江上，或重寻八水之源；此时白鹤泉边，谁参透三生之石？

张鉴湖观察池上楼册子记

徐㮤

池上楼者，谢康乐守永嘉时登临之处也。尝考康乐于永初三年七月至郡，《宋书》言其在郡一周，称疾去职。集中《登池上楼》《绿嶂山》《石门最高顶》《江中孤屿》《游南亭赤石》《晚出西射堂》《斋中读书》诸诗，皆在郡作也。

永嘉山水，挺秀东沂。康乐以旷代逸才，出为典郡。红泉碧树，桐帽莎衫。尽寄遐心，此焉托足。襟情霞散，藻思云披。濯锦红波，出蓉秋水。征鸿答响，潜虬写幽。初景绪风，池塘春草。迁谪之意，哀怨之思，江左文章，风流莫逮。然而城郭犹是，岁月既湮。问陈迹于东瓯，并无虚馆；访读书之精舍，不见空庭。古木萝牵，颓墉藓烂。鉴湖观察，雅意复古，高情遂初。惓松菊以抽簪，悦鱼鸟而投韨。因谢家之故址，还池上之旧观。榛芀既伐，岈洼叠见。鸳瓦目营，燕梁心匠。玉带青云，寒潭疏蓼。朝晖夕阴，万象罗列。自栽桃李，爰课缥缃。杖履余间，登眺自适。别号如园，装成十景。仿剡川之一曲，家有藏书；聊舒席于平山，门无俗客。寿木林蔚，龙眠橙张，庶乎近矣。令嗣孟仙，金成唾地，梅映餐花。飞凫舄于岭南，拟冰壶于山谷。乃不忘旧业，授之丹青。借吴生之擅场，摹谢公于蜡屐。

仆丘壑素耽，书剑远迈。天台雁荡，壮思未阑。玉露金风，秋容已老。披图循览，神与兴飞。用附里言，以志编末。

湖南文征　卷五十六

序一

周司农治河奏疏序

赵开心

宁乡周子仲宣止斋，辑其先大父司农公治河奏疏，缄使至都，请于余曰：先大父行修于家，仕勤于国，不孝孤孙辈和泪濡墨，具行状言其概矣。但为少司空时，值国步艰难之会，治黄河决口于开封，任巨而事掣肘，克底厥绩，其有造于斯民也甚大。所遗章奏，经明季离乱后，仅存三十有一，手泽具在，惧其久而佚也，将授之梓，欲丐一言为序。非能文而习于先朝之掌故者，未易详也，先生其许诸。余谊不能辞。

谨按：崇祯十四年九月，闯贼李自成大败左帅之兵于朱仙镇，遂围开封，总兵陈永福守御甚坚，阵射自成，中其目。明年，自成决河灌城，西自马家口柳园，东至朱家寨，一时黄流瀵涌，东西并溃，水头高百丈，其声如雷，汴城内外官廨、民房、市廛及远近村落，尽为鱼鳖。惟亲王宫眷及官兵数千人，急走栖城楼，待舟北渡乃免。贼众在决口下游者，漂没亦数万，为千百年汴梁惨变。是年冬，北直总督侯恂治河弗效，崇祯皇帝御德政殿，召阁臣及铨臣郑三俊，枢臣张国维、冯元飙、张凤翔，少司空某，即公也。诸臣以次奏对毕，及公，帝从容谕问汴河事，忧形于色。爰命公以原官兼右副都御史，前往堵筑开封决口。且曰：汴决河徙，陵运攸关，三月桃花水汛，事不宜缓。卿遄往，工坚完速，自有懋酬也。公亦条陈河道事宜，至三鼓而退。是为崇祯十五年十二月十四之夕。

公捧敕即日就道，以正月八日抵汴，亲行相度。马家口决口在开封西北，为黄河上流，水深猛。朱家寨决口在东北，为下流，稍平缓。两决口相距四里，合于城之北隅，灌城南奔入淮，淮怒溢凤泗之堧，而河流故道涸为平地者，自冬徂春矣。公集群议，先浚旧渠，以杀水势，畚锸旋施，用夫三万，且浚且筑。时大梁寇残之后，兖西、河北相继兵荒，民皆死徙，应募不满万。埽料惟余椿、榆、橛、苘麻、柳梢、蒿茭，皆百无一具。公乘小舟泛河干，与河道方大猷、南阳知府李芳蕴日夕拮据，招徕储备，甫一月而工料粗集。

先筑朱家寨两岸堤，长三百七十五丈，顶广三丈，趾广八丈，隆地、洼地不等，卷埽层累而上，总与顶齐，于是朱家寨决口遂塞。次马家口西岸，南接旧堤，长一百零九丈，西接旧堤，长八十三丈，顶、趾之广如前，工亦竣。会春汛水溢，河之故道，极望二三百里间，水渐弥漫。次筑马家口东岸，奔腾怒沸，埽料以数万、数十万、数百万计，再筑再溃，而时已五月矣。公上疏以伏秋汛水相寻，与其以有限之金钱，付之巨浸，于事无补，不若严护新堤，倍疏故道，余请俟之深秋，帝不听。公挥汗赤日中，与兵夫相邪许，齐埽六十余丈，一夕又溃。最后秋水大至，忽闯贼全队西来，兵夫皆惊。公按剑危坐，与在工文武诸官约曰：先与河争旦夕之命者，今亦当与贼争旦夕之命，敢退者斩。饬道、府各部署所统兵夫，严阵以待，贼气夺。已而豫抚援师适至，贼哨骑遂南折，兵夫无一逃者，水亦骤退。九月复筑，水深二丈以内者，卷柳为基，累埽并杵。水深四五丈、泥深丈余者，卷埽如屋，叠至八层，其计工縻料，视朱家寨且百倍。久之，东岸之旧堤、新堤二百九十余丈，工俱毕，惟当正决口愈约，水益震沸，中仅十余丈不能合。公不得已，默祷于神，神应，晓夜更番力作，三日卒合。于是南流断绝，河悉东还。贾船自淮徐来者，衔尾而至。自二月迄十一月，为时二百七十日。初估工料银五十万，减定三十万，告成日复省银五万。归报绘图以进，帝嘉悦，锡银币有加。未几，升南大司农。

公讳堪赓，天启乙丑科进士，令闽之永春、福清，考最，授浙江道御史，历官至大司农，未任。以积劳成疾乞归，不两月而京师陷。论曰：怀宗皇帝际累朝弛玩之后，淬砺臣僚，劝功惩过，不逾尺寸。然人事尽功弗奏者，往往而有，岂亳社将屋，不可支邪？周公胼胝况瘁，卒定狂澜，人定胜天，又于是乎在。世传公治河时，有神降于埽者，为公兕羊伐柳，其事近于鬼物。夫水德神明，诚能动之，自昔有然也。

杨忠烈公文集序

赵开心

余楚三闾大夫怀忠被谤，行吟泽畔，自沉汨罗，迄今《离骚》《天问》不堪痛读。后宋玉、贾谊、淮南、东方朔之流，著为《招魂》《九辨》《惜逝》《招隐》诸篇，读之益深感慨唏嘘。虽有班孟坚诋其露才扬己，责数怀王，愁神苦思，忿怼不容，然史迁终谓其忠而过，过于忠，则贞臣义士肝肠，揭日月而行天壤也。

千百年后，吾楚忠烈杨公应运而生，文章气节，卓冠全楚。筮仕吴地，居然慈母神君，士民尸祝而俎豆之。及擢列谏垣，职司蹇谔，遭邦不造，神庙宾天，光宗晏驾，真主少危疑之际，适权珰窥窃之时，妇寺专擅于内，奸党鸱张于外，天下事岌岌乎殆哉！忠烈公幸以给谏官得随诸大臣后，亲承顾命，正色抗争，争医药之误，争封后之非，争登极之速，争移宫之亟，于是幼主始得克承丕基，海内知有共主。大事既定，尽瘁匪他，奈群奸侧目，谤言日至，顿作鸟尽弓藏之感，乃身依首丘，而心怀君国。诏起田间，徐持风宪，睹逆珰之横暴，不禁发指心伤。及二十四罪之疏上，而杀人者有题目矣，或为发踪，或为下石，诬以封疆，诬以赃款，缇骑四出，身家立尽，于时楚绅之受累独多，楚绅之受祸独惨。忠烈公固含笑圜扉，甘心鼎镬，绝无怨怼一语，而全躯保位之徒，尚谓楚之祸皆忠烈公有以激之，不思逆珰之播恶，在参疏未上之前乎？在参疏既上之后乎？何以前此无一人首发难端，后此无一人同攻鸣鼓乎？向使无忠烈公一疏，彼时圣子神孙，危若朝露，尚望有天日邪？

既而明主当阳，妖氛尽扫，因而表忠旌节，赐之俎豆，加之赠恤，使忠烈公丹忠侠骨，生气凛凛千秋，是忠烈之不朽者，夫固不在立言也。然人心不死，天理常存。屈原已往，而歌词卓起骚坛，竟能作古今忠义之气，不因班固埋没。今忠烈公嘉谋谠论，动关宗社，长歌短牍，悉本性情，有心世道者，忍不诵祝而彰明之乎？

兹直指李公，以顺治丁酉衔命按楚，景仰前模，檄行郡县，掇取忠烈公文集，寿之剞劂，俾流传奕世，将以廉顽而立懦焉。其心其事，殆宋玉、贾谊辈后先继美。在叙骚经者曰：人臣之义，以忠正为高，以仗节为贤，故有危言以存国，杀身以成仁。子胥不恨于浮江，比干不悔于剖心，然后德立而行成，功显而名称。故观风问俗，彰往劝来，凭吊忠良，表扬节烈者，直指大夫之义也。

高山仰止，江汉流芳，睹优孟之衣冠，不忍叔敖之泯没者，后死者之责也。忠烈虽贤，得直指公而益著，宁直附青云而誉显哉？敬托于楚些之祝诵而为之序。

送长沙司李胡公沂庵擢太原丞序　　刘友光

天下治防以刑，《汉·刑法志》独详于兵。周公系《易》至师，不言兵而言律。文公次卦至讼，即继以师。大要兵与刑丽也。长沙于天下后治，用兵二十年不解。粤有名进士胡公沂庵，以戊戌春奉简书理于长，是时民尚苦兵，公方临之以刑，乃慨然曰：弃礼征书，既皆叔世，后之狱吏，又多文致，危人自达，此参夷收帑之不可望其衰息，烈火峭涧，吾不忍为也。以故公治长数年，凡得上符行质于公者，俱无戚容，曰：我可以求其生也。

迩以楚疆过大，诏御史大夫开节长沙，民之黠者张弓于壁，疑人于杯，以为可取人于筐篚也。攸俗亦甚，公明慎不留，举郡市虎，爪角潜豁，悉自以为不冤。温舒之言曰：治狱之道，非憎人也。自安之道，在于死人。公自安其危，乃可使民之濒危者即于安，仁恕如此，宜其早践华要，乃十年不迁。予益叹曰：公治狱如此其平，守己如此其正，官即不三公，人已千仞矣。

今夏四月，以诘戎量移太原，人或以公不得华要为惜。予曰不然，古人悉以兵原于刑，公既为朝廷画衣冠而措刑，必能为海内包甲胄而销兵。太原自昔称雄胜，五原四塞，绣错棋布，为神京右卫。车徒钟刍，可以发公经纬。其山有系舟、悬瓮，其水有太华、甘露，可以资公吟眺。其人有狐偃、太真，又有尹铎、韩琦、孟敏诸贤，为仕为羁，可以佐公评讨。今公行矣，举泥耳悬发、囊头签爪之流，一旦绝去，以白帢、胡床进龙盾、犀甲，与之聚米敦诗。更以余闲，投轻马，垂缓带，寻越石啸月之楼，步淮阴东下之关，所得讵倍蓰哉？

公之在长也，人见其质诸大狱，鞫者颂系，鞭者蒲辱，以公一切平易近人，是又不然。叔向非子产之铸《刑书》曰：诲之以忠，使之以和。又曰：莅之以强，断之以刚。狱讵独一和能折哉？忆戊戌冬，有备兵使者，寓名搜徒，乘传过攸，携其子造余墙东，取酒论诗，意甚酣适，更出《读史外编》，投予征序。予性朴遬，不能以无实之言媚人，用是诺久不报。于其行也，又误投文信国集为别，使者积不能满。己亥秋，有宵人乘之构予于使者，使者乘之喜，可一雪滞愤，下其事于公，公争之甚力，予乃得解。

时予与公无一面之欢，使者亦感公义而悔，数致书为余言过。以公盛德，披骤雨，障狂澜，既直援寡弱，并遏化强御，谓非刚者能之乎？子瞻云：多难之后，回思免我于厄者，皆平日可畏人也。是知刚者必能仁，然则人独以平易归公者，殆天德不可为首，公真善用其刚也夫。

送汪悔斋使琉球序

王岱

琉球为天朝属国，然其地无珍奇之货，故洋商罕至。其道里之近远，水托之浅深，亦无详考。惟闻其地有五山，而国建诸中，是以有中山王之称。一切袭爵锡号，悉禀命于天朝，其来已久。本朝开辟，琉球向化，岁贡不绝。

康熙二十年，中山世子尚贞，当嗣位请封，重译来朝，使者相望于道。上允其请，乃遣文学之臣汪、林二公，持节以往，诚盛典也。然儒者难于进取，乐于守成，闻航海之役，逡巡变色，而二公独毅然捧敕，治具戒装。行有日矣，素交之友，于其行也，例得一言，以壮行色。施公愚山征言及岱，岱为之加额相庆，曰：夫人自堕地，方跬步绳趋，少见多怪，不知天地之大。岂知天一地六，无非海者，须弥四部洲，南赡其一，香海各千重。今东西二洋，地属南赡，不啻大海之一勺也。琉球弹丸，又不啻大海之一岛也。虽万里之遥，皆方幅以内，若闻险而神沮，将何以任天下事哉？且也人不历非常之境，则气不充，识不广。洋之为地，波连如山，浮天无岸。呼吸万里，幻怪百状。灵潮吐纳，天吴罔象。翔阳逸骇，金枢振荡。鳍飓风生，蜃楼雾降。凭指南以为程，无昏晓之可傍。如列寇之御虚，似云将之雀飚。诚宇宙之旷观，抑游览之极况。自能消其曲见，空其理障。昔夫子乘桴之言，是忧道之不行，今二公得位行道，奉朝廷宠命，临彼荒服，宣威达化，垂名竹帛，勒石海邦，其意气之盛，可谓壮矣，是不可无诗。诗曰：

维彼中山，□其效顺。岁时职贡，冈不肃慎。厥嗣请袭，重译来觐。帝用怀柔，俞允示信。使节往宣，永锡海镇。维尔属国，勿忘恭荩。无效佛郎，残陵屡衅。无纵礁老，梗化洋汛。职此不供，自贻悔吝。天威咫尺，声灵叠震。

历代绘画图序

王岱

画非小道也，其道始于天地，一画之文，书契之造，其后焉者也。何也？日月星辰，烟霞云雾，天之图画也。山川草木，鸟兽虫鱼，地之图画也。五官百骸，啼笑怒骂，人之图画也。至河中之图，洛中之书，造化者且示人以绘事矣。一画之象，先天之卦，圣人者又开人以绘事矣。禹铸九鼎，隐绘事于器中。《尔雅》》齐谐》，隐绘事于文字中。然则后世粉墨成文、踵事增华者，皆因之非创也。

自晋、唐、宋、元，画始有专家，古人以极肖为工，后人以写意为韵。顾虎头、吴道子、张僧繇辈，几于幻矣。王摩诘、李龙眠、赵松雪辈，几于神矣。宋时画苑，犹必命题追似，而元以下，惟取风韵生动，其匠心独至者亦多，然不无年代升降之感。如文章之六经、《左》《国》、子、史，汉、晋、六朝迄唐、宋而下，愈工愈薄，愈鲜愈浅，即韩、苏不能挽回之，亦时代使然也。图绘一书，其来已旧，而杨铁崖从而史之，画家源流、姓名具在，明以后无稽焉。山阴沚鉴冯子淹，雅士也，精通六法，得旧人遗意，操笔墨于都门最久，其一帧一楮，争重于巨公、脍炙于名流者，户外屦满，限为之缺，车辙马迹之深矣。心感斯道之失其传，为重缉旧编而订之。自明及昭代，荐绅先生，山林逸士，旁搜广缉，无不详著其姓字，其继往开来，为斯道功臣，岂在马迁下哉？

余少涉趣是中，老未衰息，惟冯子独赏之。每余公车至止，无日不与冯子商榷，而癸丑春明，即出是编相示，并索鄙言续貂，为述数语。考亭以人掩其字，阎立本以画掩其人。余生平精力，秏于诗文、制艺各技中，不独画也，今偃蹇名场数十年无成，或其姓名反以画传，正未可知。立本之感，又何辞焉？

赠程穆倩序

王岱

凡欲有所表白于世，为世所灼知而洞见者，其人易尽而可测。惟不欲表白于世，世无从灼知洞见，其人未易尽而不可测。彼亦若浮若沉，时显时晦焉。殆古所称隐君子者欤？嗟嗟！隐君子者，三代以下不数见，见于晚近之世愈难矣。何也？名利者举世所共趋，势位者贤愚所共向，方将饰言而伪行，啖名而逐势，安肯晦其迹，隐其行，敛其才德识量，以自同于众人？姑托于片技寸长之末，日使人逐逐求之，不复探索于技能之外，并有识者知其人之未可测。一试之不尽，再试之不尽，遂相诧为怪，从而谤之，疾之，非之，笑之，其人且冥心高寄，自甘于寂寞之野、无何有之乡，终其身不悔，吁！又难已。

夫隐君子不易见，见于三代以下，如吾穆倩程子者焉。穆倩籍新安，而流寓于白门、广陵、淮南之间数十年。抱不群之志、不世之想，立瑰伟之行，读等身之书，交非常之人。少遇异人于名山，授之记，故卓荦英绝，视宇宙名场利域，如电光泡影、蜉蚍朝槿。惟笃行励志，以自进乎古人。又借书画篆刻晦其迹，使穆倩之为穆倩者止是。以厌世人之求，虽一时名卿巨公，深赏契缔为金石。如黄石斋、杨机部、钱牧斋、赵长沙、龚合淝名重当世者，穆倩颉颃其间，规其过，进其说，直言高行，不少避逊。当沧桑局变，水火门分，穆倩排解斡旋，使诸公即菀离枯，其于介几烛微、发蒙纳牖、成败治乱之数，如指掌列眉。以故诸公心折其才而重其品，及强以官禄，则坚遁远避，皭然不滓。虽鸿釜不热，宪肘时露，甘如食饴。迄于今老成徂落，后生辈出，闻声逐响，丐其词翰，求其篆刻，穆倩之所以为穆倩，仍如海畔成连而不可即，非古之所称隐君子者，孰能若此哉！

余与穆倩交于庚辰，重晤于丁未，中有独契。穆倩之所以为穆倩者，究亦不能测其二三也。姑举其略如此。

罗月江焚余集序

王岱

文登岩曰楚无诗，楚人而尽诗也，夫亦有为而言之也。何也？夫尽诗而言无诗，是无诗名，非无诗也。作诗不求名，名亦不著，而世贵耳贱目，因无名而诗亦不传，遂曰无诗。甚矣，人之啖名也！夫至于啖名，其作诗为名，非为诗也。论诗因名，非论诗也。恐人之名高于己，而树帜建标，恐人不附己，因以败己之名，由是而党同伐异，派调立而门户分，羽翼成而毁誉起，声吠既虚，名实皆混，定评其安据哉？故王、李设七子之号，增附至四十余家，其后自相矛盾，旅进旅退，有识传为谈柄。

七子中，吾楚止一吴兴国，可以尽楚之诗乎？锺、袁出而奔走天下，中郎伤趣，退谷伤弱，又可以尽楚之诗乎？非诗之传有幸不幸，实作者之静躁各殊，静者无求名之心，躁者有竞名之技，故传不传分焉。钱蒙叟《列朝诗选》，自谓搜括无遗漏，而楚则寥寥数人，于锺、谭反借论评为讥讪，而李茶陵云社辈，皆名位赫奕，天壤间不选自传。汉东颜木与信阳同时，诗文最有风骨，而蒙叟小传虽及而不录一诗。其山林隐逸，迄位不称才者多，蒙叟耳目所及之人，东南居半，楚则缺焉。名之不可概人也久矣。庄子曰：名者实之宾也，吾将以为宾乎？楚人无名心而有实谊，文章事业皆然，独诗云乎哉？

桃源罗月江先生，当锺、袁盛名之后，不附其名而学其诗，矧东南之无足齿者，尤所屏绝，宜乎诗名之不著也。夫不附人以成名者，其人与诗自已足重，有名无名，又何记焉？侍御紫萝公之子也，能世其业，刻其遗稿问世，是又近名之意，仁孝之思则然也，非月江先生意也。桃源洞中人无问津者，其高深更难测也。

蒋慎斋试楚新书序

王岱

三代官人以德而材兼之，所谓材者，兵、农、礼、乐，非文采也。至汉设贤良、方正、孝廉、茂才诸科，犹不失三代遗意。盖人品真然后学术正，学术正然后事功立。自后词赋、论策多途，其得人也不无纯杂相半，体用相乖，故安石设为八股，其意原欲别于词赋、论策，专以存圣贤经旨、圣贤学术，庶几百家子史之浮靡皆不得入。盖合三代、汉、唐之法而兼用之，俾正人君子经纶事业于是乎出，所以久而不能废也。

迨后浸失其意，然明初制义，犹惓惓正文体，严法脉，不使一语畔经。光、熹而后，始有凌驾之病，先正极力廓清，有毁板褫人之疏，虽不能尽复乎古，犹未离乎古也。故东乡氏论文，必先体认字句，抵牾圣贤者皆屏之，亦是意也。乃风气日下，专事剿袭，题自为题，文自为文，文售尚有不解题旨者。本朝因有废八股之举，亦非无见。在朝廷急于得人，士子止图侥幸，甚者捷径他途，八股皆为剩物，安暇拘拘论体裁乎？今天下科第，莫衰于江楚，然八股犹存乎江楚，其能存者，正不在科名也。如玉之韫石，火之种燧，惟剖之击之而自出耳。

宜兴蒋公慎斋督学吾楚，及罗士而振拔之，《试楚新书》尽绝时蹊，一还本质，奇正归于理，长短本乎法，复八股之初意、圣贤之微绪，行将正人出，学术传而事功起，天下文章，莫大乎是，帖括云乎哉？

送礼部周星公使安南序

王岱

康熙二十一年冬，安南国王黎维祯，遣其臣朝贡请封。朝廷已命词臣满汉各一员奉诏以往，再命词臣、礼臣祭告其前王黎维禧、维禔，而礼臣周君星公之遣，则朝廷与有教化戢睦之微权焉。

考安南之国即古交趾，在秦、汉列为郡县，至宋始封丁部为王。其后见夺于黎桓，再夺于李公蕴，递传其子婿陈日煚且数世。明初奉朝贡，后复见夺于黎氏，始有征讨，屡服屡叛，仍列为郡县。后远人斯服，乃宥其前愆，还其故爵，而黎氏遂世其土，莫氏为附庸焉。

本朝定鼎，献琛球而重译者恐后，因率旧章而劳来之。及黎、莫交构，因遣词、枢二臣奉敕谕以解兵息争，二姓俯首输诚，各安部落。朝廷不兴一旅，不费斗粮，使蠢动休息，视前代六师八伐、岁月迁延者，真霄壤焉。兹复爵其承嗣，吊其旧主，词臣采藻而文明，礼臣雍肃而典赡，冠佩锵锵，玉帛煌煌，荣生哀死，亦庆亦怆。所以动其仁孝之思，消其暴忍之习，兴其礼让之意，化其侵夺之萌，不独黎氏之苗裔不敢紊序以思骋，而莫氏之衅隙亦当潜移以安常，其有造于异域殊俗者，功岂鲜浅哉？樽俎折冲，不必舞干而苗格矣。

且也周君生于阀阅，早擅文誉，始官铃索，既典秩宗，一本至诚，出为经术，践履笃实，不流浮嚣，鲁论所称忠信笃敬，蛮貊可行者，其殆是欤？君命不辱，又何疑乎？一时同人共赠以言，余亦逐队为之弁首而续之以诗。诗曰：

安南属国，交趾旧疆。彝僚杂处，嗜杀匪良。椎髻裸身，昧于五常。山川所毓，异珍名香。秦汉列郡，宋始锡王。丁黎李陈，侵夺递强。黎世其土，莫附而长。元明并封，贡使相望。损郡设国，惟顺则臧。息征为抚，惟圣包荒。嘉兹蕞尔，服化循墙。重译既诚，劳来自庄。王臣济济，天语煌煌。荣生恤没，柔远怀邦。宠以彩绮，锡以驼章。褒以诔论，奠以醴浆。动其仁孝，感其哀伤。信革豚鱼，礼绳瞽狂。覆载之广，不遗微芒。矧此海藩，能不纪纲。维此礼臣，黼黻衮裳。俎豆折冲，知柔知刚。过化易俗，观风流芳。维尔属国，国恩莫忘。小心翼翼，临渊履霜。岁觐毋缺，艅航日将。敬慎勿怠，永免斧戕。

杨忍土辩武陵相公谤书序

王岱

读杨子忍土所为武陵公《辩谤》诸篇，益知忠臣之事君，孝子之事亲，皆至性不容已者也。夫武陵大节在天壤，事久论定，自有公是公非，似忍土可以无辩，而必辩之者，孝子之事亲，义不容辞，情不忍恝，即武陵公当日事烈皇帝之心也。然则武陵父子之心，可大白于天下万世，而当日之不能无议，后日之不能无辩者，亦理之固然，势之不得不然也。

书生而谈天下事，与旁观而议天下事，褊心而议天下人，与私心而议天下人，皆不得其公是公非，无足怪也。故但略言其当日之议人，如黄石斋之论夺情，其最为一时声吠者。以平心观之，曾何足为武陵损？夫苫块涕泣为孝者，举世优为之，不必乡里愿人矣。而武陵公社稷臣也，当献逆猖獗，四方蠢动，国祚之移，实基于此，此天命人心去留之会，有识者已先忧之，方枕戈卧铁，以身报国之日，区区守不夺情之细行，置天下休戚于不关，坐使国势倾危，可得谓之为孝乎？且武陵夺情与江陵又有异，江陵当全盛之日，武陵当多难之时，全盛可议夺情为贪位忘亲，多难则夺情又为移孝作忠也。况重于天威之严命，决无可逃之分乎！此石斋之论为好名，更加以门户，不仅书生也。若谓武陵必无成功，石斋早能料之，则又不然。夫贼势与气运为盛衰，明运将终，寇自难灭，诸葛不能挽既去人心之汉，而欲武陵之必能翦贼乎？

古社稷臣，济则君灵，不济则死继之，如是而已。然在当日实心任事者惟武陵，即舍武陵谁任者？万一转而任石斋，石斋果能办贼乎？又不待异日南迁后一战覆全师，始卜石斋之不能耳。贤如石斋，犹不免书生不晓事之失，况余子碌碌声吠，又无足道矣。若夫严子首昇，屡困场屋，退而著书，不过欲作一冠冕文字于集中生色，以使异时知严子谈经济，不独文章，又与门户者不同日语，不在石斋列。诸葛武侯，陈寿犹以私憾短之，况下此者。是武陵之公案，自有千百世下公评，正不在口舌争也。袁子奂作《楚三不幸论》，亦臆揣之言，非知三公心者。

夫社稷之臣，鞠躬尽瘁，死而后已，遑计夫幸不幸。惟不幸始见臣节臣心，若事事皆幸，又安用此社稷臣为？此江陵、芝冈、武陵三人，任劳任怨，举世非之不顾，只求无负君父，无欺鬼神，成败利钝，在所不计。一稍计之，则委靡瞻顾，安能独断天下事乎？南皋、石斋，不过守经不权变之儒，至于以芝冈之功作罪案者，是秦、贾辈妨贤病国之言，又何必辩哉？

案：武陵相公长子名山松，字长苍，作《孤儿吁天录》。次子名山梓，字白藏，作《辩谤录》。《辩谤》作于《吁天》之前，其书早佚，人亦早亡，不及见《吁天》之成也。长苍晚归空门，称忍古头陀，顾亭林诗所谓“督师公子竟头陀”也。忍土殆白藏之别号，犹之忍古欤？汝怀附记。

青溪旅吟序

王岱

《诗》本三百篇，清者多风，博者多雅，奥者多颂，本乎情性之自然，非可强也。五方风气不同，其一时角立不相下者，惟楚与吴，然楚多雅颂，吴多国风，未尝远也。

自学诗者不得其说，以时之宗尚为诗之趋向，以人之趋向为诗之门户，乌乎！岂复有性情哉？故吾楚之风气，如屈骚之奥，宋赋之丽，杜诗之博，孟诗之清，皆卓然自立，不欲依傍他人，人望而知为楚也。

近代杜茶村为楚诗之杰，虽淹留于吴数十年，其子弟姻戚莫非吴者，几忘其为楚，然其诗之卓然自立，仍未失乎楚也。叶子桐初为茶村半子，实为娄江人，其诗自为机杼，不染吴习，仍不本茶村。窥其意，非不能学茶村，实不欲似茶村，右军之学卫夫人，人各有体之意。然余细阅其诗，清真不落时艳，虽不似茶村，却似吾楚。茶村似杜，桐初似孟，总不离乎楚也。生于吴而操楚音，不谓之不本茶村，不可得也。

吾乡先达洪半石善书，其半子曹尚白亦工书，人称其书似半石，则拂然怒，然观其书，实刻画半石也。桐初即欲不似茶村，岂可得哉？尚白为茶村同里，茶村读此，当一喷饭。

蒋京少梧月词序

王岱

诗词一道也，今分而为二，盖其始则合而终则离。其合也，诗即可为词。其离也，词不能为诗。《诗》本三百篇，而三百篇即可歌可奏之乐章，其音节高下，五音六律协焉。

自诗亡而汉之乐府作，犹有三百之遗意。至乐府亡而诗皆韵言，非可歌可奏者，即律体亦属具文，而于音之节奏恐未合也，是以有填词一派出。填词者，以一切雅俚成语皆可填入，由句之长短、调之单双、四声之安放，俱有一定区分界画，然作者未免持筌求鱼，其于音律之阃奥，仍未悉谙。宋之诗余，在梨园止可为引子而不可歌，故又有曲一派出。至曲则纤浓愈甚，虽可歌奏，其音靡靡，于明堂清庙仍无与也。是以词去诗远，而曲去诗愈远，此诗词之离合有由来也。

词莫盛于宋，曲莫盛于元，至今日交盛，士大夫称韵士以不知词曲为耻。蒋子京少独擅其长，著有《桐月词集》，为词场家所传诵，与陈其年诸君旗鼓颉颃。或者谓词曲为花间月下，有碍正雅，和凝曲子，未免遗讥，然欧阳、晏殊、鲁直、稼轩辈，未尝累其文章气节。兹京少载籍极博，声应日远，行将鼓吹休明，协和郊庙，为正始之音，求其诗词之离者而复合焉，又何患诗词之为二道哉？

泾川游草序

王岱

前辈父兄课子弟者，举子业外，惟令熟经史诸书及历代典故，以为经务之学，多不令之作诗，恐其以词章妨正业，以为学术事功可以垂世者甚多，不在词章也。此正论也。又有谓士患不通显，既已通显，词章之士争出其门，赝鼎捉刀，何难立就？此世俗论也，亦有感而云然也。

余齠年作诗，不令先君知。幸列乡荐，以诗谒吾师施诚庵，吾师正色相戒，谓不宜遽及此，通籍后未晚也。时吾师工诗画，其言亦如此。初闻之不怿，及蹉跎公车数十年，虽不尽作诗之罪，然诗能穷人，始信吾师之蚤见也。虽然，自设制举艺始，以妨业为戒，其实何、李七子，锺、袁辈何常相妨，通塞有命，岂尽诗乎？

宣城施愚山先生，既以制科起家，又以词章擢史馆，今其次子少恭茂年即以诗名，愚山亦不之戒。行将拾科如芥，仍取凤池家物，次第学术事功，以破前辈之戒，则正论、世论，俱可不设矣。少恭诗秀韵，有风人之致，望而知为渊源家学，将来正未艾，自有主持风雅之人欢喜赞叹，余老伧父，何足以知之？因少恭以诗相质，聊为论次于左。

都门怀古诗序

王岱

《孟子》曰：《诗》亡然后《春秋》作。人知《春秋》为赏罚之书，不知三百篇先《春秋》为赏罚，盖诗人之言善善恶恶有严于《春秋》者，故观风以采诗，惟王迹熄而诗亡，无以致其惩劝，孔子乃作《春秋》以明王道，是《诗》与《春秋》相为表里者也。

迨后世无信史，于是有心世道者，不能执笔论断，每借吟咏而三致意焉，则又《春秋》亡而后诗作也。其为骚，为赋，为咏怀、咏史、吊古，皆是意也。然咏怀或不指其人与事，或指一人一事，至吊古则实指其人与事，总皆后人追咏前人，至五君八哀同时亦咏之矣。夫咏往事者，是憾前人之是非有未明而追咏之，咏今事者，是恐后人之是非无定而先咏之，无非《诗》与《春秋》之微意也。

方子渭仁作《都门怀古》诗十六章，实指其人与事，悲歌凭吊，寓意尚论，不矫不随，有裨世教，古人相去未远，故足传也。

虽然，《诗》别贞淫，里巷之言私也。《春秋》笔削，素王之书亦私也。为骚，为赋，为咏怀、咏史，为吊古，无非私也。是皆不得志于时者之所为也，不得已也。今渭仁既已淡墨题名，圜桥簪笔，乃复取往事而怀之，毋乃不足于中乎？夫怀往事，曷若取今事而怀之？为私咏，曷若取史事而公之？后视今，犹今视昔，毋使今人遗憾后人，后人复追咏前人可也。

赵允公诗序

王岱

诗为小道，理学者不为，经济者不暇，侠烈者不屑，以其虚言之无益也。

赵子允公，蚤负奇气，至性孝友，有官友邵陵诖吏议，为之周旋左右者数年，及事解乃已。其名遂闻于当事者，与之定交。其后当事京师亦罹难，允公几以身殉，悴力疲形，呕心竭血，奔走数千里，经营十余年不倦。傍人畏患，颈缩舌吐，允公坦然无惧，且为存孤，其侠烈之名已动远近。及官闽中，虽为贫之仕，绝无为贫之心，随分所至，无不得当。而海氛忽起，既能身乂戮力疆埸，故一时之上官，俱不敢以小吏视。屡登荐剡，其经济俱有成算。

允公初尚气节，久之涵养性情，复究心性理诸书，浸浸乎周、程之门，故其居官耿介而举动雍肃，伟貌丰度而意念常自下人，宜其四声八韵，皆在不为、不暇、不屑之中。乃允公仍留心风雅，登高能赋，遇物能吟，不以诗为小道，而借为陶冶性情之具，岂得谓之虚言无益乎？

兹允公以别来所作诗文见质，而名流评骘叙言既已盈帙，无俟予赘，惟述其生平梗概如此。

东村诗序

王岱

《诗》三百篇，皆本性情之正，故乐不淫，哀不伤。后之作者，或皆过之，大抵为境转而失其性情之正，处约则多愁苦之意，处盈则多放佚之语，视三百篇远矣。惟有道者不然，彼其胸中有确然不拔之操，穷约显达，视之如烟云变幻于太虚无著，无入而不自得。故其言如水流花开，莫非自然，拟以三百，犹落言筌，以此论诗，愈难其人。

予于山左得二人焉，一则念东高先生，一则吉津李先生。高先生信口皆诗，顷刻万言，无非精义，自非涵养学问，莫能至也。兹读吉津李先生诗，虽其机杼各别，其一往闲适，不为物累，则一辙焉。先生以前代老宿，官本朝宫詹，遂以正气发为谠论。至罹坎壈，阅历险阻，不足动其心，及得遂初服，养晦林泉，其间可歌可慨之境，不一而足。乃先生绝无郁抑愁苦之音，莫非陶咏闲适之意，岂非有道者能如是乎？

先生之长公，以壬戌魁南宫，闻捷音不以介意，乃手书及诗草，寓意于蹉跎之王子，商榷风雅，此其胸次为何等也？先生之乡自济南以声诗坛坫，宇内数十年不相下，继起有人，予何足以论诗哉？抑惟先生不可以诗人律之，予得窥有道之言而论次焉。

汉东志序

王岱

顺治元年，全楚十五郡邑，先后各上其乘，以仿古职方版图之意，其山川、人物、赋税，各损益前代而加详，以无倍车书同文之制。郧子之国属邑六，汉东为大。大者例先职贡，会司牧者迁代而不遑文墨，至康熙六年丁未，州人刻之。余方北上，实未执笔，而适值其成，需余一言。序曰：

志者何？古史之祖，如《春秋》经尼山之笔削，事简而言约，意隐而义深，文词、议论多详于《公》《穀》《左》氏之书，而本经不注，非如后代史家，繁言叠辞，而义蕴易尽。即马迁之《史记》，欧阳之《五代》，亦不免焉，他无论矣。故史视《春秋》而递降，后代之志视史又递降矣。何也？作者无专家，述者无史笔，致褒讥失，豕亥淆，无以厌识者之意，仅列具文焉。若汉东之志，犹近古者。孔子曰：吾犹及史之阙文也。与其传疑，无宁传阙，善行不详，毋如阙焉。庶后起者思有补葺，事取其简，词取其约，宁朴毋华，宁扬毋抑，宁阙毋溢。郧子之属邑六，首汉东而乘成独后。郧属邑之乘，务备藻采，而汉东独朴质。孔子曰：周监于二代，郁郁乎文哉！郁郁者，皆周初本忠质之文，非周末文盛之文也。后之览者，或有取于汉东焉。

周令公史贯序

王岱

古人以著书为读书，盖书不能读尽，惟著一书必详核诸书而后备。何也？古人行事，散见于诸书，所纪互异，即《左》《国》《公》《穀》犹然，况其后代？惟著一书必考其出处，详其事实，核其异同，以归于一，然后著为独裁，读为有得，此著书之法即读书之法也。

史家之书，上下三千年，几于汗漫断烂不能读，盖自迁、固而下，类无信笔。以及晚近官繇资秩，史无专职，亥豕未分，且为操管，褒讥失实，肤俚无文，安能考其异同乎？制举者且不知为何物，是闲于史者，百不得一焉。明之留心史事者，邓潜谷之《函史》，锺退谷之《史怀》，李温陵之《藏书》，皆有独见，发古人之未发，其不能无议者，见有偏执，论有踳驳，不数传而置之，此又读史而能贯之难也。

衡阳周子令公，为吾乡老宿，读书有本，于史学尤深，读之有得，因著为论。论定而史之面目出，古人之行事亦出，笔削褒讥，一本乎正，不独文贯，而理亦无不贯矣。孔子作《春秋》，主于宗周而诛乱贼，责贤而诛意，一日之是非，自可以贯于千万世，贯之为义，大矣哉！则令公之书，直可羽翼《春秋》，同不朽焉。

刘子厚诗序

王岱

往弱冠侍先大人官芝城，其时余立竹社而名宿咸集，易子康侯、无画，其最著者也。康侯严冷，无画放诞，其诗亦如其人，余皆心推之。余者花晨月夕，鸡鸣风雨，与之酬唱无间。

自己卯还湘，日寻兵火，芝城、湘潭，一衣带水，如在万里外。追忆前事，则如隔世。故余终老风尘，吟诗送日，而故交沦谢，十不存一。丁未一毡汉东，地僻而荒，官此者罗雀门空，晨炊灶冷，风雅一道，亦置不谈。子厚自芝城假道汉东，折柬见投，则前侍御公刘正贤之子，其姓名面目俱不复识。盖先大人官芝城时，子厚仅三龄也。为之询故友山川，及其数十年兵革之故，为之凄然。子厚曰：余之慕公也有年，恨无由一识颜色，兹来盖欲得公序以传诗也。因出诗若干，读竟，其向之凄然者，且怆然涕泗。念吾昔竹社之风景，如在目前。子厚之诗，刻而朴，澹而老，似不欲置身唐人中，不独不作今人语也。惟康侯绝似之。郊寒岛瘦，宁为不贵不寿，而不欲一字同于人，宛然呼吾康侯出纸上，异哉！昔虎贲貌似中郎，尚欲引之为典型，矧子厚与康侯生同地，师友渊源之切肖者，能不动于中哉？则见吾子厚，如见吾康侯也。

芝城竹社之友犹有存者，有无画、石楼、孟醇、道生诸人，能知康侯之性情吟啸者，读子厚之诗，当不以吾言为妄也。

黄唱韩诗序

王岱

中州黄唱韩令乐安，以丈田进图称旨，后竟以诖误罢官，遂游戏墨林，顷刻尽数十纸，然亦随手散去。其为人物如豆，车马如拇指。每取《毛诗》《尚书》中成语揣摩之，如《豳风》《无逸》，皆有图穷极要妙。及与之论画，唱韩则曰：余乌知画，直偶寄意耳。其于诗，则绝口不言矣。

余在历城，与唱韩比寓数旬，余别去且六七年。庚戌，唱韩客鄂渚，泛洞庭，浮湘江，遇人辄作诗，其于画又绝口不言矣。是冬大雪，走汉东，出诗草若干，欲余选定序之。已私讶唱韩之忽为诗，于是兼旬未暇。辛亥夏走汉上，遇李房季曰：昨岁与唱韩同舟往还湖湘间，唱韩甚言诗，绝口不言画，异哉！此唱韩之近于古也。

唱韩官乐安，为廉吏，破裘粗食无长物，罢官无戚容，是唱韩于官已为偶寄，宁独于诗与画为偶寄也哉？以偶然之意，寄其适然之兴，安知异日更有偶唱韩者，并官与诗画皆绝口不言，未可知也。唱韩诗语语自创，无一字熟调近人，其无意也，意深矣。

孝友录序

王岱

五伦之中，父子兄弟以天合，天合者，不假人为，不假思议，何以言之？子者，父母精气之遗也，兄弟者，父母先后精气之遗也，如物之同气，树之连枝，故捍一发而体为之动，伤一肢而身为之困，此其呼吸感应至切不可分者，自非因孝友之名始为之也。

世运递降，乖戾气乘，子有逆其父者，然后孝子之名彰。弟有傲其兄者，然后悌弟之名显。圣人防其微，开其化，为之立孝弟之名以鼓励之，庶勉然者归于自然，是岂圣人之得已哉？余阅刘氏希尧《孝友传》而重有感也。希尧孝其母，抚其弟，抚其侄，不私财，不私产，至其死并以善地葬若弟，虽古之曾、闵，不是过者。

夫刘氏起垅亩，岂习于诗书、饰于观听者乎？其天性然也。兹其子文耀，又思其先人芳轨，哀慕感泣，一时贤人君子，从而表彰之，可谓能世其德者矣。虽然，仁孝出于天性，彼刘氏者，惟直行其意，身后之名所勿计也，则表彰者，又吾人为圣教鼓励世道之微权，有不容已者也。

谭司业灌湘诗序

王岱

水之生也泉源，汩然放之为江海。木之萌也根核，眇然荫之干霄汉。火之始也光芒，隐然种之燎原野。然其源不深，其放不远。其根不固，其荫不广。其光不耀，其燎不遍。所以为江海，为干霄，为燎原，皆有本之固然，非其卒然者也。

人实有之，诗亦如是。史迁之于马谈，工部之于审言，子瞻之于老泉，其才思天授，不由家学，而机杼渊源，有不与寻常同者，其故皆有本也。吾乡谭鹄湾先生，与退谷廓清诗道，为海内宗仰数十年。人之性情，皆潜移默运于二公而不自觉，虽其刻削之处启后人之攻，实留有余不尽，俟灌湘起而承之，以补前人之不逮，何其盛也！今其诗清以厚，温以丽，有清庙明堂之气，无山寒水落之稿，如江海之浩渺，百尺之扶疏，燎原之炳耀。其识力使鹄湾难乎为前，可免不见替人之叹矣。

或者谓开创居其难，继体得其易，是大不然。汉文帝、唐太宗皆继前人，成一代之运，是继又难于创、大于创也。其殆灌湘之谓乎？且其补救，实又有功吾楚，不仅为寒河功臣也。

叶慕庐诗选序

王岱

吾楚之才，以雄杰奇奥著，然清韵秀婉者，无所不备。独能自舒性情，自出手眼，不袭古，不蹈今，不拾人牙后，瞰名以成其名，皆有不可磨灭之气，此楚之所以称才也。

楚自屈、宋、杜、孟而后，下至竟陵，渐成弱调，其时未尝无雄杰奇奥之士，而名反为所掩不传，然楚风仍在也。叶子慕庐，籍于浙而家于楚，称诗有年，集亦甚富。其诗秀婉幽邃，绝无时蹊，在楚为别军，卓然自为机杼，仍吾楚人之气也。慕庐在长安，与宋牧仲、谢方山齐名，吾家阮亭相乳水，极为推毂，故慕庐之名，噪于一时。

予以丁巳复来长安，慕庐以诗相质，并索予言，予生平坎坷，时宜不合，诗其一也，敢复论人之诗哉？矧予诗与慕庐不同调，言之无当，不足为慕庐重，反足为慕庐累，是以迟之数年而不报。辛酉冬，慕庐入都，仍质新诗索言，予惟述其略为吾楚庆，至慕庐之诗之传，无俟他人置喙也。

陶子诗序

王岱

凡人之才卓然自命一世者，必其负性异，畀材殊，侈于天而肆于人。有主于中，不挠于习，旦旦而期之，终身而安之。如射之赴的，行之抵舍，即旁搜而广核，无使一义之或遗，总以成吾之所向，而后用志不分，乃凝于神。及其成也，精英宝色，愈久愈鲜，非谓其苟然而能、冒然而得之者。是以一言一咏，其人之性情人品皆出焉。

靖节超然物外，似无意于为诗，后人追琢，拟之愈远，其皭然不滓之意，自不容陈言之或留者，少陵、退之、孟郊、昌龄、元结无不如是。后之读者，触目惊愕，以为胡至于是，不知其经几锻炼而始至是也。今天下声诗，作者如林，自历下、北地出，天下之耳目遂移于北地、历下。自公安、竟陵出，天下之耳目又移于公安、竟陵。数十年间，皆颠倒循环于数家之中而不能出，非才不足、志不坚也，求其卓然自命、不挠于习者，实难其人。

甲辰冬，闽僧白山自汉上来吾潭，箧中出古诗一章、七绝二章，有王、孟风味，异之。白山曰：此陶石首作也。石首中北闱，令吾楚，旋即解绶，仿陶家故事，结庐黄鹄碛，谢绝一切，日以著书为事，楚之名宿争交之。其行事大类彭泽，不独诗也。其评近代诗也，少可而多否，独心赏王先生。余感知己之言，而行事复多相类，心焉志之。及丙午冷毡汉东，过鹄碛，因与公往复唱酬，尽倾其所著，竟日夜丹黄而甲乙之，则真所谓卓然自命、不挠于习者。

公之古诗倍于近体，皆穷研极精，声调格法，非汉以上者不涉笔，置十九首、苏、李中莫能辩。次亦不失为邺下，最下者亦在潘、陆、二谢之间。其思沉以深，其句炼以坚，其气朴以厚，于近人之习皆洗濯殆尽。其律则出入于元、王、储、孟而化其迹。余交诗人众，而志凝神真，无逾于石首公者。即欲序其集，公乃摇手曰：此道未易问世，俟吾二十年后未晚也。嗟嗟！世人得此，自谓过之，乃公持重若是，此其志非苟然而能、冒然而得者明矣。其精英宝色，久而愈鲜，又何惑乎？

韩兵部遗稿序

王岱

圣秋韩子为余同年友，其主持风雅者数十年。当官夏曹时，则与合淝诸公唱和，而四方之能诗者，无不接引推解，由其成名，故就业者相属，未尝余一钱自私也。

及其没也，萧然归榇。今长公雄陶自洪洞来燕，向之接茵联席、金断而石坚者，半零朝露，任昉之孤谁恤，朱穆之伦空伤，良可悼也。且出圣秋《梦航》未刻诗，余因是重有感矣。目今词场盛而真诗亡，标榜多而实谊少。圣秋之诗，坚朴澹老，无浮响袭词，真不愧晋唐作者，视时之名噪一时者，不啻远矣。

使圣秋当日取甲科，历词垣，登政府，其诗名早为选家奉之大家一席，何至残沈余墨，为穷愁老友唏嘘叹息而已哉？

朱悔人诗序

王岱

吾楚近代风雅最著者，公安、竟陵、云杜，其后胡石庄、吴晞斋，皆南郡所出。其流风余韵，虽众人孺子，亦娴四声，艳心名宿，所以陶冶熏染者素也。

悔人朱子，生潜、沔之间，弱龄即负盛名，久之播远近，凡官楚者无不推毂。家幼宰潜时，月试诸士，悔人制艺声诗，俱拔之冠军。中丞张公方伯、徐公悬榻设馆谷，日夕造席，俾悔人得一意读书，放情吟咏，不为客装家计所困，故学益博，诗益富，文益奇。然悔人数奇，屡困棘屋，因走长安，就试成均，复报罢。于是淹滞京邸者经岁，虽日与诸名流酬唱，四方之士相接踵，惟恐或失，然交广而寡合。其诗沉郁多感，体备杜、白，不欲与时人争声响。

夫予之不遇，寡合倍于悔人，安足以传悔人哉？惟述其大略，以俟知悔人者。

吴去慵先生世求录序

江有溶

尝读《史记·吴世家》而引夫子之言，泰伯可谓至德矣。斯言也，盖本世德作求之训也。夫子既以至德表泰伯，及论文王，亦曰周可谓至德矣。然则文王求泰伯者也，今去泰伯数千年，凡闻风兴起者，秉礼度义，启后亢宗，万世之天下，皆求泰伯者也。太史公《世家》三十而独首吴，所重有在矣。

予同学吴子愸，宏览博物，有延陵季子之风，方燥发以文，受知徐亮生先生，高汇旃、堵牧游两先生相继督楚学，征愸著述，式庐加礼焉。遭乱抗节古处，于富贵淡如也。所不能忘者，尊人嵝山先生八十四年中，铅椠之业，尽付壬辰一炬。其大者吴氏家乘，载宋文定公猎，讫明茂才道升，升弟乡贤公道行，即嵝山先生也。嵝山子愉，乙酉殉难，从祀蔡忠烈公祠，事俱详传记。愸心伤往牒之灰烬，而惧后世无征也，次第搜辑，授之梓，题曰《世求录》，属溶序之。溶谓吴氏冠冕吾郡，由猎至愉，前后本末可考也，而阐扬光大，嵝山先生之功居多，享庙食宜哉！乃愸生贤父兄后，当兵火之余，独能留意兹帙，仁人孝子之用心，所以训勉后人者，至深且远也。为子若孙者，手兹一编，何以无愧于世求之义，亦本吾夫子所以表泰伯者曰德也。

夫仁义忠孝，德之大端也，讲学以明之，躬行以践之，所以求进于德者，曷敢不致力焉？异时兰台簪笔之臣采风衡岳，即以《世求录》续吴氏家乘后可也。

湖南文征　卷五十七

序二

大学士刘公文集序公讳三吾　　谭绍琬

我外祖学士公文，一辑于成、弘者，为文安呆斋所录，而于《大诰》一序，尤致流连往复之思焉。再辑于隆、万者，为督学养旦所编，而于碑、铭、序、记诸作，益殚网罗捃摭之勤焉。盖以公系出中村，而文安、督学后先蔚起，慕前徽而搜遗文，故不能已于表章也。

余小子行天下有年，所遇名人巨公，辄询三湘诗文，而《怀麓堂》以外，实有难于置对者。归寻旧刻，则文安之所录，督学之所编，半蚀于蠹鱼矣。因叹自古文人，寻茫茫坠绪，旁搜远绍，上下千百年，不难遥集于一日焉。今余小子为公家之所自出，而于学士遗文，听其放失，太史公所谓堕先人之言，罪莫大焉，当亦余小子之所宜退而引惭者也。爰谋诸外家，阙者补之，讹者订之，越三月余而始成书焉。

或疑文正、文毅，文成数万，诗亦如之，而我公之集悉数可尽。或疑李文近韩而诗逼老杜，张文近左而诗压燕公，我公诗文，率尔命篇，不烦意匠，揆诸奇正浓淡之间，似犹存乎见少焉。余以为不然，初公以天下才隐于乱流，抑塞磊落，郁成奇响，故元末所作，沉雄奔放，有言古人之所不敢言者。厥后驾蒲就道，入侍承明，以耄修之臣，事雄猜之主，挥毫欲落，辄复中止，僧虔妙笔，有时用拙，盖一篇之中，不知几寓意焉。则平津晚遇之日，未可谓江淹才尽之年也。假令公并生成、弘以后，隆、万以前，遭时不讳，畅所欲言，应制之文，雄视艺苑，应制之诗，超绝骚坛，炳炳烺烺，焜耀国书，岂仅角二公之胜而已邪？虽然，公之缀文，疑于少贬，公之立朝，绝无阿附。当璧未定，储位几摇，赖公一言，国本始奠，则我公之节，尤当求于诗文外也。

至公之家学，督学公已详于前序，余小子不敢复赘，而独揭廷争之事，附于篇终，俾尚论君子得以考信焉。

廖湘门学吟草序

谭绍琬

学吟云者，谓其叩响于《九歌》，析疑于《九辨》，振藻于《九章》，抗谈在昔，追而效之，非苟焉已也。诗莫奇于幽，幽莫奇于骚，古之学骚者，推一扬子云，而以《反骚》为题。近代之学骚者，推一袁石公，而以《广骚》为题。夫骚不可反，反则距骚已远。骚不待广，广则距骚益远。今取《长杨》《校猎》诸赋，附于《离骚》之末，已为不伦，况其后此者哉？

廖子湘门生于湘，长于湘，居不必卜，而詹尹端拂矣。枻不必鼓，而渔父信宿矣。芳不必搴，而江蓠薜芷纫而佩之矣。目之所及，足已追之。口之所号，手已辑之。当其纵心一往，恣其所尚，世无屈子，不当在弟子列。假令登玉笥之堂而入其室焉，不难队景差、叩宋玉，何有于《反骚》，何有于《广骚》也哉？

余家世湘南，而帆随湘转，溯流溯洄，迄今有余馥焉。曩者郭些老、陶密老以《洞庭秋》命篇，属而和者，已盈千万言，余次其韵，亦浮于什伯，不可谓非骚意也。天诱湘门，惠而好我，伏读所作，几汗流而却走。在我两人，俱有学骚之癖，而远与近异地，古与律异体，壮与老异年，似未可以比而同也。嗟乎！丽非宋玉，藻不景差，而唱余和汝，不我遐弃，虽其荒耄，岂能自外于骚坛也哉？谁谓湘远，一苇可航，握手谈诗，或不以耄耆而舍我也。

涉园文集自序

谭绍琬

古人之以文传者，取于心，注于口，措于手，皆其自为言也。其代为言者，半出于制诰，然观西汉诸诏，温文尔雅，未尝假手词臣，而其时晁、董、终、贾、两司马，极一时能言之选，亦未尝少贬以徇。假令屈此数子，珥笔承明，雕琢蔓词，以希一当，必有怀惭而引退者，惧心与手口之相格也。彼陈琳之代袁，应玚之代曹，文非不工，艺苑以为口实，则自言之与代言，其度越为何如哉？

余拙诗刻于乙丑，文则阙而有待，谓中多代言故耳。既而思之，余所自言，曰祝，曰诔，当其歌有思，哭有怀，安乐动于中，悲欢见乎词，使读吾言者，忽无故而笑，忽无故而啼，于韩子所谓和平之声，愁思之响，澹泊幻渺，窃有慕焉。而体近俳优，颜传忸怩，以今况昔，其能免于愧汗邪？

余所代言，曰志，曰谱，志申命于长吏，谱奉教于父老，耳提面告，言人人殊，而以一人之手，挥毫应之，实难如其意所欲言。第就志言之，外综山川，内胪田赋，核人物之实录，倾艺文之沥液，则取长吏之所欲言而代言之，犹自言也。就谱言之，溯因生赐姓之始，穷北辙南辕之变，合近远以为纪，衷疑信以为传，则取父老之所欲言而代言之，犹自言也。

顾梨枣之价，剞劂之直，计字偿之，必至于破产，而失今不梓，必作蔓草之萎，不得已为要删计。于茶志则录文若干，于湘志则录文若干，于谱则录文若干，而其由序迄跋，由凡例迄论赞，十藏其九，以待后来。借令天假之年，子若孙奋自振拔，以佐耄耋之所不及，则是刻之观厥成，或未可知也。尤可笑者，僻处穷乡，寡偶少徒，左太冲之序，既难近得之元晏，李长吉之序，岂能遥期之杜牧？执卷彷徨，实有难为寄托者。

夫失之自言，而得之代言。失之问序，而得之自序。后之读吾文者，不知作何窃笑也。康熙三十三年七月。

志后序

谭绍琬

韩退之以见非于人，为作史之戒。盖以进处士，退奸雄，则固已非迂矣，贱仁义，轻守节，则晔又非固矣。目睫之叹，自古云然，况以郡邑之志，借手儒生，笔则笔，削则削，其笔而登之者，未餍同己之望。其削而汰之者，易滋异己之忌。为人所非，曷足怪哉？简非南史，笔非董狐，而欲使田水月之论次，不贾戾于会稽。白石樵之辑录，不贻讥于云间。此幸之难邀，而执简者之所以彷徨却顾也。

征翁熊父台宣猷吾茶，凡绥理群生，纲纪庶务，皆以古为法式，而于载籍所垂，讨之论之，讲求不遗余力。常叹农服先畴，士食旧德，事必师古，舍郡乘无可考镜者，因燹于兵，遂以编纂之简，授诸山泽之癯。琬内惭寡陋，外畏謡詠，谢弗敢承，父师则进而坚之曰：取新刻而削之，刊其虚诞，扫其繁芜，掷遂良之曲笔，翻魏收之秽史，宜子之惧而阁笔也。取旧刻而笔之，订其讹谬，缀其阙遗，续《史记》于楮生，校《汉书》于马融，子将奋笔之不暇，而何有于惧哉？因举嘉靖乙酉之所创，万历丁酉之所续，汇成一帙，而其新者则收之故府，为后来备考地。

琬祗承公命，偕诸友网罗而考核之，因念自万历之丁酉迄今之辛酉，八十四年于兹矣，其间山泽之奠于位，城郭之固吾圉，区域之画于封，疆亩之区于畔，可按籍而手录焉。独是赋式之损益，风俗之正变，里自多而并于约，学自西而徙于南，选举自科目而广于征辟，卫所自众建而省为专职，官守则裁丞而仍倅尉，此非可约举而例论也。故博而采之，详而核之，俾八十四年之实录，无忧于荒坠者焉。其在悠悠之口所聚讼不决者，惟《人物》《艺文》两志耳。今与诸友约，不议削而议笔，人物之正而大者笔之，诚而烈者笔之，炳蔚而高洁者笔之，敦朴而周慎者笔之，而外此之人物，自不烦于削矣。艺文之奇而法者笔之，丽而则者笔之，沉雄而奔放者笔之，隽上而雅健者笔之，而外此之艺文，自不烦于削矣。数益约而名益彰，帙愈简而采愈流，则吾茶之立德立言，尚何求多于此外哉？

志成后，邑侯出新旧二刻，参伍以观，觉今之所梓，体裁义例，一准于旧刻，而大同小异，去新刻不甚相远，则彼此可互见也。琬借是可告无非于吾党矣。

郡谱志序

谭绍琬

郡谱者，志郡之所由始而详其沿革也。远溯炎帝，近考宋、元、明，以元朔四年为郡之所自始，以嘉定四年为郡之所自变，以元贞元年为郡之所自复，以成化十二年为郡之所自定。其间为县者三，为军者一，而今一定于州。属湘东郡者一，属云南郡者一，属衡郡者三，而今一定于潭。名声乡者一，废入湘潭者一，入攸县者一，而今一定为茶陵。此沿革之大较也。

茶有四山，云阳居一，说者援史有大敦氏没，云阳氏作之文，强相附和，或云少昊氏所居，或云潞子之国即在潞水。夫以炎帝而牵入少昊，何异移谷城于云山，架圯桥于洣渚也。按《春秋》：晋人灭潞，以潞子婴儿归。使潞国于茶，南属楚，东邻吴，晋师虽强，安能悬车深入，取婴儿于两大间乎？论创于罗泌，编成于《潞史》，采入州乘，而文毅之信史，不能胜众说之纷纶矣。

今特为刊定，凡郡谱所志，一以文毅为正。至《潞史》之说，新奇可喜，为艺苑所乐道，不敢载入，以滋疑云。

杨石林先生稿序

谭绍琬

诗文之道，于味取淡，于地取僻，于时取闲，于兴则取奔放而历落。子厚少作，尚沿骈丽，而雄深雅健之篇，多得之永、柳。

彭泽宦游，未有传稿，而萧疏简远之咏，多得之田园。无他，以淡，以僻，以闲，以奔放而历落也。

石林杨先生，家洞庭而吞云梦，以诗文驰海内有年矣。自存所作，必精必刻，迨至以高第而任岩邑，怪石奇鬼，森传于道左，鸟言夷面，画地于堂下，虽永州司马之谪，未有疏于此者。及以五年上考，倏而解去，草芾于三径，蔓系乎五柳，又与陶令归来，遥相后先。先生雅量高致，洒然尘表，不以荒邑为可鄙，而以卷牍穷经为宦游之快事。不以落职为可悲，而以杜门著述为回车之美景。故其见于诗文者，淡而不癯，僻而不诡，闲而不驰，奔放而不失于纵，历落而不失于懈，以视萧疏简远之陶，雄深雅健之柳，不亦可旷世而相见哉？

近因编纂之役，陪奉末议，先生不我遐弃，示以诗文数种，予受而读之，谬为举似。客有规予者曰：今上崇尚词赋，博学宏词之科，将为先生劝驾，何陶、柳之足拟？余应之曰：自古馆阁巨公，必先有寂寞之滨，宽深之野，在其胸中以预为之地，故其应制所作，丽而有则。今以先生蔚为举首，珥笔承明，吾知其台阁之言，必将取淡，取僻，取闲，取奔放历落，而不若俗辈之靡曼也。请以是质之先生焉。

北道吟序

谭绍琬

尹子交余以文者几四十年矣，其交余以诗则十年内事也。吾乡公安、竟陵，矫济南之浓而一出于淡，其失也，有秋冬而无春夏，有山林而无朝庙。尹子起而以沉雄救之，宁实毋虚，宁丽毋质，宁卢杨毋陶谢，宁元白毋郊岛，此诗旨也。尝语余曰：我辈唱和下里，难免寡陋，行将泛黄河，登大行，瞻壮伟于京华，交慷慨于燕赵，其庶几乎？今验矣。

余卧病空山，忽寄余一帙，则《北道吟》也。其言实而不积，丽而不靡，有卢杨之壮而去其浮，有元白之畅而去其肤，殆全乎其为沉雄也。或有诗史之目，余曰：否否。杜子遭天宝之乱，崎岖入蜀，悒郁侘傺，皆于诗发之，故诗近于史，而不可作史观。今尹子遭遇盛时，人文联翩，目之所得，取而口之，口之所得，取而手之，淋漓满志，痛快无余，何诗史之足拟乎哉？其一出于沉雄者，盖亦所以云救也，是不可以无辨。

履素罗先生诗集序

谭绍琬

初唐诗犹踵陈隋，明亦如之，工则为宋，失则为元，其流渐然也。洪武四年，罢制科而崇征辟，讽天下以近古，时能诗之隽，薄游韵府，走名如骛，而此倡彼和，不出近体外。陶谢坠绪，茫茫未有所属，求其高出魏晋，浸淫两汉，不懈而近于古者，岂不难其人哉？

不谓失之台阁，得之嵁岩。失之十五《国风》，得之下里郢曲。如履素罗先生者，则其人也。先生生而隽上，长于北平宦邸，归里后纵心希古，恣其一往而意主韬晦。凡有所作，不轻示人，匿影埋照，有古人逃名之意焉。当鹤书入陇之日，为征书出谷之时，有心劝驾请者，而先生谢之。登卢杨于兰省，咨沈宋于昆池，有以应制请者，而先生仍谢之。则先生之古意古色，盎然于作述之林，其自命有素，非苟而已也。

曩余编辑郡乘，欲勒《隐逸》一传，以作颓流之砥，戛戛难之，假令得读先生之诗，以想见其为人，其大书特书，岂有待于今日哉？余老友祇园，情殷念祖，志在发潜，函其新编，问序于余。谓余之坎壈失职，与伊祖同遇。沉酣风骚，与伊祖同好。后近体，先古风，与伊祖同癖。微显阐幽，似难他属。余重违其请，率尔命篇，未敢以不文辞也。余惟明之以诗传者，半出于宦稿，其穷而益工，独推文长、仲醇。今先生之古风，置诸徐、陈集中，几不可辨，其余诸体，亦几近之。而人如其诗，则阳明公合道之序，固为笃论。诗如其人，则湘川公温醇精到之序，未尝阿私。

至云登之于梓，以俟乡之知言，俾不晦于前，而无泯于后，其意诚有待也。

余距先生三百余年矣，辱在同乡，敢窃附于知言，起先生于今，或不河汉吾言云。

送任太府左迁序代

谭绍琬

余读《蔽芾甘棠》诸什，叹楚之无《风》而有风也。其俗质而近古，守令之有德于民者，爱戴于当时，绎思于去后，翦伐之戒重申，茇憩之怀不喧，自汉、唐迄今，犹有《甘棠》遗意焉。

余祗役安南，取道荆潭，有长老叹于途者，有挈其子弟祷于庙者，皆以大守去任，靡所依托，将请于上，以挽厥辙。询其详，则曰：吾潭苦苛法久矣，糗粻竭于内，刍茭困于外，赋秏于悉索，役疲于奔命，此诚龚黄棘手之日，召杜蒿目之时也。我公于恢剿之初，申军政以戢侵暴，而危者以安。于流亡之后，开乐郊以纠离逖，而动者以静。于大无之年，法常平以疏滞积，而饥者以饱。莫劳于输挽，而以更番者休逸之。莫困于荒芜，而以蠲豁者勤恤之。莫痛于刑狱，而以亭平者更生之。至于砥砺廉隅，而属官之簠簋渐修。广厉学宫，而列代之鼎彝毕涌。此吾侪小人所想望于数十年，称快于五六载，而不谓竟促其驾于一日也。已而驱车入郭，质之子衿，无异词焉。质之荐绅先生，无异词焉。因念楚之名宦，莫著于羊、杜之守襄，刘、陶之守荆。羊以仁而杜以博，刘以厚而陶以敏，故荆襄之民尸而祝之，社而稷之，至于今弗替。我公叔子之心济以征南之学，季和之厚奋以士行之勤，诚能合四公而一之，而公之在今，更有难于四公者。以位不若太傅，权不若征南，任不若八州之专，一行偶疏，动而得过，此古今之异时，而不可谓其人之不相及也，尚何怪哉？虽然，羊、杜之碑，森于岘顶，刘、陶之祀，秩于荆南，较千古于一时，当不以彼易此也。况我皇上嘉惠守臣，主爵者宣上德意，毁誉裁于一定，黜陟定于更端，将见虿尾之谤转为谁嗣，即墨之毁，益彰誉言，则今日左官之屈，不为异时登庸地乎？

余备员史局，山公启事，何敢妄参末议？独是辎轩所过，旁采风谣，察吏治之循酷，稽民俗之纯薄，亦史臣之所有事者。公晋阳名第，长于诗赋，所作《竹枝词》，恺切柔厚，备悉民隐，与次山《春陵行》相为表里。余辑其所作，及后人去思之词，汇成一帙，明棠树之流阴，纪憩茇之遗爱，而戒后之人翦且伐也，且以附于古太史采风之义云。

学政录序

谭绍琬

江先生之教吾茶也，十年于兹矣。方其始至，扫闲轩，购坊刻，简练揣摩为公车地，盖如是者有年，而宦稿以传。其继也，开讲舍，集群彦，联席角艺为长育地，盖如是者有年，而月课以传。前此二刻，曾辱征序，余谢以进取之文，动与时会，非老生之可赞一辞也。至是视余以《学政》一录，为卷者四，余伏读再三，喟然叹曰：是《录》也，盖宣上广厉之旨，式训下士，非江先生之私言也。

我皇上铨序官方，师儒之选，较郑重于守令。国子先生擢自词林，立诸生于馆下，正坐口授，天下文章，莫大于是。至郡邑师儒，半取诸明经，其人少而壮，壮而老，内困于章句，外疲于岁科，以江淹才尽之年，登伏生传经之坛。诸生旅见，一揖而退，客与主既不相习，教与学从何相长乎？其自县令改授者，年在方刚，而其才其名，赫然在人耳目间。拥经而请，闻所未闻，论难衎衎，响如振玉，有古师弟子之义焉。

今以明经端士习，以孝廉恢士学，分任胶庠广厉之旨，端在文行两者间也。江先生以天下才屈首清署，不以一毡为可薄，而谦逊静悫，不以所长胜人，俾北余面者引为平交，握手论文，皆得吐所怀来焉。凡《录》内所载，曰谳语，凡可以为士曲全者，虑无不见之亭平也。曰告示，凡可以为士昌言者，虑无不见之训诫也。曰申详，曰回详，凡可以为士上请者，虑无不见之奏记也。而吾所以推江先生者，则尤在身教一事，始而经义，既以身为王、唐。继而策略，复以身为贾、董。至于为人说书，往复百折，一以为马南郡，一以为郑康成，舌敝唇焦，无一非身教也。

先生与余道古，独喜韩文，而于《师说》《进学解》，尤沉吟及之。余以为诋排异端，攘斥佛老，传道两字，未敢为先生概许。若乃受业，则奇与共赏。解惑，则疑与共析。厉精勤，则高朋满座。戒荒嬉，则燕朋屏迹。虽韩文所称，何以加焉？史称元和以后，中晚名流，皆称韩门弟子。此刻行，余当为江门一拭目也。

家产序

谭绍琬

家产者，文中子所谓守先人薄田，以给馇粥者也。自俗尚浮薄，谈及产业，则以为俗。谈及先人植产之事，则群引为辱。余以为不然，恒产、恒心，见于七篇矣。躬耕南阳，见于《出师表》矣。儒者之学，必先治生，见于《语录》矣。以武侯、鲁斋为俗尚不可，况孟子乎？

至以是为辱，则尤有说以折之。周以农兴，《大雅》所载，后稷、公刘之事，稼穑艰难，其言质而不陋。陆平泉、陈大士皆当时闻人，序陆者曰：三世皆农，幼随父力田。厥父荷锄于前，厥子牵犊于后，犊有时逸，则逃入乡塾，以避乃父之笞。陈自序曰：父课以农，取薪山中，拾粪道上，耕于大窝口，命其看秧。其地左倚丛苇，右傍高冈，偷闲读书，而其父不知也。以平泉、大士为辱不可，况后稷、公刘乎？此余序谱而有家产之编也。

吾族兵冲，师之所在，荆棘生焉。我祖南谷翁，奉司牧吴聚之命，垦田若干，乃疆乃理，乃宣乃亩。田成之后，即以是授之。时民无限田，耕种所及，不难取多。我公意不欲多，谓口分世业，如是而已足也。迨其后，运际恬熙，年逢大有。两岐六穗之瑞，告于田畯。郓灌龟阴之图，捧自他族。壤拓于三善，疆辟于八世。阡连乎郁稼，陌错乎处启。至庆历以来，曰永，曰绍，曰士，贤能辈望增其式廓，合古城之田计之，则亩近于万。万盈数也，盈则必亏，启祯之消耗，岂偶然哉？

记余少时，肆力一卷，不问家人生产事，先君示以艰难，携入山庄，指某所上田为某姓之沃壤，而吾某祖之所殖也。指某所中田为某姓之平壤，而吾某祖之所殖也。指某所下田为某姓之瘠壤，而吾某祖之所殖也。取次数之如指诸掌，而于各房庄业，耳目所及，时为缕序。盖以今日之饘斯，粥斯，糊口于斯，皆先人薄田之所遗也。读吾谱者，可无念尔祖欤？

双清亭送谭学师归炎陵序

车万含

滨、邵二水合而有亭，亭下楼台院宇，吾郡之胜。觞于其上者，同人留别桓部别山张先生赴梧郡，参军怡云傅先生入武攸，而庠师国珍谭夫子给假归炎陵也。两先生与师敦缟带班荆，与诸门侄附声应气求。诸门侄与师，系以函丈，重以父执，曷啻金兰之契？而郡庠师李芳谷与两先生莫逆，与师分则同僚，齿同诸侄也。

集此为会，分韵述怀，两先生方欲尼师之归，谓以君道范经邦楷模，以君宿望当涂推毂，曷为恋彼东郊之湄哉？故桓部咏曰：未酬家国恩，忍看山河碎。四郊今多垒，遗辱在我辈。名山集胜友，菊松焉可醉？援翰持转衷，日落烟含翠。参军咏曰：眉瓈湘江浑不流，有情犹自系南舟。琳琅此际均留别，骨孏愧余略唱酬。师但答云：两先生绣案经纶，应启云雷，咄咄如某，自当放归长林耳。诸君各出所赠，有未喻旨，含乃宣言于众曰：此师宿志也。师自庚辰岁司训吾庠，癸未秋，献贼重兵压郡，时伪道与师同郡，密招之，遂远匿。已而黎靖署镇恢郡，与师故知，益重之。当路交章汲引，届今为盛，师独受坐升吾庠司教，而辞显秩，岂非以其围城，使无噍类，谓将无贞志而徒残民命邪？其动关国计，而远心不可群也如此。七年于兹，一旦分袂，正如应璩所云：或振翼天衢，或濯鳞清渊。岂可同哉？于是众咸以为然。芳谷师曰：乐事天壤，不可再也。江上送行，白璧将焉分也。惟子言与咏，为深知师者，曷并为序以记之，镌于亭畔，俾后之览者嗤含为抚掌之资乎？含咏曰：濱山鄜山白云里，白云处处随夫子。即今归去鄜山限，云随夫子过秋水。惟岳降申及此途，绣斧金撻赴苍梧。桃花洞口仙驭游，东阁西华参武攸。龙泉太阿相为洽，澹怀如许与对榻。共言此地别光风，使我梦绕江头月。一宵魂气犹如此，百年变态焉可测？君去南，君去北，霜气骨剑，犹存古色。他年若问兹间评，明河炯炯照生平。

桓部讳同敞，江陵人。参军讳作霖，武陵人。师讳宗廪，鄜县人。芳谷师讳青莲，黄冈人。诸君瑶篇，不及备载。丙戌冬月之吉。

行吟自序

尹惟日

余兄弟与叔父韩侯共笔砚，为文日多，诗亦成帙。无何，世事沧桑，癸未献贼陷潭州，余叔操班生之笔，漫效张子之椎，事发，几不免，是余叔侄以诗文而贾癸未之祸也。甲申以来，朝南夕北，不能有其家，而余又为知己者用，仗剑从戎，身在战场，家人父子，皆奔命不遑也。

本朝鼎定，余一马脱归，叔侄兄弟，遂为世所知。戊子衡湘兵起，余与二兄间道谒劬庵师于鄂，归寻两亲，而构者遂以为口实，缇骑四出，余父负老祖，远匿穷谷，余叔侄四人，颠沛吉、袁间，倚师友以活，是余叔侄以诗文而贾戊子之祸也。然余是时名已幸列贡籍矣，恢复后，一二谗人，交构其间，吏议以贿脱，至是而郭外之田荡然无复有存者，余遂出亡西江矣，是余叔侄以诗文而贾庚寅之祸也。辛卯幸举于乡，时道路告严，余挟弓矢，奔上春官，马上独吟，凄其以风。

壬辰成进士，朝论以余年少，欲留青琐，而余往年好谈兵事，身经数十战，深知湖南大势，遗孽负嵎，王师久驻，情见势屈，必将有变。余不忍余家之即于难也，谒诸大老，流涕为言，遂匹马南归，走十数日至汉口，而长、宝果告陷矣。乃买舟走九江，由豫溯吉，卒报贼由茶陵破吉州。时王子伯敬同行，余曰：贼之轻犯西路者，以我师未集也，今师已至星沙，我计日而揣之，我到吉，贼当走衡、桂矣。比余登舟问吉之土人，皆云茶陵于三日前贼方遁去，王子伯敬益叹余归之甚勇而甚奇也。归来与家人相见荆棘中，甫两月又将有远行，检诗稿付之梓人，余自序之。

胡祁绪芝庐偶集诗序

陶之典

十年前，苍筤谷上，读胡子祁绪制举文，天惊石破，察其才，实与李杜争光焰，非但操券取高第冠军，沾沾得意于有司试者也。既而语其师黄瞻孝廉曰：祁绪君之宅相，所谓天门声价者，虽执经，得毋且避一头地乎？曰：然，吾固早以平生业归阿一矣。

嗣黄瞻出宰，予匿迹空山，积离群之久，知胡子所造就益盛，人多怪其不早达，而予所私蕲于胡子者，则以其惊天破石之才，宜且姒续经骚，王长执苑，以传风义于无穷，而不合悬国门书之迟速也。辛巳秋，予卧病北窗，突有衔轴书介缃帙陆离而至，则自祈绪惠贻，皆惊人之言，煌煌篇什也。快哉！向所怀企而冀其宜从事者，兹拜之，何啻起病而慰调饥焉？荷题吴绫八章，乃特为耄人三致意，以新诗劝飧饭膏味果然，似谓故旧中差可语如予者，犹足备知己耳。已刻三集，其光照乘，硕义立于篇端，无一辞可容夏赞。顾猥属衰庸，自当皇甫，以筳发钟，可不自知远惭邪？虽然，柴桑老夫，固尝以诗为家事矣，请攘臂而即其命编之意，一为鼓吹可乎？盖读《秋心草》而知远神之独据焉，观其韵入窅冥者情竞移，孤吹芳秀者气愈颢，可以思澹汉微云隽句，盖英华之座，非秋垂露，笔端握造化之奇也。读《三戋草》而知极追琢之效焉，观其四应兼众人之长，造微得晚节之细，可以思景熟奇呈物象，自奔于腕下，年镕月炼，波澜自适于老成也。若夫一纪删余之集，吾卒业焉，而益叹服作者之用心为不可及也已。

夫矜为词章者，连累篇牍，务雕绘满眼，以斗富为能，方恐钟嵘、严羽之徒收之不博，孰有如胡子自丰殖之而自严汰之若此者乎？攻瑕绝类，其粹乃精，洗髓伐毛，其真乃出，此删之旨也。至楚人乃不得以枝叶之言欺祁绪，而祁绪断有以自命焉。天分所诣，妙合古人，纵则飘然不群，蓄则汪涵万状，吾故曰祁绪之才，其光焰与李杜争也。且晚文售，上金銮著书，观中禁落笔，如太白、子美所遭逢，大雅业将传不朽以是归，得意乃真得意也哉！康熙辛巳老同学八十朽人陶之典序。

刘五原浮海诗序

陶之典

皇甫持正尝谓文士篇章特异于凡众者，盖若鸾凤之哕，金玉之辉，其器业不能不异也。此固举其声光流溢者以相喻，而材贤志物，德谊之辨在焉。故临川序《诗》义，亦曰放其言之文，君子以兴，则四始五际之原，尤人伦之所自出也。自《诗》《骚》之裔归于湘泽，代有人负荷之，至于今不坠，盖皆耽学笃志，彪炳乎君子之林焉。

今湘泽之诗，号为最盛矣，而诸同人乃共推湘潭刘子五原，以为艺坛祭酒者，考其素醇流粹溉，殆非独舄奕于声光之表者欤？予往与五原尊府符九先生游，尝共晨夕于石村且园间，五原方弱冠，声高雅，好哦咏，得尊府欢，于独立之际，顾英沉自得，不漫随人举止。予尝与之谈公干绝唱及随州长城，辄曰：主持风雅，不当如是乎？既为名诸生，擅国门业，而斤斤《大雅》之复陈，则命意《诗》《骚》，五原之筹负荷也蚤矣。于是藻词锋发，沉浸郁秾，其不与《诗》《骚》合者，盖未尝有也。而五原意不自满，益求之名山大川以博其识，征之才人益友以信其心，斗南、北海、沧炎，凡可以廓襟灵者，莫不远揽之以助凷其志言。大氐于涉屺岵、同袍泽、关忧乐者之惓惓焉，而五原之诗乃大成矣。故美者弹丸，密者丝扣，极才人之致而不胶于古人，断归雅正，夫岂草草为湘诗者哉？予既耄，英华座上事，不复能与，而湘之采，日益张，时惊老眼，五原乃深心静气，以蕲进夫英辞云谊之间，人不得而澄挠之也。

顷岁，天子南巡，至于白下，数延问长卿其人，刘子适客其地，偕一时词流，献诗赋彩仗下，遽动乙览，蒙赐置高等，天下传为盛事。而刘子固惶恐，自维思赞赓飏，奉登奏，属在报国之章者，其分难副，淬砺之益兢兢也。与予儿子煊称执友莫逆，论诗文字栉句，比不少徇，怀枕秘几，三十年始一出示衰伧，和予稿中诸韵，为诗十章，以相宠耀，且使读其近集而弁之以言，迟回郑重，乃特以见商，若昔人所谓后世谁知定吾诗文者然。而予则何以堪之？请为叙次应求本末，而敬佩五原之负荷楚诗，不少怯其心如是。若夫声光所流，本于德谊者，则信乎鸾凤之哕，金玉之辉，有不能不异者焉。君子哉其诗传，其人亦传，诸同人类心折而推崇之，当不以予之言为私言矣。丙戌春分日，同里世同学八十有五耄人拜撰。

文庙乐谱序代

陈之驱

礼莫大于祀，道莫尊于圣人。祀畅以乐，乐之用数繁制精，八物导化，机神相荡，非强情无味者之所能塞责也。孔子之道，与生民永，庙食百世，礼则天下行之，乐或有或无，谙此者寡，势也。

明兴，长沙文庙乐称盛，缘王府也。王府乐隶太常，封藩之初，赐以乐器乐官，彼所奏于太学者皆是。长沙乐舞生得所流传，浔阳琵琶有京都声，洵非诬也。献贼溃崩明之天下，吉王逊国，乐工零落何所，宫庙两寂，仅留檐上风筝，时亦锵锵昼夜间而已。

国初，拾礼器，举旧祀，取黄冠所降神者充奏事。二十三年，人掘地，得学宫旧钟十二枚，石磬一，豆七十，簠簋之类一。钟无范镂文字，莫辨律名。昔汉成帝时，于水滨得古磬十六枚，盖编磬也。刘更生遂欲因此兴辟雍庠序，诏未作而寝。何则？古乐失传久，虽得其器莫习者，求如箫韶在齐，桑林在宋，何可得也？永明训导汪君，讳光蛟，得丁氏雅声于王豹庵所，多寡次第，皆有图说，方知十二律外，更有清黄钟，而前所掘得者，尚少四枚。诗歌之韵，某字系某钟某磬，或吹笙篴第几声，琴瑟第几弦几徽，舞者或左或右，翟籥分合，或俯，或仰，或磬折，或欹，或反，或跪，或蹈，或却，八音按节，合舞成容，曲终乐阕，甚为爽彻。夫鲁备六代，食榄而已。闻乐知德，乃在季子。今并谁为鲁者，何妥盗名容身，等竽南郭，阮逸、胡瑗知李照为非，而不能精求累黍度数，书生矜负，试辄扞格，说在柳州之论摄生，中声竟不得闻乎？

幸有此端倪，人耻伶役，予缮修其书，令留心礼乐者，优奖好事童子，升歌象舞，一案画图部勒，则钧奏天籁，未必如梦想之杳杳也。然则是书采成之者丁也，其在五官之法者乎？藏之者豹庵也，其收丞相府图书者乎？予也新镌而盛行之，其背诵遗书三箧者乎？论功各有差。

历朝古文选序

陈之驻

一代之文，岂无参差？观其大略可知。一人之文，亦必有参差，观其得意可知。《尚书》之文，典雅深厚，然聱牙棘舌，周公亦为之。孔子观周史记，作《春秋》明王道，约其旨，深其辞，于一字之间，全性命于乱世也。故《春秋》之授无明文。左丘明隶经作传，亦非为经存事，彼将托列国以自见其所为文，然心钝而思切，节促而核烦，既整束为传，又以所闻之芜不尽治者，副表为《国语》，一割之脔时有之，僿矣。观此靡靡之文，知人无阔步，何能起衰周之运哉？

《左选》讫无善本，好隽者茹华，辑斗者刺事，及观太史公编年取才一二，则犁然散矣。作史者必有断割由己之才，然后能以寸管了古今事。左氏没，并无能为左氏者，悬绝七十年，治乱存亡，不知何似，遂成《战国》。战国称策，非《竹书》也，谋士之言也。文章非乱世不奇，乱极奇气中于人心，故其文清雄疏荡，俶诡善变，当时㥄动传闻，非尽关手画，只应办立谈顷，列国御史注之，不然，下必有斐娓如《檀弓》者存之。又不然，秦虽尚刀兵刑法，收六国图籍，亦或有良史校案，非尽汉司马公所修饰润色而成也。

楚汉之际，急于战国先秦，高祖以百折不挫，大风云飞，开国之气，自强人意，而又长者爱人，君臣简易，故其言，朴直宽大，短篇蹶然而起，卓然而止，时出崛奥，为好新者所不及，非独古茂之风，溢于言表。当时贾谊蜚英于前，不幸蚤死，子长发愤于后，挥宏人才，有左氏之藻炼，无其滞色，肆尽于战国，而尊重过之，非不羁异才乎？东汉末，魏氏君臣炫异，渐起六朝俳俪，此常理，非变也。天地间有奇即有偶，人之口鼻，奇也，耳目手足，偶也，钩形异位，未有刑残解去者。故文散调合调，参乘不悖，久奇者恋其偶，运使然，且六朝之俳俪，又可轻乎哉？

天地间另有一种陆离之色，清商之音，穿凿之手，填嵌之工，非沉酣古今，浸润秾郁，焉能任操灵府生成妙合耶？昌黎子，惟不能也，畏而逃之，讳拙而矫语于所好为古文者。古文成，遂为欧、苏四家之本，其实去史汉远矣。昔华亭顾伟南遗我长句云：古文阡陌亡昌黎，比兴废夷首颜谢。亦不蔽其罪而阿之也。要之史汉之气横，若决江河，不患其不续，使八家效此，三数行竭矣。八家之气驯，逡巡徙倚，以赴情理之归，非好为此也，势不得已也。后之人苦彼切直，忘兹柔缪，亦觉彼有风雨回翔、虬鹤矫绕之乐，而割发及肤，翦爪侵肌，痛处终未有及，且史汉之文，亦何尝不逡巡徙倚，大者千里一曲，小者喉间细转，不易见耳。

今欲定文质之则，调正变之声，自《左》《国》以下，必有所特标之，汰简之，黜其最有名人，最有名文，为世奴奉而耳食者，而后可定其狂简之斐然。若夫俳俪之文，掩映垂虹，方折如玉，二矛翔于河上，双剑会夫延津，云里帝城，春深铜雀，唐惟宣公擅之。宣公尚不如庾、鲍、徐、赵之倩丽也，然以澹宕圆秀之词，写奏议军国之事，下笔千言，典雅详尽，逸气不蹶。

奉天两回留驾表，尤堪作赋，几会此者。宋仁宗以翰林官司马子良，辞曰：臣尤苦四六。上曰：如两汉制诰可也。亦足见此事之难，事不预备，难以应敌。

墨选前序

陈之驱

一代之文，必有一代之体，后世即以为古文，凡精此体者，则必有妙义独谛，神行鬼助其际，人视为不可及，昌黎之变六朝也。昌黎实不能六朝，讳而逃焉，别取一途以自擅，而后遂成其为昌黎之文，其所以应制者卒不敢废，自云颜忸怩而不出者数月。

袁中郎云：八股，明朝之古文也。知世哉此言！顾此体精而国步已无几，论者遂以文盛为明运之衰。予尝稽之往古似然，然所以然者，开国文体新制，人伥伥如冥行大荒，久之先声之所开导，流风之所浸淫，始胆智竞出而国步亦老，盖文至是始精也。不然，以群才敷圣人之言，岂圣言为鸺鹠乎哉？割席自好，力斗于万人场中，日暮途远，未知所极，而时学之陋，亦颇悉矣。笃时者，取朝华之文，月增岁减，而三科之前不知，问十科则茫然如前生事，泥古者，自洪、永以来奉为辙迹，呜呼！是死人舍玉也。使王、唐、瞿、归等复就诸生试督学，得三等为幸。

窃论文章先后辈，分自明甲子之季，先辈所万不如后辈者。先辈确于谈理，后辈巧于设意。先辈熟于用法，后辈长于御气。先辈能尽题所有，后辈能空所有而生所无。先辈能称题之情而分寸不爽，后辈能破题之格而纵横自如。先辈博而无用，但可施于二三场及词赋之类。后辈即时文为古，寄兴会情，陌径自通。先辈涉讲章衍义，后辈饶写生传神。今人犹称先辈，递溯而上，则是花不如苞，苞不如萌芽，萌芽不如寒枝，岂理也哉？

先辈间亦有脱颖绝尘者，则又人中之瑞也。吾故略明前九帝科目，于正德、嘉靖各载一二，于隆庆有加，于万历、启、祯稍肆，本朝顺治犹肆，今康熙复精汰之。若夫囚琐腐弱，愿见古之粗梗不得，未敢风示，暗洗尘污。

感遇数篇序

陈之驱

文也者，测圣贤之意，亦得圣贤之响者也。圣贤意如古器难名，能鹄中其情。圣贤之响，大音希声，能以响续之，如自其口，风过成听，此其人谋，辨可卜矣。且圣贤岂徒道德之名哉？殊能绝智之称，其书人情事势，何所不有，而学者以偏枯杳冥之道德诬之，使其生气化为腐烂，亦自失所为利器，尚何华旌之有？

天下士中此弊久，波以煽波，颦人之颦，笑人之笑，讫不自知其何缘。间者朝廷亦厌其芜，根深蔓延，从何拔此？道不在典闱而在督学，典闱三年一出，非素所习士，不维其风之自取而待其成，势必尽为排斥而后可，即有大雅不从俗，与典闱相遇于百千之中，是百千者，反以为尝试侥幸于一得不足训。噫！后之人孰从而闻道也？即有心知其非侥幸而心仪之者，则未知后此典闱为谁，其好恶犹前邪？而欲悬待凑合之，是犹仙人趾迹而希其云雾之生也。噫！后之人又孰从而信道邪？故曰道不在典闱而在督学，诚有以开其先也。

督学与士亲，季月课，三年再校阅，非典闱之有荣无辱比。士驯其教，故典闱享成焉。慎斋蒋夫子之督学于楚也，悼楚俗弱仆而手起之，大要恶假借，使人治业，效诸葛武侯治家，有桑八百株，自食其力而不倚于官。贱雷同，喜张睢阳用兵，使人各自为战，而不以军令、阵法牵制之，故士皆务见其质，而得以己意行文。是时王师犹为僭阉阻岳阳壁，湖以南风未之闻也。己未杪，始建旗节鼓吹，溯流而上按长沙，士迎者夹道，观者垒壁，盖文德始修，夫子又以阳羡名硕，争识其羽仪。元朔之六日，大校士，至灯宵止，夫子愀然不乐曰：古称楚俗剽悍，文不雅驯有之，今何其靡靡也？顾士之失伍者补集未已，夫子续续收之，最后得单生士逵并驻卷，始开颜曰：好驴马不逐队。当是时，如江州司马回舟，挑灯重宴而听琵琶，梨园子弟，晨星落落，惟存公孙大娘剑器。

秋八月，反自濂溪，录科仍先驻，遂命参乘北去，贤者所知，众人惑焉。果尔羊叔鹤，公又未几叶落风不起，山空花自红，去夫子二十年，几摸索于牢笼者之手，贾黄钟得矣。夫然后向之惑者，亦暗折驻之难罗，而夫子操鉴之神也，而夫子之道其有以大信于楚矣。然夫子之督学甚难，督学以衡文为事，自来居是职者，甲之乙之，上下手毕矣，孰是勤勤以开导转移为己任，则居心未厚也。幸留意，又恐帘官与己见参差，群不逞，反借为口实，始随俗操拔，则任道不勇，而夫子之前若有痛，后无所屑，非忠于其职，能乎？

非独此，夫子督楚两阅科，修圣庙废坏者强半，书院四之三，凡先贤大夫及有道之士在人心者，悉进诸俎，以彰教化。购著作之隐逸者，社师于今为刍狗，夫子拔其尤，使列子衿。童子或循捐例，夫子视文佳抵厥金，皆非巧宦所乐为。驻一一扬之，冒于谄，独文章一途甚切己，乐得豪吟，以志感恩知己，当世一时。

自诗序

陈之驻

族祖文澜老能诗，伯兄闲长请业焉。予稚未解，闻吟声上下亦听之，方理举子业未遑也。业成为诸生，始学之，阅汉诗，去三百未远，风流润泽，未若后人，终是大风横汾之余，有椎鲁，无龌龊，岂方袍大巾之以儒诗为三百气味者哉？

黄初矜厉，难掩呰窳，至康乐则彬彬质有其文，用古事成语，累累对出，开唐人之祖，未有所谓律者。律取词中整体而修之，以其篇甚短而起承转结全焉。简而易学，故取为律令，且便工俳，诸名家不甚为，惟少陵得意，五七言各二百首，然字句太齐，声音互换，止隔分寸，重叠易厌，乃乐府之一调。予初作律诗，后逃之古，其存律诗，有拗字拗联不改，以唐人犯此者有矣。

尝论文，书理未尽则亏题，作意未惬则亏文，不得已宁亏题莫亏文。窜韵亦然，韵之失者可以佳句赎之，句败句俗，非一字老韵所能医也。且韵有六，惟邵韵从不用。才老字额，增于休文，温公、挺斋，皆本释梵调呼，坐为词学，正韵又括错之，此之所外，彼之所收，亦足以舒学者之拳局，非曰负固也。

予从文得诗，觉诗怀润则文字句冶，能以情声淘理之村鞭，文气弸则诗亦必波澜远，锋锐纵横。若夫七声轻重，吾安取则？起作韵者，固不能将刀划水，然非关尹射燕赵舞也，吾亦时应之若曹景宗。

徐岫眉诗序

陈之驱

陈子匹蓟，执唐、宋、明三朝诗相絜曰：唐独王乎？后无创霸乎？予漫曰：王霸各有运，工力亦不甚远，唐未始独王，宋、明非无霸，何谓然？唐以诗为科，人自童子时已学声韵对偶，如今帖括然，森森皆有墨则，又麇集诸色，以待供亿，功名中无性情久矣。故其诗亦不扬，诸如李、杜、王、孟，皆轶出科外，网罗有几，此唐不独王也。

后世科制，在帖括士，以诗为游戏，会际兴酬，候虫时鸟，不得不鸣。又无宠辱拘忙斗乱其胸中，反能发抒性情，以自惬幽独，所不如唐者，止有宫词、出塞，无其艳芒，此实运会使然。盖唐之君臣，不大严隔，侍臣得与禁内宴狎至尊，妃嫔颦笑，服御一切，目所常击。又唐士人不得于朝，则就节镇辟举，节镇握兵或制边塞，书生为之参佐，凡形胜、军容、战斗、驰猎、斩伐，胥在场身亲磨厉，皆可收其奇气为笔之助。后世既无斯二者，心胆寥落，即强为大言，艳芒何处得来？所以让王于唐。至其发抒性情，以惬幽独，每多窍心镂骨，破天惊鬼，令椎钝者汗下神怡，此则未始不霸。即宋风腐茶，不过朽质雕文之士，地望清华，为天下标者数人，污辱诗坛，未可以此蔽天下士也。

明稍无此诗，不知者不强为，且不王则削，不霸则亡，当今世霸，何可得而虚称王为？大抵诗贵真贵新，司马子长《史记》陶写人物，纸上皆可呼动，千百年犹有生容真故也。《南华》一部，贾蝗虫耳，何尝有是？然无是人是事，似有是理。无是理，疑有是情。无是情，觉有是景。无一死人墓中殉器，新故也。故夫真极生新，新极生真，虽不为王，退可为霸。唐之作者，予前不能悦杜审言，后不能悦温庭筠。审言徒体统尊重，无堪解颐。庭筠丰圆温润，少棱棱气骨。予谓唐不独王，略以此。明徐渭间有粗疏，要其气象磊落，有蔺相如张目叱秦王，子房狙击博浪沙之雄，斯人不止霸。近见江陵徐岫眉集，宏阔深切，注弩藻炼，殆亦争霸者流。甚矣，真新难全，诗无常胜，古人感而后思，满而后作，临墨踌躇，成而复毁，今乃以当寻常寒温，视王霸何等？匹蓟颰然曰：诗不亡几何？不王犹霸，不霸将奴隶耳。

请以此持檄推敲家，凡修理吟政者，俱赴江陵校勘，予亦愿岫眉之提唱，又喜匹蓟之知人。

谭元瑾诗序

陈之驻

苏子瞻论作文，只一聚字法，等许字积成句，句积成文，错落更置，位次有宜有不宜耳。

云阳谭众只先生，予昔与其嗣君子盘共八尺坐，拂湘水归，知先生修诗政，至是将命奉书曰：家君诗授梓成，愿有言。开视则一集唐，一自作。去有间，私予者曰：子昔序江陵徐岫眉诗云贵真贵新，司马子长《史记》网罗事实，文称其质，自非应关字句不泛涉，至今读者有风采，真极生新也。庄生多端，乌有是人与是事，然理之所堕，情疑有之，新极生真也。今先生于唐，鹤断而凫续之为己功，真乎？新乎？其所自作，何等之风乎？予曰：是不可一例，兵法善战者因粮于敌，食敌一钟，当输二十钟，远地当三十钟，非智将不能，过于古乃可使古。以唐三百年诗，人自为政不相役，且使之旅进迭承，奉给不暇，莫敢背违。向非伊君之，孰臣妾之？于奚知之，于其自作诗知之也。即若竹林三十韵，尖俊无微不入，闲情逸理，是辛幼安，答鹤问疾，有三事大无聊赖，忧乐不侔，侧奇一也。七言浑质坚凝，力多于巧，有汉乐府气味，是殆击中副车时文章，岂俗肤易嗜，既有所慷慨不自得，一二奇兴外，视当世又无可意者，傀唐人诗句为外府，掇剂之。孟尝之裘，非一狐之白。叔宝珠勒，非一玭之泪。公主裙，非一翠之羽。微唐人，固不足当其椎凿。

自来文人笔墨之道，不能终日阁置。翦破湘云，以为衣服。移宫换羽，未怕周郎。诗亦有之，彼盖以惨澹经营，选事为乐也。虽昔人不甚矜贵之句，一经其募比联排，突崖断波立，僾然不知移来是何处天地，微独钩心斗角而已。本自有长，寓之益恑，九金贡而鼎成，诗非复唐诗也。不观诗人，犹以为他人作嫁衣裳哉？

单氏族谱序　　陈之驱

单姓之为单于之善也，与单耦之丹也，书无别迹，名有殊称，此如駃騠、骕骦之未骋也，鲁玉之径若色，未尝侧视也，孰从辨之？而谱载甚析，统之周文王后，其源流迢递，枝叶扶疏，则又非雁门崇韬之冒汾阳也。

昔羽臣与吾同遇于督学使阳羡蒋公，公每称羽臣而难其词，疑于所姓之音也。吾以丹对，公曰：此姓无丹，江南有善耳。公盖熟其别族之出于臻，而未稽戴宗之在攸也。吾亦私揣此字，一见于十四寒韵内，故李后主诗余有客衣单之句，意此字可以两唤，但不可为姓耳。今观谱系，知姓之有丹也。凡著姓必以显者，攸著姓科第，可屈指数，而单氏历官甚多，率以贡显，不知古之贡，即今进士也，今进士乃举人类耳。缘《礼》：诸侯岁贡士于天子。故朝廷进贤，以此为名，韩愈自称乡贡进士，明初但有贡，后以贡有遗才，别设括之，洪武十八年庚子，才一举行，旋寝罢。其仕于博士者，疏表悉出于其手，亦谓外翰，至今廷试独贡生，是则进士属其屑余，单姓之为著姓也久矣。

夫矫铅为丹，矫丹则复为铅，单氏能以贡士成名于昔，独不录进士于今乎？且其家多长者，好礼力学，不求虚名，今朝廷博求古圣贤后，赐爵褒封，曩者周公与季路后，并命袭博士，以单氏之德，即不上书自陈，圣人之泽，久而弥新，必有从科第起者，俟不旋踵。

湖南文征　卷五十八

序三

与画人拓谈序

曹逢通

谚曰：画人难。以还人真面目难耳，非如山水、花木、碛阜、禽舠，随意疏写也。扶子文英尝为士大夫绘影，多肖，独于予不尔，予谓之曰：子岂工彼而拙于此？然虽工者不能写予之拙焉。昔韩干之马，僧繇之龙，米歙溪之蝶，支道林之云物，巧妙极矣。予未能腾变如云，回舞如蝶，飞动如龙如马，胡为乎尤画者之不我肖也？且夫画之以真还人者，面目耳。彼子房、武侯敏达广远之神于设施，少陵、仙李嵚奇礌硌之发于歌咏，希文、涑水深醇忠亮之流于性度，百世下何从觌其貌颜？乃不啻若遇之而传之，盖其不可磨灭者，固自有其真也，讵规规面拟而目摹之邪？矧予自甘迂鲁，视不及襟带之外，闻不近上友之林，持则怀捧玉之慫，行则切折坂之惧，是顽于目而强之晰，钝于耳而化之聪，愚于手足而使之灵，必不得矣。工非拙，安能写予之真拙乎？扶子輾然曰：工于写拙而传其真，谢不敏矣。夫拙者故吾也，故吾吾自识之，即吾亦不能自道其所以然也。

三元宫积谷序

曹耀珩

古王者以三十年之通制国用，凡祭祀、朝聘、燕享、征伐以及凶荒不虞之需，咸取给焉。其在民间，亦必余三余九，盖藏无限，而后俯仰有资。他若社仓之设，以二分起息，稽其出纳，酌其盈缩，皆古大贤行之乡里，为积储计，用补大廷所不逮，意良厚也。

宁邑三元宫，每岁中元建盂兰会，皆众姓醵金为之，贫富不齐，一时有无莫辨。今市乡之善良者，七十人各捐粟一石，每年取陈易新，子母必偿，中元用其息，本谷及所赢仍贮仓轮管，不用命者罚无赦。李生光四来告余，请一言，余曰：天下有治人，无治法，生法良矣，第顾其人何如耳。盖人之情莫不各私其利，人而至于七十，为淳，为黠，又未可比而同之也。如其人之未必良，则有不匝岁而法弛，究归荡废者矣。如其皆良，吾见陈陈相因，以亿万计，行之百世可也。

生其述吾言，大声疾呼之。《诗》曰：靡不有初，鲜克有终。尚慎旃哉！

云鹤堂集序

曹耀珩

今年夏，于千寿碧朗方丈邂逅雨随上人，手出其《云鹤集》上下卷，授余读之，如炙热中清风徐来，嘻！异矣，快矣。

雨随者，吾同学湘门张少卿方外友也。湘门敦道义，好文词，不苟投契，独与雨公交，垂二十年。年来脱簪组归里，人罕得见颜面，雨公且两至其门，数日乃令去。雨公之为人，于吾湘门可考矣。《六一集》中，惟俨、秘演二僧序，士束发熟诵之，其识二僧，皆以石曼卿。序惟俨之诗，谓既不用于世，其材莫见于时，考其笔墨驰骤，文章赡逸之能，足见其志。序秘演，谓能遗外世俗，以气节相高，又曰胸中浩然，刁于佛无所用，独其诗可见于世。二僧诗不少概见，大约皆当世贤杰而隐于释，如吾雨公其人也。

雨公衡山人，中岁学道，纵历天下佳山水，至京师，杖锡于安国、柏林六七载。今且倦还，栖迟醴之余山，而浩浩落落，尚不欲凝滞于天地间。吾益阳浮邱、小庐二山，萧然佛地。江城之南，长松绝壁，唐裴休读书处。云树庵、白鹿寺，犹有存者。雨公傥一过其地，吾将苍颜白发，从惠远之社。少陵赠赞公曰：与子成二老，来往亦风流。其许之乎？于其别为序其集，述吾意于篇首。

胪句序

蒋大年

古者内史掌记邦内，外史掌四方之记，公、侯、伯、子、男之国皆立史，犹今省、郡、州、邑之各有志也。王者欲知里巷谣俗细碎之言，更立稗官，不设忌讳诽谤之禁，亦存野史。小大殊则讽议攸归，即三传之各自为体，而学士服之无斁，期在裨益政教，助宣王化已尔。然而省、郡、州、邑之志，官无专职，代远传讹，秉笔者征言于遗老，取信于他籍，附会穿凿之疑多有。且古之里妇胥徒，咸与闻圣贤大旨，诗以寓志，太史陈之，观得失焉。后世号良史才，其所是非，犹尚訿谬，况戋戋者与？

昔人称史有三难，余谓不但已也，品必宅于道德仁义，心必植于正大光明，然后可以善施其文章，式昭其轨鉴。余郡七十载乘记阙如，有志共叹。昔春秋列国，大事布诸策，小事简牍载以赴告，故一国而列国之事俱书。乃者一方一邑，环数百里之内，历数十年之间，典故荒落，罔所考稽，其中芳迹余规，微言孤行，概与虫草同灭，而车子孝思，岳降不迟，适生其际，文不在兹乎？文不在兹乎？

戊寅，郡伯陶公紫阆先生，走使者，奉币帛，请属载笔焉，可谓得其人矣。方车子之始作志也，虚怀靡及，诹谋度询，必咨于周。虽以年之寡闻，俾董誊缮，既而会逢事故，撤席赴闱，主者裁以己意，假于他手，不无一二遗憾云。乌乎！待之数十年，而后有其人，辞之十年，而后任其事，任之一日，而又不克尽其才长，良书之成，岂不难哉？又二岁，车子别为《胪句》一书，年受而终读，比事连类以见义，依往起论以救时，帙不盈寸许，而以观山川之夷险，察星日之常变，观兴败之乘除，鉴风谣之美刺，度刑礼之张弛，烛贤奸之消长，不必读全志而概镜于斯矣。至于搜录佚远，讥切曲中，表幽遂良之意，愤世嫉俗之心，时时从笔舌中传出，其犹《春秋》之志也乎？余观车子夙负经世大志，曩征书迫起，以天子行格外事勉而应，会当事菲薄名器，车子乃遁之古茱萸江，抱膝读书。余语车子：昔吕文穆公自负止用人一能，及韩魏公生平未尝以胆许人，独子差不愧之。

年一日单舟独棹，访车子于劬园，默对良久，慨向余曰：子今安所志？余曰：霜劳柏逸，波攘石安，澹然自足，勿苟世好而已。车子曰：不然，士生于世，无问贵贱，君父念头，不可一刻放下。居高不能尽命竭才，在下不能明务正业，皆谓空食君粟。我欲表古今君臣相得之理，作为《史系》，附古者进书觉报之义，乌能掷管断舌，自比树魄乎？余听之悚然。窃闻五帝圣神，其臣莫及，三代主臣同量，五霸臣过其君，咸不可谓有君而无臣，有君而无臣之叹，近世谀君之词如此。《旻》之五章曰：国虽匪膴，或圣或否，或哲或谋，或肃或乂。当时所谓无，诗人所谓有也。《荡》之四章曰：不明尔德，时无背无侧。尔德不明，以无陪无卿。当时所谓有，诗人所谓无也。朝廷观前代君臣所以得失，未尝不咨嗟笑叹，正恐后之视今，犹今之视昔耳。吾子服仁怀义，积力抚忠，勤思伟略，宏迪新猷，于以拜献天子，光辅中兴，讵不伟哉？然则《胪句》一方之书也，贤者览以兴起，不肖者闻之足戒。《史系》天下之书也，普天率土，莫非王臣，本性情以动之，引议论以伸之，《鹿鸣》《天保》之盛，偕子臣而共赓之矣。

车子不徒文章著述人也，车子之文章，车子之心术德业也。昔尹吉甫不以文章称，而有《嵩高》《烝民》二什，诸葛孔明不以文章称，而有前后《出师表》，亿千载读之，人人起好德愿忠之思。余所以俯仰深寄于是编，而若有不能遂已云。

郑玉如集序

刘昌臣

郑子名噪里中者五十年，先僦居城舍，与余内父结社于枉渚孤峰，余因与之交。其人修髯长眉，襟怀磊落，睥睨一世。后复与唐汲庵、杨巽氏、贺天放结社于大善僧寺，驰骋诸公间，锐不一挫。善饮酒，不可以斗石量。尝同社宴会，或花前月下，酒肆城头，当钟鸣漏尽，邻鸡五更，犹豪饮自若。丝竹喧阗，呼卢喝六，声闻数里，即当事亦耳诸公名，皆谓此辈何止光焰万丈，金吾不之禁也。

相率为古文词，各以摹一古人为胜。汲庵善读《离骚》，巽氏心契同甫，每过郑子，则手一编，咿唔不辍。见余辈来辄匿之，同社讶其所读何书，文之孤逸峭削乃尔，及百计觇伺，则徐文长集也。尝谓明世诸子，王、李失之浓浊，信阳、北地博大矣，而病于疏，公安、竟陵以清雅矫之，然亦有可议。惟文长丰骨棱棱，不可仰视，其奇快在长吉之上，唯惜其时不遇。成《吊天池文》，几三千言，悲歌痛饮，可泣鬼神，当时传之。

鼎革之后，诸友散亡，巽氏死，天放亡命，汲庵家别公溪，余来罗卜港，郑子逃于江南，授生徒自给，遂相暌隔。而当年唱酬聚首之地，已成苔藓。今春，余自山左归，郑子贻诗文一册，致书于余云：交游成故，感触无门，智勇隤颓，旧学销秏。前之所作，散亡兵火，今之存者，皆三十年来物也。猿哀鹃苦，语不成声，子其为我序之。余读之有所感矣。文长八赴宾兴，不得一售，郑子亦七入棘闱，似之。文长仅以明经老，郑子六十尚为府诸生，似之。文长受知于胡制府、薛文衡，郑子幸遇于王分司、张陈臬，似之。文长使酒骂坐，旁若无人，郑子以酒自豪，似之。文长困顿七十余年，中遭冤狱，几滨死，郑子壬癸以后，轗轲颠越，贫无自依，祸虽小，不似而终似之。文长侠烈如豫让，慷慨如渐离，郑子偃蹇玩世，自号狂奴，复似之。

至于文章之知遇，文长没数十年，而后有中郎为之表著，余今日不敢窃附歇庵，然安知数十年下，无有如中郎其人，读之而慕，慕之而传，而使后世知有玉如，则亦何不似之有哉？是为序。

送傅梦臣序

龙之潢

吾郡大司马傅公作霖，崇祯壬午乡荐也。明末授兵部职方，屡晋大司马。以不识天命，抗节武冈，当事者壮其义而锡之祠，表以墓道。噫！本朝之于胜国孤臣，如此其至矣。于胜国孤臣如此其至者，所以教天下之忠也。于胜国孤臣如此其至，即未有不优恤孤臣遗嗣，使之奉祀宇下者，所以教天下之孝也。然而伶仃后嗣，飘落委顿莫支，则非优恤之不及也。

司马有子四，其三相继殒落，最少曰岩，字梦臣，今年二十有五矣。慷慨侠烈，有国士风，闻讣时才弱龄，奉母夫人晨昏数岁，夫人寻卒，而弱子孤踪，亦委落风尘，颠踬莫振矣。暨癸卯冬初，余与梦臣饮酒数行，梦臣抚案瞑目，慷慨流涕曰：男儿年当力强，坐视一室，不如蹈东海以死。欲决策入滇，访诸故人，属余序，余不许，曰：子志则壮矣，其气未老也。梦臣拂衣行，自辰入沅，入黔，入滇，约一岁归。于时司马故人或出师，或外镇，其间半遇半否，志未畅也。乙巳春，有京师之游，请序如故，余曰：子气则老矣，其识未达也。引大器晚成之说以进之，不听。单丁独力，竟走都中，阅历山川，备尝艰险，复一岁归。然察其动静，大非吴下阿蒙者，默为之志喜。

今年春，果复入滇，束载秣马，索津筏，余击节鼓勇曰：达人乘时，子其气其识，绝力过人，速行无怠。且司马公推毂满天下，忠义动朝廷，当事者憾不得其遗嗣而显之，以风励臣节，一旦闻有孤臣弱息，能强力自持，慷慨侠烈如梦臣其人者，当不知如何爱惜接引，期大遂其怀抱，自不同叔敖子，以优孟衣冠得显也，更何待余序哉？所惓惓者，当事之重梦臣，与梦臣之所以干遇当事，无非司马一片忠义肝肠，凛凛如日星河岳，使梦臣果愈老其气，愈练其识，大展抱负，以无负故人推重之雅，使人人知司马之孤忠弱息，能强力自持，相与有成，于以风化天下不浅矣。

余与司马有笔墨之交，于梦臣之别也，饮以酒，并为之序，以壮其行。

宝庆府志序

车万育

国家命官，莫重于史职，宰相入辅，必兼殿阁学士，盖以稽谋自天，而燮理寅亮，非精贯三才，无以匡佐郅治。故内有史，相臣领之。郡国有志，太守裁之。而修史必取材于郡志，凡以天下者，郡国之积也。一郡有星躔，有形势，有田赋，有户口，有风俗，有物产，有官师人物，其间机祥险易，肥瘠登耗，丰俭淳漓，贤否贞淫，皆得而稽察焉。上之当宁，使情形万里，如在眉睫，庶几因地建官，以为奠治绥猷之要，而太守固将习典故，考文献，达民情，时为举废修坠，不致荒缺，则郡志之修，固不重哉？至于综故实，精考核，义例体裁，必典必确，训词深厚，文章尔雅，非深吏治，具史才，曷克胜任而愉快？

子翁老公祖莅郡三年，政和化洽，庭清事简，谓旧志之略而不详也，脱而不完也，质而不文也，义例无所折衷也，体裁无所区别也，欲厘正而一新之。谋诸都人士，佥曰：非公弗任。公曰：顾可当吾莅兹，而使大典弗光，不克比于潭、衡、永、阳诸乘，实愧甚。于是开局延寓贤、谘郡彦以从事焉，而先征言于余不佞。不佞闻之而喜，可知也。余请得而言之：邵陵固楚僻小地也。山类蚕丛，水视巫峡。土瘠民劳，难几富庶。苗瑶杂处，未易敉宁。然旧志称事简而民淳，士大夫多介节，似亦尹斯土者，可卧而理也，然何以在土田昔锦而今石，在输赋昔易而今难，在物产昔丰而今俭，在风俗昔淳而今漓，在官师昔顺导而今费斡旋？自公之莅治也，石而日就锦也，难而日就易也，耗而日就登也，俭而日就丰也，漓而日就淳也，衰而日就盛也，斡旋而日就顺导也，抑将鉴于昔之循良有效于斯土者，以为旬宣欤？抑得于宁壹不扰之旨，以为敉辑欤？则今日之志，亦志公之所理者而已。

虽然，政令及于一时，教化流于永世，余复得而赘言之，可乎？志天文矣，天冥漠而不可知，然何以和风甘雨，必取信于诚求，故谓星次之无关于一隅者，妄也，则考验宜精。志地理矣，地非大而难理，然何以昔县今郡，时分合于汉、宋之间，故谓形势之不必泥者，非也，则申画宜谨。志建置矣，择可劳而劳之，然何以书城中丘而不书修阏泮，故谓公旬之不必拘者，诬也，则时使宜慎。志山川矣，似无系于理乱之数，然何以不骞不竭，取乎于休盛之时，故谓仅资登高临深之眺羡者，谬也，则流峙宜察。志学校矣，圣教遍于天下，然何以礼崩乐坏，无可征考于方册，故谓郡邑皆同，而无事繁言者，舛也，则仪礼宜详。志秩官矣，一时之抚虐入于人心，一路之嘻嗃难于旦夕，可谓远无从稽，代不必考乎？则秩官宜备。志田赋矣，民间之粒食，国家之正供系焉，什一何以生全取盈，无以卒岁，可谓全书已悉，不必详之图史乎？则纤悉宜具。志选举矣，天不择地而生材，国亦无方以取士，可谓拔茅之仅在科目乎？则人文宜悉。志惠政矣，一事之害，百方去之而不能，一时之误，百年厘之而不足，得无谓小利小害，不甚关民生欤？志祀典、物产、灾异、古迹、园墓矣，国依乎社，民依乎神，鲜粒懋迁之必资，水旱眚灾之足惧，得无巫鬼可听，而凭吊何事欤？志武备矣，有文事者有武备，谋桑土者先未雨，得无谓无事可撤备，而樽俎可折冲欤？志名宦矣，保厘不遗于一隅，孔迩实望于守令，则宅师绥众，以生聚我妇子者，伊谁之赐也？志人物矣，表扬固重于忠贞，阐幽宜及于微贱，则尚德不媚贵，敦行不重文，以励风化于忠厚者，谁氏之直也？至于艺文，将以为末乎？然柳颂韩铭，以昭武功，周文朱记，以宏文治，推此选言，皆教也，则词乌可已哉？二氏之流，收之所以辟之也。志余之录，详之所以慎之也。此皆公之调燮以致祥，恃德以制险，农隙以使民，明伦以谨教，省躬以率属，用一以阜财，储才以待举，去害以兴利，谨祀以感神，纪循良而身为传，表忠贤以示之型，综德功以立言，辟邪说以闲道，公之治即公之志也，则详略轻重之间，于以见公之志，即可以晓然于公之治也。

若夫训词深厚，文章尔雅，公才饶为之，而义例体裁，典核精要，公家学具在。日者柏台之采，不但为通志所凭，将为国史是借，则天人之贯，正弼亮之资也。余不佞又不仅观成于兹志也夫！

申刻楚诗并续征引

陈一揆

潭州廖大隐先生，笃学好古士也。前因征修总志，集十五郡之风诗，肆力纂订，以上追三百篇之遗，曰《楚风补》，足令湖岳生色。顾数十载以来，殚竭精力，辛苦难成，遂寝疾矣。

家孝廉廷借，亦笃学好古者，会捧檄过潭，相晤与语，痛甚。已乃焚香拜托，指誓天日，不啻宝剑之重，殆词场仅事也。廷借归，膏晷卒业，深恐以北辙负所托，而孰意玉楼之召，竟促于大隐，闻者益痛，交请还璧，岂楚风之不竞欤？抑补之犹有待欤？乌乎！文人才士，著书未展，而赍志以没者何限？斯举也，存亡绝续之感深矣。

弟侄辈爰毅然任梨枣，要揆溯武溪，几经信宿，阅其全编，丹黄甲乙，两手成劳，当不复加参错。惟胜国迄昭代，实繁于宋、元以前，而胜国之季，昭代之初，介处隐见，不无异词。其盈帙者恐混于燕石，埋照者恐遗于沧珠，纪次恐类于豕讹，窃窜恐同于马易，去取谁定，而知罪谁归乎？

总之，搜采务广，考辩务严，搜采广则唐山人之瓢，不委诸波流，而文畅大颠，亦入韩集。考辩严则汉魏乐府，不杂陈梁之后庭，而无东坡之达者，亦不得题为己作。从此骚坛亦信史也，其于楚岂小补哉？揆感存亡绝续之故，不惮申明厥旨，冀共相鼓吹，鸣国家之盛，阴以质之大隐先生，而廷借且不朽也。至于梓局已设，千金非一腋之集，九仞岂一篑能成？自有维桑之名公巨卿在。

莫湘亭行实序

刘之蕙

余与莫湘亭先生令子永荫交，得知其文章气度者久，比闻乡闾族党交口称许，曰：锡远事王母贺太君至孝，盖得于湘亭先生之家训，有由来也。

初，先生朝夕瞻依，出告反面，终身孺慕。先生限于年，易箦日无他及，惟以不终子道为憾，欷歔泣下，顾锡远而言曰：卒吾职者，幸有子在，年老人将事委曲，视无形，听无声，顺孙孝子，惟尔是任。锡远拜床下，曰：不肖不敏，谨遵严命，以供厥职，不至贻大人忧。先生强起，谓：予极知尔天性纯笃，而今果然。目垂闭，又复苏，引其手曰：凡持身不可不节，居心不可不恕，以之进德德可就，以之敦族族可和，以之旁及于乡人家国，无所往而不善。尔父承欢时，所孜孜不逮，汝其敬志无忽。锡远又哽咽再拜唯唯。湘亭乃逝，痛绝数数，而贺太君哀其子，又戚其孙，拊背慰藉。锡远强为承命，恐伤太君志，居忧哀毁骨立，相依王母，改戚色为欢容。乌乎！锡远心苦矣，其他禔躬涉世，一一无改前行。湘亭虽亡而不亡，赖有子也。

先生生平善不胜书，即其易箦数言，其立心仁孝，可概见矣。今上二十一年壬戌春，锡远既编辑湘亭行实，持属予序，爰实述其略，以为后学楷模。语云：孝为百行原。先生善行累累，先生虽往且不朽。嗟蕙碌碌无能，怙恃并失，景先生之行，而慨然念生我之初，能无怆然？用是陨涕挥豪，而为之序。

重建旧村山庵引

刘恂

邑之有事于浦市者，必假道于旧村山以为捷径，而山阻修特甚，地僻岭长，涧深树合，昔常庵于岭之中区，庵烬而罔两虎豹豺狼之丑，遂呼朋类、长子孙于其中。戊巳以来，爪牙无忌，行人裹足，其万不获已而必繇此者，则先期约同队，持杆棒叫呼喊，震声如格斗，归而举家贺生还焉。

今圣哲在御，凶物驯伏，然而过斯地者，未尝不毛竖股栗，故离邑虽咫尺，而邑人视之若太行孟门然。盖尝读内典，言其微者不可测也，其显者则大率以利济为归。是故跻蹄之水，必通之梁，山径之隤者泻者，则尤必轨其涂，五里有舍，十里有邸，为其声息可以相属也。今于通衢之中，居然深山邃薮焉，则阴败阳畜，与人争道，于理不宜。然则集众力以复寰宇，翦荆棘而童之，返幽宅而阳之，屏罔两豺虎而易以鹫鹫龙象之观，使有事于此地者，肆其心，息其喙，暑得以茗，寒得以火，向晦则旅次于小安，以远混沦无良之徒，岂曰小补之哉？愿倡事者速僝功焉。

孤儿吁天录自序

杨山松

嗟乎！士憎多口，谤亦安能免哉？然使衅有所开，侮繇自召，则亦已矣。

若先太傅者，远房周而两俱不附，既无臭味于甘陵，身元祐而匹焉寡俦，岂问低昂于蜀雒？宜乎车无载鬼，安得射也张弧？虽然，翼赞圣功如房玄龄，而萧瑀疑其不忠，但云未反。严辨有声如吕夷简，而孙沔比之张禹、李林甫。公忠直谅如文彦博，而唐介谓其相繇妃嫔。以正遇正，无端疑揣，尚且已甚不伦，何况刘洎之死，以为出于遂良。窦参之诛，必谓事繇陆贽。弓影必然者乎？此固无足怪者。若乃鱼腹已旌正则，马革已裹伏波，甚至鳞甲莫撄，李平亦闻殒星而发病，汶山投畀，廖立亦念左衽而兴悲。斯时也，似乎贝锦，纵无停梭之候，而伯劳或有反舌之期。以一日之盖棺，平反从前之月旦，夫谁曰不宜？乃尚有不能得、不必得者，则遇魏收而按之入地，遭沈约而万箭攒心，宁不悲哉？

藐予孤孽，忝寄杯棬，昔也在台阁而习见故事，敢比黄琼。入公府而改易姓名，窃同李固。逮乎南征逐队，仰佐鼓绥，虽则蚁穴金堤，究归赍志。河北莫留宗颖，南州敢立刘璠。犹然冀幸合尖，盱衡继起，岂期后来瞆瞆，愈逊前人？瘁矣挥戈，阳乌莫返。幸而上逢尧舜，托命塞翁，然九死余生，遗书纵在。卜蓍种树，相与浮沉，不惟余帛余财，原无长物，即成都十五顷之田，豆落成萁，八百之桑，萎无夏肄。嗟此一腔热血，听其缥缈郁纡者，盖三十年于兹矣。

今者圣天子在上，搜求书史，天语煌煌，博学宏词，群英济济，用是不揆孤陋，特辑此编，以当采择。然而死灰不燃，君门万里，上无金、张、许、史之助，下无蚍蜉、蚁子之援，而谓以一人之向隅，欲翻三十年城府坚僻之窠臼，得则先人之灵，不得则孤儿之罪。君相之天与临女降鉴之天，必有以处此，所恃者天尔。时康熙十九年庚申冬至前七日，楚武陵忍古，敬书于宛南之栃痕草堂。

凡例

一、是编之辑，因购得《流寇志》《国榷》《绥寇纪略》三书为托始，久之，客有以《幸存录》《明季遗闻》《延绥志》《崇祯朝纪略》见示者，因并录焉。数书之外，吠声者不知尚有若干种，然约计十七谤尽之矣。客有为松虑者曰：江河日下，世局难言，是编出，固揭日月而中天矣。君子当信以心，犹恐小人更长以喙，得毋有忧凫胫之短者乎？松曰：名义至重，鬼神难欺，听之而已。

一、是编所引，非先人之奏疏，则日历书牍，其中刊布流通者十之九，况督师之役，松身在行间，故创作楚犹如昨日事，非所闻、所传闻者可比。并无只字杜撰，以图欺饰，皇天后土，实式凭之。

一、先少傅大父文集，前曾有《文字拈》五卷之刻。先太傅文集，早年曾有《诗箨》《野客青鞋集》《地官集》之刻，晚年曾有《抚关奏议》《宣云奏议》《中枢奏议》《督师载笔》《乐饥园诗集》之刻，卷帙浩繁，不啻充栋。其板藏家园别业者，松生也晚，不及典守。至《抚关》以后，板藏京师常德会馆，即经鼎革，以砌在夹墙中，为此庵胡公呵护，得免于难。寻遭乡里匪人，身在台省，反以此充薪火，付之一炬焉，毒矣，然幸多方搜购，亡而复存者十之八九。海内诸公，傥有收存《抚关奏议》以下五种，幸惠一音于白门周雪客书坊，暨报恩寺后修藏禅院，不惜重购。

一、先少傅已订文集十卷，先太傅已订年谱八卷，文集大约四五十卷，亦欲次第付梓，约费千金以上，二千金以下。家世仳傩，止恃穷途托钵，以为难则呼卢之雄，一掷百万矣，以为易则叩门鲜不以在亡为辞者，得寸则寸，颠毛种种，尚不知告成之何日也。

一、两先人虽曰被谤，然夜气良心，世犹未泯，公论亦渐明矣。松足迹所至，赠答诗文，但及两先人事者，另刻一编曰《武陵公案》，海内名宿，有心者当不乏人，佳什名篇，亦望邮寄。

一、季弟山椂亡于甲午，仲弟山梓亡于丁巳，长儿农耆殁于丙辰，是编之成，皆不及见，然梓弟有《辩谤录》一编，已互见此中，椂弟、耆儿虽曰无所赞襄，其忠孝种子，存殁不殊也。因附录其名于辑校之内，夫亦曰义在则然耳。

松自己酉初至长干，讲求昭雪先人公案，有《五案陈情》一揭，亡弟山梓亦著有《辩谤录》一书，其时见闻未广，以为先人受谤，大略可睹，此外当无复有过情者。会客燕数载，及戊午秋仲复还白门，客有以《幸存录》《流寇志》《国榷》《绥寇纪略》《延绥志》诸种授读者，始知先人受谤，不惟不尽于前所见，将并不尽于今所见者，松滋恸矣。

以《幸存录》言之，其宅心原主平恕，然所不知者，自应阙疑，乃以不知同于所知者，一概逞臆而谈，信口臧否，遂使后人因其人之高节，而信其书之可传，真伪不考，居然祖述，撰之作者，得毋神其恫乎？以《流寇》言之，出于淮海彭君孙贻。以《国榷》言之，出于盐官谈君迁。犹曰以草野旁观，杂采街谈巷议，疑信互投，无凭拣择，无足怪者。至于《绥寇纪略》，云出吴梅村太史伟业之手，窃揣梅村当日身在史局，铮铮有声，其是非自当不苟，且流寇一事，奏疏、邸报宜无有不留心者，较之彭、谈二君，迥不相侔，何以不信目而信耳？亦惟取《流寇志》《国榷》诸书为据，且偏于影射之刺讥，傅会罗织焉。爱之生羽毛，憎之成疮痏，其施及先人，即不足恤，乃因先人而施及崇祯皇上，是岂当日身在事中者之所为也？

读未竟，复有以《崇祯朝纪略》见贻者，云前半出姚现闻先生希孟手，后半则高忠宪公先生攀龙乃孙高节培所续。览至末幅，有"近有娄东吴梅村太史，记闯、献两寇始末颇详"之句，始知其书更在《绥寇纪略》之后，规随衣钵，几如厉人生子，急取火而照之，惟恐其不肖，宁有翻案为人少开生面者？故其所刺讥虽仍不外于诸书所纪之数端，而文致刻深，较之更剧，势也。更可怪者，《延绥志》不知何见，独有取于《明季遗闻》所云，先人在蜀，自书其旗曰盐梅上将，闻泸洲之败，犹云多办长绳缚贼等语，以鸟道蚕丛，裹毡冒刃，手提枹鼓，之死靡他之事，比于三尺孺子捉月抟沙之所为。虽然，观李自成立传，而尊之为伪顺，列于刘元海、赵元昊之类。且曰二十一岁，应募银川驿马夫，夜阴失道，有双狼引之，竟不伤。其败走商雒山中，昼则射猎，夜则读书，且观乾象，云过此六月之厄，九五可期。其所读之书，云为异人所授，亦似诩其有王霸之征应者。他如刘光祚之入卫而恇怯，张全昌之剿贼而降贼，皆为之立佳传，则其人可知，又无怪乎先人之受诬蔑矣。

乌乎！松之抱遗书而奔走海内者何心，宁有对此默然者？乃或者曰：此辈以奔妇而议柏舟之短长，以袖手而讥焦烂之工拙，殊不足为信史，又何必辩？况人之不肖，甚至有目击坊间小说新奇易售，可以射利居奇而为之者，何尝从万世之是非起见，假手冒名，果出其人之著作乎？若然，以千秋之国是，供一日之俳场，是可忍也，孰不可忍？因取诸书中有关先人事者，逐段节取于前。

案据先人日历、奏疏引证于后，有一字不曾经先人刊布者，概不敢入，而松前所著之《五案》揭，亡弟山梓前所著之《辩谤录》，总括于内，命之曰《孤儿吁天录》。昔武穆之孙岳珂，为其祖雪冤，曾有《吁天辩诬状》一通。先人受谤，虽一时箧满中山，卒不能移崇祯皇上之宸鉴，似非武穆可比，然无情之笔舌，未尝不惨于戈矛。松与珂，此物此志，有虽异而实同者，孤孽无援，所可吁者惟天耳。乌乎！遗书具在，傥使有力刊传，即谤有尽于此、不尽于此者，返照自明，而剞劂之将伯无人，则继起之吠声难料，是皆孤儿万死之罪也。

按：诸书之于先人是非长短，虽连篇累牍，而大端不过一十有六：一曰起应司马，一曰筹贼筹饷，一曰举用总理，一曰星变陈言，一曰入直廷争，一曰贾庄殉难、词林赞画、首辅视师，一曰济南失陷，一曰边烽解严，一曰调用属员，一曰奉命督师，一曰举用左帅，一曰襄彝剿局，一曰华严禳蝗，一曰襄雒两藩，一曰死后余波，而先大父抚贼之谤一案附焉。然其中有论焉，有谤焉。论者推敲其是非，较谤为杀矣。谤者媒蘖其长短，较论为苛矣。然谤者取无形之事而加之，天下后世犹或信其无而谅之。论者取有形之事而驳之，天下后世或不能不因其有而信之矣。且因谤之端无几，不足以泄媒蘖之气，而论始生焉，是论者所以济谤之穷，而长谤之焰者也。以故谤当辩，论尤当辩。谤而诋诬焉，原所本无，不任受也，当辩，即论而归美焉，或原非本有，亦不任受也，尤当辩。论且谤而其书已刊布，足以惑听乱真，当辩，论且谤而其书犹伏藏，不足以惑听乱真，尤当辩。松因列为一十七案而辩之，以类相从，则诸书不妨割裂，庶几览者较若列眉。

虽然，详观诸书，其于先人，身为督抚以前无讥焉，则知所以致斯谤斯论者，盖不幸而以一司马招之。以一司马招之而不足，又不幸而以一宰相益之。以一司马、宰相益之而不足，又不幸而以墨缞之召益之。犹未已也，群猜之众喙既集，独契之圣眷愈隆，独契之圣眷愈隆，群猜之众喙滋长，亦似群猜、独契两相竞胜，而有一番之独契也。在上以为鱼水盖帷，辄有一番之群猜也。在下以为锻炼钳网，甚至以不测之刑赏，为一定之报施，以独揽之主权，为从旁之炀灶，其以先人为射覆也，犹可言也，其以崇祯皇上为傀儡也，不可言也。大抵肯入清流之苙，则来百足之扶，即嫫母可称绝色，但持独行之操，则来十手之指，而盗嫂鞭坐不疑。总缘先人孤立性成，不独邪不肯附，而正虽同类而离群。报君念切，岂惟誉寡不虞，而毁亦求全而不悔。惟生前自甘凿枘，则死后增长疮疣。惜乎先人之不知时局，而自贻伊戚也。况松穷袴守宫，虽不辱终南之径，然远不能如诸葛瞻之于忠武，近不能如张同敞之于江陵，区区仅以口舌争之，抑末矣。尚何言哉？尚何言哉？

起应司马之谤第一。世之讥先人者，虽自《樵史》有已巳押兵入卫，涕泣受命，畏缩不前之说始，然查先人当日分司汝州，统押毛兵一千三百，奉豫抚范公景文之檄，星驰至都，拜疏请命，派守阜城门外。数月奉旨还汝，范公题请加衔久任，职此之繇，一时同事共知共见。作书者为逢迎一权贵起见，无人附和，此外无讥焉。实以未为司马以前，不足以致入宫之妒也。然及为司马，众怒初撄，功罪未著，宜乎不遽至于城府，或者只当论朝廷举措之是非，不应即谤先人之长短。然前有夺情二字，以为弹射之堋，而继有入直一事，以为续薪之沸。于是即为司马而众怒，竟城府矣。编《起应司马之谤第一》，中有泛论先人者附见。

筹贼筹饷之论第二。先人既已受事，则一切布置，势不能不力图更始。因病处方，虽不足以致谤，而犹不免于论且议焉。编《筹贼筹饷之论第二》。

举用总理之谤第三。举用非人，或曰无才，或曰失算，此论耳议耳。举以加于举主，犹曰知人之明，自古不易，勉为执咎焉可也，乃不仅曰无才，不仅曰失算，而且曰通贿，而且曰有内援，而且曰于洪、孙、傅、余、朱、常诸公，有所低昂向背焉。以为之地，则匪彝所思，非论也议也，而直谤矣。勿论举者不任受，恐为所举者，又岂乐受哉？编《举用总理之谤第三》。

星变陈言之谤第四。星变非先人所宜言，然从国家起见也，在何公楷一疏，犹曰以门户之故，假此发难，不难于吹索，乃浸假而有杨士聪、谈迁，浸假而有《绥寇纪略》，浸假而有《崇祯朝纪略》，说鬼说梦，其谤愈巧矣。为后人者，敢嘿嘿顺受乎？编《星变陈言之谤第四》。

入直廷争之谤第五。司马墨缞不已而入直，其得谤也固宜，然使谤之之人不足轻重，则可任其自为销铸起灭，乃今所争者，为黄公石斋，几如悬一的而众趋之矣。虽阳曰纲常，曰国事，而实则黄之不相，怒室色市，先人不幸相值，遂为射者所期之的。一若钱之不相，归咎于温，虽心迹迥有异同，而水火参商，势不容已焉。夫亦曰门户之衣钵则然耳，吾恐并石斋，究亦借为射者所期之的也。至谓石斋一相之得失，关于明室国运之废兴，我不敢知，天下万世自有能辨之者。编《入直廷争之谤第五》。

贾庄殉难、词林赞画、首辅视师之谤第六。边烽告急，缓急用人，请以卢公九台为援师总督，此事之可，必其有者也。因督师而贾庄殉难，而词林赞画，而首辅视师，此事之不必有，而不必不有者也。惟事之不必有，而不必不有，斯谤生焉。且也非意中之旨，出于不测，一切之奏报，俱禁钞传，于是猜忖于当时，沸腾于后日，又安得不倒授太阿于谤者之手乎？三事相因互见，故为一案。编《贾庄殉难、词林赞画、首辅视师之谤第六》。

济南失陷之谤第七。济南失陷罪，宜有所归矣。归之其人，而以为非所当归，斯谤生焉。编《济南失陷之谤第七》。

边烽解严之谤第八。边烽解严，水落石出矣。举代斫之苦心，不能收寸效于指臂，乃欲以在事诸人之罪，尽萃于中枢之一身，当日求多，事后谣诼，谤安得不夥哉？至于身为应议之人，而奉命为主议之人，爰书一定，而在廷无哗，恐非吾心如秤者，未易臻此。编《边烽解严之谤第八》。

调用属员之谤第九。司属之调，未尝坐名以相招，纵有幸窦，罪在予者，不在受者矣。今乃横加于受者，亦何足辩？然适足以首其门户党护之局，又何可废也？编《调用属员之谤第九》。

奉命督师之论第十。以边烽请罪，至再至三，无可解免，而以督师开使过之门，非意所及，然于众心未厌也，虽无可谤，而不免于论焉。编《奉命督师之论第十》。

举用左帅之论第十一。屈指众中，差强人意，左帅似不在不应举之列，然敢于负吾君，敢于负吾相，并忍于自暴自弃，一无所成而死，是岂举之者之罪哉？今不究为所举者何以不为人用，而反责举之者用之不得其宜，悖矣。编《举用左帅之论第十一》。

襄彝剿局之论第十二之上。奉命督师，无专治之地，贼之所在，即督师之所在矣。自己卯十月至庚辰三月，以张逆在房竹西兴而不得不襄，至庚辰四月至七月，以曹过九股在归当兴远而不得不彝，于是乎襄、彝之剿局斯受名焉。其抚其剿，较若列眉，降寇老兵，类能言之，非操觚染翰者所可抹杀也。然使良心公道不在操觚染翰，而在降寇老兵，其有幸乎？编《襄彝剿局之论第十二》，文字冗长，分为上下二卷。华严禳蝗，虽众口之所沸腾者，当另为一卷，而于文不多，且亦彝陵剿局内之一事也，因附存此卷之下。

入川剿局之论第十三。剿贼于襄且彝，不能结剿之局而不免于入川焉，天也。且先人未入之先，已遣万公元吉先入，万公世所推为能剿贼者，使万公能了之，则不待先人之入矣，以万公而亦不能终剿局焉，尤天也。编《入川剿局之论第十三》。

襄雒两藩之谤第十四。襄藩之失，表表在人耳目，不必讳言者。乃媒蘖者以为，犹不足以甚先人之罪，于是又取福藩之事，移易年月，加于先人之生前，甚至《河南新志》亦采其说，牢不可破矣。冤哉！冤哉！编《襄雒两藩之谤第十四》。

死后余波之谤第十五。先人孤立无援，命居磨蝎，众口铄金，在生不免，况没后乎？然当年松耳目之所睹记，略无余蕴，乃今诸书所纪，又有不经见闻者，或本无而增添，或本有而改窜，欲加之罪，何患无词？不足以为盖棺之定论，听之而已。编《死后余波之谤第十五》。

先大父抚贼之谤。先人之谤，既辩之无遗矣，然谤有加于先大父者，虽薄且杀，于先人亦不敢不辩。编《先大父抚贼之谤》另为一卷。

案：《吁天录》久无传本，往安化陶文毅公与新化邓先生显鹤谋为重刊，而不得原本，但见杨太傅玄孙文敏公超曾上疏辩诬，将原书进呈，故邓氏刻《沅湘耆旧诗集》，云书存杨氏后裔，不知武陵后裔，至今亦并无藏本也。汝怀搜采久之，始从长沙彭孝廉申甫借得，重刊有待，先为录其序例，以见梗概。又采获武陵疏稿数十篇，均可略见自昔传闻之失实。孝廉为文毅门婿，而藏书、求书两不相喻，殆语次未尝及之，亦可见物之显晦有时矣。汝怀附记。

岳麓试牍序

郭金门

制义始于宋，而传文无几，间一二传者，大都略会经意，取笺疏润泽成调，所谓候虫时鸟，自鸣自止。初无体法定裁，譬诸诗《柏梁》之属，其始终一致，尚在苏、李下，安望唐人格韵浑然，冠冕铿锵哉？

明始以八股为制，一时作者大备，守溪、荆川、方山、思泉诸先辈，发纤秾于简古，寄至味于澹泊，操觚家竞奉为宗，然其文以法胜，不以巧胜，阐明义理外，才气无所用之。迨正希、大士长明、陶庵出，标新领异，一篇中非原本经史，即驱策八家，巧与法会，而文人精华始不为传注所掩，非徒以循墙偭矩，格格然为自欺之学，虽苟及式而亦不知其所自得何也。以故终明之世，无寡廉鲜耻之士，至行特节，皆从此出。

兴朝濯磨文苑，吾楚熊锺陵独开风声，士争模楷。乙未后渐流卑弱，鲜有精义名言，供人寻绎，不过挑剔虚字，浅口滑手，驱诸理路，如贫人振衿，如逋负避主，如纤手探汤，势将蔑弃经史八家，等诸仓字汲书，不可识认。至庚戌、癸丑、丙辰间，赖有昆山徐健庵、长洲韩慕庐、琴川翁宝林三先生，回澜既倒，庶几金陈一派不坠，而跅跑之才，又多不安轨辙，破法求巧，读者厌之，至与卑弱同流而讥也。

今天子好文，廷臣屡上书，请正文体，海内力学嗜古之儒，彬彬称盛，而长沙燹冷之余，会大中丞公丁、督校公姚、郡司马赵，风起文澜，一笔一削，点墨寸金，并藏岳麓，余得窥其全豹，因之有感焉。凡衣冠藻雅，悉是天地英华、山川灵异所现。九州之内，为岳者五，而楚得其一，又镇在湖南，峰峦分奔，苍萃乱流，迤逦数百里，力倦气收，然后阻以潇湘，结以岣嵝，耸为长沙右臂，则一麓已全当衡岳之秀。上与九疑连云，下与黄鹄、大别争峙，固宜雕龙绣虎，炳蔚七郡，而分旄建节，峥嵘一时。山灵虽奇，得人文而显。人文虽竞，因大贤而聚。文之以岳麓名也，岳麓之以文名也，未定所在，而三君子之功，要使之不朽云。

澧州刺史陈公清丈均赋实政序　　张明先

今之州牧，昉于唐虞，亦即汉、魏、晋、唐时之刺史也。唐虞九州、十二州，厥地大矣。汉以后刺史加使持节，其权最重。今州牧所治之地，所司之权，虽异于古，而承流宣化，敷政宜民，其事则无以大相远。

夫牧者养也，州牧者养一州之民者也。为天子牧养斯民，而求以养民之实心，行养民之实政，盖百不得一，则养民之道有未讲也。我澧州刺史陈公，乃余太夫子大冢宰公之同怀弟也。公自髫龄读书，即留心民事，慨然以天下为己任。年甫壮，出宰临湘，卓有能声。及守澧州，劝学课耕，明刑息讼，谨权衡，平度量，兴利剔弊，善政未可更仆数。而重且大者，则莫如丈田均赋一事。

先是，己巳岁，湖南兴大中丞，以田亩荒熟不清，奏请丈量。

无何，抚军屡代，迁延三载，奉行者止以加赋为能，而民隐则莫之恤。是时公任临湘，独确有所见，按田算粮，计亩起科，宁宽毋刻，宁留有余于穷檐，不竭民力于公室。计岳郡诸属中，惟我安邑盛侯与公有同心，故澧州、华容加赋之后，率吁众戚，甚至散之四方，而临湘、安乡民皆帖然，斯其明效大验者也。

乙亥春，天子命大学士暨九卿于午门右阙，会集楚之官于朝者，详问湖南丈量有无累民，比余与同官桃源文石涛具以实对。上命督臣吴公核其事，时澧州旧牧被参，署篆者草率报结，民累究未释。而刺史公适于此时擢迁澧阳，都门与予问答丈量事甚详。公立意均平，不惮烦难，此澧民再生之会也。迨下车，即遍招流亡，开诚晓谕，又尽心体访，乃得周知其故。俯采舆论，痛陈疾苦，虽经诸当事再三严驳，而终始一词，初不少挫。于是立法定式，经界分区，既令民自丈，复按所部亲勘。单骑减从，不费民间丝粒，而寸土罔漏，辨等定则，未损国赋圭合，而彻底俱清。弱民兼赋，立与豁除，豪强隐税，即为均摊。盖查此之所隐，以任彼之所兼，适如前牧所上之数。而田赋一均，百姓称平，不数月而散者以归，动者以静，顽者以淳，忧者以乐，怨者以颂。夫昔一司牧也，今一司牧也，何彼之民如彼，此之民如此也？今澧之民有余财而输纳恐后，有余力而耕凿相安，饱食暖衣，家弦户诵，则公所以为天子牧养一州之民者，庶几豪发无遗憾矣。

不宁惟是，公莅澧四载，视郡篆者再，阖郡之民，咸沐厚泽，迩者安、华二邑，洚洞方割，赖公力为请命发粟赈饥，全活者以万计，然则公之宰一邑，牧一州，守一郡者，其实政亦既次第可观矣。使由是而方伯，则唐虞群牧之职也。由是而督抚，则汉以后刺吏持节之权也。公将以事之已效者推而准之，神而明之，天下蒙福，独岳郡乎哉？

刘小唐吾亭羸草序

张明先

《吾亭羸草》者，吾友刘子小唐自录历年之所撰著，而署其端者也。今夫天地一亭也，刘子据而有之，其襟怀之潇洒磊落，殆不可以一世矣，而自视所著，仅同一蠃，非小也。放之则弥六合，敛之退藏于密，沧溟非一蠃之可测，而一蠃实具沧溟之量，亦犹天地非一亭之能尽，而一亭实备天地之象。刘子所居之地如其人，刘子所著之言如其地，此刘子之所以为刘子也欤？

昔元结刺道州，爱其山水，遂家焉。其地所有，悉称曰吾，如溪曰浯溪，亭曰痦亭，山曰峿山，石曰䂂石之属，皆于本字随地随物而加以偏旁，不嫌于杜撰，一种独得之趣，止堪自领略，而未可为一二俗人言。今刘子曰吾亭，则山吾亭也，水亦吾亭。云吾亭也，月亦吾亭。木吾亭也，石亦吾亭。鸟吾亭也，花亦吾亭。不拘拘焉指一地一物曰吾也吾也，又不沾沾然牵合其义，曰浯溪从乎水，痦亭从乎广，峿山从乎山，䂂石从乎石也，此其所得，视元使君不更有进哉？蠃之说昉于欧阳子"旧稿偶自录，沧溟之一蠃"之句。盖刘子之文章，素以欧公为准，而欧公《归田录》云：山林之文，其气枯槁。台阁之文，其气温润。刘子虽抱宏博而不获一遇，而其诗若文，皆秀雅典丽，昌明博大，直有馆阁气象。因其文，卜其人，夫岂若枯槁寒瘦、终老山林者之所为邪？

夫刘子具元使君之性情，而为欧阳公之文章，旦暮间当必有知己之遇合，俾出其学问经济，为万物吐气，为斯道扬辉，实可操左券以待，而非吾之阿其所好，迎其所欲，以为谀者也，而吾乃于是推广乎蠃之义矣。刘子天资最高，质厚而神完，则蠃之生于海者也。目数行下，材敏而学赡，则蠃之生于崖，今所称石决明、千里光者也。相时而动，临机应变，则蠃之生于田而与月为盈亏者也。键户读书，不预外事，则蠃之引闭其户而不可开者也。凝神定虑，安贫耐苦，则蠃之似蜗而栖壁者也。器可利用，材备众美，则蠃之钿以饰镜，靥以合香，吹之为角，琢之为杯者也。蠃足以具沧溟之量，而谓不足以尽刘子之能事哉！《说卦》云：离为蠃。取其内实而外刚也，文明之象著也。刘子生平之践履，后日之境遇，盖于嬴草乎窥见一斑矣。

刘损斋西山杂诗序

张明先

损斋刘先生游西山归，出其记与诗属予序之，余未至其地，未可以遽序也。既念韩昌黎未至滕王阁，喜载名其上，列三王之后有荣耀，遂受太原王公之命而不辞。

先生天下才也，富著述，嗜山水，不求闻达，然屐齿所至，辄倒屣相迎。抵都下，一时名人韵士，无论先后辈，以得见其颜色，接其议论评骘为幸。若因其诗文以闻于人，岂非昌黎所谓荣哉？乃读竟而书之曰：西山天下之大观也，距都门四十里耳，然有官于京数年，或数十年者，皆未尝过而问焉。更有生长京师，问以西山之胜，亦有以未尝游对者。询其故，则曰有四难焉。或兴至而身不闲，牵于事也。或身闲而车马酒浆之物不具，屈于势也。或身闲物具，而美景良辰，值阴晦风雨，阻于时也。且合志同方，风雅之侣罕集，违于人也。有此四难，而四十里之名山，竟与遥遥数千里外者无以殊。

先生才以今年入都耳，即偕同志，决计必往，数日之中，历幽洞，探高峰，入古刹，濯清泉，倚老松，赏翠竹，凡前人之遗迹，与今日之新构，莫不一一玩其胜概。人所见难者，一举而行之甚易。余既闻而羡之，又以叹骚人墨士之趣，始于知，成于好，而赴之以勇也。抑闻之登高能赋，山川能说，可以为大夫。赋者赋其情也，说者说其事也。抒怀思，寓感慨，则赋为宜。纪踪迹，叙次第，则说为允。使人读之而心开意朗，浩然勃然，则善于赋者也。使人听之而欣欣欲往，亹亹忘倦，如履其境，如与偕行，则善于说者也。兼此二者，而后游之本末具备耳。

先生所为记，山川眉目若画，同游笑语犹觌，花卉禽鱼悉写，寺宇、亭台、陇亩、沟洫、径路等诸指掌。诗则清新流逸，足以发其胸中之潇洒。能赋能说，是从政大夫之才也，岂徒与骚人墨士同体称赞哉？他日余公余暇日，亦思招邀雅友，作匝月游，然不能叙述题咏如先生，载名于此，犹韩子之意云。时康熙乙亥嘉平月上澣。

荻斋征集颂节诗序

张文炳

国家久道化成，贤良蒸蒸，布在有位。念草野隐逸、孝友、节义、懿行未彰，诏下直省大吏，行郡县核实以闻。于是黄子奉璋母杨孺人，以大节举宁邑，屡辞不克，疏奏天子嘉焉。敕建坊表之，一时搢绅朝士，四方嘉宾客暨戚里，引商刻羽，形诸咏歌。奉璋汇付梓，装潢成册，走书属弁其首，以余之相知，盖最久也。

方奉璋为名诸生，中丞丁泰岩夫子，以文治抚湖南，征远近士读书岳麓，余两人先后至，猝定交。连席分镫，赏奇晰义，不少倦闲。墨静茶香，奉璋郁郁若有思，疾起步庑下，久始告余曰：瑄以三月乳雏，先君子见背，王父垂老，内难外侮交作，又军兴旁午，追呼填门，恒产不足给。吾母十指拮据，供甘旨无缺，支撑内外，门户得不颠覆，俾瑄毕志于学。今齿豁发种种，尚艰一第，其若母教何？是以每一掩卷，辄愤不自忍也。余闻之悚然，更重奉璋为令子。

别二十三年，风尘鞅掌，名山晨夕，已不可追，而孺人之节烈，乃脍炙朝野，奉璋宜喜溢笔墨。顾书词悒悒犹曩时，岂非所志者大而姑以是迟乃报哉？嗟乎！世固有掇巍科，取卿相，宠诰夸示闾里，而堂上之人反避席却走，赧然不欲受，则显扬之与禄位，正不必相谋也。奉璋褒衣博带，立身制行，对母氏无惭色，今且乌头绰楔，大书深刻，姓氏罗天，使舆皂五伯之属，麟凤、海马、白泽诸瑞应物状，照耀通衢，垂千古不朽，视区区一再命苟尺寸貤封者为何如邪？

奉璋可谓令子矣，抑余有感夫贤母于其子，其气类鼓召为甚速也。陶母截发锉荐以延宾，近于豪矣，而侃之投具运甓，其英爽绝似。李景让母治墙，得积钱无算，封坎不取，让以清白吏闻。尹母诫子以孝养，不以禄养，焞守之，遂为名儒。然则奉璋之通经守正，何莫非孺人辞荣甘澹薄之性，有以涵育而鞠成之也？

荻斋一集，乌足以尽孺人？余交孺人子久，不克登堂展拜，修郭泰、茅容故事，余则愧矣。而幸挂名编末，得与当世名卿大夫，宣上德意而勷盛典，是令子之不弃我也。敢拜手为之序。时康熙己丑仲秋。

四焚书序

廖志灏

历代藏书之富，为千古美谈，而余独未尝美之，谓其但粉饰太平也，而书之实用，安在乎其能藏也？秦氏焚书之祸，为千古憾事，而余亦未尝憾之，谓其能力还浑穆也，而书之实用，又安在乎其能焚也？但秦氏之焚书，庸夫孺子皆知憾之，余固不憾其焚书，而憾其焚之自始皇耳。

虽然，夏时之当行遵圣也，而后世不以为不遵。郊祀之当合宪天也，而后世不以为不合。裂郡邑以更侯服，事虽纷而其迹竟为世法。销兵刃以静祸乱，计虽拙而其心反觉可原。若谓灭六国有罪，而汉、唐以下之大统，不灭人之国者几何？若谓一世至于万世之说，彼家天下者，畴不愿之。独是坑儒而焚书，其祸重在坑儒，为桀纣之所不忍为。若但焚书而不坑儒，则又汉、唐、宋、明之所不能为，此其所以为始皇，此其所以憾焚书之不当自始皇耳。乌乎！试问秦氏既已焚书，而唐虞三代之未焚者，有能读尽看尽而行之尽者乎？秦氏已焚书，而汉、晋而下之汗牛而充栋者，有能读尽看尽而行之尽者乎？洵能身体力行，则孔氏之六经为大经大法之宗，《学》《庸》《论》《孟》为下学入德之序，廿一史、《通鉴纲目》以备治乱兴亡得失之鉴，之数种者，又有能读尽看尽而行之尽者乎？儿曹莫憾咸阳火，焚后遗书读尽无？有味乎其言之矣。能读之尽，即是博我以文。能行之至，即是约我以礼。古今大本所在，既不能知之明而体之切，则其余又安用许多？故曰不死尽人心之伪，无以见天道之精微。不焚尽非圣之书，无以复上古之浑穆。憾始皇生于春秋之后，而不生于汉、唐、宋、明之后也，作《四焚书》。

秦氏焚书而书存，汉氏藏书而书亡，四焚者，非真敢焚书也，焚焚书之书也。邪说淫词，浮文小说，支离背戾，与圣道争豪厘而千里者，皆焚圣人之书者也。昌黎曰：火其书。虽专指二氏，要亦孟子欲正人心之遗意也。近岁李贽自作书曰《焚书》，殆亦夜气犹存，自知其可焚，比之作恶而能自首者云尔。今之人不自知量，勉强著作，以大戾于孔、朱之教，而又自执弥坚，牢不可破，则且李贽之罪人矣。

湖南文征　卷五十九

序四

明史忠献公致身录序　陈鹏年

嗟乎！余读史清远先生《致身录》而慨然也，论者徒以忠臣一死，名垂千古，谓夷、齐死名西山之下，此世俗之见，非志士仁人之心也。

尝考逊国诸臣，门诛者，方则八百七十三人，练则七百有六人，景与铁则瓜藤之惨，村里为墟，不知几千百人，岂以此易一名哉？其他弃官去者，御史、给、舍四十余人，北平州县二百九十人，灵璧被执文武百五十人，姓氏泯没，名称安在？

顾以负形宇内，纲常不可毁，至性不可灭。张子《西铭》曰：生，吾顺事；没，吾宁也。生而同禽兽，不若死而为人。其赤心浩气，直与乾坤激昂耳。人臣不幸当革除大变，真没宁之时也，于名乎何有哉？清远先生兹录，载逊国随亡者二十二人，备尝险阻，潜形匿影，卒保让帝，以终天年，岂惟忠肝义胆，旷古稀有？其智深勇沉，实与子房奋击祖龙，大索不得相埒。如谓访求张三丰者，有以调护其间，亦未必然之说也。文皇帝已正大统，遂不欲置成王于死地，其可信乎？当时鬼门潜逸，家燕已入，而锻炼孤忠，小则诛夷一家，大则扫空村落，亦太忍矣。傥知蓬茅缁钵中，师弟戒严，其不下大索之令，赤二十二人之族不止，乃知让帝获全，非特文皇信赴火、不信出亡之故，而实二十二人之才力足以全之也。

往读靖难旧史，得邪溪樵者画沙诗，其落句云：伶仃苟活缘何事，要了茕茕一点心。憾其姓氏终不可知。今阅史公录，知塞马先生为冯淮，雪庵和尚为郭节，云门僧、稽山主人为宋和、葛翁，天肖子为赵天泰，老补锅为王之臣，东湖樵为牛景先，他不可考核，究不知邪溪樵者为谁也。噫！金川失守，时在殿痛哭者凡几辈，遁去者凡几辈，如邪溪樵者，亦偶见沙中诗句耳。其他山林薮泽间，或歌或泣者，何可胜道？又乌知邪溪樵者非即二十二人中之一人邪？玩其诗语，隐然故主犹存，此身未了，难从方、铁辈于地下，然乎？否邪？

若清远先生，奔走楚、闽、粤、滇之墟，进衣献食，周旋二十余年，终为仇家所讼而瘐死。其清风亮节，百世不磨，何幸澹园焦师，藏其遗笔，以遗其九世孙册，俾二十二人姓氏，借先生之荣施，以彪炳于二百余年后也。此则可为深快者耳，于名乎何有哉？余愿后之为臣者，读此录必思所以致身。思所以致身而不得其本原，能致身者鲜矣夫！

郭蓼庵先生诗序

陈鹏年

往吾潭全盛时，名流辈出，其以古文词成家，先后接踵，中间遭兵燹患难磨灭者，何可胜数？及先大父、先君两世交游，数十年间如风雨散，邑虚无人，求其岿然湘上如鲁灵光者，独吾师蓼庵。

当其弱冠，负奇才，倜傥岸拔，每试冠军。初见知于邑侯景纶黄公，次见知于郡侯沧水雷公、学使澄川王公。余生也晚，迄今聆其声称，犹藉藉在人齿颊间。既际世变，遂沦放于诗歌，非自娱悦，举生平所罹骨肉之惨，兵火之劫，与夫饥冻颠连之痛楚，类皆人生万一有之遭逢，顾以是蓄其孤芳，砺其气节，凡圣贤悲悯，英雄慷慨，一切无聊不可遏抑之概，不能达之于时与遇者，并其全力，以发于诗。故其为诗也，穷益奇而神益旺，年愈进而骨愈坚。大约欢愉之词少，愁苦之音多。杜少陵不濒乱离困顿，奔走华州、巴峡间，其所得亦正自有畔岸涯涘也。意先生年少时，下笔为文章，辟易万众，似曹彬奉命下江南，顾盼自雄，今不幸而颓然遣兴于岸花锦湾之旁，或把酒临江，或骚歌痛哭，虽块垒不平，而风流未坠。且也大冠广袖，蓬户朱门，有茹芝饮水之操，无伛偻嗫嚅之状。回首当年，意气何似？悲邪？壮邪？亦任造物者之不可知邪？

若余父子皆出先生门，如二曾之事阙里，从游最久，知先生最深。先生又不以余为不知言，辄命而敢弁其首。

鲁亮侪诗集序

陈鹏年

古之学人，多专精一业以终其身，当其冥心幽讨，往往屏去一切，甚至寝食俱废，即所涉欢愉疾苦，变态不一，惟此性情嗜好，期毕力于是以求有当，由是学成而名于当时，传之后世，乃纪载所称博物闳览君子。又且采掇群言，浸淫往古，出入百家，旁搜远引，以备当代缓急之用。二者交称，要之人各擅其能，未可以彼此争胜负也。

鲁子亮侪，与予游最久，以诗文忝一日之知。今年秋，鲁子挐舟涉江远来，访予于京口，留予寓斋信宿，夜阑灯炧，酒醺月上，相与联句为乐。且出其诗稿，就正于予，细阅数过，大约苍澹朴老中，饶有流丽之趣，真雅人深致矣。亮侪方从事帖括，以举子业应试所司，乃观其所学，自天文地理、阴阳历数、占验考测、九章句股，以及河防水利、兵制盐策，与凡可以有用于世者，靡不究心淹贯，手自钞撮成书，装潢置策，何学之富也！

吾闻鲁子先世，当明初以军功累官至大帅，其后科第蝉联，代有显者。旧籍吾乡之麻城人，侨寓皖江。亮侪固世家子，乃从诸生中穷经学古，博通当世之务，庶乎不坠家声，能世其业者，岂仅如斯世章句小儒，悠悠竞工拙于佔毕铅椠云尔哉？是为序。

王孔昭枫庄和诗序

陈鹏年

予被命赴京，僦居无资，寓城东之邮舍且岁余。短屋数椽，仅蔽风雨。前后多隙地，夏秋杂植草花，间以竹蕉，纷披掩映，苔藓盈砌，藤萝被墙。用跫然自喜，名不挂朝籍，足不履市尘，每雠校余闲，与二三亲知，吟风踏月，怡然以适，不异此身之在山林田野间也。

一日，南海王子孔昭手《枫庄和诗》二十篇授予读，且索序。诗中命题，自筑室编篱，以至灌蔬调鹤，闲情韵事，极幽人之致，而诗亦朴老清新，雅与题称。尤极意摹仿少陵，吸其气使上而不肯下。纸窗竹榻，余为朗吟数过，因讶长安中逃虚无、耽寂寞者，不谓无人。而所谓枫庄主者，余诚不知其何许人，大约从龙贵胄，冠剑车骑之流，乃能自振拔，托志林泉，工吟咏，愈以见国家盛隆，人文蔚茂。以彼其材，将必有用于世，而天不永其年。

王子与予交日浅，不能深知其为人，见其诗固敦庞纯，固君子人也。从罗浮万里来京师，蕴其所学，岂徒欲以诗鸣者哉？顾旅馆残灯，敝裘风雪中，荒凉彳亍，踪迹略与余同，岂天之于王子，盖亦有不得不然而然者欤？因书此以为之序。

蒋蓉江纲集选诗序

陈鹏年

和诗昉于唐人，贾舍人早朝之什，属和悉是名篇。沿至元白长庆、皮陆松陵，斗巧争新，清吟往复，其最著者也。集句滥觞于宋，然触事寄怀，单词断句，未有名家。至明，始多工此体者，如五羊孙仲衍、庐陵季昌祺辈，栉比字句，对属工巧，尤杰然雄长者也。然未有集句以和韵，且集选诗以和选体者，有之则自我蓉江先生始。

先生钟清湘间气，博达奇伟，于书无所不窥，既以高才入禁，近为天子侍从臣，承明著作，后先班马。复以下直余闲，集选诗一卷，和乐府拟古诸题原韵，征材寸籍，不假旁搜。骤读之，则异采纷披，陆离斑驳，如扪断碑，如披古锦，不知其为先生之诗也。熟复之，则机杼天然，不烦凑泊，一经部伍，壁垒重新，无缝天衣，针痕灭尽，不知其为选诗也。

予于先生诗，未得遍观卒读，读是诗而酝酿融洽，携取不穷，有以知先生之诗深于选者也。自学者以少陵为大宗，言诗者无不师杜氏，然其言曰熟精《文选》，又曰续儿诵《文选》，瓣香俎豆，转益多师，读是编而又知先生之诗深于杜者也。虽然，先生以复古自命之才，佐休明之治，铺扬盛美，发为诗歌，行将协诸宫商，登于乐肆，上继卿云，以鸣国家之豫，是编特其吉光片羽耳。

蒋氏江声遗集序

陈鹏年

楚无风而骚特传，骚者忧也，忧之过比于怨矣，又其体连犿淫泆，繁而不杀，无康乐之音，多激楚之节，是以不得列于三百。然而古人传之，朱子从而注之，何哉？以其有忠君爱国之思，而托之于忧谗畏讥之意故也。然则楚无风，骚即可以继风，有骚而楚风不已竞乎？

吾湘故多奇士，而天植先生尤为卓荦，论者以为得衡岳、洞庭之秀。予姻赵友沂先生擅海内名，与先大父独心折先生，凡今所遗《江声集》及《四如小草》者，皆先生所排纂也。乌乎！先生遭明末造，仅一登贤书，流离琐尾，遽以蚤世，亦可伤矣。士君子不得志于时，往往讴歌道中，行吟泽畔，以见其志，彼固有所郁于中，故不能已于言也。独是叹老嗟卑，如所谓羡二鸟之光荣，叹一饱之无时者，虽幽忧疾疢，犹为君子所诟病。

今观先生之诗，感时触事，如怨如慕，如泣如诉，非为一身惜而为天下惜，非为一家恸而为天下恸，即其所作可奈何，何处歌可知也已。此皆忠君爱国之心所迫而成之者，虽连犿淫泆，其辞何害哉？然其词肆而隐，怨而不怒，为有得于骚人之情深焉，此其所以可传也。独惜其年不永，不得究其业，使天假之年，其所造不只如《九歌》《九辨》已也。

岁庚子，先生孙斯年年兄登贤书，计偕来京师，裒其遗稿，以问序于予，用溯我世讲，嘉我土音，抑以见蒋公之遇之穷也。

谕俗肤言序

陈鹏年

闻之文以载道，言之不文，无以致远，故士君子著书立说，务期精深广大，含英咀华，无取肤近为也。然谕俗之文，与明道之书，正自有辨。明道者不精微，无以阐理学之渊源。谕俗者不肤近，无以启愚黎之聋瞶。试观五经，明道书也。《诗》之为教，雅俗并采，得失互陈，而孔子独曰兴于诗，诚以其法戒昭然，俾人易知而可从耳。

前浙东古虞徐凤山先生治攸时，悉心吏治，修学校，清田粮，息民讼，厘奸弊，绰有古循吏风，盖实见之行事，匪直托之空言者。又以公余集《谕俗肤言》若干条，凡得失法戒，洞若观火，故攸邑化之风俗，最为近古。予湘人也，与攸为邻邑，流风余韵，犹在人口。予心仪久矣。今吴郡张某梓是书行，丐余言为序，余谓是书明白坦易，知而可从者。方今圣天子文教诞敷，海隅日出，罔不沦肤浃髓，奚借是言？然得是书行之，亦有裨于人心风俗，诚非浅鲜。

昔子舆氏曰：言近指远者，善言也。夫风云月露，虽连篇累牍，识者已笑其肤，而正论危言，似平平无奇，令人感发于不自已，后之闻是言者，其亦勃然兴矣，岂肤云哉？盖太羹元酒，澹弥旨矣。故以为谕俗之文也可，即以为明道之书也亦可。

诗乘选序

陈鹏年

金陵朱子介士，宿儒也，尝以制义屈其曹耦于棚试中，而场屋辄踬，今且以明经老矣，乃寓意于诗歌，以扩其幽忧抑塞之志。每得句，则出西郭，走横塘，与其友刘子简斋，相订于敲推数一之间。刘方从事《诗乘》之选，遂引介士共商搉焉。无何，简斋下世，其役未就，介士慨然捐资，以卒其业。将以行世，而缀稿投牍，乞言于予，自道其与简斋友善，而力为补亡之意，且不敢自以为功。

予览之而喟然曰：是古之义也夫，是古之义也夫！古之君子，不耻其身之不见庸，而耻其言之不立。古之为友者，不惧其友之亡，而惧其亡而无所传于世。非直廑廑为子期之思旧，士衡之叹逝已也。今观刘子之为是选也，覃精研思，于六义之正变，诸家之派别，四、五、七言之源流，古乐府之声辞离合，罔不胪陈缕析，灿然如指诸掌，其用意可谓勤矣。至于持择谨严，论议高阔，直欲劘济南、竟陵之垒而拔其帜，又无论锺嵘、高棅等辈，是岂不欲其言之既立，为学诗者通亿载之津哉？然而人亡编绝，奄忽之间，委于朝露，良可悼已。

朱子以寒素擅高才，舌耕笔耘，旁搜远绍，岂不足以自成一家言，而必为之订残补阙，以终刘子未竟之绪，其所以不死其友者，未有若斯之笃者也。独惜其集隘，仅自本朝而止，又诸所著名称雄诗坛者，或阙焉，而加意表章幽隐之士，颇与荆公所删宋次道之《唐诗百家选》同意。然亦已拔萃取尤，俾一时缛旨星稠，繁文绮合，令其尽如作者之意。

汉魏六朝诗载三百有奇，唐人诗载千二百有奇，宋辽金元称是，其为艺苑之大观更何如也！抑闻之乘者，车也，以乘名编，将必取诸无所不载之义，而兹犹未足以卸车也，苟尽发其藏而员辐焉，刘子不滋欣然于地下乎？朱子姑以是导于前焉可耳。

刘凝斋先生虚籁集序

陈鹏年

胜国刘大司马凝斋先生，吾楚南之伟人也，有奏议若干卷行世。今其裔孙际炎，复裒其诗文遗稿，连缀成集，名之曰《虚籁录》，以示余，余读之而知先生之学有原本，非雕虫篆刻，廑廑为虚车之饰者比也。

夫文章经济，原不相兼，故扬、马之俦，辞赋凌云，而功德不纪，萧、曹、邴、魏，勋猷烂焉，而文采蔑如，此无异故，遇有不齐，美难独擅，从古然也。先生之学，充于中而溢于外，为能兼华实而有之，故其功名事业，彪炳人间，扬历中外。屡秉节钺，直声震于朝廷，威惠行乎岭海，凡其制兵筹饷，动中机宜，非具宏济大略，将焉能之？故其发为文章，类皆准今酌古，蔚然为有体有用之言，而遣兴道情之作，亦复格律精严，神致超越。盖其取材富而用物博，又能运之以神，鼓之以气，是以声振弦间，韵流弦外，如大块噫气，不知其所自来，亦不知其所自止，名之曰《虚籁》，良有以也。

夫登高能赋，可以为大夫。昌黎亦言，文章言语，与政相符。是知有真学问者，乃有真经济，有真经济者，乃有真文章。言乎先生之学问，则六经三史以及诸子百家，无不贯穿也。言乎先生之经济，则文经武纬以及边牧河防，无不娴习也。如是而施之经国大业，不朽盛事，其有不汗漫而辉煌者哉？昔张子寿文如轻缣素练，实济时用而窘边幅，以先生之文视之，殆有其长而无其短矣。抑当年有误指先生为江陵姻党者，致有朋比之疑，夫事久论定，天下后世以江陵为何如人，固无庸深辨。然吾考先生之言曰：学贵纯阳，一累情欲，斯堕阴界。以是推之，则先生平生之磊落光明，不问可知。无论实非姻娅，又岂肯媕婀随人，以为膴仕地哉？古人云：言者，心之声也。今以其集观之，尤信。

林屋民风序

陈鹏年

太湖周五百余里，中有峰七十二，洞庭最大，有东西两山，东曰莫厘，西曰林屋，其间民俗淳朴，岩崖映蔚，竹木茂美，山人王洪绪居之。

洪绪深于易卜，以时日侦事理吉凶，其精者往往抉先天之奥。尤好表扬人忠孝节义，尝缀一卷，书曰《林屋民风》。自名人题咏之外，凡两山中忠臣良将，潜德隐行，及妇女节烈，卓然有关风教者，罔不搜辑为传。其书上接《震泽编》《洞庭纪胜》，旁摭郡县志，附以近代里俗所传，其大要归于道扬风化，纪述见闻，盖渐人以淳朴，而砥人以行谊也。皮袭美有言：古圣王能旌夫山谷民之善者。

方今圣天子屡巡吴会，过化存神，跻民雍动。余昔承乏守土，愧未暇表章遗轶，洪绪此编，辅轩采之，其亦稗史之一得矣。抑予考《襄阳耆旧》《益州先贤》诸传，其作者盖亦留心风化之士，百世而下读之，使人怀古情深，其功与正史互发，而今乃得之洪绪也，吾安知夫后之传洪绪者，不目为君平、士元之徒乎？向余称其精日者术，合司马季主讽人忠孝之义也。今复书此，为《林屋民风》序。

王楼村修撰诗集序

陈鹏年

宝应王楼村先生，以诗文名海内，下笔不能自休，著述盛富等身。往与予论诗阙下，言皆洞澈根柢，不为剽袭。及其没后之四年，乃得卒读其全诗，不禁掩卷而叹，叹已复读，曰：嗟乎！诗道之难言也。天以山川封域，奠画方位，而人之性情风尚，亦遂各溺于其土而不能相调，乃复狃于性之所便，目染耳濡，浮华交会，其能胜之以学而卓然不惑者，盖难也。

江左之诗，轻圆便利，略如其人。国初，沿虞山、娄东之余响，编珠缀玉，人尚风流。其后我师新城王尚书司李扬州，以诗倡率天下，其时隽流云集，搢绅耆旧，布衣寓公，舄错觥腾，翰飞纸落，江左之诗，一时大盛。嗣是以还，虽流风余韵犹有存者，而或趋于所见之一隅，或慑于前人之余焰，大抵以涂泽为风华，以软熟为温丽，所谓风云气少者，岂其习尚固然哉？夫亦不自振刷而浸以衰也。

先生出于江左诗学盛衰之际，独能辅之以学而不锢于习，其诗排奡陡健，能盘硬语，一洗吴音，然亢而不激，险而不蹶，疏荡而不凌越，盖以昌黎为宗，而泛澜于庐陵、宛陵、眉山、剑南、涪翁之间。若其征材之奥博，使事之精核，则如大匠挥斤，巨宗细桷，施之各适其用也。如身入宝肆，光怪荡潏，而火齐木难之错陈也。读书破万卷，下笔如有神，观于先生之诗，而益信矣。先生绩学嗜古，久困名场，其成进士，已及暮年，卒能以第一人自奋，天下荣之。然先生之可传者，仍不在彼，而在此也。

予因思江左诗流，惟有明为独盛，然中间一夺于历下，再夺于竟陵。语曰：大江之南，五湖之间，其人轻心，自古然矣。先生生于风土柔嘉之地，而克自振拔，不为积习所拘、声焰所夺如此。乌乎！岂非以其学也哉？

望亭诗草序

陈鹏年

余家距衡岳不百里，去隐山才四十里，碧泉则自柴门外越东阡度南原，一蹴踵可至。凡是皆宋儒胡文定公往来读书游息之区，又适与余居相近。凡昔贤所经游者，余皆游之。胡氏子孙，多散处衡湘间，自余先世所与游者，余又皆莫不与之游，望亭先生其最也。

记余方五六龄，先王父与唐琴叠先生交好，先生方少年白晳，称唐氏婿，其与先王父相见也，执犹子礼甚恭。王父奇其才，有神骏之目，先生每有就正，必极意奖可，或时加订定，先生亦虚怀请益，质疑问难无虚日。其酬酢诗篇，多载在《石村集》中。先君子又与先生生同岁，长同胶序，称通家兄弟，岁时切劘，雁行之谊益笃。余是时方习之无，亦时应对将命，于诗筒酒盏之次，稍聆绪论，固未能尽了了也。

未几，遭滇变，乱离奔走，两先人相继下世，余坟墓密迩先生之居，得从苫凷余生，执犹子礼，数登先生之堂，先生亦以曩者先王父之相待者待余。余年少，鲜师承，因以不能得之于两先人者，时得以一二窃闻于先生。而又与长君秬一、次君三采，推襟送抱，一如先君子与先生相交时。嗟乎！祖孙父子，两家三世，迭相师友，垂四十年始终不渝，可谓难得也已。

又未几，予以薄宦走吴越，中濒患难，羁栖京邸，近四十年不返其乡，亲旧凋零，至不可问，独先生如鲁灵光岿然独存，每从邮筒中辱相问讯。今年秋，寓书都门，以见怀诗三十韵，及所为《望亭诗草》一帙命余序。自念劳人草草，学殖久荒落，而鼠忧遘闵之余，遭逢圣明，复不得以初衣返田舍。回望故乡，落落晨星中如先生者，世其家学，为国典型，不卜何时从杖履后，考遗经，问绝业，以徜徉乎丹山碧水之间。先生尚康宁寿考，白首著书，其毋闻斯言，金玉其音而有遐心乎？因书此以为序。

文庙礼乐备考序

陈鹏年

古者庠序既设，天下之士莫不习于礼乐之中，手熟乎其器，心识乎其数，耳目习乎其容声，所谓斯须不去者，不待考而知也。自秦裂井田，废学校，燔诗书，而先王之礼乐，荡然无有复存。后儒掇拾于灰烬之余，亦已残缺失次，至使数千年之间有志稽古者盲如长夜，未尝不痛惜追憾于祖龙也。然太史公自以谓适鲁登阙里，观孔子车服礼器，心窃向往之，是天下之守礼者惟孔氏，则天下之言礼乐者亦必自孔氏。

今学者诵孔氏之书，而茫然莫识礼乐为何物，岂徒二三子之羞，抑为国者之忧。东吴，故言游里也，言游亲受教于圣门，列文学之科，故以学道爱人而邑有弦歌，则其渐摩于里中者可知矣，而或茫然如故，则其羞又加甚焉。夫金声玉振，以立中和之极者，圣天子之事也。参互考订，以知其说者，学士大夫之业也。今我皇上敦崇先圣，广厉学宫，自成均以及郡县，并举春秋上丁之祭。

戊子冬，予奉命守苏，将以时行事，大惧礼废乐弛，举多不中，无以称上意，互与师儒诸生讲正其典。而蔡生正椝等，因以所订《礼乐备考》进，予发而观之。按其说，则始终沿革，可立而辨也。披其图，则庙貌器物，可坐而见也。问其所从来，则明郡博刘氏所述，而前守卢公所延圣府教习之所传也。乌乎！亦云核矣。夫诸生习孔氏之书，居言游之里，而又传习于秉礼之国，则是书之作，我知其非漫然者，梓而传之，固其宜也。

抑闻之礼者，敬而已矣，乐者，和而已矣。虽其器数声容，不可不讲，而善学礼乐者，不惟其文，而惟其意。学者际此景运休隆，教化翔洽，相与履中蹈和，雍容于依仁游艺之域，以对越先圣，必更有䜣合于无形者。祭则受福，此之谓已。诸生勉乎哉！

胡氏绎志序

陈鹏年

昔荀卿好著书，当战国之世，游说纷纭，独退而明王道，述礼乐，其说数万言。扬雄亦好著书，作《太玄》以拟《易》，作《法言》以拟《论语》，亦不下万余言。二子可谓勤矣，而当时无知之者。其后韩昌黎乃表而出之，荀、扬并称，谓其旨趣不谬于圣人，然且曰择焉而不精，语焉而不详，亦不能无遗憾焉。盖著书若斯之难也。然而天之生人，才智辈出，前者莫能距后，后者莫肯让前，是以秦汉以来，代有作者，列于《儒林》，见于《艺文志》者，已不可胜数。顾历世既远，窃计其传者，不过万亿中之什一，而不传者，固已多矣。独有志之士，不以其不我传也，而遂噤焉而不敢为，盖其论议之所激发，必有溢于中而不可遏阏于外者，此在说铃书肆且然，而况其有见于圣人之道者乎？

竟陵胡石庄先生，国朝之隐君子也。高鹿门之节，屏居巾柘，著书自娱，然不以示人，世亦莫之识也。迨先生殁既久，而泾阳李邑瞻先生，乃从其嗣君嘉言，得所著《绎志》若干卷而读之。叹其有切于圣贤修身立命，以及帝王任官、行政、制事、治人之措置施为，名臣贤士之所以持躬成业，凡民之所以居室尽伦，靡不兼综条贯，于是序而藏之。若深以不能谋梓为憾者，亦无异于昌黎之好荀、扬矣。嗟夫！学者生载籍极备之后，尝患其才之少，非才少也，掩于前之作者而莫能自异故也。今观《绎志》之书，未尝袭荀而无非荀，未尝袭扬而无非扬，其根本节目，皆欲依归于圣人之道，故亦不得而异，而卒不为荀、扬所掩者。其见时有出于前人思议之外，而指陈征引，亦有时势区画之不同，文字繁简、奇正顺逆之别也，其足以并传而不朽也，必矣。嘉言复持书问序于予，予又与观乎社祭之末者也，其服膺嘉叹，岂有后于李君焉？于读书说亦云。

女史征序

陈鹏年

新安汪息庐，采摭近代妇德，作《女史征》，附列其母程夫人，及庶母苏孺人、生母袁孺人行实。余读而系之言曰：内行之修，岂不赖于前人之风劝也哉？夫忠孝大节，发乎情，止乎礼义，宜无所择于古人而为之。然自中人，居常无事，闺窬之中，横耳所闻，不出乎嚣陵燕嫱之为，而凡女师之教，《内则》所垂，言物行恒，懵然若无睹也。则其情之发也，不能无偏，而阴教之亏，莫由以自返。

刘向辑《列女传》，上自宫闱，下逮委巷之妻，嘉言懿行备焉。传久浸讹，南丰曾氏疑其非成于向一人之手，然自有向书，而东海之女德，几与诸节义士匹焉。班昭之训，张华之箴，范蔚宗之传，踵是以兴，女史之功，不其伟欤？汪氏世有妇德，自子喻先生隐居养母，妻程相之敬事无违，教诸子驯驯有家法，新安称内范者必归焉。

凡史家叙传，例得及其先人，玉尺之详其母，犹此志也。朱子尝病伯恭《女戒》言有未备，欲别集守身、事夫、宜家、御下诸古语，为《小学》一书，疏其门目有八，以示刘子澄，而书未就也。玉尺采诸近代，信而有征，不惟有以广石渠之传，表先夫人之美，而并缵成乡先儒未竟之绪言，于以风劝闺门，助流王化。世有南丰氏者，出而校之，其必跻诸正史之列矣。

易公申齿谱序

陈鹏年

物有以少为贵者，贵其不轻用也，亦有以多为贵者，贵其适于用也。等贵也，而适用之贵，不较胜于不轻用邪？宝玉犀贝，人知其为贵也，而用之恒少，非高闳贵介，虽毕生不睹，不为歉也。不有粱稷纤纩乎？贮之固夥，用之尤繁，上自王公，下及苍赤，盖须臾而不可离，毕生而不为厌。物不必自为贵，而人自不敢贱之，故曰适用之贵，较胜于不轻用也。

简册之于人，亦犹是耳。由典坟以逮百家之纪载，其类繁矣，而汇书之选，尤为适用，所以豁管窥而饱俭腹，无烦獭祭之劳矣。自李唐迄今，辑者不一人，选者不一例，若星纬之纪，舆图之记，月令姓氏广义之笺，语有林，啸有谱，旁暨饮食支干之细，莫不各立专书，而年齿之录阙焉罔闻。易君公申，幼有圣童之誉，读书目十行下，寝食于古亦既有年，所著《半霞楼集》，久已脍炙海内。顷来京师，出《古今齿谱》一编见示，自诞征以至百有余岁，年以部分，部以类纪，书成四十万言，广征博引，皆李善书簏之秘，袁豹未读之书。噫嘻！何其专且详也。

予与公申同里闬，于难兄公锡、公仙久称莫逆，知其一家之内，自相师友，读书以外无他好，而公申负迈世才，五官并用，以文章而兼经济，投之所向，无不如意。正如刘氏纡岐，梁稷纤纩，允为寒年俭岁之需，其适于用，正未有艾也。书如其人，将以是编为嚆矢焉，不胫而走，吾知其必贵洛阳之纸矣。

重修南岳山志序

陈鹏年

惟冥心息机之士，思虑凝一，屏弃万有，始得纵心事外，精其识以探夫奇异之藏。而亦惟天地灵奥之区，尘嚣之所不及者，始可以息影栖神，为高人静侣所憩托。是人择地以晦其踪，地亦因人以发其蒙，地与人，固有若相待者乎？

南岳衡山，固天地灵奥之区也。山七十二峰，为朱陵洞天，环以湘江，云蒸霞蔚，冈峦万状，名迹胜概，难更仆数。峰之最高者为祝融，杜少陵所谓“祝融五峰尊，峰峰次低昂者”是也。绝顶有上封寺，迤折而下为西园精舍，凿翠排青，丹崖绀宇，汇诸峰之胜，而上人源庵、顶庵，实驻锡焉。上人为临济正派，苦心超诣，孤情绝照，于世间一切可喜可愕及氛垢尘杂之务，悉不以交其胸，常乐与我徒游。予石村山庄在衡山之后，相距不百里，朝发而夕可至。每岁春秋，必偕名僧古衲，登临眺览，而西园则恒为憩息地。

因念衡山奠五岳之尊，古帝王时巡望秩焉，而旧志散轶，事迹荒略，国初衡阳明经罗君曾经重葺。惜其文献无征，采择未备，窃欲网罗旧闻，搜扬逸事，勒成一编，会宦游奔走，有志未就。后待罪禁垣，奉旨纂修《方舆一统志》，于山川地理，采缀颇多，思以下直余闲，修辑是业，未及引端，复有守吴之命。一行作吏，此事又废。因叹著述之难如此，迟之几三十年，而此志未就，迄无成书。岂发潜阐幽，不当属之我徒欤？意修明之业，或者其别有待也。

顷源、顶二上人以书抵京师，谓正在纂辑山志，属序于予。予既嘉上人之用心，且幸三十年未就之志，得此借手告成，是亦有数存乎其间者邪？其书卷帙繁富，不能邮寄，予因不得卒读。然以上人思虑凝一，屏弃万有，固所称冥心息机之士也，尘俗不撄，乃得精思独造，以用才于文章之境，则是书也，吾知其能为名山开一生面也。抑予以尘海劳人，云山梦绕，他日傥拂衣遂初，守先人之敝庐，得与二上人商搉栖山，披图按籍，指童时之游钓，其为乐不既多乎？序上人之书，并以申息壤之盟已。

案：今所见《南岳志》，乃乾隆十八年重修者。知衡州府事晋江黄君岳牧序云：前邑令高君，见旧志湮芜，延邑绅旷太史重订。衡山令高君自位序云：志创于前彭令簪，踵之者邓枢巡云霄，其后则朱令衮也。彭、邓志已莫稽，朱志距今且阅九十年，而文已不可尽识云云。此文所云国初罗君曾经重葺，及源、顶两僧所纂，皆未之及，则二僧之书未成，即成而未及刊行也。文称其书卷帙繁富，若今所见志本，则八卷编为六册而已。汝怀附记。

国朝诗的序

陈鹏年

诗之有选，犹物之有权衡也，无权则衡百货者无以得轻重，无选则言六义者无以定优劣。然论诗于远代易，论诗于近代难。远代褒讥予夺，可以指麾略定。近代则触手忌讳，回护之意胜则淘汰之功浅。如少陵之所谓别裁伪体，盖其难哉！

请以有明一代之诗言之，国初无论矣。自弘治以来，何、李倡于前，王、李继于后，天下靡然从之，未有议其非者也。然曰汉魏，曰盛唐，不过求肖于声调字句之间，譬之优孟学叔敖，衣冠虽具，而神气索然矣。昆山于是起而訾之，虞山又从而剧论之，然后习于空同、元美之派者，渐觉其非，夫岂汉、魏、三唐之不可学哉？诚以伪体之多而别裁之，不可以缓也。此其人皆意气激昂，不顾世俗之毁誉，故能卓然独出其所见，毅然独伸其所说，虽以之论定近代无难，今之近代犹昔之近代也。

吾乡陶氏，世执牛耳，而奉长先生早有诗名，足迹几遍天下，近从事《国朝诗的》之役，而以之问序于余。余非能论诗者，然持论诗者之论，则亦欲其别裁伪体而已矣。唐之诗藻丽莫如王杨，而子美以为近于风骚，奇崛莫如长吉，而牧之以为骚之苗裔，刻削莫如东野，而退之以为横空妥贴。古人之论诗，皆在皮毛形貌之外，乃可以得其真。

今奉长先生进退百家，网罗遗轶，不牵于流俗，不怵于毁誉，兼收并采，如入五都者，百物具陈，观武库者，五兵毕萃。或可当鲸鱼碧海之目，或可备天吴紫凤之观，或可供琪花瑶草之玩，或可作彝器法物之珍，要皆无赝鼎阑入于其中，是不独取精多而用物宏也，抑其持择可谓严矣。其于少陵之所称，庶其近矣乎？然则以之论次近代，何难哉？康熙六十年，岁在辛丑清明前五日，题于燕山之虚舟诗屋。

案：《道荣堂集》未载此文。考恪勤以康熙六十年四月十六日，始奉随尚书张鹏翮勘阅山东、河南运河之命，此文作于清明前五日，则犹在武英修书时也。兹从《诗的》卷首录出存之，以补本集之遗。《诗的》已少流传，向未之见，近始从长沙市肆购得之。汝怀附记。

汉铙歌音韵解义序

陈鹏年

古之乐章，不可得闻，毋论《綅紒》《絚桑》，即《咸池》《六英》《云门》《大章》，亦浸久而失其传。

春秋之时，于《韶》为差近，然季子请观周乐，亦只见其舞而未闻其音。孔子在齐，始得闻之，不觉神往之至，仅一嘉叹而已，亦未尝传其章。《南风》一曲，乃帝舜鼓琴自歌，非乐章也。嗣是《大夏》不传于杞，《大濩》仅传于宋。《商颂》十二篇，至今犹存其五。至舞以《桑林》，题以《旌夏》，亦容也，非声也。周诗略备，故金奏《肆夏》，工歌《鹿鸣》，皆音与辞比。惟笙诗无辞，束皙补之，终非其本。余则诸诗具在，可按而歌也。然秦灰汉马之余，亦不知《雍》《勺》为何如音已。景、武之世，河间献王裁得《大司乐》一篇，则古乐之亡失者已多。

铙歌虽古，不过如《大风歌》《横汾曲》已耳，岂遽为昭德象功之作哉？然乐之为道，帝王从不相袭，因世升降，流而不返。周乐之一变而为铙歌，犹之周礼一变而为绵蕞也。况汉去古未远，歌工伶人犹有存者，其音节虽不能比次古乐，亦异于后世之靡靡者矣，则铙歌之列于乐府也，固宜。独是其辞古奥，苟无人焉为之解释其音义，虽使伶伦谛听，师旷审声，亦无以得其节族之所存。

云间徐子某，好古多闻，尤长于音韵之学，所著有《汉铙歌音韵解义》，广搜博采，其言信而有征，使千秋绝调，一朝旷若发蒙，亦艺林之一快已。晋之荀勖、阮咸，号为知律，荀称暗解，阮称神解，作者其在二解之间乎？嗟乎！音律之不讲也久矣。世儒动言礼乐百年而后兴，纵有慨然复古者，欲引与商订，则曰管弦之事未之学也。夫使人人弗学，后世其孰有闻而知之者乎？铙歌既已非古，而今且并铙歌而失之，吾儒不得辞其责矣。审是则徐子之功，虽与毛疏、郑笺争烈可也。

郑虎文诗序

陈鹏年

选佛证悟者，必参乎千僧之林，居奇鬻货者，必游乎五都之市。京师固亦学士之丛林，而文人之都市也。士之长一技者，莫不担簦负笈，求游扬于公卿大夫，以成一日之名，且谋百亩之资，以为事父母、畜妻子之具。顾幸而遇，则一日而名满长安。不幸而不遇，则刍米仆赁，一无所出，不幽忧穷蹙，尽荒其故业不止。

秣陵郑生，挟诗为贽，且请曰：某之困于斯久矣，愿公一言以振之。披其卷轴，名章秀句，络绎奔赴，且于羞涩坎壈之余，吟咏不辍，穷而益工，如生才者，岂不足当京师贵人一盼邪？自维忧患余生，声华气谊之场，一无所与，即援手推毂，恐不足以振生，只以重生之困。然卒不能不为生序者，亦以坚生之志，而卜生之遇也。

昔白太傅初至京，顾况指其名戏曰：长安物贵，居大不易。及读至“野火烧不尽，春风吹又生”之句，乃叹曰：有句如此，居亦不难。生之诗如此。生虽穷，终必有大力之士，拔龙象于侪伍，披珠玉于泥沙，湔祓以成生之名者，姑留余言以为券可尔。

郝幼成明诗鼓吹序

陈鹏年

士不得志于时，则退而著书，垂空文以自见，古之人皆然，而以予所见云阳郝生幼成为尤笃。予自羁寓京江，生俨然来造，投予以其所著，则皆手自钞录，其卷帙动至盈尺，于五经则有臆言，于明文则有宗，于语录则有警心等作，而《明诗鼓吹》，则尤其综备者也。

夫诗之为道也，微矣。考亭之序《诗传》曰：言之不足，故长言之，长言之不足，故嗟叹之。盖其抑扬反覆，抗坠疾徐，皆与乐之节族相赴，于是鼓之以发其声，吹之以比其节，不至有流湎涤滥之失，然后大雅兴焉，此诗之义也。持此以选明诗，则一代作者，皆可收之于成文从律之中，不独国初之四杰，中叶之七子，为能擅胜于一时，此其规格殆与虞山不远，而其趣向亦各有不同，生所以毅然而为斯选也。

余读有明一代之诗，如青田、金华诸公，皆以沉郁顿挫，发其幽忧要眇之思，比于贞观、永徽为已肆矣。嗣是西涯、献吉诸公，大放厥辞，沉博绝丽，几与开元、天宝埒盛。下逮锺、谭等辈，虽另开堂奥，而风味自殊，有发纤秾于简古，寄至味于淡泊之意，窃以为胜于开成以后之作。是诗自三百以后莫盛于唐，唐以后莫盛于明，盛而不为之裒集其精华，别择其品汇，非鼓吹之旨也。则生为此书，其亦可与虞山争俎豆矣。

嗟乎！虞卿非穷愁不能著书传于后世，生濒老而不得一青其衿，可谓穷矣，而其志不衰，其著述益富，此殆天之所以玉汝于成也。不然，使生得一第，势将日刮月磨于帖括中，尚安能毕力于旁搜远绍，而以自传于后世乎哉？愿姑卒业，勿为覆瓿忧，异日必有玄晏者出，为之叙而行之者矣。

高塘李氏族谱序

陈鹏年

古重世族，春秋时吾楚之与国同姓者，类得为上卿令尹，以柄国成。左徒《传》曰：平造宪令。宪令者，楚之家令也，岂上官大夫所能绌乎？楚之后有芈姓，与屈、昭、景并立。史载楚有三户，虽式微泯棼之候，缀姓犹井然也。抑又闻潭州七户，自老成凋谢，乔族沦胥，较三户虽过，亦已替矣，然其时父老子弟，恒安其业，美其俗，生聚长养，以冀升平，无轻去其里者。

余比年出官吴中，家园日远，时聆邻壤之民，挈家入蜀，巴蜀之民罢焉，风俗流失，无逾此者。夫先王画井分疆，聚族而处，寓有深意。祖宗庐墓共依，主伯亚旅相习，何不可者？奈何变其旧邪？此无他，病在宗法家政之既失，而族中贫窭单独者，不能以自存故也。余每欲于簿书之暇，创立宗谱，并置薄田，以效文正范公之为，而族人繁衍，一官匏系，卒卒未能。

丁亥之役，奉召内廷，承乏方舆纂辑，而职方所隶，又值楚省，其间山川道里、风土人物，得以周知。粗有成编，独于家乘小史之作，往往缺而未备。今年夏，余叔帝耆公，忽以姑翁直臣所撰谱牒邮余为序。余披之，州次部居，经经纬纬，铢黍毫发之不假易，用力劳而为功远，此余所对之而瞠若者也。

夫谱学之难，难于征实，区区泛滥僭忒，奚取焉？以杜正伦之贤，求齿城南，郭崇韬拜子仪之墓，陋矣。至若南丰上续郕国子，番阳吴氏直溯延陵季札，永叔、希文深斥其非。古今大条理，谁有能辨之者？直翁谱虽小帙，其为志也大矣，兼义田之设，有合于古者同井相养、嫁娶相济之意，故乐为书之，并援据古说，使轻去其乡者劝。

石舆山修族谱序

陈鹏年

石氏于我湖南为著族，自宋艺祖时，讳守信者以军功显，其孙袭封千户，占籍于楚。后复有为郎中者，以世远，事迹不少概见，其姓氏仅见诸邑乘，而高茔大域，至今樵夫田竖，犹得指而识其处焉。熹庙中，有轸余公者，忤魏奄，放废田里，思陵践祚，起郡守，历官佥事，所在皆有政绩，然而族谱之作，则数百年来未有及此者也。我内兄舆山，始慨然起而任之。舆山之言曰：吾族由宋历今数十世矣，中间升沉显晦，迭罹沧桑，再阅人代，子孙将不知祖宗为何人也。及今不考，后嗣何观？且我湖南姓氏蕃衍，而本支一气，虽豆析瓜分，服属有辨，昭穆有纪，不可诬也。近世扳援傅会，积久相忘，不大为厘正之，恐有以不知谁何之人，乱我宗祧，我益用滋惧。于是大告于族人，溯得姓之所自始，稽其世次之先后而作族谱，且以予忝旧姻，习知其家事，不远五千里访予河北，而索一言以叙其缘起。

噫！予与舆山别者，已十余稔，而予之不返其乡，且几四十寒暑矣。黄门思旧，恻怆嵩丘，逸少年时长游郗第，岁月几何，而时事推迁，存亡聚散。予既以宦海风波，屡经颠踣，舆山亦中遭家难，毁室破巢，三十年中，飞尘瞥电，今复以白头二老，河朔重逢，且及见我舆山含饴弄孙焉。俯仰生平，追维身世之故，亦可以当人生一小劫矣。我闻之丰于德而啬于遇者，将以大其畜而厚为之发。自佥事公振起中叶，置义田宅以赡族人，今百余年其规模犹有存者。舆山从此益恢而远之，以绵祖德，以贻子孙，昌炽之符，不于其身者，必于其后。我于族谱之作，为之操左券焉。

三鱼堂年谱序

陈鹏年

长泖陆先生，曾为嘉定令。余守吴郡时，其邑之士大夫，至于田夫妇孺，皆思之不置。一墟一落，各有祠宇。及再任灵寿，民之思之，犹嘐志也。嗟乎！先生之感人如是，岂无本而能然与？

余考先生年谱，自始学以至全归，无日不讲求于圣贤之道，其黜异端而崇正学，可谓不遗余力矣，然究非敝敝焉大声疾呼，务为丑诋以攻其隙也。惟是讲明吾儒之学，晰义理于豪芒，辨是非于疑似，使天下之人之于吾道，灿然若黑白分而淄渑别也，则异说不攻而自屈矣，此欧阳子所谓修其本以胜之也。观先生进而在朝，退而在野，出而为一邑之宰，处而为党塾之师，官守言责，敦然埤遗，往来酬酢，纷然杂乘，未尝一日忘学，往往梦寐之间，若或告之，此岂待仕之优与时之暇哉？惟然，故丰采著于朝廷，惠泽施于百姓。本体之明，以为用之达，初非有加豪末于性分之外，及卷而藏之，不俟终日，而绝无几微芥蒂于其间，彼无异故，其素所蓄积然也。

我朝昌明正学，圣天子表章孔孟、程朱之理，如日月之中天，照耀无垠，以故理学之儒，接踵而兴，先生其当首置一座者也。异日修从祀之典，将必有议而举之者，岂特桐乡之祭而已哉？记辛未，先生以御史与邵子昆先生同有事棘闱，余即以是年成进士，曾望见其丰采，而未尝一通请谒。今乃得拜先生于祠，读其书，闻其流风余韵，如亲炙焉。适先生年谱成，敬识数言于简首，以志夙昔向慕之诚如此云。

湖南文征　卷六十

序五

徐颠客序

陈养元

予少时读《方山子传》，知光、黄间多异人，往往佯狂不羁。及长，游鄂渚，泊赤壁下，见友人家图画，私怪罗州子一卷，其水石吞吐，时时起烟雾，余心识之，谓其手迹必魁梧人也。

乙酉春，以薄宦走京师，旅食数载，适九日乡先达宴会，户外屦满，而坐有异客，须髯甚古。余目之，或告余曰：吾故人徐侣苍也。余曰：是得毋自号为罗州子者邪？连床数夕，稍露棱角，检箧中图籍，出以示余，其大小篆，如蛟龙盘拏，直逼秦相。而诗亦奇伟，与字画称。性嗜酒，耳热后常称老画师焉。有不可其意者，辄嫚骂之，众人多目之为颠，公亦以颠自喜，遂又号为颠客。己丑春，予承乏宁阳，取道姑苏，适与公遇，笑谓余曰：敬亭山昔人相看不厌，肯为余具几两屐邪？今年夏，余以公事入郡，见以刺投者，余笑曰：老画师至矣。随下榻于十松亭畔，十日为余画一水，五日为余画一石，而官身早暮，未暇尽领其趣。

追念昔日燕市之游，登崆峒，泛易水，与公作世外想，何可得邪？公有二雏，其一序东，颇事诗文，日与从游，放浪山水，虽其天性，要亦地气使然也。他日为我过岐亭，问吾家季常，其后犹有驰骋当时者乎？余望之，余望之。

王青原余集序

陈养元

宋梁栋夙有诗名，简帙散落，百不半存，曰：吾诗能传，人将有腹稿。夫诗果能传寄于人之腹，人心不泯，诗亦不忘，然人阅人而心亦代更，言虽文，其行之远乎？昔人所以吊沉碑而惋汲竹也。

青原王子，与余戚好，慧而能文，于诗古骈体，尤所癖嗜。弱龄冠郡试，癸酉与予同谱。挟《临沅集》走京师，琴未碎而百轴铮铮，先达争器之，终以拗肠，不肯札腰趋步，遂游吴越。归里，取旧刻削为柹，字惨惨如磔，投之江流，曰：以湔吾秽，且雪梨灾。己卯复走京师，每有新著，辄弃故纸，虽名流评许者，视之俱不甚惜。沉浮数载，仍复故山。乙酉偕余铨注，取道洞庭，谓予曰：湖无旧乘，岂古者阙文，以俟后人？余愿乞一冷官，买舟湖上，江蓠沅芷之胜，一落吾手，将力请当事，访之岩隐，纂而成之，为冰伯暗中，一快书吏足矣。

居京师二年，唱和益夥，多为人拾去。丁丑以学使聘入秦，陇头之水，阴山之雪，朝那支羌之俗，与出塞入塞声，供其颖下，有弃而复取者。己丑，余令怀安，青原一来治所，留数月辄辞去，曰：余乃心湖上也。越一年，握手麻川，骨相癯然，谓余曰：湖上岛屿，余得之过半矣。手出团峰诸咏，生鞭崛强，不类人间有。余笑曰：得毋苦思，缘诗瘦乎？居怀安十数月，癸巳夏，竟赍志以逝。今七八载，同游者尚能口诵其句，及检儿辈手录余集，前后错落，多未载入，因与丰川、方山谋付梓人，以质之人之稿于腹者。

胡祁绪芝庐草序

黄中理

牧斋钱氏，品目梅村之诗，谓可学而不可能，而又非可不学而能。仆尝三复斯言，乃或谓诗有别才，非关书也。而陋者至谓诗妨举业，自汉魏下逮唐宋，诸凡有韵之言，悉屏置不省。士苟以其艺战胜两闱，问以声偶律切之学，皆茫如烟雾，斯不亦通人之诟病，而古所谓登高能赋、遇物知名者，其必非搢绅先生事哉？

同学胡子祁绪，工举业而最有诗名，当其角艺风檐，涌思泉出，于世有司之尺度，所谓豪厘分寸，无纤悉之违。每试辄高等，自余为诸生时，亦数从壁上望其军麾，及余幸通籍，而胡子犹囊书橐笔，作牛刀小割之观，几不免鹄湾头重之叹。然欲訾謷胡子之举业，则虽其所憎恶者，亦不谓然。然胡子之深诣独造，则终在其诗。胡子为人，雅不拘细谨，家徒四壁，一掷千金，每当酒后耳热，仰天浩歌，淋漓跌宕之概，一发之于诗。即其率尔应酬，亦复不减巨源头摇，昌谷心呕。盖胡子之学，所为探珠骊龙、掣鲸碧海者，有非可与攒眉瞬目、借巧傥来者同日语矣。

阮嗣宗饮酒埋照，世称放达之士，至其《咏怀》诸诗，缜密深邃，纯乎道德之旨。今胡子所处与嗣宗异，阮公无意于世，而胡子则方将酝酿其所作，以为承平雅颂之音，而论者乃欲求之于青眼白眼之间，亦已过矣。适胡子刻其《芝庐草》成，因书以序之。

言行汇纂序

王之锜

《言行汇纂》一书，余家朗川先四兄所手辑也。先兄长余七龄，积学笃行，为家庭师表，余自髫年，迄登贤书，悉受学焉。吾兄于诗古文词外，博采古今人嘉言懿行，分门别类，会萃成编，凡四十帙，藏笈笥中，时自观览，并以勖诸昆弟子侄，固未尝取云淑身者欲以淑世也。

余于辛卯冬谒选北上，先兄手授是书，曰：兹编虽皆纂述旧闻，然丹铅搜购，半生心血，几耗于此。今吾弟一行作吏，数十年昆季师友，天各一涯，不能时相切劘，尚于簿书鞅掌之暇，披兹编而阅之，庶几身心家国之间，其寡过矣乎？尔时余敬受之，尚未知其为益何似也。迄今二十余年，先兄往矣，余马齿日增，阅历日益广，朝野上下之交，亦既世味备尝矣。往复兹编，触目生警，虽不能于古今之嘉言懿行，仿佛其万一，然幸不即于匪彝者，实得力于先兄之贻我者居多。

岁癸丑，适同里武陵杨药山先生客润州，偶于案头翻阅流连，不忍释手，谓余曰：是书博而有要，质而不肤，扶持人伦，羽翼经传，备卿大夫之箴规，示愚不肖之矩矱，非一人一家之私言也，曷授梓以公同好？余闻而瞿然曰：吾人幸生圣明之世，涵濡雅化，非一日矣。方今皇上，本圣祖仁皇帝上谕十六条，广以万言，其觉世牖民者，直如日月经天，江河行地，不啻家喻户晓。至于儆惕群工，教饬多士，农桑树畜之讲求，天人感召之几应，因人垂训，随时随事，诰诫精详，悉已著有成编。凡我臣民，佩皇极之猷以淑身，何德不修？广王言之大以训世，何人不化？若兹编者，摭古人之余绪，效老生之常谈，不过自鸣于荜门蓬户，进子侄族姓，交相劝勉，期窃附于王民之皞皞，日迁善于不知已耳，敢谓著书以行世哉？药山先生曰：自古太史采风，刍荛不废，兹编虽纂辑旧闻，观其比事属词，无非欲进一世风俗人心偕之大道，使出以问世，俾宇内之秀顽良莠，敬聆圣谟之广大者，得是编而证以父老之方言、昔人之成范，将益翻然勃然，鼓舞于王道之荡平。使非朗川先生本经明行修之素，沐浴于重熙累洽之仁，亦何能远稽近考，敷宣劝诫，言之亲切而入人深若是乎？夫出草野之传述，于以验德化之修明，并令读是书者，益想见朗川之为人，正吾辈表彰责也，宁第曰著书云尔哉？余低徊久之，窃意药山之言与先兄纂辑之初心，微有合也，因出全集而请政之，相与订讹补阙，又得海宁管君翔皋商榷考证，爰授之梓。

嗟乎！先兄不可作矣，独念余辛卯濒行，吾兄握手郑重，寡过是期，转瞬二十余年，言犹在耳。今且年逾知非，而徒愧欲寡未能，校阅遗编，真有人琴之感已。

诗经论世序

彭维新

必举其事、实其人以说《诗》，将三百篇尽如吉甫北伐、方叔南征，始能使人无异论，自余事与人不著者，则又何说？虽然，《诗》之为道，词意微婉，不但比兴别有寄托，即赋以陈事，而讽谕之意每含言外。非得作者之旨，昔人谓虽孔子之圣，亦不能逆知作诗之意而序次之，此子舆氏论《诗》之法，授千古颂《诗》者以暗室之烛也。

汉世去古未远，而齐、鲁、韩三家，已断断不相统一。洎毛氏学单行，学者奉《诗序》为鹄，然间狃于所系，未能尽蠲后人之疑。如《何彼秾矣》，列二《南》，则以为美王姬。《楚茨》数篇，列怨乱诗后，则概以为刺幽王之类。宋儒义理之学，固无疵瑕，紫阳矫东莱，尊信《诗序》，或谓稍觉过正，致后世宗朱者疑《诗序》，信《诗序》者诋朱注。说《诗》者愈多，同异亦益纷纶，学者舍论世一法，安所适从哉？爰仿《春秋》编年例，谱周室世次，而核考列国历年之数系之，以合诸诗篇时事之符。其事与人见于《诗》者，世易稽也，诸不见于《诗》者，圣有明训，则遵之。如《关雎》，诸家异说，以夫子云不淫不伤，定为文王世诗。《孔丛子》引夫子云，于《木瓜》见礼行，《左氏》亦云为齐桓作，则定为惠王世。《鸱鸮》见《书》，定为成王世之类。次则证诸贤哲之论说，如《硕人》《载驰》《清人》《木瓜》见《左氏》，《小弁》见《孟子》之类。次又据诸专家经师之传述，如匡衡、萧望之所说。兼采各载籍所称引，《荀》《扬》《管子》《孔丛子》之类。要以周、秦、汉人之书为断，以其所闻所传闻距作诗者世代较近，异于后世之影响辽绝者也。凡说之异者从其同，言之淆者折诸圣。广搜博稽，彼此互证，于是何人何事之诗，因何王之世以见者十之六七。片语只字，必求据依，不惟不敢以己意与，即《诗序》、朱注，成见亦不敢执，惟世是求，其说之疑而未安者，宁阙以俟考。

或曰：子舆氏以意逆志之说，不更简而易循邪？曰：夫言各有当也，是为已知其指，胶执文与辞者言之也，如不知其所指，而师心臆测，非愚则诬，何志之能逆？然则子论世之法，果信于《诗》无一失乎？曰：何敢遽信也？前此康成有谱，欧阳永叔有图，以漏略不尽满人意。明末何楷《诗世本古义》，亦以混风、雅、颂为一，不能免于指摘。盖颂《诗》论世，若斯之难也。《春秋》，编年之书也，人与事显列于经矣，三《传》且有龃龉。后之为说者，据经酌传以立说，犹且前后訾謷而未已。兹之论世，援据古义，惟以明吾之不敢以意为说而已，何敢谓所论之世之确乎一无失哉？

经疑序

彭维新

六经均载道之书，曷敢置疑？经疑云者，非疑经也，读经有所未彻，记所疑以待问焉耳。

余禀中下资，尝窃取宋儒读书法治经矣。于意理灼然显白者，证之以传注，弗疑也。其义蕴渊微，猝难昭晰，及句读上下互属者，更并注平心诵绎，至于再三，略得其意。未安也，复求之宋儒之论说，汉、唐之注疏。犹未惬也，又求之诸家说经之书。求之愈博，言人人殊，疑义益樊然杂起。然则经果不当置疑，其所滋疑者，说经诸家之言翳之也。夫说经之家，类有功于经，然汉儒专门名家，各守师说而不相统一，自唐迄今，说经之书弥多，而骋其私智，竞以相胜为高，其踳驳舛谬至于背理伤道者有之。惟程、朱诸巨儒所著，粹于义理，多所发明，而其参差异同之说，亦间或不免，则治经者欲概信而一无所疑，奚能晏然已邪？

于是类而记之，久而成帙，《易》《书》《诗》为卷各一，《春秋》二卷，《礼记》三卷，条举备录，俟质之好学深思之士。荀子不云乎：信信，信也。疑疑，亦信也。余愧质之不敏而致疑，犹自幸质之不敏而有疑也。夫读经未彻而有疑，将以求信焉耳，敢疑经哉？

史臆自序

彭维新

史以彰人心之公，必析义精而纪事核，始足厌百世以后读史者之心，而往往鲜焉，何也？《春秋》义法谨严，游、夏莫赞，后世作史者，去圣人之徒益加远矣，紕纇宜所不免。又前后纪载之家，各有成书，闻不若见，传闻又不若亲闻，交互稽校，恒多违反。

世以司马氏之史为诸史冠，固也，然已不能辞是非颇谬圣人之讥。至其所引据之《国史》《世本》，世久亡其书，就其有可征者取以考证，犹时有抵牾，矧下此者乎？班、陈、欧阳蹑迹具体，等差较然，自余诸史，疵瑕尤不胜指矣，故历代史家之失，均可臆断之。虽然，作史良难，昔人概事抨击，如纠谬、刊误、纂误与刘子玄、郑渔仲之论，吹索过苛，反不得其平。惟梁舍人刘彦和持论颇不失中，而第举梗概，语焉弗详，且间以文辞为优劣，则亦未能尽同天下后世之人心也。

余读史，每准以《春秋》义法，兼之见闻异同诸书，以核其失得之故，其或协于古今人心之所同然者乎？则斯编也，从同而已，究非臆也。

集句和韵序

彭维新

集前人语为诗，昉于晋傅咸。咸作《七经诗》，萃经语联贯见意，集句盖权舆于此。三唐诗人，无格不备，独此体绝鲜。宋仁宗时，蜀人胡归仁始集为五、七言近体一章，至王半山耽此长歌转韵，络绎不可阕，孔毅父辈亦效之，惟石曼卿下第偶成七言律，词意曲𢚧，为当时所称。自时厥后，为者日益多，文文山先生亦寓意于此。元、明间人尤竞尚之，至有专门擅长锓版为巨帙行世者，然有工拙，拙者勿论已，其工者诵古人诗多且熟，兴会所触，不事搜索，探喉冲口如己出，驱使如意，只字不移掇，属对工而章法浑成，当其击钵刻烛，以速见巧，亦有得心应手之乐焉。而山谷犹谓之正堪一笑，蔡绦亦云以文为戏，则集句非诗家所尚，审矣。

曩余官翰林，同门友刘太乙，日集唐人诗，趣余和韵。迨抚苏日，案牍填委，门人裘沧晓在署授儿辈读，亦时投集句，余暇一和之。兹检旧箧，得五律十七首，七律二十一首，览之自笑，正昔人所谓费日力于此为可惜者。几欲焚之，念太乙、沧晓下世已久，今墓木拱矣。回想当年二人者搦管乘兴，欣于所遇，踌躇满志，以冀余之见而击节，情事宛乎在目，姑存之以志友朋师弟相得之感而已，非以牵帅和韵之诗为工也。

文心雕龙序

彭维新

曹子建云：刘季绪才不逮作者，而好诋诃文章，掎摭利病。盖以文士喜讥弹古人，而昏于自责，此大蔽也。

唐刘子玄著《史通》，掊击诸史家略无余地，持论失其平，非但古人不甘受诬，即后人亦不敢坚信。惟梁舍人刘彦和《文心雕龙》一书能折厥衷，署目凡五十篇，半以析体制之疆圻，半以条机杼之利弊，欲俾千古摛文之士，共了然于文辞之端委，而不迷于所往。其树论阐义，鉴洞而衡平，褒无溢美，讥非深文，状文人委曲之隐而揭其机缄，抉行文得失之繇而中其肯綮，其于文章一道，盖实能辨所从生，而推其所终极。挚仲洽之《流别》，今不尽见。若陆士衡《文赋》，肤末耳。觉古今论文之言，未有如此书之惬当者，洵操觚家之指南车也。

特文多骈语，未脱当时体，然风清骨劲，敻异浮艳，方之《史通》之指摘过情，其自作不满人意，适蹈跖非蹻刺之诮者，相去可道里计邪？彦和更有《新论》十卷传于世，盖言立心制行、政治风俗之事，意指亦无偏颇。此其人往古所不可多得者，宁惟为六朝之铮铮者哉？

史谓其长于佛理，观此二书，殊不然。至先燔须发，以求出家，改名慧地，是则事之不可解者。莱守耿君纮祚，笃好是书，重订而刻之，其深悉文章甘苦者与？

激书序

彭维新

士汩于举子业，自制义外，束庋古人书，略不省览，与语往代事宜，其结舌瞪目，茫然失所措也。

贺君子翼以一处士，能覃心载籍，偃仰啸歌，自奋于荒村老屋中，不屑与世士浮沉帖括之学，可谓豪杰之士矣。所著《史论》六十余篇，瓣香眉山，虽未尽脱规橅之迹，行墨间亦尚乏恢奇森耸之概，然工于持论，抉摘幽隐，援引比类，多切中綮肯，凡昔贤所未发及发而未畅者，皆一一能达其说，名曰《激书》，匪苟作也。

夫水之无声也，一或激之，则为涟漪，为湍急，溟海掀天，涧流戛石，声之大小不同，其成于所激则均也。卷轴之积于中者益富，加之以研核斯蕴蓄深，而其发也，必更实大而声宏。视近日空疏萎苶之时文，奚啻蚓窍蝇鸣哉？

昔汉傅武仲撰《七激》，获与班孟坚诸人共典校书，文雅显于朝廷，惜乎君没已久，所诣遽止于此也。至灵均之骚，历代之诗，皆忧思感触，发诸性情，迫于不得已而作者。君为《骚筏》《诗筏》附是书后，其亦激之余波也与？

音误举正序

彭维新

往余试学齐鲁间，试日唱名，有吏呼禚姓为羔，叠呼无应者，余令以灼音呼之，应如响。盖《春秋·庄公二年》会齐侯于禚，注音也。昔闻有访祢姓于江右者，呼祢为米，重茧至其乡，遍询无是姓。适过其家，家人弗知也，辞曰：此地从无米姓者。其人遂空返，由不知祢有二音，呼米者父庙，呼祧者姓氏也，失其音，宜觌面失之，此与误呼禚事相类。因思古人读书，虽一名一物，必审其音，必求其解，如榿木、华不之类，无关义理，而亦切切辨之，盖恐施之于事，或有龃龉，不但声律文字已也。

爰自辛丑夏，每于披览载籍时，考订音注，随笔札记，阅数年日积而多，凡五千余条，今删其不急与不甚疑误者，分类录存，以备检阅。嗟乎！自有读字从半之说，而偷惰自憙者，遂借口《凡将》《元尚》等书不传，无复留意字音，世趋苟道，非一朝一夕之故矣。以宋曾子开家世问学，知滁州阅讼牒时，犹误呼庳为库，则于伏猎之萧灵，更无讥焉矣。此吾侪所当援以为鉴者也。

诗经鸟兽草木虫鱼图序

彭维新

《诗》三百五篇，触物起兴，其假于鸟兽草木虫鱼，无不与心所欲言者形神肖似，而后能曲折以尽其意，非泛泛焉博征而杂引也。故诵《诗》者，必知其物，知其名，乃以知诗人之情，而得其取类体物之妙。

孔子教弟子学《诗》，而终之以多识鸟兽草木之名，岂徒冀其为博物洽闻哉？亦以兴观群怨，事父事君之必资于是，而感通倍捷耳。是故遇物或不知其名，亦宜循名以辨其物。郑康成之《笺》，亦曰《诗谱》。陆玑玑字元恪，三国吴乌程令，非陆机也。之《疏》，郭璞之《拾遗》，洎唐、宋人类多究心名物，顾其所训释，往往就己所知。至于累辞援引而人不能尽晓，几若重译递传其语，惟译者知之，听者尚茫然也。如雎鸠曰王雎，伊威曰鼠妇之类。诵《诗》者既不知其物，不知其名，则于所谓关关、呦呦、翘翘、绵绵者，凡鸟兽草木，皆可彼此互易，而诗人取类比物之义隐矣。

今夫山农野老之于物也，靡不悉其情状而袭其方言，终不符于《诗》之所名。学士大夫遇之于吟咏，用之于文辞，乃当前觏之，反不知即为《诗》中之物，则必鸟尽若燕鹤，兽尽若鹿鼠，草尽若葛苇，木尽若桑杨，虫鱼尽若蚕鲤之类，而后见者共知，知者如见。他如鸒鵛、䴃鹝、蠋蜷之异其名，则词人、田父同一不知而已。是故鸟兽草木虫鱼，以耳治不如以目治也。

昔有考汉代宫室之制者，遍稽载籍，久而未详，张茂先举未央、桂宫、建章之规模，骀荡、馺娑、枍诣之位置，唐中、太液之形状，千门万户，甬道周庐，言之亲切，一一如指掌，由家藏《三辅黄图》画卷，日接于目之故，千闻不如一见，信矣哉！《唐·艺文志》有《毛诗鸟兽草木虫鱼图》二十卷，今不传。周君自木世藏《诗经画谱》，云是宣和画苑物，极工致而加色泽，活泼鲜润，非后来画手可拟，上方标《毛诗》鸟兽草木虫鱼名，而以郑、陆、郭之说分注其下，为卷者七。次二卷曰《附图》，则《诗》所未见而见于他经者。次三卷曰《广图》，则《山海经》《尔雅》《广雅》之所载皆备焉。总十二卷。一披览间，觉飞潜动植诸物，云飞川泳，凝露摇风，生趣洋溢于几案之前，无论智愚，一见即得其名，诗人寄兴之意，靡不跃如。

因思古者左图右书，书所不能了然者，披图而即知之，远胜训解疏说之辞费也。独惜宣和君臣，只知究意花鸟，此外惟《博古图》，而于礼乐器物巨制，曾未之及也。

雁汉藏书目录序

彭维新

欧阳文忠有云：物聚所好，好之已笃，力虽未足，犹能致之。言力之不如好也。夫人所好专壹，其精诚且贯金石，物之应感而至也固宜，然亦惟好举世之所不好，其言始验。声色货利之物，世之人无不好，好之者无不专壹，无力者好之必不得，有力者得之，即有力者好之亦未必尽得，倍有力者得之，如是则好不能与力争。至经史子集诸书，非若金石篆籀文字之怪僻，宜乎好者之众，而自唐宋以迄于今，致而聚之者代不数人，则以好之专壹，诚难其人也。好之而不克读，半饱蠹蟫。读之而不克见诸用，未免贻讥厨簏。故漫焉好之，其无力者致之之心，必不能坚且永。势能聚之，彼有力者亦只能侈其所致之富，而断不得擅夫笃好之名，如是而欧阳氏之言又不验矣。

大司寇巢公素庵，幼无他好，惟好书，家贫，先世所遗惟《十三经注疏》。时东城多藏书家，公借钞无虚日。洎官翰林，历詹事，俸糈所入，恒以购书，晨炊不举弗恤也。尝于庙市见异书，贾人索值高，公度所挈者不足当，解所衣之裘为质，忍寒而归，好事者作《质裘购书图》以识其事。凡历代之书，未有知而不求，求而不多，方以期必得者。经五十余年，所聚之书，至于连屋充栋，而雁汊之藏书，遂甲于东城，乃辑为《雁汊藏书目录》十卷，仿阮孝绪《七录》、许善心《七林》，区其类曰经，曰史，曰子，曰集，曰方伎，曰释，曰道，酌为附录。诸经之为传为说未粹者与谶纬附于经。伪史、杂史、霸史、故事附于史。赝子、《关尹子》《亢仓子》之类。僭子《淮南子》《抱朴子》之类。附于子。握槊、羯鼓附方伎。伪佛经、诸僧语录附释集。兼收道，《老》《列》《庄》，已列于子，余浅俚者仍之。总为卷二万六千三百二十有奇。噫！公之贫于家而富于书也，非好之甚笃，曷能致此？

公性强记，少时敝衣疏食，居僻巷矮屋中，竟日伊吾。入仕扈从出使，退舍披吟不少辍。即今年近七十，丙夜短檠荧荧，丹黄忘倦，架上之书，不惟目治，而且心稽，计自垂髫以至垂白，无有不读书之日也。艺林掞藻，輶轩采风，以至登临倡和，亦时有作，竖义遣词，一皆镕铸卷轴。至定大议，断庶狱，多援据经义，酌于至当。计自始仕以至九卿，无不以所读之书见诸用也。物聚所好，其公之谓哉？虽然，使时人于书有如公之笃好者，数辈将分之见少，欧阳氏之言又或不尽验也。然则公之获遂其好，皆不好者之所贻也，其聚书如此之富，盖亦幸矣。雁汊者，公藏书之别业也。

袁栎堂集宋诗序

彭维新

集七经句为诗，昉于晋傅咸，唐人弗尚。宋自景祐后，为之者踵接，类多取材于唐，其工者如胡归仁、石曼卿、孔毅父辈，往往见称于世。夫唐一代之诗，初盛中晚，虽若界画部分，而气味格律之相距，尚不至辽绝，萃腋为裘，似觉易易。至宋而风气迥别矣，涉于浅，堕于迂，敝于俚。夫浅易尽，迂寡趣，俚不雅驯也，欧、梅、苏、黄诸人之于北宋，杨、陆诸人之于南宋，犹且不免焉，无论其余矣。往见吾楚黄陂陈羲臣集宋诗一编，叹其工微，惜其孱薄，则集宋之不易工倍于集唐，明甚。

袁君栎堂，曾集杜少陵五、七言近体百余首，人服其裁制无迹。又集宋人诗近四百首，采掇繁富，镕冶天成，摅写己意，首尾回环，俪配精而机趣流利，心所欲言，罔不曲折尽致，令阅者只知其为栎堂诗，几不知其出于宋人。而其气味格律均归于深厚闳雅，不知浅者、迂者、俚者之销归何所，即令为所集之宋人见之，度亦必以为唐人诗，几不辨其出自己也。废枪融为矛戟，家鸡浑如鸿鹄，文人赏心乐事，此为极矣。夫宋诗之所以不逮唐者，深厚闳雅也，栎堂所集，翦汰浅、迂、俚之语，凡所以救宋也，栎堂其大有功于宋氏哉！

姓氏溯源序

彭维新

姓氏族望，自魏晋迄唐，上下矜尚，谱记益繁，而源流益混。宋罗长源《国名纪》、郑渔仲《氏族略》，非不极意搜讨，而间涉疑似，犹未能犁然尽当人心也。

夫姓分而为氏，氏分而为族，族犹次也，氏之别而聚焉者也。盖姓以统祖宗所自出，历世不移。氏以别子孙所自分，随时而易。故姓可以称氏，氏不可以称姓。氏同而姓不同者，婚姻可通，流虽合而源实分也。姓同而氏不同者，婚姻不可通，流虽歧而源则一也。三代以上，男子称其氏，妇人称其姓。如荣叔、毛伯、叔孙、季孙之类，皆氏也。子氏、姜氏、敬嬴，皆姓也。三代而下，姓氏混为一，至秦灭六国，子孙为氓隶，故以国、以姓、以字、以名为氏，姓氏之淆始此。

自时厥后，乱之者匪一，有赐国姓者，项伯、娄敬、徐世勣、李继迁之类。有改本姓者，梁为运期、束为疏、奚为嵇、敬为文之类。有加恶姓者，齐萧子响为蛸、梁萧综为孛、隋炀改杨玄感为枭氏、武瞾改王后为蟒氏之类。有冒贵姓者，刘渊冒汉姓、姚弋仲冒舜裔之类。又如士会之孥处秦者为刘，伍子胥之子在齐者为王孙，凡若此类，数传而后，必至昧其本原。至伏、虙同音而分为二，共叔段一人而氏析为三，是则以同为异也。马服之马淆于司马，雁门之郭袭于汾阳，以至王也，刘也，孔也，文也，字音无殊，受氏非一，是则以异为同也。阅世滋远，纷纭参错，以至莫可究诘。而或援《春秋》，称姜氏、子氏，姜、子皆姓而谓之氏，则姓亦可称为氏。《大传》云：庶姓别于上。则氏亦可称为姓。羽仲为无骇请族，隐公命以展为氏，则族亦可称为氏。商氏、条氏之属，谓之六族，陶氏、施氏之属，谓之七族，则氏亦可称为族。姓、氏、族说或互通，斯义无一致。

婚姻人道之大，往往有乱宗而陷于不知，远嫌而误于弗考者，以此故也。吾友陈一泓太史闵之，辑《姓氏溯源》八卷，追得姓之始而条其支流，俾一览即灼然于姓氏原委。征引详博，而裁断简严，觉郑氏《氏族略》较此为繁，罗氏《国名纪》较此为略，将使婚姻之道不渎不疑，其裨补世教，讵小故哉？昔晋挚虞、宋何承天、梁王僧孺，唐姚士廉、林宝所撰谱、志、记、纂等书，今不尽传，得太史是编，诸书固可听其存亡也。

夫姓、氏、族之混淆于世也久矣，涉汉涉沔而茫然莫辨也，溯诸嶓冢焉可尔，涉潜涉沱而茫然莫辨也，溯诸岷山焉可尔。

勿药自寿编序

彭维新

人之大患，莫甚于不自乐其生，然有可以救药者，有不可以救药者。今夫际奇穷，遘恶疾，受拷掠，人于其时，以生为苦，以速死为幸，而苟赡以生之资，与以生之机，开以生之路，其人濒死得生，未有不欣喜过望。回思前事之难堪，弥觉余生之可乐，珍惜其身且甚于众人，故享眉寿而阅世长久者，往往出于其间。彼夫境裕体充、安居无事之流，非若寒饿之莫支，形骸之自厌，肌肤之难忍也，甚乐其生，恒极自厚其生，于是沉溺酒色，服饵金石，外驰于万感而内扰于七情，凡所以厚其生，适所以促其生也，宴安致疾，其不得寿者十之二三矣。病小愈而不惩前，病既去而不虑后，其不得寿者十之三四矣。及痼疾已深，莫可如何，不得不托其命于医，幸其效于药，而其不得寿者不啻十之五六矣。盖可以救药者，天厄之，人困之，不尽由于自取。其不可救药者，率皆自恣自戕，天虽欲优其年，人虽祈永其命，亦苦于爱莫能助也，此非所谓自作孽不可活者邪？然则寿之修短，由于人之自为政也，审矣。

邹君西苓，素娴医理，见庸医用药误世者之多也，盡然伤之，撰《勿药自寿编》，为目五：一曰闲嗜欲以葆本元，二曰调性情以御感触，三曰审居处以避燥湿，四曰慎饮食以养冲淡，五曰均劳逸以时节宣。各条征引古圣哲之言行以实之。事在日用，易知也。反已而求，易行也。所以警觉群迷，俾人各自爱，皆得自跻于老寿，不致妄弃其生于医药，洵仁人之用心也。其自序云：药之性无不偏胜，虽平常之品，混用之亦足杀人。寿之权人可自操，虽薄弱之禀，善培之皆可永命。允哉斯言！与班氏有疾不治，常得中医之说，朱子置火风中室中、易化难化之喻，若合一辙矣。而其五条之所该，则广成子之论长生，医和之论疾，《月令》之言禁嗜欲、薄滋味，文中子之言黄公善医，先寝食而后针药，程子之言忘身徇欲为深耻，寿身之理，靡弗统者。

吾愿僻壤无所致医药与窭人不能致医药者，得是编可以自坚，尤愿耽嗜医药者，时时留心是编，庶知无妄之药，不可尝试，不逼不贰，实能自寿。《国语·楚》：鲁阳文子对楚惠王曰：盈而不逼，惧而不贰，臣能自寿也。于五条推类，以尽其余，疾无由生，二竖技穷，六合之内，安往而非黄发鲐背之伦哉？

宝墨诗卷序

彭维新

吾宗兄涔东，生平嗜墨成癖，自为诸生至为令几五十年，凡足之所到，目之所见，耳之所闻，有前代佳墨，无不力求而必得之。积之既久，品类遂多，丸者，螺者，笏者，挺者，规而圜者，矩而方者，半者，蚀者，计四百二十余种。物聚所好，信矣哉！

虑其淆也，仿《汉书·人表》，列为等科，上与中之等各三，下焉者不与。又虑其散也，裁古锦为囊者七，上之上者贮二囊，余各贮以一，缥带双束，细书名与数于其端。涔东家居，则置之坐右枕旁，旅游必挈以自随。每有暇，次第出所贮遍几案，摩挲抚玩至移晷，甚至废所事，因自号墨痴，名其室曰守黑。又于尤赏心者各系以诗，诗备各体，道其形质、名目、时代，共二百余首，各写成卷，题曰《宝墨诗》，可谓笃好也已。

余观古来文人雅嗜，往往剧于寝食，然必一无所移，始为真癖。若杜元凯于平吴立功后，方好《左氏传》，特好后世名耳。顾长康好画，分心邻女。米元章于砚，性情倾注，著为谱，至于拜赐淋漓，据舷欲堕，宜无他嗜者，而复好石，好书画。夫泛爱则癖不坚，未有如涔东于墨之缠绵曲至，举世间无一物足以移之，宜其诗之有味乎其言之也。闻其壬戌会试落第，橐尚剩六十余金，知某牧上世蓄古墨，尽费求入其幕，年余得拇指大无款墨，云是潘谷制，喜而归。及宰奉化，上官某旧闻其事，索此墨，坚不予，遂中以他事，一无悔。此真癖之根于性者矣。

余尝戏谓：君嗜墨，特姑息之爱耳，以云墨知己则未也。夫墨之贵于文苑也，以用而著，今藏之什袭，晦其功矣。苏文忠所云墨坚人脆，非人磨墨，墨且磨人，得毋类是乎？君曰：不然，吾不尽墨之才，故能全墨之质。不闻宋初用李廷珪墨饰相国寺门，至宣和时，黄金易得，而李氏父子墨至邈不可求乎？此则涔东之以无用为用也，余浅之乎为丈夫矣。

郭珂印谱序

彭维新

昌黎韩子有言：凡为文辞，宜略识字。汉尉律：学僮试讽籀书九千字，乃得为吏。又试以八体，郡移太史并课，最始为尚书史，书或不正辄劾之，则等而上之。当时士大夫，类无不如石建之知误书，马援之能辨印文者也。小学之不讲于世久矣，惟篆刻、印章犹存古人遗法，而比来以此道鸣者，率浅昧寡学，于制字意理，略无考证，只凭臆增减移掇，以取配合，诸自诩鉴赏家，徒为其所谩而不知，以故六书之学，日以翳晦。

闽人郭珂，覃心许氏叔重书数十年，剖析至再，始游京师，凡勋戚之家所蓄钟鼎尊彝之款识，世禄达官所藏金石碑版、文字巨册，珂皆求而观之，以究其法。故其所作不谬古人制字初指，而于疏密短长、参差不一之字体，究无不自然相配者，印谱具在，可按也。嗟乎！书居六艺之一，唐宋以来，缀文之士多，而识字之人或寡矣。人趋苟道，致载酒问字者，不于士夫而于印史，为吾徒者何以自处哉？

唐音集彀序

彭维新

诗以道志，志者情也。夫至真者情，至灵者亦情。自为诗者骛诗有别才之说，其失则诡，连犿搜琐，叫嚣野战，其流为空滑，为粗俚，至于散漫不可收拾。或泥于无一字无来处之说，其失则壅，壅之弊为襞积臃肿，气脉艮而意旨郁，徒事扯挦而已。二者交讥，真与灵何有哉？此犹贤知之过也。

又其下者，才窘腹俭，诡则不能，壅则无资，庸猥腐烂之物，搦管而集，业与诗道背驰，犹然自号为诗，噫嘻！彼亦知诗为何等物邪？夫古今人之情一也，胡相反如冰炭，相违如风马牛若是？是无他故，毋亦平日口之所诵，目之所睹，父兄师友之所督责而切劘者，莫非此庸猥腐烂之物，而所谓诗之真与灵者，曾未有人焉謦欬于其侧也。大抵诗家菁英之气，代不过钟于数人，人不过擅美于数篇，今舍骊珠而宝鼠璞，宜其性情之不足相发矣。

古之生子者，既慎胎教，子生又必谨卜食子者，以子体之强弱，貌之荣悴，德性之刚柔缓急，食母能潜移之于不觉，故择食母较重于慈母、保母也。食之非其人，虽天庙之器，犹不能不渐于陋恶，矧豚犬之质乎？诗亦有食母焉，唐宋人为句图，如玉溪生之集梁人丽句，高似孙之选句，皆是道也。

余曾采汉魏至唐宋古今体诗近四百篇，俾儿侄辈肄业及之，悉以超妙而不涉诡、典赡而不涉壅者为准。近又虑警策之隐于篇中也，复于唐人五、七言律中，摘其真者、灵者示之，俾朝夕讽咏，庸猥腐烂之语不交于心目，庶几得所养焉。久之，将合同而化，诡与壅二者之弊，亦由此而克免乎？不宁惟是，余年近衰矣，旧学荒落，张苍老，饮乳以代饔飧，余亦欲借是以自养也。

历代著述人名书目序

彭维新

上世事物之变未极，书契虽兴，而著书立说者不少概见。至周之季，述作纷然起矣。洎秦迄汉、唐、宋，厥流弥蕃，其间纯驳正杂迭出，其纯者、正者之能传世行远与否，又视其才识议论为等差，盖立言以垂不朽，若斯之难也。然当其慨然有作，在圣哲阐敷理道，固欲广牖天下后世于无穷，即驳杂之家，其覃思奋笔，摭事理而揣物情，不惜耗费日力以成其书，亦冀借是表见，以自寿于世。乃阅世未几，其书或全或缺，或存或佚，学者几不知某氏撰次者何书，且不知某代著作者何人。

昔者敝精刓神，以图不朽，俄泯泯与草木同腐，讵非千古憾事哉？赖今国家以经义取士，以故往古经儒之说，间存什一，程朱之书与其及门所述，则更无缺遗。然此外先儒羽翼经传之编，有其名而亡其书者，盖亦多矣。唐宋距今未远也，而亡书已不可胜纪，此非后学者之责与？夫《左氏春秋》不遇杜元凯、韩昌黎，文不遇柳仲涂，焉知不如惠施五车，今存无几，樊绍述著，书近百卷，传世者仅一二篇已邪？则网罗散佚，不得不急为之所矣。用是遍稽历代著述，胪其氏名，纪其书名卷数，详其时代地著，注其阙轶，又仿昭德《读书志》，揭其作书本旨，间以愚臆论其失得之故，大要详于经史，其诗文集专行者另编，风角壬遁各术艺与稗乘之荒诞不经、俚俗不文者，均不录。自余关典故、涉物理者，虽丛残弗敢遗也。

计自周秦至胜国，得二千三百余家。懿哉！萃数千载著述之才与朝夕披对，珍护其所已存，而搜访其所未备，或不负著书立说者之初心也夫！

陈桃文时艺序

彭维新

陈君桃文，赋才雄骜，性强记，自六经、《史》、《汉》外，更博览汉魏人遗书及唐宋大家之文。沉浸既久，涉笔为古文辞，奇杰卓荦，卷轴之气充溢，即降格为时义，亦匠心独运，竖义警辟，体大物博，善以偏师捣坚垒，使万夫辟易。

自为诸生，试辄冠其曹，而赴乡闱者十余度，竟不一售。缘诂题参用汉、唐注疏，与场屋专主一家言科条戾，故屡见摈。受业其门者，多获隽蹑膴仕，而君久局明经，或惜其枘凿龃龉，讽以稍贬抑如时人遇合之文，而君好古益力，必不肯一改其度，则君之得于文者邃矣。韩子云：为文大称意，人必大怪之。又云：

用功深者收名远。若与世沉浮，虽不为当时所怪，亦必无后世之传，然则文章声价自不可掩，讵以一名之得失为显晦哉？近日文敝极矣，胸无一卷古人之书，行文非疲苶肤庸，则野战杜撰，遂至疵病百出。证有强弱，总由中虚。彼其于传注也，原非有得于宋儒之万一也，特掇拾糟粕，以文其空疏而已，是其文之不取怪于世也，非不欲为也，实不能焉耳。

桃文之文，吾未敢谓尽无遗憾，而方之陈龙川之古文、陈方城之时文，其奇气别才则相若，而酝酿卷轴则往往过之，此正今时中虚文敝之药石也。嗟乎！以吾所闻所见，世号为文人者众矣，如桃文者，宁可一二数也哉？君年较余三倍以长，忆壬午乙酉乡试，同客鄂渚，往还论文甚数，为忘年交。兹余谒假归里，君殁已二年矣。其子允续奉其时艺稿请序，余未遑一一评骘，而略举其为文得力之由，以告吾乡里之有志于学古者。君讳之驿，桃文其字也。

重刻论衡序

彭维新

汉自建元以来，君相尚文儒，著作之家迭起。迨东京永元间，穷愁著书者弥众，指归各异，均非苟作。

王仲任老困海隅，见习俗拘蔽，闭门潜思，户牖墙壁著刀笔，撰《论衡》一书，以砭世订古，亦已勤矣。为篇八十有五，凡二十余万言，编简之富，《鸿烈》《繁露》犹逊之，是亦多言矣，能无中乎？故所指注，亦间切中时弊，然学无根本，理纰缪而文烦猥，概不自知。其言性之涉舛乖，言命之摭肤末，姑勿暇论，即其逞无稽以疑误天下后世，如言舜、禹皆以治水死，商均不轨，项羽以重瞳自知为舜裔之类，及《宣汉》《验符》二篇名。之献谀，不顾与各篇所言符瑞适然者违反，尚不必深责。至谓善恶不足致祸福，《福虚篇》。天灾无关人事，《谴告篇》。治乱非繇德化隆替，《治期篇》。则显与惠迪从逆之训、兢惕修省之道背驰。又其甚者，《问孔》《刺孟》二篇名。敢悍然举圣贤以肆抨击，是直一无忌惮之人而已矣。更何怪其僭拟孔尧，以焕天文、顺地理自赞其书，而自斥其祖父为势勇凌人，与祖浊裔清之云乎？其文意复章冗，词语多涉鄙俚，汉人诸书，无有劣于此者。以正定六经，指陈七事，素号学术深奥之蔡中郎，乃秘玩以为谈助，又于搜得此书于帐中者，戒勿广传，此则不可解已。三国时，虞仲翔亦会稽人，耽著书，至老不衰，今传者绝少，得非以虞多注经，不如此书之谐俗乎？吁！书之传否，其亦有幸不幸焉，如此者可胜道哉？

嵯使王君遍刻前代王氏书，初欲刻王伯厚先生《困学纪闻》，兹移其工役于此书而速其成，是《论衡》于千数百年之后，又得一别赏之中郎于同姓也。余因其请而序之。

廖东雩先生三关志序

彭维新

《三关志》者，吾里廖东雩先生参藩山西时所著也。古之君子，居其官必思其职，思其职必悉其志虑耳目之力，以蕲有当于其官，故职无不举，而事皆有功，匪是惧旷厥官矣。胜国中叶，文恬武嬉，几于官不事事。迨世庙耽意玄修，权相枋国，以喜怒爱憎进退天下士，士之独立不阿、思自建树者，多中以危法。其时中外士夫，志虑耳目，毕殚于揣摩权要意指而已，职事之修废概弗暇计，此吏治日堕而武备所以益不振也。先生甫至山右，见军务就弛，请巡视边徼，自云、代达延、绥，以一儒生匹马短衣，崎岖故垒废堞间。薙草野宿，裹糒晨餐，久淹月日，于阨塞之缓急，关堡之举废，斥堠之疏数，士马之羸壮，军械之坚脆，屯积之多寡有无，一一备悉。于是塞其侵轶之径，策其防遏之方，定其烽燧侦伺之法，酌其戍守增减之数，筹其屯贮之所、挽运之途，凡所以思患而豫防者，亦已周且悉矣。盖飞狐句注之地，为汉旧塞，匈奴所尝阑入蹂躏者也。英宗时，乜先穹庐距此密迩，乘舆北狩，军没身羁，曾无控弦敌忾之士蹙其后而遮其前，致敌得以乘虚逞志者，无备故也。则是书所纪，是承平之长城而边警时之千金一壶也。先生之居其官，思其职，悉其志虑耳目之力者，宁有逊于古人也哉？

先生由嘉靖壬辰进士授高安令，入为部曹，提督山西学政。名希颜，字若愚，东雩其别号也。

山水同名录序

彭维新

《禹贡》纪九州，举山水以表疆域，其纪随山浚川，亦必山水互见。距今数千年，缘其所纪，而山水之名可指而得，圣神明德之远，若逆计后之易涉溷淆而预为之防也者。三代而下，郡县递有沿革，山东西，河南北，随世转移，区壤愈分，称名愈繁，傅会愈众，而核诸前代事实，愈多不合。郡县之志，未必尽辑自巨儒，牵引胜地以自张，又或因仍旧称，弗加深考。五岳之尊，华衡受冒，三江五湖，人各异说，则历山、赤鼻之假借，更无论已。齐刘澄之《山川古今记》、唐韦澳《山川地名要略》久不传，今惟桑、郦之书见存，犹未免不核不该之憾。则《禹贡》后山水称名溷淆，孰从而正之？

婺人叶芸陔性好山水，年十九随其兄兰陔，道齐鲁入京师，之晋，之秦，后复遍历吴、楚、闽、粤。所至访其山川，备询故老，博征古人之书，订其是否，巨细不遗，前后阅三十年，撰《山水同名录》十五卷。所记得诸躬亲，而其书成于羁旅，非好山水成癖，肯为此不急之务哉？夫人名之相袭也，张良则有九，王褒则十有二，他若董仲舒、张禹、张敞、刘歆、郑玄、李白、王乔，名姓同者，多至八九，少亦不下数人，自余不可胜举。有作同姓名录者，考据颇富，然人同姓名，而时地、事迹、家世各别，虽同而异，易稽也。若山水，自《禹贡》所纪而外，散见纷纭，非博考群籍，足迹半天下，必不能核其同异之实也。芸陔所为，不亦难乎？然《水经》及《注》密于西北而疏于东南，是录也，于东南为详，合比而观，则凡宇内之名山名川，与夫卷石涓流，其名同而实异者，亦无不可以指而得之。

刘杜三诗集序

彭维新

胜国末造，业诗者渐厌王、李声貌，唐人之弊，于是竟陵起而以冲迥脱落矫之。当是时，操觚之家无不俎豆锺、谭，若困于酒食者乍遇茗汁藜羹，竟以为古今至味在是也，而矫枉过正，几胥天下而为尪茶虚羸、奄奄欲绝之人。海虞蒙叟亟思矫之，而根柢未极深厚，只能为调停之术，加之色泽，运以风调，而儇佻之态，终不能掩。此善于彼，则有之矣，以云示诗家之鹄，恐犹未足以间执宗仰竟陵者之口也。

夫诗言志，志之所至而言以宣之，适如乎其志而止，诗之道如是已耳。《诗》三百篇，世屡更矣，其为体正变不一，一皆自摅性情，各适己事，既非合喙而鸣，亦并未尝矫他诗之失，故能以己志感千载诵诗者之志。自矫弊之说起而诗亡，矫之愈力而诗之亡愈甚，何者？诗不本于性情，而徒以之为转移风气之具，是诗为他人用也，于言志何涉哉？

南云刘君杜三，与锺、谭生同时，居同方，当其风行波靡时，独能不堕锺、谭云雾，素从蒙叟游，能不随蒙叟趋步，非彼时豪杰之士哉？今观其诗，语不必惊人，才不必雄骜，学不必淹该，而抒写性情，质有其文，免竟陵、海虞两家之失，亦不袭有唐诸诗人声貌，一惟自䆁其意所欲言而已。夫诗之言志者，不知有风气而能自为风气，汉魏间人合作去三百篇不远者，得是意也。彼立意矫弊者，欲转移风气，实则与为风气转移者同病，宜不能辞于后世之诟厉也。杜三惩转移风气者之自欺其志，而又能不受风气转移以自达其志，其诗可以存矣。

江维牧注黄山谷古诗序

彭维新

注书之难，难于著书。著书以一无纰颣，能传世行远为难耳，而用意、用事、用语则自为政。注书者以己意逆人之志既未必尽得，而读书半作者不能注，等作者亦不能注，必倍于作者始能之。以颜师古而不知夷庚，郑樵而误注员半千，盖注书若斯之难也，而注诗则尤难。

散体之文，虽寓意深曲，然行墨引申，微者仍显，且隶事多恩其累意也，征词富恩其累气也。诗则不然，称引浩博，卷轴错综，意尝在言外，一为所眩，揣测爽其本旨、训释昧所从来者，往往有之矣，故注诗者难为功，而注宋人之诗则尤难。

唐世载籍虽博，其数犹可稽，诗慎取材，如玉川、昌谷之凿险縋幽，松陵之穷搜缀饤，未数数然也。至于宋而唐三百年，公私编辑之书，更增于旧。宋人务博竞异，稗官小说与夫释子羽客之遈臆撰录，率采以入诗。今其书半就磨灭，藏书家多不收弆，注者即极淹洽，势不能备举而遍征之。王、施二家，注苏诗尚滋口实，无怪注宋诗者之寥寥也。黄文节腹笥之富，巨细不遗，其为诗，片语只字，必有所本，注而释之，非难之尤难者哉？

江子维牧，取《豫章集》五、七言古诗，字疏句解，引据简确，不得其意者不为傅会穿凿之说，字句讹误者录本文以正之，其疑似无可征者姑阙焉，计所注者十已得九矣，是洵能为其尤难者。维牧曩从余山左使署，时颛攻举子业，未暇为诗，相距十余年，而学问该通如此。今已成进士，投牒愿降就教授以养母。广文官冷，无簿书之烦，益可大肆其力于圣贤之遗书，将来阐发六经以嘉惠后学，是其责也，宁仅以识鼮鼠髦头与注虫鱼者，诩博物之为难能已哉？

赠吴兴笔工徐霖苍序

彭维新

国朝制笔之佳者称湖州，而湖之业此称名家者，惟钱功立、徐霖苍。余初官翰林时，闻功立已老，而霖苍年方壮盛，载其所制笔数万来京师。是时词林群尚书法，争购之，两日辄尽，复觅笔材，竞延霖苍于寓邸，迭出新式相夸胜，霖苍前后约获白金二千两有奇，犹时以出门所携未多为憾也。

雍正乙酉，余抚江苏，霖苍至署，为制进贡笔，询及昔在都时，曾被接遇诸荐绅先生，闻亡与归者过半，歔欷久之。今年，余杜门京邸，霖苍请见，觌面几不相识，越二十五年，而霖苍皤然老矣。具言两浙洊饥，出游畿辅，念畴昔诸翰林争购其笔者，今惟溧阳、海昌二相国及余三人在都，故策蹇入投谒，即之山左，一瞻阙里庙堂，以毕素志。别未几，复自东省至京师，辞曰：文龙所获橐中金，幸早已增置田宅，尽足资以终老，此度归，不复出里门，乞赠以言为光宠。出素缣数幅，求书甚力，余勉书其一，以塞其意，而不胜今昔之感焉。

回忆四十七年前，余方锐意学书，爱霖苍所制笔劲健，是时意兴飞扬，辄厚值先购，未及旬，颖秃成束，不少惜。洎抚苏，政事烦赜，无暇复临池，然于密要奏札，犹手自缮写。今仰荷圣恩，赐以余闲，经年却扫，心迹清恬，乃临摹久荒，手腕生强，不能如向之笔手相得，则余亦觉老矣。乃霖苍于所书缣幅尚存见少，是仍以数十年前好事之故我相视也。

湖南文徵

七

［清］罗汝怀 编纂
邓洪波 主编

岳麓書社·长沙

文獻叢書

嶽麓書院

总　目

第一册

第二册

第三册

第四册

国朝文

第五册

第六册

第七册

第八册

第九册

第十册

目录

卷六十一 序六

卷六十二　序七

卷六十三　序八

卷六十四　序九

卷六十五　序十

卷六十六 序十一

卷六十七　序十二

卷六十八　序十三

卷六十九　序十四

卷七十　序十五

卷七十一　序十六

卷七十二　序十七

卷七十三　序十八

卷七十四　序十九

卷七十五　序二十

卷七十六　序二十一

卷七十七　序二十二

卷七十八　序二十三

卷七十九　序二十四

卷八十　序二十五

湖南文征　卷六十一

序六

崇正编序

车无咎

天下之道，是与非而已矣。是者正非者邪，是者真非者妄，欲得其是，必辨其非。程子曰：正路之榛芜，圣门之蔽塞，辟之而后可以入道，故是非明，为入道之路，入道而后，是非之极致愈益较著而不可混，是非之差数愈益微细而不可道也。

孟子于先圣王之道，必曰闲之，曰守之，而不辞好辨之名，盖异端既起，方暗侮吾道而显为敌。御侮捍敌而无壁立万仞、真积不可回之力，原始要终、灼知不可惑之识，不谋利、不计功之心，则终必依违掩沓，谊不可得正，道不可得明也。虽检点积累自营，固有本务，注存内反，自不暇于外攻，然辨与学问思行相发以为功，而教固学之半。今异说之中人，久入膏肓，在上者尝划除之矣，旋而复盛。在下者大声疾呼，聋聩者觉矣，旋而并其人诬之。入室以涂人耳目，使还聋聩，黠猾至于如此，言之发竖，又乌得而默焉？

吾友简全子先生，素以辟邪崇正为己任，宴谈恒语，每辄及之。会郡邑奉上谕，黜异端以崇正学，月吉讲读，半属胥史，无能有所发明。先生作为集注，原本孔、孟、程、朱子之言，演以儒先之说，质以法律之条，而特揭朱子《白鹿洞学规》为正学准则，梓行既有日矣，兹复镂板为书，并汇其平日所著论、说、辨各若干篇，合为一编，名曰《崇正》，盖先生于邪正真妄之际，晰之极精，考之极核，言之极辨，于诞妄所由起，洞若观火无遁情，使承诞踵妄、纷纷援之以惑人者，无所复得开其口，摇其唇。快哉此书！凡所指切，未尝非先儒所已言，亦有言所未言，然畅论之较诸绪言，合比之较诸散见，功斯伟矣。士不由乎平素无其心，无其识，无其力，而偶激发于一时、一意、一篇、一语之间，其能确切简明，足以觉人如此书哉？

昔人诗云：重陈刍狗衣文绣。又云：伽蓝位下讲昌黎。此书出，犹有文绣、刍狗而伽蓝、昌黎者乎？无是非之心者，非人也，人也而有不晓然畅然，而仍还聋瞶者乎？愿与入道者共读之。

张观察甄斋诗集序

车闲

闲曩阅程墨《读昭潭观察张公文》，阐发经书义蕴，不仅为举业师程，知有本之学，自是不同，心极景慕，而蜩鷽莫能随鹏翼，虽居邻绿野，不隔千里，识荆无由，深以为憾。

甲戌，公适闲居，郡守聘公来邵，主濂溪书院席。闲瓣香伊迩，朝夕得以就正，固遂生平素愿也。公亦不我鄙夷，晋接既久，道契弥深。一日偶谈及诗，因出其《篷窗忆旧》暨《岳云间草稿》曰：余不知诗，惟追慕先人遗风，有所感触，亦不能已于吟。今乘间汇集旧作，将校诸梓，而缮写非出一手，其中恐不能无亥豕之讹，子其为吾较订。闲受读数过，虽不深晓，而词调清雅，气格冲和，咏赋景物，不事雕镂，而自然天机流露。评论古人，不持己见，而别有卓识定断。至《纪感》一篇，则正《曲江归燕》诗，所谓无心与物竞，鹰隼莫相猜者也。盖公品骨清高，胸中极其潇洒，出仕虽久，而未尝以吏事废诗文，故所历燕京、大江左右，及会稽、关中诸名山大川，随地随时，或独自吟咏，或与人唱和，长歌短句，皆能畅其高旷之怀、飘逸之志。古人所谓得山川之助，信不诬也。

严沧浪云：诗有别材，非关书也，诗有别趣，非关理也，然非多读书，多穷理，则不能造其极。然则公之诗，又岂徒修饰枝叶、不培植根本者所能哉？论诗者往往舍三百篇，举唐而抑宋，如杨诚斋、陆放翁者，又何不可于黄初、建安间高踞一席也？

哭三女诗序

刘授易

女生乙丑九月，予奔走四方，及应制举，凡十余年，计依予膝下者数年耳。

庚辰六月，以内人疾革返里，而女工刺绣，缮中馈矣。室人先备装奁，促其于归，恐不可起，则三年守礼，遗泉下忧。以十一月归曾仍黄长子鏶。壬午四月二日，内人亡，女哀痛触棺，欲相从地下，予故怒止之。内人卧病数载，女虽出阁，然时时归省，调药饵，依床侧，未少离。先是，内人病笃，继死丧，未能备一媵相随。癸未三月，予始走淮海，分人升斗。至乙酉正月六日，自金陵往吴门，为觅婢，久之未得。二月二日，张贡五往东越，遗一札得凶问，犹未悉也。二月初十，长儿迎余归，抵苏台，方悉其事，则女以甲申九月四日卒于家。

初，女病脾虚，医误为痁，继欲归家调摄，谓诸兄曰：吾在大人膝下，未能尽新妇礼，翻以病贻两尊人忧，益不自安，来依兄妹修短，听之而已。吾死，衣父母所赐衣，吾无所出，夫家寸丝只珥，悉封还之，为后来贤妇作服饰。父母自幼至今贻我金，请以给贫人，死后葬我于母大人侧，毋污曾氏土，且重大人及郎君戚。自是屡药罔效，既属纩，良久复苏，语言爽朗，告诸兄曰：吾曾用兄嫂钱若干，吾适死，默念生平有此一事，速为偿之。偿讫而逝，含殓后颜色辅颊，忽红润如平时，并无病态。诸兄如遗言葬之。女孝顺和柔，居家未尝呵及鸡犬。于归后，执子妇礼甚笃。

仍黄遗予札曰：聪明孝顺之女，戚串无不称羡，中途夭折，身后无遗，天乎，人乎？痛于何极！内子往询，相持对泣。又虑儿夫孱弱，悲愤莫支，每曲为宽慰，言言血泪，不忍听闻。回首家园，厝棺母侧，皆出治命。死生之分晓，至性之绸缪，又殇年所罕有者。所恨门祚浅薄，不能庇贤妇以长子孙，奈何不幸至此，呜呼，哀哉！

读之泪倾斗许矣。越半月，作《哭女诗》，痛不自禁，聊纪生平。女生乙丑九月二十五日，殁于甲申九月初四，年仅十九，不及二十二日云。

案：仍黄即用璜，原名世琮，以字行也，亦字虹受。有《耕雪堂诗集》，文稿未见，卷中录存陈伯五《诗序》一篇。汝怀附记。

鹰来草堂诗钞序

徐昌夏

一代之兴，英才挺出，将相而外，厥有文学之臣，开一代之风气，而不屑与古人效征逐，此如瑞木灵芝，盖举世不一二见者。其人不尽出于穷愁隐逸，与求之广厦细旃之内，盖于山林台阁外，别具性情。故其著作博大厚重，焜耀蟠际，不可端倪。凡此皆天也。天意定于冥冥之中，故即其风霆河岳，千态万状，沉冥发舒，举而聚之一人。

此一人者，颖悟特达，有以会天地之全而游乎万物之表，以得是气之至灵。然气全矣，不网罗古今，会诸家之音节，则其气必馁。学博矣，不得名师友为之陶冶，以就其范围，则气必漶。师友良矣，不纵览名山大川，廓其心目，以舒其性情，则气不雄。必四者备而后可与言文与诗。

石横海先生幼号神童，八岁能诗，比长，遭胜国之乱，隐于田间，益自淬厉，凡经史子集以及野乘宗门之书，无所不读，而以唐汲庵先生为师，杨髯龙、白藏、贺天放为友，此数先生者，奇公才，相与扬搉风雅。通籍后，肆力游览秦燕，再历齐鲁，登华山，过龙门，赋帝京，记衡岳。吊铜雀之台，放西湖之棹。夜郎岭表，邛笮岷崃，皆有足迹。则前之所谓四者，先生殆已兼之，故其凌跨千古，而元音高响，可使风云失其变幻，雷电失其声光，山岳河海失其高深，遂与一代应运之将相，皆为不可祧祢之人。彼以卑浅之识，刻画虫鱼花鸟、糟粮豆芋，不复振耸，吴季札所谓其细已甚者，直谓之蚓窍蝇声耳，其能无诵先生之诗而惊诧也哉？

刘子蕉溪梓其集以问世，盖有在也。夫黄帝张乐于洞庭之野，鸟见而回翔，鱼闻而潜跃，声音所感，异类且然，安敢谓天下竟无知言者？天下而有知言者，是则刘子表章之功为不没也夫。

入德津梁序

王之铁

吾楚自濂溪以《太极通书》开河洛不绝之宗，后之言理学者，必以为称首。又二百年赵江汉崛起元初，学问深粹，独得孔孟心法，此外少传人焉。

我朝振兴正学，道脉维新，熊澴川著《学统》《闲道》诸编，其于朱陆异同、阳儒阴释之辨，致为兢兢，生其乡者，何不闻继澴川而起也？岂南条之南，郁积旁薄，千余年来独三先生当其秀与？毋亦为师者之所以教，学者之所以学，汩没于词章、科举之习，不知望道以适从也？呜呼！道之浩瀚，无从下手，每每望洋而叹。然天理民彝，降衷不异，其性仁义礼智，其情恻怛羞恶、辞让是非，其伦君臣、父子、夫妇、昆弟、朋友，其事正心、修身、齐家、治国、平天下，莫不有天理当然之则。予人以不可解免，而非强彼以难行，乃世顾推而远之，徒以缀辑语言，造作文词，为科名爵禄计，其亦大惑也已。

之铁质鲁性迂，童年假手程文，觉于身心无所补益，久乃购濂、洛、关、闽诸书，反覆而详绎之，稍知向往，顾卤莽灭裂，豪无入路，曷敢与里中弟子论学哉？然区区造就之怀，不能自已。

既日悬《近思录》与学者讲明切究矣，爰辑自子朱子下逮元明，暨本朝诸儒论说，本《近思录》门目而部分之，总二十八卷，颜曰《入德津梁》，日置案头，用以自考，且与里中弟子共勉焉。极知采择不精，弃取失当，然借是附诸《近思录》后，为有志者端其趋向，而循循服习之，庶入德有门，不至于断港绝潢，终无与沧海之观也。

若夫守先待后，提倡宗风，于以广濂溪、江汉、澴川之教泽，则有诸老先生之全书在，其毋拘守是编也可。

辨类编序

周郃生

丙午春，余谒选都门，录燕岩先生《辨类编》以行，固将时备观省，以为检束身心之资，亦谓筮仕后，或清俸稍余，谋付梓以公同好也。

夫君子、小人之辨，前人之论备矣，然皆散见于经传史集之中，学者每不能遍观而尽识之。其尽观焉者，亦多随口记诵，未必实反诸己也。先生独取其对勘互论者萃而集之，凡其心术之纯伪险易，事业之公私纯驳，以及家国天下之治乱得失，莫不灿然眉目之不可倒而易，冰炭之不可并而处。采择备而序次精，规模宏而条理密。在先生固以为自治之书，以识类之所由辨，而惧为君子之弃小人之归，以自端其趋矣，且并以知凡读书之法，皆宜如先生之切实体验，而不仅以供言语文字之用，为笔墨摭拾之资矣。是则先生之所以教人者，固即于先生之所以自治者而寓之矣，故私窃以为功不在《近思录》下，非仅可班《居业》《读书》二录也。

余少为先生所许可，比中岁，犹漫无知识，妄于洪河，率试苇杭，几遭波荡。幸手是编，反复上下，遂亦若忘其风之烈而浪之横也，则先生之益我多矣。家又似弟，省予于豫章旅次，先生札命为序，序所未敢也，谨缀数语于篇末以志益云。

余闲草诗序

杨绪

余自癸未官京师，与中州宋生枋东善，视其人志凝而守固，淡泊而寡营，余心赏之而不知其能诗也。己酉春，余有事星沙，枋东亦久客于此，相与唱和，得句甚夥，始知其前此善自韬晦，如良贾之深藏而不炫，莫可窥其蕴蓄也。

未几，出《余闲草》一帙乞余弁言，余览，太息曰：嗟乎！闲之益人也。闲则心定，心定则道心生，其气必和，其兴必逸，其胸中必潇洒拓落，活泼而无滞碍。如是而发之于诗，亦必恬澹乐易，不烦绳削。悠然而别有会则诚得闲之助者也。自尊官显位，劳心期会，豪侈之族，纵情于声色，莫不避闲如仇，而穷檐僻处之士，又复衣食奔走，日不暇给，余闲之趣，遂若为天所吝而不可得。如是而发为诗歌，必臃肿龌龊，蔓衍而不收拾，否则忧愁郁塞，拉杂无有聊赖，即一二慕道之士，雅意复古，而局天蹐地，意不得舒，于是古调绝响矣。

枋东处风尘之中，而有世外之想，与余游垂三十年而貌不改怿，神不改适，其闻道者欤？其诗每好为古体，浸淫于汉、魏、六朝、唐、宋诸大家，而不琢不垩，适然惝然，意与境会，手与心忘，其有得于闲之助者欤？

枋东性至孝，蚤失恃，依继大母傅氏鞠育成立，迄今哀慕如一日。志不纷者天不漓，宜其诗之流于至性也。枋东又自述儿时能记忆前生姓氏里居。夫轮回之说，君子不道，乃能言之凿凿，盖亦奇矣。而竟得以闲自老，繄何幸欤？

夏禹书遗编序

张璨

梅巢居士，吾友夏子禹书三十岁后所自号也。余与居士缔交时，居士年尚未冠，居士之伯兄仙李、仲兄淇瞻，均以弟蓄余。

居士又与予季弟同庚甲，故居士以兄事余也。

往予兄弟为诸生时，与同郡友朋为文酒之会者，每岁尝得一聚晤。自余三十外脱诸生籍，即有四方之役，与居士不相见者几二十年。至康熙壬寅，余以作吏逢衔恤，迨癸卯春旋里，予季告余，居士以先一年长逝矣，所为号梅巢居士者，皆余所未尝闻见者也。自居士没后十四年，予复得与淇瞻二兄聚郡城，见居士仲子逢薇于其寓，嗣是别去又十六年。

逢薇乃访余湘浦，以所辑居士遗编泣请于余曰：先君子平生志业未获表著于当时，即其所撰著亦随手散佚，兹不孝孤兄弟，于亲旧家零星收拾，以汇为斯编，除尺牍向所录存笥箧者，其余则皆当时所焚弃。然不孝孤兄弟，犹幸得见而钞辑成帙，安忍听其湮没而不复存？维先生与先君子金兰之契有年，幸一言以序之。余三复遗编，既泫然流涕，又肃然起敬，悲故人之不见，而嘉象贤之克类也。惟夏氏孝友，诗书聿有端绪，自吾先人与夏氏之先人，早有侪肸之谊。余兄弟早孤，又得与居士兄弟结鞘于斯文之会。居士自弱龄即崭崭然见头角，方将期取大科第，以行其家学于一时，而居士蚤怀恬退，未四十辄自放于烟霞泉石之间。今观尺牍，与其家子弟所述之绪言，初非有侘傺无聊之胸怀，以恣其隐居放言之旨趣，盖居士循循学问之中，志乎古而遗乎俗，合于道而远于时，其享年虽未永，而言之足以垂世也昭昭矣。

自昔贤圣之论进狂狷而恶乡愿，若居士者，盖可忽乎哉？今并其朋旧往还之笔牍，附载于中，而颜之曰《居士遗编》，后之读书取友者，亦将于是乎有征焉。居士之诸子能宝居士之书，而兢兢勿替，是尤难得之于身后之事，余于此益信居士之贻谋为不可及，行将举居士之蕴，大发舒于时，余虽老，犹得见之也已。时乾隆庚午仲秋。

帆湘阁文集序

张璨

尝读欧阳子序苏子美者曰：子美之齿少于余，而余学古文反在其后。又云：独子美为于举世不为之日，不牵流俗，可谓特立之士。而叹古人慕善之诚，而言之亲切有味也。夫学者苟惟其营怀利禄，思速成以遂所欲也，则自两闱墨义，暨一二房行选本外，它如《左史》、两《汉》及唐、宋大家诸线装本子，罕有津逮其域而一寓目者。见有人焉，一心而攻古文，则掩口而笑之矣，盖甚矣，古学之落而学者志气之颓唐也。

吾友张子贡五，自其为童子时，出语已惊其长老，独奋不顾流俗，纵心孤诣，为文章以古为程，一日，编其赠答、纪述之辞若干首以示余，余受而卒业焉，而叹张子之勤也。夫张子生日月后于余，而所为古文辞已卓卓可观览如此。正不知子长、子云当足下年齿时，其所撰著复何如也？虽然，顾吾于兹，犹自有感焉，古人称三不朽，而立言为后，凡今人之所以不及古人者，皆不惟其文辞焉已也。

张子既能通古人之辞，则必且则古昔称先王而修明古人之道矣。余之羡张子者，自张子视之，不且以为糟粕而不足珍哉？张子别有时艺曰《师古集》云。

刘损斋浮海诗序

张璨

损斋先生以癸未夏浮湘达汉，至于淮上，返棹驻金陵，往还于维扬、姑苏间，又自金陵返于湘，历岁二周，积诗得若干首，颜之曰《浮海集》，纪游也。

先生十年中数出游，尝北走燕，东适越，南逾五岭，其游皆有集，曰《燕台》《渡江》《过岭》，海内人士，争相传诵。盖吾里中称喜游，喜赋诗，其游之寥阔，而诗之敏且工者，莫先生若也。先生弱冠通经史，试诸生辄异等，然性不喜帖括业，一意攻诗古文辞。三十后留心性命之旨，所著有《剩语》，为证道之书。又其学自律历、河渠、兵农、钱谷之类，靡不讲习淹贯。尝切磋当世之务，可见于施行。其出游未尝不以捉刀资游屐，所在苍生隐受，其福而不知，然先生雅意在山水，兴至而游，游倦而返，青天白眼，拔剑长歌，不能屑屑依人者，其大较然也。

忆前岁先生出，一时宾徒送者，谓先生有当世意。余赋诗送先生曰：出处将谁共适从，欢场听罢正从容。华轩得路皆为鹤，竹杖何人不化龙。但以关河增阅历，岂因迟暮感遭逢？半村事业饶耕钓，莫使烟萝念久佣。半村者，先生所隐居读书处，学者时或称半村先生。先生出则一至淮上，即返金陵，乘舆过旧京，投函献赋，奏对动天颜，而秋风鲈鲙，掉头拂衣，卒自放于酒人漫士之列。昔孟襄阳端居耻圣，结网情深，及邂逅至尊，又以不才自斥，后之论者，未始不惋惜其遇，然视右丞鼓郁轮袍，私第称公主门生，其清浊必有能辨之者。

夫诗有诗品，诗家俎豆少陵，今读其诗于侘傺无聊之时，感惠酒食，长言咏歌，后世山人墨客，借以便私图而成径窦。先生数出游，未尝一怀当途之刺，所至必访耆英硕彦，相与倾倒流连，可谓极山水友声之乐。至其感怀吊古，触绪纷来，则一本其胸中八九云梦，抑塞掩遏，不使自露而间一出之者。英雄名士，不可执一端以求之，盖先生之诗，自有所以工，而初不系乎格律声调之区区也。以余获侍先生久，辱先生忘年之契，先生不以余为不知诗，承命点次其近稿，且曰子其为我序之，语云：颂其诗不知其人。可乎？

予序先生之诗，而因以及先生之人，俾世之览者开卷而得先生，其又以先生之诗征信余言也。独是先生负才大不能终藏，后此之游，且日以汗漫，而诗篇日以富且新，予之得读而序之者，又不知当作何语？此则予之所为望洋向若，而不能不有愧于大方也夫。是为序。乙酉仲冬朔日。

秦伟士客燕集序

张璨

燕为帝王都会，来游者踵相错，士之业诗文者多出其间，写以生纸，副之门状，唐人上书温卷之风，盖于今为烈也。

昌黎扫光范门，议论者以为訾謷，《佛骨》《原道》之篇，俎豆两庑，其学术自在。杜陵投延恩匦，令至尊动听。天老书题目，春官验讨论。落笔中书，观者如堵，何其豪也！迹二士之所处，则今之人可概非邪？今之为诗者，人宗杜陵，颂诗论世，如《唐书》本传载子美之为人，其文行无玷焉。所谓杜陵布衣，许身稷卨，其生平所为，镂肝琢肾者，岂第在流连光景，牵率咏觞之间哉？余持此以观燕游之士，有能为韩、杜之学者，即干时求进，亦上书投匦之类也。

吾友伟士游燕而滞于燕，积其岁时所著，题曰《客燕集》，又仿长庆体，作《燕中吟》，其言以走声气、猎名誉为可薄，而蒿目人情，盱衡时势，皆贾谊、严安、徐乐之所为纵言而极论者也。诗之道主风，王者省风陈诗，则可以得民情之好恶，而政教以节宣之。其在上也，郊庙有《颂》，宴飨有《雅》。其及于民也，亦皆寓其丁宁告诫之意，而不废夫铿锵可悦之辞。《书》曰劝之以《九歌》，俾勿坏是也。其节奏皆中于人心之宫商，如天籁之吹万，使人优柔渐渍，以日化而不自知。借如今之人，能取伟士《燕中吟》，上自王公搢绅，下及闾巷之小人，皆颂其辞，绎其旨，可惊可泣、可羞可恶之事，相戒而不肯以复为，天下治平不可待哉？士在上，则以政事兴太平，在下则以文章助教化。夫子曰：诵《诗》三百，授之以政不达，使于四方不能专对。古之学者所患犹若此。居今之世，而并束书不观焉，其人材何日而兴起也？

今读伟士之诗，而取其留心世务有益政化者，将与诗人之游燕者编排而论定焉。伟士归而下帷讲诵，如河汾教授之流，明三纲，达五常，征存亡，辨得失，则其于诗教也当益深。应、刘、沈、谢，讵足为伟士道？湘水茆屋，行且为伟士扬搉而陈之。康熙庚寅岁夏六月。

澹园遗咏序

张璨

甲辰，长沙寓中，澹园夏光裴同学示我《趣陶园和韵》诗三十首，余赋继句二章，题其卷首云：平生兄事二君间，窃睹雄文各一班。今日诗坛惊合璧，鸣声鸾鹤响空山。赓歌喜起柏梁台，圣代求贤路正开。拟置两翁蓬岛畔，柴桑莫便赋归来。时余方北首燕路，素民鲁之贞与澹园犹齿发未衰，盖相望以济胜为怀也。

转瞬二十余年，余既言归陇亩，素民亦解组悬车，澹园则终以邱园老，且归道山已数岁矣。喆嗣典虞名逢夔奉先人遗诗付梓，索余一言弁其首。当澹园与素民离索相思，见诸歌咏，二十年中两君竟未得合并话旧，今素民侨居江汉，老病不能出门户，所谓趣陶片地，已成过眼烟云，澹园和章，亦久为雪中鸿爪，而典虞孝子之心，览遗草而动永怀，留先人音响，以见性情。

余交澹园久，知澹园之性情，初不以诗，即诗之佳亦不仅于《和趣陶》之作，然即此亦足以存澹园矣。援笔题数语，盖不胜今昔之感云。

四礼时宜序

张璨

古者三《礼》之学，考订纷纭，学者有童习白棼之叹。至文公《家礼》一编，斟酌古今之宜，以为士庶之遵守，虽其制度简约，而崇实务本，以为正人心而厚风俗之道，莫有近于此者矣。

今之世去文公又远，习俗相沿，并《家礼》之书而多屑越之。我皇上御极之初，即留意礼教，风励臣民，宇内骎骎，臻于同伦之盛矣。湖湘僻处楚南，其礼节犹有乖于风教者，吾湘之士，相率订《四礼仪节时宜》一编，原本于《家礼》而酌以今时所能行者，与同乡之士，遵而行之。其尤急者，于丧葬、祭祀、革用、浮屠旧习，一切依《家礼》行之，此有功于名教甚巨。余辛酉归里，得见是书，日夕披览，自痛早孤失学，不能有所考正，然犹幸得见是书之出，俾后之子孙可以守先贤之道，而为圣朝礼教之民，亟怂恿而成之。

夫一乡一家者，即天下之推也。今吾乡同学诸子，亦既已行之而无所失坠矣，则夫四海之广，岂无有同声同气者，相与讲求尽善，以仰副庙堂崇实黜浮之盛心哉？因敛容拜手而书其简末。

陈伯五浪石近诗序

曾用瓒

余读酒民诗，既卒业，悄然悲其为人，且以悲吾潭盛衰倚伏之数，若沤浮云幻，怵目怆神，历今数十年，徽音弥恻恻也。先生少时，遭逢全盛，得绳其素业，肆力于文藻之场，思致身青云，取显名于当世，而潭之早达者，飘袿飞组，冠盖不乏人，率以风雅雄坛坫，海内往往称之。

其时贵游子弟，乐道诗书，班荆赠缟之欢，视贤俊为引重。□南胜侣，北海英流，去湖岳间不远也。岁丁阳九之会，锋刃洊至，鲸怒鸱张，所过辄罹焚薙。承平以后，荣榭丘墟，缣缃煨烬，昔之流连光景者，荡然略无一存。先生既抱永嘉、天宝之伤，而夙好良朋，风流欲尽。念彼长逝者，业已剑衔碧血，躯委埃沙，杳乎其弗可作。即或脱命草间，而皮骨仅存，无复白社乌衣之旧，此酒民所由自誓以不返也。用是冥心泉石，挫迹岩扃，击缶凭栏，长歌当哭，怀好音者属而和之，绎其词类，皆写性情随触感，假淡泊要眇之旨，以舒其郁而理其忧，不戋戋缛采繁声、蕲工世俗玩也。

五平先生为酒民犹子，孤茕之托，实借恩勤。今笥其稿廿余年，散佚既多，所自订者仅若干首，殷勤什袭，捧手泽而潸然。嗣君颖长汉宾汲古赡才，能绍承其家学，付是编于琮，校雠而剞劂之，以公之来者，幽光不翦，古道未亡，洵论世者所乐闻也。自昔潭之人文林立，乃冷烟荒草，什一仅传，酒民先生头白长哦，童乌莫续，赖子姓之贤且才，延德音于不朽，斯其幸矣。

若夫物换风遥，事多故迹。余检集中唱酬诸耆宿，其亡者艳沉芒掩，鬼箓频登，其存者若硕果晨星。慕老成之犹在，则表章勿替，匪伊异人，当不令斯编与水光云影同归浮幻也。

周易本义拾遗序

李文炤

《易》之体要，象、辞、变、占而已。辞者，卦之蕴也。变者，爻之动也。象者，理之形也。占者，事之兆也。卦无定体，爻无定用，而圣人之精蕴于是乎见焉。语其性情谓之德，语其形容谓之象，语其成位谓之体，语其对待谓之错，语其流行谓之综，卦之万变，由是而生矣。承其尊乎，乘其卑乎，应其敌乎，互其交乎，变其之乎？得奇之谓健，得偶之谓顺，无过不及之谓中，质与位当之谓正，爻之万殊，由是而生矣。

引而伸之，触类而长之，则于圣人之情，亦思过半矣。至哉，十翼之作乎？释之以《彖》《象》，申之以《文言》，经纬之以《序卦》《杂卦》，《系辞》所以明辞也，占在其中矣。《说卦》所以明象也，变在其中矣。《易传》之作，盖善于祖述者，虽本义亦大抵本其说而约之耳，然于辞则多得之，而于象盖未深考，是亦不无遗议也。不揣愚陋，妄为补葺，释经则以象数为主，释传则以义理为归，体用一原，欲推而明之，显微无间，欲究而极之，而数载之间，忧哀沓至，横逆频加，稍有暇日，未尝敢释于心也。

草稿三易，始克成编，盖七年于兹矣，观会通以行典礼，岂所敢知。由辞以得意，或庶几其万一矣乎？

增删仪礼经传通解序

李文炤

五礼有庸，昉于虞廷，而秩宗之官，特典其事。自夏历商，莫不由之。迄成周之代，元圣挺生，而制作于是乎大备，然行之既久，威仪太甚，忠信或薄，文物既繁，僭拟斯萌。孔子周流列国，参考互订，思欲折三代之衷，为万世不易之成宪。夏时、殷辂、周冕、韶舞固已略见其概矣，乃询之柱下，仅得周仪，征之杞宋，不足文献，是则虽有订礼之意，而未必其遂为成书也。然三百三千，经曲具在，而七十子之徒，作为传记，以故郁郁之盛，未尝失传焉。

迨秦灰既烈之后，而其迹遂荡然矣。汉人以金帛购书，真伪混淆，诸儒任意去取，《仪礼》之经，仅存十有七篇，其《记》仅存四十有九篇。此外经之篇三十有九，记之篇一百有余，虽或偶见于《大戴礼》及注疏称引之间，不过存十一于千百耳。唐之元成魏公辑为《类礼》二十余卷，而故府不传。宋之伊川程子始与门人吕与叔，思欲大加删订而迄不能就，惟朱子与门人黄直卿，厘为《仪礼经传通解集注》，然卷帙浩繁，而诵习者益寡矣。顾其书实为稿本，而篇目之离合，注疏之得失，犹多有可议者，盖专以《冠昏》为《家礼》，而《丧祭》列之续卷，则不当分而分也。《曲礼》以仪之纷赜，生民所通用，《大学》《中庸》之渊微，圣学之极则，而并入《学礼》，则不当合而合也。至于《周官》，乃治平之全书，不专于言礼，而裂取其分土、制国、设官、建侯、师田、刑辟之事，以充王朝之礼。能无笔削圣经之嫌乎？故知此书实为稿本，而未可执之以为定论也。

炤自方壮之年，始得其书而诵习之，继而重遭大故，乃留意于丧祭之礼。据黄氏之所定者，去其重复，补其疏略，复取朱子之成书，分为七类而解释之。首之以嘉，则冠昏、饮食、燕射之必详。次之以宾，则相见、聘朝之必辨。次之以军，则师田、均建、役刑之必晰。由是而慎终以凶，则殡虞、练祥、服制、仪节不可以苟也。由是而追远以吉，则祖考、神祇、庙貌、文物不可以忽也。夫然后以通礼弥之。其居家也，有《内则》。其入学也，有《弟子职》《少仪》。其立朝也，有《臣礼》。优游于日用，则《曲礼》致其文。逊敏于庠塾，则《学制》《学记》立其规。和同于天人，则《夏小正》《月令》备其用。若《礼运》《礼器》，则总文质之。宜具经曲之义，而一以贯之，而礼之为教，可得而悉矣。夫然后以通乐饰之。乡有《南》，朝有《雅》，郊庙有《颂》，至于《乐记》，则声容、德政发挥无遗，而乐之为教可得而推矣。

嗟乎！礼乐之用，经三代圣人之作述而后成，今欲据残阙之遗文而复还其盛，岂可得哉？然则是编之修，亦曰守其旧以俟之其人而已矣。风会推迁，无往不复，圣人有作，即始见终。据此而推明之，其必有以默识于意言之表乎？周子曰：不复古礼，不变今乐，而欲致治者远矣。建中和之极者，三复焉可也。

周礼集传序

李文炤

万象融融，上天统之。庶类纭纭，后土含之。大运绵绵，四时纪之。而元化默宰于其间，王者有作人极，于是乎立焉。设官分职，纲举目张，盖取诸此而已矣。

君者极也，相者阴阳五行也。司徒为教养之相，宗伯为礼乐之相，司马为征伐之相，司寇为刑辟之相，司空为田赋之相，播五行于四时也。冢宰为修齐治平之相，浑二气于一元也。洪荒以来，茫昧莫稽，唐虞以降，损益迭出，及成周而后大备。孟子曰：周公思兼三王以施四事，其有不合者，仰而思之，夜以继日，幸而得之，坐以待旦。甚矣，制法之难也。周辙既东，王纲不振，诸侯恶其害己也，而皆去其籍，虽以子舆之哲，亦仅闻其略而已。然庖人之类见于《内则》，庶子之掌载于《燕义》，《九伐》之法述于穰苴，《职方》之纪出于汲冢，《司乐》之篇呈于窦公，盖不待李氏女子之献，刘氏天禄之校，而其言固已散出矣。去圣既远，晦蚀繁多，有仿其迹而假之者，有窃其似而乱之者，有师其意而不能循序以施之者。天下之士，益以惑焉，惟朱子以为运用天理烂熟之书，而其论始定。

顾表章虽明，而训释未逮，至诸儒之说，则又未免以私意小智杂乎其间，非不有醇焉，而不胜其疵也，非不有详焉，而不胜其略也，学者入于其中，能无望洋向若之叹乎？炤自弱冠即不能无疑于此，于是熟读深思，远稽博采，不揣固陋，勒为一编。上推列圣之因革，下鉴历代之兴衰，以窃附于诗书集传之后。至若《冬官》既亡，则旁搜官名于传记之中，以志其梗概，而《考工记》亦存之以备参稽焉，庶几圣人之精意，不汩没于百家之曲说云尔。嗟夫！天地无心，生民有欲，其污隆升降，视乎君相之一念耳。志气如神，百体从令，当躬具有位育也。朝廷建极，万方承式，海宇不啻官骸也，外王内圣，果且有二道乎哉？

自道术之裂也，论学者以虚无为宗，而土苴世务，论治者以名法为急，而迂疏性术，规矩准绳之不立，而思制天下之器、利天下之用也，其可得乎？然则是书固四子之梁筏，五经之模范也，糟粕煨烬，无非至教，神明变化，存乎一心，此《传》之所为作也。若曰为天地立心，为生民立道，为去圣继绝学，为万世开太平，则宇宙之广，永当必有人焉任之，而岂区区之所敢议哉？

春秋集传序

李文炤

《春秋》，议道之书也。道之大原出于天，分而为三纲，而人遂各戴其天焉。天子以之平天下，诸侯以之治其国，大夫以之齐其家，士庶人以之修其身，而宇宙无不得所之物矣。

皇古以来，君师代作，成周有制六典昭垂，融融泄泄，莫非天理之充周，即莫非道术之经纬，其斯以为太和之运哉？东迁以后，下凌上替，卿尹之扰攘，而百官失其统。邦国之吞蚀，而四海失其均。世官用而宾兴之法失，税赋增而养民之意衰，僭窃相仍，而礼乐变矣。争夺无已，而征伐擅矣。乱贼日滋，而刑罚纵矣。田邑逾制，而疆理坏矣。举六典之所载者，皆紊而废之，则道术不用，而智力相竞，亦其势然也。

孔子生乎其时，梦想周公而不获一试，于是因鲁史而作《春秋》，以成周之道术，治成周之臣民，扫阴雨晦霾之积沴，指示以太虚之本体，而宇宙之太和在其手矣。盖其心如天之于万物包涵遍覆，以知则易，以能则简，故形于言者绝无委曲烦扰之迹，随其所发，而莫非性命之精微，无我故也。后之儒者，不能得圣人之心，而思穷圣人之言，讦以为直，儌以为智，舍康庄而入于荆榛之中，又何道之能议邪？伊川程子略举其端，未竟其绪，私淑其学者迭相阐明，譬诸以管窥天而终不能尽见其全体，窃不自量，裒集之，择取之，间亦附己意而足成之，未知于圣人之意果如何，而诸儒之穿凿附会则尽去之矣。嗟夫！宇宙之纲维，一道而已，纯之则为王，驳之则为霸，戾之则为裔，戕之则为贼，气化之迁流，不能不叠兴于其间。圣人未尝不欲一切以道绳之，而仅寄一线于简册之中，此圣人之所深悲也。

使凡有天下者，与有国、有家、有身者，读其文，推其意而思其义，一念之慊，不啻华衮之加也，一念之欺，不啻斧钺之至也，则日用云为无适而非《春秋》，即无适而非圣心，无适而非天理矣。拨乱反正，莫要于此心，一身之三代，既复而后推之于家也可，推之于国也可，推之于天下也亦无不可。载之行事之深切著明，皆本乎天道，以符乎六典，岂徒二百四十二年之陈迹已哉？不然，则是吏案而已矣，则是邸钞而已矣。

近思录集解序

李文炤

昔者衰周之运，百家竞作，孔孟之徒有忧之，缉微言而成《论语》，遵正学而著七篇，使学者不迷于向方，其功盛矣。秦汉以降，道术分裂，荀、扬、王、韩，各驾其说而不能相一。

有宋周子，以先知先觉之诣，建图属书，弁冕群言，以传之程氏，而张氏亦与有闻焉。推演光大，辨析精微，所谓为天地立心，为生民立道，为去圣继绝学，为万世开太平者也。顾其业至广，其说愈详，学者乃或望洋而兴叹，甚至未尝究其颠末，而妄肆诋诃，有如陆九渊议太极之非，是大原可得而湮也。林栗攻西铭之失，是宏纲可得而绝也。程迥诋主敬之误，是圣功可得而废也。陈亮疑道治天下之迂，是王猷可得而杂也。朱子盖深悯之，于是不得已而为近思之录，著性命之蕴，而天下之言道者有所宗，揭进修之要，而天下之言学者有所准。至于穷理、居敬、克己之方，理家入官均平天下之法，以逮应物、教人、制心之则，与夫闲邪说、宗正学之归，莫不举之有要，而循之有序，诚可以羽翼四子，而补其所未备焉。欲求数君子之道，而不先之以是书，固不得其门而入矣。然其微辞奥义，多未易晓，朱子虽往往发明之，而散见于群书，《四书集注》《或问》《大全集》《语类》。盖学者欲观其聚焉而不可得也。

窃不自揣，为之裒集而次列之，而又取其意之相类与其说之相资者，条而附之，以备一家之言。至其所阙之处，则取叶氏、陈氏、薛氏、胡氏之言以补之，叶氏名莱，字平岩，著《近思集解》。陈氏一名埴，字器之，著《近思杂问》，一名选，字士贤，著《小学集注》。薛氏名瑄，字德温。胡氏名居仁，字淑心，著《读书录》及《居业录》，其言及《近思录》者取之。间亦或附己意于其间，庶几可以便观览，备遗忘，以待同志者之取裁而已矣。乌乎！学者诚能逊志于此书，则诸子百家皆难为言，而于内圣外王之道，不患其无阶以升。较之役志于辞章之中，老死于训诂之下，风推浪旋，无以自拔，而犹自矜衣钵之传者，其大小之不同量为何如也？聊志其概于此以自警云。

家礼拾遗序

李文炤

先正朱文公宅祝太夫人忧，著《家礼》一书，藏之箧中，为一仆童所窃，迨易箦后乃行于世。当著书时，年方强仕耳，故与晚年之论不无小异，然其规模之宏大，条理之精密，固无愧于制作之能事也。

予自连遭大故以来，取是书而遵守之，诵习之，已而参之于《仪礼》《周官》，复衷之于《语类》《文集》，为辩论数十则，上推先生之遗意，下辑群儒之公论，名曰《家礼拾遗》。郡侯崔公闻而嘉之，锡以弁言，然未敢出以示人也。比年以来，《三礼解》成，恐始学者未免有万牛回首之叹，乃复取故编而订正之，以为有家者，诚能守此而谨行焉，亦足以正其本矣。

至若《蓝田乡约》，则乡礼之准绳也。白鹿洞揭示沧洲释菜仪，则学《礼》之权舆也。辄取以附其后，以为三代之文物，虽不能遽复，而因俗以宜民，道莫近乎此也，抑文中子有言曰：冠礼废，天下无成人矣。昏礼废，天下无家道矣。丧礼废，天下遗其亲矣。祭礼废，天下忘其祖矣。乌乎！吾末如之何也已，然则观是书者，其毋以言近而忽之，傥亦寡过远罪之一资乎？

唐宗舜孝经刊误注序

李文炤

孔门立教，以仁为宗，仁之发也，先见于亲而为孝，移之于君而为忠，推之于长而为弟，极之于民物而为仁爱，皆一理之充周耳。

圣人生平不忍绝人以不仁，惟于短丧之宰予责之。亦不敢许人以仁，惟于顺亲之伯夷，从兄之叔齐，忠君爱国之微、箕、比干与之。世衰道微，弑逆接踵，乃与及门诸贤讲论传授，存天理民彝于一线之未泯，以诏来世。其似圣人者，既申之以本立道生之旨，而得圣人之宗者，复述《孝经》之篇。顾其书虽存，而淆乱之者亦不少，虽以紫阳草庐删订，而尚未适厥中，故先帝衍义之书，专取经文，而于传文则不尽从也。

吾友唐子宗舜，乃取而精校之，识天明地察之为至德，推天经地义之为要道，而一书颠末，遂迎刃以解。传之家塾，以示诸生，若筑室焉，基立则不堕，若树材焉，本固则不摇，非仅以为场屋论艺之资也，抑宗舜之为人淳厚慈良，其于仁孝之道非苟知之实允蹈之，故能默契于千载之上，诸生毋徒求之色相声闻之间，则几矣。不然，无躬行心得之实，恣入耳出口之纷，则是以身谤也，岂作者之所望哉？

楚辞集注拾遗序

李文炤

诗歌之作，关系五伦，而于朝廷为尤巨。帝歌《陶赓》所以鸣其盛，《五子》述戒所以鸣其衰，至成周而其体大备，宣圣删之以垂万世之经，可谓盛矣。

诗亡迹熄，乃有楚大夫变而为《骚》，以继夫《风》《雅》之余韵。后代辞人往往宗之，然采其华而忘其实者多矣。独晦翁先生，以名世之德业，遭伪学之禁网，且伤其良友之以宗臣而罹无辜之祸也。于是悲天悯人，神会心契，而有《集注》之作，后语之录，以故千载之忠魂，昭雪于一旦。但大旨虽明，而微意未晰，后儒不无遗论焉。

间尝于斋居之下，得王、林、廖、朱四家之说而参酌之，王名夫之，号船山，作《楚辞通释》。林名云铭，字西仲，作《楚辞灯》。朱名翼，字悔广，作《离骚辩》。廖名志灏，字伯湘，作《天问答》。取其当者，黜其误者，以补《集注》之遗。惟《九歌》《远游》，则鄙见不无一得之长，亦辄敢附于其内。至于后人之续作，独宋大夫负同调之悲，贾太傅生旷世之感，珠辉璧映，一例发明，其余则欲稍加笺疏而力未暇也。嗟夫！屈子之经，朱子之传，皆忧世之书也，亦即经世之书也。

予以浮游物外之人，砺石霖雨之具，久已付之杳冥，白发青阳之感，无由形之寤寐，然沉吟反覆之下，而不觉恻然其动心焉，诚不知其胡为而然也。昔者蒯通流涕而读乐毅报主之书，胡寅豪饮而诵孔明出师之表，亦不知其胡为而然也？事不相谋，而情实相感，倪亦人心之不容己者乎？

张玉友先生诗序

李文炤

风、雅、骚、辩之后，诗体屡变，而子美之法尧夫之志，遂孤行于宇宙之间。然子美法虽深而识则浅也，尧夫志虽高而格则卑也。鲥鱼多骨，金橘太酸，亦不可谓非千古之憾事矣。

吾执友石攻张先生，负豪杰之才，蕴圣贤之学，间或以其余力研精于诗歌。饮醇探汤之意，其发之也真，悲天悯人之情，其出之也切，几几乎兼二家之长而有之。有时不免于叹老，而只虑所学之无成，有时不免于嗟卑，而实忧斯民之不古，夫岂俗情之所能测哉？迨年逾不惑以后，则志有所专而不暇多作，且又不自珍惜，而收存者无几矣。然仪凤一羽，实备五色，又何必较量于篇什之丰啬也邪？

盖先生尝诲予曰：诗而无当于兴观群怨者，虽不作可也。百世而下，知人论世者，其必有以镜诸此矣。夫先生本姓余，讳鸣珂，字玉友，号石攻云。

周易原书自序

陈方恺

《易》之为书，广大悉备，孔子天纵之圣，尝韦编三绝，犹愿假年以卒业，《易》固不易学也。先天四图，传自邵子，而启蒙本义，倡明于程朱。其他一知半解，或释经而反以亡经，如扬子云《太玄》者，尤为《易》外之易也。韩昌黎谓《易》奇而法盖天地间，万事万物，变化不测，非《易》之奇，不足以拟议其变。至于吉凶消长之理，进退存亡之道，又如规矩诚设，绳墨诚陈，示人有成法不可易。

往者有西川之役，天下山水莫奇于蜀，凡道途所经见夫峙者、流者，其奇特处，成形成象，皆可于卦图而拟诸其形容。居蜀四载，地僻民驯，无案牍之扰，日惟焚香读《易》，研虑悦心于先天、后天之秘。洎告病还里，医治罔效，因戒勿药，独手执《易》卷不释，若不知沉疴之在身者。夫《易》原于《图》《书》，阐于四圣，冒天下之道，百物不废，人不学《易》，即一言一行，贞悔莫审。一出一入，动静失时。或趋利而不知害，求福而反得祸，如迷于岐途，昏于暗室，终身聩聩，动辄得咎，彼古来履盛满、处危疑而不令终者，亦由不学《易》之过也。虽然，学《易》有道矣，先天八卦，惟坎离得乾坤之中，乾虚其心即离，坤实其腹即坎，乃千古传心之要。在虞廷曰精一，在孔门曰明诚，方外羽士，盗袭坎离之义，犹自有得力处。

自古君相师儒，绍道统之传，无非明以择善，诚以笃行，惟精惟一，以求天人合一之道，此《易》之为书，大本以立，达道以行，圣学王道举莫之能外也。虽管窥蠡测，不足以尽其精微，而求之一心，证之诸儒，每有所说，必反覆详明，期于经义之原，无敢差谬而已。时乾隆十年岁次乙丑中秋之旦。

湖南文征　卷六十二

序七

复远斋诗序

徐大本

仙掌陈先生汇《复远斋近稿》既竣，坊人请授梓，家舅氏乔山陈先生序之。仙掌复征余言，以余之稍知其诗，而又妄学为古之文也。辞不获命，乃略言之曰：

诗者何思也？吾思之来，至不可测，而必于诗乎止之。诗非能止思也，以吾思为诗，而绳焉，削焉，惨焉，刻焉，委委而荡荡焉，如禅在定，如水出峡，如骤马之陷阵，如怒龙之拏云，极回旋宕折、旁薄湮郁之致以为快，故每一诗成，而愤者以解，忧者以舒，乐者以和，悲者以泄，而吾思若遂止乎此也。今之为诗者多矣，其皆有思否乎？其所为思者，皆出于悲愤忧乐之诚否乎？斫削饾饤，谓诣工巧，而不知伤其气。搜索奇龁，谓抒精华，而不知破其体。艰深诡谲，务惊世骇俗，而不知艮其脉而累其神。其他郑卫同举，蛙蚓争鸣，秦灰之所未扬，而投江之所必及者，抑又未易以枚举矣。

仙掌独尝教我曰：诗主于意而已，意不可以有所袭，故须发乎情，意不可以任所之，故须止乎礼义。险也而后能使之平，幽也而后能求其达，沉挚锤铸也而后能进于浑醇，非是者吾不敢知也。意也者思也，是可为善言诗矣。余尝取所作而读之，描绘景物而非以肖形，含吐风流而非以摛藻。其缠绵反侧，则忠臣义士，孤城万里，拥旄仗节，而回首玉门之关。其慷慨激昂，则扪虱解衣，提刀斫马，佳宾主相与上下于今古之论也。抗怀孤往，而寒山远水，暮雨晨风，俨然角巾芒履，夷犹寂寞之滨。驰骤纷华，而天语春温，御莲夜撤，即不异承恩锡宠，而亲为宣麻，视草于鸾坡凤沼之间也。乌乎！是非出于其思之所大不得已，而悲愤忧乐之相为激发者，而能之与？窃意知之者或寡矣，长吉奇放而绌之以为怪，东野傲岸而鄙之以为寒。沈、宋、岑、王，裔皇昌伟，而群相耳语，以为程法，彼但执诸家正变之迹如此，而不知其构之于心，脱之于手，追魂取气，固皆有其回旋宕折、旁薄湮郁之致，而未可漫为优劣也。

若夫周公在上，乐其衮衣绣裳，孔子在下，嗤其饭疏饮水，以为是二圣者之所为有同异也，岂可号为知诗者哉？夫不知诗者，不能诗者也。不能诗者，无思者也。无思则无愤，无乐，无悲，无忧，块然耳，而犹且据笔临纸，蔓引藤牵，若不能以自止，则吾不知其所为诗。不知其读仙掌之诗以为何如也。

湖北乡试进呈录序雍正四年　　杨超曾

国家文治炳焕，人才蔚起，光天之下，俊民吉士，争自濯磨，以润色鸿业，翊赞升平。皇上作之，君师加意教育，俾岁相继开设科目，又试其才质，多方任使，所以鼓舞而成就之者，至详至备。

乃四年丙午，直省复当贡士之期。先是，御试记名诸臣，皆以掣签拟用，次及湖北，奉旨以臣超曾与臣仪董其事。臣籍武陵，例应回避，而过蒙殊恩，简畀抡才重任。闻命自天，感悚交切。陛辞之日，跪聆训旨，恳至周详，更沐圣慈俯念乌鸟私情，特命试事竣日，便道归省父母。臣何人斯，受恩浓渥，至于斯极。伏念伯父绍由县令屡荷优擢，今任山东按察使。臣超曾由乙未进士，备员馆职十余年，顷因引见便殿，获承天语，垂询家世，温旨奖训，旋命入直南书房。甫及浃旬，复叨异数。臣一家洊受恩荣，如臣尤为逾分，敢不精白一心，殚智竭力，上酬高厚于万一乎？

用是星驰抵楚北入闱，风檐镫火，宛然在目。臣所由宾荐之地，监临则某提调，监试则某某等，燐秉虔告，共矢公慎，遂进提督、学政、翰林院编修，加三级。臣吴家骐所录士九千一百有奇，锁院三试之。臣等悉心搜校，自呈荐之文以及落卷，罔敢遗忽。焚膏继晷，历二十二昼夜，得士五十三人，贡国子者十有四人，录其文之尤者以进。臣例得拜首扬言于简端。

臣等惟三年大比，制盖昉于成周，其教法则受于司徒，而颁之于乡吏。三年则考其德行道艺，而兴其贤者、能者以宾礼之。以故野处之秀，莫不感慕奋起。《易·观》之六四所谓，观国之光，利用宾于王者是也。今之群士，由于岁月渐摩之积，而教之以文辞，其于六德、六行、六艺之属，特皆言之已耳。夫国家之所以取于士者，将徒以其能言之而已乎？抑将取之以言，而试之以事也。士之所以自处者，亦徒能言之而已乎？抑将有所试也。今之登榜之士，以能言之故，已见宾礼矣，则所以报礼者，可勿重乎？礼之于前而报之于后，如稼于田而竢其有秋，如木于林而冀其成室，揆日度功，果收其用，故臣之所以劝勉群士于文辞之外，窃有进也。且夫楚士之于臣乡里尤近，虽收之以糊名易书，而榜发之后，平日之束修砥砺，与他日之设施树立，又孰非臣耳目见闻之所及察者乎？

群士幸生重熙累洽之世，遭遇皇上涵濡长养之泽，于于焉歌鹿鸣而来，由是升于朝，立于民上。明体达用，随所器使，以佐万年有道之盛于无穷，书诸史册曰某郡，某邑，某某，德著于世如何，才见于世如何，庶几以邦家之光为闾里之荣，而使德行道艺，非徒托之空言，将制科之得人，不后于乡举里选也。臣得借手以稍答皇上非常之恩，有厚幸焉。于时莅斯土者某某，例得备书。

戊癸编自序

胡虞继

康熙癸巳春，恭逢圣祖仁皇帝万寿恩科，虞继闱中试牍，已叨荐录，旋以策语小疵乙去，深为主司所惋惜。越明年甲午秋获隽，乙未捷春官，留京教习。每当晋谒师门，例执诗幅为羔雁，而同年友之唱和酬赠亦多。

丙申南旋，丁酉北上，戊戌、己亥间，薄游山左、中州，登临凭吊，不乏吟咏。庚子夏，莅任西江，计经七载，两次分校乡闱，颇有应酬笔札。雍正四年丙午，忽以牵连解组，事出意外。丁未、戊申，奔走于车尘马足之间，虽颠越羁愁，犹或搔首孤鸣，以抒其感慨也。盖自通籍而出宰，而罢官，而往来邮传，先后十有六年，中间升沉倚伏，甘苦备尝，宦海名场，弹指蕉鹿，洵有如大苏先生所云，二十三年真一梦者，是可笑也已。

箧藏诗稿，频遭多故，或毁于火，或散于途，所存仅十之五六。检残拾缺，亦聊续壬辰以前之寄托，启己酉以后之端倪耳。尝观宋元诸诗家，恒以支干标其集，兹编署曰《戊癸》，亦窃附昔人纪时诠事之绪余云尔。诸孙师潢力赞其成汇付梨枣，乃按次据豪而志其大凡如此。乾隆十年岁在乙丑孟春月望日。

甲子重编诗草自序

胡虞继

继幼承父师提命，髫龄命笔为诗，鸟籁虫吟，聊自适其天机而已。顾乃不自揣度，谬付开雕，前后有删，余《岸花秋心》，后删诸编，而编中所录，断自康熙甲子始，流光驹隙，忽忽六十年，又值乾隆甲子矣。六十年中，天时之代嬗，人事之推迁，境遇升沉之错互，有若浮云变幻，不可端倪。

自通籍以逮宦成，所至半可惊可愕之境，抚时感事，不废咏吟，此达士所以眷念于前修，英雄所以警心于末路也。丙辰以来，息机乡里，麓山湘水，幸获扶筇鼓腹，歌咏太平，率尔成篇，正如父老之话农桑，明白易晓。既已刻之《南还草》中矣，兹者甲子重逢，积成小帙，检阅之次，觉应酬赠答之作，十居七八，似无当于性情风雅之旨，然亦不暇自讳其老拙，取而增刻之。非录诗也，盖纪年也。

昔绛县老人自称臣历四百四十五甲子，师旷推之，谓其得年七十有三，然特零星甲子耳。余之增刻兹编，盖始终弗忘父师之往训，而以甲子贯年谱也。傥邀天假耄龄，长此流连翰墨，则又乾隆甲子之支流余庆矣。爰撮其大意，而题诸简端。乾隆乙丑花朝。

楚南曹氏家谱序

韩楷

吾夫子生周而曰殷人也，《离骚经》亦首推乎高阳苗裔、皇考伯庸，盖古圣贤之不忘所自出也如此。迨后世因生胙土之典废，学士大夫，各专其姓氏，而国乃有簿状，家亦有谱系矣。

晋咸康二年，诏索天下诸谱，至唐贞观中复诏修之，此虽官人以世之事，而君子谓其于化民成俗，咸有助焉。良以谱存，则祖宗之世泽，子孙之孝思，于是乎在，而使人兴起于相亲相爱之风，毋或即于犯齿犯尊之事，其不以此也与？顾族之盛也视乎谱，而谱之兴也存乎人，如眉山之谱成于老泉，庐陵之谱成于永叔，彼其文章足以发扬乎先猷，学问足以博综乎经传，而又有尊祖敬宗、敦伦睦族之意，蔼然于家庭之间，故其为之足传，传之可久，而亦士君子读书知自爱者，所私心慕法之由也。他如谢灵运之述祖德，只称太傅、车骑之功而不及诸谢，其失也略。汪希颜博采家乘，直溯乎得姓之始，至于成公黑肱，凡世七十有七，其失也诬。又如李崇之谱义甫，崇韬之谱汾阳，未免傅会失实，抑又自郐无讥乎？

惟吾郡曹氏之祖有玉溪将军，封自于元，历明洪武，嗣孙十二。公者又以迎驾功，授乔口拦江指挥使，子孙袭荫，后改河泊，又改省祭，迨启、祯后始落职焉。而当夫成化间，其以孝廉任江南常州江阴县者，则有文通公也。万历间，以明经任广西灵川丞者，则有恒德公也。又其族人之登贤书，通宦籍，处邻邑者，固不乏焉，而迄今四方散处，或隐于士，或隐于农，类皆能敦诗说礼，砥节好义，以经明行修世其家云。旧有谱，为孝廉公所手订，兵燹之后，毁灭无存。今其八世孙旦明先生，痛念先人之湮，惴惴焉惟宗族散乱是惧，乃自大宗玉溪以下，次其世传，著为谱帙，附以家规，其发凡起例，则参之眉山、庐陵，质而不诬，详而不略，盖非世之为谱者所尽同也。

吾因以见其敦伦睦族、尊祖敬宗之心为甚深矣，夫分族别氏以来，孰非一本，而递传有加，势必不能无散。今距玉溪之封，历世十有八耳，而豫章，而长沙，而近自三湘，远及常、岳、荆、襄诸郡，族姓则已别也，而徭于江而戍于边，而因分隶于两京、云、贵诸省，其世代又已涣也，于此固且姑阙之，而特未尝径削之矣。乃至属在本邑，为必十一贤、十二之嗣者，其为爵号，为里居，为差粮版籍之更易，又或所闻异词，所传闻异词焉。自非一碑，一钟，一志石，一纸牌之及存，阅数十年，更阅数百年，毋乃后之视今，有并不如今之视昔者。然则先生兹谱，其以彰未坠之先绪，而传之不朽，亦以联既涣之子姓而引之常规，安在其可稍缓乎？自兹以往，其以承祖宗之世泽而展嗣孙之孝思，于以兴仁让而美风化，皆先生之力也。

於戏！是可风矣。抑吾闻之，著书立说，儒者之事也，表章文教，学士之功也。奕世戴德，不忝前人，孝子慈孙之责也。先生以力学积行，阐扬前哲而世守之，是即古圣贤人，则古称先之遗意，而要以率祖攸行，敦行不怠，则孝子慈孙，亦有不得辞其责者，然则曹氏之谱，为先生者竭蹶以成之，为后人者宜蓍龟以奉之矣。

予自惟前明以袭荫起家南湘，传世十二，而屡经烽烟，家帙散佚。拟欲搜罗，未遑秉笔。兹喜先生之既先以告成也，因为叙其大概如此。若夫蔡中郎称王氏之公孙，杨巨原说韦家之门户，近于谀也，兹不敢赘也。时康熙六十年辛丑岁仲夏。

重修傅仙峰仙祠引

张埰

山不在高，有仙则名。说者又谓地以人灵。吾乡之傅仙峰，山之最高者也，可以望衡麓，俯湘流，前人构祠绝巘，岁旱祷雨辄应，意者果仙乎？抑人之精诚所属，神物凭之，遂能兴云雨而降祯祥乎？

祠荒圮久矣，乡前辈潘公文珍重修之。公耽幽性僻，每遇山水佳境，可竟日忘归，兹峰尤所乐游焉。自潘公没而祠复就圮，其嗣君潘子又良能文有学行，近卜居峰下，一时名流造又良者，咸蹑屐峰头，高望而遐瞩，飘飘然作游仙之想，而山灵知不寥寂矣。又良弟曰东霞，精岐黄之学，余时通往来，一日语余曰：傅仙峰者，吾乡之最高处也，天朗极目，湘南数百里山川，左萦而右峙，郡邑浮乎前浦，村落布如棋局，芙蓉秀削，耸壑升霄，绝境奇踪，神开鬼辟，真仙灵窟宅也。里人将新仙祠，便岁中祈祷，峰顶苦无泉，难以居守者，幸峰下有孙思邈及文昌祠旧址，今并复之，便上下往来止息所，兹峰庶可不朽矣。君盍为疏，以告同志？余闻之而喜不克胜也。

通都之内，五达之衢，缁流羽客，绀榭雕甍相望，而名山仙胜，颓为荒圮，草莽荆榛，而游狐兔，世罕惜之。今潘氏兄弟，留心古迹，急急焉以振兴为任，而吾乡人文蔚起，书声比屋相接。暇日探幽选胜者，正不乏人，及闻此举，知必共勷厥成矣。昔我先留侯受书黄石，卒从赤松子游。邈矣高踪，余尝登傅仙峰，慨然永怀，恨不御风相从也。

刘忠宣公诗集序

黄秀

东山刘忠宣公，德业闻望，胜国一代经济名臣也。当明孝宗时，首辅则推刘公健、谢公迁，法司则称戴公珊、闵公珪，公与诸君子同朝，遭时遇主，君臣喜起一堂，行所志以展所学，洵人生不数遘之盛事也。

其亲民政绩，以爱养穷黎为亟图，其立朝大节，以弼成君德为己任。其制抚浙、粤，经画河渠，秉戎枢于夏曹，预密勿之谋议，则必单厥心力，务为久安长治计，而不徒苟且补苴于旦暮间。至其清忠正直，剀亮恪诚，则又历中外，阅始终，履夸险而如出一辙，虽患难贬窜，曾弗少渝其素履，宜许宗鲁以陆敬舆、汲长孺诸名贤相为比拟也。尝思公之德业若此，闻望若此，当其时，曷尝拈韵推敲，捉笔为诗文，与才人韵士，竞文采风流于坛坫之上，即在后之视效典型者，又岂必以诗若文流播人间，传诵啧啧，始足为可法可传者哉？

虽然，公之行谊功勋，固无乎不传也，而雕虫小技，即非其志所自存与其学所共著，然亦皆有可传于后世者。其偶尔吟咏，大率冲澹犹夷，本诸性情，以流露楮墨间，与风人温厚和平之旨相颉颃，犹记其《游君山和韵》诗中，有兵穷民穷畴建白，进忧退忧谁道闲之句，虽在游览，而爱国忧民，其情亦见乎词，正无事镂金错采，呕肝刻肾，以炫奇示异也。今夫世有一器一物，一书一画，为名人所贻留者，后人犹且美斯爱，爱斯传，什袭珍藏而勿忍置。凡以物聚于所好也，矧名贤遗笔，前哲之流风余韵存焉，既韫于家乘，即可悬诸国门，有不奉为拱璧，而一家宝之，行且与天下后世共宝之者乎？

公族裔孙讳学愉，以乙科为邑令，甲辰赴部补选至京，与予聚首岳阳馆舍中，因出公诗集一册，附以《东行》《西行》两稿，欲付剞劂，索予序。予因把玩弗置，读其诗，因想见其为人。嗟乎！致主泽民，先忧后乐，谁则无其志？第陀于遇所不得为，位所不能为，遂郁郁终身，不克尽展生平所学耳。若既居其位矣，又遇其时矣，徒以爵禄萦厥心，而鲜所竖立，以垂诸不朽，就令著述满家，不过风云月露之词，其于风教亦奚裨，是又忠宣公所不屑为、不乐道者也。

夫予之雅志忠宣公也久矣，诗曰：高山仰止，景行行止。史公谓虽不能至，心窃向往。予于东山先生，当亦云然。爰缀芜词于篇末，非敢谓予能序公诗以传世而行远也，亦聊以夙昔所景慕之意，用借此以志勿谖云。

案：文中所称甲辰，当是雍正二年，其时忠宣诗集犹附《东行》《西行》两稿，而嘉庆末所修省志，但载《西行》稿而无《东行》，今忠宣族祠所刊诗稿一帙，并无《东行》《西行》之名，并入乎抑散佚乎？汝怀附记。

三楚诗萃序

黄秀

动物莫如风，感人莫如诗。诗本性情，由来尚矣，自黄娥、白帝矢口成韵，诗已胚胎于斯。吾先师删《诗》，首列二《南》，为王化始基，而《江永》《汉广》随陈于《关雎》《麟趾》之后，至《嵩高》《烝民》诸什，吉甫作也。尹为楚产，诗孔硕而风肆好，即谓为楚国风奚不可，谁云楚无风哉？

矧楚位正南，离精储朱鸟，轸翼星分，以布太微之政，属在火房，文明实主之。天既垂象，地复效灵，故祝融耸峙七十二峰，五岳楚居一焉。洞庭、青草，延袤八百里，五湖楚居二焉。泱泱大风，形胜甲于天下，是以名山大川，多产伟人，而两间间气遂代发以显其奇。读善卷让有虞一歌，当与许由箕山并传，而苍水启禹鬻子师文，下及观射父倚相，称训词博物，皆千古盛轨也。后有灵均，其志洁，其行芳，其词忠愤而幽忧，深得风人遗意。究之风变为骚，实自楚始，其徒宋玉、景差和之，复成千古绝调，是楚固词赋渊薮也，然此皆显而可纪者已。即如沧浪孺子、洞庭老人，名虽隐矣，犹以一歌一绝传。外此则姓氏未著于人间，诗卷亦不能长留于天壤，彼深山大泽、蔓草荒烟中，其湮没无传者又难悉数，可胜于邑哉？

若唐人宗《文选》，李次璘注之，子北海更以词翰名。杜襄阳祖孙先后济美，而工部诗史广大精微，称三百篇后一人。他如浩然袭美文山建侯，推词人弁冕者，指不胜屈矣。递传至炎宋，恒多树帜词坛，而五星聚奎，笃生我道国元公，契羲文之奥旨，以启理学薪传，襟怀潇洒，迥出尘表，又岂得以词章之学目之乎？自是而降，元诗数百家，楚人不少概见，而吾乡鞠志元，与昌江胡天游亦常与焉。至有明一代，如夏忠靖、刘如孙、李文正、刘忠宣、贺文忠诸先生，文章经济，勋猷节烈，类皆彪炳史册，而诗词亦流播寰区，或长编全部，或吉光片羽，奉若拱璧，当与白珩同为楚宝矣。然余抑有说焉，明代诗人，迭相雄长，而吾楚实与之角胜。历下琅琊，执牛耳于葩坛，当世盛称之，其时同登坛坫者，吴明卿先生也。中郎继起，欲尽扫王、李窠臼，诗为一变。迨竟陵两公出，以清新敏妙之笔，发挥性灵，诗似再变，虽各出手眼，不袭前人只字，然矫枉宁无过正，其选诗归也，薙俗烛雅，标古鹄今，俾作者与读者之真性情、真精神相得益彰焉。独是古诗、明诗虽各有归，惟楚诗散佚居多，未获所归，不能单行于天下后世，毋亦采访无人，或为退谷鹄湾之遗憾与？

余尝慨楚诗散轶无归，每欲汇集成编以问世，窃有志而未逮。已亥冬，沔水钱君念萱，持引遍索楚中声什，名曰《三楚诗萃》，不惮跋履山川，为之旁搜远绍，上自朝庙，下暨委巷，遍及于缁黄闺阁，有奇必赏，无幽弗阐，张吾楚军于前古后今之际，且能扬扢本朝人文之盛，真大愿力也，大快事也。适得我心所同然矣。然或者曰诗天下共物也，专言楚，得毋隘甚，余又谓不然。《风》，《诗》以二《南》居首，维江与汉实楚域也，而邶、鄘、卫继之，郑、齐、唐、魏诸国又继之，斯十五国之风以成。今钱、史两君在楚则言楚，在天下则言天下，匪阿所好也，傥以萃楚诗之涣者，更进而萃四海九州之涣。惟萃也，而后诗得所归，由此采访既遍，复南向吴、越、闽、粤之邦，北历燕、赵、齐、鲁、秦、晋之地，合宇宙内诸名区，广为裒集，虽言人人殊，而本诸性情者，则人人皆合。是诗之感人，无微不入，亦犹风之动物，无远弗届也，庶三湘七泽之雄风，行将与二《雅》三《颂》并传不朽，不得谓吾楚无风矣，又岂仅以是编壮全楚之大观已哉？吾愿与诸君子聿观厥成也可。

续古堂十三经源流自叙

曾钧

今人得一希世玩物，虽琐屑无用，未有不溯其源流，考其废兴者也。至于布帛菽粟，日饮食之，被著之，宜有以悉其颠末矣，从而叩之，或茫无以应，岂布帛菽粟之难知哉？以其习而不察耳。

十三经者，学者之布帛菽粟也。自有汉、唐之笺疏，宋儒之训诂，诸经之蕴，炳炳如日丽中天。后儒未遽能穷义理之精微，急宜辨古今之同异，然从而叩其源流废兴，亦茫无以应，又岂经之难知哉？亦以其习而不察耳。况所见异辞，所闻异辞，所传闻又异辞，执一经者，或仍师说之谬，或出臆见之私，过于疑者，多为指摘之说，拘于信者，因为准拟之文，遂使苍黄混淆，鱼鲁多误，观者河汉，渺无津梁，其为患岂浅鲜哉？

余读《回澜史录》，叹其铺序明白，了如指掌，以为史虽如此，经亦宜然，于是荟萃前贤之论，博考近世之言，平心观理，折衷其说。趋庭之际，执经问难，家君亲为指授，遂以提纲撮要，述经学之源流，断百家之旨趣，间有出一己之议。要不背先圣之旨，一句一字，必有所本。错综鸠聚，以成篇章，所谓采五金之精以铸剑，集千狐之腋以成裘者也。然载籍如林，未能遍睹，潜窥似管，岂识全斑？恐有遗闻，不无漏义，博物君子，幸教我焉。康熙辛丑孟冬望日。

夏云卧遗编序

陶士偰

昔人谓文字以逸品为最上乘，顾逸而或流于诞，或近于怪，弗贵也，盖由中著外，视乎人之性情德诣焉。

濱江云卧夏先生，少负美才，而天机清妙，名利泊如，自补弟子员后，足不入棘闱，奉母孺人居村里，键户读书养志。家故贫也，乃依竹为园，架梅为屋，以恣意于山颠水涯间。此其高情远致，固得之生初，而成之以独行孤立，由是发为词章，安得不臻上乘哉？然而时俗眼孔，窃欲因此为訾议，谓其弃科名而逃空寂，迹涉怪诞，遂并疑其所著述亦诞且怪之说耳。嗟夫！世岂无奔走名场，忝窃高位，外罔益国家，内薰心利禄，至白首不知止者。海上之夫，终身逐臭，以视吾云卧君之超然遐举，贤不肖相去何如？况其文具在，披卷读之，自山水钟情外，大率皆于父子、兄弟、夫妇、友朋，恳恳勤勤，流露至性，惟间以幽思冷语，使人触目解颐，亦复刺心动魄，是殆本贞松古柏之根株，作琪花瑶草之异韵。

余以为，人与文悉登逸品无疑也，诞怪云乎哉？抑犹忆三十年前，余往来桃花江上，亲炙其言论风采，翛然若仙涤我尘秽。竹园梅屋，洗盏赋诗，恍历历目前事，曾几何时，遂成陈迹，而少年后起，且无端訾议之可叹也。夫不知其人，视其文，此编出而营营者可以息喙矣。乾隆十五年庚午仲秋。

郭右皃文序

张埴

帖括文字，是制举一道耳，昔之科场，原不以是。权舆荆公，有明用之，定式自洪武甲子始。次年，司文衡为吾乡茶陵三吾刘公，《天下有道篇》，鸿章壮采，开国大文，行墨可暗数也。

弘、正之际，西涯李文正两主会场，以《儒先有本》之文，提唱宗风，一时学者有长沙之学，若钱鹤滩、顾东江、储柴墟、邵二泉数十辈流是已。嗣后南风少坠，吾乡之风教，不在楚中而在吴越。百余年士风国气，接续流衍，犹有存者。至于穆宗江陵枋用，辛未南宫命题，首之以足国用，次之以正风俗，而归于安社稷、程式先进礼乐之作，为三百年第一篇文字。乡校、家塾具有其录，可覆而知也。即以吾潭末季言之，湘洲宫保，壮而登第，归而悔其少作，尚为时艺十首，并文字法，以附岣嵝《玉衡集》后，而于潭之先令包仪甫前后稿三致意焉。

自吾少时入蒙馆，即闻诸训蒙先生而传其绪言，虽不及见其人，未尝不掩卷兴思也。湘洲之言曰：予邑偏在南服，耳眼庳狭，无所取正四方。时文习尚，年变月迁，传之至邑，邑人摹而效之，尝在一二年后，摹之未熟，而四方习尚又变矣，此余邑所以陋也。惟其然而四方悠谬怪恶之习，染者未深，可以洗而去之，他日人文，将在四方之先，未可知也，而深幸得仪甫倡率，以几幸其复古。又述胡渭川求道方山一条，为后学勇于进取者劝。盖前辈之究心文事，宏奖风流，不肯苟懈如此。是以其时学者，往往所作可观，唐、谭、石、谢之流，一经指授，皆羽化飞腾，村先生其知文乎？而为余言尔尔，理脉渊源，犹可窃聆私淑焉。

逮今廿年，江河日下，益不胜坠绪茫茫之感矣。数年薄游四方，凡所称今世善属文之士，都尝一接其面，究其言无以异于人。人闻吾楚风，再拜谢不敏焉，而此中人顾异是，每与损斋、沧洲两丈喟叹久之。是以余近者雅不喜与人论文。右皂郭君，吾少时同研席友也，齿少余而相知特深，今其华发盈头，褒衣博带，俨然升堂为大师都讲矣。出其文以质，喜其不为时下骫骳脂韦，紫色蛙声之习，而能希古道也，殆亦闻乡先生之泽而兴起者乎？

缅维坦斋、西涯、太岳、湘洲皆古人，其骨已朽矣，追忆蒙师绪论，恍如隔世，为覆举以当一夕之谭，犹然帅初肄简，循循规矩意也。古有之，昔我有先正，其言明且清。又曰：虽无老成人，尚有典型。若时下谀言琐说，既饱闻而厌道之，亦非余之所以期右皃矣。右皃得毋拈髭微吟，嗤余童心，且未免为乡人乎？此则余之所亟用自愧也。

何无佞国策补遗录序

张埴

将欲绍古圣六经之传，著书明道以垂训，则无务乎肆雄谈，逞诡辨，以眩瞀一世之耳目焉。盖经者天之心，开务成物，以立人极，其言醇乎其醇，安所事诡激哉？

迨世既衰，至于战国，微言绝而大义乖，杨、墨、庄、列，各自为家。坚白异同，谈天炙毂。白马非马之辨，横决而不可止。处士游说者，朝秦阙，暮燕关，此纵彼横，倏连忽合，立谈而取卿相，抵掌而下邑城。当其意之所注，目之所射，口之所吐，手之所画，术惟恐其不工，言惟恐其不辨，生心害政之事，惟恐其不甚而无成。固有明知其说之非圣无法，乖于古昔，悖于六经，而亦忍而为之者。乌乎！是何暇复与之辨是非而论邪正邪？

故吾以为论文至战国，而欲执六籍之义绳之，是犹强猿狙以服文衣，控泛驾以求按辔，不惟无以适轨，且跳梁叫号而轶去耳。然就其中而求善观之法，则莫若明著其说，弗灭其籍之为愈。是其言出于南丰曾氏，所谓使天下知其说之不可从，不可为，然后以禁则齐，以戒则明是也。其次则陆子稼书《去毒》一编，颇近古，彼知是书之行千余年，上继春秋，下起秦汉，学者多诵习之。第其中足以说人耳目者多，而坏人心术亦不可胜计。如厚味之甘而毒寓其中也，去之斯味甘而毒释矣，其立意可谓善哉？

山阴何君无佞，嗜古好学，熟复不忘，久之复以曾氏本中俶奇恢诡之篇多所未载，谋于余曰阙。

赠曹畅庵序

张埴

世多谓穷愁始能著书，余谓著书者虽贫，而嗜著书者恒寿。

何以明之？商有籛铿，信而好古，越周李耳著《道德》五千，孔子曰窃比，又曰犹龙，非其信而有征欤？汉之时有张苍，有伏胜、师丹。苍百二十，精律历，以书为黄妳。胜明《尚书》，丹治《易》，宁以其笃老多忘而置之。自后世儒者不明古义，而以著书属之穷愁之虞卿，比诸欧阳所云诗能穷人者，抑惑已。

余家世素乏产，每授徒以给饔飧，固天下之穷愁人也，而独不能著书，虽尝从事于文章，然小战利，大辄不利，恒怪之。继以明经游太学，习诗歌古文词，心欲独出古初，超杜、韩、苏、陆外，自名一家，自忖究远出其后，是以付开雕、质当代者寥寥焉。屈指韶光遽及耳顺，草木之年，又自愧其徒寿也。频岁意不自释，发愤读古人书，更取良师友所刊各集附益之，见有为制艺，为古文，为诗赋，为笺牍、四六，斐然各列群玉焉。伊何人斯？按其氏名，则吾友澬江曹畅庵听涛园各种者是，跃然曰：此真大作家，继杜、韩、苏、陆而称能著书者乎？余素与畅庵称石交，知其明春亦六十，夫余与畅庵生庚申则同也，而等身之业不啻霄壤。小知不及大知，小年不及大年，有恧焉，增叹耳！

犹忆童子时，随先君子之郡城，值峨冠深衣，携总角颀然来访寓舍者，为灣州谊伯与畅庵。先君子命出揖，识仪型。未几畅庵以采芹食廪饩，又未几以屡批首贡成均。巨鹿之役，呼声震天。昆阳之战，虎豹股栗。文阵雄师，使人舌挢。乃畅庵循循善下，若不为意。至都日，齿仅过终童。自国子先生孙公树峰外，史公胄司、吴公匪庵、汤公西崖诸名卿，莫不倒屣迎，而同肄业者，燕、齐、吴、越各直省，及外彝官生，日本、高丽世子，求诗文法书，恒户外履满，无虚日。畅庵目送浮云，手泻流水，咸惊天授，意将由石经虎观，导佐明廷，而畅庵注意正途，思得制举一当，以振前人之绪。谢而南归，解其橐，得《纪游》百首，雅不欲自存，谓吾道渊源非在是，而于古作者之林，尚躏中庭，未入阃室也。遂穷其奥诣其微，取周、秦、汉、唐、宋暨有明人文，磨礲砥砺。如是者又十年，而后乃骎骎入化也。

逮数踏省门，终不遇，始放意肆志于诗、骚、词、曲，雕肝镂肾，钵目刿心，穷人情而极物态，不至于古立言者不止。学与年进，入圣超元，有由来已。尝怪世儒手持帖括，号敲门具，河桥之筏，渡则去焉。中年入仕，宦稿官书，浩若烟海。折杨皇荂，搜琐其言，不文不远，澌焉易尽。即富贵而光荣，其与没字碑、屋角金何异，尚堪诩诩然著作自命哉？著作必若畅庵始能行远传后无疑也，畅庵穷，畅庵寿矣。或曰蓝溪之上，橘千头，竹千个，有田有池，可耕可钓，夫妇偕老也，兄弟聚顺也，鸣鹤在阴而子和之，高山在望而学者景从之，曹子乐，曹子不贫，何以著作为？余曰：古之彭、李及张苍、伏胜、师丹，皆非得已而为是也，抑亦有志于古之人、古之道云尔。畅庵少不得意，壮不自存，其以古道相期久矣，期于古乃不屑于今，志乎道乃不同乎俗，乐则遂忧方大也，奚而不以著作写之？

余学既逊畅庵，而知畅庵特深，江关百里，援笔摛词，如蓟子训与老人摩挲铜狄，语五百年前事，必有合符者矣。书以寓濱江诸君子，为署之屏端，当祝暇之献，或不揞拄余言也。是为序。

尹如攻文序

张埴

余庚友如攻尹君，橐其生平制举义若干首，欲待大科第发名于时，而后付诸坊客以行远传后。老而未遇，及门诸子欲彰其师之邃于学而深于文也，相与醵金开雕以问世，意良厚哉！

乃如攻致书索序于余，又何谦也？如攻之言曰：仆与君生同里，长同学，又齐年而世好也。时艺之刻，傥不弃而为之序，但当恤其不知，而诲其不及，一涉浮誉，谁能受之？余三复教言，致震掉失笔。儿辈曰：盍亦一言，非然无以慰尹君求而拂厥门人意。余曰：余非不欲序如攻也，不忍也，不敢也。思如攻之先，掇科者非一代，代不一人。如攻世其业，故学有渊源，又重之以名，父浪翁口授手指，于先正衣钵确有心传。余自戊辰读书其家，亦尝窃聆绪论，每有所作，不谓不如，进而教之，比于犹子。先君归自都门，绛帐唱和，一弹再鼓之余，相视而笑，望其两成。今童而白头，不克负荷，追思曩昔，二老风流，邈然尽矣，是以不忍也。如攻泮游后，屡试冠军，督学使者，自薄、李、缪、黎四公，咸称国士无双。校录一出，闻者争写，一时纸贵。当都堂纳卷日，余与如攻旗上下，如楚击秦，战巨鹿，诸侯军无不惴恐。逮较量诸作，实不愧举首，服膺有日，是以不敢也。

乃吾二人者，小试则小利，大试则辄不利，今发种种矣，聪明减而道术无成，市人目笑，路鬼揶揄，何能觍颜据席，舐笔和墨，形之话言乎？然有不能默默者，则以时文非小道也，国家程材以是，亦士子羔雁先资，乃二三君子，视为无实剥杂之戏。敲门之瓦，启则掷焉。河桥之筏，渡则去之。其不大负朝廷设科之意，而坠家世屡传之训乎？况迩者天子加意文学，命礼臣厘正文体，归于浑朴，自王、钱以来，至于熊、刘，汇为一集，以作津梁，何等郑重殷勤！而诏书久下，未有善本。忆在都门，尝亲诣灵皋宗伯，语及选事，至面热发赤，趣其早竣，切勿假手他人。今得如攻，不以选而以文补其缺陷，使老友见此，助我起予，岂不抚掌共快？《记》之引《诗》曰：昔我有先正，其言明且清。《小旻》之戒曰：无筑室道谋，不溃于成。如攻真先正大犹、筑室有成者矣。余是以不容默默耳，浮誉云乎哉？

至于遇合之事听之天，功名之来存乎数，庸知省门蹴踏，非劳苦变动而后光明，小屈者必大伸，伏久者飞必高邪？若余者，西风毷氉，甘蹇步于国门，非敢后也，马不进也。如攻其努力著鞭，余将于长安旅署，令儿辈扫除以待名贤。韩夫子非长贫贱，如攻岂终老牖下者乎？

贺子翼先生史论序

张埴

学者一室观古，苟非具知人论世之识，而徒以佣耳僦目求之陈编谰语中，盈庭聚讼，筑室道谋，讫安有定见哉？况伊古以来，经数十朝，历数百余帝，君臣上下，王侯将相，及大夫士庶多矣。其间仁圣贤人，奸回佥壬，层见叠出，不一其状，而我以一人口舌，从而上下其议论，别白其是非善恶，此虽具重瞳之目、反握之手，翘关扛鼎之笔，亦且阻于异时，隔于异地，眩瞀于异人异词也。庄生有言曰：彼亦一是非，此亦一是非，安所取正哉？然则定之如何，多读书，勤下问，细用心耳，是学、识、才之谓也。顾吾尤易以三言，曰明，曰公，曰慎。作史者其敬听之，祸福相倚，隐而未彰，先之以见，明也。得失互陈，持而不下，施之以断，公也。褒贬将定，衡而未允，加之以审，慎也。持是以知人论世，其于史也庶几欤？

永新贺子翼先生，明季著作才也，绩学与身等，四十年老诸生，沧桑改易，一旦弃儒巾，奉母隐于禾山，丹黄油素，手不停披，又历寒暑者五十，几与篯铿柱下齐年。四库五车，七略九经，撑肠拄腹，不可以指屈枚数。所著《水田居士集》外，《易触》《诗触》《诗骚筏》《激书》等文，亦既短曹刘而劘屈贾矣。乃于读史之余，更著为快断，曰《史论》，此盖仿龙门、扶风、庐陵、眉山之遗，而扩充其才调者也。曾孙楚望馆于余，数出以相视，且命为之序。予受而卒读焉，乃叹先生之才学识，信天授，非人力也。即其见祸福，断得失，定褒贬，于公，于明，于慎，若射之有鹄，中正之有准，阡陌之有经界，无豪发、铢黍、方寸之有移易，殆可为一代良史，而具论世知人之识者乎？然予于其铺陈排比、提掇照应外，而更有会于先生立言之意焉。

夫一哄之市，立之耆硕，米盐琐屑，片言可折，据其情而已。十室之邑，设之长吏，酒食诟谇，数词可正，判其理而已。综千古之正史，聚帝王君相、仁圣奸邪于一堂，而下上别白，家为爰书，人立定案，斯其笔墨所及，行间字里，非有意思行乎其间，则公、明、慎、才、学、识数者皆无庸焉，而意又非可以臆造也。得之于心，应之于手，不疾不徐，有数存乎其间，其在屠牛鼓刀、匠人运斤之会乎？不然，读史堂中编白头何限，拙者牙签插架，新若未触。间有才士，侈口信眉，随手涂抹，孰不班、马负而庐陵偶？蕲其能实具史才者，百不一见。何也？则不省夫意，而惟陈言谰语之是求焉耳，不求者独子翼先生。此先生之言所为恒存于霜降水落之余，不与草木同尽乎？

阅世四纪，犹艰剞劂，异代子云，予负愧于楚望特深，聊笔数语，以为嚆矢先声，其有能代悬国门为日月不刊之书者，是不惟楚望日夜祷求，而亦予之所深望也。《史论》其借以表彰乎？

安成王外章诗序

张埴

余少持帖括，出门求友，尝扁舟东下，游于吴越诸名流之门，源流派别，得所师承，而犹以为骚坛诗社，宏奖风流，未之问津，终成伧俗也。及后湘川恢辟，风雅大振，沧洲崛起，先君唱酬，麓庭岸花，执耳敦槃无虚日。余亦属鞭弭从其后，而又觉风云月露，操瑟违时，于制举业有荒也。荏苒南北，年运而往，事则两岐，都无一是。终夜徘徊，惭悔交并。平原君云：胜也，何敢言事，有退然自沮而已。

安成王君外章，与余有世缔，其伯父伊髯翁从先君学诗，游泮龙城，至潭则侨余家，余以是知王氏上世事为独详。时当壮盛，掉鞅文场，留连倾倒，肝膈无不吐。伊髯尝曰：吾老矣，一巾裹首，先人书香为不坠，顾未知吾子弟继起何如也。则又抚膺而叹。迨数年余迁花桥庄，伊髯携弟或庵君复来，则已鬓秃瘾斑，伛偻而行，无复拳捶黄鹤、酒醉长沙豪态矣。嗟乎！王生结袜，曾几何时，引镜鉴颜，已非故我，对此茫茫，百端交集，张子于此自问可知也，为赋二诗别去，不相闻问者十年。雍正庚戌冬，余儿九钧由田砕归，则云有伊髯先生之侄外章，授徒刘氏山庄，读其文，洒然出尘壒，而诗章清新，俊逸远追庾、鲍，欲余延以训其季弟。余曰：有是哉！亟聘以来，续吾两家缔好，为不寒盟矣。

既来，则出所作，快谈如钧儿言。览之喜，既又复悲，盖喜王氏之有人，而悲伊髯之不再见也。

外章深沉好学，美秀而文，踽步规言，类有道者，振起前猷，可操券俟，而其苦吟焦思，似浪仙之在驴背，长吉之投锦囊，吾见其进而未有艾也。由此充之，突过伊髯，而以余辈为不足学，且以洒然出尘之文，取大科第，续青箱而荣闾里，不难矣。乃悟千古诗文渊源，流派虽殊，指归则一，乌有工吟咏者，而于制举业径路有不通乎？命有穷通，遇有得失，伊髯与余所坎轲者，在外章与钧儿辈共勉之耳。

外章深山闭户，足不出门限，风雨如晦，鸡鸣不已，诗文互攻，移时成册。余举方正学游潜溪故事相方，潜溪之诗曰：岂知万牛毛，难媲一角麟。外章固瑞麟也，或庵归安成，须拓驷马门以待，无长滞湘干也可。

赠石介如序

张埴

古英雄之士，有报人之志而无不成者，无他焉，为能潜锋养晦，相时而动，以毋轻于一试而已。明受其害，而洟涊自甘，此靦然人面，不足比数者也。心知当报，而抚剑疾视，止图一时之快，其或途穷事左，爰莫能助，贤人君子，有深惜余憾焉，则尤大不可也。

句践之报夫差也，不难于击鼓兴师，以围姑苏，而难于卧薪尝胆，躬劳苦三年而不倦。范雎之报魏齐也，不难于供具设饮，驰告大梁，而难于拉胁折齿，佯死变姓名而不知。是盖英雄举事，远过寻常，故能坚其志，老其谋，关其口，敛其气，以断乎有所成就，非悻悻然若小丈夫之疾怒，辄形于颜面也。吾子得之矣，其加慎乎哉？当吾子之未至龙眠也，余闻其避地于涟湘，始而喜既而悲，盖以地居接壤，儿女姻娅若可恃者，乃忽开门揖盗，孤注与人，始知其难以久留矣。其既去涟湘也，余闻其栖止于龙眠，始而悲，终而喜，以其寓居世族，裘马轻肥，恐相矜诩，乃竟折节读书，大殊往昔，不觉为之称快矣，此岂非不幸之幸？天欲兴人门祚，故留此善地，以曲庇而玉成之也哉？亦大出于望外矣。嗟乎！

君之王父下世者，于今三载，万石之车悬，金谷之园废，想其含冤赍志，真欲堕炎霜而陨碧血，然缌帐犹存，灵輀未举，生平知交贵游，未有抱幽冥之痛，从而问焉者。即尊公覆巢之下，幸保完卵，而漂流淮徐，割慈忍爱，春草生而秋雁往，顾景伤怀，亦无有释左骖以赎罪，如平仲于越石其人者，为可叹也。余忝世好，于君家当年之役，深文罗织，既不能为左儒之争，复不能为赵岐之匿，惭愧良深，然此中可白肝胆淋漓，虽未与共诣龙眠，而读足下《寓怀》诗，至吾心饮恨竟谁呼之句，感慨横生，有神与俱往者矣。吾子其亦知之否邪？

闻归湘完姻，有半载栖迟之约，二姓之好，似续之谋，人生所重，何为不然？第怀与安实败名，当于逸乐时常思忧患也。齐襄公复九世之仇，君子大之。宋高宗不复仇，君子耻之。故事载在史书，取览自明，总期足下之能报而已。不尽。

案：文中所谓王父，即以重征叩阍之天际先生仑森也，其被害后，子若孙远窜流离，久之始还故土，此文犹以复仇勉之，则当时之公论可想矣。汝怀附记。

送安南使臣归国序

张埴

安南使臣尚书阮名誉、太仆阮进策，二人者承其国主命，来献于我中朝。其故相与吾祖，在彼都有旧也，过访寒家，予之饮食，必试以银乃入口，质之译而后尽醉，可谓涉险远知所防闲者。然予恶其多疑而善幻，以孔子言行忠信笃敬告之，欲其实也。

他日朝事毕，将归于国，裒所为诗文，泊舟湘岸，请以益之。余曰：吾所以告二君者，尽于曩日所言矣，无已为重申之。今夫国有大命，不可干也。海有大汛，不可欺也。一也。一者何实也，子居家，则奉其城郭人民，出使则奉其珠玉香羽，咸知所郑重矣，奈何以尤重者而顾轻之。重其所轻，是第知有城郭人民、珠玉香羽也，其何实之与有？尔国安南，亦反覆颠越，不实甚矣。区区弹凡，莫也而陈攘之，李也而黎窃之。益稷来朝，拒不使返，登庸在告，诬其潜通，方命已极。今天子圣神文武，归诚向化，似识所轻重者，然求封增土，琐屑无餍，小事大，夷效华，而敢若是哉？使者归，尚其告于尔王，无二尔心，无违尔誓，无缺尔贡献，三年一聘，五年一朝，苟有明信，何事铸金为人、明珠作目以为宝乎？若犹未也，干国典，悖古训，铜柱犹在，伏波之神不远，所由辖制尔安南人民者，成法具在，不可逭也。

吾之告国使无异前言，所以益尔诗文者亦在是也。古有之。柔远能迩，以定我王，中国以之。又曰：率土之滨，莫非王臣。子之君臣以之。

赠曾子厚序

张埴

昔卫多君子，延陵季子友之。鲁有君子，孔子虑宓子贱，无以取之，非君子难，而独成其为君子难也。非交君子难，而君子之交，始终不相背负为难也。

若余湘中曾子子厚与胡子苍岩，斯君子之交乎？翟公云：一死一生，乃见交情。一贵一贱，交情乃见。余于斯二子者益验。盖吾湘中地有朱亭，有淦田，苍岩为朱亭人，子厚为淦田人。淦田去朱亭不二十里而近，子厚丰于财，苍岩家屡空，老母妻子在室，恒不能举火。苍岩自登贤书，谒选曹，间关千里，无内顾忧，皆子厚由淦田往朱亭常左右之。苍岩有才子曰师孟，字道闲，能读父书，擅无双誉，苍岩橐洗如，而令子衣冠甚都雅，僮马从容，余窃惑之。苍岩语余：君何惑，是皆吾友子厚代营，而吾儿师孟固忝赘婿于子厚也。虽然，此人所能也，惟馆其婿，而并迎其婿之父母与祖母，并养其婿之弟与女弟，为难能也。是真君子也。更可诵者，苍岩赴选，以疾卧京师，道闲欲往省，子厚嫂夫人怜其弱，子厚毅然以身为代，至则病已剧，强扶就骡车，卒汉上旅邸，敛而易舟以还，窆于先原。惟其所志，非古君子为行而能任此乎？

岁丙辰，道闲举于乡，余子九镃叨同年生，试南宫又同捷，俄邀国恩，又同授庶常。余束装往视，约子厚偕行，子厚许诺。俄以长侄骤故，恐重伤伯兄子敬意，辞不往。而道闲在都，衣冠骑从较余儿加整饰，又知子厚之遥为结束，纤悉备至也。明年，道闲假归，病卒于家，子厚哭之尽，葬附父阡，又获毕乃愿焉。是胡氏一家，两世皆子厚经理，生前卒后，终始不相背负，岂不洵贤而能独成君子邪？然子厚虽丰于财，颇殖学，列明经，仕当得州二尹，不赴。平居事亲孝，事兄恭，遇亲族乡党有礼，待臧获、佃佣以惠以仁。祠堂、族谱之修，大半皆子厚捐财谷以成。视世之龌龊苟且，挟一钱若持明珠大贝，兢兢恐失坠者，霄壤殊矣。

今年秋镃养疴家居，如淦田奠道闲，便谒子厚，值诞辰，戚友谋所以致祝，皆云非余文则子厚不乐。余何以况子厚哉？即以其周旋胡氏家事者举例其余，而凡子厚生平之嘉言懿行类此矣，即所以祝子厚之炽而昌寿而康亦在此矣。古人一生死贵贱，兹则并生死贵贱而俱忘之，使孔子与季札见之，当何如也？于其杖乡悬弧日，书以张之于堂，诸戚友被服恂恂有鲁卫礼义风，知余赠人以言无虚誉者，亦庶几得厕于君子之林乎？

全舆诗括自序

张埴

吾欲纵全舆以博览，而苦其泛滥无稽也，则请约之于唐、宋、金、元、明有韵之言，庶确而得所据乎？皇华輶轩，过必言怀。迁客骚人，劳而写怨。为土风，为士宦，铺陈景物，点缀山川，其城郭国都，因革损益之故，往往借以疏通证明，千年铜狄，可摩挲而剧谈也。然而知者希矣，存亦讹焉，谓是区区篇什间，长吟短咏，遂可攫而凭之，以为的实邪？

自《一统志》不收全诗，而各直省州郡艺文所载，傅会失实，那移剽袭，割剥挦扯，已无复整齐画一之观。小儒针鼻眼孔，家少藏书，所见异词，所传闻异词，不难因陋就简，随声附和，指他人门户，以为里闾，新丰营而鸡犬举受牢笼，抑亦可哂之甚矣。夫人生非多读书，远行路，难诩问道已经，况堪舆茫茫，有触辄误。孔子作《春秋》，必行求十四国宝书，司马迁著《史记》，必陟名山，溯大川，博望之穷河源，邪律楚材之适西夏，要皆具只眼而挟济胜，乃可谋野有获。今欲以惘惘心胸，之乎洸瀁无垠之域，而曰我明是，我纂辑是，无惑乎非愚则妄而已。

某于斯事业之有素，周行天下已越半生，所过山川都邑，世家文献，必亲质焉，有疑义未明，即山泽之臞，退院之老，亦叩扉撞莛，折节下气以谘询之，而奇书秘笈，屡朝全选专集，无不倾囊倒箧购求。糊口之产不给，尽典衣裘，所觅宏多，而后乃今稍稍略有窥测，然不遇异人，导秦桥，探徐市，入海前载籍，则三五以上，所为画疆分野者，安所取正哉？至于还辕返棹，一室网罗，即又扫地焚香，涤除元览，率门人小子，州次部居，发凡起例，以刊定其踳驳，矻矻者数载，始致斋北向，告备于天焉。异日者，岩廊之上，皇舆竣事，旁征艺文而及诗篇，某也执此以往，可号单行。柳河东曰：华彝图上应初识，风土纪中殊未传。韩昌黎曰：愿借图经将入界，每逢佳处必开看。则斯编分类所纪，其职志矣，不然，九经四库、二酉五车，文字语言，浩如烟海，将极毕生之勤求而罔济，亦抱无涯之志，而书卒无成也。

今得取证篇章，侥幸卒业，上下纵横，不盈一掬，命之曰括。括诚难也，由来邈矣，仙乎仙乎，敢忘所自哉！谨书以识之。

考古源流叙

彭士商

王子廷鉴先生，绩学有望于楚，捷礼闱后不令牧而皋比，造物者将以益其所未至邪？先生之学业已至矣，其又奚益？先生不谓然，曰学焉而至者希矣。范献子聘鲁，不知讳具敖，窦元德不能答帝丘，是学殖荒落，姑勿论。至文学如昌黎、庐陵，亦綦至矣，而昌黎尚以读《仪礼》为难，庐陵以所不知三事，折简询刘原父，原父讥之。学奚易言至邪？

虽然，不敢不勉也，皋比多暇，益邃于学。学于皇坟丘索，特夏五郭公耳。以十三经学，则治田者之蕴本也。以二十一史学，则记事珠也。而经史之华与实，则唐杜岐公《通典》，宋郑夹漈《通志》、马贵与《文献通考》备之矣。先生学既有得，荟萃三《通》，勒成一书，名曰《考古源流》，惟传述旧闻，不自逞意见，立议论，而先生之学之粹，即是书可见一班。余仲子坊受知东坦，历有年所，每辱寄书，必勤学是勖。余以姻故，益稔先生之学，适朝命举博学鸿词，楚分省诸上台以先生应，稽古之力欤？诸上台之明欤？先生虽恬退，能勿应明诏走长安欤？舟行过余齐安学署中，属叙其书。

余观是书，为纲者六，以统众目。纲分天、地、礼、乐、兵、农，目仍《通考》之旧，其间删繁去复，订讹补遗，则三《通》均之。余考马氏，谓杜书纲领宏大，考订该洽，而节目之间，未为明备，去取之际，颇欠精审。或又谓夹漈果急喜持论，往往执一察而轻议前人。至马氏《通考》，援据夹漈甚多，而弁言顾远溯岐公，不及夹漈。《经籍考》内，备列诸家类书，奸如王钦若所辑《册府元龟》亦与焉，独不及夹漈《通志》，亦未免遗漏。呜呼！类书仿史氏书志体，其又可易言邪？

历代诸家，各有纂述，今何以集厥成邪？萧相国造未央宫过侈，曰：无令后世有以加也。而孝武造建章宫，千门万户，谓之无加于前，可乎？先生兼三《通》而去取之，卷帙之多，较《通考》更倍。综络古今，原本终始，类聚胪列之，而百世可知。然则三《通》均之未央，先生是书，其建章矣，乃先生自视欲然曰：余将更求其至者也。予又安能测先生之所至哉？学者得是书而读之，因以知己之所未至，与所不可不至，则思过半矣。

竹岩先生讲学录序

彭士商

竹岩先生著书等身，顷余尝序其所为诗若文，若《家训》，若《宗正录》，梓而弁之，其诸桓君山之嗜子云欤？岁己酉，先生之子孙复以《讲学录》来，且曰：先子邈矣，其生平所学，与所以教人之法，莫详是书。傥弗得与所为诗若文，若《家训》，若《宗正录》，同邀一言垂不朽，则子孙罪也，敢以请！余喜先生之后有人，能不泯其先德，受其书读之。其目二十有五，大抵皆纂述先儒之格言，加以删定，称引先儒之行事，微示取舍，未尝自立一言，而荟萃诸家，得其精液，勒成一书，先生独得之秘，从此可窥。

从来讲学家，河汾苏湖置弗论，即直接孔孟心传，如关、闽、濂、洛，亦多未竟之旨，至朱子始集诸儒大成，然吾观朱子作《论语》《孟子》序说，皆节录《史记》成文，而云峰胡氏于《论语序》则曰：要看太史公书法，又要看文公删后书法。近李岱云氏于《孟子序》亦曰：《史记》文一经朱子手，便当作朱子文看。惟朱子著书亦然，如《小学内篇》则采三《礼》、《论》《孟》《孝经》，他如荀、杨、淮南子辈，亦间收一二条。《外篇》悉汉以来贤人嘉言善行，今海内读《小学》者，千声一喙，鲜不以为是朱子之书也。

先生《讲学录》摹仿朱子，自先儒言行外，不更赘一语，而援引别有深意，翦裁具有法度，是则真先生之书也。金溪、江门、姚江曷取乎尔？引人以正并示以岐，使知择也。《尚书》断自唐虞，此其以庖牺何？泾阳之俎豆，周元公是已。元公，宋之庖牺也，庖牺，古之元公也。后之读是书者，类而证之罔弗印，实而体之罔弗效，将人尽桓君山，而何假乎余言？然余弗言，非先生子若孙意也，于是乎序。

谌渔山师孝子传序

彭士商

渔山先生师吾衡九稔矣，某向侍皋座，聆训诲，较诸生独密。嗣某叨捷南宫，滥竽黄铎，违先生杖屦且千里，而先生以近所编辑《孝子传》缄寄属序，诚相知之深。

某虽弗工文，然义弗敢辞，且夫子弟之初学操觚者，非甚狂妄，师心将必讲求乎先正之筌蹄，名选家之评论，绳趋尺步，犹恐失之，然未必真能之也。得名师友焉，亲见其为文若何经营，若何制胜，己乃不觉才思欻发矣。其于制行亦然，五经皆圣人明伦之书也。语其根柢，在性命之微。详其义类，有经权之异。礼仪三百，威仪三千，言天下之至赜而不可恶也。士大夫口诵心维，行则背之，有实践者于此。标节树型，则顽者廉、懦者立矣。其于孝亦然，《孝经》一书，其近如地，其远如天，此圣人之言也。圣人立教以言，亦以行，经曰：人之行莫大于孝。考诸史，大孝与小孝并录，虞舜、武、周、曾、闵、申生、伯奇以及近古所称孝子，皆士大夫名师友也。操觚者知求名师友以自益其文，事亲者不知求名师友以自益其行，是务末而忘本也。

先生之秉铎吾衡也，课士以文艺，某幸得从诸弟子后，群而师之，自谓深有所得，乃先生则以为是末也。大匠言方员不若言规矩，言规矩不若执成器以示，于是汇集古今来孝行最著者，断自有虞，迄乎近代，凡三百有二十有二人，摭其事，括以韵语，便吟讽也。程子谓三百篇简奥未易晓，别欲作诗教童子，亦此意也。每段韵语外，详注事迹，征则信也。割肝不书，割股不书，尚庸德，抑畸行也。巾帼不遗，阐幽也。孝在鬒眉，则师鬒眉。

孝在巾帼，则师巾帼。义均也。噫！先生言坊行矩，某居门墙时，见其当父母忌辰，呜咽设祭，今且老矣，孺慕弗衰。吾衡之事亲者，莫宜于师先生，而先生并欲取古今来之善事亲者，为衡之人师，且以为天下之人师，吾师乎，吾师乎？开卷求之有余耳。

兹某且与先生湖南北各分一席，某学行弗逮焉知教，亦惟勉效先生之师衡者以师黄，其可也。傥先生广布是书，流及黄郡，使黄之人化之，则某坐受其成，厥功尤伟。

炎陵志序代

彭士商

方今圣天子崇德报功，数遣专官祀帝王陵寝，典最巨。乃者万寿圣节，大祀于炎陵，祼鬯玉币，焜耀南服。酃学博湘潭彭君《望庐赋》以纪其盛，摛芳撷藻，润色圣明，彭君之才，于是想见一斑。

既又摭其遗事，揽其胜概，作《炎陵志》若干卷，邮致于余，属以序。余惟帝生沕穆之初，开物成务，以前民用，功在不祧，先烈之垂也，不可以不志。唐以前帝配享明堂，宋则有陵祭，由元明以逮国朝，制仍宋，沿袭有自也，不可以不志。犄角岭表，犬牙粤徼，近则与朱陵福地接壤，山川之气，呼吸相通，楚地巨观也，不可以不志。大祀若时祀，有祭器、祭品、乐章、仪节，朝廷业著为令矣。加以笔诸书，则开卷了然，俾有司知娴习，毋陨越，所赖于志者尤重。

彭君精心缮之，讫有成书。余览其全帙，其大者有若《帝王本纪》《天官书》，其关系也巨。次又有若《地理》《沟洫》诸志，其纪载也详。洋洋缅缅数千言，扬扢而多风，典核而有体，其瑰玮矞皇，令人肃然起敬。其古穆渊永，如置身皇初，歌咏于蒉桴土鼓之列，以是扬历巨典，直可媲《雅》《颂》而踵《赓歌》，是烈山之功臣也，而实圣世之鼓吹矣。是为序。

湖南文征　卷六十三

序八

宋儒易山斋先生周礼总义序

王文清

玉韫于千重之石，而气吐白虹。珠沉于万仞之渊，而光生清夜。无他，天地精华之所聚，物莫能掩其神也。士大夫之立言也亦然，有敷文之言，有载道之言。敷文者文敝则言穷，载道者道不变言亦不变，吾乡先辈宋易山斋先生所著《周礼总义》一书是也。

先生名祓，字彦祥，号山斋，居吾邑沩山右，笃学力行，著述甚富。擢宋淳熙己巳状元及第，累官大宗伯，封开国男，遇甚荣而素业不少改，盖孤诣之志，自悉其力于不敝矣。顾国运屡移，兵燹频作，坊本剥蚀，家刻亦焚，至今六百余年，所著书或已不复耳其名，即先生之子若孙，亦无从探之故府矣。况《周礼》乱于新室，累于介甫，毁于五峰，学者言人人殊，虽有《总义》遗文，孰与掇拾而表彰之邪？恭逢圣人御极，特诏修定三《礼》，并谕海内士夫家三《礼》藏本皆得入献。文清时备员纂修，留心搜讨，方惜先生《总义》一书，仅散见王氏《订义》中，不得其全本，采之吾乡行省所献，亦未之及也。

未几当事奏令纂修官入中秘文渊阁上，搜遗逸《礼》书，予乃从阅得《永乐大典》全书，其书网罗数千家，中载三《礼》多种，而山斋《总义》在焉。按之独司徒一官有缺，余五官皆完善，予为之狂喜，因出语先生族裔宗湑字公申者，孝友士也，时举鸿博，来京师，闻而起祝曰：此吾先世之灵，经六百余年，尚不磨灭也。且叹且喜，因捐资佣善书者缮之，予亦从各纂修处汇其稿，只字片言必以付。数阅月录毕，几千余页，约数十万言。公申揖予曰：俾我先世散佚数百年之精光重见日月者，先生实大有造焉。予曰：非也，周公致太平之书，《总义》大有所发明，是能羽翼《周官》者也。卫圣经者，天故寿之，兵火不能灭，风雨不能坏，当此制作休明之运，自鸣石室，出金匮以佐鼓吹，而滋黼黻，后起者适若有启其衷焉，而与为借手耳，岂偶然哉？且文清与先生地同里，后先生六百余年而生，今适以珥笔三《礼》，为先生阐失传之遗绪，若相值，若相待，又岂偶然哉？公申大快曰：予得此差不负此行矣，归将授梓，为先世传此绝业焉。

予因述其事而志之，俾后之人知此书所自发，并以坚苦心著书者，无患后世之不传云。

附及者，清阅《永乐大典》之书，为卷凡数万，分帙以韵，幅长尺有八寸，广尺许，皆写本，大字径寸，小字五分，朱格皆用辰砂画，墨尚带古香，书法遒劲，通部无懈笔。纸厚比高丽而洁白过之，绛帛为表，紫玉为签，修自明永乐中，总裁数十人，纂修数百人，执笔墨从事者千余人。书成卷轴，充秘阁，终明代不能锓板。后张江陵奏写副本二部，一藏华盖殿，一藏武英殿。及李贼焚华盖殿，此书亦焚，惟武英殿本尚在。因世祖龙飞，初时驻跸此殿，乃移此书置皇史宬，后移秘阁。其书罗列万有，书目多外间所未闻，惜其征引太繁，颇伤冗杂。临川穆堂，尝欲向此中挑出数百种，锓以行世。吁！向微秘阁尚存此书，山斋之心血冷矣，因附记于此。

案：《永乐大典》系湖广王洪等编辑，计二万二千八百七卷，万一千九十五册，目录六十卷。嘉靖中，大内回禄，世宗亟命那救，书幸未焚，敕阁臣徐阶，复令儒臣照式摹钞一部，写手百有八人。自嘉靖四十一年至隆庆元年，始克告竣。见延陵姜绍书

《韵石斋笔谈》，与此文所纪小异。姜以弘光元年致仕，其于明事或较确也。我朝乾隆中，允安徽学政朱筠之奏，以岁癸巳特开四库全书馆，将《大典》并各省采进之书，分类校雠，于是隐帙奥篇，胥得著录，而典籍之富，远迈前古矣。汝怀附记。

古今韵表新编序

王文清

韵之为言均也，五方殊音，语言多瞪目不省，原其初生堕地时，儿啼孩笑之声，穷发无不相似者，亦可见音之同然，天均之矣。虞廷《赓歌》至《毛诗》三百篇时，俱未有韵法，而率口所成，自合音节，任乎天也。

自魏孙炎创反切法，齐周颙始作《四声韵书》，而梁沈约、夏侯该，隋陆法言，唐孙愐，宋陈彭年、邱雍、宋祁、丁度、李淑、刘渊元、黄公绍，阴时中、时夫兄弟，各有定本。今诸家书多散逸，惟宋《集韵》《广韵》二本尚存，而阴氏蓝本、刘氏之书特行于世。顾其书多臆见，纽合而经纬之，天籁不交，方音偏枯，而南北之元声不协。洪武时，虽定《正韵》一书，然阴阳既未分明，删并又无伦次，盖前此诸书，失在知分而不知合，《正韵》之书，又知合而不知分，殆亦五十步百步之差耳。嗣是《正韵》不行，学者仍宗阴氏本，予束发时已疑之，东与冬，支与微，鱼与虞，真与文之类，果截然为二乎？又如十三元中，烦与翻联、痕与魂合之属，不几混而无别乎？窃谓此中自有天然之钥，出乎五脏，合乎五土，流通乎万汇，纵横分合，无不吻合而曲中，而绝非师心臆智所能损益出入之也。

吾邑侯季翁仇公，甬上沧柱先生令嗣也。承其家学，宰吾邑能宽仁，曾引疾留居吾宁，士民相依且三载。病痊入觐，予时因馆阁之暇，公以所著《韵表》一编见示，卒业久之。见其为书也，分两界以定阴阳，立四画以归奇耦，有经有纬，则洪纤毕该，有定转，有开放，则流行中自相对待，且开口阖口之有别，方矩圆规之有分，同声异母之有纽，三声通叶之必转正声，无不井井条条，源流朗彻。至其首颔腹尾之后，继以续纲。三十六母之外，补拈四母。东冬之下，承以阳、江、庚、青等部。而鱼、虞、歌、麻诸部，直列寒、删、萧、豪后，且合八庚、九青、十蒸为一韵，四支、五微、八齐为一韵，而仍分上、中、下部位，余韵类然，同中见异，异处归同，用洪武《正韵》而神明之，变通之。至宋氏、潘氏、毛氏诸家之说，特备其采择之一节耳。其用总归于均，其体归本于天，自我韵韵而旧不袭焉，以韵还韵而智不凿焉。喉舌五音，聚讼以息。《华严》众母，咸就部分。此非实有所得者能之乎？独其所载表例五，音通转类，纽诸辨说，予尚未得而读之，然以前编推之，必有奥旨存乎中可知矣。抑又思韵者气之会也，气者心之表也，心平而后气和，气和而后韵协。

公之韵学至此，则其生于其心，发于其政者，有一不根于和平者乎？是书也，以为韵略可也，以为治谱可也，以为理学之元苞亦无不可也。噫！谁谓韵学为小道也哉？

吕扬祖读礼说序

王文清

昔人苦《仪礼》难读，难读者莫如《丧服》，以其头绪繁多，而正义加降之间，若不可为典要也。予以为究无难也，先王之制丧服，称情而已矣。情有亲疏，有厚薄，而服之隆杀出焉，是情也者性也，天也，礼之所由出，礼之所由定也。中乎情则忍者不能不及，笃者亦不能或过，惟其称也。自学者不豫凶事，高阁庋此书，予每欲质一言，而无可开口处，暗室一灯，几乎熄矣。

新安吕君扬祖有忧之，抖擞十年精力，著《读礼说》一书，胪列服制为之图，图皆有说，于古经传外，参之《通典》《通解》《家礼》、邱氏、王氏，迄本朝《会典》、律令、《读礼通考》等书，经之纬之，错之综之，而总准之于人情。有古今所同而独别之者，其情差也。有古今所异而独合之者，其情均也。有昔人所减而独加之者，其情挚也。有昔人所加而独减之者，其情杀也。有同一等伦，而于此乎加，于彼乎减者，地因情而易也。有同一体例，而加者忽然而减，减者忽然而加，且加而仍然未加，减而仍然未减者，事缘情而有变有不变也。至其辨逆降之非，驳叔嫂之案，申为庶与为后者之法，摘昔人未发之旨，伸鲜民罔极之恩，而情于是乎竭矣。君诚善读《仪礼》者哉！

虽然，君盖有本焉，吾观其答张、牛两秀才书，血泪盈盈，纸上欲滴，乃知君固尽乎情者。以己之情，准人之情，因以准先王之情，即准先圣先贤之情，并以准天下万世之情，一而已矣。无异情，有异性，有异天乎？抑予窃有所疑者，斩衰服之至重也，而《论语》但言齐衰。滕定公薨，世子斩衰也，而孟子告之，亦曰齐疏之服。虽《檀弓》有三年如斩之文，然圣门不言，而独言其次者，何也？请以附质之善读《礼》者。

石晓堂明府诗话合编序

王文清

诗话始于宋，而究不自宋始也。昔者孔子说《诗》矣，读《鸱鸮》《蒸民》二诗，而皆谓其知道。又自读二《南》，见周道之盛，以至废《小雅》见中国之微。此后世诗话之端所由开乎？端木因切磋而知来，卜氏因素绚而悟礼，是得圣人说诗之意者。

孟子谓诵其诗必知其人论其世，且谓说诗者不以文害辞，不以辞害志，以意逆志，是为得之，此非即孟子之诗话乎？嗣是秦汉而下，以至于今，诗日繁而话之者日益盛，盖作诗者之精神，非有话之者则不出也。彼或借古以讽今，或托无以为有，或寄意于鸟兽草木，深情厚性，不能自白，一自有话之者，而一一剖其心曲，原其时势，谅其遭逢，指其用事之来历，辨其传写之舛讹，俾作者一片性情，曲曲如绘，而欲歌欲泣之意，直令魂梦往来，亲相告语，夫而后知诗之有真话，而得以文会友之乐。且收尚友千古之奇，将令后之人话其所话，兼话其所未话，断断然传孔孟说诗之教于无穷，而诗教于是乎益广。乌乎！此晓堂《诗话》一编所由作也。

辰溪米氏一门诗集总序

王文清

予六十年前尝一至辰阳矣，辰龙嵯峨万丈，而大小二酉为秦人藏书胜地，窃意其中必有光怪异人，可传而又不轻传者。

昨甲申春，予主讲岳麓一席，适南丰谢愧於昆仲应聘修辰州郡乘，道过谒予，予饯其行而赠之曰：予频搦管郡县志矣，大抵兢兢然惟以表微阐幽为念，况辰郡当明末滇黔多难，此地最当其门户，兵燹蹂躏之余，典籍既缺，而父老传闻日湮，其间忠孝廉节，理学经济，当搜罗者固多，即文人才士树骚坛之帜者，亦必为表其精神，标其辛苦。彼杜氏小英一女子，从容尽节时尚，能绣诗十绝，义感河伯，至今传诵不衰，况推敲金石、沐浴风雨之文人哉？玉昆此行，尚为穷搜遍索，无令蓬窗竹筒中，尚有未殷之心血也，则增光吾楚多矣。谢家昆仲皆唯唯而去。

及秋间，愧於以书来告，极称搜得米氏一门诗人，其先以直节显，子孙屡传其学，因寇乱播迁，仅藏遗稿若干卷，而郡县志皆佚之，今为搜出成集云云。予闻之称快良久。乙酉春，予门人米生其鸿，自辰溪来从予游，相见毕，即以其屡世祖诗集请正于予，并索予序。予展阅之，乃即谢君所盛称者，亟为流览一过，觉其祖孙父子，各擅其长，浓澹平奇，各极其妙。遭逢离乱而不失和平之音，寄迹溪山而自得啸歌之致，因亟为校阅，间有可商者谬为酌定，俾其鸿付之梨枣。

予于是乃叹谢氏昆弟之为知言，而米氏诸公于九原中应为知己首肯矣。又叹才人难测，即穷崖乱世，尚有一门争胜，愈出愈奇，若而人，则吾楚之多材信矣。然则人特患无可传耳，米氏累世诗人，沉抑一百余年，风雨霜露，几经剥蚀，而一旦悬之国门，遂可不朽。所谓不轻传而终必传者，盖玉之在璞，珠之在渊，宝光发见，非草树沙石所能蔽也。

鸿也勉乎哉！尔丁年方壮，帖括成章，必将继其先业，亢乃门闾，抒润色黼黻之盛事，将于先人大有光焉，是则老夫之所深望也夫。时乾隆乙酉仲秋上浣日也。

喻衡石左传碎金序

王文清

古纪载之博而核者，《左传》为先。予少时尝分辑是书矣，为《典礼》，为《诗乐》，为《朝会》，为《聘问》，为《盟誓》，为《燕享》，为《战阵》，为《鬼神》，为《卜筮》，为《说梦》，为《谣谚》，为《吉凶》，约十有二焉。凡群干小辨，高言益行，各以类从，仿欧阳类聚、虞氏书钞之法为帙，书成而以治经，故不暇剞劂，徒置之敝簏中耳。最后见左氏始末，及分国、纪传诸编，益叹作者之奇变日出也。

晚闻吾邑喻君石衡者，积学士也，其人淳越而温恕，出其手眼，作《左氏碎金》一书，介其友及犹子问序于予。予时主讲于玉山书院，展玩其书，见其征材也确，其撰词也工，其立格也骈而变，其协律也抑扬而调匀。确则不驳，工则不粗，变则不骙，调匀则不致聱屈。浸浸乎举二百四十二年，周十四王、鲁十二公中之纪载，而肆其翦裁，归其陶铸。至其传文，原本一字不遗，地里山川，考证有据，则附注抑又详焉。是书也，其殆有货瞫神庐，萃于天堇之几乎？彼词赋家事类诸编，非不绚烂也，然彼取之于百家，孰若此之取于经籍也？彼得之汉唐以后，孰若此之得自成周以还也？虽昔之人亦有先衡石而为之者，然昔略而今详，昔挂漏而今周匝，夫固有后来居上者矣。况乎形上形下，理归一致，事实虽云粗迹，而百王之大法存焉，素王之心传寓焉，学者傥因其事而究其法，即其迹而缅其心，安在不径登征西、东山诸儒之堂，而翱翔于其室也哉？

予卒业时，觉少时分辑十二卷之事，尚怦怦往来心目中也。

于是乎序而归之。

廖大隐息机园诗集序

王文清

昔人谓大隐不离廛市，信哉言也！息机园在市廛中，巢于是而湘岳、雪蕉亭环焉。于以供吟啸，发秋思，抒寤语，飘飘乎有游仙气，直如身在空谷，而市廛之尘埃沙砾，不得犯焉，此大隐之号所由立也。

予生也后，不及与大隐唱酬，闻其居是园也，鸟啼花落，鱼跃鸢飞，乌几竹窗，横琴弹剑，绝不肯曳尾泥涂，衔玉当事，真隐君子也哉？早岁辑《楚风补》《楚诗纪》二册，发吾楚千秋之覆而闪其光芒。嗣是自作《雪蕉》《湘岳》《寤语》《游仙》诸集，巢可覆而吟啸不可辍，卷帙遂盈笥焉。兵燹屡炽，后嗣迁徙，凡大隐手辑手著诸本，长封敝簏者四五十年。适丁卯岁，太守吕公延予修郡志，搜取遗编，而是集出焉，吕公遂毅然表章之。郡志毕，旋招孙、谭、高、陈诸君子为订正之，又有西江湛君受而剞劂之，此集乃长寿人间矣。顾未几而湛君没，板片星散，复为残篇断简。有大隐族侄廖南英者，率其裔孙，力为搜求，散者收之，破者固之，尘污者涤之，残缺者补之，此集乃完好如昔。

南英吾旧徒，年八十一，穷老布衣，少时购息机园为家，萃其子孙于此。每殷殷以阐扬前人为念，今竟坐老而成其事，以卒新安太守业而合其尖，不亦壮哉？于此益叹人苟克自树立，即肆其力于三寸不律、四声五七言中，彼青云之士，且有乐负之而趋者，而况乎为其远者也？

罗荚江先生文集序

王文清

士大夫之传世也，岂但雕龙刻鹄，彪炳耳目已哉？盖必有沉静之器，有经纬之才，有真介之节，而又有承先启后之功，夫而后可以世世不朽也。

吾同郡潆水前辈荚江罗先生者，从万历间进士，历官至少宗伯，立朝时仕优则学，闭门谢客，涵养端倪，不露芒角，器宇何宏远也！筹画时事，有讲武之请，有军府之议，有车战之疏，有乘日讲而尽献替之谟，经术又何湛然也！当魏珰横肆之日，有请建珰祠者，即痛惩之不少徇。撄朋党倡首之祸，昂然任之而不少屈。又斥温相于隔扉，而毅然不苟附。闻按亩加征之政，即力谏之而不肯稍阿。风节不亦棱棱乎？及其末也，知直道之不容，而亟请乘传以归，憩林下十年而终，殆归洁其身者矣。是则著作之根柢，不亦深且厚乎？况公家之先代，有断头将军，有批鳞宪府，有凤山、玉峦二作手，有胤儒等伯仲五六人，而公能以一身继之。后此有贤邻贤胄，及诸文学誉髦之士，而公又能以一身开之，古称豫章之木，七年而后生，及长则垂荫百亩，不亦信哉？

独惜其煌煌大文，上扞军国，下福苍生者，屡罹兵燹，卷帙散佚。今其贤裔纯嘏，殚旁搜远辑之力，仅从残编断简中存什一于千百，为可惜也。然自有什一之存，遂得因此以识其全（壁）〔璧〕，无异见一斑而可窥全豹之文，尝一脔而可得全鼎之味，则纯嘏裒集之功，其可少哉？纯嘏积学之士，老而不衰，曾于庚午岁梓是集以行，忽遭回禄为灰烬，中心耿耿者凡二十年。今既髦矣，自恐日月之难待，遂破产为剞劂之资，重成此集，令览者一展卷而荚江之心术事业，并其前哲后英，流传二十二世者，无不了然指掌中。纯嘏此举，洵有大造于尔族之家声哉？乌乎！扬祖烈之难也。以张留侯而其后有辟疆，以韩魏公而其后有侂胄，迹其所为，岂复念圯上之传书，与撤帘之遗绩也哉！

彼夫老妪之残筐，山窗之故纸，往往萃前贤之心血于其中，而莫之掇拾也，良可痛矣。今荚江先生独得此于百数十年之后，固纯嘏孝思之不匮，抑亦先生忠介之精神，有以嘘吸来许于不坠也。今有纯嘏之嗣仕升，奉父命走岳麓，索序于予，为予详述其始末，予因得备书之，亦见仕升之为名家子，而罗氏之振箕裘而馨俎豆者，殆方兴而未艾也。是为序。

考古源流自序

王文清

予资苦钝极，百遍读尺幅书，越日已不能成诵。又不量力，渔猎古典制诸书，窃叹其卷帙浩繁，东藏西库，百宝在前，而不能荟萃归一，翻撷甚劳，乃步其源流，汇为一书，去华存实，补阙剔纷，凡雪夜风晨，舟中马上，皆以稿本自随。经九溪、岳阳两席，课士之暇，益悉力其中，废纸秃笔，充斥小斋，凡三十余年，稿始竣。为门二十，为卷六百二十有八，合三《通》《学海》《玉海》《元龟》《考索》《衍义》《典汇》《稗编》诸本校之，则卷帙不必全收，而要义已具是矣。取材悉出先儒，而附会则不敢矣。折衷间出，鄙见而臆说则无有矣。

拙人自备遗忘，非敢与纂订之业。适督学使者刁、吴两先生前后索观，谬加鉴定，锡以序言，俾公诸世。奈橐空力绵，不能授梓，并难缮写装潢，姑即行书稿本，粗订成帙，以俟后起之裁正而表章之云。九溪自识。

案：先生《锄经文略》卷末载未刊文目录，有《考古略补自序》《读书纪略自序》《增补三字经自序》《新刻朱子性理吟自序》《宋儒理学自序》《海内嘤嘈集自序》《岳麓同人谱序》《天禄赋草自序》等篇。以书皆刊行，序具书首，故不复刊入集中，省刻资也。其书今皆不见。又有善化周思皇诗集序、蕲江孝廉李耳述诗序、上湘易公仙《授简集》序、湘潭夏次临《禽言集》序、岳阳江总戎诗集序、江丹亭《守戎诗集》序、胡慕云明府诗集序、陈鹿田《石村诗集》序、永定杨右扆诗集序、车宜人诗集序、澹津张兰雅诗集序、《重修岳阳楼记》、公请陈恪勤入乡贤呈请上宪禁匿名揭帖书、代方望溪寿中湘陈太夫人七旬文、乙未蝗虫食苗祭社稷文、公祭河督陈沧洲先生文等篇，皆无从觅取。

又案：先生居宁乡某里，昔陈文恭公宏谋为立碑，曰经学之乡。其《考古源流》五六百卷，旧藏于家，前年闻为回禄所毁，近日复闻尚存。盖自先生裔孙名开暐，字云樵者，殁于道光末年，遂无从讯问矣。云樵亦稍有纂述，今并无传。戊辰长至，汝怀附记。

夏听斋先生诗古文序

陈其扬

扬少时随姊丈读书郭氏之友山楼，惟时扬文方务驰骋放纵，而先生一以绳尺范之，教就平实，扬以为难。

阅十余年，偶于间中坐论曩事，先生曰：教人之法，贵随其才，吾向者之于子，憾未能及此也。为太息而言之。然扬幼即好读诗及古文，而不专治举业，亦不独尽如先生之所云然也。而先生早岁于诗，则不常读。古文好韩、欧为多，《史》《汉》而下，命诸人习其醇易者，后其广浩者。盖先生志在沉潜，四子一书，于濂、洛、关、闽之旨，务窥其堂奥，反覆其意义，以折衷于至是。其一生精神之所输注，在彼而不在此也。所刻以行世者《四书订疑》及《听斋试艺》二书，而于诗古文盖不轻作，作亦不自收检，门士及甥辈窃而钞存之。先生殁后，令弟秀长欲授之梓，因有谓先生一生于斯二艺，自谓非其至者，欲暂缓开雕之议，而岂然哉？

昔人有言，杜工部长于诗而绌于文，韩吏部长于文而绌于诗。今试取工部之文，吏部之诗，令世人捉笔为之，能有以过乎？又况新安朱子，诗古文行于世者多矣，新安一生所著述，继往圣、开来学者，炳如日星，而诗古文则亦与之并行不悖，盖得其大而其小者因之，如潜潭有龙，泉湫皆依附而灵矣。扬于先生，甚乐其先彼而后此也，则凡在及门之敬先生者，又何可以得彼而遗此也乎？

注石函古本参同契自序

陈其扬

伯阳此书，方外之书也，而《参同》于《周易》何也？《周易》一书，无乎不贯者耳。其书直以乾坤为体，坎离为用，余六十卦为消息流行之序而已，此上篇之旨也。中、下二篇则释体而言用，然于坎、离、震、兑、艮、巽、复、姤、屯、蒙之象，随其所在，无不吻合，故曰《周易》一书，无乎不贯者也。

自前代以来，注《参同》者数十家，莫不从旧本错简为之。乾隆七八年间，偶于方外得石函古本，归而读之，初不敢信，及考伯阳自言有曰：书成，密献徐从事，徐为立注。从事即今本景休其人也，而非伯阳之弟子。高象先云：叔通从事魏伯阳。是叔通者，乃伯阳之弟子也，亦既实有其人矣。又按景休上、中、下三篇，皆于伯阳三篇次第发明，不爽豪发。叔孙自谓补遗，篇中实有补遗之语，其理又皆不爽，然则此书决非好事之流，故为矫诳以瞀嗜古者之目可知矣。昔朱文公亦知此书方外之书也，而以《参同》于《周易》，故反覆于其间，惜其所得皆错简本，令得此书，则条理脉络井然矣。

夫积千百年不解之疑，一旦自我解之，而不彰阐以散于人间，与读书粗知其解，而不急出所见就正有道，俾得证其所是而教其所非者，皆过也。因敬注而刊行之。

感知集序

陈其扬

集长郡十二邑之子弟，就试于太守之庭，而独赏一十五岁之童子，拔之前茅而赠之诗句，其必有所以取者焉。刘子次欧之受知太守钱公也，垂今三十年矣，而犹穷困一诸生，在肤说且谓无以报一日之知。噫！信斯言也。是非以钱公为知人能得士矣。

吾观次欧之处于世也，断断然不谐于俗，不知者怪之，其知者亦疑之，而太守赏之若彼者。太守于次欧，观其言语文章，视其进退威仪之节，而有以知其深也。夫士恶与俗浮沉耳，人皆曰贤，人皆曰无不善，则君子惕然而自返矣。訚訚行行，侃侃无非刚正之气，圣人顾而乐之者，夫曰此圣人之阶筏耳，然则太守之有取于次欧者可知矣。如徒曰知此人必富贵也，次欧虽非长贫贱者，而太守之意，吾知其必不在乎是矣。虽然，此独为太守言耳，为次欧言则更有进者。

我昔闻故友之言曰：上哲与凡人相近，惟中人殊，斯言虽矫异乎？盖亦谓物我无间之学，与物无猜不岸异也。曩者陈仲举史称不畏强御者也，既为三公矣，而曰叔度若在，吾不敢先佩印绶。叔度于汉世无所表见，独郭林宗称其汪汪若千顷波，而仲举之推崇之若此。佩韦玉以自缓急，古之人亦自视其所以过者而裁之耳。相马者于牝牡骊黄之外，课士者贵日新月异之功。《传》称蘧伯玉行年六十而六十化，然则古之人岂欺我哉？太守而非知人能得士者，则可也，太守而诚知人能得士也，其于次欧当必有进而求之者矣。

集中和太守诗者不下百首，其于次欧爱而誉之者殊多，故为之推论其本，使知者、感者俱不出于流俗之意焉。

罗掌夫诗序

陈其扬

学诗莫先于句，句似矣而学其章，章成矣而求其骨，凡学作诗者，于此而已矣。而上焉者，则必取其精，精也者，骨之所资以丰润者也。李、杜诗皆千首，而求骨可得而言。少陵以忠君爱国为骨，供奉以豪宕一切不屑为骨。骨者，性情遭遇，见之乎其言者也，可求而得也。惟精之为物不可摹似。

甚矣，精之难言也，然尝试一妄言之：今者与俗人共话，语如嚼蜡相对，貌不惊人，性情遭遇非不毕出也，而精则索漠矣。有君子焉，其煦如春，其肃如秋，其发越也如风起，而霆迅其渊默也，如霜凝而月皓，无他，精之渥焉故也。惟君子为能渥其精，以故后之学诗者，骨不立而何有于章，章不成而何问于句？此其不可以言诗也。人皆知之，惟精之能渥，千载而上，臻之者能有几人，千载而下，学之者更能几辈？即欲学之，古人已死，守其糟粕，卒亦归于欲从末由而已耳。故曰精之难言也。

罗生掌夫好学诗，持其所自订诗本来质，兼乞书作诗之要于端。生尊人樵长二兄，吾襟丈也，以能诗砥柱吾邑浾溪之中流，生过庭必闻其要，非如世俗之学诗者也。故吾不敢猥屑而自道其所欲学于古人者以告之。

杜诗选注序

李芳华

《虞书》曰：诗言志。说者以为帝与皋陶《赓歌》，乃三百篇之权舆，然则《诗》所由昉，本各言其志，而劝戒因之而寓者也。三百之什，其致不一，大抵贤人君子，时当其盛，则朝廷、清庙鸣其和乐。运丁其衰，则感事伤时，写其忧思，忧乐之形，诗之正变所由分也。

降自汉唐，诗之变屡矣，先儒谓删后无诗，非无诗也，言志之道微，而其所以忧乐者，殊无当于劝戒之旨也。余读杜工部诗，慨然想见其志焉。工部所遭，丁玄、肃、代宗之世。玄宗耄荒，安史肆逆，肃、代昏懦，王政不纲，于时朝廷之阙失，生民之涂炭，公目击心伤，而生平抱负忠义，不获见用，无由一展其经济。故往往托诸诗歌，以摅其孤愤之情，而致其闵恤之意，迹其所伤悼，殆《小雅》《板》《荡》《节南山》之作，家父谭大夫之流与？余悲工部之志，选其诗之关于大义者若干篇而诠解之，虽其间比兴之什，意旨渊奥，非末学所能悉晓，然尚论其世，以意逆志，兼之考信于唐史，参互于诸家之注释，似颇识其大概，愿质诸同志而就正之。

间尝窃闻之，圣贤忧世之志，与乐天之诚，虽并行而不相悖，然乐天者其常也，忧世之情则有感而后发耳。今工部之诗，郁抑、感慨、愤疾之意，无时或忘，即朱子亦尝讥其困心衡虑之无益者，然余考其先代，累受国恩，差近屈大夫之于宗邦，而工部又尝以稷契自许，抑而不用，无所发抒，宜其忧之至而少乐也。

乌乎！工部之于圣贤，若有间矣，即其稷契自命，亦未的知能为其事否？而读其忧时感事之作，劝戒昭然，则固慨然以稷契为志者也，以视夫得意而扬扬诩诩，失职而放荡悲愁，甚至怨怼君父、反颜事仇者。彼之蕴诸其志，形诸其口，宁复忧国忧民有如是之笃挚乎哉？读工部之诗，夫亦可以观其志矣。

元朗家礼拾遗序代

李芳华

昔在成周，哲王恭已家相迓衡，监二代而损益之，大经三百，小曲三千，郁郁乎自天子以至于庶人，由朝庙以及服食，无不辨之仪，则有一成之矩矱，猗与休哉？所以定民志而节民性者，不可尚已。

自祖龙肆焰以后，掇拾煨烬之余者什仅一存。两汉诸儒，又各以己见互为增删，甚者引纬书以杂之，而礼制于是乎大坏。魏晋以降，俗尚不同，泯棼胥渐，或以礼为强世而土苴弃之，或援礼以文奸而胠箧行之。至唐李义府编《显庆新礼》以附会贼后，笔削任意而古制之存者益鲜，复取《国恤篇》焚之，而丧礼于是乎失传。延及有宋，先王之道乌乎微矣。紫阳夫子有隐忧焉，而道不行于世，身不操制作之权，末由仰追美备之烈，惟是取古礼之犹存者，暨先贤之论述者，订为《家礼》一书，以为有家者之准绳。

夫冠昏丧祭自天子达，生民之大节，风俗由之郅隆者也。所关岂鲜哉？顾末俗浇漓，异端昌炽，纷华靡丽之观日侈，轮回超度之惑滋甚，匪惟不克遵行之也，即取是书而讲明之者，亦罕矣。余总角时，侍先大人侧，每见其言及于礼，辄吁嗟久之。少长授以三《礼》曰：苟能是，居则为守礼之士，出则为秉礼之臣，革薄还淳，挽邪归正，将于是乎在。余佩服之无敢刻忘。

岁乙未，谬叨简命，来守长沙，方欲与湘中贤士，参乎古制，酌乎风俗，取《家礼》而增订之，以风厉此邦，俾人喻而家行之，求无负先训，以仰答朝廷简拔之意，而有志未逮也。公余，李君元朗投《家礼拾遗》一册，求余校正，将以问世。余展阅之，见其命意精深，立论醇正，仿乎古不戾于今，酌乎宜不诡于正，阐先儒之微旨，协经曲之权衡，洵不愧修明才也。李君勉之！他日本此，下迪乃民，则淳风可还于近今。上赞庙谟，则制作可光于隆古。嗟夫！污樽之陋，变而罍爵。草木之朴，变而冠裳。古帝王亦因运会而为之节度，且由今言之，舍椅棹之安而返诸席地，弃木棉之利而尚夫缟纻，于人情便乎？吾知圣人有作，必不强民从古，亦不过因时俗以裁成之而已。

余嘉李君得古人制礼之意，且与余素志有合也，故不辞而为之序。

通鉴纲目集义序

李芳华

宇宙间一理而已矣，时有古今，理不因之有升降也，世有治乱，理不因之有隆污也，是故《尚书》纪四代之治，《周礼》垂六官之典，古圣人之范身以范世者，固莫非天理之极矣。《春秋》书乱世之事，而君子以为性命之文者，何哉？盖诈力之君，乱贼之徒，行虽甚悖，然理之为理自若也，反其逆理者，则理即其事而著矣。孔子之或笔或削，或褒或讥，惟是于其昏悖乱常之中，抑扬予夺，示之以天理之正，于以正名分，扶三纲，立人极，此其所以为性命之文也。

战国以来，治乱非一，其间非无明主良臣，间起而有功者，然究其行事，则合于理者有之，悖于理者亦有之，求如二帝三王之纯粹以精，邈乎莫逮，然而理之为理固自若也。不特此也，即极之秦、隋之暴悖，汉、唐末造之奸宄肆行，南北十六国、五季之扰攘纷纠，洎夫虚无寂灭之殄绝彝伦，蝗螨圣道，而理之为理仍自若也。何也？纲常不容紊也，物则不可泯也，反其逆理者，理即在是故也。然自麟经绝笔而大义不明，史氏浮夸而是非失实，所谓道名分者或湮矣。

紫阳夫子盖有隐忧焉，于是祖述《春秋》之旨，取温公《资治通鉴》，编为《纲目》一书。先立《凡例》以为标，次撰《提要》以为纲，复命门人赵氏纂辑史书以为目，而其大书特书，抑扬予夺，无非于悖乱极致之中，一示以天理之正。严而不猛，简而不遗，直而不刿，曲而不阿，非得圣人之心者，孰能修明之？宜金华王氏以为谓之续《春秋》而无愧也。顾其成书惟是取其人所行之事，衷诸理之至当，故其为褒为贬，间有特义焉，而非《凡例》所可拘者。亦有未及致详，因史之旧而与《凡例》不合者，且有刊写失真亥豕传讹者，乃汪氏考异，徐氏考证，概执凡例以疑之，将紫阳笔削之微，亦何由而著见乎？刘氏书法，尹氏发明，议论醇正，强半得其谨严之法，然笃信太过，又不免随其疑误，曲为分解，其间悖理伤教者，亦往往有之矣。

芳自及壮以来，癖于嗜古，而于《春秋》《纲目》之书，潜心玩索者有年，窃谓紫阳笔削，一仿《春秋》，苟非阐扬其微旨于一字一句之中，无以见其正名分、扶三纲、立人极之意，而所谓理者，或反晦于疑似之说而不得其真矣。妄不自揣，精择前儒之论，附以己见，纂为《提要集义》，以蕲发明朱子微旨。极知僭逾，无所逃罪，然欲明斯理于奥窔晦明之际，非得已也。间尝论之，《周礼》，致治之大经也，天理之极则也。《春秋》书乱世之事，一切裁之以天理，裁以此而已。《纪目》书法，裁之以《春秋》，亦裁以此而已。昔人所谓出乎礼，即入乎律者，此也。故曰反其逆理者，理即是而在焉尔。

嗟夫！身世一原也，知行一致也，儒者宅心应务之间，一念合理，即为王道，当躬具有位育也。一事悖理，即为残贼，屋漏不啻铁钺也。且匡居弦诵之际，讲其所是，辨其所非，是即格物致知之学也。是者师之，非者革之，是即诚正修齐之方也。然则所谓性命之文者非与？苟或不本是术以读之，则其纲，一断烂邸钞而已矣。其目，一类书《通典》而已矣。彼其于宇宙间惟一理者，又何由而获见之哉？

恒斋先生文集序

李芳华

经世之文，六经尚矣，由周迄汉，咸称盲左、腐迁为文字之宗，然不过议论之透脱，章法之缜密而已。衡其义蕴，驳杂支离，要不若贾疏、董策有经济实用也。昌黎文起八代之衰，而欧、曾继之，如《原道》《本论》《宜黄学记》诸作，言皆圣门余绪。文章于此，可谓盛矣。若乃诗赋，则后世群推屈、宋、李、杜为冠，良以其忠君爱国、忧时悯世之意居多尔。然则文之为文，惟言有物者，为能传之久远，否则为君子所弗取。

吾兄元朗先生，自总角以来，志希往圣，力溯道源，思即宣尼之门墙，窥程朱之阃室，沉酣六籍，进退百家，出其心裁，汇为传注，非但欲以文章名世也。然即其著述之余，或有时触物感怀，有时过都历境，有时琼玖赠答，凡其所以形诸笔墨者，类皆抒写志意，阐扬性道，风云月露之态，未尝犯其笔端，岂非所谓根之沃者、叶目光者邪？岁月既久，充牣奚囊，捐馆之后，嗣子伯成虑手泽久或散逸，属余选次付之剞劂。乌乎！琳琅虽在，謦欬莫聆，披阅之下，声与泪俱。迹其遗草，文何不若韩碑？诗何不如杜律？若其辞赋，又不知视屈宋为何似。大约长杨、子虚未可以伯仲行也。惜夫卦数甫周，玉楼旋召，虽魁楚乡，通仕籍，而未获身登朝右，一吐胸中之蕴，借使得邀宣室之召，对扬休命，则《说命》《卷阿》，庶有嗣响，彼韩子所谓鸣国家之盛者，将不在兹乎？

先生文集甚夥，不能悉刻，今梓其尤者，质诸同志，谅月旦之评，自有同然，而先生之不朽者，即此而亦在，余岂阿所好哉？

案：恒斋即朗轩先生文炤也，作者与朗轩为族昆弟，先后举于乡，志行学术皆同，而身后之名不逮，迄今举朗轩人犹知之，而鲜能道作者名字。

善化文学王达适溥泉年七十余，藏钞本一帙，曰《澹斋文存》，首有自序，后署乾隆丁卯中秋李芳华书于邵阳濂溪书院。若非此序自署其名，则并不知为谁氏之作，而已泐数十字矣。文凡四十余篇，中有讹字，殆非手订，其未尝锓木可知，故编中录之过半，百年残帙，未付炉灰，幸哉！同治丁卯仲冬，汝怀附记。

四书朱注广义序

李芳华

四书之旨，朱子既为《章句》《集注》以诠释之，又为《或问》明辨而畅发之，而其门人后学，又辑其平居讲论问答之语，为《语类》《文集》以流传之，又各本其师传之意而立言以阐扬之，其说可谓大备矣。四子书之精义可谓无余蕴矣，然《语类》《文集》不无少年未定之论，而及门相传，亦不免或失紫阳之真，暨有明靖难以后，一线之脉，几乎或绝。

永乐间诸儒之学问，初未尝窥圣贤之堂室，乃编集群言，名为《大全》，识既有所未逮，不足以定取舍之归，而编次又不得其要领，往往不免割截支离之弊，鱼目混珠，饾饤哽咽，识者讥之。自时厥后，人各立说，户自成书，讲解风生，标榜帜立，充栋汗牛，殊难仆数，然究其大病，其失有二，而阳儒阴释者不与焉。一则骛名之辈，欲炫已长，句疏字训，动辄千言，而无当于理要。一则好胜之流，喜攻人短，叠驳层翻，吊诡百出，而罔顾其谬讹。于是天下之书愈多而理愈晦，辩愈肆而道愈乖，探之茫茫，如捉风捎影，索之渺渺，如燕说郢书，学者徒徘徊歧路，而莫知所适从也。夫自宋末以迄于今，好学深思之士，后先相望其间，非无微言至论发程朱之所未发，足以羽经而翼传者，徒以一陀于猥琐之训诂而弃之如遗，再陁于妒前者之攻辩而扬之若秕，遂不免云埋雾障矣。

今岁之夏，与从游诸子讲习《大学》，因语次及之，诸子遂力请纂辑自朱子以来，名臣硕儒精粹之说，汇次一书，以备观览，便检阅，愚嘉其意，不可却也。乃购聚诸书，细加搜讨而裒集之。以朱注为纲，取其凡足以发明注意者缀于其下，其通论一节一章者，列于其后，而以夹圈隔之。间有未备者，窃以鄙见附之，于是以《或问》殿之。适《大学》先成，因叙其纂辑之意弁于简端。

夫以愚之暗陋，何敢去取前贤之言，以冒轻狂不韪之罪，亦第勉徇同志之请，本朱子传注之义，集诸家之说而推广之，务使本注了然明白无疑，而四子书之精蕴由是可以默识。扫歧途之辙迹，揭意指之归宿，资友生之搜讨，省问难之纷烦，如是而已。若夫藏之名山，传之海宇，则非愚之初志也。

邵阳王醒斋榴园集序

李芳华

《榴园管测》者，醒斋先生深造自得之言也，先生以高明之资，沉潜古训，倡学南陬，芳及冠时，已窃聆之吾乡先辈矣。

岁癸巳，逐队鄂渚，因偕族兄元朗谒先生于旅次，挹其道范，言温而气和，色愉而貌肃，尔时早已心醉，徒以场务匆匆，未遑多所请益也。洎丁酉，先生下第归，舟过长沙，来访先兄于仙崖兄馆，居家塾匝月，得以朝夕侍侧。凡有疑义，悉举质证，而先生罔弗再三剖析，又作《广道》《鬼神》《死生》《蠡测》四篇见示，盖不啻发吾覆矣，然于先生之精蕴，犹仅什窥二三而已。未几，先生归邵，山川绵渺，驿路迢遥，思欲立雪门墙，徒以俗冗羁绊，不克如愿。迨今乙丑，郡伯石林王公聘芳为濂溪书院山长，始获至其乡，而先生捐馆舍已逾岁月一章矣。

居无何，先生嗣孙北平来叩，叙故之下，亟访先生著作，乃得《榴园》一集，伏而读，仰而思，则见夫《河图》《洛书》之分合，先天后天之位置，方员图卦，气之运伏，《洪范》经世书之理数，律吕八十一调之正变，以暨天地、阴阳、鬼神之浩渺幽微，无不发明尽致。盖先生天质既颖，复力学不倦，凡所读书必研究其极，务使昭晰融释，至无余蕴而后已，故其出为论说，根根柢柢，皆有以阐先儒未竟之旨。迹其苦心力索，妙契疾书，视横渠之著《正蒙》，殆有进焉者。乃今而后粗得究其底蕴，而先生不我少待矣，惜哉！

先生抱醇儒德业，而不获登贤书，对大廷，一吐其胸中之奇，竟守明经，终老著书，得非苍苍者不欲斯道之大明大行邪？然南方人士，群宗正学，于俗说、异说之汗漫支离，吐弃而排斥之者，实先生倡明指引之功也。今其遗卷炳炳烺烺，而同邑欧阳子为之刊布，以广其传于来兹，是则天之阨先生于遭遇者，乃所以使之潜心述作，贻留宇宙，而延一线之道脉于勿替也夫。

辽西草自序

孙起栋

仆少无远操，亦颇无俗韵，乾隆癸酉，浪迹京尘，以教习冀博一官养亲，谓唾手可得，而少不持重，偶为人捉刀，对簿不屈，遽挥文网。编管右北平，沉沦苦海，绵历三纪，皮骨一空，惟当世贤士大夫，以识字劣能未遭眼白，至有命驾造门，折节下见，几如豫章之于何点。

自时厥后，逐海上臭者叠迹焉。仲举宾榻，仲宾幕莲，爰尸讲席，亦与典签。尔乃长城古戍，海啸山鸣。悲笳哀篴，行吟互答。引玉续貂，不能为无口之匏。走也不敏，未能溯六朝汉魏，以上薄风骚，亦不断断于唐宋之分，而尊之祧之。少即慕离垢老人之才大如海，囊括万有，雄视百代。觉元微之优劣，李杜既可笑。元裕之之以沧海横流目老坡，大不自量。近人毛大可辈之雌黄此老，真撼大树之蚍蜉，吾无责耳矣。古今风雅之总持，《浣花》《玉局》，斗杓并垂。《浣花》固精诣，而无韵之文，则不可读。六一不喜之，杨文公谯之曰村夫子。涪翁评杜，不少假借，文章气节，厥推昌黎，而或訾其诗为有韵之文。惟我离垢老人，海涵地负，鱼龙百变。含垢纳污，靡所不孕。诗特其绪余，亦复越汉跨唐，上掩陶谢，下凌李杜。自诗教以来至此，老而大集其成。

今观《浣花》之诗，史曰忠爱，以视《玉局》之忧危君国，每饭不忘为何如。文章忠义，苏海韩潮，未易轩轾。顾上书光范，或亟亟欲行道，而此老难进易退，已自写照于鹤叹中。初不似王半山之鸡廉狼吞，所与龂龂岳岳者，皆朝廷数大事。《宋史》本末可考，良由理道贯心胸，忠义填骨髓，直谈笑于死生之际，而何官爵祸福足以饵之而怵之，此其气足以盖天下，而又何万斛源泉之必择地而出，不使人怖若河汉而无极邪？更几千载下，可复得此人物邪？今不察此老所以格天泣鬼，岿然独立于篇章之表者，正有几许事业在。以堂下人而议堂上人得失，以门外汉窥邃室中之珫藏，此又钱牧斋所嗤牛羊之眼，但见方隅者也。道尧舜于戴代晋人，付之剑首一吷，残膏剩馥，沾丐后人几许，而或不尽尸而祝之，社而稷之，岂理也哉？

今天子赐环，行笈萧然，念无可以谂知己者。回忆四十前，未尝不凭此老之一编，以秏壮心，遗残喘。今老矣，焚弃笔砚，而结习所存，至性所倾，未尝得此老之万一。要未尝无一真字，虽复敝帚不堪，而向来瓣香未可磨灭，聊从蛛丝煤尾，于破簏中搜乱稿数束，摘录其十之三四，略存梗概。所有古今文词、《辽西杂识》《塞上卮言》各数卷，以及零纨断素流落人间者，一听其散如飞烟，不遑恤已。白沙老人孙起栋自叙。

湖南文征　卷六十四

序九

桑园遗集序

曾绍孔

嗟乎！此吾邑十九龄袁郎照四之遗诗也。吾邑廿年间，抱著作之才，为余所珍服，而不获竟其业赍志以殁者，有徐子葛庐、夏子云卧、潘子班墀，今并袁郎而四矣，岂天之生才固难，而使之老其才以名于世者，为尤难也哉？

云卧之殁，易箦前一夕，举所构诗文付之烬灰。葛庐之遗稿，赖温陆轩拾而成编。班墀之诗，于其殁之年，相次付梓。其间或可传而不传，或不意其传而传，或传之而不尽传，要皆有幸有不幸与？然葛庐卒年已四十余，云卧、班墀亦各逾而立岁，独袁郎以十九龄而遂卒也。吾于袁郎，尤叹天之厄之者，为太甚已。甲寅秋，袁郎尊人宁普曾过予舍，欲为袁郎讲声律之学，予谓此非袁郎所急，乃阅其诗若干首，恍若杜宇啼春，秋水鸣峡，欢愉致少，愁苦音多，袁郎宁不自知其为谶乎？而灵心慧舌，机杼成家，不啻合渊明、太白为一致，白玉楼中人，我知畏其后劲矣。夫以如是之才，天或假之以年，俾得赍厥志，则袁郎之树立，岂有量哉？即不幸得年如葛庐，其造就亦不止此，再不幸如班墀两人，又不当仅以诗鸣也。奈之何，独以十九龄而遂卒也！此余所为悲袁郎更甚于悲三子，而睹袁郎之遗诗，又不胜感慨系之。虽然，人生老死，草木同腐者何限，生有以乐，死有以悲，一日百年，当复何择？今袁郎幸有诗成囊也，脱袁郎不克自振拔，而以岁月为有待，则无一字之遗。袁郎亦甚无足轻重，而袁郎尊人宁普，又何能见其诗如见袁郎，且不忍其心血澌灭，汇其诗为同人点定，并属予序邪？是又袁郎不幸中之幸也，则谓袁郎虽死犹生也可。

饿说序

曾绍孔

道德以充其体，理义以养其心，经史以笥其腹，未尝不饱，谭子慕郲，何为饿邪？饿矣，尚何说邪？岂天之饿之，未尝无说，因感于中，发为言，遂以有说欤？是亦不善处饿矣。及读其说，乃知慕郲穷于世，急霜露，犯风雨，烟云日月，荡彼心胸，有《得疾录》，家无剩粟，囊有余稿，饿之说，非说饿也。

慕郲家世沔，初不贫，继乃中落，向使一心志，专耳目，劳手足，用取世资，未必不可为良田美圃，如世之处华屋而拥厚资者。即不然，亦何至枵腹而罔策也。乃彼心思、耳目、手足，一若天特纵之，以佐其说之之具，而惟恐其闻见有所未辟，智虑有所未精也。于是究极于经传子史，百家之说，阴阳、水土、星辰、方药之书，沉潜夫义理，寻味乎髓膏，得其旷远，以豁其识。清爽以畅其机，警策隽永以精其思，充实高浑以厚其气，而不觉其说之长也，则夫河海之大，山岳之高，日月之明，鬼神之幽，珠玑华实之纤，雷霆风雨之变，以及麟凤龟龙之所以灵，鸢飞鱼跃之所以适，畴非供吾说者，苟未能钩玄而抉奥也。茫于往而穷于来，泥于中而蹇于外，求一语之几于道不可得，虽日膏粱，奚补哉？

吁！慕郲所以饿也，是故慕郲不说必不饿，慕郲愈饿愈益说，然慕郲饿而有说，讵不饿即无说？夫其饿而不能已于说，何一非其不饿而不能不说者？脱不能饿而说，即乌能待不饿而后说也？则凡不饿而无说，与饿而亦无说者，皆不能说慕郲之说，则皆不能饿慕郲之饿者也。

昔欧阳子称文章之工，必由羁旅、草野、穷人之词，岂大家世族之子弟，概以华贵累欤？夫亦谓必尝挫折偃蹇，其拂逆动忍，一如单寒之士，而有羁旅、草野、穷人之困，乃足坚其节而老其才，其立言始可传焉耳。审若是，则慕郧之说虽不必以饿传，而饿且与俱传，后之读斯说者，知天饿慕郧，不能并其含咀餍饫、丰腴盎溢者而悉饿之也，慕郧何尝饿哉？

方可斋诗序

曾绍孔

八百里洞庭、湘、沅，非性命于山水友朋者罕至，又况入深林，溯回溪，攀虎豹之悬崖，瞰虬螭之绝穴，倚长剑，探幽居，不以风尘扑面有倦色，解衣旁薄，箕踞胡床，浮白尽欢，语以山川之胜，兴勃勃不禁。胸怀光霁，有如秋月当空，澄潭净影，绝无微滓点染，是惟东陵方子可斋乎？

初，余受教于方子，芝眉甫接，随以诗文质。敷肾肠，披肝胆，运斤成风，惟其能也。未几，方子亦出《可斋诗稿》，使相砭订，余受而卒业，益知其沉浸崖壑，清酒白社，以自鸣得意也。如疏川决泽，不待择地挹注，故其为诗神峭而刻，意幽而远，韵清而劲，其诸卓巘层峦，吐纳烟光，险怪万状乎？飓风怒雷，作于卷阿大泽之间。蛟龙潜而鹿豕迷乎？八阵营垒杳不可窥乎？其间缠绵郁结，慷慨激昂之气，蓬勃无际，又不但歌听渭城，柳折河梁，黯然魂销已也。嗟乎！方子高才绩学，夙为同人推重，年五十才博一明经，何其穷也？然非优游泉谷，旷之以岁月，纵之以登眺，亦安能以绝境良朋，快诸诗脾，吞吐于酒肠情臆间，而达观任化，超然与造物者游也？惜余僻处湘曲，鹿鹿尘沙中，不获与方子啸歌诗酒，徜徉上下，犹幸接其人，论其诗，浣我胸中无数垒块。

他日泛剡溪之舟，访浣花之宅，往来于穷谷大川，问渡岳阳，酣故人黄鹤酒，两心相对，一往情深，当有纵笔疾书，直写其胸中之奇者，以报可斋矣。

双溪草序

曾绍孔

余丙戌序江宁观道人之《逐萍录》，己丑序铁夫上人《适性草》于夫彝，今复来双溪之请。生平不作方外交，未五六年，数序其诗文，岂易其辙邪？抑有说欤？

双溪吾楚名僧，刻意为诗，上溯魏晋，下迄三唐，皆讲求精密，尝往来燕赵，历览天下佳山水，归而隐于丘壑。其为诗益富，其所与游多哲士，岂无序而行之者，宁假余言重？双溪曰：不然，吾图不朽者，文章耳。余不敢当其言，而深感其意。思文章原与道俱者也，道散于万类，而咏歌见志，莫备于诗。今双溪居清净寂灭之门，外胶悉解，宜其于人世可喜可愕、无聊不平之故泊如也，而独肆力于诗，以求不朽，观其志气之所激发，举凡天地之大，古今之远，物类之繁，与夫闾阎蓬屋之孝弟贞烈，无时不形胸臆间，固非尘芥六合者。而其游览所至，通都大邑，荒陬绝塞，务必穷其胜概，得其要领，而绝未尝有干请投赠之作，其为人又可想也，安可谓为不知道哉？

嗟乎！士之郁郁不得志而寓于僧，又托于诗以自写其哀乐者，何其多也！每读古人文，如昌黎于大颠，庐陵于惟俨，皆有序，使两人所为不轨于道，二公何所期待而与之交，更乐与之文乎？然大颠、惟俨虽文章传之，而其所以传，实不尽由于大家之文章也。若双溪者，即今之大颠、惟俨也，世必有如韩、欧两君子者，称许而表彰之，余乌能为双溪重哉？

送方子兼三序

曾绍孔

调鼎者应有火候，结实者自有时节，惟诗亦然，后十年未有不突过前十年者，而前十年绝不知后十年，又后十年何如也。盖天地间形形色色，无非此山川草木，日月烟云，花鸟竹石，一入诗人之机趣，取之不禁，用之不穷，是造物者旧而诗人者新，造物日化而诗人日生也。况其为教也，气豪不静则粗，思苦不工则鄙，格合弗离则滞，甚且意幽而弗远，韵清而弗厚，则纤巧寥薄，又皆诗之病也。苟非阅历既久，见闻屡易，而能吐属风流，镕铸今古，卓然成一家言者鲜矣。故子美为千古诗圣，必曰晚节渐于诗律细，嘻！何其难也。

余学步骚坛，或作或辍，不无狼籍韶光，戊申秋，获交可斋方子，沥胆披肝，境会所触，间以诗赏。越三载，命儿子受业，因馆可斋于六君书屋，每鸡鸣风雨，春草池塘，花英乱发，虫股切声之时，排遣尘累，洗涤磈礧，未尝不以诗相订也。嗟乎！可斋与余同庚生，而沦落蹇踬亦与余同，惟是重湖间隔，云水苍茫，地远人遐，彼我一身，所为交游之真切磋之情，与夫盛衰聚散之感，岂惟诗欤？而诗未始非一道也。故予两人虽老，犹思晚节之兢兢焉。

今兼三为可斋叔父，年未三十，以诗来谒，把读数过，往复忘倦。盖其集中抚今追古，吞吐奇秀，固已若斯，由此十年更十年，洗心道岸，放情尘表，咸以声韵，自写性情，居间处独，出身加民，充而用之，皆各有所得。其为诗益卓荦不群，无其病而有其机趣，所云候与时，殆将不细不已也。故今日论兼三之诗，不屑屑于某体，某篇，某句，拟之古人谁比？盖其所属望者大矣。矧兼三自岳阳挐舟访友，不远千里，谫陋如余，亦邀惠好，又以可斋去其乡，恋恋不忍释，窥其志，门以内无邹鲁，野之外无兄弟，皆兼三所不乐事。此又有在于诗之先者，余安得但以诗人目之哉？故于其别为书以赠。

送段王二生序

曾绍孔

段生希声、王生汉章，不远数百里自星沙访余于我山草堂，呜呼！何其勤也。希声超迈豪爽，汉章沉毅秀杰，皆能诗文，又同在妙龄，余慕而友之。察其可与言矣，犹未敢以易言也。虽然，余何能无言哉？吾见夫为高者矣，就平原列卑泽，始于一篑，以至侵云遏日，不知几许辛勤，几经岁月，而后巍峨可即，苟卜诸层峰峻岭，功才及半，千里在望矣。无他，所因之基异也。

今二生才质，其不为平原卑泽也审矣，有其基而复充之以学力，其所造就，奚必不如山岳之俯培塿乎！夫才质贵乎能因，而学力存夫能创，所因者易，为二生不能自主者，既皆得之矣，所创者高，为二生所能自主者，尚有待欤？然则二生力其有待以副其所既得，自非尽于今日所能已也。段生籍云阳，王生籍酉阳，今皆徙居星沙。星沙故古潭州地，贾太傅、屈大夫及考亭、南轩诸君子遗迹在焉。吾知其在天之灵，亘百世不可磨灭，无俟玉简牙签，流连唱叹，起伊人宛在之思，即今日之水云岩壑，断草荒烟，畴非其过而化焉者。

倘二生从一二著书谈道之士，凭吊其抑郁，而鼓荡其精神，自必油然生爱，肃然生敬，于以亲耿光而扬庥烈，佩服夫古君子之风，则层累日上者，又岂独语言文字之间已哉？

送别傅子彬也序

曾绍孔

有丰于天而啬于人者，君子不谓之丰也。有丰于人而啬于天者，君子不谓之啬也。盖天能丰人，而不使全丰之益，往往无所不便而有一不便，天能啬人而不使尽啬之累，往往无所不碍而有一不碍。

一者何在？在读书。精神泛用则敝，专一乃余。智虑攻苦愈深，分营斯秏，尝见富厚之家多牵，而穷约之身恒暇也，岂天能丰人啬人，而不能与吾读书之事，抑丰于彼而啬于此，理固然欤？虽然，管城亲而牙筹疏，图史富而货财远，履丰不必有丰之事，读书乃所以为丰。砚田穿而貂裘敝，筋骨劳而体肤饿，处啬不无至啬之时，读书乃益臻其啬。不便者便，不碍者碍，则亦在夫人而已矣。

傅子彬也，豫章故家，值中落货书湖南，负担千里外，触暑冲寒，而旅夜一镫，咏歌不绝，岂非知读书之益而不以啬累者欤？一日归辞，曰：明年不复来，老母在，用谋一馆，得遂孝养，更肆力于书，于愿足矣。余闻而壮之。使傅子席丰履厚，必有可观者，然欧阳永叔不云，文章家穷而后工乎？吾乌知傅子他日不如永叔所云邪？况以今日傅子之为人卜之，其必有合焉者矣。

再送唐子默斋序

曾绍孔

乙巳春，自谓识唐子默斋于笔墨中，有弗识未尽耳，今始悔曩之无能识其万一，不禁肃衣冠起立，拱手致敬，曰有是哉！盖其尊人原明公，自戊戌岁因家难出游，默斋方更事，值家世中落，上有老母，下止弱弟，欲出则有北堂之恋，欲留则有瞻望之悲，展转号泣，几不欲生。

久之智尽计穷，殚心篆隶诸体，摹古挥毫，旁及山水、花卉、鸟兽、虫鱼、草木，悉臻其妙，即余前序所云是矣。然意在亲，不在笔墨也，挟此泛舟洞庭，溯湘沅而上，抵楚粤之关，穷檐蔀屋，僧寮野观，及士大夫之家，足迹几遍。忍辛茹苦，节口量腹，有余即归以奉甘旨，居明日复出，至今岁夏五，始获于衡阳报国寺奉公以还，时公变姓名，将隐于浮屠矣。公出游十载，默斋仆仆道途，一岁间出而归，归而复出者八年。破帽铁鞋，寒沙苦月，触炎埃之勃郁，经风雨之漂摇，身有所不敢洁，口有所不能暗，顾惟未死耳。呜呼！此岂今之人哉？

夫人生无过忠孝两端，士君子隐显不一，忠或无从表见，而孝则匹夫可与日月光。昔寿昌弃官，未为不忠。温峤绝裾，为国也，至今犹讥其不孝。盖寿昌为母，而峤则弃其母也。由是观之，默斋何如哉？而独怪默斋前此弗言，致余有失人之责。原其设心，知必又有以亲沽名阴图厚实者，使我若是，是伤亲心也。噫！此其所以尤不可及也欤？余故乐更为之序。

纂录伤寒书序

曾绍孔

余悲夫医之不明而杀人也，自伤寒始。天地之大也，根阴根阳，惟人亦然。二者和畅，经络乃治，偶一乖违，疾病作焉。苟不明乎辟阖之理，生化之机，与盈虚顺逆之数，杀人宁止伤寒！特伤寒为医学第一义，亦疾痛生死第一关。

观仲景治伤寒，大旨曰汗吐下，曰不可，曰微和急温，及尽剂、不尽剂诸条，得其法，若时雨之苏万物，稍过不及，等之摧枯拉朽，矧不梦仲景者乎？故善治伤寒者，杂证未尽识，而理本一贯，不致懵如。伤寒不讲而能治杂证者，未之有也。呜呼！不明伤寒，必杀伤寒者，而以伤寒杀人者，决不能以他证生人，是人不必死而死之者，病也。病不必死而死之者，医也。死于病有医可以不死，死于医无病不可以死，诚足悲矣。

年来习静山中，抱沉疴医技告穷者，叩阍索方，不能厌也。或曰，曷梓以便世？微论方书繁夥，余岂有私焉？第不参脉证而徒事方药，得毋欲其操刀往杀，而罪乃兵欤？抑何异杀人而医者哉？惟余读仲景书有年，尚未窥其堂室，未始不以余之难，益叹专家之不易也，而况高衢僻井，不乏悬壶家，皆室鲜藏书，或苦浩瀚难了解，佥曰吾受异传，嘻有以异乎？夫医本无二道，不识何以为异也。间执《回春》《保元》诸帙，谓足阐奥晰微，一临危险，俱不免空考应重敌，不识兵刃何物。矧言步伐，而当局者马鹿其间，朱紫莫辨，宜其草菅人命，均不足怪也。余尤悲焉。

今会萃伤寒诸家言，入理精，比附确，足与仲景发明者，删繁撮要，缕晰条分，冗中求简，以便览观，岂得已哉？得其理，广其义，可使养阴养阳，却病未然。无事掘草烹石，以与脉络筋骨为仇，解讵不善欤？因证详治，虽危疑之秋，不惮以死求生。

求而得非幸，如不可求，俾罔有害。兢兢纂录以此，独仲景去今二千余年，以《伤寒》著，足为后学典型。今生斯世，视古既远，气禀浸薄，且不能尽踵其成法，况下焉者乎？

采众长以取裁，精独见而弗乱，于以思其智之所未及，忧其时之所不能，神而明焉，是贵博雅君子。

通志杂辨序

曾绍孔

余侄侣苍读书太平书屋，趺坐一榻，闭门绝轨，自经史外，一切天经地舆，山财水利，田赋荒政，兵法历律诸编，罔不综核尽善。凡名宿益友，随其所在，不惮远近，咸与居游，资考辨焉。其志固将有所用之，而不欲以一长自居也。

庚戌春，与南北诸君子奉征入武昌会修省志，吾侄分编辰、永诸志外，独掌《杂辨》一书，计其疆域、山川、丘墓、古迹、人物，自昔所疑，未经核实者，悉皆更定厘正。归录以授余，余观其所引群书，博而能洽，要而不繁，言必征信，事必研真，弗明弗措，如披沙拣金，拨云烂日，阴翳雾障，晛见冰消，其用心亦良苦矣。呜呼！自上古图籍亡于秦，仅存于汉，其为亥豕鲁鱼，附会穿凿，不可胜道，独吾楚然哉？故一城邑也，沿革屡经。一山也，井里递殊。一水也，源流互异。一书册文物也，是非乖乱，名实附和。一古迹、丘墓也，时地谬舛，东西牵合。以千百年以下人，征千百年以上事，抱焚余残脱之恨，前无所承，后无所俟，瘖寐不为通，鬼神莫能告，苟非旁稽博览，好学深思，而欲考核辨晰，条缕辑注，犹不得人之情，而欲难折之狱片言断其曲直，其果明决乎？

以此愈知吾侄平日留心经济，不肯斗靡夸多，如所称博士书簏而已也。

脉学纂要序

曾绍孔

先哲有言，脉有神机，胸中了了，指下难明。若此，顾昧昧者，更何似乎？况上自轩岐，下讫诸家，汗牛充栋之书，幽深浩瀚之词，欲穷其说，而能通贯晓畅、了若观火者几人哉？有之复不获运之心而注之于手也。足见医道之难，莫难于脉，而况择焉不精，守焉不约，童而习之，白首莫得其要，凿空妄语，诞谬支离，而贸贸焉一无所识，以人命为戏者，又勿论已。吁！大可惧也。

今自《内经》而外，删繁就简，订伪存真，博观以会其通，沉思以取其精，曲畅以发其旨，荟萃若一家言者，节而录之。驰情浩渺，无裨实用，拘牵往迹，鲜所变通。及艰涩之词旨，鄙俚之歌括，不得与焉，岂谓脉理尽是哉？惟其便习而已。然其大要必归于此。今夫初觌面之人，其声音笑貌，不可得识也，矧脏腑经络，居于至内，而我引指于皮膜之外，欲以审顺逆，判阴阳，决存亡消长之机于一呼一吸间，固已难矣。又为之者惑于词而泥其理，逆于往而迷其归，求脉之明，为脉之晦，是无异横断港而航海也，岂不尤难哉？是以惧而为此也。

微独折衷简洁，一空障翳，大都精于用志，明于见理，善于观变，窃意折肱家至于是而止尔，而学者苟尽力于斯篇，亦未必无得也。虽古人匠心独运，口莫能宣，而开卷了然，若有神遇，久而跃如，其机在我，然止可一二为知者道也。吾惧夫昧昧者，终瞶瞶如也，复何道哉？

送杨湘崖还里序

鄢正笏

癸酉之秋，予与湘崖始相识于城南书院，即以诗人目之。时同游者数十辈，竞为弋获计，独湘崖邈然寡俦，行吟坐啸，若一无所营为者。

三十年来，幻景相属，落落晨星，而湘崖甫得一乡校博士之官，奉檄来铎吾醴。相见问无恙外，辄复抵掌论诗。谭次间，至谓楚风不竞近代，又极诋竟陵，然非之无可非，诗中乡愿，吾亦无取，故宁于竟陵有折衷焉。予因忆陈伯玑与施愚山论李翼轩伯敬，其人以官为隐，以读书为官，而于友谊尤笃，诗文妍媸，岂在寻行数墨？其旨与湘崖合。已而湘崖出其诗钞属予序，予闻湘崖以盛名寓京师，公卿争欲延致，太学六馆之士，无不震有武陵杨先生。脱仿唐人温卷之风，写以生纸，副之门状，岂乏元、晏其人？而寂寞千秋，至退而商之，空山旧雨，人谓湘崖邻于通，予第觉其介尔。

及卒业其诗，缘情绮丽、跌宕昭彰之态，时复与竟陵异趣。人谓湘崖工于愁，予第觉其乐耳。昔伯敬刻集郢中，其友谭、友夏戒之以勿乞名人作序，故伯敬之集惟沉泽山山人一序，伯敬之集何尝不传，传伯敬者又安问其序出何人哉？顾山人于伯敬，尚能扬搉而敷陈之，而予之拙于文，如吃者之为言，当其迫欲致于斯人，每不能栗留其语，惟于期期格格之下，少维其勤勤恳恳之衷，即令倾筐倒箧而出，固未之有易也。

嗟乎！古今诗人之著，亡若唐之杜工部、宋之苏端明。工部之言曰：文章亦小技，于道未为尊。端明云：昌其言，不若昌其理。盖艺之善者，其所主不存乎艺，而见吾善者机尔。然则湘崖向之所为，邈然寡俦，一无所营，独能以诗人自异者，其在斯乎？于其别也，遂书以送之行。

啸松楼诗集序

鄢正笏

吾乡张芷翁先生，早岁即工韵语，拥鼻微吟，如琴瑟之不去斯须。顾每有著录，率以未定稿自注，及携之行箧，折衷四方知言之士，则一时倾倒，咸有序论，推为坛坫之雄，属以鼓吹之任，盖骎骎乎楚军克张也。而芷翁且谓诸公揄扬逾量，此特崇奖雅谊，居之不疑，则吾岂敢！故元、晏之登，若谦让未遑，其自视欿然又如此。

昔杜牧之语庄充，谓文之有序，皆后世家仰其人，盖言文与人之难以遽定也，而遂谓法不得为并世之人序，则牧之之拘论也，如芷翁者，虽并世岂复有疑欤？芷翁怀文抱质于俦伍中，萧然自远，而怜才好善，一往而深，天性然也。以予所见，自诸生以迄通籍，数十年如一日，未尝有寒燠之异，当居山时，间以他务入郭，遇吾辈二三子论文道古，悠然永日。或竟忘其所事，至童仆催促乃起去，其风致如此。其诗之纡余澄淡，蜕出风露，良有以哉！

今诸郎君裒其前后所作，衔芷翁命，属余论次，惟诗之美善，搢绅先生则既言之矣，空山孤陋，何当复有所云，抑念子舆氏有言，诵其诗不知其人，可乎？又《记》有之，温柔敦厚，诗之教也。故为略其篇什，推本性情，偶彷总述，附诸简末。夫在心为志，发言为诗，观其流连景物，涵咏缠绵，而生平本末所具，友朋相喻之微，复有可想见焉。此固非苟为炳烺，与漫然标榜者所得与也。噫嘻！惟吾芷翁，其有见于斯也夫。

张贡五先生文集序

刘玮泽

张贡五先生与泽一别十年，今秋相见，问无恙外，以生平所为古文一帙下问于泽，泽受而读之，反覆紬绎，喟然而叹曰：此接统之文也！

夫一代文章之统，尝属于一二家，此一二家者，既为天所笃生，以应郁勃昌明之运，而其人亦皆以绝异之资，殚心汲古，酝酿蓄积，久之而发为沉雄博大、俊伟卓荦之文，非一时风尚习气之所能移。非时命侥幸，巧窃科名富贵之辈所能攫而取，并非工于诗歌、工于词赋、工于帖括者，所能窜入而分其席。盖古文之统，独重于他文，而《左》《国》《史》《汉》，唐、宋大家之后，接其统者之诚非易而得也。有明一代之古文，天实笃生震川先生一人，以沉雄博大、俊伟卓荦之作，跨介甫、子由而上之，直接南丰曾氏之统。前有潜溪空同，后有虞山钱氏、黄冈杜氏，皆莫之逮也。

迨于国朝百年以来，娄东、合肥华赡而歉于气骨，侯壮悔公子雄而不沉，西铭、尧峰沉而不雄，诸公同时，尚有二三君子亦各有未至，泽何敢遽以古文统绪属之？贡五先生负资异敏，有六十年读书养气之功，发而为文，精理流溢，有声有光，而笔力健举，骨法典重，实有合于所谓沉雄而博大、俊伟而卓荦者。此而悬诸国门，正告于当世曰：震川先生而后，古文之统，今属贡五先生。彼世人同具心眼，纵不能深知其所以然，而文章公物也，试焚香而诵之，捉笔而效之，返心而问之，其孰能搘拄斯言也欤？

泽每怪十余年来，耳食之徒，妄以古文之道推尊某某，盖或以其时艺官爵之故，夫使以时艺之工也，而遂可以古文属之，则唐之李、杜，既为诗家巨手，宜亦可以排突古文之门户，而与若韩若柳者并列矣。抑使震惊于官爵以论文，则世之读唐文者，宜推李赞皇之《一品集》，以为高山景行，其心向往，而千古薪传，何以独属之南海之逐臣，柳州之迁客也哉？泽自少小以来，性之所近，独爱诗篇，每谓老杜一集，虽宋之大苏，尚未敢许其接统。尝窃自愧学杜三十年，而一技未成，故于古文一道，不敢旁及。向因士友敦促，勉有论著，中心辄用恧然。比来斯馨堂之刻，类于耻过作非者，然不存既往之非，恐无以求将来之是，古人于少壮所作，亦未闻其尽弃，职是故也。

今辱先生赐书，有曰：心所服膺，近在斯馨。嗟乎！嗟乎！是益重余，小子赧汗耳。然先生与泽，别来十年，各有之燕，之晋，之秦，之吴，之蜀之役，所见于当世能文之士亦不少矣，至于今日，先生独以古文属余评骘，而余于震川以后，亦独推先生为接统。此中所以然之故，与两人相契之微，夫岂幸窃科第，借一二妄庸人识面之末，遂欲以官爵昌其诗文，而遇读书养气之儒，亦思苟自夸毗者所可与共语乎？于时先生与泽相视莫逆，遂命以斯言弁其端。

张贡五先生志千集序

刘晞泽

老骥伏枥，志在千里。烈士暮年，壮心不已。兹虽曹孟德之言，而有合于岁寒后凋之旨，不可以人废也。以予历观前史，凡踊跃于利禄者，多在少年喜事之辈，彼不过博一时之浮荣，原无大志，而深沉练达之士，或暗于津要，拙于干谒，其憔悴专一之象，转供若辈之齿冷，然而良骥以老成，大器以晚成，其志固自不可没耳。

张贡五先生以比年北游诗集见示，颜曰《志千》，其中长途阅历，吊古摅情，叙事议论，动关劝戒，而昂藏磊落之概，与澹泊宁静之怀，俱令人悠然得于言外。以视妄负诗名，而浮声赝采、剽窃饤饾者，相去盖远焉。夫诗言志者也，而志之所在，不以遇不遇论。昔文中子教授河汾，房、杜得其学以助贞观之治，而伏龙、凤雏委身佐汉，则二德可以躬耕老。

今先生膝下诸君子，读书秉礼，为羽为仪，虽当少壮之年，皆有深沉练达之养，是先生利济苍黎之志，已有所托矣。而流连光景，吟写性情，虽百世而下，犹足以起衰式靡，又岂屑屑焉与利禄中人争一日之名、一时之遇合也哉？少陵云：尔曹身与名俱灭，不废江河万古流。然则如《志千集》者，庾信文章，凌云健笔，洵所谓老当益壮者欤？是用慨然而为之序。

之万集序

刘晞泽

贡五先生北游既倦，南浮江淮，以归于楚。其纪行诸作，命名曰《之万集》，盖取蒙庄所谓之九万里而南者也。夫蒙庄斯语，世第目以寓言，而未揆其意旨之所在。以余观之，彼其拔俗离尘，置身万仞之上，固即此可见矣。

自戋戋之子，汩没于声利之途，动以高第美官，自侈为鹏飞九万，不知中无所据，而妄乘君子之器。其遇事惶惑，措置乖方之害不可胜言。若而人者，持禄养交而外，殆于正墙而立，一步不可行也，奚以之九万里而南为？惟夫读书养气之士，胸怀迥异于众人，著述可传于后世，拔俗离尘，自堪不朽，彼鷽鸠斥鴳之辈，虽环而笑之，又何损欤？又何损欤？然则先生之还辕息陬，正先生之鹏飞九万也。读是编者，可以思矣。

农圃会序

刘晧泽

《易》称盍簪，《诗》歌《伐木》，皆言朋友故旧之会合也，以故香山有九老之会，而耆英、洛社则率真之会并著焉。会者古道也，陈其生先生与亲知五六君子共举之，亦犹行古之道也。顾其以农圃名是会也，何居？盖吾闻乡里风俗之盛衰，皆自其二三长老倡之。

世固有侈衣冠文物之会者，当其始事，非不雍容都雅，讲揖让之仪，而以文学相号召也。迨子若孙沿而习之，渐失其初意，于是炫服食车骑，争以靡丽相夸，而文章学问之道，或置而不讲，则其风气盖浸以衰。若乃农圃之事，士君子虽不以自限，而亦往往托迹焉。昔者庞德公、司马德操及伏龙、凤雏辈，尝偕隐襄阳，躬耕自乐矣。观于床下之拜，则师友长幼之分秩然，而经世远大之略，所以讲明而造就之者，遂为千古所不易及。今诸君子果能得其遗意，则所以为是会者，敦孝友，明礼让，尚俭朴，远浇漓，方且不轻于仕进，不苟于衣食，俾后生小子率其教者，自无佻达之习。而文章学问之根氐，亦必大异于世俗矣。

南村茅舍，相约耕耘，将《诗》所谓攸介攸止，烝我髦士，吾可于是会乎观之，而诸君子者，抗言夙昔，来往风流，陶渊明云：闻多素心人，乐与数晨夕。又云：相思则披衣，言笑无厌时。此其清风高致，良亦可赓续于不衰也欤？

赵豹三益州游稿序

刘晞泽

楚无风，吴无风，蜀亦无风。余吴人也，侨居楚南，尝往来潇湘、洞庭间，采芳撷馨，欲仿澧兰沅芷之余韵，作为诗骚，以备采风者之掇拾。而学力未逮，又匆匆作益州游，于是此志日益颓废，思遂搁笔，并举旧作而焚弃之。

武进赵君豹三，以王、谢佳子弟世其家学，胸中渊涵停蓄，包举毗陵震泽之奇，此而抱膝高吟，足使吴风大振矣。而亦匆匆作益州游，与余相聚于文翁石室，赏奇析疑之暇，每倡韵索和，不以余为鄙陋，余亦自忘其愚，见豹三之敲金戛石，遂不觉以蟋蟀之吟，虫飞之声，俨与之希风竞响也。乃豹三更出其《益州游稿》属余评序，余惟古风人之性情，百世而下，犹可想见，而余与豹三晤言一室，见其律己则方严，处物则温厚，此固于古风人中得其性情之最正者。以故其诗无靡曼之声，而不失之激楚。无艳冶之态，而亦不伤于径直。大抵怀亲思乡，感时恨别，与瞻屺《陟岵》之调相为出入。夫熟悉其性情，而因以观其诗，观其诗而愈益见其性情之真至，此予所以不辞而为之评，为之序也。

今豹三归乡读《礼》，方当痛辍《蓼莪》，而益州诸作，则徘徊锦官玉垒之间，系心震泽毗陵之上，无非南陔《白华》遗意，缭绕笔端，其真可以补吴风，并可以补蜀风，而足备采风之掇拾者欤？且余亦因豹三之倡率，遂得益自振拔，以庶几补楚风于万一。豹三之益于余者，不既多乎？

金山县志序

常琬

金山古康城地也，粤稽明代，初置金山卫，用备倭寇。无事则屯，有警则以守以战，其民生皆有田庐冢墓之恋，与父兄、宗族、里党之胥匡以生，安土重迁，居然沃野。

迨我朝顺治二年，继设金山营，及我世宗宪皇帝建立县治，举娄邑西南之土而分隶焉。于时田赋既厘，学校斯设，民生富庶，人文蔚兴，彬彬乎太平之盛事，洵可迈前朝而光简策者与？琬不敏，以乾隆六年来治于兹，既爱其俗之远于浇漓，与斯人安于无事，其吏民亦知予之拙，相与循其分，勤其业，熙熙皞皞，共享朝廷休养之泽于无穷，致足乐耳。夫幸际休明，安居乐土，而于累朝建置之踵事加详，及此邦风土之淳，人物之盛，山川形势、利弊沿革之大端，阙焉而无纪载之书，讵非邑人及官兹土者之责欤？爰诹绅士共事纂修，载于娄者毋复，隶于金者毋遗，凡为田赋、学校、节孝、忠义、建革、风俗、水利等若干卷，汇为成书，庶自今以始，咸有所考镜焉。

所愧者，承乏十年以来，未有一善可纪，而邑中之务，与浦东、横浦二场之鹾政，加以裁卫归并，簿书较繁，谫劣之才，未得毕力于斯役。故文从其质，事举其凡，期免于阙略云尔。若谓追史家之体例，尽事类之周详，能使金山一《志》炳耀千古，则惟诸绅士之克有成劳，余固有志焉而未逮也。

米季馨同文要览序

唐效尧

今天下诚同文之世矣，我国家重道隆儒，表章群籍，御府所藏，荟萃古今，多唐、宋、有明所未及者。迩年《钦定字典》一书，天章璀璨，馆阁诸儒臣订讹补缺，搜幽采博，不遗余力，其视《字汇》《字通》诸书，不啻众曜之依乎日，百川之汇于海矣。以故遐陬僻壤，虽三尺童子，彬彬向学，莫不讲求乎此。然而卷帙浩繁，得此遗彼，每有搦管操觚、白首莫究其全者。风檐中率尔沿误，或至以点画戾法而受摈，此虽学者研肄之疏，亦以涉猎之力，实难遍及也。

吾邑友人米君季馨为南宫后裔，渊源固有所自来，其曾大考顺斋先生，以名进士绣斧按三晋，暨其尊考同人先生、伯考罗峰先生，皆以孝廉工诗文，尤能以字学世其家。季馨才高学富，自少以颖异称，于书靡所不读。余丱角时，即得与交，共订文会，每课毕，偕诸友把酒细论，资其教益者不少，然屡踬场屋，今年几六十而其志弥坚，扃户兀坐，日以诗文自娱。雍正庚戌之役，余忝列进士，奉简命试用陕西，得便道旋里，与季馨晤。余客京师三载，与季馨别甚久，握手道故，固甚叹季馨之屈，而自愧其得先季馨也。

顾季馨郁勃踔厉，真云霄中人泥涂不终困者。既乃出其所著《同文要览》一编，将以授梓，而欣然曰：子盍为我弁一言。余读之，句凡四言，统计二千一十六字。首陈盛朝声教之隆，次及人才奋兴之美，次及书家辨析之异，而以已采掇之旨终焉。其词古奥，其义宏深，既皆场屋之所取资，而尤便于览记，诚举业家津梁也。嗟乎！季馨不自患其未第，而且惟恐人之受摈而不第，其用心为何如哉？

吾知季馨既不至久困，他日掇巍科，接乃祖考之步武，而登承明著作之廷，季馨之用心当不止是，则今者《同文》之编，其殆季馨之嚆矢也夫。

续修家谱序

罗源汉

祠以衎祖谱以联族，是二者汉自通籍以来，常有志焉未逮。乙亥秋，适奉天王命祇祀炎陵，道经茶之漳桥，少长咸集，群以修谱谋，汉亟诺称善。归过长沙，爰与族众定议而始其事。

按：吾族系出江右吉水，吉水本庐陵，庐陵之始祖曰崱，自唐中叶时定居于此。崱公后十二传至涧谷，名椅，为长沙军学教授，寓于长，是为居长之始。当是时，犹未迁长也。历祖、默祖在治，凡三传至琼三，名式，金迁于长之茶陵，茶之始祖自此。

顾不以始祖归琼三公而以归涧谷公者，长始于茶，且承素志也。琼三公后历祖奎佑至汶公及懋公，凡四传至菊亭公，名琥，居于长，又吾长沙之祖。当是时，菊亭以官老归休于长，籍本茶人，然在长则已祖乎长矣。子九人，四居长，五居茶，是菊亭公非长之所得而独祖者，茶亦祖之。顾茶合而长分，茶因而长创，揆以别子为祖之义，公于茶为小宗，于长为大宗矣。菊亭公之伯父曰益，子三人，曰琳，曰琪，曰玑，与公为从兄弟，皆世居茶，则长之所不得而祖者，茶各祖之。至今茶之子孙，较长为尤繁，亦犹分长以后茶不必祖长，而统联一气，有支派，无亲疏也。

家谱始自前明，一修于洪武辛酉，再修于宣德庚戌，历正统己丑至天顺甲申，凡四修。若学士刘坦斋、修撰黎大朴数先生之传序，班班可考，今之旧谱则于本朝康熙己卯重辑之。谱于吉有别图，于茶、长有总图，有分图，略远而详近也。且今日之修亦孔急矣，自己卯以后，汉辈之不登于谱凡几世矣，事久易紊，人众易暌，保毋长与长，茶与茶，有终其身不相识者，何况长、茶相去数百里之遥哉？重为告曰：凡我共谱，必亲必爱，无以我菊亭公一人所出过分彼此，更无以我琼三公一人所出强分远近，谱斯永矣，抑有谱，必有祠。大祠在茶，地远莫赴，而吾长子姓，自有明至今，垂三百余年，讵无有议及此者？亦或议焉而力未逮。

源渭弟书至，已得湘城数亩之地，可鸠工而兴事，是谱与祠俱有托矣。于是乎喜而并书。乾隆二十四年己卯季夏。

观海学山原集自序

张坊

《孟子》：观于海者难为水，游于圣人之门者难为言。扬子：百川学海而至于海，丘陵学山而不至于山。是故患夫画也。太史公曰：《诗》有之，高山仰止，景行行止。虽不能至，然心向往之。忆髫龄父兄授山海章，每以造极观澜相期望，及随任天台、仙居间，闻吟谢眺：沧波不可望，望极与天平。太白半壁见，海日空中闻。天鸡时尚不知其高深也。

迨年已及冠，趋庭蓬莱，东观乎成山，射乎之罘，浮天之浪，浴日之波，诵祖孝徽：云岛相接连，风潮无极已。苏子瞻：东方云海空复空，群仙出没空明中。六七年东海徒凭眺耳，归来泛杨子江，观广陵涛，忆张祜：海明先见日，江白迥闻风。祖咏：海色晴看雨，江声夜听潮。太白：登高丘，望远海。六鳌背已霜，三山流安在？江海往来，触景兴怀也。戊戌从京师之海宁，登龛赭，雨点海门，胜钱塘江上之望，薛据《西陵口》：东南际万里，极目远无象。山影乍浮沉，潮波忽来往。骆宾王《灵隐寺》：楼观沧海日，门对浙江潮。苏长公：海上潮头一线来，楼前相望雪成堆。浙海不诚大观哉？壬子为南海游，咏岑嘉州：海暗三山雨，花明五岭春。苏玉局：杳杳天低鹘没处，青天一发是中原。杨万里：众水更从何处著，千峰赴此却回休。观于海者吟此诗也，直如九天之云下垂，四海之水皆立矣，尚敢分观海集而言诗邪？

康熙壬寅，游南岳衡山，思《望岳》杜句，有时五峰气，散风如飞霜。《祝融峰·恽巍》：荡胸晴霭千重出，入眼遥峰万点青。朱维京：乾坤日月双轮转，吴楚山河一镜看。犹历历在目前也。丙辰季春，甫登泰山之半，诵太白：登高望瀛海，想像金银台。天门一长啸，万里清风来。张养浩：万古齐州烟九点，五更沧海日三竿。王世贞：西盘瓠子河如带，东挂扶桑海一杯。真名岳雄篇哉！己巳岁，道中望西岳华山，诵韩昌黎：倚岩睨海浪，引袖拂天星。崔颢：天外三峰削不成。杜少陵：西岳崚嶒竦处尊，诸峰罗列似儿孙。惜未登峰，一问青天耳。

本朝复祀《尚书》北岳恒山于浑源州，甲戌仲夏，奉估庙工，与龙牧云裴得遍游古岳，读李梦阳：北狩明堂虞典礼，西京穹石汉文章。若曲阳唐郑放：澒洞镇河朔，嵯峨冠嵩丘。古树侵云密，飞泉界道流。即一至未能矣。自丙辰季秋西瞻中岳嵩山，历壬午仲冬，几三十年，四面经过，环望不得陟其巅，尝咏沈佺期《太室》：洞壑仙人馆，孤峰玉女台。《少室》：雁塔风霜古，龙池岁月深。吴融高凌鸟外青冥窄，翠落人间白昼寒之句。以皆古昔名人，兴酣落笔，摇五岳而凌沧洲，敢续貂以为言哉？此余三十年来，而五岭，而太行，而出塞，曲沃于归，以政为学，第心向往耳，非自画也。

纵观海岳，难为山水也，今仍从《观海》《学山》两集中摘录入《湘帆诗话》，以为纪行诗及历官纪事尔。乾隆庚寅端阳日。

曲沃县屡世同居传序

张坊

秦晋之交，渭、洛、河、汾之表，多孝友绵长之族，屡世同居之家，其积之也厚，其流之也光，为能保世以滋大，夫岂偶然者哉！皇清受命百一十五年，重熙累洽，以孝悌名显于天子，多闾里积行之民，皆得付之史馆，登之志传，以为朝野光，良非一身一家事也。

岁甲戌，余自天镇量移曲沃，其地为晋国名区，说礼乐而敦诗书，草野孝弟之家，不少而登之志乘者缺如，意其中必大有人在也。间尝询之卫生洪修、许生国宗，则举《唐书》张君密、秦德芳、马元操、李君则以对，四人者，敦本尚实，一时光照史册，不尽沃民邪？其自宋、金、元、明四朝，皆漏而未登诸志，秘而未达于朝，此岂异地哉？何以风微而人往也。余于修志，潜加谘访，集诸生百人，授简以采逸事，佥称汉魏先朝尚矣。我朝邑人如史店行世缵、东庄王希闵、柴村柴林柏、北王王尧则，同居皆六世。苏村贾光启、义门王永和、安鹄李崇先，同居皆五世。而四世、三世者，杨三正、王光先因柱而外，殊难更仆数。天下笃行之积，不求人闻，敦本之族，习而相忘，若此类名湮灭而不称，悲夫！

戊寅春，纂修人物，悉举《唐书》张君密四人，与行世缵七人，并杨三正辈，登之《孝友志》中，以为时劝，而复为合传以序之。夫乃知晋绛之交，河汾之东，笃生间气，代不乏人，而表闾者既怠其事，采风者曷由而纪？斯千年正气，即志乘亦不载其人，宁不为胜地名区大减其声华也哉？

彰前徽而流奕叶，求田野而登载籍，培风厚俗，作兴而鼓舞之，固守土者之责也。曩余令天镇，一边方荒徼耳，而义门程应爱、双寨宋朝恩者，皆务本力穑，五六世同居之家。曾为请上官之旌表，盖亦有笃行敦本者焉。矧其为晋绛名邦乎？古称家修庭献，积厚者流光，升诸官，达诸朝，他日方将付之史馆，以照耀于简册，夫岂一身一家之光也邪？

清一禅师诗序

徐世佐

昔有和尚学诗于虞山蒙叟，叟教以适山情，助禅悦，扫除一切诗偈毒蜜，以灰香净涤而可。和尚曰：客有啖味而佳者，问何物，主人曰，竹也。归而煮其箦，不熟，曰：主人欺我。如公之云，人将笑我煮箦。蒙叟曰：开堂振锡，千偈澜翻，粽饭陈羹，所在塞屋。鸠摩罗什云，嚼饭与人，非徒失味，又令呕哕，子苦煮箦，不犹愈于饱呕秽之余，而果腹相夸邪？和尚懡㦬而去。

神鼎故丛林清一禅师，提正印，登讲座，拈椎说法，听者云集，然其生平所作诗，了不涉佛子语。大都山光潭影，朗月清风，入其肺腑中淘写而出。夫诗人也，而天尸之，得其本矣。唐杼山好作诗，晚乃放弃笔砚，曰：我疲尔役，尔困我愚，我将放尔，各归本性。若是乎诗亦为禅累，然予以儒者之道，沂水春风之趣，则又浩然所谓闻天籁而发清机者。其于佛理，当复不远。蒙叟曰：沙门此言离欲，离欲则方寸虚而万景入，入必有所泄，乃形于词，又曷云非禅也？

清师属予序其诗，予无以云，聊举蒙叟之言云尔。后将有煮箦者，则非予所知也。

遁翁八十自寿序

徐世佐

遁翁自塞外归，一榻萧然，万象俱寂，盖足不出山者二十年，亦未尝杜门扫迹。每春和秋爽，曳败履，行田间，与父老子弟语稼穑之艰难，日斜未已，或荐以粽衣，箕之坐不应，笠其首则笑。语断则归，愉愉如也。

惟寒暑中人，则闭门枯坐，然岁暮天晴，邻家酒熟，或时招饮，则亦未尝不出，出则序亲疏，齿长幼，列坐酣恬，从容谈笑，必相谓曰：皇上神圣，百昌万灵，各得其所，吾辈享升平之福，能醇谨为良民，庶几不负盛世。皆应曰：诺。尊酒既尽，琐琐如家人。问农具，视耒耜。问牯牸，观其肥瘠。问饩牵，数鸡豚。虽闲情往事，终日不厌。独不喜作雄长语，闻贵人之名，则掩其耳。有公府来者，谩澜时事，则摇手曰：吾辈农夫，思无越畔，尔许呶呶。嗟乎！百年未久，心与时移，正未知造物者云何也。

遁翁弱冠登贤书，抗首重霄以上，自谓天下事皆吾分内事。既而四上公车不第，备员海上，为宵人所扼，尺寸不得展，涓埃之报，无以自伸，居常郁郁，至于奋拳驱雪，嚼齿骂风，斯亦极无聊之况矣。归田后，语不及前事，人有问者不答。时或饮酒大醉，渡前溪，登东皋，裂浮云而望八方，肝胆淋漓欲滴。俄而倦鸟声息，钟磬发于林中，扶杖夜归，饱饭一匙，蒙被而卧，鼾声达曙。起而叹曰：安眠静衾，皆国恩也。辄北向稽首。

遁翁少年狂荡，读书之暇，梯层飙，穷回阴，席木客之庭，践飞猿之径，每有佳句，抗声长吟，林谷皆响。吟曰：山以人名，山不钟灵，窎窅无间，噫嘘乎山之神！有嗷于旁者曰：名山者子也。则曰：嘻，唯唯，汝来前！笔以松毛，墨以泥，书石上，作某峰，某岭，某岩，某涧，字皆尺许，若是者殆遍。他日过之，为霖雨洗去，则曰：山不好名，佣奴我耶？拊掌而笑，此小儿嬉游故态。下第归，多病，则又以游为饮，山为药。倦则坐松阴深处，读《南华》《史记》《汉书》，率无首尾。置松根里，袖纸笔起行作诗，亦不成章，得句即书。或推敲未定，捏小字投石上拈之，每得其胜。天将雨，捉短柄伞坐半山，浓云自顶而下没山径，身在云中，杳然非复向来人境也。雨霁，送夕阳，控飞霞。夜静月明，仙乎！仙乎！今老矣，游山之屐，不可复着，日长无事，抱曾孙坐柴门外，见八哥骑黄犊，款段而来，欣然一笑，有童心焉，则宜乎翁之寿也。

岁之癸丑，遁翁年八十，入冬近诞辰，父老约称觞介寿，将求文于名人以侑酒。翁曰：果尔，酹诸司爟。父老谢曰：称翁之意，不敢以外人溷也。乃属稿于锋，锋无以云，则辑父老之言以进。翁视之，默然良久，曰：勉为父老进一觞。

湖南文征　卷六十五

序十

鉴撮序

旷敏本

古者今之鉴也，前者后之鉴也。始予偶从一友案头，得残本数十页，编注历朝改元甚悉，予笑谓友曰：我侪猥云强记，能尽记历代改元乎？借其本钞之，欲演而成书未果也。

因念后世师儒之所授，髦士之所肄，总括经以应帖试，日兀兀俯首于八股中，齿豁头童，而询以古今之变故典章，或茫乎其无以应也。今夫十七部也，二十一部也，家既不能得，得更不必能熟也。涑水《通鉴》也，紫阳《纲目》也，《纪事本末》也，抑犹不能家得而人熟也。尔乃取《史学提要》一书，合改元钞本演而广之，首皇古迄崇正，名之曰《鉴撮》，或且曰漏也。夫自廿一部而外，以为漏，则皆漏也。虞、夏、商、周四代之书，今之删而存者有几也，而四代始末且犁然也，于是乎纶綍之章，奏疏之体，讼檄之文，既俾读者政事文学，于是焉取资而有余。他若华封之祝，击壤之歌，扣角之词，间登之以引人观玩焉。而后三家村童子，手是编而可了然于数千年之故，而彼胸有全史者，政不能傲以所不晓。

今夫皇王帝霸之三三五五也，一启口而即是者，骤询之而或不及答也。十六国之割据也，前五代之南北朝也，元魏之东西也，北齐、后周也，后五季之十国也，辽、金、元之与五代、赵宋相终始也，开卷而苦茫然者，掩卷而尤苦茫然。而是编且井井也，而于是乎正也，闰也，偏也，窃也，罔或淆也。其偏而正邪？蜀汉也，南渡也，抑江陵之萧察、晋阳之刘崇、本名旻。西辽之邪律，犹将与之邪？其正而窃邪？孟德、仲达之欺人孤儿寡妇也，抑陈桥取之孺子，靖难莫逃一字，犹将斥之也。其统垂绝而不绝邪？一旅之再造也，东京之中兴也，抑子婴、帝昺犹不遽绝之也。其统不绝而纲绝邪？姬氏之宜臼，赵氏之构□，统则存而心则死也。若五部之豪杰并起也，礌落若世龙，而僻檀英气，且迈华夏也。前燕之廆也，后秦之弋仲也，前凉之轨也，尚不敢图司马氏也。其他窃据方州，未必非天意属焉。知诰也，具美也，卓乎一世之雄也，洵乎可以鉴也。

士诚不自菲薄，凡所以检身检心、经邦经世者，俱将于是乎取焉，是不亦弦之佩而带之存乎？是固家可得而人可熟者也。篋而奔之，不胫而四达，其亦后学之津筏与？

楚南文汇序

旷敏本

楚，文薮也。孔子采列国之风，楚何以不与？或曰，孔子在外十有四年，居陈、蔡者强半，欲有为于楚而不用于楚，故遗之。此谬说也。或曰楚僻陋，则西戎又何取？彭蠡、洞庭，古称三苗之国，今特号文物之乡。虞后之巡，姒王之迹，冠裳朝聘，卓矣大邦。鬻熊且为文武师，人地之有耀，若此其盛也。或曰嬴烬之余，六经俱无完书，不然，何以《周礼》不系于篇而《秦誓》独留，似也，亦未尽然也。

予以为，楚自屈子作《离骚》，直追《风》《雅》，数千年来《风》《骚》并称，而楚风之雄反冠于列国，文势所至，虽大圣人笔削之威，弗能遏抑。其光芒麟麟熊熊，輷輷轸轸，猗欤？盛哉！且夫吴楚都无风，而吴楚都以文雄南服，南位为离，是曰火房，其道主文明。吴自公子札通《诗》《书》《易》《礼》《乐》之文而吴文盛，楚自左史倚相读典、坟、丘、索而楚文盛。今吴不具论已，楚自三闾而外，若盲左之传，兰陵之论，漆园之篇，允皆文字之祖。楚，文薮也，往予持此论久矣，适坊人南青溪有《楚南文汇》之刻，问序于予，予乃为发之也，抑吴楚之文尚矣。吴显而楚或闷，吴当舟车之会，缟纻赠答无虚日，交游月旦，延誉江东。楚南人淡于宦而薄于名，埋头键户，弢阏声华。盖吴自札游中国，雅擅名士风流，迄今流风所渐，文成名播。楚则倔强如屈平，以彼其才，不肯游诸侯而自令放逐，文字表见，亦非其本心。然则楚人既不乐以文相标榜，而山颠水涯，搜辑不易，青溪其能家至户传，叩门而求之乎？

楚南文以雄逸胜，往雍正初年，相率为俳俪之辞，指股胵腰，读者至不欲终其篇。今集中应无有蹈此者，予亦未暇为检点也，抑今所梓者制义也，而骚、赋、论、传继屈、左、荀、庄而起者，其人往往晦采于湘岳之间，青溪其有道以出之而成帙乎？其姑持予说以征之。

何燕泉集序

旷敏本

尚论古人，远则略，近则详。仰止先贤，远则疏，近则亲。其大较也，虞夏世远矣，唐宋抑犹远也，其有明乎？世近矣。顾或东西异域，则不无然疑之参，殷吾景行者，其桑梓先辈乎？

有明一代人物，吾楚南文章风节之卓绝者，华容刘公大夏、茶陵李公东阳、郴阳何公孟春、宜章邝旷同。公野，往于《明史》中皆得稔其梗概，而李公、刘公之文，予向皆得读之，何公之文，则久耳而未得睹。尝欲走宜章，访族人，求邝公遗文，而亦未果也。今年夏，予友何子东望，介何公裔博士泰吉来，诒予燕泉集《余冬叙录》，予受而读焉，喟然曰：阳明先生南中诸疏，魏叔子称其本仁祖义，为秦汉以来奏疏所不逮。予读何公集，几不复爱唐宋也。

《叙录》一书，总四千余年治乱兴亡之故，罗罗若掌纹，此可以见公著述根柢焉。公受业李公之门，为其所畏爱，而刘公雅重公，有大议每就公谘商，公文笔不减李公，而立朝侃侃，当时有贾生之目。议礼一节，不无过激，而刚义忠直，叠遭构陷，而不挫其志，其于刘公，几不复让，视土木劲挺，疑相伯仲焉。

博士索予弁言，予久未应，博士曰：得毋靳乎？予曰：恶是何言？但得附公文藉不朽，实予厚幸，顾独惭不文，不足为尊先公重。是所执笔而惶然赧疚并者，又念如予者假得生公时，执礼公门，公或不之拒，则又未尝不临文而流连忾慕于无既也。

募修西湖书院序

旷敏本

西湖者，初为濂溪先生爱莲池，后称西湖也。其地为先生舅氏龙图阁学士郑公向宅址，先生依舅氏读书于此，爱池之莲，故名也。往者就西湖为学地，号莲池，曰泮池，特设书院以祠先生，而衡士多肄业其中焉。

院枕衡西城外，前令高公始捐俸延师为义塾，然修脯无几，体貌弗崇，今廊舍亦浸圮矣，而所谓莲池者，固无恙也。盛夏早荷，馥郁袭人，当年之亭亭净植者，宛然在目焉。思昔先生藏修于此，擅林塘之幽，拥图史之盛，令得及其时叩门，抠衣而请业，渠非快事乎？乃数百年后，郑公之宅已墟，而书院又将鞠为灌莽，伤已。

德侯莅任，雅意修复，以书来属为叙，曰：九疑之下，舂陵之墟。夙尝心往，而神游焉。幼读先生书，剧羡程氏吟弄风月，得亲炙其辉光。每恨受生之晚，不获挹光霁之容。今诚不意得亲寻先生履舄驻处也。一行作吏，于先生洗冤泽物之政，愧有志而未逮。窃愿因书院之役，以寄其高山景行之思，而又冀将来之游息于此者，朝夕拜瞻先生，以起其祗肃之心。因而熟复先生之书，以求夫志伊学颜之实诣。吾知此地豪杰之士，必有踵前武而作者，非徒曰修举昔日之废坠也。予惟庠序教废，士无所于学，而书院以起，然必有租入以供修脯之费，香火之奉，而后能隆其规而永其典于勿坏。昔黄勉斋曾易田二百五十亩，为石鼓书院生徒养赡之资，曾西湖胜迹，不此之先务与？

考三代之盛，士皆占田，恒产俱足，学舍膏火，未闻有匮乏之虑。自井田废，士无常业，不得不仰给县官，则今日之置田以规其久大者，侯与此邦搢绅人士之责也。天下书院之著号者四，湘南二焉，曰岳麓，曰石鼓，今侯与诸君子矢院之必成，侯倡捐二百两，诸君子共襄厥美焉。异日称天下大书院五，湘南三焉。盛哉！其不自今日始乎？

重修岳志序

旷敏本

岳隶邑掌《志》者，邑大夫事，而交馗鞅掌，簿檄句稽，则有与《志》者，《志》不可以有心与，皈缁者视般若，依黄者絜汞铅，乃椠握词敦，则又砌篇什，是皆不足与于《志》。《志》则务以纪胜为首义，山七十二峰，碣七十二字，姚姒之遗踪，李、赵之懿躅，亭台之邃，卉木之佳，兽禽之奇珍，与夫域中方外，可吒可愕之事，期于核实裁伪，不漏不诬。讹则弗承，疑则必阙，觊免僭滥之愆，恕百之一焉。

前直隶高侯与予商志局，曰：子岳生者。予曰：保无生此而虚此生乎？终古此岳也，为陵为谷，讵所语于巨镇，然灵境也，或榛莽之，洞府也，或瓦砾之，不之《志》，官斯者恧焉，亦土斯者疚也，抑厚意则何可负？既而江左黄侯，出清班，宰百里，窃幸有道当前，不靳南指，顾亦欲然。若以予为岳产者，夫韩子过衡，衡为韩有，朱、张过衡，衡为朱、张有，如予者，童而游之，皓首茫然。昔昌黎登华咋指，而魏和公蹑其顶，且高昌黎哭处十里，予又安可以自多？且夫山见岱，水见黄，昔人用此意满，而见不到者，仍若弗克见。尝竟日憩泰安，然不解少陵何以荡胸也。

尝两度渡海，然不解坡公兹游何以奇绝也。

大都卤莽于山水者，山水亦卤莽报之。尝于越刹有扁湖南第一山者，嚄而成句曰：第一山惊在此间。忘为西湖南也。予之卤莽于岳，得毋类是，抑境地之峻也，涉其末，不跻其颠，无见也。跻颠矣，若有蔀之者，见终不能远。在地成形，有形形者，形斯不敝。岳形峙也，而有流形者，太虚茫沕，《志》不能举似也，是皆子所惶然抱惭于岳者。岳僻处南天，长卿、子明之侈说不及岳，而次山、子厚之笔，独于岳阙设色焉，岂天下奇诡者猲人目，而正且大者不易生人企乎？

《志》自朱尹修后，已阅九十载，古《志》既不得见，而朱《志》或成于倥偬之余，口授耳受，以予所闻见，质之《志》中不无舛午，虽自来名贤记载，亦容有一二差参。自念年十七即饥驱南朔，出山日多，还山日少，予既骛远忽近，而又叹事之未尝尽历里边者，挂此漏彼，不独于岳然也。就中名流屐齿，不敢不详，然寻幽吊古，惟韩、朱、张诸贤，舄驻杖策，凿凿如昨，他则大抵然疑参焉，岂岳灵之护于诸贤偏与？抑诸贤之学与游，均有其造极登峰，足与岳俱者，令后人仰止之思高山高人迸集胸臆与？

予承贤侯教，徒以尝从樵氓牧竖后信足划手，深惧恫岳神而眩人目，后之游者，以《志》为先路之导，触景悟诠焉可也。

就日堂稿序

谢才

临川先生遗文若干首，诸嗣君既尽出示予，择其尤者评次而付之梓矣，犹属予序言，以弁其端。嗟夫！予所心折于先生者，但以其文已哉？

先生孝于亲，友于昆季，仪型其族邻，与人交，尤以道义相期许，规劝悉出于诚，一切阿谀摸棱之谈，不以出诸口。常为予言曰：生斯善斯，实贼于德。又曰：丈夫宁玉碎，安能瓦全？噫！先生之岿然树立，使人心折者此也，独文也欤哉？乃即以文言之，亦实有可以信今而传后者。盖国家以制艺取士，于兹数百年，其名家者亦且百余矣，然必吐弃一切，求为空旷，犹以山殽野蔌饷王公，既不免寒郊瘦岛之呵，而腹笥自矜，遂至涂泽凑砌，亦党家姬所云：只知羊羔美酒，不闻有香茗也。

独先生耽籍嗜古，经史手钞者数四，诸子书及内典，亦皆注释详确，而其文自出机杼，绝无所规橅。清而不癯，典而有则，有如彼二家所讥者乎？昌黎之《答刘正夫书》也，曰：文宜何师？曰古圣贤人。圣贤书具存，宜何师？曰师其意，不师其辞。文宜易宜难？曰无难易，惟其是。又曰：用文必尚其能者，能非他，自树立不因循者是。先生其欲圣贤自为者欤？而亦岂有难易之见介其中也欤？呜呼！先生之树立者伟矣，此其文之所以可传也。

先生读书自娱，无意进取，予速之驾，乃赴省试，登贤书，公车仅一上，即谢不往。己卯夏，信宿予家，曾言及斯，谓适人之适者，必不自适其适，吾将以著述老矣，安能向阍人投刺也？然先生之文，高者登古人之堂，次亦卓荦自憙，无时俗气习。诸及门手钞外，凡获片纸半牍者，即珍如拱璧，视诸掇巍科，取上第，绾符带绂，逐逐尘封，求一言之几于古人而不可得，其信今传后，又何疑焉。予故乐为序之，使人知先生不朽之业，固自有在，而欲如先生之文，当厚自树立如先生之行，毋仅沾沾然向故纸堆中觅生活也。

至文之高迈鲜洁藻不妄抒，已具详各篇中，兹故不著。时乾隆甲申岁菊月之吉。

齿谱自序

易宗涒

往余九龄为诸生时，自愧未遑绩学，乃间从半霞楼翻载籍，穿经穴传，顾念古人年谱之辑，即一人之生平而件系之耳。若夫荟萃羲轩，以暨胜国，缀事分年，概乎未之有见也。爰于耳濡目染之余，得可录者，每墨之程几，手自移书，越三寒暑，满古囊，颜曰《齿谱》，悬之夹壁，此脞录之偶一为者，过不问焉。

既入京师，观碑太学，获从贤公卿游，方肆力于制举之文，即向之咏言发韵，且置若土苴，况兹采摭摘裂，为已陈之刍狗，过扬之糠秕，将焉用此欤？然而积丝成彩，散茧腾花，其诞育而至成童，嶷嶷乎初服之规模也。弱冠而几盛壮，奕奕乎方刚之典则也。迟暮而迄期颐，休休乎老成之矩范也。韶秀者神开而益振其始，耆耇者色动而愈贯其余。彼夫玩日愒时，身名畹晚而不思自厉者，或借是书，以策其惰慢之气，而悔既往，以镜将来，则进德之方在焉，岂以文之饾饤而厌弃之也？

若夫揽撰之资，取携之捷，无烦獭祭之劳，并有行厨之脚，则又其绪之足以少裨于人，而或不可废也夫。

我山草堂文集序

方宣试

尝读唐宋八大家，非六经之言不敢道，非三代史汉之书不敢据，非道德仁义之旨不敢传，非有关于纲常名教、风俗人心之盛衰不敢表彰，其理精而严，其义奥以博，其取材也典而切，其绘事也微而中，其气雄浩而悠扬，其辞充畅而隽永。朗乎若日月之经天，沛乎若江河之行地。变化犹鬼神，卷舒若风云。□□杳渺若神龙之不可方物也。呜呼！文章之巨观尽是矣。

迩因屡踬场屋，绝意进取，慨然有志乎天下之名山大川、通都巨邑，以及宽间寂寞之乡，幽僻奇险之处，求一二高人逸士，如韩、柳、欧、苏诸公者，与之盘桓。戊申秋，乃溯洞庭之涯，泛舟湘水，历沩及濱，于益阳得曾子泗英焉。曾子倜傥有大略，才气冠绝一时，予向读其诗，顿觉魂礌尽释，心地一空。自汉魏以下，诗人不及也。今春又读其文，皆刻意深挚，绝无摹仿，古色苍然，如周鼎商彝，不可亵视。每一篇中，寻其起尽，味其旨趣，大约根本圣贤，沉酣理窟，若诙诡浮夸，刻核尖新，与夫是非谬于圣人，皆夷然不屑也。是以其文矜慎不苟作，作则必本乎性，衷于道。立纲常以扶名教，培风俗以正人心。

予故心折其文，尤以是服膺其人，愿举天下慧业文人，无论曾识曾子与否，但细玩其文，而得其根心生色，油然蔼然，则知是集之所以善，且久而必传矣。时乾隆丙辰五月。

我山草堂诗集序

方宣试

向不解诗人必穷，今乃信其所以穷，于曾子泗英尤信焉。物之精华，天地所秘惜，自人得之，扶轮大雅，鼓吹休明，钵心镂骨，搜奇抉怪，工诗文者，必不工谋富贵。太史公称，虞卿非穷愁不能著书。非邪？独天不富贵其人，而诗文其人，遂以所珍爱者举而畀之，岂豪不加择，漫无主张于其间欤？

譬之百昌，禀天地之气，忠孝松柏是矣。富贵其桃李也，诗文则椒桂也。桃李华于春，乍荣乍落，而椒桂历久弥芳，足知天厚于松柏，而未始无意于椒桂也。余自戊申秋获交曾子，即读其诗而序之，由是雨晴凉燠，樽酒论文，尝纵谈千古治乱安危，正论危言，旁见侧出，无不极悲天悯人之思。知其心固欲有所用之，不当以诗人终也。岁月流化，倏今九载，遂皤然六十翁，其色苍然，其容恬然，其心愈浩乎有得。乃遇则益困，诗日益工，庸非天独诗文曾子，而以云工诗者之穷，不益信乎？

今汇其前后作，定为专集授梓，复以示余，余何能益于前日所言，第为道天之意，以共解于诗人之穷，明曾子之诗，韵味独优，绝非人力所设施，而未尝无主之者。宜其遁世不闷，甘贫约弗悔也。复为序。

我山草堂文集序

孙邦英

我山先生手订前后诗文为一集，西粤李君素庵、东陵方君可斋，既弁其端，复以命余，余足知先生诗文乎哉？顾束发从游，先生以诗文教也，微独晓窗夜烛，握手联床，凡离索相忆，惰废相箴，穷愁相慰，行间腕下，感慨悲歌，不啻引之翼之，惟恐其背于古而谬于今也。则先生诗文，余虽不足知，而金光宝气窥八九矣。

夫诗以言志，文以足志，士君子抗志千载，驰骋百家，莫不酝酿宏深，光流既溢，如火如潮，如花际春，如霞散绮，莫知其然而然。故渺众虑为言，定群非于是，愤世不嫌于激，违俗不病其孤，而未始不欲俟知己于千百世后，使畴昔与居与游之人，谢曰不敢知，此传其言而无守，昌黎所由致叹也。

先生之命之也，意或如此乎？余读先生文，储思独深，立意必高，而矜慎名贵，醇正典雅，一主于志，以敛其气。本于理以精其识，沉酣经史以锻炼其才质，信所谓有道而文者也。其为五七言古诗与其律，驰三唐而骤六代，亦直抒其性情之故，与文章表里，实无容过为区别。

呜呼！诗古文自唐宋大家以还，嗣音者罕矣，制艺兴而才隽之士相与束缚其间，有人焉显晦不以动于中，是非不以夺于外，听其言足以明道而解惑，挹其韵足以式靡而起衰，岂非振古之雄杰哉？然则观先生诗文，其志可知，而素所树立，更可知矣。

甄斋诗集自序

张九钧

余少专事括帖，骚雅一道鲜留意。稍长，读先王父《邻岳诗集》暨先大夫《吴行》《越行》诸篇，心窃向慕，始学为诗。虽闭户斋居，不获素心相质，而春蚓秋蝉，亦颇自鸣得意。

通籍后，备员西曹，具有责守，无暇更为此事。间有所作，亦香山所谓三年光景六篇诗耳。矧率出酬应，绝乏性灵，语无足存者。然数十年间，王事奔驰，所历事绪，所经名区胜境，匆匆如白驹过隙，未尝多有纪载，心甚歉焉。

岁癸酉夏，荷圣恩放还，舟次岑寂，时有所动，于是日与笔墨为缘。自武林至玉水，过彭湖，溯袁江，浮湘抵家，啸傲容膝居中，岳云间旷，有得辄吟。越岁余，得诗如干首，汇而成集。夫诗以言志，余何志哉？志旧而已。其中若祝母、忆兄、寄弟并初度、《中元感纪》暨怀人、赠友等什，固属旧志所在，即凡山川草树，鸟兽虫鱼，以及风云之变幻，时序之迭更，城郭井疆、亭台陵墓之登历，未始不闻所未闻，见所未见，而要之枨触于怀。

其一时之所怦怦欲动者，皆夙昔之所勃勃欲吐者也。则亦何莫非旧之所蓄也乎？因总题之曰《篷窗忆旧》，以明卷中所言，悉本旧志，特不过借题写意，而非为问世计也，亦聊以继先人之逸韵，不至绝响云尔。后卷《岳云间草》，感时触景，更多怆怀事，游不离乎乡，忆不改夫旧，亦仿先大夫《村居》《楚乡》等集遗意，继踵诗伦，俾后来续之家乘焉。时乾隆甲戌重九。

罗沄谷乐郊园诗序

张九镒

余归栖退谷，检少时所作，晚悔其浅，以抒写性灵之蕴，非个中人不能道。余固未能，自信为有得者，爰是客之谒吾庐而来，间以韵语余事之学属序于余，余概谢焉。

盖文辞之浩博繁衍，工于言不必悉协于道也。诗其一矣，而独有深契焉者，吾友罗君沄谷。沄谷有道人也，余交之自童稚，今相对皤然矣。其生平行谊卓荦，如履康庄，安驱缓步，轥中庸之庭而造乎其室，非止闭门耽寂，诵《老子》而味元言，辄诩诩为有得者。百代之书，无所不究，而最精通者医与诗。医洞悉诸科，久有著述，其合于道无疑也。独诗易工而可悦，人以为吟咏之具耳。沄谷曰：否。天下好音悦耳，妍花娱目，其往来荣落于宇宙者，吾何取焉。吾所取在有得于中，而随所触发之。以故集中所编，凡山河雨露，草木虫鱼，鸟兽之变态，皆见道之语，而有意思流行于其间，方其抒写于心，嗒然輾然，不知其然而然，盖忘乎为诗也。

呜乎！世徒喜其诗之工，而不知其所以工，知音可易言哉？虽然，沄谷有道人，而余亦非徒耽文辞而外于道者，因缀数语于篇末，用相质且自勖云。乾隆甲午季冬。

狄西岩雪梅草后集序

张九镒

昔王子挚好《晨风》而慈父感悟，裴安祖讲《鹿鸣》而兄弟同食，古人作诗，能令千载下读之者，惊心动魄，不能自已，其故何也？性以感性，情以移情，惟其真而已。

西岩先生解组后，与余相遇于星沙，往来唱和，成莫逆交。其论诗以性情为主，而格律、神韵、采色，必取法盛唐而兼综汉魏，与余所见略同。维时西岩年逾五十，壮心未已，思欲捐复原职，仰报君恩于万一。奔走齐、鲁、燕、赵间，迄无所就，其志遂衰，乃益肆力于诗，凡历代名家，罔不窥其精蕴而遗其糟粕，风雨一编，未尝释手。岁辛丑，以邑侯白明府聘修县志，与余共事搜辑。壬寅癸卯，主讲昭潭书院，旧雨新诗，缠绵往复，余既序其《雪梅初集》，镌以问世，兹复遥寄《雪梅后集》暨《湘中草》属序于余。披读之下，见其格律、神韵、采色，浸浸乎盛唐遗响，而抒写性情处，皆有真气行乎其间，较之前集，又进一格。

余不禁心醉神怡，为之圈点雠校焉。而犹以云山间阻，不获常晤为怅，不意西岩近有山左之行，取道湘潭，访余于又一村中，余见之且惊且喜，以为自天而下，遂留饮纵谈。每读其诗一首，则浮一大白，盖性情之感，深于肺腑矣。独惜西岩时将东下，匆匆就道，相晤不知又在何日，送君南浦，伤如之何！昌黎云：老大思故友。予固不能忘情也夫。

拗柴胡氏族谱序

聂焘

往馆茶陵，有谣者曰：打条铁锯八尺长，日日夜夜伴鬼王。

此事若要全民命，寻到西门胡德祥。余闻其语而悲焉，胡德祥何人哉？能全民命若是。

今年来，主昭潭书院讲席，得拗柴胡氏谱读之，所谓胡德祥者，魁然在焉。迁长一世祖也，盖公以武功起家，奉调繇闽而兖，而豫，而楚，而茶陵，作万夫长，督城役，恤工力，民命获苏，事在元末明初，迄于今四百余载矣，而民间哀述歌谣若是。

自公而下，道权、道衡、胥宇，拗柴宁厥幹止，世修耕穑。九世君显、春涛两公，用儒术噪胶庠。十世弱生公以老诸生训家塾，是生敬亭。十一世敬亭丈，登贤书，宰滇南，膺上第，擢刑曹。十二世泰庵孝廉继之。其他列弟子员，作太学生，入明经选，贞氓耆逸，数难更仆。从吾游者，心广、心悦、顺德，后来之秀也，十三、十四世矣。综十四世而上，至于有宋，大儒致堂、茆堂、五峰。又上至于文定，继承几何，派衍几何？不可考也。何以不考？谱失故也。而谈谱学者，且曰舜胄阏父，备恪封陈，是为胡公，谥而胡。又曰胡、周同姓国，春秋时曾与楚子会申伐吴。今颍川西北二里许有胡城遗迹。国而胡，则未知拗柴受姓，虞欤？姬欤？谥欤？国欤？又孰从而考之哉？盖运遘沧桑，图籍散佚，世家巨族昧其古，先后有仁人孝子、博雅明典故者，从而厘订之，徒付之无可如何，其为可悲可涕，大都若是。

顾吾于此则重有感者，谱，生生之道也，天下之生久矣，一治一乱，民命攸系。秦汉以来，边疆蹀血，糜烂生民，其间虎臣爪士，杀人邀功，立殒厥祀，不可胜举，其最酷莫如始皇。无定河边，死骨入梦。长城髑髅，日暮飞灰。骊山之役，三泉锢，机弩构，后宫填，工匠闭。望夷赤族，再世斩绝。天道好生，作俑殄嗣。岂非事理之彰明较著者哉？而德祥公以匹夫经播越，作万夫长，督百里城，惠及一州，报垂万祀，绵绵绳绳，昌炽逮今。朴者，茂者，跈者，跃者，充周拗柴，旁及他邑。后且日引月长，巧历莫能算焉。人之为善，果何负于人哉？夫生王之头，不若死士之垄，重义也。

公葬茶陵西郭田，夫妇合冢，茶人哀公，吊公，谣公，必能以柳下季垄待公，而欷歔旧德，不忘肇迁，修坟墓，勤祭扫，派公费，垂不刊，与茶人通奕世好者，拗柴后人之责。即今日重修族谱之第一义也。余既喜读拗柴谱，得按公之实迹，而又有感于民命全活之谣也，故因序而并致其惓惓者若是。

拗柴胡氏族谱后序

聂焘

开拗柴者谁？胡公德祥也。谱拗柴者谁？四世显隆公也。谱失与族人续修者谁？今奉直大夫致仕归田敬亭先生也。先生承其先赠公之学，文章德器，经济出处，有曜于时显矣。

聂子序谱，反覆德祥从朔也，微显阐幽之义也。虽然，亦有未容概论者，盖读先生所自为序，而有味乎其言焉。吾楚杜于皇先正之论曰：风俗之敝也，士大夫交游满天下，而或不识其族人，文章满天下，而或不及乎高曾。余尝诵其语以自警，抑复别有怪者。交游满天下，即通谱于交游中姓同而贵显之人，扳附华胄，称谓不伦、狄梁、蔡嶷，遍地皆是，其为可耻，不待言矣。若乃文章及高曾，而高曾反因文章以晦，是又自欺其高曾，而无以为来者劝也。

大抵高曾而上，风气淳厚，衣冠笑语，动循古处，后之人厌其朴且陋也，为之雕琢瑰辞，妆点风雅，陆海潘江，相望册书，以为吾家文章，自上世以来如此矣。至于勤俭质实之行，则深讳不肯言，谓此何与文章事？且吾既能文章矣，而不以文章润色祖若宗乎？予能以文章润色祖若宗，而祖若宗不且曰予有后，足掩予拙乎？呜呼！是阳为表彰前人，阴则菲薄前人也，是刘宋世祖之所以讪笑乎先帝，而后梁朱温之所以夸耀于母侧也。文章之道，如是乎哉？世之以文章及高曾者，有不如是乎哉？且夫族谱之兴，虽由于季世，然千古以来，善谱祖德者，莫过周公。《豳风》《无逸》诸篇，述先世创造之艰，力作之苦，勤勤恳恳，能使嗣王之蒙业而安者，瞿然觉，蹶然起焉。后世立言君子，思以文章及古先，当以周公为法，始为不诬。兹读先生所自序曰：开基以来，世守忠厚，人务耕凿。味其言，上合经训矣。其诸《豳风》《无逸》之遗意欤？

先生系出安定，碧泉隐山之间，文定公祠墓岿然，经学相沿，流风未坠固然。而吾乡风尚，近趋浮靡，湘潭地杂五方，商贾所集，熏染尤易，敬桑梓者，有从先进之望焉。得乡先生之笃论而服膺之，则高曾典型，比户尸祝，风俗之成，坐进于古不难矣，岂直一家谱牒之私谈云尔哉？故因前序之所未竟而广其言。

重刻文选补遗序

聂焘

余少读史，好撮先正名论钞置卷端，汉、唐以来，得陈氏仁子之说为多。丙辰丁巳，天子开博学鸿辞科，四方应征辟至者，骈集京师，余时以进士留都门，与其淹雅知名者游，叩所以备顾问者，则簏笥录贮，半载仁子之说，实亦未考其为何时何地人也。

癸亥春，来讲学茶陵书院，客有以陈氏重刻《文选补遗》见视者，展览原序，乃知仁子即吾茶陵东山之同俌先生，而此书者，则因元革宋命，隐居不仕，杜门著述之一。既自愧见闻短浅，于桑梓文献尚昧考究，又以叹先生后裔之良，能收藏先世图籍，广刻行世，以昭祖德，以惠来学，其用意最深远也。后裔者，州中耆逸文煜，暨弟文炉、文炽也。文煜席丰嗜古，刻此书既成，越四年下世，文炉继之，余皆未识。文炽乐与贤豪者游，遣子光堂来学，余尝略举此书之所繇传，与夫传之所以得其宗者指示之。光堂遂偕文煜之子言，来请毕其说为序焉。余曰：《补遗》之传，因《文选》而传也，《文选》遗所不当遗，则《补遗》补所必当补。昔之人已论之矣。顾余之心折先生者，则不第在选文之精当，而在持论之严核。盖先生宋人，而此书之注，多采宋儒粹精之说列于前，因以己意阐摧于后。就宋儒中又折衷朱子为多，观其首卷，冠以诏诰，即引朱子云云，以正仲淹之疏。其他各篇，虽未尽然，而考厥名氏，多为朱子师友渊源所渐。好尚如此，宗主如此，岂无所致而然哉！

考先生之生，在乎宋季，州志第列漕举，《学校志》纪为进士，家谱亦云景炎丁丑进士，俱未详其生年。按：景炎丁丑，宋端宗之次年，越四年宋亡，前乎端为恭宗，未二年北狩，又前为度宗，仅七年，则先生之生，必在理宗之朝，去朱子卒时不过二三十年耳。理宗固崇奉朱子，而真、魏大儒，又递相俎豆，大为表章，其时朱子之书，已昌明于世，意先生必信之深，好之笃，反覆沉潜，匪伊朝夕，义理既充于中矣，而不欲用于世，爰借是书以发之。自秦汉迄齐梁，上下数百年间，理乱兴亡，邪正得失，准理规义，如持权衡以较轻重，无丝毫爽者。呜呼！伟矣。而昧者尚琐琐然以《文选》求之，至目为萧氏功臣，是且降先生于昭明之下，眇注义于五臣之班，固先生所夷然不屑受者。

不然，以先生之抱负非常，当元世祖信用儒术之日，出而纡青曳紫，岂不居然号识时务之俊杰哉？而乃闷迹林泉，提衡今古，澹然沛然若是，无论他人，即亦岂同时许鲁斋、吴草庐辈之所能及哉？昔朱子当高、孝、光、宁之世，念念欲为国家复仇，每好读《出师表》，及不见大用，怀归念切，好读《归去来辞》。今先生于《出师》补入后表，于渊明诗增选多篇，此皆非萧氏主臣所知，而别有所宗。曷宗乎？非朱夫子而谁乎？然则自此书而外，如所著《文选续》《牧莱脞语》《迁褚燕说》《唐史卮言》《韵史》诸篇，世虽罕传，其大指可臆断矣。抑余更有论者，先生既知宗主朱子矣，而注中所引，或称氏，或称名，曾不若当时金人，犹知称朱先生者，何也？盖其时去朱子未远，先生意在极力表章，恐遐陬僻壤，小生竖儒，拘于伪学之禁，尚有不能耳饮芳名者，故大书特书不一书，以提其耳而灌之，犹之圣门弟子，曰自孔氏为孔某云耳。

今则妇人孺子皆知有朱夫子矣，且匪独此也，我皇上圣明天纵，作君作师，每谕廷臣，谓万幾之余，未尝废《朱子全书》，煌煌天语，称谓之崇，如师弟然，非示冲怀昭道统也，然则草野著述，尚于朱子称氏称名，可乎？故在原板者，可仍其旧，在重刻者，宜改称子，此虽面质之先生，亦必深许以为然者，因序并及之，用以备端人孝子之采择焉。且以明余少时即知景尚先生者，所繇与应博学鸿辞者异。

宋五子之称，在明元以前，原无一定。康熙五十四年，《周易折衷》成，而著书立言家，始有遵守矣。原板于朱子称氏称名，自无庸议，重刻改称子，亦宜于凡例中述明之，以见子孙无擅改前人传书之意。附及以质陈氏后贤。胡敬亭先生。

潼商兵备道张公三次陕闱内监试序　　聂焘

明以前乡、会闱无内监试，本朝康熙十八年，以御史为之，止于京畿，乾隆元年，遍及直省。定例，同考荐卷，呈内监试验明，转送主考，有弊即行纠参。同考不以佳卷荐，主考会同内监试查明题参，是内监试之设，统同考、主考而关防之，责綦重也。

乾隆庚午，例届乡试，陕中当事以内监试请，大中丞陈公慎择其选。周视监司中，谓莫如公宜。越壬申、癸卯两科，举不能易，故公自莅任以来，充内监试者三，秦中号称得人，佥谓公之力。夫公无衡鉴之权，去取之任，而谓公之力者，何也！则有故焉。庚午，闱中同考，多以能文自负，甫展牍，不耐驻目，或编其词句作笑府，公独正襟危坐，若为弗闻也者，而不足之意，艴然见于面颜。主司动容起敬，同考退而规戒，自此各矢恭谨，一以搜罗为事。凡呈卷，公必细阅，阴记可否，于各房号下，卷佳而多者识以圈，次则点，下者直，咸惴惴然以不得当公意为耻，至为语曰：荐不好，监试恼。其严肃缜密如此。是岁苦旱，闱中暵甚，公神思静穆，忘其炎燠，公余手自著书，笔翰如流，黎明即起，夜分始寐，无巨细悉躬亲，终事无少倦。论者谓公心细而神足以周之，非可勉强而致然也。

公既总览全场荐卷，悉其风气所趋，知全璧之难多得也，弃瑕存瑜之在所选也，有司久于簿书，既未能尽文字之变，而风帘官烛，少纵即逝，又势所必然。宅心不可不宽，而操鉴不可不慎也。爰于壬申闱中作诗示同考，首云：当年结绶洱源滨，曾附抡才两问津。爨僰采珠堪照乘，况逢棫朴数三秦。次云：刊来珉石方呈玉，汰去浮沙始认金。甘苦诸君俱领略，好将郑重副初心。一时属和成帙。至癸酉分校，虽非旧员，而公之意旨咸知祗承。闻有书其诗壁间，以当座铭者，夫人经年诵读，辛苦场屋，思一当有司目，而投非其房，重遭按剑，得怜才者悯其劳瘁，提操鉴者之耳而警惕之，虽不见录，亦属心平，况乎朗照之下，物无遁形，今兹赋鹿鸣而去者，皆太华河渭之英哉？然则事循其本，功归所自，不以为主考、同考之力，而以为内监试之力，公亦安得辞耶？

公世代科甲，自大司马而来，五世乡会墨，暨所传稿，经韩慕庐、方灵皋两先生精选行世，治科举业者咸习之。大父宗伯公典学江南，所录尽一时知名士，海内至今称宗师之贤者，必曰朴园先生。公宰滇时，癸卯、丙午两次同考，最名得士，主考来陕者，皆以前辈礼事公。庚午，闱中主考李都谏呼公曰年祖，盖公康熙己丑进士，历今四十余年，与李穆堂先生同年，穆堂都谏祖也。

公居恒本儒先之学以教人，举循良之绩以课吏，其监试之慎又如此，亦可思公之用心矣。焘侍公几席久，知之悉，故序之。公姓张，名坦，字士安，号易庵，直隶磁州人。

二岭游诗序

聂焘

负才未遇者，能自怜其才，因能怜人之才。《简兮》之诗曰：硕人俣俣，公庭万舞。有力如虎，执辔如组。能自怜其才也。《有杕之杜》曰：彼君子兮，噬肯适我。中心好之，曷饮食之？能怜人之才也。

吾友张子度西《二岭游》诗兼之矣。夫士具千古识，出而持钧衡。典选中外，使人物高下，各当其职。本其优为事，原不区区以衡文见，即以衡文论，亦必专主试席，总裁群汇，使海内能文之彦，趋走若赴玉帛冠裳之会，而文风之转移依之。顾乃栖人幕府，嫁衣之作，只为他人，其中固有不能自喻者，又以己之蹇，悯人之屯，意天下积学能文之士，绌于庸有司之目，甚且困顿童子场中，必有百倍于我者。搜罗之切，发为吟咏，《二岭游》诗所为拳拳也。

游仅四十余日，得诗六十八首，比赋杂陈，兴会各寄，而自怜、怜人之意，时流露于行间。其所尤致念者，曰南岳，曰杜、韩。夫南岳开辟以来，绝大诗题也。杜、韩三百篇后，绝大作手也。张子之诗，与之辉映，其工宁待问耶？余读张子诗，叹其有力如虎，评而出之，以志中心之好。

紫岘学博才雄，二岭之游，余恃爱，折柬相招，顾乃惠然肯来，诗文相赏，极一月之乐。方期别商著述，而紫岘旋赋鹿鸣，干青云直上矣。自怜，怜人，必有大展其夙抱者，余与环溪盖有同望云。蜀东吕弥节识。

周礼注疏折衷叙

黄澍纶

唐哉皇哉！天以自然之理理万物，而错综参伍，成变化，行鬼神，经经纬纬于无终穷也。礼者天理而已，天所不及垂象示法，穹窿为章焉。按《星经史》《天官书》，一切兵农、刑政、爵禄、祭祀，莫不有辰宿主之，圣人恢张制度，以治天下，此《周礼》之所为作也。

古往滔滔，训诂家执见相仇，不有圣人，是恶知礼意，其间一或不得，委诸如瓯脱，曲遂戈矛之私，则力庸峭其说，世惟圣人折衷圣人耳，孔子是也。读圣人书，能以圣人之心折衷圣人书，考亭是也。何休辈哆哆欲何为？嚣然以阴谋属六国，意不过谓法密于古而已。呜呼！天之所以理万物何如者，或疑此书为公草创而未成。是说亦非，公久作家相，肇造函夏，知营形折未有不实见诸事，而仅托之空文，率尔笔墨，侪于浅夫，而林孝存且曰渎乱不验，是与何休皆欲以黄老之术易天下，嚄唶能耆孺子。识者比之鹈音聒耳，况复有巨卿苏绰、荆公其人，而渎乱阴谋之祸次第作。呜呼！是书可一日不折衷于圣人哉？以《考工》补《冬官》，汉儒虽陋，然未可轻议。观其独详车制，或如殷辂以配四代之政云尔。服牛乘马，利天下取诸随意者，其然欤？必亦公书，非汉儒赝迹，《周礼》明晦，系大治乱。

余流览诸子百家，文中子固子舆氏后升堂士，一言蔽之，曰运用天理烂熟，可谓能读是书者矣。是书《礼》之纲领也，惜诠家惝恍，《王制》又多不合，即五物九等，明白显易若斯，考楚芀掩书土田注与太玄九地高下皆龃龉。三农之释，笺疏角抵，安得尽如朱子诗传，以上、中、下为断？九拜之辨，字义骑墙，安得起古人于今日而问之？若欧阳氏，若陈氏，若胡五峰，则疑其官。若苏颍滨又吹其毛，是莫不欲附蝀一鸣，牢不可破。

衡湘胡君毅川，学问高朗，涵养深醇，教诲攸邑诸生，咸蒸于道，精研此书，题曰《折衷》，知其满腔天理，早已烂熟，无所夭阏，故发凡起例，俾此书涣然冰释。犹辰宿之丽天，虽残阙所在，亦不异无名小星，自弥纶于五纬、二十八经间，其一切兵农、刑政、爵禄、祭祀之大，天下万世实利赖之，君可谓独揽天德王道之全，功不在考亭下矣。

余时备员史局，乐得邮寄数言，以弁于简端云。乾隆岁次己未嘉平月。

叶秋章家礼约钞序

朱色

非天子不议礼矣，然自绵蕝以来，历汉、唐、晋、宋、元、明，其天子所议者，率订定于儒生，则礼尤儒者所宜急。

顾谓圣人在上，式玉式金，煌煌照人耳目，托宇下者，即不必更自究心矩度邪？且儒者所定，见采于国为国礼，而家不得私。如曹褒《新礼》，下逮王俭、沈约、辛彦之，暨唐之贞观、显庆、开元诸礼，宋之开宝诸礼，大享、明堂、记太常因革等礼，虽皆定于儒者，而实不敢自为书是也。惟吾先文公《家礼》，则家得私之，虽明成祖曾以载《性理大全》，究亦未尝禁儒生别有专书也。夫朱子虑国礼之不能遍谕，故定为《家礼》，儒者将修身以齐家，因以献于国，则《家礼》之讲习，其可以不笃乎哉？嗟夫！自朱子著《家礼》至今，将千余年，中间又经元明大儒订定，散布海内，冠昏丧祭之宜，宜其家敦而户晓矣，乃以余所交文章歌乐之士不少，而送死大礼，往往弃而用僧，名父母为罪鬼以求超拔，告之以礼，且悍然服缞绖而与吾争，背国典欤？抑家修之未笃欤？

独叶子秋章，于家常日用一遵朱子，而冠昏丧祭，讲之尤详，盖秋章殚心程朱之学，身体力行，洞见本原，而仪节之娴，犹其浅也。秋章近弃举业，家居教子侄，皆彬彬有礼。暇复取邱氏《朱子家礼》，斟酌时宜，悉精妙不失考亭遗矩。秋章真古儒哉！惜也，其说尚未见采于当事也，曷待之？

也园诗序

朱色

陈铁崖既殁之明年，其弟宾谷子痛其未有闻于时也，将板行其所著诗，而属序于梅臂翁。梅臂翁曰：诗必穷而后工，此欧公故为之解也。

究之诗本穷人，何言之？诗者性之灵也，不灵则不工，而不穷则灵弗出。今有人汩于功名，汩于身家，则所言者功名身家之语耳，鄙矣。若其下者，汩于奔竞逢迎，外服儒冠，志在饮食，舍灵龟而观朵颐，蝇营狗苟，是其心剐而视之腐矣。灵云乎哉？夫以腐秽之心，苟效颦为韵语，是为庙中签，为市儿唱，为丧堂夜歌，适足使达人喷饭耳。若出于性灵则不然，其声清越以长，且艳如四时之变，其臭香，其味辛，其入人也，足以钩其天而使之油然不能自已。虽然，欲其灵，斯不得不穷，不见夫浮屠乎？自阿难而下，灵济、普贤之属，皆心目既感，慈悲乃发，斩六尘，除五贼，至于磨砖为针，老死岩壑，皈依不二，然后乃证道妙。

今实心为诗者，亦必三百篇为最上乘，以汉、魏、六朝、唐、宋人为五百阿罗汉，与之寝处，傲慢放诞，神与天游，而世之所见而裣衽以为温饱者，皆其所屏弃而不屑鄙。盖曲欲其高，和欲其寡，不高不寡，不寡不高，寡矣，高矣，穷矣，而诗人者，方且嚣然入经史窖，坐诸子窟，卧百家峰，历奥区，趋广路，受诸般苦恼。当是时，左挹李、苏，右拍陶、杜，嚏然一啸，金石之声发于穷巷，所谓五色毫光，出于胸前卍字，则所饱者在烟火外，又安有屑屑焉计身世之穷邪？然则有富贵心者不可言诗，有功名心者不可言诗，至其龌龊卑鄙、孳孳为稻粱谋者，又乌足与言性中之灵邪？呜呼！此陶靖节、杜少陵、李昌谷、温乾𦠆、石曼卿、杨廉夫、徐文长、陈铁崖之属之所为甘心以穷而死与？

夫铁崖学赡才敏，为恪勤公冢孙，鸿胪学田先生令子也。使汩心于功名富贵，何难哉？何难哉？乃卒以穷死，则以诗之故也。诗工矣悲夫。

功过格序

朱色

曩者先君子以色学不加进，每教行了凡先生《功过格》，当不以阿蒙终。余以先人家学，在于正心诚意，而诚正之功，则在格致，余物之未格，安知吾之所行，果当于物邪？吾知未致，安知吾之所行，果无戾于知邪？于是束其《格》不观者迨三十余年。鬓垂白矣，而所学无成，犹故吾也。夫以庸下之资，越求高深，宜无所就，独使先君子厚望，卒未一慰，其罪岂止以千百计哉？

里中刘君经翁先生，富而笃于善行者也，往岁既锓赵恭毅

《慈航》一书，近复镌了凡先生《功过格》，则又独善而思兼善者也。乙巳，余客湘乡，荷邮示所刻，余以三十余年未观之书，展阅竟卷，始知裨益吾侪庸资不少。昔昌黎子著书，俟之五十以后，以年老而见定也。余以少年浮慕，薄父母沉实之教为不可从，追其信之而去，日苦多矣，可胜慨哉？独是经翁素封，甲于吾里，尝见有余之家，最易琢丧而陷于不知，如剥削佃农，零碎起派，困劳家奴，寒暑不怜。或纵淫而污女奴，或恣杀以取异味。或坑人田山，故意不买。或爱人田宅，巧计阴夺。或炎凉骨肉，或欺侮孤寡，或倡腾谷价，或暗幸年荒。或重金交官府，半文不济贫亲。或衣物赠梨园，一勺难饶匠作。甚者倡演秋戏，招匪类以害地方。竞事骄奢，作无益以媚妇女。是皆利令智昏，自以为无妨，而不知其过之大而莫赎也。

先生既笃于功过之书，其于世俗富人之常过，谅亦奉书而猛然醒也，然则先生之滋福裕后，岂有量哉？余既自慨遵循是《格》之不早，而又感于厚贶之裨益宏多也，故敬述管见，以弁诸简。

湖南文征　卷六十六

序十一

重刻东溪诗集序

杨河

宜之为文献地也旧矣。丙子，上宪纂修省志，檄下郡县，搜取名人著作。余闻故明大司徒宗周邓先生有《东溪诗集》，岁久残缺，其八世孙林桂遍搜而手录之，因校其次第，而急为申送，且劝之授梓。林桂曰：是某之志也。夫工将竣而属叙于余。

夫诗发乎情者也，情动而文生，天趣洋溢，不求工而自工，诗乃至焉。徒侈富丽，竞新巧以悦人观听者，其若俳优乎？大雅鄙之。昔河汾子论诗，上明三纲，下达五常，于是征存亡，辨得失。小人歌之，以贡其俗。君子赋之，以见其志。圣人采之，以观其变。而深病夫李百药之论，上陈应、刘，下述沈、谢，四声八病，刚柔清浊，靡不毕究。至默然而不答。噫！夸富饰巧，诗非不工，毋乃非三百之遗意欤？此可以读先生之诗矣。

尝考明诗，洪、永以来，冲融演迤，不事钩棘，一变而何、李之流，专事摹仿，再变而锺、谭之说，惟务艰深。先生处弘、正间，含和吐休，率吾情而盎然出之，华实并茂，既不袭同时崆峒之迹，亦不开后来竟陵之风，无心求工，而天趣洋溢，其于河汾论诗之旨，殆深有合焉。余观全楚山川，昔称才薮，当明初以及中叶，成祖时则有杨文定、夏忠靖，孝宗时则有李文正、刘忠宣，皆以文章饰政治，而其在岭南，山高水驶，中州清淑之气，每钟于兹，维时邝大司马以忠节显名，既而先生继起，勋名烂焉。且闻其学问践履，一本于忠信，故终始不移，险夷一致，坦衷正气，岂独于诗为然？然即其诗亦皆真情自达，不苟悦人，宜虽边徼树功立言者，不下于楚中诸先生，其为古文献地，不信然邪？

乃者重修《宜志》，余谬膺编辑，载笔之下，大惧文献无征，无以兴起来学，今获读是集，深幸先生之后人能苦心搜录，既以献诸上台，复俾传诸来世，后之征文考献者，读其诗而其人之性情见焉，其亦可以兴矣夫。

杨梅冶主政诗序

孙良贵

楚诗至今日而衰极矣，微特腐儒衰官，天趣之日形槁索也，即有才俊子弟，而皆先束缚于帖括，继驰骤于俪骈，百夫决拾，矮人观场，韵声莫谐，遑问坛坫？以是百年前人，谓诗衰于楚，今直无讥焉，而衰乃真极矣。极则穷，而久蛰思启，意必有老成宿望之士出乎其间，为之主持而提唱之，而后一二旧胄，先为尊信，渐以浸淫。夫穷陬委巷，春风煦遍，而吾又未之见也。间有闻焉，大都伪体日亲耳，譬犹调琴者，专下死指，真响弗宣，病同槁木，乃知风雅之道，盛之所开，不在冥搜仰屋梁，其性情有大过人者也。

余盖博观夫故国三十余年矣，独见杨子梅冶。梅冶之诗，高者法少陵，次亦不失宗鹿门，宋元而降，姑舍焉，何其盛也！或曰梅冶旧胄也，年等终军耳，乃能读尽先世藏书，宜其事半功倍耳。然吾读少傅、太傅两公奏疏、方略，嘉其忠而悲其遇，惜其为诗多不传。又冢宰文敏公，天下以不得睹其相业为憾，其所表树，亦实被于天下矣，诗独无专梓，岂其文章以事功掩哉？计安社稷为悦焉耳。今梅冶荫郎官不仕，崛起而为三唐之诗，以振楚杜、孟而后八百余年久衰之绪，谓非性情之用，一往而深，躁竞不撄，独形清妙，其中有大过人者乎？不然，何其妙龄华胄，清俭自怡。顾克如是之下笔有神，而诗律弥细也。

余交梅冶久矣，见所作古诗近体三千余首，兹所裒而存者什之二三焉，其廓择之慎，何庸词赘！惟念明诗三变，愈变愈远，吾楚锺、谭以偏师蹑之，天下响应。今国家泰运贲隆，梅村、新城既往，处宜盛之时，而开方盛之局，其竟无人焉缘性情之真而导一代风雅之趋者乎？杜甫、孟浩然之乡，真声寄焉，梅冶岂有意乎？余不复求诸老成宿望矣。行将鸣其盛，勿悼其衰。

案：梅冶名植秉，武陵太傅玄孙，文敏公超曾之次子也。文敏长子珏，字元夷，七岁通五经，二十二岁卒，所著书凡五种，九十余卷。植秉三十丧妻，不再娶，不置妾媵，著有《妙泉初稿》，当即此序诗也。杨氏门才之多，行谊之卓，科名之盛，历久不替如此，此岂可得之阴险媢嫉、误国庸臣者乎？植秉子孝骧，举于乾隆甲午，官江都令。孝骧孙禹门，寄籍湘潭，举于同治甲子，距太傅九世矣。汝怀附记。

我山草堂文集序

孙良贵

昔者商丘侯方域，翩翩佳公子也，其为文驰骋纵横，以尽其才，达其学而终轨于法，观所成就，虽苏子由见伯仲焉，而元明诸子可知也。其述子瞻之言以论文曰：风行水上者，天下之至文也。风之所以广微无间者，气也。水之所以澹宕自足者，质也。故曰气莫舒于风，质莫坚于水，然则至文者，雕镂之所不受，组练之所不及也。

予读国初诸名家文钞，而知其故焉。有主八家之法者，有主明理者，有主练局、练格者，上者乃元文之最高，下则明文何、李所滥觞，其瑕瑜不容掩矣。此外处士集中，忠孝灌灌，自成一家言者，王猷定、杜濬也。而黄宗羲、陈祚明亦多可喜者焉，惟侯方域矫矫行空，有诸子之得，无诸子之失，上绍唐宋八家，下超乎元明八家，得风之气凄忽而不可御，得水之质凝成而莫能划也。三十年来，二三老成，记丑而博，颐指气使，其为文也杂乱而无章，漫沓而无气，又褊心吝忮，恶后起者之出其上也，摈之惟恐不力，亦自号召愚庸，指挥侪辈，觍然诩于人前曰：吾文非貌袭八家，而摄吸其神髓者也。闻者掩耳却走矣。其或后起奇杰有气之士，欲从而矫之，则又恢诡偭怪，雕刻牢笼，以明吾才之奇，吾学之富，究之其中未必有，适以形其苶然疲敝焉，而先正八家之规矩偭越，无复有存焉者矣。

今乃从吾家浴溪兄得读先生之文，而见夫熊熊者光也，未始不充于理。浩浩莽莽者势也，未尝一诡于法。遽谓浴溪曰：熊熊者，质之凝成而莫能划也，浩浩莽莽者，气之凄忽而不可御也，而所以范夫气而充夫质者，才之真，学之裕也。才定于天，学成于人，二者具矣，而法莫能遁焉。先生之文，非近日作家之文，而国初十九子之文也。亦非直十九子之文，而八家中南丰曾氏一家之文也。东京才子，虽堪埒于大苏乎？能夺同时诸子之席，必不能驾南丰子固而上之也。古文之法，其自先生而再见矣乎？独计方域子以累叶巨卿之胄，生长雪苑名胜之都，隆其才学，佽翼以良友，名驰列国，下及倡伶，策略万全，出没神鬼，顺风而呼，张、韩之事业庶几矣。天乃偏厄其遇，而俾之抢攘乱军中，郁郁不得行其志，年甫及壮遽以死，其视先生之遭逢太平，以其间适之身绵历岁月，所得于天，孰丰孰俭，提今衡昔，不得以彼易此矣。

要其绍闻南丰，裁伪体而为功先正者，亦不以此易彼也。世人读书稍有耳者，皆闻夷门公子之为今日眉山子瞻矣，即不患无目者阅先生之文，又安得疑余称名为南丰子固之不称其情也哉？

广东乡试录序

周焘

臣窃惟唐虞官人之法，曰敷奏以言，明试以功，车服以庸。《礼》曰：事君先资其言拜，自献其身以成其信。夫上之所以求贤，与贤人君子之所以佐其上，事功焉而已，然下不先之以言，无由自献也，上不先考其言，亦无由知其能任事功而试且庸之也。应制对策，昉于汉武，其犹古敷奏之遗意与？隋唐而下，仕进多出科举，然声韵不本经术，帖诵不穷义理，识者讥之。

我朝加意作人监于前制，定以三场取士，试之四子、五经、性理，以观其学术，试之策问以观其才猷，试之判以观其律令，试之诏、诰、表以观其辞章，使士之由此进者，皆副其实而无徒务其名。则荐之乡国，登之朝廷，庸讵非明体达用之材？足以裨益治理，而润色鸿业也与？臣伏读圣谕，有曰：近今士子故为艰深，矜为俳俪，争长角胜，彼此仿效。文风益下，文品益卑，有关于国家抡才巨典，非细故也。煌煌天语，唐虞明试敷奏之规，孔孟知言知人之法，胥包括于圣明洞鉴中矣。孔子曰：辞达而已矣。苏轼曰：辞至于能达，则文不可胜用。近世之故为艰深者，其不能达者也。矜为俳俪者，不能达而强为文者也。抑不宁惟是而已。《系辞》传曰：吉人之辞寡，躁人之辞多。孟子曰：诐辞知其所蔽，淫辞知其所陷。然则士之胸次坦白者，其决不务为艰深之辞可知矣。其行谊质直者，必耻为俳俪之语又可知矣。夫以坦白质直之资而争自濯磨，益醇其学术，扩其才猷，于以明于律例而娴于辞令，则庶几乎明体达用之才，而国家收养士之报者，于是乎在。

臣学浅识疏，不克仰荷衡鉴之任，然幸盛世文治日隆，粤东虽远处岭海，距京师近万里，而多士涵濡至教，犹有能向往先正，而凛凛焉以艰深俳俪为耻，由此进而日上，其才猷学术，如唐张九龄，明梁储、海瑞、陈献章、湛若水辈，将必接踵于斯时。云汉为章，寿考作人，诚圣天子久道化成之效，亦微臣所衔命忭舞，而厚期诸多士也。

送州牧管公卧村序

周焘

皇上御极之十二年，陈大中丞巡抚湖南，吏辑民殷，诸务具举，独念茶陵州远省会，且当积弛后，计阖属廉能吏，无出绥宁令管公右者。

檄公摄州篆，荐诸朝，将擢为牧，铨部谓非旧例，尼所请，茶之士民惜公之去，而计画无复能留也。曰：茶与醴邻近，公宰醴且数年，以儒术为治，其民耕者获，牧者蕃，争者息，弦诵者声相闻，厥后以课最改绥宁，醴之人犹思之不置。茶久困，非公莫能苏，幸贤大臣念地方疾苦，请命天子，畀州民以慈父母，而竟不免为成例格。然则茶与醴，与绥宁，其果有幸有不幸邪？或曰：是不为不幸矣，茶地瘠薄，岁数歉，每春夏间，辄仰食常平仓谷，近以下游需赈恤，应碾米三千石，远输江淮间，公以州民待哺急，且水石峻激，转运维艰，白上宪，恳请再四，然后免。民有兄弟阋者，兄忿甚，赴府诬其弟有不轨谋，所牵累数十人，几兴大狱。公时初奉摄篆檄，策单骑星驰抵州，躬自察视，悉其妄，诸被诬者得释，又以衅起骨肉，量为原减，其人悔泣，愿复为兄弟如初。州旧有书院，公始下车，即以文行勖诸生，为捐俸筹膏火，士之观感而兴者甚众。

公之莅茶也，不三月，而实心实政，可确凿指者已若是。若其操行之端洁，听断之精勤，尤未能更仆数。公虽去茶，茶讵为不幸哉？或曰，中丞之荐为州计也，铨部不允，正所以为公地也。茶僻且褊，例非题缺，不足以展长材，而公曾以前中丞荐，入觐称旨，记名以太守用，圣天子留意人材，又知公久宦楚南，与风土习，行擢为吾郡良二千石，俾大润泽于兹土，茶之食福者无穷矣，又奚以戚为？

抑尝闻古贤人君子之守其土、子其民也，必行其生平之所学，而有以大惬乎民心，故其民敬而爱之。至则喜而去则悲，若侯霸、寇恂辈，所在遮道攀辕，史不绝书，然历事或数载，近犹期岁，日浸月渍，民与上相习不忍忘，固未有莅任未三月，而民心惓惓不能释如此者。此非独茶、醴邻近，闻风向化之日久，要以公之德教入人深而感人速，大有异乎时俗之为者耳。

瀚渎徐氏谱序

黄玉衡

余莅宜六载，延见邑中搢绅先生暨知名士众矣。尝为儿子辈择师，得徐子闻融。徐子砥行绩文，华实相副，信所称粹然君子人者。一日视余以所辑家谱，且乞弁言，余展阅再三，窃叹其敦笃于宗盟，而尤矜慎于秉笔也。

徐子号宜荆甲族，前明弘治朝，首辅文靖公，相业焜耀史书，历今三百年，簪缨接武，洑溪门望，视苏之昆山，松之华亭，湖之德清，无不及焉。乃若其同源而异派者，则别为瀚渎。瀚渎者，闻融之先世也。按谱：洑溪祖伯祥公，瀚渎祖伯玉公，两人兄弟行，由其先来自钟离，世居梅林里。当元至正末，明太祖怒富民杨氏之贰于张也，族诛之，伯玉故杨氏婿，匿其孤，事发，捕系金陵狱，祸且叵测，族人各骇散，梅林为之一空。时伯祥亦更姓曰王，徙洑溪以免。一传为瓒州公，始复姓。又再传为文靖公，洑溪之徐滋益大。而伯玉依倚中山王，获减死论戍，后以弟某之代行也，获留，既乃徙滆湖之瀚渎，厥后或分散他州县。久之复归，与洑溪益旷隔，而门望亦雅不逮，物莫能两大，固其势然乎？然今萃然处瀚渎者，亦且数百家，闻融特秀出，爰仿唐花树韦家，及宋欧阳氏、苏氏法，谱其世系，不使一本所衍，泛然相视如途人。

大《传》曰：尊祖故敬宗，敬宗故收族。三代以下，宗法废而谱学兴，谱故宗之遗也，于是可得其用心之所存矣。抑更有进者，氏族之重，肇自魏晋间，至唐而弥甚。李必陇西，崔必博陵，郑必荥阳，他率类是。一时士大夫竞以门第相夸尚，甚至舍其自出之祖，影附名流，华胄遥遥，贻讥识者，如郭崇韬之拜汾阳墓者，岂少也哉？今瀚渎谱沿流溯源，断自伯玉公始，此下丝牵绳贯，尊卑疏戚，一望了然。无论昆山、华亭、德清诸派，概不敢及，即同邑同宗，确然可据如洑溪者，亦各自为谱，另出单行，期无失乎古人纪近不纪远之意。矜慎若此，可传也已。

余簿书之暇，时问俗于乡，尝道经湖滨，遍眺岳亭诸野，见夫沟塍绣错，烟火交通，生兹土者，或士或农，大都谨饬驯良，去古风不远。顾而乐之，归语徐子，徐子曰：此即吾宗人聚庐处也，自古地灵人杰，久郁而不发，其发也必奇。余闻徐子世父圣游翁，擅名诗古文辞，克武邑迦陵检讨，讫艰于一第。今徐子既以文学显，而宗中后起之秀更不乏人，势蒸蒸日上，其将与洑溪氏代兴矣乎？爰题其谱而归之，并以为勖。

倪女士箧存集序

黄玉衡

《箧存集》者，阳羡徐生鲁璠继室倪女士之作也。女士名瑞璇，宿迁人，自归徐氏至阳羡邑中，士大夫以其博学，能文章，工吟咏，因仿古不栉进士、扫眉才子之意，而以女士称焉。又尝自伤其才而夭也，临没时，将生平著作，悉付之火，仅余箧中诗数卷，徐生检而藏之，名曰《箧存集》。

余承乏兹土，识徐生，一日，生携是集请序于余，余览至终篇，觉其瑰奇绝特，盘鞭横空，烈烈有丈夫气，几忘其为闺阁之作也，因悚然异之。间考依古以来，妇女工诗者夥矣，即三百篇中，所载《绿衣》《燕燕》《日月》《终风》，以至《柏舟》《载驰》《河汉》《泉水》《竹竿》诸章，或兴，或比，或赋，虽发乎情止乎礼义，然皆一望而知为女子诗。其他宫人、媵妾、游女、思妇之作无论也。降自汉魏而后，如班姬之《怨歌行》，蔡女之《胡笳十八拍》，徐淑则《蜀笺寄憾》，苏蕙则织锦传情，云飞雨散，情感灌夫，拂杵调砧，悲陈阙下，此皆不过写其离忧，发其愁憾，所谓女子善怀，固其常也。即有身处通华，矜玳瑁之千函，表琉璃之万卷，而风云月露之吟，终不免傅粉薰香之气。若夫侧媚淫哇，更不足为大雅道矣。

今观倪女士集，缘性著情，因事立义，如水流山峙，行乎其所不得不行，止乎其所不得不止也。如老儒宿学，自道所得，如对执法御史，铁面冰心，凛凛乎不可犯也。故其纪游诸什，自幼依舅氏于睢，后随夫子南归，涉黄河，历大江，过金陵，览山川之壮观，穷幽遐之奇趣，所到胜地，发为高歌，有萧然物外、遗世独立之思焉。当其读书怀古，往往升降百代，低昂人物，罪奸雄于既死，吊不朽之孤忠，所谓诗有史意，其在斯乎？即赋物、怀人、赠别诸诗，亦必准乎礼之所宜。凡谐谑柔媚，新声艳词，断不屑一出诸口。徐生本寒素，而女士则挽鹿车以御穷，卧牛衣而劳苦，绝无怨憾不平之致稍见于行间。古人云，诗工于穷，至于穷不言穷，其为工更何如也。

女士幼聪慧，读书数行下，凡经史子集，无不博览，并尝肆力于古文制艺，此其志曷尝以女子自视哉？向使天假之年，则曹大家之续汉史，韦宣文之隔幔授徒，未必不再见于今也。何乃自伤命薄，才实误人，尽焚其制作而赍志以没。所存诗稿，特余技耳。噫！其可哀也已。昔乐昌孙氏善为诗，适进士孟昌期，一日焚其稿，谓才思非妇人事，自是专以妇道治内，然《白烛》诗犹间传人口。余独悲女士有孙之才，兼孙之德，而无孙之命。徐生则皓首穷经，又不能有昌期之遇也，益为之慨然。

余感徐生意，记数行于简端，以待后之采风者，使见女士诚巾帼之须眉也。至其《梦白》之吟，女士或别有寄怀，而或者遂以谪仙拟之，此则余所不能知矣。

送赞府黄公归南昌序

黄玉衡

余尝博观商周贤士大夫，暨秦、汉、晋、魏以来诸豪杰有志之士，其处也有守，其出也有为，相时而动，动而不囿，见几而作，作而不滞。上之德成名立，次亦不失为寡过，其行其止绰然自如，未尝不叹古人不作，服古之士，所当向往而私淑之也。

宜邑赞府黄公，名宪鲤，南昌人。沉毅简重，不苟言笑。服官时，曾宦西土若干年，以公罢归里。癸酉冬，出为宜兴长吏。时适余宰宜邑，舟中把握，见其仁厚，有长者风，心窃异之。已而值大工，驰驱王事，相与鞠躬尽瘁，无少懈。明年，余因公卸任，逾时公亦告归。文甫下，随命僮仆促装遄行，囊橐萧然，慷慨就道，邑中人无老幼，莫不祖饯。余因嘉公之贤而有识，而又以悲余遇之多艰也。方余承值大工时，金尽能索，日与公徘徊于巉岩叠嶂间，遥望故园，憾不日飞千里也。迨工竣余退，越年余公寻归，而余仍淹留旅舍，奔走风尘，瞻顾同人，欷歔欲绝，其视公进退咸若者，相去若何也邪？

余旋见公解缆后，乘风破浪，遨游于三江五湖间，理乱不知，黜陟不闻，云山缥渺，骋怀极目，虽古之豪人达士，何以加兹，由是赴洪都，返市汉，故旧盈门，亲朋满道，或促膝叙故，或抵掌谈心。祖孙父子，聚顺一室，鸡犬桑麻，遇物怡情。当斯际也，其乐何极！若公者，诚所谓动而不囿，作而不滞，其行其止，绰然自如也欤？于其别为文以赠之。

储六雅存砚楼二集序

黄玉衡

储氏自在陆草堂后，群贤丕振，海内伸指言文艺，必推宜兴储氏。其尤贤者，为六雅先生，先生制科之文遍寰宇，余少时占毕牖下，已仰奉为指归。

比通籍，始得见先生所为《古文初集》于京师。及宰宜邑，又知有《存砚楼二集》，雕板于京江张氏，迨张以事没其家，其板籍亦并没于官，储之后无能为理而求给者。岁壬申，余承上官檄，按张所有是集，简册宛然在也。为请于上官，捐俸廉抵其值，以归储之后。而简多蠹缺，复召储后之贤者，为索原本，参考订正，付之梓工，以成完书，而海内得睹先生之《二集》矣。储之后贤来告余曰：是集之既湮而复振也，非我宰不及此，用乞一言，以昭本末。余惟盈天地间飞潜动植，皆一气之所鼓荡以出者也。飞且鸣者凤也，凡鸟也。泳且游者蛟龙也，凡鳞也。蕴于渊者珠贝也，鱼目也。产于山者良玉也，碱砆也。楩、楠、桐、梓也，凡卉也。得气之真者，靡不以时自见，而不可淹抑者也。况乎秉礼守义，诵法先王，其出也不竞，其入也无闷。

若六雅先生者，萧然韦布时，即声誉遍宇内，及入青琐，践紫闼，校《石渠》《天禄》之书，旋即退处名山，著书乐道以老。其一志，一论，一诗，一铭，皆本数十年集义所自著，此中有真气焉。乘时而见也，若凤之鸣也，龙之跃也，珠之辉也，圭璧之解璞也，桐、梓、楩、楠之呈材也。其简册也，其文也，余从上官出之，而非余与上官出之也，先生之自出之也。鲁壁也，艎头也，井中也，山川之窟穴也，靡不有藏简也，及其见也，是简之显也，亦即其人其气之不终淹也。夫与宰何有焉？余因后贤之请，为告先生自著之故如此。夫亦念邑多士读是集也，均为自著之实，以弗坠前哲之业，是则余之志也。是为序。

日鉴录序

张九思

往予在京师，同乡相友善为郭昆甫，其次为姚晖汉。昆甫廓然有大志，其胸中若不可一世，人多病其狂，然退而校其生平言行大节，要无一背夫古人。而姚君则纯净端洁，自少与时异趋，而安贫悦学，澹然有以自守。孟子所谓有不为而后可以有为者。予于二子，无能为役，然皆资以自益，故喜从之游。

归遭大故，忧病侵寻，濒于死而仅存者数。又逾年，昆甫遂殁，顾尝为子弟言史，称李广、程不识之用兵。广人人自便，而不识整部伍，严刁斗，两人皆未尝遇害。然究论之，先为不可胜以待敌之可胜，则不识纪律为可常。昆甫、晖汉二子之于道，皆用兵之善者也，然而使学者有所据依，上之可自达于圣人，而退亦不失为寡过，则吾必以晖汉之所守为长。

昆甫既没，嗣闻晖汉举礼部，复不第，予一官司教宜章以去。

相距数百里，无缘朝夕继见。及今秋，君奉调来长沙，而予与相见于会城，计其阔疏，十易寒暑，酒酣之次，君出所为《日鉴录》示余。余考其书，不类于人人者之言，盖皆六经诸儒所尝言，抑非仅六经诸儒所尝言，而吾友深造自得、近里著己者之言也。自宋氏以来，真儒辈出，孔孟六经之教，大昌于世，宜乎士舍是无以为学，学在是而所为圣贤者不绝。然揽其造端置力之地与其归竟，其知学乎此者又绝少，其毋乃习焉不察，犹厌薄以为迂，而又见夫世之雷同一迹，袭其名而不暇求其实焉者众，遂胥援之以自恕欤?

姚君此书，无惊世绝俗之谈，而平近精实，其理卒不可过。吾观其为人，志之所存，事之所履，出之于身，加之于民，无非是也。古之所谓不言而信者邪?其书录始丁卯，初不次第，丙子撮其凡，为条二百八十有余，其曰《日鉴》，明自警也。原夫君之用意如此，其终至于圣贤无惑也。噫!昆甫而在，必以予为知言矣。

诗深自序

许伯政

千钧重鼎，力小则不能举。六籍微言，识小则不能明。非其读书之精也。泛滥窃窥，求间求新，而不能见大意，故所识者小。经旨盈策，凡目所到，如尘迷，如雾隔，恶识其所以然哉?夫书不尽言，言不尽意，能见其大，则纲举目张。诠释固不能尽之。

是编成，友人阅毕，柬予曰：富辰称文之昭，十六国而燕不与，燕世家谓与周同姓，未详所出。惟皇甫士安以为文王庶子，故后儒多疑谧言之无据。书中如此，恐未可信。答曰：古史残缺，众说两歧，则当考之于经，经虽无明文注记，而辞旨显白，亦可断之以理。自古贵戚之卿，与异姓异，贵戚中同父，又与同姓异。伊尹作保衡，《伊训》《太甲》诸篇，称汤以训曰商王，曰先王，曰俾辅于尔后嗣，曰辟不辟忝厥祖，曰今王嗣有令绪，曰臣罔以宠利居成功，皆异姓卿之辞气也。召公诰成王曰：今冲子嗣，则无遗耇。又曰：有王虽小，元子哉！又曰：知今我初服。又曰：我受天命。其辞气与周公之告孺子王如出一口。周公语君奭曰：殷既坠厥命，我有周既受。君己曰：时我，我亦不敢宁于上帝命。又曰：在我后嗣子孙，大弗克恭上下，遏佚前人光在家不知。又曰：今在予小子旦，若游大川，予往，暨汝奭其济。小子同未在位，诞无我责。又曰：我受命无疆惟休，亦大惟艰。告君，乃猷裕我，不以后人迷。又曰：前人敷乃心，乃悉命汝。又曰：乘兹大命，惟文王德丕承，无疆之恤。又曰：予惟曰，襄我二人，汝有合哉？此于文武曰前人，于成王曰小子，曰冲子，于己与奭曰我二人，曰予暨汝其济，曰前人悉命汝，其辞气明明父子兄弟，不但同姓而已。然则皇甫氏之说，殆其然欤？

友又曰：鲁于周公称太庙，鲁公称世室，其后立武宫，因称鲁公为文世室，与武世室相配。周并无所谓文武世室也。书中似沿宋说之误。答曰：《明堂位》云，鲁公之庙，文世室也。武公之庙，武世室也。其文法与前言四代之乐器，后言殷学、周学相仿，皆极称鲁备四代之礼乐如王者之制度。故郑注云：此二庙象周有文王、武王之庙，世室者，不毁之名也。其说不始于宋，世室之名，夏已有之，载在《考工记》，不始于鲁，且诸侯五庙，周公为太祖，其余四庙，当递迁，鲁公安得有不毁之世室？盖鲁人僭行郊禘，乃立鲁公庙，又立武公庙，所以象周之文武世室也。而子谓周无世室，鲁独有之，且谓追称鲁公为文世室以配武，果何所依据言之哉？

友又曰：以朱子为困学，人未必信，宜稍含蓄为是。答曰：孔子云，生而知之者上也，尧舜性之是也。学而知之者次也，汤武反之是也。资学下于汤武，而能与闻乎道，必由困而学之，故曰又其次也。古人厕躬圣贤，大略不越兹三者。孔门弟子，独称颜渊为好学，惟其有不善未尝不知，知之未尝复行，是以不贰过，不迁怒，而庶几于学知，虽闻一知二之子贡，不得与焉。一贯之道，曾参以鲁得之，是谓困学，而政事若由、求，文学如游、夏，不得与焉。所谓困者，其于学问思辨行也，有弗能，弗知，弗得，弗明，弗笃而弗措也，即未能诣乎知之成功之一，而好学则近智，力行则近仁，知耻则近勇，三代以下，指不多屈，惟朱子实能致力于人一己百、人十己千之功。其观书有感，诗曰：向来枉费推移力，此日中流自在行。枉费推移，困也。中流自在，困而通也。如谓朱子未足当困学，由汉、唐及明，谁克当之？如谓朱子不由困学，则将跻晦翁于汤、武、颜渊之列，人虽龂龂言之，即吾亦在所不信矣。且夫修辞立其诚，所以居业也，其本非以邀人之信，而仆仆为之也，吾有所获于吾心，恒内反焉而不敢以自信也。久之而内信于志焉，又久之而宣之于口笔之于书焉，信与不信存乎人，岂吾所敢必哉？子产曰：人心之不同，如其面然。吾岂敢谓子面如吾面哉？抑心所谓危，故以告也。凡吾所以为是书，亦如斯而已。

昔孟子道性善，外人皆称其好辨，不信之也，岂惟外人，及门如公孙丑、万章之徒未必全心信之，汉、唐间信孟子者惟昌黎，犹或与扬雄并称，至宋儒而后，灼然尊信之。噫！我言之，人信之，其难必也。孟子尚然，而况于我辈，故吾所以为是书者，形己之忠，而匪以邀人之信也。吾心之所获在是，即吾言之所发在是，设违吾之本心，姑委蛇周旋，以希人之信，正恐未能欺人，适以自欺耳。此予与友人相往复者，亦编中诠释不尽之意也。爰述之以置诸编首。乾隆甲戌季秋朔序。

魏韫庵先生寿序

郭焌

同年之称，古未尝有也，自唐以来重科目，同选举者谓之同年，胶附绳联，亦如伦纪之不可易。缘其在一身有兄弟之谊，而上至祖父，则视诸所尊而敬同。下至子孙，则视诸所亲而爱同。此未足异也。或其中有耆英硕德之振于其前，高才伟器之屹于其后，而其家世之际，情事之间，又或有符契而轨合者。于是仰望、愿慕、服从、庆幸、颂祷之心，以朋而聚。《淮南子》云：虎啸而谷风生，龙举而景云属。物相感以其类，岂不宜哉？

韫庵魏公，钟岭海之间气而生，文章德义，负东南夙望，而尊太夫人，又以节孝特闻。方其母子相守于幽堂邃宇之中，炉火篝灯，鸣机发箧，习勤茹苦之志，致足动天地而感人神，其可谓难矣。数十载来，我公以学完行高驰誉粤中，为老师最。既能彰母节于朝，而次公云倬令楚中，官政十年，民怀七县。自公退食，以养以娱。夫公之所以致福，与天之所以必欲报公者如此，则知后来者不胜羡也，而况于年乎？而奚兢兢请祝之为多乎？岁之九月，届公揽揆之辰，众共起为寿。

焌于次公，部民也，然往在乙卯，贡成均为同年，已而受业于国子先生，又为同学，其于公通家子也。焌虽孤生失学，碌碌无所树，而祖母杨亦实以苦节之贞，留贻世泽，环计公先后两世，何其同也！同者之情如家人，虽称祝其辞，以质不以文，遗真散朴，非焌之所宜行于公也，焌故不敢。

勒素亭诗序

郭焌

昔唐李贺奇于诗，昌黎韩愈与之生并世而名相闻。愈为其少，且诸王孙也未之信，既往相见，愈心折其能，乃深相结。此二子者，余皆甚爱之，而尤乐其以平生之素，并传于世，为身后荣，惜乎余与素亭之不获及其时而与俱游也。

间尝计天地之间，忽然为人，实乃以一身同为万物，其所得于世者，稚弱、壮盛、老惫，不过数十年止耳。古之人亦同止有此数十年，而传之至今，近者数百年，远者且数千年，其人亡，其言存，谓之不死可也。死不死何足深论？顾既已为人，而使后世不知有此人，则如当时未尝生此人焉者。庄周云：悲莫大于心死，而身死次之。岂不然哉？

往吾友衡山旷鲁之，常为余道素亭诗、字、画之胜，叹为三绝。余狂人也，览古之有作者，以为不可及，欲歌焉，欲泣焉，思其人而不得见，则将于今之人求之，庶几一遇以舒吾怀，然多未能也。今乃独与素亭相聚于一室之中，觞行笔落无虚日，于此时也，鲁之又不与。人生之聚散离合，犹不可知如此，而况于天下后世之传欤？

素亭善画不常画，画辄数十幅，维书亦然，其于诗则日吟一篇，或数日吟，亦止一篇。大指遗乎今、合乎古者为之，不合乎古，虽甚宜乎今，素亭不为也。余尝论诗，以谓婴儿之声，其啼呱呱，其笑哑哑，此真诗也。其次为老人之言，而学士大夫镂风绘云、扬芳摛藻之作，谓之诗者，乃真无诗焉。闻吾说者，嗤愚斥妄，独素亭余同。素亭之于诗亦奇矣，余长素亭一年，官弃匏落，无所望于世，世亦不用，而素亭公子也，例当得官，亦不愿仕，夫不能遗当世之荣，而妄意有后世之传，是烧黄金而求神仙也。秦皇、汉武之死，其已久矣，世有知此意者，吾始愿与交，素亭之人，得其人矣，夫乃可与读素亭之诗。

就梧吟序

黄道焘

园之有梧，为书屋设也，由来旧矣。屋旧户于东，轩于西，而是梧植轩东一隅，背户孤立。晦明风雨，尝不得与梧谋，于是积久芜秽不治，几同散木。

侪辈过而不问，手植殷殷之谓何？亦何贵有此梧也。客曰：东西咫尺地耳，曷迁植之便，夫迁植一废置之梧，成全几间适用之屋？梧之用亦借荣多多矣，为梧计何惮不为，然而有难焉者，繄彼梧自条夭历今数十年，居然成立，硕大且朋，非积众人之力不能动，非广地数弓不能容。且也根深蒂固已久，一旦盘凿动摇，保无有拨本实而甚至不生乎？与其必易一梧，而生死付之无定，孰若易屋就梧，挟一必成之势，俾屋成而梧亦得所哉？爰谋匠石，拆旧营新，易屋之西而南，为上下两舍。檐楹四启，户牖相望，去积年历久之湫隘，乐爽垲于崇朝，左右顾盼，顿改前观，是岂真斯梧之会逢其适邪？抑屋特就梧而为之耳。易其轩名，颜曰就梧，作就梧吟志之。

嗟乎！梧犹是也，屋忽更新。自今过此以往，未知梧竟何如，屋竟何如，主之者爱护，能不坠所守，长得与梧相长于勿替否也。若夫物是而人则非，抚今思昔，或临文而增慨叹，或倚树而动悲思，则今日就梧一吟，特权舆耳。

麓山咏古三十首序

欧阳正焕

南之望岳为衡，衡之峰峦七十有二，而麓山承其委，则兹山之名以麓专也。专故尊也，顾曷为而赘之以岳邪？

或曰：岳形蜿蜒，如人之一身，百体相承，故雁峰为首，岳麓为足，肖其形也。夫七十二峰皆岳也，未有复名之为岳者。《大雅·旱麓》诗笺云：旱山之足，以旱山为主也。今必赘之以岳，则岳著而麓山隐矣。唐李邕撰麓山寺碑，直称麓山，曾无岳麓之名，则何如专之以麓之为尊邪？或又曰：岳麓之文，见于禹碑，兹固禹迹之所经也，明德远矣，欲靳其名而并没其实，可乎？夫禹之功大矣，乘四载而抑洪水，何处非平成之遗迹，独兹山也与哉？且昌黎《岣嵝禹碑歌》，固云事严迹秘，鬼莫窥矣，虽神物流传，其来有自，而奇文奥字，邃古之遗已不可尽识。明杨慎、沈镒、杨时乔皆以意译，而沈尤托之梦寐，神明其说，以取信后人。世果有梦龙蛇草木之篆文，初未尝明授音译，而且诵其碑，恍若素识，遂不劳思索，而得金简玉字之传者邪？则所谓宿岳麓庭，亦后人揣摹傅会之词，初不必借以补《吴越春秋》之缺，就令可信，亦衡岳之通称，兹山安得而据之？故余于咏古而存之以麓山，成其专也，亦所以尊之云尔。

独是兹山之名，则固以书院而传，而书院之传，又以朱、张二子之讲学而永也。粤自元圭既锡，九州攸同，沿及晋、唐，所称溪洞岩壑之奇，大率皆梵宇琳宫，递相夸耀。今自麓山一寺而外，即断堑、颓垣、残碑、古碣，可以备神仙幽异之纪载者，已漠然徒见山高而水长，又况雨花雪观，非虚则无，无论其不足传，即传矣，亦安在其有裨于世道人心，使人闻而慕见而兴，有不欲斯须少释者邪？

独书院之建，自宋开宝间，郡守朱公洞创厥始，历咸平中，山长周公式以行谊著，真宗召见，拜国子监簿，诏使归院，赐岳麓书院之额，且给以中秘书。乾道初，安抚刘公珙，延张南轩主教事。越三年，朱子闻南轩得胡氏之学，如长沙访焉。绍熙五年，朱子安抚潭州，更建书院，以处四方从游之士，一时学者至千余人，其盛甲于天下，故天下称四大书院，首尊岳麓。而自元明以来，递毁递造，至于今不坠。欣逢圣朝，丕振文教，赐书赐额，如日中天。休哉！治化之隆，轶唐虞三代而上矣。

正焕不敏，忝为兹山长，讲学之暇，闲复登临，或扪萝攀磴，循朱、张之故迹，访求遗文，犹殷然切步趋之思焉。偶有吟咏，不尽录存，惟涉于古迹者，缀次成韵，即非二子经营缔造，讲道论德之场，亦时时及之，而意念固有所专属矣。夫王者巡方觐岳，跻民俗于大同，诗书弦诵之声，遍海澨山陬而莫不一致。兹山之附丽于衡，密迩门庭，特承指顾，固较之灊霍为独亲，矧以先贤杖履之所登临，流风余韵，近千年不衰。

圣天子兴贤育士，声教所被，光华日新，虽山岳亦当为之效灵，以默翊景运。天下书院之盛，麓山之得而专之者，又岂独古迹云尔哉？

虞山蒋少宰宅宴集分赋盆花诗序　　陈长镇

少宰虞山蒋公，以癸亥夏出抚楚南，萃其邦之荃兰萧艾，泛以光风，物化其莸，被泽弥山，扇馨若一。不二年奉诏归铨部，黄童白叟，相顾色落，犹草木之失阳春也。

公既悯楚人之拳拳，故尤拳拳于楚人，及来京师，有展谒者，无贤愚贵贱，不一拒。道家世，问疾苦，如其作抚时。譬植盆花，既登之席，拊之煦之，又泛溉之，谨视之，嘻！可谓仁矣。明年正月，休沐无事，招其邦之官京师者，酾酒为欢，某以公车滞留，又承顾夙厚，因得阑入。酒半，出盆花八以侑。有绅一人，其容岸然，举手过颐，作而言曰：公春风也，故百卉近公，无忍自阏者。不然，今立春甫二日，林横积缟，檐挂寒钩，户外朔风，若呼若啸，兹之烂漫，伊谁之为？宜分曹限体，作为歌诗，以张盛集，以宣春气。且以观楚人之志。公曰可。会者六人，合公洎其家嗣，适符花数。某得梨花焉，窃念《甘棠》流韵，光于二《南》，某又适阄遇乐府体，天其或者欲使继《国风》乎？与同人欢欣舞蹈，次第矢音。鸠而呈之，公览而嘉之，命善绘者作八图以传之。

某复窃念生同凡草，幸随国香后，薰蒸濡染，得免差池，其敢忘臭味所自！乃重为序以纪之，且使后之行春者知取焉。乾隆丙寅望后二日。

唐诗别裁集笺注序

朱景英

选本之有注，自李善注《文选》始。后之注家，征用群书，字笺、句释率祖之。李善之言曰：诸引文证，皆举先以明后，以示作者必有祖述也。其起例如此。论者举其注头陀寺碑一篇，三藏十二部，如瓶泻水，其诸《唐书》所称敷析渊洽者乎？而世顾轻言注书，其敝也，捃摭类书，窜易坟典，臆造耳食，挦扯割剥，极于时地缪盭，文义乖反而不可究诘，尚腼然曰吾祖李善，偵矣。

夫注选本与注专集，其体例亦自有别。注专集者，次第其人之出处岁月，尚论其生平，因以考见其著作，故人自为书，而注亦自有其体。若选本荟萃众作以成书，而注则不能依附诸家而各为例。然亦有采撷旧注者，如李善于薛综、刘渊林、郭璞、王逸、刘孝标诸注，必标名篇首，仍书善曰以别之是也。而世何昧昧焉？

龙溪黄君步春，博雅士也，顷以所注《唐诗别裁》属序，盖是选为沈文悫公手订善本，一洗历下、竟陵之陋，海内承学者，几于家有其书。今得步春详疏而曲畅之，缅其心力之勤，援据之赡，栉比之精，洵足以骖靳雅轮，膏馥俭腹者矣。抑昔人于笺释之学，恒相攻击，如杜注之有黄鹤鲁言，苏注之有尧卿次公，每为后来指摘，至腾为姗笑不已。

信夫注书之难也，步春惧其难，斤斤焉守其例，而不欲踵其敝，毋亦李善所云享帚自珍，缄石知谬者与？余故乐为之序。

文集自序

朱景英

频年海外，齿发渐衰，犹役役文字间，未忍割弃，岂结习然与？自念平生撰著，应酬牵率，諈诿代言之作，居其强半，每不足存。

幼习《文选》，务为博奥，于《史》《汉》、八家文法，与夫波澜意度之所以然，罕所津逮。已窥寻夹漈深宁，及近代亭林、竹垞之书，颇究心穿穴解驳之学，雅不欲以文名。夫既不欲以文名，复昧昧于文法，而其仅存者又不足存，尚敢僩然以作者自命邪？

半生作吏，垂老无闻，旧稿丛残，听其放失。会友人华亭徐君介人祚永、福清李君崇舜振陛，下榻官斋，搜我敝箧，精心排缵，凡得文若干首，析为八卷，亟付钞胥，裒然成集。虽然，以予结习未忍割弃者，所就止此，兹所为钞竟而手之愧汗已。

文昌阁会序

彭坊

今之会即古之社也。汉制，二十五家为社，民间有私立社者禁之。后世友朋聚集，亦名为社。唐人有诗社，明以制举取士，熹庙初，周介生、张天如诸人，搜罗天下英俊，合梓其文，名曰《大社》。同时艾东乡、陈大士、章大力诸公，皆遥相倡和，而社乃极盛。下至乡曲娵隅小生，莫不有社。嘉定黄陶庵结直言社，云间陈卧子、夏彝仲又倡为幾社，其论文不尽与东乡合，吾楚顾重光又立定因、广因二社，然要不若大社、幾社为极盛云。

其后国步既改，仗节死义之士，往往出于其中，顾其弊也，武断乡曲，把持朝政，又或同室操戈，凶终隙末，而周介生以闯贼檄文牵连，正大辟。先是，顾泾阳讲学东林，高忠宪继之，社中诸名士多附东林。后忠宪为魏珰构陷，怀宗既诛魏珰，复入陆文声言，追论东林，党人之祸，迄明祚之终不解。我世祖章皇帝顺治九年，颁立卧碑，禁士子结社，盖监前代之弊而更张之也。百余年来，此风亦已息矣。近年，学者始稍稍为文会，而人才污下，曾不逮古之什一，无亦司其事者，气力绵弱，不克振之欤？

吾邑倡会者，无虑数十百家，而文昌会尤盛。盖专主科场言之，其说既已陋矣，又其弊也。三五醵钱，以利为招，酒食，游戏，征逐，子母相权，与贾竖无异。今某君某复纠集同志为文昌会，而恶其类于前所云也，属余一言为之勖。余于同乡诸会，概未有所与，诸君子顾有取于余之言，余何以勖诸君子哉？曾子曰：君子以文会友，以友辅仁。今诸君子之所讲求者，制义耳，毋亦惟是揣摩有司之程度，欲博科名为拜献之先资，而前明制义若荆川、鹿门、震川、正希、大士诸公，其气魄才力，直追唐宋作者于数百载之上，彼其于有司之程度，未数数然也，而卒未尝不遇。至若张江陵、王文成之事功，薛文清、曹月川、顾泾阳之理学，正希、东乡、卧子、陶庵、石斋诸公之节义，斯又不徒以制义传，而其制义具在。荆川、鹿门、震川、大士诸公，未能或之先也。《语》云：言者心之声。韩子云：行之乎仁义之途，游之乎诗书之源。诸君子其试于此致力焉，而由是以上，几夫曾子之言，安在今之会，遽不逮古之社乎哉？

我国家制度详明，于学校科条尤严，武断乡曲，把持朝政，吾固知其无是事矣，而三五醵钱，以利为招，诸君子又有所不屑。第恐因循岁月，汩没于八股、排比之中，而不能力自振拔，以上几夫古作者之旨，是则余所以为诸君子勖，而亦诸君子订会之意也欤？

元日王氏家宴序

彭坊

丁卯冬，余公车北上，过外舅九溪先生。值除夕，相与饮酒赋诗，乐甚。越明日，先生晨起，过子舍，问内竖毕，即率子弟拜于家庙，退宴于寝。

时吾岳祖封君赤舄先生，暨叔祖南茨先生，咸以八十老翁坐堂上，子、侄、孙、曾更迭称觞，坊以门婿，得与旅进旅退之列，不可无言以述。坊窃惟国家太平，百有余年，民物安阜，风俗熙皞，士大夫家居，有田园之乐。岁时伏腊，烹羊炰羔，聚族晏饮，盖极一时承平之盛。而王氏一门，孝友成性，虽在龆龀，咸知礼让。酒既行，油油如也，秩秩如也，唯谨，有以见其家教，傥亦汉万石君之流欤？

先是，外舅官京师，以终养得请归里，置义田、义宅数处，凡祭祀有费，合食有费，族之贫乏有资，大较仿范文正公遗规，然文正遭遇，用专致贵显，奉秩颇厚，而外舅白首郎署，清俭如寒士。顾乃毅然为此，尤加一等，且夫世家大族，始未尝不翕合，而后稍乖暌也。外舅群从兄弟九人，今其子孙且百余人，椒聊远条抑盛矣，宜封君暨南茨先生顾之而色喜也。

顾族大支分设，更数十年，其繁衍当必倍蓰于今日，则王氏之所以维持而联合之者，其必更有道矣。《七月》之诗曰：为此春酒，以介眉寿。外舅年六十，犹在不称老之例。其封君暨南茨先生之谓欤？《行苇》之诗曰：戚戚兄弟，莫远具迩。外舅兄弟之谓欤？《楚茨》之诗曰：子子孙孙，勿替引之。吾婚兄弟勉之哉！

赠浮屠嗣芳序

彭坊

自佛法入中国，抵今千有余年，学士大夫、方正豪杰之士，往往为其所诱，陷溺而不知返，其徒遍天下，华居美衣服，役穷氓而奉之以为固然无足怪。甚矣，其贼乎道而蠹乎民也，然则有从其教而不贼乎道，不蠹乎民，君子将许之乎？曰：君子必急许之。何也？因其贼且蠹而恶之，则亦因其不贼且蠹而许之矣。

吾邑浮屠嗣芳，居邑东乡楞伽寺，又不居寺而于寺旁筑静室以居，不接众，不说法，泊然与物无求。其徒皆谨愿，庶几无贼于道。力耕而食，间出其赢余以济贫者，乡里德焉，庶几不蠹乎民。吾邑士大夫，无虑数十百人，赠以诗若文，嗣芳举囊以视余，丐余一言。余曰：是君子所许也，其何辞？然余惟昔朱子与门人论佛法凡四十二章，《楞严》《法华》《圆觉》诸经，皆能举其篇章成诵，而程纯公亦时时阅佛书，譬之治贼者，必先穷其根株巢穴所在，而后一举创之，则决胜有余。

余于《内典》诸书，未暇深究，今赠嗣芳序，亦姑就其粗言之，而要以不贼道、不蠹民为本，庶几不悖先贤焉。

冯时翁六十有一补祝序

彭坊

冯翁时夏，以乙亥之秋，寿登六十有一，诸戚友制屏以祝，距今又十载矣。翁卒亦数载，令嗣君复请余为文补祝之。盖当制屏时，为文者颇不惬翁意，故未登于屏，屏虽具而黝然髹也，与泰山无字碑同。余于是知翁之贤矣。

昔司马子长谓：富贵而名磨灭，不可胜数，惟倜傥非常之人称焉。余谓倜傥非常之人，亦必借文字以传，今世读史者，其于三国、晋、宋以下人物，必不能如《史》《汉》之熟也，盖马、班二子皆有良史才，学者嗜其文，沉吟反覆，故于其人物熟焉。翁今欲借文字以传，乃至不得于其身亲见之，宁虚其屏以待于身后，可谓知所重矣，不贤而能若是乎？抑古未有以文寿人者，更未有以文寿人于身后者。寿文之起，大约始于明之中叶。明初，刘青田、宋潜溪、方正学诸公文集，未尝有也，而近世魏叔子谓，归震川寿文，宕逸多奇，不减古人，叙诗文，记山水，然则寿文亦何渠非古欤？至若以文寿人于身后，则惟杜于皇为休宁吴隐君作《补觞说》，以谓隐君之父七十有七，隐君时时语其子，谓得如尔祖之寿足矣，而隐君乃以七十六卒。其子伤焉，故于其日抑哀伸庆，以曲遂其父生平之一念，亦礼之变者也。

今翁卒已数载，令嗣君哀恸之心，宜稍杀矣，而欲传其父之心，未尝一日忘也。仁人孝子，于此当必有恻然动心者，况以余抱鲜民之痛，能勿操觚为文以补祝乎？余闻翁之先君子，当雍正初，岁歉，尝为粥与邑之饿者，所活不下数百人。翁克承厥志，力为善于家，人皆以此多之。又翁父八十有六，翁六十有余，较之吴隐君父子，仅差一岁不同矣。而余之补祝与杜之补觞将毋同。或曰：祝者祝其寿也，今翁已往矣，将奚祝？余曰：子见今之为寿文者，宁第祝其寿已乎？盖上及其先世，而又下及其子孙，翁之先世如余前所陈，既足传矣，所祝者，其在翁之子若孙乎？翁有五子，孙几人，《书》曰：子孙其逢吉。以是为翁补祝，其可乎？

异时余过郡城，令嗣君张屏于庭，置酒觞余，朗诵余文，余不自知其得如古人之宕逸多奇否？是为序。

罗洋文集序

胡师亮

乾隆壬申，余以计偕入都，与郭君昆甫订交于京邸，又重之以婚姻。明年癸酉，余补充左翼教习，昆甫官国子，寓内城，而官学肄业生例以辰集酉散，昆甫度余馆课毕，辄驱车来迎。剧饮纵谈，恒至夜分不寐，盖一旬之内，率二三相过从。

又明年甲戌，余由明通选授教职，辞馆南还。昆甫戒行厨，携斗酒，一饯于丰台，再饯于二闸。时彼此年壮气盛，方冀京师冠盖之地，他日当共相翱翔，故虽握手惓惓，未尝作离别可怜之色，而岂料后此之不堪回首也哉？癸酉之秋，昆甫闻其弟仲甫以选拔贡成均，喜谓余曰：吾弟当来矣，来则篝灯分赋，击钵联吟，又添一勍敌，然知吾与子之益有以乐乎此也。嗣是每会必及之，至岁除，仲甫未至，则署其燕坐室门曰：几时定宅如申伯，尽日倾杯待卯君。呜乎！使昆甫而天假之年，得行其志，文章节义，殆不多让东坡。其视仲甫，亦四海一子由也，固应对床风雨，极不忘情，岂寻常聚散离合之感所可同日语哉？

昆甫为道山游，已越三纪，《罗洋草时艺》久不胫而走海内。兹仲甫将汇刻其诗古文集委序于余，余学殖肤浅，老益荒落，自分无能为一辞赞者。竟无庸索稿本披阅，俟刻成而卒读焉。惟忆都门聚首，诗酒友朋之乐，忽如梦寐，乃昆甫既已赍志没，余亦仅博一官一邑，碌碌风尘，复颓废以至于老，不禁悄然以悲。又叹昆甫知人之明，所以友于弟者至勤且笃，其得此于仲甫也固宜，而以仲甫之才之力，所以恭其兄者，不专在此，此特其尤要者耳。既不能默而息，且娓娓而乐道之，庶为为人兄者勉，与为人弟者劝也。乾隆三十三年戊子长夏。

西安府志序

翁耀

西安古京兆地，疆土恢廓而博厚，山河奥衍而雄秀，人士瑰伟而英多，古称天府百二之雄，文物风教之盛，岂偶然哉？然则作《志》者于此，将以征核文献，使百代之版章土宇，以及名山大川，城郭沟洫，民物风俗，星罗棋布，巨细具举，而政化之所施，抚驭之所及，由此犁然可考，不綦难与？

大中丞弇山毕公，巡宣是邦，阅兹数载，举凡土物民风，无不备悉，而西安为省会要区，尤加意焉。乾隆丙申夏，入觐避暑山庄，以各属《旧志》多简而不详，浮而寡要，奏加增辑，天子俞其请。还及秦中，适严侍读至，因先以《西安府志》属编纂焉。夫地志之难，难其与史相表里，而尤要者，在各得其民情土俗之所尚，以稔知乎条教号令之所宜设施，使后之读是书者，由其言次第行之而无不协，乃为善耳。今西安自秦项洎今，或为塞国，或为渭南，或为内史，或为京畿，或为大安，或为安西，所辖州县，或出入于冯翊、扶风、北地三郡之间，其疆域城池，变迁较易。至于垂山惇物，彼此互称，武功、太乙、太白、终南，一实数号。灞浐、泾渭、丰镐、潦潏，存湮错置，郑白、六辅、龙首、永安、修浚异宜，以及宫阙、苑囿、第宅、陵墓、祠祀之散见于诸史，暨《三辅黄图》《长安志》《雍录》《雍大记》诸书者，或基址偏存，或地分难定，求其博综群书，考符典故，有伦有要者，盖已难言。若其征验民风，资益吏治，大有关于上人之政教，民俗之敦庞者，则非通达古今，求至于昔之立言者，不得而知之，亦不得而详之也。

我朝德化覃敷，文明光被，海甸乂安，万方沾沐，深仁厚泽，致咏太平者，百数十年于兹。疆境日辟，幅员日广，虽在穷陬荒域，莫不加以教养。凡所以为民碞计者，靡所不至。今中丞公仰体皇仁，敷施美利，使斯民欣悦乐利，上致天和，渐摩敦阜，下成风俗。推厥由来，大抵起于政化之自然而然，作《志》者宜若难以依拟，侍读此书，乃举其宏纲，条其庶绩，铺陈事势，藻绘情状，蔼然见上下和溢之气象，然则际斯时而作《志》，将润色鸿业，扬厉盛治，实于是乎在。

耀备位兹土，亦乐得而述之。若夫体例之精详，类事之赡具，则又作者之余伎，耀特详言其大者。

湖南文征　卷六十七

序十二

癸卯同门齿录序

罗典

凡入学以齿，古天子、诸侯之世子尚然。湘之西有灵麓读书堂，其于斯传习焉者，九郡四州之士，皆隶于省，从统称，如其一乡。以是缀属为同师朋，为同志友，其秩秩固宜。

余抗颜校课，日夕晤，语言皆能辨之。其间或髭鬓皤如，束身就弟子列而安焉。每窥其握管争长，沉凝至漏深，面色变减，不为苟止，何坚悫乃尔，谓讫于诸生，非情之能甘。稽其侪辈，有属先膺岁荐，号明经，还复委怀相依，如不得已，则又奇矣。至其襆被担囊以来，揽几榻而处，疲顿清苦，各亲得于存问展省中，此殆少壮所大同，而老亦与焉耳。然至者类轻远路，水犯风涛，陆冲泥雨，惟所之斋头日再食，特粗粝无加餐，佐具率恶，又强半不得参官给例额。沾润分膏，亦绝不闻歌行之难，与居之大不易。或废然生沮退想也。其他若里居云迩，及夫有力得怀资自赡，又无论已。为综计之，数至百六十人有奇，噫！岂不盛哉？

顾学殖鄙浅如余，无所出以塞于随相慕悦之意，于私省实用怵然。计先时以间息游，知傍院隙地多芜，佣人辟之，令深劚草茭，蠲瓦砾务尽。洼则潴水栽荷，稍高及堆阜种竹，取其行根多而继增不息也。其陂池岸旁近湿，攈柳或木芙蓉，取其易生也。山身旧多□余，山右足斜平，可十数亩，筑为圃，增植桃李，取其易实也。是外莳杂卉成行，作丛生，如紫薇号百日红，山踯躅，每一岁花再见，取其发荣齐而照烂靡已也。凡余幸得与诸君子共周旋，此物此志，即将凭以自明，力不逮而心逮之。

会兹秋当贡士，翕然敬业，以笃乐群之欢，请踵旧事，镌同人《齿录》一帙。维余齿稍长，辄拟入而同其乐，无索居而离群，亦实乐其可以群也不党也。并录付梓，列卷端第一缗，次二至末皆雁随，编最前者，余老友也。最后去余远，亦昔所忘年交也夫。

案：近闻之，安仁欧阳世洵信甫，云当年有某邑某君，居麓院中二十余年，与鸿胪主讲相始终，其课艺固不常列优等也。去之日，涕泣顿首于主讲之灵曰：今而后不能复居于此矣，事师终矣。其为诚笃君子可知，惜信甫忘其姓名。信甫侍其祖侍御，居院日久，其说不妄矣。汝怀附记。

己酉同门齿谱序

罗典

伏维明岁庚戌，恭逢皇上八旬万寿，诏以昨戊申预行己酉正科，以今己酉举恩科乡试。楚南九郡四州多士，咸欢忭踊跃，仰期无负圣天子作人之至意。

岳麓书院为先贤讲学地，鼓箧来游者不绝于途，且兹岁距丁酉一纪，例举明经，滇中钱南园学使循正陪例，邑取三四人，与选者争自淬厉，胥来就学资观摩，以故学徒至是极盛。多苦学舍不能容。

余自壬寅主讲此间，至癸卯，诸生以古者学必以齿，于是取同业者循长幼编次为谱，余序之，忽忽逾六年矣。初，壬寅、癸卯间，尝辟院旁隙地为园池，加卉木点饰，略载前序中时同人息游，多兴以八景标目，系之韵语，备今古各体，汇成帙，付梓存之。今则荷英烂漫，墩之上簇锦团花，其桃李俱成林，高者至丈许。他如桐柳列植，或绿荫夹道，或青烟覆地，咸郁葱成目前胜概。凡皆以为时既久，规模有成，事类然矣。院之右旧有小土阜，当曲涧活水，前以丁未冬拓而大之，构茅亭其上，四面近柱足横板。供坐具外，有数陂方员广狭，不一式周环之。别有巨陂，约占地二十亩，绿波溶溶，当院之左，以近夫子庙，名曰黉门，亦即戊申初春，乘水退减，尽泻其停蓄。从中央累石培土作基，高八尺五寸，置亭覆以瓦，长二丈，横分十之八，檐宇轩竦欲翔，周以木栏，仍注水令满，缀木桥十寻，以便往来不时。至者多心羡其空凉忘暑云。

今年夏四月，复于院内讲堂前跨月台建敞厅六楹，敬拟明岁秋八月，萃楚南绅士，恭祝万寿，堂内旧悬皇上御书道南正脉赐额，宸翰光昭，天颜咫尺，麓山以衡岳为宗，于此窃效嵩室之呼，华封之祝，其境地庶几无少亵焉。工既竣，而书院庭除所际，气象崇闳，亦早于旧有加也。诸生沐国家雅化深仁，萃处名胜，优资廪、亲师取友而外，晨夕出入，会心不远，皆得蠲尘俗以亲雅意，略戋小而与大观，裨益良多矣。况复逢抡才大典，选拔、科举两途并通，其及时腾达，当指不胜屈。兹踵癸卯巳事，为谱齿之，盖以志人才盛集，皆前后所难猝得者，非直叙列明雍容而已。

余年既七十有一，仍觉神明未衰，每评点课艺，见一题各出机杼，无美不备，窃叹其补益智思过半不啻焉。与诸君子周旋久，心昵其文采照耀，不以离立于独为乐。因自叙有生以来至于今，令并镌之，列谱中第一缗，亦犹记忆癸卯之巳事固然耳。是为序。

岳麓书院课艺序

罗典

前岳麓书院课艺之刻，由今苏州太守长沙周君锷，号春田，尝从余游，起壬寅至丙午，几五年。举于乡，遂联捷，分部洊升郎中，以乙卯典试河南。后庚申秋，奉命督学黔省，请假归过岳麓，与余周览旧所游息，即谒新创屈子祠及贾太傅、周濂溪祠，卒至前疏请南省分闱之李大中丞瀛仙祠，辄亟叹为书院之文教科名浸盛，实基于此，因索余廿年所酌存《课艺》之佳者，裒辑得一百六十余首，携去学署，刊成邮致，意念甚深。

今距庚申岁，纪经六易，尚有搜掇所遗，亦节次敛得，且能手辈出，为文率有法程，其见解每得四子书真谛，汇之复一百有六首，与初刻之经廿年酌存者，数及三之二。名山萃秀，文教之浸盛日有加，知未艾矣。又往春乙丑进士榜，衡山彭君浚得，巍然大魁。自有书院以来，科名之浸盛今为最，又可量乎？昨腊月望九，值贱辰，荷春田远自吴中以屏幅寿余，作排律百韵，作大楷书以千数，悬之照耀堂壁。其诗中亦极快宝臣之大魁，曰：佳话喧闾里，奎光溢党庠。盖特借为山斋老人导欢洽耳。于时复善宝臣以归觐经长沙，泊舟我顾，手奉以联句，纪七载门墙，以为自壬子及戊午云。此视春田之相依，又多二年，而先后出身，一皆好我无斁，即以其联夹悬于屏幅两端，相与开筵，促坐无他客，胥属院中同人，对酒当歌，匝两昕夕。余亦健爽忘疲，遘此极欢，所由来岂偶然哉？

兹丙寅新岁，梓人告续刻《课艺》已蒇事，仍当缀言简端，因遂于篇内即事引伸，以明改岁前之文缘结缔，盛集哄传有如此，俾凡隔阔未及与者，一想像焉。其目录宜参入前编，按经次之，以便检寻。是为序。

朱子年谱纲目序

罗典

郴居吾楚上游，其属邑兴宁，多笃行力学之士。李君涵万先生，自幼喜读朱子书，今年近七十，犹朝夕一编，孜孜罔倦，企慕爱乐，欲观朱子行事，以为身心之资。尝读本传而病其略，睹年谱而疑其疏，因本朱子著书之体，纪朱子行事之实，参取群书，汇为一集。纲提其要，朱子体道之大端无不昭矣。目致其详，朱子析理之精微无不著矣。综观其出处语默，家世里居，历历分明，羹墙如见。然后知朱子一生著作，所以发明前圣后贤之遗旨，无不一一见诸行事，与天命人心相表里。

余自乾隆乙未岁以归养里居，得掌教岳麓，经十余年，极念吾楚为朱子过化之地，而岳麓、城南两书院，隔江相望，朱子又尝就访南轩张子，往来唱酬于其间，流风余韵，至今未泯。每当秋月春华，偕同人息游，以寻名教之乐，情景所触，睪然志远，憾不得从朱子游于数百载之前。今读先生所编辑《年谱纲目》，景仰前哲，力崇正学，殆奉其身以为朱子之徒而及其门矣，而余犹瞠乎后也。

前未得邂逅适愿，幸君之嗣君远经、远纬与君侄鳌来，相依讲席，手出君录定稿本相示，同堂诸子见之，佥谓人人当读之书，宜付剞劂。因撮其大意，以为之序云。时嘉庆三年戊午孟夏。

鼓磉洲罗氏族谱序

罗典

吾宗四修族谱，既竣事，距前三修时历三十有六年，计我七世祖北江公创修后，又三世及而尊公续修之，凡越年百有二十，再越年七十有四，乃议三修，得吾族叔祖宗山、宏图二公，当世之十一，不以衰老避事，力董其成。盖此举难在得人，故须迟久始定。乃今窃觇门祚盛厚，务肫肫乎敬宗收族，益复蔚然大有人也。

谱之前值三修，典得亲见之。齿既壮，今继前举四修，典复亲见之。齿犹未及耄，何其易而速乃至此。时则督修，为吾族叔祖定民公，仍当世之十一，尝与修前谱。其次为吾族叔祖竹泉，及族兄建中、族弟孔才佐之。初，典尝省二世祖奇山公墓，在湖田凤形山，典之祖以上数世，皆祔葬其下，每不免为牲足践履。语乞定民公通筑大壕围卫之，累土平地无所基，长约百丈。既诺，阅月而工毕，其任事之笃信敏干，可例观矣。定民公之弟为凝命公，能侃侃持论，不私己阿人，以管摄工用为政。从龙属其侄行，特殚心参核，犹惧不尽纤悉，复自引侄行起莘助焉。

至其司汇编之总，则为吾族弟云皋，此实典所爱敬，心以今之古人相推奉者。少好读书，垂老不释手，初未始于科举营营，性笃孝，母没，庐墓侧三年。食产粗足，家无储偫，晏如也。居常束身如对客，与所知共谈，累晨夕不杂一流俗语。夙长于诗，近犹次书院八景韵，合古今体多至二百五十首有奇，积之成帙。通观之，诚吾宗学行之圭臬也。谱之讲明书法，酌新旧所待增删，皆出其手订，义例秩然。

他若誊写校对，事涉繁剧，非强力不胜，则得吾族弟调阳，及族侄渭阳并任之，皆勤以慎。典还忆前丙寅岁创置宗祠，及甲戌三修族谱，祠后荷叶塘，族叔子元往来工所无虚日，若治乃家事然，其为人可至今想见。调阳乃其亲侄，殆宛乎有伯父风。渭阳在童时尝师我，兹久于诸生，以授徒成老学究，日亲几砚，足不及城市，其专壹奚啻兼人？及是族谱更四修，有亲侄于东，孝廉碧泉、赞善，皆在京不获与力，正得资其劳以为之代云。

夫族之盛否征见，一在祖墓，一在祠堂，一在族谱，典自卸职归里，每岁必省墓。见先世所营吉穴，冢多甃石，亦或冻以灰浆。平原草若铺茵，山阿则树成帷幄，莫有犯者。比谒祠，其外增左右墙，各启砖门，特严整，内明德堂，布地如棋枰状，砖方逾尺，顶编板锐上而侈下，式取笼罩，重以雕镂绘饰，仰之辄目眩生花。旁廊尽置扉，亦各玲珑纳景虚以白。凡皆前作记时所未始完善者，今逮四修之谱复竣，征名派加一二世，荟萃生齿加一二千口，悉据前四堂十房之分支，以次序列。多沿旧登，亦间有新入，愈繁衍乃愈联属，虽里居各习所安，近异乡，远且异县，指数不易终。要靡不祗溯初基，奉鼓磉一洲之名，以标吾宗之凑聚成族者。嗟乎！所征见若斯，而岂不盛哉？

凡在后嗣，其属仰承我始祖政斋公之遗泽，历久益宏，可深思而自得焉。即以典言之，徙依长沙积四世，出身以来，在官颇久，率平善不遇险巇，既归主麓山讲席，经一纪有赢，虽精力退减，亦无他疾恙，此非能自必也，所尤难者，早为宗祀计。切祷有孙，而久不塞愿，值今岁六月十七日，适幸得之，何所从来也？

又先今乙巳岁当八月二十六日，院中平江李生方川，重得是夕梦，惊喜趋告，谓典有孙名德裕，携以来令执书请受业焉。初闻而异之，忽忽更四五岁，顷得孙，以三日举汤饼会，生来极道前梦有征，典遂以德裕为孙字，不名，避原籍谱定派也。别命名修仁，仁之取数多，蒙《易》传之《益》，为德裕而指其实，且果核亦以仁称，生生不已，并足广裕字之义，作裕后观，至其明著所因，以示毋忘。号曰梦征，非漫徇梦者之自幸非诬也。

自古表诞生之异，每作降神谪仙诸幻语，其以梦传者尤多奇，读之皆莫敢不信。典年逾七十，初未尝一日废书，以此度吾历世祖灵之矜念嗣孙典，使之有借以继承勿替，获长保其手泽之不就湮者，其兆先缘梦见，则又何敢妄自疑也？因记之以缀其末。乾隆五十四年，岁次己酉孟秋月。

淇园四世诗帙序

陈梦元

徘徊邑东郊，池塘绿注，春草团碧。迤折而南，白沙弥望，江环如带。缘岸径曲石，偃卧层层，聚足连步，旷然坦夷。树木交荫，莺声上下。缭垣标竹，敷纷扶疏。如缋画凯之谱中遗意，即曩传淇园者是。

萃于斯，馆于斯，醬于斯，歌哭于斯，为余族伯父史占、族兄天放、族兄子兰洲、族兄子之子泰初也。矢诗不多，是吾家事，逝者存者，肆好四世，读之幽咽慨慷，拔剑斫地，抑塞磊落，多沉厉凄断之音。余族伯父胚胎酝酿，醰醰乎其有味少陵欤？堂上发倡，遗音三叹，叩之往往清越以长，其追参高妙，淡不可收。族兄人自此远矣，兰洲宗师昭明，陵厉清浮，顾眄万里，庸音足曲，拂衣而起。泰初枕经籍史，闭门强记，过庭受业，廪廪庶几。噫嘻！伯父兄已矣，兰洲辞世，数更寒暑，痛念前修，警策晚进，编缉梓成，泰初尸事，以己附益。彰美传盛，大雅扶轮，心写褒许。

余也兀若枯木，豁若涸流，何能应泰初、元晏之委！然寻绎吟玩抚揽扼擥，正以暮春三月，随时光景，到处名园，花气烂漫。诵诗人之清芬，与名花遥相和应，而邈然含豪，澧兰沅芷，思公子兮，使余情又何能以穷极？己丑谷雨前二日。

送刘云房典试江南序

陈梦元

有明为制举业之文，推昆山归震川，金声玉振而集大成。震川岂徒以制举业自表著？观所为古文，如《马政》《志易图论》《水利论》《御倭议》，及诸序、记、志、铭，皆有本成章，自标其风神，与《史》《汉》非形貌肖似。

昔者嘉靖庚子，吾乡茶陵张文毅公，为考官于是科，在大江以南，得震川而满公意，待以为国士。后八上春官，晚乃遇，文毅公已殁，震川每为人言及公，而流涕于知己也。嗟乎！文章之遇知己，初由其音响节奏，进而得其意，推而得其辞，合而得其法，以天合天，器之所以凝神，洵有如庄子云云者。在其人惟止自知之，而知之者，又并不欲其人知之，而知为至矣。

余尝与洗马刘君，上下古今人文章，因叹息文章之难知，而举震川所感激于张文毅公者，君为欷歔往复者久之。而君平生丰于所学，不矜炫襮，每接君而温冲可挹。以余之浅陋，学不加修，未少有得而止焉，其视君几不知自处于何地矣。夫虚者能受之器也，和者宅心之方也，一恃己傲物，而无不失也。

今君为天子求贤才于大江以南也，其必有人焉，师震川之所学，或偶能有似于震川制举业之文者，君自有以得之矣。既虚且和，岂有求而勿得乎？噫！君他时文章风节，又将嗣文毅公志与事，而振声于吾乡里矣。

送罗碧泉南归序

陈梦元

遇有通阻，而情有悲喜者，常也。阻引为喜，通反以为悲者，情之变也。

湘潭罗君碧泉，一举得与于进士百六十人之列，方自庆其遇，榜后之十日，丁母夫人忧，号恸遄归，其所云通而悲者矣。嗟乎！碧泉年甚少，时甚宽，兹之归宅母忧，葬祭得尽礼，而祖、父俱康宁，堂上得以尽孝道。又以其余力研经传，琢词赋，三年中无可晏然之一日也。

夫进士美名，徼幸而致，欲称其实，则必于书无不读，于物无不博，于事无不习，能在是选者，厥惟艰哉？然则遇虽可庆，而衰服之中，正宜自励焉，岂非昔贤所谓养其根而竢其实，加其膏而希其光者乎？吾愿碧泉思所谓实与光者，果何在也，他时碧泉自有以覆我焉，而决非无验而言之矣。

案：先生自识文后，云名进士不易做，惟厚心善气者称之。先少詹从父以乾隆辛卯、壬辰联捷礼闱，时方弱冠，骤丁内艰。至乙未始成进士，入词垣，前后四典乡试，三为同考，分校《四库全书》。继为全书馆提调。方骎骎向用，婴疾遽卒，时在嘉庆元年，年才四十余，士林惜之。先生于其初出时，为文以赠，必其所期望者甚大，而所赠者之可语进修也。语语规则，想见前辈风裁，考旧俗者，可于此得之。汝怀附识。

送同年朱笥河学士筠视学安徽序

陈梦元

古未有著书多而能奇，韩子得樊宗师书称焉。顾樊氏书虽不传，而韩子之语可信也。

同年友朱君笥河，赋天资之材甚奇，书无所不读，古今金石文字，无不搜讨，多识精别，为文章甚富，泛滥百家，词必己出，如韩子称樊云云。今其视学安徽也，笥河曰：吾于是役，使是帮人士，为注疏之学而穷经，为《说文》之学而识字，此一生之志学也。噫！他人言之，余未之深许。笥河言之，早知其推而放焉，而皆准矣。笥河为韩门之学，得樊氏之富，必出入于仁义。余交笥河久，信之独笃，于濒行，即本其所志与其所学，为序而送之。

戴东原云：朴质言之，文之古即肖乎其人之古。自后观之，笥河可谓实行其所学、践其所言不爽者。

杓稿自序

陈梦元

汉、唐诸儒说经，浑坚难破碎，郑、孔两家，铿铿往复，末学穷年钻纸，深入不得出，出而昂首弥望，浩浩若烟海，古人经解创获，徘徊至晚节。护惜及身后，问世世仍未敢自信，故曰书肆，曰锐钤。梦元读经书，惊怖无极，毋论他经。文义谨严若《春秋》，非通《左氏传》能凿空乎？非旁通《公羊氏》《穀梁氏》能贯穿乎？文义如斯，笺疏、注解又属支派，举一经于诸经，俱难拾涓滴，可愧也已。

今年来，沉浸学古，心思有得，立题制辞，论、记、序、说，粗识津逮，根柢脉络，潜心阖辟，岂有不沿溯经训为语言者？夫语言是矣，果可庸说经欤？不能说经，犹有语言，逾愧也已。愧仍存之，进寸退尺，犹航断港绝潢，将何日学海得至海云？己丑重午，长沙桂丛寓馆自叙。

赠休宁戴东原先生震叙

陈梦元

通诸经群史，及其中天文地志、典章制度，并声音文字，所云识其大者，诂之确，辨之核，思之精，触类旁通，参伍错综，劳于记诵，遍于讲解，奔走于搜求，自隋、唐、宋、元、明，中间录写雕刻，脱落讹舛，倒乱蒙杂，相沿相混，苟且弃置，俱归于确且核，核且精。

精矣犹弗措于诂与辨与思，此惟无断续于节候物变，载车与船，契契通人，思问思难，剖心折肝，若阎，若顾，若毛，若朱，凄雨孤镫，寒神琢骨，冥冥窅窅，相证于陈纸书堆。古有才曰鬼曰仙，曾何足云，曾何足云？余年五十一，官于京师，遇先生，知先生之学，弗措于学问思辨之学。决先生之学之垂世久远，亦如百诗、宁人、西河、竹垞诸老之著述，光焰万丈。

回想为记诵，为讲解，为搜求，忽忽至今，殆三十余年，无一日有断续可摘罅漏，先生间为余述其大略，然即不言，半生心血，固炯炯于著述各种书纸上。今者病促元归，不得相从数数见。癸巳之秋，迄兹乙未之春，道义交财年余，先生既有赠行者之言，余安能言？言恐非所，则非所称，聊率臆而陈，曷敢书以为有协于前贤何以赠我之义？惟先生藏之，勿示人焉。乙未三月十又一日。

送家伯思本忠使黔省序

陈梦元

乾隆四十八年十月廿又一日，昌平伯思由户部郎中出使，视学黔中，道经湖南常德府之武陵，时余主讲书院，薄暮与伯思握手道故于驿馆，不觉别九年矣。

诘旦，伯思过院斋，出近作《大学》全部各章题时文十五篇，序、记各五篇，就余商较。尽一日夜目力心思，反覆读之，敬复诸伯思，为赠之言曰：人一生劳瘁精力，至发秃齿落，颛颛服习一事，衷无有不诚，诚则无不明，明则无不验诸外，未有不赫然出之以正大光昌者，此自然之理也。伯思之学邃矣，文醇乎醇矣。兹行也，或谓是邦人士，有逡巡莫敢窥望高且深者，然伯思之文具在，不求隐怪之理，不设诐遁之辞。凤凰芝草，贤愚皆以为美瑞。青天白日，奴隶亦知其清明。稻粱脍肉，未闻有嗜有不嗜者。孔子曰：可使由之，不可使知之。谓日用饮食之民耳。若犹是人士之于文章，当路之君子，简弃诡说，保任皇极，膺风示之责，可使人士由于正大光昌之经义，讵有不可使之尽心剖晰豪厘，于文章之道之所以为文章者哉？此又自然之符契也。

余与伯思，非一日之好也，伯思之文，亦非一世之文也。于兹之行，深勤跂望，要亦自任以文章之重之不容息肩也。

送刑部郎中姚姬传鼐南归序　陈梦元

自圣门卜氏子夏大贤有仕优则学之论，后世士大夫达于仕进，毋论位内位外，俱毋敢荒学。然唯宦于京师，务学较居多，间或游宴为娱乐，饮酒则歌诗，登高则作赋，退食自公，未有一日废书不观者。

若吾友桐城姚君官刑部，最为好学可敬者也。君于古书，无所不学，亦无体不习，其诗才清旷，词赋归雅驯。然君独喜为古文，有作不肯出以示人。尝语余曰：遐方异味，食恐生病，若稻粱菽粟，味淡而正，补益人元气，人周身所以为运行昼夜，恃有元气耳。天地之元气在太和，人身之元气在善养，雕琢刻削，而已亡有焉。自是知君所以语余者，在深造于经传中而自得之，君先得之，闭口而勿泄于人也。

今君归矣，余以病不能独留此地。君归有太夫人在堂，归而乐也，是一家之太和也。余归恸吾先人曷往乎？虽然有一日之学，即为吾父母一日之肖子，若天幸假吾以岁月之多，余更自矢不敢雕琢刻削，亏所受于天分，与所受吾父母身体发肤也。他时君在大江南北，或问讯余乎？余即举是语，敬复良友于湖山数千里之外，庶有以知吾之谨口而亦勿泄也。

赠林编修香海树蕃序　陈梦元

余与侯官林君香海，初相识在辛卯之八月，时香海官庶吉士，年才二十二。越明年，某尚书延入第宅教其子，甲午典浙闱乡试，为副考官。明年春二月，余以病告还湖南之攸。计与香海交好才四年。

余及见某尚书，雅相器重，延为子师，尚书负重望，非他翰林见器重者可与林君比。浙江人才所自出，主司者一日之间，屈百十才人奉为师，古所谓感恩有之，知己亦有之，是均以师席处，香海竟以一眇然少年膺之，乌得不津津乐道耶？然香海积学博，下笔敏，看书五行俱下，受之天分，夐绝于人，岂他少年所敢望？余将归，香海赠余诗曰：众星争夜景，孤月皓秋旻。并世谁同调，先生回绝尘。

因其房师姚君姬传而及余，余为古文辞，每商可否于姚君，香海游师门，由是深知余，诵诗叹为老成厚德，余愧乎其言，姚君足当之，非姚君乌得有门下士如香海，余何能舍斯人而浩然归也？乙未二月。

戴东原云：林君不负知己所言。

赠孔检讨㧑约广森叙

陈梦元

居官以读书为职，书日益多，官日益重，人莫不美之。曲阜孔君㧑约官翰林，为汉儒之学，勤于许叔重、郑康成之诂经。年少而志厉，才裕而气充。

余数过孔君，质所疑，能说之详，余曷敢及孔君百分之一，然予有感焉。自汉代章句渐疏，浮华相尚，遂至忿争，更相言告，亦有私行金货，定兰台桼书经字以合其私文，当时儒风，已如是之衰。嗟乎！诸经有师说，能勤而守之即奉以为家法。人家贤子弟，善听受祖父之言，惟默存诸心，熟践诸身，若持以为矜己饵誉之资，必无是情矣。余将归，就孔君为别，孔君固读书有家法者，为书所感者以赠，余窃愿孔君挽同志者交相厉，而得其所以报我焉。

案：自注云，孔㧑约用黄笔自评此序，惜失之。

徐石亭夫子八十寿序

王立槐

自古贤哲挺生，必萃山川清淑之气，而上应乎星精，而后其文章事业足以自寿而不敝。湖南居楚服上游，踞衡、岳洞庭之胜，上应鹑火，象居文明。

吾师石亭徐老夫子生于其间，弱冠补博士弟子员，登贤书，其为人傲岸壁立，不可一世。其于书无所不读，尤服膺于孔孟六经之旨。其所著述，多发儒先所未发。其为文则苏之雄，韩之大，柳之逸，欧、曾之醇也。其为诗则太白之豪放，工部之沉郁也。其服习于道德仁义，能识性命之统纪，达于治乱安危之故，而可施于政事，非徒剽窃科举之学，盖其降生者神也。使其举进士，列词垣，典司朝廷制作，必能辉煌至道，润色宏业。即居郎省，备献替，谠论嘉谟，必足以赞远猷，扶世道，泽被生民，其所设施，岂在寻常意计间哉？而皆不能以老，岂造物之丰其文章者，其力必有时而穷，必啬其遇而不使之发摅其事业欤？抑其位置别有在欤？

初先生下书楼，放洞庭，意气浩然，自谓宇宙事皆吾分内事，既而四上公车不第，备员海上，残芦败苇间，无所适其跬步。涓埃之报，未能自伸，居常发愤，至于嚼齿骂风，以赤手扑贪人之焰，而卒为所扼，被谴去官，时年五十有三。会圣天子扩宇西陲，俾得从简书之末，只身走万里，崎岖蜿蜷，日濒于危，而磊落奇伟之气，百炼而愈刚。比至幕府，故多材吏，先生以宿学知名，温司徒俾司振铎。是时大武告成，诞敷文教，地户寥廓，户口初开，先生柔其犷悍，扩其狉榛，穹庐毳幕之区，蒸蒸有士风焉。

在事三年，圣天子赐环归里，先生晨起焚香，东向稽首，与诸生揖别。布袍棕履，徒步入关，然先生之心，终以生当盛世，尺寸未展，每高楼酒罢，短笛横秋，未尝不睇空长啸也。是年岁在辛卯，恭逢圣母皇太后八旬大庆，献颂慈宁，诏复前职。明年二月，归家杜门扫迹，于今二十余年矣。某尝谓文章天地之元气，得之者其精光足以贯日月，动风云，其不可得而磨灭者，人固不得而磨灭之也。以先生之敦敏逊志，自负非常，而所遇幺魔万状，恩仇百变。若坠诸深渊，若投诸烈火，所往愈穷而神愈完。其学与识乃日广而愈深，其蓄积者多，无所发泄，而尽发于文章，其气之闭塞，若万夫操土，障怒河之下流，一决而不可遏。然则人能扼先生之身，而使之不得经纶雷雨，必不能厄先生之文，而使之不横绝古今也。而先生远矣，曾未数年，向之操戈持挺者，若微尘之没于风雨，而先生岿然独存，今且年登八十，适仲嗣发轫成均，都人士莫不掞藻摛华，颂冈陵，升崇阶，酌大斗，以为先生寿。

夫寿者，受也，彼厚福者，庸庸无所短长，何尝不引残年，称耆艾，然其以堂堂之岁月，委之茂林丰草，而我无所用之，岂曰能受？如先生乃可谓寿也。某忝门下，自愧功名偃蹇，不足以发先生之光，而先生之著述，实足以接汉、唐、宋斯文之统。藏之名山，传之其人，如金简玉函，久而宝贵，寿世寿年，当与衡岳、洞庭永峙长流而不敝也。然则先生之自寿者，以文不以年，而天实以年积先生之文，则天之所以寿先生，惟先生能受之以自寿也欤？

袁贞妇诗序

张正笏

断指旌心，古有之乎？曰：有之。广汉廖伯妻段氏纪配是也。古有之而今为之，其事非绝无仅有者。诗歌不为赘乎？曰：节义常道也，为其难而各成其是，故诗歌以美之。诗歌节义所以传也。

袁贞妇，衡山唐令女也，甫及笄，嫔于吾湘新溪次侯之长君宁让，生女仅六月而夫逝，年才二十一耳。服阕，有以改醮讽者，誓志，断左手一指，血淋沥捧视舅姑，见者酸鼻，而妇坦如也。逾两月宁让之兄生子，于呱呱中抚之承夫祧，冀以卒其志也。吁！若此者，视古段氏之节烈，岂有异乎哉？然段氏达于诗书，慕梁高行之义而砺其节。贞妇自任其性者也。

吾闻昆仑之上，有炎火之山，其地之物，烈火不能焚，然则禀性之贞者，虽金石岂足以喻之哉？夫贞妇之所处，人以为全其洁耳，而不知妇之濒于死而犹存者为存夫也。存夫之祀以存己之身，此指所以志也。夫从来不二心之臣，送往之日，切切于藐孤之属。不二心之妇，其作未亡人也，勤勤于式穀之似，如贞妇者，其率性而依于义者乎？即古段氏之达于诗书，亦无以过之矣。彼学士之诗歌，有不悉出于懿好之公乎哉？

夫其事可传，传以其事，固不以诗论，而要即贞妇之所以传也。余读其中有曰：我心若可回，此指当能续。虽则续指不回心，几见有瑕是良玉。有曰：若把须眉当巾帼，霁云激切乞师时。又曰：鸳枕当年不梦兰，可怜死易立孤难。阿新产后眉应展，摩抚何曾得泪干。可谓善道贞妇之志者矣。读其从叔有曰：仗节当思持节稳，毁躯只道保躯难。余又以知贞妇之节义，其有所激厉于家法而百年一日者乎？以视段氏之所谓生见礼义者，岂有异哉？

古云：彤管未挥，令闻不彰。非所以激扬贞风，然则诗歌之传播，即以备他日采风者见闻之征可也。余既弁其简首，复赓韵以美之，予其节，嘉其烈也。

楚风补序代太守吕公作　　陈益

余自丙寅来守长沙，搜辑郡志，得郡人廖大隐所汇次《楚风补》一书，上自禅通疏仡以来，数千百年，凡楚人之言韵而可风者皆在焉。

余嘉其业之慧，而惜其不得大力者吹嘘遍天下也。既厘定授之梓，乃题其首简曰：风何始乎？周以前无风也。《周礼·地官》诵训：道方志以诏观事。故天子燕寝，则陈列国之诗，今所传十五国《风》，盖准孔子删定为义耳。周道衰，孔子殁，继周而治者，峻堂廉，陋草野，上无太史輶轩之采，下各私其所学，陈诗之典阙焉。然则周以后亦无风也。前无风者，朴略之遗也，后无风者，矜尚之异也。今夫天地之气，日趋于文，南方适当离明之位，故其风日以竞。前此与世安其朴略，后此与世开其矜尚。衣冠俎豆，不祧先型，况骎骎乎江汉之声早导其源哉？

昔吴越无风，而其后《吴越春秋》《越绝书》之类，既补外史，楚当春秋时，亦有观射父能作训词，左史倚相能道训典，惜其书无传。屈子扬江汉之波，铿铿别调，中原承学之士，和者继声焉，其六义之终而变声之始乎？夫楚之风足以吹嘘天下也久矣，骚赋兴而三百篇之响无能续者，且亦不复为也。《传》称古诗三千余篇，风三之一耳，以成周封建之广，历年之远，而裒集不多，后世作者，一人之身，动至数千篇，是集所存，局于方隅，犹累累若此，则以合之天下之言，其倍蓰又何如也，岂其陈之为王朝之风则见少，秘之为专家之业反见多邪？于此又可观世变也。邵子云：自从删后，更无诗。则凡其叶金石，感鬼神者，皆可废矣。以为犹有诗，三百篇以前，三百篇以后，宜亦有关世道人心者，则是书之补风，讵同束皙补经之例也哉？

书凡若干卷，录自明止。其在国朝者，别为《楚诗纪》云。

楚诗纪序代

陈益

楚，予家三世宦游地，自予从祖宰武昌，从父宰溆浦，前后几二十年。继予先大父来典庚子乡试，其时重湖南北全辖，因南士迫洞庭之险，奏请分闱，先君亦由武昌观察晋蜀臬，而予今忝为长沙守，又适与江华宰从父同时。夫古之君子，出宰一方，则必于其一方之山川、人物、习俗，周知其美恶，然后可以达于政而有为。

自予髫壮时，饫闻先人诵说楚风，已悉梗概。兹奉天子命，历重湖而南，适守上游，昔之所闻，今之所见，将毋有同者，又何幸博征文献，而有廖氏《楚诗纪》一帙存也。本书踵《楚风补》纪之，起顺治乙酉，讫康熙癸酉，凡前此数十年山川之奠丽，人物之嬉泰，习俗之淳良，皆于一歌一咏见焉。

伏惟我朝廓清天宇，远近同风。楚，南服也，畸行瑰意之士，思觐耿光，制科初开，熊、刘二君子褎然举首，嗣是而黻休明、登令甲者，先后辉映。虽其显晦不齐，亦有穷苦阏塞之音，自嗟卑老，而烟云泉石中，得与友朋文酒相劳，一时野人女子，方外杂流，又多有摅幽绪、助群籁者。人生此数十年间，如阳初暾，如春初馥，不识不知，歌咏帝力，沨沨乎治世之音，集所纪者，可覆诵也。然予犹憾天下不皆为是书，使各志一方之胜，抑尤憾是书所纪，终廖氏见闻止耳。

今之楚犹昔之楚也，大湖南北仍统于制府，声教之浃洽，师友之渊源，将有进于是。珍文献之传者，其复继廖氏之业乎哉？昔予从祖司农公经楚中诗云：大造缘动静，山水有恒德。古之登临人，于兹见所得。读斯集者，诚津津乎见所得矣。抑独不知楚之人，于予家屡世宦游之绩，其民歌莱芜士咏菁莪者何若？而予则有不容已于楚者，故于是书亟表而布之。

楚风感兴诗序

陈益

人物之古今不能尽阅也，而精爽通之。山川之夷险不能尽历也，而跬步通之。其通之者亦学之余也。

麓门孙子，学蕲辅世，尝以昔之豪杰先天下而忧，后天下而乐，用志是不衰。己未成进士，授朗陵郡博，教成擢最，天子责民社焉。今年赴任关西，乃来湘中别故人，得读其所为《楚风感兴》四十章。噫！此可以观麓门之志矣，抑可以观麓门之学之通矣。《吊往》缅前型也，《企友》歆誉髦也，《审势》筹边略也，《闵俗》砥狂澜也，《卜遇》抚时命也，言隐而绪烦，要于世理不无补焉。然有进者，言天下事易，成天下事难，贤者不得志而求奋发有为，及得志而肤奏无成，毁其初节，往往不孚其言。麓门今且作县五千里外，平日之见见闻闻，思大酬其用者，将权舆此哉？

余故多其愿之素殷，而勉其实之能继也，辄题而赠之，非以其诗耳。诗曰：楚风者，事楚事，人楚人也。其不系于楚，而风之以楚者，诗楚诗也。称是以往，其所感于山川人物之变，又安穷哉？

汇韵园诗初集序

陈益

天有籁，谁能和之？人有籁，谁能倡之？有绪触天人者，而山水发其声矣。或曰：宇宙一旦莫也，尧舜之揖让，汤武之征诛，只可作杯酒棋局观，下此者无论矣。

今夫候虫时禽，自响自寂于旦莫之间，而人琐而不察，古今学人，堕此藩篱者不少，则介三子与我辈，正不必白眼放歌，聒此人间世也。虽然，人之自旦至莫，卧有鼾时，思有嚏时，喜有笑时，痛有号时，我辈谈诗，亦鼾也，嚏也，笑也，号也，宇宙间胡可少此一段公案哉？介三子尝学画，学琴，学弈矣，其为诗不染丹青而传神，阿堵有画趣。不按宫商而无弦，太古有琴趣。不矜胜负而间著，争先有弈趣。殆韵人韵事，合而成籁者乎？

尝忆往者督学习公，萃吾郡博雅之士，采录实学，余以枵腹厕其间，而介三子在焉。声响惊座上，风雷迅笔中，余心异之。其时盖总角也，越十年，邂逅旅中，乃猛然讶曰：异哉！黄九穷乎？眉何锁，容何蚀也。叩之则废蓼莪者近三年矣。既相与泣剖肝肠，又出其《汇韵园诗草》相质。吁！介三子其亦有不得其平而鸣乎？夫仁人孝子，謦欬不违乎亲，《汇韵园》数卷中，强半多毛里之痛，则宇宙间不可无谈诗一段公案，谈诗者又不可无介三子此段性情，吾是以于《汇韵园》之诗，舍其风月花鸟之篇而哀其志也。如介三子者，非所谓白眼放歌者矣。

予长介三子七年，学问不加益而铮铮之响较多，介三子惧其多而失也，方谋与同人典裘，为我先刻其《乐府》，然吾不能以此虚牝之掷累诸公也，姑以介三子集先之，天下慧心人，必将有和其籁而发其声者。

好古堂诗集序

陈益

物之显晦有时哉？龙泉、太阿，沉潜丰城狱底近十年，有望气者，指斗牛间紫气，知宝剑之精上烛，掘而得之，又取西山土拂拭之，光彩顿发。以此推神物之流传人间，非偶然也。

吾读彭苍水先生诗，三太息焉。先生溧阳人，家世膴仕。国初，伯兄秋水先生为滇南太守，从之官，昼参剧务，夜奉简毕。滇故多胜迹，昆明、金马、碧鸡之祠具在，每从游览燕赋，辄发奇响。已而西南乱起，乃万里怀粮，崎岖豺虎间，周履中外形势，往往发愤有作。要其旨归于忠厚，所与游多方外逸民，而亦时为贤公卿画策，为安天下计，劝之仕，掉头去之。乌乎！此先生之所以为诗也。

彭氏既家长沙，今四世，世以诗为业，有名，顾独不见先生诗。其从孙孚篆与予游，得先生手订《好古堂诗集》九卷，读之清明大雅，类不作宋元以下语。曩闻说诗者，叹彭苍水五言古独步，今观其五七古、近体皆善。其弁诗小序，纡委古致，叙事类左史，则所称善者又不独诗。又闻先生有南北分编若干卷，稿秘他氏未刻，今亦不传。乌乎！先生终不传哉？举世之为诗文者传，而先生不传，彭氏一家之诗传，而先生不传，望气者，知斗牛间紫气尚未射耳。

虽然，神物显晦，固有时也，孚篆非予故不轻示，盖善守者，谨藏以竢之。

天觋会序

陈益

里中诸君，倡六月六日之会。始丙辰，将与岁无极焉。益奉家君子命，执笔叙之曰：国家承平日久，桑梓谊洽，壶飧之会，非独伏腊留宾、春酒介寿已也。巾衫暇适，即景陶情，其人与事，皆有萧疏远兴焉，是可述而志也。

兹会之始，同人捐资为宴具，取其余薄息行之，意不在利也，而利亦逐岁而增，盖又有储社之义焉。岁一宴，周而复始。轮次之人，先期备药物，至则诸君脱巾衫，调面饵，归分啖儿，消暑导积，盖又有养生之道焉。是日也，天高气晶，薰风醉客，红簇山榴之焰，青环野稻之香，酒亭药圃，雅韵宜人。布袜芒鞋，幽情触绪。或谈世故，或悉家常。或较雨旸而数农功，或美雍熙而歌帝德。举觞白眼，多少高阳之雄。拄杖苍颜，四三绮里之季。吁嗟，乐哉！然而今日之老，昔日之壮也。今日之壮，异日之老也。

自今以始，岁有斯日，日有斯筵，预斯会者，则必相视笑曰：某岁是日，厥燥厥阴，厥风厥雷，何象也？某岁是日，厥旱厥涝，厥丰厥歉，何占也？某岁是日，厥吉厥凶，厥忧厥乐，何事也？某岁是日，望而来者，孰众孰独？候而至者，孰早孰迟？饮何家，杂何宾，列何肴，酣何度也？古所谓和亲康乐为一书者，其不在是乎哉？又况后之人抚杯棬而各思其祖父，油然孝弟之心，且于是乎生，风俗之醇，直将一变至道矣。

送周维扬兄弟应博学宏词科序

陈益

士之以术鸣世者，帖括一家，诗赋古文一家，兼而工者，寥寥也。

帖括自童子习至皓发不衰，而深醇雅劲，号称大家者，亦未多屈指。至于诗赋古文，半自英爽豪迈者树之帜焉。其胸中不可一世，网搜古今治乱、得失、邪正之迹，感触虫鱼、花鸟、山川之形，以陶写性情。盖巨灵运世谱，皇舆经世疏也。迂曲下士，莫究端倪，而望笔墨之河汉，鲜不反顾却走，且笑且怒矣。今世教子弟举业者，必先戒此，而眼界手掔，诚不作寻常观，必能探理窟于天根，步仙境于月窟，奚至如稼不可陶，梓不可范？两家门户，东西别哉？特才力有丰俭，故风气异齐鲁耳。

今天子雅意作人，诏自翰林以下至郡邑学生，有能企古司马相如、扬雄、李白、韩愈其人者，赴博学宏词科，而吾友周子维扬舄季将应其选，陈子授鞭而策之御曰：行哉！楚军其张也，海内不乏剧孟，聊以干将、莫邪试敌国锋，益从壁上观不落寞尔。维扬兄弟精举子业，以五经世其家，十弟辰远已玉堂初步，今复驰其诗赋古文之才，恋阙翩翩，则南方风雅，君一庭高踞哉？

行矣，虽然为良友进者，文章华国，鱼目混珠，朝廷以博学宏词征，必不仅以博学宏词用。求称其业，则忠荩凛朝夕焉。求阐其道，则圣贤有师保焉。昔君家茂叔倡学汝南，演《太极图说》为河洛宗旨，君其有意乎？濂溪一灯，千古光矣，选青之日，其以同异证白虎观。

云骥庄拾遗草序

黄立隆

元配秦孺人名邦淑，同邑知龙门县讳安镐公次女也。九岁失恃，时公久登乡荐，方膺选北上，虑无依托，素与吾父友善，遂缔姻且寄养焉。性闲静，朝夕侍吾母旁，未尝一出户外，女工针绣之余，嗜读古名媛诗传，粗释义，亦不求甚解，吾母益爱之。及笄后，既执妇礼，余家本寒素，益屏纷华，远服饰，躬操井臼，洁治盘餐，事堂上以敬，妯娌以和。晨昏佐读之下，尝励余曰：丈夫不穷则不达，贫乏不足萦怀，但期勿负饮食，虚度岁月，以贻父母忧。

居恒喜拈句，惟不多作，作亦辄毁，不欲外人见，以为巾帼非所重于吟哦也。余亦嘉其志而默之，以故平昔无一知者。己巳岁，余得列弟子员，越四年，谬膺贡选，特邀简命，出宰燕平。迎养于署，奉侍偕来，惟时少年筮仕，不学无术，催科抚字之外，竭蹶未遑，赖以助理，阃以内划然不紊。十年来哀号衰绖，同奔母丧，跋涉风尘，随余南北，人生艰苦之况，殆亦遍历。何天夺之惨？一朝遂萎。余方迫以王事，离家十日，相距仅百里，而迷离神脱之际，未尝一言永诀，伤心惨目有如是邪？嗟嗟！残月悲风，招魂肠断，因思传舍无常，拟于初秋归榇乡园，庶幽魂得安托焉。检拾针笥，忽见长律十章，自述平生所历之境，读至终篇，泫然涕下。呜呼！岂其机之先见，而谶语忽出诸口邪？平生偶作，稿不一留，独存此十章，意谓三十年来不能已于言者，恐子女幼小，久而失真，故自述其事，以待成人时知其母之艰苦备尝邪？或者存以勖余，为忠臣，为孝子，毋忘糟糠之旧邪？抑或者离形之骤，而不及自毁邪？

呜呼，伤哉！夫巾帼诚不以文字重，亦不必以文字传，第其意清真，其音凄切，余不欲没其素常，故略叙其大概并付诸梓，以乞当世士大夫先生俯采择之，俾赐如椽之笔以光泉壤，存殁均感。乾隆二十九年，岁次甲申五月，宁乡黄立隆识。

案：定之先生，以选贡官至大名知府，他文未见，此篇见于其孙本骥《三长物斋文略》中，因为录出。《遗草》在当时，名公题咏甚多，而湖南诸公之作，多《沅湘耆旧集》所未载，爰附录存之。

长沙罗公源汉曰：秦箫凄断旧音声，剩草无多剧有情。自是降真回上界，谁知夙世占诗名？十年佐政勤劬在，七字流传感慨生。白马滩前还属耳，可能遥夜警鸡鸣。

长沙罗公裕远曰：回肠凄断江淹赋，泪湿兰帏永诀期。十载风霜劳内助，一生心事在遗诗。魂依燕北妆台月，梦冷湘南玉树枝。他日史中传淑则，名齐锺郝可堪思。

长沙刘公校之曰：阃范由来匹孟桓，花封月阙堕江寒。餐兰佩芷风犹在，咏菊铭椒墨未干。一卷遗编伤化蝶，卅年愁绪怅骖鸾。重吟绣阁知何似，声绕潺湲白马滩。

长沙刘公权之曰：宝婺无光素旐旋，琴堂谁共理朱弦。秦箫缥缈留遗韵，谢柳低迷剩彩笺。泪化琼瑰惊此日，名书彤管重他年。香奁应补离鸾操，曲奏青城紫府边。

醴陵张公邦柱曰：清吟肯与外人知，底事流传箧里诗。应是精华难泯灭，故教神物为呵持。回文锦灿苏娘字，飞絮风生谢女辞。乡路欲归归不得，迷离犹切苳臣规。比翼鸳鸣锦水波，十年冰蘖饱经过。班姬自解裁箴史，鲍妇犹闻却绮罗。白日彩云看易散，秋风红豆怨偏多。鸾弦罢御清音渺，奉倩情钟可奈何。

湘潭张公世渌曰：内则芳徽杳莫攀，珠沉碧海玉埋山。诗吟柳絮香分谢，史续兰台艳是班。三十年伤新岁月，四千里忆旧乡关。楚南燕北成幽梦，伫望秦楼彩凤还。鼓盆声断忆当年，又见檀郎泪泫然。花县何人簪宝髻，琴堂无伴拨冰弦。芙蓉帐冷留遗挂，孔雀屏封护彩笺。他日輶轩到瀛水，定将列女传中传。

湘潭刘公亨地曰：才同谢女正华年，官阁酬诗好并肩。岂意臼炊占旅梦，空留血泪染云笺。花开满县簪谁鬓？琴抚中宵恸旧弦。素旐飘飘随逝水，沩江落月意怆然。

湘潭罗公典曰：日出秦楼渐晓时，东方千骑怨归迟。竟床花簟经秋觉，拂地湘帘有月知。每以通家闻淑德，转从残箧见遗诗。瀛洲亦是伤心地，莫更登楼怅别离。

衡山文公光朝曰：空帏遗挂落香尘，余韵犹传兰蕙身。北帝招魂修女史，黄庭参座并夫人。吹残葭管三更月，望断梅花万树春。阃范何须同谱誉，紫泥书降叠枫宸。

祁阳陈公绳祖曰：云路鸾车杳，秋风繐幕寒。珠玑遗墨在，冰雪蠹鱼干。万里魂何倚，三春梦忽残。辛勤劳内助，廿载共郎官。晓月思妆镜，孤鸾失后期。家风留肃穆，仙驭已迷离。白马滩声咽，黄山蕙草悲。可怜荀奉倩，凄断鬓成丝。

其《遗草》十首，则《沅湘集》已录矣。汝怀附记。

送郡伯李峨峰序

林学易

陶士行刺荆州，终日敛膝，事无遗漏，而笔翰如流。伊川先生之言曰：稽古爱民，于为政也何有？盖惟稽古之人，仁民爱物，不遗余力。正与运甓同意，非伊川不能言，非士行不能为也。

我衡郡伯李峨峰先生，起家进士，粹然儒者，以政最擢守剧郡，洊历闽楚，所至惠政旁敷，口碑载道。乾隆戊子秋杪，摄篆吾衡，甫下车，剔弊除奸，兴废举坠，巨细毕张。尤以教化风俗为兢兢，每有规画，设诚致行，三月之间，声驰七邑。见者闻者，咸鼓舞踊跃于不自知，化亦神矣。而公余偶暇，诸所建置，悉述以文，根柢义理，不以语言文字为工，视陶士行之书疏，殆又过之。而心劳抚字，约己惠人，惟日不足，则又不但习勤而已。

伊川所谓惟稽古者能爱民，非我公其孰克当之乎？惜莅郡未久，遽携琴鹤以去，此则衡人士所卧辙攀辕无可如何者。虽然，贤人君子，游踪暂憩，人犹欣慕流连勿衰，况公之雅化，实被吾衡，善政善教，历历可数，则其所以留棠荫而系遐思者，又曷有穷期哉？当与士行之宦迹，伊川之著论，并垂不朽矣。

湖南文征　卷六十八

序十三

檀弓庖厨序

刘绍濂

评书不得已也，在今日而评书，有何不得已者，为注，为疏，为传解，为辑释，为纂言、集说，源于汉，派于唐，衍于宋，溢于元明，后之人奉筌、蹄而求鱼、兔，鱼、兔当无虑不得之矣。乃复濡颖研思，思欲出手眼以领新标异，故于筌、蹄外夺所为筌、蹄，则彼已餍鱼而宝筌，啖兔而珍蹄，即盛心觍缕道之，曰非所谓鱼也，非所谓兔也，自有其鱼、兔者，矞游趹居于墨行中，而未始一献也。彼将反其数年，稍稍所得内自思曰：果皆非邪？何以吾腹若果甚，而又将朵吾颐邪？亦不信之矣。

予壬戌来岳麓，不能潜心理学，从朱张游，翻阅旧籍，妄有丹黄，都未成书，独《檀弓》有素癖，评批过多。甲子，文场战北，搜箧思卒其业，重加斟酌，将谋梓，窃思《檀弓》典要书也，核理精而极其变，辨器严而剖其类，纪事简而括其实，与《仪礼》《周礼》诸书相发明，先儒列于《戴记》，陈澔有集说行世，其义详矣尽矣，特是其文之妙，犹未拈出，盖彼诂经此言文，其势固不得并也。余尝推尊，以为足并《左》《国》《公》《榖》，当有单本行世。选古文家第登刻一二，访诸书贾皆无，此固管、蠡之过，宜痛自砭者。爰是缓视微吟数十过，遇有所得，鱼邪？兔邪？可以付之庖厨而尝之邪？今夫大泽之内，深山之中，以游以泳，不角不牙，叉尾而斑鳞，缺口而长须者多矣，取用固不尽也，得者人能辨之，斯必罄其有遗类为足极山泽之藏，片鳞数羽，又何足以夸得邪？

夫《檀弓》大泽也，深山也，余奉故筌、蹄有得而未敢足也。开卷而读，掩卷而思，循环凡几，心中若与曩者异。乃新其筌、蹄，而善所以置筌、蹄之处。善乎杜赫之言曰：张罗者，张于无鸟之所，则终日无所得，张于多鸟处，则又骇鸟，必张于有鸟无鸟之际，然后能多得鸟。此其筌、蹄之所由新也夫，此其置筌、蹄之秘妙钵传也夫？颜曰《庖厨》，私盖有取尔也，世之人以为鱼、兔则鱼、兔之矣，以为筌、蹄，则亦筌、蹄之矣，而回视余《庖厨》，固芬馥自若也。

老庄别言序

刘绍濂

省斋主人闻之副墨之子曰：孔师老，孟不辟庄。又庄源出西河，孔孟从同，老庄从同。又闻之洛诵之孙曰：老庄与圣教将毋同。主人曰：云孔同老，万世之人不许。云老同孔，老亦不许。云孟同庄，万世之人不许。云庄同孟，庄亦不许。然则云老庄同乎？老庄亦不许。同矣，又奚云不同？不同矣，又奚云同？老不同老矣云同，庄不同庄矣云同，孔孟不同孔孟矣，不云者同，云者不同。

田从宵驱犴而獠，于姑逢之山得二狐，举火烛之，曰狐也。又有兽鸣于薮中，嗷嗷不绝，犴冲之而出，遂中机辟，田从烛其形，群曰狐。从曰：是獙獙也，有翼似狐。夫獙獙则獙獙矣，胡似之云？老庄则老庄矣，胡同之云？

省斋主人既撮录老庄成，颜曰《别言》，或者不知以为外之，而曰子之别有别说乎？主人曰：别云者，非外老庄也，别老庄也，别老庄者，还老庄也，老庄别，故别之，亦犹宋儒书粹故粹之。或曰：有言也者，有未始有言也者，有未始有夫未始有言也者。

有别也者，有未始有别也者，有未始有夫未始有别也者。子知之乎？主人无以应，而卒无以易其别之说。

性理粹言序

刘绍濂

人文布帛，亦文绮罗。人味菽粟，亦味刍豢。然则布帛无择文，菽粟无择味，文绮罗者，或虚终身，味刍豢者，或歉终身。一日不布帛菽粟，则寒而馁，则不可以终日。夫布帛文也，绮罗未为文也，菽粟味也，刍豢未为味也。宋儒之文，布帛也。宋儒之文之味，菽粟也。理皆自所体而得，心又如其印而合，以陷溺之衷与之对，则黖黯龃龉，致多鄙屑，以平旦之气与之迎，则有叹先得我心者矣。

濂幼爱读其书，逮长茫然，然观诸名家文，根极其一二语，便自卓然名于世。桐城方灵皋尤其较者。濂既不能朝夕涵濡，体验于日用之际，以养其心。又不能搜索强诵，浃洽于心口之间，以发为文。费精神于无益，而无数布帛菽粟，不为我御寒而疗馁。

濂惧终身无一言之几于道也，丁卯春，复检录之，与诸同志共励此道，然聚无数布帛菽粟于其间，而终不获被我体，实我腹，毋宁表里继袢，一日三粲而果然也。是说也，朱子尝以为伊川程子赞，而吾取以弁吾《性理粹言》。

海东札记序

刘亨地

六合以外，圣人有所不知，不知之则不敢言之也。东坡官登州，五日而将去，以不见海市为憾，祷于神而得见，乃作诗歌以纪之。故凡风土人情之变，山川草木之奇，属在海隅，非中土可例，不身亲其地而历有年所，其能了然于心胸，笔之于简册乎？

吾友朱君砚北为台湾司马，三年秩满来京，出《海东札记》一编见示。夫台之隶我版图久矣，官斯土者，孰不真知之而能言之，顾待君援笔以记乎？盖四海内外，其丽于天与丽于地者，有同有不同，人生于其间，性情嗜好亦因之各别。每览夫方舆所载，千态万状，觉胸中奇奥之气，勃然而生，未尝不叹宇宙之风景，皆乾坤清气酝酿而成，即天地之大文也，欲得难状之景而录之成文，非才学识之兼全，岂能文天地之大文哉？

君为吾楚名元，自为诸生时，吾即钦其学之博，才之长。年来宦游四方，又足增其识，故所著《畲经堂诗集》，早为骚坛所推重，而其作是编也，统之以八门，厘之为四卷，万类洪纤，觌缕备载，体物之工，不啻偃师化人之戏。至于御民有道，立政有方，则经济之老成，尤足为后之守土法，宁第斯文之必待君而成哉？

君与吾少圃兄为同年友，君甫自台归，吾兄即往宰凤邑，君其寄一编与吾兄读之，亦可奉为前事之师云。乾隆癸巳仲冬月下浣八日。

唐诗矩矱序

方应和

乾隆二十二年，特命春秋两闱，易表判为诗，下逮岁科童子试，亦增排律一首，于是海内之士，彬彬然调商协徵，扢雅扬风，咸讲贯于声韵之学矣。

窃稽以诗选士，肇自李唐，其时上以此求，下以此应，三百余年来，虽有初、盛、中、晚之别，而后先媲美，争妍竞爽，讴歌之盛，洵旷代所未有也。学者相逢文治光华之时，幸遇诗教昌明之会，所借为赓拜之资者，舍唐诗奚以作胚胎乎？惟是诸家林立，蔓引枝繁，使贪多务得，采择不精，譬之屏羁衔而御马，废篙枻而扬舲。当其漂泊中流，驰驱周道，纵意所之，非不足快。究之畔岸茫茫，磬控无术，其不至覆舟踅驾者，几何哉？

吾弟德辉，髫年嗜学，未冠能文，旁工吟咏，因综唐人应制排律，裒集若干首，大抵堂皇冠冕，典赡精详。音调则玉节金和，局度则鸾停鹄峙。蕴藉则平山远水，婉折宜人。鲜丽则露萼晴葩，芳菲满目。其轻俗瘦寒，牛鬼蛇神，翦红刻翠，概不与焉，诚场屋中之矩矱也。吾弟由此潜心探索，含咀英华，和其声以鸣国家之盛，行见龙门夺锦，凤沼挥豪，遭际之荣，知必不让前贤矣。

谘余录序

何光晟

宵《雅》之三篇，备陈诹谋询度，盖美使臣之贤劳，叔孙穆子所言获五善者此也，然贱如原隰，微如皇华，且寄情焉。以周谘而不忘赋物，名乡风雅，率类是耳，而不谓隰与华，且得附《征夫》以传于不朽也。蒲邑万年庵，为使车经驻之地，前明董宗伯题曰歇心处。我朝吴文恪公《士玉咏歌》以纪其事。继此名公巨卿，属和者踵相接也。金薤琳琅，辉煌斗室，楚北传美谈焉。

余莅斯土，宝贵之，并思所以永之而未暇。丙申冬，湖南观察梁冲泉夫子过此，顾余曰：邑有名胜，而子任其散佚，可乎？余瞿然对曰：是晟心也。爰录以付梓焉。夫蒲圻岩邑也，万年荒庵也，名不如澧镐、鄠杜之丽，迹不若虎丘、西湖之奇，而顾乞灵于名士之风流，以光昭其胜迹，是亦犹隰与华之得附《征夫》以传于不朽也。遭何幸乎？乃知兰亭之清湍修竹，无右军不显。愚溪之嘉木异石，无柳州不名。陋室之苔绿草青，无梦得不著。

嗟乎！岩穴瑰异之才，非附青云之士，亦无能声施后世，光何以异是哉？乾隆丁酉孟春人日。

案：《谘余录》未见刻本，向从市肆得一钞本，于万年庵歇心处三字匾皆有图绘。诗自吴荆山先生后，和者甚多，刘石庵、翁覃溪两公倡和，翁诗载《复初斋集》，南园钱公诗可补其集之遗。若蒲圻未有此本，则当补刻以存掌故。汝怀附记。

归震川先生全集序

刘权之

余少时习举子业，先君子选有明制义三百篇授读，曰：文章之矩矱尽于是，文章之变化亦极于是。内如震川先生文，能善学之，则由是而进于唐宋，由是而进于西京，无所不可，但无门径可寻。其殆胎息龙门而与古俱化者欤？

因而反覆玩味，见其浑灏流转，运单行于排比中，实有风水相遭之妙，惜未得窥其全豹焉。后值国家稽古右文，开四库馆，余适怀铅握椠，幸厕编摩之末，始得见先生曾孙庄所刻全集，读其文，叹其遇，并悉其于举世波靡之日，独力支拄，卒能使宗北地信阳之说，剽劙古人者屏息而慴伏焉。孟子所谓豪杰之士，非先生其人乎？

及余督学大江南北，先生七世族孙梅圃观察，取嘉定张朴村续辑，及家藏余集并刻之。盖后人视先生单词只字，皆应如吉光片羽，因汇为一编，属序于余。余何足以序先生之文？先生之文又何取乎余序？余即序之，又何当乎先生之文？非惟余序之无当乎先生之文，即当时之序而传之者，亦未必能深知先生之文。自古圣贤有自得之处，旁观之推测无论矣。即及门高弟子，朝夕与居，心领神会于微者，偶尔感发，欲形容其所造之境，终觉惝恍而无据，未免意可到而口不能宣。倘以身设教之余，自道其一二语，每亲切而有味。学问一途，大抵如斯。先生序《项思尧集》，谓文章天地之元气，得之者其气直与天地同流。又序雍里先生集，谓文者道之形也，道形而为文，其言实与道称。所以先生集中，辨别义理，发挥经济，洞中窾要，有见于道，而气又足以副之。

余无以序先生之文，举先生自道之语，还以为先生文集之序，庶有当欤？不然，以王司寇之才大学博，至晚年而始有悔心，四海茫茫，独于张文毅公惓惓不已，非仅笃于师门，平生仅有此一知己耳。何况数百年之后，率尔操觚，竟欲举数行文字以为先生重，何其不自量也！质之梅圃，以为何如。嘉庆四年己未首夏。

杓稿序

刘校之

由湘江溯攸溪，潆洄石濑，波兴伏不怒，窅然岸曲，每折秀绝。峰崧岭插，若龟，若凤，若鸾，若司空披《水经》图志，又知古云阴山，与天柱、紫盖、石廪，气延脉注，徘徊瞻眺，知是中大有人在。明代如易浯池、陈开之、陈逸子、陈史占，俱有诗歌翰墨流落人间，传者焯烁瑰玮，不传者湮沉何限。

前辈体斋先生踵起特峙，汲古嗜学，京都归来，里门杜足，益钻仰典训，掷笔破的，苦心汉魏，《杓稿》数千篇，端倪轩豁，正未敢师心著述，往复商订，促以付梓。前辈敛退就懦，作而言曰：吾邑古笔学博，如同姓桃文先生，其古文、古诗，缄囊固箧，生前秘不肯示人，我而张诸如妄何？噫嘻！惴惴小心，如临于谷。学然后知不足，前辈此意，正愿挈后进廪廪持以共勖焉。己丑夏仲。

习是斋古文序

蔡璨

巉岩绝巘，人迹不到之区，天下称奇境者也。而通都大邑，平原广野，则民生、居室、耕作、通易之所必资。驼峰、豹胎、蝤蛑、江瑶柱，天下称奇味者也，而有食有不食，多食或发人疾，不若稻粱菽麦、瓜壶果蓏之益人。而韩子曰：无当世之怪，必无后世之传。余始读而疑，及徐而味之，乃知公所谓怪，为小夫曲士狂走嚱嚼者言之，所谓传，则后世有述之类，非谓世士趋好之有异同也。

汾湖舫斋陈先生，少倜傥有奇气，负文武才，既于世无所遇，乃闭户读书者殆十年，暨于中岁忽好老氏家言，得《参同》古本注之，旁及方书、佛氏诸语，无不贯通。余与先生生同邑，而又通家世好，凡先生之生平，既耳熟而心维之者久矣。今岁清明前三日，篮舆赴青山拜先人墓，遭使者于路，泥踝喘汗，怀中出一缄，披视则先生古文一集也。手书诫余为序，袖底墓舍，私心窃计，先生之文章才力，自应过人，而以前所闻，验今所见，其必有驰骋谲瑰，不可方物者存于其中乎？夜既静，挑镫读之，则见其纡余质悫，欿然若不欲有所惊炫于人者。明日又读之，而议论通达，动中窾要，杂传、小记，皆有微意深旨。至于《说易》《论命》诸篇，尤足见其得力之所存，庶乎因文见道者，然后叹贤者之用心不可测也。昔张、邵诸子，一代儒宗，发为文词，足以经世立教，其先皆旁入乎百家二氏之说，已乃求之六经，深造自得。然则先生所以自得者，可钦也已。夫以先生之才，而又旁涉百家，奇踪殊嗜，何不可恣意而出之？而所精择而存者，乃必斤斤乎于道有合焉而后已也。

登巉崖，陟绝巘，穷历险阻，归而趺足隐几，穷水陆之珍，扪腹醉饱，反而甘蔬茹糗，道固如是耳，因为之序而归之。使夫读先生文者，知先生之综博群语，断断一范于正，譬犹蛟龙行地，溪壑狭曲，木石挂碍，相迎以解，麟角无有害也。世之狂走巉嚼者，㴑然亦可以返矣。

琴城酬赠诗序

张九钺

余二十年客豫章，多交南丰士。又十一年摄南丰邑篆，又十四年戊戌秋，以访人过南丰，淹留六十余日。南丰连五岭脊，踞盱江上游，军山雄秀，插霄汉。产魁奇特达之材，皆秉曾氏经术。文章以朴茂深醇相尚，又为程山讲学地，重节义，扶伦教，毁誉无私，犹存三代遗直。长吏能刚大光明，恭俭慈惠，不怵以势，则云合飙举，甘赴汤火，效死力。间有桀黠者，人皆不齿。卒愧悟恂恂服教。

余初摄篆时，主童子试，苞苴竿牍，皆杜绝咸直之。暇时与能文者互相切劘，杯酒往还，淋漓跌宕，若忘其为长吏也者。今重来，望军山晴翠欲滴，如故人迎揖。邑人迎余馆旧嘉禾书院，朝夕迭相陪从，军山曾早白处士，时年七十八，亦怀诗数步行至，白首相对，雄谈博论，至夜分余倦，众方散。家酿，埘鸡，网鱼，烹黍，惟恐余之不至。余归舣舟，资政桥下，则又携具寺中，喧偃赌胜，夹道争相望羡，若忘其为旅人也者。

先是，邑歉收，民艰于食，余请平粜，四方携老挈幼来者万余人。部例大邑存七粜三，余计就食人数，粜几过半，上官下檄切责，幕中人咸病余，余曰：积贮，民命也。墨守旧例，坐视民饿死，非所以广皇仁。余不贪穮秕，不徼余利，万一为民食受罚，不负君，不负亲，其荣多矣。上官廉知无他，浮议亦息。仓米不敷粜，则劝义绅襄事，给牒赴丰境售米，运先至者给匾额旌之。米麇至早稻亦渐登场，讫事，万余人无一尯陨者。兹乡民闻余来，拥舆候颜色相慰劳。有执余手叹泣者，曰：非公，吾等早为饿鬼矣。

余浮家豫章城，食指繁，绅士多赠米储诸舟，市肆传帖，有以霉湿米售余者，查出公罚。时民禁米出境，截江严守，独护余舟行，并飞帖沿江放行无阻。语云：山之民多仁。余何德于民？亦赖邑诸君子不以俗吏视之而已。因集余酬和及众赠行诗为一集，使知今世存直道、敦古处者，尚有南丰诸君子也。

送阮见亭游蜀序

张九钺

汉阳阮子，舣舟章水之滨，将归省母，遂为西川幕府游。其友张子曰：壮哉，此游！阮子之学，于是乎将适于用矣。

今夫幕府者，天下磨炼人材之地也，士抱魁奇材，贯串古今之学，思见用于世，试官矩矱，不足为束缚。又不屑抱残穿蠹，疲其精神于无用之所，于是出之幕府，为人佐理，借其出号施令，纾生平裕国足民之学，阴以见用于天下。当夫犯霜露，冒寒暑，出入蛟龙虎豹，崎岖而后达，既荷礼遇，思竭报效，刿心钵胃，管秃席敝，以求理之当事之合，盖亦劳且苦矣。及智谋渍涌，中乎机宜，挥洒如意，熟而巧生焉，进则可以坐言者起行，退亦称巨手通材，为天下倚仗。故幕府失其人，虽豪杰经营而不足。幕府得其佐，虽庸材安镇而有余。吾故曰磨炼人材之地也。

西川古节相所回翔，人以登幕府为荣，然南诏、吐蕃素苦边衅，今天子神圣文武，奉天讨罪，削平两金川，归我图籍。军兴甫定，大吏筹善后事，需佐理甚急，士乐以长材自见，而阮子之游，适际其时。夫承流宣化，劳民劝相者，有司之事也。坐堂皇，召僚属而谋，绘山川而计，嘉谟嘉猷，赞密勿而布之，大吏之事也。若夫抚绥招徕何以遍，耕垦肥确何以较，勾稽宽严何以济，险阨轻重何以守，声势联络何以周，条分缕晰，播之文告，以行远而垂令甲，则非幕府不为功。操三寸柔翰，指画数千里外，缮一奏，削一牍，适如引助者所欲行，又不可窥意旨以为迎合，使令出而俗不惊，言赡而事不扰，流顺民心，而无束湿锲薄之弊，责綦重矣，抑亦荣矣，阮子勉乎哉！

司马德操有言：儒生俗吏，岂识时务？识时务者在乎俊杰。所谓识时务者，谓其可适于用也。是故合乎昔者不可通乎今，利乎内者不可施乎外，反是胶柱鼓瑟，欲速见利，必病民而偾事。且夫善于用者，在度其时、乘其势、审其机而已。郢人误书举烛，而燕相取之以治燕。不龟手之药，或裂地而封，或不免于洴澼绕，用之所宜异也。余尝论为幕府之道有三：曰静，曰慎，曰毅。静则不自乱而识定，慎则不自恃而材正，毅则不自贬屈而气直，兼此三者，则亦何适而不可？阮子间关万里，谋潃灩之丰，将振尚书比部之遗业，以报国者报亲，必自无误其用，无滞其用始，阮子勉乎哉！

昔杜少陵《幕府》诸诗，洞悉边务，然多羁愁之音，阮子当版图式廓，山川和乐，收巫峡、雪山、云栈之壮气为诗，必铿鍧广大，与少陵异曲同工，寄余读之，亦以觇阮子之以用为学矣。阮子行乎哉！

新安吕方伯濯桐斋时文序

张九钺

余自束发入太学，从当世名卿耆儒游，因得纵观流传制艺。

窃谓五十年以前之文多尚法，五十年以后之文多尚才。尚法者奉先民遗矱，以理为宗，毋敢放言高论，循循焉禀经酌雅，求铢两之悉称，藏锋韬颖，而言才者莫或出乎范围焉。而世家大族之文，守其高、曾之矩，父兄师友之训，则又务以雍容朴茂、酝酿深厚为上，以故出而应试，莫不各有事功以自见，盖沐浴于国家教育者深，而山川钟灵于是独厚也。

河南吕氏，宋时一门鼎盛，史有中原文献之称。明末，忠节公以理学德业为文章，临难捐躯，大节炳千古，又不仅以语言文字传。入国朝，子孙如侍御、司农、光禄诸公，彬彬继起，立朝丰采，符人望，而著述宏富，和其声以鸣盛，于是天下言中州文者，必推新安吕氏。司农哲嗣桐斋先生，天才卓荦，学术渊雅，早掇科第，服古入官，以事功表著。余曩游长沙幕府，稍稍读吕氏先人集，钦其家学，得耳先生政绩，顾未能遂展谒。老客东都，与先生嗣君寸田交。寸田诗文，才气横溢而轨于法，余心折焉。访余周南讲院，出先生《濯桐斋时文》，受而读之，其文言必六艺，理必先儒，秉正鹄以发有的，不屑刿心钵胃，钩章棘句，而深醇之气，油然楮墨之表。仁义之人，其言蔼如。余所谓五十年以前尚法者，益于先生见之。盖其先世德业节烈之所涵濡者广且大，而吕氏于河岳精灵，尤为独萃矣。

寸田将刻先生诗文，諈余为序，余何能测其涯涘？顾自少至老，于文字中饱阅天下世家盛衰之故，见向之鸿骞鹊起者，精华皆竭，而吕氏一家，光焰犹奕奕宇宙间，本之盛者枝茂，韩子之言不诬也。昔宋吴兴汪问集谢安以下十六人诗，为《谢氏兰玉集》，而吕氏中原文献，惜当时未有汇而编之者。余学殖荒落，其言无足为重，寸田交游半天下，其请诸宿学巨眼，自忠烈公而下，及一家弟侄之文，合为一集，流布海内，庶足以彰国运家学之盛，而先生此刻，尤其椎轮也夫。

杜诗集说序

张九钺

注杜诗者，自宋九家以后，亡虑数十家，率皆牵附史事，强合诗旨，使杜公忠爱之忱，流为怨诽讥刺，大伤温柔敦厚之教。而学诗者，又徒摘其某句某字之工为摹仿，买椟还珠，千古同病，然所说不同，虽瑕瑜互见，又可为以意逆志之助。惜无好学深思者，荟诸说之大成，折衷焉而归于至当，使读者开卷了然，是又非见闻之洽，藏弆之富，岁月之远不能也。

槜李江孟亭先生，绩学殚闻，以诗古文辞雄齐吴幕府间，于杜集有深嗜，悯诸家之说泛滥无归也，乃出箧衍所藏宋、元、明及国朝注本，去其踳驳，存其醇粹，条于诗后。阐明大意而不失之简，分载疏注而不失之繁。间以己意参酌其间，曰《杜诗集说》，诸家之论，庶乎少定矣。捐馆后，哲嗣澹如，既以先生所注《曝书亭集》付梓，而是书亦次第蒇事。书一出而观者称快，争欲得为枕中鸿宝，信乎杜氏之功臣也。杜公宗武见于公诗者，曰诵得老夫诗，曰熟精《文选》理，然于公卒不闻有传述。澹如奔走衣食，能缩其脩脯所入，以成未竟之业，展卷而先生精神跃跃豪楮，是杜公不能得之于宗武者，先生得之于澹如，诚可为艺苑中增佳话矣。

是时金坛于君晴川，亦以所集文选评本开雕粤城，赠余一编，吴越诸君子好学汲古，如饥渴之于饮食，而澹如克承先志，嘉惠来学，其用意尤深。将度岭归，急援笔而序之。

耿湘门素舫斋诗集序

张九钺

往余兄甄斋，与诸名士赋诗黄鹤楼，长沙耿君湘门在座，年十岁，众方绕柱吟，君摇笔立就，踔厉风发，举座大惊。甄斋数为余兄弟言湘门能，余十二岁赋《岳麓六朝松歌》，君兄宪侯惊叹为太白复出，言惜子不遇湘门。后闻君弃举子业，缚袴褶北走燕东之白下钱塘，诗筒酒碗，常屈其座，人群曰：是楚豪不可当也。宪侯亦别去三十余年不相闻，而天下耳中意中，皆惝恍欲遇湘门。

余自京师归，大雪登黄鹤楼，望山川苍莽，思得一奇伟非常之人，相与呼酒赋诗以当之，不可得，而湘门方以诗雄于岭南，新安汪先生筠川、武林杭先生堇浦，皆与君交深。君又交岭南何先生西池、陈君祝三、冯君箕村，诗笺碑版，照耀海峤，零纨断墨，得者藏弃为荣。甄斋至岭南，与君唱酬最密，时君已浮家海上，甄斋归，言湘门甚思见弟也。又言君居幕府，数画奇策，中民瘼，高州山瘠，不可治，大吏以报垦多课最，邑浮报四万余亩，君力持之，会朝廷下朱文恪公遗疏，议得核除，君大喜，按册立删一万余亩，主者有难色，君声泪俱下，议上竟报可，而君亦投笔归。又言君近事盐策，出心计赢万余金，急友难，挥斥过半，更大折阅橐垂尽。

君浩歌不辍，余今年来岭南，甄斋与宪侯先后下世，君亦垂垂老矣。余急欲见君，君方卧病谢客，阍人执刺辞，忽闻余至，狂喜呼长君，迎余素舫斋，两童舁君出，秉烛望颜色，执手且呜咽，曰：不图晚年得见子也。自是日数次至，把酒击钵，因得尽读君生平诗。君以诗书为嘉谷，以山川为性情，以朋友为心膂，羊城岭海雄阔，尉陀、陆贾之遗墟，五子三家之流韵，珍花怪石，云蔚霞椴，君乐而安之。枕濠作斋，皮书万卷，以著述自娱。其诗标举风会，俯仰身世，鲸呿鳌掷，横绝一时，兼有杜、韩、苏、陆之长。时何、陈二君皆殁，君与箕村交，余携家具，买舟泛珠江，登越王台。君坐篮舆，负养和以从，辄游辄读，君诗不释手，独怪君五十年前使屈首场屋，才华经济如锥出囊，必能吐其奇，立功名万里外，乃奔走衣食，浮沉岭峤数十年，以寓公老，徒发为诗歌，则何也？然使君仅博一第，其诗未必如此工。天不幸使君怀才负气，侘傺抑郁以老。又幸而付之以才，幻之以境，使魁闳轮囷之气，蓬郁毕发，金精珠光，不可磨灭。天下不得见君者，读君之诗，如虎豹在山，蛟龙在渊，隐然有奇伟非常之想于岭南峤北间。呜乎！此则君之诗所以工也。

余交天下贤豪多而真挚伉爽无逾君，将北归，君赠余长句数千言，愧不敢当。私幸吾楚豪如君尚在，以得见夸乡人又自快，酒阑，夜归寓，海风吹楼柱欲折，急雨屋瓦澎湃，起索烛作草，离合之感，杂沓中来，序订交，序赋别而已，稿不足存也。

裴慎斋琴余草序

张九钺

乾隆辛亥冬，慎斋裴子自大梁旋里。壬子春，余亦自蓼城归，主讲澧阳。裴子访余，出其《琴余草》十九篇见示。沉酣经史，出入秦、汉、唐、宋八家，我用我法，神与古会，浑灏流转，郁怒遒紧，余读而心醉焉。

昔陈黄门称徐昌穀诗，所存无多短章片语，悉是连城是也。余尝谓吾辈风雨孤灯，研钻数十年，稍得绾一绶，思可展夙负，顾俯首低眉，挽马挝随老革，而贪者浚之，忌者排之，暴者甚至欲杀之，吁！亦危矣。然贪者不能攫吾胸中之书，忌者不能夺吾手中之管，暴者不能飘散吾天地山川所赋之气魄。若曹如飞蓬轻 ，渺无踪影，而吾辈积诸箧衍者，犹长悬天地间，可以复古，可以传世，可以娱老，此余读裴子文，感喟交集，又跃以喜也。

余长裴子三岁，老病因循，心源几同废井，无能为裴子役。裴子精神满腹，谭艺衮衮不休，曷继十九篇而张大之？杜少陵云：老去诗篇浑漫与。漫与者，言随吾化工，而不以力与其间。裴子之文，几于道矣，固吾所乐窥其全者也。

送旷岣嵝前辈由岳麓归衡山序

余廷灿

以嗜学旧儒，白首耆艾魁垒之士，计其颛一发愤，潜心覃思，积至六七十年，研味皆至到，发摅必性灵，权衡极分寸，议论通今古，而四海之大，老无可用。一日乃自抱所学，欣然言归。

吾考汉兴，经初脱秦火，赖齐鲁诸老先生出，辅弱扶微，兴废继绝，而后六经不坠于煨烬。吾考其人，类皆发脱齿落，唇腐断铿，说经不可别白，至今殷盘周诰，尚余謷謷破碎声，亦岂不气缓言涩，脱字冗文，而存什一于千百？则断非诸老师宿儒出不为功。今先生际经学大明之世，又章句小生，日藻缋鞶帨，取决科之不暇，于先生所学无可用，先生诚不如其归。且先生素喜谈说经济，雕镂文章，又喜号召后学，角辨无已，当其心计，指画口讲，结习郁勃于中，而大作于外，是尚见吾衡气机也。

毅然趋己之所独嗜，犹然犯举世之所不求，而后乃今摆落收拾，豁然言归，蹋祝融而不下契甘泉以印心，沛若巨鱼之纵溟渤，杳若鹪鹏之翔寥廓，吾益无以测先生德之所际矣。先生如之何而不乐归，他日吾将就衡山而问道焉。于其别也，序以送之。

明指挥使谢公承任死事传后序

余廷灿

茶陵谢生国楚，以其先世指挥使谢公承任死事，《桂阳县志》传及诗歌汇为一帙，请予更系以传，予展读卒业辞焉。已乃作而叹曰：公偏裨微弁耳，天资忠孝，郁勃其心，遂支解其体，为万山中一小县死。死既百余年，犹生气塞穹壤而光日月，当时拥专阃，佩斗印，擅土地甲兵，坐恃贵强桀大，以自便其避死趋生之计者，亦复何有哉？

论者或曰：公死事于明季，不甚著，非关天下之所以存亡，是大不然者。今夫县无小皆王土，官无小皆王臣，当粤寇锺灵秀之薄桂阳城下也，若俱如县官之缩颈宵遁，则豺虎纵横，寇盗充斥，直入桂阳，视若无人耳。天上地下，有一可视为无人之处，则天下岂有一无心之人哉？今人惟有心，自毛发指爪之末，以至呻吟疴痒之细，无不隐隐脉脉，呼吸相贯，而后其人不死。况人者，又天地之心也，无心贯一身，不可以为人，无人贯天地，则天地又何以与立？通是说也，亭障堡戍中一老校羸卒，皆其司命脉而与天地贯者也，何况指挥使之于桂阳？然无人不有是心，而或禽兽其心，究不可谓有心，亦犹天地间无处不有是人，而或鬼蜮其人，亦究不可谓有人。嗟乎！此则惟公之人可以贯天地，而天柱地维所赖以有立者也。其人虽已死，而其人为天地之心之人，则天地之心乃亘万古不磨者，故其人虽死而常生，而断非戈兵水火所得而死之，亦断非膏粱文绣所得而生之也。曩令明之县邑队伍，皆得如公之人，心公之心，以为天地立心，则县邑队伍，皆隐然重镇强国，岂复有今日破某城，明日又破某城者哉？

夫一身者，一肢之积，天下者，一县之积也。若林大傅之弃桂阳如敝屣，第胫指不可屈伸耳，然人一二指搐即身虑亡聊，宜公之疾痛相关与身俱赴者。嗟乎！自公之死十有三年，为思陵癸未，闯、献横驱郡邑，望风瓦解。当是时，明之天下，锢疾不仁，虽扁鹊不可为治，大率皆由林大傅辈积而成之耳，然与其由林大傅辈积之而乱，何如由公与蔡江门一辈人积之而治哉？

予考《春秋》之义，事关疆埸者虽微必著，因反覆是帙，不能已于言，乃就观察李公拔传序而还之谢生，以副其请，亦以见得失之林有如此者。

唐陶山岱览序

张世法

自古之善尊泰山者，断自《诗》与《孟子》止。《诗》曰：泰山岩岩，鲁邦所瞻。《孟子》曰：登泰山而小天下。皆言之善者也。然为其瞻也，率不如为其登；为其登也，又率不如为其览。瞻从于远，登从于高，览则并阴阳分合，而更穷其变态。

吾读唐子《岱览》一书，而又叹为天下之善学泰山者，不但此一二言止也。噫！夫造物者之无尽藏也久矣，卤莽而往之，则亦卤莽而应之。其于学也何有焉？岱为天下之大宗，其地帝王封禅，神仙陟降，鬼物出没，精灵蟠结，孔老释佛、翰林子墨藏修憩迹之所，后之游者，问徂徕之松，新甫之柏，考秦皇、汉武之碑，搜虫鸟之遗形，掘蛟鼍之断足，几于感愤欷歔，摩挲欲绝。及与纵观海日风涛，野马匹练，飞岩瀑布，追想伯牙、锺子期露雨崩山之音，则又有心夷神愉，若英爽萃在咫尺，而皆于览焉外得之。

唐子生有夙缘，自少随其尊甫侍任榆山，继又葬其母夫人于陶山之穴，不数载复客岱，主泰安之讲院，执杖屦，营窀穸，据皋比，忠孝文章，发于性情，触于吟咏，宜其于岱饱闻而饫见也。《岱览》一书，其深于学者乎？不然，天下亦大矣，五岳之在神州，岱其一也，环海之外，复有九州，神州又其一也，唐子岂到处裹粮而从，执笔而为之者哉？吾于读《诗》与《孟子》后，悦唐子之善为其学，故序之。

唐陶山补笺周礼注疏序

张世法

天下不患有难为之事，泰山之溜穿石为其专也，狐白之腋成裘为其精也。精则其用物也必过多，专则其需时也必最久，然吾独畏陶山之锋，其锐力于古，抑何莫邪、干将坚悍淬利，使人惊愕失次、不可逼视有如是哉？

始吾晤唐子于苓通客舍，其论《周礼注疏》，如郑、贾先儒，诸多未惬己意处，欲为补辑而厘订之，吾曰：甚善，君但力为之，吾且与作序。窃意未必即有是事也。其后专袖一帙示余，则摘及《周礼》三齐、秬鬯、元酒之说，旁引叠证周详，辨论连篇，至近千言，虽一节必无憾而后安，苦矣，难哉！亦窃意其志可嘉，其事未必即有所成就也。最后则又相遇于同里萧君之官学，而见其容悄然，其神槁然，因私言之曰：为我语陶山人，命最重，姑以异日俟其成之，吾序未为晚也。乃不十数月而已裒然成集矣。及反复读之，章梳句栉，每出一见，适如人人意所欲出，而仍与古人之言吻合，抑又何粹然出于至善，绝不类于仓卒补苴之所为也，然而其锋则已锐矣。

夫六经灭于秦火之后，学士大夫，抱残守缺，穷年皓首，老死不见全经，或一代阅数十人之手不能完一书，或一人积数十年之学而不能完一解，无他，私意牵滞，因循迁就，不锐故也。若尽如此为之，穷金匮，贯石渠，天下何复有难为之事？今唐子之集已卒业，而余之序逡巡有待，倥偬赴甘，不克竟如前约，是则吾之鲁钝过甚，其不及唐子也远矣。虽然，其锐也，乃其精与专也。唐子之精，非一人一说之精也，唐子之专，非一时一事之专也。学者苟无读书稽古之素，而复欲以锐意为之辞，有不至于卤莽之耕，灭裂之耘者，几希矣。

是集出，吾愿学者之奉为圭臬焉，因风寄言，并示萧君，促付剞劂，公惠同好。萧君名大经，亦绩学笃行士也，故乐为之云云。时临潼道中书序。

海峰龚明府诗序

张世法

海内言诗者遍陬澨，而猝无所得。余宦游再至甘，始闻廉访姚雪门先生及平凉明府龚海峰俱以能诗名，先后借重搢绅间。然簿书倥偬，其所为诗竟亦未能遽睹。

太华、黄河插天涌地之奇，日在人耳目，终以风尘邂逅，寤寐怀想，不能决然舍去，为之怅悒者久之。于后姚雪门诗刻出，乃得海峰与所为书，其论雪门之诗，较之近日有才华而无性情，有格局而无韵致者，何啻霄壤之别？吁！此正海峰之深于为诗也。海峰足迹遍五岳，其于乾坤风雷呵护，山川鬼神施设，与夫帝王歌台战垒、文人逸客、墨池钓址、寡鹤啼猿、名松怪石百变不穷之态，皆其少年巧思妙运，豪材杰构。至于诗书忠孝、礼乐文章，酝酿于胸怀，吞吐于喉舌，有不可以声色拟议求者，则又由壮将老之所得，而要必于其诗焉发之。辞必高然后为伟，思必深然后为警，旨必远然后为醇，气必真然后为清，总不越其与雪门所为书二语。有德者必有言，若海峰之为诗，其几于道矣乎？

惜乎雪门死矣，观其镵刻，万物而终之以淘汰，岂亦人之所常能哉？而不获享大年，主骚坛，振兴后进，此则余与海峰为诗者之命之穷也。海峰以其自为集示，且嘱余订正焉。是为序。

留示平凉柳湖诸生序

张世法

西秦为天地神皋奥区，自《禹贡》纪雍州，始见于经。至周而二《南》《江汉》《七月》《豳风》。及秦而《车》《戎》《驷(鐵)〔驖〕》《蒹葭》、条、枚。汉则上林、西京、长杨、羽猎。唐则曲江华清、秦州同谷、玉门阳关、安西北庭、流沙弱水。疆域万里之外，皆见为诗篇、词赋、歌谣，虽苍凉激壮，有近于边塞之音，然而其风亦已振矣。君子未尝摈而斥之也。

其后浸淫，不及于古，作者殊少概见，在甘为甚，荏苒于今，士子之习为举业者，漫无所挟持，以就有司之绳尺。曰是固已求而俱获也。有司之至是衡文者，亦往往宽其绳尺，以足遴选之额，曰舍是则并无以获士也。吁！吾不知下之所以应上，上之所以示下，终将操何道以从事邪？夫岂山川奇特，不如昔之所云邪？抑生其间者，风俗习气，耳濡目染，乃月异而岁不同欤？吾以为，此非弟子之过，而父兄师长之过也。亦非父兄师长之过，而教其父兄师长者之过也。譬彼黄流南徙，冲刷而益失其故道，挽而回其波，障而固其防，当必有在矣。

吾与平郡诸生，处日无多，今且别也，留言以使之密相寻绎焉。

如予草自序

罗健亨

诗如其人，如其性情才学也。夫性情尽人而具，往往莫之发摅者，才学有以限之耳。夫古人有十倍之才学，故发于性情而为诗，因亦有十倍之工巧。若不及古人之才学，而妄希古人之工巧，势必锢蔽灵明，俯仰陈迹，迹虽似而神已非，令阅者不知其性情之何在，不既失我之所以为我哉？

近代圭臬，词坛不胜数，要皆分道扬镳，各树一帜，或在古人之下，或出古人之上，未有不如其人之才学性情，而云自出手眼者。予愧诵读无灵，漫然涉猎，自幼不敢言诗，以诗非其人不能学，学而不如古人之工巧，即不可以为诗，不废江河万古流，岂潢污行潦所可仿佛哉？继而又自思焉，楚谣汉风，既非一格，魏制晋造，体亦各殊，古人十倍工巧之诗，不过如其十倍之才学，予既袜线其才，管窥其学，何不可为袜线、管窥之诗，以如予其才其学之人乎？且古之作者有言矣，学我者拙，似我者死，如必谓诗非其人不能学，则我之性情，终于漫没而不吐，必律以不如古人之工巧，不可以言诗。势必锢蔽灵明，俯仰陈迹以求肖，窃虑我肖古人，古人不为我肖，反失所以为我，有不令莫知性情所在者几希。

忆自雍正辛亥至乾隆戊午，八九年来，日与二三知己，倡和吟咏，得若干首，非不藏拙，并未知工，非甘守拙，实不能巧。惟存本来面目，以发摅其性情，求如予之所以为予而已也。至分道扬镳，各树一帜，自出手眼之词坛，固非予之所敢妄希者。沧溟曰：才虽不足，不少走险。学虽不足，不苟之俚。即未必美人芳草之遗，亦在不容屏弃之列。《如予草》其庶几欤？

湘三倡和诗引

罗健亨

曷名乎湘三也？谓郑丈寄园、姚君一亭暨愚不佞皆湘居也。夫湘大矣，湘人士众矣，舍三之外无人乎？曰有，有则何止以三，类不侔也。曷云乎类不侔？夫湘大矣，湘人士众矣，有曰贤者焉，知者焉，愚不肖者焉。然而贤者以类集其贤，知者以类集其知，愚不肖者亦莫不各以类集其愚不肖。

予三人者，非贤，非知，亦非愚不肖，适自成其为三人，贤者之类无三人，知者之类无三人，愚不肖者之类亦无三人，故三人虽湘居，即有以知湘之大，与湘人士之众，又何从知所谓贤者、知者、愚不肖者哉？虽然犹有别，别其有用无用耳，贤知而有用，愚不肖而无用，固也。然亦有贤知而无用，愚不肖而又有用者，是类之中不又有类乎？

此予三人所为不能自命也。赋诗饮酒，问水寻山，觉三人外多不侔也，因颜之曰《湘三》云。

陶山文录序

严如熤

言者心之声也，立言之则曰有序有物，物有通蔽，心之存不存系焉。心有存不存，言之浅深醇驳区焉。陶山先生以文章名海内数十年，自服官以后，事功日隆隆起，其求民瘼，熙庶绩，区画经纬，早作夜维，一心营职业，卒卒无须臾间，岂复得如少壮时键户专著作哉？而文章事功，乃俱日新而月盛。

壬午秋，晤先生于青门，亲德辉者两月，肃乎其度，盎乎其容，对之者傲慢鄙吝之气，不知何以顿消？信乎诚能动物也。已而出其所存《陶山文录》十卷相示，熤敬受而卒读也，忾然曰：其斯为陶山子之文乎？其斯为陶山子之心乎？陶山子之心，无日不在家国天下，家国天下芸芸相酬对，其忧喜苦乐，无一不系乎陶山子之心，而陶山子之心，不第有家国天下芸芸相酬对之形状也，不第有芸芸相酬对忧喜苦乐之情况也。与之同忧喜，共苦乐，必为之祛其忧苦，生其喜乐，勤勤焉，恳恳焉，以为吾所当然，竭吾才而犹未已，而陶山子之心，洋洋乎莫非物理之流动充周矣。夫物理涵于吾心，则岂弗以轩豁呈露，灿然外著为贵哉？

经者天地之心，圣人之心，陶山子之说经，不剿说，不立异，时有旁见侧出，而必有协乎天地圣人之心。尚论古人，则为之设身处地，准情度势，而有以彰乎其微。指陈时务，则为之深思远虑，通德类情，而有以当乎其宜。昆弟宗亲，交游偶尔之投赠，寻常之交际，莫不有至性至情流露于句里行间。小之一山水之游玩，一器物之品题，莫不若有寄托者，岂故为是斤斤者自矜异也哉？心之中既皆物理之充周流动，有所感而不觉引而伸，触类而长也。言者心之声，岂偶然邪？

《陶山集》风骨近两汉，神理类八家，而要非班、马之文，非韩、柳、欧、苏之文，自成其为陶山子之文也。夫天下后世，人同此心，人心同则物理虽有通蔽，而莫不同有此物。得理足情，至才真之言，牖之撼之，忧喜苦乐，不禁歌泣从之矣。熤知天下后世读陶山子之文，必有同于熤也，则熤所为读陶山子之文也。

锺馗图赞并序

王梦扬

锺馗神者，不知其所自始，世言起唐明皇梦中，遂图其形，所谓终南进士也。然考其书传，《北史》：尧喧字辟邪，本名锺葵。但馗、葵字异耳。《博物志》谓锺壱之妹名锺馗，此又馗妹之所由来矣。《博物志》又谓锤名锺馗，一名别邪。郑康成曰：锤即称权。此又以器具名矣。总之，为除夕击鬼而设。

《三余赘笔》云：唐故事，岁暮画锺馗赐群臣，故刘禹锡有《代杜相公谢表》云，图写威形，驱除群厉。又曰弛张有严，光增门户之贵。又有《代李中丞谢表》云，绩其神像，表去厉之方。又《五代史》：岁除画工献《锺馗击鬼图》于吴越王倧，倧题诗于图上。此可据者。其旁加蝙蝠何？原朝廷有颁赐之典，此犹天官赐福之义。凡今上官宴饮，召伶人作乐，其八出中有《三多》故事，演五蝠为五福骈臻。乾隆癸酉秋，清江杨公抚湖南，时将入觐，寮属公饯，演《三多》，适真蝠飞绕杨公冠上良久，寮属悉离席致贺。及陛见，即抚浙，旋制闽，后骤居端揆。近见《潇湘听雨录》为纪其异，理或然欤？其倒挂蝙蝠者何？按崔豹《古今注》：蝙蝠一名仙鼠，五百岁则色白脑重，集则头垂，故谓之倒折，食之成仙。至道家附会，有白蝙蝠精得道登仙之说，然皆荒诞不足信也。其篆重鄙邑何？谓鄙者灵也，若寿文取篆于万年，禄字取篆于谷城，《九老图》之取篆于瑞昌，义若斯耳。

余外舅张仲临先生，崇奉兹神久矣，属余题识，爰具管窥而系赞以应命，赞曰：乌帽蛮靴，龙泉象服。发指冲冠，眉开怒目。于思于思，乃皤其腹。望之俨然，即之也肃。威灵赫濯，妖魔畏伏。位尊郁垒，功参亭毒。万岁千秋，家尸户祝。

药王会序代

王梦扬

天地以好生为德，累之亿万而不尽，极之运会而无穷，惟寒暑之失时，人事之少节，此人之疾病所由生焉。疾病必资于调治，故药者所以医人也。

昔神农尝百草，药之流传尚矣。然药能治人，即能害人，惟在医者之善用之耳。《传》有之：医不三世，不服其药。又曰：三折肱知为良医。自岐伯传其术以来，古今名医不一，而后世之崇奉之者，则惟孙真人。夫民间之崇奉，非由朝廷敕封者，亦曰公，曰王。曰公者，如财神赵公是也。曰王者，如真人药王是也。

考《唐书·列传》，真人讳思邈，京兆华原人也。隋文帝以国子博士召，不拜。及唐太宗召入京师时，年已老，拜谏议大夫，不受，竟称疾还山。而《明一统志》所载京兆人物亦仅此，药王封号并无明文。至国朝有礼律条例，颁行有司，药王亦祀典所未及，则其为民间之崇奉无疑矣。按：华原域属雍州，其地古多名医，若秦之和缓，三国时之华佗，类皆神明乎此术者，况一术之长，世岂其无，而后世独尊真人者，非其阴阳之理，调剂之道，有过乎前哲者欤？不然，何家祝而户尸之也？

某学此久矣，于真人之神方妙诀，非能深知，然欲本此以济人，因集同人，相立为会，各输银轮，掌为子母利，以为真人诞辰之费。相传《后搜神记》于诸神诞日无不悉载，亦未知其有据焉否？爰即俗所传者，以致其崇奉之意。凡我同人及攒钱谷数，并列于左。

陶岭八景倡和诗序

王梦勋

揽风物于湖湘，赤岸白沙，云树烟景，郁郁焉，葱葱焉，无在不令人低徊留连者。余邑西北滨潇湘，东北带茭源，计其水程，皆百里而遥，且环境地脉，发于宁远，实九嶷东北之麓。如米氏潇湘八景，惟洞庭秋月为远，其曰山市晴岚者，小序云：依山为郭，列市为居，是知湖以南省会、郡邑治所皆是也。至若渔村夕照，烟寺晚钟，江天暮雪，远浦归帆，平沙落雁，潇湘夜雨，今景皆在望，生处其间，抑亦可云揽胜矣。

矧江山之变化无穷，丹青之图状莫阐，湖湘风物，宁仅米氏云云者，故其八景惟《湖南通志》主之，外凡所部，悉为效拟，然已具体而微矣。今里戚某，积其阔怀胸次，咳唾珠玑，即所居陶岭风物，亦从而拟之，为题咏八章，则尤微之又微者矣。然而佳品接目，风景动人，又乌容失之醉梦中邪？原夫迢迢方级，远赛浮槎，此古垒之天梯也。苍苍百里，罗浮布地，此陶岭之揽胜也。半山朗吟，清风传送，此桃林之书声也。一厂宝殿，饱餐烟霞，此玉岩之石佛也。朝烟宿雨，花笑鸟歌，此荫山之春晓也。风撼雷震，奔涛触矶，此龙溪之绿涨也。江气虹绕，落霞点缀，此湘烟之环带也。鼎烹汤沸，水泡成珠，此珠泉之鼎沸也。此又以起骚人墨士之题咏，宜和之者之如林也。于是集为三卷，付活字版以纪胜概。

昔朱张连篇于衡岳，特纪胜游。皮陆合草于松陵，率属微物。景无大小，心赏一致。夫以两贤之风咏，第言有听而倡有和耳。尚流传至今，兹虽一丘一壑，微之又微，然从而和之者已百余人，夫安知陶岭之不与潇湘相颉颃也者。岭以宋庆历间祁阳陶弼，征五洞遗垒，故名，而里居在望风施到今。于今辰匪跳梁，王师征讨未休，陟彼高冈，能无景仰夫陶公也乎？

湖南文征　卷六十九

序十四

周易尊翼序

潘相

《尊翼》者何？尊《十翼》也。《易经》三圣人手，至夫子翼之而其书始行。夫子言，加年学《易》，可以无过。是《易》为教人寡过之书也。何晏《论语集解》：以五十学《易》，即五十知命。程子以前皆用其说，是《易》又为穷理尽性至命之书也。

盖语乎寡过，则人人宜学，而寡之又寡，以至于无，非圣人之尽天道者不能，故夫子亦以为不易学。学《易》之法，兼乎象、变、辞、占，故曰：以言者尚其辞，以动者尚其变，以制器者尚其象，以卜筮者尚其占。又曰：君子居则观其象而玩其辞，动则观其变而玩其占。夫子之《易》即文周之《易》，文周之《易》即伏羲之《易》，以彖传解彖，以象传解象，以爻传解爻，要之观其彖辞则思过半，不离象数，不厌事理，不专说卜筮，一卦一爻之词，不分某为象，某为占，由是以考河、洛先后天之图，莫不皆然。

乃为《尊十翼》，乃为《尊周易》。古史有言，辨黑白而定一尊。学《易》者，其宁勿尊吾夫子哉？

送车澧江游邵陵序

潘相

曩余欲辑《三楚文献》一书，肇自周秦名卿大夫，下逮隐逸、沉沦，数十年理学、经济、文章，堪为师表者，别类分门，付之攻木氏，使天下得见楚材之全。

笑河东柳子，妄谈少人多石，而洞庭、衡岳之气，蜿蟺扶舆，磅薄而郁积，又匪但韩公所云魁奇忠信才德之民，后先蔚起也。顾自古文献之传，苟不幸而穷老镫寒，枫青路黑，平生言行，随手云散，曾不得附青云以自见。见于历史、省志诸文集者，类多名公巨人，亦什一千百，其遗之子孙而世莫闻见者，不知凡几。然且有遗之子孙，而竟失其传者，神明皂隶，俎豆山河，千百年后，徒想其姓字衣冠于祖龙灰烬之外，则甚矣，其传之难也。

吾邑吏部车公，以文学节义著名典午，身虽未获大用，而舄奕繁昌。若吾友澧江，克卜绳武，尤盛于邵陵一派，尝以为吏部遗事，邵陵之胄，或多珍藏巾笥，而近世名臣文字，亦必有什袭而未及传者。欲从而求之，不可得。适澧江以续谱事赴邵陵，予知澧江敬宗收族，当网罗旧闻以归，而邵陵诸友，遥念先丘，曰笃不忘，其倒廪倾筐，罗列以赠，无疑也，则予十年前所欲遂之愿，庶乎其有冀矣。于其行书以问之。

劝修陈田保祠序

潘相

里、保之设，盖仿古《周礼》乡遂之制，而其意亡矣。先王之世，乡遂立州长、党正以下诸职，月吉四孟，帅民读法，而祭禜、祭社、蜡飨、射饮以时举行，皆必有祠宇之建焉。今虽不可考，然其所以教其礼事，掌其戒禁，书其德行道艺，以升之大夫而宾于天府者，粗之本于力田，而精之及于孝弟廉耻之际。至于县都之委积，旅师遗人之颁敛者，盖即在序与社内。隋唐义仓、朱子社仓所由起也。夫古今之民俗，非甚相远也，而行之或异者，岂非有其法而昧其意焉者欤？

国朝稽古定制，邑分里，里设公所，其人有耆老、保正、约正，即《周礼》比长、鄰长之属，朔望聚会，宣讲条约，若举孝廉节义，及民间征发诸务，耆、保皆以所见达之。而里之积贮亦寓焉。公选一人为社长，以春散而秋敛之，以周匮乏而宣德意。如吾里陈田保，固十一里之一，而非可与诸浮屠、老子之宫比并也，但迩年无奉行之实，或听吏胥言，移仓于城，其流毒甚多，而里人莫敢言。于此见吾邑之淳，一变而至古无难，则夫仿《周礼》之法之意，而举而行之，惟其人焉耳。谁谓先王之制，不宜于今哉？

今新尹以兴学复古为务，而吾里长者，亦念保屋朽颓，欲重修之。夫天下之事，成于大同而坏于好异，举于诚心而废于意见，两住持诚一心协力，而里之人亦有见于重典之所在，而无洛朔之分，吾见其事之济，而古法之渐可复也。

曲阜县志序

潘相

曲阜《旧志》，肇缉于明嘉靖中藩僚孔宏幹，厥后知县孔宏复、孔宏毅相继增修。国初，知县孔衍淳，又即旧板附刻已事，其纲四：曰土地、人民、政事、文献。其目九十有二，即今所存六卷三本者。

乾隆己丑孟冬，相承乏是邦，吏以志进，见其篇简皆断烂脱落，文多漫漶不可识，而于本朝百有三十年之人之未及登载，窃叹为一邑废举，只以当务有最先者不暇为。辛卯春三月，今相国金坛于公，扈跸来检古事，览志怃然，顾谓君学道人：兹要务也，胡弗为？相惶恐，谢不敢当。退伏念相以楚人，自幼受书家塾，即慕陈良悦、周孔道为北学先。长从刘瑶林先生之珩游，教以由洛闽，问途洙泗，顾以因循荏苒，无由适鲁，已而入成均，晤贤裔颜懋侨，述遗迹，益切向往。后以大司成保命教琉球生，会今衍圣公入朝谒文庙，派相赞仪，私喜如俗称得见小圣人。

越四年，官福山。又五年，调兹邑。渡洙泗，拜林庙，望鲁故城，谒周公及颜子祠。见衍圣公，晤孔止堂昆季暨各氏裔，出《周易尊翼》《礼记厘编》《周礼撮要》《琉球入学录》诸书相质正，幸得遂北学愿。适有侵尼山祭学田六年之讼，奉饬会勘，涉沂水，过舞雩，奠防林，拜颜子墓，瞻尼山颜母昌平山，寓昌平乡陬邑故里，低徊十余日，疆理其田如额。明年秋，大修颜子庙。冬又修周公庙、少昊陵。恭逢我皇上五临阙里，行释奠礼，驻跸三日，行宫、尖营、桥、道以次虔修，祭品、祭物，依式敬备。奉侍礼部太常寺卿贰，莅肄礼乐。从王大臣后，祭各祠庙。率官绅、老民妇夹道嵩呼。凡诸要务，无细大皆蒙当事筹画指使，胪欢祝厘，仰邀天颜豫悦。大官迁秩晋衔，俾我小臣亦不陨越贻羞，蒙恩加级，赏缎匹。大吏复计劳列优等，记大功，甚切感惭。既而奉刻御制诗章，恭送钦颁周器及铜供器于各庙。敬悬御制少昊陵、孔子庙、颜子祠额联。自念何人，逢兹盛轨，脱以谫劣不文，逡巡未遑，举尧文之焕，帝典之隆，与历代圣人重道崇儒之仪，不敬恭纪录。上官之承流宣化，及邑宰奉行之德刑、典礼、政事，不以时编次。圣帝明君，贤人君子，贞士烈女之事实，不详考登载。地利肥硗，食货赢缩，灾祥休咎，时代治乱，民生休戚之所关，不据实叙列。滥竽令长，坐糜厚禄，不一修举废坠。重负知己望，是益之咎也。

因不自揆，广求经史子集，博览各郡县志，商于衍圣公诸先后进，遍告两学儒生，各陈所见，所闻，所传闻，增损义例。就正于学使芜湖韦公，命儿子承炽、承炜、承炳、承焯，及婿黄荫元，分门排纂，其传、赞、序、论，多命承焯属草，而自程以每日晨起，阅案牍，理民事之后，搦管辑修。虽办公会城，查灾武郡，犹携书簏以往。甫就初稿，大中丞徐公，奏委往署濮阳篆务，务较剧，诸儿请稍缓。

窃念斯《志》一修于前尹孔毓琚，稿（朱）〔未〕定而去官。再议修于严文典，以升桃源厅去削其草。相既尸居四年，无涓埃以裨补曲人，脱以易地谢非己责，吝此区区者而不以蒇事，其若夙愿何？乃仍以余力修辑如初。及奉檄赴都门，获以目例请裁定于相国武进刘公，今大司徒钱塘王公，往返四月，雨雪杨柳，邸馆传舍，篝灯涂窜，或至彻曙。盖四易稿，始以付攻木氏，而已刻复改者，尚数数焉。噫嘻！古昔名贤，以平生之精力尽于一书，又得诸良友相与是正，犹不免于抵牾，而相以风尘支离，上之不能于圣贤之体用窥寻，次之不克从兰台巨公，讲求良史之鸿裁，下之又未获广延名儒，相与商榷裁订，而顾以敲扑喧嚣、牒诉倥偬之余，未及三年以成是书，而欲其无僭逾讹谬、疏略浅陋之弊，诚知其难也。

然而集史志之例，本儒先之论，详美善之行，祛滥徇之失，使夫后之贤宰得有所据，以考定增益，则犹庶几于万一焉。乃为之标举其纲目，奎文二卷，以尊圣制。次《图考》一十二，次仿历史、本纪、纲目、前编，及历城、诸城、安邱诸《志》之法，为《通编》二十一，次《类记》二十一，次《圣迹》二、《贤躅》一，次仿《史记》述孔氏宗子，及东野氏四氏袭职以后，为《世家》二，《列传》三十七，而以阙疑补遗终焉。其叙曰：

天垂奎象，圣人则之。奎临鲁野，斯文在兹。惟圣宪天，惟君作师。行道明道，万世一时。恭纪奎文，第一第二。思乐泮水，奕奕新宫。天子驻跸，以告成功。清泉觱沸，古柏苍葱。亿万斯年，万仞齐崇。撰《图考》第一。

昔在金天，定都崇阜。亦越元公，分茅开后。道统之传，遥相授受。有侐閟宫，遗墟不朽。撰《图考》第二。

四尺崇封，防山之北。泗水却流，天开圣域。圣宅旧区，圣庙翼翼。天地并参，万世无极。撰《图考》第三。

於戏颜子！陋苍门闾。崇闳轮奂，与圣为徒。惟曾及孟，匪产兹区。而生居鲁，而没依洙。子孙世世，为四氏儒。为吾邑籍，畛域难殊。载瞻林庙，以次并图。撰《图考》第四。

巍巍尼丘，诞毓大圣。洙泗之间，圣教以盛。旧迹长留，书堂遥并。学水学山，匪曰吟咏。仰之钻之，尽性至命。撰《图考》第五。

天分奎娄，地峙尼防。秀灵钟聚，山泽洋洋。高墉屹屹，爰卫宫墙。捍城守土，敬告铜章。撰《图考》第六。

惟圣尊圣，彝器周颁。从周惬志，牺象斑斓。簠簋笙簧，各以其班。质文兼备，万舞攸娴。撰《图考》第七至第十二。

溯邑嘉名，著于礼传。少昊之墟，爰开鲁甸。报政迟迟，尊亲风变。惟王礼乐，公庙用荐。逮乎《春秋》，因事而见。撰《通编》第一。

葵丘霸盛，鲁道愈衰。会盟征伐，奔命以疲。政在大夫，大柄内移。襄之末载，国以不支。撰《通编》第二。

周室既衰，诸侯擅柄。天生圣人，匡乱反正。不遇明王，老于历聘。歌风泣麟，乱靡有定。鲁以削亡，奉楚之令。鲁县更名，卒归秦政。撰《通编》第三。

秦火焚坑，圣孙遁逸。汉祀太牢，中天皎日。表章六经，天开漆室。赐邑封侯，褒成荐谥。爰及周公，褒鲁有秩。大盗篡国，爵以俱失。撰《通编》第四。

汉官作郡，荆棘始除。褒成袭爵，乃复故居。地归东海，数驾属车。会朝祠祭，悉索何如。孝和之末，始官孔澍。相平相敉，爰营墓庐。撰《通编》第五。

魏迁龟鼎，崇报亦优。置官建庙，宗圣封侯。爰尊颜子，配享卣卣。神明世胄，不践厥猷。中原云扰，乃弃先丘。撰《通编》第六。

元嘉之初，始蠲庙户。乐用登歌，八佾斯举。谥由魏人，曰文圣尼父。爰及周公，并奠清酤。何献雉献乌，涂毒编户？隋定县名，乱离何怙？圆朗称兵，益俾我瘉。撰《通编》第七。

唐尊周孔，并荐尝烝。先师先圣，以配以升。瀛洲启馆，圣裔偕登。乾封开元，懋典丕绳。亦有贤宰，奉颜豆登。贼兵侵略，大节崚嶒。撰《通编》第八。

圣者子孙，多崇气节。亦显于时，辉其阀阅。何天祐之初，遘兹颠蹶？贼臣不仁，敢行篡逆。诛止其身，未单天罚。撰《通编》第九。

天开宋运，奎聚五星。圣道以显，丕建庙庭。观风广鲁，周孔礼成。惑于老氏，仙源改名。景灵宫观，毒我苍生。撰《通编》第十。

凝安大乐，肇自仁宗。洒扫林庙，中户是充。肇新庙学，毓圣崇封。九章之服，追尊齐公。御书殿榜，百世犹崇。荆舒何事？裁省户工。三经新义，而颁学宫。撰《通编》第十一。

金源虎臣，保兹圣墓。衍圣袭封，寝宫营度。载锡阁名，服官韶頀。配祀贤儒，像设增塑。彼寇之灾，毁兹桧树。物之菀枯，亦各有数。撰《通编》第十二。

大成加号，至大之元。崇封启圣，追溯洪源。爰及元媲，典礼攸敦。乃定四配，肸蠁蘋蘩。尼山寝庙，肇作墉垣。箪瓢故宅，有闶其门。撰《通编》第十三。

明祖崇儒，锡公带砺。锡敕世官，宠承帝制。陋苍大宗，及乎孟裔。初妥绅珩，烝尝罔替。爰葺帝陵，开其蒙翳。守以熊罴，蹲之赑屃。撰《通编》第十四。

相地建碑，重辉圣宇。不戒于灾，火炎梁柱。既作新宫，寇横于莽。震荡庙庭，戕焚士女。移县护防，爰兴百堵。撰《通编》第十五。

法以人更，罢兹世职。旋复其官，慎遴贤德。外史创修，庙林齐饬。耳额请加，乡闱连陟。西郭新祠，歆兹黍稷。撰《通编》第十六。

于铄皇清，圣人首出。定鼎开天，先崇道术。渥泽浓恩，繁星丽日。至圣尊称，万年祇遹。撰《通编》第十七。

于皇圣祖，至圣同符。昌明大道，恢廓前模。光临鲁壁，典重球图。周公鬼餧，亦侑尊盂。祀田世秩，丕显圣谟。撰《通编》第十八。

穆穆宪皇，五王晋爵。诣学讳名，鸣鼍振铎。火及杏坛，皇心愈恪。重焕宫墙，载新丹雘。爰葺圣林，巨工并作。天鉴敬诚，乡云重焯。撰《通编》第十九。

惟圣天子，尊圣弥虔。君师道合，闻见知全。隆仪绳武，丕扩前编。亲祠少昊，金德乃传。瓣香元圣，惟道拳拳。撰《通编》第二十。

我皇尽制，易厥世官。宜民通变，浓泽霮霮。五临洙水，薄海腾欢。于万斯亿，翘仰金銮。撰《通编》第二十一。

百里弹丸，村庄城邑。神化过存，山川有色。撰《类记·疆土》第一。

土会土宜，生财攸别。利在因民，爱养撙节。撰《类记·物产》第二。

遗俗淳庞，一变至道。矧值重熙，德风民草。撰《类记·风俗》第三。

亲民之职，养之教之。骏奔笾豆，亦各有司。撰《类记·职官》第四、第五。

薄赋轻徭，沦肌浃髓。免役蠲租，加恩圣里。撰《类记·赋役》第六。

教思无穷，并兴两学。霞蔚云蒸，道弸文襮。撰《类记·学校·贡举》第七。

备豫不虞，以宁四境。岂曰圣乡？而无寇警。撰《类记·武备》第八。

岁物丰成，吉蠲为饎。敬共明神，黜其淫祀。撰《类记·秩祀》第九。

惟轨度文，圣朝所定。乡士庶民，是彝是训。撰《类记·礼典》第十、第十一。

世爵土田，自天锡赉。惠我兆民，涵濡汪濊。撰《类记·恩例》第十二、第十三。

乡往名区，匪夸游览。高山景行，古人所感。撰《类记·古迹》第十四、第十五。

汉隶唐分，集于所好。六一诸编，未殚厥奥。撰《类记·金石》第十六、第十七。

为圣人后，近圣人居。难为言者，其言何如？撰《类记·著述》第十八。

束晳补亡，骚犹补楚。集此歌诗，惟其近古。撰《类记·风雅颂》第十九、二十、二十一。

知圣之难，如蠡测海。史记世家，以诞获罪。敬法紫阳，芟其烦猥。四配遗徽，亦慎辑采。撰《圣迹》第一、第二。

先贤遗事，众说纷纭。我遵今制，敬识所闻。撰《贤躅》一卷。

上公主鬯，代永终誉。世官博士，各记其初。撰《世家》第一、第二。

世病乎直，人昧其和。臧氏之子，其如命何？撰《展氏列传》第一。

伯兮齐美，仲也同讥。卜僭而吉，宝龟何知？撰《臧氏列传》第二。

献能干蛊，庄实象贤。秉人之干，识圣之传。问仁问孝，亦绍其先。撰《孟氏列传》第三。

温温穆叔，知死之三。胡沉于女？而丧于男。昭平牛祸，亦挫虎眈。寝斋祈死，乱是用餤。撰《叔孙氏列传》第四。

为公室辅，遂长三桓。有灵两社，世保巨奸。彼妇不逐，孺子不完。自贻伊戚，城辇空叹！撰《季氏列传》第五。

肸非兄恶，它肖父贤。著闻于国，以永其传。撰《叔氏子服氏列传》第六。

政在世卿，乃湮贤路。忠义枕戈，莫回天步。撰《子家前后诸人列传》第七。

专门学经，各有师承。斯文未丧，赖此诸生。撰《周汉诸儒列传》第八。

敵干拥盾，仡仡左军。穿石敝木，矻矻皇坟。伐柯操斧，世绍前闻。撰孔树、孔聚、孔臧、孔琳《列传》第九。

秦焰既熄，鲁壁初开。金丝响震，蝌蚪书回。以今雠古，天启风雷。晦于巫蛊，用竢后来。撰孔安国、孔建、孔丰、孔僖、孔季彦《列传》第十。

吉保皇孙，丹卫太子。闭户全生，伏蒲请死。阴德显功，侯封累祀。撰丙吉、史丹《列传》第十一。

游侠之徒，曰知变节。孟坐祅言，以要𫓧钺。云愤其穷，猛于讪讦。折槛勿修，幸逃黥刖。撰《眭孟朱云列传》第十二。

赫赫太师，明经饬行。履满思谦，忧心怲怲。逊于不虞，以保天命。撰《孔光列传》第十三。

君鱼干蛊，懦立顽廉。孙曾衣德，高位岩岩。逢时之否，比于诐佥。一麾作郡，有口皆钳。撰孔奋、孔奇、孔嘉、孔龢、孔扶《列传》第十四。

泰山著劳，北海齐美。兄遘屯难，弟遭否匪。登李龙门，脱卓虎尾。拯刘于厄，辨杨之诽。不避郄蝇，以陷曹鬼。卵覆巢倾，毒哉蛇虺！撰孔宙、孔翊、孔彪、孔褒、孔昱、孔融《列传》第十五。

颜宗南渡，遂徙于西。文章斐蔚，分轨合锐。舍生避死，其志乃睽。撰颜延之、颜竣、颜见远、颜之仪《列传》第十六。

去圣既遥，群言纷乱。惟孔颜孙，同心仰钻。考订疏明，示我道岸。撰颜师古、孔颖达《列传》第十七。

渔阳鼙鼓，挫于二颜。成仁取义，先后一班。弱翁隐者，以乱出山。再招畔逆，乃构灾患。撰颜杲卿、颜真卿、孔巢父《列传》第十八。

德行先孝，有大中小。友于敦睦，皆民之表。撰《孝义列传》第十九。

仁人志士，视死如归。股肱力竭，捐命扬徽。撰《忠义列传》第二十。

《易》称嘉遁，《诗》咏考槃。高尚其事，不刺素餐。撰《隐逸列传》第二十一。

独行之士，为世难能。志其高谊，亦儆昏僜。撰《卓行列传》第二十二。

为逐雀鹯，为朝阳凤。义取回天，以直以讽。撰《言语列传》第二十三。

维屏维藩，为宪文武。我思古人，邵棠郇雨。撰《节镇监司列传》第二十四。

师帅吾民，承流宣化。治以烝烝，考惟下下。撰《守令列传》第二十五。

见智见仁，惟其所取。寝馈六经，以窥户牖。撰《经学列传》第二十六。

轮辕徒饰，矧此虚车。笃其实者，以艺致誉。撰《文苑列传》第二十七。

郁为选首，稽古之荣。不贪温饱，不负科名。撰《高第列传》第二十八。

桓桓都署，丕肃军容。挽强善射，肇敏戎功。豹韬龙节，有毪王公。提师西鄙，载缵英风。撰《张进王澄列传》第二十九。

我思贤尹，作宰维桑。恩威兼济，永世不忘。我从其后，瞠乎遥望。撰《县尹列传》第三十。

建学立师，非云养老。卓矣导江，含经味道。私淑闻风，亦抒怀抱。县学范模，谁与征考？撰《学师列传》第三十一。

小道可观，爰存群伎。何以神奇？精专之至。撰《方伎列传》第三十二。

女子无仪，其仪不忒。礼法仁贤，为闺阃则。撰《贤淑列传》第三十三。

未婚守义，是谓幽贞。异室同穴，奇行足旌。撰《贞女列传》

第三十四。

从容蹈火，愤激沉河。殉夫之烈，亦振颓波。撰《烈妇列传》第三十五。

恒其德贞，义惟从一。曰未亡人，有如皦日。撰《节妇列传》第三十六。

诗吟寿母，矧曰期颐。国家之庆，以享纯禧。撰《贞寿列传》第三十七。

征文考献，先孔氏书。次诹颜孟，东野所居。衷于经史，慎记其余。怪神不录，仙佛用祛。郭公夏五，例亦阙如。惟虞凿妄，见斥横渠。撰《阙疑》一卷。

凡此志书，发凡起例。文附事传，非云选艺。矧厥多文，有言皆赘。体要斯崇，繁芜用薙。惟我慵愚，见闻莫逮。异地殊时，网罗滞泥。或昧其元，而捐其细。谁与补之？敬竢后世。撰《补遗》一卷。

浯溪诗序

潘相

予尝闻诗之清者，必其人之心有以超然于贵贱贫富之外，今读唐元次山《浯溪》诗，乃益信。

次山以挺异之才，积学有得，始著《元子十篇》，称元子，避乱入猗玗洞，称猗玗子。徙家溪上，称浪士。客居樊口，称酒徒，又称聱叟。至其为道州刺史，爱祁阳之山水，自呼漫郎。临浯溪上，为漫郎宅，凿溪岩为窳樽，爱溪口之异石，亭其上，曰年将五十，始有吾亭。懿乎居方伯之职，若与世之迁客骚人寄兴写怀者比，何其超然于物外也！

唐自武德来，文人蔚起，昌黎服膺者数人，而次山居其一，所谓高出魏晋、浸淫汉氏者欤！抑闻次山之为治也，苏枯弱强，归流亡户口万余，民安其教，竞勒石颂德，故杜拾遗云：今天下得结辈十余，公参错为牧伯，万物吐气，海内乂安矣。然则次山其不徒以诗见者乎？故其诗益有本，愚故并为论之，使观浯溪诗者知所尚焉。

喻来岩先生文略序

潘相

来岩先生姓喻氏，名崇修，字叔安，澧之焦圻人。著今古文甚富，毁于爨。嗣君简杂收六十二首，正于宫允张洞庭，多赝本。今年夏月，其曾孙某谒余于文正书台，属校订而授之梓，余为之裁其伪，正其误，钞三十二首如左。

当天崇时艾千子主秦汉，陈人中主文选，争执牛耳不相下。先生初泛滥于云间，卒宗东乡，故其文采芳魏晋，撷腴齐梁，不名一体，要之以秦汉为归。己卯举于乡，与刘黄冈同门，熊汉阳亦同社友也。顺治壬辰，偕戚价人、李石台、唐采臣成进士，倡和燕邸，故原稿多诸老评跋，韩长洲墨选亦亟叹赏之，惜俱被六丁摄去。物之精华，天地所珍，先生与诸老，俱以文章应兴朝景运，诸老全集皆得传，独先生文罹烧劫，真不可解。顾程墨集中选七首，是亦足以传先生矣。其二十余篇，亦皆义法深稳，气骨清古。欧阳氏有言：斯文金玉，虽弃掷粪土，不能消蚀。则今日之收拾煨烬而寿之梨枣，其亦文章有神与？

抑闻先生令白水，耻为俗吏，惓惓以劝学兴行为急，已而改谕衡山，家无长物，子孙守清白训，则先生又非徒以文传者矣。

曲阜县修城隍祠序

潘相

城隍之神，自北齐慕容俨镇郢城，始严奉之。五代、宋、元而后，士大夫无不敬共，凡守令履任，皆沐浴斋宿祠下，春秋朔望，拜谒惟谨。近世且列祀典，与风、云、雷、雨、山、川共一坛，陈设视社稷，谓其保固疆圉，迓和甘，驱灾厉，为民物福功甚巨。

世俗信浮屠诳诱，立寝殿东西庑，设十阎罗王像，鬼物狞狰，震骇愚妇孺。为香会，奔波若狂，甚非制，乃圣人乡亦竞为之。其旁又有白衣庵，居女僧。考明弘治时，茶陵李文正公奉命祭阙里庙，有一方烟火无庵观之句，是庵其始何时邪？而世尹顾听之，余欲毁其像，庐其居，婚其人，明圣制以道之，以未信徒骇俗，竢后时，惟严禁妇女勿入烧香，烧香治如律，风亦稍戢焉。

顾城隍祠久弗葺，钟楼二门，尤倾颓不可支，法宜修，适住持以重修请，手一簿索余题引，余惟宗明祀，保烝庶，宰官责也，而寿酒乐城隍，见于杜诗，谅亦人有同愿矣。余乃蠲十金畀之，并书数语，俾请于世族大家，凡百君子。

送陈谦甫游吴越序

潘相

士之能文章以雄峙今古者，类必目尽天下奇山水，以发其胸中之奇。独怪自有宇宙，即有奇山水，经年出入其中者，未易一二数，而千古奇文，顾独首太史公。史公之所游，上会稽，探禹穴，窥九疑，浮沅湘，讲业齐鲁之都耳。未有章亥之步，博望之槎也。今读其书，峦嶂层叠，烟波浩渺，类非游人所能到，岂游亦有道欤？抑史公之文奇矣。而议论是非，率多刺谬，若使与无名先生，学四海，尽四海之情者，度长絜短，又不可同年语。要以著屐携笻，往来于明月太虚中，史公之周览，亦乌可少哉？

潭州陈君谦甫，种学绩文，泓涵淹迤，日大以肆。壬戌夏，挟其能战艺于京师，见嵩岳、黄河，宫阙富美，与当时之韩、欧，顾独不上书。已而挐舟归里，欲取道齐、鲁、吴、越，愚闻东南多奇山水，谦甫沿淮泗，望天孙，浮震泽，吊吴公祠，入紫阳，拜徽国，临龙湫、雁荡诸遗迹，随所见闻，当必超然有得于古圣贤之真谛，由是而发为文章，蜚英声，腾茂实，无疑也。

愚于谦甫为同年友，慕古人之相请赠与处也，于其行即与之论游。

陈君名益，益阳人。壬戌贡成均，钱塘倪檖畴师亟称之。与余论议尤莫逆。南归后，不闻问者八九年。庚午乡试，余寓烟霞庵，君忽夜叩门，曰：某书馆不远，请为一夕谈。留数日，出所著相正，欢甚。时当路方举君经学，君顾不自足，亟劝余成诸经说。壬申，隽南闱。夏五北上，死客舍，同人雷莹归其丧。余每阅《经说》，辄怅念君不置也。

说左约笺自序

夏大观

《春秋》一书，传者三家，而左氏独详，晋杜氏注之传始显。顾其中脉络之相承，领要之有在，非好学深思，挈其大旨，虽记诵靡遗，究难贯串，譬诸万选青钱，不得线索，亦终散漫而无归耳。

冯君天闲，穷经力学，寝食于《左氏传》，义蕴所储，罔弗了彻，故所撰春秋时事诸说，原原本本，无一语一字不足发古人之隐义，启后学之隽思，是诚左氏功臣也。向予得是编，见其为文也雄而浑，其论事也确而精，心甚醉之。特虑学者未能概明全传，稍加注释，颜曰《说左约笺》，俾览者易识其义之所归焉。虽其中有不揣谫陋，偶易数字处，亦缘便人记诵，非敢妄也。

又补缉《鲁三家》及《列国名臣说》二篇，或循世数而详之，或按列服而增之，无非欲广备稽考耳，何嫌续貂乎？今谭子玉成，不惜助资付梓以公诸世，予既嘉谭子好学之深心，且益叹冯君所著士林有同好，而相赏为不孤云。乾隆岁次壬辰五月上浣，枫江氏自识。

《左》《国》《史》《汉》，文章之祖，而《左传》跻于十三经，于道尤尊，好学之家，往往嗜之成癖，以其为《春秋》功臣，不惟隶事赅备，供艺林采拾已也。宋儒吕东莱先生，曾取内外《传》事实、制度、议论为《左传内编》六卷，书分十九门，门有纲领。又为《左传国语类编》二卷，体例相仿。古之人于《左氏传》好之笃而言之详也如此。若以事类排比，对偶成文者，则有毛友《左传类对赋》六卷，杨筠《鲁史分门属类赋》三卷，见马端临《文献通考》及《宋史·艺文志》。顾皆略而未备，且其书已佚，世不多觏，学者惜之。

湘潭夏君枫江，家居力学，尤究心《左传》，搜择融液，日月既多，爰分类排纂，成赋七十一篇，间为门弟子所传写诵习。昨岁余视学楚中，适夏君司铎衡郡，因公接见之暇，出此书相视，叹其区部严而裁对精，自天象地利以迄虫鱼草木，其间橐籥三才，经纬五伦，视毛、杨所编卷目，倍蓰过之，而于配取之中，抑扬进退，义法炳如，又兼备东莱之断制矣。顾念东莱于《类编》自序，谓《春秋》编旨，不敢妄拟，辄比于枝辞赘喻，为举子课试之资，若欲然不自足者。今枫江所作，诚足供课试者之摭掇，而要非贯串全书，实有心得不及此，则试由是以窥文章之渊奥，更由是而寻笔削之旨归，如祭川者先河而后海，盖已仿佛东莱之用心，而非徒借以续毛、杨二书之未备，又安得以枝辞赘喻相品目乎哉？

书既成，而笺之者大鼎力也。大鼎为余所取士，方将以优行荐于朝，为枫江难弟云。时乾隆壬辰九月既望，长洲褚廷璋左峨氏序。

案：作者别有《分类赋》作于《约笺》之后，自序云：以宋徐秘书所纂《左传类对赋》未及分门，事多挂漏，因及门之请，分类七十有一，日成一篇，不三月而竣。彼序失录，胥钞因附褚学使序于《约笺》序后也。汝怀附识。

律吕新书笺义序

罗登选

有宋蔡西山先生《律吕新书》二卷，盖将以探制作之原，该百王之法，使《乐经》亡而未亡，未尝不重赖有是书也。自黄帝使伶伦取竹于嶰谷之间，生其窍厚均者断两节，闲而吹之，以为黄钟之宫。又制为十二筒以听凤鸣，其雄鸣为六，雌鸣亦六，此诚作乐之本，而律吕所由昉也。唐、虞、夏、商、周之圣人，盖莫不宗焉。

舜之命夔典乐，教胄子曰：声依永，律和声。又曰：予欲闻六律、五声、八音在治忽。言欲播于声音，不可不依律也。夏商之制，虽不可考，然《传》曰：禹声为律，身为度。言禹以身备律，而又以律察音也。《商颂》之诗曰：鞉鼓渊渊，嘒嘒管声。既和且平，依我磬声。言黄钟之磬，设于堂上以应律，而堂下之管声，皆依之而不乱也。周之盛时，周公制礼作乐，乃命太师掌六律、六同，以合阴阳之声。阳声：黄钟、太簇、姑洗、蕤宾、夷则、无射。阴声：大吕、夹钟、仲吕、林钟、南吕、应钟。皆文之以五声，被之以八音，有事于太庙，则大合乐以乐其祖考。故其诗曰：喤喤厥声，肃雍和鸣。先祖是听，我客戾止。永观厥成。周道弛于上，纪纲废于下，于是乎太史不陈诗，而郑、卫靡曼之音，日起而乱《雅》，故孔子叹之曰：吾自卫反鲁，然后乐正雅颂，各得其所。孟子曰：王者之迹熄而诗亡，诗亡然后《春秋》作。

遭秦废学，经籍散亡，而《乐》之为书，尤残阙而不可考。汉兴，北平侯张苍始定律吕。太史公作《律书》，乃尽述五声十二律之数，三分损益、上下相生之法。班氏又取而广之，以为《汉志》，盖诚有得于先王律吕之本法，而其他诸史莫及也。当孝元帝时，郎中京房，传故小黄令焦延寿六十律之学。至宋元嘉中，太史令钱乐之，又有生三百六十律之法，而识者以为相生至于迟内，即古法六变而穷于应钟，此时八十四声已备，十二调已全，虽复勉强相生，未有用处。名为妙尽阴阳，其实去古益远。

东汉而后，围径渐差，自蔡邕有黄钟管径三分之说，而孟康、韦昭之徒因之，虽有妙通音律如晋荀勖，而终不能改。参考古法，如隋牛宏、辛彦之诸人而皆不能觉。唐声虽备，律亦非古。独宋胡安定议乐，始以为空围者，律之口空面幂也。围九分者，律之一围能容九方分也。以是九分求径，则径当有三分三厘八豪。以是九分求周，则周当有十分六厘三豪。若从径三围九之法，则黄钟之管止容九百三十六黍，积止六百三十六分，与古法之容千二百黍、积八百一十分者，数终不合，则亦非律矣。盖五声生于十二律，十二律本于黄钟，黄钟之围径中声于是乎出，度量权衡于是乎生，故尤为造律者之所首重如此，是可以知立法不惟其异，声和而律遂完。考数必征于微，律非而声不得独是。

西山先生生古人之后，慨古乐之不可复作，而又见夫历代议乐者之不能以一也，遂乃讨论旧章，折衷群论，芟其太繁，撮其领要，著书二十三篇，分为二卷。上卷十三篇，述法度以明制作之原，故名之曰《律吕本原》。下卷十篇，即取上篇之义，而称引先儒之说，往反辨论，证其是否，故名之曰《律吕证辨》。其论黄钟围径之数，则疑蔡邕《月令》章句，而独有取于胡安定之法，其为五声十二律相生之术，则主司马、班氏，而不汩于京房、钱乐之之说，由是而变，而半，而声，而训，皆无一不本于古人已试之成法，以自成为一家之言。后之圣人作乐崇德，一时典修监议之臣，考律定声，舍是书其奚自哉？

明永乐中，命儒臣胡广等编辑《性理大全》，而是篇乃与周、张诸子之书同列学宫，其时为之直解者，则有尚书韩邦奇，为之补注者，则有太常李文察，然其书皆不传已久，不可得见。选自早岁，即尝私读是书而心好之，顾以义精词奥，了悟无由，心实惑焉。中遘悸疾，精神靡敝，十有三年之间，窃尝偷息钻研，日月既久，贯通稍多，遂乃会萃已见，立为笺释，不敢谓有当于深义，聊用表识其不明者。至若其中杂引他说，为后儒所增，每有错脱，为坊本所误者，非据古而裁正，则因义以求文。

国家功成治定，礼乐方作，于是书或有取焉，亦庶几千虑之一得云。乾隆二十年乙亥七月。

夏枫江左传分类赋序

罗登选

类书昉于唐之《白氏六帖》，厥后宋有祝氏和父《事文类聚》，明有焦氏《弱侯类林》，又有陈氏仁锡《潜确类书》，凡自天文地理、君臣父子、礼乐兵刑之大，与夫昆虫草木之细，靡不门分类别，了若指掌。然犹惜其仅为艺苑之菁华，供士林之獭祭，于经学家无取也。近日又有《五经类编》《春秋左传列国分传》，然以经求之则割裂，以类求之则又不尽可以类举，亦无谓也。

湘潭夏君继临伯仲，家世博学多文，一日出其所辑《左传分类赋》示余，余读之而矍然以惊，曰：自晋杜氏元凯作注，宋林氏尧叟补之，千余年之后，而又仅见有此书也，盖其类则亦自天象地利、君臣父子、礼乐兵刑之大，与夫昆虫草木之细，靡不备。其考据则自隐、桓、庄、闵、僖、文、宣、成、襄、昭、定、哀，二百四十二年之事无不包。辞取达意，属之以骈。事限于文，广之以注。类分七十一门，盖诚纂先儒未纂之书，而非仅一家之言已也。

抑闻之《春秋》，于五经为刑书，经为断，传为案，左氏以其案定断，述事以告万世，而使晓然于《春秋》之义之不苟也。故于孛入星陨，可以见天文之法象焉。于方城虎牢，可以见地利之防御焉。于荀息申鲜虞，可以见守君臣之义焉。于申生寿伋，可以见处父子之变焉。于观乐赋诗，可以识礼乐之节焉。于分广铸书，可以见兵刑之纪焉。他如爰居以讥文仲，鸜鹆以验童谣，牛鸣以观物理，结草以知感应，虽在鸟兽草木，亦有寓焉，而是书皆备之，是亦足以羽翼经传无疑已。

余少好读《春秋左传》，思欲有所发明，中间遭悸中止，茫然如未尝读者。己卯思续之，庚辰疾再作。戊子又思续之，今春疾又再作。读夏君之书，而不禁油然慕，勃然兴，且更怒然愧也。己丑季夏月。

横阳寨书事诗序

欧阳基文

闯贼灭后，其部曲尚拥众十余万，阁部何公悉招致之，令散处湖南列郡，间为复明社计，所谓十三部也。其驻吾郡者，为王进才、牛进忠辈，虽激发于阁部之诚，而狼子野心，焚掠如故。

戊己之间，乡民受戕于此。议者或以揖盗议阁部，余曰不然，彼肘腋之贼，抚亦掠，不抚亦掠，阁部计之审矣，夫明室之不复也，无知愚皆知之，岂阁部而昧此?《传》曰：虽有善者，无如之何。明之元气，至熹庙而尽矣，庄烈忧勤十七载，固已积重难返，而温周迭兴，杨卢异趣，廷臣各立门户，当宁无可信从。一海舟之造，而兵、户两部，往返弥岁。一弭盗之举，而剿、抚两说，聚讼经年。谋同筑室，祸已切肤。至于江左酣宴，楚粤间关，盖又无足道者。而一二杀身成仁之士，尚欲煽死灰于已寒，收盆水于既覆，计无复之，乃矢涕于雠仇之前，竭诚劝励，同心悔祸，以几幸于万一。事之不济，以身殉之，所谓行其心之所安，至死而不复顾虑者，不幸而闾阎并罹其祸，此亦事势所必至，不当以之议贤哲矣。独怪明之末造，其恹恹至此，夫备之不豫，虽豪杰无所致其力，而相率以归于尽，毋亦守土者所宜深念也夫!

寨在新化城西横阳山，乡民相率御寇于此，故垒犹存，览眺之余，感慨斯系。时乾隆戊子春杪，从游者为周生圭、刘生光允、周生德和云。

雪泊联舟传饮诗序

刘工诩

乾隆四十五年正月六日，张生伯观同余北上，舟发汉阳，拟至襄阳而陆。时安乡族弟修甫，与其兄子佩卿来自武昌试院，以暮解缆，质明会于江渚，于是两舟互相尾以行，四人者，皆以南宫恩闱往也。伯观既与余有晨夕好，修甫亦尝再四晤言京邸，而佩卿、伯观同举于乡，且同庚。

河干夜泊，镫火辉映，倚樯而语，意气欢甚。长年旧习，舟各于其党。其党也，不独同发，夙暮必偕，即相遇不相识，亦呼声唱和，哑哑笑言。非其党，势既不相友，甚有以揶揄见长者。余与伯观舟差小，四周篷覆，足两人寝处，日食饮，传橙授校，各趺坐以竣事。而修甫舟俗称满杆，以木为蔽，状似板屋，梯级高下，分舱列坐，容五六人，酬酢甚舒。两舟主者，初若不相能，然以吾四人成约，强商行止，遂亦渐睦，如舟之同类焉。余尝语修甫云：四人分舟，君子以同而异也。若辈连舟，所谓以睽而通也。修甫亟善余言。

行数百里，以风雪泊某所，两舟相维，其间不能以尺。舣既定，修甫招饮，伯观遂过舟，余呼修甫：吾与君二而一之，可乎？修甫会意，启窗棂，彼此各坐舟中，可以探面而视，若手则取携尤便也。余因取伯观所酤酒，与修甫瓮中物，较量圣贤，尊两壶于两舟之爨，修甫酒醇醪也，乃剂于余尊而和之。用其酒参之一，修甫尊不动，以待临时裒益多寡，于是舟以风之去来为离合。两人杯之手与尊之手，即以舟之离合为远近，斟酌甚谨。虽崇酒涓滴无漫溢者，盖向空一酹而外，江神不能多饫也。然余与修甫较劳于伯观、佩卿两人，特以壶枋在握，指挥盈虚，稍自矜贵。佩卿、伯观坐分其旨而已。肴无席，以修甫舟之廉为几，器瓦缶二，凉则蒸之于火，皆有盖，气浮浮旁达，凡登降其缶者屡焉。所贮一黎祈，一博望侯所贻辛草也。

饮酒乐，修甫连沃余尊数觞，而壶首强项，抑其首乃肯出，每尽则杂而均之如前法，已而修甫病余之勤也，诱余壶而欲执之。余笑曰：壶去则手失势矣，余酒可得，余壶不可得也。修甫大笑而无以夺。酒将阑，修甫笑指窗棂，谓余曰：此非通气出入之牖户邪？出入则难，通气甚易，而余四人者之绸缪亦甚矣。余大笑，危坠杯而偾余酒。

是日也，几无算爵，余舟人妒余四人之豪也，以余占午炊之地告，且曰：公等休矣，不可以过乐。余恶其意而善其言，因罢酒。修甫曰：今日之事，诗料也，不可以不记。余因援笔序之，而以韵语属诸修甫、伯观、佩卿三人者。

感知集自序

刘工询

岁乙卯，工询生十四年矣。归安吴牧园先生视学湖南，取入县校，其时江南太仓钱公，实为吾郡太守。

先是，雍正己酉，工询方九龄，稍通经史，时之人以为早慧也。邑广文荆南张公趣先君子，挈工询往见，至则游扬之，于是观察孙公、太守杨公、邑侯单公、善化邑侯李公，每晋谒课文毕，锡赉有加，恩礼之隆，非敌以下所敢望者。杨公又以校童子射日，见工询于宗匠吴门载展习公，公即辍射，抽经书令背诵，嘉劳再三，而更引先君子面谕：姑以而子归，若固远到器，毋务速成。先君子如所诫，不令就试有司。洎癸丑应试，则钱公来守之三年，为工询舞勺时矣。

钱公之试各属也，去取甲乙，皆自任之，不假他人。是岁工询见赏于邑侯陈公，拔置第四，及钱公招，覆至五六，好事者浮言且冠军，公实无成心也。案发如县名，方就寓读书，公忽揭三人者罗而三试，而工询预焉。其二人则湘潭张君度西、湘阴陈君天石也。闻公意将荐之抚军，卒格于例不果，而工询棚试卷，亦备而未登。公府治内舍，有斋状如舟，制名不浪舟，公政余之所游息也。召入，且慰且勖，时公长君孟扬，以内举待征，善指头画，公命泼墨写牡丹一株见赐。长君私语工询，家尊于此，有微指也，子其勉之。越岁，公仍提调试事，工询以县府前列备弟子员，公喜甚，招饮赐诗二章，有潇湘饶有江山秀，孕毓英奇是少年之句，其怜才好士，特相矜重如此。先君子存日，未始不以珍藏属也。忽忽春秋，又十五矣，中间以家室故，经营碎细，重以累服齐斩，哀酷继缠，键庐风雨中，常惧立身蹉跌，以负知己之明，而顾此头颅，依然故我，无缘仰副大人先生所见期望，岂能觍颜向人缕缕旧时事邪？独念工询以庸材见礼当路数公，而数公者既势分悬隔，不敢以微贱扳援，其一二溘先逝捐宾客者，又无以谢知己于地下。

钱公虽久任，而工询自列庠序，从未一望履舄，及以一书彻隶人耳。今公归且十年，传语平安，傫然大耋，又过之矣。云山迢遰，瞻望神飞，回首前因，可胜于邑。昔曾子固上欧阳公书，举所赠序以为感戴。王介甫上某侍郎书，并谢笺墨之惠。其于知己皆惓惓焉。工询虽不敢妄拟古人，然以贤大夫之培植深厚，报称无由，而势绝地限，思一再见不可得也。手其琳琅，安能以无介然于怀邪？

公诗故书于箑，今春偶一检视，触手剥落，似不可久，回思先君子所丁宁，益用黯然，将锓诸版，苦少不成帙，用述受知颠末，附录诸和诗，联为一卷，标曰《感知集》，以志不忘而已，非敢沾沾以是自喜也，然而泚笔及此，颜之厚矣。乾隆庚午孟冬月望日。

代义山会序

刘工询

人情之难割而忘其损己者，无如好饮而沽酒。情之惮损己而割所难割者，无如捐资以行义。二者若相类，实相反不相涉也，然则即摈酒绝饮，何预于行义乎？且行义必待捐资乎？余于其间通一术焉。

余祖隶豫章，豫章之人，与余先后旅寓湖南会城者，不下数百家，寒暑霜露之侵，非能概免也。不幸死丧夭札，或窘无所措，而客籍例不入义冢。义冢，官置城外间地也，不得已寄棺野寺之旁，标题垩室，弥望如鳞，奔载之期，遥遥莫必。其或觅一抔土为久厝计，则又荒原旷野，孑然单骸，数年或不能举其所在。余心窃悼之。今年正月，偶与族某、友某某共四人，沽酒叙饮，见扶榇出郭者，同乡之丧也，不觉恻然动念，手一尊告曰：公等努力尽此，后不得旦暮酤我矣。诸君闻言而骇。余曰：甘酒与好义，相反者也。戒酒与行义，亦两不相涉者也。公等知戒酒，亦可于其中行义乎？余与诸君，虽不善杯勺，日计不足，岁计有余，与其损此无益之资，曷若相戒以图义举，稍为黄土青磷一助。数人者喜诺，咨余以计所出，余酌定其法，人月输钱二百文，四人岁以一经纪其事，自认微息，限三年可得资若干，公置义山一所，以备不虞。

朱子赓亭曰：是举有五善焉，戒酒一也。行义二也。戒酒即以行义，不别捐资，三也。自本自息，不贪外赢，四也。三年为期，不至久懈，五也。此谓仁术，亦义术也。余四人其以是为息壤乎？于是彼此浮白，尊渴而止。会名义山者，意从山起，兼既戒饮，不欲复言酒也。

案：此文言省饮酒之费，以买山而瘗无归之骨，可谓法良意美，然不独酒也。湘潭锦湾对岸有小市，从兄世果礲米其地，与同人约省槟榔以周贫者，家置一筒，客来则主人投一钱于筒中，月计岁会，如周恤事急，则不待会计，先倾各户之筒以济之。盖潭人之于槟榔，虽孩童时用咀嚼，尝闻之人云，其壮盛时，日需百钱，而一家终岁之费，常在二三十缗，不亦傎乎？始捐嗜好以行义，继且借行义以损嗜好，其为作用大矣。汝怀附记。

湖南文献考略自序

尹笃任

山川清淑之气钟灵于人，人以山川而灵也。而山川之灵又借人以传，而其灵始著。是山川之灵人灵之，非山川之能自灵也。然惟山川能灵人而后人得灵山川，是山川之灵终自灵，非人之所能为力者矣。

邑境内之朱亭，潭上游之胜概也。其地在楚为江潭，秦为湘南治，有宋朱、张往来衡岳，构亭讲学，遂曰朱亭。历元迄明，胜迹孔多，迨经兵燹，荡然无存，盖以地非通都，又无文献，故日就销沉。间有好古之士，欲访遗踪，穆然徒见山高水深，付之想象而已。

顷当事留心访古，以余为老马识涂，于是喟然曰：山川其有幸乎哉？是诚晦极而显之时也。爰采志乘，参稽文献，间有文字残废，又缀俚语以补其阙，集成一帙，命曰《湖南文献考略》，以供辅轩之采焉。夫山川显晦何常？在有力者之主持振兴耳。兹以当事之好古情深，吾知山川生面自此而开，百年沉晦之迹，必将洗剔以发其宝光，岂犹任其雾锁云封，长此蒙翳乎？此殆山川之灵与先贤之泽，郁郁勃勃，有所不能久湮者，故得贤人君子居官师之位，以相与昌明。不然陵谷变迁，既以荒残倾圮，听其雨蚀烟销，胡为一旦举其陈迹，询诸刍荛，使空谷既寂之音，一振响于高冈千仞邪？

可见在上之人，得江山助以成千古之大业，隆名所既与日月山河而并古，殆非偶然矣。

玉林塾草序

周大澍

伯牙学琴成连，连令牙之海上，群鸟啁啾，潮汐澎湃，牙遂叹成连移情，自是琴妙。是则牙之得于连者，若在琴，若不在琴也。为文亦然，文章之妙存乎心，因心之妙尽乎变，海立云垂，风起泉涌，羽毛华实，歌舞战斗，天地之至文也。有触于外必应乎中，文人之心，不可方物，弋金翅于摩天，掣鲸鱼于碧海，惟其变而已矣。

余侄树棠、树槐兄弟五人，暨刘生兆熊下帷双林，以余回辙偶间，就余谭艺山席，因忆昔尝读书兹山，留题证缘，再至始俞其请，至则山容依然，人事非昔，林镫雨夜，交集百端。忆丁亥别山，浮沉人海，南北东西，近则陟祝融于衡，泛洞庭于岳，远则山如嵩室太华、少华，为五岳者二，水则江河、淮泗、沂，为四渎者三，其险阻则山如冥塞，秦岭、蓝田、六盘、清凉，峭壁插天，苍崖绝地。水则龙门、积石、瓜扬、黄天荡，片帆出没。皋兰、黄河、冰桥、铁柱，浪激雷砰，顷刻万变，洞心骇目。其边远无极，则天山绝塞，沙漠战场，万里少人，六月犹雪，朔笳吹月，胡马嘶风，毛发森竖，形骸块存。迨息影倦游，胸中吞吐云梦八九。顾兹一丘一壑，抚枕终夜欲起，及命题校艺，诸生各以艺呈，光怪陆离，出人意表。其佳者如复岭回峰，争奇吐秀，烟霏云敛，毕露轩豁，不觉神王击节，几忘身在山中，岂兹一丘一壑，有以移情而致之工邪？二三子勉之矣。吾尤望其广已造大也。

太史公周历名山大川，其文雄恣奇荡益进。子由上韩魏公书，谓于山见终南，于水见黄河，于人必见太尉而始遂，然则文章之高深，其必系诸所见名山大川欤？或视乎其人，在此而不在彼也。二三子学成，北游京师，观山于岱，观水于海，以发为文章，为余车辙马迹所已经，未足奇也。吾闻河源出昆仑，西距玉关二万余里，博望槎求河源之地，在回部葱岭火赤脑儿墩，译言星宿海，其源自天上，所谓黄河之水天上来也。地入盛朝版图，余昔驰驱玉关，尝以未得极观为叹，二三子他日其游，历余所未游，将其文亦逮余所未逮，岂直群鸟潮汐，琴师之一弹再鼓也乎？

既浃月，简其尤者，得文数十首，将梓以励塾勤之一得，二三子谦惧辞，余曰：余岂以是为子能而画之进哉？将以待夫好余好者赏音有人，而后知余好之非私焉尔。林侧溪桥曰玉带，因以玉林颜堂，题其编曰《玉林堂翦镫塾草》，或曰双林部娄也，带溪蠡勺也，名编而以小，何也？余曰：泛层波者先溪流，陟崇巘者先丘垤，二三子姑于小托始焉，先于小不限于小也，亦犹先河后海之意也。为识其梓之缘，弁之首。

山东乡试录后序

罗修源

乾隆四十有五年，直省乡试届期，秋七月，礼臣以山东考官请，皇帝命臣修源、贰臣赵佑往司厥事。

伏念臣南楚寒微，至愚极陋，由乾隆三十七年会试中式四十名成进士，蒙恩拔置词垣，分校《四库全书》。四十三年，散馆一等，授职编修，涓埃未效，夙夜祗皇。兹复忝邀恩简，俾典文衡，闻命之余，屏营感悚。爰星驰就道，斋祓入闱，既竣事，择其文合理法者，梓呈圣览。臣维《周易·观》之大象曰：先王以省方观民设教，盖君子之德风也。风行地上，周及庶物。王者居中得正，上观天道，下观民俗，若风之鼓动，万类叶于周观之象，用能以一身为天下观，是以六四之爻辞曰：观国之光，利用宾于王。言人才奋兴，由王者览风问俗，登贤举能，有以引而进之也。且居观之时，最近至尊，志意慕尚为王宾也。

我国家敦庞淳厚之化，纯纯常常，使天下酿为元气，发为和声者百四十年矣。皇上统备君师，大文弥耀，环瀛内外，奉王言为六经，盖诚以大观在上之盛，握恒久不已之枢。乃者寿考作人，五巡江浙，而青兖之域尤銮辂所频经，过化存神，后先同揆，黄童白叟，咸协就瞻，况承学之士，生圣人之乡，而近天子之光，其被濯磨神鼓舞，争自附于尚宾之义，以副省方设教之隆轨，至亲且切，固非海澨山陬可得同年语矣。

臣又伏睹近岁以来，诏书往复，风谕学官，将以返朴还淳，蕲进于古，如铸物然，实授之钧，如治玉，然务攻其类，以是知天道至教，圣人至德。惟圣同天，故身教言教，一以贯之，而下观而化，有不自知其然而然者，夫岂臣等锁闱摊研，斤斤绳尺之间，论长絜短，所得窥寻常万一哉？

天下大矣，泰岱之区，霖雨所兴也，而来松甫柏，又诗人所致颂也。敢以为钟英毓秀者期，即以为当宁献。翰林院编修加一级，臣罗修源谨序。

陕西乡试录序

罗修源

今年为圣天子御极之六十年，礼臣遵前年诏书，举行恩科乡试，六月以考官请，奉旨：陕西正考官著罗修源去，副考官著朱文翰去。钦此。臣以谫陋，供职词垣，五膺衡校，兹复荷宠命，再典秦试，任使有加，悚惶倍切，于是駪駪就道，届期入闱。

时执事闱中者，监临则护理陕西巡抚印务布政使司布政使臣倭什布，协同点名则署陕西布政使司事按察使臣姚学瑛。陕西按察使司按察使臣姚学瑛，潼关抚民同知臣朱学濂，提调则陕西督粮道臣孙藩，监试则陕西分巡凤邠道臣王文涌，内监试则邠州直隶州知州臣龚景瀚，咸肃恭将事，乃进陕甘学政臣章煦所录士四千余人，扃闱三试之。臣偕臣朱文翰，率同考官臣马学赐、臣章廷枫、臣王骏猷、臣孟正笏、臣蔡澜、臣钱廷琛、臣姚运东、臣安清翘、臣唐以增、臣朱超等悉心校阅，得士如额，录其文十四篇，恭呈乙览，臣谨飏言简端。

臣闻《洪范》曰：皇极之敷言，是彝是训，于帝其训。即继之曰：凡厥庶民，极之敷言，是训是行，以近天子之光。说者谓民之敷言，皆皇之敷言，有以涵育而启迪之，故其下即继以三德，曰正直，曰刚克，曰柔克。此三德者，蕴之为德，发之为文章，故《诗》曰：三英粲兮。不言德而言英，是德之英华见于外者，而其本则由于皇之建极锡福以成之也。钦惟我皇，上敕几行健，典学单心，先德功而后立言，以尧舜而兼孔子。

《御制诗文集》为天地之大文，与六经而并寿。臣侍讲筵有年，伏读御论，仰见圣天子缉敬昌经，亹亹孜孜，日新不已，光被四表，人文化成，天下之人，蒸然同风。禀圣人之训，试之以五经也，则皆知兼通之当务。限之以七百字也，则皆知冗长之当除。谕之以清真雅正也，则皆知正鹄之所在。示之以归有光、黄淳耀之文也，则皆知先民之是程。度诚陈而长短合，权诚悬而轻重彰。臣由是乃知感应之理，不疾而速，而《洪范》因皇之敷言，即及于民之敷言者，有由然也。陕西民气质厚，臣尝于壬子之岁，承命典试是邦，其为文无涂泽佻巧之习，有足当用乂之选者。今又细加别择，将取其材之秀者，备榛楛焉。《洪范》不云乎？曰：

予攸好德，汝则锡之福。盖必于其敷言验之也。臣惟与多士交相勖勉，以无负登俊之典，是则臣区区之心，所为答圣慈于万一者尔。

惟时官斯土者，则署理陕甘总督印务陕西巡抚臣秦承恩、甘肃等处承宣布政使司布政使臣陆有仁、某某例得备书。日讲起居注官翰林院侍讲学士臣罗修源谨序。

毕莘农咏史诗序

周锡溥

诗之有咏史也，其源盖出于乐府。曹子建《怨歌行》，以周公金縢事俪曲，而晋桓叔夏依声按歌，致使安石泣下，孝武改容。嗟乎！何其感人之婉且至也。

后人稍变其调，以为古风，则左太冲、鲍明远诸篇最其善者，然皆主于咏志，犹阮嗣宗咏怀，陈、张诸公感遇之比，非自弃其言而言史之言也。又如陶公之《荆轲》，颜延年之《五君》，王右丞之《夷门》，能使读者邈然想见其人，而忘其为一事之陈迹。然则果可仅谓之咏史乎？唐初去古未远，而如卢昇之、李遐叔咏史诗已不免散漫，宋明以来，隶事愈繁，而萎弱愈甚，正坐赋诗，必此诗耳。且古人未尝执题求诗也，执题求诗而又泥于咏史之一体，则嫌于以其心灵，日逐于枯朽糟粕之余，而反无以自揭其性情之所止，犹参禅家所谓不记己语反记吾语，而于诗为赘矣。然吾独有取于毕君莘农之诗者，何也？盖今之为诗者，各手一编，高自标置，非粉泽于竿牍之投，则寒温儿女，不能自休，以其言语媚人之有泚，固不如从事古歌者之有以自适其适也。

君自授书时，即不屑为科举之学，终其身未尝一试于有司，惟不屑为科举之学，故得备览夫宬史之藏。惟未尝一试于有司，故无所激发于荣辱悲喜之态，而尽以其所得效之于咏史。今叩其箧中已六七百篇，而犹为之不止。昔苏子美在杜祁公馆舍，每夕索酒一斗，公往窥之，见方读《汉书》，曰：有如此下酒物，一斗未足多也。君之是编，比事属辞，皋牢千载，盖亦因寄所托，以消磨其仕宦之胸已矣。又多乎哉？

君吴之武进人，从辟书吾楚，将归，属序其诗，予雅重君，不敢却其请，而并论古作者同异之旨，以相质云。

蓬草篇序附诗

周锡溥

六月，予自兰州循中卫回宁，适接府檄，委勘香山雹灾。山在卫城南八十里，而至灾所几百里，涉大碛，薄暮始至，人马饥罢，出钱易粟刍不得，询之居民，则山中故食蓬草也。持示予，有沙蓬、水蓬、绵蓬三种。其法，入水一沸，漉出之，别入水，熟以为羹，充日夕餐具，多则干以御冬。予乃知边塞间，民竟有啖草为生者。命烹以进，则腥涩，几不能下咽，而山民终年食此，可叹也！

按：蓬即蒿类，见于《毛诗》《尔雅》传记诸书，三蓬即三种蒿也。蒿类如莪蒌邪蒿，味甘气香者，可摘以供蔬，然非常食。又如《博物志》所称一种蓬草子，作饭无异粳米，俭岁可接粮，而香山民所食之蓬草，皆取根叶茹之，未闻有子如粳米也，与《博物志》所记美恶迥别。又今宁郡近河诸堡，无此草名称，《志》亦不载，或当年地利犹厚，山民未尽食此，抑其地僻远，非采风所及邪？予因勘灾目击斯异，以为雨雹天之常沴，而茹草人之奇厄，回车感怆而韵之，名曰《蓬草篇》，用补风土之缺，并告其令胡君息斋，俾加赈焉。亦无可如何之极思也。

金城归来寒始退，凌晨飞骑至中卫。卫东半壁绕边墙，香山却出边墙背。炎风五月雹如雷，棒檄行勘香山灾。路穷崖断百里许，始见屋角烘烟煤。

居民迎谒舞相属，我仆已痡车卸轴。呼令换米充一餐，山中食草不食粟。夜深月黑人奔波，太息奈此官供何？口道草名手摩挲，逡巡予侧那忍诃？

一种头垂如羽葆，名曰沙蓬出沙杪。一种微洼谷下苗，厥名水蓬类蒌蒿。沙冲水洑蓬生少，水激沙穿蓬见高。别有绵蓬叶爪碧，入夏软现兜罗色。

青裙小妇沦残冰，三种齐烹待官择。土气苦腥味苦涩，舌本间强嚼不得。推案置之长太息，问民啖此经几秋？岂无五种田可耰。

民言宁夏河为塞，此山巉嵯悬河外。禹时弃地秦时壕，偶有人居杂魑魅。枯暑战霜阴气涸，重霾轧露阳施闭。舍南老翁面冻梨，知春不知杨柳稊。

病思清井浇肺渴，雪尽却饮沙中泥。先时父祖营耕垄，万锹劚山山脉动。短苗初茁冰花开，又报沙虫大如蛹。官耔委弃如土苴，子孙啖草为生涯。

草少人多日一啜，饥肠宛转鸣缫车。昨寻荐地西山麓，牧放牛羊盼年熟。胃可充食皮可衣，赢得余资作稃粥。雹灾瞥过旋成空，牧场死骨撑青红。

老鸦恶鸱饱狼藉，五更往往啼腥风。东家西家泪沾洒，回看蓬草嗟独在。谢天再拜乞天慈，但愿葳蕤得长采。我闻此语感且吁，大哉天地何事无？

记我南中岁无恙，廪囷遮迾如屏障。市桥豚酒满眼酣，老饕未餍犹惆怅。自从作吏来边关，边黎照眼饥羸瘢。年年浚渠溉河堡，渠水不到成河滩。

巡稍放闸讫无暇，赤手那补地角刓。每闻流亡夜辗转，忍竭膏血营炮燔。岂知香山近咫尺，性命乃有悬草菅。人生九土共覆载，不著食籍良可叹！

行告尔主发陈廪，漏泽一线回天悭。语阑携檠疏所记，客次萧飕北风厉。莫怪我诗多苦声，请官尝此三蓬羹。

诗经音训自序

余世本

诵《诗》三百，未有真能依韵成诵者矣。坊刻纰缪太甚，或误音为叶，或误叶为音，或改反切而妄音某字，空注某声，或去本句中音叶，而移置割裂，不成文理。致使字音不明，字训俱舛。大义乖隔不通，绝不知其所自起，则坊贾侩胥之为之也。

近世明达之儒，斥此为非朱子之书，归咎于其门人。有谓朱子之门，断无是事，是因朱子所未完，而他家增窜之者。又有通融其说，去彼取此、自伸己见者。愚皆疑之。盖经学莫盛于今日，今天下久奉颁传说汇纂，则必朱传真面目也，盍尝从事于此乎？何缘尽人犹执赝乱之坊刻，以訿议前儒，特叶音亦多有不可解者，自周初以至东迁，迄乎春秋中叶，为时久矣。况复有《商颂》在前，自君卿大夫以至思妇、劳人，悬绝无算，何以风雅正变，类舍字本音，而惟叶之从，古之人无周沈以后韵书也，又何以云叶？窃谓古之正韵即今韵，可直通之六部也。今之人但晓今韵，则以今韵之通，求古韵之正，未为不是，其间不容不叶者，百之一二，虽叶而意义可通，方音适合者又多，但使不改字而不致聱牙，可谐声而不昧本文，则得矣。

癸丑甲寅间，由朱子书中所尝用通韵，及隔句押韵之法，依类参稽，举坊刻悉扫清之，然犹未敢以课儿曹。今春至宜邑，与济源卫侯嗣子共砚，初入学，宵雅肄三，即标韵以示，次第重点，又别为簿，略记改读字音。九月，生偶婴恙，仆耻素餐，于是反覆紬绎，取新帙撮书上方，丹墨陆离，留以为生读本，书就而生恙亦愈。盖音韵渊微，非仆僻陋无闻所敢知，而三百篇，则无人不童而习之，知其当然，然后能渐知其所以然，冀他日行成名立，助我不逮，为我校刊全稿存之，则相与有成，仆之志亦卫侯之志也。侯洞精音律，度进而教之。乾隆六十年乙卯冬十月朔，书于宜章官署。

湖南文征　卷七十

序十五

自序

张九镡

曾子曰：其少不讽诵，其壮不论议，其老不教诲，亦可谓无业之人矣。余受业父师，年十五，遍诵九经正文，尤笃好《毛诗》《左传》，习其文辞而已。弱冠辑《古文尚书》，证验《周官纲领》二卷，既而觉其浅妄，推明孔、郑章句各十余事，夙疑顿释。最后读《易大传》，博览诸儒之说者六七年，慨然知三圣之《易》为一，而为象数图书之学者，徒费年月也。自是于诸经皆求贯通，大义无所凝滞。三十以后，疲于四方之役，未能卒业，至今常以为恨。

顾平生之论，以为经传之出，至两汉而已全。注疏之学，至唐《正义》而略备，二千余年不能增易。中唐以后，董毕之言《易》，啖赵之传《春秋》，渐生异义。逮宋熙宁间，始为新学，注疏遂废。洛、闽大儒，由博反约，微言精义，多所发明，然于事实制度，略而不备。又多采取当时诸家杂著，以视汉唐专门之业，或远逊焉。宋末元初，大都墨守师说，推衍附会，什居六七，至于窜易经传，穿凿新奇，如王鲁斋、金仁山、吴草庐辈，为世嗤点，亦宜有之。若近日昆山徐氏《九经解》，秀水朱氏《经义存亡考》，流传著录者且数百家，以之侈闻见之博，夸藏积之富可也，而学者竞相祖述，互为标榜，故有全写则揭箧，旁采则搜囊，以为穷经之学，端在于是，而庋置注疏于高阁，是何异遗日月而摭星宿，舍江河而寻溪涧哉？

流及科举，朴学愈荒，或分文析字，剿帖括之卮言，或别起例义，袭类书之余智，甚者凭私决臆，离真失正，而大书深刻，日增月益，莫可穷诘。此程子所谓支离经训，无复统一者，不重可慨叹欤？六经非一人一世之书，其与天地无终极而存者，谓人习之为学，世资之以为治也。如使人人得为异说，而随世以为增易，则圣人之志晦，而天地之理或几乎熄矣，故余以为今日之学，仍宜折中注疏，归而求之经传，不当信口说而背传说，是末师而非往古也。

每念修绠未汲，卤莽无报，上之不能搜天禄石渠之藏，辅翼道术，以质问难、辨异同。下之不能居宽间寂寞之地，研精覃思，以备遗忘、省过失。而欲敝精神、縻岁月，窃附意见于其间，自知秏蠹有同朽腐，故颇裒集前后经传议论之文百余篇，合杂文为甲、乙、丙、丁四部，欲倩友朋书而存之，敢谓自喜文字之间而已哉？亦聊以示不忘旧业之意云尔。时乾隆癸巳九月立冬日。

通考小序钞序

张九镡

马氏《通考》为门二十有四，其《小序》只二十三篇，盖合郊祀、宗庙为一篇，其书本诸史志所述，折中经传，参考古今奏疏论辨，凡经世要务，无不核其源流，析其得失，通古今之宜而明政教之要，盖万世治天下者之准的也。

昔孔子言三代之礼，以推百世，曰因曰损益，为法不同，同归于治。其后周制亡熄，法度荡易，孟子论周室班爵禄，只闻其略，至语齐梁滕君，曰井田、学校云者，只曰大略，曰润泽。其所以经世之法不过如此，又况更秦及汉，千百年以后，一切沦灭，时君世主，虽因仍苟且，然亦时势隔绝，积重难返。揆以孔孟复生，不能不变通于其间，而一二儒者，不知通古今之宜，明政教之要，方且摭拾《周礼·王制》疑文轶事，谓非一遵其法，不可为治。及其用之而为患，则曰非法之不善，而用之者未尽也，故尝护短凭愚，习为怪迂，以排群议，未有辨其所以然者。

今与之陈历代典章经制，因革、正变、同异之故，源流得失，一一具在，则其已事可鉴，而凡为空言，无益于世用者，可以返矣。汉董氏，通儒也，其言曰：道者万世无弊，弊者道之失也。先王之道，必有偏而不起之处，故政有眊而不行，举其偏者以救其弊而已矣。而宋曾氏亦云：法者所以适变也，不必尽同。道者所以立本也，不可不一。是皆得其意而不泥其迹者也。二子以降，知此者，惟端临此书而已。

自明至今，其书颇行于时，为博物洽闻者所必不废。至于发策决科，待问条目，亦有取于是。余独以为，万世治天下之准的者，盖其用意所在，故不得而不明也。既先录其小序，述而论之，使暇日得以考证焉。

陈宗五先生诗序

张九镡

武陵陈宗五先生，余叔父梣山兄天门戊午同年友也。余弱冠时，尝谒虞山蒋中丞，遇先生于公廨，望之须眉朗朗照人，既相揖叙旧交，未尽所言而别，后遂无由再见。先生壮岁以诗文名湖湘，著作雄富，声华籍甚都下，久而发闻于时，人咸谓其遇之迟。方冀大展所学，而先生即以恤归以毁卒矣。呜呼，惜哉！

今年丙戌季夏，余自京师归，适友人诸暨郭幼春自武陵来，携先生诗集见示，谓近与先生两嗣君共校雠，将谋付梓。余读之竟卷，往复唱叹，不能去手。以世多知先生者，不复赘一词，然独以茶陵彭公称先生之诗，谓始跨昌谷，继神明于少陵漫叟，以上窥汉魏者，尤得其深。盖少陵之忧悯黎元，志存经济，漫叟之直抒胸次，原本性情，皆根柢于汉魏，而与为雕绘襞绩，纤淫靡丽之词者迥殊。先生之诗，虽复奄有众长，不专一能，要其根本准则，不外乎是。至于内行之淳笃，志量之闳廓，皆与诗之词气、音节相为表里，有可以决其传世而行远者，而亦何必为先生重惜也与？

幼春非深于诗，不能好先生之诗，故以楚越天涯而臭味相合，为之向往追慕，盖先生之诗感人如是，而况余于乡先达之遗文，其宜爱重而宝贵之为何如也。余非知先生者，顾于先生辱两世之交，且以二十余年前一晤而未尽所言者，一旦于身没后而得尽读其诗，有深幸焉。

六学集原序

张九镡

昔欧阳子云：六经之旨失其传，其有不可得而正者，自非孔子复出，无以得其真也。以余尝考诸经，自西汉以来，《易》《诗》《春秋》皆圣人之全经，惟《周官》《戴记》冗杂特甚，然宋元儒者，往往刊正补缉而卒无成。若《易》有古今之分，其文特经传分合之间，而《古文尚书》与《今文》为二，虽宋元儒者，亦已别白言之，而《古文》固不可废也。他如《今文孝经》，古本《大学》，皆文简义明而率多改移，终不如仍旧贯之为得者，是又学者所无庸多言矣。

余自庚午南归，闲居诵经为乐，每念圣经微言大义，先儒宏之已精，不复措词，独可省除烦惑，削去讹谬，庶几有所统一，而师友沦落，无与是正。尝以退学之余，折中众说，断以己意，得文五十余篇，非苟为异同，亦求自释于心焉耳。班《志》有言：古之学者存其大体，玩经文而已。是故用日少而畜德多，三十而五经立也。

余年既过三十，虽枉心力之勤，知其劳而少功，又深违古人畜德之义，等于渊明所谓终日驰车走，不见所问津者，其可不发愤而知所悔也哉？今始裒为一编，序而藏之，题之曰《六学集》。时甲戌春正月某日也。

送宗弟理衡南归序

张九镡

余宗弟理衡，以明经入太学三年，今春来告别于余，挈其囊有《读书思问录》六卷，皆五经、纲鉴、论说，大篇条辨，次第成编。余以校书之暇，翻阅数过，叹其不获知遇，又叹吾与理衡，自髫年为诸生，同试于场屋，相知久矣，而未知其能于经史之学，纵横贯串，而折中于至当如是也。

盖自有朱子以来，斯道大明，诸经义训，独存体要，而异端伪说，什去六七。学者遵功令，勤课读，由其辞可以至于圣人而不惑，顾恐循诵习传杂而不贯，徒为科举剽窃依附之词而无得于心，终冥然无知而已。而近世之学，则又不然，当其为诸生少壮时，未尝不循循守规矩，冀博科第，及已得之后而遂忘之，又或年近老大，渔猎日多，见闻惶惑，以私臆为穿凿，往往增益图书，删改经传，其尽脱窠臼者，亦不过步西河之后尘，拾竹垞之余唾已耳。然其才辨足以济之，名位足以据之，友朋、门徒互相标榜，而奋辞舞笔，睥睨世俗，无所顾忌，夫岂其本心哉？日饮食而自云服气，已婚宦而劝人出家，姑妄言而妄听之，何怪焉？

理衡之书，紬绎经义，辨析史事，一以朱子为宗，间亦摅己见而不入于新奇，排群议而不流于苛刻。至其文辞笔力，又足以达其所见，非积学之久，信道之笃，何以至此？余役志于朴学者有年，蓄疑待问，无以自解，风尘羁旅，一旦于子遇之，如入旧国旧都，望之畅然。况见见闻闻，而昆弟亲戚之謦欬其侧者乎？是可喜也矣。

理衡在京师，躬爨步行，质朴有古人之风，今方南归省亲，需次为郡邑学博，将以教学之余，益治其业，且日进而未有已焉。余幸得先观其已成者而乐道之也，故书此以赠其行。

孙子评序

张九镡

《孙子十三篇》，孙武撰。史言武齐人，而用于吴，在阖庐时为将，破楚入郢，而《左传》不载，惟赵晔《吴越春秋》详之。吴王召孙子问以兵法，每陈一篇，王不知，口称善，今所传者是也。其书完全，于兵家为最古，自魏武帝、杜牧之以下，注者二十余家。宋欧阳、梅、苏及明唐荆川、王凤洲诸人，则稍稍称其文辞矣。

世之论者，以为夺谋逞诈，战国相倾之流，余独谓三代王者，用兵见于六经，自春秋诸侯无义战久矣，况于后世乎？故不得已而后从事，非以谋人以自谋也。世传韬匮诸书，伪托古人，不足论，若吴起、穰苴之徒，一切权谲，反文以仁义之言，济以揖让之说，使其行之，虽与三代何异？及临敌决胜时，视若赘疣，何其缪哉？武子之书，即兵论，兵出奇无穷，以贵速不战为能，攻城破军为下。《传》曰：临事而惧，好谋而成，然则所以胜诸家者在是矣。

其文之纵横幻化，而纪律简切，节制谨严，盖以文言兵，实以兵法行文，自《左》《国》以前未之有也。余既喜其文辞，颇为道其法度波澜之所以然，故叙论于篇。

先儒文略序例

张九镡

夫载道者谓之文，道莫大于六经，然其为文也与天地并，故无得而称焉。

周室衰微，孟子没而荀卿在，于时庄、列、申、韩异学并行，是故道丧而文遂敝。两汉之世，儒术振兴，董生为群儒首，贾、刘、马、班诸人，皆本经道述文史，专门通经之学，各有家法，自是而历魏晋以迄于唐中数百年，其称立言著书不谬经旨者，仅得一二人，而昌黎力能明道以起衰，此其最也。逮宋儒出，道以大明而文教愈盛，然论者以为，当世之以文自表见者，如欧、曾之林，既依附乎道而莫究其由。至于濂、洛、关、闽，师友之渊源，则又不以文为能，然则道与文，不犹判然为二物也哉？

余盖观三代以来，人自为子，家具有集，非无学问之深，才力之富，与夫文章语言之工，不随众泯灭，而足以行世传后者，其所为往往载于奏疏、论著、书序、传记之类，亦皆道之所散见于事言而不可废者也。然以考其出入，离合于经，区以别矣，而欲其文章之兼胜焉，抑又难矣。今之学者，溺于词章诂训之习，徒见六经之后，荡然无所于归，而不能有以一之者。

呜呼！其可慨也与？乃总录周、汉、晋、唐、宋诸儒之文，以其时先后而论次之，自荀卿而下至马端临，得三十有七人文百篇，大抵论天人，推性命，明王道，述礼乐，凡古今为学为治之体要略具焉。或曰：汉唐诸家之于宋五子，若是班乎？而程朱发圣人之精蕴，备于是乎？余曰：不然，程朱所为，有功于道者，未有能出于经者也，故为识其大者如此，谓将取道于是，以明经耳。以程朱准董韩，以董韩准诸儒，而又皆折中于经以权衡之，不执一说，不名一家，则董、韩、程、朱之于诸儒，亦一而已矣。使夫上下千载之间，得讽诵乎斯文，而有以审六经之指归焉，是则余之所乐于是也夫。

自前史以文苑、儒林列为二传，辑群书家因有古文儒书之目，学者词章训诂，支离散乱，文章性道，非一原矣。余杂撰书文，总归经训，悉以时代相论次，至于削伪反真，去俗存雅，删繁领要，盖有不得已焉尔。

汉文载乎史，唐宋文载乎集，诸儒传注各附乎经，其自为之书又别为子，实则皆文也。言以足志，文以行远，故非是则不可谓之文。有能配经而传，词理相称者希矣。南宋以后，沿讲义、语录余习，雷同剿说，根本则亡，于英华乎何有？此固伪体之在所别裁者也。

孔、颜、曾、思、孟不作而微言绝，后世道统之传，久有定论，然汉唐千余年间，若董子通贯天人，韩子推阐仁义，不止功在一时。隆中出处，深明治道本原，谓非有得于圣学，可乎？宋儒一脉，周、张、程导其前，朱子振其后，始尽发群圣之蕴而集其成，如入海之必由江河，言天之先睹日月焉，它有作者，以此为权衡，其可矣。周末文敝，始于诸子之异端横议，极于战国从衡之策。孔门弟子著述，自《戴记》外，率多亡逸，当时儒家独取荀氏《学论》。汉兴，则取贾生《礼论》。毛氏《诗序》，孔氏《书传序》，并冠于篇端，而江都明王道，述春秋，尤卓绝千古矣。其余若马迁立史法，王阳、匡鼎、二刘约经义，与夫两子云之文，稍择其近正者载之，此前汉诸儒之大都也。

东京诸儒，首推班掾史志，经师则以康成为宗，盖一代家法也。诸葛君有王佐才，《出师》两篇，庶几兼古人三不朽之称者，今特著于编。自魏晋以至唐初文，气萎体败，经史之学，杂以词章，而无所发明，仅录徐伟长《中论》及王辅嗣《易》注，杜元凯《春秋传序》，范蔚宗《史论》数篇，附于后汉云。

韩文公起六代后，拨衰反正，功不在孟氏下，后来以因文见道目之，不知其实有得乎道而能文者，且其文浑涵汪茫，千汇万状，兼古今而有之，匪独中唐之盛也。今附以二李为一卷。

北宋人经学文章之盛，亦其时为之，积汉唐之遗业，复六经之正传，天也，亦人也。欧阳、司马，学识纯正，著述粲然，而周、张、两程之书，修词立诚，蕴藉深厚，若此可谓大雅不群矣。佗如宋子京、李泰伯、曾子固、苏子瞻诸人，其人亦各名一家，其文有能卫道赞经者，悉存大概，以益多师，因篇目稍繁，列为二卷。

程学历南渡后凡数传，而得其正且全者朱文公一人。著作有功，人能言之，兹颇搜择精详，与其文理兼胜者，盖天地千百年元气之奥，尽于是矣。朱子前录范茂明，后附张敬夫及真希元一二篇，而历代文献之源流，则以马氏序终焉。

南宋文体靡弱，词意支蔓，至末年为尤甚，又当程朱大明斯道之后，口说习传，元明承之，卑者但滞旧文，高者反滋异义，然综其意指，不出前人绪余，盖源远末分，自郐无讥矣。后之学者，诚知汉、唐、宋斯文之传，所宗必正，所择必精，以通经学古为源，以尊闻行知为归，虽人皆圣贤之徒可也。

右总论录文之意如此，是编本为通经而作，六经诚非一人一世之书，凡诸儒传注，疑义仝异，是非之大者，略著于编，要于标举纲领，统一指归，可以并行不悖。若凿空前人，各具己见，虽其持之有故，言之成理，而无关于义蕴大全，及违离本旨者略之。多闻择善，阙疑慎言，庶免于不知而作矣。

历代文章盛衰，与时高下，汉人浑厚，唐人峻洁，宋人疏畅，固是异曲仝工，然东都后之俳俪，南宋间之迂冗，亦自风气转移。兹集因时取裁，颇示己意。其有魁儒名家，大篇成书，未与论次，及所录之人有优劣，文有繁简不同，是在尚友读书者证之。

是书始于甲子孟冬，手自排纂，原目积至数百，增损十余次，称意而止。惟诸史取节论赞，余篇悉录全文，不敢删改，即评点亦可不存，观其所择，足以见其意矣。其间字画缪误，未尽厘正，姑以密尔自娱而已。至壬申孟夏，属稿始定，辄为纪其时月，藏之箧中。

理事编序

魏晋

主治者君也，辅治者相也，赋政于外而总其治者，督、抚、藩、臬大僚也，为政于下而分其治者，府、道、州、县佐贰也，而令尤为亲民之官，以征赋税曰惟令，以理刑狱曰惟令，以悉利病曰惟令，令得其人，则政简而事清，吏戢而民安，风醇而俗茂，其官虽卑，其责綦重矣。

恭逢我朝，圣人御宇，端本善则，既有以树之风声，立之纲纪，尤复澄叙官方，肃清吏治，旌其贤者能者，而黜其不肖不率者，大宪无所私于上，属员相与奋于下，盖治莫盛而世莫隆焉。晋生长大湖以南，少充解额，日奉一编，与远近友生相切劘三十有七年，居垩倚庐又三年，自顾头颅，徒伤老大。甲子忽忽已周矣。猥以族党劝驾，请咨上京，蒙恩简授镇平，自己卯腊月十七日履任，夙夜兢兢，诚有见于民生之不易，作令之良难，无以告无罪于上宪大部，蚤无以叩无疚于清夜寸心也。镇平南接邓州，北连南召，东毗南阳，西界内乡，广袤不及百里，惟北境过之。其民风大都刁顽，莫甚于南，染邓习也。西北为山高会萃之区，民秉其地气以生，质性之厚重险峻亦复相似，所幸邑非冲衢，无冠盖往来、堠馆供亿之烦，无徭役差派、辛苦垫赔之累，因得以且仕且学，承乏待罪于课阳。

尝论居官之道，曰清，曰慎，曰勤。慎固当立于清与勤之先，尤当以宽贯于清与勤之内。贪墨者清之反也，慎则无敢以货宝府其辜，然见有不贪而民病者矣。水至清则无鱼，人至清则无族，清操过严，处心易即于刻，贪则酷，刻亦必酷，其源殊，其流一也。怠荒者勤之反也，慎则无敢以酒色旷厥官，然见有不怠而政乱者矣。求治太骤，则措施多乖，未有弦急而不忧其绝，径捷而不病于窘者。道在推之以渐，贞之以恒，自次第从容而就理。子曰：居上不宽，吾何以观？非纵弛之谓也。古君子之持己也严，其御人也恕，其任事也果，确而无难。其处事也，一出以安详和缓，而不容以躁气乘，惟宽故平，惟宽故厚，惟宽故舒，惟宽故裕，斯有以收清勤之效，而无刻薄寡恩、欲速不达之讥，故廉吏能吏，一归之曰循良吏。

余惟德薄，不足以宜民，常思所以培其基。才谫末由以迈众，当谋所以补其拙。于宽之一字，不胜三致意焉。揭联于大堂云：镇物岂容情或矫，平心乃得事无偏。二堂楹之左右亦揭以偶语：勿傲上，勿扰民。慎静而尚宽，庶几得安安无事。不亏公，不肥己，澹泊以明志，未必非绰绰有余。敢云允蹈，抑触目警心，惟恐不能，设诚而致行之，负国乎？负民乎？其负己以负亲之训，书之教也实甚。迩来民气安恬，日有余暇，取座间《登事》《理事》两部综观之，《登事》一编，凡听断曲直，刑罚轻重，分谕可否必书之，纪课程，思得失也。有苦积牍之壅者乎？则无可书，有私骫法之人者乎？则不可书。不可书而不书，曰贪，曰墨。无可书而不书，曰怠，曰荒。此二编者，日无不书之事，事无不书之情，虽细入豪发，而一将之以慎重。字挟风霜，而一行之以宽和，非谓是昭清且勤之善治，实即是志慎而宽之初心也。

《登事编》第纲提而目已张，《理事编》须辞达而理乃举，择其虑周而言之成文者，手自钞集，聊供把玩，循吏也乎哉？犹是当年拥毡塾师，暇豫之吾，吾云尔焉已矣。

易经绎翼自序

魏晋

人即矜智，必甘让智于圣人，必不敢谓智过于圣人，且远驾孔子之圣智而上，独至谭《易》则不然。《易》自伏羲画卦，文周系辞，而《易》用大备。有生民未有之孔子出，雅言垂教，不轻以《易》语人，晚年韦编三绝，乃作十传，羽翼圣经，诚以《易》之道甚大，《易》之理甚精，《易》之数甚神，而究不离乎日用彝伦，为古今贵贱人所不能外，故不惜谆谆训诂，开示天下后世，俾得观象玩辞之方，而收省身寡过之助。

顾历观汉、魏、六朝、唐、宋、元、明，诸儒代兴，讲家林立，为功于《易》教者固多，而添蔀障于《易》义者亦正不少。往往圣人之所不言而诸家言之，俨若目击包牺之指画者然。有圣人之所已言，诸家不屑言，而别出臆见言之，俨若亲聆文周之口授者然。如则图画卦，纷纷然以为析彼数移此数，析此数移彼数也。重卦定爻，鳃鳃然以为由三而生四，生五，又由六而七，而八，而九，以递至于十二也。卦爻刚柔上下往来，谓反对也，不取互体而云卦变。四德全而性命昭其蕴，九卦举而学修括其凡，大象立而体用揭其要。辞变象占，有圣人之道四也，独以其倚数衍著，专目为卜筮而作。若夫经文简奥高古，不得其意旨之所存，则或以为误，或以为衍，或以为脱，大儒若程、邵、朱子不免焉，而其他更无论矣。

岁在壬子，晋始从事《易》学，窃意治天者当顺天行以求合，治水者当顺水性以导流，治经者当顺经文以寻义，而莫切于奉孔圣人之传以通经。虽兼收博采，要皆择不悖于孔翼者，笔之简端，去取是非，随时更定，稿经三易矣。今上二年，因公羁留豫省，于时视学者为卢公容庵，著有《周易经义审》，发坊装订，借阅旬余，喜持论之与愚不谋而符，而见解时有出于前日寻味之所不到者，急命侍者购以归。暇则取前稿参互，札记卢书行间，客见而好之，劝其编次以成全书。稿起丁亥腊月既望，迄戊子三月朔乃竣，时年七十矣。

艰于楷写，爰以行书清誊，厘为六卷，命之曰《绎翼》。盖孔子者神灵天亶之圣，而《十翼》者读《易》学《易》之准的也。圣譬则力，智譬则巧，射者持弓矢审固然后可以命中，故射之为言绎也，于《十翼》亦然，发彼有的，舍矢如破，是在读《易》学《易》者之善绎焉尔矣。时道光八年戊子天中节前一日。

募修李文正公墓碣祠宇序

谢振定

自《周官》冢人墓大夫之职久无存，而丘垅兆域之禁令度数，茫然无为之主者，甚至侵盗及枯骨而狱讼日繁，其或古墓为田，松柏为薪，啾啾然衔夜台之泣者，所在皆是也。

前明相国李文正公，吾楚茶陵人也，而世居于京师。公有子先卒，故无嗣。见《尧山堂外纪》。自曾祖逮其身若子，凡五世，皆葬畏吾村，《怀麓堂集》有《告墓文》可考。历岁久，无过而问者，又无丽牲之石，遂轶其处。振定旧闻公墓在长河北，何太监墓侧，后法梧门祭酒数过其地，访得之，在今大慧寺西三十步许，太监墓在其傍，与所闻吻合。祭酒为之记，且质之大兴翁覃溪先生，固凿然可据者。方文正之没也，贫不能具葬，门人故吏醵赙之，乃克葬。见《楚宝》。曾几何时，而墓前石碑，至为土人盗售之，碎以和盐，见《瓦釜漫记》。信可悲也已。嘉靖初，麻城耿尚书定向，为赎其旧宅，置专祠焉。见《帝京景物略》。万历中，宛平方公从哲封其墓，见金会公书中。同时又有王进士文迈者，重封树之。见《池北偶谈》。而我朝广济金会公检讨，有致新城王文简书，于文正墓三致意焉，并属其转告黄冈王昊庐先生，其辞尤婉而多风。书见《居易录》。是文正身后之事，前之君子数数念之，稍稍经理之，而惜乎未竟其功也。

夫有明孝宗、武宗之世，权珰焰炽，毒及搢绅矣，文正以一身系天下之重，弥缝匡救，委曲而保全之，其有功于士林甚巨。至其风流文采，照耀人寰，尤前代宰辅中所仅见，而其藏身一抔之土，荡然为耕烟牧雨之场，此在行路之人，犹将为之凄怆而太息，况乎冠冕人伦，巍然居士大夫之列者，其忍耳闻之而坐视之邪？今其墓地属浮屠氏，是宜请于典土者，而敛值为之偿，以次封崇之，碣表之，更得建祠或墓屋三数间，庶几好事者岁时蘋荐，以妥乡先贤之灵，以垂之永久。

维时法梧门、萧昆田二先生首其议，同人任其事，思以成耿公、方公、王公、金公诸君子之志，属振定识其缘起，以遍告夫当世士大夫之乐与人为善者。庚申六月叙。

江亭话别图序

谢振定

嘉庆五年夏六月，吏部郎中周君春田，出视贵州学政，行有日矣，其门下士共集城南陶然亭话别，诸君谓余与春田厚，约与偕，微雨既霁，凉风载清，草木青葱之气，荡襟而爽目，若不知有别离之感也者。

座客朱野云即景绘册，诸君赋诗纪事，属余序其端。余与春田自麓山同砚席，迄今二十余年，既同官京师，月无三数日不相见，于其行也，固不可已于言。披图而流览之，窃意校士之道，有可通于画者，即以品画之言进。今夫画之为道也，意定于笔先，神游乎象外，烟云变动，水木清华，不规规焉求其逼肖，而苍秀之气，自溢于楮墨间，由其品高而识伟也。校士之道，舍品与识，曷取哉？

今天下人才众矣，而言品与识者盖寡，何也？读书止为科名也。科名之念切，梯媒之术工，其所以求富贵利达者，皆取资于六经之糟粕，童而习之，终其身无他慕焉。其幸而得也，脂韦以求全，贪纵以适志，于天下之利病，国家之经猷无与也。其不得者，则又趋利喜事，至放僻邪侈而不顾。呜呼！人才之不古若，而士风日靡也，岂细故哉？然则造士之法，莫要乎令其知所以自重，欲其知所以自重，在乎上之人有以重之，隆之礼以养其望，泽之古以扩其胸，望尊则品立，识远则器宏，所谓以文章报国者，将于是乎在。

画之称能品者，随物赋形，不失累黍，令见者诧为真焉，斯已矣。若夫神妙之至，则视乎其人之性情焉，识量焉。以性情识量取士，焉往而不轨于正也哉？黔中士气近鲁朴，习染未深，其施教应易。春田前典河南试，所取多端士。吾知此行，必不徒求之词章藻缋之末也。他日輶轩之暇，展册读画，其庶有味乎斯言。是日与集者七人，姓氏不具，书各有诗。

逸剩诗草序

陈士雅

余每读吾兄苍山之诗，未尝不掩卷太息也，曰：嗟夫！天于吾兄，何为丰其才而啬其遇，一至斯乎？兄少时贫，不能从师，昼与佣保杂作，向夜篝火，手一编不倦。十许岁，出语已惊其坐人。稍长，授徒糊口，钻研经史，撷诸子之英，咀《文选》之腴，或静键一室，俯仰啸歌，或朋好宴会，酒酣兴发，辄下笔滚滚数千百言，然而年过三十，犹困童子试中，无知者。

卢幾鲂先生视学楚南，始器之，拔冠多士，旋食廪饩，然兄家故贫，又落拓不能为生计，所得修脯，大半秏于酒家，以是益困，炊烟常不继。僦屋而居，播荡转徙无宁岁。晚年以明经老，至为荐一假馆之地，亦往往不遇。嗟夫！昔人谓诗人少达而多穷，然吾观唐宋以来作者，若东野、阆仙遇昌黎而显名。圣俞、子美遇永叔而显名。皆阅历升沉，通塞之途，虽穷而未为穷也。他如浩然以怨弃，飞卿以狂废，皆名达主听，至于生当不辰，间关崎岖，流落至死，又不惟诗人之穷为然。独吾兄负高明伉俠之才，生逢圣天子稽古右文之世，承贤公卿操衡秉尺，求贤如不及之心，而卒无有能知之者。即偶遇一人知之，亦未有能遂显之者。甚则土锉鹑衣，朝不谋夕，并未有能佽助之者。此余所以把卷于邑，搔首问天而不自禁也。

兄之诗性情悱恻，寄托遥深，翛然尘壒之外，虽时有骚屑感愤、无聊不平之词，要不过乎其则。师法由盛唐以希汉魏，雄浑苍劲，归于自然，不落宋元人气习。为古文词亦工，其于制义，出入罗仪部、金司马、大士、大力诸家，刿心鑱目，余恒怖而不敢与之角，学者以其弗利于场屋也，故不之知而惟知其诗，然及其诗又多喜揣摩范、陆新句，以资应酬活计，然则于其所以诗者，亦未必尽知之也。

兄性疏散，诗成不下数千首，懒不自收拾，或窃钞以示，竟不复忆为己作，故所存止此。既老病，同好相与鸠工刻之，而因属余序之。后之人傥有读其诗，悲其志，而想见其为人者，庶几吾兄之遇，虽穷于生前，而不至终穷于身后也夫。

张竹轩先生梼芝集序　　陈士雅

士雅曩论楚南制艺，才大心细者，首推家桃文前辈，而先生以浑古闳深之作高与颉颃。我生后桃文久矣，先生则与先君交好。先君子早卒，先生挽以诗，情词悱恻，往往奉之而泣，顾以少孤，不出里闬，遂弗获亲炙先生为憾。及后读桃文诗，语意俊杰，每拔奇前人外，益信能者兼擅其长，而又憾未得见先生他诗。

岁癸亥，士雅授徒郡城南，先生之嗣伯闲，以试事来过余，手出《栫芝集》一编问序，乃得尽取先生诗读之，时则先生下世已久，而犬马齿亦六十有奇矣。夫楚南山水清淑，而黄陵旧迹，屈子遗墟，皆足以发人幽思逸兴，形诸咏歌，自学者溺志举业，竟无暇以为，彼揣摩以干进取者无论矣。即有深心嗜古之士，亦或精力刓敝于一艺而不能工吟，其能者或又牵率酬应，仅以谐声傅色为务，取悦一时，而可流传者卒鲜。

先生以余事作诗人，乃独溯源风骚，储精汉魏，而并出入于杜、韩诸家，虽其谐声傅色，若不必与时贤斗好，而骨韵苍然以坚，神味油然以厚，负纵横驰骋、万怪腾跃之气，而约而节之，一归于优柔，故言理而不腐，言情而不靡，令读者不自知相引之何以深也。然则欲知先生之蕴，岂必徒求之制艺也与？抑桃文既以明经终，先生亦浮沉学博，无所表见，其以栫芝名集，盖取柳子朽栫败腐，犹足蒸出芝菌，以为瑞物之语，以寓其意。然柳子迁谪，犹为刺史，其言类多湮郁怨诽，不概于道。先生萧然闲散，意象夷愉，虽中撄忧患，偶自鸣其不平，要不过乎物者，又以叹先生之学深养邃，非词人所能几也。

士雅少违庭训，进学不勇，于先生无能为役，谨就其所及知者，借以写其平生向慕之私，如谓表章论定，妄意有所增重于斯集也，则吾岂敢？

春草堂稿自序

陈士雅

国家之所以萃天下人士，使一出于学者何为乎？将以求其明体达用，行于己而施于人也。

然自唐虞三代以来，取士之法，已不能不敷奏以言。至科举之学兴，天下士往往习为雕绘纂组之辞，弋取荣名，而曾无益于国家之用。识者忧之，易词赋以制义，俾人人束发从事于四子之书，庶几志圣贤之所志，言圣贤之所言，而天下士乃即以雕绘纂组者，施诸制义，以悦人耳目，则其无益也滋甚。间有深心者出，起而穷天人之奥，究古今之宜，研精覃思，求进于道，则不能苟为声华以悦人，而或不遇，遇矣亦多俟乎酝酿既久之余，则其人又已将老而不及于用。夫为而不遇，与遇而终不及于用，是反不如雕绘纂组者得以少年获隽，上可以储卿尹之选，下亦备有司之才，为国家驰驱效绩。而斯人者，乃仅退而倡和于宽间寂寞之乡，以自娱而娱其徒，夫如是，是又何益之有？虽然，前之人明知其无益而甘为之者，亦曰上之人所以取士，下之人所以为学之初意在是焉耳。

士雅嗜癖而才钝，才钝故不能竞进，嗜癖故好勉窥作者之真，而不自量其力，年将半百，偶受知于宗工，旋以母老请养，奉圣恩予告归里，仍理故业。计自弱冠至今，毕力于斯事者垂三十年，为其成之之勤且久也。爰别择而存之，适座师姜杜芗先生来抚湖南，命付剞劂，要以得失之故，信心良难，重雅愧矣。抑又有疚者，学之道以行于己为自得，其施于人也，则有命焉。至不得施于人，然后本诸躬而有言，凡以觉世云耳。今欲因文求道，则是先言而后行，非所以为学也，又况内反所行，百不逮一，庸愈于雕绘纂组之为乎哉？

惟冀阅是编者，以予为鉴，先立其所以为文之本，以仰副朝廷兴贤育才之典，庶克收明体达用之实益也夫。

岳麓书院课艺序

周锷

岳麓书院，自慎斋罗老夫子以壬寅来主讲席，至今辛酉，凡二十年，前后肄业生徒，统计领乡荐，捷南宫，与选拔优行及举孝廉方正者，不下百数十人。内官如翰林、部曹、教习，外官如民牧、司铎，类皆卓然自立，有以仰体夫子之教，惟恐贻门墙之辱。其所以裁成后学，培植人材者，岂偶然哉？

夫子之为教也，讲明经义，既使之各有所得于见闻之外，复于游息时，随事指点，凡身心性命，处己接物，无不洞彻夫情理，而使皆旷然有得于心。犹记夏日晚凉，花墩陪憩，同人侍坐已满，锷后来搀入其中，致两端者仅及半股。夫子曰：与挨挤不宁，曷若多移坐具！众起移运，锷乃就现成者坐之，夫子大笑曰：甚矣，恕道不知也。心知责己，瞿然起坐故处。夫子又曰：多此一动。当时如闻棒喝，终身不敢忘。嗟嗟！一侍坐之顷，而三愆迭形，夫子皆就其所失以警之，其循循善诱，此固知夫子之教有本，而不徒沾沾于文艺之末也。即以文艺论，我夫子之心力亦劳矣。

夫子之于文，凡命题必根究书旨，以观其会通，而深求所以代圣贤立言之意。其有填写经史，记丑以为博，貌为艰深好怪以为奇，皆所不取。所取者要皆平易近人，而入彀者恒少。每得一佳构，必命及门钞而存之。锷自壬寅从游，至丙午凡五年，钞存仅获三首，此二十年中同门之文，获赏于夫子者，不过百六十有奇，非严其格，实精其选也。

庚申秋，锷奉命视学黔南，旋里门拜谒函丈，因面请所存课艺付梓，夫子初不欲相授，以为是一时说书心得，未必即可共赏于人。锷则谓夫子廿年心力，诸同研一时精华，皆寄于兹，且以制艺说书，既深契乎文以载道之旨，自协夫学人心理之大同，曷若公诸世以广教思，而嘉惠后来之为得也。夫子笑而许之，检以相付，到黔即将原稿、原评寿之剞劂。是编出而夫子之所以教，与文之可以传，读者将自知之，锷又安能复赞一辞也哉？是为序。

岳麓八景诗序

周锷

凡赏心者，皆乐事也，当其境不知，及时异地殊，思之则以不可再得为恨，盖已渺不知当时又何所自矣。每见今人传古人佳话，或道异地风物，辄津津不置，而听者忘倦，以为其人其境，类不在闻见中，而岂知盈耳目前皆是邪？

书院前旧不过荒地数十亩，瓦砾凌乱，草木秽杂，鲜有过而问焉者。自我慎斋夫子来主讲席，顾而异之，以为其地大可乐，而任其芜秽不治为可惜。因就其前植修竹数百竿令成林，甃方圆池凡四，种千叶莲，池之附地凿为沼，放游鳞焉。而其所从出之土，即堆为墩，杂植以紫薇、芙蓉、山踯躅，花时皆绚烂可喜，且耐久。墩外旧有塘，环插杨柳，使繁阴如幕，摇曳于水光天影中。于东更得废地围之，种桃成坞，坞外山泉所经，为曲引之，水石相搏，声若琴筑可听。西则诣道乡祠旧径也，从山扳跻而上，颇艰于行，为别开其径于山麓，而依壕密布桐树，易成而阴可荫。自是则四时之景备矣。锷侍夫子三年于此，追随杖履，时不同而景亦异，心有得而乐无穷。师又宽以礼数，或罗坐花间，或侍立月下，或随行涧沼墩径间，谈经道古，内而心性，外而身世之故，凡所欲闻者无不闻，而皆有以洽其意而餍其心。

夫人役役于尘鞅中，得则喜，失则忧，愈劳而愈不能遂，愈苦而愈不得休。视我辈得良师兼益友，游息暇豫，耳目之前，人所苦于束缚而不易有此乐者，皆得因师之所有而共有之，其相去顾何如也。故地之有显不显，犹人之有遇有不遇也。曩时犹是书院而观忽改于今，同人得亲炙我夫子于春风化雨中，异时回首此境，其可得，其不可得，俱不可知，因恐其忘所自也，爰同赋《八景诗》付之梓，以志赏心而广乐事焉。是为序。

种橡图说序

戴泽三

惠民之政，贵在实心，有实心然后有实政。王政：授民田百亩，宅五亩，墙下树桑。诚以货恶弃地，衣食之源，不可不裕，此实政也。

黔省幅员较隘，山峻水驶，无平畴沃野之利，民生其间者，穷苦无资，官斯土者，付之叹息已耳。遵义一郡，与他郡等。乾隆初年，有贤守陈公为之设法，因其地之树，教之蚕，教之织，茧之所出，岁以万计，商贩云集，至今遵义之民，称殷富焉。安平小邑，亦瘠邑也，刘令承乏斯邑，奉檄饬踵行，毅然以为己任。虑民之难于谋始也，捐廉买茧，教之试放，业有成效。其为《图说》，焦心劳思，条分缕析，上以顺乎天时，下以符夫地理，依图树则仿古无逸，继以韵语歌咏勤苦，仿佛《豳风·七月》之章，至于种树以橡不以桑，不及五年，便可采取，以供蚕事，何其敏而速也？

夫民生在勤，勤则不匮，然非有人调剂而劝导之，物亦不能自效其灵矣。今得贤邑宰开此无穷之利，将见机杼轧轧，午夜声闻，俗日以醇，用日以裕。山虽峻而利溥，土虽瘠而民肥，于以共沐盛世之休风，可不谓隆欤？

顺天乡试录后序

周系英

皇上御极之二十有三年戊寅秋八月，举行六旬万寿恩科，臣系英、臣镮之，副臣廷珍典京兆试事。

伏念臣三湘下士，学植谫疏，由词垣入直禁廷，洊历卿贰，二十年中，七预抡才之任，儒臣荣遇，感悚难名。乃复奉恩纶，载司文柄，爰进学臣、监臣所录满洲、蒙古、汉军、奉天、直隶、承德，及天下各直省官民八千余卷，虚公遴拔，得士如额。谨择其文之尤醇者，恭呈御览，臣例得缀言简末。

钦惟皇上寿考作人，太和保合，智如舜，仁如尧，勇如文、武，敷德政而宏声教，固已薰凝万姓，化陶八纮。凡多士之辐辏偕来，莫不蒸蒸焉云附景从，如众星之拱紫极矣。

兹特开庆榜，首善之区，缄题试士，即以圣心之执中，广圣学之致和，昭然与天下相见，俾天下葆其太和，臻于同轨，而毋荒于学，无惰于行。咸知砥砺廉耻，以底于君子之归也。仰见我皇上本实心，为实政，垂身教于言教，所以登郅治者在是，所以育人才者亦在是。唐哉皇哉！美矣茂矣。臣等仰体宸衷，悉心甄录，区区报国之忱，盖将以扬寿寓之延洪，庆得人之蔼吉云尔。吏部右侍郎兼署礼部左侍郎、工部右侍郎管理钱法堂事务臣周系英谨序。

江南乡试录后序

周系英

嘉庆十三年戊辰，万寿恩科，礼臣以江南考官请，上命臣周系英、副侍郎臣陈希曾往司其事。

翼日召见，谕以江南人文最盛，衡才之道，要当为国得人，命题必正大，录文必醇雅，言为心声，其文醇者其人必端，异日居官临民，咸视乎此。大哉，圣训！臣与臣希曾服膺铭刻，星驰入闱，虚己协恭，殚竭二十余昼夜心力，得士如额，录尤雅者进呈睿览，臣例为后序。谨拜手稽首言曰：文以识为主，辅之以气，以达其识。养之以局，以和其气。士生圣贤二千余年之后，必期仰测当日立言之本旨，黜异说，祛肤论，以明真理而畅垂教之衷，此非研几于经，以正其趋，取证于史，以通其变，旁涉诸家先正之论议，以博其趣，则识不能深而且正矣。既有真识，而文不足以自举，故词尚炼气，气已盛矣，而或散漫以伤格，或怒张以伤雅，则亦未足以征其学养，故法尚炼局。是故识胜者，临事而能决其机。气胜者，机决而能任其重。局胜者，重任而可安其成。

维昔名臣，有以一日之文而遂决终身之行者，诚如圣训，言为心声，不可诬也。若夫摭拾卮言以炫异，揣摩句调以求获，偭弃规矩，意图诡遇，始则有伤文体，继且害及士心。臣仰荷委任，昕夕兢兢，深惧不称，谨偕臣希曾悉心评量，严加别择，于头场定其学术，于二场验其酝酿，于三场觇其阅历，凡理脉清真、议论警透者，拔之前茅，以示其准。其有才力可观未臻粹美者，附之副乘，以劝其学。至于伪体谀闻，剽声掠字，概不敢滥登，俾多士共知皇上旁求之至意，实欲因文以见道，明俊以官人，与周之六物兴贤，汉之三科举士，不间今古，本经术而经世务，非徒谓其文采炳然，宣上德以尽忠孝已也。日讲起居注官翰林院侍讲学士文颖馆总纂臣周系英谨序。

续尤西堂明史乐府序

周系英

阳城张子隽三，磊落士也，少工诗，补学官弟子，辄弃去。浪游大梁、闽、越、吴、楚、燕、齐间二十年，而其诗益工。既倦游，归卧析城王屋山下，日与其徒徜徉诗酒，抒写性灵，绝无抑郁牢愁之意，形诸歌咏，其淡于名也如此。

余督学来晋，与隽三初不相知，采风所至，辄求能为诗古文词者，顾不可多得。辛未冬，按试泽州，童子中有李毅者，试以各体诗，无不工妙，甚异之，询其所从学，则曰：我师张隽三也。翼日，隽三携所著《艳雪堂诗集》来谒，挑灯疾读之，大抵工于言情，长于论古，不屑屑规橅作者，而其俊爽超逸，直欲自到古人。亟索其近作，则出《续尤西堂明史乐府》百章，质而不俚，婉而多风，节奏天然，断制精确，不觉一读一击节，非徒言语妙天下，盖其学识过人远矣，斯必传无疑也。相与议论，上下今古，意气和平，神致萧散，无名士虚憍习气，淡于名，则其深于诗也固宜。余于是喟然曰：若隽三者，岂独雄视三晋，即以诗名天下可也。虽然，名亦有幸不幸焉，士之有高才者，而又有贵仕，则足以自取名。有高才矣，或得一得位有势力者为之大声延誉，则亦足以争名于一时。

国朝山右诗人，首推陈午亭相国、吴莲洋徵君。相国望重朝端，优柔平中之音，自具台阁气象。徵君为新城所激赏，而名以大著，世莫敢有异议，今取《莲洋集》读之，汉祠秦树，万里昆仑而外，他作殊不称，则岂非登高而呼之谓欤？之二者隽三皆无之，而又不屑与一时称诗者标榜坛坫间，落拓半生，头童齿豁，足迹半天下，而名不出里闬，是可慨也。余不工为诗，余之言何足为隽三重？顾谓隽三可与午亭、莲洋鼎立，且欲跻隽三于莲洋上，至于《乐府》以为实胜《西堂》，直与西涯争席，斯言也，鲜不闻而骇之，然读隽三诗者，始知隽三之诗果可传。初非借于余言，而余言之果不谬也。

《艳雪堂集》，其友延君荔浦，官青齐时已为开雕，甫竣工罢去，版留历城，尚未行世。《乐府》不妨单行，余故梓而传之，为序其梗概如此。读者可由是以想见全诗，且想见其为人。嘉庆壬申夏五。

皆不忍堂事例序

周系英

读《皆不忍堂事例》，见诸君子掩骼埋胔，其意美，其法良，其事足以经久而无弊，予于是喟然曰：甚哉！人不可以无术也。昔齐宣王不忍觳觫之牛，以羊易之，孟子谓为仁术，借令无易而牛竟死矣，然则泱泱表海之主，苟无其术，曾不能爱一牛，况布衣韦带之士，手无寸权，虽有此心，乌由而遂之？

夫可哀可痛之事，偶见之，未有不恻然者，然而卒莫为之所，则亦诿之无可奈何而已矣。既已无可奈何，虽日日见之，亦渐习而安焉，其迹几与残忍者等。嗟乎！此无可奈何四字中，埋没人之善心，岂少也哉？方溺者之漂荡江流也，宁独二三君子见之而恻然，夫惟恻然而必为之所，于焉置义山，立公产，由是捞有船，舁有夫，埋有椋，而且别男女，立标识，冬必修，秋必祭，其中曲折次第，至纤至悉，莫不周详而尽善。此义一倡，好善之人，感动奋发，捐山，捐田，捐屋，纷纷乐助，而经费以裕，由是推及于死而无告者，并及于有后而无力者，亦莫不周详而尽善。而且及于数十百年之溺者，无告者，无力者，不知其几千万也。诸君子之心，于是乎快然而无憾矣。

夫诸君子不过恻然于溺者，而思以瘗之，惟不诿诸无可奈何，遂乃纤悉备尽如是，且渐推渐广，以及于无穷，原其初，岂尝有是曲折次第在其意中哉？然必如此纤悉备尽而后无憾，亦不过完此恻然之一念，则谓此曲折次第，初非隐具于恻然之顷不可也，则谓彼诿诸无可奈何者，其中并不具此曲折次第不可也，此孟子所以谓人皆有不忍也，此吾所以谓人不可无术也，抑诸君子布衣韦带之士耳，彼夫操保赤之权，受司牧之责，宜可以为所欲为，顾往往坐视其困苦颠连，转于沟壑，漠然曾不一援手，是独何心欤？

今诸君子无权也，无责也，其于溺者，无告者，无力者，初非由己杀之也，然且急急于为之所若是，使他日有其责又有其权，所以求其无憾者，更何如邪？孟子固言之矣，充之足以保四海也一堂云乎哉？予固乐为之序，以劝来者，且以谂诸君子他日毋忘吾言。

送杨静堂归里序

贺之理

赞公杨静堂先生，以粤东名进士宰于蜀，继乃为长沙丞。长沙固古才人沦逸地，兰茝之思，鸾鹄之感，不独三闾抑于前，太傅郁于后也。先生顾以丞屈此，先生晦而湘岳则有光矣。

先生吏也，楚人士竞以文师之，先生亦自忘其为吏。余久仪焉，未获谒。先生三篆醴，亦匆匆未及于文。乙卯，余膺渌江讲席，缮拟草一帙，丐斫于太守张桐圃夫子，谬蒙奖誉，且曰：此杨赞公所与校者。余观其意匠所运，得窥般、倕矩矱之所至，于是求先生全稿读之，炳炳乎彝鼎图球，什袭而不敢近玩。喟然曰：先生其将以文章光吏治乎！何相见之晚邪？今夫文章之难也，匪会诸心体诸躬，约诸经义，准诸人情物理，而欲代圣贤立言无当也。

余尝谓四子书，一章一句，一读一字，皆精理所融结，有真理，斯有真气。前惟震川、望溪两先生，朗朗胸次，灏灏行间，后先继轨，可并俎豆而不祧。金、陈则理未醇而气粗矣，章、罗则理未足而气涩矣。是故不汇六经之旨则理不通，不体当下之旨则理不确，于是有窒塞之病，于是有浮滑之病，于是有支离凌躐、蒙晦艰涩之病。若夫掇秦汉下僻字秽句，以窜圣贤语中，固属不经，而砌经以侈富者，又拥肿尸积，一望生气杳然，而文章真种子绝矣，可不悲哉？惟先生不挠于时，戛戛乎游精力以达圣贤之蕴，抑泊泊乎发闳议以成先生之文也。

如先生者，非卓立崖岈者欤？而今乃归老于江右之袁，是使吴得所宗，而楚人士师先生者之失所望也，抑余有冀焉。袁介江右东南冲，而醴与萍接壤。萍袁邑也，不朝夕而邮，先生将以迹鹅湖鹿洞之轨，屦杖优游，借文章以寄啸傲，而匡灵庾艳，日衍天倪，其必有以成名山不朽之业，以光海内者。藐兹后学，而近其居以薰之炙之，不犹有以启不逮乎？抑又乌知蓬飘梗泛之身何所栖止，而得与于斯文否乎？

翠屏芳洲，月印澄潭，抚弦于漉干，而梧叶风徐，辄不禁感知己而发无穷之慨也。先生行矣，为爇沉檀，漱芳泉，哦骚经数章而饯之。

区谷册序

彭孚

昔人谓荆公新法之害惟青苗为甚，究之朱子社仓法亦略相等，而其利弊有判然者，匪独青苗勒与收息而社仓否也，亦以州县之为地为物阔且多，而里党狭且寡，阔狭多寡之间，得人之难易因之，此之不可不知也。

今之议积贮者，谓常平仓在城邑，远村饥民往反，不谋朝夕，而社仓至秋冬入谷，不无追呼之烦，均有其弊。往见余太史议云：不若分常平之籴本，为当社之储资。仓则朱子法用耿氏，无道里之艰，省敲扑之苦，穷民朝夕佣役，以钱易米，真万世无弊之道乎？然近日社仓之弊，不在受者之不偿，而在与者之无谷。盖当社必择公平有身家者主之，而公平有身家者，虑其谷多而难检，故公举一人，则多方规避，于是社司不得其人。中乡则私相借贷取息，至于大饥而谷缺如矣，间有少许，亦为近仓民逼取殆尽，诉之令长，亦无如何。乌乎！弊至于斯，救荒果无奇策哉？

孚前与诸友论及此事，谓一社长管数十区之谷实难，如可分之各区，区自择长，并各纠本里殷户捐输置仓，立法或亦易而可行。顷吾友胡君三才来言曰：比境往领社谷，并无升给，今有同志某某，议秋成向本区殷户捐谷立仓，但行私例，不烦官管，盖谷少则经营甚易，故每年可以交代而耗蠹难容，地近则散给甚均，故饥岁止此贫民，而豪强不夺。例约已成，君为序之。孚于是击节叹曰：嗟乎！我国家休养生息，百有余年，而楚南素称产米之乡，比年以来，米价昂踊，至于啖麦糠，食白泥，囊槖奔走，不能少休，以遂填沟壑，为白头老叟所未尝经见者。如今岁极矣，当事日不暇给，有心者又蒿目无力，于是不得不起而为将来预备之计，如君等所议者，是岂非留意民瘼者耶？诸君勉乎哉！其闻而慕之者，知必跃然争相效矣。

是册也，条例详密，法约矜严，将刻之板，各弆藏以示诸永久者。余谓胡君虽传布天下可也，因是并叙余太史之议，及前与诸友所论，其可行与否，又非孚所敢知也。时乙酉五月望二日。

案：欲通常社二仓之穷以便民，莫如积谷于乡为最善。此文所言，区谷是也。湘潭自道光二十九年本地歉收，下游被水，难民麇集，捐赈之后，爰议捐谷建仓，亩输二升，得谷一万数千。别捐百石、二百石者，给与八九品议叙，又得谷二万有奇。两年蒇事，岁以每石一斗六升收息，通详存案，迄今历十有九年，除各乡动用建仓及耗散外，尚存谷七八万石。证之此文，益信善举无不可行也。已巳腊望，汝怀附记。

湖南文征　卷七十一

序十六

滇迹纪略序

张悫田

诗自三百篇而后，惟乐府为得风人之义。其旨归于厚人伦，美教化，移风俗。其蕴诸心也正。斯百物荡于外而不迁，发为歌咏，无趋数敖辟燕滥之音。故论诗者必先论其人。

需亭吏于滇，历宰恩安、富民、永平、河西诸邑，皆号称瘠土，乃无幾微不豫之色，而一以丕变民风、导扬前烈为己任。退食之余，取滇中古迹有关风教者，一一谱之于诗，其体拟古乐府计二十余篇，因读《礼》南归，出以示予。受而读之，皆足以厚人伦，美教化，移风俗，音节格调不沾沾模仿古人，而实有合于风人之义，盖卓然可传者也。

予曩权马龙州牧，时有龙州述古吟之作，与需亭同。夫诗者何？忠孝而已矣，节烈而已矣，舍此四者而言诗，虽多亦奚以为？需亭此编当与点苍、太华同不磨矣。是为序。

繁峙保甲册序

张力卓

保甲垂于功令，奉行宜遍天下矣。或徒具其文，或文且不具，毋徒惑乎闾里为非而不觉也。嘉庆十八年冬，因教匪滋扰，尚多逸犯，特旨饬地方编查，并颁保甲事宜稿。

繁峙毗连直界，山谷衍奥，颇易藏奸。历无册籍，守土者何独晏然？余于十九年五月署篆，虑难猝办，先取各乡约不得容匪习匪甘结，乃单骑裹粮，带领书胥传集村众，挨户编造。户给门牌一张，册设连环二簿，别为总目一帙以备省览，岁终甫竣。盖事兼查缉，须防捏名涸迹之弊，未可安坐以督民闲也。县旧无四乡，所有钱粮都甲犬牙互错，于保甲不便。又西界代州仅十五里，未免薄弱。爰度形势划分，自城迤东至灵丘界历直隶阜平界为东乡，自城迤南至五台界为南乡，自城迤西接五台界历代州界为西乡，自城迄北接代州界历山阴、应州、渭原界为北乡。至于保长、甲长、牌头、管领数目，率遵保甲事宜稿成式。其地旷人稀、人稠地狭之处，户单分牌，牌多并甲，甲少立保，取便责成，不悉拘焉。

夫州县无保甲，则恍诸臆间，有保甲则了如掌上，岂惟禁暴戢邪？于庶政皆有裨益，顾用之何如耳。若夫匪类有无随地稽查，户口增减随时磨勘，实心实力，久而不懈，是所望于继此之贤。

岱览自序

唐仲冕

长沙唐氏新阡，在陶山之阳岱西百二十里，立于乾隆之三十有九年。谨案：唐氏之先与陶同姓，在夏为御龙，在商为豕韦，范氏亦其族也。吾祖氏出晋阳，唐初为莒国公俭，宋为质肃公介。南宋迁于丰城，明客长沙。于善化长乐乡有田庐，万历时始墓于乡之师子山。入县户，世有隐德，家饶于财，好施与，为闾里望。至先大父上舍棕舟公，尤长者，好学，属先公石岭府君于乡贤李朗轩先生之门，穷研性理，敦实行。先公乃深求三代为学之要，格物致知、忠恕一贯之指归。患汉宋以来烦言碎辞，支离穿凿，随声是非，其高明者以扞御开悟，逃儒入墨，于是揭循礼体道、契性达天、切近渐积之功，于制义中深发明之，以为时文者，士子束发从事，先入为主。故其为文精括轩豁，使读之者可以通经，可以入道。每一义出，时论翕然。所著诗古文词，必衷诸道。

晚年客于岱麓，尝作《游泰山记》云：孔子登泰山而小天下，喻道也，而蹑履而登，亦复不易。予登泰山者数矣，监籍混施钱，阅视祠宇程作，皆奔奏在公，安得言游？游乃自今日始。是时也，簪组既谢，风日正佳，体便攀跻，兴涉超隽。乃却舆撰杖，携儿子仲冕及两仆行。出北郭，遇一黄冠自劳山来，须眉尽绿。问之，云：崇祯七年生，避乱入山，今始出游。类有道者，步趾如飞，追之弗及。余乃历天门，狃万仙楼，酌护驾泉，观七十二君辇道，憩五大夫松，与儿子论巡望封禅事。且论且行，至十八盘，陡绝如应劭所记。勃窣蹒跚，不能纵步。然余行辄在儿子、两仆前，经数盘辄小住以待。度南天门，探白云洞，遂陟太平顶。凭养云轩，四顾敻豁，群山伏藏，上与造化者游，而河海形势了然在目。一一指示仲冕，使遍识焉。道士进青精饭，日下舂矣。闻后石坞特幽奥，即谒丈人峰，转西天门下，从北天门荦确入天空山，世所称元君得道处也。怪石冷泉，灵踪诡异，疑有虎豹守关，猿鹤舞座，庵荒径僻，凛乎不可久留。乘月踏云，仍返穹巅，至则夜分矣。

五更起，上日观，立东天门观日出。回礼孔子崖，尚早，坐呼仲冕而告之曰：汝登山，汝亦知学山乎？泰山岩岩，树汝风骨。山之邃邈，安汝器宇。山之广博，廓汝识量。晓日初升，汝养平旦。肤云乍合，汝作霖雨。积之以自卑，资之以深造。毋躁汝气，毋堕汝志，则至于山，且至泰岱矣。不然，是大山之麓，止而不能升也。小子勉之。仲冕拜受而兴。归涂纡道经石峪，石坪夷旷，泉瀑敷流。石刻北齐分书《金刚经》，字大如斗，上有明人刻《大学》百九十六言。仲冕素业古本《大学》进而问曰：《大学》节邪，抑残缺邪？余慨然曰：此宋儒所谓经也。格致补传，与古本专责诚意者异。夫物有轨范，知当扩充，诚意者格致之内功，格致者诚意之实践。即如余年六十有四，一日之间登岱四十里，往返后石坞亦三十里，而筋力不惫者，游兴畅洽故也，诚意也。周览椒麓，则格致也。不宁惟是，山亦有然。其起伏向背者，格致之情状。其扶舆清淑、旁薄郁积者，诚意之端倪。故曰不诚无物。此小子所宜沉潜，偶于登山焉发之。因书之以为记。

居无何，还湘西老屋，乃注《今文尚书》、古本《大学》《中庸》《论语》《孟子》。年八十，犹手自录订。注《仪礼》未成，以属仲冕。仲冕幼稍通敏，父兄教之经皆成诵。壮游四方，学殖将落，自惟孱昧，不克续成前书，别为《仪礼蒙求》十四篇，虽义本过庭，而辞入里耳矣。

先公以乾隆辛酉举于乡，戊子除平阴宰。平阴者，《水经注》云“春秋襄公十八年，晋侯济河，会于鲁济，寻溴梁之盟，同伐齐。齐侯御诸平阴”者也。京相璠曰：平阴，齐地，在济北卢县故城西南十里。（宇）［平］阴城南有长城，东至海，西至济。河道所由名防门，去平阴三里，齐侯堑防门即此。今防门北有光里，齐人言“广”，音与“光”同，即《春秋》所谓“守之广里”者也。又云：巫山在平阴东北，昔齐侯登望晋军，畏众而归。今巫山之上有石室，世谓之孝子堂也。平阴居万山中，地崄隘，草窃伏匿，为居民苦。先公至则穷其根株，痛绳以法，三月而外户不闭。与民言慈孝友恭之谊，讼者感泣，自毁其牒。进子弟之秀异者，亲为讲授。邑有云门山，石中阶礒泰山将作檄采之。先公以累民，力争得寝，民至今讴思之。邑城久坏，修缮完固，民忘其劳。先公于庚寅腊月移官昌邑，而先母氏谭卒于平阴官舍。

先是，先公自邑之郡辄经陶山，相其阴阳，指为瑕丘。后二年罢官，益贫，不克归母榇。先公曰：齐人爱我如父母。乃命殡于此山之阳。母氏事先大母彭最孝。大母性严肃，侍养者屏息不敢出声，母氏独能得其欢心，临终谓先公曰：事亲如汝妇，可谓孝矣。母氏勤俭雍睦，族党式之。教子义方，无姑息爱。至官舍，日率妇婢纺绩不辍。其葬也，平阴、肥城两邑士民，相率助庸穿圹，负土成坟。圹在山上，山至崄峭，不可炊汲，从麓至圹，诘屈四五里。圹又石椁天成，坚整无罅，斤凿所入，仅得分寸。工徒登降传餐，日夕胼胝无怨色。椁当前和，开一洞穴，绀砂中满，举锸除砂，适足容棺，推棺入穴，仍以凿石扃合如故。棺初上山，颇以攀陟为危。乃舁舆执绋者数百人，齐歌《蒿里》，蜂拥蚁附，登跻如云，无少轩轾。非先公惠政，先母氏懿淑所感，曷由至此？而风俗敦庞，邻里匍匐，为人子者能无雪涕稽颡于数百人之前乎？此甲午年夏四月事也。其秋，仲冕举京兆，窃自悲叹。生无毛义捧檄之荣，殁无郄诜舆榇之力。徒怀蔡顺圜冢之泣，愧乏林攒作阙之祥。昔孔僖卒葬临晋，其子长彦、季彦皆十余岁，曰载柩而归则违父命，舍墓而去于心何忍，遂留华阴。仲冕愿附二稚之义，因以陶山为氏。岁在辛丑，守令生儒延主泰山讲院，乃得以束修所入，当涧北天和观之东，置宅一区，祭田三十六亩，葺茅屋三间，为白云丙舍。置挂灯岩之南，启北窗则见兆域矣。然先公年七十余，犹教授里门，乃间岁一归省营甘旨。至岁己酉即世，遗命若曰：汉袁贺早失母，其父伯楚病，（困）［因］敕使留葬，侍卫先公。慎无迎取汝母丧柩，如亡者有知，往来不难，如其无知，只为烦耳。昔人以为清高，儿曹识之，因葬故乡之柳木塘。齐楚相违三千里，虽合葬非古，而展墓有期，致多乖隔。祖宗祠墓所在，兄若弟若诸子任之，仲冕当率妻子躬耕陶山之阳以终身焉。癸丑春成进士，释褐除令，将之吴中，惧由是拜扫之疏旷也，假道于肥，攀条设祭。《记》曰：父母既没，必求仁者之粟以祀之，此之谓礼终。他日沾禄糈，买山田，便当返吾初服，栖迟岱畎，守坟墓，莳松柏，与田更野叟追话先公遗爱。岱下诸生复相从讲学，述先人之志业，于愿足矣。乃作《陶山赋》以见志。其词曰：

维济北之东郡，乃岱西之南支。越三布之崱屴，循五道之逶迤。郁葱度金牛之穴，勾窳横威凤之枝。倚孝堂于郭巨，辟幽洞于鸱夷。盖县本肥而始建，山以陶为最奇也。昔范少伯佐越勾践，沼吴计成，相齐名显，变姓间行，挈家重趼。谓地拥乎肥河，将物饶于岱畎。于焉治生，足资富产。养鱼有池，牧羊有栈，致资百万，能聚能散。固计研之余术，实林泽之沃衍。是山也，岿然特起，峙于平陆。学岱宗之岩岩，环群峰之矗矗。小山为宫，大山为蜀。其上平天而冠整，其下蟠地而钟伏。石削成以横颠，土埴坟而附麓。七十二洞嵰窔缭曲，玉几金床可凭可宿。东崦则十二重楼，夷光之妆台筑焉。西崦则幽栖古寺，朱公之佳城卜焉。泌水发其源，涧泉绕其足。济北贯而沦涟，汶南襟而波属。山峻川平，纵横极目。嘉禾遂生，岂惟畜牧？木则白榆翠柏，果则文杏绯桃。柿垂垂而叶赤，枣纂纂而香飘。春原肥苜蓿，秋架蔓葡萄。慈乌鹳鸰，将翔将翱。仙禽时集，恶鸟无号。蝙蝠飞于岩穴，络纬鸣于堂坳。匪征异于物产，亦藉毓于土膏。左通横岭，右控榆山。长城为障，防门为关。自庐阿而达郡，恒经过而仰观。日吾先君之宰平阴也，戢贪暴，恤茕矜，锄稂莠，培芝兰。雉雊于野，犬氂于阑。寝工作于云石，靖繇役于墉垣。望兹山之旁魄，隐有合于形家之言。于后金萱乍凋，铜绶亦解。归榇无资，表阡有待。大人乃谓牛眠可卜，马鬣斯在。邑之士民闻之，咸愿率钱负土，助我贫宰。破石得椁，起坟成嵬。惟予兄弟，深抱愆罪。千里窀穸，终身泣洒。越今二十年矣，终天复痛于椿庭，合葬难返于湘水。往来齐鲁之郊，却略荆楚之里。愧夏畦之有依，伤春晖之长已。守丘垄以难期，指松椒而至止。山葳蕤而风高，洞邃邈而云起。留连绝壑，缅怀前轨。未尝不叹范子浮家，徒为智士。郭君葬母，乃真孝子也。重曰：陶山之脉，祖泰岱兮。自陶朱公，善举废兮。家世儒素，躬负耒兮。幽穸是营，愁巃嵷兮。石窆天成，异金穴兮。继世牵丝，守冰雪兮。展墓怆怀，辞鄙拙兮。少游有志，题巀嵲兮。

仲冕自徒跣葬母以来，往来岱下，前后廿余年，主泰山讲席者三年。其时泰安黄大令钤属修邑志，名山大川，邑之望也。因与郡中学士大夫诹访前哲遗文秘籍、图册典章，证三观七十二峰之名状，溯环、泮、漆三溪及大小汶之分合，下至云亭、梁父、禅首、徂徕诸山，冈峦延属，疏其根节，颇为详密。志既成，深惜搜采之勤与登览之周未能遍录，支山之在他邑者弗入焉，盖志邑体例宜尔也。忆儿时屡梦登一大山，与熊湘间山绝不类。后随先公榆山任，泰山在其东百八十里，未能至，或望见之。岁在癸巳，先公解组游岱，得撰杖屦侍行。屐齿所涉，迥如宿游。一凌绝顶，宛然髫龄目中故物也。及居山斋，岳色近接窗儿，兴至辄登。凡山之椒麓背腹，阴阳阖辟，支络断续，往往追蹑幽崄以求之，获昔人所未经，是不可以无传也。且慈氏窀穸之山，实惟岱之右麓。辽绝乡关，恒惧失坠。张凭作诔，崔寔勒铭。顾惟梼昧不任表章，庶几寄名岳为附庸，分日观之余照。林峦既显，阡垄亦存。虽然经山脉水，丘索遗文，乔宗郁采，雅颂扬休。蒙也于古作者无能为役，惟是征梦童龀，永怀明发，目所周览，手为追摹，记见证闻，命之曰“览”，敢云名山著作哉！扬子云云：泰山之高，不嶕峣则不能浡滃云而散歊蒸。且夫窥井牖者不足以穷象纬，履旌敦者不足以俯方州。岱为时迈所先，帝者之上仪，岂鲰生所能测？窃念臣为刺草，典重苞茅。虽不克胪击壤随属车，犹得襆被跻攀，翘首天章及诏告仪物之昭垂者。冠于首编，以志庶民近光之忱。大观在上，众山皆小。煌煌乎作睹之鸿烈，而非区区游览之美谈也。《说文》：览，观也。从见监声。徐锴曰：监，临也，义取诸凭高而视下也。于是辑《原岱》《岱礼》《岱庙》为总览三，辑《岱顶》《岱阳》《岱阴》为分览七，辑《岱麓降禅诸山》《大汶》及《徂来》《新甫》《灵崖》《琨瑞》为附览六，辑《岳牧》《文献》《虞衡》《齐谐》为博览四，终之以《陶山自叙》为叙览一。皆溯源竟委，自上下下，旁及枝附，因以曼衍，而要其归于陶，且叙所以编纂之次，曰：

跨海而来，岩峙北戒。群山称宗，万物相代。阳鲁阴齐，汶襟济背。峰崿参差，周罗无外。中阪郁盘，绝顶雄迈。东南邃邈，西北陗隘。金石千圭，诗章百琲。乾端坤倪，宣于泰岱。作总览一。

逷昔虞巡，燔柴肆觐。成周怀柔，薄言远震。於皇我朝，重熙广运。有卷者阿，与山齐峻。吁惟秦汉，典礼淆紊。开元祥符，匪骄则吝。越数千年，皇极是训。考度求章，宣昭义问。作总览二。

礼视三公，德孚五帝。立庙负山，重闉釦砌。钦赐青圭，众膺告祭。淑明为宫，炳灵其裔。扶桑峥嵘，披衷茂翳。柏汉槐唐，列左右卫。遥参前荣，环咏别第。讵比灵光，漫夸瑰丽？作总览三。

天柱峰高，石如搢珽。日观月观，左右差等。碧霞灵幽，白云溟涬。爱身崎峨，望吴清迥。篆失李斯，文残苏颋。汉碣唐碑，蟠螭列鼎。石马南驰，丈人北挺。环四天门，曰太平顶。作分览一。

南天门下，飞龙翔凤。历对松山，望朝阳洞。御帐飞泉，烟深云冻。壶天足凭，石经可讽。维彼红门，云程初玨。岭看虬飞，泉招鹤控。山城百雉，迴殊市哄。南郊墠坛，经唐阅宋。作分览二。

松岩迤东，延坡横倚。东溪发源，势分梳洗。摩天屏风，鄣峦特起。堰岭西流，艾峪东驶。归田谢过，缅怀前轨。汉作明堂，荒烟遗址。涧渚环汇，河名十里。红亭奉高，往迹堪纪。作分览三。

水出石后，竹林西河。上接三尖，丹穴之阿。下竦凌汉，青嶂绿莎。投书香水，遗韵冲和。傲来陗桀，扇子嵯峨。龙池瀑练，仙影烟萝。石峡畅流，桥唤奈何！林壑明瑟，清景独多。作分览四。

北门阨塞，曰独足盘。岭翔双凤，台志尧观。黄华莲花，玉女瑶坛。笋城云暗，石屋松寒。洗头盆上，虎跃龙蟠。懒张何在？明月团栾。大小冰峪，终古巑岏。幽人逸士，宜此盘桓。作分览五。

天烛双炳，分水两歧。惟周明堂，天津绕之。谷山玉泉，黑闼金丝。仙台长城，模亘北陲。青山翠积，黄阪星驰。石釜有底，金井无湄。津拱岩洸，堑汶之陂。古静封镇，著于丰碑。作分览六。

桃峪滥觞，其汶曰泮。分为中川，东流得半。红雨纷纷，碧花粲粲。清风岭旁，问玄都观。褴负姜倪，雁行鱼贯。云台若拱，笔架如案。峻岭西横，长城北扦。翘首白云，墟墓生叹！作分览七。

禅祭小山，高里社首。介丘石閭，恭承缩酒。亭亭广禅，石门水口。梁父梁阴，坛畤之薮。柴有云云，禅代凡九。肃然安在，东北大阜。长山有贤，典礼是守。我客布山，缅怀良友。作附览一。

汶源有五，其义曰紊。牟嬴北柴，合为大汶。旧由堈城，坎河流顺。明开会通，戴村置汛。遏而南流，旺湖济运。入大清河，故道可问。山下出泉，利宜疏浚。汶因岱传，弗及旁郡。作附览二。

尤来幽岨，祖泰昆新。竹溪凤尾，松岭龙鳞。峪称礤石，峰号贵人。映佛悬乳，隐仙隔尘。薤山光化，经石粼粼。六逸遗躅，清风乐贫。讲《书》读《易》，千古长春。惟党承旨，与石嶙峋。作附览三。

新甫为宫，花攒莲萼。两岩若屏，三峰似削。上云衢岫，下球杖壑。天门额敞，石梁腰络。孤寺柏横，双塘鱼跃。春榜渊涵，秋千索莫。望仙有台，茂陵所作。何如閟宫，万民是若。作附览四。

方山上平，曰证明龛。狮峰象岭，窣堵名蓝。泉因卓锡，灵纪瞿昙。松曾摩顶，石尚点颔。雨花暮霭，佛日晴岚。水田金缕，长傍茆庵。明孔山北，神宝寺南。幽胜何似？月映寒潭。作附览五。

琨瑞金舆，苍椒翠麓。环锦阳川，称朗公谷。寺表神通，浮图精矗。玉水琴泉，味醴声筑。峪涌海螺，山分灵鹫。锦绣锦云，带绕山腹。至渴马崖，瀐汋洄洑。为泺为济，岱之隈隩。作附览六。

尧让四岳，许由避辞。舜世八伯，曰阳曰仪。鲁南齐北，枕履分治。李固韩韶，守令之师。都尉虽罢，营垒犹遗。侯挚阨崄，高屿定危。惟包孝肃，以令立祠。除而未莅，至今民思。作博览一。

维岳降神，首钟和圣。长山林子，知礼定命。越石徂来，学宗孔孟。师孙友胡，后先辉映。还朴清醇，青岩持正。亦有隐沦，墨名儒行。文献昭垂，于斯为盛。右史左图，并资考证。作博览二。

岱畎丝枲，铅松怪石。卝玉狪珠，空存载籍。墨龙堪宝，砚蝠谁擘？所可纪者，秦松汉柏。药自充笼，花应绕宅。白练红娘，山饶羽翮。珍奇不贵，物满林泽。聊注鱼虫，用劳采择。作博览三。

岱为东镇，实叶休祥。石征兴废，火兆阴阳。即有神异，福善其常。府君祭酒，断属贤良。出云见怪，浩难测量。自古有之，萍实羵羊。蜚狪匿迹，刀镜潜光。允矣灵府，变化无方。作博览四。

昔在弱冠，葬母陶山。先公德感，父老涕潸。助成孤垄，近接层峦。云封在望，风木徒攀。亭瞻集凤，驿接翔鸾。墓门还往，讲席纂编。书传乔岳，志切荒阡。焚黄已晚，汗青多残。作叙览一。

凡《岱览》，尊圣制，纪秩宗。弁诸简，高有融。乃胎艮藏神震育，上自巅，下至麓。阳闿温，阴翕肃。隅周四，体合六。妃显位，塍支川。摧闳颂，赘梵禅。丽者峻，美斯传。稽肆觐，备惇史。灵独钟，物难纪。德扬诩，词俶诡。词俶诡，意婉约。述终篇，感旁魄。篇之终，始所托。草创于壬寅岁之日南至，人事蹉跎，记载粗略，迄癸丑秋仲岁一周矣。乃复依迟丙舍，缉校阙讹，猎微搜博，谨次首编七，目录四，览二十有一，图十有九。分缀金石刻七百七十六通。昔贤艺文七百六十五首，皆胥钞而不敢作。《吕氏春秋》云：伯牙鼓琴，志在泰山。锺子期曰，巍巍乎若泰山。蒙盖有志而未能似也，弃之箧衍，以俟中区元览君子要删焉。

海州志自叙

唐仲冕

长沙唐仲冕曰：方志之久而不修，未有如海州之甚也。《州志》自顺治十七年至今百四十四年，《沭阳志》自康熙十三年至今百三十一年，文献无征，可谓旷远矣。惟《赣榆志》修于嘉庆元年，然其书一本康熙十二年俞志之旧，而增附以近事，中间由淮郡改隶于州。前后各数十年，犹之谱系能溯高曾以上，而祖父以来反无传焉，则亦州志阙略之由也。

我朝休养生息，累洽重熙。民生不见兵革，官吏无驰檄扞圉之劳，且改置专城，同于列郡。丽吴会文物之地，非遐陬僻壤可比，而考风问俗，旷百年而无编，何哉？岂官斯土者，尽刀笔不能文，将日拊循荒瘠，未遑及此欤？盖由国家道一风同，有司奉法循职，无殊俗异政之当书，无惊见骇闻之必录，安常处顺，岁月滋多。是以春秋战国记载浩繁，而文、武、成、康之世登于《尚书》者仅数篇，而列侯无闻焉，于此亦足以见太平无事之日长也。虽然，《周官》以职方综山川土地、人民财用、五谷六畜之数，使同贯利。又有形方、土训、匡人、撢人，各循其地俗所宜忌以为政教，盖其详哉！今《一统志》采于省志，省志采于府、州、县志，使府、州、县志弗修，将何以达于省而上之天府哉？不宁惟是，又欲使居官者视已成事因地制宜，取其近时而俗变相类，道通而易行也。况夫德行道艺书于乡老、乡大夫，而孝弟睦姻有学者则书于党正闾史，盖为善于一乡，未必能及一国，为善于一国，未必能及天下。所书各异，其为不没人善则一也。故《一统志》视省志为简，省志视府、州、县志为简，非略也，体则然耳。使其善未合于省郡之书，而州邑又无载籍，不几湮没不彰而阻为善者之心乎？海州自国初以来，脱离明季震荡凋残之苦，赋役均减，如获更生。贤司牧又能缮城郭，滋户口，修水利，劝农桑。至于分符置属，使北赣南沭环护后先，复隋唐东海郡之旧，淮徐之间隐然巨镇矣。其沿革损益，致足述也。又其民俗敦庞，虽无巨人长德、显位殊勋，著于旂常竹帛，而笃行之士、孝子、悌弟、贞妇，流传于父老之口者，代不乏人。而皆无志以书之，浸微浸泯，吁，可惜也！

余以嘉庆七年自平江权知州事，因阅刘《志》零编错简，读不终篇。《志》作于裁海之后，往往侈谈云台灵异，以图复山，而不知其词之诞也。然原本张《志》续有论列，虽残缺失次，抑亦坤乾夏正乎？是年小被暵涝，力请赈贷，初建石室书院以育生徒，欲事纂缉，猝无余闲。明年入都，被旨拜真，始得毕石室书院之役，而甲子河之工又作矣。差幸近岁小稔，众志翕从，州人士请曰：公尝谓州志当修，今百废具举，而志乘阔绝，其能缓乎？余乃遐搜旧闻，博采舆论，而解生国琪出所藏张《志》原本，辞尚体要，足为绘素。参之以明宋祖舜、国朝高成美《淮安府志》及康熙中州人陈宣《续志稿》，皆未改直隶州以前之考证也。其后则有乾隆元年之《江南通志》，州人赵开裕《续钞志稿》，李普元增修顾乾《东海志稿》，近时沈生祥恩《海郡文献拾遗》，乔生绍传本其师凌进士廷堪所著《朐乘》，为《古朐考略》，虽互有同异而网罗放佚，亦得失之林也。虽然，凡志之修，旧者仍之，新者补之而已耳。州志则前引东海一郡属之朐，且滥及于琅琊、下邳，后画郁洲一山入于海，更何论乎怀仁、厚丘！今将考治朐之始，东海置郡之年，以裁其枝蔓，则讨古为难。又从复海之余，两邑附属之后，而述其颠末，则诹今亦不易。余素鲜学识，仆仆簿书，牒诉、期会、舟舆之是从，其不能率尔而操觚也审矣。所赖僚友多贤，博士诸生问学研摩。讨古以正史为权，不必借才于异地。诹今以五善为准，惟期辨物于同人。凡因造之屡迁，利病之迭易，轻重迟速之殊方，与夫前言往行，潜德幽光，必皆审端竟委，度义恕情，无徇众谀，无凭私臆，无怵于威利而暌于物则。举一州两县百四十余年以前之陈编，重加厘正。百四十余年以来之掌故，不惮搜罗。虽挦扯与挂漏二者均未免诒讥，要其用心亦已勤矣。旧志多仍明本，明以前颇有益损。其载笔维详者，以今嘉庆十年为断，溯而上之自国初始。

海有神山，帝命作镇。州有循良，玺书是训。恭纪《宸翰》第一。

於皇湛泽，溥及海隅。蠲租赐复，史不胜书。亦有寒酸困于暖姝，广开芹藻以勖师儒。恭纪《恩纶》第二。

国先疆境，周知广轮。合而作者，李公逢春。析之为三，岂有分民？览其畛域，如掌有文。作《舆地图》第一。

名山大泽，郡邑之表。海不可图，其山则好。朐山东门，郁洲南岛。赣榆有山，圣贤所造。韩山建陵，沭阳是保。厥山峙嵘，厥水萦绕。蔷薇六塘，功利宜考。沙河沭河，两邑环抱。图其大者，事异幽讨。作《山川图》第二。

面山背海，屹然城郭。纪鄣中城，有备无恶。各设廨宇，水衡所作。坛壝馆舍，存其大略。作《建置图》第三。

黉序宫墙，巘巘岩疆。石室既启，济济升堂。逮于属城，邹鲁相望。作《学校图》第四。

田赋版图，简牍可省。兵农亭户，错杂宜整。斥卤分场，盐官画井。毋忘旧章，以息争并。作《食货图》第五。

海不扬波，亭障犹乘。西海东海，爰建两营。骑卒舟师，克壮干城。作《海防图》第六。

表察地理，封分禹甸。为莒鲁疆，著《春秋传》。秦皇树阙，汉世列县。南宋郡侨，东魏州见。隋唐宋元，独当一面。朐海既裁，涟水先判。领赣隶淮，明制始变。我朝雍正，方州乃奠。作《沿革表》第一。

蒙羽其艺，大事宜纪。铜马帝兴，谢禄山屺。典午陆沉，天水南徙。垣以勇全，魏以忠死。倚为长城，著于青史。胜国无政，四郊多垒。遭际郅隆，谨书望祀。作《纪事表》第二。

太守刺史，时有轩轾。今为州牧，副以丞倅。其下令长，属以簿尉。典制攸殊，期于抚字。文学博士，盐铁诸吏。至于军伍，皆为民卫。职存名亡，不系禄位。诹史访碑，朝籍方志。依代分编，为题名记。作《职官表》第三。

进士得人，乡举荐拔。明经入贡，科目并列。国子资郎，选人可谒。王官儒官，稍殊衣褐。六品告身，三考笔札。虽文无害，授职微末。武举甲科，武阶旌节。材勇并进，遭时显达。封亲荫子，彰其阀阅。作《选举表》第四。

表厥宅里，树之风声。圣朝旷典，殷仁并荣。赐谥入祠，虽死犹生。忠臣孝子，义士耆英。祥衍七叶，人瑞升平。下逮闺阁，尽养怀清。女子未字，亦孝亦贞。咸邀宠赉，绰楔街亭。或格于例，官显其名。作《旌奖表》第五。

考占星野，尤别畺域。《汉志》旁搜，《晋书》精核。侨郡实土，紊于南北。元和元丰，图志可识。今大一统，民人社稷。形胜虽强，不言厄塞。风俗虽殊，一以道德。物爱心臧，先知稼穑。聊存梗概，以勖吏职。作《舆地考》第一。

山能毓材，水能泽物。山疏向背，旁薄葱郁。水溯源委，河淮溟渤。修其利者，丰草是茀。明德远矣，流风未讫。我思古人，愧我簪绂。作《山川考》第二。

王公设险，官吏听事。无谓崇墉，疏于善备。无谓传舍，视为信次。保甲难行，野多横肆。马政既裁，邮鲜急递。利害相循，兴除匪易。作《建置考》第三。

丁不加赋，人稠仓寡。田屡减则，瞙高潦下。市无杂征，争事鱼鲊。地已为腴，农不在野。蠲缓频施，解支如写。既储常平，复备乡社。钩核计籍，封识空厦。盐课素饶，亦扰害马。相彼牛羊，谁欤牧者？厚縻禄米，勿蹈虚假。作《食货考》第四。

既富方穀，建学为先。庙堂仰止，俎豆秩然。师生有室，有稍有田。书院既作，讲习以专。爰置小学，旧馆所迁。怀仁怀文，饩羊存焉。修举弗坠，责在后贤。作《学校考》第五。

礼重事神，祠官所主。社稷山川，风云雷雨。先农厉坛，蜡腊田祖。火帝龙师，城隍后土。新秩文昌，旧享神武。名宦乡贤，各建堂庑。忠义节孝，穀我士女。有举弗废，惟德是辅。作《祀典考》第六。

海于有蔽，水陆专阃。棋布星罗，防护维谨。承平日久，游手执盾。本以卫农，或致争忿。平其薄厚，约以绳准。军丁徭役，豁除殆尽。千户遗黎，生聚隐赈。裁海复山，岁月以远。书之于策，不忘数典。作《海防考》第七。

传推名宦，守土牧宰。安攘戢康，教义乐恺。不名一钱，不避菹醢。史册所传，辅轩所采。从事幕曹，佐治僚寀。政类桐乡，视同畏垒。博士祭酒，将领背嵬。颇著声施，式垂模楷。作《良吏传》第一。

海邦多贤，别裁旁证。列传大书，冠以先正。安汉以来，文武并竞。立朝有节，治民有政。见利思义，临危致命。近古名臣，详其氏姓。臣无二心，士有六行。博学著书，隐居适性。一节之美，可歌可咏。惟张与徐，逞志持柄。歧为外篇，协于公评。侨寓之良，材技之胜。下逮方外，兼资考镜。作《人物传》第二。

士行既彰，女德尤茂。季汉前明，两朝妃后。贤母淑媛，坤贞闺秀。慷慨从容，不遗副簉。谊有殊尤，表为博收。彤管有炜，奇芬是懋。作《列女传》第三。

东海著录，断自梁陈。代有作者，其书仅存。明之杨张，《四库》所甄。余子硁硁，藏之名山。作《艺文录》第一。

立石刻石，始于先秦。唐隶宋篆，题勒如新。笔以人重，惟张忠文。亭识乘槎，洞记归云。剔藓拓墨，订讹存真。钟鼎泉布，采备多闻。作《金石录》第二。

海庙既荒，郁林已夷。云台三元，遐迩祷祠。行道有福，造物无私。梵宇仙馆，缁黄住持。作《寺观录》第三。

黄儿误疏，孝妇尊窦。传闻异辞，封树由旧。田横仙埠，存疑正谬。贤垄名阡，无俾苏櫘。传彼一抔，诚不以富。作《冢墓录》第四。

祥祲无常，惟德所召。神怪无方，惟明所照。卮辞疑义，折衷典要。作《拾遗录》第五。

志始无闻，修辑斯传。如何旷佚，甲子三迁。曰余弗文，邦有仁贤。表州联县，综为一编。为纲者六：曰《纪》曰《图》，曰《表》曰《考》，曰《传》曰《录》。纲既立矣，条目分焉。尊朝廷，则为《纪》二。审形势，定规模，以章法守，则为《图》六。并时异世，殊事同科，则为《表》五。地利丰俭，民生休戚，礼俗政教，事神保众之道，详求顺施，则为《考》七。居官以爱养为本，自搢绅至于闺门，皆以行谊相高，则为《传》三。笔札之留诒，墟庙之哀敬，亦足以觇风尚，而奇文逸简，参互考订，则为《录》六。凡目二十有九，为子目之附于目者百一十有三，而以昔贤所著文章有关风化者，各从其目，分次于篇。言念前志，什一所存，原其载述之体，以为椎轮，俾后之君子，知今日论考遗忘，匪创实因，作《叙述录》第六。

书始作于嘉庆九年甲子之夏五，成于明年之冬十有一月，命之曰《嘉庆海州志》。方当就正大雅，以垂海邦之典籍，会史馆续纂《会典》，下其符于省郡，征采僻隐，《江南通志》亦置局增修，于是促付剞劂，献之大府，备裁择焉。

周希甫东冈诗剩序

唐仲冕

陶山唐子读《东冈诗剩》，未尝不废书而叹也，曰：乌乎，诗其挚矣乎？惟真故挚，惟道故真，非真之挚必渝，非道之真必亵。弗亵弗渝，性于彝，情于则，诗乃大适。夫适必由不适，且大不适，乃至终不适，而后能适其适也，适则挚矣。东冈秉义方以立身，探精言以植学，理有渊窟，行有崖岸，显其幽窅，夷其险峻，历穷通得丧困厄变幻之途，宁踬于遇，毋踬于心，宁忤于人，毋忤于天。以是发之为诗，其犹有亵且渝之病乎？然东冈之于诗，又非任其才力之所至而率尔出之者也，盖又加缮刻之功焉。

余与东冈游近四十年，每以诗切劘，甚且相抨击，然余实不逮东冈，往往蹈前数者病，而东冈辄疗之。旧集草草付梓，而东冈先逝，后日谁相知定余诗者耶？东冈论诗甚严，存诗甚慎。余尝录其旧作，今《诗剩》则已汰大半矣。乌乎，此其所以为剩也夫？物苟不足于用，安得有剩？昼人力于稼，夜人力于丝，除其烦冗，时其委输，其存焉者皆其剩焉者也。为文亦然。若无余蕴，曰剩，吾知其大适也，适则挚矣。

嗣君某某两孝廉属叙于余，谓余雅故不可以辞，因忆辛未岁东冈客余崇川，与赵味辛司马偕游狼山，投赠数诗，凡五百余言。鞅掌未能和，东冈自都促之以诗。及试守江南，余劣得数短章，而七言古风尚憖置之。虑强为之愧真挚耳，顾安可负吾良友哉？乃序而追和其诗，以效季子挂剑之义。

陶荑江先生遗诗叙

唐仲冕

吾楚风雅何渠不若齐吴？所以然者，彼常有新诗一句两句在人口也。吾乡诗禁甚严，作者务矜慎不相标榜，而流传自远，然亦有因是而终閟者矣。今夫湘江之出阳朔也，觞为之舟。至洞庭日月，若出入其中，其他入江，异源同殷，皆出悬崖秀壑间，天然诗画。至于望衡九面，则面面皆诗。生其地者仁智之性，山水合撰，岂反让乎浅水平漪、黄沙白草所酝孕者哉？余少时闻善化李四眺先生以清狂死，其诗富而饱于牛腹。犹记其一句云：夜不关门贫壮胆。又攸县陈桃文先生，海内知名士也，曝雨所湿书于庭，亦为牛所齸，先生怒剖其腹得之残其半。后检讨陈梦元刻其集已无几矣。余用是慨然有湖南诗搜之举，自维衰朽，无能为役。

去年入都见陶云汀给谏，谓此事非异人任。今给谏巡江南漕，相遻于扬州，出其尊甫荑江先生遗稿见示。先生诗有建安风格，惜其旧稿亡于胠箧，此则给谏从其门生故旧家录之。颇有酬应之作，或以为不足存。夫诗以道性情笃伦纪，虽酬应亦具备，如必尽出于箴铭，则少陵诗之可不作者多矣。且夫人之不好诗而好屏幛也，好其爵里之美，与夫织文装池之丽，以与其家之贵富相终始。今先生以一寒儒经数十年，而屏幛之诗一一可钞，则其品之足传，与其乡之好尚为独古也。余用是益叹诗搜之举之不容缓也。

山西咏古诗序

唐仲冕

《山西咏古诗》一卷，知岳阳县丁礼门明府纂。起上古女娲氏，迄胜国周忠武，按其陵墓祠宇之隶晋者各系长律一章，综若干首。

余与明府生同里闬，踪迹久疏。今年夏，黄孝廉虎痴，自其治来秦中，为述明府政绩甚著。顷复邮此卷见示，介虎痴属为序。予受而读之，益谂其志趣所归，惟前哲令德之求，以助流政教者也。夫所贵乎循良之吏者，岂仅簿书期会、听狱弊讼而已乎？必有以训俗型方、奖劝诱掖，使之观感兴起而不自知。夫人情于记传所载仁圣贤人君子，非不诵习而推崇之，而独于其乡国之前芳遗躅，尤津津乐道，追慕勿谖，不啻桑梓之恭敬，高曾之规矩。虽巷曲村盐，能使妇人孺子闻而感泣。若夫父母师长，于人民谣俗所艳称，为之刊其荒谬，表其精诚，而被之诗歌，于以化民成俗无难也。此《山西咏古诗》之所由作也。

虽然，作史必具三长，咏古亦然。盖才不隽则蹶，学不充则陋，识不卓则俚，安能式古而仪今邪？明府此编居然诗史，洵足补晋之乘矣。昔唐胡曾有咏史百五十截句，宋许尚、曾极、张尧同、董嗣杲有金陵、华亭、嘉禾、西湖诸百咏，亦皆盱衡得失，寄托悠远，彬彬乎大雅之林。明府殆其嗣响欤？而以考镜裨风化，则命意弥深，读其诗可以知其政矣。爰序而还之，并寄虎痴裁订焉。

黄渊亭先生古文遗稿序

唐仲冕

道光丙戌春仲，姻谊黄生维善，以其先曾祖永北太守渊亭先生遗文见示。余受而读之，叹曰：此吾乡之文献也！昔先君子每论学问文章，亟称先生，故尝信而慕之。今读其文，原本经术，发摅性情，不临深以为高，不矜奇以骇俗，而无一言不衷诸道，盖素所蕴蓄然也。夫文以明道，即以载道。道无乎而不在，非必索之幽邃而后为明。正不必自诩材力之雄以为载，只以人伦日用之常、布帛菽粟之细，可以见知见仁，发而为文章。拜献则经世善俗之猷，议论则酌古准今之识。事亲长则为和顺，交友朋则为信悫，训子孙则为式榖，言虽浅近而道存焉。六经垂训之旨，岂必在高深哉？集中有云：诗言志即言道也。物者道之形体，诗者道之鼓吹。诸经之言道皆正言之，诗独托于咏物，可谓深于诗矣。他如论《仪礼》《周礼》《礼记》，皆从浅处指点，见道独真，故其立身行己，不负所学。一时宗工哲匠，咸重其文。

集中所称李恒斋先生者，先君子之师崇祀乡贤者也。观其书行状后，极力表章，以是知先君子之于先生，气谊相合，有由然已。先君子之生稍后于先生，当先生典试山西之年，先君子与其从弟瑀同领乡荐，故得详其梗概也。余生也晚，未获亲炙乡先生之言论丰采，犹得读其遗文，考其出处志节，益以知前辈立言，所以阐道而翼经，非苟为华藻也。此先君子之所为亟称也。

晏湘门遗诗叙

唐仲冕

天下有爱才者而才显，天下有忌才者而才愈显。爱之情博，忌之心毒。博则知之犹泛，毒则知之最深。若非知其才足以盖人之才则不忌，乃有才焉，非特无爱之者，更无有忌之者，则甚矣才之终无由显也。唐之李昌谷，奇才也，人乃以其诗投之溷厕，然昌谷之才益显于当世，以至于今。今晏湘门之诗学昌谷，且进而峭削为韩柳，造于平淡而为姚马，为储孟，可谓才也，宜为世所忌，而世无知之者，岂人尽化其忌心邪，而又胡为弗爱也？或曰惟才忌才，岂世竟无忌才之才邪？抑所谓才者非才，即才矣尚不足爱、不足忌邪？然造物固且忌之矣。困其身，促其年寿，一如昌谷，则甚矣人之漠然于才也。虽然，邓湘皋、欧阳磵东，吾楚之才于诗者爱之甚笃，犹曰其同里也。尚衣汪筠溪、都转廖复堂，于其身后将刻其集，不可谓非知而爱之者。夫苟有爱而无忌而其才终显，又岂非才之大幸乎？然其为知且爱则已仅矣。

湘皋属余为之叙，余之叙乌足以显湘门？读其诗，悔生平之未得见，不能不慨然于才之难显也。于是乎书。

隋唐石刻拾遗序

唐仲冕

探绿字于东井西雍之墟，讨翠珉于龙兴虎视之域。非车攻之纪绩，陈宝之命祥，不足以盱奇眸而扩奥臆也。东京以降自郐无讥，然而字青石赤简古难求，堂甓瓦当搜掇殆尽。究之羲娥或遗赝鼎莫辨，荐绅先生难言之，故夫诹史论世当以隋唐为准。昔弇山尚书之抚关中也，鸾文凤藻之彦同泛芙渠，鸿飞兽骇之资悉登金薤，盖已有美必收，无义弗究矣。惟是物之显晦有时，而文之繁省或异。

虎痴世讲才吞凤石，学富鸡碑，谒余青门，博索周秦已来石刻而疏证之，得关中金石记所遗隋唐志铭七十余种，宋以后不与焉。采择必精，甄综必确，咨询必广，裁断必严，足以觇稽古之识矣。谓余所摹唐莒襄公碑，亦可补毕记之未备，故附之开元之末。虎痴来此才三数月耳，称是以求安见隋唐以前，如汉曹全、裴岑诸碑者，不复出于山谷榛莽间，供其肇悦也哉！既付之梓，爰为序之。

苇耙塘诗叙

唐仲冕

苇耙塘者，在长沙城南十五里。其塘为二，有山环之。苇塘抵其陲，耙塘当督如壁之好，稻畦如肉而宅其西，塘田皆前横。日余苦僦屋挈挈。门人张子伯思居迩于此，寓书云：山虽峛崺，于吾子性情宜。屋虽卑庳，于吾子寝兴宜。田虽粗硗，可支一月瞙。力耕获粟二百斛，十人一岁食犹赢也，其值适与吾子橐中金相当。因由其家循山口入，至松庄茆屋即今松房别墅，见对宇数椽隐隐丛薄中距数武耳，然必绕塍数百武乃至，则以耙塘为之隔也。宅亦如之。中唐方广二寻，入门莫识其堂房箱个庖湢所在。山皆有墙为畛，墙以内无它姓尺土淆错，喜而售之。迫岁杪，即徙孥与器居焉。

初，余既除服，将择里，以《周易》筮之，遇《履》之《随》，贞曰：履道坦坦，幽人贞吉。悔曰：视履考祥，其旋元吉。朱升注云：考祥为父丧祥祭，上九为乾，父之终将以复寝，父没观其行，乃大吉也。嘻，命之矣！夫其夷无峃确，一拳石必取之他山，傥所谓坦坦者邪？路逶迤蜿蟺如入洞窟，周如城郭，傥所谓其旋者邪？居数月，门外无车马迹，非专问吾者不径山墙内，远于都市，束脩壶酒，往郡城乃可得，非所谓幽贞邪？昔先君子名堂曰果善，斋曰克己。尝手锓楹板曰：克己最严，须从难处去克。为善必果，勿以小而弗为。爰规其面午之室为果克堂，悬其板于两楹。堂之东簃别为斋，曰果克山房，以体视履考祥之义。西箱曰旋元个。其南有室如舟，儿曹读其中，名曰问津船。又南曰南圃。吾兄相其阴阳，于旧门外置栏干，以土苴为环堵，因曰苴轩。轩东有园，园之外度二塍则为耙塘矣。耙塘东北为松房别墅，佃客居之。墅有茗柯町，町后松外有篁柴山房。后落为牡丹坞，坞却略为苦槠崖。崖南之傍南圃者竹坡，其上亦有篁柴。耙塘尾有祝槁湾平田井，田首有遂以通水道，其可登陟盱衡。西至熊湘岳麓谷山，东至昭山大石岭。吾祖宗丘墓庐井所在者，则苇塘尾之师子冈也。冈为界牌岭之一峦，吾父葬师子剷，相距三十里，隐约可见，故名。

客有持筹者曰：子之资尽于是而已乎？将为子秤薪而炊，数米而爨，犹不足也，子知之乎？计子不稼不穑，佃租不及十钟而家食米日三豆，不及十月而谷尽矣。输将祭祀宾客庆吊酒盐药饵之费不与焉。赭子之林木灌莽为薪蒸，不给一年当置薪炭，茗三摘仅二三斤当市茗，无桑柘以蚕以织当市布帛，之数者将安出？子乃以为菟裘邪？《易》曰：履不处随，无故。子其勉之。余笑曰：二塘一井之水，浚而甘也，可饮也。园圃之果蓏芋蔬，时而熟也，可茹也。妇女纺绩大布粗絺，将三岁一易也，可被体也。获稻挫糟鰱萁漉豉，羽鸡呼豨，以为宾客问遗之需也，可粗具也。若夫床席有容，风雨有蔽，图书笔研之属有庋也，可以寝馈而吟诵也。倦则倚轩临池上师子冈，竹树林泉、云烟峰岫、江涛樯帆之在望也，可偃仰左右而得之也。林无鸱雅恶鸟声，睍睆钩辀，鸠呼雉雊，与莳田芸苗舂相机轧、伊吾之音相唱和也。耳目皆有以自娱也，履和而至，随动而说，又安能琐琐戚戚效多钱足谷计哉？别其地志以名而系之诗。

芳茂山人诗录序

唐仲冕

《芳茂山人诗录》者，孙渊如通奉自录其诗，及其弟南麓通守等辑为十卷者也。通奉雅不欲以诗传，迨暮年从友人怂恿，选存仅四卷耳，其精严若此。盖通奉专攻考订，研核小学，证据古经，非三代两汉之书不观也。所著《周易》《尚书》，悉取汉晋以前说，缕列综贯，不作一杜田语。日与其徒讨论金石文字，购宋椠择旧书之无传者付之剞劂。其于诗古文词，随手挥应，非笃好也。

先是，文体华赡，经学剿袭居多。巨人硕儒出以许、郑为宗，实事求是，海内老师宿彦大雅博闻之士，同声发明，翕然携奖。

庠塾之讲贯，孝秀之选举，皆出乎是。天下靡然向风矣，然其弊分文析字，貌籀诡苍，矜一名一画之奇，而失篇章之体要，甚且置五经为陈言，剽刺《汲冢竹书》不经之语以为新义，其害更甚于荒经蔑古。此词章撰著之家所由嗤为赝鼎也。余于二者皆无所得，而通奉许为通品，相与较量经义，于六书之转注，及张霸之《泰誓》，议论亦小有不合。然窃叹通奉好古有识，其天资学力有大过人者，非肤受皮傅、片接寸附者所可几及。读其诗则直追曹、刘、鲍、谢，次者亦不失为昌黎、昌谷，与《风》《骚》相推激，此直合考订词章为一家而各造其极者也，诗顾可不传乎哉？

通奉长余七日生，近岁同寓金陵，方为耆英之会，而通奉遽逝。今南麓刻其集以示余，属为之序。抚卷披吟，不胜人琴之悲与宿草之感也。通奉者所请从二品封，随其尊甫同拜诰命，而尊甫书屏先生年九十余，矍铄犹昔。余每一拜谒，辄念九原有知，亦当色喜。序其诗，因并及之。时庚辰首春四日也。

秦竹浯诗草序

唐仲冕

余与竹浯太守为总角之交，少时同应童子试。学使试以秋水赋雁来红诗，余愧弗如也。甲午年余举京兆，太守后十四年登拔萃科，皆未得相见。迨余癸丑通籍，太守方观政仪部，为余题款乃图。又十年癸亥，余以迁秩入都，太守为尚书郎中，旋以道府发湖北，盖自童子试后，四十余年始得再晤，而太守已于岁之乙丑卒夷陵郡治矣。

太守为人，修眹不群而性廉饬，与人交淡以永，诗词真挚而清绮。其《癸亥寄怀》诗有云：清高政极平，和乐文仍肆。即当时见赠集曹全碑为楹帖语也。良友谆勖，读之泚然。余和其诗，故有“面会一何难，省身良自愧”之句。及庚午入都，则不可复见矣。今年以资迁谒选，令嗣小浯以其生前自书《湘城草存》《都门草存》二册属为序其草。自癸巳至癸亥三十一年，仅录诗五百余首，赋三首。前所题款乃图，诗不与焉，其矜慎如此。当同试学使时年才十二，诗赋已隽语络绎。今断自癸巳始，则其少作鲜有存者，且癸亥诗将百首，极其旁薄，甲子以后岂竟无诗？盖佚之矣。呜呼惜哉！

余自幼诩知人之鉴，与太守迹疏而情密。谓其才其学必当著作承明，卓然经世之业为吾乡望，而乃艰于一第，仅以郎潜出守，未展其用。读其诗，可以知其志矣。因忆同试童子时，有鲍生湘者亦奇童也，久不相闻问，近读周春田鹗诗，乃知其早年穷饿以死，且无遗稿，则太守尚未为不遇耳。余之才不逮两人，而犹系官州郡，衰老而不知止，岂不重可愧哉？序成，为慨然者久之。

云间课艺序

唐仲冕

制艺与气运相衡，而人才出焉。其始科举之业，训诂之辞，其后则为学术专攻、师友讲贯、材力萃品诣征焉。一时风会所趋，遂有升降污隆之感。其精神之运，心术之动，成之于研摩考校者，匪伊朝夕也。明代文凡五变，隆、万而后苶靡极矣。自金、陈、章、黄诸大家出，力扫剿袭缪悠纤晦之习，卓然一轨于正。而云间陈黄门、夏考功先生倡立幾社，以经学为根柢，以先秦两汉为矩则，东南坛坫，海内翕然。卒之陈、夏诸公以节义垂不朽，与平时发挥圣贤之言无豪发负，益信文为心声，所为切劘而成之者，不可不审也。

我朝文运聿兴，昌明博大。熊、刘实开其先，而熊次侯出华亭张蓼匪之门，谓其天才敏擅，经术湛深。同时若宋直方、周釜山，皆为文坛领袖。独王农山以惊才绝艳高摘浓熏，发为雕缋纂组之文，迄今百有余年，残膏剩馥，沾丐无穷。此岂非同社观摩酝酿深厚之所致哉？自文社禁废，士子讲习之所厥惟书院。云间建设已久，亦既人才辈出矣。余权守是郡，例当甄录，爰进诸生试之。

监院陆侨南教授，以所辑课艺如干首将付之梓，而属序于余。余惟国家取士之具，即国家成就人材之具也。成周以射择士兴贤，习于州序，询于乡老，曰和曰容，曰主皮，曰兴舞，又曰内志正，外体直。持弓矢审固然后可以言中，夫制艺亦犹是也。探究理蕴，原本注疏，无剿说，无雷同，亦可谓和容而正直矣。由是而进焉，融洽六籍，沥液群言，于乡先达之中学农山而不涉挦扯，以追陈、夏诸公之渊懿淳茂，则帖括也而德行道艺胥于是乎备。他日黼黻皇猷，岂异人任？夫云间固文章之林府也。余虽不敏，请以一言为之券。

湖南阳秋例言

王绅

天下之理一也，而有不一者存。非不一也，时以限之，地以别之，人以岐之，其本殊矣，其流因之。异不异不足以为同，同而后异生焉。故古人之著述不一致也。《大易》本之天道以明人事，《春秋》列乎人事以征天道，皆以持古今之纶纪而发其窔奥。朱子因《通鉴》以为《纲目》，其书法一本《春秋》，然而执《春秋》以求纲目，未必尽合。《春秋》书当时之事，其义微，其辞隐。《纲目》纪历代之书，其言显，其文彰。其所处者不同也，而一国之史与天下之史抑又有别，故朱子不必一一皈依以求形似而大义自明。

先叔勉亭先生取正史事陟湖南编而纪之，为《湖南春秋》，义例一本《纲目》。然而《纲目》天下之史也，《湖南春秋》一省之录也，不得不上溯《春秋》。而《春秋》当时之事也，《湖南春秋》历代之文也，又不得不反求《纲目》。书法纪注有难合而通之者已，于是并取二书而精以出之。恐其意未易明，自为训义附于各条之下。呜呼！其取裁可谓正矣，其用心可谓苦矣。伏而读之，各有文理，非泛泛而编录者比也。书未成，病呕血因绝笔于隋。嗟乎，岂天之不欲成是书邪？抑义例彰彰绪未竟而思已过半矣。

乾隆癸巳，奉旨征求遗书，钞录上呈。与《衡湘稽古》《三易图说》并登册府。唯是“春秋”之名上同圣经，心有未慊，于是改“春秋”为“阳秋”，编而存之，庶几附于古编年之列云尔。

湖南文征　卷七十二

序十七

南村草堂诗钞序

欧阳绍洛

古今名诗者无虑千百，就中卓然可称者数十家而止。其品类趋尚各不谋，要未有不求其是者。严沧浪之论曰：诗非关书理也，而非多读书穷理不能极其至。眇者泥于不关书理一言，挟枯寂之胸，求之空虚猥琐之地，言而无物，如管之嗃不可咀也。其汩于糟粕者，乃搜剔诡僻堆砌涂泽以为博，伯生所谓川人之庖，粗块大脔，浓醯厚酱而饮食之味微。二者之于诗，犹杩与瘖然，事殊而患同。故仆生平不常与人言诗，惧触其所宗主而以为毁也。

子立与余交近三十年，顾独喜余言。余始识子立于都门而见其诗，继而子立游齐鲁，游吴中，数年一晤而诗格一进。继而游粤，游章门，又数年一晤而诗格又大进。继而重赴都门，自究自扬，与当世贤士大夫缟纻赠答，归而示其所作，则益复大进。乃知子立于此事无一时稍释，屡进而益工如此。盖其学无不窥，而性情之真至敦厚，足与古籍相发明，故其形为歌诗，因事揆象，适然若逢其故物，沛然意惬而理顺，使人诵之，知其人，知其性情，知其取精之多而不以博淹矜。庶几先王六艺教士，使人发舒志意，引于缠绵恳挚之地，以著为骨肉朋友悲欢忧乐、是非惩劝之真者遗意犹在，夫而后诗可存也。然则操觚而求一言之合，其易易哉？夫诗至专集不能无利钝也，取昔人之集，古今所共推者论之，其中宜汰者或十之二三焉，或十之四五焉，甚乃十之六七焉。名愈高则疵愈甚，要其可存者，人所不能至，则已独绝千古。其余不过采辑者备致摭拾以示不遗，存而不论可耳。暖姝之子顾曲意哆咤，以为出自大宗巨手，则言言金玉科律，亦大谬矣。

子立常为余言：平时侪辈酬唱，每一首出，众品交诩，则怃然曰必老硐证可乃已。其见信如此。近别子立四年矣，不复见其诗，然知其精进当不减曩时。于其集之付梓也，序以寄之。道光戊子仲冬至日。

过且过斋遗诗序

欧阳绍洛

邓子湘皋既刻湘门诗成，手以示余。余读之，喟然曰：湘门于是乎不死矣。夫诗以言志，而瞀谬者顾哆然冒之，谓输吾志耳。噫！不要于是，而曰是亦志焉。然则朝瞍而呼灭君之志奚弁且悖邪？古人竭毕生之全力，愁肝擢肾，穷芒极眇，乃至知尽能索，殚日积月，然后能成一艺，盖慎重若此。今海内人各有诗，诗各有集，裒然金刚其柞者何限？乃或负盛名，掇巍第，至于颠华齿豁，求其一言之可存，千百而不获一二。岂非志趣凡陋，出之轻率，不知古人立言之旨欤？湘门年未三十而所造如此，乌乎，是可以传矣！

余始未识湘门，戊辰之岁适其计偕来京，时年十八耳。初未甚异之，湘门顾独厚余，奉之若师保然，一言之出，必疑难数返乃定。余或他往，则杜门构思，坐若尸，行若忘，竟夕辗转，日旰不食。余乃知其精进若斯，因亦心厚湘门，切劘不少假借。其诗幽洁自喜，一扫凡艳，而古厚之气往复无尽，其他程文杂述率皆类此。尝笑语湘门：仆于世龃龉，自念非风尘中人。今君奉亲命来都为科第计，乃以苦趣自堕。不知造愈高者遇愈难，折杨皇荂嗑然而笑，彼所习只此耳。大声责之里耳，将期旷希流俗邪？君往矣，毋自辱，他日为老伧二仲者，君与邓子湘皋耳。乌乎，孰谓其竟以夭逝哉？

吾乡士气醇古，有守之士辄不欲随风气转移。前辈如湘皋序中所称引诸人，置之科第词翰间，所谓累世不易得一二人，数千百里内不易得一二人者，而皆赍志不遇，仅以明经、乡贡等终其身。是则不安庸陋，而深造以自误之明验。余因悲湘门而及吾乡诸前辈，且以自悲而再悲湘皋也。

拟修新馆序

向曾贤

去岁与同人谋扩充旧馆，因谬以己意，仰体乡先达创始之志，撰为引说，极明是馆终当合为一。又当以情而调乎势之所穷，亦本诸诗人桑梓敬恭云尔。已邮书奉闻同馆外任诸君子，会人地悬隔，事不获骤就。逮今岁公车至，每与谈议此举，虽亦有奋然兴者，然各以公事匆匆不暇及。曾亦授徒他处，不得常晤，寻置之。秋冬间，半愚严公以俸满入都上觐，而敝邑余退圃先生之侄泰衢、崇如昆季亦至。半愚先生居官数十年，而和粹敬让有加，同人交尊之。其在吴下同考时，及门诸好友朝夕踵至，馆中亦与有光焉。余君昆季至则稍后，居馆侧之东偏陋室，未尝少有不平，余亦不敢以同邑故而请他人以易之也。

先是，退圃先生每入都，必输金数十以为修举废坠之资。厥后鱼雁频至，亦必以是举为谆谆。今又得半愚先生来，曾因与同人喜相语曰：是举其可以得所借手矣。居未几，馆中恶辈猖獗，连日难作，不可向迩。半愚先生因相顾而嘻曰：千钧之弩，讵为鼷鼠发机哉？然亦不可以垂堂而坐也。因与余君昆季徙居避之，由是而向之所云势无如何者乃征诸此矣。今夫所贵夫旅居之萃处一室者，士君子离父母、兄弟、妻子而来于斯，所得者朋友之乐耳。又以其乡井之不甚相远，声息之不甚相殊，或素有婚媾之连，或夙有世交之好，群居和集，弥益见真，故不忍舍而他处也。若使诟谇时闻，戈矛相向，凌侮我尊长，蔑弃我幼弱，碎前人之俎豆，涌平地之风波，则京师中几百万户，岂少尺寸容膝之所，而必逐逐然与祸机相迩哉？

吾闻奔蜂不能化藿蠋，越鸡不能伏鹄卵，天下之物之难齐亦多矣。今之患此，非但人满地隘之谓也，欲不更而张之不能也。吾盖不忍极言其所以然，聊述其大致如此，以见吾数人之舍旧图新，其心固可以告前人也。因续前说而申言之。

岳阳会馆引

向曾贤

岳与澧同郡，其后既分而幸犹有合者，则惟京邸驻足一所。忆自为儿时应童子试至岳，得与同属人士嘻嘻相往来。其长老常有能言澧阳之某某君子，与某某先生者。因念吾祖父辈行时，二属之士岁时来聚于斯，其间必有文章气谊相投赠，或酒食游戏相萃处，今则有莫能及矣。是虽少年天性之迂，然询于人，人亦时有同然者，毋亦桑梓恭敬意乎？及闻有来自京城者，听其语言罗缕不厌，必啧啧称吾属会邸在某所，及来此与为和会之状。私心窃冀苟得一至其处，则生平之愿足矣。

夫人居游既隔，风土亦不无少殊，惟牵车服贾或有互相游历者，其他则否。至于匡居安业之人，不幸而不得志，则终老于山林。其幸而得至于斯者几人哉？幸而至于斯也，夜则同寝斯室也，昼则同食斯堂也，所缺可与箴也，所善可与师也，其讲论可与相磨也，其笑语可与相欢也，其有无缓急可与相念相恤也，固犹然昔者祖父辈行时投赠萃处之日也。幸孰大于是？

凡人之情，当其境不觉其聚之难，及过时思之，则恒悔其忽。如今之两湖南北，其初盖一也。逮其分则势无如何犹此也，然而士大夫之居都者，每岁必于孟春之首，醵钱合酺为会。一日之欢，雍然穆然，几如家人骨肉之群居和集，得与其间，未有不私叹其意之厚者。由斯言之，岳澧之有是馆，虽历世不分可也。顾前之创建及踵修者诚劳矣，规画诚善矣，而历世浸久，又幸际太平休养之秋，人文日益盛。每当公车莅止，驺从不能容，则往往于外僦居。犹忆曾于乙卯来都最后，时则人居已满，欲外住则囊无资，又不欲舍同人独处，因于神室旁栖止焉。由是常有扩充想，顾力薄不敢出口，及闻众君子语，则无不有是心者。因以念此皆人心所同，然而非有强也。夫地狭则易忤，居广则咸和，诚使修而举之，廓其有容，以迪前烈，以备后观，是则祖孙父子得联气同枝于斯也。怡怡切切之思当有油然而生者，善始而虑终，笃近而举远，岂不休哉？爰不揣僭逾，谨拜手而为之引。

月村诗草序

邓奇逢

伯兄月村尝选唐、宋、元、明诗，以雄浑奇杰、孤峭苍深之作，独标一格，都为一集，其自作亦然。率皆放笔直书，绝无咿唔局促之态。有时才情横溢，精光迸出纸上，扪之字迹生棱，见者咤为奇绝。顾每不自爱惜，缘手散佚。戊子秋归自棘闱，竟以疾终。去仲兄莲舫弃世先后十年耳。身后可传不独诗也，就其诗可得其性情面貌，非胸有千古者不能也。爰采遗集近作，类为酬和者携去已无存稿，而少作反得于败楮蠹简中。时一掇拾，辑而录之。因叹伯兄负才不偶，与仲兄落魄泉下，向之千古自命者均怆深千古矣。

犹忆逢髫年随两兄步屧朗水西山，家君讲学之地，皆逢与兄倚侍之地。风晨月夕，伯兄一字一句，与仲兄推敲，淋漓倾倒者久之。逢时在侧，虽未能尽晓，亦间有省记者。迄归里，伯兄构得月楼，莳花种竹水石萧间，茗香馥郁，日偕仲兄赋诗为乐。仲兄没数年，逢颇知文字之趣，时坐棣萼山庄，酒冷香残，伯兄感念莲舫不可复作，命编其集，置之奚囊，思付剞劂。岂知志尚未竟，而伯兄今日之诗，散华落藻留在人间者，转不可多得乎？

伯兄旧作古文一帙，篇各万言，为前辈所许可，逢未几犹一见之，意以为终秘之箧衍也，今亟搜之复不获。苔花废砌，鼠迹承尘，渔洋山人之吊其兄西樵，所谓“痛绝人琴今已矣，牙生从此竟摧弦”者，视逢于兹集之感何如也。乾隆庚寅仲夏。

莲舫诗草序

邓奇逢

乾隆辛巳，伯兄汇仲兄莲舫遗草，求序于武陵朱镡、城杨梅冶二丈。将梓以行，未果。戊子春，复命逢编为四卷，冠序于首，以逢所记遗句附尾。伯兄寻下世，集无副墨，阅今又三十七年。一再散失，旁为搜辑，仅存戊寅后随侍先君子客途所作三十四首，暨逢所记遗句，而二丈之序，并伯兄手汇原本已无从得。因帙太简，且取所存举业试体诗足之。

方兄之能诗，逢才五岁，常忆冬日兄步老屋折梅花数枝归，与伯兄倡和，有“如话寒山信，梅开臈雪先”，及“石桥香暗诗先得，茆屋云深酒未消”句，伯兄击赏之。亦有“竹楼梦断云流地，葛帐寒生雪满林”，及“山翁慰我高楼寂，持得师雄酒一瓢”之和章。兄谓己才大逊伯兄，辄苦心绩学，键户深山，作诗每夜分不寐，青荧一灯，隐隐自丛箐中漏射。时或朗诵一声，山禽至磔磔惊起。伯兄既豪于才，下笔率不加点，独兄非得之天成，必濡豪往复，间至越宿始能脱稿，故诗完善者居多。其论诗以前之三唐、后之有明诸大家为师法，中间惟嗜坡、放二翁与《元遗山集》，此外绝不入目。

逢稍长，渐解声歌，即教以一气奔放、有神无迹者为上乘，次则安章宅句、密咏恬吟、耐人咀吮”者亦可不废。今读其遗诗，宛如当日与兄棣萼山庄，风雨对床，夜窗飒飒，魂魄缭绕其间，未尝或去。爰录而刊之，庶使千载而下有知吾仲兄莲舫之为诗人者。嘉庆甲子。

庄学士集序

李麒光

著书立说，士君子之事也。表章文献，卿大夫之责也。故文足以名世矣。其人之科名道德，又足以重之，则其传也何疑。然作者之意在当世，非有意于传，后之人读其文，重其人，而思所以传之，则传于数十年之前，与传于数十年之后，皆以信之于其文者信之于其人，而表章之功，亦非畜道德而能文章者不能与于斯也。间尝论才于三楚，屈平、宋玉而后，襄阳、少陵之徒尚已。有明三百年间，信阳北地称盛中原，而茶陵以乐府冠之。弇州、历下七子标榜，而兴国抗之。公安、竟陵树帜立标，致使王李气衰，天下改辙。是三楚人文无所倚附于天下，而天下之风会常依附焉。冲虚庄先生又有砥柱横流之力者也。

先生当隆、万之际，读书中秘，官学士，历晋少宗伯。生平学问涵经济而沉性道，故其诗文皆宏深正大，原本实践，直继茶陵之席，所谓间百世而仅有者也。夫以先生之学问如是，先生之爵位又如是，则其集之行、行而传也宜已久矣，乃越百余年有我听岩之表章，而其集始传乎？听岩以名孝廉读书学古，易俭斋诸刻脍炙士林。今秉铎星沙，课文校士之暇，从残编断简中得先生诗文若干卷，诗则古歌律绝之体皆备，文则疏敕论序之作皆具。为之编次成帙，付之梨枣，虽先生之著述，如圭璧鼎彝，不终湮没，而亦我听岩眈奇搜逸、维持风雅以有此耳。因思李文正怀麓堂诸稿，沧桑泽火之余，散轶已多，学副蒋慎斋先生搜罗考正，为文正重开生面。

今冲虚先生之集，又有听岩以表章之，其心事俱堪不朽。但听岩鳣堂苜蓿，为力远逊于前，故书虽成，未获行世。今时际休明，公卿大夫皆以斯文为己任，当必有珍珠玉之藏，使冲虚先生已熄之膏馥云舒霞布，与《怀麓堂集》并行海内，则其有功于文献，岂独在楚言楚也哉？

重修坦斋公文集序

刘映藜

藜儿时曾侍先严虞操公行六府君，偕族侄硕人饮于族侄易先宅。酒酣，见所藏坦斋公文集版残缺，相与嗟叹久之。既归语伯父行五乃载公、叔父行七兆男公、行八汉三公曰：吾大王父平埜公有集盛行于元，兵燹后吾族无复有存焉者矣。越二世而坦斋公文显于明初，聿开吾茶李、张二学士之先，今犹脍炙人口。顾所刊版浸漫灭，急当议修。吾父属纩遗言，曾以未事兹事为憾。吾昆季不继成之，将听其文之终湮已乎？孝子慈孙应所心恻。诸父咸首肯焉。顷之，八叔父谓公集刊于成化间者，既因回禄之毁而未得其全，刊于万历间者，又因校雠之艰而几去其半。尝闻诸父老云公文之见于他书者甚夥，吾昆季欲重修其集，盍遍采之以成完璧，后以付诸梓未晚也。缘是各自索诸家所藏书中，或间询诸友人及乡先达处，总欲得其文之完然者而汇集之。讵意汇集无几，而父暨诸父相继捐馆。有志未逮，竟无异于王父也乎！余每忆父与诸父之言而悲其志，盖无时不以缵承厥事为念。

丙寅秋，偶见龙湖张先生集，读其序，乃石陇彭封翁鹤田公重刊之者，益愕然曰：有是哉！张公之文，他姓尚为表章，矧祖父文之足传者，为之孙子，顾徒抱扬搉之志而不急为之所乎？因谋诸从弟十一右陶、十二虹台、十三羽峰曰：坦斋公集，吾祖欲修之未逮，吾父与诸父继修之而又未逮，迄今实吾昆季责也。于时诸从弟胥跃然起，起而同声曰诺。居无何，族侄易先之次子绳武、硕人之长子省三闻之举，欣相谓曰：是举也，吾二人先子亦屡述六叔祖与诸叔祖拳拳之意，而若为愀然者。今图厥修，愿共勷焉，夫亦先志之所存也。

余既快诸从弟之无二志，二族孙之有同心，用加意旁搜，积十余载，于前二刊外得《皇朝文衡》《皇明馆阁》二刻本，及《正气集》《化鹤集》《斐然稿》诸抄本文若干篇，诗及诗余若干首。视万历间刊本增五之一，觉浑灏之气逾盛，淳古淡泊之音逾长。乃编次成帙，倩梓人以镂诸版。刊成，私窃幸曰：吾六人者，差堪慰先世未慰之志，而太祖文之先李、张二公而著者，庶亦并李、张二公而不朽矣。若平埜公集，吾族虽未获收存，而海内文献世族或有存什一于千百，而可渐次以采访者，姑以俟诸后云。乾隆戊寅季秋十二世裔孙石溪映藜汝辉氏谨识。

旭初集唐序

李文昊

《后山诗话》云：王荆公暮年喜为集句。沈存中笔谈遂谓集句自荆公始，而《金玉诗话》及《蓼花洲闲录》谓宋初已有集句，至石曼卿而大著。按：晋傅咸有集经诗，则固不始于荆公，且不始于宋初矣。晁美叔以集句示刘贡父，贡父曰：君高明之识，何至作此等伎俩！东坡答孔毅父集句见赠云：羡君戏集他人诗，指呼市人如小儿。又云：退之惊笑子美泣，问君久假何时归？二公之持论固当，然文人游戏笔墨，因难见巧亦未可厚非也。

予中表王君旭初，博文强记，著述满家，近尤喜集唐句。凡抒怀投赠，写景赋物，凑泊如无缝天衣。予戏之曰：君其荆公的派哉？顾荆公古文雄长一时，李雁湖独取其诗笺注。诗未必不可传，集句特其余技耳。窃叹荆公集唐人百家诗，自谓废日力于此良可惜。使如旭初沉酣于全唐诸作者之林，字栉而句比之，其所成断不至如雁湖所笺之集，犹贻后世讥评也。然则是集人谓即旭初著作，予谓是集以当旭初功课而后可。

补修桃花源洞天志序

陈汝霖

以桃花源为有乎，虚空何由粉碎？以桃花源为无乎？大地将无尘土。陶征士《桃花源记》，武陵人捕鱼缘溪行，逢桃花林，源尽入口，见良田美池，桑麻鸡犬，男女衣着及设酒作食。此言桃花源之有也。及问今何世，不知汉与魏晋，且曰不足为外人道，再往津迷。诗曰：旋复还幽蔽，高举寻吾契。此言桃花源之无也。迨昌黎诧荒唐，东坡疑杀鸡，陶弼信洞里栽桃即古城版筑，此以桃花源为有也。唐绩题灵岩分明便是桃源洞，又曰可惜秦人不曾到此，亦以桃花源为无也。嗟乎，有有无无之间，桃花源之真面目失，桃花源之真面目抑于斯毕见乎？乃或以今洞在陂陀迤靡间，未极云壑之奇邃，疑《记》直文人游戏，岂知桃花源胜概，宜仍求诗与《记》，而不惟今洞观也。

今夫临沅以南岩洞林立，鬼斧神工，不可名状，有如灵岩方山渔仙大蜡者乎？乳窦钩连，神通气贯，临以花源，博大宏深，浑沦旁薄，窅然若丧。求之道家诸洞，殆出神游衍，而花源其归根复命、性天合一时也。善夫王右丞诗：初因避地去人间，及至成仙遂不还。盖真隐即真仙，真隐如绛云舒卷，恢恢乎仙家清福，胡分别观也。且巡湘赭伐，秦人藏用无何有，匪仙未若是矣。洞在人境黄瞿冲举后犹见杉竹手眼矣。宋时石文浮出，明代童子香迎矣。洞外奇花瑶草，异鸟神龟，隔断红尘，梦游遍天壤矣。乃知洞扉前逼山陬，后齿沅滑，道书颜白马浪光之天，菉萝展烘晴天画意。其实居藏水底，如蓬岛三壶，珠宫贝阙，植根洪涛鼓荡中，令人可望而不可即，盖桃花源之实境也。故观为有为无，而桃花源之真面目揭矣。

偶即僧一休旧辑，补其讹漏。征士《记》曰：既出得其船，便扶向路处处志之。且曰：寻向所志，迷不得路。诗曰：虽无纪历志，四时自成岁。千载上陶公有知，将乐斯志之成而不以为多事邪。

春日同友人游桃花洞序

黎明献

天地阴阳之妙，山川融结之奇，敦厚旁薄，玲珑巧幻，不可胜状。其所以历千古而不变者，存乎真也。而沧海桑田之说，亦不过极言人事之纷更，究何损于两间之质乎？我城南七里许有古桃花洞，盖天造地设，为郡八景之最。

岁庚辰，春和景明，偕友人李瑶斋、何协一、陈允升著屐游焉。见夫遗基残碣，蔓草荒烟，不禁慨然曰：是洞也，脱置江淮河洛间，高者台，卑者沼，艳者花，苍者木，则胜甲天下矣。乃以绝妙之景，竟冷落于荒陬僻远之区，未尝不为斯洞惜。继而曰：不然。天工之巧，惟真乃古。使加修饰，掩其本真，一时之观则美矣，其能久经世俗之纷扰乎？曷若处此幽旷之地，以造化之亭毒酿为空明之洞府。石髓之溜而为鸟飞为兽伏者，无斧凿之痕。顽钝之立而为臃肿为笨伯者，免雕镂之烦。一种太朴之真，不与乾坤相为终始哉？其游赏者亦大都与之相类，而少俗士之驾，又未尝不为斯洞幸也。如吾辈以真诚之衷敦古处之交，不存盛衰兴废之感，献附骥尾，亦得抚此真景，玩此古致，相得之雅，不堪与斯洞永相固结乎？因赋古意以写真趣。

杜溪诗草序

陈炯

《杜溪诗草》，吾家伯叔、兄弟、儿侄，风晨月夕闲居倡酬之作，非有经国大计，裨益民生，须载之歌咏、托之讽谕者，然则虽不存焉可也。儿启畴谓诗草一帙，作者凡十人，其中有半生失意，轗轲潦倒，赍志以没，当其感触景物，雕镂心肝，流溢于长短歌什，其专一何如。苟听其散佚而不为收拾，是使全帙菁英终归晦蚀，惜已，然则别其所宜存者存之可也。畴又谓诗草系一家言，际圣朝雅化休明、涵濡累叶之久，而风俗清醇，家庭雍睦，得以优游歌咏，留心篇什。或略分而倡予，或忘年而和汝，虽单辞只句，具见性情，豪无蒂芥灵府。盖草泽一家之娱，而实生太平无事之日，有以扬其休被其泽也，然则因其所旧存者而并存之，无不可也。顾又谓古之立言者，折衷矜慎，不轻以示人，故能信今传后。今卷帙綦繁，漫无别白，何弗质诸当代宗工哲匠，择其尤者存之，庶不致贻讥大雅。夫诗为一家言，则是一家之私言，而不必天下之公言也。敝帚自享，虚牝自掷，若效踵门之请，以希过情之誉，适见嗤而自点耳。然则即以一家之见，去其所不必存，存其所可存也可。爰撮其旨，命儿子畴书于简端。

豫商录后序

陈士杜

王君集和，江右临川人也。寓长沙，以鬻笔为业。好义乐施与。吾兄苍山，尝集其行事可以风世者，为《豫商录》，授之同邑张公瑾甫、李公中琳，因为之跋。吾友李君中行又为之歌，其余赠诗歌者箧常满。

余少从苍山塾中，见集和伛偻负簏至形朴野，与人言无少文饰，时取架上诗史俯首吟哦，至孤臣寡妇哀伤怨怼之词，未尝不流涕，及见古奇烈伟干磊磊轩天地者，则又跃然心喜。见者多以为迂，余异之，因作歌以赠。一日集和以尺幅示苍山，发之则其继室书也，备述经营艰窭状，嘱付资以纾死。集和欷歔无策，惟求苍山为长歌慰劳之，竟无一钱寄归。盖贸笔余赢，大半为推解罄也。其后余授徒乡邑，集和岁或一二至，或三四至，至则沽酒痛饮而去以为常。

集和为人体貌迟重，然壮心所至，遇名胜不惮险远。常自江夏泛舟，蹑黄鹤，扪赤壁，睹曹孟德与周郎相拒处，溯荆州，访古麦城，览壮缪侯遗迹，登岳阳城楼，谒吕公像。数言所历江山风景之胜，令人勃勃欲往游焉。嗜古拔俗，天性然也。时遇人若无所臧否，顾每值豪家富室，诸鄙琐不韵者索笔，恒不往。岁癸巳，余授徒里中，会集和肩笔至，夜中置饮，饮未半辄辞醉。余笑为故作客语，集和曰：不然，人惟气壮则能饮，意得亦能饮，子视二者于某何如，而犹谓某善饮邪？酒罢，举首视余曰：古云人非无贿之难无令名之患。某不幸役于末业，不能一快意诗书，今老矣，复何冀？然窃有冀者，念子昆季常遇我厚且邃于古，诚得为某具述生平，以道达其穷愁堙郁之意，则某虽颠蹶风尘，亦复何憾。余谢弗及。越今年，余重有幽忧之疾，冬初遇于郡邸，又促余如前。余唯之，且感其意，念集和以笔工而好施不厌，喜读书卒不克遂其志以老，乃汲汲于失时憔悴之士求其文以自嬉，抑亦可喟也已！于是更次其轶事，及与余往来款洽之素著于篇。集和第存之，与苍山所录者并藏焉可也。

秦百二遗稿序

吴登鸿

楚湘之风肇兴屈宋，西汉迄前明尤指不胜屈。国朝以来，陈恪勤、王山长、张湘门、张天门、张紫岘等，专集行世，照耀寰区。乃若生时名噪而未及授梓，至饱于鼠、饱于蠹、蚀于风雨者又何限。盖传之难，而代为谋者，洵不易易也。

吾湘雨湖社作手颇多，类皆八面应敌之将，而余最心折者，莫若秦百二、张谦庵两先生。余《哭百二》诗有“六国从来最畏秦”之句，纪其实也。自古诗人多穷，要莫甚于百二，其卒也衣衾敛具，大都一二朋好醵金襄助，始克葳事封马鬣。其诗文稿生平懒不自收拾，每一篇出，人辄持去，不复追讨。存之箧者多涂注，半难猜识。或久而漶漫，字多亡失。谦庵与最契，乃入室搜括，裒而辑之，醵金寿之梨枣。谦庵心力尽瘁矣。余与百二交五十余年，其尊人讳天键先生，夙以诗鸣大湖南北，有集藏于家。百二承家学服庭训，六七龄便能作惊人语。及长，益肆力于古。遇僻典，他人目所未经，独琅琅诵其前后文，不遗一字。其五言杂王、孟集中几不复辨，其七言则雄杰浑灏，直入李、杜、韩、苏之室。七排一体，唐人作者亦少，百二则以古之大气鼓之，又无一拗律句，更能难人所难。其四六虽宗徐、庾，中仍开宕流走，裁对无一牵强语，无一滞语。戊辰恩科已中选，主司以中多四六改置副车，所谓聚六州四十三县铁铸一个错不成也。今者管中之豹仅见一斑，然而全鼎之味一脔可概。

谦庵大集已刷印行世矣，是岁十月为谦庵周甲之吉，已既寿，又推以锡亡友奕祀之寿。其襟期，其气谊，其立心制行，均当于古人中求之。余既为百二庆，更又于谦庵加敬焉。是为序。道光十二年岁次壬辰菊秋，时年八十又五。

两贞女行序

朱荪

两贞女者，永州零陵龙翁之女也。龙氏世无闻，乾隆初，龙翁以家徙邵，故贫，赁居于邵东之仁风里而山耕焉。永俗习山农，每力作男女毕出，留长者持门户。时鸡豚豢字之，午则熟黍就山而饷焉，日以为常。故男女多者食力于山，所获常丰裕。龙翁徙邵州近六十年，今寿七十余，颓然老矣。少时娶妻雷氏，四十以废疾歿。生二女无子。零之人有求之者，长女曰：吾父母无子，吾不得有兄弟。吾嫁，吾父母何以为生？吾何以夫为？吾愿为父母子，誓终养焉。媒者至，毅然拒之。其妹亦未字人，以姊之贤，益竞求之。姊曰：女其可以字矣。妹曰：姊为孝，吾独不愿为孝乎？且毋令姊无偶也。求者俱不得而止。

甲寅秋，余以事道仁风里，因得访其庐而造焉。鬓发鬖然，扶其老父出而见客。盖姊年五十，妹亦四十余矣，然犹终日荷锄负畚，姊先而妹从，宛然山中老农妇，不知其为处女也。龙翁安居粒食，怡然不觉其老且独者，以有两女子故也。龙翁不知名，人以其老，呼之曰龙翁云。

谭万川年丈七十双寿序

赵慎畛

茶陵谭子古恬，畛同年友也。由拔萃科充教习，期满，天子嘉其劳，诏以知县录用。今夏四月选授惠州之海丰令，人皆为古恬贺，谓海丰为粤东剧邑，岛溆回互，涛澜壮阔，形势要害，非古恬魁垒朴懋之质，无以称斯任。而卑卑者且谓是脂膏之地，估舶鳞集，廛市殷赈，由是可资温饱计。而古恬独不色喜，淳淳闷闷，若甚有不释于中者，曰：余自束发承庭训，读书矢志，雅不欲效俗吏之所为。独恐才不称职，尚谋所以禀命者，将迂道过里门，迎堂上人至署昕夕奉官箴焉。

畛闻之，不觉肃然起敬，曰：古恬可谓知本矣。《诗·小雅》序云：《南陔》废而孝友缺，《白华》废而廉耻缺。孝子循陔眷闱，馨夕膳洁晨羞。所谓心不遑安、心不遑留者，此《南陔》之孝友也。而化民训俗之意即隐寓乎其中。今且出宰一邑，百姓或渐于习俗，或困于饥辛，轻訬任侠，剽椎为奸，治之者勿侵暴以为能，勿锻炼以矜巧，宣布惠泽，务养其廉耻而进之以为善，乃克称圣天子之所以简任之意，亦即不负趋庭之所以教之出身而仕之意。所谓《白华》之廉耻者，此也。抑畛又有说焉。《诗》之言曰：教诲尔子，式穀似之。又曰：君子有穀，诒孙子。人子夙夜黾勉以自奋，其《南陔》《白华》之养恒情所同然耳。至父母训厉之心，则不惟其子之梯荣取利，争一时之光耀而已，必将期于德成名立焉。万川先生含经味道，藏器不试，敦庞淳固之气其充积于中者，渊乎莫测其涯。今得古恬以彰施之，其必能从容度康济之略，以蕲底于政通民洽。惟古恬持之以名，称之以实，敦崇其所已至，光大其所未能，于事君事亲之义两得之矣，岂徒致洁白之养云乎哉？

来岁二月为万川先生古稀寿辰，德配彭孺人，亦先一岁寿七十。先生周甲时构满花轩，昆明夫子曾详记其性情学问之大端焉，故畛不复赘。古恬归，以是言质之先生，其或晋一卮乎？

龙阳县志序代

张再英

常属邑凡四，龙阳建自东吴，最为古县，稻蚕鱼菱之利，甲于水乡，秀民畸士，项背相望。前闻往见，事如积薪，是赖有专志以备考稽，而后长吏征于旧闻，儒者猎其故实，用能斟酌土俗，蔚为文章，即《周官》外史氏之掌也。虽郡志已总其大纲，而缕析条分，究以各属之专志为详尽。龙志在前明不可考，国朝康熙某岁，邑令蔡公始修之，距今百有余年。其间武功之戡定，文教之涵濡，良有司之规画，与夫科名节义踵事而增，不有续修，奚以炳琳琅而昭史乘邪？余奉简命来守是邦，暇阅龙志，则近事书缺有间。因询诸大令及乡之耆宿，佥以重修为便。乃相与礼延文彦，从事编摹，商榷体例，网罗放失，公余之暇，时亦手订其间。纲举目张，期归整密。如放新丰之鸡犬自识户庭，营建章之宫阙各谋梁栋，则是书也虽不敢谓豪发无遗，比对山武功志之简核，然以备掌故，示来兹，亦省郡志之嚆矢乎？若夫龙之遗迹，如沧浪逸韵，响答灵均，范蠡浮舟，销沉伯业，潘承明、岳忠武之屯军经略，张长史、李青莲之啸傲湖山，则全书具在，无俟余之赘说矣。缉缀既讫，例有弁言，用志颠末，以纪岁月。

凡例

一、志以纪事，而先后伦次间有一定之位置。入国问境，入里问俗，则《地里志》居首焉。而郡县之辖治历代不同，故次以《沿革表》。有是邑则必有一邑之兴造规为，故《营建》次之。由是足食足兵而教化行，则《食货》《武备》《学校》《选举》之所由递志也。夫既体国经野，则必置辅陈殷，故次以藩封《职官表》，而名宦特志《甘棠》之思焉。上有政治，则下有人才，或出或处，卓然能自表见，故《人物》《列女》次之。而修之于身，施之于事，见之于言，《艺文》亦三不朽之一也。至若历代相承，灾祥兵寇之类，另为《事纪》。其余稗官小说，琐屑之语，无类可附，则别为《丛谈》以终之。此全志之大略也。

一、志与史相通，体裁不可不正。若逐类各成一卷，则名目太繁。且一邑之事缕而分之，势必碎缣零玑，不能成卷。今订总纲凡十有五，为目则五十有余分附其下。如将之率兵，必使队伍有制，秩然不淆，非必欲与旧异。理应如此，非此不安也。如分野、风俗载《地理志》，坛庙寺观载《营建志》，户口物产载《食货志》，凡若此类，皆酌所宜入者入之。为卷凡二十有八，而图则另列卷首。

一、龙邑地势平衍多洼下，非堤坑莫资捍卫，故于《营建志》

内详列《堤防》一门。而相形势以固河壖，尤一劳久逸之计，故《石柜》亦附《营建志》中，皆于例为创而实为本邑之要务云。

一、建官分职，文武兼资。今于《武备志》中纪各营汛兵防之数。至若历代战争经营之故，则另入《纪事》中，良以述既往之陈迹，与详实在之防维，义固各有攸当也。

一、学校为化民成俗之大典，原稿一卷仅附入《建置考》中，且并两庑从祀之姓名亦无之，何以资考据？况我朝崇儒重道，超轶前古。宸章奎画，炳如日星。兹恭录一卷，合诸条为《学校志》三卷，较原稿差详备矣。

一、封赠有载《人物志》者，然或生平潜德隐而未彰，亦无从纪其崖略，兹则附入《选举表》下以归划一。若其人事迹彰著者，仍别见焉，彼此固不相掩也。

一、《职官表》文武并列，文职则知县两学，武职则副将都司，而列巡典于都司之下，其已裁之县丞驿丞有姓名可考者，仍按其时而附著之。旧有《政略》一门，兹改为《名宦志》以符体例。

一、人物分类各本其实行，列女则另编一门，其已膺绰楔之褒者无论已，亦有生平苦节暗而未彰，或力微不能自达者，冰心雪操，岂可没没？兹确核乡评，一并登载，而以已旌未旌别之。他若壶范既修而遇又坦夷康乐，以及铭椒颂菊才颖过人，亦附志编末。匪特励柏舟之节，兼以存彤管之徽云尔。

一、《艺文志》始于《汉书》，所以纪载书籍。今作志者率以诗文充之，而典籍缺如。其卷帙繁多，不无喧客夺主之病。今于本志中只取金石文字以及邑人所著之书，分经、史、子、集四项，举要发凡，志其大略。虽缁黄闺秀，亦所不遗。即书已散佚，而登载其名，令观者慕人文之盛。若古今诗文、记序、奏疏、墓铭之类，凡有关龙邑典故者，别为《文征》一书，辅志而行，兹可不赘。

一、他志立《祥异》一门，亦古者登灵台察云物之义。但一邑之小，可纪者无多，且时际升平，举和风甘雨、景星庆云亦相忘于习见矣。兹则并入《事纪》以省轇轕。

一、自来作志者，每一门例必有小引。兹于《总纲》下既该括下意以发其端，而于分列之各条，仍附鄙意以阐其绪。若《学校》《艺文》二志，其中条目则不另行论序，以义已见于《总纲》，无烦琐述也。至其款式，凡出自论辨者则另行低三格，加"案"字以别之。每门总序则不用"案"字。

一、志自有体，各邑之志原以备省郡之编裁。若邑志先简则无以为采择张本，兹故广加搜辑，以免漏遗。若限于闻见者，则不能有加于志也。

秋水山房诗钞自序

陈圭

余生平言诗得力于同里王念亭先生，其言云：诗乘元气而出，浑浑灏灏，有自然之音响节族。大海回风，波澜自涌。春云出岫，舒卷自如。故感于物而有言言之，乃足以感人，乃有当于风人之旨。退取所尝窃诵，潜心静思，渊乎微乎，抑又苦矣。迨出而与当代雄俊君子上下其议论，终无以易吾先生之言。其言如此，则其诗必有专诣。今念亭之诗既不得见，仅从方志得其五律一首，无由窥测。兰庄诗多咏古作，又别有赋物近体一卷，殆以对仗工丽自喜。求其所谓渊乎微乎者，亦未多见也。其咏古诸作，如《始皇》云：死为世结坑儒局，生与天终战国场。《项羽》云：父老竟羞生面目，故人谁惜死头颅。《周瑜》云：乱世英雄能择主，少年才略动如神。《岳忠武》云：南渡有天常半醉，两宫如水不回波。《淮阴》云：垂死漫惊儿女诈，平生原授帝王猜。《毛遂》云：处囊虽后三千客，成事徒骄十九人。《李卫公》云：老觉鹰扬周尚父，生怜驹隙汉留侯。《马希范铜柱》云：书生名笔千秋壮，上将军麾五代雄。《绿珠楼》云：石家歌舞成奇节，晋室衣冠让美人。此类甚多。至赋物诸篇，多村塾纤巧，小题尤可不作也。

刘文恪公诗集序

欧阳厚均

溯自嘉庆己未，厚均始受知于刘文恪公成进士。宦京师侍函丈者十有六年。迨甲戌冬同归林下，往来晋谒于里第，又四载至戊寅夏而夫子薨，年已八十矣。其一生大节，立身行政诸遗行，厚均就见闻所及已述其崖略，送湖南志馆为之立传。因念夫子由词馆洊入黄扉，扬历阁部寺院，敷奏昌言，著作必富，叠掌文衡輶轩，所至题咏必多，询之哲嗣长君寿山比部，次君桐坡太守，佥称先大夫谟猷入告，俱不令外人知，奏稿悉焚而不留。生平不喜作应酬文，偶一为之，亦不存草。少年诗古文辞久已散佚，惟壮岁以后所作古近体诗，自扬赞赓歌、矢音作诵，以及即事咏怀、游览赠答诸什，曾经手订，并未及纂辑者，俱存箧中。行当付吾甥丁伊辅太史校雠而厘定之，厚均亟称其諈委得人。

今太史已迁学士矣，告养在籍，循陔之暇谊笃渭阳，取夫子遗诗悉心校订，又复旁搜补缀，网罗逸剩，诠次成编，厘为三帙，曰《自订剩存诗草》，曰《诗存》，曰《恭和诗集》，邮寄桐坡太守，将付剞劂。因厚均为夫子门下士，以其缮本授厚均，命作一序。自维谫陋之文，如吹剑首，不值一吷，乌足以存夫子之诗哉？而重违太守之意谊不敢辞，谨叙其颠末缀于后焉云尔。时道光壬寅夏。

牍余诗课初集序

欧阳厚均

《牍余诗课》起于癸亥四月，讫于甲子三月，阅岁一周，作者凡八人，得诗若干首。始余与宋君小岚、徐君香珏、郑君松谷，以齐年之好共事农曹，时当长夏，日似小年，簿书多暇。诸同寅相与茗战手谈，而非余辈之所长，乃拈题作五言八韵以消永昼，工拙所弗计也。未几同年涂君瀹庄，暨同曹杨君刚亭、林君迪园闻之，颇有同好，于是始联为诗课。何君仙槎时官铨部，主余家为长男嗣钦授，句读亦邀与同课。每课浃日为期，食不重肉，饮无筭爵，宾至各出其诗，多者十首，少亦不下五六首，交主人汇为一帙，以次传阅。余择其尤惬于心者命男录存之，男复就见闻所及为之注释，以时展诵。

今距甲子之春甫二载尔，小岚、香珏先后以忧去职，松谷出守豫章，瀹庄、刚亭改官侍御，仙槎以第三人及第，入词垣，乞假旋里，农部中惟余与迪园二人在焉。回忆会课时与诸君子雍容退食，倡和言欢，车上成吟，樽前觅句，间复讨古论今，谈风啸月，犹依依如昨日事。日月几何，而已不胜今昔之感矣。爰取嗣钦所录，复加遴选，付诸剞劂，名之曰“初集”。其散存于诸家者踵而梓之，是所望于二三同志焉。兹为述其始末，并及作者之姓字爵里，列于简端。款焉良对，忽成旧游。每一翻阅，想见文酒过从，一时乐事，则所以破寂寥慰离索者，又未尝不在斯编也已。时嘉庆岁在丙寅夏四月既望。

重修上湖南会馆传书序　　欧阳厚均

会馆旧有传书，传其人，传其地，传其事，乡先辈论之详矣。顾自乾隆辛未重修之后，迄今六十有四载。剥蚀漶漫，字迹多不可辨，加以收贮不谨，版片之残缺十盖二三焉。

今岁同里偕计车应礼部试者，贡成均应廷试者，先后来京师，济济称盛。诸同人以传书创自先辈，有举莫敢废，傥任其散佚，愈久而愈失其传，后且无以溯旧规、征故实也，翕然亟谋所以修补之。以余官京师最久，近复有新葺会馆之举，余实董其役，馆中故事，每举必书，于是佥以采辑之责畀诸余。余既不获辞，暇日辄取旧传书逐一翻阅，疑者阙之，讹者正之，繁者删之，逸者补之，体例悉照旧式。间复附以鄙见，互相商榷，五阅月而书成。适余以省亲乞假于朝，束装南旋，行有日矣。校雠一过，遂付剞劂氏锓之梓，而纪其始末于左。

无碍诗草序

欧阳厚均

昔吾师罗慎斋夫子主岳麓书院讲席，曾建屈子祠于院之南，盖即古湘西道林寺旧址也。遴高僧为住持，得浏阳永兴寺僧晓迷上人使居之。夫子没后，及门诸子设木主为龛位，祔祀于庙内，曰罗山长祠。

越十载，余受当事聘掌院事。每春秋致祭，朔望行香，以次至谒山长祠。上人迎送惟谨，貌温言寡，恂恂然有儒者风，余心敬异之。初不知上人之能诗也，未几上人来谒，以五言排律百韵赠余为贽，并出所著《无碍诗草》，属余言弁其首。无碍，上人之别字也。余展阅之，则罗湘州太史已为之序矣。称其神采焕发，声调谐适，多超旷之神，无蔬笋之气，又奚俟余言？顾太史以上人诗侪于楚僧寄尘、竹轩，而悼两僧之俱没，叹上人之漠然无所尚也。夫两僧者，特近日之以诗称者耳。以余所闻，楚南诗僧代不乏人，其卓卓表见，则唐代楚僧齐己，才高思远，无所不到。当时搢绅名流雅推重之，叹为莫及。其所著《白莲集》十卷、《外编》一卷，《全唐诗》内录至七百余首之多，而湘西道林寺诗复不少。

今上人居名僧寓游之地，振兴宗门，仰希往哲，方将取法乎上，不徒局局与挽近缁流相颉颃已也。且上人年已七十矣，犹复模山范水，瀹性陶情，口不绝吟，日孜孜而弗倦。由此进之，安在今人之不古若也哉？是为序。

省轩叔文序

陈圣清

吾叔省轩先生长清九年。清七八岁时初学为文，叔已名噪郡邑，于五经三传、《国语》《国策》《史记》《两汉》《唐宋》《楚词》《南华》等书，已皆口诵手评，能得其精意。谓清曰：读古人书，须急起直追，又须从容反复。论古文要诀有两字，曰翻曰透。不翻则意不新，不透则理不析。缓急并行，用工尽之矣。奇正相生，行文尽之矣。太史公驰骤博览，以浅见寡闻为戒，而以深知其意为宗。急则积之多，缓则入之深。韩昌黎论文曰异曰是，异必出于翻，是必归于透。凡古人经世大篇如潮如海，序记小说比物连类，皆尽相穷形，无一境而不析，无一意而不新者。而亦有别焉，以郡县为高于封建，以管蔡为圣于周公，是新而戾于理。以司马迁比之《小雅・巷伯》，以张子房比之荆轲、鲁仲连，是析而泥于迹。杨少尹序以异为同，《石钟乳记》以谣为笑，结构虽小，机势可参。刘伯温论卜，全仿《卜居》。《列御寇》梦鹿，全类《南华》。种树卖柑，意境相拟。苏秦、司马相如、朱买臣传间架不殊，要皆洗尽面目，自出机杼。得此意以学古人文字，思过半矣。

盖叔常深器清，历累寒暑，不以清为少而不与深言也。及清长，补弟子员，试辄冠军，而叔不利于小试。叔长清九年，至登贤书，复后清九年。夫尽吸古人之精英，自不求合于有司之绳尺，韩子所谓志乎古必遗乎今，亦何怪其然！然迟之又久，而亦未尝终乖。彼罢精惫神以揣合风气，而卒困终身者，又岂无人？以彼易此，孰得孰失？有志之士宜何如自处也。

叔之文凡三变。初阅历于经书子史，立议必求恢奇，所宗仰者章云李、李石台诸公。继乃力矫之而务求平实。历久而熟，出经入史，一归自然，则平实者深于蕴含，而恢奇者融其渣滓矣。后有读斯文而能得其精意者，又何古与今之殊邪？

湖南文征　卷七十三

序十八

募重修章岩山宣梵院序

彭昌运

铅山多佳山水，鹅湖、葛仙山而外，惟章岩为最。其载于邑乘者，唐以前诗人之吟咏为多。盖浮屠之卓锡伽蓝也。洎宋南渡，子朱子讲学于此，始颜之以宣梵院，手书勒石，于是岩以人重，遂为士人藏修息游之地。岩之中有石镜晶莹如月，《一统志》载焉，故得名达天听。康熙某年，圣祖仁皇帝御制鹅湖楹联，有“章岩月朗中天镜”之句，经宸章品题之而岩愈增声价矣。

顾奥区幽邃，非探奇选胜者莫之至。伽蓝学舍易剥蚀于鸟鼠风雨，理势然也。向之重修盖屡屡矣，今之大佛殿、观音祖师堂、地藏禅院，惟柱础屹立，有栋折榱崩之患。而讲舍十余楹，门壁窗牖日就朽塌，行将鞠为茂草，恶在其为宣梵也？诸生刘士楷等慨然欲新之，叙其颠末以告余。谓去岁已修葺地藏禅院矣，院之右增小屋三间。今年谋之同志，拟于大佛殿、观音祖师堂易其梁栋，补葺其废颓，加之黝垩。后殿置香积厨一所，左建学舍一楹，讲堂一所，以复朱子之旧。学舍前立文公祠，绘像祀之。庶几宣梵院之名副其实也。

余谓诸生之谋则善矣，然所谋者构造之法，非构造之具也。千金之裘，非一狐之腋。是役之兴，皆将取之材用必资焉，非群策群力以举之，如匪行迈谋是用不得于道矣。铅山今岁大熟，民气和乐，好义之士以善缘求署名者所在多有，大半皆浮屠室也，且踊跃如是，况兹岩之为伽蓝为学舍，一举而两得乎？有志之士宜何如乐输哉？爰为之序，代诸生呼将伯焉。

查桂一湘中识余序

魏瀚

余读《湘中识余》而喟然感恧然惭也，游空虚者，喜跫然之足音，乡邑景物，夫人所不能忘情也。余自冠岁即旅食于外，间一南归，归未久辄以事复出，计家居盖无几日耳。客中时读书，遇吾乡旧闻轶事亦札记之，而懒不自惜，多失去。迩者养疴都门，绝意著述矣。而桂一乃以其所辑于楚南者属余序，读之恍如言归清湘寿岳间也。

余乡前明多闻人，自李西涯、何燕泉而外，如刘大司马尧诲、曾宗伯朝节、伍大参让、陈太常宗契、王行人夫之，作者彬彬，足为湘中献臣。而周令公所辑《湖广通志》，搜罗亦既博矣。然以余所闻，如庾仲雍《湘州记》、梁元帝《荆南地志》、郭仲彦《湘州记》及《湘州副图记》、陶岳《零陵总记》、韦宙《零陵录》诸书，皆无传本。使得其书而读之，吾乌知其旧闻轶事不增多于今之志书哉？且读周楚翀《三楚新录》，而知其可补《五代史》之缺也。读范致明《岳阳风土记》，而知其可证《太平寰宇记》之谬也。读李冲昭《南岳小录》，而知其所载事迹名物，即一书而岐说纷如也。则乌可谓《通志》一书足以尽楚南掌故哉？独是余客京师先后六七年，于《帝京景物略》《日下旧闻》《畿辅通志》而外，无敢稍置其喙。而桂一以燕人谈楚事，如倚相之读九丘书也，不重滋余愧乎？闻桂一在湖南时，与余友人龚柱君辑《楚南金石录》，其本在柱君所，他日余归，尚将取而读之，盖不惟一惭已也。

杨蕴山岳阳拾遗序

魏瀚

以山川形胜之所郁蟠，词人墨客之所览记，神仙鬼怪、龙鼍蛟蜃之所出没变化，其间异闻佚说，岂有心者尽目之，而好事者尽笔之哉？岳州以洞庭著，洞庭之奇吾不能尽知，又乌知夫天岳元石之间，其幽幻杳窈，果不为异人畸士之所回翔？阴张而下文词彬焉，见于旧志者十之四五耳，其谓魏晋以上果无子坚燕公其人邪？夫滕子京刻唐宋诗赋于郡楼，片石只字今都无有。湖山终古风流代兴，昔人未尝留待来者，后人又奚必规模陈迹哉？杨处士曰：诗不云乎？"维桑与梓，必恭敬止"，乡先生有道吾祖若父遗事者，终身识之弗敢忘。予惟时采掇前闻，为拾遗若干卷，补旧志之缺。勿臆说，勿雷同，传闻异辞则弗敢知。夫人不以耳目有不闻不睹而自置于聋瞶，余又安敢自饰其荒陋，而置父母之邦之文献于挂漏澌灭弗可考哉！

处士之意厚矣，可与道古，可仪其乡人。余家衡山南，衡山亦名胜也。余频岁饥食饱嬉于外，余愧处士甚矣。处士曰蕴山，文焘其名，与余善。

龚立海说诗序

魏瀚

杨蕴山，予忘年友也。予客岳，独识蕴山。撰《岳阳拾遗》，索予所为岳阳诗，龚子立海则谓予其叙予为叙之。予故不识立海，立海见予所有为于蕴山诗则喜，语蕴山欲过予，予未之奇也。日有喧而叩门者，予识蕴山声，共语者，询为刘东堂，其一则立海也。东堂性介寡和合，独与蕴山、立海善。其过予也，立海实致之，予因得与三子者善。独疑立海负奇气，嵚寄电发，矫矫亢亢，既家洞庭，又尝橐笔游，浮江略汉，踞金山，泊舟秦淮，复折而南，蹋浮丘，下三泷，乃逾五岭，舫灌湘以归。观其议论激越，若风喁于鳌涛，跌荡于海若，驰飙车飞羽轮，跨昆仑以南望，而八纮如烟之点于太空也。此其才宜为世用，胡生三十有五矣，顾郁郁于此，为予数人者所激赏，而力又不能振之邪？其说诗也亦然，外间论诗者竞事尖新，或拾庸音破体以唐突杜陵，人谓立海狂于诗者也，安得如立海数十辈与之蕲至于古邪？

立海所为书凡数种，不求人序，而语予序其诗。予之言不足以见信于人，予恶乎序立海诗也。立海年长于予，然未若蕴山、东堂之贫以老，其谓为山中人哉？蕴山曰：有彭田桥者，亦奇士，今还蜀，惜子不及见之。立海亦云。

张竹轩先生古文集序

柳廷方

童少时入乡塾，雅倾慕宗匠，侧闻善邑竹轩张先生，人品学问远方古人，文章复冠绝流辈。顾以瞀不更事，未敢遂执贽见。居平取先生《火余集》读之，喉间棘涩，不解作何语，面辄发赤。已长，肆力诸先正制艺，以其余旁涉周、秦、两汉、六朝、唐、宋诸子之书，始喟然叹，叹先生之根源盛大，而向之未足读先生之文也。喜心倾倒，窃意时文若是，箧中古文当倍益超胜。时从朋好辈得一二近作，伏读沉思，俯仰忘倦。独全稿尚秘未行世，盖思之不及见者今垂四十年。尝论时文与古文由来莫二，学者秉笔流源自应一贯，顾犹以谓近世名流，工时文者或竟祖时文，其胎息古文者百且不十见，能时文而兼工古文更百不二三见，甚则耳食剽窃，生吞活剥，貌古而去古益远。陈临川时文圣手，《太乙山房集》或讥秽杂无检节。归太仆能古文矣，比之韩、欧犹隔一尘。与之角者去上齿，则毋乃其生禀之难而天适限是。天优矣而百年之身，重以人事轇轕，忧虞震恐，迁变得失，妻子仕宦之沉没汩溺，震乎其中而撼乎其外，则人品学问之无以自坚，而神馁于内，而力之可造是而尚未及造是者，亦遂终竟不克底于是。盖文章之通于性命如此，先生之文何以超然也！

客秋，嗣君某公始出先生古文全集，走以见属。余则何足知先生？顾嗣君之言曰：往者先君子在都，与刘耕南、何二山、周白民诸公称文字莫逆。今故旧零落，知者日益鲜。惧遗文之且散佚也，将谋授之梓。余益肃然未敢应。藏之箧经年，间一披检，则见其浩乎沛然万象呈露，万怪惶惑。其于古人，浑乎半山颍滨南丰，高者上掩昌黎，时奄有匡稚圭、刘子政遗韵。盖功力之深至是，而根柢则不尽以文显也。呜乎，而岂幸致欤？方近且半百矣，忆曩时匪绝无知识，伤生之晚，未及亲炙先生人品学问，其于古今文宜无能为役，老懒颓唐，浸不自惜。每一念至，重惭且愤。春阶积雨，楼头一灯青炯，手一编夜半卒读，有如少年时执贽一堂，侍坐隅与先生上下其议论也。

募修古仓帝庙引

柳廷方

有道人癯且苍，年五十许，冬夏常一衲，青鞋布袜，手筠篮一铁箝一，往来潭郡都市中。检沟涂墙阴城隅败纸剩字，而火之炉中。见士绅则稽首至地，以吁修古仓帝庙，故长跽再三请。潭故省会地，百工商贾贩负之所云集。方外士托钵持云板，谋一饭者踵相望。或有呵之者，则又出怀中簿，广尺许，四角半漫灭，翻阅之，朱印赫然，中多栉比捐施诸名氏，而当事诸大人，自藩伯以下以次首冠焉。道人之言曰：吾非有所利于是。顾往者吾师以院多隙址，尝欲创构之。托有力者言诸当事，当事可，故署名若是。师继病且殁，不果，院中同辈率暗鄙未习事，不欲縻当事金资。吾少逐利湖湘间，亦足自温饱。中年志灰堕遗世事，来此穷院中，老无所需矣。终日茧手足思为此以少补于世。脱得请吾以成吾志，抑完师愿也，金资曷计焉。言已愀然叹。

余因以思先王之制，有功德于民者则祀之。混茫初辟，未有文字，仓帝开天明道，苞发符启，日星、雷雨、风霆、霜露、冰雹之灵异，人物之奇，流峙飞走之变，神仙土木、牛鬼蛇神，以及六经诸子、稗官野史之惶惑而骇听，罔不充牣其中，闳肆其外。陆离而光怪，字之有功于生民至大，而楚地处离南位当正午，文明之所炳耀，精气于是乎在。昔苍水授简赤文绿字，视雨粟之年瞠乎后矣。今日尚碑之亭之记之译之，而帝之庙祀阒如，其毋乃典实有阙，微道人言，楚人士固当为是举，抑又闻《华严》字母开自释氏，佛亦帝之功臣也。《道德》五千，道祖立言，亦须文字，其教虽殊，皆当奉帝为不祧。持此言也以往，待有大力者负之而趋。他日事成，勒碑纪实，谓吾儒昭德报功之举可，即以道人之心力，借其言为嚆矢亦无不可。道人李姓，上湘人，复蓬其名。

谦庵诗序

张履信

或问谦庵之诗何若，余曰：谦庵之为人也，弱不胜衣，恂恂如处女。于天伦间悱恻肫挚，而狷介自持，临事不苟，时见丰骨具定力。谦庵之为诗，即谦庵之为人也。少弃制举业，工骈体文，尤孜孜于五字七字中。与余交最笃，每有作，辄举以相示。风格俊爽，气韵清深，绵至之思，骚屑之音，其神妙有不可言状者。余尝见他友诗，虽心知什伯于我，然窃臆傥假以岁月，加之诣力，尚可庶几。至若谦庵，则学之十年，去之愈远。

昔人论琴，谓初下指一声不合，即终身无复合理。谦庵之于诗，盖其天性合耳。乃有以谦庵诗视杜、韩门径稍别为词者，是大不然。新城尚书曰：唐有诗，不必建安、黄初也。贞元、元和有诗，不必神龙、开元也。宋有诗，不必李、杜、高、岑也。旨哉言乎！袁简斋亦云：学杜、韩者学而似，则为优孟衣冠，学之而不似，则为画虎类犬。其义亦可以互证。余读《国风》《雅》《颂》，体裁既异，格调亦殊。古今来才人韵士劳逸悲愉，各有所值之境，即各有不容已之情。感慨枨触，自出机杼，发为歌诗，其文之至者自足不朽于后世。必执杜、韩以绳谦庵，岂通论哉？

或又曰：谦庵《敝帚集》诗盈万首，今删存者不及十之一二，毋乃刻乎？余曰：黄山谷《豫章集》最多，而晚年自删其诗止存三百篇；徐昌穀自定《迪功集》亦最少。今余谦庵诗，视黄、徐篇目多数倍矣。谦庵索序，即以取答友人者弁之简端。

城南书院志序

余正焕

石有时以泐，金有时以寒，而独有亘古不可磨灭者，纪载是也。故事有见似不关缓急，而实不可置为后图者，今之《城南志》是也。考城南之肇自有宋，与岳麓先后相等。其隔江对峙，各借先贤之声迹以俱永，亦遥遥相望。然岳麓自宋历元明经兵燹者数矣，而旋毁旋复，至今一树一木，凡先贤手泽，无不可指数及之。城南则自紫岩先生匾额四字，及妙高峰祠宇数椽而外，曰舍曰堂，曰轩曰楼，曰亭曰榭，曰湖曰谷，俱渺茫不可复问。虽以前明吴、翟诸君子屡议修建，卒以阻于不能清复而止，岂非缺于载笔故邪？

今国家承平垂二百年，天子圣圣相承，作育遍于四裔，民气烝烝敬典惟上所命，而贤有司宣风布化，又无不以牖民觉世为兢兢。而我南轩先生七百余年之废迹，始获从荒烟蔓草间豁然开朗于一旦。虽规仿形容未必遂如当年之旧，要以高山仰止，深有契于蒙养丽泽之殷衷，固不在胜景宜人，空资吟眺也。正焕幸承乏其间，始之终之，若不稍次其颠末，其何以副诸君子修复作兴之盛心，且何以俾自今以往有举无废也。或曰：书院则幸修复矣，抑当日之所希踪？及与生徒相切劘者，其条教当必有在。今第规规于增学舍，广课额，抑末矣。不知此特以志书院之源流也。至于端取舍、谨步趋，则鹿洞之规在人耳目，固非城南之所得私，谅亦南轩之所莫易，是在教者之主持，学者之祈向而已，且出其途则遵其轨，履其迹则思其宪，将不恃此规仿形容者，又乌睹乎如或见之哉？若夫旁搜博引，润色铺张，则不敏实未遑焉。后有作者，其以此志为粉本也可。道光四年八月。

宋张南轩先生文集序

余正焕

宋南轩张子讲学于湘，所以倡明而作兴者，在乎辨义利而敦实行，其见于诗文者末也。然朱子序其稿，以为得是书犹可以少见其志，则无行不与，又何尝不在文字之间？正焕曩编《城南书院志》，第附录其诗文之有关于城南者，而《杞菊》一赋尚缺而不全。今年春，先生之裔孙德林，出其诗集七卷，文集八卷，乃乾隆初祀乡师儒所刊而行者，经今百年，漫漶零落，谋再锓板以永其传。谨读朱子原序，其所搜辑校订为书四十四卷，则今之所存特三之一耳，然较之正焕前所见《冠英堂集》则卷帙已多。昔朱子于张子之初没也，尚于得四巨编外益加访求，而学者私所传录，及在州郡时所条奏，皆以不著而无由缮入，则先生之文当时已多散失，况其在数百年后邪？

夫张子尝家于城南，沩阳祠墓，子孙世守焉，而张绥州方伯述其赞佐幕府，破郴桂群盗，奏辰沅弓弩手，谓其有功德于湖南，则湖南人士之所以俎豆于不祧者宜有同志，讵仅在其后昆乎？至于先生之学与其所以立言之意，前后弁语已详，览者当自得之。时道光十有六年初秋。

诗故考异序

余正焕

予同馆徐君莲峰，博学嗜古，于书无所不读，目数行下，颖悟强记，早负盛名。洎登玉堂，游石渠，尤得读所未见书充溢腹笥，而且才愈大者心愈细，识愈广者心愈专。凡书中之一字一句一音义有未协者，必刊其谬以衷诸是而后安。盖其学之精也又如此。一日以所辑《诗故考异》示予，予读之益信其学之博且精也。夫汉、唐以来，说诗者分门别户，言人人殊。其间或字异，或事异，或义异，各有见解而绝不相谋。读者昧厥指归，不免游移失据。至宋朱子出，始独抒己意而作集传，读者咸遵。然而力排群议成一家言，中亦不无臆断。盖诸说虽多穿凿，而去古未远，师承有自，固有未可厚非者。

予每读《诗》，辄以集传为未能尽善，思辑汉唐诸说以示学者，而因循未就。今读徐君书，抑何其适获我心欤？其书盖取孔冲远《诗疏》、王厚斋《诗考》，益以他书而集成之。总揽传笺之全，备举正义之要，于齐鲁韩摘其略，更于经史子摭其余，复以传诗、考伪、诗辨、逸诗录附于末，参互引证，囊括靡遗。又谓注疏本传笺，正义每附于逐句之下，致将章法隔断，不便寻览，于是先录正文，后存诸说，分章诠释，鳞次栉比，俾读者开卷了然，有以审其同异而知其得失。其有益后学岂浅鲜哉？是为序。嘉庆戊寅仲春。

四川乡试录序

陶澍

嘉庆十五年岁在庚午，各直省举行乡试。有旨命臣澍副臣史评典四川试事。臣楚南谫学，由嘉庆七年进士改庶吉士，散馆授编修，旋以外艰归籍。前后供职未及二载，即荷洪慈，畀以抡才重任。闻命之下，祗惧弥增。谨星驰抵蜀入闱，恪共襄事，得士如额，选缮试录，恭呈御览。臣例得缀言简末。

臣伏思自古文章之盛，视乎上之所以教，下之所以学，而其要在于宗经。经者，恒久之至道，不刊之鸿教也。经术明则人才蔚起，其深者渐摩浸润密移于性命之际，发为文词，必充实光辉，粹然一衷于道，由是建之设施则通经致用，亦经正而庶民兴。所谓文章莫大乎是，而时代升降之说不足言也。

蜀自汉以来人文最盛，如司马相如、扬雄、苏轼父子之伦尤杰出。论者谓天下之山水在蜀，峨岷毓秀，江汉炳灵，以故奇才辈出。臣窃以为皆经学之所致耳。考汉孝、景时文翁治蜀，作讲堂石室，遣隽士东诣博士受经。东汉兴平中高眹作周公礼殿，厥后毋昭裔有石刻十经，田无均补刻《公羊》《穀梁》二传，席升献补刻《孟子》，而十三经咸备。若此者类能尊圣经以延教为天下冠。即如马、扬词赋，艺苑所推，而长卿之学成由于东受七经，子云作《法言》比《论语》，作《太元》比《易》，后儒颇讥之。然其研经之功，实有心得。大醇之目昌黎非谰言也。眉山三苏文各名家，而老泉则六经皆有论矣。东坡则有《易传》《书传》，颍滨则有《诗传》，虽其文各称其所见之大小，所养之浅深，要皆习于经而有得焉。斯所以义极乎性情而词匠乎文理也。

我朝经学昌明，迈于前代，蜀士之奋兴鼓舞、涵濡圣泽者蒸蒸日上。而制举之文代圣人贤人以立言，心之精微通乎词气，尤足觇其所学。臣与臣评悉心甄拔，一以经为根柢，其支离鄙俚不衷于经者弗敢取录。以期言为有物，学为有用，用副我皇上乐育化成之至意。区区之忱，尤愿与多士共勉焉尔。

纪元通考序

陶澍

《易》言结绳，《易》为书契。百官以治，谓文书也。万民以察，谓契券也。其时有甲子无年号，国君之年以元二纪，人心尚质，未闻滋伪也。观秦二世登泰山立碑，谓金石刻辞先帝所制，而不称始皇帝，疑于后嗣之为。丞相斯等因请刻诏书以示别白，盖已患纪载之无辨矣。高帝初以汉纪年阅世则穷，于是有中元、下元之制。可见世风日下，欺诈渐起。年号之兴，亦时势所至，不得不然。顾汉武建元，实缘符瑞而起。历代沿之，屡有更改，仍多未便。自明以前，在位久而年号不更者，汉明，宋文，唐高祖、太宗、宪宗，金世宗、元世祖数君而已。夫年号之纪义取正大，若乃运类走军成负人戈，昌有二日之象，正止一年之期，穿凿忌讳，原可不必。然或漫无检核，而取前代之号以纪年，有同至三四次、五六次不已者。如汉武帝、哀帝之“太初”，晋惠帝、元帝之“建武”，唐高宗、肃宗之“上元”，元世祖、顺帝之“至元”，则近在一代，更为不伦。余或号同僭窃，号同外夷，甚至同于盗贼。如“永乐”为方腊之号，“天启”为元法僧之号，难免有识者讥。而晋康帝之“建元”同于刘聪，恭帝之“元熙”同于刘渊，海西公之“太和”同于石勒，希迹寇仇，尤为不可解者。此宋太祖所以有宰相须用读书人之叹也。

秀水叶子维庚著《纪元通考》一书，凡古今正闰各主，下逮外国至于僭贼，皆厘而辑之。经以年表，纬以编韵。辨前后之异同，证古今之得失。又得武进李申耆先生为之商榷，以视封演之《古今年号录》、宋庠之《纪元通谱》、杨亿之《历代纪年赋》，益详且审矣。昔孔子作《春秋》，首重书元之义，孟子言知人必先论世，然则叶子是书之成，其为用岂小也哉？

蛾术编序

陶澍

嘉定多笃学之士，乾隆中钱竹汀少詹，与王西庄光禄两先生齐名。竹汀先生学博务笃实，其书凡二百七十余卷行于世。余抚皖时，其孙师康为教官，复出《声类》四卷，余以授赵征士绍祖校刊之。西庄先生务淹贯，所著《尚书后案》《十七史商榷》已有刻本，又有《蛾术编》九十五卷。冯子龄孝廉持以示余。余以暇偶一披览，经十数日始竟。网罗繁富，六艺百氏，旁推交通，多所发明。其言经义主郑康成，文字主许叔重。宗尚既正，凡乡塾虚造汗漫不根之谈，攻瑕倾坚，不遗余力。

夫无师之学，昔人所讥。是以汉人传授皆有专门，尊奉本师，罔敢弃家法。异同之论，致烦天子亲临白虎观称制剖决。后儒作疏亦墨守传注，惟恐逾越。苟有歧趋，胥加驳难。自世流少见多怪中实空枵，徒恃私智，妄生荆棘。或偶逢半解，如获珠船。而此达彼窒，失诸目睫，转欲凌蔑故训，高自标置，终堕昏蒙，人复掎其后。呜乎！是丹非素，伊昔而然，然而屏斥过严，固不足为先生病也。

先生没后家日落，同邑学者闵是书之散落，将醵金付刻，因为序其端曰《蛾术编》者，先生自谓积三十年之功始克就正。戴记时术之喻，其功乃复存大垤者也。缀学之士，尚观此而知所积以求其通哉？

声韵辨讹序

陶澍

雨粟而后书契递兴，篆籀既遥，隶楷斯起。历稽古今字书，如《说文》《玉篇》《类篇》，偏旁之书所以正其画。《广韵》《集韵》《韵会》，反切之书所以辨其音。《尔雅》《方言》《释名》，训诂之书所以释其义。三者相辅而行不能偏废。说者谓古有宫、商、角、徵、羽而无平、上、去、入，沈休文创用四声，当时人已疑之。古韵失传，音义遂淆，其说固然。然六经诸子具在，区分界别，实自较然。大抵不外因形以求声，因声以求义，而豪厘之间可以烛千里之谬矣。

夏君以稽古之余为辨讹之编，句梳字栉，率出于目耕，荟以手录，虽囊括尚未富，然非剽窃缘饰者比也。古者人生八岁入小学，保氏教以“六书”。汉兴有尉律，学僮年十七，试讽籀书九千字乃得为吏。又以八体试之，郡移太史并课最以为尚书史。吏民上书，字或不正，辄举劾之。是考文之事列于三重，而于蒙养尤先也。职训课者，即是编而益精之，是亦艺海导迷之筏，文衢大章之车也乎！

重刻舆地纪胜碑记自序

陶澍

宋王象之《舆地纪胜》二百卷，又别有《舆地碑记目》四卷，即全书所采各路碑刻之目录也。其书之体例，《钦定四库提要》论之备矣。顾刊本罕见，传钞日久，讹误滋多。车明经秋舲持谦，假得精校之本，将以付梓，问序于余。余惟金石之书，自欧阳文忠、赵明诚以来代有著录。盖古人之迹不可得而见矣，独赖碑刻有以存之。故好古之士，不惜携毡椎，赍粮糗，手胼足胝，凿幽缒险，索之于蛟龙之窟，探之于猿猱之居。凡有残砖断碣，皆必得之而后快。其粗者以为笔墨之娱，其精者以为考据之用。然而近时所见之刻，有不如前明所见之完者矣。前明所见之刻，又不如宋元所见之完者矣。雨淋日炙，苔蚀藓封，历岁愈多，其传愈少。今欧、赵录中目存而碑亡者，殆十二三也。然后人不得见其碑而见其目，犹可即目以想其碑之仿佛，则目之可宝也与碑同。象之是目得秋舲表彰之，其以慰艺林想望之心，而为学者多识之助，功岂小哉?

秋舲邵阳人，其祖大参公始移居江宁，今为江宁人也。好古多识，即是编足见其一斑云。

易学支流序

陶澍

堪舆家言起于汉晋，而极于唐宋之际。青囊捉脉以还，众说杂陈。赵汸序风水选择，所云得陶书者为陶，得郭书者为郭，得杨、曾书者为杨、曾，真伪纯驳莫辨，淫巫瞽史遍天下者也。顾堪舆之说虽繁，总不出公刘“相阴阳，观流泉”二语，山法水法备于此矣。乃后世幽杳之谈，顾多托诸理气。相传唐以前阴阳秘本皆藏于内府，开元中闻喜邱延翰以《天机心印》进呈。逮黄巢之乱，掌灵台事窦州杨筠松叔茂得其书，流寓江西，作《疑龙》《撼龙》《三十六龙》等书。其《天玉经》则专言理气，玄空大卦、八神、三元、九星等名目，皆非世所习闻。近日云间蒋大鸿《地理辨正》出，乃更迂其辞，晦其旨，谓杨公别有口授。怪鬼辈因假为护符，人人自诡为得鸿宝秘传。惑其术者舍龙脉而讲玄空，将使沮洳粪壤皆得指为三元旺地。数十年来所见人家移居迁葬，受蒋盘之祸者指不胜屈。

夫阴阳家言所以为宅葬也，《大易》言“取诸大壮”“取诸大过”，即宅葬所由昉也。圣人先天弗违安死利生，固非贸贸然以取之。故曰阴阳一道也，道即理也。气依理而立，理载气以行。既曰理气，岂有无理之气哉？

吾门人陈子雪楼，治经之暇，乃以经术比附，疏通证明，为《天玉了义》《阳宅易简》二书。以江东江西之卦为即四正四隅，以八神一二分配干支，以五黄加向为仿《说》卦出震见离，以左旋右旋为本月令左个右个，悉从来未发之覆。盖至是而天玉始确然有义例可寻，一切荒唐悠谬之说不攻自破矣。陈子于诸经皆有论述，尤好学《易》。是书于《易》虽仅支流小数，然因源竟委，明白正当，固吾儒即物穷理之一端，非术数家所能阶而企也。余故乐为序之，庶几利用前民之一助云尔。

案：《易学支流》及此序，卅年前曾见传本。其后留心风水之说，复取蒋氏书研究而博采之。无论浮浅影响，即其稍精者，亦不能与《天玉》等篇悉合，则既废然返矣。今人好言蒋法，而又不得其解，遂至各有师授，言人人殊。曾不计其无当于蒋，即当于蒋，仍恐无当于杨也。方今所传世族名墓，多在蒋书未出之前，又何说乎？雪楼名世镕，皖江老宿，经学词章皆邃。近年屡至湘中，谈次不及风水，蒙亦未尝即其八神五黄之说叩之也。是编于堪舆家言，或信或辟，皆兼载之，俾学者有折衷之道，而无惑于术数云。汝怀附记。

历朝史印序

陶澍

印章之起盖自周官掌节。货贿用玺节，然掌之于官以通商旅之出入，则犹今州县之印非私印也。私印之流传于世者自汉始，率冶金为之，与钟鼎款识同其笔法，未易窥见。今虽人人言汉法，而心知其意者绝少。如皋黄君楚桥，乃特以此事名。尝聚石四百余方，取古今作史诸人人篆一章，命曰《历朝史印》，凡十卷。嘉庆初大兴朱文正公序而行之，嗣是遍游吴越江淮，一时士大夫莫不思得君片石以为重。今年夏秋间为余作数方，古雅绝伦，笔笔中锋，三代法物如将见之。夫一艺成名，皆必有精力存乎其间。其传之久暂，亦常视以为率。秋之于弈，宜僚之于丸，扁之于轮，彼盖有动乎天机而不自知者。至形之于言，笔之于书，皆糟粕也。

楚桥得名三十余年，今老矣，技而益进乎道。其视向之所著，吾恶知其不以为糟粕邪？虽然，上自周初，下逮明季，有良史数十百人，一开卷而如晤焉。夫以印为印，业此者之所知也，罗良史数十百人于胸中以为印，则非业此者之所知也。楚桥之胸，有此数十百人与之往还，噫，此其所以能为楚桥之印也欤！

送周希甫太守赴南河工次序

陶澍

海与河皆古运道。《禹贡·冀州》曰：夹右碣石。《扬州》曰：沿于江海。此海运也。其他浮济漯、浮汶、浮洛、浮淮泗、浮江沱潜汉，皆达于河，则河运也。当日荒度之法不传，史臣第总其纲曰导。自孟子释之曰疏，曰瀹，曰决，曰排，而导水之方始著。夫禹之导水一而已，而所以导者不同，其排决之法多施之南条，而北条则用疏与瀹。凡以各有宜也，惟禹能审形势，察脉络，相水之宜而不强以制之，所以为明德也。宋元以来言者纷纷，不过垒堤而已，筑防而已，而疏瀹则未之及。此白圭之法，非禹法也。禹之治水所以去害而利即因之，其于运也可以海则海，可以河则河，不可以海不可以河则陆，如逾洛逾沔是已。后之言运者无所谓陆已，而又一于河则废海，一于海则废河，此所以相持而不得其通也。

计国家仰东南漕以给京师，岁需四百余万石。由大江入瓜口绝淮渡黄，经运河以达通州，爬滩剥浅，日夜催趱，仅而能至。设一旦遇大灾沴，河且壅溃，遏粮艘不行，将京师食奚出？此其患岂止于河而已邪？海运之法虽怵于风涛，然方远、王献诸人所言，由淮安而东，历麻湾、海仓二口，径登莱以泊天津，其间仅一千六百里耳。地介河海之交，未必非夹右碣石之遗。而议者或犹以迂疏目之，遂使官家数十百万金钱，岁填无底之河，以苟旦夕之安而不可得。

嗟夫，河以利漕也！漕无息肩之地，是河终无受治之时也。夫河之迁徙无常，要自有其不易者。水之性利于下，流不畅则逆，逆必溢。水之势蓄于上，力不并则弱，弱必壅。然则堤防虽密，适以遏其流使怒耳。闸坝虽多，适以分其力使淤耳。高家堰之危，以洪泽湖淤也。洪泽湖之淤，以黄河倒灌而入淮也。黄河之倒灌，以下河日积而日高也。然则治河之策，必自下河始。下河之治，必自疏瀹始。昔者圣祖仁皇帝时，尝浚大通口矣。驾临相视，首命拆拦黄坝，疏海口以导河入海。次闭六坝，疏清口以导淮刷黄。次疏淮扬里河，开人字、芒稻、泾涧等河。而安澜之庆遂巍然与神禹同功。惜后之任事者，狃目前，惜小费，举一切捞爬挑涤之具奏罢之，而海口复湮，河事遂以日坏。

比者河决砀山，徐、邳、凤、泗之间顿成泽国，天子览奏，至为流涕。此诚臣子竭力效命之秋也，而吾乡周希甫先生适奉特旨赴工次，盖河事棘矣。导水之方自有廷筭在，先生之所职则工而已。工不坚，虽有神禹之指挥而亦无以收疏瀹之效。夫麻、秸、柳、苇质易腐朽，沙土疏浮随筑随圮，计莫若择工之尤要者易之以石，费虽倍而功不啻万之。昔人于白河之淤，尚欲令运舟自拥兜杓四五具，遇浅即浚，以为省费之一策。今若暂释运舟每岁搭解京师之仓板以载石，其劳费差足相准。而于冬月因驳船之暇溯乎怀孟，太行之石可顺流而下也。然此特河工之一节耳。至于相机宜，审形势，终恐非疏瀹之不为功也。先生昔守黔之大定，治行第一，故于兹行有厚望焉。

海运全案序

陶澍

国家定鼎宅燕，岁漕东南米四百余万石，供亿京师。盖因前代会通河之旧，南起江北达通州，而咽喉于淮黄交汇之清口。康熙、嘉庆年间，屡以河患议海运未果。道光四年冬，大风坏高堰清口涩，明年漕滞，诏群臣议海运，协办大学士英和连疏陈其利。六月，臣澍自皖移苏，途次接奉谕旨令覆议。甫接任，即拜折请海河分运。时督臣琦善自山东奉简命至，亦主海运议，并得旨报可。七月，臣澍因公至海上，召集长年三老，宣播皇仁，与约期冬归受兑新漕。八月，布政使臣贺长龄复往议定水脚价值及剥兑一切章程。

六年春正月，沙船攒泊黄浦，臣澍自省驰往，率同大小文武相机督办。其天津收米则尚书臣穆彰阿、仓场侍郎臣百春、臣申启贤，同各员夙夜将事。逮六月上旬而起运告竣，计海船一千五百六十三号，装兑苏藩司所属四府一州额漕正耗米一百六十三万三千余石，由吴松出崇明佘山北放大洋，趋成山转之罘以达天津。水程四千余里，往返两次，不爽时日。屡遇风暴，履险如夷。间有松舱抛失秏米，为数共止八百余石，不及全运米千分之一。至于正额颗粒无损。

因思古来海运，如《禹贡》碣石入河，秦起黄腄挽辽左，乃在瀛沧登莱境内对渡关东，道里无多。唐宋偶一馈运，其数更微，故史不载。明初张赫等初运三十万，最多至七十万。永乐中陈瑄始建仓于直沽，亦止以百万为名。其后沈廷扬自灌河口开洋，七日抵天津，一时诧为异事。其实经营已阅年余，所运二万六千石而已。即元代海运最久，其初运亦仅四万三千石。行之七八年，犹只运米数十万，漂失动以万计。从未有初次试行，即装米一百六十余万石，自始至终不溺一人，不损额漕一稊米如今兹所运者。仰惟圣人在位，海若冯夷，莫不效职。而瀛民蜑客生长承平，习于沙线，操驾日精，昔之望洋兴叹，以为波涛不测者，久已视为坦途。扬帆直上，无巉崖之峀崒，无港汊之弯环，转较诸内河为易。议者每谓河运费财，海运费人。由今观之，海运果费人否邪？然则费财之说，舍海运亦奚以易之？

苏松数府州漕额甲天下，而丁船经行内河，提溜挽闸，剥浅般坝，与夫押运交兑趱验之费，多不能省。丁疲索之官，官复问之民，民力惫矣而官与丁亦敝。使苏属海运遂行，岁省费不啻十之四五，东南民力庶有鸠乎？

若夫难海运者，曰盗贼，曰潮湿，曰侵蚀，实皆无可虑，但患南兑易而北卸难，章程不可不豫耳。是役也，始于集议定计，成于招商雇船，继以筹费兑米，终于交卸收验，以及水师之会哨，委员之设局，货物之免税，余米之收买，商埠之奖励，旂丁之安置，头绪穰繁，不容无纪。爰汇始事以来诏谕章疏及咨移禀议为《海运全案》若干卷，以叙一时之事，备将来考择。而程途之经涉，船式之修造，风汛之趋避，亦策海者所有事也，故为图附焉。至于南北同心，大小并力，咸禀圣谟。执事有恪，喜起之象，于斯可征，则又不独为海运一事炜也。

江南武乡试录序

陶澍

皇上御极之十一年岁在辛卯，恭逢圣寿五旬庆期，诏开恩科，以广登进。时因江南闱场被水兼有赈务，钦奉谕旨改期九月举行文闱乡试，并改武闱于十二年三月补行。臣例典试事，爰进江苏学政臣汪守和、安徽学政臣鄂木顺额录送上下江武生，及驻防江宁、京口之满洲、蒙古与试者共一千三百三十一人，会同江南提督臣王应凤、督同提调官臣葆谦、监试官臣周继炘，悉心考校。先试马箭地球，次试步箭及弓刀石三项技勇，次试内场照例默写武经百余字，分别双好、单好字号，按照外场密记所校弓马人材，汰劣拔优，衡定甲乙。如额取中张彬等六十三人，旗籍蘫勒杭阿等八人。恭刊试录，进呈御览。谨拜手稽首扬言简端。

臣惟圣神广运，必资乃文乃武。斯二者诚经纬世宙，牟卢品物之大端矣。古者泽宫选士之法，不外射以观德，敦诗说礼，未尝区文武而畸其轻重也。汉制设茂才、孝廉，而羽林期门，则选六郡良家子为之，其时渐已别途。至武举设科，则始于唐长安三年。有马射、步射、筒射、翘关、负重、马枪，身材之英由此出焉。宋明以还，递有增损。然或先策略，后弓马，或由廷臣各举所知，或由郡县遣诣，别为一军，或设科数年始举行一次，训养无素而取具临时，难语求才之效。洪惟我朝家法相承，保定大功，首崇骑射，校阅之法既备且精，是以武功之烁超越前代。中林兔罝，莫非腹心干城之选。翘材辈出，悉本菁莪乐育之遗。如本年江南乡试，即有重赴鹰扬筵宴之通州耆绅、原任浙江温州镇总兵李景曾，现蒙恩旨赏加头品顶戴。寿考作人之盛，即此可征。臣渥承圣训，简阅军实，练拣材良，兹于武科之选，尤再三审慎，期在得人。

通校各场，以舍矢如破观其志气之安和，以举重若轻观其技力之纯固，以进退步伐观其器局之宏深整暇，复于揭晓后进而教以尊君亲上、绳己接人之道，俾化其嚣猛悍鸷之偏，而归之于有勇知方之域。庶几忠信为甲胄，礼义为干橹，兼资文武，斯无难矣。是则臣所望于诸生，冀以仰酬高厚于万一者尔。

洞庭湖志序

陶澍

洞庭海内巨浸也，昔黄帝张乐于此，本以山得名。《山海经》：洞庭之山在九江之间，所谓辰、沅、渐、溆、沅、酉、澧、澬、湘也。九江中五入于沅，与澧、澬、湘潴而为四，同注洞庭以会江，若五口然。故《国策》又谓之洞庭五渚也。然皆后世所命名。《禹贡》但谓之九江，曰九江孔殷，曰九江纳锡大龟，曰过九江至敷浅原，曰过九江至东陵，皆指荆州，无及扬州者。顾自秦汉以来，九江之称或移之江北，移之淮南，移之彭蠡，只以《禹贡》有九江，无洞庭，遂并九江之名而紊之扬州之域。俗儒耳食入主出奴，至今犹聒。欲志洞庭，此其大者，不容以无考也。按《汉书·地理志》，九江郡秦置而未言其地，郦注谓秦始立九江郡，治寿春。此盖淮南郡治，非九江也。以寿春为九江，自元狩六年始。其实寿春背淝负淮，南隔灊霍，与江绝不相涉，不知武帝何由舍淮而以江为称？

窃谓九江立郡，汉之误沿于秦，而其端则起于楚。楚国都江陵曰郢中，其后迁徙如鄢郢，如郊郢，如陈郢，皆以郢名。《史记》考烈王二十二年东徙寿春命曰郢，是仍施旧号，非新邑也。洞庭九江为附近国都之薮，郢徙而九江亦随以徙。如东晋渡江，而南兖、南徐诸州亦因之侨置也，然则其地安在？曰洞庭九江在故郢之南二三百里间，则侨置亦当在寿春稍南如今六安州境。《史记》九江王英布都六即其地已。余持此论，惟万子弹峰深然之，以为前人所未及。

万子博学多通，戛戛独造。往时需次都门，适余案上有《洞庭湖志》稿，乃前长沙太守沈君廷瑛属余订定者。余方巡城鲜暇，因转以属之，俾竟其事。越十年而以志成告。

盖是志为华容拔贡綦世基所创，湘潭夏学博大观增辑以遗沈太守，万子又增之。订讹补缺，倍于前书，其用力勤矣。余无庸多及，而惟以洞庭即九江之说质之，冀达于古今者采正焉。

淮南子天文训补注序

陶澍

汉淮南王安，招集八公大小山之徒作书二十一篇，统名曰《鸿烈解》，为之注者有许慎、高诱两家。今许注已佚，惟高注存，然亦非其旧，间有许注错杂其中。《天文训》者，特《鸿烈》之一篇，后世阴阳五行之说多祖述于此。高注或未能悉得其义例，盖畴人之学，非宿学世业不能通其奥也。

乾隆中，嘉定钱进士塘特取而为之补注。以淮南所用为颛顼历信而有征，以八风配奇门，亦足订术家休生相次之谬。惟本书所言土生于午，壮于戌，死于寅，今即不用其说。岂天事微渺，其名以命之，数以纪之者，皆出于人之所为，可随时而转易乎？

又太阴在四仲，岁星行三宿；太阴在四钩，岁星行二宿。四钩之义高注详之，三宿二宿，高氏无注。盖本书后文太阴在丑，岁星舍尾箕；太阴在寅，岁星舍斗牛，即二宿也。太阴在子，岁星舍氐房心。太阴在午，岁星舍胃昴毕，即三宿也。钱氏引《左传》婺女元枵之维，首以元枵，次有三宿，则大梁、鹑火、大火亦必三宿，其余八次仅得二宿可知。辗转相证，似忘本书之已自注于后，然淮南亦第就汉时十二宫次舍言之，揆之于今，多有不合。盖恒星东移约七十年而差一度，则亦未可胶柱而鼓瑟矣。

是书向无刻本，适门人淡君春台作宰嘉定，因属令表章之。淡君因与毛上舍岳生、顾孝廉某以庄本校字句之同异而付之梓，识者无徒以阴阳五行家目之也。

重差图说序

陶澍

魏刘徽作《重差》，具勾股之体，著测量之用。其自序云：徽初习九章，长再详览，辄造重差缀于勾股之下。度高者重表，测深者累矩。孤离者三望，离而又旁求者四望。是其书本名《重差》，后人以第一问望海岛，遂名之为《海岛算经》云。差者何？勾差股差也。重差者何？以小勾股差为大勾股差之率也。凡望极高、测绝深而兼知其远者，必用重差勾股，则以重差为率。其设问有九：一曰望海岛，二曰望松生山上，三曰南望方邑，四曰望深谷，五曰登山望楼，六曰东南望波口，七曰望清渊白石，八曰登楼望津，九曰登山临邑。其术由疏而密，始用今有，继用重今有。其义由浅而深，始以表高为率，继以人表为率，继且以前去表减景差为率。登山临邑一问具三望四望之义，故著于篇终。由此推之，凡天之高，地之广，星辰之远，江海之深，敌营之遐迩，师旅之多寡，皆可以测量知之。其详见于秦九韶《数书九章》、朱世杰《四元玉鉴》，重差之义该矣哉！

考隋志、唐志，皆有《重差图》一卷，今已不传。吴门沈弱侯钦裴，悯古书之亡，缵先民之绪，索隐钩深，补图立说，绘勾股于寸纸从横截之。令同股者不同勾，爰有勾差。令同勾者不同股，爰有股差。而差之中又有差焉，小差大差辗转相求。举凡高者、深者、远者无不可得，洞然见勾股具测量之体，测量著勾股之用。可知明体达用之学备于六艺中，九数为六艺之一，而勾股又九数之一也。弱侯既校定《数书九章》，又为《四元玉鉴》撰细草，余嘉其好古深思而有得也，因为序之。

胡光北韵学序

陶澍

合气为音，见于《鸿烈》，形气相乘而成声，见于《化书》。形有肥瘠强弱，气有刚柔清浊。世殊今古，地歧南朔。重唇轻唇，正齿半齿，而孰为之管摄？于是等韵之书以出。溯自鱼山“四十二契”，别为三千余声，至僧宗彦而衍为六千。其备九州之音乎？

舌居中为宫，开张为商，舌缩却为角，舌拄齿为徵，撮口为霸。五音而析为七，再析为九。此显而有征者也。然《玉篇》以影、晓、匣、喻属宫，而《韵会》属霸；《玉篇》以帮、滂、非、敷属霸，而《韵会》属宫。司马文正以半商徵半徵商为来日，陈彭年以迦佉属牙，纲各属喉。沈氏《笔谈》以宫、商、角、徵、霸当唇、舌、牙、齿、喉，而近世毛先舒《七声类例》则于五音中不用舌齿，岂非等韵之学专凭唇吻，各以方音为是，故不能尽画一乎？然等韵昉于西域三十六字母，其从陈晋翁删为三十二，李如真删为二十二，兰廷秀又删为二十。后世奉为反切之宗有音和，有类隔，有通广，有就形，又有开合二十四摄，有内外八转。彼非此是，格阂纠纷，要未有如我朝《清文鉴》十二字头之穷微析奥者也。

夫古韵之学，形声殊部，主于诂经。今韵之学，籁参天人，长于适用。吾乡讲求古韵者向罕其人，而今韵之学则有浏阳胡学山先生光北。《声音蠡测》一书，辨阴阳五声析为八音，管五方之殊言，创反切之捷径。其于国书合声相切，缓读急读之旨尤有神解。往者襄平都秋庄著《黄钟通韵》，《四库书目》称之。先生覃精积思，行且由音韵而穷律吕，以溯声气之元，窥礼乐之奥焉，不徒为雕虫之士谱清浊、辨声病而已也。

适余自江南奉命阅伍江右，乞假归里，道出长沙，先生以其书寄余且求序。余方驰驱道路，匆匆未有以应也。既而返署，则先生已赴道山矣。生平行谊耿介，年且八十，犹孜孜好学不倦，以明经终。见其宗人竹塘明府所为志甚详，因亟叙之以为吾乡志学者劝。先生别有《诗韵循音》，余瞰其义例不可得，则亦不敢妄参末议云。道光十七年夏五月。

圣贤群辅录序

陶澍

陶靖节《圣贤群辅录》，一名《四八目》。其书每条末皆载所见原书出处，自北齐杨休之编录后，至明何文简孟春始为之注。按靖节此录虽系伪作，究为北齐以前人所依托。其中甄述两汉及东西晋书皆非班、范史及唐人所撰之晋史也。如《三辅决录》、张璠记、谢承书之类，今全书虽佚，犹散见于群籍。以南北六朝及唐初诸子书并李善《文选注》、虞世南《北堂书抄》、徐氏《初学记》、欧阳氏《艺文类聚》，《太平御览》《册府元龟》等书考之，大半符合。何注所采仅依据正史，颇多疏漏。如韦文高为韦豹之父，录中所引文高三子，见《京兆旧事考》，《前汉书·表》及《韦氏世系》，文高当名浚。《京兆旧事》凡见《御览》十七条，即文高亦见《御览》。文简谓不知，岂偶未深考邪？又下卷《八俊》内有赵典，范书《党锢传》云惟典名见而已。考典范书本有专传，又别见郭泰、皇甫规传。安得云惟以名见，自相矛盾邪？盖名见者见于《八俊》也。顾亭林亦不得其解，乃谓有两赵典。是未考《华阳国志》及《三君八俊录》也。而文简直以典事仅见《党锢》及《群辅录》，是并未全检范书矣。岂知典事见于谢承、司马彪书及常璩志。书籍所载，固有不胜录乎？如此之类，均考其同异，正其得失，挍何注有增。不揣固陋，谨附所见如此，以质之博雅。

榴园管测序

欧阳俊

气之流行也浑浑尔，分阴分阳而象乃著，有盈有缩而数乃生。其所以主宰纲维之者，盖莫非理之所为也。羲文之卦相经纬，周、邵之书相表里。设蓍而演畴，定律而正历。圣者作，明者述。凡皆天地有是理即有是气，因象而著，因数而神。朱子所谓非圣人心思知虑之所为是也。虽然，天地之秘，鬼神之幽，在圣人本潜孚乎理，而默契于气机运动之间。故其寓于象，舞于数，适得乎造化自然之妙。学者殚其心思知虑，以求先圣先贤所作述者不可得。或一得自喜，往往流于牵合傅会，穿凿支离。后学苦其虚悬而无所终薄，遂疑所谓理者，孤立于气与象数之间，而所谓气与象数者，并眩其幽渺浩瀚，非切于身心日用之事。此异说俗学所以得并起而相煽也。

能愚先生《榴园集》一书，造之深，语之详，所以发明图书画卦，羲文之奥旨，周、邵之策文，蓍范之要言，律历之精义，折衷朱子，旁通诸儒，本乎心得，非同臆见，而其要总在于举近见远，即末探本，使圣贤之教所谓理、气、象、数者，有所启发以开示来学。其有功于世非浅鲜也。我国家治教休明，先生行谊采入志乘，而深以是编之不获梓行为惜。噫，先生之书，载道之文也！后学之士，既不获亲炙而折衷之，欲自是其知人论世之识，以阐扬先生之教传于无穷，不亦难乎？然得是书而并心壹志以求之分文晰字，不异先生之口讲而指画焉。若江河之浸，膏泽之润，涣然冰释，怡然理顺，所谓理、气、象、数之同条共贯者，有所依据，则不苦其繁难，求之切近，因以契其深妙，庶几文章之儒亦得问津先圣。彼异说俗学之弊，或可回其狂澜也乎？

先生文多散佚，是书亦少编次，同人忧其久而湮没，欲急梓之。故校厥鲁鱼，略为诠释，间亦窃附管见于每卷末，使斯书之梗概有可见。至于支分节解，蕲斯编之尽善则有待异日云。

湖南文征　卷七十四

序十九

岳归堂全集序

邓显鹤

有明之诗凡三变，而风会所趋，每转移于吾楚。文正主持文柄，为一代大宗。虽以北地信阳之气焰震耀中原，不能上掩茶陵之光。弇州、历下僭执牛耳而当时海内求名之士，即有东走太仓、西走兴国之语。至公安、天门出，而王李之势遂衰。诗归一选，天下翕然宗之。友夏先生名辈均后于伯敬，而天下称曰锺谭，至于今不替，岂偶然哉？

先生言诗有曰渊洞寂历，有曰空旷孤迥，有曰荒寒独处，稀见渺闻，如有所失，而其要曰善变，曰日新。微矣哉，先生之为诗也！当七子坛坫方盛，屈一世聪明才力，奇人魁士，震于其名，转相摹仿。其弊也为虚矫，为肤阔，积习波靡，无能讼其失。公安起而矫之，或不免空疏浅俚之诮。先生当风雅凌替之日，慨然以复古为己任。而又生丁衰季，不为世用。遗弃时务，冥心旷怀。缒幽凿险，入神出天。用能救公安之弊，摧弇州、历下之锋，一时风气为之一变。论者谓有明一代之诗，以茶陵倡于前，以竟陵殿其后。吾楚诗人至与国运盛衰相终始，岂区区求声调字句之间者可同日语哉？

先生性孝友，兄弟五人皆贤。先生任家督居，恒偕弟妹侍母同食。人直供一日，或时置酒相对，论学业世事。太夫人喜策杖出听，自置饼饵佐啖，曰：见汝曹辨论，可不须富贵也。以故先生卒无心用世，年逾四十始举乡试第一，旋丁母艰。服阕，一上春官不第，遂不复出。日孜孜慓慓、落落瑟瑟于寒河荒渚间，与渔人芦子相赠答。卒年未六十。先生卒后五年而明亡。其时伯敬之殁已久，则谓先生之诗不殿一代之终不得也。

先生《岳归堂集》，向有刻本，多散佚，其裔孙惺渔、县丞泽恺，搜辑诗古文已刻未刻共为若干卷。盖经唐陶山方伯、谭子受太守所编定者，惺渔复以校字之役见属，置案头三载矣。冷官无事，时一披读，如冰花铁绣，古光冷艳，动魄怵心。惺渔能诗，称其门风。今方以与平瑶功升秩，会有永阳之行，以书来索，云将付剞劂以谂海内。时陶山方伯归道山久，子受太守亦卒官二年矣。既序而归之，又不能不相与婵媛太息云。

圭斋文集目录序

邓显鹤

右楚国文公《圭斋集》十六卷，古今体诗各体文，大凡三百三十九首，以道光二十六年秋刊于邵州东山讲院。先是，显鹤辑《沅湘耆旧集》，征公诗入前编，求所谓《圭斋文集》，揭序四十四卷、宋序二十四卷之本久佚，惟明成化间公防里族裔所编之十六卷本尚在人间。国朝《四库全书》目录所云江浙采进本者是也。尝展转购索之江浙书肆无所得，其篇第先后不可得而知矣。今湖以南所行之浏阳绍文堂本亦十六卷，顾其书编划失次，讹谬滋仍，类坊间书贾所为，且其中多浅人赝作羼乱，蒙有感焉。

案古人别集类称诗赋，而《魏志》曹植本传，称景初中撰录植所著赋、颂、诗、铭、杂论凡百余篇，此本卷一冠以赋四首，次以颂一首，原未为失。顾颂亦诗也。近人以经进篇章弁集，名之曰颂以示尊崇。若单章寥寥，偶名为颂而别编之，未之见也。五言古诗、七言歌行，皆古体诗也。后人通称五古七古。惟《元遗山集》七古之外别出长短句，而铁崖、西涯皆以乐府擅名，遂别著录。稽之唐以前，若工部、太白、长吉、昌黎诸集，乐府、琴操皆杂于五七古长短绝句中，无别出者。至鲍参军集乐府别为一卷，则后人所编非原本也。若排律之名古未尝有，尤不宜编次在前。此本卷二曰五言古诗，实则五古止二首，而以五字小诗四首足之，总曰五古。又次则七言律，又次则五言排律，通为一卷，非法也。卷三曰七言绝，卷四曰歌。夫古人以歌行名篇，如太白、昌谷集亦称歌诗，无单以歌名者。今核卷中所录皆七言古诗也，而专名之曰歌，后又次以杂体名号。及求所谓杂体者，则古乐府一首，《渔家傲》词十首也。于后忽又赘以七古一首，其惑滋甚。古人文集原统诗文而言，专以文论有诏、诰、书、疏、表、状、论、辨、说、赞、序、碑、铭、哀诔各体之异。求之于唐宋古文家，如《昌黎集》首表状，次序记，次碑铭，次哀诔。《庐陵集》首书疏表启，次论序，次碑铭，次祭文。大抵以是为叙。此本以经义策对诏诰万方册上尊号，及表进三史大典之文，次于墓志哀辞之后，而以本传世系附录卷末。先后错乱，尤不胜纠。点画讹俗，字句脱漏，又无论已。

显鹤不揣瞢昧，思欲搜讨全集，重为排次订定，授梓以传。谋之十年，卒卒未暇。今年重领东山讲席，纂修郡志之暇，稍取其篇次第之。又删其赝作若干首，与邵阳学博彭君彦深言。彦深好古有识，深以余言为然。因出其所藏碑版，有为此本未见者，亟录以示。复命兄子瑶琭、儿子琮，发箧得公遗文若干首，依类编入，详审是正付梓，凡三阅月刊成。又敬录《四库全书总目》《四库简明目录》《元史》本传行状，家传像赞，先世神道碑铭与夫方志选本各传，及宋彭序跋于前为首卷。其续刻诸序跋，则附录于后为末卷，题曰《浏阳绍文堂原本》，示不昧所自也。刊成敬书所编目录后，以告当世之能读公集者。至公之文如江河万古，与庐陵并行不废。文献序所云“上则为德星庆云，下则为朱草醴泉，亘万古犹一日”者，乌乎尽矣，岂末学小子所能赘一词哉？惟是公文散见《元文类》、元各家诗文别集，及著录国朝《四库全书》者为目甚多，坐少藏书，无由遍辑。昔夏醴谷提学序公集有云：公之文，天下之文，而非一家之文也。凡生公后者，皆与有责焉。尚当问之内府，求之海内士大夫藏书家，俾后生小子读公集者，无缺略不全之憾。至哉言乎！此今日皇然编订之苦心不能自已也，好古君子尚思有以惠我。是岁秋七月甲申朔己酉日，新化后学邓显鹤谨识于邵州之东山讲舍。

附录：邹叔绩书

承获开成石经全部，并欲与《相台五经》，参校同异，缮成善本刊行，使湘中人士共识古经真面目，嘉惠末学，良匪浅鲜。惟祝吾先生九十朝朝读五经也。凡事为之则成，《楚宝》《增订耆旧全集》《宝庆府志》以及《圭斋文集》《周子全书》，其明证矣。此事吾预知必成，至为庆幸。《圭斋集》得先生为之，举正删削，其功不细，但尤有愿质者。

赋之后即继以词，考之古人词赋本为一体，观《文选》所收汉武横汾之作、渊明《归去来词》，皆近于赋是也。后世以诗余为词，所云词曲是也。今集中赋后所录之词，乃词曲之词，颇为不伦，似当附之诗后，不则退居卷末。其当卷尾诸作不以词名者，反近于古人之词，移以当其缺可也。又《经疑》《书义》二篇，即当时场屋应试之文，似不可居于诏册之先。明初八股犹是经疑体，久之为成、弘诸公之作，尚有大结，以至于雍、康间。今则为庸烂墨卷，故今之庸烂墨卷，即元明之经疑也，不存亦可。存之以识当时之体，附之卷尾其庶乎！策问亦当居表奏之次。太庙祝文，与祭初祖先祖之祝文，一为家，一为国，大小虽殊，其为祝文之体一也，似不可离而为二。后生小子非敢故为阛阓，实欲居质疑辨难之列，因忘其固陋，妄抒管见，冀加教正焉。平生拙戆，屡蒙宥奖，谅不以此为嫌也。汉勋谨白。

圭斋文集补遗序

邓显鹤

是集刊成，从友人处复得江西新刻本有增入各体诗文二十一篇，中多碑版大文，皆拙刻所未有。亟为补录，以类附各卷之末，通为补遗目录如右。而拙刻所增之《鉴湖歌》《道州路重修濂溪书院记》《金华宋氏石刻世系记》《周此山集序》《浦阳人物记序》《河平碑记补》《许先生神道碑铭》《方安人墓道碑铭》，凡八篇，亦江西本所无。以是叹先生文集散佚虽多，其精气长存天壤。今宋序本久佚，而成化本尚在人间。所散见各书如《元文类》各省郡县志及《日下旧闻》《铁网珊瑚》等籍都非秘册。此外故书雅记，琳宫梵宇所存必多，惜无有人遍为搜辑，裒成完帙，为可惜耳。李君祖陶余曾一识其人，其时不知有序刻是集事，未及共为商榷。今阅其校刊跋语，所称增入之文，往往胜于原编诸序记，是亦多所遗漏之一证。其言甚确，但其所云诗中编次未当，各为改正者，则仍寡所是正。又其中浅人赝作一律登载，殊未若拙刻之稍有决择，犹不失为矜慎之意尔。博雅君子合二集而互勘之，匡其不逮，补其缺略，是所厚望云。是岁冬十有一月小寒日，显鹤重识于东山精舍之读易窗。

是集补遗刊成后，又从《龙虎山志》采出《太清玉虚棂星门》铭文一篇，江夏陈氏《楚帖》采出《与伯温书》一首，依类增入。而补遗目录所列之王代先德碑拓本，尚未获见。

古杉倡和诗序

邓显鹤

宋南渡之际，陈简斋先生以避乱来湖湘，寓吾郡久。今简斋诗钞可历按也。其《将至杉木铺望野人居及别杉木》诗所云“数株苍桧遮官道，一树桃花映草庐”者，即今之黑田铺，土人所称干杉树是也。按《尔雅·释木》被檆注“似松”。又“枞，松叶柏身。桧，柏叶松身”。题云“杉木铺”，而诗曰“苍桧”，实同类也。比年余承修郡志，考杉木铺所在，盖已无有能言其处者。彭晓杭学博曰：今黑田官道旁，有双杉屹立，非其遗迹乎？

余闻而喜，急思往视。会去秋八月有长沙之行，取道黑田，憩两杉树下。铁干铜柯，挺然道左，古光油然，殆千余年物也。摩挲嗟玩不能去。因思此种神物，日混迹于风尘杂遝中，荛夫牧子既熟视而无睹，高官贵人冠盖驰逐，又不肯停车坐玩，少浣征尘，仰其高风古趣，乃并简斋之诗亦不知作何语，可叹也已。归语晓杭，拟作石栏围之，构亭其上，榜以古杉木铺，而别作一祠，为简斋草堂，大书两诗，刻于贞砥。适吾友黄虎痴黔阳书来，讯双杉无恙，并以所著《三长物斋长语》见示，知已纂入《湖南方物志》，窃幸好古有同心。顾其语详于杉而未及诗，以虎痴博览耆奇尚如此，又何以责诸寻常占毕之侣？固宜其阅八百年之久，方志、别集无一语道及，而此杉此诗，遂长湮灭于蛮烟瘴雨中，无由自白矣，岂不重可叹哉？

自来诗人多漫浪湖湘间，如少陵、退之、柳州及刘梦得、王龙标辈，皆托迹沅澧郴湘衡永间，绝无有至吾邵者，有之自简斋始。而邦之人无能称道，方志且误入名宦，俗子又竞为鄙俚诗词以附会之。集中名作如贞牟、罗江、远轩之类，不一而足，皆吾郡掌故绝不之及。吁！国犹有人不若是之陋也。

谨案：简斋先生诗，以老杜为宗。避乱湖峤，间关万里，流离乞食造次不忘忧爱，亦与少陵同。其《清明》诗云“书生投老王官谷，壮士偷生漂母家”，盖明明以少陵自处。《伤春》诗云：庙堂无策可平戎，坐使甘泉照夕烽。初怪上都闻战马，岂知穷海看飞龙？孤臣霜发三千丈，每岁烟花一万重。稍喜长沙尚延阁，疲兵敢犯犬羊锋。欲不谓之少陵不得也。少陵诗至夔州而始盛，简斋诗至湖峤而益昌。今湘潭人士取子美“岸花飞送客”句作岸花诗社，又于凿石浦构少陵草堂，与退之之祠郴、柳州之祠永、梦得之祀朗、龙标之祀沅同。况简斋寓吾郡最久。紫阳洞壁间，溪影山光，流风未沫。而所谓杉木铺者岿然尚存，祠之与少陵草堂并垂天壤，光我湖岳，亦邦人君子好古之心所不容已于中者也。

既作歌以张其事，二三君子倡和成帙，命儿琮录为一册锓木，并附黔阳《三长物斋长语》于后。时守吾郡为孝义张俪卿先生，闻之欣然以修建为己任，且寄书大定黄先生。二公先后守郡，皆乐为吾邵兴废举坠者也。道光丁未八月。

附：宁乡黄虎痴本骥三长物斋长语

自湘乡永丰市入邵阳境，有古杉二株。霜皮尽褪，铁干高撑，大十余围，高十余丈。小枝下拂，亦有龙爪拿空之势。土人云枯已百年，仍铁立如故。又十里许，复有二杉，高大相若，皮皴叶秃，生意婆娑，反不及道左枯株可入画境。

校刊楚宝序

邓显鹤

楚志之最古者，《襄阳耆旧传》《长沙先贤传》《桂阳先贤画赞》及盛宏之《荆州记》、罗含《湘中记》、庾仲雍《湘州记》、卢藏《楚录》、路振《楚青》，今皆无存。近代言掌故者，以廖鸣吾《楚纪》、周伯孔《楚宝》并称，而《楚宝》为优。俱列入《国朝四库全书存目》。

显鹤自授书以来，喜闻老先称说古今巨人硕德，乡邦文献。念生长湖外，欲搜讨楚故无如此书，求之十数年不获。自为宁乡学官，闻黄虎痴孝廉言长沙一士人家，有钞本可借刊，以闻于今大中丞合河康公，公喜，允为梓行，索钞本复无从得，事遂寝。会桐城李海帆观察自永州来，携湘潭周石芳侍郎家所藏刻本见示，真不啻获重宝。时中丞述职北行，复请于方伯长白裕公及官楚诸君子谋重刻，显鹤独任校刊之责，爰开雕于宁乡学署。冷官多暇，日事披阅，又参以书传记载旧文，订其讹谬，仿朱子校正韩文之例为考异。复遍采古书地理志所纪，删节缀拾为增辑，统附各卷末，依类编次，以便省览。其有目录缺传者，悉加补正，间附按语以谂学者。

书垂成，会余以试事于役省治，以书局自随，复借官书详加是正，凡十有一月而工竣。极知僭越滋惧，然于乡贤文献，庶几万分有益方志之广识焉。道光九年十一月谨序。

附录：长白裕泰重刻楚宝序

著书难，取前人之书而增益之、考订之则尤难。著书者自立门目，去取由我，犹可避难而就易。取前人之书而增益之，安知我所增者非彼所弃乎？又安知所增者什之九不犹漏其一乎？取前人之书而考订之，既难遍得所见之本，不将愈考而愈失其真，得于此而复遗于彼欤？盖非多闻而识定者，不足以语此。新化邓子湘皋，少壮时历览名山川，遍交海内贤士大夫。及归而就广文一席，人以为官冷而饭不足者，湘皋且欣欣然喜曰：是可以遂吾读书之志矣。因遍索两湖掌故之书而读之，期为有用之学。得明季周氏圣楷所著《楚宝》，谓可以备志乘之遗，补文献之缺。为之增益，为之考订，不及一载而剞劂告成，抑何用力之勤而书成之速也！

楚自春秋战国以来，幅帼最广。及汉以荆州分部，唐以山南、淮南、江南、黔中诸道分领之，宋置荆湖南北路，元置湖广行省。自明迄今，遂以湖南湖北为全楚之界。其掌故之书见于记载者，有晋张方《楚国先贤传》。宋卢藏《楚录》，路振《楚青》。明陈士元《楚故略》，何迁《全楚志》，高世泰《三楚文献录》。惟陶晋楧《楚书》、廖道南《楚纪》及伯孔是编，录其目于国朝《四库全书提要》，余皆佚其籍矣。

周氏生数千百年后，集古今人物勒为一编，其势不能无漏。拾蠹简于古籍散佚之余，其势亦不能无误。湘皋为之增益其漏而不敢自谓无漏，考订其误而不敢自谓无误，仍附编于各卷之后，不欲以己意乱前人成书，盖慎之也。其于门目间有更张，亦因时制宜，无嫌独断。而其成就前人之美，使二百年垂绝之书复行于世，自皇古以迄前明，上下数千年，全楚人物可与白珩争美者，条举胪列，如叙一家谱系，可不谓之多闻而识定者乎？至其编书体要，则有湘皋增订之例在，不赘及。道光九年岁次己丑嘉平上浣。

晏湘门过且过斋诗序

邓显鹤

嘉庆乙亥春，湘门以疾卒于家。其友同里邓显鹤客扬州闻讣，既为位以哭，检行箧得遗诗若干首，厘为二卷，将谋付剞劂。乃弁一言于首曰：《记》云独学而无友，则孤陋寡闻。余之友湘门近十年矣。始余不识湘门，壬戌春初见于邵州郡城，丁卯再见于长沙，未之奇也。是年冬，偕同年友谭吾肩，赴礼部试寓都门，会里中杨荪圃、欧阳磵东两君子踵至，皆交口誉湘门不置。二君余所矜式，不轻许可，因是有意乎其为人。已而湘门策蹇来都，甫释担，出途中诸作相质，隽杰廉悍，咄咄逼人。乃大惊骇，以为国有颜子而不知也。遂定交焉。会礼闱报罢，杨、欧两君子先后出都，余与吾肩及湘门三人留。未几而荪圃丈凶问至，三人者感念存殁聚散之故，相与勉为古人之学，以道义相切劘，不复以穷达系念。尝雪夜卧东草厂宝庆试馆，颓垣破扉，覆以败席，枕褥生冰，起烧湿苇煮茗饮以供夜谭。听门外车声隐隐，呼仆起检箧中敝衣，付质库赁早餐，啸歌自若也。至于花晨月夕，驱马金台，行吟柴市，俯仰凭吊，有所得辄寄之于诗，归即篝灯疾书，互相吟答，视人世科名得失如遗唾不复顾。自谓友朋之乐，虽三公无以易也。

曩吾乡诗人孙白沙、石溪吴兰柴暨荪圃、磵东诸君，并以才力所诣，各成一家，比年沦丧殆尽，今之硕果廑一磵东。磵东与吾肩齐年，长余十岁，余长湘门十岁。以为数子中，湘门最少，来日正多。方图归筑茅庐，买田资江之上，卜邻耦耕，效鹿门故事，庶几友朋之乐朝夕无间，有于喁之雅，无孤陋之诮，而不图湘门之反先死也。其聚散存亡之感更忍言邪！湘门为诗刻苦矜慎，镂心钵肾而出之，相戒为靡曼之音。今之所存十不逮一，虽其雕锼刻划，边幅稍隘，而格律严峻，风骨清迥，求之时贤殆亦罕觏。呜呼，是可传也已！

湘门幼受业于白沙、荪圃，自二君没后，所心服者硐东而外，余与吾肩而已。吾肩既不作诗，硐东又坐诗穷，余之才不逮硐东，穷与之等，而天谗司命重为乡曲非笑，虽雅知湘门而不能言，言之而人亦不信也。然湘门诗具在，四海之大，必有能知之者。顾以湘门之年之才之学，而郁郁以死，乃徒望之四海不知谁何之人。呜呼，此尤增余独学之惧而重逝者之痛也。诗凡四卷，古今体诗若干首，多辛未以前之作。其辛未后暨南归数卷，当往求其家补之，以谂世之能知湘门诗者。

硐东诗钞序

邓显鹤

云汀中丞刻《硐东诗钞》成，谓余习硐东，宜有序，硐东书来亦屡以为言。硐东昔尝语余，病近人一集数序非法，他日刻集不求人序。今兹乃以属余，岂诚以余为略知其诗乎？

硐东与余同里闬，齿长余十岁，余兄事之，硐东亦以弟畜余。既饥驱四方，会合无常，或积岁始一见，每见必先以诗就质。硐东考诗甚严，钩核瑕疵，指摘罅漏，如申韩论事之酷，不少宽假。余每难之，然卒无以易其言也。硐东幼与同里吴兰柴、孙石溪，杨荪甫诸老先倡和甚富。余年十五六时，即见其《一粒草堂集》，惊为天才奇绝，后乃尽删去。有当时耳熟之句，今集中皆无有，其严如此。余每语硐东古大家集中亦多少作，山谷《溪上吟》则十七岁时诗。今必欲尽汰去，无以征历年所诣。因从其门人抄本掇拾采择，为第一卷以存梗概，然非硐东意也。

硐东少孤，所遇特穷恶。踪迹冷峭，非其力不食，有梁伯鸾、徐孺子风。视人世一切声华赫奕与夫标榜依附之习，去之若浼。其湮郁抑塞、刚介严凝之气，一寓于诗，然不多作。尝言作诗当自写胸中之天，不期而与古合，所谓非有受于人忽自得之。今人过一地、遇一人必作一诗，汲汲焉与并世之人较短长，岂吾胸中之诗哉？每同人社集，交惊互譮，用相夸诧，磵东漠然若不闻，非侪辈敦迫，或终岁不得一字。作亦不自爱惜，随手散佚。客辽东十载，存诗止一卷，然其诣力独峻绝矣。中丞序能道其实，无溢词，余无以加。惟论磵东存诗之严，与吾两人断断辨议之意著于篇，质之海内能知磵东者。昔段成已序《遗山诗集》云：诗不待序传也，若其刻诗大略，不可以无言。是则余今日序《磵东诗钞》意也。道光六年秋九月。

陶季寿诗钞序

邓显鹤

余与季寿居距三百里许，不相闻知。后从吾友欧阳磵东处见其诗，始悉其为人。季寿亦因磵东知余。既相见于都门，旋即别去。比来桂林，馆李松圃先生寓园，季寿则松翁妹婿，尝与磵东同倡和于韦庐，为所特赏者也，因得益闻所未闻。无何，季寿卒官于晋，松翁痛之甚，从其家搜得遗稿，属为论定。余与季寿踪迹虽疏，然知季寿甚悉，不可辞。乃发其全稿读之，得古今体诗若干首，厘为八卷，而弁以一言曰：

诗至于今靡不备矣。语性灵者尚冲淡，矜博雅者喜瑰丽，绳检粗立则以驰骋为戒，规模稍阔则以边幅为虞。莫不尊韩，抱杜，援陶，引谢，区界唐宋，陵跞齐梁。其苟焉联缀剽窃，拾朱、王之唾以博时誉者不与焉。然为之者日多，而不戾于古者益寡。求其合乎言志缘情之旨，能长存于天壤而不敝者，岂易言哉？季寿之诗凡三变。初学选体，清泠明婳，宗法陶谢。继信高密李氏所订《唐贤主客图说》，绳趋矩步，确守张贾格律。迨后所学日进，所得日多，又变为汪洋恣肆，奇峭挺拔之作。大抵出入苏、黄二家，于玉局尤为神肖。今集中多用苏韵，其微尚也。尝论坡公仙才卓绝千古，乃其生平多以诗获咎，而其诗拳拳服膺，独在陶公，以为质而实绮，癯而实腴，自曹、刘、鲍、谢、李、杜诸人皆莫之及。晚谪岭南，追和其诗殆遍。季寿天才横逸，屈为赀郎，肮脏抑塞不可一世之气一泄于诗，宜其与坡公相近。顾坡公晚年服陶，季寿早年学陶，后乃肆力于苏。使季寿不死，必益求夫苏之所以服陶者何若，苏之所以异于陶而终合于陶者何若。将季寿之诗泯然不见学古之迹，其视苏与陶无少区别也。然季寿以未竟之年，未已之业，其所存卓卓如是，此亦可以抗于古作者之林而不朽矣。

磵东尝为余言，季寿不独其诗工也，古文学昌黎、庐陵，时有可传，侪辈中精心果力如季寿者何可多得？吾楚风骚之乡，思与磵东、季寿诸君起而张之，而不图季寿之遽止于此也。此余序其诗，不禁为之掩卷三叹也。道光壬午秋。

张蓉裳诗钞序

邓显鹤

往与蓉裳同谒选都门，余不乐吏事，求为校官。蓉裳方得县令，贺者踵门，蓉裳若甚有不得于中者，因就余商出处。余曰：均之官也，而有尊卑、贫富、劳逸、冷热之不同。余处卑而让君以尊，贪逸而责君以劳可也，余甘贫而谓君欲富，耐冷而谓君不怯热乎哉？且劳与热又安所得尊富也。蓉裳亟韪余言，既向吏部求改官，既而除目下，余得宁乡，蓉裳得新化。新化余所籍也，老友欧阳磵东在焉。余既喜邑人得名师，复私幸为磵东致一良友，得大昌其诗也。磵东诗一刻于扬州，再刻于长沙，余诗亦牵连锓版，惟蓉裳诗尚无刊本，余邮书屡促之。

去年秋，蓉裳裒其古今体诗厘为八卷寄余，且曰：余之为此官子志也，今所成就者止此，其可无言！

余受而读之，益叹蓉裳以彼其才，何难蹴取人世一切光荣赫弈之具，以华其躬，以永其名。乃困踣湮郁，老作选人，不得已而以其身自弃于贱贫孤远、落寞岑寂之地，又不得已而以其志聊寄于啸歌咏叹、哀怨讽刺之中，以为吾不知于人而自写其天，吾无闻于时而有传于后。使后之读吾诗者犹见吾今日之心，则吾胸中之天不受黜陟予夺于人，其视人世之光荣赫奕犹尘埃也。盖蓉裳之遇蹇而其诗益昌矣。

夫诗小技也，而古来事功卓卓，震耀于天下人之耳目者，至殚其力不能为。其孜孜矻矻以为之者，或穷年累岁老死无一字之传。幸而传矣，自唐以来至于今号称诗人者何限，其感人心而昭昭在人口耳者亦不过数十家。外此则若存若灭，听其凌藉委积，无有过而问者犹弗传也。然则诗虽小首，当其精能之至，入神出天，感顽艳而格幽明，质古贤而俟来哲，渊渊然、寥寥然不知天之为盖，地之为舆，世之有人，己之有躯也，而况傥来之具，轻重得失之无定者邪？

蓉裳生长名家，早岁跌荡自喜。其诗秾艳蒨丽，典赡华妙，雅近温李。既而学识日充，胸次益扩，尽弃其少作，一变而为春容大雅，绵密朴茂，根柢盘固，包孕古厚，已出入少陵、昌黎、眉山、摩围诸家，得其神髓。晚益和平深澹，真精喷溢，神动天随，尽泯雕缮藻绘之迹，纯乎坡翁晚年学陶境界。盖其敝精耗神于此事者数十年，而蓉裳则既老矣。今所存仅八卷，其风骨之清迥，气味之芳洁，四海之大，百世之遥，必有读其诗而哀其志，流连慨慕如见其人者。

吾知蓉裳厄于人不厄于天，暗其躬不暗其名。蓉裳虽穷且老，可以无憾。余独悲蓉裳虽穷老，苟得一邑而为之，未必不如元鲁山道州之所为？而必强之去彼就此，与呰惰偷安阘■嵬琐者同甘废弃，是则余负蓉裳，蓉裳不负余也。虽然，余之为此官也，受命于余兄，而碉东实赞成之。今碉东益偃蹇空山，戛然远引，若遗世而与汗漫者友。而余与蓉裳犹觍据一毡抗颜徇恋，窃升斗以自润，重负良友多矣。然且旷职废时，召尤速谤，欲曳尾泥中，自全其天而不可得，徒思托诸语言文字，以求告无罪而希不朽，抑末矣。

虽然，古之君子居是官则求尽其职，为是事则求造其极，殚其力之所能为，求其心之所可安，死生祸福且弗计，况悠悠身后之名哉？故于论列蓉裳诗而序其首如此，以明吾党结习所在，不以彼易此。又以见诗文余技，且不遗余力为之，则其大者可知矣。既以复蓉裳，兼质之礀东，当有慨乎余言。

宝庆府志总目例言

邓显鹤

纪、表、图、记、书、略、录、传。

右《宝庆府志》大纲有八目，分三十六门。编年纪事，略仿史例，为纪一，曰大政。为表十，曰沿革，曰疆里，曰藩封，曰世职，曰职官，曰武职，曰巡历官司，曰选举，曰氏族，曰士女。为图二，曰形胜，曰疆里。为记三，曰形胜，曰疆里，曰山川。为书六，曰吏，曰户，曰礼，曰兵，曰刑，曰工。为略二，曰五行，曰艺文。为录五，曰政绩，曰武功，曰良翰，曰使岷，曰残明。为传四，曰先民，曰胜朝耆旧，曰国朝耆旧，曰列女。卷末为摭谈。凡纪之属其卷七，表之属其卷四十有五，图之属其卷十有七，录之属其卷十有二，传之属其卷三十有三。摭谈别为三卷，首卷六敬列诏谕、公典。大凡一百五十二卷，总二百余万言。始于道光二十五年三月，越二十九年六月书成。敢云文省事增，聊用发凡起例。

宝庆自顺治四年内附后，又阅十二年始克底定。二百年来，列圣诏诰，皇上谕旨，虽僻在一隅，而溪峒山瑶时廑睿虑。其间饬励臣工，勤求民瘼，表彰忠荩诸大端，煌煌天语，万世典谟。虽非为一郡而发，亦当敬谨登载，然不敢分隶各门也。至学校、坛庙、祭祀大典，系天下公行，非一郡所得专。旧志乐章品物琐细备载，非志体也。兹谨裒为《诏谕》《公典》二门，弁冕全书，不入卷数。所以示尊崇，亦以昭限断也。

纪者记也，所以记其事也。史传人事与地理相经纬，地理终古不易，人事日异月新。其间治忽臧否、灾祥休咎，史不绝书，不可胜纪。今首列《大政》一门，以编年史法书之。起自汉元朔五年，至于国朝道光二十八年。凡历代郡国建置，因革损益，及凡命将底定之劳，设官循抚之绩，年经月纬，首揭于篇。若网之有纲，标而出之。一展卷而千余年之郡事了如指掌，不待披全志而已得其要领矣。故先之以《大政纪》。

郡古荆州域，秦汉以来，分隶长沙零陵。为县为国，为郡为州、府、军、路，代异名更，致难画一。今详为考定，著其统属，厘其分置，析其离合省并。又博采图经地志诸书以实之。言不厌详，事惟求实。一展卷而千余年之提封图簿岁集司空者，不待搜往籍而已在目前矣。故次之以《沿革表》。

志地莫先疆里。明制分州县为乡，分乡为里，分里为甲。国朝因之。田赋出其中，徭役亦出其中，然民田不无变易，里甲岁有改除。于是因形势之便，设为村团。故里甲无定域而村团有定居。今志疆里而实以村团里甲，村团分四正四隅。首列去州县治里数。里甲分都厢乡里，备列十甲姓名。俾阅者按籍而披，一览了然。所以备稽核亦以重赋役也。故《疆里表》又次之。

志地莫重封建。郡为汉代食采，六朝遥封故壤。都梁、夫夷、昭阳侯国，邵陵王公，武冈、高平子男诸爵炳焉。驯至防御龙兴，岷藩圭剖，银潢戚畹，遍于国中。加以卫所世袭，勋镇开疆，文武百僚之莅官分职，巡历各官之奉使从事，以及荐辟科目之殊途，举贡恩例之递进，杂然纷陈，无以表之，惧其湮且淆矣。故《藩封》《世职》《职官》《选举》诸表又次之。

言地理者莫先《禹贡》，而于导山导水之后继以锡土姓，诚以地与民两相维系者也。《周官·小史》奠系世，《国语》司商协名姓，又曰工史书世。先郑曰世即《世本》之属，故谱牒之掌，古有专官。历观前史，《魏书》有《官氏志》，《唐书》有《宰相世系表》，而方志之书，惟常璩《华阳国志》略言大姓费著蜀中氏族谱，详记宗派。近会稽章氏《湖北志稿》一倡此议，其书未成，曾以其法修四路厅之《永清志》，甚为详核，而仪征相国亦存此议于文集中，具征通人雅识。夫巨室者编氓之望也，士族者齐民之表也。章氏之言曰：以直省领列郡，以列郡领州县，以州县领士族，以士族领齐民，天下大计可以指掌言。故观于士族之贞淫兴替，而知邑里之安危治乱。宝庆虽乏巨载，而岷藩封国，传位十世，指挥千户，聚处一城。昔之衣租食税腰金章紫者，今皆列在平民。入国朝来以难荫膺世职者亦不一家，而衣冠素族所在多有。今立《氏族》一门，首列爵次勋镇，次军民编户，按其谱籍载其先代展转占籍之由。其中仕宦必书，举贡必书，务奠其世系，详其里居，而士女轶群之伦，闾巷负异之士，以及疆埸死事之夫、闺阁殉节之女，标其名姓，皆大书特书。庶众寡可知，淑慝可别，宅里可风，争竞可息，而欲行保甲团练之法者亦不外是矣。故以《氏族》《士女》二表殿十表之终焉。

方志旧称图经，《周礼》职方氏掌天下之图，土训掌道地图，而大司徒以天下土地之图周知九地域广轮之数，故图学之于地理为尤重。今立《图记》一门曰形胜，凡为图二十，以开方法计之，每方四十里。首列府城及四县一州，城营塘汛图以重守御。次列历代沿革图以备稽考。别为《形胜记》，一曰五州县城郭之地，二曰历代防守之地，三曰历代用兵之地，四曰历代险要之地，曰疆里。凡为图三百九十有四，以开方法计之，每方三里，别为《疆里记》。大约分一县为若干乡，乡辖几村团。大村各为一图，最大者分为二三图，小者约两三村团合为一图。周围纡直各视其方，图各为记。每村团去治若干里，东西南北与何村团接壤，某山自某处起某处止，某水自某处来某处去，某至某几里，有某渠某堰某桥某庙某墓，及名人遗迹，故老诗文，皆附其下。又著明村内大姓某氏，庶几无事之时，可以知编氓之相与守望者何地，相与扶持者何人，而保甲之法隐寓其中。及乎有事之秋，可以知其若何聚集，若何归并，若何接应，而团练之法悉具其中。又备书其村团之关隘、薮泽、塘汛、涂径，若者为行旅之所溱集，若者为道路之所经由，若者为盗贼之所藏伏，出入皆可周知。而土田之美恶，民力之丰歉，关于民生政治者，无不一览而具矣。

郡在万山中资水发源，经行郡境七百里，其名山支川见于水经、地志诸书者纪载不一。其原委远近分合，必缕述无遗，始称完善。近世方志虽不废山川，而记载猥杂，全无法度。夫山川之远者或千百里，近亦或数十百里，而方志仅曰某山某水在县东西若干里。将指其源乎，抑指其委乎？其源去治近者其委必不近也，其委去治近者其源必不近也，则里数不可定也。上流在县东，下流或转而西。上流在县南，下流或转而东，则方向不可定也。山之首尾亦然。众小水之赴一大川也，有先后，有左右，方志仅曰某水入某川而已，而彼此之前后决入之左右，不可得而知也，而山亦有支分，有起止，而方志皆不言。是皆志山水之过也。今以山经之法志山，以水经之法志水。计郡境之山千峰万岭，其大者有三干。南干为江郁间山凡七支，都八十一山。西干为资沅间山凡三十九支，都五百八十三山。东干为资湘间山凡十七支，都二百五十三山。其余小支各以类附，而山之脉络起止无不缕析。水以资水为宗，所受之水大凡二十有四，由所受之水以达于资者亦二十有四，不归于资而归于湘沅暨桂林榕江者又一十有七。其余小溪亦各以类从，而水之源委分合亦无不析矣。

形胜、疆里皆有图有记，山水但有记无图，以山水皆分见于形胜、疆里图中也。夫图学之不讲久矣，古人不曰志而曰图经，故图最重。盖必明于勾股，深知形势，更能测星测景，又有指南记里准表重测之器，故其成图也特精。自秦以来，古法断绝，鲜有知者。晋裴秀作《禹贡图》，条陈六法，犹存古意。国初胡氏渭申明六法，而以鸟道为要。自是踵而效之者遂多，然取鸟道之说，亦未有详言者。近时方志一委之画工书吏，且涂饰名胜以相夸耀，而图中城郭广袤皆画整方，除一城之外几无地可见。疆域以俗传粗犷之法，群诧为明爽，何论图学！今增益六法，按方搜讨，既成全图，始一一分划，裂为小图，又缩为六图。其指揣方向、钩心斗角以明形势，寻历川涂、辜摧远近以明分率，用心良苦。其法初画纸为正方格，每方或四五十里，或二三十里，以府县治为中宫。方隅则分十二方、十六方，暨堪舆家所称二十四向，上北下南，前东后西。取古人六法约为四要，曰分率，曰方隅，曰鸟道，曰道里。凡作山，叠数人字作“丛”。水则为双线，经流稍阔，支才分许，干流故道则墨填其中，伏流则空之使势连属。道路用叠点，分界用单线，城郭略具形势，大小依率字书于中。村团峒寨则以□△○别之。关则为“ㄫ”，塘汛则为“+□”，桥则为“口”，渡则为“○”。无论官道小路，经纬咸登，委曲备写，而酌之以高下、方邪、纡曲，贯之以津梁桥路。图既茂密，差即易知。别有《宝庆疆里图说》，见《艺文》“史部地理”，兹不复赘。

天有五行，人有五事。五事修而五行叙，天人征应之理微矣。自《汉书》志五行，详录伏氏洪范传说及其占应，后代作史者因之。然于庶征但纪灾眚而不及休祥，沈氏《宋书》因□□符瑞志，《宋史》则兼采祥异、嘉禾、瑞芝与水旱札瘥，备□□□。所谓因其事以考其时，则休咎自见也。至班史创《艺文志》，所以网罗载籍收拾遗经也，历代沿袭不改。《隋书》则直称《经籍志》，近世方志乃以诗文当之。郡著述寥寂，自唐末秋田咏史后，旷历岁时，未闻接踵。元明以降，代有闻人。兵燹风霜，故老遗文半就湮没。旧志胪引陈篇，详征歌咏，且远引风诗，侈为佳话，而经史子集见于著录，及金石文字炳于碑版者，反任其遗佚。陋矣，裒而录之，乌可缓与？故继之以《五行》《艺文》二略。

方志每苦门类繁冗，重复杂遝，方家所讥。夫志重纪载，与朝廷六典通。吏之官制，户之贡赋，礼之学校，兵之营汛，刑之律例，工之建造，皆关系大政，勒成一书，原以备国史之采，兹厘为六书。官师建置，繁简迁移，以及俸薪养廉之添裁，掾役胥额之增减，皆归吏书。户口、田赋、仓储、屯政以及盐茶钱榷之目，物产风俗之宜，皆入户书。祀典、学政、祠庙、乡校则礼书所统也。营弁、塘汛、驿站、铺递则兵书所统也。若夫出于礼则入于刑，不可不特书之以昭炯戒。起大役必动大工，不可不详书之以重民力。故继之以吏、户、礼、兵、刑、工六书。

有陶士行、欧元功之治行，而后邵人知乐生。有周茂叔、张九韶之教化，而后邵人知向学。有柳公绰、李公素诸人之诘戎，而后邵人免溪峒之患。有曾烈愍、李节愍诸人之殉难，而后邵人识忠义之重。功在一时，思永千祀。循良之咏，干城之颂，乌可忘也？乃若前代遥封，未之国及之国而无事迹可考者，其人虽贤，例不著录。若岷藩就封，传位十世二百余年，虽腥德时闻，而时近事彰，难任湮灭。旧志纪载缺如，无以征信。又有明一代区区褊郡，指挥镇抚千百户百余家逼处一城，其中卫所子弟，不少才谞足资纪载。既非土著，又异流官，是宜别立一门以免淆混。诗曰“戎有良翰”，此之谓也。故继之以《政绩》《武功》《良翰》三录。

岷藩之国，代有命使，伟人名德，接轸斯都，洵不可无纪。他若企鑽之失国，永明之称号，闯、献之余孽，孙、李之忿争，区区一隅，蹂躏已极。熙朝肇兴，救民水火。疮痍甫起，复有吴逆之变。今则承平日久，民不知兵，而闻见异词，事已无考。至武冈窜据，尤关系残明掌故，《御纂通鉴纲目》三编附三藩于后，谕令一体称王，免书伪字，于三王死节诸臣均蒙褒恤，仰见圣朝宽大之恩，海涵地负。政无所庸其忌讳，裒而录之，不可略也。故又继之以《使岷》《残明》二录。

襄阳著耆旧之传，桂阳存先贤之赞，楚国人物见于古载籍者尚已。郡文献寥寥，汉以前分隶长沙零陵，古有其书，今亡其籍，无得言焉。考之正史，惟邵阳周琦一见《晋书》，武冈邓处讷一见《唐书》，杨再兴完者之伦一再见宋、元二史。此外分见统志、通志及各家谱牒记载者，自元以前遍为搜讨，共得若干人。代祀绵邈，行故坠没，大较举其一隅，古曰在昔，昔曰先民，不复区别名目。故继之以《先民传》。

代远则多缺略，世近则易详备。自明以来荐辟、科目、学校，三途并用，楩楠之选，圭璋之彦，彬彬辈出。玺书交驰于资邵之郊，孝秀争升于萸峡之野矣。或乃明廷锡宴，遽返郊原，亦有盘桓利居，终身肥遁。其间忠臣孝子、耆儒退士，耽怀道术，服膺六艺，甘老牖下而不悔者，殆难更仆数。旧志草率捃拾，缺漏已甚，今详加甄录，拾其遗阙。庶草野一至之行，皆可光日月而格金石，闾巷砥节之子，亦可垂竹帛而示子孙。故继之以胜朝《耆旧》《忠义》《孝友》《儒宿》《文学》《善行》《任侠》诸传。

世族地望，古人所重。首丘土音，昔贤不忘。故考亭著新安之号，北海仍江夏之称，重返本也。郡少洪伐宏显，一二载在史册者，又多展转著籍，迷其本贯。有郡人而疑为别籍者，如《宋史》之杨再兴不著临冈，周湛别隶穰县是也。有非郡人而诬为郡籍者，如《晋书》之邵陵人陈光，《隋书》之邵州张愿是也。陈光、张愿，《旧志》皆诧为邵人。而不知陈光为许州之邵陵，张愿为后魏所置垣县之邵州，与邵阳之邵州风马牛固不相及也。又旧志以《宋史》徐经孙无籍贯，遂据《长沙府志》为宝庆人。《长沙府志》：徐经孙，宝庆初为浏阳主簿。遂讹宝庆初为宝庆人也。《湖广通志》《湖南通志》《楚宝》增辑皆因之，而不知经孙为江西吉州人，见《四库》著录，其文自明也。又以《宋史》本纪潘壬之乱，有王元春告变之文，遂以邵阳之吏部侍郎王元春当之，而不知告变之元春为湖州人，见《元史·方技传》，其文可案也。凡此之类，多强为附会，而残明密敕之案，与十八先生同光日月之林烈愍青阳见于《明史》，及《御纂通鉴辑略》《钦定胜朝殉节录》诸书班班可考者，反不之及，其姓名亦在若存若灭之间。若此之类，亦非一事，盖旧志之固陋如此。其在城步，沐氏有先茔之志，杨氏有世勋之碑，蓝氏有复姓守茔之记，皆郡中掌故也。今人泥《明史》定远六合之文，致迷其本贯，而《通志》于城步又仅列杨洪一人，小传寥寥数语，实不足以传信。兹本之正史，参之载记，复亲历各家，登其墓兆，证以谱牒，得其先世手录印册，作《勋卫传》。礼失而求诸野，官失而守在夷，百尔君子，庶谅征考文献之心，毋贻借材异地之诮。

英雄之记盛于季汉，遗民之录裒自宋末。龙蛇悼羁绁之臣，蒙戎咏流离之子。前明之季，吾楚憔悴忠荩之士，过殷墟而泣黍离，执干戈以卫社稷者，邵人最多。至永明逃窜，从亡诸臣蹈鼎镬而如饴，甘薇蕨而不返，又虞翻所云外来人也，旧志漫无区别，或且列入流寓。类既不伦，事且失实，其湮没无闻不见纪载者又无论矣。兹分为《遗民》《宿将》《从臣》《迁客》四传，不与《隐逸》《流寓》诸传同科，亦可以壮河山之气，起幽愤之魂矣。至若国朝肇兴，全郡内属，二百年来，户遵皇轨，家沐圣化，人躬曾、闵之行，士挺珪璋之质，下至闾巷负耒之夫，穷阎恤纬之女，芳踪淑德，奕世载美。故邵之为郡，论洪伐显奕不及一边邑，而岩栖谷隐，征名聘德，若车王理学，邵陵风雅诸老，尝起自一隅，与中土争衡，海内求名之士必归焉，无论湖外矣。故继之以《国朝耆旧》诸传。

香草美人之咏盛于湘中，蘋蘩季女之诗登于南国。郡袭《召南》之化，俗师节俭之风，家不尚绮罗之习，人不侈咏絮之才，而穷乡委巷霜嫠处女，一至之行，泣风雨而感鬼神者，动以千百计。盖自明以来，见于旧志特旌者，二百二十四人，见于新志汇旌者，又一千五百一十六人。呜乎盛矣！其姓名已大书特书于士女表，又取其事迹奇特，可歌可泣者采而传之。资其苦行，昭我管彤，亦秉笔之光也。故继之以两朝《列女传》。

书不尽言，言不尽意，古籍之所以日亡也。所传异词，所见异词，卮言之所以日出也。方志多采录轶事，为杂记、丛谈之类。今仿其例为《摭谈》三卷，分天、地、人、物、俗、故、艺、异八目。岂曰博闻？姑付诸信以传信、疑以传疑之列，亦资谈助。聊等于寓言十九重言十七之条，所以存疑亦以拾遗也。故受之以《摭谈》终焉。

昔常道将云：善志者述而不作，序事者实而不华。是以史迁之记详于秦汉，班生之书备于哀平，皆以世及事迹可得而言也。

宝庆著录见于古籍者，有《昭陵图经》《邵陵类考》及明代之《正嘉隆庆志》，与邵先正之《邵乘胪句》《邵陵风雅》诸书，今皆刓阙不传。入国朝凡四修，一为傅太守鸾祥，一为李太守益阳，一为梁太守碧海，其一则乾隆朝郑太守之侨也。传志当鼎革倥偬之际，迫促将事，草创而已，本非完书。李志较善，而剞劂甫竣，遂有滇逆之变，守土与郡俱陷，故其书不为时重，鲜有藏本。梁志际开复之后，故家遗老尚有存者。捨残补缺，图籍一新。顾体裁略备，固陋实多。郑志广收博采，自谓远胜前人，几于家奉一编，珍为科律矣。而其书荒谬时有，缺陋转甚。今又阅八十余年，未经续纂，若再迟则文献愈替坠失无传，是不可不亟为修辑矣。显鹤生为州民，老窃讲席，每览陈牍，引为己责。才短识暗，文湮献往。既惭荒陋，复鲜咨质。屡与邑子邹汉勋叔绩言之，颇欲竭其翆翆之思，而官书非私家所得专，抱此区区相对忾叹非一日矣。

甲辰之夏，河曲黄先生来权郡事，兴言及此，乃以兹事諈诿。叔绩实从臾之，遂相与援翰执素，广访博咨，而言人人殊，众议腾沸。惧其久而渝也，体例粗定，遽尔开雕。黄公旋有大定之擢，吴牧伯继之。筹议甫及，而叔绩又为黔中大吏促去。事几中辍，会孝义张公来守是邦，力持前议，又得学博彭君洋中相助，四阅寒暑，始克有成。其发凡起例，道源究委，蒙有一得。至搜讨故实，采摭舆地，登椒穷涯，村至乡问，山川能说，古事能述，则叔绩兄弟及郡中诸贤之力居多。衰门子弟亦与铅椠之役，而提揭纲维，终始其事，实资彭君。要其指归，一禀成于守土君子而已无与焉。惟是一方人物，五都士女，虽负贩之氓，田间之妇，苟有片善，必为甄录。然多出闾巷之口，或据谱牒之私，子孙而矜崇其祖父，弟子而曲徇其师说者有之。吾师有言，闻人之善而不欲疑，考古之疏而未敢信。是则懔懔于人，非鬼责之惧，知我罪我，当亦通国之人所见谅者矣。道光二十有九年岁在屠维作噩如月庚子朔，新化邓显鹤谨识于南村草堂之读易窗，时年七十有三。

案：《先民》《耆旧》诸传，自乾隆二十七年郑志以前上溯晋、唐、宋、元，凡旧志阙略讹舛者，博采史传载记及私家谱牒，一一详为补辑纠正。凡增若干传，删正若干传，较旧志致为完备。至乾隆二十七年以后，则以开局后各家采访为据。有近时名迹稍著而其家不送稿到局，及书成后始送稿者，皆无凭立传，并非有意去取也，识者谅之。又案：志系官书，例应书名。旧志于名宦政绩书某公某官，皆非法也。今于政绩、武功各录，凡伟人巨公有事兹土，一概书名，惟濂溪、考亭二公，一见政绩，一见统部。变文书子，此又一例，言各有当也。至村落间多方言俗字，如氹、[乙+巳]、[土+非]、坑等字不见字书，而质券文契最多此类。武冈许志所云“仍之则不典雅，易以他字则易起争端”是也。今略为是订，如荡即氹亦即塅、培即[土+非]、冲即坑、垠即印之类，皆予更正。此外有相沿通用而不可从者，如“备”作“赔”，“振”作“赈”，“帖”作“贴”，“徇”作“狗”之类，亦有字本不讹而钞写互异者，如柴砦、间闲、村邨、源原、大太之类，写不一人，校不一例，读者自辨之，当不以是相诘责也。

湖南文征　卷七十五

序二十

毛青垣麋园诗序

邓显鹤

余闻青垣之名于沈栗仲，因得交其人，今二十许年矣。戊己之间，余羁栖长沙，寓旧城南精舍。栗仲方买宅城南为流寓计，相距不过数武，青垣往来其间，无间晨夕。时余方搜集湖外诗为总集谋授梓，会有西河之戚，青垣恐余废业，移榻就余，日取洪永以来各家巨帙零章商榷进退。余感其意，制泪忍痛，孜孜汲汲为之，遂以成书。今所刊行《沅湘耆旧集》是也。

青垣性孤洁，无他嗜好，独并心壹志于诗。故其诗境日高，俗流莫能识也。栗仲最先识之，尝以夸于人。青垣依栗仲久，栗仲既罢官，青垣无所于归，又久困诸生籍，坎壈抑塞，不乐近人。惟自矜其诗，落落寞寞于荒江老屋中，饥甚则出求升斗以自活，冀旦夕不死，歌声出金石而已。以故时之人舍栗仲外无有能客青垣者。今太子太保东岩公闻而贤之，公由潭帅移节总制两湖，遂招之偕行，于是馆于武昌节署者六年。

先是，青垣以余为能知其诗者，裒所作千余首寄示删订。青垣诗朴老真挚，而尤长于五言。顾刻意学杜，连牍殊体，闳丽诡变，无不神似子美。余稍汰其格体太似者，青垣不余忤，属为序行，未及为而青垣死矣。青垣死，宫保哀之。既归其丧于长沙，又属其友善化汤彝幼尊，校定其诗为八卷，开雕于武昌府署。而以显鹤于青垣有平生之言，以公命来征序。

余惟诗自汉魏以降，得兴观群怨之旨，有合于三百之义者，诚莫如杜子美。子美忠忱亮节，骚情古意，同符正则。其于诗天才独纵，而学问诣力又足以副之，故世谓之诗圣。后之学杜者多，求其善于言者，千年来不过数人。而村市叫嚣，里巷靡曼之音，且接踵天壤，若人人意中有一子美者然。吁，可骇也！青垣诗宗尚甚正，而一以子美为法。才识雄毅，功力刻深。有沉鸷之思，刚劲之气，而无叫号之习。有委婉之致，春容之度，而无骫骳之态。吾不知于杜诗何若，求之于唐以后学杜诸家，殆亦无以过青垣矣。揭曼硕有云：诗之正如日月、星辰、山川、草木、鸟兽，而其变如风云雷雹、龙腾虎掷，要在尽其常、通其变而已。余不敏，无以序青垣诗，聊举古今来学杜之失，与青垣之所由得，而终以曼硕之言，还质之栗仲、幼尊，以践平生之诺，以弛后死之责。若夫青垣穷老一诸生，晚依上公，备荷知遇，恩礼终始，生为上客，死正首丘。耒水之骨遂归，浣花之名益著。斯则子美不能得之于严公，抑亦足以慰长逝之魂，而洒千秋之泪矣。道光二十有六年冬。

嘉树堂诗钞序代李比部作　　邓显鹤

呜呼，季寿已矣！所不与俱殁者，惟此数卷诗耳。去年秋闻吾妹返长沙，余使人往吊，即求其遗稿，得《嘉树堂诗钞》两巨册。发之泪涔涔下，辄掩卷不忍卒读。今年春，余妹携孤女来粤，具述季寿弥留时语，拳拳以此事见付。呜呼，余尚忍闻其言邪？

季寿幼倜傥多慧，眉目秀整，举动英伟。随其尊人官粤，先大夫一见决为大器，以爱女归之。三十年来余弟畜季寿，季寿亦兄事余惟谨。季寿伉爽有大度，好气任侠，交满天下，所至倾其座人。余病其意气太盛，每箴之，季寿韪余言，然莫能改也，独心奢余诗。余诗学韦而季寿学苏，余学韦而难于言，季寿学苏而出之若易。此余两人才分优绌相悬，非可强同，然其精心密诣，思求合乎古人之辙而不相戾，则余与季寿初无异同也。因取其诗，忍泪编次，付梓以践冥诺。

季寿可不死，余独痛季寿早负才名，当其盛时傲睨一切，视天下事无足当意。卒之屈于赀郎，邅回屯踣，墨墨不自得。而又家门多故，死丧相继，性豪迈不善治生，以故季寿交日广，名日起，而境乃益困。一官偃蹇，无所建白，年未中寿，忽焉以殁。无三尺之孤，无一椽之庇，徒以寡妻弱女，累七千里外颓然老翁。此则季寿死不瞑目者。呜呼，季寿已矣，余其何以为心邪？序其诗非徒藉慰逝者，抑以纾余挂剑之悲尔。

送杨玉泉先生重赴鹿鸣序

邓显鹤

国家以科举取士，每届三年，朝廷遣考官分往各行省试举人如例。放榜之次日，宴新举人于行台省署，以次坐考官之末，笙簧酒醴杂然前陈，名曰鹿鸣宴。与斯举者以为荣矣。其有早举于乡历六十年之久，重值是科者，故事得由原籍儒学州县官起文申送行台省，名曰重赴鹿鸣。大府以其名闻于朝，例得荷俞旨，照原官量予升衔，与会试重赴琼林等。所以贵科目，崇高年，典至重，礼至隆，恩至渥也。以余所闻当代儒硕，如宛平黄昆田，大兴翁覃溪，钱塘梁山舟，桐城姚姬传四先生者，海内所称耆儒硕德、瑰才璞学，间世而一出者也。然皆以重赴鹿鸣，亲承列圣之褒嘉，躬被加衔之宠锡。盖国家所以崇儒重道、遵贤引年之至意，悉寓于是。嘉与士林，光昭史册，甚盛举也。吾楚自湘潭罗慎斋、桂阳周玉甫两先生，重赴丁卯，己卯鹿鸣后，未有接踵者。甚矣哉，盛事之难得也！

同县杨玉泉先生温，乾隆丙午中式第二十四名举人，迄今道光丙午，例应重赴鹿鸣。先生历官益阳县教谕、武昌府教授，所至躬行率士，难进易退，为多士所服。以道光二十一年春乞致仕归里。其生年为乾隆二十四年，今八十有八岁矣。先生师表人伦，垂型邑里，行有防检，学有本原。其官益阳也，显鹤承乏宁乡，每值岁科试于役省门，朝夕过从，所以爱护而规切之者甚至。迨先生升任武昌，显鹤乞假北行，尝一再晤于鄂渚。临别，先生犹渡江送余，言论娓娓不倦。余去沩后再游武昌，而先生已于三岁前赋归，归后今又六年矣。闻其神明不衰，步履如故，终日危坐，手不释卷，灯下犹能作楷，岂非国家元气之所关，吾里人望之所系哉？

显鹤年来僭主濂溪讲席，兼有纂修郡志之役。于《选举表》乾隆丙午科先生名下，大书"重赴鹿鸣"四字。既喜县中有此吉祥盛事，又恐先生之高蹈丘园，安居几杖，不肯居此美名，或观望而不前也。因为文以速之，且以告之吾乡诸同人，上之当事大君子，当有鼓舞欢忻乐先生之一出，争先快睹为人瑞者。先生行矣，蒲轮之征，古有其典，苹野之食，今逢其盛。余不敏，尚当率邦人子弟，撰杖屦，御安舆，以相从于麓山湘水间，为重歌《鹿鸣》之三章可也。

沅湘耆旧集序例

邓显鹤

叙曰：在昔襄阳传耆旧之传，近世甬上辑耆旧之诗，征文考献，异世同揆。今海内诗征之刻殆遍，吾楚风骚旧乡，独阙焉未备，湘中耆彦屡谋而未成。推原其故，亦有四难。

屈宋而还，汉魏以降，骚坛寂历，代祀绵悠，中惟南平阴子坚振响萧梁，顾疑外来又少并起，自余单章率乏奇采。唐宋而后楚风振矣，然襄阳、少陵类非湖外所得攘，其见于《全唐诗》者湖以南不过数家。北宋湘阴邓氏诸老诗，散见《永乐大典》，内府所藏，外间反不及见。南宋各家亦止《雪矶丛稿》在世，余率多缺佚。洪宣以后，《怀麓》一集孤行天壤。若杨文襄、何文简并有千古，而石淙、燕泉两集，行世寥寥，他更何论！至如洞庭渔人、高霞居士、夕堂老人诸先生，当时奉为坛坫，今且不识姓名。石渠天禄，渺若云霄，玉律金科，委同草莽。今欲远绍遗闻，光我简册，则上溯之难也。

家乏藏书，人鲜专业，高门右族手泽既不轻以示人，蠹简鼠编下士亦各私其祖父，无不视为奇货，秘比琅函。造观既乏乡导，借钞绝少写官。下至荒山古寺，委巷农家，村学传钞，老僧粘壁，亦有名章可资采录，自非身历其地不知。又若定哀之间多微词，沅湘之地多激响，忌讳滋繁，嫌畏尤甚。若莲冠道人、食苦和尚、砍柴行者之流，声出金石，光争日月，散在榛莽，飘若云烟，鬼神护持，流风不坠，偶得片语，如获异珍，惊喜狂拜，至于泣下。凡此之类，若没若灭，何有何亡。今欲网罗散失，勒成一编，则旁求之难也。

虽有碔砆，不掩璆琳，虽有兰茝，不废菅蒯。选楼一开，邮传麕至，堆塞几席，蔽锢聪明。徐凝不少恶诗，僧虔政多累句。所恃删繁领要，搜隐获奇。识鉴不淆，取舍斯允。若乃矜言瑰博，则以高简为空疏。矫语性灵，则以纤佻为妙悟。驯至浅人俚语，累幅不休，逸响孤音，古调欲绝。夜叉菩萨之句传遍人间，龙头豕腹之篇翻疑赝鼎。取冯子粟梅花百咏，忘刘昭禹四十贤人。一唱众咻殆难以口舌争，《楚风补》《诗的》二书俱坐此病。捃摭虽勤，榛楛未翦，固陋实甚，遗佚更多，则决择之难也。

班固人表差等有九，锺嵘诗品区分有三。自来馆阁宗匠，各有师承。布衣名家，实具宗派，执牛耳者不定拥麾旄，捧盘盂者不定在韦布。坛坫递嬗，门户攸分，支派相承，源流可考。惟为之定其品目，论其世次，考其家世弓冶之详，溯其师友渊源之自，各以类从。位置既定，流派自清，人风亦辨。若乃漫无区别，任意颠倒，屈上座与髡流一床，致老子与韩非同传，进豪门而退素族，既涉攀援之嫌，抑钟鼎而崇泉石，亦坐矫枉之过。驯至一人被摈，切齿者数世。一目偶乖，指摘者千夫。以风雅之林，成恩怨之府，知我罪我，孰得孰失，则品藻之难也。

以兹四难，遂成五患。一曰滥收，二曰挂漏，三曰去取失当，四曰评骘不允，五曰草率将事。尚望其书成不刊信今而传后乎？显鹤窃不自揆，尝欲荟萃湖以南文献为一书。念搜讨匪易，当自近始。曾就耳目所易及者先为掇拾，名曰《资江耆旧集》，陶文毅公业为开雕于金陵矣。已念全楚之大非一道所能赅，自湖外诸郡分隶湖南布政，其间巨儒硕彦，通人谊士，断璧零珪，湮霾何限，文采不曜，幽光永沉。此亦阙于采录者之罪也。因发愤推广，展转搜索，复成《沅湘耆旧集》，而以资江诸名人仍按时代编入，起自洪永，至于近日。凡得一千六百九十九人，诗一万五千六百八十一首，厘为二百卷。盖湖以南文献略在是已。伏处荒村，见闻孤陋，故家名集十不得一，大惧瞢昧获咎。书成，乃蒙同里诸君子争先寄资助刊，遂开雕本宅先祠。始于壬寅春仲，至次年秋工竣。凡费缗钱一百八十万有奇。昔裕之辑《中州集》，历二十寒暑，仅成卷帙，无力刊行。后得赵提学国宝资藉，始得锓木以传。今是集告成，实借诸君子之力。显鹤识暗才疏，因人成事，敢自以为功哉？谨序成书之始末岁月，而条系例言于左简，祈与天下后世大雅君子共证之。

征文考献，当自其乡始。历观古记载史部所列，若《襄阳耆旧记》《零陵先贤传》《临川名士传》《锦里耆旧传》《楚国先贤传》，皆传其乡之献也。集部所列，若《苏州名贤咏》《浙东酬倡集》《河汾遗老诗》《会稽掇英集》《宛陵群英集》，皆传其乡之文也。若元遗山《中州集》，合文献为一书，遂为一代史宬之本。盖著述家采拾搜讨，有功国史，关系之重如此。今仿其意曰《沅湘耆旧集》，仍《资江耆旧》例也。湖以南水，《禹贡》言九江，《国策》言五渚，实则沅、湘、资、澧四水而已。而资水入湘，澧水入沅，湘长于东，沅雄于西，故举沅湘而湖以南水尽在是，即湖以南郡县尽在是。其曰《沅湘耆旧集》，即《湖南诗征》之变名也。

文集日兴，散无统纪，网罗删汰，总集以兴。《三百》以后，权舆王逸，惟所裒仅《楚词》一家。《四库总目提要》以为体例所成，当以挚虞流别为始。其书虽佚，其论尚存。《文选》以下，互有得失，然选楼初开，何逊犹在，不录其诗，犹为近古。若师叔《楚词》之录并入《九思》，则以己作入选，与徐陵《玉台新咏》同。唐芮挺章《国秀集》亦然。《提要》诋之，以为虽有例可援，不可为训。至《国秀集》前有天宝进士楼颖序，而其诗即列集中，《提要》以谓一则以现存之人采录其诗，一则以选己之诗为之作序，后来互相标榜之风已萌于此。其言可谓深切。近代吾楚陶烜《国朝诗的》、彭廷梅《国朝诗选》，均坐此病。今本以盖棺为定，差（兔）〔免〕诗社锢习。

洪荒以前无可采录，中古文字简略萌芽，韵语渺焉悠邈，《三百》以后吟咏备矣。然昭明有言，姬公之籍，孔父之书，与日月俱悬，鬼神争奥，岂可重以芟夷，加之翦截？自来谈楚故者，以茶乡为炎帝之陵，九疑为虞帝之寝，洞庭为黄帝张乐之野，遂乃远稽蜡辞，旁及政典，杂引兵法丹书，广成道要，以及解愠阜财之歌，履霜水仙之操，汉永江广之什，山鬼国殇之篇，无不旁搜远绍，节取断章。意存夸张，适形鄙陋。今欲一从删汰，难于托始，姑断自洪永以来迄于昭代为一书。元以前诸家别为前编，发凡起例，自具简首，兹不复云。

选家向多书名，惟《文选》于班孟坚、张平子以下皆称字。《中州集》祖其意而变之，有以官称者，如吴学士、张秘书、马御史之类是也。有以名位称者，如礼部闲闲赵公、承旨党公之类是也。有以官之地称者，如刘邓州、高博州、冯临海、张偃城之类是也。有以名德称者，如常山周先生昂、黄山赵先生沨、黄华王先生庭筠是也。有以隐德称者，如王隐君、薛继先之类是也。有以异人称者，如拟栩先生、明了居士、无事道人之类是也。有以其号称者，如刘龙山、愚轩居士、姑汾漫士之类是也。有区分门户各以类从者，如三知己、南冠五人诸相之类是也。有直书其名者，如吕仲孚、李端甫、王元节之类是也。有爰其诗、亲其人，郑重而谥之者，溪南诗老是也。其例甚纷，其称不一。钱受之《列朝诗选》、胡道南《甬上耆旧集》皆用此法。今仿其例，冠以官阶，系以字号，用表敬恭桑梓不敢直名之意。

位尊书谥，无谥书官。官书其终，书其地，亦书其著。无官书科目，如进士、举人、恩拔、副岁、优贡之类，一依功令，无取别称。惟府、州、县学生员及监生，仍列朝诗选旧称，曰秀才、国子。其布衣处士少变其文，亦用前例。至其素以字著不因官显者，则舍官从字。其字本共著而官有事迹可考者，仍舍字从官。若平生亲故知旧，则一例书字。字履俱无，则书其名。意在表章，义无轩轾。

世嬗岁迁，名流辈出，家数既多，主名不一，人风易淆。昔人有云：世之选家，坐取诸集，录其擅名及子孙方贵盛者为冠冕。若单门逸响附录一二，辄有德色，但略去取间，遂裒然大集。至问其集中诸公风格高下，与诗学源流，辟草莱者几人，主坛坫相羽翼者几人，选者、读者皆茫然不知也。其言沉痛，可为炯戒。湖以南名公全集行世者少，今集托始胜国，首推一初李先生。文章志节，卓越千古，为《怀麓》一集风雅发源，所谓高曾规矩也。洪永之间，学士刘公三吾、方伯彭公友信、尚书夏忠靖公原吉，昔吾先正，尚有典型。宣德以后，忠宣刘大夏、恭简朱英，名德宿望，不必定以诗名。若王侍郎伟、杨佥事廷芳、李叙州鉴以下，清词名章，体裁略备。至文正公出，卓然为一代大宗。论者谓其以金章玉衡之质，振朱弦清庙之音，含宫咀商，吐纳和雅，大韶一奏，俗乐俱屏，老鹤一鸣，啁啾皆废。虽以北地信阳之气焰，劫持一世，不能上掩长沙之光。而其时同乡诸君子，晋楚匹敌，则有杨文襄公一清，苏门秦晁，则有何文简公孟春。石淙、燕泉两集，亦《怀麓》之亚也。此外联镳接轸，如尚书邓公庠、参政严公永濬、兵部李公永敷十数辈，篇章酬酢，具见集中。而又有相得益彰之老友彭民望泽与共晨夕。盖其时湖外之吟事，彬彬然称极盛矣。

自时厥后，龙湖张治、东雩廖希颜共显于正嘉之间，君御龙膺、雪涛江盈科竞响于隆万以后。读浯池易舒诰、紫园曾朝节之作，知骚国不少词臣。诵八厓周廷用、终太艾穆之编，信郢中犹多高调。《净礼》一集徐一鸣，既无愧于燕泉；讲学诸篇，冀元亨、蒋信、刘稳、伍让诸人。乃导源于击壤。布衣而主坛坫，克副洞庭云梦之观。洞庭渔人孙宜、云梦山人孙斯亿。外吏而谈风雅，足壮五溪六岭之色。武冈曹一夔、邵阳车大任、溆浦邓启愚、靖州许潮诸人。尚书词翰，或少掩于勋名。刘尧诲。宗伯文章，实允符其风节。庄天合、罗喻义、李腾芳。况复扬芬七叶诸黄，代有闻人善化黄氏，接武一门三范，时称名士桂阳范氏。其余或结社于白下云水仙踪傅孔说，米云卿，或偕隐于空山烟霞痼习。龙人偎丘，当世诸人。此皆湖湘之故事，乡曲之美谈也。

若夫天崇以后，世变渐滋，鼎革之间，遗民尤盛。无不家函井史，人矢谷音，如些、密二公郭都贤、陶汝鼐倡社于湘中，邵陵一老车以遵主盟于资峡。夕堂王夫之浩歌，瑶峒居然正始之音。长史邓祥麟高咏，鹿厓宛具初唐之格。虎塘刘象贤、须竹唐瑞笏具体少陵，樵隐朱之宣、江声蒋之芬希踪坡谷。又若冯介烈一第之严冷幽峭，郭遗民金台之简远萧疏，黄九烟周星之驰骤谲诡，邹艮厓统鲁之僻苦棘涩，长苍父子杨嗣昌、山松之奇伟苍郁，食苦兄弟唐访、唐諴之清厉凄怆。斯又各有性情，自具宗派者也。

至若春容含蓄则有屡征不起之潘章辰应斗，沉郁苍凉则有九死不悔之夏叔直汝弼，清婉深秀则有刻苦自厉之陈耳臣五鼎，凄戾清怆、整赡雅饬则有沉晦无名之程或委本，雅洁高老、格律浑成则有负气不出之王稚潜嗣贤，幽冷名隽、翛然尘外则有功高不居之陈乃锡宏范。以及船山诸友，洪业嘉、刘惟赞、管嗣裘、郭履跹诸人。仗节诸君，陈来学、唐谊、周继圣、左天民、俞一鳞、吴愉诸人。行遁遗黎，陈五篮、王二南、袁准、谭雅诸人。苦吟衲子，髡残一念诸人。名氏半湮于湖外，敦盘未莅夫中原。《列朝诗选》《明诗综》多未及。各有千载，犹然楚中三户之遗。自成一家，不愧南宋群贤之目。

爰为之拾残补缺，部别区分。或特设一床，或同登上座，或编为合传，或各以类从。综厥全编，遂难更仆。敢云张楚，莫谓无人。若夫衰世之音哀以思，治世之音安以乐，诸贤入本朝后，雍容簪笔，歌咏太平，含和吐气，沨沨乎归昌之音，疏越之响，二百年来各有师承，源流备矣。就其所见，审为编录，成例具存，不复宣究。

世远代积，辈行先后，最易混淆，今一以科目为断。恩拔、岁贡有年岁可考者，亦依科目序列。至诸生、韦布、骚人、逸士难以意断，则视其家世交游前后为次。与科目间叙，大抵以三十年为一辈。其无可考者，则注明附录卷末。而采到较迟者，亦一例注载，不敢任意颠倒，自乱其例。惟十七卷之冀闇斋蒋道林，皆《明儒学案》中人，因与龙潜之、唐子充理学诸人，各以类从。科目稍淆，此又一例也。

集名《耆旧》，文献所系，以诗存人，亦以人存诗，用备一方掌故，非为后学程式也。故集中所载，不拘一格，要以表彰先哲、搜剔遐隐为心。不敢侈口妄谈，轻议前人，贻误后辈也。然愚山有云：诗如其人，不可不慎。浮华者浪子，叫号者粗人，窘瘠者浅，痴肥者俗。风云月露，铺张满眼，识者见之，直一叶空纸耳。故曰君子以言有物。又云：山谷言近世少年，不肯深治经史，徒取给于诗，故致远则泥，此最为诗人针砭。是集虽不敢自居诗教，严立程式，苛为去取，然市井里巷叫嚣轻薄之习在所痛惩。上下五百年，家数以千计，诗以万计，岂能人及西涯之门，家服夕堂之论？总览全集，容有粗浅而必无叫嚣，有平直而断无轻薄。此则可以自信，可以共白者也。

征到诸家全集苦少，或出自谱牒，或摘自方志，或采自岩洞。亦有家世写本，坊市俗刻，展转传钞，参互不一。或一题而彼此错见，或一篇而首尾互异。疑既难阙，信亦谁从？要惟择其稍完善者登之。比识曲之听真，异买菜之求益，比较原本，或稍不符。览者谅之，幸毋深罪。

征文考献，意在表章。论世知人，无嫌详尽。集中各传，俱采自史志。史志无传，旁及家谱别记。其或传闻失实，仍核之本集。即如开卷两人，希翁登第，一以为元统，一以为泰定。坦翁末路，一以为戍边，一以为赐死。及核之本集，皆非其实，因为之详细辨证，不惜订《四库》之疑，纠正史之谬。故集中诸贤事迹，无论见正史与否，均不惮一一详载。若其人无他表见则止叙爵里。

世族地望，昔人所称。土音之操，乐工不忘。首丘之义，贤者尤重。故广陵仍江夏之呼，考亭系新安之号，示反本也。若先世流寓斯土，子孙著籍已久，即同本贯，非比外来。其有著籍他地，未绝本贯者，亦间为收入。如彭襄毅泽以湘阴籍兰州，文总制贵以湘乡籍东昌，郭太平本以平江籍广西，李解元士英以麻阳籍贵州，以及邵阳车氏籍上元，武陵胡氏籍无锡，溪州田氏所在著籍皆是也。至闺秀以所适之地为主，方外以卓锡之地为断，虽非楚产亦登，表而出之，以免借材异地之诮。

楚诗向无总集，今所传廖氏《楚风补》《楚诗纪》、陶氏《诗的》二书，挂漏讹舛，不一而足。《诗的》无论矣，《楚风补》见《四库总集类存目》，《提要》以为其书意主夸多，冗杂特甚，又疏于考证，舛漏尤多，假借牵附，不一而足。如刘跛子乃北宋人而列于六朝之际，严羽乃昭武人而列于三湘之间，经其指驳，大凡十事。今按其谬，尤不止此。如范浚兰溪人而以为澧州，周渭恭城人而以为桂阳，曹唐桂州人而以为湘州，廖正一安州人而以为衡山，余阙色目人而以为罗田。此犹谓仍方志之讹也。尤可异者，元浙江天台有黄庚字星甫，著《月屋漫稿》，见《四库》著录。《浙江通志》廖氏因《湖南通志》宋《选举表》有常宁黄庚名姓同，遂以其诗实之，则不顾朝代之隔矣。金源氏之王庭筠，《中州集》所谓黄华先生者也，爱相下山水，自称黄华山主，廖氏因《南岳志》黄华观有黄华老人，并以其名有诗实之，则并不顾南北之阻矣。又以方志所载长沙好善乐施之许有壬为许文忠公，文忠著籍汤阴，为有元一代伟人，有《至正集》八十一卷及《圭塘欸乃集》，见《四库》著录，乃以疆域远隔、姓名偶同之人当之，是岂足以为楚重乎？至不知周朴有二人，李焘有四人，此尤其误之小者也。今本去取详慎，凡若此类，概从删汰。

相传明代科举取士之制，定自刘公三吾。洪武乙丑进士榜，湖南至二十三人之多，中惟澧州张庭兰、武冈于子仁有诗。于诗神似太白，飘飘有仙气，故世谓之仙去也。二人集均佚。大抵明代诗集佚者甚多，以余所见怀麓堂外，有名者亦不过忠靖、忠宣、文襄、文简数十家而止。此外名位昭著，若巴陵邓襄敏公廷瓒、道州熊庄简公绣、巴陵方简肃公钝、长沙李恭懿公棠、零陵陈恭节公纯德，及祁阳陈尚书公荐，名德硕望，垂型乡里，都无一诗可采。恭节公以身骑箕尾气壮山河之人，且不免于外论，其余更何言矣。至一代名集，见《四库》著录存目，《明史·艺文志》传是楼书目者甚夥。若茶陵尹尚宾《一经堂集》《斗庵集》，刘一峰《衡云集》，当时盛行。衡阳吴国瑞诗，曾选入曹能始《石仓历代诗》，今欲求其单章只字亦无有。而醴陵徐提学一鸣，父子相继成进士，官部曹，迹其生平，谏南巡，忤刘瑾，争大礼，为文简引重，其人气节凛然，其诗风格遒上，远胜七子中吴明卿辈，亦可以不朽矣，乃迄今无有能道其名姓者。余辑提学诗仅得十二首，尝以不见全集为憾。比友人寄到一册，则已在是集刊成之后矣。吾楚人湮没不彰多类此。贤达且然，况闾巷韦布、山林憔悴之士哉！发愤创为是集，或存什一于千百，亦不得已之苦心也。

有明之诗凡三变，而风会所趋，每转移于吾楚。文正主持文柄，为一代大宗固已。嘉隆七子气焰方盛时，海内求名之士，即有“东走太仓、西走兴国”之语。至公安、天门出，而王、李之势遂衰。《诗归》一选，天下翕然宗之，亦哗然诋之。论者谓有明一代之诗，以茶陵倡于前，以竟陵殿其后，吾楚诗人至与国运盛衰相终始。然此就全楚言之。若湖外诸君子，闭户暗修，多务朴学而厌声称，尚气节而恶标榜，故始不附王、李以求名，终亦不附锺、谭以累名。凡七子、五子、四十子之目，楚南诸老漠然若不闻焉。深山穷谷，抱奇蕴愤，老死不求知于人，而人遂无从知之者多矣。兹集所存，往往不尽其人之长，而佳者又有不尽存之憾。枌榆耆硕，桑梓英髦，谅其颛愚，指其罅漏，是又印须之至切者也。

《楚宝·文苑》论次云：楚自鬻熊发忠敬和严之旨，而后世始有子书。倚相读坟典丘索之文，而历代始尊史学。《离骚》振风雅之衰，《太极》抉羲文之秘，靡不自我作祖，以待来兹。天下文章，莫大于楚矣，顾不能无深慨者。自汉迄今，湘澧英灵，类多遗佚。其一二传闻者，又复流离乡土，生卒难稽。岂熊子迟暮之气，湘累忠愤之感，楚材晋用有开其先，抑洞庭浩汗沐日浴月，九疑二岳负岭分天，使造物泄而无余、鬼神忌而不惜乎？今集托始胜朝，远遗前代，反爱古薄今之习，昧先河后海之义，知忽近举远之非，失沿流溯源之旨，于典既缺，于心靡安，老至眊及，姑俟异日。窃恐白头有志，青汗无期。如其委化一朝，遂成千古。爰就儿子琮所掇拾，详为审编，自元以上至汉、魏、六朝共若干卷为一集，名曰《沅湘耆旧前编》，而以向后所得明以来诸家为续编。勒成全书，冀无遗憾。里多世族家有藏书，务望示知，不嫌求假。

子厚著先友之传，昌黎重久故之交，总角嬉戏，老死难忘，衡宇休畅，欢情易洽。先云渠兄尝欲辑先世旧闻、闾里耆彦为《北山小志》，以家世居县之北郭也。自兄云亡，倏又三载。每思编缀遗文，以报地下，呜咽掩卷，不能自已。今仿其意，凡先世交游，儿时师友，单章断句，皆为缀辑，家世履系，详为载记。语不厌烦，事惟求实。终仿阮翁感旧意，窃取箧中收季川、中州登敏之之例，以云渠兄诗终焉。后缀《佚名补遗》一卷，《女士》《方外》后，幽则索之鬼神，下并征诸谣谚，庶几纤细靡遗矣。至湘中诸贤文集记叙，海内名公歌咏篇什，有与楚事比附者，亦为采录，牵连附存。如密公《孤儿吁天录》，序亭林先生闻楚僧元瑛谈湖南三十年事诗之类，此又事关清议，义系诗史，当谨书于册者也。

诗重将伯，礼戒孤陋，为其事必求其功，集众思尤资众力。显鹤家世寒素，别无嗜好，自束发授书，即喜闻老先称说古今巨人长德、乡邦文献。迨长以诗获交海内名宿，于吾乡唐陶山丈、陶文毅二公尤称投分。忆三十年前与唐丈同寓淮南，即举《湖南诗征》相勉。近文毅总督两江，为余校刊《资江耆旧集》甫竟而公卒，卒前半月手书寄余，犹谆谆属以此事。迩来家居多暇，日事编划，稍成卷帙。凡游历所至，必以自随，然未敢自谓完书，遽希锓木也。

念裕之《中州集》编成二十年，始得赵提学资藉付板，而渔洋《感旧集》身后久之，雅雨山人始为开雕。古人成一书其难如此。老境蹉跌，日事大窘，缩衣节食，无能为役。乃书成，今贵州巡抚贺公闻之，首先寄助百金。于是哲弟柘农、侍御熙龄，与陈尧农水部本钦，以书遍抵同乡诸君子，先后寄到多金。遂开雕本宅，凡阅两年竣事。至此书编辑之始，所与商榷校订者，鄞县沈栗仲道宽，长沙毛青垣国翰，湘阴左仲基宗植；搜访之勤且慎，则湘潭罗研生汝槐、张玉夫声玠，武陵杨杏农彝之力居多；督刊校字则兄子瑶伯昭与有劳，皆有功于是书者也。其捐资诸公，采访诸君子姓氏，及引用书籍具见别简。道光二十有三年岁在昭阳单阏立秋后一日，谨识于邵州濂溪讲舍。

城南倡和诗序

邓显鹤

倡和诗自两汉六朝而后侵寻日多，顾未有次韵者。至唐元、白倡为此体，皮、陆继之，其风始盛。宋苏、黄出一题尝往复数四，叠出不穷。说者谓争新斗巧，或反非大家所宜。然其命意征事，愈出愈奇，神动天随，浑然无迹。有变化从心之妙，无牵砌强押之弊，要无失其为大家也。

己酉之秋，余携琮儿小住长沙，寓旧城南精舍，与老友沈栗翁相距不数武。旧雨重逢，吟兴窃发。适故人黄虎痴、汤柚村、杨紫卿、左景乔、罗研生、杨性农、张拓泉诸君皆以事逗留省门，闻余至喜甚。紫卿、研生约襆被就余促膝联榻，余闲日必至流连晨夕。极友朋合并推襟送抱之乐，爰以九日邀同登天心阁，晚集寓舍。紫卿即席成二律，余亦继声有作，诸君子往复叠和。兴往情来，穷日夜不倦。时李石梧宫保方乞假家居，闻之亦叠惠和章。而陈尧农院长复以十月九日邀集妙高峰，为借展重阳会，仍用元韵更迭酬答。一时湘中名隽，湖外胜流，于喁竞作，裒然成帙。好事者至绘为图画，流播湖湘，而《城南倡和诗》遂盛传一时。

夫诗以道性情，验民风，觇国政，古人偶尔矢吟，俱有关系，非徒耽吟弄资游览已也。是岁东南大水，湖以外灾民麇至，嗷嗷蔽野，当事煮粥分赈于此，自夏徂秋，始稍稍散去。余来时哀鸿历历犹在目也，故卷中诗多蒿目及之。览者将有以见一时情事，盖不仅我辈离合之感矣。大凡诗三百一十九首，除柚村古诗不破戒外，皆次韵也。会者前后十五人，作诗者十九人，绘图者五人。略以齿叙而殿以琮作为一卷，其不与会而遥和者又十七人，别为附录一卷，以所得先后为次。编成，会新宁有警，余仓卒归里。琮感寒服散不复省览，而索观者多。既乃取以锓木，而序其缘起如此。

城南为朱、张讲学地，有两先生城南倡和诗刻衔今书院壁上。大贤遗咏，导源《三百》，无以尚已。然朱子云：敬夫道学之懿为世醇儒，乃欲以求工笔札为戏。而宣公南岳倡和诗序，则述晦翁语云：余与敬夫皆荒于诗矣。夫诗未易言也，而两先生所言若此。今此卷出，将有引斯语以相督责者，其能免于荒与戏之诮乎？是则余与诸君子所不能辞者矣。道光二十九年小除日，序于古梅溪峒南村草堂之读易窗，时年七十有三。

磊石山志序

周嘉缃

《周礼·地官》之属，有土训掌道地图、诵训掌道方志，所以备天子巡守之顾问，而《夏官》复有训方氏诵四方之传道。康成以为世世所传说往古之事，必由此职采而达之。盖即诵训所道之方志，故不特邦国有志掌于小史，四方有志掌于外史也。夫志以言夫记也，谓积记其事也。其名起于班史，然必其地可记，其人可记，其典故文章可记，而又非识精学博、茹涵淹贯之士不能为。昔江文通有言，修史之难无出于志，信哉！

磊石山者，特吾湘治北之一山耳。然其嵯峨崼垒，屹立方尖，作重湖之砥柱，则其地可记矣。帝王将相，忠义功德，足后世之听闻，则其人可记矣。怀柔之禋祀勿替，采访之轶事时传，行吟过客，悉祖骚音，登眺名流，恒多巨制，则其典故文章又可记矣。所谓世世传说往古之事者，将于是乎在焉。第吾乡之人，向未有为之积记其事者，而县志、府志、省志、天下舆地志，虽其采录及之，大抵摘其略而未能致其详，传其疑而未能征其信，举其偏而未能综其全。盖由于方志之不备矣。

吾友王君蓝江，以督修洞庭龙神庙，侨寓兹山者数月。因缀辑本山往古传说之事汇纂成志，首形胜，记其地且记其人也。次典礼，记其典也。次灵迹，次建置，记其故也。次艺文，记其文章也。次杂纪，其又摭拾于积记之余者也。凡分类六，列卷九，绘图十三。其搜讨也务得其详，其考订也必求其信，其参互也要会其全。稿经三易而始克成编，其足以为方志之传诵者岂浅鲜欤？方蓝江编辑之初，曾以书见寄。余亦稍陈肤末，往复论次，谬承附入编中。至是书成而复问序于余，余披阅首卷，则既有刘君省吾为之序。稽之于古，两序非体。自晋太冲求序于皇甫士安，而后世缀文之士，或质诸高明以蕲重于世，若谫如余，又宁足为君文增重？且前者答书具在，袭陈言尤嫌犯复，顾尚有未尽所言者。夫省方训俗，议礼考文，天子之事也。成民致神，修废举坠，有司之职也。绍闻述往，显微阐幽，良史之才也。至于殚见洽闻，纂言纪事，考古而数典不忘，论世而立言不朽，不可谓非吾儒之责也。乃余也家居湘北，生长山陬，而频年糊口他乡，只于章句帖括之余浪抛楮墨，翘首名山，殊怀惭恧。今见此志之作，大惬夙心，而又服蓝江之识精学博、茹涵淹贯为不可及已。此志已成，可以应輶轩之采，可以登著作之林，蓝江之于是役，亦可谓不惜心力之俱瘁矣。爰识数言，用以谂夫后之读是志者。

岳麓书院新构东西二亭铭序

周嘉绸

麓山旧为亭者十，其北峰顶为禹碑，其南峰顶为拜岳，遗迹盖古焉。今并存者，在山足达江道左为自卑，在北峰磴道为极高明道中庸，在宣圣庙后高阜为四箴。余则名仅见于志，曰吹香，曰风雩，曰汲泉，曰流觞曲水。夫亭一也，有存有不存，岂有数焉存其间邪？或曰：不然。吹香、汲泉诸亭，半属流连景物者之所取，非如高明中庸数者之所以教学得名也。意山灵呵护在此不在彼，亦诗书礼乐之泽，有非风霜兵燹之所能剥蚀者欤？

我慎斋夫子主讲麓山既七载，门人日益亲。鼓箧孙业以模以范，夫子则谋所以游息之者。乃引水流泉峡口，疏清沼植花卉，以与同人偃仰其间。岁戊申，复构两亭于书院之前，其一在宣圣庙左傍山池中，池故有小岛，仍其址而甃之。为方台植楹者八，庇以修椽飞甍，绕以朱槛。距山隈西北隅架板桥广约二三尺，长可六倍，两旁设护栏通行径焉。其一在三绝碑前柳塘畔，地裁数弓，四面皆沼，北为略彴以达。亭止四楹，就其旁为连椅式可环坐，上结茅盖之如一笠然。两亭成，夫子乐之。或请锡以名，夫子不言。居久之，同人袭斋庑之旧称，因即以名其在左者曰东亭，名其在右者曰西亭。夫子亦第仍之不变也。于是乃相属为歌，调弄宫商，雕镂金石，各极道扬以微侦夫子之意。嘉绸则慨然谂于众曰：君知夫子之所以作是亭者乎？此夫子嘉惠同人而与之观化也，有定名乎哉？礼称藏修息游，相资为用，故其入人尤速。今观东亭近在宫墙咫尺间，面山临水，无他视听玩好之娱，使人得之，为静深，为干固。西亭则可纵耳目，荡心胸，衡青湘碧，应接不暇。若送者自崖而返而不主故行，若成连櫂船海上，使人俯仰空阔，踯躅而移情。夫道渊乎其居，廓乎有容，得其环中，以应无穷，斯则夫子立教之意乎？若乃吟花月，亲鱼鸟，而放然无所得于心，则亭之在兹山赘矣。后之视今犹今之视昔，他日览是亭者何如也？谨拜手而系之以铭。

山以止敦，水以止静。惟德之闲，毋心而穿。心澄见天，德成作圣。其严惟人，涵养在敬。东亭铭。

振衣濯足，鱼跃鸢飞。匪物之玩，而情之怡。囊括众有，曼衍天倪。优优大哉，学在致知！西亭铭。

莫如楼合稿序一

蒋湘垣

先兄癸亭先生既撤瑟于兹逾一纪，弟湘垣乃陈发故箧，先简点其生平所著制义若干首付之削氏，而序其所以为之之勤曰：吾兄自幼警颖，读书目数行下。未龀则已诵经子史集数万言，稍长益肆力于学，握笔为文，销镕千篇，诸长老皆奇其文采。是时与吾先君子交好者，往往修纪群之敬矣。稍从乡先生知名者问其术，笑曰是易易耳。不自信，又远证诸一二耆宿，略得其法度节奏，叹曰：此近似矣！然文犹兵也，顾当得之心耳。涑水公云：古人文章，间架、法度、声调皆可学，惟妙处不可学。政当思其妙处安在。已而反求之四子之书，尽屏汉、宋以来注说，日取正文讽之熟，复磨切导择陶汰，浩浩乎其有得于中者。故其为学孤起深造，夷然从超悟而入，拔出传记、帖括之外。尝谓帖括家鄙浅不足论。若先有一传注之影埋藏胸间，种芜识田，积唾灵府，是犹舍其摩尼而乞璧光，所谓一食其尘，不复可鲜。故其所为文，其格律于古文取之司马、韩、苏，于时文取之荆川、莱峰、临川，而其独得乃在涵咀白文，闭关默证宴坐容与，力能伸其心精魄力，以追古人于数千载之上而从之者，所能坚定，然后旁讨传注，翦截旁说，符契真源，烂为文章，卓乎成一家之言矣。吾兄所自力为文，与其所以教人之法如此。虽然，此事故不当求之于文，其心事光明洞达，胸无宿物，休休穆穆，处嚣而神清，故其为言明白俊伟，时溢为怪奇，远去笔墨蹊径，拘儒老生亦殊不能知之。高者凌青穹，下者沉苍渊，虽极精锐思，而日光玉洁，未尝有艰聱佶屈、謇涩傲诡之态。其刚大之气，充于中而大作于外，是以发而之于文辞，上下驰骋，伟杰可喜，如雷雨满盈而草木甲拆也。如风怒涛涌，千里一泄，而鱼龙挟之以东奔也。信可谓绝出一时者矣。

嗟乎！吾兄力学好古，行笃而气刚，棱棱负奇，决事若流。盖慨然有志当世之务，未始衰而早陨，百不一出，谁知其施？晚且病矣，数四循讽箧中语，忽忽太息。将其中固有自喜独得者邪？抑抱负闷不展，而兀兀寄意于是编为可惜邪？盖介甫志王回深甫，称其智虽能如轲，其于为雄虽几可以无悔，然其志未就，其书未具，岂特无所遇于今，又将无所传于后？吁！若吾兄之学，足以及于古，而道足以行于时。使其无所见于世，犹当考古兴衰治乱之迹，勒成一编，垂之于方来，而不幸逝矣。欧公尝言，勤一世以尽心于文字间者皆可悲也，而况于制义者也。零落遗文曾不如煌煌三赋，顾当使赵重乎？心城血路便复灭没可惜，此余追抚遗编，不能无惋恨于斯文也。若其才峰标映，余膏沾润，为树帜舞纛者之导师，则亦优为之矣。集成，因泫然流涕而书之。

莫如楼合稿序二

蒋湘垣

他日评吾癸亭、青轩两兄文者，拟之长公汪洋万顷海，少公峻拔千寻麓。盖其道似嬴出不相谋，实则一家气骨也。顾其体源，各有所昉。夫文章之道，与时递迁，而剽猎相沿，文体骤变，又非独吾向所云传注帖括之陋而已。近则更掇拾古书一二奥僻生割之句，捃摭艰涩奇险之字，捋扯截裂而借以资其聱帨之绣。尝试反索其解，则目瞠口噤而不能言。其甚则明知其不可为，而糊心眯目濡首以从之者皆是也。是岂直如明允所云，绨绘之美寸割而纫之，曾绨绘之不若也哉？而其中一二黠者，则又幸其诡遇之获，转以为秘术而教其弟子。呜呼，此亦所谓谬种流传者欤？夫其始进已如此矣，一日得志，有能无突梯脂韦、蹈间抵巇以徼宠荣不也？然则其害又独在于文章而已欤？

尝独以为流弊既剧，非雄浑博大之作无以易之，而余兄弟所为文，若伯兄之作，有汪洋浩瀚，洞心駴目之观。然裴相所谓恃其逸足往往奔放者，盖亦有矣。而叔子则大都以澹为高，以朴为老，其味乃在酸醎之外，非世俗之所嗜好。若余仲兄之文，俯仰揖让，纡徐漾演而无气蹙语急之病，沉浸酞郁，精深华妙，而无丰缛骩骳之累，使道古者称其典则，而谐今者乐其和平。盖其根柢经术，穷极理要，而以昌明博大之体，运清遒沉郁之气，故非寖馈于先正而又陶治其性情者，无以为也。以之救时之弊而惩明允之所戒，则足以针膏肓而起废疾也。

夫惟大雅卓尔不群，斯文近之矣。然癸亭稍自珍惜，其文遗稿颇存，而余三人者之作则大半散落矣。今稍收拾得数十首锓诸木。昔杜茶村自序其集有言：范詹事自谓体大思精，余尝笑之。今余意中之言复似之矣。嗟乎！今余序仲兄之文如茶村言也。戊寅七月下浣书。

莫如楼合稿序三

蒋湘垣

叔子之文凡数变。少所为文，清矫峭拔，颇规嘉鱼。既而曰文者以明道也，道故在哼哼邪？故其为言也坚深而明肃，如老宿谈经，辞简而义密也。又曰古之立言者，皆不得已而有言。于是刊落文采，落落穆穆，殆如不欲言者，譬之山深岁晏，百草萎死，而古木森秀，时复清微淡远，有空山无人、水流花开之致。盖公输氏当巧而不用者矣。

早岁不少沉博伟丽之作，他日覆视之则涂乙过半。时以墨沈浓注其上，黯黪不复可识字。故其为文清真简淡，其去取务行己意，不求合于世，而世之知者益稀也。今所简存为尤少矣。尝叹曰：学者当胸中先有一段不可磨灭之理，直抒所见，发先儒所未发。今时文家随人作计耳，此宁为文邪？又言：吾始泛滥观百家之文，殆无不可意，及取先正法绳之，如大匠画宫盈尺，而寸椽尺榱皆有节度。操此裁量诸家，称意者鲜矣。尝自评其文云：此文若外间见一豪佳处者，是一病也。此盖放翁“诗到无人爱处工”之意。其文未能皆然也，而语特深隽，深戒近世好用经史之病，以为此正坐不解耳。解经则可用者绝少也，近时深于经学，推钓台任先生，而数典处辄不免抵牾，且如不辨醯醢为酱，是不读后郑《周官》膳夫注也。其论反坫仍沿孔氏正义，尊于房户之间，及尊于东楹之西。此尊也非献酬所用，当用乡饮酒及燕礼以爵降尊于篚方合。余谓此说致精，且开发人神智。汉唐注疏，训诂名物最悉，犹不足倚凭，况不谙经义，辄资其天吴紫凤颠倒裋褐者乎？如是者不一，他家亦多所驳正。盖其绪言如此。然吾兄天资高迈，于时文实未尝以屑意。其于经籍子史以及象纬舆地、兵略律吕，下至弦矢切割、禽奇遁甲之术，皆钩脉析理，洞达其旨，而于经义尤致力焉。有劝其著述者，辄曰：古人云，圣经兴废，上关天运，要当卓然独见于千载之表，覃思多积，庶几斐然有作耳。若少有所得辄事著述，势必以骈枝赘疣增广卷帙。此著书家通病，余弗为也。亦会早世竟未尝有书，每病余好钞撮诸书，曰：学贵得其意而已，何自苦尔也。晚以兄癸亭诗文未梓，尝谓余恐遂饱蟫蠹可惜，弟当好料理。恐一日出山，便无复下帷休息时也，然余是时已绝意缨芾矣。呜呼，又乌知十余年间，余兄弟大半零落，今乃悉论次诸兄遗稿乎？虽刘氏之三笔六诗，琅琊之人人有集，今日观之，亦所谓寂寞身后事者矣，悲夫！

编成，或疑是集太鲜。余曰：文贵可传耳，不校计多寡也。书家得古帖数行便可成家，学者贵师其意而已。且严先生言之矣，是买菜也而求益乎哉？并书之以诏吾子弟之能读是集者。戊寅八月朔日。

莫如楼合稿序四

蒋湘垣

编次诸兄文竟，一二知交犹以为不可无余文，索之盖仅有存焉耳。稍为整齐之，亦不自省何年语矣。余为文未有所窥也，克于先大夫无能为役，然髫龄从诸昆周旋铅椠之间，岁月既久，纸墨浸多，每脱草犹见咨赏。昔栾城志坡翁云：抚我则兄，诲我则师。余少而闻道，老大无成，日对汗青，徒有愧叹。编摩之勤，期诸皓首，至区区之业，极知无当于事，聊复存之以无忘十年教诲之义耳。

伤逝以来，于文字不复措意，间有会心，时一涉笔，而墓门宿草，无所质正。旷峋嵝先生句云：壁上焦桐时一拂，会携泉下觅知音。余每读此语，䀌然不胜人琴之痛矣。时戊寅九月既望星阶自题于读异书处。

莫如楼合稿序

蒋湘垣

三十余年前，余兄弟读书屋之西偏小楼上，几于智永不下梯桄七年者。楼广径可值数弓地，刚容两方几，而倚壁为架，其经史子集万卷毕庋其上，惟意所游衍而各有所嗜。伯兄嗜司马、韩、苏，仲兄嗜庐陵、半山，叔兄嗜孟子，余嗜荀卿、韩非子。其于时文非所甚好，然功令取士由之，不得不作，作不得不多，时使然也。吾先君子名之曰莫如楼，义取《唐棣》首章，而时时用晦翁“勿谓今日不学，而有来日”二语提示之。尝诲以作文之要曰：古人云文章经国大业，李文饶称汉孝武以片言折武安卫将军，为得其要，及自作《谕三镇诏》，开诚写怀，言简而理尽。论文宜识此意。余兄弟为文虽各异趣，至其神气骨力之间，亦往往若重规合矩矣。其后张忍斋先生欲余兄弟熟复《说文》《玉海》两书，盖欲扬婺源、休宁之余波，以上几深宁、鄱阳之精博，盖亦稍从事焉。然亦自恨其为科举之业所累，不复专心意毕智虑，以大肆力于学为可惜也。常相期以为稍暇后，当相与屏弃一切，扫向来容膝地，焚香安坐，卒业于此，一意攀援以求进于古之立言者。然自先君子弃诸孤，草土余生，洊历多故。八年而伯兄不禄，又八年而叔兄继逝，又四年而仲兄亦下世矣。呜呼，日暮途穷，人间何世？后死之人不言伤心，思旧时同起居眠食，质疑难义，歌呼语笑，樽酒酬唱，湖山跌宕之乐，今已隔世矣。

昨日登莫如楼上，徘徊凝睇，意绪都非畴曩循视旧坐卧处，积尘黯黯盈寸矣，怆然者久之。古人云：人生少得六七十者，一月之间，开口而笑，当得几日耳。今余年近始衰矣，家运蹇阨，人事变迁，意气殆欲俱尽。微论经国之训惭负过庭，而旧时所业随时耗废。览书不数行，忽焉神魂飞越，了不知开卷所语云何也。岂特不堪当世用，虽欲把笔泚墨，践曩言，事著述，自惜吾精已销亡矣。子弟辈请以余兄弟昔年著作缮写装潢，而各体散落，不可卒迫收拾。爰稍简制义若干首合刻之，聊免啮蚀遗落，恐后人不复识别耳。非以为敝帚千金，期此事可不朽也。

虽然，有欲为子弟语者。蔺相如称赵括徒读父书传，不知合变。夫不知合变，此乃括所以不能读父书也。兵以正合，以奇胜，奢功惟在阏与一战。去国都三十里，留二十八日，卷甲二日一夜至，真所谓静如处女、动如脱兔者。廉颇拒秦长平，盖诈败以诱之，坚壁以老其师，策一举取之耳。其机括与马服同意，而括不知此，不然虽百锐头竖子能取之哉？故不善读父书者莫如括。时文虽小技，拘挛定格，至于用间出奇，变化若神，殆非可以意拟。前人云文字自是天机所成，正谓此也，而大要不可以无学。葛公云：夫才须识也，识须学也。王司空训子云：令吾学如马郑，亦复大胜，复倍不如，今亦必大减。汝若自无调度，谁复知汝事者？或身经三公蔑尔无闻，布衣寒素轻相屈体。父子贵贱殊，兄弟声名异，何哉？体尽读数百卷书耳。各尔身己切，岂复关吾此书？

故是吾意中语也，儿侄辈当复能理余兄弟楼上旧业乎？仰观堂构，思各努力，文雅儒素，俱禀家风，勖之而已。戊寅七月六日星阶题。

赵仙伯诗序

李中涵

曩岁仙伯与余游，尝终日论诗不稍倦，余故目仙伯他日必诗人也。厥后仙伯用意制举之文，忽阁笔不为诗数年，而制艺之学遂大进。余以是又目仙伯他日必科目中人也。然仙伯虽不为诗，于古人之诗无不窥，遇能诗之人无不友，似乎所学在彼，而所好仍在此者。余以是知仙伯于诗，将俟其科名之成而后以吟咏终也。讵知余方以捷高第入凤池望仙伯，而仙伯竟以诸生赍志地下。哀哉！

今年春，王君子寿闻仙伯讣，即以书来属余为仙伯存其诗。而仙伯生平有作，辄随手散佚不自爱惜，意似必诗工而后存者。是仙伯之诗未尝自存，余安能为仙伯存乎？适海谷上舍偶捡敝簏，得诗十余首，纸墨残缺，皆仙伯手自涂抹，业已不欲存者。余索而观之，虽少通体完善之作，而佳处自不可掩。因理而存之，归诸海谷，为吉光片羽之珍。呜乎！使天假仙伯以年，则仙伯之诗必能自信，而别有所存，其所存，或友朋更为删定者有之。乃今不惟不能为仙伯去平昔之所存，而转为仙伯存平昔之所弃，此余所以序仙伯之诗，而不禁潸焉泪出也。

湖南文征　卷七十六

序二十一

陈节愍公建祠修墓引

彭浚

零陵陈澹元先生，讳纯德，崇祯十三年进士。庄烈帝召咨时事，公奏对称旨，擢御史，巡按山西。时民多冻馁，公上疏请恤，因陈抽练之弊。旋督畿辅学政。十七年三月，闯贼犯京师，十九日丁未，庄烈帝殉社稷。公还邸痛哭，自经于上湖南馆东厢椿树下，馆人瘗之馆侧。京山秦君嘉系授徒在京，积馆谷三十余金，买永定门外石榴庄地葬公，迄今一百八十一年矣。同馆诸君子见坏土荒凉，时捐金修葺，筑土为垣，佳城一新。越数载，风雨侵蚀，碑残垣圮。虽祭扫有时，而祠宇之荐、馨香之报蔑如也。按公年谱，都门遭变后，遣仆持书归告尊人，乃从容尽节以死。乌乎！臣子一也。公之大义炳然，无愧于君，即无负于亲，偕二十一人并光史册，宜矣。

公没后，福王赠太仆卿，谥恭节。顺治十二年，赐谥忠洁。乾隆四十一年，赐谥节愍。公之心迹昭然若日月光。石琢堂学使视学湖南时，公裔孙涛贤补弟子员，呈公年谱，学使题乐府八章，声情激越，摹绘忠义之气凛凛如生。公所经树，癸亥秋为大风所拔，堂中神像皆离坐若出位相送者。馆侧东园隙地数亩，或即昔年瘗公处，今拟为公特建祠堂，每岁春秋暨公诞辰修祀。石榴庄墓砌石培，冢高五六尺，立碑覆亭，周围缭以砖墙，设墓门，表墓道，庶忠魂于兹妥侑焉。

夫人闻一奇节伟行，未尝不纪其姓氏，详其出处。且有停车式庐，留连墟墓，慨然思古人可作者。今公宦于斯，没且葬于斯，吾乡人之领京职，计偕而谒选于斯者，莫不躬拜墓下，忾然兴悲，肃然起敬。即乡人之未至京者，亦莫不知公大节，询问其丘墓何似，祀事奚若？则建祠修墓之举，又乌可缓乎哉？

瞿吾山诗集序

何凌汉

与吾山兄交三十余年矣，夙闻其能诗，未数数觏也。壮盛促膝，挥手云散。自吾山归为校官，复出为县令，公私奔走，踪迹无定所，或数年不获一相见。然名山水之游，物理人事之涉历，为学日益，识与境会，固知其诗之日进也。

去年吾山以需次至都，时时过从，谈艺甚乐。旋出为馆陶令，不数月政声卓然。闻其日坐堂皇，案无留牍，又精力健胜，不减少壮。噫，人生年逾六十，则齿摇发脱，耄将及之，若吾山者，非有得于中而无所动于外，其能然欤？存诗不多，千里邮示，余迫官事鞅掌，又岁莫风雪，促促短晷，绰略读过，未及往复，然而忠孝之性，师友之谊，感时纪事，吊古述怀，名篇隽句，络绎滂沛。如壑源之波，挹之而愈深也。如幽谷之兰，采之而益遐也。如布帛菽粟至朴至澹，而日用不可厌也。

世之言诗者，尚驰骋者昧指归，宗古澹者窘篇幅，大抵不得其本，肥瘠浅深，都非佳境。若吾山之为诗，固有深于诗之外者，而其诗遂能如是也。然乎，否乎？春风已来，衙斋昼清，讼庭花落，甘雨满缶。想见微雨春草堂中，吟声出于户外也。因寄归其诗卷，辄书此以为之序。

重修上湖南会馆小引

何凌汉

自有明神宗时，曾文恪公始建上湖南四郡会馆，洎皇朝而踵修之，至于再，至于三，非喜事也，溯厥初也。顾尝思之，衡山以南，若永，若郴，若桂，皆距京五千余里，惟时领京秩者，指可胜屈。然其创也，一人倡之，而乡之人欣欣然遥而和之。其修也，数人倡之，而乡之人亦欣欣然遥而和之。无他，动于乐善之诚，而更激于公义之不容已，故有举莫废，有成必速，宜乎嗣是以来，誉髦倍出，贤俊汇征，于以见天之果其报，地之效其灵，而益信吾乡人之谊之厚也。

今距雍正乙巳之修几百年矣，每乡会届期，多士云集，辚骈骈艘，其他计偕而谒选者，尤岁无虚月。自来人文之懋，殆未有盛于斯时者也。然仰屋而筹，庐室之下几不容坐，有庯庩者，有庳庮者，有庞者，有庴者。檄楧有廇顾者，植突有埃圿者，连簃有廣庯者，垣墉有捌者，有垷者，阶除有碌礁者。岂创之易而守之难欤？抑守之于前而听其废于后欤？庄子曰：与物且者其身不容。言君子所处之不可苟也。故叔孙昭子所到，虽一日必葺其墙屋，况会馆之建历二百余年，以萃仁贤，以联桑梓，有基勿坏，尤非可以传舍视者乎？兹拟明岁癸酉涓吉兴修，将坌除之、补摭之、堇涂之，其不获已者改而张之。僝拱木于林衡，授全模于梓匠，器用周而长务，物背窳而就攻，抑亦昌黎所云无侈前人，无废后观，要以不忘厥初而已。惟是绠短者不可以汲深，褚小者不可以怀大。吾乡俗故厚，知必有欣欣然遥而和之者，将自今以往，所以食天之报，钟地之灵，以蔚为国家杞梓楩楠之盛者，又于是乎在矣。捐有成数，请悉书之。嘉庆十七年岁次壬申季秋月穀旦。

易堂十三子文选序

王泉之

客有问于余曰：易堂曷昉乎？余曰：昉于宁都十三子读书时所额。客曰：十三子伊谁？余曰：于魏氏得六人焉，曰善伯际瑞，凝叔禧、和公礼，学者称三魏先生。善伯之子曰兴士世杰，和公之子曰昭士世效、敬士世俨。三魏之师曰杨一水文彩，凝叔所从学古文者曰邱邦士维屏。若彭躬庵士望、李咸斋腾蛟、林确斋时益、曾青藜灿、彭中叔任，则皆魏氏之友也。然则何为以易名其堂？余曰：易有不易之名，有变易之义，十三子父子、兄弟、师友，肥遁邱园，高尚其志，砥砺名节，确乎不拔，则不易之义也。然人各有集，成一家言，不肯剿袭雷同，则变易之义也。客曰：以诸子之进德如此，修业又如此，若本其忠信、修辞立诚之学，出而售之，当时有攸往无不利，而乃作为文章遁世无闷，与屈平、宋玉之骚赋等，夫亦潜而不见与？余曰：文章与气运相终始，显晦不与。彼日月、星辰、风雨、露雷、霜雪，天之文章也。山川草木，飞走动潜，以迄化化生生，地之文章也。人惟得天地正气以生，其扶舆清淑，蕴酿涵蓄所积，发之于言，皆为有物，信足以合其德，合其明，合其序，合其吉凶。是十三子者，微易堂其谁与归？余自通籍后官江西，即慕其流风余韵，今幸牧斯土，间尝过金精翠微访其别墅遗业，荐绅先生犹指数其处乐道不置，因搜罗各集读之，愈以知堂之所由名也。

夫《易》上经首乾坤而次以屯，下经首咸恒而次以遁，皆陷险退避之象。诸子适丁其际，于郊于野，幸获同人之占，以相应相求，讵非正义立而德不孤哉？余于是大惧其文之有传有不传，而不能使人人读而传之也。因择其尤雅者，与及门陈子元炜、孝廉郭君仪霄、明经李君桢朝夕校雠，又得国学生宁子云沛、云涣兄弟力成其事，以锓梨枣，并释易堂之义，以谢客而弁其端。十三子其将神游斯堂，以余为知言也夫。

李青崖小像图序

王泉之

吴道子画地狱变相，人皆恐怖，所谓通画中禅说无上法也。韩非子谓画鬼易，画物难。余窃谓写真为尤难，自写其真而通最上禅，令人皆恐怖无异地狱变相，则难乎其难矣。人身六根、六尘、三业，皆地狱也，眼、耳、鼻、舌、心、意、色、声、香、味、触、法与贪、嗔、痴，即世所称十八重者是也。人日入地狱中而不觉，无形之桎梏更甚于有形，此禅家所以静坐澄虑，存想自身血肉腐坏，惟存白骨得大解脱，斯神与形离，超然无所往而不可矣，又安见大块之载我以形，而终劳我以生哉？髑髅是以有南面之乐，而辞蒙庄之请复生也。夫生，浮也。此身毕竟无体，髑髅即可作罗刹形，观一切善恶，有为无为皆如梦幻，奚用此扰扰者为也。

会稽李青崖先生以绘事周行天下，通画中禅说无上法，见种种相图小像五，开觉路，指迷途，引入极乐世界，不至堕罗刹鬼国，是阐真如妙谛者也。菩提无树，明镜非台，得其圜中，游乎象外，肘可生柳，髻可巢乌，此《寄寄图》之说也。群阴既剥，一阳来复，数点梅花，天心独见，如来拈迦叶笑，此《万树梅花一老僧图》之说也。聚石为徒讲涅槃经，如我所说悉契佛心，此《石上谈经图》之说也。自性不归，无所归处，西方美人，怀我好音，其气紫，其牛青，《道德》五千，玄可通禅，此《归山图》之说也。谁劳尔神，谁摇尔精，息尔之死，弃尔之生，罔象食肝，弗述食脑，哀我残躯，死犹不免，何若刳形去皮，洒心去欲，无四时之事，以天地为春秋，此《髑髅图》之说也。

嗟乎！先生其真伐毛洗髓，返朴归真，泥不能封，云不能蔽，空诸所有，幻诸所无。仙也，佛也，浑而一也。彼徒以地狱变相作恐怖者，犹画工之末技耳。若先生之屡变而不失其真，直拔生死三途之苦，而悟化工乘除之妙，乌得以绘事忽之哉？

重刊农政全书序代

文舒耀

国之本计在农，明徐文定公《农政全书》所由著也。书为天下之民言，尤为天下之长民者言。黔地瘠硗，又不通舟楫，无商贾之利，舍农更何以为治？夫黔非不重农也，然而耰锄钱镈之器不完，则草其宅矣。火化土蒸之法不悉，则粪无多矣。桑麻吉贝之种有遗，则利未溥矣。乃不曰贫难以措也，则曰土有未宜。于是终年卤莽，偲鳃然徒仰救于不可知之天时。上莫之先劳，下亦莫之奋兴。游惰之民职是，饥寒之民职是，讼狱攘窃之民悉职是矣。

道光丙申秋，中丞善化贺公来抚黔，董属吏勤听断，严缉捕，实仓储，兴学校，仕风骎骎丕变。数月出此书示僚佐，曰急则治标。今讼狱稍息，攘窃稍戢，是不可不图其本也，是书尽之矣。森受而读之，作而叹曰：何独富民也，即教亦讵外是。夫使天下之民皆终岁勤劳于畎亩，尚暇讼狱乎？使天下之民皆衣食充足于家室，尚乐攘窃乎？即云贫难以措也，然器不完，法不悉，种不备，不益之贫乎？即云土有未宜也，然器果完，法果悉，种果备，岂概弗宜乎？文定此书，大抵于民之营治、耕劳、器具、作用、树畜、种植，则详焉晰焉，纤悉不遗。于长民者之兴除利弊，开垦屯田，水利荒政，则谆焉复焉，再三不倦。乌乎，小富由勤，岂难能难知之事也？而黔之民胡为听其游惰，而饥寒，而讼狱，而攘窃邪？且民非不农也，未若是书之言农也。长民者非不重农也，未若是书之言重农也。愚民耳目囿于方隅，因之而已。士君子幼而占毕，长而学制，或未尝躬亲农事，目睹农书，率之无方，亦安之而已。诚人人取是书讲明而切究之，器有必完也，法有必悉也，种有必备也，民生其有不阜，民俗其有不醇者与？善乎禹修之序曰仿而准之，天下无石田穰凶无艰食矣，又何贫无以措，土有未宜之为虑也哉？

贵阳守马田侯以是书为可救黔之瘠也，请付剞劂，予曰：中丞之出是书，非徒供僚属省览也，其各究心以教吾民焉，则是书之刻不虚矣。

劝奉杨邑侯归赀引

文舒耀

守土者父母也，父母急子民之急，子民忍不急父母之急乎？

前邑侯杨养田父母以丙戌莅攸，时攸民急矣。蛟水为灾，城乡荡析，乃百数十年非常之患，而攸民若过而忘焉者，则以侯能急民之急耳。民无居矣，侯请按间而修之。民无食矣，侯请计口而哺之。民杼轴空矣，侯请缓其征。民土地坍矣，侯请蠲其赋。参身洪流，己饥己溺，侯亦不自知何以如是。其急也，曰父母之道然耳。自是民似不急矣，而侯乃愈急民之急。疮痍甫定，问何以休息之，则税薄而刑尤宜省。风俗未定，问何以整齐之，则害去而利尤宜兴。若黉宫之葺，膏火之增，建育婴之堂，创宾兴之局。问何一非民之急，又何一非侯之急，自是而民乃不见其急矣，自是而侯乃身受其急矣。

夫心事劳则政事拙，古人所以受下考也。新雨来则旧雨去，四时所以退成功也。侯养疴此土三年矣，瓜代业已二人，风清犹然两袖，言还无既，报称谁能？今逢孙老父台福星照临，于侯有乡谊，又值清厘夏间灾案七十余起，方欲急民之急也。又急同乡人之急，同乡人有朝廷仓库之急，或可急其急也。同乡人有家室舟车之急，而亦惟欲一人之急其急，则下车未久，清俸无多，吾邑人纵不为旧令尹谋，其独不一为新令尹计乎？且旧令尹曾急民之急者也，以父母也而子忘之，吾攸人当不若是。

是举也，非新令尹所强而行也，亦非旧令尹所重有奢愿于其间也，皆子民也，其皆思急父母之急，而毋徒望父母之急其急，则旧令尹既感子民之报，而新令尹亦以觇子民之忱焉。是为引。

敝帚集序

石承藻

戊辰夏，余入词垣，晤聂蓉峰前辈，极称吾乡张谦庵诗有王、孟风，且出其诗话所录指示余曰：此谦庵碎金也。余自愧熟其名而未识其人也。今夏乞假南旋，社友郭云麓、杨春台亦誉之不释口。余丐二君为介，见于茸香精舍，由是朝夕过从，得以杯茗言欢。谦庵性沉默，远声华，家贫授徒，以诗自遣，学富才赡，下笔洋洋洒洒，千言立就。因读其《敝帚全集》，蕴藉安闲，不见煅炼之迹，间有感触，亦无激烈音，格调谐畅，意兴自然，殆所谓穆如清风者欤？

夫骚坛倡和，于今为盛，然逞才华者气太纵，主性灵者味不深，兹集其无遗憾者乎？且谦庵年方壮盛，已卓然自成一家，此后扬风扢雅，歌咏升平，余又乌能测其所至？见赠有云倚马声名翥凤才，余谓君实自为写照也。谦庵顾二君而笑。

今将北上，把袂留连，爰弁数语于简，以志相知之雅，且手录近作以质蓉峰，其倾倒者又当何如也。嘉庆己巳重九前一日。

微雨春草书屋诗草自序

瞿家鏊

仆少贫无力购书，空呼负负。从乡先生游，专习举子业，间作五七律，以与试帖近故也。偶春夜雨时，诵韦苏州“微雨夜来过，不知春草生”之句而好之。嗣后履綦所至，每闻夜雨声辄忆斯境，抑不自知此心何以感微雨之滋生，而举念春晖之在目也，是岂不重可思乎？

庚申秋赋，幸而售计偕北上，始稍稍学为各体诗。北归赴黔中学使平泉师幕，虽亲承指示，窃自愧未工，然亦不敢懈。亦越于今，听春雨者又越数十年矣。一灯如豆，顾影依然，不可与言诗，安可与道古？顾自念道途屺岵之望，友朋风雨之思，水陆舟车、羁客劳人之寤叹，前尘梦影，仿佛如诵微雨春草句。

时日凡几过，真有不堪回首，而又不敢不回首之情，郁于中而不能自已也。因颜其所居曰微雨春草山房，集名小草，以志吾过，且警将来。嘉庆壬申岁长至节，道吾山人自序。

洪寅斋先生文序

锺道脉

衡阳洪寅斋先生，德行素优，文特其绪余耳。然某之受知于先生，实自文始。忆乾隆壬子冬，邑令君锦堂王公试童子军，时先生以宿望为两公子经师，襄定甲乙，拔某于稠人中，目以国士。越明年，某以郡试冠军入县校，先生喜曰：子之文决其远到，今赏识已有人，信予言之不谬也。子其益自爱，蕲进于是，以慰子之亲心，发舒其生平未遇之气。是戋戋者犹不足为子贺也。其后为先君子作文序，亦谆谆以是为言，一篇之中三致意焉。乌乎！生我者父母，知我者先生。平时期许之深，教督之至，往往出寻常意计之外，乃至丁卯乡闱某登乙榜，先生见报录辄为之呜咽流涕。惜其遇之不尽，谓挫其骞举腾达之机，计自有生来以文字受知于当世者，莫始于先生，亦莫深于先生。即先生之伟视某者，其后固不必尽以文，而其先则实以文始。

先生之论文也，其大指谓言为心声。文辞之于言又其精也。自来文人甚多，要其足传而可贵者皆本于德。历观古作者流，有严毅方正之德，则其文必俊杰廉悍，劲气直达，令人读之心肃容敬。有中和纯粹之德，则其文必优游安雅，元气浑沦，令人读之心凝形释。有广大精微之德，则其文必浑灏流转，大气盘旋，令人读之心领神会。有笃实辉光之德，则其文必精采焕发，英气勃勃，令人读之心旷神怡。其他纤仄之音，靡曼之色，剽窃近似，竞响争妍，苟其人本跅弛，悟有偏至，亦或足以悦一时庸妄之耳目，自有识者观之，其人可知，其文亦无足取。盖先生之论之有本源也如此。读先生文者，即亦可想见先生之生平矣。

先是，每届乡举，辄得谒先生于会城。戊辰以后，先生主其邑莲湖书院讲席不复至，惟时就世兄辈敬问起居。丙子芸台世兄举孝廉，先生书来，谓不令上公车，欲待某偕行，顾其时，某已绝意进取。又二年戊寅，先生自龙山学博任送诸生秋试再履省门，某趋见之，先生命同邸舍侍杖履者匝月，论文讲艺如昔日，然自是成永别矣。

先生所为文综计不下数千，多散佚。顷王公子煦庵明府笃师谊，谋刻其遗稿，玉洲世兄以评序属某。某自慨功名偃蹇，不足以发先生之光，顾念自昔以文辱先生非常之知，又获闻先生之绪论，虽土壤无补泰山，细流无益河海，而盥读之下，俨若先生之謦欬亲炙当年，其可无一言以达其追感景慕之意？此某所以连夜书之，而以为先生之论文即先生之自道也。乌乎，即以文论如先生之文，岂易言哉？

遵义府志序

贺长龄

今之府州志，即《周官》小史所掌邦国之志也。后郑称如《周志》《郑书》之属者，皆亡矣。自班氏始著《地理志》，而志特史中之一，地理又志中之一耳。江文通云：作史莫难于志。余谓志府州则尤难。盖史志取一朝掌故，事具大指，即称完善，府州志虽一地理，而天文、五行、食货、职官、艺文及纪、表、列传，靡不较史加详，则志也而全史矣。分门别部，上下数千年使相贯属，则志也，且通史矣。又史志取材者，一朝之实录、起居注，会典、档案纷罗于前，仅待裁翦。府州志则零搜碎采、事事钩稽，访古或故老无闻，摭今或谱状难恃，潜光隐德，历久愈湮，金石遗文，在远日晦，甚即六曹陈牍，非灭裂于胥吏或灰荡于水火，文献不足，作者慨诸。至志边远之府州则尤难之难者，欲雅则古籍无征，欲赡则名流鲜及，偶有札录，率是俗簿，而一二贤牧守思文泽吏治，辄以无足论述置之。置之既久，则即其时可言者，亦且坠失无传，以故陋益陋，缺益缺，此志之大较也。遵义之有志，创于前明孙太守敏政，后平播仅十年，书虽不及稽古，而事详见在简核可观，今无传本，仅有旧钞前半弃在民间。

国朝康熙二十四年，遵义令陈君瑄，奉诏天下各修府、州、县志，以备《一统志》采择，迫于奏部三月纂成，其书率尽钞孙志，略为增减。明末国初数十年，纷纷兵燹争据，在当时能考者概略不道，令后人无自求详实深可惜，此志之后至今日一百六十年无纪载矣。其旧闻之放失为何如邪？道光戊戌冬，山阴平太守翰始议重加纂辑，继顺德黄给事乐之来作守，因踵之焉。前后阅三载，书乃勒成。而是役实余门人郑生珍属稿，莫季廉友芝佐焉。郑生尝以采著颠末告余曰：议之始盖芒然无刺手处，留心一年乃始知有孙志、陈志，及各州县草志而搜得之。又一年乃悉发荒碑仆碣，及各家所遗旧记事状，知不可复有得，乃始具稿，稿盖数月间事耳。噫，志边远府州之难有如是哉！

是志也，于黔中足谓雅赡耳矣。昔窦德元不能对帝丘之问，到今谈者陋之。今郡人有是书，其可以不德元乎？然而余复有说，凡一府数百里中，风化之盛衰，民心之醇醨，政教之得失美恶，一一皆本乎长吏，如遵义者可不谓贵州之大郡也乎？经我国家圣圣相承，休养理极，故其郡闾阎之殷赈，物力之丰阜，风土人文之秀泽，一切与中州等。富庶之国诚曰易治，而自昔沃土往往不材，守令者承流宣化，又可漫无维系也乎？然则按疆域当思何以抚绥，稽户口当思何以保聚，询风俗当思何以补救，奉祠庙当思何以致祥，农桑思何以劝课，学校思何以振兴。与夫城池津梁，及榷赋仓储诸大政，思何以利民而尽职。如是则夙夜勤勤业业，日求无负圣天子委畀一方至意，庶此志非区区空言乎！余愿与诸君子共勖之。道光辛丑仲秋。

浯溪存稿序

黄本骐

骐幼孤失学，寄读外家，南坡先生以母党亲为舅父行，尝过从塾中，绳床茗碗，砼砼说经，骐隅侍而窃听之。及长，幸不失乡曲之誉者，受先生之益居多。

辛未自京师归，适先生以乾州校官报满来省，时年七十有六，文字之好，老而弥笃，出示生平所著古近体诗万余首，古文辞近千首，校雠之役，心窃志之。今岁应姚观察香南先生之聘主讲来乾，风雨篝灯，稍偿夙愿，为校其诗集十分之一，怂恿付梓。古文辞卷帙繁重，不能尽刻，选在官近作若干首附存诗后。乾当乙卯苗燹以来文籍无征，碑版金石多出先生之手，先生又勤督后进，乞言者趾错于门，即此七八年中随手散佚者不知凡几。夫今古文人济以官职声名，其所为流连光景抒写胸臆者，节一宴游之费皆可表襮于时。先生抱不世才，一片寒毡，垂垂以老，复俭于紫标黄榜，不能倾笥流传，亦觖憾事也，然尝鼎一脔知味者，当想见豹胎燕臇之珍矣。

式相好斋初稿序

黄本骐

虎痴少余四岁，文字之外无他嗜好，其性然也。儿时偕余就外傅，母氏督之严，非数浃日不许归。归值薄暮，一灯荧荧，遮儿弄笔札，母氏诃止之，因匿邻媪家土锉篝火之旁，置砚伸纸，书所欲言，夜恒尽十余幅。思之所至，字或不随，辄以音韵近似者当之。见塾中课艺有所谓点句句股者，亦以意句之股之，其实回环佶屈，不可以句且股也。尝见余箧衍中贮佳纸百番，心喜之而未敢言，一夕窃去，手装册子数十本，涂抹殆尽。母氏恚甚，抶之，余亦以收藏不谨受薄责焉。

凡此琐琐，虽为陈迹，迄今思之如昨日事，而余与虎痴齿且加长矣。东坡别颍滨诗云：岂独为吾弟，要是贤友生。颍滨题东坡像则云：人曰吾兄，我曰吾师。昔人于兄弟间互相师友如此。余自束发后，饥驱四出，往返数千里，学殖荒落，远愧坡公，然未尝不以颍滨为虎痴望。每当岁尽归家，朔风振窗纸，猎猎有声，余与虎痴方围炉谈艺，争执不休，家人苦其絮聒，辄以他语乱之，而余两人者方龂龂自若也。

今夏余主讲沅溪，虎痴以所为式相好斋删存诗文寄正，题曰初稿，言未定也。篇各为断，将以就正四方朋好而进退之，且以志其愿好之心未已也。豹之一斑，狐之一腋，他日所至殆未可量，因即虎痴童年独嗜觇缕纪存，冀其有终勿懈，且书以为是稿序云。嘉庆壬申中秋。

何衡白先生觉思编序

曹德赞

吾乡诸先达之著书者，郡志所载不下数十种，予俱未之得见。大抵书成之后，未经付梓久而散佚者为多。壬午之秋，何星台司训梓其先景昭先生《觉思毳》行世，予受而读之，叹其上下千年，纵横万里，有学有识，足与何文简《余冬叙录》互相颉颃。今年冬，司训又以衡白先生《觉思编》付梓，且属予序之。先生景昭先生曾祖也，隆庆间以明经为盐亭主簿，摄泸州篆，有惠政，泸之人皆尸祝焉。

此编自天地人物以及经史子籍，独抒己见，多所发明，其古今体诗亦皆陶写性情，归于忠厚，与风云月露之辞不同。读《督征》《督木》，及《啼饥》《忧旱》《看印》诸作，恺悌慈祥之意油油然溢于言表。昔朱子谓致知是梦觉关，诚意是人鬼关，盖觉则人梦则鬼，危微之界，判若天渊。世之逐逐于名利者，鸡鸣而起，非不觉也，朋从往来，非不思也，而嗜欲日深，天机日浅，其究也与不觉不思者等，求一言之幾于是而不可得。先生仕学兼优，探讨精而阅历久，入之者书味填胸，出之者名理脱口，于以羽翼经传、维持名教，非浅鲜也。当隆万时州刺史罗君大奎续修州志，于是先生没有年矣，哲嗣少瀛、少洛以先生手钞本进，刺史称其纪、表、志、传皆祖迁体，且谓先生韫奇负特，落寞一官归，殚其生平之力编摹汇集，发抒怫郁，宣泄性灵，使扶持世道之意，不得竟诸行而犹寄之言焉。予每读刺史序，想见先生鸡窗虫席，矻矻穷年，其考据之详，持论之正，所以信当时而传后世者，固宜永垂不朽，乃旧志已无传本，先生旧作仅存是编，其为吉光片羽，珍重爱惜当何如也。

夫先世有手泽，其子孙表而彰之，寿诸枣梨，用广流传，固仁人孝子之用心也。予嘉司训之意且先生门婿也，不敢以不文辞，并以志高山景仰之私焉。

学案后序

唐鉴

道不变而学未尝不变也，学未尝不变而道终未尝变也。千古一孔子而已矣，千古一颜子、曾子而已矣，千古一子思子、孟子而已矣，千古一程子、朱子而已矣。此数圣人、数贤人者，天以之成其天，地以之成其地，人以之成其人。天地不变，此数圣人、数贤人不变也。数圣人、数贤人不变，天地终古不变也。道不变也，其间学之变者有矣。所闻异词，所见异词，所授异词，所师承异词，典章制度，各有所据，名物象数，各有所宗。自秦至汉，至魏晋，至唐，以至于今，变者数矣，变之数而屡变不一矣。然乃道之外迹也，道之末节也。譬之天，云雾过而日月之明、星辰之灿自在也。譬之地，城郭移而山川之淑、物产之精自在也。非道之真，非道之本也。彼之所谓学也，非道学也。其关于道之本、道之真者，则不可以变。孔子之于异端，孟子之于杨墨，程子之于释老，朱子之于横浦、象山，何如其严也，盖恐其变而道乃终不至于变也。然而天之生民也一治一乱，大抵阅数百年而变一见。明之有阳明、横浦、象山之流也，而其焰炽于横浦、象山，以朱子为洪水猛兽，以孔子为九千镒，是竟欲变朱子之道而上及于孔子者也。而及其后也，龙溪、泰州、山农、海门诸人，尊师说而益肆无所忌惮，数十年间若傎若醉，不知何者为洛闽，并不知何者为洙泗，惝恍迷离，任其心之所至而已。而甚者遂至于犯法乱纪而不知顾，入国朝其流波余烬尚未息也。

平湖陆子起而辟之，而桐乡、太仓、仪封三先生先后其间与陆子同。夫而后天下之学者，上之则相与为辅翼，次之亦不失所持循。即一名一物之长，一字一句之是，或以明故训，或以征博闻，消其意见，去乃诋訾，亦何不可进于道哉？而且正学日昌，狂澜自倒，间有二三言新建者，知之未真，奉之亦苟，随声附和，如蚓吹蝉吟，既无所宗主，亦复何所提唱？而后知平湖诸先生辟之之功，历百数十年而更著也。道之不变，夫复何疑？虽然，孔子远矣，颜子、曾子远矣，子思子、孟子远矣，程子、朱子亦远矣，即陆子亦不可复见矣。学者回思故明正嘉而后，学术大乖，人心胥溺，至有痛定思痛者，则余辑是编而以心学附其后，虽不免过虑之诮，而亦无非仰承平湖陆子之遗意也。

夫道者，天之所以高，地之所以厚，人之所以生也。非道，则气而已矣，则质而已矣。气与质，万物共之者也。人而可以物乎？故非道不可以为人，知其不可为人而学可得矣。学以完，其为人亦完其道而已。学以完其道，亦完其所以为人者于天地而已。一有不可以对夫天地者，则道自我变矣，安得谓道必不变哉？顾变者在人而必不变者亦在人也，人能持此道于必不变，则可以与天地立矣，然而自孔子以后又有几人哉！余因平湖诸先生而重念之，未尝不有望于天下之学者也，此是编所由作也。

赠严乐园太守归所治序

唐鉴

嘉庆元年，朝廷开孝廉方正科，天下之应是选者不下数千余人，独吾乡严乐园先生以从军苗疆有功膺大府特荐，天子给笔札亲试方略，授陕西知县。当是时，川陕教匪出入山谷，先生所至，通民情，备险要，约数里为立一寨，深沟高垒，置炮以通号令。于是远近相应，缓急相助，贼至出而歼之，退则各归本寨肄耕其中，无巡逻守望之苦，而贼日就芟薙，一时赖之。主将遂下其法于各郡县，各郡县亦得以安。及贼既平，擢守汉中，日跨骡入南山老林，与山民习，险阻要害历历在心目间，而以其余课耕织作农具及纺车等物以为式。凡山川林麓之利，皆为之指授方法，使之得以生息。而又于闾里族党之间设立义学，讲求孝弟忠信之道，一郡之民咸遂其生，而深林密箐不至为患。先生曰未也，自华阳北至盩厔，自宁陕西至留坝，中间辽阔几六七百里，非于其中分置官吏，以时访察而抚绥之，则混迹者多，巉岩邃谷，句稽必不能周，吾守斯土，安得不为是虑也？因上其议于大吏。

二十一年，先生以资满入觐，天子知其剿贼有功，又知其善抚斯民，又知其于山川悉得其险要而为民所依赖，故以民之所以御贼问先生甚悉，而先生一以实闻。夫天下之守土者多矣，亦莫不欲顺民之性情使之无不得所，而往往于广谷大川之异制，寒暖燥湿之异宜，不能得其本末，即或亲履阡陌，而举措不当，不失之纵，即失之猛。今先生为县令则治一县，为郡守则治一郡，经画所及，无不合乎古，使尽用其言，其利又非一二世已也。

方今天子求贤若渴，不拘资格，不限幽隐，旁搜博采，朝登之则朝用之，夕举之则夕用之，学识才猷如先生者必有其人，而先生则又功业之已焯焯表见者也。于其归也，同人各赋诗送之，而余为之序。

赠贺耦耕太史提学山西序并九条　　唐鉴

师道不立则教化不宣，教化不宣则人材日少。学政者，士子之所趋向，人材之所由成就者也，而非道德充于己，诚敬符于人，讲之甚明而施之皆当者，则不能称是职。贺耦耕太史，余讲习切磋之友也，自余与之交，未尝见其有过言而不悔、有过行而不改也，未尝见其硁硁然不能容物而自以为信果也，未尝见其亟亟焉求名于外而少有一豪之骄吝以接于人也，是足以立师道而宣教化明矣。今者提学山西，山西之士闻之，其何如欣喜而跂望也。余于其行也，谨拟九条以备采，知无益于大方之一二，抑亦愚者之千虑云尔。

一曰治身。夫子曰：其身正不令而行。身者，所以出令人所瞻仰者也，故欲正人必自身始。身何以正？则在治之力与不力耳。治之之功有四：穷理、主敬、克治、扩充是也。执事即事讲求，凡遇一事，未尝不问于人，未尝不举其至纤至悉者而剖析之以求其当，则可谓穷理矣。然非涵泳于六经，浸灌于义理，得圣贤之指归为吾心之指归，将求理于外又不如求理于心之为切至也。执事不矜才，不使气，未尝以轻侮加人，未尝以疏狂任事，则可谓主敬矣。然而幾微之间不可放过，倦怠之际尤宜提撕，张子所谓瞬有养，息有存，其是之谓欤？执事淡泊之志，坚毅之操，徒步不以为劳，粗粝不以为苦，则可谓能克治矣。然而一言之失，终身悔之有余，一念之差百病因之而起，古人所谓讼过改过者，幾甚微而功甚密也。执事有所不忍，未尝不为之周全而曲护之，有所不安，未尝不为之奋兴而决处之。闻一善言，见一善行，欣欣然称道之不已也，不自为是，不自为非，断断焉辨论之必明也，则可谓能扩充矣。然而曲之致不如诚之通，性之存不如道之贯，以忠守之，以恕施之，庶几和顺积中者自能推行尽利也。此四者治身之要，执事之所已能而不难进而求之者也，故首述之。

二曰取友。友所以辅仁所以善事者也，而非直则无以惩吾过，无以惩吾过则吾之气骄矣。施之于己必不免于盈溢，施之于人必不免于纵肆。过而恶矣，非谅则无以孚吾心，无以孚吾心则吾之志疑矣。置之左右而以携贰待之，必不免于乖戾。委之负荷而以防闲处之，必不免于欺罔。乖戾欺罔，腹心而寇雠矣。非多闻则无以致吾知，解吾惑，无以致吾知，解吾惑，是吾之于事窒而不能通矣。疑似于取与之间，未能定其廉惠，则因循者多。迷离于闻见之中，未能酌其轻重，则将就者多。因循将就，知日浅而惑日深矣。是取友以直谅多闻为主，而取之之道则必自治身始，故以取友次之。

三曰立教。小学之教备于《弟子入则孝》一章，而朱子《小学》一书足以发明此章之义，他如周子《太极图说》《通书》、程明道先生《定性书》、张横渠先生《东西铭》，皆可以辅翼六经，而为弟子所当致力者也。提学倡之于上，士子应之于下，程朱之教立孔孟之学传矣。至于先事为后事之师，前贤为后贤之表，地方有名儒、哲士、孝子、忠臣，淹没未彰，显扬有待，表而出之，崇而祀之，亦足以挽颓波而励流俗矣。而尤望于执事者，言足为典型，行足为法则，衣冠瞻视足起人畏敬之心，举措云为足示人趋向之道，则无往而非教矣。然非亲贤取友，使其身无丝豪悔吝，何以致此，故立教又次之。

四曰毓才。士未尝无才，在所以养之何如耳。养之之地莫重于书院，诚使书院山长守白鹿洞学规以为教，守程氏读书分年日程以为功课，则贤者不过数年而底于大成，不贤者亦不过数年而进于贤。书院之士皆贤，天下之人才将不可胜用矣。执事以提学之重兴起而乐成之，其谁不从？然非以身立教，则无源之泉易竭，无本之木易僵，欲教泽之无穷，其可得乎？故毓才又次之。

五曰端士习。诗书礼乐之文，孝弟忠信之行，此士之所当习者。而乃立心则囿于浮浇，读书则工于剽窃，与之言圣贤之道，则以为高远而难行，与之言心性之学，则以为迂缓而非急。视得失利害之计较为要图，以好恶取舍之揣摩为捷径，知有文词而不知有道德，知有机巧而不知有廉耻，淑慝有所不辨，高下有所不分，往往互相标榜，共推名宿，而庞薄之行，所在流传。亦或貌为诚朴，号称正人，而欺罔之心随时败露。他若武断乡曲，把持官府，则又甚之又甚者也。此数者皆习之过也。执事素以教育人材为心，必于此加意焉乃可，故端士习又次之。

六曰作士气。士子读书考道，涵濡圣泽，未尝无兴起之心，而鼓之舞之则提学之责也。平生攻苦克治，思得一知己者以取其长而救其过，而乃一黜再黜，则此士之气沮矣。一邑之中所仰望者不过一二人，此一二人者，众所延颈而冀其见赏于有司者也，而乃郁而抑之，则一邑之士气沮矣。知其不可沮而为之振兴焉，则有精于义理者，即义理以发其蕴。有长于经济者，即经济以大其成。有讲求于河防边略者，即河防边略以策其用。有用力于考据训诂者，即考据训诂以示之本文，以宣之策论以证之。而尤必与之讨究，以吐其平生之学，加之砥砺以助其切磋之功，亲之若子弟，重之若手足，以通其爱敬之诚，成其向往之志。其有文词不甚著，而孝弟忠信称于一乡者，则特举之以出于众，优待之以劝于人。于是相观而善，前此之薄者，将由此而进于厚，前此之伪者，将由此而归于诚，尚何习之不端乎？而士之蒸蒸日上有不可遏之势矣，故作士气又次之。

七曰慎采访。知人最难，而采访亦一事也，然吾之所可信者不过数人，此数人之以欺待我不足虑，而此数人之不见欺于人，不失其分寸，正未可知也。意在沉潜，则庸腐者或逡巡而借其推引，意在高明，则放纵者或慷慨以资其介绍。喜之而溢于情，则私好所加即将登之上坐。憎之而过其实，则微瑕可拾即将坠之深渊。此数人虽诚以待我，而或限于不知，或拘于意见，亦所不免也。故吾之所未深信者，察之不可不密，吾之所深信者，择之亦不可不精。能于此致谨焉，则采访亦知人之一事，未必非鼓舞作兴者之所赖以进退者也，故慎采访又次之。

八曰审取舍。提学之职在教化，而教化之权在取舍。舍其伪而取其真，舍其浅而取其深，舍其庸恶而取其超出之才，此取舍之大略也。而谈名理者，非徒取其辨论之详，必体认以得之，而后不失为真学。谈经术者，非徒取其援据之博，必融会以出之，而后不失为通儒。以为孝子，则求其所以孝者何如。以为悌弟，则求其所以悌者何如。以为端人正士，则求其所以治己者何如，所以接物者何如。取舍之道，果能审之又审，斯明眼独具，正非特寄之于采访而已也，故审取舍又次之。

九曰穷弊窦。考试之弊如山，而自外入者曰传递，曰顶替，曰拖签。一蚁之穴消息以之而通，一雀之鸣号召因之而起，此传递之最谲者也。以牛易马问之则祖考无稽，为鬼为蜮察之则情形毕露，此顶替之最显者也。藏头露尾皇皇然不知所之，妆哑妆聋冒冒焉若有所失，此拖签之易见者也。其自内出者，曰漏泄命题，曰偷打红号，曰指官撞骗，此则鼠窃狗偷，左右近习之人最为捷足。彼来我往，偶然疏略之处或起波澜，考试之弊大概如此。而防之于未然者贵约而明，治之于已然者贵严而恕。所谓约而明者，究其源委，制其要害，使其无隙可乘而已。所谓严而恕，以惩创之意行其仁，以恻怛之心治其罪，使之知所改勉而已。然非主敬则不能约，非穷理则不能明，非克治则严非所当严，非扩充则恕非所当恕，治已而后可以治人，故治身始而穷弊窦终之。

朱慎甫布衣遗书序

唐鉴

理，天下万世人心之所同具者也，其致知、主敬、存省、克治诸课程，亦天下万世学者之所共由也。人病不之求耳，求之于周、程、张、朱以前难，求之于周、程、张、朱以后易。暴秦焚经坑儒，孟子之绪几不续矣，天不欲理之不复明于天下也千有余载，而寄其传于濂溪、明道、伊川、横渠诸大贤，朱子承之，而格知诚正之功永昭著于天下。天下有求是理者，循朱子平生讲论之次序，未有不见之明而致之极者也。然至今日，异端惑其聪，俗学夺其志，故训词章，纷其趋旨，父兄沮之，师友嗤之，仆从去之，胶庠学校，屏而弃之。初固不欲求，即求而未能遽得，而仍反其故常，理于是乎不可见矣。天下人皆谓理不易见，将并敝庐穷巷中暗修真积实见此理者，亦且等闲视之，谓为枯槁人，为寒酸子，而理遂为天下裂，於戏，慎甫朱先生之不见知于天下，岂足怪哉？

先生年十六即为求理之学，非有师授也，皆于宋诸贤遗书得之。其穷之也切，其辨之也明，其守之也坚，其存之也密。见之于行以此，见之于言亦以此。凡所著书以及与人问答，随事纪录，无非此也。事亲孝，交友信，为人课读必端必正，理足故无不敬也。余以此理望天下之学者久矣，得毋有慎甫其人者，或藏于山，或隐于石，犹有待而出邪？是未可知也。

区田种法序

唐鉴

区田，伊尹教民救旱之法也，区方一尺五寸，旁空如之，凡山陵原隰以及荒畦废壤、屋角墙边，但稍近水者皆可田焉。沃粪壅以培土膏之不足，倍灌溉以补雨露之不齐，勤民所以裕民也。观其以少胜广，以约得丰，变瘠为肥，转薄为厚，举垸埆之地而化为良田，策怠惰之民而勉于力作，则于黔为尤宜。黔之民知耕种矣，而实未尽其法。有告之用人功者，则曰无奈土薄何！有劝之穷地力者，则曰无奈石多何！水田之利不丰，而山坂之所收尤薄，中人之家食包谷、红稗以为常，稍旱则饔飧不继。而山居穷乏者，更不胜其饥饿矣。夫天之爱人，不以山溪之隘而异其量，不以边徼之荒而薄其施。黔之少丰多匮，少乐多苦，其盖有以取之欤？抑亦临民者无以起其惰而导之勤欤？中丞殷殷然讲求农政，既以《农政全书》付之梓人，又检区田种法命为之序。

考种田之法，隔年掘下八九寸垫以底粪，使之经冻酥融通接地脉，来年清明后撒种，密者疏之，芜者耔之，冷者覆之以灰，薄者培之以土，一日一灌或间日一灌，用力专勤，获效孔厚。天下事苟不专不勤，则所废必多，所以为计必不周，所以用功必不至，由是积而为瘠，因之就荒，大抵皆然，而农事尤其最著者也。余愿黔民之不安于瘠也，因体中丞之意而序以告之。

集文选寿序

杨丕复

夫椒桂信芳，璇玉致美。运之所隆，发彩流润。矧家道以正，妇德尚柔，庆蔼迎祥，宜享遐纪。故曰翼翼矜矜，福所以兴，理则然矣。自古迄今，既称莱妇，亦曰鸿妻。孰长年之能执，保不亏而永固。有一于此，赫矣焕乎！矧乃今日，世载淑美。重光相袭，昭哉世族，何以加兹！

恭惟太夫人在堂，壸政穆宣，坤则顺成，克柔克令，四教罔忒。年跻八十，耳目犹聪明。岁时伏腊，叙骨肉之欢恩，悦亲戚之情话。肃肃焉，穆穆焉，莫不优游以自得。依依哲母，允迪前徽，爰自待年，承庆云之光覆，宪女史之典戒。亦既有行，爰奉嫔于高族，实佐君子，和如琴瑟。奉荣维约，承慈以逊，教先穜稑，以供朝夕之膳。亦兆后昆，光昭茂绪。第二弟以妙年之秀，明经拾青紫，志未可量。惜其龄促，无禄早终。今之存者，天骨疏朗，器识纯素，通而能固，和而不同。子子孙孙，隽声清劭，并一时秀士也。爰定我居，筑室穿池，树以嘉木，植以芳草。刻木兰以为榱，饰文杏以为梁。岂惟盘乐而崇侈靡，以燕翼子者，孟母所以三徙也。资巨程罗，仓盈庾亿。仁以厚下，施人不倦。睦亲之行，以亲九族。使夫少长咸安怀之，于乡党则恂恂焉，彬彬焉。人有不及，内恕诸己，君子以为美谈。及违膝下色养，而所天又殒。提孤孩于坐侧，复逝殁之相寻。尔乃恤养幼孤，以保乂夫家。时年已七十，常膳载加，旧疴有痊。思媚诸姑，婉嫕淑慎。敬亦既笃，爱亦既深。

太夫人乃御版舆，升轻轩，左对孺人，顾弄稚子，何欢如之。于时青鸟司开，景风扇物，新萍泛沚，华桐发岫。宜尔孙子，葆佾陈阶，金匏在席，授几肆筵，惠肴芳醴，宾仪式序，羽觞无算。上陈景福之赐，下献南山之寿。瞻星比婺，方斯蔑如也。尚想重晖，笃犹子之爱。诱接恂恂，降以颜色。比心螽斯，靡不毕殖。今月令辰，寿觞举，慈颜和，区区之心，形于文墨，荣显所期，长保天秩。自兹以往，百年上寿，固可翘足而待之。

之五堂储书目录序

杨丕复

人不可以无书。圣益圣，贤益贤，智益智，愚者不使终于愚，不肖者不使终于不肖，皆书之用也。不知乎古，借书以知古。不知乎今，借书以知今。不知乎性命之精微、统绪之授受，借书以循其流而溯其源。甚矣，书之为益大也！家尤不可无书，凡家之子弟不皆士也，士者知书，农者、工者、贾者不皆知书也。士以书而秀，农亦以书而化其鄙野，工亦以书而安其术业，贾亦以书而泯其机诈。则不必深于书，而皆不可不读书。至于不士不农，不工不贾，此子弟之莠也。为父兄者，日畀之以书，使开其聪明，闲其邪僻，则荑稗之熟，何必不如五谷！

三代而上，书以版简为者难矣。遭秦之火，书益难得。降及两汉，书以纸，而必赖钞胥，得之亦不易也。五季始刻板以传，而书乃多矣。得之难则惜之弥甚，得之易则视之转轻，此人之情也。故古人得一卷，即得一卷之用，后人得数十百卷，反不如得一卷之熟且精。子曰：虽多亦奚以为？今之所谓读书者吾惑矣。其上者，泛滥于百家，比较乎异同，恣以为闳富，而不知统纪，不识正宗。其下者，为时文汩没，日呻吟于腐烂篇帙，老死牖下而不悟。二者有浅深之别，其失则均也。夫书岂有失，亦读者之失耳。昔朱子于宋宁宗承重之服，但以礼律人情为言，心常不安。考之郑氏，始得无疑。乃谓学之不讲，其害如此。朱子且然，况不如朱子者乎！

书者，所以益人之神智者也。善读之，则书皆有用矣。先君子取《中庸》博学之、审问之、慎思之、明辨之、笃行之之义，以“之五”名其堂，所以示我后人读书之法也。自先大父渐次储书以至于今，其分存诸从兄弟者不著，著其存于之五堂者，总为书二百九种，凡得卷八千五百九十有三，列其目录，以贻后人，而序之以发其指要。贤子弟准此，则既知读书之法，即知书之不可不惜也。

重校仪礼经传通解序

杨丕复

礼之起教渺矣。其本皆出于天命之自然，而其为教，又有使人优游餍饫，日迁善而不知者，此先王之所谓以善养人也。

自秦焚书，经籍散亡。汉兴，购献《易》《书》《诗》《春秋》，稍稍完葺。而礼无全书，所存者《周官》六篇、《仪礼》十七篇、大小《戴记》八十五篇而已。其时康成郑氏皆为之注，唐贾公彦、孔颖达又为之疏。注疏既行，学者咸取衷焉。然其为说，实有未尽当者。故后儒或不能无异议，而欲睹先王礼教之全，究未有成书也。至宋朱子始有《仪礼经传》之编，取三书而厘定之，兼采他书，补其所未备，洵读《礼》者所必考矣。奈《王礼》一编，尚未脱稿，丧、祭二礼，又出勉斋先生之手，未经是正，是亦非朱子之成书也。

复浅学陋识，未获与闻当时编辑之微意，不免蓄疑于心。因取王朝及丧、祭三礼，更从而汇次之，务使经传义旨，各得所安。又凡注疏之有待商者，皆为删正，以期舍非趋是。自知庸妄，获戾先贤，亦聊以续成朱子之书，庶几考论古礼，得有所据以稽其全云。

春秋经传合编序

杨丕复

《春秋》一书，圣人因史而为经也。左氏采辑国史，作为一传，纪事颇详，而于经义甚疏。公、穀后起，各述所闻，以例求经，滞而鲜通。又杂以荒诞之说，去圣人之义愈远。

汉魏以来，三传并立，学者谨守师承，几不知圣经为何物。何、范、杜氏，优于三传者也，亦每屈经就传，以伸其说，盖无传而经义犹存，有传而经旨益晦，故曰三传作而《春秋》散，非过论也。唐啖、赵辈，始知据经驳传，指摘疵谬，刘氏权衡，因之益畅其支。然《春秋》所书，举其大纲而已，其为是非褒贬，必当即事迹以考其颠末，究其曲折，然后有以测圣人之微意。而三传之中，有纪载详备，实读经之所不废，若使并束高阁，而独抱遗经，恐千百载凭虚臆揣，终未必尽得圣人之奥，此啖、赵辈之所以不无遗憾也。胡文定渊源伊洛，发抒奥旨，卓然自成一家。然本为进御之言，意存纳约，不免激焉而偏，而心有所见，不惜强经就己，而穿凿之弊以生，则亦由不能据事而断以理，而但以己意立论之过也。程子有言，《春秋》传为案，经为断，以传考经之事迹，以经别传之真伪。然《公》《穀》二传，不详于事，可观者少。左氏于事详矣，而传之体例，与经不合，读者究病其难。昔朱子作《通鉴纲目》，纲仿《春秋》，目仿左氏，学者不病其难读，以据目可以求纲，即事之端委，可以测笔削之精微，又有旧史转相参考。故褒贬深意，未尝不了然千百载下。《春秋》既不得见鲁史旧文，无以知圣人孰为笔，孰为削，又但有纲而无目，无由核其行事之是非。杜氏注左，分经之年与传之年相附，而经传仍不相统。盖左氏或先经以始事，或后经以终义，一事之始末，相距数年，或数十年，又或经有而传无，经无而传有，先后悬隔，有无淆杂，故学者不获如《纲目》之易读也。

愚以为《纲目》取法《春秋》，而读《春秋》者仍当取法《纲目》。不揣粗浅，取经传合而编之，以经为纲，以左氏传纂为目，随经分附。无传则但列经，无经而有传者，或足备参考之资，则亦随类附之。要使纲目分明，庶几案断简易，其有先儒解说确当不易者，则又仿读《纲目》之例，别为书法附于传后，间亦参以愚见，务求不悖笔削之旨。共为书三十卷，尚有疑义未尽者，更为辨疑二卷以存于末。又以《春秋》本比事属辞之书，虽不可以例求，未尝不可互为考证，故又分书法汇表三卷以冠于首。书成，序其梗概于此。

舆地沿革表序

杨丕复

郡邑沿革，名儒每不惜搜考，以究今昔之异同，而其证据必以正史为断。顾读史亦不易矣，《尚书·禹贡》，史家地理之祖也，落落数言，宇内悉赅，而解释者聚讼纷如，几为千古疑案。《左传》述春秋事，都邑借以流传，杜氏注之核矣，然亦有疏而舛者。《史记》书表，百氏圭臬，而不志地理，无可依据。班书则简而详，范书亦明以确，然其时郡县改易者鲜，故纪录不必费辞。递至三国，已多增置，陈寿徒为纪传，其无可考者，岂惟郡邑？《晋书》成于唐代，相隔遐远，不无残缺。又有南渡之事，参互错杂，难于缕晰条分，刘石诸国，并无纪载，无凭述列，其不能详整，亦其势使然也。南北朝制作无章，十羊九牧，徒夸疆理之广，不惮划别之繁，以侨治而乱实土，骋虚名而薄吏治，郡县之改革，由是纷淆。《宋书》稍见眉目，且有补晋史之缺。《齐书》则毫无分晰，梁、陈、齐又病同陈寿，仅于帝纪中偶见分划。《魏书》虽列地形，而以东魏人作志，既削西魏不书，乃并元魏之先而略之，又苦于重复参错，读之殊不能了了。惟《隋书》能合南北而汇其总，于是梁、陈、齐、周之无考者，借此有头绪可寻。自两汉以后，斯为善矣，微有舛误，恐亦后人钞刊之咎也。《唐书》详核，而其时改革甚繁，述之棼如乱丝。《五代史》又不免太略，且与《唐书》或相牴牾。《辽史》溯源唐汉，纪述之舛，莫甚于斯，其所指实，多捕风捉影之谈。金、宋二史，尚无大谬，《元史》亦然。《明史》为诸史之最，于近代郡县，如指诸掌，然欲综累代而条其沿革，非合诸史以互相参校，不能审其是，正其非。有明《统志》，草率成书，讹谬不堪枚举，冯智舒本之以作纲目质实，于是贻误无穷。无锡顾景范《方舆纪要》，最称详博，亦多沿《统志》之误。甚矣，纂述之难也！后如胡朏明《禹贡锥指》，顾复初《春秋大事表》，其指摘先儒，自夸精核，嘻，亦甚矣！然谓其书全无错误，则吾有不敢信也。

予闻见寡陋，何敢侈然成书！惟是读史之余，每即郡县考其沿革，辄见后儒不无踵讹袭谬之病，因竭四载之力，立为沿革一表，置之案头，得以便于检阅。又以山水附列于后，是亦史家志地理之定法。其间广搜博采，固不敢为无稽之言，然事非予所亲见，而言之凿凿，岂即可信？则且姑为一说，不敢执为定论。并以告凡著书者，慎勿自矜精核，訾斥他人，至使有亲见之笑其旁也。书成，凡四十卷，为总纲者四卷，为分纪者三十六卷，其梗概序之于此。

朱子四书纂要序

杨丕复

四子之书，圣贤相授之微言也，即其言可以得圣贤之心。而自秦汉以来，《大学》《中庸》既杂于传记之中，而鲜有知其意者。《论语》《孟子》虽知为圣贤之言，而说者亦徒得其训诂，而莫能测其精微。

盖圣学之失其传也久矣，迄于有宋，河南二程夫子，得不传之绪于遗经，于是表章《四书》以嘉惠来学，而大阐圣贤之微旨，所谓斯文复振之时也。以其讲解未有成书，故一再传而其道几晦。至于朱子，即未坠之遗言，而精思力行，积数十年之功，乃能直绍程子之传，而上契乎孔、曾、思、孟之心。于是即此《四书》而作为《章句集注》，以发挥其义理，推说其指趣，而凡先儒之说之是非纯驳，皆有所折衷，而不至于淆杂而无所统纪。其所谓《或问》者，则朱子于《章句集注》之外，而设为问答以详衍其说，而兼释其所以取舍群言之意者也。其《文集》，则又朱子与其朋友门人往复辨论之书，而《语类》，则其门人所录函丈问答之言。但此三书，虽为朱子之绪言，而其间不无中年晚年、已定未定之分，以及记录偶误，论说相复之处，是必读者精择而慎取之。而后于《章句集注》，不相悖而有以相足相参。

复自幼诵习思维，迄于今将四十年矣，于先贤之精意，未能少窥一二，而窃以为读《四书》者，必宗朱子，读朱子书者，必宗《章句集注》。其《或问》《语类》《文集》之宜弃宜取，一准以《章句集注》，而得失自了然可辨。因是不揣愚妄，将《章句集注》分划段落，而以三书之切要精当者，随意而次第附之，使三书所言，既如客得归，而章句集注之义蕴，亦因以阐发无遗。虽于三书原本不无裁截之咎，而汰其冗杂，则精要益彰，是殆亦先贤之所不深罪者也。其自朱子以后，说《四书》者不胜数矣，然以《或问》之取舍群言观之，每有愚见以为是，而一经朱子剖晰，乃真有所差在毫厘，而非浅识之所能判者。然则未经朱子论定之言，虽未必尽非，而恐其浅深疏密离合之辨，有未克决，则博观泛取，将不免以瑁而混玉也。是不若俭为收之，犹愈于博而实杂者矣。至有间附愚见之处，则亦其数十年来覃思研究，稍有所得，不欲遗忘，而窃志于此，非敢谓信有合于圣贤之心，而不谬于朱子之说也。

书成，颜之曰《朱子四书纂要》。凡以见在朱子之前与后者，虽所录亦不少，而总之以朱子为断而已矣。书计四十卷，外序说一卷，此序其所以纂之之大略云。

湖南文征　卷七十七

序二十二

赠李宾门序

周树槐

堪舆之说，茁于晋之东，蕃于宋之南，蔓延迄今日，愚氓下走扼腕而谈风水矣。其书代有增益，源远而流益分，支离附会，歧之中又有歧，而世之魁闳特达、卓然不惑之士，未有分别其得失，而论之者诞妄置之，不知其为祸烈也。李君宾门以医名于时，又好堪舆家言。宾门为医，气颛容寂，若呼人肺腑，视其色，听其语，应手霍然，然未尝言医语及之欿然也。宾门为堪舆，不随人俯仰，所至览其山川，审其会归。其行数百里，穷岩荒谷，樵径所绝，披灌莽，冲豺虎，狂奔尽气，慬而后免，不为悛止。登尖山山在湘水之西绝顶，目眩不能起立，猱升而尻下，卒得其要领以归。与人言，手画口讲，津津然色欲飞，不合断断以争，争不得，捉人襟袖不肯已，面热气急，颔下筋暴起，退而懑不自胜。吾衰不能从宾门游，无以为宾门决之。虽然，犹愿宾门慎取之也。

盖自古族葬之法不可以行于南方，多山而少原，土薄而水浅，泉之浸、蝼蚁之侵怵人心目，于此有术焉，可以违其害而即于安，此仁人孝子之所汲汲求以自尽也。为堪舆者，无端创为鬼荫之说以张其术，鬼荫之说行，仁孝或几乎息。《传》曰富贵在天，又曰吉凶由人。堪舆夺天与人之权，悉举而归之咫尺之地，斯已妄矣，而其说遂流而不可止，于是有以地故淹不葬者亟徙葬者。其极也乃至逆天道、灭人理而以乞灵于地，盖啖人重金发人墓以营兆者有矣，甚则糜其亲之骨为盗葬者有矣。实鬼荫之说启之，求荫之不已，于其例得共荫之人，又自妄分畛域。堪舆之说曰是利于甲，是利于乙，是利于丙，明示以私而显导之竞，毒流心术，衅启辰参。乌乎，使其果有是，非所宜言，况必无此理！物之不两大，物理之固然而不足怪也，必从而求其故。吾终无以易夫天与人之说，地所同也，天与人所独也。人而人之足以劝善，天而天之亦足以息争，堪舆惟不知有人，并不知有天，颛颛焉求之地，是以其说屡变而术屡分。一木也，自根而干而枝而枯菀异，以其枝之枯菀一一求之根，彼恶知之。一肢也，由臂而掌而指而短长异，以其指之短长一一求之臂，彼恶知之。

孟子曰：所恶于智者为其凿也。又曰：尽信书则不如无书。彼所谓杨、曾、廖、赖者，其书于书何如哉，而况乎讹传臆说之纷纷者哉！今有人以堪舆名老且死矣，为人卜兆不知其几矣。盖少而丧其父母，淹殡至今，为地故，晚乃悉资营兆，不以葬父母以葬其妻。余大骇，已而从其所与游，得其隐，曰是地也利于仲不利于伯，其人伯也，恶之曰：夫独不有伯乎？曰：是憎其伯子以及其孙弃之云尔。余闻喟然。今著其事不欲斥其人，其人宾门之所知也。盖尝与言而痛之，以彼所为质之父母、兄弟及其子孙而无怍色，既憾其悖，又悯其愚。犹恐世之读堪舆书惑溺至此者不少也，作俑者可胜诛邪？原其立说之始，徒以强不知为知，及其说之行，亦幸挟此游人伯仲间以市重而射利，而不意其为害之酷。乌乎，邪说之诬民至于如此！使有若孟子、韩子者生于今，宜何如大声疾呼以救之也。

宾门好余古文，余文无足为宾门道，于其归也，请以平昔之论堪舆者为赠。宾门与人言堪舆，移其仡仡之争，于此一返诸仁孝之本然，而尽去其鬼荫之谬说，以医重民命，而以堪舆正人心，其不河汉余言也夫。

阎追甫诗集序

周树槐

余甥阎追甫既卒之明年，其友人丁君云梧、邓君弥之将为梓其诗集，而追甫之弟禹邻以序请。乌乎！余乃序追甫，追甫死矣，不死者其诗耳。梓追甫诗者不死追甫者也，余又奚辞？

追甫早慧，自其五岁时从母来省，先大人坐之膝上，使诵《离骚》，铿锵可听。十三岁能为古近体诗，既早饩于庠慨不快意，益感愤读书为诗古文。余每慨时文之陋，四百余年莫之能去，非不欲去也，诚未有以易之也。追甫困诸生授徒自给，不得不与时文为缘，然其厌薄之又甚于余。余间以语追甫，追甫艴然，退而作书千余言抵余，有莫知之怨。余欲摧其盛气勉其思也，答书痛裁之。然余益以是奇追甫，而追甫与余益亲，其诗则又益工。追甫性笃孝，居丧足不及寝门。为人清介绝俗，人之所为翕翕热，追甫气陵之，用是得狂名。家贫而守愈坚，同居之亲为利疚者，至以白刃相仇，集中《木门楼》诸诗是已。乌乎，追甫诚不知时变，可不谓志士？追甫卒年三十有九，使更假之年，其诗当不止于此。然追甫颇自忧其疾，手编诗集将悉录以正余。疾病不果，每为余诵其诗，低徊沉吟，未尝不自信其可传也。世之老寿者何限，足为追甫愿之邪？

余雅不为诗，然雅好追甫古诗。追甫长纪事，悲悯之意见于诗者累牍连篇。乌乎！追甫屈首黉门而心忧天下，天下后世必有读其诗悲其志者，余之言不足以寿追甫也已。

张南轩先生文集序

贺熙龄

湘潭张生德林梓南轩先生文集成，而问序于余，余以前人叙之已详辞弗为，生请益坚，乃为之言曰：先生之文，微言大义，炳若日星，固无待乎余言。而人知读先生之文者鲜，读先生之文而能得其意，以切体于身心者则尤鲜，是亦不可以无言也。

先生之讲学也，主于涵养持敬。其谋国也，主于致君仇敌。其居官也，主于恤民练军。而其本则一以《论语》《孟子》为归。孔门教人惟以仁，仁者天地之心，物之所以生，人皆有之而未能尽者，则有我之私汩之也。至孟子复申之以义，义至而仁乃可行，而人之趋利而亡义者，亦有我之私汩之也。切切焉惟我之私欲是图，则一身之行诣可不顾，而万物之痾痛不相关。于是天命为之不流，而人与己扞格而不能通矣。

今之学非有异于古之学也，而其汲汲于词章以趋骛于科举者，惟欲荣华其身已耳，非有天下国家之虑也。其侥幸一得，则亦惟官资崇卑、禄廪厚薄是计。如陆子静之所叹焉，理义不足灌其心胸，文章愈以滋其浮薄，学术不明而民物益无所赖，岂不重可叹哉？先生屡以为仁开示学者，而尤兢兢于义利之辨，词旨恳到，剖析无间。今取其书而沉潜反复，如立严师之侧而摘余之疵，如膏粱刍豢之悦吾口也。而如以驰骛驳杂之胸而读先生之言，则宜乎柄凿之不相入矣，又安能警醒奋发，而探圣贤成己成物之旨哉？

袁中郎集序

贺熙龄

人必有特立不拔之操，举人世毁誉荣辱无一豪动于中，乃足穷天地，昭日月，亘万古而不变，此立身与为文无二道也。韩文公为古文于举世不为之日，不知非笑之为非笑，遂以起八代之衰。五代之季，文质扫地殆尽，欧阳文忠公起而振之，而文学粲然复兴。是二公者，岂其有意与世俗牴牾，而苟以要后世之名哉？学足以充其所见，力足以贞其所守，而毁誉荣辱之私不得而夺之也。

有明一代，作者林立，自李献吉、何仲默倡为复古之说，李于鳞、王元美嗣起，谓文必秦汉，诗必盛唐，雄词壮气，凌厉无前。其弊也，模拟过甚，真意渐漓，而一时靡然，独公安袁中郎先生不相阿奉，而矫之以清新淡逸之辞。虽其后亦时有胜有不胜，而先生之沉识定力，不苟随俗波靡以取悦当世，可不谓豪杰之士与？余往时读先生诗文，憾未睹其全也，兹其后裔菘圃明经，将以全集覆梓，余得受而读之，一扫尘垢，空所依傍，务达其意而止。是先生之自信不疑，不苟附古人以自重，而况当吾世而生者哉？

顾余窃思当王、李焰炽之时，归震川亦昌言排之，而矫之以欧、曾之文，与先生殆有同志，乃迄于今震川之学传之者众，而公安之绪渐微，岂有幸有不幸与，抑将有待而然与？

王汉槎增补草木鸟兽虫鱼疏序

贺熙龄

晋陆玑撰《毛诗草木鸟兽虫鱼疏》二卷，嗣是元陶宗仪有陆疏本，明毛晋有陆疏广要本，至国朝赵氏佑订陶、毛二本之失重加校正。今王君汉槎复以其编次淆乱，而义有未洽、疏有未详也，搜辑群书，广为增补，而于解释末附以己见，折衷经传序说，疏通证明。王君之志可谓勤矣。

夫圣人论学诗，于兴观群怨、事父事君之后继以多识，非谓其务记览、矜博洽已也。一名一物之细，而天地之化、性命精微之理寓焉。诗人感物起兴，义有所附而志有所归，不明于万物之故，则不足以通诗人比兴之微，以自得夫性情伦纪之助。故学诗者必于伦理治其大，而于名物治其细，则显微同原，精粗一贯，此《大学》始于格物致知，而诚正、修齐、治平乃可循序而暨焉者也。陆玑所疏，据崇文馆目，谓其但附诗释义，窘于采获，似非通儒所为，然考其书精核典要，于今昔异名者实能得所依据。今王君复取赵本比次而补正之，则是书更为完善无疏略之讥，而学者因名考义，因物识情，以驯至于通材，则是书之裨益为不少矣。

沅湘耆旧集序

贺熙龄

湘皋学博，辑湖南诗为二百卷，既成，以示余。湘皋，资产也。先是，与陶文毅公有《资江耆旧集》之刻。文毅，亦资产也。既乃湘皋更推而广之，为《沅湘耆旧集》，富于前数倍。湘皋之志，抑亦文毅与湘皋相往复之志而未就者也。溯湖南之水入洞庭者，虽曰九江，而东则湘水为宗，西则沅水为长，举沅湘而湖南之水尽之。四方之人知有沅湘不知有资，今文毅既已辉煌天听，渥邀宸翰，光耀宇内矣。四方之人因资江以思沅湘，其神往于澧、兰、沅、芷之间者，当不知何如。昔太史公南浮沅湘，而其文疏宕多奇。张燕公、柳子厚入岳永，而后文章凄惋激发，得江山之助，况乎生长其间、涵泳于山川钟毓之灵者哉！

顾前明至今五百年来，湖湘之间名流著述不知凡几，而遐溯前徽，风雅之道暗焉未彰，岂其时沅、湘、兰、芷之芬郁积而未发与？抑亦修实者不求闻，又乏表章之人，而零落于故纸陈箧之不知收拾者多与？其事巨则任之者难。文毅公尽一生之功名才知，一发其奇于山水之间，湘皋尽垂老之精力，一发其奇于文字之胜，其功足与山水相敌。而湘皋一官落拓，宦橐萧然，搜剔零缣碎锦于数百年后、荒江寂寞之滨，其力为尤难也。吁，此吾楚之诗所以历数百年而未有表见于世与？是集之成，上自公卿，下及闺壶方外，多者百余篇，少者数韵，可谓发幽郁于千秋，振楚骚之逸响矣。至于才艺区分，流品攸别，则又因诗以考其人，论其世，观其出处师友之故，得其性情心术之微，而于孝子忠臣、高人逸士，尤眷眷三致意焉。回忆昔时寓居京邸，与文毅篝灯旅馆，每为余夸资水之胜。文毅既善谈山水，而吾乡之山水，又适足动羁居旅客文人墨士之思，于是溯洄于梅峒萸峡、芳风藻川，间思一往。读其地之人之诗，以遇其人于山水之外。今乃合沅湘数百年之孝子忠臣、高人逸士于兹集中遇之，又有非前日意料所及者，序此以志吾楚之盛，抑为四方之士读吾乡耆旧集者幸也。

此集断自明初，闻湘皋一往情深，又将由明而上溯之，以寄其桑梓之情于不已，然则吾乡孝子忠臣、高人逸士之幸，又岂有涯量乎哉？

春秋经义序

张学尹

《春秋》经也，传经者经师也。左氏、公羊、穀梁，经师之发蒙者也。后之经师二百余家，无不从三传入，从三传出，乃入其室操其戈以出，而还而攻之，毋乃背本而伤义哉！曰否，是非天下之公，匪一二人所得私之也，惟圣人之心至公，故经义止于至是。自非圣人，则其所见自有浅深广狭之殊。三传以贤人而传圣人之心，其不能悉是而无非者势也，而况后起者，又各以意见与于其间且数十百家也。子曰：三人行，必有我师焉，择其善者而从之，其不善者而改之。书曰：德无常师，主善为师。能择能改之谓也。夫能择能改，则三传可合为师。岂惟三传，虽数十百家之言，皆可合而师之也。

三传依经以立义，亦有时违经以生义，其依其违，在三子亦各殚其识力之所及以为之，而不敢自断其有是而无非。故其或依或违，三子初未尝自匿，特各据其所见所闻而著之，以听万世之去取。使为三传者能主经以折衷之，择其是以辨其非而经义不晦，则三传皆得有功于经，是大有功于三传也，而何背本伤义之与有？乃自为三传者各立门户，私相袒护，互相攻击，而三传不可合并。嗟乎，以一圣人之经而分为三家，岂复有当于圣人之心哉？而况后起者且分为数十百家也。然而各有所是，各有所非，则其理不可以偏废。择其是即可以辨其非，去其非即可以得其是。聚而辨之，节而取之，汇而通之，虽未必遂足以规圣心之全，而苟有以发明于经义，则无往而非师也。

学尹总角时初授《左传》即有疑，谓其理忽而醇正，忽而奇诡，其气忽而收敛，忽而放纵，其文忽而简质，忽而浮夸，殊不似一人言。先君子曰：此本杂取列国之史而裁翦成之，其蓝本不一，无足怪也。既而读《公》《穀》，有解有不解，乃从注疏求之，而是非同异益纷如，莫知所适。先君子哀之，曰：姑舍是，且细读《四书》及《易》《诗》《书》三经，以身体之，必有所得，然后可以读《春秋》。夫未能养其大中至正之心，而能于流失败坏之世见圣人之心者，未之有也。学尹盖尝受《四书》、三经矣，于是反复温习之，虽未能以身体之，而朝夕黾勉积累，觉此心渐有义理充实，而益觉经蕴之不可涯涘也。先君子曰：朱、陆之学不可岐视也。朱重穷理，陆重养心，天下岂有不能养心而能穷理者哉？朱子亦言存养矣。凡左朱右陆者，皆粗豪客气，不足取也。吾见子之心方为义理窒塞，又恶能以理养心哉？学尹竦然，从知所以涵养此心，使不役于记诵，虽手不释卷，而务提掇此心，使湛然有主，泰然无事，于是者有年。

适有询以公羊九世复仇之义者，学尹以意论之曰：九世复仇，孝义之至，然非齐襄之事也。齐襄鸟兽也，乌足以知孝义？且夫商道严肃，其末造为操切，故纣有醢鬼侯、脯鄂侯之事。周道仁厚，其末造为宽纵，驯至春秋，诸侯不朝，而王臣屡聘，恶有信谗烹诸侯之事哉？纪侯之谮，哀公之烹，无稽之谈也。《春秋》书齐纪之事，自桓三年书齐侯、郑伯如纪，至庄四年书纪侯大去其国，十余年间屡书特书，以著齐人逞强噬弱之恶。圣人情见乎辞，公羊何足信也？然置齐纪之事勿论，而于经外树一复仇之义，则亦足以伸义嗣之志而寒凶人之胆。何则？祖宗蒙冤，其孝子慈孙未能急为之雪，虽忍之百世，期于必报，彼凶人虽怙其强横，断无久而不衰之势。故恶积于平生，而祸发于身后，固天道好还不爽之理也。公羊盖愤于世之有子孙而忘其祖宗之仇者，故假经以立义，其所言者齐纪，其意不系乎齐纪也。先君子曰：噫，可以读《春秋》矣！因诲之曰：《春秋》非治一时之书，治万世之书也。书成于获麟之岁，其时华督、赵盾、许止、蔡般之辈，骨朽已久，彼焉知惧。而齐之田氏，晋之三家，方相继为乱贼，何谓惧哉？所谓惧者，谓万世不谓当时也。《春秋》胪列二百四十二年祸变之由，使万世懔然于君君臣臣、父父子子之义，盖惧在天命不在人事也。圣人义精仁熟，动协天则，而以褒贬求之粗矣。且夫圣人尚德不尚刑，尚义不尚利，而猥曰斧钺也，华衮也，是直以利害劫制天下也。是故以经师二百余家，善师之皆经之羽翼也，不善师之皆经之蟊贼也。小子戒之。学尹敬请曰：何谓善师？曰：夫子言之矣。择其善者而从之，其不善者而改之。学尹述。

潘辰章先生遗稿序代

葛树蕃

为人得扶舆旁薄之气，荟之而为才，彪之而为文，快已。又能贽其文售诸有司、通籍、都门，亦足已。然犹往往有大不幸者，岂文之未能信，而知己之难遇欤？惟是运遘百六，时事大坏，常困阨郁塞其才而不得抒，此古今每有同慨也。

宗先辈辰章先生生胜国之季，愤权珰之祸接踵，悼党社之禁锢罗织，寇盗充斥，谗谄蔽明，积渐壅塞。先生以崇祯丙子乡榜成癸未进士，明年遂有南宫之变，乃反初服，隐武冈之白石山，偕二三素心跌宕林泉奇胜，风雨论文，屋梁著书，吊屈潭而忧思，过贾井而痛哭流涕，满腔不平之隐，悉假文以鸣之。今所见惟《史评补》一帙，其四世孙时列编刻，弁以乡墨三首及会试、荐卷、行卷各三首，志所自，余散佚不复存。道光某年，江扫墓至武，访本宗父老子弟，因得是编以归。伏而读之，然后知《史评补》之为书，其抗怀者远而其所寄慨者深也。先生以有为之才涉世憾晚，既不及草檄奋义以敌王忾，复不获书思献策以资补阙，蒿目时艰，托列史运会之兴衰，人事之得失，吾道之消长，知人论世，要厥指归，形其所讳。所谓定哀之际多微词者，意在斯乎？不然，原序载上自三皇，下及胜国，而评绝无一语及明，何也？若轶之岂独在近者邪？抑不忍直斥之故，已乃自删之邪？

江尝论明季事，未尝不叹息痛憾于严、魏群小之用者，安能起先生而质之哉？且又常绎其制艺矣。覃思孤诣，卓乎名家，然其气黯云沉雾，其色秋树寒涛，其味浊醪涑果，其音节哀弦变徵、慢声侧调。俯仰二三十年，既别于西江诸子之奥衍宏深，尤与黄冈锺陵博大昌明之象不侔。盖言为心声，啴缓噍杀则其遇使然邪？江伟其才，悲其志，不敢私其文，约族之人更刻之，并署小言以自感。视昔绍威之希昭谏、阳冰之慕太白也将毋同。

梦史序

葛树蕃

初，青洋受知姚雪门太史，才名蹶张，服骑闲雅，由邦国渐次达都下，何其壮也！既而上书不行，博散职，复其族，抑又多故，兰摧蕙折，枯槁江潭，传客所知，家以自知，又何惫也。因尝与余论当世人物，以自托于古燕赵感慨，悲歌之士。其英锐之气，杂于疾蹙而散著于诗古文辞，乃始丁巳，上溯己酉，至于今，中间悲愉离合，死生庆吊，登游宴会之乐、花卉虫鱼之纤，溢而为梦，汇而为史，于是境凡三变焉。始帽影鞭丝者，一青洋也。继落叶哀蝉者，一青洋也。既名山石室者，一青洋也。而青洋即安得不垂垂老矣。客曰：方今登明选公，超除越授，即蹶科目，行就征辟，怪物得水变化风雨不难，子且乌乎知。然而无望之福顾岂不蕲，而固无庸也。幸而清则掌故太常、秘书行在，没复谥曰文而已。幸而要，则专制一方，枢管六府，而明良际会，纲纪毕张，又无所事建白，倥偬乎簿书，烂漫乎朝报，盖天子索茂陵遗稿蔑如也，安能风啸水鸣，霜飞木落，别标一种于八十一家之外，使读者忽坐忽立，忽舞忽涕，叹青洋之为文若是，闳其中而肆其外哉？然则青洋之书必传乎？曰吾又乌乎知。

吾第知其文百灵秘怪，其事布帛菽粟，其情君臣、父子、昆弟、夫妇、师友、宾主。大块之间，圣者作而明者述，智者创而拙者守。人官有能也，物曲有利也。日凿混沌，岁新耳目，必不变此布帛、菽粟、君臣、父子、昆弟、夫妇、师友、宾主之常，则自为其可传者而已。传则吾辈所投报纸墨错存其间，如服色然。宾朋杂出，不无以练溷主人縠者，要使世览是书，胥指识之曰，某姓名见某集中，某文词为某论列，即亦与俱传矣，岂所谓附青云之士而显者邪？虽然，骛新者人情也。尝见坊间一书出辄争购之，其有异愈益购之，如是者有年，而翻刻出。一翻而讹，再翻而汰，如是者有年，而选本出。澄滓存液，集腋为裘，都作者若文若诗，曾不满数十首，其参丽者谁复恤之？故虽唐宋诸大家集，少者数万言，而入选什百一，魏晋又少之，秦汉益又少之，附而存者总百不一焉，此可证大丈夫之不寄人檐下以此。

今青洋辘轲二毛，业立言谢上下知己，如蒙者才十龄，以少而才远不逮，知过此何似哉？往者属序未报，至是且削稿，乃书此质之。

易图正旨序

朱文炢

上天幽默，运至道于无言，人以后起参之，蔽于气，拘于质，滞于意，罔焉不能知，知焉不能尽，于是天不能不悯之也，乃为生圣人，而示之以图书。圣人不能不承天意也，乃发至道而写之以卦象。乌乎至哉！

百家之言论，非不繁兴也，而道之无声者，乃以言论而愈失。百家之意见，非不杂起也，而道之无臭者，乃以意见而愈迷。百家之奇元奥衍，非不日出而日新也，而道之冲漠无眹者，乃以奇元奥衍而愈谬。惟兹九图不假言诠，无俟意见，平庸而实，奇元简澹而实奥衍，其文自然，其趣活泼，其味冲永，其音寂寥，远焉莫能际其至，幽焉莫能尽其藏，微焉莫能罄其思，浑焉莫能致其议。前无始，后无终，外无外，内无内，莫不范围乎其中而不过，消息乎其中而不违。乌乎！道操其全，后圣述焉而不尽，理居其极，百氏争焉而不摇。是非天降圣作，乌能至是乎？而说者或以图书显于宋，后天出自道，余疑之，夫图书显晦，先儒论之已详，况系传有天一之文，康成又有法龟文之象，非明明大证乎？若以先儒相传之说为不足信，则古今来固无可信者矣，是岂知图书底蕴者哉？且夫图书之蕴非同浅鲜，须有心得方可言诠，不然胶于墨中，失于象外，如或以术数衍之而同于方技，以死法说之而病于痴呆，更或纷纷改造而蹈于伪妄。

道之不明，又谁之咎？予为此惧，于是仰思古圣之正旨，推本文公之素衷，删除邪说，一显道真。而凡先儒之得者录焉，失者弃焉，其有不及则用己意以补焉，荟萃衍绎，总期完于洁净精微之旨而止。知我罪我，其又奚辞？虽然，言之所及者有尽，象之所包者无穷，以言尽象，象固不尽，是在学者由象以得象，由象以尽意，使胸中自有一活泼图象者存，而无藉于是编，则庶乎其可耳。嘉庆甲戌正月。

丸窥四著序

朱文炑

小子炑性至鄙，弗克文华，故于世无能为役，独以性之于道为近也，乃扫除一切，专事于兹，苦心焉而甘之者有日矣。间独念圣贤之言道，非徒迹也，必有其精，而精果何在乎？经传之垂训，非徒文也，必有其意，而意果何存乎？不得精与意，而徒切切焉寻行数墨得语遗心，将圣道谓何而昧昧若是，岂吾人之所望乎？即不然仅获圣贤大用，未极理道一原，抑犹未可谓之有得也。肆心独往，必求真儒之所在，盖其积思也苦，则其入之也微，其研求也力，则其会之也远。夫乃叹圣贤之精果有其精也，经传之意果有其意也。寻行数墨得语遗心，果不可谓之学也，粗获大用，果不可谓之得也。一理通而万理悉化，一事得而万事皆神。而以之流连文字，亦有靡不逢源之乐焉。

炑不自揣，辄成四编，曰易图正旨，曰三传备说，曰五子见心录，曰罪述内外篇。或发挥经传，或敷述己言，自一而推之万，由万而合之一。无一语之敢妄下，无一字之或强安，然不敢自信也。昔邵子有言，弄丸余暇，闲往闲来。丸言太极也，即精与意之所在也，故程子有风流人豪之目。然丸可窥不可弄，故程子又有侮玩天理之讥。今取其义而曰丸窥，总其编而曰四著，质之同人，其亦有以识吾之志也夫。

桃花源志略自序

唐开韶

桃花源权舆于渊明之记，世多艳称之。或曰渊明寓意刘宋而托之秦，必求其地以实之，是按图索骥也。然东坡、梅溪，均谓渔郎所见似是秦子孙，持论通脱，必以为子虚乌有，不又胶柱而鼓瑟邪？武陵疆介巫黔，地邻蛮徼，当夫榛莽未辟，山阻水深，自足避世。迨沧桑屡变，岸谷多迁，以此日之近嚣，遂疑前此非栖隐地，不亦惑与？且唐宋以来，封山表地，而琳宫梵宇、鼎地瑶坛，辉映山翠，高人叠迹，其来甚远，此又志名胜者所不得略也。

楚以南山有九疑、衡岳，水有潇湘、洞庭，见于前贤纪述甚备。而桃花源往迹多湮，灵宅奥区，莫由陈奇秀于卧游者之目，讵非缺陷事哉？考《宋史·艺文志》，道士龚元正有《桃花源集》二卷，陈振孙《直斋书录解题》，谓田孳有《桃花源集》二卷，赵彦琇重编合为一卷，惜世罕传本。国朝四库书目所载，则有宋姚孳、明冯子京等集，天禄石渠之藏，非外间所能窥测，即储于江浙之文澜、文汇诸阁者，穷乡僻壤，亦莫由求观。

开韶不揣固陋，留意搜采，拾遗摭剩，凡事与文有涉桃花源者，辄付钞胥。久积成帙，知与古人无能为役，聊为问津者导先路焉。昌黎不云乎，至今传者武陵人。余世居汉寿，鲁柝邹闻，以乡人言乡事，非同越俎，第网罗未周、咫闻有限，姑以是为志略云。

逸周书广注序

黄溥为

昔孔子序书百篇，自古今文五十八篇外，惟有汩作、九共、稿饫、帝告、厘沃、汤征等四十二篇而已，无所为《逸周书》七十篇也。宋李氏焘云：书多驳词，宜孔子所不取，抑战国处士私相缀缋，托周为名。其言亦甚似而几矣，然今试取其书读之，如时训明堂，曲台具载，克殷度邑，龙门是援。其见诸汪士汉之题词姑置弗道，若此外典籍略同者。柔辔而刚马能御，杜预曾引《周书》，害上而明堂不登，狼瞫亦识《周志》。荀息所述，致谨于破舌破老之微。苏秦所称，严辨于不绝不伐之戒。上大夫受县，下大夫受郡，作雒之旧典堪稽，取榆火维春，取楢火维秋，《月令》之遗篇足补。他如职方一解可参《周官》，《官人》一篇无殊《大戴》。《通志》序撰于渔仲，以谥法属后世伪为。博物志著于茂先，谓谥法系姬公所造。放桀备征殷祝，而拜玺让位，《大传》原有其词。文传并志夏箴，而外次兼年，路史亦书其语。若成王之初尝麦，若戎夫之作史记，若芮伯之训诸臣，不独周公《大诰》《皇门》与《竹书纪年》合，无以嬖御固庄后，无以小谋败大作，无以御士疾卿士，俱出祭公临终顾命，与《礼记·缁衣》符。许叔重之著《说文》，马季长之注《论语》，郑康成之注《官礼》，班孟坚之作汉志，宋太宗之修《太平御览》，刘舍人之撰《文心雕龙》，皆于是书取证，然则《周书》盖可忽乎哉？

夫非读荔挺不生，则郑注本相连，虽颜之推犹且议之也。不读佞人在侧，则杜诗有来历，虽黄鲁直无由知之也。居恒披读之余，每怪句多缺略，因溯厥源流，撮其梗概，为杂述一卷。又取卢几鲔先生校正本，考订讹谬，增其不备，为图象五卷。自惟玉格未详讥贻马氏，金根罔达，暗等韩生，然窃以一物不知，君子所耻。昔窦攸辨灵台之鼠，《尔雅》以兴。刘向识上郡之尸，《山经》以显。而且毕方诏问于曼倩，重常定名于仲舒，士深审仲师之形，元逊究傒囊之号，大都垂诸往册，炳然来兹，固非若子云之作《太玄》，徒恐后人用覆酱瓿也。若夫《周书》之托始，汉以来原有此书，不因晋太康中发冢而始得，即不容系以汲冢之名，则有王深宁、杨用修之言具在，无庸复赘矣。

太古粹图序

李任

子朱子具制礼作乐之才，订礼以谨名分，崇爱敬为本，而论乐亦以琴德为优，慨言琴者徒务布爪取声，无复知礼乐精微之极。为著《琴律说》《琴操》，其于声数、律分、徽寸之义，元声、正半、雅郑之辨，固皆有以到乎其极，而言人所未言矣。犹未已也，分律布声，于吴氏多所咨访，累万言不休。夫东周而后南宋一人，而于一艺之微往复辨难，亦复不遗余力若是。信乎昌黎韩子曰：闻道有先后，术业有专攻。圣之所以圣者无常师耳。於戏，朱子之可以为朱子者，其在斯乎？而琴其小焉者也。

任自早岁即读朱子之书，尚未窥其藩篱，读《招隐操》及《琴说》，即思援琴以习其器，亦未之果。迩来补过山林，修理旧业，益无暇讲此矣。今夏沅江彭君养识携琴来访，始谋面也。器其人留连旬日，既而知其可与。从受宫声两弄，旋以朱子散按诸图相叩。养识欣然就案，抚弦审音，渐辑方图十章。余以朱子所论相校，无少差谬。养识深于琴矣，盖其虚怀勤敏，寝食于兹数十年，故其轻重疾徐，音调度数，得心应手如此，然余独慨夫琴之感人固有其至者也。养识为亲之故，抱枯桐以来游，未必能择地而蹈，而其相人乃能作雅俗辨，自言因依偶尔，必以清雅为宗。余观其终日之间，峭厉倔强，勤所事事，风窗月夕，念不忘亲，且尝以尘劳扰扰，不得遂志于学为憾。嗟乎，何其肫笃而坦白乎？使得专志于学，以求紫阳之道，其所就当未可量。然即其念论如此，亦可谓知礼之本而得琴之意矣。濒行持其图问序，书以归之。

谭友夏先生集序代

蔡用锡

有明之季，言辞章者锺、谭并称，谓伯敬、友夏两先生也，予每以不得其遗集为憾。乙酉冬，由金陵还湘展墓居数月，有携谭先生集来者，询之则其裔孙悭渔少府，谋梓旧刻诗文若干卷及未刻若干卷，属序于予。受而卒业，既喜得先生集，并生平大略亦幸可睹已。

先生身丁衰弊，不为世用者也，自来辞章家往往因时与遇，有盛衰通塞之不同，而其诗与文，或如星云之丽彩，或如鼓角之含悲，或英奇如剑佩冠裳，或偃蹇如岩松霜柏，无不肖乎盛衰通塞以出之。

光、熹、庄、烈之间国是日非，其时东林顾、李、赵、王、高、曹、汤、沈诸人，率皆抱屈子之穷愁，怀贾生之激烈，即郑翰卿、朱兆隆、徐惟和辈，亦忼慨有燕赵风者也。而先生常羊衡湘、吴越间，揽川岳清淑之气，豁风月登眺之情，尘壒轩冕，自适其适。其发之于诗，则思清以孤，藻朴以雅。其发之于文，则旷怀而不禁，奇逸以自喜。使读者莫辨其时之或盛或衰，遇之或通或塞，岂世运人事之说，独于先生有异乎？虽然，先生之心既澹于盛衰通塞，则欲执盛衰通塞以求先生之诗与文，固失先生矣。譬之宇宙间，推迁而为古今，升降而为气运，浸淫而为风俗，生其中者不能不受其转移。若夫别有天地，如所称桃源仙洞者，辟灵旷之境，敦浑朴之风，山峙川流，草华木秀，世界尘表，光景常新。彼不知有世运之升降，古今之推迁，风俗之浸淫，而理乱荣枯复何所与？先生之志行如是，先生之诗文亦如是而已。

第先生以天启七年举于乡，是时锺先生已早卒。更十余年而先生没时在崇祯乙卯，年方五十有奇。其名辈于锺为后，学者何以并称？及考《明史》所载，两先生尝选《唐诗归》一编，复选隋以前诗归一编，由是名满海内，号竟陵体，并称锺谭。兹先生有贤裔足以传先生，予幸而见名山之业于先生也，傥他日并得锺先生集读之，则更幸甚。

送石门袁大令解组序

蔡用锡

菘畦袁先生居严州之桐庐，汉严子陵隶籍其邑，距先生仅数十里。予壮岁游浙，未获亲至其地，尝慨慕不能忘。

咸丰三年，先生以名孝廉来宰石门，适予司是邑铎。观其风度，在官不改儒，素与俗吏殊，知得于桐庐山水者多也。公余之暇，与语子陵遗迹，令人若置身富春七里滩间。乃未几而先生有去志，其殆子陵之高风乎？夫士君子通经致用，苟得所藉手，则民物非异人任，而况在需材孔亟时邪？当光武中兴，邓禹、吴汉、寇恂、耿弇诸人，虓阚风驱，熊羆雾集，清天步而归旧物，取神器以还汉家，固各能跨腾风云，致身通显矣。子陵纵立功名，亦不过同绘云台像耳，乃遗名逃世，再征不起。峻贞白之轨以与诸豪杰异，俾后之习奔竞、熟趋附者，稍稍知自顾惜焉。斯留为世教之箴砭者多矣，岂区区一时之功名哉？若先生之所遭视子陵何如邪？且夫天下治乱之机系夫县令者也。方今戎马四起，蹂躏几遍天下，即得戡乱才，而上下已受其困，惟得良有司深察其故，养民气，顺民情，则乱不生而民自治。

先生宰石门，颂声遍于邑，大吏皆重其贤，而乃决计引去，亦恝然忍哉！虽然，人苟自爱，则出与处皆有济于时，富贵利达之陷溺人心甚矣。先生急流勇退，恬澹无求，傥亦子陵之徒欤？顾予年七十，行遂初服，而望治甚殷，苟先生更为斯民一出，不亦大幸也哉！

送何广文吟梅归银塘序

何庆元

吟梅先生铎桂阳，甚得士心，居三年以事去，诸生咸恋惜焉，谒予为序，以壮其行。予与先生同受姓，讲学论文，时相过从，又有友朋之雅，微诸生请，固不能以无言矣。先生学老文钜，友教其乡数十年，多所成就。今兹去桂归潭，以桂士之惜其去，知潭士之望其归也。去桂而桂之士怀之，归潭而潭之士趋之，其亦足以娱暮齿矣，先生又何憾？

古之时仕学合，今之时仕学分，非学与仕果分也。古之人学与道一，道与身一，身与世一，故其学曰为己，其道曰一以贯之。今之人言学者不知道，言道者不知身，言身者不知世，言世者不知身，亦不知道，故其学破碎决裂，处无以为处，出无以为出。予尝谓古之异端，在圣人门墙之外，今之异端，在圣人门墙之中。凡近世学士大夫滔滔不反者，皆知尊孔孟、崇仁义、说礼乐、敦诗书者也，岂不甚可忧哉？教士之官介乎学仕之间者也，归而为乡先生，则一乡之士皆宗仰焉。况以数十年友教之勤，庠序之徒之所归心，三年弗见，快睹一日，苟以斯言进之，知必有憬然悟、勃然兴者。

先生行矣，耄期称道不乱，善教者使人继其志，舍是无以赠先生矣。若夫先生孝友之诚，慎终追远，敦宗睦族之谊，约己利物，积善余庆之德，此潭之人士亲炙而日仪刑之者，尚何俟予言哉？

金刚经因果实录序

何庆元

地狱果报之说仿于《楞严经》，大旨以十因六交，发明地狱诸趣。非从天降，非从地出，亦非人与。自妄所招，还自来受。其言深切著明，悲悯之心溢于言外。世间号称业儒者，类多以为异端而忽之。《书》曰：作善降之百祥，作不善降之百殃。《易》曰：原始反终，故知死生之说。精气为物，游魂为变，故知鬼神之情状，是岂非圣人之经乎？何其与异端之说若符契也。嗟乎！末世众生，利欲交讧，几希斫丧，幻如魑魅，毒甚虺蜴，机械日深，杀风日炽。刀山剑树、寒冰猛火诸可怖畏之象，充塞人心，遍满宇宙，而操尺寸之柄者，又多颠倒其是非，舛错其刑赏，冥冥中若复无神焉为之考善恶于生前，判苦乐于死后。使之自作自受，莫解莫逃，则彼作不善之人复何所惩，而作善之人又复何所劝乎？然则佛氏之说，固将以补圣贤所未发，亦可以助王法所不及。有世道人心之忧者，方且闻其言，而表章之不暇，更何暇拾韩、朱之唾余，泥幽明之间隔，而疑之而辟之也哉？

姻丈胡君琴堂重刻《金刚经因果实录》，并绘十王殿暨历代果报诸图，欲人触目警心，有所惮而不敢为恶，属元曰，子为我记之。乌乎！天道循环，感应不差，其见于正史所载者代不绝书，而此篇尤其近且明者。观乎此而犹漠然无所动，悍然无所顾，萧瑀有言，地狱之设，正为斯人矣。

送剑樵杨典史归浙江序

何庆元

剑樵杨君尉吾邑，不三年以内艰解任，搢绅之士莫不惜其去，相率为歌诗以送之。公慷慨有大节，义形于色。往岁小丑震惊，公奋不顾身，诘奸除暴，有功德于吾邑。余纪以诗，临歧赠言，无待赘陈也，则更以为吏之道告焉。

方今天下患在民与官远，官与民隔。胥役舞玩于外，仆从浸润于内。奸邪盘结于仆从，盗贼根柢于胥役。事倚以办，公取以足，知之而不可为，为之而不可变，一旦有急，则官无可恃之民，民无可恃之官。此其见病之端也，而非其本也，其本在于官之嗜利而无意于民。嗜利则仆从有所潜窥，而为之浸润；无意于民则胥役无所忌惮，而恣其舞玩。秦越异体，肥瘠弗问，燕雀处堂，焚燎莫知。至于寇贼公行，奸邪溃决，向之锱铢取之、膏血奉之者，适足以为大盗积而已。夫盗有外有内，外至者可备，内出者不尽其积不止，尽其积犹弗止。呜呼，何其愚也！

治远者自近始，治外者自内始，治疏者自亲始，治人者自身始，治身者自心始。不正其本而从事其末，末不可得而治矣。昔者孟子三见齐王而不言事，门人疑之，孟子曰：我先攻其邪心。其告梁惠王曰：后义先利，不夺不餍。吾乡朱都宪之为吏也，妻子不之官，陈白沙先生称之曰节用爱人。呜呼，苟能节用，可以不嗜利矣。苟能爱人，则胥役、仆从俱无所施其蛊惑矣。物必先腐也而后虫生之，墙必先隙也而后蚁窟之。不计乎千秋万世者，不可以永日。不敷其心腹肾肠者，不可以感人。无功德于苍生社稷者，不可以长子孙。取非其有而莫敢谁何者，必悖出而受天下之奇祸。呜呼，今之以巧宦震耀一时者，吾见亦多矣。原其始，未尝不忸怩其心也，遏于势，狃于习，同利相挺，同波相激，则是心或几乎息，而亦将聚而歼旃矣。吾不敢斥其名也。

公久宦湖南，而浙江又称仕国，归而以吾言示之，或者其有补于世教乎？

湘中耆英图序

陈本钦

湘中人备官中外先后解组者，不约而同，过从谈宴，极林下之乐也。昔宋兴，国中诸公，仿香山九老余韵，历会于乐天故第，图形于普明僧舍。及元丰中文潞公留守西都，因富韩公致仕里居，就其第集贤士大夫之年高者相与觞咏，得十二人，首韩公年七十九，温公年六十四居末坐。潞公令其作序，于是绘图藏之妙觉僧舍，时人谓之洛阳耆英会。

道光甲辰秋，坦斋师主讲麓山，邀诸君子集于城南之妙高名刹，尚齿不尚官，循唐宋成式也。以本钦末坐宜序其事，本钦愧甚且辞不获命。时藕耕贺公方抚黔南，闻之以书致双圃曰：君始归长沙遂开公宴，仆湘西人，位与年不在数客后，愿寓名其间如王宣猷故事。行将归隐，同赋遂初，诸君子当不我遐弃。

会起于甲辰，故以甲辰计其年。洎丁未，绘图成，藕耕亦返里下矣。湘帆及其弟双圃、星堂师、企园、莘田及其侄岳心、星叔、本钦，长沙得八人。受堂、镜海、育庵、岱青，藕耕、蔗农昆仲，善化得六人。镜海改籍山东，暂居旧里。少衡入大兴籍，湘阴人。坦斋师衡州安仁人，伊辅清泉人，梦莲沅州黔阳人，皆寄寓省垣。道光二十四年岁次甲辰冬十月。

赠舒白岩秀才序

严正基

古者寓兵于农，入则公孤卿尹，出则方伯连帅，士大夫罕有不知兵者。兵或百年辍用，未尝一日弛备，亦鲜有讳言兵者。虽然，兵凶器也，战危事也，用讵圣人得已哉？故慎言之。

舒子白岩，吾溆聪明特达之士也。少工诗文，凡星卜堪舆之奥，靡不默参神契，而于治兵家言尤究心焉。以此得狂名，为有司罗织，几不免，旋得解以归，隐于邑北之大潭，镉户读书，迹不涉城市。余数相过从，敦朴有裕，若器焉窿然大矣。贤者固不可测如斯邪？

夫龙神物也，其腾踔风霆，嘘沧溟而翔霄汉，极震荡变化之奇。观者惐目咋舌，蔑敢逼而狎视焉。然当夫蛰深渊，蹲灵湫，窈然而莫窥其倪，黝然而弗炫其曜，与常鳞凡介无殊焉，则真不可测矣。是故善言兵者，不必有知兵之名，阴翕阳辟，运造化于一心，即其侪伍里巷，征逐末由、进窥其深者，意亦犹是也。

昔横渠张子以言兵干范希文，教以名教中自有乐地。先子少习兵事，游罗慎斋先生门，亦以毋易言兵相诫。卒之横渠潜心正学，为北宋大儒。先子虽以武略建勋梁益，而晚年涵养渊粹，海内终以名德相推。白岩知兵者也，抑将有进于斯焉。顾吾闻之兵祸至东周烈矣，故宣尼不答战阵之问，战国则祸尤烈矣，孟子直以善战服上刑为儆。夫兵凶器也，战危事也，言之不可以不慎也，况用之乎？白岩知兵者也，晓然于古今得失之林，家国天下成败利钝之数，亦在审其所趋。毋或幸以相图，则势不殆，慎其所与，毋令轻以相附，则机不危。

蛟之蟠江而飞，鲸之踨海而立，非不哆埏瀛之恢奇殊绝也，然能伸而不能诎也，能显而不能藏也，其惟龙乎？在渊在田，潜见各以其时，天下莫能驯而扰之也，吾又乌乎测之哉？

湖南文征　卷七十八

序二十三

山西乡试录序

龙瑛

道光十有二年岁纪壬辰，直省乡试届期，礼部以山西考官请，奉旨以臣龙瑛偕臣张延阀往典试事。伏念臣湘南下士，知识庸愚，由嘉庆二十二年二甲进士改庶吉士，散馆授职编修，道光五年充顺天乡试同考官，涓埃未效，悚惕方深，兹复荣膺宠命，畀以抡材重任，抚躬循省，益矢冰兢，谨偕臣延阀骁征就道，届期入闱。时监临则某，协同点名官则某某，提调官则某，监试官则某，内帘监试官则某等，皆恪恭将事乃进云云。率同考官某某等，矢公矢慎，得士如额，择其文尤雅者，恭呈御览。臣谨拜手稽首，扬言简端曰：

臣惟文运之隆关乎世运，我皇上右文稽古，缉熙日新，海宇承学之士莫不争自濯磨，烝烝向化。昨岁特开万寿恩榜，嘉惠艺林，窃见夫和声鸣盛，鼓吹休明，于烁哉同文之盛轨也！本年补行正科，士之怀铅握椠，思所以待席珍之聘者又复一载于兹。先期圣谕特颁，饬各直省典司试事者，通较遗卷，悉心甄拔。仰见皇上兴贤育才惟恐有遗之至意，臣何人，斯膺兹巨任，谨偕臣延阀恪遵训谕，以为取士之程。窃念言为心声，因其言以考其学与识，而其心术之所向，与夫品诣之所成亦从可知。彼逐新趋异，夸目尚奢，专事揣摩剽窃之术者，所蕴不深，所发必不厚。《易》

曰修辞立诚，《书》曰辞尚体要，斯固别裁之准的也。

山右为禹贡冀州之域，平阳蒲阪，风教固殊。大河潆其西，太行峙其东，灵淑郁积之气钟毓独盛，若汉之郭泰、王烈，唐之狄仁杰、裴度，宋之司马光、文彦博辈，文章事功彪炳史册，知必有后先辉映者。臣窃勉矢愚忱，耳目所及，不敢稍有遗漏，精神所副，不敢稍有爱惜。是则区区持择之私，冀收得人之效，以无负皇上训谕周详之盛心焉耳。维时官斯土者分守河东兵备道某，分守雁平兵备道某，分守归绥兵备道某，太原镇总兵官某，大同镇总兵官某，太原城守营参将某例得备书。

重修明星池引

赵先雅

益之有明星池旧矣，曩者文登陶公宰斯土实新之，甃其旁屋其外，且摘朱子及杜牧之句识之，今其额与联是也。陶公故有德于吾邑，其治益也，大指在宏奖士类，惩奸慝，安善良，而其才又有过人者，事无大小，不劳余力，而往往与人情物理相协应。听政余暇，则帅其僚友宾客，与邑中搢绅先生，游憩歌咏于池间。逮今数十年，邑之人咸乐道之，以为当时韵事。

乙亥之春，为我邑侯延川李公下车之始，公甲戌名进士，以英伟材辩，奉天子命来治斯邑，凡所以养民教士，意欲追陶公而从之，期月间纲举目张，人民乐恺，城之诸父老合辞请曰：明星池自陶公建后，岁久不治，日就颓败，愿葺之。公曰：诺。即谕捐廉为邑人倡。于是诸父老鸠工于役，将复请于公而丐余一言。余谓陶公由百里晋位方伯，其在江南也，常眷顾益邑不忘，而邑人士慕其德，览其遗迹，与古甘棠无以异。今公春秋方富，政治日新，蜚英声，腾茂实，扬历迁擢将为封疆大吏，流惠无穷，安知异日去后之思，不犹之慕陶公邪？吾将以明星池卜之。

续修长沙郡馆题名录序

胡达源

《郡馆题名录》嘉庆丙寅吴东麓先生所手编也。公车至会馆者，类皆英奇卓荦之士，往往景慕前贤，谓某也功名事业，彪炳寰区，某也道德文章，光耀史籍，乃至艳称其甲第，津津焉不绝于口。及展览是编，益肃然起敬，以为此名经之所在也。

辛未春，达源以优贡试礼部，幸得列名其间，携一册以告于乡之父老子弟，令人兴起。癸酉以后，惟题名于匾，而此编阙焉，何举之难而废之易与？夫以长沙一郡凡十二州县，士生其间者，莫不涵濡教泽，争自濯磨，乡会试预题名者，济济然称为最盛。乃或阅十数年同榜年家至，询其姓字，问其里居，有隐约而难举者，况其非同榜者乎？然则此编之所系岂不重哉？爰续辑嘉庆癸酉以迄道光乙未，悉循旧刻程式分类编之，惟辛未以前官阶间有增改，其余概依题名匾所书，从其朔也。

顾吾思之，凡事之举，必经其久远，而后可以不废。方东麓先生之辑是编也，虑其匾字剥落，几经考核，乃托诸梨枣，广为传布，且冀每科增刻，以相续于无穷。曾不数年，至求其藏板而不可得，何者？费无所出，遂至推诿，心存推诿，遂至废事，此必然之理也。因与郡馆值年夏一卿、罗苏溪诸君子悉心酌议，每科题名目，于捐写岁修公费外，每人各出制钱五百，汇交值年，将题名续刻，并刷印馆志一部，装潢分给，如此则题名者不患其费之多，而经理者亦不得以无费借口，庶几行之可久，而不至于废驰乎？且使有题名录者并有馆志，将合郡之人家藏其书，互相证据，不较胜于镌之金石也哉？后之题名者念东麓先生编辑之心，与达源等续修之意，皆能观感奋发，振云翼于鹏溟，嗣风徽于雁塔，将见功名事业，道德文章，烂然与前贤媲美，则是录也千载有光矣。道光十有五年岁次乙未夏六月庚寅。

桃花源志略后序

刘梦兰

嘉庆元年，余与竹谷同游高东府夫子门。时余年未成童，竹谷已冠，有声黉序，貌颀而长，吐属风雅，性好客，日接四方知名士如恐不及。

越二年，余始补弟子员，竹谷益肆力古学，每作诗，动辄数百首或数百韵，望之莫测其涯涘也。中岁辟湘上园，构红树诗楼以居。翁凤西方伯耳其名，聘修《湖南通志》。自后屡开选局，锐意辑《湖南诗征》，搜罗唐宋以来至国朝古今体诗，堆积几案间，山林隐逸，采摭殆遍。道光元年，举孝廉方正，辞不赴。复薄游白下，索交当代巨卿暨大江南北渊雅之士，资其讨论，见闻益广。旅怀诗“江山掩映三千里，诗酒淋漓四十年”，益自为写照也。余通籍后，供职京师，历官岭海，忽忽二十余年，与竹谷踪迹稍疏。逮罢官归，余已华颠，而竹谷益白发鬑鬖。询其所辑，以贫不能付梓。

道光十一年，大水坏屋，所存旧稿尽行漂没，仅能以身免耳。因易红树诗楼名逃生楼，郡人曾仪堂尝为演传奇纪其事。幸所辑《桃花源志略》十八卷尚存，经胡光伯太史商订为十三卷。太守葛礼山、黄惺斋、庆云冈三先生先后作序。余商之桃源景晫垣明府，既同志诸君为集资开雕。嗟嗟！半生著述，概付波臣，守缺抱残，何时满志。其他选辑及自著侠野草堂诸稿，任其散佚，其用心良苦，而其所处之境亦大可哀已。书成，志其梗概如此。至其书之所以善，前序详矣。

竹里蔬厨序

锺昌言

丙戌春，葛民读书于虚谷之有斐书屋。斋之南，松峰峙焉，林木葱郁，怪石嵯峨，闲云时出入于几砚间。其东为洗心泉，泉之出不可穷，汩汩然，泠泠然，环谷左迤而南也。谷中修竹数十竿，清风徐来，拂人衣袖。余始居而悦焉，久而忘焉。其初遣仆传餐，既而觉其趋走之扰也，乃相其斋之北而厨焉。厨广不盈丈，甑釜罂盎、匕箸刀碪之属毕具。葛民读书暇，辄拾叶数米以自炊，摘畦蔬以自佐其食。无轮辕辐辏之喧，无僮仆嗔喝之扰。厨烟山翠与静气相迎，读而炊，炊而自奉，晏如也。

夫侈珍物于羊羹，穷烹调于炙鸮，日费万钱，侍从竞诺。秀项小腰者，曼声缓步，行觞于左右，颐丰而体厚，智过而机应，不知其来，安知其去？嗟乎，此富贵者然，殆有命也。然或乐极悲生矣，味浓反厌矣。若蔬种植之所获，雨露之所长，其来也机巧所不施，其食也造物所不忌。味淡而弥永，物微而反真。取之不禁，用之不竭。优焉游焉，与云山之滃霭，泉石水竹之幽洁，若两忘焉，又安知岁月之推迁也哉？如谓耻世味之炎凉，以离世而独立，余何敢焉，因颜其名于左。

陶靖节先生生辰序

锺昌言

士生古人后，读古人书，慕其人之高风亮节，恨不获生是时，与其人输肝胆，抒情愫，执经请业，以副其生平所向。不然，则必风雨晦明之夕，往往通梦交魄，得睹其颜色于羹墙之间，此讲道励节之士异世相慕，有同志也，而余于陶靖节先生为最。

当永和、升平间，穆帝幼冲，晋祚将移，桓温威权日盛，内萌不轨，司徒如谢安，宽仁大德，中外信服，犹不能倾否济屯。先生职卑权轻，虽欲救榱崩栋折之危，副恢复中原之志，势必不能，然其悯时忧世之心，与夫坚洁不污之大节，虽历数千百年，读其书犹可想见，且夫士之志，合则益坚，郁则激而易变。先生为晋微臣，受朝廷恩未深，假使应刘裕之征，峨峨焉缨其冠出为著作郎，斯亦足以著其奇伟瑰杰非常之抱矣。乃始则以五斗不屑折腰，而竟赋归去，既则坚节不屈，而义熙以后之文仅书甲子。

乌乎！进退之道，君臣之义，若先生者足千古矣。若夫寄晚节于黄花，引壶觞以自酌，安命乐天，虽无怀葛天之民，岂是过乎？

余穷居寂寥，篱菊方发，与二三同志抗论两晋人物，其他或少有低昂。至先生则莫不旷然心感，肃然起敬，曰其殆百世之师，吾侪所尚友而寤寐思之者也。余曰其以先生所嗜之菊，岁称觞以祝，众应曰诺，遂举其事。同志者朱君绶卿、柳君春皋、郑君燮堂、吴君素夫，暨家青田，兰荪，弟熙人。

李氏蒙求详注序

黄本骥

著书难，注书更难，非遍读世间书不能著书，即遍读世间书犹不能注书。世间书无尽，而古书之流传至今者有尽。注古人书无一字无来处，目中不尽见古人读本，必欲察及渊鱼，辨穷河豕，曰某事出某书，某事出某书，条举件系，如数家珍，难矣。至于排比典故，较之伏、郑注经，裴应注史为更难。经主义理，事可从略，史虽隶事，其源易寻。若夫捃摭四部之芳腴，荟萃百家之玉屑。易牙知味，难分酿蜜之华。师旷审音，莫别缫弦之茧。自欧阳氏《艺文类聚》、虞氏《北堂书钞》以下，无虑数十百家，类皆作者自注，尚不能铢两无遗，况以秦灰久（泠）〔冷〕，鲁壁重湮。昔人所见，求之今本，往往阙如，否则一事数说，又复彼此以踳驳，注家命意，原欲开导后学，考核不精，折衷未当，适足以滋疑误而已。

旧注之精当者，以刘峻《世说》、李善《文选》为最，然其详略去取，已不无可议。若近时坊本，多以赝鼎求售，全凭浅陋之见闻，不顾本事之当否。前人既以讹传讹，后人复将错就错，心思耳食，相习成风，无怪夫古书日注而日亡也。间有鉴彼前车、自居博雅者，虽涉猎稍富，而体例未严，芟薙原文，断鹤胫以省纸板，窜易字句，添蛇足以欺愚蒙，欲使疑皆可信，转教信亦成疑，录其纂述之功，不偿妄作之过矣。《蒙求》之名昉于《周易》，著者数家，以唐李瀚氏为之祖，包举百代，约以四言，裁对既工，音韵亦叶，诚为学者隶事之津梁。我朝采入《全唐诗》内，《石渠秘笈》久已传布艺林，塾中惜无注本，其引征之博，抉择之精，老师宿儒不能尽知所出，将何以应童蒙之求乎？是固非注不可，而注之正不易易也。

闽中陈枫阶先生以名孝廉出宰湘中，繁区历治，所至有声。服政之余，辄与铅椠从事，著书等身，而《蒙求》注本尤为精赡，不独为前哲功臣、后生良傅，亦即刘子骏所谓知蓄积善布施者也。其书凡若干条，总为若干卷，注中引书悉从原本检出，不以前后类书为凭。事虽习见，宁详无略，不肯增减一字，欲使学者因注而见全文，是以一书而备群书之用也。又恐原帙繁重，难于覆校，必详载篇目使开卷了然。体例之严，可为后来注书楷法，非遍读世间书者能如是乎？

先生宰永明，鸠工付梓，于二千里外邮书索序。余主讲五溪，不克亲与校雠之列，挂名简末，固所甚愿，因述其注书之难如此，抑余重有感焉。《太玄》得平子而方显，《论衡》遇中郎而始传。书有显晦，自古已然，今值御定《全唐文》告成，而先生适为是注，其亦唐贤著作光昌之会也乎？

芙蓉楼唱和诗序

黄本骥

柳子厚谓邑有观游即为政之具，盖以祛烦涤壅，非有高明游息之所，不能理达而事成。况前事者后事之师，其人已远，其迹犹存，不为修葺而咏歌之，非独山川失润，抑且取法无由，虽鞅掌簿书，其视以玩替政者奚异？唐诗人王少伯，由江宁丞谪龙标尉，小说家载其以琴书自随，命苍头拾败叶供爨，及洞蛮长跪乞诗数事，仅与旗亭画壁同为风雅之宗，若无意于政事者。然以琴书自随，其嗜好可知。拾叶供爨，其清操可知。洞蛮乞诗，则邑中文秀之士，其翕然向化又可知。盖子厚所谓清宁平夷恒若有余，乱虑滞志无所容入。吾于少白征之矣，岂仅以诗人目之哉？

黔邑西关外，旧有芙蓉楼，相传为少伯送辛渐处。其地原在唐润州，今镇江府治也。盖少伯丞江宁时事，后人因其谪宦来此，建楼存迹。嘉庆乙亥，曾石友刺史钰知是邑，由城东徙今地，有诗文纪其事。地据雄、沅二水之交，有石屹立，有树森陈，旷如奥如，二者咸备，诚观游之胜境也。见田明府宰黔三载，邑中祠廨桥道，焕然一新。理事之勤，近日罕有。因见斯楼之榱栋倾欹，丹漆驳陊，慨然修复。凭栏远眺，适足以祛烦涤壅，为高明游息之所。自为七律四首以落其成，又于重阳日招集幕僚子侄，及邑人仕隐而文秀者为登高之会，亦自为五律四首。邑中钞稿传和者凡数十人，得诗若干首汇为一帙，将付诸梓，以志一时唱和之盛而属序于余。余谓少伯诗意冰心玉壶，明府诚足以当之，其不以勤政而废观游，尤得子厚所谓“理达事成为邑民之福”者，岂独青山明月，寄意篇章，足与古人争能，而为时髦所宗仰已哉？

诗传识名录序

黄本骥

多识为学诗之绪余，然夫子之诏小子，必于兴观群怨、事父事君之后而后及此，盖未易为初学道也。古之以博雅名者，如张茂先、郭景纯，类能留心于名物训故之学，究未敢从事于《葩经》，以动植飞潜厥族有万，种类各别，今昔异名，稍有未审，辄贻《尔雅》不熟之讥。非若《山海经》《博物志》所载，多恢奇瑰异，未经人见者，人亦无从质正其是否，是以难之也。

自陆玑《诗疏》、陆佃《埤雅》出，始为考据之滥觞。踵而为之者，宋有蔡卞《毛诗名物解》，元有许谦《诗传名物钞》，明有毛晋《陆疏广要》、冯京《六家诗名物疏》，国朝则有毛奇龄《续诗传鸟名》、姚炳《诗识名解》、陈大章《诗传名物集览》。其书具在，于鸟兽草木之名，固已笺释大备，即一鳞一介、一虫一豸之细微琐屑，亦无不探讨靡遗。后之学者，但当涵咏乎贞淫正变之原，细绎乎温柔敦厚之旨，至其绪余之足以资多识者，似无庸致力于萤窗蠹简中矣。然而经义无穷，名物亦岂有尽，安见前人之书不有讹且漏者，必待后人之正而补之乎？是在善读书者，不为古人囿，而后能为后学倡。

黔士丁生友爱，家多藏书，又好读书，尝以所著疑问就质于余，于经史之可疑者，几于一字不肯放过，余已心识其用力之勤矣。今又取诗传中鸟兽、草木、虫鱼汇为一编，详加考订，虽未能于二陆、两毛、蔡、许、姚、陈诸书外别出新义，而其征引各说，博而不烦，间附己见，质而不俚，洵足为发蒙之善本、《广雅》之新编，急宜付之剞劂，以为吾党学《诗》之一助云。

罗金淑碧芙蓉馆诗序

黄本骥

余近岁序闺阁诗三：一前室陈梅仙《梅影集》，一兄女葆仪《茶香阁集》，一今室钱之妹衡龄《霜月吟》。之三人者，皆秀外慧中，诗有时誉，而梅仙又善篆书，葆仪善琴，皆早夭。钱亦少寡，人谓女子能诗为不祥，其言似非无据。今阅善化罗丽笙女史《碧芙蓉馆诗草》，则又以前言为不然。

丽笙之外氏胡与余族为戚，前在长沙曾见其诗，并闻其通星卜诸技，其时尚待字深闺，未及一见，及余远宦龙标又三年矣。一日，有湘阴邹君子香，赴馆晃山，停舟见访。子香丁酉拔萃知名士也，询知丽笙得为其俪，深以淑女得所归为喜。子香年少多才，必为一时伟器，则丽笙唱随偕老之乐，有非梅仙等所能及者。

子香去后，以是集邮致索序。检其中有《与子香论诗》句云：句贵性灵还忌滑，派无唐宋只求工。知其志趣不凡，不屑以香奁自许也。又《书小仓山集后》云：却恨阿侬生已晚，春风吹不上湖楼。知其瓣香欲爇，而叹目下之无师承也。诚能求工唐宋，何患今无随园？余遂不辞而为之序，且以解女子能诗为不祥之惑。而梅仙等早夭而少寡者，既能以一卷长留，傲庸庸而福寿之男子。

若丽笙之唱随偕老，远而梁孟，近而赵管，不足羡也。人间清福，更未可量，则女子能诗，祥莫大焉。即以此说弁诸卷端，质之子香，当亦以余言为信。

集字音训序

黄本骥

丙午孟春，门人蒋鹄臣，抱其乡先生段君所著遗书二十有四册来谒，曰君名廷谔，以岁贡生闭户著书，卒于去年四月，得年六十有六，其子不能读，恐致遗失，鹄臣搜得是稿，求为制序，以存其人。余阅其书，皆蝇头小楷，约数十万言，名曰《集字音训》。盖取坊刻十三经，集字逐次诠疏，一字数音，一音数义，或数音一义，博引旁征，条分缕析，即如“大学之道”四字，所释已不下六千言，可谓博矣。所引经史子集，又复纲举目张，有条不紊，其用力可谓勤矣。学者诚能如此用心，使所读之书一字不肯轻易放过，何患不为通人，则其造就后学之功岂有既乎？第其书以四书五经及周、仪二《礼》，左、公、穀三《传》为次，而《尔雅》《孝经》阙焉，盖为山九仞，一篑未成，犹为不完本也。

余司铎龙标，今已十稔，有如此读书之人，终老乡曲而不及一见，心窃憾之。盖其生平立品甚高，足迹不入城市，其乡人又无达其姓名于余者，故无由面质其体例之得失，使之由博返约归于至当，为读经者必不可少之书，是则段君之不幸，亦此地读书者之大不幸也。余犹幸获见此稿，鹄臣其宝而藏之，以待后来之善读书者，踵而辑之，以成完书，刊板行世，余将濡笔以俟，特先叙其大略如此。

杯珓新编序

黄本骥

《周易》为冒道之书，自来术数家谈占候者，无不从《易》义中推测而出。如杨子云之《太玄经》、东方曼倩之《灵棋经》，皆言之凿凿，确有应验，故历数千百传而其书卒不可废。近世有所谓打大筊者，其人皆游方丐食之流，其言多村野鄙琐之说，彼本不知《易》为何物，道为何名，故稍谙经术者，贱其人并簿其术。其实合而为一，分而为两，参而为三，变而为千，化而为万，《易》中之理数精蕴，何尝不该括于阴阳奇偶之中。况杯珓之制，其来已久，古用“玉”字为珓，今用“竹”字为筊，又《荆楚岁时记》作教，《朝野佥载》作角，宋魏野诗作校，皆谓今之竹筊也。其术以二筊投空掷地，视其俯仰，以断吉凶。昌黎韩子大儒也，亦云“手持杯珓导我掷，云此最吉余难同”。后之学道君子，顾可贱其人薄其术邪？

吾友廖君桐川精于《易》义，研究玩索之余，即物穷理，出其绪论，演为《杯珓新编》。是书既出，当与《太玄》《灵棋》并传不朽，岂仅以小道可观、多能鄙事为无愧通明之自号也哉？

篆经图序

黄本骥

梅仙陈氏，武陵将种也，年三十归虎痴，为第三娶。妇在室时，女红针绣之余，喜研朱模秦汉玺印，于归后以缣扇相索者甚众。虎痴时自关中归，得金石碑版数百种，为三长物斋长物之一。谓梅仙曰：摹印虽工，于书法无当也，盖弃之而专攻篆学。夫六书之法，在古人为小学，在今人为绝学矣。闺人弱腕，仿佛冰斯，当不为识者所诮。因检行箧所藏，自琅琊绎山以下，凡三十余种尽以付之。

梅仙性既笃好，用力颇勤，居恒扫一室，芦帘土锉，间或作擘窠大字，或箑头小书，日恒尽数纸无倦色。虎痴既久困不能达其相助之志，然好与当代名公之流寓湖湘者，以文相接，故索梅仙书者益众。梅仙尝谓昔人学书多写梵策，以书者可以养心，而观者不致亵视，非特求福田利己而已。爰取《心经》手书一过，而以唐刻佛像及贝多叶各一置于前，复取唐人楷书《心经》用代释文。而枞阳阙雯山翁名画手也，适作《篆经图》见赠，命工装潢，合为一册。虎痴素简易，入寺不礼佛，而梅仙亦借此学书非佞佛也。又作《雪香阁遗篆序》曰：梅仙在室，女红之暇能作丹青花卉，及归余家始学为篆。见余与四方朋好以诗文相投赠，又欲学诗，见余兄女葆仪善琴，复欲学琴，余皆止之。人生绝艺博不如专，诗画琴书兼工尽善，虽伟男子不能也。况篆学既精，干架笔力犹其余事。贯通六书之学，方识制字本原。老师宿儒，皓首不能穷其底蕴，多奚为也。

梅仙从此专力于篆，惜年寿太促，四阅寒暑，遽尔夭折。所书楹联斋额，不下数百十纸，脱手辄为友人索去，梅仙亦不甚惜。检点遗箧，褪笔如束笋，而篆书之存者止此，装潢成册，题曰《雪香阁遗篆》，俟达儿长以付之。

李籁生闺训序

陈洪道

伦备于五，家居其三，父子兄弟，其爱敬成于天性，达于至情。若夫与妇，非合以天，实合以人，必惟情之和者，乃终衷于性之正。但性本生初，情缘后起，傥情役于欲，则徇情而不见性。《家人》一卦，所以言利女贞也。

李君籁生，自幼颖悟过人，年二十入泮，是年迎娶余氏女。阅三载余，遂弃世。生既没，妇誓节守自明，不背所天，人皆知其发于至情也。逾年，忽出籁生所以为伊训者呈诸翁姑，翁大恸，诸戚友劝付梓以彰隐德，因商可否于予。予取而备观之，见其成诗四章，以淫为戒，以贞为勉，服食起居，言之详悉，无非欲其孝敬翁姑，和顺妯娌，俾厥配以端其情者，终底于性之正也。夫自来一家之善败，由于内佐，坏于有迹，尤坏于无迹。有迹者淫纵越度，与夫大相谬戾。无迹者长舌厉阶，隐诱其夫。常以伪为俭啬者，致其夫之失孝。伪为惜家者，致其夫之不悌。情之所用，大即于偏，则男之失情由女之失情如此。而欲其克淑厥情以淑其性也其可得乎？

今按籁生之嘱训如此，可以齐家即可以治国，则德也而才寓焉。予故劝其付梓，俾世之为夫者皆知所取法，则淑之于情者，如成之于天性焉。间尝读史至冀缺耨夫妻相敬如宾，当事者即举而加之上位。今之籁生即今之冀缺也，虽享年不永，忧乐不同，而籁生有至性因有至情，余氏有至情因有至性，君子固于是乎有取焉。

文稿自序

高崧

席山既以制义辱枣梨，陈生泰来请曰：昔者珠泉书院肄业时，不以生为不肖，前后论文五篇，亦既详哉其言之矣，并命钞录序记若干卷，盖续刊以公诸世。余不允，生固请再三，爰删五之二，以授诸梓而系之言。

六经之文各有师承，三代以后递相祖述，王半山易论策以经义，有明因之，忠孝节义毕出其中。至本朝文运蒸蒸益上，崧尝谓古文之必变而为八股者，亦犹夏忠商质之必变而为周文也，时为之也。自周莱峰、归震川以古文为时文，而八股之道益尊，盖体虽异而原则一也。韩退之文起八代之衰，试观《原毁》一篇，即退之八股文字也。使退之生于今日，其八股亦犹是也。而谓时文顾不古文若者，人自不深于古耳。深于古则时文名家，古文又何尝不名家也。虽然，难言之矣，古人学与年进，即如震川先生，以嘉靖庚子登贤书，越二十五年乙丑始成进士，而所传之文又皆宦稿学老，识老，法老，气老，格老，真所谓深于古者，其传也宜矣，崧何足以语此。既以制义辱枣梨，又敢以序记等劳剞劂乎？抑人亦有言曰，山鸡自爱其羽，今之诸生之请者，其犹山鸡之爱也欤？

巫山重修会仙桥序

孙幹

巫邑城西有桥曰会仙，不知其何昉也，城南张君兼善重建之。或曰山势自夔州层叠蜿蜒而下，灵钟巫邑，左文峰，右阳台，罗列八景，以此桥为山水之脉络，经此地者如游员峤，登瀛洲，故肇锡以嘉名焉。

乾隆五十三年戊申，大水涨起数十丈，七月中桥圮，会仙之名遂归乌有，三十年来未之能复。有封君佘翁建文，慨然以续修为己任。戊寅之春，予馆于埃峰，距城八十里，友人朱君某以序属予，予辞之。越数月，复以书寄意，予因问门人谢子振华，佘翁若何？谢子曰：其家隆师重道，少长有礼，迁不忘本。置义学田于梓里，以惠族中贫而艰于送读者。置义冢田于巫邑，以葬同乡殁而无地安厝者。富不骄贫，贵不凌贱，其待仆佃悉以宽恕仁厚。予闻其言，景仰而私志之。其后谢子伯兄延子为重九之游，路经桥所，则见攻石攻土之工，持畚操揭，趋事赴功，日百有余人，未几桥成。竖若干丈，广若干丈，袤若干丈，费若干金，佥谓翁或创立新名以为己功也，乃但蒙其旧号仍曰会仙，于是知佘君之非为名也。出于其心之诚然，行乎其事之当然。出于心之诚然仁也，行乎事之当然义也。仁与义具于斯桥征之，而益信谢子所言佘翁生平为不诬也。

佘翁楚北某县人，寄籍巫邑，某年某月以令终，遗命以桥事嘱其子若孙。其乐善不倦，盖所谓一息尚存，此志不容稍懈者矣。予故乐得而叙其颠末云。

筠圃先生八帙晋一序

常大淳

丁亥之春，淳请假在籍，谒大兄瀛台夫子绛帷于瞻岳门外。维时徒从祁祁，熏之以道德，砥之以节行，切劘之以文章，盖于吾郡推都讲焉。越初夏六日，为伯父筠圃太老夫子八十揽揆之辰，及门诸君跻堂介觥，佥以淳之地迩而谊亲也，属撰文以缮诸帏。淳谓伯父道风秀世，硕望冠时，固宜有云霞绚烂之词，作渊懿庞鸿之气。淳愧不文，渠足为伯父重？第念欢聚一堂，师承两世，此而用吾言，或庶几乎真且挚者。

夫河流九曲，发源昆仑，泰山出云，不崇朝而遍雨天下。饮于河者忘昆仑之大，云行雨施而不见太山九千二百仞之高，未可谓之知本也。我大兄夫子对诗礼于过庭，暗儒修于一室。搴林酌海，腾跃百家，文诚鸿矣，然而屡欺拙目窈无闷容，则本诸伯父之恬以适也。搜遗采隐，志兼三长，抱诚伟矣，然而妍媸在鉴，口无臧否，则本诸伯父之谨以厚也。化畦夷町，俯纳群流，度诚汪矣，然而初终坚絜，豪无磷缁，则本诸伯父之简以栗、直以廉也。孟子曰：观水有术，必观其澜。《抱朴子》曰：云出于山，而雨其山。其伯父之教之谓乎？

伯父为伯祖秀峨公次子，出后伯祖吉三公，祖母李太孺人青年矢志，伯父事之蓁孝谨。髫丱工属文，清和妍丽，不减玉茗风流。连试未能青一衿，乃援例入雍，非夙志也。居常静憩精舍，恳恳课丈夫子书，习其句读，稽其根历，辨析其异同离合，而探极于理要，乡之人争师事焉。顾家道亦稍窘而多艰矣，外则社猾里魁机谲相尝，内则风落谷飞菑沓叠遘，虽道南诸阮并席温脂，未始不足分杯勺润，而伯父介介不与通。尝曰：吾侪立身自有本原，丰约听诸时命，随人作计终后人，乌用伈伈睍睍下赵勤拜邪？时淳从伯父受书，窃聆格论，嗣从大兄夫子游，数数举此言相诫勉，益耳熟焉不敢忘。岁辛巳恩科，大兄夫子以学老文巨得隽，淳亦厕名榜额。逾年捷南宫，幸叨清秩，因思曩日伯父之所以诲淳，与淳之受诲于大兄夫子者，以递测高深于我伯父，不诚为昆源之沸潏而泰山之瞻仰也哉？

今伯父年跻大耋，神明聪强，饴弄之余，犹流览子史星卜家言，挑灯至二三鼓不倦。昔汤孺怀八十作蝇头楷五千言，与诸孙商品时义，传诸通志。沈仲箕春秋逾八十，而其子九畴以六十成进士。屠隆稷邱先生张之以诗序。伯父其与沈、汤两君子媲德而光简册乎？抑淳进同学诸君而更有说焉。夫子春风风人，夏雨雨人，凡著录称弟子者，旦晚掇巍科不足侈，而考其德行道艺，固已源而浚之、本而滋之矣。异日我伯父旄期寿届，纶锡躬膺，大兄夫子以皓首舞莱斑，诸君子青紫骈罗，升拜成礼，知必有掞藻摛华以侑康爵者，则淳今日謏謰所陈，其亦寿言之乘韦也夫。

缮部集序

李象昺

士君子立德、立功、立言，彪炳宇宙，尚矣。即不然，砥行砺名，处为醇儒，出为良吏，虽未竟其用，后之人睹其遗文，慨然想其为人，良足重已。

乡贤萧度山先生，以名进士宰遂宁，迁水部，有诗文集一册，昺尝受而读之。盖于王阳明先生致良知之学深有所得，而于当日同门诸公不无微词。学之不讲久矣，先生向往姚江，往往纡道数千里留心绝学，且豫防其流弊所及，其识见有大过人者。作宰之善政，营缮之称职，无非此良知之一念扩而充之。吁，可传矣！其诗冲和恬澹，发抒性情，视靡丽者何如邪？

先生与先恭懿公同官都中相友善，其嗣剑州别驾则昺七世祖子婿也。昺与先生嗣孙之秉复联姻好，其嗣孙将重梓其遗集，为跋数语于篇末。道光二十三年癸卯夏。

送聂蓉峰太守之官浙江序

汤鹏

法吏以刑禁治其民，才吏以政事治其民，儒吏以文学治其民。刑禁整而苛，政事繁而末，文学醇而古，是故法吏不如才吏，才吏不如儒吏。今之所谓吏者我知之矣，其最者才吏，其次法吏，又其下则污丑之吏。悲夫！今之污丑之吏，其害浅及于事情。今之法吏、才吏，其害深中于风气。何则？法吏以其急切刻峭之心，形而为条教号令，是故其法足以患苦天下之人，而骚然其不乐。才吏以其机械变诈之术，粉饰时事而窃能名，侧媚上官而得津要，是故其才足以自为，而无所裨益于天下。国家得百法吏、才吏，鹏则以为不如得一儒吏焉。

蓉峰先生以名翰林居京师，弹琴咏诗自足于怀抱之中，泊然若无求也。顷膺新命，出守浙江，吾庆先生之遭，吾知先生之志矣，且夫儒吏之效盖可想矣。其自处也，优柔娴雅而有以自得，而丰采自蔚然于衣冠瞻视之间。其及于士与民也，淳实切深而有以相入，而化天下乖气浮薄鄙吝之习于型仁讲义之中。夫先生之所以自处，与其所以及于士与民，则必如此矣。何也？其平日回翔驯扰于文学之林者深且久也。悲夫！今之一切世俗之吏，则有时而敢于笑儒吏者矣。今之儒吏，则有一变而为一切世俗之吏者矣。以吾文学之肩，而挽吏治于古，微先生吾谁望哉？

宜雁轩诗序

汤鹏

王翰城舍人工画雁，余以宜雁名其轩，舍人因以宜雁轩名其诗集，而思避嚣守寂，还其山林。行有日矣，以其诗集请序于余。余思雁之于潇湘也，其天乎？舍人之于雁也，其人而物、物而天乎？是何说也。雁不芦苇不息，不潇湘不游，嬉水而肥，盘云而高，故曰雁之于潇湘，天也。舍人生于潇湘洞庭之间，时有清远闲旷之概，其与物无争也，有类雁之鸣不易声、行不越序。其与时为消息，而无所涊濦于其胸、杌楻于其境也，有类雁之春暖而北、秋寒而南。其进不趋便利，退不厌枯守，而飘飘乎与斯代斯人之用心迥别也，有类雁之顺风而飞以爱气力，衔芦而翔以防矰缴。且夫今之君子，其邀虚誉而柄国是，则托之乎凤凰麒麟，吾恶知夫凤凰麒麟之果为凤凰麒麟也耶？古之君子，其放志乎山之颠、水之涯，则曰鹤吾巢也，鸥吾家也。吾恶知乎古之君子之所谓鹤，所谓鸥，不化而为舍人之所谓雁也耶？吾乌知乎舍人，时有雁于其心目中，梦寐中，不忽焉而化为鹤、化为鸥也耶？故曰舍人之于雁，人而物、物而天也。

舍人画雁无虑数千百本，国之人、乡之人莫不宝而蓄之。舍人于诗，则极清远闲旷称其为人，而或为高亮之响，有类雁之嘹唳云中。或为激楚之音，有类雁之悲鸣塞上。惜其焚于火者十之九，而其补而为之、缮而存之者，亡过十之三四，然而足以传矣。且夫刘累扰龙以龙传，伯乐相马以马传，今吾评舍人之画雁，亦既已穷雁之态、尽雁之神矣。读舍人之诗，则又与雁同其韵。考舍人之出处本末，则又与雁同其意。然则舍人以画传乎，以诗传乎？曰以人传也。以人传乎？曰以雁传也。人以雁传，画以雁传，诗以雁传，奇乎，逸乎？其孰能测之乎？

送贺柘农侍御提学湖北序

汤鹏

有见乎书而其心愀然不乐焉，非富贵利达之熏其心，则饮食醉饱之溺其志也，乐乎彼不乐乎此也。有见乎士而其心愀然不乐焉，非有猜嫌疑忌之伏其中，则与夫一切便辟柔佞、贪鄙龌龊之辈群连交固结，而不自羞其颜者也，乐乎彼不乐乎此也。且夫古之贤人君子，惟其真能读书，然后能爱士，惟其真能爱士，然后能造士。

今之乐乎彼不乐乎此者，而赫然畀之以造士之权，其不为道之厄而吾之忧者盖几希矣。然而今乃有不乐乎彼而乐乎此者，柘农侍御其人也乎？其于书也，兀兀乎其读之，而抑抑乎其思之也。取其精不逐其迹，会其通不拘其墟。其于士也，乍见之而油然以和，习处之而泊以静也。标其长，而不失之谀。规其短，而不失之躁。供其有无缓急之需，而不以为德。事有疑难，杂以争诮，两颊发赤，而不以为意。且夫鹏特資阳之薄植，仪曹之冷吏耳，然而不肯低首苟同流俗，而又好为文章，犯怠者、忌者之口。独侍御开诚吐真，乐与鹏往复曲折，而未尝见其为两人。今衔天子命提学湖北，则鹏为侍御之遭逢庆，尤为湖北之士子庆。是何也？如（待）〔侍〕御之能读书，然后能爱士，如（待）〔侍〕御之能爱士，然后能造士，是足以庆矣。

送郑芝泉出守襄阳序

汤鹏

官不必文学侍从，地不必山陬海徼，人不必衰且老，今之所难，而古之所荣也。今夫吏治之缓急，民生之甘苦，文学侍从之官不知也。习声偶，修礼容，试之以事，而焦然其不能终日也。故抗怀匡济之士，与为优闲清燕之臣，宁劳苦烦剧，皇皇无已。敝之乎心与力，而达之乎官。虽然，敝之乎心与力而达之乎官，其所自尽云尔。

古之仕者，自比闾族党之长，以至于公卿大夫，皆不出乎其乡邦而违乎其亲。今之仕者，（棒）〔捧〕檄而驰，画土而守，远者万里，近者数千里，而所至往往多羁旅萧瑟、慨慷绵邈之思。虽其尽心与力于官，而岁时州里之俗，父老骨肉之音，未尝不矫首瞻望于山陬海徼之阔而不得达也。而况其郁于资格，既衰且老，然后得一命之寄、一郡之长，颓唐于齿发之间，而勉强于簿书期会之际。自我上者，将心轻其无能为而弃之，而自我下者，将受其苟且缘饰之敝。其甚者则嗜利无耻，而不顾其民物之濒于危矣。故官不必文学侍从，地不必山陬海徼，人不必衰且老，今之所难，而古之所荣也。

郑君芝泉，甫弱冠举进士，旋由翰林改官比部。佥曰：惜哉，其不得为文学侍从之臣也！而君岸然自立于有司之班，推原律令之精，而恻然识其为仁人君子之事，大有以别于俗吏伤肌肤者之所为。其用心与力日以劳，其声闻日以远矣。今由比部擢官襄阳太守，佥曰：幸哉！其拔于有司之班也，而余尤爱襄阳，可一苇而杭之长沙，君之庭闱姻好，可往来上下于其间而不厌。内有桑梓之欢，外有人民之乐，而君复少年气锐，并心壹力，以修以革，以惩以劝，岂非今之难而古之荣耶？或曰：子谓官不必文学侍从，无乃自况耶？余曰唯唯。宁为其劳苦烦剧，毋为其优闲清燕。郑君然，余何为不然？

古愚诗草序

彭洋中

《古愚诗草》，邵阳诸生黄孝子则有作，古愚其自号也。古愚四岁而孤，家故贫，节母孙氏茹蘖抚字得成立。未弱冠，督就外傅。邻妪或谓母：若俟一子以养，即长手一卷，庸有济乎？母曰：此吾所俟以养也。古愚闻之，益自感愤。诗文日创，进屈其曹。逾冠，教授乡里资奉母，然不肯逾二十里外，得时归省，不虽重聘不往。有主者日丰馔，古愚每食，举筯辄已，颇讶异，以古愚严重未敢请，迨冬严寒，奉绨袍，固却不受。其友或知之，以责古愚矫廉，则愀然曰：吾母未得奇温，吾何忍独挟纩？于是闻者莫不叹服。古愚年三十始附县学籍，远近慕其文行争延馆家塾，古愚以母就老，杜门谢请，日侍左右，生徒多就其家受业。自为诸生，仅两赴行台省试，试已，辄芒屩驰日夜归。惧久累，倚闾望，同旅夜中往往闻古愚呓语，呼阿娘阿娘不已。今节母年八十有五，古愚逾六十，孺慕之忱，老而弥笃，盖其孝行如此。

古愚少时，从家故箧中得宋人诗残编，读而嗜之，辄效其体，课暇独自吟哦不绝。既乃益肆力于诗，故其诗一主性灵，仁孝之怀时时流露行间，而清空一气，境新而味永，置之北宋人集中，多不能辨者，盖其所得力然也。道光甲辰，河曲黄惺斋先生宅中权守宝庆，见古愚诗，爱其佳句，手录之，时为人道，余因言古愚笃孝卓行不仅以诗名。时方奉恩诏有察举孝子顺孙之条，先生欲以其名应。余谓黄生故谦抑，曾却道光初元孝廉方正之举，今得毋复尔邪？先生谓此吾辈事，但弗令生知。既申请入奏，得旨褒美旌其门。

先是，余采举邵阳节妇，汇请旌表者六百余人，古愚节母在焉。至是诏旨先后及门，是母是子，乡人莫不夸耀相敬重，油然生其孝弟之感。夫闻孝子之名，未有不肃容起敬者。残缣断简，后世犹将宝之，况古愚集之诗之固可传邪？古愚属余定其诗，因序而归之，且胪列古愚孝行，欲使他日有所考。

雨湖联吟集序

秦关

辋川，晋阳胜境也。李唐前未之闻，自王右丞与裴迪揽欹湖、华子冈诸胜，赋诗相酬为乐，遂传为千古韵事。镜湖、秦望，会稽奇山水也。得元微之与窦巩为兰陵绝唱，而其奇益传。由此观之，山川之灵秀，骚雅之唱酬，大都有其地必有其人，有其人而后其诗与地乃并传耳。吾潭有雨湖，为诗人渊薮久矣。乡先达王山长大令、张湘门少廷尉，偕凤竹寺僧纬云，朋笺往来，赓岸花之吟，叠石渔之唱，至今芳踪遗迹犹有存者。嗣后聚散盛衰，代不乏人，岂地以人传邪，抑人以地传邪？

顾子栖息雨湖，嘲山啸水于兹有年矣。曩与吾游者，老成凋谢，吟侣各天，今其人十无四五焉。流水琴孤，名山屐冷，不胜八表停云之感。岁戊寅，旧雨重逢，素交新缔，桐鱼之应不约而同者数辈，爰集同人续诗课于雨湖，自春徂秋，联咏之期，几无虚日。视辋川韵事，兰陵绝唱，虽不可同日而语，然抚江山之胜概，假觞咏以留连，可曰古今人不相逮，遂并其地与诗而莫之纪欤？

综计同课前后得诗若干首，同人嘱序于予，颜其篇曰《雨湖联吟集》，亦一时盛举也。为弁数语于简端。时嘉庆戊寅七夕。

周易义疏序

杨邦隽

吾楚言《易》之书，宋以后无虑数十家，其著者彭宗义《易解》，当时置之学官。易祓《周易总义》，四库为之著录。其次则丁易东之《周易象义》、曾朝节之《易测》、王命宣之《周易训义》、王介之之《周易本义质类》，皆各为祖述。惟王氏夫之所著《周易》内传、外传、大象解、稗疏、考异各种，具有独得，与先儒相表里，而不苟同乎先儒，人咸称其言必征实，义必切理，良不虚也。

衡山赵子保亭濡染耆旧之风，于六经靡不研覃，而尤邃于《易》。以余一日之长，出所撰《周易义疏》，属为校定。受而读之，意在伸考亭之本义，汰诸儒之瑕疵。如飞鸟遗之音，不宜上宜下，混乎象占。不及其君遇其臣，未指实象。归妹之泽上有雷，拘守者误于雷动泽随。易简之善配至德，回护者讹以德得于天。方以类聚，物以群分，错读本义，则以人事言，致上下之文势悬绝。爱恶相攻，情伪相感，执滞本义，则主德应言，致卦爻之义例不明。凡此类融会贯通，诠释大义，直而有要，简而不遗，无眦于数，亦无背于理。悉乎哉赵子之善言《易》也！

间尝思南宋绍兴以降，四方经进易义，必敕三省札下所司，给笔札缮写，所为除直馆阁者、升一官者、差充文学教授者，项背相望，乃往往编残简缺，遽已湮灭，与骨毛爪齿同澌化无余。其故何哉？殆亦立言者不免空疏芜杂，剿说雷同，而第希世以求知，班孟坚所谓利禄之路然也。赵子穷居著书数十年，虽当世未识子云其人，而持此向学之心思，容以宽闲之岁月，益进求斯道之洁净精微。譬之于舟，固其楫，张其帆，其具备矣。于是以行江湖之间，顺流而遇风，吾能竟其所至也哉？

余素以泛览而疏于思问，于易学未遑深求。初读坊刻本义《杂卦传》，咸速也，恒久也，但注云咸速、恒久，心固疑之，及见吾邑石给谏所藏咸淳中吴氏刊本，知为感速、常久。坊本连讹两字，遂使本义如赘旒然。至经文字句异同，经今阮太傅芸台先生校勘者不一而足，盖未尝不叹僻处方隅，所见不广，不得以偶有所疑，而遂疑于前人也，赵子试参之。道光戊申岁八月。

湖南文征　卷七十九

序二十四

卫筠庐山右人物诗序

罗绕典

《唐书》称杜少陵为“诗史”，此“以诗为史”者也。晋袁宏、宋周昙之《咏史》则以史为诗，尚论古人，即以自摅怀抱者也。夫史，必才、学、识三擅其长，而诗人之诗，每多流连光景，难言直笔，乃欲定古人轩轾于一二韵语中，不其难哉？唐刘知幾作《史通》，凡史臣之论赞品藻，辄诋为失当。况据史以为诗，即借诗以正史，其评骘古人又与自摅怀抱者不同，未许操觚率尔也。

余于筠庐同年《山右人物诗》特心折焉。夫晋乘散亡久矣，虞夏之歌咏、唐魏之风诗，有佚其词莫详其旨者矣。登高而望表里山河之胜，其地二千余里，阅世数千百年，古人遗迹，约略难稽，又未易详其里居姓字矣。筠庐对三晋之云山，考千秋之文献，凡圣帝贤王、忠臣孝子、名臣巨儒，皆胪举焉而系以诗。抑所谓“探揣古意，广足新言”者欤？虽以《咏史》名编，而以是为山右人物表，即谓继武诗史可已。

余与筠庐交二年，其人有真性情，其议论有真是非，不可假借，于是编尤服膺不置云。

阳曲县志序

罗绕典

阳曲之名始于汉，而建置沿革，代异其地，地异其名。汉之前为盂县，为狼盂。汉以后为阳直，为汾阳，为罗阴。按其版图，皆不与今所隶之地合。宋罗泌《路史》曰：太原阳曲，旧晋阳城也。《元丰九域志》亦列阳曲于太原首邑，系以次赤，而其移置郭下，则自金天会中始。地附省垣，为文人都会，其文献之足征，自应较他邑为胜。然明以前无志乘可考，即《崇文总目》所载《阳曲见闻录》，《四库》目录所载《太原事迹杂记》及王松年《三晋记》诸书，于邑之典章文物皆不甚详。于此而欲从千百年后综核事实，远绍旁搜，不其难哉？

夫志，特史家一体，而厘职方之图，广外史之掌，实原本于《周官》。兹邑人士本康熙朝戴汝兆先生《阳曲旧志》，广为删辑，复仿《顺天永清志》例，于图表传略外方隶以六官，非心殷汲古不及此。昔储六雅先生辑《山西通志》，尝自为叙曰：以例约史，以史释经，其辞之玉卮无当，言之河汉无极者，胥在所不取。又仿会稽施志、四明袁志之例，特立经籍一门。是志也，依经史以树义，殆亦遵先正为圭臬者欤？

余以案牍纷繁，未暇细心勘校，惟观作者命意，务在根柢经史，取法昔贤，足补《晋乘》四十二篇所未备。固未始非博雅君子订正舆记之一助也。是为序。

周易史证序

罗绕典

《易》之兴，当殷之末世，周之盛德，当文王与纣之事，故其辞多危，其要无咎。如帝乙归妹，高宗伐鬼方，箕子文王之明夷，经也，而史纬之，而包牺、神农皇帝，尧舜之制作，又特详于《系传》。盖推天道，明人事，至精至深，至繁至赜，于道无所不赅。而六十四卦之大象，三百八十四爻之吉凶悔吝，则隐括数千百年得失善败，以垂为炯戒，即以作史观可也。

自汉及宋，读《易》者主象，主数，主理，派分为三。汉学中惟郑康成间引古事以证爻象，迄宋李光作《读易详说》，卦爻之辞悉就君臣立言，证以史事。惟时光以论和议被谪岭南，故以当世之治乱，一身之进退，三致意焉。观其所上疏云：淮甸咫尺，了不经营，长江千里，不为限制，未闻专主避敌如今日者。然则其退而著书，非隐以纲维宇宙为己任，能深切著明若是哉？而或且以牵合病之谬矣。其后与光同书例者，则惟杨文节公《易传》，亦依程氏本旨，杂引史传为证。文节于开禧间闻北伐起衅，忧愤以终，虽书之征引不同，而其纲维宇宙之心则一也。后世讲《易》诸家，非杂入机祥，则务穷造化，卒于治平之要鲜所发明。其与佛氏传心，道家丹诀，亦何以异？视李与杨之综核人事，以求实用，其得失为奚若哉？

今读荷村先生所撰《周易史证》一书，于观象玩辞之中，寓以古为镜之意。大有裨于世道人心，使读是编者随时观省，各存纲维宇宙之心，吾知其远胜于高谈玄渺无裨时事者，非可道里计矣。先生遭逢圣世，归老林泉，扶世翼教，所遇与李、杨异，然辞多危而其要无咎。古圣人当周之盛德，犹时深兢惕之思，则隐括数千百年得失善败以垂炯戒，此其意未可一日废也。先生是编，以之阐明经学也可，以之驱遣史才也可，即以之润色我国家亿万年隆平之鸿业也亦无不可。读竟缀数言归之，以志钦慕云。

教孝编序

罗绕典

尝谓为民上者，使不能尽父母斯民之责，则不能为慈父母，而亦不敢望有贤子孙，何也？子吾子与子吾民无二理也。子吾子而欲俾之为孝子，子吾民而欲俾之为顺民，无二道也。

今之坐堂皇，披案牍，群称为父母官者何事乎？亦惟举吾民之好勇斗狠、博弈饮酒，与夫惰四肢、好货财、私妻子、纵耳目之欲者，日惩之而日训之，俾之知有父母而已。然或导以教孝之科而民不从，绳以不孝之律而民不畏，可遂曰吾已尽吾父母之责乎哉？语有之物之感也以诚，而化之行也自近。吾有子而姑息焉，纵容焉，使日蹈于声色货利之场，而自外于礼乐诗书之教，是所谓绳以不孝之律者，先不能绳吾子焉，则所以子吾民者可知矣。吾有子而显防焉，默化焉，亦既日示以礼乐诗书之教，必不使偶蹈于声色货利之场，是所谓导以教孝之科者，惟恐不行于吾子焉，则所以子吾民者又可知矣。故不能以爱子之心防民则世教衰，不能以爱民之心防子则家教废。

杜君宰醴泉，于公余之暇，取《论语》中言孝之文，反覆推究，旁通曲畅，以著于编，则杜君之所以子其子者，其用意为独深，即其平日之所以子吾民者，必大异乎俗吏之为又彰彰矣。吾知一时之父召父而母杜母者，将日以子孙之贤，为慈父母祝也。

陕西武乡试录后序

罗绕典

道光十九年己亥孟冬月，陕西举行武闱乡试，臣绕典供职提调，谨随同抚臣校阅满汉武生骑射技勇、扃默武经毕，取中如额，刊次姓名，恭呈御览。臣例得扬言简末。

窃惟自武科取士实始于关中，而武科得人之盛亦于关中为最著。夫以丰镐盛地，水深土厚，其人勇于攻战，修习武备，班史特称之。然才能御侮备著于成周之世，而和容兴舞、主皮之射谨详于乡大夫，彼时文武无分途也。自炎汉定鼎关中，特举六郡良家子弟给羽林期门之选，勇猛知兵法则举之，刚毅有谋谟则举之，才堪将帅能明战阵则举之。若李息、公孙贺、李广、赵充国、甘延寿诸人，勋业皆在人耳目。唐长安二年始置武举，每岁孟冬亦与计偕。其科分为二，而试用有七。长垛马射、步射、平射、筒射之法，马枪、翘关、负重、身材之目，皆后世骑射技勇所由昉也。其时关中豪杰济济翼翼，即大勋盛德，身任安危，如郭汾阳辈悉由武举起家，致身通显，则武科之盛孰有如关中者哉？圣天子揆文奋武治化远迈成周，曩时所称秦雍川原壮，足天下之吭者，今仅以之拱卫神京，扃楗西徼。又复申谕疆臣，精心衡斠，要使角其艺则为披坚执锐之英材，观其德则为说《礼》敦《诗》之儒将。宜乎鹰扬隼戾者，莫不奋兴鼓舞于三峰八水间，骈出而备腹心干城之用也。

臣昔备员史馆，叠承恩命，于甲午科分校顺天乡试，乙未科典试四川，本年复奉特旨擢任监司。得于文闱后，敬襄武试，亦既恪共蒇事。因念古之儒臣，如《长杨》《羽猎》《上林》诸作，凡振威灵而讲武事者，皆得铺鸿藻，扬景烈，传之无穷。臣躬逢盛世，亲见驺虞兔罝之庥风，迥异驷铁车辚之旧俗，而河岳钟英蒸蒸日上，实为自有制科以来所未有。多士沐浴膏泽，则他日勋书麟阁，绩奏豹韬，必非汉唐诸臣所能企及也。其庆幸又当奚若邪？爰备述武科所自始，与夫人材所由盛，谨拜手轩饕而为之序。

山西武乡试录前序

罗绕典

臣惟取士之方贵求其实，用才之法宜尽所长。晋省为唐虞旧都，距京畿千里而近，揆文教，奋武卫，雄杰之气萃于冀方，固帝世所称才薮也。

三代而降，文武分途，选举亦异。汉拔良家子于六郡，凡两河侠少为带水所限，不得给选羽林。唐起晋阳其兵部武选课试，亦如举人之制。维时勋臣宿将，若尉迟恭、薛仁贵、李光颜等，风兴云会于河汾恒代间。他若金、宋、元、明，识洞韬略之科，武艺超众之目，或举由郡县，或荐自廷臣，衡校失真，人才多不逮古。惟圣朝保大定功，首崇骑射，世祖御宇之始，专设武乡会科，海内魁奇硕彦，幸列贤书。由是入备宿卫，出镇封圻，类多伟绩。我皇上布昭圣武，简练材良，屡谕臣工杜幸，进拔真才。

尤严校于命中挽强之技，宜乎勺般懿铄，度越古今。士之感激思奋者，咸愿乐官备于驺虞，而识干城腹心于罝兔也。

臣渥承圣训，春初简阅军实，窃幸山河表里，士气奋扬，兹届乡闱，考其技艺之优长，再三决择，矢慎矢勤，揭晓后复教以尊尊亲亲长长之道。务期士皆好义，勇必知方，说《礼》《乐》敦《诗》《书》，希踪乎古之将才而儒行者，俾三晋英髦皆得各出所长，收为实用，以无负圣天子兴贤育才之意。他日甄叙勋伐，翊赞隆平，庶臣为国储才之微悃，亦得稍酬万一焉尔。

黄孝子遗集序

杨太灏

余初不识古愚，道光乙巳，郡志局开，邑博彭晓杭先生征古愚入局，余亦与焉，遂与古愚定交。与其砚席者三年又三年，而古愚死。古愚好吟，河曲黄惺斋先生权郡篆时，见其诗奇之，手录十数纸去。古愚之诗，晓杭尝为之序。古愚因尽录其生平所作，属晓杭与新化邓湘皋先生点定。未几，古愚丁其母夫人忧，晓杭闻之曰：噫，古愚死矣！已而果死，盖已毁也。未死前二日，顾其子喃喃语，若欲收藏其诗稿者，晓杭闻之，急遣人许俟点定，付梓以行，古愚遂瞑。诚可哀也已！

顷晓杭出其稿，属余编次。余受而读之，觉字里行间触处皆有吾古愚在焉，呼之欲出也。古愚于书无不窥，而所遇特穷恶。狷性狭中，冷面隔俗，非其力不食。人亦或从而非笑之。其邅回屯踣、刚介不屈之气一寓于诗，而横口而出类多忧时嫉俗之作。其高者沉雄激宕，缠绵悱恻。湘皋尝病其气质略粗，而晓杭则以南宋诗人许之。言固各有当也，古愚诗其遂显于世乎？古愚少孤，事母孙夫人孝谨，垂老如婴儿，家贫资馆谷以养，然日必归省。在志局时，孙年八十五，古愚亦六十余矣。尝一夕寒甚，已就枕，忽披衣起，问之，曰：思吾老母耳。遂冒风雪，驰三十里归。比至叩之，曰：适老母念我甚耳。此与古之母啮指而心痛何异？为感泣者久之。喜济人急，在局三年，节省其薪水之资，每冬必购絮衣、棉被各数事，以贻戚族之贫者。其至性过人如此。

先是，惺斋先生欲以古愚孝行上闻以属晓杭，其母亦以苦节著，晓杭先后为之详请，已而诏旨相继下旌其门。其卒也，与湘皋经理其丧，表其墓，且为致主于节妇孝子祠，所以顾恤其孥者甚至。今又亟亟焉践其诺，刻其遗稿以传，此其用意之厚、奖善之周，岂兢兢私一古愚乎哉？而古愚穷老一诸生，晚逢知遇，生荷褒嘉之命，没有俎豆之馨，青山之骨不朽，草堂之名益著，其亦可以慰长逝之魂，而洒千秋之涕矣！而古愚传矣，余无以序古愚诗，惟是古愚之行为余所亲见，而未尝为他人道者。若复不言，恐遂湮没。且晓杭始之终之，所以风励斯世之意，亦不可以无言也。于是乎书。

孙莘老年谱序

左仁

高邮地当南北要冲，有宋一代尤为重镇。魏公瞻衮之堂，忠武驻兵之所，蕲王复筑之城，至今赫然在人耳目。而其间人才亦鼎鼎辈出，最著者莫如孙龙图莘老、秦学士少游。学士有《淮海集》盛传于世，龙图则《春秋传》十五卷犹存。所称文集、奏议六十卷，今已不可得见，而始终出处略见于《宋史》而已。夫君子为善于乡，宣力于国，后之人得其遗闻轶事于断简残编之余，犹慨慕焉弗能置。矧先生德量渊涵，树立闳远，为一代伟人哉！

文学茅君雩水，邮之后进也。垂老一衿，家徒四壁，中年迭遭困顿，遂日以著述为乐。尝辑十种古遗书，仪征相国序而行之。曩余续修邮志，得君甓社余闻备采择焉。兹编莘老先生年谱，旁征博引，辨析详明，于先生出处大节，立朝风轨，以至一交际，一游历，视《史》《传》加详，俾览者按年可稽也。

茅君年近七十，闭户研书，不求闻达，独惓惓于乡之贤人君子，其景行可知矣。秦邮文献之邦，代有传人，如茅君者，固当世不可多得哉！余故亟为梓之，以示世之深心好古者。

昭代丛书序

左仁

著书立说之士，无代不有。其书之可传不可传，得失寸心，著书者知之。然而有传有不传，或传之未久而仍不传，此其中有天幸焉，著书者不知也。至于合一代可传之书而尽传之，则非特著书者无由知，亦旷古罕闻焉。唐陆鲁望居笠泽之滨，始著《笠泽书》。宋元以来，代有集他人之书为丛书者，盖散者聚之，亦欲其传而使之久也。

余宰震泽之明年，吴江沈君翠岭，所集《昭代丛书》成，以问序。余受而读之，其事自兵农礼乐，以至名物术数之学。其人自公卿大夫，以暨山林隐逸之士。其书或传或不传，二百年中搜罗之广，无美不收，选择之精，一善必录，洋洋乎昭代之人文萃于是矣。夫士君子生典章明备之世，苟不获致身通显，有所建白，则退而任著述之责，古之贤人大抵如是。沈君述而不作，是编独能传一代可传之书，又岂笠泽之自成一家言者所可同日语哉？太湖三万六千顷，水美鱼肥，稻香莼滑，江湖散人、烟波钓徒之所咏游，菰芦中大有人在也。

是书始于山来张氏，续于慧楼杨氏，沈君增辑之，以底于成，则诸序及凡例中言之详矣，余不复赘。

葛筠桥诗序

左仁

吾乡山水幽邃，踞长沙上游，冠盖罕至，从古多隐君子。然山奇而峭，水清而冽，其于人也，类皆赋性挺特，志行高洁。故发为文章，则峻拔千寻而上，澄泓一往而深。无柔靡之音、涂饰之容，此地气然也。

筠桥葛先生诗书世胄，踬名场三十年，遂弃举子业，以诗古文名于时。壮岁涉洞庭，历武陵，访五溪之故迹，探六诏之奇僻，驰驱草木，挥洒烟云，雅意骚情，睥睨一世，是其得力于古书者深，而借助于南中山水不少也。余少居里闬，足不逾户限。及长，奔走公车，宦游江海，于先生踪迹稍疏，顾与哲嗣翙梧同游泮水，得闻先生绪论。岁癸卯，翙梧橐笔来主余，为课两儿子。今行且归，出是集索序。余私淑先生久矣，不敢以不文谢，因略述故乡山水，窃谓论先生诗或如是也。愿以质吾乡人之读是集者。

陈集堂先生寿序

夏恒

古来畸人杰士，能以其寿寿人，而自以十世百世为寿，曰大寿。得志泽加于时，功垂后裔，竹帛之荣，河山永之。不得志居德善俗，使一乡一邑间老耆乐生，幼孤遂长。无虞饥馑，无虑盗贼，无害疾病夭札。是真右助太平，偕斯民登之仁寿，岂寻常独行君子，飡霞饵芝、保性延年可同日语欤？

恒家攸于郴邻，闻郴陈氏世有隐德。集堂先生尤体承先志，为善乡闾。己丑通籍于先生为年家子，乃更获闻其详。先是，郴州牧朱右佺先生，湖南所谓循吏者，与先生尊甫剑溪公善，谘治州要，公具言：郴地毗连两粤，山多田少，必丰盈有备，然后缓急可恃。乃清理社仓之为民侵蚀者，得谷数千石，又筹助宾兴诸士，得钱若干，分寄质库，岁权子母。事粗举，值先生早岁举于乡，再上春官不第归，慨然曰：穷达有命，吾日侍膝下，承二人欢足矣！且吾亲筹安息梓里，吾得使吾郴老耆乐生，幼孤遂长，无虞饥馑，无虑盗贼，无害疾病夭札，即奚啻绾符膺绶、为国家润泽生民？以故数十年中，所兴举祠祀、书院、桥梁、道路、米谷、药饵、衣被、棺敛，拯溺救焚之具，指弗胜屈。

道光辛卯，江华瑶变，蔓常宁，旁邑震，风鹤皆警。当事者欲假从营去，先生趋进曰：明公守斯土，奈何去？恐左足举，即百姓骚动矣。曰：奈何？曰：行赈粜，安反侧，练乡勇，严关卡，为守御计。问：费安出？曰：社仓谷及宾兴资本可权用。乃相城内外设逻卒，禁民蜚言惑煽。关厢外分道堵截，而以勇士数百十人指西乡。西乡近常宁，据险拒寇，有乘机剽夺，刺史亲往捉立重惩。先声夺贼气，无敢犯郴境者。赵逆平，刺史以从征八排瑶受赏，而郴堵御功不与他郡并叙。先生固曰：以民卫民，何力之有？事既讫，先生复慨然曰：民饥无以生，乃愍不畏死耳。朱子立社仓，尔时人心浑朴，借悉偿故可行，其后逋负多累及社长，人视为畏途，仓遂浸废。故社仓之借，不如常平之粜，然常平司诸官，或不便于民，又必待报始能发。至义仓之在民，有为赈济、为预备者，然发赈不能猝办，亦乌可常施。合义仓、常平仓、社仓法而用之，莫若平粜。因倡为平粜仓，一举得钱五千缗，谷六千石。又推诸乡里，使各立仓，谷至万余石，钱称是。繇是郴仡仡然为吾湖南上流重镇。

恒壮游四方，颇能言天下大势。国家承平日久，颛愚习于便安，不知远虑。阛阓鲜盖藏，保伍鲜训练，地方僻远，忽不为意。或拘文义，多忌讳，无先事豫防者。有司视官廨如传舍，民小利害民自主之，独恃一二乡先生睦姻任恤，为足以厚风俗。然或有其心无其力，有其力无其才，诚信不足服众，规画不足垂久，一当缓急，瞻顾骇愕，莫知为计。非有大志愿、有精神如先生，乌能使比闾族党间老耆乐生，幼孤遂长，无虞饥馑，无虑盗贼，无害疾病夭札，以共臻仁寿之宇乎哉？吾故曰小寿不如大寿。

今年秋，先生七旬开一，作书诫其子起诗曰：吾承先志行所安，不近利，不沽名，不望报，汝恪共厥职，即所以寿亲者在是，毋使友鄗知。盖先生上德若谷，固以其寿寿人，而自以十世百世为寿者也，是之谓大寿。恒不敏，爰拜手为之序。

唐诗选序

陈起诗

唐人七律，中晚传者故多，钞亦较多于初盛。情韵或不甚厚，语意亦或率略。要其郁勃于中，激昂于外，有合于古诗人之意，则前后一也。

工部以降，痛干戈之抢攘，忧君国之从违，抚时切事，根柢变风。当时业无忌讳，今亦靡得略焉。谈格律者辄谓声近蹙促，语无含茹。不知生自妇人，投畀豺虎，忧深言直，固亦其宜。但使意罔戾乎古人，不拘拘寻摘章句论也。若夫叹老嗟卑，希恩望宠，识者或陋，养有未淳，然情之所至，意乃独深，不致污于俗流，未甚伤于大体。《北门》诸诗，圣人不废。至如游览之作，雕刻之工，句不纯于篇，言不衷于情，求之三百，已无其例。名章割爱，庶谅微忱。

窃以风什之兴，言必有物。苟无本事，何啻虚车？所以末流泛滥，笨伯贾竖，亦拟坫坛。叩之其中，情乖风雅。虽复托言忠孝，而矫情伪态，睹旨可知。无源之水，无根之木，终不能以彼易此也。其他香奁绮靡，体亦原于古初。自揆寡德，陷溺多年，夙戒未忘，前车可鉴。恐启轻薄，未敢扬汤。此则似失古意，未昧圣心。别裁之见，颇区区云。

案：吏部有《唐诗选》，其意以大家名篇，人所共见，特刺取中晚之作著之。吾邑周子坚诒朴，就《全唐诗》本照所选标识，尝于金陵节署出以见示，则吏部当有编辑定本。此序专言七律一体，意其选系分体论列。此其论七律之序欤？汝怀附记。

道南渊源录序

李星沅

东林讲学之盛，垂六百年，为先贤坛席最。始予陈臬开藩，往来锡山，思一瞻拜未遑也。道光丙午巡抚吴中，会邹锺泉观察以忧居里，偕同志修复讲舍，增诸生课额，具膳扃试。规制甫定，予因道左黝肃躬诣展谒。俯仰间广大静深，气象清穆，僾然有见乎位，忾然有闻其声也，敬书“道南祠”额及书院楹帖识之。于时绅佩衿缨，雍容庄雅，益叹想流风余泽，沐浴咏歌，陶成未有艾矣。

丁未移督两江，越岁汪写园工部以所辑《道南渊源录》邮书属序，余受而读焉。溯自宋杨文靖公传道伊洛，归主东林，程纯公目送之曰：吾道南矣。此道南所由昉。厥后喻、尤、李、蒋四先生继之。顾端文、高忠宪二公又继之。中间剥复兴替，党祸酷烈，而斯道遗绪，历久未坠。昭昭乎日月之经天，江河之行地也。我国家正学昌明，道脉一宗朱子。由朱子而上之为李延平，又上之为罗豫章，又由豫章上之实惟文靖。绍纯公静观自得之传，十八载梁溪上下，身体力行，口讲指画，以广儒宗津逮。

是编于性天阃奥，推阐渊源，而四代薪传，守先待后，宗旨粲焉赅备。其与锺泉之扬世德，诵清芬，皆卓然吾道功臣矣，岂特讲院之式廓、贤才之炳蔚为东林中兴也哉？抑又思之，劝教兴学，责在疆吏，予不敏，三至江南，录录无所表见，教学之大端，尤所俯焉如不及者，辄不禁景行太息云。

湘潭郭氏闺秀集序

李星沅

内子笙愉录《郭氏闺秀集》既成，将付剞劂，而属予为序。予惟风雅之彦，萃于闺闼，递传三世，扬芳袭采，近时湘楚必推郭氏为女宗。当笙愉来归，出示赠奁诸作，自其祖姑母、姑母、诸姊妹，皆以性灵抒才藻，庄雅清丽。方之班左，殆无以过。

外舅云麓先生数为予言，拟汇刻成集，以志一门韵事。忽忽鲜暇，嗣又命妇兄南屏录之而皆不果。笙愉居常慨然锐以此事自任，日月荏苒，思不去怀。比偕来岭南，内政清暇，始邮书故里，得诸家全稿，手定去留，各系弁语，裒为上下卷。笙愉于是克成父兄之志，乃欣然自慰，予亦为笙愉称慰也。

因念己卯正月，予偕笙愉归湘潭，时两姑母方同居。南屏兄弟亦皆年少气盛，以予初至，相约赠诗索和，将叠出奇兵，以能事迫予也。予故迟不应，濒行前一夕，始为长歌汇答。众颇色沮，外舅顾而笑曰：李郎能应敌，少许胜多许矣。既而南屏领乡荐，捷礼闱。十年之间，甲科接武，吟事日盛。曾几何时，而南屏兄弟先后夭折。外舅令鄠县，以忧解组，旋即溘逝。楹书零落，遗孤茕然。至今《闺秀集》一编，卒赖笙愉成之。语云衰门之女，其信然邪？展诵未终，又不禁掩卷三叹也！

录方望溪先生示兄子书序　　易棠

余读《方望溪先生集》，序记书铭，为体不一，无虑数十万言。其大旨要以笃彝伦、敦气谊为本。未尝不叹其立言之醇且壹，为儒者所罕觏也。及读示兄子诸书，而后知先生之学，其所从来远矣。

盖其世承家学，其治家也，一以礼法为宗。礼法定而后子若孙及宗族之人，胥晓然于父子、兄弟、夫妇之谊，尊卑长幼、内外疏戚之分，而秩然无敢干，蔼然以相接，而悖礼伤化者鲜矣。末俗之偷也，乡曲小民罔知礼义，妇姑妯娌，动相勃豀。父子兄弟，或析财异居。其视骨肉泛泛然如路人，甚者或相贼杀，即簪缨累世之族，其长幼之序，内外之别，非不粗有可观，而行谊不修，所谓礼法者，徒以文貌相将。侈汰出于固然，骄淫由于习惯。其弊也与乡曲小民等，无他，实意不存，所谓礼法者，非其法耳。

今观先生所述，自其上祖御史归祭于桐，轶马先从兄，祭毕，兄呼而杖之。御史受之无难色，宗之人亦不以为异，卒尽欢而散。匪特御史之贤，即其从兄及宗之人犹不可及也，盖不敢以贵富骄于父兄宗族。宗法之行非一日矣，至其论大功，同财异宫，复祭产，则睦族之谊也。祭必斋，则追远之诚也。丧必异居食，定复寝之制，则薄于欲而厚于哀也。兄弟祔葬，大功相为服期，则礼缘义起，厚之至也。凡此皆末俗之所难，而先生一一力行之，且为书以戒其子弟，此其所以久而不渝为世式法也。

其曰家之乖常起于妇人，则尤齐家之要义也，故于妇功、妇德及内外之辨，谆谆致意焉。夫先生之母年已老矣，乃皇上命医视疾，犹以见医为耻，则其内教之严，固非一日。凡先生之所以检约诸妇者，在他人视之以为难，而先生固行之易易也。

《大学》之教，修身而外，首重齐家。身不修而欲家之齐，不可得也。家不齐而欲身之修，亦不可得也。治家者礼法定而修身以力行之，然后恩明谊美，敬宗收族，以保世而滋大。庶民由之可保家而寡过，士大夫由之可以型于乡里、洽于编氓。身修家齐，而治国平天下之道，举而措之裕如矣。

余服膺先生之行谊，而喜是书之为有家法也，故录之而序其大旨如此。

兰山课艺序

易棠

两河居秦雍上游，僻在西徼。輶轩之采，率多不及。论人文之盛者，每艳称东南。以余观之，殆不尽然。间尝浏览史策，自汉晋以降，专征授钺、隶籍陇右者，代不乏人，武烈忠贞，彪炳寰宇。即文章之士，亦皆廉直劲正，不屑苟随流俗。若李习之之词意敦厚，李献吉之力振古学，尤其卓卓著者。盖南山祁连之险，绵亘万里，襟带河渭，俯踞梁华，山川之所钟毓，大块之所蓄积，必有所泄，以成其奇，非偶然也。

岁辛亥，余以陕臬权篆来甘。明年复拜藩司之命。公暇校试兰山书院肄业诸生，阅其文艺，皆彬彬可观。时王舜臣农部实主讲席，择诸生课艺尤雅者若干首，将付剞劂，问序于余。余一再览之，大抵议论驰骋，磊落权奇，不屑屑为炼色揣声之技，盖其得于天者厚矣。其性质，故其气雄。其志悫，故其词笃。刚毅木讷近仁，于斯见之矣。余嘉斯人之可进于道，欲其因文励行，不徒为弋名誉、取青紫之具也于是乎书。

甘肃武乡试录序

易棠

皇上御极之五年岁乙卯，甘肃武乡试届期。臣易棠备员陕甘总督，例充监临主考官。爰进学政臣沈桂芬所录士，率同布政使臣常绩、按察使臣明绪、提调官兰州道臣祥裕、监试官平庆泾道臣费荫章，悉心校阅，并加额得士五十九人。恭缮题名录，进呈御览。臣例得扬言简端。

窃惟汉时选六郡良家子给羽林期门，以材力授官。武科之设，盖师其意。唐臣郭子仪丰功盛德，身佩安危，亦自武举异科中出。武举不綦重哉！

甘肃古雍凉地，史称民俗修习战备，高上勇力，鞍马骑射，风声气俗，自古而然。故历朝名将，自辛武贤、赵充国后，代不乏人。迨乎我朝，勋名尤盛。今之缨冠箙矢而来者，安知不继美于前所云邪？

臣校阅之次，见夫耦进耦退，从容决拾，发辄中的，彬彬乎艺矣。挽强负重，勇若翘关，好整以暇，洸洸乎力矣。夫摛辞赡而不足致诸用者浮士也，陈义高而不能体诸躬者伪儒也。方之于武，讵独无之？故技艺弗娴非武，勇力弗胜非武。技艺娴，勇力胜，而韬钤不熟亦非武。然非泽之以诗书礼乐之懿，本之以忠贞果毅之诚，则赳赳桓桓，其与文士之浮伪无实者，相去其有几欤？

诸葛亮之论将曰：高节可以励俗，孝悌可以扬名，信义可以交友，沉虑可以容众，力行可以建功。又曰：诚信宽大，闲于理乱。四海之内，视如家室。由此言之，武之为义，顾不大哉！故四镞之树，三爵之升，非独程其艺，将使之陶淑其性情，涵养其血气，以比于礼乐也。五石之弓，数钧之石，非徒程其力，将以作其克敌致果之气，夙兴夜寐之勤，以整军而经武也。是技也，而道寓焉矣。

夫如是，则行义修整，器资严定。入而宿卫增禁旅之雄，出而建牙资干城之重。折冲厌难，胜于无形。即有缓急，诘尔戎兵，是讨是震，威克靡亢。其或退休田野，跧伏不试，犹将率其尊君报国之忱，以励后进，型风俗，是惟圣朝造士之意。止戈为武，其是之谓夫！

桃核集残稿序

陈起书

彭子菊村，家贫无妻子。性耿介，工于文，为塾师以自活。每自馆归，必谈饮数日。渐自道其寄怀之作，余性懒而善忘，今菊村死矣，稿遂失，其弟于朋友处搜罗得数十首。

余尝读书苏仙之云中庵，菊村至，相与登仙桃岭。见一石如桃，色如土而坚，外有纹而中空，摇之有声。僧曰：此仙桃也。中有虾者，有鱼者，有生于水中明如水晶者，有水而无鱼虾者。其水不竭，其外尝润。吾尝得其一置之书，一日夜而浸其半，凡吾所见于土人者六矣。余曰：犹存乎？僧曰：碎之矣。菊村曰：请碎之。乃核焉。

昔李后主得青石砚，墨池中有黄石如弹丸，水常满。陶縠碎之，石破，中有小鱼。自是砚无复润泽，则仙桃养砚物也。去岁家人病目。或告曰：仙桃石中水点之立愈。有贵人市之千金，余因索之数十，绝无有水者。夫养砚物之雅者也，明目益人之大者也，乃皆得于土人，及索之而反无，而其名又以生于穷乡僻壤而不传。

菊村之诗，其佳者多碎于俗人之手，而余仅见其核焉。天下以其生于穷乡僻壤也，谁从而知之？徒令病目者索之不得而已矣。

四十自序

张声玠

人生居闲则得岁月多，浪游则得岁月少。同此岁月，岂有多少之异哉？劳瘁奔走，消磨于车尘马迹中，回首而若失也。

余生于故乡，二岁从先大父之安徽。三岁余，从先君子之闽之松溪，六岁至福州，十岁之建宁，十二岁又至福州。童也嬉戏不珍日，游与闲皆无所系于心。十四岁之福清，知识初启，以习举子业成，思借科第为建白。髫龄有四方志，于是极以奔走为乐。偏于此者背乎彼，不得古人所谓闲趣，适以事阻于行。十六岁仍至福州，乃肆力于诗。与闽之学士大夫、文人墨士，觜酒淋漓，骚坛树旗鼓。其或离群索居，则经史花月相应接。如是者四年，其为时也静而永，然非素志不重也。年二十，先君子权泉州蚶江通判。二十一之蚶江。二十二先君子权兴化通判，之兴化。二十三乃输资为监生，北应京兆，行五千一百里，而长安之游，从此始矣。既落第，留京师一年。年二十五归于闽，是年从先君子之永安。二十六先君子见背，扶父丧复归福州。服阕，就婚于外父李澜恬公建阳官舍，年二十九矣。以游故，娶妻甚迟，而其心固未以游悔者，则以势有所必出，而时则方有可为也。婿未两月，复从建阳赴京师。秋捷，两罢礼部试。三十一仍归于闽，止四月，遂旋湖南，年又三十二。维时家既贫甚，而慈亲在堂，朝夕望子贵，实逼处此，乃更不能已于游，故冬仍北行。三十三归里，妻李氏卒，聘同邑辰山周氏。又北行，三十四归赘辰山。三十五春游于衡州，冬北行。三十六归。三十七春游于浏阳，冬北行。三十八留京师。三十九归。自三十四至三十九，每归里，由辰山省亲于星沙，岁辄五六次。计生平六游京师，乡试一落第，会试七落第。合京师往返之游，共得五万数千余里。参以闽、皖、江南、湖湘之游，亦共得五万余里。盖三十九年来，共行十万数千余里。悬车束马者，中不得数年焉。

年华如流水，等闲抛掷。风驰电掣，一转瞬间，几不知老之将至。而今年二月朔日，遂以四十。设使向之所遇，不以游而以闲，平居闭户，左图右史，以自珍于分寸之间，其所得似有足多者。然余始也乐于游而不自疲，继也苦于游而不获止。不获止则余之不能以闲而自宝其岁月也。殆有天焉，非人之所能强也！

悲夫！

余长余妻十三岁，妻兄汝充小余十岁，汝光小余十一岁，而二君不为远游，居家闲甚。所得岁月，余转觉幼之。因其置酒为寿，书此以代一醽。噫！后之视今，亦犹今之视昔。为闲为游，余又恶能自主？

送李花潭之官湖北序

张声玠

同邑李君花潭，与予同应礼部试。榜发，予黜而李售，以知县即用湖北。偕其出京师，途中唱和四十余日。至汉口，予将买舟南归，花潭由是之官。乃置别酒于尊而谓之曰：君之人品与君之学问则吾知之矣，君之能为吏则吾未之知也，以君固未尝为吏也。然君之人品吾知之，君之学问吾知之，则君虽未尝为吏，而君之能为吏，亦即于是知之。而论者曰否。花潭之为人，性仁厚，虽不失为长者，而乏于肆应。观其与人谈，其言呐呐然，如不出诸口。又生于田间，生平目不睹簿书，文章虽工，无裨于治，吾未见其能吏也。或又曰是可以临简，而不可以治烦也。得山城小邑而宰之，地当僻静，无差务往来之繁，民不刁悍，无讼狱疑难之事，庶几可以藏拙乎？

予曰：是非特不知花潭，抑亦不知吏之所以为能者也。虽然，无怪焉。今夫世之所谓能吏者，以苛为察，以刻为明，以轻为德，以重为威。小民方以此撄心，大府反以之报最。呜乎！阴阳之和所以伤也。屠伯之酷谓之曰能，谁肯为卧治之仁乎？催科之巧谓之曰能，谁肯为下考之拙乎？合浦之贪谓之曰能，谁肯为还珠之廉乎？盖循良之吏之不数见于天下也久矣。惟仁者为能爱民，而花潭之性情多慈祥。非通经无以致用，而花潭之文章本经籍。持此以往，虽宰天下可也，况一邑乎？

然花潭粥粥焉若无能焉，岂惟人疑已，亦未敢自信，则吾又尝见人之好大喜功者矣。经济自足，不求于人。抵掌而谈，快于一试。卒之以急躁致纷更，以坚僻见决裂。而经画裕如者，乃多出于绝口不言之人。诚能生明，静可制动，其信然哉，其信然哉！虽仕途初入，吏事未谙，专心学之，何患不到？立其体而兼善其用，有其德而益扩其才，守其一而毋惑于纷，葆其真而不流于伪。他日过汉水，入竟问俗，闻有颂神君者，吾知必在斯人也夫！

张书田成人要略序

李传敏

乾坤为父母，六子倚之以成象。而六子艮、坎为中少男。故上艮下坎，合之则为蒙。蒙与屯皆象草木，屯则物之初生，至蒙则如物之阴翳，皆有生机而不稚。

其于人也，八岁入小学，十五入大学，皆此象也。自《虞书》教胄子，直温宽栗，寥寥数语。后至《管子》有《弟子职》一篇，《汉书》采入《艺文志》。其教成人者，则尤详且备矣，然部册繁浩，三家村塾不能见全书，遂不知诸大儒成就后学之苦心。故往往有聪颖子弟，不能端所志，而名遂难底于成。即名成矣，而孝弟忠信、礼义廉耻之大闲，有因成名而愈逾其闲者。此蒙象所以于刑人桎梏三致意也，岂其人皆不古若与？盖由父兄所以发其蒙者不早耳。

浏东书田张君，力学重器根，守先人家诫，辑先儒所以成就中材而使之寡过语，粲然具赅。颜之曰《成人要略》，令嗣某请序于余。余读之，皆蒙亨养正之旨。果行育德，即恃此山下一泉，由是而汇之为川，为河，为海，以驯至于我夫子所谓学《易》寡过者，亦舍是无他道也。亟趣之付剞劂，使天下童蒙皆有所趋向。乾吾父也，坤吾母也。无父母贻罹，斯谓之人，斯谓之大成。砭顽订愚，张子初说极精也，何事《易》为《东西铭》哉？是书为成人示涂轨，濂洛家必有能辨之者。

养云书屋遗诗序

李传敏

扩湖侄少及吾门，与群从兄弟互切劘者数年，经学文章古今体皆卓然大成，予尝以大器期之。

己酉，侄举拔萃科，南辕北辙，吟咏愈多。予宦春阳时，侄尝邮寄北游诸篇乞正。予谓古人读万卷书，行万里路，下笔自有奇气，斯言不我欺也。自壬子粤逆蹂躏东南，诸子皆以中原多故，有闻鸡起舞之志。予以谓君父义愤，本男儿应任之事。故皆听其请缨从戎。独念古今诗派，自六朝以来，大江以南，多从容闲暇之作。故风云月露诸篇，多腴于词。大江以北，干戈俶扰。若王仲宣、刘越石之徒，其诗多激于气。窃恐侄等磨盾鼻墨，作从军行，其壮烈近大江以北，或遂失温柔敦厚之旨，故尝寄书箴之。

不幸乙卯冬十月，侄竟殉通城之难，而与同怀兄弟三人争相死，是大可哀也！门下生锺亦皋茂才，辑其遗诗，请序于予。诗皆深思浑厚从容闲暇之作，至其北游及从军诸诗，鲜有存者，其散轶可知也。酒痕灯光之下朗吟一遍，仿佛二十年前，桃李园中，群季俊秀，謦欬一堂时景象。今则诗犹是也，而人安在哉？

曩昔以大器相期，侄虽死而名终不朽，未必非吾宗之光。特以有志之士，方欲措之为事业，锋颖甫露，遽夭阏以死，为可悲耳。黄文节云：景回年未二十，文章绝不类少年书生语。方行万里，出门而车折轴，可为陨涕。余阅侄诗，亦抱此恨，故挥泪书之如此。

赵午桥吴越吟草序

李传敏

吴越山水甲天下，生是邦者，皆习而相忘。而海内词人骚客，往往慕而悦之，又苦无济胜具。其至者又胸次龌龊，不足以发其旁薄之气。否则靡盬行役，精力消磨于簿书奔走间，而无暇于吟咏。皆与好山水无缘者也。

仆游踪半天下，独于吴越未一至。尝自恨半生跳跋名利场，无息肩所。他日拟买舟吴越，携笔砚听一叶之所之。遇佳山水则画之，有余兴则又歌咏之，为天地间一散人，即终身菟裘计也，然苦于有志未逮焉。

今年秋，午桥应京兆试，随侍武林。旋里，手出《吴越吟草》一集示余。天气初秋，展阅一遍，奇伟郁勃之气，皆与山水相发明，令人卧游于虎丘苕霅间。诗境真故能引人入胜也。余与午桥小别年余，而诗思之进如此，岂功力哉？山水之助也。又岂山水哉？天趣之深也。午桥能吟之而不能自知其所至也。

今午桥策名仕版，雨雪征衣，简书可畏。傥于役重游吴越，必不能如今日之天趣旷逸。诗人胸中所以着不得一物，而后有可传之作也。集中《吴山晓眺》等作，俟梅花开时，当以数幅生绡图而咏之。午桥为我指点当买山买屋之处，将来至其地，见午桥鸿爪墨迹，当一一以碧纱笼之，又订一段山水因缘也。

竹林问答自序

方大淳

慷慨而谈天下事，辄不难自拟古人。曰教，曰养，曰兴仁、兴让，虽使古人复生，何以易此？一旦身膺民社，抚字催科，听讼判牍，用人理财，送迎酬应，公私交集。如理乱丝，如剥蕉然。如春蚕作茧，束缚其身。兼以上官之督责日繁，胥吏之蒙蔽愈甚。防患则耳目有所不及，防弊则思虑有所不周。跋前踬后，动辄得咎。睹宦海之茫茫，亦随波上下而已矣，而生平所慷慨自负者，至此悉无所施，则又未尝不叹古人之误我。噫！是岂古人之误我哉？不识时务故耳。

竹生叔负经济才，幕游四方，多历年所。大江南北，翕然争引重之。顾乃辱于抱关，不获展其大用，致足慨矣！古今来才人畸士屈抑下僚者，岂少也哉？虽然，官无论大小，秩无论崇卑，亦视夫称职而已。又况司京东之锁钥，掌绝塞之关键，分防者几二百里，隶属者几万家？虽曰长材短驭，而规模亦宏远矣哉！

回忆叔捧檄北上时，距今七八年矣。当是时，淳以年未弱冠领乡荐，翩翩少年，傲岸不凡，亦欲驰骋文墨，睥睨一时。今则公车三上，屡挫其锋。或匹马而度燕山，或扁舟而走吴越。或夜雨残灯，萧条旅馆。或冲风冒雪，惆怅征途。今又栖迟塞上矣。回首乡关何处是，烟波江上使人愁。觉昔年英思锐气半消磨于风尘劳扰中矣，况敢振襟而谈天下事邪？

叔曰：不然。剥者复之机也，屈者伸之渐也。藏器于身，待时而动，奚自委靡为？公余之暇，间与淳论及政事。如淳迂谬，乌足语此？爰举生平所积疑未释者，条举以问。叔为之剖析利弊，指陈得失。如聚米画沙，形胜了然。如以灰洒地，动中窾要。不禁踌躏满志者久之。盖惟阅历深，故议论确。才识卓，故区画精。提纲挈领，故其立法也简而明。虑远思深，故其防弊也周而密。要其归则不越夫因时制宜一语。以洞悉世务为实学，以体贴人情为至治。不戾古，亦不泥古。不徇俗，亦不违俗。通达治体者，不当如是邪？爰执笔录之，得数十条，颜曰《竹林问答》。录以志韦弦之佩，即附于州县到任要约后，作方氏治谱可也。

客有见而笑之曰：揣摩时势之说，涉于权宜者多矣，是编之录奚为者？予曰：子亦见圣贤之揣摩时势乎？孔子必闻其政，揣摩时势也。孟子入境问禁，揣摩时势也。訚訚侃侃之言，好色好货之论，亦揣摩时势也。损益盈虚，与时消息，随时之义大矣哉！苟矜言复古，不达时务，是新莽之行井田也，是苏绰之诵五教也，是王荆公之以青苗新法祸天下也，其弊可胜道哉！

客曰：是编详于州县奚为者？予曰：天下之治乱系宰相，天下之治乱亦系州县。宰相总其成者也，州县专其责者也。官虽卑职则重矣，禄虽薄权则重矣。故曰州县为亲民之官，故曰州县得人则天下治。

客曰：立一法，生一弊，是编所议章程，毋乃伤于繁乎？予曰：法也者，犹权衡之于轻重，绳墨之于曲直，规矩之于方圆也。权衡诚平，不可欺以轻重。绳墨诚陈，不可欺以曲直。规矩诚设，不可欺以方圆。法顾可少乎哉？况夫章程既定，握其枢机，则至约可该至广，至简可御至繁，至常可统至变。不然，徒高清净淡泊之名，吾恐弊端百出矣。

客曰：然则古法顾可置而不讲乎？予曰：道与时为变通，法亦与时为变通。昔人论明季之弊，重垦辟而田益荒，行保甲而民益扰，讲乡约而不孝不弟者益众，举俊秀而子弟益弃诗书，行乡饮礼而父老益卑贱。议蠲征则吏受其实，民受其名。议常平则官增其肥，民重其瘠。是岂法之不善哉？有治法无治人故也。故曰：无治人则良法美意皆足病民，有治人则弊习陋规皆成善政。

客曰：然则杜弊之法尽于《问答录》中乎？予曰：书不尽言，言不尽意。善用法者当深明法中之理，当旁通法外之意，必用法而不为法用，乃可以言法。故曰变而通之以尽利，故曰神而明之存夫人。不然，是又胶柱鼓瑟，刻舟求剑矣。又况有不可易之法，有不可执之法。不可易者经也，不可执者权也。经权互用，与时推移，是即君子时中之旨也。

客曰：教养仁让之说，是编未登及之，何也？予曰：先儒言之详矣，无容再赞一辞矣，且天下断未有不能除弊而能兴利者，即未有不能立法而能除弊者，弊苟丛生，于教养仁让也何有？故必法制详明，内外整肃，而后可言教，可言养，可言仁让。

客乃欣然笑曰：阮氏竹林问答，徒供清谈也。方氏《竹林问答》，求济实用也。果孰得而孰失邪？予谢不敏。客既退，遂挑灯书之。

毛诗墨守自序

方大淳

一经而群言淆乱者，《诗》为甚，读《诗》者将安所折衷乎？夫亦曰折衷孔孟而已矣。孔子曰：《诗》三百，一言以蔽之，曰思无邪。是《诗》本无邪也。曰《诗》三百，统全《诗》言之，非专为读《诗》者言也。孟子曰：不以文害辞，不以辞害志，以意逆志，是为得之。又曰：诵其诗，不知其人可乎？是以论其世也，是读《诗》贵论世知人也，是读《诗》不可专求之字句中也。

窃尝持此意以论《诗》，而知古序独得经意，毛传独得序意。故离传以说序而序意晦，离序以说经而经意晦，离序传以说经而孔孟解经之旨亦不明。且夫序何自昉哉？考孔子删诗授卜商，商为之序，以授鲁人曾申，申授魏人李克，克授鲁人孟仲子，孟仲子授（振）〔根〕牟子，根牟子授赵人荀卿，荀卿授鲁人毛亨，亨作《训诂传》，授赵人毛苌，其源流也远矣，其师承也真矣，其训诂也确矣。说《诗》旨趣于是在焉。

自宋儒以己意说《诗》淫邪之辞，藉藉多有。毋乃非孔子“思无邪”之训乎？专主玩索经文，求《诗》意于文辞之内，毋乃非孟子害辞害志之戒乎？删除序传，扫去世谱，谓古序所谓某王、某公、某大夫为必不可信，孟子论世知人之学固如是乎？夫舍序传以说《诗》犹可言也，离孔孟以说《诗》不可言也。欲求孔孟之说，舍序传曷由乎？

慨自古义云亡，非一日矣。非特宋儒也，郑氏好改经文，自立新说，往往与序传异。逮至宋儒，而欧阳章义，或驳斥传笺。郑樵辨妄，拨弃古序。《集传》因之去序言《诗》。三传而鲁斋王柏，竟至删削经文，自伸己见。自《召南》以下十三国风，凡朱子所定为淫邪者，悉删去之，凡三十有二篇。夫以孔子所手定者，而鲁斋毅然删之。孔子不敢削者，鲁斋公然削之。其放言无忌，有自来矣。其始犹止于与序传异也，渐至驳斥序传矣，渐且尽弃古序矣，而其甚者，又妄逞臆见，删订经文。以穷经者荒经，以解经者蠹经，于是而《诗》之不毁于秦人者竟毁于王氏。解经之弊，至于如此，可胜慨哉！

余学《毛诗》有年矣，不揣固陋，窃欲为毛氏作墨守。用是博采诸家之说，合于传义者存之，不合者去之，总求合于毛传之意而止。非祖毛也，宗古序也。非宗古序也，宗孔孟也。敢云发明孔孟之微意哉？亦以序传之说渊源有自，固不可得而废焉尔。

常德府贡举题名录序

胡焯

常德府会馆在都城南，凡贡举至京师者，以版书名而揭诸庭，盖犹唐举进士题名之意。今取所题，复据《湖南志》所载，校其同异，补其缺遗，辑而录之。俾览者易于稽考，将以传之永久而不忘也。

常德，汉之武陵郡，唐曰朗州，宋曰鼎州，后以孝宗潜藩之地，置常德府，犹汉刺史，唐节度使所驻，谓之府。元为常德路，明为常德府。明所谓府，盖举秦汉所谓郡而通名之，故今修辞者仍谓之郡云。

会馆者，汉郡国邸舍之遗制。吾郡诸先达萃力为之，俾后来者有所托处。自明逮今，递有增构，相沿弗替者也。凡乡试诸生，各试于布政使司所治。或以贡生、监生附顺天乡试。乡试中式者为举人，会试于京师，成者为进士。常德隶湖南布政使司，湖南乡试，旧合试于湖北。雍正二年，始分设湖南乡闱。优贡生三年一试，湖南试取二人。拔贡生旧以六年为期，乾隆六年始定十二年一试，凡府学二人，州县学一人，皆由学政会巡抚试取送京师，俟礼部请期，合天下所贡试之。又或特旨选举，不在常例。兹统之以贡举者，贡士、举士沿于周。汉唐以后，主试者为知贡举。今进士始中式，亦称贡士也。

常德会馆始构于前明之世。京师建都，起于元代。兹录不以书版为限，并溯及赵宋时者，据国史地志可考而知者，悉著之也。编所举之年，标所隶县，举其所官。不及详述者，悬版所题，存其大凡，比史家年表之例。其当详者，史志具在也。

常德所属四县之境，枕洞庭、青草重湖之西，夹沅水南北，西当五溪之汇流。山水萦带，原野辽旷，风气淳厚，文儒蔚起。

圣贤之前矩，忠孝之遗烈，仰止景行，黾勉砥砺。凡在贡举仕宦之途者，归居则以学行表式乡里，入仕则以才德辅翼圣世，乂安海宇，与古圣贤忠孝之伦同不朽焉。后之览者，睹姓名而企慕之，奋发兴起，先后彪映，盖非徒以策名筮仕为荣也已。

辑斯录者，同年陈竹伯。既成，由翰林出为广西分巡左江兵备道。以稿付焯，刊木而印为帙，凡七卷云。

湖南文征　卷八十

序二十五

书古微例言上

魏源

东晋晚出之孔安国古文《尚书》，伪经，伪传，伪序，三者并发端于朱子。《语录》中尝疑孔书所增《大禹谟》《仲虺之诰》《咸有一德》《伊训》《太甲》《说命》《泰誓》《武成》《君陈》《周书》《毕命》等十六篇，皆伏生所无。不应伏生耄年所记皆其难者，而易者反不记，且西汉以前，经与传皆别行，至马融始以注附经，岂得西汉已有附经之传？其孔序庸沓，不似西汉文苍古之体，甚属可疑。言之凿凿，乃其徒蔡沈奉命作传，不知引申师说，以判正伪，遂仍旧辙，贻误后学。惟宋末吴氏澄著《书经纂言》，专注今文，而古文则但云嗣出，盖托词以斡旋功令也。明人梅鷟始力攻古文，而义多武断，考证尚疏，人多不信。其昌言排击，尽发症结者，则始于本朝阎若璩之《古文尚书疏证》。阎书已收入《四库全书》，而惠栋、江声、孙星衍、王鸣盛、段玉裁亦皆有疏证。惟孙氏知伏生今文《书大传》说之胜于马、郑古文，予则更廓其噎蔀，穷其阃奥，以尽发马、郑之覆，而阐西汉伏、孔、欧阳、夏侯之幽，使绝学复大光于世。

夫毛传尚可与三家《诗》并存。若伪古文之臆造经传，上诬三代，下欺千载，今既罪恶贯盈，阅实词服，即当黜之学校，不许以伪经出题考试，不许文章称引。且毁伪孔传、伪孔疏及蔡沈

《集传》，别颁新传新疏而后不至于惑世诬民。至马、郑传注之故背今文，臆造古文说者，亦不足以相代，则欲立学宫，舍西汉今文家专门之学，其将谁归？夫黜东晋梅赜之伪，以返于马、郑古文本，此齐一变至鲁也。知并辨马、郑古文说之臆造无师授，以返于伏生、欧阳、夏侯及太史孔安国问故之学，此鲁一变至道也。

自非我国家经学昌明，轹唐凌宋，何以有是？爰附书其端末于目录后，以告承学治古今文之士。

书古微例言中

魏源

尝讶伏生口授今文《尚书》，传自七十子。微言大谊，炳若日星。欧阳、大小夏侯祖述之，各不离其宗。西汉上自人主，下自公卿，无不以今文博士为师者。故《汉书》言自欧阳生传伏书，至歙八世，皆为博士。他儒之传欧阳书者，亦往往入傅太子。如桓荣以稽古之学劝其徒。疏广、疏受以黄金之赐娱老乡里，门人弟子会葬辄数千人。经学之盛，未有过此者。何以一至东汉，教辄旁歧？刘、杜、卫、贾、马不足道，郑康成以亲注《大传》之人，其服膺伏生不为不至，何以一旦改归赝古，自甘矛盾而不顾，且令天下靡然从之？不及百年，今文《书》及齐鲁《诗》并归亡佚，惟《韩诗序》二卷，历唐及北宋而亦亡于南渡，何哉？

及读《艺文志》曰：古之学者耕且养，三年而通一经。故用力少而畜德多，三十而五经立也。后世经传既已乖离，说者不思多闻阙疑之谊，而务碎逃难，便辞巧说，破坏形体。说“尧典”二字之文，至十余万言。说“若稽古”三万余言，后进弥以驰逐，故幼童守一艺，白首而后能言。安其所习，毁所不见，此学者大患也。而后知今文之敝，非尽东汉古文家敝之，乃今文家先自敝也。

夫尧典、若稽古有何奥难，而漫衍至是三万言、十万言之多，盖犹后世之制艺讲章也。宋儒表章四子书教士，望其学圣有途辙，不歧于异端俗学，岂知功令既颁之后，至明而蒙引、从疑、浅说、达说之讲章，乡会之程墨，乡社之房稿，定待闲在之选本，皆至于汗牛充栋而不可极。其敝于利禄，亦何异汉士说尧典、稽古者乎？

故以马融之贪肆，而公诋欧阳生为俗儒，犹今之淹博词章者，诋业科举之士为俗儒也，以彼今文家皆利禄之徒，而古文家为高材博学之徒矣。夫欧阳、夏侯不敝，而诸生习其支叶，甘为利禄者敝之。马、郑斥利禄之辈谓俗儒可也，并斥欧阳、大小夏侯之师授渊源于七十子者亦为俗儒，可乎？并畔伏生《大传》而不问，而臆造矫诬，使微言大谊尽变为肤浅，可乎？斯则又东汉马、郑古文家之失也。即伪孔传亦乘马、郑支离臆说之极弊，而乘虚以入者，使今古文两败俱伤，谁之咎欤？

乌乎！古学之废兴，关乎世教之隆替。主持师道者，固不可有豪发之弊。苟忘其本教，而稗贩圣经以博衣食，未有不累及先师者，可胜叹哉！故因论今古文而慨喟再三也。

书古微例言下

魏源

西汉今古文既厄于东汉马、郑之臆说矣，至今存什一于千百，而微言大谊，绵绵延延，竟能回千钧于一发，使古谊复还者，何哉？则全赖有《史记》《汉书》及伏生《大传》残本，《汲冢周书》佚本，三者为之命脉也。

玑衡之说，《史记》与《大传》符，《淮南·天文训》《周髀算经》与《史记》符。故铜仪玉管机巧之说，终西汉世不能惑。荆州九江即九穴，在巴陵西不在巴陵南，有班《志》所引桑钦古文说可凭。扬州九江有太史登庐山观浔阳九江可凭。其自荆至扬，江汉分流，有鹦鹉洲及寻阳桑落州分九派可凭。江行各洲之南，汉行各洲之北，始知彭蠡之在江北，而不在江南，为今太湖望江等县之诸湖荡，以至皖江上游，为汉水之大螺旋，故有彭蠡之名，又音转为大雷池之名。及其三江归宿，则又有《汉志》毗陵北江入海扬州川，丹阳中江入海扬州川之语。

至黑水则《地理志》西海有黑水祠。西海即青海，自雍州东望之为西海，自合黎言之为南海，自黑水言之为青海。今乃并知此水不胜鸿毛，不通舟楫，中有二岛，惟冬日冰合，番僧裹一岁粮入定其中，是知天然弱水。弱、黑并为一川，皆潜源重发于此，潴而不流。此皆《汉书·地理志》西海黑水祠之力也。况《地理》于他山水亦皆于其下注明《禹贡》作某，古文以为某，与桑钦《禹贡山水泽地》相符，其有功经义甚大。不然，尽以后世之江汉为《禹贡》之江汉，如苏氏、蔡氏、胡氏之一江三名者，以黑水为滇、黔之水者，其错谬尚可问乎？

至北条之水，则《史记·河渠书》禹、酾二渠，一为冀州高地之河，一为漯川入济之河。后世冀州九河尽没，而漯川千乘之河，自东汉至唐末五代，千年无患。非《史记》何由知为禹迹乎？此又《史记·河渠书》之力也。

惟是天文、舆地皆必须图，而璇玑之不用北斗而用维斗，其玉衡北斗又止用其建北方而定子位，故初昏、夜半、平旦，杓、魁、衡三建，而皆非建寅、建丑、建卯之建。且建有所穷则济之以中星，中有所穷则助之以斗建，此自来图天文者所未有。

邹君汉勋曾为余代绘《唐虞天象总图》，次《璇玑内外之图》，次玉衡三建。皆建北方，定子位，分平旦、夜半、初昏，及中星用事，分绘各图，于金陵付梓。而江陵告变，图板皆毁于兵燹，邹君又殉节于庐州，有天丧斯文之痛。谨泫然默记之。

诗古微序

魏源

《诗古微》凡二十有二卷。上编六卷，并卷首一卷，通语全经大谊。中编十卷，答问逐章疑难。下编五卷，其一辑古序，其二演外传。

《诗古微》何以名？曰：所以发挥齐、鲁、韩三家《诗》之微言大谊，补苴其罅漏，张皇其幽渺，以豁除《毛诗》美刺正变之滞例，而揭周公、孔子制礼正乐之用心于来世也。

盖自四始之例明，而后周公制礼作乐之情得。明乎礼乐，而后可以读《雅》《颂》。自迹熄《诗》亡之谊明，而后夫子《春秋》继《诗》之谊章。明乎《春秋》，而后可以读《国风》。正变之例不破，则《雅》《颂》之得所不著，而礼乐为无用也。美刺之例不破，则《国风》之无邪不章，而《春秋》可不作也。礼乐者治平防乱，自质而之文。《春秋》者拨乱返治，由文而返质。故《诗》之道，必上明乎礼乐，下明乎《春秋》，而后古圣忧患天下来世之心，不绝于天下。

学问之道，不愤不启，不悱不发，不以一隅反三隅则不复。余初治《诗》，于齐、鲁、韩、毛之说，初无所宾主。顾入之既久，碍于此者通于彼，势不得不趋于三家。始于碍者卒于通，三家实则一家。积久豁然，全经一贯。朋亡蔀祛，若牖若告，愤悱启发之功也，举一反三之功也。学问之道，固不可浅遇，而可深逢者也。

虽然，《诗》教止于斯而已乎？《韩诗外传》再言：昔者子夏“弹琴以咏先王之风，有人亦乐之，无人亦乐之”。至于发愤忘食，然夫子犹造然变容曰：子已见其表，未见其里，窥其门不入于中，安知其奥藏之所在乎？丘尝冥心以入其中，前有高岸，后有深谷，填缺正立而已。此所谓深微者也，深微者何？无声之礼乐志气塞乎天地。此所谓兴观群怨，可以义起之《诗》，而非徒章句之《诗》也。故夫溯流赖则涵泳少矣，鼓弦急则适志微矣。《诗》之道岂尽于是乎？乌乎！以俟假年，以待来哲。

此叙末段已轶其稿，望小舫代查刊本改正之自注。

诗比兴笺序

魏源

《诗比兴笺》何为而作也？蕲水陈太初修撰以笺古诗三百篇之

法笺汉魏之诗，使读者知比兴之所起，即知志之所之也。

昔夫子去鲁，回望龟山，有“斧柯奈何”之歌，又有“违山十里，蟪蛄在耳”之歌，又作“猗兰”之操。甚至闻孺子沧浪濯缨起兴，与赐、商言诗，切磋绘事，告往知来，皆见许可。是则鱼跃鸢飞，天地间形形色色，莫非诗也。

由汉以降，变为五言。《古诗十九章》多枚叔之词，《乐府鼓吹曲》十余章，皆《骚》《雅》之旨。张衡《四愁》，陈思《七哀》，曹公苍莽“对酒当歌”，有风云之气。嗣后阮籍、傅奕、陶渊明、鲍明远、江文通、陈子昂、李太白、韩昌黎，皆以比兴为乐府琴操，上规正始，视中唐以下纯乎赋体者，固古今升降之殊哉！

自《昭明文选》专取藻翰，李善《选注》专诂名象，不问诗人所言何志，而诗教一敝。自锺嵘、司空图、严沧浪有诗品、诗话之学，专揣于音节风调，不问诗人所言何志，而诗教再敝。而欲其兴会萧瑟嵯峨，有古诗之意，其可得哉？

《离骚》之文依诗取兴，词不可以径也，则有曲而达焉。情不可以激也，则有譬而喻焉。善鸟、香草以配忠贞，恶禽、臭物以比谗佞，灵修、美人以媲君王，宓妃、佚女以譬贤臣，虹龙、鸾凤以托君子，飘风、雷电以为小人。以珍宝为仁义，以水深雪雰为谗构。荀卿赋蚕，非赋蚕也。赋云，非赋云也。诵诗论世，知人阐幽，以意逆志，始知三百篇皆仁圣贤人发愤之所作焉，岂第藻绘虚车已哉？

蕲水太初修撰，兰蕙其心，泉月其性。即其比兴一端，能使汉魏、六朝、初唐骚人墨客，勃郁幽芬于情文缭绕之间。古今诗境之奥阼，固有深微于可解不可解者乎？至于因比兴而论世知人，如《古诗十九首》为〔枚乘讽〕[①] 吴，汉《乐府》皆汉初朝政所系，以及阮公、陶令、郭景纯、傅休奕、鲍明远、庾子山、江文

①据《魏源全集》补。

通、杜、韩之忧世，而陈伯玉、李太白、储光羲之大节〔被诬〕[1]，此笺皆表章出之。如浴日星出沧海，而悬之中天之际。

时予所治《诗古微》方成，于齐、鲁、韩之比兴旁推曲鬯。复从君长子小舫太史获读此笺，以汉魏、六朝、三唐之比兴补余所未及，盖不期而相会焉。我思古人，实获我心。质之小舫，以为何如也。咸丰四年书于吴门舟中。

子思子章句自序

魏源

《中庸》之为子思〔子〕[2] 尚已，而《坊》《表》《缁衣》与焉。有征乎？曰：有。《隋书·音乐志》载沈约之言曰：《礼记·月令》取《吕氏春秋》，《缁衣》《中庸》《坊记》《表记》取《子思子》，《乐记》取《公孙尼子》。一也。《御览》引《子思子》曰：天下有道，则行有枝叶。天下无道，则言有枝叶。今见《表记》。二也。《文选注》引《子思子》曰：昔吾有先正，其言明且清。国家以宁，都邑以成。今见《缁衣》。三也。且《坊》《表》言必称子，而引《论语》之文。间一。又数引《春秋》。间二。且独称子云、子言之，与他书记圣言体例不伦。间三。三征既明，三间俱释，于是叙曰：

圣人忧患天下来世，其至矣。删《诗》《(经)〔书〕》[3]，正礼乐，皆述而不作。有大义，无微言，岂预知有《论语》为后世入道门哉？假年绝韦来，天人性命之理，进修聚辨之方，无咎寡过之要，胥于《易》乎在。子思本祖训发挥之，故《中庸》一《易》道也。《表记》言正而合道，见称伊川程氏，则《论语》辅也。《易》之诚，《论语》之仁，皆古圣未发而夫子发之。不读《中庸》，不知诚为尽性之要。不读《表记》，不知敬为求仁之方。

---

①据《魏源全集》补。
②据《魏源全集》补。
③据《魏源全集》改。

而望《易》《论语》精微，犹入室由户也。《坊》《缁》之文，其闳深诚与《庸》《表》有间。然礼坊德，刑坊淫，命坊欲，纲万事于三端。圣人既以叙彝伦，建皇极，而《缁衣》敷理化得失，为百世君民臣主师。尼门五尺所言，要非百世所得闻者。盖《易》《论语》明成德归，《诗》《书》《礼》《春秋》备经世法。故《坊记》以《春秋》律礼，《缁衣》以《诗》《书》明治，体用显微，同源共贯。于道之大而能博者，其亦具体而微矣。

世人惟知《史记》子思作《中庸》，故蓍蔡之。而此三篇之为弟子述所闻者，则自唐后二十篇原书不存，亦遂如渎迷济海沦碣矣。予悼斯道之湮微，乃别而出之，各为䌷绎，而《中庸》则专以《易》道发之，用补苴先哲。其轶言时时见他说，亦辑成篇，而后祖孔、师曾、迪孟之学，大略明且备。刚矣，诚矣，高矣、明矣。

宋汪晫编《子思子》，妄攟孔鲋赝书，而顾昧四篇之正经，弃天球，宝康瓠，傎莫甚焉。今遂摈弗道也。

曾子章句自序

魏源

夫子殁，斯文未坠于地，则惟曾氏以至诚绍其宗，授子思、孟子为万世极。《汉·艺文志》，《曾子》十八篇，隋唐《志》及北宋《御览》咸有之，迄南宋而亡。今惟存《大戴礼》者十篇，各冠以曾子，与小戴《曾子问》皆夫子语者不同。盖洙泗大义微言，武城毕生践履于是乎在。凡孟子彼富我仁、彼爵我义之文，董仲舒尊闻行知、高明光大之义，皆见其中。而小戴《祭义》则全取《大孝》篇文，事父母坐尸立斋之云，则小戴删取大戴明证也。子思、乐正子门人述之，齐鲁秦汉儒者罔不诵法称道之，絜小学大学枢要，旦夕奉师保临父母者也。奈何小戴去取不伦，而郑康成氏又不注《大戴礼》，既以此不列于经，又不获与《大学》《中庸》同表章。后世徒相沿纬书“行在孝经”语，以为真夫子授曾氏书。曾氏书顾若明若灭断简中，千载莫过问焉。

曾子得圣道宗，孝尽性。诚立孝，敬存诚，万伦万理，一反躬自省出之。初罔一言，内乎深微，外乎闳侈。惟为己为人进退义利际，谆谆提撕而辟（珥）〔咡〕[①] 之，百世下如见其心焉。暨《天圆篇》原圣人制礼作乐之由，以明人性之最贵。日用则神化也，庸德则大经也。不越户庭，明天察地，体用费隐贯于一，不遗不御也。

少习孤经，懿好攸在。茫茫绝绪，问津不闻。讹而互诸，塞而榛诸。微言未窥，大义谁揭？不揣狂简，纲之纪之。仰钻既竭，如闻告语。而其轶时时见他说者，亦网罗部汇之为五篇于其后。

呜乎！曾氏之以书传，非曾氏意也。曾子固以身教而不以言教者也，其志盖将以夏道之忠，救周文之敝也。姬公制作之精意，漻然以清，沕然以纯，惟曾氏为得之。儒行缺，世教漓，视人生之初，几若茹毛饮血之不可复见于世。尝试与之陈尼峄之遗文，稽龟麟之旧册，则亦历历然若朦诵之熟诸口也。皋比之习于耳也，忽忽焉若来若去之无戚于怀也。逃空谷者闻足音而喜，厌稻粱者易以黍稷而或乐，则兹编之晚显于世也，其亦天之有意于世乎，其亦末学之有幸于迷途乎！知小任重，言僭行窳，是以战战兢兢、若履薄冰云尔。

老子本义序

魏源

有黄老之学，有老庄之学。黄老之学出于上古，故五千言中动称经言及太上有言。又多引礼家之言，兵家之言。其宗旨见于《庄子·天下篇》，其旁出者见于《灵枢经》黄帝之言，及《淮南·精神训》。其于六经也近于《易》。其末章欲得小国寡民而治之。又言以身治身，以家国天下治家国天下，则其辄言天下无为

①据《魏源全集》改。

者，非枯坐拱手而化行若驰也。静制动，牝胜牡，先自胜而后能制天下之胜。其言三宝，一慈，二俭，三不敢为天下先。故含德之厚，比于赤子。致柔之极，有若婴儿。乃混沌初开之无为也。及世运日新，如赤子婴儿日长，则其教导涵育，有简易繁难之不同，惟至人能因而应之，与民宜之。故尧称无名，舜称无为。夫子以仲弓居敬行简，可使南面。其赞《易》惟以乾坤易简为言。此中世之无为也。

天下之生久矣，一治一乱，如遇大寒暑、大病苦之后，则惟诊治调息，以养复其元，而未可施以肥浓朘削之剂。如西汉承周末文胜七国嬴秦汤火之后，当天下生民大灾患、大痌瘝之时，故留侯师黄石，佐高祖，约法三章，尽革苛政酷刑。曹相师盖公，辅齐汉，不扰狱市，不更法令，致文景刑措之治，亦不啻重睹太古焉。此黄老无为可治天下。后世如东汉光武孝明，元魏孝文，五代唐明宗，宋仁宗，金世宗，皆得其遗意。是古无为之治，非不可用于世明矣。

至魏晋之世，则不言黄老，而言庄老。其言庄也，又不师其无欲，而专排礼法以济其欲。故不勇于不敢，而勇于敢，动行一切之法，使天下屏息待命，而已得以清净自在，遂至万事蛊废，而后王衍之流始自悔其弊。与黄老慈俭不敢先天下之旨，若冰炭霄壤之相反。而后人不分，动以黄老相诟厉，岂不诬哉？后世之述老子者，如韩非有《喻老》《解老》，则是以刑名为道德。王雱、吕惠卿诸家，皆以庄解老。苏子由、焦竑、李贽诸家，又动以释家之意解老，无一人得其真。其实开佛之先者，莫如《列子》。故张湛《列子注》叙曰：御寇宗旨与佛经为近。不独西方至人皆不言而自化无为而自治一章而已。要之《列子》注莫善于张湛，《庄子》注莫善于向、郭，而《老子》注则无善本焉。

源念先圣犹龙之叹，与孟子辟杨朱不辟老子之故，因念经曰言有宗，事有君，爰专取诸家之说，不离无为、无欲与无名之朴者，以为养心治事之助。视治《参同》《阴符》者，或较有益焉。

其五千言章句，以河上公所分，及傅休奕古本为最疵，而《淮南》所引为最善。其开元御注所加，与韩非所述者，皆所可取也。嘉庆二十五年奉母东下，录于舟中。道光之初补叙于此。

孙子集注序

魏源

《易》其言兵之书乎？亢之为言也，知进而不知退，知存而不知亡，知得而不知丧，所以动而有悔也。吾于斯见兵之情。《老子》其言兵之书乎？天下莫柔弱于水，而攻坚强者莫之能先。吾于斯见兵之形。《孙武》其言道之书乎？百战百胜，非善之善者也。不战而屈人之兵，善之善者也。故善用兵者，无智名，无勇功。吾于斯见兵之精。故夫经之《易》也，子之《老》也，兵家之《孙》也，其道皆冒万有，其心皆照宇宙，其术皆合天人、综常变者也。而苏洵曰：按言以责行，孙武不能辞三失，久暴师而越衅乘，纵鞭墓而荆怒激，失秦交而包救至。言兵则吴劣于孙，用兵则孙劣于吴。矧祖其余论故智者乎？呜呼！吴泽国，文身封豕之蛮耳。一朝灭郢，气溢于顶，主骜臣骄，据宫而寝。子胥之智不能争，季札之亲且贤不能禁，一羁旅臣能已之乎？故《越绝书》称，巫门外有吴王客孙武冢，是则客卿将兵，功成不受官，以不尽行其说故也。

或又谓将才非人力，运用存一心。括读父书，徒取秦禽，是又不然。兵列五礼，学礼宜及。有文事者必有武备，好谋而成，我战则克。学矛夫子，获甲三百。特兵危事，而括易言之，正与兵书相背故也。

弩生于弓，弓生于弹，弹生于古之孝子。杀人以生人，匪谋曷成？谋定而后战，斯常夫可制变。上谋之天，下谋之地，中谋之人。人谋敌谋，乃通于神。非神之力也，心之变化所极也。变化者，仁术也。上古圣人，以其至仁之心，挠水火而胜之，挠龙、蛇、虎、豹、犀、象而胜之。恩生于害，害生于恩。微观于五行相生相克之原，天地间无往而非兵也，无兵而非道也，无道而非情也。精之又精，习与性成。造父得之以御名，羿得之以弓名，稷得之以稼名。宜僚以丸，秋以弈，越女以剑，虽得诸心，口不能云。口即能云，不能宣其所以云。若夫由其云以通其所以云，微乎微乎！深乎深乎！夫非知《易》与《老》之旨者，孰与言乎？

说文拟雅序

魏源

金坛段若膺先生《说文解字注》曰：小学家六书纲领，不出形、声、谊三端。《说文》形书也。《尔雅》谊书也。《玉篇》《广韵》音书也。而《说文》一书檃括有条例，注说该六艺。今世学者苟能取其得声之字，照十七部兼用四声，分为韵谱，则其部之界画，胜《广韵》远矣。苟再有其人，取其专训本谊之篆注，分类部居，则其条理之精密过《尔雅》远矣。

源考《说文》，古音分十七部，仅段君一家之言。与顾氏十部，江氏十三部，孔氏十八部，王氏二十二部，刘氏二十六部，互有详略出入。且吴江钮氏、元和江氏均已依其部分著书刊勒行世。惟以谊分类，合《说文》《尔雅》为一者，世间尚无成书。爰以治经之余力，为之三月而告成。

以天、地、人、物、事五大类，括五百二十三部，而于各部之中，有不得异于《尔雅》者。《尔雅》有《释亲》，无释人，故五官四肢，五事、五伦、五性最广之字，皆无类可归，尽入之《释诂》，而《释诂》一门遂拥肿杂沓，不便稽检。此书别立《释人》，纲举目张，与天地事物方聚族分。此其善于《尔雅》者一也。《尔雅》不尽用字之本谊，专取假借，故六书之本义不明。今专以部首分类，而以其虚文语助为《释言》。别辑其专行借谊，反废古谊者为《释训》，并将《说文》分部之失，如丩句之以亦声立部首，笑与哭不同入犬部，告不入牛部，家不入宀部，后、听、司不入口部，珏不入玉部，郒不入邑部之类，今并更正。此其善于《尔雅》者二也。

别为《转注释例》《假借释例》《意声事形释例》三篇，以冠于首，与段君之注亦多相仿。故各类中止载原篆原注，而不采诸家之注。意主告蒙，且便自检阅，而不敢当董理此三例之任。至于发明而扩大之，以俟后之君子。咸丰元年序于高邮州署。

两汉经师今古文家法考序

魏源

魏源曰：余读《后汉书·儒林传》，卫、杜、马、贾诸君子，承刘歆之绪论，创立费、孔、毛、左古文之宗，土苴西京十四博士今文之学，谓之俗儒。废书而喟！

夫西汉经师，承七十子微言大谊，《易》则施、孟、梁丘，皆能以占变知来。《书》则大小夏侯、欧阳、兒宽，皆能以《洪范》匡世主。《诗》则申公、辕固生、韩婴、王吉、韦孟、匡衡，皆以三百五篇当谏书。《春秋》则董仲舒、隽不疑之决狱。《礼》则鲁诸生、贾谊、韦玄成之议制度。而萧望之等皆以《孝经》《论语》保傅辅道。求之东京，未或有闻焉。其文章述作，则陆贾《新语》，以《诗》《书》说高祖。贾谊《新书》为汉定制作。《春秋繁露》《尚书大传》《韩诗外传》，刘向《五行》，扬雄《太玄》，皆以其自得之学范阴阳，矩圣学，规皇极。斐然与三代同风，而东京亦未有闻焉。

今世言学，则必曰东汉之学胜西汉，东汉许、郑之学综六经。呜呼！二君惟六书三礼，并视诸经为闳深，故多用今文家法。及郑氏旁释《易》《诗》《书》《春秋》，皆创异门户，左今右古。其后郑学大行，浸淫遂至《易》亡施、孟、梁丘，《书》亡夏侯、欧阳，《诗》亡齐、鲁、韩，《春秋》邹、夹、公羊、穀梁半亡半存，亦成绝学。谶纬盛，经术卑，儒用绌，晏、弼、肃、预、（谧）〔谧〕、赜之徒，始得以清言名理并起持其后。东晋梅赜伪古文《书》遂乘机窜入，并马、郑亦归于沦佚。西京微言大义之学，坠于东京。东京典章制度之学，绝于隋唐。两汉故训声音之学，熄于魏晋。其道果孰隆替哉？且夫文质再世而必复，天道三微而成一著。今日复古之要，由诂训声音以进于东京典章制度，此齐一变至鲁也。由典章制度以进于西汉微言大义，贯经术、政事、文章于一，此鲁一变至道也。

道光商横摄提格之岁，源既叙录武进礼曹刘申甫先生遗书，略陈群经家法，兹乃推广遍集两汉《儒林传》《艺文志》之文。凡得《周易》今文家施氏学第一，梁丘学第二，孟喜氏学第三，孟氏学旁出京氏，焦氏第四。《周易》古文家费氏学第五，其流为荀氏卦气之学。郑玄爻辰之学。此外又有虞翻消息卦变之学。斯为易学今古文传授大概也。

《尚书》今文列于博士者，有伏生、欧阳、大小夏侯二十余篇之学，有孔安国古文四十余篇之学。至东汉初刘歆、杜林、卫宏、贾逵、马融、郑康成，又别创古文之学，其篇次与今文同。而孔安国佚十六篇，仍无师说。此皆不列于博士者。及东晋伪古文及伪孔传出，唐代列于学校，而伏、欧之今文，马、郑之古文，同时并亡。予据《大传》残编，加以《史记》《汉书》诸子所征引，共成《书古微》。斯《尚书》今古文传授大概也。

《诗》则汉初皆习齐辕固生、鲁申公、韩婴三家。惟毛《诗》别为古文。郑康成初年习韩诗，及笺《诗》改从毛，于是齐、鲁、韩次第佚亡。今惟存毛传。及宋朱子、王应麟始略采三家诗残文而未得条绪。明何楷，本朝范家相，桐城徐璈次第搜辑，始获三家诗十之七八。而余发挥之，成《诗古微》。此《诗》今古文大概也。

小学以《说文》为宗，历代罕见。国朝顾炎武始明音学，而段、王二氏发明《说文》《广雅》。惟转注之说，尚有疏舛，予特为发明之。此小学家之大概也。

《礼经》则禘祫之义，王肃与郑玄抗衡。郑主纬书感生五帝之说，肃主人帝为始祖所自出之帝。输攻墨〔守〕，秦固失之，楚亦未得，而郑玄《周礼注》计口出泉，至宋遂启王安石新法之祸。惟宋朱子纂《仪礼经传通解》，分家礼、邦国礼、王朝礼、丧祭礼，合三礼为一书，集三代古礼之大成。又颁采后世制度，因革损益，以择其可行，国朝《读礼通考》《五礼通考》实成其志。此则古今三礼之大概也。

今采史志所载各家立案于前，而后随人疏证，略施断制于后。俾承学之士法古今者，一披览而群经群儒粲然如处一堂。识大识小，学无常师，以为后之君子亦将有乐于斯乎！

元史大理传序

魏源

顾祖禹《方舆纪要》，谓历代行军地利皆有格式。惟蒙古之兵任臆出奇，出没不测，为从古所未有。盖指大理之役言也。元宪宗顿兵合州之钓鱼山，一载不下，乃思绕出西蜀上游。遂令皇弟忽必烈绕乌斯藏，穿蚕丛数千里而至大理，士马死者十余万，然皇弟两次皆由大理反，以未能遂夹攻之效。虽留乌良合台在后，绕至湖南，而已属长弩之末。（此）〔比〕其即位后，即遣国信使郝经渡江往聘者，亦诚见其难也。遇贾似道幽信使于仪征，经年不报，于是世祖怒，用刘整之谋，舍蜀而攻襄阳，图夺其咽喉。吕文焕固守力战三载，贾似道不遣一旅之援，文焕力竭始降。使似道亲赴襄阳，内外援应，不知世祖又将何以制之？

吾以为宪宗之攻蜀，东川西川已皆为元有，区区一合州钓鱼山不下，何阻于大事？曷不敛内江外江之船，乘春水直出巫峡，攻鄂攻金陵，直走吴越？则不待师抵钱塘，而杭州失矣。乌用合州之蚌（鹬）〔鹬〕相持哉？襄阳之城不下，何不舍之而赴上游汉中，造船直下，过襄阳不攻，直出汉阳，顺长江而下？则亦破竹之势，胜襄阳之顿兵老师，其巧拙劳佚天渊矣。

更有奇于是者，日本、爪哇之役，均为孟浪，自取颠沛。至元兵攻襄阳时，宋人金履祥曾上书献海道图并策，请以重兵由四明出海，直抵天津，捣燕云，则襄樊之围自解。似道不报。及伯颜下临安，收图籍，得此图及策，乃奏筹海运，招海盗张清、朱瑄，封以二侯，专主其事。由海运历年益增益多，运漕至三百万。是天津之至吴越，海道直捷。苟当其未破襄阳之前，闻执使之信，即以其征日本、爪哇之力，移海艘数十舰，由天津直抵江东，一由扬子江直取江陵，一由钱塘江直捣临安，岂非天降之师，事半而功百哉？此之谓奇师，视大理、日本之役何如邪？故顾祖禹所谓元人用兵之奇，不知乃拙谋下策也。

章教谕强恕斋书序

魏源

醉一石之醪，量石而止矣。引十石之弓，量十石而止矣。以受万石之舟为芥苇之用，量沛乎有余，力盅乎若无。是其尘垢糠粃，犹将陶铸万有者乎？道光四年秋，总兵官陈公阶平，自江苏崇明移湖南镇筸镇，过常德，访余杨将军署中。酒半，论当世巨人长者，慨然曰：余从东海中来，来时江南大潦，逼海邑曰宝山。泽国之民，将为鱼鳖，则有铜陵章叟，以教谕而呼集十余万金，以教谕而部勒十余万户，毕赈八阅月，无哗无馁。大吏发帑金数万至，不受。将奏其最于朝，复不受。可谓当大事者哉！顾不得立朝佐天子任元元忧，徒穷老东海角。相与喟然太息。

越七载，省亲宝山，遂识叟海上，则绝口不语世事，斗室环以万卷，坐其中，兀然如山。耳聃过面，声中黄钟之宫。指案上《尚书》为言《召诰》《洛诰》四篇。次第四年时事，二邑营建缘由，明堂位置，各有时日起讫。审其往来踪迹，以察知周、召二公陈诰纳诲心事。于诘曲聱牙中，而如闻其告语。宝山城东北角斗入大海。是日天风鼓潮殷几席，与谭经声应和如雷。语罢出城，循海塘东西炮台，眺望一角海，划然长啸，水天寥泬，前不见古人，后不见来者，悢悢而归。

乌乎！伏生、申公非经生也，太丘、林宗非一乡之士也，庞士元、元德秀非一邑之吏也。君子得时则驾，不得时则蓬累而行、虎决而尸默者也，鹰扬而龟息者也。方仁庙亲政之初，征天下孝廉方正之士，叟以大兴朱文正公荐入都，时廷对百余人。翼日，召诣军机处，询川楚平贼方略者，独湖南溆浦严如熤暨叟二人。严君奉命从军，官至两司，尚未竟其用，天下至今惜之。叟则以老亲年八十辞，遂改所拟保甲折子为《上军机大臣书》而归，终身不出。浮沉东海上二十余年，时时出其声响，歌啸先王之道，羽翼群生之命。弟子录其书为《经剩》《文剩》《笔剩》各如干卷。读者或震而矜之，以为叟所学在是。乌乎！挹一蠡于大洋，而谓海尽在是，抑岂得谓海必不在是邪？

叟名谦存，铜陵人。今年七十有九，自号强恕老人。

圣武记自序

魏源

荆楚以南有积感之民焉，生于乾隆征楚苗之前一岁，中更嘉庆征教匪、征海寇之岁，迄十八载畿辅靖贼之岁始贡京师。又迄道光征回疆之岁，始筮仕京师。京师掌故海也，得借观史馆秘阁官书，及士大夫私家著述、故老传说。于是我生以后数大事，及我生以前上及国初数〔十〕[①] 大事，磊落乎耳目，旁薄乎胸臆。或涉兵事，或不尽涉兵事，有得即书，未遑著作。晚寓江淮，海警沓至。忽然触其中之所积，乃尽发其椟藏，排比经纬，切劘细绎。先取其专涉兵事者四十有七篇，及尝所议论若干篇，为十有四卷，统三十余万言，告成于海夷就款江宁之月。乃敬叙其端曰：

天地以五行战阴阳，圣人饬五官，则战胜于庙堂。战胜庙堂者如之何？曰圣清尚矣。请言圣清以前之事。今夫财用不足，国非贫，人材不竞之谓贫。令不行海内，国非羸，令不行于境内之谓羸。故先王不患财用而惟亟人材，不忧不逞志于四夷而忧不逞

①据中华书局版《魏源集》补。

志于四境。官无不材则国桢富，境无废令则国柄强。桢富柄强，则以之诘奸奸不处，以之治财财不蠹，以之搜器器不窳，以之练士士无虚伍。如是何患于四夷？何忧乎御侮？斯之谓折冲于尊俎。

尝观周、汉、唐、宋、金、元、明之中叶矣，瞻其阙，夫岂无悬令？询其庭，夫岂无充位？人但见其令雷行于九服，而不知其令未出阶闼也。人但见其材云布乎九州十二牧，而不知其槁伏于灌莽也。无一政能申军法则佚民玩，无一材堪充军吏则敖民狂，无一事非耗军实则四民皆荒。佚民玩则画棰不能令一羊，敖民玩则蛰雷不能破一墙，四民皆荒。然且今日揖于堂，明日觞于隍，后日（肱）〔胠〕于藏。以节制轻桓文，以富强归管商，以火烈金肃议成汤，奚必更问其胜负于疆埸矣？

《记》曰：物耻足以振之，国耻足以兴之。故昔帝王处蒙业久安之世，当涣汗大号之日，必虩然以军令饬天下之人心，皇然以军事、军食延天下之人材。人材进则军政修，人心肃则国威遒。一喜四海春，一怒四海秋。五官强，五兵昌，禁止令行，四夷来王，是之谓战胜于庙堂。是以后圣师前圣，后王师前王。师前圣前王，莫近于我烈祖神宗矣。《书》曰：其克诘尔戎兵，以继禹之迹。方行天下，至于海表，以觐文王之耿光，以扬武王之大烈。用敢拜手稽首，作《圣武记》。

海国图志序

魏源

《海国图志》六十卷，何所据？一据前两广总督林尚书所译西夷之《四洲志》。再据历代史志，及明以来岛志，及近日夷图夷语。钩稽贯串，创榛辟莽，前驱先路。大都东南洋、西南洋，增于原书者十之八。大小西洋、北洋、外大西洋，增于原书者十之六。又图以经之，表以纬之，博参群议以发挥之。何以异于昔人海图之书？曰：彼皆以中土人谭西洋，此则以西洋人谭西洋也。是书何以作？曰：为以夷攻夷而作，为师夷长技以制夷而作。

《易》曰：爱恶相攻而吉凶生，远近相取而悔吝生，情伪相感而利害生。故同一御敌，而知其形与不知其形，利害相百焉。同一款敌，而知其情与不知其情，利害相百焉。古之驭外夷者，诹以敌形，形同几席。诹以敌情，情同寝馈。然则执此书即可驭外夷乎？曰：唯唯，否否。此兵机也，非兵本也。有形之兵也，非无形之兵也。明臣有言：欲平海上之倭患，先平人心之积患。人心之积患如之何？非水，非火，非刃，非金，非沿海之奸民，非吸烟贩烟之莠民。故君子读《云汉》《车攻》，先于《常武》《江汉》，而知二雅诗人之所发愤。玩卦爻内外消息，而知《大易》作者之所忧患。愤与忧，天道所以倾否而之泰也，人心所以违寐而之觉也，人才所以革虚而之实也。

昔准噶尔跳踉于康熙、雍正之两朝，而电扫于乾隆之中叶。夷烟流毒，罪万准夷。吾皇仁勤，上符列祖。天时人事，倚伏相乘，何患攘剔之无期，何患奋武之无会？此凡有血气者所宜愤悱，凡有耳目心知者所宜讲画也。去伪，去饰，去畏难，去养痈，去营窟，则人心之寐患祛其一。以实事程实功，以实功程实事，艾三年而蓄之，网临渊而结之，毋冯河，毋画饼，则人材之虚患祛其二。寐患去而天日昌，虚患去而风雷行。《传》曰：孰荒于门？孰治于田？四海既均，越裳是臣。叙《海国图志》。

以守为攻，以守为款，用夷制夷，畴司厥楗。述《筹海边》第一。

纵三千年，圜九万里，经之纬之，左图右史。述《各国沿革图》第二。

夷教夷烟，毋能入界，嗟我属藩，尚堪敌忾。志《东南洋海岸各国》第三。

吕宋、爪哇，屿埒日本，或噬或駾，前车不远。志《东南洋各岛》第四。

教阅三更，地割五竺，鹊巢鸠居，为震旦毒。述《西南洋五印度》第五。

维皙与黔，地辽疆阂，役使前驱，畴诹海客。述《小西洋利未亚》第六。

大秦海西，诸戎所巢，维利维威，实怀泮鸮。述《大西洋欧罗巴各国》第七。

尾东首西，北尽冰溟，近交远攻，陆战之邻。述《北洋俄罗斯国》第八。

劲悍英寇，恪拱中原，远交近攻，水战之援。述《外大洋弥利坚》第九。

人各本天，教纲于圣，离合纷纭，有条不紊。述《西洋各国教门表》第十。

万里一朔，莫如中华，不联之联，大食欧巴。述《中国西洋纪年表》第十一。

中历资西，西历异中，民时所授，我握其宗。述《中国西历异同表》第十二。

兵先地利，岂闲遐荒，聚米画沙，战胜庙堂。述《国地总论》第十三。

虽有地利，不如人和，奇正正奇，力少谋多。述《筹夷章条》第十四。

知己知彼，可款可战，匪证奚方，孰医瞑眩？述《夷情备采》第十五。

水国恃舟，犹陆恃堞，长技不师，风涛谁慑？述《战舰条议》第十六。

五行相克，金火斯烈，雷奋地中，攻守一辙。述《火器火攻条议》第十七。

轨文匪同，货币斯同，神奇利用，盍殚明聪？述《器艺货币》第十八。

道光二十有二载，岁在壬寅嘉平月，内阁中书邵阳魏源叙于扬州。

原刻仅五十卷，嗣增补为六十卷，道光二十七载增为百卷。

重刻于扬州，仍其原序，不复追改。

明代食兵二政录序

魏源

以三代之盛，而殷因于夏礼，周因于殷礼。是以《论语》监二代，荀卿法后王，而王者必敬前代二王之后，岂非以法制因革损益因前事之师哉？我朝之胜国曰明代，凡中外官制、律例、赋额、兵额，大都因明制而损益之。故其流极变迁，得失切劘之故，莫近于明。

明中叶以后之主德无足论，论其祖宗朝之制度异今日者，则莫如大兵大役之派民加赋。末年遂以是亡国，而方其盛时，则亦以此不致别筹国用。举天下仕进一出于科目，无他途杂乎其间，无色目人分占其间。无论甲乙一第，未有终身不沾一禄者。内而部曹，外而守令，未有需次数年、十数年始补一缺者。遇铨选乏人，则辄起废田间，旋踵录用。士之得官也易，复官也易，则其视去官也不难。又士自成进士释褐以后，则不复以声律点画为重，士得以讲求有用之学。故中材之士，往往磨厉奋发，危言危行，无所瞻顾。凡本兵吏部文武之任，往往有非常豪杰出乎其间，虽佚君乱政屡作，相与维持匡救而不遽亡。使非四方税榷太监扰其下，主兵太监掣其外，司礼太监神丛阿柄倒其上，则虽偶有大兵大役之加派，民不致乱也，虽有北鞑南倭之侵轶，兵不致亡也。是明代之得，在于清仕途，培士气。其失在于大权旁落而加派练费。门户党援，则其变证也。无一岁不虞河患，无一岁不筹河费，前代未之闻焉。江海惟防倭，防盗，不防西洋。夷烟蔓宇内，货币漏海外。病漕、病鹾、病吏、病民之患，前代未之闻焉。内外既无两漏卮，仕途又无两滥竽。无漏卮则国储财，无滥竽则士储才。故虽以宗禄、土木、神仙之耗蠹，中珰廷杖之摧折，而司农、柄兵诸臣，得以随弊随治。病患迭出，人材亦迭出。不至有仰屋呼庚之虞，不至有拊髀乏材之叹。乌乎！治有余之证，易于治不足之证。明中叶以前之证，其尚有余乎？有下而无上，厥象水。有上而无下，厥象火。明中叶以后之证，其犹水欤！

皇清立国之初，闵民生之困，监胜国之失，首申阉宦、重赋之禁。乾隆、嘉庆以来，黄河大工，一切发帑，永免力役之征，而且赐复蠲租之诏，史不绝书。其重民食也如是。北鞑南倭，爟燧不惊。土司改流，万里不警。其靖边患也如是。民生其间，耳不闻苛政，目不见锋镝。而又乾纲亲揽，日见群臣，日日答万幾。优礼言官，从不知有廷杖、诏狱为何事。其政本肃清，岂独高出明代万万？然而东南之漕运困于输将，中外之仕途困于需滞，沿边之军饷诎于度支者，何哉？黄河无事岁修数百万，有事塞决千百万。无一岁不虞河患，无一岁不筹河费。此前代所无也。夷烟蔓宇内，货币漏海外。漕鹾以此日蔽，官民以此日困。此前代所无也。士之穷而在下者，科举则以声音诂训相高。达而在上者，翰林则以书艺工敏，部曹则以胥吏案例为才。举天下人才，尽出于无用之一途。此前代所无也。其他宗禄之繁，养兵之费，亦与前世相出入。是以节用爱民同符三代，而天下事患常出于所备之外。立乎今日，以指往昔，异同黑白，病药相发，亦一代得失之林哉！

少游京师，好咨掌故。曾以道光五载为江苏贺方伯辑《皇朝经世文编》，继又念今昔病药之相沿，常以对治而益著。爰复仿宋臣鉴唐、汉臣过秦之谊，故集有明三百年文章论议，言食政之类十有二：曰理财，曰养民，曰赋役，曰税课，曰屯政，曰仓储，曰荒政，曰盐法，曰宗禄，曰水利，曰运河，曰河防。兵政之类十有四：曰兵制，曰京营，曰〔亲〕军召募，曰战车，曰屯饷，曰茶马，曰防守九边形势，曰蓟镇、宣大边防，曰辽东边防，曰西番，曰西南土司，曰朝鲜御倭，曰款贡，曰盗贼。凡为卷七十有八。劳臣荩士，蒿忧瑰画，粲矣具矣。若夫议礼之聚讼，刑狱之匡救，于今无涉，概不旁录。其辽东边防，事关敌忌，可酌改而不必讳言，则有钦定《明史》旧例在，有纯皇帝褒熊廷弼及赠谥殉节诸臣之诏书在。

淮南盐法轻本敌私议自序

魏源

从来盐法有缉场私之法，无缉邻私之法。邻法惟有减价敌之而已，减价之要，先减轻其成本而已。议者动曰：减之又减，安能敌无课之私？此混邻私于场私，不知场私无课，而邻私有课也。议者又曰：淮盐引地受浙、潞、川、粤四面之侵灌，其课皆不及淮南四分之一，减之又减，安能敌轻课之私？此又不知私盐课轻而费重，关津规例多于课本，故遇官盐减价之年，邻私立阻而不行，提价之年，邻私虽缉而无益。此已事之明效也。或又谓：道光十载以来，力裁浮费。纲课减存四两，加以场价、坝费、改捆费、岸费，每引成本十二两。略符乾隆中阿文成公所奏成本之原数，安能再减？不知乾隆中银价每两兑钱千文，今每两兑钱千七八百余文，是昔时十二两，未抵今日八两之价，讵徇名而昧实也？

天下无数百年不敝之法，亦无穷极不变之法，亦无不易简而能变通之法。求诸末者烦而难，反其本者顺而易。利出于三孔者民贫，利出于二孔者国贫，利出于一孔者国与民交利。必欲尽收中饱旁蠹之利权以归于上下，必轻成本以减岸价，减岸价以敌邻私。鹾务终无大瞥之时，计臣终无报功之日。故推其本原，核其赢绌，切其事证，著为四议。事期可行，不取乎迂高。效责目前，毋征乎往古。用备秉钧当轴之君子采择焉。

地理纲目序

魏源

形象阴阳之用，其大者建都立邑，其次立宫室，其次营兆域。见于经者《公刘》《楚丘》之诗，《孝经》“卜其宅兆而安厝”之文，其大较也。《周礼》：墓大夫之职，凡邦墓之地域为之图，令国民族葬而掌其政令。冢人以昭穆定位次而为图，死者则授之兆。

其于《孝经》卜地之谊若不相符焉。盖古者卿大夫之始祖，其兆域已卜于先世，而西北土厚水深，高燥平旷，可容数世十数世，故必其土满无以容，而后改卜焉。又或异国始迁，别子为祖而后新卜焉。此西北族葬之法，非所语于水土浅薄之区，而形家之学独盛于东南，亦其势然哉？

且夫葬者藏也，鬼者归藏之义，主于全体魄，妥先灵，非图以利后嗣。自术士祸福之说兴，始见摈于儒术。第不知其嗣昌者，其体魄果不宁乎？其嗣悴者其体魄反宁乎？抑株荄枝叶，菀必同菀，枯必同枯，而未必二之乎？

文王葬王季于楚山之尾，栾水啮其墓，见棺之前和，乃改葬于毕。宋贤周子以先墓患水改葬，朱文公母墓再迁而后定，王文成公葬父地不善亦卒迁之。黄石斋先生葬亲，负土成茔，穴高，右臂受风，梦先灵不安，上书唐王，求归改葬。国朝桐城方灵皋侍郎，山东阎怀庭工部，皆醇笃之儒，力斥形家之说。后方公葬兄百川，家罹大祸，梦兄跃大水而沉，始启棺见水而改厝。阎公父墓洿下，每雨潦绕墓而号，其友韩梦周为书力争，以为必迁。始则执一隅之臆见，卒不能易通方之大涂也。

周公制礼，有“改葬服缌”之文，与《孝经》卜兆安厝同义。而程子论葬地，则必形势环绕，土润卉茂，五患不侵。岂非以丧礼慎终莫大之事，附于棺者必诚必信，勿之有悔焉。苟奉先人之体魄，委之蝼蚁沟壑、五患六害之区，揆诸亲病不尝药之谊，得毋有皇然愁然其不安者乎？

古者举大事必谋诸卜筮。后世卜筮之学，儒者既皆不习，而相阴阳，观流泉，则又执山川不能语之说以排之。岂知《易》曰俯以察于地理，《记》曰毋绝地之理，地理即地脉也。丘原高下向背，人人可察而知也。土色之枯润、燥湿、坚散，人人可察而知也。而又瘗帛窨粟以验之，卜筮梦寐以符之，必诚求之不中不远。故吉地之得，可必于仁人孝子之心，而不借夫葬师术士之说也。

近世葬师言地理者，往往好奇而不轨于经，索隐而不求之近。

其书虽一时盛行，不免贻误后人。故语道不可以觉童蒙者非至道，立德不可以明征验者非至德。此新化罗子《地理纲目》所为作也。罗子尝为《地理乘气论》四卷，以抒一家之心得。惧未足以启初学，故复辑为是编云。

支陇承气论序

魏源

形家之要，阴阳而已。阴阳之要，乘生气而已。《老子》曰：万物负阴而抱阳，冲气以为和。《诗传》：山南曰阳，山北曰阴。是则生气者阳气也。背阴而向阳，去杀而就生也。《易》曰：地势坤。凡高山、大陇、平原、广隰，尽大地一纯阴之象。惟天阳之气流行于大地之中，而人物以生。是地之有生气者为阳，无生气者为阴。后人之言阴阳也，则异于是。杨氏以冈陇凸迤者为阴，平原凹仰者为阳。夫乾静专而动直，是凸迤不可独为阴也。夫坤静翕而动辟，是凹仰不可概为阳也。即反之而谓凸迤为阳，凹仰为阴，其偏亦从是。即互之而谓阴中求阳，阳中求阴，其支亦从是。是皆知言形而不知言气者也。语地而至于乘气，则但有阴中求阳之一法，又安有阳中求阴之法哉？

山陇者阴之奔峙，其势动，动近杀，则以静为阳。原隰者阴之漫衍，其势静，静近死，则以动为阳。山宅其静，是避杀气而取生。原宅其动，是舍死气而取生。生气者阳气也，人之生，魂阳而魄阴。阳气附之则生，阳气去之则死。道家修命，炼纯阳以销阴翳，故长生不死。形家造命，返生气以荫根荄，则死者仍生。造化之所枢机，鬼神之所缄秘。道家、形家皆言之而不尽言之，言其当然以籥下学也。不言其所以然，以待饮深契微之子也。而罗子著形家书，不惟言形，且言气，且察察焉以尽泄造化之藏，不已凿欤？

罗子曰：夫何凿哉？人身一小天地也，天地一人身也。地气有枝干脉络者，不犹人身之有脉理经络乎？地气有起伏敛放，不犹人身之有呼吸乎？地气有环拱、向背、止聚，不犹人身之有气海孔窍乎？地有生气者，验以土之外晕、冷暖、枯润、美恶，灼然可目验而指示，不犹人身之有肌血华色乎？民生天地之间，广谷、大川异势，刚柔、燥湿、风气异宜。歌于斯，哭于斯，聚国族于斯。得山气者崛以特，得泽气者圆以折，得平原气者疏以达。气大聚则建都立邑，生人以托命焉。气小聚则卜兆归藏，死人以复命焉。呴之吹之，笃之薄之，窳之粹之，衰之盛之，皆一气所埏埴而已。虱处发而黑，处汗而腴。生长老死于人身，而莫知所以然也。号万物之灵者，当不若是。于是著形家言，不专言形而言气。气乎气乎，其形之所以形乎！

湖南文徵

八

[清]罗汝怀 编纂
邓洪波 主编

岳麓書社·长沙

文獻叢書

嶽麓書院

总　目

第一册

第二册

第三册

第四册

国朝文

第五册

第六册

第七册

第八册

第九册

第十册

目　录

卷八十一　序二十六

卷八十二　序二十七

卷八十三　序二十八骈体

卷八十四　小序上

卷八十五　小序下

卷八十六　跋一

卷八十七　跋二

卷八十八　跋三

卷八十九　跋四

卷九十　跋五

卷九十一　跋六

卷九十二　书一

卷九十三　书二

卷九十四　书三

卷九十五　书四

卷九十六　书五

卷九十七　书六

卷九十八　书七

卷九十九　书八

卷一百　书九

湖南文征　卷八十一

序二十六

易义原则自序

张瓒昭

《易》为卜筮而作，所以决疑。《易》因卜筮未燔，更无可疑。而予之《经笥质疑》反自《易》始，岂犹是漫凭胸臆，有所异同哉？抑由历代说《易》诸家，信彖、象、文言传者比比，信系辞、说卦传者寥寥。盖自费氏名家以后，此传彼受，爰有辅嗣王氏弼者，合经传而详为之注，其于彖、象、文言较之释经更加意，独于系辞、说卦阙如。迨至流传及宋，伊川程子犹遵辅嗣之旧，豪无更张，安望复有其人从而研究之哉？予尝于《左传》考占验，得互卦之卦两端。求之彖传、象爻传殊隐约，求之文言绝无之，求之系辞传乃实有之。予因于文言猜焉。及详《左传》纯离为牛，经实有之，说卦无有。予不能不于说卦诧矣，然皆未置议也。

既而自伤荏苒，倏届无闻，于是全抛俗虑，憖置陈言，袭迹于至过渐浮，加意于屈伸俯仰。举从前所览天文、地理、阴阳、医卜、子史百家，䌷绎焉，综核焉，推类焉，窃有窥于高下散殊之迹，图书象数之真，以深探乎造化之根源，行生之蕴奥。怡然涣然，心境洞然，夫然后返而求证于经义，乃实见夫伪妄诸作，浅陋粗疏，诚不足道。即在真经确传，亦有短长。大略言之，《书》虽残缺，关系犹胜于《诗》。《诗》得与《书》并者，依永和声之所在，教化资也。《礼记》虽繁而杂，其中实多遗言。《春秋》事情资《左传》，而《左传》兼有资于群经。要其会归，统在《周易》。《易》之为群经首，诚广大悉备哉！然非系辞、说卦传为之发明，人尚不知分挂揲归之筮仪，何论卦？人尚不知作卦出自包牺之观取通类，重卦本于三才两之，谁与知彖言象爻言变？谁与知《易》兴殷周间，事当文与纣邪？而于此乃益叹《易》之广大悉备，非可漫焉为解也。盖必准形容物宜以求象，象始不谬于言象。必准会通典礼以求爻，爻始不谬于言变。必准《尚书》《诗》《礼》《左》《国》《论》《孟》以征事，事始不谬于殷纣与周文。而彖、象、文言等传何知有此？惟不知有此，乃觉彖、象、文言等传，全与系辞、说卦相左。相左而或可相资，犹可言也。相左而竟不相入，讵容已乎？虽鄙意惟在质疑，非敢于前人致刻，然私心总期核实，又岂甘为古人所愚？是以业经推本系辞、说卦以释经，尤必辩论彖、象、文言以见意。

自知僭逾无所逃罪，然为斯文起见，既敢以质疑之故，出其《原则》诸编，斯不敢不并出其凡例祈于共质。知我者诚见夫疑义之当晰，与我共晰焉。非特鄙人之幸，实亦斯文之幸也云尔。

送舒玉峰先生重游施南序

巢邦光

吾师舒玉峰先生，有道人。重然诺，轻财予，而能以气节自高。家无担石，晏如也，然每放情于山水中。

乾隆戊戌，举其家而至施南。其知者曰：先生因穷愁而远游也。不知者曰：先生之溺于性而轻去其乡也。癸卯夏，先生归。心壮志达，耳目豁然，轩朗倍前日。其神安以舒，而乐愉愉，其殆中有所得欤？越五月，乃复治装，谋所以西行。门人巢邦光感先生旧游义高，为具布袍冠履赠先生，行且杯酒而言于道曰：先生抱其忠信品谊文章，以为法于吾里中人也久矣。里中人方且坐拥其酒食鱼肉，重违先生之忠信品谊文章，不知所以谋留先生，而先生自嗜山水之奇，又非里中人之所以谋留者之所可留，于是抱其忠信品谊文章以重游于施南之西。吾不知施南之西何所修能，何所结于先生者深，而以吾里中人之不可留者，彼且不期而得先生之一再至其地也。先生行乎哉！

吾闻施南西接巴蜀，南阻黔粤，北连三楚，其山多卤莽穿云，壁立数千丈。其水多雪涛飞流，往往伏行十数里不见沙石，经万派乃一合，犹有雷声从天半落。马伏波之所税驾，李青莲之所遨游，墨客诗人争先赴焉。先生其诚有以乐乎此也，又况其地久废，新向熙朝化，其中必多浑浑太古、慕义强仁之士，相与爱羡先生之忠信品谊文章，欣欣然举酒登栈，以望先生之来也。先生行矣。

律音汇考自序

邱之稑

念自古乐失传，先儒之论乐者，迄无成书。声音之道，盖难言矣。

宋蔡西山先生著《律吕新书》二卷，法度精详。言乐者皆得据以为说。然于旁搜远引之意详，审音协律之事略。后更欲均调节族，被之管弦，别为乐书而不克竟其志。以故六律五音之义，终无由著见。此律音之不容已于考也。

稑十岁受《毛诗》，先君子淮川公教以韵学。凡宫、商、角、徵、羽之字母，见、溪、郡、疑之标射，开口、撮口之分，喉、舌、唇、齿、牙之辨，一一指示。稍长，学审篴，又晓之曰：声字之谱，殆即五声二变之源流。如时曲北调出凡一，无异五声之兼二变，安知今乐不犹古乐也？稑识之不敢忘。已得朱子《仪礼经传通解》读之，见所存诗乐皆注律吕，窃欲按字谱之，恒苦龃龉不合。此固数十年所常耿耿于心者。嘉庆戊寅，与修邑乘，获读颁定文庙乐章。载春丁夹钟主宫倍应钟起调，秋丁南吕主宫仲吕起调。二祭皆清音为之还转，而未尝收一浊音。乃恍然于清浊之判若两途，而律吕之不可混杂有如是者。

道光九年，明府杜晓平先生因邑素无乐舞，征稑教习。爰遵奉颁图册，恭制乐器，率俊秀子弟讲明肄习。每当二仲，敬谨陈奏。七载于兹，未敢稍懈。肄习日久，会悟渐深，乃以余力兼谱风雅。取精既广，有得辄书。积久成帙，分列八卷。颜曰《律音汇考》。首律吕，溯源也。次乐器，审音也。次仪礼，遵经也。次诗乐，存古也。

於戏！西山先生以明敏之姿，加意考证，其书何敢轻议？惜未遑候气制律，别成乐书，以证千古言乐之误，稑盖不能无感焉。《汇考》成，因纪颠末于简端。知音君子，苟不鄙稑愚昧，相与正其误失，而补其缺漏，是则私衷之所深望者欤？道光乙未冬月朔日。

王远湄先生钱文纪略序

刘基定

湘潭王远湄先生，以名诸生游幕闽粤，垂三十年，所至皆为诸侯上客。今且年跻大耋，犹精神强健，日事著述。以所辑《钱文纪略》四卷，先谋锓木，邮书走山中问序于余，命弁诸首。余谫陋鲜识，何能重先生之请？

因忆嘉庆庚辛之际，侨寓省垣，于张蓉裳学博所晤先生。见其意度舒舒，神气蔆蔆。相与纵谈《史》《汉》，及先朝掌故，靡不辨晰详确，知为有道儒者。

乃忽忽四十年，始得披览《纪略》。历叙古今兴衰之故，纲举目张，洞若观火，足征淹通该博。曩阅云间张崇懿《钱志》所编，及华亭吴布衣《选泉斋笔记》，咸据熙朝《西清古鉴·钱录》，经纬参错，推委穷源，罔有遗漏。

惟江都程午桥太史《篠园文集》载康熙中叶西域贾人持古铜器求售，中有布泉千余枚，云山左乡民掘土而出者。检视得四十余种，惟平阳、安阳二布可辨，余皆无征。春秋时有平阳，《汉书》谓之东平阳。《史记·王子侯表》：安阳杰，济北贞王子。类皆汉时物。诸家谱牒布泉十品外，载异布不过十余种，未若四十余种之多。观先生所著纪元称珍、大小轻重等论，辨铜色之青赤、形制之错落，列朝字体之篆楷分隶，原原本本，实事求是。余因详考汉时鼓铸，一刀两柱，五铢半两，皆以龟、龙、羽、贝为别。非若天凤以来所创十布外，又有十四种，及四十余种，此皆新莽铸造，未及尽行，与《纪略》中稍有异同，不足为先生累。余家臧莒刀一，商布一，古钱范一，五铢铁钱一，字体形质亦与《纪略》中征引有异。良以嗜古之笃，各具精心。荟萃成书，用资证据。以此益信珍藏之无穷，综核之难尽也。

循览斯编，欢喜无量。关河迢阻，良觌维艰。何日得共发箧探囊，按文审制，开口笑谈焉耳？

送邹叔绩北上应礼部试序

刘基定

今天子咸丰元年诏天下举行恩科乡会试，逾额甄录。一时魁杰之士，霦霦蔚起，充牣宇内。吾友新化邹君叔绩以湖南乡试经策渊博选录进呈，学者以为得人庆。

新化据资水上游，沅湘络其外，衡岳当其中，川原鏐镐，元气胎息。以故熙朝经师大儒，恒产其地。萤照堂车氏父祖三世，皆以通经显名，所著皆录入《四库存目》，其明征也。

叔绩生有慧业，自其少时，读书不乐章句之习。年二十余，已有著述三四种，秘不示人。同邑邓湘皋先生司铎宁乡，招至学署，余得与订交。湘翁膺一代才，负人伦之鉴，少所延誉。至是发其家藏数万卷，资其考据，证其讹脱，遂成专门名家之业。居三年告归，余赠以诗云：经学有人推馯臂，文章盖代比扬雄。盖纪实也。

明年，湘翁促之试，补诸生第一，旋饩于廪。自是之吴会，之越，之滇黔，所至皆为诸侯上客。舟车往返，惟以经史自随。握椠怀铅，迄无虚日。今年春，自黔中归，值贵筑周公权臬湖南，谂知叔绩为高材生，延入幕府。益以群经古义、星历、勾股九章算学、律吕诸书，资其讲肄，以俟他日国史儒林编目。

是岁秋闱榜出，竟以科场选录。夫以叔绩之才之学，平日厌薄制举，浸淫于古，一时侪列，鲜不以为迂远。今一旦膏车秣马，将之京师，行四千里，渡孟津，瞻岱华，芒乎复乎，更有以荡其胸臆，发为文章，疏其经术。进而应承明著作之选，黼黻虞廷，为国家宣猷赞化。退而居人海庞淆之地，友朋麕至，辐辏于门。宜少蕴敛才气，韬晦光焰，毋使侪辈意忌，憎其名称。

吾固知叔绩之才之学，敦美笃实，珞珞如玉，与名相副。于其行也，窃比古人赠言之意，贡于车中，质之经师，将益有得。此所谓合乎道，几乎道。

一鹤山房诗序

刘基定

余与振卿赵君以诗文交十余稔，每岁必以沅湘之感物兴怀，京洛之追寻倡和，邮寄山中，互相质证。君家距余居仅隔二十里，屡约不果来，余亦未尝一至君家所谓一鹤山房者，其形迹之疏如此。

咸丰癸丑，君以部选得靖州学正，未赴官，遘瘵病，遽归道山。余时避寇土室，闻讣惊悼不已，即为君纂志墓文，以当哀些。今乙卯夏，君弟吟篁茂才，裒集君遗诗八卷，访余山中，属诠次，并乞序言。余翻阅旬日，乃竟其业。

繄惟宋人梅圣俞、吕居仁、杨廷秀辈，皆云以能变能悟为主。振卿之诗则屡变屡悟，包举众体。尤重于人伦，事亲以孝，待兄弟以友，交朋友以道谊。平时古心笃行，方严醇雅，绝无险诐之词，夸诞之习，所谓得诗人温厚和平之教者矣。惜其以撿雅之才，值休明之运，好学深思，不以释褐为究竟。发之为诗，超然简独，极诗人变悟之旨。使天假之年，其变悟曷可限量哉？今虽未竟其志，其气象自可颉颃梅、吕、杨诸老，不能不为之三叹也已！

诸弟斐卿、吟篁、君靖，皆有才名，工诗，校刊君遗集者。

兹仿苏长公诗例，并附名于后。

邓湘皋学博六十寿序

梅锺澍

今使挟重器、操巨舟楫浮海，飓风骇浪，沉心浮魄，日暮冥冥，迥不得泊。当此之时，望有俯鱼矶而钓者，则大慕之而已无及矣。然试执钓者语之曰：航海者不汝若。则色色然疑。色色然疑则是航海之心未忘也。特穷而即于钓，而非其中之有所得于此也。中有所得者，钓亦寄耳，欲强之航海必不能。

湘皋先生有航海之力而寄于钓者也。以先生种学积文，抱宏伟之略，通达当世事故，又气盛足以任干济，使藉手以自效，必有所表见于世。顾不竞功利而就冷官，官吾邑十载，而著述益富。夫势位声华，移瞬磨灭，而惟文章之无穷，其精神与后世之人心相感发，使后世诵其言，穆然想见其人。遇则幸其言之见诸施行者，信而有征。不遇则得其悲愉歌泣之性情，信其言有可以施行之理，太息其不遇，而深幸其不朽。是故贤人君子之能自立于世者，亨屯穷达之遇，亦任造物之所以置之，而惟是为汲汲也。

先生领乡荐，游京师，连不得志。乃放游齐鲁吴越，收山川奇杰之气，胥发之于诗。所至贤豪皆折服，遂以诗名海内，不独张吾大国楚也。自海内诗老大半凋谢，而诡谲自肆之辈，执笔吟咏，不根性情，朝为之而夕告成，自谓不在古人后，其陋者则终日习试律已耳。故或读《南村草堂诗》而不能知，噫！先生之盛业，其能为诡与陋者所知邪？其于古文无不工，博稽掌故，搜访遗佚，慨然欲以信今而传后。今年六十矣，口吟手披，汲汲不少衰。晤对古人，接之梦寐，俯仰天地，坦然神夷，其所得于中者，何如哉？

国家重师儒久矣，自太学及郡县，皆置广文官，所以崇儒术，重士习，而人心风俗胥于是系焉。世之人慕崇高而希厚实者，皆以此为不足为，而为之者，又多猥琐不自振立之人。其诸穷而即于钓者邪？苟且颓弛，略无益于学校，抑所学之不足以教也，又安望其信今而传后乎？

先生官吾邑，弟子翕从之。每宾从杂遝，辨古今事，滔滔若河决东注，听者动容。与人交，尤肫挚有古谊。澍与先生先后出咸阳许先生门，自先生官吾邑，乃得以文章请益，先生顾不陋视余，而以远且大者相期许，则所为汲汲于文章之信今而传后者，又未尝以自私也。

先生笃于物，和于神明，固宜寿。继自今而老，而耄，而期颐，著述未有穷。澍官太学，行将就州县广文，寻故国之山川风物，追先生高躅，以求古之所谓文章。当此而有少年航海者，以进取相劝勉，是纳圆枘于方凿也，先生傥以其可钓而进之邪？

十一月廿有二日，为先生诞辰，邑之人咸思寿先生而属澍为之文。故略述先生之梗概，而并志向往之意，邮寄之侑觞焉。

陶云汀宫保六十寿序

梅锺澍

天下之势，居西北足以控东南，而东南出贡赋财货，以供天子百官，及商贾负贩之所利，故理东南得人则天下治。金陵东南一大都会也，总制理之。南昌又吴楚间一都会也，并隶总制。地广袤，役繁赋重。有大政三：曰河，曰漕，曰盐。三者一不治，则天下受其困。故总制难于他省，非智勇深沉，能经纬天地者当之，则往往不治。

道光庚寅，天子擢安化陶公任是职。始至，会东南大水，江淮泛滥，转漕艰焉。水连岁为患，民转徙流离，道殣相望。是时蠲赈无虚日，盐课遂支绌不可理。初，盐课专隶盐政，自公来江南，朝廷以其事并归总制。耗蠹积岁月，骤与改革，人情疑沮。又当东南凋耗，民力不支。虽有智勇，莫措其手，而公慨然为之。尝观古大臣以身任天下之重，临危险而不惊，遭疑谤而不惧，能使功施社稷，泽润生民，显当时而传后世者，岂遭时得位，以侥幸其或成者哉?

天为事会而生人，则必权其人之器识，与其精神力量，足任如是之事而生之，而使治之。千钧之器，贲育举之则全，匪是则颠矣。千里之程，骐骥行之则达，匪是则蹶矣。故天下常人所能为之事，无待于豪杰。豪杰生而事起，而事治。

公负伟略，好咨询当世事。故自词臣历台谏，出官于蜀，于晋，于吴，皆功德浃物，精诚且动鬼神。若祷冰，若弭蝗，妇孺类能道其事。及督两江，位益高，责益重。事势棘塞，天下观望，不知所为，而公不动声色，措之裕如。卒以膺天子洞鉴幽隐之知，极君臣千载一时之遇。揆之古大臣之树丰功伟烈者，孰有以过于公哉?

乙未冬，公自江南来朝，召对浃旬，语及嘉庆间旧臣，独公以腹心可倚，记注在简册，而后知公之受知睿庙久矣。天子初嗣位，览公奏，手诏褒之，谓为干国之臣。至是来朝，信公益笃，礼公益优。垂询家世里居，且允公归省丘墓之请。赐书“印心石屋斋”额，以宠其行。当是时，天文巍焕，流照宇宙，旌节还里，海内荣之。咸谓公之遭遇独隆，而不知其精白之心，果敢之气，足任非常之事者，早自结于圣明。天下未及知，而朝廷知之。天下未能信，而朝廷深信之也。

公少耽吟咏，在词垣为诗歌，穷海人慕焉。既为政于外，以时立言。所著《蜀辎日记》及奏议数千万言，皆经世之书，有裨政治。而为诗歌以被管弦、勒金石者，又其余也。公固不待是以显，而又岂独功业之在天壤哉?

今公年六十，行将入赞纶扉，秉枢轴。顾朝廷未遽召公者，则东南半壁，方以倚公，求如公者以代而未有属也。公之才不世出，公之遭遇未有伦比，公之功业文章，利赖倾注在天下。然则公之神明，彼苍佑之，天子倚之，苍生祝之。澍等乐以天下之称愿于公者，而私致之也。乃敬为之序。

叔舅朱泽区六十寿序

欧阳泳

凡物之生皆足于用，而必借人以成，人亦或借以名。故古来技能之士，往往殚智巧，疲精力，憔悴专一，计较豪厘分刌以名天下。而又必老其识，丰其遇，优游以俟之，然后为之勤且继，以极于至精。故凡业之成就，恒与福命相倚。

叔舅泽翁先生，少得外祖华训公欢，长随伯兄秀章公学。善骑射，通武略。中年补国子生。性忼爽，有巧思。环村皆山，山故树茶，多节目斑驳拳曲。晨夕睨视，因其肯綮神似，削刻为禽鱼、花卉、山川、人物，率逼真。俗灯节各出百戏，博里巷欢，则肖狮象龙凤，古今仙佛故事，消息动荡，目瞬耳倾、手持足行如生。

年几五十，偶省泳母太孺人。泳与游附郭诸旧家。旧家故莳盘花，所在多有，悦之。过数家，尽得其术。归治圃，署其品，陵涧谷绝险，人迹罕到之处，搜剔无遗。逾月，得数十本。逾年，且百本。植之，无不活。屈曲中尺度，且早蕃，旧家者莫及焉。护持等性命，晨夕风雨对之。俗客至，禁弗与观。然与泳善，及为所心许，即夺其尤，弗吝。迩年植益多，术益工。移接布置，更天然妙远。旧家者神其技，皆愿公一过，为第其优劣，然非其人，终不一至也。

迹其智能所极，虽有天授，然苟非子若孙克其家，又乌能解牵系，优游岁月，穷日夜之力以底于成若此邪？于是叔舅年六十有一矣，神叔舅技者，咸征泳言为寿。泳不敏，窃以为菊，花之隐者也，叔舅则隐于花者也。为序而书之。

韵梅阁诗序

胡尧戴

吾姊幼慧，堂上爱之甚，以体孱不令读书。稍长，从女兄弟识字者钩得之，遂旁通形声文字之奥，然未能诗也。道光岁戊戌，家君官浙江，姊定省暇，偶为诗语，天机清妙，长老见而奇之。

夫古今来以闺秀称者多富于才，然或啬于德，未有若姊之才德兼者。姊事亲善，委曲承顺。母孺人好操作，姊辄身先之。母怜其劳，为少休。母病肝易恚，他人侍疾，或不酬母意，姊纤细不假婢媪手。若母稍不快，姊笑啼如小儿，博母欢，母辄莞然。忆在诸暨时，母病危，姊习闻刲肱疗亲事，忽偕小婢至别室，顾仓卒无利器，乃授剂刀小婢，自以右手引袂，袒左肱，刀锋顿，急不得入肉。姊怒婢怯弱，乃夺刀自剜之。肉片落，血涔涔然。小婢手颤口噤，无人色，而姊自若。乃掇肉杂药进，秘不使母闻。母病良已，后小婢泄之，乃得其详。

夫刲肱事，先儒以其毁肌肤，伤中道，不甚与之。然为人子者救亲之诚，迫于中而苦莫得其方，幸有术焉，可徼幸于万一，自甘为之不暇，何暇权义理之当否？而精诚之至，天亦感焉，犹谓非义理之正邪？必断断然持《中庸》之说议其后，亦傎甚矣。予因序姊诗，而发其内行，益见姊之才之所自来，非苟然也。

韵梅阁诗后序

胡尧戴

乌乎！姊死矣，何以诗为？虽然，姊之诗，姊之心存焉。吾悲姊之心不能自解，而欲存姊诗以存姊之心。姊之心存，吾悲亦少解乎！然则姊诗所以存，与吾所以存姊诗，其皆出于不得已乎！

吾幼侍堂上爱，好弄。塾师皆中表，亦纵之不加诃，姊顾时督教之。至十岁学诗，于声律正变，懵然未得要领。姊颖悟善入，有所得辄授之。及吾年稍长，诗亦稍工，奉侍之暇，与唱和甚欢也。

忆甲辰冬，家君奉讳归里，由杭州乘舳舻下大江。须臾光景忽变，噩浪腾涌，船掀簸江心，如游龙出没，莫蹑其踪。时舟子号江神求救，家人亦反侧不得安。呕者、仆者、伏枕者，皆惨凛无人色，而吾独与姊意气弥奋，急起赋诗。诗成，又相与歌之，声呜呜然与风浪相吞吐，固自谓一时快意事哉！

庚戌秋，姊拟锓其木，属予序。未及为而姊徂，今始取诗付梓，为识数语于后。前序姊所喜，故不忍易，仍弁诸首。乌乎！吾今而复序姊诗也，悲夫！

止园尺牍序

锺显震

尺牍之弊有二：庸手苟简，应酬寒暄琐屑，奖颂失实，涂泽为能。既索索无真气，才士矫之，又率多纤仄其体，诙辞谐语流于科诨而不自知。是二者皆非也。求其不佻不俗，亦雅亦庄者，什伯中罕得一二。

家止园，山人因病得闲，纵情林壑，视富贵泊如。然好古力学，莺花风月中往往手一编不置。又尝走燕赵吴越间，得山川风物之助。故发而为文，绵丽苍凉，言有物而力足达其所见，著有《自警编》《止园文集》《止园诗草》。性脱略，不乐与要人接，而当世知名士愿与之游，文酒无虚日，简札往来，获其片纸莫不弃而珍之，如汉人之于陈孟公也。

山人顾谓此文章绪余，视为废纸。其婿易梧荪请梓而行于世，汇次得六卷，问序于余。余惟此六卷者，状四时难状之景，发胸中隐奥之情，序轇轕凌杂难序之事，而一出以不佻不俗，亦雅亦庄之笔。辞旨气格，骎骎入古人堂奥，一时才士，犹或难之，庸手无论已。

抑又闻之，文之无关义要者，虽工弗贵。山人发潜阐幽，规亲讽友，短笺长启，其言多裨益乎世道人心。读者窥其一斑，所获已不鲜也，徒赏其无尺牍之弊已哉！

梅隐词序

锺显震

文有韵曰诗，诗余曰词。以善诗者，词无弗工，犹能文则必工诗也。然体制各别，古鲜兼长。求兼长于古人，吾得东坡焉，文、诗、词、书、画皆足名家，为李、杜、韩、柳、欧阳所不及。论者犹谓其词如教坊雷大侠舞，虽极天下之工，要非本色，他人可知。魏勺庭曰：人积攻苦之力，文与诗皆足窥作者堂奥。词则才情苟弗善，虽学之而难工。故古今擅场者不多见。

南昌万君叔陶，优于诗者也，余既题辞简末，叹服其绝工。及读其《梅隐词》，缠绵幽艳，如绿窗季女，喁喁愁叹，情致一往而深，足与诗相为胜。何叔陶之有兼长欤？

间尝论之，诗备三体，而婉而善入，独归之《风》，世常称诗人为风人。叔陶诗温厚悱恻，深得风人旨，诗余之工也固宜。余不能词，诗幼所笃嗜，荒弃久，旧作皆随手散佚，妄意学古文而豪发未始有得。秋深毡冷，握笔叙《梅隐词》，不觉背汗之沾衣也。

者园尺牍序

周贶祥

闻之汤睡庵云：古未有以书相往来者。自子产寓书子西以告范宣子而后，鲁仲连遗书燕相，以一矢射聊城，自是而书牍山盈，不可胜载。然春秋文公时郑子家尝与赵宣子书，昭公时，叔向亦遗子产书，则以书传者，不自子产、仲连。而有梁任彦升《文章缘始》，以为始于汉太史令司马迁《报任少卿书》，尤谬矣。若笺，任昉云：始自汉护军班固《说东平王笺》。尺牍则槜李陈无功云：自汉文帝遗匈奴尺一牍起。然古皆以鸿鳞寄书，不知何昉。按《汉书》：匈奴留苏武于海上，牧羊十九年。汉使求之，诡言武死。常惠私教使者谓单于言：天子射上林，得雁足系帛书，知武等在某泽中。单于惊谢，遣武等还。则称雁书者，常惠托言，非如九龄飞奴，士衡黄耳，真可传书也。至梁《昭明文选·诗》：客从远方来，遗我双鲤鱼。呼童烹鲤鱼，中有尺素书。五臣及刘履注，皆谓古人多于鱼腹传书。及读《杨升庵外集·古乐府诗》：尺素如残雪，结成双鲤鱼。要知心里事，看取腹中书。始知古人尺素缄为鲤形，而烹鱼得书亦寓言耳。

先兄调臣先生深于情，凡于尊长朋辈，类以书札通悃愫。黄心泉学博谓其情致缠绵，罗苏溪太史谓惜别念旧之情，流溢楮墨间，良不诬也。惟性颇聪慧，屡拟王子安腹稿，辄索纸疾书，便椷寄不自存稿。余间录得如干首投诸箧。今兄已下世五年矣，偶检手迹，不忍掷为唾余，掇而存之。

是亦园诗草序

刘应祥

琼仙女史，族兄应贞茂才之女也。生颖慧，失恃后依其祖母，辄得祖母欢。茂才以唐诗课其子侄，琼仙从旁窃记之。朝夕雒诵，即呵禁之不止也。

长归陈国子今望花痴，朝夕唱随。其时舅姑方耄，琼仙恭执妇道，一切家政多出其手。故于吟咏之事，虽甚好之，而未尝数数为之。久之无子，妾生子又殇，乃取旧时所记唐诗，与花痴摘句寻章，用慰岑寂。其继姑李氏亦知诗，往复切劘，覃精研思，而所为诗遂裒然成集矣。花痴痛其死，出其稿以示。年来送春消夏即物写怀之作，绵芊清丽，独抒性灵。辄叹造物既授以才，又促其年，不获竟其业，为可惜也。时道光二十三年癸卯秋杪。

附：琼仙自序

余七岁失恃，依先大母居。家君以唐诗课子侄，余从旁默记数十篇。女红之暇，徒爱其音节铿锵，而于格律则未有闻也。长归花痴主人陈今望，家不中资，而笃实醇谨，颇为乡邻推重。年逾四旬，犹抱邓攸之戚。逮小星卜吉，生男锺瑞，甫四岁而又殇。三人对坐，一室萧然。古云：何事可为消遣法，惟诗确是解愁方。追忆幼时所记唐诗，历历在目，信口偶拈短章，花痴子以为可。遂乃折纸肆书，抽黄媲白，经史诸子，间亦留意。频年月下唱酬，灯前吟啸，忧郁之气发为咏歌。

思欲正诸名流，而吟咏非巾帼事。念吾邑吴、邹诸夫人，皆闺阁才。生虽同时，居不同地，见闻孤陋，绝少师承，何敢出而问世？而夫兄子解庵能甲，与族子柳塘能璋见过，偶谈及此，坚求订稿。义难深匿，勉搜败簏，出以相示。遂于余与外子所种花处，掇拾成帖，题曰《是亦园诗草》。余惟藏诸妆匣，时阅时改，聊验功候之浅深，略识诗中之难易耳。若谓付诸剞劂，则候虫之吟，非所敢望。编成，因书颠末，存诸卷首云。时道光二十年庚子冬月，刘琼仙题于是亦园之左厢。

送郑小山出守登州序

陈源兖

国家仿虞廷考绩之法，每三载大计群吏而黜陟之。在内曰京察，优等得授道府。今皇帝嗣位，命群臣各举所知。章上，以次召对毕。逾月，山东巡抚以登州府不得人，上遂命刑部郎中郑君敦谨往践其任。

登州，故海邦也。南有成山之固，北有蓬莱、沙门、鼍矶之险。沿络万里，天下有事，倚之为津要，前明备倭，称巨镇焉。圣清肇迹辽左，统一区夏。凡日月之所出入，莫不候风修贡。又时举海运，由溟渤以达直沽。先是，登州有陆路总兵之设，其部将习海事者仅二人，重洋阔远，声势常阻绝。至是巡抚陈公请易为水师，且更营制，朝廷可其奏。余尝谓太守之职，在于明教化，美风俗。而孟子告齐宣王，发政施仁，必欲使行旅皆出其涂。则海道有不虞，抑亦司牧者所有事也。

郑君自翰林改官刑部，治爰书勤敏而断。又尝奉使豫、蜀，却馈遗数千，于职事无私豪假。其从兄芝泉守襄阳，有惠政，尝为堤捍江水，民思之，立祠以祀。今皇帝将破格以待非常，君首被荣遇，且以重海隅之寄，其所施必有大于襄阳者矣。

曩余官京师，与君好，迩来依密逾畴昔。君顾先余出，然余少时尝梦登泰山，盘道屈曲，宛然在目。将遂从君游乎？未可知也。君行矣，书此以赠。

五经地名今考序

童廷耀

天之高也，星辰之远也，璇玑玉衡之所测，冯相保章之所详，极元会运世。而日月之会次，星辰之躔度，云汉之昭回，以及紫微、太微、天市诸垣，质以天官家书，无不一仰观而得。地于天卑且迩矣，九州之地域广轮，耳目易周也，舟车可至也，人力可通也。历代典籍、传记、图说称名，尤详且悉。乃询其名，或茫无以应，岂高远可测，卑迩反难知与？在天成象者，古今有定名。在地成形者，古今无定称也。

吾友鲍子公阶，博于学，雄于文，工于词赋。秋风匹马，曾历兖、冀、青、徐及诸名胜，慨然念通都大邑，载在五经者，笺释不下数十百家。而时代既远，迁徙无常，往往所见异词，所闻异词，所传闻又异词，盖嗜古之士憾焉。于是举所经历，详加搜辑。手订《五经地名今考》，阅十余寒暑而书成。考据精，引证确，如登泰岱群山赴矣，如观沧海众流汇矣。昔之某州某国，今之某省在焉。昔之某郡某邑，今之某府县在焉。循是而推，又岂独五经地名可考而知也哉？又岂独千岁日至可坐而致也哉？

使黔草序

杨季鸾

甲辰九月，余秋闱报罢，将回永州。邓湘皋丈走谓予曰：鼎州山水清旷，君所旧游，予适讲授朗江，不可不穷其胜。且鼎为滇、黔门户，往来之所必经。今岁何子贞编修典黔试，度此时必归，归必访余，而君与子贞投分甚至，曷往游？山水友朋之乐，将于是乎在。

余固系念子贞，闻言念愈切。其时旋永舟已具，遂改南而北。

挂帆数日至鼎州，至则书院诸生相与扶掖行李，扫东斋为下榻。湘丈盖后至，未几而邹叔绩来，流连数日，然迟子贞久不至。叔绩有事他往，余亦兴尽思归。湘丈谓余：此间某山某寺，不可不游。即日趋命驾，盖欲迟余行。俄而庆太守遣人诣院，报子贞至，湘丈大喜。既而子贞来，话旧后出示《使黔草》，且属题记，余与湘丈皆有诗。会黄海华司马移樽至院，杨性农、胡荪石并在座。与子贞同出使为万藕舲学士，学士忘分逮交，谭宴竟日。山水友朋之乐，其信然欤！

《使黔草》别无副本，余与湘丈读未竟，匆匆遂别。后闻有刻本，子贞曾邮以见寄，为他人所得，秘不与，今始得而卒读之。余观其报称之心，一《皇华》之咨諏也。得人之盛，一《旱麓》之榛楛也。《陟屺》兴嗟，《脊令》致叹，于怀母忆弟之篇见之。友朋燕会，酬唱往来，见《伐木》《鱼丽》之情焉。思深哉，其有三百篇之遗意乎！夫诗以道性情，无性情即无诗，不待言也。事父事君，兴观群怨，一寓之于诗。非学而能然乎？故惟专于诗，始可与言诗。抑惟不独专于诗，乃可与言诗也。专于诗，斯有得于诗之内矣。不独专于诗，斯有余于诗之外矣。要皆性情为之也，学问为之也。是则子贞之诗，一子贞之性情学问而已，真气充溢而精华外著，有不知其然而然者。必一一举似古人，寻条而失干，岂知子贞者哉？

顾自与子贞朗江一别后凡七载，今春旋里，始相晤于永州。余适主讲濂溪书院，为余留十日，遍览泉陵诸胜。继相晤于道州，余又为子贞留数日，晨夕坐东洲草堂，望九疑山色于烟岚杳霭中。后相晤于潭州为最久，子贞寓季眉待石园，园内竹木萧森，奇石群立。而余寓竹林精舍，亦翛然有尘外致。往还过从，殆无虚日，山水友朋之乐，盖未有如此会者。而重阳后邵中来信，湘丈竟不起。子贞复将北行。因今日之会，溯曩日之游。低徊鼎水，如在目前。存亡离合，人事变迁。又不禁感慨系之矣！

余取子贞诗加以墨围，归示书院诸生。中有见怀之作，依韵奉和，因序吾两人踪迹如此。至于性情学问，充扩无穷，又乌可不共勉哉？咸丰辛亥十月朔。

别弥高祝上人序

魏承柷

余生平方外交二人，一陈观我子，一弥高祝上人。与余齐年生，而皆能于诗。观我之诗，清微淡远，如其为人。弥高磊落英多，雕镂造物，生气迥出。

犹忆二十年前，余三人者登岣嵝绝顶，终日联吟，兴之所至，前不知有古人。弥高慨然曰：宇内有名之山，衡其五之一也。为峰七十有二，莫尊贵于岣嵝。岣嵝上当南极老人与北斗衡星平，故《山经》云：衡山一名岣嵝。自祝融袭衡山之爵，而岣嵝退休者几三千年，然犹幸禹碑慭遗，嗜古之士，得以据《图经》复其故号。昔吾先祖黄门君读书此山，有志表章而未之逮。子他日盍别成《岣嵝志》，为山灵生色可乎？余曰：若然，岂惟山灵之幸，亦吾辈不朽盛事也。因相与卜筑聚云山房，约春秋佳日，偕同志吟咏其中。凡兹山一泉一石，一草一木，皆将爬罗剔搜，以发其精华，使不郁湮抑闷，潦倒无闻以终古。

顾念人生岁月易得，聚散无常。曾几何时，倏历二纪。今观我永别且十余年矣，余亦南北奔驰，迄无暇岁。惟弥高以闲身处胜地，宜若可慰山灵之望，而又以磊落英多者，彻其名于公卿间，遂为所敦迫，出而总一郡僧纲事。然则聚云之约，当何时践乎？虽然，余两人者，今年甫逾四十，苟倦飞知还，后此之日月方长耳。且又乌知夫山灵之不默诱其衷，使不碌碌于风尘中邪？故于将之官黔中之日，书此别弥高，示不寒前盟也。

字藏序

成毅

近世士人多举惜字之会，以砖石为屋，空其中，字之敝者，敛而投之，谓之字炉，或谓藏。王生某既与友人为此屋而征其说。

夫字始于结绳，而科斗，而古文，而篆，而隶，而真书、行书、草书，为用备矣。上世之古文而载之者，为竹木之简，作之以刀与漆。于时字甚难成，而最可久。后世易以缣帛，又易以楮，写之以笔，以石墨，或镂之木石而摹脱之。字之为用，遂益便利。至易成，至易得，亦至易敝，人且视之不甚爱惜，而或底于亵越污秽，其势然矣。君子于此惕然而惧，岂无谓乎？盖自有字，而人心之言语，日用之耳目聪明，皆有所寄。故天地之间，苟无五谷则尽饥死，天地之间，苟无文字则人不将以盲死乎？今人幸不盲，而不知文字之贵，是犹人幸不饥，而遂贱视乎稻粱也。况六书八体，形声所合，往往尺寸之牍，积数十字。而吾人生平之所尊亲而敬畏者，姓氏名字杂见其中，假令委而弃之，而弗为之收拾，不几侮其所甚尊，而弃其所甚亲邪？是故君子不敢亵也。

语曰：冠虽敝不以苴履。为其曾加于吾首耳。虽偶人焉，敝则瘗之，而必不敢施以刀锯。知斯意也，藏之为其能已乎？书此俾镌诸屋之壁。

武昌纪事序

江忠源

陈君炯斋困居危城，身遭变乱。事后撮举始末，勒为此编。其中论贼情状，不啻然犀照水，物无遁形。如及早扼要，断其接济，迎头拦击，遏其凶锋，沿途设伏，挠其气势，宽宥胁从，散其党羽云云，颇为切中窾要。与余近在武昌《条陈事宜》一疏多所符合。非崎岖戎马，留心兵事者，无繇知也。

忆余曩随乌帅剿贼粤西，见公旦昼督战，指授诸将方略，凡所举动，夜必秉烛一一书之。历时既久，篇帙繁富。余尝手为校订，诸朋好见之，辄叹公临事绰有余裕，用心缜密为不可及。是时贼初启衅，众皆倚公为长城。谓边圉烽燧，可旦夕定。无何，公中炮殁，后来踵事无复有如公者。贼遂罕所顾忌，猖獗日甚，流毒至今，益肿决溃烂四出矣。

暇阅此卷，感触旧怀，岂独使我有西州之恸哉？

赠左介夫序

黄星平

介夫长予八岁，予兄事之。其为人颇有奇气，性情与予略相近，故交最笃。少习制举业，共相切劘。介夫既不售，而予忝窃贤书，介夫虽不我忌，而视之若不屑也已。

予学为古文，乡居寡与商推。每稿脱，辄袖质介夫。介夫则指摘而涂乙之，惟恐其不尽。予或时与争论，甚至面发赪，已各知其所屈而输服焉，乃大喜。盖介夫之业于是，视予犹早也，而介夫有所作，亦必以示予。予以介夫之所以待予者待之，而两人卒未尝有所嫌忌，且若甚相倚赖，舍无他属者，固宜其交之笃也。

介夫少时纵横跌宕，不可一世，迩来更历世故，稍自矜敛。而遇同辈把臂谈心，披露肺肝。时或杂以谐谑，令一座皆为倾倒。其天性然也，而其为文也亦然。故予以紧炼规介夫，而介夫亦以不能豪纵少予也。两人之短长互见如此。

昨介夫过我，谈次叹曰：惜哉，老矣！五十矣！秃管一枝伴我半生，此后尚望有进境邪？予曰：昔高常侍年五十始学为诗，其后遂工。君之学为文也，不以此始，讵以此止？勉之，行当与年俱进矣！介夫笑而颔之。予遂书此为赠。

江上云林阁藏书目录序

舒焘

天下美好之物，大力者皆可一日致之。惟藏书之家，虽势力不能与之争。自宋元以来，上而宫府，下而卿士豪富之族，无不搜罗载籍，以为观美。间有不足，补以抄胥。然不数传，而有荡然殆尽者。岂藏书之甚难哉？亦以祖若父不甚爱惜之物，后人视之漠然，且其来也易，欲其久存，乌可得乎？

惟一二力学嗜古之士，历数十年之辛苦，由断简零编，而至于庋床架屋。丹黄粉墨，手自编摩。而子弟朝夕耳濡目染于其间，亲见吾先人之勤苦如是，则有传之屡世而不失者，其所由来者渐也。

丁未春，倪君少宗以其伯父迂存公《云林阁藏书目录》出示。经史子集，条目井然。问其书，具在也。阁滨大江，日览烟云之胜。其子侄皆能读书，心窃异之，以不得一至其地为恨。今年与少宗同客吴门，迂存公之孙人仕亦来，复出是书乞予弁首。且曰：吾祖自弱冠游历，以及薄宦所余皆入于书。晚年退休，尤乐此不疲。某不能有所增益，以继先人，愿勿失而已。

予嘉人仕克守先志，不容以不文辞。嗟夫！世莫不知书之为贵，至于遗后嗣则惟田宅、货利是务。即间有达者，又并此而略之。今迂存公殁且二十年，而缥缃卷帙，宛然如故。吾知寂寞荒江之间，必有诵遗书而蔚然兴起者矣。

绿猗轩书目序

舒焘

予家僻处楚西，先世无遗书。自吾父莅官江南，购始稍备，然多坊间习见本。十余年东西迁播，鼠啮鱼蠹，几无完者。予十岁后卒五经，始知取览，稍为补缀，一如旧观。

乙巳游京师，见藏书家多尚宋、元、明旧板。每一书出，不及问值，辄为有力者携去。予苟遇之，虽典衣不惜。居二年，得二百余种。丁未出都，赁二骡车辇归皖。是秋客吴中，吴多旧族中落，辄先出售藏书。予于寻常本则择其板之原者，于原板则择其印之初者，于初印则择其纸之长广坚致者，以备装潢。积数月，又得数百种。明刊较多，国初次之，宋刊乃十不一二。以后遇旧书必购之，计岁所入，不下数十种。

年来历碌道途，非惟不能读，欲次第而条理之，亦卒卒无暇。今秋由京师复来皖上，风雨累日，朋侣绝迹。乃取所得书，汰其复而补其缺，稍排比之，合前共六万余卷，暇日手缮其目于左。

嗟夫！购书不难，藏之为难。藏之亦不难，读之为难。是书也，吾数年得之，吾能数年读之哉？且夫侈其心，以游于汗漫无涯之区，而卒不能一得者，此高才之失，而学者之通患也。而予以中人之资蹈之，宜其茫茫然益无所之也。然则书者，固丧志之一端，予敢以自多乎哉？惟念搜罗之艰，而惧散佚之易，因为述之如此。俾吾家子弟知专精者有得，而驰骛者无功，庶不效予之泛滥无归也。

赠薄仲默序

舒焘

予自未冠，即求友当世，多恢奇磊荦之士。与之议论古今，讥弹人物，见者辄以为狂，予愈自喜。而绳趋矩步，外谨内饬者，多憎其放诞，不乐近，而予亦未尝昵就之也。

及阅历世变，迭经摧挫，始悔昔见之胶执，急思得其人以为益。盖人非上圣，性情不能无所偏，术业不能无所驳。必同乎己者而始与之，将偏者益偏，驳者益驳，何由裁其过，掖其不及，而底厥中乎？因叹宋室诸贤，以意见而致相水火者，皆未泯乎己之见者也。

己酉，予来京师，寓梅伯言先生宅。薄君仲默官主事，亦居于此。沉静寡言，即之温然以和。虽予之躁，移时不觉为之消，而君亦知予非负气不可近，久之乃益亲。居数月，予始知君非今之人也。君常有规于予者，欲言辄止。予固请之，乃曰：君才多而气傲，非惟有病于人，兼恐有伤于德，宜少敛抑，涵养之以出也。予闻而瞿然思，年来与世龃龉，常自求其端不可得，今君言不啻发其覆。甚矣，君之有益于予也。

忆予生二十四年矣，足迹所至，所交贤士大夫不为不多。自父师而外，其能得如君者几人哉？而后知文章声气之交，所在皆有。若君之救其偏私，而以德行相勖，诚不多觏也。然则予虽以师事君可也，友云乎哉！顾予之性不乐拘束，虽心知其善，恐不能终行之。然苟得长与君处，知获戾于世者盖寡矣。

今予试毕出都，君亦投牒吏部，将省亲去。予又恨良友之聚晤为难，而自此以后，闻尽言之日少也。予尝为诗赠君，不能达意，乃复为文以贻之，且以志予之获交于君为深幸也。

漆室吟诗序

孙鼎臣

道光之季年，子寿在京师，余时相从饮酒赋诗，泛言天下之务。是时宣宗在位久，法度具备，务以安静休养元元。英夷就抚之后，益重用兵，中外晏然，佥谓无事。子寿尝深颦太息，抱无穷之忧。人皆迂之，以是特文人之习云尔。子寿久以文章名海内，及解褐，以主事候补刑部。而年逾四十二，亲笃老，刑名又非所乐，年余即谢归，居监利之螺山。

已而贼出广西，蹂躏东南。洞庭、京口之间，贼屡出没，购子寿甚急，走山中乃免。螺山去岳州仅一舍，隔江弥望，皆湖南山也。方贼披猖时，江湖骚然，远近云扰。予亦伏身穷谷，与子寿绝不相闻。居闲处独，念曩在京师游晏时，诚不意遽至此。两人之聚散离合，益未敢知已。

今年入都，过螺山，访子寿之居，故无恙。相见大喜，遂留纵谈剧饮至夜分。酒间出诗曰《漆室吟》者，谓余：此壬子以来，感时述事之作也。用兵之方略，与夫政理之要，皆见于是，前人无此体也。君于诗，雄丽深博，源出汉魏，要归于杜甫。奄有明李梦阳、何景明之长，余最所爱慕。及观于是，又非徒笔墨驰骋、极文辞之能，世以君为文人，偵也。以君之材，内而与庙堂之谋议，外而使从军旅之事，其所建树，必震耀当世。君既磊落自重，其遇晚而官又不高，不得行其志，乃遂绝意进取，寂寞于荒江旷野之中，狎麋鹿而侣鱼虾。遭时多虞，流离兵革，然而忠爱悱恻之意，须臾未尝忘。身处荒远，不能自致，独时感激哀吟，舒其堙郁，自比于鲁漆室之女，重可悲矣。

汉唐以来，未有治平二百余年，民物康阜如本朝者。户孳而浸贫，兵销而浸弱。民俗薄，吏道偷，而封疆由此多故。虽盈虚消息，理数之自然，抑岂不关人事与？天下之病，当其责者不忧，忧者不当其责。子寿前日之忧，既不幸而验矣。今之所忧，亦徒垂之空文。天下之患何时弭，君之忧何时释乎？子寿之发日白，其殆将以是老也夫！既别，舟至天门，书而寄之以为序。咸丰七年五月。

盾墨自序

汤彝

岭南自壬辰迄甲午，三年中凡五用兵。盖始于平峒瑶，继则征台湾，收海盗，防越南边境，御西蕃兵船。征发络绎、飞文横草之余，辄疏其崖略。而官司作文书，群吏抱牍进，每一事必捡一旧籍以比蘼之。因仿其例，每记一近事，复进而证之于昔，以具其本末，迨本末具而得失显焉。

吾以是知瑶难起于宋熙、崇间之开边拓地，撤其捍蔽也。吾以是知排瑶顽梗，必防之如猛兽，抚之如婴儿也。吾以是知台湾天险，昔之乱以富而无教者多，今之乱又以贫而无业者众也。雇商船，匿官军，知为捕盗之要策。捐外洋，守内洋，知为防海之胜算也。两存以弱其势，则自守严而内附坚，知制夷之计审。玩则惩而贰则绝，操纵自我，知驭蕃之道得也。

《书》所谓鉴于成宪，其罔有愆，则旧籍之所系，亦云重矣。然有时而轻之，则以不用故。夫事无穷而知无涯，博其知以应其事，亦惟取诸豫焉。是故吏之籍，犹国之兵，可不用而不可不备，则终欲轻之，其可得邪？

方今岳奠海安，四裔宾服。文武重臣，慎固封守。儆诫不怠，以宣布朝廷德威。使边疆民庶，永享太平，可谓盛矣。而羁旅憔悴之士，赢粮道路，橥括见闻，犹于防边制夷，鳃鳃然引以为虑，岂言之有足重欤？亦聊备之而不必期于用也。因其事同文类，为若干卷，皆行间所作，题曰《盾墨》云尔。

诗草自序

汤彝

广陵涛者，余所蓄琴也。制朴音淡，见遗于世，故余得而有之。偶录《诗草》，以起自弹琴之作，即以名琴者名焉。客有见而疑者，对曰：琴者，众乐之所祖，而古之诗，多可被之管弦。故陈诗观民风，而颁之乐官。乐师辨乎声，诗北面而弦。是琴也，诗也，固名异而实同也。虽然，尤有说。今夫广陵之涛，喷薄日月，辚辚山川，天下之至奇者也。然而赢缩有常，不愆晷刻，本二气之自然以出之，虽至奇若无奇。今夫诗亦有然矣，原于性情，达其哀乐，足以动鬼神，变风俗，亦天下之至奇者也。然必性情和而后声音谐，被之管弦，和神感人，本人心之自然以出之，虽至奇，若无奇。且众乐同出于虚，琴独致静而多感。言乃心声，诗必主于温柔敦厚。是故以言教人者，忿词诃让，不如怡颜款语之油然善入也。善为诗者，意欲敛，词欲婉，韵欲远，节欲缓，与琴殊无二致。良由疏越之响，无取繁弦。天成之句，岂容力构？此昔之能言者，所以擅古今，妙天下，犹涛之独以广陵称也。若夫扬潢潦之波，斗噍杀之韵，昧自然之旨，违性情之正，群逐流而莫返，是为诗教之大病也已。嘻！惟其然，宜兹琴以朴淡见遗，又何疑余以名琴者名诗也？客退，遂次其语于卷端。

蚕桑谱序

黄诚

蚕桑之为用大矣，其为利亦溥矣。故树桑与树谷并重，谋衣与谋食功同，洵为政者厚生利用之不可缓者也。

余前游浙西，见附郭数十里皆树桑。其土松厚，其树成林，其叶光润，高与身等，大不盈尺。其种植之精，经营之善，他省弗及。故茧丝之利，甲于天下。嗣游黔中，见有所谓樗茧者，其蚕生于野，而不饲于家。其养蚕之树，或以樗，或以橡，或以槲，而不以桑。其茧丝虽稍粗，不及浙西之精且美，然可为闾阎生计则一也。

湘湖间平阳地广，固以树谷为本，而山多田少之区，不知蚕桑者，不可枚举。是地利有未尽，生计有未周也。乌乎可？俞太守以所辑《蚕桑谱》见示，盖其任桂阳牧时所梓行者。桂阳边地，山多于田，民虽知勤，皆务稼穑，而不知蚕桑。此编言种桑养蚕之法，至周且备，欲其尽地利而广生计者切矣。

今权守岳郡，利者兴之，害者除之，废者举之，并欲以是编广布各邑，俾家喻户晓，得与农政偕修。傥能实力奉行，安在不可与浙西等处，共收利用之效也哉？

幼学口语序

黄诚

谨按：前辈多有蒙求之编，大约摘取经史中义理事实之精要者，提纲挈领，出以韵语，便于童子诵读，类皆名儒先导之苦心也。

余舅氏镜海唐公廉访黔中时，为倡置义学，并手撰此编授之。首言德性之旨，次言力学之实，而终之以立志，希为圣贤。反覆详明，体用毕贯。盖综《论语》《孟子》《大学》《中庸》而约举之，先儒论学大旨，备具于此。题曰《幼学口语》，体本蒙求，而于正学之外，不泛及一字为特异焉。

夫童子束发入塾，授以四书，茫茫然不知所谓学为何事。得此编为先导，于以使之知所趋向，则于四子之言，皆能有以识其指归，相与印证，将可逐渐引伸，油然自得于心口矣。况由是而进之，下学上达之功，固有终身用之而不穷者，又岂徒便于童子之诵读邪？

板存黔中不易得，爰重梓之。《易》曰：蒙以养正，圣功也。

愿以公诸世之为贤父兄者。

重刻大学日程序

徐泰

《大学日程》者，明太仓陈先生讳瑚，字言夏，号确庵之所著也。

夫进于小学，而曰大学。古之人特本其性之自然，循乎理之当然，而当然之理，固无一不具于性分之内。天下貌言视听之官，率以肃乂哲谋之则，而其则，实天之因物而赋。君臣父子之伦，立以仁敬孝慈之道，而其道，尽人之反己而求。帝王之事业，圣贤之学问，不外体之于身心性命，以措之于家国天下。天下无异性，即无二道也，然而人各有修齐治平之责，不能各殚乎格致诚正之功。圣与愚之分途，贤不肖之异趋者，岂不曰得失存乎所学，而入门之始，不可不急讲乎？

先生为是，初读之布帛菽粟，若非有微辞奥旨之可绎者。然切而按之，即日用饮食之常，寓耳提面命之旨，令人滋衾影之惭，深毛骨之悚，奋然有以兴起其好善恶恶之心。先生自序云：大学者，初学入德之门，而此日程者，又入大学之门。不信然欤？其有裨于后学岂浅鲜哉？

是书寒山汪氏集录于《先正遗规》，诸城李方赤先生以授子厚少尉。子厚尝置案头，以奉圭臬，因付剞劂氏，冀广其传。噫！先生经济博通，于河渠漕运，农田水利，兵法阵图，无不研贯。王凤喈光禄曾为之传，锓于《耕养斋文集》，颇能详其本末。惜生当明季，挟策陈书，不能见用于当事。其著述甚多，今皆不传，此吉光片羽也。先生之澡身浴德，卓然已造乎正大光明之域，犹恍惚见之于简牍中。而子厚之日手是编，非惟服膺之，又重梓之，其志节自励，克勤于入德之门，吾知其必有获也。

时道光二十七年丁未冬至之前三日，序于岭南臬署之东轩。

岳忠武文钞序

唐祖价

《岳忠武集》一卷，见《四库全书》目录。余求之三四年不获也。庚子夏，乃与王子佩搜忠武诗文汇钞之，各藏一本，名曰《岳忠武文钞》。夫忠武将略，颃颉淮阴，精诚后先诸葛，直与宋祚相关。徒沾沾文字间，岂所以观忠武与？然亦可传也已。

顾余尝怪纷纭之论，或曰：忠武之班师，未知权变。将在外，君命有所不受。苟利社稷，专焉可矣。或曰：宜解兵以退，杜门不出，绝口不言世事，则桧可以释之。或曰：昧于进退之故。噫！是岂通论哉？不受命者，细柳之校尉，所谓军中闻将军令，不闻天子诏是也。非天子召将还也，召之还，盖所以夺之。夺之而不受命，是怀恩之流也，叛也。叛以征叛，谁实与之，而谓利社稷，必不能矣。若谓解兵柄，则尝班师至鄂，力请而不许矣。谓绝口不谈世事，是欲忠武为韩世忠也。幸而忠武死后，人不尽世忠，犹至誓表称臣，偏安而已。使当日人人世忠，宋室山河落谁之手？故必如大夫蠡、留侯良，功业既成，乃可奉身以退耳。国难未靖，但私其一身一家，可乎？谓昧于进退，抑又非也。忠武既抱绝人之智勇，岂不冀君心悔悟，思雪二圣之耻，复下平金之诏，已亦效郭令公，不顾鱼、李忌谮，而扫靖中原，殄灭仇敌，何忍因桧、俊而遽恝置朝廷乎？且夫上皇出，金人入，变乱之极，而旦夕之势也。排和议，主征战，艰难之秋，而存亡之判也。观于斥桧之言曰：君臣大伦，根于天性。大臣而忍面欺其主邪？此其不畏强御，非趋利避害，而偷以全躯也。至于还自郾城，而救濠州，而拜副枢密，而与张俊如楚州阅兵，则恢复自任之初心，尤大彰明较著已。已而三字狱成，上意也。忠武得正以死，《春秋》之义也，夫何议与？

忠武之诗少于文，故先文而后诗，诗余又后之，然未能无遗漏者。午夜焚香，整襟庄诵，为之肃然改容。因具论所见者，以质之王子。

九日倡和诗叙

赵璘

咸丰元年九月九日，无锡嵇君樾生，召饮于古罗城吴氏之大观楼。与于会者，郭君仁先，其从兄凌海，季弟志城，颜君半山，蔡君菽民，与余而七。酒罢，嵇君诵白香山“一年年觉惜重阳”句，谓其流连景光，慨叹身世，一篇大旨，檃括七字中。古今人重九诗意之感伤，殆无逾此矣。

余因议以律诗续白句，仿谢无逸广潘邠老“满城风雨近重阳”之例。仁先则谓白句七字，今会者七人，盍各拈一韵，以志斯会之盛？既而仁先诗先成，七韵各系一诗，仍赋二首，以踵前议，综计之为数九。自是六人者，咸继声其间，多寡损益不一，无不出其艺以相质焉。

夫诗之道难言矣。昌黎韩愈氏有云：欢愉之辞难工，愁苦之言易好。又云：文章之作，恒发于羁旅草野。今诸君子皆伏闲隐隩，而余方以濩落假馆是邦，不能谓之不穷苦。即其言之工拙，未暇以详，而所为抽思骋辞，一吐其抑郁无聊不平之气者，孰非遭遇之屯蹇，志意之萧索，有以摩荡而激发之也，则信乎韩子之言有征与？

方是时，粤西山寇横甚，湘以南戒严，天子有诗趣诸大帅讨贼，而湘阴实水陆冲要，军书络绎如环緪。于是卷中诗多蒿目及之，览者将有以见一时感慨所系，而不徒佳节登临，从容文酒之乐矣。

湖南文征　卷八十二

序二十七

说文谐声谱例言

邹汉勋

许氏慎曰：仓颉之初作书，盖依类象形，故谓之文。其后形声相益，即谓之字。字者，言孳乳而浸多也。勋谓许氏斯言，文与字异，故其名书曰《说文解字》。字即谐声会意者，文即指事象形者。是书以指事、象形、会意之文字，领谐声之字，其无谐声者，亦得为部首杂厕其间。故虽名曰《谐声谱》，实具六书之文字。

是书本为古音而作，势不得从《唐韵》分类。古音自郑氏庠分六部，顾氏炎武分十部，江氏永分十三部，戴氏震分十六部。入声顾氏分四部，江氏分八部，戴氏分九部。勋窃以己意分五部，每部三类，凡十五类。入声分十类，其五类无入，去声祭、泰等音从入。凡无入者非果无入，以其字可展转流变，因亡之耳。十五类曰宫上、宫中、宫下，商上、商中、商下，角上、角中、角下，徵上、徵中、徵下，羽上、羽中、羽下。文字各从其类，以为部首。

分文归类，悉从《诗》三百篇之音协，故每篇之首冠以《诗》协音表，又类之为目录。三百篇不足者，杂取《易繇》《老子》《楚词》群经及汉诗赋协音为一徵，群经训故及汉训故为一徵。如晋进、离丽、坎陷、富幅福、备鬼归、镜景、男任南任之类，皆以同音训故謰语为一徵。如窈窕、绸缪之类，皆叠韵直音为一徵。如高诱《吕览》《鸿列注》中音，及《说文解字》本音，郑玄《礼注》、赵岐《孟子注》中音通借为一徵。如㞋、休经史借溺，砅经史借厉之类。又《说文解字》重文，转从它文得声亦是。五徵不足，则从《唐韵》之音归之于其类。

谈古音者有三途：陆氏德明曰“古人韵缓，不烦改字”，此一途也；吴氏棫《韵补》随音改协，又一途也；陈氏第《毛诗古音考》谓古人之音与今异，凡今所称协韵，皆古人之本音，又一途也。勋谓，陈氏之说，顾、江、戴诸君迭相祖奉，确不可移。然《诗》中亦间有一字两协者，则吴氏之说时有可用，至韵缓之说，罕有知者。勋谓，诗人用韵亦切，惟章首如《抑》三章今协政，章尾《采唐》每章末三句，皆中、宫协上，间句如《白驹》三章驹、侯、游，《宾筵》二章乐、爵、仇，是已始用缓韵，亦必宫协宫，商协商，不越限。以去入颂，亦用缓韵。由斯以言，则三途皆不可废，要以陈氏为正尔。是书本《诗》协音以分类，其谐声同而分协二类者，如聿从一得声，而律协弗卒为徵类，寽从一得声，而捋协掇为角类之类，则两类分载，而互注其下。如聿部载一部，又见角下寽部，寽部亦同之类。其一部有一二字阑出者，如字从今者，今、衿、芩、琴、金、钦、锦皆在商类，独矜一字在角部之类，则从其本部，而于别类亦载之。如矜亦载于角类，下注曰：详商类今部。其一字两协者，如母皆韵徵上，而蝃蝀又韵雨之类，亦如阑出之例。凡斯三者，皆流转之音也。其《诗》协所无之部，则不具。

取字则《说文解字》之外，虽徐氏铉新附字，亦摈置之。惟所增十九文则取之，以本《说文解字》序注中文也。

《说文》未言谐声，而考其声类大同者即备之，如俎，《说文》不言且声之类。《说文》言谐声，而其声类大异者即杂之，如农不宜从囟声之类，而各附其所以杂备之说。

音切悉本徐氏铉，观徐氏所上表，又本孙氏愐也。所以本之者，非以其音合于古，以是书本《说文》，而徐氏附《说文》也。其有戾于谐声者，如犛从𠩺得声，徐氏音莫交反，驵从且得声，徐氏音子朗反之类，悉取唐以前之音切正之。如犛取郭氏璞《山海经传》、颜氏师古《汉书注》之音，驵取曹氏宪《广雅音》之类，而亦存其原音。如无可正者，亦擿其谬以俟博识，如疃字之类。

广韵表序

邹汉勋

音学不传久矣。晋李登作《声类》，宫、商、角、徵、羽各为一篇。予暇日采《诗》、《易》、《楚词》、汉赋之音，分别为十五部，每三部为一类，以合李登之旨。《广韵》以等分韵，有内外四等，为八等。予综校诸韵，以反切下一字定其界限，而二百六韵之等可知。沈约作《四声》，以宫、商为平声，是本有五声也。后人不悟，谓只四声，误矣。胜代方以知谓阴平为空声，阳平为堂声，理虽当而名创。若欲从省，谓为阴、阳、上、去、入，可也。三十六母本神珙、守温所作，戴震考其人在元和以后。其字母重复，邵雍取二十五，方以智取二十，戴震亦取二十。予以《广韵》校之，取二十二。具兹四法，而韵之道于是乎备。近世言音韵者歧而为三，一曰古音，二曰唐韵，三曰等韵。夫稽其理则一，寻其迹则三。等韵之摄，即古音之声类也。等韵之字母，即唐韵之字纽也。等韵之开阖齐撮，即唐韵之八等也。唐韵之八等，即古人之内言、外言也。唐韵之字纽，即古人之双声，亦即赤然之反语也。唐韵之四声，即古人之长言、短言也。此其理之一而同也。若字随时而异读，音与世而俱亡，此其迹之三而异也。嗞十六摄不如五类之该，开阖齐撮不如八等之详，四声不如五声之明，三十六母不如字纽之当，则今人不及古人也。

防海辑要序代

邹汉勋

吝因在中国之极西北，自吝因绕俄罗斯而东，其海皆为北海，冰海也。自吝因而南，其海皆曰大西洋，西海也。黄旗荷兰、佛兰，皆近吝因。英吉利之为国，又在四国之西，西海之中凡为岛三。旧无所谓英吉利，殆即英圭黎，译语异耳。自厦门出洋往英吉利，初用未针，后转乾戌，大凡水程八百八十更。历昆仑、茶盘、万古、屡山、噶喇吧，始至其国。凡西北诸番，中国悉呼之为红毛，英吉利亦红毛也。红毛之为人，高准碧眸，身长大，剃须发，披赭毛，戴青毡笠，短衣、束袜、皮屦。于诸夷中最为狡悍，好巧思，能制精，善火炮。间有究勘天象算法、坤舆道里者，然其言多夸诞，不可尽信也。曩时役属于荷兰，后渐与黄旗荷兰、小西洋诸国争战，皆为所败。恃其兵力，榷诸小夷市舶，掠乌鬼为奴，遂雄长于诸夷。而旧柔佛、沙罗俄之新埠、彻里耕、明雅罅、曼打拉沙、阿英、假打拉者、望买、苏拉莽、姑卢、俺门、散低里，皆为所役属，国益以富强矣。其所役属之国多在南海中，近闽广、厦门、澳门之西南，皆置戍，有夷目管领。多以细罽、阿片诱内地无赖奸民，潜蓄窥伺之意，殆非一日。

自其本国至厦门，无虑五万二千余里，皆浮大海以往来。故其人习于舟居水战，不惜厚资为战舶火轮船。一船费数十万缗，可载数百人。船材以坚木，而外傅吧吗油，厚寸许。有八面柁，随风转柁，故无逆风之患。两旁载炮十余具，炮以铜为之，各有机轮可转运。又有辨方视远之器，远准不差，故常能中的，然畏浅与火。曩时仁夷有触禁梗法者，溯郁水至番禺城下，大吏以船载石，欲沉而塞其出路，且将纵火焉，始畏伏。故自来破红夷者，未有不用火与浅者也。然与之乘巨舶浮游大海洋面，彼畏火吾亦畏火，吾少弱而不能制彼之火且施于我矣。而巨洋之中亦无所施其浅，故火与浅惟用之于入海口岸广川之时，则可以制彼之死命，而巨洋或有不能也。

往时粤中大吏用火浅之术以制彼，可谓当矣。而去岁逆夷之舶复至番禺，是其授死之日也。曩时之故智，无一人论及者，曾几何时而遂忘之邪？然北乡义勇仅数百人耳，出死力以奔击，馘其巨目，而渠魁几就擒。是则内地之民未为怯，逆英之兵未为勇，抑又可以验其易破矣。乃于逆夷垂死之日，而我方且上损国家之威，下屈义勇之气，与彼小夷议通商。彼蓄谋已久，岂仅欲通商者邪？不过借此以脱其死耳。而我适堕其计中，何彼之智而我之不智若此也？通商议成，不旋踵即犯厦门，陷定海、镇海而踞宁波，通商之议竟安在哉？

夫彼逆夷之来舶不过数十，其众不过一万，又皆习水而不能陆战，能陆战者不过一二千。而远涉五万里之重洋，载粮糒火药，驰骋于粤，于闽，于浙，又复历三四年之久，视明之倭寇为尤剧。是固承平日久，战守之略疏，毋亦海禁弛、奸细繁，以内地之米磺，私易其细罽、阿片者多与？又或无业愁苦之民，失职无耻之士，不知顺逆，有为其所用者与？不然，何以能若斯也？然我失守之城，或孤悬海外，或迫近海岸，虽宿重兵，置守将，而适以展彼巨舶铜炮之长。故我之大吏大将皆为所歼，而人情震慑，是又何足惧邪？

夫开洋战斗，所争者在船与炮，沿海置守所争者又仅在炮矣。坚壁清野，诱之深入，则船炮之利皆失，以一兵五勇杀一夷卒，我尚有余力也。严米磺之禁，赏罚无失于沿海之士民，孰肯甘为汉奸，以从远来之逆夷？是又翦其羽翼，不战而胜之术也。内地之舟，闽大于粤，粤大于浙，然皆远逊于夷船。开洋战斗，不敌之势悬殊，挂网张革亦仅避炮而已，岂能制胜？是则不可与之斗巨舶也。何若竟用小舟，多桨便捷，炮不及击而已迫近其舟，虽未可仰攻，而乘机纵火，必能以小破大。或募敢死士，轻舠夜袭，火具交攻，胜之故足以策奇功，即或无害于彼，而彼亦终夕不安，不敢晏然于近岸矣。此亦巨洋中用火之术也。

夫沿海置守，所争诚在于炮，或曰彼以铜铸炮，体薄中宽，受药多，故能致远。又质轻易以转移，故能常胜。夫能致远者在于受药多，受药多在于中宽，非在于铜也。彼海岛中，产铜多而产铁少，故用铜耳。我诚能炼铸纯铁为大炮，使中宽受药，更多于彼之铜炮，又何不能致远邪？我居岸上，又何不可为机轮转运，以指彼之船邪？况铜质凝柔，铁性坚刚，铜久用则软，铁愈用愈坚，是又铜不胜于铁也。或又谓其火药特良，亦惟杵制如法，得其专力前攻之益，无横炸退后之患已耳。是皆在人之以实力精心与之斗巧，而非彼果独擅其长，而我不得分也。或彼船既坚，我炮不利，即中其舟未能必损。又不若用喷药丸以代子，轻可致远，中则粘以焚之，亦火攻之一术也。或谓夷船傅吧吗油若漆，炮击不能损，此不然也。凡物之坚者无不畏炮，而柔者不畏也。凡物之涩者无不畏炮，而滑者不畏。然柔者真不畏炮，而滑者终畏炮。使吧吗若脂膏，若生漆，若涂泥，则以柔而御炮。乃柔者必沾湿，置之水即解，必不然也。使吧吗油若内地之油与漆，亦必干而后可入水，则非以柔胜而以滑胜也。内地之油漆不畏炮邪？此亦狡虏之虚传，以给我内地者也。彼工以人之不见闻，为诡语以欺我人民，而将吏妄听，或先志慑则气衰，气衰则不战而先败，是又不可不辨也。

若彼弃水而陆战，则不能载巨炮以随。且日处舟中，陆行胫软，又昧于路径，我兵果能奋勇赴敌，出奇制胜，其必克更不待卜而知矣。至于汉奸与合，易于间离，夷情多疑，不难入彀。或名以动之，利以诱之，诚能以毒攻毒，奏功尤速。徐海之相并，即其已事也。征兵远赴，水陆未宜，且畏炮仓皇，易于溃散，又不若近募义勇，志合情联之为得也。惟兵与勇未可兼用，盖兵恃名粮以轻勇，而勇见怯敌以轻兵，故未收相助之功，或致相仇之患，是又在当事者之体贴调度耳。

由今日之事言之，英夷之害似胜于倭矣。然实有不及倭者，倭能登陆且掠且前，而英夷不能也。盖倭国近内洋，闽浙之舟皆可济，故能进退可自如。而英夷远处西洋，非彼之舶不能得归，未敢跬步暂离，恐焚其舟也。如蛸蛄之蟹，是又不足深为患耳。某少长东粤，夙有见闻，今兹逆夷扰攘东南，据城掠地，凡有血气，能毋愤乎？顾未能荷戈以从甲士之后，因就严乐园先生洋防之书，择其攻守之适于今者，更增辑之，曰《防海辑要》。俾谈兵海上者，庶几佐其指掌云尔。

送方子白序

邹汉勋

勋处于资水之隈，受先人诗书之业，更涉文史，贫而且贱。乡闾之士，厌诗书之可以贫贱人也，非毁诟厉，痛以为戒，不齿于伦类。幸一二先生长者爱而护之，且谬誉之。于是武昌有方子白者，过听先生长者之言，谓勋颇有敩涉，不慕荣利，而过信之。又或谓勋弊冠垢服，亦过信焉，而相放效之。吁！勋直贫而无帛，不能制冠，而冠其弊者耳。勋直贫而无常具薪水，不克浣濯烦搁，而衣其垢者耳。勋直日与田夫野老相对，而无须乎黼黻文绣，而安其弊冠垢服者耳。谓勋必弊冠而屏其花，必垢服而斥其丽，勋又何暇而为此，而子白遂相放效。噫，子白过矣，抑子白何慕勋至如是哉！

虽然，勋初特闻子白此事，而未见子白其人也，谓天下未必遂有爱勋如是其甚者。及勋之至于新康也，子白见勋稍后则自怨，见勋文稍后则又自怨。呜乎，子白果何见而重爱勋若是哉？勋感子白且有愧于子白矣。

居无几，子白又将别勋而去，欲得勋言以为重。乌乎！勋上不能及圣明之世，自致于高爵崇禄，以建立于天下，使后世之言我朝名臣盛德者，必首举其人。其次不能阐扬先圣之绝业，发其微，表其奥，绝俗儒拘牵浅陋，而自造于深明畅达，如古所云立言者也。最下又不能恂恂重厚，守肤浅之见，作波靡之人，敩务其博而不求其精，识随于俗而不求其当，取容于天下，使天下共称为硕士，徒日与伧荒为等伍。勋且不能自重于天下，子白又安能因勋以为重哉！

抑又有言，子白不能自表著于天下后世，使后世之人检国史中无子白之姓名，传记中无子白之名姓，下及稗官方志，亦皆无子白之姓名。勋即能自重于天下后世，后世之人必以单词片证，不敢遽信勋之言。方且谓勋之言，不过为一时好事交游，强勉应酬之作耳。不然，何以此人廑见于勋之言，而诸人皆不言也？子白其无徒恃勋之言以为重哉？

然以子白天姿之敏，春秋之富，而又能知流俗之非，以思自振于一时，其必不暗汶于山椒水滢，汩没于宦游名利可知矣。则子白之自振也易，而勋以庸琐求自重于天下后世，其亦难矣。虽然，愿与子白同勉之。

月塘诗存序

周湘黼

《月塘诗存》者，杨昭节年三十后作也。昭节清才超越，年二十抡于乡，梓其诗曰《月塘樵唱》。有为诵其诗者，昭节尚嗛嗛也。又七年成进士，为赵城令，善政洽于民，且躬亲教育，时与邑人士论明经术，示风厉文，学蒸蒸焉。余事作诗，情之所至，辄于怀人、感物、咏古、纪游中一寓之。得苏李之高妙，兼陶阮之冲澹，其雅隽近放翁，其豪迈近太白，而其沉郁悲壮之气则又近少陵。盖其音节较樵唱已进于古。

道光己丑，余试礼部毕，诣赵城，得竟其诗读之。昭节亦自谓诗无尽境，辄叹少年所作之未足传也，复悉心研虑以求工。于是赵城之士莫不爱其诗，见则手录成帙。于是昭节之诗不传于家，而传于晋。洎乙未，昭节殉难于官，存其诗者，至于精金纯璧，光泽不可磨灭。邑张孝廉名树人者，率同辈为梓而行之，邮寄于楚，嗣君泽万谒余序之。

余谓人之于诗，有终身为之而不暇外慕者，欲其传于后也。

故有因其诗以传其人，亦有因其人以传其诗。人之果遂以诗传，与诗之果遂以人传，皆未可知。以昭节坚忠抗节，其不朽于千百世后者不必于诗。而即诗之激昂慷慨，一意孤行，亦以见昭节之志甚大，而其识过人远矣。彼邑人士涵濡于昭节之教泽者深，而痛于昭节之所以死，因以不死其人者不死其诗，於乎，是足尚矣！因不禁感叹欷歔而为之序。

孝经注疏序

黄鹤

夫孝广矣大矣，亲在之时以先意承志为欢，亲没之后以继志述事为善，自孩提以至老耄，终其身而后已焉。

宁邑唐生方柽能以孝终其身，并能以孝世其家者也。其先君子志悠公之事亲也菽水承欢，不以家贫而缺其养。母病肢体卷曲，志悠入母卧寝，朝夕侍侧，历十二年如一日，此尤人所难能者。居恒常训诸子云：未葬读丧礼，既葬读祭礼，总不如平居读《孝经》。生亲见其父所行如彼，所言如此，于是采集《孝典》四卷，刊以劝世。方明府梅丞制序嘉之。而其心犹以为未足也，复即《孝经》十八章，沉潜其义，参考折衷，其疏解详明，引证精确，固有目所共见。至文章之照应，脉络之贯通，亦无不了如指掌焉。孔子曰：吾志在《春秋》，行在《孝经》。《春秋》严弑父之诛，而《孝经》则详言事父之道。是圣人虽删订六经，而孝者尤其精神所专注也。今生于是经通其全旨，守以终身，不惟继先人之志于弗替，抑且广先圣之心于无穷，可不谓务本者与？

生久困名场，常以不获显扬为憾，然不以禄养而以善养，以视世之滥叨科第、妄骋才华者，相去何啻天渊也！昔刘盛敏不好读书，惟读《孝经》《论语》，曰：诵此能行足矣，何用多诵而不行乎？吾以其言为至当。今生能诵能行，其亦有盛敏之风也夫。

重刻屺思堂集序

邓瑶

国初楚之以诗古文辞负一时盛名者，首推黄冈杜先生茶村。茶村绝意仕进，寓居江南鸡鸣山，屏谢交游，甘心穷饿以死。海内士大夫识与不识，重其文章志节，皆称曰茶村先生。时同县刘稚川先生亦以文名海内，海内所称为刘黄冈者也。

先生以顺治六年己丑成进士，廷对擢第一，授国史院修撰，寻乞归，逾年疾卒。先生喜撰著，其覃心竭力为之者尤在制举之文，卒后门人陆君鸣时梓以行。阅数十年，哲嗣孙茂重刻之，而以古文及古近体诗合刊。体制非古，识者病之。顷黄冈令俞君鸿甫书至，告以近刊先生集将竣，属为序。兹刻以古文诗为一集，别录时艺为一集，体制方雅，较胜原刻。

先生制举文，卓然为本朝大家，海内久有定论矣。古作以雄直之气发为文章，其事理之通达，议论之疏鬯，笔力之老健，近昌黎及庐陵、南丰诸家。诗非先生专习，原刻兼存一时酬应之什，宜从删汰。俞君仍之，意以为去取姑听诸后世云。方先生之伏处穷乡也，里中有文昌阁，终岁闭处其中，博综六经、左氏、公、穀、史、汉与唐宋大家之文，旁及诸子百家，无不纵览。时时招致里中俊髦，上下议论。每有论撰，诸人皆咋舌却步，自以为弗及。而尤用力于省身之学，旦昼所为，夜必焚香以告。盖隐然以理学名儒自励，匪第求胜于语言文字之间者。迨对策大廷，洋洋万余言，所陈皆军国大计，而于修齐治平之道，尤反复详明言之。策既上，所言次第举行，如御经筵讲读设满汉学教习，并屯卫诸大政，皆策中所条奏也。呜乎，先生抱负非常，遭遇圣世，当定鼎之初，能以圣贤治平之道，侃侃陈说，皆得见诸施行，用佐成国家亿万年有道之基。然则先生之出与杜先生之隐，固各行其道，议者乌得有所轩轾？乡令天假以年，岂第勋业烂然，其著作必骎骎乎日进无已。惜乎年逾四十遽尔夭逝，后之读其文者，则又乌能不掩卷三叹，伤悼于不容已邪？

先生天性孝友，太夫人弃养最早，言及泪随，其以屺思名堂者，志永恸也。诸父伯兄早卒，拊弟侄辈五六人，迄于成立，婚娶如礼，虽乱离弗稍苟。呜乎！先生于本原之地，敦笃如是，其为文也，固宜真气洋溢，实有不可磨灭之道欤！余不敏，无以序先生，且有金会公及张石虹诸君子原序在，亦无庸赘，独于先生平生本末详言之，著于篇，以复俞君，俾刻诸简末。

从兄病终都门纪略序

邓瑶

道光丁酉，余与从弟仲权同举拔萃科，明年春赴都廷试，叔父以仲权善病，余亦非健者，命孟华兄偕行。试后仲权与所亲南旋，余与兄肄业大学。两人居京师二载，艰苦与共，性命相依，羁旅穷愁之苦，庶几相与共忘之矣。兄固强健，今年秋偶患时疫，日益剧，医药罔效，遂以不起，实为已亥之重九日也。呜乎，天下难得者兄弟，余从父昆弟六人，今遂弱一个矣！多病者固无恙，而无病者遂溘然长往邪？且夙非强健者，犹孑然支撑人海，困顿于穷厄颠踣、侘傺郁塞之境，而幸保其生。而诸兄弟中之体最强、气最勇者，乃竟以一病遂陨邪？礼为从父昆弟服大功。余兄弟幼时，家君与叔父尝引方氏苞示兄子书“异日诸子其服之相为宜从期”之语为勖，小子谨识之不敢忘。不意今日遽执吾兄之丧也，其哀痛岂寻常大功兄弟可同日语哉！矧兄之来都，余与仲权实牵率以至于此，俾作异乡之鬼也，恸哉！

既卒之十日，瑶谨奉旅榇由潞河旋里，一棺独对，痛定思痛。已念兄捐馆数千里外，疾亡颠末，叔父母及寡嫂无由详知，侍疾者咎也。因于舟次敬志其病之缘起，卒之日月，与病时之医药饮食，殁后之衣衾紟绞，记载成册，寄陈叔父母，冀稍纾苦痛，且将俟其孤之成而谨付焉。其孤长者八龄，幼者才四龄耳。异日泣览斯册，庶几兄弟交勖，明发不寐，勉为邓氏肖子，是又余今日含泪濡豪，郑重详书之至意也。

至旅榇言旋，赙之行者，为道州何仙槎尚书丈凌汉、长白子明孝廉长启。而助余部署身后诸事者，长沙陈尧农水部本钦、会稽宗涤楼舍人绩辰、道州何子敬孝廉绍祺、武陵胡光伯孝廉焯、湘乡黄正斋仪部楷盛、长沙周韩城玉麒、邵阳黄柳潭达道、武冈张南阶经赞诸拔贡，及同县王麓屏铨部家勋、曾铁峰上舍毓春、陈子卓明经能超、晏巨藩参军贻翼、罗碧川主簿世瑶诸君子也。附志于此，用示诸孤。有仆李二者，景州人，事兄病甚勤。

呜乎！死者长已矣，其亦念人间有白发衰亲、黄口弱息乎？且并念天涯万里，有断行之孤雁，急难之脊令，悲鸣迫切不能成声乎？悲夫！道光十九年九月二十四日，舟次天津西沽，从弟瑶谨记。

潞河纪程自序

邓瑶

道光十有九年己亥秋，孟华兄以病终于都门。余时孑身旅舍，肝肠寸折，幸赖同郡太学诸生，及京朝官之雅故者，奔救治丧，含殓如礼。顾以归榇无资，拟暂寄厝僧舍，俟来秋乃扶柩归里，计已定矣。会道州何仙槎尚书丈，从京兆试院出，急促余归，并资其行，同年生长白他塔喇孝廉长启亦厚赙之。于是遂得买榜挂帆，谨护兄榇从潞河归，由燕而鲁而吴，以达于楚之资江，地名小洋者而止，凡历程五千余里，为期百有二十日。舟中无事，乃将经过郡县建置沿革、道里山川，与夫景物风土，随时笔记，汇成一帙。途次偶遇一人，或偶受一惠，亦纪册中。俾异时重加翻阅，庶几今日脊令之恸，行旅之艰，与师友故旧悃款恤爱之厚，触目追思，永矢勿谖。至于文辞未免繁芜，记载亦虞舛盩，舟次草草，未暇深求。断雁悲鸣，要亦不能成声也。时霜月满而蛩声酸楚，握管书此，不知涕泪之横霣矣。

送江岷樵同年归新宁序

邓瑶

道光乙巳夏，吾友江岷樵同年，送其师邓君铁松丧归湘乡。已从湘乡过邵，访余叔父濂溪讲院，信宿即归新宁省亲。瑶乃再拜敬送，而复申之以辞曰：

方今友道不讲久矣。平日申盟莅誓，肝胆披露，真若可以患难与共，死生相托。及有故，背弃不复顾，如秦越人之相视者比比。朋友之伦既丧，推之父子兄弟之间，皆可从薄。又推之君臣之义，望其忠贞靡懈，能以身许国，临大节而不可夺者，吾益未之敢信。呜乎，薄之至矣！江君笃于友朋之谊如此，其入而能孝于父母、友于兄弟，出而能忠于吾君，不可信其能必然乎！

始邓君主讲新宁书院，岷樵从之游，邓君察其志意，独异之。其后邓君应礼部试居都，岷樵亦留京师。已邓君病，岷樵侍疾至谨。而其友关中邹孝廉兴愚，亦卧病京邸，岷樵往来治汤药，日夜无暇晷。邹君寻死，邓君病益笃，思归，岷樵乃以一车载邹君丧，属其同宗溥霖送归陕，而自护其师返楚。行八日，邓君死舆中，仆言不宜以尸入旅舍，恐主人有违言。岷樵叱之曰：旷野乌可殓？急驱之入，主人即亦无如何。乃从容市槥殓毕，复载之行，备历艰险，始至汉，舍陆登舟，以达连道之滨，而归于其家。经四千里之程，积六十日之久。斧资匮乏，仆夫瘏瘁，而君无丝毫德色。吁，可云难矣！

两汉独行之士，其于师友之丧用意独至，往往不惮数千里躬送之归。盖其时风气淳厚，道义充衍，故士君子皆知以学行相淬厉。死生患难之际，尤不忍恝然相置，救之恒恐弗力。而其时史臣之采至行者，于此特详著之于篇，以风示后世。顾此道不讲久矣，江君其有古之遗风乎？虽然，犹有说。后汉济北戴封，诣太学师事东海申君，申君卒，送丧至东海，道当经其家，父母豫为娶妻，封暂过拜亲，不宿而去，还京师卒业。瑶尝读其传而疑之，以谓薄父母之恩，亏夫妇之礼，虽勤学，窃未之取。

君无子，有父母年衰老，既久居京师旷定省，兹之归宜久留膝下。即以其时益讲求经世之务，俟有子慰老人含饴愿始再出。因大发抒其所蕴蓄为世用，则江君于伦常之际，无毫发遗憾，而他日君之名位勋业，余又乌能测其所至哉！

丁果臣送友丧归浙江序

邓瑶

往籍所称独行之士，送师友丧归里，不干誉，不市德，惟以行其心之所安者，史尝不绝书。顾其时扶服远送，亦第弗辞跋涉之瘁已耳。未闻值寇贼纵横之日，备历艰险，忘其身以归友丧于数千里外也。若吾友丁君果臣，送其故友王君丧归浙，其风义殆非今世之所谓友朋也。

先是，王君佐宝庆守魁联公幕府，果臣与同居，交最笃。已王君死郡廨，权厝东郊外。阅四年，咸丰丁巳春，果臣从长沙来邵，以书告余，将启王君殡返浙。旋以一舟载之行，沿资水过小洋。小洋距余居五里，余亟携从子光黼往，以炙鸡絮酒拜酹王君柩前。君伏旁，若人子之丧其亲者。余握手悲泣，不自知其哀之不能已。盖既痛王君，又感吾果臣，至性之笃之过人远矣。果臣患喀血疾且困，而其时寇氛四塞，鄂境及江皖皆有贼，舳舻连江，烽烟蔽野，行人久绝迹。君独以柩往，群为君危，沮其行，余亦从容语：君行宜缓，无以生者死者陷于险。君潸然曰：吾不忍死友终为异乡鬼，矢心久矣，不可负。且吾病久不瘥，旦夕或不测，我死恐无有归吾友之丧者，死且目不瞑。故决计为此行，子毋我留。遂命榜人鼓枻行。斯时也，朝暾初升，湿烟未散，渔讴发声，山谷响应。余立岸目送，君亦倚樯遥望，岸转帆隐，余乃循故径返。江淹所云黯然魂销者，今日始悟其言之至痛也。已闻果臣由长沙、岳州至武昌，乃展转迂道，躬历诸险，幸免于贼，达王君之故里而葬焉。且以赙赠所余，资其老母妻孥。部署既毕，独携一仆返楚，病亦瘥。呜乎！是殆有神明相助之，非偶然也。

年来余领邵州濂溪讲席，去年寒食，约彭晓杭大令往省王君墓，以雨未果。相隔咫尺，乃艰一行。而果臣以羸弱之躯，冒锋镝之险，归君丧于数千里外，余与彭君得毋疚于厥心，而抱惭于死友乎？

王君名治模，字丽生，浙之龙泉人，优贡生。生有夙慧，读书目数行下，纵览群籍，下逮医卜日者言，悉研究罔弗通。少孤，事母至孝，以贫故，习法家言，资修脯养亲游于楚。楚之大吏甚慕君，守令争欲延为上客。而君顾与魁公厚，魁公亦腹心任之。公守宝庆，值李沅发乱甫定，宵小多潜伏，君语魁公治尚严，凡郡中奸民蠹役、盗贼主藏之为民害者，悉锄去，而利必兴，良淑必保植，贤人君子必敬礼而择任之。最后以余叔父湘皋府君言，宜急储义谷备凶灾，君即日言于太守行之，改通守旧署为义仓，于是郡乃有备。

洪秀全之窜湖南，郡戒严，君筹战守策，军书旁午，口授指画，夜恒至四鼓未休，积劳成瘠，遂以不起。果臣与魁公哭之恸，而果臣卒以丧归。昔昌黎祭子厚文云：凡今之交，观势厚薄；余岂可保，能承子托？今观果臣之于王君，盖不以势为厚薄而能承其托者。余既甚服君之高行，欲以风示斯世，遂不能已于言，而序之如此。呜乎！余愧王君多矣。咸丰七年季春月。

郡城义仓贮谷二万余石。咸丰己未夏，粤逆石（大）〔达〕开率众十数万来犯宝庆，长围九十余日。虽援兵麇集，而内外声息不通。太守邵公与郡人王润生刺史承泽竭力困守，然非义仓积谷，城中人先自溃乱，必不能固守如是之久。及贼退，郡人追思保城之力，谓魁太守功不可忘，议请入祀名宦祠，而以王君袝食。余谓魁公与王君固宜食报于吾土，兹举宜急成，无受食言之咎。虽然，徙薪曲突之谋，余叔父所以绸缪桑梓者，意至厚矣。邦人庶其永体此意，以慰地下之灵邪？己未孟冬月瑶谨识。

代螺舟太守寿张幼于观察序

杨镜清

《思乐》之颂僖公也，首章曰：无小无大，从公于迈。次章曰：载色载笑，匪怒伊教。三章曰：屈此群丑，永锡难老。至于克广德心，鸮音怀好，盖尝反复其义。而知我观察幼于先生，允文允武，自求伊祜，其为敬明其德效，固有如此者。岁甲辰夏五之吉，为公周甲届庆，时以耒阳莠民作慝，言观其旂于彼郊矣。越秋仲时，乃大明服，薄言旋归，僚属请以菊酒为寿，公逊未遑也。是月也，书大有年，民毕弃咎，衡岳松秀，庾岭梅开，于是合词请推受福之原而张之屏。以某较为亲炙，或者敷扬锡羡，阐绎延洪，庸有当乎？考《崧高》一诗，尹吉甫以卿士而诵申伯，其不以分齐也。遂不辞固陋，谨拜手以序。

自张仲孝友纪于《六月》之篇，而推文昌尊宿十七世为士大夫身，莫或先之。故氏族之蕃，簪缨之盛，累代史不胜书，而隶畿南者尤著。我朝登崇俊良，治宗经术。方通议公之起家进士也，南宫眉目，群推简要清通。出守严关，督储秦岭，万里陈臬，而民自不冤，人人头上有一京兆尹，非所谓发文章之辉光，宣忠敬之积累者与？公以绮岁歌《鹿鸣》而来，翱翔凤凰池上，飞未息夫六月，爵已命为大夫。盖百粤之交，久遍五马之迹矣。洎乎参旂井钺，迎来有脚阳春。扬历冠夫雄封，更著宪臣丰采。上治行第一，诏前席陈谟。帝嘉世笃忠贞，擢畀巡方之节。山甫出祖，式是南邦，其在《江汉》之诗曰：召公是似，用锡尔祉。《桑扈》之诗曰：百辟为宪，受福不那。惟其有之，是以似之。夫锡兹祉福，原于祗承厥绪而弥光，尤必征诸继序，其皇而乃备。

某溯成进士于壬辰，凡五试礼部，犹忆己丑报罢，涂抹东西，侧闻饼宴，以得共南皮张君为幸。时已心识菊潭农部，迨甲午京兆分校揭晓，群贺同人罗君苏溪得人。盖菊潭介弟雨帆出其房荐，亦越丙申捷南宫。观政云司，菊潭公冢嗣也，雨帆公季嗣也。玉昆金友，先后以文名噪京师，其不负家学而重报国恩，当复何如？今菊潭且擢侍御矣。雨帆正香阁趋跄，绍宗风而未艾，韦、平位业，轼、辙声华，中外属耳目焉。又况桐枝悉属琴材，早向芹宫发响。昔周儆不以相位为喜，喜寿而有曾孙在目前，公才公望不更将异世而同揆乎？若夫天保言寿，则实指之曰如南山，而南山之寿君子，则始之以邦家之光，而终之以保艾尔后。夫南岳本名寿而作镇，而公又镇之，诗人不啻为我公咏也。至于天锡公纯嘏，宜大夫庶士，则又将歌凤皇于飞，翙翙其羽，以美茀禄尔康，且以信冯翼孝德，允为元臣平格之符也。虎拜稽首，天子万年，尚将仰圭瓒秬鬯而一颂之。

送介休师还都供职序

杨球光

古之君子，修之于身，见之于行事，发之为言语文章，一而已矣。后世缀文之士，惟欲以此自见，然亦必力敦其从出之原。需之岁月，以俟其中之自得，而毋炫于俗，毋急于其名。得与失若不与己事，幸而得之已无喜焉，不幸而失之亦未足为病也。

自科举之学兴，群一世皆趋于苟且，以幸一日之遇。而为有司者又拘程度以求之，其中幸获者十尝五六焉，乃不复审量其愚，以为是尝胜于人而取于人矣。及他日在势，则又操是以为衡，而诡以求遇者，往往强求合其尺度，且务为新特以胜之，以为是非不足以争时也。其流失所趋，盖几于不可复反。然其能者，若有明归熙甫，暨国朝方望溪诸公，皆能精研经传之义，以抉发古圣贤人之旨。即其制举之文，亦皆道之所存，与其学之所寄，至今犹盛推之。则谓科举之业为不足语于古者，其然与否与？然昔人谓文风随运，会为转移，率数十年一变。

今天子伤文之敝，惕然有生心害政之忧。用黔西黎大令言，将仍复经义之旧，殆变而之盛之时也。而我介休师视学吾楚，亦早厘正文体。其襞绩故事与琱绘语句为工者，皆摈不之取。若力崇大雅不为世俗之文者，则见录焉。虽以球光之无似，亦辱拔取而奖藉之。一时湘人士皆勃勃然争相濯磨，以复于古。会天子促公还朝，将大任公。众闻其行，无不相聚太息，而无计以留之。无已则愿与二三子共勉焉。卒守公之教，毋少贬以徇夫时，是公之终淑我二三子者，无所间于去留也。既以语诸子，并书之以赠公之行。

湖南文征　卷八十三

序二十八骈体

刘芦渡南隐草堂诗序

陈鹏年

茂苑春残，开阁惟闻风雨；薇堂日永，散衙但驯禽鱼。怀白傅之闲情，怅勾留而未已；吊左司之往事，徒恼乱以何堪。即或拈座上之四声，奚辩徵商刻羽；其奈听阶前之一部，何知戛玉敲金。王茂宏辄欲笑人，陈仲举空怀爱客。乃有人歌春水，谓成子子澜也。比问字之侯芭；为言家近青溪，得能诗之刘尹。一编邮寄，远希藉定于推敲；千里函来，更欲增华于弁冕。嗟乎！诗之为艺，至今日似盛也而实衰；诗之为声，较古人惟情矣而非性。虽曰江河日下皆缘风气渐殊，人尽操觚谬谓骚坛狎主，家推拔帜谁称艺苑宗工。甚至牛鬼蛇神侈夸昌谷，无非虎皮羊质自托少陵，何其妄欤，良可慨也。又或矜夫亿见，拾彼唾余，崇贞观而薄元和，尊李唐而卑赵宋。究竟落于窠臼，已非忠厚之遗音；抑且远有径庭，绝少精微之妙旨。雕虫致伤乎大雅，窥豹仅见其一斑，诚未足为效颦，徒贻讥于借面者矣。

今刘子殚其学力，出乎性灵。不事秾华，自擅清新之趣；偏饶澹永，颇多真挚之情。托山水以抒怀，借交游而寄兴。花香鸟语，句可写生；茶熟酒酣，笔皆入化。斯则后来之秀，将为继起之光者。昔公干显著于建安，锺嵘起升堂之誉；彦度隐栖于钟阜，孝标有超俗之称。予惟望远以倾心，聊赠相期数语。子如登高而送目，直须更上一层尔。

雨石斋诗集自序

车万期

蛙居水涧，夜至能呼；蝉枭秋天，露凝愈聒。畅怀欲吐，漫云言志和声；触景情生，不过行吟泽畔。雕虫小技，壮夫弗为；残月晓风，女郎佳致。才非长吉，溷内可以勿投；寒似孟郊，濑上悠然有得。三百后多作者代述传人，五十始效为之唐称高氏。六朝华过于实，汉魏质浮于文。取法固当上宗，论诗慎勿轻道。第俗见易偏，或父兄善咏，辄谓捉管者似倩人来；抑元赏云亡，傥师友娴吟，遂诋染翰者罔从已出。以性情之真境，致猜忌之钩途。

余也资秉椎鲁，学本高曾。承清白之遗，萧条四壁；恪行素之守，羞涩一囊。屡困棘闱，生惭雾隐；久淹胶序，难待云翔。村居流漏，听松风之晚奏可代鸣琴；树影参差，挹桐露之晨流足供洗砚。兴思暂托，偶沉韵贮于筒间；题赠率成，致杜撰舒于井底。以阴以雨，一咏一觞。或讶家君不第，咸称穷在声诗；讵知大父求名，早已吟敷吴越。绍闻靡远，怙恃似严。蒲轮贞晚节之香，关心风雅，比赋竟无虚日；鹤书邀国士之知，遁迹烟霞，诵读自饶寒岁。敢诩衣钵相承，仅冀弓裘勿替。篇章间有筐箧多留，小巫著辞大乘宁悟。醉来泼墨，聊当灯下虫鸣；乐此忘疲，尚俟渠成水到。曲终江上，昔人神助偏工；雪和郢中，吾侪趋庭偶尔。空山清寂，樵歌陌陇时闻；小子穷愁，里句篱边拾得。如鉴之牝牡骊黄之驭，进于王杨卢骆之傍，喜斯陶兮，瞠乎后矣。康熙壬子重九。

恭拟御制千叟宴诗序

黄秀

盖闻世际升平，首重引年之典；时当交泰，恒垂复旦之歌。

为酒醴以介眉风崇齿让，授几杖而宪老谊笃养恬。故礼制贰膳与尝珍，而诗诵酌斗以祈耇。况卷阿志游览老臣矢凤梧之音，在镐室咏那居列侯上鱼藻之颂。八十米九十衣，曾闻汉代殊恩；博士中博士下，几见唐宗雅化。君民偕乐，设大酺于兴庆宫前；中外同心，张琼筵于蓬莱殿侧。凡以宁人息事，夙夜既凛几康；因之饮酒赋诗，暇豫用传嘉会。

朕统驭千八百国，抚绥六十一年，仰承祖功宗德之隆，久际河清海晏之盛，常体健行于不息，恒期益进以无疆。运值甲子甫周，元届壬寅再纪。春光烂漫，瞻旭日之方妍；瑞雪缤纷，兆丰年之有庆。适逢岁首，爰集臣工，且因政余，特颁御宴。分满汉为先后，从龙与附凤齐登；合文武之班联，心膂同股肱一体。既式饮而式食，复载笑以载言。位至九品而还，三爵油油，勿论崇卑于爵秩；齿及六十以上，千官济济，只辨序次于耆年。耄耋期颐，锦茵坐列，簪缨绂绣，玉斝觞传。由是簪冠鸠杖之伦，咸望阙廷而献颂；皓首庞眉之辈，皆裁篇什以成章。千叟宴名，绮席既陈于桂殿；百僚诗萃，体制何殊于柏梁。旷举行自今兹，芳徽流诸奕祀。予倡而汝和，奚啻扢雅扬风；君都则臣俞，可追赓歌喜起。惟我堂廉式宴，熙熙共乐春台；冀此亿兆诚和，皞皞胥臻寿域。

史略补序

韩乐

粤若甲辰启历，纪载渐详；乙丙题签，源流斯浩。历观文囿千家，泄雨粟之奇；泛览书仓四库，擅藏芸之富。年经月纬，篇溢缥囊；派别支分，卷盈缃帙。然或华而不实，亦即博而不精。承舛承讹，疑信常参夫往制；失诬失俗，是非每谬于圣人。纵使篇连月露之形，案积风云之气。而传来市上，老兵或制以补袍；韫在匮中，里媪徒供其覆酱。著述之难，由来久矣。若夫元元本本，炳炳麟麟，上原植璧之心，旁及获麟之说。辟檀弓之诞妄，辨列国之贞淫。掩博议于东莱，驰驱三传；高奇书于南国，拥据百城。起例发凡，断自汉魏六朝而下；旁搜远绍，爰暨宋唐五季以还。惟杼轴于予怀，讵蔡蓍夫旧说。或精微简约，情片语而已该；或浩博淹通，义千言而靡尽。发皇万态，风雷踸踔于行间；笼罩千秋，衮钺砰磍于字里。固未有如南村万先生《史略补》一书者也。

溯吾友之生平，增达人之叹息。幼而失恃，盼萱草以何依；生即工愁，揽江花而自惜。况复遭家不造，来日大难，恒多伤逝之吟，不尽悼亡之作。春花䃋罢，思绣褓以何堪；玉树埋来，抚烟楼而永叹。张壮武之心疾，羊南城之泪流，哀何如乎，怨可知矣。于是刮磨豪气，消遣幽忧。玉轴连云闭户，老龙鳞之树；牙签映日挥豪，薰螺甲之香。搴中叶之词林，知人百世；酌前修之笔海，成言一家。于以问彼枣梨，流诸金石，岂小补哉？

殷烈妇诗序

韩乐

殷烈妇者，前明文学简彬淑先生之女，而大生先生之贤母也。画雉名闺，鸣鸠早岁。恪遵内则，锵雅韵于珩璜；恭相外庭，擅奇芬于筐管。黾勉枌榆之暇，曲号姑恩；焦劳绎络之余，箴修女史。寝门人老，席蒲助枣栗之欢；负郭田荒，杼柚供朝家之课。此茗茗中外，咸推女宗；而跻跻姬姜，群饮母范也。

慨胜国之鼎移，遂中原之板荡。烽摇万里，蛾飞白马之兵；雾卷千村，豕突黑山之贼。卢循战舰，直上湘渍；张角妖军，分驰楚岭。而夫人则仓皇夜出，闵嘿宵奔；燕幕惊焚，牛衣泣别。青磷一路，依鬼物以何堪；白月三更，照刀环而不见。彼苍何极，我命不犹；三族乖离，生兮匪幸。一朝遭劫，死也奚辞。惟取义以成仁，遂割慈而忍爱。手抱崔家之树，痛甚刳肠；血膏封氏之刀，悲逾断臂。宋王台畔，略可俪其坚贞；董相车边，差足形其芳洁者也。

维时大生公年方髫发，既抢地以呼天；维时群贼奴畏若神明，敬封尸而掩骼。然红颜赴节，忍抛三尺之孤；而黄口无知，莫记一抔之土。谁云痛定，只益悲来。佳儿深陨涕之心，毕世抱弥天之憾。仆与贤孙，夙叨惠好；闲谈往事，饫悉懿行。扶正气于两间，留完名于万古。真烈士忠臣之犹多退让，惜萤编蠹简之绝少留传。当年木号女贞，信葳蕤之自爱；他日荣垂彤管，知华衮之无穷。是用作歌，聊为纪实。

送颍州先生诗序

韩乐

颍州先生，嵚崎历落人也。早时文誉执牛耳者三十年，最后乃不得意以去，遂名山老焉。予在颍州时相遇于山馆，谈及著述甚富，赋此以赠之。

才高绣虎，望重飞凫。看花题雁塔之名，捧檄降鹓班之羽。分符百里，操苦节于悬鱼；谪宦三年，托深情于赋鹏。楚云似墨，偏伤羁客之心；湘草若烟，尽入骚人之目。临北渚而横涕，愁帝子于秋风木叶之间；入南方以招魂，下巫阳于黑齿雕题之外。怨入关之偷合，壮不如人；怀三径之定居，老能奉母。潘安仁园内，好花栽自河阳；陶元亮径中，修竹移来彭泽。一瓢日月，十笏山河。薰炉与茶具徜徉，酒赋并琴歌浩荡。洵哉翰墨主人，烟霞高士也。某以菲葑，叨随杖履。登龙门而长价，窃式楷模；入马帐以传经，间听丝竹。花间问字，依锦瑟以和声；竹里行厨，扣玉盘而学响。诗成四韵，体号七言。非云咀艺苑之英华，聊以志香山之梗概云尔。

征选国朝诗的引

陶煊

盖自骚坛执耳，莫盛于当代之词宗。而吾楚偃旗谁信，谓雄风之大国；诚知山川不限，得肆力于志言。况生屈宋之乡，应共引为家事。翼六经而苗裔古乐，义系存亡；阅屡变而收拾遗音，时关聚散。玉池近望，慨考功之佚句何多；选阁遥披，即水部之名篇未录。从来艺苑未易主盟，故唐百家谓显然在人者不待选，乃竟置李杜王孟之俦；至曾大府诸缀之以传者多率书，遂滋议论鉴裁之诟。虽曰魏门而两汉奥，气象实拔起于曹刘；虽曰晋激而六朝舒，超然孰比拟夫陶谢。非博求多识，何所折衷；必远致藏书，庶资皇览。因不揣固陋，谬与二三同志商推声情，网罗放失。颜名诗的，聊依北海虞山之规；洗发郢春，兼雪公安竟陵之屈。请自汉魏而下，讫于熙朝，集雅奏于一堂，珠联璧合。将循江山以往，遍夫海岳，令词英之毕会，霞起云蒸。若夫擅赋铜山，最增文厄；未敢侈标轩过，诡誉形馨。或征人行早之诗，曾并收于图画；或刺史箧中之集，肯弗坠其风流。或疏越朱弦，张于鲁壁；或吉光片羽，秘在陶瓶。或阮步兵之百篇，尚存全本；或张公子之千首，未丧隐居。或拾穗高歌，陈君自晦；或卯桥杰作，别籍犹收。亦有季萼英华，绝同才子；不妨林间物外，竟拟风人。凡诸白璧之遗，愿辍绛云而赐。

伏惟词章宗匠，蔚积龙文；海寓同人，新裁鸿宝。璨珠巩于字里，跨左凌曹；吐星月于行间，驱玄隶白。彬彬之盛，大备于时。非惟借文栋以黼我国华，直欲接卿云而规夫风始。统虚群札，企溢百朋。谨启。

附：凡例

一、是选搜求本朝诗篇分省而编次之，盖仿三百篇遗意，列国之诗，各自为什。故始自长白，讫于滇黔，爰以昭同风之盛焉。

一、本朝选本殆不乏人，如陈伯玑、魏惟度、邓孝威诸先生所选，行世已久，然《诗慰》止载国初之人，而《诗观》《诗持》缺略殆甚，海宇甚宽，传人无几。兹特广为搜辑，虽漏万犹讥，较诸选略备。

一、诗自汉魏六朝历于唐宋元明，其所传者自出机杼，各臻其妙。迨琅琊出，一变而为工丽矣；竟陵出，又一变而为清癯矣。矫者过偏，学者日下，东施之颦效而吠声者不止矣。近日竞谭宋人，几于祖大苏而宗范、陆，学唐者又从而排击之，各竖旌幢，如水火之不相入，可怪也！不知苏、陆诸公亦俎豆三唐，特才分不同，风气各别耳。使学者各就其性之所近，以神明乎古人，则皆可以登作者之堂。如必执一格以绳之，则汉魏而下不必有六朝矣，三唐而下不必有宋金元明矣，此岂诗之定论哉？是选要于中的，故浓奇平澹，无不兼收。

一、集内所载，有一人而连篇累牍多至数十首，有一人而片羽吉光仅存一二篇者。盖以全稿所得美不胜收，亦或口耳流传爱不忍弃，多寡各异，非有阿私。

一、兹选始于国朝定鼎之初，虽山林遗老，殁于顺治甲申以后者，皆盛世之人文，概收入集，所以重昭代也。

一、姓名之下系以小传，古今选本类多有之。兹选所重在诗，不全关乎人也。况生长各乡，闻见不确，一有谬误，所系非小，故于姓氏乡里之外，不敢轻缀一辞。

一、海内新诗惠教者颇多，然登汰必慎，不敢冒昧概付梨枣。盖欲力还大雅，虽获罪何辞；要于必传，故宁严毋滥。

一、凡选有借刻代刻之谬，或因好友嘱致，欲附啖名；或因解惠频施，借以塞报。然而风雅何事，乃竟等于情求；作述攸关，更欲因为利孔。余滋惧焉，颜以诗的，固以张射者之鹄，亦以挽既颓之波。

一、唐人选唐诗如《河岳英灵》《中兴间气》诸集，概不用圈点评语，欲使读者自有会心。斯集一遵前式，毋事点污。

一、集中诗人以得诗之先后为次第，前后参差，未免倒置，读者谅之。

一、方外、闺秀诗之可传者亦复不少，兹特另为分编，不致紊淆，庶成大雅。

一、是编校正者皆海内名流，而张子岂石、费子滋衡商订尤多，至邀欣赏而首倡剞劂者，则于同亮明府暨诸同人之力，不敢泯也。

一、本朝诗教最盛，幅员甚广，如滇、黔、西粤，尤远不易致。窃叹积三十年苦心，而所传者犹止于此。荒烟蔓草，何地无才；沧海遗珠，怒焉永叹。傥有枕中鸿宝或先世遗集，不吝惠教，表扬续刻，犹有俟焉。

吴云岩学使游南岳诗序

刘元燮

有美宗工，独操彩笔。笙簧六艺，叶鸣凤之和声；鼓吹三唐，播大钧之元气。三千士里，蚤觇作赋摩空；十二楼中，共羡登瀛首选。郢斤玉尺，叠命程材；炎海苍梧，随车揽胜。然且兴酣五岳，探奇罄朱陵紫盖之藏；锦制七襄，著咏出岣嵝祝融而上。天门舒其眺听，云海荡其胸襟。手摘星辰，直欲镌镵造化；眼收衡霍，时来拱揖神仙。采芝宝露坛边，香生九窍；漱石晓霞峰侧，秀发七棓。掷地尽金声，吐词成玉液。长歌短什，睥睨曹刘；古体今裁，頡颃韦柳。携尊命侣，依稀汉上题襟；即景怀人，仿佛兰陵绝唱。沨沨乎钧天九奏，煌煌乎朱鹭三终。以沐日浴月之才，逞运海抟风之力。百灵奔赴，重开吏部之云；半芋新分，更续邺侯之案。看此日石栏点笔，争传南斗避文星；待他时仙韵笼纱，共祝北风随爽气。

燮才惭吐凤，技愧雕虫。幸生正则之乡，窃慕茝兰纫佩；忻附延陵之雅，依然缟纻相欢。雒诵瑶篇，允配赤文绿字；流连缥帙，如游绛阙丹崖。骚坛之祭酒斯存，儒苑之流风未沫。一缣一字应禹碑并寿，莫遣六丁雷电下取将；八咏八叉倩石鼓深镌，定知十洞云霞同护惜。非阿所好，用志不刊。

秋室唱和诗序

朱景英

授衣时节恰值殊方，落帽风流已成往事。婆娑洋外，气候别纪天涯；毗邪国中，风雨难禁秋晚。摧残木叶，拉飒惊心；翻倒沧溟，喧豗震耳。既撞搪以连夕，飓母如狂；乃泛濩于崇朝，天公失笑。方际三秋暮景，适当九日先期。不有高吟，曷排积闷。

维时雁门观察公，履绚安善，幕府清闲。杜少陵寄兴，孤吟玲珑叠韵；潘郊老发端，七字次第连篇。缭戾清深，诗成近体；泓峥萧瑟，境托遐情。对摇落以挥豪，杂刁调而振响。悲哉秋之为气，甚矣诗之感人。当夫东阁微吟，居然绝唱；乃有南皮高会，作者同声。合孝山孝穆以题襟，进群季群贤而授简。芙蓉泛而休暇，茱萸把以累欷。不必蓝水玉山，共倾尊酒；无郥疏风冷雨，竞擘明笺。而景英猥厕迹于龙门，谬发声于蚓窍。役征途以刺促，亦溯流风；伏旅舍而滞淫，可来今雨。句联石鼎，早已气慑刘侯；音触金商，敢尔驾攀屈宋。青云愿附，白雪谁赓。徒滥吹竽，雅欣缀玉。问几人能歌古调，冀来者有感斯文。嗟夫！极目山川，同度他乡素节；满城风雨，还看明日黄花。

慎余斋唱和诗序

朱景英

慎余斋唱和诗者，吾友云间邵西斋先生，湘游病足，赋诗遣怀，并录诸同人赓韵叠酬之作也。先生裔本青门，人如白傅。故侯遗泽，业寄五茸；居士闲身，吟耽半格。庾子山小园有赋，常此安巢；杜少陵旧雨兴怀，于焉鼓櫂。湘江绿净波，通圆泖迢迢；岳麓青环峰，忆横云历历。乐萧闲于鹤署，依然梧竹双清；叙契阔于鸡坛，正尔苔岑一合。

长沙卑湿，永日炎熇，风土原殊，呻吟忽起。真人想绝北窗，企脚奚娱；病客愁侵南郭，攒眉良苦。跏趺枯坐颇类禅栖，踡曲欹眠弥增旅思。爰抒短律，用遣长怀。瘣木聊复寓言，瑶花因之广拾。斐然作者，富有成章，诗凡若干，都为一集。且夫楚太子卧疴，徒闻谢客；维摩诘现疾，只解参禅。饭颗相逢，缘苦吟而人瘦；敝庐归去，为多病而交疏。况夫司马游梁，仍婴消渴；即彼季鹰入洛，惟叹羁孤。尔乃伏枕有吟，忽觉题襟成集。唱先拥漆传钞播掿之辞，响接同声稳押玲珑之韵。萃张为之主客，得句如仙；通吴质之情怀，连篇起躄。家辞苕上，季子郁有悲谣；梦远禾中，少孙尽多愁什。天台赋手藉甚兴公，大复诗家蔚然茂宰。交申慰藉，雅知蛇亦夔怜；顾视清高，讵谓凫将鹤续。借酒杯而浇垒块，豪气虽未尽除；检药里而却刀圭，神方故自有在。岂非骚坛胜事，病榻新闻也哉？

仆也自笑支离，每伤却曲；薄游铜渚，言订石交。小住僧庐，近在落帆桥畔；偈来官阁，相于病橘洲前。习凿齿举动蹒跚，偏工论史；崔晦叔经行蹩躠，不废谈玄。矫秋鹤以风梳，诧夏虫而冰语。剧谭余暇，获睹斯编，学步为难，弁言有属。噫嘻！君真善病，须珍重药炉经卷之间；我亦欲愁，但振触禅榻茶烟之侧。

西园消夏印赏集

朱景英

顾家印薮，侈道古为滥觞；周氏印人，矜搜奇于本事。文则鸾回蜗扁，摹自鼎彝；式则龟纽螭蟠，规从斗检。翻沙拨蜡，聿成金玉之章；倒薤偃波，厥有蚴虬之势。夫巧智寓于一艺，而神明运乎寸心。缪篆得八体之余分，私印具六书之精蕴。汉京骑从，姓名系虞道园之诗；吴国阿蒙，流传有军司马之制。永存珍秘，唐相遗文；宝绘明昌，金源名迹。若夫平津黄土，居然柳叶垂垂；洎乎羽士丹书，奇绝枣心纂纂。凡兹古物，载纪囊编，偶尔鉴藏，每资辨证。于是镌镵善手，必推磊落英流。煮石山农，试铦锋于花雨；松雪居士，精铁画于鸥波。

吾子行学古成书，自鸣得意；米元章清玩有史，别寄赏心。何雪渔既结构称工，文寿承亦纡余有致。练川震泽，垂奕世之风流；穆倩皜臣，擅一时之妙技。盖靡弗讨源许慎，析豪芒于一亥之间；因之争胜姜夔，极变化于二篆之内者已。无如俗士惟轻心是掉，动云古体浮云；举世真好手难逢，莫扫文房毒雾。附偏傍于茫昧，以断烂为瑰奇，岂非缪种尽出师心，末流将成蔑古者乎？

吾友李君耕云，斯冰苗裔，榕海门阑。娩雅奇姿，毕视三千简牍；刻琅妙腕，频挥一寸干将。顷为东岛之游，遂税西园之驾。消磨九夏，翦来片片芙蓉；剔抉三仓，绘就行行虫鸟。不烦绳削，动合自然，少选经营，蔚为作者。同人逭暑，方动色于发硎；旅客怀冰，乃匠心于游刃。室有琳琅之触，芝函即目流丹；门无襬襶之来，棐几如听霏屑。睹兹清课，想像于般若台前；散我羁愁，消受在婆娑洋外。欲公同好，略缀卮词，爰弁册端，仍珍箧衍。

阮裴园先生湘中诗草序

张九镡

裴园先生，淮海魁儒，蓬瀛硕彦。建安才子，誉早播于应刘；竹林贤人，望更钦夫咸籍。高架珊瑚之笔，香满禁中；长题凤凰之楼，名标天上。尔乃星悬南极，鉴别洞庭。布雨露于清时，采琼瑰于近地。掌文珍重，三代依楚户之砧；奉使殷勤，万里送衡阳之雁。闲中得句，拂华署以萧疏；静里达观，坐清斋而跌宕。扫除世味，批风抹月之场；摒挡宦情，啜茗焚香之境。低徊春色，偏插瓶梅；冷澹秋容，常寻篱菊。

忆陔兰而献寿，惟对南山；引桐凤以生音，曾传丹穴。宛丘舍内，笺答卯君；稽山宅中，筒移居士。莫不伴短檠而兴起，写入乌丝，挥长柄以神来，裁成黄绢。至于水程历历，时报邮签，驿路迢迢，几迷行盖。轻波倚枕，听山鹧而眠迟；薄雾沾衣，闻村鸡而梦晓。绿潭红树，吟残渔笛之傍；青箐黄茅，响彻蛮歌之畔。重岩绝壑，悉快登临；野草闲花，尽供驱使。倩补柳州之记，目送非虚；如披少文之图，卧游可得。他若访元颜之遗碣，题壁琳琅；吊屈贾之荒祠，感怀凄恻。湘陵招帝子，泪染苍梧；山院拜名贤，韵拈白社。望神京而漠漠，每恋斜曛；怜蔀屋以凄凄，恒悲霖雨。此又先忧后乐，不乏江湖廊庙之思；而适性陶情，兼有道学风流之概者也。

九镡幸接余辉，仰怀佳制。廛陆家之积玉，席上皆珍；拾谢傅之碎金，帐中窃秘。遂承謦欬，获与校雠。赓和陶廿首，黄花满泛清樽；读次杜八篇，红豆竞传新谱。澧兰沅芷，辎轩采下国之风；岳色湖光，岁月纪皇华之迹。昔燕公擅台阁之盛，尚假助乎江山；若吾师入骚雅之林，自分章于天汉。取谓能歌白雪，用略缀夫里言；庶几得附青云，聊敬陈乎末简。乙丑正月。

歌筹唱和诗序

邓枝麟

石五慎夫与其侄湘筠，以歌筹两韵唱和数十首，汇为一帙，属余序之。

江山揽胜，曾传互唱兰陵；花月栽芬，共羡题襟汉上。寒日播旗亭之曲，双鬟低按小秦王；春明赓辋川之篇，摩诘真成老居士。然而偏师共奋，艳说秦刘，险韵寻阄，交推韩孟。未有一家词赋，谢晦不亚于谢琨，两地赓酬，阮咸亦侪乎阮籍，如我慎夫、湘筠两先生者也。盖溯家声于万石，骏烈犹馨；应国瑞于双莲，先芬未坠。眉山待问，惊奇思于黄茅白苇之场；渤海简夫，寄高吟于蹦柳莳花之圃。专风骚之管领，代有闻人；推烟月之总持，谁非作者。乃郁轮未甘奏献，一任头脑冬烘；阴符旧得揣摩，大有心情利济。是以红莲绿水，长为王俭之宾；北辙南辕，每作仲宣之赋。

时则慎夫参谋沅水，湘筠安研朗江，此擅开府之清新，彼侔参军之俊逸。衔杯兴念，难忘北道阿宜；即景怀人，恒在东床名士。倩青翎系至满目琳琅，命黄耳衔来称心锦绮。昉皮陆松陵之什，往复何止再三；效元白苏台之吟，重叠且逾八九。再接再厉，乃思以出而愈奇；一喷一醒，然态则整而弥暇。莫不推敲尽致，竞病谐声。臭合如兰，直同心数晨夕；声真似画，何翅床对雨风。斯诚翠羽连箱，珠玑趁手，比六朝联珠之格，异曲同工，成七襄报锦之章，锢璠镂玉者矣。

走也旧与慎夫敦两世之挚好，名在金兰；近与湘筠契十载之神交，情深丽泽。何意相逢萍水，许老妪以知吟；屡接茵舆，谓周郎能顾误。屐量花雨，偶陪古洞之游；宴集龙鸾，共醉萧晨之酒。珠既探乎骊项，犹命续貂；璜已钓于狐津，尚烦投蚓。披襟得侣，深惭鲍叔知我之言；握手抒情，遂受敬礼定文之托。操铅椠而自哂，报愧琼瑶；装玳瑁以何惭，珍逾金玉。嘉庆丙寅秋日，题于乾州厅学舍。

师经楼八景诗序

黄贤宝

龙图而后代有篇章，鸟迹以还圣多述作。访诗书陈迹编摩，在东鲁儒生；问坟典遗文雒诵，遍南荆左史。一字三字石刻，昉诸鸿都；二家四家博士，隆于汉代。故经者径也，匪风云月露之奇；抑经者常也，岂篆刻虫鱼之业？

我盛朝右文稽古，而多士茂实蜚声。握照乘之珠，世尽京房弟子；拱辉山之璧，人推伏胜门生。客笑边韶，腹亦名笥；时称皇甫，带且能耕。固已枕经者六籍笙簧，稽经者千秋金石，诵经者南窗坐拥，执经者北面人宗矣。乃有正则高徒，才雄九辨，延清逸品，名冠三唐。采湘水之杜蘅，续遗徽于风雅；辟蓝田之精舍，罗圣籍于心胸。闲登百尺高楼，直欲学元龙湖海；志在诸经精蕴，非徒摘供奉星辰。惟儒雅其可师，遂嘉名之肇锡。

间尝见夫拾翠齐云，非无吟咏；栖霞销暑，各爱景光。流连丘壑之间，物华天宝；跌宕琴尊之会，心旷神怡。古诚有之，今其应尔。深思好学，触境多情。或芳草萋萋，送君南浦；或秋光皎皎，照我西堂。或疏雨一帘，绿天如画；或幽香半亩，碧水微凉。或山耸云端，晴雪映右军之帖；或僧归烟外，疏钟响摩诘之庐。或竹树浓阴，山翠生半亭野色；或牙签倚叠，芸香绕层阁遗经。美景良辰固其所也，赏心乐事又何疑乎？

维时高定国之德门，好郑庄之雅客，敞西园之公宴，延东阁之名贤，培锦砌之芝英，洒华笺之兰藻。则有孔贾通儒，陆韩硕彦，陋邹枚之骈俪，薄徐庾之浮夸。诗学匡衡，礼探戴圣，易师辅嗣，书访夏侯，岂不授经谆谆，穷经砼砼，谈经岳岳，说经铿铿也乎？且夫飞跃有化机，行生皆妙谛。平台之草不除，则郑康成书带也；方塘之月可鉴，则李延平道心也。雪在山而未残，则程门之立深尺也；钟出寺而盈耳，则周庠之叩大鸣也。蕉倚槛其欲抽，则张横渠养新德也；荷凌波而始出，则周茂叔绝淤泥也。亭蔼蔼兮如环，则扬子云问奇字也；阁巍巍兮直上，则刘中垒校秘文也。而于是乎谢家之树凌云，居然琼圃；陆氏之文咏德，无异珠光。而于是乎燕许鸿章英词纪胜，阴何健笔逸韵铿金。莫不把酒论文，临风振响，思其泉涌，气则云蒸，极文囿之大观，焕名园之盛藻，岂但如卢氏抱经之堂，卓氏传经之楼也哉？

仆也鼓愧三通，学疏六艺。值江花之将落，五色无闻；怅潘鬓之欲凋，二毛早见。兔园徒拥，何能润色云烟；蠹简空陈，未易发挥典籍。顾念太原公子曾诺于八九年前，张氏弥甥复邮札于一百里外。彼一时也，拙欲其藏；今无意乎，臭还自起。我朱霞好友，应哂此学殖荒芜，而浓艳名流，肯恕其语言唐突。

募修稠泉庵山门及焚字炉引　　张世准

盖闻七十二福地，皆鸽王养静之区；三十六洞天，多鹿女修真之所。门开甘露，惠水普济夫群生；园布黄金，解囊端望于长者。宜寿之金身，涌出净果推荀；永兴之塔顶，飞来胜因传许。

本邑稠泉庵者，中湘胜迹，衡麓名区，真觉之岫耸其前，龙安之峰峙其后。云鬟雾髻伴佛髻以偕青，翠竹黄花共天花而竞秀。洵哉净域，展矣仙都。虽宝刹庄严，游人来金界之访；而山门冷落，高僧停月下之敲。使非善信勤布施，孰为山林增气色。倾囊而层楼立就，难岂移山；捐金而双阙俄成，易同鞭石。庶几晨关启处，凡间闻上界之钟；暮户扃时，宿径眠吠花之犬。柴扉轻掩，禅心惟有白云知；岫幌重关，俗客不随流水入。此山门之宜建也。

又闻儒释虽异门，而诗文本同调。黄龙负字，虫书开梵呗先声；白马驮经，贝叶写斯邕近体。纵残编与断简，皆佛法与圣言。故弃字罪浮于弃灰，而惜字功同于惜福。苟非洪炉鼓铸，镕银钩铁画以皆金，行见覆瓿模糊，等碧落黄庭于败叶。广劝戒则皈依力大，将劫火永消蝴蝶灰中；勤检点则忏悔功深，借慈航可到凤凰池上。此焚字炉之宜并建也。

斯二者皆莫大之因缘，悉无量之功德。凡兹居士，孰非喜舍兰陀；属在搢绅，尽是再来摩诘。鸠工告竣，期速观于厥成；立草唱缘，愿以告诸同志。所有捐费悉勒丰碑，则阴德永被于无疆，而芳名亦借以不朽矣。

柳絮吟序

张再英

一百五日榆烟，又逢寒食；二十四番花信，首问余春。欣看垂柳千丝，正值艳阳三月。曲江对酒，文闱则汁染丁年；灞上题襟，武库亦营开甲帐。步蘅皋而骋望，飞屑如绵；游汉南以攀条，落英似雪。曲尘风起，纷旖旎之向人；肤寸雨零，触流苏兮罥物。爰有画眉才子，眉黛轻描；遂致瘦腰词人，腰支细检。阳关三叠，闲情苔径三三；羌笛一声，好句珠穿一一。此诸君子柳絮吟之所由作也。

夫其百韵罗胸，千灵孕质。淮南秋雨，招隐士以无从；江东暮云，思美人而不见。风花过眼，频邀阮籍之青；好月当头，辄念文君之白。景与情会，影送秋千；情与词宣，墨淋湘管。随暮鸦而低度，弱态离披；倚残照以无言，落痕清浅。半和红雨，傞傞点水蜻蜓；偶戏绿阴，款款穿林蛱蝶。尹邢避面，各任西东；茵溷无心，倏分上下。固已尽体物之浏亮，穷缘情之绮靡焉。惟是托根有异，寄兴斯殊。彼夫手种十围，搔短发而星星非故；宅边五树，饯长亭而渺渺愁余。悔远塞之封侯，妾为思妇；寄妆楼之织锦，郎是萍踪。燕子衔来，乌衣苍隔；儿童捉罢，白纻村迷。残月晓风，何殊谢朓、范云之日；黄芦苦竹，半同江淹、庾信之年。记乌鹊之南飞，憾大江之东去。所云春蚕欲尽，不足喻其缠绵；芳草无言，难以媲其斐恻者矣。亦有张绪风流，王恭蕴藉，山光暮紫，吹气如兰，水态朝澄，凝姿若玉。言寻板渚，静看积翠湿衣裾；更上苏堤，时有香泥粘屐齿。游凤城而晴烟晚度，金线飘摇；过龙池而细雨春阴，游丝荡曳。莺梭掷下，正宝马之纵横；蛛网粘来，见杏衫之杂沓。搔头弄影，独坐黄昏；清梦留香，恍游碧落。谁谓愁苦之言易好，而欢娱之调难工邪？

载绎情文，兼资美善。蹋青南陌，云阶月地之品流；翦烛西窗，骚客词坛之宗主。灵和旧事，古香并露叶齐芳；扶荔新开，飞絮杂墨花共舞。爰疏小引，以附鸿章。庶几拂幌窥帘，记胜情于清夜渭城之曲；浅斟低唱，续韵事于瑶宫花史之编云尔。

劝捐沧浪书院膏火引代

张再英

盖闻名山讲学，皋皮佐木铎之徽；义塾传经，日月比星轺之校。事莫难于创始，惟借众擎；功乃乐与观成，实由壤积。若龙邑沧浪书院者，嘉名肇锡，当在咸淳宝祐之年；杰构鼎新，正值累洽重熙之会。沧山毓秀，浪水钟灵。星分翼轸之墟，奎楼在望；地接澧沅之胜，塔影凌空。原夫清可濯缨，童稚歌谣已动圣贤之听；自应声堪刻羽，国中属和常绵骚雅之遗。而乃高彼闬闳旷兹弦诵者，良以焚膏莫继。原无负郭之田畴，遂致鼓箧徒殷，久缺斋居之廪饩也。

本府褰帷问俗，露冕循边。抚石坛精舍之址基，仅付溪流庭草；眺阁右讲坛之建置，兴怀霁月春风。爰有邑绅捐职道衔黎君名学锦，首捐书院田一百石。义同指囷，淑桑梓于桃李清阴；业可连阡，上区甲于鱼鳞册籍。从此一犁春雨，普为万卷青灯。惟费广功繁，事必图其可久；唱予和女，人岂不欲从同。累黍为钟，积丝成绢，共培佳子弟之材；士食旧德，农服先畴，各有贤父兄之责。相观而善，罔俾专美于前；大道为公，不过称家之有。较诸邀福梵宫布缘萧寺者，岂可同年而语哉?

特申晓谕，用致丁宁。仍属黎君，劝捐各户。譬则汇支流于学海，海遂腾蛟；种菽粟于书田，田还产璧。追白鹿鹅湖之胜事，翰墨香生；步爱莲立雪之章程，文光斗射。因疏小引，用代弁言。

祁阳伍山臞落花诗序

陈士杜

楼头飞絮，花无计以留春；柳眼窥人，树有情而惜别。望武陵之古洞，绛雪离披；眺金谷之名园，赤瑛蹋碎。娇枝泫露，黄莺语怨于芳丛；嫩蕊梳风，紫蝶招魂于绮榭。崔元微膰图列曜，卉植恒春；王武仲门掩斜晖，英残半夏。怅芳苞之易谢，信冶叶之难留。是以翠羽沉阶，骚客之怜香倍切；红衣贴地，高人之护粉维殷。夜挑灯而照海棠，诗吟白纻；晨倚槛而攀芍药，句写乌丝。

至若我友伍君，浯溪贵胄，安定名家。壮岁雕华，早擅青钱之誉；频年作客，悉推黄绢之才。怅烟花于珠母海边，珊瑚架笔；拾春草于莫愁湖上，玳瑁盈箱。已而莲幕停云，凤纸写兰荃之韵；花田话雨，莺簧怆玉蕊之神。引虹线而钓沧鳌，才倾八斗；织龙梭而翩海燕，锦制七襄。

维时仆本憾人，君居梵室。鸡窗对月，每亲玉唾于雄风；龙藏披云，漫接琴弦于雌霓。马伏波书嗤刻鹄，检药无方；扬子云技薄雕虫，嗜痂有癖。文惭疥骆，聊为矢负马卿；纸贵铜驼，定尔名追左赋。

谦庵诗钞序

张慧田

自昔诗人达少，才士数奇，披青史以盱衡，问苍天而搔首。

然张仲蔚庐依蓬藋，可知誉动公卿；许丁卯身厕渔樵，不让名悬日月。则夫学穷鸡跖，目涉百城；诗束牛腰，心轻万户。何必碎伯玉之绿绮，击王敦之唾壶，以自鸣其不平也哉？

吾宗谦庵先生，天怀隽朗，气宇深沉。幼即岐嶷，早辩琅琊之稻；长而涉猎，能探宛委之编。然而沈约愁多，率常揽带；仲宣体弱，如不胜衣。虽梦咽灵龟，自有神明通北斗；而运逢磨蝎，空将文字哭秋风。遂乃怡志烟萝，谢情轩冕。囊惟贮锦，不谈邓氏之钱；甑每生尘，羞乞陶奴之米。莳花赋诗，意泊如也。今夫山林癯客，里巷穷儒，争一字之奇，竞一韵之巧。闭门索句，或难免于诋诃；拥被枯吟，究亦嫌其迟涩。俭同韩浦，不过绳枢草舍之风；寒类孟郊，惟传种稻负薪之什。而先生扬华振采，奋藻含章，摩曹陆之藩篱，坐阴何于廊庑。峡间泻水，共惊玉局之高吟；云外偷春，时杂金荃之艳体。每当雨湖阄韵，月馆分笺，重垒尖叉，险谐竞病。花砖之晷未度，立试千言；铜钵之声初韽，顿占数首。非夫赋才赡逸，绩学渊深，乌能若是之工且速邪？

去岁驱车陕洛，览胜秦川，云开华岳千寻，日射潼关四扇。章台杜曲，动成怀古之篇；紫阁蓝田，不少纪游之作。此又张公西返，江山助其性灵；董生北征，燕赵增其慷慨者矣。先生不设畦封，不矜崖岸。孙子荆情敦伉俪，锦衾角枕之怀；杜少陵谊笃友朋，春树暮云之感。与仆少曾相识，未共论心，老更同游，常邀把臂。迩来裒集诗章，属余雠校，参之管见，缀以骈言。数十年握月担风，如聆謦欬；千万里模山范水，半落云烟。并非安石之碎金，多是昆冈之积玉。为抒梗概，愧无元晏之先声；略摭生平，聊拟龙门之小传云尔。道光九年季冬月。

张兼山诗序

秦关

计甫草曰：人言王西樵、阮亭兄弟友爱，似眉山二苏。予以语顾茂伦，茂伦曰：此二王诗之源也。夫诗必有源，诗乃不朽，然必知之深，方能言之切。

予与兼山知交有素，其诗之源可得而言焉。兼山蟏室居贫，忘怀得失，蟫编求富，矢志钻研。无力从师，殚金心而独造；有怀扢雅，奋霜翼以孤骞。借观邺架之书，晨钞积案；闻诵吴江之句，默识罗胸。曾煮字而乐燃糠，几诵经而忘漂麦。谈启蒙之帐，坐破青毡；卖谀墓之文，题残黄绢。俸钱所入少饰衣冠，润笔之资多供甘旨。壮日抱安仁之憾，不续鸾胶；中年兴田广之嗟，频联雁序。数椽风雨，三径蓬蒿，骨肉相依，有无共济。籴桃花之米，养孤嫂而足饔飧；赊柿蒂之绫，赠阿宜而成婚娶。且其春风在抱，朗月盈怀，好人共乐提提，吉士咸欣蔼蔼。言凛金缄之失，守口如瓶；行妨玉垒之危，奉身若璧。坛坫而逢鸣鹤，耻攀隔座之谈；风尘而遇伯鸾，甘下当筵之拜。数十年来混迹嚣尘，潜踪阛市，山磨水淬，雪虐风饕。经七陶八冶之迍邅，历五角六张之郁勃，宜其发为诗也。多穷鸟之吟，枯鱼之泣，乃和声鸣豫，华藻腾英。舒鸾锦于风前，落鲸钟于云外。缘情旖旎，闲吟三影之词；吊古苍茫，独发四愁之咏。若非源深陆海，安能响激韩潮乎？

或曰兼山之诗多成枚速，恐涉元轻，虽云子建才多，未免仲宣体弱。岂知宜僚弄丸，熟能生巧，由基善射，精乃入神。忆在甲申之春夏，与予每夕联吟，噶韵角奇，阄题赌胜，莫不满心而发，冲口而成。排兕象而逞三驱，举鲸鹏而快一啖。昌黎所谓我常试之艰，勇往无不敢也。彼徒惊其千篇才捷者，犹未识其五际功深耳。放翁诗云：六十余年妄学诗，功夫深处独心知。夜来一笑寒灯下，始是金丹换骨时。夫古人云，为诗如炼金丹，必当换骨之时，获赏心之乐，诗岂易言哉？诗岂易刻哉？

去岁尹吉生代刻张云池诗于死后，今兼山自刻其诗于生前，予既得跋云池之诗，复得序兼山之诗，一死一生，乃见交情。惟惜才惭皇甫，未能名重太冲耳，然而君已不朽矣。道光己丑腊月下浣。

张萝山吹芦吟草序

秦关

昔王侍中怀乡念国，五咏从军；杜陵老惜别伤离，重吟出塞。三秋觱篥，悲凉生羁客之心；十部琵琶，慷慨动英雄之色。盖河岳览寰中之胜，每嫌平视无奇；而海山驰局外之观，始足乘酣骋怪。所谓山川诗人两相映发者也。

张君春农司马，南轩华胄，东郡英襟。学古入官，制锦沉犀浦上；从今为政，鸣琴抱珥河边。曾驱鹅鹳之军，痛饮鲸鲵之血。雀翎锡宠，换显秩之头衔；犀角戴恩，耀圆光于顶上。无何命逢磨蝎，翼折盘雕，万里投荒，瓜时而往，五年卜吉，𠔌旦于差。然而男儿作健，快横槊于龙沙；壮士从戎，乐荷戈于狐塞。听月明之铙吹，飞腾午夜雄心；披雪窖之征袍，冻彻一腔热血。幸贲鸡竿之诏，许还鲈脍之乡。虎帐横刀，长揖谢将军而出；龙堆判袂，赠诗别良友而行。霍嫖姚笑辞铁岭，班定远生入玉门。霜月疲驴，驮残乡梦；雪风班马，嘶断离魂。以故驿路怀人，邮亭纪兴。收天山之浩气，泻入悲歌；摅瀚海之豪怀，唱成揭调。此《吹芦吟》所由作也。

关投老青山，栖迟白屋。虽登山临水，好为吴楚高吟；而支月给风，憾少幽燕豪气。睹此奇侅之作，如披敕勒之图。采柳塞之异闻，惊沙舞雪；述榆关之谲见，激月飞霜。灿烂百篇，纵横一代。君如李白，能吐喝月之气以成诗；予亦秦青，聊唱遏云之歌而当序。戊子腊月。

蔡乃庵先生医书序

锺昌澍

粤自赭鞭宣法，庶草咸甄，赤箭兼收，长桑授诀，明堂启素女之秘，内经传黄帝之书，变极万端，养区三等，其利溥，其理精。此乃庵先生医要之辑，所为至于再、至于三也。

向使忧绝负薪，喜占勿药，则形不炼于五石，方何贵乎千金。东阳无苦吟之声，溪茅自白；南史缺善嘘之气，斋柳长青。丸雀何来，莫识茅蒐于帝问；河鱼奚病，谁详麦鞠于军谣。无如六气易淫，四魔难摄，裴令公不无小恶，州支父适有幽忧。床下牛声，杯中蛇影，病君子所以为疟，大将军乃反有痁。檄读数行，魏武之头风顿愈；酒倾一盏，相如之消渴难捐。匪荆盾所能驱，有桃弧而莫射。自非方悬肘后，药出怀中。仲子视豪，长兄察色。未精六微之技，难诩九候之调。纵云深入膏肓，银丸莫达；未必先攻腠理，玉札无功。三部经神，脉占风雨；一囊无暖，癖疗烟霞。是以疾医时隶周官，尚药并垂唐典。南征采药，爰解世子之綦瑜；西上求方，特降刑臣之纶玉。然而彭巫既邈，俞跗云遥。解颅之妙术无传，湔胃之奇方莫觅。桐君何在，浪说青囊；葛氏难逢，空谈赤饼。尺寸适符枢阖，愧彼功良；分铢不假权衡，非其能事。而乃迷虚实，混阴阳，轻重莫审乎君臣，配合更淆其子母。贻讥人费，遑论国工。此则诊脉之难精，投剂之易失耳。且夫医者在意，郭玉叹其难言也；医家尚温，杨泉知其有要也。土薄水浅，原重腿所由来；秋肃春温，恃灵心为妙用。而或五雀六燕罔识平衡，二鹿三熊徒拘陈迹。玉容可驻，何从分得刀圭；金匮空留，总莫神其针石。坠离升坎，缺征加宫。虎以握而翻舒，鸡以循而转急。以视指传三点，垣见一方，非九折而难良，必十全乃为上。优绌分矣，得失判焉。

先生轨甲通儒，推寅邃学。搜红休而毕贯，弱水遥穷；拔赤帜以先登，强山独据。纂录者八千纸，化识庚鱼；校订者数万言，讹祛亥豕。柔毛尽秃，到处传钞，众目争看，新编待梓。著有《四书汇纂》等书，待梓行世。胸自填乎丹篆，头未点于朱衣。日抽中秘之精，藏山业富；露挹上池之润，饮水真传。范文正良医愿为，陆忠宣活人念切。遂摅心得，叠著手编，荟萃群书，折衷一理。传丹经不传之秘，发紫书未发之奇。秘隐全钩，不惜金针尽度；沉疑旁晰，直同玉版重镌。盖彼眼底无花，胸中有竹；乃克振蒙蜗井，抉秘龙宫也。

某材剩桐焦，质惭蒲弱。烟浮橘井，曾分一勺之泉；日暖杏林，拟植五株之树。感同续命，契又忘年，惠我春风，照人霁月。惟是书成宗野，夫子群推；争奈音赏锺期，知己自愧。濡豪制序，妄持豹管之窥；削杮赠言，聊当蛇珠之报。

杨秋笛醉芸窗诗序

杨延亮

楼中玉笛，方听羽客之吹；海上瑶琴，忽断水仙之操。正万花之吐萼，丹桂先凋；当百卉之含芳，红兰遽萎。此张融所以叹风流之顿谢，江淹所以悲天道之难论也。

予读秋笛同年诗，有深痛焉。秋笛一代清才，三生哲匠，梅原骨秀，竹本心虚，刘孝绰久号神童，李北海群推伟器。文搜绿帙，日进者五百篇；学积青箱，手钞者八千纸。襟怀雪澹，咳唾风生。持铁板以高歌，都无俗韵；抚铜弦而低唱，惯谱新声。当夫月送秋来，水流春去，看山画里，听雨灯前。往往咏崔珏之鸳鸯，赋祢衡之鹦鹉。松青弄管，苔碧横笺，动笔而珠玉齐飞，摛词而烟云乱落。盖彼胸中有竹，眼底无花。李太白本是长庚，钱仲文不惭才子。入众香之国，尽撷芬芳；登群玉之山，全收翧费。宜其声高洛纸，价重曹仓。读李益之歌词，一篇竞取；爱申徽之手迹，万本争钞也。既而白舫辞家，青袍作客，拟陆机之入洛，等乐毅之游燕。乌笠冲风，惯过荆卿之市；貂裘犯雪，闲登郭隗之台。听莺督亢之陂，吟鞭半弹；立马桑乾之渡，短笛横吹。其眼界日益宽，胸怀日益壮矣！所惜朱衣未遇，白纻难抛。挂百尺之帆，罗隐仍吟归去；住一分之屋，安仁且赋闲居。惟是种处士之七松，栽先生之五柳，邀月入坐，呼云当衣。林和靖之门前，常教鹤守；宋处宗之窗外，只有鸡谈。是其屣脱红尘，怀澄白水，庾诜以山池作宅，米芾以书画名船，直若有终焉之志者。然而古树斜阳，难限凌云之鹄；小溪新涨，庸藏纵壑之鱼。所以杜牧文章终逢崔郾，太冲著作卒遇张华。使秋笛他日奏赋金门，敷言玉署，搜奇书于福地，答逸响于钧天。将见墨洒黄麻，吟添红叶，夜撤莲花之炬，朝驰杏叶之鞯。以视夫薇紫分香，藜青照读，苏子瞻为真学士，裴士礼是佳舍人，又何多让焉？不意酒乏延龄，草难却病，月当空而云掩，剑出匣以沙埋。天上逍遥，通明已称仙监；人间游戏，方朔原是岁星。子晋之白鹤无归，曼卿之青骡不返。凄凉身世，空叹人琴，夭折天年，不关风烛，岂不哀哉？且夫向秀闻笛而生悲，伤知心之难再也；伯牙按弦以寄慨，叹赏音之已稀也。

忆甲戌冬，与秋笛计偕北上。维时半空战雪，万树号风，日薄生寒，天低欲雨。相与按红牙之曲，浮蓝尾之杯，吊古帝之遗陵，访诗人之故宅。落花双屐酒旗歌扇之间，凉月一鞭水郭山村之外。荒塘雁语似答吟声，野店鸡鸣频催旅梦。洎夫仲游返旆，季子归家，谁怜下第之刘蕡，共作闭门之程晓。花无俗态，琴有同声。士宗与彦度为神交，海渊是定公之益友。每至山容晓净，水气秋凉，或乘舟而访戴逵，或下榻而留徐稚。采溪头之莲叶，笑着吟鞋；寻洞口之桃花，狂欹醉帽。纪曲而箱抛红豆，题诗而石扫苍苔。方期夜烛晨灯，长兹宴集；岂料停云落月，遽断音尘。虽黄壤之埋君，实苍天之孤我。呜乎！寒烟葬碧，书榻空悬，宿草铺青，酒垆如故，鹃啼五夜，鹤化千年。古壁尘封，尚挂裁诗之板；空堂雨暗，谁寻记事之珠。纵教朗月清风常思元度，未必高山流水再结锺期。所可幸者，秋笛于卒之前一月，以所著《醉芸窗草》四卷寄予。元伯临终，知己独推范式；微之既逝，遗文尽付香山。是非与予相契者微，相通者密，不及此也。

予每值乌蹄花发之晨，酒尽灯残之会，取其诗而读之，觉谢客吟魂如来纸上，杜陵别泪半落行间。是用汇长吉之篇章，仿康成之笺注。庶几刘郎乐府唱遍武陵，杜氏新书远传高丽。赠君小序，敢忘张堪把臂之年；写我荒词，聊当宋玉招魂之句。

独立图序

易文萱

戴君近唐，以旭历阅银之学，加殷勤炼玉之功，在昔黄童无双，传于万口，于今柳恽分才，足了十人。黯伯堪嫌，久疵羊曼，可人难得，未许王敦。用是仲蔚杜门，蓬蒿没膝，正平怀刺，名纸生毛。曳杖孤行，疏襟独唱。酒肠芒角，吐英气以成虹；诗骨槎牙，和冷笳而倚雪。濡豪作画，名曰《独立图》，纪实也。人疑其傲，我赏其贤。

说者谓君士衡才多，贾生年少。卢前王后，尽是同僚，济略艾繁，尤当尚友。方将攀嵇凤举，交吕鸿轩，取彼碎金，成我完璧。何以梅花爱冷，桐树称孤。势必至于独学寡闻，理有乖乎唱予和汝。不知诗贵别裁，文宜独步。创千秋之业，成一家之言。何妨智水异流，孤山特峙。跳少陵之窠臼，方能别竖韩碑；簸孙绰之粃糠，然后自精卢米。彼夫师亮作字，肩愈为名，江东之集终偷，永叔之文暂窃。得皮毛于先觉，失面目于今吾，风骨之卑，何足算也。

说者又谓君怀玉求沽，悬藜待照，方将飞才蓬苑，摛藻木天。合皋夔以作歌，联邹枚而献颂。如斯高洁，只合幽栖。但宜置丘壑之中，未可升云霓之上，而不知又非也。古帝好贤，非无七友；先王授职，首重三孤。但令分道以扬镳，不许攀萝而附葛。所以过庭中立，道君称贤，张升孤寒，仁宗致敬。膺滂聚议，申徒因而见幾；蜀洛纷争，田画于焉谢病。古来贤达，所见略同。彼夫自矜八顾，或谓四瞪，陈号三更，董称半夜，一龙夭矫，二狗崖柴。虽邪正之有分，均党同之难谢。假使彼君子者，孤标独立，一意首公，何至召当宁之嫌，蹈清流之祸？戴君稽古，凡兹商鉴，业已周知。或又谓君十双未买，六一难全，往往曲突烟稀，三隅煁冷。维桑与梓，不乏相知；和光同尘，何嫌小屈。奚必离人而立，谓我独醒，不知君心似蕉，舒节如竹劲。敲来瘦骨总作铜声，吟罢新诗常腾剑气。周妻何肉俱勿相关，任钓嵇琴逌然自得。其视和家钱癖，汉代糠王，既泾渭之有殊，自淄渑之莫合。谁为笨伯，孰是清卿，譬之飞鼯甘烟，走貘美铁。所居隔绝，嗜好不同，汝张汝弓，吾爱吾鼎。谓能烟视媚行，以为呢訾乎？是以昂昂自异，落落不群。偶影独游，小扇单衫之候；支颐伫立，断霞残雪之天。人言此子若痴，自觉如僧入定，呜乎清矣。

仆也昨年访戴曾掉扁舟，此日晞颜载瞻图画，悔铸金之已晚，怅倚玉之非伦。因索弁言，勉为俪语，所愿君子不党，晚节弥坚。张仲父之四维，避黄鹂之三请。攒眉而去，终辞莲社之招；驻足勿移，莫学邯郸之步。

史略便蒙序

易文萱

昔闻人老思传，始托空言而自见；物孤求伴，每期旧雨之能来。敬礼小文既待评于子建，白公教主必索序于微之，盖以叩叩常通心心相印故也。

纪官先生，江夏之黄，丹山老凤。乘轩无梦，衔书之鹤难飞；挂角行吟，识字之牛亦雅。穷愁有著，笑骂皆文。欲引后学于嫏嬛，先向陈编而渔猎。年经国纬，因练缀而弥鲜；范艳班香，得搓挪而愈馥。运三长之笔，筑五字之城。为《史略便蒙》一书，兼总万端，上观千古，将效何凝镂版，遂教皇甫题词。余受而读之，复慨其叹矣。

夫儒生居同角鼠，识窘蹄涔，无惠子之五车，守韩王之半部。鸡囚醯瓮何物为天，雌伏桃源不知有汉。几谓古来至乐，常属爽鸠，自昔安居，无殊丘貉。岂知衣冠顿异，陵谷频迁，黄鱼踊而大哉王，群鸟呼而奈何帝。金天普颂，海水群飞，无端而粉米华虫，倏然而金戈铁马。厢桐殿荚，刚听尧咨，谷璧蒲轮，旋趋禹会，一番瓜代，几局棋新。其间分鳌命鳫之仁，格兽推牺之暴，指鹿束蒲之诈，回天捧日之诚。删书虽断自唐，通鉴不终于宋。

儒林循吏都蒙广采膻行，宦者伶人亦复彰闻秽德。书之竹简秦火难焚，载以瑶轮吴牛欲汗。他若呼延外地，瓯脱穷边，三代以前未能混一，四瀛而外犹有大千。绣脚呼蛮，飞头唤獠。犁軒吐火，狼朊覼金。国号无雷，城名不夜。广轮远矣，族类纷如。匪夷所思，其人宛在。然而奇肱长臂，无非父母所生；象浦龟沙，要亦舟车可至。此又史家附录王会全图，所患士少书淫性无传癖。十年悔不铸错难成，两字之无识丁已足。初窥豹管，自许鸿儒，等赐也之肩庿，如达摩之面壁。孰为绩学其犹夜行，比红伊谁外黄何处。忝言扈从，询帝丘而罔闻；深愧侍中，问移监而不答。其视陆澄之详服匿，斛斯之识錞于，张策之辨黄初，窦仪之知乾德。自甘蠖屈，能不骍羞。

先生士衡多才，正平强记。灭明所言三十六国指上分螺，帝尧以来四千二年掌中数果。加以龙梭善织，燕翦工裁。集锦为文，不比兔园之册；戗金作篆，自挥蟠扁之书。数载编摩，一篇跳出，以杜家之史略，当李氏之蒙求。匪惟馈贫之粮，实是梯愚之具。邮筒问序，谓我知言。犹忆昨年，曾蒙小屋。荒庐设帐，闭户细书。一烛如椽，双瞳翦水。庿欹虀冷，如见古人。叶落花开，忽来好句。时或相邀读若，代作推敲。乐旨潘词，小助虞松思竭；鹍弦象板，怕教李翰文枯。曾蚁磨之几周，已牛腰之大束。金楼铸就，君诚炉火纯青；雪刺生来，余也头颅半白。羊胛无心而忽熟，皆欧公垂暮之年；鸿文有志而竟成，是巢父长留之卷。

梅伯言先生寿序

舒焘

盖闻登山不至华嵩，无以知天宇之崇高也；观水不溯沧海，无以见波澜之壮阔也。是以道继三王，功推尼父；衰起八代，名重韩公。斯人不出，统系无归。舍我其谁，仔肩独任。砥柱中流，麾旌前路。鳌负海山之重，人仰日月之明。破其藩篱，示以道路。历观古近，代有其人。我伯言先生，道大于身，识踞其顶，家遗万卷，手置一编。摇笔则驱走山岳，沉思则号泣精灵。包孕鸿荒，点涂谟诰。造物悔其雕刻，元气助以淋漓。然犹少年角胜之作，非近日向道之文也。

当其时异之逞雄于钟阜，石甫表异于龙眠。孟涂晚出，天马空行；植之独居，潜虬幽伏。同出大匠之门，各抱荆山之璞。灵淑所钟，人文炳蔚，江左英贤，于斯为盛。然而阳明老去，道术流分；杨子归来，门人蓬散。或奔走于风尘，或消磨于简牍。吏隐分途，升沉有命。而况天忌才多，地难载厚。青山埋骨，白屋藏身。溪山无恙，风徽顿邈。惆怅山阳之笛，徘徊处士之庐。斯又问昊天而无语，诵遗文而生哀者矣！

惟先生早登甲籍，恰值丁年，未入蓬山，旋分花县。人谓世少能吏，望报绩于龚黄。先生以史多阙文，欲效功于班马。于是绝迹簪缨，栖身林樾，寒暑一灯，是非千古。泾渭之水必分清浊，淄渑有味必辨酸醎。修绠汲古，长墨磨人。面壁廿年，闭门十稔。由是悔从前之著作，辟未有之町畦。文以载道，词贵举理，阐扬幽晦，激发性天。使方姚见之必谓突出头地，余子纷纷其能窥测于万一乎？而京师作者，海内后生，莫不闻风向慕，欲托龙门矣。且夫斗南数星精芒不散，灵光一殿巍然独存。凡寿世之休征，皆在天之默佑。回首同学，半已飘零；言念旧游，都非老健。而先生年近古稀，名满大夏，岂一人之幸哉？盖硕果仅存，蒙泉所在，斯文绝续之攸关，海内典型之维系也。是知大隐半居城市，绝业不独名山。长安寄迹，为近日光；农部分曹，缘窥中秘。故公卿问字，车马频来；蛮服闻声，束脩遥寄。不然北地春寒，南天气暖，而必眷恋末秩、栖迟京国哉？泰以通家之子，随弟子之后，孔李屡世，江汉各天。去春遨游辇毂，获列门墙。壮山川之形色，欣瞻泰岳；睹金石之文字，幸遇欧阳。而先生不弃，童子何知。赐可言诗，商能习礼。谓一贯以相传，庶千秋其有托。吾斯未信，向往弥殷。

今年某月日为先生生辰，门人称觞为庆，各有所言，而泰适有出都之役。骊歌已唱，难禁老泪阑干；凤德未衰，应为斯人珍重。今日者高山首仰，绛帐天遥。曾参侍父，未克抠衣泗水；侯芭远游，空思载酒元亭。是以因心致祝，比事属词。一词莫赞，愿安游夏之无文；百世可知，不借龟蓍之有颂。

陈玉泉七十寿序

马敬之

昔者少伯祎隋，乃濡迹于徙裂；中书郁律，兼托辞于化居。余每憬其人，未尝不奋袂攘袛，企竦舞忭，何者？用有缀履之辨，才非锲舟之喻。是以墙臣帷妾，望而神惢者，此也。

余友玉泉陈先生，毓秀素族，振奇弁岁，蠖屈江介，鹰瞵楚澨。绪业缵其道广，息姓映其德精。忆在畴曩，陪奉末议。慭胪已得之趣，时忌申旦之埶。其文采亮拔，坛宇清劭，九州固博靡芥乎胸臆，千祀讵辽毕骛于謦欬。聿订杼臼，罔阂几榻。辄私幸窃叹，以谓韦敻之过安定，并称放逸；周举之睽叔度，顿增鄙吝。提挈之旨，岂凡所喻。既而笙磬暂住，軨盖互骋，夏腊奄忽，川原修阻。积霖夜坐，振喟于风炬；停霭秋阴，执讯于雁帛。而涉历所逮，若潜龙浮踪，踆乌爽曙。耳熟心仪，具可觇缕。西蜀形胜，禹甸雄服。嶓岷敞其纪，江汉荡其鞠，峁崃带其膂，滟滪襟其足。柏濩开明之所翕习，长卿太仲之所编录。殷丰则纤及鈲摫，豁险则综核水陆。交广之会，厥与蜀殊，芊城睥睨，象郡崎岖。通阛比阓，接队连衢，鲛鲻鲫鳄，鹨鸹鶌鶋。金华银朴，玳瑁珊瑚，碧凝榕矗，丹炳荔腴。翕呷闲游而袒服妍路，倏眒集宴而珍羞蜑厨。侮食之茜，注辇之裔，称秀才而号葝荷者，魋颜雕睆，夥够乎其区。若乃湖光北泻，岳色南延，骇限荆地，奇峰棘天，喉矜岭峤，鞅辔潼绵。疆齐秦而争霸，宿翼轸而上躔。樯帆叠影乎洲渚，黍稷敷芬乎陌阡。骚经亦丽，庸贶乎其大；汉赋信侈，尚裓乎其全。

先生叱驭遄臻，扬旌独迈。收壮观于往遁，荡浩气于新赏。

山程水驿，雾寝星饭。画沙墨悟，摹诸葛之阵图；登台激啸，俯尉陀之城郭。怀缤纷而素古，事掩抑而涵今。泛泛兮鸥鹭，采采兮兰茝。雅瑟乍希，帝子许以同调；香醪载抚，渔翁招之共醉。斯时也，乾坤为之旷夷，草木为之效媚。即杜老之狂歌，陆生之慧辩，屈大夫、贾傅之淋漓慷慨，不克壮其情、极其态焉。或者徒观其希踪卓郑，比类质浊，韬处囊之颖以自晦，闳跃冶之祥而不试。懵怀甘节之吉，献疑肥遁之利。毋亦鸟已翔乎寥阔，而仍视之薮泽乎？夫萧韩建不世之烈，史册著之；东园绮季狎商颜之适，安刘赖之。必欲厕身梐枑之地，役志圭组之荣，借诗书梯其进，假仁义券其得，则如余者抑亦左验。忝自童幼，稍谙占毕。钻厉圣哲而一经孤守，徘徊晷影而三冬旋辍。纡谬国恩，贲饰家耻，而附蝉宠章以圈牢平戾，分虎薄宦以囊被腾议。播之管弦缺讽喻之助，收之桑榆止剽泛之素。前民上寿，动曰百年。偻指递周，奄忽过半。挂冠河容，又逾凉燠。偶乘孙幼，冀嗣祖德。时督老农，恪供王税。而冲飙厉空，晨灯焰损，峻坂诘屈，蹇驷气沮。矫首先生，子陵闭关于东越，仲尉扫迹于西秦。豹隐鸿骞，胡其卓识。

今先生年七十矣，灵光鲁殿，增拓洪基，显庆唐车，伟存旧业。叱平子四愁之陋，揽香山三泰之盛。成弟之名，众效之而允著；诫侄之制，友读之而忘忌。尊其天爵，乐甄人伦。衡诸侪辈，殆罕俦匹。伏惟诞降，届兹冬仲。耆艾夙侣，思所以黻黼休光，钟镛醇听。耸其轮囷，授长松而较筭；条其馥郁，搦老梅而属息。猥蒙绮注，不敢以摭恒言相渎。敢辞翰藻蕞尔之诮，谨缀宾从赫奕之盛。聊抒管窥，用代颂祷。

戊申中秋万楼觞月诗引

马敬之

入秋霖潦，伤我稼穑。里井纷鹿骇之状，冠盖鲜经过之便。开户视天，激为长啸。退而展卷，辄复窳圔。旬日以往，稍获晴霁。

适江右陈子懿、叔广劈兄弟，返棹岳游，执讯湘介，佳觌藉展，积痗顿蠲。飒爽之景介绍乎奇怀，泛月之游蓍蔡于遥夕。僮来申约，宾翻代主。薄暮登舟，则徐君石泉暨湘阴郭君意城先在焉。于时澄江匹练，皓魄初上，嬉彼动机，散兹静采。回澜直波又荡潏之，晃如祥金沸跃炉冶。尔乃移陁岸之蓬，缓中流之枻，迫视所届，咫尺仍杳。譬诸吾才既竭，时仿佛于卓尔；方策具在，倏变妙于当局。万楼者，高不数仞，基以积石。菜佣牧竖之所亵处，野鼠鼪鼯之所窜伏。然其平台前敞，危亭旁缀，园畴辽旷，胪于寸眸。市声远隔，荡作虚籁，登陟次第，始叹殊致。殆欲鲁卫岳阳，莒邾滕阁，是知婵娟之姿屏铅华而独丽，焦尾之桐匪中郎而焉别。寻讨聿遍，肴核罗列。借桂荫以代幄，招素娥而侑觞。广劈剧谈，时杂嘲谑。郭子却坐，精冥神邈；徐君善饮，动辄学醽。酬酢之隙，老懿屡起。偃蹇盘桓，手问心对，幻构御风之想，炯立尘世之表。酒酣言旋，殆逾丙夜，凉飔已厉，濡露渐警。

余时沉醉，但诧衣薄。夫趣舍万品，其揆则一，俯仰古今之咏专于修禊，后先忧乐之感振于临眺。二三君子，究究居居，或措意寰宇之大，或娱神典册之富。遐揽旁讯，互盈所欲。约订六人，晓岑欧阳君迟待弗至。乱臣十人，乃非周才之盛，史家载笔，遂在阙文之例，人事缺陷大较类是。然斯夕之景，继武繄谁？斯楼之遭，亦可兼贺。请为歌诗，各言其志，岂直掞张文藻，标举名氏而已？

孙太宜人沈氏六十寿序代　　罗萱

盖闻斑麟七色，天边贺王母之车；黄玉九华，云里秘安妃之箓。是以树北堂之草，萱亦忘忧；采南涧之滨，蘋还表洁。而况才因德显，庆以善延，介觞而柏叶飞琼，侍膳则荆枝列玉。又何必紫虚宫畔，纪桃实以三千；太华峰头，开莲花于十丈。

恭维诰封宜人，例晋恭人孙母沈太宜人，为我诰授奉政大夫、例晋朝议大夫熙台太先生之德配，而司马贤昆仲之令母也。嵇山华胄，浙水名家，紫泥灿乎五花，素望标于七叶。太宜人殊资夙禀，至性天成。侍母疾则带围自宽，居亲忧则勺饮不入。曹娥圣善堪表其门闾，卢氏女宗共闻于州里，盖懿行基诸此矣。今夫幽娴之美，即寓于弋雁之庥风也；肃穆之操，具征于和熊之盛轨也。当其柔嘉习礼，燕婉明诗，心自范乎郝锺，人皆称为尹姞。洎夫卜盈门于百两，占在户以三星。镜拭菱花，锜湘蘋叶，语樊则下床交拜，规何则上酒亲酬。奏房中而克尽妇仪，入厨下而怆无姑食。男臧女获，综理咸宜；薤臼礳车，辛勤弗避。洵所谓虔共中馈者已。

维时太先生一麾出守，五马前驱。仁歌遍百谷山前，治平第一；惠政布三嵕岭外，才气无双。太宜人以誓日之高风，佐班春之美政，无田非玉，有县皆花。恤狱则诸囚礼佛，赐衣而犴狴无寒，兴氓则万众称神，至郡只髆独一擘。凡斯懿范，多出中闺。以故帡幪万厦，平分绣阁之安；经纬二仪，半出机丝之绪。且夫探骊颔之五色，必寻赤水之源；睬凤翼之九苞，不外丹山之路。是以旗铃表瑞，有妇德斯有贤儿；印绶呈祥，非此母不生此子。太宜人一舶较课，八索分程，坐胡床而躬察贤愚，隔纱幔而口传章句。用能播玙作器，匠石成材。若乃挺谢家之玉树，荆或旁荣；入积石之璚林，荔爰侧出。尔其严还代父，义则兼师。织匹绢而义方无间人言，作大被而恩勤有逾己出。至于鸰原急难，乌屋推恩。嫁韩康之弱女，玉镜新开；怜刘向之佳儿，铜盘别贮。求之壶德，轶比前闻。昔丁氏妇之集文作大家赞，徐贤妃之论著拟小山篇。

太宜人夙嗜丹铅，蚤耽青简，学夫人之格花不胜簪，蕴谢女之才絮还入咏。然而偶亲翰墨，仍戒浮华。女红无废，顾闺中何以文为；儒素须安，庶儿辈知吾意耳。是以家传七遥，黄口同称；门萃五常，白眉更显。如司马者，学成荻画，政慎蒲鞭，喜及身而玉汝于成，已遇事而银手如断。虽异地方思夫亲舍，而高堂但勉以官箴。盖小民造福，视夫长官，长官施惠，禀于寿母者矣。然且慈云远荫，爱日分晖，乐菽水之为娱，却板舆而弗御。叶瞻海屋，怅隔天涯。

会逢周甲之辰，适遘重阳之月。斑斓一色，彩艳宫袍；璀璨千重，芳填锦轴。九天纶綍，衍苐禄于元年；百里弦歌，庆箕畴于盛世。固宜酌青霞而媵爵，谱白雪以调鹍。此日兕觥介寿，敢抒侧理之藤；他时鸾诰重颁，更进长生之枣。

湖南文征　卷八十四

小序上

重刻金刚六译七译序

王岱

三藏十二部皆如来随地说法，法不一法，法本无法。执法求佛，不见如来。故《金刚》一经为须菩提所说，得三心，破四相。苟经旨不明，经皆黄叶，婆子以三心难上座金刚，一钞立地焚烧矣。虽然，凡夫四相胶固，三心相续，非借经力无有入处，是经又世间不可少者。

程子穆倩早年遇异人授记，有六译七译之晋王语。其后盖康且寿，无寒暑灾殄、干戈水火之侵，连举六子，甚得是经之力。因购金刚石刻二部，果符六译七译之谶。穆倩念佛深恩，无以为报，乃思重翻是刻，广为流布。然贫无其资，乃效浮图法而为持钵。或者曰穆倩既遇异人，佛已授记，经原无裨，安用流布？然穆倩苟私经一己，不作流布，则所称破四相、了三心者何在？是失经旨，并背佛恩矣。矧刻经文法施之首务乎？必有信奉法施如穆倩者起而应之矣。

杨中丞听湘集序

王岱

京山杨公又如，大节炳炳天壤，已无俟诗文为传。兹其嗣君撰持公《听湘遗集》，索同志序之。不觉读竟而重有伤，何也？杨公之言即杨公之行也。公早岁名重艺林，诸生时受知德清蔡公正庵，及蔡公分守芝城，公因读书幕中，而芝城则潇湘合源地，故公于湘三致意，遂颜其集曰《听湘》。

夫湘者，骚人之所托迹。屈平行吟泽畔，以忧天悯人，怀宗国而畏讥谗，于是有《离骚》之作。今公之集其殆类是，独怪公之客芝城，在国步未倾之日，而所以命名者若此。岂非忠义由于性成，而声诗关乎志气哉？公起家癸未，当烈皇帝蒙尘之日，即能奋不顾身，倡义尽节，其视屈平又何愧焉？然则是集也，当与《离骚》并著，所南《心史》不足多矣。

燕台唱和诗序

王岱

古人宴集必各赋诗，其所赋者，不过歌诵三百篇之旧什以相酬酢，非自拈韵为赠答也。至汉人始有赠答，然亦各述其情事，无同韵叠声之例。即唐人唱和，仍和其意，不叠其韵。宋以后间有之，至今始盛。盖叠和以己意为叶彼韵，多作伤气，每足为性情之累。求其韵同，仍不伤气、不碍格者难矣。宜兴蒋子京少，年在终贾，才思横发，无所不可。其于填词则擅黄柳之长，诗歌则踞钱刘之胜。而道广识周，风华四映，其于知名之士无不气求声应。当花晨月夕，山合水洄，茗战酒酣，铅提椠挟。刻烛阄韵，角能较技，而风生云合，聚毳汇茹，极一时之盛。

本朝以来，自合肥执耳，而宣城、济南继轨，九陌之车马风尘，转为艺林之藻丽渊薮。斯风一线，天壤尚存，今又得京少起而振之，吾道不孤矣。

蔡鹤舫诗序

王岱

惟楚有才，其沉雄博奥足以俯视天下。天下争趋而效之，不独其才也。其气其骨皆足以辅之而行，才非气不充，气充始不为指绕、为波靡；才非骨不老，骨老始不为偃仰、为依傍。楚之山拔而水淼，其生人也气足而骨坚，识卓而慧异。其为古业也卓然自命，不穷极要妙不止。其立言持论皆足以笼罩一世，名闻一时者，固足征楚才之大；即不甚求名，晦迹尘市，愈足征楚才之大也。

齐安蔡子在楚称知诗，清坚藻韵，有三唐之风。赋在《三都》《二京》之间，足迹所至，人皆知之。然负至性，不为世俯仰，落落少合，故时显时晦。视公卿若侪偶，等千金于一芥，朝轻肥而暮韲褐，岸然自得，无少挫抑，其气骨与才何如乎？真所谓气充骨坚，足以辅其才。正不必悉数楚才，即举一蔡子，足征其才之多。彼区区于帖括遇合中论楚才之盛衰者，诚子阳井底之见，彼乌足以知之。

秋旅咏怀诗序

王岱

秋冬之际，最难为怀，故诗人因秋而多感，自屈平赋骚、宋玉有悲、杜甫有兴，无非秋者。世多谓楚人善于悲秋，而实未尽然。夫世人之心，遇合欲其富贵福泽，其寄托又欲其寂寞穷愁，以寂寞境清而言易韵也。唐之储王于山水田园逸事则清逸，及作应制则又浓丽，何也？是知言因境变，非境因言易也。

吴子巢薇通籍后一行作吏，入居郎署，其家世阀阅，皆富贵福泽。及赋秋怀诸诗，一则曰事与心违，垂老羁栖；再则曰穷愁万端，潦倒生涯，单寒缊袍，何其穷愁寂寞至是？吾知巢薇亦如储王之因境为喧寂也，然则楚人善于悲秋为臆说矣。

黄赤子古文序

王岱

吾楚古称南服，然世治必始于楚，其乱亦始于楚。明之叔世，襄郧寇氛已极，衣冠之徒罹难者亦最烈。其能不撄逆命、不践戈戟、全身嘉遁者，孝昌黄赤子先生最著也。赤子抱异才，仅获丙子一隽，不复大用于世。而运厄阳九，龙战亢悔，怀文山叠山之志，悯人悲天。及沧桑既改，遁迹名山，著书以老，犹不失所南铁崖之节。故其立言汪洋奔放，如干将镆铘，锋芒不可迫视。玩其言者赏其华藻，窥其意者悲其志节，不仅以文章命世也。

赤子没数年，其子惟一持其所著古文若干卷征余序。余低回未敢执笔者，正不敢以文章位置一时，知其炳麟百世者，自有在也。

南云和尚遗诗引

王岱

南云一号拾残，法讳辅元，俗姓陈，讳五篮，字逸子，长沙攸县人。少补弟子员，因其先人开之先生靖寇难。开之故丁卯孝廉，与洞门赵公同谱者也。

南云恸亲没，兼值国变，遂祝发为僧，行脚四方。四方巨公名流皆重视之，与之结方外交。南云工诗，好书画古玩，人亦争致之，然其意不在是也。负至性傲物，意所不可，虽贵必面折。已付报恩法，然不作善知识行径。行笈一肩，瓶钵外皆儒书。意气慨慷，有古侠风。志士皈依之，俗士骇异之，甚且忌之谤之。然其胸中或无端磊落，嬉笑怒骂，皆别有故，非知己者不能测也。甲辰至都门谒洞门赵公，值公病笃，即为付膳尝药，越旬不寝不倦。公竟不起，云亦踉跄无恃。而公年友芝麓龚先生为海内学者所仰，为泰山北斗者也。云甚慕之，欲见无繇，作诗三章付余传之。余亦以屡踬愧于投谒，诗遂沉笥中。今云已圆寂西泠，偶搜得原卷，不胜存没之感，余负云矣。因装潢成轴，或异日得便投龚公，庶几此诗可表于后，以存云不磨至性。

余虽负云，俾世知云，其汲汲求公者不与寻常世俗等也。云貌魁梧奇伟，五十白髯鬖鬖，气岸真有道者，惜不寿耳。

衲子德衡引

王岱

衲子德衡，吾潭人，原姓周名爵。其家历世簪缨，衲子以祖荫之余家甚丰，更以文学名家。其幼即补子衿，试前矛，露头角，复抱性耿介，不宿然诺。族虽巨，皆不敢以年少忽之，方且期以绳武。未几，甲乙之际，湖以南寇踞潭城，已屠无孑遗。衲隐山中，妻子得无恙。一日学使者至，须逐队入试，衲抚膺自悲，老大无成，不乐复就子衿。又值家有绿林劫掠，衲几身罹不测，即发愤出家，私走南岳后山。家人族姻皆惊，群追之至山，劝慰至再，不顾。久之，行出家苦行，搬柴运水以习其力。时二子尚幼，内人潜遣僮仆，赴山代力。衲拒不收，待以客礼，且曰：汝等来何事？吾既出家，若辈即同路人，无再来溷吾清净也。然每月之内，家犹赍粮糗菜茗以往。衲之姊适衡山诸生，甚相得，初谏以涕泣久之，坚持不已。

出家几十余年，始有金陵之行。住江宁之半壁庵，而庵主即大司马王公玉铭也，于是衲安之。一日邮书索余募疏，余谓衲既舍丰就啬，乃复波波吪吪如是，是与出家之意相违矣。因为叙其本末，以代一棒，（枘）〔衲〕当猛然省矣。

李吉三画小引

王岱

虎林李吉三，初学画蓝田叔子次公。其工人物，则其匠心独出者也，辛丑间游京师最著名。然其人驯雅有素心，非世味汩没者比，独倾倒于予，笔墨遂多。时余落魄，无力尽其技，曾许其衣食粗足，即楚游，当竭生平长为余写古今人物。甲辰，余再至都门，吉三长逝矣。惜哉！广陵散从此失传。因搜笥中片纸寸楮，皆装潢之，以志怀感，不独画也。

陈园公尺牍序

王岱

海之大无所不藏，故曰海藏。所谓藏者，非特珍错已也，即一草一石、一虫一介皆所希见，见者必诧异。彼造物者，苟物物而赋之，纤细而别之，亦不胜其繁。然物物各具一形，一形各具其奇、呈其巧，总以气化之大、包蓄之广不期而然，非有呈奇炫巧之意，即造物亦不自觉也。今东海园公陈先生，年且髦耋，其精神锐发，文战酒会，角胜争奇，尚倍三八少年。其生平著述富等陶猗，久已传诵四方，兹又搜其尺牍若干，刻以行世，命余弁首。

余与先生交数十年，诸诗文无不悉味，独未见其尺牍。今阅之，光怪万状，淋漓满志，亦如初至海岸，见其一草一石，一虫一介，无不惊异得未曾有。以此知园公气魄之大，蕴籍之广，故能奥然沛然，无不异也。然非海无以见先生之异，非先生无以见海之异也。

虎鼠斋集自序

赵而忭

丙戌之秋，曾以肩舆行南岳下，孤村人断，时见斑斑虎迹，是何等悲凉岁月！甲午放归淮泗，天时峭寒，舟行冰上，携中酒吟一帙，竟为鼠啮几尽。生平诗境，舍此无可名者。少陵诗云：猛虎立我前，苍崖吼时裂。夜深经战场，野鼠拱乱穴。浣花老人半生心事，全写于《北征》一篇，夫固先我而出悲吟矣。

谭友夏先生子砚歌序

赵而忭

先生宝一砚，制甚工，曾自作铭曰：墨易生如蓄，水自出如瀑。大人书之金如玉，野人书之石如木。铭久载文集中，研已数易主。癸巳秋，有友持以赠予，曰：此楚人失之，楚人应得之也。因作歌。

杂诗引

尹惟日

北上至星沙，复淹留而归。避暑山中，作古风十首，意固无着，笔亦涩矣。

赤松坛引

尹惟日

坛在云阳山之下，祀赤松子、黄石公。考云阳为神农之封，赤松时为雨师。坛于云阳，由来旧矣，黄石则后人附也。

贝墩诗序

尹惟日

和平志温泉五，而贝墩居其胜。余怪其名，跋涉往观焉。至则万山相攒，腾空而下，势稍夷，突出一石，白如磁，圆如鼓，上可坐数十人。石上有小窍百余，温水从中仰喷而流焉。积而成瀑布，下入于江。其水若沸汤而至清，朝暮有气蒸蒸然，而不之他。泉之触人也，不知几日月矣，而石之受流者未尝少损，斯贝墩之胜乎？贝墩之名终不能甚解，瘴岭蛮烟中游迹罕至，竟无一可与语者问其由来也。纪以诗。

鄂渚寄愁五章序

尹惟日

余至鄂渚，闻贼陷长宝，羽书急驰，欲归无路。回首湘云，有泪如雨，方寸乱矣，急不能择，口占五章，聊以寄愁。

同陈特生作诗序

尹惟日

余十年前交特生于都石驿豪客王君家，曲水觞流，吴姬袖舞，曾纪以诗。今蔓草矣，过其地有兴亡之感焉。

酬刘澹山诗序

陶之典

邵陵刘澹山闻修《岳麓志》，寄新诗并前代明作简予。《志》告成，拟报之。会汉阳王子孟毂来客麓山寺，特制诗三十韵见贻，因用韵述怀奉酬，兼寄澹山。

断磬歌序

陶之典

石质良，径长可数尺，莹如温玉，悬高庙间。往者拊之，声铿然闻数里。己丑裂于兵，亦南国物数中遭逢之大可恸者也。憔悴客怀吊之堙郁。

饿说序

曹耀珩

沔阳谭慕邺以所作《饿说》示余，噫，天即困慕邺，何至饿？天困以饿，慕邺必屑屑然说之。毋乃有怨尤不平之意，而非乐道者流与？既取其说读之，非说饿也，饿而有说也。夫人而饿，则事迫而患切，气馁而志靡，苟不狂呼大叫，必委顿偃蹇而不能发一语。慕邺独奋其笔舌，发蒙启愦，浩浩荡荡泄其所有。然则说饿者与饿而无说者皆不善处饿，而天亦不乐饿其人也。夫慕邺好古深思，即不饿宜自有说，然惟饿则其性坚以忍，其神清而明，而说乃益肆。慕邺独饿于腹耳，其心餍饫义理，茹咀英华，固未尝饿也。慕邺其益坚志懋修，厚承上天玉汝之意，则千古之饿人独一慕郧矣。

乙卯夏五后自序

曹耀珩

余以二月铎春陵，长日无事，既得诗一百六十有奇。夏日奉学使者檄至，欲以博学鸿词荐。余之长沙辞之，自五月发舟，至十一月返署，复为诗三百首。凡怀古、赠人、览景、咏物、山川、行役之什，皆在客馆江船，其中似不无感愤语。生逢圣明之主，且以一秩受恩于朝，复何怨怼？盖回思十一岁补诸生后百无一就，十年来多病长贫，今尚以微官远役，困抑未改，因不禁津津然，喁喁然，宣于口而笔诸简也。上官自中丞下，皆谓余粗知文辞有加礼，卒无一言相呈。自揣穷愁之音不足溷清听，性又不工为颂谀，拙诗云“无句上公卿”有以也。经曰：诗言志，读吾诗者，亦可略见吾志之苦也夫。

鉴溪二洞诗引

余子锦

洞无名，以其地名之。地之洞不一，以庵与亭别之。二洞皆列大道旁，竟不得一显于时。然则物之裕于中而歉于外，以孤高自尚者，宁第兹洞欤？为作《鉴溪二洞》诗。

洞庭秋和诗三十首序

石鲸

长安人有持些庵此诗问余：洞庭之气何如？余曰：洞庭有伯气而无王气，有仙气而无富贵气。人谓知言。一夜引烛和此，却寄洞庭人。

和杨大客堂诗序

石鲸

仆以壬寅十二月归洞庭矣。未至洞庭前一日，因念柴荆安在，十口焉归，欲作书向杨大、杨二，分苏公溪上草堂安置老弱，未审得否。时姬人霜红在旁知状，余命执烛，遂和杨大客堂诗韵二首，先寄之，求寓公礼也。

开利寺诗序

唐鹤彩

吾族居潭，不知始自何年。祖佑官唐银青光禄大夫，今其墓世代为唐氏子孙拜扫。志石班班然，其久于潭可知也。墓相隔数里即有开利寺，亦不知创自何年。但谱传唐仁乡所建，而重修在唐贞观十五年，则仁乡又为唐人以前无疑也。其佛像高九丈，巍然如新，四面叩之响应。阁高十丈，棂楹础石，无苔藓气。唐黄巢之乱，吾祖率子众避佛身中，以茶水从佛目滴下，贼以为佛泪，收兵，避者得免。呜乎！国代屡更，兵燹递劫，此寺独存，仍存于一姓，佛力邪？祖德邪？吾何以名之，记而作诗。

哭陈伯玑诗引

唐世徵

予与伯玑遥遥隔江楚，己亥予领玉山，过南昌，值伯玑他往，无缘一见，今忽忽逾三载矣。伯玑从蒋同野索予新旧诗，选若干首梓入《国雅》，尝语同野，谓予诗简澹幽秀，足冠诸家。今伯玑死，谁复定予诗者？感念知己，能无惘然邪？

文松篇引

张文炳

秦松出成山诸岛，士人铲石移之，百一二活者。此乞自林生植薰家，盖邑赛先辈故物，得之三十年，赛以上难更仆述矣。呈之司马听事，大加叹赏，易文松名，赋五言古宠之。余读司马诗，得其用情之正，有不能已于言者，遂忘其谫劣，为悲喜二章和之。

灵蕉诗引

张文炳

县北二里许，有招提曰最胜。植蕉二本，垂八十年，今夏始花。游人山集，以其不常见也。感而赋诗。

麓江宴诗引

张文炳

春日麓江宴集，谋构杜陵草堂于岳麓寺右。时同事者为徐弼明、赵念昔、蒋幼李、王孔嘉、沈介山、夏仙、李淇、瞻禹、书陶、奉长、天石、陈献元、程衡若、徐半霞、曹鸣珮，暨吾邑刘五原、曾虹受、马自超、张锡田、岂石、蔚石、昆石、寺僧阿诺二十三人。

洞庭秋引

刘宏勋

南诏犯顺，洞庭久为贼薮，康熙庚申，王师恢复。时予年二十矣，初至岳州，和同里诸君作。

得家仰山消息诗序

刘授易

仰山令行唐以内艰归里，己卯秋与余聚首南海。其时为权香山令某甲，以县产丰饶，利其脂膏，少不惬意，辄以海地新生，诛求无艺，谀闻大吏，民怨滋甚。会真令至，仰山故人也，以情实言有司，具告请豁凡六上。大吏恶其瘠已也，不报。令颇戆，遵新例讦于部。朝议以令去官，大吏亦稍稍左迁矣。推究言事者，罪仰山，下狱搒掠备至。仰山门人四人颇有力，可讼仰山冤。大吏闻，即日毙之狱中，非法也。呜乎，剥下以行私，罔上而杀士，尚可言哉？仰山居乡谨厚，检身静默，非谍谍妄男子，而贾祸若此，尚可言哉？予闻之，呜咽作《哭仰山》诗。癸未三月十六日。

诗十章引

陈鹏年

余性畏暑，兼患卑湿，触之辄病。都下无力僦居，惟依栖郡之公馆。甲午冬，计偕者毕集，无置足地，因移寓其旁邑舍。舍仅废圃一区，破屋数间而已。屋既颓塌，不能蔽风雨，盛夏湿热交蒸，尤所难堪。赖圣慈命直武英，日在凉堂广厦之间，每带星而入，昏黑而返。至则如坐冰壶，炎暑消除，乐而忘倦。见者谬谓勤于所事，不知余以负罪余生，心力损耗，讵能矢报万一，亦聊以适吾志尔。初伏五日为诗十章，索同人属和焉。

宣城夜行诗序

陈养元

宁国山邑，民食半资外郡。承乏以来，常平、义社贮谷万二千余石。己丑宣建告凶，移七千有奇，常平一罄。壬辰二月，又拨五千余石济合肥，将复罄义社。而县之士民以穷崖绝巘，素苦茧摩，环庭呼吁，连纸详请，走诉郡伯。焦濡半旬，未就寝处。同人於万斯感而赋之，勉和一章，以纪事也。

荷亭歌引

徐昌支

亭为镇平将军建，极木石之都丽，在武陵称巨观。不一载，将军病垂殁，信青乌家言毁之，为作此歌。

辑古逸诗歌谣箴铭诸辞序

彭维新

上古至三代，歌谣箴铭诸辞散见于载籍，明北海冯氏汇萃为编，稽览诚便，而搜采未富，遗佚颇多。且其序注缘起标揭事始，数典忘祖亦时所不免。余弟警三为广辑而订正之，其无所丽者间以类附焉。古人文辞朴奥高迴，使读之者厚志气，廓心目，晨夕几案相对，一如彝鼎法物之杂陈于前。而历世浸远，后世好事拟作亦往往参错其间。如《孔丛子》及汉魏诸家所引，与夫《琴操》所载，未必不谬于古人之意。好学深思者比并而观之，其世次之久近，辞意之浅深，亦无不可揣而得之。虽然，要非陈隋以后词人所能袭其似矣。

重刻华阳国志序

彭维新

晋常璩采华阳国事迹人物为十四志，原委条析，叙述简括，深得史家法。自云得之陈寿所为《耆旧传》，今观其文，气体微逊于寿。然汉晋间轶事，史不尽载者赖此以传。书中所纪华阳人物，自荐绅达官至于编民里妇，一善可称，悉笔于书。推其意，惟惧或有漏遗，可谓好善汲汲者矣。按：寿尝为中正，故于其一方之公卿民庶能知之详悉若此。璩能述其意，踵而成之，以传于后世，两人用心之厚曷可没哉？蜀人李岷麓以旧版漶漫，觅得善本校勘讹阙，而重刻于金陵，属余为之序。

赠陈侣伯诗序

彭维新

侣伯自号橘中叟，性刚直，博学强记，工诗，旁及篆刻绘事。先世黄州人，明末值流寇避金陵，后入秦幕，归隐谯北。兹游京师，与余寓邻相酬唱。天寒索饮，酒半见余古剑，作长歌，有奇气，因次其韵和赠。

木石居端砚诗序

彭维新

攸县刘嵋翁所藏砚名木石居，榕瘿索络端石。随石屈曲，洼突相赴，体制天然奇古。翁云元至正间发自番舶，明末得自民间，席间出以示予。

雁荡五首引　　彭维新

山有东西二谷，崖壑奇丽。谢康乐守永嘉，伐木开道，自崖而返。至南宋，此山始显，从前未有知者。大龙湫在西谷中。

次安东诗引　　彭维新

庚戌七月，江北淮阳、邳、徐大水，民间草根树皮都尽。奉命同侍郎马公督赈务，行次安东，感而有作。

游峡山飞来寺六首引　　彭维新

寺居山半，旧传神化方士运自舒州。自寺上里许更深蔚，有亭及静室。后峰极高，即寺后山也。

张南麓先生辛酉后诗序　　张璨

此南麓先生未遇时作也，出处之际，思之烂熟。如魏郑公书怀、刘青田放歌，坎坷肮脏，关情身世。奇思从至情流出，不泛作英雄欺人语。故音响则雅健遒逸，波折则浑灏流转，杂之少陵中亦称上驷焉。余尝谓人当富贵则恣情逸乐，处贫贱则失志侘傺，皆不暇留心风雅，出一好语惊人。今观先生丁旁午之秋，流离播迁，而独能励志不堕，铮铮自竖。兴会所至，动合自然，信乎士贫乃见节义，而虞卿非穷愁不能著书也。人言其气度似曲江，又言其出入风雅，俨参王孟之席，岂知其抱膝高吟、峥嵘嵂屼？他日之出身加民，终不异此草堂襟怀。故无论先生在山，诗断以少陵归之。虽然，此其尝鼎一脔耳。欲揽其大全，有《邻岳堂全集》在，余异时当更有论述云。

送芥庵尊宿之白下诗引　　曾用璜

芥庵湘中华族，丧乱逃禅，遂通十偈。数十年间往来吴楚，城郭人民之悼久矣。丁卯秋卜居道院，谓碧山投老不负故吾，乃破衲无归，烟波难系，复郁郁去斯土。念其垂白飘零，赠以长句。

洞庭秋引　　杨升

读郭些庵先生《洞庭秋》，若烟波在我几席。湖白秋深，愁缕百结，非有心人不能作，亦不能读。固知先生有先生之洞庭秋。猥云续貂，聊追索湖秋，即寄怀先生。

木龙歌序　　彭廷梅

木龙用以治河，见于《宋史》，曾巩为陈尧佐作传，志其事，然制度不得其传。汉阳李晒双士，匠心独运，刻意讲求，与古吻合，遂上其议于相国高公。适清口御坝工险，高公用其法试之，遂庆安澜，工以永固。河东完司空仿行其法，大效。盖木龙之功，能挑水护此岸之堤，而水挑又即可刷彼岸之沙，一举而数善备焉。较之下埽开河，不啻事半功倍。诚防河良法，不可复至失传，爰作歌以纪之。附诗：

伏羲一画开鸿蒙，万类迭运五行中。飞潜动植各有属，天用功大无如龙。水火土金各分群，龙以木称未之闻。木之为物性则直，龙之为德变不测。宋时防河议造作，曾巩传载陈尧佐。前人制度今无存，不传其法传其文。李晒读文因得法，陈之相公天听纳。梗楠杞梓松杉构，鸠材聚工在清口。篾筱簹筱筌箭筏，编缆惟急束惟密。非椭非锐非圆方，或伸或屈或短长。盘踞上游护御坝，木兮木兮龙力大。我闻黄河九曲曲曲湾，东湾西滩湾对滩。滩长一尺沙，湾深一尺洼。议者遇湾必下埽，遇滩开河引水道。开河下埽年复年，叩以二说之外心茫然。乍闻木龙皆诧异，纷纷猜忌生非议。不见河东完司空，用有成效奏肤功。安澜入告天颜喜，木龙功用可知矣。良法谁得其要领，前有尧佐后李昞。刳木为舟自轩皇，编木为龙岂荒唐。龙邪木邪请深论，象形按义取诸震。始信炼石可补天，以木为龙五行全。虽欲勿用何能舍，作歌遍告防河者。

瘗鹤铭诗序

彭廷梅

瘗鹤碑铭久沉镇江，或云王右军、颜鲁公、王瓒、顾况遗迹。舅氏陈沧洲先生守镇江，一日游焦山，从水中挽置亭上，考订旧本，知为陶贞白笔也。寄诗命和。

洞庭秋引

王为垣

海内受水地八千里，洞庭为长。自导江以来，注之者曰九支，曰九十九支，曰七百，曰八百，步亥犹歧，遑问所产。壬辰旅湖上，大兄青原取旧和些庵前后二册，念年来所见为秋者，向湖中诸族质之。每念岳有志而湖无志，辄思采辑与霍志表里，为人间事所窘，未遑也。戊戌过宁川，陈子芷滨与弟方山翻阅青原故集，手迹如新，残秋犹磔磔纸上。追感既往，复订将来，匪蹑郦元之踪，聊述单锷之意云尔。

张贡五省觐齐越纪程诗集序

尹士玫

《省觐纪程》二编，余庚友贡五张君之所作也。当南麓老伯宦游时，贡五率群子弟肄业家居，未随冰署助理。是以十数载，前后有仙居、文登之役。时虽志在觐亲，而间关千里，山川、风土、人物，意有所触，辄形诸诗。至之日，升琴鹤之堂，披闱上寿。色笑融怡，乐莫如也。迨南麓公还里，承欢未几，随赴道山，高堂永感。贡五于旧诗中检出此编，时移事去，感慨天怀，寄诸梨枣，以志永言之思，可谓孝矣。乃属余序之，岂以余与君齐齿，其失怙也早，缅想趋庭，明发不寐，彼此同情邪？而余益用是皇然矣。既辍笔，更忆昔事，赠诗二绝附正：

记得君来避地时，与君丱角共书帷。两家严父凭拘管，犹带些儿竹马痴。

趋庭光景比肩时，二老花尊竹下棋。今日寻思都似梦，十分珍重觐游诗。

寄朱十兄诗序

王生荃

乙卯元日过洪山堂，省朱丈归，读先子遗稿，有《元夕过翠涛先生洪山堂》六首。翠涛先生，先大父《船山集》中所称翠涛王孙也。瞻屋之悲，依稀硕果，集中三致意焉。故先子句云：咏鸟柴桑曾伴醉，多情宋玉自悲秋。感今追昔，敬赓原韵。

观音岩作引

李名瓯

先职方公从西涯李先生游，与崆同、阳明、燕泉诸公颉颃诗坛，海内称之。以忤刘瑾归，筑精舍于石屏峰下。花朝月夕，舣舟登岩，呼朋唱和，诗篇盈箧，见诸邑乘者其一斑也。经今百有余年，山光水色，寂寂天壤。康熙己酉秋，偶涉其地，触目兴感，诗以纪之。

古体十二章诗引

陶士偰

臣士偰菲材，守汉四载，深愧虚縻，惟是士民稍安其愚直，上官亦谬相期许，遂尔因循逐队，啖进不止。今年春，忽以蜚语陷诬被劾，皇帝震怒，下中丞唐公于狱，籍其家，褫汉阳、武昌守及宜昌郡丞职，命制府、内大臣推鞫之，株累者数十家。上怒且不测，士偰羁守僧楼，三阅月屡经对簿。尔时钳网布散，会城附炎趋利，直如黑气满船，安得娄公可借樯荫？无何，构衅者自以贿败，士偰得伸辩枉屈，乃分别奏陈其事。上释中丞罪，还所籍财产。同患之人或遂废弃，或置重典，士偰独以无罪复职，累臣闻命，感与泣交。因历历记前事，漫成俚语，音噍而节促。非独痛定思痛，兼以寓目惩顽，当座右之箴云。辛未又五月小暑后三日。

绣帕词序

李都藩

李玉蓉，新化上渡村人，工吟咏。适吴氏三年而寡，玉蓉终丧三年，从容赋绝命词而死。每诵其“一笑寻夫去”之句而悲之。迹其平时尝绣“吴门李氏”于帕，死则佩之，因为之作《绣帕》词。

碑市灵石十二景诗序

刘元燮

维岳厜㕒，维湘清泚，中有丘壑，特妙村庄。伟云麓之屏垣，丁靳江之渚澳。爰产灵石，怪怪奇奇；骈罗水滨，磊磊落落。眠立互嵌，肥瘦殊形。肖物维工，取象绝类。俨八阵兮鱼浦，烂五色兮螭潭。绝胜坡老作供，宜令米颠下拜。燮也世居湘湄，宅枕石首。漱乎漱常以砺齿，煮而煮或且代粮。未敢矜言介如，忍把此心顿转。祥讵希夫剖印，炼奚裨于补天。钓处双趺，仍寻旧藓；溪边十笏，便置新亭。磐固既如冠鳌，参错恍同游岛。携琴坐以目醉，披牖玩而情怡。思得点头，小小缀景，眷怀报玖，聊尔联吟。体弗拘焉，韵从换者。

表哀诗序

孙起栋

乾隆己丑三月十六日，闻先妣欧阳孺人之丧，哀痛擗踊，至于肝摧肺裂。儿既不幸，自干宪罔，囚系海外，生既不获奉甘旨，死又不亲衣衾，为辜已极。乃复偷生，至于今日。祥禫倏过，悲号一章，以摅罔极。

题秋山陶明府读书图二首序

孙起栋

曩昔东坡先生于古人雅好陶诗，以为质而实绮，癯而实腴，求之于曹、刘、鲍、谢、李、杜诸人，皆莫及。故谪海南时，日夕追和其诗殆尽。其得郑靖老海舶载书见借，则次陶集中《赠羊长史》之韵以赠之。今余十年沦落，学殖荒芜。秋山明府至，而书胸诗味贶我良多。其所为诗，亦绮而兼腴，殆不愧其宗风，要非十年读书，无此超诣也。顷过访，出其《从姑山读书图》索题，辄有触于坡公追和陶诗“（上）〔正〕赖古人书”之作，次其韵，且以为赠云。秋山名淑，字作人，乾隆丁丑进士，江西人。

送别东坡先生墨迹诗序

孙起栋

余箧中有所藏东坡先生行书一轴，虽墨气纸素在有无中，而精神骨采，七百年如见其人。予什袭珍之，日一展卷披玩，洵至宝也。顷为榷使阿云帆携去，云欲将以上献。去我之日，实难为怀，因赋此诗话别。时乾隆三十二年七月十有二日也。

塞上卮言

孙起栋

乾隆二十年丁亥春，户部郎中阿敏达字云帆，榷山海关时，延予训其子额乐春、额尔金，朝夕剧谈，殊相得也。一日，予出所藏苏文忠公行书一轴示之。从容谓余曰：天下之宝当与天下共之，携以上献可乎？如果献，后当寄酬千金耳。余率尔可之。初不意其食言，亦不意其遽殀也。自还京师，即出使西垂，卒于途次，而此物成乌有矣。嗣余姨弟佩璁报余云：顷于燕市见有人以千金售其物去，知为大兄物，然无如彼何也。余至今以为恨云。

赠塔少司空序

孙起栋

维时镇守山海关副都统塔彰阿公，康熙、雍正间相国松公之子也。由尚书郎累官御史给事、中阁学士，迁擢至今官，年已七十矣，而好学不辍，性耽史。与言款款不倦，如家人父子。雅知余，延为子师。一日谂余曰：余知先生已二十许年矣，君乡柯君昔与余同为给事中同僚，数数为语余而太息焉，谓君才俊也。吾欲言，又恐有涉于私嫌，盖时有同乡胡太史事，柯曾言之于上。是时胡太史之子聘富室女，以胡大考被黜而家又贫，富室猝遽绝婚。柯君薄其人，上闻，奉旨得谐其事，而胡太史亦得复原官。今故人已成千载，而余亦老且耄，与君邂逅相遇于此。言之惘然，为援笔记之以赠。柯名瑾，湖北大冶人。

海上即事一首序

孙起栋

时在五月二十八日，居停主人招同南北幕府诸君出游，至海上，赵石渠在焉。是日冷风飒爽，殊涤烦襟，轰饮无算，颇惬意。石渠出都时，其师褚学士赋诗赠别，有“见及鲰生”语。爰次其韵成一诗，示赵兼寄怀学士。时学士方家居宅忧，扶太夫人榇南下石湖营窀穸，尚未还都也。

楚风杂兴自序

孙良贵

三岁适秦，过是用长，赖先后明公匪怒伊教，备员全身，绪趣棼俗，自分楮墨疏缘矣。今岁复月初度四十，旧时同学寓书索近诗，有云夏声则大，崆峒剑鸣，言者心之声也。将以征诸生所行，行所学，学所授焉。夫乌知夫西京寂寂，谁缅雅南；北地硁硁，久咽汴水。侯方域《春兴》诗云：多时词赋属三韩，高山近可仰哉？终言熏德宜良，高美莫及，土音天限，初服难忘，感事怀人，百端满目。得诗八十首，名曰《楚风杂兴》。洵不知兴之所至而为此也，乌乎诗！

王明府诗

张家榘

案作者世次在嘉庆初，应归下卷

深泽王明府公培奉檄承办征苗军需，凯还后作《戎马书生八图》，自题长歌寄意。又十年卒于城步任所，其子锺翰请予作诗。

酬王中之明府

张家榘

中之名金策，山东诸城人，由庶常出宰黔阳。嘉庆庚辰冬，予与金陵陈子言同校沅州试卷，既竣事，中之以公至郡，与予才一谋面。予即先子言归，后于子言处见予诗，作诗见赠，及赠子言，书之子言扇上。子言归道长沙，以扇示予。未及答，又得其手书，因酬以长句，并寄子言金陵。

赠陈大云

张家榘

陈大云沄嘉庆辛未与予别于湘阴舟次，其时犹诸生也。越岁壬午，以编修典广西试，归道长沙，省其尊人金门刺史，相见于飞虎寨行馆。临行索诗赠别，为赋长句，并简令兄秋舫修撰、芝眉编修。

篆经图为香雪女士题

张家榘

香雪姓陈氏，黄仲良孝廉继室。仲良有嗜古癖，自题居室曰三长物斋，金石文字其一也。香雪幼习古篆，既归仲良，尽出所藏，临之益工。尝谓昔人多书佛经，以书者可以养性，而藏者不致亵视，因手书《心经》一过，仲良叙之。其末云仲良入寺不礼佛，香雪亦借此学书，非佞佛者。枞阳阙丈岚艳其事，为作图，而以所书《心经》及菩提叶附其后。

吁天煮药图

张家榘

奉新张孝女名淑先，衡阳令草堂启庚女弟，年十九，许字陈。未行，值父病喘殆甚，淑先于严寒中煮药檐际，衣不解带者百余日。医议投寒剂，淑先默探气息，力主附桂，得愈。既愈而淑先致疾死，母检其遗箧，得代父疏。草堂恸之，为画图索题。

田家诗六首

张家榘

予行年五十，托无一椽，食无半亩。往岁得县令官，恐吏事牵率，不得买田归耕。既改就闲秩，又贫未即归。老病侵人，未知此生遂有田可归耕否？顾孺仲之念，一日未忘，辄作为田家诗，非以虚拟储王，亦犹渊明归去来意尔。

再题子振子立秋灯听雨小照

张家榘

戊子秋，为子振昆仲题《听雨山房》册子，阅今五年，子立渐有归兴。复属题阙丈岚所画《秋灯听雨小照》，极道归与之乐。盖仆与子立老困冷曹，宦况都可想见云。

过大花滩诗

谭光鼎

滩在黄杨堡之上，半江皆伏石蹲踞，激水成轮，宽广数百步，中空如深阱，声同雷吼。舟筏少纵即漩入阱中，无得出者，舟人恒惮之。水满则无，水落即见。

哭城中屋诗序

邓胜逵

邑城东门内有屋一区傍学宫侧，为先人发迹之所。虽兵燹后焚其楹栋，而遗址尚存。无知族少盗售于人，历年所矣。今年春，学师李先生招饮，酒酣，次其旁舍，瞻顾振触，不胜怆痛，作此哭之。

宿吟道观偶述

邓胜逵

自总角时，即知小洋资水东厥名道塘有真庆观，今老矣，徒以癖蠹守愚，未一涉其地。今年正月，以避喧为游春计，间行至止。得挹羽流一清、四聪、濬安等，邀入精治，色笑舒和，陶陶然与春光相明媚。已而置炼餐，设小酌，欢宴永日。不揣方外之结契有如是，因颓然大醉，宿道院。次晨披衣遍览，观内外洞壑林麓，逶迤幽邃，心诧者久之。都人士何以久淹不传也，其斯地之有幸、有不幸邪？始叹宇宙间所称洞天福地，不遭有心人，芜没于空山寂历中者多矣，因为诗以志之。是岁将游学资阳，拟命及门龚清赋之，以祈骚人韵士和，冀斯地之有闻于世也。观原名真庆，余以其地为道塘也，因易之曰吟道云。时乾隆甲子孟春上浣日也。

嫁愁集自序

贺国华

维余系出鉴湖，幼生湘渚，性耽琴史，雅好师资。敢窥二酉之藏，漫探五车之富。讵料囊空司马，思买赋而求金；饥迫渊明，每叩门而索米。十年浪迹，八口鞭心，聊寄歌吟，略抒悲愤。情同落雁哀声，时和湘弦；性类卷葹解恨，难逢萱草。岁华云迈，卷帙浸繁。爰忆昌黎失意，曾以送穷为文；小子效颦，亦拟嫁愁名集。柏梁制礼，沈约为媒。茧纸鸾笺，暗传庚柬。笔床墨几，聊代香奁。曲谱催妆，词翻织锦。自此线添金缕，时压垂柳千条；莫令酒入回肠，如灌武夷九曲。敲灯击钵，谁云恨海难填；短调长吟，勿令眉峰易锁。用标骈语，共证同人。

旷岣嵝太史文序

郭焌

岣嵝与余皆不幸年少窃文名，由童子而诸生而贡于雍，试则皆幸首其偶。又少都不自量，心雄胆放，妄谓事无足为我难者。然皆贡雍，又十年而始领解额。乾隆乙丑同客鄂渚，有合刻时艺之订，未果。既余自刻于都中，而岣嵝亦拟自刻于家。皆各汰其少小峥嵘之作，得如干首。而余属岣嵝仍登少作一二，俾知坡老旧时文字，原非一味平淡。顾岣嵝自贡雍后，方日从当世巨儒讲求经济务，雅不欲以制义名，自谓伏案功浅，谈理之作弗如余。然岣嵝自少以饥驱，周览名山川，磨炼世故，又肯肆力于史籍，论事之篇雅极淹博。读岣嵝文者，略其粗而采其精可也。然而文之佳恶，岣嵝曰吾自得之，余亦不复赘云。

晬盘诗会序

刘元熙

岁在摄提，月逢姑洗。风名明庶，温应候于东皇；星号老人，朗垂芒于南极。则有佳儿挺特诞生江夏之门，好景芳蕤正值竹秋之节。今年系长年初度，迟杯流水曲之一旬；前夕为望夕良辰，次月满珠圆之二日。屏开锦绣门间，弧矢森陈；地藉氍毹席上，俎戈灿列。集嘉宾于藜阁，履如曳春申三千；出英物于兰阶，气可吞云梦八九。早知跨灶之异，何俟着鞭；且试晬盘之祥，果先挈印。岱宗之松虽小，已具千霄碍日之姿；丹穴之凤方雏，便有巢阁仪庭之致。羡权奇之有种，父匪牛医；信炳蔚之多文，母占虎梦。文强再见，还推行谊无双；鲁直重来，又擅文章第一。乃有南阳才子、北海词人，雅会墨庄，千日之春胶共倒；同挥茧纸，七枝之香草争吟。谓盛事当以图传，而佳篇必须胪列。骈罗百宝，堆来玛瑙之盘；秀发三珠，写入琳琅之什。昨岁金钱玉果，请散筵前；他时骥足龙文，看征轴里。盘以将颂，真符多富多寿之云；诗可作声，试听大珠小珠之落。

征刻曾二见先生遗文小引

王立楷

玉蕴深山，价因藏而弥重；珠生沧海，光以瘗而常辉。汲冢书自古难窥，广陵散于今未绝。吾邑曾二见先生，士林圭臬，翰苑凤龙。振声于寡和之场，嗣音屈宋；鞠旅于无前之敌，对垒熊刘。先民矩矱犹存，余子幺麽不数。乃才人多厄，文运终屯。长吉锦囊，空有呕心之字；子云白屋，不无覆瓿之书。虽剩爪余鳞，异采自他有耀；而残篇断简，再传岂复能留？仆论古常先，拾遗恐后。摩挲剥蚀之句，曾惜琳琅；网罗灰烬之文，思登梨枣。谁非嗜学，家家宝有鸿篇；悉是同心，处处私为绝作。故欲沾丐多士，垂涎鼎肉之脔；抑使衣被经生，翘首枕中之秘。呜乎！蔡邕载籍之富，付与何人；次山著述之传，责归来者。惠予一艺，锡我百朋。

吊忠烈母公诗序

罗万卷

公名崇正，四川拔贡，崇祯末令桂东。十六年，张献忠陷衡郴，遣贼徇桂东。众皆逃。公曰：吾为朝廷守土，敢爱死乎？贼至执之，不屈，骂贼死焉，民皆为涕泣。万卷先世，公部民也。与闻遗事，作诗吊之。附诗：

峨眉山头万古雪，中有伟人英且烈。作宰沤江值明季，满地烟氛愁欲绝。贼烽压城日欲昏，到处降旌争出奔。独抱孤城心慷慨，城亡与亡存与存。大呼杀贼贼魄褫，众寡莫敌势不支。崇祯癸未秋九月，城陷不屈公死之。是时蜀都更苦贼，纷纷豺虎交驱逼。锦官城外啼杜鹃，万里忠魂归不得。二三遗老时呜咽，眼见当年颈溅血。街谈未竟泪先流，骂贼独闻常山舌。沧桑变后原野空，凤凰山下土花红。裹尸无人寻马革，至今夜夜生悲风。呜乎！公生爱民如爱子，城亡与亡得其死。辅轩未上英气存，遗民数语当青史。

上陈忠洁公墓诗引

刘烺

甲申之变，内外戒严，诏天下勤王。公以御史视学北直，时行部至易州，闻警即戎服入京，比至，城破则已三日矣。按：此据公家传，与《明史》异。考公家书，致命在十九日。公缟衣哭君，血书诀父，遂自经于上湖南试馆之椿树上。三仆仓卒市棺，窆于馆之荒圃。越顺治十年，京山秦嘉系始捐金购地，迁葬公于永定门外石榴庄。公无守城责，易州距京三百里，离贼尚远，即不死，当无以大义责公者。知必危，然且至此，岂处危城邀专谥二十一君子所可同日语也？当时敌骑充斥，杀人如刘麻，而公以书生冲锋直前，以视拥重兵不进者为何如？吾不难公之从容就义，难乎公之勇也。公谥忠洁，赠太仆寺卿，本朝谥恭节。

募修铜镜岭憩亭引

朱景英

蹒跚茧足，剧苦双缠；荦确孱颜，难堪一憩。暮烟七五，伤心不在劳劳；尘路三千，行脚何妨止止。乃有岭横铜镜，古遗海右孤亭；渡俯金埵，高接城南二曲。单椒复麓，几切云根；密树丛篁，半颒雨槛。瓦松暗溜，椽竟生花；础藓平浸，柱还吐菌。层壑依而鬱驳，危泉落以砰訇。行者畏出乎其涂，栖者自绝于其侧。在予也行车偶过，辄用徬徨；谅善士倚杖频来，应生悯恻。际此打包万岭，当知行路之难；于焉弛担移时，便有息肩之乐。蒙茸尽翦，山面新开；槛楯重扶，湖心远豁。功成不日，奚大费乎金钱；德报有时，胜广修夫琳梵。不过粟分一粒，望我同心；即兹厦坐千人，鉴予寸意。

读沅州董太守诗题后引

朱景英

乾隆十二年，董公祷雨于庙，立应。梦神属题“世笃忠贞”四字。初不解，已读宋饶端学《昭烈王庙记》，始知神为唐义士张公，扞死睢阳难者也。遂书梦四字制为扁悬之，并题句于两楹，为文镵诸石。附诗：

昌黎三叹中丞公，谓有藩蔽江淮功。中丞以功不以死，新旧唐书本诸此。史传偶见雷万春，死事最详南霁云。淋漓写尽乞师痛，独不一及张将军。兵间传闻多疑窦，往往耳食成实录。不然撮举遗姓名，新鬼旧鬼同声哭。将军生与南八伦，载在别乘宁非真。生得光岳之间气，死为郡国之明神。惟丑有九蜡有八，谁其尸之谁肃杀。蚪蚄猫虎皆有灵，要为四民回夭札。沅州太守董寿光，精诚实与神相羊。梦中见神神与语，一属大笔题琳琅。依稀记得忠贞字，占梦无心阅遗志。始知神是将军身，挥豪遂作灵异记。将军之死由贺兰，如何人骂阿荦山。一师不出生郁怒，却忆浮图着箭处。男儿死耳复何云，二十四郡乃有人。记成字字增悲壮，似有英风来纸上。中丞不死将军生，赖此一与昌黎抗。自古忠义士非奇，埳井之蛙每疑之。莫谓此文惟述梦，昌黎亦有罗池碑。

灵石山诗序

张九钺

利水戍下里许有石岩滨江，高削不如观音岩弹子矶，而奇秀过之。《水经注》载利水经灵石下，一名逃石，高三十丈，广圆五百丈。《耆旧传》言石本桂阳，迅雷一夜迁此，故名逃石，又名灵石，临江壁立，霞驳若溃。利水又南注东江，以地理考之，疑即此地。自来吟咏不及，纪以一诗，用俟来者。

羊报行序

张九钺

羊报者，黄河报汛水卒也。河在皋兰城西，有铁索船桥横亘两岸。立铁柱，刻痕尺寸以测水，河水高铁痕一寸，则中州水高一丈，例用羊报先传警汛。其法以大羊空其腹密缝之，浸以苘油，令水不透。选卒勇壮者缚羊背，食不饥丸，腰系水签数十。至河南境，缘溜掷之，流如飞，瞬息千里。汛警时，河卒操急舟于大溜俟之，拾签知水尺寸，得豫备抢护。至江南，营弁以舟飞邀报卒登岸，解其缚，人尚无恙，赏白金五十两，酒食无算。令乘车从容归，三月始达。余闻而壮之，作《羊报行》。按：此即元世祖革囊遗法。

张锅魁歌序

张九钺

张锅魁，秦人，鬻面锅魁于成都市，以业为名。年三十许，为征金川兵卒负粮赴军营。蛮酋四十余从箐中突出，劫粮缚众，卒将刃之。锅魁夺贼刀，斫贼殆尽，解众缚。裨将闻其事，报大将军，呼至帐中询杀贼状甚悉。将官以官，不肯，予之金，不受，仍归卖锅魁成都市中。崇宁米生同客乐安，述其事，余壮之。泰州仲松岚官蜀时曾作诗，在广陵以示余，余乃作《张锅魁歌》。

郴州曾孝女祠诗序

张九钺

孝女山东宗圣后裔，父尚增，官郴州刺史。州署夜被火，孝女起掖父出，复入负母。母病瘫，负之不得动，掷州印出，竟抱母焚死。畏干焚署处分，未请旌。郴人伤其孝烈，建祠苏仙岭下，一夕而就。余闻之，为赋诗。

道州女沈将军祠行序

张九钺

将军名云英，萧山人，明道州游击沈至绪女。献贼寇州，至绪战死，女率十余骑斫贼营，夺父尸还，献贼骇走武冈。道州人德之，建祠麻滩以祀，国朝犹著灵驱山贼。慎庵任州司训，来都门为余言，且曰：非子长句，不足表奇事。乃赋是诗。

郊劳台歌序

张九钺

郊劳台成，方桐山宫保建东西二坊，钺代撰四字。东坊曰“六幕归仁”，西坊曰“万方送喜”，书之于坊。皇上驻跸新庄，至行礼日，由良乡县穿城行。钺为城中民居贾店作凯旋新联几千余路，一日夕挥就。以都中进贺册内，无专赋郊劳台者，归作柏梁体百韵，纪其实焉。

大湊山歌序

张九钺

大湊山在桂阳州城西，铅锡铜厂在焉，又名宝山。厂为州刺史所司，官是者皆缘为利。家大人以丙戌司州铎，戒士子凡营谋厂利者，勿以一呈一牒闻，宫墙肃然。暇即与州人士寻访古迹，著《桂源草》。以竹枝体作《桂阳见闻诗》及《宝山诗》，桂阳人皆能诵之。寄示九钺，命作《大凑山歌》。

赠药师院复亭上人诗序

张九钺

师传为吾楚永州人，某别驾公子，习武事，出入蜀中边塞。尝挥金救友于狱，能挽强弩射十数虎。一日弃妻子，落发峨眉伏虎寺。飞锡来豫章，见药师院为马祖道场，倾圮殆尽，乃入居之。辟荒田十余亩，躬耕自给，不入城市。大修精舍，一木一石皆出其手。堆阜种竹，号万竹亭。今年八十余，犹能车水灌田，又能济人困急，乡民皆德之。余以勘灾散赈数宿院中，见其所吟诗，皆潇洒有致，尤工擘窠草书。赠以七言二律，师大喜，书之于壁。

拾棉曲二首引

张九钺

三川棉花之利赢于粟麦，拾棉日四野如云，俨入图画。洛俗，许河北贫妇女拾其零星遗弃者，近来颇成争讼，官府设法逐之。余因用张王乐府体作《拾棉曲》，述土风焉。

赠陈童子额序

潘相

陈童子书绅，濮之东许村人。年十二，从清丰秀才尚含章学，四子三经皆成诵，循循雅饬，众谓陈氏有子。癸巳季春朔九日，见途有遗橐一、布一、法钱四千六百一者，拾而伺之。无还觅者，则携以入馆，请于师书帖招之。明日，有挽车人男女八口揭帖以来，则莘人王姓赴河南者也。问所失相符，遂尽与之，其人拜谢去。噫嘻，童子其《易》之蒙亨者邪？余从众请，锡之额曰“蒙亨作圣”。童子其益静而清，作养正功，勿以为名而市之，即古大儒名臣事业，皆于是乎在。

书还石轩诗序

龚大万

黔阳署东轩有石高八尺许，苍翠如笔格玉，古色可爱。询知为北郭邱氏月沛园中物，为前尹异致者。邱名士琳，字玉玱，明崇祯时贡生，需次县令。园临烟溪，庵有金粟、寒山诸胜。其仲子诸生式籽抗节。国初，为镇帅械送武昌。毕命时撰文自祭，有“以汨罗之水、首阳之薇，致祭于邱君之神”云云。今园亭之胜，子孙尚世守之。余曰官署犹传舍，园距城甚近，公暇携尊往眺，奚为不可？慎亭同年贤尹也，因即还之，遂以轩名，还石亦佳话也。

和吴建轩诗序

龚大万

都下好事者作《燕兰小谱》，吾友新化吴建轩思树极菲薄之，尝为诗有“摩调忽开无故事，一时啰唝和巴人”及“筝阮无端催鼦急，不宜黩点太平风”之句。作此和之。

答半帆兄寄示诗序

周锡渭

半帆兄寄示宁夏采风诗八章，盖德与言兼之。顾其地苦贫瘠，颇以逋欠为忧。敬献一章以广其意，且志数年来离别之感。

闷坐赋诗序

周锡渭

五月十九日宿怀远县李丘家坪，回思去年五月从半帆兄赴兰州，是夜宿中卫之胜金关，家兄买鱼置酒为寿，盖以次日余生辰也。今又一年矣，岁月如流，忽焉至四十，名场得失，何与素怀，从此躬耕，宁非至乐邪？顾并不可得，而客路崎岖，世情龃龉，半生辛苦，何日息肩？孤馆闷坐，遂赋一首。

和杨蓉裳诗序

周锡渭

去年杨蓉裳刺史以《横城登高》诗见示，匆匆未及属和。顷间见其幕客石午桥和章，遂追作一首，仍次蓉裳原韵。

湘中览古诗序

周锡渭

时岁在甲寅，授徒长沙。衡皋司铎善化，晨夕过从无间。曩蘅皋负笈岳麓，距今二十余年。不谓乃复栖迟啸傲于此，白发诵《论语》，岂其梦邪？顾念予与蘅皋踪迹非一，由前准后，此情此景可多得邪？耦耕旧约，五岳前期，悠悠千载之心，永以为好。临风怅望，情见乎词。

酬孙蘅皋诗序

吴杉

乾隆辛卯之秋，余从蘅皋得交胡朴园及周箬渔兄弟，彼此情好甚密。戊戌北上，朴园、麓樵会都下，日夕过从无间。而箬渔、蘅皋皆在武昌幕中，每谈及，未尝不娓娓难释也。余既放归，蘅皋亦去武昌南返，示余寄胡朴园诗章，并索次韵。效颦之嚎，信在大方，而回忆潭州之游，欢会邈不可得，此岂当时所料邪？云散风流，徒增怅惘而已。况乎身世之交，蘅皋寄情禅悦，时命之感深矣，毋转念又牵于尘鞅也。

卢沟桥诗序

吴杉

予来京师，素芳先予来，五年风雨联床，命酒必醉，醉必为诗。余尤喜其“黄金台上多青草，鱼藻池边半夕阳”之句，妙入初唐。欲仿其意作一首，未能也。顷素芳谒选得建水，余适同车南归。过卢沟桥上，梧叶随波，黄流乍涨，时七月十二日也。故作此追和素芳。

壬申岁暮寄愤诗十五首序

秦文超

案作者世次在康熙中，兹以采录稍后，故附于卷末

愤之所生无所寄，则愤激而呼天，忧愁以终老。太史公云：其计画无复之耳。余怀古感今，愤不一端，各有所寄。援笔成诗，不拘音律，知我心者，良云不易。

纪梦诗序

秦文超

丙子仲夏朔四夜，梦与李敬庵会。共策马登山，途中所见佳景难以尽述。日暮抵一邑，有主人留宿，云城南陶公试剑石，名胜也。诘旦游其处，果怪石临江，巉峰峭立。急流环绕中，一石五色灿然，约三丈许，即陶公试剑石也。有楼阁倚城上，俯视长江，云树苍茫，题诗满壁。流连既久，日暮言旋，忽钟鸣山寺，乃惊斯梦。但不知陶公果系何人，斯景果在何地。余按渊明、弘景挂冠而隐，必无试剑之事，或士行为八州督，有此遗迹乎？而舆图又不载，亦奇矣哉！因纪以诗。

前哀虎行

秦文超

乙亥仲冬望六日，潭邑有虎入市，经三宿为居民杀。余哀斯虎之未伤人与物也，因作《哀虎行》。

赠杨汉瞻兄弟诗序

秦文超

汉瞻尊人参戎公，报国之志未伸，汉瞻与兄汉依复从军继父

业。余知其弓马娴熟，恐韬略未精，劝其读书，酒酣吟三章以赠之。

留别选山楼五首序

秦文超

环衡邑皆山，署中一楼若与山接也。甲申春余省夫子，命其孙承诹从游讲习楼内。余爱兹楼可以凭眺，烟峦云岫，朝夕变态，而山之秀浊美恶亦有异者。因颜曰选山，见山之不同亦若文之待选。淹留弥月，秋风飒飒，游子思归，颇恋恋斯楼不置。酒酣漫成五律，与楼志别，书贻承诹。以见名山胜地，师友相聚，皆有宿缘。留此俚言，作他年一段佳话云。

燕中吟序

秦文超

昔白太傅《秦中吟》，其序云：余居长安，闻见之间有足悲者，略举其事，因命为《秦中吟》。余下第授徒京师，其闻见之事，亦有类于太傅者，聊仿其体作《燕中吟》八首。

题王良甫先生靖难录后二十韵序

秦文超

先生陕西泾阳县人，天启进士。初任广平推官，继任扬州司李，不附魏党，救释无辜。后升山东副使，罢官居乡。流贼寇关中，先生练习乡壮，以捍一方。闻闯贼陷京，烈宗殉社稷，先生七日不食死。

刈菊序

秦文超

菊应秋令而开，以傲霜得名，黄为上，白次之。今园内开者悉粉红，如以小人冒君子之名，失其质矣。恐留之佳种亦因而变，刈之快。

东征

秦文超

东征者，秦子游齐鲁，历吴越，由豫章归楚，述途中所见之友朋相与之情，吊古兴怀。及归家，感时触事而作，非敢拟古，聊以自纪云。

赠绍能上人序

秦文超

上人粤藩尚王孙，已爵总戎，将兵在外。因安达公之变，逃入匡庐，削发栖贤。事平入京，诸贵人皈依，建三乘寺于西华门居焉。今年近八旬，忽游峨嵋，来衡岳，遇于张子斋。感富贵何常，沧桑易变，赠以诗。

挽式庵上人九首序

秦文超

式庵讳元理，诗僧也，住南岳福严寺。被谗蒙难，侨居长沙，与余交最久。后仍归岳圆寂，今已数载。因来衡邑，雨窗追忆，叙其始末，挽以九绝，聊代小传。

闲居百咏序

秦文超

庚子夏夕，露坐庭中，儿侄辈询诗法。因及一岁之中闲居所有事，皆日用人情之常，辄举百余题笔之于纸。当读书既倦，小饮微酡，偶拈一题或数题，吟成示儿侄，以为初学诗之法。噫！鬓毛将白，髀里肉生，尚沾沾以吟咏自娱，抑又悲矣。

意惬篇序

秦文超

诗贵乎意，尤贵乎惬己之意，有意则寄托高远，含蓄蕴藉，能惬己之意则融洽贯通。时而九天九渊，时而一颦一笑，若远若近、不即不离之间，已得题之神矣。杜老云“意惬关飞动”是也。否则模拟刻画，若优孟衣冠，纵求工于声调字句，而神气索然，非尫羸之状，即痴肥之物，亦何益于性情哉？因以意惬名篇，聊自勖云尔。

岳麓八咏序

秦文超

岁壬寅重阳后二日，同僧溪隐游岳麓。见书院荒芜，二寺颓败，想三十年前风景如昨，不禁慨然久之。然名山真迹兴废有时，而一段灵光常往来于胸臆，固不能湮灭也。赋诗八首，俟风雅君子常加护持云尔。

同人宴集诗序

秦文超

雍正二年上元后一日，张检讨雪汀，招同涂少司寇夔庵、杨龙泉幼丘、张睢州伊平、王龙门希洪、王广文子述、孝廉彭述庵、胡景康，暨余九人团拜。余思壬午同榜八十三人，二十年来半登鬼录，其存者或宦游，或家食，在京师得与斯会者只此九人，不胜感慨系之。赋诗二首，以见盛衰不一，聚散无常云。

过苎萝村西子庙十首序

秦文超

西子适吴，原奉越王之命，感范蠡一顾之知，亡吴正所以报越，其功不在文种下，非同失身亡国者可比。因过苎萝村，见乡人尚有庙祀者，知公论自在身后。敬题十绝以表其心，知西子有灵，当必有以报我也。

题小照十二幅序

秦文超

天下山水不能尽游，游亦不能尽记。然其要者辄往来于心，终不能忘。余自读书麓山至今龙丘，思欲归休以全初志，此一生游历之大略也。适周子学山为余写小照十二幅，余因志之，以见光阴荏苒，风景不殊。自幼至老，行藏遇合皆寓于中，又不徒以游为事矣。

李北海碑诗注

秦文超

吴门劳澂字在兹，诗人也，工画。寓岳麓寺时，李碑周围茀草，夜值山火延烧，在兹同僧弥嵩率人运水救熄，而碑已焚毁，落石三片，上有十七字。在兹以锦囊盛之，视为至宝。后遇吴逆兵变逃避，千金行李一无所顾，只负石囊出走，人皆笑其痴癖。桐城姚先生赠以句云“十七字留三片石，二千年遇再来人”，真艺林佳话也。自在兹逝后，此三石不知落于何处，故及之。

案：李北海《麓山寺碑》，系二十五行，行二十五字，合衔名、年月、赞词为二十八行。旧翻木本首尾完善者一千四百十三字，其中仅泐六字，其不全者或一千二百三十一字，今原石仅存九百九十六字。《湖南通志》载，嘉庆七年此碑断裂左角，长沙知府沈廷瑛收残石，嵌立小碑于旧碑之左。凡九十四字，而未载劳君锦囊十七字一事，盖未见此诗。大氐此碑自康熙初至嘉庆初为两大劫，而皆火使然。闻嘉庆初亦以寒天椎拓用火燔炙，故致泐也。然除两次泐字外，失字尚及三百，不可推求。殆两次之泐，不止十七字与九十四字，但各据所收得之数耳。近拟觅旧本重摹立石，别有碑考志其详焉。汝怀附记。

湖南文征　卷八十五

小序下

赠谢立山太史诗序

贺代伯

太史谢立山先生，粤东高要人也。为诸生者四年，进列上舍者七十有三年。乾隆丙午举于乡时，年九十有八矣。明年春集试南宫，天子闻而嘉焉，特赐翰林院编修，归里时人荣之。余与同舟南旋，索诗为赠，作此应之。

基村诗序

贺畯上

余少居嵇茄之阳，戊午冬自桂阳旋里，筑屋长沙河西都。有山曰基岭，以基与嵇同音，居游之暇，发为咏歌，命题曰《基村》，存旧迹也。

三台塔诗引

谢最淳

益治东水口旧有阁曰三台，前明崇祯戊寅秋，邑宗伯罗文介公与中丞郭公些庵经始重新，赋诗宴集，极一时盛。逾四载辛巳圮于水，旋兵燹毁无存，荒沙白水垂百五十余年矣。乾隆甲辰冬，邑诸君子慨然共谋兴复，易阁为塔，甫鸠工，值岁祲辍。越十有二年乙卯冬，同志奋兴，请于大尹三山郭公，诹吉举工，次第就绪，将观厥成焉。爰即宗伯、中丞两公经始倡和原韵，不揣谫陋，敬步后尘，谬附二律。

易草目录原序

张九镡

余所为《易》解说论辨十余篇，益以今《易钞》考定十则，杂撰若干条，题曰《十翼余闻集》。平生发愤独在说卦传一篇，因悟重卦、序卦、名卦所由，如参两逆数诸说，悉断以己意，无所依傍。其于图书之论，夏殷《易》之辨，归于阙疑而已。虽前后缪误不能自保，要其大略，取合于经旨焉尔。呜乎！玩辞玩占，寡过立德，十无一二。腾其口说君子，弗尚也。摭前人以自是其愚，非立于不败之地则不可胜也。徒弃人作乐事不如庋置勿道也。虽然，与其随声守形，擿埴索涂，而漫无所用心也，无宁过而存之。辛未春三月上巳日。

陈烈妇诗引

陈宏亮

烈妇缪，重道季女也，年十七适陈。陈故贫，越十二载夫亡，氏濒死者再。舅姑悯其少，欲令改醮，氏执义不可回。后产遗腹子，抚乳之。又时托其姑饵以粉，盖将预为死计，故先诱其儿与祖母亲也。一日，携酒浆奠夫墓讫，仆地大哭，恸血淋漓，被冢草尽赤，见者泫然。归缢于家，以救苏，卒刎颈而死。时嘉庆二年五月某日也。初，氏夫没归宁，父隐风以改适意，悄然曰：妇女虽非男子，固俨然具人身。闻古有蔡文姬，真才而兽者耳，儿讵忍效之？父知其志不可夺，及闻其死也，叹曰：吾早知有今日矣。吾儿死义何悲焉？予闻而喟然者久，因述而歌其事。

锺氏小石山诗引

陈宏亮

锺子良宾伟然负仙质，家畜珍玩，所宝小山石尤奇。石高起有咫阔七八寸，色惨绿，四峰相次。其一突起，下狭上广，空中瘠外，岩磴烟峡之状宛然。少折而西，屈曲作凹，甚幽邃，脉隆隆隐起，衍为平冈。冈之上稍锐而夷，度可容数指，为次峰焉。其二峰，一出平冈后，斗削巉嵯如不可攀。一亘延平冈之西，倏低倏高，左转而右回，与所谓下狭上广者，其势若顾盼。余览而异之，因锺子索诗题其壁云。

游梧桐山及观二首诗引

陈宏亮

客昌江三年，艳闻兹山之胜，今始游焉。会秋初，碧桃可餐，林枣半熟，余既遍阅岩谷，而同游五人弄笛撞钟，飘然有出尘想，因述其事而各系以诗。五人者彭子景颐、黄生止冈、植三乙照，暨余弟铁农子也。乾隆丁未中元后一日笔于梧桐观。

赠李鉴亭诗引

陈宏亮

频年契阔，我切班荆。屡日绸缪，君殷投辖。遂旁参夫，塾课乃谬，托以文衡。日午香销，甲乙诸郎之作。更阑烛炧，寒暄我友之情。爰成七字之吟，无妨挤壁。兼补四旬之祝，敢望挥斤。

平江谢公薯歌引

陈宏亮

薯本音庶，甘蔗也，无平声。今所食薯，土音呼殊，古无纪载，大约产瓯粤。有赤白二种，皆蔓生，藤紫叶青，根肥大者，或如瓶瓮。种于夏，收于秋冬，生熟皆可啖，味甘美，煨食尤佳，今吾楚处处种之。而滥源平江，粤东阳山孝廉谢公仲沅之赐也。

平江访杜少陵墓诗引

陈宏亮

墓在邑治东小田，近墓杜氏皆其裔。明弘治间，小田杜昂献诰敕二通：一载宋绍兴三十二年十一月二十日，敕承节郎杜邦杰；一载唐至德二载五月十六日，敕杜甫，敕云：敕襄阳杜甫，尔之才德朕深知之，今特命尔为宣议郎行在左拾遗，授职之后，宜勤是职毋怠。命中书侍郎平章事张镐赍符告谕，故敕后一行载年月日，年月有御宝。今其家世寥落，坟墓隐然。或疑其裔之是而墓之非，余曰：皆可，弗泥也。诗以志之。

和侯生忆昔句引

陈宏亮

侯生名本，江南江浦县人。戊申学于余，作《忆昔》诗云：忆昔孤帆带月行，莫愁湖畔最留情。风光似与潇湘近，却少君山入眼明。余因和之。

和毛华谷蝴蝶会诗引

陈宏亮

昌江掌院蔡橘村，中湘人，值盛暑，与华谷等八九人约，以一壶二碟饮文昌阁。暮而往，倦而归。名其会曰蝴蝶，蝴隐壶，蝶隐碟也。时乾风方用兵，华谷作序作诗颇及之，余因和八十字。

读邑志有怀萧止庵先生诗引

彭孚

先生名士熙，明季两中副榜不第，鼎革后隐居湘东乌塘，足迹不出城市。其送曹易庵谒选诗云：自笑张侯从白首，一生曾未梦长安。介然之志略见于此。工诗，不多见，方志所传《南岳别岩》《清凉寺古松》二篇皆极清越。邑先辈言：诗者殆不能过。尝借观二十一史，期年而毕，论断皆有根据。聘修邑志，半月即脱稿，理学、经济具见于篇，世鲜知者，可慨也。

高台寺有怀罗念庵先生诗引

彭孚

戊午九月二十五日，从祝融绝顶下望会仙桥，同人径往入罗汉洞，皆石路尺许，下临万仞。余虽未去，为之股栗心寒。转行峰半观音岩，略平坦，石屋广可一丈，中有大士像，顶礼者鸣钟不绝。一巨石长十丈许盖之，中断裂二三尺，若坠在须臾者，余不敢入也，遂憩高台寺。罗念庵先生寓此数月，手植七松，其一今枯若龙爪，余皆铜鳞石根云。

赠周二如诗序

杨兴植

周子二如与余论诗者累月，七言近体甚佳。余欲其兼致力于古选也，作是诗勖之，即以志别。

分韵诗序

杨兴植

春日李松圃比部，招同朱小岑、布衣胡雒君、徵君及欧阳磵东孝廉壶山看桃花，至普陀岩小集。以花坞夕阳迟分韵得阳字。

陈良祠诗序

杨兴植

荆山易翁号眉川者，构别业于其里之陈子山。一夕梦陈良来室，遂以其堂设栗主而祀之，令余作《陈良祠》诗。

赠门人张大令诗序

周锡瑜

大令名学尹，字子任。余主讲湘阴时，曾从游门下，别十余年，几不复记忆其人矣。去秋，邮寄尺书并试卷，兼贶诗五章。

适余病疟剧，未暇启阅。今春展视之，始知其占籍顺天成进士，以县令分发福建，未往而居艰。其拳拳不忘老夫之意，流溢于楮墨间。可不谓笃于师友之谊者哉？今秋服阕，将之闽矣。诗以代书，即赠其行。

中元感赋诗引

陈宏典

时苗匪猖獗，州县索夫，去者、还者、疾病者、存殁者、军营火烬者、金衄者、鹰鹯猿猱豺虎饲者，乃知李华吊战场不虚也。仆本恨人，何心佳节，遥闻野哭，用著兹篇。

再赠汪世缙诗引

陈宏典

乾隆戊申春莫，余馆晓翠轩，汪子来，值雨不能去，留连数日，且赠之诗不复记忆。昨来具言幼子乳臭即爱予诗，因诵之而乞赠。予喜旧诗，复得书以赠之。时嘉庆元年秋七月既望。

踏雪诗序

戴泽三

富民于滇南诸州县，幅员为最狭，计其村三百有六，稽其烟户八千余耳。高山荞，平地稻，园廛梨栗之盛与大州县相埒，而晚发则宜豆麦。是年夏，民望甘霖甚急，余率士民竭诚祈祷，果得沛泽优渥，岁以大熟。入冬以来，豆麦滋长，正深滋润之望，忽而同云密布，甲申雨，乙酉雪，勤农来报，以为于豆麦大宜。余不禁跃然也，乃率同人踏诸郊外，登南桥，临北陌，玉线纷霏，银沙旋舞。山则瑶笋千寻也，野则琼氍万叠也。三白兆丰，涂间抃舞，彼百姓之乐。其乐也，固其所也。吾侪乐人之乐，触景兴怀，能无吟咏？灞桥驴背之兴，吾与诸君同之矣。

哭陈渔恬诗序

贺德澍

陈子渔恬负隽才，早知名，与德澍交最笃，性情学识直追古人。今年秋以病夭，名士之厄未有如渔恬者也。以渔恬知我之深，待我之诚，我不哭渔恬，谁哭渔恬者？随所记忆，拉杂成篇，且期与天下后世惜才者同哭之，终不知地下人许为知心否也？

哀刘参将诗引

舒正载

刘名锦麟，汉军人德安营参将。孝感胡家寨贼起，刘带兵前往。时湖南苗疆用兵，德安营皆在调，参将兵新募入伍，又军械多新制不中用，援兵后时不至，遂陷。时丙辰五月十七日。

舟发涢水诗序

舒正载

时贼匪窜鄢郢间，各军镇进兵剿捕，德安郡守至汉东界防堵，且督粮糈。余奉檄勷事，由水路往，感而有作。

途中即事诗序

舒正载

丙辰秋，仲贼于钟祥地，方被官兵围，因夜遁西窜。凡前所焚掠，复被蹂躏。官兵追及之处，斩首无数。正载时由此路返老营，将彻粮台，辄有是作。

孝犬诗引

舒正载

余世居竹坳，迩来人安生业，风俗复古。族子台居贫食力，其从父某贫而瞽，以佣舂为业，老更衰惫。台曰：吾幼不能事父母，今一同堂叔父而不能养，人其谓我何？于是招与同居，甘苦与共。先是，邻舍侄泗家畜牝犬生数子，台从泗乞其一。既长大，犹识所生。数岁，牝犬老且病卧墙下，台每食饲犬，犬食将竟，必大嚼而奔。初不觉也，村中诸儿嬉戏，狎见犬奔而至，病犬食其唾，皆拊掌笑曰：是犬又送饭来也。以问台，始知其为母子狗。乡人来述其事，作《孝犬》诗。

获鹿石人歌引

周有声

石人距获鹿四十里，面深黑如漆，舆人谓其怪，好窃人车上膏，故过者争以是沃之。此齐东语也，然其理可以鉴，遂赋此诗。

题倪文贞公小像引

周有声

文贞公弘光时原谥文正，像为闽人顾鲸波臣所作。有董华亭题“玉汝学士四十小像”八字，赵味辛舍人怀玉属题。

固原新乐府引

周有声

传心，吴县人，为固原吏目，有惠政，后移迪化，卒于官。其弟埙，乙酉孝廉，官内阁中书，为制新乐府五章，记其事之可采者，以代志状。予亦为歌咏之，申哀诔焉。

有感诗引

周有声

余辛卯计偕北上，过信阳曾有句云：人家多半依流水，山色犹能似故乡。忽忽二十六年，风景不殊而余已颓然将老。对之凄然，不禁有感。

襄樊怀古诗序

张九鍒

聚族襄源，依于汉皋之曲。移家潭上，远在洞庭之南。客自晋阳，道经岘首。人情念祖，胜地停骖。矧碑老寒烟，怅风流兮异代。城余落日，伤耆旧之无人。汉阳可许相才，诸葛是真名士。阑街拍手，何妨竞唱铜鞮。临水濯缨，敢效高吟梁父？

移居诗序

张九鍒

庚申腊月，予复自城北迁居，稍西草屋二间，愈远而愈隘。位置家具，匆匆两日余。偶吟先大父“苍皇杜甫携家似”之句，因历所见，成诗九章。并邀同志者共和焉。

盂兰盆歌序

吴鲸

七月十五盂兰盆之说，皆主佛经目连救母事。《释氏要览》云：盂兰华言解倒悬也，岁华纪丽，亦以是日为地官考校之元日。《荆楚岁时记》谓是日僧尼道俗，悉营盆供佛千金。《月令》谓是日营盆供寺为盂兰会。此皆以佛教言也。《老学庵笔记》则谓俗以是日具素馔享先，织竹作盆，贮纸钱焚之，视盆倒所向以占冬之寒温。《梦华录》亦云以竹斫成三脚，买素食擦米饭享先，以告报秋成。多买目连经，搬演杂剧。《七修续稿》谓当是“箊篮盆”三字，则盂兰盆实起于风俗，与目连事适同是日耳。余谓佛教风俗虽殊，其为享先则一也。金风初来，气机惨澹，人间发谷捣衣，泉下宁无冻馁，此亦霜露凄怆意也。邵子论焚楮钱事云：冥器之义也。脱有益，非孝子顺孙之心乎？诗以咏之。

江庆璜妻诗序

罗登选

长沙庠生黄道贤女也，少聪慧，通书史。年十五适平江江庆璜。庆璜以苦学致疾卒，氏不食四日，气几绝。其姑欲以不食同死，乃强食。越五年，为乾隆甲申九月十六日，先夜黄感夫入梦，又微闻舅姑有他志，遂于是日别二亲，诡言祭扫，怀匕首携婢诣墓哭尽哀。麾婢他之，自刎死。家中发箧中有白绫，书绝命诗二首云：黄花冒雨泪涓涓，泣别分离已五年。一剑不如从地下，孤鸾到此又团圆。秋风无处不凄酸，垂白双亲要自宽。为报黄泉成乐土，何妨白日到人间。事闻京师，时公卿大夫士赋诗成帙，同里余存吾太史作传传之，余见其传最后，为拟赋此。

节义歌序

罗登选

乾隆丙午冬，台湾贼林爽文聚众抗官，彰化令刘亨基为贼杀。亨子利钊格贼，贼又杀之。女满姑年十八，随母张氏奔投署后池水，贼援之出，女骂不绝口，贼以刃加颈，骂愈烈。贼割去其鼻及唇，截出其两乳，女啮贼手，流血过腕。贼怒，以刀刳其腹而死。贼既平，福康安公以其事上闻。诏曰：刘亨基之女满姑，抗节捐躯，不忍令其淹没，可照例旌表，并入该处烈女祠，以昭示奖忠不遗微末之意。为作歌以纪其事。

金钗行引

罗登选

明崇祯癸未，献贼犯衡山。时曾王父以事远出，王父年十四，曾王母与以金钗，俾为避兵舟车之费，遂免于难。追作《金钗行》。

寿乐诗序

黄崇实

梅屿翁工诗，性豪放善饮。一日来余家沉醉，剧谈数日始去，自言生平无此乐。今秋访益阳某友，轰饮亦如此，是一岁得两乐矣。昔东坡作《百步洪》诗遗王定国，以谓李太白死，世间无此乐三百年矣。今翁一岁而得两，岂直坡翁比哉？乃为诗以寿之，名曰《寿乐诗》。

镇龙寺诗序

黄崇实

寺先指挥遗迹也，丁丑重葺而小之，诸像以渐装饰。即其东间为公祠，环以田园为伊蒲计，无竹树阴蔽。外则垒石，四周不盈三尺，空阔可坐览焉。诗以志之。

柳林后山种树歌序

黄崇赉

柳林为我十四世祖子里公故里，西偏镇龙庵为公所建。公仕有明，以军功授提督，总理军兵指挥使，奉职中朝。辟斯址者，公嗣仕源、仕诚二公，是为洪武七年。居地平原且敞，其后嵚然累而下者为斯址来山。绝顶曰麻阳山，山上有庵曰普福，亦公遗迹。代禁樵采，中间稍弛。族人重谋种植，不忘先也。歌以志之。

古洗歌序

裴垚

辛酉秋，舟过洞庭，渔网中得古铜器，青翠斑驳。索而视之，高五寸有奇，口径尺腹可容三数升许。旁作两兽耳，口啮环，环已失，中有双鱼形隆起。铭曰宜侯王，制作朴拙，字兼分篆。博古图所传汉双鱼洗类也。亟购以万钱，爰为作歌。

绣竹词序

王敬禧

雍正癸丑间，先君子曾游澧阳，见于笔记者，有孟氏家山绣竹叶皆缕，解云，是杞梁妻针黹，时念远所为，至今蕃茂。今年晤兰江杨翁为予云：昔曾亲访其地，前所为姜女祠，祠僧云：屋后遍山竹皆是，然当以无意觏之。若预为期，恐不获见。尔时登山，延眺果与常竹无异。因凝神注睇良久，叶渐有散者，既而弥望，竹叶皆散，多分为五缕者，当风策策，亦不复见其合矣。予重感其异，爰仿乐府体赋之。

青陵别墅诗序

王敬禧

陈惕斋学博，有世业在白马湖上，即曾南丰《归老桥记》所云青陵之田也。尝考得记中之柳侯乃筠州牧柳平，字子仪。今孟冬朔，邀同人游赏其地，且谋作亭，以明旧迹。因次颍滨，寄题柳氏天真堂、康乐楼元韵。

西园感旧诗序

吴炯

炯少好奇计，间以示人，往往成笑。每欲得一解嘲者，久之难其人。研北老人，湖以南名宿也，尤善于风尘中识奇士。炯自幼即心向往之，然是时老人官闽中，虽欲见，末由也。及老人解绶归，会余有邵陵役，遂不果见。及炯归可见时，而老人已谢世矣。炯与老人并世同里，相隔一牛鸣地，而终不得一见，岂非天哉？一夜梦游西园，西园者，老人官台湾时所筑休憩处也。有感于瓦破垣颓，花残柳剩，而成七绝十五首，用悲老人不再至。醒时堕渺茫者过半，录其存者足成之，以见炯之于老人神交如此，或不为老人所唾也。

食笋呈吴兴太守诗序

陈绳祖

《吴兴紫笋咏》纪唐贤，顾渚云魂，名推岕槚。今则茶事云湮，农夫罢役。空余故院，莫睹春团。然露叶云芽，山川未改。阳崖阴岭，风韵犹存。顾旅人无津逮之资，茶户有鳞皴之患。山前瑞草，方试旗枪。火后红封，谁勤选纳。自非风流太守，不足起废寻幽。庶几孤闷寒生，亦得除痟去疠。傥蒙撷秀，幸稍分珍。

还遗金诗序

张力行

仆守宁郡一载有余，土瘠民淳，相与安之。今年春量移汾水，得署守李司马书并诗见寄。盛称张姓还金事，索余咏，且归功于余。夫旌善以励俗，守土之责也，若诩诩以德化，是贪功也，则吾岂敢？因附诗册末以答之。

随游小草自序

徐其相

古体最忌庞杂，十九首非一人之诗，而手笔如出一人，有所承也。故古于古而期与古合，古于今而必与古分。分之正所以合也，若近体则直从古体中来者也。木兰连建五律，山斋差类五排，泛河全是七排，春情渐开七律。六朝固唐之先鞭，何遽以近独分也。譬之树然，深红浅白皆春所为，岂有元气薄而发其华滋哉？故变者，体也。变而不变者，体之所从出也。风会趋而有不得不更之势，支派别而有不得不归之源。

案《沅湘集》云：其论如此，知其于此事用功深矣。兹专选其集陶诸作，陶园集中题倬湖律，陶所云“非夸硬语古能盘，自有良工心独苦”者也。

欧阳竹园泌溪垂钓图诗序

赵慎畛

湝水源出武冈，泌溪其支派也。在邵阳西逆流注湝，其上游则泌龙岩，岩之东小水行原野间，西折为山阻，流入岩罅里许，复穿岩而出。岩之中奥窈幽邃，水清深，多鯈鱼。竹园翁结庐其侧，终日把钓供母膳，母殁，非祭不钓，钓亦不复在得鱼矣。其子俊绘图征诗，慎畛为赋五古一章。

近游杂缀自序

蒋云宽

永明楚徼小邑，故事之见于纪传者甚少。余钓游之暇，颇有志搜讨，凡得之父老传闻，及躬所睹见者，随笔录记，久而成帙，琐屑拉杂，不足当一邑掌故也。虽然昔人云不出户知天下，若居其方不辨其山川道里，又有居室不知牖户之讥，方语里谣，苟足征信，又乌可尽废哉？今冬归自岭南，将拟北上而有待也。里居余闲，因取旧所录者，稍加诠次。其有图经已载者汰之，计存九十余则，厘为三卷，题曰《近游杂缀》。他日宦游四方，置之行箧，时一省览，故乡风物，宛然在目，即以当家山卧游可也。

传书序

何凌汉

甲戌冬，欧阳坦斋侍御重辑会馆全书。甫付剞劂，旋已请假归觐，濒行，乃諈余为校勘。余手是书而阅之，体例明晰，增删有法，诚盛举也。顾其间捐项一门，人数无几。窃意楚水燕云，鳞鸿渺隔，因权需时日以待之。今忽忽几三十年矣，贤俊汇征，计偕而至者云集，且喜寄捐项者之接踵而来也。爰亟命梓人卒其事，既手订之，乃装池之，要期于复旧观以信今传后而已。乡之善士，或见是书而益踊跃焉，则不惟旧馆既葺而新之，而新馆之建有日矣。行将勒名丰碑以并垂于不朽，当亦好义者所同志也夫。嘉庆丁丑四月朔。

孤柞叹序

蒋湘垣

督佣辟墙隙地为圃，有柞当路，落而为薪，伤其材，虽大而不能适于用，乃竟斧斤以死。古人云：以不材终其天年，斯语岂其然与？感叹之余，倏然有作。

赠罗金门明府诗序

晏贻琮

余抱病都门两月，濒于危者数矣。众医皆谢去。适吾乡罗金门明府入都，慨为诊视，服药数剂而愈，作诗以谢。君名泽应，号金门，湘潭人，官河南新蔡县。

八骏图

晏贻琮

嘉庆间，西域每岁上贡名马，高可八尺，风鬃雾鬣，世所未曾睹也。上特拔其尤者为八骏，并各锡以嘉名，敕上驷院卿绘图以进。画工徐呈祥，上平日所赏识者也，因令先属草焉。图既进，震庵遂谨留其原草，将宝而藏之，出以示余，敬系以诗。

渡江诗引

晏贻琮

天分南北限，人动古今愁。此余幼时和友人作也。嘉庆甲戌秋，随筠溪尚衣过此，偶忆前句，因足成之。亦以见事皆前定云。

片帆草小引

秦关

夫诗以境生，兴因人发。境能悦目流观，极云水之娱；人尽同心合唱，得埙篪之助。奚必扬风骚于屈宋，山水方滋；恣啸傲于阮嵇，烟波始阔。

癸酉春仲，余与黄花耘虎痴昆仲同赴辰江，以舟作屋，满装琴箧书囊；即舫为家，半贮诗瓢酒碗。青山绕榻，渐引吟机；白浪打篷，顿添壮藻。始则探珠角胜，翻龙窟以狂歌；既则画壁争雄，擘鸾笺而浩唱。夏舷乔口，花飞杜老之舟；酾酒天心，风撼岳家之垒。过琼湖而访旧，芳草留人；入古洞以寻春，桃花送客。江淹笔扫，开司马江山；李贺囊贮，满元龙湖海。莫不寄遥情于千里，写离恨于三春。虽范水模山，未免湘灵窃笑；而褫风喝月，直教河伯诧奇。

篷窗汇稿，得古近体诗五十首，敢谓旌功旗？聊为记里鼓可也。嗟嗟！鸿泥踪迹，良会难逢；鱼水生涯，同群莫必。幸一舟之偶聚，快二仲之偕行。抗迹孟韩，旗鼓真成劲敌；希踪李郭，神仙自诩风流。此时江上豪吟，雅合竹枝之调；他日蛮中传唱，应谐铜鼓之声。

水竹居士寿藏序

罗新瀛

水竹居士者，湘潭之东乡人也。尚气节，敦耿介，与古为期，读书务实得。幼习制艺不遇，遂置勿论。性疏放，不治生产，通诸子百家言。凡阴阳艺数，逐一周知，而未尽其术。浪游肆志，涉洞庭，泛彭蠡，搜吴山之胜，揽浙水之奇，爽然有会心焉。中年索落，栖息草舍，若无不可终日者。即景兴怀，因时感事，赋诗约千篇。此岂不得志于时者之所为欤？亦从吾所好耳。戊午季夏七日，年已六旬矣，乃卜寿藏于居之左，刻石以志之，且系之词曰：山之灵，水之清。怀沉澈，气嶙峋。山乎水乎？曷知曷仁？又何间乎居者之精魂？

采豆行序

康增城

去岁之旱，吾村中除一二足谷翁，皆不能足食，间有不举火者。今年多种麦，黄豆为屑煮之，人皆黄瘦。康子哀之，作《采豆行》以俟观风者。时丁未五月下旬也。

卖诗翁诗序

刘振翥

卖诗翁，予乡奇逸士也。姓杨名兴树，号荃圃，晚号山樵。不求仕禄，不矜小节，纵情诗酒，间类放废者，人皆以颠呼之。年六十，日事大窘，尝挟其小诗以卖，价甚廉，里儿争买之，遂自号曰卖诗翁。著有《山樵外史》，一名《载鬼一车》，皆荒怪不经之事。然规戒褒贬，于神道设教之意似有寓焉。

游花山诗序

刘振翥

县城西梅树村三里许为鸟山，鸟山半里为花山。山高不盈二丈，地阔不广二亩。乱石参差，嶙峋奇峭，如花蕊乱攒，因以得名。余世居此村，偶访养拙山人，因题其壁。

牛家店四首序

刘振翥

牛家店，古属十六峒瑶山，今隶邵阳隆回。余县转徙者，居之百有余年。垦土为田，家多饶裕，俗醇知义。瑶人仅五十分之一，其昏祭诸礼，悉用吾乡旧俗。但地冷风高，丰歉与都邑异耳。

里有贺翁诗序

聂汝康

贺翁夫妇者，尝戏言死必同时，勿以残骸累子孙。果以今年二月初吉同逝，亦一奇也。诗以纪之。

艳火行序

潘其炯

演剧非淳朴风也，至鄙陋，如所谓目莲，则更惑人心矣。顾曲非闺阁事也，至相逐而极于旷野，则益乖风化矣。楚俗昔既信鬼，湘人今复善讴，合鬼与讴而一之，于是目莲、观音之杂剧出焉。此其老少奔波，男女杂遝，伤风败俗，举国欲狂者，数十年于兹矣。己巳秋，演目莲于城东之石牛铺，彩缕高结，俯临人海，粉白黛绿，垂帘而聚观者不下千人，因不戒于火毁焉。当是时，闺帏弱质，尽颠倒于浓烟烈焰之中，市井狂童，竟狎侮于白日青天之下。其折肢体，焦发肤，弃其钗钏，裂其衣裳，不知凡几，有惭而自经者焉。呜乎！乐不可极，乐极生哀。欲不可纵，纵欲成灾。岂独为有天下者之规箴也乎？友人有作诗纪其事者，而题不雅驯。余以为佳人曾沐名曰香溪，狂客所烧呼为妖烛，是火也，得不谓之艳火与？因作《艳火行》和之，以为闺秀观场者之鉴。

冶春残梦录序

葛树蕃

香山白傅，曾传长恨之歌；采笔江郎，爰赋销魂之句。兰香别去，消息全无；燕子归来，凄凉太甚。芳辰犹昔，旅馆式微。泪本无声，滴断经宵之雨；梦来何处，烧残照影之灯。谱幽怨于哀弦，懊侬成曲；托悲歌于击筑，变徵为声。虽风日清和，共浮绿蚁；湖山跌宕，同跨青骢。奈绛雪难逢，彩云易散。鹃空啼血，未博双飞；花是断肠，不开并蒂。宁复诗传画稿，解擘校书之笺；格号簪花，看摹内史之帖也哉！乃者花县才人，悼亡多句；琅琊公子，情死有言。伤心紫陌红尘，回首美人香草。因题写照，即事抒怀。字字相思，闷杀秦淮客子；声声入破，愁绝燕赵佳人。会当万里桥边，一逢踪迹；遮莫三生石上，重话因缘。君本恨人，剧伤绮语；仆亦情种，为续招魂。

醵修挂榜文塔小引

葛树蕃

治东北二十里许，有山濒江，而石质壁立数仞，望之若幅然，俗因名之挂榜，然质脆常块落。村人每以石落之多寡，觇岁宾兴贡士之数，间亦验。初，形家谓其顶平处宜建塔，主二十年内玉堂之选。邑先进郑某某乃纠捐，面势如其言，嗣是笔山、九峰、芗泉三太史，果相继以起，位皆班台省，术者神之，则乾隆间事也。顾地处闲敞，樵夫牧竖之所摧击，雨雪冰霜之所剥蚀，就圮者盖五六十年矣。道光三四年，吴墨卿学博再倡建之，而程课为甃工所卖，费数百金寻将复圮。某念合邑风水，有举莫废，尤虑计博而势不壹。拟集同志三十人，均醵成千金，砖者易石，坚者易陶，五级易七级，既视前规稍宏，抑计或永图也。乐善君子于是其有意乎？道光癸巳长至日雪窗呵砚稿。

闻舒青洋讣书所赠墨竹诗引

葛树蕃

此幅为青洋丁巳年所赠，相随十有六稔矣，今日视此虽近，邈若河山。小春念一日闻讣，哭于晋州寓斋。诘朝书诸幨。

诗传问答韵语小序

杨明上

采蘋

此教成之祭也。序以为大夫妻能共祭祀，而朱传从之，误矣。《昏义》：妇人先嫁三月，祖庙未毁，教于宗宫，祖庙既毁，教于宗室。教成祭之，牲用鱼，芼以蘋藻。此《诗》言季女主祭，湘蘋藻而奠于宗室，其为教成之祭明矣。《内则》：观于祭祀，纳酒浆、笾豆、菹醢，礼相助奠。教助祭也。此《诗》于以奠之宗室牖下，教主祭也。

何彼秾矣

此伤配非其耦也。当在东迁之后而错简于此。《传》谓齐襄公结昏于王，而周人耻之，是也。序以为美王姬，实因错简而误。说者因此，乃以平王为平正之王，齐侯为齐一之侯，岂复成语乎？硕人之美庄姜也，曰齐侯之子，卫侯之妻。韩奕之美韩姞也，曰汾王之甥，蹶父之子。閟公之美僖公也，曰周公之孙，庄公之子。诗如此类多矣，而乃凿为异说，妄孰甚焉？且诗亦并非美词也，何彼曷不明系反兴？若曰王姬之容何其美，而载王姬之车曷不肃雍也？详玩经文，自见矣。

日月

此庄姜不见答于庄公而呼日月以诉之也。朱传谓此篇与《终风》篇俱在《燕燕》之前，以《燕燕》固庄公薨后诗也，其说是已。序以为庄姜遭州吁之乱，而伤己之不见答于先君。是以此诗属州吁时矣。然谓伤己之不见答于先君，则此诗仍主庄公言非主州吁言也。后儒因序遭州吁之乱一语，遂以此诗俱主州吁言之，尚复成语乎？小序固多妄，而亦有成于后人之附会者，此类是也。

将仲子

此女子拒狂且也。里杞墙桑，明系民家风景。畏父母，畏诸兄，明系女子心情。序以为祭仲请图叔段，而庄公拒之，非也。朱传从郑樵之说，而以为淫奔，亦非也。

遵大路

此弃妇留其去夫也。寁故寁好，岂所语于君臣？大路大道，抑岂淫奔所出？序以为君子去庄公，而国人思望之，非也。朱传改为淫妇为人所弃，而于其去留之，亦非也。《传》曰郐人夫妇相弃，是也。郑诗而曰郐人者，郑灭虢、郐，而诗得于郐地也。

有女同车

此见同车之女而思慕之也。有女同车，言有女同车而来，而己适与之遇也。佩玉将将，言其车已过，而但闻佩玉之声也。熟玩诗词，宛见道路相逢、流连怀想之象。乃诗人自慕其彼美，而彼美之翩若惊鸿者，意中固未尝有诗人也。反覆经文，自见矣。

风雨

此诗语意与《召南·草虫》相类，盖亦妇人喜见其夫之词也。风雨鸡鸣，永夜独处，怀思之况，犹《召南》之言草虫阜螽也。既见而夷瘳喜，犹《召南》之言降说夷也。序谓乱世思君子，朱传改为淫女见所期之人，皆不当也。不夷不瘳，岂可施于硕彦君子？又岂可以称淫人乎？

野有蔓草

此行野者相与怀人也，不可知其何所指。然就经文按之，清扬婉兮，语与《齐风·猗嗟》篇同，乃欣其容仪而非慕其才德也，则以为思遇贤者，过也。与子偕臧，乃同行者相与语，而非指所思之人，岂有男女相期而与人共往者乎？则以为淫奔者，亦过也。大抵乡邑中有仪容美，性情和，为人所欣慕者，是以行其野而相与怀思耳。

震省堂遗文序

何庆元

希濂先生少负清才，壮希绝学，志修运促，德裕门衰。盖知故朋徒泫然于天道难谌，而没身之余之无复可恃也。业为表墓纪岁祀，乃遂杂搜遗草，招梓人镌布之。传不传听诸天下后世，要于吾党自致之心为无憾焉。呜乎！荣衰赫寂，生死同命。馁慊悖修，实虚完玷。宣暴声画，诚弗能自掩也。予未敢几斯文之必章，而愿与并世能言之士，察其才，思其学，推其志之皎然靡可诬，知必有太息流涕于数理乖反。德业成坠，昭闳之弗能无待者，则先生存殁蹇郁，犹将一日获伸于地下矣。夫先生家世质行，具详予表，兹不著。震省乃先生署以自儆者，故采命其编云。

家塾古欢斋诗序

陈期

岁丙寅，先君子捐馆舍，侍慈颜左右，遂睽函丈。自念半生辛苦，不欲遽就荒落。择此室闹中有静，足以重理旧业。占毕于兹，阅十余寒暑，安其朴陋，不假缘饰，嗣因诸儿辈年当就傅，遂延师课读，骨肉一堂，互相氐厉，亦仍其旧。是秋，两弟咸集，商易旧馆。予允其说，遂鸠工黝垩。工竣，入此室处，觉室之光明与心境相映，掩卷静对，若夙契焉，爰摄笔以纪其事。

生平无嗜好，所好惟坚白。扬辉月正秋，含辉玉蕴石。白生虚室中，四壁增润泽。旧污已胥捐，清光来几席。此心苟无瑕，可以永朝夕。不磷而不淄，圣训昭于策。於戏！学圣不至尚为贤，学贤不成徒自惜。惟怀清守洁，占素履之无愆。亦宝璞完真，冀学古而有获。因不兢事乎繁华，又岂或守夫雌墨？

张楚材诗序

蔡云逵

楚材幼工诗，其大父詹事公常目为后来之秀。顾楚材不徒以诗见也，自詹事公没，茕茕当户，每抚手泽，慨然流涕，思出其瑰玮卓荦之才，光大门闾。顾壮不得志，为文章常见黜于有司。举半生慷慨郁积之气，不得已而姑托于诗，是岂其志哉？予与楚材齐年，一吟一咏间受针砭，独予困厄闾里，日咀古人糟粕而发言为诗，终不能登作者之堂以哜其胾。岂穷而后工，楚材可至于成与？抑天之所限，人力不能强齐与？屈子曰：善不外来，名不虚作。孰无施而有报？孰不实而有获？方今圣天子在上，一艺皆庸。愿与楚材益肆力于古，和声鸣国家之盛，将来信今传后，当不徒以诗见也。是詹事公九原所厚望也夫。

赠朱宝仙诗引

蔡云逵

宝仙先世山东历城人，以从龙隶汉军。曾祖琬次君出守沅州，历官贵西道。时诏许汉军子孙远官不能回旗者，听所在落籍，因隶湖南芷江县。其尊人心池先生，诗人也，宰粤西上林十载，有惠政。与临桂朱小岑布衣依真、临川李松甫比部秉礼交好，袁简斋尝亟称之。宝仙以名家子为诸侯上客，与余善，一日索赠，为赋一诗。

募修滴水埠石路序

蔡云逵

盖闻雨毕除道，行李无草茀之嗟；水涸成梁，车马有康庄之适。际圣朝重熙之会，正贤侯莅治之初。井里乐耕凿而三登，往来恃梯航而四达。凡兹废坠之修，俱是睦姻之教。吾乡某都某甲有滴水埠者，岩悬数仞，老弱之攀援难登；石甃千层，风雨之消磨易坏。况大江涨满，春夏淤拥泥沙；曲岸碕高，雪霜颓余磊砢。某等目击而情殷，无如举赢而力绌。窃思捐修道路，盛世乐广其仁；任恤乡闾，诸君好行其德。苟解囊而襄义举，将书美以寿贞珉。凡收资多寡，用数若干，皆一一登记，以垂永久而示来兹。尚蕲无吝夫朱提，庶几流芳于百世。是为引。

塞上吟序

方联甲

昔人谓晋傅咸《毛诗韵语》为集句之始，宋初遂有集唐人句者，犹未盛也。至石曼卿以文词为游戏，然后大著。元丰间王介甫尤工此调，而坡翁则有天边鸿鹄之讥。然其辞意对偶之工，正如无缝天衣，欲求其掇拾之迹而不可得。近时为此者亦夥。余壮岁随先君子宦游秦晋，往来边塞垂二十年，其地风土人情，与夫山川形势知之颇悉，因集唐成三百首，名曰《塞上吟》。每一披阅，似悲歌慷慨之气流溢行间，塞草边云犹历历心目间也。

题子然上人所藏手卷引

贺光巘

子珍，宋治平中人，手卷长可三丈余，首题《大波若波罗密多经》，卷三百一十五，想不止此也。卷尾云：皇宋治平四年岁次丁未闰三月初六日起手写。勾当写《大藏经》并建造经楼，首座沙门子珍。七百余载，纸光如新，真缁林珍玩。上人藏已数世，不轻视人。然考之诸书，名俱不载，为可惜也。自宋至今，皆有题名。

读曾祖遗诗感赋序

龚立海

先曾祖外臣公，著作宏富，久皆散佚。立海于《楚风补》上得读遗诗，感泣沾襟。序称天与楼诗甚富，有中晚之风，所选止近体二十首，足见遗亡者之多也。

三华次韵小引

张星焕

宾缘主集，地以人灵。酬唱一时，流传千载。惟三华之胜地，结灵石之幽林。双桂风香，九莲云涌。有高轩之客至，蹑蜡屐以朋来。爰分韵以赋诗，并作图而纪胜。惜也浮云已散，妙墨难藏。窃岂穿厨，飞同破壁。慨画图之羽化，空尘壁以纱笼。所惜树拂珊瑚，有长留之诗卷；庭堆锦绣，珍什袭于家藏。景山斗以倾心，向邯郸而学步。抛砖漫引推敲，求一字之师；佩玖频贻著作，证千秋之想。

谒周节愍公祠诗序

郭祖翼

公讳二南，字汝为，云南蒙化人，明季由选贡为长沙府通判。张献忠陷长沙，公恢复疆土，抚集流亡，仁惠大著。乙酉擢岳州守，士民乞留，改守长沙。其年五月二十七日，李自成焚劫浏阳，公驰兵往援，大有斩获。六月八日，接战于浏之官渡，又大克捷，公亦被创。贼乞抚，公骂之。会有他贼画计，潜师下流逆渡。出公阵后击之，公裹创血战，中流矢遇害，时六月十一也。事闻，赠太仆寺卿，国朝追谥节愍。

黔苗竹枝词百首引

毛贵铭　原名文翰

古乐府有竹枝词，其音激讦清越，写风土人情、儿女琐事。俚而古，质而艳，婉转而含思。吹笛击鼓，扬袂舞蹈以赴节。虽其词不传，然断句如“巴东三峡巫峡长，猿鸣三声泪沾裳”，节奏犹可谱。唐刘梦得谓竹枝音中黄钟之羽，其所作最得神理，有变风意。宋惟黄涪翁《上峡》《入黔》二首，自谓可入阳关小秦王调歌之。及宿歌罗驿复得三首，乃云李白谪夜郎旧作，梦中授之，其实固涪翁语也。元虞伯生和袁伯长，有古音而未极韵致。至杨铁崖西湖竹枝，节拍入妙，遂与梦得争长。揭曼硕女儿浦歌妙亦差类之。后人既失其音，遂流为秾靡啴缓之体，无足取焉。道光丁未秋，余旅寓黔省东门外之水口寺，门临大道，群苗男女往来如织，皆通晓汉语，因诱与谈，问跳月跳年事至悉。复杂考黔中书志，侏儒怪奇，剧可愕笑。因列其类，凡八十二种。以竹枝谱之得百首，虽未能嗣响诸家，抑亦巴歈之亚也。

打虎行诗序

周燮祥

有客言，壬戌夏，村民郑氏兄弟薅于畦，有虎自林中来，咥其兄，将超篱去，弟挥锄夺兄尸，还卒杀是虎。嘉其义勇，作《打虎行》。

周钲歌序

周燮祥

钲，钟形而扁，两栾棱然。栾径舞高七寸有半，栾围二尺三寸有半，参分栾围，去一为舞。围鼓间凸起，作鹰隼蛇虺状，质镂文如篆籀。甬其端，长五寸，围六寸，空中上下通。甬近舞约寸许，丰如鼓腰者寸。腰有乳四，厚五分，重四十有二斤。质诸博古图，知是周物，藏易琼圃家。云土人于洞庭之青山掘得之。

迎神诗序

周燮祥

周子感时事作也。沅湘好祀，信鬼神，村巫涂面作神语，指陈休咎，若有物凭之者。凡疾病灾异辄祷，祷必应，众颇惑之。

赠容光上人诗序

吴莹

容光甫弱龄能诗，五古尤得晋魏人风力，岂有夙因邪？然黯淡之情见诸词色，似于如如之旨未尽了然者。拈此勖之。

磨刀行序

欧阳棻

桄榔溪血石屹立，先民云补天之石，久而堕焉。其说颇不稽，姑因之。此石常以须磨励者，感而有诗。

伏波庙诗序

欧阳棻

横州贵县之交，有将军滩，汉伏波庙屹立其上游。泊舟入谒，感而有诗。

海鲸歌序

欧阳棻

夜泊浔州水次，闻舟人谈海事，甚称鲸最巨且怪。然亦有获而食者，乃叹神物之难保其身尚如此。

小绿石斋杂著序

彭洋中

筠侨先生诗，洋中既编次为之序，翙梧丈忽以杂著諈诿。忆岁庚寅，洋中以所作吴墨卿先生墓铭就正先生。先生喜，顾谓洋中：子近是矣。虽然，此未易事也，千秋之业，望吾子勉之。今忽忽十八年矣，驽钝之质，自顾无成，而先生不可复见。三复遗编，不禁惭感交集，怆然伤怀于不能已也。先生之文，理懿而境峭，趣旷而体奥。集中论潘威溪先生文，所谓其色秋树寒涛，其味浊醪谏果者，庶几似之。盖先生雅有洁癖，家世多藏书，净几明窗，手自丹青，皆一一有部署，无少污损，虽其子必禀命乃敢取读。生平不轻许可，不妄言笑，见者肃然，而于师友风义，扶掖后进，缠绵悱恻，情溢乎词。故其酒垆邻笛之感，时时见于集中，而无状如洋中，顾爱之笃、望之深亦如此。此可以知先生之为人，即可以读先生之文矣。

定州试院题壁诗序

刘际泰

乙巳季秋，就顺天学使王菱堂幕，襄校至定州试院。院后有楼，高三丈余，三面临空，足备眺望。江右顾君留题七律，后人步韵者踵相接也。登览之，余次韵十首，借以述怀，工拙非所计耳。

遣四愁诗引

凌玉垣

平子四愁，体无复拟。孟阳后作，竟乏神致。暇日思为蛇足，因仿其体，上希先圣各言尔志之意，近慕士衡袭故弥新之论。发情属翰，撰言述古，题之曰《遣四愁》云。

牡丹诗引

凌玉垣

姊聓张蔼村昭燡，乞予家牡丹孙枝，植于心逸亭畔，蔚然成丛，而家园先植萎谢已久。觏兹蕃菀，弥感零落，为赋一诗。

红梅行

凌玉垣

小园一树，瑰形丽质，为诹徙植之，所实自朱家之第。述兹孤艳，用戒豪侈。

复题画兰卷子

凌玉垣

戊子嘉平将有远行，画兰题诗，与金三子善淦留别。今年复睹此卷，已更三载。聚散之勤，生事可慨，复题二诗还之。

寒江风雨夜诗引

凌玉垣

泊舟新塘，风雨竟夕，羁旅之怀，浩然难已。作《寒江风雨夜》。

饮西涯诗序　　凌玉垣

夏一卿吏部，恒招同罗研生、萧史楼同游极乐寺，薄暮复饮西涯水楼。风荡郊野，绿蔚成幄。作诗纪之。

张玉夫孝廉声玠新乐府题词八首小引　　凌玉垣

玉夫暇日为玉田春水轩杂曲若干首，贞雅俶诡，事不一致，类情揣称，务极杰丽，清容先生之续也。为各题一截句其后。

读书偶识自序　　邹汉勋

余结发就傅，读一书，辄置书盈案，资其左验。必旁通曲征，有得于心然后释。乃复性多遗忘，昔日所得有寻思数日而始复悟者，于是识之以篇简，裒然成卷。非敢云著述，亦匪借以求知于人，但记此心之得失耳。然见必出诸已，理不阿诸人。虽见书未广，容有暗同者，交士未多，容有遥合者，亦惟自信无剿袭焉。至于破前人之训故，必求唐前之训故方敢用。违笺传之事证，必求汉前之事证方敢从。此私心自告无过也。恒愿天下藏书之家，好学深思之士，教之诲之，质之书使翻绎之，则此生之大幸也。

颛顼宪考自序　　邹汉勋

余幼读《史记》《汉书》，苦其日子稠浊，无从是正。后习宪术，始知以今之密术，上推其至朔日闰而不合者多。久之，乃悟当时各有所行之宪，因以差池耳。考始皇二十又七年，下讫汉太初元年，共一百又十七年，施用颛顼宪，而宪书、宪志皆不著其术，故自来学者无从考校。余是以发愤检群史宪论，及《史》

《汉》中至朔日闰编成一书，盖仿春秋长宪例也。又别摘《汉》《史》讹谬显然者数十事以为符验，亦以明吾言之不谬耳。

夜登空灵岸诗序

言友恂

俯瞰湘江，秀拔奇峭。己丑岳游返棹，夜泊岩下，束炬而登石磴，陡绝曲折数重。上庋木为阁缭以阑，严谽谺如张口，上下石壁色如铁。上穹然如覆，下平如削，中凿一井，涌泉清冽，饮之云能却病。深可五丈，广三丈，高丈许。入后渐低窄，犹容十数人。尽处两旁有小洞，如人咽喉，烛之深不可测。时夜黑风起，江水汹涌有声，仿佛震荡，肃然而恐，不能周览远瞩。出履大石，森然欲动，循涂归舟，足力几尽。知聆僧语，若在空际。是夜宿岩下。天未明，舟人摇橹北发，比醒，已抵岸矣。

自题观心图偈引

言友恂

六尘之生，惟眼最先。眼既受尘，而意随之。意既受尘，而心随之。耳鼻舌身，不待言已。故欲见心，贵无有眼。无眼无意，而后见心。求见心者，又须用眼。眼不他用，而注乎心，而后见心。无住著斋居士作图，命曰观心。尔时居士，眼无所见，心无所得，而说偈言。

舫园杂咏小序

言友恂

舫园居士归自都门，卧病逾月，贫匮日甚。医者以为劳损抑塞之疾，乃学为歌词，以自排遣。词多倚声调笑令，取其声调圆适且易就也。作《舫园杂咏》十首，客至击节歌之，病若失云。道光甲辰展重阳前二日。

花朝诗序

周诒朴

丙申花朝，同沈玉士茂才，携诗访理安寺主僧谦谷，饭罢步至江头，登六和塔绝顶，至大慈庵酌虎跑泉而归，得诗三章。

题尚友图序

周诒朴

丙申秋，小住吴门定慧寺，风日清美，几榻翛然，日与坡公相晤对。毛叔美茂才庆善以《尚友图》索题，戏成此章。

投梅江诗序

周诒朴

浪走江湖十余年，每岁必至淮，至必饭于梅江家。自乙秋滞迹浙东，不复过存三年矣。将作云台之游，投诗以讯故人，因乞食焉。菊酒初熟，霜螯正肥，握手一笑，必将饫我老饕也。道光丙申季秋月望前一日宝应舟中。

盐生日诗序

周诒朴

俗以正月六日为盐生日，不知何典。东海之利，不待熬波，自然成质，谓为有生日也亦宜。余为盐吏，生生不已，尤所祷祝。因成短诗，以博诸寅好一笑。

牡丹诗序

周诒朴

兰坡朗轩赁谢氏破屋，葺为差舍，瓦砾堆中得牡丹二本，数十年前佳种也。壬子春莫，招饮花下，诗以纪之。

瞿少尉诗序

周诒朴

武进瞿菊坪少尉浚，忠宣公式耜裔孙。甲寅春，粤贼分扰山左，菊坪时尉冠县，夫妇殉节甚烈，其从兄俊徵诗，叹喟纪之。

黑白吟序

周诒朴

丙辰秋日昼寝，梦中作黑白吟，前六语拉杂不可诠次，真梦呓语，末句颇有翛然尘表之致，因录存之。

瑞麦诗序

周诒朴

丁巳五月，有献瑞麦者，一穗五歧，下滩潘氏田所产。穗长寸许余半之，枝出如五指然，诚异覯也。爰示同人，各为诗纪之。

贻谦老诗序

周诒朴

六月既望，与谦老坐月陶文毅祠，圆满皎洁。谦老乐甚，为后夜之约。次夕，雨后为薄阴所翳，清辉顿减，不欲赴约。口占一偈，以贻谦老。

天朝士子歌

周诒朴

新安吴幼兰国学游幕朐阳，眷口寓扬州。咸丰癸丑春，粤寇破城，妻子俱被掳。子嫧年十三，贼爱之。甘食美衣诱作义子，嫧不从，骂曰：我虽幼，天朝士子也，肯辱于贼乎？有死而已。遂遇害。邻人张承舒亲见之，为幼兰述其异甚详。余友瞿心谷先有诗，余亦作歌以哀之。时戊午六月也。

女专诸行为朱九姑作

周诒朴

九姑，江夏奇女子也。咸丰壬子秋，粤寇扰武昌，掳至金陵，逆首杨秀青选女侍，九姑与焉。九姑性警敏，能书，知文义，秀青以为记室，颇昵之。九姑怀药裾间，日夜伺隙，思毒饮食以杀秀青。久之谋泄，竟被磔。予友黄季刚在金陵亲见其死甚烈。呜乎！事虽不成，亦足以震惊千古矣。予悲其志，为作《女专诸行》。

挑月诗序

周诒朴

己未春，吴君澄伯赠余前明何雪渔刻印，刀法廉劲可喜。文曰：杖头挑月过潇湘。余湘产也，今老矣，倦游思乡久矣，因自号挑月老人，并纪以诗。

谢氏牡丹诗序

周诒朴

壬子春，朐阳谢氏老屋牡丹盛开，同人尝结诗酒之社，十年以来，人事不齐，花亦悴矣。兰坡颇抱今昔之感，戏作以慰之。

宿城山生圹诗

周诒朴

宿城山者，云台之西麓也。咸丰庚申六月，继室佘宜人病殁于朐浦鹾署，谋藏形魄，得地四亩葬焉。山势幽静而不险僻，缭以石垣，种以稚松，并留左方为日后合窆计，堪舆家颇有佳城之目。乱后不至其地又三年矣，诗以慨之。时同治二年癸亥夏。

案：作者以同治三年六月八日卒于板浦场官廨，年六十有六。先是，君买僧地筑生圹，题曰周郄翁之墓。既葬继室佘宜人，以殇孙大骏祔。至是兄子锡祉，奉君遗令葬焉。今君之亲属多欲迁归湘潭，又以君性洒落随葬为达未决也。念君父司农督学江苏，清介多惠，彼中请祀名宦。君足迹半天下，所至贤豪风雅皆倾倒之，无不知有周子坚者。向为陶文毅公门婿，久居江表。又官朐浦多年，颇留遗爱。樵苏之禁，想有同情。迁与不迁，所不必计也。同治戊辰长至汝怀附记。

王菉君女史诗序

周诒朴

云衢李大使侧室王菉君，黔南奇女子也。深通易数，撰奇门遁甲成书，丰于才而啬于年。云衢图像，征诗以志悼痛。予既书其卷首，又系短诗以挽之。

陈将军歌引

周诒朴

粤逆跳梁，吴楚骚动，捻匪逆练，乘间弄兵，齐豫之间，苍生涂炭。庆云陈将军奉命勦办，旌麾所指，立解倒悬，歌功诵烈者方千余里。将军性情超逸，好古爱士，军政之暇，即延淮海知名之士，博论今古治乱，讲求文艺，而虚衷谦抑，愿闻己过。遇人必殷勤下问，惟恐弗尽，古之名将帅何以过之？同治三年，过淮浦，初识荆州，幸接谭宴，情好笃挚，志感弗忘。君子之于知己，必辅之以德而大其成，是以刍荛之献不获已也。窃以将军恶恶太严，嗔怒易动，恐失之偏。喜怒哀乐是为客气，皆能使人失其性而远于中和。将军杀贼救民，杀也而生道寓焉矣。《传》曰：以生道杀人，虽死不怨。又曰：如得其情，则哀矜而勿喜。以嗔怒杀人谓之暴，以大公矜悯行之则谓之仁。杀者同而所以杀之之心不同，君子慎之，良有以也。《易》曰：天地之大德曰生。将军为国长城安危所系，能以天地之心为心，则斯民幸甚矣。不揣谫陋，敢贡狂瞽，敬献以诗。

书自书册页后

俞理枝

丙辰初夏，少薇四兄以此册属书，此册生涩异常，恐如行瓦砾场，动辄颠踬，未敢落笔也。迩来漏永愁多，苦不能寐，披衣待旦，默诵四书数章，因以黑夜管窥，漫书于册。或者书不足观，言尚不为无本也欤？

追甫诗集自序

阎其相

阎子居父丧不为诗三年矣。道光二年，阎子年十三，始从饶先生游学为诗，厥后所遭所见所闻所传闻皆有诗。成则索纸窸窣书之，旁注其年月日而簏之，间一二年积五年十年，至二十许年搜而览观之。所肝胆之人，所居游之地，所苦乐之境，天时之正变，人事之得失，历历在目前也。阎子曰：予十三岁以前事盖茫不省忆矣。十九年中，中间读书课文皆无暇为诗，所遭所见所闻亦忘十四五。至于读礼以来，冥吾心而坐而忆之，裁三年之间惟恍惟惚。呜乎！再数年后，是岂不为十三岁前事邪？饶先生曰：夫人自其老时温其少壮时事，恒苦不能记忆。间有能强记者，亦十得一二事，亦无以定其年若月若日。又其甚者，去岁所喜怒哀乐至今岁而忘之，今日至明日而忘之，昏昏醉梦之场，其亦可悲也已。是故小子不可不学诗也。道光二十三年春二月，阎子禫乃出簏中诗编次而自序之。

追甫诗集后序

阎其相

道光二十六年秋九月丁亥，阎子出其簏中诗得若干首，则泫然流涕曰：此三年前免丧后作也。曩六年父在，小子适郡归见闻必告。父丧服除，犹时时状所闻见。起作老莱舞为吾母寿，今簏中诗大抵其事也。二十三年春二月，免父丧。是岁也，闰五月。后一岁，夏四月遭母丧，相去裁十有五阅月之半，凡四百六十日不足，于是阎子免母丧三十有七日矣。乃裒其中间所得诗为一卷，而谱其除丧遭丧之年月日。呜呼！非存吾诗，识吾遇与吾亲之岁月日也。

章池六咏序

严咸

余家章池之上，游憩少所，间有一二，都非雅境。尝味晋简文言：会心处正不在远，何许不可作濠濮间观？因恍然。景随情变，本无定致，一丘一壑，便足娱怀。必待石门始营所注，辋川然后可图，亦刻舟胶柱之见耳。秋夜无事，辄将数处即景成诗，贵且快肊，非欲刻画无盐也。夫中园清旷，径开蒋生。鹿柴返照，和有裴迪。鄙人欣羡，实在乎斯。同声相应，颇有望于朋亲。

案：编中列小序类者，以作者文不可得，故从诗中撷其题下小引，以见一斑，兼备掌故而钞撮时，或并序文搀入，又以序已编刻，遂将续采者聊附卷中，固非从篇幅之长短论也，骈体无多，不复附后，但随世次编入云。汝怀附记。

六月七日诗序

吴淮

六月七日，为予三十初度，与锺濩堂孝廉、家枫江布衣司马洛少茂才，载酒饮于移园主人宅外湖上，即垂钓竟日。

庚子春访友序

吴淮

庚子春，访友岳阳，暇日登楼望远。时春涨未生，岛屿俱出，漕艘罗列，高樯如林，觉承平光景，在人心目。而楼下委土累石，锸畚云集。又见守是邦者之政通人和，百废具兴也。有作。

磊石诗序

吴淮

磊石遇风，夜宿田家，晓起闻各处舟覆，湖北难民死者九十六人。感赋即寄南屏，时辛丑十月晦日也。

板舆一首小引

吴淮

此壬寅除母丧后作也，重复杂沓，语无伦次，以志吾恨而已。悠悠苍天，曷其有极？淮识。

咏物二首小引

吴淮

信天号寒，殆亦行之似廉洁者邪？然不可为修士训矣。作此自励。

与巴陵家退庵舍人诗序

吴淮

退庵，南屏孝廉从弟也。南屏家世好善，其尊甫焚谷券一万数千余石，乡人德之。退庵复力自修饬，置义山社谷暨洞庭救生船，所费不次，殆亦好行其德者欤？淮作此以坚其志。

寒灯吟小引

吴淮

寒灯荧荧兮我有所思，爰而不见兮风雨凄其。其在山阳秋水之间乎？作《寒灯吟》。

酬曹三茂才诗序

吴淮

湘潭曹三茂才珂曾投我以诗，云：九州尚有留题处，万古曾经几度来。推许过当，久未作答。兹成长古，并寄欧阳四二孝廉、曹十三茂才。

寄醉碧诗序

吴淮

澧阳多君子，其二三英特瑰伟之士，无不与余好。拙斋屡为余言醉碧，余未之款也。甲辰秋，雨还澹津，成短古相寄，用报吾故人畴昔说项之意云。

七律音序

吴淮

月之望日过保定，直督讷宫保近堂先生馈以百金，买酒赋诗，颇有征途之乐，致可感也。投宿邯郸，与黄宝琴孝廉夜话，追赋七律二首。

春秋佳日图序

徐受

乙未夏日，星翁寓中菊发一花，去秋故本也。春间文无盛开，至是复与菊齐发。翁笑菊为寿征，文无则归兆也。颜曰《春秋佳日图》，索题。

郭贞妇诗引

徐受

长沙李大令仁山之女，字吾邑郭司马莲舫之子，方待年男女未相见也。无何，郭子殇，女闻讣，遂绝食饮。母慰之，则曰：儿将奔丧，而奉舅姑以老也。止之不可，强之以死矢。从之，归于郭。

怀长沙六子诗小序

徐受

客长沙九年，交颇富，最善者亦可数十人，何独怀夫六子？六子者，盖相聚于数月之久，无时无地不与之偕。而其志趣行谊，皆有所裨益于余，非苟为酒食征逐之戏，此其所以怀也。夏六月，道友虚竹割其所住持之地以主余，而朱筠坡、扶廉泉、苏寄峰、汤子镇、李二木，无日不造于余。至则或奏一技，或商一游，或即憩于虚竹之所。虚竹嗜饮，善烹饪，日治庖以款客。客无不醉，亦乐为之醉也。越四月，余之澧阳，六子者先后作饯，献酬杂遝，必酕醄而后已。已复牵率以行，欹斜道左，市人见惯，半能举醉者姓名，谓是酒中仙也。过澧以来，喧寂迥异，追念畴昔，泫然以悲，乃各怀以一诗。

后秋怀诗引

徐受

前诗作于丁酉时，方报罢辄为噍杀之音。顷复阴雨弥旬，积忧成病，哓哓予口，借以鸣秋，颜曰《后秋怀》，续前吟也。嗟乎！动而得谤，敢望笼萧寺之纱；谓可与言，窃愿比韩陵之石。知我，罪我，或不訾为无病之呻云。

武冈云山题壁诗序

罗萱

戊午四月二十八日，偕弥之、保之、蔡杏城携闰生、少洪，并辔游云山。山在州南三十里，有七十一峰，道书以为弟六十九福地。峰峦岩洞，奇胜不一，自麓至颠，盘回石磴几二十里。夜宿莲峰寺，雨声泉响，风叶凄凉。五客聚谈楼上，清寒彻骨，竟不成寐。枕上口占一绝，起书壁上。

用李太白韵诗序

罗萱

佛童生岁有半不肯离襁褓，余别家才五日，书来言能行步矣。耒阳舟中偶阅太白寄东鲁二子诗，感而有作，即用其韵。

坟上土四章章四句序

罗萱

自宜章下泷，水味腥涩，胸腹块塞，盖瘴厉蒸溽，胃不相习耳。曾记童时，家大人北上，先大父为手和泥丸数十颗置行幐中，诧为老人戏也。久之，知为远行不习水土之用。余别家前一日，扫先妣宜人墓，偶掬坟上土，归而和水为丸，携之舟中，试一煎服，块遂若失。感而作此。

湖南文征　卷八十六

跋一

题叶桐初白云图

王岱

叶子桐初甥于杜茶村，遂以诗名于时，人皆啧啧以名士称之。及来都门晤予，余见其容瘁，其眉蹙，其语蹇，郁郁若有重忧者。意疑其孤洁不屑一切，又疑其困于客装家计，方以为桐初超然名利之外，何不适然若此？及读诸君子为桐初所题《白云图》，然后知桐初之耿耿于中者有在，此古之孝子无足以解忧者固已如此。桐初终其身无能解其郁郁，初不关其显晦，不独白云之说不似，即诸君子之言亦为膜外语，是岂桐初之心哉？虽然，桐初之若翁以忠义死，而其母以节操终，世间好事惟忠孝节义，尽萃于桐初之一门，即有五侯七贵，皆无以逾之，则其父若母含笑地下，桐初亦当无愧无怍，恬然以安，似亦可以无事戚戚终身矣。过此以往，桐初可显可晦，俱无碍其身名。正不必守硁硁之节，以一丘一壑老矣。

题冯子画册

王岱

冯子沚鉴画师蓝田叔，实青出于蓝，小幅尤精妙入神，此时辈中不多得者。往年与田叔子次公相颉颃，今次公谢世，不能不让冯子出一头地也。

题沚鉴仿田叔卷

王岱

沚鉴画师田叔，田叔主苍劲，沚鉴主苍秀，晚年笔墨萧疏，自成机杼，可谓青出于蓝矣。此卷摹仿石田，尤能化石田之笔，烟云浩瀚，点染倏忽，几成化工之巧，永为世珍无疑。

题画寄刘仲逊

王岱

关中刘子仲逊，高怀爽气，有汉晋人风。与冯子沚鉴邂逅于天津旅次，而予侄孝思亦偶游其地，相与定交。及仲逊来都门，因交及余，并及晋中枫仲戴子，谈古学诗艺，兼猎书画骨董，遂为忘形之谊。仲逊嘱沚鉴为写屏幛，欲予序数言。后一年沚鉴画成，而枫仲以先岁设铎闻喜，予又适有粤东之移，天南地北，聚散不常，追忆杵臼欢集，如在梦寐中。展画素不觉慨然，因题绢端以寄，使仲逊知别后之意如此。

颜鲁公多宝塔帖跋

王岱

书法推晋人为正法眼藏，以其锋颖不露如绵裹针。至唐以后皆露，多侧锋无正锋矣。然鲁公方正气象岩岩，忠臣之笔不仅以字重也，《多宝塔》尤为鲁公生平得意笔。唐至今几千年，赝本实多，真迹日少，鱼目混珠，实未易辨。闻孙北海家藏泥金书《多宝塔》，世祖章皇帝以三千金购之，则此本岂当日鲁公试笔耶？既已为识者所宝，自是旧物。姑存之以俟后之赏鉴家，或有能道其故者。

题吴孟坚读史

王岱

史者文胜质，昔人以左氏为滥觞，为其失实也。然古今事无不由史，苟无史则益无所据，惟读之而考订其得失有裨于见闻。然读史者人各一见，其持论多偏，贵池吴次尾先生，生平留心史学，既已有书，其子孟坚又能继其徽音，亦有《读史》一书，其持论一归于正。班氏世为史官，乃固书未竟而曹大家续之，此一门之内学有本源也。孟坚之家学渊源不愧古人矣。

题胡存人藏卷

王岱

南宫书画在当日压子瞻下，日后盛行，然书则遒媚，画则苍远，若出两手。且皴用豆点，实为创法，苟不得其神理，遂为初学藏拙。此卷费子仿吴仲圭，亦非仲圭本色。仲圭则又仿南宫，其源流远矣。大约名家多摹旧人，即石田徵仲华亭，其摹前人每胜己作。费子此卷潇疏澹远，如若邪溪头人。粗头乱服，自然风致，非粉白黛绿者所能拟也。

题焦中丞手迹

王岱

语云：有德者必有言，有言者不必有德。此文章节义之难兼也。华歆陶穀空有才名，睢阳武穆音韵金石，其能兼者已可概见，今阅焦中丞手迹益验其言。中丞秦中人，讳源溥，字涵一，骂闯逆至支解死，何其烈也！是岂欲以文章成名哉？兹读韵言，老辣朴茂，札子典奥顿挫，绝无寄人篱下语，而作字点画诘曲亦自浑古，宜乎临大节而不可夺也。公之精灵，亘古不磨，其手迹久而弥光，当与座位一帖相颉颃焉。

题臧喟亭梅花卷

王岱

喟亭臧君爱梅，作诗纪其生平，看梅时地，更命画工作图写照于中，诸同志赋诗其上，是从前爱梅者未有如臧君之笃者也。

余阅图竟，补画于册，以成一段佳话。欲使后之传者识其一时兴会，画之工拙所不计也。

题萧树白画

王岱

余生平爱画，至忘寝食，然不喜为人作画。遇不知己者，虽片纸亦难，作亦不佳。其巨幅则从未轻涉笔。丁未冬冷毡汉东，郁抑无所发。青莲所谓“五岳起方寸，隐然讵可平”者，而白门周吴昉同谱适至。吴昉亦涉趣是中有年，今复索余笔墨，遂尽发吾覆，而中州萧君树白以巨纸穷余技，乃扶病为此。宣城施愚山昔赠余诗云：看君放胆大如斗，看君用笔如用帚。狂吟泼墨势离奇，竖儒大笑惊且走。是余生平不合时宜画其一也。愿树白无以示不知己者，为大笑惊走，当与吴昉同作题品可也。

题古诗二十首图像

王岱

《古诗十九首》，《文选》以《东城高且长》与《燕赵多佳人》分为二首，为二十首。余爱其诗，自少至老，吟咏不置，因按境作图以系诗后。古诗之有图，则自余始。异日传好事者，作为口实。

仿画卷偶题

王岱

沚鉴以所仿画卷见示，余观其树木丛密，丘壑迢递，思作一粉本，值以他事废去。戊午暑中，彷佛涉笔，多有阙略。然意之所在，不必其似，不必其工也。

自题画册

王岱

自冷毡汉东，于学宫后辟地为园，名且，取其苟且栖息之意。

构庭名愚，取其愚无所用之意。每日长无事，即读书赋诗，余且泼墨为烟云人物花鸟，以及仙佛鬼神，市井里巷皆入其中，兴到即挥，绝无伦次。观者作如是观，予之不遇牢骚，其愚苟且之意庶几得之。

又题画

王岱

余以困顿无聊，志气衰倦，入夏以来，十二时中睡居其十。因设祛魔法，磨墨沉满缶。信意所之，作山岩怪石。黑墨污染，遂不知为今古。如抟翁混沌，图七日凿凿不得死。所谓祛一黑甜，得一黑甜，如是大笑而醒。

高霞堂集跋

唐懋载

余发未燥，即知心仪孝思先生。先生所作诗歌今古文词，时虽不甚解，见辄攫去，然先生亦尝摩顶叹异儿。今先生年七十，而予亦将发种种矣。不克决起奋飞，用副名贤之知誉，而犹及以私淑之忱附于编辑跋言之末，不可谓非笔墨之荣遇也。

窃以先生诗集，名公巨篇言之详矣，而余特不能忘情于淡公任先生起园之一叙也。其己卯之弁先生集也，曰：君之于诗，豪发无遗恨矣。更欲至何所者，意者欲如尼父之过此以往未之或知者耶？尝心服其人，以为言之不诬。即先生亦谓谭子友夏之知我不如任子之知我为更深。嗟乎！自己卯距今将三十年，其间天时人事迁嬗密移，鱼死星出，谷长陵颓。袁安王室之涕，傅燮身世之悲。凡躬之所历，足之所经，耳目之所炫，骇中怀之所崩摧，一一达之于诗。所谓未知，真有莫知其所以然而然者。夫龙蛇之神用也，一日而五化成，而《易》之言盛德大业也，必归之日新富有。

先生性谏赏识，结揽奇秀，于古今书无不读。故其为诗，时而秀月白琼，时而崩云涌雪，时而极元遥之想，则缑山之凤笙而九皋之鹤唳，时而写苍郁之怀，则大苏海外之奇观而子美夔州之诸什也。要以振笔疾书，风雨交发，不论钟鼎大文，款录小识，人所百思而不获者，先生旁礴应之。即数小史将苦赫蹄不继也。往别山、雪堂两先生尝与之击钵斗捷，每叹服曰：其敏可及也，其敏而工不可及也。其敏而工可及也，其深而且远不可及也。呜呼，尽之矣！

苏子由曰：凡物之异于常物者，其聚天地之气常多。先生年虽七十而神用清审，操管弄椠，常如征鸟之使翼剌剌不休，将数百年扶舆之秀恣先生奢取之，而所云龙蛇五化，日新富有，夫岂有幅焉？其靳之也。然则是集也，足以尽先生之奇乎？国门之悬夥颐，名山之藏仍秘，其间拉杂于兵燹者十之七，腐渍于风雨者十之五。今暂搜其零玑断璧以充饥渴耳。舒天地之大文，完绝代之共宝，不能不深望于后之为桓山君者。

兰亭十种跋

陈鹏年

右《兰亭十种》，癸巳五月，余将北行，以事至金陵，寓及门许子学澜斋中，于壁间乱书堆见此，虫鼠剥蚀而精采烂然，颇为心赏。时许子先期以需次赴京，不欲径攫之去。未几，许子以疾卒于津门，不得一执手。越丙申，其孤子芳书来问讯，因访及之。又二年戊戌夏，芳特邮至都门，而剥落益甚。又二种失去，止存其八。重加装潢，觅得别本以足其数。久之，见纸色粗黯，神气索然，远逊诸帖。适吴见山庶常见之，以其尊人总宪公所藏兰亭各种，令择其略相近者，一定武肥本，一褚临本，重为装入以易之，始称全璧。至前八种临摹姓名及年月先后皆不能考索，以俟之博雅君子。装完付儿芝萱等宝藏，不敢忘其所自，为并书之。

读公孙龙子

彭维新

六经如天地，古今人习视为无奇。究之奇不可过，诸子则各以奇胜。或以意奇，或以事奇，或以议论奇，或以字句奇，盖非奇则莫能自树也。至好事者为赝子，实不能奇，而惟奇是骛。奇已备于前人，纵苦思覃精只能稍变其面貌声吻而已。故凡所依托行世之书，一览即可得而知。

六国时有赵人《公孙龙子》十四篇，班氏《艺文志》列之于名家，今所存者篇数不满十四，洵能拔奇于诸子之外。白马坚白，意止一意，事止一事。议论无歧贰，字句无艰僻。反复引申，曲鬯其指，应变不穷，如环无端。非老，非列，非庄，非管，非韩，孤喙独鸣，觉非指喻指，非马喻马，诸语未足为奇已。其悬河之辨，几于镂空析尘，诘难分解，时有与《楞严》似者。旧本既无可征矣，竟不能臆断作者之为秦汉前后何时人也。书此以俟知者。

书吕氏春秋

彭维新

《吕氏春秋》举十二纪、八览、六论为纲，以所述诸篇各系于后，故自秦至今无参错改窜篇段，总百六十有二篇。秦氏之书，惟此为盛。此书为战国诸子之终，实为历代类书之始，但其所类殊，不觉其为类。此秦人之文所以异于后世之分门隶事，使人一望即可指目其为类书者。其成于众宾客之手，剿集旧说而成书，与《淮南鸿烈解》同，为之者既非一人，所采之书又复不一，镕裁曷能尽满人意？当时文信以相国仲父之尊，淮南以帝室名藩之贵，无敢论议其得失。后人之论，谓不韦为书时，秦尚未行藏书之禁，其成也较易。刘安值秦焚书之后，搜罗稽核，为书甚难。以此优劣两家之宾客。然《鸿烈》多雕绘字句，无有谋篇之善，如吕氏之任地辨土审时之可诵者。又《鸿烈》诸篇，其所援引往往复出叠见，而吕氏差少，且其文为秦为汉判然若白黑，淮南八公大小山之徒未之能及也。余意《吕氏春秋》及《淮南鸿烈解》当仍其旧名，不应列之于子，使汉魏后之不若二书，而亦僭附于子者得以借口。度大贾豪王有知，亦必以为宜然矣。

赵恭毅公自治官书跋

张璨

自书契肇兴而斯世之不可结绳理也，后之言政事者岂不以文词为功哉？三代以还，汉治最为近古。萧、曹开西京之首，而下逮于建武以降，吏治蒸蒸，几臻于考言底绩之盛。及揆厥所由，一时奋庸熙载者，多起于（椽）〔掾〕史，而终为公卿，非尽于贾、董、公孙辈以文学贤良为初阶也。国家稽古为治，立贤无方，而选用之途尤以甲科为举首，盖亦袭前代之规，而以经术经世望斯人与？然吾观于汉世公卿，练达于吏能而缘饰以经术者，自其为（椽）〔掾〕史之日而已，然非贵而后学也。今之由科举而进者，筮仕之日，类必资人以为理，而所谓幕僚者，非佗傺之书生，即桀黠之胥吏。率阙国计民生无所关于其虑，而惟视脩脯之丰啬以为去就之图，人情之大较如是耳。朝廷有选举之勤而当官卒未收儒术之效，其所学与所用者，固有不能同条而共贯与？乃今得读何子岱庵所编恭毅赵公自治官书，而慨然三叹也。公以甲科起家，初任商丘县知县，用行取为刑部主事，升员外，告病家居者七年，圣祖仁皇帝特旨召见，授浙江布政使，升浙江巡抚，由浙调巡抚湖南，至之日宣扬上谕，以禁重耗，革加派，整躬率属，三令五申。今其见于编辑者皆公一手所自为撰著。历官八年，表里洞然，始终一节，在在皆此物此志也。

璨为诸生，佩公德教，乡贡后尝以请业侍函席，侧闻公绪论不为不久。公尝语璨以童试时艰于进取，而见学道一官多以贿成。其府县之有事于提调者，率以线索沾膏润。公令商丘日，不忍负初心谢不为，公又谓此匪独学道之罪也。其衔系佥事，隶于按察使，其报满投部例由按察使出结，而督抚大吏为之保题，胥欲从而取盈焉，虽贤者有不得行其志者矣。公在部日，有提学道缺，计资当推，乃力引疾求归里，盖叹是官之掣肘而难为之，而有负其初心，则不如避之之为安也。旧例惟直隶学政以院体行事，其余外省皆以部员与郡守升授。自圣祖仁皇帝中叶间用词臣，各省亦得有学院，然犹有道员参错其间。今上定制，词臣照旧简用，而间有以部员出者，亦与词臣一例行院事，既杜其牵制而专责以端廉，宜文治之焕然而日新也，则圣主贤臣之所见岂不先后一揆，而公所语璨者，乃其审顾于念虑之微，何图于今日而亲见之哉？

公居官守职，孤立行一意，养交要誉，匪独心不欲抑亦力所不能。故每有设施，中外多龋龁之。迨其后谤讟横生，谣诼纷起，公屹立不移，惟知以是非付公论，以威福归朝廷。顾赖圣祖仁皇帝英明，鉴公悃愊，每优诏矜容，保全备至。会公解任听勘，事上，奉特旨复公任。公益励匪躬思尽瘁以报殊遇，凡八年来所为，大自章奏之词，赜及庶司批驳之务，伸纸操翰，金石贯而风霆驰者，惟其有之是以似之之概，匪惟他人之所不敢代，实亦他人之所不能代也。犹记辛酉之春，上擢擢公总宪，璨谒公于抚署，公挥涕谓璨曰：皇上不负臣，臣负皇上。璨闻之悚栗，不晓公意。公徐曰：子湖南人，不佞自此去湖南矣，正欲得子为证盟。因指座前门屏曰：不佞居此署八年，子试念此八年中，曾有持一金之馈入此门者乎？璨唯唯。既而公出署，率同城官司道以下咸在列，诣御碑亭，行叩头礼，自陈曰：臣申乔受命抚湖南日，皇上亲诫臣以禁重耗，革加派。臣八年中惟此兢兢，以称塞皇上爱养蒸黎之意。臣解任数月，禁防渐弛，罪不在臣，然知而不言，臣则有罪。今臣乃得蒙超迁以去，此臣负皇上，皇上未尝负臣也。亭公抚湖南日，镌训谕于石，以布告南人且以儆饬在位者也。盖公此时欲以和平静镇入掌中台，不复当捃拾微聒同小臣之风采，而负圣主之陶镕，公之自处为已审矣。

公天性疾恶，而虚中乐善，未尝概以严急待人。初，属吏中有才堪任使者，公无不注向以佐明聪，然承公指使者往往负公。公廉得其状，则辄行检劾无所徇，忌公者或以是訾敷公。夫知人则哲，自古难之，观过知仁，岂足以为公咎哉？公自部郎假归后已忘怀进取，圣祖仁皇帝召公田间，俾以大用，扬历中外又二十年，圣主隆恩，施及存没。今皇上御极之初，又屡沐温纶，褒扬遗直。乌乎！二圣人继踵当阳，所以施恩于老臣者，生前身后有如一日。观国家风励臣节若此，人臣何惮不勉为廉吏哉？我皇上知人官人，惟以抚养元元为急务，使有能以公是编上彻宸旒，俾如宋胡瑗经义治事之比，颁其法于诸路，令百尔有所观型，则是编也，岂不为振刷吏治之一助哉？璨身在田间，聊志之以俟君子。

书太元经后

胡作传

元之为书，其拟《易》则主中孚，其经由中而分为天、地、人三才，由三才而分为九州，由九州而分为二十七部，由二十七部而分为八十一首，由八十一首而分为二百四十三表，由二百四十三表而分为七百二十九赞。中者，准《易》之太极也。三才者，准《易》之两仪也。九州者，准《易》之四象也。二十七部者，准《易》之八卦也。八十一首者，准《易》之六十四卦也。二百四十三表者，准《易》之象也。七百二十九赞者，准《易》之三百八十四爻也。其《易》之生法两地之数，其元之生法参天之数，元之体法《易》而其赞又法《洛书》也。

《元经》自中至增十三首，则配冬至、小寒、大寒、立春。自锐至事十四首，则配雨水、惊蛰、春分、清明。自更至应十三首，则配谷雨、立夏、小满、芒种。自迎至昆十四首，则配夏至、小暑、大暑、立秋。自减至晦十三首，则配处暑、白露、秋分、寒露。自瞢至养十四首，则配霜降、立冬、小雪、大雪。每一赞管三日也，百二十赞则管三百六十日，余九赞即四分度一日也。此又总以法为准也。其旨总以明阴阳进退消长，言君子小人，德则吉，逆则凶。

其后《元摛》《元莹》《元文》《元挩》四篇，总申明《元经》之义尔，即知《元文》罔、直、蒙、酋、冥，犹冬春夏秋之义。故其文曰：罔者有之会也，直者文之素也，蒙者亡之主也，酋者生之府也，冥者明之藏也。其文法字句虽险奥艰赜，读是经者须通其大旨，亦不必拘拘字句可也。

六先生从祀乡贤录跋

车无咎

国家典祀以报有功，崇有德。自先贤先儒从祀圣庙，天下郡县硕德懿行，苟有其实者，皆得援典礼以各举于其乡，而祔食于先贤先儒之后，典斯重矣。故夫乡人之举之可以观公义，子孙之为之可以观孝思，然挽近以来得与斯典者，率多由子孙之有势有力者。盖仁贤之后多昌隆，潜德之光有际会，此所以可尊可歆，而往往难之也。然君子犹不以为难，乃若为子孙者初非有得为之势与力，乡邦之人亦初无所为，而共发于懿德之好之同然。请乎上斯获乎上，视积岁累月，竭力往复，才几几一成者，独不烦营措而得之，岂非天哉！非实盛德其能然乎？

余庄诵五家六先生，从祀乡贤录，不觉身为悚起矣。先伯父廉孝至性，矢志君父，一第早终。钦其德者，固不独在余一家。余五先生或仕学优优，度越当世；或抱贞守素，高蹈衡门；或乃心故国，遁迹自甘，虽先后不同时，凡皆有必发必显、不可泯没之至行。乃今一旦齐举而俎豆圣人之门，何其盛哉！使六先生硕德懿行有非其实，必不能风行响应如此也。然则昌隆赫奕，以大发先德之光，又可为五家子若孙必矣。

《诗》云：孝子不匮，永锡尔类。锡类之仁，余将踵在上者之门而称谢矣。嗟乎！人苦不自立，观于六先生，可以兴夫，可以勉夫。

王石谷画跋

常琬

余家臧画甚多，而王石谷画尤奇绝。每一展玩，峰环泉涌，烟岚万状，草木蓬蓬有生气，神注久之，恍觉身游山峰林树间，非通神之笔，何以怡情若是乎？

考石谷名翚字子羽，别号乌目山人，善山水人物。画家有南北二宗。南宗起自唐王摩诘，而荆关继之。北宗大小李将军为之祖，师其技者则为夏圭、马远。二宗各相传而不相法，历数朝代，判然歧途。维石谷独运意匠，合而一之，以成一家，所以擅绝一时。今阅其迹，殊觉丹青中之大成独为此公所据，然非天资超迈，其能阅数代名人奇士，而标然开一生面也乎？

书粤游诗后

罗源汉

粤西山水奇绝天下。曩余星轺所历，遇景成吟，每不欲以风尘仆仆辜负名山水。归朝后日事簿书，回首壮游，已成梦想。陈君松山，粤人也，偶与谈三江五岭之胜，如数家珍，不禁神驰天外，举当年情景，恍惚重经，心低徊不能释。因检旧咏二章书以遗之，以志不忘焉尔。时乾隆甲申长至。

书刻帖后

罗源汉

晋人书取韵，唐人书取法。法可形求，韵须神似。此难易之分也。汉少时学书从事颜柳，长游词苑并嗜欧虞，露骨逞锋，谬为同人称许。晚得晋人佳本，日事展玩，又忽忽若有所得。觉大匠运斤，有不规规于绳墨者，流光荏苒，字凡几变。小儿检得箧中旧楷二纸请付石，审视互观，如出两手，究不知后之为是而前之为非耶？镌以质之高明家论定。辛卯自记。

书自书苏诗后

罗源汉

东坡书法名重有宋，余尝得其真迹数帙，反覆观之，终不知所称绵里藏针者何在。及读其诗，如所云“端庄杂流丽，刚健含婀娜”与“短长肥瘦各有态，玉环飞燕谁敢憎”者，其持论实为至当，虽锺王复起不易其言。信乎知之非艰，能之为艰，前贤不免。古今来学中能事大率类此，又非止书也。长夏公退，偶与子侄辈课字，录此二诗示之。

书律体后诗

罗源汉

诗文一理而情思各别，每不相为用。余视学畿辅，年来详于论文，诗思半减。间有抒写，亦随即委掷，不以示人。吾甥天骥喜吟咏，复嗜书法。兹在署勷校阅，索余近作，偶检得律体十数首书以予之。时乾隆丙申暮春。

题周忠介公诗扇册

罗源汉

周忠介公当明季权珰窃柄，持正就义，风骨凛凛。间尝读史而想见其为人，至其书不概见。族侄孙碧泉于坊肆市得《寒月篇》数行，装潢而什袭之，启视词严笔正，尚余生气，又不觉重其人益珍其字，抚摩叹赏久之，因缀以小诗付之。时己亥仲冬。

案：尚书刻帖数种，有曰凝晖书屋试腕，曰亲雅堂墨刻，曰辅存检刻，真、行、草皆有之。右录前四则皆帖中跋尾，后题周忠介公顺昌。楷书《寒月篇》扇面者，则汝怀近年并忠介书钩摹上石行世。尚书之先，虽与吾宗同出吉水，而吾宗于明初径至湘潭，彼族先至茶陵，后徙长沙。两宗世次殆无可考，其呼先学士从父为族侄孙者，当缘先伯曾大父讳升为雍正乙卯选贡，尚书之弟官云南粮道讳源浩者，举于是科，而慎斋鸿胪亦与讳源渭者同举，遂相与敦亲亲之谊欤？亦可见先辈称谓之质直，不似后来之一出于虚文虚意也。戊辰长至后附记。

跋终天录

夏逢夔

右遗编共五卷，驯园遗迹。居士一生苦心高致，具见于斯。居平以友朋为性命，尺牍一帙，手自存稿《闲情草》焚后搜得者。居士雅不乐以文章垂世，然即其偶尔弄翰，亦可因以考其志之所存。殿以终天，录存顺没，宁备是矣。夔謭陋，未足以测居士于万一。莆田姚明府曾以放翁诗况之曰：养成林下无穷懒，占尽人间彻底痰。又居士句云：骨肉一身多缺陷，死生两字甚分明。四语可以蔽斯编矣。

夔于居士犹父子，而有师友之谊。九岁受经于二与草堂，十岁从先君子学制举业，书义问难得益于居士指授者良多。鄙性落拓，在诸子侄中迂阔迟钝特甚。居士独爱惜之有加无已，当时亦不知其何以然。自居士没后，伥伥何之。数十年来，交游虽广，屈指爱怜之深如居士者，殆未可多得。然后知夔与居士非独骨肉渊源之雅，盖亦有知己之感焉。

居士论文最精，看书最细，然不苟下笔，故所作时文绝少，诗古文亦不轻作，尝语夔曰：此谈何容易？东涂西抹，徒供秦火烧不尽耳。今从弟逢芝兄弟，不忍没其先人平生心迹，辑次遗编授梓，良足为居士有子之幸。独是居士没已二十六年，先君子捐弃亦十有二载，今老母又以天年下世，风木永悲，典型云谢，而夔学殖荒落如闰杨，名场淹滞如鼯鼠。岿然一身，颓唐就老，则又不禁抚遗编而泫然流涕也。

书纂录伤寒集后

曾绍孔

余纂《录伤寒》全书，有客坐于傍问曰：世皆谓参芪能杀人，而吾又见服芩连栀误而檗者众矣，药必何如而后可也？余曰：子未见夏葛而冬裘乎？赤日流金，挥汗如雨，而覆以重裘，其不病热亡者未有也。白雪啮骨，滴水皆冰，而护以薄絺，其不病冻死者未有也。然于裘葛何罪哉？亦服之者违其时耳。夫造化，性命之炉冶也，圣人其调燮者也，医药其赞育也。故融日薰风，霜夜皎月，万类生妍，百蛰塞穴。剥复循环，各归于正者，造化之时也。变絺而繻，易裘而绤，春冬隩析，夏秋因夷，藏冰改火，罔有逾期。礼制其淫，乐节其悲。使天下之人预远不祥者，圣治之时也。导和宣滞，去枯即荣。龙虎水火，一升一降。默默冥冥，鬼谋神工。若出死力争护其萌，使委者振，弱者强，槁者泽，瘠者肥，危者安，殇者寿，其惟医之时者乎？嘻，医之难，厥惟时哉！吾观今之治病者，若耘草并去其禾，若筑室罔固其基，鲜不旷其田而堕所构也。故参芪能生人亦有时而杀人，芩连栀檗能杀人亦有时而生人。苟非审呼吸于豪芒，察浮沉于影响，辨草木金石之阴阳，窥气血精力之赢亏，何以刚柔之互剂也？何以甘苦之同调也？何以精一不杂而恶其牵制？独力难成而借其佐使，其不生人而杀人多矣，又岂独参芪栀檗？如子所云者，犹夏裘而冬葛也欤？客唯唯谢去，因笔而记之。

书李亦庵录方止后

曾绍孔

《方止》，医书也。吾友亦庵李君偶从戚舍得此阙编，烟煤败楮，微有字迹，展读狂喜欲绝。为其了达夫阴阳阖辟之原，精察夫刚柔燥湿之宜，金针度人，匪刀圭家常谈也，因捐资遍觅全本，卒无应者。疑世少知音，售者寂寂，书坊版毁，未可知也。恐再迟之以岁月，并斯编难免汨灭，遂不遗余力朝夕钞录，冀共赏于同好与有识之专家焉。盖鹿有苹，呼群而共食之意也。

昔华元化著《青囊书》，临命授之狱卒，卒疑畏，火之。是《青囊书》之不传，传非其人耳。《方止》既授梓又罔有祸胎，而亦不传者何也？余尝怪医道之不讲，虽博通之士未免夏虫语冰，况其下者，无惑乎村夫市儿，一无所识，皆得悬壶，草菅人命，深可叹惜。今睹是编而益怆然。乌乎！士生天地间，抱倜傥特达之才，不得志于时，假洞垣窥脏之技，以示存心利物之一端，其用意亦良苦矣。乃其呕心之所著述，亦不获留后来者之一目，其为悲痛可胜道哉！亦庵于歧黄家未甚究心，一见是书，奉为希世之璧，复思有美必合，遍索遗编，冀得缉成全集，以行于世，及不可必得而手录之。盖既悲前人之著作放佚不完，又庶几后之人尝一脔而思全鼎，搜罗采访，庶不致此书之终于不传也，真可谓仁人之用心矣。

其书不知凡几卷，姓氏年月皆莫详，今所录者，仅幼科二本，损者阙之，可考者补之，细字密行，共八十七篇。

二女复仇案牍题词

曾绍孔

士有急君父之难，致身竭力以期克济，而不为腼颜苟活者，群知其为贤者也，况女子耶？况其所以为此者，业有前车之覆而不戒，明知克敌之艰而不悚，此尤丈夫之所难。彼独何人？女子也，而贤之者顾当何如耶？此余于王氏头贞、王阿罗氏而不禁反覆三叹也。

盖桂逆之乱，小丑乘隙，邑岩湖峒故有寇，贺绳祖首恶也。白昼劫掠，势渐披猖，所至辄残破，然无如吾乡王氏罹祸独烈。赓明庠生被磔死，女良贞死于火，其他妻妾仆婢数十口无老稚虏之。惟子有章，亦庠生，偶出，媳罗氏归省，女头贞鞠外家，乃免。凶闻，头贞痛绝，外氏持之不死。有章控郡，请缨未获。越三载，贼复杀之，意此后莫敢复仇者。时头贞、罗氏目击，昼夜对泣，谓安用生为？既忍泪誓之曰：死易道也，仇不去未晚，寇可除焉济。其志苦，其情悲。用自县府达抚军，呼号跋涉，视刀锯斧钺弗为挫。故祖受擒之日，去赓被害之年凡八稔，而二女出亡五载，始得其元凶而诛之。乌乎难矣！方二女矢誓时，群相顾失色。岂知贼可杀其父兄，掠其妻孥，庐舍焚，盖藏倾，断无敢正视。两女子垢面囚首，残形毁性，以戴天为大耻，而不欲片刻同土壤，忘日月，失寒暑，卒至冤白愤泄乃已。此何如其义勇也，惜不见之耳。

阅其前后状牍，风霆相腾，百怒千号，无以逾之。当是时，寡妇孤儿，情深气短，缅彼曩哲，卒与祸俱。惟以一死从先魄于九京，志士犹或悲焉，而况南舟北辕，冲罗避弃，泥首云霄，翦虎兕于榛莽间，益邑由是无害。山村草泽，马牛在野，禾黍在田，士女庆于室，岂不甚盛，第雪一家之耻已哉？独怪王氏家乘无闻，吾邑志不载。不惟无所遇于今，又将无以传诸后。仅吾内侄厥道，赓四世从孙也，从八十余年，搜敝簏废纸，得卷案残稿，成帙示余。余慨古烈女不多觏，以若所为，虽古烈女何以加兹？然古烈女多传，今二女不传，其为幸不幸也大有间矣。悲夫！余故敬志之，将以告诸来世。

读赵恭毅公自治官书

曾绍文

经济不本诸学问，必非经术。才猷不根于德义，必非性天。读古循良治绩及名臣奏议，汉之龚、黄、卓、鲁，唐之陆宣公，宋之苏文忠，道德学问足为世之师表。故其立言真挚恳切，惓惓以斯世斯民为念。勒为成书，炳炳麟麟。事虽既往，后之人尚遥想其际，慨慕如不足，况亲遇厥事、观厥人哉！

楚南自滇黔猖獗，民气未复，继以无艺之征求，疮痍遍野。圣天子悯兹痌瘝，简武进赵公节钺斯土。衔命以来，视荣利淡若无意，临祸福弗为喜惧。自益清刻，饮食起居，极人所不堪，惟察民间疾苦状，如治已溃之疽。调参术，进饘粥，复补以糜肉，尤恐病加。于小愈必使勿风勿劳，滋培元气，以善其后。苦志焦思，节节整顿。历九载，星辉云洁，无飘风急雨之暴，以迄于今。

乌乎！好所好而恶所恶，岂惟古人？此与《诗》称“乐只君子，民之父母”，奚以异焉？所制疏奏文告载公集者，无虑数百篇，罔不沉挚周详，忠恳流溢。群鸟中忽闻鸾凤音，吁，讵文章观耶？宜其精神融彻，上动宸衷之慰劳，下破官吏之锢蔽。所树益宏，所沛益大。海内之士，百世而下，读其书益想见公。悲歌叹息，未必不有感于斯集矣。故是编之刻，湖湘之人心，不第湖湘人之心也。独念抚是邦者，畴非旬宣之职，不当纾九重南顾之忧，偏留此嘉谟硕画以待公，此以知人臣事君，不问位之大小。若非立意较然，不欺其志，而矫以为廉，果以为义，偏爱为仁，血气为勇，琐屑苛察，为艺与智，如是而欲为朝廷倚重，寮属视效，士民瞻望，难哉！今得公不易，因叹读公书者，爱公戴公，羡公之经济才猷，而莫察其学问精湛，义理纯熟，与古龚、黄诸君子皆有得于圣贤大道也，乌足知公之大乎？

又说者谓公之道德固足济世，藉非得君专行政，久未若斯之伟者。夫君子之学，出处而已。出处之道，自为为人而已。万一时不可必，抑或出而所历多艰，则夫修身济世之事，与古忠臣烈士之浩气孤行不可磨灭者，孰非公之所优为？故公自居乡迄宰商丘，为两浙开府，凡幽贞奇节之典，无日不以表章为己任。即楚南若屈贾祠，若忠烈蔡公江门，周公二南，及忠节李公，忠毅刘公，与夫道乡台，衡阳之忠定公祠，其有关名教者，早已萎诸榛莽。公必为之按册清厘，捐资建立，又为文勒诸石，以垂不朽。煌煌数万言，磊落峥嵘，何莫非其性天之地，久裕夫经术之原，而以斯道觉斯民之素志也哉？集公书者，不以弁为简端而缀于尾，均未为知道者。故余既读而叹，叹已复读不自休。盖欲识公之先立其大也有如此。

赵恭毅公自治官书后序

文在芳

恭毅赵公之抚我楚南也，予小子方就外傅，罔知理乱，乌有鉴衡？第于家塾诵读之暇，侧闻先君先师及诸前辈。每闻举一政，辄欣欣然喜相告，曰所闻者若此若此。每下一令，亦欣欣然喜相告，曰所闻者又若此若此。乌乎！距今三四十年矣，缅怀往日告语状宛然心目，而要非欢虞小补之谓也。

楚自吴逆变后，民不堪命。先蒙总制李公废里甲，兴踹平，特疏题请，诚有逾于监门之入告者，幸蒙俞允，楚民始有乐生之心。然湖湘远隔洞庭，而公去亦不旋踵，阳奉阴违，积习难改。虽汤火甫离，而疮痍未起。荷圣祖仁皇帝念楚之切，知公之深，乃特简公以抚循之，是拯湖湘之民出之汤火之中，登之衽席之上，而更被之以和风，惠之以甘雨。故其民互相传诵，油油然而遂不知其手之舞之、足之蹈之于不可已也。

友人何君岱庵，殚八年之劳瘁，举公之所以抚楚南者编辑成书，且倾资授梓。议者谓何子之勤勤于此者，殆欲附日月之末光，而不知其非然也，盖由公之盛德至善民之不能忘若此也。书成矣，诸先达大人皆扬颂于简端，又乌容小子之喋喋为然？盛德所感召，灵爽所发皇，有为世所罕见者，亦公之芳徽轶事，他日可以补史氏之阙，未可秘而不述也。何君居攸之深谷，纸入书出，费甚艰。芳居近河，且为何君出入必由之路。藏官书之版于芳舍，往来购买称便。无何，岁值丙辰，冯夷为灾，居庐去其半而兹版无恙。壬戌灾倍乎前，芳庐舍尽为冲塌，家资什物、衣服器皿、孳牲禾稼、古今书籍数千卷无一存者，惟存一楼，而斯板贮楼中竟得无恙，此邑侯段公及前守今升观察马公所目睹者。

窃异斯板原藏于东隅之书舍，恐其近潮湿而易于朽蠹也，目前乃移置斯楼得不坏，岂非公之事业文章，实精神之所贯注，可以质鬼神而俟百世，有非水火灾伤所能消沉而磨灭者哉？乃知士必有真学问而后有真经济，有真精神而后有真道德，于以传之百世而无穷。苟非然者未必可传，即传之未必能久也。因述所见，以补史氏之阙而并论之，如谓赞扬高深，宣导盛美，是以两手拿土益泰山矣，是亦不可以已乎？乾隆八年。

环溪草堂文集跋

徐世佐

丙辰乾隆元年，予在京邸，动止必就正于环溪。越己未再至京，病甚，与环溪同舟而南。揖别于金陵，遂不复见。又十年，而环溪宰商之镇安县。明年庚午，予在上党，欲一见环溪。知其途之远且险，然不惮险，顾亦不知其险之遂至于不可以人意想也。

循中条渡河而南，崎岖万山中。布鞋脱底，断小藤结之，系于胫，日凡数易。蒲帽破，补以松毛。行十有五日，过商州。山愈峻，崖石巉巉，至不能成步。凌层峰，度悬栈，下重泉。老树妖藤，蒙密晦冥又深。鬼啸于前，魂魄俱丧，不自知为猿耶鸟耶，即造物者亦不知我为何物也。七月十八日，行山阳属内，可四五十里，有人驱马驼襆被来。问此谁者，曰镇安爷。爷之云，山中民称其邑宰云尔，父之也。问何之？曰之商州。又前有溪，望溪南一人，蒲帽布袍，骑马来。从骑一人，是环溪耶？殊不似官。至则环溪也，环溪不知为予也。渡而熟视，骇而下，握予手曰：子固未死耶？何乃自北来？予告之来处，他语不能竟。环溪曰：山中多虎豹，日且西，子速往即宿处。此去署中尚二百里，到可少住，其待某归。予遂行，再逾岭，有茅屋。南向一室，主人卧榻一，灶一，炊器略具。北向一室，客榻一，马栈一，马矢积榻前皆满。中间相去丈许为庭，庭两头削竹树插为篱，高二丈余，尖其杪，防虎入也。予至有顷，皂衣者来除公馆，则山阳宰且至。除之云扫马矢积西偏而已。山阳宰张公，从者四人，皆乘马带鸟枪。至则系马室中西偏饲于栈，卧张公东偏榻上。予与从人卧于庭，梦中语曰：张公与马一室，予乃得与皂隶联床。因大笑破声。明日予先行，又明日至镇安署。入其门无人焉，再入无人焉，再入自报名，环溪仲子出迎客。问其兄，则山阳从骑者是也。客则周子其甥也黄子扆臣，予至共三人。贫署萧然，市无屠户，民皆茹蔬。环溪则开署后荒土，莳蔬自给。

以环溪之学，固宜入词垣，登膴仕，佐圣天子御宇，良臣股肱之风正在吾辈。顾蹭蹬于穷山万里、狐鼠豺狼之中，僬侥琐尾，有佣人竖子所不能堪者。天之力但能穷贤者耶，抑以贤者为能穷而穷之耶？予谓环溪郁郁无聊不平有动于中矣。居数日，环溪已至西安，予寄书悯其劳。环溪报云：远方下邑，待治如饥渴，某无以为饮食吾民者，君来何以教我乎？予读之，面赤发汗，自拊其脑曰：咄咄，役夫鄙哉！士果行其所学，即一邑犹天下也。不盘根错节，不别利器，而予乃以为穷而悯之，何其谬也？扆臣曰：然昨岁祲，环溪率民入山取橡栗。不自知为官，民亦忘其官也。某亟称之，环溪蹙然曰：治世以大德，仆视事日浅，未能弭天灾，尽地力，使斯民家给人足。顾此苟以救一时之急，仆诚赧然，而子以为美耶？由是观之，环溪之志可知矣。

嗟乎！世之巨儒伟人，抗手揭日月而来，诚非小夫所及知。然士或读书数十年，其自命亦不凡矣。平居侈谈仁义，盱衡时事，予夺前人，娓娓烺烺，真若可信。及其需次铨曹，旦暮走吏胥之门，口稽手算。某省某缺岁获若干，月终截缺，第其贫富，某某上某次之某某下，百计买签，所求必得。当事者或乱其签以持之，怏怏不已。既已无可为计，则诡以病归，归而病痊，复计得上缺。朝廷知其然，以坐补原缺持之，终无可以为计者。或遂肆其爪牙之利，剥民脂膏而怒其瘠也。且夫古之人，吾闻之矣，曳华裾，拥大盖，卧笏盈床，画戟在门，广厦细旃，纤眉长袖者，恒舞酣歌，而不以民事为事，若斯之类无诛焉。士有怀才抱志，沉沦下邑，顿踣肮脏，而或穷陬远徼，巨泽深山。皓首何涯，青阳易老，则往往幕天席地，洸漾恣睢。叫啸欢呼，典衣买酒，掀髯箕踞，卷袂挥豪。星斗在空，风雷满手，时则登高望远，鸣雁送秋。目光如炬，横睇宇宙，凭吊古今，慷慨悲歌。其意气之盛，岂不壮哉？然而君子无取焉。语有之：孝友施于家，是亦为政。夫一家之中而可为政也，岂一邑之中而不可为政也？夫一邑虽小，富之，教之，王道备焉。穷荒下邑，需治尤急，环溪所谓渴饥之于饮食者，岂不然哉？何居乎以是为山獠野魅疾病死亡之区，盖恬而安之者，吾未见其人，又孰能夙兴夜寐，皇皇然以吾道为未行，斯民为未治者？然则环溪远矣。当是时，予年未四十，方自刻厉，即亦未知环溪之遂迥乎不可及也。居且弥月，环溪为同考官，方在闱中。予不能久待，所欲正于环溪者，杂而失其统。得环溪之用心，以正吾心。政事文章皆从此出，所得多矣，遂南下汉江而归。

自时厥后，大抵索居，无师友相激发。惘惘然落魄都门，阽危于海上，流离塞外。归而杜门却扫，颓然自放。盖与环溪音问不通者，又二十九年。闻其治镇安，报绩为天下最。调凤翔，以忧归，遂不复出，亦不知作何近况。独常于梦中见其道气充然，粹面盎背，觉而神往，亦不复有就正之心。曩日溪山险恶，徒步数千里，不以为难，今家居无事，得复与环溪聚首如京邸时，岂不甚乐？湘帆三百里，挂风便到，反若在万里外，不能一往。闻其已下世，南向长号，林谷皆动。愁肠易断，辄收泪而止。迩者穷庐寂寂，残雪在庭，客有以环溪文集至者。扫地焚香，庄坐而读之。不是己而非人，不见小而欲速，不震荡于喜怒，不驰逞于才气，不激烈于廉耻，不扬厉于功名，忠孝仁义之旨油然于中。探怀而出，触手而成。同归而殊途，百虑而一致，其与造化者俱亦久矣。

观其所设施，修己治人，体用毕具，本末粲然，可以治一邑，可以治天下。崇正学，辟异论，兴教化，厚风俗，亦可以治后世，盖环溪之用心固不在文也。即曩者，予与宸臣之论环溪，亦不在文也。然而有德者必有言，夫有德者之言，今之人不及者多矣，即古之人亦不及者多矣。德不及，故文不及也，夫古之人犹不及也，而何有于予？予老矣。虽然，读其文如见其人，庶几犹有以相勖也。

岣嵝碑跋

旷敏本

禹碑显晦有时，三千余年中，一见于刘梦得诗，一见于韩退之诗。欧公云：韩公好古，必不我欺。则衡山之实有此碑，可以韩刘为断。然刘诗曰传闻，韩诗曰何处，盖均未见此碑者。朱子往来衡山，尚谓实无此碑。即郑渔仲亦以不见此碑为憾。明张季文得墨本于楚，特以授杨慎。慎号称博古，其释注必有所本。而沉镒梦中授受，应亦非诬。

蝌斗书虽废已久，而篆法奇古，真有如韩刘所云龙虎鸾凤者。噫，异哉！万丈峰尖，石柱铁瓦半就朽裂，而此碑历劫常存。元气宝光，麟麟炳炳，神物之扐诃岂偶也哉？抑予读此碑，最爱晏歞迟眠之句，谓可想见当年克勤心法，然则此碑之不磨其姒氏明德之远乎？其亦大圣人之精神，直贯于数千年之永乎？

南岳图跋

旷敏本

高子近亭，自河间任丘陆行五千里，省尊甫瀛海公于衡山。公恐其因游疏学也，葺署斋，列图史，俾之下帷攻苦。以所作诗若文质余，又命画手写《南岳图》装潢置几，俾之攻余披玩资吟咏焉，并属为跋其后。

余展视之，自岳麓上溯回雁，中历长沙、善化、湘潭、衡山、清泉、衡阳六邑。灵淑之气蜿蟺纸上，七十二峰岩略具矣。苏子由谓，太史公周览天下名山大川，故其文疏宕有奇气。宗少文游衡山归，图形于壁，以当卧游。兹近亭年正壮，五岳之游此为发轫，固非少文卧游时所见。诗若文深华秀杰，得山水助，其诸子由所云疏宕有奇气者欤？则愿有勖者，盖自有衡岳以来，帝王卿相，幽人韵士，下至缁流羽客，何可胜纪？乃其以讲学游者，则自宋儒始。宋儒中，以公子而游岳讲学者，则自张南轩先生始。

当魏公守永时，南轩来省侍，便道游衡，因受业胡五峰先生门墙，后又与朱子留连方广。风雪满山，研究不倦。以彼乔木故家，高明宏博，而能折节于良师益友间，以诣乎学问精实之地，此岂寻常游屐中人？后之君子，想其山川，披其图画，尚有跃然兴者，何况近亭两载随官，耳濡目染哉？

夫可图者，象也。不可图者，理也。由象推理，超然图画之外，非好学深思者不能也。近亭身趋诗礼之庭，神游山水之窟，得昔之贤哲而景行之。俾后作流寓传者，谓魏公之后复有魏公，南轩之后复有南轩也。

湖南文征　卷八十七

跋二

书盐铁论后

张九思

余读《盐铁论》，既终篇，喟然而叹曰：乌乎！此犹近古之流风，而孔孟之家法也。王道缺微，周室既衰，陵夷至于战国。管、商、申、韩、仪、秦、孙、吴，狙诈之徒杂然并起，言仁义者既黜焉。惑误时君，基祸苍生，非一世也。故桑大夫袭功利之余智，高亡秦之陋辙，逢先主之广欲。亦各持之有故、言之成理，非心实知其非，而强辩盖也。

盖汉兴以来，闲于道术能不惑者，儒者董生一人而已。秦用其私而不变，幸乃济其并兼之谋，适会诸侯之愚也。汉武踵焉而终悔，然及身不见土崩之败，尚承文景之泽也。昧者终已不寤，见小利而忘大害。驰于末流，不师古始，与乱同事而欲长世，岂不悲哉？吾考贤良文学盐铁之议，塞末利以防淫侈之原，崇仁义以兴教化之端。内制修则远人自服，务在乂安元元。辅嗣主以救弊扶微，修润洪业之道。终始数十万言，上下古今得失粲然可见。言曰：为君者法三王，为相者法周公，为术者法孔子，百世不易之道也。至哉言乎！昔孔子栖栖，卒老于行。孟氏所如不合，不枉尺而直寻。公卿丞相史，不通大道而小辨，贤良文学不肯曲学以阿世，其志一也。

桓生既为此书，然颇惜当时敝废，不尽见之施行。予惟庙堂之间雍容讽谕，舒六艺之风，究太平之原。至于指切时事，面诋阙失，悉意极论而终无所于忤。犹有古者信道信度，昭德塞违之遗风焉。自时厥后汉世，议郎、博士，每国有大政，时得以经生与公卿上下其议论，而天子、公卿往往亦进经术之士以决疑断狱，由此其选也。故两汉之风俗人心，到今可想。乌乎！此又后世一切权谋法术者之所不及也。

书范增论后

张九思

范增，战国之余习，策士中之铮然者耳，而苏子乃欲以大丈夫去就之义责之，过矣。曰高祖言之矣，汉得天下用三杰，项羽有一范增不能用。故苏子曰，增，高帝之所畏也。曰鸿门之会，荥阳之围，汉厄也。羽之得志于汉易耳，而增力赞之。幸而不用增言，再得脱，故高祖深忌之者。不如布、越、周殷之属，可诱之反而反招之来而来也。增之初立义帝也，为项氏谋也。已而羽杀卿子冠军以救赵也，救赵不胜，则楚固俱为靡耳，安知义帝哉？且沛公先羽入关，独非义帝所遣扶义而西者乎？而增劝羽急击，方沛公是翦，何戒于卿子冠军？故尝谓天之假手项羽也，所以收强秦之酷也。羽之威慑天下也，所以为汉室之驱也。盖孔孟所称仁暴兴亡之旨，至是可验。

乌乎！风尘澒洞，群雄角起，士生于时，自用其才亦慎矣。然非深于天人之故者，未必能知所择。非诚知所择，抑乌能善厥终始，而卓然于去就之分哉？

书陈忠洁公殉难录后

黄道懿

甲申之变，公之节著于史乘，载在祀典，与二十二人者流芳百世。夫人知之，顾古人之传不传，传之显与晦，其间殆有天焉。

余读《殉难录》终篇，参考轶事，景仰前修，知公为天地间一完人，而公之得天独厚也。公以寒士困棘围三十余年，学弥笃，行弥厉，老其才而艰其遇。毋亦天之玉成非偶，迨后以文章经济获于君，以信义骨鲠谅于友。凡所设施，皆本其素所蓄积。如筐箧中物，取而予之，裕如也。当流氛日炽，公以文士巡按山右，协力扞圉，亲履行间。及校士易州，闻都城戒严，辄戎服驰骑入援。国亡与亡，从容就义，曾无幾微震撼之色，真子舆氏所谓浩然之气集义而生者。要亦存顺没宁，奉若不违之素履云尔。至于录中载公之学说，曰学以变化气质为先，气质必归于宁静厚重。他日所以建树者视此，又谓古今人何不相及。吾辈当厚自酝酿，他日或可报朝廷一二事，不变初心。又未第时，与社友谈及死难，友有抵掌以誓者。公曰：不在此，顾临事何如？然则公毕生大节，自为诸生时，其天已素定矣。余反覆是录，窃窥公之志行，渊源具在，故揭而胪列之，俾读者了然于公为天地间一完人。而天之笃生不偶也，抑余于兹重有感焉。

按：公生于永城之抡魁坊，其先世则长沙宁乡人。余宁人也，聚族于宁谢英里。衡宇咫尺间一庙，颜之曰宗师。宗师者，即录中所谓巡按御史刘公熙祚也。刘公以崇正十六年癸未八月，值献贼之乱死难于此。乡人为之祠以时祭，至今不替。计刘公死日，犹公提督北直学政之日，乃逾年三月而公亦死，距刘公仅七越月耳。乌乎！公死于燕，刘公死于楚，等死也，且二十二人中，吾楚死者惟公，是湘南空绝前后一人。仰瞻群玉，巍然云表。宜无远近，靡不为刮目堕泪。乃今惟零陵一隅知有公，而吾里中耳而目之者，止一宗师庙。二公之或传或不传，传之若显若晦，其亦有天欤？

此帖重订于乾隆辛巳岁，主其事者不惜捐清俸，以一身维系于文献不绝如缕之日，则吾东郊年丈之力也。今帙中详略之适宜，及叙列体例规仿史乘，折衷诸作者姑不具论，惟是仰维先世，生同井里。大沩在望，如奉典型，如亲几席，益令人敬恭桑梓于无既尔。

跋松斋先生自叙

郭焌

余尝读太史公自叙，爱其文，然考其用意，特详其家世学术之源流，及其遭祸而作《史记》，以自比于孔子之作《春秋》，其言盖失之夸。今松斋先生致谨于君父人伦之间，恳恳款款，皭然不欺其志，而犹以未尝学问为辞。然则迁之自比孔子，未必及孔子之万一。而先生之所谓未尝学问，乃其所以深于学问欤？

余获交于先生之子咸一，其为人纯明敦厚，犹歉歉然常若不足，可谓善继先生之志者也。出先生自叙，俾余跋其尾。余为慨然向往者久之，使先生之言行流传于后世，而人自循省焉，其为功于天下，岂浅小哉？

书周礼后一

朱景英

《周官》一书，自汉武帝以为末世渎乱不经之书，林孝存遂作十论七难以排弃之。嗣是谓为六国阴谋之书者，何休也。谓周官三百六十，而员数之多，如六卿七万五千家，自比长以上，卿大夫士万八千余人，为大可怪者，李觏也。谓奔者不禁，示天下无礼，复仇而义，示天下无君，率天下为乱，非周公之心者，王开祖也。谓其间必有末世增入，如盟诅之类，必非周公之意者，张子也。谓五官之属，合大夫士亡虑三千，而以为设官太多者，欧阳修也。谓其不合之处，勿强为之说者，徐积也。谓《周礼》不全是周公礼法，亦有后世随时添入与汉儒撰入者，程伯子也。

谓周礼王畿之大，四方相距千里，甸稍郊都，相距皆百里，实无所容之。为一不可信。诸公之地方五百里，侯四百里，伯三百里，子二百里，男百里，与孟子班爵异。为二不可信。井田之制，自一井至于一同方百里。通水利者，沟洫浍三。沟洫之制，万夫方三十二里有半。通水利者，遂沟洫浍川五。利害同而法制异，为地少而用力博。为三不可信。且言凡《周礼》之诡异，远于人情，皆不足信者，苏辙也。谓《周礼》不尽为古书，蝈氏掌去蛙黾，牡蘜焚灰，类狡狯戏术。司关凡货不出于关者，举其货，罚其人，乃如末世设为避税者，范浚也。谓《周礼》一书，详周之制度而不及道化，严于职守而阔略人主之身者，郑樵也。

谓太宰之属，小宰司会司书，职内职岁职弊，六官所掌，皆簿书期会之末，俗吏掊克所为。又宰夫于足用长财者有赏，是使百官有司，不守三尺，以椎剥其民。又甸师丧事代王受眚，开后王忌讳之端。又宫正比宫中之官府，次舍之众寡，是妃嫔官吏，内外杂处。又宫伯掌王宫之士庶子，是宿卫王宫，示人不广。又内宰凡建国左右立市，非王后之职。又内小臣掌王后之命，阍人掌守王宫中门之禁，二官为奄者、墨者，是以隐宫刑余近日月之侧，开乱亡之端。又内祝掌宫中祷祠禳禬之事，此殆如汉世女巫，执左道入宫为厌胜之事。又九嫔之妇法，世妇之宫具，女御之功事，女史之内政，典妇之女功，乃后夫人之职，不当统于冢宰。又大府乃有式贡余财，玉府乃有王之金玉良货贿之藏，内府乃有四方金玉齿革良货贿之献，皆如后世汉唐无道所为。又司裘之外，又有缝人、屦人等九宫掌衣服。膳夫酒正之外，又有腊人、盐人等十六官掌饮食。医师之外，又有兽医等五官掌医事。帷幕次舍之事，亦置五官。既不应冗滥如是，且以为冢宰之属，是太宰之属六十有二，考之未有一官完善。则五卿之属可知者，胡宏也。

谓周室班爵禄之法，孟子言：诸侯恶其害己，而去其籍。则孟子时已无周礼者，晁公武也。谓《周礼》六典，与书《周官》不同。《周官》司徒掌邦教，司空掌邦土，今地官于教事殊略。而田野井牧乡遂稼穑之事，殆皆司空之职。周官初无帮事之名，今谓事典，未知定为何事者，陈振孙也。谓周官晚出，而刘歆遽行之大坏，苏绰又坏，王安石又坏，千四百年更三大坏，而是书所存无几者，叶适也。谓《周礼》疑秦汉初人所作，因圣贤礼法附会之者，魏了翁也。谓司门、司关之设，周公于民之意，类不若是之察者，刘炎也。谓《周礼》作于刘歆者，司马光、苏辙、晁以道、洪迈、胡寅、胡宏也。

其他或以为文王治岐之政，或以为成周理财之书，议者殆难殚述矣。而明陈仁锡又谓《周官》全经有可疑者四。墨罪五百，劓罪五百，刖罪五百，宫辠五百，太平之世，残形刻肤，赭衣扉屦，交臂历指而塞路。一疑也。泉府之职，官与民市，民不能皆愿，吏横则欺民，民猾则欺吏。疑二也。周家祭祀，莫详于颂。《昊天》之诗，郊祀无分祭之文。《般》之诗，望祀四岳河海，四望与山川无异祭之文。既右烈考，亦右文母，妣与祖无各祭之文。其作乐亦未闻有历代之奏，以分祀之礼。疑三也。周以千八百国计之，公五百里，侯四百里，伯三百里，子二百里，男百里，而海内之地，方千里者九，何以封？疑四也。其说更辩，可以备参。

书周礼后二

朱景英

《周官》九职，贡物之外别无所取于民。而载师职，则曰近郊十一，远郊二十而三，甸稍县都，皆无过十二。市官所掌，惟廛布与罚布。而廛人之絘布、总布、质布，别增其三，非苛敛而何？夏秋二官，驱疫禬蛊，攻貍蠹，去妖鸟，驱水虫，所以除民害、安物生、肃礼事也。而方相氏以戈击圹庭氏，以矢射神，哲蔟氏以方书十日、十二辰、十二月、十二岁、二十八星之号厌鸟，壶涿氏以牡橭午贯象齿杀神，非怪变而何？乃经有是文，何也？则王莽与刘歆窜入之也。盖莽诵六艺以文奸言，而朘民之政皆托于《周官》，其未篡也，既以公田井口布令，故既篡，下书不能遽变十一之说，而谓汉法名三十税一，实十税五，其意居可知也。故歆承其意而增窜载师之文，以示《周官》之田赋，本不止于十一也。莽立山泽六管，权酒铸器，税众物以穷工商，故歆增窜廛人之文，以示《周官》征布之目本如是其多也。

莽好妖妄厌胜，愚诬为天下讪笑。故歆增窜方相、壶涿、哲蔟、庭氏之文，以示圣人之法，固如是其多怪变也。夫歆颂莽之功，既曰发得《周礼》，以明殷监。而公孙禄数歆之罪，又曰颠倒五经，学士惑乱。则此数事者，显属莽与歆所窜入矣。

书仪礼后

朱景英

《仪礼》自昔鲜疑之者。韩子曰：余尝苦《仪礼》之难读。又其行于今者盖寡，然文王、周公之法制，粗在于是。昌黎故倔强，即以是观，其服膺《仪礼》深矣。惟宋乐史独谓《仪礼》有可疑者五。大意以汉儒传授《曲台杂记》后，马融、郑众始传《周官》，而《仪礼》未尝教授，为一可疑。班固七略，刘歆九种并不注《仪礼》，魏、晋、梁、陈之间，是书始行，为二可疑。《聘礼》篇所记宾行饔饩之物，禾米刍薪之数，笾豆簠簋之实，铏壶鼎瓮之例，与《周官》掌客之说不同，为三可疑。《丧服》一篇，盖讲师设问难以相解释之辞，非周公之书，为四可疑。周公所载，自王以下，至公、侯、伯、子、男皆有其礼，而《仪礼》公食大夫及燕礼，皆公与卿大夫之事，不及于王，其他篇所言，曰主人曰宾而已，似侯国之书，岂周公当时不设天子礼？为五可疑。而章如愚又谓其书犹有可疑者。以为吉凶宾嘉皆有其礼，而军礼独阙焉。自天子至士皆有冠礼，而大夫独无焉。乡饮酒之礼，有党正以正齿位，而今独不载焉。宾礼之别有八，燕礼之等有四。《冠昏》之篇皆冠以士，大射之礼独名曰仪。朝遇之礼不录，而独存觐礼。其他礼食不载，而独有公食大夫礼。为均可疑也。噫！难诘纷如，敢以为尽当也哉？姑存其说可耳。

书大戴记后

朱景英

《大戴记》十三卷，总四十篇。即戴德所删八十五篇，经戴圣删取四十六篇，为《小戴礼记》，而《大戴记》仅存三十九篇。今篇目自第三十九篇始，至第八十一篇止，中间无四十三、四十四、四十五、六十一四篇。有两七十四，故合为四十篇。意其阙者，或即圣所删邪？然朱子曰：《大戴礼》篇目缺处皆是元无，非小戴去取。又曰：《大戴礼》冗杂，其好处已被小戴采摘。议者又谓，《大戴礼》哀公、投壶二篇，与小戴无异，礼祭篇与经解亦同，曾子大孝篇与祭义相似。劝学礼三本见于《荀子》。至取舍之说及保传，则见于贾谊疏。公符篇至录汉昭帝冠辞，是此书之子史杂出，殆后人好事所为，似非戴德之本书矣。惟秀水朱氏有言：《大戴礼记》本无甚踳驳，自小戴之书单行，而《大戴记》遂束之高阁。世儒明知《月令》为吕不韦作，乃甘弃《夏小正》篇不用，殊不可解。

学斋史氏谓《大戴记》一书，虽列之十四经云云，其论说亦不取大戴。然由其说推之，则《大戴记》在宋日曾列之于经，故有十四经之目，此亦学者所当知也。

书国语后

朱景英

太史公曰：左丘失明，厥有《国语》。《汉书·艺文志》有《国语》二十一篇，自注曰：左丘明著。《隋·经籍志》二十二卷，《唐·艺文志》二十一卷，今篇次与《汉·志》同。吴韦昭参引郑众、贾逵、虞翻、唐固，合五家为注。疑之者自唐赵氏、陆氏，谓《左传》《国语》文体不伦，叙事多乖，定非一人所为。然柳子厚师陆氏者，其自序《非国语》一书，则云左氏《国语》，其文深闳杰异，而其说多诬淫，则仍以为左氏所作矣。至若宋石林叶氏曰：古有左氏左丘明，今《春秋传》作左氏，而《国语》出左丘氏，则不得为一家。文体亦自不同，其非一家书明甚。直斋陈氏亦曰：《国语》与《春秋传》并行，号为外传。今考二书虽相出入，而事辞或多同异，文体亦不类，意必非出乎一人之手。然昭德晁氏曰：范宁云左氏富而艳，韩愈云左氏浮夸，今观此书，信乎其富艳且浮夸矣，非左氏而谁？而巽岩李氏论之更详，其言曰：左丘明将传《春秋》，乃先采集列国之史，国别为语，旋猎其英华作《春秋传》。而先所采之语，草稿具存，时人共传习之，号曰《国语》，殆非丘明本志，故其辞多枝叶，甚者驳杂不类，如出他手。盖由当时列国之史，材有厚薄，学有浅深，故不能醇一耳。先儒或谓《春秋》先成，《国语》继作，误矣，此定论也。若夫朱子，又有《国语》委靡繁絮，真衰世之文，宜乎周之不振之说。盖以讥其文也，究何尝疑其人邪？

摹舜庙碑汉隶跋

朱景英

九疑山碑，自欧阳、洪、赵以下，志金石文者罕及。顾南原《碑考》载舜庙碑名，而碑字不收《隶辨》，盖亦未见碑本也。独《鼎帖》中摹勒八十八字，方整流丽，颇类延熹《华山碑》。考《水经注》，九疑山之东北泠道县界有舜庙，县南有舜碑，碑即零陵太守徐俭立，意即是碑与？然《鼎帖》直指为中郎书则误矣。栽之明府精于鉴古者，出巨笺命作分书，因摘仿碑字凡六十有四，规求形似，小大异体，手腕滞钝，笔与心违，恐虚负井水一斗磨隃麋耳。

族谱跋

罗典

先子秀川公，卒一岁有奇，谱之既成，先子之志也。典少时始受学，先子持前谱手示之，且曰：而勉自树立，而族所有托以华茂昌烁者远矣。而知之乎？潭之定吾族，起我始祖政斋公也。由一世而下分四堂，再分房凡十，今且十七世矣。我当世之十二，而十三。虽然，吾族之有谱，微前之人为之，则属吾祖父以上，或凋落不可追询。前人为之，而后不继，则属而孙子以下，必复涣漫不可收摄，两者异世而同患也。吾计今之与吾祖父齿者十得一焉，其少壮又不及老耄三之一也，吾大半能辨而谨事之。与吾齿者颇多，其老与壮，壮与少，约三者如一焉，吾不尽辨，约合得三之一而辨之，相友敬之。与而齿者为最盛，其老耄又不敌少壮三之一焉，其辨难，有得辨者，皆得奖励而护爱之。若其并不与而齿，而吾之辨之则又难矣，况其推而愈远也。而识之当吾之身，度必有始其事者。

后数年典及冠，以次食廪郡庠，于时未议谱，先议祠，为其竭虔而妥灵也，先子与力焉。丁卯领乡荐，适宗祠落成之明年也。乃北游，获睹京邑之壮，与当世名公游。访其世家旧族，其里居姓氏，卓卓可纪，所由来非无以致之。辛未成进士，选入庶常，复以时观图册之富，侣文学珥笔之臣，见其所纂修撰述，若实录、记注、经史、志考之属，乃信知夫一切所为昭示后来者，虽族之于谱宜亦然。嗟乎！此正吾先子所原始虑终，不能已于言者也。

今年秋谱成，距前创新祠之岁未久也。议始事者，如先子所期，而不获及身。董其刊校，典既欲彰吾族之仁孝贤能勇于任事者，以式后之人也，又以存先子之志，于是乎书。

李文正公法书跋

车万育

吾楚胜国时，大湖南北以书名家者不一人。鼎革来皆散失，无可购求。文正公文章事业照耀千秋，书特其绪余耳。今观楷法严正入古，行草峭拔有神，篆书人称独步，惜不多见也。公以神童掇巍科，累官馆阁，历事四朝。予告居家，购请诗文书篆者填塞户限，颇资以给朝夕。一日，夫人方展纸砥墨，公有倦色。夫人笑曰：今日方设客，可使案无鱼菜乎？遂忻然命笔，其风操如此。此亦可以想见公之生平矣。壬戌秋中，同里后学车万育记。

先祖法书跋

车万育

余家世学书，先君犹善章草。兵燹后，一无存者。今于敝簏残帖中，得先祖父遗墨数行，亟摹入石。傥获附以行远，岂非厚幸乎？祖砚尚存，父书堪读，为吾后者可以观矣。万育百拜。

案：此二则从萤照堂明代法帖中录出，未得全本，故所录止此。先君者名泌书，康熙元年贡，授常德教授，不仕。先祖父者名大敬，贡于崇祯己卯，年已七十，又十二年卒，与泌书并祀乡贤。汝怀附记。

楚风补题辞

陈益

洪荒以前，不可考矣。其时人物栖泊无定，且文教未兴，故多不著。楚自神农氏葬于茶乡，声教早通，而世所传政典及八蜡图说，学者多称之。黄帝张乐洞庭之野，崩荆山之阳，其咸池乐章虽亡，而《巾机铭》具在。高阳氏实楚先祖，而周太师所陈丹书敬胜义胜之语，以为出于黄帝、颛顼，兹并采而列之以论世焉。大抵中古以前，文字简略，其本末有系于楚者则录之。所录者不必皆韵语，其人亦不皆楚人，且亦不必其人之当时果有是语也，惟以百家载籍所称引者为准而已。今自唐虞以上，统之曰前古，自唐虞以下，别为世代云。

校刊楚风补题词

谭之纲

大隐先生之辑是书也，上溯农黄，下迄明季，凡诗歌辞赋箴颂及谚谣之类，言之有韵者，纤悉毕备，可以称吾楚之大观矣。其说以为十五国有风而楚无风，因为网罗搜辑以补之。夫楚诗之不列于经，是当时适无，非夫子删之也。借谓僭王猾夏，以故不采于辅轩，此特周之末造耳。武、成、康、穆之世，列国有诗，而楚独无，又何也？风之补不补，无事深求也。第观先生所辑，博收旁采，虽片语只词，兢兢罔敢失坠，亦足以明其敬恭桑梓，而鼓吹风骚，其精勤有不可泯灭者。

今先生往矣，是书之淹没已四十余年。适吾郡太守河南吕公，修辑郡志搜罗及之，命纲等偕孙君邻初校其篇次，并所辑《国朝诗纪》，自著息机园诸稿，付之剞劂，使好古之士，上下吾楚数千百年运会之迁移，文章之盛衰，洞若观火，谓非阐发幽隐，嘉惠来学之盛心也哉！但卷帙浩繁，纲等不敏，颇有所未尽精核。晰疑正谬，愿以俟博雅君子焉。

校刊楚风补凡例

谭之纲

凡例十则

一、是编人以地著，言以韵比，除前编以外，人皆楚产。而其言则首、二、三卷中，假借者多，不皆韵语也。原本欲因言以纪人，节采传记问答之语，未免割裂补凑。兹不没裒集苦心，各于卷末附存。其或为有韵之篇，而词欠雅驯者，亦概从附存之例。

一、谣谚之类，原不论名氏有无，兹并编入附存一例。其鄙倍不经者注之，亦略按世次前后，以察时变。其一切鬼怪传疑之句类所不废，然不敢以乱正，亦概从附存。

一、名次先后，原本未经较定，兹按年代编序，其闺秀、方外，类纪各朝卷尾。惟明诗卷帖繁多，不能总汇，即于各帝年号之末，因时纪入，而凡附存之类，亦按世次录焉。

一、人物小传，原本杂采汇纂，未免冗沓，兹并改正，务归简要，讹者订之，略者补之。其本末著见者不详，其履历无考者仍阙，又或其人醇疵不一，则取其醇而略其疵，亦善善长、恶恶短之意云尔。

一、古歌之类各书标题不同，如黄帝兵法为《巾机铭》之类，又或有一辞而所隶之人不同，如神农蜡辞为尧蜡辞之类，传闻者异，各得一书为据而已。要不独上世为然，辨之不胜辨也。自唐以下，古体、近体并从其叙次，则先古体，后近体，一仿《全唐诗》法。

一、此编独力搜求，固多遗漏，而中间稿本又为人攘去，廖氏追而录之，存者什七。故或有同时同地犹未及编入者，遑问其他。且亦有忠孝节义之夫，余韵销歇，不能臆而附之。夫古今贤达，其文章德业，彪炳天壤，而不为有韵之言者何限，岂以此重轻耶？既去之无庸去，亦增之不胜增。其各种体裁，俟有志者别汇辑之，以补《楚纪》《楚宝》《三楚文献》之遗，不必强为猎取。

一、明代之诗，其名次先后，除藩封外一以乡会科目为准。次明经，次诸生，次荫袭各途宦籍，次有里无爵，悉改原本次第，庶考世知人者便焉。其汇辑之详，惟嘉靖、万历、崇祯三朝为最。

一、胜国末造，狼烟满地，龙宫覆天。忠愤之徒哓音并激，大抵皆麦秀黍离者类也。虽多海岛之情，莫抑顽民之痛。昔比干有墓封自宁王，韩通不生褒荣艺祖，纲常之例所不废也。谨次其诗，以为千古效忠者劝。

一、是书旧序诸名家，为山阴何天宠，为昆陵岳宏誉，梁溪季麟光，花源罗人琮，广济金德嘉，汉阳江蘩共六首。今止录何公、岳公、金公三序，盖大隐原有删存之意云。

一、自廖氏手辑成书，阅今多载，尘封椟笥，虽经同志者数番征费刊布，而道旁议筑，三年不成。今得贤太守表彰文献，大张楚风，二三同学编次酌取，一一皆禀教令。间有臆附绪论者，则以按字及参订字样别之。其镂板之资均出自湛开文，奉宪檄饬存照。原书四十四卷，今析为四十八卷，末附拾遗一编。其国朝诗纪原本，草创收辑，今并改订前后重谬。一仿序明诗次第，区为二十二卷如左云。茶陵谭之纲履常，善化孙良贵邻初，益阳陈益谦甫，茶陵高翔紫庭谨识。

书墨香阁古文后

陈梦元

后生未及瞻先正之典型，从传文亦可想见风矩，矧得及身升陟堂户乎？与言则对，服之无斁，所请事矣，自今庶免擿埴索涂乎？然少日时光未惜，能无勤苦作辍耶？一则数典有祖，经传者祖也。不宗经传而杂以越，小过六二所象，过其祖而遇其妣也。一则弥纶天下之事，惟史扬子曰：记久明远，著古昔之昏昏，传千里之忞忞者，莫如书也。夫此二事，事弥其年，何作辍之有焉？

恸乎洣江彭余山先师不可复见，其发明经史之文章，未肯传于后，二三流布应人求者，非其深至之所倾漱。先生尝诲元曰：经史学识未富且坚，设一辞，使一事，人曰误。多设辞，多使事，人曰俱误。不见人间充几堆案刻本乎？扬以法应，韩以经约，人间诧诧，不知此为何等著作，而在今日溯洄从古，不知二子当年，几费模范砻错。且在今日，求无疵语更难，注疏益精，笔削益懔，剔抉加核，有谬之作，一目呈露。他时子学少进，慎毋纷纷为。嘻！典型不可复瞻，请事不可复闻。其发明经史之文章，间有存元箧中。然先生著作如林泉甚富，元安得遍窥也？就所存者，欲别刊布，惧未追慰先生生前之志，不敢也，不敢也。元又记先生尝曰：文章如铸金，然金与锡黑浊之气竭，然后可铸。如锺氏染羽、㡛氏涑丝帛然，淳而渍之，沃而盝之，积昼夜三五七入之，不一其法。扬雄之《甘泉》，司马相如之《子虚》《上林》是也。赋也，古人所称为文章也。嘻！文章之难，先生为人言其苦，辄不肯为人甘言之。恐人以其所自为文刊而传，而未经先生应时改定者。

元别先生三十又七年矣。壬子首夏，检箧中存稿，盥手敬题其后。愧负作辍，勤苦无成，茫茫有爱惜时光之痛矣，自不禁涕落湿纸上也。题曰《墨香阁古文》。墨香阁者，先生旧时读书处也，冀后来者之绍而发闻也。

书陈桃文先生四书文稿后

陈梦元

庸音嘈切，律吕乖次。腹白色陈，腕枯花暗。良由研讨古经，汩溺宋注。赞诵良史，滑泽五代。汉魏之步骤，节奏泯泯矣。

攸江桃文先生，圭璋精理，禀受异常，记功百倍。平生酷嗜三传，及先秦两汉魏晋书，六朝华赡，采撷杂佩，靡有剩残。作为古文诗骚，清思黝黝，经纬冥冥，破除障翳，洗涤格调。元读先生慨遇怀古诸诗，凭高吊远，恻怆曷极焉。时文者，固先生唾余，而泥滓之中，有珠玉光，大小树义，己说独断，不依倚前儒软语柔辞。故字皆汲古，气为播芳，寻绎吟玩，往往在兰台南皮间，得其徐疾扬抑、沉郁顿挫之致。今去先生六七十年矣，回首壮盛，不晓读书，私心爱先生文章，执笔摹拟，一弹再鼓，空腔棘舌，辄笑而罢。往在京师会文赋咏，与诸名士条举制义家，尝论正希性灵可学，大士天才百倍不可学，持先生文相视亦云，诸名士抚览曰诺。嗟吁先生！含咀垂老，傲兀试席，屯蹇一第。文稿纷庞于选者，卮言埋没于故人。元也晚进，欣对未足，涕洟继之。

闻先生多艺，能熟字书，工楷则，杂诙嘲。游大吏幕府，遍窥邺架，末学肤受，乞灵沾沥，俱腾踏去，先生视之泊如，其人有古名贤风烈。先生名之驱，耆年贡入太学，尝读书司空山，蚤有神助云。

书汉平帝纪后

陈梦元

汉元始五年，征天下逸经古记，及以五经、《论语》、《孝经》、《尔雅》教授者。当是时，诸儒生教授之籍，未尽出于一，或私有窜入于籍中。又其时已置写书之官，写者不知其为窜入，校书之官恐又加窜入焉。视燔灭文章以愚黔首者，罪更甚也。矧所云逸经，不知即五经内逸文与？抑别有经文与？至云古记，有注纪、杂记、年纪、大年纪诸记毋论，即记礼之文，窜入者什居三四矣。是时刘歆总群书而奏《七略》，以卒向业。所谓辑六艺、诸子、诗赋、兵书、术数、方技，因诸儒生窜入有不善者，歆辄加文焉。

又按时事，诳耀王莽，得以固其奸言，愚惑天下后世。致使后之肄诵经文诸君子，遂有改字易文、更置篇第、分画章句节段之事。

书元后传后

陈梦元

汉统之隳，非隳于哀、平短祚，实由孝成昏庸，而流于残忍也。汉臣之不忠，非及王莽始大著其恶，实由王凤颛擅用事，而敢于诛王章也。然自绛缘诸子丙殿御幸，而甲馆画堂遂酿祸水，牝鸡入宫六十余年，其时忠荩陨耗，奸回煽焰，不识此时何为使汉祚遂移于妇人女子之手。

窃谓刘向在元、成两世，屡进正言，卒不能以宗室老成，协众良谋国，发愤匡维，徒校书观象，悲叹痛切奚赖乎？况孝成数欲用向为九卿，辄为王氏居位者及丞相御史所持，故终不迁。已知外家危刘氏之渐，乃上封事，仅欲指图陈状，漫无智略，何异经生说事理，铿铿动听，不可见之施行。然向著《洪范五行论》奏之天子，为王凤兄弟起。此论蚤卜机已萌，而势居难挽，即杀身何益？自向卒后十三岁，而王氏代汉矣。

班史载《外戚传》，后系以元后。详著政君初献掖庭，及崩于新室岁月，家凡十侯五大司马。如鬼魅怪物，逢之即为不祥。是孰诏诸后叶，果孰令彼鲜终，从古覆人家邦若此类。狂耀愚罔，莫非天意为之，而又谁怼？

书益部耆旧杂记后

陈梦元

陈承祚于《蜀志》后，终之以杨戏《季汉辅臣赞》，明著蜀之所以继汉，无怍乎史臣之载笔也。至末又缀王嗣、常播、卫继三人，书曰《益部耆旧》。嗟乎！承祚胸罗蜀室人才，上者述德扬忠，语规典则，次亦微劳不遗，又其次稍裨风节，录以警俗。如嗣能使羌胡爱信，播能为县长忘身，继虽遇害，而为众所敬。乌乎！耆旧中宁第此三人。念蜀国记注寡少，文彩不耀，一二沾洽，出效戎行。辑所记者，不过据见闻杂入。亦暗于发摅，承祚曷尝不憝焉？又重念其时之人，渐被王风，服丞相之明教，廑有存者敢忍为割弃，不录于篇乎？《风》诗曰：云谁之思，西方美人。君子知史臣寓无尽之意也夫！

书季汉辅臣赞后

陈梦元

乌乎！此蜀臣杨戏之所著也。其赞辅臣，必先以昭烈皇帝，非史臣陈寿帝之，而杨戏帝之也。史臣本帝魏国，于刘氏曰先主焉耳。帝魏胡为主刘？有所不敢不然也。乃杨戏帝之，不概削其称者，又刘氏帝之所自存。冠乎汉臣，阴寓以存汉也。立乎人之本朝而欲存汉，以赫赫存之者之有杨戏。寿止可据，其承高祖之始兆，复皇汉之宗祀，以存其辞者，存帝号而存汉也。有所不敢存，可以谢当世之人，又欲阴寓存之之实，并可使后世之人见其心。乌乎！陈氏之史之所以可读也。

书阮籍传后

陈梦元

才不足以济世，言不足以行远。平世固无所用之，乱世人亦不记忆之而相及也。若夫有可用之材，于此权奸侧目，小人匈匈，为其所用，非吾之志也。不为其所用，又无能以自存，是时有迫而用之者，又岂得逃之山谷河海哉？无已，则以其人知我可以用，姑为试我可用者而为彼用焉，一用之后，遂可以已也。故籍之仕也，病归者一，病免者一，旬日还者一。至其免祻，往往值其酣醉焉。所云曲蘖之托，而昏迷之逃者耶？不此之逃而恶乎逃耶？然余诵阮籍《咏怀》诗，其天性忠孝，比兴可思，随所触而勃发不容遏，人莫能喻其幽隐也。要之其人，亦圣贤所闵叹也哉！

跋习是斋诗稿

邓正琮

湖上舫斋，其先人偲园公精于诗，故舫斋之诗根柢家训。同时为诗者，葛庐徐公豪于诗，曹公畅庵富于诗，冲放先生逸于诗，其后所庵李公遒于诗，我山曾公研于诗，碧津温公刻于诗。作者日新，霞烂云蔚，杰然数公而外。正轨按辔，抨强弓而猎猛兽。矢不轻发，发必洞胸达臆。如所欲赴，不面伤，不髀髀，则舫斋之造思与掇笔也。其先意大半如此。既成而视之，懦若嗄孺，孑若岩木，朴若褐父，寥乎若古庙荒屯，削乎若断潢绝涧。含采孕英，香沉味惨，结根归实，敛息凝神。噫，异矣！刻追如彼，清举如此。为之之心与得之之境，原无两时，亦无两情，而究有两到，舫斋且不自知，而何能出以告人哉？

昔偲园公为葛庐公评阅其诗，笔光墨渍，宛然纸幅。余少于觉非徐子处得原稿熟玩之，大旨无问魏晋汉唐，宗主一归于能真与淡，此则舫斋之根柢家训者也。今夫玉生于山宝于人，其最者历尘劫而不变，真之至也。方诸峙于庭，受日精月液相沦浃，厥以玉敦，通幽合漠，淡之至也。

书浯溪新志后代

余廷灿

右《浯溪新志》十四卷，宋君怀山荟萃翦截镕冶成书，浯溪幽遐邃邈怪特瑰富之胜，是书搜抉骈罗，轩豁豪楮，非笃嗜古者，能勤恳至到绸密典实若兹乎？

初，怀山与予同隶西蜀，两人踪迹颇阔疏不相闻。丙戌同宦游湖湘，始订交。既而怀山令祁阳，予令零陵，百里毗连，因缘尤近。然怀山负干局，既莅祁阳，感激奋悱，汲汲与民梳痒剔蠹，兴废举坠。予阴折怀山才吏也，时时希慕风味，专心壹力，汲汲角逐怀山惟恐后，以故两人会合仍稀。庚寅乡举，同怀山分校文字，乃得过从弥月。接席促膝，商搉平生，官烛风帘，相视莫逆，两人投契是役益深。无何，怀山旋以吏议罢官去。明年相遇长沙，怀山屯蹇拓落，出是书草本珍重属予。予回环抚览，作而叹曰：文吏非可学而至也。予于文事亦结习难忘者，然作吏零陵，管领黄溪、愚溪、钴鉧、石渠诸胜，数私自幸喜。谓当为柳子，一一收拾润泽，用识向往，而簿书填委，爱我者至动色相戒谓妨政治，予初尚不谓然，然予亦至竟不暇及。怀山独从容考古，仰止颜元，搜证文献，整齐一书，又何其博综尔雅恢恢有余裕也。

因梓是书于清泉官舍，以成怀山之用心，以志予之不逮。又以见抱才绩文如怀山，而轇轕龃龉不得行。其意者，古今来何可胜道哉？

书澧州志后

张九钺

《澧州志》载奉天和尚塔云：明季李自成削发为僧，死后其徒瘗其骨尊号曰奉天。考闯贼兵败，为罗公山村民共击其脑，血肉狼藉，见衮衣怀玺，左颅伤镞，始知为自成。湖抚何腾蛟函其头以祭庄烈帝。见之《明史》及《豫变纪略》《后鉴录》等书，凿凿可据，不辨而知为妄。而曲为之说者，复称罗公山被击为自成之弟自申。自成实逃为僧，殊可怪异。

闯逆以走卒啸聚揭竿斩木之徒，荼毒海宇，荡覆宗社，其屠城惨戮合计不下数千百万。为人子孙者当切万世不共戴之仇，挫其魄，磔其魂。即以佛法论之，亦应堕无间地狱，受万劫刀锯舂磨之罚不足蔽其辜，岂有反令逃亡诛免冥戮，怡然以方袍圆相寿终，而复崇奉天尊号？此事之所必无，而理之断不足信者。作志者不操三尺笔锋削除其事，以正纲常名义，反以讹传讹，巧为傅会，是诚何心哉？

吾意必逆党逋诛者，造为其魁不死如黄巢为僧之说。或不知何髡瘗骨塔，妖僧崇以奉天之名，假元凶以实之，其逆天理，坏世教，煽人心，为祸害不小。官兹土者当立毁其塔，纵牛豕践踏其骨。如康熙年间允御史张瑗之请，铲平魏阉忠贤之假墓，仆其碑而后快于人心也。

书茅氏八家文钞后

彭坊

唐宋八家之名至鹿门茅氏始定，历今将三百年，人无异称。本朝在陆储氏增为十家，然八家之名人耳相传以熟，卒未能易也。余家旧藏《茅氏文钞》乃先祖遗书，其原刻圈点特矜慎，每篇圈不数语或有全无者，惜其书残缺不全，后从友人假得欧阳史钞，则满篇密圈，与文钞殊不类，意其为后人增益，然亦别无他善本相校。

庚寅夏，余寓杭州之凤山门。一日偶游吴山，见书肆中有文钞旧本，急购归。先抽史钞读之，其圈点钩勒无一不与文钞同。然后知向所见者之为庸妄人增益无疑也。大凡古书之传于今者类如此，不独文钞为然。而余又考石门吕氏谓鹿门八家之本得之荆川，荆川得之叠山迂斋，其渊源远有端绪如此。嗟乎！当嘉靖之时，王李之学盛行，而荆川、鹿门及同时遵岩诸君子，独能探寻唐宋八家之文，傥所谓豪杰之士为于举世不为之时邪？而余又闻荆川初亦为王李之学，其后遵岩教之读曾王两家，始翻然改辙，则又可谓不远复者矣。余独怪鹿门自负得太史公、欧阳公之逸气，又与荆川为同年友，然每称荆川为吾师，其必有得于荆川之深可知，而其虚怀善下尤足令人起敬。抑同时有归熙甫者，亦不为王李之学，其于荆川、鹿门、遵岩之文较深醇矣。要其门径无不同，而卒不闻与诸君子有一字往还，何也？余然后叹熙甫之耽幽寻微为不可及。其于人世若漠然者，而精神意气独与古人往来于数千百载之上。视当时王李之把持坛坫，交游声气，喧赫一时，直不堪一唾耳。虽然，王李往矣，其雄才霸气足以自传于后，固亦人豪也。要之学者，读文必自《茅氏八家文钞》始。

书练子宁先生金川玉屑集后

彭坊

乌乎！此新淦练子宁先生之遗文，而临川郡丞王佐辑之以行者也。集凡六卷，余得之吴山书肆中。亟携归读之，既终卷作而叹曰：甚矣！先生之文之似方正学先生也。先生之大节既与方先生同，驾风霆而光日月矣。顾其文亦复相似。盖先生之文学韩，正学先生之文则纯乎韩者也，当时人称小韩子。

独是先生初不以文名，后遭成祖厉禁，又无门人有气谊者冒死为之藏弆，故所存无几。今集中仅得文三十三首，诗七十八首。而方先生自其少时即以文名天下，又开门授徒人争为之藏弆，迨厉禁开而文亦稍稍出矣。故《逊志斋集》多至千二百篇，今人皆知方先生之文而不知先生之文，职是故耳。方先生之文原本六经，尝得作文之法于宋文宪公，文宪得之柳文肃、吴立夫诸人。其师承所自上溯考亭，而先生则不学而暗与合，其资禀殆有过人者矣。当先生与方正学同朝时，正学亦亟称其多学而有文。

嗟乎！成祖能糜烂诸臣血肉于一时，赤其族而殄灭之无遗种，而卒不能使其文不传于后世。而当时之人既为之冒禁以存之，复为之咨嗟叹息以传之。此以见忠臣义士之气常浩然流行于天地之间，而天理之在人心，有不可一日而泯者。嗟乎！先生之族也，坐死者五百有十一人，遣戍者复数百人。正学之族也，坐死者八百余人，其刑也七月乃止。嗟乎！古宁有是哉？窃尝论成祖以篡得位，其后致治几与古英主比隆。而当其斩戮建文诸臣，残虐惨毒殆百倍于桀纣。他日榆木川之崩，野史有异词焉。虽其说荒唐不足信，亦足以见人心之抑郁不平，而故为谤词以厚诬之，聊亦泄其愤闷之气耳。他日成祖又曰使练子宁而在，朕亦当用之。此则其本心之明于事过气平之后，有流露于不觉者欤？

余又闻先生父伯高先生，当洪武时以起居注直言忤旨，谪广德州同知，则先生忠义盖亦本家教而然。而先生幼与金幼孜相善，尝谓幼孜曰：子他日必为良臣，我其为忠臣乎？其谒余忠宣公祠诗也，有曰：我亦有怀追国士，为君感慨奠椒浆。岂古所谓志士不忘在沟壑，而先生又别有默见于先者欤？至若《臣林外记》谓先生有后在长乐，天启时叙忠臣后裔官其孙。夜梦先生来谯让，无何其孙死。此其说颇诧异，余不敢信。

华严经卷后书

张世法

《华严经》共四万五千颂，始妙严终入法界品第三十九卷，分第八十，其梵本在于阗国中。盖晋义熙十四年，北天竺三藏佛度跋陀罗翻之。唐证圣元年，于阗三藏实叉难陀补译之者也。

余购求一部，穷手目力凡三昼夜而卷讫。每卷真言字母不下数十字不可晓，除去率顺易，无甚棘句生字处，不敢穿凿，亦不敢亵谍。终其卷篋，而藏之如故。难之者曰：夫语音亦安所得而为梵呗？按六经无仙佛字，惟《诗》言佛时仔肩，《曲礼》言献鸟者佛其首，皆不作是解。《鲁论》有佛肸其人，亦其姓氏，并非以其人佛之也。《列子》曰：西方之国有化人焉。无西方圣人名佛之说。今所云翻译，岂尽其国西域梵本之自为是，抑东土迁流变易数传而使有是？是与否吾不敢知也。解之者又曰，西方之有呗，犹东国之有赞。赞者从文以结章，呗者短偈以流颂，比其事义名异实同。经之翻译无不可知也，则将大其声疾其呼而应之曰：难与解诚然矣，然独不闻有真籁乎？天地间窍穴嘘吸，铿鎗宫徵，洪者，纤者，叱咤者，呜咽吟呻者，雷霆相激，风水相摩，火啸于薪，籁挠于林，皆其声也。金石无声，击之亦鸣。从其不容已之声。兽言曰嗥，虫言曰嘤，燕言曰呢喃。牛言而知之介葛卢，鸟言而知之公冶长。蚁无言而耳聪有患其为牛斗者，不独在人声音喉吻间是也。又从其不容已之言而有文。楚人呼猪为都，齐人呼燕为乙，方言侏儒，皆可见于辞而成文。圣人重译九夷八蛮，而因以其言为书，是故积声音因有语言，积语言因有文字，积文字因有义理。若所云梵呗，亦彼国语言文字之自为一种耳。吾非为其道，吾又何暇深求之耶？

扬子云好奇字，作《（顺）〔训〕纂篇》，易《苍颉》中字，共八十九章。韩吏部书科斗文后，谓碑铭荐道功德，凡思为文辞宜略识字，彼所习六艺者如是。苏子瞻称子厚南迁始究佛法，作曹溪南岳诸碑，妙绝古今，而其所自作十八像赞，亦未必不解佛经文义。《华严经》惜其梵本吾不及见之。

题孙膑墓辨后

张世法

余读前邑侯罗公所载孙膑墓，而不禁慨然言之也。夫墓碣为美唐将军孙茂卿而作，其中有系出孙膑语，而土人不甚解，遂即指为其墓，是信目而讹也。修邑志者随据土人而载之，至《广舆记》又据县志而载之，是信耳而讹也。吁！以讹传讹，而讹者竟不复知有讹矣。曩令有能文嗜古之士，纳西山太行、浑河芦水之胜以拓其胸怀，而又不惮历怪石嵯峨，相与探幽凿险披览于无穷，则坫坛行自我振矣。肯复使断碣荒铭委翳于垄墟荆棘之中，黯然销沉而不识乎哉？今一编旧已零落，而余又公事倥偬，非乘间不得至此，所以览邑乘而恤若有亡也。

昔苏子瞻之作《钟山记》，末云以是叹郦元之简而笑李渤之陋，简与陋失不甚远也。今余于墓之讹，与辨讹者之仍未详，盖亦云尔。

书小摘编首别静斋

罗健亨

诗文者人所为，为诗文非即所以为人也。然人各有性，长短自裁，往往于诗文恒苦不能自已者，岂尽为猎取功名起见哉？诚以人寿有限，得诗文而身后可延。人迹罕至，得诗文而远方可及。是故千百世而上不知几何人也，见诗文如见其人。南北海而遥不知几何人也，见诗文而如见其人。诗文顾不重哉？虽然，人借诗文传，抑诗文借人传耶？庸讵知夫诗文自诗文，而人自人也。传不传不在诗文，而在为诗文之人也。人苟可传，即不必诗文而亦显。苟有诗文，其人不足传也，则亦同归乌有而已矣。诗文果足重哉？

宋君静斋痂嗜拙集，时予同在阳城三四载，将南归，无以为别，因于新旧稿中，择其体制声律近似者，得若干首以遗之，颜之曰《小摘》，以予艺圃人也，敢曰诗文？杜老云小摘为情亲，此物此志也，传不传愈可想。

题陈无波岳阳黄鹤二楼集唐诗后

方应和

吾楚名胜繁多，而擅奇宇宙者，则以岳阳、黄鹤二楼为最。自有少陵吴楚东南之句，崔颢晴川芳草之吟，他若长卿“白浪浮元气，中流没太阳”，虽佳不传。而旷才如青莲学士，亦有题诗在上头之叹。乌乎！刘李尚然，今人即呕尽心血，撚断髭须，曾何加于二楼之豪末哉？虽然，以今人与古人抗则不胜，以古人与古人抗则必胜。且以百十古人与一古人抗，则未有不更胜者。其故维何？曰集唐诗是也。倾诸家之沥液，写登眺之襟怀，四时咸备，万象皆呈。而其中凭今吊往，俯仰情深，机杼自然，宛同己出，绝无饾饤糟粕之习，缝纫穿凿之痕。每读一过，不啻与朗吟羽士、跨鹤仙翁，共翱翔于洞庭汉水间也。今而后请于少陵、崔颢之外置一席焉，曰霁堂先生，愿与登楼者瓣香而祝之。

跋清明上河图后

方应和

曩余客滇南，遇石屏陈姓携此图求售。笔墨工细，缣素古润，当是宋元间物。因索值甚昂，囊涩不能办，遂舍去。而惓惓爱慕之情，未尝不频萦寤想也。岁甲申，滇人有官京师者，以此图相贻，展玩再四，即向所见物。乃后幅失去，仅存前半，惋叹者移时。然虽非完璧，夙昔爱慕之私，借以少慰。惋叹之余，欣然以喜，谨什袭藏之，留为世玩。适读《清河书画舫》载是图源委甚详，走笔记之，以志物理聚散之感云。乾隆三十一年二月花朝前三日，庐泉野客书于五原官舍之东厢。

读西铭

王绅

横渠作《西铭》，明理一也，未及于用，故与墨氏之兼爱殊科。然天下之道有体有用，无体则用不行，无用则体亦不彰，体可以兼统乎用，而用不必尽依于体。推而行之，存乎其人，非胶柱而鼓瑟也。兹篇以大道之行为鹄，主天下一家、中国一人为正鹄，阐以人情，出之比兴，可谓宏而肆矣，而不及于用者不能及也。

天地生人之理未尝不同，而缘其同而同之必有不可尽同者。磨顶放踵，日不暇给，势为之也。禹之泣囚与舜之象刑未尝不合，尧舜禅受与禹启传袭亦未尝不合。其所以合者理也，所以合而异者亦理也。圣人言其同不能言其异，言其异将有不可胜言者已。张子之言犹是也，而以为及于用者何邪？龟山杨氏曰：《西铭》发明圣人之微意至深，然而言体而不及用，恐其流遂至于兼爱。非也。不及于用，何以至于兼爱乎？又曰：《西铭》理一而分殊，理一体也，分殊用也。说又变乎前矣。然《西铭》不见有分殊之意。朱子曰：以乾为父，以坤为母，有生之类，无不皆然，所谓理一也。而人物之生，血脉之属，各亲其亲，各子其子，则其分亦安得而不殊哉？此推而言之者也，其义应出于横渠之外。程叔子云：《西铭》明理一而分殊，墨氏则二本而无分。亦非也。《西铭》明理一，墨氏则二本，分既殊矣，何以为理一乎？此于无可言中不得已而言之，非圣人之正意也。虽然，抑有疑焉。文章之事代变，著作之体世殊。三代尚体要，秦汉论气息，唐体不纯而气厚，宋力多弱而理真，要之义不巧文，句不戾意。

篇中旨酒四句，微伤于巧而恶旨崇伯子之事也。育英非颍封人之事也，其言当亦不类。不弛劳以下第述孝行，未曾关合天地，与上似不相承。意欲于匪懈之下，直接富贵福泽，不知其有合焉否也？

湖南文征　卷八十八

跋三

张笔石先生年谱跋

罗国俊

文章之运，有开必先。唐初，文尚骈俪，至昌黎而一变。宋初，诗尚西昆，至永叔而一变。起衰之功，非其人莫任也。吾乡之文，务揣摩时好者多矣。吾师笔石先生出而矫之，磨镰古学，删落酞辞，一时翕然宗之，皆知步趋先民，一归正则。至今词坛执牛耳、树赤帜及摄衣作都讲者，皆先生门下士也，乌乎盛矣！然先生匪第文章驰声，实以清修励俗，其教人也先立品。

邑有褚河南洗笔池，相传以墨水出为科名之瑞。乾隆己卯，俊侍先生于东皋书院，其年墨水见者七日，而俊与谢我怀、邓笔山及先生令嗣紫宇，皆以是科举于乡。俊与笔山又先后成进士，入词垣。先生寓书京师，大旨谓：当立勋业，树气节，以古名臣自期，如是者之谓国瑞。若乃脂韦洟涊以尸禄为智，此蝎蠹耳，何瑞之足云？俊书之于绅不敢忘。自释褐以来垂四十年，中间白衣苍狗，无虑万变，而俊守拙穷巷，落落不谐于俗。是以受今上特达之知，由翰詹阁学洊历春卿，而紫宇亦以粤东循吏晋牧儋耳。急流勇退，旋赋归来，幸皆不辱先生教，而先生不及见矣，可胜惜哉！

其年谱梓行已久，邮寄未至，今夏始得而读之，敬跋其末。乌乎！成连海滨，琴音久寂。康成宅畔，书带犹存。然畏垒之民，尸祝庚桑者，犹夫昔也。为语邑明府及贤士大夫，其俎豆先生于贤人之间焉。

秦廉访辨诬论书后

周锡溥

廉访秦小岘先生为前明中丞公作《辨诬论》，以正《楚志》之误。廉访之于中丞公裔孙也，其知公自深于楚人。又附王百穀先生所为公《本传》与郭文毅《全楚奏议序》于后，以明其言之不私。而公之诬乃白于二百载以后。公神宗朝侍从臣，扬历封疆，厘奸剔弊，政绩卓著，其抚楚救荒奏议，文毅实亲见而序之。所立如此，竟以赃被劾，是履伯夷、晏婴之洁，而疑其有窃疾也。顾公有德于楚甚大，不桐乡于楚，反奉其仇而推崇之，而入其疏于志，几于助之蔑矣。由此观之，谣诼之蔽明，而纪载之失实可胜叹哉？

按《本传》载沈铁劾公事，起于取赎锾为公费一节。盖前明时士大夫雅重通财，位望通显，分甘贷润，远近属目。而中叶以后，疆事尤剧。公秉钺重臣，不以时抚接文武开示恩信，则一方之泽，壅而不流，岂天子付任公之意哉？故以赎锾为不仰于大农而可以行其意，竟两载中边境和辑，则公调护之力居多，小人巧乘其敝耳。夫公者之疑于私，与者之疑于取，铢两之疑于钧石，羡息之疑于库藏，犹以墨点绘杂粟于稗，虽至明者不能一见决之，是以其言易售。嗟乎！新息侯之于光武，其君臣相与之分，岂不深哉？三夫构煽，一朝爵绝。薏苡珠犀，果有丝豪之似否耶？就使取货交趾，如谗者所云，初非有关国计，况以国计动人主乎？此公所以不免城旦之辱也。

今即铁疏观之，其隃计某府应如干数，某州县应如干数者，捕风系景，不足深辨。惟衡、永二府差票，乃铁近属，似非无据，意公任内所行未及裁撤者耶？官所恃为信者符印耳，有符印乃有差票，公解职矣，果何券之操乎？印不能假诸人，而票又非可尺素行也，其所指殊谬。至称经过岳、常、武昌等处，假馈为名，皆有征索，此道听涂说之见。即有之，亦公任内之随时檄取者耳。不然，三日京兆威，不行一掾吏，矧退休之上官而能响应如此哉？且又安得此胥徒数十辈，蹴百城而轻千里也。然钛不指任内劾公者，何也？交际者君子之常仪，和衷者大臣之盛节，国虽示俭，无老死不相往来之太古也。劾公适所以自敝，惟一切指为解任后之所盗取，则敛醵之费尽出无名，而囊橐之谋万无可解，杼不容以不投矣。故曰以国计动人主，巧之巧者也。愚又窃计，是时下石者不独一钛。考《本传》云，公先时黜墨吏一人，曰吾所黜宦而盗者也。此其府怨之由乎？黜一人，则类是者惧，不免又激而怒之。是故目语肘接而成是狱，知此可以断公之诬矣。钛既暴著直声于楚，旋获右迁。乌乎！爝火方炽，公且不能回太阳之光以与之争，又何怪《楚志》去取之谬乎？然观《传》与《序》之所述，则当时正人名宿敬公之德而悲其遇，至今抚卷有生气，而独未有以谂于楚人。

天之牖民，固会有时耶？故推原公用财之正，被谤之由，与钛疏之险谩易见者，附于廉访辨诬之末，使吾人知之。他日将进请于廉访，以厘志乘而传公是，其必权舆于此，抑更有为吾楚幸者。廉访下车之初，深心念祖，必能仿中丞公之治楚者以生楚人。《江汉》之诗曰：召公是似。读是篇可以知其志矣。

李北海岳麓寺碑跋

张世浣

李北海风流散金石，碑版之文照四裔，天下寺观所在，龙宫塔庙无不遍布，工部《八哀诗》直跻之于崔、苏、张、李之间。今观其《麓山寺碑》，世号为三绝者，其文尚沿唐初旧体，且称扬佛乘，泛作彼法中人语，未为奇绝，而书法独冠古今。湘江片石，遂为名山作镇，千载下光气至今勃发矣。昔唐之世岳麓、道林两寺并传，而道林有四绝堂，所谓“沈裴笔力斗雄壮，宋杜词源两风雅”者也。其后复以欧书易裴书，韩诗易宋诗，今沈、欧、裴三家之书，皆不可得见，而李氏之书亦仅于断碑拾其一二，且摧残剥落于荒烟蔓草中，而未有宝贵而爱惜之者也。惜夫！

书左氏筮法后

张九镡

《左传》筮法，凡一爻变占爻辞，爻杂动占卦辞，皆兼贞悔占之。《传》于爻皆不称九六，观六四称遇观之否，屯初九称遇屯之比，明其以变者占，故可兼占遇爻之爻，如大有去睽而复，归妹睽孤等类可证也。得八之说，颇为难明。泰之八以不变，艮之八以五爻变，屯豫皆八以三爻变，惟以三卦参观之，而知其皆占卦辞为无疑耳。《传》于艮之八下复言艮之随，所以别于艮不变之八也。于屯之豫言贞悔皆八，所以别于屯不变之八也。如但言艮之随、屯之豫，与占一爻之变者同词，亦无以明其为八也。艮之随，亦可称贞艮悔随皆八，《传》立文变耳。卦辞皆兼贞悔，盖在两卦皆无主爻，故司空季子于屯之豫引两卦辞断之，穆姜之筮亦应兼占艮随卦辞。史以行庭不见人为死而弗出之兆，故讳之而专言随。姜心知之，而斥其非，与崔武子筮困之大过，史皆曰吉。而陈文子引繇词折之正相类，以三爻变、五爻变推之，则二爻、四爻、六爻之变，俱应兼占贞悔卦辞。惜《左》《国》皆无其占，不可考矣。

柳子厚称刘梦得之非元凯兼三《易》，又言其出入筮数，考校左氏甚悉，此亦非易事。偶检旧草论左氏筮法，但多不合前人处，然中引《孔疏》及《国语》二条，颇无谬误，辄牵连书之如此。

跋参同契

张九镡

怪哉，《参同契》之为是名也！其与三语掾之将无同何以异哉！夫以丹经之伏食，合诸黄老之清净，相去悬绝也，况以为与大《易》之性情相类耶？宋景文谓佛书为华人之谲诞者，攘庄、列之说佐其高，吾知伯阳于神仙之术亦犹是尔。其书庞杂无统，后儒多为之校定解释，然词意鄙陋，荒忽不经，视灵均《远游》之词，《南华》《广成》之训，不及万分之一。后之儒者，特以言涉于《易》取之耳。所言五行生成，盖与汉儒说同。虞翻谓“易”字从日下月，关朗以七六八九为河图，实出于此。又六卦月候，本纳甲之法，自一阳至三阳，一阴至三阴，先天小圆图用之，十二辟卦主岁本卦气之法，起复终乾，起姤终坤，先天大圆图用之。考其指归，皆与《易》本义无所附著，适足相乱。而诸家根据，以为谭《易》源流，牢不可破。譬如问人之谱系者，不求诸祖父之嫡传，而得之异姓之篡宗者，反以伪为真，以真为伪，盖可怪矣！余读其书而有感，辄书此以志之。

书方氏周官辨后

张九镡

《周官》之书，大纲非圣人不能作，其中琐细繁密，实为周末衰世之法者约有数端。独刘歆称为周公致太平之迹，而后儒即疑为刘歆伪作。然自文景时其书已出，而武帝以为末世黩乱不经之书，则非歆所伪作矣。尽疑其伪而排诋之，不可也。节取其文而薙芟之，尤不可也。

方氏取《周官》经文，若载师、媒氏、廛人、泉府、女巫、方相、条狼、硩蔟、壶涿、庭氏十职，皆指为歆所增窜而节删其辞，于文义既不完备，上下亦不相属。虽以班史《王莽传》为具得其征，而其说不尽合也。莽诵六艺，以文奸言。歆复为之颠倒五经，使学士疑惑。凡居摄受禅、金縢大诰，莫不附会经典，造为文书，世岂有以《尚书》为莽口实，而疑其伪者哉？若其敛财聚货，黩祀烦民，皆衰世乱政，视《周官》所载，何啻加什百焉？又不必专取数职，增窜其文，而始以欺天下后世也明矣。

郑氏始笃信《周官》，排逐众难，为之注释，而后儒即谓以汉法莽政诂《周官》为其罪，若九赋之口率出泉，明非载师地征之制，而司市、司门、司关之以举为官没其货。国服为息之贷以泉息以泉，郑氏盖谓门关之财，以养老孤，国事之财，用取具泉府，而不知商于门已征其货，贾于关市已征其廛，而复益以他税，宜无藉于是也。如方氏以举为登诸籍以罚为出布，则是犯禁之货，仍以还其人，亦无是理。且司门有举无罚，谓使受罚于质人，凿矣。又谓质人本职无布，宜统于罚布，并絘布、总布、质布而删之。取其实而去其名，可乎？征布赊敛，以同货便民，而贷息以同货通商，今从陈氏还本服国事，亦止惩贷泉取息之弊，而姑为之说云尔，而遂谓司市有敛有赊而无贷，并此贷息三语而删之。是本欲以注破注，而翻以经灭经，徒屡变其说以求胜而已。使起刘、郑于今日，岂足以服其心哉？至其本魏氏以膳夫日举太牢，共醯醢百二十瓮，及王后、世子不会为优尊者，遂开安石备物之说，尤不足辨。

熙宁新法多袭莽政，而京与贯黼继之，凡所以剥下奉上者，靡所不至。究与膳夫何与？而以区区之训释责之，是放饭流歠，而问无齿决也。方氏之意，谓去此窜入之文，易此训释之误，而《周官》之法更无可疑。然其于门关市肆之征则信之，山泽之禁则信之，刑狱之束矢钧金、盟诅之地牲、军誓之车轘则信之。此皆传记所讥，而先儒固以为禁防衰世之法，无所不备，又奚独于此十职而议去为也？

孟子言井地班爵禄，其详不可得闻。盖非周公、孔子复出，无以得其真者。方氏黜刘、郑而尊信程、张、朱三子之言，夫三子存其大纲，而阙其疑焉耳。今之删定《周官》者，其真耶？抑犹未免于疑之耶？

书仪礼经传通解后

张九镡

《三礼》惟《周官》《仪礼》为成书，《周官》亡《冬官》而补以《考工记》,《仪礼・丧服》亦有《子夏传》,要皆谓之全经可也。后苍著《曲台记》数万言,刘向校定二百十四篇,而大戴删为八十五,小戴删为四十六。仲长统云:《礼记》作于汉儒,虽名为经,其实传也。

自唐以来,始有病其杂乱而以类次之者。若魏徵之次《礼记》二十卷,亦曰《类礼》,其书已不传。孝明复命李林甫移《月令》于《曲礼》上而增易其文,独张说尝以为《礼记》不刊之书,去圣久远,不可改易,盖恐以后世之事附益其间,而旧文亦有不可删并者,诚哉难其人也!然古经十七篇外,亡者有增多三十九篇,而其逸见于他书者,非合二戴之文,不足以备二礼之遗阙。

至宋朱子《通解》一书,始以《仪礼》为经,《礼记》为传。又采大戴及传记以附益之,而《周官》之略,则于王朝礼《王制》中备载焉。其别有九类,所谓家礼、乡礼、邦国礼、王朝礼、丧礼、祭礼、大传、外传是也。盖其体大思精,兼综条贯,自成一书。视汉唐专经注疏之学,事半而功倍之。俾学者由是可以观《三礼》之会通,而求之有其端绪耳。后之人虽欲损益而更定之,终何能有补于朱子之万一哉?

元吴幼清序次《礼记纂言》三十六篇,分为通礼、丧礼、祭礼、通论,亦知记之不可附于经矣。皆就本篇中移易章句,颇多违易。又辑《仪礼逸经》,有《投壶》《奔丧》《公冠》《诸侯迁庙》《诸侯衅庙》《中霤》《禘于太庙》《王居明堂》八篇,《传》则有《冠义》《昏义》《士相见义》《乡饮酒义》《乡射义》《燕义》《大射义》《聘义》《公食大夫义》《朝士义》十篇,其所谓经皆《大戴》《小戴》之文,而十传中之《士相见义》《公食大夫义》则宋刘敞补亡,本非《戴记》所录。执是数篇而别标经传之名,非朱子总括《三礼》以成书之本意矣。

明初沅州刘有年尝上《仪礼逸经》十八篇,当时疑为唐初所亡书,惜复湮没,有谓其即幼清本者,大抵即朱子《通解》采录之余,又何尝有异闻耶?近代好古之士,不分辨《三礼》之体裁,辄以增损合并为能事，自谓修明千余年未竟之绪，不知其支离变乱，而卒无益于圣经也。乌乎！此自朱子以后之书，所以日多而未有已也欤？

书梁氏仪礼经传通解补注后

张九镡

余始见方氏《周官析疑》，以经文载师、媒氏、廛人、泉府、女巫、方相、条狼、硩蔟、壶涿、庭氏十职，皆为刘歆所增窜而删削之。议论与宋元诸儒究未有异也。

乙亥春至绛州梁氏家，得其先人《仪礼通解补注》一书，笃信方氏，备列其说，推为今古卓识。梁氏亦自取大司徒、小司徒，及载师、遂人、大司马、司勋、职方氏，指为刘歆增窜者八条。或删其全文，或节去字句，凡《周官》与《武城》《孟子》《王制》分土封国、授田里数亩数之不合者，皆直举而剟去之。噫，以是为《周官》之学，则经文之可删者，尚不止此矣！昔宋末俞廷椿谓《冬官》不亡，杂出五官中，著《复古编》。考之胡仁仲、程泰之，实始为此论。其后王次点、邱吉甫、吴幼清皆因之，明何氏、柯氏复递加易置之，而五官割裂，几无完肤，窃恐今日效尤之如俞氏者不少也。梁氏于历数因事之祭二篇下，独主殷周不改时月之说，作七大证。按之无一与经传合者。

余昔曾读泽州陈文正公家氏铉翁《原夏正辨》，文几万余言，立论最为明确。梁氏晋人，乃不知考此，而自序谓是书尝与金陵翁止园共讨论，又尝就正方氏，信口说而是末师，则亦好名之过矣！删削圣经，尤非戋戋训释之误可比，因阅其卷书此正之。

读大戴礼

张九镡

《大戴礼记》今存四十篇，《哀公问》《投壶》已见《小戴记》，《曾子大孝》篇入《祭义》中，《诸侯衅庙》入《杂记下》，实止三十六篇。《家语》所载，与《主言》《五义》《卫将军文子》《五帝德》《入官》《盛德》《公冠》《本命》《易本命》同者九篇。《逸周书》载《文王官人》篇略同。然皆不及小戴所录之粹，惟《践祚》篇与诗书相表里，曾子九篇尚有微言可采者，他如朝事义皆录。《周官》《聘义》之文，而礼三本劝学取荀卿，保傅礼祭取贾谊疏，或逊本篇远甚，然则小戴之去取，亦不为无见也。

马氏所益《月令》《明堂位》本不在《大戴记》中，顾舍《夏小正》《明堂》不录，岂以《小正》简略，故举此以该彼欤？《月令》《明堂》有堂个之别，与《考工》《五室》本同，视《大戴记》九室、十二堂之说为近古矣。

《乐经》已亡，独刘向校录《乐记》二十三篇，仅存十一篇。二戴皆不之及，至马氏始取以与《礼记》并传，则马氏之功又岂小补哉？

读礼记

张九镡

沈约言汉初典章灭绝，诸儒捃拾沟渠墙壁之间，得片简遗文与礼事相关者，即编次以为《礼》，皆非圣人之言。《檀弓》残杂，又非方幅典诰之文也。恶是何言与？《礼记》惟《曲礼》《内则》《少仪》《玉藻》杂述先圣典礼精言，余皆成体之文。约知《月令》取《吕氏春秋》，《中庸》《表记》《坊记》《缁衣》取《子思子》，《乐记》取《公孙尼子》，是非大贤君子之徒，而传君子之遗言者欤？《檀弓》旨远词文，或纪事，或纪言，各以其意求之，则体完而义亦备。如读《论语》《孟子》之书，或问学，或问政，章分节解，何待类次而后成文欤？譬之错八宝之饰以成器，绩五色之丝以成锦，其名与物终可辨也。有人焉割裂之而整齐之，复求其为器为锦也，岂可得哉？

后之大儒如临川吴氏者，吾益惑焉。其谓《记》为杂乱无章，犹约之言耳。典诰如《古文尚书》，亦以为采集传记，补缀逸篇，不类先汉以前之文，而从而别录之。不知吴氏能取传记逸篇，而自为一书否也？《礼记》之文，则已舍其旧而自为之矣。其能如《古文尚书》之采集补缀者耶？其又能胜于汉儒捃拾之旧《记》耶？夫约所云不过妄言之，至吴氏始自为之，而愈知古之不可轻变焉。天下事言之易而为之难，类如此夫！

读礼记

张九镡

或曰吴氏之言《书》言《礼》也，非变古也，吴氏承朱子之意而为之尔。子何讥乎尔？曰是非朱子之意也。朱子疑古今文难易不同，东晋以前诸儒未见古文，然于《书序》《孔传》则议之，而尊信古文无异词，以为采集传记逸篇而补缀之。平缓卑弱，体制如出一手者，吴氏也。自是论出，而诋古文为伪书者起矣。以《仪礼》为经，《礼记》为传，朱子之意也。晚年作《通解》，条例又自不同，盖杂取二戴及诸传记以类相次，故宁删本篇，而补以他篇，此类书之体则然。吴氏必于本篇中迁易以求合，乃其所以舛也。

《曲礼》有“坐如尸，立如齐”之文，与《大戴·曾子事父母》篇同。朱子依刘原父删“若夫”二字，而类次于《玉藻·九容》之下，吴氏则移置于“博文强识”三句之后，是开卷之显然者，已与朱子违异矣。他如《檀弓》削“舞斯愠”三字，《月令》削“律中黄钟之宫”六字，《王制》置冢宰于百官质成之末，移养老于巡狩、朝聘之上，而丧祭、大礼反系之篇终，序次舛谬如此，又可胜辨乎？

《礼记》，汉儒删定之书，固不若《古文尚书》之全体相称也。然自千余年来，诸儒抱残守缺，莫敢异议。独卢植尝言其回冗，欲正其得失，至孙炎、马伷、叶遵、魏徵、元行冲递加整次训注，卒不可用。虽朱子亦未能正其全文，而吴氏独为其难，所谓旦暮遇之者，惜乎智不足及之而自信太过也。此好学深思之士，方发愤增叹之不暇，而岂以意为讥议哉？

书礼记大学正义后

张九镡

《礼记·大学》篇，宋两程子始表章之，而各更定其文。朱子分经传补格物致知章，其后董氏槐、叶氏梦鼎、王氏柏，复以格物致知之义为未亡，欲移知止二节于听讼之上。明儒宗其说者甚众，至于王伯安则遵古本而说义异于程朱。要之《大学》本文自相证明，无经传，亦无错简、阙文、衍文也。

余惟《孔氏正义》之言曰：大学明德所由，先从诚意为始，盖一篇之体要也。知至而后意诚，故其言知至也，曰知本而已。知止能得，物有本末，知所先后，即致知在格物之义也。《大学》与《中庸》皆子思作，《大学》之知至意诚，即《中庸》之明善诚身，与《易》之穷理尽性，《书》之惟精惟一，《论语》之博文约礼，《孟子》之知言养气，其理一也。知本之学，其尤合于孔、曾之一以贯之者乎？是故其文则依《正义》，其理则宗程朱，虽圣人复起，不能复易矣。

读论语孔注

张九镡

西汉儒者之学，最醇者董仲舒、毛苌而外，必推孔安国氏，于《尚书》有传，于《论语》《孝经》有注。余独取其注《论语》五十以学易，云以知命之年，读至命之书，最为确疏。又注仁者静，云无欲则静，尤微言也。其后惟诸葛武侯得其意，云静以修身，有淡泊宁静之旨。至周子《图说》本之，著其言于定之以仁义而主静之下。又《通书》云：无欲则静虚动直。斯言也，信乎为圣贤之真传，而程朱讲学之渊源，亦不出乎此矣。朱子注《论语》曰真积日久，本之荀况，未达一间，本之扬雄。注《中庸》则首列董子之言，序《孟子》则备载韩子之论。凡言之不可易者，皆朱子所不弃。孔氏无欲故静之言，朱子于《图说》既发明之，而《论语注》特偶未及之者耳。

自宋末、元、明，讲学者知以程朱为宗，或执语录讲义之绪余，创立宗指，自辟门户，于董、韩则以为依稀数语近之，于汉唐注疏则以为博而未精，亦置焉弗讲已矣。由孔子以后，微言既绝，二千余年而独孔氏斯言得其传，至周子而后著其说，然则孔氏之功顾在周子下欤？余故表而出之，以诏后之读《论语》者。

读论衡

张九镡

王充《论衡》，有言著作者为文儒，说经者为世儒，然乎哉？文章体源，莫不祖述五经，刘勰、颜介且知之。离乎经而宗尚浮华诡谲之文，谓之著作可乎？

西汉文儒各守一经家法，以旁通五经。贾生说《礼》，董生说《春秋》，其文则六疏三策，其书则《新书》《繁露》，总不离乎经说。其他儒者类是。充亦东汉能文士也，将以当世著作家，皆文中乌获，而章句训诂家，尽等之博士驴券乎哉？然充之言曰：孔子之门，讲习五经，五经皆习庶几之材也。圣人作其经，贤者造其传，述作者之意采圣人之志，故经须传也。又云：儒者说五经，多失其实。前儒不见本末，空生虚说，后儒信前师之言，随旧述故，滑习辞语，苟名一师之学，趋为师教授。及时蚤仕，汲汲竞进，不暇留精用心，考实根核，故虚说传而不绝，实事没而不见，由前之言为经传之实学可以法，由后之言为说经之流弊可以戒，此千古著作盛衰之原也。说经于文儒，又岂有害焉？

自宋大儒中兴，作述粲然，章句训诂至于汉唐分茅设蕝，而其后专以讲义、经义涂附而蔓衍之，瓠裂大道，疣赘圣谟。其他著作大抵以虚说相掩袭，抑未免于随旧述故，滑习辞语，苟名一师之学，故经学疏而文章敝，亦其势然也。后之为经义者，暖暖姝姝，一唱百和，冀以哗众取宠，曰必无以易是。及至驰骋古文，渔畋子史杂家，始举所为随旧述故，滑习辞语而小异之。然其思力不及古人万分之一，而以此见噪于经义家者，已十八九矣。是故天下无文儒，无文儒而瞀瞀然以著作自名，此则充所谓世儒也夫！

跋唐类函

张九镡

《唐类函》二百卷，明俞安期辑欧阳询《艺文类聚》、虞世南《北堂书钞》、徐坚《初学记》、白居易《六帖》而成一书者也。

类书自齐梁君臣喜征事，以觇学问浅深之候始有之，而隋唐继之，流传者甚少。至唐以后踵起，无虑数十百家。要之分门别目，大同小异，尽其书不过数十卷，稍加部署，窜易首尾，颠倒次序，即可别成一书。故著录标题，毛目猥杂。余尝与校四库书，见经史签轴眉列指数，凡盈箱叠架，汗牛马，充栋宇，不可辨识者，皆类书也。窃以为类书亦有必不可废者，如杜氏《通典》、郑氏《通志》、马氏《通考》以及《会要》、《太平御览》等书，皆纪国家典章制度之事，可为作述之助，所谓贤者识其大者也。如欧、虞、徐、白等书，皆纪字句新奇骈丽之语，可供词章之用，所谓不贤者识其小者也。然类书之体，当以事实为主，而文词次之。唐人类事，杂取传记史集，而要皆唐以前事实，初唐以后阙焉，此事实之有待于续采者也。至于文词，则唐以前征实尚多，而宋以后衍说居半，其构合偶对，点缀景物，又袭唐人所承用字句而变易之。譬之造酒者舍曲糵不用，取他人之糟醨以为汁浆，其味益薄矣。又如居室者迁徙他处，其主数易，门墙堂室相似，而子孙姓氏全非矣。故凡文词之可略者，当择其尤雅，删烦去复，以之赓续唐人，定为一书。一书既成，则诸书可废，无取乎毛目之猥杂也。宋元类书，分散经史，配合事类可也。或取经说语录，割裂条件，而对策者宝为枕秘，删并韵部，证佐出处可也。或取诗词只字附会典故，而押韵者珍若锦囊，故有拾兔园之册，代獭祭之编，诩诩然自命博雅，而不知为剽窃之学。究之能者不必尽用，而用者未必尽善，则亦归于徒劳而已。

古之学者言由心得，词必己出，博观而约取，厚积而薄发，夫是之谓知类通达，亦安用是戋戋者为哉？李德裕言其祖登第，自后家不置《文选》，盖恶其不根艺实。后世之重类书，其即置《文选》之意欤？余家藏古书既鲜，而类书独存此编，以此固类书之根源，亦由唐人旧物，而近世之佳刻也，故厘为四部而识之。

跋庾开府集

张九鐔

庾子山，南朝一文士耳，而杜少陵称之曰“清新庾开府”，又曰“庾信文章老更成，凌云健笔意纵横”，何至倾倒若是？余观徐庾齐名，孝穆惟《玉台》一序绮艳差足比肩，而子山暮年所作《枯树》《哀江南》赋，感时抚事，激昂顿挫，上薄骚雅，殆非六朝中人。生平博极群书，尤专左癖，驱使运化，如出天成，宋人依仿排比事实，如纲领蒙求，连璧要类，骈语俪句工力相去悬绝。至乐府歌辞，元本康成，折中官礼，典博闳丽，遂为北周一代制作巨观，岂直燕许之手笔，气象仅存，温李之书记，精采不匮云尔乎？集本余所见者三，此出钱塘倪鲁玉注释，颇称精核，而复漏不少。如言志诗，“托情忻六学”出《汉书·儒林传》《春秋繁露》，而云疑六经，又疑六艺。《竹杖赋》“中国明于礼义，暗于知人”出《庄子·田子方》篇温伯雪子语，而误以中国为国中，是知注释之难，虽爱者不尽解也。

世多不悦学之徒，未尝寓目全集，辄援令狐之言，诋为淫放轻险，词赋罪人，不知嗤点流传，前贤畏后生，少陵固已叹之。子山千载得一人知己可以不恨，然使世无少陵，如令狐后生辈亦可畏矣哉！

又书杜集后 张九镡

杜诗昔号千家注，惟近世季氏所传笺本，较他注为精审。尝举西天采玉门、求七祖二条，以示不轻言注杜之意。比于李善注《头陀寺碑三藏十二部》如瓶泻水，然殊无关体要。伊素称精于彼法者，特借此以明宗门嫡派，不知少陵自纪踪迹，寄托深远，诗人之言岂有实哉？又言笺于《元元庙》《洗兵马》二篇，洗凿鸿蒙，特开日月，《元元庙》诚有微辞，至《洗兵马》未免文致过甚，以故学者翩然反之。

考肃宗即位灵武，寝门一诏，意亦无他，然张、李煽惑，斥逐旧臣，诏收甲仗，移居西内，即玉楼下制，已知其不免于后代之议矣。山谷《磨崖碑》诗云：抚军监国太子事，何乃趣取大物为。事有至难天幸尔，上皇跼蹐还京师。盖据碑文直书即位之义，欲正其为太子之名也。少陵诗则不必然，《收京》篇云：依然七庙略，更与万方初。又云：羽翼怀襄老，文思忆帝尧。意以复国禅位，皆主上皇，立言尤正大得体矣。至《洗兵马》一篇，则只欣幸中兴、属望太平之词，然归功将相而斥灵武诸臣，亦不必明言肃宗之失子职也。纷纷之论，出彼入此，愚均无取焉。

书欧阳子请删去九经正义中谶纬札子后 张九镡

孔子曰：攻乎异端，斯害也已。三代以后，人知老、佛为异端，而不知谶纬之害经视老、佛尤甚。盖老、佛显背乎经，儒者所弗道，而谶纬则附经以行，儒者尊信圣人，明古帝王受天命之意，而亦假托于神怪以为证验，此非经之难明，而渐积增加之说日失其本真也。

余昔于《易传》之图书，《洪范》之《九畴》，及《生民》《玄鸟》之诗，《周官》六天五帝，《春秋》之获麟，皆扫除谶纬之说，据经文以得本义，窃谓数千载惟欧阳子一人能发其端，而后世转以是为欧阳子病，可异也。公尝请删去《九经正义》中谶纬一札，其议不行，然自张衡、桓谭之徒，知其出于成哀之世，而斥其虚伪久矣。卒之未能禁绝，以为不存其非，无以明其是，亦在乎人之慎择而已。

夫郑、孔诸儒，凡正音读，通训诂，考制度，辨名物，发明章句，悉与经传相表里，而百家异说，不免杂出乎其间。然则六经之书，岂一人一世所能定者哉？自欧阳子后作者又百余年，如三正五行旧说，莫不取而变易之，而以为必不可删者，独在谶纬也。乌乎！此岂非孔子所谓害者耶？

书程子请修学校尊师儒取士札子后　张九镡

至哉程子之为是议也！虽使周孔复生，言兴学育材之法，无以易此矣。惜当时未之用，而后世遂谓终不可行，是乌知其斟酌古今，用意之深，而立法之当哉？盖本《周官》乡举里选之法，与汉初郡国贡士之制，参互而出之，而亦不废夫唐宋以来试经之大体，要使不至于偏重而已。故示以行义之端，而不为设科立名以求之，则侥滥者清而人有实行矣。考以经训之业，而不为定限严禁以拘之，则揣摩者穷而人有实学矣。吏师之责任既专，而论荐之赏罚必明，则上下不至视为具文而人有实效矣。然其法亦惟在师儒之教，与守令之贤而久于其任者，始能行之，且非可期之数年间也。

当宋庆历初，范文正疏言天下兴学取士，先德行不专文词，与唐杨绾奏贡举悉依古制相类。然事方行而复罢，欧、苏、司马诸贤，深患近世士人矫伪干利，请托朋党之习，一切禁防，务守旧法，其势有所不暇及，虽以朱子私议亦只惩熙宁经义之弊，而随时补救于其间，盖自是而科举之变，积重一偏而不可复返矣。如程子所议，固非一时一人之文，而万世之文也，可以其不行而废哉？

书陆象山文集后

张九镡

《象山文集》若干卷，余弱冠后颇尽心于宋儒之学，凡元明人至今言朱陆异同之书，无不观览，而废其卷者，又十数年矣。世之论陆氏者，特以异于朱者则攻之，同于朱者则取之，攻之未已也，复从而调停会合之，调停会合之而终有异同也，则必且黜朱而宗陆，此其势则然，皆非所谓曲尽其妄，而周知其非者也。

朱陆异同见于往复诸书及门人记录之词，不待辨而自明。朱之斥陆为禅，亦非其所心服，然余独以谓陆氏之学，其所从来者远矣。自南宋初程学盛行，讲学者先后相望，往往窃其绪余，而稍以心性之言参之，则人自谓得其真传，不知程氏当门人记录语言，已叹其不得某心，而徒为彼意矣。盖其言论终不免过高之弊，故自杨、谢诸贤，朱子病其倍师说而淫于老、佛者有之。陆氏凡所称说，固无不本于程氏，而每持一二大端，以自明其归趣而已，此亦何异同之可言与？朱子之宗程氏也，固未尝不有同有异，而或取或去之，于其门人方且苗薅而发栉之，岂独于陆氏一人断断哉？然其学卒以无弊为道大宗。陆氏自以为接孟氏之传，振俗儒之习，遂举一切而尽空之。甚者谓六经为注脚，谓读书为支离，谓佛、老为非异端，而讲学非圣人之徒，是何异乎以反人为实，而欲以胜人为名也？朱子当时固已尽发其覆，而亦逆睹其流害于数十百年之后。后之学者，尚偏执于元明一二人之言，而欲以彼易此焉，岂非大惑者欤？虽朱陆两家之学，其书并行不废，至今五百有余年矣，然其是非同异之故，犹可别白而知也。而元明之为朱学者，既附陆氏以为高，即借程朱之言论而反之。近世之为陆学者，复引元明以为重，并决陆氏之藩篱而去之，吾不知其何说也，此道术之所以愈为天下裂也夫！

跋徐伟长中论

张九镡

徐伟长《中论》二十篇，南丰曾氏序其文学行谊详矣。余既取其《治学》《法象》二篇附于先儒文学中，又究观其全书，敷散道教，词义典雅，足传于后。作而叹曰：是直探孟、荀、董、贾诸作者立言之根源，岂止建武以还，著书缀文之士所不及哉？

伟长不得已而仕魏，为太子文学掾。及除上艾令，卒以疾辞。其视子云、伯喈之心迹，不辨而自明。当时魏文亦称其怀文抱质，恬淡寡欲，有箕山之志，可谓彬彬君子者矣。此可见文人能以名节自立者，虽奸雄之朝，昏浊之俗，未尝不心焉敬之。使过自贬屈，幸获宠用，未尝不心焉鄙之也。

乌乎！伟长文学行谊，置之两汉儒家可云无愧，顾仅以词赋列于建安七子之林，自晋宋至隋唐，视其书，曾不得与曹、王、应、刘辈并重，岂好华恶实，弃常嗜异，自昔而已然乎？非南丰其孰能与知人论世于千百载以上也哉！

书中说后

张九镡

余读王通《中说》之书，怪其言近正而无疵，纪其言行无豪发遗憾，赞其续经与六经同功。乌乎，何其似圣人之至也！曰此乃通之所以获罪于圣人也。昔者，孔子之言行，皆其门弟子载于《论语》，既没而后成之。其晚年删《诗》《书》，定《礼》《乐》，赞《易》修《春秋》，皆述而不作，随时论次，而后人总其成以为六经。今通也自表其言行而自为经，以配圣人，其谁信之，而谁尊之哉？

余尝考《檀弓》载曾子数子夏之罪，谓吾与女事夫子于洙泗之间，退而老于西河之上，使西河之民疑女于夫子为罪之首。若通之授业河汾，自拟为夫子，以欺西河之民，其不容于圣人之门也明矣。《孟子》载孔子没，门人以有若似夫子，欲以事夫子者事有若，曾子不可。通之子弟至以拟夫子者拟通，又何其不知自量也！然而后之君子，因其言，考其人，论其时世，从而疑之者有矣。或不免因而惜之讥之者，无所逃罪矣。其褒之则反过其实焉，岂惟其摹拟僭窃之罪不可泯，而或有取于其言与？毋乃并不免为其言所欺，而忘其获罪于圣人之大者与？通之言曰：佛，圣人也，西方之教，中国则泥。又曰：予读《洪范说义》，曰三教于是乎可一矣。又以晋亡非老庄之罪，梁亡非释迦之罪。此三言者，皆儒者莫之言也，而通昌言之。自晋梁以至于隋，其时佛、老之祸烈于天下矣，顾俨然以圣人自居，而为之扬其波、助其澜如此，亦既悖矣。至于《元经》之存晋宋，帝元魏，尊中国，以断南北之疑，而不知其统之愈乱而无纪也。比于《春秋》之作，罪莫有大于此者。其他复何足深述哉？

宋晁氏辨其见关朗、李德林、薛道衡三事之妄，前后皆与史不合，而以房、魏等为门人，及休修《隋书》不为通立传。序称杜淹见抑于长孙无忌，而续经不传。又载徵自叙与唐太宗论事，通早知其必愧礼乐，皆子弟事后增饰而成，《中说》为门人对问之书，亦非其所自作也。然则其书之传者伪而已矣。

书震川集经序论后　　张九镡

有明一代古文，论者以震川为第一，余窃以为过论。先生文之高者，比于欧、曾具体而微，叙事亦颇见史法，其余皆世俗应用之文弗类也。后取《易图》《洪范》等论及论学诸序，反覆观之，始叹先生为好学深思之士，其生平于古人之学，非雷同苟得而已也。盖自嘉靖以前，宋元儒者之书盛行，科举经义奉为律令，然皆习其辞而不复深求其至是。至于湛、王之徒，以讲道号召天下，而不免于好异立名之习。先生独能力矫俗学，谢绝声华，其言曰汉儒谓之讲经，而今世谓之讲道，夫能明于圣人之经，斯道明矣，道亦何容讲哉？凡今之纷然多异说者，皆起于讲道也。是可谓卓然不惑于流俗，而笃于自信者矣。

尝考《明史》所载《儒林》《文苑》颇不乏人，然议论著述实不及前贤远甚。说者云经学非汉唐之精专，性理袭宋元之糟粕，盖科举盛而儒术微，故其所为古文者，亦适至是而止与？由先生所言进而求之，庶几超然有得于古人之学，惜乎仅于宋元发其端绪，而世之心知其意者已寡也。《庄子》谓高言不止于众人之心。噫！吾焉得如先生之人，而与之同其祈向也哉？

书旧本金文后

张九镡

率天下为时文之学，摹拟圣贤之语气，敷衍先儒之解说，而且限以边幅，强以排比，以求稍合乎经义，天下之为文者，亦难矣。其文必以命题为主，孤章绝句，承虚接响，或牵连上下，或窜伏首尾，附会揣合，趋避影射，以求一二言之近似者，此岂圣人之意使然哉？经生传之为秘诀，有司守之为定式，塾师据之为戒例，偶一差谬，豪厘千里，虽有庄周、邹衍之辨不敢骋，司马相如、扬雄之词不得施，而天下之为时文者愈穷。然而千万人为之，必有其一能者焉。六七百年为之，必有其最能者焉。最能者无过正希先生。

先生以前，时文已号为极盛。然或困于理，或束于法，或累于才，或醇而未肆，或大而不能小，或正而未尽其变。至先生神明变化，规矩在手，其言未尝非时文也，亦未尝袭经史古文儒书之迹，而一以心思笔力运之，超然遂与古作者并。虽雄浑如熙甫，豪迈如大士，犹不能不让出一头地，况其散焉者乎？昔孙可之自言得文章真诀于韩吏部《进学解》一篇，拔天倚地，句句欲活。山谷每见学者，必告以《原道》命意曲折，譬之作室，厅堂甲第无不具备。正希文如《大孝》一篇，命意曲折，句句欲活，岂复第二人思议可到？其他根极理要，指事类情，大者可以回薄元气，撑拄日月，小亦縋幽凿险，飞行绝迹。如痀瘘之承蜩，如梓庆之削鐻，如伯昏无人之揖，登高山，履危石，临百仞之渊，足二分垂在外，天巧至矣，人工不足以尽之。韩吏部谓圣人之道，用文必尚其能，若先生则真可谓能者矣。乃有贪常嗜琐、擿埴索涂之徒，见先生之文，目眩心骇，不能自主，复取其所谓语气解说、秘诀禁例定式者，以绳先生之文，而先生乃愈使人穷思幽讨，咏叹淫液而不可置，此犹棘林萤耀之与枒木龙烛，帝之悬解，而与桎梏疏属共议而同语也。悲夫！

书史记儒林传后

张九镡

余读《史记·儒林传》载汉初郡国贡士，太常试选之法，而知西京人材之盛，治业之兴，有自来矣。盖当时儒者皆察举于乡间，而试之以曹掾，通明经术，晓习时务，教之则为士，而官之则为吏，是犹成周党庠、术序、府史、胥徒之遗制也。隋唐以后，一出于科举，惟以文词资格相尚，于是治经者多无实之谭，治事者寡适时之用，其去汉法也日远矣。说者乃以为公孙弘所奏请，史传讥之，谓儒术自是而变，是恶识法意乎？汉承秦禁学，圣道中绝，故因群儒殷勤传述之绪，以大启六经而广谕之，本先王诗书礼乐造士之旨，使之兴道、讽诵、言语以尽其材，而厉世磨钝，论官治吏之典具焉。且其取之也兼行艺，故人无悖行。其用之也通儒吏，故官无废事。此正所称诏书明天人分际，通古今之义者也。史公叹兴复六艺之难，嘉与广厉学官之意，乃褒之不暇，而又何讥焉？

苏文忠有云：士者莫不谭王道，述礼乐，终于不可行，而世务因以不举。学者莫不论天人，推性命，终于不可究，而世教因以不明。噫！此正后世好名之过，而其弊卒至未有能救者也。由隋唐科举之旧而变通之，贡举采杨绾之议，学校守胡瑗之教，则可以渐复汉初之法，而进于成周，虽古之儒术何以易此哉？

汉书艺文志书后

张九镡

《班志》载刘歆《七略》，以六艺冠群书，以儒家冠九流，即祖述董生尊六经、黜百家之旨意而区别之。胡致堂、真西山乃讥其舛，不知歆所总辑者群书也，故尊六艺而诸子百家亦附载焉。儒者所以修六艺，然周汉以来，儒家之书，未必尽合于六艺也。诸子九家亦六经之支余流裔，其书固不得以儒家废也。而要归于修六艺以观九家之言，则儒家之惑，与辟者可辨，而诸子之去短取长亦定矣。此其用意严而持论平，岂后儒所及知哉？

自汉以后，若荀勖《四部》，王俭《七志》，阮孝绪《七录》，及唐复分为四类，随时损益，卒不能出歆之上，盖其义例卓乎不可易已。抑尝观两汉经学，各有渊源，而词章、训诂遂以判为两涂，故其后以儒林别文苑，复以道学别儒林，即所谓儒家者分门立户，党同伐异，视诸子百家之不该不遍、不合不公抑又甚焉。至于宋元以来自为之书，沿袭日多而其文益下，虽有传者其是非纷然，尚未有以定也。近世士大夫名藏书家，如晁氏、陈氏志录，既尝闻其大略矣。有班、刘、欧、曾其人出而任之，于以折中六艺，厘定群言，归于至是，亦伟矣哉！

湖南文征　卷八十九

跋四

书徐节母李氏传后

张宗耀

己巳之春，陈生某持其外姻家乘索文于余，开之则吾乡诸列甲乙科者所作《徐节母李氏传》也。长篇叠幅，要不过守贞勤家，事舅姑，教育其子，以终夫子事，数言毕耳，不必赘以余文也。既而思之，圣人之尽人道，惟庸行力致焉。其在女教，无非无仪惟酒食是议，此为君子偕老者言之庸也。未壮之嫠不弃其夫之孤，而职夫子之事亦庸也。庸行修则纲常立，纲常立则人道尊。夫夫妇之义等于君臣，忠臣于其君之难，曰丧君有君而国脉延。贤女于其夫之亡，曰夫死从子而门祚笃。呜呼！殷季之三仁，亦曰罔为臣仆耳。三代而下事二姓者何多也？以臣道之不竞从一，视妻道之克代有终，如徐节母者，岂乐道人善者所遗欤？抑观国史、郡县志之纪列女，事可详则详其事于其人姓名下，事不可详则总挈美行字于上，下系某氏某氏而已。诸君子既于徐与李为通家，第举节母之大凡，而性行事实如古人所云载采采者不一见焉，则愚犹意传之有当补者也。

梭山农谱跋

唐仲冕

农事通于学，即通于政，然非精于物理别有怀抱者，不能道也。《商书》谓：服田力穑，乃亦有秋。周任谓：芟夷蕴崇，则善者伸。《孟子》谓：美谷不熟，不如荑稗。舍己芸人，自任者轻。皆可通于学者也。《管子》曰：一农之事，必有一耜、一镰、一耨、一铫、一铚。《戴记》曰：修礼以耕，陈义以种，讲学以耨，本仁以艺。《淮南子》曰：莳先稻熟耨之者，不以小利害大获。朱虚侯曰：深田溉种，芸苗欲疏，非其种者，锄而去之。此可通于政者也。他若《吕氏春秋》《汜胜之书》，大抵时其节物，辨其种类，稽其功绪，沉博精确为农家者言耳。

梭山刘又许先生，抱其夙蕴，躬耕岩谷，郑子真、淳于恭之流也。乃著《农谱》曰耕、耘、获三卷，各有纲目。以“耕”字从井发论，慨井田废而耒仅存，古制难复。若《耕之浸苞馌饷》《耘之拔稗梳虫》《获之藏种报赛》诸篇，礼乐刑政，意在言表。尤三致意于牛宫，亦足见忠国爱民之怀，而以其尊甫怡斋公《风车词》终焉。本厥菑之肯播，服先畴而无荒，志念深矣。考梭山前序在康熙甲寅，后序在康熙丁酉，相距四十余年，用功最勤，卒得采进四库全书馆以传于世。夫梭山岂果农家者流哉？

余读是书而窃自叹也。《传》曰：是穮是蓘，必有丰年。为壮者言之也。余老矣，异丈人之植杖，类宋人之守株，既无见于事功，复有伤于素抱，当与惰农自安同讥。承万念亭司马见属，泚颜而为之跋。

高唐宗人孝义先生传书后

唐仲冕

国家以孝治天下，渐民以仁，摩民以义，所以维持风化，教忠教孝之典，至优且渥也。盖自一道同风以来，比户可封，而其行谊之尤著者，虽在布衣韦带之士，必自乡县达于台省，登之题疏。俾得从祀乡贤，以为民俗劝。又凡子若孙之入仕籍者，无论爵秩之崇卑，皆得推恩封赠，以为义方之荣。野无善而不扬，朝无泽而不沛。士生斯世，而有不躬为善，为祖父而不教子若孙以善，为子若孙而不报祖父以善，于心安乎？于理得乎？然而存没兼被其荣者，盖亦鲜矣。

宗人某，字子厚，山东高唐州人。少时读书颖悟，甚得亲心，事母闵太孺人，年未冠，侍疾衣不解带，后事继母亦先意承顺，几于八十而慕居，丧皆哀毁尽礼。悌于兄，友于弟，内外无间言，乡党称孝焉。性乐施予，济人之急如己急。乾隆丙辰水患，则倡修桥道。丁酉岁祲，则粥米助赈。里中子弟贫不能就塾者，佐之束脩。他乡之流寓者，治其疾病，佽以资斧，乡党称义焉。享年大耋，子孙蕃昌，考终之后，合学公举孝义咨部，修入会典，进祠从祀。其子某字履青，为文学博士，请敕赠修职郎，并赠其母张、生母王两孺人，其于朝廷劝俗教忠之隆施，子厚且兼得之，何其荣哉！根之固者其枝茂，源之远者其流长，观子厚之积累，与夫履青水木之思，诸孙之蒸蒸蔚起，将益培之而至于参天，浚之而广为江河，其获报殆未有艾也。

程明道先生墨迹跋

唐仲冕

传称明道先生静坐如泥塑一般，及其接人，浑是一团和气。今观其书，严凝中含温厚，称其为人。书法至宋时化方整为流宕，犹赖有此种端人正士，搢笏垂绅，存颜柳刚正之风。先生固不以能书名，即以书论，亦足起衰式靡，此册墨本真希世宝也。武功襄亭明府得之洛中，游宦所至，辄取以自随。爰勒诸贞石，以广其传。昔人见伊川先生作字，云：即此是敬。敬为道统真传，此书正敬之见端。使生七百余年后之学者，人置一通，随事主敬，艺也而进于道矣，则襄亭刊布之功，为不可没也。

跋伊墨卿戊午科湖南乡试草榜后

唐仲冕

湖广旧额九十一名，自雍正癸卯分闱，南北各得四十五名，余一名一科南一科北。戊午科恩广至六十一名之多，可谓极盛矣，而得人亦最盛。

余时官江南，乡里人来传诵其所录文，皆端雅有则，非独解首为宿儒也，故其后登甲第班联者衮衮，皆如其文，是科墨卿为比部郎，副钱编修福胙来典试。余窃慕墨卿为人，而墨卿一麾出守，由粤东而江南，相见握手如平生欢。及观其为政，如检菑鞫狱，备极劳辛，守扬州清亮照一时，寻以忧去，蔽芾弥深，今服阕过扬，余适有校刊唐文之役，因获重逢，亲其襟度、言论、翰墨，喜可知已。墨卿乃出昔年草榜属题，盖从废纸簏中检得装成册者。

夫古之君子，治一事必穷一事之蕴，非苟为荣而已。夫事之过而辄忘者，必其时之漫不经心者也。观此册而知墨卿之典试，犹之乎典郡矣。有不知墨卿之校士者，请观于扬州之政可知矣。有不知墨卿之为政者，请观于此册可知也。墨卿行矣，由此而监司而节钺，其必力追古大臣，用心精详周至，有如此册也。时乙亥夏五月跋。

题陆朗夫中丞手书后

唐仲冕

湖南多贤中丞，近以朗夫先生为最。先生尝为山东布政，仲冕客岱下守令幕中，见先生所颁教令，清风惠政溢于言表。有以称祝馈者立还之，且戒曰某性孤介，岂尚不知而以是相溷邪？嗣后永以为戒。时承某抚军之弊吏尚严酷，先生敕诸郡守务率牧令善拊循其民，毋令激而生变。某断不敢徇庇僚属，轻杀百姓也。及赴楚任，岱守任公溥言，亲见先生点检行李，惟布被一袭，衣两箧，半实图书，行必以楷从。以祷雨致疾卒于长沙，敛以布袜，其身无长物如此。

仲冕长沙人也，乾隆乙卯秋宰吴江。吴江先生故里，因得接公子直之，读先生手书册子洞目骇心，令人一字一汗浃，此册岂但为大吏言哉？时郡人方为先生请祀乡贤。乌乎！若先生之清操亮节，视彼图利便于身家者，其荣辱相去为何如邪？直之曰：君宜跋。因敬志其私淑艾云。

为玉斋从孙题揭钵图

朱声亨

天地之大德曰生，生者仁也，仁者人也，是故能仁之谓佛。能仁者能人而已，生理既灭，失其人理，乃堕鬼趣。孔子曰：众生必死，死必归土。此之谓鬼。然则鬼之与人，幽明异途，生死殊形，出此入彼，其相去殆几希耳。

吾独怪夫人受天地之中以生，五常五行之理固已及身皆备，超超然为万物之灵矣。乃其旦气不足以近，夜气不足以存，浑敦穷奇，梼杌饕餮，日杀不辜，肝人之肉，倏忽风波，随地戈矛，其变态已不可究诘。小则祸及家国，大则毒流天下后世。有鬼之所不忍为，而人闯然为之者，莫美于人，莫恶于鬼，岂其美恶之故，冥然罔觉哉？利欲饵于前，饥寒迫于后，不能不捐其所得于天地父母之生理，以从事鬼之眼、耳、鼻、舌、身、意耳，岂不痛哉？佛为鬼子母说法，使其子宾迦罗洗心皈依。既往之恶如昨日死，将来之善如今日生。宾迦罗母子言下有悟，绕佛三匝，无复退悔。佛于一切众生，披毛戴角，胎卵湿化，山精野魅，悉以能仁为之度脱。何况宾迦罗尚具人形，佛能置之膜外邪？此事之无可疑者。

或曰天文鬼四星形如木柜，中有积尸之气，气明则积尸多，此天运也。鬼之分野为鹑首，属雍州。不闻羯肌国为鬼分野，何至宾迦罗以人为粮？白骨如山，上帝岂能一日容之？此可疑。

或曰西北有国曰鬼方，商时常出为中国患，武丁伐之，三年有赏于大国。此荒服之民人有鬼状，与穿胸贯耳，反面歧头错出，不能以其国名，目为鬼窟，且武丁可以人力胜之，亦似佛以钵摄之矣。此可疑。

或曰颛顼氏生三子，一居江水为瘧鬼，一居若水为罔两蜮鬼，一居人宫室区隅善惊人为小鬼，故于十二月傩而驱之。《月令》命有司大傩，《周官》旁招以茅是也。四时之内生杀予夺，阴阳相胜之气薄于四季，振子曰甲作食殈，胇胃食虎，雄伯食魅，腾简食不祥揽诸食咎，伯奇食梦，强梁祖明共食磔死寄生。委随食观，错断食巨，穷奇腾根共食蛊。凡使十二神追恶凶，赫汝躯，拉汝干，节解汝肉，抽汝肺肠，汝不急去后者为粮，此以大傩燮其厉气而已。今之出土牛是其遗也，非谓天壤之大出生鬼之鬼，较多于生人之人，人之食人反逊于鬼之食人也。此可疑。

或曰西南诸岛夷重译偕来，无虑十数种萃于南粤，中国之贾，挟资以懋迁化居其间，百货既集，香味触法一一为其所移，交易之际，忘其狰狞，习而安焉。彼呼粤唐人，粤呼彼鬼子，面目毛发，器皿衣服，千诡万怪，数之不能终其物。至其食物之谲，若烟若酒，往往迷人，鬼子之名，洵哉当之而不愧！然方言相沿之称，非谓海外大荒，别有鬼母。载生载育，新鬼故鬼蕃衍盈升，与中国相为终始也。此可疑。

吾独以为无可疑者，据其理而已矣。孔子曰：鬼神之为德，其盛矣乎？又曰：气也者，神之盛也。魄也者，鬼之盛也。合鬼与神教之至也。子产曰：人生始化曰魄，既生魄，阳曰魂，用物精多，则魂魄强。神之为言伸也，鬼之为言归也。鬼虽处于至阴之地，而其气发扬于上为昭明，焄蒿凄怆，此即鬼之所以为理，其于人无以异也。精气为物，游魂为变，圣人知其情状而写之，是为神道设教，知此则无鬼之论，搜神之记俱可不作矣。晋侯梦大厉被发及地，搏膺而踊曰：杀余孙不义。是鬼恶人之杀其孙矣。郑人梦伯有介而行曰，壬子余将杀带也。明年壬寅，余又将杀段也。及子产适晋，赵景子问焉，曰伯有犹能为鬼乎？子产曰能。是鬼嗜杀人矣。

汉制伏日万鬼行，故尽日不干他事。万盈数也，鬼既号万之又万，无可胜穷，若羯肌之女皆生万鬼，人将安所措足乎？若羯肌之女之所生之鬼皆宾迦罗，大千世界尚复有噍类乎？佛就鬼子母爱子一念当头一棒，语语酸鼻，字字刺骨，生理勃发，血泪交迸。鬼有所归，乃不为厉，欲不皈依，其可得邪？然则非佛生之，仍鬼子之母自生之耳，吾所谓理之无可疑者如此。假令滞于溺爱之私，止知杀人以取快，不知鬻子之可闵，生理灭而人理无所傅，甘雨不起断根之木，长风岂行折舵之舟？佛即不摄之钵中，鬼子母终无望于宾迦罗之生还也，故曰能仁者能人而已矣。舜举图之余系辞焉，虽曰鬼语，岂非妙谛哉？

楚灵王云，余杀人子多矣，能无及此乎？仲尼曰：古也有志，克己复礼仁也。楚灵王若能如是，岂其辱于乾溪？夫灵王之恶，不及宾迦罗，而其食报不及鬼子母，此则事之有幸有不幸，固不可以常理论矣。若乃雍巫杀其子以媚伯主，乐芊杀其子以幸战功，此其人理灭绝，又般若迦之所唾也。是故铸禹鼎使民不逢，图山经使民不惑，然后令魏徵、尉迟捍门，温峤燃犀，终葵负剑，要二竖而歼焉。使人理复灿然于天地，是之谓能仁，是之谓能人。

蓉裳诗钞跋

欧阳绍洛

右《蓉裳诗抄》，凡八卷，都计若干首。始蓉裳病肺累岁，旧业都不复料理，其散佚殆十之七八矣。余素闻其能诗，及相识于吾邑，每索观，则谢曰：某惫甚，子更相煎熇邪？今夏稍清适，忽笑语余曰：子吾郢人也，矧游处近三载许，今且质子矣！乃就其箧中所仅存者，略编次之，手以相示。其诗绵密清雅，真气洋溢，饶于风趣，而不堕市侩诡随之习，富于包孕，而不效鄙儒砌叠之能，所谓风人之旨，雅人之致，盖辨香眉公而得其神者。吁，何蓉裳匿不自明之久也！矢诗不多，兹其可贵矣。因怂恿付梓，以为初集，将俟其痊，可搜罗全豹，更为之佐饔云。道光壬辰夏四月。

题赵篴楼太史缀缉文尾手卷

向曾贤

吾友篴楼自束发受读，即事其舅氏春埜先生为专门师，风雨晦明，昼夜寒暑无虚刻。凡食息寝处、语默动履、讴吟歌啸，疏解抉剔往复，嬉笑嗔怒，甘苦徐疾，叠为情状。及出而宴游观玩，宣通湮滞，或登场角艺，旅寓他所，无不惟先生口授祗敬之不怠。已而入庠序，已而选贡成均，甲寅又踵登乡荐，皆先生所目睹称快。逮通籍翰苑，则去先生之没数载矣。每谈及，辄欷歔不止。一日检箧中少时所为文，摩挲先生披阅手迹，感激涕零，如噎如醉。忽发远思，因割取其文尾缀缉之，装为是卷。

曾尝思夫古之学者必有所承，孔子之后源远末分，汉世以传经为重，如董、刘、马、郑，其子弟各守师法，宝若珪璧，坚若金汤，更立数代，源流凿凿可辨也。其后以习词章者起而经学衰，唐世沿习无专门师，虽以昌黎为之说，而卒莫兴起。到有宋中叶濂、洛、关、闽诸子，笃实践履，统绪始贯。至今读游、杨、尹、谢、黄、蔡诸君子所纪其师之绪论，令人毛发悚竖。使由其道不废，亦何患无师法可守也者？其后又以习时艺者起，而道学又熄。今之曰师、曰弟子云者，何谓哉？每一念之辄为三叹。夫所谓经学者，经师也。道学者，人师也。二者广狭各殊，而其造就人士，与佩服诚悦则一也。今所学者为时艺，苟其抉经之心，求道之绪，如先正法程，亦自各有矜式。自夫舍本趋末，剽袭游词，角斗章句，提铅操椠，涂饰芗泽，聪俊之士，不过旬月之间便谓睥睨一切。是故不数月而更一师者有之，不数年而更一师者有之。至于得意以去，则举前之所为漫不省记。乌乎！凿其址而冀墉之高，劚其根而冀干之茂，断港绝潢，而曰吾将以薪至于海，其然乎？其不然乎？周子曰：师道立则善人多；师道之不立，而学者又无所为师。欲学术之进于古，盖其难矣。

今篴楼盖进道若渴者也。曾居都数年，于篴楼相倚，如左右手，谋面较他人为多。旅庐萧然，每当雨旋风去，云开月来，扫室布榻，两人者促膝而坐，相对欢然。其或偶举一善，则曰吾舅氏之所常勖也。偶举一咎，则曰吾舅氏之所常箴而惩也。至于歌咏诗章，掇摘佳句，则曰吾舅氏之常流连而三复者也。殆无一饭一寝忘之者。水流旋源，叶落粪本，以此揆诸古人服勤至死之义，盖庶几焉。今所装是卷，固不足罄先生之蕴，与篴楼之所以事先生者，然其绵绵恳恳，敦复不厌，纤悉不苟，教者之诚，与受教者之诚，交相贯引，则心之精微通焉。是则虽词章时艺之末，而经师人师之大旨，与夫流风余思所存，又于是可以观焉。曾故乐为广其说而推之。抑先生冢嗣青陵，自少与篴楼同学，曾己酉乡试同年友也。曾既不获事先生，而青陵淹忽下世，屈指又及数年，今读是卷，竦然生敬。已复黯然增感，然则曾亦惟体篴楼之意，共勉以期进于道，求不愧于先生，用附于私淑之意云尔。噫！

恩纶录书后

张再英

昔鲁僖公劝学兴贤，时齐桓为方伯请于王，命史克作颂以嘉小大从公之盛，故泮水芹藻，至今犹有芳馨焉。吾楚龙阳旧有书院，久废不修。邑观察黎云屏先生出资创建，并捐膏火田千亩。姜大中丞高其义，封章入告，天子嘉之，特赏盐运使衔。一时名公卿大夫歌咏其事，斐然有述。英读竟作而叹曰：盛矣哉！抑亦《雅》《颂》之义也。夫《江汉》《常武》美王旅之濯征，而终之以矢其文德，洽此四国。今川、陕、楚余氛悉靖，而观察适承天子命旬宣于文翁旧治之邦，吾知助流德教，懋美风俗，使益州人士相与卖刀买犊，路不拾遗。所谓食桑椹而怀好音，虽文德不外是矣，则今日淑于梓里者，非即他日所以对扬休命哉？不揣固陋，敬书其后，以附于西河卜氏、东海魏氏之诗小序焉。

题陈忠洁公殉难录后

蒋云宽

《陈忠洁澹元先生殉难录》四卷，乾隆间清江杨方来漕帅订定，同里周东郊参军梓于扬州。岁久板坏，家厚山师札商于余，因为勸资重镌，并补入先生官巡按提学时劝民训士教条，及石殿撰、刘明经诸君诗歌。剞劂工竣，付先生后裔涛贤等珍藏之。

乌乎！死生亦大矣。有明养士三百年，崇祯甲申之变，食禄者何止数千百计，而从庄烈帝于地下者，先生与马倪诸贤二十有二人而已。先生时为北畿提学，闻警驰入，授命京邸，其从容就义，尤人所难。今读是篇，英风浩气，凛凛犹存，先生其不死矣。

先生葬于京都永定门外石榴庄，余与郡人何仙槎庶子岁时谒墓，叮咛守者毋使践蹋侵损，更谋于封树之旁购地立祠，以祀先生，而筹费无出，徒结虚愿。因附识于此，以谂后来之好义者。

书军政纪略后

张晋本

丙辰春，匪教齐二寡妇等滋事陷竹山，刘令自尽。上虞范公昌，号汧谷，由安康县丞随恒将军来，杀贼首翁明远、曹海扬等，遂奏请补授著劳绩膺懋赏，首尾十二年升授鹤峰州牧。其一切堵御抚绥诸实迹，具详接任唐君春墅、方耀暨竹士民序记。范为桂森表眷，持以示余。

治乱兴衰之故，岂不以人哉？然运事者人，而济人者时，故六十四卦时为大。天下之生，一治一乱，盖治久必生乱，而大治必因于大乱。人为之，实时为之也。

从来开创之君，类冲锋陷阵，亲冒矢石，于行兵之道，既皆得之阅历，与一时将卒同甘苦，故用舍当、赏罚明。凡从事行间者，均无枉无滥，是以能得其死力，而所向克捷，与之敌者反是。至于中叶，其君既未尝亲兵事，兵力又不能如往时，其用舍赏罚皆得之闻报，然祖宗之遗泽未湮，服畴食德之人心未散，亦不至天变人祸之交讧。故虽有跳梁跋扈之徒，亦渐次就扑灭，而不至于泛滥不可收拾，此又一时也。若夫承平既久，内恬外熙，不思栉风沐雨，创业艰难，惟知安富尊荣，居高养重，怠荒政事，膜视民隐，苟幸无事，厝火积薪，养痈胎患，因循既久，习惯为常。一切败国亡家之事，杂然并兴，弃斯世礼义廉耻之心靡然尽丧。且夫正人者国之元气也，从古衰乱之朝，无不丑正恶直，究且夷灭摧残，惟恐其不速尽。至于天怒人怨，土崩瓦解，虽有忠臣义士，譬之元气已绝，纵服灵丹，不能救死。圣人知其然也，故处蒙业之时，如开创之时，是以久安而长治。

范公汧谷以县丞参军事，补竹山善于其职，而遭逢明圣懋赏懋官。吾喜范公之适遇其时，而又不负厥时也，于是乎书。

名山墨宝题词

张晋本

余既和前诗，雪梅复以此册进。爱其书法秀净，家湘门先生为之跋，后起者有家橘州先生及花源罗某和作，盖碧公主讲岳麓时所得。和尚称碧公性挥霍，喜交游，平生善逋，所与友皆一国天下士。乾隆初，两观察偕寓省垣，与同人置一骰会，谓人各具一骰也。迄今思之，其雅度高尚，必非寻常饮食游戏相征逐者比。宜诸先达交相引重，而以为座无此公不乐，一如大颠之于韩，东坡之于佛印，若有相得益彰者，汪为湘门老友，其人可揣而知。昔董元宰书《金刚经》，奉有纯皇帝香光墨迹，永镇云栖御笔，未尝不叹异代儒臣至荣极幸。今此册虽不及香光之万一，然墨花印色，八十余年犹奕奕射人。即又安知不如山林癯逸，野服葛巾，而不必以光耀为荣？则当日之善逋，正其善传衣钵也。抑余因是而进溯晓露，而弥嵩，而残山。皆先碧公住岳麓者。及高念东、邓元昭、李锡山诸先辈，其藏弆之翰墨，必有如优钵昙花应时出见者，且拭目俟之。

蜀碧题后

张晋本

右《蜀碧》一帙，为彭遵泗罄泉所缀辑。起崇祯戊辰，迄本朝顺治癸巳，年经月纬，首尾贯穿。而于杨总兵展、刘孝廉道贞、陈登皞余飞，以义勇侠烈著闻者，不计成败，专为立传。盖兼史家之二体，且以蜀人言蜀事，年代近而耳目亲，不比见闻异词、传闻异词也。虽首尾献贼，然发幽光而阐节烈之意居多。

以今考之，文武自侯良柱以下凡四十八人，绅士自杨于鼎以下凡八十余人，尚有不著姓名者，妇女自魏氏以下凡七十余人，洵足以补正史之缺。至于全蜀山水地形之阨塞，寇兵出入往来之要害，用间出奇之所以得，玩寇覆军之所以失，令读书者一目了然。盖欲使后之有天下者，能以人和维地利，则众志可以成城，否则鬼哭龙渊，直蚁舂蹄迹耳，地险岂可恃乎？且天下事最惧为人所窥测，虎豹在深山，不见其形也，而百兽恐焉。潜龙在渊，不必作云雨也，而望气者恐其有排山倒海之势。何者？以其威力猛而变化神也。盖黔驴之踶，井蛙之怒，则三尺童子方且目笑存之，以为其技止此耳。治天下者何独不然？古帝王之有天下也，其精神力量，实足以笼罩宇宙。而其所指使者，又皆千人之俊，万人之杰。《记》曰：动而为道，行而为法，言而为则。岂止震耀一时云尔哉？我必实有可尊而人乃尊之，实有可贵而人乃贵之，故曰首出作睹，运极德元，盖言实也。若徒拥虚名、戴假面，曰我继天立极也，我尊无二上也，是犹挟驴蛙之能事，而欲致风云之从龙虎也。

明季亡国之君臣会逢其适，朝廷之举动其为有心者洞见底里久矣。无论失监军之鉴，撤各隘之兵，当夫赐剑传觞，正欲救民水火，乃逗留一月，戎服讲经，岂复有人心者？三钱之赏，心直以为不值一文耳。嗟乎！此驴蛙、龙虎之说也。读是书者，宜通观一代兴亡所以然之故，而无徒太息痛憾于献贼之凶残。与斯民之无辜受其惨毒，则一省之事迹即为千秋之龟鉴，庶不负作者之用心也。抑尝闻之，劫数之说，儒者不言。然以治乱之言推之，则又似一定不易者。假令斯时国家委任正人，罗网蜀中智谋忠勇之士，如杨、刘、陈、余等辈，假之名位，与以事权，必能收其大用。虽无救于明之亡，亦可保全天险。更异者秦氏以一女子乃能统兵临阵，观其与陆、邵所云，几乎瞻言百里。尔时肉食者流，直欲望其为腰裙间物不可得，岂非古今来巾帼中所仅见乎？安得谓蜀无人耶？然此必不可得之数也。是劫数真是难逃，不独镇江石碣，埋武侯神谶已！六月初十日挥汗书。

区田观获图跋

陶澍

区田之法，盖即甽田遗意。《汉·志》谓之代田，赵过能为之。田一亩三甽，岁代处，故曰代田是也。《志》言：后稷始甽田，广尺深尺曰甽，长终亩，一亩三甽，播种于甽中。苗生叶以上，稍耨陇草，因隤其土以附苗根。比盛暑，陇尽而根深，耐风与旱，一岁之收，常过缦田亩一斛以上。汉武时，河东、三辅、太常民皆便代田，为其用力少而得谷多也。尝叹《汉·艺文志》农家者流书凡数十种，必多后稷以来传授遗言，而今皆无考，独赖《班志》此篇言深耕易耨之法颇详。惜自搜粟都尉以后，无复举而行之者。

吴门潘子功甫，以名父之子，精心缉古，既慨然捐其田二千五百亩为义庄，以赡乡里。复举区田法，口讲手画，于义庄试行之辄效。余得其米，尝为诗以谢。今岁吴民效其法者渐多，当常田刈麦莳秧时，其苗已蓬勃高二三尺许，虽有水旱不更忧。由此广之，将使尽地力，协天时，菽粟如水火，以惠我农人，粒食无穷，即以襄鄙人敦耕所未逮，简便易行，孰谓古法不可复哉？

功甫有说甚晰，昆山王椒畦孝廉为作《区田观获图》，因书前诗其上，而缀其缘起如此，以质诸留心民事者。

尚书辨伪跋

陶澍

《古文尚书》之伪，自吴才老、朱晦翁发之，其后论者益众。若吴澄《书纂言》及吾乡罗喻义《是正》一编，皆止注今文，削古文不录。虽各自有见，然爰书不立，无以断狱。梅鷟《尚书考异》、阎若璩《尚书疏证》，则又专攻古文，于今文鲜所发明。陈第、毛奇龄之属复起，而持其长短，迄今谈者无以别黑白而衷一是也。

石岭唐先生是编，于今文亦加疏释，特意在古文，句疏字篦、审音叩节以排之，故以辨伪为名。其中精义层出，能使读者涣然相说以解。如辨《虞书》不宜称古舜，《夏书》不宜称古禹，《伊训》于嗣王之前不宜有暨汤之语，《旅獒》在武王之世不宜有太保之目，皆直捷了当，南山可移，此判不移。

而其有功名教者，尤在辨《虺诰》《泰誓》之文，以为汤方口实是惧，而虺惧于非辜，畏祸叛君，口实甚矣。聿求元圣，与之戮力，几疑五就桀时，计出反间。誓师称王，俨然吴楚之僭号。时哉弗可失，岂虑纣改图耶？盖自伪书行，而汤武之心迹不明久矣，虽学如苏轼，犹不免有非圣之论。毛氏但为古文辨冤，而不知汤武之冤，谁为之而谁辨之也哉？先生惟以今文与古文对较，而真伪之迹自见。其所摘发，不外本书，无考据家支离牵强之习，以视梅、阎诸人，不啻过之。

至若危微精一，为帝王心法之要。京山郝氏始创异议，谓古圣贤口中无此。窃谓伪书多取古语足成之，人心、道心二语，见于《荀子·解蔽》篇，既明云《道经》之言矣。精一、执中二语，亦见马融《忠经》，安知非出古书而偶遗逸？正不必以目见所未及，遂并其义理可通者而亦訾之也。

先生讳焕，善化人，力学敦行，为吾乡宿儒。其子仲冕，孙鉴，皆以学行名于时，能世其业云。

东祝堂遗诗跋

陶澍

胜国末年，楚南当兵燹之冲，一时文章之士，率以节义自持，埋没不彰者多矣。如冯棂公、陶仲调、郭些庵、王而农、周仲声、郭幼隗，皆名贤大手笔也。如吴道行见可、子愉古度、杨会英嘉生、彭日浴孺子、陶显功肤仲、张圣型子畴、车以遵孝思、潘应斗章辰、严首升平子、瞿龙跃天门、石之琨元美、季嗣先创初、刘瑄他山、廖国遴孟符、周星九烟、朱慈祚恺郎、杨启华禹心、王二南放叟、陈来学开之、夏光洛梅巢、周圣楷伯孔，皆焯有才名。此内惟平子议论不能悉淳，伯孔以迫胁殁于乱，识者惜之，其余则皆节义文章也。二百年来，吉光片羽，所存无几，甚至有不能举其姓名者，可慨也夫！

兹乃复见乃锡陈先生之诗。先生讳宏范，长沙诸生，慷慨负奇气。入国朝，洪经略尝倚以招抚黄州各寨。先生志在靖乱，事讫，洪以偏沅副将荐，不受。饮酒赋诗，游咏江湖间以老。此卷为先生自书东祝堂五言律稿，气格苍老，拔出于同时竟陵诸子外，自成一家。书法亦沉着，亦俊快，超然入古，不落宋以后窠臼，想见其志趣不凡也。诗凡四十二首，其六世孙庶吉士本钦，惧手泽之湮也，重装为二轴。太原祁学士寯藻为之传，而相国吴县潘公、尚书萧山汤公记之，道州大司空何公、歙县阁学程公为之赋诗，是亦足以传矣。本钦复携以见示，因敬识数语，以广吾乡文献之征云。

惠氏四世传经遗像书后

陶澍

东吴惠氏，以经学世其家。乾隆中叶，海内之士知钻研古义，由汉儒小学训诂以上溯七十子六艺之传者，定宇先生为之导也。乃其先朴庵先生已有《左氏春秋补注》，研溪先生有《易传》《春秋问》《礼问》《诗说》，半农先生有《易说》《礼说》《春秋说》《大学古本说》，皆足以引伸坠绪，扶翼雅言。而半农先生为粤东学政，用五经试士，士习丕变，彬彬然多通经，至今粤人思之，以配食韩子云。

余抚吴六年，于名贤硕德，未尝不访求其遗迹。尝取元龙、仲孺、定宇三先生像刻入沧浪亭。今其裔世昭，复以三先生及朴庵四世遗像乞题。夫画像之兴，肇于成都礼殿，所以图写先贤，志其向往。至子孙之摹绘祖父，不过一家之私而已。苟其人无可存，将姓名且付子虚，而像于何有？若惠氏诸先生，经师人师，士林瞻仰，所谓先睹为快者，非欤？展挹之余，德辉如对。闻其家红豆树已枯复茁，君子之泽，于世昭兄弟望之矣。

书赵孟頫传后

王泉之

至元十九年，元世祖迁瀛国公及宋宗室于上都，杀文天祥。二十三年，遣侍御史程文海访求人才，文海荐宋宗室赵孟頫等二十余人，帝皆擢用之。论者以孟頫忘亲事仇，无耻孰甚，不知孟頫之仕元，与微子之归周无异也。微子之归周，存殷祀也。孟頫之仕元，全宗室也。帝既迁之于上都，而天祥已见杀矣。其时宗室危如累卵，使匿名书与狂人所言，不在丞相而在宗室，覆巢之下，尚望其有遗卵乎？孟頫因程钜夫之荐而委身仕元，实有莫可名言之苦衷，而不求谅于人也。律以春秋大义，父兄之仇，不共戴天，孟頫似无所借口者，是守经之言，而非论世以知人也。武王封微子于宋，未闻有非之者。微论孟頫不能为殷禄父，即能为之，亦必就殄灭，而宗室无遗类矣。杨琏真伽发宋诸陵，不治其罪，而还其所籍。帝惟恐宋宗室中有中兴者，微孟頫之委蛇受命，而求其父子、兄弟、夫妇、祖孙，以文翰名于后世，何可得欤？

初，孟頫之入见世祖也，帝命之坐，右丞叶李言宋宗室子不宜使近左右，未有不为孟頫危者，及其草诏合帝心，而群疑始释。

至于议至元钞以绢计赃论，王虎臣之诉赵全不法，而遣他使，劝阿鲁浑萨奏蠲未征钱粮以苏民困，谕奉御彻里发桑哥之罪而伏诛，非惟宗室受其庇荫，亦且谓斯人不出，如苍生何？仁宗称其操履纯正，文词高古，书画绝伦，比之唐李白、宋苏轼非过誉也。而杨载云孟頫之才，颇为书画所掩，知其书画者，不知其文章，知其文章者，不知其经济。人以为知言，吾以为仍未识孟頫仕元之心为全宗室计也。不略迹而原心，乌以称尚友哉？

书倪元璐题元祐党碑后

王泉之

徽宗崇宁元年，蔡京籍元祐、元符末宰执司马光、侍从苏轼、文臣程颐、武臣王献可、宦者张士良等百二十人为奸党，请帝书之，刻石于端礼门。二年，京又自书为大碑，颁于郡县，长安石工安民泣不肯镌姓氏。三年，重定党人，及上书邪者合为一籍，通三百九人刻石明堂。越五年，以星变用刘逵言，夜半遣黄门毁之，畏蔡京也。倪文正称涑水、眉山诸贤外凡二百余人，碑毁于靖国五年，不无承袭之误，而其嫉小人之恶，彰君子之善，明祸福以别贤奸，则昭若发蒙矣。故其言曰：择福之道，莫大于与君子同祸。小人之谋，无往不福君子也。实足快千古之人心。而使为鬼为蜮，贝锦萋菲之小人，对之愧死无地矣。当毁碑时，蔡京厉声曰：碑可毁，名不可灭。京以为不可灭者，留其恶名。讵知不可灭者，愈以著其贤名，是其所以福君子也。

余读文文山跋彭和甫族谱后，载莆中有二蔡，其一派君谟，其一派京，京子孙惭京所为，每自诡为君谟后。嗟乎！蔡京立碑时，何尝计后世子孙不认其为祖宗哉？羞恶之心，人皆有之，京何腼然面目，甘为小人而不愧乎？所谓君子落得为君子也。吕伯恭云：小人之害君子多端，遇人之介者辱之，廉者污之，刚者折之，直者诬之。介者不（爱）〔受〕辱，廉者不受污，刚者不受折，直者不受诬，皆君子之所忌也。小人知君子之所忌而直犯之，君子不知而堕其计。在小人以为君子真罹其祸矣，而不知正天之巧于福君子也。不然，元祐党人自涑水诸贤外，彼百二十人者，何由尽知姓氏？则亦草腐物化而已。致令宦者张士良、石工安民等与碑并传，非天之巧于福君子乎？

书王守仁象祠记后

王泉之

《书》曰：象傲。《孟子》曰：象日以杀舜为事。是人性之至不善者，莫象若也，而有庳之人祠之，何哉？宜乎柳子厚毁其庙也，毁于唐而仍祠于明。灵博山复有祠焉，王文成公记之。子厚之毁其庙，据象之始。文成之记其祠，承象之终。舜之爱象也，喜则同喜，忧则同忧，其感也深，其化也神。克谐以孝，故能烝烝乂，不格奸。瞽瞍亦允若，父既感而为慈父，象焉得不化而为悌弟乎？有庳之封，舜之所以待象者周，象亦能使贤任能，身安于位，泽及于民，常常而见，源源而来，其爱兄为何如哉？宜其既死而人怀之，祠之所由来矣。厥后舜逊位于禹，依象以养余年，非南巡而征有苗，王逸之言未足信也。舜之南巡，在即位之初。五月南巡狩，至于南岳，如岱礼，其明征也。舜葬于苍梧之野，盖二妃未之从也。古无合葬之礼，二妃未从合葬，非不从舜至苍梧也。舜至苍梧，断未有舍二妃而不顾，其从而去也有必然者。

《山海经》曰：洞庭之山，帝之二女居焉。《山海经》作于伯益，其言帝也，盖谓尧也。郭璞以为天帝之女，妄矣。刘向《列女传》：舜陟方死于苍梧，二妃死于江湘之间，俗谓之湘君。《礼记》言二妃，注云：《离骚》所歌湘夫人，舜妃也。退之《黄陵庙碑》云：湘旁有庙曰黄陵，自前古立以祠尧之二女，舜二妃者。秦博士对始皇帝云：湘君者，尧之二女，舜二妃也。刘向、郑玄皆以二妃为湘君，而《离骚》《九歌》既有湘君，又有湘夫人。王逸以为湘君自其水神，而谓湘夫人乃二妃也。洪兴祖谓郭璞、王逸之言均失，尧之长女娥皇为舜正妃，故曰君，女英以下自宜降于夫人，其言得之。二妃之死于江湘间者，以舜崩苍梧，痛之深而思之切，感于物而血泪形于竹，故居于洞庭之山焉。

世有未识二妃未从合葬之义，而以舜之依象为南狩者，故因象祠而并纪之，以释南巡征苗之疑，迄今过九嶷而凭吊焉。想见仁人之于弟，亲之欲其贵，爱之欲其富，及其卒也，舜陵在焉，象祠亦在焉。兄及弟兮仍式好而无尤，益知人性非真不善，而天下无不可化之人矣。苍梧之野，即今湖南道州，古有庳地也。

湖南文征　卷九十

跋五

然非子倪卮题词

聂铣敏

天理在人，浑然无亏。受生以后，人与天离。离之既远，真性斯漓。圣人复初，下愚不移。符子慨然，乃著《倪卮》。上探天根，下究地维。中验民极，静证秉彝。因端竟委，由本及枝。降天于人，道尊弗卑。升人于天，道公匪私。即天即人，一以贯之。其书首有天人一贯图。如响斯应，如影斯随。是有自然，不假强为。因物而付，以人相治。曰天之心，惟人是资。曰心之心，惟中是师。喜怒哀乐，应以四时。水火金木，视听分司。践形求肖，神戒外驰。睹指知归，讳疾莫医。尔执尔权，柄勿倒持。尔敬尔官，有位勿尸。八常递运，四府交推。其书以天之春夏秋冬为四工，木火金水为四府，人之喜怒哀乐为四权，貌言视听为四官，为天人八常。生生之始，化化之基。大《易》宣秘，《洪范》演辞。象参河洛，理悟庖牺。罕譬而喻，不蔓不支。诸子萃精，群儒释疑。《正蒙》之奥，太极之规。《鸿烈》之渊，《法言》之奇。翼道启蒙，信不我欺。愿广心传，昭示来兹。

嘉庆庚午夏，余奉命典试贵州道，出河南淇县，适符笔堂同年宰淇，因过访，促膝署中，见案头有《倪卮》稿一部，取而观之，居然子书也。因携归行馆，披阅竟夕，实宋五子后仅见之书，为吾楚绍濂溪之学者其此乎？笔堂言，此未尝轻以示人，然此必传，因题而还之，并识。

书受祜堂集后

贺念曾

阳城张泊谷中丞《受祜堂集》十二卷，余偶得之中湘市上。盖自裒其生平，由邑宰而台垣，而乘轺，而开府。行事所施设者，烂然有第，堪为楷模。真不愧政事、文学、法理之士，不独纪其遭遇之隆而已。儿子熙龄幸获一第，有入仕之阶，余大惧其分文析字，得假寸柄，将蒙目张口，幽冥而无所措也。亟授而读之，岂曰文章经济遂能媲美阳城乎？太史公有言：高山仰止，景行行止，虽不能至，然心乡往之。是余之志也夫！

书钱公辅义田记后

文舒耀

余读《范氏义田记》，而慨然想见文正公当日母子之苦衷焉。夫文正公贤矣，其母太夫人亦必贤无疑也。壹与之齐终身不改，贤者岂不知乎？然而死者长已矣。家贫子幼，族之人有心而不能有义田之力，有力亦未能有义田之心，故不免使此孤儿寡妇，一适于朱氏之门，而后为范氏光也。吁，可哀也哉！且夫义田千亩，为族之聚者九十口。日有食，岁有衣，嫁娶凶葬皆有赡计也。乃观其条目，曰嫁女者五十千，又曰再嫁者三十千，曰娶妇者三十千，又曰再娶者十五千，且申之曰葬者如再嫁之数。文正大贤，而再嫁、再娶之言，乃不绝于口乎？此必太夫人后来常举前事为文正公涕泣而道，而公未贵显，亦惟有心无力，公既贵显，乃心与力之交尽。自有此举，而范氏之孤儿寡妇，其必托于继父，而后免沟中瘠者，吾知其鲜矣。万一有之，亦无人挠之，此仁之至而义之尽。宜乎公之功德满朝廷，事业满边隅，而其子纯佑、纯仁、纯礼、纯粹，又皆能修其业，成其志。至于今千数百年，而义田犹存而不坏也。吁，难矣哉！

昔钱氏之为记也，既痛写夫世之公卿大夫士，多为公之罪人矣，吾不复赘。而特恐公与太夫人之苦衷未能毕露，则世犹有援李令伯之母、周茂叔之母相提而并论者，是虽不为文正公之罪人也，然而圣人复起，吾知其必有取于义田之说矣。吁，人亦何为而惟知有己哉？

书跋先君子小照后

李丕复

予既作斯跋，或有谓当称府君，不当称公者。盖因近人行述中，以府君称其父，故疑予称公之谬耳。窃以古人称谓，斟酌不苟，如侄犹子之辨，虽程朱大儒，犹往复辨证不已。《记》曰：疑事毋质，直而勿有。予且广为考稽，历述于此，以待智者之择焉。

夫有爵称公，泛相谓亦称公，固已。《列子·黄帝篇》：家公执席。注谓父为公。《颜氏家训》：侯霸子孙称其祖父曰家公。宋何偃呼颜延之为颜公，延之曰：身非三公，又非田舍公，又非君家阿公，何见呼为公？偃惭。则知古人于祖父固称公，而非祖非父不当称公矣。司马迁《史记》称其父为太史公，如淳曰：汉仪注：太史公，武帝置，位丞相上，宣帝以其官为令。晋灼曰：《百官表》无太史公在丞相上，卫宏所说多不实，未可以为正。师古曰：谈为太史令耳，迁尊其父，故谓之为公，如说非也。按《史记》自序后云：太史公卒三岁，迁为太史令。信乎公为尊称，令为官名，此又古人称其父为公之最先者矣。程子称其父为大中公，朱子称其父为先公，欧阳永叔《泷冈阡表》亦称先公，此又儒先之可法者也。更遍考之，如曰先君子、先大人、先公、先君、先子，皆称其父之辞。

予之称公，固蒙上文先君子龙崖公而称之，亦如称先公云尔，似非自我作古也，且先公、先大夫，固称其父矣。然古人于对邻国时，亦有称其君为先公，称其大夫为先大夫者，义各有取，不必以其字同而疑其无别也。公之为称奚不然？至于府君之谓，在唐以上皆有爵者之尊称。吴孙策称豫章太守华歆为府君，焦仲卿妻诗称庐江县令为府君，胡毋班称泰山神为泰山府君，又《金石录》载：汉故益州太守杨府君，讳宗，字德仲，墓阙。凡十六大字，在夹江。又《隶释》载：汉故赵国相雍府君之阙。十隶字，在梓潼。此皆汉世称府君之明证。或称人，或称神，或称生者，或谓死者，皆未尝谓其父为府君也。晋追祭其远祖，称豫章府君、颍川府君、京兆府君，以及宋、齐、梁、陈，凡祖庙皆以府君统称之，亦不专属于父也。唐金石文字，有《朱宾泽王府主簿梁府君墓志铭》《秦贯荥阳郑府君墓志铭》，此又其泛称者也。韩昌黎《田沂公先庙碑》：曾祖都水使者府君祭初室，祖安东司马府君祭二室，兵部府君祭东室。此又称他人祖父为府君也。柳子厚有《故叔父殿中侍御史府君墓版》，此又不必称其父也。大抵府君如使君之谓，惟尊者始克当之。如谓父为君，律以易严君之义可矣。然易且兼父母言之，不专属父也。况自谓其家为府，顾不嫌于僭乎？乃迄宋以后，则有称父为府君者，然考伊川《神主式说》，陷中书故某官，某公，讳某字，某第几神主，粉面则书属称。属谓高曾祖考。称谓官，或号行，号如处士秀才行如几郎几公。固称公，不称府君矣。

司马氏《书仪》言晋安昌公荀氏祠版，皆书某祖考，某封之神座，今不能尽如荀氏制。题云某官府君之神座。无官，则题处士府君之神座。《朱子家礼》于祠版亦题府君，然三代祖考皆可称，非专属于父也。且皆对神而尊称之，非对人而谦称之也。《朱子语类》有云：府君夫人，汉人碑已有，只是尊神之辞，府君如官府之君，或谓之明府，今人亦谓父为家府君。观此知称父为府君，盖始自南宋时。其云府君是尊神之辞，说尤明白可据。吕坤《四礼疑》则谓府君，爵也。生为庶人，死而爵之，诬也，僭也。孝子不诬亲，圣人不诲僭，庶人止宜称显考某字，行几为是，何必窃名器以自重哉？此又似太泥。然如近人行述，皆对他人之辞，而自称其父为府君，是以古之称他人者，转称其父，又以尊称其父者，对他人亦尊其父，均于义未安也。择而处之，神主祠版称府君，临文撰述，有爵称先大夫、先公，无爵称先君子或先严，于义为允。若予斯辨，则上对先人，下示子孙，尤宜专称公，而不必称先，智者以为何如？

予更有怪者，近人行述，末必借显者姓名填讳。夫行述者，述其行请志于人，即史之类也。司马迁《史记》，班固《汉书》，于序传皆称其父名，不闻书他人填讳也。班固传末称叔皮，又《中庸》称仲尼之义也。古公亶父，周公作诗更已先然。古人立言，必有所据，何后人之不考于古乎？

读苏文忠公策别

瞿家鏊

东坡苏氏曰：欲劝亲睦，当复小宗。似也。水心叶氏驳之曰：五世之服已迁，百年之家未散，必预储其四，使迭进无穷，将不胜其宗，而乖争凌犯之患起。亦似也。然则小宗不可复乎？复小宗不可劝亲睦乎？叶氏又曰：宗者，必贵而贤，富而义者也。是也，而未尽也。自井田坏，而比闾族党之制堕，齐一变而为轨里连乡，秦再变而为什伍连坐，后世因以编保甲、置义仓，而以其时读法，最为近古。

窃以为保甲、义仓、读法之事，可行于一族，而不可行于一乡。一乡之人较众，地较广，其心志耳目较涣散而不相属，故不若一族情亲而地近，人易遵约也。然而一乡之聚族而居者，或数十户、数百户、千余户，户愈多，人愈杂，其殷实老成者类皆畏累远刑，而日求无事。其游闲无赖者，惟日伺邻里之衅隙，呼朋引党，百计构难，而相率为奸，而二三小户，畏其徒众而莫敢谁何。即伊族中殷实老成，亦畏其反噬而莫敢撄其锋。且谓败迹未彰，狱讼滋累，相与坐视保奸而莫敢首。于是贫民失业，尤而效之。不善者日以多，善者日以少，乡民难化，莫此为尤。而世之所谓保正、里长者，率多此辈。苟非其人，则有牵制而已矣，荡家而已矣，受辱而已矣。有司亦明知其无赖，而仆隶之鞭棰之，尚欲以之劝善乎？是以不善教善也，而善不可劝。以之除盗乎？是以盗治盗也，而盗愈不可治。以之赒恤贫孤乎？是又使管库者探囊也，势必嫁名赔垫，有贷无收，而不可究诘者。审如是，则谓不可行于乡，而可行于族，何也？族之中有贵而贤者也，有富而义者也，则举族宗之可矣。举一族而宗一人，凡有事必以告。事相及则情相通，情相通则善相劝、过相规，而无所畏避。设有一二不肖子弟，率族人同声攻之，则彼无所容，亦将相化而为善，此保甲、读法所以可行也。嗟乎！是嗷嗷者不先之以恩，而遽责以从善，恐严父且不能教其子矣，况族人乎？故必有义仓之设，而后保甲、读法可行。其仓始于丰岁，秋成劝族人之富者捐输谷石。族无富人，则按其稍有余者醵钱籴之。俟来岁五六月间，必须耕田之家纳物为质，每贷一石，秋收息三升，常时存一贷二，傥或晴雨愆期，则再加斟酌。抑或蓄积日盈，则于其族之不耕作者，向时平粜之而不可滥贷。非独防收敛难，亦所以驱民于农，而寓土物心臧之劝也。

或曰世之大族，建私祠，积公费，立族长以督之，而乡邻风俗之美不概见，何哉？曰有司无所责成，则其人劝惩不立，而所有之物，适足以供饮食争讼无益之费。且或有所恃，而族益强悍恣行不法，是益之疾也。然使有司为之立其法，而不必与其事，且可免胥索差扰之烦。其族人或不得已，有事理于官，则必于其所宗者优待之，其平居有公事谒见则宾之，或更设法以奖励之。如此，则由族而乡，而邑，而国与天下，各亲其亲，各长其长也，而风化可成矣。

读柳冕与权德舆书　　瞿家鏊

柳冕曰：三代尚德，尊其教化，故其人贤。西汉尚儒，明其理乱，故其人智。后汉尚章句，师其传习，故其人守名节。魏晋尚氏族，故其人矜伐。隋氏尚吏道，贵其官位，故其人寡廉耻。唐承隋弊，不改其理，进士以诗赋取人，不先理道，明经以墨艺考试，不本儒意，选人以书判殿最，不尊人物，故天下奔竞而寡廉耻。其说似也。

余考唐士子之不第者，多以其文干谒显官，谓之温卷。其诗赋骈四俪六，裁红晕碧之词，淫靡成习，且多干进诡遇之风。虽以韩文公之杰出，犹三上光范书。识者讥其不免富贵利达之求，则夫习俗移人，贤者不免，况下此乎？其末流之弊，如黄巢、敬翔、李振、王仙芝之徒，皆士之不得志者，一变而为奸宄盗贼。至于冯道、王仁裕之无耻，士习坏而世变亟矣，然其来亦有渐。三代后，唐太宗最称英主。其口分世业及府兵诸制，略有三代遗风。至于兴礼制乐，以薛收不逮为恨，则当时诸臣辅治者，亦概可知。夫士子气习，纵之则狂，束缚之则靡。狂则争驰奔竞，有上逼之嫌。靡则苟且颓惰，卑污诡随，有下流之累。

宋艺祖受禅，晚好读书，历太宗、真宗、仁宗，崇师重学，德教涵濡，故其时名儒辈出。东汉明帝临雍拜老，又有严陵为之倡，故人多重气节。惟汉高祖轻士，谩骂凌辱大臣，及武帝好儒，不过专门训诂之学。虽其时经学盛行，然不如宋儒之讲求义理，有践履笃实之功，故张禹、孔光率皆阿附求容，不独扬雄、刘歆臣事新莽耳。

彼无识者乃欲崇汉学以诋宋儒，陋矣。夫宋之末造，理学儒宗，至元代而私淑者有人，乌乎伟哉！善夫范祖禹之言曰：汉之党尚风节，故政乱于上而俗清于下。及其亡也，人犹畏义而有不为。唐之党趋势利，势穷利尽而止，故其衰季士无操行。然则读古人书者，可以惕然省矣。

题汪容甫先生书诸葛武侯诫子书

唐鉴

道光九年冬，起赴铨部，居旅舍，汪孟慈同年以其尊人容甫先生书见示。鉴生晚，不得见先生，见此手迹，而景仰之心益深矣。

《易·系辞传》曰：天地之动，贞夫一者也。一者何？太极也。太极，至静者也，理也。天地之所以恒久不已者，以有此至静者也。人心之所以瞬息无间者，以有此至静者也。程子曰：静亦定，动亦定，定于理而已。定主性言，静主心言，心无欲则静，性不迁则定，未有静而不定者。程子之定，即周子之静。周子之静，即子思子之中和，曾子之诚正，孔、颜之仁也。视听言动，动也，而复礼则静矣；喜怒哀乐，动也，而中节则静矣；用人理财，动也，而絜矩则静矣。夫子之从心不逾，静之功候。颜子之三月不违，静之课程。《大学》之公好恶，辨义利，《中庸》之位天地，育万物，静之全量也。乃后世之言主静者，往往遁入于禅寂，闭室跏坐，以求此心之空，不知儒者之心，非可存诸空者也。

《孟子》曰：勿正，勿忘，勿助长也，即不动心之所由来也。若存诸空而已，则事物之来，安能以空应之？恐静不至，而忿与欲先至矣。求静者当知有忿必惩，有欲必窒。惩之又惩，以至于无忿，窒之又窒，以至于无欲，而后理明性复，吾心之矩昭然若揭，喜怒哀乐之节，不期中而自中，视听言动之礼，不期复而自复矣。此其为静，则诚静矣。《诫子书》所云学欲静也，其是之谓乎？孟慈深于学，而有得于庭训者也。谨以质之。

书解文毅公集后

周树槐

吉水解文毅公诗文，天顺初，金城黄谏始集录而刻之广西，凡三十卷。其后邑人罗洪先稍剔其伪，存十卷，再刻之江西。皆不传。今十六卷，文毅裔孙悦补辑。乾隆中，悦从子韬重刻也。文毅遇知高皇，早擅时誉，庸夫竖子皆知解学士之为才也，然自负其敏，数千言立就，取给一时而已。晚遭祸，家徙边，遗文掇拾于零落之余，真伪相杂，无足言者，独其中一事颇与正史牴牾。

文毅集初不显，史官或未之见，今著录《四库》，使其文传则读史一疑也。翰林修撰王艮者，与胡广并吉水人，并建文二年进士。艮对策第一，以貌寝易广，艮次之，并授修撰，并入文史馆预纂修。文毅时官翰林待诏，并与其乡人吴溥寓邸相邻。四年六月，燕师渡江，城陷之前一日，并集溥舍。溥曰：三子受恩最深，事急矣，文毅为陈说大义，广亦奋激慷慨，艮独流涕不言。三子出，溥子与弼进曰：胡叔能死，是大佳事。溥曰：不然，独王叔死耳。隔墙闻广呼家人谨视豚，顾与弼曰：一豚不舍，能舍生耶？须臾，艮舍哭，艮饮鸩死矣。语在艮传。今文毅集乃有艮墓表，称艮以辛巳九月七日病卒。辛巳者，建文之三年也。余读而疑之，斯表也出于假托者耶？子孙欲扬其父祖，借显者为重有之矣，必无有改移忌日反没其节行之美者，则非出于假托也。

艮、广之事，至今人乐道之，广不足道也，或者以为文毅病，将文毅讳之耶？文毅为人表墓，必不容以所不欲书，改移人之忌日，以欺其子孙，则非文毅讳之也。然则文毅误耶？文毅与艮同里，同官翰林，表称连世有交，其卒也，亲往视之，则非文毅误也。然则史误耶？艮之死当时必非止一人知之，虽其事由溥而传，溥与艮、广同乡同官，奈何傅会前死之艮，厚诬未死之广？则非史误也。然则文毅何以有此？盖余论其世，反覆于文毅之文，见文毅之心，且艮死之时，何时也？篡也。谓之靖难，不屈者待以族诛瓜蔓之钞，滥及里党。至如殉难诸臣，效忠故主，未尝有忤于新朝。乃有若陈瑛者，概欲处以叛逆，请加追戮。文毅日直内阁，心寒口噤，为艮门户计，讳莫如深。不然，为之志且不敢，况表之哉？然表称其于生死之际，从容安泰，无豪发可怜之色，预与母诀，敛手待终，信平生所蕴，非浅智能度。又云殁之日，识者叹息推服，即未与接者亦闻而失声，此足见人心之公。文毅于此，其词微，其痛深矣，艮非不遇于世而以穷死者。刘蕡、贾谊多为枝叶以（眩）〔眩〕之。又云天子使治其丧者，其妻之姑夫颜子明也。考明代恤终之典，或遣行人护丧，子明亦吉水人，以荐官训导，其为行人与否无考，然艮安得有此？岂以当时于革除事迹刊削殆尽，不妨矫称以明艮之前死欤？乌乎！艮死何恶于当时，使文毅出此，成祖之威亦暴矣，文毅之心亦苦矣。虽然，俭德避难者一时之权，逮夫易世之后，虐焰已熄，公论已伸，艮之死不可没，则文毅之表不当存，则编文毅集者之过也。

乌乎！仁人志士不幸身遭大变，独行其意，皎皎之节不见录于朝廷，幸而名氏未泯，出于私家之载记，则其传之或异，后之为史者莫能明也，可胜道哉？如艮者已与日月争光。文毅集乃有此表，余是以论之，告后之读史、读文毅集者。

书耦耕兄手书后

贺熙龄

黄惺斋司马，裒集家耦耕兄所书联为长卷，而属余为记。谛观之，则或论学，或论文，或论书，或论政事，或随手所书。即诗文题纸，片楮零笺，无不收弃珍藏，装褙完好。余于是叹惺斋用心之密，好学之勤，而信守其师说者笃也。惺斋为吾兄视学山西时所取士，时惺斋少年英俊，潜心好学，吾兄器之，因招至署读书，随事指授。后惺斋由庶常改知县，令闽中，以治行高等擢司马。庚子服阕至都，揀发湖南，余始晤于都门，同行至长沙，与之吟咏唱酬，上下其议论，考论古今得失，而返之于治心约性、守身莅事之宜，其积之也有原，其发之也有序，而惺斋犹欿然不足，以为不能尽其师之教也。

夫师之道，亦至不一矣，有道德之师，有文章之师，有利禄之师。颜、曾、思、孟以逮程、朱，一堂讲授，圣学赖之以明，道德之师也。其次韩、李、欧、苏，起衰振靡，共复古道，文章之师也。今之时，获一第，晋一秩，则终其身奉以师之名而不敢易，为之师者，非有道德文章足以詟伏一世也。其从而师之者，亦非有意于道德文章，而奉以为则也。下则趋崇之，以为扳援之资。上则奖借之，以为取偿之地。即卑污齷齪所不顾焉，此则利禄之师而已。虽有道德如颜、曾，文章如韩、欧，而伏于下寮，沉于岩穴，不鄙夷之、诋諆之足矣，其谁是奉以为师者乎？我朝汤文正由潼商道归，受业孙夏峰先生之门，遂传其学。夫以监司大员，而执贽于布衣老儒，退处弟子之列，岂以为名高哉？轻名位而崇道德，以求圣贤之归故也。

今惺斋出所藏吾兄之书，无非以道德文章相砥砺，则惺斋之珍重而秘惜之者，其向往必自有在，以视世俗之所称师弟子者，其相去为何如也？

龚孝子传书后

黄德濂

道光辛丑冬，予权武定州事，下车之始，访其乡之贤者，佥以龚氏弟兄对，及以公事接见，皆谨厚老成，无时俗浮靡习。明年春州试，其子弟恂恂有法度，为文皆有可观，名发长者诗文辄冠其曹。一日，奉其祖《龚孝子传》示予。予观孝子之事亲，生则致其养，死则致其哀，能事其继母，能抚其弱弟，以至睦姻任恤，无非本爱亲之心，扩而充之，推而广之者也。夫人于家庭父子之间，苟无爱敬之实，则其接人待物能随所值，而处之各当者，未之有也。若龚孝子者，傥所谓“孝子不匮，永锡尔类”者乎？宜其子孙甡甡蔚起为一乡之望，孝子之子若孙，能谨守家法，久而勿失，将绵延而未有艾也已。

书易麟洲诗集后

罗鉴龟

易子麟洲之诗，以真学问发摅真性情者也。麟洲聪明绝特，足迹半天下，性孤介，萧然高寄。其尊甫芝田先生，负馆阁重望，岿然大耋，人仰山斗，群季亦多掇高科，乃应乡举不遇，试京兆又不遇，年未强仕，即慨然舍去，而益肆志于学。为诗练字，宅句安章，必规必矩，字字求归宿，丝豪不肯假借。法虽严密，灏气流转，一归自然，而风致不减，可谓能自用其才。说者谓《雅》《颂》扬厉铺张，如后世应举，言之必文，故学不可废。若《静女》《桃花》《征人》《杨柳》，情至之什，似可无藉于学。然观周秦间苏、张诸人，脱市籍以干人主，文素沉雄博丽，知党庠未湮，即妇孺厮养，无不涵育薰陶，出入风雅，安得曰不从学来乎？麟洲严气正性，古道自持，虽公私（轇）〔轇〕轕，夏篁冬釭，向学不倦，故即偶尔寄托，声近正始得古人之遗。

麟洲与予为总角交，领契披襟，谬叨弟畜，驽骀天骥，都畢盐车，遭遇同而成就异，植薄而学荒也。散体、骈体，文俱极奇古，所长不独诗也。为其不轻作，故见者鲜焉。

书熊金瓯梅墩诗存后　　罗鉴龟

见门熊先生，少从予先君子游。乾隆戊子，敦请训其叔子桃江芷原。予时年五岁余，从焉。属对声律，间貌明人程度，学为时文，金瓯其家督也。枕蓏坟典，著能诗声，尝题予稿本曰：人间玉界尺，天上石麒麟。念之犹昨日事也。侘傺含蘗，中年失怙。又二年，家不戒于火，书策灰烬，零丁孤露，翦翦拘拘，不与金瓯通问讯者垂十年。后金瓯偕诸仲千峰辈，咸出先从兄云岩师门下，龟皆披襟领契，复与其季名原结大义。居趾相距俱不二里而近，而金瓯则徙予里衡宇相望，予又馆其比邻任桐亭宅者六年。

金瓯戆直而予木强，取赤心素性相见，鞭心古处，非性情中语，不相款曲。藏书共读，奇疑参决，资所开导，不知凡几。盖视其金昆玉友为倍昵者，四十余矣。金瓯好吟咏，绮岁曾集《白云洞诗》。其记悟之优，问学之博，才丰之铦利，今古文之丰赡，备见于云岩师序。及予征寿诗启中，然集成复毁，毁而复忆，忆而复毁，毁而复存。自学书计至古稀有奇，此六十年来日月环緪，时物变迁，身之所值，意之所注，耳目之所听睹，有会斯作。其沥胆呕肝，断须刓虑，以求应手而适道者。凡诗境之恬愉惨淡，轧芴杪忽，心城血路，靡不阅历摩挲。较离合于分刌豪厘，无间明晦，纵疾痛呻吟，不惜为诗伤命。虽天伦豫顺，履泰席丰，徒以箧书未献，夙愿堙郁。穷而得工，亦可谓自用其才，极诗之能事者矣。乃虚怀善下，犹辱谓劀缉之责，须委下走。

金瓯之诗，予能记忆者甚夥，重新展读，录其摆脱时下语言意思，不傍前人墙壁，矫矫乎排粗入细，节古声高，辟阖张横者登甲选。间有一二字句不惬蓬心者标明之，其编入乙集者，亦能简淡朴老，铺排秾至，在他人犹为杰构焉。龟不知诗者也，敢灯下可否乎？诗之道，龟闻之金瓯者也，敢入室操戈乎？等时鸟之自鸣，譬飞虫于弋获，安知其见为怪者，非昌黎之大得意者乎？然师友渊源，传衣任重，先君子、先从兄暨见门诸老辈墓木拱矣，千峰亦墓草宿矣，存者莫酬壮志，思托空文。他日不胫而走，虽境过情迁，读者犹见其仰屋循阶，同侪断断，是交未散而人宛在者。斤斤然寄此片函，未可忽也。糠粃前导，龟敢辞乎？

桃江芷原、名原，皆深于诗者，恕吾狂而砭吾妄，更匡所不逮焉。龟之望，亦金瓯之望也。

丁氏姑诗跋

葛树蕃

先大父癖图书，购奇钞秘千余种，以故诸姑皆学书，能韵语。表弟蕙崖，姑淑媛中子也。少与游其世父兰畹先生之门，间尝进谒姑，听说史事，诗稿故未闻。今姑没且四十年，始于蕙崖斋头见此二首，盖当日课吟程作，蕙崖录之。问全稿，散佚无存者，慨乎惜哉！然自古名媛，赫赫如惠姬、昭容、两鲍、五宋，篇什仅一二微独姑，则谓此苏机碎锦，谢庭残雪也可。道光八年三月既望，树蕃谨跋。

跋亡友舒青洋画屏

葛树蕃

画本八幅，青洋为竹轩作。既成，以污坏弃其一，诺补作，竟不果。青洋才故不羁，自北闱报罢重之悼亡，益侘傺无聊，日与余辈跌宕文酒，喧阗谲态，类张颠、顾痴所为，贩夫市侩，皆得幸其书画，志足悲矣。既没，雅俗珍若拱璧，或请价所当，易片纸不可得。兰竹行书尤最。初余每向索，辄缓却曰：尔我即百幅不难，何急为？岂谓黄垆长据，抑欲俟秣肥应客耶？今家藏惟《商定古今体》脱稿，及问答尺牍，装潢堪成册。画则兰竹一小帧，上有题赠，翻不及他人什一，悔向不坚索耳。

天下事常失之交臂，可胜叹哉？当之滇幕日，青洋且病两无临别作，余携所赠画以行，如相晤对。明年讣音至，会客中吉事，题五古一章于轴，空以当哭，不备录，嘉庆十七年事也。至是竹轩令嗣敬亭乞一言以足八幅，书此遗之。道光十年上巳。

孝女琼姿诗文汇册题后

陶澧

乡贤萸江公孙女琼姿，从弟云汀中丞第二女也。至性过人，幼娴礼教。其母黄夫人尝病笃，琼姿侍汤药，刲其左腕肉，皇遽堕雪中不可得，呼灯照索，云汀闻声呵之，遂重刲一脔煮药物进之，泪犹涔涔也。云汀异而诘之，跪曰：儿急，复刲此腕和羹耳。阖室皆惊，时年十三也。嘉庆二十一年，邑士闻其事，上之大府，得旨旌为孝女，给银建坊，兰山王访作记。时以诗文纪者甚多，余阅之因敬题其后。

书张蓉湖太史檀弓出母辨后

刘基定

湘潭张蓉湖先生笙《雅堂文集·檀弓出母辨》，考据精核，卓有确据是已。然犹有未尽者，余因遍稽载籍，证以经义。按孔门三世圣裔皆由庶出，说非创也。于《礼》征之，古者父在为母服期，则嫡母与父在，为生母不过数月之丧，是欲终之而不可得者，伯鱼之期而犹哭，宜夫子叹其为甚也。子思固尝仕魏矣，或有返鲁，适值母死而赴至亦事之常。庶氏死，何为哭于孔氏之庙？明乎庶氏即庶母，《礼》生母不祔庙，哭于庙非礼也。子上之母死而不丧，致门人有丧出母之问，则出母者犹云康公我之所自出。曰为伋也妻者，是为白也母。明乎白母非子思嫡妻，乃其妾也。

《檀弓》原无错文，特集说因一“出”字误解，不明出母即生母，至谓圣门三世出妻，唏！何诬罔之甚也。故详考书之，以俟后之训《礼》经者参观焉。

书王阮亭先生古诗选刘因诗后

刘基定

容城刘因，字梦吉，《宋史》虽未列传，已著名隐逸入理学类。国朝王阮亭先生《古诗选》钞录九首，观题宋徽宗宫扇，及理宗熙明殿古墨诗，有“伤心莫问靖康前，吴山又到繁华年。君王弄墨熙明殿，不觉江头渡白雁”之句。其感怀故国，眷恋旧君，悲愤之音，溢于楮墨。与谢叠山、谢皋羽辈，洁身高蹈，孤标远韵，足堪比伦。

复按《元史》，称至元五年，征拜因右赞善大夫，以母病请归。后复召为集贤学士，卒谥文靖。著有《静修集》若干卷。当伯颜南侵时，因作《渡江赋》以献，娓娓千言，盛伟其功烈，若深幸宋祚之必亡，惟恐江南之不下，噬啮宗国，病丧发狂，一至于此，真可谓无忌惮之小人也。夫赞善非卑官，隐逸乃显节，前后牴牾，迥不相侔。史官何汶汶若是？复又称因终岁聚徒讲学，力行实践，师表人伦。吾不知所讲者何学？所仕者何代？以视姚枢、许衡之应召仕元，则贤于因远矣。历数百年后，人莫能觉其奸伪。始康熙戊午，仁庙有大科之命，益都相国首以阳曲傅山荐，敦促至京，山以死拒得免归。既而曰：使后世以刘因目我，且死不瞑目。闻者皆为咋舌。至哉言乎！一言可为百世法。

士大夫当易代之际，尤宜谨守出处大节，毋为清议所指摘，斯可矣。阮亭只取其词华之卓越，不顾行谊之矫诈，登之集中，亦太宽矣。故漫识之，以俟后之知因者。噫！史岂可尽信哉？

欧阳礀东莫言牛无知诗书后

邓显鹄

屠牛与屠豕有异乎？曰：有异也。豕以肉养人，牛以力养人。以肉养人者，屠之而利其肉宜也。以力养人者，不宜利其力，而复利其肉也。屠牛与屠民有异乎？曰：有异也。牛死于屠，不过一身受烹剥之苦。民死于屠，势将鬻田宅，离乡井，是一民屠而全家受屠矣。屠有罪之民，与无罪之民有异乎？曰：事异而屠之之心则一也。屠有罪者，或变异情，事迁就爰书，以期免议而固位。屠无罪者，明知误入法网，当解而纵之生，然无以饱吾囊也。于是锻炼文致，桎梏棰楚，务竭其资，盈其橐，而始纵之去，其毒更甚于变异迁就者之所为。然一以固己位，一以饱己囊，其用心则一也。然则欲求无罪之免于屠，必官之仁而后可。官不论尊卑，官而仁，牛且得免于屠，何况于民？官而不仁，民且不免于屠，何有于牛？

余偶至城，吾友欧阳礀东示余《莫言牛无知》诗，言市有屠户某，买牛将屠，牛忽脱絷，狂奔县尉衙，蹼瞿悲号，驱之弗去。其时郎霍汀少府异而廉得其实，为惩屠户择一善所，使刍牧之以待死。余读其诗，婉而风，刚而不怒。所谓言者无罪，闻者足以戒也。然余窃有疑焉。牛畏死能知屠之杀我，未必知官之能庇我；知官之庇我，而官衙与屠肆相距里许，曲巷纡回，牛非识途之马，何遽能达？盖造物者之有与否，虽知者不得而察也。今以万里之内，一日之间，不知其屠几千百牛，不尽得奔官衙而救其生也。故孟子只就觳觫以充不忍人之心，而释氏因果之说，圣贤弗道。然此千百牛中，偶有此地此牛此事，吾又乌知非造物者之有心？如苏明允《明论》中雷霆之说者，顾皆弃而弗道，只借此以风有位，以无戾吾孟子保民之旨，可谓深于诗，而能得其大者矣。

抑余又闻少府捕盗以法，治狱以平，人未尝敢干以私，益知欧阳子非苟于颂者。若官而屠者，曾不足当其一哂。苟充此全牛以全民，将吾邑胥受其福矣，独一牛也哉？故乐书其后，以为有位者劝。

跋褚田唐氏三房行次约

罗新瀛

潭与善接壤区也。善之褚田唐氏，与吾族相距二三十里许，重之以姻娅。唐之聚族繁衍，传家忠厚，子弟说礼乐而敦诗书，古所称巨族者不过是。余耳熟数十年，又所目及者，皆两世三世人物，均儒儒雅雅，卓有古人风，不类习俗所尚也。

岁之庚午，集族以谱帙修，衍派立法，悉仿先哲遗规。唐子某有见于本房之行次旧有成约，历久而渐忘，乃依旧次而演之，立约成帙，示余请一言以广其义。余惟名分不正，则纪纲日弛；序次不明，则伦常日乱。世道之盛衰，人心之隆替，总根乎六逆六顺，相习成风以致此耳。今按唐子约，井井不紊，登其堂即知其兄若某，弟若某也。且后进跄踌，亦不失礼于诸父伯叔。立法严而寓意远，夫以一支不敢紊，由一支而广之以及一族，莫不循循然，一世不可诬。由一世而远之以及数世、数十世，无敢逾分焉。此足以挽世道人心，关系乎风教者大也。

吁！吾尝于伦纪之际，窃有感焉。读诗至《葛藟》之篇，不独掩卷而悲古人也。势利竞趋，恩谊日沦于薄，甚至相视如秦越，相对若参商者，大可惜也。傥获登唐子之庭，窥其雍雍睦睦，浑坚退约，居不躐位，行不先长，其敦本笃伦，顾何如乎？非惟族之人一见而起敬起爱，即乡里之素不检身者，可观感而化焉。少陵云：承家节操尚不泯。唐子无愧斯语矣！

湖南文征　卷九十一

跋六

书邓湘皋学博临川李公生祖母戴太夫人墓志后

黄本骥

为父后者，为生祖母持服，《礼》无明文。惟《丧服小记》云：为慈母后者，为庶母可也，为祖庶母可也。所谓祖庶母者，谓祖妾有子而子死，父命己妾之子为之后，服齐衰三年，与慈母及后庶母者同也，非指父所生庶母而言。为父所生庶母服齐斩不杖期，始于宋开宝《礼》，而《朱子家礼》亦有“庶子之子为父之母服”一条，即指此也。《明集礼》《明会典》皆无其文。至《大清会典》，始复宋制，《大清通礼》因之。

夫孙为祖庶母服，议见于杜氏《通典》者，有昔王廙、宋庾蔚之之说。见于《魏书・礼制》者，有张晋惠之议。见于《宋史・礼制》者，有王洙之状。见于文集、杂著者，有王廷相《答左卫夫书》、姚翼《家规通俗编》、柴绍炳《庶孙不为生祖母承重说》。剖析群言，殆无遗议。其大旨皆谓庶孙无重可承，断不得以鞠育私恩，制为匹嫡之服。故明南京车驾主事臧应奎，以祖庶母丧求去，格于例，犹执私丧三年，识者韪之。临川侍郎李公，以嫡子之子为生祖母后，于嘉庆二十一年丙子，奏请在籍终养。至道光元年辛巳，礼臣议，改生祖母服为斩衰三年。越二年癸未，而中丞之养终，遂遵制成服，朝廷若为侍郎破古今成例，而特遂其乌鸟之愿者。明年甲申，礼臣觉前议过重，仍奏请改从期服。

中丞三年之丧虽未终，而其报本之心则已达矣，岂非孝思纯笃，有以慰人心而膺天眷哉？

侍郎尝任湖南学政，与本骥有师弟之谊，今归道山已逾年。因读湘皋学博所撰《戴太夫人墓志》，为申其说如此。或谓服已奉改，学博此文可以不存。本骥谓学博之文，作于未经改定之前，其时侍郎赴告且及天下，铭幽之石早已深埋。存此文正足以传信于后，且以见服制升降之原，悉本于我朝孝治之精意云尔。

书晬盘图诗词后

黄本骥

右《晬盘图》，并诗词一轴。乾隆四十七年壬寅三月十七日，余周岁之期，外家戚长咸集于湘潭之碑市。时先君子寄孥其地，因会于外祖刘宾门太史名元熙之靳江书屋，分体联吟者凡十人。二邓，一名枝麟，一名枝鹤。二李，一名家聚，一名家耿。皆先君子两姨兄弟。四刘，一名亨台，一名亨埜，一名亨埏，一名亨墺，皆太史之子，先君子之内兄弟也。并属族祖名鳌者，取提戈挈印故事为绘是图。图画白玉盘一，盘中贮金印、大极图各一，仙桃二，佛手一。其右贮宝瓶一，内置戈罄、如意各一，又书一函，金一锭，分列瓶之左右。其左贮古藤笔筒一，内置牙笏、宝剑、朱墨笔各一，又天然砚一，金钱二，分列笔筒之左右。十人之作分题各物，及盘之唇趾都遍，太史撰骈文序之。先君子有启谢焉，迄今六十有三年。当年吟侣，余儿时皆及见。稍长，已先后凋谢。惟顽躯健在，德业不修，名位不显，有负先德期许。

余五岁而孤，每读先君子《大沩山房遗集》，有《举第二子》诗云：潦倒儒冠已误身，生男聊复慰长贫。敢言丹穴无凡鸟，深望青箱有后人。跨灶可堪他日遂，悬弧正值好花新。啼声试罢称英物，鉴赏何缘遇太真。即先君子亦未尝不以充闾相望，今寒毡投老，寄隐边隅，每阅斯图，辄增呜咽。汇钞成帖，置之案头，不啻长侍先君子坐隅，而在会戚长之流风余韵，亦得亲炙于垂暮之年，是则茕茕在疚之隐念也。时在道光二十四年甲辰仲冬，鲜民本骥谨识。

书徐少渠范增论后

左辉石

范增之去，髯苏以为当在杀卿子冠军时。至我朝徐少渠驳之，以为当在坑秦降卒时。皆非也。夫增之罪，在同谋不在去也。古之君子，行一不义，杀一不辜，而得天下，皆不为也。所辅非其人，奉身而退，天下高之。故曰：道合则留，不合则去。若增也，特智巧之士，战国纵横之习耳。羽固剽疾，增又资之。譬诸行劫项王，明火执仗，而增为之呼风坐啸者，非一日矣，无论不早去。即使早去，亦岂足以谢其责哉？且苏、徐二子之言，亦更有可摘者。

苏子曰杀卿子冠军，杀义帝之兆也。弑义帝，疑增之本也。夫入关后，羽亲放逐其君，弑诸江南，增且不去，奚其兆？夫义帝牧羊，子耳特假其名以起事，事成辄当杀之。增与羽又实有同心焉，奚其疑？而苏子乃犹为之说曰，当时增必力争，而不听。试问增之意，果为义帝乎？为项羽乎？如曰为义帝，则自即位，迄于放弑，何不闻为之画一策也？此苏子之谬也。

少渠曰卿子冠军罪当杀，羽得引兵渡河，破强秦，威诸侯，其功基于杀卿子冠军。按是时，宋义特欲两斗其军而已收其敝，亦不为无见。即云有罪，既奉义帝而君之，亦非羽所得擅杀也。信如少渠，凡上将有罪，为部曲者即得斩其头于帐中，坏朝廷法，不可为训。且夫羽特匹夫之勇，破釜沉船，侥幸于一胜耳。向使章邯能谨持其军，深沟固垒，更三日不出，而羽军且饿，乘其饿而覆之，进退失据，而羽军且熸，吾不知少渠于此，将犹以杀卿子冠军为功乎？抑转怜其无辜被戮，而深罪羽乎？盖古今来，徒以成败论人之不可如此。至以项庄舞剑为非计，乃欲伏万弩于郦山、芒砀间，则其说尤无谓矣。毋论沛公王者不死，沛公死，当更有沛公其人。即使仅一沛公而死，彼沛公能终令一喑呜叱咤之项羽据南面而称尊乎？是欲笑亚夫而不知己之更为亚父续也，此少渠之谬也。

书孝子杨太禄传后

杨太灏

《志》曰：杨太禄，邵阳人，谨愿有至性。母戴，体羸多病，太禄朝夕斋素，为母祈寿。乾隆壬子六月，母太病垂危。太禄尝粪味变，割股肉和药以进，未几母卒，庐墓三月。事父如事母，父年八十余卒，哀毁骨立，亦庐墓三月。夫孝庸行也，孝而割股，则庸而奇矣。人遂以为人之为此，将以求此名也。余检郡邑志，孝有以割股著者，不下数十人。类皆可歌可泣，而光忠孝之编者矣。大抵人子于亲病垂危之时，治疗之术既穷，呼吁之途又绝，计无复之，而出于割股调药，以冀其亲之万一或愈。当其引刀忍痛，号泣请命，鬼神为之感泣，猛士为之变色，盖气盛情至之所为，所谓其愚不可及者也。故谓其过中失正，不可以为典要则可，而以为近名。将古之志士仁人，遭君父之变，赴汤蹈火，冒白刃而不顾者，亦以为近名而少之哉！

韩五泉志朝邑有云：贤者、长者，懿德美行，湮没多矣。而孝子之名独彰，盖实至名归，理所必至，而非孝子之心也。夫有名，非孝子之心，其肯割股毁形，以求名乎哉？故录《志》中原传而论之如此。余稔公之为人，朴直少文，《志》称其“谨愿有至性”，乃其实录，其人固非知好名者也。

题胡随季书陆梭山先生居家正本制用篇后

张声玠

予尝以为讲学不废，则人心之节义日生。然世或病其迂而笑之，惑于笑而以为不宜，遂舍本而逐末，虽其才足以肆应，而本实已拨也。于此有人焉，硁硁然不自以为迂而固守之，则其所全者大矣。又尝以为财力易竭，而俗尚浮华，虽在乡里，衣服居室，务求美丽。岁时燕会婚嫁、庆祝之举，贫富征逐，争为繁侈，以饰观听，而富者日贫，贫者日落，可坐待于数年之间。向之所与亲洽而往来者，弗之顾也。于此又有人焉，不囿于俗，度德量力，于处丰处啬之际，皆能留其有余，则其所益者亦多矣。夫违俗以向道者，笃信之人也。矫时以节用者，有耻之士也。

胡大令随季见及此，书《陆梭山先生居家正本制用篇》，装潢成卷，以为座右铭。盖津津乎有味乎其言矣。篇中赅括体用，理足语粹，岂惟居家，治平皆然。扩而充之，内圣外王之学也。韩子曰：沿河而下苟不止，虽有迟疾必至于海。乌乎，随季其可量也哉！

书盾墨后

成毅

偶于诸君虎臣案头得此编，意为幕府文檄。展而读之，则汤子幼尊从事之暇，札记近事，搜讨前闻，鉴往迹而谋善后之所作也。体例本史家，纪事附以论说。其事核，其辞文，其意婉约而深厚。归于安全之本在良有司，伟哉汤子，具史才矣！所举为溪峒，为海疆，旁及越南外夷，皆东南重防。近或蠢蠢稍作不靖，封疆大吏群起扫除，而汤子相与讲求利钝于其间者。

夫国家承平二百年，法制禁防，周详尽善，文恬武嬉，相安无事。习之既久，往往奉行文书，疏节阔目。譬如一身血气充实，觚嚏不作。则凡暑雨祁寒，所以卫吾毛发肤革之具，几如都非所急。方夏而遗裘，经秋而忘葛，中智以下，大抵然矣。编中论峒瑶之变，起于平时之积忿，成于仓猝之无兵。其用师也，贵锐卒，不贵多调，山谷不利深入。其善后也，曰弹压，曰抚绥。论海盗之作，由于奸猾罢民内地勾结，其剿捕利于不动声色而诡图之。防商渔接济，谨守内洋，而弗逐之外洋。论鸦片之肆毒也，曰专绝唤夷互市，练水师、严哨巡以待其来，重创之使自熸。凡此皆成法要领，深中窾会者矣。

每事备考史乘杂录及近时文檄，足裨闻见而资检核。语曰：前事者后事之师。多读书而谙时务，则不疑于古，不昧于今，书生之言，岂其无补？如是编者，可为裘葛预备，而并无烦盾鼻之磨墨也。汤子，诸君之友也。闻其年方壮盛，负著书之才而有当世之志，又辙迹半天下，多识时事，则所以讲求之，札记之，论说之。如是编者，必未有已。用书此归之诸君，愿因得尽观其所著焉。

书明史稿一

魏源

尝闻杨椿之言曰：《明史》成于国初遗老之手，而万季野功尤多。纪、传长于表、志，而万历以后各传，又长于中叶以前。袁崇焕、左良玉、李自成传，原稿皆二巨册，删述融汰，结构宏肃，远在宋元诸史上。是则是矣，以上杨氏原文。然《宋史》以来，人人立传之弊，仍不能革，即如太祖功臣十八侯，人各一传，或同一事，而既见于此，复见于彼。使以此例施之《史记》《汉书》，则列传当多数倍，有是史例乎？如平云南一事，止宜见于《沐英传》，其从征诸将，附于《沐英传》后足矣。平夏、平朔漠，以李文忠、蓝玉为主，其从征诸将，附二人传末足矣。

至于《外国传》，止宜择其二三岛夷之大者立传，其余止附见国名，汇书本传之后。乃岛不过数十里，人不过数百家，渔村蜑户，动列蕃国，何与共球！仅据三宝太监下西洋归奏铺张之词，豪无翦择，史法安存？以此例之，则列传可删去十分之三。至于食货、兵政诸志，随文钞录，全不贯串，或一事有前无后，或一事有后无前，其疏略更非列传之比。且列传虽详，而于明末诸臣尚多疏略。即黄得功、李定国二人，予所见野史，述其战功事迹，数倍本传。此略所不当略，与前之详所不当详，均失之焉。

书明史稿二

魏源

尝读故礼亲王《啸亭杂录》曰：康熙中，王鸿绪、揆叙辈党于廉亲王，而力陷故理邸，故其所撰《明史稿》，于建文君臣指摘无完肤，而于永乐及靖难诸臣每多恕辞。盖心所阴蓄，不觉流于笔端。

从古佥壬不可修史，王司徒言未可非也。又闻安化陶文毅公之言曰：王鸿绪《史稿》于吴人每得佳传，于太仓人尤甚，而于他省人辄多否少可。张居正一传，尽没其功绩，且谤以权奸叛逆，尤几无是非之心。幸乾隆中重修《明史》，略为平反。善哉二公之言！或谓《明史稿》出万季野名儒之手，其是非不应舛戾，折之曰《史稿》，于《王之寀列传》后附采夏允彝《幸存录》数百言，以折衷东林、魏党之曲直。夫《幸存录》，黄南雷诋为不幸存录，又作《汰存录》以驳之，故其前录则巢氏序谓出夏公身后，冒托其名，后录称夏淳古撰，全谢山驳其中“先人备位小宰”一语，其时小宰乃吕大器，而淳古父允彝仅官考功，岂有子诬其父之理？淳古十五从戎，十七授命，孝烈贯金石，视匪党如粪壤，岂有堪挂其齿之理？盖马、阮邪党所伪撰，而窜允彝父子之名以求信于世。

其书专以扶邪抑正为事，虽以孙承宗、熊延弼之功业忠烈，皆曲加污蔑，一则曰闻其不能无欲，一则曰惟知善骂以避封疆之责，而于邪党杨维垣、张捷、马、阮皆曲为解脱，乃南雷所深恶。岂有季野为南雷高弟，反采录其言以入正史？其为王鸿绪之增窜无疑。且明太祖平张士诚，恶苏民为士诚守城不下，命苏松田亩悉照私租起赋。凡准张文武亲戚及后日籍没富氏之田，悉为官田。建文二年，降诏减免，每亩止输一斗，可谓干蛊之仁政。乃成祖篡立，仍复洪武旧额，至今流毒数百年未已。此事建文是而永乐非，比户皆知。今《史稿》止载成祖杀齐泰、黄子澄、方孝孺，夷其族。执铁铉于山东，至京杀之。其余屠戮忠臣数百人，株连夷灭亲戚十余家，妻女发象奴及教坊为娼，皆讳不书。即苏松浮粮复额殃民之政，亦为之讳。考宋时苏州田租三十万，水田每亩租六升，至洪武中而苏田十六分，仅分一分为民田，余十五分皆官田，所以苏松浮粮至三百七十余万。宣德中况锺为知府，正统中周忱为巡抚，先后奏减十分之三，尚存一百七十万，而岁岁逋负，不能足额，万历中，始有岁纳至八分之令。我朝康熙、雍正又豁免其半，改折其半，始定今额。鸿绪身为吴人，岂有不知，而曲笔深讳？若非礼亲王诛心之论，乌能洞史臣之肺腑哉？鸿绪身后，其子孙镂板进呈，以板心雕《横云山人史稿》，遂碍颁发。攘善而不遂其攘，盗名而适阻其名，岂非天哉！

《幸存录》处处以东林与攻东林者对勘，夫攻东林者何人？何以豪无称谓？盖去“攻东林者”四字，则必称阉党，将如何下笔？故为此蒙头盖面掩耳盗铃之计，不言何人，可谓心劳日拙，欲盖弥张矣。其先谓马士英是小人中君子，阮大铖是小人中小人，其后又谓某某等不如阮大铖尚有伉爽之气，可与言大谊，明出马、阮余党。于国亡之后尚怀余毒，含沙阴射，不得已嫁名于忠烈之夏。乌乎！麟豸而为桀犬之吠乎？

书赵校水经注后

魏源

近世赵一清《水经注》为戴氏所剿，而其徒金坛段氏反覆力辨为赵之剿戴。谓赵氏成书在前，刊书在其身后。凡分经、分注之例，赵氏未尝一言，至戴氏始发明之。及聚珍板官为刊行，而后人校刊赵书或采取戴说，故二书经文无异。是不以为戴之剿赵，而反以为赵之剿戴。且怪梁耀北昆仲刊赵书时，何不明著其参取戴校之故，谓以攘美成疑案？其说呶呶千余言，诖误后学，靡所折衷，请详辟其妄。

考赵氏书未刊以前，先收入《四库全书》。今《四库》书分贮在扬州文汇阁、金山文宗阁者，与刊本无二，是戴氏在四库馆时，先睹预窃之明证，其后聚珍官板刊行又在其后。若谓赵氏后人刊本采取于戴，则当与《四库》著录之本判然不符而后可，岂《四库》书亦为赵氏后人所追改乎？若谓赵氏序例中未言经文不重举某水，注必重举某水之例，则不知赵本第二卷《河水篇》下首言之矣。江水又东径永安下为注之混经，则《附录》中欧阳玄《水经序》又言之矣。皆戴氏所本，何谓赵氏不言？且一清与全氏祖望同时治《水经》，全氏《水经》未刊，予曾见其钞本《凡例》一卷，于经注分晰尤详，凡戴氏所举三例皆在其中，故赵书不复重述《凡例》，戴氏不当侈为创获也。《四库提要》《水经》一门，即系戴氏所纂，于赵书首辟其注中有疏之说，谓同于丰坊之伪本。及戴氏所校《水经》，则又于第一卷《河水篇》：《尔雅》河出昆仑墟下，引《物理论》十六字，为注中之小注，故杂在所引《尔雅》之间，《山海经》下引《括地图》十三字亦同此例，其余不一而足。是则注中小注之说，戴氏既窃之而又斥之，盗憎主人，不顾矛盾一至是乎？

戴氏臆改经注字句，辄称《永乐大典》本，而《大典》现贮翰林院，源曾从友人亲往翻校，即系明朱谋玮等所见之本，不过多一郦序，其余删改字句，皆系伪托《大典》，而《大典》实无其事。殆以秘阁官书，海内无从窥见欤？至赵氏《畿辅水利书》百六十卷，为戴氏就馆方制府时删成八十卷，则段氏亦谓戴就方敏恪馆仅半载，何能成此巨帙？知其必有底稿，非出戴一人之手。戴既据赵为蓝本，何以《凡例》中不一字及于原书，深没其文，若同创造？宜其书至嘉庆中又为吴江通判王履泰所窃，删改为《畿辅安澜志》进呈被赏，可为郭象之报也。

戴为婺源江永门人，凡六书、三礼、九数之学，无一不受诸江氏，有同门方晞所作《群经补义序》称曰同门戴震可证。及戴名既盛，凡已书中称引师说，但称为同里老儒江慎修，而不称师说，亦不称先生，则攘他氏之书，犹其事之小者也。

题王翰城继贤芦雁图后

黎吉云

画芦雁者，汉唐以来无传人。邓氏椿著《画继》，始称宋景王宗汉作《芦雁》有佳思，米元章盛推之。又载长安胡奇工此，何丞相文缜所藏四幅是也。至释惠崇，芦雁则并见于东坡、山谷之诗。胜朝嵊人史旦，长乐人张士达、林辅，亦以此名于时。余皆未之见也。所见者则近代恽南田作，笔墨老到，不类院体。

吾友黔阳王君翰城，博学嗜古，能文工书，暇辄致力于绘事。虽仕朝著，而缙绅中鲜能道其姓字者。日入署了公事外，闭户却扫，出门则之厂肆，搜览古今人名迹，尚不鄙弃予，而许与之游。一日，出所作《芦雁》见示。天机鼓荡，苍苍凉凉，信非凡玩。因谓：君自视较南田何如？翰城曰：南田芦叶诚佳，惟画雁略琐屑，与芦不称。吾事此有年矣，怀抱郁郁，无处告诉，辄寄之于此。每吮豪，觉秋风飒飒生腕底，颇能道我胸臆间事。昔文湖州谓意有所不适，则一发于墨竹，犹予志也。岂与人较工拙哉？

嗟乎！士大夫负轮囷磊落之才，不见施用。即用矣，而不竟其用，又不肯忍与终古，沉沦放废，犹复濡迹随时，偶有感触，无所于遣，惟托之乎笔墨，此《小雅》诗人之意也。悲已！犹忆刘□义尝题李化光画云：崎巇坎壈，云舒川疾，是心中画，非笔端物。其斯之谓乎？因本翰城所言者，跋之帧左，并系以诗，俾世之观翰城画者，毋徒于画求尔。

守拙斋跋

萧礼容

人间世巧者，不时露其拙。拙者，不自以为巧。几人哉？老子所谓知其巧者，守其拙尚矣！然不过退一步说法耳。涟西殆有见于濂溪先生《拙赋》乎？尚尊所知，而无失所守。

案：心庄萧叟，湘乡士族。中年弃诸生巾服，隐居东台山中，广蓄碑拓，日临池作行草书，邑中后起皆从问笔法。邑令咸企高致，而叟不轻与接。惟镇海胡君钧，以金石文字投契焉。汝怀以道光辛卯莫春入山访叟，寂境逸情，草具款客，心焉敬之。冬间再晤于旅舍，后不复见，不知何时遂已殁矣。叟无子，以侄行智甲为嗣，亦入县庠，能篆刻，善承叟志，为刻书谱序临本行世。今甲久亡，遗文无从采获。魏广文万杰以《东台山布景序》及此跋语见示，为录此则以存其人。《布景序》者，叟所意造山中胜境，亭馆、湖涧，各系以名，而集同人铭之者也。文繁，故未及录。戊辰嘉平上浣附记。

书集古录目序后

陈源豫

道充于宇宙，而散于万物。古之学者不外物以谋道，凡呈形戴质之伦，必推究其所由然，以浚吾之神知。矧其为古圣贤人，推性瀹情，著之为文章，被之乎金石，历世变而不能磨灭者，而顾可忽乎哉？

尝读《六一居士传》，见其集录三代以来金石遗文，至一千卷。窃谓公非徒文字之好，必其中上契夫古圣贤人之心而乐其道，故能好之笃至于此。洎读公之所为《集古录目序》，乃独较量夫物之得失聚散，与夫正阙谬，益多闻，玩而老焉而已。苟如是，其与象犀金玉之好，相去几何哉？吾固知公之为此，必有以见夫世之巨公先生怀才雅望，类耽耽于声色货贿，各出其材力以相角，孜孜焉惟日不足，故为诮讪之辞，以深致其慨叹，非公好古之本怀也。然则公之好若何？曰公学圣人之道者也。圣人之道，《诗》《书》《礼》《乐》《易象》《春秋》，而散见于诸古文辞，求之乎六籍之篇以识其大，求之乎残章逸韵以识其小。博以辨之，约以通之，然后道聚于厥心。以之立德、立功、立言，无施而不可。故武王之受丹书也，日跻圣敬。孔子见金人垂慎言之训，述鼎铭昭臣道之恭。曾子于汤盘究新民之旨。韩子见石鼓文，欲致之太学，与诸生讲解切磋。古来金石遗文，类多至德要道，岂以公之抗志圣贤，反遗其精而摭其粗，务博雅之名，为玩好之名具哉？必不然矣。

《书》曰：玩物丧志。《易》曰：君子所乐而玩者，爻之辞。公之玩盖类此，不类彼矣。吾惧学者读公之文，以辞害意，特揭其旨，以告后之好古者。

跋楼山堂集

陈源豫

《楼山堂集》若干卷，贵池吴忠节公次尾先生著。先生以邑诸生丁明末造，蒿目时事，忧愤慨激，一寓之于文。其策时务诸篇，规画都中时弊，使其见诸行事，非无补者，乃群小诪张，几陷之死地，何哉？先生既不用于时，未几而明亡，而先生卒与金公海洋同起事就擒死。夫以先生之才智，岂不知天时人事之不可为？而计必出此，且以死殉，由此观之，则其平日之开口议论，触忤忌讳，固非徒逞气矜，快口舌，以取重于一时。党人虽近名好议论，然于先生者，亦何负于天下哉？虽然，余尝考之明季以诸生死者。死于水，死于兵，死于明伦堂者，肩相比亦踵相接也。至于提一旅之师，明知其不可为，而甘以颈血溅锋刃，如先生者，所在多有，士气之盛，伟绝前代。

语曰：国士遇我，则以国士报之。毋亦朝廷所以遇之者优，而所以自待者乃益重与？此余所以有慨于斯编也。

跋怀素草书自叙后

汤昭弼

古今高僧在道行，不在诗文，诗文乃禅障也。荆公学问尚理，于道为所知愚，蒋山元日为般若三障之一，即此意耳。然吾家惠休虽忏除绮语，而考其生平，言论正觉寺寺皆文，必欲将文字结习一切删除。彼如来当日，胡不取三藏大乘，概付焚如耶？昔昌黎《送高闲上人序》言，谓闲书于旭为象之然。何其言之过贬乎？今观怀素所叙法帖，及当时士大夫所称美其书者，浮屠氏又何尝不善书耶？昌黎所言，所谓憎其人者憎其储胥与？夫闲书于旭象与非象，吾不得知。若怀素者，其书具在，其评书之语亦具在，人虽僧，而书固可传矣。

张长人雪堂墨品宋牧仲漫堂墨品书后　汤昭弼

笔墨砚，皆文人之要物，而为文房所必需。然指爪可以代毛锥，瓦石可以当凤咮，是笔与砚可假借也。无墨则砚无所资，笔无可使，故墨为尤贵。墨之德五，而体玄守黑之道不与焉。膏液旁流仁也，棱角四起义也，端方正直礼也，文明内蕴知也，朴属微至信也。要其卓卓可纪者，尤莫如美在中而无言，香历久而不散，精神满腹而光彩黯然。其诸古君子之蓄道德而能文章，砥名砺节而传后世者乎？昔东坡居黄，取四方友生所赠之墨三十六种，名曰雪堂义墨。其后歙人吴叔大仿其旧规，肖形取象，造雪堂墨匣，而次第制之，虽非东坡本意，而因心作则物料精工，真所谓匠心独运，元著超超者与？叔大墨匣为张长人所得，然其所著《雪堂墨品》，长人盖搜宋牧仲所藏，并己所有，适符义墨六六之数。其贮墨匣以赠牧仲者，第仿雪堂遗意，非真正坡公墨、叔大墨也。牧仲亦有《漫堂墨品》之作，于长人所赠外，得墨复二十四丸。甚矣！张、宋两公蓄墨之多也。

予性嗜墨，读两公墨品，不胜啜墨、夺墨之兴。箧中所藏多虽不及两公，然亦尽有十年以前之物。予尝取而试之，同一字号也。及出十年后与十年前者两相较，而高下判然矣。盖墨愈久，则精光愈盛。此物固以历年多者为最上也。温公有言：茶贵白，墨贵黑。盖墨至于黑，本色始出。虽然，岂易得哉？

跋钱南园楷书心经后

何钰麟

南园先生督学楚南，清廉正直，寡言笑，绝逢迎。居恒教士，以端品为首务，文艺次焉。每于公退暇，辄五更起，炳烛爇香，习颜鲁公书法，一笔不苟。人谓其字能辟邪，盖正气使然也。乾隆己酉，先君子求得楷书《心经》一部，什袭藏之。尝训麟等曰：此正人君子笔也。吾尝见其斋中联云：大惧与众人同类，须知保晚节尤难。人能体此二语，则终身寡过矣。儿辈后习其书，尤当思其语。时麟犹幼，谨志之不敢忘。越嘉庆戊午冬，先君弃世。此帙为执友刘丈所得，秘不肯与。夫先人遗物，不克自守，二十余年恨也何如？今岁夏，始告以情而婉求之，乃得珠还，如获异宝。乌乎！其艰难也。综计三十六年间，得而失，失而复得，其中殆有天焉？每一披阅，慨然想见南园先生之生平，更凄然念先君子之遗训。

读礼小事记跋

黄诚

《读礼小事记》一书，为余舅氏唐镜海先生居丧时著也。舅官粤西，乞养归里，寻两次丁艰，先后庐墓凡六年。念今之丧祭，多背礼从俗，因裒集古仪以自检。前编专纪丧仪，奠虞皆丧祭。后编记馈食乃吉祭礼，而冠祭、婚祭类及之。于丧则力挽颓风，而一归哀素；于祭则参酌古今，而旁采书仪。盖以家居仪节，事不若郊庙宴飨之大，而慎终追远，实爱敬所自立。古人处丧祭事，其周详繁重，敬慎诚悫类若是。今则情文两失之，读是编可求至于古矣。因谨付梓人广为传布，非独奉为家礼，望斯世共敦古处云尔。

书家西亭受氏辨后　　贺龄柄

莫陋于为《世本》之学者，目未睹《世本》之书。《世本》纪春秋诸侯世系，其书久亡。举天下姓氏，牵引附会于《左传》所有之人，以为得姓受氏之始，不知周重世禄，《世本》之书，特详列国卿大夫之系。其时民间亦有姓氏，今见《左传》如怀姓九宗，殷民七族是。推此则先民遗肄，散处列国不胜纪者，所在多有。岂尽无祚于世，而今皆为传中卿大夫纪名者之后乎？

前明正希谱金氏，不祖日䃅，断为古姓，不详所出，以其先有金王孙也。此自千古特识。窃谓谱贺氏者，上溯东汉纯公，避讳改庆为贺，得姓自以此始。若庆之所自出，固已渺不能详，而乃从数千载后指《左传》之名庆、氏庆者，纷纷然以为出姬出姜，辨证不已。宋贺铸言：初出吴，庆忌，姬姓。顾亭林又云：庆忌，名也，不得为氏，以为出齐之庆封，居吴朱方，是又姜姓出也。见《日知录》。此皆牵引附会，臆为之说者也。西亭氏所辨，辟姬，犹颇信姜，不如两举而并置之。断以为庆自有此姓，以《春秋》之名庆、氏庆者，不止庆父、庆忌、庆封若而人，乌容专指一人以为祖？谱又有远引豳之庆节者，尤无当也。况汉初传礼之庆普，沛人。建武时庆鸿，为琅琊、会稽二郡太守，洛阳人。可见汉世庆姓散处四方者，亦所在多有。其因纯公居吴中，而附会于居吴朱方之庆封，其说不诚大谬乎？至贺氏旧望广平，广平隶冀州，贺若氏北人，或望此，与江南之贺无涉，但易以镜湖，亦非郡望地也。贺之得姓，由东汉纯公。李固、黄琼传，一则曰会稽贺纯，再则曰会稽贺纯，是会稽固属纯公矣，似当以会稽郡为望。书此备考。

书家西亭排行说后　　贺龄柄

排行与字辈异，排行以群从服属为次第，自唐已然。若王维

十三、李白十二、高适二十五之类是也。字辈则一族逐辈定字冠名，宋元犹无之。明太祖作皇牒，制二十字名其孙曾，以昭世次，后遂著为令式，故自明后世家巨族，莫不以二十字为班辈。此乃国典，原非沿袭前世兄弟命名，偶同一字而为之也。

谱家说此多误，然字辈实可补前世礼制之阙。夫亲亲尚齿，自古为昭，而命名无次，知其为同姓，不知为同宗。虽服属相遇，亦难骤辨，渊明所以遇其同四世祖兄而不识也。至尚齿有以年论者，有以列为义者。《左传》：不敢与诸任齿。杜注：齿，列也。《记》曰：年长一倍，则父事之。十年以长，则兄事之。此盖与异姓泛论年者。其曰父之齿随行，兄之齿雁行，似就同姓父辈、兄辈而言。岂有不论世次？推之燕毛序齿亦是如此。以时无字辈，故有待于序耳。若字辈有定，即宦游异地，一顾名而思，可立辨其为同姓同宗，而父之齿、兄之齿俱较若列眉。亲亲尚齿之礼，有不油然自生者乎？第明初制牒，犹未显著，后始盛行。如我族字辈无异者，应班下十世。前五世多不备，又前五世则失考。观前之所以失，则知后之行此不可替也。夫自宗法不明，旁治兄弟者，惟排行与字辈，而排行属有亲疏，字辈族无异同。原谱更制二十字为辈，后世遵而行之，族虽涣，名分不淆矣。向见有不用字辈而独为异名者，是自以其身为歧指肄枝也，可勿戒与？

自跋受园诗草尾

吴英樾

右诗三百五十余首。板既成，鲁鱼谬差，韵语假借，多不暇校，翻然若有所悔。客有海蓉生者，问于受园子曰：中年刻集，晚年多悔。君刻集毋乃太早乎？受园子起曰：然。是知其必悔而为之，盖自霞城之役始。客询所以，受园子曰：霞城之役，濒死而不死，他物荡然无存，而诗稿独完，是以云也。

庚戌之年，朝廷方清查未竣，余以大府檄往盘台之仙居、太平，温之乐清三县仓储中。秋前五日，自钱塘东渡，浮镜湖，泛曹娥，溯剡溪登陆。方其溯溪流而上也，水浅舟不得上，船腹摩石齿棱，棱有声，逮登岸，岸高于水二丈。朔旅之居，累石为台，高于岸者又一丈有奇。自有山涨以来，从无及其堂阶者也。坐甫定，从者方治具扫眠榻，山水暴至，自溪而岸，而阶，而堂，而房，而榻，余方饭，大雨如注，亦不知水之已没髁也。从人拥抱登楼，楼高于堂者，又一丈有奇。以梯级测消长，又没其六七级焉。乌乎危矣！而是时同避于楼者，为江右程君、辽东郭君、铁岭达君，以及仆从胥吏十余人。楼之右，门阑、庖湢皆陷。诸君面色如土有泣者，强解之曰：此前定也。夫世不有不水死者众乎！然而摧墙卷屋之声，女哭男号之状，自人兽至凡竹木可浮之器，顺流而下，迅不旋瞬焉。又乌乎其能无动也！

漏五鼓，水渐杀，楼亦濒圮。见窗隙微明，窥之，可以梯而达于城，洊缘而登于山。慨然曰：生路也！于是破窗棂，毁城堞，以双竹竿承之，覆以巨板，悬空而飞渡焉。由是而逆旅之主人，及吾徒数十人者，皆得缘而达于城。而城之中避水者，男妇错杂，皆已先在。科头赤足，蹲泥中如伏鸡。有吏胥识某者，群哗曰：此前山阴吴公也。相与引而进于县之堂，而程君、郭君、达君，及其胥吏数十人者，亦踵而大至，塞厅事几满。有顷，高君出，命易衣履，具酒食。两日之中，始得一饱餐焉。乌乎生矣！居四日，水定乃启行。或曰城南有老蛟，前数日声如雷，迄是乃破墙而出，桥亦随陷，然则非山涨，乃蛟水也。

自是检其残稿，而舟中，而舆中，一改其所为诗。九月中，仓卒竣事，旋杭又有黄岩之役。黄岩，险犷之邑，夙称难治者也。下车后日有事于乡，其催科向设十三厂，官亲至按册而追呼。春夏之交，居野寺中，朝标朱符，夕事敲扑。厂之又僻者，借民舍为行廨。室宇湫隘，逼近厨灶。村民斫生树以炊，烟熏两眼，泪涔涔不止。无聊之极，于是又一改其所为诗。乌乎！一艺之成，极数十年。譬如构屋，砖木瓦石，躬自营运，久之而规模始具，又久而门户堂室始分，盖非一朝一夕之故矣。余于诗未遑致力，猥以途路凄凉之故，与一时患难之情，涂改而成之，乌乎及此？故曰诗稿之刻，自霞城之役始。客唯唯而退，受园子遂援笔而记之。

书吕给事封章后

马敬之

始予读先皇帝遗诏，不自知其何以涕泗交颐，而中之若汤消也。顷复从邮递中，得见给事吕君所上封章，辄又大喜过望，手其稿归而录之。迮于人事，频窃取视以为快慰。乡者固意人臣以嘉谟嘉猷入告，盖非一途。其必情不悁，识不挠，神不惊，悠然于治乱安危得失之大纲，衡其缓急重轻，毋令偏伸偏绌，以导天下之鸷击。明知目前无成效之可睹，而断不肯竞声捉影，与戆竦震动者矜丰棱于一时。

《书》曰：辞尚体要。《易》曰：修辞立其诚。此不易之理矣。今皇帝圣神文武，临御之始，谕旨极言大小臣工皆宜有所敷陈，以奉明诏。顾或气豪意健，而不必有得于内，耳营目瞀，而不能无徇于外。正使荩悃填于膺鬲，而毛吹积弊，皮传故常。不求事会时变之宜，斥督日苛，扞格日甚，适以坚其骫骳欺蒙之锢习。其后虽有良法美意，亦且闪奸打讹，委为空谭，迄无所济。今观吕君所言，条其大凡，曰懋圣学，正人心，育人才，恤民隐，则固天下所恒言，而若以为不足言者。四者之中，以懋圣学为本，而推原于《大学》之明德新民。尤若其言之漭漾灏瀚，不可涯涘。及观其以朱子《章句》为足发明其旨，而取真氏之《衍义》、邱氏之《衍义补》相表里焉。然后叹其所操者约，而所及者广。循之有方，而举之有序。自非其平时讲于正学，而与闻乎先圣昔贤之盛德至善，安在言确中体要若此？

至其上援祖训，旁及朱子奏札，则正不待以己见偏伸偏绌其间，而其所以杜渐而防微者，可于言外得之。或者不察，交口而病其迂。以为天下之务，即不胜言，而于铨选、积贮、河防、军实诸大政，亦宜明著其端，示天下以振厉矫革之所在，是又恶知夫吕君之于此，守之定，虑之周，发之审，日月中天，未尝驱云雾以自照，而固已无遗于明。於虖！出所学以事主，非夫强谏之臣如枥马韝鹰，溯凉飙而扬奰走者之可俦匹久矣。乃若所云用人行政，灼然洞见其是非臧否，而不惑于世俗功利之言，与所云度务揆幾，凡事之所难决者，宜以先王之道权之，更为篇中之粹语。故其于正人心、育人才者亦多。理有未莹，法有未备，而大本既得。任其从容反复，而举不离乎其宗。此予于吕君之修己持人概未之习，而决其为耿介敦谧之士，而不由于窥觇想像无疑也。抑予闻伊、傅、周、召之为臣，所以尊主庇民、立隆于旷代者，先觉先知，德博而化，而不徒区区称述之言也。

今吕君能言之矣，则其于明德之功，新民之具，探讨服习，以庶几于义精仁熟，为他日沃心造膝之地，必有不容已者，择之欲其精也，执之欲其固也。涵而养之，欲其静以密也。扩而充之，欲其夷以通也。而后自身而家，而国，以达之天下，莫不止于至善。而时措之咸宜，苟惟不然，将不惟无以塞天下之望，且使世俗功利之言，愈益无所忌惮。腾其口而恣其心，而吾所谓权先王之道者，大率牵补支架，了无以异于在彼之为甚，或反出其下。是则重负今皇帝宣示天下之意，而于朱子所讥，进不得为君子，退不得为小人者，有时而忽似之，岂不亦大可惜哉？

夫自秦汉以降，正学无传，幸有宋巨儒先生跫容谷之音，抉异同，存真伪，而志多未逮。英君察相，不过诵其言以为高。我圣祖仁皇帝聪明天亶，独绍渊源。于以议礼、制度、考文，统一函夏，巍巍荡荡，建天地以质鬼神。士大夫果期待不诬，斯亦规模涂径既已无复豪厘千里之虞，由是以经纬乎天下，固犹布帛菽粟之必裨于用，而前定不穷也。予于吕君卜之。吕君名贤基，安徽人，戊子进士，现任吏科掌印给事中。

松堂诗存书后

邹汉勋

松荫堂者，松堂先生授经之舍，云渠、湘皋两先生所增葺也。图凡四帧：一李芸甫水部作，一沈栗仲明府作，一邵香伯博士作，一顾竹碕文学作。记则廖复堂都转，赞则唐陶山方伯，而旧老之歌诗，名流之篇什，盈二册焉。柔兆涒滩之岁，汉勋得详观。敬系以文曰：夫东南广泽，莫大洞庭。荆扬巨镇，实称石廪。然出没乌菟，必讨源于羊膊。作配朱鸟，亦基始于熊苍。良由水之漾演，积而始深。山之蹈腾，远乃益峻。湘皋先生弟昆竞爽，风骚迭擅。系江湘之重望已如山。居屈贾之乡，人咸有集。蛙声蝉噪，既鄙齐梁。鬼语优冠，亦嗤末近。唐有初盛中晚，宋之眉涪范陆。美非一律，善实兼收。我朝之兴六叶，诗教昌矣。《大雅》之材三十，斯其著欤？譬之山川，何异衡岳之峙，江湖之渟？溯其代系，讵无羊膊之源，熊苍之冢也乎？

维松堂先生者，乃湘皋先生之大父。实有懿德，亦号通人。诵诗饮律，妙达音和。读《易》绝韦，甄刊爻系。摭图书于绵代，语霏玉屑。就史功于柔日，书粲铅黄。识尚希夷，诗情淡雅。含少生声，孕渊微于葭琯。明堂昭俭，苞壮丽于嵩宫。诗维斐斐，笔亦翩翩。迈迹时流，方踪曩哲。经义甲于湖湘，门人起为令守。惜阶间之蕡烛，托意脂膏。赋泉畔之蛰龙，结情孤洁。经储箧衍，既号祖师。士奉贽腒，尽施疏族。偿吉字之伪金，谢舞文之小狭。令长念其清芬，族闾化其醇懿。严气在躬，哲谋照物。遂令淫娃敛迹，暴客弛魂。非徒有行，抑亦知权。迹其操持，宜书独行。综其出处，无愧隐沦。篇韵特工能文之俊，抱经以老守道之儒。徒以笺疏近凿，语录近迂，而名山羞传述作。终之不贪为宝，爱书如命，而福地更种云礽。

汉勋寄于沩水之隈，学官之舍。久近骚坛，时谭旧德。故事百年，徒闻梗概。艺林一老，此实椎轮。感其绳继，僭用铅系。

若夫肯构之初命名之意，则廖都转之记详焉。

春秋目论跋

邹汉勋

今之读经者，尚考据则薄议论，崇议论则非考据，两者相成也，而以相毁。平心而言，不考据无以喻古人之文章，不议论无以达古人之神旨。考据者初学之基，议论者大成之候。其始终浅深，居可知也。如其绝口不议论，遇传记所载，人伦之变，事关君父，难可猝处者，亦漠然而不问，其可哉？夫学也者，学之于古而欲行之于身者也。世儒徒屑屑于篇章字句，而大义屡乖。假使其身不幸，而当难处之会，其随时俯仰，而自陷于不忠不孝乎？抑亦思善处之方乎？苟思善处之方，则平时之议论宜豫矣。曾子曰：其少不讽诵，其壮不议论，亦可谓无业之人矣。吾宁舍世儒从曾子也。

九章书后

邹汉勋

郢未拔也，而可曰东门芜而夏为丘乎？陈未亹也，而可定其行，以仲春甲日乎？由是言之，屈子及见白起之事明矣，但史传不言，敎者不敢质也。盖屈子当怀王之世而放矣，放而又仕。当顷襄之世又放矣，放既三年，犹吟于泽畔，则屈子非怼君而死明矣。非怼君而死，曷为而死哉？敎者求之而不得，于是有屈子外传王赐之死之说。噫！为此说者，不读《九章》者也。秦既拔郢，江南亦为秦，屈子放于江南，安可不死哉？屈子之死，盖以此也。予悼世人之不悟也，而以狭狷与怼被屈子，故发愤以明之。

题包慎伯世臣节临书谱后

周诒朴

此倦翁六十岁后书，其时致力过庭，无间日夕。是以顿宕流丽，有弓燥手柔之妙。翁往矣，其高足如季子修存诸人亦多就凋丧。余颇心通其意，又病腕僵不能使转无碍，替人难得老大徒悲。睹物思人，只增慨喟云耳！咸丰甲寅重午。

书徐海宗遗墨后

赵璘

余年二十，与湘阴徐海宗读书麓山，朝夕相接。心异其为魏晋间人，嗣是与之游城南，则情好愈笃。然余性孤冷，而海宗豪旷，其所常相与游者，或非余之所与游也。既而闻其病聋卒穷以死，屡欲为诗哭之未果。今年邑子刘春禧投所刻海宗《黄村草堂诗册》，读其九歌及前后秋怀诸作，则愀然以思，怆然以悲。益叹海宗负才不遇，而其所为浪迹省门，落拓颠顿而不悔者，诚有大不得已于中者与？李君季眉掇拾海宗遗诗若干，并尺牍十五纸装池之。顷以属题其诗，率穷愁语。已见《黄村集》中，其尺牍大半告急于季眉者也。管鲍之交，举世莫觏，于此见海宗之能取信于友，而季眉与人交始终不渝，高谊为不可及矣。

刘氏族谱跋代

罗萱

皇帝御极之元年，家乘告成于腊月。披图按籍，朗若列眉。沿波讨源，易由反手。溯始迁以降，历世下余。征旁治之繁，纪数千计。贲龙章以宠锡，泉壤于焉有光。沐凤诰为表扬，绰楔因之生色。考礼仪以隆祀事，录律法而凛王章。爰征寿考海筹，增绛老之年；兼纪外家衣锦，美齐侯之子。是盖涵濡圣泽，游咏熙朝。含哺乎深仁，延蔓于奕世。於虖盛矣！夫千寻之干植材者，实由本以及柯；万里之源导川者，必先河而后海。良以近为至切，而远所必追。或乃葛藟不庇其根，瓜瓞几忘于蒂。阮分南北，眷别东西。臭味而有差池，本实而纵寻斧。缌小功之弗察，乡伯兄之无分，不亦诬乎？何其慎也！兹者切念宗支，重修家牒。义例博稽于古法，损益少变乎旧章。传其所信而非繁，阙其所疑而非略。援初生于前代，继绍权舆；联合族之新欢，敬恭桑梓。所冀谨以闲家守万石君之训，忍以睦族如陈义门之风。庶几笃敬宗之心，维归厚之德者乎？

湖南文征　卷九十二

书一

拟文信国答王炎午书

王岱

炎午字鼎翁，作文生祭信国，语多不谅，因拟报书

大宋少保信国公庐陵文天祥致书于鼎翁足下：

自祥兴元年仆不幸沦师于五坡岭，为张宏范弟宏正所执，拥之北行，道经梓里，自赣至洪，驿途、水步、山墙、店壁，频见足下祭仆文，慷慨激烈，义形于色，可谓爱人以德，意诚厚矣，非故人恋恋不及此，然其中窃有未尽者。语曰：拟人必于其伦。今拟之不伦矣。为长者行而使人疑，古人不受也。

足下之意，总责仆以不速死，且恐不死转念于不可知。斯言何为至于我哉？何其自居之高而视人之下也？人之相知，贵相知心。足下自负与仆心知，而仆未尝不以足下为心知，乃今观足下之论，是疑漆室女之欲嫁，欲被裘翁之拾遗金也，其不知仆甚矣。仆平生行事，心迹见信于天下久矣，而足下生同里，事同志，宜其知之深，反有此不必然之疑，可异也。孔子曰：遁世不见知而不悔。《易》曰：不见是而无闷。自古忠孝节义，出于天性，刀锯鼎镬而不动其心者，皆不知其然而然，初非顾名惜义，有所为而为之也。苟有所为，则不诚矣。此匹夫匹妇之所不学而能者，初不求知于世也。兹仆之不为足下知，又何俟哓哓求白乎？其不能嘿嘿必致一喙者，恐百世下不得其故，以为仆非足下不成其节，

岂知仆之不即死，其操心致虑，务期国运之绝而复续，亡而复存，委曲周旋，千屈万折以求得当，此可为圣哲会，难与浅士言也，故不得不一一剖白之。

如足下云：大丞相可死矣，文章周鲁，科名郊祁，皆不朽，可死。夫必文章科名始死，则是愚不必死，贱不必死，古之愚贱节义何多也？又云：丧父受公卿祖奠之荣，奉母极东西迎养之乐，为孝已尽，可死。则是生无以为养者不必死，死无以为葬者不必死。古之割恩就义者，又何多也？如谓二十巍科，四十将相，功名事业可死，尤有不然者。仆早膺将相，大业未终，不容遽死。如谓仗义勤王，使命不辱，不负所学可死。夫勤王虽尽臣心，而钟簴未奠，使命虽尽臣职而筑舍未成，愈不容遽死。至云华元踉跄，子胥逃脱，仆弃甲正思复来，亡吴正思雪耻，又何容遽死？如谓国势已定，臣节既明，仆兴复既托孤忠，岂论国势之定？尽瘁尚余驽力，难言臣节之明。若夫伏桥厕舍，矐目击筑，仆位在台垣，身系社稷，生奠国危，死存国体，任侠小节亦所不出。最可愕者，谓识时务为俊杰，时务固识，意欲何为？足下岂望仆为彦回乎？谓昔以东南全势，不能解襄围，今以亡国一夫，而欲抗天下，仆难负全势，利钝在天，虽属一夫，存亡在理。正思转败为功，以图万一。谓赵孤蹈海，楚怀入关，愚意岂无婴臼之存？尚冀包胥之哭。谓商非昔日之顽，周无未献之地，岂知顽仍如商，不徒首阳之饿；地非周比，宁无三户之兴？谓南北之势，既合天人之际可知，仆尚以天人之际甚微，南北之势无定。谓彼两国相对，大臣无恙，今事势无可为，诸臣皆被执。仆以为两国相对，大臣无恙，尚可优游观变。至事势无可为，诸臣皆被执，无可为者，正不忍其绝，皆被执者，正不忍俱死耳。

若夫杲卿、张巡云云，彼国势未去，惟一死明节。今赵孤既没，诸臣皆亡，而仆犹悻悻一死，不委曲全身以图其存，是父母弥留之际，为人子者以为不可起，遂置药不一投而坐视其毙乎？足下当此时，应勉仆以不宜轻死，从容就义以有为，何至以时无可为，遂应速死结局，以断葛藤，惟恐一刻复留人世者，此何心哉？抑足下转念，反欲为胜国游说乎？不然，何其言之无绪邪？

至引李陵，尤为乖谬。夫李陵当汉武全盛之日，有死法，无降法。死则忠，降则逆，以陵一身不足为社稷轻重也。陵死，更可遣御单于者，即不更遣，金汤固无恙也，非俟陵兴复也。是陵应一死了臣节，而不死为无谓。仆何时乎？仆当国势瓦解之日，更无天祥其人，仆死，谁复有社稷故主之思？即拟之苏武，亦若不伦。武无兴复之责，十九年之不屈，不过完一身之名节。可以死，可以无死，尚不遽死，矧仆之万万无容死，而欲草草一死塞责乎？若以李光弼纳剑靴中，朱友贞命皇甫麟置刃，俱不欲受屈辱，仆无论百炼不为绕指，万无屈辱。即忍隐屈辱，苟利社稷，亦所不辞，安可与朱、李同日语哉？至谓仆不死，当有死仆者，嗟嗟！是何言欤？仆间关流离，一生濒死不可胜纪。仆使北为吕师孟、贾余庆构恶，羁縻几死，及逃难真州，饥寒险阻几死，诋大酋几死，骂逆贼几死，与贵酋争曲直几死，去京口几自刭死，经北舰几为所获，几从鱼腹死，为真州逐几徬徨死，扬子桥遇哨几死，桂公塘土围中为巡徼陵迫几死，夜迷道高邮几死，避哨及捕系几死，自被执服脑几死，饿八日几死，仆岂畏死者哉？至云岂无李昇之疑，或进景升之计，恐累旧主。夫不忍旧主，正宜含垢委蛇，无容激烈，使之不疑。反欲一死决绝乎？或足下与仆同里，曾一持牍叫军门，今恐致累托，此以远嫌乎？

足下昔年持牍军门，劝仆毁家产供军倡义，仆早年厚自奉养，久已克励自损，倾资起义，虽不因足下忠告一言，然比闻足下语，喜其有合，即进之幕府，以为肝胆气节，足以共济时艰，先鞭起舞，以期兴复。乃事甫举，而足下遽以父殁未葬、母病无养为辞，夫足下早计此身未可许人，宜即庐墓终养以成孝隐，乃复持牍军门者，何心乎？既持牍军门，自宜移孝作忠，若翁刘翁必能含笑地下，太夫人必能如滂母，割爱以成足下之志，乃足下进退无据，出处两虚，是持牍军门之意，忠愤未必由衷，不过收慕义之名，以炫乡里小儿之听，其首尾交畏，不堪问矣。仆当知之而不言，且恐其鼠首两端，败乃公事，因听足下之归，然已卜足下二三其德，不足以有为矣。兹仆蒙难北行，国家数百年不绝如线之运，系于一身，足下果抱忠愤，能急君急友，宜结死士，号召天下，以图兴复，成仆未了之志，上也。即不获就，亦宜如豫让、渐离，矐目击筑，以思报仇雪耻。乃区区效鄙夫喋喋，鼓其唇吻，弄其文墨，巧言饰词，招摇道路，以小人之心，度君子之腹，自揣不能死，且以是测仆而速之，岂知仆之死诚易，而不死诚难？语曰：慷慨赴死易，从容就义难。仆岂匹夫自经者比哉？

仆自童时，观乡祠前贤欧、胡、杨、周辈，即慨然有没不俎豆非夫之叹，及年二十，荷先帝殊恩，拔冠南宫，而座主王公应麟方有贺帝得人之语，许仆古谊若龟鉴，忠肝如铁石，嗣后历仕中外，皆卓然不苟，而似道见抑，宜中见忌，屡踬屡谪，肘掣未舒。及国势渐非，倾产起义，斥奸防患，频疏血诚。虽师孟之奸未除，分镇之义不报，其心则已竭矣。乃议和突起，伯颜拘留，贾（庆余）〔余庆〕辈奉降卖国，诏天下附元，尽散仆勤王之兵西归，仆与杜浒等十二人夜亡真州，方谋聚众，而苗再成之盟初立，李庭芝之害密传，于是间关流离，出万死一生之中，始达益王行在。召仆观文殿学士，又阻枢臣不合，安置剑南收兵，福州旋陷，仆生还将母，誓死报君，义师复集，豪杰更起，而端宗凶闻，卫王改元，诏奖有惭臣心愈苦，成败利钝逆睹之语，险阻艰难备尝之词，洞见臣腹。金百炼而益坚，水万折而必东，王言溢美之褒，仆则扪心愈励。岂其大事既去，身被囚执，誓死万计，吞脑不灵，绝粒不毙，庐陵首丘而不遂，燕台抗节而久羁。及今系狱，一死未容。回忆足下以死事相促，且不谅而引五日不汗瓜蒂喷鼻，排墙、盗贼、毒蛇、犯兽诸死为勖，其不知仆甚矣。虽然，仆不死者，思留身于万一，得归故乡，仍集大义，以图兴复耳。今人心瓦解若此，即一王鼎翁不见谅，又安望见谅于天下人心乎？即一王鼎翁之心今昔各殊，矧悠悠陌路、素无肝膈者乎？仆所以回肠饮血，心灰而念绝者此也。

事已至此，无复望矣。会当致命遂志，以如足下之说，成足下之名。但当时从仆起事者，俱先后赴义而死，其不死者，亦独鼎翁一人耳。鼎翁既以大义成人，必能以大义自成。田横五百之客，能同日死，以成横义。今仆止一鼎翁，必能成仆之义，更无俟同志生祭以相促。足下即不能倡义天下，不能如豫让、渐离辈，岂并不能如田横客乎？

王鼎翁之祭信国，其文为千古称赏。以其能成信国之死，然信国忠义性成，岂待人促？称鼎翁是晦信国心矣，故特表而出之，实揣信国心事，非借题作翻弄也。信国有灵，自必首肯，鼎翁有知，亦必心折。山长自记。

报虔院佟公书

尹惟日

职湘之白面书生也，幼读父书，长历戎马。明公学问经济名天下，存全闽于养虎为患之日，控四省于伏莽未靖之时。远而方召，中而韩范，近而王文成之道德，韩父朱母之恩威，几于全之。职也何幸，乃附属吏之末，且得附风云，受方略，赐札惓惓，而以九连下询于刍荛，此为国为民之至虑，职愧不才，何敢与此大议乎？虽然，职守土官也，莅任近二载，其间兵贼之情形，民心之向背，九连之要害险阻，职筹之熟矣。职不言，谁当言者？言之不当，不敢避斧钺；言之而稍有当焉，则有望于不弃菲葑。力为革而力为兴也，请得以今日兵贼之情形、民心之向背、及九连之地利胪列于左，而复有三策之陈，惟明公垂览而采之。

今之九连，非古之九连乎？今之设兵，非即因王文成之旧制乎？而兵之虚伍冒饷，更倍于明末之卫所，杀士、戮民、辱官、蔑法，其害更甚于贼。而绿林之啸聚，终莫之止，其故何也？盖自文成破三浰，平七巢，设县于和平以治之，借官府为柔服，而未尝不详于守御。如岑冈、横冈为和平、龙定之隘口，上下坪中村为连平之隘口，上下蓝洲、车坰为翁源、始兴之隘口，分兵数千，俱设把总领之。而于张坑、古坑各处复设哨长，领兵互相犄角，各有巢田、屯田之类以食之，而俱听节制于县官。文成寓武于文，寓兵于农，化顽驯暴，其意可深长思也。今各县易把总而为防将矣，各防将虎踞城中，弃汛地而不守矣，屯田无可稽核矣，巢田尽为荒土矣，张坑、李田、中村各隘尽弃之以资贼巢矣。兵之或有或无，或多或少，县官不敢问之矣，不惟不敢问，且往往甘为其奴隶矣。且更有不可言者，防将皆出自镇标。一将分住一县，渐蟠固而不可动，皆欲留贼以资富贵，养贼以塞调征。又有甚可恨者，或九连无贼而上有调檄，则使其散兵数十人默行劫掠，而又以贼报上。上闻有贼，即留之防守，如所谓通大马路之说习行以为固然，百姓不敢言，县官不敢言。上即有知之者，亦因循掩耳而莫发其奸谋。如此，九连安能一日而无贼？粤赣闽余之地，安能一日而无虞哉？

夫文成之设兵以安民也，今乃因其制而纷更焉。贼至而纵贼，贼去而自为贼，徒益深益热于百姓，势不至尽激为贼不止。是文成所以安民者，今反以殃民也，谁为当事而漫不加意也。夫今之为贼者，十三营四营之人也，今之为兵者，亦十三营四营之人也。倏而为兵，倏而为贼，此中之鬼幻秘奸，公然无忌，究竟兵与贼为一，将与贼为一，而与县官为水火，与百姓为仇雠。装成一局，以愚上台耳。国法凛然，王章具在，而养痈以自病，将来之变，可不为之寒心哉？即如昨日，职以一介而张空拳，尚能率乌合之乡民与贼百余战，置之死地而可生，置之亡地而可存，贼竟束手无如何，岂职之智勇过人哉？但能得民心而用之，权归于一而谋不漏于奸细也。向使防兵未调，内外相通，不惟不能取胜，和连、龙定竟不知作何光景。若职一人，正其所必欲借此以死职而甘心者也。昨招出之都总，感职之至诚，尽以此情露之职矣。然则职之不死于兵、不死于贼者，实明公之力也，亦幸有大鹏之役也。若防兵回县，而仍无所兴革焉，职挂冠而去耳。其如九连之终不可治，何哉？此兵贼之情形，行道之人知之，而职于今日方敢冒死言之也。

若夫民心之向背，龙南、定南尚可言也，和平不可言也。和平在今日尚可言也，连平、翁源以及龙川、河源、长宁之界，尚忍言哉？龙定之民近于法而知畏，近有贾、祝二良牧，治之数年，民已奉法矣。若和平，古贼薮也。三浰踞其西，六方枕其东，而彭镇、杨峒、浊溪之民，皆包藏祸心，动辄生变，已往往告诸前事矣。鼎革以来，凡三杀县官，自前令吴思穆时，赖上威灵方，渐受约束。今职至教之育之，无所不用其极。昨黄乡乱作，南雄寇起，而和之人未从事焉，则和犹可言也。若翁源之上下蓝洲、十八牌一路，尽通贼矣。连平之青草洲、蒲塘，半通贼矣。龙川、七约各处，无非通贼之地矣。夫民也，孰无身家，孰无性命，而乐为此通贼之谋，冒不赦之法乎？揆厥由来，皆因防兵养贼、留贼，贻患地方。而贼之攻掠，无有已时。将弃先人之庐墓而情不忍，尽一时之死命而力不能，其以粮科接应、互相交易者，非其本心。

以朝廷之赤子，保抱携持，尚恐弗遂其生，乃弃之与贼，谁之过欤？而粤之有司，催科暴敛，敲骨入髓，更有痛哭无从者。八年、九年、十年、十一年、十二年、十三年、十四年之本折，并七年而征之，此犹曰正供也。如马、船、水手月饷，一岁凡数派矣。槽级稻草大师草、大兵谷，岁凡一派矣。城工、衙宇、柴炭，岁凡一派矣。采买官谷、槟榔、鹅、鸽，岁凡数派矣。贴补潮州用过船夫，今又一派矣。而过往之夫役为一派，防将之买办为一派，三镇之进剿粮科为一派，派征之名色不可数计，而出票比并不胜其烦，伤哉，民也！何以堪此？夫此数县之民，皆切近九连，田少人稀，当日之设县，皆取别县之粮寄征于此。今别县俱为兵贼所阻，而县官有鞭长不及之忧，即正供之积逋，无计可追，至杂派不得不取之烟丁。而一块荒残地，宁有几个围寨，几个百姓？而一岁应数十票之诛求，卖女鬻儿，弃产掉臂，目击此景，为之父母者，但捧檄痛哭而已。而今岁之连寇窃发，杀人如麻，民将坐而待毙，惟有通贼可以须臾无死。然则民之通贼，无怪其然也。夫以此日之兵贼而遇此日之民心，而和民犹惑于职之空言。三洌为职守，六方为职战，十三寨为职且战且守，则和之民未始不可养以和平之福也。一和已然，彼各县何弗然也。其故可知也。嗟嗟！民当穷苦时易德耳！上之人稍加拊循，减得一分，未有不知恩者，而况剜尽和平一年之肉，不供粤中一飧之费，何苦徒伤民心、徒增盗贼？而调兵征剿，其费过数十倍，积和平数载之正供、杂派而不偿也。此民心之向背甚彰明较著矣。

至于九连之要害险阻，其烦调议者正多也。九连绵亘数郡，代为四省之患。自弘治八年设立虔抚，为九连也。后王文成自请提督军务，为九连三洌也。而九连之隘口，屈指数十处。其最要紧者：在定和，则岑冈其门户也。在龙南，则横冈其门户也。在始兴、翁源，则蓝洲、车坰其门户也。在连平、长宁、河源、龙川，则上下坪、青草洲其门户也。外如洌头、张坑、热水、澄坑、新峒、中管，皆其出入之路。然岑冈各处门户，设有专兵守其要领，余俱可以无虑。在昔九连之中，有田数十顷及山林之利，尽捐以与兵屯种，故饷足而兵不叛。把总受县官之节制，俱有顾忌。一隘贼发，数隘得而指揭之，各自为守，此贼之所以不得入也。今兵在城而田已荒，田已荒而月饷难足，复益以骄悍之将，法远势重，毋敢触其凶锋。

贼一入山，便成负嵎之势，及奉上进剿，则坐视不进，皆以天险为辞。夫险固险矣，仰攻固难为力矣，但问九连荒山，原无贼也。贼之踞九连者，皆从外入也。贼之来也，何以得进九连？又从何路得进九连？则防兵之住城，实开门而揖之也。即如昨日黄乡肆叛，明公神机妙算，已破之铁龙，其余党逃过六方界者，皆亡魂丧胆之余烬。向使岑冈有兵，可朝发而朝至，六方扼险可尽歼也。此岑冈无兵，而贼遂由六方走青草、进九连之明验也。如昨日南雄叛兵不过千余人，向使蓝洲、车坰各处有兵，不战而守，贼亦坐视而不得进也。此又蓝洲无兵，而贼竟由翁源入九连之明验也。贼既入九连，则张公营、曾公坛为其巢穴，浰头、热水、上下坪、中管为其出掠之路，而青草洲尤当其冲。非职坚守浰头、热水各处，屡挫其锋，贼遂日往来于青草洲，盖青草洲为连平所辖，与连平相去甚远，而左可以掠和平，右可以掠连平，中可以掠河源。彼各隘虽破，尚别有拒之之地，青草一破，下皆平地，纵横可惟其意，虽直至惠、广，窜入罗浮、大鹏各处，亦无所不可。故职伏兵于青草，邀其归路，果大败之。后请于连平吴防将乞兵守之，而吴防将不应，不得已大合乡勇，越境代守，更番迭休。守七日，而贼果坐困矣。故贼之未入，则在守岑冈、横冈、蓝洲各处；贼之既入，则所守之路甚多，而青草洲为要。此又非其明验也邪？且也黄乡之贼，老贼也。南雄之贼，亦老贼也。九连之地形，彼知之甚悉。其合营于张公营、曾公坛，志亦不小。自八月十二以来，始而结茅，既而筑屋矣。始而斩竹为竿，既而开炉打造军械矣。始而掳人索赎，尚图金银布帛之属，既而索及火药矣，且发人往府县采买火药矣。所掠之牛，尽留以为耕种之资矣。天诱其衷，赖明公迅发神断，及其未成而剿抚之，不然者日甚一日，至来春开垦巢田，屯粮积草，一人守险，万夫辟易，动烦大师，其奈之何哉？即曰投之以机，示以必克，而粮科供给之费，已不可支，且未必不亡矢遗镞也。《传》曰：虿蜂有毒。又曰：为虺弗摧，为蛇若何？明公实见及此矣。此九连之要害险阻，职尚言之未详，谨按图以进，而职之三策，可得而陈焉。

职闻之医者矣，医之言曰，急则治其标，缓则治其本。今九连之缓急所时有也，相其缓急而医之，则有明公之国手在。抑闻之弈者矣，弈之言曰，数子立要地，可以攻，可以守，今九连之攻守所急讲也，相其攻守而立于要地，则有明公之国手在。夫庸人因陋而就简，智者虑始而图终。庸人让能于昔人而不能确守其法，智者不谋能于昔人而可以神明其意。职请得而策之。

自文成之立和平也，无所谓连平也，幅幁甚广，钱粮甚多，冠盖衣裳，甚楚楚也。迨陈万之乱，崇祯初年，复分建一连平州，而权不归一矣。以一县分为二郡，地小而粮少，缙绅商贾皆不得聚而称盛，而界上之民得互相推匿，其黠者肆志而终莫之究。是连平之建，已失文成之意矣。况建治于和平，文成犹属草创之规模，其意亦欲得后之君子神明之也。为今之计，当大为创之，合连平、和平为一州，而竟迁城于九连之腹内，凡翁源、龙南、定南、河源、龙川、长宁之近九连者，尽割以附。设州同于连平之故城，设州判于和平之故城，设巡司于六方，分设两驿丞于岑冈、忠信二处。设兵二百人于岑冈，一把总领之。设兵二百人于上下蓝洲，一把总领之。设兵二百人于横冈，一把总领之。设守城兵百人，而复于张坑各处添设哨长员弁，各带乡勇守之。尽听州官节制，合数县之地而共为一州，粮可得二万余，其养兵之饷但取十之二三足矣。而于向之巢田尽责令各隘屯种，兵饷犹可汰其半也。由是城在九连之腹内，其故家大族尽驱入城起造，士者士、农者农，工者工，商者商，画然归一，渐而有科目，有仕宦，益焕然改观矣。且和平之东水岑冈，尤为商贾聚集之所，衣冠相望于道，而复设两驿，尤可以分梅岭大路之劳。行之数年，而有不如外郡之治平者乎？而犹虑潢池之弄，则断断无是理也。即有窃发者，亦断断不能踞险而流毒也。夫分和平、连平而二之，是首尾不相救也，是分晋而为韩、魏、赵，而以御强秦之说也，力分则散也。文成之设县于和平，是一时之权宜也。是建都于汴而仰御河北之说也，失险则弱也。今之建州于九连，而割数郡之近地，多设把总，权归于州，是治安之长谋也。是都燕、都长安、都冀，拔本塞源之说也。

此职之所谓上策也，伏乞主张力行。或以数日之暇，单骑过数邑一审观之，而后以此策入告于廷，则捐和平一岁之正供可以修城，而尽改防将为把总，半食月饷，半食屯粮，一岁尚可省数千金也。足食足兵，国课仍无损于旧额，而可以弥四省之盗源，安数十郡之残黎，即起王文成于九原，当含笑而以明公为神明也。

使后之人立王、佟二公之祠，作王、佟二公之传，百世之俎豆不祧，岘山之碑泪可堕，明公其有意乎？

然议者曰，非常之原，黎民惧焉。频年用兵，巨寇孙、李、郑三逆未尽殄灭，何暇及此？此亦姑为宽解。而其实九连一山，为三省心腹之疾，宁可坐偷一时之安，而养无穷之害哉？而况其未必安也。必如议者之姑为宽解，则职之中策，犹仿佛文成之经营也。仍州于连平，而设把总于上下蓝洲，设把总于中村，听州节制，取其军实而讨之，巢田必令之垦也。仍县于和平，割青草洲忠信图以附之。而仍设把总于岑冈，复添设把总于青草洲，两把俱听县节制。取其军实而讨之，荒田必令之垦也。横冈仍隶龙南，亦改设把总，仍听节制于县。取其军实而讨之，荒田必令之垦也。如此则土著之兵不敢害土著之民，而土著之贼不敢犯土著之兵。守土之将不敢抗守土之官，而守土之官不敢懈守土之责。然后稍减杂派以养民，严课屯种以养兵。一方失事，则责此一方之把总。把总生事，则责此一县之县官。而复寓以保甲之法，谕行团练，使守望相助，家斗户战，庶有豸乎？此惟尽合十三营四营而猖獗为乱，则事不可知。若如黄乡、南雄之余孽，虽附之以翼，安能飞度九连乎？今夫置一物于此，置之安则安，置之危则危，将易其所置之物邪？抑易其所置之地邪？是职之中策，易其地而可安也。

然议者曰，今之防将已定经制，欲直疏易之，恐有投鼠之嫌。且部覆下议，旷日持久，又有河清难俟之辞，则防将万不可易也。夫防将之官固不可易，防将所守之隘，独不可责令使归汛地乎？如连平之防将当移守中村也，和平之防将当移守岑冈也，横冈之防将当移守横冈也，而青草洲、上下蓝洲之设兵，亦万不可少。夫防兵在外，军饷难继，未免有脱巾之虞、抢夺之害，然此犹不失为下策也。

若夫防将仍扎城中，是撤其藩篱，不守于门庭而守于堂也，且自坏其堂也。不严查其虚伍冒饷，不严申其纪律，是一岁弃数千金钱而养虎也，且养虎以食人也。青草洲、上下蓝洲不设添哨兵，是闭其前后而开其左右也，且弃险以资贼也。不严禁其养贼通贼，是内外之贼终无休息，而民不堪命，必打成一片，为黄巾，为赤眉，为黄巢，为闯，为献，为孙，为李，为郑，事固未可知也。盖不特向之池大鬓、李文彪、江月照、刘鸾、刘凤、冯高明、赖清规、陈万、曾衮，今之十三营、四营、亚婆营、飘营而已也。一旦有变，南可以通孙李，东可以通郑，其为害可胜道哉？是谓无策矣。

以职之妄自揣摩，而有三策之献，以明公之名重一世，德重一世，位重一世，虚怀采择，必有斟酌之定议，而救此一方民，为三省之功臣，为文成之后身也。职年少才疏，一书生焉耳，有言必言，有言必尽言也。语曰：士为知己者用，女为说己者容。今用则不敢望也，或以此言为之先容可乎？若俯采其言，而实见诸行事焉，则王文成之于伍文定，职之志也，职之愿也。万一弃其人而用其言，职虽赋一篇《归去辞》，言行道亦行也。明公忠孝名家也，学问经济名臣也，职之狂瞽妄言，不知其有当与否？或不以职之言为多言而躁也。谨百拜上书。

与邑侯论马政书

刘友光

马政之苦，敝邑数十年来不可救之祸，尽人而得言诸父母，而不能得长策以垂永利。弟尝私揣，一事之设未有专害而无一利，为政之要，不恃有治法而恃有治人。敝邑界楚末，额马十匹，草料银额派二百四十两，往值神庙清晏，冠盖之尘经年不见，嘉兴钱明府思为养马者之累，乃捐差银二百四十两以补其不足。其时上无结轨之客，畜有滋息之蕃，而地方之黠辩者且以养马为利矣。

迁报之说前此未闻，其后法无百年不弊，人亦应运不古，而逾年一迁报之说行矣。是时草料犹全给，而差银则扣损一半，无如胥役为奸，聚敛希旨。始而扣损差银，继则并草料亦染两袖之风，而逐季迁报之说行矣。当逾岁一报，止及客民之富者，而不及于土著。盖以土著自有差徭以急公，及按季说行，前者止知竭涸泽，后者不能保其无鱼，而城乡之土著，稍能食有脱粟衣具完布者，悉为之一空。自寇变以来，地方之残毁千变，而百姓之赋役曾不闻一减。如兹马站，是必不能不议复者，但沿迁报之弊，终为种怨之尤。

年父台饥溺犹己，慈惠人人，草料额派也，全结毋容上请。差银义举也，亦望续钱明府之德音，每匹仍捐二十四两。此外再于额粮五万，每石议增六厘，又可得三百金，合之是以八十金而走一匹，仍招黠辩者承役，此中不惟无赔补之苦，并令之可以高下稍润，而从前之黠辨者或亦乐为奔命而不言疲。不则仍循迁报，民之有力者顽懦而守法，望承舍之鞭影，神悸魄惊，无异馁肉用投猛虎，彼亦不能自克，仍是输金以倩城中之黠辩者代为之。与其长迁报而使民为倩募，害多而怨深，曷若稍增派而以官为倩募，其损小而利久。世至今日，民之穷者，非为兵即作贼，作贼而征剿之事兴，为兵而糗刍之派增，是二者均国之残也，均能与我语难者也。夫多其方走民于险，以费都邑以损威命，与多其方息民于休，以蓄生聚以资拥护，孰不利也？

年父台洞鉴古今，未审能以弟言为然否？承召即当趋议，偶然冒暑，不能出户，辄以愚衷布之左右，祈与诸大夫国人佥议其可耳。漕米请蠲，补牍亦望上请，沥血以控，伏冀崇鉴。

与锺秋芳书名山桂

米元侗

秋芳足下：

记仆髫时共读书，风乎夏，炉乎冬，无衣食之累、公私之萦，笔研为缘。当此之时，袭父祖余荫，奋志进取，嘻嘻不知何如世也。稍长，仆以父任从黔。当此之时，齿短学礼寡，故临岐不能谆谆为别，至今憾甚。

丁亥，王兵创我邑，仆在黔闻之，即与老母间道归，亲戚故旧或逃六都，或亡黄溪，或溯流奔锦水，或肩舆趋义陵，或泛舟至郡而复返乎舒杨湄黛之间。当此之时，虽仓卒流离亦皆各保家室，而未闻死亡。然犹以数百年之承平而废于一旦，未有不伤心陨涕者。

及戊子，家兄罹奇祸，遭崄巇，倾橐箧不足则尽绮帛，尽绮帛不足则空簪珥，空簪珥不足则鬻田业，田业无人售也，于是广借贷。其冬雪深数尺，飞鸟不鸣，老母沿门危行，哽咽泣诉，僵仆之余，肌肤破坏，而仆与家人辈中疫群卧，米薪不续。当此之时，号楚声与号冤声，瞠瞠沓沓，左右数十里更迭决裂，竟以旦暮忧恐饥疠，无计以自脱。故仆所徙处，居者行者，知与不知，闻之莫不肝摧肠转也。嗟乎！先大父以来，世以忠厚相贻，辰溪三尺之童，无相逆者。而家兄乃有奸谗之胁，隶卒之欺，彼苍何心，使至此极也？

己丑，张南宁拔辰州不果，遂旋火我邑。庚寅、辛卯，遂以我邑为徼郛，下戍而上攻，相持不已。当此之时，富子弟日以贫，文子弟日以弱，耕人失业而贾人迁流。死饥者、死寒者、死疾厄者、死兵者、死老羸者，以故村落墟烟断绝，百里萧条于凄风苦雨中也。自是之后，沧桑不一，间有城居者，如日中之市，聚而复散，不足述也。亲戚故旧，殁者累棋，存者晨星，不可枚举。

己丑十月初四，夜抵黄溪口，邂逅田二，备悉足下置身释子，游衍医林，挺立乎异乡羁旅之间，不竞不求，无所系縻，良可慕矣。若仆忍饥岩谷，束志寒山，曷啻庭槛邪？然以十余年穷愁幽愤、贞脆恬刻之情，莫不尽烛。一草一木，一丘一壑，莫不奔趋而亲领之，感中而发外，意至而辞溢，以是为诗为文不下三四万言。家贫纸笔稀，故不能录寄，姑成得足下信二律奉览，然足下睹二诗，亦可以知仆之森森于浑浊之俗，仿圣贤，谨出处，非蟪蛄之荣所可尝以苟且者也。

异地风霜严劲，暄寒伏惟自重。令弟前至县，以仆恶尘嚣，少向城郭，故未面。并闻。

上征南将军进取方略书

罗士彝

窃惟天下之大势，重于西北而轻于东南。若滇、黔、蜀、粤，则又南方之最偏隅者。虽有剑阁栈道之险，铁锁关索之限，与夫熊罴盐关之固，然而次第攻取，悉天下之兵力以攻一方，一方不足取也。今者关、陕、闽、浙幸已戡定，岭南、江右复见雷驱电扫，茶、攸、安、酃悉荷扑焚拯溺，诚所谓补天浴日之功再造于今，足见我皇上聪明神武，荷天眷祐之所致也。加以将军恭承天讨，肃将天威，雄师所指，如石压卵。挞伐横张，望风宵遁，全收之盛，岂待言哉？但长沙尚拥孤城，湘潭相为犄角，势必分据首尾以断率然。松滋、岳渚更加牵制，则彼兵不得专聚，衡郡当在指顾间矣。

衡郡之守，利在一河，河之上游则有茅叶滩、白腊桥、白沙浦等处，河之下流，则有雷家堡、樟木市等处。度贼之情，必沿河设篺，据口护津，以防我师飞渡。若耒河口新城街，则又迤逦于耒阳界，为河外之河。三春水涨，弥漫四泽，其安塘置伏以扼来路，料所必然，击此之道，须以三路进发，庶有以杀其势而分其形。一军出潭湖，进驱洪山庙、愁思岭为东路；一军由耒阳取桂阳州暨常宁为南路；一军趋草市，越帽岭，或从吴集往高桥，由间道径抵衡城塔脚下为北路。如此贼战不及战而守无固志矣。更檄广东之师以袭广西，进逼乎永、祁，则西路绝而四面受敌。且邀截粮运，桂阳、零陵之艘不得下，衡山、湘潭之航不得上，区区取给于宝庆、武冈之肩挑背负，岂能久乎？孙武所云“出其不意，攻其无备”者此也。李卫公所云“数军为正，一军为奇”者此也。审贼之情，我众而彼寡，我强而彼弱，我实而彼虚，我锐而彼挫，向之鸱张枭顾者，今已胆落魄丧矣。自古先声夺人之气，固无俟再计而决，矧今河之东岸，如郴州、桂阳州一带，吴逆委如敝屣，非其志不欲守，力固有所不逮也。

将军文武兼资，定有长策，以折冲于万里，宁必借着一介之微，为千虑一得之助哉？特不能已于言者，忠君爱国之心油然而生，故不揣愚罔，敢披肝以献。

上征南将军抚剿机宜书

罗士彝

侧闻赏罚者经邦之大典也，抚剿者戡乱之大权也。故赏与罚并用而国可长治，抚与剿并行而乱不终乱。乃今日者，吴逆倡乱而潢池弄兵，所有山寇揭竿啸聚，吴楚之间被其蹂躏者凡十余郡县。百姓如游釜底，思去汤沸，以冀一日之苏者，无非欲殄灭此而朝食也。将军以全师压境，茶陵、攸、安定于呼吸，惟酃以万山深处，负嵎伏莽者尚众，须抚剿得宜而后山贼格命。语云：稂莠不薅，终败嘉禾。彼狡窟甚多，而出没无常，非有以制之，则无以迫其躯而胁其归降之心。故置虎狼于山泽，而耽逐之欲不止。授羁縻于陷阱，而摇尾之乞旋生。今皇上专意招抚，无非以不杀为恩，将军复推诚置腹于人，无非欲覃敷乎皇上之仁。乃依山阻险，啸聚如故，非其心不欲生，无亦天厌其德而速其报也。所恃者郴州各属尚有退步，出此入彼，莫可控制。为抚剿计，莫若先定郴州五县，则前后免脱无由。谨按郴州之兵，不过桂阳、宜章两防守，皆系本朝旧将，揣其心迹，未尝不乐归顺，欲借功以赎罪者也。如桂阳防守王尚有马步千人，居贼后路，素厌山寇为患。近与瑶峒结连，傥得将军片纸见谕，必能纳款通诚，以扼背路。然后遣师进取，则退据无地，以之为抚则见抚，以之为剿则见剿，郴州五属不于此而席卷乎？

军国大事，非儒生所敢知，聊以是为刍荛之一献焉。

寄李伯蘩先生书

陈紫绳

洞庭以南，文章品行，自终泰、云梦、绿萝、濑园数老外，千里一人，百里一人耳。先生崛起其间，追前启后，主持一时，真命世之雄也。曩见《法门集》，与晞斋吴先生对案共读，以为简洁醇畅，近今得未曾有。相与叹慕，恨不即时把袂。今晞翁已不可复得，而墨樵兄担簦过访无恙外，即讯幕阜先生近祉，亟探行笈，得《布帆集》暨诸杂文，且钞且读，其得意处，如入宝山，衣袂所拂，无不夺目骇神，不暇爱玩而持择也。

吾乡数年来，作者数公，皆后先凋谢，而弟则独处穷村，转伤固陋，况年逾六十，衰相种种，撩衣从游，此愿都虚。每诵大作，强半纪游且夙具济胜，絙途鸟道，只知跬步康庄，即此一端，便十倍庸劣。同陟参岭，汉江衣带，溯洄上下，敝庐近在渚滨，一停櫂便可到门。追忆尔时，徒令人望云气而兴思耳。然在己无御李之诚，而望君速访戴之兴，无乃言太恕而愿过奢与？敬撰俚句一章，小札数行上达，幸不以未同拒。傥黄鹄一举千里，亦未可知。弟拨床头之云，扫简内之蠹，焚香煮茗，尚可为旬月淹也。不揣疏贱，妄附青云，临楮可胜悚仄。

先高祖喜涉猎，藏书甚富，手钞亦数百卷。游历西江、陇、蜀者十余年，归而笃老，手稿多佚，勋生晚，仅拾剩纸存之，不胜怅惋。裔孙应勋谨识。

与宁远诸生书

曹耀珩

今圣天子在上，德化翔洽，比户可封，乃一邑一乡之中，则亦有积习相沿，行之者安于固然，虽明知其流弊，而亦有积重难返之势。此在乎官斯土，与生斯地，而秀良之子，为之毅然振举于其间，庶足挽颓澜，而乡邻风俗之美为不可纪极也。

宁为邑土沃人醇，清明则合族展墓，有报本追远之情焉。粮饷则本年全输，有急上奉公之义焉。兹二者俗之最良也。其不甚良则在婚嫁一节，闻两家订盟之始便须仪物，逾年行聘，用冠簪庭，实牲腥果饴，旁及伯叔舅姑，筐篚鼓吹，百人数十人载路。

迨夫雁奠复将以多仪，或索百金为寿，名曰催妆，糜费已甚，然犹谓纳征纳采，古人必六礼之成，方得归妻也。至女父母之家，乃必冠饰钗钏，上者数百金，次亦白金数十，户户皆然。以致士夫之族，莫不拮据支撑，当鬻称贷，历岁时营办之。有力者不足惜，中人之产至于剜肉医疮，百计苴补，逮完向平之债，而室如悬磬，元气全丧矣。

吾观宁邑颇有唐魏之俗，而富人少，盖藏有限，此未必非耗散之一大端也。更有编氓不读书之家，力不给，遂将姻事悬搁数十年，女老不字，安心忍意，恬不为怪，且有速于讼者。昔文王之化，男女正婚姻时，有室有家之愿，谁独无之，而奈何出此？夫女子之嫁，母命之曰必敬必戒，以是为爱其女，未闻爱以金钏也。故古之贤妇荆钗裙布，又曰井臼，曰糟糠，安有簪琚在首、环珮在身而可操井臼治糟糠者？且夫礼辨等威，天子后妃，诸侯、大夫之妻，命服亦各不同，凤冠岂宜僭越？而宁邑妇女侈然为之。孟氏曰：不得不可为悦，无财不可为悦。宁邑士民则既不得而又多无财者，有为之说者曰：多贻金钗，为其女终身计。吾又闻夫家视妇所有亦不甚惜，动辄销毁使用，计其制造工价成色，十去其五六矣。就令藏之妆匣，亦复何益？以难久无益之玩贿，徒失女子迨吉之青春，可不谓愚甚邪？目今省郡俱有育婴堂，宁邑以嫁女须费多，生女便溺不育，伤好生之心，孳息不广，此又可惨恻之尤者。

夫移风易俗，为上者之责也。士为四民之首，则化始于章缝也。巨室者又一乡一邑之所仰慕也，不佞今与诸同人及父老约，限女子二十必嫁，以家产之盈虚计妆饰之多寡，议若干两为率，递减无增，无已容贻之金粟，卜期于九月望日，齐集明伦堂，以老成斋长为倡，妥议规条，士夫家先行之，令一邑则而效之。一为天地广大生之德，一为男女定以时之婚，一为闾阎留不尽之藏，一为愚贱息分争之讼。一举而四善以备，庶几数百里之内风清俗美，是不佞之所厚望也夫。

上张方伯书

曹耀珩

某启大方伯夫子阁下：

书院月课，中丞高公定为三课矣，执事者云三课不免于疏，宜倍之。且教之曰：多读则胸中有本，多作则笔下生花。此诚造就人才、谆切无已之至心也。昔贤云：业精于勤，荒于嬉。请每月一遵六课之令，三八命题，永为程限。诸生皆仰体德意，无敢有一期舍会课以嬉者。阁下又以近来文体宜何如厘正、诸生中气质好尚之同异宜何如振举下询，愚请得据管窥之见陈之，乞阁下一指南焉。

愚尝谓文运与国运相表里，文心与人心相出入，治国之运必平康底定，端人之心必坦易正直，则文字之不宜偏陂、矫激与放荡无归明矣。子舆氏谓：诐淫邪遁之言，生心害事，生事害政。岂可以文为无轻重之数而矜奇任诞为乎？古人文字之不朽，如日月经天，江河行地，行所无事，人人得而见之。非是，虽传述于一时而历久必敝。汉唐以来，文体递变，要其必归于正大晓畅，则先后一揆也。八股莫逾于有明，有明三百年尤以正、嘉、隆、万为鹄，至启、祯渐衰。本朝文气一盛于熊、刘，再盛于韩、翁，三盛于汪、何、方、储，中间升降不一，迨雍正甲辰后颓靡已极。士之操帖括试于两闱者，率取冗长俳俪中主司之绳尺，遂至有文无题，有皮肤无神气，非吉祥冠冕之语不书，尘羹土苴，令人白日欲睡。近深知此种文字之非也，药之以启、祯，启、祯中又药之以章、罗，谓如是方可以救熟烂之弊。无如主持风气者又复矫枉过正，闻近科一二总裁于锁院校文，同考呈荐上卷皆不可，曰：第持若所不能解识之文，则入彀矣。闻其言者绝倒。闱墨出，士论哗然。其一种依稀玄渺，生涩险艰，直是文中之魔，名为救弊，实益其弊耳。一时士子见此种文之获隽也，皆不顾义理之安，不思矩度之合，佶倔聱牙，务为依稀玄渺、生涩艰险之文以矜奇示诞，见文字之正大晓畅者反诋笑之，谓卑之无高论。虽有聪明拔挺之流，率沉溺汩没于其中，而冥然不悟，悍然不返。嘻！其亦可哀也已。夫此种文字势必不可久，主司必将恶其劣而痛去之。就令终可以获隽，问之此心已不能安，试清夜取古人经世之文默自考证，其又不面惭耳热而无如何邪？文体之不正，中于人心风俗遂如此。吁！可畏也已。

有为之说者曰：此种文即不赏于当时，可夸示于后世，谬又甚矣。昔扬子云草《太玄经》，学问邃深，岂不高于今人万万？而后之议之者，嗤子云以艰深之辞文固陋之旨，后人而可欺邪？且子云曰：后世复有如子云者，必能知我。虽子云自度其文之不正未必能述后也，且若辈以为吾学章、罗，章、罗之文何尝不可解说？今不能如章、罗根柢之厚，涵养之深，而徒掠取其集中一二依稀玄渺、生涩艰险之言以为圭臬，未得章、罗之瑜，先得章、罗之疵，而侈然曰：吾章、罗。诬章、罗实甚矣。李、杜为一代诗人，岂无肤率之句？黄金之至精也，而或间以沙砾，弃黄金而取沙砾，宜乎？白粲之至美也，而或杂以粃糠，舍白粲而饭粃糠，然乎？夫学启、祯之文，何不学金、陈？宗有明先正之文，则又何不宗王、唐、□、瞿、归、胡、汤、许？必以不可解说者为至文，金、陈有一字之不可解乎？等而上之，玉、唐、□、瞿、归、胡、汤、许有一字之不可解乎？又上而唐宋八大家、两汉、晋魏之文，有一字之不可解乎？又上而孔、孟、颜、曾之书，有一字之不可解乎？又上而典谟、训诰、易象、雅颂之书，有一字之不可解乎？夫八股至金、陈与王、唐诸先正之篇止矣。立言若唐宋大家、两汉、晋魏之文，孔、孟、颜、曾、易象、雅颂之经止矣，而必欲以不可解说者，求胜于王、唐、金、陈诸先正与唐宋大家、两汉、晋魏、孔、孟、颜、曾、易象、诗书，则何其惑也？

夫八股之秘钥在于理、笔、法三字，其大要以发明圣贤之精蕴，吻合圣贤之神气而止。诸生气质或中材或上哲，为文或肤浅则令深潜，或蒙晦则令透露，因材而笃，未可拘方。然而依稀玄渺、生涩险艰之文，则反在高明一流。愚所以大声疾呼，惟惧其入于膏肓而必加以药石也，顾此非愚之私言也。上谕之正文体，则以清真雅正为率，中丞高公之教诸生，亦曰文贵求其是，而神骨气格则取其清，必以嘉、隆为轨矱。愚宗其大指，切切言之，信从者众矣，疑者亦间有，恐鄙人之言未足令靡然从风也。阁下为文章之司命，其集诸生一振聋聩，砥柱回澜，士林幸甚！文风幸甚！

与沈为久书

曹耀珩

耀珩之生，四十有六年矣，材质谫劣，不及中人。又生长乡曲，未获从当世名公卿游，目复不睹奇书，得少开拓其知识。自分懒性夙成，遂不克振拔以终老。及晤足下于潺陵，得一炙其光耀，而窃闻其绪言，私心幸甚！所贻集句诗，对仗工巧，在在有水到渠成之致。若三唐人预造此绝妙句子，供足下之采择。读者但见其意象之浑融，法律之稳合，而不知其为集句也。此技至足下已空前绝后，第不识足下所自为。其开窔奥而接混茫，复何似也！

耀珩楚人也，产西涯、湘洲之乡，自放巴音，尝以谓百余年来南风不竞，近代又极诋竟陵，然庸庸如耀珩者，能为楚声足矣。而来书云以子美为周行，何敢何敢！顾其心亦有不敢自恕者，学不欲安于卑近，质不欲狃于风土，所向往之一人，则未尝不在杜陵一老也。书中数百言，既备诱之，复缕缕摘其瑕疵，捧领之下，如拨雾而见天，如久梦而忽觉。尝谓今世不复有多闻直谅其人者，于足下而忽遇之。所论韵共一纽不连用，特见笠翁云云，未遑考证于少陵。又云一三五七句，上、去、入必隔用，他人不尔，惟少陵为然，想亦不必过泥。虽然，足下之所云云，犹音韵耳，皮毛耳。诗之为道，广大精微，作者呕心镂骨数十年，不能臻其妙。近体何以格律谨严、风骨遒上？古风何以音节顿挫、波澜老成？拙集之为当世所唾者何在？足下其必有深见于此。将吝之而不言乎？抑以俟耀珩之诚求而始尽言乎？

费瞿如集句俟向攸邑人求之，严平子集昔一读之未卒业，此翁处叔季之颓澜，克张楚军，足下之持论，毋亦有太刻者？尊集句已流布同学，都为绝倒，其一二笃志之士，又怪足下之才之学如此，则何不深造孤诣，而徒驱策古人，用心于无益之地。耀珩无以相难，并以闻之足下，足下以为何如也？

与王教授书

曹耀珩

前七月告仆云：向与衡阳唐进士议搜湖南穷厄以终之遗文梓行，唐死，遂不果。今欲再成是愿，愿吾子之相之也。其后晤张大理湘门，感叹于亡友之素心不得志者，思一表彰之，言与足下同，但谓既举于乡勿论。仆曰：未尽然也，其举于乡而得膴仕者，无庸吾表彰矣。近若茶陵之刘子淇，桂阳之郭子远，长沙之荣子铨，吾邑之徐子日、宏大本，虽一荐，能无郁郁之苦乎？湘门然之。

嗟乎！士子牖下数十年，钬心镂骨，求所为名世之文不遇，则又汲汲皇皇以求行世之文。行世之文，不过风味稍新，声调稍变，实则皆可名世。其品最高、学最邃者，尤独行吾心之是，而绝无与于人世之取舍爱憎，不幸文益高，身益踬，白首抱残，中年赍志，遂并其所为文诋毁之，岂复有哀其穷而传之者？甚或其子孙凌夷，散轶殆尽，什一千百，仅存于故旧门生之家，久之吹为冷烬，飘为晨风，此千古有志之士所以抱愤于九京而无如何者也。明之季，□□□□□□皆困抑于诸生，不得其人以表彰其文，今日安知有二子？二子长逝之魄，私恨无穷矣。大约海内磊落奇伟之才，得志而传者半，不得志而遂终不传者亦半。如得志而传、不得志而犹传，则亦其仅者也。然而表彰之权，则恒在积学高文之大儒，而又为当世有力者。斯言出而信从益众，仆曩者诚有此志，而艺不重于士林，名不出于乡曲，足下与湘门，所谓积学高文而又有力者也。足下成进士，非备员禁林则当为令牧。湘门据要津有年，令今足下不屈就广文，湘门未予告，宽闲寂寞之滨无二君在焉。即欲得其人而表彰之而奚望邪？

兹役也，须每邑一有声称者首事。近小两邑一人，文不务多拔其精者，诗篇亦务搜求，勿令风雅歇绝也。伏惟足下河汾一席倡学东南，阐微发潜，端在有心人矣。某曰。

与张大理书

曹耀珩

某白张君阁下：

仆与阁下齐齿，而月在仲春，忝一饭之先。邑中祝我者，佥欲乞阁下一言介觞，仆曰：某而不受祝也。某而受祝也，微张君言无以祝我也。有狂客掀髯笑于侧曰：子尝谓赠遗之文，不以贵人重，张君承天子命，扬历中外，累官廷尉，不为不贵矣。子曰：微若言无以祝，其犹有名位之见存者邪？仆曰：客何言也？夫苟慕名位之人以为光荣，与必却名位之人以示高峻，皆其有名位之见存于心者也。吾而苟有名位之见，吾乡中某某视张君加贵也，于吾非无缟纻之雅也，而未尝乐其言而乞之，客可以观矣。客微颔去。盖仆之与客言，微示其端而未详申其旨也，今得敬陈于左右，渎阁下之明听焉。

夫山林穷约之士，独修于家，冀有闻于没世，惟得大贤之一言，斯足贵耳。所谓大贤，非必尽无名位，果其蓄道德，能文章，如韩昌黎、欧阳永叔一流，将以其名位之高而反不尊重其言乎？吾湘中蓄道德而能文章如阁下者，岂以名位重乎？令阁下仍厄穷如曩者一诸生，其为大贤之言，不有同然者乎？且夫人而素不相知，非有意毁之也，而或失其公，非有意誉之也，而未当其实。如其相知之深，其不为一言誉我，旨微而情切也。其千百言誉我，予之非谀，当之无惭也。其訾我规我之中，节取一二端誉我，而亦足以风也。

阁下蓄道德，能文章，又知仆之深，其为仆言，必有出俗情万万者。仆而诚可祝也，无借阁下言，得阁下言益传。仆而犹未可祝也，将耄年孳孳修身寡过，三复阁下之言以庶几能传。故曰：微阁下言，无以祝仆也。虽然，阁下立朝居乡，不妄交接，不轻许与，微仆者肯漫为一言乎哉？不宣。

与唐太史书

曹耀珩

某顿首白太史唐君阁下：

昌黎云：高才多戚戚之穷，盛位无赫赫之光。仆尝以斯二言为士之不遇与遇而犹未遇者惜，如阁下其一人尔。阁下幼随兄任试徐州童子，以一日十四艺受知学使许时庵，支离南北，久未一荐，此其为戚戚之穷何如也。逮癸巳，捷两闱，为侍从文臣，旋遭黜斥，授徒都门，更旅食姑苏、淮扬间，漂泊十余载，此其为赫赫之光何有也。今三复昌黎二言，而谓其义有不尽然者。

夫戚戚之穷，不必其长贫贱；赫赫之光，不必其在富贵也。惟其怀贪得徇利之私，则戚戚者吾心；惟其有事功文章之著，则赫赫者在当世。故士而得志亦有戚戚之穷，其不得志未必无赫赫之光也。阁下自穷居至通籍，泊然无求，笃学嗜古，与当世名公卿讲求著述，此岂有丝豪之戚戚，而亦岂为寻常之赫赫邪？顷者以东平之荐拔，膺北阙之征求，黼黻休明，此尤不世之耿光，仆区区之心所翘首而瞻跂者也。赵君环庄从邗江归，言阁下甚详，又述阁下云：洞庭之南，齿齐而意豁者，仆与张湘门二人。湘门已显，独仆坎坷久，未识近者奚似？惧其以抑塞自苦。此诚阁下绨袍惓念之盛心，仆宜何如感激！顾窃自维，久病积衰，恒饥终窭，则诚有无可如何者。

至于功名升沉之际，固未尝幾微不平，近且结茅临水，携儿子读书，兴会所至，看云赋诗，赫赫之光良不敢期，戚戚之穷庶几知免。此亦差足慰故人矣。伏惟阁下遭遇明时，振举末路，荣闻休畅，达于乡国，幸甚！某白。

湖南文征　卷九十三

书二

与冯粮道书

彭维新

恩命抚苏，深切悚惧，百端交集，无术澄清。而目前害民秕政，莫甚于收漕。收漕积弊多端，其弊之最甚者，尤在掯勒浮收。夫粒粒辛苦，民间稼穑艰难，举目即见者，漕粮、白粮也。乃贪残之府、州、县待以实橐，刁仆、蠹书、猾役资以饱欲，院司道府吏役据以分肥，劣衿、地棍借以挟制，眈眈此项。当秋期未至，早群焉摩厉以须矣。明知其弊，不一为刷涤，仁人君子之用心，奚忍出此哉?

州县贮籴收饷，皆在堂署左右者，以其近民也，而耳目犹有不到之时。粮仓取便兑运，故距署远近不一，而所系最巨。州县多不身亲其事，仅委之佐杂、家仆、胥役，其身自赴仓不过月再至，旬一至，名为查察而已，心切渔利而故授家仆、胥役以柄，如之何不弊窦百出也。一有发觉，希冀以失察末减，此固墨吏故智。民则何辜，岁受其毒。今饬令州县标示样米，俾粮户于辰刻运集仓外，该州县每晨赴仓，将运到户名随到随注印册，面验米样相符，即印记米石令交收给串，收米先后以注到印册为次，同日论时，同时论刻，其不符者登注另期换交，凡此一一目击，家仆、吏役有借口阻滞以逞需索之技者，可即得其人、即治其罪矣，掯勒诸弊庶乎可杜。

至于浮收，其弊根在斛，其枝叶蔽翳则在斗级、库夫人等。顷提阅旧斛形制，实为浮收作地，面阔底狭，板疏隅裂，阔胜积，狭善摇，疏裂多容。又内簇洼痕，底外凸出，置诸不平之地，不待踢触，已恒有动势，故较时均有溢出。且斛口既阔，四面畔板片更太厚层积，可意为多寡，甚者可累斗余，所称用概者大率概诸斗余之上焉耳。业咨取漕院部颁铁斛，饬府县以椒实再四较准，复自行较定所容实数。现捐养廉银二百两，令长、吴、元三县照造部斛二百四十只，以曝干坚木为质，五分其底为斛唇，唇方四寸，边陡削劣受半□斜杀递下，裹以平滑光晶铁片与木附。更虑椎宽铲薄，其隅棱底缝，亦遍嵌铁叶，俾无铁罅。斛身外内四周，烙记巡抚衔火印，其概用轻桐木铁络之，约其推移分寸与斛口适平，米少溢概不相借矣。屡集文武各员置平地量试，浮勺撮则颓而速下走而不居，与部颁铁斛所容，覼若画一。俟兄至复面集府县细较无少差，然后分发州县各三斛，其二收漕、白，一令发里保具领。乡城粮户悉听照造，高卑从便，惟斛口分寸、斛腹容贮，不得稍一增损。斛外各书姓名，递送粮道较明汇呈，烙记火印示期认领。民间有此准的，输粮斗石多寡可自预知，交仓一有浮收，即知分数，持斛申诉，殃民州县，无可置喙。浮收诸弊，庶乎可杜。

夫粟米之征，上供天庾，州县官身亲地丁，而迹疏漕、白，一近一远，殊乖敬恭。借曰审鞫事件，仓堂难与兼办，在廉干之员固能并行不悖。即中材以下，朝夕尚有余暇，可以勉为，试问日坐衙署，排班审鞫诸案，自信果无不允当乎？则非地为之，人为之也。况自开仓讫于开兑，其期可以月计邪？特恐身在仓中，家仆书役仍复为政，掯勒浮收仍复不免，蠹国害民之罪，更不可逭耳。东南漕弊积重难返，昔贤所谓甚者更张之。此正其时，惟是时日已迫，奏请惧或稽时，咨部亦必逾月，急治其标，先除掯勒、浮收二弊，其余渐次厘清。至结涩不治，则必事题达方克澈底廓清。从前州县颇以运弁运丁强索无状为言，不自责己，何以责人？果其洁清无瑕，而彼复逞狰狞咆哮故态，当即通详尽法以痛处之，为民生吐气，是亦仁人君子之用心也。

告示稿所列弊款甚多，尚必晤商以补所未备。恤民知有同心，挑灯属笔，不觉辞费。幸迅发遄来，计刻以俟。

寄杨宾实前辈书

彭维新

顷徐坛长太史言先生春初入觐时，于其案头见新所作《莲叶田田赋》，赞赏不容口，评以“丽则之中涌凌云之气，镕长卿、孟坚为一手”云云，奖借太甚，深用惶恧。甫还署，又辱手书，有云：词藻之学未足立身经世，惟沉潜遗经，研味程朱绪论，方有实际。又以节饮不但保体，实以蓄德为言。捧诵回环，愧悔感激，并于一时。

先生平昔以正自处，以正待人，于心所期许之人，尤勤恳笃挚，冀偕入于道。闻有过举，即昌言纠正，此古君子之用心也。顾新愚懵后学方且擿埴索涂，何期而得此于先生也哉？新自通籍，至今十二年矣，当代所称有道德文章者，均辱忘分忘年相接遇，揄扬过实则有之，指其失而肫切警戒者，曾未一觏。至于同侪寮友，恒与共编纂，偕出入，非不日相周旋，正昌黎所谓相熟相同，不教不学，闷然不见已阙者。药石之益，始获自今，抑何所遭之幸邪？新于词藻之学，初亦未尝专攻也，特以既厕词垣，笔墨策勋，其所有事人为之，己亦为之。始而尝焉，继而嗜焉，未已也久而思饫焉，于是贪多务广，竞长角胜之念，浡然杂起，穷渔猎，役心思，以冀得当。间一快意，而劳瘁已多，虽未敢效为绮语，然质朴古淡之风，去之渐远矣。即以文章论，已非其至者。徐、庾之体，何若贾、董。贾、董所著，宁望六经？而狃于习尚，几至溺而不返。乍闻提撕，如久寐之方觉，宿酲之倏醒也。

夫人之心有所检则存，少纵即放。好赋之与好饮事虽有间，而心之易流于放均也。自今以始，当悉蠲宿嗜，日以治经自程督，不惟沉潜于其义也，必以践诸事为验，未敢驰骛经世，先期饬厉其身。至文酒之会，久已厌其频数，此后独饮，亦严立限制，善后图以盖前愆，勉副长者之劝戒，亦所以自爱其身也。扬子云其人不足道，尚以赋为壮夫不为。陶士行东晋第二流人物，犹能惩酒失，复痛戒将佐。新素颇不甘暴弃，向既不能为不远之复，兹承古谊相勖，若复以缪迷沉湎为小疵而间蹈旧辙，自待居何等乎？

深惟厚意，知期望甚切。故亟布悔改之悰，以报左右。此外阙失，必更有不自觉者，相隔邮程匪远，先生一有所闻，务即直为指示，是尤朝夕所祷祀而求之者。

与张慕莘漕院书

彭维新

收漕丛弊久矣，府、州、县知之，粮户知之，经过士大夫游客知之，往来商旅氓庶皆知之，而督抚苦不尽知，至漕院则未敢定其知不知也。何者？府、州、县舞弊者，粮户受弊者，士大夫行旅诸人饫闻其弊者，督抚职务繁冗，漕务特其一端，欲察弊患不精详，故苦于不能尽知。漕院专司漕政，漕弊宜无不知，而或不知或知亦若弗知，故其知不知不敢以意定之。

新七月十八日始接到抚苏恩命，二十二日始莅任，各属收漕期届，极知痈不宜养，然欲奏告咨请，恐均稽时日。且开兑有常期，即民间挑载输纳亦不宜屡疲往返，急则治标，去其太甚，应先杜其浮收。因提验各州县旧斛，率面阔底狭，板疏隅裂，斛唇四旁板厚及寸，适诲以淋尖踢斗而已。是以咨取部颁铁斛，亲率职漕各员，以匀净椒实再四较准所容确数，贮之小口斛，缘以铁片，陡薄斜杀不能溢积，阔底平稳无能撼摇，不过缩旧式之阔以补旧式之狭，底面小异而腹之容受则一。谓之厘弊则可，谓之更制则不可。夫遵制违制，惟视其实之异同与否，形貌其肤末者。尧舜禹汤貌不同而均为圣，耳目口鼻形相类而心难知。必惟形貌是求，则是阳虎可以定礼乐，优孟可以相楚国，虎贲可以续汉史，失实逾甚矣。

较斛为漕院专责，今执事每年较发，较其腹贮之实乎？抑较其外具之形乎？较其实而实未可尽信无爽也。闻铁斛虽贮郡库，而司其事者别有其人，恒以盐醋沃其里，瞬刻铁绣磊积。各省粮道较斛时，司此者视意谊之厚薄，酌为炽烧劀刷之等差，而制其铁绣去留之有无多寡，所谓实者如此。其运兑不至阙少者，以此斛岁经烧刷，不免如泰山之霤，且各省收漕不尽平概故也。至核其形，遍阅各属旧斛，或高或卑，或脆或坚，是悉经漕政衙门较发者，而形制已不画一若此。惟阔口狭底，宽边则无弗同焉者。兹小口斛方者仍方，未尝规方而为圆也。实固吻合，形亦大同。

执事昨较山阳桃沭小口斛，曾有圭撮之增损乎哉？更制之说，可以息矣。顷有来告者曰：漕院恐此处折奏，又改斛未经会商，故未释然。新却之曰：吾从不为含沙射影之事，人所共知。矧执事稔悉素行，宁或疑此？至未经会商，非改也，焉用商？且处公事，惟问是与否耳，意气小激致贻民害，小丈夫犹且顾虑，度执事必不然。至是又有来告者曰：漕院疑终未释，已将改斛事具奏矣。新曰：诚有是，谨预办明白回奏稿相待而已。

吾辈共受朝廷厚恩，剔弊谅有同心，悠悠之口原不介怀，兹扬州守杨继椿传执事语云：小口斛诚便民，但恐以更制滋口实，此必殃民之府、州、县诡为此说以溷清听，愿勿代为过虑。此厘弊也，并未更制也，圣明在上，新不敢为畏首畏尾之行矣。琐琐累牍，伏望照察。

复方灵皋书

彭维新

夏五人还接手书，意谊勤恳，期以前哲校文待士之道，弟虽拙钝，敢不勉奋以副知己之望？承云先刻熊、刘等稿，示学者以为文之鹄，此时固不暇，然亦可不必。此邦士子，非无颖拔之才、磊落雄杰之气，而析义不精，儒先阐发理要之书未曾研绎，六经、

《左》、《国》成诵者鲜，至三史、诸子及秦、汉、唐、宋传文，即素号淹洽者，亦只就坊刻庸选摘记三数篇而已。根柢浅薄，文字杜撰，剥割股法章法，卒无谋篇之善者。正由平日专读时文，益多益蔽，而于举子业终无裨补。视事初曾饬示以应读之书，而于《左》《国》及子、史历代古文，虑生童日力不给，第择举篇目百五十余刊布，俾之录诵，塾师以时程督，其英分敏慧者，听读其全，不在此限。迩者按试东兖，觉文体已变，俟之岁月，必更有可观。盖近日文字敝在于枵腹空夸，是以疵病百出。譬疾者杂证迭攻，总由元气虚耗而生，非通经学古以实其内，不足以疗之。果能沉浸钩贯于古人之书，临文手眼自别，其于前人文稿，自能判分白黑，不烦专示以仅读某某稿也。刕熊、刘二先生文各有偏胜，胜国诸名家之文亦然。

窃谓徇末而遗本，未若穷源以及流之为得也。有便幸更转示，至弟考规虽严，而等第最宽，取录不一格，亦不求备。接遇诸生以礼，有文行者更体恤周至。惟于讼魁长枪，则痛惩不少宽假。此二种皆获罪名教，败坏风俗，而长枪尤甚。学使者汲汲欲擢真才，而鬼蜮辈处处售以赝鼎，其人或廪生，或增附生，或曾中乡会试，每十数人随棚流转，赁大屋聚书群居，城市无赖游手为之奔走，侦伺考规疏密，引乡曲菜佣子弟，议封多金，重贿廪保，倩代冒名入试。或夤缘递稿与人，最工于规抚风气，弋获则朋分封金。案发时，生童各已散归，学使又按临他郡，故发露者少。夫以抡才之地视为鬻货之场，为天壤间至不平之事。此类若不尽除根株，是植稂莠以害良苗也，学臣不得辞其咎矣。故于察出数案，严示惩处。必待三年试竣，然后酌为开释，非苛也。彼既甘自外于士，斯不复仍以士待之。庶狎而扞罔者，不至接迹而起，所全实多，于理，于法，于事势，均不宜于姑息者也。

尊教云斥责已足戒后，似未为局中者审计耳。吾以救弊也，兄宁以他规我，次东阿驿馆，赍册役入都匆迫，残暑挥汗，率布不宣备。

与苏州太守徐正峰书

彭维新

积欠至一十六年，欠数至千余万两，在案之众至数百万人。清查方始，自必群疑满腹，惟应示之以诚，处之以静，行之以简，斯巨案可渐次廓清。昨闻司、道、府、州、县分协查各员，咸集沧浪亭公议，深虑人稠口众，意见不一，片语失检，伺听者误为传闻，狡黠者谬其辞说，煽惑沮格，由此而起。故遣巡捕官熊国寿宣言于众，谕以此案查察要在清厘，勿用讯杖，而诸君中或有河汉其言者，此为大惑。

皇上如天之仁，许侵蚀者自首免罪，刊布恩旨，城乡共晓。夫自首云者，感激殊恩，省悟改悔，不忍不敢之心并集一时。发于本心之诚然吐首而不讳也。若刑以威之，势以挟之，则是强之以不得不首，而不得谓之自首矣。如此自首，首必不实，且预伏异日翻腾之根，案亦易摇。三年为限，不满千日，若惟杖是恃，日亦不足，安有余力核查？矧十六年之欠，千余万两之数，数百万人之众，罄南山之竹，亦不足以给杖矣。故讯杖可置勿用也，岂惟此时？将来州县官协员下乡挨查，尤宜屏去此物。

业已恩给养廉，饮食日用例应自备，丝豪讵复累民？一主一仆，一胥一役，回环往来，使乡民并不知有官长下乡，方为克称职业。盖乡民耳目善惊，见挟杖之状，闻受杖之声，已心神不安。查欠情形易扰，一有被杖之人，群切滥杖之惧，必迎合图免，苟且卒事。何名清查？故讯杖断可勿用也。惟宜宣示皇恩，设法开导，谕以据实自首，原不强迫。傥本无而代人担承，本有而巧为推卸，转瞬核查败露，徒然自取咎殃。人有天良，讵难感格？彼蒙宽贯深仁，又见根查得法，何所苦而不献其情，何所乐而必逞其诈乎？则所首之有无多寡，其不实不尽者，度亦鲜矣。

夫仰奉恩纶，奉行不善，身膺查察，办理无方，徒借威势以侥幸成功。似此州县官协员，无具实甚。不列纠参，则是总理大臣负恩误国也。苏为首郡，幸即录此札遍及各属。

与朱参议

彭维新

名鸿绪，河南人，庚辰进士，历汀漳道。简随清查，素刻苦有操守。然性迂怪，如奏求戴翎及在江南以完欠粮册檄庙神，试诉讼者餂土吞纸，石磨金山寺僧顶之类，皆可笑。此勘丈详内征引不伦，沾沾自喜，既驳其详，恐其护前，故复致此书，以谐语抑之。

阅来详，有“各属告讦隐漏田地六千九百余亩，奸诡田户百四十余人，请单骑亲行勘丈，两旬可竣”等语。又遽将银数、米数造册，甫见弹卵，遽求鸮炙，太觉早计。查镇属三县旧额田赋，二十七万六千二百四十余两，入国朝来近百年，历报坍荒无几，经叠勘叠核，未曾概予豁除，何有隐匿如此之多？岂从前守令尽属梦梦，抑里巷小忿宿仇，借题捏告？是皆未可悬揣。但自来清赋之法甚多，何至遽议勘丈？勘丈不善，非惟不能清赋，适以扰民而已矣。

夫清赋之法，以镇静为本，以精到为用，以符合为程。而勘丈则一一反是，以监司而自欲履亩，弥滋纠纷，苟冒然一举，弊有不可胜言者。盖用独堕，用众乱，证难凭，多难遍，散难稽，时难待，暑雨难麾，供用难给，事绪难终。必使一人之身百役具备而后可，不则需人不得不众。必使禹皋为官，伊周司书算，杨震、吴隐之诸贤充弓手各役而后可，不则朦混贿赂必不免。必使王烈、陈实之流为族长乡保、里邻田邻而后可，不则互相朋比，售其欺谩。更必与地谋，必使田户地亩无多，举目易竟而后可，不则阡陌交错，识察不周。又必使田地片段止一二处别无畸零而后可，不则假借影射，顾此失彼。更必与天谋，必使勘丈之时常如秋杪冬初而后可，不则阻泥淖而蹦损禾稼。又必使勘丈之时霆霖大霁、炎（敲）〔歊〕远遁而后可，不则雨立汗浃，不能卒事。

又必使中田欸有庐舍、饮食器物自然具足而后可，不则昼餐夜宿，非苦田户，则累附近居民。数者备矣，又必与已谋，必使监司之身，别无他事，移其耳目，纷其心志而后可，不则或断或续，或疏或密，积旬累月，终无结束。凡此者爽其一，能镇静乎？能精到乎？能符合乎？恐未必能也。故知勘丈之事之不可冒然而一举也，然则奈何？

夫既为讦告者扬波，敢遽信田户之不匿垢，善其所发，惟有与人谋而已。应饬各该县，先令被讦田户自行丈量，宽以时日，俾反覆叠丈，将所坐地名田亩分数、纵横弓数，并四至八到与田邻姓名，一一具实造册，具结呈报。并取族乡里田邻各甘结，令田户以小片竹签照册清写，钉插该田四畔，密饬该县于他事下乡时，出其不意，悉心抽丈。倘与册签不符，更细加访察，详悉质审，欺隐果实，依律定拟通详，以凭奏请另案查办，虚则反坐告者。

如此办理，似颇熨贴。然自田户而外，民之被扰者已不少矣，特此善于彼云尔，《记》不云乎？言必虑其所终，而行必稽其所敝，恐胶执成见，声张勘丈，奸胥地棍必有乘机吓诈之事，可无慎乎？缘批详尚未畅悉，聊复引伸其说，惟熟思之。

与马虞樽少司空书

彭维新

某月日承示书，旋具印咨奉复，未及答书者，以所言悉具咨中，复书亦无所异同也。今晨江宁李守面禀奉到密函，各属有输纳者，即另柜暂收，登注所造册粮名下，俟弟还苏商夺。闻之惊愕，此举误矣。

我辈奉命总理清查江南康熙五十一年至雍正四年、又雍正五六两年积欠钱粮千余万两。惟在悉心查察，一一得实，俾官侵不混入吏蚀，吏蚀不混入民欠，民欠不混入官侵吏蚀，始不负澈底清厘圣意，然清查不混，谭何容易？一有所间，则清查之实离；

一有所杂，则清查之绪乱；一有所扰，则清查之弊滋。而事必梗。三年期限，业已过半，略涉纡折纷纭，不但自致逾违，抑且自蹈欺罔，殊可悚惧。夫清查所务者，查也，上谕肫挚，许自首免罪，即我辈屡次面奉圣谕，谆切详明。惟期根柢明晰，未尝偶及输纳，是圣明于此案办理之法，已烛照无遗矣。莅事后晓示城乡，檄饬司、道、府、州、县，惟以首欠注欠，挨查核查，务须确实反复丁宁，并未只字及于输纳，各属遵行，年余渐次廓清。孰为厉阶，倡此异说，致名实乖离，煽惑远近，非巧于用间，败清查垂成之局而何？

其核实查法，面议数四，始定章程，章程画一，始饬遵守。前据官吏民递次输诚吐首，又递次饬委各员，回环调换确查。又递次严饬，丝豪不符，务细核改正。草册底本，积累已多，清册攒造，缮写及半。此后惟应示续首续改者，以停止月日，至诚开谕，多方访查，人非异类，未必昧天良而扞法网。若复有不实不尽之人，惩一二以儆其余，更通行核正。斯清册叠证堪凭，不须屡易，清查一线到底，无有纷烦。今正在册缮首数，忽令登注纳数，犹治丝而棼之也。总理受命率大小各员清查，而自欲代州县有司催科，查不成查，催亦不能尽催，两俱无当，纰缪极已。况为侵、为蚀、为欠数各有定，而输纳之或多或少、或迟或速、或无或有，事难预期。数月来覆查覆核，面对互证，草册定，始造清册，前功可念。忽以输纳扰之，输纳者络绎，则现成之册不时改更，输纳者寂寥，则缮册之胥迁延停待，非淆即误，势所必至。且纸笔饭食之费，日增日延，出之于官，究必巧取于民。而且清册频更，吏易舞弊，强弩之末，磨对为难。以不可信之册，累无可诉之民，民未受清查之益，先受清查之扰，仁人奚忍出此？至于征收之例，从无并集一时。夫带征之项，犹必分年，两税之征，尚有定限，朝廷所以纾民力也。

秋杪，地丁漕白均迫，正粮户供输拮据之时，而欲并征十五六年之积欠，应者其谁？尊札云州县多言愿输者鼓舞，殊不足信。

度各州县富家大户，少者十数人，多者数十人而止，此十数人数十人，或见历查，弊根尽露，怵于浮言，勉强输纳少许，冀破减其累万盈千之欠数耳，非真好义乐输者也。果其好义乐输，必不俟至今日矣。其余即心欲输纳而力难勉强。今虽檄有司，听民自愿，不得追迫。然东南有司，利于征输多项，既喜积零卷尾可实私囊，兼揣摩总理大人劝谕，多多益善之意，曲为迎合。胥役怂恿，早已砺角牙以备攫噬，追呼四出，敲扑征比，势将不遗余力。猾书莠民，乘机恐布乡愚，翻叠核明确之首项，增告讦延案之讼端，册成复改，改册复造，造改相寻，何时竣局？又况畸零小户，耳目易欺，赚收包纳，私票赝票等弊，因此复炽。沉痼之疾甫除，腹心之疾续起，后即三令五申，不足示信于下，弊滋势梗，居然可知矣。

故惟宜镇之以静，持之以约，导之以不欺，恤之以不烦费。官侵吏蚀民欠，核查载册者无一游移。清册报竣，其有自愿输纳者，听赴各州县印官交收另柜，仍用连三串给与执照，另编一册于某某粮户总欠数下，登注已完若干，将来于黄册尾后结一完欠总数，是则查自还查，纳自还纳，两相关而不两相混，清晰简要，限期可副，办理无淆，庶可仰慰圣衷。不然者，漫无定见，猝为更张，使弟不幸而言中，以上所陈各弊迭起循生，三年之限固不免于逾违，两可之行更莫辞夫欺罔，清查不查，以致不清，总理之臣，其何以自逭于罪戾哉？

言念至此，深为寒心。夫流水不鉴而鉴于澄水，秋豪可数而迷于飞蠓者，动静之势异也。清查之道，实与相类，武闱事毕，即星夜返苏，亟商救正。檄饬未久，犹可及止。身在事中，不敢不尽言。语涉戆激，原之幸甚！

与唐宗舜一

李文炤

思虑纷扰而晰理茫如，此吾人之通患，然我日斯迈而月斯征，期相与不负斯言耳。《仪礼》经传之书，如大禹之治百川，不必尽符洪荒之迹也。然而九州攸同之功，终必赖之。但明时洪武间，刘有年尝进《逸仪礼》十九篇，乃唐时所亡者。今不可得而见，是亦千古之恨事也。昏礼必告于庙，此人情之至当，左氏所讥，先配后祖，恐正指此而言。文公于《仪礼》传记虽有存疑之辞，而于《家礼》已定为告祠堂之制，阙疑之心，折衷之义，固并行而不相悖乎？庙见非必以盈三月为期也，因时祭而告于祖考耳。天子、诸侯之时祭，尝因卒献之时而策命其臣，此可以类推矣。注疏所列制度文物固不可废，但不无支芜迂悖之处。朱子犹未暇一一修改，傥踵事增华，不无待于后之人邪？丧祭之礼，虽竭力以考究之，而苦于勉斋旧编，失其体要。而《祭礼》为尤甚，不揣固陋，欲稍加增损，以合文公所修五礼之辙，聊以此意相商焉。

《家礼》之书，大经大法，固足以更化而宜民。然其制度文为之间所未安者，亦多有之。因辄率然为论，殆近百篇，名之曰《拾遗》。而乡礼则取乡约一则，学礼则取揭示释菜仪二则，别为二卷，名之曰《附录》。异日成书，当以相质也。

与唐宗舜二

李文炤

昔承德音，而以俗冗往城，未及奉答。所问皆圣学大端，而浅陋何足以尽知之？敢摅臆见，以俟高明之裁择焉。

诚之为说，莫详于《中庸》，然大约不过实理、实心二义。若《通书》之所言，皆以理言者也，第四章以心言。中之为说，亦莫备于《中庸》，而未发之旨，推极性原，《通书》虽专就已发言，亦举用以该其体耳。神之为说，则《易》屡言之矣。如曰：观天之神道，而四时不忒。又曰：神也者，妙万物而为言者也，则非天命而何哉？盖诚者，理之原，即太极也；中者性之蕴，即五行之各具也；神者，命之机，即阴阳之不测也。以是推之而图书之，相为表里也明矣。小学之辞，诚便于诵读。然吾辈于诗学，不甚精工，翻觉堆垛成文，无复风以动之之意。异日俟玉友张先生相聚，与之商榷，当必别出机杼耳。

《明史》是非，大须讨论。如所疑数事，亦其要者。洪武事不师古，不可胜纪。不使建文终丧者，彼实不深知周公、汉文之优劣耳。然而为建文者恐当以圣制为重，祖命为轻，庶几权而不戾于经乎？永乐之篡，彰彰千古，作《明史》者，当每岁书建文帝在某处，而分注永乐之年号，至仁宗即位，彼之兴复绝望，而此之善政方新，然后略建文而正洪熙之统，差可以得其平耳。景泰之立，亦与唐肃宗、宋高宗无异，虽于少保之才节，不能有所匡正，毋乃未闻道之过邪？李邺侯力辞相位，其识殆加于人一等矣。大礼之议，聚讼纷然，张、杨诸公，各执偏见，而未深察乎抚育推择之不同，则是秦固失之而楚亦未为得也。盖君臣之义，父子之恩，二者并行而不悖，乃各得其安。当是时，苟能列正德于七庙之内，而祀兴献于别祠，则公义与私恩交尽矣，安得以宋仁宗之子英宗为比哉？舜受尧之天下而未闻废瞽瞍之祀，光武虽中兴汉室而亦必承元、成之统，光武又似太过。古人之权衡审矣。

至若兄终弟及，礼之变也。然既尝为君臣，则兄弟一伦又在所轻。观展禽逆祀之论，可见其概矣。是即兄弟数人相继而立，如吴子寿梦之类，恐不得不以一人为一代也。但于昭穆之次，又不相合，此非率然所可决，更思之可也。

《仪礼》二本谨以相付，《通书》后序一篇亦并呈教。

与唐宗舜三

李文炤

违教甚久，晦明风雨无日不往来于心也，伏读尊谕足见切问，近思之至，顾浅陋何足以知之？聊据鄙意缕陈，而待明者之择焉。尝谓仪礼之分经传，固朱子特创之例，而推之太密则亦未能悉协也。今试观于《中庸》之篇，非学礼内所收乎？其间或论理，或叙事，错出并见而后成文，若以例分之，则如乱丝之不可理矣。

如所谕《保傅篇》，文完字足，浑然天成，又何可以割裂邪？故愚所订《祭礼》，有经有传者还之以经传之旧，特牲、少牢等篇是也，有经无传者，存其经而不必凑他书以纪之，如迁庙、衅庙篇是也。有传无经者，存其传而不必割他经以纲之。郊社、蜡祭之类是也。庶几简而易晓，后世如有作者，存此蓝本自能因旧以为新，岂必断鹤续凫而后为备哉？

庄子之书，少时甚好之，自庚午见王能愚先生之后则不敢专心于此矣。然其学大抵为我之学耳，以其精者治身，以其粗者治世，故体用两橛而卒不可行。《逍遥游》言所见贵于无待也，《齐物论》言成心不可以不忘也，《养生主》则其入手处，《人间世》则其应物处，《德充符》充实之验也，《大宗师》归宿之地也，而应帝王之意，则犹释氏之所谓周遍耳。观其末篇自叙，置孔子于不言，而以关尹老聃另为一家之学，与已不同，其诸佛学之胚胎欤？索隐行怪后必有述，亶其然乎？世途甚隘，吾党甚孤，斯征斯迈，惟贤者是望，余不宣。

与黄上珍

李文炤

山居孤陋，忽闻荣捷南宫，且授任铨部内，此本积学所应得者，亦不足为吾兄惊喜也。近接手书，拳拳旧好，又得闻方灵皋先生之绪纶，令人神驰。

乡遂都鄙无异法，拙传已如此立说，观孙子云兴师十万不得操作者，七十余万家，则吴越之区亦用成周田赋之法矣。盖朱子之于圣学，譬诸李沆、韩琦，安社稷则有余，拓边境则未暇。故四子之精蕴，阐发无遗，而六经之名物度数，则未免于阔略也。迩来作《春秋集传》，而成周之典制益明，不知胡康侯何以不信《周礼》而乃欲解《春秋》也。然弟亦非勇于苟作者，因前年冬月汉阳有傅慎全者，乃陕西李二曲之门人也，年已七十矣，因其师遗嘱《易经》不得真解，令遍求四方。渠乃筮之，以为在西南湖岳之间，遂策杖至衡，诸友引之来舍，留止数月，以董萝石自拟。携拙作《易说》以归，而留其乡人杨耻庵所著《春秋说经》写本于斋中。其书亢爽径直，尽去诸儒牵合附会之陋习，但过于屏弃传说，未免有扶醉汉之讥。又得吴宥函《春秋臆》，亦多所发明而惜未尽也。以此起兴勒成一书，俟脱稿日然后可邮寄耳。少读方灵皋先生之文，以为有震川之广渊而加之以洁，有荆川之精卓而加之以腴，不意吾兄得与之订交也。今有群书序文数首，欲求斤削，未审可否？亦更有嘱焉。

年龄混到垂暮，而友生鲜同方合志之人，吾兄交游甚广，若遇有一个半个灰头土面之士，可指引到山斋，相与资丽泽之益，庶免孤陋之慨乎？

荣、吴二老友必尝聚首，当于经济之方互相讲究，使他日入循吏之列，亦桑梓之光也。王澂海、蔡秀水、陈沧洲至今犹为美谈，况进于此者乎？周思皇馆弟家塾，唐宗舜馆团头市，相去五里，家实庵馆张仙庵，相去十里，故常得晤，已将尊札遍呈阅矣。

与黄上珍

李文炤

客冬一晤，倏尔暌违，续闻尊居失火，不觉心悸，未审所失几何，且旋即营缮否邪？迩来家食所事何务？所读何书？因风谕及，是所望也。

弟则尘冗虽少而离索无聊，只得取故书而温习之耳。偶因避暑，留意《楚辞》，然觉前贤之遗议者亦多矣。如《离骚》之篇，高丘指京师也，春宫指山东诸国也，西皇指嬴秦也，高丘无女既不必求，春宫诸女又不易求，西皇则仇敌之国义不可往，是诚我瞻四方蹙蹙靡所骋者矣。又如《九歌》之篇，《东皇太乙》思皇也，《云中君》思帝也，《河伯》《东君》思王也，河北指禹，东君指汤武。《湘君》《湘夫人》思贤后妃也，《大司命》《少司命》思贤卿佐也，《山鬼》思遗贤也，《国殇》思良将也，《礼魂》思太平之民也，皆不可得见，则万品失序之景况，不已宛然在目乎？其他妙义甚多，兹不能悉呈也。

又间取老氏之书观之，盖亦未可忽视。致虚极，守静笃，非邵子之渊源乎？见素抱朴，少私寡欲，非汉文帝之矩度乎？其引圣人云：我无为而民自化，我无事而民自富，我好静而民自正，我无欲而民自朴。又云：受国之垢，是谓社稷主。受国之不祥，是谓天下王。意非上古之圣人不能为此言，而老氏传述之耳。鄙见如此，明者以为如何？

与黄上珍

李文炤

辱承手札，伫想良殷，但以禫服期迫，不能如命。所谕婚礼，弟亦何知，但粗晓守墨本耳。古之六礼，文公已裁其二矣，此圣人之因革随时，非末学所敢议也。其纳采、纳币、亲迎，仪节亦甚简便，但庙见一节，微有可商。古者三月庙见，《家礼》改为三日，已有定说矣。但家有祠堂者，此则甚宜。今吾乡无祠堂之制，祖宗之灵皆在寝室，岂有合卺之后，舅姑尊长皆揖让于一堂之内，而独于堂上之祖宗乃迟之三月之久乎？然则不得已而次日告神，然后拜见诸人，或亦庶乎其可也。

至于乡俗，皆有拜见天地，望空行礼之说，此则惑之甚者，万不可从。士庶人之家，敢轻见于天乎？其余则亦无可议者。况令祖之淹博，又何待于后生之赞襄也？下问所及，聊尽其愚耳，抑此犹其文也。正伦理，笃恩义，使修家之业积厚而流光，是则吾兄所素自任者，而安可以不勉也哉？

雪窗萤案之下，溢为词章，有缮写者否？期见示数首，亦欲以观吾兄所存之一二也。试期不过来春，面晤非远，辞不尽意，临楮神驰。

与张再超

李文炤

图、书配《易》《范》之说，古今诸儒所论，皆未有惬意者。昨因以学院发策而精思之，为论相付，未知当否？惟高明裁之。

河图十数对，待圣人则之以作《易》，洛书九数流行，圣人则之以作《范》。《易》所以道阴阳也，《范》所以道五行也。盖一阴一阳之谓道，图有生成之相合，故《易》以奇偶像之；图有方面之相敌，故《易》以老少像之；图有内外之相重，故《易》以画卦像之；图之中边层级，浑之则为三，所谓冲气以为和也，故《易》以三画小成像之；析之则为六，所谓兼三才而两之也，故《易》以六画大成像之。

至于大衍之所则，则圣人固已详言之矣。若夫书之九宫，乃五行之位也。天有五气，地有五质，人禀之而三德分焉。沉潜，水也；高明，火也；强弗友，金也；燮友，木也；平康，土也。圣人参赞之业，因是而生。此所以一居下之中而六八贰之也。八政即六官也。食货、司徒，皆地官之属；祀掌于宗伯，乃春官之属；师掌于司马，乃夏官之属；司寇掌刑，而行人掌宾附焉，皆秋官之属；司空乃冬官之属。五卜固分五行之兆，二占亦各具八卦之体。皇极立而本诸身、征诸庶民、质诸鬼神，此所以五居中而三七辅之也。五纪之中，岁如元月，如会日，如运星辰如世，历数则运行其间，是即生长收藏之蕴也。五福六极之内，资焉而寿，反是则疾；通焉而康宁，反是则忧；遂焉而富，反是则贫；困焉而考终命，反是则凶短折；攸好德则善全其美，反是则恶且弱。是即元亨利贞之用也。

圣人恭己敬天而威福万民，此所以九居上之中而二四匡之也。由是观之，盈天地之间莫非阴阳五行之变化，特《易》出于上古，故但写其浑沦之状。《范》呈于天中，故并列其条目之详。嗣是以后，惟濂溪周子深知之，而《太极通书》遂合二者而益推广其义耳。必欲舍此而于方隅子目之间，屑屑比拟之，是亦徒劳而已矣。

上玉友张先生

李文炤

相别数月，鄙吝盈襟，近况未审何似也。山间寂寞，左右简编虽或有一得，而无与质正者，每念函丈而兴慨耳。数月以来，将勉斋所编礼书去其重复，正其颠倒，率妄之罪，所不能辞。然子仪、光弼亦觉各成一军，但注疏尚仍汉唐之旧。意欲更订焉，而苦于力之未逮也。蔡氏范数，其义似皆推而得之，已略为之说矣。他日相见，当以面质耳。

近读《周礼》《尔雅》，始知前此易注，其于名物、度数多所未察，如小贞吉、大贞凶，宗伯、太卜之职，皆有大贞之文，谓封国立君之大事，求正于神也。他若祭祀、田猎，皆为小贞可知矣。屯之九五，坎体也，坎为鬼，为禽化，坤为田役，故小贞则吉。然其性本陷，无君长之才，故大贞则凶。咸、函，古字通用，春官大祭祀，则老成之杖皆以器贮之，名曰杖咸。夫山泽通气，男女构精，皆虚受之象也。《庄子》釜底之黑谓之黓，则《易》之命名审矣。丰之蔀旆与斗皆以车中所有言之，盖《考工记・轮人》章，谓车盖之上承者为斗，植立者为部。此卦下离为车，上震为马，为涂，中复坎为弓轮，乃其象也。至若沬者，隐晦之义也。《楚辞》：凭心未沬。《檀弓》：瓦不成沬。亦其明证。旧说何故而以小星训之邪？《尔雅》：牖户之间谓之扆，其内谓之家。盖古者户在东南，设黼扆以蔽之。家人之卦，外巽扆象也，内离牖象也。且巽下断而为资斧，则扆之质与文皆象之矣。《考工记》又谓治皮革之柔者为需，夫至坚之物遇水，未有不濡者，需卦之所由名也。儒字从需，傥亦有取于雍容和缓之义欤？节亦兼取节候之意，故《传》谓天地节而四时成。又以卦序考之，三十卦备而坎离会，以象日月之交也。六十卦具而节体成，以象甲子之周也。不亦曲而中乎？《司市》大市日中为期，离象也。其下有廛次，艮象也。火山为旅，殆以此耳。凡若斯者，不能尽述，以是而益叹读经之难也。

昨于熊世兄宅偶得李谦庵《易说》，其书固多偏驳，然其精诣处亦有迥出先儒者。如云乾尚质而崇德行，坤尚文而多辞采，以故华葩不出于松柏纂组，恒由于女工，此尤学人所当铭心之语。不知班若先生何以并不寓目也？学欲约不欲陋，岂非吾人之深戒乎？

与刘匪石

李文炤

京国联镳，汉江异楫，本拟星沙系缆，草堂尽欢，不料泊舟之时，闻兄已帆随湘转，望衡九面矣。续得手毕，捧读愧无实以当之。虽然，厚意不敢以不报，则略陈其愚，以请质焉。

盖吾辈之所以不及古人者，自入蒙馆之初，即专以文辞为事，而于明体达用之学，概未之讲。故成已成物，两皆无具。仁兄既任教督之责，自今以往，宜先取小学之书，令其讲习，在成人可以为桑榆之收，在小子可以为后车之戒，然后涵泳四书之旨。将《集注》《或问》《语类》细玩，以求圣人之意。六经之中，惟《诗》《书》《礼》最切于日用，不可不兼通而熟复之。观《近思录》以究诸儒之精微，观《渊源录》以考诸儒之践履，次乃及于纲目，则古今成败得失之迹，可得而推也。次乃及于律令，则异日临民出政之方可得而娴也。至若诗赋之类，本无关于轻重之数，何必深留意乎？

居家之法，一以《家礼》为准，庶可寡过。吾辈既忝附衣冠人士之末，则为乡党之倡率，有不得辞其责者。盖儒者之学，体用兼该，或出或处，随宜而施，文辞乃其余事耳。即掇巍科，跻膴仕，而人之贤否，初不系此也。胡康侯及第而归，与客弈棋，其母责之曰：汝谓得一第遂足了终身邪？邹智十六发解，乡人聚观，智以诗谕之曰：龙泉寺里苦书生，偶窃三巴第一名。世上许多难了事，乡人何用太相惊。彼以妇人童子之识而且犹若是，明者宜知所自处矣。

与陶伦宰

李文炤

黄甲列名，中秘读书，此士人之荣遇也。然诗文应酬之类，虽不可废，而性命经济之学，则尤当汲汲焉。老冉冉其将至，恐修名之不立。每诵此言，不胜感慨，愿吾兄之及时也。弟养拙林泉，俗冗纷集，客岁修葺宗祠，举行祭奠，是以徒作壁上之观。今岁又与乡人议社学、社仓之制，若未能速成，则北上之期又未可必矣。易象之说，近得吴草庐、朱枫林、汪钝庵、吴宥函诸说，又觉详备胜于往时。惟序卦则合诸家之论而皆觉未安，不知作何究竟耳。三《礼》搜辑愈密，惟《周礼集传》诸友求者甚多，而家无副本，不能应之。然欲刊行，所费不过百金，不知吾兄能为有力者一吹嘘否邪？

王庚兄汉阶辛丑岁曾于寄储六雅书中询其近况，张兄百川壬寅岁曾于宜黄晤罗勍公问其起居，皆未知得达否也。既同在中秘，必常相见。契阔之感，烦吾兄一转致之。黄子上珍北上肄业，谅必聚首，此责善辅仁之友，不可作泛泛乡亲视也。

与儿章逢

李文炤

贺寿非古也，今之君子多有行之者，大抵皆行成而名立，可以无忝于所生者尔。若我则少而有志，壮而自怠，不觉蹉跎以至于半百，而迄无所成。每诵杜子美“多少浮生事，飘零付转蓬”之句，不胜愧恨，此汝曹之所当以为戒者，而反以为贺邪？况五兄弃世，哀痛方殷，乃欲释凶服而受庆祝，则是坏法乱纪自身而始矣，尚能率子弟以古处乎？且人生盖棺事定，故虎尾春冰，日慎一日，犹恐名浮于实，此人心之所以惟危也。傥能兢兢自守，以终其身，则百世之下，自有公论耳，岂在乎屏帐之夸张也？千万力辞，族姻诸友，莫作是念，不然则不得不远行以避之，然以酷暑之时而勒人远行，于汝心亦必有戚戚焉者矣。

与邵阳进士敬宏烈书

黄秀

吾辈道义文章有诸己必资于人，其气谊所孚，自平昔师友而外，于同谱最为亲切者，以其人素不相知，一旦同登贤书或选成均，将合千百里之才人文士相聚如兄弟，洵人生一快意事也。抑亦有捷南宫者，又聚四海九州之才人文士于京师，久则数年，暂亦屡月，虽离合无常，然在数千里外，视平昔师友远莫能致，而见同谱不啻同胞，其愉快更当何如也。

忆癸巳乡闱，南北获隽者百有一十三人，列副车者十九人，所云君子多乎哉！其时或鄂渚一晤，燕台再晤，未及会者不过数人，惟足下以博雅之才，与少泉、赤子、逊公七人联翼先登，曾于胡宗伯、屠京兆所一公会后，距今二十年，弗获把臂快谈，每一念及，未尝不廑诸怀。且当时举进士者例教习三年，闻足下即以终养乞归，此亦道义自持，不欲以文章干利禄之素志也。迨服阕后，虽不屑为富贵谋，然圣天子在上，亦应出东山为苍生计矣。犹然家居授徒，作文自娱，以训来学，且迹不履市城，郡邑亦罕识面，往寓都门时，贵乡人至者必询近况，与前所闻无异词，始信足下人品之高。若弟自癸巳秋礼闱罢归，三上公车，至辛丑获遇知己，出数名贤门墙，亦谓作时文始念稍可自偿，富贵非吾愿也。幸遭逢先帝圣明，怜某年老，拔置庶常，今上登极御试，留馆六年，复授台中两载。迨戊申秋年已七十，不欲虚縻好爵，遂力乞归田，屏迹山林，杜门著述，今已四稔于兹矣。地异心同，此予两人不谋而合者。但未审足下读书谈道之余，亦曾念及不佞否？

犹记丁未冬在台班时，适有各举所知例，某意中未始无人，第不敢轻以上闻，不意闻风奔竞者多，且欲以私干营，悉坚以拒之，此虽时尚使然，然自思位望不逮王文正公远甚，而如张师德之三及门者，竟不乏人，可胜浩叹！因念恬退如君、高洁如君而不列诸荐剡，不几谓楚南虚无人？而贻笑于孔北海乎？遂以君名入告，时又奉谕不得为溢美词，故奏折云：敬藿，湖南邵阳县人，癸巳进士。恬澹自甘，既为奉亲而乞养，狷介有守，必能移孝以作忠。因循例呈进，此时固不敢必铨选之因臣言而即取用也，然亦知君未必遂因余言而遽肯往也，但君既不知予亦无言，在予心则已鲜所愧矣。且予之为此举也，似亦异乎人矣。人以求而不应者，君以不求而致，人以两有所为而举者，予以一无所为而进。

今于数千里外不相闻问，二十年来未尝谋面之友，一朝陈诸黼座前，岂有他哉？不过因其道义足以自持，文章可以报国，揆诸以人事君之义固应如是，又非徒为同谱之气谊相孚已也，岂若世之私其所爱、私其所亲、并私其所欲而思以内交要誉之纷纷然妄为干进也哉？况其人果有道义而能文章，就令不与我同谱，初未谋厥面，倘闻其果然，必亟为称扬，谓国家得一恬静有守之士，异日必能有为，不敢知而不举，蹈窃位之诮也。至于或用或不用，或出或不出，则非意所及料，予所能预定者矣。今其时已久，其事已往，向未与人言，而琐琐以言，亦惟予言之，惟君听之，可不必为外人道也。

外附拙刻就正，闻有佳稿行世，祈致一册，惠我好音。临风怀想，曷胜依依？

与吴晓村论诗书

陈一揆

近时为诗，作者垒相望谈者，锋相交也。弟以遭逢屣去制举业，颇究心于此。每觉人是我非，人亦有是有非，我则昔是今非，今是后非，未敢遽挑劲敌。恃道兄才气胆识足称雄吾邑者，窃愿奉牛耳。

夫《风》《雅》变而《离骚》，《离骚》变而《乐府》，《乐府》变而行歌古律久矣。杜陵不与制科而诗圣千古，其涵盖宏以远也。文虽散佚，读存本赋记，舌不挢者几希。然蚍蜉撼树之讥，翡翠兰苕之戏，识者又深叹之。昌黎、东坡得其神髓，相与鼎足，故诗须熟看韩、苏，方知杜陵之大，又须先看杜陵，方知韩、苏脱化处。苟舍韩、苏而求杜，是不筏而津、不户而壶耳。四唐以降，明诗称北地信阳、琅邪，历下公安、竟陵，纷纷聚讼，殊有间焉。夫以东坡之仙品，集中用事采词，直令瓦砾皆金，而友夏以为文灵诗室，海内诮之。

大抵明代作家，青田、青丘之后，岿然灵光，则西涯《乐府》逼供奉，诸体范正，亦不致诡遇。次如献吉大复，霜后硕果，楚人当祧竟陵而祖长沙也。武陵才薮，前则有陈尚书宗禹之台阁，蒋提学道林之理学，龙太常君御之边塞，唐侍郎愚园之忠愤，诗皆各肖其人以出。次则杨太傅文弱、唐翰林汲庵，继有石横海、罗欠一、瞿天门、唐松渚数君，皆风规表表。尔来人物如林，未易更仆。贵知徐鸿轩昆流兄弟其选也，惟二酉魏错庵著述等身，与欠一、南溟、天放频相唱和，直是诗坛宿将，与厥居山庄迩甚，惜我辈坚壁莫降耳。沧浪古泽，正则行吟之后，应有传人。我辈值后起之会，相与鼓吹，求为可传，实不求尽传。使求尽传，恐天壤间几无梨枣可容刊矣。

尝三复杜陵，有曰“语不惊人死不休”，明好诗之苦也。曰“晚节渐于诗律细”，明作诗之难也。又曰“将诗不必外人传”，明知诗之少也。今天下好诗作诗与知诗，何如哉？杜陵生平浮家遭乱，诗益老于夔州，韩之潮阳、苏之儋耳，均历穷愁激发。弟之境穷矣，愁矣，特诗未能工也。近所酬和，恐效西子捧心，里人不出走则闭户耳。何时推破瓮牖，得与佳山水人士一游，以触未灰之心，遂图贾勇向诗坛裹甲邪？道兄其策之。

答吴晓村书

陈一揆

得谆教累牍，自首至尾，如神龙夭矫云中，莫测端倪，真是奇绝。文章一道，代有作者，依样古人，尤宜推倒古人方是作手。迩来风气颓于时艺，时艺限于科名，良由“平”之一字，主司悬的而士争赴之也。古人论文之法不一，未闻专主于平，是天但有祥云霁月而无电烁雷轰也，地但有旷野平湖而无峰攒涛涌也。天地间平人多奇人少，扶舆旁礴之气钟于人，发为文章，千古传诵，光景常新者，大抵皆奇作也。纵姿禀不一，奇者不肯为平，即平者岂能强为奇？但根据理道，融铸典籍，神明于规矩之中，平也，一奇也。岂必如牛鬼蛇神至不可句读，为世诟病，然后为奇哉？若规规焉，矩矩焉，守一师说，千手雷同，斯黄茅白苇弥望皆然耳。宋人章甫入越，越人断发文身，无所用之，齐王好竽至数百人，有客鼓瑟其门，弗听也。今日言奇，章甫而已，瑟而已。士志科名，屈首时艺，惟平是尚。主司衡鉴，遇稍奇者虽隽必殿，选家又不肯特拔以维风气，无怪乎其日下也。诗古文词较时艺特甚，或兼长或专擅，自在天下。

楚南洞庭浴日之波，衡岳插云之势，山水奇，人物亦奇。无论观倚作史，屈宋著骚，即濂溪开理学于宋，圭斋擅史学于元，西涯正诗体于明，其最著者。乃今乡会两场科目寥落，遂令天下薄楚，楚又薄楚也，岂地运之浸衰欤？我辈慨然起衰为任，怀古抗今，就君之言行君之意，则必如周公制礼作乐、勾践之卧薪尝胆而后可以植基乎？如少伯之提鼓椷枹、淮阴之拔帜立帜而后可以制胜乎？抑如孙登之苏门长啸、秦青之抚节悲歌而后可以耸听？如西施之善嚬、阳阿之善舞而后可以竞妍乎？昔人不恨臣无二王法，恨二王无臣法，直是开辟手段。李十二娘舞剑器，来如雷霆震怒，罢如江海凝光，如公孙大娘见之，亦当敛容却步，技也，进乎道矣。

区区沿袭蓝本，老死蠹鱼，日趋于庸浅熟滑，吴郎实助我张目也。昌黎小得意则人必小怪之，大得意则人必大怪之，明时好之难徇也。其曰陈言之务去则奇之谓也，人才不择地而生，君之眼光骨力，可千古不可一世，数万里穷星宿之源，登昆仑之巅，俯视中原，所谓秦中剑阁、吴会金陵，举皆可腕下收之矣。惟君之所处焉。

上两学师书

夏光洛

生赋质脆薄，受命坎坷，早岁得疾，根荄已深，迩年来事境屡更，忧悔叠见，感心劳形，摧枯拉朽。今年夏五病发，支离月余，稍就痊可。八月县试，勉携儿子赴城，入侍左右。我夫子温语嘘噢，固知生之形神俱惫也。生复不能自爱，食少事繁，沉疴遂笃。自菊秋迄今，日朘月削。二竖之虐焰浸炽，百骸之精髓潜销，支撑起卧，备极辛楚。禾黍之肠改充参术，近且并参术亦将绝咽矣。

今岁试在即，欲扶病赴郡，无论舟行旅寓皆增病厄，即风檐寸晷间，阴晦不时，饥寒迫切，种种事端，罔非危道，是以试场更漏，促大限行期也。欲具呈告病而临场乞假，甚干禁条，幸蒙两夫子格外请详，上宪亦洞情报允。向后必须补考注册，而生已气息奄奄，必不能如家夔侄故事，裹粮远赴，以遵功令，终成不了公案。若倩代为之，则罔上行私，又侥幸而不可为也。且生志气衰微，功名胆怯，滥名窃饩二十四年，未尝敢一踏棘闱，自知才短缘悭，分应食贫居贱。今末路穷途，反为此一副衣顶，瞻恋彷徨，致成狼狈，更无谓矣。反覆事理，计无复之，静听除名，病怀较稳，但并不声明，径行己意。我夫子视生犹子，痌瘝不入告，临事不禀命，非疑规避，必嫌傲上，获罪且益重，故伏枕稽首，命儿子依口具禀，惟夫子鉴之。

生或福薄灾缠，黜微名，延微命，他日以白衣进见我夫子，满座春风，披拂有素，必不吝席前有除名门下士。如旦晚遂长辞左右，则比年教育之恩图报无日，亦长镂之僵骨而已，惟夫子怜而鉴之。

附：答书节录

昨接手书，云负沉疴，甘心退黜，寻味其中，礼节乐和，绳趋尺步，蔼蔼岳岳，温润而栗，真有德者之言。虽紫绶红绫，黄阁朱幡，犹不足邀其一顾，何有于青青之衿哉？但以躬逢圣朝，挂冠神武，浩然不才，明主弃之诗，深可痛惜。弟辈职在司铎，屡奉宪檄，搜求遗逸，尝语同辈曰：惟夏子禹书克充其选，方欲胪陈行实，上之当事，以俟入告，俾知南楚熊湘间，尚有盛世逸民，堪与浮丘子并垂不朽者，而坐听其句斥，余滋赧焉。闻足下构有屺亭，旦夕坐卧其中，然陟屺之辞曰：犹来无弃。弃其身与弃其名，等弃也，均非吾亲之所乐闻也。足下宁不念之？且今之疾，不过偶失寒暑，勿药之喜，自在吉人，岂真有月犯少微之感哉？待科试补考，亦不须裹粮远赴，如令侄故事也。要知乌衫朱履，无损清高，但将赤米白盐，好为调摄耳。临颖不胜眷恋之至。

复袁庭绪

夏光洛

昔人有言，贫也非病，则病之可痛甚于贫之可忧，而心病之危又甚于身病之毒。窃谓足下以远游疗贫，不若以卧游却病。砚凹笔冢，名胜山川也；经史图书，繁华都会也；昔贤往哲，到处逢迎之知己也；故事名言，随地流连之景物也。以心思目力为资斧，丹铅膏火为舟车，茗碗香炉为僮仆，可计程而往，捆载而归。无关津风雨之稽迟，仰面缠腰之烦苦，而夙疾以忘，元神以复，不诚大快事哉？虽然，史迁以周行流览，恣肆其文章，安在足下不以阅历纷嚣，坚定其德性？但或驰情靡丽，溷迹风尘，驾言出游，不思其反，是厚其毒而益之疾也，则大不可。至于枫林穷愁落拓，作消遣法为汗漫游，固可不告于家人，不谋于朋友。第思炎凉世态，难容疏散高人，惟足下左右之，毋使失意耳。徐氏成名，南桥瞑目，稽古之力，信不虚矣。曹氏昆季储青云材，料吾家兄侄守黄卷生涯，其几几乎得之而惴惴乎失之者，诚如手教所云。若夫洛也，樗栎之材，坎坷之命，久灰心于名路，敢托足于畏途，不辱鉴原，犹蒙奖厉，足下姑例言之，洛岂得而滥受之邪?远行在即，饯别无期，客路风霜，千万珍重。

湖南文征　卷九十四

书三

与匠门论清河历代名人书

张埴

埴白三兄大人足下：

往披方舆，载吴郡甲族名人，咸推吾宗与辟疆顾氏，冠盖之盛，一时所称。高节行能文章者，舍两氏而外，亦莫有先焉。盖自汉唐宋来，后先相望，历历可指数也。埴三至姑苏，与文人学士追随，长洲之苑，沧浪之亭，俨然在望也。然求其人之嗣续，与其法物图书，则销亡者久不可复识矣。而一二陈迹荒郊，名在实亡，若辟疆之园、思光之宅，虽莫得其处，而流风余韵，犹可想见焉，则岂非以其子孙之贤，节行文章之不泯而然欤？乌乎！吾是以知世家大族之久且远，不系乎区区富贵功名之末也。本朝以科名显者，两氏不乏人，然皆迭起而隽，隽亦不著。惟庚午之役，足下与有常以名士掇巍科，时人艳之，有张、顾之目，是足下为能大振其家声也。其后天子南巡，问吴中能诗家谁为杰出，山抡吴太史以张、顾对，则顾子侠君与足下皆得召见，一时翕然称两氏者。又以侠君日容并举，不亦伟哉？

余自习制举，获见汪何选本，即知重足下之文章。比至吴中交汪何与顾氏并及足下，而足下考清河通谱，谓埴本辈行，足下加长，固余兄也。因是骨肉之好，逾于诸君子。第其时文酒留连，宾朋杂遝，风云月露繁其词，妙声清歌永其日，名都行乐，意思纷纭。虽复朝夕过从，而伯仲埙篪，对床接膝之谭，亦已鲜焉，未尝不事后而思心焉如痗也。今者家居寡事，岁暮怀人，追维契阔，纂辑通谱名人，因缕书倩便以倾倒其所由然，足下其为我听焉。

吾家两朝变革，始徙湘南，荜路蓝缕，盖时怀失业之忧焉。先人坟间，旧在襄樊，累世而上，名乡巨人，不可殚数。其最著者柬之事业，盛于有唐，载在舆史，可考而知。后有子容其人者，亦盛唐时人，与乡先生孟浩然为友，诗家隽流也。宋后散处齐鲁即墨间，不著。在楚者江陵为盛，太岳文忠公明时相业绰有可观，孙同敞以阁部死滇难，尤为卓卓。国朝少司马可前公固其裔也，家君在都曾加联属焉。曩者流寇之乱，谱牒散于兵戈，仓黄奔走，先祖几莫保其性命，熊湘播流，夷陵火烬，楚祀之不绝如线。

今足下乃欲列之继别之末，此固收族盛心，第恐南风不竞，有点于吴，毋乃玉帛衣冠之会，有草野而倨侮者乎？又或世俗忘本，不念轩黄后裔，异代同源，张仲孝友，诗人所称，而与拜汾阳冒令狐者，同类而讥，不亦陋哉？惟是金兰结契，异姓犹联臭味之私，况天属近亲，数代指屈，而秦肥越瘠有若途人，可乎？至吾兄胜地名流，节行文章之裔，必为天朝特起之士，京雒交游，内廷纂辑，于通谱名贤，谅能晰其分合，寒宗欣戴，与有荣施，私窃幸甚！

若埴年来固陋迂疏，穷而日甚。自倦游旋里，江潭憔悴，猿猱处而本石与徒，浅陋非邦，固周室之不成子也，而又何赖焉？外事尚有别简并赐观览，当有以知其所向。埴顿首白。

与汪武曹先生书

张埴

埴白：

持衡者求出群之材于岭峤，不必其中正砥平也，但得参差历落、嵚崎可喜者，轩轩焉数辈罗于前，斯亦难能可贵，不虚所往矣。虽然，持衡者原以取材蕲其得而不蕲其不得也，能防其不得而不能防其误得也。即人之论之，亦只欲于不得而绳其得，不欲因误得而嗤其不能得也。譬诸宝焉，波斯胡剖肌而藏之，果宝也，而所剖非虚矣。有珊瑚焉，没人沉网而罗之，果珊瑚也，而所沉亦不枉矣。必曰：此赤水之璧，奚为而在污池？黄帝之珠，何故而探近沼？嗟乎，斯索之冥冥者，一往茫然矣！夫孰从而辨之，而知之？

先生操选政于斯数十年矣，于先正文网罗满家，浩如烟海，然初从《金陈选》，继有《启祯录》《正味集》，再有《文选》读本，正希先生文所载夥矣，曾不及焕乎其有文章篇，而此篇之参差历落，嵚崎可喜，亦洵可称出群也无疑。要实不知为正希文也，即正希平日文，多不类是，先生得之，以为解首，明矣。先生而不得之，黯矣。以先生之明而反谓其暗，而先生亦自忘其明也。而深以人之诋为黯也，而自惭其不明，皆不达之甚者也。前晤先生，而曰此文固正考所拔也，人而为副考也，实不幸。既而又曰：吾秉选时，于正考颜渊、季路侍墨评具深心，岂阅文而逊之？尤为不达也。正考于先君同乡科，辛未春官，元旦占吉梦，有持刺者为颜渊拜预以语人，岂无宿构而俟人为？粤西之役，正考位先生上而甘居其下，同考讶为罕有，犹谓是不幸乎？总之，衡才试院，昔人红纱罩目，曾有是言，而永叔、子瞻于此等尝多遗憾。先生操鉴而不得佳文也，其黯也。操鉴不惟得佳文，而兼得正希佳文以为解首也，此剖肌之波斯、沉网之没人，固明之最至也。又谁以误得也，而为先生尤乎？

先生廿载以来，于某为忘年之好，都门寓远，徒步数数过从，商榷文史，岂敢曲说以阿所好？且闻新榜首岁科常列前矛，非钝才可知。并悉。埴顿首。

与方灵皋先生书

张埴

埴白：

埴自少读书，稍有识知，即好为文章以自憙，下笔不休，常缅缅千余言溢于尺幅，当其为之志得气满，谓天下之美尽在己也，而同事之人又过誉而存之，每篇密赞，虽古作者亦若无以过焉。

既而究心经史，沉潜反覆于古圣贤人之蕴奥，始知文者道之端倪，未有文士而专职于文者，亦未有职于文而不求夫文之根柢者。乃始旋其面目，幡然改图。学之既久，自觉大异畴昔。然持以示人，人反不以为工，然者半，非者半，或非者多于然者，或有大谬不然，指其辞句以为姗笑者。退而自思，文无定论，乃至此乎？用是不敢以此质人，孤行落落，环堵寤歌，晨兴夙寐，仍取虞、夏、商、周、易象诗书之篇端拜雒诵，循环反覆者十有余年，徒欲希古风于千载，寻微绪于余言。私心自揣，天苟不绝斯文，吾道岂终坠地？一线犹存，流风未歇，不有获于前，定可俟诸后。当今之世，则诚无人焉，为余质疑发覆，开导其狂惑者矣。

居久之，而闻有龙眠数子者，起于江左，若足下弟兄与某君是也。因购其文视之，流连往复，根源派别，出于经子，迥非时径，信因文以见道，非背道而行文者。私语同人，谓是人也，吾求之廿年不可得，终吾世而无望矣，乃今不图有之，质吾疑而发吾覆，曩者之志，其可以不孤也。夫寤寐之间，时欲接面谭以为欢，去冬取道江左，舟过皖城，访而不遇。嗣至金陵，则足下遇余于沧洲太守署，执手道平生如素识面者。出文相质，足下延誉大好为佳，许为远方同志，宜弁以叙。且告余曰：余兄百川不幸早世，今墓草宿而遗文零落，未能锓板，尝用为忧。某君家贫，旅食卖文姑苏，子有意乎其为人，献岁二日，吾必诣之，当偕行丹阳以至也。时余以事滞不即行，比行后至，则足下由江阴归白下，留手书于某君案头，从此烟水茫茫，遂长为吴楚之别矣。

至今回忆秦淮接膝时，抵掌历历，慨大雅之不作，感文訞之迭兴，思古昔以攀援，为中流之措拄，心目中炯炯有一灵皋在，灵皋亦尝记忆其语否也？区区之文，本不足齿，然辱加奖借而不辞者，盖欲借以抒曩日之忱悃，通辽远之话言，非直标榜号召，为时俗之陋态也。傥序已脱稿，可书寄来，某君寓野芳滨，往来浃旬，承为之叙，不以谀而以规，古人之道则然，虽吾亦以望于某君，宜某君之以是望余也。既又引与吴下诸君子宴游，吊古揽胜，吴王故国，苏子遗亭，伤霸业而招骚魂，怆然感怀，颇多新构。匠门三兄，闾丘顾十一，酬唱留连，雅多激赏，亦有序见贻，开雕后俱当呈览。令兄古文稿暨足下新篇，愿寄读以开愚蒙。张某白。

与杨胄远庶常书

张埴

词林清望也，读金匮石室之书，掌衡文典试之职，精其业，峻其品，廿年之内，有登台辅，佐天子于明堂之上者，否即浮沉养望，循例转迁，亦不失为宫詹与部侍，天下士闻而艳之。闾巷之中小夫妇孺，传其姓氏，得其片蹄只字，相与震且重之。士君子怀铅握椠，昂首伸眉，如是亦幸矣。

吾恒见夫占毕小生，一卷灯窗，多槁项黄馘，不得一遇者。闻有二三稍稍决起飞抢榆枋，州县耳，评博耳，安望夫伟望清华、宫詹与部侍乎？又安望夫登台辅佐天子于明堂之上乎？如是者，则某又以为难。乃足下则不然，以少年举子驰骤滇黔，拍马登场，提三寸柔翰，踏两闱之门，不逾年，举人世贵显之遇，骤有而悉致之。前之所称，不以为异；后之所举，不以为难。若操左券探奚囊而取诸寄也，若挽劲弓穿杨叶连射而连中也，岂非天所生出类超群之材，为当世所艳羡而郑重者欤？嗟乎！如足下者其人奇，其时与数亦不可不谓奇矣。虽然，有不能为足下宽者。

今夫翰林先生，古者太史之官，柱下之藏也。高人朗士，秀出天外，昔以为誉。蓬莱道山，玉堂金马，时以为荣。居其位，轩轩如也。偕其侣，断断如也。高其声，重其价，必非默默已也，毋亦有搜典籍，著鸿文，经国大业，相传于不朽者乎？毋亦有谋王体、断国论，立朝侃侃，不阿时论者乎？毋亦有扶纲维，立节义，持危定倾、俾正气长留于天壤者乎？吾于世无责耳矣，而不能不为足下言之。

尊高祖当明季时，以总制辖秦边，破众论，主抚议，诱招流寇渠魁以下数万余人。厥后拘牵掣肘，未尽其用，天下惜之。逮阁部公历官戎尚，遇知庄烈，如裴晋公故事。特起督师，临遣之日，劳之以歌诗，隆之以燕享，赐斗牛之服，给蟒绯之仪，把钺桓桓，遥临三楚。左昆山辈帅带甲百万，任其节制，谓可借以破巾裂眉，灭此朝食矣。夫何襄阳失守，亲王殒命，丧师辱国而失长城之倚，然后感慨淋漓，殒身见志。斯时也，豪杰为之短气，士卒为之不平。某尝闻其言，思其事，未尝不拍案而兴，拂袖而起，为之三太息也。则知明事终始，君家亦与有故，足下发扬蹈厉，胚胎前光，沧桑改易，今则已矣，宜益有以竖立名望，粪除先人之志，而盖乃前愆，于以垂竹帛、勒钟鼎，庶无恧焉。古人有言曰：公侯之家，必复其始。足下微特复始，兼用干蛊，不可不勉。

某湘南下士，钓水樵山，虽尝卖文为活，献策当途，承足下昆仲惠而好我，有投缟赠纻之欢，无琼玉南金之报，觉奎光紫气、雅协颂歌之赠，只增愧无能相当耳。文弱公传《吁天录》，琰孙为言，足下致身通显，当假灵馆阁巨公之笔，扬厉祖烈，求征信史，后生寒素，何当谋野则获之义乎？然既承直道见推，当别为一论昭雪，千载公论，是非了然明白，不敢矫诬，况先祖身在危城，知之甚悉，愚小子能以国人忘旧德邪？此不但死愧董狐，抑何面目见祖宗于泉壤？至秋壑并讥，尚当别白，要不如孙承宗、卢象昇二公烈烈耳。纲维正气，总在足下，若使溺于博塞、饮酒、蹴踘、走马，无实剥杂之戏，则有玷清望并堕家声矣。辨诬雪枉何日？此尤在足下自忖。谨再白简末，恕之。

与陈沧洲先生书

张埴

埴白沧洲先生阁下：

今之始登仕籍者，莫不以州郡为乐，词林为苦。其反是者则谓词林虽苦，声华颇不寂寞也，州郡虽乐，卑琐也。似皆以登仕为为利与名而用意以邀之者，此其志已有限而成就可知矣。埴观先生则不然。当其少时，习制举，掇巍科，亦尝有志于词翰矣。已而出官外地，继守金陵，人莫不羡其荣，先生则饮冰茹蘖，洗手授事，不乐而苦也。视垂涎利禄者何如？逮于善政得民，欣欣感戴，大吏颠倒，道路号呼，当宁豁然，拔之众沸之中，跻之内廷之列，珥笔侍从，纂辑文史，先生则不屑屑于声华，不敝敝于卑琐也。视纯盗虚声者何如？盖一出处间而仕学两优，岂今世营利与名者所可苟同乎？虽然，先生之道高而责滋重，先生之望隆而忧滋深。埴之期先生，殆在荣辱得失之外，而不系夫区区富贵功名之末矣。先生其以为然而有意听之乎？

古者三公出牧，太守入为三公。黄霸之在颍川，郭贺之守荆州是也。唐以刺史为宰相，宋以郡牧入观文，李德裕之镇广陵，王安石之知江宁是也。今则知其才可大用，而闲曹冷局未满人意，得失系怀，未免有之。大吏颠倒，暂令退处。士民号呼，仍留故地可也。今则丹黄油素，依然掉笔之书生，不名何官也。飞章密奏，犹然待罪之孤臣，不解何事也。荣辱撄心，又未免有之，此时而功名念热，躁进营情，指摘起而非议加，天下万世责备于先生者岂少哉？愿坚持素志，勿信人言，古志有曰：行百里半九十。不可不省也。

十年以来，清官名士末路改节者不一其人，举世观望，惟先生与李梅崖中丞耳。埴皆忝知爱，故敢矢口而谭。向过豫章，都人士曰：子善李公，寄语健饭以慰吾人。嗣过金陵，都人士曰：子善陈公，寄语善饭以报吾君。蓄怀久矣，有不能默者，敢献刍荛。晚进冒昧，不知所云，希纳不宣。

与谢梅庄先生书

张埴

某僻处荒村，见闻固陋，辱当道诸公顾问，不以不文见遗。

闇公方伯、凌云观察与吾梅庄先生执事，皆早年通籍，硕望中朝，俨临南楚，虚声谬听，损威重下交。而闇公、凌云，世讲师门，渊源晚进，谦谦君子，卑以自牧，令鄙人抱愧久矣。

自时厥后，凌云作屏山右，闇公被议留潭，同学同寅往来亲密，某每语执事，闇公北方学者，质直近道，至文字商量，自吾辈事，不当一例苛绳，故十载过从，未见其片纸尺牍，不以为怪。昨者漕粮纠察，本执事职分宜然，上官牴牾，致成大狱，键门守署，拘母系属，开告密之门，四张罗织。其间二三小辈希风奔走者，乘间抵隙，索垢求瘢，譬猎家鹰犬人畜相驰骋为乐。亦无怪其然也，独怪闇公平素契好，当始事之时，能于当局前苦口药石，尚可消恶未萌，保全无恙。迨弹章已挂，造榜恨轻，犹为改详易册，密札潜投，期以补苴罅漏，上欺君父，下卖友朋，平居所指陈者若何，所矢誓者若何，一旦杀人媚人，全无顾忌，真忍心害理之尤者也！

仓公揭奏，正气凛然，稍知愧悔，决不更置一词。乃忿忿语某曰：从来损人者利己，仓无利于己，徒损于人，何苦为之？嗟乎，嗟乎！诚如若言。借矛掏胸，宁非自首其恶？堂堂张也，难与为仁。质直近道者固如是乎？夫子曰：以貌取人，失之子羽。以言取人，失之宰予。吾曩者言过矣，言过矣！三学之哄，公正之愤，势所必致。乃又入白当局，谕令广文，两庠文武，禁止贴白，岳麓诸生不许渡河，嗾牢修株盂博以囊头之酷，伸破柱之仇，直欲一网打尽，抵排于清流白马而后已焉。何其戾也！

某尝言凡人举事，须念子孙，毋快一己。须争千古，毋贪目前。闇公婥婜侧媚，大改素行，不过博中丞顷刻之欢，代奏销题考成，为善脱星沙计耳。宁虑身后名？若千古目前之论，则励执事非为若人。夫伯夷、角哀寒饿周、楚，而骨香奕祀，子鱼、师䍐温饱魏、宋而浊流汗青。曩年执事劾田文镜，直言无忌，致搒三木，系犴狴，备受挫黜矣。苟使今日者末路改节，顺上官，残差户，易刚直为善柔，由此富贵利达，阶三台而列八座，其与羊头关内斗酒梁州，饮黄龙由狗窦者，曾无以异，宁堪面目复见鲁卫之士乎？故曰争千古不争一时，所重在此不在彼也。执事其以为然而信之、坚守之定否？

如若人者，某尝恨之，既又怜之。恨其巧而愚也，怜其老而稚也。身为大吏，事同儿嬉，要之皆由不学耳。使好学而稔笔札，则不为此一封书矣。一慨！张埴顿首。

辞修邑志复尹如耕书

张埴

春渐浓矣，韶华可爱，日月不居。足下德与年进，富有日新，名山大业，自垂不朽。如仆碌碌，聪明减而道术无成，俯仰此生，百感交集，徒致叹于隙驹逝川而已。昨披芳讯，慰望良殷，兼传人兄推毂，命辑邑乘，当此承平有道之世，庙堂稽古，列国采风。贤有司莅潭已来，弦歌雅化，政通人和，礼乐文章，助流德教。又有吾子与人兄晨夕追陪，左提右挈，如是役者，固宜振藻摛华，发凡起例，撷山川之菁秀，阐潜德之幽光，为吾乡一新耳目，使四方知所瞻瞩，堂哉皇哉，伊超群之绝轨也！

仆何人，斯敢与于是？至同里诸公，自不惜踵门传告，以勷盛美，但昔年从事邑乘者今皆凋谢沦亡，而目中所见诸公，可与图成，难与更始。二三轻薄，又好造端生事，媒蘖短长。闻有能称是职者，非疑骇即姗笑，轻其年少，妒其同里，虽挟燕许如椽之笔，华国经世，不难一概抹煞之。又况见见闻闻，事质理恒，材不逮作者邪？其为疑骇姗笑又可知也。总之，修乘一事与作史相表里，褒讥失实即属郢书，增减凭胸亦成秽史。若沿袭旧文，如生人之戴鬼面，而牵扯别志亦东妇之说西邻。贫子数宝，菜佣求益，虽多，亦奚以为？往在盛明，大宗伯湘洲李公，秩宗典礼，肃衣登坛，包侯仪甫上下其议论，笔则笔，削则削，驰骋千年，实称职志。其学业盛，其名位高，比于项王巨鹿之战，小国诸侯皆匍匐蛇行，莫敢仰视。彼不曲徇于人，人亦不敢望其徇也。其后先达郭公复踵是辙，略参己见，述而不作，犹有先民之遗风焉。嗣是以来，兵火之余，世家大族，流离播迁，法物图书，汗牛马而藉金革，问其事则遗文尽矣，考其世则子孙茫如。由是亡是司觚，子虚设席，黎丘之鬼争长桓文，恒思之丛，凭借坛坫。苞苴与传状交驰，甀洒偕请托兼至。匪翅沽名之具，实为牟利之资。开卷目眯，数行饭喷。或以六朝冯道犹曰知幾，或以九寡夏姬而云达节。或魔民梵刹，多于钉头磷磷。或武卒行营，密如贯珠累累。挂枝打枣之曲，糊笼覆酱之文，张打油欤？胡钉铰欤？扬厉铺张，大书密赞，彼岂独无人心邪？为是者有本有原，曰生斯世也，为斯世也，善斯可矣。必拘拘然言自古，言在昔，何先民之可作，迂远而阔于事情邪？其居心立意如此，又何怪其谬戾丛出，略无可观乎？

此仆所以有鉴于斯，而闻命震掉终不敢命笔也。不然，两君子过爱，张吾军而大之，仆又何为伈伈睍睍、袖手不前乎？夫惟是举，兴废所系实宏，甫一下笔，观者如堵，贤父母必欲旁搜远绍，开馆布席，继包李之盛轨，希史乘之宏规，则请暂悬此座以待三长之士。其命意也，宁刻毋滥，宁朴毋华，宁落落寡取，毋役役徇人，则庶几卒业可致而授简无惭矣。如仆者，又何赖焉？又何赖焉？惟俟高明既至，步诸君子之后尘，证订商榷，以供龙门侍史卜医之役而已。今不敏，敢固以辞。

与谭一少论怀素草书

陈其扬

春仲于小斋同观怀素《自叙帖》未竟，别后从敝笥检得楷字释文一纸，今送上以备考据。然此亦有不足据者，如许御史名，以草法按之，似当作瑾，此释为瑶。朱处士逵诗，字成只，畏盘龙去，见《全唐诗》，今释“去”为“走”，释“逵”为“遥”，则此不多臆度之类乎？因君留意古帖，好学之深，故就商此数语。抑学古有术焉，贵在模楷古人，而仍以已意为从违而已。如学怀素，则学其迅疾之神、横逸之致，所谓得其技于意言之外者。若夫谲怪莫辨及匆遽舛谬，一切乖于古法之字，皆宜存焉而不之论。昌黎《送高闲序》，讥以未见能旭，亦破彼解外胶之一见耳。书亦岂浮屠人遂不能学而精之者邪？然而衔枚夜赴，鹰隼掠风，皆部伍整饬、尾翮相应于倏欻之中。《答李翊书》云：其皆醇也，而后肆焉。昌黎以是论文，今不揣愚劣，移此二语以律怀上人之书，亦足以发一噱而已矣。

答刘次欧书

陈其扬

与君神交久矣，为其人之异于众也。偶有谣诼得之耳闻，辄谓此君特无朋友药言以相告语。故去冬见委序言，即于文中有所陈说，然终不敢必闻言者之果见许予否也。昨读来书，不我嫌厌，然后乃今大惬所愿矣。吾人于朋友，难必我听，必尽我言，至言与听两有所获，乐孰有大于斯者乎？既蒙采录，自今以始，但有鄙怀，未餍之处，当频频以告。抑又思之，得者失之阶也，短者长之伏也，有六言者，必有六蔽，此固然矣。而又人之积习既深，则根荄虽以遽拔，虽其已改，往往应时触绪而生，此又不可以不念于是。仆本过人，以己有过规朋友之过，此之谓同病相语以方，同忧相恤以妪者也。

仆之少年，则亦不自检饬之人而已，其于有失，或偶闻人之言而改，或读前经，内怵所疚，今不尽记忆，所记忆者数大端耳。中年以后，因读损卦象辞而有所悟，迩来得力独在于此，盖徒求之人规而改之，其与有几？曷若取之身心，其道不为约而尽邪？幼小之习，其积之至于渐壮，又迟而待之中年，不至于自省觉不能变，迨其变之或又根荄之难遽拔，以至于笃老而有余恨，可喟惜已。且凡今之道，涉世之故，尤莫要于朕舌之扪，只此一事，则又不才少小剽易之撄患，所为谈虎而色变焉者也。顾其端亦根于忿欲之不时，而惩窒之有未至。其心敬言焉，得而不讷，其心不敬，强抑之于此，妄发之又于彼矣。

有问于余者曰：子平居讷讷，于人鲜所规切，而独于若人然，何哉？余曰：若人贤也，吾安得而不然？

与夏秀长论琴律书

陈其扬

夏子秀长所著《琴谱正音》一书，内有十二律吕旋宫于七弦图说，云本之张子南尊，余始疑其未善，既为之序矣。细思之而后，知其误也，乃为书告秀长曰：

乐之有五音，犹天之有五星，地之有五岳，人之有五官也。姑洗之不尽一数者，天然之五音，至此而数已备。若可更推一音，则非天然之五音矣。五音既立，更收近宫、近徵二音，以佐五音所不能尽，然后可以循环旋宫而无穷，而皆统于五音。若夫一琴之弦数虽有七，但有五音而无二变，二变寓于十三徽之中而不寓于七弦之中，何也？二变惨而不和，无定之指，可以弃取于十三徽而不患其惨。一定之弦而二变寓焉则散，弹不合律矣。此七弦之所以无二变也。无二变而七弦何以旋宫？盖昔者圣人作乐，准之五音而备矣。故虞帝操五弦更增二弦，厉一二弦而上之则已极。若今之十番，厉五音而并上之至于吹笛欲裂，则不和之甚者矣。又况琴师操阳关悲调，急二五弦而用之？近者伶人唱北曲，笙管一凡并用，则杂二变于五正之中，此尤不和之甚者也。荆轲提三尺之剑，入不测之秦，乃为变徵之音。若无故而作是音，古者谓之大不祥。

圣人之作乐，一禀太和，故音准于五而备矣。音准于五，二变复惨而不和，圣人又奚为收之？曰此圣人所以神也。盖本调入变，音则不和。旋宫无变，音则不备。如黄钟为宫矣，林太、南姑随之而叶。应、蕤二变不可以入律，及迁宫而林太、南姑则必配以应、蕤二变，而五音始备。二变亦有时为宫，其旋复届于他律而五音以备，变复为正，正复为变，此二音之收，古者所以妙音声之用也。本以六律正五音，五音既正，因推五音以旋于十二之宫，而声音之道如是而全。故曰：圣人所以神也。

今之笙管，不知准何律之宫，然其于为五音则一也。凡管七音，舍二用五，舍二者变音，用五者即琴之一弦至五弦疾吹，二音即琴之六七弦，历一二弦而上之者也。唐虞三代之不作，其乐亡，非五音亡也。更有作者准二帝三王之乐以为乐，但当择候正管，非能更作五音也。五音而可使后世更作，圣人之作乐，顾如是乎哉！

吾闻南尊高士，惜其已没，无能质证，谨录所见进而质之秀长。

答石北起书

张九键

客夏舟过武陵，落帆风歇，偶披襟着榜人笠子，乘便入城，赤日青衢下，足下并诸学士之舆，于稠众叉手一别，各无片言。及回舟脱帽解襟，自顾惭赧，汗淋漓下者，逾刻不止。因念余于足下，虽近十年以长，而于学问一道，养气功深，不求行止少便，致类不羁。

足下于余，道不啻十倍。当居湘日，俊士英流，赋诗赌酒，浮必大白，洒必连篇，余与其间，因风振发，雄心殆未免也。值足下于于然来，不吴不敖，有若玉焉，即之而温，则豪气令人除却者一半。迨于诗罢酒阑，焚香对榻，徐聆足下言，深情曲绪，透入心脾。有若泉焉，吸之而沁，则豪气令人除却者又一半。今则学益邃，道益高，气复日益敛。虽赤日青衢中瞥然接面，静穆之气嚣氛为之顿豁，况其坐对终日哉？坐对终日之移人，况其绛帐列徒？挹武陵山水之胜，乐且忘年，有不春风遍被，令人薰德而善良也哉？然适闻足下选期已近，将出宰他方，是武陵人士固有不及数从公游者。武陵踪迹渐远，则此后音问渐恐日稀。昨惠辱手翰，谆谆有命曰：授经之余，频冀珍重，起居为斯文自爱。

捧阅至再，益增惭赧。伏又念珍重自爱，岂直作广文然。其出宰他方，洁己治民，无敢玩易，余与足下此行实应共之。

书来既用话昔，且申近怀。昨有复汪碧九书一篇，于文章品行亦推足下为重，非好谀言，古人于道气之交，所拳拳者想并如是。

示向生履道论范增晁错书

张九键

六月二日，石园居士寓书以示向生曰：予闻之成败非以论英雄也，况以事后论成败哉？于事后衡事，古来光明倜傥不世俗之人，出其干材，撑扶人国，则皆成矣，何有于不成乎？其适不幸有之，言疑于君并以杀其身，则既已疑于其君杀其身矣，他又何说乎？我必哓哓然从摭拾唾余后憾之恨之，我策其所以有大不足，是犹起中鸩而死之人，扪其腹而药以方，方非不善，然其人固已死，且安知今之药之，非昔所药之而尝不效者邪？

凡今人之断古人有科，墨者之与刻者、核者是已。一疑事到前，鹄面老儒涉笔如吏，余执成案，比例如书（椽）〔掾〕。其墨者曰：若罪固当，疑亦无贷，不疑亦无贷也，请无疑。核者在旁曰：是太易，不然不如仍从疑。最后刻者曰：是均不然，不疑则不详，疑则不断，诸公曷穷极其意以不疑疑之？若夫所言，核者诚优于墨者，夫其刻者又似有优于核者矣。然自吾察之，断而不核与为刻又不如墨，何则？刻者信心，墨者信法，信法止于无宽，信心则又揭揭乎从而甚也。

近见尔生案头手之所编与笔之所撰，独好以一切深文意为断制，据此爰书，岂惟汉唐以来诸臣，因谋获罪，心迹难明，即忠智如伊尹、周公，亦且仓皇狼狈，由其后之放太甲，诛管叔，既不免于骇众行之，由其前之所以立太甲，使管叔，反不免有意成之矣，尚得谓圣人乎？然而两圣人卒，且断然行之不疑者，彼诚有所不得已于中，而知天下后世之将我谅也。不谅忠智之心，且至持圣人所难概律以下，虽有爰书，安得作如此断制？

夫以范增之老于扶楚与晁错之敢于削七国，令其时早有如增如错者合陈其谋，而大彰明以破其间，使陈平之计无所施，袁盎之隙无由中，楚事未必不可为，七国未必不可伏。而顾一疑之，一竟杀之，是特陈平、袁盎算两主者之幸际其成，而非范增、晁错所以劫汉王与制七国之谋，狂疏谬戾而万未有一当也。察增之过，在于不知人；错之过，在于不知言。所谓有不足者是已，其卒以疑与杀，虽若相因，明主本意或不出此。观景帝于盎之上书始而默然，既曰：吾亦憾之。则知彼项羽者竖子，真诚不足与谋耳。范增之言，岂特甚哉？今尔生既不以为然，而于增则并疑其有意全身，于错并疑其有意避祸，是其于鸩人不惟空药以方，又妄从而剖其腹也。已死矣，可犹受余诛焉若此乎？且非独于斯也。

凡尔生之学为文章，手编笔撰尤专于宋，自谓当从老苏入，从大苏出，两者亦未全是。老苏信意失之太坚，大苏持论失之太快。今人有驭马者，不问冈原夷险高下，意在必往，则势难挽，而又驰之使疾，则其势将不可收。收挽惟我，莫如安道，尔生其尚约而返本哉！由唐宋人以上进求六经醇厚之旨而䌷绎之，当自爽然失矣。

答张再超书

李芳华

承询及林西仲所学，录其答郑羽人林名一两札相质。夫西仲之学，戋陋谬妄，本不足辩，然其为说，诡遁支离，亦能惑人之听。姑即其二札详论之。

孟子良知之云，盖谓孩提知爱，稍长知敬，即仁义之见端。所以明仁义本于天性，具于生初，而非由外铄，无人不有，无时或息。正欲使人知性之本善，而加察识扩充之功。谓为不虑而知者，特言其率性自然、不假思虑云尔，岂最初一念之谓哉？心统性情，性即理也，无有不善，发而为情则有善有不善。最初一念，正周子所谓几善恶者也，彼能自保其皆道心之正而无人心之邪乎？且夫人之于事，或有初思，未得其理，必待反覆熟虑而后获者。或有仓皇迷误，处之失当，事后追念而始悔其非者。恶得谓初念之为是，第二念之为非乎？若夫平旦之好恶，则以良心虽放，而夜之所息，其气稍澄，故平旦之际物交未至，而惺惺者自呈露耳。然曰近人，已非复性之本然完具矣。乍见之怵惕，则又以卒然之投，而恻隐之心自动，仁即于此见端也。然曰仁之端，谓于此可以验仁为人皆有之云尔。是二者岂不虑之谓？抑岂初念之谓哉？

格物穷理者，外究事物之理，内即致吾心之知，程子所谓物我一理，才明彼即晓此，朱子所谓因其已知之理而益穷之。至于豁然贯通，则众物之表里精粗无不到，而吾心之全体大用无不明，岂但复孩提之本然已哉？盖孩提之心，浑然不识不知之无伪也。大人则明物察伦，通权达变，但其宅心应务之际，一循天理，无少伪妄，为能有以不失其为赤子时之本心焉尔。道著用，便已不是，况作用乎致良知而炼出作用？正其本心之宗旨，佛氏所谓作用是性，告子所谓生之谓性，庄子所谓猖狂妄行、蹈于大方是也。彼其生平，无所忌惮，而惨刻不仁，皆原此一念而出，岂圣贤格物致知、明理制义之道乎？至于《易》之何思何虑，舜禹之无为无事，文王之不识不知，孔子之无意无必，则圣气质清纯，生知安行不思不勉之事。是乃学者终身所向望以为归宿，而不可必其能至者，不但如孟子之所谓良知良能，又岂佛氏冥然罔觉、悍然不顾者之所敢窃拟哉？乃若子思不见不动之云，则言存养之功贯乎动静，而举静以该动也。周子无静无动之说，则谓冲漠无朕而万象森然已具，酬酢纷纭而直行其所无事。《中庸》所谓大本达道也，程子所云心普万物而无心，则造化自然之妙也，情顺万事而无情，则圣人大公之用也。之数说者牵引以证良知，殊觉不类之甚矣。他如引佛氏能见大千世界雨点，众生周身毛孔，以为格物穷理，儒者无以加此。殊不知儒者之格物致知，所以究身心伦常之理，穷天地古今之蕴，以言其体则万理昭融，而非寂灭此心也，以言其用则弥纶宇宙，而非寂灭天地也。朱子曰为格物之学，而不穷天理明人伦，讲圣言通世故，乃兀然于一草木一器物之间，是何学问？然则雨点毛孔之属，纵能悉数而不差，其于尽性至命何关？于平地成天安用？顾乃悍然据之以揶揄儒术，得非病狂丧心邪？

矩者为方之器也，惟其居方之至，定方之式，是以以之度物，而长短广狭截然方正，略无豪发假借于其间。圣人之心存天则，以义制事亦犹是耳。故曰义以方外，又曰不逾矩也，若谓言规亦可，则是圆融浑活，凡事只弄机关便是大作用，此佛氏心无住而能应变，所以为无忌惮之甚，悖理而得罪于天也。至谓方即方内方外，长生摄生与《易》《中庸》合，则支离愈甚，戋陋愈彰，盖不足辨也。

大抵林氏心术不正，务为吊诡，以炫于世。无论其懵于圣道，即良知之学，彼亦未尝见其底里，而辩才又不足以自文，故虽自以为至元极妙，可以陵驾程朱，而不知其不足当有识者之一瞬，可谓作伪心劳日拙矣。吾子拟诸魏延之师，不过见其议论之多偏，殊未究其诐淫之害道也。

答兄元朗论渊源录书

李芳华

渊源之录，关系道脉，正宜修明以示来学，先生用意深远，于此可见。然孔门弟子，荒远难稽，大抵惟见于《论》《孟》者为确足信耳，《礼记》所载，已多与其平日言行不符矣。他如左氏多诬，如载阚止之叛及亡吴霸越之类是也。《家语》《孔丛子》晚出，亦难尽信。《史记》尤为不经，如《孔子世家》不几于侮圣乎？《韩诗》《说苑》未尝细究，恐亦沿袭于传闻者多也。

窃谓圣门身通六艺者七十二人，姓字虽存而言行无征者过半，惟是实有证据者列叙之可也，否则宁可从阙疑之例。若捃拾无稽之言以补缀之，恐不足取信将来，而反滋其惑也。

江都之正谊明道，武侯之谨慎，深得圣门大旨，庶几于道，夫复何疑？敬舆、退之，值圣学晦明之秋，而能陈谟，一本经术，卫道深排佛老，虽其造诣行藏未尽纯粹从容，然有功于世道人心，亦董、葛之亚也。文中子见则高矣，论亦美矣，然太平献策以干篡君，续经中说以拟圣作，似汲汲于自见者，毋乃立名之士，而非笃行之儒乎？道统之属，窃有疑焉。西山曾为济王东宫侍讲，弥远废储，理宗杀兄，天下大恶孰加于此？乃与了翁应召赴阙，比肩事仇。之二子者谓其能承考亭之绪，则所不敢信也。鲁斋、草庐皆宋乡贡，而屈节臣元，他何足道？又况学多偏驳，失洛闽真传哉！则四子恐皆不足录也。枫林深于大《易》，侯城详于《周礼》，一则启沃之功著，一则靖献之节昭，其殆程朱之支裔乎？敬斋、敬轩，生靖难诛锄之后，乃能默契圣贤心源，而以主敬存省、致知笃行，远绍考亭之传，一线道脉，赖之以续，厥功岂不伟哉？若夫孟子之后，有孔斌子顺者，议论醇正，行藏合道，见于史策，似有足取。朱子之后，文山之忠，叠山之节，无愧侯城，亦尝讲求洛闽学问，不识亦可附载否？

管见如斯，其不当处望赐辨正示教。幸甚！

与唐中实论小学注书

李芳华

正月廿七启馆宗祠，获读先生所著《小学补注》，不胜钦服。但据鄙见，陈注似有可疑可议者，往岁亦曾为朋友说过，今经椽笔厘订，自应允当，然昨于灯下细阅数条，似犹有可商者，而先生补注亦略有当酌者。如《立教篇》首章“自寝不侧”以下：盖养其形体，生子所以形容端正也。“目不视邪色”以下：盖养其神志，生子所以才过人也。陈注固未之及，而补说亦似欠分明。又如《明父子之亲篇》，明以“居则致其敬”五句为纲，次第井然，中间所引婢子妻妾及宗子之属，盖以齐家正所以悦亲，故于“养则致其乐”内旁及之，补说或言或未及言，亦似阙略。至若严威者以上临下之敬，俨恪者以臣承君之敬，陈氏未及体察，概以居上临下释之，殊欠精细。子不宜其妻或是私情，父母曰是善事，我必孝妇也，子安可不抑其私情以顺父母之命？没身不衰，则爱敬交笃，不但行礼之文而已。应氏谓子情虽替，而夫妇之礼亦不可不行。如其说则纯是矫强以从父母，而私情终未释然，又安能没身不衰乎？

凡此亦宜为改订者也，其他笔墨不能尽述。俟全阅过，粘浮签于本书之上呈览，伏候教命可也。大抵著书立说，将以觉悟来学，宁为详细，罔或疏略，宁为迟缓，罔或急遽，期于尽善斯已耳。昔朱子诗传早付刊刻，厥后门人疑“居东”非“东征”，始悟《鸱鸮》《诗柄》之非是，而以板本既成，不能改正为憾。是固圣贤无我之心，亦足以见著述之宜审慎也。故愚反覆思维，商榷古今公理，亦和而不同之义。苟非有所参差于其间，亦或无嫌于过戆者，此其所以敢为渎陈而不自病于无所忌惮也，惟先生谅之。

答唐中实论纲目书

李芳华

睽违四载，山川间阻，末由侧席承教，云树之思，何日忘之。承示所修族谱序文、凡例，缜密精确，足见仁人孝子之用心矣。弟数年之中两遭大故，哀思拮据，苦不胜言。又以蜗居逼窄，兄弟家口甚夥，食指难敷，买田迁徙，左右支撑，阮囊空竭。今秋甫毕丧，又娶儿妇。窭人扯曳，劳神损力，笔砚久荒，学问止有退步，遑言精进？

昔年曾读《朱子纲目》厌集览质，实繁冗芜杂。即考异、考证书法发明，亦多不得考亭意旨，妄欲少加笔削，编为《集义》一书，顾为俗累牵引，三年未克有成。大抵紫阳之作《纲目》也，虽以凡例为的，然其间亦有因事褒贬、变文见义，不规规于凡例者，而汪氏概执凡例以议之，则未免于拘矣。且大书提要，命意深远者有之，刊本错误者有之，因旧史成文未及详订者亦有之。

而刘氏、尹氏不细加研究，往往曲为之说，所以多悖理伤教之辞也。鄙见惟据纲以考目而穷其旨趣，因目以审纲而察其异同。如汉武时匈奴书“入”不书“寇”之类，则咎在中国，变文见义者也。淖齿弑齐湣王见凡例注而书“杀”之类，则刊本之误也。若光武时书匈奴救刘文伯之类，则或因旧史之失也。此正编所为窃取者也，其他训诂文义，惟难解者注之于格上，地名则概不录焉。至若续编书法多谬于凡例，则以商公等见既浅陋，存心又欠公平故耳。意欲本朱子凡例少为删订，然宋、金、辽、元四史不可必得，恐渠或有遗漏，未敢下手。俟明年正编《集义》了局后，烦合力呈请郡伯，借岳麓藏书同为商订，似亦未晚也。

《杜诗选注》昔年见识粗鄙，聊据《唐史》及诸家注释编辑之，未必可传。且为柳氏借去，扣却原本，而将觅人所钞者见还。字多错落，今不能记忆，亦无暇日改正，未便即寄上也。

与刘夫彝内史书

曾绍孔

足下鸣琴山邑仅四载，特恩内召，自此监司、牧伯、台辅、卿寺未可量也。仆以诗文缔交肺腑，天南地北，左右无由，良用惘然。所喜协恭和衷以抚民社，赖有知己，仆即老死沟壑而力所不能为者，可借以少慰，又奚恋恋效儿女子态邪？

独是足下昔宰南偏，深以人鲜淳朴、俗尚侈靡为患。时仆即有急欲白足下者而未尝言也，偶一言之而未详也，非不欲言且详，谓犹可待耳。今足下行矣，舍足下更无可言之人，故不能少缓也。盖足下畴曩所患，止于一隅，若仆所阅历，虽未遍楚南，约略计之，率不甚相远。即宾筵一节，髫龄时所见，饮食供具皆朴茂古拙，鲜雕饰，戒绮靡，主人不以藜韭粗粝为羞，佳客则以芹羹土酥称快，道犹古也。今也盘盂必晶瑛，杯箸必牙玉，案榻必缕彩雕文，非花烛辉煌、屏障灿烂与歌音之遏云绕梁，通座皆为不乐，鲙鲽侯鲭、粔妆曲部，直余事耳。虽富家斗财，贵人争款，势所必然，然亦何以端表率、长子孙乎？此仆所目击者，未三十年殊迥乃尔，愈趋愈下，若彼流泉，奚所底止？况不悉此哉！是诚足为风俗人心患也。

天地生财，止有此数。念祖、父勤劬，当惜其不足。思子孙艰难，贵留其有余。以若所为，岂谓无不足无不余，恐家人早夜拮据，尚不克灌漏卮。矧不俭者不勤，自昔及今，未之能易乎？故邻省诸郡，若豫章，若两粤，即大湖以北，田一岁两种，土物取诸其家而用之，纺织之声与鸡鸣响答，仆闻于人者如是。今吾邑一岁一种，尚卤莽灭裂，矧再种而再获邪？麦豆布花适诸市，岸空土旷宁与荆棘狐鼠作缘。禾熟尽出子粒以偿积逋，且犹不给。乐岁若此，其在凶年可知。孟子曰：易其田畴，薄其税敛，民可使富。食之以时，用之以礼，财可使足。今民间以闲懒惰废，荒人工，薄地利，又漫不知节省，至举八口之家，甘为盛世饿殍。甚且世裔大族、精悍强有力之夫，行乞途间，若固然者，可胜叹哉！可胜叹哉！

原其弊，诚如足下所云，远淳朴、好侈靡者为之也。夫百亩之田，非祖、父困苦中所留遗者乎？及吾之身，非有户口之繁，嫁娶之丛，与夫姻亚、友朋往来之众，守先人旧庐，主伯亚旅，晦明作息，不为纷华靡丽而悦，虽欲不富，不可得已，孰与之不足邪？顾乃狭视前人，以恂谨为迂，恶言小利以夸大为高，而不知洗波靡之俗，还浑噩之气，与去敦庞之习，趋佻达之风，孰难孰易也。启萧瑟之况，成富有之藏，与丧殷实之区，变荒瘠之壤，又孰难孰易也。由是食指日众，酬应益广，老稚具人，丰歉异岁，将孰与以足乎？即欲富者长富，贫者不愈贫，何可得哉？

足下早洞晰病源，窥见流弊，故以去侈靡、返淳朴为急务，而于夫彝人心风俗，劳勩百端，业有成理。彼都人士咸惜其未久而去也，然方且以宰一邑者宰天下，岂一邑所能罄其敷施，留为棠荫哉？所望异日秉钧轴，开诚布公，进捧檄受郡之司牧，责令务本节用，知农之艰难而严其劝课，察财之盈缩而示以均制，不为苟且之俗胜，勿使因循之习仍，其运在心，其仁足以及天下，其政行于一时，其法足以传后世。上无负省刑薄赋之朝，下无愧补衮作霖之臣，皆不出足下所患中，足以致此而无难，讵不幸欤？讵不幸欤？

明月在天，两心如对。万里秋风，加餐自厚。

答李亦庵书

曾绍孔

前在斋中，偶论文体，未既厥旨。继承教示寿叙非古，迟迟未答，不审以古人集中无寿文谓之不古，抑以今之为寿叙者，与古之文相剌谬为不古邪？唐宋以来大家之文汗牛充栋，独不以寿序传，意古人德业闻望，不假文重，非如志、铭、辞、表，子孙惧世德之沉沦，急欲表彰焉。而为之者亦以盖棺论定，其文传而其人传耳，是以寿文不传也。乃今之以文寿人者十倍于志、铭、辞、表，匪第文不古若，并不得以文谓之矣。

夫寿之多寡，数之适然耳。世之贤士君子，果能自寿者，讵直是哉？必其德业品望足为模楷，见诸行，功业卓卓，被生民而光史册。穷而独善，亦且著书满家，为圣贤留道脉于未坠，为古今明治统所由隆。一其声百响皆息，丰其词群情毕露。要皆分其绪余，建宇内非常之行，勒名山不朽之业，可以一日，可以百世，岂尝计人之我寿邪？即寿之者，不过有道之士，无能已于祝愿之私。而其为文也，亦第举天地古今一日不可少，百世不多见者，一写之云尔，又曷尝计其传不传哉？纵其文传，传以其人，其文不传，非其人不传，若其人传而文亦传，文又安得而不古乎？

吾楚杜于皇称吉水罗念庵为毗陵唐太公寿，通篇讲道晰义，以荆川为之子而不之及，其超脱若此。嘉定名士娄子柔寿申文定少师首辅文，仅三百余字，且谓文定秉政，不如前人任劳任怨，前人者，江陵张文忠也，其简直若此。以此为文，不谓之古，不可得矣。今则不然，道德事功难言矣。治古文者，未悉其源流若何，誉以马韩则喜；攻诗律者，未察其体裁若何，誉以李杜则喜。非是弗乐。甚且墨吏皆卓鲁，野人悉巢许，田夫老妪无不伯鸾德曜，豆羹箪食孰非平原信陵，以致富商大贾、食牛屠狗之辈，苟可永年，皆得以文寿。且欲择能如吾意者为之，操觚家利若直，觍颜泚笔，如马首之络，不择马而施。而旁观者早已腥膻满案，一嗅便呕也，尚得谓之文哉？

吾故曰：今之寿文，非文也。足下云云，其必有感于斯矣。然使今之寿人以文者，得如罗、娄两先生，又必谨择其人如唐太公、文定公两君子而后投之。虽谓文章家莫古于寿文可也，足下又安得以寿文为必不古哉？傥有相长，幸赐回教。

与刘采其书

曾绍孔

酷暑作数日晤，时有人对冰壶之乐。别后大地如炉，旱气转甚，田种所失，视丙戌过之。炎威灼人，不必言矣。吾地十室九空，其何以堪！抑闻黔中苗民梗化，大兵云集，祸更不仅旱魃已也。抑郁之余，作退步想，足下然吾言否？

高甥师六痛母苦节，矢志誓报，乃天弗永年，且以无子，悲已！临绝告伯兄又尹曰：不终事母，惟兄弟是赖。幸兄与三弟皆有子，我独亡，今与兄约：请先举子者，于吾继。既曰：傥此可已，又何以云？势迫时穷，致丁宁之意如此，更可悲矣。既葬三月，尹举次男，不忍不以之继也。师之有后，若有期会焉。而预为之地，人皆以是喜，闻有私为尹喜者，吁！何其悖也。谁有子不爱其次？只以吾弟乏息，金石可消，永诀之辞难泯。且方痛吾弟短凶，复有违心，使长抱不孝之恨，莫或瞑目于九京也，可乎？微弟故，尹虽不敢知曰二难兹始，决不至入梦之熊罴，甘作蜾负之螟蛉矣，而况生者固不愧其言。乌乎！存亡遽异，此明彼幽，无知有知不复相识，尹独何心而回哀作喜邪？惟彼化者，回首萼楼，道路渺绝，伤心永宅，遗言不再，迟一夕佳胤，即一夕不安于地下，此非他事，不以置悲欢得丧于其心也。即二三同人抚膺太息，咸曰仁者有后，苍苍其无意乎？顾潜灵宛在，冥台尚温，将绝之续，若日夕无光，倏返三舍，而明者弗失其明也。以存推往，向之所悲，今之所喜，夫宁有二心邪？矧亦既箕裘有绍，不得之身者，必得之于后矣。尝观孔子称周泰伯曰：可谓至德。又称：殷有三仁，微子其一。夫泰伯、微子，均无嗣而传祚百世，固仲雍微仲子孙为之后也。由是观之，古人曷尝不悲坠绪于当躬，而享灵长于奕世乎？孟子云：不孝，无后为大。非谓无子也，子有无不可必，惟得人为之后，斯足慰耳，而岂而昌而炽，独古人然哉？

是故人为尹喜，不过曰师有宫室、田园、书策、琴瑟为尹之子有。乌乎！是与婴儿之嗜弄具何异？且考之经质之律，稽之国家之典，凡立为后与为人后者，岂黩货财、揀金帛欤？又奚以处夫赤贫无家之人？苟无苗裔，不将听其为若敖之鬼邪？此以见世道凉薄，虽父子大伦，不免见利忘义，贪得患失，滔滔皆是也。独师六为人宽厚，与物无忤，善事母，读书为文，以专故得血证。年甫三十而天速之亡，理不可解。今幸嗣胤有托，愿迟之十数年，令吾辈一见。叹曰：是故高师六儿邪？师死，能以其精神形气徜恍变化而为一子，师何尝死邪？喜且不什伯于今日乎？足下高氏世好也，必然吾言矣。

与孙席珍书

曾绍孔

年来抗志遗俗，弋猎群书，怿愉忧悲，见诸文字，思得足下过我，提衡古今，彼此交益，未获也。

近有相商者，仆于时文非所好，至四子书未尝敢轻心读之。每思圣贤一言一语，纯是元气浑沦，与天地同流，无不包举。紫阳夫子续孔孟道统之传，惧愚不肖无从企而及，贤智者不能俯而就，精思曲畅，绝后空前，为之注疏，盖有不得已焉。然亦至明至简而不可易，譬之目力既竭，继以规矩，后之人由而熟之，自足为工之良也。今复求诸讲说，我有心思，我有才力，不能以吾之精微，与圣贤之精微相遭相得，而必尽假他人之喉舌为探索。是亦曰斤则斤，曰斧则斧，虽有离娄丧其明，虽有公输失其巧已。吁，何其陋哉！矧四书之有讲说，吾不敢知曰一展卷而义理（燎）〔了〕如指掌，即其教者学者亦不过揣摩搜列，为弋取科第梯航耳。

嗟夫！有志作者之林，根六经之旨，探奇于庄屈，取法于史汉，摹福利于唐宋大家，他若诸子百氏，尽可披也，尽可览也，得其精意，观其会通，皆与圣贤理道有相资发明之益。以此为文，酿花为蜜不见花，酿稻为酒不见稻，月异岁殊，宁必屑屑于讲说也？苟能是，岂惟弗蹶于科名，万一科名不可必，而以我之心思才力，追圣贤于千载之上，隐相印合，足以信今而传后，以视科名之得失轻重何如邪？而况留心讲说，其制艺尽工，于科名若拾芥否，又未敢知也。奈何为父兄师友者奉为不刊之令，虽有聪明才杰之子弟，驱而老死于其间，文与道无一之有成也，悲夫！

足下明眼人，能无忾叹！今私以相质，谅弗以仆言为不然也。

湖南文征　卷九十五

书四

与凤翔公子书　　徐世佐

寄来尊公著作二种，敛容危坐而读之，学问之腴有味焉。曩在京邸，所见尊公古文，一准唐宋八家，今其存者，又自从《朱子全书》中来。岣嵝太史序时艺引程朱，序古文引韩苏，愚谓此一而二之，二而一之。韩苏之雄伟灏瀚，程朱之质实纯粹，酝酿既久，其真精妙合而凝焉者也。古称不朽有三。尊公之德，他日当从祀圣庙，非徒附诸乡贤也。其功在生民，又当庙食彼地，非但列诸名宦也。其文章嘉惠来学，与时无极。合兹三者，不朽何疑？虽然，莫为之后，虽盛弗传，又在诸嗣君勉之而已。

计仆与尊公游处，止乾隆元年七阅月暨四年八阅月耳。然其契合在生平，其精神在千古，此非他人所知也。揖别金陵即四年秋杪，期以明年游岳。尊公曰：来，子固可与游。各僧寺颇知我，可一二日不赍粮，但须春夏之交，岳色方满，寒暑不侵。其后竟以病故不果来，迄今四十年。惟赴镇安时在山阳道中瞥尔一遇，其形容犹在两目中。而公往矣，不可复见矣。到镇安之明日，尊公在途寄书与黄扆臣云：昔人所谓“穷巷闭苍苔，寒灯静深屋。北风吹微雪，抱被肯同宿”者，予与徐年友之交也。一别逾十年，闻其已死，心常怛悼。昨在包河铺猛地逢之，不觉大骇，如从天降，顾不能随之而返。贫署荒凉，伊又多病，可语内人：饮食必亲手调理，不可以吾穷故慢吾穷友。斯言也，至今犹在肺腑中，而公往矣，不可复见矣。

仁者必有后，贤昆仲皆卓然儒林之望，于公何恨？顾仆私心，不能无感也。瞻望弗及，涕零如雨。生别死别，是皆有之。相去三百里，邈若天涯。尊公著作到敝庐，在乾隆四十三年十二月，看缄上封题，发日在四十二年正月，何其难也！邮筒不及，抑又无怪。《环溪草堂文集》刻于何时？中间各篇往往钩截太多，似失作者之旨。此固于作者无害，恐未必于读者无害，狗尾续貂，昔人所戒。顾仆胸中，又自有勃勃不能已于言者，作《环溪草堂文集跋》一篇，高明可无哂否？岣嵝太史无恙否？可一尘之否？《捕虎说》一篇附寄。

岳云在望，延企为劳。布此区区，言不尽意。

与毗陵明府书

徐世佐

佐再拜献书毗陵阁下：

佐闻之君子恶不闻其过耳，非恶不闻其善也。不闻其善，常自以为不足；不闻其过，常自以为有余。自以为不足，则德日进；自以为有余，则过日积而不知。夫善易闻也，过不可得而闻也。人之称吾善也，常有余；而其称吾过也，常不足。以不足之称，当不可得闻之时，而为吾过之所由积。故君子闻过则喜，闻誉则惧。君侯抚临下邑，于今八年，德亦盛矣。其操守之廉洁，为治之勤，不遑早夜。其方严正直，强立不倚，不营进取，不为贡谀，以善于上官，尽心于民事，以期无负所学者，不可谓不至矣。佐不敏，辱君侯爱深，于其去无所为赠，知歌颂者多，敢效箴规，以备所缺。

夫士者，有司之所宾而礼之者也；民者，有司之赤子也；皂隶者，有司之厮役也。士疏而民远，疏者难通，远者情格。故其势皂隶常不可以纵，纵则士与民受其害；士与民受其害，则有司之政教坏。佐闻善为治者，在因其势之所倾而救之，天下之势常不能平，积重积轻，害若循环。善为治者，观其势之所重而轻之，其势之所轻而重之，则其势稍平而其害不至于已甚。

往者明祖优礼儒生，日积而张，其弊至于清议执朝廷之柄而赏罚无权，士气日强，而风俗政事亦因之以坏。延暨国初，士或虐轹吏史，平睨官长，干乱时政，当此之时，在抑而制之，使就绳尺。其后朝廷深知其弊，约束之条，日以加严，士皆凛凛就法度矣。有司绳之太过，官之厮养，虐而使之，士皆懦恐，不敢一语相校。向之为我奴隶者，今皆奴隶夫我矣。天道循环，无往不复，理或然与？虽然，吾惧其廉耻之败而澌灭以尽也。夫士而厮养之徒奴隶视之而不以为耻，此何士也？夫君子之所惜者廉耻也。且夫今日之有司，前日之士也。今日之士，他日之有司也。士则不敢一语相校矣，有司何可使士畏奴隶也，有司忘其前日之为士乎？夫士者吾辈也，物各惜其类，使吾之士畏吾之奴隶不敢与校，而有司乃逌然快其莫予违也，以是为威命之行与？有心者或犹未免抱风俗之痛也。夫士者天下所由以适于治之具也，使天下之士甘心奴隶，此圣天子、贤宰相所不忍闻。天子不忍以奴隶待天下之士，而有司以奴隶使士，且使吾奴隶以奴隶使士。乌乎，其亦不思其本也！

夫士之甚可爱者气也。气者振之则起，沮之则丧，摧残磨灭，畏葸颓溃，精英之气不复集于身。当此之时，在扶而植之，使其气不至于尽丧，不当复抑之也。今士之贫者，不能具饘粥，敝衣徒跣，形容枯槁。皂隶衣裘帛，朱缨华冠，持粱齿肥，饮酒赌博，肩舆出门，行李步担，士遇之途，侧立而避之。君侯为治，务在立威，不恤大体。君侯以为威不立则民无所畏而不可以治，然君侯之所治者一，而其所坏者十。妻虽恶，不使奴笞之，恤廉耻也。君侯之所治者，不过威令之行，而其所坏数世之事也。夫俗之渐人，若鱼之渍于水。河之鱼淡，海之鱼咸，非鱼不同，其所渍异也。俗者难成而易败，十人扶之，不足一人败之有余。子曰：安上治民，莫善于礼。礼者，别尊卑、明贵贱、辨等列也。冠虽敝，不以苴履；履虽新，不加于冠。今使皂隶斯养奴视诸生，羊麾而狗叱之，无所顾忌，此不可之甚者。夫斯养虽贤，不使加于士，士虽不肖，不使辱于斯役。存大体也。今之斯役，吾未见其贤也。君侯之所为治士之罪者，咸其所自取，诚不为过。然君侯曷不一为吾辈恤大体也？君侯以为赏善罚恶，激浊扬清，其所锄者榛芜，非有害于嘉植也。然而风俗一败，贤愚共之，不可不慎也。

夫民者，国之本也。往岁郡县买骡马入蜀，此不过官民买卖，君侯号令大严，皂隶凭之，纵暴侵掠，所至骚然。马不中选者出钱，无马者呵以藏匿，得钱乃止；马经去，卖者勒令赎回，得钱乃止；见马则骑之去，不问其主，见骑马者叱之下，呵以逃匿，得钱乃止。敢出一语者，呵以阻挠公事。仇者匿名相告，无马者、马已入官者，咸云隐匿，锁之皂隶家中，或一二日至四五日，得钱乃释，更不见官。至于贡士至于进士或经为官者，皆令锁拿，耳目怪骇，远近惶惑，人人自恐，一日数惊。至于愚夫小妇，见行道之人皆走匿畏避。十二月，民间讹言取猪，不知所自来。风声所及，家无留畜，数日乃定。何则威令之余，虽空中无鬼，不能不动于中也？夫民岂不知告于官？害民者亦岂不畏民之告于官？彼诚有以自信耳。士民之言，百不中一；皂隶之言，其应如响。彼诚知势之不敌，故隐忍不敢。其强者亦尝发愤思一言矣，卒辗转而终以自止，诚积威之所致也。贤者居高听卑，然卒下情壅于上闻，火发于床下而寝处者不知，此君子之所惧也。朝廷未有他事，才一买马，民之受害如蹈汤火，脱有他事，何以聊生？是故斯养之辈，常不可纵，非细故也。

夫人各有类，其强弱之势，必有所归。州县之势，不可归于胥徒，犹朝廷之势，不可归于奄寺也。或者以为胥徒细故，夫大者细之积也，天下者一乡一邑之积也。往者明季差役繁重，然赖士之气，虽贪有司朋比，奸胥、悍隶卒不敢以逞，不可谓非小民之幸也。夫今之士，或万万不如古矣，然亦未必尽无廉耻之心，其顾名节、畏清议者亦往往有之，此皆万分之一不敢望于厮养之徒者也。然则势归于此辈，不若归于吾党。夫听讼断狱，君子所慎，民之多讼，非智力所能禁也。今皂隶之家，未有贫者，一事经手，以百缗计，皆往日所无。君侯明察英断，不当寄耳目于群小，此尤草野愚夫所为惓惓者矣。催科狱讼，皂隶入小民之家，食必兼味，饮必醇醸，舆马仆从之费，不后于时，君侯其亦闻之乎？若犹未也，耳目之前，如隔千里，以是知治天下之难也。泰山在前，一指蔽之，非指之大于山，盖近者之足以蔽远也。故去其蔽则眇者可见千里，不去其蔽，虽离朱不能见一物。今之扳轮而留记者，皂隶也；制绮纨书，姓字称万民衣者，皂隶也；刻木为主，内之所在庙中祝长生者，又皂隶也；鼓吹之声不绝于君侯之前者，皆皂隶也。君侯不知而误以为民则蔽于近习，若其知之，亦可以察今之人情矣。令者民之父母，非独皂隶之父母也，独感恩戴德斯之甚哉！皂隶之害，小民怨之切骨，君侯受其面谀，人心愈不能平，今道路之言，岂堪尽入君侯之耳乎？所不怨者，独城中民，彼以酒食游嬉相征逐，而寝处夫乡之愚人，其他罔不受其害，三里之外，非愚所敢知也。

士有诤友，则身不失于令名，谗谄面谀之人，非诚有爱敬之心也。君侯物望方隆，暂为一县，而令厮养之徒侮弄衣冠，侵暴小民，货赂无艺，士民嫉愤。君侯方受其承奉，惧议者不察，谓君侯与其私人名利相比，损伤盛德，窃为君侯惜之。昔人有言，譬诸饮食，肥甘多矣，请备药石。佐岂敢云然？而不能自已者，以君侯之贤，国家之盛，方将入为宰辅，出任封疆，区区之心，诚激于中，惧君侯不知，自以为至，为累滋甚，故敢发其狂迂，惟裁察之。夫逆耳之言，人所难受，君侯不以为恨，则君侯有古人之量，而佐亦比于遗直。不然，是佐之罪也。临楮震栗，不知所云。

答友人书

刘玮泽

数千里外，得足下见复一札，具悉母夫人安好，并足下近履清胜，甚慰甚慰。至迎娶一事，云占者谓推合年时，岁内未有佳期，足下遂以是因循焉。泽窃以为过矣。

夫定天下之吉凶，成天下之亹亹者，莫大乎蓍龟。龟为卜，蓍为筮，卜筮者先王所以使人敬法令、畏鬼神、信时日也，其事诚不可废，然不过决嫌疑、定犹与耳。足下垂白在堂，中馈井臼之司，于是乎急，单传如线，鼎盛春秋，又何嫌疑犹与之有？且吾闻之《书》曰：官占惟先蔽志，昆命于元龟。又曰：汝则有大疑，谋及乃心，谋及乡士，谋及庶人，谋及卜筮。是始其事者人也。《诗》曰：考卜维王，宅是镐京。维龟正之，武王成之。是终其事者人也。从未闻有废人谋而专听于卜筮者。况近世阴阳家者流，亦岂真有裨灶、梓慎之识？京房、焦赣、郭璞辈之聪明也哉？昔汉武帝聚会占家问之：某日可取妇乎？五行家曰可，堪舆家曰不可，建除家曰不吉，丛辰家曰大凶，历家曰小凶，天文家曰小吉，辨讼不决，以状闻。制曰：避诸死忌，以五行为主。张衡《思玄赋》曰：慎灶显以言天兮，占水火而妄讯。前古术数之学已极纷纭而谬戾矣，矧时俗之占测可尽信乎？

伏惟足下念祖宗之绪，图高堂之养，法《虞书》之蔽志，效周《诗》以成之。推以五行，显然可指，盖天地设位而必圣人成能也。人谋鬼谋，究之百姓与能也，岁内为日方长，夫必有得天时者矣。

答朱伯缥书

张九思

九思顿首：

夏初得伯缥书，并示令祖母太夫人事实，太夫人之贤，既仆所素稔，今者寿登百龄，为世罕有，复值覃恩，得膺旷典，福遇并隆，实乃太夫人淑德所自致。九思虽不文，夙叨不弃，况忝从戚末，又何可辞？顾恐弇陋之词，无以光朝典而贲家乘，有负老弟殷殷相属之意，是则为惭耳。今录一通尘览，惟伯缥裁其当否而施之，幸甚！

来书兼及近况，仆幸托相知久，请得为老弟一言。窃谓此时此境，正天所以成就吾伯缥，不可不有以善承之也。乃如伯缥，平日自负侠肠，挥霍之间，多因义举，不可胜数。然浮侈不节，习气使然，殆复不免。自今观之，其是者自当无用为悔，其误者似亦未宜漫不加察也。如伯缥之才，终当自致科名，区区有无，殆不足道。然造物者予夺之意，默寓其间，非静慧之士，未足深领。予尝近疑，曰以验吾用意之诚，夺尝近疾，曰将豫吾谨身之地耳。

孔门贤豪众矣，《论语》一书，处境顺逆间，每每致意。仆少时意气方盛，亦且读而疑之，今经历之久，始知圣贤于此，正有当境实学，非自欺欺人之语也。故曰：正己而不求居易俟命，此之谓也。

又尝谓士人事读书，自宋以后盛，亦自宋以后衰，何者？有宋大儒，当其始并挟命世之志，又得师友渊源，流风渐渍，其所发明义旨，所至可谓卓然。然方其崎岖艰险之中，已蹶复兴，将伸复乱，今人不及见也，张皇微绪，旁搜远绍，戛戛难哉！岂谓今日乃成烂熟？以今人之坐获宜优前辈之苦寻，而文章事业，转无一足以及之者。用功深者所取厚，致力轻者收效薄，有由然也。

九思癸亥甲子间，辱昆甫兄一见如旧，于时授我钝之一言，仆谨至今佩之，未尝敢失。伯缥资材颖敏胜九思十倍，然非可喜也，若能收敛才华，一意根柢之学，则望佩仆所尝佩者，无以已明已悉而不究其真，无以习见习闻而谓中无可味，如此铢积寸累，待得三年后，德业不几有成，气质不且大变，吾不信也，伯缥勉之。仆不幸闻道迟，今衰且老矣，如伯缥尚英年，近又所处艰乏，从前一切外好且不戢自除，况早日周旋昆甫、亭干诸贤，非他人概未有闻者，比继起之杰，当让何人？其孜孜向善之意，亦人皆见之，特未肯实用其力耳。愚故以谓天今所以成就伯缥，不可不有以善承之也。政远惟力学自爱，比日侍奉佳庆，有所会意，便中不惜寄示，以当面晤。区区倾竭，恃相知之厚，不以为僭，则仆又大幸矣。

与杨景翔书

郭焌

焌白景翔足下：

顷者辱见过，留三数日尚不能尽意，既别去，心怦怦然。仆与俗人居，或不能须臾与之谈，或失响答，人或哓哓不肯已，则心烦若焦，不能待其词之毕，足未离而神已去矣。以此取诟病于世，至有欲杀者。嗟乎，其何以解于足下父子间哉！自始合，至于今十二年矣，逾时而一会，会则相与言笑款洽，竟日夜不一息，犹以为未足，虽仆亦不知其何以至此。足下于今之成秀才者，皆可以无愧，然不以仆为不肖爱重之。前在庭言仆所为近于古，文之传于后世无疑，愿委身以听，此何敢当。若仆所谓天下之罔人，芸己之田而犹病者，曾何足以补足下之万一？虽然，仆尝念之，足下于取科与名之术则得矣，将求比于古之立言者，则古之人方且闭置之门外，不得闻堂上人语，况欲望其肩背哉？足下年少而气清，勇为之古人不难到，而仆易言之若是者，仆自知有仆不知，乃同足下于非仆，忘所以待足下者也。

仆始孩时，质性过于人，五岁至八岁余，四书五经读已毕。不幸怙恃无所在，曾大父已老，寄养外氏，岁不过二三觐。外祖父母以其孤，故怜之甚，延童子师塾中，日亲送之。时或来几案旁视诵读章句，遇师怒且挞，急曳之去。严冬盛夏，诫童仆善与之戏，防颠扑，是儿体弱，不令读书也。十岁，从外祖父宦吴中，益不复事事。

逾二年，归趋曾大父所，曾大父叩得所记诵，顷又问儿操笔否，仆实始学为破题，第对恐曾大父轻之，且久离隔远，欺曾大父不素知，可大言，乃诡云为文章已就。曾大父初时雅不意儿能为文也，心喜，迫欲观其能，据案叱左右具笔砚，坐之旁，坐发策而试之。仆已诡云能为文，度不可中变，乃就平日所诵明朝人文，貌程度而为之，竟就篇。徐移纸曾大父前，却立睨视，惶愧不知云何。曾大父手笔批且点，且颔之。婢子告饭熟，掷笔起立，笑而入，为家人言，儿能文矣。已而捋其须，颦蹙曰：是不及见儿之成立也。顾之而叹。曾大父于前辈之知名者号为魁，仆初把笔见许可，遂搔痒不自禁，谓是不难。仆之为文自此始。

后三年，曾大父没。其明年，仆之十六岁时也。外祖父以其长，恐无成，纵之使负笈远方，从经师。同学之士岁益多，仆较其分寸，究亦无甚过者。试有司，辄得其前军，颇自喜。退而取生平思之，虽学无苦心，所得于师友，非有高论眇旨，又见称赏者，其自为文，皆卑庸腐败，不类于古人者之词，今之学者必非是自疑。

年十九为诸生，始尽焚其旧所习时文，读唐宋书，世所号八大家者是也，每一篇积诵至百数乃罢，时时有所见，犹未敢自信。又二年，以选贡例游京师，隶国子监，乃得事司业胡公，知古文之道，并其至与不至焉者皆知之。居数年，尽得与四方之贤者相结，纵辨难，遍致周秦以来之书，经古人之评论标录，伏读而思，始有得。注于手者皆汩汩然来，益自坚其信，乃肯归。

今复自悲，仆年二十七矣，古之人大率五十六十始有所成就，苏明允时过而学，胸中稍俭于卷轴，其为文亦仅如是而止，不得与左史比。仆先祖与父皆早世，仆失学多，假设不幸，而得其年不逮于古，则至死之日皆虚生之年，可不为痛恨长叹息哉？早之不知，及其知而为之已迟。兀兀孜孜，得不偿失，既以自误，又因以误足下，不谓之不仁而何也？

往年谒宗伯方公，公切切为仆言，士君子为文，当本六经，要其行终身，不问时之利不利，凡声名利禄，决然舍去。此人之有腹心疾，害不小。仆始闻之，若大药之解沉疴，脱然汗出，病良已。自是不复求进，绝意而为之。虽为之，穷困之事蚁增，非笑之言蜂集，顾仆不可变也。扬子云之为文，当世无好者。子云曰：后世复有扬子云，必好之矣。退之以子云死近千载，竟未有扬子云，退之悲子云，然独不知己之悲子云，乃所以为子云之好，而子云之能待于后世以自解也。故曰：其用功深者，其收名也远。孔子疾没世而名不称焉，又曰：不知命，无以为君子也。古之人与其所为言也，已传矣，后之人亦皆有言，宜亦皆可传。而卒不传者，何欤？盖以为有立与不立耳。立，则其言传，其人传；不立，则其言虽存，不传，即其人传，亦必不以言传。

人或谓为文以取世荣，仆所为者皆过，自命太高，就令是，从事早，仆年犹有待。降格趋之，可得志于时，始复事此，亦未有害。且古之为此，率敝耗精力，其传者异久与暂，是皆有命，不可强，宜自惜，恐损寿。仆曰：恶是何言？豪杰以命，故自强；愚不肖之夫以命，故自废。其传之者不久，其为之者不至，始以不遇稍见待，待之而又不遇，则又待，则老且死。与其为愚不肖之人而死，不如为豪杰之人而死。死一也，则有传者有不传者；死与死不一也，然皆生焉，然皆死焉；死与生不一也，而亦一，或且生，或且死，或且其生犹死，或且其死犹生，或且其生之时不若死，或且无时不死，无时不生，死死生生，以游无穷。

此昔人之志也，今足下之志，其毋乃惑于此邪？抑有惑于人之说者邪？夫惑之者，非也。知其惑而不为解者，是抑亦有罪焉。故敢自疏其所以，缘平昔之相与交好，以进于足下，足下其亦垂察之。近所为文凡七首，仆手自写，以此中人无可语者，辄不揣度细批注，窃效韩子《送孟东野序》，急于自解者之为，并以进足下，试取而详之，视今人之自赞，若某某集者何如也。仆性不起草，缮此书成，迫思致之足下，不耐更庄写，多脱误，厚于义而简于礼，足下亦亮矣。热甚，惟节欲自爱不宣。

与杨景翔书

郭焌

仆平日见君之为人，亦尝有志于学，特不免为因循所中，辱在至好，故不敢不尽其狂瞽之言。于今乃毅然发愤，若有痛悔痛憾之思，可谓豪杰矣。但图始易，持久难。昌黎所谓“行之以不息，要之以至死”，古人有此种坚忍情性，所以能传，愿更相与勉之也。

来札云仆为文尽本天授，断非学古之力。此或戏谈，然不可以不辨。仆于时文一途，一字不入目者七年矣，至把笔为之，则又似皆老死于此者不能道，其中好丑，亦惟仆知之，而人不能与，以见世之学古而心知其意者之少，为此道之难也。仆以学自二十后进，此数年中明窗净几，何如往昔，而仆之为文日益工。仆之用心，盖非夫人所知：凡有几案之处，无不有书。伏枕行路，无时不继之以思。艰难辛苦，未尝少辍。君亦曾见仆在人丛中鼓掌喧笑，不移时而出文一篇或诗数首，此从何处得来者乎？又尝见人有如此者乎？魏叔子云：必待有暇，然后读书，断无读书之时。仆知有此意而已，仆知所以胜人，在志气凝定，襟怀洒落，外物不以纷其心。其得力于古人两言耳。曰：以意贯，以气行。仆之自效。曰：以悟人，以思进。

窃谓四书文之道，无他妙巧，平时沉酣于古书中，至得题时，又将古人一切扫却，惟于语气上参求消息，一意追之，真种子一得，其文自无不可传。尝以为得古今不传之秘，天下名人，反多为古人所累，以未能见及此耳。

上宫保相国桂海陈公书

孙良贵

执事开府南国，亲受湔沐如贵者，未尝遣一介陈书，非直以分属部民，惧左右不察含仁被义之忱，而以为陈说失得也。抑谓五世以来，从未履长吏之庭，矧执事南面百城，皆抚而有之，以至微极陋之地质，而欲裨益乔岳沧海之高深，纵大贤明恕，不责倨侮之行，而引分自裁，实怵于中，制于义，所不敢也。故虽如岁如父母之望百倍于国人，而保惠教诲于南土者，惟曰中心藏之，怀允不忘而已矣。然于经野则清泉之有分，烝髦则乡校之为贰。仓廪溢而通其变，邻国溺而拯同仁。畜履亨贞，蒙困疏达，凡诸良法美意，前此武进赵公、香山陈公、景州魏公，群公先正莫我闻也。执事毅然行之，不俟终日，盖学术醇夫醇，而后政事惟醇者，至今日而亦不能默而息也，而犹莫难于锄蔓生之杞，汰狂衍之波焉。闻诸自道好恶，无有作耳，而惟公生明，惟明克断，非达此三德者，其孰能与于斯？所郁陶于猬怀者，福星照翼轸之路，惟期月耳。浸假三年，又当何似，然而守典奉法，不愆不忘，他日九嶷三湘之野，登风俗良书者，必推本于过化之自也，虽十世嘉赖之矣。又况九郡文献，逮执事而始足征乎哉？

今也于秦则四至矣，入关而有师命，圣人之眷，西顾如此其至也，抑亦容民畜众，端归丈人，靖西极而畅威狄域，《易》象所赞怀万邦也，末属乃欲私我邦族焉，不亦陋乎？

答汤洛九

陈益

礼者，缘情而起者也。情之不及，则礼以节之，如所谓庐墓者，则情之太过者也。汉明帝永平元年春正月，率公卿以下朝原陵，史家非之。胡致堂曰：送死之礼，至于墓则终事尽矣，人子孝思不忍，则专精乎庙享已耳。盖墓藏体魄，而致生之，是不智也；庙以宅神，而致死之，是不仁也。朱子曰：墓庐刲股，皆近世好名者之所为。如以是为礼之所必有，情之所固然，胡不以是垂训也？

来书引门人筑室孔墓之义，则又有说。门人四方之人也，圣人没而势将离，故室于场以毕其诚。况门人非子孙比，无承祀庙主之责，室于场以心其丧，如是而已，未闻子思辈亦舍其庙祀而从诸贤庐墓也。若苏子记韩公庙碑，以为公之神无所不在，则尤非此类。君孝思肫笃，不忍一日舍其亲，益前见君欲举此，亦不忍决然言之，意俟迟来庐次陈说大义。今来书正及此，则有不得不言者。

君非好名者，益所云云，亦大惧世俗人以是称君孝耳。世俗之人以为孝，而识礼君子则以为不仁不智矣。君家子姓甚繁，诚不忍舍其亲往来寝处间，毋使庐次偶绝人踪，其亦可耳。

复曹郡尊书

陈长镇

窃某十余年来，闻大贤之风者熟矣，常以麒麟、凤凰，未得先睹为憾。客岁欣聆恩纶辱典敝郡，望故山而起舞，逐彩云以俱飞。重为朱邸所淹，不得趋侍阁下，东人之慕，到今转深。然寄吾庐于化雨之中，坐春风于万里之外，向南引领，魂梦安之，虽日侍左右不翅也。本年春杪，乡人北来，传言仲春之吉，肇举先人升祔盛典，五马高骧，小大于迈，某将信忽疑。窃意传闻异辞，或卧治之余，命有司者将之耳，非敢望于刺史之重也。即令贤者有真志存风励，亦贤子孙居通显者当之耳，非可冀幸于某等不肖辈也。

顷得舍弟钧书，敬颂公祖推锡类之仁，树风声之美，旌旗荫乎泮宫，宾从交乎衢路，礼仪隆盛，近无与俦，祀事既竣，躬率僚属枉临先人敝庐，献酬饮福，欢宴以归。充闾祥光，浃旬不散。某始大惊，出于非望。不以某平时疏略不通请候为罪，复不待某摅诚泥首肃函陈谢，先惠手札，奖借逾量。弟侄顽劣，横被羽毛，嘘枯吹生，溢乎副墨之外。又中间备述肇称殷礼时，连雨忽霁，风日暄和，士民万口同欢。归美先人德行之孚，并云不肖辈感格之致，与虞山少宰札亦复云然。某捧而三复，喜极涕零，感深惭集。喜者先人之幽光，得大贤而论定；惭者天时协应，本公祖善善之诚。相为默召，顾乃推与后人，以成其美。至德不德，斯之谓矣。此在行道闻之，尚知叹息泣下。缙绅学士于千百世后，得之简策，犹且掩卷而起，神仪其盛，况为子孙者哉？况为子孙而亲炙之、身被之者哉？昔人下车，封徐稚之墓；燕昭好贤，自郭隗始。先人之德之于徐稚，公祖知之，若某之不肖，正不自知于郭隗相远几千万里，而假之荣宠，逾于碣石，将来感激图报，岂有涯际？百年悠邈，我不敢知。惟时存此心，期有辞于路人而已。

时当炎暑，伏惟公余，为国家自爱，为苍生自爱。

与翁道州蓼野书

陈长镇

前月朔十日，知明府有道州之擢，某始輾然，继悄然已复喟然。何则？睹大公之未泯，信吾道之可行，从此岁迁月异，泽可广施，故喜。武邑凋敝极矣，甫得仁人与为休息，今将有失乳之痛，即吾庐亦难免风雨之飘，故悲。从来久道化成，近期之七年，远期之必世。明府下车未三年，举其纲未详其目，后来者能因而成之与？其更张之也，故终乃深叹之，痛惜之。方寸之中，一人之情，顷刻变态。某弱而善病，幸得置身局外，转为斯道斯人，抱无涯之忧喜，亦自知其多事，而不能自已，如何，如何！

越数日接手札，不以鄙人为淹蹇荒废，而勤勤惓惓，往复商榷，其谦冲之度，恻怛之怀，数千里外如闻其声，如挹其容，乃益信贤者之有真，而吾道之未孤也。虽然，谫劣如某，亦复有何万一裨补高深，惟是尚有一二宜致辨者。个中得失，间不容发，伏惟仁人垂听焉。

来札云：古人才不可学，而心可学。又云：古人之过人者，不惟其心，惟其才。此明府勉焉，未逮之盛心也。窃以圣贤为学，不外一仁。仁人，心也，心外无学，学外无才，特虑心不尽耳。尽一分心，便有一分才，尽至十分，则才不可胜用，而又非有形迹意象之可求。日计不足，岁计有余，此则吾儒之才耳。若于心外别寻一新奇可喜之才，或且流入申、韩而不觉，豪厘之间，不可不察也。至云武人淳厚，无过求长吏之心，有一善则欣喜之，且从而揄扬流播之，此实录也。有不善则推原之，且从而掩覆曲文之，此则自虚怀若谷、厚待斯民者得之。然时时存一掩覆曲文之形，则事事皆有可扬揄流播之实矣。窃尝谓三代而后，民俗视古日薄，而民心视古益公，何则？公从私得也。慈祥恺悌，民所冀幸而不可必得者，而有一人能仿佛焉，则爱戴之矣。故古之民不可欺，今之民可欺；古之民不可市，今之民可市。饥易食，渴易饮，惟斯人为最可念也。明府仁心为质，洵大远于俗吏者之为，惟冀勿畏其难，设诚而致行之耳。若夫日为所不欲为之事，此真仁人万不得已之言。嗟乎，欲不为所不为，难矣！若于为之之时，时存一不为之意，斯民其亦厚幸矣。

彤廷入对，计在冬暮。道州荣上，当在春杪。依先墓以课循良，以孝子而作慈父。漫郎而后，复有漫郎，第攀辕卧辙，我武人正难为情也，如何，如何！

诸惟自爱，道远不罄欲宣。

上彭尚书书

聂焘

君子之爱人也，非能以富贵利禄之也，其所急欲致乎其人，如饥之于食，渴之于饮，惟恐其得之不早者。有一事焉，则读书是也。君子之教人以读书也，非私乎其人以云赠也。家有子弟焉，能读书，吾敬之重之，非以为吾子吾弟故敬之重之也。以为是祖宗之培植，家门之祥瑞，吾不敢以其为吾之子弟而狎且忽焉，夫是以敬之重之也。其于里党也亦然。里党之朴者、安椎鲁秀者尚纷华，有能卓然自立不随流俗为转移，孳孳汲汲以读书为嗜欲者，吾敬之重之，若吾家之有良子弟也。由是而推之国也亦然，由是而推之天下也亦然。吾不以国与天下故而有二乎其心，唯能读书则吾敬之重之耳。

夫是以道周而谊昔，泽沃而膏流。朝有棫朴作人之庆，野有菁莪既见之思，古之贤人君子在高位者皆如是，求之近世，则阁下者真乃其人矣。某之宗慕阁下以读书也，自为儿时已然。其得亲炙于阁下也，则在京师之邸舍，当是时，阁下以浮议解组，某以进士未得与词垣，以某之心度阁下之心，其为侘傺无聊，必有什伯千万于某者。而阁下乃闭户读书，陶然有以自得，见某所为诗若文，深加叹赏，谓是能奋自树立，可与进于古者，罗之门墙，奖慰之，劝勉之。其奖慰之者，去其颓惰之气也，其劝勉之者，坚其读书之垒也，某以是重慨于心矣。某之初入京也，丙辰会卷，即为本房所荐，明年丁巳恩科登礼部，榜文出，颇有声，使当时遂照定例殿试朝考，进可以读中秘书，退可以读名山书，岂不出处咸宜，行所无事哉？而乃误信人言，迟回不果，己未补试，所列不过二甲，朝考卷竟被收卷吏所污，虽有亲王监试目击垂怜，发养心殿收拾，而墨渍已深，收拾无术，阅卷大臣碍难进呈，付之浩叹，此固阁下住京时所稔知者。由人乎哉？不由人乎哉？

夫居易俟命，君子之所以素位也。从事失时，智士之所为窃笑也。艳中秘之名，荒名山之业，软红尘中忽忽三载，真读书者顾如是乎哉？古称藏书之富，莫如我楚。岣嵝金简，发造化之蕴，所不待言。而二酉之山，邺侯之架，终身中秘中者或莫由津逮。唯阁下好读书、好藏书，过石砻而问之，墨香阁上牙签万轴，此即目前之酉山、邺架也，某矢归而肆力焉。前年春，阁下自京师取道江西归林下，吾友周庶常迪荀亦请假归觐，阁下尝语庶常，聂生必来读书吾家楼中。某时实未知阁下已归，不及赴，至今以为憾。去年阁下以侍郎起，泊舟衡山，遣人呼某饮舟中，拈所钞《樊绍述文集》命某读，虽极佶屈聱牙之句，亦颇能铿锵齿颊。阁下喜助之声，岳云湘波间至今遗韵存焉。

今年州中诸生遵阁下成命，延某主洣江书院讲席，地本灵区，山城寂历，某与其子弟之秀者俯仰揖让其中，习礼节，抉经心古史成败得失，旁及诗赋文词与夫先民制艺渊源、宗派之所自。岁时伏腊，掉舟归省，以所得馆饩沽潃瀡，请乡老洗腆为父母寿。父母悦，忘乎其身之老也，忘乎其家之贫、儿子需次铨曹之遥遥难卜也。呜呼，是皆其得于读书之效也。夫齐人有华游而东驰者，鞭其马恐到之不速，不知愈速而愈远也。则万一者，就其东而东焉，凌泰岱，览沧溟，登孔氏之庙堂，听丝竹之遗音，地不过接壤，目可小天下，其为巨观，何如哉？而又何羡乎西华哉？夫读书不必定中秘，入中秘者恐不暇读书，归而求之名山大业，自足千古，此即教齐人华游者转而凌泰山之说也。阁下其不以为然乎？

屡欲修禀，苦无由达，兹乘便略布所欲言者如右，用以答阁下教某读书之望。并呈近著数篇，惟进而裁诲之，幸甚！

答杨子安书

聂焘

六月二十八日读吾兄手书，弟偶侵暑气，不及作覆。使者再至，又适外出，未审吾兄近来行踪何似，恐后会之难卜也，谨此上答。

夫读书悔晚，志士所同，弟迩者正抱此憾。畴曩师友存者无几，学徒时艺又耗目力，计以明岁辞谢馆席，携儿子辈侍老父于山庄，取生平所未读及已读未深究之书而读之，昔人所谓求一言之几于道，或者其尚未晚乎？但言之固难，行之尤难。近读吕子《呻吟语》、高子《困学记》，觉前贤用力切实如此，后来者欲无负读书之称也，将何道之从？

《镇安县志》仓卒脱稿，随脱随刊，未及检校。带至凤翔，正拟裁定，随丁内艰，踉跄归里。家君《诫子书》蒙陕抚军陈榕门先生命载入《艺文》，更命列《流寓类》中，嗣家君见之，深以为非宜。兹得贤者笃论，可以上告高堂矣，感谢感谢。《志》中鄙论，失之繁冗，可存者宜入《艺文》，其余闲情剩语直须删去，详文套语宜加节省，禀札无庸杂入，八景诗竟可不必自署，宜称官职不应呼邑宰，诸如此类，皆丁艰时欲改正而无及者，附及以识吾歉也。曹玉珂先辈本非镇安人，顺治、康熙时镇安隶西安，不隶商州。冒籍入试者，第于县册载名，径赴府试，故有终身食镇安廪饩而绝未至其地者。有取科第后遂改回原籍者，其生平本末俱不得其详。承示玉珂孝友而文，所著《缓斋集》《大河志》《太华仙史》等书，为王渔洋、刘公㦷诸公所称述，可胜向往。想此类必详载《富平县志》及府省志，镇安从略者，正所以著其非本籍耳。不然，山僻小邑，得曹公大有人物在矣，大书特书之不暇，而敢或略欤？弟在镇安，极严冒籍之禁，诚以山民穷苦，无力读书，入学八名，若被冒籍占去，则此间人文，永无兴起之日矣。

谭开九天资高明，幼负大志，朱子之书贯穿胸中，其他诗文楷篆，种种过人，尤精琴理。不知何故得有心病，向在都门曾言于雷翠庭先生之前，先生曰：朱子之学，正心为主，岂有心正而得心病者？属其致意，盖思有以药之也。然其病时愈时发，与弟居址相隔百有余里，自出仕后至今十余年来，未得相见，计其年今近五旬矣，此病未瘳，尚何言哉？

吾兄宰楚，惠政多端，甘棠之爱，尤在培植人材。醴陵汤孝廉天焕、鄢明经正笏二君子者，既邀赏识，定非凡品。异时傥得相见，当述此一段盛心，为好学者劝，为司民社者风也。

至札云：天下无不可为之事，但恐未能用功。此即吕、高集中最警切之言，一番说起，一番精神，敢不共凛！又云：名根未尽，客气犹存。窃谓名不宜务，根不可除，君子疾没世而名不称，欲培此根耳。此根一去，未免走入知希我贵一流，并所谓消磨客气者。只到老庄清净旷达地位，未审见之以为然邪否邪？《邈云草》佳处尽于王啸雪一序，其中用情或有太过处，颇近广平梅花、靖节闲情，偶及以识，曾讽诵过耳，不足为诸诗人道也。

弟年过尊齿，家君又近九旬，不唯作官非宜，即授徒亦不忍远出。还山后当取尊札中警切之言，时复讽诵，以希晚进。将来鸿便，尚乞教我。再者，贵乡人之爱弟，不减敝乡人之爱兄。镇安稍尽心力，凤翔未罄厥施，记别凤时生童父老垂泪远送，途中结幢张席，有匾书“仁心善政”四字，又有联云：心切爱民，合四乡而士欢农乐；才能理事，未三月而弊绝风清。盖摘陈抚军题本语，用八字以为联首。每一念及，辄增感愧。昨岁有湘潭庠生石君凤煮自乃兄华亭任所归，道经彼地，述凤人念我不置，足征风俗之厚，恨未能作字远谢也。吾兄归秦，或遇有二邑人士，幸为布此区区。

先慈行述一篇呈教，正得借赠言以光泉壤，感且不朽。束装何时，德音可载闻否？如戒途在即，则廿载谮谊，数月倾忱，尽此一书矣。临池东望，可胜慨然。萧辰易感，旅馆善珍不宣。

上桂林陈公书

聂焘

蒙赐重刻杜云川《读史论略》一书，其中窃有可疑者，在宋高宗、孝宗两朝。按史载：宋高宗三十一年九月，金主亮大举入寇，吴璘等败之，遂复秦、陇、洮三州。十一月，虞允文大败金师于采石。三十二年二月，以虞允文为川陕宣谕使。闰月，吴璘复大散关云云。是用允文、吴璘败金师者，高宗也。又载三十二年五月立建王玮为皇太子，六月帝传位于太子，自称太上皇，太子即位云云。所谓太子即孝宗也，所纪即位，即高宗三十二年之六月也。是孝宗虽于次年改元隆兴，而其即位实在是年之六月。凡六月以后用人行政或得或失，功过应归之孝宗，不得以尚未改元而归之退居德寿宫之太上皇也。

考是年六月以后，史载八月以史浩参知政事，罢川陕宣谕使虞允文，允文入朝言今日有八可战，帝曰此史浩误朕云云，是孝宗为史浩所误，孝宗已自任其咎，未尝委之高宗。故周德恭之论曰：孝宗嗣位之初，先斥正人而悦佞士，何以望其中兴？则以孝宗信史浩而罢允文，昔人已凿凿言之矣。又考是年六月以后，史载十二月诏吴璘班师，隆兴元年吴璘还河北，金人遂陷十三州军，璘之寮属谏璘不宜退师，璘曰：主上初政有诏，何敢违？遂退师，于是秦凤、熙河、永兴新复十三州三军复为金取云云，则三路十三州之失，由于孝宗信史浩而诏吴璘班师，即案之璘言，又其彰彰可据者矣。

今如杜云川《读史论略》所叙，竟以罢允文、宣谕诏吴璘班师二事，坐入高宗身上，而以三路十三州之复为金取概为高宗罪，然后另叙孝宗于其下，其叙孝宗亦但责其不用张浚，而不及此二事，是孝宗本以子袭父年，而高宗反代子受过矣，岂其别有所据乎？抑有诸史所载有不可尽信者乎？又考诸史及《论略》所载，皆云高宗在位三十六年，今逐年按之，又只得三十二年，其三十二年之六月即禅位孝宗，明年孝宗改元隆兴，与三十六年之说不符，此皆有宜考者。敢附及以求指示，至《论略》篇尾，以悠然物外之管宁、孙登、林逋、倪瓒一流作结，似于总论无甚关系。查杜，江南无锡举人，以诗受知于圣祖，康熙壬辰会试不第赐进士入词垣，以养亲归不复出与方外结九龙三逸社，则此或其借以寓意欤？并及。

高宗非能恢复者，其于史浩不能去，则其于虞、吴二帅亦岂能任之勿贰哉？但其罢允文川陕，宣谕诏吴璘班师，则在高宗已居德寿之时，咎在孝宗，不在高宗也。云川论列，一时失于检阅，篇中能细核其误，可谓读书具眼。至高宗在位之年，只据其居位行政之年而论，其余原不必论，即如外丙仲壬之年，说者终无定论，行文者亦不拘定也。陈榕门先生。

《论略》于明代君臣时有承讹之说，此则诸史原未讹，作者特因高、孝传嗣一年两君，未及考而混之耳。上此书时，家君已告养在籍，陈公批示讫，带在行笥，于过衡时面致，可见公之寓意于属吏者，不徒在簿书期会而已也。肇基谨记。

案：《读史论略》坊间盛行，取其简易耳。其于论史则蹈袭常闻，未加考核。如谓李茶陵为伴食中书，是以无名子“鹧鸪啼罢子规啼”一诗据为典要。然则匿名揭帖，皆可为史论乎？至以杨武陵与温体仁、周延儒并论，则固二百年来未明之是非，又无怪其率尔矣。汝怀附记。

复钱南园学使书

罗典

六载周旋，不为邂逅，及别后回思，亦未觉其果久。湘月滇云，驰怀何极。八月杪由尊纪接到手书，伏悉长途安稳，抵里后值太翁以耋老悼亡情事，与少壮多来日者不同。又执事宦游久，一旦以内艰归，不锦衣而衰绖对之，已当涕泪不禁。至其感触词章，委怀拙作，索观前奠大母诔言，不惟见而必讽讽已必泪，心矢毋忘。此其传淑俪之失为极痛，经苫次以豪素缕示，令某亦哽咽不能卒读也。

辱并指悉营葬一切，内寝启送已拟定长至节后祔祖茔安厝，大事已了当八九矣。不然，搢绅家踏觅他姓一吉穴，当布金满数尺土而后有之，究亦恍惚不能必信，安得用力省而问心安若此？

前当五日目送归帆，既阅月，得见张学台忍斋先生，其言论丰采，坦白露真，课书院学子文律细，却不多否少可。寻与苏亭浦抚军会定选拔一榜，亦虚公无人我见，各处皆如前鉴衡。所首列拟正者，惟岳州府郡庠稍有转移，其第一被黜，外论薄其素行，亦哗为应然。是后乡举及优贡取士皆如额，其间旧经品题者亦多有，并令秦生光倬，另折开呈，以备省览。凡怜才遇，当盼其有用者，此意私而实公，度注属早为悬切也。

复王南泉少寇书

罗典

昨秋良晤，奇缘也。尔时会执事自滇入都，忽得绕道至长沙，又信迈匆匆，越宿而行，别装晨发，尚获遮扳湘岸，为岳麓讲院之行。水亭坐话，骎骎日斜，此乐岂可数得？綦别无已，寻别后手书，说诗寸长，深惭奖许。伏念执事好学多阅览，自视若无若虚，逢人乐取，海以为量，侍将不妨以细流添之，惟是案头检点，究多逞臆，恐为不知己者诟厉，终事箧藏，容他日更资斧政也。

荣晋秩卿以来，穆少司寇日与接茵，侍先在两衙门随逐日久，早叨另眼注属，不以时流例之。值去腊以差南来，正当贱辰七十，乃得宠邀钦命，老人星挹袖升座，同抄面线一盂，其缘实窃讶天假，欣感至今。慎积晤时，希为代宣私悃。贵本家良斋藩台本丁卯同人，又都中旧相契洽，夏间握手欢甚，寻北上，及秋闱揭晓前一日回任，带至谦柬，荷询近况，计前番报书未申，复劳眷顾。山馆夜坐，清光上衣襟，使人念卿月英辉，每每委照若此，曷胜瞻企也！

今岁院中学徒得举明经三十六人，孝廉十二人，佥称极盛，当有以示后来。侍因制题名两匾，作金字朱漆地，诹吉以鼓乐。执事导迎至院，夹悬讲堂，演剧三终。沿俗尚好名目，兆先加官，次封相，荣归殿之筵新贵者一簇列坐，酣饮乃罢，计此举殊乐。

又今年侍初得有孙，回忆戊子冬由蜀使还守京职，便从事《毛诗》其先后诠释“贻厥”及“弗替”等语，辄留连不置，迟之历二纪有赢。书既卒业，其镌板又经校雠，马齿曰老而传矣。乃适见小儿举丈夫子，当悬弧作汤饼会，对之开口大噱，亦百年身所不可多得者。见今拊畜累数月，每还家，使人抱至，挑之笑语，似乎粗解人意，正足使老眼忘倦也。捧袂知复几时，托心豪素，即可觇缕，聊寄省览。时一触前豫章札示雅怀，便可略当二老往来一谈耳。

附白者：秦生光倬从游久，其所作《众芳诗序》，前于斋壁得叨鉴赏。未几，又辱念其入彀与否，问讯殷殷，文缘结缔，不假先容，知爱才此为独真。顷生以列名选拔赴京，嘱令趋阶，以鸣知己之感。度槐廷公望，不吝委怀容接也。

拟上制台求禁酒书

朱色

湖南，天下沃壤也，自乾隆戊戌旱后，如今已三十余年，中间虽间有小眚，不为灾。古言“湖南熟，天下足”，今以屡熟之年，而啼饥号寒，民间时或不免，何邪？此盖有所以害农之故，而相习者不知也。

生窃谓害民之深，莫如（荐）〔薦〕与酒。夫烧锅之禁，自来官府有示，近岁晓示尤严，究之各处槽坊，愈禁愈增。大抵槽坊非独烧锅，自衡州以上，率饮水酒，田多种糯，烧锅绝少，长沙而下，则水酒少而烧锅多，其害谷则一。盖今日槽坊之多，虽穷乡僻壤纵横一里之中，可得五六七家，多者至十余家。询其用谷，大者三四百石，小者二三百石，则一里之中，已酒去千有余石矣。此犹乡里小作也，市言以槽坊大者名大作，小者名小作。若城市如衡州城内外之数千家，宝庆之每村必十余家，湘潭城总之七八百家，其大作日必四五六石不等，是其伤谷殆不可以数计也。夫地止一里之宽，人止一里之众，而槽坊若是多，何邪？

湖南旧俗，乡无槽坊，耕者自种糯，率于重阳前后造酒，以待昏丧栽插，余无多酿，故每岁春杪酒尽，三四五六月间罕有以酒饮客者。惟农值栽插日，必劝酒二顿，名曰“报腰”，谓插者屈腰为难，故酬之。插者饮辄酣歌，歌之雅者有云：红日一轮飞上天，点心放在柳塘边。报腰吃得重阳酒，醉插皇家快活田。答歌云：大哥一纬二哥来，共借桐花醉一杯。打个葫芦同绝倒，声声布谷又相催。以酒不易得，故乐也。当是时，估客至银十两，买谷至二十余石，贵亦十五六石。及近四十年，槽坊入乡，并将蒸造粘米法授之乡民，于是到处树帘，溺人以易溺之物，而溺者遂众。椎鲁者乐其便逸，轻狷者借以放诞，宾友之交务求沉湎，昏丧之大相尚傲偞，下至工技之流、僧巫之贱，非畅饮则指使不应。彼夫秋获烈日之中，是前民所禁饮者，今则必以大桶大缸贮酒塍间，随意吸饮，获乃踊跃，酒不足则不复至。至于游惰之众，倚酒成狂；放荡之流，借酒肆恶。其遗祸岂有量邪？自此酒盛谷贵，乾隆三十二三年后，银十两买谷不到十石。昨因偶旱，十两竟至四五石，此则乡民八十九十者之所初见，故地止一里而费谷已不赀也。夫米一斗，五人五日之粮也，今以造酒，酽酿不过二十斤，五人豪饮，不过一顿。夫以五日之粮而一顿消之，则槽坊日夕之所销，未易计矣。况自国初至乾隆初年，生齿虽多，不敌今日之半，而当时山泽又各有余地，蔀屋之民，尚以过饮为戒。今顾以有用之谷供无益之醉，而使升平之野，频闻庚癸之呼邪？

生窃谓乡中不宜用槽坊，若仍如乾隆初年，村民各自种糯造酒，多则田瘠种自有节，如是富室不至奢饮，而无力蒸造者必食力乃得沾其余沥，则游民亦将自勉。惟城市可用槽坊，然亦须如牙户领帖方可起灶，且一帖只许一灶，而甑制又须有官定尺寸，并令拌用粱麦，不得一概用稻，如是则食力之民，各有实积矣。盖禁一日，里可留谷二三石，禁十日，里可留谷二三十石。故禁必有济，则奈何以天地养人之宝，蚩蚩者徒以造饥馑之媒？此酒器所藏之家，古人罪之未为过也。抑生尝闻造酒药者，斗米药可化谷三十石，则百石药可化谷三万石。今湖南制药之家，何止千万户？则湖南之谷，何啻岁酒去万万亿亿而不可数计矣。古者都鄙有委积以待凶荒，今都鄙以槽坊而致凶荒，异于古矣。

至于薦，则湖南旧种于山，薦宜生土，凡山之将以莳豆麦、植竹木者，必先锄而种薦，薦成而土松，施他种俱宜，故薦无正土，而山民之余利也。又湖南岚瘴地少，人非僻处辰沅暨远出外省，则薦不轻用，故旧时子弟吸烟者，父兄必禁之。近年以来，长幼男女率以衔管佩囊为美，吸者日多，薦价日昂，乃至佃作之家，尝有十亩废其三四为薦田。所以然者，亩田出谷四石，虽大贵卖不过十余两，亩田收薦亦四石，虽极贱可卖银二十余两，此愚民所以甘去彼取此，不知废田种薦，是弃谷而即饿也。夫至田薦日增，虽雨旸协时，尚将相寻于鲜饱之嗟，矧槽坊既销丰稔之藏，而有限之蓄，尚容每每者之舍旧图新邪？前此南岳山宽薦众，故衡州有烟堂，烟堂者，烟估丛集之堂也。近因田薦日多，湘潭城中亦连建两堂，幸顿败于火，亦可知害民之利，天所忌也。

所幸田薦之兴未久，禁之良易，而酒则稔恶久矣。《酒诰》

曰：祀兹酒。否则，丛饮有禁。《周礼》：萍人稽酒，同于虣禁。生用考《春秋》二百四十二年，其间书螟、书虫、书螽与麋与蝝者不一而足，无麦苗麦禾者不一而足，无雨及连月不雨不一而足，大水不一而足，而大雩则至二十余书，加以兵争盟会无虚日，宜其饥不胜纪矣。而终《春秋》书饥二，而大饥仅一，则当时藏富于民，必实有余三余九而不敢亵用者。萧何律：三人饮，罚金四两。则秦汉犹为近古，是故有赐大酺之典，以非赐不妄饮也。无何，景帝以旱禁酤酒，未几又令民得酤酒，至武帝榷酤而酒禁全弛矣。自是累朝旋禁旋弛，朱子皆特书于纲目，所以见禁是而开非也。至宋之张乐集妓以来小民，则国体全伤，谓之与民同乐，实与民同趋于饿矣。彼唐宋季年，食树皮，煮木酪，舂竹实，为秦汉以前未闻之变，谓非酒实消其所藏邪？前年释镰，银一两买谷不到五斗，去岁湖南稍旱，未几，秋雨连绵，旱禾抽孙晚熟，几补旱歉。若无浪费，则田间正有余谷，不谓槽坊复旧，遂使小有之年，竟比大饥之岁。

生年七十余，家无锥土，长子只身远宦，清苦不可名言。一家二十口，往岁尚偕次子授徒以养，去春二子以多年睽隔，省兄西行，生年老目盲，不能教读，拮据之苦，度日如年。万不得已，缕陈谷贵缘由，傥蒙大人将愈禁愈增之槽坊，仿《酒诰》执拘之例，并厉禁制药之家与田蔫，将湖南岁增谷万万亿亿而不可数计，则拯溺苏枯，虽有尧水汤旱，其奚累于洞庭以南？而如生赤贫无计之民，得守诗书世业，行将与作息良农，生佛永奉，岂惟口碑一时而已？若夫诸葛治蜀，路无醉人，遂以富国。杨惠元禁军吏饮，因而克敌。则生本草茅乞苏之民，朝廷大政非所敢及。生顿首顿首。

案：禁酒为救荒第一要着，亦为养生易俗要着。盖沉湎之风，遍及闾阎；酩酊之习，起于童稚。故逞性酿祸，撄疾废业，往往然也。同治二年夏，谷缺价翔，而农工索酒无厌，因与同里议停烧锅，用酒者罚，佣工加偿以钱，两三月间省谷数百。比秋熟而说不行矣。曾陈之当道，谓酒中耗谷每邑每岁不下二十万石，损其什一即足备荒。民间自祀事、宾筵、养老、治疾外，宜受之节以挽颓俗。虽经大吏示谕，而州县莫之奉行，不瞑眩厥疾弗瘳，岂必积重之难返乎？得此文用知先民有作，不独戋戋之见为迂矣。汝怀附记。

湖南文征　卷九十六

书五

复刘经雪书

余廷灿

廷灿敬复经雪先生足下：

仰足下名，自庚辰至今辛卯，凡十有二年。喜所闻之已多，憾相见之未得。正宜早自贡献，踊跃跻攀，而只字未通讯问者。自愧一落名场，如中钩之鱼，随竿俯仰，虽石火电光，偶复激发，亦不过沿延潢港，搜索皮毛。正未知百年躯干，与蜉蝣木堇有何同异。昔岁晤陈体斋，闻足下捐去科举，究穷本原，自六经子史至天文、乐律、勾股，靡不钻仰窥寻，务其自得。又闻丧次三年，麻衣绖带，未尝一日去身。去孔孟数千年后乃于此有人，鞭策古心，壁立万仞，所为者居天下之至常，而所任者乃古今之至重。廷灿虽欲吐胸中所有，遥相就证，而霖潦无根，夸河伯以涓滴，其不立露虾蛭枯泥淖者几何？是以安心逃遁，托于影响，昧昧黑白，懵懵若不知吾楚有足下其人者。庶几他日归来，十年学道，然后访足下于衡岳峰颠，考较精粗，谅不至嘿嘿无所自见。

今足下遽贬损手教，欲廷灿自献其愚以助高深，且手教中问及朱子示儿从学帖，是帖纲领宏大，节目详尽，足下既服膺自得之，又得茶陵公为圭臬，诸君子相夹辅，苟有所见，亦何肯盖覆黯黮？第责窭人说珠玉，窭人本目不识珠玉也，而巧摹圆润，不啻自状家珍，设遇猗顿、陶朱，有不齿冷乎？且足下有取于廷灿者，文也；责廷灿所言者，则非徒文之谓也。挽燕赵偶一梦舟之人，商帆樯橹楫之用，足下亦聊相嘲耳。不则，矜其徒为名累耳；不则，欲诱之进于道耳。凡此皆廷灿甘筑受降城者，是以回惶搁笔，宁学金人之三缄，或以能讷其言尚不见弃于有道耳。如复饰无为有，譊譊侈口，以诳知己，何敢何敢？吁嗟！大道绵邈坦夷，足下矫翼厉翮，希高慕远，勤恳师友，鼎鼎担负，敬爱无已。然行百里者半九十，后此责备正大，惟足下以不息要之，珍重珍重。

承索文字二件，京师酬应之作无可寄览，性不喜书，手指如杵，又非仓卒可能办者，迟或有以相报也。幽讨群书，尚渡黄河、走京师一纵游否？当熟计之。

复陈体斋书

余廷灿

使者来，承远惠手书，论及学术，祈向辨析宜精，此诚第一关键，识力俱跻臻绝顶者。不争于室而噪于门，学虽勤必不繇其统，言虽多必不要其中也。然就目中所见，卑近者肤末雷同，稍稍殊异者，又多阴挟王氏宗旨以自高妙。若曩昔蔡元凤辈，汉上、京师一再相逢，其言之有故，其持之有理，尔时昧道懵学，弁浅浮游，亦自喜其说之隽约明快，不觉并为一谈，且以为从善服义，其道固应如是，则皆王氏之言易中于人心而未有止也。更有目未见王氏宗旨议论何在，而徒依声附响，推波助澜，锐意止在求异于朱程之学之言，是二者其支离不同，其为航舟潢港，终日沿延浦溆杈枒葭苇而止，则无不同者，是以畸材俊民往往不概于道，不要于成熟。湘中惟濂溪先生独览昭旷之原，闳通简易，后来竟未有替人。湖岳英灵如此靳惜，老前辈日读古人书，公听并观，旁搜远绍，志在讲去其非而趋于一是，定于一尊，道德之归有日矣，况其外之文乎？若廷灿者早不学而时既逾迈，稍有知而业不加修，常惴惴焉恐，昧昧焉思，大惧不肯为其异，又不能为其同，将一无所就，无以出乎常人者，其何能自淑哉？其何能自补哉？

惟老前辈不遗，时有以教之为慰，至别有云云，此间从未之前闻，又自今年来当关频频见拒，数月尚未谋面，竟无从代置一辞者。

复纪大宗伯书

余廷灿

前者廷灿以撰辑《戴东原事略》就正大宗伯前辈阁下，随辱赐书，谓宜刊“去声韵考”一条而括东原所论古音者补入。前辈学识之渊博精严，心胸之公平广大，津津流溢行墨间，不禁一日三服膺者。即当从友人处再借前书搜采，就东原所论古音者翦截成片段，仍俟缮完再请鉴定。

夫东原意在抑梵书之三十六字母于后，因讳言《隋书·经籍志》之十四字于前，此自东原所见之偏，诚不足以据坚城而成信谳。况问官不遗郯子，考字不遗於菟，今之推测步算，亦不闻尊《尧典》《周髀》而屈西法，是以圣人公听并收，即鸟迹虫书皆可师可学，又何必有疑有讳于西域之字母？抑廷灿更有请焉。

今论声韵者隔数百里即别为方音，隔数百年即别为流变。即不方言，不流变，亦必审听于唇腭喉舌之界，严析于阴阳清浊之微，所争者仅在豪芒秒忽。即曹割部分，几若邻封敌垒之各不可犯，况梵书、梵音远局昧谷，代凭大鸿胪译经润文，揣声测响，甚至有累数译而莫能通，历数十传且莫能定者。其为方言流变万万矣，而当日就其书索其音，谓即可同中国之书，等中国之音，其亦果有合于中国声韵之元乎？抑又闻晁公武之论曰：齐梁以前，此学未传，至沈约依定四声，始以之为文章。是则六经、诸子、骚赋中，古音之宽缓洪厚，一变而为今韵之尖利轻儇者，其潜移暗换，似皆自字母入中国始之，亦自沈约定四声乃成之也。后人有增损字母者，有欲扫除字母，廓而清之者，此不独字母有所挂漏不足以该括，恐亦因字母实有所戾于古人之讽诵而不足以厌后人之聪听乎？宜前辈亦独有取于东原之论古音者也。若夫蒺藜为茨，终葵为椎，不聿为笔，奈何为那，又似前乎《华严》十四字，六经中已具反切之端倪者，然则中国之有反切与西域之有反切，其孰先孰后，固不必如东原之执争，而切音之同不同，则正不可不辨。

夫前辈之学，天下后世之学，人人思得闻一言以为归者也。今是正东原《声韵考》一编，诚大有关于东原著述之纯驳坚脆，而字母相传亦似几成千古疑案，近更纷如聚讼，不可究诘，亦望一言指南，俾后学有所统壹，诚嘉惠无穷者。

附：纪宗伯札

昀启存吾太史阁下：

承示《戴东原事略》，具见表章古学之深心，所举著书大旨，亦具得作者本意。惟中有一条，略须商榷。

东原与昀交二十余年，主昀家前后几十年，凡所撰录，不以昀为弇陋，颇相证质，无不犁然有当于心者。独《声韵考》一编，东原计昀必异论，竟不谋而付刻。刻成昀用见之，遂为平生之遗憾。

盖东原研究古义，务求精核，于诸家无所偏主。其坚持成见者，则在不使西国之学胜中国，不使后人之学胜古人。故于等韵之学，以孙炎反切为鼻祖，而排斥神珙反纽为元和以后之说。夫神珙为元和中人，固无疑义，然《隋书·经籍志》明载梵书以十四字贯一切音，汉明帝时与佛经同入中国，实在孙炎以前百余年。且《志》为唐人所撰，远有端绪，非宋以后臆揣者比，安得以等韵之学归诸神珙，反谓为孙炎之末派旁支哉！在东原博极群书，此条不应不见。昀尝举此条诘东原，东原亦不应不记。而刻是书时仍讳而不言，务伸己说，遂类西河毛氏之所为，是亦通人之一蔽也。

若姑置此书不言，而括其与江慎修论古音者为一条，则东原平生著作遂粹然无瑕，似亦爱人以德之一端。昀于东原交不薄，尝自憾当时不能与争，失朋友规过之义。故今日特布心腹于左右，祈刊改此条，勿彰其短，以尽平生相与之情。刍荛之言，是否可采，惟高明详裁之。

案：《隋书·经籍志》载《华严经》每卷后附以三字母，母下纵列十三字，其第一卷第一行，则阿、佒、鞥、翁、乌、爊、哀、翳、因、安、音、谙、讴、阿十四字也，所谓以十四字贯一切音者。则凡举一字长言而咏叹之，其音必归于此十四字中也。当汉明帝时已与佛经同入中国，其为反切滥觞，在孙叔然之前固显白无疑者。晓岚先生据史以辨证等韵之孰先孰后，即有断断好同异者谅亦百喙莫破坚城。廷灿初辑《东原事略》时，只就东原《声韵考》一书搜采檃括，方喜其说之创获不磨，及先生折简见示，乃知读书必公听并观，凡学识论断总宜平宜确，匪在取新取奇。然以东原之折衷群言，左右采获，亦未尝好骋锋辨、翻驳前人以自炫，而独于此书固执成见不移者，则先生之言曰：不欲使西域之学胜中国，不欲使后人之学胜古人耳。此亦何尝非笃信稽古，用心于补苴攘斥者之一端。然意向稍有偏涉，即平生著述不能不留此一段余憾。此先生所以回环恳款，切切欲成东原之美，而至于今，东原已死，犹必伸理前说，以告天下后世，见公论自在，当时不可罔者也。廷灿即欲取《东原事略》刊去此条，而另采其与江慎修所论古音者补入，历城周太史永年见之曰：何如两存其说，一以见东原之博学淹通，未必不有武断，一以见先生之好古精核，至不肯背负死生，尚论尚友者，不可省括而知所从违乎？因仍存《事略》旧本，并附先生札于右而详记其颠末如此。然《华严》字母与释神珙字母，又无论孰先孰后而总皆可疑，则廷灿又尝以书质之先生者。

案：原本此文及纪文达书，皆附于《戴东原事略》之后，今移附于复书之后，以便寻讨。玩文中唯阿之处，殆不欲与文达立异，以滋口舌之争，而终不欲夺其本意也。所引周太史之说，则亦似以戴说为可存矣。汝怀附记。

答陈体斋论小功为位

余廷灿

来教谓申详之哭言思，为位哭与倡踊一如子思，《礼》文及郑玄注俱未以申详为不可，廷灿谓言各有当也。按曾子文意语势，以哭小功不为位之不可耳，其引子思之哭嫂为位，申详之哭言思也亦然。以言子思于无服之丧且为位，非直子思也，申详哭妻之昆弟之丧亦且为位，如子思之哭嫂，所以甚小功不为位之不可也。郑玄注：过此以往，独哭不为位。亦依文顺势以言，过此则不为位，未过此则无不为位者，亦所以甚小功不为位之不可。而申详之可不可固未暇缕析，而亦不必析而自明也。《礼》曰：妻之昆弟为父后者死，哭之適室。子为主，袒免哭踊。夫入门右，则申详于言思固有所以自处矣。郑氏俟读《礼经》者于空文交会处自得之，似未尝留疑义以待后来疏之也。字子思者有两人，固也。或又云孔氏一子相承至九世，其又敢据其一说，而断然以子思为原宪与？言思为申详妻之昆弟，既据说者云云，则已确指其亲戚之所属，似不得而废也。

经义缺绝不讲盖久，承问茫如，师心妄忖，知必无一得，亦不肯黯黮盖覆而不是正，伏惟裁定。

复余习园书

余廷灿

廷灿曩岁角逐名场，拘缀馆职，徒涉猎群书字句，掠取载籍皮毛，供为词章声律之学，思以顺时取誉，于经义绝少窥寻，正韩子所谓“游从之类，相熟相同，不教不学，闷然不见己阙，日失月忘，以至于老”者。昨者逢吾宗习园先生于蒸湘二水间，一日启籥发函，得读其连编细册，于《诗》于《书》于《易》《礼》，历历分章析段，以经证经，解结释疑，钩玄提要，于蓬心不觉洞然开朗。于时既自贺得师，喜所闻之已多，憾相见之已晚。

因更悔曩日间有一二论说，妄思跻攀作者，真如寿陵学步邯郸，徒无益费精神，有似黄金掷虚牝耳。即欲拉杂摧烧，思图挥戈返日，补塞桑榆，不意别归柴门后，乃蒙贬损手教，多方推许。初以为君子与人为善之深心，或不惜诱掖不倦，然已不能不顾影自疑。至中间举持正南纪之，拟韩子语以相比况，则不觉愧生颜变，为之踧踖不宁者累日。人苦不自知，至于候虫时鸟，自鸣自止，必不能与黄钟大吕媲响抗声，未有不自知者。既自知之而且隐忍受之，不明辨而蔽覆之，有识者几何不掩耳疾走，而笑其妄益之妄乎？

承示六书，东原之说诚未免支离，然当时并不置抑扬与夺于行间，而一字一句辄采入不遗者，亦以题为《事略》，则其体在纪实不在摘瑕。若曰此东原之论六书也，若曰此东原之论明堂也，亦所谓据事直书，而疵与醇自并见而不可掩者。是以殿后引历城周太史语微示断置，而全篇之议论横出蜂起者，统此矣。

今来札摘其四体二用之说多窒碍，而有取于王昭明之六义相关各图，摘其数字共一义者为注，确实而转落空，而有取于假借之兼义与声，为补前人所未发。折衷同异，斟酌去取，不独翦截东原之枝骈，兼别白六书之指要，乃悬权衡以较轻重，奉正朔以批闰位者。夫读经莫先于考文，而三代六经之文废，失真传久矣。于今千百世下，尚可窥见制作文字所本始，则仅仅赖有六书之说存。如铸金有模焉，使模之不存，金安得不跃？又如抟埴为器焉，使抟埴失传，则器胡能不窳？此六书之诚宜辨定也。然且言人人殊，而转注、假借二门，则尤易涉影响，不能不待剖析者。如以转声为转注，则必先定一字之本声，而后转注有依托而起。然窃意未有四声反切以前，安知正之读平、中之读去者，不且浑为一音，而转无可转，又安见注有可注乎？如以依声托事为假借，则必先定一字之本音本义，而后假借有可引伸，然窃意凡字皆有本音本义，而何独风主风气者可借风俗，夷主东夷者既可借平，又可借伤，于此等字即不嫌牵连移徙，不嫌数传失本，而外此又不尽然，其然者又不必有确然者可引证，何也？且许氏《说文序》既以令长为假借，则与以转声为转注者，又何以别乎？凡此皆不能不费今日之反覆揣测，无凭得造字之本始，而不必如象形、指事、会意、谐声之实实可据依者。廷灿非必为东原四体二用之说作回互也，先生以为然否？

廷灿归柴门后，子侄辈俱以县府试淹留会垣，携来大著各本子，尚未得人钞写缴上，稍暇则读数纸以洗心，其他一切阁束。蛰卧昏昏，如梦如疑，几欲百事皆废，然又有不敢自废、不忍自废者在。曾为亡儿邵贤作一联云：宗室依光，六年徒结干霄愿；儒林共惜，一死难磨向道心。旁注：儿自壬子冬日以公车赴京，其明年落第，又明年考补觉罗宗学教习，越丁已将报满即毕命于教习馆，先后六年，盖向道而行，有惟日不足之志者。

承示手教，祝我家南北两宗继继承承，经术词翰，并致其力，庶几振兴光大。廷灿敢不勉力朴学，以副宗老耆彦植本培远之至德至教？而窃恐离群索居，日滋疚悔，终不能不投杖而拜，方自愧谢过之不暇，又何敢言亢宗之有光？于诗有之：高山仰止，景行行止。虽不能至，心向往之焉。

复陈体斋书

余廷灿

吾辈回籍，如骈拇枝指，徒形冗长。身不得逐四民之队，业未得登古人之堂，钱财又不足佐父母、兄弟、妻子、亲族之急，柴立中央，无所可用。若廷灿者干坐困顿，宜也，宜也。

足下读书著文，声施奕奕，又适当朝廷征文考献，山林隐逸辐辏奔赴如恐不及之时，于是时而不踊跃贡献，又抱璞而南，持是欲将安归也，岂有所病而求息乎？抑所以自待者远，而玉固未尝献乎？以足下之甘心遁逃而不悔，廷灿自念自卜，又可知也已。年来精华销耗，节行颓惰，旧侣朋侪，一切书讯画断。所皇皇钻营者，冀岁岁得些些馆谷，具甘旨，供裘葛，所谓视其缶而吾蛇尚存，则怡怡而卧，卧而起，起而嬉，以食以饱，懒与慢俱，澹与泊遭者也。足下其谓我何哉？其谓我何哉？

前教急称姚君为通儒，其即桐城之姚姬传邪？抑别有其人邪？耳聋目瞶，愿一闻之。承示古文入妙处，天覆其上，地载其下，古文妙处，日在中间，而遇之者盖少，此自有数存焉。韩退之具帝臣王佐福命，天使之制文章之命，操文章之权，当其遇妙处，前无古，后无今，直待此公拈出，遂埒五经揭日月而不刊，然此种亦不可多得，不过十数篇而止。以此律之诸大家，大数如是如是，而其人其文，亦借此十数篇遂炳炳不可磨灭天壤，此岂非有数存邪？其他无此十数篇者，虽著作等身，如归震川辈，直自郐无讥耳。古文妙处何可多得也，若斤斤求之章幅，回环错综，神气吞吐，缥缈离合，字句损益，进退以为古文入妙处，恐古文之妙不如是已也。

前书引而不发，率谈求教何如何如，新来许大令忠厚直谅，友朋中古君子，不可多得，亦不可少有之人也。足下如不赴朗江，此公亦必有所以位置之者。廷灿家累近四百余指，日食米四斗，月食米十二石，而酒肉不与焉。去岁秋粗买薄田以充饘粥，并得山房数十椽，补葺可庇风雨。即日当归长沙，移书徙宅，无由至贵县一领教益，仍祈示复不宣。

复王九溪先生书

刘工询

日者趋候兴居，叨陪讲席，醉酒饱德，至于永朝。复辱手书，谦光下逮，感愧交并。

询自束发受书，即窃闻先生名而向慕之矣。稍长，受业孙麓门表兄先生，常举乡前辈之有名望者以相勖勉，语及先生，则敛容曰：王公君子儒，今世贤豪，未易与轩轾也。询谨识其言，有介然不得出门下是憾之意焉。而先生自成进士后，望益高，名益重，待诏金马之门，修书玉堂之署，末学遥企，如隔云泥。每私念生同时，居非远，此身遂不获一近大贤之侧邪？逮先生蒙圣恩予告南归，询亦迁处宁治，枌榆在望，又不幸斩然在疚，有愿莫遂。丙子春，询偶抵省，寓息机园廖氏，至则昏暮矣。廖氏先生之邑人也，主人雅意重询，质其子之文而侑以酒，因言先生亦主其家，惊喜欲绝，然不敢造次以遇礼见。时先生灯下拥书，密咏微吟，只数仞墙隔也。晨起，急执贽修容，介主人晋谒，而臬司夔迎先生至其署矣。怀丰采者二十余年，而咫尺间不得一见，低徊旅次，遥望行旌，盖惘然如有所失者久也。岂料己丑至今，三年之间亲承教训者再，举前此未偿之愿，而一旦大畅厥怀也哉！

人生聚会不足道，身得与大君子交为可幸耳，抑询尤有说焉。世之有道而能文者，非不乐与人即也，人自离之，恶从合之，即稍知向慕而其诚不至，亦终无以合也。询于先生，讵敢言诚？顾所恃以介绍于先生之前者，维兹寸心可白耳。询以自白而并欲以告夫后生晚进之托，于思深室远而不坚其志以从先生游者，庶亦为师道立而善人多之一助乎？

承赐序想已制就，其稍为需迟者，欲拙集久留案头，邀兴至多，发其瑕疵之为望云尔。至询拟作述怀古风一篇入《嘤鸣集》，缘经营北上，推敲未就，未审可即以是札附光集后，聊以志爱敬之忱于万一否？十月十八日工询顿首。

上朱竹君先生书

吴思树

某家居日，闻先生为安徽学政，未尝不叹江南人士之多幸也。以先生之贤且明，博学而爱士，士所成就当何如？有自北归者言先生曾两寄书令某至江南助校文艺，某未见先生书，又已选岳州教授，不得来望颜色，私心怦怦为憾。

某之为此官，质于先生而先生亟劝之者也。先生爱某之谫陋，乃称为畏友，而惜其不遇，故使就职闲冷，以遂生平所论次。某何人哉？其敢望先生而蕲至于古之人乎？顾荷蒙厚惠，不敢不勉。

某他书皆不足道，独史事稍有端绪，请决之先生，如以为可，将遂上之。

某之意谓今世所传史，一代之史耳，当合之为千古之史。昔梁武帝欲为《史通》而未遂，杜佑、郑、马三《通》之作，皆联其表，未并其纪传，非不能也，其书之势不得相及也。惟太史公《史记》不断年代，惜于上古之事少所搜罗，特近详于汉耳。然其引申韩以附老庄，降屈原而从贾谊，此《春秋》左氏未有之例，后之史官皆用其意，赏罚褒贬全在于是。何者，所与同类之贤不肖可知也。独所为屈、贾合传，则凡史例皆无之，断代故耳。

今某此书则起自《史记》，一禀此例以从事。又某书之义有二大端：一曰审源，一曰审势。源者，言治乱之始于是人也。兹且言其乱：汉之始乱，不于王莽，于孔光、张禹；唐之始乱，不于武、韦，于许敬宗、李义甫；宋之始乱，不于章惇、蔡京，于王安石；明之始乱，不于周延儒、温体仁，于申时行、王锡爵。凡诸人者，皆其一代所为经术勋业炫炜绝轶之人也。

然某请审其源也。萧何、张良、邓禹之于汉，刘文静、李泌之于唐，赵普之于宋，李善长、刘基之于明，皆其所以得天下者。而唐之刘，明之李，则附于各传之后，惜其不终也。诸如此类，不可殚述。势者重而不可返也，得势者昌，失势者亡。韩信之收齐、赵，耿弇、吴汉之会于邯郸，李孝恭、李靖之破江陵、丹阳，曹彬、潘仁美之下江南，徐达、常遇春之取武昌、潼关，为各代兴之始。何也？兴势重也。何进之多召外兵，张濬之主伐太原，陈宜中入海之议，杨嗣昌溢地之说，为各代亡之终。何也？亡势亦重也。凡此二义，言之似过，顾某常反复于《易》之卦矣。复姤，治乱之始也；剥史，治乱之终也。为人君而不通乎始之义，不能防其渐；为人臣而不通乎始之义，不能见其微。然则丁其终者，奈何？曰人有重病，非必死也，医之谬也。刘向可以药汉，张九龄可以药唐，李纲、宗泽、文天祥、汪立信可以药宋，刘宗周、黄道周、范文景、李邦华之辈可以药明。夫自一代之后而论之，未有不知其故者也。而其时之君臣多有不悟，何哉？兴亡异势而同实，君子小人异名而同情。故某之书欲严而辨之，刊除其人之他事以从简，而专取其系于治乱之大者，属比而书之，使后之人得以观，而凡人之有心者得以戒也。他凡所立例，缘合为一史，故概不同于诸史。盖班氏《人物志》强分九等，某则第联其人之相近者而定其等。司马温公《通鉴》详于治乱之事，而某则但列其治乱之人，窃谓指其事，事可巧变也，指其人，人不可巧变也。王安石新法之阴用桑、孔，张璁、桂萼大礼议之明附韩琦、欧阳修，然终成其为王安石、张璁、桂萼也。故妄不自量，谓可助《通鉴》之万一，而特恐兢兢，庶几犹未当于朱子纲目之意，祈先生于此进而教之。

计为书，除帝纪不敢以人臣议千古之君故不述外，或其时之人不足系治乱，且无大特异故不录外，其合为表忠若干，列传若干，妾嬖、宦官、佞幸、方士之患，厉阶所生，屡朝同病，列为一类，卷帙不当廿一史之半，然某数十年编纂之心，亦勤且苦矣。既恐乖忤不足传，又因沦落不遇，益倦于求名，故所积册皆风剥雨渍，涂窜累复，如齐人辙乱旗靡，无复次第，又如米襄阳堆墨雨山，几不可辨。承奖励后，始更整理，傥书有成，先生之赐也。

家贫泉薄，望积俸益多，购书广所见。僻地虽少质证，幸特居索处不乱其思，且寡所牵累，再数年编次成帖，献先生外，更得以质之。辛卯总裁大定刘公、都御史观公、学士庄公、壬申主试学士汪公、丁丑分荐学士锺公冀渊源门下，当必皆怜其志，尽力指正，然后求以献之当宁，悬示春秋之笔，明明揭日月而行。是则谫陋如某，沦落不遇如某，反得附一时之圣主贤臣而垂之百代，岂非不世之遇哉？受恩愧无所报，或亦报之一也。考校辛苦，伏惟万福。寡言节饮不宣。

与同宗鸿圃书

张世法

楚之南为进士者岁寥寥，其最知名而踔踊者，吾潭得三人焉：

足下之与樊田黄君，其一则余也。黄君后余凡十三年，足下又后黄君六年。此三人者，其时之先后不同，其遇之蹇屯则无不同，其人之性情气骨亦无不同，守其道故莫能或易也。贤者会合最难，遭际亦良非偶然，余之知足下名不出童子梓里，而其得与足下交，乃克于庚子之京师。是岁余名在吏部，黄君为国子官学正，而足下则始举于其乡而来也，三人相得甚欢。方足下久困而举，举而再捷，捷而终不能奋足，环顾无非烜奕者，足下之色恬然，窥其意似微有憾。及足下栖皇归里，余亦到官未久，以终丧故仍得道旧，与纵谈得失事，环顾无可与语者。足下辞蹙然，窥其意又未尝不窃喜。

夫数百人吹竽于门内，一人厕之，吾未见其滥也，庸讵知前之憾者，非即其所为有余者邪？一人高歌于国中，数千人不能属和之，吾未见其寡也，庸讵知今之喜者，非即其所为不足者邪？方今重牧民官，今之百里即古诸侯也，黄君行且入部曹，事业自当有别论。余与足下仍当作吏，得毋留意否？沧溟万里，寥廓何极，其尚培风哉！吾将见公之背矣。乐在同道，故为书以广足下，兼以自勖焉。

案：鸿圃名廷仪，官获鹿令。黄君名昌禔，号桐亭，初官国子监助教，后官云贵通判。鸿圃著述尤多，今皆不传。汝怀附记。

寄竹湖太史先生书

张世法

法顿首谢太史先生馆下：

前在京师，远企清华，无因缘相厚。乃自入夏以来，叠枉顾询，并邀礼馔，眷注殷勤，真诚倍笃，不惟光宠之，而又餍饫之，先生之于仆，可谓至矣，但仆不自知何以得此交遇于馆下也。仆自顾禀性迂疏，无名誉以耸朝夕之听，无馈遗以结左右之欢，而独有爱于仆，先生之于仆，谅非偶然者。泛泛不以相尝，将爱其文乎？抑爱其行乎？若仆之文行，其不足取重于人也久矣。凡言行不诡于正之谓道，少异焉则已非道矣。仆向不知道久而渐明，今则非三代六经之书不敢观，以为根柢不厚，则虽有所言，皆其糟粕也。非冉闵、柴宪之守不敢学，以为防检不正，则虽有所为皆其疣赘也。是以一设笔而语必求其宗，一举步而事必求其理。惴惴焉以不得望先生之堂阶而窥其阃奥为憾，而人或目之以为怪矣。仆年五十，进退无所成就，为乡人且不可，夫亦何敢于怪者。不谓先生乃能相谅之深，相信之确也。入五都之市，不问珠玉玩好，而岣嵝峄山之文是求，知者希矣，于时何用焉？粲然华轩文驷，而甘与戴笠徒行者相下，毋乃不足以成先生之名，而适足以损先生之望乎？仆是以恧焉滋惧也。

虽然，人固有厌粱肉而甘藜藿者，仆不见好于众人，而见好于贤人君子，或者仆之文行其庶几焉。先生不为众人之好，而独有好于守道之士，则先生之文行，有以名当时而传后世无疑矣。仆何敢自爱，以志知己之感与？怀情默默，不能自已，书以报命。外寄陶山补笺《周礼序》一首，亦附览焉，以见其志。

前上执事书

张世法

法顿首上书仁明阁下：

窃惟施德者之视僚属也，未尝不恤其身家，而其人之时命不偶，则亦难曲示以偏私，要其矜全之意自在也。受恩者之奉上也，未尝不深其感戴，而其肩之荷任莫辞，则固难显告以况瘁，要其仰望之心无已也。此道默默久矣，碌碌风尘间复枨触，职请但言长途之事。

今夫御者之于马，罄控之，驰骤之，前有衔撅之施，后有鞭策之警，非是则无以为役使之方者。然饥则饲之以刍豆，渴则饮之以水泉，乏则引之以寝讹，伤则治之以针灸，剔其跧蹄，齐其翌鬣，抚摩爬搔，有若慈母之于婴儿，无不极尽周详而后止。曰：吾已用其力矣，而可不酬其劳邪？故虽有千里之材，困服盐车，登太行，上陇坂，终不敢仰首伸吭，向天而长号者。豢养之泽难忘，而勤劬之分为自甘，马之报效于人，亦若是焉已矣。使其即安佚焉，将日食槁秸数束耳，纵欲求一饱之娱，岂可得哉？是以当伏枥而志常怀千里，此其情诚可悯也。

职向者亦常听奔走于下执事矣，粟足以及其一身，而余或不足以周其仆隶，阁下亦时怜而问之，以为行归无事，但得疏食殁齿，岂敢复存希冀？所以然者，家贫无负郭之田数十亩，省垣蹴屋而居，入室则啼号满耳，出门则意绪惘惘，而又难图新徙业鱼盐兴贩，逐什一之利，求为小人之务。早夜思维，故卒不能舍升斗之需，依违缱眷，以复至于斯。惟阁下惜其未衰之年，宽以负担之使，给以秣饇之资，职当勉竭驽骀，尽残喘以图报执事。若夫偷安却步，无能恋栈，则亦非职之所敢出也，阁下幸俯察焉。

干渎尊严，不胜战栗悚仄之至，谨上书以闻。

复杨砚农书

张世法

蒙赐言：不当为毛氏女子传者，此阴阳之症瘕，汉史著为灾异，非经生所宜言，观圣人不语怪，其意可见。吾应之曰：足下之论严而正，请继之以隐而谐，可乎？

昔昌黎韩氏之有是说曰：夫人之所以畏鬼者，以其不见也。鬼如可见，则人将不畏之矣。今吾必正告斯人曰天下无鬼，则人复与吾矫辨之曰天下有鬼。哓哓者究如何取正邪？何也？鬼之伎俩常在暗，暗则使人生疑，疑则鬼之情状可以意造，造则人之议论可以伪惑。若夫赤日青天之下，而岂使有是邪？就令其使有是，彼揶揄者应亦自笑其不应为是矣，而恶乎怪？且足下之以吾为是云云者，将以惑世乎？抑以觉世乎？夫毛氏子之非女子，固断断可信其无有是者，然则焉知非其母与其姻娅故旧，诡言以耸动其夫之父母，使借以是以悔亲者之故邪？而又焉知非当日其父以其子诡以许其人之子，利财帛，而后乃以是却之者之故邪？不然，则听之者之荧而传之者之妄也。彼为女子为男子之隐私，夫亦谁与证之，而又谁与辨之？故吾且不以邻人之语为非是，而但以为其事不足置辨，则鬼之有无何关轻重？而一切疑鬼之说，竟可废然返矣。吾之语者，乃同于不语者也，而又恶乎怪？

虽然，足下之论严而正也，赤日青天，天下万世孰敢以为不然？因来言之深于责备焉，故复为之书，以补作传者之本意。

与杨砚农商订赠答文体书

张世法

某窃有言，凡书官爵、里居之必遵用今制者，此撰修纪注、碑铭、墓志、述状、传记之体则尔，所以征实而行远也。至于往来赠答、接上与下之言，似不应专以此为限。夫官爵、里居之书用制，非独今日始然也。故由方伯、连帅易而为守宰、侯王，由守宰、侯王易而为节度、观察使，易而为督抚、监司，推而至于内外大小之班联官爵，有悬迥各别者焉。由列国易而为郡县，由郡县易而为道路，由道路易而为省府，推而至于疆域、山川之形胜、里居，有变迁歧出者焉。此秦、汉之不复能为三代，唐、宋之不复能为秦、汉，金、元、明之不复能为唐、宋，至本朝而又有沿革异同之名，亦存乎其时势之递为参差焉。于此而遵用制以为征信行远之文，编之史册，勒之金石，不惟成一代之典宪，抑且使天下后世之读是文者，晓然于某某之为何等官也，某某之为何地居也，某某之为何时相沿忽革，某某之为何时虽异实同也。事隔千年，了如指掌，则通今之即所以为博古，而岂谓往来赠答之必沾沾乎是哉？

往来赠答之言，有书、有序、有启、有札，不一其类，或专而与之于其人，或兼而与之于其人，有名位最尊显而我恭而奉之者矣，有位不甚尊名不甚显，而我当文而美之者矣。如上大学士、吏部尚书以下诸书启，而称其人有曰相国、大冢宰、大司农诸名号者矣；答丞倅州佐以下诸书札，而称其人有曰孝廉、明经、博士弟子员者矣。或亦恭而奉之，文而美之，参用古制以为变通，而非即沾沾牵引名义之谓也。必对其人，必直名其官与地，连衔叠写，溢于尺幅累牍之中，是何异于播绅钞报手本，令人望而熟习耶？且亦冗塞文气，于体有不合。不知足下以为何如？近见朱竹垞先生集中，其送人序与其答人书类多如此，论者皆以遵用时制之为然，窃恐其有伤于文气之真也。

某愚昧，可否当以见示。谨白。

复同宗顾堂书

张世法

吾向不喜为谀墓文字，非有所靳也，以当今力能为之者众，而无所借重于吾文也。区区之私，实用自爱。然于吾宗贤母石太恭人之墓表，则义不忍辞，信之深，故言之著，谀于何有？

昨人自宁武来，得足下手覆，太恭人墓表奉某大人为之，已勒于石。考金石文，但请改为家传，更可借以永传不朽。若深有感泣愧憾于斯文者，夫吾亦何靳也？因念体已成矣，姑以异日，恐足下不察，未得所以迟迟之意，故为书以自白，且以见为文之道焉。

凡人子孙之欲表扬其父母与其祖父母先世，而求一代之能为志铭表状者，将以重其人之文，兼以重视乎其人之贤，所谓蓄道德而能文章之士，非尽在声势赫奕、名位有气力者之为也。秦汉以前无庸述已，夫古今之能为志铭表状者，莫如唐之韩退之、柳子厚、李习之、皇甫持正，宋之欧阳永叔、王介甫数人，此外曾子固、三苏则力有不逮，而不恃乎其闻望之日隆焉。幸而韩为侍郎，欧阳为枢密副使，王再为相，李后亦为节度使，若柳与皇甫者其爵位究不甚显，而所为志铭表状，皆声称于当时，传诵于后世。若此，岂非以其人之文与其人之贤哉？然而文与贤之遇合，或为其亲戚朋友，或为其门生故吏，又适有数存乎其间，而恒苦骤不一得。故得其人，则非韩无以志柳，非李、皇甫无以状铭韩，非欧阳无以志文安主簿苏明允，非王亦无以志太常博士曾不疑。而不得其人，则孤永州司马，即可自为其《侍御府君神道表》，与其《河东县太君先夫人归祔志》。男推诚保德崇仁翊戴功臣，即可自为《泷冈阡表》，以追颂其皇考之志兼以述其太夫人之言行，岂同其时并无声势赫奕、名位有气力者之人？而必待此数子与自及其身而为之？

诚以文章一道，炳如日星，允如河汉，质诸鬼神而无疑，百世以俟圣人而不惑，虽金可蚀，石可泐，而文之载其人之集中者，终不可磨灭。无他，脍炙甘在人口，先后相与为饷遗之事者远也，此又何系乎区区碑之有与无邪？今吾之文佳否，亦何必置喙？窃自以为表太恭人贤则固信且著，卒之得力有能为之者于先，而仍无所借重于吾文也。虽然，碍于例而使斯文之不得复勒于碑焉可也，碍于例而使斯文之并不入吾集焉不可也。他日或更易为足下家传，而斯文犹载为墓表，读吾集者当亦晓然于互出之故其来有自。某预复。

复廉使秦小岘先生书

周锡溥

日昨两奉手书，盛德谦光，如仰如挹，并以所陈管见，一若可与于知言者。窃以妄论利害，正东坡所谓制科人习气，阁下不教督以所不及，而加之奖借，愈非所当。

寄示大著二本，《除庄长始末》一本俱经收入，除庄长者，盛德事也，读之可见吏治之坏，而独为君子者之难。阅大著虽未一一卒业，然如黄夏孙序之绵邈，华烈妇传之洁峭，上浙抚两书之清严，所谓在在皆有神物护持者也。僧野蚕、碎琴合传叙次亦高简，中所述碎琴与袁简斋牴牾事尤可传，殆亦阁下之微词欤！古所称“蛙声紫色，窃据坛坫”，然蛙声犹声也，紫色犹色也，自圣人不能以朱废紫，以钟律废蛙，而朱有不常鲜，钟律有不常治，则蛙紫亦相代为用，而圣人又不能凝悦朱者之目，而驻知钟律者之耳，故其相从而靡宜也。而为此者，必其有跅弛之才，偏至之悟，议论斩斩，摧陷一时之力，使人之视紫也艳于朱，而其听蛙也反清于钟律。如明季竟陵、公安两派，程孟阳一派，此真蛙紫耳。虞山极诋锺谭，而其赠徐波诗云：天宝贞元词客尽，江东留得一徐波。波非学竟陵者欤？孟阳孅靡，极为破体，而“瓜步江空”“秣陵天远”二语，为王新城所赏。由是言之，蛙紫之盛，声色之衰，而君子有时节取者，以犹声其声而色其色也。

吴下诗坛，梅村、尧峰以下风流继踵，近独盛推简氐，俾主盟社。简氐粗能四六骈体耳，其所为诗，直是一李笠翁。此则为蛙紫者之所不屑，而纷纷标置，殆类逐臭。因阁下集中已有微言，故推论之如此。

伏读前书，以诗许孙司训，而于古文亦次及下走，司训诗格清遒，足当赏拔，至于下走，文体靡弱，只增愧喟耳。锡溥沉顿举业者二十余年，既壮以后始学诗古文词，家贫不能聚书，每从人借观，过后多不省记。而平生踪迹，宦游外则佣书以食，终日披接，不离讲章八股，未尝得挥弦送目以适吟情、扫地焚香而专静业也。今年犬马齿五十有七，虽非笃老，而鬓须飘白已过其半，体中旧有肺疾，触寒则发，药物不去手，百忧摇撼，性根非故，自分衰绪几何，何由收绾放纷，从古人驰骋也。且夫古人者，岂尝有意为如是之言哉？风水相泊而文成，心手相习而法立，故其造极之处，后无来者。譬之峰高海冥，百怪变现，风云之气通，依傍之路绝，观者但精骇魄、搔首青苍而已。其强有力者，则尝镌循崖之级，拿藏壑之舟，俯仰以求之，梯航具矣，至不至，有数焉。

有明一代，北地信阳、弇州、历下之豪于诗而不能复古，熙甫、荆川、遵岩之深于文而难入八家。数子者，学非不赡，为之非不专且久也，而犹有不至。若以至啬之学为之，并其专且久而又不得焉，如是而遂衰，则何所恃以为至之之具哉？锡溥自谓于此已矣，辱阁下一言之重而又若不能自已于此。夫不能已者，岂遂谓可至哉？则亦随所至以至之而已矣。若其婾效一切，以苟徇声逐色者之好，锡溥亦不为也。

又前书云体气欠佳，右臂甚疼，颇难举腕，盖暮景如此。阁下年齿长于锡溥，勤官而嗜学，公私裁答，不以假人，似非救敝之道。鄙意谓宜略仿晋黄门张湛医方，损读书、减思虑，早眠晚起，以资颐养为上也。天气早寒，伏惟珍重。

复静斋宋明府书

罗健亨

承手谕，满纸衷肠，恍如面晤。但多过情奖借处，愧不敢当。又云迩来竭蹷倍甚，事多拂意，几欲弃此自全。猥以不易之策商之弟，此诚问道于盲也。庖人虽不治庖，尸祝不越樽俎以代，非不能代也，诚以不在其位则不得其详，代之不无错误。然忘形汝我，又何忌焉？似不妨借箸以筹也。

闻之鸟以山为埤而增巢其上，鱼以渊为浅而穿穴其中，卒可以得者，饵也。夫官惰于垂成，事衰于末路，岂理势之必然乎？诚亦有迫不得已耳。大抵今之搢绅家，富者多贫者亦不少。得一官，则平日之负累与所识之穷乏，皆不能无所希冀于其间。甚且有烦而不可省，费而不自由者，膏脂自润，几何哉？故古人激而有言曰：大丈夫生当封侯，否则闭户读书以自娱，州县之职，徒劳人耳。夫既任其职，乌可辞其劳？惟是素位而行不失尺寸可矣。前在署相伴三四载，知吾兄之正大，本之天性，不假强为。循是而往，夫复何虑？虽然，不可不加谨。人情患在拂意则生厌，厌生倦，倦生悔，悔则将欲有所投我者皆得乘隙而入焉。不观盆水乎？澄之终日而难清，扰之须臾而即浊，人神易浊而难清，亦犹是也。此蒙诵瞍赋所不容已于朝夕者，欲其时有警觉耳。兄之澹泊明志有素矣，孝养而外别无调度，故一官十载，艰窘如故，人所共知者。昔栾武子身为晋卿，无一卒之田，其官不备其宗器；诸葛武侯为丞相，不使廪有余粟，库有余财。如此辈人，真有超越千古之卓见，不易良策，又孰有过于此者？愿吾兄固持常德，不必别有寻思，拌一世穷而已。得为者为，不得为者悉以听骑虎之势，来书中语。究何必弃此为哉？

弟自南归，杜门卧疾。虽含生气，其实枯朽。辱承下问，谨述所闻以对，亦聊当蒙瞍之赋诵，以备一息之听闻。从未见有盲人而能指人以道者，语云：交之深者其言过，爱之至者其求详。兄必有以谅我矣！姑妄听之。

与杨鹰扬书

王梦扬

日者仆于柏庭得小阮开琏，出足下所录制艺就商，仆于课功之暇，再三读之，清新俊逸，恍觉神志爽然，心目顿开也。仆虽未接见足下之言论丰采，然诵其文如见其人矣。仆才疏学浅，徒能为俗下文字，下笔令人惭赧，安可借为冰鉴，乃谬凭风闻，欲引为文字知交？仆虽至愚，何敢自外，不揆梼昧，妄施蠡测，恐终无以当于万一耳。

虽然，文章之道，亦难言之矣。仆年十二初学股法，多涉怪诞，质之前修，亦时有异才之目。厥后学为饮酒，每适志于风诗，颇有所得。乃高歌长吟，优游闲眺，弃制艺弗讲，如是者数年，父兄非不约束之也，无如不听何？及既冠复念朝廷取士，必由制艺，人生天地间，苟无所树立，徒对酒慷慨，究何为邪？由是颇知自奋，始沉酣于矩范，旋见录于宗工，然其于道，终未有得也。盖文章者，代圣贤以立言，欲其取之精而语之详也。本之五经六艺，以著其芳华；参之诸子百家，以求其古洁。当其取于心而注于手也，譬之日用所需，不可缺一，而惟举其所最珍爱者，以为几席之观。数百年间作者多矣，而岂苟为炳炳烺烺者哉？仆自去岁居柏庭以来，日夜思维，杂观广览，用力于生平之所嗜好者，与诸门徒共坐讲求，蕲其有得，欲共登作者之堂。而又以诸门徒年少，识见不远，仆所谓可，彼亦曰可，仆所谓否，彼亦曰否。

方憾乏人以文字相往还、为质证也，不意足下有志揣摩，异地驰情，仆诚所深羡耳。诗曰：中心藏之，何日忘之？足下之文，未窥全豹，然即其所见，辞雅而气锐，循是以造，操数寸之管，书盈尺之纸，恶能测其境之所至邪？兹虽未即以制艺受知于时，固亦奋翮将飞之候矣。

他日者，仆如得相过从，当携拙作相示，与足下樽酒言欢，连床共话，亲接言论丰采，与为切劘。谈论之余，间亦诗歌赠答，虽仆才疏学浅，亦所弗计，则其契合，当复何如也。

上王中堂书

陈圣清

某衔某云云，清自乾隆壬午受知于阁下，惟时实不知文之切于身心，只稍识记诵，涉猎微能施藻采以耀人耳目耳。及癸未赴南宫试，蒙阁下与钱师谕诲谆谆，嗣是归而求之切近。因思文之至者，道理透辟而语自平易，其出奇即在是。文之伪者，词语炫烂而理实昏蒙，其陋劣亦即在是。古今文固无异也，八股以四书命题，非独侈文章，菁华实，即为圣贤阶梯。尝窃思小学为人心风俗之原，然制艺不以命题则讲求者希，《孝经》性理场中出论题而人究不肯讲熟，惟四书文为功令所在，士子自束发受书即讲究其义理，所谓遵路会极，俾天下得学术之正者，良在于斯。

自周末文胜，诸子百家纷纭岐出，学者视四子书与百家等。汉廷之儒，贾生以孔墨并称。韩文公之贤，亦以孟荀并列。苏氏父子才华冠世，然东坡诋斥道学，至指伊川先生为奸。承学之士，虽博通经传子史，曾无所折衷以为依据。今士子于四书则固童而习之矣，程子谓进学先在致知，今人取朱子《四书集注》精析理会，则知无不至，经传子史更何所不赅？清幸生昌明之世，又以职司课读，得遍取钦定五经、三礼、《性理》《近思录》、涑水《通鉴》及紫阳《纲目》等书日夕编摩，常谓经传子史之蕴，自生民以来，未有阐明谛当、详悉折衷如今日之尽善尽美者，而惟四书义理足以贯串而发明之。即以研究古文，识别真伪，以之知人论世，克灼见其根柢，皆在于斯，则古今文之无异者，亦不异于斯耳。

阁下利泽在当时，声名满天下，以尽心而知性知天，本盛德而立功立言。举业钧衡，文章司命，中正之行，善乎一世。而尊荣之势，无所介于其怀。当世学者，无不仰慕宗风，企想仪型，而清幸得列于门下，更亲承教诲，得归而求治其身心且数十年。然自癸未以后，自揣庸劣，未尝驰驿都门，无由瞻仰丰采，切领陶甄。自庚子辛丑，清住京师，又值阁下督学浙水，未能趋侍左右。时有所作，携至京，率皆遗失。嗣是，以恩挑二等，列教职且二十年。综计生平自为童子时蒙邑令赏识，至列弟子员，历叨宗匠器许，迨登贤书，厕教职，又荷各学宪刮目相待。而躬承知己，深领教诲，固无有亲切于贡举座师者。值钱夫子退老家居，远莫能致，独阁下道德文章炳耀京师，更复辅佐天子，总宅百揆，又幸子侄辈获私淑于门墙，瞻云汉之休而切渊源之自，其何日不流连于中心也哉？

昔李生感慕于昌黎，苏氏输情于六一；彦和雕龙甫就，深企休文之知；孔颉词艺粗成，愧折元晖之简。古人所谓欲一经品题，声价十倍也。顾尝窃思，人苟非一己之精力所毕萃，圣贤之义蕴所待宣，则亦不过随时俯仰，固不必求绳墨于宗匠，希斫轮于大雅，而如其欲揭古人之心而从之，以尽抒其沉酣勃窣之功，而又恐其或未一当者，诚不可以专己守残，甘受黮暗，而不思就正于大雅宗匠也。又况其为亲受知己，切领教诲，而渊源所自有不能一日忘者哉？

谨呈已刻四书文百首、未刻五十首、古文四十首、诗百首，装潢成帙，伏祈阁下锡之弁言，以更引而教之，则不徒毕生切夫钧陶，而千秋耀于竹册矣。临禀无任翘切依恋之至。某谨禀。

湖南文征　卷九十七

书六

与唐陶山书

谢振定

振定顿首陶山六兄阁下：

元旦煦斋面奉手书，想新祉迪吉，福逮苍生，并审聪听抙谦，大有昌言答拜之雅，能勿令人钦服？至改图之说，再四思维，断乎不可。窃谓安命与立命二者迥殊，安命之学，中人以下皆能之，若夫豪杰之士大有过人之才之识，其必有所以立命者，而成败利钝固不足以扰其中也。居恒读古人书，动以天下为己任，一介之士苟存心爱物，于人必有所济，况县令亲民之官，诚易达而惠易周，试经纶之才者，宜莫先乎此，奈何欲舍而他适乎？如云舍难取易，舍险就夷，慕清贵之名，辞利济之柄，天下国家曷赖焉？天之所以生贤者之意又何取焉？素位而行，无入而不自得，立命之要其在是矣。江左大吏颇多清正，三代直道之公，其不能尽泯也。恩纶新沛，独无鸿博之科，殆天之所以宏陶山之大业，而不欲其安于暇逸也。

省前来书云不要一钱，即不吃不著，豪无补于负累，此似有一廉了事之意。振定记王朗川先生有云：清者官箴之始，犹贞乃女德之基。妇人无淫行而欲詈翁姑，压夫子，诟谇妯娌间，殆于不可。又闻汤文正任潼关时答同列云：无所取于下，亦无所应于上。交际之礼不过寻常帛物四事，合而思之，一介不与，然后可一介不取，清去其刻，民用以和。清畏人知，同寮不忌。豁达如陶山，其当不河汉余言。振定迩来巡城，初亦浪得廉名，人望而畏，非任重致远之道，今且尽吾力所得为者，不急赫赫之功，不博矫矫之誉，以息谤忌，于此中历练一番，殆亦仕学一贯之旨。惜同志者不同方，不能朝夕与居相与讲明而实践之也。

吴江陆朗甫中丞刊有《切问斋文钞》，近始得读之，大有裨于修己治人之道，陶山其能速觅而细读之邪？中丞傥有他文集，亦望觅寄。他如金文通公之俊之《息斋集》，沈冠云先生彤之《果堂集》，计甫草孝廉东之《改亭集》，王寅旭先生锡阐之《困亨斋集》，皆近在贵辖，搜罗较易，陶山固不能辞其责，幸勿以为不急之务，膜外置之也。余愿为民社自爱不宣。

与段若膺书

谢振定

仆耳熟先生名久矣，昨过黄荛圃，知先生侨居于此，仓卒得一见，略聆绪论，意先生非今之人也。仆少读书，矜强记不求甚解，乃至目无古人。后稍稍自悔，又复贬抑，而其中实无所得也。溷迹缁尘十有余载，学问日益倒退，惟爱才之念日益挚，见人之贤于我者，无不敬也，闻人之笃于古者，惟恐其交臂失之，而无不心焉藏之也。

先生之好古也深矣，而性情之真于觌面焉得之，其亦有天幸邪？仆窃谓古人之所流传于终古者，其心理同也。有同乎其同者，有同乎其不同者。文以载道，此同乎其同者也。文生乎情，此同乎其不同者也。六经为载道之文，亦秉情酌理之文也。三代以还，言文者推《左》《庄》《骚》《史》而不相为袭，秦、汉、唐、宋以迄于今，代有名家，而衷于道者传焉，情之至者亦传焉。然道或可假托而情不可以伪为，《左》《庄》《骚》《史》以及历代名家之文，其亦言情而已矣。情达而道在是焉。仆尝以此相天下人，观天下立言可久可大之故，多吻合者。《易》言修辞立其诚，拾古人之糟粕而自以为得，殆叩槃扪烛之见者邪？其外乎道以言情者，抑又不足道也。

先生貌睟而学邃，意远而论醇，仆意其必有进乎此者，愿先生之幸教以豁厥蒙也。古文采询之任，亦深望之于先生。傥有所见闻，并祈缮小册见示，仆竭萤照以衍绪余，谅先生或矜之也。

与徐凤辉书

谢振定

月杪扁舟拜访，未遂所怀，矮篷中促管数行，借达鄙意。回首小长芦，如海上三山，可望而不可即，怅企奚似？顷奉到手书及什一偶存二册，披诵再三，不忍释手。把卷怀人与闻声相慕者为倍切，矧先生学行兼优，其生平嗜古之笃，又如玉断马氂，石穿山霤，宜乎其沉浸酞郁以成此不朽之盛业也。

仆鼻拙性成，承六代先芬之后，少从先兄元亭学为古文辞，心窃好之而苦于法之太密。后入都获，出程鱼门先生门下，与当世士大夫游，略闻绪论一二，与先兄所授，有合有不合，盖先兄专心此道者四十余年，薄有名于日下，自以为知希我贵，屈县令以终。仆近汇其所存稿若干篇，将刊以问世，因思天下之大，人才之众，其好学深思心知其意如吾先兄者，当不可胜数。窃不自揣，欲广为发潜阐幽之计，采访一时遗佚好古之士之文，编为一帙以存昭代化成人文之备，稍稍求之，日积日富。时随园主人亦有采选古文之举，偶相见邗江，闻仆有志于此，遂举其家手钞名人文集二百余篇悉以见赠，曰：余老矣，想不能竟厥事，今以此为托，愿君之无欲速成也。仆年来益不敢少懈其志，计现获名人已未刊之文约三四百家，更期十数年成此书，其有专集大集盛行于时者，从约取焉。盖钞文非选文也，尽吾心与力之所能为，以与先后文人相质于冥冥漠漠之中，如是焉而已。至斯文之传与否，又何必私度之而预计之哉？

且夫文章者，天下之公器也，彼亦一是非，此亦一是非。其间同与不同之故，则在乎心得默识，无庸以口舌争，以俟千秋之论定，此亦息谤止怨之一端也。仆尝谓文以载道，实文生乎情，而又行之以浑浩之气，佐之以奇伟之才，从古作者不出乎此，先生其以为然乎，否乎？先生斫轮老手，仅存稿卓然可传，其今文偶见一书，急欲得而读之，恐先生之以仆为操选政，而不顾忌乎珠玉之在前也，故略为述其区区始事终事之意如此。

辱示书目，仆所未得者十之五六，若架上所见存者，愿借抄之为祷。人还匆匆不尽。

与竹溪论李璀书

邓枝麟

世之处人伦之变者，非平时达于天人性命之理，临事权乎三纲五常之正，未有能得其当者也。君父之尊一也，以为君而陷于不孝，以为父而陷于不忠，无是理也。庸人往往而然，圣贤则断不出此。

吾观于李璀之事而不禁瞿然而深慨焉。初，璀父怀光之解奉天围也，德宗因其父功而予璀以官，及卢杞谮怀光而不得见天子，怀光遂有异志，屯兵咸阳而不进。璀乃密言于上曰：臣父必负陛下，愿早为之备，陛下未能诛臣父，臣父实足以危陛下，故不忍不言。上曰：然则卿何策以自免？对曰：臣父败，则臣与之俱死耳。使臣卖父求生，陛下亦安用之？至怀光以反败，璀亦自杀。

后人为璀惜之，而咎德宗不为璀地而宥其死。是诚德宗之咎乎？吾以为璀之自取，不足惜也。当怀光萌异志时，璀宜先以死谏其父，与其死于反败之后，不若死于谏父之时。或父因谏而止，未可知也。夫攘羊证父，圣人非之，此何如事？密言于上以杀其父乎？是杀之者德宗，由璀而杀之，即谓璀杀其父亦可。生我者父也，成我者君也，薄于所生而厚于所成，亦可谓忠乎？孟子之论大舜也，窃负而逃，遵海滨而处，则所以处变为至当矣。吾故曰圣贤则断不出此，知此者鲜矣。彼楚康王之杀子南，蔡仲之杀雍纠，同一不善处人伦之变者也。

答黄花耘山长论周亚夫书 邓枝麟

人主不能行法于天下，能容臣子之守法，而后人主之势尊；人臣奉法于天子，能不容人主之挠法，而后人主之法信。顾其中亦自有权宜耳。

周亚夫之为将军也，文帝初未能如古者之推毂，曰阃以内寡人制之，阃以外将军制之。然至其军，天子之先驱不得入，天子至，又不得入，可谓军法严明矣。既至，亚夫持兵揖见曰：介胄之士不拜。文帝式车劳谢而去，岂非能容臣子之守法，而不容天子之挠法乎？然非文帝不能有此将军也，亦昔者闻冯唐之言，故于亚夫无所疑忌，乃以成君臣之美遇耳。

若在亚夫，则大有亏于臣节也。帝已至灞上棘门矣，人君举动，天下属耳目焉，岂有不知其来细柳乎？纵不敢轻离军次，越境恭迎，断未有将至其营而绝无侦探者，且天子警跸，仪仗一望而知，断未有已至其营而不知为文帝者。即将军约军中不得驰驱，此第可约束军吏，岂天子而必遵其约束，按辔徐行乎？即亚夫请以军礼见，军礼既成，不当改容以臣礼见乎？虽曰不慢君，吾不信也。唐太宗朝段志元，夜中不信敕书，太宗亦叹为真将军。然或有紧急夜至，必待明而辨手敕，不已贻误哉？此亦同于亚夫之失于矫情也。

答香畲李司马询潭帖书 邓枝麟

旬日来麟以微恙未获趋谒，承垂问殷殷，统容躬谢。昨手书下示，敬悉所询，请述其崖略焉。

淳化阁帖用银锭镶枣木板刻，而以澄心堂纸、李珪墨印之，精妙无匹。故陶仲縠云：真本可辨者三：墨色。一也。他本刊卷数在上，版数在下，真本皆相联属。二也。他本行数比帖字小而瘦，真本行数比帖字大而浓。三也。则有为后人临摹而总名阁帖，可见矣。阁帖既颁行，潭州即摹刻二本，谓之潭帖。至庆历中，刘丞相沆帅潭州，因石刻残落，命僧慧照摹刻，逐卷有僧希白重摹字。潭帖之别则有刘丞相私第本、长沙碑匠新刻之山木本、蜀本、蜀萧等类也。绛帖者宋尚书郎潘师旦，以官帖摹刻于家，为石本，世称潘驸马帖，凡二十卷。单炳文曰：淳化官帖今不多见，其次绛帖最佳，而旧本亦已难得。潘氏子析居，法帖分而为二，其后绛州公库乃得其一，于是补刻余帖，名东库本。又有新绛本、北方别本、武冈新旧本、福清乌镇彭州资州本、木刻本，皆绛帖之别名也。

武冈帖据《法帖谱系》云：武冈旧本二十卷，不知刻于何时，而日月光天德字号间见于行间，字画亦清劲可爱。第一卷卫夫人宋儋殊无枯笔，第九卷大令帖诸字皆误，信乎出于新绛也。又有武冈新帖右二十卷，失真远矣。其大略如此，惜不得竹垞《日下旧闻》考之乃得其详也。

再复李司马书

邓枝麟

复奉来书，以麟前覆中有未尽悉者谆谆下询，何其虚衷以集益也。顾麟浅识寡闻，岂能为留心考古者之助？敢据所知，再陈其说。

宋人最工摹刻，禹碣李碑，巍然峙岳麓间者，皆宋时重刻。而北海碑摹手尤佳，其摹刻阁帖二本谓之潭帖者，欧阳率更令父子也，潭人无知之者。赵希鹄见之，谓当与绛帖雁行。庆历八年刘丞相沆因石已残缺，命永州僧希白重摹，东坡犹嘉其有晋人风度。建炎虏骑至长沙，城守者碎之以为炮石，无一存者。绍兴初，第三次重摹，则失真远矣。蜀本，蜀人秦子明所摹也，萧本则不知何指。至武冈新帖之失真也，厄于庸谬之子，厌其字画清瘦，稍加修补。其最可笑者，第二卷锺繇帖内再世荣名，以名字误为谷而不知其谬。凡损剥处凿痕宛然呈露，而字画模糊则不可辨，帖之谬者莫甚于此。

刘后村谓武冈佳者可乱绛，盖指旧本而言之，今不得见矣。若考亭夫子真迹，大约无可疑者。如白鹿、松阳两书院多有题刻，而大小字体若一。今岳麓“忠孝节廉”四字固出其手，即善化学“明伦堂”三字亦其真迹也。麟之所知如此，敢以副阁下明问焉。

案：二篇所论潭、绛诸帖，皆本前载，大氐出法帖谱系为多。李碑为宋时重刻，说见《楚宝》，亦未引据欧阳父子刻集古帖谓之潭帖，在宋人摹刻阁帖为潭帖之先。文混为一事，殊误。

答子婿李湫园论诗法书

邓枝麟

凉秋小雨，坐手残编，兴往情来，百感交集，方得句云“知己关心同骨肉，老年穷理得皮毛”之句，适飞到长笺，备询诗家夺胎换骨、翻案伐材诸法，其用心何勤也！余老而健忘，展卷沉思，犹能追述大略，用以奉答。

所谓夺胎者，如杜云：五日画一水，十日画一石。山谷作一句云：五日十日一水石。许用晦云：溪云初起日沉阁，山雨欲来风满楼。放翁作一句云：一片溪云雨欲来。僧处默云：到江吴地尽，隔岸越山多。陈后山作一句云：吴越到江分。皆极炉锤之妙。又有一句衍为两句者，如颜延年：春江壮波涛。杜工部则云：春江不可渡，二月已风涛。古乐府云：郎今欲渡畏风波。李供奉则云：郎今欲渡缘何事，如此风波不可行。亦见夺胎之法。

所谓换骨者，如无名氏：野鸡羽毛好，不如家鸡能报晓。新人虽如花，不如旧人能绩麻。此本旧乐府“新人能织缣，故人能织素。将缣来比素，新人不如故”而推衍之也。至若翻案则翻用前人故实耳。如杜诗“云雨荒台岂梦思”，翻“高唐神女”事；“焉知李广不封侯”，翻“李广难封”语，不可枚举也。惟伐材之法，大约昔人有此材料自我伐而用之，即成我之所造，而昔人运用之妙，因此益显也。古乐府《杨叛儿曲》云：欢作沉水香，侬作博山炉。二语颇隐难喻其意，自李太白衍之云：博山炉中沉香火，双烟一缕凌紫霞。是伐材而用也。

与王生书

严如熤

熤白王君足下：

师道极难而童子师尤甚，凡士行之不齿与荡子之破家，莫不见端于少时。少而习焉，其心安焉，欲其后之知悔而改也难矣。孔子曰：少成若天性，习惯成自然。《易》曰：蒙以养正，圣功也。可不慎欤？夫人莫不欲子弟之贤，而败德卒比比，岂尽弟子之下愚不移哉？则以古人之教法不明，而村师俗儒以己意为传授，又其甚者以子弟之傲慢为有性，机械为有智，习焉而不以为怪也。乌乎如是而欲子弟之贤，乌乎其能贤？古者童子出就外傅，教以诗书，习以礼乐，诏以洒扫应对，务为开导，其聪明涵养，其德性而尤重于行，大约《论语》弟子一章尽之矣。今虽不能尽如古人之所为教，亦宜仿其意而用之。语言要其实，举止要其端。衣服食物要其爱惜，父兄尊长要其敬礼。读书时句读要其清，覆诵时口齿要其朗。作字要其端楷，书中易明者随时教以句解字义。有余暇则取唐人绝句有情致者令之诵习，如此则规模得矣。

虽然，此其中又有微权焉。人情恶劳而喜逸，非予以情之乐而乘以其机之动，即成人亦倦，况童子乎？仆尝于考亭“诱掖奖劝”四字有味乎言之也，平居教子弟皆然，而用以闻于足下。其始未知读书之趣也，而百计以诱之，不啻有至甘者在焉。而彼之情已乐，彼之机已动，既乐矣，既动矣，则从事于诵习之途矣。然其外诱之端、内难之情犹存也，于是乎掖之，如醉者蹒跚道中，须借人扶持而后能履道坦坦也。诱而掖则彼之心已专，当小有得矣，亟取而奖之，虽或天资顽钝，亦必择其略有得者曲为奖以引之，则彼之情益乐而彼之机益动。虽然，已能者奖之，而其所未能者尚多也，于是又有劝之法，时时提撕警觉，谓如是则为佳子弟，不如是则为愚子弟，则彼之心相引而无穷，而其气亦日奋而不衰。日以此四字记诸心，随其机而互用之，而师之能事尽矣，尚忧子弟之无成哉？夏楚固不可废，若专以鞭扑从事，又安能致其情之乐而俾其机之动也邪？足下幸有采于仆言则得矣。

复刘云房太宰书

严如熤

顷承下问近日军情，仰见阁下公忠丕著，询及刍荛，不揣冒昧，敢陈其略。

洵邑自去年八月拿获贼帅殷全，以后贼匪不轻窜入。今春以来，汉江南北均有零匪游奕，而仰托福庇，环洵八百里尚幸烟烽稍息。如熤于结寨团勇之余，劝农兴学，冀此邦人士少有以苏中泽之哀鸣也。惟是四境而外，壁垒未平，则闻风鹤之时惊，能无忧从中来？刻下贼势较往时实减十分之八，顾通计三省著名首逆，数千人为队者，虽只数处，而百十分股，三五成群，昼伏夜出，时聚时散，窜匿于数千里老林深箐之中者，尚自实繁有徒也。凡此窜伏残匪，皆百战之余，不携妇女，不杂老弱，有曾当过乡勇者，有曾降充新兵仍复逃走者，狡猾异常，剿则东击而西奔，守则防此而突彼。三省边境，人烟稀少，大股贼至，民间尚知堤防，至小股零匪，驰骤于鸟道羊肠间者，即侦探一信亦不可得，而或假官弁，或冒兵勇，百出以眩我，稍不戒便受其害。故在今日之收拾余匪，较扑剿大股为更难。

如熤往时亦持剿抚并施之说，而审度现在情形，则抚字决不可复议。往时贼势甚大，不得不权行招抚，为解散党羽之计。今既屡蒙宽大之恩而仍执迷不悟，杀人放火，不改故辙，讵可枉法故纵，令肝脑涂地之良民含怨地下乎？如熤伏查凡习教到营者，虽经释回，贼至辄复跟去，至降而收为新兵者，平日经过地方，掠衣粮，掳牲畜，难以军法律，本与贼匪无异，而我强则附，我弱则复折而从贼，徒令知我虚实，堕其奸谋。且以皇仁之如天，而此辈之敢于反覆者，原自有故。此辈本系游民，素无恒产，数年中以抢掠为生活，不耕而饱，不织而衣，所操者杀人放火之业，犷悍自由，无人管束，一旦禁其掳掠，予以有限之口粮，且加之箝制，俾手足不得展布，安能郁郁居也？故胁从之众归则安业，而老教惯贼招之不降，即降之亦复叛，实情事所必至，安得再持招抚之说？俾贼得以计缀我而养痈贻患哉？

夫自来立大功者，必用志不纷而后精神之所注贯，足以运量其事。现在领兵大帅，若经略之公忠体国，参赞之英谋伟略，杨提军、穆镇军之勇敢无前，虽古之名将无以逾之，非其力之不足办贼也，非其心之不急平贼也，而游魂尚得稽诛，其端在粮饷之不继。粮饷不继，不得已而议撤兵撤勇。近日之兵勇，不过往时三分之一矣，夫贼少而贼所据之地险依然也，以一分之兵勇分布于往时全力经营之地，以防以剿均形不足，防剿不足而冀招抚者之幸其解散，安得不旷日持久也？且即令贼悉听我招抚，而赏予需资，安插需资，亦决无可以空词笼致者。在事各大僚谁弗晓此？特以小丑跳梁，已糜国帑巨万，难于再为上请，谚曰：长疼不如短疼，巧迟不如拙速。愿庙堂之上，有以熟筹之也。

至于近日大计，以搜捕余匪责成地方守令，洵拔本塞源之谋。抑其中有难者，今之州县非五年前之州县矣。五年前之州县，上宪惟恐其以不领饷遗误，五年后之州县，则一应军需无不饬令垫办，而饷项有请无给，凡有贼州县，谁非千疮万孔，无复生人之趣者？既无正项以养乡勇，又无他款以励义民，而令赤手空拳除大帅不能防剿之猾贼，讵不徒托空言？今诚于各州县宽其文法，分别缓急，令拣抽本地勇健，各练六七百四五百人，不缺其饷。凡贼在三百名以内，责以剿捕，有功则重赏，不力则严谴，庶可收实效乎？

如熤伏思国家深仁厚泽，灵长之景运，方当亿万斯年，而贼久不平，迟之又久，亦惧元气有所耗损。贼本无他伎俩，各大帅游刃有余，为今之计，但在勿议招抚，以振军气，发帑项以裕剿资，以剿大股属大帅，以捕余匪属守令，而责守令以搜捕之任，必予州县以操练之费，鼓群策群力，以期善始善终，余氛不难扫靖矣。再安插乡勇为第一要务，而章程未定，圣心甚为焦劳，如煜去岁有上杨柏溪道长书附呈钧览，迂拘之见，讵能有裨？缘蒙垂询，用敢胪陈，以备采择。

与易屏山书

严如煜

秋仲得接手书，知莅卢三月，新猷焕发，颂作舆人，甚幸儒术之非虚，即拟作书以覆，适大行哀诏，心中震悼，提笔不能成字。昨又接手书，治卢之政益详。昔孔子论从政首取端木之达，三代后孔明为第一流人物，长于治国，而庞德公称之曰识时务，则亦达而已。清则智无所昏，而达之源浚，达而敬以将事则慎，达而敏以趋公则勤，士诚能达，经经纬纬，四达不悖，大用小用，措之裕如矣。

足下天资刚毅，志事卓卓，其素所怀抱，非第百里材也。曩时以贤者之过恐畸于一偏，则将滞而不达，是以以“意、必、固、我”相规劝，不谓足下痛自箴砭，竟能心追而力践之也。谢上蔡与伊川别数年，谓只能去一“矜”字，矜与“意、必、固、我”异病同源。治事为易，治心最难，足下而致力于此，盖有所得矣，愿卒勉之。

孔子曰：无欲速。又曰：无倦。盘铭曰：又日新。来函所言治卢五难，其根株诚非易去，但五难亦山民通弊，凡治去太甚，其积久而弊，未至大害，亦无事遽为更张，信义符于民矣。更要谕告勤恳，凡收呈审事，因公下乡，与父老子弟皆有以训迪之。若来函所云治卢将如父兄之治子弟，如是久之必有成效，彼恃令行禁止，沽一时风力之名，无益也。自来武健吏意亦在除奸禁暴，而相与除奸之人乃即为奸之人，欲行禁暴之法或即作暴之法。汉赵广汉守颍川，患大姓横恣不法，教吏为缿筒，得相告讦，虽豪杰解散，而互相仇害，风俗因之大坏。龚遂守渤海，尝言治乱民如治乱绳，不可急，躬自劳来循行，教以礼让，而讼狱衰息，盗贼卖刀买犊。能吏、循吏之功效，其所成竟何如也？

凡到三四月，心思须要摄提，大加警省，门下书役俱要训饬一番，乡约保正在官之人俱要整顿一番，否则窥测我者以为渐次放松，已去之匪复来，已改之恶复萌，以无倦又新者行之数年，则旧染之污自可移易矣。待邻封僚友总在行之以恕，关提不到，或忌我声名之出彼上，或疑关提之为累害，或因逃匿之难拘唤，皆情事之常，未可遽生怨怒，而先施之道必自我行之。往在洵定时拿获川楚邻封要犯，讯明辄专丁函送，令其自报，不以为功。送粮堵贼，不分畛域，久之而隔省邻封，联成一气，虽未尝谋面，皆成知好，不相龃龉也。

足下此时既已力制“意、必、固、我”，则通达治体，必能因时因地以制其宜，下令如流水之源也。来函举前在明山时，志希文之志为言，尤见器识之远大。楚中先达如夏、李、刘、朱、张、熊诸君子，百余年来无其人矣。无他，浸淫于富贵利达，而实求于明体达用者鲜也。诸君子担当世宇，有定见，有定守，周知天下之务，而有包容天下之量，涵盖天下之气，故能忧乐天下而与希文上下古今。仆以阴相天下士而志乎此，殊落落焉。兹者卢氏小试已见一斑，足下勉乎哉！

正基质虽笨而气颇沉厚，近令其熟史事，流览自汉来名臣奏疏。顾亭林《日知录》，为近世大儒，明体达用，实可见诸布敷，令其潜玩焉，而不必以科举之业为汲汲也。异时或可与足下共应世用。

上那制府书

严如熤

初十日奉到钧函，示以驭民之道：必先有以奠其居，而后可以定其志。必先有以去其害，而后可以防其奸。汉南山内，诚能使撤勇裁兵及棚民人等俱有归着，得以安居乐业，不至漂流四出。久乃系之以室家，约之以保甲，庶几奸匪无从躏入，而地方亦可以永远谧宁。饬如熤一筹之。捧诵之下，钦佩良深。

我国家揆文奋武，无四夷外国之虞，惟蜀、秦、楚三省相连边界，坤舆奥区，棚民聚处，稽防维艰，为心腹隐患。戡定之后，当局者苟安旦夕，胥以曲突徙薪为迂谈，从未有如吾师公忠体国、计深虑远、持拔塞本原之议者也。熤两载剧郡，黾勉补苴，求目前之绥靖而未遑，实非有长久辑宁之策。未尝不私忧过计，而才识疏阔，出一言而疑忌纷生，不能不缄默自守。

窃以天地之道一阴一阳，人之受气以生，刚柔异禀，良莠不齐，圣帝明王非不欲尽安全保乂之也，而势有不能。承平日久，生齿繁盛，东南数省处处人满，扶老携幼，垦老林谋生，络绎途间。棚民多而撤勇裁兵之为匪者，究百不一二，棚民安则自卫身家，其力足以相制，虽间有攘窃，于大局无足虑也。可虞者山内穷岩幽谷鲜不诛茅架椽，再数十年老林亦且辟尽，无可种之土耳。地难加辟，何由奠其居？人不赡生，讵能去其害？将仿文成公新疆屯田，立不拔之基，限于地势不能宏此远猷也。本年关中添设新镇，其议闻发自文成公，名臣老谋，三辅屏藩，必终赖之。

三省边事之难筹，患在各固其圉，人自为政。即有守令办理妥善，而犬牙相错，一隅不靖则全局扰动，必得易散为整，有为挈纲提要于上，庶次第得以就理，往抒愚见，以宜仿唐山南节度、明郧抚之制，割毗连边地于适中之地，设重臣开府，以一事权。唐之节度驻汉中，不能下顾郧房，明之郧抚驻郧阳，不能上控汉、沔，其规画尚未尽善。兴安古金州，距汉、沔、郧、房，上下均为千里以内，当边徼之中。又查川东北匪多于秦者，非人尽好乱，亦由防范难周。汉兴本一郡所分，已设两镇，川东北八郡亦只两镇，营汛不能联络，匪徒自易伏藏。设山南抚治，开府兴安，隶以汉中、陕安两镇，割川东北山内州县来隶。而于川东北山内移设一镇，割楚之郧郡，并割宜郡近房、竹州县来隶。移设一镇，陕安移商州，辖宁陕各营，而旧设各营归入标中。山内钱粮无多，仿直隶旧制，以两道兼摄藩臬，考试仍归原省学政。计其经费岁增不逾十万，而于三省边徼之中，总以重臣训兵练将，事权既一，稽防自周。不独山内奸匪无敢窃发肘腋，即豫省西边、甘省东边，亦可借资声威。

此百年之规也，事体重大，通盘合计，章奏不能尽言，必得枢府巨公主持于圣明之前，面为敷陈。昔原杰吴宏道郧抚之设，值李贤当国，力主其策，合三省抚按会议，亲历险阻，妙选贤能，安辑流民，乐业安居，始能奏绩。异时执事入掌丝纶，膺李贤之任，庶此议可举也。明春陛见，或略露端倪于巡边之时，由商雒入山，历兴安，沿川楚边境出汉中，亲观形势，全局在握。加以虚公为怀，周咨博访，自当奏长久辑宁之功。

如熤本固陋，敬陈以应迩言之察，惟乞秘之勿宣，免致多言取忌，则下怀之所切祷也。

与许石华孝廉书

唐仲冕

顷辱手书并令弟覆缄，情词斐亹，如亲兰欬。令弟江阴之行，想过淮时得图把晤也。《纪年集证》一书，承见赠并索鄙论，仆于是书所见与《集证》迥别，然非《集证》不足发仆之臆见，其繁引博通致足尚也。韩文公云：识古书之正伪，与虽正而不至焉者，昭昭然黑白分矣。夫正者固无可议，即伪亦当求其所以伪之隐。非无病而呻吟，庶不为九原作者所窃笑。且千古作书之人，自上圣大贤而下，莫不有愤时嫉俗、郁抑无聊不平之辞，迂折而归于大道，史公所谓非好学深思、心知其意，难为浅见寡闻道也。如《左传》《史记》之为书，大近道矣，而左氏以周、郑为二国，先轸鬻拳为忠，怪力乱神为可信，史公以项羽为本纪，陈涉为世家，刺客、游侠、货殖为列传，夫岂不知遗后人訾摘？而津津乐道者，如水之有激宕，而后归大壑也有力。若浅水无波，反散漫而无所归。故其书不可磨灭。

或谓书之传不传，有数存焉。仆则以为理也而非数也。秦燔经而经卒存，隋焚纬而纬遂绝。古圣贤微言大义维持名教人心，如日月经天，岂水火兵革所能残蚀者哉？苟其不然，无论奇谲平衍，皆不待焚而自毁矣。造物之于文字，鉴衡最精，其悖理而伤道者，祸不旋踵也。其庸庸者候虫时鸟，听其自鸣自止。若有不能直达，反言以伸其义，使人凛然于名教，戚然于人心，则必存之而不废，此《竹书纪年》之所以传也。《集证》意在尊纪年，乃曲为傅会，求其非之无举而其真转没，说详论中，今往一通，幸规其失。

又东海父老《答问篇》亦希正之，《球阳琐语》一则已补入。手复不宣。

与荆溪志局绅士书

唐仲冕

仲冕为邑长于斯者旬有九月矣，不善为政，无所裨益，邑中贤士大夫，怜其刻苦，过为奖许，良用自愧。又匆遽赴调，未获临歧话别，怅也何如？伏惟时和气洽，眠食安熙，无任遍祝。吴江殷繁，颇称难治，辞不获已，受印省会十日始赴任，才两日又鼓棹迎送，席不暇暖，饰厨传，勤置邮，几无临政视事之闲，安望雅歌投壶之乐？盖无时不惓惓于铜官罨画间也。

阳羡为文雅之薮，名山水皆隶荆溪，自分治以来，七十余载未有志乘，诸君子咸以修纂为急务，属仲冕同阮明府主持其事。既有成局，而仲冕迁去，夫事难成而易败，时难得而易失，人或谓事方权舆而吏适更替，恐其有溃于成。然巨室所慕，众志成城，考献征文，大有人在，岂系于仲冕一人之去留哉？志本古史之流，体例当严，武功、灵寿诸志所以传者，得班、范之遗意。今纵不能效其简括，亦未可沿袭繁缛，有乖史裁。区图、赋役宜详，记载词章宜慎。褒善从长而不宜滥，考古贵切而不宜拘。如乡区必图其村落里居以觇民俗，田赋必悉其沿革数目以立限制，此宜详者也。文之具见本末者载之列传，词之足征风雅者丽之山川，此宜慎者也。《安丘志》立偭德传不可学，志惟称美而已，然庸俗并载，即贤哲亦不光。又分县以前，地名虽可按图而索，人物究难刻舟以求。且其人为两邑所争，因而并纪亦足劝人为善。凡此数者，皆诸君子所悉，仲冕不在其位，犹琐琐言之，冀效一得之愚，以备裁择。阮明府风流儒雅，两学博文行兼修，与诸君子搜讨裁订，此书之精，当可必也。

仲冕治行既疏，文词亦浅薄不足采。别后数诗，容暇中录寄，以示远怀不悉。

上业师慎斋夫子书

向曾贤

曾顿首谨启老师阁下：

前日李同门白桥至，获悉吾师近来精神尤其矍铄如五六十时，庆幸之至。且又备述垂注奖进之旨，曾一时闻命，喜与惭并，益觉感深到骨。念曾以下邑菲材，抱愚守迷，行能无一可，使不获游大贤之门，虽有微明，必早自消灭。自甲辰得侍函丈，委曲成就至于今，颇知强立，兢兢不敢坠，皆于吾师为不报之恩也。虽然，岂曾所敢私哉？从来大君子之扶世翼教，必求其远者大者，假令身立于朝，当揆衡之任，其以进退贤否为先事无疑也，要亦不过有及于物、有补于世而止，今不必尔，而其有及于物、有补于世者自若也。造士而未尝私其用，进贤而未尝居其名，夫子之成就卓卓，其利不亦溥乎？

今岁吾省捷南宫者七人，而同门凡六，与馆选者二，与部用者二，曾尝以此哗于俦人中，以为极盛。且谓同人，宜弥益自重，亦思有及于物，有补于世，以副数十年为国养士之盛心，则诚有不偶然也。然而斯特其所乐也，而非其所性。若夫所性，则述古修文，具有天命，传千百世圣贤不言之精神，使吾言立，而默者显，滞者宣，疑者解，他日垂诸名山，则又不特九郡四州之士承其绪，其幸而辉映于海隅，涵濡于奕叶，其为远且大，视一乡一时必大有间矣。然而性命之业，教育之旨，为学行道之志，素其位焉耳。在夫子又何暇沾沾逆睹也哉？曾瞶瞶处此，不获及时质问，仅自保其萤尾之光，时明时晦，恐遂汩没，终随腐草，私自愧厉，脱非至于力不可强，而何遂苟止？此意未尝与人言，人亦无与言者，弥益思吾夫子垂注奖进之情，至无已也。

闻诸经正在印刷，恳乞鸿慈为曾各留一部，俟他日归，扫除一切闲杂思虑，当得专精而读之也。曾于时艺近来尚未敢掉以轻心，必求不谬于圣旨，或稍稍为外人所称，终未敢自信，容当谨缮写数十首呈讲席，并诲定之。非欲借以要名誉，亦以志不忘师承所自，并曾夙昔所偶有会心处也。临书无任瞻企依恋之至。曾贤白。

覆罗麓西书

胡光北

自违颜范，屈指便十余年，引睇虽殷，终以未获修函致候为歉。惟于广场晤江左人士，泛论官箴政绩，无不举罗润洲啧啧颂扬，弟实默幸其能为郡邑光。在座或更指予，谓是其至交，则又不禁与有荣而深为欣幸，叨光不既多多乎？复月七日晴川令弟至敝斋，云自贵署旋，承辱致遥函，曷胜畅遂？然又于兹窃有感焉。

麓西诚多情，数千里外尚念乡里有一胡学山。还忆当年麓山共学，腾达不下数十人，既显荣矣，类多以学山为乌有先生，过门并不投一刺，纵偶有投刺者，其价大声疾呼曰某某亲拜。俗所谓亲拜者，示非拜会不欲见耳，安望在官时问且缄遥致邪？准此是不惟久渴慰，抑感激深深矣。不意更出所谓伴函者，则非弟所敢知。曾闻函须乎伴，有不便明言，美其中而伴之，究其中固隐有所谓，弟反覆思维竟求所谓不得，诚不敢以无谓受，尤不欲麓西以无谓与。或者谓清俸积余，固邻里乡党所得与？当日孔子岂诏原思以漫与？要必有所谓，不然律冉有何厚？律原思何薄？且万二千五百家为邻，九百之粟安能遍给邪？麓西素性和平，曩日交好颇众，即择至契者与之，别久途遥，兼以政烦心瘁，安能悉忆无遗？傥以无谓为周旋，吾恐偶遗者，反恃为怨端，奔竞者将恃为门径矣。是故弟不谓麓西不当与，似宜以“有谓”二字节之。斯理行而言顺，义尽而情周，至于弟方且愧无以与人，伸有谓之义，顾敢受无谓之与，增颜厚之讥。

今年虽六十有五，犹能训蒙以给饔飧。耳虽稍聋，犹能听童子诵读，齿缺其二，菜根尚能咬断，目则在需镜不需镜之间，其好谈也如旧。惟是恨己无能，恒愿人光彩以为光彩，伏冀廉声愈振，清政弥敷，不孤江左颂扬，益倍湘南气象，斯欣幸笃，感激深，叨光无既矣。

肃复寸楮，顺候升祺，原璧转呈，统维钧照。

与杨生书

陈士杜

士杜谨白杨君足下：

仆少喜为古文司，辄不当意，岁终败纸盈簏悉弃去。近复为之，粗得其面貌，气势终不古若，伏而思之，非特才分学力于古人无能为役，即俯仰一室，亦安能旷观乎九州四岳之大、河海之深，万物奇诡纷赜之怪且变，以自广其闻见哉？昔太史公尝东渐于海，南浮江淮，西历崆峒，北过涿鹿，故其文独雄视百代。少陵入蜀，诗益奇峭，读之如巉岩插天，惊涛动地，奇变不可方物。张说出守岳州，诗益凄惋。由是观之，彼数子者，天质雄杰伟岸，犹不能不借助山水以吐其奇，况才分远不逮诸子，胸膈间又无名山水以助其气势，欲键户著述，成一家言，不亦谬乎？

士杜虽有志于古，居村僻，长习处里巷，日呶呶向村童训迪以求活，无高山大川崱屴浩渺、可喜可愕之境警发其神智，故平居诵左思振衣千仞、濯足万里之句辄神往。客岁抵郡邸，有客雨窗与余论邑中山水，余首举隐珠、玉池及岳麓、罗洋、橘洲诸胜。客笑曰：子得无沧海遗珠乎？叩所以，答曰：畴昔来自尊阳里，经途有峰突出，四面崭绝如削，土人告余曰龙头尖也。乘兴登之，中一径极狭，由山麓上，曲折若蛇蟠岩间，古石殷黑，若屋，若牛马，若熊虎蹲踞、磨牙张爪之状，行四五里乃到。到则凭石而坐，修篁戛击，清风飒然，几不知身之在人世也。跻其颠以望，则岳麓烟云之缥缈，隐珠、玉池诸峰，出没隐现，莫测高深。东望浏邑洞阳，孙思邈炼丹所也，龙窟石肺，其犹存乎？至于水光接天，有峰翘然于洞庭者，则君山也。向所谓酒泉橘社，龙女寄书，樵台吹笛之事，彼间父老尚有能道之否？时日就暮，僮仆欲还，憾不携谢朓惊人诗一觞一叫也。余起曰：有是哉？惜未之见也。退绎其言，渺然思，终益自憾。

仆以穷愁落魄之故，逐逐为衣食谋，既不能如古人凿山导险，裹粮蹑屐，肆意以游，又弗获东道主人一供行李之困乏，亦乌睹所谓龙头尖之胜者。虽然，吾子之居是乡久矣，亲戚交游，必有卓然于流俗外者，傥得一二依之，杯酒殷勤，共相吟咏，岂不快甚？夫以仆之好游，又得贤主人使得于课读之暇，摩挲乎苍崖，踯躅乎云烟，倚巨石，听流泉，窥衡湘，眄洞庭，前此客所言者，必将一一遇之，其或慷慨兴怀，浩歌凭吊，有以发为诗古文章，抑亦兹山之助也已。吾子其留意，若夫遇物而不能名，登高而不能赋，或有所作概不足以蕲至于古之立言者，此则士杜之羞也，吾子何辱？士杜顿首。

寄马放亭书

柳廷方

砚农弟柳廷方敬奉放亭先生足下：

弟少读书，颇尊慕宗匠，古昔名宿不具论。即近世著声乡邑，如陈桃文、张聿修、郭昆甫、王湖村诸前辈，爱其能自树立，不牵于流俗，读其文，心向往之，顾独以生晚不及亲见为憾。而委蛇科岁试十七年，碌碌无状，闲居俯仰，心烦气闷，大惧放废，阴求所谓瑰岸奇杰不世出之士，以广自劘切，因于辈行中窃伟视先生。先生寂思屏处，不喜为世俗之文，浅者或相顾骇愕，既又尝儽儽从科岁试后数接见先生，先生略一拱揖，即噤不发语，语亦一堂杂哄，不终晷告别。退乃询之诸朋好，窃闻先生发箧陈书，一往抗浪，沉酣经史，旁及天崇诸大家制艺，往复颠倒，终日不厌。以弟之驽骀无似，未足辱先生，而弟之知先生则深矣。

今敝祠义塾，明岁将敦请名师课族子弟，弟以素知先生，剡荐之麓门族祖处。顾念身将北游，未及朝夕聚首，既又虑脯资不厚，聘金仅百两有奇，而弟侄辈才质钝下，初习四子书艺，族后起虽颇有美隽，学质尚浅，举望范之先正，进退规矩，复使略作世俗之文，以博取时誉，未知有当先生否？先生如不弃，族祖且具书币以敬俟后命。

某月某日方顿首。

上张度西先生书

柳廷方

方生晚，束发受书，颇思自树立。稍长，从乡塾师学四子书艺，读金、陈、章、罗及当代锺陵、墙东、望溪、百川诸先生文心辄喜。自以僻处陬隅，退乃访邑里名宿可继前辈风流者，得郭昆甫、张聿修、王亭干及先生数人喜益甚。时昆甫先生殁矣，独居深念，因复自惧，恐遂不得执贽见诸先生。顾自维无具，不敢也。厥后诸先生后先凋逝，惟先生岿然健在，而宦游天末，日月旷远，不可合并，盖心仪之不及见者垂三十余年。

方今年四十有五矣，少苦钝，授书过两行，涩不得上口，顾有僻嗜，经书文外喜旁猎，于史喜《国策》《史记》，于子喜庄，于集喜昌黎、柳州、半山、永叔、老泉，于诗喜苏、李，喜陶，喜太白、子美，于赋则无喜焉。然皆目涉未竟竟即弃去。重以贫不自存，授徒里巷，兄弟妻子衣食之累，寒暑之灾，人事得失忧虞之迁变，纷纭轇轕，动多谬戾。年二十六始博一衿，为诸生十有七年，春秋朋试，战辄拔帜，不得食廪饩。八入棘闱，荐不见售。自分嗜好酸咸，与世殊绝，一室俯仰，屏绝时艺，取囊所喜者循诵及之，伸纸摇笔，兴至辄作。岁时检阅，聊自娱耳。日月既久，浸不自量，间出问世，喜心倾倒，惟余存吾夫子一人。耳食之徒，震为怪物，非骇则笑，用是窃有疑焉。

向之欲见先生而自维无具者，将遂取正焉而卒亦不果。盖深惧吾业之不精，为世诟病，非敢自爱，即复重望来世知己如扬子云也。顾又独念古今怪伟奇杰非常之士，其始寂处营营，见不及远，方之古人，色夺魂悸，久之而豁然以解，亦遂翘乎其有亢心矣。方其一往抗浪，追古人而从之，恤乎如有亡也，萧萧乎如不可即也。天地之大，古今之远，饥寒饱暖之节，皆将遗焉。而以从吾事也，盖其立心之憔悴，专一率如此。近世顾鸡睨訾之，语云蚊负山丛折轴，譬犹露橐旅行，而持白梃者环其后，强者犹立而弱者反走矣。其识之不坚，而一人不胜众人之患欤？抑毋乃孑处中野，无贤主人焉助之？呼号散众而翼其行，以脱之于难欤？乌乎，此余之慨焉，发奋而重有望于先生也。

往者欧阳公好士，士以故多闻于世，不远千里求之，老泉出其门下，其上公书亦云：非敢自誉以求知己，盖知公有爱才之心，而又知公能知其十年用心之勤，故汲汲也。近世刘耕南前辈亦得力望溪先生，故小称一集，夺胎龙门、昌黎，远出魏叔子、侯朝宗上。余频年春战失利，南北饥驱，失学从懒，顾惟区区数十年倾慕之诚，与马齿日力之费，恐遂暴弃，不自韬晦，谨出近作各体数首陈之门下，伏惟区择。老泉远矣，余后耕南复不可道里计。先生有意为望溪之续，以继欧阳乎？

骇吾者吾安之，笑吾者吾受之，吾文而不足辱先生，则非先生之重以弃余，而吾业之果无用也。吾滋惧矣。

湖南文征　卷九十八

书七

覆黄花耘孝廉书

陶澍

顷接手书，知与虎痴同在志局。湘东三管，君家兄弟竟秉其二，多少潜德幽光，赖兹阐发。此事重大，既以为幸，又以为悚也。翁方伯前函言，志书体例一切多系阁下之笔，良工辛苦，具见一班，谅非从前孟浪者比。

所谕名宦诸公列传，即当托人钞录，但馆例巡抚以上乃得立传，所钞恐亦无多，仍当于外间访之。大约众口俱同，即可秉公载入，亦不必尽以见诸简策者为凭据。盖续纂近事与往事不同，往事必征诸前人之记载，近事必参诸舆人之采访，据舆论而纂入省志，即他日统志与史稿之凭据也。

此时馆中正在纂辑《儒林文苑列传》，湖湘自王夫之先生而外，得入者寥寥。弟虽极言之，而亦未能多收，正因无凭据之故，是省志不可不早成送馆，以备采择也。至统志，弟曾分任编辑，其后经历多手，每有删改。兹将敝县已载者另录一分，寄呈方伯处，吾兄可就近取阅，此后有当补载者容续寄至。

令祖昆仲与刘理堂前辈，父子昆仲，皆有政绩闻于人口，何不缕一二事实，趁统志尚未竣工，当持示馆史采入，此亦为子孙者所当留意也。

覆翁凤西方伯书

陶澍

承示敝省《通志凡例》，体大思精，文简事核，以此接迹马、班，上规笔削，洵足启筚路之荒，而烂湖湘之色矣。钦佩！钦佩！

湖南旧志，始于陈桂林相国。今观其书，舛漏不一而足，似相国固未尝寓目者。即如两汉时楚湘人物，本属无几，惟蒋琬公忠体国，人所共知。《蜀志》已明载零陵湘乡人，而《长沙府人物志》内竟无其名。漏略至此，其他可知。又如敝县人数尤少，《明史》有传二篇，一为张骥，一为李祯，俱载安化人，未分别省分。然《山东通志·名宦总部》载：骥，湖广安化人。至祯传，则有“祯家洮河”之语，其为甘肃之安化无疑。而旧志顾遗骥而录祯，且于祯传删去“家洮河”一语。志以传信，又何必如此迁就相借以为重邪？他如郑崇俭一传，亦恐是山西之宁乡而误入者，当更考之耳。至于益阳刘侍郎宪之死于逆瑾，罗侍郎喻义之黜于温体仁，湘潭李宗伯腾芳之厄于魏忠贤，皆忠义皎皎，在人耳目。罗、李传在《明史》，本末甚具，刘虽附传，而《益志》特详。乃刘、李仅寥寥数语，罗则并姓名无之，此岂文献不足邪？若明陈宁之名在奸臣，行同酷吏，而误信《楚纪》之言，比诸汲黯，则又采择未精，难以为据矣。凡此皆长沙一郡之事，就澍所知者言之，恐别郡类此者，正复不少也。

前承示网罗放逸，已得二三百人，又遍征之江浙藏书家，则此数条当已在校正之列。惟新增事迹，势不能不取材于县府志，而县府志又未必悉善，不皆可凭，且非熟悉彼间掌故者，其去取亦未必尽当也。窃谓修志一事，与史不同。史善恶并书，志则录其善者而已。故与其取之宽，而或失之滥，毋宁取之严，而其后犹可增。

敝县旧志修于康熙三十年以前，先君子尝手辑续稿，殁后为修志者率行涂改，全乖体制。拟再为删择，以备采取，迟容奉教。

其赵灵伯、陈沧洲、杨梦班、陈可斋、彭石垒、王而农诸公传，谨以呈览。至罗方城、九锋诸公，尚未有秉笔者。名宦诸公，俟采访得后当录送。不宣。

与百菊溪制府书

陶澍

昨午接到《除邪纪略》一卷，敬悉英谋硕画，除患未形，所谓不动声色而措磐石之安者，令人想见陶桓公、韩魏公一辈人。观于筹略之精，布置之善，足昭朝廷委用得人之媺。恩褒叠被，超格膺封，有自来矣。

至孙文定公《南游记》一篇，首尾一气，如黄河落天，直走东海。其间又复千里大曲，百里小曲，洋洋乎，渊渊乎，近古之奇作也。惟中间亦小有未检处。如：曼倩公明，古平原人，在今之武定，而误以德州之平原当之。岷山为南干之祖，《禹贡》明言岷山之阳至于衡山，而误以为中干。且末后总束一段，言天下大势，水归二漕，山分三干是已。而又言大河以北水皆南流，大江以南水皆北注，此则以指喻海，尚非天下之全也。盖地脉以山为脊，而水从两边界之，南干龙纵行，以五岭为脊。岭以北江广之水，固皆北流。若粤、闽在岭脊之南，仍系东南流，非北注也。北干龙横行，以太行为脊。太行之右，如汾、涑皆西南流。太行之左，如漳、卫、滹沱、巨马、易、白诸水，皆东北流，无南流者。惟沁在太行南麓，故顺流而下。又邳、宿南流，则疏凿而成，非其本南来也。

至若三干之说，昉于僧一行，千余年来莫之或易。然澍窃有创论，以为仍止两干，岷山之脉，曼衍东南，此南干也。其中干、北干本系一脉，从陇西来，为嶓冢，经太白至终南始分支。一出华、潼，渡砥柱，起太行，为北干，直走医巫闾入海，至高丽南转，浮登莱而结聚于泰山。一由终南趋商雒，为中干，经南、汝、光、陈至徐州渡河，经吕梁、下邳、邹峄而亦聚于泰山。故终南为中干、北干分龙之所，而泰山为中干、北干合龙之所。首尾一龙耳，其间元气包裹，条理精密，此中原人物所以极盛，而孔孟生于气聚之处，遂以砥柱万世也。

澍尝出使西川，途中细观山势。见太行之脉从寿阳之黄土岭出脉，仅如一线，终南之脉，从宝鸡之煎茶坪出脉，亦仅如一线。计此两大山行经数千里，每过一峡，必出一脉，似此者数矣。蜿蜒磅礴，其大如彼，而其细又如此，造化之妙，非身历其境者不知。仅从纸上谈兵，终隔一尘。然非胸有全局，亦熟视之无睹也。

文定此文，独有千古，高处在识，其小未检点，亦无损毫末。大抵其生平刚毅之气，练达之识，皆于此可想见一斑。合三习一弊疏观之，真我朝第一流人物也。谨质蠡测之私，伏惟治事之暇，加以诲正为幸。

复魏制府询海运书

贺长龄

海运之事，其所利者有三：国计也，民生也，海商也。所不利之人有三：海关税侩也，天津仓胥也，屯弁运丁也。而此三者之人所挟海为难，使人不敢行者亦有三：曰风涛也，盗贼也，霉湿也。所离海为难使人不能行者亦有三：曰商船雇价也，仓胥勒索也，漕丁安置也。必洞悉夫海之情形与人之情伪，且权衡时势之缓急，而后知无难行，无不可行，且不得不行。

某自二月中旬蒙示廷寄，命筹海运以来，宵旦讨论，寝食筹度，征之属吏，质之滨洋人士，诹之海客畸民，众难解驳，愈推愈审，万举万全，更无疑义，敢以贡之大人执事。元代创行海运，十年而道三变，明王宗沐亦以海道不熟，失风莺游门而罢。今则海禁大开百三十余年，辽海、东吴若咫尺，朝洋暮岛如内地，则道不待访也。元初造平底海船六十艘，运四万六十石，其后船岁增造费且无算。今上海沙船及浙江蜑船、三不像船并天津卫船，自千石以至三千石者不下二千号，皆坚完可用。通算每船载米千余石，一运即可二百余万石，两运而全漕可毕。若止运苏、松、常、镇之粮，更绰有余裕，则船不待造也。元初以开河卫军及水手数万供海运，并招海盗以长其群，若今江浙船商，皆上海崇明等处土著富民，出入重洋，无由侵漏，每岁关货往来，曾无估客监载，从未欺爽，何况漕粮？各效子来之忱，无烦监运之吏，则丁不别募也。本年二月始议海运，其时公私津贴已给旗丁，不能不出于动帑。明年海运即以旗丁领项移为沙船雇值，则费不别筹也。

或谓其不可行者，则曰盗贼。不知海盗皆闽浙南洋，水深多岛，易以出没。船锐底深，谓之鸟船，北洋水浅多礁，非船平底熟沙线者不能行，故南洋之盗不敢越吴淞而北。今南洋尚无盗贼，何况北洋？此无可疑一矣。或又谓其不可行，则曰风涛。不知大洋风飓率在秋冬，若春夏东南风有顺利无暴险，商贾以财为命，既不难蹈不测出万全，岂有海若效灵，独厚于商船而险于粮舶？且遭风搁浅，斫桅松舱，即秋冬亦仅千百之一二，何况春夏？其无可疑又一矣。或又谓其不可行者，则曰霉湿。夫运河经数月抵通，积久蒸热米或黯坏，而沙船抵津，则不过旬日。若谓盐风易霉变，盐水易潮湿，则最畏盐风，宜莫如茉莉、珠兰柔脆之花，见水立胀者，宜莫如豆麦，皆岁由沙船载之而北，运之而南。盐风盐水不坏花、豆而独坏米，庸有是理？盖北洋风寒，非似南洋风暖，而海船舱底有夹板，舷旁有水槽，其下有水孔，水从槽入即从孔出，舱中从无潮湿，此无可疑又一矣。然使运道畅通，粮艘无阻，固可不行。今则运河淤塞日深，清口倒灌已甚，河身淤垫已高，舍海由河，万难飞渡，此不可不行者也。然使太仓充裕，陈陈相因，尚可不行。今则辇毂仰食孔亟，天庾正供有常，一岁停运，势所难支，此不可不行者也。然使别有他策，舍水可陆，亦可不行。今则驳运之弊，公私骚然。国病于费帑，漕病于耗粮，官病于督催，丁病于易舟卸载，民病于派车派船，舍逸即劳，利害相万，此不可不行者也。

国家建都西北，仰给东南，惟资咽喉一线，岂惟河梗可虑？抑亦人事难齐。忠国者贵未雨绸缪之防，远识者存别开旁门之论。机会适逢，发端自上，因势乘便，天人佥同。夫集事固在于谋，而成事必在于断，此时切要关键，以两言蔽之，曰上海、天津两地得其人则能行，不得其人则不能行。海船南载于吴淞而北卸于天津，两地为出口入口之总汇，实海运成始成终之枢要。苟上海关不得其人，则船数可以多报少，商情可使乐转畏，雇值可使省反昂。天津收兑不得其人，则米之干净者可潮湿，石之赢余者可不足，船之回空者可延滞。盖上海牙行以货税为庄佃，天津仓胥以运丁为奇货，海运行则关必免税，丁不交米，两处之利薮皆空，其肯甘心？故创议之始，出全力以显难之者，必上海关之人。既行之后，阴挠之使弃前功畏再试者，必天津通仓之人也。

此外尚有屯弁运军，亦以行海废漕为不利。然此时弁丁即欲运而不能，将来河道通行即漕运复旧，而暂停一年尚有漕项银米可以安置，不致十分为难。即天津通仓亦属既行以后之事，虑尚可缓。且原奏有临时别简大臣驻津弹压稽察之议，自可无虑。惟海关系总雇沙船之地，首宜核实。即如二月间委员查勘，据税牙朦混之词，以关石大于漕石一倍有半者变为仅倍，以一两四钱之为六三串，折实漕石银三钱六厘者变为每石实银七钱，较民间时价不止加倍。故今议海运，不询之商船而询之上海关，所谓欲为千金之裘而与狐谋其皮也。使当时照定时价，动帑无多，际此南风司令，江浙漕米业已抵津矣。

辱承垂询，义无缄默。其中条件，尚多胶轕，统俟议定录状呈览。伏望随时示不宣。

拟答吕相书

李象鹍

昔我穆公求系大国，献公不弃遐逖，以伯姬归，匪仇雠而昏姻也，穆公不敢忘德。献公薨，国内不靖，穆公会齐侯，纳惠公以典晋祀，惠公亟于得国，不爱土地，重赂求入，穆公以是薄其为人。既与齐有约言，又惟兴灭继绝之义，惧为德不卒，以贻献公羞，是以卒置之。惠公归，焦瑕设版，敝邑非不足于土地，何爱焉？贾君君夫人之嫡，中大夫我君所命以绥靖晋国者也，若之何其背之？会晋荐饥，使来乞籴，吾怨其君而矜其民，自雍及绛，输粟不绝。无何秦亦饥，晋利其灾而闭之籴，我是以有韩原之师。若以秦之强，因天之怒，乘晋之敝，逞斗士之忿，辞拔舍之请，晋不国矣。犹赦罪于惠公，脱之累囚，延之客馆，惠公亦疚于厥心，送其质子。穆公悉反侵地，续以昏姻，则是我有重世之德于晋也。惠既背好怀，亦辜恩，不忍不宴，间关归国。背邻不信，逃归不武，弃孥不义。不义不昵，人孰与之？天未绝晋，献无异亲，适文公自楚来归，吾又将不遑安处矣，乃者庐柳屯公宫火，穆公心悸焉，幸而获济君之灵也，其敢自为功？

昔我先世，以犬戎之难，没于王事。平王东迁，襄公以兵护卫，用至郏鄏。太叔之乱，使左鄢父来告，亦使简师父告于晋，穆公感泣誓众，待文公于河上。公不念六月之赋，佐天子以定王国，乃听命卜筮，凯觎天泽，遂辞我师而独启南阳。夫遇难致命，我则行之，成功受赏，我则逃之，侯国之义也。吾置晋君何为？苟奖王室以纾吾忧，吾又奚求？

郑无礼于晋，穆公畏君之威，军氾南以为之援，贰而伐之，服而舍之，留杞子卒戍而还。亦欲以觉悟文公，俾辑睦其兄弟，不然，族桓庄之后嗣，斩虞虢之宗盟，余何害焉？郑为不道，以怨报德，逐我戍兵，我是以命群帅问诸郑。会杞子溃围出，知滑人实闲之，谓我将潜师北门，会猎原圃。我是以释郑而移师于滑，以惩谗慝。闻诸道路，文公即世，邮召群帅，毋及晋郊，以惊其丧而弱其孤。二三子陷君于恶，衰绖从戎，截我归路，俘我将帅，我是以有彭衙之役。穆公痛殽尸之未封，济河决战，茅津致死，师老于曲，主制于宾，晋用不敢抗御。

穆、襄即世，康、灵即位。灵公我之自出，其为太子也，无大失德。晋大夫改蒐易帅，舍君求君。我康公系惟穆公之事是为，冀晋得长君以镇抚其社稷，是以送子雍归国。中道翻覆，厄我令狐，迫我刭首，我是以有河曲之役。

康公无禄，共公嗣位。晋乘其初立，扰我同盟。崇小而孱，与我接壤，以事我为崇罪，帅大师侵之。已则无礼，而讨于有礼者之行礼，我是以有围焦之役。

且夫主盟者固将纠合诸侯，驱戎狄，安中夏是为？白狄君之昏姻，非我族类也。成公弃同即异，轹兄弟之国，溃中外之防，是犯先王之教也。

寡人忝服二十七年，集疆埸以待命，终景之世，不闻辱一介光辅秦国。君之嗣也，以好会命余，闻君先至令狐使史颗请命，君又不祥不辱举玉趾，仅以郤大夫来盟，始之不从，焉能质信？

今合九国之师，深涉吾地，吾度德量力，其犹足以辱师。惟惧君弱龄嗣位，德泽未洽，外患方殷，内忧浸起，重贻寡人虑。君若念累世之树德，捐近世之小嫌，绥辑诸侯以退，则寡人之愿也，岂敢以至？君若不施大惠，惟力是逞，惟饰词是修，以致吾罪，西人劲直，不能文，惟有战耳。

答贺耦庚观察书

李象鹍

昨诵复缄，过蒙奖借，愧甚。书中以水利差徭为此间切要近事，足见阁下之积愿，无远弗照。水利一节，大是远图，在敝郡或非急务，山多而峻，平地亦高，三日一雨不涝，五日不雨则旱，其近水之产值百倍旱田。就中引渠灌溉，阖村蒙利，此明验也。然此无待官修者也。若于平原广野，凿为池塘，土燥而松，朝注夕裂，若使民自为修，其因利乘便者，破家荡产而为之，常不可禁，抑何待劝？否则，刀锯加颈，亦不肯为，劝亦何益？若官代为修，縻费甚巨，为之不即成，成而不免渗漏，安能以无数钱粮作此幸举？

窃谓今日之势，害不能尽去，利亦不敢骤兴，其不敢骤兴者，水利是也，其不能尽去者，徭役是也。不闻调济，只引成案，派差者所以无顾忌也。不权贫富，惟分士民，应差者所以不均平也。若州县官平日殷勤开导，诚足以感。整齐严毅，威足以慑，使绅衿无抗粮健讼之风，已是大幸。免差其分内事，夫复何言？是故应差之人不必力能办差之人，而控差之人不必分宜应差之人，况宣郡情形，又与关南异。关南之差，民困而官不困，宣郡之差，官民两困。民困于差而官无羡余，官困于差而民少津贴也。官最苦驼差，岁累数千金至万余金不等。然则欲苏民困，莫如均徭赋。徭赋均而绅衿失其所恃，则州县之权尊。州县不敢显背夫章程，则吏治肃而士习亦端矣。然此岂太守所得为哉？又岂某所敢言哉？至于勤明廉干之说，勤之一字差可自问，廉亦未能裁革常规，但此外介介耳，所称明干，当之实难。若欲现身说法，絜长较短，某自顾未知何等，遑作月旦之评？以愚意度之，直隶官方较难整饬，需才之地太多，见才之门不一，其中可以集事而断非拘谨者所能为，亦必以立贤无方之说广为收揽矣。

宣郡数月来士气大作，读书子既感其饮食教诲之恩，二三好讼同时敛戢，惭与畏俱。现在文庙坍损，而考棚桌凳向时以土累成，某乘此机会倡捐修理，或亦维持风化之一端，更望教以所不逮。伏惟鉴之。

止邑漕加价上当事书　　李象鹍

长邑漕务，自丛任内经先大夫商之众绅，革除情米每石加银一两，以资办公，其后逐年递加至一两七钱，官民相约永不更张。及谢澧州在邑借采买以求益，一时奉柬会议之人，观望者半，趋附者半，遂令杯酒之欢，俄顷间猝加八钱，先大夫弗善也，而亦不能禁。谢去而后人援以为式，此见在津贴二两五钱之原委也。

近闻邑侯以硝磺毁于火，议于漕务另加三钱六分，邑侯廉介勤明，足餍人望，当不至别生事端，而害于民以益于官，窃为良有司惜。顷过省垣，为邑侯历言之。一则以谢令卓有能声，而于漕务议加，至今齿冷，即伊自澧赴省，每言前事，辄疚于厥心，至有自我作俑之憾。一则以邑侯世好旧交，其弟登之子鹤咸善视我，若知而不言，负此良友。一则以某在邑中，自诸生来历四十余年，用一绥二，恩沛自朝廷，累万盈千，惠分于族党，是以居家知官之苦，履任知民之艰。今就所加之数于某但增四十金耳，岂有挈重资不甚惜而惜数十金以开罪于县令者哉？赖邑侯闻善而拜，告过而喜，深知爱人以德之义，翻然改图。惟历今旬日，是否仍旧或竟议加，外间未闻定局，将毋邑侯善其言而不能割爱邪？抑一时迫于义，俟进言者一去，复受人怂恿邪？益于官者无过数千金，害于民者大且久，如之何其可？然而有为某难者，谓好官宜佽助也，谓修仓增加不成式也，谓登郎胡诸任交案有亏，力不能接，例不能揭，思所以弥补也，则请为分晰言之。

邑侯声誉超轶群伦，将来由守牧而司道，功名事业正未可量，众绅若爱好官，当保全官之令名。且邑中如常如郑如周如余如寄籍之黄，皆非不足于财者，如肯解囊，自堪集腋。某不敏，曷敢后？而必牵引穷檐小户，以佐吾辈之纳交，非计也。谓十六年修理仓廒，每石加银一钱七分，次年裁汰已有明征，不知邑侯在任能发能收，一人之身耳，今能保邑侯之不升迁乎？邑侯之升犹谢之升，谚所谓“一年情，下年例”也。若前任亏缺，某不必知亦非某所应言，如果代人受累，当事自有权衡，取百姓之膏血注前任之漏卮，亦诸君子所不忍也。

某瞻依桑梓，拜谒松楸，义不及公事，而适闻横征之弊，偏于良有司发其端。且来自姑苏，元和之漕岁累五万，自十三年后三次各减二钱，一次减一钱。武进折钱五千二百文，十六年减一千，十七年又减四百。常熟白规至万有八千。吴江震泽有取一石只加一斗五升者。当涂地丁八万两，每征银起解，按一两赔一钱七分。以某所闻证之所见，固不能不怦然动、恻然伤。

宣诸言以请命也，惟诸君子鉴之。

答欧阳山长书

周树槐

十月十七日树槐顿首坦斋先生：

名山坛席，才俊满前，索居之人远辱书问，藻饰逾分，感与愧俱。承示尊作《家庙记》墨刻，又以《泉山墓表》属书其后，树槐虽不文，曷敢辞！树槐始就外傅，离经之暇从受古文词，则闻尊文忠公名与昌黎并，欲知公家世本末，则已能诵其《泷冈阡表》。为县于吉水，适迩公故里，考所谓泷冈者，方崇公卜吉，及太夫人始祔时，地在县境，祔之明年，至和元年，始割吉水之报恩镇，置永丰县。至立表时，沙溪改隶永丰十余年矣。尝以会勘过沙溪，信宿泷冈书院，拜文忠公木主。诸生导入西阳宫，泷冈之表岿然宫内，碑侧余石多宋以来名人题刻，因念幼而知诵其文，今乃得手摹其碑，徘徊碑下，喟然兴感。

谁无父母？而崇公及太夫人之德昭示无极，以有文忠公之文也。今之求为父母铭志者，必得显者为光宠，虽有文如韩、欧足传于后世，而其官不足以称，求者不屑也。苟其官之足以震耀一时，则不复问其能文与否，彼显者亦知其所重在彼，其文率假手门下依草附木之辈贸贸然为之。方其脱稿时，已如败肉馁鱼之不可近，而为人子者方恃以不朽，其亲亦可哀已。文章之盛，莫盛于文忠之时。近世号八家者，宋得六焉。若王氏、曾氏、三苏氏与文忠生并世又皆从公游，公欲为显亲计，惟所諈诿，得一人皆足以不朽。推公显亲之心，不必其出于己也明矣。然曾谏议之碑、苏文安之志，皆公为之，而泷冈之表，公一不以他属，后之读其表者，亦以为使五家为之不能有加于此。文忠之严其亲之终重其所托如此，文忠之心有千古笃于自信如此。

今先生所遭所称道先德与文忠略同，告养十余年，安祔事终汲汲焉图其不朽，先生之心，文忠之心也，先生其亦有以自信邪？

同时并未有如王、曾、三苏氏之可托者邪？若然，则文忠之事，先生虽不欲自任之，乌得不自任之也？抑树槐尝检文忠外集有《先君墓表》，盖作于留守南京丁太夫人忧，明年奉丧归袝时，即《泷冈表》之初稿。当时既已作之传之，迟之又十余年，晚乃益加删泽，然后其文裴然，豪发无憾，文忠之嗜学晚而益进，显亲之志老而不衰又如此。先生此表迟回不即刻石，先生亦犹有不自慊者邪？然则今所示者，犹是先生之初稿？树槐终将援泷冈题刻之例，愿假碑侧方寸之石附名其上。敢问先生此表何时遂成之？请执笔以俟，所欲商榷，一一具别牍。

狂率不罪，树槐再拜。

与永丰令论闭籴书

周树槐

树槐顿首：

下车之始，竞传新政，河泽九里，亦邻邑之望也。曩辱虚怀下询，久未有以报，今闻足下创为米禁，严拘舟子，责以环保，载米出境者罪之。丁江接壤敝邑，逻者如云，绝流而守，足下躬至江干，大申约束，蒙也惑之。南昌以下灾亦重矣，会城地大人众，就食者日不绝于道，赣、吉之米方舟而下犹不足救济，大府轸念民瘼，方奏停关税以来远商，分遣多官赍持库金，乞籴邻省。永丰在邦域之中，而足下坐拥贱米自丰，省商已籴之米悉闭不出，怨声讹言，腾于远近。会城来者言自大府已下皆怒足下，闻有以告足下者，足下毅然不为动，持之益坚。足下不屈于势可也，不察于理不可也。

谷之在天下，犹血之在人身也。商者气之行血者也，气壅血滞，于是有撄而为瘿、历而为痨，其不到者为偏枯。以天下之谷养天下之人，丰不见多，歉不见少，流而不忧其竭，故古之戒遏籴者，非独救灾分患，亦物之理然也，且自封建之世已然，况郡县一统者乎？足下若私其县，民将各私其村，村之不均，有食浮于人，有人浮于食。吉荒城也，米无肆，日仰给乡米。仆至之明年，春米之来忽少，数日价腾贵，适阅受民词，有乡人请禁远粜者，仆曰：此奸民也。立械以徇，米大至，即日价平。行乡至一村，以乏食告，问之邻村，谷多不得粜，仆躬往诘让，皆曰：甚欲之，为村人阻。嚣嚣焉，始禁远贩，其后虽近村而亦不可，曰：留食本村，实无一钱以粜。逮其魁，余皆窜伏，遍谕各村皆解。此仆数年前已试者。

永丰地相错，俗相近，假而有此，不审足下何以处之，岂当身帅先之也，足下诚私其县乎？孟子曰：圣人治天下，使有菽粟如水火。其在今日，必也使银如菽粟，何也？古之取民以粟，粟足则民富而国亦富，今之取民大都以银，银荒则民困而官亦困。国初天下始平，远僻之县，商贾未通，年丰而谷无所渫，谷益贱银益贵，一两之供至或费六石之粜而尚不可得，积逋不可胜计。有司日以笞棰从事，然而坐被议者相属也。其时志古之士，任源祥、顾炎武之徒欲为民请命者，未尝不疾首于唐之两税、明之一条鞭，皆欲变其取民之制以复于古，若岌岌不可以终日。然自国初逮今，百有八十年，民相安于输银，虽欲使复于古之布缕、粟米、力役，唐之租庸调而民不愿者，银虽非其有，恃有谷焉，坐而致之，虽贵有以敌之而赋不觉其重，则通商之效也。今欲节谷之流而适以塞银之源，非计之得也。

足下即不为催科计，得不为抚字计？人之言曰：谷贱伤农，谷贵伤贫民。今仓谷以常平为名，其实有减价之粜而无增价之粜，意主恤贫民，农之伤未有过而问者。愚以农者天下之大命，农伤则无不伤也。农有三：有田而耕之者农也。不耕而以田佣人者富民也，亦农也。佣田以耕者农也，即贫民也。彼质金而受田，田之获输其十之四而私其六，计其口食工直、牛种器用之需，粪田之费，质金称贷之息，较其耕之所得与粜而得者，相去盖无几耳。而谷甚贱或几于过之，由是罄其所得不足以更费，而水旱之灾不与焉，故贫民有以农而益贫者矣。若夫贫民之不农者，谷虽甚贱，不可得食也。率仰食富民与有田之民，谷贵则有田者富，富者益富，富以兴事，必有所资其力。即富以养，欲必有所给其求，则其缘而食焉者亦众矣。使富民以谷贱无余财，而有田者或不免于贫，必不能以时诎举赢，则其得缘而食焉者或寡矣。是故谷愈贱则贫民愈窘。

今足下为丰人谋至于闭粜，鳃鳃焉惟恐谷之贱而或贵也，又仆所未喻也。惟足下本重农贵谷之意，考古今之变，察物之理，毋私其县而忘其害，下以广丰人之利，上以分大府之忧，而不徒以强介自喜，则于仆所陈，或不以其尽言也而罪之。树槐再拜。

答李子云论盐法书

周树槐

树槐顿首：

远辱记存，故人无恙。足下讲求盐法，博采时议，将审厥衷。寄示曹黄门《盐法论》、孙阁督《盐法隅说》、郑方伯《更盐法议》、包慎伯《淮盐三策》，使仆悉究其利病。仆尝著《盐法论》，孙、郑二公之议有所是正，请就黄门、慎伯二篇率臆缕陈，惟足下择焉。

黄门当乾隆初盐法未甚敝之时，故以近制计口定引，征课于商，商粜之灶，粜之民，为良法。独以私盐之行，缘灶有余盐，莫为收之而徒禁之，则民不服。议使灶具数告买，官给价如商之粜，而仿刘晏为常平盐。远盐之地，设仓置守如积谷法，遇岁霖潦，盐或不登，商乏盐贵，则运司减价粜之，以利民且以裕国。愚以黄门之议，收之犹贤于徒禁之尔，然黄门亦知夫商粜官收之价不如其私售之价也，故曰：岂惟收之，仍将禁之，则愚以收之必不能尽，将禁之必不能止也。且使收之而尽，固不当以为常平灶之余盐，吾不知其有几也。以国家重熙累洽，食盐之民当不啻倍于计口定引之初，然而引常苦滞，则私之行可知也，则盐之余可知也。且盐余岁之常，霖潦盐不登，商乏而贵者事之偶。岁岁收之，一岁粜之，吾见盐之露积也。岁岁收之，岁岁粜之，是官与商争也。所为禁私者，岂为其病民哉？为其病商也。官粜私贩，其于商也奚以异？虽远盐之地，亦商之引地也，使商得借口引滞课逋，国何利之有焉？昔之与商争利者谓商私也，今商亦官也，官与官争，孰与增引？欲为常平，盍亦反其本？诚变今之法使盐如谷，则愚以常平之积盐愈于积谷，谷随地有，盐非随地有也。刘晏之为此也，鬻之商人官也，粜之常平亦官也，无运商也，无引地也。奈何欲以今之法行之？

慎伯以缉私为下策，是也。民苦之，官苦之，虽商亦苦之，虽谓之无策可也。其中策二，仆取一焉。稽察火伏未必足以清私之源，烙验官船量其所胜，载以九分为率，以杜商私船私有余矣。虽然，杜之必有以恤之，多其载，革其浮费，速其回空，恤船也至矣。商不得船以裒私，又灶之余盐责以尽收，则勒之增引而已，即商不告乏，其浮费无偿，一取偿于盐。若枭私遂绝，则盐贵病民不绝，则引滞而利独归枭矣。且今孰不知商之借引行私也哉？诚未有以恤之也。若其上策裁撤盐官，留运司主钱粮，场大使管灶户，不立商垣，不分畛域，均课于盐斤若干，商贩各自其州县请照籴于场，计盐输课，州县给照则以报运司，以谓如此则场官不能干没，盐课必倍入，盐价必半减，盐照以资州县，又以溢课普增京官养廉，外官繁费。愚谓盐禁既开，转鬻同于百货，远盐者不必能自达于场，则请照不必遍州县也。课犹是，请照于州县，不徒请也，验照于场，何必不然？则盐价无半减也，运司恃以察场官者，州县给照之报也。有如照一而籴二，或无照而籴，彼场官将固拒之邪？抑阴利之也。场官诚不为此，商与灶为之，彼场官能尽察之邪？抑犹未能也。如此得无亏课幸矣。而慎伯决其倍入，将取以供他费，又仆所未喻也。

抑愚观诸家之议，大都以溢课为言，愚谓天地生财有数，国家经费有常，计口食盐，则日见其多，计财养人，则日见其少。见定之课，断不能议减，断不可求增。附呈盐法论议二篇，庶备采择之一。树槐再拜。

上齐观察论巡盐书

周树槐

月日具官周树槐再拜上观察阁下：

伏承公牒下县，准峡江县议，令具兵役七十人按旬定期会哨，取峡江结状申报者。窃以峡江龙母设卡，有专官，有专兵，有专费专职堵缉，为下游保障，今以私盐之有漏，议使吉水逐旬下哨，兴事委责，罔上病邻，树槐请得以书陈之。

夫州县百责之丛，固不能屏他事以治一事，况于事无补者乎？县各有封，固不能舍己而耘人，况于人无益者乎？粤私之入吉水，盖有两涂：陆路自兴国历泰和、庐陵界入县东南，节经缉获私枭论报，获盐不获人，及盐少由县论结者多有，惟山径丛杂，常恐未能屏绝。水路越芙蓉门卡，经泰和、庐陵至大小洲入境，下至峡江百有十里。河道既长，而县营额设兵役无多，是以水陆两路历系轮值分巡。今使县营置陆路不问，并力巡江，亦当从上游庐、吉之交悉心拒守，人有备盗者，盗之来无入门焉。曰吾将索之后户，则以其室委盗已矣。今之会哨，何以异此？且定期数日之前，届期虽明知江干无私，只得赴约，往返数日之久，其时虽风闻陆路有私，又不遑兼顾，则何如仍旧分巡之为得也。然峡江不为吉水计也，窃以峡江之为计，巧于卸过，拙于为盐。芙蓉门置卡矣，龙母再置者，赣江至龙母两山夹之，天设险隘，便于守御。由龙母而上，江面阔七八里不等，倾卡兵上哨不过数舟，数里之江，非数舟所塞，方其逆挽而上，遥见枭舟扬帆径下，乱流追截，势必不相及，而卡兵既出，反无以御。是乃自撤其守，纵之过险。窃以龙母地形宜守不宜巡，而峡江兵力，以守则有余，以巡则不足，若徒以累吉水，何为者邪？方今缉私之费，一取诸盐，论者以为适益盐之贵而厚私之利，如峡江议，县城至峡江九十里，县兵不足，由吉安营益兵以往，百有三十里，往返动四五日，一旬之内而有四五日，兵役七十人在江，僦舟具食，为费不赀，县款既无可筹，捐廉亦难为继。得无上廑宪虑，伏冀兼听并观，急寝前命，县营幸甚！

若夫盐法之敝，匪止一端，正本清源，当必有道，非阁下职事所及，固不敢以闻也。树槐再拜。

与河东道论盐务书

魏瀚　原名焯

夏间省垣晋谒，仰见大人德度渊深，包涵众有，旅退之余，已为河东一路商民额首称庆。维时瀚于俦人广众中有怀欲陈而未得闲，又恐以未及而言，贻愆躁妄，缄默而退，非敢隐也。辱承赐书，猥推襟于桑梓，复听诵于刍荛，谦德雅怀，万逾恒品。如再结舌茹词，便私藏拙，不思就正于先生长者之前，此所谓驽骀伏枥，望鞭却步者也。

昔岁摄官安邑，其于鹾政非所专司，而旁睨情形，颇悉弊源所在。夫包商与私贩，俱为盐务大弊端，而去包商易，去私贩难，盖包商未有不私贩而私贩不必尽包商，包商多则私贩愈盛，私贩除则包商自革。河东盐浮于引，商人仅销额引则为利甚微，而不足于营私必至于亏公，故虽正商、总商未有不私贩者。闻私贩所费，亦几埒于正供，而商人甘心冒法网而断不肯加一引者。陶唐遗民思深虑远，诚恐一岁盐池歉收，则必于别省配引运纲，往返脚经，约及百倍，积数十年而倾于一朝，故弗为也。又以盐井既开，论者谓地力渐竭，国帑一增不可复改，以渐竭之地力供永增之国课，常额不充，赔累无极，将来逃亡流徙，势所必至，故尤弗为也。因是二者而私贩之弊至于不可除，凡环池十一村户口皆贩夫也，运城五十六家商人皆贩主也，安、夏、平及河南接壤州县人民皆贩客也，各衙门家丁书役皆贩翼也。横推禁墙，大车以载，轮蹄之声，闻于十余里，终夕之燎不下千余炬，甚至持竿护卫，官不敢呵。别村凶徒艳其利者，往往攘臂而争，汹汹斗很，不恤糜躯，盖至于十四五年间而势已极矣。

少山先生下车之始，慨然欲革其弊，而孤掌难鸣，坐视燎原而莫救，尝谓瀚曰：吾始至是，众人观望徘徊，莫敢先动，自地主首发难端，而日甚一日，将若之何？适瀚奉檄摄邑务，出会垣，同僚晓事者交诫以盐池弊端积重难返，苟能洁己自好，处脂不润，已属上策，其他可勿与知。如或逞其臆见，众怒难回，将成奇变。比闻舆论，私心亦窃以为然。至谒见少山先生，首以查禁私贩相委，瀚心知其难，未敢遽任，属有知己之言，因感激发愤，思欲力挽颓波，而心事孤危，将伯无助，我之肘腋，皆人之耳目，我之羽翼，即人之心腹。隐忍六旬，当机一发，身探虎穴，幸而获济，半年之内，宵小莫敢窃发，积载宿弊划然而止，此皆少山先生教诲鼓舞之功，岂瀚庸懦下才所能奏效哉？然而瀚自是为怨府矣，何者？商人之额引，其盐不足以供民之食，其利不足以当私销之半价则怨。环池而居者，每岁居奇视为常业，一旦货弃于地，力不出于身，数万穷黎糊口无资则又怨。自东都镇、茅津渡以至于陕州客店，巡役皆有常规，忽而裁减则又怨。各衙门吏役窥伺官府之消息，捍御他族之觊觎，以能之大小为俸之厚薄，乃既夺其利，而又迫之与夙昔声应气求者为难则又怨。然而众怨可任也，一己之成见不可执也。前事勿忘也，后日之深患尤当虑也。

盖盐禁之难，莫难于禁私贩，而尤莫难于私贩之不可禁。夫谓私贩为病国、病商、病民者，皆肤论也。河东之私贩，有利于国，有利于商，有利于民，而独不利于官。何言之？私盐可以畅销而于额引不滞，则总散诸商，俱获厚利矣。商人获利既重，则岁课莫不踊跃输将矣。贫民食力有所，则环池居民皆有生涯矣。至于失察私枭，则官受其处分，利所在必争，众所集必斗，聚不可纪极之穷民，争取之不竭之重利，呼吸之间，动成巨患，皆地方有司之责，其能当重咎乎？故官不私其利则禁之可也，民不能弃其利则禁之不可矣。盖河东第销额引，则盐池岁多积盐，一岁之积可计也，岁岁之积不可计也，可弃之于无用乎？池南之民，一启户则重宝耀目，使其忍饥号寒而坐视不敢染指，可壅之而不溃乎？晋民重利，商人尤析其锱铢，怵之以法，使奉公可也，禁之以势，使不便其私不可也。众谤交集，势倾山岳，而揆之情理，即商人亦有不得不出于私贩者，可控之而不骋乎？

故昔年之禁私贩，以势极祸迫，民不知有专司，不得不为中流之砥柱。如以为经久之长策，非惟庸儒如瀚不能，即大才桀桀如少山先生亦不能也。然则纵之则有立至之忧，禁之亦非不易之计，故治河东之盐无全策，于无全策之中而补偏救弊，一张一弛，操纵惟我，此则惟大人深思远谋，凛驭朽之民岩，法张弓之天道，不竞不絿，惟怀永图，则商民仰戴，福星永永无极矣。瀚管窥眇论，知无与于清听，而不敢不毕其词者，以乡党后生于乡先生前，义不得有所隐也。

答王蓝江论磊石古迹书

周嘉缃

得来书，知兄以庙中工作留滞重湖，暇日复以编辑《磊石山志》为事，剧费心神，而仆以砚耕依人，新病初起，未获叨陪襄事，愧与感并。

承谕以磊石古迹相商，具见审慎。近日郡邑莫不有志，而善本恒少，或苦于见闻之不博而挂漏贻讥，或病于考据之失真而附会致诮，诚如昔人所谓作史之难，莫难于志欤？至若古迹之志，则非特志地也，志其人也。盖以先古之所寄托，时代之所流传，虽世远物故，而创之必有其人，记之必有其时，名之必在其地。怀古之士，抚卷流览，辄心向往焉。仆家居与磊石接壤，又博极载籍异同，颇好出管见以相为辨，兹检旧箧中仅有《磊石山青草湖考》二篇，闻命后又成《磊石山怀古》七言律诗六章，所述古迹六人，俱遵来书之旨，取其实在系于本山，因并旁搜参互，各为论次。为记者一，为辨者一，为议、为书后、为论、为说者各一，共文八篇、诗六首录呈行台，以备采择。

夫以磊石山一隅之地，而上古则有轩皇，中古则有罗侯，三代则有三闾大夫，逮唐、宋、明、元，则又有柳秀才、岳少保、刘先生若而人，地不以人重欤？特以僻处湖滨，村夫俗子恒习焉而不察，即间有骚人迁客偶尔登临，未尝不望古凭吊，而一时感激，境过辄忘，谁复于荒烟蔓草中摩挲胜迹？又以旧为营寨，洊经兵戍蹂躏，断碣鲜存，迄今过此山者访黄帝陟方之区，问湘君随刊之烈，求屈子宴游之所，虽文人学士犹且病于文献之无征，惟胜国刘文成凿脉之处，故老或有能言之者。即岳忠武侯屯营旧地，今已讹传为棋盘峰、祭风台，设更数十百年，畴复有以传信，仅有柳侯灵迹，里党竞相诵述，然试以疑义叩之，皆茫然无以应也。然则兹志之成，谓非不朽之明验哉？第六人之以迹传者，惟洞庭神庙，近亦浸就凋敝。溯自乾隆四十六年，仆为请诸大吏始谋修复，今且阅十有余载，幸赖与湘城好义之士，经营积累以蒇厥巨功，而涉暑冒霜，独肩其任，则固兄之大有造于兹山也。

方今圣世昌明，治登隆古，正百废具兴之时。更得兹志一出，而好古之士当必有闻风而兴起者。行见庙工告成之后，而诸迹皆可徐图兴复，吾兄尚将珥笔以俟，庶几书之名山以传诸其人也。山灵幸甚，里党幸甚！

湖陬朔风正寒，眠食亦宜自慎。伏惟珍重不宣。

周芸轩立妾答

何钰麟

周子芸轩嫡室没，欲立其妾为正，访于何子，何子曰：不可。聘则为妻，奔则为妾，妻妾之间，名分凛然。《春秋》，正名分之书，非夫人不书。隐公元年，宰咺来归惠公、仲子之赗，故讥之。《风》有《绿衣》，《雅》有《白华》，著乱之阶也。子夏序《燕燕》之诗，所以特表之曰送归妾也，亦《春秋》正名分之义也。齐桓公霸者也，葵丘之会，初命曰：无以妾为妻。嫡庶之间，盖綦严哉！昔司马子期欲立其妾为内子，访于左史倚相，左史倚相以为违道，止之。今子之意，非独是司马子期之意乎？吾亦以为与其行不如已。《公羊传》曰：夫已多乎道。

又按：《春秋传》哀二十四年欲立公子荆之母为夫人，使宗人衅夏献其礼，衅夏曰：周公及武公娶乎薛，孝惠娶乎商，自桓以下娶乎齐，此礼也，则有之。若以妾为夫人，则固无其礼也。夫非礼之举，君且不能得之于臣，而况士庶乎？故君子制事，必以礼为断。

致李松甫太翁书

黄本骥

松甫太夫子阁下：

骥自为童子时，于陶季寿姻丈处得读《韦庐钞稿》，其时虽不知诗，然已心识其境之超、味之澹，非近人集中所有。及春湖夫子视学湘中，得以弟子员杂试于席棚铺舍间，擢置优等，录入门墙。窃冀安舆就养时，或能搴帷一谒，少慰夙昔之思。及集读浮湘，骥以授徒外出，此愿遂不及偿。然韦庐诗初集、二集经夫子手授者，藏之行箧，未尝一日废也。此后以远方后学，不敢辄以所业文字妄自邮致，故私淑虽殷而尺素未达者，近二十年矣。

昨岁家弟本龄自粤归，蒙以续刊各集见赐，尤觉般倕之门，不遗寸朽。本年夏秋间，又于家云滁季父手谕中屡致谆念，并有议修见招之说。窃念骥一介寒士，伏处湘中，行年四十有六，而名誉无成，然乃自少至长，所至辄为大人长者辱收奖进，既荣之以人伦之鉴，又任之以翰墨之责，如曾宾谷、翁凤西、唐陶山诸先生，既得见而师事之矣，若太夫子则犹未及一见也。不识何人谬为陈说，得使疲骥之名亦入孙阳之耳，此则骥之且幸且惭而不能自解者耳。

骥少与先兄本骐同事笔砚，同乡文字之好，季寿姻丈、云涛龚君外，不过数人。先兄中年下世，所遗有《三十六湾草庐诗草》十卷，《词草》一卷，为平生心血所在，颇有直到古人处。暂以力薄，不及刊行。季寿木拱，云涛草宿，皆遗著无闻，恐就湮没，不知惜才伤逝之余，尚有所收辑否？骥壬午秋客关中，为陶山先生编订文集，本年客五筸，为蒋春岩观察校刊《书》《礼》《春秋》各经，自信校雠参订，颇有微长。至诗古文辞，虽性所笃好，而存者近鲜。近编《三长物斋诗文稿》各二册，敝帚之享，仅此而已。力既不能付刊，又复懒于录副，故无以为就正之资。惟《痴学》八卷及先兄所著《贤母录》四卷，见已付刊，俟刊竣即寄呈也。

前得季父家谕，时方就春崖观察之馆，宾主三年，情逾骨肉，虽欲赴粤应招，而去旧趋新，谊有不可恝。今七月初观察弃世，经纪丧事后，趋谒之缘似将可遂。顾念家慈老病日增，门闾望切，家无代养之丁，势难绝裾以出，请谒缘慳，弥深怅惘。夫以不能一日安处之身，而值万难外出之境，辱荷远招，徒呼负负。故敢敬陈下悃，伏乞鉴原。俟家慈稍健，可以远行，不必寄致关聘，亦不必拘议脩金，湘漓伊迩，定当荷笈登庭。有可稍效心力者，无不勉竭微长，借副询注。而巴人下里，亦得以效韦高唱，执策自挞，或不终于驽钝。至聆绪论而接风采，得以偿童年仰慕之愿，犹其余幸也。

谨具寸笺，恭候颐履安和。冒渎之愆，并乞宥鉴。本骥顿首。

湖南文征　卷九十九

书八

与人论春秋书

张学尹

承询《春秋》之义，蒙治此经有年矣，谨述所闻，惟吾子自择焉。

《春秋》有笔有削，二百四十二年之事，而所笔仅一千七百余条，或条纪一事，或数条纪一事，或数十条纪一事，通计不过数百事，则所削者多矣。今其所削虽不可尽知，而就《传》考之，大约其类有五：暧昧不明则削之，荒诞不经则削之，无关劝惩则削之，传失其真则削之，有名无实则削之。暧昧不明，若《传》所载诸淫媟之事是也。经严男女之别，而“淫通烝报”四字不见于经。荒诞不经，若《传》所载诸神怪之事是也，经纪灾异甚详，而如神降于莘、谍苏于绛之类，皆屏绝不录。无关劝惩，若《传》所载凡诸猥琐之事是也，有以为非公命不书者，非也。定、哀之世，事事皆非公命而未尝不书。或谓常事不书，不知常事而有关劝惩者未尝不书。传失其真，若鲁隐、桓、闵三公之薨而《传》皆以为弑，鲁子般、郑伯髡顽、楚子麇之卒，经皆书卒而《传》皆以为弑。又若晋厉、宋昭，经皆书弑，而不得其贼则悬案以待征，盖慎之也。而《传》以为栾书、荀偃弑晋厉，宋襄夫人弑宋昭，然则作传者之所闻所见，翻能确于圣人所闻所见乎？又若赵盾弑君，许止弑君，陈乞弑君，经皆大书特书，而《传》皆以为不弑。若此之类，诬罔违经，虽其见于周秦诸子书者往往与《传》合，要之皆当时传闻之讹耳。惟圣人为能考信，故削其讹而传其信也。有名无实，若吴楚僭号、桓文锡命是也。王者有天下之号，吴楚未尝有天下而僭王，虚号也，实则子爵也，故削其虚而纪其实。齐桓既盟于召陵，晋文既捷于城濮，固已攫其大权以去矣，当时即不命之为侯伯，亦不能禁其不自为侯伯也，因而锡之命虚文也，故锡命不书。而召陵、葵丘、河阳、城濮则书之，亦削其虚而纪其实也。

《春秋》无例。例皆传说，非经义也，诸儒互相纠驳，盖亦明知其非经义也。然而诸家各自为例，视传例变本而加厉，何也？借例为说，乃得各逞其意见而文饰其私也。殊不知一设为例，则其势必有所穷，而物情万变，必不可穷，圣经随物肖形，惟变所适，尤不可执一例以穷，例有所穷则必为变例，例而变则进退出入无所不可，此朱子所谓猾吏舞文之技耳，而何以说经？子曰：从心所欲不逾矩。矩者天之则也，因物赋形。例者人所设也，先物设形。夫先物设形而能适肖其物之形者鲜矣，就令肖焉，亦可偶而不可常耳，故必尽去例说而经义乃明。

《春秋》无讳。《公》《穀》为亲者讳，为尊者讳，犹可言也，乃至为贤者讳，夫贤者之过，如日月之食，又焉讳？讳之者，文之也，惟小人过必文耳，焉有贤者而讳过乎？乃至为中国讳，夫圣人之心如天地，岂有中外之限？为中国讳，何其见之小也？且夫自有中国，其间是非善恶，得失成败，判然如黑白之在人耳目，又乌得而讳之？乃至为齐桓讳，为晋文讳，甚至为宋襄讳、为齐襄讳，则《春秋》一讳恶之书耳，而何以为《春秋》？尝考上古无讳，二典、三谟无“讳”字，无若丹朱傲，禹不为尧之子讳，嚚讼，可乎？尧不为其子讳。今失厥道，乱其纪纲。五子不为太康讳，周人以讳祀神，乃以谥易名，然谥有幽厉，讳其名不讳其恶也。谥必称天，虽孝子慈孙不能为君父讳其恶，以天固不可欺也。岂惟天不可欺？夫恶之实播于人间，天下人共见之，虽欲掩之而不可得也。《左传》云讳国恶，礼也，与《公》《穀》为尊亲讳同意，而诸儒主之。今考其文，若内奔书孙内，杀公子书刺，灭国书取，逊其辞未尝讳其事。若会于稷以成宋乱，取郜大鼎于宋，会伐卫，齐人来归卫宝，夫人姜氏薨于夷，齐人以归，皆逆天巨恶。又若僭郊逆祀不视朔，观鱼、观社、筑囿、筑台之非礼，及征伐会盟之无王，税亩、丘甲、田赋、作军、毁军之非制，陵虐侵小之贪暴，事齐、事晋、事楚、事吴之卑辱，甚至夫人会齐侯享齐侯如齐师之无耻，恶无巨细，毕书于册，恶睹所谓讳国恶哉？自讳国恶之说行，而后世奸佞之臣借此为辞，以献谀贡媚，长君逢君，反訾犯颜直谏之臣为彰君之恶，激怒其君逐之杀之以自趋于败亡，则讳国恶之说之流毒远也。夫圣人宁不欲为君父隐其恶哉？顾所以忧天下来世者深，而不忍以一言之讳启万世无穷之祸，故《春秋》于国恶未尝不直书之，以此为忠则忠之至，以此为恭则恭之至也。说者见不及此而务为之讳，甚至反其道而用之，不为君父讳，偏为乱贼讳。夫君父失道，恶在君父也，既不为之讳，君父见弑，恶在乱贼也，而偏为之讳。其害义伤教，孰甚焉？

《春秋》有是非而无褒贬。是非者天下之公，褒贬者一人之私也。子曰：吾之于人也，谁毁谁誉？此无褒贬之说也。书其是而天下之公是自著，固无所庸其褒。书其非而天下之公非自著，又何所庸其贬？且夫是非之变，千态万状，或大是小非，或小是大非，或非而杂是，或是而杂非，恶可一例为褒贬也？夫化工之造物，何尝物物而雕镂之，正惟不物物而雕镂之，而物乃无遁形。《春秋》化工也，奚以褒贬为哉？然正惟无褒贬而乃擅褒贬之至。

《春秋》有好恶而无赏罚。好恶者天命之性，赏罚者天子之权也。子曰：为下不倍。又曰：虽有其德，苟无其位，不敢作礼乐焉。不敢作礼乐而敢专赏罚乎？《春秋》于桓文未尝赏罚其功罪，亦直书其事而功罪自著耳。岂惟未尝赏罚桓文？凡诸侯大夫之悖理害义，乃至于弑逆大恶亦只直书其事，如州吁无知、里克宁喜之得讨，则书其见杀，华督、赵盾、崔杼辈之无讨，则直书其事以听万世之公论，而夫子未尝自讨之也。

《春秋》谨阙文。子曰：吾犹及史之阙文也。不啻为《春秋》之言也。阙文何关重大，而夫子特揭其义哉？间尝思之，断狱者一时之事，修史者万世之事。断狱者偶有出入之误，少时尚得平反。修史者偶有出入之误，则善人蒙冤，恶人漏网，万世莫得白，故圣人谨之，莫严于乱贼之书。而有时称国以弑，称国人以弑，不指名其贼者，盖不得其贼则姑阙其文以待征焉。然称国以弑，则贼在其国，称国人以弑，则贼在其国人，网虽疏而不漏也。称是以推，凡事介疑似者皆当阙之，后世史官好逞臆断，往往是非倒置，则未知史阙文之义也。

《春秋》有经之阙文，又有成经后钞传讹脱之文。经之原文不可见，今所谓经文，皆从三传中录出耳。尝综而考之，则三子作传之时，固已未见全经矣。夫阙文者，阙其疑也。如甲戌、己丑、郭公、夏五之属，明是讹脱，了无可疑。若是史之原文而夫子因而不革，则何谓笔削哉？此可断为成经以后之讹脱者也。又如春或阙王阙正，年或阙时，事或阙日阙地，薨卒或阙地阙葬。或阙在经前，无凭添补，或阙在经后，不可臆断，而《传》皆为之说，诸儒增之，弥益支离矣。又若子颓之乱，王出入皆不书，子带之乱，王书出不书狄伐。高渠弥弑郑昭，傅瑕弑子仪，纳郑厉，皆不见于经，皆当阙之。阙之则虽不得其义，犹无害于义。子曰：多闻阙疑。不啻为说《春秋》者顶门一针也。

《春秋》不可泥一字生义。若书爵、书人、书名、书字、书公子、书弟，皆非义之所在。又若以书救为善辞，而有时又以为恶。以书遂为恶辞，有时又以为善。以书及为内为志，而又有外为主者，以书会为外为主，而又有内为志者，不知经之纪事恒具首尾，其事每自微而著，自轻而重。或善而变为恶，或功而变为罪，垂戒之意，极其深切著明，要必综全经考之，其义乃见。若季孙专鲁，书季子来归，已具履霜之戒，其后浸盛，浸不可制。又若仲孙、叔孙、臧孙及郑七穆、宋六卿、晋诸卿，齐国高、崔、庆、栾、鲍、田氏辈，其初皆有功德，其后恶积罪大，皆有始终脉络可寻。比事观之而其所以善而变为恶，功而变为罪者，昭若列眉，使后世人君鉴此而知所以驭臣之义，臣鉴此而知所以事君之义，则富贵福泽皆有怵惕危厉之心，是上下相保，维持巩固，此岂戋戋一字褒贬云尔也？又若齐、宋、晋、楚之图霸，迭为强弱，或成霸或不成霸，又若列国之邦交，乍合乍离，及小国之或存或亡，通而考之，其间心之善恶，谋之臧否，事之成败得失，皆足为万古蓍蔡。又若内夫人如文姜、哀姜之昏礼，书之甚详。内女如纪伯姬、叔姬、宋共姬、杞伯姬皆屡书不一，皆有终始可考。其余或一人之终始，或一事之终始，或数百年间累数十余条，少者数十年间、数年间累十数条，甚者一年之间数月之内，连书十余条，首尾甚明，有不待传说而自明者，其义皆丽于事，凿然可据。说者第弗通考，往往割裂一字一句以求义，说一条更不记有前后条，如桓元年郑伯以璧假许田，《左传》云为周公祊故也，说者皆谓经不书易祊，为国恶讳，而不记隐八年经固已明书“郑伯使宛来归祊。庚寅，我入祊”矣，何讳焉？僖闵之元年不书即位，皆言继故不言即位，而不记隐元年不言即位也。如庄十一年夏，公败宋师于鄑，《左传》云：宋师未陈而薄之，败诸鄑。凡师，敌未陈曰败某师。而不记十年公败齐师于长勺。《传》云：齐人三鼓。刿曰：可矣，遂败齐师。岂齐师未陈而三鼓乎？又如僖二十二年杞子卒，《左传》云：不书名，未同盟也。说者用之，而不记杞、鲁婚姻，自庄二十五年伯姬归于杞，其间伯姬往来，屡见于经。此条书卒不书葬，明杞以姻谊来赴而鲁不会其葬，为薄于姻谊也。然此或事隔数年，或数十年远而忘之。如隐十一年夏，公会郑伯于时来，《左传》云：谋伐许也。秋七月壬午，公及齐侯郑伯入许，二条连书，本一事也，说者曰：书公及自公主之也，盖用《穀梁》及内为志会外为主之说耳，而不记时来书公会矣。岂谋伐许外为主，而入许独内为主乎？文公二年三月及晋处父盟，说者曰及者公也，没公讳与大夫盟，杀耻也。而下条连书公孙敖会宋公、陈侯、郑伯、晋士縠，盟于垂陇，《左传》云：书士縠，堪其事也。士縠独非大夫乎？而得主诸侯之盟也。且齐桓率诸侯及屈完盟，何以不耻而盛称齐桓之功也？然此犹各为一条也。如晋侯执曹伯，执天子之懿亲也。说者曰：伯讨也。晋侯书爵予晋也，而不知曹伯亦书爵，是五字成文而上下不相顾也。僖二十六年公追齐师至酅，弗及，说者曰：寇至而不知，寇去而后追。讥内无儆戒。酅齐地，至酅远也，讥穷追也。弗及，畏而不敢前也，讥怯也。然则缓追讥也，远追又讥也，弗及又讥也，是八字成文而三截不相顾也。庄十八年夏，公追戎于济西，说者曰：不觉其来已去而追，讥无备也。二十六年春，公伐戎。夏，公至自伐戎。说者以为报济西也。庄公国家多阙而劳师于戎，虽能报怨，何益于治？案：此戎近鲁，隐二年会戎于潜，秋盟于唐，桓二年亦盟于唐，盖以德怀之，历二世无嫌衅，至庄十八年乃有济西之役。不言其来，盖戎以潜师袭我，无端造衅，曲在戎也。袭而不能入，则鲁之守备豫也。寇猝至而能追戎，政修也。追止济西，不穷追兵，有节也。戎心豺狼，不痛而去其心不惩，不有以创之，终必为寇。伐戎之役，必不可已者也。伐戎以后，此戎不复见于经，终春秋二百年鲁无戎患，则庄公之力也。春秋无义战，若鲁庄伐戎亦可谓此善于彼矣。说者不通考全经，狃于一字褒贬，横生议论，割裂经文，不成文理，无怪乎心粗气浮者乃目以为断烂朝报也。

《春秋》有特笔。书会多矣，而稷之会特书以成宋乱，澶渊之会特书宋灾故。书灭国多矣，而特书梁亡。书国君出奔多矣，而特书纪侯大去其国。书伐国多矣，而晋阳处父伐楚，特书以救江。书伐国取邑多矣，而公伐莒取向，特书公及齐侯平莒及郯莒人不肯。内大夫出聘书如，外大夫不书卒葬，而公子友如陈特书葬原仲。内杀公子书刺，而刺公子买特书戍卫不卒戍，皆同事以异其文以示义。此类尚多，举此数条，他可隅反也。如书子同生他不书，以鲁十二君仅此一嫡也。书肆大眚不再见，鲁十二公止此一举也。书郑弃其师不他见，列国止此一事也。此类亦不一，而皆特笔立文，不涉褒贬而情见乎辞。

《春秋》有省文。王必称天，而从王伐郑王使荣叔之类不称天，省文也。王者天所命，称王即天也，若必以不称天为贬，则春王正月岂谓贬哉？《尚书》称帝称王皆不称天，岂谓贬哉？《春秋》称天王者，为王道之微，特加天以警觉之，其偶不称天而称王，固亦古今之尊称也，奚贬焉？又诸侯列序，而前目后凡则不序，亦省文也。至三会于扈，诸侯皆不序，则前有阙文耳。长勺之战，不书齐师伐我，以长勺鲁地，书长勺则知鲁为应兵，齐为戎首也。韩之战不书秦师伐晋，以韩晋地，书韩则知为秦伐晋也。郑伯以璧假许田，不书易祊，以先年有归祊入，祊之书也。读经不细而臆为之说，是诬经也。

《春秋》大意尽在《论语·天下有道》一章，礼乐征伐自天子出，言三王之事也。其曰天下有道，自天子言之也。礼乐征伐自诸侯出，言五霸之事也。其曰天下无道，自诸侯言之也。故天下有王则天下无霸，天下有霸则霸必假王。何也？王者有道，自能以有道一天下，而礼乐征伐之政权在上，自无所容霸。霸者无道，万不能以无道一天下，则必假为尊王而窃其礼乐征伐之政权，以作威福于天下。故曰天下无道，自诸侯言之也。自古天子有道则王，无道则亡，故禹汤以有道而王，桀纣以无道而亡。周文武成康世世有道，成康以后间有辟王，亦未至于桀纣，惟厉王无道，遂流于彘，赖有共和二相维持而未亡。宣王内修外攘，道光宇宙，克复文武之旧，乃幽王一日无道而西周遽亡，王亡之机，间不容发。而东周历数十王而不亡，则非天子无道也，非天子无道而东周不再兴，则诸侯无道为之也。《春秋》作于平王之四十九年，骊山之难，平王不能尝胆枕戈以殄犬戎而磔申侯，乃捐弃丰、镐而即安于东，大本亡矣，而礼乐征伐之权犹未丧，盖有贤诸侯焉。秦襄公力战于外，晋文侯、郑武公夹辅于内。《无衣》之诗曰：王如兴师，修我甲兵。《匪风》之诗曰：谁将西归？怀之好音。盖敷天之愤犹新，薄海之望未绝。故四十九年以前，《春秋》犹可不作也。平王以后，自桓、庄以至于景、敬皆无大失德，惟仁厚之过积为柔弱，不克奋扬威武以震叠天下。然如桓王伐郑、庄王救卫，襄王拒晋之请，隧定王折楚之问鼎，巩朔献齐捷，甘人争阎田，王犹能执义以诘之。灵王生而神圣，敬王有子朝之乱，而能任单刘之忠贤以靖之。是皆非亡国之君，且未尝不可匡辅以有为也。假令齐桓、晋文有忠贞之节，无奸宄之心，能如西周之樊侯、申伯、韩侯，帅其伯叔甥舅以股肱王室，则《崧高》《蒸民》《韩奕》之《雅》未必不可复作。乃逞其机谋，阳奉天子以名号，阴盗天子之政权，其于大小之国，力能灭者则灭之，力未能灭者则胁之，令其贡赋，受其朝聘，责其庆吊之货贿，有拂其意则搂而伐之，削夺其土地，生杀其大臣，甚者出纳其君而莫之敢抗，是故命之曰霸。霸者无道之名也，而其势均力敌者，又各挟其智谋兵力以攘臂而争霸，是以二百四十年间齐胜则政由齐出，楚胜则政由楚出，晋胜则政由晋出，而十二王中，虽有聪明慈惠之主，皆为霸权所制，仅得尸其虚位而不复有所为于天下，是以天下无道而周犹不亡也。诸侯擅权既久，其用事之大夫乃相与窃而弄之。其始列国之大夫各擅其国之政，久之而小侯有干犯霸主而莫测其喜怒者，则贿赂霸国之大夫以左右之，而大夫遂得干天下之政，又久之而列国大夫有干犯其君者，亦贿赂霸国之大夫以胁制其君，如孙林父季孙意如，皆有所恃以为藏身之固。虽英如晋悼，亦懵然听其指挥而不悟。而齐将为陈氏，齐景且明知之而无如何也。夫天下事，有其为之即必有其效之，故诸侯伉天子，其大夫必效之，大夫伉诸侯，其陪臣必效之者，势也。其或十世或五世、三世而失者，其分愈卑其势愈促也。

吾观春秋之初，大夫无专政，召陵之役屈完及诸侯盟，或以为大夫专盟者，非也。楚无专政之大夫，屈完实奉其君命以来，是时齐师次陉，楚人持重不出，而遣使乞盟，所以骄之也。此与邲之战楚使求成于晋同意。晋人不觉故败，齐桓觉之，故全师以退。而苟与大夫盟，所谓掩耳盗铃也，而已为天下之大夫作之俑矣。垂陇之盟，大夫始张，溴梁以后大夫横极，乃各收其国之智勇奸侠，待以心腹，布其爪牙，而陪臣亦张，彼所以蓄养陪臣者，且将以自圆其跋扈之长计也，而不知其陪臣已踵而效之也。《易》曰：小人而乘君子之器，盗思夺之矣。夫大夫者，诸侯之盗；陪臣者，大夫之盗也。然而陪臣之名终不见于经者，圣人推其无道之由，罪在诸侯也。然大夫之名错见于经者，圣人为天子正诸侯，亦即正诸侯之大夫，盖诸侯命于天子，其大夫亦命于天子者也。诸侯大夫受正，而陪臣无能为矣。是以不复治陪臣，陪臣贱也。且夫陪臣执国，其势不可以终日。其曰三世失之，盖极言之耳。春秋终而处士横议，杨墨纵横，乱在庶人矣。横议之祸，极于坑儒，圣人盖先见之，故曰：天下有道，则庶人不议。

以上各条，辱承下问，故具陈之，伏惟明教。不宣。

与林少穆同年书

张学尹

少穆同年执事：

古人久别，不言别而恒相质以学，今四年之别，想足下进修之盛，必有不可几者，何敢与足下言学？然弟频年读《易》，颇有足质者。夫《易》者，知命之书也，然而作《易》者皆有忧患。何哉？自庖羲画卦，盈虚消息之象立，而吉凶悔吝之机著焉，其忧之深远何如也？由是遇文王于《明夷》，遇周公于《谦》，遇孔子于《大畜》，于《贲》，于《旅》。艰贞用晦，玉门之心也。劳谦有终，复子明辟之志也。刚健笃实辉光，日新其德，其孔子之业乎？观乎人文以化成天下，其孔子之功乎？《旅》之时义大矣哉，其孔子之迹乎？然而文王于《大畜》不取《乾》之元亨，于《贲》曰小利，于《旅》曰小亨，岂非为后圣人不得志于时者忧之也哉？子曰：不见是而无闷。无闷者，有所闷而能无之者也。于《困》曰亨，于《否》曰亨，于《蛊》曰元亨，于《蹇》曰利，曰得志，学所以通天地之穷者其在斯乎？是故言学者不可以不言《易》。顾《易》难言，修之吉，悖之凶，天道之常也。修之而未必吉，悖之而未必凶，人事之变也。而《易》特尚变，变则天道隐而人事可疑，故难言。学尹读《易》三十年，盖尝观象于天，观法于地，观性于人，观情于物，彰矣。而动而之事，则晦非晦也，变也。变而不得其说，则曰圣人欺我，然而圣人岂我欺哉？静而观之，密而察之，疑而阙之，盖历有年所。往者行事舛误，习坎志穷，修悖之理，几于不自据，乃还而求之于《易》，时而验之，积时而验之，乃至通古今治乱之时而验之，而盈虚消息之理豁如也。事而证之，积事而证之，乃至合天地鬼神之事而证之，而盈虚消息之理确如也。然则《乾》《坤》《剥》《复》，来无不往，往无不来，变之利也，天之道也，而圣人顾忧之，何也？

今岁主讲宛南，旧例书院每月二课，专务时艺。今特创立经课，与诸生十日会讲一次，先从事于《易》，诸生敏者每课能授二卦，次者二卦，钝者亦得讲一卦。诸生方习时艺，视经学几成两途，不得已因即用制义法说经，为之提顿跌宕以豁其意，为之虚实分合以疏其义，为之援引证据以究其用，为之引伸旁通以尽其变，为之咏叹淫液以畅其神，盖欲因其技而进之以道也。而诸生好事者，每于说一卦终辄录而授之剞劂，禁之则啧啧有言，又不得不听之，大约七八月当有成帙，便当寄呈教诲，谅不以遐远而弃之也。学尹顿首。

与戴孟和中翰书

张学尹

前辱赐书，适病暴下，医者误投峻剂，瞑眩几不能起，辗转床箦者四十余日，门人匿不以告。今病小愈，乃得发书读之。学尹前撰《说文浅释》《札记》二书，皆十数年来舟车中随时钞录，偶有所见辄手识之，积久成帙。客中既无书可资考证，手钞又不能无笔误，故其讹舛脱漏最多，前上书已具言之。执事哀其谫陋，逐条披览，为之纠正辨驳，其考核之精，比例之确，援引之宏博，议论之明通，真令我惊喜感激，不可名状。通计签出九十三条，其中七十一条本系钞写讹脱，悉已更正，至考订疑义凡二十二条，内有十五条亦如所论改注，并将原签摘录卷中以志广益之助。

惟餰字一条，尊急既以饘、鬻、飽、酏义同字异，而又力破《内则》稻米为饘之说，蒙谓竟指酏字为后人所改，诚不免武断。然从酉之字自合在六饮中，证以注说，不为无据。至于鬻或以衍食声明，是本文如此，初无别本岐异，何所见而遽疑为徐氏妄增邪？

譈字一条，原文诗有“譈其声”，注家引《毛诗》有“嘒其星”，以此为三家诗者本。系悬拟之辞，非确有所本也。来示历引秦汉碑文，反覆推广，以证为齐鲁之学者皆作嘒字，博则博矣，然据此遂欲坐实譈声为《韩诗》，且疑《外传》原有其文而简策失之，似觉太无凭据。

迈字一条，尊意既用己、忌、记、其、迈五字通用之说，并谓之、止、只以音相从，而又言往近王舅不应改近为迈，其说甚正。惟所引未央宫铭既称拓藏本，似载籍所不经见，恐难援用。

笑字一条，从夭则于文非古，从犬则于义难通，所论与吾意略同。然必欲以咲为正文，以笑为假借，且推衍哭为吠之对文，说虽新奇，终不可为典要。

巽字一条，巽、䫏、巺同体之字，本无异义，江、段诸家谓伏羲、文王作䫏，孔子作巽，许特存《周易》最初之字，其说本无确据，又以《杂卦传》《姤》作遘例之，亦觉不类，足下辨之是也。然遂谓巽、巺字宜删其一，亦觉太很。

也字一条，蒙谓古今文字通训，语辞本无难解之义，许氏创为象形之训，实属委巷不经之谈，足下坚执以为非是，推衍也字之形，援引虽多，终难免猥亵之诮。乃至谓乃可训筋，其可训骨之可训发而可训须者，可训头以可训手矣，可训胸，乌可训足？凡属语辞，皆训形体，斯近怪矣。

古音一条，足下笑亭林之牵强，嘲若膺之支离，极为精刻，既著有成书，当俟寄到后细读一过乃敢致辞。今就尊示所称字母分部之说，则仍未能脱诸家窠臼。总之，以后代之韵学考古人之方音，其势万不能一一吻合，就令强为迁就，亦安得起古人于九原之下而与之考验喉、舌、唇、牙齿哉？

以上七条，心所未安，未敢随声附和，仍以质之左右，尚乞始终教诲之。大抵古人字少而韵缓，故经典文字往往通用，六书假借、转注二义，皆是省字之法，谐声之义，并无所庸其通韵、叶韵、转韵，纯以天然之音谐之成声，不必如后人之精详，亦不屑如后人之繁琐也。又如敦字，音义至四十余解而不别立异文，亦可见古人简质处。惟蝌籀篆隶逮变，文体日新而月异，偏旁所加，以类相从，儒者守其师说，各以己意为损益。扬、刘之徒，又创为奇字以窜诬经传，此文字之所以愈多而愈谬也。

叔重生于东汉之季，其时六书之义渐湮而四声之韵未起，故字体虽繁而古音尚近，许氏合形声义训之具有体要，后世谈小学者舍《说文》更无根据，三千年来训诂之学至今不坠，则许氏之功在斯文为不祧也。惟其所见之书极博，后世亦多不传，叔重繁称博引，杂采著录，即本书中已时有重复岐出之弊，其改易经传、穿凿附会之处亦不一而足，虽资以广异闻，备多识，究竟臆造无据，有断不可以训者，即不必强为之说。汉人此种习气，康成之注经，孟坚之修史皆不能免，学古者要当择其善者而从之耳。宋代自锴、铉以来既渐有增益，李仁父《五音韵谱》尽改原书次第，明人如升庵、敬甫、同人、凡夫、归云、光甫诸家，又多以臆说攻击许氏，入室操戈，识者病之。至于《字汇》《正字通》《篇海》诸书，讹误俚俗，变本加厉，古法已荡然无存。迨于国朝顾、潘、毛、程、杭、戴、江、段诸儒力追古学，博考深思，递相阐述，六书之学至今日而大明。

鄙人捃拾绪论，随笔记录，以备遗忘，藏之家塾，俾门人子侄粗知古人六书源流，于文体音声不至相沿讹俗。原非敢自侈著作，欲与先儒争胜，故卷中所采多近代经师之说，从未尝自出私意以标新颖，想足下早有以亮之也。

秋风渐寒，伏维珍卫不宣。

复陈云心书

李克钿

云心仁弟足下：

别后屡欲寄书，视其事重且急，情绪杂遝，言之无序，心之不一也。既得足下书，逾增惶悚，而隐忍至今，可见牵缠寡断之人其无用竟至于此。

适闻有郴州人回，遂匆遽为之。盖克钿自九月十三日别吾弟于永兴，有不能已于朋友之情，有不敢宽于身心之志，在道五日，念之所起，纯杂参半，惟志气激发时颇多警省处。抵家后，便有人事纷乘，谓以有主之心应之，虽动亦定也。乃入乎其中，于父母勤劳不能代其万一，兄弟颛蒙不能开其万一，亲戚应酬不能省其万一，徒觉此身劳苦，无益于事。知之不明则处之不当也，而燕昵之私，强制复萌，虽不介于形，鲜不动于念，吾谁欺乎？亟思读书，二十八日始得赴馆去讫，在馆凡一月，及门先后呈改文字及诗以百数，其应酬诗启等项亦不下数十，辞之辄以为骄且吝，不得已而应之。一月中遂只半月讲读，半月应事，每日以亭午分界，亦无宁晷。晓枕夜窗，有所感发，亦札记之，今付上仅三页有奇，吾弟摘其罅漏，可知其工夫之疏密也。十一月以舍弟克镠婚事归家，料理甫毕，舍弟克镃又挈其孥自湖北归，二役者凡费时月余。债负至四百余金，家用既竭，食指复繁，以至骨肉之间感格不能，不得已而出调停之下策，门面所在，摒挡不及，只有称贷之一途，扰扰至今，为患未已。人生不可不历此境，困心衡虑之余，始叹立身苦不早也，而亦自不能已矣。

伏念质本愚柔，性复宽缓，比年来幸得良师益友唤醒于大梦中，岂无感发知觉？而电光石火，时过不存，三时振拔，不敌一时放散。即今三十无艺，转盼四十无闻，而藐躬之属，门户之寄，一发千钧，亦綦危矣。惟是本恐惧之怀，鼓不及之志，哀痛真切，积时既久，放心略收，往日面目，颇得改其什一，而读书甚少，于道德之懿仍茫乎未之有闻也。默深既远，舍吾弟谁教之？吾弟书到在十一月初二日，豫则兄恰至，共阅书及札记毕，因相与叹吾弟用功之勤，自省之密，以为不可及。克锢因述舟中之约，且曰云心不愧我，我殊愧云心。豫则兄因取札记惬于其心者加圈焉，克锢退而再读，思吾弟以此相遗，匪惟教我，盖下问之忱，欲愚人效千虑之一得也。夫事非身体，理非心得，而剽窃绪论以相规绳者，言虽美而不免于妄也，妄即不诚，克锢何敢出此？若其病之有同，相与共证而求医，则关切所在，不能默然。观吾弟所记，于朱、陆、王三书知见有进，然其为真知而实历乎！抑暂知而暂记乎？于身心之咎推勘入细，然其为知过即改乎！抑不能未尝复行乎？往日舟中所言一“剽”字，克锢至今去之未能，又志气奋发之时亦云知耻近勇，而其中往往有浮气杂乎其间，此所以不能有恒而有时为外物牵引以去，究其根多从名心起，今欲扫除一切，莫如用蕺山先生人谱讼过一法，切实自讼，良知既见，恭敬葆任，我辈今日于失足禽兽之恐，此心不可谓不实，十目十手，实所共证。恐惧生则近于敬，庶几时时收敛此心，不容一物，以渐底于诚乎！

克锢有志未逮而不敢不勉，但耿耿小明，不知于吾弟有当否也。默深于人谱自讼后，本先生静坐继以读书之旨补云云，克锢以谓可去读书处事轻剽之病，吾弟以为何如乎？

复何积之书

李克锢

六月中得书未报，鳞羽不便，至今耿耿。卜以明日遣使奉复，磨墨伸纸，窃慨然有感曰：嗟乎！积之去年此月，正我两人及默深京邸过从，昕夕无间会也。鱼水投心，药石在耳，春秋弹指，离索萧然，奈之何哉，奈之何哉！然形骸隔，幽隐通，发积之书，今夕将两人对语焉。并发积之与默深书，且将三人对语焉。

积之曰：近日学力当必大进。谨对曰：犹是吴下阿蒙也。四月间改定常功，迟明庄诵儒门法语一二则，《大全》《或问》数条，借以检束心源，开豁理路。辰后看经一二篇、史一通，卓午讲书，余晷则古文、时艺参阅之，程业似矣。而纷之以家计，惫之以应酬，间之以疾病，虽复竭力，而精魄耗弱，遗亡浸多。及更展卷，顾檐外隙驹已冉冉堕去，可叹也，积之知吾惫否也！默深曰“家人父子之间，正亲切考验之地”，尝奉其教以自凛，迩来拟言不皆有物，议动不皆有恒，蹉失见矣，尤悔丛矣，应时检察，如扫落叶，想尽伦尽制，正复难言，不尔又何以强颜称人类也？立身苦不早，每中夜徬徨至不能寐，而思虑所发，偶不照管，又逐朋从去矣。此等情况往往梦魂见告，望积之与默深教其不及也。积之曰：轻躁浮浅，故我犹存。不知何年何月此心方得安定？又曰：志事具于寄默深书中。细观之，谨对曰：积之进矣，夫日见不足者日有余。《易》曰：震无咎者，存乎悔。又曰：惧以终始，其要无咎。震即惧之谓也，而道近乎敬，苟能震惧，何悔不吉？积之之自责深矣，钿以此卜其必有进也，抑又有说焉。夫变化气质大是要着，本心之明未有知而不悔、悔而不震、震而不改者，惟既改之后，病根未除，如抽刀断水为可恶耳。力而铲之，勉而继之，不远之复，我辈难言矣。频复而厉，一“厉”字大有益，近颇用力于此，积之以为当乎？否乎？与默深书中有曰“精进必本有恒”是矣。

钿又请进一解曰：夫非有恒不能精进，而非立志则断不能有恒。志，气之帅也，往阅姚江立志说，未尝不毛骨为之俱悚，亦尝为之鼓舞于不自知，由此鼓行而前，刚大之气宜其充塞矣。而往往中于私而馁者，所立之志非真能立，即所鼓之气非真气也。子曰：枨也欲，焉得刚？又何恒之与有？大抵我辈受病或在气锐，锐则剽而难留，积之及默深是已。或在气弱，弱则浸入因循，钿是已。今当著诚去伪，立志责志，以求伸于万物之上，使锐者固而存，弱者振而起，庶有恒，其可企哉？然不得聚处互相指点，互相观摩，互相针砭，往往有认人欲为天理之弊，恨一。过疚已形，自己不觉，恨二。此心未发时不明了，已发时多不及管照，恨三。

今二郭与钿亦数月始一见矣，此所以每念积之及默深，不胜离索之叹也。默深远矣，使人回，积之必有以复我也。用是慨然有感者，复颙然而望。克钿再拜不宣。

复贺耦耕中丞书

严正基

春初接阅邸钞，欣闻钧阁开府黔中，恐邮筒驰函相左，尚未泐词肃贺。顷奉由宛陵递到手教，猥以黔中利弊及用人行政之大者殷殷垂问，某才识驽下，何能上赞高深？但蠡测所及，亦不敢不略陈梗概，备大君子迩言之察。

查黔省寸趾皆山，地瘠民贫，往时之为地方大害者，莫如与楚、粤毗连之苗民，屡经大兵勘定，设立厅县营汛，控制抚驭，业极措置精详。黎平、古州各属，绥靖已逾百年，松桃、铜仁一带，亦三十余年无事。但虑生齿日繁，生计日绌，加以汉奸之盘剥，不肖兵役之磕诈，偶值年谷不登，一二奸苗煽乱，控驭稍失机宜，遂至酿成巨患。盖苗性愚而很，其黠狡者则又悍而诈，蓄怨既深则报复更烈。鄙意以为此等地方牧令，宜饬治办民苗交涉案件，听断务得其平，究出重利盘剥情节，立予重办，并严禁差役勒索。至分驻要隘之营弁，亦饬实力稽查奸匪，毋许稍形疏懈，不准纵兵借讹生衅，自可销患未萌。此治苗匪之大略也。

又查黔省各州县山中，两湖及江西各省客民垦荒贸易，流寓其地者众，此辈良莠不一，拜盟结会以抗官御侮为名，推刁劣绅衿为首，或书差中之有气力者暗相联络，为之包庇。即拥有厚资之土著民人，亦相率入其会中，为保护身家计，迨党羽既众，遂有诱賄勒赎，奸拐抢劫之事。此村既实繁有徒，彼村亦纠众为敌，互相仇杀，莫敢谁何。地方官虑及拒捕伤差，不敢严拿，及获犯到案，又虑长途招解，糜费不赀，或竟将就完案，以致匪徒无所惩创，其风更炽。鄙意以为查办会匪州县，似宜宽其衔辔，于缉获会匪最多之处稍加津贴经费，其办理妥速，地方安堵如常者，优予升迁，以奖其劳。地方官勇于缉捕，其党自不难于解散。此治会匪之大略也。

又查黔省虽有教匪伏匿，不至如西北各省之多，但教匪之惑人较会匪为尤甚。会匪止于男丁之附从，教匪则挟祸福因果之说，并能使妇女为其所煽，坚其信从之心，互相传习而莫之敢贰，故猝欲破其锢习而不能。然教匪致乱之由亦有二：一则缘入教之人既众，或怂恿出于夥党而首倡邪谋，或胁诱由于渠魁而渐图非分，因而甘心为匪者有之。一则因州县之缉拿太严，既不免于奸胥猾吏恣行鱼肉于前，复不免于劣保刁棍横相朘削于后，因而进退维谷，不得已而变计为匪者有之。鄙意以为邪教之既流为匪，缉拿不得不严，而穷治亦复有弊，似宜网开一面，予以自新之路，且有教化以行乎其间，其根株乃可得而尽。夫经正民兴，邪慝自无，州县于所属四乡倡建义馆，延师训迪童蒙，除讽诵四书五经外，兼讲肄《圣谕广训》并犯法重大科条，使之转相传播，怵目警心。多一读书明理之愿民，即少一作奸犯科之败类，庶于化导邪教之法有合。此治教匪之大略也。

然某尝合天下之大局计之，不独结会、习教及奸苗之敢于犯法者为足虑，尤在于奸民之藐法而亡等，以欺凌侵渔为得计，以讦控挟制为良图。固由不肖州县先有以启其侮，驯至恶焰已炽，即遇贤能之吏，别无赃私可指，亦每借相沿办公，陋规砌词上控，以张其把持垄断之威。幸而得胜，则势愈凶横而不可制。盖犯法而法尚存，藐法则法益穷而遂亡，非有峻法以力防其变，将法且亡于所穷，其奚以为治乎？昔国侨治郑，相时势而纠之以猛，豪贵如子南、子皙，诛之逐之不少贷，郑以大治者数十年。汉代如黄霸之治颖川，以儒术饰吏治，非赵广汉所及。然其先大姓结为朋党，持吏长短，横行郡邑，借非广汉用钩距之法以摧破其党，遽以霸宽大之政行之，正恐纲解纽弛而为奸不止。自广汉之法既行，其魁杰者俱已伏辜，朋党解散。韩延寿继典斯邦，牛酒存问长老，讲明礼让。又为释其仇杀之风，霸蒙其迹而修明之，始能成神雀凤凰之治。武侯之治蜀，王景略之治秦，皆用法严峻，肃然称治。

夫法者，所以禁奸止暴，用法而适当其可，则可以转弱而为强，易危而为安。姚亮甫中丞抚豫，以清介驭属吏，奢侈贪婪之风为之一变。然诸事过于姑息，遇控告州县之案，无分是非曲直，一概批准提讯，维时奸民藐抗州县，有告官如送忤逆之谣。程梓庭制府继之，遇案严加惩办，此风稍为衰熄，而至今犹未尽除。鄙意以为，部民控告州县，如实有赃证可据，自当为之申理，其牵砌相沿陋规讦控，亦宜严绳以法，庶稍知自爱之员，既获借资办公，又不为人掣肘，俾之无所瞻顾，得以自行其志。民知畏法而吏益守法，斯法立而恩亦行，于公事始有裨益。

至于用人之法，其先在于知人，而知人必自察言始。然察人以言尽有其言可采，而其人之居心行事竟大相刺谬者，益信“知人则哲，惟帝其难之”不诬。故《虞书》于敷奏以言之后必继之以明试以功，而后车服以庸，诚慎之也。而今之所为用人，尤更有难焉。大吏于州县繁要大缺可以择能而使，其中简之缺，非在省应补即在部应选，不必人尽可靠，且系其人本缺并不能扣留不遣，州县之不能得人往往以此。惟得贤明郡守为之表率于上，善则劝之，过则规之，属在中才或可勉为良吏。但郡守亦难得人，此用人之所以称难也。鄙意以为激厉人才之道，在使之有所劝惩，自郡守以及牧令，其贤能著声为舆论推重者，特荐一二以示奖励，其声名狼藉廉有赃款实据者，亦严参一二以儆其余。复用蒋襄平相国缺为人累、人为缺累之议，分别降补量移，寓造就于体恤，以策其人之后效。开诚布公，以激其良。信赏必罚，以厉其节。所部鼓舞奋兴，吏治当更蒸蒸日上矣。

又黔省兵丁，耐劳习战甲于他省，往时调征苗疆及三省教匪，迭著勤劳，但有勇必须知方，使为节制之师。近日川陕一带兵丁，久历行阵，劲勇可用，而恃功骄蹇，屡滋事端，颇为地方隐忧。鄙意以为操练兵勇，责成该管营弁，惟当用其所长，精益求精。至约束营伍之法，尤在申饬各将弁，洁已率属，不轻克扣，考补额缺，严禁行贿钻营。取技艺优长者充选，分隶各营兵丁，饬令该管营弁立簿登载功过，著有劳绩者记功，考缺时比较拔补，犯事则分别轻重记过，遇考缺时扣送，销过后方准与考。纪律严明，壁垒自更一新。再察看将弁之谙练营务及曾历戎行、骁勇能战者，分晰开具清册，以备临时调用。至忠勇勤干之员，尤当刮目相视，他日方得其力。练兵驭将之方，计无逾于此者。

若夫国家之大计，尤在藏富于民。方今承平日久，人满之患，不仅黔省为然，而黔民刀耕火种，山尽开垦，地利既已无遗，生财之法别无善策，而所在民鲜盖藏，不足待一日之急，岁一不登，必至尽呼庚癸。鄙意以为黔产宜谷，惟有乘秋稔之时，饬令地方有司，劝谕殷实绅民捐输义谷作本，遴简公正董事，择四乡适中地方置仓权息，妥立章程以备凶荒赈贷之需，亦一时救急良法。其捐户踊跃急公，照例分别甄叙。以劝捐所入谷数之多寡定为州县殿最，一二年内通省以次举行，歉岁有备无患，官民有不并受其福者乎？

某伏愿大人公忠体国，严整饬吏治之方，裕曲尽人情之意，经权互用，宽猛兼施，使属吏之情得以上达，小民之隐无不周知，勿堕成功，勿规速效，黔省吏治之盛，军政之修，积贮之丰，风俗人心之厚，可旦夕俟矣。

致乌都统书

严正基

远芳都护大人麾下：

客腊得江岷樵来书，叙有簧鼓蜚语之事，继又谂知其事已解，是以未经泐笺布慰。窃念自逆贼攻陷永安以来，南北不相通者五阅月于兹矣。都护以新正三日统兵由南来，北与揆帅相会大营，振旅而回，贼不敢犯，某闻而壮之。岷樵书至，又似是日有隐憾也者，旋接晤姚大令，始悉其详。夫人忠于其事而横被诋诬之言，使其心迹无由自明，此情诚难容忍，然是非自有公论，虚实断难终掩。历来忠臣义士，即遭际圣君察相在上，未尝无仓卒相疑之失，究亦有积久相谅之时，忍之须臾，保全千古令名，所关匪细。都护大臣也，但当以国家之事为重，尽其心力之所能为，毁我者何能贬损？忌我者徒自消沮，务恢廓大度处之。且逆贼占据州城，四路援军未至，都护率数千疲惫之师御数万方张之贼，保障东南二面，俾贼不敢越水窦一步。北路前此频频失利，而亦不敢长驱而往者，实惧都护之袭其后。某常以都护转战浔柳，功固甚伟，而尤以偏师缀贼永城，制其豨突狼奔之势，成为釜鱼槛兽之形，推粤西讨贼第一奇勋。今贼虽困守不敢迎敌，其精锐尚有二三千人，虑众不敌，潜行勾引外来匪徒遥为接应，波山艇又见告矣。正如一家之中外侮已集门庭，允宜激厉同怀，释嫌捍御，庶几可销他族逼处之虞。设使不忍悁悁之忿，南北水火将卒解体，朝廷一有风闻，虑及戎行不睦，或有更易将帅之举。贼凶而狡，其志叵测，新旧替代之际，彼此不相策应，窜而南犹可言也，若窜而北，桂林会城不守，由此浮湘直下，荆湖以东、豫晋以西必从风而靡。黄巢窜据广南，其时荆南镇将不能先事设防永桂，遂至蔓延江淮，危及关辅，往事可为殷鉴，此天下安危大计之不可不熟虑者，幸都护留意焉。

抑某更有请者，自古得将才易，得大将才难。都护大将才也，向提军虽号称敢战宿将，至于兼资文武则都护尤为超轶等伦。国家可百年无薄伐之师，不可一日无元戎之备。贤如揆帅，宜留侍天子左右，不能长总师干出外。都护勋望冠时，将来定膺阃寄。昔卫青为大将军，敬礼士大夫，以汲长孺为揖客。曹参相齐，尝师事盖公，国政咨而后行。武侯佐蜀，于法孝直辈每事不惮十反。

郭子仪与李光弼不协，洎受命为副元帅，光弼惧祸请死，子仪引为同列，卒平安史之乱。盖有经文纬武之才，斯事无不举。有并包兼容之量，斯人乐为之用。都护礼贤下士，又能用人之长，何减古人？鄙意以揆帅虽将略稍逊，而公忠慈惠，休休有容，兼又素重都护，浮云之蔽，无碍日月之明，终见相得益彰。向提军左右乏贤，不能开陈匡救，以致动与人忤，而其才尚属可用。惟子仪能容光弼，斯所望于都护之弃嫌录长，同心破贼，上纾朝廷南顾之忧，下解边围倒悬之厄，万代瞻仰，在此一举。

某老矣，疆埸之事，无能为役，叨蒙赐教推奖，用敢陈其狂瞽之言仰助高深。小疾旬日，今渐痊复，中丞致揆帅书饬某仍回省局襄办，中和朔五六日以后即当北旋，并以附闻。肃泐缕达，祇颂勋安。诸希节劳保卫不备。

答李春湖侍郎书

邓显鹤

春湖先生侍郎阁下：

显鹤南楚之鄙人也，德行文章无足齿录，盖为乡人所厌弃久矣，而阁下闻其甘澹泊、习勤苦，谓为尚有志节之士，屡书楹联、素箑见贶，顷复以书下交，中有“储有用之学不为科名，讲无逸之篇先知稼穑”语，矜宠奖借，幸甚过望。

虽然，谓某能为有用之学，愧惧实甚，谓其颇知稼穑，则知我之言也。自井田之制废，士无恒产，能固穷者鲜矣，然汉时士尚气节，故独行之士多刻苦自食其力，宋明存讲学之风，士犹不敢偭弃规矩，惧见绝清议，至今日而士习殆不可言矣。博士弟子员，一县无虑数十百人或数百人，既不能尽得科第以去，其中大抵多窭人子，又不知治生，势不得不出而求食，韩子所谓“奔走于形势之途，伺候公卿之门，足将进而趑趄，口将言而嗫嚅”者，形态盖有不忍言。其最鄙劣者则称雄乡曲，蝇营狗苟，靡所不至，然其初岂乐为此寡廉丧耻之行哉？盖既无代耕之禄，又昧谋生之道，累于妻子，迫于饥寒，靦然遂至于此也。窃以为负耒躬耕，儒者之事，古人恒亲劳苦，故士气敦庞淳朴，日趋于厚。末俗自耽呰窳，故士习浇漓诡薄，渐以不古，势使然也。往者下邑有诸生曾玉藻，乡里所称独行君子也，性质朴，读书甚勤，以先儒“学者当知治生”语为要，常以诵读之暇，躬亲拨垡。初著学籍，学使钱南园先生见其手胼，极嘉奖之曰：治生刻苦，当如是也。

显鷴家世寒素，秉性迂拙，而舍弟湘皋负气傲岸，与物多迕，尤不欲其久涉仕途。近买得薄田数亩于资江之上，将偕之躬耕，长为农夫以没世，庶几得葆固穷之节。阁下不斥其为细人之谋，从而歆许赞叹之，此大君子爱人以德之盛意也。顷南城曾宾谷侍郎，题贱兄弟《南村耦耕图》诗云：井田法久废，均田又难之。士生三季后，不免寒与饥。饥寒既不免，志节亦渐堕。所以特立人，颇欲亲敷菑。诗意与鄙见正合，读之不禁神志俱王。两先生之所以宠异勖厉之者如此其至，鲰生敢不终勉之哉？曩日舍弟尝述阁下言：某视学湖南三年，不能识耘渠于场屋中，乃其所著书亦因我而毁，思之时一悚然。显鷴闻之，惶愧汗下。以显鷴谫劣无状，蹭蹬名场固宜，就令执事畴昔拔我于场屋中，亦不过置之优等饩二十人中，循例得为岁贡而已。昔日之不遇非诎，今日之所以宠异勖厉之者如此其至，乃真伸于知己也。古人有云：士得一知己，可以无憾。显鷴穷老空谷，得执事知我，其亦可以无憾矣。

尊居前有嘻出之厄，所毁《五经胥》及《四书钞》，二书系某为塾师时手所辑录，以示诸学子，原示托名钞胥，不敢以著经自任之意，毁之无足深惜。惟舍弟四十以前所著诗文及诸撰录，均付一炬，近所记录不过十之二三，深可惋叹耳。显鷴他日屏绝人事，傥得稍有（馔）〔撰〕述，当令写官誊缮，尘秽视听。相隔千里，无缘修谒，谨奉笺记，伏惟垂鉴。

与舍弟湘皋改就教职书

邓显鹤

自与吾弟别后，心中鞅鞅，如有所失。十一早临岸送行，见船小载重水浅，彼时心即焦灼，然势已如此，惟有默祝祖宗及诸神前吁祈庇佑。突于五月初一夜接阅手书，不胜惊骇，举家惶恐无措。来札云偶过他船，坐未定而前舟即沉，不知此时何以促吾弟而使之过别舟也？岂非吾祖宗累世仁厚，吾弟一生孝友，有以默感神明而庇佑之邪？此一厄也，我兄弟当如何恐惧，如何修省，何以报答祖宗默佑之灵，何以仰酬明神呵护之力？所失衣物资斧尚何足道，惟诗稿、文集，一生心血所注，必不可失，今既无遗，岂非厚幸？

念吾弟此行以谒选入都，临行之先，吾两人慎商出处，老兄迂腐之见，诚恐吾弟或得县令，既以远宦鞅掌，不获时聚，且徒以浮侈溺子弟心，故谆谆劝诫，至于涕泣俱下，欲勉抑吾弟进取之志，而吾弟亦遂曲体兄意，唯唯从命，可谓恭矣。兹行如遂平安抵京，即当向吏部递呈改教，宦海风波，即可作今日观，安知非神灵有以先示其机而成吾兄弟偕隐之初志乎？为今之计，我兄弟即住一间茅屋，吃一碗粗饭，教子弄孙，其乐靡涯，尚贪爵慕禄，羡人世之富贵显荣乎？此志必要铁稳主意，铁稳识见，万勿到京听人怂恿又起微波也。万一改教，未必即挑二等，则归籍静候铨除，清茶淡饭，尽可度日，岂必得官始可度活乎？况我兄弟今日之偃蹇，是子孙将来之福命，若今日一发泄，子孙必受屯困。天地自然之运如此，且汝负盛名，名者造物之忌，自古文人多厄，惟容容乃多厚福，我兄弟量不容人，不肯受半点委屈，立身太峻，矢志太洁，负性过急，口易出忿言，好斥人短，种种皆非福相。此病我兄弟俱犯之，然我较甚于汝者，我之性急于汝也。汝亦有甚于余者，汝之才高于我也。然以非受福之人，而有庐可居，有田可耕，有书可读，有子可教，伯兄虽往，尚有两兄弟，处则对床风雨，出则笔札往来，此非厚福乎？此皆吾祖宗父母积德累仁有以贻我兄弟也，可不思所以敬承之欤？

汝惯于出门，我身不能随汝出，我心则刻刻萦系汝身，惟期多寄家书，以纾予怀。至家中一切，我振起精神，知明处当。儿辈读书，我励起志气，教学相长。是好光景，我不能时寄汝书，汝可无系念也。乙酉五月初二日，仲兄显鹤手泐。

与湘皋劝就教职第二书

邓显鹤

接手书，知吾弟到皖江，布帆无恙。第云彼中诸友颇劝弟作县官，而省览书意，亦似忻然有动于中者，斯非老兄之所愿也。吾弟自束发受书，即激昂慷慨，思有所建白于世，不似阿兄碌碌，老死蓬蒿而不之悔，此吾两人材分优劣所由分也。此行谒选，假如果得一令，操尺寸之柄以行其志，亦可稍纾抱负，此吾弟之本志，亦诸君相劝出山之厚意也。

我岂不愿弟策勋清时，显扬先祖，而必引之同老蓬蒿、长为农夫以没世乎？且即以世情论，人亦孰不欲富贵？我岂不愿弟之高骞远翥，而必强之栖于卑邪？又岂不愿弟之席丰履厚，而必俾之集于枯邪？然我之所以必不欲汝之为县令者，以汝幼即羸病，十五以下，四十以上，日日有可危之势。其得存活至于今日者，实非始愿所敢必也。今弟年已届五十矣，精力渐衰，须发亦白，实不忍更以吏事劳汝形。且汝负气傲岸，秉性戆直，岂能如今世之胁肩谄笑、委曲将顺，如妾妇之事其上官乎？渊明有云：性刚才拙，与世多忤。弟固尝讽以自喻矣。驱吾弟于宦场崎险之途，尤非阿兄之所忍，况当吾父吾母存时，不能谋薄禄以养，树欲静而风不宁，子欲养而亲不逮，我兄弟每诵斯语，泫然泣下，今日岂忍以高爵美糈豢养儿女辈乎？汝之兄久甘澹泊，固不望汝之累累多金分甘自润。汝之妇荆布素安，糟糠弗厌，老莱妻、北郭妇之流亚也，亦不望汝之结驷列骑而窃自享副笄六珈之荣。汝之子若侄生长寒素，正宜使之习劳苦，知艰难，岂可以肥甘溺其心思、堕其志气？然则全家久绝奢望，各安贫贱，吾弟又何必独以其身试于宦海而婴世网，必至遭飓风骇浪，心悸胆碎、魄逝魂散而后思返欤？必至于束缚羁绁踢天蹐地，如桎梏之在身而后知悔欤？嘻！亦何不熟审之于先也。

先叔父巨野君以令起家，守大父“不贪为宝”之训，居官清洁自持，青齐间颇以廉吏称，卒以耿介忤上官，获重谴，久戍伊犁始归，身后至无以庇其子孙。然则廉吏果不可为欤！夫前车既已覆矣，而后之步尘者方且膏吾车，秣吾马，以思驰骋于崎岖绝险之地，诚为失计。此老兄临别时所以谆谆诰诫至于涕泣以道也。昔老坡与颍滨拳拳于畴昔挑灯听雨之约，故其诗曰：君知此意不可忘，慎勿苦爱高官职。今为弟筑小室于宅左，仿老坡、颍滨意颜之曰“听雨山房”。老友欧阳磵东跋云：今湘皋方有四方之事，其久暂良不可知。老兄须矣，故山无恙，慎毋忘此意哉！语绝沉痛，今附录书尾，吾弟读老兄书与老友磵东之语，必不误信他言而勉坚初志也。

书不尽言，诸惟鉴之。

复张蓉裳学师辞举优行书

邓显鹤

某白：

昨月二十八日接奉明示，知学中循例荐举优行，学使者叠询可举之人于先生，而先生遂以显鹤与黄生忠懋同举。某窃维优行之举，实古者里选乡举与太学三舍之遗意，《周礼》以乡三物教万民：一曰六德，知、仁、圣、义、忠、和。二曰六行，孝、友、睦、姻、任、恤。三曰六艺，礼、乐、射、御、书、数。州长于正月之吉各属其民而读法，以考其德行道艺而劝之。党正属民读法，而书其德行道艺，以岁时莅校比。族师属民读法，书其孝弟睦姻有学者。盖古人造育人材，郑重选举如此其详且慎也。秦汉以还，人材盛于太学，而三舍之选则必取夫学行卓异者而录之，其浮华不务道本者皆罢退之，盖犹有先王振兴学校之风焉。

今朝廷设优贡一途，用意不可谓不善矣。三年大比之外，郡县校官各以所知荐之学臣，学臣会而试之于行台省，必其人实有德行道艺之可书，而后校官乃敢荐之学臣，学臣始敢贡之太学。假令为校官者果能实力奉行，秉公甄录，安见人材之盛不能继美三代之治？乃今之为校官者则不然，或虚采其声称而举，或因缘其门荫而举，或以其私昵于己也而举，甚或贪其执贽之丰厚而举。举之者既恬然不以为非，受举者复靦然不以为愧，即旁观者亦恬然不以为怪，而学校乃大不可为矣。先生慨学校之不修，思有异乎世俗校官之所为，以显鹄稍知自爱也而特举以荐，闻命之下，悚惶无措，清夜自思，匪特古之所谓六行不克稍尽于万一，至六艺之末，圣门三尺童子所能讲会，而某以华发槁馘之齿未尝肄习，然则碌碌庸材，先生又何所取而必欲衣之以文绣、贡之于庙堂邪？今夫美利所在，人之所必争也，美名所在，尤人之所乐居也，自国家以科目贡举取士，既不免为束缚英豪之具，即转而行乡举里选，又恐长欺世盗名之弊，善乎苏轼之论曰：上以孝取人，则勇者割股，怯者庐墓。上以廉取人，则敝车羸马，恶衣菲食。可以靡所不至，德行之弊，一至于此。显鹄孤陋暗汶，无片长寸善足任采录，然扪心自问，平生不敢作伪，率其戆直之本性，安其椎鲁之愚质，有向善之志，无作恶之才，此则东方生之可赞者。虽然，十室之邑，必有忠信。新化虽僻在边鄙，然士尚气节，俗敦淳厚，先生秉铎吾邑三载，以文章道义与多士相切劘亦已久矣，环视及门，岂无德行道艺之可书，必采及于穷老困踣，为世所不齿之人哉？伏承明命，亟不敢应，如再敦迫，则惟有学闵子骞逃之汶上而已。某岂敢自高声价，僭盗虚声？实以资秉浅薄，学殖荒落，道德不足以服众，文采不足以庇身，优之一字，万不敢居。良心不死，尚有自知之明，实不敢自欺以欺师长，且不敢予先生以阿好之名，滥举之诮，区区私衷，幸惟原谅。

若黄生者则《汉书》所谓独行君子也，显鵠与之同学三年，见其事亲极孝，爱弟至笃，与人交恂恂若处子，而外柔内刚，和而能介。所居在阛阓之间，终岁不履市，市人罕有识其面者。迹其苦行精修，笃志砺学，洵足以矜式党序，表率人伦。先生若遂首登荐剡，而别择一敦品向学之士副之，则吾党幸甚，斯文幸甚！显鵠谨白。

上齐邑侯书

刘基定

慎庵先生阁下：

基定草野愚蒙，性耽丘壑。年过八十，庸陋寡闻，而先生不察，误采虚名。昨者因襄祀家祠，始一出户，三宿旅邸，竟辱枉顾，面叙衷曲，惶愧无地。基家庶人也，庶人无进谒长官之礼。迩来寂处土室，读书自守，迂戆之质，绝不干人，惟与周药邻学博时通简牍。学博屡言先生入官服古，敦行力学，每以经术缘饰吏治为务。又闻邑人士谒见时，先生所言者官事也，民隐也，其他则未之闻。夫力行好古者艺事也，宰官又非专言艺事之人，且邑人士又皆部民，均非久故，故不得缕晰知觉。所可知者，自莅敝邑以来，廉以律身，勤以供职，当蚁贼方张，四郊鼎沸，军旅仓卒之际，犹能身任守土，调护善类，歼灭匪党，整饬团练，蠲除杂派。使狱无逸囚，庭无摧陷，以此益见经术之功、学道之力，深得古人循良治法，如西汉朱邑、龚遂之详密，胜国阳明、少墟之审慎，罔不相符，益信学博之言足征实验。

今先生引假暂退，寓民颓垣，日事著述，毅然又以学术为己任。盖天下惟贤者能以贤望人，亦惟能退者必将进而大有为于时，非犹夫当世之所谓贤宰官也。至是基定积四五年之久而后能深知先生，故不敢兢兢自外，破除往例，敬谒崇阶，瞻仰道范。乃先生位高而心下，隅坐之际，以文成公《讲学篇》见示，批点稠叠，朱墨粲然。自云生平笃好孟子，尊信阳明，此真实卫道本领，的是圣门一路，与宋学无异。后人以为杂入竺乾者，妄也。阳明当军戎倥偬之日，庶政殷繁，莫非炼心养民。少墟间退三年，除却人情事变，别无工夫可做，学问大进。今先生居官恤民如此，安身立命复如彼，与近今晋中泽州、阳曲二老后先继美，将来文苑儒林，不可限量。惟望葆摄神理，努力著书。文章政事原非两途，文成之理学文章，未必不从会计簿书中而出，慎勿以为余事耳。

严寒，伏惟起居珍重，不尽欲言。州民基定顿首。

与周星叔大令书

刘基定

月日基定奉书星叔先生侍史：

向读所撰六世祖陶奩公家传，中言明季板荡，公首倡谋议，慷慨激烈，忠愤凛凛，卒至身殉国难，以为今世韩、欧复出，直接文章之统者，惟先生足以任之。后又读周安愚及阎岁贡两诗序，及《堪舆法言》，则理富而格峻，气清而词雅，空所依傍，自成一家。当其操笔向纸，气盛志厉，凌出古人之上，归熙甫所谓文人之慧业，先生能发其秘矣。昨晤左虎臣文学云，先生询问基定甚悉。是殆先生远绝流俗之见，别具心眼，而基定茫无知识，反不见弃于大君子之怀，岂非幸哉？独念远隔百余里，无缘一见颜色，久欲奉书左右，忽忽不能为，甚罪，甚罪！基定生而顽钝，落落寡合，又身处荒僻之地，不获与当世名贤聚首，借是广购熙朝名人专集至五六十种，朝夕披阅，如与晤言，深自刻厉，豪无加益。至世所称方抗希、姚惜抱、刘海峰三家，为文皆有体制法度，亦未知所仿，而此三家又往往为人攻击其弊，益难渐摩。先生胸有智珠，手握椽笔，便中祈有以惠我。

近时湘阴周氏《安愚堂文集》，向于邓湘皋学博案头见其钞本，约二百首，体格尽合于古绝，似苏长公一派。昨得刊集，诧其短少，且集中编次紊乱，未能画一，锓板恶劣，工不中程，深为惋惜。闻此老后人为先生高足，急望劝其收回原刻，重加编校，仿大家之例，以张吾楚雄风。尊著《壮学斋集》何日开雕，愿得襄校雠之役，如宋袁桷之叙深宁，厕名卷末，是有厚幸。谨将近年所为文十数首封投阁下，伏恳赐阅，施其涂抹，不惜墨污，区区之忱，祷望无尽。

基定昔年曾一宿桥头驿，闻先生家居不远，极慕其山水之胜，傥得重经其地，一修士相见之礼，瞻仰光仪，则大快余生。未审垂白之年，能遂此愿否也。临楮神驰，万望著述自爱，不尽欲言。

再与周星叔论文书

刘基定

十月二十五日从左虎臣文学处接到钧覆及大著文集二册，盥诵一过，如获天球河图，莫名其宝，令人骇汗，益见基定前所为文，百弊丛出，惘然自失者累日，大惭大惭。先生振古起衰，继韩、欧正统，每所纂述，立言不苟，皆经世切用之语。集中盐法、钱币二论，谙悉利病，娓娓千言，使今世行之，三代之治可得复见，所谓规仿周秦者，今益信矣。惜与阁下邑壤隔绝，艰于一面，不克直陈左右，犹幸借此奉教，尚非偶合。德之不孤，全借相长。而先生谦抑太过，称谓乖错，使人难任，岂以基定不能奉挚，故尔逆施邪？

尊谕云梨洲、亭林不欲以文名，盖两先生在明季，始为党锢，终为遗逸，中间陵谷崎岖，不废著述，方孩末先生称其的是古文种子。梨洲著书三十余种，诗文集若干卷，统曰《南雷文定》。亭林文集若干卷，杂著经史，论辨郡国利病、音韵等书，亦复十数种，而《日知录》为世甚传，是不欲以文名而名益著者也。侯、魏两家阁下称其凌厉无前允矣，而勺庭才气，则与阁下为近，诸所评骘，无不妥协。惟《小仓山房集》，蒋心余、赵云松乃奉若斗山，彭尺木、王德甫、秦小岘则视同奴隶，或以为粗知骈俪，或以为文字之妖，皆嫉之已甚，未免刻核过情。独陈句山太仆谓随园才大学博，不自检拾，此派切不可学，犹是调停门户之语。即尊著《壮学斋集》，海涵地负，笼罩一代，窃恐近日经生家工时文八比者，撼摇眩掉，龇龇龂龂，不知宝贵，深为悯惜。

基定少时疏于制举业，荡废自弃，迄于无成，退而学为韵语，自道光辛卯以前悉皆毁烬。近又得五六百首，间亦仿作志状表传，又复汰去大半，家贫无力佣钞，俟稍暇当写呈阁下，乞正有道。崦嵫残喘，思欲尽其所为，不自愧赧，惟阁下教怜之。明春虎臣来族孙处，更祈有以覆我。天寒葆卫神理，加餐著述，珍重珍重。伏惟存察。

与邓湘皋先生书

刘基定

湘皋先生阁下：

自庚子冬十月先生解印归资江后，基定寂处山中，避绝嚣俗，不复通于当世大人长者，非敢慢也，诚以名德如先生，虚衷接物，无能有加。今又觖然失望，故不愿再与近日之称贤明硕士相接耳。曩闻阳司业去道州，太学何蕃举旗阙下，集诸生三百余人乞留司业，以昔之视今，今之视昔，当如何愧死也？去腊家侄受之，自县垣寓中得晤伯枢明经，逆旅高谊，归述先生系念寒贱，不遗衰朽，极增感喟。奈便羽稀逢，迟至于今久不报，未克稍申候谢之情，死罪！

伏念阁下道高德厚，忘其隆贵，与基定交二十余年，勤勤恳恳，情愈骨肉，当流俗波靡之时，先生卓然不贰，独与寝馈，此其气谊真当于古人中求之。顾基定卑鄙凡猥，不知有所报称。至廑诲语，音问时通，两蒙惠寄《资江耆旧》及《沅湘耆旧》诗选二巨编。《南村诗文集》若干册，有不能相忘之言登诸简牍，此又求之古人中之所难矣。近于秋芸递中得悉数年以来诸大吏敦聘主讲濂溪、朗江两书院，与高材生推衍著述，以通今复古为切要，一时学者皆从之游。又闻纂辑《宝庆府志》若干卷，与韩、康二老朝邑、武功两志繁简不同，此书一出，定为四库史类采择，必传无疑。

定前岁购得山地一区，竹树蒙密，中有清泉可煮，其地为宋胡五峰书堂故址，载在邑志。近且积土为屋，编蓬为户，锯木为架，可庋藏书万卷，借以娱老。惜今岁儿子赋闲，不能有所俸入，阁下广荫八百孤寒，逾于置驿，傥得代谋一地，免致荒废，为幸甚大。兹因秋芸有书邮致阁下，肃此布悃，伏惟谅察。

湖南文征　卷一百

书九

论凤仙女史诗稿书

葛树蕃

窃惟佳稿既经张、谢两明府鉴定，且缀序言，科第、官阶并堪主持风雅，至弟荒江蓬藁，无足重轻，即素有吟癖，亦只春鸟秋虫，自适其意，究于诗律未细也。乃钟吕之夷，更及焦桐，体裁是属，并索宜楼诗序。姊氏故性耽文史，安用是呕哑啁哳者为哉？然刁调于喁，有触则鸣，姑慨乎言之耳。

至若体裁，自当以梅花咏为主，且多至二百首，极是出色事。他若宜楼各诗，万不及梅花咏之工，姊氏欲并刻之，不免贪多务得之见，冀以富赡博诗名也。自古诗名之传，不贵多而贵工。诗莫盛于唐，而闺秀如杜羔妻、寇坦母、鲍君徽、李季兰辈，篇什仅一二，是其明征。况一题至二百首，垂英结繁，足蔽前古。序故决其必传，若漫兴诸作，只宜节存附刻中，俱收并蓄，不但无裨诗名，反累诗名，何者？瑕瑜不掩，妍媸相形故也。又中多幽怨之辞，非闺阁体例，姊氏贤德素著，必不炫己之优，暴夫之绌，理固然矣，且独不为诸郎君地乎？郎君为姊氏刻诗合善则归亲之义，并刻全诗则违为尊亲讳之义，承慈指于闱前，无以慰英灵于泉下，人子之道，得不为君子所讥邪？故漫兴各体，宜概付附刻中，题目仍书明三十韵，下乃旁注存几首以著其实，原原委委，庶两得之。

编中有赋序各体，何但曰《宜楼诗稿》，故序以《宜楼小草》易之，名义始惬。《清江梅》一首后两句欠贴切，非当日所见原本，此等作一题有一题实际，囫囵语便豪厘千里。群玉微瑕，致足惜也，改正为是。序稿另叶，录呈不宣。

再论三房支谱书

葛树蕃

树蕃顿首某某族尊足下：

前闻贵房谱稿付刻，有故中止，因作书趣成之，究不解所为何事？姑揣三说，冀或一遇，最后至听命于神，此亦不得已之下策。今乃知龙、凤二公裔为纯所公配，先后之序，《家祀录》与老谱互异，二比各执一为据，坚论不决，此不失为君子之争。然明明有义理可辨，惟是局中人反覆推详，行其心之所安，蕃前二说尚可行，而后说直无所用之矣。

窃以公等所争，各有所优，亦各有所绌，何者？龙公裔执老谱为据，谱今经七八十年，族约数十册，生卒丘墓之所凭是文之足征者。然名字干功令所避，甲子与纪年不合，违阂之处未加详考，其文尽足征乎？凤公裔执《家祀录》为据，录为吉甫公编，去始祖未远，所纪必实，是文之足征者。然而公当乱离之际，救死不暇，序中于庐墓散失之感，致慨深长，录曰家祀只便春秋时事，使家人知先世有某公某母而已，在当日苟全性命，月计岁计，冀后之人出万死一生，得延宗祀，借兹录略具源流，是即先人之灵，他非所虑，故其间脱简错出之处颇多，其文尽足征乎？文之足征者即公等所优，其不足征者即公等所绌，旧文皆不足恃也。不足恃，奚谓公等执一不下？谱必至于分修，分修谱势必至于终讼，蕃见其弊而未见其利矣。夫谱讼既构，龙公裔必呈老谱，为蒋氏则得，而其中违误之处，一经挑出，为亲者讳之谓何？公等必爽然自失矣。凤公裔必呈《家祀录》，为郭氏据则得，而其中疏漏之处一经指出，为尊者讳之谓何？公等必索然无味矣。故曰见其弊而未见其利者，此耳。且《家祀录》之为书，主质不主文，书男无字，书女曰婆，且无配妣等字，安论嫡继庶？故老谱亦因便就简，概曰配某氏，不敢擅加嫡继庶字样，是先辈极得大体特识，何必于今日争论？如谓名分攸关，不可不辨，则郭氏生没葬址俱无实际，仅争此嫡配虚名，于氏何益？于公等何益？凤公裔固可不必已。龙公裔谓先辈所定，断不容易，引里名胜母曾子不入之义以证，抑非定评也。

理有变通，事有权宜，孝弟力田以遵往训，忠厚教家以承世泽，此必不可易者。至若笔墨之常，纪载之偶，则龙门作《史记》，有不尽守太史公之说者，矧在家谱？如谓谱不可易，岂现在史策可稽、志乘可按者？亦不得据而政之邪？率祖攸行为孝，干父之蛊亦为孝，不得拘胜母不入之义以例之。况妇道以有子为贵，即分实居嫡，生而无子，又未尝子众子，则死后之主不得祔入祠庙，礼也。今二公裔不下千余丁，既繁且才，为宗族光宠者，果谁氏之出乎？然则蒋、姚二妣不争嫡庶，同一尊且贵矣。

谱以存信，非以存疑，征于显不征于晦。吉甫公《家祀录》语焉不详，所见异辞，老谱与《家祀录》不合，所闻异辞，公等各执一见，久而不决。所传闻异辞，既生数世之后，尚论一二百年以前之事，书无明文，捕风捉影，自信为确，此虽上智不能。然而贵房之谱，礼以义起，文以情生，最易定局，公等又读书明理，正言易入，请进二说焉：或依老谱所载，而于郭氏表下另立论辨，以昭其慎。缘老谱相沿已久，未便遽更，因言以见事，核实以正名，此一说也。或循二公伯仲，列叙蒋、姚二妣于前，其余诸妣，递次胪书，皆不加嫡继庶称谓，合母以子贵之义，识者不得议之，此又一说也。二说于《家祀录》、老谱两不相悖，而后说较长，惟高明酌而用之。总之，谱不可不修而支谱更不可分修，此不易之理也。蕃谨白。

复陈良瑜书

蔡云逵

癸丑冬，肃简具覆，递入典签否？春间接手书，知旧腊曾邮函见寄，良友不常聚，已深足惜，矧双鲤沉沦，数行莫达，闷瞀奚如？来教滔滔汩汩，真气盘旋楮里，足征转徙红尘，犹完太璞，不独簿书之暇，涉猎功深。古来大人物往往拔起幕僚，就中历练时务，本足为格物致知之助。近世习熟时俗，工语言，识形势，善伺居停意。庄子云：小夫之知，不离苞苴竿牍，敝精神乎蹇浅。求如足下若汪君其人者，杳不可觌。窃思高才博识不得志之士，屈抑此中者，谅不乏人。囿于耳目，莫获上下求之，亟标以为当世劝。今得汪君，已足窥见一斑矣。

鸿去岁师事罗慎斋夫子岳麓，深荷垂青，间于朋侪中见存吾先生著作，欣然神往。徒以七十指之养迫归故里，即慎斋门墙尚不能窥万一，恐负笈从师，此愿难偿，惟日与故纸古人周旋以遥寄向往云尔。今岁训蒙近地，携小儿往塾，授四书、小学暨《诗》《书》《易》三经，间弄笔学时艺，亦可助我掀髯。私念人生地上寄也，穷达有命，不可以智力争，若潦倒侘傺，辄与世浮沉，不自树立，将来草木同腐，此憾宁有终穷？只恐马齿加长，伏枥鸣号，途穷致慨。窃欲以此未竟之志植厥诒谋，又虑中年多故，身世匆匆，诗书之泽不能为饥寒而留，奈何，奈何？

足下旅食频年，缘不得已，尊潭近况，鸿时关心，第朋友不在，非有大故不入其门，想家人悬企，何日能忘？望买棹言旋，再图刷翮，幸无淹滞于佳水名山。迩来唐三、羊四暨家力哉俱就物故，每闻邻笛，感切五中。想足下多情，闻此亦复尔尔。鞍马风霜，无人调护，随时谨摄，以保不虞。

为我致意汪君，千里神交，情过数面，尚磨砻利器，以待盘错，饥寒非所惧也。后会有期，努力自爱。

与云衢族叔论湘川李氏易注书　易慎惜

前过绛帷，获聆清诲，承授以湘川李先生名文炤，字元朗。《易注》钞本，命将所见签批商酌。侄何人斯，敢于议论前贤？然仰承尊命，又不敢以不敏自谢。归家细阅，觉有不能不与私心刺谬者，敢摅卮言，录尘钧鉴。

侄窃谓圣人之言，从广大平正胸中流出，非浅见私智固持一说可以自谓有得者。况《易》之为书，洁净精微，尤难窥测。学者读经，要当放开心胸，高着眼孔，先将胸中习见扫得洁洁净净，不使昔人成说滞我灵源，然后虚与委蛇，沉潜观玩，自然贯通融会，意味深长。至为初学示入门之方，则先儒之说，有旁义、有正义，取裁不可以不慎。以旁义为正义，犹为误入门户。若执旁义之支流为正义之要旨，是走入曲径歧途，何由窥圣经常奥乎？此李先生《易注》一书所以不无可议也。何言之？夫《易》义有三，理、象、数而已。理其本也，象、数其末也。互体变卦，不无象数之支流，错综来知德说。推移，毛奇龄说。则纤巧之谬说也。盖自汉魏诸儒专泥象、数以谈经，《易》义晦蚀者数百年，迨王、韩作注，阐发义理，孔、颜等疏之，学者始有门径可寻。然王注稍杂玄虚，疏义随注衍说，未为尽美。

程子作传，《易》义始大明于世。然惟务明理而概扫象、数，亦未免得本遗末，至朱子《本义》出而理数兼综，本末具备，广大精微，不啻日之中天矣。然于象有略焉者，非略也，诚以学者读书，惟在涵养德性，通达事理，以为淑世淑身之本，而入德之方，非理莫由，故不惜殚心极力以发明之。象则圣言悠远，失其传授，未可意为推测，故不必强求所自来耳。学者熟读其书，能于刚柔、中正、吉凶、消长等处，探求四圣心源，看出随时变通道理，则凡穷通得丧，随处一境，遇一事，莫不各有当然之则，性命所以顺，过咎所以寡也，其益于身心，不已多乎？来知德、毛奇龄辈不知此义，沾沾惟象是求，象不可得，则创为错综、推移等说以附合之，是昔贤所訾互体变卦为附会穿凿者，反又于其中生出许多巧说矣。不知象既失传，非若义理之可以苦索而得者，乃于此不得则求之彼，于彼不得则求之此。逐卦逐爻，言错综，言推移，一爻之中，错又综，综又错，错综又变，变又错综，一卦之中，移上一爻则象来自某卦，移下一爻象又来自某卦。六十四卦随我意为推迁，恰是圣人作经。左顾右盼，东支西扯，如一件襤褛之衣，补补衲衲，零零碎碎，全无自然浑成气象，不惟推之义理殊多窒碍，即使说得天花乱坠，于身心性命有何裨益乎？且《易》之所以包含无尽者，由其假托虚象以明实理。如鸢飞戾天，上察者不必不指是鸢，亦不必实指是鸢也。鱼跃于渊，下察者不必不指是鱼，亦不必实指是鱼也。不过借有形之物象，明无形之道体耳。即诵诗而赞黄鸟之于止，在川而叹逝者之如斯，亦犹是也。《易》之取象，何以异此？今试参而考之。

《说卦》有为布釜裸蚌等象，而彖爻不及之，彖爻所取诸象，《说卦》所不及者尤难指数，则《说卦》之作，圣人亦偶举一隅以为类推之准，初何尝刻舟求剑，以为某卦之象必取自某物也？且如《乾》为马而爻辞则为龙，《坤》为牛而彖辞则为马。《屯》有马而无《乾》，《离》有牛而无《坤》。《乾》之六龙非《震》也，《坤》之牝马非《乾》也。玄黄之龙《坤》上无《震》，十朋之龟《益》二无《离》。《乾》为寒冰，而坚冰之至则取阴凝。《坤》为大舆，而大舆之輹反取刚壮。《坤》土黄也，而为黑，《坎》不可以为黑乎？《坎》水黑也，而为赤，《离》不可以为赤乎？《离》为戈兵，《兑》金在西，不可为戈兵乎？《乾》为寒冰，《坎》水在北，不可为寒冰乎？要之看得圆融活泼，则依类以推，取象正自无穷。死板看了，则《说卦》之中尚须增象数十，方与彖爻之辞可以印合，象可泥看乎？昔朱子门人有疑《本义》太略者，朱子曰：譬如烛笼添一骨子，则障了一路明。是说也，或者疑之，谓经待注明，岂注之而反障其明？《说卦》末章，全不之注，岂经不必注乎？不知此未窥朱子之微旨也。盖象爻之辞，若作实象泥看，则乾之初爻，止作圣人隐遁解，二爻止作出潜离隐解，则三百八十四爻之辞，止可作三百八十四事之用，何以包万事万物之理、周万事万物之用乎？惟作假托看，作虚象看，则一卦六爻，便可包无数事物。即以目前言之，时云衢设帐株洲市，其门人方应县试。如童生应试，得初爻者，只宜闭户潜修。得二爻者，文明显著，上进可望。商贾贸易，得初爻者，暂宜收手。得二爻者，远近争趋，渐当茂盛。推之上而天子，下而庶民，随其所处之境，所遇之事，莫不各得其用。圣人所以开物成务，冒天下之道者，全在于此。惟其象系假托，要在使人活看，故《说卦》之辞，不必下死板注脚，印定后人眼目也。今之学者以身心性命为虚谈，以炫博矜奇为实学，搜求隐僻，无所不至，取经文穿凿而附会之，而于是互体变卦诸说，遂以为解经不易之旨矣。夫谓卦有互变，虽不若错综、推移之纤巧，然与经文有合者有不合者，未可按爻责卦，字字推求也。若执为全经之通例，泥定索解，谓可探四圣之心源、补昔贤之缺略，是犹航断港绝潢以望至于海也，岂可得乎？

兹李先生解释翼传，证理既多醇正，说数亦不支离，即先天、后天、蓍策等说，亦不无可取者，独其注释经文，惑于来氏之说，泥象求经，专以互变错综为要义，舍康庄而寻曲径，全失洁净精微之旨。其尤谬者，于每卦之下增入“互某卦上”“互某卦下”等字，印定后生眼目，使专于互体索解，已为鄙倍。乃复于三百八十四爻，各增变卦于经文之上，不惟增经之妄，罪无可逭。而一切支离、牵附、诡僻、穿凿等病，均有难为先生解者矣。夫解经自有定法，微论互变，均属余义。即使为解经正旨，亦必经有此义而后以此义解之，未有经所未及，而先安排豫设以待经文之符合者。今每卦增一互体，则一卦之明障矣；每爻增一变卦，则一爻之明障矣。以己意为主而牵经文以附之，是经来注我，非我注经矣。试问千百年来，有此注经之法乎？况乎持琐碎纤巧之偏见，解广大平正之遗经，逐爻逐卦，节节推求，附会牵合，无所不至，必其实不可通而后另进别解，拾前人之唾余，矜私心之创获。即使所推尽合，吾犹谓其只宜标明注中，不宜增冠经首。况经之所解，合经者不过十之二三，不合者十之六七，而与经显背必不可通者，且有所不免乎？他不暇论，即以《乾》《坤》二卦各举一爻言之。如《乾》之初爻变《姤》，若作变看，当有小人相遇，或戒勿用小人，或戒勿见用于小人，理均可通。然《文言》有“龙德而隐”之赞，合乎？否乎？《坤》之初爻变《复》，若作变看，《震》雷潜动，阳有来复之机，元吉无疑。然爻有“坚冰驯至”之戒，合乎？否乎？霜之取象，不知来自何卦？以为来自本卦之《坤》，则有云地为霜者，即成笑柄。以为来自变卦之《震》，则雷乃解霜之物，显然相反。若依错卦之说，指为自《乾》，天固有下霜之理，然如此牵合，则凡相反者皆可取象，支离不太甚乎？冰之取象，据《说卦》则来自《乾》，然不惟卦中益并无《乾》象，将谓坚冰之至，即《乾》阳之驯长，有是理乎？霜冰二象既均不能推所自来，则象之不可泥明矣，岂《履》之一字，必有所自来乎？乃因变《震》之故，嵌入“大涂”二字，如此穿凿支离，妄可胜计乎？至《文言》云由辨之不早辨，责其不能辨也，与系传复小而辨于物，语正相反，而乃引以为解，非牵合而何也？举此二爻，以见其概，其余欲辨，更仆难终。如此解经，经意愈晦矣，何足以传世行远乎？此吾所以重为先生惜也。

虽然，谓互体变卦必不可以解经，则又非通方之论。夫圣人之经，大含细入，何所不包？随举一说，只要义理平正，无不可通。况互变二说出自汉儒，未必全无传授。前儒如王注、程传及胡安定、王介甫诸家，一概辟而不取，要亦未免太过。虽解经正旨，全不在此，要皆自卦内推出，并非无中生有，求之诸卦，亦或有相合者。诚能旁推交通，圆融活看，合者取之，不合者置之，未始非读经之一助，非若毛氏推移、来氏错综之纤巧乖谬也。特逐卦逐爻，板板看煞，于不合者亦必支离牵强以求其合，使后生读之，穿凿傅会惯了，心地日趋于纤巧，识见日流于颇僻，不见圣经广大平正之旨，则于经无益而反有损耳。

余因李先生《翼传》诸注，诠理释数，多能发明微旨，而惜其泥象求经之难免谬误也。意欲重为订正，刊其增入经首卦下者，以复洁净精微之旧，辨其然谬误者，以免后学之疑，而病体衰残，难于缮录，未克卒成其志。录呈鄙论，以待高明折衷，傥有不合，尚祈有以辱教之，则受益良多矣。惝谨白。

复贺耦耕先生书

陈起诗

耦耕先生阁下：

辛阶处奉到手书，深感大君子诱掖后进之意，又悔不能亲执业以证趋向，定异同。先生出京已十余年矣，今所见有欲请于左右，未审前在京时与今同不？近来世运，正是盛时；人心之故，颇似晚景。一则愿体急迫，二则知体细碎，三则识体遗忘。惟其急迫，是以苟且。惟其细碎，是以惉滞。惟其遗忘，是以决裂。观人观我，有见之物，鬼趣皆同，惟垂济拔。

急迫之相，不特利害有所趋避，寻常日用，利害无关，念所取处，亦复如是，读书穷理，亦复如是。趋避日甚，境势所迫，寻常习念，心趋熟径。读书穷理，以为勇往，其实凌乱，以为警动，其实忙迫，火急头然，锅热蚁奔，未足为喻。理欲事异，厥体均失，心如大运，天地道浸，健则不息，密则无间。今乃反是，粗而不密，骤而不浸，风刀喘丝，如将断绝。非外灼烁，乃心本体，有如岁差，初差不觉，改节易气，久乃觉之。今差数大，当改易时，前或不然，今乃如是，敢以请教。

细碎之相，不特功业，道德、文章，以至事物，以至语默，工巧之处，是为细碎。挑剔摘抉，指点搜括，开拓翻变，亦是细碎，稽古景贤，亦复如是。忠孝天性，触不自禁，察厥发处，亦复如是。是则非特用处细碎，体之端倪，盖可知已。谓用处差犹可解曰：彼自见小，不先立大。何乃天性，弗能已时？不自知时，亦复如是。读书尚友，整处不理，乃理零碎。大处不见，乃见支节。完处不治，乃治破碎。心与道体，无中边际，亦小莫破，弗以小堕。如瀑布水，一落千丈。浑浑沦沦，彻上彻下，望若不动，非可凑泊。岂有珠沫，得迎面观？今乃反是，跳而不浑，分而不彻，段而可凑，柔而可泊，以为细密，其实琐委，以为周到，其实矛盾。留心检点，愈检愈裂，故用意推求，方求已非。失在细故，如画鳞爪，没头没脑，石火电光，光火到处，随即断灭，是澌绝相，是枯萎相，非外支解，乃心本体。有罗计蚀，全景暗虚，危光四闪，今当蚀尽，未复元时，其有知者，见大黑影，其无知者，见罅隙光，十年前人如是否邪？敢以请教。

遗忘之相，不特记性，言人人差，乃至此言与彼言剌，此念之动与彼念乖。一事之善，不称平生；一事或恶，亦出意外；一见之的，不贯全脉；一见有差，如面反背。心主身世，万物同体。但凡一念，即数十年中之一念；凡有一见，即数十年中之一见。自生迄死，并无二人，亦无二心。自然贯注，自然照应，昭昭之多，即日月光，手持足行，左右为用。舌昧咽喉，彼此相成，不相赐也，不相舍也，不相待也。今乃反是，今年明年，今日昨日，倏忽天渊，乃至瞬顷。但凡一念，随起随无，起已前殊，无则忘起，起与起扞，无与无忘，起无二机，彼此断绝。如小儿戏，抓彼弄此，堕此顾彼，忽啼而笑，笑时无啼；如垂老病，前后瞢暗，后不接前，以手代舌，并手不运，血肉犹是，死期克征。无惑乎外，是父母誉尧毁舜，自亦骂自，咋舌戕口，有可笑咤，有可悲叹。数十年前，岂亦然邪？敢以请教。

谓心本体如是，纵浪大化，自然听之，即此本体，即是工夫，无所拣择，岂有今昔？敢以请教。

谓心体差，执口之持，如海落漈，牢把帆縴，但用工夫，勿惊本体，旋天转地，握枢运机，敢以请教。

谓二皆失，谬殊体用，本无本体，亦无工夫，口头澜翻，二三一律，敢以请教。

道远溽暑，珍重道体。伏惟不宣。

覆杨侯书

陈起诗

诚村先生阁下拜手书：

读大集《平平录》，通天地人之道，敢明目张胆言之，与宋元来谈道诸子藏头露尾气象，大小悬绝。只此气象，便是道之所以为道。铢铢而称之，至石必谬；寸寸而度之，至丈必差。石称丈量，径而寡失。且夫石丈铢寸，计较而出，差谬寡失，有所取舍而为之，仍是铢铢称寸，寸度之见。知道者不然，言天下之至赜而不可恶也，极天下之至变而不可乱也，故曰孟子于问浩然之气曰难言也。象山先生云：吾所知之理，罄南山之竹不能书。旨哉言乎！道本非罄南山之竹所能书，非象山先生所知之大且多也，知其不以大小多少殊，则知近之矣。此知不在学问，不在心思，自有生以来能知则知，不知则不知。读尽古人书，呕尽心头血，求一隙之知不可得，故曰难也。揣量摩拟之工，口耳思虑之所，一指可以障泰山，两鼠斗于隙中，焉能辨其是非？韩文公云：非天小也。诗谓此四字惊心动魄，起膏肓、发痼疾之药石。读《平平》者，当理会此气象。若理会某章某句，学我者拙，似我者死。混沌凿窍，韩卢逐块，可以一笑。

诗所见如此，大君子许赞一词否？

与罗璧堂书

何炳煌

别后三易星霜，离索之感，曷能已已！今岁从子述诚立雪门下，忻宷贤昆仲近履胜常，慰甚。

昨闻令弟某昆仲因家细故，顿启讼端，殊深骇异。贵府门楣家法，夙为乡井宗仰，忆乾隆乙卯弟负笈高斋，得亲尊大人伯叔诸前辈道范，窃见太和之气聚于一堂，归述之先君，先君钦慕不已，述之敝乡，至今传为美谈。厥后友爱之风老而弥笃，二十年中迭相探望，不间多日，每当分袂，辄相涕泣。此种光景，依依如昨。后人即有极大拂意之事，念及前徽，亦当涣然冰释。闻兄暨众昆仲曾多方劝导，因其固执己见，遂愤而袖手，但弟窃有进焉者。五伦之中不越天合人合，以人合者，劝善规过，不可则止，免招疏辱。若夫操戈同室，衅起阋墙，忘前人之友爱，开后裔之争端，如某某昆仲者，诸先辈睹此情形，知必相对号泣于泉下，何可以人合一例视也？伏愿兄台体先辈之心，纠合众昆仲，勿厌烦苦，再三解释，务使各悟，不至终讼。况某等素称敏慧醇谨，兄台能体先辈之心以劝某，某必知体兄台昆仲之心而遂顺从者，在诸先辈可破涕为笑。而兄台昆仲之孝，可质诸在天无惭矣。

以兄台昆仲之高明，原不应赘具芜词，上渎清听，因昔在尊府蒙诸先辈谆谆教诲，如子侄然，故不揣刍荛，直陈左右云。

与人论格致书

方大淳

昨接手札，蒙示格致一条，辨析豪厘，阁下有功传注不小矣。又复谆谆下询，刍荛兼采，虽古之虚心好学者，何以加兹？淳虽愚昧，敢不尽言。

观历来诸儒辨论格致，何啻千余言，淳何人，敢复饶舌哉？虽然，间尝折衷经文，浑诸家之论而一之。今之论者多以格致之传为亡，愚以为格致之传虽亡而未尽亡也。曰此谓知本，此谓知之至，格致之义了然矣。曰知本即王氏致良知之说，尊德性之旨也。曰知之至即朱子穷至事物之说，道问学之旨也。

为尊德性之说者曰：物即物，有本末之物；知即知，所先后之知。盖通量物之本末，事之终始，而为用力之先后耳。夫物岂有出于身心、家国、天下之外者哉？夫谓物不出于身心、家国、天下之外，是即孔子成身不过乎物之说也，非异说也。

为道问学之说者曰：用力之功，或考之事物之著，或察之念虑之微，或求之文字之中，或得之讲论之际。凡夫身心性情之德，人伦日用之常，以至鬼神天地之变，鸟兽草木之宜，自其一物之中，莫不有以见其所当然而不容已，与其所以然而不可易，此即孟子万物皆备于我之说也，皆笃论也。夫天生蒸民，有物有则，自其大本而言之，凡经文所谓身心、家国、天下者，皆吾良知中所固有也，即知本之要务也。自其极功而言之，朱子推之天地、鬼神、草木、鸟兽，皆所以扩吾心之良知也，皆知至所包涵也。

知本者格致之始事，知至者格致之终事。知本、知至，则格致之道备，吾故曰格致之传虽亡而未尽亡也。至若传古本《大学》者，谓格致无传，以此谓知本二句系经文“未之有也”之下，是顿悟之学也，是禅所谓一了百了者也，岂足以语圣学哉？是朱子之定固不可易也。然而补传则窃有所未安者也。以知本、知至之言还之格致之传，则格致之传虽阙，而格致之义更不必补。守缺抱残，其亦可矣，何必以此谓知本为衍文而别求其说欤？略陈管见，幸高明有以教我也。

又考良知家言，谓格物为格去物欲，若如此说，则八目只说得行一边少知一边，且去欲一层已包于诚意中，则此说亦未可从也。补记于此。

或曰朱子谓一草一木皆当格，不几玩物丧志欤？曰：吾固言之矣，此孟子万物皆备于我之说也。万物体统一太极，物物各具一太极，与我非有二也。夫草木之发荣滋长，乾之元也。畅茂条达，乾之亨也。收敛藏固，乾之利贞也。四德原于天，具于心而散著于一草一木，其分虽殊，其理则一，即此可以知性，即此可以知天，即此可以见至诚尽性参赞之学，格物顾不重哉？如徒订《尔雅》之经，考《山海》之注，是博物也，非格物也，是真玩物丧志也。

与陈芝楣书

汤鹏

芝楣足下：

与子相识，虽复频年，倚赖楮墨，吐殷勤、致往复已耳。顷以旌麾展觐于都，握鹏手道契阔，望见虎头、燕颔之奇，芙蓉、杜若之美。论事忼慷，如九河之悬波澜。与人露崖窾，如光风霁月之皎然而不可掩，然后果得芝楣之真也。凡爱鹏者，徒曰读书谈道之人已耳，直言骨鲠之人已耳。芝楣独亹亹相告戒曰：欲蓄德莫如剷客气，欲止谤莫如匿才辨，欲救时济事莫如且循分塞职。然后果叹芝楣之不外彼于鹏也。天涯聚散，不可以常，与子绸缪，忽忽又别，怀哉，怀哉！

江西襟江而带湖，控荆淮而蔽闽广，奥区也，重任也。想闻芝楣始到，奔走伺候之吏，张棨戟，击鼓钟，咨嗟震怖，不敢仰视，而芝楣蔼乎其言，悦乎其容，下马拱揖，佩何纵纵。又见戴白之叟，垂髫之童，骈肩蹑足，哗然来从。而芝楣具述天子惠爱远方元元之意，与已之所以鼓雷霆而润风雨之权，其敕而子弟，告而乡井，农则劝，匪则惩，率则同，不率则以闻。大丈夫官至开府，宣德威于人，指挥则匡庐为之动摇，谈笑则九江、彭蠡为之澄清，不其伟哉？

与子别后，书告诫之词于绅，慎言语，寡交游，然而至于鹏之门者，纷纷然求一言以觊芝楣之援系，其黠者乃曰：汝姻好也，一言重于彝鼎。鹏作色而告曰：子知乎山乎？直岭曲岭孰胜？子知乎水乎？清流浊流孰胜？子知乎姻好乎？以门第气焰、以文章风义孰胜？今芝楣则巍然时栋矣，然固以吾之文章风义为古之人，信道笃而处心夷，且伐国不问仁人，子休矣，吾安能为？子求援系以溷吾真，悠悠颓俗，良可羞耳。惟礼闱摧挫四寒儒，一建宁张亨辅，一婺源吴廷森，一永丰郭羽可，一泸溪林以成，愿得山中讲席以栖厥身。寒儒可念也，讲席可分也，区区荐士之心，于道又无损也。傥赐之辉光而嘘植之乎？四子幸矣，否则，其困也甚矣。

伏惟矜察不宣。鹏再拜。

与陶制府书

汤鹏

去腊月下以蜺旌入觐，得亲大君子于言论咳唾之末，舌如奔电，目如耀星，义如秋阳，仁如春风，敻乎迈哉，弗可及已！鹏于其时，独以毛羽摧挫，志气乖沮，肠一日而九回，昧出处之所宜。

公来教以素位而行之学，且援古今譬天人以洗其澎濞慷慨、无聊不平之概，鹏固已嘿嘿乎其若有所悟，而坦坦乎其无所失也。可叹者天下士大夫靡然成风久矣，以因循为性情，以模棱为事业，以勇往直前为缪戾，以文采风流为漫诞。方公来时，不知者竞执公之短长，颠倒公之黑白以号于众。迨公去都，遂有掎摭公之疑似，自谓足困公于弹击之下，说虽不中，其心见矣。夫鹏本以激浊扬清为志，而改官后杜门息影，不与戴縰垂缨而谈者相往来，不能为大君子辩疑白谤，又不能狃天门，陈得失，扫浮云之翳，现明月之光。鹏自顾已矣，而欲恢张大君子之本末，以作天下委靡之气，而塞天下谣诼之口，亦不可得。屈原曰：鸷鸟之不群兮，自前世而固然。何方圆之能周兮，夫孰异道而相安。旨哉言乎！

鹏既以此颂公，又自征矣。夫遭逢晦塞者励躬之具也，年华消耗者伤心之故也。人生不过数十寒暑，鹏今已三十五矣，以前之岁月付之富贵声华，如醉如梦，不可省视。以后之岁月要当付之文章，用其所长，追古人而从之，破今人之藩篱而出之。孟朱吾师也，马班吾友也，其他吾所不敢知也。或曰：子经摧挫之后，正宜矫翼励翮，驰驱恐后，抑志修颜，屈曲取妍，若复闭门守道，咏歌先王，岂不使匈匈者笑迂腐之无能乎？悲夫，屈原之所谓"哫訾栗斯""突梯滑稽"，韩愈之所谓"伺侯""奔走""趦趄"

"嗫嚅"，盖深著其罪而笔之于书，而我为之乎？且我不为之于安常处顺之时，而为之于羽毛摧挫、志气乖沮之后，不重为有道者所訾笑乎？君子不以盛衰改图，志士不以夷险异节。物之所长，我之所短。我之所是，物之所非。苟文章之逮乎古而传乎后，此外得失，又何校焉？

古者富贵而名磨灭，不可胜纪，惟倜傥非常之人称焉。以鹏观今之世，宅心醰粹，植体坚刚，指挥呼吸，左砻右栗，破群枉之门，冒众疑之窦，投之以艰难百折，报之以俎豆千秋，富贵而不磨灭者，公一人而已！至于丹铅点勘，提要钩玄，发为文章，浩荡无际，澹如江海，雄如山岳，健如骥騄，肃如鹰隼，森如珊瑚，碧树相骈罗，豁如夜光明月相烛耀，或不富贵而亦不与当时之人同腐者，则不肖鹏微有一日之长。然公功业特起，儒雅并包，奏疏敌乎陆贽，诗什方于杜甫，盖恢恢乎兼鹏之所有矣。而鹏单庸蹇拙，仰天悲呼，为汲、魏尚不成，岂管、葛之可拟？则惟并心壹志，追古圣人、贤人之文，斐然自成一家之言已耳。夫鹏非不奋思步公之后，佐纪纲而扶倾屯，然事已迂舛，志趣中更，尚何望哉，尚何望哉？

块然独坐，念公为劳，临风绵邈，不尽所云。

与陶云汀中丞书

汤鹏

鹏白：

曩为诸生，游于潇湘衡岳之间，以为未若穷吾所至也，时欲裹粮而走燕赵之都，而又侧闻吾楚之君子，若唐君镜海、刘君春台、贺君柘农、易君午亭、黄君惺溪、郑君芝泉，咸与先生矻矻然用力于德行道学、文章事业之途，先后唱和于京师。鹏于其时，窃自忘其庸下，而不胜其颉颃贤豪之志，而鹏之想望先生，又较胜于诸君子。何也？先生居于梅山之阳，鹏居于資水之曲，相去百余里耳，其自读书谈道之士，以迄于儿童走卒、里巷乡曲之人，靡不啧啧然称述先生。夫自古迄今，所称功德材艺之人，指不胜屈，而其取悦于读书谈道之士也，则或以受恩之私而为之张皇声誉，否则，实有以见其功德材艺之不可及而交相引重焉。至于儿童走卒、里巷乡曲之人，非有受恩之私也，又非能实见其功德材艺之不可及也，而啧啧称述如此，此必其人之生也，有关于一国一乡之气运，而又其嘉言美节，洋溢于耳之所共闻，目之所共见，而后能之。故大人先生之贤，使读书谈道之士知之易，而使儿童走卒、里巷乡曲之人知之难也。然则先生得此于梅山资水之人，其所由来远矣。

鹏愚无知，自其总角时，侧闻先生之名而敬记之。稍长，则鹏之父老、之师友，见鹏之才能器识，尚不至于不肖之甚也，辄举先生以为期望之归曰：苟得汝如陶公，其亦可以无憾矣。故鹏之生，于今二十四年，其自十三四岁以迄于今，喜文章而重风义。然而质之所限，则自小矣。学之所阻，则自疑矣。志之所歧，则自误矣。气之所怯，则自退矣。尝窃痛恨以为未得古人而师之也，既而思之士大夫之为学也，徒嘐嘐然曰古之人，古之人，而于当代贤人君子，近在耳目之前，远亦不过在千里百里之外，而尚不克收其诱掖奖劝、激厉裁抑之益，于吾之身与心，非失之过高，则漫不加察耳。此鹏所以想望先生暨诸君子不衰也。

癸未，鹏始通籍于朝，当是时，刘公、易公卒，唐公分守于粤西，先生开府于皖江，其在京师而得睹其言论丰采者，惟黄君惺溪、郑君芝泉。其明年，贺君柘农服阕，始入都。鹏自恨向者声名未立，末由早达于京师，今来矣，而十数年以来想望之人，分散四出，不睹其全，而以未得与先生朝夕萃处为憾也。丙戌，先生以三年秩满，展觐于都，士大夫莫不登先生之堂，而通其殷勤顾问之好，而鹏也则欲进而复止者三。世之伺候奔走于王公大人之门，不必其素所尝识面，而一见而盛道其功德才艺之不可及者，此其人非谄则佞，鹏所不为，而先生所不取也，此鹏所以欲进而复止者三也。而先生就鹏而见之，揖鹏而坐之，谓诸君子有称鹏于先生之耳者，而先生不胜其欢然喜也。且曰：子其勉于进德修业，以副吾之所以望子。

而鹏也生而孱弱，长而多病，往时之病在肝燥，近今之病在心悸。夫圣贤无心病，鹏之所以病于心，则不能屏其无益之思虑，专致力于存心养性之学也。居京师四年，此病日益甚，减少我饮食，瘦削我皮毛，闭塞我耳目，挠阻我志气。故尝凛然以思，惶然以恐，苟吾病以终其身，而欲毕力于进德修业之言，以副先生所以望鹏之意，则难矣。然而鹏之所以自处，则亦有可得而言者矣。杜绝浮泛之交，屏去纷华之逐，则可以十年而养病矣。深思六义之经，博观子史之文，则可以十年而读书矣。内之或由郎官而擢风宪之司，外之或分符守而作州邑之长，则可以十年而服官矣。大之而文武经权变化从心，次之而忠义挺挺不蹈婞阿，则可以十年而报主矣。十年养病，可以保身矣。十年读书，可以明心矣。十年服官，可以观政矣。十年报主，可以观运矣。夫鹏之所以自处则如此矣，虽然，患未能持之于定，要之于久也，定且久，则不至东西驰骋迄其终身而无所成就也已。

伏惟先生谅其十数年想望之私心，而毋悋其诱掖奖劝、激厉裁抑之方，时赐训诲，示其所以能定且久之故，俾得本其所以自处，而合于先生之言以行之，鹏无任引领切祷之至。谨再拜。

上陕甘总督论抚回事

黄辅辰

窃本司道等于四月十八日由抚宪出示宪台于十六日所发手书内，有雷军门招降固原逆回，业经受抚一节，仰见德威广播，莫不畏怀。本司道等亦知非宪台平日大张挞伐、不轻议抚之本怀，不过欲东路暂事羁縻，得以专意兰城根本，胜算在握，始出于斯。惟逆回之投诚断难凭信，而陕省之可虑更复多端，有不得不详悉缕陈者。

大凡贼之乞降，势先穷蹙，去年回窜平固以来，尚未开仗，今且陷我靖宁隆德，横亘东北，窥伺汧泷邠鄜，较前猖獗，即使慑于军威之盛，亦非网张围合，无可遁逃。忽然摇尾乞怜，岂真甘心帖服？况自滇回滋事，屡抚屡叛，习为故常。彼闻宪台方谋大举，帖耳来归，将来督师西驰，势仍复叛。若非苟且缓兵之计，即是图入腹地，逞其诡谋。犬羊之性，贪而无亲，贪则其乱易成，无亲则其众难一。目今乞降之头目阿浑即系真心，及事定解散，不复能统其众，既不能与该回一一要盟，则一人倡乱，群吠复兴，谓可永远革心，诚恐必无其事。所谓断难凭信者，此也。

至于陕省自遭回乱，或全家屠杀，或十存二三，庐舍尽焚，田园荒废，萧条千里，断绝人烟。去年宪台过陕时，目击情形，曾为浩叹。民间受害既广，怨隙难解，即使临之以威，强之以法令，挟不共之仇，权为同居之侣，而人怀前忿，如火易然，未可相安，时虞生变。可虑一。逆回就抚，岂能裹粮入秦？秦中荒芜数年，迄今土不备垦，得粮无几，豢此残黎，既供陕省各军，又筹甘肃兵食，亦望早歼丑类，长享太平，谁肯罄糊口之余粮，养百年之仇敌？回民无从得食，势必劫夺相仍，纳饥虎于室中，难以禁其不噬。可虑二。回祸数年，陕西幸未陆沉，贻圣主以西顾之忧者，以省城幸完也。省城所以克保者，以内外不相应也。省回五千余户，现无外援，尚属安靖，万一就抚之后，归乡之回潜相勾煽，肘腋祸生，滇省前车可为殷鉴。且省中回汉猜疑，全赖官为弹压，至回民出城一步，即有性命之虞，是乡民之积憾甚深，将来断难安插。日昨药局灰烬，灾由雷火，绅民惶惧，已以外回勾结内回，暗穴地道为疑，互相惊扰，若闻归陕之谋，先有瓦解之势。可虑三。陕西以凋残之区筹办接济甘粮，仓储不足，继以采买，采买不足，兼行劝捐，以及车骡之属，无在不借资民间。而民间骤闻陕回就抚，惧其归巢，新集之民易聚难散，惊逃之后，办理转运亦觉艰难，是不惟于陕局攸关，亦于甘事大有妨碍。可虑四。

逆回之难信，如彼民情之可虑如此。盖陕回与甘回情形不同，办理陕回亦与甘回有别。陕回少而民多，甘回多而民少，陕回既以离巢，甘回尚在本境，陕回倡乱在先，甘回煽动在后。论其情罪，度其事势，甘回尚可剿抚兼施，陕回则断难言抚。非不知尽诛之难也，既抚之后无可安置，故除剿之外无可设施也。考古人徙戎之策，原有迁置关外之条，现在玉门内外警报时闻，亦未能遽议及此。而陕省廓清之后，总不宜更召祸端，苟贪目前之暂安，必贻无穷之隐患，况暂安并不可得，而隐患则可立呈。宪台前于恩护院主抚失策洞烛无遗，岂令陕疆蹈其故辙？万不得已，或如抚院所筹，该回久在平固，即令暂就该处呈缴军械，权宜安置，令图生理，俟数年后如果陕民疑虑渐释，再行开导，徐令陆续东归。若此时遽许入秦，既非所以保汉，亦非所以全回。陕境如果重遭糜烂，甘肃亦难望其肃清，西北大局，何堪设想？

本司道等职司地方公同商酌，既见后来之弊，不敢不为先事之防。惟有仰恳宪台俯采刍言，通筹全局，岂惟陕民之幸？国家实利赖焉。

上山西巡抚书

黄辅辰

窃辅辰于六月二十日仰蒙遣弁专函，命辅辰秋间赴晋，切勿遁情退隐，训辞深笃，示以时事之艰，责以古人之义，体国之诚，爱贤之切，真有古纯臣所不能逮者。辅辰诚不自知何以获乎上者如此，此而犹不感激图报，乃决然引去，尚得为有人心乎？顾翔而后集、量而后入者，乃圣人之训也。窃维仕宦之道约有两端：上焉者负异怀奇，急思发摅，建功立名，足以自信，则皇皇三月，栖栖一生，不但待贾求沽，势将枉尺取直。而辅辰老骥壮心，已堕于伏枥，飞鸢远举，动色于张罗，此其不可者一也。下焉者席父兄之余资，挟中朝之贵势，牢笼僚属，把持上官，炫蜉蝣之衣裳，以虾蟆为宾客，乞怜昏夜，取快一朝。而辅辰起家寒素，先世无一命之荣，赋性迂疏，朝右无一刺之纳，此其不可者二也。

往者浮沉郎署，归返乡闾，适当烽柝之交严，顿忘林壑之腾笑，三年治守，百里幸完。圣恩有加，驰驱自许，到晋以来，亦知三晋完善之区，关国家根本之计，是以于兵制盐政之源流，山川形势之要隘，人才之得失，民力之凋完，夙夜考订，刍荛屡陈。即今年乞假投牒，已为局外之人，而办团定章，犹殷令尹之告。筹防委员，奉差出省，但使勤于一问，无不竭其两端。辅辰于国事艰难，民生休戚，何尝一日去诸怀哉？又岂矫情高尚哉？辅辰虽不肖，窃尝奉教于君子矣。有济于时、自见于世者，志士之心也。见幾而作、知难而退者，达人之节也。为国家之事计，多一人未为有益。为辅辰之身谋，多一出即已有损。数年来不独知遇逾恒，即晋中士夫亦相视不薄，若使更为冯妇，诚恐献嘲续之。是平日之重视辅辰者，辅辰反自轻也，愧滋甚矣。自获侍左右，谗言之入，明足鉴其愚，匿名之书，智足知其诈，慰劳之勤，奖借之盛，今者既去，犹复遣使招邀，于辅辰为已至矣。顾晋中可行者，辅辰已言之，言之而行，无异于仕，若徒空言而已，辅辰其何以自处哉？

自奉召书，屡萦怀抱，而硁硁之忱未能自解者，则以筹思往事，过虑未然。何如上成大君子好贤之名，而下全辅辰洁身之义之为得也？敢布腹心，仍交来弁赍呈。伏乞谅其诚、宥其愚而莞纳之。幸甚感甚！

与黎樾乔编修书

成毅

别来久未奉书，匪惟疏慵，亦以数载之间都无进益，不堪告语。某自去年秋仲栖身此地，冷况如冰，每念古人为贫而仕，转以自慰。既不能以精神才力出膺世务，便合如此安顿，岂复有他望也？心既无营，气亦自靖，端居无事，惟取往时所尝思议而有得者，时自反复私心辨正，颇觉少时亦有所得，惜当时未获遂与明师益友一一质证，以坚所见，坐此悠忽，不能有所成也。

近颇欲以其心之所自得者举而达之于言，然条绪已多，心中往复，颇自了了，及欲遂成一说，则伸纸执笔，便尔中辍，此亦只为从前尚未蹋着实地，故至今胆气不能壮王，益信此事有本有末，入之深，养之久，而后可以发之而莫御也。窃见一切文章并资根柢，以此求之，餍心者少，大率根柢非可以强致也。自来此间，亦有二三学者执业相问，某意欲就时文一事引而至于道义之域，每令沉潜反复于圣贤言语，着实体认，务有心得，若人果肯于此致力，久久为之，自然确有见界，确有把柄，则时文一事，固即可以当讲学也。然学者固谓此事只为猎取科名之计，如某所言，鲜不以为悠谬而无当矣。

足下近司分校，得士已多，当其取之，自不能不稍徇时尚。且场屋之文，俯就绳尺，暗中摸索，不过如此。惟窃以为从此及门已多，提唱后学，最宜着力，晨钟暮鼓，时与警惕，中间必有英隽之才闻言而相信也。窃谓衡文相士，一时之荣，成就人才，全在平日。近来学校废弛，都无所谓师友之谊，惟知遇之际，尚相浃洽，彼既奉吾为师，则固可举生平得力，诚诚恳恳为相告语，是其所及为甚远且大也。某闻欧阳文忠公好与学者言吏事，李文正公门生满朝，下直之时引与讲论文艺。窃谓性情嗜好，各有所主，然专论文艺，不如切究实用之为得也。范文正公是千古第一秀才，然亦惟公肯向世务上着实理会耳。若果肯理会，即中才必获实用，此事全恃玉堂诸公极力提挈，庶为天下储几许有用才耳。尝谓天下名山，得数掌教。直省按临，得数学政。馆阁教习，得数学士。如此而人才不兴，未之有也。盖惟此数公者，其力可以转移，而根本尤在馆阁，其势然也。

足下往时见赠之作，时用展玩，辄窥深意，彼时匆匆奉酬数语，然某至今尚犹戚戚，以谓吾生内无益于己，外无益于人，坐废岁月，为可浩叹。故闻同辈交好，一有得意之处，即为心喜，非为通显，足广声援。幸吾友有可为则亦足以引领而自慰也。某前所云经济一言，此非腐语。书生通病，视名位为希奇，视世务为平常，究竟希奇之物，有时而至，平常之事，束手无能。昔人谓富贵如亭台，名德如树木，某犹以为才具优绌，半由资质，半由学力。若使闻见广博，细心谙练，从容无事之时，精神闲暇，便如置身当事，具有经纬，古人所谓事豫则立，盖此道也。古来经济名臣，多于闲暇之日发为文章，此非徒欲以文自见，盖其操笔为文即若经理世务，反复曲折，精详审慎，其心始快，用心既久，于以取而试之临事，即安有不裕如者也？

近时仕途惟馆职最优，一受知遇，即膺重任，足下已列上考，藏器待时，知必有以自矢者矣。暇时幸举所得以示，附诗草二纸，因意有未竟辄申言之。久无人便，寄上为艰，临楮不尽怀想。

予同年友在都中往还久者惟樾乔，性伉爽自喜，戊戌予出都门，樾乔赠诗，有"世事如棋局，国手子空握"之句。庚子冬始追和此作，因忆都中如樾乔、涤生、岱云及劳辛阶、陈筠心诸人，皆将大有为于时者。又数常厚密，故时以书相问。甲辰春初，樾乔丁内艰归过岳阳，示以诗集，因谓集中所存追和各诗并未寄到，是此书竟如殷羡浮沉久矣。樾乔比索钞寄各诗，而此书觅稿未获，今检笥中幸在也。樾乔已官侍御，惜无便邮，仍寄去耳。丙午春日检视偶识。

岳阳书院会课示诸生书　　成毅

学者非徒以为文章已也，然自国家以经艺取士，习举业者必务讲明切究，于圣贤所示修己治人之术，内外精粗，远近大小，缕析条贯，有以自得于心，而后可以操笔为文，言之有物。

自来经义之最精者，即未有不与圣贤之学相浃洽也，然则今之时文固即所以为学者也，虽其支分派别不尽于此，而志士可以知所尚矣。大约其人义理昭晰，心胸光明，则发之于文，随其浅深厚薄，皆能确然有以自见。否则，偃蹇焉，晦塞焉，支离焉，此固操笔之时所可自验也。其入之也深，则出之也精；其求之也速，则应之也浅。是有各以其候至者，故学者但宜因其材质，知所致力，勉勉循循，以求所谓自得，则得之矣。工夫甚多，绰有次第，患在苟且自安，与急遽躁进而无序耳。故躁动者常不得而安静者得之，浮伪者常不得而笃实者得之，粗浅者常不得而深细者得之。盖文者言之华，精神之所发露，而学问为之根柢者也。根柢茂则发露必盛，而所以茂此根柢者，则又精神之所蕴结。学者而欲从事于斯，所以持其志、养其气者，不可不急讲也。师友之益，大抵惟能导之以先路耳。故愿学者先自静验，确然有求必得之志，而后师友之言为有入处，盖即时文一道，而所以检摄身心，涵养德性，具坚固之操，裕练达之才，并在于此。此即所谓明体达用者也，此意亦惟诸生自喻之耳。

今太守于书院造就之意甚为切至，谓某于此道差为不谬，俾领此席，而某亦窃闻同人往往以为可资前途之问，某方自惧无所益于诸君子，然不敢不力也。诸君子知必不负太守之意，期共勉之。

寄黄虎痴书

李任

奉到手书，竦读往复，精彩充盈，因知眠食安好，阖署平安，定如心祝，慰慰。然独不解异地相感，其所缕缕相示，如有以见其心而然者。

居恒诵索《近思录》中“世间万事，须臾变灭，皆不足置胸中，惟有穷理修身为究竟法”等语，窃谓此竟难到。又尝欲有修复及别构幽静书斋，亦未能果。今何幸，先生皆先我而至之，复迎其怀而告之也。先生所以冒险而夷，境逆能顺，此由积学养福所致，要即为天职之存，即为通途之兆，而其兴学立教，起废扶衰，为人所不为者，任固早于立说著书、端本善则中，有以识其坐言起行之概。昔宋世君子，谓自忠定入朝整顿一番，方成一个模样，能无感慨乎斯语？若夫收效之速，不但书声啼鸟，交籁鼓吹，即槐柳梨楙，亦皆吾与。化榛莽为茂林，以自敷荣掩映于诗书礼乐之旁，而若其性。夫乃知德有本而学有要，若此者未可漫然为之也。维念昔之人登车忘发策之言，自谓不知何以忙忙过了。今先生莅任才数月，省郡多稽留，晨炊未及谋而所为立名教之坊者，悉于忙中就绪。来书缕缕，所谓不知其言之琐屑者，琐屑即皆奇特也。所谓固穷尽职者，即本要之所在也。以任所观，揽百数事于尺幅而读之，当作一气，非得暇之趣者莫辨，先生痴学以暇字论史公文，真开后人读书法门。而其见诸行事焉，则尤远也。至于题联云云，则士君子读书修身、治己治人之道尽括其中，可为官箴，即可为士范，而任之受益也为无穷矣。

英才叙乐，历游山河，必多著作，或遇名贤，均祈便中赐示，多多益我。小痴一哥，子年曾当来省，当有夙缘，可图良觌。任昆弟键户乡居，读书做人，犹然故我，男侄辈问学未竟，尚理故业。两侄岁试谬附前第，次侄补廪，暂亦未定。所幸家口清平，乡无荒旱。辱承眷眷，并附以闻。肃函祗候，体履佳安。

〔清〕罗汝怀 编纂
邓洪波 主编

湖南文徵

九

岳麓書社·长沙

文獻叢書

嶽麓書院

总　目

第一册

第二册

第三册

第四册

第五册

第六册

第七册

第八册

第九册

第十册

目　录

卷一百一　书十

卷一百二　启上

卷一百三　启下

卷一百四　尺牍

卷一百五　公牍上

卷一百六　公牍下骈体附

卷一百七　传一

卷一百八　传二

卷一百九　传三

卷一百十　传四

卷一百十一　传五

卷一百十二　传六骈体附

卷一百十三　碑记上

卷一百十四　碑记下

卷一百十五　神道碑上墓表　墓碣

卷一百十六　神道碑下墓表

卷一百十七　墓志铭上

卷一百十八　墓志铭下骈体附

卷一百十九　行状

卷一百二十　诔

湖南文征　卷一百一

书十

答喻依晞书

朱文炑

承问三年之丧月数，见于经传者皆以二十五月为文，特间月而禫，一间字不明，故后人遂有二十六月、二十七月之说。先儒以礼宜从厚，于是遂以二十七月为定，其实初非有确据也。二十五月跨及三年之丧，盖古人所言三年皆举成数，原不必定指三十六月，亦不独此一事为有然也。后人因汉文有三十六日之制，于是有三十六月之说。今考汉文当日遗诏云：殿中当临者，皆以旦夕各十五举声。已下服大红十五日，小红十四日，纤七日，释服。大红、小红、大功、小功，布也；纤，细布也。绎此诏并无以日易月之文。详其仪，亦不似以日易月之制。故颜师古云：此文帝自率己意创而为之，非有取于《周礼》。在汉文既非以日易月，则后人因此而谓三年之丧是三十六月者，其说恐不足以据也。或者又援《春秋》新宫焚以为证佐，不知以新宫为未迁主，亦出注家之说。若《公羊传》则言云：新宫而不举谥者，恭也。其义今亦未有以见其不然。然则此说又奚足以为证佐邪？

总之二十七月之期，自是先王中制。若必以人子无穷之心言之，则不特二十七月不足以尽人子之心，即三十六月亦岂足以尽人子之心哉？故徐健庵先生云：世有疑三年丧何止二十七月者，是未于丧礼细考而体验之也。但稽今制，则必满足二十七月日数，固当以二十八月之第一日质明行禫礼为宜。此则朱可亭先生尝言之矣。弟书籍不多，加以目疾不能详检，少呈所见，未审当否，尚祈裁定为幸。烋顿首。

复彭晓航学博书

江忠源

月前胡润芝参军光祺到营，奉手教云云，近日军情有不堪形诸楮墨，不图川楚之事再见今日。昨吴甄甫制军自滇中专差来，以手书问贼事，痛切指陈，经忠源率复一函，令录寄呈，先生阅之，可想见时事之艰与忠源之无能为役矣。今日之事，在戎行者，舍四面合围，断其接济，使贼食尽自溃，别无善策。司民牧者，舍坚壁清野，专心团练，使贼无所掠取，亦别无良图。无如诸帅各怀意见，急于求功，殊不知求急而反缓也。大吏徒恃文告，不能讲求吏治，殆不知无其人则议必不行也。道州失守一月，既无委员接印任事，又无一兵一勇出境会合堵剿，而制军方闻贼至永州，即返长沙，后闻贼窜道州，始归衡郡，若贼再窜宁远，不知此老又作何计较矣。悠悠我里，何所遭不幸一至此也？太尊为我郡长城，又得先生相助为理，德威所播，使贼闻风胆落，不敢窥我疆界，枌榆受福，铭感实多。忠源不才，若得追随鞭镫，奉以周旋，实惬生平之愿。奈此间经手事多，万难脱身，事与愿违，奈何，奈何！承示大府有调太尊至衡之信，窃以为必不可往，往则进退失据，虽得贤者百辈，亦何足用？徒令吾郡父老皇皇焉，如婴儿之失慈父母，忍邪，否邪？伏乞婉言代致卧辙攀辕之意，是所至祷。润芝兄已留敝营当差，并以奉闻。

又书笺来，以愚见揣之，该逆不窜江华、永明，即窜宁远、蓝山、嘉禾一带，去吾郡日远，父老似可安堵无恐。东安土匪经三舍弟带领守隘之勇会同剿捕，亦可渐就荡平。四舍弟现带勇五百余名防守宁远，甚为单弱，日内当设法调令来营。差至适有感冒，数日未能搦管，今小愈矣，请勿默念。

答刘霞仙茂才书

江忠源

霞仙仁兄左右：

伻来接奉手书，惊悉太夫人于夏间弃养，忠源远在戎行，未及稍致生刍，歉甚，歉甚！并悉五月初旬曾承赐书，至今并未奉到，筠仙亦无音信，想道远均浮沉也。忠源冒大不韪，墨绖从戎，又复战阵无勇，致贼扰及桑梓，遂攻会垣，深愧进退失据。乃承垂询贼情，不弃诸不可与言之列，闻命之下，悚惶万端。

窃惟逆匪自滋事以来，蔓延两省，展转两年，非贼众而我寡，贼强而我弱也，其弊在兵不用命，将不知兵，兵与将不相习，将与将又各不相下，遂至溃烂不可收拾，至于如此。今年六月贼至桂平新墟，时忠源方在乌都护幕中，力举围贼之议，都护深韪其言，因诸将各怀意见，其后遂有官村之败。自贼据永安，以东路空虚，为都护作书请兵，十上而说不行，遂有古东之败。至自桂林窜出，致陷全州，忠源先军桥头，堵其西窜新宁之陆路，并钉塞河道，断其北窜零陵之水路，请于河东扎营以为合力攻剿之计，时都护因伤不起，向军门卧病未来，诸将无所统纪，互相推诿，贼来从河东小路窜出，鏖战两昼夜，夺获贼船三百余只，贼之精悍若无几矣。斯时吾楚若稍有防堵，前后夹攻，何难聚而歼旃？乃自入永州境，土匪之迎降，会匪之入党，日以千计，而地方之文武，又皆望风先逃。一至道州，势遂复炽，惟时和镇军初统诸军，忠源与之熟商，冀其可以集事，因诸将不用命，以致江华、永明相继失守。迨贼至七里江窜走，定议以万一千人拦头，九千人追尾，无奈拦头之师迟延不进，而所过州县又皆开门揖盗，无能守住一二刻以待追兵之至者。自嘉禾以至桂阳、郴州，贼皆入无人之境。贼又知我兵之不能拦头也，而以后队敌追兵，以前队攻城池，由是而永兴、安仁、攸、醴一带遂不保，且渐渐逼近省垣矣。然其首逆大队尚在郴州也。忠源以前无堵御，恐省城有失则为祸愈烈，遂请和镇军于九千人内挑选千余人，并自带楚勇五百名于初四日自郴起程，是夜行至油榨墟，接省中来信，始知贼之前队，已于二十八日逼攻省垣。遂兼程前进，于十三日申刻抵省，军于小乌门外，次早缒城而入，周历各城防堵，虽不尽如法，然贼势尚单，逼攻不甚紧急。十五日，督兵进剿，小挫凶锋。十六日，贼遂不敢复出，惟于周围高筑墙垒。我兵进攻，贼从墙眼施放枪炮，不能得手。十七日，移军蔡公坟一带，逼攻贼垒，昼夜用炮轰击贼船，凤皇厅土兵移扎河西，以堵贼匪西渡。十九日，向军门自桂林起病来省，父老留住城中，省垣想无顾虑。二十日，我军奋力进攻，歼贼数十百人。二十二日，探报郴州贼匪窜到，我军迎击于仰天湖。时贼众我寡，黔兵稍却，势甚危险。忠源带勇向前冲击，短兵相接，腿受矛伤落马，军士殊死战，将贼击退，扶救回营。日来创口渐合，惟尚不能行动耳。见在贼之后队一万余人已陆续到齐，屯聚南门城外，湘水在其西，会垣在其北，忠源与和统领军其东。闻后路追兵日内即可赶到，再军其南，而该逆四面受敌，可以一鼓成擒。惟各路镇将除和统帅外实无可靠之人，未必能如愿以偿也。

忠源尝料贼之诡计，总思北窜，贵邑既有湘水之隔，对河又有重兵，似可无虑。但恐击败之后，四处分窜，急何能择耳。然贼亦无他伎俩，不过未到之先，遣奸细以虚词恐吓之，将到之际，遣前队以甘言笼络之，既到则杀戮淫掠，无所不至，愚民至此始知被绐，而已悔不可追也。至于贼众虽称万人敌，其实能打仗者不过二三千人，且此二三千人亦非异常骁勇，我前彼仍却，我却彼乃前，惜各营将备不能忍此须臾耳。忠源身经数十阵，所历验不爽者，务望宣示乡勇，俾临阵须有把握。又驻扎地方，必须先筑营盘，深沟高垒。贼初来时，但在营中用枪炮轰击，俟贼势威既竭，然后出而击之，靡不胜矣。属选择晓畅军务，熟悉地形，刻下实难其人，但于贼势缓急必当随时奉闻也。伏惟原鉴，不尽欲言。忠源顿首。

致曾侍郎书

魏承柷

涤生仁兄阁下：

五月初二拜别，水陆行两月余，以七月十五平抵黔省。阅邸报，欣悉吾兄大考列前茅，此事固在弟意中，然闻之不胜雀喜者，凤鸾飞翔于九霄，则群鸟皆为鼓翼，争先睹之为快也。

出都后独行无侣，兼久旱少雨，荒凉满目，常忽忽不乐。途中前后皆无诗，惟过辉县览百泉胜境，清风直沁入心脾，俗尘不知消归何处。泉约二里许，深四五尺，发源处便可泛舟，清澈见底，藻荇交流，混混不舍昼夜。周围甃以白石，楼台亭阁，金碧辉煌，奇花异草，高低掩映。泉上山即苏门山，孙登长啸台在焉。山左有邵康节行窝故址，山右有行宫，纯皇驻跸之所，碑碣甚多，字皆苍遒可爱，壮丽不如圆明园，活泼则过之矣。率成四十韵赠陈穀堂刺史，并寄呈以揽兄一卧游也。自沙阳至沙市，舟行三四百里，水浅而平，两岸杨柳婀娜，芦苇青葱，港渎纵横，处处可通舟楫，如行瓜蔓中，莫辨经纬。出小港忽有湖，约广百里，即青草湖也，四时皆止水，四面九十九水入焉。水涨则北流，顺风扬帆，半日而过。过湖复入小港，水益绿，芦苇益深，将至沙市三四里，萍茵厚数寸至碍舟，仰视浓阴蔽日，惜不睹杨柳飞絮时也。由沙市横过常德，澧兰沅芷，香风馥郁，想见灵均当日，入桃源以上，峭壁插天，危峰障日，怪石横亘江心，如城垣，如楼橹，如龙蛇，如虎豹，如笋，如牙，如剑戟，骇浪惊涛，刿心怵目。每上一滩，舟与湍争，篙与石斗，长年挽百尺缘延崖窟间，匍匐郭索，背负青天。昌黎云：跻攀分寸不可上，失势一落千丈强。人间到处多险境，岂独瞿唐滟滪堆哉？上水行二十九日至镇远，陆行七站，一线羊肠，寻云切汉，忽而腾天，忽而坠渊，胶膈迫促，漫无条理。

独贵阳省会，形势冲和，峰峦拱揖，周遭如荷盖，约五六十里，中间平坦二十余里，城郭若连环，约十三里许。南明河绕其外，玉带河贯其中，虹桥起伏，佳木阴翳，阛阓喧阗，人物秀丽，山谷老人谓风景大似长沙，良信。初到谒见各上宪，如老女新嫁，举止终觉羞涩。月内可望代庖，而缺出颇少，过此旬则在省度岁矣。黔中局面甚小，向无亏累，近渐入繁华，各县皆有赔垫，冲繁之缺尤难。弟拙讷成性，书生习气，当官非宜，荣枯得丧，听之于命而已。贵高足沈秋帆大令恬静醇正，一再晤面，性情便觉相得。现丁忧将归，路费尚形支绌，其居官清况可知矣。专泐布臆，惟希心照不宣。

复云贵总制罗苏溪先生书

魏承柷

仲冬朔十日接奉手谕，廑念边防，焦劳时事，并询及近日桑梓情形，仰见一片血诚，贯彻天壤。军兴以来，于今五载，堵剿之事，茫如捕风。当贼困踞永安时，尚有坚壁清野之法为对证良药，其时惟一张石翁言之，旋即为众论所排击，虽经奏准通行，未有肯实心力办者。自贼溃围而出，屠全州，攻长沙，陷武昌，蹋安庆，据金陵，火燎于原，愈扑愈炽。近则江淮南北、太行左右皆为贼薮，拯救之法不惟无药，而且无方。天下事至此，已不忍言矣。国家二百年涵濡之泽，盘石之基，何遽至此？推原其故，皆由于例、利两字误之。而言例者，未有不言利，究竟是一利字而已矣。利一中于人心，虽有康庄正路莫之由，虽有陷阱当前莫之避，奔竞成风，粉饰成习，以持禄位保妻子为事。小臣曰宪意如此，大臣曰圣意如此，浸淫渐渍，以至于斯极。虽有善者，无如之何。凡作天下事业，须从根本上作起，救天下祸患，亦须从根本上救起。何谓根本？士民而已。明之末造失民心，今之时政失士心，士心失则民心亦失，欲得民心先培士气，士气奋则民心自回。今筹饷之术已尽，调兵之计已穷，捐无可捐，劝不能劝。伏处草茅之士，有一技一能者，皆不肯为国家出死力，无以激励之故也。

今于无可筹画之中，姑为一策，行之稍迟亦终归无济。云贵每岁须各省接济饷银二百四十万，现各省皆用兵筹饷，自顾不暇，焉能及人？转盼之间，仓谷一空，饷项不济，兵无口粮，祸将立至，未审大人有何术以弭之？枧僭为之说。以云贵之才，守云贵之封疆而有余。即以云贵之财，养云贵之兵民而亦无不足。大人居韩范之地位，自能建韩范功勋。急须扩开手眼，平易心胸，毅然以保全边疆为己任，痛切上陈，大开幕府，广罗人才，不吝爵赏。幸蒙俞允，国之灵也，滇黔之福也。若复拘泥寻常，迁延岁月，外寇蔓入，内祸四出，坐以待毙，不可救药矣。狂瞽之言，知无当于听闻。爰承教日久，故自忘其卑贱耳。

荔波密迩庆远，盗寇侵逼，殊有岌岌不可终日之势。枧自四月接篆以来，即延请得力绅士数十人，遍历四乡，办理保甲团练，匪徒敛迹，境内粗安。又添筑关隘两重，续募练丁二百，并鼓励十六里士民，尚肯出力同守。若十分紧急，可调集乡勇二三万人分守隘口，惟经费支绌，奖劝无具，徒以空言鼓励，窃恐易聚易散耳。惟大人谅其愚而察之。

致黄惺溪先生书

何绍祺

惺溪先生阁下：

前奉钧函，因俗冗未敢率复，官场仪注，礼不可废，而企慕之殷，倾佩之切，则固非文臾所得罄也。近闻荣擢顺郡，且喜且欢，滇省司牧若皆效先生之制行临民，则何事不理？然积劳如此之久，始得渐复前阶，何迟而又迟若是。藕丈荆州回旆，自是两省之福，兼以梦白先生之精细醇和，相得益善，但滇省情形，有未易与黔省例者。宽猛张弛之间，甚难适当。现在元气日衰，仅存虚鞟，正似医家，骤补骤泻皆不能治，而又不能优柔听之，此所以深可虑也。节目阔疏则日玩，条理烦琐则立穷，稍与更张则新害辄发，仍其旧贯则痌疾益深，官惫于上，民横于下，祺深惕焉。幸先生才与学识兼长，得与大君子从容振作，庶其有济。要之俗敝而后激之，非训俗之方也；盗集而后擒之，非弭盗之术也。至于铜务丁胥，固相缘为奸，山川亦各爱其宝，以德召福，其两大府来时乎？

祺自知疏拙不合时宜，且家慈自去夏抱恙至今，急欲归去，无能为役，藏拙稍佳，虽以藕丈之关垂，亦不敢为久留计。今冬苦无资斧，意者其在明春乎？州县造福不足，作孽有余，年四十五而无子，而作吏福不胜孽，是亦不可以已乎？保山浮言未息，各官晋省久候者多，各要地无人镇抚，甚矣，习气之累民也。祺拟候各官归后，到省一行，数日而返，未知得一相见奉教言否？人生聚散，动辄十余年，及相见则依然耳，且有失其故步者，能无慨然？惟冀及时宣力，厚自珍重。不宣。

致督幕梁箓房书

何绍祺

弟惫甚矣，民之惫更甚于弟，直是目不忍睹。后任未来，且宜少待，日后到省，或可将息耳。心血来潮，复以迂谬之见另单呈教。

一、现在大路无回，又归猛右，分出抢劫，似可四路兜捕。拟请提宪自枯苏鲁、阿鲁史一带乘筏渡河而东，威远兵自东南入，漾鼻兵自西北入，弥渡兵自东北入。兵不在多，移营渐进，匪徒知入釜中，或可就抚。不战不抚，恐非了局。

一、回匪现虽号称四千，游匪居其大半，若示令宥真回而诛假回，党羽可散。盖真回虽属可恨，亦属可怜，去岁杀戮大惨，曲实在我，再云痛剿，愈激愈烈，而外来游匪无仇同抢，最堪痛恨。拟请剀切晓谕，凡系真回肯缴军器或领田或回籍者，均从宽宥，其游匪同来，曾犯抢窃者立诛，枭示要路经行之处，或可不战自溃。

一、调集各路精兵指日痛剿之说，回民未必震慑。上年两提宪小松寨之役已见一斑，彼所以逃匿者，立意不抗拒官兵，而自立巢穴为可进可退之计。究之本省回民助逆者少，不得不勾结游匪。近闻陆游击在大丫口获十七人，只一真回，若即宥真诛伪，传闻解散亦意中事。

一、回产尚未清查，虚言招复，虽五尺之童不信。现在除有契领业、无契领价外，如学宪所云饬各掌教领拨为本省各属清真寺公项，不准汉人占据尺土，官只收粮，似亦公允。

一、游匪既诛，真回无业者，愿就近则分拨近处，掌教编入保甲，愿回籍则按站领牌，给与口粮，由行营实发，沿途州县押送到籍查报，似亦一法。若令官为安插，似难妥速。

一、此事始终，官不能不认错。九月初二内变之说甚属恍惚，谓有五六斤重铅子，其炮现在何处？且男妇老幼将及八千，何以困兽不斗，兵练未伤？夤夜开刀，老幼妇女皆在床席，牵出赤体受戮，即内变，罪不至此。至谓下关有赴督辕呈控，曾送永回银两，即指为内变之据，永城回民多富且贵，通财不干例禁，并非军器火药等件可比。其控者未蒙申理，此时伊弟复往滋事，情理宜然。要之，无论内变与否，杀戮总觉过惨。

九月十六日制宪到舍资时，已禀悉杀戮太甚怨气难伸情形，窃料至永时必思更正。破格施恩，旨下尚可据情奏请注销。想彼时仓猝间必有以将错就错之说误我制宪者，而屡次出示，虚言招复，春耕毫无布置，亦不出照契给价之示，试思去价得租，费岂无著？当时耗费名实兼收，此时耗费官民交困，即令如此，彼且不平，况并此无之邪？六湖观察前折发时，欲请免叙，此次发折，制宪有引咎之意，真大君子！且令回服汉，愧将官用命，请处而处悔也，不请而处亦悔也，同一悔也，而于制宪生平人品学问心田所关甚大。义利公私之辨，争一念耳。祺出省后不知此折如何，又以心血甚亏，不敢复与滇事，窃愿先生慎为赞助，同我制宪为一代完人。至祷至祷。

复吴荷屋中丞书

徐桼

端州得手谕，闻遂初春晚，馆启筠清，鱼鸟图书，怡然自乐，幸甚，慰甚。忆昔阁下开府南楚，讲艺质经，务崇朴学，儒林发藻，风气聿新，蒸蒸然析郑贾之义，殚精博之功。

窃谓长沙之域，洞庭汇其清，祝融峙其秀，人文荟蔚，固山川清淑之所钟，而其得力于骚人仙客之栖迟，贤士大夫之乐育，优柔而餍饫之，濯磨而愧励之，奖成羽翼，其所由来者渐焉。《离骚》为风雅之宗，香草美人，楚之词赋所由昉也。厥后贾谊傅长沙，投书吊屈，下逮李唐，如子美之转徙湘上，昌黎之流寓郴州，地以人传，代有贤哲，学者借为师资，而文章益盛。理学之辟，始自濂溪，既而朱子帅潭，南轩讲学，两贤相遇，千载一时。而岳麓三千之徒拟于邹鲁，迄今朱张名渡，涉湘水者犹留连慨叹，称颂不衰，盖其泽之入人深也。且夫孤臣之放逐，名贤之暂临，事经屡朝，年逾百世，而流风余韵，照耀山河。读其书者思其人，思其人者爱其树，时代虽异，向往弥殷。

况巍巍中丞，久莅兹土，以经天纬地之才，宏稽古右文之化，勤勤恳恳，耳提面命，不啻父戒其子，师勉其弟，甄陶鼓铸，雷励风行。然则公之所望于楚士也固无穷，而楚人之惓念于公也其能已乎？湘中诸生有谋拓校经堂旧址，留公像其中，增墉启宇，以奉生祠，千载下当如过襄阳者流涕于岘山，至河中者瞻仰于层观焉。夫以吾楚文章之盛，自屈贾而开；理学之兴，自朱张而粹；经术之阐，实自夫子而愈明。然则斯堂之作，将使拜公之像者，思有以澡身浴德，孜孜汲汲，而知六经之在天地，与日月并行，固不可须臾离也。则此堂也，公不可以不记。长沙听松上人精于刻石，如蒙赐巨制，当即镌之堂右，庶几宝墨流馨，与岳麓名山并寿矣。不胜引企待命之至。

致湘皋先生书

邹汉勋

月之十七始到会城，即奉读手谕，于校刊事宜惓惓启诲，惶感交并。一昨已尽出半溪所藏抄刊诸种，遍为寻讨，知而农先生书于先生卒后未十年，虎止先生已刊行十余种于湘西草堂，后乃有汇江书室之刻，即往岁衡阳马头坡学博诒先生之本。此刻似有十余种，而此处惟有《春秋世论》及《四书稗疏》，《四书稗疏》尚在先生行箧，闻卷专有船山著述总目，多至七八十种，不知是何等名号？恳为掷下，以便勘阅总校。行述及家传所列书目仅三十六种，而此处所收者又止十八种，今别纸录呈。至若板片大小短长，字体肥瘠宽扁，行数字数多寡，悉依新刻《日知录》，已交样与刻工，惟款式尚有当议者数事。

《庄子》《楚词》旧刻皆有评语，而而农先生之书评与注原是两本，今刻宜删评。一也。

《春秋家说》上有评语，玩其语趣似是石崖，即先生兄石子介之。否则，艮崖冶仲，虽为妥洽，于例宜删。二也。

《老子》有虎止之纂注，《庄子》有虎止之增注，理宜并存，似当从旧式。而农之注，大字、别、行低格；虎止之注，小字、双行，分注正文之下。若是则《周易》之注、《礼记》之注、《正蒙》之注，宜一例用大字。三也。

《稗疏》每则有标题，旧刻标题与正文不别行，但间一字，或致眉目不爽，宜依《日知录》别行写标题。四也。

书中若不新附案语，则于小疵处不曾救正，未成全璧，若参酌加案语，则书义愈明矣，但旷日持久，须书颇多，实为繁重，如何定夺？至案语悉列吾丈名，循古人修书但举事首之例，如唐人《正义》之标孔颖达、《隋书》之标魏徵耳。五也。

《四书训义》当依虎止先生原本，先列经文，次朱注，次训义，决不如高头讲章样。但训义既大字低格，而朱注亦大字低格，恐致不分。拟于朱注上每节加集句、章句字，亦不用墨圈，训义上并不标训义字，殊为了辩，可否？六也。

前题撰人名，旧颇参差，今一例题明衡阳王某而农著，但低二字。其有虎止先生注者，则下题男某虎止纂注、增注，余无者则空下半行。新校人书卷末，如此方大雅，可否？七也。

字体点画，悉依《说文》，亦颇不宜，当依《广韵》《玉篇》，惟《训义》及《说文广义》则用《说文》字耳。八也。

《广韵》《玉篇》，勋未曾有此书，吾丈肯借否？又此书总名当曰“船山遗书”，或以为疑于张船山，然此船山在其前百余年，不可避后而改前。九也。

其最前一行之题，似当仿古书小题在上大题在下之例，上曰某书几卷，下曰《船山遗书》几，此式合否？十也。

初夏寒气乍除，伏冀顺时珍练，为道自爱。不尽区区。道光二十年四月。

与朱鲁岑先生书

舒焘

自丁未道出桐城，不见吾师，又三年矣。中间曾两奉书，后以羁游吴越，碌碌无状。去年就京兆试，五月之间往返四千余里，世俗之所期望既不能得，学问之事又无所进，故其来皖也，距桐仅百余里，欲问讯起居，执笔辄罢者再，诚以读书为学，期许之厚如吾师而无豪末以酬，可愧也。然尝谓人生不过百年，穷达有命，若读书，岂可缓哉？必待有暇日而始读书，则百年之内，恐无读书之日矣。此焘所以奔走风尘，而舟车之间未尝一日忘也。前在吴下，曾以千金购旧家藏书数百卷，三年之中涉猎殆尽，然皆如飘风疾雨，一过即忘，既而悔其驰骛泛滥，无济于学问，而徒耗其精神。欲择其精者，若《毛诗》《易传》《史》《汉》《五代》等书而专治之，徒以人事牵迫，游移未决。

若夫诗歌，则焘自童时已好为之，人亦以此称誉，故搦管不惭而镂木者数焉。及至京师，见所为游大人、弋声名而求衣食者无不有此，矫俗太甚者，至比之卑污苟贱，无识者又从而引重之、推挽之，而其人亦以此甚自矜诩，焘偶见之，面辄为赤，因以向所为诗弃之，不复示人。然欲不为诗亦不可得，乃取箧中《山谷集》读之，始犹格格，继乃大适，而一月或成一二诗，数月或竟不能成一诗，欲如向之一日而成数诗，乃不可得。夫就诗而论，山谷仅得杜之一体，超妙脱化，去子瞻、无咎远甚，然援引证据，无一句无来历，彼世俗所为恍惚假借者多矣。吾辈欲异于俗，当以此为疆界，不然，江湖游士挟一册皆足成名，何古来诗家落落可屈指数，而当世诗人若是之多邪？然后知诗之超者，稍有性灵皆可至；诗之坚者，非读书博古，虽历劫不能也。

骈文首卷刻于吴门，曾寄呈览。二三卷为朋辈所迫，复刻于都下，多为人之作，了不足观，然已誓不复更作。梅先生伯言，今之昌黎永叔也，劝焘摈置一切，专治古文。夫古文何事，岂焘之浅薄所敢轻言？然私念国朝自方、姚以后久无其人，固心向往之而有待也。夫撰述皆出于读书之士，而读书固非徒为撰述也。尝见今之学者，一日读书，则思一日撰述以传世，卒之书不能读而撰述亦不可成，因叹夫天之生才不偶，而古今之负高才，悠悠白头不克成其业者，皆此一念近名之心所误，为不少也。焘尝以之自悲，凡遇镫火几席，一以诵习为事，绝不复有撰述，若羁旅道途则时得一篇以寄兴，故年来书头札记较诗文为多者，职是之故。

曩侍吾师时，与言读书为文之道甚详，彼时茫然莫辨，及今追忆之，乃深憾侍吾师之不久也。唐鲁泉明府来，询知近况甚窘，于其归也，托致戋戋，想为代达。焘初意欲于去冬今春往桐一视吾师，兼探龙眠、浮邱之胜，今鲁泉已去，代者素不相识，又以家事纷集，卒卒未能如愿，得见吾师，不知何日。故述近年所见，惟吾师正其刺谬焉。临风怅惘，他事莫及。

与陈风书

李绍莲

向者蒙寄书，云于舍侄塾中见仆所作《素论》，若花间、夜气、谈《易》诸章，有前贤所未到处，此足下之过誉也。夫仆于作论，非若豪杰之穷愁著书，又非若贤哲之以言垂教也，特以偶得于心，恐其久而复失，又或朋友师弟有所辨难，既已略陈鄙见矣，未知一人之是适为众人之非，书之简编，以待参考。是故《晴川素论》非李氏之书，乃李氏记言之籍也。今足下俨然称美，至以古之立言者相待，仆安敢任受哉？且仆尝考古今，深识著书之难，而退然辟易久矣，凡诸拙者固不具论，其胜者又约有数弊焉。盖凡人之专成一书，其精神气焰必有以自振拔，然才至而学不至则理不醇，学至而才不至则词不达，才与学兼至，而或取辩于语言，不衷于理要，则事实少而藻绘多，适足以形其腐也。今观往代遗编，自六经、语、孟、学、庸、宋五子、明四知以外，作者非不甚众，然求其精义，或连篇而仅得数言，或一人而仅得数作，何则？文之至者大抵非其人为之，乃其道为之，德为之也。顷亦有人问仆，六经之文何以造乎极至？仆应之曰：元气充积则万物化生，圣德充积则至文发露。六经皆载道之文，自圣人为之，亦如天地生长万物而无心耳。儒者浅陋，雕镂辞章，以人作文，风斯下矣。仆之所见如此。足下但能教督以所不及，则幸矣。称之过实，适所以愧仆而增之耻也。

与徐公可论治寇书

胡尧戴

公可三兄足下：

人还得手毕，并承惠旧书四种，谢谢。弟近好为古文，窃以为尊乎文者厚明理以致用，不尔，上者高谈心性，其次矜考据、攻词章，虽诣各有所极，要皆得谓之空言已，故慨然有经世之志。

侧闻寇氛日张，几莫能支，夫承平且二百余年，贼数不满万而横行而前所当辄靡，无有折其锐者，抑何势之暴欤？天下之乱，未有不始于州县。若今日州县责重而权又轻，而所简吏率循文法，时务漫不之訾省，以无用之学而居甚重且轻之任，养痈决疽，毒极而发，其发必自州县始。县乱且及府，府乱且及省，省乱则流毒蔓延，势所必至。侯朝宗有言，必察知致盗之源，然后可收弭盗之效。治盗在兵而不专系兵，果所在得贤守令，行坚壁清野之法，区区贼不足平也。今当事不知责成地方官，又兵不穷实效，徒施施然尾贼后，贼常为主，我常为客，劳逸异形，我不能用兵而反为贼用矣，言之令人气塞。

忆客山阴县时，与足下同游小云栖，舟中纵论天下事，慷慨泣下。顷尊公驻海昌，高车枉过，皇恐报谒长者前，格格不敢吐，而喉辄菇鲠，胸中宿物须尽泄之乃快。走笔书所见以质足下，有心人幸不以为狂且谬。书生喜谈兵，固是通病，然就使言而中，徒言何益？乌乎，大地茫茫，可与言此者，几人也？愿与足下勉之。

与罗秋浦丈论诗书

欧阳勋

读寄示梅花百咏，格奇而正，意悲而和，体会微而不纤，运用多而不滞，佩服佩服。渔洋一代诗人，然古体獭祭似义山，无雄才真气以运之，惟绝句允推正宗。忆昔年陈懿叔先生论诗及渔洋，谓其笔下所出不及心中所知，所选古诗尽古今诗人之妙，他选家莫及也。来教谓于渔洋止隔一尘者，渔洋岂足以尽先生之诗乎？又先生不弃拙作，教以路陌，所辨生熟真为至论，勋何敢言诗哉？不过朋友往来之酬和，平日读书之感发，偶倾写以适己意而已。

今之以诗文辞名天下者，江南梅伯言郎中也。其论学诗之法，初从荆公、山谷入，则庸熟繁蔓，无从扰其笔端，俟其才气充沛，法律精熟，然后上薄诸大家，而融洽变化以自成其面目，此中先后等级不可凌躐。勋自服膺此论，不敢如从前之率尔操觚矣。然由是构思，愈觉其迟钝窘塞，正如先生所云趋生避熟者，徐而养之，循渐而为之，以趋于宽博驰骋之域，此勋之志也。乾隆末袁、蒋、赵诸公才力甚富，不屑炼以就法，故其诗多浅直俚谔之病，不能及古而见喜于流俗。独姬传姚氏确守矩矱，由摹拟以成真诣，为七子所未有，千载之名当在此而不在彼也。

愚妄之见，谬以上陈，先生以为何如？

与刘幼蟠太守论团练书

欧阳勋

勋白太守执事：

自月之朔日，衰门罹祸，狼狈奔徙，违教多矣。天下事吉少而凶悔吝多，好动者辄遇之，某君是也，其详谅已知之。闻执事处此，举重若轻，静镇之功，佩服佩服。鄙人于此窃有论焉。

此次风鹤之警，贼未蹂躏至乡，而无赖之徒，蜂起蜎聚，杀越劫夺，所在皆有，此皆平日之良民也，为恶之机，变于俄顷，其丧心病狂至此。夫果何恃不恐哉？毋亦由州县官长平日无实心善政固结民心，而多事之秋，又不谆晓乡里遍行团练，以为外御贼匪、内消土匪之大计，致吾民猝然乘乱，诪张为幻，陷于奇凶极恶而不觉。虽事后不得不据刑乱国用重典之说以惩之，而已末救矣。然此州县不尽任过也，而过尤有所归。何则？今之州县，古侯国也，官必久于其职而后无旷于其事，今虽不能如古之世守，亦宜限以终任，人地相宜者则保举奏留，职事有挂者即除免开缺，无所容其幸得亦无所容其诡避，如此则州县得以周知民情，兴利除害，教化何患不行，风俗何患不美？一旦有变，止乱之法裕如，定乱之才绰如也。今也不然，黜陟予夺，藩伯董之，而总其成于督抚，任意颔之，以耳为目，罔攸稽核。即如吾邑六七年来缺犹属李君，而权之者已经四五矣。久者或一年，少或数月，事务繁杂，供给络绎，彼方斤斤拘守其故事，缘饰其虚文而已。或有以破格请者，非有所窒碍，即不免有所观望于其间。又或有志君子慨然欲以事自任，而历任未久，不特乡民未能深信，即一二士夫可与共事者，亦且虑其易于图始而难与乐成。如是则一邑安得有贤宰，天下安得有善政哉？教化日缺，而风俗日媮，职此之由，团练特其一端耳。然则就今日论之，团练不行，伊谁之咎也？夫团练者，三代后寓兵于农之遗意也。嘉庆初，三省教匪之事，老师数载，卒奉旨举行团练，寇以荡平，其前效盖可睹已。昨闻邑中一二练团之乡，贼不敢犯境，地方居民帖然，此尤其近效彰彰者也。仆因论事故及之。执事热忱救世，如遇当事有气力者，可为痛陈也。

贼已窜还北省，想与黄州股合。涤帅因三月岳州之败，勇溃过半，自请部议，今水师尽以属之。陈总兵更欲从近属募勇近万，始能成行。石曼卿主籍乡兵之说，前人犹有讥其失者，而况收之乌合，得之俄顷，又倍不及乡兵者乎？此蒙前年所为言近日之弃兵用勇而不免私有所疑也，执事以为何如？天津独流之贼埽除否？金陵溃围而出确否？老成凋谢，命将无奇，庙算虽劳，筹饷难继，蔓延若此，澄清何日？

执事江苏之行，何时启程？如在蒲节后犹可一图良觌耳。无缘面论，聊布区区，临楮神驰。伏乞鉴察不具。

上曾相国书

严咸

前于长沙将赴浙水，寄上尺书并先君行述，求撰墓表，以光泉壤，想已递达。道出章门，因病小住，欣闻阁下将士恢复江宁，积年巨猾一旦摧破，好音甫怀，曲踊三百。昔范老图夏，莫复横山；赞皇作相，未定河朔。阁下指纵群英，翦此鲸鲵，未逾勾践生聚之年，遽成裴度淮蔡之功，真旷世奇勋也。兼之入蔡李诉相公介弟，镇蜀吴玠安抚难兄，忠义萃于一门，尤古今所仅见。李、郭兴唐，耿、邓佐汉，方之阁下，何多让焉。

窃念粤匪初起，陆梁小丑耳，将帅失律，纵其豕奔，遂成燎原之势，东南金汤相继覆没，文物之邦胥成盗薮，智者焦虑，勇者控拳，莫不谓沧海横流，谈何容易。阁下摧刚为柔，转败为功，建旆湘中，屡蹶屡奋，拔奇杰于草泽，擢名将于行间。三数年间大勋竟集，固智愚所不料，即阁下始愿亦未必及此也。方今妖氛初敉，神州新复，民歌来苏，士咏破斧，幕府词人解撰河清之颂，行军司马会成平蔡之碑，金石焜耀，千载一时。昔羊祜言平吴之后尚劳圣虑，范文于战鄢之役愿外惧，大臣用心，自古如斯，阁下今日谅已从同。则不才如咸将有一得之献。

夫功成身退，天道之常；荐贤自代，古人所尚。阁下焦劳十年，手足胼胝，耿耿此心，足报君国，刱建大功无负天下。若于此时投簪遂初，荐杜预为替人，寻洛中之故事，朝廷大政，动咨山中，衡湘林泉，常供清玩，远势辞荣，息交绝游，课耕教子，以乐天年，身名俱泰，世莫与京矣。

然此为阁下一身谋耳，若为天下谋，则不忍出此。天之生材不偶，贤如阁下，近世有几？公归不复，是朝廷少一可倚之人，草野少一造命之人，大江南北，疮痍未复，谁与附集？兵勇谁与安插？官吏谁与黜陟？惠农招商，兴屯结堡，蠲除疾苦，翦灭豪强，凡此庶政，谁与经营？且豫章漏网，尚肆跳梁，关中游魂，近窥英霍，卧榻之下，尚有鼾声，丈夫雄心，能无奋发？耿弇妙龄，不以贼遗君父；马援暮年，尚自跃马遄征。自古英雄，类多如是。咸知阁下今日虽欲蹈谢傅之高节，势必不能。且充国平羌，克善厥后；原杰定郧，安插得宜。区区一隅，料量何详。刱兹神州，岂容疏忽？所望开诚布公，集思广益，劳谦终日，视民如伤。苏常租税，弊流公田，降及有明，征收不减。国家龙飞之初，因循胜朝之旧，小民敲髓，坐困千年，豪衿包漕，遂成积习，真东南之巨蠹也。若能形之奏牍，予以荡涤，省烦减重，以苏闾阎。再择有司破除文法，勤加拊循，时行阡陌，问民疾苦，招抚流亡，随宜安置，量给牛种，专事农桑，暇习拳勇，守望相助，奸宄自弭。一年之后加以考绩，民人众，田野辟，城郭修，政事理，治行为最，庶事未修，民心尚与者次之。否则，登之白简，又大兵之后，绝业必多，功成之日，游兵难制，似宜兴屯，编集此辈。文饶屯兵川中，得劲旅二十万，邓艾屯田淮上，收野谷十万钟，兴屯之效，彰彰如是，责成有司，必收大功。若漫无安顿，此辈本非孝子顺孙，一旦篝火狐鸣，有陈敏、李特者流倡乱其中，祸尚忍言？此江皖今日之急务也。自古言富强者无不从事山海，淮扬鱼盐之薮，大利所在，可委干员详议榷税章程，远遵管仲计算之法，近参刘晏变通之术，庶其有济。又羊祜刈谷，酬以金帛，祖逖镇豫，不废互市，收利无算，裕国实多。方今岛夷，宜事羁縻，榷其货贝，充我军资。幕府济济多才，凡此数事，洪纤巨细，早已策之裕如矣，抑咸窃有虑焉？

湖州襟江带湖，为江浙要害，狡贼死守，仓猝未能遽下。近闻江宁余烬，颇窜入伙，此郡贼势必至更张。比来杭城兵勇分击江西巨股，余兵不多，难期旦夕奏效。阁下动计大局，全无畛域之分，若能迅派水师截驻太湖，以次搜殄港汊贼船，大军四面云集，因悯而攻，必能得手。湖州既克，江宁亦无后顾之忧矣。又皖南一区为江皖浙三省通衢，实东南冲要，故桓彝以死守之。鄙意宜于此处屯设劲兵，如老罴之当道，隔绝贼势，即湖州克复、江西肃清后，亦宜予巡道以重权，仿台湾故事，令其屯田练兵，用人理财，以备非常。而南阳、光、信一带，山林奇险，冥厄大隧直辕形胜，犹昔易于控御。春秋吴楚构难，六朝南北相伐，往往争之。此间巡道亦宜仿照皖南，事权既属措施自易，自能靖内攘外，巩固疆埸。秦豫皖楚有此锁钥，不虞捻匪之冲突矣。但必须龚遂张纲度尚庞参之流当此重寄，始能胜任耳，此又江皖今日之急务也。

至若天下之大计，数十百年根本之谋，则在寅天命、崇圣学、练禁旅、重边陲数事。自来圣帝贤王莫不兢业自持，每当国家多事，卧薪尝胆，固其常也。即海宇清晏亦不敢稍自逸豫，每当祥瑞纷出之时，不敢以为祥，而曰余德何堪。即灾异偶见，惟返躬自责，禳之以善。此宋景一言而荧惑为之退舍也。今江宁虽复，而海内尚未全安，如能上下忧勤，以达天庥，中兴之业，不难致矣。天下能益人神智者，实惟典籍，安人家国，首在学问。虞廷都吁、周家训诰，传美于无穷。下及汉肃、魏文妙龄践祚，莫不孜孜坟典，临雍养老，北面亲执酱醢问业请益，卒之方隅向化，天下乂安。我圣祖仁皇帝八龄御极，专精问学，厥后学贯天人，臣下莫及。戡乱修政，比隆成康，为三代下第一明辟。皇上龙飞伊始，春秋鼎盛，于视朝之暇，尤宜专心经史，择端悫通儒以为师保，贞亮英彦以为左右，圣敬日跻，不难绳武仁皇矣，昔晁错为太子家令，而汉景以严刻著李泌为肃宗宾客，终能再兴唐室。墨子所以悲染丝也，贾谊曰左右罔非正人则太子正矣。今日之事，正当效之。又汉宫后妃师事班昭，晋代宫嫔尚有左芬，女史彤管深宫，不可阙也。又蒙叟诵诗，易感人心；更生作传，大关世教。窃以皇太后政事之暇，如《资治通鉴》《大学衍义》《列女传》本朝圣祖神宗《实录》等书，亦宜时加披览，或令蒙叟女史讲诵一过，晓然古今成败及祖宗创业之艰，临朝决事，行见德迈明德，功高宣仁。他如王公大臣，亦宜于政事之暇，搜讨经籍，详择师友，以充扩其识见，涵养其性情，应事接物，必能远迈古贤矣。我朝禁旅骁健素闻，入关以来犹自龙骧，延及中叶，承平日久，因循不振，遂成今日之势。目下戡定捻匪，全资蒙古骁骑。蒙古外甥之国，驯服日久，兼之单于臣仆无异家人，固可常借其助。但根本之地，终资同姓之亲，使禁兵胥练则益收内重之势，绝无尾大之患矣。回纥之佐唐，何如周召之辅周？又前事之师也。窃以此时旗丁老弱者可令自谋生理，不必拘以限制，挑选精壮成丁，胥令练兵器，责成八旗都统，按期操练。我皇上于春秋农暇躬御戎辂，大阅师徒，以整惰定功罪，既足以鼓励士气，又足以慑服四方。行之期年，可期得力。各省驻防亦宜严责将领勤加训练，老弱者准其出外谋生，则籍无废丁矣。至于宁古塔、黑龙江为我朝发祥之地，伊犁、西藏等处为我朝新启之疆，创业匪易，守成为难，宜简忠亮重臣镇抚其地，相宜开垦，勤加训练，长城以外胥成星罗之势，既可弭外来之觊觎，兼能备中原之缓急，不可不早谋也。

此四者实天下之大计，然不敢自以为是，敬质左右以定是否。昔贾谊弱冠，上书宣室；仲淹居丧，言事政府。咸何人也，敢希古贤？窃慕义方赠箴之义，谨抒宋人献曝之忱。傥以沧浪之歌，孔子有取，刍荛之询，圣人不废，愿加采择，施诸行事，尚乞赐教，俾知奋勉，不胜拳拳之忱。抑咸闻之，是我不当为之贼，教人以善谓之忠，辱在雅爱，再陈狂瞽。天下之事固败于小人，亦未尝不败于君子，固难于图始，亦未尝不难于图成。故张、赵龃龉，宋祚不兢；角、巢殄灭，国势随弱。当此之时，膺大任者非具休休之怀，断难光赞中兴也。阁下谦抑素著，宠辱不惊，成此不世之勋，若其固有之事。今日者，厝天下于磐石，为国家开大业，薄海内外，谁不深望于阁下？伏惟远追刘宏，近法韩琦，审慎于功名之际，阁下安而天下安矣。妄发不罪，乞鉴区区。秋燥，千万为国自爱。咸谨上。

昔垓下成功，重赉萧何；石头新收，先褒卞壸。盖以功莫大于得人，节莫重于殉难，是故朝廷沛非常之泽，载籍流无穷之芳。窃思逆氛初张，天下莫遏，既倾鄂城之坚，已得长江之势。是时故两江总督陆公提兵上援，黄盖艨艟一艘未造，传庭士卒万人不满，九江无控扼之资，金陵乃根本之地，扁舟独下，孤城力撄。弃洛都而不守，谋仿临淮，退睢阳以厄要，计效中丞，未为失计也。天未厌乱，盗竟大张。未逾旬日，遽报残破，而陆公竟死城郭，无忝君国。虽未如邵续之完城，究能效沈劲之杀身，大节无亏，微瑕可掩矣。乃苌宏之血甫碧，而慧苜之谤复兴。稿葬贼中，痛甚马援；籍没家产，清同李绂。天心甫回，薄宠方施，赏还职衔，未极恩荣。昔平原不守，真卿反蒙嘉许；许远后死，唐室亦加重褒。盖善善从长，君子用心，赏疑惟重圣王令典，今陆公罪在可原，忠实堪钦，金陵既复，死状易稽，如有隐德，伏乞疏闻。日月复旦，惠泽必溥，俾得从祀衰粲，庶几足励将来。

又荆吴既没，大旆初举，兵单饷乏，屡踬江湘，谣诼纷起，贝锦将成，即散周玘之兵，难保庾亮之贬。前湖南巡抚骆公轸念大局，保全善类，增兵输饷，略无倦意，勤恳之怀，不减太真，谦抑之度，远迈士行，以是阁下得率湘中诸君子奋厥壮猷，复武汉、定江西，驯至今日，成此不世之勋。使无骆公，不知伊于胡底。今日阁下又复收功东南，则骆公维持之力，益不可泯。骆公镇抚湘中，遗烈在民，视师入蜀，妖氛克殄，虽韩滉之镇吴，刘虞之牧冀，仁心善政，不能过之。乃李纲抚湘，遽留去思；张咏定蜀，未蒙殊锡。海内喁喁，无不以懋赏未极未足以酬荩臣也。昔子产听政，实赖罕虎，陈平受赏，不忘无知，今骆公实阁下之罕虎也。往年克复安庆，胡文忠薨，阁下功成不居，归美死友，凡在有识，罔有不服。今日之事，咸知阁下必有以处之。如骆公蒙非常之褒，阁下收陈平之美，曲突徙薪，乃蒙恩泽，后世君子，谁不愿为子皮矣。区区微忱，识察为幸。咸再上。

上罗丈书

张起毅

起毅顿首奉书研生姨丈左右：

毅生二十年矣，从事于学亦有岁月矣，先人之至交近在数十里内，未克执贽登门一亲揆范，又未克遣一介通寸牍于隶人，进所业而求教焉，不敏之罪，诚无可解。亦所学太陋，未敢自达于先生故耳。起毅自受书以来，即志于古之立言者，而塾师见诃，以为非所宜学，顾乃学为时文。夫时文之卑亦已甚矣，无学问经济之可言，无性情之可见。当世君子辄奉为性命，以弋取科第，一旦得志，于国于民，罔有寸补，则昂然自命为文章士。夫古所谓文章者，岂今之制义比邪？起毅性崛强，既为所束缚，则欲逾越规矩，一吐胸中之所蓄而亦不可得，于是所作乃卑之卑者。以此数年，愧不能禁，复取古人之文章伏读而学之，无师友之益，索途冥冥，不敢自信，故成辄弃去，间有存者，亦罕出以问人。今先生乃赦其不敏之罪而赐以将来之益，起毅可终事掩匿违裁成之心邪？谨上近所为时文若干首，其他古诗歌容俟改定以献。

上左季高丈书

张起毅

起毅上书姨丈阁下：

违侍三月，训诲之言，在耳不忘，日月悠迈，此情曷已。前承姨丈欲以勋弟与起毅共学，曾具以下情渎陈听览，顷复奉书，不蒙许允，虽然，起毅亦知先生之必不见许也，先生所以命起毅者，欲令朝夕侍侧，得亲教诲，讲求文章之利病，取资师友之考订，意甚善也，而起毅所以不敢奉命之本心犹未尽悉，敢复陈于高明之前。

起毅托庇宇下非一日矣，又就业先生之馆，饮食之，教诲之，资其养焉，广其业焉，为幸厚矣。然自起毅思之，年逾十五不为少，读书求闻达，数试有司不能青一衿不为幸，而母老家贫，寂寂以屈，切切以忧，无由絜粢视膳，尽人子一日之养，而苟以安其身习其业，诚有食焉，不能甘寝焉，不能适者，斯亦仁人君子之所矜也。先生之训起毅曰：乡里之中无贤师友，无以为德行之资，学问之益。起毅思人患无心，不患无友。苟其自立，六经皆我趋步，史传皆我师友。若夫文章之事，取古今人作而效法之，固非大难事也。先生少日发愤若彼，谁实策之？而今为国家实用，作当世人表，出言足法，下笔如神，此非起毅之事也，然能无慕哉？昔孔门闻皋鱼言，辞师而归养者数十人，起毅独屈深，念及吾亲之存，少营甘旨，每欷歔感叹，无以自禁，幸犹可数年间晨昏膝下，少伸孝养之愿。乡之民其性朴，其力勤，其执业苦，农夫野老，恶衣恶食，相与酬接，亦可以识艰难，长筋力，此起毅所以不敢奉命之私意也。

夫饮食之恩小，教诲之恩大，起毅自获侍先生，铭心刻骨，常中夜起坐，捶床太息，冀发奋有所成就，以无负大贤之期望。忽忽数年，志愿未遂，而仍欲使素餐先生之门，先生善矣，起毅一丈夫，似此碌碌，曾何日已，抑岂先生之所许哉？夫渎尊长之命至于一再，非卑贱之礼也，违玉成之心而傲然自遂，尤非心之所敢安也。然区区之情，不当缄默，敬陈之左右，幸先生垂谅焉。

答欧阳子书

马敬之

二月某日，奴子奉手书来，仆时剧病，饵药贻误，自分沟壑，枕上省览，旋即交付，不能裁答。顷虽小愈，臣精亡矣，青天共戴，白日坐凋，含哽告谁，惋愤焉极。伏念足下斐然狂简，识趣既洞，晷景未迫，荡浩气于长征，收奇书于昔遁，过江披褐，具有微忱，涉峤著书，余为新语，此之所得，视仆何如？足下之行，仆敦促之，鄙哉硁硁，猥多称引，五尺童子具晓其说，必若鞠謄闺房之内，徼刭衽席之侧，乖尊亲之义而不寤，狃贱儒之陋以自好，则是墨允高蹈，可訾其拂命。曾参侍侧，岂虑其杀人；眷兹勉劳，奚取禄养之报？陟彼瞻望，终谬仁贤之恉，其信然乎？大孝不匮，游必有方，振古之通矩耳。

仆与足下，谊属婚姻，实逾昆季，苟有遗谞，敢矜单慧？昔乡愿负宗党之誉，圣人恶之；韩先生为李贺申名讳之辩，到今韪之。盖愚者迁迹以浮沉，而明者贞志以消息。机栝未呈，巧历亦辍其算；规矱既定，良工斯饬其材。嗟乎，嗟乎！九州大矣，事会繁矣。章句之士，既伤龌倮，簪笏之侣，难可深论。区黑水为南流，导黄河使东注，吾闻其语，未见其人，此足下所为奋袂而兴，益晋于自试也。仆闻理有并存，察势轻重；情无均感，随时异同，是故玉韫于石而草木流辉，珠藏于渊而波澜效媚，凉风初动而枥马悲鸣，春霆郁律而龙鲤倒跃，况人伦之俊、道德之侪哉？

足下行未半万里，别甫匝三月，而庭柯渐苞，继华垂实，林禽孳尾，由卵将雏，羁旅之怀想同斯慨。执讯远慰，略悉所云，辄为小诗，冀博嗢噱。

狱中上黄海华太守书

邹汉勋

夫入地化虫，讵得醪而能解？仰天叹马，端有角以潜生？五木缠身，生人之大辱；一精贯肌，下士所常矜。是以胜诡阳遭，书陈梁邸，惠昭衔际，律暖燕山。咄咄我先恒逢此厄，曾曾小子，亦遘斯殃，嗟嗟。灵均好洁，非因谏而致累，孟博扬清，乃无言而被逮。楚渔垂诲，原许餔糟；鲁史立言，亦珍含垢。有何儒竖，尚能六行自矜？况彼此徒早已一文不值。哭声振野，失父母之欢心；囚服盈门，逞奸凶之至愿。如斯颠倒，能勿怨乎？谁论重轻，乌乎已矣。闲尝博考前闻，详稽往载，叔誉缘亲而坐，患起豺声；叔孙为国而羁，情殷雀顾。条侯对语，莫识所书。蔡伯史功于何能乞，怨深蚕室；司马成麟止之篇，气结柏台。长公笑松蟠之句，要逢巨慝，或遇时屯。

勋也世值圣明，臣多夔稷，所诤匪国家之治体，所伤廑闾里之民情，不为姑嘬之蝇，甘作恶哗之螗，而亦遽遭斯辱，谁欤为表此心？况复黄绢卅年，守身如处女；绨缃千帙，著作等前贤。终日书堆长是，订讹纠缪，半生笔冢，频经撰要发凡，云何至道无闻，一情弗识？第是期功痛切，孤洁癖深，信长吏之一言，慰安子侄，具至亲之五服，招聚魄魂。端期狐死首乡，鸟飞还故，谁谓经原非雉血，何为而更晕齿牙？触已无羊，心何因而不伤骨肉？冤含莫诉冤，复重于桁杨。死本无辜，死又遭其桎梏，螶伤已极，呼吁何从？且也索瘢为疾，指颣成瑕，缧绁之苌，非尼山曷辨？株连之肸，必祁氏始明。

欣逢执事隼旟初临，欢腾道右，虎符新握，庆溢闾中，雅化如文翁，仁风逮召父，甘棠多爱，群歌召伯之鼠牙，列棘无冤，无事谈天之乌首。谨沥情以短简，望施照于寒儒，不胜恳切冒昧之至。

上谭铁箫郡伯书

邹汉勋

搦管为文，于今八载；陈书受业，迨是廿年。每至夜分，谁则然藜以照；亦常漏尽，犹然据几而吟。发一己之深情，时成短讽；睹五经之异义，恒好折衷。第妍媸不可自知，终待秦人之镜；美恶原须人定，讵无郢客之斤。

伏惟郡伯大人，既称学府，亦号文宗，龆岁俊名，差似桓驎答客；绮年华誉，更同扬信著书。鲁壁魏坟，世叔五行俱下；九流七略，仲任一见而知。绨囊先祖之书，素卷老人之记，悉能钻究，无复遗忘。八分升蔡氏之堂，那有潮乎可羡？五字入宣城之室，且兼白也之风。磊落雄辞，信韩陵之可语；缤纷丽藻，皆思道之不知。开府入关中，无烦示赋；舍人来辇下，何必鬻书。名早达于帝聪，声遂盈于宇内。夙怀壮志，别耽伍子箫声；雅好文章，兼解逢门射法。景钟之志，写英雄儿女之图；兰室之传，成水道详明之说。是以楷模士类，师表人伦。更足思者，昔年巴蜀题舆，民致百钱之送，近岁湖湘剖竹，人怀匹绢之清。奕奕宣条，优优布政，既德刑之兼济，亦宽猛而并施。吏不敢欺民，由此化钧，则放其鱼卵，早同巫马之风，嬉则避彼雉雏，无异中牟之政，因之民无佩犊，界有逃蝗。张君已致诵于双歧，廉叔复兴歌于五袴，循声远布，令誉遥闻。应知河内无寇恂，伫竢河东察王霸。

勋身是郡，民早沾慈惠，心驰文囿，更仰高风。今岁以来，所著诗数十首，文十余篇，既缮之于寒窗，敬呈之于暖阁，自惭驽劣，未识津途。若赐燕闲，爰加教诲，得比程门之士子，或同杨氏之女流，庶几适太行者不至南辕，航大海者能登彼岸。

与刘梅心书

欧阳泳

梅心仁兄同年足下：

寥郭空山，抗颜一榻，风雨孤灯，下帘危坐，苟其世夷遇泰，曾不系怀。俯仰之间，皆为适境，则温香沦茗，晤对曩贤，烹字调诗，开兹觉路，致足乐也。乃泳也门地嚣尘，运祚乖舛，频抱脊令之痛，旋婴枯树之忧，性命司于参苓，文章等于盐米，尘几生乎甑釜，邻竞乞诸屠沽。伏枥之志空怀，假柯之期莫必。风辰月夕，感与时增。酒后花前，悲生欢际，梅在望而臆酸，蘖未茹而心苦，命也如此，夫复何言？

伏念足下地临槃涧，性极宽薖，屋绕树以弥幽，阶流泉而自洁，翱翔伦鄗，融泄溢于庭除；弄姿帷房，琴瑟和于御内。婢亦解诗，德堪食旧。事无谋而不合，愿有卒以能伸。天工手补，私淑之党祁祁；奇字胸罗，问难之徒济济。犹复得有余，间常亲书策。龙睇大野，视逼古人，虎在深山，气暗群喙。业循时以继长，德抚序而恒修。以泳视之，真如天上。然而尤人无志，怨天不祥，良农不为，水旱不耕，良贾不为，折阅不市，穷塞堕道，君子弗取焉。夫垂耳病骥，终整兰筋，戢翼悲鸿，犹挥劲翮。泳虽驽下，敢自弃哉？所愿不惜砭针，时贻鲤素。庶已顿之刃，硎发其光；在璞之璧，石攻其瑕。苟全颠沛之操，永无离索之感，幸甚，幸甚。

厉风绵雨，动浃旬时。寒暖靡常，伏惟珍摄。临书惓惓，不尽所云。

与李竹吾书

舒泰

万花铺野，别我城隅，一叶辞柯，忆君江上，芳草随马蹄俱歇，断云与鸿影偕翔。昔听鹃声，杜陵归矣；今思鲈味，张翰凄然。抚时积叹，望远增劳，缅彼同心，当多遐想。足下目高于汉，心深于渊，守老氏多欲之戒，有庄叟死灰之容。固已谢迹嚣尘，追踪曩轨，文史足用，山泽堪娱，乃以室多黄口，庚癸频呼，堂有白头，青紫萦望，赧颜入世，强志依人。驱岁华于道途，悴精力于奔走，而举足惭多，并心事寡。菽水承欢，莫捧毛生之檄；风霜砭骨，谁怜范叔之袍。家在梦中，三年作客；雪盈头上，四十成翁。阮籍穷途，杨朱歧路，岂贫原非病而忧能伤人乎？五上春官，仍钻故纸；一天秋水，宜整归帆。盖富贵非可以冷取，而声闻不能以热全。峻其崖岸，则无以近人，纳彼污秽，又何以成己？君相无造命之权，山水有养素之地。劳劳者若此，坦坦者若彼。亦何不可摆脱名缰，逍遥尘外哉？况乎事母心长，穷巷原多爱日；嗜古力厚，先人尚有藏书。慈乌反哺，倦鸟归林，言念羁人，能无抑郁？往在都门不无朋好，眷言契洽，乃在盲愚。一鼓山水之操，遂成沆瀣之役。出同车马，入共樽罍，交引忘年，誓同刎颈。犹忆古刹读书，荒斋把酒。夜深月色，白化为霜。户外松声，寒凄似雨。野狐笑人，时幻形迹。顽仆酣夜，但闻鼻声。而吾二人，闻越石之鸡，中宵起舞，拔王郎之剑，异地悲歌。良以古之伤心，别有怀抱，世有知我，共此襟期。今日者交州天际，长安日边，每思耦聚之欢，始识索居之苦。寒猿失侣，憔悴山林，旅雁离群，凄其溆浦。然而途争夷险，心判安危。苟无愧于古人，亮可喻夫知己。咫尺胡越，自多面朋；千里庭阶，何惭心契。际此金风厉节，玉露凝晨。春晖苦短，叹游子之远去；秋草更绿，怨王孙之不归。波渺渺以何深山黯黯而将夕，洞庭木脱，衡浦秋高，能无睹落日而念先茔，望白云而思亲舍哉？仆与足下，荣悴殊途，感伤一致。读仲宣之赋，目断高楼；吟东野之诗，魂飞寸草。用是镌吾意版，速尔心旌。远志当归，应自量其去住；江湖魏阙，谁能测以升沉。

努力加餐，勉旃自爱。意随楮尽，心逐云飞。

复王博泉治溥刺史书

徐溙

伻至奉到赐题家大人课孙图，谦谦芳衔，琅琅辞笔。正人之品，因山公而始定；方轨之誉，借仲宝而弥劭。点缀自古，篋衍愈珍。晋康分自端州，基于武德，灵溪带水，三洲建岩，陆贾所经，茂叔曾至，文物之地，山泽并癯。

近闻慓悍之氓争构雀角，萑苻之盗游绎舠舸，跳荡陆梁，啸聚江介。阁下百里下车，三月受篆，迎郭汲以竹马，识孟坚于褰帷，课经夜阑，谕蒙星驾，挽颓拔薤，敷化卖刀，神明既传，恺悌弥著，花间雏绕，棠舍风高，见利器于盘根，奏循良于锦石，翕然舆论，无间郊圻。然而阁下大才桀桀，令闻卓卓，履屣之任，方特赏于谢公，令仆之选，岂久辱于州吏？固宜进贞良于执政，深倚伏于上游。夫梯航飒沓，琛璩毕萃，山海富庶，莫如广州，襟带裨瀛，毗连禄国，素称难治，迥异华风。求之古人，峨峨标伏波之柱，勤勤运士行之甓，庶几畏怀五管，震慑百蛮，敻乎尚矣！我朝忻畅垓埏，覆育中外，方休嘉之并迓，如雨露之均沾，乃有玢身黥面之伧，屈紒横幅之族，煽氛海角，梗化京师，拥战舰以周罗，伺风潮而出没。轮工火纵，炮惯铜轰。阁下羽负鸡翘，衣缝袴褶，装整戎而顾盼，墨磨盾以淋漓，气感风云，韬藏龙豹，声久驰乎御侮，功宜懋于折冲。方今游魂远窜，虽崇瘴海之勋，余孽尚存，未雪朝廷之耻。况复纵横甬上，蹂躏浙中，阵鹅之压，未决于一朝，姜鼠之搬，且虞其再至。阁下素推亮直，夙抱公忠，傥能绩赞元戎，筹襄幕府，驶杨仆之楼船，澜回海奠，森临淮之壁垒，令重山安。鹤唳风声，不惊黄浦，刀耕火种，永靖花田。磨崖地之碑十丈，名纪太常；平海之策万年，光增史册。岂但治县之谱，山阴世其传，著作之林，襄城被其泽乎？

弟羁游百粤，空啖荔枝，无乘边一障之能，虚万里封侯之愿。从戎可羡，方听鼓于军中；寄砚终惭，试观兵于壁上。攻心最要，鞅掌维劳。烦暑渐臻，珍摄宜备。海云在望，翘企曷胜。

与邓弥之昆仲书

罗萱

弥之仁兄昆仲足下：

去岁会垣小住，屡辱过从，握手故欢，畴言新好。蓬庐归卧，思不去心。乃复先枉瑶华，注存敦挚，缄乍开而喜溢，读未竟而惭生。往复缠绵，情余于纸，辄拟即贡鄙忱，要于永好。而尘思溷集，吮墨中止。嗟乎！寓声豪翰，尚尔艰滞，疏拙之性，概可知已。新秋逐队，重来亟图良晤，洒积郁之悃，释久稽之咎，轻帆甫卸，淫雨浃旬，潭潭府匽，未便笠屐，何期泥泞，复谢轩车。既疏尔室，反履我闼，相视内赧，不热而汗，促膝半顷，絮谈薄暝，旋以同俦牵率，归櫂告促。于时苦雾屯岸，繁霖接天，悬绪之雨千丝，刮愁之风一片。棹压鱼鳖，柁蟠蛟螭。波涛驶奔，樯橹震荡。曾城回望，迥隔云霄矣。嗣是杜迹山樊，涂塞耳目，沉吟未已。白露为霜，蒹葭一方，隰桑万遍。缅惟足下昆季，隽迈时髦，研精篡著，弹豪宝溢，喷墨馨流。无肩不随，有唱必和，曾览篇什，敦厚其旨，略窥管斑，未能测其所至。然威凤一羽，足验五德；要袅一顾，可知绝群。而来教眷，眷亦复赏其语言。是犹身衣华衮，反取裋褐之温，鼎列奇珍，不遗山肴之味乎？仆齿逾二旬，曾无一得，徒以师友期许，胜流渐渍，遂乃画虎不顾，微虫学雕，自顾每以靦然，同志辄为假借，不图昆季之复尔也。自维经济，岂解匡时？文章讵能报国？爝火无耀，散材失绳，是以未登廊庙，而山林志坚，未拯溺饥，而烟霞疾痼。寒虫蛰藏，劲翮鹊起，可同日语乎？献岁发祥之后，正采风莅止之时。贤昆季拔萃茅茹，联芳桑梓，何快如之？然后献策天廷，展抒夙抱，德业闻望，无后古人。它日悬车既遂初服不忘，蝯鹤同卜烟萝，裴附王舟，求过蒋径，有深愿焉。

无遐弃矣，朔风加厉，寒梅欲花，远想故人，时用翘跂。奉怀五言律诗四章，辞虽不文，借致思慕。答如昆之爱，希岁寒之盟。还伫德音，伏维葆护。

与欧阳仲和书

罗蕃

湘干为别，倏忽浃旬。揆诸昔人萧艾之怀，初何止一日三秋也。仆自浮湘溯涟，捐舟易屐，悬流十仞，篙橹争驰，寒籁一声，风帆交哄。苏髯逸性，险中之乐非夸；嗣宗孤行，穷途之哭猛忆。一夕登岸，百里款门，鸮鹚写其归心芦，葭动其秋思。轻舟西指，目向东移。断雁南飞，心犹北跂。加以秋风慄骨，时事怆神，黄菊迎人，候虫警客。胶沥千斛，未足浇其愁肠；诗狂万言，不能发其雄思。是则明月不死，幽憾与之长终；苍穹有知，私衷于焉欲问。初不待抚吴钩而始激，听秦筝而触哀者矣。时复寻幽驻目，耽癖搜肠，幽琴壁栖，古砚瀑涤，高引岩干，误堕雀巢，幽寻径萝，迷入猿穴。寒山在户，云同意顽；凉荫满庭，花怜影瘦。游钓任所，酒脯间储，葵藿根清，差可胜策。橙橘香脆，多不论钱，子山小园，安仁长圃。信足写幽居之胜概，结简牍之古欢矣。然而梁间秋燕虽恋旧巢，柳上暮鸦亦怀新叶，加以齑盐纷其岁月，藜藿待其膳餐，慨匏系之为烦，将枳栖而奚托？如不忘下车，重与推毂，则燕骏得地千里之志非虚，沧鹏乘风万仞之游可卜。

从父星沙远客，琴传久违，亦望先寄邮书，示知旅况。回忆曩时，汲古同灯，联吟一榻，秋蓬欲没则蒋径从游，春水方生而王舟屡赴，阮家竹坞曾侍山公，韦曲花阴闲来子美，良会不再，流光几何？家居依依，欲申悃素，辄以空江无波，不便双鲤；寒灯疾草，不尽拳拳。

湖南文征　卷一百二

启上

上邵阳知县杨演启甲午正月　　蒋大年

伏惟老父母师台：

以名宿巍科，屈长材以绥残邑，本至诚以笃茕黎，莅任甫逾旬时，疲敝咸有起色，穷邑瘰薮，无不仰体仁心，急公好义，输米谷转运军粮。望父母之孔迩，惟趋事而恐后，盖上德下孚，众志从王也。

忽十二月初二，大营移驻上贤一都，地名高枧、八工塘、田心、花街堡等处，百姓揣度谓不过养马就粮，若此无罪无辜，未必一概杀掠，弃其谷稻牛畜孳生等物，携妻挈子尽奔高山峻岭，为目前免死之计。不意十二月初八日围守山口，马步大索，虽深村僻坞悉被系累而出，丁壮能负及有手艺者，少妇之有姿色者，概虏上营，其余老幼不能负担走者一例杀死，又大雪大寒冻饿而死，及炮烙而死者不可胜数。积尸成林，流血成溪，号冤惨痛声震天地，恨无一线之路哭告召杜之前也。幸而得脱无从远遁，只得奔还本乡土洞藏匿，又被火攻烟熏而死，覆门绝户不知几千百家矣。生员如吕之琏、蒋天泽、蒋天配、蒋大焕、刘有长、锺元奎等十余辈，皆闭户读书之吉人，青年有志之名彦，身首异处，暴骸原野，乌啄肠肝，骨埋粪草。师台怜爱子弟，真诚怛恻，一闻此苦，未有不刺心酸鼻者也。今通乡止有四五洞未破，大年与生员蒋大伟、蒋大铉、彭年岳、刘一奇、锺国琏、吕维屏等苟活其间，虽大帅以正月初八移营，而余兵数百骑此时尚往来花街堡联骑成群，洞中人民畏不敢出，幽闭日久，土瘟盛发，死尸狼藉，其中臭秽难堪，资粮又尽，惟旦夕待毙而已。

近闻仁台哀痛叹惜之言，行查被难之事，莫不顿颡至地，流血被面，强年一出陈情，其如干戈满道，匍匐难趋，敬修拙启，使达尘听。伏乞转恳上台，大展慈力，撤回游骑，此一二孑遗俾出沉狱而履平郊，即沐深仁而佩厚泽。再迟十日，则上贤一乡无民矣。至于牛无遗毛，谷无遗种，此时尚未暇忧及耳。窃惟伐贼之举原以救民，拓土之谋济人为本，大帅深机远算，诚非草莽所能测，而焚林竭泽，鸟尽鱼枯，不能不望拯于好生之天地也。

正月十八恩贡生蒋大年悚惶泣惧谨上。

上茶陵彭太老师启

陈梦元

梦元启：

戊子冬十月，在长沙寓斋，友人录示阁下所制《茶陵修学记》一篇，《茶陵修城记》一篇，诵数倍常，典要如经。梦元伏惟文章家记体精于唐代韩、柳两公，柳记制式富言，丰美逾韩，北宋子固、介甫朗畅演迤，理语纠结，按切寡鲜。阁下学记发挥，未肤脱落，神采濯濯，记修茶城，纪核撮约，坚赡工实，辞事称适。梦元又伏惟两汉、魏、晋至唐著作巨手，大抵镕裁杼柚，逐字用意，逐句用意，非如宋派居简，支拄空架，踵袭清虚，禁用造语，取其自然。明代王、李矫揉，饤饾牵傅，义理湮沉，论者推起衰能事，属熙甫。然摹拟气息，反距史家万里而遥。阁下悬衡陈墨，进退规矩，雅丽跻班，深博轶柳，后生晚进学治古文，奉阁下为圭臬矣。

梦元性资浅劣，兼乏记功，年来心路惊悸成疾，及其伏潜，尚知砻错，罔敢荒弃。违离杖履十载有余，墙宇重峻，私淑懋勉。

刘生林青，谊廑密友，常述绪言为玉为金，风雨鸡鸣，毋斁服膺。瞻望惭惧，神魂飞越。

谨启。

与陶侍御商定洞庭湖志稿启

万年淳

前月仆在大人处，偶言及沈太守《洞庭湖志》一书，属仆校雠，仆尚不知此书为何书也。次日始得见之，乃叹此书为吾家故物，久失之而复得之也。仆遥忆敝邑前辈有綦鳌柱名世基者，博学能文，素留心洞庭故实，每学使临岳，古学无出其右。自成选贡后，随叶提学阅视试牍，每到一棚，凡临近洞庭府州县志，学使所檄至者，乙夜展阅，一切有关洞庭事迹，巨细必录，三年之勤，纂集初就，名曰《洞庭湖志》。逮鳌柱物故，其子孙不能读父书，此志稿本为仆先叔禹山所收，盖禹山为鳌柱门生，意欲成鳌柱之志而力有所不能。越数年，禹山病革，以此书嘱仆蒇其成。时仆方辑《古礼拾遗》，不暇及此，又屡念此稿为鳌柱草创，体例未明，挂漏尚多，凡山水、洲港、堤垸、古迹、庙祠，皆据州县志书，云在县某方，去县几里几十里，此州县志体例则尔，若作《洞庭湖志》，宜以湖为主，宜改云在湖某方，去湖几里、几十里乃是。然如此变例，非买舟沿湖上下，一年半载访问明白不能猝办。至增补缺略，犹易为力耳。仆以此故艰于游历，藏此稿于家，将十有余年，盖有志焉而未逮也。

癸丑秋仲，忽接敝邑侯汤二楼书，索鳌柱志稿，盖二楼承沈太守命，而太守得闻于夏学博者。学博官岳久，久闻鳌柱有此书，不能得见，故托太守书属二楼访实征求，适二楼询于仆同年严斗南，而斗南以仆所藏者告。缘仆曾以此稿恳斗南兄半农为宣城令者经理剞劂而未能，故斗南知之。仆不欲违邑侯意，冀鳌柱此稿或有能修改以行之者，以故授邑侯使者而转致之夏学博。今太守此志原本多出于夏学博，而学博原本又多出于鳌柱，虽其间增损不一，体例各异，而滥觞之源实鳌柱导之。夫鳌柱草创之稿，仆固不甚浃意，而夏学博底本仆又未见，今观太守此书，虽规模体制鸿衍周足，而其中不浃意者尚多，窃依其门类而縋缕陈之。

盖志为洞庭而作，宜以舆图为首。此书列洞庭四图，分东、西、南、北甚好，但必先立一总图，将沿湖四旁各府州县，地域、疆界、山川、形势及各水道入湖之处历历详缋，令观者一目了然，然后以四图继之。君山、岳阳楼者，乃湖上绝境，而洞庭秋月又湖南八景之第一景也，此三图亦不可不补。今此书，以皇言为第一，窃谓皇言无几，所录遣官致祭，祭文宜谨入庙祠，至修筑舵杆洲石台及修筑堤垸等项，宜入堤垸，已毁堤垸照稀密芦课处宜入赋税，则此一门宜损。

若星野，乃作志旧例，宜列舆图之后。而洞庭分星，又不比一州一县，可以大略存之，宜依水道提纲分经布度，横斜湖面而详注之。今此书仍旧，又所引星度，但据晋唐等书旧度，不及《明史·天文志》与本朝《万年书》新度，岂可谓善言天耶？

仆窃考各省府州县志，俱有沿革一门，而洞庭湖之沿革则通省之沿革俱系焉，此断不可损也。如汉、晋以来，各州县之分辖东、西、南、北，历代异势，建置名号屡有改易，此一大更革事也。本朝雍正二年，湖南北分闱，继又岳、澧分隶，皆因洞庭险难之故，此又一大更革事也。嘉庆四年，改洞庭协为洞庭营，移驻鼎州，此又一大更革事也。其余官制、城郭、庙祠、堤垸，小小沿革甚多，俱不可略者，如此大故实，此书皆无之，其何以志为耶？仆窃谓舆图、星野之后宜增沿革一门，此全书最要之项也。

且此书湖山之后，方及水道，未免源流倒置，诸湖皆九江之下流，九江即洞庭，须先将九江一一清出，然后次及濒湖诸小湖、小港，与夫潭湾、矶嵴、池滩、夹渡，此皆水道血脉所周处不可凌乱者，则舆图分星后，次水道，次湖港，方有源委。而此书所载九江混无显绪，无主从，分流合流处不详里数，而川江之经流、支流全然不明，三江、五渚、云梦豪无考证。仆窃谓全书精神在水道一门，此处不精不详，便不可以成志。

又此书以湖山为一类，洲港为一类，亦不甚分晓。按濒湖各小水河港，宜次诸湖后，不宜次洲后，宜分湖港为一类，山洲为一类，山外皆洲，洲上有堤有垸，然后次及堤垸，庶次第可观。而所谓某山、某湖、某州、某港、某堤、某垸，依然州县志旧例，宜以湖为主改正者也。况各州县志体例不一，即堤垸一门，诸县皆云在县某方几里，周围几里，而《益阳县志》独载长几百丈、长几十丈，某年建置，总由抄写县志，依样葫芦，未经裁改故耳。

再者税课一门，宜改名赋税。此门均照赋役，全书分芦课、渔课，额征银两多少，至更改变易之处全然无之，且既载堤垸，则堤垸之额征更大于洲港，奈何略多而详寡、舍重而言轻耶？又赋税之后，次以舟筏，按舟有二大项：粮船之制度数目，水次岁修工程，宜附入赋税之后，而姜侍郎奏定水次之案，此又断不可略者；战船之制度数目，岁修工程，分泊处，宜附入兵防之后，而各塘汛兵弁差船，官私渡船与救生船只，皆志兵防者所必及也。至皇筏但经过而已，无关故典，此一门亦在所可损。

又此书兵防之后又有战守，未免字复。兵防所载甚略，一切战具、战器俱无，且战守所载皆述往事，宜改云事纪，所以纪实事也。此一门事最多，宜据正史及诸书之不谬者为主，而又以小字详其所出。若小说演义不足，为据者悉汰之，分例纲目，一仿《通鉴》之旧，方有可观。至风俗一门，全无意味，风俗乃州县志所必及，志洞庭者可略也。况所载佚事，均宜附入捃摭，则此一门亦可损。

物产之类当在赋税之后。诸志物产雷同者多，宜详其大而略其细，详其独而略其同。如湖为出鱼之薮，不但详载鱼类，凡湖中渔户、船只俱宜详登，围湖芦苇为州县炊爨所资。君山茶有岁贡，自唐以来为然，名目最多，而东陵濒湖诸山洞所产亦不少，其香色臭味、采摘蒸焙之法俱宜分辨。而肥皂惟东陵最多、最良，京师所谓南肥皂者皆巴产也。君山后湖近年淤淀日高，自华容南山至富家矶至龙阳、沅江县界，绵亘数百里，水落则居民撒种菜子，不费人力而收利甚大，苏杭之舟蚁集而载之，所谓西湖菜子是也。此书鱼不详渔户、网帮，芦笋之美、芦（韦）〔苇〕之利俱略，茶不入木而入草，君山茶与肥皂两者俱无，而益阳之冬笋、竹器，澧阳之蕙兰，龙阳湖岸之烟叶，皆船载四方，人所珍惜者，此岂可一概抹之耶？

若夫古迹，宜分州县，所略尚多。庙祠亦宜分州县，俱宜云在湖某方几里。仙释一门，宜入杂摭，况有仙无释，而所谓仙者皆回道人事，泛征谬引，无关轻重，此一门又宜损。游览一门宜分三项，内而人物，外而名宦，次及经过、流寓，庶有宾主。今并混而一之，何也？碑、记皆艺文，不可分作两项，此一门又宜损。杂摭但分摭事、摭地、摭典、摭异四项，太略。事典二字不分明，何者非事与典也？宜分作摭人、摭诗、摭异、摭物、摭仙、摭释，释一类尚多，可采不可没也。

碑、记既入艺文，而艺文之宜补者尤多，仆尝谓天下州县莫大于巴陵，州县志之艺文亦莫多于巴陵，盖巴陵有三绝焉：一洞庭、二君山、三岳阳楼，古今名公、巨卿、贤士大夫之著作，几可以盈案。而沿湖诸县之艺文亦复不少，有收之不能尽者。今此书所收，不过十之三四，又宜收者未收、不宜收者反收之。九江之说，宜一以曾彦和朱子所定为是，纵有互异，不过一二小水，其全与曾、朱背者，可勿论也。《岳阳楼别窦司直》诗乃韩昌黎作，今乃误系李贺，不但陆放翁误序在欧、黄之前已也。又明人程伊川、洞庭张乐诗，未知是何人，此人竟是陈惊座，诗亦不佳，不如去之。况艺文一门宜分体制，一则便于检阅，一则见洞庭佳作，色色俱备，正不减万千气象也。且洞庭之胜，全在诗文上发泄其奇，不比州县志可以从略，亦不比他州县志诗文无多不能备体也。

仆窃总计此书共二十门，窃谓皇言、舟筏、风俗、仙释、碑记五门宜损，沿革一门宜增，损五增一，共十六门：一舆图、二星野、三沿革、四水道、五湖港、六山洲、七堤垸、八赋税、九物产、十兵防、十一事纪、十二古迹、十三庙祠、十四游览、十五杂摭、十六艺文。源本该浃，中边俱备，洞庭大观，庶无遗憾。窃不自揣直陈愚戆，惟大人一游目焉。至于字句之讹谬，惟多遍校雠之而已。

仆又尝谓洞庭一志，乃南楚不可少之书也。西湖丽矣，不及洞庭之奇；南岳奇矣，不及洞庭之大。西湖、南岳及凡名胜地皆有志，如何俾洞庭大观，仅附载郡县志中耶？贤哉太守，政余之暇，留心及此，此不朽之盛举。惜乎但见夏学博之底本，不见綦鳌柱凿空之功，又未得大有识力、学问鸿博者从而经纪之。如仆所陈管见，太守如肯宏海涵之量收纳众流，必有能勷成之者。此楚南通省一部大文章，视《岳阳风土记》《荆楚岁时记》等书相去万万矣。

与宣城令求刻洞庭志启

万年淳

书启半农三兄先生足下：

弟于兄未及趋承色笑，俯领风规，亦未尝以一纸投门下，然素企慕若渴，恨不朝夕见。弟非欲邀荣于足下也，弟性拙，只知读书，笔墨外颇留心世故，物色人豪。年自二十外便闻足下官声噪甚，寻问其所以然，每苦传者浅陋，不能悉知委曲。

最后闻足下为綦鳌柱先生刻所著述，弟心甚异之，以为此真非俗吏所能为也。鳌柱足下师也，簿书之暇，留心学术，以此倡导，一邑风化不小，且不忘师教厚甚，则一事而三善备焉。数年以来，欲见所刻本，询诸近习者而又云未也，弟心又异之，岂传者之谬与？抑有志而未逮与？将鳌柱之书尚有未释然者与？弟于鳌柱里居远甚，即间见其所作，亦未悉其蕴蓄何如。近于家叔禹山处得见鳌柱所著《洞庭志》稿本，考据详覆，采择精当，虽触略颇多，经纪未备，然其规模已次第可观。又鳌柱为人详不可知，以弟所闻，亦甚颠蹶，大抵学有余而养不足，识过人而才不逮也。然其所著作，亦足以表见于世矣。而足下欲为剞劂而不决，岂所见者鳌柱制艺之文，尚未见有此与？弟心甚怪之。夫时文一途，在近日诚无可著脚，弟尝谓本朝作家虽于有明，近时作家又难于国初，非胸中别有一山河大地，自具边圉，虽有所作亦随风靡耳，焉能为有无哉？

时下居官者多以刻稿为希世事，驾名号，高声价，美雕篆，善纸章，以炫耀俗人耳目。弟尝于游历处见所云本衙藏板者不少，弟亦不知作文是何事，然心甚诧异之，岂妙道之行，固多孟浪之言耶？大抵自谓以此出身知名于世，遂谓文章如是云云，而同官者互相侈靡之，往来游食者又从而呵之，以为古人不是过，以故信以为实能之而不知愧也。

足下出牧十余年矣，未尝遽事于此，足以知其所蓄者大、所见者卓，不汲汲欲邀一时之誉也。夫鳌柱之文，固非时下庸手所及，然其一生精力大约在洞庭一湖，足下真有志表扬岩穴之藏，弟谓此书其宜首务也。弟于壬子与令弟斗南同榜，风尘仓猝，相见日少，加以未见鳌柱此书，故未曾商此。今既见此，不敢不言，古人谓闻一善若惊，弟差有焉。而弟独眷眷于足下者，以足下本有此志也，且情不切不能也，识不到不能也，力不赡不能也。如足下俱不虑此，鄙人固陋，窃罄一得之愚，亦足为足下一助官声也。书辞冒浪，获罪良多，如不见遗，当覆一纸，毋使此书遂从此流亡也。

上业师张紫岘先生启

蔡云逵

受业门人某顿首载拜上老夫子函丈：

文旌莅省，甫及信宿，比鸿得知，将走谒江干，问讯居停，云已扬帆旋里，依恋之私，莫由少慰，自知疏忽，负罪良深。旋闻舟抵易家湾，绝流而渡，几陷不测，幸云岑世讲捐身救护，得出险中，鸿惊喜交集，数日坐卧不宁，恨不插翅遄飞，一瞻光霁，道远莫致，感念奚涯。

窃夫子抉汉分章，追逐李杜，驰名海内，仰若斗山，解组归田，萧然琴鹤，今寿跻大耋，尚事笔耕，造物忌才，莫斯为甚。犹复以风波之险震撼白头，岂夫子夺两大之菁华，天故遣风伯揭尘、冯夷鼓浪，俾正则遮道清流，接手一谈风骚与？既思昭潭之深，下临无地，行舟覆溺，虽善没者不得出焉。况皤然八十老翁，平地尚艰步履，中流不济，俟命奚疑？岂意斯文未丧，履险如夷，霎时间贝阙珠宫，群仙走集，或负之以出，或掖之以登，转以不虞之遭，暴扬盛德，然后知贤者固不可测，而造物之怜才，于斯益信。其所以厄夫子者，皆所以显夫子，云岑虽孝，恐不能贪天功以为己力也。区区管见，夫子尚进而教之。

鸿受训一载，戴德终身，只以饥驱百里，睽隔门墙，洪钟在前，仅为过莛之撞，兴言及此，怅望何穷。惟是引伸绪论，日就月将，庶几致身青云，阐扬风雅，以上副我夫子拳拳属望之殷。无任瞻依激切之至。

复贺制宪询回事禀

何绍祺

查此次永昌回匪滋事，其始原不过械斗，而回匪心怀叵测，渐肆猖狂。其与汉民结仇之根，伏于道光二十一年回民马四阿宝在各村武断横行，汉民聚众围拿，已将互斗，官吏将马四阿宝诱出具结，仍行治毙，汉民始安，回民深恨。本年五月二十五日，忽有回民在板桥哨一带学习武艺，口称为马四阿宝复仇，汉民报官，该府县派拨兵役往缉未获，而回民遂开枪炮，将板桥一带村庄烧毁，约伤汉民男妇数百人。汉民愤极，聚众报复，遇回即杀，计伤回民二千余人。于是回民眷口有逃入永城者，有逃往顺、蒙者。初斗则回先扰汉，继斗则汉实胜回，此启衅互斗之大概情形也。

该府县立发通禀西道罗，适因核算铜务调赴省城，即委邓川牧恒文前往永城商办，叠次奉前宪吴批饬，总以解散免成军需为要。永城汉民以该回先扰汉民，各处回民亦以受伤过多，均不肯遵示解散。八月望后，恒牧因永城人心惶恐，禀请署提宪王调派腾越、景、蒙、龙陵兵一千三百五十员名，又招募乡练一千六百余名为守御资，奉委卸署鹤丽镇李能臣前往督办。时回民初次官犯马大虽已格杀，而续行倡首之张朝金、大白象、马四铜锤等已设“兴回灭汉”旗帜，招集蒙、顺、思茅各处回民，屯聚右甸二千余人。该府派委卸任典史郭贞廉带练四百名、兵一百名驻守藤桥河西山口，以防回民赴永之路。回民即由右甸出，至三十余里之猛廷寨，与兵练隔河抵敌，屡经各放枪炮，互有损伤，兵、练将藤桥砍断，回民难渡，遂将附近之枯柯河街占据，芟割田坝禾苗，抢掠村民钱谷。张朝金之戚马殷图家资四五万金，取充战费，永城汉民闻风畏惧。凡回民在城者，不准卖给米谷，几成内变。府县出示晓谕，始行给米。上宪意在镇抚，委太和翁署令祖烈前往解散，汉民以回民抗拒情真，非仅与民为仇，心皆不服，几将翁令谋害，翁令只得驰回，战、守、和尚无定策。此由互斗而成抗拒之大概情形也。

现在永城兵不为少，民心主于剿办，官心主于和解，各练日需银一钱，各兵日需银三分米一升，服役夫一名，武弁每日自银三钱及二钱四分，米二三升不等。该府始垫继借，力不能给，乃至百数十金不能办出，武弁因无剿办明文，不肯出战。且大小将弁无人统辖，皆以坐食候令为宜。金守恐涉张皇，屡次减少禀报，顺宁系进退要路，彼处亦无兵无饷，省中未得实信，难以多发钱粮。西道虽已驰回，不能自出意见，给饷三千两，缓不济急。兵练三千人，有实若无，事虽在大小之间，患恐在旬月之内。此现在上下阻隔、文武焦急之大概情形也。

幸遇大人德威久著，节钺初临，此案似不值遽言征剿，无庸多派弁兵，而要犯似宜迅速缉拿，或免添邀党羽。现在抚宪得以面商，司道首府县亦得仰承钧示，实为全滇之福。

湖南文征　卷一百三

启下

请编修杨朗溪启

龙佳荫

北斗名高，瞻气识真人之至；南山望重，执鞭思御李之荣。奉尊俎于春风，愿听九霄玉屑；修藻蘋于涟水，敢淹五夜珠绳。霓旌肃迓，绮席腾光，恭惟执事，身负奇才，世传奥学。考汾隅周氏之谱，世德有承；擅关西夫子之名，家风固在。紫宸夹香案，躬依五朵之云；承明有直庐，足步八砖之日。故词垣为文士之极任，而翰苑称天子之私人，行将晋调商鼎，会见权柄周衡。佳古貌古心而读古书，自忘其拙；愿言愿行而称愿士，要非所长。志与时违，文憎命达。虽通盟自昔，分隔云泥，而披霞今朝，许谈风月。筮良辰而治具，候清燕以开樽。庶几聆金玉之诲，匪直增俎豆之辉。俾桑户绳枢，试听萧萧鸣马；而衡门陋巷，得闻哕哕和鸾。伫看凤翥，肃借鸿仪。

谢晬盘诗会启

黄湘南

除是龙文，方号渥洼之骏；若非凤羽，敢夸香水之雏。湘南寄庑，无家牵衣有子。才殊谢遏，讵拟芝兰？质类刘琮，应嗤豚犬。乃者桐花正放，柳絮初飞，值三月之中旬，为次儿之初度，俎戈列处，影动红氍，褓褓携来，欢腾翠阁。猥蒙太史，重荷同人，绘出盘盂，形不摹乎五岳，光生玛瑙，宝岂逊乎三珠？理泄瑶枢，丹图画就；书编琼笈，锦赙装成。管城子脱帽而来，豪锋颖利；好畤侯披襟而至，墨沈淋漓。雕戈共宝，剑齐辉牙，笏与金章并灿。赤仄则五铢错落，朱提则三品晶莹。且也雅什敲来，新词谱就。声随击钵，尽翦红刻翠之篇；体效雕琼，皆滴粉搓酥之句。瑶环瑜珥，祝以佳儿；虎豹麒麟，呼为英物。字分大小，俨集腋以成裘；写遍中边，恍聚沙而为塔。遂使悬来堂上，彻几席以生辉；贮向箧中，偕琳琅而共宝。此日啼声乍试，争来温峤之称；他时名誉无奇，恐负黄童之号。惭惶莫罄，感泐何穷。

上傅观察请修乾州厅书院启

邓枝麟

枝麟谨启重莽先生阁下：

枝麟到官以来，窃见乾州生童僻在边隅，邻于蛮徼，既见闻之浅陋，限以昏蒙；复榛狉之陆梁，肆其煨烬。几兔脱之无日，喘息难苏；幸鹗集之有期，咿唔久废。恭逢先生身兼文武之才，志切安怀之愿，间戎而侔五饵，厉犷骑以无生，疑楚而敝三师，出凶渠之不意，别选四乡之劲旅，先声大振于前茅。旋申六月之雄师，要害咸摧于破竹，穹庐落烬，西贼胆寒，元恶膏碪，南人心服。迩复销锋铸镰，阴戢其不轨之谋，剃发袒肩，潜予以用夏之变。不唳淮山之鹤，抚慰华离；未惊紫陌之乌，安全枭散。绳桥石屋，咸买犊以耕屯；负襁扶髦，尽葺墉而安枕。盖自槃弧遗种以来，苗民逆命者屡，未有若斯之蠡螣全消、根株尽刈者也。

伏惟先生大雅扶轮，文章司命。武功既蒇，咸钦詟服之无方；文治必彰，又仰裁成之伊始。汉文翁之化俗，必事诗书；叔孙通之制仪，且施绵蕝，凡兹奇才茂学，尽陶甄于春诵夏弦，岂有辨志离经，不模范于党庠州序？稽诸城南、岳麓，皆就省垣一隅；即彼石鼓、濂溪，不出郡城三里。故振兴学校，必依阛阇之中，斯鼓励宫墙，原属官司之责。乾州讲学之地，大可相其阴阳；诸生肄业之场，究非夸夫轮奂。所愿斋成经义，治事仿胡瑗而立规模；庶几士得茹古涵今，延杨时而开坛坫。观成有待，惟期不日之经营；良法先行，敢冀及时之作育。

议修长郡会馆启

京师海岱门外东草厂十条胡同内，吾郡新老会馆建立于此，历有年矣。比值计偕赴选，骈辏北来，分两馆以居，而居老馆者尤旺。其东南巽方空缺多隙地，青乌家谓宜恭建文昌帝君阁以培文运，旁添列构以张之，公议捐资，襄兹盛举。盖闻《礼记》司中诗歌友仲。筐戴璇魁之六，北极躔高；阶调玉烛之三，上台宿列。麟祥有耀，符吉梦于眉山；骡影腾青，策神骑于栈道。灵已征夫唐代，迹复显于宋年。夙标孝友之名，聿柄文章之帙。方今圣天子云章丕烂，星祀攸崇，宫辟三垓，典隆九献。璧水圜桥之地，昭俎豆以告虔；车服礼器之堂，格馨香而配飨。昌明文运，嘉惠艺林。非徒玉局新班，镂忏心之宝箓；岂仅梓潼旧县，颁册号之徽文。吾郡首隶楚南，会馆近依辰北。野分轸辖，辉腾朱鸟之躔，星朗长沙，芒耀炎鹑之纪。惟天文之垂象，斯地产乎多材。秀异灵钟，蔚仙芬于兰芳芷翠；神休默相，托景曜于璧采奎华。况兹人海一区，京畿片壤，星因德聚，借以联欢。苔自岑同，于焉假馆。冠裳促膝，依然槐棘之邦；篝茗谈心，即是枌榆之社。庇数椽于风雨，莫壮观瞻，峨十笏以楼台，乃增赫旷。议崇杰阁，恭祀文星，规空缺于巽方，斡昭回于离照。森依凤阙，旁迎日月之光；仿佛虹梁，上涌云霞之气。降金仙于尔室，杖爇青藜；来山丈于隐居，书传丹篆。璇垣曲处，定知紫盖高擎；银烛闱中，益见朱衣暗点。裒四千里之乡谊，共焕文明；讵十七世之化身，侈谈阴骘。然而奂轮匪易，鸠庀维难。功缘合力以程事，赖众擎而举。譬为山于平地，一篑能施；斯造塔于诸天，合尖有日。不比庄严供佛，指陁树以布金；直教肸蚃通灵，萃儒林而合璧。从此华镌北斗，顿增新入之光辉；藻曜南天，盖振当前之气焰。

爰疏短引附系例言，同郡刘权之、周系英、袁名曜、罗琦、余正焕、刘若璹、陶澍、唐业谦、贺长龄、刘教五、唐鉴公启。

嘉庆十五年，岁次庚午，孟春月。

重议修理长郡会馆启

嘉庆庚午岁，同郡诸君子议于会馆东南隙地恭建文昌帝君阁一座，并增置左右房屋若干楹。地当巽位，宿应离光，培阛郡之人文，拓旅居于广厦，意至善，计至周也。乃者众力劻勷数千金，共期腋集，流光荏苒，十五载未克鸠工，书版罗珍，徒成画饼，驰笺索币，屡滞邮签，虽频年积寸累铢，不足补苴之费，恐此后牵萝缉槿，更无完缮之期。是岂诸君子建议之初心？亦非业谦等赞成之本意也。窃念乘风载响，虽远而易周，随地取材，虽约而弥广。今请省致数启专领一人，呼吸可以相通，征求即能立至，众擎易举，鹤俸同分，一气呵成，鸿规早蒇。将见文星远耀，共依极北之光；从此夏屋宏开，弥萃湘南之秀。原议例言条列于左。

征选楚南历朝诗征启

唐开韶

南楚英腾，赤岳耀鹑宿之光华；涛涌重湖，壮熊湘之气象。铜碑勒篆，胜纪九疑；石穴藏书，迹遗二酉。照浯溪之石镜，岸若朝霞；泛沅水之桃花，湍如委练。萃地灵而彰物彩，瑞霭山川；储天宝而焕人文，代开坛坫。甘棠留荫，南国肇启风诗；香草流馨，楚泽聿崇骚雅。仲敬播云和之曲，汉有遗音；戴侯兴庙谒之吟，世传雅奏。彩禽入梦，湘中竞目琳琅；烟渚穷经，囊底犹飞萤火。叶谭负江海之秀，大贝明珠；潘京撷经史之腴，精金美玉。

卓哉两晋，盛矣三唐。李文山声腾凤阁，不独吹善鹅笙；欧阳询名播鸡林，何止书工犀管。请旌刘蕡而表直，无愧状头；欲凌曹植以矜才，偏工五步。辞多咏史，胡曾不尚郊寒；官领校书，曹松专摩岛瘦。

溯夫五代两宋，尤工叠韵双声。天策既广聚英奇，云壑亦深藏耆旧。蛮溪一柱，铭早镌铜；宫柳百篇，宠还赐额。爰有莎亭竹阁，播两句之璆琳；漫谓日城霞宫，媚一时之樽俎。升卿驾飙车而并骖南仲，明略饮云龙而击节东坡。莲花比君子之身，每吟风而弄月；芍药开菩萨之面，亦刻翠而翦红。

元则或赋擅蒲轮，或集传鸡肋。圭斋之文章勋业，声冠一朝；傲轩之博雅宏通，吟娴七岁。

迄乎有明，或斗山望重，开何李之先声，或云梦名高，抒沈杨之直论。何文简既稿束牛腰，黎文僖复声驰龙首。葡萄满幅，共说八崖九芝；翡翠联箱，奚仅二南三石。他若巴陵道上，坐碧草以闲吟；野鹤滩头，憎回雁而鼓櫂。道士能联石鼎，山僧雅号诗囊。凡兹逸流，都娴风雅。某也可，某也可，举既有征；古之人，古之人，数难更仆。

至我国朝，被月管之休，沐风弦之化。润龙缫者，和卿云于廊庙；歌凤德者，赓宝露于衡湘。撷红兰白芷之芳，吊青草黄陵之古。人多逸兴，摇豪而惯赋雄风；士尽知声，审韵而解呼雌霓。分七泽之含葩，奋藻不少名篇；合三湘之润古，雕今必多杰构。

然而一生造诣名山之讲业多藏，百代苍茫，没世之称名莫必。东壁菁华，未聚西堂，散逸谁求？杜征西之碑，空说一山一谷；庾开府之集，或至五存五亡。花萼编成，扬雄则酱瓿徒覆；锦囊心苦，刘蜕亦蒿冢长埋。沉砥柱之波，或且劫遭蛟蜃；饱羽陵之蠹，甚至食尽神仙。遗稿空存，寺冷而尘埋佛脏；幽光待发，月黑而鬼唱秋坟。文人固感怀于心香，孝子亦伤情于手泽。不加扬扢，何以流传？

冕等夙契一言，微窥五际，慕古时深乎佩服，爱今未尽乎题襟。画壁亭中，曾赌黄河之唱；摩碑江上，忍抛黄绢之辞。愿把碧纱笼壁间之丽什，思将白璧易箧内之陈编。无如管见无多，尺闻有限；不揣山凡水俗，贸为罗致网收。伏冀雅人共襄韵事，披云拨雾，同搜蟫简奇珍，掇玉采珠，各觅龙华威宝。或乡先生探骊旧作，或名下士造凤新声。务期总札以投，撮钞相寄，拔雅尤而付剞劂，加颂美以寓表扬。名流尽作传人、词客也，应识我。每临风而望美，因共月以怀芳。虽听八弦之礼乐，讴歌尤觉洋洋盈耳；而扬一国之休明，鼓吹定知沨沨惊心。灿烂百家，纵横千古。惟是夏镌九鼎，必聚铁于六州；汉起千门，宁恃材于一木。以充栋汗牛之制，为刊梨镌枣之谋，费既不赀，力难独任。郭家无穴，安能板镂麻沙？姹女数钱，庶克裘成狐腋。所愿稍分润笔，如助买山。酬字数之缣，慨慷足式；醵博场之箭，假借何妨。令汲冢又出新书，在吟魂都无遗恨。九原可作冠裳，定拜于门。七字堪传，风雨将数其典。未免因人得热，要亦于我何求。应愿同声，助呼将伯，愧乏许家衡鉴，独操月旦之评，漫将萧氏选楼，窃附风骚之末。庶几千秋著述，同雷池风穴以争奇；历代英华，偕舜樟禹碑而并寿。揭兹衡月，昭乡贤椽笔之灵，补作楚风，备太史辅轩之采。

唐仲冕、袁名曜、陈圭、佘世清、王洪、龚立海、蒋濂、谢鸿音、欧阳绍洛、李延芳、张琳、文良策、秦关、蒋廷昺、胡泽汇、戴南昆、谢隆治、聂铣敏、黄本骐、张履信、张家榘、黄本骥、严正基、王友恭、张正纲、龙宝善、周倬、唐开韶。

案：嘉庆中设局星沙，征采湖外诗集，唐叟实尸其事，故列名简末。经三十余年，迄未成书，而丛稿遂为大水漂没，其后犹扶病会垣访旧，汝怀得一见之，其肌如腊，未几下世，亦足悲已。故簏中得此文，盖童时弃藏者。时已习闻其事也，慨叹登之。

呈汤学使诗文启

陈士杜

为遵呈诗文恳祈择采，以阐寒微，以昭盛典事。

谨将夙撰诗、赋、古文、四六录写二卷，暨故胞兄某已刻

《逸剩诗草》一部并《事实》一通恭呈台前。伏以珠囊朗耀，丹墀赓复旦之休；金镜澄辉绿野，颂重华之化。八埏风动，四岳云兴。彤廷焜藻火之章，麟游苑囿；赤县洽笙镛之奏，凤舞箫韶。轸水景星瑞纪，尧天七政；衡山宝露祥征，舜陛三台。是以精光下毓乎璆琳，天阶鼎鼐；淑气广钟乎鸑鷟，王路羽仪。虎观谈经，轶宋艳、班香而耀采；銮坡奏技，驾陆龙、荀鹤以飞花。钦逢圣泽无涯，皇慈莫罄。采群贤之巨制，馆辟儒林；萃众士之微长，辞征草野。寸珠已无遗乎沧海，尺璧犹虑隐乎昆冈。旨下黄扉，遍访藏编于各省；玺封丹诏，旁搜逸韵于名山。尔乃宣风纸于三湘，穷鳞庆抃；诵龙章于七泽，短羽欢翔。

恭值大人节驻湖湘，望崇山斗。绍清风于玉茗，誉溢龙楼；候晓日于花砖，声高鹤禁。捧王纶于北极，播恩綍于南天。某翘首旌麾，抚心氈席。生居蓬户，丁年已习缣缃；长托毛锥，乙夜惟勤镫火。屈灵均著骚之地，俗颇娴吟；贾长沙濯锦之乡，人多学制。讵意青梯百丈，每失足于龙门；黄绢千箱，徒究心于蠹简。渡虎滩而登楼作赋，岁岁依刘；憩牛渚而泛月吟诗，年年忆谢。银枪宴集，谁知马厩之王尼；金榜无名，惯作钱塘之罗隐。李元忠素筝浊酒，竞笑狂生；任少卿剉草秣驺，吞声家监。至若鸡窗搦管，论文第解涂鸦；蜗舍挥笺，学赋难几吐凤。晋郝隆诗题蛮语，应知见哂桓公；楚钟仪乐操土风，或幸垂怜范子。年华半百，于今瘦尽沉腰；云路三千，此日凋残潘鬓。

恭惟大人春融桃李，香挹蘅兰，持玉尺于熊湘，握金针于马帐。梗楠杞梓，胥归匠庆之门；芝朮参苓，尽入梁公之笼。体怜才于黼座，造多士于星沙。泽国云屯，争传市骏。潭城日暮，喜值登龙，洵盛世之隆仪，实熙朝之异数。某不图扪籥，妄呈燕石于车前；谬学吹竽，聊奏巴讴于庑下。慨雁行之久折，敝簏犹存；抚驹隙之如流，残篇尚在。幸邀岩电，共戴春晖。俾孟东野之蛩吟，获辞蒿径；羊叔子之鹤舞，远历蓬山。则是衔黄雀之环，无由报德，铸白龟之印，未足鸣私者矣。

伏赐渊涵，统惟刍采。

胡茂才拙存醵金启

杨昌光

辰州胡拙存先生，黉舍名儒，骚坛健将，曾著有《眉仙诗集》行世，词堪泣鬼，语必惊人，敲疏雨于梧桐，唱晓风之杨柳，其情逸，其气豪已。所惜人局于知，天厄其遇，苍松貌古，翠柏寒多，十上苏季之书，三弹冯欢之铗。酒家春老，无阮修钱；砚亩秋寒，有蔡洪笔。青袍作客，白首无家，遇甚□靡，怀真寂漠，遂乃说星市口，卖卜街头，只观黄帝之书，不数紫姑之技。金钱三个，西风古寺之间；铁笛一声，落叶长亭之外。往往独闭廉窎之室，易醒瘏瘵之魂。忧本茕茕，行常仆仆。蓬怜短鬓，残雪难消；米乏长腰，炊烟不起。怀空抱犬，身只悬鹑，致足悲耳。况复孤儿行役，病妇无依，季女啼饥。寒食梨花之节，故人叹逝，斜阳宿草之坟，谁为啜粥承欢，谁与班荆话旧？梦未秋而境冷，心不风而旌摇。天若有情，天亦老矣。人生到此，人何堪乎？某等载酒元亭，曾问杨君之字；停鞭卜肆，每供严子之钱。奈仅助微资，终非长策，所望青莲居士，红豆词人，共念劳薪，竞培枯木。剖昆山片玉，分安石碎金，使得免釜里之鱼生，消车中之鲋涸，则幸甚矣。为善最乐，周急宜殷，彼将感德河深，戴恩山重。箱置杨家之黄雀，敢忘此日生成；笥盘冯氏之赤蛇，请卜他年官贵。

谢饼梨启

高崧

华山玉屑，上苑金柯，名差同于牢丸，置不邻于酸枣。英粉千层，层层起折，元光百颗，颗颗含清。玲珑映宇，既有色而有香；错落盈盘，复如菱而如蜜。曾闻齐主餐来，座中分为四片；疑是张公种出，海内惟此一株。奚以画为，岂堪楂比。梁甫之泥灼灼，青田之产离离。莲花十五隔，其运术也精矣；斗实一千年，所从来者远乎？徐陵重其迎新，庄周称其可口。傥逢王老，易明珠而不惜；若遇孔融，取小者以何嫌？爰心迷而口闷，亦解烦而释悁。映月若银，光堪照席；剖瓤如素，食欲成仙。洵列馔之所需，实采山之为美。将以袍包，莫嗤刘晏；岂宜蒸食，有负哀家。

恭惟先生负赵岐非常之才，卖之必售；同崔远饤座之品，希者为珍。抚此薄持文如束皙，珍兹河上表跨王宏。鹿鸣高会，即看宴赐红绫；现应乡试。凤阁扬声，且喜颂成元圃。领君雅意，触我支辞。爰伸纸而疾书，敢濡豪而再赋。

重劝捐输赈济启

邓仁堃

窃闻事之接踵而至者，惟菑害为不堪，政之胥匡以生者，虽艰难其何恤。恃此视切如伤之隐，与夫力行无倦之心，以维系夫倾危而弥缝其阙陷，有重轻之审，别无今昔之悬殊也。江省去年被灾，虽洪水之猝遭，赖往岁之频稔。譬夫一家夙称饶裕而突逢困乏，即罗掘尚可撑持。又如一身素秉康强而偶患痿痺，即调息不难充复。然谋事者独恐疮痍之莫起，致虑杼轴之多空，散抚恤而月有资粮，议赈贷而冬输缗算。黎元孑惠，国家之仁泽渥沾；乞粜庚呼，乡党之乐输敦劝。廑予辜而一夫不获，共此盟心；就民食而二鬴权宜，急如援手。谓极盛之下难为继，非智者孰能测于未形，况倒悬之急莫图存，即知之亦不容坐视。然则昔时之匡救，固不能豫计今日而故靳其施。今日之经营，亦惟有规仿昔时而扩充其量。据各路勘报灾状，涨痕则四尺增高，尔时之版筑栖留，在今日尽成泽国；穑事则三春告歉，昔日之芜菁觅食，在此时罄竭余粮。其不为沟壑之填者，亦宛转道路而仅此孑遗也；其犹有郊原之集者，亦濒即死亡而不胜胥溺也。聚千百族之流离琐尾，无三五群之攘夺乘机，未始非畴昔之使由，而姑忍须臾之就缓，是所望于存亡接续，亦安计其艰巨遗投耶？蒙上台念切痌瘝，体当宁勤思宵旰，发帑藏于亿万，蠲亩税以耦千，分金捐鹤俸之廉，咨水切鸿嗸之警。江右簪绅矜式，会城阛阓多藏，在敬梓之殷怀，已发棠而愿请。果二簋之权舆得继，不让当仁；即一杯之蠹勺差分，所生集义。总之解推视昔，断无朝授餐而夕任啼饥，矧其挹注从今，亦复先受赏而后还延誉。被恩荣于芝检，食德报于椒蕃。闻风者解倾倒之囊，是端借众擎而举鼎，守土者借频烦之筋，又不啻涕泪而陈书也。

寄欧阳赤城札

魏承柷

陈蕃一去，卧榻尘封；贺监长辞，镜湖月冷。陈观我、贺奎人都于今夏辞世。感生平之旧雨，屈指无多；哭死友之新坟，知心者少。人间买笑，魂销紫紫之花；地下埋忧，肠断青青之草。往日风流云散，杜陵翁春树苍茫；今年燕去鸿来，欧阳子秋声萧瑟。黄华时节，对菊影以增愁；红叶诗篇，向桐阴而陨涕。天乎？命也？谓之何哉。况复重阳两度，一日三秋，海角天涯，鱼沉雁杳。

公犹健者，倾倒马邑之豪；时赤城馆金兰聂氏。仆本恨人，凄凉风亭之客。仆连年橐笔耒水。临秋风而析柳，想见张绪当年；趁春雨以栽桃，尽是刘郎去后。白云蔼蔼，怀君薄暮之时；翠柏森森，忆我曾游之处。嗟乎！浮生若梦，金谷园荒；对酒当歌，铜台瓦解。怕羊昙之沉醉，恸哭州门；学阮籍之猖狂，流连岐路。今晨览镜，重添两鬓之霜；何日开樽，齐诵伤心之句。所幸蓬门不远，竹径多间，扫落叶以烹茶，携轻锄而觅笋。烧残恨蒂，流烛泪以无心；划断愁根，赁灯花而送喜。报道先生归也，能复从我游乎？借问夫子何为，此间之人老矣。

志局谢林辛山师启

邹汉勋

古来著述虽多，流传者少。故平章耆旧，亦与耆旧俱湮；品藻山川，难与山川并寿。我师擅能文之誉，挺不世之才，费彼丹铅，成斯图志。七十余年掌故，详赡以该；百廿九村风土，纤豪罔漏。洵堪同岁时风土共播寰区，溆水武功长留奕祀。故是一时盛事，岂徒阛邑荣名？

勋幸预末流，恒虞滥职，勤搜博采，细证详参，意欲此书，不与数百年花县图经同归散佚，而竟随七万卷兰台秘典恒炳日星。谁知勋之祖曾、父母、外氏、伯兄，咸见搜罗，悉归纪载。泽深溟海，岂偃鼠之未餍？恩重蓬壶，非巨鳌所克戴。傥不湮随草木，终当报效雀龟。尔时风景，须臾俱属起草之字；同人仿佛，仅成丛录之文。讹谬恐多，校雠宜急。闻之谢谭会云：师所著丛录数条，典核名通，精详博雅。愿检之几席，掷示门生，雒诵奇文，深窥雅意。

征节孝邹母杨孺人寿诗启代

邹汉勋

盖闻水历百泉，澄波澹骨；石标九派，介节惊心。懿好谁同，读鸟鹊之歌而泣下；芳踪共仰，续雪霜之操而神清。从未有睹松翠于寒凝而不耸形蹊志，觌筠青于岁晚尚悭永叹长言者也。懿惟我同里旌表节孝妇儒士邹鼎玉先生元配杨孺人者，女则克娴，闺仪可数。蘋言宾顺，南邦之妇顺无违；藻训絜清，邵国之风清不沫。心铭姆教，睢以挚而声和；愿惬女师，鸠无能而孝著。何须三月，已知奠牖之教成；适望廿龄，遂尔升阶之代箸。于是时也，萱居孀室，砧厕孤群。厨下调羹，无小姑与共进；堂前抱瓮，偕夫子以同心。过雉翳而多能，由来欣笑；卧牛衣而劝学，尽许激昂。矮屋灯寒，侍敬姜之夜绩；空庭月晓，续乐媛之初机。方期协趣可长，不坠陶家素业；无方共养，频吟周室白华。讵知岁逼庚除，融风梓识；律方冬尽，讹火柳征。烟满汉台，偏为方朔作歌之地；乌鸣宋社，不在伯姬待傅之区。非佞佛而荼毗，四人同尽；或失明而水沴，一室摅忧。焰烈中宵，迥异厚藏之可贺；栉爝五夜，讵同油积之必然。罔不蠹伤，拨遗灰而葬骨；尤堪悲悼，顾虚植而无儿。缅兹痛甚介推，抱枯枝而莫共；冤深精卫，欲倒海而无从。情岂吝于一生，笄原可刺；身不难夫九死，带亦堪经。惟是责有难逃，事无容激。父岂荀家之爽，何必书扉？地非东国之吴，原容弄杍。姑年待养，叔齿方童。淮阳之敬不衰，任自今而独重；沛国之孤应续，志有待而弥艰。谥夫子以康，暂纾哀愿；哭国殇于路，愈触悲情。抑又考其阅历，综厥生平，雁奠蒲荣，鸾分荔挺。纪加凫之日，岁未再周；缅降鹤之期，龄才廿始。茫茫恨结，渺渺愁深。丧偶燕来，恒绕梁而凄切；惊心鸳去，空望冢以悲凉。自是天干半羸，庆添丁于小叔；星枝已遍，绍嗣子于比儿。属本天亲，蛉惟我似。庶人之孝畜，音容渺而追思；母子之道慈，似续成而致养。是则婺名高行，宜收絜白于陔南；姑在重帏，共睹顺贞于堂北也。

迨乎青龙止于癸卯，雌斗集乎仲春，节妇之姑章孺人者，年臻大耋，身遘沉疴。进止不离，行无乖于内则；清温常在，道有合于天经。笋非哭而恒供，橘不怀而屡进。呼之中夜，儿在侧而长依；患已逾时，妇居前而莫远。率之以孝，不觉其勤。运有尽而莫回，心无穷而遍祷。姑终不起，毁际难生，此又节妇送死之苦怀、慎终之茂轨也。

粤又五年，既请于朝，如例而赐之楔绰，亦编之乘，称情而纪以篇章。盖至是五子适周已届冻梨之齿，四方咸仰，欲摅献枣之忱。某等是以略纪清芬，共邀伟制。南国实维风始，无妨共赋蘋蘩；潇川夙号骚乡，岂复难招瑳玉？我知随珠在握，无须忽此雕虫。夙璧置怀，自不轻斯镂蚯。傥能赐之謦欬，加以扢扬，庶几清操著于管彤，共壮山川之色，芳踪胪于竹素，永垂闺闼之型。

上林明府辛山师启

邹汉勋

家本贫乡，久飧藜藿，人如老圃，好聚蘋蘩。资多识于学诗，菜堪成部；记分门于本草，蔬亦多名。伏见图经旧例，蔬蓏分条，是土物则咸登，虽溪毛而必录。访名称于野老，证形状于遗书，穷彼根株，别其臭味，谱七二种之菜，殚十五日之功。盖狆耳鹅肠，悉烦铅椠；鸡冠马尾，皆录缃缃。虽芹无事于献，君菜无须于盈室，而问上计吏，实有扬子之苦心，成野菜谱，亦具周藩之雅意。文如可录，伫俟杀青；词或有枝，恳祈斫垩。复有鸟兽、虫鱼、草木、药果，现在编讨，即将续呈。

与珪上人

邹汉勋

黄雀风中，绿蒲丛里，鹿眼护瑰花异卉，爵头成紫盖青烟。饶有闲情，漾芳菲于庭院；弥多逸兴，恣赏玩于昕宵。篸服之情，非其分也；林泉之趣，自谓过之。但白水盟长，素心人远。征乌驶狱，记一集于弥年；顾兔依轮，转十周于弹指。畴能无感，未免有情。昔岁穷冬，蓬踪旅邸。踏北门之外，屐齿泥平；泛东郭之池，舫头冰壮。市嚣城塕，曾沾法相之衣；林鸟川禽，似识声闻之迹。访非尽兴，会遂愆期。我想首东，忒多幽怨；君瞻直北，能勿伤怀？作奏盈笺，写其愁苦；诒诗满箧，领彼清腴。

劝捐军饷启代

瞿元钧

公启者：自来军行屡捷，奋扬端赖饱腾；库藏不充，饷馈必需输委。值萑苻之未靖，合桑梓以同仇。分鹤俸为捍御之资，事原易集；苏鲋涸于钓游之地，义岂容辞？繄自咸丰二年，赤巾贼犯道州，由郴、桂下，趋省城，被围者三阅月。去年复由岳郡直扑长沙，且分党从间道袭湘潭，以困我省。今年粤西匪久踞东安，粤东匪由郴、桂窜踞茶陵，而下游逆党屡侵巴陵、临湘等境，势欲上窜，边烽鹤警，狂寇鸱张。以此都为擅强之区，故寻仇而不已。合诸省为扼要之地，故窃据有必争，煽彼妖氛，利吾乐土，困而犹斗，张牙瓜以横行，患不胜防，致腹背之受敌。而要皆成师以出，所向有功，虽濒累卵之危，终决攻心之胜。四郊多垒，众志成城。练千村壮岁之丁，守望者皆娴步伐；聚六郡良家之子，召募者半属魁雄。水战樯连，有横海伏波之勇；火攻炮击，具摧锋陷阵之能。固已貔虎同驱，鹰鹯迅逐矣。

然而筹防之计未有已时，储峙之方曾无遗策。军需乏绌，民力艰辛。欲乞籴以补苴，则邻封无可挹注；欲催科以资助，则地方尤患瘠贫。于是事例频开，俾士庶输其金帛；抽分并举，与商贾竞及锥刀。不惮烦苛，以期接济。无如城工未蒇，雉墉之畚捐犹勤；团练方殷，雁户之甲兵须缮。洪炉鼓铸，炮局则力作如云；峨舸骈联，船厂则督修刻日。纵征求之多术，奈供给之分途。又况飞到羽书，汉上告军粮之匮；传来手札，章江促战舰之贻。至火器之精良，尤各省所需用。取携有限，支应无穷。雪见晛而易消，泉奚源而不涸。乃至糗粮不继，士卒投戈，佣值莫偿，役夫舍业，在中流力争夫撑拄，岂大厦坐视其倾颓？

某等日与诸当事百计焦思，万难设法，念同乡之硕彦，多游宦之良朋。回首家山，定怅干戈之未息；关心时局，同嗟杼轴之频空。是用缕述情形，以冀共匡灾患。阁下公忠体国，义问照人，必将辍官里之餐钱，助军中之脯饩。纾难者家犹可毁，端推楚国之贤；乞援者书不尽言，几效秦廷之哭。专修芜启，敬请台安，统希融照。

上易明府呈遗卷启

瞿元钧

日前趋谒，欣觌慈辉，未修弟子之仪，转赐先生之馔。并蒙谕誊送闱文，将付枣梨，登之齿录，逾恒宠饰，曷罄感私？谨将原卷缮呈，仰希裁削。伏惟夫子大人，朗抱如月，高情属云。镂闱征校士之精金，披沙而细拣；公论推得人之盛玉，束笋以成班。犹复爱惜落花，刻雕朽木。欲使游鳞濈濈，与化鲤而齐观；短翮几几，尾文禽而绚采。比坡老之于方叔，恩岂加兹；如款滨之见欧阳，喜还过望矣。

某青衿久困，红勒长嗟，刻楮叶以三年，踏槐花者九度，金入冶而仍跃，木引绳而顿乖。乃蒙溢分之品题，终致贻讥于毷氉。峻坂登而屡蹶，有类驽骀；春风吹而不开，自惭桃李。然神山返棹，风引无端；爨下怜材，琴焦何恨？虽未同迁莺谷，依然喜托龙门。羽毛经翦拂而弥佳，飞鸣有待；樗栎得裁培而自变，声价宜增。敢效子昂感遇之诗，但拟刘敲知己之赋。此后幸针车有借蠹，食字以期仙，私衷岂楮墨能宣，鳌戴山而知重。

募修汉龙编侯士府君墓启

徐泰

昔在运替刘汉，健称董公，区宇沸扬，割据鼎峙。莽莽龙蛇之混，纷纷猰貐之逞。士投足而无地，民窜身其安归矣。则有汉士威彦讳燮者，始自巫令迁守交州，膏肓抉《左氏》之精，浑灏析《尚书》之义。禀经出治，在宥为绥。湛水镜以鸣谦，汪江海以扩量。避难之士，继踵相依。读袁徽致荀彧之书，方窦融抚河西之众。保全一郡，弹压百蛮。纪功于六十五篇之中，怀德于二十余年之内。洎乎名字屡盗于边徼，板荡重慨于建安。津戕区景，袁遣赖恭。朝廷加燮为绥南中郎将，都督七郡，领交趾太守如故，卒能航琛辇赆，岁贡时修。诏拜安远将军，封龙度亭侯。建安十五年，孙权遣步骘为交州刺史，燮承节度以来王，遣侍子而受职，奔走归命，谨率南郊，倡导输诚，远偕西蜀。迁卫将军，封龙编侯。长者之治，侪于黄霸；在郡之久，拟于国侨。可谓拯斯民于涂炭，完善类于抢攘者矣。

今夫过董相之坟，不忘下马；适乔公之墓，犹惓只鸡。凡功德之在民，宜樵苏之必禁。然而时易沧桑，运经劫火，烟霾赑屃，雨蚀祁连。侧闻苍梧夏郢之墟，为广信府君之冢，倏灵鸟之代谢，俄石马之摧残。拾薜烂之遗砖，没苔黏之古碣，蓬飞荒径，凭吊斜阳。魂恋旧乡，兴嗟故陇。用是率先宏愿，敬告同官，载焕佳城，量捐清俸，华表更隆于立柱，拜台新复于层阶。守冢置人，巩马、鬣牛，眠于世世；载尝孔肃，奠椒浆桂酒于年年。

湖南文征　卷一百四

尺牍

柬施愚山

王岱

客岁承枉顾慰安，深感知己，然舍愚山外更无人矣。王阳在位，贡禹弹冠，言取舍同也。今取舍不同，又安望见收哉？独朝廷意在抡才，诸用事者用为植党，朝廷意在成公道之史，用事者意在无拂意之人，世道尚可言哉？更可骇者，词馆中旧者忌新进之人，新进者又忌后来之人，如此则非钱不行，非势不入，非奴颜婢膝不喜，在贫贱负气者断不为矣。岱老矣，制艺不售，古学又不售，是真不才，为时所弃，岂宜逐逐少年车马后尘不止乎？其未能即决者，故园初平，凶灾叠见，归之山中，恐仍不能安。既不能见辱有司，又岂可俯仰井里？势必削发空王，置身天地之外，而后可以洒脱自如。又须离家千里深山穷谷，不见不闻之地，无人物色姓字，庶得免其是非讪谤疾忌排摈。此志也，未能即决也，如此志遂，则欲效文中子著《玄经》，是是非非以存一代公论，不为意见浅陋是非倒置者所掩，千百世后有贤者出而采之。至于诗文，已约顾杜二子同刻楚三户诗，然亦不求知于今之人也。

寄蒋虎臣

王岱

学道几三十载，自分久绝尘世，不意偶逐公车，遂坠冷毡苦海。风尘奔走，仅存皮骨，而负性不圆，不能苟合取容，职之所在，必求尽诚。此目击诸生困辱，不得不作秦庭之哭，其于岱本色尽忘，故步都失。郢中数日，心伤体疲，无复生趣，忽得晤至人，道气深厚，真菩萨再来，使我而喜，吾道不孤，天壤之间，斯风不坠。然后一片清明世，不为温舒、延年辈横塞充满，瞒蔽朋结矣。还汉东敬为先生作一序，并二诗、一画，及拙集搜葺呈阅，以践前约。岱不文，以少抱远志，苦僻处湖南，历兵革三十年以及今日，十上公车不第，百无一成，即著书立言，皆从辛酸中捉笔，是以言多杂，或至放诞不尽庄语。然其意未尝不绳趋尺步，皆望先生取其长，略其短，赠我数言以永其业，便不虚此一番奇遇矣。至于末路穷途，处十九人之中，谁复有脱颖之望？惟仕途险阻，小吏不免，况以易按剑之老生，则不能不望知己之嘘呷，此又越石父行古之道，谅先生决不厌薄也。别绪另笔，统惟俯鉴。云外老僧，系蜀人破山之裔嗣，近住汉东双泉，以杖子付岱，不敢承当。语录一册并附呈，惟先生作一转语，临风不一。

复许生洲

王岱

某生平庆吊文最少，非不为，实不能也。盖文生于情，一时情不属则文不成。《礼》云：知生而不知死，吊而不伤；知死而不知生，伤而不吊。生死俱不知，吊与伤无自而生。似乎不饰词逐套者，犹行古之道也。且圣如孔子，而鲁君之诔数言，子贡议之，以为生不能用，死而诔之，非礼也。今人知与不知，动行哀词，于礼未合，是欲厚而反薄也。延陵季子之墓，孔子诔之，止加“呜乎”二字，而不溢一词。孔子岂拙于言、吝于言哉？必其不可溢而不溢也。后人学不如孔子，动千百言不休，何其过耶？

弟性拙而泥古，生平不合时宜，此其一也。意久见谅于诸君子，今承严命，其何敢自外？但阅诸诔姓名，尊者、贵者、贤者已尽矣，其挽词之颂扬太夫人者亦备矣，似无容再增。即欲另作，不过增减文法，此昔人所谓增字法、减字法，究不能外诸诔中之意。何也？哀吊无情，以行乎中，一味饰词逐套，如京中庖厨即欲超脱而无由耳，不如俟弟迟迟心静，或另作一传或一诗，存之拙集中，更觉妥当。若依样葫芦一诔，便为东家之颦，至于附名，尤其不可。以卑末冷职，列于尊贵者之后，殊为不伦。非年翁所以知我，非某之所以自待也。万惟谅之。

寄曾青藜

王岱

记丁未、庚戌两度春明，皆与令兄相周旋，其后音问遂断。丁巳弟待罪于京卫武学六年，都门名流毕至，惟不得令兄音秏，不意其有通州之讣也。至魏叔子于丙午春客新城，相与最善，及博学宏词之荐，为六科物色，主持者敝乡余佺庐，所荐九人，楚则弟与顾赤方，秦中则孙豹人，晋中则傅青主、王山史，浙中则朱锡鬯、章含可与魏叔子。然九人中只锡鬯得遇，又系别径，余皆不录，惟叔子不至，益见其高，亦不意其又赴玉楼，可伤也。年来老成凋谢，愚山去世，此道晨星，真与时俱变。昨读佳选，可称极盛，然吾楚存没诗家，除竟陵外如王子云、曹石霞、吴既闲、舒康伯、夏人叔、夏振叔、程青溪、胡石江、高处厚、赵简如、张读鹤，湖南如周伯孔、车孝思、王而农、冯榥公、杨九嶷、过无过、龙季霞、龙孔然、徐蔚子、杨如斯、郭幼隗、易康侯、易无画、周士仪、严平子、罗月江、罗紫萝，指不胜屈。即浙之诗人，如海盐之陈则梁尤大雅博学，亦未得入。今弟集中凡有姓名者皆能诗之人，亦多未得附入。以此知遇合有数，即诗且然，不独功名也。近国雅高言诗观皆然，又不独佳选。弟十年前与石浪秋、杨又仁商选事未遂，后遂与金会公、舒康伯订商，又忽外转澄令，此事顿废，今无暇矣。先生年力胜弟，当于二集中极力搜罗，方为大成也。

弟有《了庵集》在吉安，为愚山所刻，前在都门删去其诗翻板矣，其文正在翻刻未毕，仍以原本同上。其《燕邸集》未刻，诗文亦在补刻，未竟。先以诗呈，黄茅白苇，不应尘左右，亦一生心血，知者少也。弟自束发工制艺，十上书不售，诗文充墙壁，仍不入博学选，吏治不愧莱芜，仍不遇荐拔，所遇皆穷，尚复何望？即著书一念，从此止矣。半生奉佛，颇觉得力，一切皆以空花目之。所谓诗文，皆理障绮语，至人所不道也。其仆仆献丑不已者，亦以逢场之戏耳，惟先生教之。本宜上郡作晤，因簿书正忙，不得暇刻，遣舍侄楚书代谒，并附口物引笑。想太守公诞辰不远，驾定留郡，尚得握手，如其先行并示其期，定当专候。前扇旧诗，反劳佳咏，今属和，读佳刻凡例，甚戒和诗，然弟生平最喜和诗，想当吐弃耳。

答家阮亭

王岱

日在西应酬，竟不知台恙，未及探望，歉然。秋来痢证最甚，先泻后痢者便不同，若初起即便红白，照前刻方服之，百无一失。其方中亦言之甚悉，以世医专主行药，行之太过，元气便损，病既淹缠，惟初起即用其方，不作疑心，一二服愈矣。兹台恙既用此方，医家便不宜切脉，既用医家方，又用丸下，万无即止者，此世医之害也。世医欲持己见，又恐不见己功，是以牵制。今后大兄以方施人，只教照方去服，不用医参为妙，屡试屡验，决不爽耳。佳诗领入，容转致晞斋，可以不朽矣。岱有小像，迟迟容数言赞之，容具册上，特此先闻。

赤方亦吾乡作者，其集甚多，未有刻本，大约七律排体，全是七子浓丽。古文亦娓娓不尽，只议论偏矫，各体诗皆然。以胜心而兼广交，应酬充塞，便不精细。至于不能直入古人堂奥，则近日名流之病，不独此公。然亦表表有本源者，非操觚入幕辈技俩耳。今案头无有只字，谨此率复。

柬邓孝威

王岱

楚诗几于汗牛，多务实而不务名，故流传东南者少。弟尤不乐示俗人，宜少见而多怪也。蒙道兄采近体数首，亦空谷足音矣。本欲一樽相约，因寓居相远而仆病未能，聊具炭资，以供旅用，幸勿叱耳。

与严平子

李尝之

丈论先朝人文，谓献吉塑像，义仍解彻，确矣；用修博而小，亦确。今观其集中，惟《杨贵梅传》《仓庚传》《四贤祠记》《与欧阳子重书》犹有可观，余文及诗皆无足取。义仍诗可疗饥，郊岛一派，尺牍亦佳，其赋、颂则覆瓿可也。弇州骚赋乐府临摩古人，殊失故步，其他古文了不异人意，古体及律未出唐人窠臼，惟论史有慧眼，四部可行世，赖有此耳。石公七言绝，与广庄皆堪把玩，不概以长庆忽之，不可大三字，恐不足以服青藤，文不足传四字，亦未足以服新建也。若夫等温陵于暴客，无乃相马以皮乎？温陵《藏书》于魏晋六朝篡弑之际，种毒发毒，因果报应，一篇之中三致意焉，其垂诫深矣。而米公乃云卓吾以福善祸淫为诳人语，此岂梦见卓吾者哉？又云卓吾书行一世，而丑态毕露，丈亦云李贽狂而不直，丈与米公皆好学人，而轻诋如此，其去浅见寡闻者几何哉？

与李峰山

陈鹏年

札到，适因制府抱恙，赴省问安，于途次展阅，种种已悉，兼闻夫子起居，甚慰。

江南连年水旱，民不聊生，自冬徂春，十室九空，鸠形鹄面，见者恻然。赖奉旨设粥，奈江、苏、松、常、镇五府二十七州县三卫，共被灾三十处，止拨白粮舂秏八万有奇，并江北杂粮七万，折实不满二三万，又半已亏空，未能如期解赴，其柴薪器厂诸费俱系捐办。又具题内自十二月初一日始，至二月终止，共煮赈三个月，计每县米数不足三千石，每县每日饥民各厂凡三四万人，为期三月之久，实难周遍。除他郡不能悉知外，苏属八州县卫各设厂八九处，幸无侵冒，亦少遗漏。自十二月初一起，未至正月半，米即告竭，因设法劝捐，赖各绅衿义民踊跃争先，煮赈至二月终，方完三个月之局。又设法煮至五月初三，天气太炎，饥民拥挤致病，始令饥民各寻生理，种田者种田，贸易佣工者各令趁食，量给大口米五升，小口米三升，而散粥厂遂停。计自三月初一日起至五月初三日止，又多煮两月零三日，又人各给三五升不等。又给嘉、湖流民船七百余只，计流民男妇三千六百余人，人各米五升，令其回籍，亲送至界而返，凡皆绅衿义助之力也。不料阴雨连绵，二麦朽坏，疫病流行，奉宪设立药局，府城内圆妙观及六门共七处，自五月初一日起至六月终止，以两月为期，每日计费四五十金，共需费三千金，止据各宪协捐银八百两，余俱士民捐助，中间全活者不少。又恐乡村贫病之民无力插莳，分遣幕僚、教职、杂员携带药饵钱米沿村查察，其真正穷民未经种莳者，量力赈助，仍押令插完，计不下二千余金，各州县势难遍及，亦令设法多方救援。今苏属麦虽歉收，稻已布插十分八九，未种者亦渐次告完，奈疫病甚重，死者十之二三，又设法掩埋，今疫疾亦渐痊可矣。

前因米价腾贵，详请给批令商民自贩，行咨邻省，免其阻勒，轻其关钞。苏州发批一百八十余张，陆续贩来米三十余万石，令其流通浙省，照价买卖，毫无阻滞，是以米商云集。目下楚米在枫桥者止价一两三钱五六分，较之从前似觉稍平。又禀宪将苏属修河未发之帑金五万两、松属一万两共银六万两，奏明委官赴楚买米平粜，不意奉旨留漕平粜之十万石内，忽奉部拨去作兵粮三万六千有奇，是以三十处之平粜，止米六万余石，一处不过千余石。又皆欠在民颗粒未征，其拨各标营兵粮亦系留漕民欠，既不能问之垂毙之民，而春夏二季兵米全缺，势将岌岌，只得将买回楚米多半抵给兵粮。是五府三十州县卫奉旨平粜之六万余石，既系民欠，颗粒全无，而苏、松河银所买之米，又抵作兵粮三万余石，止存一万八千余石，以之平粜，为数几何？幸目前米价稍平，不若暂停发粜，留至七八月之交，米价如更腾贵，方行减价，似为有益也。

前因重运未完漕米，血比难堪，详请具题缓至四十八年搭运。又各年漕项民欠，奏期严切，催檄如雨，详请带征，俱蒙具题。今漕米尾欠已奉暂停，而漕项带征向未俞允，亦民困之大端也。今自五月半后雨泽稀少，目下望雨甚殷，若数日内得雨则秋成可望，犹可缓死须臾，否则江南事势有大不可知者。

蒙夫子轸念殷切，实因终日忧劳，形神交瘁，不及缕陈。不佞身在地方，罹此奇灾，岂忍膜视？然一切不过为苟且目前之计，不能有所裨益。且两姑之间嫌隙日深，疑忌愈甚，即前项设法数端，小心奉行，原不欲居功，而愚民无知，偶相称道，遂触犯忌讳，于他事廷谒时，声色俱厉，不佞已有一刻不自安之势，是以一月来亦结舌不敢再吐一词矣。金陵远隔，鞭长不及，彼此猜嫌，意见回别，地方情形互相袖手，无可如何。前二麦失收，据长、吴二县痛切具详，大加诃叱。今幸大势人心稍定，但由六月以至秋成，遥遥数月，乏食穷民尚觉度日如年，万一再加亢旱，则江南数百万生灵尽填沟壑，为民牧者，即一死何足以塞责耶？

为今之计，惟急急讲求积贮，积贮之法止有开事例可行，事例亦不必多开条类，只如浙江往年常平仓例，暨淮扬往年被水灾所开事例，不数月间每州县可积米各数万石，即可以无虞矣。若请停征，则本年地丁已奉全蠲，请动帑赈济，则既经留漕煮粥、留漕平粜，夏灾已过，秋灾未来，恐亦难措词。闻前月此间曾有密折，奏请开事例以备积贮，尚不知旨意若何，不佞目前惟有虔诚祈祷雨泽，若甘雨一降，即有起色，万一凉德不能感召天和，秋成失望，亦即竭尽血诚，详请具题，并遣力星夜赴都，另行禀闻一切也。

江南数郡，下江之江、松、常、镇灾疫情形俱皆略同，而江宁一府尤甚，上江亦然，而宁、太尤甚。今岁夏灾，淮扬俱成巨浸，二麦全淹，秋成大半无望，凤属亦然。浙江杭、嘉、湖灾疫情形较江南为甚，绍兴一府去秋未甚被灾，因绍属之米仰给杭城，杭城价既腾贵，米商渡江者少，遂至米价日增数钱。四、五月之交，遂有饥民千百为群，村落抢夺，处州开矿亦有聚众之变，闻今俱已平定矣。其插莳情形亦大略与江南同，但嘉、湖一带蚕桑歉收，使民困耳。至邻省拨赈之策，止山左开例，原奉有沿河贮仓备荒邻省之旨，今年山左荒歉亦甚，且仓廒大半空虚，前闻已经移商，不便题请。关东海运恐迂远难行，今江省仓库皆虚，实属一筹莫展。而二麦被淹及饥疫情形，又未绘图入告，今业已愆期无及，惟待秋成。若得将四十八年漕粮再酌量缓征一年，或缓其半，即奇策亦奇恩也。

途次匆匆，不能具禀夫子，可一一转禀，代候福安。己丑分房所得士，便中幸开单见示。不及其余。

诫子书

聂继模

衡山聂太翁乐山先生继模作《诫子书》，今相国桂林陈公抚陕时亟称之，吾辈晋谒，每举以示法，盖已人录一通，铭之座右矣。仲子令镇安，纂邑志，遵公命刻入，余谓仍宜照艺文例，载名书下，俾后有所考云。粤东顺德后学梁善长识。

尔在官不宜数问家事，道远鸿稀，徒乱人意，正以无家信为平安耳。尔向家居本少，二老习为固然，岁时伏腊，不甚思念。今遣尔妻子赴任，未免增一番怅恋，想亦不过一时情绪，久后渐就平坦，无为过虑。

山僻知县，事简责轻，最足钝人志气，须时时将此心提醒激发，无事寻出有事，有事终归无事。今服官年余，民情熟悉，正好兴利除害。若因地方偏小，上司或存宽恕，偷安藏拙，日成痿痺，是为世界木偶人，无论将来不克大有所为，即何以对此山谷愚民？且何以无负师门指授？此乃尔下半生事，与父母豪无干涉，儿孙更勿论也。见答黄孝廉札，有“为报先生春睡熟，道人轻撞五更钟”句，此大不可。《诗》曰：夙兴夜寐，无忝尔所生。居官者宜晚眠早起，头梆醴嗽，二梆视事，虽无事亦然，庶几习惯成性，后来猝任繁剧，不觉其劳，翻为受用。长公负文章，遭时不偶，愤激而谈，何必拾其唾余耶？

山路崎岖，历多虎患，涉水尤险。因公出门，须多带壮役，持鸟枪夹护，不可省钱减从，自轻民社之身。又不可于途中旅次，过行琐责。此辈跟随，亦有可悯，御之以礼，抚之以恩，二者相需，偏倚则害，流民在衙供役者亦然。杨五殴死四十七待决，周三谋杀王三儿、增福立斩，合计除去五患，人咸为尔庆，我每思及，翻觉蹙然。李忠定公譬此辈犹痰乘虚火而生，火降水升，仍化为精，痰与精岂二物？而顷刻变化如此。天下无德精而仇痰者，皆自吾身生，在反身而已，此后须设法置处，无使数千里外老人魂梦作恶也。

尔家书屡言办过军需，并未赔垫，此殊可疑。湖南州县无不赔垫者，况尔初任几户穷民，额粮不满二里，又适逢荒歉之岁，肯于此时加一分恩，全活寡多，兼可不误大件。人笑尔迂，我心弥喜。若云全不赔垫，则将取之谁耶？尔本曲为此言，冀宽我心，犹为有说；后闻寄尔母舅书，内言赔垫多端，恐贻父母忧，嘱其婉为开劝。尔视我为何如人？好消息、恶消息，以善养不以禄养。彼闺阁中人，能分晰言之，况年跻八旬，须眉老翁哉？

此后凡遇上司公文，关系地方兴除，须设法行之，至万不能为而后已。大抵自己节省，正图为民间兴事。非以节省为身家计，同一节省，其中殊有义利之分。如此俸薪，须寄回为岁时祭祖用，傥有参罚，即不必如数寄，毋致上欺祖宗，且可为办事疏忽戒。养廉银两，听尔为地方使用。通邑仅得二社，目前即须谋增建，穷戚友亦不宜恝然。江西祠堂族谱告成，应帮助梓费。族老向受陈大中丞厚恩，求得数言弁简，我知万不能致，已将戊辰年批尔禀语，庄录付去，欲其刻入编端，尔其念哉，若将来有负期望，无面目入祠堂矣。京师乡老重修会馆，此是义举，既有札通知，须量力应答。

年谊中曾有以诗句送赠者，须有以报之。如一时不能，不妨迟致，切不可以空札告穷苦，此最是习气，惹人厌骂，且非诚心待人之道。往省见上司，有必需衣服，须如式制就，矫情示俭，实非中道。知州去知府尚远，然既属直隶州，即当以知府相待，须小心敬奉。又不可违道干求，尽所当为而已。凡人见得“尽所当为”四字，则无处不可行。官厅聚会，更属是非之场，大县遇小县，未免骄气，彼自器小，与我何预？然切不可以小县傲之，又不可存鄙薄心，须如弟之待兄，如庶子之待嫡子，如乡里人上街，事事请教街上人。可否在我斟酌，诚能感人，谦则受益，古今不易之理也。官厅子内不可自立崖岸，与人不和，又不可随人嬉笑，须澄心静坐，思着地方事务。若有要件，更须记清原委，以便传呼对答。

山城不得良幕，自办未为不可，但须事事留心，功过有所考验，更须将做错处触类旁通，渐觉过少乃有进步。偶有微功，益须加勉，不可怀欢喜心，阻人志气。瓦雀虽小，肝胆周全，此虽俗语，殊为亲切。

镇安向来囹圄空虚，尔到任后，颇多禁犯，但须如法处治，不可怀怒恨心，寒暑病痛，亦宜加恤。我虽非官医，每入禁视囚，病痛给以药物。十余年来，父母官因尔通籍，不便延我入禁视病，然我自乐为之。尔母亦亲手作丸药，近来益以此为事。尔体此意，自宜于牢狱尽心。

山中地广人稀，责令垦荒，原属要着，但须不时奖劝，切不可差役巡查，如属己业，不可强唤遽行报官。有愿领执照者，即时给付，不可使书吏揹索银钱，日积月累，以图功效。秀才文理晦塞，耐烦开导，略可取即加奖劝，又当出以诚心庄语，不可杂一豪戏嫚。此二事皆难一时见功，须从容为之，不可始勤终倦。我最爱雷先生与尔书云：种子播地，自有发生。尔在镇安，正播种子时，但须播一嘉种，俟将来发生耳。

知县是亲民官，小邑知县，更好亲民。做得一事，民间就沾一事之惠，尤易感恩。古有小邑知县实心为民造福，一两件事，竟血食千百年，土人或呼为某郎、某官人、某相公，视彼高位显秩去来若途人者何如哉？蒲城罗明府名文思者，查乡会年谱，都无其人，在省契合，且多劝勉，此最难得，宜相处在师友间，然不可以此望之人人。尔性狷介，吾不虑其不亲贤，虑过以贤望人也。州县中，闻亦有曾系中丞公加意者，卒挂白简，可见大人爱憎，至公无私。尔蒙格外勉望，吾既喜后忧，尔能自忧，即吾之喜也。曾子云：莅官不敬，非孝。我老矣，因尔作官，益信此言。

尔母步艰，断难远涉，彼虽继母，育尔如生，见尔妻子赴任，强为欢送，又时以好语慰我，然枕席有涕泣处。糟糠之妇，布裙荆钗，安之若素，不致累尔。万水千山，来此穷乡，情殊可念，尔当相待以礼。凡有不及，须以情恕，官场面孔，豪不宜施。镇安僻陋，尔子不致染公子习气，吾无他虑，公余宜课以读书，尔亦借此得与典籍相近。《二希堂文集》寄阅，《张龙湖集》暂不寄，律文精奥，须字字研究。《中庸》所谓宪章，即此也，讵得以法家者言忽过？护送人等，嘱令到即回家，勿听久留署。闻尔士民时时念我，足见风俗淳古。我身健尚能复来，得睹地方起色为乐。余言尔妻自悉，不暇谈。

复乔山书

陈一揆

《楚风补》一编是美举，亦是难局。兰亭不录，许浑多收，物议伊可畏也。卷帙浩繁，廷借尽费苦心，有彼选而此删者，有彼删而此选者。然岐途岂必合辙，同室或且操戈。能禁选而删、删而选者之不复易手乎？此非心通六艺，至公无我者，乌足以与于斯？去春专诣贞开宅检阅大概，意欲移载全笥，商之宗台，而贞开以为未便，故迁延至今。所梓序目并工费已成废阁，廷借作古，既难出其征启告人，而又不可泯没，愚因有申明家刻《楚诗小引》，俗境困缚，末由呈览。弟与宗台濱沅一派，少陵所谓“诗是吾家事”者，尚慎教我哉。荣补在即，指顾霖雨苍生，以慰群望，幸甚。

与正求弟书

陈一揆

前岁因《楚风补》一案牵赴星沙，更访乔山，祈大家挽回，夫当日公呈内有“补亡订讹”及“赠膏火”等语，大隐子既抱恨，又枣梨不归，宜其控索底本也。迨奉提追，成孺昆仲委之老躯，惟挺质还金是属，潭、湘人士多怂恿之，费亦有备，愚曲尽调解，沸议始平。已而两谒抚台，钧谕一如所料，至删选错综，又遗失数家诗，行查往返，总成拂意。廖欲抱书来吴，另谋精梓，抹却廷借参订，且以为口实，波及于愚，愚称待弟选任，尚当复图勷事，廖亦微动，今信杳然。傥渠至仕途，必有闻见。乔山远矣，咫尺姑苏，竟借五马名重主持《楚风》，兼为颍川生色，如何如何？

与家素五

夏光洛

科试揭晓，为三哥喜，更为二哥忧。虽然得失命也，要当于得失中求无愧而已。不患莫知、求为可知二语，正今日应试者顶门一针，切勿妄生怨尤，以阻精进之路。

读书作文，心要死，又要活，不死则思不入，不活则理不出。

气须静又须动，不静则浮而无得，不动则滞而不行。死里觅活，静中求动，自有其道矣。巧生于熟，熟出于久，久由于专，未有不专而久、不久而熟、不熟而巧者。今且严选制义之入情入理，为我所赏心快目者一百首，朝夕熟读而精思之，使其意如发于我之心，其词如出于我之口，譬服药然，君臣佐使，补泄剂量，借草木之精液，调骨肉之荣卫，药力既到，自然耳聪目明，神完气足，不自知其得效所由来。更须多做，绳趋尺步，心追手摹，久之下笔油然，自有不规而圆、不矩而方之妙。先明钱吉士晨起梳洗毕，即构时艺一篇，杯茶之久，冲口而就，无论寒暑、闹静、家居、客邸、马上、舟中，未尝一日废，故其文能成一家言。此不可不取以为法者。至于四子书义，为读书做文根本，尤宜熟读精思，反覆玩味，晰其理，解会其神吻，注疏讲说，凝神静虑以意逆之，平心易气定其是非，既不以耳目随人，亦不以私智穿凿。四书读透，经史可渐旁通矣。而古文大家，实为笔墨本领，如笙簧鼓胆，不得则声无韵而不宏。又如人胃气，肉多胜食，尚足伤人，终日绝粒，虽珍羞果腹，且有腐臭反呕而不可闻者。博学详说，论世知人以求之，庶可综古今之变，登作者之堂矣。如是而后出其文以应试，尽人听天，得非幸邀，失无惭色，正所谓藏器于身，待时而动者，惟素五勉之而已。

愚早孤，先大兄一经相授，狞愚不克受教，后稍有知识，先大兄又无禄，遂尔堕废至今。凡所云云，皆数年来所窃取友朋之绪余，或得诸简编之陈迹者，亦先儒所谓见道之言，非体道之言也。不揣固陋，布之左右，以供好学深思者之采择，惟我素五勉之。

复宁乡陶天石

夏光洛

日者意外株连，仓卒踵谒，过蒙照拂。洛窃以世交姻好，谅不相忘，不嫌扰累。先生复作一番形迹语，洛不几先以唐突开罪耶？星沙归后，携六侄肄童子业，馆所去家兄舍仅里许，晨夕间得数数与次君周旋，见其读书作文沉潜刻厉，为之心折，评尾注名志僭，固行其意之所安，非敢以世情相待也。季君就赘家姊丈宅，周旋又幸有日。而觌面伊始，其英迈不群之气，于言论丰采中已见一斑，象贤济美，不易多得，先生盖固有焉而若忘也。规劝之义，友道尚然，骨肉至亲，洛敢自外？第愚钝绝伦，此中惘惘，兼以遭遇坎坷，自乙酉迄今，纷扰荒废，几不知帖括为何物。前见次君佳作，妄有所谈，深惧狂瞽获罪，先生谬加许可，即欲以师道见推，洛初闻而骇，既而恧然愧矣，何敢当，何敢当？抑谓土壤细流为泰山河海所不择，使得出管窥之见，时与少年英妙人印证，斯固洛之厚幸耳。

复曹亦夏

夏光洛

忆自戊寅为门下婿，与君家兄弟往还，屈指无一月暂别，今且终岁不三四见矣。春秋分袂，音问都稀，兀坐无聊时，骨肉之伤，今昔之感，每每倍增。亦夏有同情，其知我且念我也。接手教悉近状，忧喜交集，医药负债，售产以偿，境斯苦矣，产售而债未必尽偿，又颠者半生覆辙也，疏放如我，亦夏将毋同？惟“读书”两字，是遣愁良药。记亡母常述老父之言策励不孝曰：汝父有云：俗事纷扰心胸，闻儿子读书声，不觉顿然爽快。惟我亦然。今洛永感风木，案前窗下，一卷咿唔，已不得慰泉下老人之听，亦夏就养高堂，以读书声承色笑，何乐如之？八股一道，洛梦梦无所见，特以孤侄勉为课读，敢谓有温故知新之益耶？亦夏刻意为文，不肯轻易落笔，笔一落纸，语必惊人，如洛者直不敢伸手拈笔耳。县有司将有事于童子试，彼时携孤侄入城，过高斋细读近艺，茅塞心胸，可渐开也。

与家素五

夏光洛

放勋命契之辞，即千古教书之金科玉律，知我素五必有以嘉惠后进也。尝谓训蒙固世间第一件苦事，然而逸志倦情可假以拘束振兴，即句读训诂之间、字画形声之类，亦正多相长处，特心畏其苦则失之矣。今以质之会心人，当不河汉予言。

复家素五

夏光洛

近闻君患鼻衄，或偶一见，不过血热所致，当无足怪。如作止必以时，而又有他证杂见，则固不可易视之矣。虽然，人身之有疾也，如国之有寇，当于未来之先，勿开其端，既去之后，务弥其隙，若不虞而致其来，来而且未即去也，则宜以逸待劳，以静制动，人心既固，国势自张，彼虏且宵遁。不然而丐生忧死，仓皇狼狈，我以疑惧多风鹤病即借愁思为声援，敌气既骄，我军益困，纵方书药石捍御补苴，如奉天下罪已之诏，澶渊出孤注之军，亦可转败制胜于一时，究竟君志不清明则靖难无长策，终相寻于祸乱而已。愚比年据危城，惊烽燧，犹幸未至坐毙者，特此御寇之方。今同患相恤，聊为君借着以驱强寇可乎？若夫邦家再造，河海安澜，遂能使斯民老死不闻戎马之警，所谓永弥其隙而勿复开其端者，则必有忧盛危明之思，久安长治之道。愚固未敢自信焉，而愿与君共勉之也。

与郭景蘧

夏光洛

世以读书为文字，以文字为科名，其间得失忧喜纷纭颠倒，自不能免，要贵有慎持于其际者。夫不自患业之弗精，行之弗成，而徒咎有司之不公不明者，非也。不得志于有司，而以愤闷之故不坚自信致神瞀而气馁者，亦非也。窃谓文字虽小道，必以全副力量精神赴之，书不可一日不读，义理不可一字不体认，志气不可一时不增长，机趣不可一息不活泼，得不加喜，失不加忧，忧不自沮，喜不自恃，读书之受用，方有实际，文字之发皇，乌有穷期？科名其余事也。某性僻命迍，堕颓荒废，终于斯已。凡所知识，求可以语此者惟吾弟，固不欲吾弟规规于小得意，又深虑吾弟之怏怏于小失意也。郡行在即，幸努力自爱。

又

夏光洛

廿三日得榜信，失望怏怏，家兄前科下第，寄友人诗，有“三年疾似箭头飞”之句，于功名路上著此语，警策中有豪迈之气。湘潭张崑石己卯下第与某书，有“侥幸之罪小，怨尤之罪大”二语，于学问中存此想，则藏修内有惕厉之心矣。说向吾弟慧心人，必能静味之也。

与郭礼尚

夏光洛

君抱至性，忽丁大艰，亲丧自尽，仁孝之心，岂有所瞻顾吝惜？然而无财为悦，或未免重贻泉下之忧，则又当少加剂量。昔贤以送死当大事，盖谓于附身附棺者必诚必信，不使贻后日之悔耳，非必如世俗所为，专以饰道路之观听也。宜善体太夫人之心，即所以安太夫人之灵。茑萝之私，妄有进说，惟大孝加察。

与郭景蘧

夏光洛

荒斋孤寂，荷两弟辱临，信宿长谈，心口俱爽。归去无他嘱，净意读书，平心处事，内以顺家庭之常，外以慰师友之望。昔人告君者，有曰：为治不在多言，顾力行何如耳？愚以为读书、作人之道，皆不外此，可书绅也。更有念者，人情积疑成猜，积猜成怒，积怒成仇，天下国家，亲疏远迩，皆一致也，目前事势渐有参差，将长将大，能无危虑？惟吾弟以无嫌、无疑之身，尽亲之、爱之之道，时出不激、不徐之语，以消其相尤、相好之机，这才是读书实际、作人根本。李邺侯处人骨肉之间，必思尽善，况吾身之骨肉乎？两弟不外我，我敢自外？切切为吾弟效一得之愚也。故披衣捉笔，疏雨鸣鸡，滩水潺湲，缱绻之怀，何能已已。

复尹聘三

夏光洛

鄙性幼不善喜，十龄失怙以还，每值年除岁首辄用怆然。往常家门热闹时，虽亦循例称庆，而向隅之情，无能自解。况迩年来事境屡更，忧悔叠见，举目无好光景，属耳无好消息，流光如驶，益增忉怛。较足下之抱疴自惜者，不争分寸矣。堪舆杨氏间于温、谭两宅睹其面，却不与之深谈，其手眼高下，愚本不识地理，何敢妄评？则亦何敢遽为介绍耶？石井头坟尚未探视，待之寒食节亦可。但于“葬者，藏也”一语，未免多出一层理解耳。狂谈见笑，并恕。

复陈仙掌

夏光洛

笞兵走万里，勒石铭千秋。功名两字中精神气魄，自有勃勃不可遏者，无怪乎先生之顾盼自雄也。虽然，马伏波少负大志，及经营交趾时，又不禁追味其从弟之言。则何以故？洛废久矣，山园布置，特驹隙草尘间游戏具耳，何足供先生一妒？偶手书窗棂纸，有曰：越认真越不认真，越不认真越认真；好放着好难放着，好难放着好放着。此便是迩来路程本子也。石磬无意得之，又似有定数前缘者。计得大笔为铭，庶两无负。拟泥首敦请，辱齿及敢预以告。明知此又是一段痴公案也，然其间认真不认真、放着不放着，洛自主张之，则妒不妒亦惟先生发付之而已。清味分尝，心脾皆洁，山癯得之，叨忝非小矣。谢何能既。

与郭礼尚

夏光洛

羸躯不胜病，却肯恋病，狼狈支离，已经一月。道路传语，屡惊听闻，关切如君家兄弟，真此生所不易得者，念之不禁潸然。鄙性少喜多悲，自十龄失怙以来，二三十年间，忧愁愤恨，日有增加，马齿空添，几无生趣。病中凭几伏枕，闻儿女辈道及生日两字，心头便如锥刺。大沩之行，以病阻远乡寺院，亦困于雨泞。无聊极思，裹粗粝一盂，蓦然入贯山庵，与山僧枯坐，过却毋难一日。即妻孥鸡黍之饷，亦不愿尝之，以重伤此知疼识苦心也。知旧有反吊为贺者，甚非鄙人所能堪。礼尚知我谅我，望以此迂愚郁结苦衷白之令五兄，万勿费一毫心情，作一番周折，盖爱其人，勿伤其心，必以世情相迫，即不啻鞭笞及之矣。惟礼尚鉴而怜之。

与潘班墀

夏光洛

某素性冷淡，受用荒凉，区区僵骨，岂多冀幸？藏身之具，意以得十二合者为安，纵冒叨十合，但须无锲补、无坼缝便足自随，余可不计。今闻清斋庑下有制就数具，故托董子致恳，嘱代为相视，傥得如所愿，含笑归泉，为天壤惜物力，为孤幼省负累，且以自罚，尤素心也。若如尊谕所云，枉费病朽垂尽之心髓，又自失安分忘情之夙志，且与自裁附身服物亦殊不称，甚无谓矣。某与董子交近二十年，凡某之心迹，董子颇能知之，老世台试垂讯问，亦必有怜而鉴之也。力疾缕陈，伏惟鉴照。

与星沙侯瑞长

夏光洛

去腊喜得手书，开缄往复，意殊惘惘。比年离索中，忆足下以敏妙之才，值方壮之岁，又蒙当道先达品题增重，窃揣丰裁，迥不犹昔，不谓犹以穷字塞口填胸，令人气短也。贫也非病，前之贤立有格言；庸玉于成，后之贤更发警语。足下宁习闻之而习忘之。士君子读书立品，多半假穷字炉锤，熬炼出一副坚刚骨性，穷亦何负于足下哉？如洛自问，无益人世，放废终身，而天亦终以病厄成就之。去冬梦梦作入郡想，嘱觅旅寓，今病日剧，已不复能逐队。邻庙上人既出吾乡，又有慷慨好士之雅，惜不得践约以亲道范，然已心铭高谊矣。病中口占俚偈，力疾书寄，聊代一刻元谈，足下其为我转致且道鄙意。

再复吕郡伯

王文清

来谕修志事，曾两勒寸衷奉辞，竟不获命。今聘币到门，舆夫整驾，谆切之命，不令留难，敢烦来使，预以六事为约，惟执事图之。清以终养归，岂忍远离膝下？今虽入志馆从事，仍听不时归省。倘高堂寒暑小愆，即听归侍汤药。一也。事关千古直道，惟从公是公非，一切左右旁言，未可偏听。二也。士民可与观成，难与虑始，必毅然自为主张，物议悠悠，决无摇动。三也。世俗好名，争思入志，以欺后世，往往夤缘请托，或以权势相临，此必断之以义，制之以猛，不以千金易一字，始得成千秋信史。四也。志中千头万绪，总以忠孝节廉为主，然后有补名教，舍此四字，便无下笔处。五也。此书必从容详慎，博采穷搜，字字寻其根据，人人得献刍荛，勿相迫促，勿为粉饰，勿执己见，勿惮访察。六也。六约可依，清将揽辔登车，不复上拂来意。否则，南山之南，北山之北，使者仆仆，亦无从而将命矣。

与古绥侯

曾绍孔

上世不葬不封，然盛德者必百世祀，公卿之家至世其官，不知主何风水也。乃今之术家，吾惑焉，不顾化者体魄，动辄曰其龙主贵，其星主富，若者久，若者暂，大都为生人说法耳。凡为人子者，亦竟忘所事为何，惴惴乎恐吾子若孙不得富贵也。呜乎！岂天地生山生水时，预设此富贵之某龙某星，将以供天下荣名厚实之具，遂使今之人如取如携耶？未必然矣。足下精形势家言，何以解仆之惑，且以解人之惑？

复刘采其

曾绍孔

仆岂知医者哉？忆昔年两大人前后委顿沉疴，亡室亦苦伤寒，百计求医药，日见其促，仆惑焉。越十余年，亡女病笃，众医坐视，至数朝口噤足手拘挛而绝，惑滋甚。然皆无敢咎医者。惟思病者求医，若赘疣然，此惑何由解也。因购岐黄家言读之，其文简质而古奥，其义博大而幽深，非经笺释，鲜克通晓，惊叹久之。反覆探索，再更裘葛，始知医之为道，固若斯之难也。窃怪今之为医者，何以举百钧如一羽，豪无瞻顾，岂诚有力者耶？还而叩焉，求诸脏腑经络间，知其说者盖亦寡矣。大都佯为诊候，欺所不知，枯守数方，徼幸偶中，其致之死者则命也，深可浩叹。足见医道之难，难于知医者。惑与怪何庸？不禁回首往事，泪淫淫下，嗟何及哉！然卒莫能恣意肆力于医，盖其书上自轩岐，下及诸家，充栋盈箧，非闭户数年鲜克竟其业，人寿几何，堪几数年邪？况既不敢举畴曩所揣摩攻苦者一旦废弃弗顾，而又以百口之家奔走于衣食，嫁娶纠纷，宾朋履错，强欲如少时风晨雨夕，夜月帏镫，咿唔达旦，万万不能。仆何自知医哉？屡辱华翰，以良相为喻，窃不自安，谨布寸悃，欲足下知仆本非知医者。

与孙浴溪

曾绍孔

救穷无他策，惟发愤读书。此语近腐，然即不为穷计，书岂可不读？张无垢昧爽抱书窗下，杨龟山肘不离案，此岂以稽古邀荣？然卒获穷经之益，毕竟读书可恃也。足下妙年一坚本愿，如射之有彀，抉微剔奥，祈到古人，则宁淡中之，精进不愈于豪华邪？仆虽垂老牖下，然每从书本中得昔人心源印合处，便百虑俱消，其他一切可喜事，皆索然无味也。客有嘲仆以联者：终日老蠹鱼，寻行数墨，虽戏语，乃实录也。至爱深苦，不禁哓哓。

复孙浴溪

曾绍孔

生平交好，握手不觉其欢，判袂愈增其感，惟足下暨可斋两人耳。可斋千里外遇合不常，即足下相去数十里，非馆敝地，亦未能数见颜色，则数十里与千里等。呜呼！朋友之道，岂不难欤？足下一生特为贫累，仆自客岁小有营造，苦各匠支给哓哓，新春宾客会聚，又朝昃不暇。老来人亦不蒙一日清福，易地以观，愈念足下也。郎君远顾并惠，极感，何时握手停杯，一领别后大教？

复曹礼西

曾绍孔

诗文乃载道之器，古来小品杂说，一二谑笔，皆关世教，后人尖佻滥蔓，不足问也。每思一二同志讲求琢摩，道不可言，性情逼真于此，春风马上之气，不以易五七字之灵，良亦快举。顾僻处荒村，日驰榛莽中，求片石一语不可得，惟宵犬候虫，借以自遣，未足语诗也。展读名章，过为奖借，不禁汗之淫淫下矣。谨拜宗工，用益自勉。

复曹畅庵

曾绍孔

贵体违和，每切悬注，得闻近祉，喜慰无极。正遥忆间，重劳远念，锡以佳制，披读三四，豪宕之气，疏爽之姿，似从湔肠涤脏得来，岂真遇俞跗其人耶？曩方欲足下绝吟咏，以静摄当中医，乃足下诗益工，病益已，视古人疯可愈，疟可痊，何如耶？视杜老“药裹关心诗总废”，又何如耶？则又惟恐其不吟，吟而不多矣。勉强效颦，本欲加飧自爱，傥因之喷饭，毋乃非所以爱足下乎？

与汤洛九

陈益

足下斩然在疚，三年中不饮酒，不食肉，不入内寝，自虞祔以至祥禫，兢兢如礼。母丧初毕，父丧继之，愈求所以自尽者。顾以余为素讲于此，一再询之，即此卜足下之果于自立也。虽然丧礼之废久矣，有举行者，众辄咻之。南之雪蜀之日，少所见者，不多所怪乎？畴昔之年，益遘先母凶变，稍求合礼，即纷纷见愠于世。夫愠于无知之民可言也，愠于称文之士不可言也。人于父母，各求自尽已矣，亦何与人世得失，而非之笑之如此哉？足下勉矣。

与李经原

张九思

余与经原交垂二十年，中间疾病死丧，人事错迕，讥谗畏辱，两人者亦略要似。经原性醇而密，余志狭而疏，弱而喜静则同，故两人者意识不齐，而其谨身悦学，肆意于典坟，择交游恬淡势利，相爱勉以魁人长者之事，则自始以至今日，彼我之怀，交孚无间言。比年以来，交知零落，谦甫、妥翁皆康强早世，经原年近五十，而余亦壮心颓废，各非复昔时。又惟造物忌才，往往顿跌以死，而余与经原虽偃蹇无所遇，犹幸其委靡无济，甘心凡近，不为造物之所忌。则自今傥复得三二十年，饮酒、论文、训子、育孙，东阡北陌，杖屦往来，其于人世得丧毁誉，诚何足道？是亦吾两人者之获全于天也。偶忆得近诗数首辄书以来，频年荒芜，岂足言诗？然区区幽悰，犹自可见，亦幸有以教之尔。

与姜中丞

罗典

春始值军麾宵发，未遂趋送，岩疆小丑，剧借经营，询悉执事，调度军机，勤劳自矢，每忘寝食。治弟属弄笔书生，不谙大事，无可借为裨补者。际此邮骑星驰，空输安柬，亦还以内恧而止。至大捷消息，会城亦小有所闻，适由毕制军札至，益得坚信。圣怀欣慰，十全贤劳，定膺三锡。顷弟忽忆昔年偎致寿联，借崧高巾伯为词，文武是宪，今为信然，在元臣当立此崇勋矣。谨乘制军差员先札称贺，即问省辕燕喜，当在月内几日，潆洄道左，谨肃衣冠以俟。

与毕制军

罗典

新正时晴雪降，绵延匝四五昏旦，南楚快占秋稔，仰惟大公祖大人。心廑屡丰，冀宏春泽，彤云弥漫，度北省亦复优沾。首祚承禧，莫逾于此，可胜忭贺。立春前二日，由永州徐司马赍至椽笔墨刻一方，盥洁启视，隶书融合古法，自成一家，其镌手亦非吴中不办。石质坚莹而厚，长广如手卷式，极便摹拓，实足光耀名山，永资后学程式。承示开春诘武，寻当重莅星沙，每怀西岁趋瞻，皆粹然大儒气象，极思德腴数沐，借之除客气以见本来。又尔时山斋欢叙，行厨特供，兼念马齿既历老传，手制长联，款注补祝，其用意皆轶越寻常，亦节节令人往复。今岁节候稍迟，计比年植桃积数百株，三月初旬当烂漫可人，谨先期埽门拂路，俯待麾旌，将凭兹一畅山花，友于冲度也。肃布私悃，恭请台安。惟伏案不能作楷字，大惧辆亵，统希鉴原，临楮驰念之至。

复毕制军

罗典

拟恭逢诘武，邮鸾信到，急从道左趋迎，用慰积忱，忽遘格苗被诱，军务倥偬，私意执事邃养浩然，声色不动，此事当之裕如。晚以学究硁硁，一筹莫赞，故节钺伊迩往来，吏人如织，候柬兼不得漫通。荷福光遍烛，不遗山馆旧人，捧读瑶章，感泐奚罄？闻大捷，克期即得十全纪绩，仰成归政盛典，虽先时颇得传闻，顷由钧示，乃增加忭舞也。

承齿及研经一节，春间读汪武曹先生《黄河考》久之，得闲，遂究心《禹贡》，笔之既卒，续以二典，渴欲将质大儒，针砭狂瞽。自是昏昕祈祷，总期小驻星沙，重寻岳麓，两言指顾，得我心实获为快。谨扫除山路，伫待旌盖贲临也。

书示儿辈

张家榘

余生平笃嗜，惟琴与诗。琴受之吴兴沈素生，国工也，余传其操十有一，尝许为独得神理。诗虽力希古大家，而气味理趣辄不逮远甚，故存者绝少。然质之当代名公，亦颇为同调。今老矣，心思气力，日退无进。若尽屏弃，再过数年，且与人琴同杳。聊存八卷，以见梗概，且以遗诸男，所憾长者最不肖，幼者尚未可知。酱瓿之覆，即吾家已不免。黄金虚牝，为之慨然。

答邵香伯

张家榘

别来春暮，弹指又已小暑。正思念不得阁下消息，潘芝亭来，忽奉手书，如在长沙广座间听先生指麾竹如意，谈笑风生时也。别后滩行迟滞，于四月朔日方抵任所，此间颓屋数椽，衙斋屋漏，门子或数日不一面，冷毡粗藿，苦况固不待言，皆由自取烦恼，悔之无及。所喜磵东翁日逐过从，短衣手镫，日以二更为率。此公天马不羁，高尚有过我辈，诗境在大湖以南，当执牛耳、主盟坛坫，而懒性成癖，从不握管。得先生所赠荷花，称为苍秀，有仙气，欣然命笔。榘亦备述吾先生之高雅，渠神往久之，云右臂作痛，不能作札致候也。榘承赠画，喜极难言。山城岑寂，会面维艰，目悬座右，如逢旧雨。即以当麓山真面目，何快如之。

与方咸亭先生书集禊帖字

唐李杜

日者信至，知迁至会闲，因永地风殊，感抱时气，暂为闲寄，相期随时取乐，无以在外为怀，致生倦游之感也。每寄清言，尝以在山有年，作为无自坐稽岁时，感激不尽。夫事有可得为者，有不可得为者，于可得为者不为，是倦也，于不可得为者为之，是躁也。山内山外，地殊事同，在当事大人亦视其人之长短为取舍，一有所能，欣然录叙，遇不遇，听诸时会可也。然会合在天，契托在人，咸亭可能向昔日故人，作事外之激引不？仰之，仰之。若得迁之山外，同事咸长，会晤当有日也。此陈清听，仰期俯察为欣。

致曾节帅

俞理枝

春初节钺来省，理时一意往兴，只谓僻壤穷山可以避乱，匆匆挂席，是以不及奉谒，不谓私见之竟谬也。七月廿一日，即闻贼信，文武官半日洋烟，半日食息，掉头弗听。廿六日酉刻，涤口司草字飞报，印官城守仓皇无计，但令雇夫搬运，一面出城，寓居城外半里许四达之衢。至廿七日午正，贼匪入城，大尹与城守早已远举无踪，是夜儿子及下人均被捆缚，勒钱赎放。儿子头受刃伤，银钱衣物悉尽，幸事在酉刻，系贼首下令封刀之时，均免丧命。而此番莫大之幸，则由如来活佛先派王璞山军在郴、桂一带防堵，璞山廿九日闻信赶到，立时杀贼大半，理城内各署并居民铺屋得免焚烧。是时，邑侯尚无音耗，初一、二日亦竟杳然，居民疑为被贼误杀，不料初三辰刻鸣锣放炮而归，不亦怪耶？理既衣物被掠，邑中无可措办，只得向本州请假两月，回籍张罗。璞山谆嘱见阁下时催请添勇，并急发子药等项。理舟十六日午刻至衡山，乃知旌节暂旋珂里，惆怅久之。数日回至省垣，得悉移节缘由，不禁拍案顿足，直欲为长沙十万生灵痛哭流涕。

穷谓今日之祸，实成于当事上下相蒙，各持门户，惟上下相蒙，故粉饰愈工，是非愈紊。无论事之大小，诈伪与阘茸相与敷衍而已，惟各持门户，故妒贤嫉能，党同伐异，无论事之贻害，私心与意气，胶固不解而已。约而言之，则“丧心无耻”四字赅括净尽。而或乃谓洪逆及各小丑皆劫数实然，不知诸丧心无耻者，乃真酿劫数之巨灵手也。且如洪逆，不过地方一莠民，一衙役足制其死命，有不管公事之州县，洪逆乃得安据巢穴，有讳藏大盗之上司，洪逆乃得肆无顾忌。迩来贼匪连陷桂东、兴宁两处城池，犹然相与，讳莫如深，而今而后，州县谁不以逃匿为得计乎？谁复有所警惧，而殚力忘身保全地方者乎？然则前之洪逆是既经养成之大痈，今之幺麽是又将次养成之洪逆也。

理教职微员，无钱粮案牍羁挂，拟面禀藩宪，吁请病免。虽梓里亦难望保全，较免旅魂漂荡之苦。惟念古来绝大经济，虽载之史册，究无从目睹，若江东尚有需人分理之件，或以老牛尚可驱策，札调来衡，理虽年力就衰，无心进取，而幸得遂观海之愿，即借抒一节之长，劳逸所不敢计矣。

湖南文征　卷一百五

公牍上

公请题奏岳麓书院呈康熙八年　　陶之典

窃惟观人文以化成，实关气运；乐英才而教育，必借振兴。何幸遭逢，敢虚盛事？长沙古称文献之地，人知向学，士习尊经，而大魁名臣多在南宋，当时有四大书院，以岳麓为冠。盖自宋初朱尚书洞肇建孔庙，讲堂斋舍，厥制咸备，嗣是，贤者相继，代有规模。其修举也，宋则有刘安抚、潘直阁，元则有刘别驾，明则有钱郡守、陈郡倅、杨郡丞诸当事之经营。其讲学也，宋则有朱张两夫子，明则有王文成、张殿元诸大儒之教泽，宇内向风化同邹鲁。然代经守臣奏请赐额颁书，敦聘山长堂长，以春秋致祭先师，蠲粮田以饩士，广试额以作人，管钥司存，规垂永久，无何兵燹之后，鞠为荒榛，南轩义利之辩不闻，考亭安抚之贤难遘，遂致科名替落，教学衰微。幸际熙朝，争思拔濯，抚宪濂闽合辙，教养兼施，学废坠而复兴，士湔磨而知贵，贤科蔚起，义塾观型。因而感动群情，公请重兴书院，合七郡之士绅输助，荷同时之师率赞成。董事得人，期年竣役，如庙亭讲院、斋舍亭台，规制悉复旧观，吏民绝无烦扰。除礲石请记外，恳乞转详，比照宋时事例，俯赐题请，载为成宪。俾美轶前人，益焕中天之圣道；功垂奕祀，永昭盛世之儒风。斯文幸甚，地方幸甚。

控私征叩阍陈情状

石仑森

湖南长沙府湘潭县儒学廪膳生员臣石仑森谨状，为皇恩蠲免六年，官蠹私吞百万，悖旨横征，剥民苛派，受害泣陈，急救生灵事。

窃蠲免阻于中饱，民瘼苦于不达。湖南自吴逆蹂躏，康熙十八年恢复，民控抛荒田地共四万八千七百六十顷，巡抚韩世琦具疏，部议差员踏勘，应候部文定夺。时值巡抚随征，遭署长沙府知府任绍爌听信漏犯刘嶙，府戚严天麒、严天叙、王林友捏称部覆不允，行文属县征荒，湘乡各邑尚推部文未到，不敢奉行，捐复湘潭知县姜修仁到任，重刑首倡，勒限全完。即如湘潭一县报荒田地二千五十三顷，用户房郭连玉、郭乃来共征条编正饷银三万余两，用粮房楚玉珍、杨孝则共征南漕折米银一万有零，刑毙廪生甘明道、聂元瑞等。兼之蠹棍王成甫、黄星丽、王逸孙、陈天祥钻充县总，除中般、秋般加倍叠派外，更加大计两番，每番一县六千两，楠木三派，共计每县万余金，火耗解费每两加四。又有额荒、奏销、三节、寿诞、花红、脱业、封柜、谒见、私帮、编审、水脚、补库、丈荒、杂项各名色，奇酷异贪，赃山怨海。任知府降调，恋任三载，同弟任绍烜亲临各县严催，追比更甚。又复申巡抚遍饬各郡并征，以报荐升知府私恩，首府作俑，祸延七郡。每年侵欺正饷共一十九万八百两，每年侵欺漕米共八万四千六百石。自十八年起，私征瓜分蠲免钱粮百数十万。

及奉到部文：除招回人丁班匠本年应征外，其新荒田地及十九、二十两年续报开垦者，俱于六年后起科，务俾民沾实惠，不容中饱。等因。始知皇仁浩荡，覆载宏深。士民方恨已纳，官吏仍比未完，遴差家丁虎蠹沿乡苛索，卖儿鬻女，死狱毙杖，惨难悉数。臣有印信串票及知县手批为据，并屡经湘潭县民赵大魁、胡兴、张垂、周余孝、吴国用、聂良奇，长沙县民阎仲闰、董赐寰等，署湘阴知县江谦叠控，总督董、臬司范，批发永州府、常德府同知及长沙府知府案讯，冤无一伸，人卷可验。并原任慈利县知县袁贻训，澧州民彭九鼎，衡山县民刘湘、刘赞、李先吉，耒阳县民蒋梦良、李灿英等公证确据。臣遭荒粮堕害申府，复串谭纬、张延寿、刘光黎、姚肤公捏造匿名帖申臬，屡害倾家。二十三年二月二十二日巡抚丁思孔到任，据实泣控，指望略苏民困，不料仍批任知府，触怒屈审弥缝，蔽冤招案可据，至今横征苛派，莫敢控告。湖广凋残远隔，自康熙三年分抚以来，至今天日久暗，悖旨虐民，相沿成习，似此百万蠲荒尽皆恣意侵欺，将来三载减税，自是仍饱溪壑。更可异者，刘嶙献计贻害七府，各官将嶙前犯害民，奉部应追钦赃一案欺隐，明知嶙妻汤氏，媳郭氏，子基、剡四人，合家俱存家资巨万，故令严密谭正言、王维善、徐集之假充乡保立结，诳称妻子死亡，家产尽绝，串同经承黄见隆、徐尽忠蒙回户部展延，欺罔尤甚。

臣拼一己之命，略诉万民之冤，抛弃八旬老母，离家四年，住京三载，苦情难达，伏望天聪，大开言路，急救生灵，震威亲断，立传湖南在京文武，现任候选官员、贡监人等询问，真情立明。若批湖南，蔽日遮天，厚贿朋奸，民冤难申，臣命莫保。一字有虚，身甘寸磔，天高法远，冒死上告。

奉旨：朕莅大位二十六载，何尝一日不为民念，应宜仰体朕意，爱民如子，孰知不法贪官悖旨私征，吸民骨髓，饮民膏血，欲囊无底。朕阅本中弊端，竖发冲冠！仰刑部逐名严提到京，亲审发落，以为天下文武之戒。如有各省效尤者，许即拟名实录罪款，直入奏闻。钦此。

本月初八日皇上游海淀，出西直门外，有湖南长沙府湘潭县生员石仑森叩阍，上问你是何人，口称云云，皇上将本收靴桶，哈哈将红绳去拴此人，上谕：他无罪秀才，为国为民，不必拴，当至海淀，将本发刑部审问口供，俟有全钞再报。

五月十二日奉旨：细阅情切惨伤，该部细问口供具奏，事关欺隐，毋得含糊，以致小民含冤。钦此。

六月初二日刑部审明口供具奏，奉旨：石仑森所奏赃款，历历有据，着湖北巡抚、湖广总督会同严审究拟。石仑森给与驿站口粮，官兵护送，不许加刑，仍留活人亲询。并一干人犯解京定夺。钦此。

六月初三日兵部为递送事，准刑部咨称，奉旨：湖广湖南长沙府湘潭县叩阍廪膳生员石仑森发往湖广总督、湖北巡抚会审，移请官兵递送，应拨跨驴一头，口粮一分，并官一员，兵十名，逐移更替。沿途不许凌辱悖诈。如违，许该地方官报明，即行报部参处，毋违。

公请南北分闱呈

郭远

为湖南乡试极苦，吁乞疏题分闱，以普皇仁、以广乐育事。

窃惟天地之大，以万物各得所为心；圣王之仁，以一夫不被泽为歉。我皇上临御四十一年，养士爱民，虑无不周，西被东渐，远无不届。如乡、会广西俱额中进士名数，所以体恤边远士子，至详至厚，而湖广今年乡试复广额至八十三名，天恩浩荡，曷可名言？惟是湖南九府州，僻处荒徼，瞻天万里，于多士奋兴之日，独有北喜南愁之叹，不得不备陈苦情，仰冀矜怜而处置者。

盖湖南隔阻洞庭，洞庭之波八百余里，南士赴武昌乡试，有远至二三千里不等者。扁舟一叶，常以六月间起程，而长途迁延，加以大湖风阻，或相守至十日半月不能移舟，比至省城，试期已过，每科多有。而今年不及试期者尤甚，如郴州生员杨遂等二十五人，于八月初八日抵省，虽蒙北藩宪宽政俱准入场，其余初九早始到，长沙属生员尹有孚等四十二人，衡州属生员赵居敬等九十三人，常德属生员唐若愚等八十七人，郴州属生员朱大澍等九十六人，皆以弃舟奔赶不及场期者，合计尚得四百二十七人。数千里裹粮而来，至不得一望见棘闱竟去，辛苦凄凉，谁可告诉？

况又有冒险赴期，风波不测，为南士之所极不忍言者乎？又湖北七十二学奉取正科举三千名，湖南七十二学亦奉取正科举三千名，然湖广每科乡试，合南北常万有余人，湖北除正科举外遗才尽收入场，多至八千余人，中至六十七名，湖南二千人中仅十有五人，往年或中至二十余人，岂真湖南之人才逊于湖北哉？徒以湖南远而湖北近，近则赴闱易而遗才入场者多，故中者亦多；远则赴闱难，不惟遗才绝少，并正科举入场者皆少，故中者亦少。是湖南、湖北之科举中式，其难易多寡至于如此悬殊者，固非其人其才为之，实其地其势为之也。尤有可叹者，南士相戒以科举为畏途，荜门寒士资斧艰难，至有终身不窥场屋。近科以来，赴闱者视从前又加少矣，及今不为早计，将来日益凋落，可怜湖南数千里赋税之地，渐弃为科第沦落之乡，则是朝廷今日之加恩广额，以湖北为近水之楼台，而湖南终不免向隅之嗟若也。

然则为湖南念久远，为诸生择利害，计无有大于分闱一事者。且长沙为湖南省会，节制则另有抚宪，分司则另有藩臬，钱粮、户口、官职、考成，事事与湖北判然为二，虽南北总辖于制府，亦犹两江、两广总督之例，南抚宪即我南闱之监临，南藩宪即我南闱之提调，南臬宪即我南闱之监试，此于事体，何所不宜？且如平溪四卫，楚地也，版章、户口悉隶湖南，惟以四卫远楚而近黔，乡试则拨赴贵州，况湖南、湖北相距二三千里，中阻大湖，独奈何舍长沙近地，顾使越险奔赴于湖北之远省乎？夫湖南虽僻，南岳禹穴在焉，山川风土，赋税人文，实倍甲于云、贵、广西，乃云、贵、广西得以边远自为省分，每科中式四十余人、三十余人不等，而湖南阻于险远，每科仅得十有余人，大既不比数于湖北，小亦不能比例于云、贵、广西，此又湖南分闱之事体，在今日宜亟为通变者也。

然分闱一事，诸生亦屡以为请，而从前上宪或不果具题者，不过以分闱则建贡院有费，科场供给有费，费多则事难遽任耳。生等窃以为分闱须费，有不敢仰给之朝廷者，湖南各属文武诸生约计近二万人，建贡院则约费若干，愿照各属学分大小，诸生捐银汇解，力亦可办，而三年科场供给，则湖南每科协济湖北为数若干，可留为南闱之用，不足则以各属额设之科举盘费济之，亦可得三千余金。又不足则各属观场之贡监生员复愿按名捐费，当无不给于用者。且我皇上至仁如天，比年赈济蠲免钱粮岁计百万，况于因地制宜，开湖南莫大之美利，定百王不易之经制乎？若夫三年之中，为湖南别设一督学，为湖南别差两典试，与夫湖南、湖北中式举人名数当作何定额，朝廷自有公平正大之制，非诸生草茅所敢议者。

以今圣天子在上，德洋恩溥，复恭际都宪大人福星南照，一路春回，兴大利，除大害，千载一时，瞻仰此举。伏乞疏请分闱长沙，就近乡试，俾湖南多士，大有功名之望，更无性命之忧，则皇恩永戴，宪德永垂，当与岳山并峙、湘水同流矣。

案：此文作于康熙四十一年，至分闱时已阅二十年矣。中凡几经艰苦曲折，而此则初覆一篑也。汝怀附记。

示译使告安南入贡人　张埴

古蛮徼不毛之区，去中国远，夷言鸟面，雕题蹁齿，圣王犹以声教开道之，而郡县其土地。今安南诸国，名为外夷，君其地者，实中土人，前朝往也，此宜奉法守令，兢兢焉惟上国尺度是循。乃其间篡窃攘，夺阻我声教，视古者夷言鸟面、雕题蹁齿殆甚焉。甚矣夫世衰道降，虽华居外夷，尚反干以相向，而他何责哉？其国人负固不轨，无论其远自前明，历今仅三百年，始而黎氏作乱矣，又莫氏来诉矣，亲置其主于松邪柏邪之间，而寝处其宫室，莽操之恶所不能长行于中华者，安南恬不为怪而展转相承焉。时求故地也，又请增封也，黩且贪实甚。吾圣朝慈仁不加诛绝者，非苦其难图德威，惟畏欲罔縻金钱，人民不罹兵革耳，否则横海伏波，汉收南越，成法具在，而谓可数数宽邪？抑观其丑类，本标枝野鹿不足较，每入贡中朝，赐书外兼求金石、篆刻、《尚书》、古文、历代史，似好学者，其实粗通而已。非有如高句丽小西飞之属，世子入学官，生应举，慕吾皇居帝里，文物声名之盛也。往往阙下见祠部宴朝鲜使，车马雍容拜献，进退有度，叹箕子古风，去人不远，若日南丑辈，垂髻跣足，执猿狙而轩冕之殊为不文。所过名胜地，辄好题壁纪行，蝌蚪虫鱼，自鸣得意，尾署某国状元，好事流传，尤为可笑。

戊申之春，余行河壖上，见十数人走泥中，衣貌踉跄，且怒且詈，不能明其作何语，急近侦之，知为日南小儿，鬻物于市，论价低昂，不合而拳殴坐贾也。后无赖少年辈群噪逐之，余使旁观人遽止之，彼客我主，柔远人，古所训也。诘朝一二译使，着高檐帽刺小船登岸，持镪取前所鬻物于市。谂知译者为吾奉议间人，书此告之，庶蛮徼后至者过都越国知守法戒云。

弭盗安民官匣法

张坊

从来安民之法，莫先于弭盗，而弭盗之法，一在重保甲之稽查，一在严捕役之赏罚。盖本地匪类，牌甲断无不知，捕役尽皆深悉，即外来盗贼，总不离乎本地窝线，捕役果能据实查拿，何愁案犯之不获？然而案情一发，官虽严责捕役，而十无一获者，缘人情只知趋利，不顾刑法，得官赏之难，必不如受贼贿之现成也。贼盗方行，旦夕焉能出境？彼已深知窝线党羽一一分明，伙伴散役串通弥缝。而积匪畏罪，约数分赃，或捉他贼支吾，或指疑似搪塞，一纵而真赃已化乌有，正贼悉皆远扬，迨经妻子监比受累，良心发现，欲求真赃正贼，杳不知所之，盖不徒染指难言之苦衷已也。即果不知踪影，而奉批缉贼，费无所出，则指鼠窃小贼索钱求资，稍不遂意，辄罗织情形，请官严讯，倘不即为深究，则以官太慈祥，往后大案难办。设本官轻信叠夹，辗转攀提，致生多少冤诬，而正贼安然自适，变赃剽分，反得置身事外，而为旁观之窃笑。是每一案出，彼正借以讹诈，若案犯一获，凭何资以养赡邪？夫且诉告同衙，谓官已签批伙伴，日食买线用费，宁能出自己囊，不得不为拉用。及访得真线正贼，亦尽偿伊从前负欠，更希后来之需索矣。究之捕快一役，本系贼头，原冀图利充当，亦何恤众人之痛心切齿也哉？晋省习俗，邻人被盗夜呼，闭户不救者甚多，惧贼之移祸也。顾俗情虽避祸，而亦未尝不贪图重利。贼将夜行，日先探路窝线，走动往来形迹，岂尽无所闻见？然有害而无利，谁肯出头首报？虽见犹不见也。一有重赏在前，则贪之者至矣，矧一人得赏，众皆艳羡，将随时随地无不关心留意者，而谁其犯之？

夫州县一官，每年养廉虽厚，而上下往来应支不少，命拐各案，况复时见，谁尽慷慨性成，每案挥金百十，为民岁岁捐其缉赏邪？即或每案封悬重赏，并给路费，彼捕役老奸惯猾，迎合本官意旨，皆原封缴还，不敢领受，以缓官怒而固官宠，是虽有悬赏之名而无邀赏之实。所以捕役留贼以自卫，情愿卖放受比，不肯据实拿获以领薄赏，致得罪于同事同谋以绝后来之利而受同伙之怨也。幸遇疏懒之员，一比再比，通报之后恐生枝节，即甘受处分，一切渐置不论。值风厉者，勒限严比，畏法潜逃，及至缉获究治，终与案犯无益。推求其故，缘赃实而赏虚，赃重而赏轻，赃无穷而赏有尽也。而况有害而无利者之拑口扪舌，欲求案犯之获，其可得乎？

本县横览役态，穷极贼情，与其弭之于已发，孰若弭之于未然？与其谋赏于临时，孰若谋赏于先事？昔年牧粤西全州，于该州万乡创立弭盗之法，缉歼唐、罗、蒋三巨盗，所存千金，地方至今恃以无恐。今于曲沃一县三十六里中，亦将历年俸银共捐给二百金，分倡各村庄中殷实好义之家，力可捐给者，自当思患预防，踊跃从事，量力乐输，以保身家，以贻子孙。各成一会名曰安民，即将所收捐资若干两，各交该村庄庙宇公所，收贮弭安官匣。择该庄老成殷实之人，营运生息，轮流经管，每年即于所得营息之内，酌量村庄大小，雇觅夫役多寡，为通年支更守夜修葺栅堡之用，但不许擅用本银，以致缺项。如有事发到官，即为查明所失赃数，以酌定赏格先给捕役赏单，于获犯之日即令匣中照数封出，同司事当官给赏，并令不拘何项人等，有能真知确实贼犯消息，即行首报捕拿，亦与获犯后匣中照数封出，同司事当官赏给。如有牌甲知而不首，邻右喊而不救，即于获犯日严加究治。其村中有曾经犯窃犯窝之人，令乡地据实开册二本送官过朱，一发官匣，一存县案，以凭稽查窝线，有能引线拿贼者亦一体照例给赏。至他处解回原籍安插本县收管之犯，亦着乡地于司事公项息银，捐给铁锹一、铁锄一、筐担一，交该犯具领，为村中锄地佣工，以当公差，以便查察。

自有是举也，在印官之给赏，既可取给于公中，自不待经营筹度，量所报之赃以定赏，而不存出纳吝惜之意。在捕役之踩缉，不独希图获本官额外之恩赏，而先得安民会匣之重赏，自可不受贼贿以黾勉拿贼，而无逃脱悬案之虞。在知有线索消息之人，亦希得实在重赏，自必据实首报，而无瞻徇隐匿，反长贼风漠视乡邻之理。在各村庄，既知各有安民公费之息，可以长年帮助雇夫守望，而无优免富衿摊派贫户，推托疏防闭门怯贼之患。在盗贼，亦知有弭安官匣之项，赏重贿轻，有犯必获，法严赏实，有贿不行，技无所施，亦望望然去，而不入有备之乡，以自投法网之内。村皆藏此重金，人都壮志，官时悬一信赏，贼尽寒心，众志成城，隐隐具崇墉之势，无兵守固凛凛有难犯之形。邑鲜失窃之案，民免拖累之苦，官无处分之虞，一举而诸善备焉。将见夜不闭户，家可安枕，尔民亦何惮而不倡举以遵行也哉？

贵州民状代

陈紫绳

为恳恩题达救民水火事。

切缘黔省苗汉各半，历年苗性固属殊顽，本朝开辟以来，边隅百姓幸际升平，雍正六年奉旨清理苗疆，原欲永除黔黎之害，无如奉行不力，文贪招抚，武欲邀功，糜费国帑，轻残士卒。三进古州，苗民何曾向化；屡抚丹江，兵民大半无归。幺鸡虽开，百姓难堪苦累；鸡沟略静，遂尔粉饰太平。倘抚绥有道，布置多方，自不致九股复叛，突于雍正九年九月逆苗围困招抚使，戕官弁三十二员，兵丁一千有奇，粮夫乡勇不计其数。总因从前抚不成抚，剿不成剿，以致养成祸胎。复不能痛加洗剿，反以招抚了事，贿奸买诉，以生苗为好百姓，捏饰、虚题、奸欺之辈率从优叙。二月古州苗叛，三月九股苗复叛，倘据实题达焉，有今日一味假报酿成此祸？四月初九烧杀镇远所属卯水八洞四百余寨，仅存孤城，全于州首被惨祸，凯里岩门遇害更酷，（青）〔清〕平、黄平两城连失，州牧、典史死之。五月沅协堵御，大战横塘，杀苗仅百余耳，官兵十丧其九。廿七日青溪城陷，卯水难民死者无数，排札合营俱毙，台拱全师受困，百姓望风逃溃，哭声振天，纵幸脱刀头，终为饿鬼。此情此惨，谁代白于天廷？泣诉泣呈，祈洞达于台宪。幸辰永道宪，恸切痌瘝，荷蒙俞允，赈济难民，扬威边徼。第恐文武复蹈故辙，兵民冤沉海底，耗费国帑，图彼富贵，糜难兵民，增伊功阀。某等幸逃虎口，本欲赴诉朝廷，奈君门万里，欲控不能，只得冒死陈情钦命大宗师阁下，乞粘呈密奏，务尽根株，不惟生死沾恩，其有功于国多矣。谨状。

谕诸生文

段起玲

太平之日久矣，生齿浩繁，物力凋敝，谋生之计日迫一日，兴学之思岁减一岁。目前情景，历历可见，想尔辈亦共知之矣。然则处此而得安坐一室以读圣贤之书，可不思其艰难而务尽其力邪？夫学何事？不过欲全其为人而已。为人之道莫备于宋儒《小学》一书，余虽愧不克行其万一，然每读之而不厌也。顾学者视为不急之务而倦听之，是犹不知重裘之可以御寒、稻粱之可以止饥也，亦惑之甚矣。

志也者，一生之究竟，不可不尚也。志趋污下，永无出头之日。颜子志学虞舜，孟子志学孔子，其卒果如其愿。今人若言志学颜、孟，则含羞不敢出诸口，至于声色货利之场，辱身贱行之事，反公然行之而无忌，是敢于为恶而不敢于为善，安得不相率而入于禽兽之途哉？

夫世运虽有升降，而天理终不灭于人心。子曰：言忠信，行笃敬，虽蛮貊之邦，行矣。言不忠信，行不笃敬，虽州里，行乎哉？以古验今，初不相远，然则圣贤之必不负人，此两言决之矣。天下伤心之事，莫甚于蹉跎岁月，白首无成。追悔少年场，良时不再至。人孰无情？得不恸心乎？古之享大名成大业者，皆有志之人为之，而非异人也。今乃不思自奋以希古人，而多惑于术士之说，徒遍求吉地以图昌后，是生者之聪明才力反不足用，而冢中枯骨可使我为公侯将相也，岂不愚之甚哉？夫荣华富贵直三春草耳，一时葱郁，转盼旋枯。士君子当坚松柏之心，树节于严霜大雪之日，岂屑与众芳斗艳争三春之景色邪？

勖矣，诸生，抚时势之维艰，念韶华之易迈，虽欲不蹶然而兴，不可得已。

谕安邑县士子观风文

魏瀚

以中条、涑水山川之所郁蟠，舜陵、禹治神圣之所依托，魏绛毛义，循良之所经理，闵仲叔、卫叔宝贤达之所居游，此其秀灵之所钟乎，流风余韵之所激发，其人士必磊落而英多，其文章必彪炳而陆离。自非称量天下才者，不可与道古，而如令之奔走风尘者，奚足以语此哉？矧令摄官承乏，官舍一蘧庐耳，官事一鸿爪耳，视篆之始，牒诉文移，扰我心曲，敲朴追呼，乱我视听，又地当孔道，日持手版谒上官，饰厨传称过使官客，且惟恐不得当，于此而自饰为安静之吏，且强与于斯文，不令我子衿齿冷邪？

顾吾闻古之志士，不以劳逸殊其行，不以久暂易其虑，下不非薄其官长而后有风俗，上不鄙夷其士民而后有政事。苟清其心，随所接无浊事也；苟洁其行，随所处无污地也。令自束发受书，及今筮仕，亦既三年矣，令之心犹昔之心，令之行犹昔之行。文书积案，令对之犹圣经贤传也；公庭决狱，令视之犹明窗净几也；冲泥而度地，挥汗而观稼，令当之犹清风明月也。必通乎《风诗》“关雎”“麟趾”之意，而后可读律；必明乎《周官》“醢人”“醢人”之义，而后可催科。前圣欲正人心、厚民俗而笔之书，后人阐其义旨而发为文章。而今日之文章，即可卜他日之事业，而苟歧而二之，此其为政必非古昔所谓政，其为文必非古昔所谓文也。唐宋以来骚人墨客，言清而行浊，貌洁而志污，必且谓挹爽气于分云之岭，瀹灵府于青石之泉，而后足供其吟啸，怀我好音，所谓清言远韵，岂谓是欤？

夫良吏以振兴文学为先务，岂惟是误我人士以章句之学，诱我子弟以科第之荣，而遂为毕乃公事？殆亦文与行必兼衡，治与道无异致，而后上之政事，可入循吏之传，下之风俗，必列君子之林乎？令不自揣其米盐筐箧之怀，窃愿与诸君子论文谈艺，期进于古处。如谓大雅之才不可杂以簿书，将使目论之士不谓令也俗，则谓近盐之民沃土不才，二者皆令之所羞也。惟诸君子幸垂教焉。

饬州县清理积案札

贺长龄

照得东省积案繁多急须清理，业经本护院剀切通饬，勒令各州县依限审结在案。惟查有咨部展限之案，或真赃无获，不克遽定爰书，或要证未齐，办理恐滋枉纵，该州县自应作速追起查传，迅即审办，以期狱无淹滞。无如该州县以此等案件限期已展，无须再顾考成，怠忽因循，辄置高阁，应质人证延不关传，未获之赃延不查起，遂至罪囚瘐毙，案结无期。即如嘉庆二十一年间，郯城县审办盗犯张五，供攀赵七伙劫事主潘守业银两一案，因要证李普等未到，迄今十有余年尚未讯办，此外悬而未结者正复不少。查犯事在逃尚有计岁开除之例，监候待质亦有限满查办之时，而此等展限之犯，一入囹圄，羁囚没世，其在罪干大辟之重犯幸逃显戮，既不获明正刑诛，倘系被攀待质之良民，负屈含冤，竟尔终身淹禁，职司民牧者，顾能晏然处之乎？除将郯城县赵七一案批司核议详办外，合亟札饬，札到立即通饬各州县，凡有咨部展限之案，要证未到者，即赶紧催传，赃具未明者，即赶紧查起。其有要证原赃远在他省者，亦即详请咨催，务须次第清厘，仍责成该管道府随时督催，总期无辜得免株连，正犯不致漏网，以清罪狱而肃刑章。仍饬各州县先将咨部展限，现有人犯在监各案，开折径禀本护院查考，如无亦即具文申覆，毋迟。切切特札。

禁淫祀示

贺长龄

为正民俗以惜民财事。

照得东昌、曹州两属境内民情痴愚，既信鬼神，又好游玩，往往敛钱结会，朝山进香，因有不法棍徒率领成群男妇，行则摇旗，止则鸣金，众皆视其指麾以为进退。在愚民敛钱烧香，不过媚神以求福，而棍徒摇旗鸣金，则实违例以惑民。该两属每多习教之徒，未尝不由于此。按察司即札饬该府，转饬该州县躬亲开导，始知鬼神不听谄媚，福禄不由干求，纵教日日烧香，日日求神，亦属无益。况每年春秋游山，必有所费，积之以勤劬，耗之以嬉戏，甚可惜也。与其为无益之游，何如为有用之积？即将所积钱文籴买豆谷以备凶荒，才是防患未然之谋，何苦听棍徒招邀，烧香结会，既耗钱财又干例禁乎？嗣后如有棍徒簸弄乡愚，摇旗鸣金号称会首者，该州县迅即查拿，从重处治。去其魁则党自散，拔其根则蔓自除。愚民尚可宥其无知，棍徒断难宽其滋事。诚能严查力禁，则敛钱之谋绌，聚众之事自稀，信鬼之念轻，习教之源自室。所谓图难于易、图大于细，不可不加意也。经此次札饬之后，倘该州县并不认真查禁，仍有结会烧香、摇旗鸣金等事，一经访闻，或别发觉，定治该州县以不职之咎，决不姑宽。凛切慎切。特札。

关防诈伪示

贺长龄

为关防诈伪事。

照得各官到任，向例皆有关防告示，所以防微杜弊，揭明心迹于吏若民也。夫心迹岂文告所能明，日久相沿，竟成故套，虽亦悬衢挂壁，谁复寓目警心。前者分巡东鲁，将及两年，代庖柏垣，复经匝月，性情行事，谅已共见共闻，更何事于申诫。然而藩署乃利名之薮，东省尤丛弊之区，本司即能自信，岂必人皆我信？则亦有不得不预为宣示者：

一则提升调补之无可营竞也。缺有难易，亦有苦乐；人有贤愚，亦有生熟。或资整顿，则为缺择人，所以重民事；或资调剂，则因人畀缺，所以惜人才。总皆一秉至公，断不意为高下。本司通籍以来，叠膺膴仕，悉出君恩，己无干求之事，岂肯受人干求哉？

一则收支领解之无可弊混也。马曰法马，法无可犯之时；平曰天平，天无可欺之理。矧民膏之宜惜，丝粒难浮；繄国帑之攸关，分豪不假。出纳一归严谨，解支谁敢留难？款必有银，那有虚存之款；银必有款，断无溢取之银。极知地是腥膻，敢曰处脂而不润；业以身为表率，能无远利以自全哉？是故律己维严，驭下必谨，一事不敢忽过，一时不敢放疏，总蕲洗手奉公，庶冀风清弊绝。然而世情叵测，机变难防，保无鬼蜮之徒，妄逞险肤之技？或假称亲族，或谬托年家，或附舆台，谓爪牙之足恃；或依胥役，谓耳目之能司。遇事生风，招摇舞弊，岂无昏愚之辈，误堕术中？虽有败露之时，追悔莫及。

除饬各府州县密访严拿外，合行出示晓谕，为此示仰阖属军民人等知悉，共遵坦道，勿涉岐途，官宜洁己以从公，民务洗心而守法。本司博询利弊，确定权衡，无难达之隐情，无妄干之蹊径。如有前项匪棍，乘此下车之初，借端尝试者，该军民等即扭禀地方官拿解来辕，从重惩治。地方官如有闻见，亦即据实禀报，万勿迁延消弭。倘敢容留扶隐，即属朋比为奸，一经访闻或被告发，定即撤底究办，断难稍事姑容。须知发轫之始，法在必行，慎毋视等泛常，自干咎戾也。

特示。

严禁旗丁刁难示　　贺长龄

为严禁旗丁刁难勒索，以肃漕政事。

照得东省漕粮，向分闸内、闸外。闸外州县皆系冬兑春开，时日甚宽，各州县从容收足，运赴水次，无须买米交帮，旗丁不能借端勒索，故兑费尚不甚多。闸内州县因运河岁须冬挑，皆系冬兑冬开，时日甚迫，各州县相距水次，近者一二百里，远者三四百里，或因粮多，收未足数，或因车少，赶运不及，势不能不在水次买米垫兑。而旗丁遂借此多方索诈，始准买补兑交，并勾通米店抬价居奇，或勒折重价代为买兑渔利。稍不遂意，辄将现米驳斥不收，径自开船出闸，转以该州县误兑禀揭。该州县恐蹈误漕之咎，只得另雇船只运赴闸外赶兑，需索日甚，兑费日加，而济宁前帮之任姓各丁尤为豪横。访闻任振标、任严化等，挟资巨万，恣意妄为，一经签派头船，则运官听其指挥，州县等于鱼肉，若非百计刁难，何能饱其欲壑？闸内州县兑漕因之甚为苦累。

查买米兑漕，固属例不准行，而向来零星小户升合之米，乡民每以不便斛量，情愿折色交纳。该州县亦因数太零星，恐斛手斗级人等，易于高下朘削乡愚，亦遂准其折交，代为买兑。其距仓窎远之粮户，路遥费重，运送本极艰难，若值阴雨连潮，米石更易伤耗。故乡僻小民尤愿以银钱折纳，该州县亦不能不变通以宜民，诚以天庾正供所重在米，米若不佳，即实系粮户之米亦准帮丁驳换，令该州县买补另交，但期米粒干洁，并未尝以买补为不可行。东省闸内三十余州县开廒收米，以至兑毕开行，为期尚不及一月，以数千至万余石之漕，克期于旬日之间，揆时度势，既断断不能收足，又万万赶运不及，而泥于不准买米上兑之例，徒供旗丁讹索之资。若更相沿不改，其势必且日增。当经本护院援照江苏成案，专折具奏，请将闸内有漕州县，如届期未收足数，并赶运不及者，准令于各水次就近买补垫兑，以免旗丁挟制。并将不法帮丁斥革，查实办理。钦奉谕旨：交部议奏。兹经户部覆准，并令将旗丁挟制需索之处会同本部堂出示严禁，奉旨：依议。钦此。钦遵咨会前来。除檄饬司道遵照办理外，合行出示严禁，为此示，仰各帮旗丁知悉。

自示之后，务须守法奉公，应得兑费均遵粮道核定之数，止敷办公而止，不得借端多索，恣意挑斥，尤不许勾通米店抬价居奇，勒折重价。倘敢故违，或仍如从前之径自开船出闸，转以州县误兑禀揭及横豪滋事别情，定即按名尽法惩办，决不宽贷。其各凛遵毋违。

交代旧案定限札　贺长龄

札某府州知悉：

照得东省仓库之不清皆由交代之纠轕，本司于奏报到任折内，已将东省未结交案二百余件据实陈明，恭奉朱批：竭力认真查办，不可再有因循。钦此。本司仰承严旨，俯念职司，熟筹查办之方，力杜因循之弊，业将各属逾限未结交代，分别任数，立定限期，札发该府州，按限督算详报。如有逾违，提省核办，通饬遵照在案。惟前札所定限期，系指各处算清，由府州核转而言，至会算迟延，亦应定以限期，违即撤参，方足以资警惕。且新案交代现已详请奏明，如逾违二参，即照易结不结例详参革职，其旧案未结交代二参久逾，只因积压过多，是以酌予期限，已属格外从宽。若再不按限算结，仅止提省，转比新案交代较轻，何以示惩警而昭平允？兹特通计交案之多寡、核算之难易，分定限期，通饬赶办，札到该府州，立即遵照。单开各处交代，以札到之日起限，按照注明限期赶紧督算，依限清结。有亏之员即禀揭请参，无亏之员即由现任与监交委员出具印结，依限禀送。一面造具达部册结送，候详咨。如不依限禀道，本司亦不复札催，即将前后任一并详请奏参革职，提省核办该管府州亦附请参处。除隔省咨提有需时日者，即凭监交暨各后任出具无浮，及日后查出舛错，愿甘参办甘结，存案核算完结外，其有隔属人员札调不应者，该府州禀明本司，立即押赴该府州严催结算，断不稍任违延。

夫以交案如此之积压，朱批如此之严切，若不破除情面，一力挽回，即三令五申，亦复何裨于事？现已将结报到司亏案十数起全数详参，无稍顾惜。若此番所定结算限期，一有违逾，定即严行撤参，断不肯前后两歧，启人玩视之渐。该府州职在督催，责无旁贷，向乃置身事外，竟若豪不与闻，可谓荒唐已极。今本司惟知执法，不问其他，所有各属交代，一惟该府州是问，倘视此札为具文，仍踵因循之故习，则是自蹈愆尤，不得谓本司过刻。若本司仍复姑容，不但无以对朝廷，又何以令僚属乎？至已出单结各交案，因前任有亏，是以未造册结，现在参赔各案，均经详奏，无所格碍，并即接连造报。所有未经造册及所造不符驳换之处，亦即饬遵前札，定限造送，均毋稍任玩违，并干未便。速速。此札。

严究讼师札

贺长龄

照得山东控案之繁，甲于各省，固属刁民好讼，实由讼棍挑唆。欲息刁风，先除讼棍。查锺臬司前在首郡任内，每遇委审控案，无不力追讼师，自获办多名之后，京控渐稀。乃去冬至今，又复络绎不绝。本年省中复究获讼师数名，按例拟办，然究办于提省委审之后，则拖累已多。若严追于甫经控诉之时，则讼端自息，且讼师亦正不难追究耳。大凡捏词谎告之徒意在图准而不图审，若遇案必审，审虚即严究主唆，何难即时获破？无如颟顸了结，随结随翻，控词则愈多愈幻，若能究拿讼师，何致尘牍日积？

现据署郯城姜令访获讼师徐正谊禀办到院，该令到任未久，即能留心整顿，实属可嘉，除禀批示外，合亟札饬，札到该府司州立即转通并饬所属，凡遇一切词讼，务须迅速勒传集审，如讯系捏情妄告，即就案严追讼师，立拿究办，并遴派丁役随处密访，如有积惯讼棍潜藏境内，刻速捕拿，尽法惩治，毋稍宽纵。总之州县不惮审鞫之劳，小民即鲜诪张之诉，讼棍无所施其伎俩，良善便可遂其谋生。倘经此番通饬之后，各牧令仍敢怠惰偷安，遇案不审，或审虚而不追究讼师，任其播弄乡愚，陷害良懦，勾通胥吏，吓诈扰害，本护院一经访闻，定即登诸白简。若该管府州督率不严，徇庇不揭，一并参处。慎勿泄视，致贻后悔。

垫支准于交代作抵详文　　贺长龄

为州县垫支银两，事出因公，情非得已，应准作抵详请具奏事。

窃照州县经征钱粮，原应尽征尽解，催征不力，例有处分，故垫完民欠，奉旨饬禁，交代案内，不准作抵。惟垫支钱粮，实与垫解不同，凡遇因灾缓征，例准支借者，只有正佐役食、教佐俸银，其丞倅正印俸银以及正佐养廉、各庙祭祀、孤贫口粮、一切杂支，前于道光二年咨准部覆，不准借支。是灾缓之年，非特俸廉无出，即祭祀典礼，亦将因灾而废，其穷独孤贫，并且枵腹待毙，有地方之责者，岂能漠不相关，不为筹款垫发？又，驿站项下夫马工料，遇灾借领，前奉部咨行，令将应借银数暨缓征数目造册详咨，奉准部覆，方准出借，势必往返咨查，辗转耽搁。而夫系计口授食，马系按日喂养，有地方之责者，又安得不先行垫支？迨至交卸停缓者，未届启征，请借者未奉部覆，无项可归，即成悬款。此因灾筹垫之实在情形也。

揆其垫发之由，不但事属因公，且以地方情形而论，亦必筹款垫支，方为实心办公之道。盖孤贫乃仁政所先，祭祀尤典礼所系，官俸为养廉之制，役食亦逮下之恩。驿站之建设，所以飞递公文，夫马之工料，岂能缓期支给？若使该地方官一值灾缓，即不垫发，竟将前项事宜置之不办，则是该地方官全不以公事为重，按法衡情，即应治以不职之罪。今若不准垫支，则不办者即蹈误公之愆，而垫办者又无开销之项，不知该地方官竟将何道之从也。

查直隶省每遇灾歉缓征，所有各州县应支官俸役食、驿站工料，向由司库筹款借给，分款造册咨部，如有情愿垫支不行请领者，听其自便，统归存留奏销册内核实造报，历经办有成案。东省事同一例，若将缓征俸工不准借给，而工料一项必俟奉准部覆，方准借支，并将缓征俸工工料及各庙祭祀、孤贫口粮、一切杂支不准列抵，未免向隅。且东省现当严查交代、厘剔积弊之际，遇有本身亏缺，立时详参，不容稍有隐饰。若垫支一项不准列抵，参以亏缺，实属屈抑。本司议请嗣后各州县如遇灾款缓征，即将缓征各州县应支俸工工料及一切杂支各银数，先由本司筹计应动银款造册咨部，循例借给；如有不愿借给者，听其自便，准于存留奏销册内据实声明，交代案内照数列抵。其从前垫支各员亦请一律准其列抵，交代欠款，庶垫支之员，不致因公而受累，而于法亦得其平。是否有当，拟合详请宪台鉴核具奏。为此备由呈请，照详施行。

通饬各道如限申报词讼札

贺长龄

札仰各道知悉：

照得黔省各属民苗赴院司道府上控事件，及府厅州县自理词讼，审办例有定限，必须依限审结，庶民鲜拖累，兼免讼棍挑唆、书差讹索等弊，合亟札饬。札到该道，即分饬所辖各府厅州县，将上控批发暨自理词讼未结各案，截至本年七月三十日止，作为积案，逐案查明事由，开具清折，注明系某衙门批发，或系自理事件。限文到五日内，具文申送本部院查考，切勿遗漏隐匿，并将八月初一日以后之案，作为新案，将逐日审结新旧各案，按旬折报院司道衙门察核。如审明所控属实，即将被告究惩，否即照律坐诬，并严究作词唆讼之人，分别惩办，不得以事出有因、情急妄控，到案供明，从轻了结，致刁劣棍徒，益无忌惮。其有原告两月不到者，将现到被证人等讯明审释，控案详销，俟拿获原告照律治以应得之罪。若于未经提审之前据实具悔，核其所告情节，酌量减拟发落。至呈词内有牵控多人，或系老幼妇女，或因患病外出，未到而案已审结，应免提质，书差因乡愚无知仍行传提，借端吓诈，事所不免，应令各属将现在审结之案开列案由，明白晓示，使被证人等共见共闻，以杜索诈之弊。

本部院总以各属结案之多寡、审断之当否，定该员等之黜陟，尤不准滥委杂员代审，潦草塞责。该道务认真考察，勒限清厘，严饬各府厅州县，振刷精神，秉公审办。属吏中有听断勤慎公平者，据实保举，其延案不结、阘茸无能者，亦即禀报揭参，以肃吏治。仍将拿办讼棍，严惩诬告，由该道剀切出示晓谕，俾刁徒知所警畏。本部院令出惟行，事期核实，该道务转饬各属，毋得仍前藐玩，仅以虚文搪塞。倘有捏饰等弊，一经查出，定行惩处不贷。切切。特札。

为申明前札未尽事宜，详细谕知，务各赶紧遵办，以清积案而除民累事。

照得本部院前因延案累民，通饬各属，将上批自理已、未结新、旧各案，按旬折报，以别勤惰而定黜陟。业将延案不结之平越州文□奏参革职，以儆疲玩而肃官方。恐各属不知省悟，仍蹈因循积习，覆辙相寻，并恐办理未能得法，合将前札未尽事宜详细申明，务各赶紧遵办，免罹咎愆。札到该司道，即谆切分饬各属，将上批自理新、旧未结各案，自立课程，排日提讯，虚则反坐，必究明主唆之人，务获严办，使知凛畏，实即照例拟结，必晓以情理之平，俾免再讼。其有被告人证到案而原告不到者，即讯被证切供存案，立行释放。若被告已去而原告方到者，不准再传被告，专治原告以有心拖累之罪。其有情虚逃匿、差缉始获者，照例于诬告罪上再加逃罪二等，切勿轻纵，至长刁风。至差役传提人证，必于票上朱限日期，另设内号簿一本，逐日亲查，逾期不到，即行比追，以杜卧票不提、借票索诈之弊。

查黔省差役借案索扰，最为民害，往往原告到案，则私纵被告使去，被告到案，则私纵原告使去，借口人证不齐，使本官无从集讯。官若稍欠精明，每致堕其术中，为所指使。应于头门外设锣一面，大张告示，晓谕原、被人等，有到案者无论早晚即鸣锣，该管官一闻锣声立即升堂提讯，该差等倘敢私自阻拦，不令击锣者，许原、被人等扭住喊禀，尽法处治。

并饬各属于旬日报折内，务将某日提讯某案，已、未审结逐件开明，其原控情节及审断缘由，均于折内撮要登注。上批之案，则注明某月日奉批。自理之案，则注明某月日呈控，逐一登载，具文详送，以凭批发。本部院即以结案之迟速，分别审讯之勤惰。自理案件尤不准以多报少，若遇有上控呈词，指明在该属控告几次，而旬报折内不载者，即以讳案捏报，严行参办。现查各属开报案折，参差不齐，并有率用验文、碍难批发者，兹特拟定格式，发司道照式缮写通颁，以昭画一。不独清厘狱政，兼可察看人材，本部院叠次申诫不惮至再至三，果其有志循良，必当愈自知奋，所望各属细绎札中事宜，一一实力遵行，息讼安民，定有明效可睹。

昨阅邸钞，见东抚奏称京控奏咨各案，埽数全完，并称济南府知府王镇审结京控案四百余起，平反重案数起，请以道员升用，奉有俞旨在案。东省素称多讼，尚能案无留牍，况黔省事简之区，岂转不能清理而任其陈陈相因苦我黎庶乎？熟无聪明才力，何甘让美他人？现因京控日多，诏旨屡下，必以清理庶狱为谆谆。故济南王守之奏升，立予报可。各属倘有精于鞫审、勤于听断如济南王守者，该司道即据实保举，本部院必立登荐牍，破格请升，以为勤职者劝。若罔知振作，积压多案、宕延不结者，该司道亦即照文牧之例，据实揭参。本部院必立挂弹章，以为溺职者戒。各宜凛遵，慎毋自误。切切。特札。

谕州县亲民札

贺长龄

江宁布政使司为申明职守，剀切晓谕事。

照得州曰知州、县曰知县，今该州县果能于所属情形纤悉毕知乎？国家设官众矣，而州县独曰亲民，今该州县果能与民相亲乎？夫政必因地以施行，不知则何以行，且恐贸然以行而扞格愈甚矣。事必及之而后知，不及则何由知？即或略有所知，而隔膜已多矣。然则欲致其知，必先亲民，而诚欲亲民，则必日坐堂皇，躬巡阡陌而后可。夫堂皇者，政事之所出；而阡陌者，政事之所讫也。民之赴诉，必于大堂，此官与民相见之地，特恐深居简出，则小民欲诉无门，吏胥即从中舞弊，堂上远于百里，堂下远于千里，壅蔽之害，何可胜言，微独有冤不能诉也。或诉矣而不即审，审矣而不即结，大则荡产倾家，小亦废时失业，即使曲直分明，已守候之为苦。若复是非颠倒，更屈抑之难堪。在本人，固濒死奚辞，而邻证尤无辜受累。若州县肯日坐大堂，则小民又安有此害？况大堂乃万目圜睹之地，如果谳讯明允，则断结一案，不独两造惬服，即观者亦无不倾心，是折服不仅一案之人，后有讼事，俱可迎刃而解。更能于断结之后，将案情之曲直是非反覆譬晓，则言尤易入，而令尤易行，是不拖累者，即所以为养，而善晓谕者，即所以为教。但能勤坐大堂，便已百废俱举；果以民事为心，则亦何惮而不为也。

然此特有事入城者，始得见官，而终老乡里之编氓，仍不识本官之声音笑貌为何似，而官民之情仍不通，则犹未能举斯民而亲之，即未能举一州一县而尽知之也，其尤必躬巡阡陌乎？州县之地，小或百余里，大亦不过数百里，画东西南北为四乡，每月必到一乡，四阅月而一遍，竟岁即可三遍，即或有事不能时历，一岁之中总可再遍。诚能轻骑减从，以父母自任，而以子弟视其民，民之亲之，未有不如父母者也。至于民皆父母，其官则复何情不输，何事不办？由此而察看情形以为措施，则措施无不当也。时询疾苦以为补救，则补救无不固也。因事而宣讲圣谕，必指其敝俗以为戒，则教化易行也。随地而抽查保甲，必不使奸宄之或容，则稽察易密也。举凡贼盗、地棍及一切习教、结会、唆讼、窝赌、窝娼之类，咸凛然于本官之耳目甚近，而又不时下乡，则必无敢托足其境，且将革面自新矣。或有小争讼，即可立予集讯，而民不必入城矣。或钱粮疲抗，即可摘传欠户，立加惩处，而输将无敢后矣。是州县但能时巡阡陌，与民相亲，则听断缉捕、抚字催科以及教养保甲，诸善政无一不举。果以民事为心，则亦何惮而不为也。而其要不外一勤，而勤又必由于寡嗜好，诚使一意趋公，更复何暇旁骛？始或不无勉强，久且习而忘疲，行见名登上考，誉满神君，州县之乐无大于是矣，而或且诿曰无暇。

夫今日当事诸大吏，惟讲公事，不喜趋承，苟无要事禀商，虽衙门可以不上，何有于省门之仆仆，何有于迎送之劳劳，是今日乃聚精会神，努力做好官之时也。该州县其各立堂事簿，以自考课，并将每月巡历何乡，作何访察，办理何事，按月据实禀报，以备查核，所冀共臻实效，幸勿徒托空言。若知府、直隶州之于所属，亦宜于因公过境之时，虚衷采访，屏驺从以毋扰，稽政事之所宜，借查吏而亲民，即亲民以察吏。舆情之向背，官声之优劣也；谍诉之稀繁，治具之修废也。轩盖所经，必励勤而警惰；风声所树，自吏畏而民怀。此乃平近切实之事，并非迂远难行。

倘能持以实心，必克著有成绩。诸寅好其共勉之，毋负本司谆谆至意。

特札。

交代二参照例严办详文 贺长龄

为详请具奏申明交代二参定例，通饬遵照依限严办，以重国帑而肃官方事。

窃查例载交代违逾二参，州县照易结不结例革职，该管上司不行揭参者降调。推原例意，诚以州县职司仓库，交代即为盘查，必须予以限期，使之无可挪掩，则方其在任，即必力加撙节，不敢任意侵挪，即该管上司，亦必认真稽查，不肯代人受过。且无数任纠缠之弊，则头绪不乱，结算易明。又当交卸未久之时，则囊橐未空，催缴亦易，即有事故，亦可翩然径去，不为交务稽延。或遇升迁，更可当官而行，不受同僚牵制。是交代之办二参，所以重国帑而肃官方，用意至深远也。

乃各省现在奉行，而东省独不遵办，遂至未结交案积至二百有余，有前任之交卸者，惧罹参处，每借词以宕延，而后任之接收者，冀得便宜，复有意以勒掯。一遇偏袒上司，或徇前任情面，或听后任刁难，或求免于己身之分赔，或借口于大局之宜顾，甚或巧词耸听，谓一参则帑项无着，不如从容调济，庶公私可以两全。于是劣员遂有恃无恐，视公帑如私财；中材亦漫不经心，笑节俭为鄙啬。在官之时，既不知量入以为出，去任之日，更莫辨孰诎而孰赢。一交卸而遂若旁观，累年岁而竟同无事，久之而余蓄无存，几于缴无可缴，久之而人或物故，并至追无可追。所以一县之款，动涉数人，一人之身辄连数县，前案甫参，后案已积，旧亏未补，新亏又增，仓库何以能清？官箴何以能肃？兴言及此，大可寒心。

本司现将未结交代赶紧清厘，断不敢稍涉因循，矧敢养痈贻祸？然但办既往，而不预杜将来，则涓涓不绝，将成江河，终属无济于事。相应详请宪台将前项积弊据实入奏，严饬通省新案交代，务必遵照二参定限办理，有亏即揭，无亏即结，必在二参例限之内。逾限不结，即照易结不结例，将前后任一并揭参，该管道府并干严议。倘有丝豪亏短，既揭则惟前任是问，与后任无干；既结则惟后任是追，与前任无涉。如此各专责成，则前任惧为后任所揭，必不敢恣意侵亏；后任恐为前任受累，必不敢蒙混出结。尽能认真，则更何有于伪；各为其私，而实有济于公。有一任即结一任，厘剔亦易为力；有一案即办一案，整顿正复无难。盖以峻限挽颓波，实寓保全于惩创，虽一时不免决裂，而日久终见曲成，似于国计、官方两有裨益。

本司为预计久长、力截流弊起见，理合详请宪台鉴核具奏，通饬遵照，实为公便。为此备由呈请，照详施行。

通饬标协各营切实保送人员札　贺长龄

为通行事。

照得设官分职，下职其详，上职其要，而用人之权，操之自上，实分寄于下，所以昭慎重而专责成也。即如通省文职升迁，本督抚衙门主政，而每遇缺出，凡补署代理，皆先由藩司拣员出考具详，由督抚察核，分别准驳，层层核实，以收得人之效。而滇、黔两省武职出缺，一经该管申报，一切补署代理等事，向由本部堂一人酌定，该管从不豫闻。想历来旧章恐迹涉擅专，且杜瞻徇偏执之渐，不知果有情弊，本部堂尽可随时更正，甚则并当揭参。万一本部堂稍涉瞻徇，或偶为偏执以及耳目未周误用匪人，诸僚属以议出自上，不敢匡救，岂不遗害地方、废弛营伍？实于政体大有关系。本部堂实心办事，虚心集益，惟望同舟共济，各举所知。况该管见闻切近，于所辖贤否自必周知，现当整饬营伍，考核不厌精详。今拟将武职量为变通，仿照文职之例，每遇缺出，除千总以下仍循旧章不计外，若守备以上，补署代理，一经呈报出缺，即一面于所辖内先行斟酌拣选，择其人地相宜，营分相近，开列清单衔名履历，及所遗各缺递委人员，分别正陪，注明道里最近次近，一体秉公出考，附文咨报。将操守廉洁、弓马优娴、缉捕勤能者列为一等，守洁而缉捕勤者列为二等，守洁而弓马娴者列为三等，倘有可以就近兼护兼署亦即声明，本部堂即从此酌核，分别准驳。倘意见不符，亦即再行斟酌另委。如此明定章程，逐层详核，在各该管既得各抒所见，而人材之遴选亦精。本部堂博采众论，兼证所知，于用人既昭慎重，于地方自有裨益，庶无失国家设官分职逐层考核之意。该协镇营亦宜秉公据实，克协舆情，无负委任。倘所属将备备弁较少，无可保送，亦即随文申复，以凭核夺。除咨抚部院提督暨行各镇外，合亟通饬遵照办理毋违。切切。特札。

通饬改旬报为月报札

贺长龄

为剀切通饬改旬报为月报事。

本部院前饬各属，将所鞫各案、所办各事按旬开报，原以稽勤惰而别贤否，乃日久弊生，每因上案多未讯结，恐干申饬，辄将无凭之自理案开列多起，以图牵混掩饰，并有倩人捏做者，虽未必尽然，而十常八九。上以实求而下不以实应，殊堪浩叹。至于相验踏勘，或不亲往，或委佐杂代行，甚或派令书役往查，以致人心不服，案外生案，逃凶逃盗以及各项匪徒查拿不力，动为民害。又或偶因细故辄押多人，既不照例取保，又不随时省释，往往拖累无辜，徒供地棍衙蠹之讹索，不知是何居心，亟宜酌定章程，以期核实厘弊。所有自理各案另列一折，不使相混，其上批案件及相验踏勘并缉捕管押各案事同列一折，课功察过，惟此为凭。并将旬报改为月报，颁发折式三件，仰布政司会同按察司移知三道，通饬各属细看折式，一律遵办，毋或参差。夫设官原以为民，循名必须责实，真伪岂能强饰？得失谅亦自知。荣辱升沉，总恃各该员之自取，本部院豪无容心也。各宜努力，相见以诚。特札。

收缴应禁书本示

贺长龄

为收缴应禁书本以端风化事。

照得淫词小说，最足陷溺人心、败坏风俗，有心世道者，无不共相禁戒，以期绝恶未萌。乃访闻近日各属书坊，公然收藏各项淫书板本，刷印售卖，辗转流传，并有开店租赁，借此获利者。其书名不一，无非描写才子佳人、桑中濮上之词，编造本自无稽，形容更复尽致，凡粗解文义者，辄皆手挟一册，恬不为非，即名教中人亦多嗜此，而岂知其为害之烈哉？

一则败人名节也。民生有欲而色为甚，士有百行而节为先。一犯色戒，名辱节隳，虽有他长，亦无足取。夫人即至愚，未有不知自爱者，特以少年血气未定，嗜欲方开，一见此等淫书，遂尔神智昏迷，勃不自遏，聪明子弟，尤易犯此。既以自玷其身，并且玷人闺阃，一经传播，有女子羞忿自尽者矣，有父兄恶其玷辱门户，逼令投缳者矣。及至酿成人命，国法固所难逃；即幸而获免，而身败名裂，亦无以自立于人世，况果报昭彰，冥谴亦必及之乎？

一则耗人精神也。凡人欲成一业，无论士农工商，皆须以全副精神赴之，方能日起有功。而一为色欲所迷，则精神日损，必致作辍时行，无论所为不成，即成亦必不精。甚或身体疲羸，年岁短促，徒令父母耽忧，妻子失靠，不孝不慈，皆由于此。推原祸始，则皆淫书误之。彼撰为此书者，罪固不可胜诛；而售卖租赁、辗转流传者，其推波助澜之罪，亦不容稍从末减。嗟如之人，即不为他人子孙计，独不为自家子孙计乎？亦弗思之甚矣。

本部堂主持风化，极力挽回，与其截于末流，莫若先去其籍，合行严切示谕。为此示，仰阖属书坊及衿士人等知悉，如有旧存淫词小说书本板片，限两月内赴地方官呈缴焚毁，其人概置不究，各书坊仍取不敢售卖切结存案，再犯加倍治罪。如有富家大族、端人吉士，广收此书，或公同设局，随见随买，随买随焚，有巨力者尽劈其板，力稍逊者多毁其书，日积月累，功德无量。但不准胥吏稽查以禁骚扰，并不准旁人首告，以杜诬陷。若经此番谆切诰戒，犹敢仍前售卖，匿不焚毁，纵逃王章，亦遭阴谴。阖属人等尚谅本部堂一片救世苦心，协力收毁，除此大害，是为至幸，凛之毋违。特示。

严禁淫戏札谕

贺长龄

为严禁淫戏以正人心而美风俗事。

照得移风易俗，莫善于乐，良以声之感人，如风之被物，无微而不入。其引人于善也，不赏而自劝；其怵人于恶也，不刑而自惩。圣人以二《南》之诗之可以修身、齐家而陶淑天下也，爰是被之管弦而用之闺门焉，用之乡党焉，且用之邦国焉，此化民善俗之微权，所由默运潜移而人不觉也。昔唐魏徵侍宴于太宗，见破阵之乐则俯首不视，奏七德之舞则谛观不置，古大臣之格主，如此其严也。曾谓化民而可苟乎？自古乐不传于世，化导已失其方，而民间演剧赛神，犹存遗意于什一。孟子曰：今之乐，犹古之乐也。

每见梨园奏曲，遇忠孝节义可歌可泣之事，虽武夫悍卒，乡僻妇孺，无不为之感泣。彼其人其事，去今已数十百年，忧乐悲欢，有何关涉？而白叟、黄童又未尝把卷流连，知人论世也，乃一经歌舞而出之，遂若身履其境而躬亲其事者，甚至散归之后，犹相与聚谈某忠、某孝、某诈、某奸，感慨欷歔不能自已。则岂非此心此理之同，不以时世隔，不以智愚殊。鼓之，舞之，使民兴起犹反掌耳。故曰：吾观于乡而知王道之易易也。雅道陵迟，浇风竞扇，昵邪丑正，实蕃有徒。往往以小说淫词曲为傅会，但博观者之一粲，不顾声色之荡人。即如《水浒》《西厢》非淫即盗，律以异言乱政之条，其人宜诛，其书宜毁。乃乡愚无知，搬演作剧，不以为可戒，反以为可欣。聚众环观，连村演唱，遂使血气未定之徒，视打家劫舍为故常，以偷期密约为韵事，越礼犯分，意惑神迷。乌乎！古以防淫，今以助欲；古以宣化，今以长乱。大则身陷刑诛，小亦动罹法网，是牖民者转而厉民也，岂不谬哉？

明司寇吕新吾先生、我朝相国李文贞公，世所称名臣大儒也，其生平持论，每以厘定曲戏为正乐化民之要。何者？告戒之空文，不若托诸古人之行事足信也；庄论之难入，不若播诸乐律声歌之易感也。庠序诗书，仅及秀士，犹未若村歌俗舞之并能化及愚顽也。观察、太守、丞倅、牧令，皆与本部院共理此民者也。惩于恶俗之既成，则难为力；鼓其善机之自动，则易为功。为此剀切通饬，仰该管官各于所属村市、场寨先行出示晓谕，只准唱演有益风化之戏，其涉于奸盗邪淫、败坏风俗者，概不准唱，并传班头呈出曲本，该管官斟酌应删应留，面加开导。其应删者，并将曲本立予销毁，不准存留，以免遗害。倘敢违禁私演，即将班头重责四十，不准复充，追出曲本缴销。点戏之人，一并责罚。

抑本部院更有望焉。大凡事之病民者，官禁不如私禁之严，各乡绅耆，皆民之望，未有不愿子弟之兴于善而远于恶者，从前陋习，想亦深所痛心，特苦于积重难返，又无在上者为之倡耳。自示之后，务宜互相约敕，一洗旧污，由村而乡，由乡而县，父戒其子，兄勉其弟，耳目勿即于慆淫，志行自归于端悫，于以助流政化，蒸成美俗，盖较之遒人之木铎、党正之读法，感人尤易而入人尤深矣。《易·系》不云乎？挠万物者，莫疾乎风。观民设教，是在司风化者加之意耳。

特谕。

州县宜照例久任以专责成札

贺长龄

为亲民之官宜照例久任以专责成事。

照得设官所以为民，州曰知州，县曰知县，未有知之不真而能行之力者，即未有任之不久而能知之真者。其或明敏过人，虽履任未久，而四境情形已不啻了然在目，亦未尝无其人，然使任之不久，则或知之而未及行，或行之而未能竟，亦于地方无裨益，况其人未可多得哉？九载六年之说虽难行之今日，而三年大计则现行通例也。自调剂之议起，于是为人择缺，日事纷更，而黔省又有过冬之说，得优缺者知其不能久也，则但思亟肥囊橐而不暇恤民生，其瘠者又以为上将调剂我也，则且营竞窥探，更无心于民事，盖一过冬而皆摇摇有去志矣。即有实心任事之人，而胥吏意其将去，亦且呼唤不灵，匪徒以为无能为更，或肆行无忌，则皆调剂之说误之也。夫为民设官，原以利民，非以自利也，今乃以市贾之心待其属，而各属亦以市贾之心望其上，此念岂可以对士民？讵非两失之道欤？本部院抚黔九年，悉心体察，其不给于用者不过三数缺耳，余皆足以自赡，但使谨身节用，自能到处宽然。且非独为地方计也，即为各属计，亦无便于此。何者？黔省不通舟楫，每一量移，其眷属傔从至少亦须百十夫役，综计频年往来之费，不知空耗若干，而风霜之苦、跋涉之劳，尚所弗计，则何如久任安居，一无札费，计其所省，不犹愈于优缺之所入乎？该司扬历已久，此弊自所洞悉，整饬必有同心，为此札饬该司会同藩臬司确切查询，某某缺实系入不敷出，应另行详定，任满二年，公事无误者量予调剂，冲途各缺，应察看差事繁简，经理是否得宜，随时酌办。若衰庸贻误并劣迹显著者，亟应撤参，或其过稍轻及在任绝无善声者，罚令出差，皆不能拘以三年外。嗣后无论正杂，凡有地方之责者，均以三年为断，知府方面大员不在此例。刘知畿云：倏来忽往，蓬转萍流，既怀苟且之谋，何暇循良之政？诚有味乎其言之也。挽积习以破俗见，饬吏治以固民心，实于该司有厚望焉。此札。

谕书院肄业诸生

贺长龄

朝廷建立书院，聚生徒而教之，并优设膏火，用资养赡，原以作育人材，望诸生为明体达用之儒，以备国家敷政治民之用。乃近日诸生溺于科举之学，将应读经卷置而不观，徒取滥恶墨卷揣摩剽窃，以为弋取科名之计，舍本求末，立志已卑，非但经济全无，即见之举业，亦复浅陋粗疏，理法俱失，殊乖朝廷作育之意。

本部堂恭膺简命，总制一方，视诸生犹吾子弟，是以酌定学规，俾诸生循是用功，庶几酝酿深厚，蔚为醇儒。惟念人之才质，敏钝不齐，若竟束以一法，恐诸生艰于从事，因仿昔人三舍之法，分别上、内、外三等，随才造就。诸生中有能照前示学规实力诵读者，即升作上舍，优给膏火，其取录正附课诸生，即为内舍，未经取录附课诸生即为外舍。内、外二项虽功课减于上舍，亦必将读过经书、四书悉心讲读，与上舍各生每日将所读之书按日填注功课簿内。本部堂公余之暇，当亲诣院中按簿抽签试背，并摘问讲义，庶不致舍业以嬉荒废时日。查五华书院额设正课膏火八十分，近又续添附课膏火八十分，原欲诸生常川住院，加意学业，讵料诸生幸邀取录，惟离省较远者尚住院中，其附近诸生，不过于课期赴院作文，苟且塞责。而附课各生又以所得无多，更加废弛，于作育之道，实属有名无实。本部堂此次甄别，照旧取录正课八十名，其附课膏火八十分，只取四十分，其四十分特改为八分，每分五两，留为拔补上舍诸生膏火，以示优异。此次取录诸生中，有能照前立学规认真诵读者，即在监院处报名造册送衙，并存副本于院，经本部堂试背十次皆能成诵讲解者，即补上舍膏火。倘虽经报名而试背不熟，并昧讲义者，立予沙汰，用杜欺罔。

再查旧例，诸生有在外教读，不能住院用功者，向只给正课膏火一半，此次仍应遵照办理。其所余膏火，即补给备补诸生，用符旧例。其附课诸生虽未取录，有能十课内考列二超一特者，遇有内舍缺出，亦准挨补。内舍诸生有于十课内考列三次一等者，正课降副，副课降外。经此次酌定之后，诸生等各宜努力，认真鼓励，务循名而责实，勿始勤而终怠。

夫读书者成己之事也，果立志向上，步趋先哲，将科名具属末务，又何借区区膏火，官师督责，始克振兴？第立法奖劝，在上之责，特此详悉示知。各宜勉旃毋忽。特谕。

整吏治以清政本札

贺长龄

为剀切指示通省牧令居官事宜，以除积习而清政本事。

照得安民之要，察吏为先，本部堂前此抚黔，即闻滇省事甚悉，日近复恭承恩命，莅任以来，无日不以各属同做好官、报国爱民为望。及体察近日民风，似不如前此之淳，总由吏治未能齐心振作，民情无所观感，日以骄肆。古人风草之喻，确乎不易。牧令为亲民之官，果能正己正人，矢勤矢慎，斯民莠少良多，其忍负亲正廉明之父母官，而甘为恶者，曾有几人？查现在各属牧令，尽心爱民者原不乏人，阘冗不职者亦所难免，有一于此，本部堂即无以报国，惟是遽行参劾，心有未安，合亟宣布腹心，为通省牧令申戒。

大凡为牧令者，莫谓官卑职小，须时时玩味“亲民”二字，去贪、去惰、去奢最为先务。官吏舞文弄法，科敛民财，固贪之尤。即民平常词讼，多少得间数金，先收带案费，后收结案费，滇省多半贫瘠，所得几何？民间已说此官不清。家丁书役借官之名，必取数倍，怨尽归官，甚属不值。奸民因此诬陷善良，但欲被告倾家，不必原告理直。且印官不清则厅官汛弁及乡保人等皆得欺凌愚懦，有恃无恐。又或因生辰以收分，借苦差而告帮，民贫且吝，徒秽官声，歌颂勉刊，控告旋至，民将仇官，亲于何有？

深居高卧，玩视民瘼者，固惰之尤。即如听断缉捕，稍存懈弛，呈词到眼，付之幕宾，数日不批，书役便索买批费，又隔数日无票，书役便索出票费，又隔数日不审，书役便索升堂费。一堂未结，改日再审，又须守候。民间原被争执，旧案改为新案，一案添为数案，小案变为大案，愈大则愈难结，遂有拖至十余年者。滇省民情虽悍不刁，其呈词有何难批？虚衷细问，有何难结？事或细微，全家荡尽，命案尤甚，造孽何穷？至于滇省盗贼，原难骤除净尽，然多半系四外人。一案报官数日而后出票，差又敛费始行，贼已远去无踪，难免隐匿不报，因之贼胆愈大，盗案日多。民知官不拿贼，见贼亦不追问，贼知官不恤民，稍闲又来抢劫，究之贼少民多，官不与民一气，便觉贼多难制，民将弃官，亲于何有？

纨绔性成，恣意暴殄，固奢之尤。即如日月起居，不知节俭，僚属、亲友、家丁、差役从欲媚官，声色裘马肥甘。上有好者，下必有甚，士庶渐染成风，丧祭嫁娶皆增浮费，滇省瘠缺虽多，而官场局面甚侈，再不更改，变本加厉，负债日多，终为民累。民将鄙官，亲于何有？

况滇省近年气习尚有甚于此者。或因案需索不遂，立毙杖下，是为既贪且酷。流娼有打洋琴之名，出入公馆衙署。省中候委各员有公然开赌者，各属在任之员，有官幕家丁同赌者。又或吸食鸦片，暗违禁例。俾昼作夜，阖署瞢腾，是为既惰且昏。纵酒任情，喜怒不时，饮食宴乐，多品相耀。到省之初，无论有缺无缺，有子无子，先置姬妾，嫡庶不分，一到实任，官亲塞署，或兼外嬖，扰乱是非。幸获优缺，债利更迫。归休无资，遂成寄籍。初为赘婿，后为鼻祖，伤天害理，相习为常。是为既奢且滥。

以上各条，虽不明指其人，各牧令当有见闻，本部堂可曾道着实处，想不言而喻也。本部堂由词垣出为府道，洊历封圻，甚羡各牧令得与民亲，造福最易。似此玩泄，岂不可惜可恨？至在省候委各员，正宜讲求公事，立定脚根，如果清勤，首府县乐得相助，本部堂亦喜其将来实任定是好官，即令查监查街，名为闲散，也要精神。若如以上各条，岂能望其尽职？官无大小，同受国恩，并托民命。本部堂求贤若渴，疾恶如仇，闻有好官，喜而不寐，闻有劣迹，恨之甚深。各牧令念本部堂一片苦心，孜孜求治，相与湔除积习，力矢清勤，则与本部堂皆同寅之谊，必当随时荐剡，效用国家。倘仍执迷不悟，置若罔闻，则是负君负民，本部堂岂能姑息，自失本心？

前此接见各属，业已谆谆训嘱，但恐各牧令未能共晓。除饬各该管上司严密查访外，为此特再推心置腹，反覆申戒，务期有则改之，无则加勉。在省候委者莫淫莫赌，莫群居游戏，留心地方公事。勤当现派差使，多看前贤治谱及例案诸书。得委后幕友有吸烟、纵酒、不明公事者，婉辞慎请，酌量繁简，少带家丁，借省夫马，亦免冗杂生事。到任后问民疾苦，去其太甚，收呈随到随批，提案随到随审，得暇时巡察乡里，教民以孝弟驯良及守望相助之法。署中居家务、循伦理，俭约自奉，扫除一切浮华，严察舞弊丁役，课士殷勤奖励，不令出入干预，大略不过如此，已是正本清源。至于因地制宜，全赖存心做去，难以尽述。总之，少一分耗费之才力，即多一分办公之才力，少一分耗费之精神，即多一分办公之精神。言虽浅近，所以移风易俗，答君父之恩，积子孙之福者，实不外此。果能同心振作，行见吏治日清，民生日厚，本部堂不虚此言，岂非厚幸？若此番申戒之后，仍蹈前非，一经发觉，是伤本部堂之心，定予严参照例惩办，其毋后悔，慎之，慎之。特饬。

湖南文征　卷一百六

公牍下骈体附

禁斗殴示

张力卓

为谕禁斗殴各保性命事。

照得相争曰斗，相打曰殴。山西斗殴之案多于各省，平遥斗殴之案又多于各县，岂真天性冥顽？实缘风气犷悍，片言不合便出恶声，被骂不甘，便行打架，手足他物不顾轻重，金刃等件只图快利。更有匪徒预造凶器，如铁管烟筒、木管假戥之类，不但非民间日用所有，抑且为例载凶器所无。或挈伴而相攻，或负力而独逞，肉烂骨损，皮破血流，缓则逾限弗痊，速则登时殒命。到官莫能狡赖，人禁那望生全。起衅甚微，酿祸甚大，父母、妻子见面都难，桎梏囹圄，转身不易，悔之无及，死亦彀磨。试思万物之中，惟人最贵，乃因一朝之忿，忘身及亲，咎将谁归？孽由自作。

本署县既未敢曲法以贷，又何忍不教而诛？为此示，谕诸色人等，务崇礼让，期为盛世良民，毋恃横强，要做眼前好汉，遇事忍气，曲直总可徐分，立志饶人，嫌怨自然胥化。至于本宗外姻尊长，服制攸关，当循卑幼之分，克尽卑幼之心。稍有干犯，加等治罪，虽逢赦典，亦不宥原。尔等宜体本署县谆切训诫之意，互相提撕，咸怀警悟，能惜人之性命，即保己之性命。生是乐生，死非刑死，慎勿习于斗殴而不知畏也。

禀查禁水手滋事章程四则

唐鉴

案奉宪台行准部咨：

御史章□奏请，查禁粮船水手恃众不法一折，钦奉上谕：嗣后粮船所过地方，着沿途各督抚派职分较大之营员，酌带兵丁一路接递巡查，遇有水手滋事，立即严拿，有犯必惩，毋令一名漏网。等因。行道钦遵。令即严督押运厅，并各帮重空二弁议立章程，随时严密稽查约束，如有前项不法水手滋事，立即会同所在地方文武查拿究办，将如何防范缘由，具禀察核。等因。

职道伏查粮船水手恃众行凶，械斗残杀，滋生事端，节奉各宪台奏明，加重治罪，法律极严。无如该水手人等，冥顽性成，怙恶不悛，近年以来，仍复如前沿途抢夺，借端起衅，聚众恃强，累成巨案，实属凶顽已极。窃查一唱百和，乃有渠魁肆虐逞凶，多恃器械，此防范不可不加严，稽查不可不加密也。职道上年督运，沿途细心察访，有应行禁约各款，谨撮为四条，禀请宪裁。

一、各帮水手皆有头目，不可不确查也。定例水手不过九名，而重运自瓜洲口以至抵通，每船所添纤夫多至二三十人，少亦十余人，每帮约五六百、七八百人不等，有无赖凶棍，或老安支、石安支，石安支中强悍之人为头目，谓之拉头船，凡数百人，听其指示。每人拉若干里派钱若干，一经披定，即不敢违，谓之披溜子。其沿途抢夺逞凶，图财害命，皆听拉头船指使，若某帮与某帮争窝斗杀，则拉头船为之率领指麾。至其勒索帮丁，凌虐行路，犹属常事。日复一日，年复一年，但不显然械斗，如庐州二帮之案，即叠次杀人，无有能知其姓名者。此应责成各帮重空运弁，暗中确切访察，务将拉头船人姓名、年貌、住址查实，无论与否，于重运渡黄时通禀存记，一遇水手犯案，不难按帮查拿，免致临期费手，使正犯得以脱逃也。

一、每船闷舱藏有器械，不可不尽搜也。定例押运粮船，止准重空千总各带鸟枪一杆，其余军器不许携带。如有私带铳炮并多带鸟枪，将失察之该管官，照失察铳炮鸟枪，各本例分别议处，可见例禁甚严。除两千总各带鸟枪一杆之外，粮船本不许携带器械，近日拉船水手多属无赖匪徒，动辄逞凶，肆行残害，恃器械为护身之符，即为拒捕之柄。凡所藏枪铳刀戟皆在船头闷舱中，缓则秘之不宣，急则挺而为险，帮弁知之不敢问，地方官知之不敢查，诚以其人众、其器凶也。然平时无事，未尝不畏法律，未尝不服盘查，可否即于帮船过淮验时，将闷舱逐一搜寻，凡属刀铳等物全行收毁，并出示晓谕，此次免其治罪，如再怙不悛，下次仍敢携带，按律从重究办不贷，庶几虎翦其翼，虿去其尾，而宽其已往，戒其将来。或者自新有路，改匪为良，即不然挟持无具，亦可戢暴于未萌矣。

一、沿途按递巡查，所有营兵不可不核实也。南省粮船，自水次开行，抵通经历数省，节节应有本汛，及加派营员带领兵丁，两岸弹压，分段巡查。然某处至某处，系派营员何人，派兵若干名，并无文书知会，若仓卒有事，从何会营登时查办，一俟辗转找寻，或数十里或数百里方得接应，则有需时日已缓，不及事矣。应请将各省所派各处弁兵，先期知会，督押过厅，庶几随时有备，见犯必惩，不至有递送之名，无巡查之实也。

一、沿河断肢残体，虽无报案，不可不存查也。凡粮船水手纤夫，非无籍穷黎，即凶顽刁面，见财则因贪致杀，斗气则逞很为仇，往往戕害相寻，残忍特甚。黑夜毙命，投弃河中，所在时有，而闸坝官因无来历，惟恐惹事，地方官因无报案，置若罔闻，以为可省公牍，不知益长凶残。此宜责成经过沿河州县，遇有浮尸，一面验明交保甲收埋标记，一面严密查访，一有端倪，即报明究办，庶使杀人者有所偿命，而玩法者亦知所儆惕矣。

以上数条，谨就职道见闻所及，肃泐具禀，是否有当，统祈宪核示遵。

禁枷锁赛祭示

唐鉴

照得迎神赛会，本干例禁，而金陵风俗，每于赛祭之时，多有妇女童稚枷锁随行，诳诞不经，殊堪骇异，以此为献愚诚，神何可媚？以此为知忏悔，神大难欺。试思为善善报，为恶恶报，果有善行，自然仰荷神休，如是恶人，安能幸逃冥责？此等愿心，实属恶习，合行出示禁止。为此示，仰军民人等知悉。为善去恶，方能感动神明，献媚求哀，断难潜消罪孽。况存此心术，无事不可欺人；恃此禳求，无恶不可妄作。嗣后如再有妇人孺子枷锁游街者，立即查拿，该家长照例惩究，断不宽贷。特示。

禁止淫词小说示

唐鉴

照得淫词小说，最有关于风俗人心，诱人于邪，陷人于恶，往往以未有之事装点而为金粉之楼台，以本无之人杂糅而成溱洧之士女。见者心动，舍廉耻而入奇邪；闻者艳称，弃礼义而谈轻薄。人心之坏，风俗之浇，莫甚于此。除饬各府州县将一切淫词小说以及新出画舫、青楼等录，概行饬坊烧毁毋许存留外，合行出示晓谕，为此仰城乡士农工贾人等知悉：尔等各有正业，无事闲书。慎勿以有用之心身，自荡于淫邪之词曲；更勿以有限之岁月，甘掷于荒忽之见闻。岂圣贤传经可读而反不读，世俗传奇不可读而反欲读邪？当不如此其愚昧也。特谕。

劝种树株檄

黄德濂

为劝种树株以尽地利、以苏民困事。

照得朔平府属，界在边隅，地气寒冷，小民生计为艰，每至饔飧不给。农非不力，地非不耕，奈卤壤瘠薄，沙土轻浮，一亩之地，岁止收谷数升，农民终岁勤动，尚不能以自赡，遂至困苦流离，居民鲜少，即府城以内亦且户口萧条。本府奉天子命来守此土，目睹凋零穷苦之状，心实恻然，欲求养民之道而计无所出，惟思种树有经，为政之所必讲。《管子》云：十年之计树木。《史记》山居千章之材，安邑千树枣，燕秦千树栗，其人皆与千户侯等，是种树之利，自古已然。今府属地方，树木希少，举目皆系童山，旷野平原，略无遮蔽。以致建造无材，多营窟穴而居；烹饪无薪，至拾粪草以爨。生无以为器具，死无以为棺椁。遇水旱之年，田园无树枝之芘荫，易报暵干，地土无树根之纠结，每为冲刷。此皆不知种树之弊，谅为人所共晓。况五行之用，不克则不生，树木稀少，则木不克土，土性轻浮，是以嘉种诞降，每至随风扬去。若树木繁多，则土不飞腾，布置田间，滋生必易，此乃自然之理，又非本府之臆说也。如谓土不宜木，何以古寺村旁亦间有成林之处？总之地道敏树，断无种十而不活七八之理。第乡曲愚民，不计久远，难于谋始。惟视地方官之劝谕督课为何如耳。

访得此地树植以榆、柳、杨三种为宜，若能就此三种，劝令各属居民每家每岁各种数十株，不待十年，地方必一望青葱，蔚然深秀，既可以资财用，又可以备水旱。且落叶在地，经雨润日暄，蒸化滋液，渗渍田间，将易硗薄为肥美，地方必渐臻富庶。本府德薄能鲜，幸得与诸君子共事一方，不忍坐视此地居民常形凋瘠，于计无所出之中，为此筹画。虽种树之效，不能奏于目前；而种树之利，实可普于后日。务望于文到之日，即行劝谕所属村庄乡地居民，自本年为始，每逢春令发生之时，于山阿水畔村落畦旁，一切闲空之地，择土性所宜，每家各种榆、柳、杨数十株，晓以种树之益，示以久远之谋。每遇因公下乡之便，随地察看，勤于培植者格外奖励，惰于栽种者量为惩处。官府有转移风会之权，愿诸君子实力奉行，勿以迂缓而不为，勿以文告而塞责。至百姓栽植以后，傥有敢于攀折偷砍，以及故纵牛羊挫折生机者，在十株以内，照不应轻律予笞，在十株以外，照不应重律予杖。但须即时发落，不可一日稽留。诸君子果能实心劝课，行见美荫满野，一树十获，地利渐普，民困日苏。月计虽云不足，岁计自可有余。本府于一年之后，将按行各属，以观成效，并将所出告示寄送一纸，以备查考，须知帖者。

禀陈劝民栽植树木

舒梦龄

敬禀者：

窃思布物土之宜，地道等于人道；权山泽之利，树木倍于树禾。卑县风俗俭朴，编氓尚勤稼穑，而于培养栽植之法绝不讲求，以故山童土旷，一望濯然。樵采无资，多掘草根为薪，小民制器利用，一竹一木尽仰外来商贩，加以宅少桑柘，野鲜木绵，蚕绩之事无闻。凡衣食日用一切皆取给于田，一遇旱潦凶年，别无可以营生。如道光三年秋，猝被灾祲，饥民非流散即束手坐困，情形视他处尤惨，其明征也。卑职莅巢一年，谂知地方艰苦之故，而又虑愚民狃于积习，难与谋始，因遣属赴附近蓄树之区，购买松苗数万，桃、李、梓、桐各数百株，遍植城内之牛山，以为之导。牛山绵亘二三里，上建巢湖书院，荒废已久，而一经培护，倏焉改观。一面于下乡劝捐丰备仓谷之便，谆劝乡农广觅树苗，在于荒山隙地，或道路之旁以及屋侧墙阴，趁此春和，各就己业栽插。其有踊跃将事者，分别奖励。树桑为上，备材用者次之，果梨之属又次之。并饬各里地总督率兴种，以树植之多寡定总甲之勤惰，务使野无旷土，各收无穷之利。再圩堤之旁，大率无树者居多，是以猝值水灾，堤埂难于保护。管窥之见，与其经营于事后，莫若防备于事前。现令圩乡民人，于堤边栽柳树一排，盖杨柳易于成活，而临水尤易长发，将来枝大根深，堤埂益加坚固。即遇有水之年，可以搪风抵浪，于田畴大有裨益。旬月以来，卑职逐加察访，各乡之民尚属乐从，不致徒托空言。第此等事宜，俱系守土官分所应为之事，本不敢上渎宪聪，惟堤旁栽柳一节尚属简便易行，可否通行各属之处，祗候钧示遵循。所有卑县办理情形，肃泐禀闻，伏祈垂鉴。

禀陈清厘积案

舒梦龄

敬禀者：

案照卑县楚南下士，材识庸愚，自去春谬膺民社，知州县为亲民之官，一切上控及自理词讼，均应随到随结，庶小民可免拖累，案牍可冀日清，是以每遇告期，亲自收词，设有情节支离以及捏词刁告之事，随当堂驳饬，将原词掷还，分别轻重，酌予惩儆。其准理之案并奉到各宪批发之件，无不即时审办。如控情得实者，立将被告治以应得之罪。倘所控子虚，一经讯明，立即究处，以戢刁风，从不稍任经差延搁。昨奉署本府谆札，令清厘积案，遵即吊齐原卷比差严提，分别讯详在案。惟思狱讼之积压，固由承审之迁延，然其中势不能及时办结者有四，敬为宪台陈之。

夫刁民健讼，俱系架捏大题，图准不图审，希冀滋扰善良，及至差提紧迫，辄即上告，借得宕延时日，即使奉文押发，往往乘间脱逃。州县以事关上案，未便以久不投到详请销案，以致经年莫结者，一也。

再原告具控之后，被告或逃亡病故，或住居隔属，备文关提，累月经年，杳无踪迹，而原告犹刺刺不休，甚至一案牵涉多人，先到者交保候讯，及未到者续传到案，而交保之人，又已潜匿，此往彼来，鲜集讯之期，以致无从审办者，二也。

亦有两造控诉到官，业经亲族调处具结详销，上宪因情节未协，驳饬核审，而原被证佐均已四散外出，不愿再行投质，以致案结无期者，三也。

至于刁生劣监，无地无之。开征钱漕之时，该生监等本户粮赋断不肯上紧全完，及至差催，非上告经匠浮收，即系胥役勒折，呼朋作证，引类联名，以告为抗，乃其长技。及奉宪批提审，即避不到案。而核其情节，又系牵涉书差，不敢详销，致干宪诘，以致延难讯结者，四也。

以上四条，积案内大约居其半。管窥之见，请宪台通饬各属查明档案，凡原告架捏大题，并生监告浮收勒折之案，如久不投到者，准予详请注销，将来再控，另作新案办理。若控情较重，专拿原告治罪。其有被告实系逃亡病故无从提质及案内牵连无干之人饬传不到者，亦准叙具妥详，呈请核销。如有重大事件被告在逃，声明缉获另结。其有先经和息详请销案，复奉各宪驳讯者，尚求逾格慈施，准予覆详销案，不必再行传审，以省延累。此外原被人证俱未集讯，并上控未结新案，仰祈酌定期限，谕饬迅速完结。似此明定章程，准其销结，予以限期，自可赶紧清厘，不致有名无实矣。鄙见所及，用敢禀陈，伏候宪示遵行，肃此具禀。

遵旨议饬州县添设民壮召募土兵详　罗绕典

为遵旨妥议详覆事。

道光二十一年月日，蒙巡抚爵部院杨国桢案验本年九月二十八日准兵部咨：九月二十一日内阁钞出奉上谕：足兵所以卫民，各直省设立营伍，遇有征调，每以老弱游民充数，平日营伍本不足额，迨经调拨，遂至人数愈少，设有缓急，更安望其折冲御侮邪？着各省督抚饬令各州县于添设民壮之外，召募土兵勤加训练，选其精锐，收置营伍，既可保卫地方，兼可豫备征调。该督抚务当行之以实，不得虚应故事，冒滥名粮，致滋流弊。将此通谕知之。钦此。

仰见皇上慎重武备、随时变通之至意。本司等窃以为兵、壮之名不同，捍卫之心则一。而欲行之久而无弊，要必审乎民情土俗之所宜。查土兵之设，即古者寓兵于农之制，本便民而不至扰民。以晋省民情，则设土兵难，募民壮易，是莫若广添民壮，而不必另设土兵。盖晋民习于商贾，外出者多，其为士为农者，株守家园，皆有恒业，类多不愿为兵。即丁壮可备折冲，每愿编归营伍，实得名粮，不肯散处乡间，自为团练。虽地方官筹备经费，极意招徕，而一旦易民为兵，转恐征调不时，致妨本业，势必观望不前。惟民壮本系官人，相沿已久，小民不致视为畏途，平时处之本署，耳目易周，任以差操，勤惰立见。若民壮外另设土兵，将聚居城市，则约束不到，日久恐滋事端，散之乡间，则训练易疏，虚名难收实用。

本司等再四思维，惟有变通办理，使民为官役，而胥徒皆我腹心，役即充兵，而营伍更增羽翼，则官衙之役无非土著之兵，遇有缓急相需，自可立收实效。现查山西各州县，额设民壮共二千八百八十四名，供平常差使有赢无绌，而欲兼资捍卫，自应遵奉谕旨，随地酌添。现拟于原额外增添二成，应新募民壮五百七十余名，加入原额外，共得三千四百五十余名。饬令该管官认真挑选，实力稽查，有一人必得一人之用，习一技必求一技之精，汰除老弱，悉成劲旅。且令其随营操演，如遇营兵缺额，即从民壮拨充，平时既声势联络，入伍亦气臭相投。遇有征调，自能收指臂之用。第非严定章程详加训练，转恐始勤终惰，难期得力。除将操演稽查各事宜另开清单外，所有遵旨筹议各缘由，理合会详宪台核夺。

案：州县民壮大抵不下二三千人，原以捍圉御暴，承平既久，则但供差遣，多涉嬉游，失其实矣。往岁癸丑，邑议募丁守城，蒙告令曰：以乡勇守城，不如即民壮守城，各有家属，可以维系其身。若乡人，则闻警遁耳。民壮本受食于官，不必别筹口粮，但操练时略与奖赏而已。会有谗间，遂格不行，而于城市分设团局募勇。明年三月贼至，官绅乡勇皆委而去之矣。此议民壮云云，故是良法美意。汝怀附记。

查覆贵州并无银矿情形详

罗绕典

为详覆事。

道光二十四年四月二十八日，奉宪台牌开，本年四月二十五日承准兵部火票递到军机大臣密寄：钦奉上谕：自古足国之道，首在足民，未有民足而国不足者。天地自然之利，原以供万民之用，惟经理得宜，方可推行无弊。即如开矿一事，前朝屡行，而官吏因缘为奸，久之而国与民俱受其累。我朝云南、贵州、四川、广西等处向有银厂，每年抽收课银，历年以来照常输纳，并无丝豪扰累于民，可见官为经理，不如任民自为开采，是亦藏富于民之一道。因思云南等省除现在开采外，尚多可采之处，着宝兴、桂良、吴□□、贺长龄、周□□体察地方情形，相度山场，民间情愿开采者，准照现开各厂，一律办理，断不可假手吏胥，致有侵蚀、滋扰、阻挠诸弊。该督抚必能仰体朕意，妥为筹办，固不可畏难苟安，亦不得抑勒从事，总期于民生国计两有裨益，方为妥善。各省情形不同，不准彼此观望。将此各密谕知之。钦此。遵旨寄信前来，合就恭录转饬，为此密行该署司，即便钦遵，移会臬司三道密饬各属，一体遵照。除现在开采黑铅银厂抽收课银外，尚有何处可采银矿，密速查明禀报。一面体察地方情形，相度山场，民间情愿开采者，准照现开各厂一律办理，断不可假手吏胥，以致侵蚀阻挠，亦不得畏难苟安，观望迁延，及抑勒扰累滋弊。切切。等因。

当经前署司移会各道，饬属遵照办理去后，嗣据贵西道郑□、清平县汪申禄接到宪台密札，查勘禀覆，节蒙行知到司。本司等遵查黔省山多地瘠，小民生计维艰，如有可以开采之处，俾民苗人等仰沐皇仁，踊跃从事，诚属裕课便民之要务，急宜分饬各州县实心劝谕开采。俟开有成效始行酌收课税，不许官吏侵扰病民。随即检查案卷，又于久任本省各员确加询访，皆称黔省地气硗薄，向不产银，非他省旧银矿者可比。惟天柱县属之远口、金鸡冲、坑头等处，乾隆年间曾经开采金矿，因矿薄不敷工本，旋即停止。至现在贵西道每年解部银课，系威宁等属炸子、福集、妈姑各铅厂，煎炼黑中零碎银砂炼铅万斤，约得银八九十两，向按四成抽课，并无定额。铅旺之时，解课千有余两。近来硐老山空，铅斤短绌，解课减至百数十两，铅厂一十八处，现已停止四处，无铅可采。其清平县属之永兴寨等厂，所产黑铅形质不坚，并无银砂搀杂，向无银课。又如贵筑县属之红岩、白岩厂，兴义府属之回龙厂，八寨厅属之羊五加河厂，所产皆是水银，由厂户开采煎炼，计水银百斤，例抽三十斤变价输课，每年收银自二千两至千余两不等，俱经报部有案。此外别无银矿，亦并无采银成案。又黔民于耕种贸易之外，皆恃开采为利途，见有矿苗，即纠合亲友出资报官试采，厂民自为经理，并不致因人众滋事，但矿旺则共分其利，矿薄则人散工停。又有久縻工费，方冀获矿，旋因山硐暗水陡发，束手封闭者。是以屡经劝谕，办理甚难，实无官吏侵扰、阻挠诸弊。

本司等伏念数月以来，屡奉钧札劝谕，尚无绅民报采银矿之事，前贵西道及清平汪令所禀，是系实在情形，惟念通省地方辽阔，民苗杂处，恐尚有林密山深、躧访不到之处，一时难以周知。且天地自然之利，无论何项矿苗，一经开采，即可使无数穷民借资糊口，虽输课有限，其于绥靖民苗大有裨益，安可视为缓图?现奉谕旨谆切，惟有催饬各州县随时采访办理，不可畏难苟安，亦不得抑勒从事，以期仰副宪怀。所有遵查催办各缘由，理合先行详覆，呈请宪台酌核施行。

遵旨议覆银钱画一章程详

罗绕典

为遵旨等事。

道光二十六年四月十三日，奉宪台抚部院乔行准户部咨开议覆御史刘良驹条奏银、钱画一章程一折，道光二十六年二月初一日奏，本日奉上谕：穆彰阿等奏遵旨会议，御史刘良驹条奏银、钱画一章程一折，银、钱并重本系制用常经，果能随时酌核，不使轻重相悬，裕国便民，两有裨益，未可辄称窒碍，不思设法变通。着该督抚等各就地方情形详细体察，悉心妥议具奏，务使法立可以推行，不致流弊，毋得任听属员巧为推诿，稍存畏难苟安之见，仅以一奏塞责。钦此。钦遵。钞奏咨行妥议到司，奉此。本司等遵即分饬各属，一体悉心筹议。

通计黔省额征地丁正耗银一十三万六千三百余两，内除改征米石留支各款外，实解司库银六万八千余两，藩库收支之数本属无多，其兵饷银本由外省拨款协济，势难以钱支放。溯查黔中民苗交易向只用银，雍正年间前督部堂宪台鄂□□始议设钱局，嗣据提督杨天纵以钱法壅滞，筹议钱粮税务银、钱并收，兵饷搭钱支放，究未准行。迄今用银者多而用钱者仍少，诚以地势所限，水道不通，艰于搬运。然近来纹银一两尚只换制钱一千六百余文，与部定价值相去无几，皆由黔省交易，均用实钱，绝无钱票。其兴义、镇宁、贞丰一带，用钱均计斤两，不计千百，无由搀杂小钱。故流通钱数视别省较难，而平准银价亦视别省较易也。本司等窃以制用贵酌其通，而更化尤当以渐现。在黔省银价虽不甚贵，而贵阳大定钱局岁以二十炉鼓铸，亦须疏通无滞，始足以济钱法之穷。特以钱粮重务，难以骤议更张，若举批解藩库六万八千之正项，概议银、钱并收，则制钱每千重七斤有余，需用人夫百十余名，始足解制钱千串。其距省远者一二十站，每站脚费需银十有余两，经费浩繁，累官势必累民。兼以深山穷谷，苗性多疑，骤改旧章，又恐徒滋纷扰。至于支放各款，凡文职俸工养廉银两，现以铸钱搭放，又复扣收减平，未便再议。其各役分给工食，为数无多。此外贡廪、坊仪零碎等款，核及锱铢，亦非政体，且均系地丁耗羡内，拨留备支之项，与解库各款未便两歧，应请概仍其旧。惟查有税羡一项，系原折内所列为外支外用之款，黔省各属，每年应解税羡银三万二千四百五十余两，以五成兼收计算，每银一两折钱一千五百文，应收钱二万四千三百四十余串。又查支发项下，各属税务书巡工食，孤贫监犯盐菜口粮米折，并各属通事更夫禁卒工食，又省提塘办公盘费等银，岁支实银一万六千四十余两，即可遵照部价全行改钱支放。遇闰照数加增，统计每年收放钱文之数，约五万余千内外。由是商贩流通，皆知银、钱并重，久而乡曲、城市制钱处处通行，亦可渐议推广矣。此外义仓谷石出粜收买，向均用银，即饬各属并准以钱出纳，虽岁无定额，亦属推广重钱之一法，似此酌量办理，则官无赔累之虞，民无滋扰之患。且鼓铸无庸加卯，简便易行，将来银价益平，即行详请具奏，仍照旧章办理，总期试行可收成效。现将收放钱文各细数逐一确查，如蒙奏准，行司再行造册，详请咨部。是否有当，伏候宪台俯赐察核。具奏。

饬修碥路札

易棠

照得野涂有轨，载在《周官》；道茀不行，见讥前志。则平治道途，乃地方官所有事，而事关邮驿，亦本署司所当过问者也。甘省重峦复嶂，跬步皆山，蹊径盘纡坡陀，高下无论矣。其甚者左枕山冈，右临涧壑，羊肠一线，咫尺萦回，车马转旋，已形不便，加以碥路倾欹，土性松乏，一经雨潦，塌卸尤多，以致覆轮折轴，坠马陨牛，往往而有。虽险缘天设，势本地形，而辅相裁成，补救亦岂无术？本署司再四思维，谓宜于狭者辟之使宽，欹者划之使平，促者引之使纡。其傍空之处，或辅以条石，或栏以木桩。纵未遽底康庄，亦可借免颠覆。第工段较多，若责令地方官捐修，未免力有不逮。顾业必有主，事宜分任，现经本署司会同藩司，札饬各厅州县督率佐杂各官，分历各村庄查禁私种罂粟，宜乘此便，将境内通行要路详加履勘，何处尚无妨碍，何处必须修理，逐一开载明晰，晓谕保甲人等，督率业户于农事未殷之时，先将最要处所重力修治，其稍可缓修之处，俟农隙时次第办理，仍不准滥差胥役下乡，致滋索扰。该地方官于因公下乡之便，随时点视董劝，酌加奖赏，使之乐于趋事赴功，总期于事有裨、于民不扰。此亦因利择劳之一端。特在有司之尽心与否、善办与不善办耳。合行札饬。为此札，仰该府即便移行各厅州县，一体遵照。仍将若何筹办缘由，径行切实禀复查考。毋违。

禁种罂粟花示

易棠

为严禁栽种罂粟以裕民食事。

照得栽种罂粟，收浆制造鸦片烟土，首从各犯俱拟绞罪，例禁森严，岂容轻犯？近闻偏僻地亩，往往私行栽种，制烟售卖。此等奸民趋利忘刑，原无足惜，惟查种植罂粟皆系膏腴地亩，果能加功耕耨，则树艺五谷，收获较丰，仰事俯育，既有余饶，兼可粜卖获利，接济邻境，比户熙熙，共享太平之福，岂非盛事？乃无知小民，只便一己目前之私，罔顾地方久远之害。产粮之地年少一年，吃烟之人日多一日，以致粮价腾昂，风俗败坏，子弟效尤吃食，不务正业，悖入之资，终归悖出，夫亦何所利而为此？况甘省气寒地瘠，土物较稀，何堪更以此害人之物妨我稼穑邪？本司等职任旬宣，主持风纪，虽未遽能有利必兴、有害必除，而此厚生正德之心，无刻不廑诸怀抱。若坐视其病俗殃民，不为拯救，清夜自思，何以安枕？

现值东作方兴，亟应申严禁令，除札饬该厅州县率同佐杂各官刻日亲身分诣各村庄逐一查勘，剀切晓谕，毋许仍前栽种，已种立即铲除净尽，责令改种谷麦杂粮，倘敢不遵，即行按例惩办。该地方官一切夫马饭食之费，概不准派及民间，严禁丁役人等，毋许需索分文，本署司等仍不时委员密行查察，如该地方官阳奉阴违，及丝豪扰累，即以玩视民瘼，严揭参办外，合行示谕。为此示，仰阖属有业人等知悉，嗣后务宜各勤农务，不得违禁栽种。

倘有不遵，许地保邻佑指名首告，若扶同徇隐，除本犯照例治罪、田地入官外，地保邻佑人等均干连坐。本司等言出法随，决不姑宽，勿以此为泛常文告而忽之也。凛之。特示。

驳三金并用札

易棠

据详银少价昂，公私交困，请以黄金、红铜与银并用，黄金一两抵银二十两，红铜十两抵银一两，无分公私，一律行使。该司目击时艰，力筹济用，意诚善矣。然揆之事理，非惟不可行，抑亦不能行也。物价贵贱，视乎物之良楛，尤与时为推移，贱者不能强之使贵，犹贵者不能抑之使贱。故孟子曰：物之不齐，物之情也。必强以一律，不特朝廷禁令有所不行，即商贾懋迁亦有不知其然而然者。即如制钱一千折银一两，何尝不有定例，乃嘉庆初年，每银一两仅易钱八九百文，今则驯至二千内外，相去已至三倍。果能使之颟若画一，国家何不为之禁令，使罔敢轩轾乎？此必不能之势也。

如黄金一种，出产多寡不同，成色高低各异，时值亦贵贱相殊，有值银十八九换者，有值银十三四换者，今定为二十，换与银并行，必官以此放，民以此交，然后出入适均，公私交利。该司议请一切赋税正供起运拨解，均与银并用，说诚是矣，然各省库藏，焉有黄金？势不得不先收之民间以为搭放之本。今行使大钱，折当若干，明著字样，民间犹不免折算之弊，乃将黄金定为二十换，能保民间价值不随时长落乎？设民间以十余换之金，抵银二十两交库，库中焉能不收？既收之后，即以金一两抵银二十两放出，兵民得此仍不过当十余两之用，其为窒碍，岂可胜言？今议与银并用，谓以利民乎？则现在无力贫民采山淘涧，日取锱铢，金肆零星收买，有力之家或置以作簪珥，或买以利轻赍，何尝不通行无滞？初不待官为设法也。谓以利国乎？则库中多收金一两即少收银二十两，彼赢此绌，未见其利。该司之意，以为银少则价昂，故借用金以平其价，不知金之为产，其少奚止百倍于银？今市肆买卖，黄金亦自通行，银价何曾平减？至谓金价既贵，淘沙乞矿，食力者多，足增流转，不知淘沙乞矿者，皆不农、不工、不商、不贾之无赖贫民耳，果能多采，何肯自靳其力？今即定为二十换，所增亦不过十之一二，欲以些须之利，驱有业之民，使致力坑冶，得乎？此黄金之不可行亦不能行也。

至铜之为物，较之白银相去奚止十倍？黄铜一斤不过值钱二三百文，即纯净红铜其价亦难加倍，今以红铜十两抵银一两，是以二三百文之物作银一两之用，揆之物理，实有未然。今当百大钱每文重一两有余，推行尚多窒碍，乃欲以红铜一两抵银一钱，视当百大钱价值尤贵，试问能行否乎？该司以红铜非可消毁而得，民间无从作伪，不思五金之产，所在多有，特产有多少耳？产多则官为招商开采以资其利，产少者招商无从获利，无业贫民，终日淘乞仅资糊口，亦势所不禁，非向无坑冶之处绝无五金生产也。今若将红铜顿增十倍之价，场冶偷漏，何以禁之？小民以贱易贵，何以御之？至于出纳之病官病民，较之用金尤甚，又不待言。此红铜之不可行亦不能行也。

至谓利权操之于上，自可令如流水，其说亦不为无本。古者市师有政，平准有法，故轻则敛之，重则散之，使商贾不得操其奇赢，而物无偏重之患。虽曰权操于上，实则利溥于民。若以国用之不足而轻重其物价，以取必于民，窃恐其时亦有所不能也。今时事方殷，公私交困，本督部堂蒿目轸怀，考之于古，验之于今，欲求一济时之术终不可得，该司既力筹长策，本督部堂何容臆为阻挠？然熟思审虑，用金流弊稍轻而无济于事，用铜之弊殆有不可胜言者，故曰不可行，亦不能行也。

示诸生

汤昭弼

古之学者学为人，今之学者学为文，而文又不根于道也。富贵利达之见，中于父兄师友之心，士当束发受书，已为烂臭时文所误，与言古作，不知有魏晋、有唐宋，况两汉乎？况周秦乎？吾尝深求古人之文矣，明白如日星之丽天，厚重如山河之奠地，璀璨如禹鼎商盘，恬淡如布帛菽粟，冲容大雅，郁郁彬彬，当其得诸心而应诸手，弸中而彪外也。有至道即有至文，理固然耳。欧公谓晋无文章，惟陶渊明《归去来辞》一篇。东坡谓唐无文章，惟韩愈《送李愿归盘谷》一篇。予谓以文章论一代，何止一人，又何止一篇邪？如欲垂世立教，实可羽翼经传，气足而理亦足者，一代作手，不过数篇十数篇而已。昔黄山谷教人尝读《原道》，昌黎此文有体有用，大儒修己治人之方于是乎在，后之学者则虽病其言仁而不言体，言诚意而不言致知，文虽可师于道，终有未备者。是则是矣，然韩子生当汉儒以后，宋儒以前，无师承，无将伯，起衰卫道，杰然标仁义之旨，辟佛老之非，此其文为何如文，道为何如道邪？吾于古人文章无偏好，亦无不好，性命之文取以正心，经济之文取以淑世，廊庙典册之文取以壮大观而辅元气，山林风月之文取以祛俗虑而畅幽情，盖文可取，取其文，道可取，尤取其道，无成心也。若谓魏晋唐宋之文，必无周秦，必无两汉，彼董子之醇，后人何以只取《正谊》《明道》数语？韩子之醇，当日何无《太极》《西铭》等作乎？甚矣，文之佳者，不可多得，而载道之文之佳者，尤为不可多得耳。世之有志为文者，尚汲汲乎知所以学道哉！抑朱子有言韩退之因文求道落第二义，盖求道本不为文，而为文必须求道，韩子之文其埽六朝而上追两汉者，夫岂不以其道邪？嗟夫，为文且不可离道，则其所以为人之故，诸生固可不待予言矣。

议抚建盐引禀

首焕彪

窃某蒙委催销抚、建两府盐引，刻即遵谕亲历各属，会同设法严催，具禀在案。两月以来督催既遍，惟是抚、建盐引情形，实在疲敝已极，某既蒙差委，自当力求振兴，苟有所见，岂可自安含默而不勉竭愚诚以副大人清厘盐政之盛心乎？因姑就耳目之所及，缕陈始末。

谨查抚、建两府三面接壤闽疆，而杉关一路，内则光泽，外则新城，闽私悉从此出。从前由闽至石峡下船，布散南丰、南城，径走抚郡许湾，分入各属。近则山溪岭曲，出路尤多，由都石可直走广昌，由乐安公平墟可直走崇仁、宜黄，由狮口可直走泸溪，由景口镇可直达南城、临川。小伙零贩，出没不常，而新城、南丰尤属络绎，虽各隘口防捕甚严，而此拿彼窜，偷越日多。何也？盖利之所在，人争趋之；害之所在，人争避之。苟利害相悬不远，犹可强人从我，而私盐与官盐，利害之相悬则远甚，请试言之。

私盐每斤不过四五十文，官盐必须七八十文，其相悬者一也。私盐洁净而味甘，官盐杂秽而味苦，其相悬者二也。私盐买即可食，官盐必煎熬乃能食，熬既费力，尤多耗折，其相悬者三也。私盐十两半斤可买，官盐必以包计，钱须多而拆包难，其相悬者四也。私盐无钱便买，可从容赊欠，妇女出斗粟尺布皆可易盐，官盐必须现钱，其相悬者五也。私盐近村邻舍早晚沿门来卖，官盐必城镇始有，地之相距远者多至二三十里，取携不便，其相悬者六也。利害相悬有六，是私盐大便于民，而官盐大不便于民矣。小民饮食维艰，官必禁其所至便而强以所不便，于心既不安，同为朝廷赤子，彼则听其就便而食，此则不听其便而必强以难食，于势亦不顺。于不安、不顺之事，而必强蚩蚩之氓使之安、使之顺，其将能乎？此官壅私畅之弊所由来也。

或谓官壅私畅，虽由积弊使然，然亦未必非半因武弁防制之不力，半因州县整顿之无方。夫就今日事势之因循而责武弁以不力，诘州县以无方，似也。顾今日之武弁州县，实有难以为力、难以想方者。请得先言武弁。两府隘口（下）〔卡〕巡棋布星罗，苟能严查密捕，何难绝彼奸私？然武弁每年俸薪止百余金，兵役每年工食止十余金，未获重赏，固难望其日夜巡逻，出死命而与私枭为敌。而盐徒又多，巨恶大伙，十百成群，枪炮刀棍，人人备具，一遇兵役缉捕，彼即累盐成墙，持械相斗，置枪孔中，伤人必毙，卒至杀伤过多，酿成巨案，不惟无功，反易受过。是以近日官弁兵役往往视缉私为畏途而不敢问，私贩安得不多？至于州县职司守土，自应周知一州一县之户口人丁，假令结之以恩，约之以法，恩与法既尽，即买运盐斤，按户而为之，计口授食，夫亦何难？乃今日之州县殊枯眉棘手而有所不能者，何也？天家正供，莫重钱漕，近日钱漕重地，奸民日夜思与官为仇，官且劳心焦思，谋所以安辑之不暇，何暇议催销引？即有留心盐务者，不恤辛勤，不顾赔累，而时时以催销为事，乃所销甚赢，赏固未必骤及，即所销甚绌，罚亦未必遽加。江西引系融销，而赏罚不立，毋怪各州县只求销至一二分，以上为足顾考成而遂已也。虽日委员催督，乌乎有济？故江西盐政之疲久矣。近因宪台莅任以来，悉心筹画大有起色，而抚、建两府尤关江西一省全局，昔之议者曰：专商办运也，通纲贴费也，事已阻格不行，而今之防制者既如此整顿者又如彼，然则欲变通抚、建以顾全省之局，其将何策乎？则惟有与闽通销之一法，苟能斟酌办理，实心行之，尚足为目前救其弊，请得为大人陈之。

考引课之赢绌，视户口之多寡。抚郡丁户未必倍于建郡，而抚郡每岁额引配销至二万七千余，建郡每岁额引配销止七千五百余，尚不及抚郡三分之一。然雍正八年额册，抚郡配销多至四万以上，以今计之，减去大半矣。假令两府属地尽销淮引，不惟七千五百引不足敷建属之食，即二万七千五百引亦未足敷抚郡之食，而不患其不敷，则以闽私之搀越日甚，势不至侵尽两府地界不止也。抚、建本近闽域而必令食淮盐，名隶淮纲，实销闽引，百姓多卖私食私之累，淮商抱引滞本亏之忧，公私杂揉，轇轕不清，设（下）〔卡〕设巡，徒烦工食，日差日委，虚糜经费。是以乾隆五十六年，江西抚宪姚有请改建昌之奏，后以部议淮地大削不果，然与其实削而名不削，淮课之困愈甚。闽私之弊莫除，是闽坐收其利，而江西终蒙其害也。不如移文闽省盐臣公同酌办，或淮或闽，听民便食，随地远近，增减价值，而于闽盐出场之时或分别加钱，彼此连界之交或稽查抽税。如前明正德六年，赣州起立盐厂抽分闽广盐货故事，合局核算，均引清课，有公无私，而以闽销之有余补淮之不足，庶几因其近便，淮地为闽销盐而抽其盈余，借闽为淮补课，彼此交济有盈无亏。况闽盐引地既广，价亦必贵，亦无待减价敌私，淮引渐次可以疏通，从此通同计引核销，商课改为税课，私盐尽属官盐，无签商限地之烦，少立卡委查之费，不特事简民安，即经费所省之处，必多于额课所缺之数，久久行之，抚、建理而淮课渐纾，西江之鹾政不由此可振乎？

宪台裕国惠民，经猷素著，卑职愚昧之见，何足仰赞高深？然语不云乎？狂夫之言，圣人择焉。因敢忘其迂疏寡效之讥，率臆妄陈，惟冀教诲而裁成之。谨禀。

遵札筹议江西防守事宜

邓仁堃

修城栅　　江西省城女墙过高，向外不能俯察，宜于各垛口下添土垫高，将鹅卵石子平铺一层于其上，守城可免泥泞，急时可以击贼。使与胸齐，兵民外望下视，庶便击打。又马道太少，若急时往来上城不便，须多开磴道，每半里或一里开道一条，安设栅门，拨兵看守，垛夫非挨班不准私下，闲杂人等严禁上城。

清水道　　江河隘口，宜预查明某处可明设守兵，某处可暗伏奇兵，船只可备攻战者，宜编定字号。往来船只及渔船，有警须禁止。

安敌台　　省城北白沙过城处立木城，既虞火攻，掘深濠恐能填塞，似不如仿古敌台之制，于沙堆左右各筑二敌台，贼来即派兵护守，两边顾视，便于夹击。台贵长出，不宜横阔，如台基长出一丈五尺，横阔只用一丈二尺，基须下宽上削。或筑为三角形而平其尖。两台相去不宜太近，近则枪炮自伤；又不宜过远，远则矢石难及。

筑台基用石，上用砖土，高须与城平。或再高数尺，墙头多开铳眼，于挨城处搭盖窝铺，以备兵丁轮替栖止，收藏火药器械。台下于兵丁往城外出入便处，左右或开一暗门，尤能出奇制胜，战守皆宜。

预储积　　寇氛渐近，凡城外铜铁、铅锡、硝磺、木石、砖瓦、米谷、杂粮、烛面、煤炭、油盐、柴薪、火把一切日用所需，皆须搬运入城，或令自行择地堆积，或官给间房收贮，并先行出示晓谕，一切仍系各家私物，官不得取用分豪，均令照常售卖，官有所需，亦照价购买。竹木一项宜谕知大小商贩，已登岸者速运入城，在水次者均远移僻处。至近省各县及城外绅民，堆积米谷在家与待价者，距省较近处，即运入城照常粜卖，止许城内买食，不准颗粒出城。其距省穹远者皆令移贮僻处，倘不早运，事急遗弃，官即收为守城兵丁之用，免资盗粮。

清四野　　剿寇莫妙于清野，然省会非外邑可比，环城而居，屋庐鳞次，均令搬移拆毁，出示早则民心不服，且虞摇动，出示迟则人思走避，拆卸不及。但城外三二丈内有房屋，如系木壁篾墙，焚烧犹易，若系高楼峻壁，则坚固难拆，贼匿其中，运土梯木可以登城，挖掘城根，可安地雷，通地道，升屋骑脊，可以向城内击打，请斟酌情势缓急，明白晓谕，出示之后，有不拆毁搬移者，一逾限期，官即为分段焚烧。

设探报　　凡贼来路及城外各要口，宜先查明道里远近，分设塘报，伏探某处几人，几日轮换以及所需工食灯火之类，皆造册注明，仍派委员梭巡，伏探有能改装入贼营打听的实消息者，破格重赏。

编壮丁　　守城必用垛夫，宜先查明城垛共有若干，每垛拟派三人或二人，共计需用垛夫若干名，拟派某色人充当，宜先酌定。临编时系居民则令邻右亘保，系贸易则令店主具结，老幼均不入编，绅富许其雇募有切结之人。分派定后，即将其姓名按地按人书于城墙粉壁之上，以便临时各认信地，尤须按守垛人数多寡分为二班，一昼夜一轮换，百垛或五十垛，择一人为之长，一人副之，仍委官巡逻。垛夫皆须有器械，或官给或自备，均不准空手。

设窝铺　每垛口五个，立人字大窝铺一间，上加苫盖，下用板铺，板下掘数坑，置大缸三四口，釉缸最佳，土缸亦可。口与地平，缸中多贮有盖小沙罐，备作灰瓶之用，板铺缸上，可以歇宿。兵丁罗置军器，守城时以此缸贮灰火药各物，既免雨湿，又便取用。

备守具　一曰檑木。用长数尺沉重木为之，两头拴绳，用时两人扯绳下击，仍可收上。　一灰瓶。只用石灰眯目，其体重易于下沉而不能飞，宜用柴灰或细黄沙搀合贮土罐中，盖好以细绳缚之。　一砖石。每垛均将大小石子石块碎砖共为一堆，以便临时击打。　一人粪。每十垛挖一坑如灶，上设一铁锅，垛夫大小便均在其中。贼攻城时用柴草将粪水煮滚，用勺桶向下泼洒，着人肉烂痛至死，较之煮沸油糯米粥省便而利用。　一备灯火。每五垛设一油纸镫笼，用一直木上安五尺横竿，用细绳铁环悬之垂向城外，离城身五尺，离地七尺，贼来易见，而贼无从仰视。灯笼下缀小石避风，上盖箬蓬遮雨，换烛即用轮更之人，不准延误间断，违者查夜官，立予责打。　一鸟枪手上城，须多带装官火药铅子火绳。　一火罐、火炮、长枪、短刀、斧棍等类，宜查营中现存多寡，以便临时分设。　一多用竹片编篱作长方块，守城时可蔽城下矢石。　一凡抛打之物，原为防贼上城，凡贼在十步之外，不准妄发，免致不能中贼，徒损实用。

设屯兵　贼氛渐近，城外必设屯兵，非仅为城中犄角已也。即以江西省城形势论，东北平旷之区，既虞贼寇蔽野而来，任意分布，西南巷道丛杂，尤易藏奸，我兵若株守城中，则皆为贼所据，出奇设伏，我兵将应接不遑。似须于城外各要害处，所在居民之外相离一二里即设一土台，安兵设炮，凡有煤炭渣土高坡处皆可将坡顶划平，用代炮台，以此驻兵，向前可以迎击，分伏可以钞袭。仍于房屋树木丛杂处，多设旗帜以为疑兵，贼即分路而来，处处不能直进，牵缀贼势，彼自左右顾虑，不敢并力攻城矣。

分信地　　城上分信地，宜派定官员绅士分守，某方用某色旗，不得混乱。绅士守城须各就其家之便者，分派举监生员，及卫所官亦可派人，均令分班轮管，昼夜巡视，造册注名。

量兵马　　预先算明城中共有兵马若干，中分若干，为守垛兵若干，为战兵若干，为亲兵若干，为游兵若五，为奇兵若干。俱定有限制，明示科条。

分游兵、奇兵　　城上分游兵四枝，派守四方，某方有警即往接应他方，兵不准轻动，以防城下声东击西。另设奇兵二枝，以为接应游兵及救火之用。

设选锋　　警报到日，须选择精悍兵卒以为心腹，亲自统带，镇抚城中，防他盗戢内应，定民心，壮士气。从古主帅必有亲兵，盖不徒示威望而已。

安乡民　　城外避兵之民，城内有亲依亲，无亲者官为安插。寺庙内先令各庙僧道报明注册，共若干名，搬令共居，将誊出庙宇安置乡民。安置后即委员带同地保详细识认，册内注名，某人向居何处，再令其同乡之人共居一庙者亘相识认，十人递一，连环保结。如有只身无人认识又无随身什物，尤须加意查问，即非细作，亦即斥逐出城。

盘奸细　　平时盘诘奸细，似应令委员分段细查门牌，除绅宦妇女外，挨户点名盘问。凡系寓居及小贸营生外来游民僧道，尤须细心盘诘，至茶坊、酒肆、烟馆、妓馆、澡堂、赌场、剃头铺，不难严禁留寓外来之人。然驱逐不净，稽查不周，势必巧为避藏，踪尤诡密。不如阳为宽大，暗派干员及精细信心差役改装采访，来去不常，早晚靡定。或买嘱以上开馆各色人，如能盘出奸细一名，密报到官，赏银若干。以藏奸之所即为诘奸之人，利之所在，较易驱策。仍须严谕，不准诬攀。至有警报时，应于各城门设一公所，令委员与乡绅数人带兵轮管，惟本府本县人听其出入，如系乡镇及别府县人，务须细问城中果有姻戚，往来之人必得城中亲识保领，方许放入。至游食僧道及外来医卜、星相、卖药等人，一概不准放入。

严火禁　失火之处须防内应，先令居民各于门外用缸桶贮水备用，出示有失火者，依军法问斩。失火如在城上，各兵夫不准擅离信地，专用奇兵救火。如在城下，另行派员带该地方屯札之兵扑救，严究失火之人。城上尤须多设水桶、泥浆桶、城门楼防火非涂泥浆不可。麻搭、铁钩各救火物。

定人心　一有警报，即出示晓谕居民，自有兵将护城杀贼，不必惊惶走避，致为土匪所苦。

设大炮　对城有高阜及楼房，城上须安大炮，防贼于对面起望楼。

严火药　火药、铅丸最为军中要物，库贮宜派兵弁护守，给散兵丁者，尤须随时稽核。

留城门　守城将各门堵塞，最为用兵之忌，即兵少不敷支应，亦须留一二门勿堵，以便应变出奇。

设瓮听　贼临城下，须绕城多掘坑，内安大瓮，使人坐其旁听之，瞽者亦可用。如贼击地道，必有声息。

定号令、分灯旗、明赏罚　三者为军中最要，应出自钧裁，未敢擅拟。

请先事拆徙附城民房禀

邓仁堃

窃思城垣所以卫民，即所以防奸，城外官地建造屋宇，本干法纪，今国家承平日久，占造民房不一而足，德胜、章江、广仁、惠民四门外纷纷列肆，甚至紧贴城根，即借城垣为墙垣。江西省城本不高，而民房之高者几与之埒，即低者不过相去丈余至数尺不等。倘此中窝留盗贼，乘夜逾城而入，窃有财物由屋上接递而出，无事时有此已属可虞，况当贼氛屡警，在在须防。卑府再四思维，若拟尽拆，既恐扰民，若俱不拆，又恐误事。曾叠委妥员细为查勘，凡距城虽近，与城濠尚无防碍之屋不可胜数，只好任从民便，概不拆动。其与城毗连者幸只二百八十余家，其间小铺居多。即有大铺，只须拆去后进灶间似亦尚易。现度城中空地不少，城外应拆小屋木料、砖瓦俱尚有用，无力者给以搬运修理之费，移建城内较为稳固。是于卫民中更寓恤民之意，众即至愚，剀切谕之，谅必悦服。惟应拆徙之二百余家，苟安畏难，难保其一无浮言。而定大计者，每不恤舆论，乘此闲暇，大可从容拆徙。若至匆遽之时，拆徙不及，势必从而烧毁。彼时无须拆徙者，亦被延烧，且恐火焰飞入城中，为害不少。故知量移有数者，佥谓事不宜迟；有不知其详者，动云拆屋不顺舆情。现奉谕旨，清理濠沟，此举似在所急。即如正月十三、四日，民之惊惶迁避，无非为升屋即可登城，城难固守，以致于此。比闻湖北不能思患预防，至贼到之时将城外房屋尽烧，致贼借火殃民之说鼓惑众心。湖南绅士于贼去之后，逐渐拆毁城外房屋，为亡羊补牢之计。就二者观之，得失甚明，缓急亦不难立辨。卑府职司守土，不能不先事熟筹。是否应办，伏乞裁夺，以便遵行。

田赋勇条约六

何俊

一曰因田粮以赡勇。吾邑自咸丰五年粤匪入寇以来，节次按粮养勇，每粮一石派钱二千有奇，更岁五载，耗财七万，而所养勇额止四百名。厥费犹仅仅支给，一遇事变，徬徨无措，以所养额勇应调，倾队而出，不足堵御一隘。欲增添召募，则又财绌用乏，难于措注。其四乡村团所调户勇，人数过多，费给甚少，类皆出宿即返，莫能久驻。且数动则疲，久积成玩，初则奋集踊跃，继则应调稀疏。至其卒也，则三申五谕，绝无至者。而所发告示谕帖，徒粘墙壁塞案几矣。无他，糜费于无事之日者巨，故支用于有事之时者绌。输纳于城局者已重，故给发于乡团者不继也。

愚以为欲救其弊，莫如以田粮所派军需，于临事调遣时，令各村团按粮派办，以自赡其勇。计桂阳田粮七千三百石有奇，除屯粮鼠尾，人户散出不便查编，另宜带征交纳军需，以备公用外，为粮亦不下七千石，每遇出勇之日，以粮一石赡勇一名，则有勇七千，视前额勇仅四百名者，为数不啻二十，分遣更调，其说详于第四条。足敷用使，接垒连营，隐然重镇。小小寇贼，闻风自退，即不遽退，而吾以费于平日之钱赡勇于临时，可以与贼相持二三旬。加以分番更调之法，可以与贼相守二三月。而吾事力绰有余裕矣。其按粮赡勇之钱，宜十日一限清给，头限既清，然后复派次限，有不清者，办团绅士列其甲号人数，指禀印官，即将欠数之人行标遣调为勇，以儆疲顽。如欠数之人不遵遣调，团绅将所欠花户名开单呈送，即给册里书，令其带征收取，欠数稍多者仍行票提，少者暂恕，务令彻底清缴，无开拖延端隙，以昭画一。其县城总局止宜养勇三四十名，以为行牌各村飞调团勇之用，其勇粮即以屯粮鼠尾所上军需给之，不足然后薄捐上等大户以济之。

二曰籍丁户以抽勇。赡勇之费自粮出，而当勇之人仍宜自户抽。前者村团所调户勇，莫能久驻，浸成疲玩，盖以人各自备口粮，及村团所给食用不敷，故今既有田粮以为资赡，则粮食赍发不累烟户，允无从前之患。而审丁于户选勇于丁，自可按籍抽派。抽派之法，先须以粮多之户与粮少之户分配停匀，俾田粮一石之内，有户二三可出丁壮数人，于数人内抽取一人为勇，或轮流换当，或掣签抽当，立定成规，使共遵办。若至出勇一次之后，有派粮不清之户，则以其户之人指禀充当，然后轮掣。自二十以上六十以下，除办团绅士及患病瞽疾免当外，余人尽入丁壮数内，无许规避，自不充当，雇人代当者，听。则事力均壹。出勇者不得以独任劳役，刁胁厚值，而赡勇经费，可以酌定额规，不苦重繁矣。每勇出至隘口驻防，给费至多不得过钱百文。召至县城听候调遣，只给火食钱五十文。

三曰立甲号以编勇。费之按派与勇之抽派，散而无纪则分数不明，弗便番调，难于统管，必须编粮成号，联号成甲，合甲成哨，然后列伍分队，按地可出。迭休番上，如期而集。其法宜以粮三十石为一号，令成三总队。队有队长。以粮六百石为一总甲，令成三哨。哨有哨长、协哨。一号设办理一人，佐理二人，以催收赡勇用费。一甲设总办一人，督办二人，以督催发给赡勇用费。一总甲设监察二人，以稽查各甲号。团务弛理，团勇缺备，如此认真编集，勿以虚文故套了事，则平日部署已定，一经檄调，办粮者即刻齐粮，统勇者即刻齐勇，总理分办，各司其职，按籍而行，比符而集，钱可立办，勇可立出。视彼临事猝合，勉强支吾，推诿观望，终成画饼者，盖又虚实之异效矣。

四曰分番次以调勇。勇既编号成甲，则征比有法，节辖素明。有事之日，可以分番更调。番调之法，每闻寇氛逼近邻境，飞檄各村团，于所编成户勇内，一号中调其一旗，一甲中调其一队，一总甲中调其一哨，立赴县城核实点视，人数无缺，器械俱备，即遣往所在防御去处，跨据隘要，筑垒堵截。务使营屯连比，形胜隐然，斥候远及，探报无误。凡勇不得于人家及店中分住，须尽数出营驻札，昼则旗帜高标远出，夜则灯火遍列明燎。其番上更替，以十日为期。十日将讫，寇警犹炽，换檄村团，调其甲号内二旗、二队、二哨瓜代而息。再满十日，复调其三旗、三队、三哨瓜代而息。循环上下，周而复始，则财用不大繁耗，人力不苦疲劳。分为三番亦约其大略而言，如寇势尚缓，贼数不多，则酌量节制，或分乡轮调，或减数少调，临时相度，于财力更为简省。俟贼势紧急，然后倾队而出，并力捍御，以我全军，当彼小丑。庶力众志一，势辅形合，固我疆圉，保无虞失夫也。

五曰主贤贵以驭勇。治军以法，制法以人。治非其人，则才不足相驭；制非其分，则权不足相统。从前团勇所以此出彼归，前后错落，莫相统一，终于散离也。兹既列伍成队，合队成营，则必队有队长，营有营官，营官之上复有统带，如剿寇大营规制，然后足以纲纪众庶，申严禁令。邑中现在文有县尹，武有参戎，皆刑赏得操，威权足驭。列营分哨之日，县尹、参戎各当一面。县尹务殷事剧，不暇赴营，营中守备官位亦尊委代可也。凡诸营队有干令乱行者，营官捆送，立刻处治。法无不行，令无不肃，盖赫然统带声威也，非以贵驭贱乎？营官队长，精加遴委，拔其机警，任干侠健过人，守法奉公，不为蠹弊者，随才分大小差次任之。才小者为队长，才大者为营官。营官未经上宪札委，未便僭称，改为哨长、协哨，队长即于各村遴简哨长，于乡团遴简，务在得人。如本乡团不得其人，须合一县通融精选，择其人与彼乡团绅勇谙识习熟，两相协宜者始用之。管理军政，约束营伍，指挥有法，提挈惟宜。盖俨然营官百长职任也，非以贤驭众乎？

六曰明赏罚以饬勇。统驭既定，则以人持法而法可加人，以法制人而人必奉法。赏罚之用所当明以饬之矣。赏罚之行，营垒为重，团办次之，简阅又次之。要隘堵截，屯垒连营，本以捍卫乡里，而或为暴乡里，钞掠不禁，搅扰多端，此法所不容者也，宜斩一警众而加以大辟。其余或营队不归，则为离讯，或号召不至，则为梗令，或潜返偷归，则为逃伍，或喧嚷竞殴，则为乱规，或哨探失机，则为误公，皆法所必纠者也，宜按律惩究而予以常刑。团办之际，董理绅士玩令骩法，不勤不公，于罚宜有参。粮户壮勇，抗粮避役，不遵不从，于罚宜有参。简阅之际，或召点而玩违不至，迟误失期，或巡点而候视不时，将事不恪，于罚宜有参。此罚之科也。

宣力营垒之士，临敌冲锋，拒退寇贼者，授上赏，予优叙。临敌哨探，贼情稔悉，事机备御有功者，授上赏，予优叙。临敌哨探，斩有贼级者，予赏叙。获贼哨探，审非伪冒者，予赏叙。防堵出力，寇贼渐退，疆圉无恙，积久成劳，营官队长酌差次予赏叙。力战却敌，著有显功，堪以禀报上台，优行保举。则办团绅士力战无缺者，录勤劳酌轻重，普予励叙。寻常办团，平素简阅，不懈其职，于仲冬大阅日具酒馔为奖叙。此赏之条也。

操是二道，饬而行之，毋瞻循顾藉，毋轻重畸侧，必公。毋冒获幸免，毋滥授溢予，必慎。毋挟任权数，毋徒事诳佸，必信。公则明，慎则当，信则孚。举措允惬，张弛合道，众畏法，人用命，鼓舞震叠，效力献情，团练之务以次举矣。

上吴抚宪请减象贡浮费禀　　何绍祺

禀为象差贡差，拟请少派委员，减带货物以恤吏民事。

卑职来滇入黔省界，探闻滇省此次贡差象差情形，例贡无多，私货甚重。沿途既已漏税，又复多索夫马，稍有迟误，即加鞭笞，至于象差行抵贵阳以东，每站费至五六百金不等，去滇愈远，作恶益剧。押送官甚难弹压，因之蛮官蛮奴肆行无忌，龙里一带除供给酒食、公馆、夫马外，每日象须洗脚费四十金，其实费到免洗，大约至山西、直隶始稍敛戢。卑职赴任广通，细加访察，客秋此差，大为官民之累。彼时委员不过两文一武，广通又著名瘠区，然而每站用夫至四百余名，委员尚属安静，蛮官已渐猖狂，酒席必须海味而实不知食，据地妄烹铺垫污损。且蛮人大官、二官各带有厨子数人，予马则索轿，予轿则索马。又有边地汉人蓄发冒充蛮使，导引需索办差者，求伊出境，多费不辞。及至用度无资，不得不借资民力，遂成控案。前署令林家人有被蛮奴用五尺打伤腰膂者，鞭伤面目者，亦不止一县为然。将去，又复声言失去金碗、银碗、银杯、银箸等事，强者听之，懦者贿之。其实办差物件，佳者辄行藏匿。广通一县，二十年象价象差公馆铺垫八百九十两零，尚未摊完，客秋又添二百九十余金赔款请摊。一差如此，他差可知；一县如此，他县可知。

窃见大人由楚赴滇，自备资斧，制军去岁驻节保山，不准供给，何等矜恤，何等感戴？此项南蛮贡物准其呈进，原系圣主怀柔远人之意，而中原民庶，孰非赤子？似此蹂躏，其大官未必尽知，已往虽究何益，将来预防宜早。本年回差自必轻减，然而京货沿途售卖，迤西前路销处尚多，未必十分轻减也。卑职愚见，拟请少派委员护送，即文员一人已不为少，只须严饬过境文武，多派兵役，亲带护送，责成既专，谁敢泄玩？所带货物量予限制，扛挡实用若干，夫马实用若干，倘有私带多人多货，准地方官查明扣禀。汉人从中需索者，准予薄惩，即该管道府亦不宜多派差探，先行扰累。卑职此时饔飧不继，断无余力应此浮费，然岂有误差之理？若蒙宪谕，谆饬委员就查货物，卑职借可核实办理，不致伪差假冒，民累稍轻。缅使无辞，必知感畏。伏惟大人酌核施行。

请臬宪区别斋匪禀自记附　　何绍祺

敬禀者：

近日大府查办青莲教一案，业经入奏，仰见防患未然，至周至密，免将来酿成巨案，真滇省官民之福。惟大人督诹勤劳，恐不遑稍憩耳。但祺思此等匪徒，其倡首者妄称九十六亿生灵将遭大劫，传教收徒，设坛敛费，处太平之日，为不祥之语，妖言左道，罪不容诛。所谓副教首者，帮同传播敛钱，亦实目无法纪。但乡愚易惑难晓，附和者多，将来渐成叛逆，固未可知。而目前只冀消灾，似宜稍恕。微闻各犯到时，有情愿改悔者，大府即准施恩，照天主教跨十字架之例，令其破斋而去，洵属法外施仁，功德不可思议，祺闻知不胜钦佩。所可虑者，各州县差役每易借端生事，其传教要犯，未必上紧缉拿，而乡曲之间有持斋諷经者，悉可借访察之名，遂贪饕之实。祺风闻迤西一带间有无知男妇，一闻缉拿持斋之人，即行自尽，不一而足。持斋者未必皆习教，习教者未必皆敛钱，敛钱者未必皆谋逆。有官职僭号者为一等，有藏匿军器者为一等，有荒谬经咒者为一等。仅持斋念佛者为一等概令一并缉拿，非所以仰体宪怀，慎重民命也。祺地处冲途，山径四达，深恐要犯逗遛在境，幸逃法网，是以悬赏拣差，盘查隘口。然亦恐差役下乡讹诈，谆谆晓谕至再至三，尚无沟渎自经之事，而邻封有书相告，心甚恻然。

不揣冒昧，拟请此后持斋之人，实系省中各犯扳出者，指名按拿，勘明有经卷而谬妄，及家中供奉无生老母神牌者，即行解省归案办理。此外只有寻常经卷并未奉神者，只各解各府讯明，问其是否改悔，予以自新之路。至并无经卷，只系吃眼光斋、观音斋、灶斋者，各州县自行保释，毋庸详解。并严饬营汛兵役，不准下乡讹诈，再行出示，开导愚民。其真正要犯，仍遵大府之意准其首出，免罪领赏。庶几玉石攸分，小民乐业。祺下愚之见，未必有当，知大人虚怀听纳，用敢私陈。出自宪裁，希恕冒昧。

此禀到省，两司宪立下通饬，并将押省各犯开释百余人，未到省者陆续放归，此后无自尽事。自记。

请臬宪查办淹禁禀自记附　　何绍祺

敬禀者：

窃卑职查点县监，核讯各犯供词罪名，有李廷重一犯，系南安州回民，在楚雄地方吸食鸦片，一年六个月限内拿获，拟流二千五百里，签发广西，中途截回，于道光二十一年七月二十二日至卑县琅玕箐地方逃走，前任夏署令报明饬缉，旋经接缉之王前令，于二十二年九月初二日拿获，报后加拟流三千里依限申府，前楚雄府张守依限于是年十二月初六日核转，详呈前宪，至今未奉批回。卑职于本年三月初五日面禀现署楚雄府徐守，蒙查府卷相符，旋即夹单代呈宪鉴，并发下牌谕，饬卑职专丁挨查各站。卑职查得此项府详情罪、年貌文册，于二十二年十二月初九日发至卑县本城，初十日至舍资驿，十一日至禄丰县，十三日至安宁州，十四日至昆明呈递，沿途并无遗失，似是前署宪沈公事烦多漏未批发，或并未咨部亦未可知。卑县各前任未将已详未批缘由移交，及至查出官经五任，事逾三年，该犯罪虽应得，未便永远监禁，从新另办初获，何以造报监粮？

斯事虽细，然前任四川总督琦奏办淹禁罪归州县一案，曾奉严旨实降实革者多，万一犯属控告，或别经发觉，则各位大人与卑职等均难辞咎。卑职禀府又将三月，现在应如何妥速办结之处，恭候大人宪裁。或请示院宪，迅赐密札饬遵，实为公便。谨此肃具芜禀，恭请钧安，伏惟慈鉴。

再，卑职愚见，此案如已咨部奉覆，则径请批下，作为前报犯病，今始报痊起解。如并未咨部，只得作为初获，一面照前详改日咨部，一面饬府县换卷另详，以免往返申报。从新扣限，又加半年耽延，其监粮册例不解部，应免追问。前任未获处分，自未销除，听之而已。宪幕精敏，何难办此？且风闻各属尚有久于此者，敬望速查，少禁一犯，少造一孽。大人以为何如？

此禀到省，蒙一体查办，共办出二十九案，设法咨部发落，皆署臬宪周子佺先生之力也。自记。

东安禁金罐告示

翁普恩

照得朝廷立法，首严不孝之诛；人子事亲，当绎无违之旨。盖丧葬惟期乎尽礼，而坟茔尤冀其永安，此贵贱所同然，而智愚所固有者也。乃闻此间风俗，于其祖父之死，即存一将来改葬之心，殓以薄材，瘞之污壤，故令水淹蚁蛀，以速其朽且化，而后邀同族众畚锸相偕，发冢劈棺，取骸检验，其尚有枯筋缠络、血痕渍滞者，则以刀锉刮剔之，以鼎镬糜煮之，倾置盆中，混加洗涤，然后请之入瓮。其瓮与常制异，上下相合如缸，高广俱不盈尺，底凿数孔以吸地气，有专门业此以济恶者，美其名曰金罐。只此尺余金罐中，举所谓三百六十五节骨，殖者无论为首、为足、为面、为背，群焉颠倒错乱于其中，而人子之心于是乎大慰矣。遂乃邀请地师购求吉壤，选时择日重奠牛眠，戚友亲邻咸相走送，鲜不以为发福、发祥可计日待。迨至久无佳耗，甚或转见衰颓，则又将此金罐再发、再剜、再洗、再瘞，并闻有一岁屡迁，卒至抛弃而不敢声张者。盖以金罐取携甚便，费用无多，可以为所欲为，不若舁棺迁葬之艰于举事也。然此犹不过惑于风水之说，罔知礼义之厚，将其祖、父之枯骸，以为子孙邀福之具耳。

又有贪人吉地，诡谋侵葬，私将骸罐偷附他人墓侧，以盗其吉及被主家知觉投族告官，受罚受刑，仍然断令迁葬，未得其利，先受其害，亦何乐而为此？然此犹不过意在吉地，成此阴谋，而非有讹诈勒索于其间也。又有奸狡之徒，或因贫困难堪，或因讹诈不遂，特挖祖骸一具葬入他人坟山，骑顶当胸，故碍风水，勒索帮钱改葬方肯迁回者。并有用罐盛取猪狗他骨暗埋人坟，诬人换易者。亦有埋一空罐诬人抛弃者，且有预埋破罐诬人毁罐弃骸者。种种虚诬，不堪枚举。然此犹不过捏词诈索，非真有毁弃换易之事也。岂意娄吉之徒，因见无人守墓，竟于昏夜挖冢出骸投诸水火，即以其祖之骸易置罐内，修筑完好，主家不知，犹时时拜祭他人之祖、父以祈福，祈而不效且归咎于此地之无灵，又复挖出再迁更求吉地，而此盗葬者之子若孙方窃幸诡计之获售，而亦卒无一效，甚且不转瞬而同归灭绝。斯固娄吉者之弃人祖、父以便私图，自必难逃天谴，而实亦主家之自用金罐、自毁祖骸、自贪吉壤有以启之也。向使有封、有树、有墓、有棺，其能容盗葬者之得所借手耶？又有盗葬之罐被人知觉，密为挖出其骸遗之粪厕，或与牛骨同烧，而暗以猪狗他骨仍藏罐内照旧掩埋，而此盗葬之家见无速效，亦复再挖再葬，竟以猪狗之骨为其祖骸，又为主家所窃笑而称快者。卒之两败俱伤，同归于尽，又天理之可夺乎地理者也。他若怀仇挟恨，怨毒难伸，而暗弃其仇之祖骸以为报复之计者，尤不可以罄述，何莫非自用金罐之所致耶？

然此犹不过陌路仇雠，伤天害理为此凶很忍毒之行，而非有水源木本之思也。尤可异者，则以一脉之亲互相残贼，同一父也，而有利某子不利某子之分，于是长忽迁诸东，仲忽迁诸西，叔与季忽迁诸南与北。而母之为嫡、为继、为庶者更无论矣，至若支分派衍子姓繁多，听信形家之言，谓此地于某房为利、于某房为害，于是以长房之祖骸盗葬于次房之墓侧，又或以三房之金罐竟易以四房之祖骸，而水火之投，粪厕之遗以及杂诸牛骨之烧，又皆所勿计者矣。

嗟乎！此金罐之害之粗可举似者也，其中情弊诡谲万端，有非人情所能拟议。以故此争彼拒，杀伐相寻，讼棍土豪从而构讼，祸连乡里，仇结子孙，累月经年，倾家荡产而犹鳃鳃焉抱此金罐，以为奇货可居而至死不悟。然则金罐之害，可胜言哉？所以圣朝制律，备极周详，不孝之诛，至严且密，而乡愚无识，竟皆毅然为之，毅然认之，亦若分所当为而略无妨碍也者。今若骤绳以法，未免陷于不知，合行恭录律文，明白晓谕，为此示，仰合邑军民人等知悉。尔等如有从前已用金罐未经入土者，限于一月以内赶紧安厝，以后不得再迁，违者重究。其自出示以后，再有发掘祖、父尸骸改用金罐者，即行照律治罪。其有制造金罐售卖与人者，准人捉送到官，一并严究。兹将律例分列于后，庶使一目了然，知所儆戒，无自罹于极典，以力挽夫颓风，则仁孝之心，酿为和气，是则守土者之厚望也。切宜凛遵毋违。特示。

上两学请详陈维国入乡贤祠呈

杨缙

窃惟芳行、洁志、懿好，实塞乎两间；崇德、报功、殷礼，肇称于二仲。惟乡评既定，斯国典攸宜。大圣人起而亦许为师，藻芹生色；乡先生没而可祭于社，桑梓增荣。有故宦陈讳维国者，笃行君子，博学名儒。十岁能文，里社有神童之誉；一芹薄采，党庠著哲匠之称。时当逆寇扬氛，杀掠不留龆龀；适值严亲被执，刀锯难缓须臾。公乃至孝格天，精诚动地。救父难于万死一生之际，利刃何辞；回贼怒于千盘百折之余，微躯克免。登贤书于壬午，一时望重南金；售计偕于壬辰，九陌人推东箭。初通仕籍，出宰信阳，虽鞅掌于簿书，仍殷勤于督课。敦诗说礼，下邑共美弦歌；弄月吟风，比户咸钦高洁。黜顽梗而民歌父母，祈时雨而天赐甘霖。善政多端，口碑犹载；流风不改，歌咏如新。

及其解组归田，投簪终老，萧条行李，只余好月一船，寂寞奚囊，不过残诗几卷。家徒壁立，买山既已无资；炊叹釜悬，枵腹何由得免。爰集徒于绛帐，假代耕于砚田。负笈从游，如逢元礼；论文讲学，不减胡公。人称“老教书”，特其戏耳；已名“村学究”，实自嘲之。闭户著书，功不辍于寒暑；对花拈韵，兴每寄于渔樵。无何贼变滇南，遽尔开科常武。广搜逸士，伪设制官，访公于草莽之中，强授以文衡之任。公乃抗词却聘，执意深藏。托迹空门，敬全性命于乱世；隐居岩穴，克全亮节于兴朝。大兵克复，元老南征，绥远将军服其大义，亲王、贝子许以孤忠。至于身其康强允矣，是翁矍铄；躬怀道德卓哉，大老风流。口不绝吟，至临年而益笃；手不释卷，虽垂老而弗衰。

昔东里流芳，赖有博闻之彦；西河志盛，幸生干木之贤。岂邑有典型而士无攸好？但论必历久而定，名因没世而彰。谨诠次其芳规，用备陈夫梗概，伏冀老师台惟德成邻，与人为善。采通庠之公论，加看品题；发潜德之幽光，赐详转达。吁恩准祀备主入祠。崇前哲以勉后生，幸鼓励儒林之多士；洽舆情而昭国典，知主持风教之有人矣。

月课告示

张增

为月课事。

照得宁邑岭峤名区，人才丛薮。亭亭云盖，矗起文峰；泠泠玉泉，漱分芹沼。辰冈瑶岭，屡占征应之灵；钟乳丹砂，夙毓珍奇之产。缅扶舆之清淑，识人物之魁奇。江汉朝宗，佳制即锦心绣口；仙盘承露，瑶篇悉凤羽龙鳞。或一榜而数人，或一门而数士。由前明以溯唐宋，不乏伟人；自国朝以迄于今，尤多达者。由来旧矣，何其盛哉？

本学幸领贤书，再膺司铎。携来两袖，方计偕而未能；坐拥一毡，愧师承而无具。顾兹近岳观澜之彦，悉皆学山至海之才。亦既下车，宜行月课，迩者槐阴滴翠，榴火垂丹。澡完温水之泉，竞罢泸溪之渡。鹏方振翼，恰当羊角风清；鲤欲舒鳞，正值石莲香满。涵养既就，考课宜勤。为此预期出示晓谕，文武诸生知悉。务于五月十一日，齐赴明伦堂举行课艺，以凭解报。至义馆、家塾中有不弃鄙陋携卷而来者，亦于是日分题考试。共辟灵枢，直抒胸臆。文成锦绣，恍疑八面玲珑；光射斗牛，俨若七星璀璨。

题蝌斗之仙句，诸君幸染翰而来；酌醽醁之香泉，多士共登瀛而去。须至告示者。

详请前任常德太守华亭王公入名宦呈 陈长镇

呈为贤守遗爱难忘，舆情讴思莫慰，吁请崇祀，以光大典事。

窃以仪风政洽，（颖）〔颍〕川爰立专祠；佩犊风移，渤海聿修时祭。举报功之典，勤事攸先；称元祀之仪，上丁特重。盖精神所注，则魂梦犹依；而学校式凭，斯羹墙可见。兹有前任常德府知府华亭王公讳叶滋者，乌汉名家，青箱宿望。始以文章纡眷，红饼遥颁；旋因经济蒙知，朱轮独拥。心真似水，昔传三泖同清；缨本无尘，今向五溪更濯。忆丁未下车之日，际庚癸屡吁之秋。鹄面鸠形，望望其苏泪断；龟肠蝉腹，林林来暮声低。檄俄走乎南阳，家沾玉粒；渠更疏乎郑国，山矗金堤。剪去萑苻，犬无惊吠；招还流转，鸿不哀鸣。

此其莅任之初，已尽昔贤之能事。又况丕新黉序，文林荆棘全开；宏奖儒宗，艺圃薪槱倍茂。张四维于属邑，训谕勤宣；崇本富于编氓，耕桑交劝。表张氏同居之义，惠锡百朋；题郑公通德之门，荣褒一字。以及驭下则力芟积蠹，狐敢假威；听讼则屡雪覆盆，鸦还受谳。米盐琐碎，出纳廉平；商贾云屯，规条简约。庭堪罗雀，引片石为同心；户每悬鱼，恃故人之知我。廿四桥边，明月咸歌，似练江平；短长亭畔，夕阳共羡，如弦道直。凡兹懿美，讵胜揄扬？迨乎节秉上游，绩难罄竹。粮储独总，丁徭豁而军免量沙；雄臬兼司，牙角消而人知爱树。此在苍生有口，方镌碧落之碑；何期白玉成楼，遽践琼瑰之梦。遨童雨泣，华叟儿啼。幼妇舍其簪环，士子弛其琴瑟。洵可谓存不惭于杜母，殁无谢于文翁者矣。

嗟我常之四属，被公德者六年。想借寇于当年，痛深割耳；缅思刘于此日，悲甚裂裳。殿上醉韩棱，下邳生前缺奠；庙中酬葛亮，益州死后增悲。伏愿赐以申详，跻之名宦。进李琪之表，星汉为昭；刊杜牧之文，人琴如昨。鹤归郴岭，城隍未改旧游；神赛罗池，鸡犬依然识主。庶直道去人不远，蘋藻常馨；而群工能自得师，官联益励矣。

去繁文而修实政札

贺长龄

照得上下交际，不废牋牍往还，所以达情而图事也。或上有欲办之事，而未谙各处情形，则不得不周询于下；或下有欲达之情，而未悉通省大局，则不能不折衷于上。语无泛设，言不虚陈，虽片纸只字之敷宣，皆吏治民瘼所关系。若乃礼通庆祝，谊款寒温，始亦缘夫人情，久竟沿为俗例。既俪黄而配白，复错采以镂金。银花手脱，幕宾徒益冗忙；雨骤风驰，驿递能无骚扰？而且隃縻磨短，侧理抛残，积以岁年，大为烦费。披览徒劳目力，酬答何与心声？将焉用之，甚无谓也。为此札司转饬所属，嗣后年节、生辰，一概不必具禀，以节劳费而汰虚浮。

本护院开诚布公，集思广益，凡有关于风俗人心、吏疵民病，无不虚襟延伫，切实讲求，果以劝学兴贤为不迂，所冀详申其硕画；更如水利农田之是务，并将卓荐以通才。若夫圣谕何以宣扬？淑慝何以旌别？盗窝何以剔除？讼师何以惩治？义仓何以劝设？保甲何以推行？积牍何以清厘？逋粮何以催纳？邪说何以不能诬民？豪强何以无敢害治？何以化民息斗争？何以谕民谋积贮？何以挽重利轻生之习？何以敦睦邻恤族之风？水旱凶荒何以备之？鳏寡孤独何以养之？刁劣生监何以戢之？奸猾书差何以慑之？如有良法美意，不妨据臆直陈。勿秘囊底之智，独得还须共商；休谈纸上之兵，聆声更当询事。本护院求言以实，各寅好事上惟诚，必有嘉谟，以匡不逮。用摅悃款，无任翘勤。切切。特札。

崇俭尚勤札

贺长龄

从来官声之美，无若廉明，廉明之本，必由勤俭。何者遇事讲求，自不终于闇昧，随时撙节，更何事乎求多？是故习勤以生明，尚俭以养廉，在达官无不宜然，至牧令尤为切要。况江苏地本膏腴，禄入较厚，各州县缺虽繁剧，俗尚淳良。然而问仓库则亏欠滋多，考官方则案尘坌积，岂量入为出之果有不敷，抑夜寐夙兴之尚虞不逮？我同官亦可返躬而自省矣。

本司自莅吴以来，逐处咨询，随时察看，各牧令之克敦勤俭者固不乏人，而经理失宜以致不能振作者亦复不少。廉明之誉，盖难言之。夫初登仕版，孰不勉为循良？乃畏难而苟安，每始勤而终怠。官事竟束之高阁，民瘼曾不以关心。尸素之讥，何辞自解？大约无志与气，则怠玩之习乘之，无才与识，则因循之弊中之。精力既流于弛懈，神明亦失其虚灵，欲再振以无由，遂一蹶而莫起。平昔之期许何意，斯民之仰望何心？中夜以思，能无汗下？既或民疲吏玩，整顿维艰，缺苦差繁，补苴乏术，亦当勉思职守，振刷精神，别利器于盘根，理棼丝而就绪。岂可甘心颓废，自玷官声？至若吏治未娴，耻于下问；簿书未习，复喜偷闲。谓折狱在片言，并不虚中研鞫；谓丁胥为可信，罔知加意防间。牒诉纷投，准驳只听之秉笔；句提羁押，去留悉听之原差。于是民有冤而莫之闻，吏有奸而莫之察。当前蒙蔽，将举目而不见泰山；听人指挥，虽有形而无殊傀儡。则是阖署皆官，本员竟同旒赘。自累累民，庸有极乎？此因不勤以致不明之弊也。

又或恃有处脂之润，竟忘露肘之虞。嗤寒俭为迂拘，诩奢华为豪举。但图适意开销，全付之家丁；只快目前揭借，不嫌于重利。奴从则恣意贪饕，竟浆酒而藿肉；妻孥则娱情奢丽，更囊帛而柜金。用之既若泥沙，取之必穷豪末。遂见利而忘义，且假公以济私。岂知簠簋不饬，豪奴皆得而把持；狼籍多端，衿棍亦从而挟制。曾所利之无几，举动莫能自由；况不节之兴嗟，触处尽成疮孔。逮乎青蚨飞去，白璧成瑕，累且及于子孙，名不齿于清议。所谓鸩酒止渴，毒脯疗饥，快意一时，贻羞毕世。试念青毡故我，何遽利令智昏？只缘陋习之移人，遂饮贪泉而不悔。焚身以贿，可为寒心。此因不俭以致不廉之弊也。

况夫纷华荡其志，断难勤力以趋公；晏安锢其心，岂能谨身而节用？逋累之极，振饬俱难；惰窳之深，持筹亦拙。则又不俭，不勤之交相为弊也。

凡此数端之流弊，皆足废事而伤财。所以库款之盈虚在己，未尝预计；解交之支绌临时，始费周章。一逢瓜代之期，不胜葛藤之绕。册开轇轕，辄思朦混以占便宜；参限森严，遂忘欺隐之留后累。及至伪难久假，咎无可宽。大则法网身罹，小则交游摈绝。自谋不善，虽悔何追？比经各前宪叠加整饬，向时积弊，定已一扫而空。然而溯运甓之芳纵，虽勉力而犹多惭德；仰悬鱼之高致，即约损而终愧清风。有一事之不勤，即何以自别于阘茸？有一端之不俭，即难免自留其漏卮。

本司忝领藩条，殷怀共济，既以自勖，并冀交修。谨与各州县约，自今伊始，无论实授、署事人员，务于行政、理财二大端，力矢精勤，时加节俭。临民一日，当思一日应办之事，何以受禄不诬；在任一年，当思一年财用之经，何以量入为出。每日将应办事件登注一册，朝夕自为考课，总期一无积压而后即安。其钱谷各款，务于到任后即将每年征解正项实数开列一册，捐支杂款实数开列一册，署中各项用度开列一册，随时逐条登记，每月比较一次，终年合算一次。俾截长补短，平日了了胸中。一遇交盘，即可摘钞原册，照案清厘。何至逾限未完，转多饶舌？本司现定催提章程，将各该州县应解银款勒限严催，毋许丝豪蒂欠，不容时日稍稽，以冀挪掩无由，共归完善。其各地方应办公事，亦皆赶紧札饬，次第举行。第发令之初，该牧令必有以为烦苦者，譬如一家之中，约束子弟不得滥费偷安，当时非不谓绳之太急，洎乎日计不足，月计有余，乃知督率之严正属成全之切。该牧令素励廉隅，有志向上，幸各体本司谆谆劝诫之苦心，于以力敦朴素，黾勉从公，用彰勤俭之风，聿楙廉明之绩。其于国计民生，裨益实非浅鲜。幸勿迂阔其言而憖置之也。

采举寿母杨邓氏百岁晋一呈词　葛树蕃

为呈报升平人瑞，以昭风化、以光邦族事。

窃惟光华复旦，景运更轶乎中天；宇宙长春，泽施不遗乎匹妇。欲志升平之瑞，端推寿考之祺。兹有邑兴仁七都民妇杨邓氏，原系邑士邓某之女，耆民杨某之妻，而杨某等之母。生于雍正六年戊申三月十一日，讫今道光八年戊子，实年百有一岁。维氏南阳世胄，关右华宗；温淑性成，勤俭习惯。六龄出阁，辫发以见尊嫜；二七同牢，荆钗而相夫子。九男二女，母仪实瘏口哓音；耄耋期颐，壶福偏童颜儿齿。膳租五亩，在昔馌冀缺之耕；斑服盈庭，至今留敬姜之绩。有时金闺，试问答如七代干支；矧乃玉烛，频赓记说四朝乐利。溯自诗成卷轴，文山以登拜为荣；拟诸褫负花阴，相国之家声足式。徽音可嗣，眉寿而臧。月前值设帨之辰，职等曾醵金以祝。而氏也朱衣上着，绣履安行，一茗一烟，出中堂而见客，几人几辈，各慰藉以申辞。奉席而前，孙子亦冻梨台背；称觞而退，曾元皆瑜珥兰芽。如此大年，洵乎胜会。是则醴泉甘露，未遂征造物之休祥；虽在歧麦，嘉禾只以资生民之恬养也。为是采访懿行，叙明履历，造具杨邓氏生平事实清册世图，并取具户族里邻甘结。伏乞宪恩赏赐，申详各大宪咨题“升平人瑞”，俾编氓巾帼，邀旷典于天家；而陇亩春秋，被殊恩于化国。王乔鹤算，召伯鸿仁。职等无任悬切祈请之至。

湖南文征　卷一百七

传一

刘宏化传

赵开心

刘宏化，字衡麓，同郡攸县人，长沙卫籍。十龄失怙，茹贫绩学，随月升屋，志不稍懈。万历丁酉，与江夏熊廷弼同举于乡。熊寓攸久，为莫逆交。庚戌，与邑人洪云蒸同登进士第。洪素讲学，以贤者自命，公视洪无多让。

释褐，两令山右剧邑，以循卓著声。内迁部曹，纠辅臣附宦官无少避。议红丸、移宫两案，勿株连引蔓，有损国体。于边圉大计，尤三致意焉。其奏议与洪云蒸为国子监助教时所上备边任将疏同一剀切。天启辛酉，典试山东，得士极盛。壬戌，广宁失，守熊弃市。乙丑，下杨、左诸君子于狱。许显纯承魏珰旨，诬杨等受熊贿，公具疏辨熊功罪，又公揭保熊，竟不行。迨传首九边，而公亦怏怏。未几，转吏科给事。忌者复诬以亦受熊万金，幸珰焰渐息，崇祯初特昭雪之。是时，洪云蒸方戮力东粤，公复任兵科，晋太常寺卿，转南大理寺正卿。

无如门户角立，朝纲日弛，公既不获大展其用，遂引疾归里。家居不营田宅，不饰舆从，惓惓轸念地方疾苦如为大理时。奏免长郡额外派征银五千两，至今利赖。洵无愧云蒸同志云。所著有《衡麓秘录》。

罗贞一先生传

王岱

罗公讳其鼎，字耳臣，号月江，其称贞一先生者，公之及门追忆芳轨而私谥之者也。

罗氏族姓著于楚者，晋之含、宋之点、明之喻义，散于豫章者，南唐若洞晦，宋若从彦、若大经、若泌，明若钦顺、若璟、若伦、若洪先，先后皆巨儒名臣。公之谱系，又由豫章徙于楚之桃源，故江楚之族姓，皆同源焉。其世久远者不复载，自贵澄公生奇山，奇山生文所，世有隐德，称桃源隐君子。

文所生子四人，公其季也。齿未龀，崎嶷精敏，具夙慧，读书目瞩口诵，心习神会，五官并运，一展无遗忘。其为文章，方伸楮含豪，数纸辄尽，皆人镂心琢思、百索不一属者。同辈用是，咤异避席。然常切廓清之志，才足济务，非沾沾章句流也。庚午应诸生试，而学使者拘牵绳削，多士之卓荦者皆不录，公其一焉。适唐公晖以督饷至楚，得公文，亟赏拔，置之遗录。比入闱时迫，而见屏生徒不下数千，哄于试院，以希复收，肩摩肘击，喧杂拥抢，致公不得前受卷。及入已午，公倚案疾挥，七艺立就。时获隽，争相传讶，以为口实，方伯杜公某为纪其事。旋丁太夫人艰，至庚辰始成进士。而文所公方八十，终养归里。逾年，亦婴忧戚，仕进路绝。

公素至性，每引孙固之言，以爱亲之心爱君，乃禄不逮养，所不忘夙夜者，国恩未报耳。时闯、献交逆，中原多故。襄、邓之间，已无净土。未几，楚蜀全陷。公乃纠集里社子弟，立保甲，练乡团，设队伍，严烽堠，捍御半壁。辰、常磷火，间为衰息。及北阙蒙尘，南基再定，公沥血披心，呼天抢地，期于尽节致命。乃间关行在，以舒积愫。而神鼎虽迁，炀灶未去，玄黄复战，水火蘖兴。公处大行散曹，犹披诚抗疏，以争国是。迄奉使南行，而金陵不守，公志益迫。会楚抚何公腾蛟、堵公允锡、章公旷义旗云集，湖湘声势复振。招公共勷大举，公亦毅然誓志，捐躯戎马，与何公邮书往复，商榷进取。以家事属其子，刻期就道。心摧形毁，寝食并废，病遂痼笃。临没，而呻吟展转于国事者不置，天乎？命也！

然公之在闬里也，无念不在拯世救民，如城工之役，水利之复，解绢之繁，粮饷之累，凡有裨于里人者，皆大声疾呼，与当局者争兴除，务期于利存害去，狐鼠因而敛迹。至岁值凶毁，议赈议济，散粟炊糜，活人无算。其余急患难、勤推解，岁无倦色。奖善宥过，身鲜宿怨，宗党之内，孝友雍睦。吾儒分内应尽者，略无缺焉。而藿褐澹素，耻比要人，亮节坦怀，不欺孺子，则自性成也。

公所著制艺，有《仙掌社》《月江草》《行藏合稿》《红雪社》，古文辞有《月江集》《前著草》诸种。

娶李氏，生子三：今四川道御史紫萝公人琮，其长也。珹、瑛，皆诸生。紫萝，壬午孝廉，辛丑进士，其诗若文，能世其家学焉。

王太史二弥先生传

王岱

太原王二弥先生，讳邵，字炳藜，周灵王太子晋之后。汉以后其族系不及考，而明则世有隐德，自学博公奇郡、司马公鼐至耆宾公起，其时侨寓陕之孤山，于瓜圃遇异人曰：汝后嗣有如是瓜。俄而不见，识者知为后昌之征。乃生瑞廷公所用，以明经起家，宰蜀仁怀。瑞廷有文名，博涉群书，尤究心理学，子弟负笈受业者，数千里不绝，多致通显。当宰仁怀时，值僻陋荒陬，兼兵燹残躏，公抚绥教养，有文翁之化，怀民德之，来歌去颂不置。

瑞廷生三子，二弥先生其长也。先生夙秉善根，渊源孝友，家学既勤，天质更敏。齿龀能文，年十三受知文太青，拔冠童子试。十六食廪饩，试辄前茅。辛酉登恩选，遂魁乡试。先生诸生时，即丁盛孺人之艰，举孝廉又值瑞廷公之变，皆哀毁骨立，憾深风木，念灰进取，淹留十载。至辛未春官，始成进士，与杨机部廷麟同出倪文忠元璐之门，并选庶常。与黄石斋、文铁庵、王觉斯辈友善，日以名节相砥砺，兼留心古学。时学者当弇州、竟陵角竞之交，出奴入主，声吠失实。先生独自立位置，蕴籍经史，取裁古人，发为文章，伐毛洗髓，陈言务去，以天下为己任。孝廉时，值保德寇乱，纠里人团练捍御。通籍后，愈抱宗社隐忧，生民疚疾，思得当以报君父。而熹、怀之际，外苦寇贼，有玄黄之战；内苦门户，有水火之争。主忧而臣不宁，政繁而世不治，为有识者痛心。先生独立不惧，进退以礼，务期尽瘁竭力。前后拜疏数千言，长叹痛哭，知无不言，言无不尽。及奉使代藩道，经梓里，复值寇临，仍率父老子弟荷戈执锐，日夜固圉，寇因寻退。而秦警震邻，请兵募饷，寇不敢入。复备陈防守救灾蠲恤诸利弊入告。时烈皇帝志在灭寇，抚髀思贤，召阁臣以下廿一人，先生官起居注经筵，展书得与其数。即口疏用人要务，谓用人必先得用人之人，则一时君子连汇而进。破门户、破资格，毋使人才摧抑；求老成、开自新，毋使小过屏弃。慎抚按监司守令之选，而后大法小廉；悉民困兵匮国耗之情，而后外宁内治；涤军饷盐政钱法之弊，而后国裕家给。因言晋抚吴甡抚民御寇方略，上为霁颜，旋擢吴甡枢贰。及先生再使代储，犹复理召对前说，申奏至再。暨疏所过郡县寇氛灾伤情形，上为动色，屡赐温慰，思所以大用，而部党衅起，正人并退，先生亦以疾告矣。

迄回籍后，犹时时与地方大吏议战守，为梓里救疮痍，为太行孟门保障。至癸未，以司业召先生，而先生不赴。未几，竟以忧劳国事至疾以卒。谁谓先生见几求退，为自求计乎？先生家世理学，于忠孝大节，信真守定，不容毫发或爽。至于急难、赈饥、施棺、泽枯、建桥、普济种种，不能悉举。先生分校礼闱，得二十人，皆知名士。己卯，主楚试，入彀者九十六人，其四十八人副焉，中多志节之士，不独以文章称楚材也。如陈文节纯德、杨中丞文荐，竟以身殉国难。先生之得人可知矣。

岱与叔长荫暨兄士乾世显皆己卯所拔士，会以甲乙之变，流离播迁，遂至沦落，无以副其知遇，方茕茕在疚，戊午，先生仲子宗本官良乡丞，始以遗稿见示，岱读竟，高文典册，居然贾、陆、韩、苏再出，不觉感叹留连，至于出涕。有师如此，四十年尚不知其文章之博奥，岂复可比于人数哉？典型在望，百世犹师，矧身出其门墙者乎？于是因为点定诗文，共得十卷，剞劂行世，以俟世之尚论者焉。

欧阳始亨传

陈履谦

欧阳始亨，字晋侯，号南云，少尹理南先生长子也。弟廪生应亨、震亨，悉善属文，同怀相师友。中顺治丁酉副榜，游京师，总宪长沙赵公洞门延誉相国高阳李公坦园。李重其淹博，命二子受业。且以先生通达治体，凡有奏议，每就商榷。时楚地辽阔，省治偏处东北隅，中隔洞庭，钱粮狱讼多困于风波盗贼，大为官吏百姓患。康熙甲辰，特命偏沅巡抚移驻长沙，增设布政、按察二司，统理湖南七府二州，先生与有力焉。初，相国李公特疏论荐，诏随征陕西，大将军图公伟其器识，假节司马。有功，特授陕西延安府宜川县令。时流移未集，公政简民安，归者辐辏。未及报最，卒，百姓哀思之。著有《楚词定本》，康熙二十一年，诏崇祀乡贤。

向九畴传

陈履谦

向九畴，字禹锡，以明经起家，司训巴陵。尝置酒岳阳楼，集诸生临眺，互相酬唱。转南昌二尹，廉慈小心，气恬而内刚。其事上官以正，无媚词曲恭，故上官亦雅重之。分理争讼成而孚，人亦乐输其诚，号为无枉公。江西旧制，二尹征收漕南二米，后遂并于长吏而责成如故，同僚约请于各上宪，无枉公曰：利害相倚伏，吾不获此中赢余，害必不及，官舍蘧庐耳，何恋恋哉？南昌令卢炳事之如兄。臬司黄常集大僚暨搢绅，上元后高宴侈张，令佐先期奔走者且浃旬，无枉公日在署豪饮，绝迹不往视，客劝之则曰：吾岂效淳于生一斗径醉哉？

先生有恒业。衣食听子孙自为理。余尝过庐岳，便道访之，会腊杪雪封，尽欢者三旬，因谓之曰：君以官为家，无簿书之扰，蒲鞭不设，目前无俗物，胸中无俗虑，优游曲蘖之乡，岂让梅仙令独步哉？

年七十有四，巡抚马题授丰城令，卒于官。明年，其子命葵扶榇以归。

刘光钰传

陈履谦

刘光钰，字子美，岁贡生，为邑文学友望先生长子，有志操，慷慨敢言，以礼自持而乐于成人之美。康熙初吴逆驿骚楚南，子美与友望先生静镇不挠，偕诸弟敛迹讲学。尝历主族政，奉祭田岁入租五十三石，介而善裁，族人薰其德，瞿然顾化。子侄常请业族某公，见其困乏，给近郊田三十亩。族有鬻田于公者，久之索归，许实不持璧，公诺曰无庸，计年谷之入足以偿矣。凡乡里曲直纠纷，得公一言，涣然冰释。有争论廛舍者，价轻重不得其平，倾箧给之无吝。常荐张某馆于湘潭某家，张如期往，则或屹然高座谈经矣，慨然曰：寒士岂堪虚此终岁计？如数酬之。邑重大公务，必竭力勷事，期底于成。诸目击颠连无告，必随其力为之曲全，然绝无慷慨然诺轻财好施之态，盖其天性慈良，一出于自然也。

雍正癸卯卒，年七十五。几前座右罔非箴儆，训子孙一以圣贤志趋为的，屡请乡饮宾不就。昔孔子于春秋名卿，独许叔向为古之遗直，吾于先生亦云。

子应源，有志行。孙树人，早卒。树香，悫谨能读父书。

周节妇传

陈履谦

周氏适江西医士子张子扬，年十八，夫卒，葺夫履，履之如外屦，周旋终身，补缀若集腋。起居一室狭小，露井雨注则盛之以饮，内外限童子不得逾。奉大士，火必达曙。不成炊，卖米呼门外，若有召者，诸所需亦如之。邻里观感或泣下曰：至诚格神。亲旧或存问，谢曰：枉顾念我耳，真念我，终身勿枉顾。当始寡时，遗孤未周，内外无缌功之亲。年未四十孤殒，复独居三十余年乃卒。卒后发不可栉，夫履始委置床头，犹端列若双凫焉。

陈子曰：周节妇世称奉大士，所需皆应念，陋矣。彼其守义坚贞，形影相质，神明觋之，乃炯炯也，谅哉！

明松潘卫总兵朱公传

田禄

公讳化龙，字庆云，姓朱氏。其先江西南昌，永乐初迁辰溪，遂为辰溪人，数世皆不仕。公生有异征，幼入乡塾，识句读，弗好也，去学剑槊。年十七八，以不羁为里中所短。公曰：大丈夫当为国建功，取封侯贵耳，安能久困此乎？

天启中，水西酋安邦彦叛，偏沅抚军王三善募勇士，公乃应募。王公奇其貌，署为队长。安酋退，我师深入六广河失利，公病创，伏岩洞中。及还，言师败由于深入无援，凡追敌而后营不整，及相去远者，皆败道也。年余，安酋平，公功为多。

崇祯元年，进守备沅州卫百户世袭。公方讨五寨司叛苗，而流贼老回回、一斗粟等肆中原，总兵张景珠奏公才，取为提调。未几，景珠恃勇战殁，诏公以都司领之。于是，同秦良玉等讨贼经年，迁黄岭参将，既而进海防中协副总兵。公缉练水师，开诚奖励，兵遂雄海上。及战长山岛，获海船数十，籍其珍宝致诸京，归被掳者。绩闻，诏赐蟒玉，进都督佥事。三年，念其母老，屡疏归养，上悯之，乃补偏沅巡抚中军。公至，登堂拜母，子国玺，长矣。与其故交抵掌欢笑，且曰：为将之道，胆为主，辅之以惧与谋，事可成矣。而气度娴雅。里中老人曰：庆云今日，乃不似其十七八时。公笑曰：吾十七八不如彼，焉有今日？然复不喜人如己。戒其子国玺力读，补诸生。

衡州土贼陈朝明围衡，公奉檄往剿，贼逼益阳，望见旗鼓严整，稍却。公乘之，手刃数贼，诸军竞战，斩无算。寇退七十里，公尾之，诸军昧爽入贼营，擒数百，讯其真寇斩之，而释其迫胁者。至衡谒桂王，王喜曰：孤与卿宗也。公谢不敢。是时，贼万余栖牛矢寨，围之数日乃别开一面，令奔可擒也，遂擒朝明，献桂王，戮诸市，而以朝明幼子陈佳盛为养子，人皆称朱相公云。复赐蟒玉，进左都督，加三代诰封，沅州卫指挥世袭。既而阁臣杨嗣昌督师讨张献忠，调公为中军。及其围贼于房县也，白嗣昌，谓贼乏粮，宜乘时进灭，不允。公乃辞职养亲，而兵部蜀人陈新甲奏调公松潘卫总兵，以沅陵石可达为中军。

未几，贼逸，嗣昌死，公在镇，未常不悼恨其言之不用也。及怀宗殉社稷，江左再失，而桂王号称永历。我大清兵定湖广，张献忠奔蜀僭号，蜀地尽失，而公独不屈。贼亦惮，不敢逼，乃遣其伪威茂道蔡说降，公责以大义，斩之。贼将曾英来寇，公击却之，贼自此益畏公，而松潘一隅独不罹贼也。大清兵入蜀，献忠受诛，统军亲王以恪勤忠孝谕公，公不答。是时，永历在滇，素知公者。献贼死，余党归滇，滇蜀始通。永历封公平蜀侯，赐之印。公在卫与士卒同甘苦，誓与所守地为存亡。

壬辰，遣其养子陈佳盛往候明故阁部李乾德，值大清命吴三桂巡川东，遇诸涂，佳盛遂以献三桂，且称公巡番界，当乘其不备袭之，三桂以为向，而以总兵王明德之师随焉。诸关隘见朱相公皆降，抵城而公尚在边，闻城陷，鞭马堕崖，马死而公无恙。明德获公，乃并其家属解赴嘉定州死之，七月三十日也。而中军石可达忽起呼曰：我公乘白马云中呼我，当速杀我。遂死。越数日，陈佳盛病疽，呼石哥饶我，竟洞背而死。

长子国玺，以侍祖母居家免于难。次子国璋，以年幼释，三十余乃归里。

呜呼！余生也晚，闻诸父老言明末死节，有不知者矣，有知而不传者矣，若公者，岂非其时一伟人哉？圣天子于先朝为其主者，命所在有司建祠致祭，且予美谥焉。盖所以励臣节而教之忠也。若公者，岂宜使其不传邪？谨述其本末，以俟采风者。

陈绎思和本初传

曹耀珩

陈确，字绎思，金陵人，从父官长沙之湘乡，遂家焉。为人尚大节，不治生，工诗字，所居一茅庐，书数卷，竹数竿而已。长沙之能文者皆豪之，相往来，然特与北方人和本初友善。本初者，绎思里人彭警庵妹婿也，其父由武举官守备，而本初事文艺，隶善化庠，名藉甚。胸无城府，人有过面争之，扶人于危，口不市德。产于南，慷慨悲歌，尚有燕赵风。绎思好游，历九疑，登滕王阁，走山阴道上，岁以为常。本初连试有司，不得志，亦下舟淮扬间。

康熙癸未春，有官粤者罗本初幕下，本初曰：吾有友陈某客永新，不相见数载，能迂道访之，从公游。其人许之。中途易小舟，逶迤入永新，未至，误堕水死。

时绎思从夏葛民幕永新，意忽忽无聊，移寓萧寺，日买酒烂醉，醉则吟，摇笔如飞，间狂歌拔剑，呼故人姓名，葛民莫省其故也。本初讣至，疾走抚棺大哭，气几绝，家人救复苏。有间，曰：本初为我死，吾何复求活？吾将从好友地下矣。不食卒。

两主人各厚殡之，买舟送归长沙，人无识不识，皆太息云。

案：先世钞本中有东村陈确数首，乃赠少廷尉张湘门先辈昆仲者，有“北堂不问知来客，为听书帷起笑哗”之句，其为莫逆可知。读此文，始知其人。汝怀附记。

夏云卧传

曹耀珩

夏君光洛，字禹书，号秘庵，年十七为诸生，食饩。为文缜密有法度，然未尝一试乡闱，好填词，吐属入妙，工书飞白，远近争购之。

初居城，后徙邑九里之河塘，茅屋数椽，号云卧道人。堂前梅一株，巢其上为坐具，又号梅巢居士。梅巢侧辟莽通山为驯园，怪石修篁，杉松绮错，小径盘曲而上，翼亭于巅，亭之中茶铛、木榻、剑匣、书签俱有致，又有石磬铮铮然县亭角。层峰细涧，俯呈于几席之下，云卧安之，不问世事。

天伦中至性过人，侍母疾卧床下，年余不解带。友爱二兄，兄子贫，让其分宅。年逾三十，屣视一衿。以母卒悲思不已，其长兄先卒，亦痛甚。自是意尝忽忽不乐，深夜行阶除，扪胸长叹。俦众偕处，独欷歔于邑。问之终不言。闻戚友不如意事，旁皇惨澹至泣下沾袖。遇积雪尺余，服羽士衣冠，带剑挈瓢，登山椒，狂走数十里，投止野人家，人以为仙。夜独宿亭中，虎绕亭啸，略无惧色。愤激辄豪吟绝叫，夜半起击石磬，声彻里许。知云卧者高之，不知云卧者怪之也。

畅庵曰：云卧生平所遇，坎壈不称意，宜其自处有然。然士遭穷如云卧不少，且有过之者，云卧何自苦若是？是其明于忧患者乎？令得志于时，任天下之事，忧当若何矣。

刘鹿山传

陈雅琛

先生予邑人也，姓刘名宪，字廷式，号鹿山。曾祖伯川，祖崇宾，父纲，以先生贵，赠大理寺丞。先生幼孤，即能理家政，性明敏，耽经史。年二十补诸生，与同庠罗先生安文誉并驰。成化辛卯，以尚书领乡荐，戊戌登进士第，令江南芜湖县，绰有治声。遭旱，造五色土龙，步祷烈日中，雨果沾足，岁大熟，士夫竞以诗颂之，抚按官交章荐。癸卯擢广西道监察御史，丁祖母郭氏艰，服阕，除浙江道御史。丁母陈宜人艰，服阕，除山东道御史。平反冤狱，劾大监李实罪，下狱夺俸。内班劾失仪者，锦衣误持先生，先生叱且诤，孝宗察而见释，称为铁面御史。先后在台中十有六年，章凡数百上，皆扶植纲常、攻击权佞之类，举朝以直御史称焉。

升大理寺右丞，转左参议，奏驳明允，三载考绩，荷恩诰封朝议大夫，赠父如己官，母妻皆宜人。奉命勘宣府守将失和事，议称当，兵部马端肃公荐先生晓畅军务，机敏有为，差往延、宁二镇招兵马，得精锐二万余人。弘治辛酉，敕授都察院右佥都御史，巡抚宁夏。宽猛适宜，军民胥靖。甲子，虏号十万，从石沟池入寇，先生立五哨拒敌，亲冒矢石，斩首甚多，夺获战马军器万计。捷闻，下敕褒奖，赐金币金牌。

正德丁卯，升南京刑部右侍郎，宁夏军民遮道号泣，建生祠祀之。时逆瑾擅权，恶先生不己附，莅任方数月，逮系狱，先生终不屈，竟毙狱中。瑾既伏诛，廷臣以先生守正被害白于朝，命荫子入监读书，吾楚士大夫请于抚按，祀诸乡。嘉靖辛卯，特加葬祭，其文曰：

皇帝遣湖广布政使司左参议郭日休，谕祭于南京刑部右侍郎刘宪：惟尔性资明敏，才识优长，发迹贤科，驰声剧邑，擢官风纪，超陟棘司，晋拜兰台，抚按边徼，尽心戎政，绰有能声，迨佐秋卿，实参留务，奉公守正，终始不渝。中被权奸无妄致祸，横遭拘系，瘐死可伤。朕念幽冤，特颁恤典，命官营葬，遣祭有仪。九原有知，尚其欣慰。

初，先生柩归自京，县尹吴公廷璧为营葬事，卜兆横岭，先生示梦其子凤诏曰：斯地多蚁，宜卜于邑南杏山祖茔，依吾母侧，土具五色而吉。既启圹横岭，果聚白蚁，杏山果具五色，其灵爽有如此者。

先生内行敦笃，祖母年九十余，母年六十余，俱能得其欢心。为人刚直明决，具文武全才，一时方之小范。许襄毅公为冢宰时亟称其能，方将大用，而遽为奸奄所陷，天下冤而惜之。所著有《鹿山杂集》三卷，疏稿无存。南京户部尚书灵宝许公诰为撰墓表。予忝居后进，征文考献，悠然向往，伤邑乘之略而弗详也，因采辑而传之。论曰：

少司寇刘公出处大节，先人往往称之，余尝于入城时望公墓展拜，抚碑碣，追往事，低回不能去。窃恨逆瑾害正，知公者咸结舌，果燎原之火有不可向迩者乎？何敢怒不敢言也？噫！尽其道而以桎梏死，彼脂韦骫骳之辈或笑为计之左矣，夫安知所恶有甚于死者哉？

王醒斋先生传

李文炤

醒斋先生既卒之六年，其孤书思抵予舍，泣而言曰：寒家将刊家谱，而先君子尚未立传，计相知之厚者，莫吾子若，敢以请。予谊不敢辞，忘其固陋而次辑之。谨按：

王氏系安福巨族，及先生之远祖徙于邵，其尊公某登贤书，值国变，完节以终。先生其季子也，生而外朴内慧。一日尊公偶见其文，乃大奇之。受知于蒋慎斋，嗣后学使者皆推为国士，试辄冠军。丙子已荐元，其二场为誊录所毁，遂报罢。天性孝友忠信，三党无间。有亡兄，遗产悉以畀其外甥诸侄。家被疫，每晨各至其门，告厉神曰：神奉帝命，岂敢归咎？但有罪者速罚，无辜者勿波及也。既而皆愈。为父及伯父从祀乡贤，卖田以给其费，而不以均之诸兄侄。藩府有莽牛者率众于龙山开矿，不许则将煽乱，先生倡首鸣之县府，达之制置，事乃已。戊子岁，学使者试未遍而卒，诸庠科举公资，皆以前案例分给，先生领宝庆府学批，独并遗才而均之，曰：优等岂常在我辈乎？众皆允服。

其学无所不窥，太极、洪范、律吕、经世皆深造诣极，南华、西竺之说亦洞究其蕴而抉其非。盖自紫阳之学六传以及方侯城，遭靖难之变而其统遂绝，河汾崛起，曲高寡和，而陈公甫、王伯安遂鼓其偏执之说以乱之，学士大夫从风而靡，虽胡敬斋、罗整庵力加攻诋，譬之诸葛之讨贼，韩范之平戎，名义甚正而力或未之逮也。至氏始大声疾呼，以号于一世。然其书散在天下，不知者以为文评也，其知者以为讲义也。先生独曰：百世绝学之传，赖有此耳。率其同志精思力究，南方风气为之一变。其稿行世，无不以为醇儒之文云。少多脱略，晚乃严密，温和冲澹，浑然不见其圭角，故后学无不倾心。先生随材造就，远及数郡。

先君子于庚午鄂邸得见先生，谓炤等曰：举子中乃有斯人，汝辈得所就正矣。自是以往，质疑问难，谊等天亲。炤尝充岳麓书院山长，缪作《中庸》《易通》讲义，先生首肯，为点窜其总论，曾重订《仪礼经传》，先生赐之叙言。又以生平所未彻者数事伏问，先生乃作《广道》《蠡测》《鬼神》《死生》四篇示之，手泽尚新。呜呼，痛哉！

先生生于丁酉年十月十二日，卒于辛丑年七月十六日。嗣子一，即书思，邑庠生。嗣孙四人。文集若干卷，诗稿若干卷，藏于家。元复其名也，能愚其字也，盖以颜氏之子自命乎？

顾公传

康应瑚

邑有顾公总管者，唐人也，其名与字，远莫可考。髫龄时先王父告予曰：顾公于唐季因寇猖炽，民无所依，遂起义师，据寨以守，寇至，困守数月，坚不可破。寇逼寨下，擂石如雨，退去数里，旋于暮夜，以羊数十，束火于首尾，鼓噪上，及天明，矢石俱尽，寨遂破焉。公怒发上指，戎服跨马，率麾下数百人邀虏于寨下力战，斩首数百，众寡不敌，乃下马自刎，复一跃上，捉首西奔。路经金凤坡，遇汲妇，告曰：需尔水接首。妇曰：首已断矣，水何能接？遂落马而逝。

众士卒以公尸葬于絮坻坡，有坊，上书“唐朝顾公关西”六字，迄今呼金凤坡为落马坡，以此。其宰杀汤池米臼，至今犹存。相传为本里顾谢二之祖，子孙刻木以祀，称之曰顾公。明洪武初厘正神祀，事闻，追封为都督，享祀南岳祠。旧刻公像戎服乘马，两目怒睁，乡人猝睹而骇。后画像祀之，遂为两貌，曰大公、二公。公之义勇冠世，保群黎于抢攘之际，抗强寇于万死之余，既刎，犹跨骓而逝。呜呼！烈矣。遭明季兵燹，庙宇灰烬，里人绘公像以重祠公也，宜哉！

游女清姑传

张汝治

清姑者何，从其不嫁而名之也。女无名也，吾欲枚举以名之。曰孝，曰义，曰信，曰贞，曰贤，曰烈，举莫尽也，故第从其不嫁名之也。清姑为谁，吾邑前明游氏女也。游氏先时，丁户数十相聚而居，遭大疫死且无余，仅存其父名万金，母锺氏，生女及弟乾。女生于隆庆初，乾小于女十一岁，乾生而万金卒，越三年锺氏亦卒。母病时，泣曰：游氏一线，将安托？女泣谓母曰：游氏几无噍类，幸遗吾父，不幸，犹遗吾弟，天或未欲绝吾宗乎？儿与弟相倚为命，终身相保。时乾方四龄，女躬哺饲，保护尽瘁。邻有先与其父构隙者，亟肆侵凌，女谕老仆，以礼抗拒之。乾稍长，延师课读，卒通晓知自立。父母在时，不轻以女许人，至是，远近慕其贤，请婚者纷纷至。女皆坚拒，曰：吾不幸非男，吾保游氏后，即游氏男也，将安适？乾既娶，指授家事，闭居一室，人莫见其面。卒年七十有一，附葬母墓旁。乾生四子，后皆蕃衍。诸游奉女祔祖庙，余为游氏甥，每闻诸舅氏说女行，因为传以记之。赞曰：

女之为功于本宗者有矣，鲁义姑舍子全侄，李文姬之匿其弟燮是也。然义姑惟恤兄后，而文姬转托诸人，今游氏无乾则无全宗，而无女则必无乾，是其功伟于义姑而苦于文姬也。或曰：不嫁非义也。女即嫁，亦何妨于抚弟乎？余曰：夫义取重者也，方女是时，义莫大于全宗，挈孤他适以旷祀，不可也。即赘婿于家，使他姓与宗间，亦不可也。且古之立义者必常有所重，坚忍以壹其志，女之不嫁，当其语母时志已决矣，使又转为伉俪计，安知其不更利乾所有？利乾所有，安知其不且不复恤乾？一牵于私，何所不至哉？故凡女日后有成者，盖定于早，非偶然也。吾故独从其不嫁而名之，以明女之一于志云。

先君子传略

曾绍孔

先君字唯参，号隐庵，讳士鲁，行二，享寿六十九岁。孔其第四子也，生时先君四十有五。孔十年乳臭，又十年就塾，非岁时伏腊、宾延庆会不得过庭阶。先君嘉言懿行，安从窥其万一？独自成童暨弱冠，业惟兄授，宵不分灯，昼常共席。空山梦醒，独室人孤，大兄每涕泗交颐告孔曰：吾家自曾祖少洲公徙邑治，王父汉宇公继之，慷慨有大志，以古豪杰自期也。不幸昊天降割不少延，我大人于时十龄耳，伯父早夭，孤立茕茕，门无二履，寡母弱稚，风波鼎沸，凛乎未坠之绪，若悬千钧于一丝而临以不测之渊也。大人一婴儿，出万死一生，芒背茧足，神骇股栗，卒莫逢其害，同时侪辈，无智愚贤不肖皆惊喜，后人闻之犹有泣下者。顾当其身操心之危、虑患之深，何如邪？况运际革除，贼寇煽虐，一望野火寒山，残黎仅可指数。夫焉有田园为归？期功强近为依，半粟寸丝庇而为生也。大人不得已，长跪白王母，儿请弃诗书，服贾牵车，用遂孝养，而一切家事，概不贻吾母忧，王母许焉，知时有不得不然耳。由是食蓼茹荼，芒鞋草笠，踉跄烽火中，馁不饱营，冻不暖谋，朝禀母出，暮入如之。偶阻未归，念母心劳，梦寐间辄放声而号。每鸡既鸣始和衣寝，天寒宵永，拥衾待旦，率以为常。不数期而业就，自是甘肥罔缺，盖恸王父弃养，而犹幸得事王母也。一遇节诞，必治具置酒，召亲妇邻妪，迭起捧觞为王母寿，至于宴笑极欢然后罢。数避献逆，裹粮负王母匿僻坞，或数日不返。曙初见虎迹累累出石穴，距丈许，得不惊，咸以为神。王母偶疾，独谨医药，嗟王父病笃时懵懵无知识，或为误之也。洎没，一恸几绝，尤严葬祭，虽纤细备极周慎。其时无贵贱远迩，白马素车，填塞街衢，每念及王父丧不及王母，哀号如新，迄今犹然。此吾大兄备述之，时孔虽少，记忆不敢忘。

己卯秋闱，二兄偕往，既被乙，潸然谓孔曰：穷达有命，早暮有数，若勉之，我辈无为也。忆髫龄侍膝下，大人辄诏以古今成败得失事。方总角，延师督课，五夜一灯，主宾坐话，听书声疾徐断续，相与程作辍勤惰，将寝辞入，辨明出谒，他往必告，如是者十余年。一日，值伪吴校士，或绐曰：郎君时未可失也。大人为若弗闻者。又告，乃婉谢之，退而笑曰：教子必导以正，如若言，有遁死荒谷已耳。因徙宁邑，避外祖之谷塘，王师平湖南，始返故墟。今五踏省门，屡战屡北，徒辜堂上，愿非子情之所安也。孔复泣志之，知诸兄课读不少假者，其来有自。

嗣后孔成立，偕诸兄常侍先君侧，先君顾而言曰：尔辈失意无悲，失意悲，得意则骄。果无愧人知，即不得意何憾？第嗟目中所见，近今皆邈然，后生侪流无在者，则余亦将衰已。赖婚嫁毕，托先人之荫，有子幸克负荷，吾可息肩矣。邑檀树界筑室在焉，闻固往居之。元孔姑依余，市井必不可久处，脂韦非长者屑为，端方又惧忤俗，山间林下，夜寐夙兴，无怖水旱堕业也。无贱寸阴，谓不逢年也。驱驰百氏，拮据三时，如上古世，畴为侮余。孔兄弟拜受命，先君又以兄弟中孔独少，未磨砺世事，遂以家政委焉。惟月吉晨起，肃衣燃烛，拜妥先灵，既望如朔。旦暮策杖，与二三知己徜徉春草秋林、桑田药圃间，夜则焚香静坐，语平生事及家难，痛定思痛，则泫然而泣，已而更大笑，谓不铁汉，吾无今日矣，但此不宜语汝，然欲使知汝父困苦而益思愤励也。孔私证兄言，乃愈知所未知。

先君秉资凝重，端庄不苟言笑，子侄虽溽暑不衣冠不敢见。当道想望丰采，然未尝足趾一蹑公庭。邑侯某公欲先君一见，属某友钩致之，且曰：是高先生之行谊也。先君故诺，后卒不往，其守介不屈多类此。少壮兴颇豪，服物皆极华丽，年二十七授室，冀游名山川，走京洛以图进取，邑司马郭先生劝勿往，谓当婚娶，为祠祀计。又戒去奢靡，弗事浮名。先君始娶左孺人，尽倾笥橐鬻于市，厥后衣弗重裘，食无兼味，出入屏舆马，迄老步履兼人。

至岁辛巳，缘事赴善溪小庄，往还月余，无恙也。居明日，召两兄至，曰：曩仆仆风尘，才瞬眸东瀼，足及西瀼，今六七里许，必席地坐，坐且汗喘不停，衰之至也，吾已矣乎？汝辈为营后事，概从简薄，务与汝祖称，毋益我罪。孔兄弟饮泣宽慰，乃形神渐索。九月廿九日，终正寝，不他语，但曰：汝母淑慎，事吾有终，练裳竹笥绩纴，执枲靡宁，恨未逮舅姑，洁酒浆潃瀡，以妥先祀，礼宾师罄筐筐簪珥无靳，吾以是敬之。他日与吾合葬先人之兆，是吾志也。言讫乃瞑。

孔于时恸入肝脾，长号欲求速死又不可得，毁瘠余生，靦颜偷息，惟念先君前无所承，后无所待，独行己志，如山欲摧，复撑立之，如水将覆，又别注之，卒能有成。始以孤婴续将绝之宗，继以令子成克家之裔，顾不贤欤？子孙若是，而为祖父者乃乐有贤子孙，父兄若是，而为子弟者乃乐有贤父兄，得此诚难也。顾幽光不显，使非兄长提命，余小子鲜克知，况他人乎？惟是王父天永以年，先君得享前人之庇，而无苦于丧乱之时，宜若为世用，则以其修身正家者，施之郡国，措之天下，不知视古经济才为何如？惜所遭若此，呜呼，天生先君，竟何为哉？然既使其道行之一身，吾家百余年来，子孙庐墓、田园、诗书之继，实恃此以不坠，而晚岁尤以其超旷之识、闲远之度、独得之趣，放浪于山巅水涯，器宇弥深，风骨益上，德随齿邵，翕然有长者声。由斯以观，不居位食禄，先君亦可无恨。而余小子龃龉轗坷，生未获列鼎以养，没不获焚黄以祭，无一慰先君志者，可悲也矣，可愧也矣！爰是滴血濡豪，借手无华之词，撰次其略，以俟世之乐善阐幽者。

配左孺人，长兄绍闻、二兄绍固、三兄绍元、四即绍孔，一姊适宁邑贺象贤。孔先年为行述，载睦族恤孤，赈贫数事，事非不善，且为父老所艳称，然乡党自好，稍知推解之义者，其有不能邪？似不瞳为先君重，故不复书。孔为传其大者，盥沐端拜以志。

赤脚和尚传

曾绍孔

赤脚和尚者，始住吾邑七公庙，莫识所自，亦不知其名，跣足不履，人以是呼之。貌清癯，容止朴略，在庙早暮击磬焚香拜佛一次，未尝见其课诵，亦未拈椎竖拂作宗门指示。然自洗钵烧锅，锄园扫地，一切碎琐事靡不为，曰：不令吾心孔稍闲耳。日夕则趺坐堂前，达曙不寐，鲜有寝室。夏常行酷暑中，数十里衣不汗，一蒲团露坐，虽严霜积雪，手足不龟。所偕两徒，每隆冬夜研豆汁作腐，或教之劈柴，架炉中燃之，焰如莲花状。问何益，曰：无益。直戏也。客过相与谈论，皆如其意以去。偶及法门事，即不答。闻于邑侯，欲招之见，遗以锦绮，不受。人怪之，曰：将焉用此？劝之往，曰：方外鄙夫，见知宰官，非福也，吾何见焉？遂行，卜邑梓梁岩把茅为居，环堵容膝，告其徒曰：此中大自在，采松花、烧笋蕨为食，足矣。既而土人见其清苦，争供米盐果蔬，得不乏，于是遂有终焉之志。

后二年，卒为邑侯知，罪以惑众，逐之。观者相视太息，彼意泊如也，弃而之武陵，年已六十矣。游桃源朗水，憩德山，卓锡万寿庵。庵属武弁香火，夙苦健儿牧马，溷秽满廊，和尚至，清净如洗，群相戒曰：仅见真佛子，安可慢？久之，闻于帅府，卜日遣公子屏驺从往迎，固辞不获，乃诣府投谒。帅一见大喜，相得如旧交，留三日然后出，由是倾动郡中。自大尹、郡佐、守令、偏裨、绅士、耆庶，下及吏胥、兵卒、妇女、童稚辈，莫不顶礼尊信，随其贫富以作布施。虽非所乐，然以老不能更徙也。所得饮食服物，辄推以与穷而无告者，因终焉。

坐化之先日，辞素所往还之家，曰：吾明旦当告归矣。及期，果然。荼毗，送者咸白冠，炷香于手顶，至塞街巷。斋者李某与和尚夙不洽，往辞，李固不信，后悔之，驰守化场三昼夜，尽哀而归。

曾子曰：吾观赤脚和尚，作止语言，淡然寡营，始终遁于释，绝不闻有浮屠氏气息，庶几吾儒之降志行义，而以缁流隐者欤？亦何随所至，令人倾服乃尔。彼尚若是，而况于学圣人之道者哉？或见恶邑宰，或得志帅府，皆莫之致而致矣。士君子固不役役于荣辱，而卒所以荣辱者，盖未尝不若是也。呜呼，可胜道哉！

刘传松传

陈大受

刘传松，字耐雪，荫山其别号，长沙攸县人，司马晋仙公仲子。少从学于曾祖月三公，诵书能自句读，无戏言动，见者咸目为理学名裔。总角补弟子员，及长，沉酣经史，流览百家，务悉其底蕴而一贯之，以发挥旁通于四子经义，奄有荆川思泉遗韵，前后督学姚、潘、岳、王、董、李、缪数公交推许之。数奇，竟以明经终。所著述多自荼毗，以不忘受知名宿，故仅存试草一帙。当时文体波靡，卖菜求益，市瓜取肥，真气荡然无存。或变为剽掠字句，则又以艰深文浅陋，读耐雪文，穆然见典型焉。

生平孝友性成，父晋仙公下世，哀毁成疾。母陈安人尝遘病，躬侍汤药，经月不倦。常仿范文正公故事，广置祠田，宗族咸义之。有周媪为先生乳母，后沉病经年，忽昼见二青衣狰狞怒目，抽刀授之，曰：汝呻吟聒我，可自刎。媪仓皇失措，适先生来省，二竖趋出，严正足以驱邪，媪由是愈。乡民袁君弼邻家有鬼物，频劫去财物，及袁君相率立庙以祀，祟如故。先生诣其地，草文檄之，火其像，遂不复为患。人往往埒之狄梁公。

训子先行后文，尝曰：吾生平所为，家庭本分事，孝慈之理在人心，顾能勉不能勉耳，后生勿徒锐意取科名，少安毋躁，学乃有获。车欲其微至而朴属也，不然必裂。尔曹宜自勖也。诸哲嗣皆能世其家学，竞爽腾芳。长介辉，选贡，重辉、有辉、其辉，相继举孝廉，一堂砥砺，并与湖湘知名士共相切劘焉。

湘西李东黄先生读中丞陈公所作传，系以赞曰：士读书百卷，不能发明于时，登承明之庐。操三寸管，则当键户于山陬水澨间，上下千古，成一家言。先生之先，有文冢焉，今犹有过梓州兜率寺而吊之者。自龊龊者不厚培根柢，徒修饰枝叶以希荣一时，君子嗤之。余读先生遗稿，慨然想见其为人。昌黎有言：道弸于中，而襮之以艺，彪之以文。其信然矣。

石耕翁传

陈长镇

予道不攻篆而有嗜歇癖，甫总角，集石莹错。及长，稍辨其筋骨体势。有徐颠者，刀腕蹊径，颇尚太古，然膀膀髓露，而神未固也。一日，诣友人赵仲韶，见壁联遒跳如龙蛇不可执，诘之，仲韶曰：吾所好与子同，而东南善手是为之冠，艾氏，名显，字无山，嗜奇若骛，尤锢于金石篆籀，力抉根荄，独游绳契，避嚣入桃源深谷，构小茅，署曰石耕小隐，性孤岸，扃户不与世接。尝曰：交未易言也，有终者鲜，谨始其可。故人无知者，独与予游，此正子所欲得。出所琢大小二篆，虫啮鸟骞，屈铁半折，钵心刿目，如有狞狰老虬破石欲出，益大奇之。拟秋高气清，裹粮造焉。

越日，阿童贷书于赵，云赵有异客，瘠骨深目，古冠服，其音硠硠，色有自得。予曰：必石耕翁也。遽阑入，宛然麋鹿之姿，龃龉之性，终日默默，莫得其涘。翼往稍露棱角，数往则活活矣。具酒醴要之，复与猎奇字，榷图牒讹赝，滮滮若决。酒酣嚱嘘，大言曰：惟子可与语。贻予私章数钮，玉骨权立，霞采迸散，斑斓苍劲，殆不可状。

喟曰：道臻是邪？以彼其能，刻荆玉，勒洪碑，上而飞天，下而镇地，亦足以扬国家之盛。即不然，遇名公卿，一昌其声，必不落寞。而吾徒乃得私其一爪一甲以张吾军，讵不幸欤？第金石之传，斯冰而来，不绝如线，翁独深入篆室，与古相见，匪人力矣。顾抑郁不获，有所纪撰于后，而翁又老矣。予惧线之终绝也，故次而传之。

李谷叟公家传

张垣

公讳珙，字蒲臣，号谷叟，泰衡公之季子也。性孝友，疏资财，笃恤谊，年未壮受知于邑侯黄公，以远大相期。与诸名士立岸花社，文名卓然。丙戌丁亥间，流贼屠戮潭邑，李氏被惨尤甚，诸伯父及孺人张氏皆遭兵疫以死，一年中九丧并厝，撍拄摒挡，不避辛苦。以祖居栗塘近郭，徙去城百余里乌石峰下。戊子复遭余寇马进忠之变，家产燹烬，姻属流离。公奔走求食于山林墟市间数年，或寄情杯酒，闲辄诗歌自解，迄无愠色。乱定后，凡泰衡公所遗田产盈万，或饵于官，或徙于商，随其资多寡售之，不为竞。先是，湘洲公由宗伯晋宫保，田产所遗，子孙乱离远窜，家政乏理，僮仆有力者诣公来请，曰：愿公抚而有之，勿利他人。公笑挥之曰：我虽贫，岂以是污我名哉？屡赴棘闱不第，遂谢绝举子业，闭门深山，不谒权贵，城市罕见其迹。研精羲象，著《周易便蒙》一书，论诗酷爱陶靖节，手不释卷。与谢公薇房、石公天半、余公攻瑕、胡公影桑为诗酒至交。邑侯赵公重其品，征为乡饮大宾，题其门曰：衣惹白云。丙子夏，梦人赠一联云：篱下黄花千日酒，山中红叶白云衣。觉遂恍然若有悟，曰：此余像赞也，余将行矣。不数月，无疾而逝，年八十四。著有《寓衡吟》《耐庵集》，为文人所称许。

子四人：鲲同、鹗晓，邑文学；彪宗，候选州同；骐偕，郡文学。孙男五人：瀛，邑文学；沅，郡文学；余俱能自卓立，抗厥宗云。

论曰：余尝过乌石峰下，竹木蓊郁，陂塘明瑟，类高人居。村民指曰：此李公谷叟所栖息也。当流离颠沛，公独诗歌不辍，迹其胸次，殆不以生死利害计者。呜呼！岂不贤哉？

案：乌石峰下，汝怀先世苍松老屋在焉，谢氏、石氏亦聚居其间。石公天半者，陈恪勤公妇翁，恪勤诗集注中言有红雨山房，亦在其地。谷叟翁徙百里避地于此，殆缘谢、石两家，今不能考其处矣。其著述亦未之见。汝怀附记。

陈之驱传

罗典

陈之驱，字桃文，岁贡生，世家于攸。生后于熊汉阳、刘黄冈。康熙十九年庚申，督学庄慎斋得试卷，惊为鹰翮摩空，鸡彝在望。再后则督学潘书原目以苍古奇崛，不顾俗眼侧白，生平知己仅是。桃文旷代轶才，稽经诹史不为口耳学，古文自秦汉而下，贯穿陶铸，目远心空，得古人深处，乃见古人浅处。其略具于集内，所选历朝古文序言、制艺不下数千首，比诸临川大士梁间物。所为古文词沉博绝丽，汉魏六朝共炉而冶，探诸灵府，妙合生成。闻有别录一通，乃深至所倾漱，晚岁目盲，为无识狡取。今传于后者，制艺尚可掇其尤，古文词零落无从采辑。其宗人思迈，汲古士也，曾梓《岛孙集》十二卷，多方采辑，存十一于千百，不尽可存，以不忍割爱存之，卷首即《岛孙记》。攸陈太史春江云：此记近二千字，文笔之古，一空仿像。当时刘黄冈诸孙见而诧异，因卑礼访焉，乃为指示原原本本。今刻本流传割裂失真，识者辨之。太史之言，盖有所自云。

论曰：当熊、刘竞爽文坛，正桃文习静山中时也。雄鸡一声天下白，三楚起衰功。熊、刘而后又以桃文为首庸焉。沉酣今古，开辟户牖，及门郭青来辈不免望洋，彼其非道不徇经训自娱。长洲韩宗伯、昆山徐司寇屡折简，颔之而已。若桃文者其不朽，岂独以文哉？

沈直斋传

罗典

直斋先生者，浏阳西乡之隐君子也。浏居湖湘之东隅而多山，山之嶙峋嵬崛，巍然耸翠，不啻天台、雁荡为天下之奇观，故其灵气钟于人而生先生。先生体貌魁梧，器宇磊落，卓卓有古人风。闾里有事，艰大则任之，纷难则息之。平生孝友出于天性，凡远近交游咸则焉。家素饶，好积谷，多至万石，非夸富也，时值凶歉则平粜，升斗不拘，其所周恤无不至。壬申岁大饥，捐施粥，赖以生活者不可枚举。室中奴婢悉为及时婚嫁，愿自赎者不索金而欣然许之。其有田授人耕种，尤极宽恕，随田之腴瘠以取租，无苛求，无外取。凡佃田者，靡不乐先生之厚道焉。

奈中年多故，其后嗣长次俱不幸，更有妄人乘而以横逆加，勿与较，或资以财，纵不得已，首之公廷，亦不为已甚。一日，邑侯陈公谟闻以公事入其里，闻先生高谊，遂造门谒，享以酒食，尽宾主欢。日夕止宿书斋，剧谈终夜，相与话民间疾苦，农务士习，而公门事不及焉。时则见其嗣君仁轩，邑侯握其手曰：此掌中珠也，他日必为沈氏光。斋中所设楠木几数事，侯见而羡之，以其材不易得也。先生心知其欲，即举以相赠。侯感之，旋报以诗，诗至今犹传诵云云。以后无复有欺侮者。先生之晚节森森，矻然如千丈松。年七旬有三，而步履不假杖，其神完而康且健也，顾如是乎？邑之人钦其齿与德举，为乡饮宾。先生姓沈氏名忠华，字公亮，直斋其号也。

论曰：先生有道人也，以其力之所可及，行其心之所不忍，奚必在位者而后可泽及于人哉？吾尝过其乡，闻先生之风，其亦仰高山而徘徊久之不能去云。

湖南文征　卷一百八

传二

王冰确传

旷敏本

王冰确，一字宾恪。吾邑山后人也，无兄无弟无妻子，居无庐，冬无衾，夏无帐，岁假陇上小茅舍召村童训读以资生，夜则投僧寺而栖，或倚亭檐宿焉。冰确既奇穷而偏孳孳行善事，疲心瘁力于桥梁道路间。自山后撞钟石至白果市春雨冬雪滑汰不可行，予昔往来予女夫赵体仁家，每薄暮过，心甚惴焉。今一望，皆镶砺石成坦道，冰确募修力也。凡冰确所见而心恻者则必修，修则必成，衡之人感其意之诚、操之廉也，他募或不应，冰确募无不应者。冰确岁获训蒙资，自给饔飧外，偶有余俱以供修路费，或悯之，或且嗤之。今山前有路当修者，每延冰确为募主，或并请监工。於乎！予尝过村中人家，门庭之外遇雨辄踏泥中，而彼拥厚资者，于人世之颠厄曾不一加意，又或时诎举赢，耗材于无益之土木，求毛发之益于人世不可得，闻冰确之风其不可以愧而奋乎？如冰确者，其于人世所谓饱食暖衣且非其所冀，岂复更有声色货利之足以萦其虑哉？吾辈之役役于美衣美食、浮名浮利者，又对冰确而羞涩无地矣。予有友修一桥，三年未成，赖冰确力竣工。

赠文林郎陈公幼吕别传

刘晴泽

康熙六十年辛丑夏，赠文林郎幼吕陈公端卒于辰阳綦明府署，公子兆翱振扶榇归葬长沙。公故上元世族也，父知县君，字子昭，宰楚湘乡。公生于官署，幼而岐嶷，举动率异常儿。六七岁入小学后，知县君间以书口授，悉记诵。时时绕膝前，语笑清慧，得堂上欢。母程孺人早卒，卒数年后，知县君值吴逆之变，弃官客游，卒于旅次，公与兄间关持丧，窆星沙岳麓山之阳，遂卜筑焉。凡前后居父母忧，虽幼弱，俱哀毁尽礼。

厥后渐成长，留心经世之学，为四方大僚所宾礼，然性极方严难合。其在粤中制府，论事少有龃龉，辄大声折辨，面发赤，达官惮之。公躯干甚伟，高冠长剑，举止傲岸，时露刚直之气，大类徐文长客胡宗宪幕中风采云。喜为诗，尤长于酒，每与彭警庵先生昕、刘西廷先生戡诸人纵饮连日，辄以巨瓮盛酒，用大觥更饮之，饮酣，尝共登故王城紫金山，口占为诗，慷慨怀古。且曰：吾辈皆少孤，值困苦，不获以文业自振继前人光，然利人济物之心未忘也，科名付诸儿曹可耳。

公天怀真挚，笃于孝友，故竭力葬兄及弟，事寡嫂尤尽敬，抚养兄弟遗孤子女不啻己出。酒后耳热，每念骨肉凋谢多，凄怆伤怀，杂以歌哭，莫能自已，子侄辈俱不忍仰视。四方来宦楚豫间者多公交游，辄迎致宾馆，遇事难剖决，公为指陈设施，多于民生有裨益，且发奸擿伏，动若神明。盖公少丧父母，奴子辈欺其孱弱，与恶党谋害公，公与仲兄绎思公定计绐之，执奴子并其党于官，皆伏罪，其好谋能断，自少小已然也。

生平尤精岐黄术，所活人不可数计。有通家子刘晴泽者，病湿热凡两月余，投以百药俱弗效，适公归，过问诊视，检秘方授之一二，服稍愈。时某省中丞耳公名，道楚中造庐访公，以重聘延之，即欲与俱，公语子翱曰：吾与泽家雅有世谊，且是子颇工诗文，器宇亦可成就，吾必使获全乃不愧为父执。由是竟谢某中丞。后翱举以语泽，泽偕举乡试，为同年生。翱膺检选，屡知江南铜陵、石埭县事，邮书于泽，责旧所托为公传，泽乃敬述其概如此。至公享年如干岁，卒葬某乡某原，及行实之详，具载翱所为行述，暨彭警庵先生所传中云。

案：文中所称绎思公者，即前卷曹畅庵先生所传之陈绎思也。合二篇观之，而绎思之家世具见，其在楚南交游之广亦可见矣。汝怀附记。

又案：《沅湘耆旧集》卷五十三载陈确绎思七言律诗二首，盖误以为长沙人也。

游楷儒先生传

刘晞泽

游士端，字楷儒，先世西江人，楷儒始徙于楚，因家焉。少好读书，尤爱苏洵父子策略之文，年二十三充善化弟子员，寻食饩，屡试辄冠其曹。自善邑暨远近州郡，藉藉称楷儒，若一口然。楷儒颇不好举子业，既屡踬场屋，益肆力于诗古文及刑律、战阵之学。杜门扫轨，敝庐数椽，败絮自拥而嗜古不倦，读书声时断断陋巷中。以楚南地僻，虽山水奇胜，不足以极心目，又家贫，资斧不给，不能远游，于是旁搜《一统》《舆地》诸志及所手抄地形论说、边防考略诸书，参之以见见闻闻者，著《方舆指掌》十卷。凡古建、都会、布行陈，形势之高下夷险，攻守主客，出奇设伏之要，靡不毕具，详审该核，类若亲历者然，绝非经生识见，盖留心世务，欲以效用于时而所如辄不偶，既乃慨然叹曰：此亦破碎驳杂之学术耳，名教之责匪异人任，身虽贱贫，庶几当代有贤公卿者出，吾将以经世之说进之，使措诸行事。

会武进赵公甫承命抚楚，尚未悉土俗，而欲大有所设施，每于朔望谒圣人庙召诸生立明伦堂，虚怀下问。楷儒美须髯，双目炯炯善谈论，顾见辈流皆嗫嚅畏怯，计不足共论事，即有所筹画，谅必不当公意。乃长揖直前，侃侃论说，公亦为之掀髯动容。退即，列时务切要十余事以进，公虽未一一举行，然每顾诸广文官，再三嘉叹，以谓此真书生中有用人也。继此若潘公、陈公、李公抚楚时，其说间进。陈公时所上救弊八策尤可采，其辞别录，盖与所进于赵公者大略相似，文则纵横驰骋而议意切当，其方驾苏氏父子而进乎贾晁之间者也。陈公奇之，奏疏参用其说，阻于事会未尽展布。迨陈公由楚迁闽，卒于官，而楷儒亦头颅班班，行且老矣。时人怪其行事，指目为迂且狂，楷儒岸然不屑与校也。

晦明风雨，偕二三学徒歌吟唱叹，上下千古，虽时复衣食奔走，而礌砢奇伟之概终未尝少减。厥后竟以醉后郊行陷池中，得疾而卒，年四十八。卒时谓其子曰：嗟哉！此身不能复为世用矣。然有湘客、芳玖两人在，身虽死，吾志或犹可表见时也。湘客姓刘氏，名玮潭，芳玖名玮泽，皆先生门下士也。卒后又二年，泽乃为之传。

赞曰：有明才人中潦倒困苦，莫若徐渭文长，乃今观先生何如出一辙也与？呜呼！使先生获用于世，必不等于庸碌者明矣。乃卒抑郁以死，死矣而刚劲之气，犹令人往来心目间，顾不伟哉？

湘客曰：先生奇于穷，更奇于死，盖非复绳律中人，故无之不在人意外也。先生生平无如意事，死后得芳玖一传，须眉欲动，名永骨香，足矣。芳玖己亥春有哭先生诗三十首，诗成即焚其稿，虽余亦不尽睹，盖芳玖之用意微矣。

伯父西廷公家传

刘玮泽

西廷公讳戡，行三，少居金陵。金陵为前明留都，钟山龙蟠，孝陵在焉。公先世墓去陵十里许，前列翁仲石马，丰碑屹然。公生八九岁，会舅父彭公秋水与里中势家有隙，将陷以重罪，仓皇出走。公父君甫公走送郊外古刹，秋水公于神前且拜且出矢言曰：吾与君幸托肺腑戚，今不幸亡命，以老父暨家属累君，君必使获全，誓终身不忘君德。遂匆匆别去。势家者果诬公外祖于官，捕下狱，祸且不测，公父破产谋救解，如秋水公约，缓其狱，遂挈公母子及秋水公弟子嵩公之楚南。子嵩公客经略洪公幕，洪公荐授宁乡令，公是时居子嵩公署，年且十五六矣。

秋水公亡命后，挟策干当时，为滇南中丞袁九叙所知，荐知禄劝州事。外艰，服阕，补云南新兴州。尝试令公代署公移，公于所受民词举笔判决，秋水公以其少年逞臆，加以斥责，已而谛视之，惊曰：老吏不如也。秋水公虽勤于吏事，而性笃好书，为文典丽，诗尤雄古，公悉得其传，益深爱之，延名师教以科举业及古文四六诸体。

会逆藩吴三桂变起，系秋水公于狱，已更迫胁之，挟至楚南，公间道入山中省母，旋奉命往从秋水公于羁旅，遂谋脱秋水公，与俱走粤西，依颜澹叟方伯者数年，寇平，乃同归长沙。时公父已前卒，葬长沙沱市村矣，公以未奉含饭，哭尽哀，毁瘠见骨，闻者悲感。

先是，公往来戎马间，又转徙异地，所接多跅跑自喜、负气好谋略及据鞍磨盾、才调绝出之士。公虽少年，亦时出其诗若文争奇斗捷，闲揣兵事形势，上下其议论，互为旗鼓。加以身所经历，部曲营垒之散布，山径溪谷之阴且深，鸡鸣月落，盲风瘴雨，辛苦仳离之感，嘎喈之音，形诸篇章，豪宕感激，颇落落有古气。

佟公国勷者旧与公相识，如弟昆好。初守粤东廉阳，偕公往，嗣监司浙东温处，观察江西，寻擢藩云南，改湖南藩辖，开府豫章，前后四十年间，皆赖公筹画。公性坦，所与人交，有肝膈，而性所不合，虽达官贵人常奴畜之，往往酒后抗声谈天下事，或指名面斥人过，人多以是见嫉，共传刘西廷使气好嫚骂人，相戒勿犯也。既久客佟幕，岁所入归以遗母，施及戚鄙之贫乏者。佟公雅重其品，一府中咸严惮公，公杜请托，绝苞苴，与人以可敬。

暇则抱膝长吟，傲睨自若，日成数十篇，不名一家，动与古会，其视世之规橅献吉、于鳞，拘拘格律者不相入也。尝作诗戒侄辈凡数篇，其一篇曰：人生天地间，安能如草木。草木萎仍华，岁月逝不复。昔人多务本，惟知耕与读。耕者望有年，读者思自淑。今人尚奢华，罗绮炫人目。不知稼穑难，日夕娱丝竹。岂知转瞬间，萧然无隔宿。严霜苦雨中，充肠无半菽。今者固其宜，昔者非其福。所以年少人，持身尚谨肃。行身必端方，语言慎反覆。出门交有功，义合无谄渎。彼富何足援，维贫慎勿忽。吾家青藜业，汝辈当赓续。勤学不及时，老大空碌碌。谁不愿肥鲜，古人常画粥。谁不愿华裳，鹑衣原宪服。诗书气自华，岂在修边幅。嗟哉此拙言，尔曹宜手录。其他亦多规切语，足为终身韦弦。至赠姜旦兮先生有曰：黄金浪尽原该死，白首依人不可怜。此岂他人所敢言于前辈者哉？卒章乃曰：衰年不必多忧郁，大节从来看屈伸。又何古义卓然也？

公既好为诗，尤雄于酒，岁时招故人宴集，兴至即不复用常杯，倾酒釜中，与豪客为拇阵，胜负纷挐，辄大声笑呼，以巨瓢盛饮，可数十瓢，即席分题长篇险韵，他人沉吟欲出吻，公已立就数百言，一时名流未能或先也。客散则扪腹徐行，吟哦声不绝。子侄辈有索诗者，随所求立应之。

所著有《红雨楼稿》《双江集》《巴山集》若干卷，然尤多散佚不存者。

早岁游浙中西湖，诗人陆莀进思爱其才，为之媒赘于沈氏，沈陆内姻也，中间常至都下，颇知名。己丑三月来长沙，拜母彭孺人于床下，母喜，命酒共饮。越数日，孺人无疾而卒，公得奉含饭，盖母子至情若相待也。

晚年以佟潜修公子宦云南，复缘世谊，坚约公偕，公前赠楚友，有“四上金台三入滇，芦沟明月板桥烟”之句，合是行计之且四入滇，不数岁竟卒于滇。滇于公何有哉？初秋水公念旧约，又以甥舅故，待公兄弟甚厚，其于公生平文学既多所成就矣，而秋水公尤慷慨然诺，急朋友难不吝千金，亦常挥霍友人金，不沾沾作世俗态。公少而从游，既熟见其行事，且性情深相合也，故于友戚多所赠遗，称贷者未尝锱铢计。公表弟彭警庵先生挽公诗云：慷慨共知甥似舅，清狂自署酒中仙。盖实录也。

公伯兄讳曰伐，字专征，仲兄讳曰戠，字卫廷，皆与诸弟相友爱。公一子曰畤潮。

彭先生传

聂焘

先生姓彭，讳士商，字克家，号衡陬。幼从父骙园赠公学，颖悟，人呼神童。十三岁列庠生，随食饩，邑中老宿见其文者，命子弟相从。赠公曰：礼有之，二十，博学不教，吾儿尚未二十，非教时也。而卒不获辞。先生且教且学，经史而外无书不究，一以宋醇儒为宗。主集贤书院时，每登祝融绝顶望日出，尤徘徊方广书院。方广故朱子与南轩讲学地，语从游曰：吾生平读朱子书，便觉亲切有味，吾游方广归，读朱子书更觉至味津津，不能喻人也。其言如此。

登进士，具呈就教，得黄州府授，毅然以师道自任，恳恳与诸生言所以敦品读书之道，风俗翕然丕变，士以不通经学古为耻。仕习广文正副多不相得，先生一洗其旧，视副授如弟，一切斋规应得之物，悉以推让，惟以读书立师道相劝勉，副授感之。一时为广文者闻风兴起，勉为和衷，咸以先生之教为教。他郡人士争来就学，僦左右屋以居，谈论至夜分，酒食肴核，随需即得，盖师母熊贤而善中馈故也。

而当是时，孝感夏公观川太史者，乡会同年友也，齐名曰“南彭北夏”，至是主江汉书院，两家门人互相师资，极陶淑之盛。先生语夏曰：黄州，二程夫子笃生地，君宽宏，请为程伯子，余严峻，窃以叔子自勖焉。于是倡修程子河东书院，率门人讲学其中，徘徊景慕，如游方广时。他如赤壁、西山、黄鹤、晴川，不过一寄耳。然其俯仰凭吊，饮酒赋诗，文采风流与山水相辉映矣。

先生学博而精，雍正十二年议举博学鸿词辞，后都御史李公穆堂于朝堂大声曰：湖广何以不举彭某？古文曰《衡陬集》，诗曰《晓松》，吟曰《鞭后集》，制艺曰《恒农堂稿》。夏公序其古文曰：识古书作古语，倚马削牍，虽二三行，文词必古，以为《左》《国》可，以为荀、扬、庄、马可。序其诗曰：诸体并佳，古尤杰出。如俯断崖下，视寒潭百尺，使人惊怖也。如诸侯壁上观项王破秦军，无不一当百。如半岭闻孙登啸声也。时艺有湖北督学松陵吴公序之。然先生诗、古时文，本浑而为一，善读先生时艺者，即以夏公序诗古文读之可也。先生每恨不得大题目入手，雍正十年聘修《湖广通志》，分纂精核，有龙门、扶风之目。又为粮道崔公纂《漕务纪要》，三院重荐，辞。

梓赠公诗讫，具详致仕，拟归衡山，结庐先墓侧，举生平心得别著一书，以终庭训。寻病卒于官，年五十六。卒前数日，门人环侍，常闻其吟哦雅颂诗，神清音朗若平时。榇归，学徒号哭失声，官吏至平民祭送数十里。呈祀名宦，批允存案。衡山议乡贤者亦然。生有奇表，颀骨圆峙若太阳之丽天中，耳白过面，目光炯炯，声如洪钟。美须鬓，步履雍然，胸次悠然。读书教人外，人世得失毫不动心。而孝思栾栾，老犹垂泪。

弟典文，子坊，侄陆，俱以孝廉出仕。坊宰浙江之浦江，携先生诗古时文以行，浙人传诵，苦不多得，书肆别为锓板。门下士及千人，随才高下，各有所得。

聂焘曰：先生每自评其生平，止一乐字。乐名山邪？乐古书邪？乐门生邪？先生曰：吾游名山、读古书不得，门生则不畅。惟先生以名山、古书视门生，故门生亦以名山、古书奉先生。乡贤、名宦祠中必有位置先生者，公论攸存，固非阿好。

秦惩斋传

聂焘

君姓秦，名增，字损之，号惩斋。幼失恃，尊甫受五公命其就养于伯兄嫂，君事伯兄禹平如事父，事嫂氏如母，人称为孝悌性成。稍长，从仲兄定之学，目数行下，诵读之声大而远，若洪钟撞而瓦釜息，诸同塾敬惮之。为文章具奇气，应童子试未售，益自刻苦。临文构思，渐觉艰涩，酃县罗公卓然笑曰：此奔轶绝尘材也，束之则蹶。

时为康熙癸巳，圣祖仁皇帝万寿，大湖南北，百官齐集，呼嵩南岳，备极华丽。命君往而纵观，凡一月，归而文思沛若江河。又二年，河南葛黼皇先生来宰衡山，大兴文教，延陈际虞先生掌教文峰书院，从者近百人。君来学，冠其曹。葛先生每单骑至书院，携酒榼与陈先生讲学论文，问门下士谁优，陈先生举君与聂焘对。葛先生呼而面试，赏以果饵，自是君与聂焘益加友善。院中生异之，至为语曰：交不灭，秦与聂；交有神，聂与秦。两人者时诵其语以相勉励。君谓聂焘曰：作人作文，惟有一字，曰气而已。人无气为死人，文无气为死文。昌黎云：气，水也；言，浮物也。水大而物之浮者，大小毕浮。气盛则言之短长与声之高下皆宜。吾自游南岳归，悟得作文"短、长、高、下"四字，吾读古人文字，不费思索，惟就其短、长、高、下读之，使吾声之短、长、高、下与作者相应，气败即止，不为苦吟。吾自作文，但称吾气之所至，未尝规规然摹仿古人之短、长、高、下以为之，而时暗与之合。聂焘师其言。

其后学使命题"非其鬼而祭之，谄也。见义不为，无勇也"。聂焘曰：此秦增得意题，必有发挥，必售。榜出，果验。然卒困于棘闱，为诸生数十年，屡赴乡试见屏，人咸为惜，而君讫不以此挫其气。其为人耿介自矢，以树品存心为先务，见无礼者斥之，重然诺，轻施予，野老片长可录，亦与之谈论娓娓，或共饮欢笑。至于轻浮士子，矜文采，夸富贵，绝不与近，亦无有敢近之者。教授生徒，远迩帖服。

举子二，长名骥，次名驹，皆遵君教。驹读书酷肖君，聂焘许以女妻之，未嫁而女夭。驹嗣入学，先君卒。君年六十有几，有文集藏家。

论曰：惩斋浩气孤行，挹厥丰裁，顽廉懦立，盖其壮哉！而其接引善类，孳孳然不啻饥渴，又何虚也！生平交游，曰陈天佑、聂焘、李元、饶开懋，四子者先后掇科名，食文字报，惩斋独以诸生老，命也夫？万一得志于时，出其所蕴，辨别淑慝，砥柱波澜，与东汉诸贤激浊扬清相比烈，虽李元礼、范孟博无以过之。

三好先生传

孙邦英

三好先生，滨以南处士也，邑畅庵曹先生有人鉴，独心折先生，呼之曰“三好”，盖言品行、文章、世裔也。先生闻之，瞿然曰：好何易言？斯语也，以策吾后效可耳。吾尝有鉴于水矣，始蒙泉中习坎，终放海利而导之，沄尔而顺，旋则中规，折则中矩，汇而聚之，沕尔而深，平则若衡，清则若鉴，触之有声也。不鼓钟而大，非金石而和，幽若鸣弦，冷如漱玉。风荡焉，如云如鳞；石激之，如鹭如鲤。他若负大舟，幕天地，滋万汇，润百卉，濯修篁，浥兰桂，膏千尺之乔松，化鹍鹏而浴日月，岂一日之积哉？要皆行其所无事耳。若夫搏激飞沫，横溢靡涯，非水之过也。惟人亦然，不浑其源，无淆其节，本乎自然，各顺其则，庶乎其近是欤？浴溪子闻其言而韪之，如畅庵诚知先生者。

先生立身千仞，薄弃尘喧，表里洞达，风雅孤骞。终日如默，玉润而坚，其亦湛湛溶溶，激浊扬清，不鉴于流而鉴于静者矣。著书肆志，抉密抽深，渟蓄充溢，得其粹精。古人有心，由我而今，其亦浩浩洋洋，雷腾云奔，绮分绣错映乎空虚者矣。鳞征排厕，左右恂恂，严如吏治，举屋皆春，克彰乃德，以振厥声，不亦百川派别，归海而会，恶盈流谦，疏故纳新，渊然油然，而大其宗者哉？而况终日乾乾，犹悲往昔，如勤厥初，浚深纳细，显宠焉加，穷老奚恤？其亦川之不已乎？宜乎，志其乡者惊向若也。先生姓曾氏，自号我山子云。

家兰洲老传

陈梦元

族兄天放先生，有子曰葵，字向父，又字兰洲，余为同姓叔行，兰洲年长余数倍。余尝出诗文就绳削，不敢以族兄子行，随众称也。乌乎！兰洲古学，矫翼厉角，横鹬捷出湖岳衡潭间，壮岁迄耆年，轩眉扼腕，舞咏戚叹，不知于谁而作。乾隆戊辰春二月，伯兄采侯先生下世，穷窭悲蹙，莫知存活。余尝薄暮出东郭，过兰洲草舍，兰洲携余手，步石矼，临沙汀，裴回江上，指江岸百十年前在南岸，远数十丈，兹沙地，从前原非洲，对岸茅屋老树，俱当日帆樯上下出没隐见处，顾望太息，怊怅依依然。吾攸自岛孙文以六经、《左》、《国》、秦汉魏晋之文，俶傥傀伟，奋迅楚南北，攸学者至今知古学崇尚，皆吾家兰洲续振声响，故选学衍绎，实有师法。癸酉试于乡，兰洲与余邻号舍，据板兀傲，笔不停缀，文不加点，迨日西，余首艺未毕，兰洲曰：毋过苦，毋大秏悴于此事。后余中式。越明年，举于礼部，预馆选，旋乞归侍养。兰洲迓余，喜曰：抱此区区，借子光润，老人不腐哉。余诺之。乌乎！兰洲殆晞余得沾禄，有所资以梓其集而广侈之也。今者兰洲下世廿余年矣，而余以手疾坐废林泉，端忧多暇，秋草雨湿，秋江澄映，感旧微吟，永日不怡。廑念古学，吾宗人有克负荷而耀文采乎？兰洲介节亮直，两孝廉为贤考纪存，待入志乘，毋庸余赘。乌乎！心存不忘，余之私也。矗焉志余私，辑入《春江课存》，为作家兰洲老传。时乾隆乙丑壮月秋分后五日，夜雨，侨寓漉上。书罢，是夜永怀际晓而不成寐。

兰洲睎高慕古，长想远思，古诗学选学太白，平生雅不嗜杜、韩诗笔。间于元次山称引讽叹，古赋及杂文，出入两司马、扬、班之间。湘潭陈学田观察曾刻《兰洲杂编》于浙西，余携至京师，亡友郭解元昆甫一见把玩太息。又著有《如如经解》，亡友林半霞太史亟叹妙绝，即《金刚经》也。经板存某所，杂编板已毁。《芳馨藻韵》犹留吾几案衣袪，能无蠹然怆忆乎？

案：学田名树著，陈恪勤公第四子，曾官浙江兵备、驿盐诸道。《兰洲杂编》之刻，据道光十九年续修《攸志》云存，而《如如经解》云佚，盖《杂编》版虽毁，而书尚有传本也，今未之见。《攸志》中载《洞庭赋》《灵龟峰赋》《春夜游岳麓记》，记亦见他本。同治丙寅九月朔，汝怀附记。

明经刘林青传

陈梦元

我攸邑经明行修，群奉老成典型，为吾师龙襟江先生，先师屈指及门弟子，称亡友刘君经雪能隐修经业，杜门不出，敻绝凡庸。先伯兄采侯先生，推说经铿铿，为畏友第一。今日典型殂谢，伯兄别我四十五寒暑，刘君辞世又十有一年，今日执笔为君立传，含哀多涕，且日迨西夕，字画何能落纸上？长言之，我号咷；短言之，知君冥漠嘘唏甚。君恒恸一身，单独无佽，欲出观大山水，毋知遇，尝诵五达道维朋友之交，辄戚嗟若涕沱，若不胜，独眷眷余为平生知已一友。

伯兄下世之岁，君以小柬唁我云：贤弟念保世亢宗，当抖擞精神，立定脚根，力所能为尽之己，力所不能听诸天。我恸哭晓夕，不能已已。太夫人痛予小子单独茕茕，恐心太瘀伤，勉止余哭。吁嗟乎！志士仁人，忠臣孝子，在此数语也。余明发悔痛末由追，君奉母尽孝道，至庇其本根枝叶无落，余病未能。余读书好《文选》、两《汉书》，君研精覃思，古经洽熟，毛氏《十七史》，君钩校点勘，九变复贯，《大易》卦变互卦，有心得未语人。余闻君偶说一二爻，便惊叹奇验。君著《洪范传》未成，诗晚岁学击壤，实未敢谓为然。有楼曰宜稼，茶陵彭大司马所署，君再三及大司马门问学，大司马称其各种书洽熟，洵无愧负先师，用范史称郑康成语以称君也。

乾隆己丑，余入都，君从北乡贻余书曰：翰林一官，必洽熟经、传、诸子、诗、赋、兵书、术数、方技，书学必洽熟古今字书及诸家俗体，可堪供职，毋负方闻，称知言之选。此行且为前却，余不克如君言，然卒遂林泉读书之志矣。君又语余宜检存襟江先生时文，录为《历试草》，问过庭者，应以存箧无几，俱散佚。问以行述，未及作，相视泫然。又曰：令兄与我亲厚无间，我无一字传令兄于身后，子其谓我何？余跪谢君。先兄之传，君亦未及作也。

君讳林青，字经雪，又字南村，邑中学者称南村先生。著有《经疑》《洪范传》《卦变诂》《贞悔诂》，存于宜稼楼。孙某某，能记书，闻于乡里。君卒于壬寅正月某日，年七十。近世士大夫鹜袭虚名，实力穷于经者卒鲜，倍诵白文注解，于专经全本竟寥寥。君诵书必求熟，熟必默写不择纸。先师器重君，大司马逢攸人士，每称君腹中有积书。独恸吾先君别我太速，未及悉君学行之卓若是也。先世笃行，暨君行己节目，具载名人志状中，不附赘。乾隆壬子闰仲。

节孝王母张孺人传

黄玉衡

孺人姓张氏，文学广闻之淑女，而王公仁达之德配也。子一人，曰宣玉，介其友吴子东来，特征诗文启示予而乞余一言。余尝观古今士大夫之兴衰，皆由于内政之修废，未有内治而外不治者，夫子《系·家人》之象词，必先言女正位乎内，而后言男正位乎外。盖内不正，外若不可得而正，故女德綦难。余自承乏宜邑，公余稍暇辄阅《荆溪外纪》《风土记》及孚斋王氏、竹逸徐氏前后志乘诸书，至所传节烈事，未尝不低徊久之。然节难矣，节而孝尤难，孝而兼弟与慈者，世不一见也。嗟乎！孝、弟、慈，圣人之所谓王道也。乃今读吴子所示诗文启，而节母胥可无憾。盖观于节母而知王道之易易焉，此尤司牧者所宜急为表而以待輶轩之采辑者也。

谨按：启曰：恨翁姑之淹逝，侍养无方；幸父母之庭帏，瞻依有托。盖孺人之字于王也，夫子已失怙恃，妇人治蘋藻，岁祀必谨。其于父母也，归宁以时，迄年二十六而所天又陨，孺人则靡笄见志，截发盟天。弱息单门，绵绵翼翼，迄今三十余年，而堂构聿新，箕裘允绍，将所谓女中荀息，阃内程婴。

启词盖纪实也，此足征孺人之节而孝道尤备矣。启又曰：夫婿遽悲，玉折于前；阿兄又悼，兰摧于后。孺人为经其丧，抚诸孤逾于己出，盖张氏三子，未尝不仰阮姑之德，而白首老人，亦幸得膝前之庆焉。此则本爱兄之心以爱亲，推爱子之心以爱侄，《芣苢》之义也。《鸤鸠》之教也，而弟与慈胥协也。夫王道始于闺门而妇人之卓卓可传者为尤重，矧孺人以冰霜之节，而克全乎孝慈之至行？意者宜、荆两邑湖山秀丽甲江左，而孺人所居，面铜官之峰，挹画溪之流，清淑菁英之气有独钟焉。是亦足以副国家乌头绰楔之巨典，且俾邑中人蓄道德而能文章者。扬陶母芳徽，诔桓□懿范。用克被诸管弦，编诸志乘。惜去官旋里，而不获躬与其盛也。兹因其子宣玉之请，爰不辞而为之传焉。

论曰：孺人之节，柏舟风厉。克孝克慈，兼能克悌。至行可钦，王道攸系。此非直炜于彤管女史之章，而实允符乎《大易·家人》之义。

易三传

陈益

易三者，沅陵人，少学击剑，恣游武、汉间，为巨商卫藏。已而自谓弗善也，改业。为资生计，刺船济行者。年三十余，居常德东市，卖浆宿旅。

久之，有老人行乞市中，日呼易三门求依，体溃恶疽，臭秽不可近，易心哀之，日贮盂食以给，老人旋求僦居，亦内焉。老人朝出暮归，跄踉怪状，室中人皆恨且詈，易独不然。居且一年，老人病痢，粪赤白下，杂疽，臭益不可近，易殷勤候食息，无畏色。老人夜分呼易曰：吾有意子久矣，子诚善也，吾术可授子。吾固不患疽，亦不患痢，姑试子耳。易谛视老人，体如常人，及视所下赤白粪，皆澄清可镜，易心异之。老人昧爽呼易步东郭高冈授法，怀中出所乞食盂取水，祝令沸，以短刀置盂水不仆，戒曰：凡吾术可以医百病，祝水不沸、刀不竖，不可治。即治，不可受人财，又不可妄传人。易俯首谢，老人忽不见，遥闻"吾乃张姓"云。

易得术，急欲医人，人无与医者。适其稚子患腹痛，欲割治，妻子不肯，伺妻出户，潜祝水，割腹涤脏积，妻突入号踊，乃以手覆所割处，无迹立愈。由是渐医外人，手到辄痊，不受酬犒，如老人戒。凡所治内外证必割，必祝水令沸，刀令竖，乃治焉。数十年来，病者舁视就庐无虚日，四方官贵延治者不远数千里。乾隆庚午五月，中丞开公以监司董公言，自沅延入府治病，易椎鲁，凡见达官不为礼，又医无方饵，中丞意其野而诞也，易径归。久之，府中所治病如其日月之限皆愈，中丞异之，属董公再延入府，意酬之也。易入府，府中人无贵贱男女皆罗拜呼神仙至。易出主董公署，中丞延一饭，不往，强，乃赴。城中官贵单马攀迎者亦坚不往，必治病乃赴。中丞酬白金二十两，不受。九月初，辞署登舟，风逆不得去。市人知者，群延治病，日阅数十人。每步履市中如飞，观者拥左右呼易神仙。

予尝于友人坐见之，古心古貌，不苟言笑，意所必至，径直无周旋。问其年，曰八十三矣，尚善啖肉食。其视病，以己手中指诊病者额，视指辄知病由，不待病者言。即不可治不治，其可治亦不即为方，期以远近，轻则摩抚立愈，甚则或取各色布归，病者以楮书姓名及生年月日，至家祝水一盂，卷所取诸病者之布吣符，向空焚之即烬，揭病者年月姓名次第以卜效之远近，而病者异地告愈，其奇验如此。以予所见，亦未尝用割治之方，或老而加慎焉。董公尝以茧数束赠为衣，易不能却，又不欲妄受，旋以茧为诸病者代所用之布，其所取病者神福胙瘗不食，即食犬亦毙。其去来供亿，来则资人，去则自给而已。易语余云：吾治病，吾不能知有主之者，假吾手耳。求者诚则验，不则不验。吾借受人报，岁可致巨万而贫如故，吾术非不传，无可传者。吾尝授宋生，生得吾术治制府某公病，受制府五十金，归诘之诳应，五日死。凡吾术必用元神水，元神水者赤子之真，可以质幽明无憾者也。初老人授易术时，遗一盂，易归视之金质，重六两。后易父母死，荐佛事阙金，铄盂乃得金十两，并资冥荐老人。忽一日，老人至，以铄盂诘易，易骇，老人乃袖出盂曰：某日盂至我所，仍还子，子善宝之。今其盂故在。易比欲随老人去，老人曰：未也，待子年八十六再晤耳。故易常自计浮生止余三岁云，其奇气又如此。易为人敦庞坚朴，虽出入官贵门，不以光宠自矜，归则与子孙安耕凿。

有子四人，孙十余人，妻亦年八十。老不著名字，人呼易先生应，呼易神仙应，即呼易三亦应。

汾浦氏曰：以余所闻秦越人淳于意、华陀之属，疑好事者附会，兹于易三验之，信。又世无神仙，而所谓老人张姓者，果何物邪？往读中州侯朝宗遗文，见所为《陈士庆传》，事相类。然士庆贪财淫色，而兹独否。夫嗜欲之累人，虽方技犹不得传，况有进于此者哉？固宜世之少传人也。

处士游君传

张九思

呜呼！国家以科名奔走天下士，童子诵习经书，而通其句读文义，能敷之为文，每岁中所在郡县群聚而试之，其文之明而切、才之秀而可底于学，则次第其名以升于州若府，州若府又试而先后之，上督学使者，使者至则以校而去取之，按其额以补学官弟子。其旧为学官弟子者，等第亦皆试，试有岁有科，岁分文与武，而科试惟文士而已。使者岁科试凡三岁而遍，其子、午、卯、酉之年则有乡试，取于新旧学官弟子，中是科者号为举人。又进于礼部，则有会试，取于乡试之举人，中是科者曰进士，丁、辰、戌、丑、未之年。其乡、会试皆天子临遣京朝官翰詹科道部曹娴文者及九卿大员主其试，大抵踵明之故，而士之怀才抱器，毅然思有所表见于当世，靡不由是进。故尝争自濯磨，以期有得于科名者。而人材之出于是，为不少矣。然有司者猥以尺度相衡，徒眩于名实，则高材积学之士，皓首穷经而不获一遇，盖往往有也。而至见遗于督学，不得为学官弟子者之遇为尤穷。

处士游君，少尝挟其文与县人朋试于令守，既有声矣，而屡蹶于督学，士之无知与不知皆惜之。然君不以介意，曰：顾吾所为未至也，吾所为，学生、举人、地士者之实也，实不至而名加焉，吾则愧矣。吾堪之其实也，而名不吾以，有司者之过耳，何损于吾？且士不务以古人自绳，而区区较得失于一夫之目，而以为忧喜进退于其间，其亦鄙矣？悲夫！今之人之不复知有古之学也。君为人修洁自憙，进止落落而中怀乐易，所至能以礼让化服人。与之处，由由如也，久而愈笃不厌。入其家，肃肃诉诉如也。退而与其子弟门人游，恂恂如也。

尤虚怀乐善，每经书有疑义，反复推究，期以自得于心。虽一字之误，必订正之，归于是而后已。其于古今文皆能辨其体裁，而精别其雅郑。授徒里中，从游之屦为满。然遇友人相过，有善于经旨文法者，辄敛容屈己，帅先诸生听受，曰：小子识之，此古今大事，汝曹师吾，明者又吾师也。晚年所学益邃，然多病，且母彭太君笃老，有劝之应试者，皆不答。邑中先达如李君而述、黄君沛宇、郭君昆甫，每叹以为屈，而君处之略无愤憾不平之色。所与交虽富贵也，非其人弃若涕唾，意所推服，如恐不得。其于相知者升沉聚散，未尝不关于心，则慨然曰：吾无所望于时矣，然斯世斯民之责，诸君子任之可也。盖君虽自以不用而不忘经世者如此。

君姓游氏，讳明纯，字元素，善化人。乾隆庚申，年五十有三而卒。

赞曰：九思祖母，处士君之姑也。君与先人为中表兄弟，相善也。戊午之岁，君偕余读书永庆寺中，寺在所居石狮口者，山深址高，烟云杳霭，使人兴独往之思。余时年少气壮，直以谓古皋夔事业可立就，闻者无不骇且笑，而君独嘉赏其意。荏苒二十余年，余之狂既托空言，而君便已隔世。呜呼！可哀也。

明孝廉冯棍公传

张九思

公姓冯氏，讳一第，字棍公，善化人。中天启丁卯乡试，高才博学。崇祯癸未，献贼陷长沙，大胁诸人士，公知不免，易姓名逃之上湘。先是，土人有害公者，为贼耳目，踪迹公，胁之以出。公始见贼，以大义陈说，不听，且曰：第从我，不者且杀汝。公大骂叱曰：我好人，知纲常，晓顺逆，从汝贼邪？今日死固其所。贼怒，遂磔之。公临行，为文以自吊。

初，公尝与友人郭幼隗读书城南，为司理江门蔡公所知，蔡公者，晋江人，以司理守长沙，城陷，被执，不屈死者也。余考《江门集》，有夜巡城望南皋灯火忆两人诗，又以知昔贤作吏，平时之汲汲留意于得人也。于后江门既死职，而公亦就义，可谓相知也已。

赞曰：使冯公不遇难，老死牖下，亦安知其劲气所发如是？土人之陷公，乃适以成之也。公有庄，距余居二里所，先世之丘垄在焉。余尝过其墟，慨然太息者久之。以谓福者庸人之所贪，名者造物之所靳，忠义之士，受祸愈惨，名亦倍烈，以为是足以酬矣。不然，奚其泽之流乃若是？世有不务笃行之实而亟于名，何哉？

佣者谁传

郭焌

北平佣者，不传其姓氏，余闻其人书山，书山闻之宗伯方公，宗伯方公见都御史魏公亲言其事，惜莫知其谁，但号为佣者谁云。佣为人勤，诚实寡笑言，气力过人，日所食亦倍于人，甚见重于主人，主人者魏公也。佣有兄一人，贫失业且老，不能自存活，往依之，食主人食既数日，佣心独念兄非己无所得食，己且为佣食于主人，主人以己故暂食兄，兄食主人食无功，义不以己兄故多食主人食，而己非主人食又无所得食兄，乃请于主人，计其常所食之数出粟自爨减共食之半以为兄食，又时取其佣之值节省之，具肉食，为膳常少度，不得皆饱，膳具则托以事出，令兄前食，食已乃至，啖其余，兄或不留余，辄以草具自饭，其兄安之。久之，兄乃以肉食可常继，间一不得则怒且詈，人所不能堪，佣前谢焉，颜色愈和，事之数年终不改，兄亦如故。于是人皆称佣之贤而以兄为非人也。

魏公曰：有佣焉如此者，可不谓贤乎哉？方公曰：子且以为与兄之贤奚若？魏公曰：兄则何贤之有？方公曰：吾以为佣之贤不若兄，兄也贤。魏公曰：吁！子乃独谓其兄贤也，不亦怪乎？方公曰：是太上之事，非吾子所及也。顷之语书山具道所以。

戊午年春，余客京师，夜过书山宿，书山为余话其事。书山，方公之弟子也，呼之为先生，言先生之言曰：彼兄乃真贤者也，人有弟于此减食食我，具膳膳我，得之即以为不安，不得则以为吾德之不暇，而又可以怒且詈耶？夫外人德之，可也。吾弟德之，不可也。是天性薄也，彼惟不外人其弟，故以食之得肉为常，其得之是弟之能事我也，安之也固宜。其不得之，是弟之不能事我也，怒且詈之也，亦无不宜。宜而不知其宜，乃情也。知其宜而宜之，求至乎情也。如佣者，岂不谓贤乎哉？犹全乎人者也，全乎人之与全乎天者之相去也远矣。魏公不察也。余由是知世之有此佣，佣之兄又天下之畸人也。以谓此人情之至，疑于非情，非方公不能识也。若此言也，不可以多有。书山曰：又有之矣。人之于父母兄弟也，有十分之十，不可谓不厚也，虽然，犹薄。人之于妻子也，无一分之十，不可谓不薄也。虽然，犹厚。厚与薄之故，先生不言，然无不可知也。吾知之，子知之，人与人不知，遂乃澌坏沦灭，譬则木心之有蠹，败而不可复救。乌乎！此乃向者佣之所羞也。

余维一夕之间，益闻所不闻，得天下之至言再，可为极幸。而皆起于言佣，佣之补于余也亦大矣。坐听其老髭无传于后世，佣不负余而余负佣。余既已南归，居穷山中，方公、书山皆不得朝夕继见如曩时，独其言犹在余意中，留而莫之去。抑人之与余生并世，犹有姓字湮没不可考如是者，况在千百世之后，其为疑信又安足据？是皆不能无感，余因之而作《佣者谁传》，兹感也，乃亦为佣之幸欤？

书山名酉，姓叶氏，与方公同里，皆桐城人。有至性，人无知者，以文章称。

刘正时先生传

刘权之

刘先生讳启周，字岳凤，号正时，长沙醴陵人。甫一岁失怙，事节母郭孺人以孝闻。苦心嗜学，枕葄经史，尝夜读咳血濡卷帙，深掩之，恐伤母心。与兄启海以五经应试，攻制举艺，自先秦讫胜代名家文搜括罔遗，固欲以是遂显扬志也。母没，哀毁骨立，庐墓三载，乃绝意进取。筮《易》得《否》之九五，曰：休否，大人则吉。予其为苞桑之系乎？成家课子孙，在外课生徒，皆严立程期，彬彬有所成就。会桂林陈文恭公抚楚，修通志，先生缕母节行，颠末呈于公，为传以传，至今邑省通志咸表彰之。母固报本乐施，先生视听无违，凡可以收族利人者无不为，不程其力之赢绌，倡立培高追远诸祀，用贻无替。曾拾遗金多饼，慎封而榜，还其人。佃有鬻妻偿债者，捐谷数百斛以全。廉于纳而惠于出，俭于己而不刻于人，临财率类此。

丈夫子四，长君继志，见在正红旗教习，曾为余儿辈师，余知先生益悉。先生生平无疾言遽色，与人交不设城府，所至即小夫孺子，皆欢语款洽，意所不为，虽达官要人，面折之不少避。谢诸生业久，读书犹矻矻靡懈。自节母之亡，值诞辰讳日，率家人奠醊，涕泗横流，不能自已，终其身如一日，尤难能也。慨自内行之鲜举，狂者或断裾夺情，愚者至刲股毁性，是皆有愧于先生者。吾闻先生有《传》癖，殆欲泽纯孝一言，蔽左氏内外之旨，而以身示之也与？

前史官曰：世传先生游艺甚赅，于日者散辰家言，无不旁涉钩致，迹其撰时营圹协吉，发达皆预定于生前，以为先生之术之精，予窃非之。瓜地牛眠，古人俱以孝感，先生之诚能前知，宅无后艰，在此不在彼。不然，如郭璞者著《葬经》矣，而石鐘孤墓，何以称焉。

汤老人传

孙良贵

汤老人，不知何许人也，居汉阳门下，自言生明万历四十四年，为楚王府护军，日渡江营生计以养。三旌于朝，食俸六品，当事复优恤之，常割以润窭人。

先是，康熙乙未，老人百有十岁，出自咸宁山中，告于众曰：而侪不为我请典乎？我先朝小臣，先哭熊经略、杨都堂屈死阉逆，次哭贺国老死事，三恸国变，遁逃山中，埋灭姓字七十余年矣。逮奉圣朝出而受福，庶不虚生。爰踞鹄矶，指点献贼犯城状，且道寇退，左良玉、黄澍迫胁袁继咸东下，何腾蛟南走长沙，涕横交颐臆，睹者相顾愕眙而信疑半也。既而大言曰：若曹年地诚后，多所怪耳，定秀才闻尚在，是知我者。于是定先生九十三矣，以贡为训导，与告三十年，闻之扶杖前熟视，曰：咍唉，是我先子故人汤云山也，今乃尚在。亟再拜稠中。潘国祚博雅士也，与闻云山名，曰：是矣，是矣。先兄太邱言楚府护军汤苍深心高蹈人也，非老人其谁？老人笑而起，翔步纡容去。顷有讼产者，经数官不决，老人曰：非我莫解。遂谒令于堂曰：是天启七年，乙祖某价置某姓也，曾与饮署名。令阅乙契，良然，乃惩甲而判焉，始信老人生于万历间者，非谩也。令因以闻，获旌焉。

会先大父汉上归，小子闻而识之。越三十年为乾隆乙丑，老人百四十岁，余公事滞鄂，乃得再造其门。见老人星眉炯目，矍铄如五六十许，喜健谈，谈熊、杨、贺三公逸事，歌哭纷若。至妖书株陷郭侍郎正域及魏奄干儿李鲁生典楚学，借手诛击楚士，泄愤清流，顿发怒上指。余亦惊闻愤憾而不可禁。

次年，制府疏请允增食俸五品。又越五年卒。

烈妇陶氏传

罗智烛

陶氏者，陈之妇也，族出衡阳，陈则居邵东中乡之港头冲，与予为同里也。素贫贱，佃别里富人业为生。陶氏父避乱寓陈居，不能自赡，遂以氏幼适陈子。其姑甫得陶氏，在幼畜之若女，爱护甚挚。迄稍长，不离晨夕。然女性正严，笑言无所借，姑虽极爱亦颇惮之，赖其妇能执妇道，虽劳瘁无怨言，远之无隙。

辛酉岁洊饥，称贷莫应，姑听奸人计，以嫁妇说其舅，舅愿者也，且为富室兼取所交迫，从而商之其子，子与妇深相得，闻计失声哭，声达陶氏，陶氏询得实，悲痛不自已，已而私谓其夫曰：妾幼鞠于姑，妇也，犹女也。身委于君，恩虽女也，义实妇也。姑爱其恩，君爱其义，谁忍舍我？毋乃以岁饥食贫，缓旧债之见促，便新债之易贷耳？夫长于陶，智不及陶，遂不复问。陶亦不为意。越翼日，舅姑故出其夫，媒氏导迎妇者车至，陶见之，坐哭不能视。良久，愤甚，拊膺曰：有是哉，果忍为乎？姑执爨以犒仆夫，陶氏仍一一起而代之。及仆夫等茶饭毕，仍一一敛厨中器，无异其素。退不食，姑劝之不从。哭谓曰：姑舍我乎哉？姑之忍舍我而嫁也？非姑之忍舍我，舅我舍乎哉？舅之忍听我而嫁也？非舅之忍听也，夫婿又舍我乎哉？夫婿之忍出而不还也，非夫婿之忍出也，命矣夫。事已至此，势得自由乎？不如行也。

遂托妆掩阒，刎颈死，时年才二十云。

噫！太史司马公曰：闾巷之人，欲砥行立节者非附青云之士，乌能声施后世哉？是可悲也夫！予深愧力不足以扬之，因述其状以为之传。

罗明允先生传

刘香

先生讳作士，字明允，号克斋，明经淡庵之孙，处士谷声季子也。生而沉潜，端确异于常儿，明经最钟爱之。七岁入家塾，颖悟不及诸兄，而勤恳过之。既而群从兄弟皆英年补博士弟子员，而公屡试不售。处士谓曰：家渐贫，科第非汝所能，当力稼穑。公承命不敢违。朝督耕陇上，暮归读古人书。一日，喟然叹曰：我之不敏，固气禀所拘，实物欲所蔽，非克己，安能有成？遂以“克”名其斋。尝言先儒谓“敬则无己可克”，予谓“不克己，何以能敬？己既克，则敬亦不待言矣。用力于内者，知公之有得也。处士教家甚严，小不如意即加责让，公先意承志，得其欢心。事继母尤极孝谨，兄弟之间，怡怡如也。与从祖兄弟亦然，乡党以为式。充养和粹，不为崖异之行。然人有过，必面责之，故贤者爱之，不肖者畏之。环所居村落无匪人，人比之陈太邱、王彦方之化俗云。

生平无所怨恶于人，自谓五十后所为皆可对人言，一“克”字之力也。晚有末疾，时或不良于行，然来谒者闻声即扶杖出，送之必于大门外，或固却之，曰：岂可以老病废礼？两耳重听，尝曰：吾于丝竹鸡犬之声或不闻知，然听诸孙子读书声琅琅然，却字字明白。噫！岂其然哉？抑所以励后人也与。好织藤椅，如古织帘先生。其结绳之用力甚劳，不肯假手。织成即以与族戚中之苦心读书者，曰：吾悯其坐久也。公素甘贫，孺人陈氏以勤俭佐佑，故家不至大窘。

公殁年八十有五，孺人前卒四十余年，年止三十有八，公义不再娶。四子：伯曰壮，读书勤苦，致疾早卒；仲曰履，先公卒；叔曰浮，能承克己之学；季曰澄，亦克家子也。

吴县张殿撰书勋，乃公从曾孙修源之座主，闻公之学行，曰：是真儒者之高蹈，今世之逸民也。于公八旬之年，为序寄赠，曰：敦孝弟，重廉隅，皦然不欺，有古遗直风。人谓公与张公盖神交于四千里之外，得一人知己，可以不朽。然公之不朽，则固有在也。

湖南文征　卷一百九

传三

陈桃文先生传

张九钺

陈先生讳之驱，字桃文，长沙攸县人。生时有鬼夜呼其名于学使者门，连呼会元、状元，学使者急命吏遍查试籍，无其名，顾吏曰：志之。弱冠颖悟如神，一目十行下。家贫不能鬻书，闻湘中某氏以藏书雄，乞为检钞，不索值，数月而尽读所藏书，皆默识，曰：吾终身不鬻书矣。年十九出应试，学使者悉前事，尤奇其文，曰：得毋鬼呼验邪？然先生得元十余次矣，已而皆落去。毗陵学士潘公宗洛者，江南名进士也，视学楚南，耳先生名，见文骇未曾有，置第一，翼日，集诸生于庭，出先生卷，扬言：此真秦汉文也。先生执卷诣案前曰：某文薄，蒙甄拔，甚愧。评骘甚过当，但某句出某书宜读，某句宜句。指误处，众失色。潘公起，离席揖曰：某弋科第早，汲古浅，幸教我。取案上笔令改正，更对诸生朗诵称善。人直先生，尤以是多公虚怀云。

先生既屡黜，文益高，益嗜读书。尝寓省城华光庙，华光，神俗称主文试事，试之前三日，士纷纷持牲醴跽祷，翦牲血石上，流地凝五寸许，环珓杂遝，摇签声砉砉然。又有衒赝骨董物者，卖傀儡者，泥牛茧虎者，提笄栉囊、帨脂粉、箴管筐者，摊钱者，偃师戏者，往来足不支，先生执《史记》，危坐如深山中，吟诵不辍。尝欲阐三礼精旨，融贯紫阳、勉斋之说为一书，苦小室，暑蒸灼，借人池上鱼梁，覆草篷坐其中，纳凉风，临清漪，浩然有得，狂喜拍膝大叫，几堕池水。每思经中疑难，周院落行，或跋躐山径溪桥，以指画肚，忽忧忽喜，见者莫测何事。家人呼之食，不顾，或竟大怒罢食。

其后潘公以御史中丞开府楚南，先生亦垂垂老矣，迎之不至，予之金不受，竟以明经终。先生之学，邃于诸经，尤长三礼，恣睢于诸史百家。为文每树一义，天造地设，阳开阴辟，疑有鬼神呵助非人力。同作者舌桥不敢下，亦相与餍而安之。闻有经解若干卷，古文若干卷，诗赋若干卷，时艺若干卷，后嗣不能收，弃尽散佚。吾邑门人关维夏梓其时艺百余首，今行。

张九钺曰：异哉，先生之仅以明经终也。鼎也不可使柱车，虎也不可使守闾，昌黎子言之矣。天既生斯材，而必欲使命与相妨焉。何也？李贺召赋白玉楼，出唐人小说。若夫文昌主试，天上开科，乃传奇家游戏耳，岂有是理乎？厄其运者，必昌其文。乌乎！其所传者，又止于是而已？悲夫！

偃师三孝子合传

张九钺

乾隆二十六年秋，伊洛大溢，水破外堤，灌城汹汹有声，民皆避水奎星楼上。张大观者，奉母亦登焉。水撼急，楼倾，众皆溺。大观左手为楼石柱戕，臂至腕皆折，不断如缕。血漂波赤，不顾，入奔涛救母，孙号救，大观叱之去。望母髻露水中，得之负出水。有老树横偃冲口，大观曳其断手，独以右手举母骑树枝上，复泅而觅食食母。母抚其断手泣，佯慰母：儿手虽折，幸不创，母自爱，毋忧。水退，负母归家，犹屏当衣食，是夜，创重竟死。同日有蔡应泰、杨璞事。

蔡应泰母死，水将至，以绳缚母柩，旋绕数十匝，令固，两大带为缳。水至，妻子号救，不应，跪负母柩，转洪波中上下，柩与手若两翼飞，瞬息八十里，下巩县神堤滩。神堤滩者，北邙山尾也，山横洛口，遏黄河，河涨倒灌洛流，萦旋滩上。柩忽为沙拥，村民异之，以长钩引至岸，舁之上，蔡亦无恙。天将暮，闻邻村喧救两人，趋视之，则其妻与子也。众嗟叹曰：神感也。醵钱送之归。

寺庄民杨璞与其弟某奉母居，弟饶于资，璞贫且懦。水至，弟以筏载其妻逃北山，母呼之不应，竟去。璞怒，弃其妻子，襁母于背，将浮沉抵北窑，水势奔骤，若有掣之者，旋跃大溜中。山上人望之，如鼋鼍濆渍不沉。亦下神堤滩，村民救之登岸。顷之，有一妇人抱子漂下，母遥望，忽号曰：吾妇与孙也。救之果然。翼日归。而其弟舟将抵北山下，大树崩压舟，夫妇俱溺死。先是，村民夜闻空中神语：明日当速救孝子母。民惊起，各具舟与竿以俟，以故俱得生。母寿九十余，无疾终。璞今六十余，犹在。

偃师任天笃九世同居传

张九钺

偃师俏生任天笃，其家自山西洪洞迁邑之顾城镇，镇为成周时缑氏邑故城，顾，故字沿讹也，其地滨洛，川原平衍，土厚水深。自其四世祖光玉至四世孙瑞丰，九世同饎共爨，男妇至一百六十余口。河南巡抚何公裕城以其事闻诸朝，天子嘉悦，亲洒宸翰，以诗章匾额旌之，复赐镪帛表宅里。任氏之盛，遂驾唐寿良张氏、宋江州陈氏而上之。

先是，天笃祖开昌生五子，俱以力耕读书为业，开昌欲其勿析居，先试之。潜以金二百置麦囷中，为士尧、士舜所拾，以告开昌，开昌佯曰：此天赐也，汝二人曷分取之？二人以子无私蓄坚请。开昌喜曰：是可教矣。乃立永不析产议，使士尧条为家训：一曰婚姻为人伦之始。二曰孝弟为敦化之原。三曰杜私为正家之要。四曰勤俭为持家之法。博引经书史传先儒家训，以己意发明之，大书刊悬祠堂中。

其丧祭遵紫阳家礼，不溷僧道，而冬至祀始祖，立春祀先祖。本程子意，兼用邱文庄公累世同居得行立春一祭之礼。

其训妇女尤得《易·家人》受以睽深意，谓家道之离由妇人，田真泣树，缪肜自挝，往事具在。令新妇三日庙见后，家长召至中堂，以孅恶利害反覆引伸其说，俟彼心领神会无间言，乃使随众妇后视饎佐雍，不率者再教之。弗悛，暂令反母家，给以日供，使彼母氏开道，俟愧悟，立迎归。新妇入门，许用簪珥纻罗，庙见次日，即分贮中堂公厨扃识之，俟归宁领用。给布衣椎髻，操作予棉花纺织，随时变易，备嫁奁资。朔望次日家长坐中堂，以《孝经》《女训》训妇女，紬绎其旨，毋惮烦。以故妇女毋私馈，毋私假，毋饰容观，毋适私室，毋贪曲（蘖）〔糵〕。群居交勖礼义，年五十始不执役，其或不终所天者，毋入厨，衣食稍丰以厉节。众妇更番代劳，毋怨言。女适人者，夫死守志，毋堕节。

其闲子弟之法，毋鲜衣怒马，毋越境逐末，毋入城市，毋传述时事，毋呰窳偷生。耕读外惟令学医济人，毋索酬。不能者则令执本家百工之业，凡陶冶织薄皆予以值。毋废人，毋见尊长傲嫚，毋口斥人非，毋行不让路。其居室堂居中为宗祠，环以昭穆，毋紊。妇女由他道出入，毋混行。厨分内外左右，毋逾阈。食先男后女，皆以班序，毋儳越，毋出嚜咤声，毋嬉笑声达外。望其庄云霞赫旷，烟火错绣，牛羊鸡犬，日夕自归，无俟呼叱，俨然朱陈村画图也。

闻当事询天笃不析产故，对曰：不忍也。其言较张公艺书忍字义尤大而远，可以报国恩，可以培元气，可以惩颓俗，可以召祥和。余故因天笃所呈家训册撮其要作传，将以示天下后世之闲有家者。

药师院苦行僧传

张九钺

药师院苦行僧居院五十年，人不知其俗姓，以其永州音呼

"永州老和尚"，又即所建亭称曰"复亭师"云。师长七尺余，貌癯而黑，少年随其父别驾某官蜀中，好击剑任侠，父以亏官项系狱，师徒步走南北，辇三千金归，救父，护之归乡里。一日，忽弃其妻子入蜀，转徙无定常，为人报仇，诛其猾，匿迹边塞上，挽铁弩射生番，蛮人闻其啸吼声辄奔去，边帅欲予以官，不受。能徒手搏虎，松潘山中为害者杀几尽。

一日杀虎，嗅刀头血，忽有悟，诣峨眉山中伏虎寺落发为僧。然恒郁郁不乐居，闻峨眉中峰绝顶有老头陀，年百余岁，趺坐悬岩中，跣足蹑深雪，攀天门八十四盘而登，至悬岩趺所，五体投地，头陀睨视也，笑曰：若来邪？此山非若安身立命处，东走四千里遇马祖，即住为基行僧可矣。师未读经录，不知马祖为何如人，以头陀言，即缚行縢东下瞿唐，穿九溪，历洞庭、潇湘，一日至武功山，遇同寓人，问马祖居何处，人曰：豫章省城北门外七里街右，有药师院，咸称马祖道场，岂其是邪？师拍掌大笑曰：得之矣。乃兼程至其地，见江岸辽阔，荆棘荒芜，法象倾圮，破殿半间，仅悬残额"药师院"三字。师恍然曰：岂吾师欲我作苦行僧，重新此道场邪？乃急治耰锄，冒风雨，竭胼胝，垦院前荒田三十余亩，积岁之所入，为修葺资，不立募疏，不繁工役，一木一石，咸出己手。二十余年，栋宇岿然，龙象森列，成巨刹矣。复于院之左右种竹几数十万本，中构一亭曰"复亭"，为习静所，桃李梅杏之属环焉。

余自玉峡调南昌，勘滨湖水灾，月夜檥舟江岸，闻踏水车人歌铿锵可听，问之，曰：此永州老和尚自作太平车水歌，七言诗也。勘灾归，入院访之，年八十余，以乡人握手如故。坐所居篴箕中，苦荈稚笋，纵谭移晷。赠以七言二律，有曰：参来猛虎刀头血，飞下峨眉雪顶身。今日篴箕聊对坐，草书如斗尚惊人。篴箕用马祖偈中语也。师大喜，作擘窠大字书之于壁。嗣后以公事过，必坐复亭中听竹声流连竟日，师倾自作香醪酣我。余大笑曰：余今日真可谓一口吸尽西江水矣。或曰：师有异术，能驱虎豹、役鬼神。江涨，以钵汲水咒龙，立退。七里街居人有病者，以手摩其顶即愈云。

明孝廉冯一第传

余廷灿

献贼攻陷长沙，司李蔡忠烈公死城，寸磔，既骑箕尾而壮河山。是时，善化举人冯一第，亦献贼所百计诱胁，总穷而不能屈，与忠烈公同殉难，以节死者也。

一第姓冯氏，字棂公，善化人，始祖开，本江西之清江熊氏，以木贾入楚，赘于冯，遂后冯而姓焉。父时，聘母某氏。一第朴质天然，拔去俗尘殆万丈，清修笃古，键帷删述，尤精史学，作《史发》一书，于古今治乱得失之故，贯宗穿极，洞若观火。同时人见者，咸服其才锋识鉴，精卓不可磨。因史而溢于诗，以所论著形为歌咏，作代古诗，断自虞初，迄于隋季，得入诗者四十九人。谓李唐而下，变诗为律，称近体无古诗，遂止不作。代古诗浏览寥邈，幽情郁韵，如诰、如诠、如谣、如箴诵，各随古人之时与事，而升降上下其中，渊渊乎猗郁之志。格近于创，绝不受汉魏人牢笼缰锁。其他各体诗亦奇崛黝深，排奡于边幅之外，多与陶仲调、周伯孔、郭幼隗诸子相酬昌游止。当其时，竟陵谭友夏主盟坛坫，群心折服，独招一第读书寒河，入诗社，已而愆约不果。竟陵既没，一第作诗悔悼。

早岁中天启丁卯乡试，忠烈之司李长沙也，心契一第，注意宾延。一夕马蹋夜城巡逻，遥望南郊灯火，知为一第读书处，时漏下三鼓，忠烈下令启鱼钥，走诗索和，其诗曰：好月霜难下，孤城独马看。遥怜山影外，人在剔灯寒。其相慕重如此。

献贼薄长沙，一第走湘乡，将乞师他所，贼下伪檄，征求甚急，一第作书却之曰：第起身单寒，轸旁迂士也，少小诵读，叨入贤书将近廿年，不敢尤怨。初意闭户著书成一家言藏之名山，讵期天步多艰，措躬无地，近挈老母入山，冒寒冲雾，吐血及斛，足折难扶。忽从邑长接捧征檄，读尹聘幡然语，殊觉延揽之诚，在古无是礼。而第又岂昧时务者乎？即万一值不偶，有强项作顽民耳。伏乞明公，置之跃冶之外，遂其野鹿之心，区区所衔结以报者。况盛世不拘逸民，天造原多隐士，有应诏之魏徵，亦有不至之刘翼，有草诏之陶谷，亦有难化之韩通，稽之前代，往往而然。又第八旬老母，依子为命，正古人所谓此身未敢许人者。岂明公盛德，将置此不讲邪？或者下石之流，以誉为谤，遂使推毂之辈，索玉于瑕。专望仁慈，亟收成命，小子幸甚，老母幸甚。如必欲如明谕，岂无山之南山之北，可为第托足之地者？请从此辞，幸勿复我。又作自吊文，避乱改姓文，以自伤悼。贼度一第终不肯来，乃系其母与兄招之，一第不得已就缚。贼反复谕降，坚不可，乃劫之曰：若而母与而兄何？则曰：愿赐一死，以免母与兄。贼将斩之，一老僧从旁伏地请免，而一第终不可屈。贼乃截鼻、劓舌、砍两手，骂不绝口而死，然卒义免其母与兄。死时年四十。著《史发》二十卷，《代古诗》一卷，各体诗一卷。学者私谥曰“介烈”，崇祀二忠祠。

论曰：曩闻朗轩李氏谓覆校一第集，未能免于文士浮华之习，而怪忠烈与友善，未有切磋补益。亦未知李氏所见何集。予考一第师友渊源所渐，或不尽粹于程朱，要其抗响扬音，激昂清越，亦鼎波汤沸时商声变调，不闻《繁霜》《十月》之或删于雅，《离骚》《天问》之不轨于经也。况宛转割裾，无忝尽伦，殿后丹心皎日，宁为范孟博之固，不为杨子云之通，遂与忠烈志同气合，无间死生。其节尤伟亮者，此岂可议以谷永、杜钦之伦，谈有余而谅不足哉？夫声名太盛或折减望风，蜂虿起怀即冗豫不定。嗟乎！此固一第之人所以不可死，即一第之文所以不可朽也。

朱侍读学士筠传

余廷灿

君讳筠，字美叔，一字竹君，顺天大兴人。自幼颖异，年十四五通五经，善属文，与其弟石君珪俱有声日下，名公巨卿多先就访之者。乾隆甲戌成进士，授编修，丁父艰，服阕，即乞假，期将为汗漫之游，欲遍历名山大川以自广。即而其弟珪除服召见，上前询问家事甚悉，又问汝兄编修宜即补官，不似汝候缺也。珪以兄实无疾，不敢饰词妄奏，则谨应声曰“是”出。即遍告翰林，取前假状销毁，强君起官，君伫思良久，已乃欣然曰：只无奈一段奇缘不成耳。

自是洊历官至侍读学士，间数充乡会试同考官，一典福建乡试，旋奉命视学安徽。君言：吾于是役，将使是邦人士为注疏之学而无不穷经，为《说文》之学而无不识字。甫下车即拜奠婺源故士江永之木主，崇祀乡贤以劝学。江永者，故安徽朴学，能究穷《十三经注疏》而有得于己者也。又刻旧本许氏《说文解字》，标楬四端：曰部分，曰字体，曰音声，曰训诂，为学六书之学者大启沟浍。又言稽古莫如金石文字，可证经史之讹。所在丛祠野庙，破荒剔藓，聚至千余种。

初，翰林院贮有《永乐大典》，中多古书，割裂字句，分隶《洪武正韵》，率散而无统，伏而未发。会上下诏求遗书，君乃奏请开局纂录大典，且条画搜辑之法甚备，经军机大臣议行，御制七言八韵诗纪其事。其后纂辑《四库全书》，得自大典中者至五百余部，皆宋元来经义、传说、子史记载及星历、算数、方技诸秘本，为世所不见不传者。一旦次第刊行，布流海内，皆自君发其端也。又请仿汉唐故事，择儒臣较正十三经文字，勒石太学。其后以过降级，得旨复为编修，在四库全书处行走，总办日下旧闻纂修事。

初，君为诸城刘文正公所知遇，以不次至是，文正卒，金坛于文襄公以掌院学士领总裁，尤心重君。文襄夙夜直军机，凡馆书稿本，有宜往复辨析、琐碎繁难者，意欲君就见面质，而君坚执翰林故事，总裁纂修相见于馆所，讫不造门请谒，遇朱墨披驳盘错处，君则直陈己所见，侃侃辨论不稍下。文襄以间奏言朱筠办书颇迟，上曰：可命蒋赐棨促之。而君自若也。

其弟石君珪自山西藩使缘事复入翰林，从容为君言，宜稍自勉强抑损和同者。君曰：吾弟亦作是言邪？君既久次，望益重，则大言翰林以立品读书为职业，不宜修小礼，曲意委顺于达官贵势。惟喜奖借寒畯，见有一善者辄誉之如不及，有请益者，必诚告之惟恐不尽。一时材隽辐辏其门，多所成就，以故士心公论皆翕然归君。室中聚书数万卷，君于其间考古著述，穷日夜不倦。性嗜酒，客至则命酒酣嬉淋漓，酒罢落笔，无论大篇短纸，自奇气横溢，怒生不可逼视，而庄谐正谲，开阖杂糅，又无不曲折尽情态。

其后又视学福建，提挈经义六书一如安徽。某生为摄令某锻炼杀人，君发其覆雪之大吏，士气赖以扶持。及逾年，上使其弟珪代之。君固喜山水，及輶车所至，更得恣心广意于黄山，再登于五夷崱屴、玉华诸名胜，皆跻攀幽峻，穷览不厌。归自闽，数月遂病卒。著诗古文集若干卷行世。君口吃词涩，然忠告说论，遇义即启，謇謇不可遏抑。性孝友坦易，实乃恬于势利耻于媕婀。终日矻矻皇皇，欲求文章成名于后世。喜接引后进，欲成人才于一时，可谓直谅多闻，不愧所学，能举其官者矣。

君之将赴安徽也，廷灿草荐吴秀才书一通，命馆吏赍上，君熟视之曰：吾后车已延致十一人，皆宿彦也，颇不谓无助。虽然，妙文不可虚，奇士不可失。即命车就访，引吴秀才同载而归。又明日，联镳十二乘出国门，一时国门传学使宾从之盛，无有与朱学士俦者。君之好士、好文大率类此。

君撰改葬海王村故辽李君墓碑，宝庆孟太守灏曾以拓本遗予，予珍藏之箧衍既久，君殁后时取以读玩自娱，如见君面。己酉来京师，见君集阙载是篇，即挈拓本还之君次子锡庚，不独期锡庚网罗散佚，亦心知君之精气灵魄，必长结念于斯文，而不肯听其零落无所收拾者也。锡庚笃志学古，能传其父业以显者。

张太史江传

余廷灿

张江，字百川，别字晓楼，江西南城人。其族望颇蕃昌，世居邑之郭下，邑人称郭下张家。前明成化己丑殿试一甲一名张昇，历官至礼部尚书，谥文僖，乃江先世，第不知文僖于江宾为何世祖也。江少即敏于时文，一题辄拈数艺，如翻水涌云，能各尽其变态，每下笔不自休，即老宿亦桥舌畏之。长与同邑罗嫃、梅枚、潘安礼、何天爵数子相友善磨切。数子俱工时文，独江益变而沉涵今古，有自得于中，人莫窥其所以然者。故江文遂擅天下，天下经生家无不知读张百川时文者。

以雍正癸卯成进士，入史馆。是时金坛王太史步青方主持坛坫，与江同年同馆。王既重江之人与其文，江亦相视莫逆，遂尽出其箧中文委王别择。无何，江以丙午病死京邸，又六年，王乃序江平生所得于时文之故，梓百篇行世，于其为文之甘苦疾徐，凡经几变者，既标目甚悉。而江才力包罗旁魄，崛起于同时诸名作之外，又早岁即心契安溪李文贞诸绪论，旁搜幽讨，坚定不疑，因得借窥六经之奥旨，以求合孔、曾、思、孟之微言。故其文之神明变化莫可端倪，要粹然一出于正，于五家有其精微瘦劲，无其连犿僻诡。

其后又十数年，桂林陈文肃公宏谋抚江右，复得江未刻稿五十余篇，以书趣王太史续刻之，是时王年七十有八，又合订江文得百五十篇有奇，续序所谓炳炳麟麟、饫观益畅者。王之神契于江至微也，文肃之贵仕与王之耄勤，俱惓惓焉，惟惧失其残篇剩字，而不获公之海内也。江文则既信于今时，传于后世矣。

然江初客死京邸，赖其乡同官赙柩南归，归则苍黄殡本邑濒河之万岁寺，寺故多寄殡，以百十计，而江子立夫，初不知旌题其柩，其后似惘惘莫辨识。久之，邑人有诘问立夫者，则云已葬岳口，其实访之岳口，又并无江墓，及今尚疑，不能明也。立夫籍南城县学弟子员，前后提学江西者，多以江故宾礼其子，而立夫隋窳不类，坐耗荡无所归。立夫亦有子，长既早夭，其次绳武，又剃发为某寺僧。已而绳武日长大，其师慕波谓江名公，不可无后，乃资而遣还张氏，邑人高慕波之义，亦谋醵金合助，为绳武立家室，而绳武又不振，一日竟遥遥远去，莫知所之。

江工书法，喜鼓琴，他皆无所嗜，独嗜治时文，有天得。于博簺或偶一为之，则其时文更神勇孤诣，盖勤一世出死力以尽用于斯文，虽驳杂时之血路心城，无非颛壹时之血路心城也。立夫贫不自存，以江所读《毛诗》《尚书》《周易》《春秋》四经旧本及笔筒一、破琴一，质钱于同邑太学生王氏，王氏重江所遗留，许之。乾隆己酉，王氏有子聘珍，以选拔赴京廷试，明年秋同予僦舟南归，因为予备述其详。又言笔筒周遭书前后《赤壁赋》，皆江小楷手迹，至今宛然。其评点四经多在章法、句法、字法，而于经义则略不及，亦其平生结习则然乎？予因谓聘珍：南城有文如江者，岂可无片土封墓？子曷即以四经旧本及笔筒、破琴为江招魂起冢？使后来过访南城者，有所瞻望兴起。聘珍则敬复曰：诺。抑予又闻江之同族铭领己卯乡荐，出今大兴翁阁学方纲之门，历官至松秦兵备道，俸入最丰，而于江后略无省录顿置，翁提学江西时，每言及江辄太息惋憾不已者。甚矣！江之穷于死，而予传之所以不可不创作也。

论曰：或言造物忌名，然自制艺既兴以来，其有文厄于其生而卒不厄于其死，且大显于其死者，死则造物无所用其忌耳，而独江之既死则犯忌转酷矣。昔南昌杜果见奇文沉埋不曜，必标榻品评，惟恐堙灭，其论至比于拾遗骨、收弃儿。江文既曜于当时，可传于后世，幸不至零落无所收拾。而乃尸解若委蜕，嗣续化涂人，何与杜氏所论若适相准则然，岂全乎此之精者，为存其神，即不必保乎彼之粗者为仅遗其迹邪？抑群奉以此之虚名，所得于人世者犹少，而偏降以彼之实祸，其受罚于帝者更多邪？

江慎修永传

余廷灿

江永，字慎修，婺源人，家于江湾。好深沉之思，其学孤起草泽中，由究穷十三经注疏而入，尤覃心三礼，于制度名物之寓于训诂、涉于九数六书者，皆旁参造极，得其制作所本始。以是读书善比勘，于步算、钟律、声韵尤精。

其论岁实消长也，宣城梅氏归之高冲，近冬至则渐消，过冬至则渐长，亦歧莫能定，永则正之曰：日平行于黄道，是为恒气，恒岁实终古无增损者，而因有本轮均轮、高冲本轮属于黄道，循黄道而右所谓平行者；均轮以近本轮心，为最近；高冲又极近，为最卑者。之差，以生赢缩则谓之视行，视行岁岁微有移徙，即定气时刻之多寡，亦岁岁不同。今当以恒者为准，而高冲为缩末赢初之端，则但随其时之高冲以算定气，而岁实消长可勿论，犹之月有平朔、平望之策，以求定朔、定望，而此月与彼月，多于朔策几何，少于朔策几何，俱不计也。其说简易直捷如此。

从来黄钟之宫，聚讼短长，则以四寸五分为断，谓黄钟半律即黄钟之宫，故后世乐以黄钟清声为调首，而琴家正宫调，黄钟不在大弦而在第三弦。正黄钟之宫为律本遗意，其黄钟生林钟，则不以全律下生，而以半律益一分上生。盖黄钟之宫位乎清浊之间，在其前者，有林钟、夷则、南吕、无射、应钟五全律为浊，而下生乎清。在其后者，有大吕、大簇、夹钟、姑洗、仲吕、蕤宾六半律为清，而上生乎浊。证之《国语》，伶州鸠论武王四乐，以夷则、无射为上宫，黄钟、大簇为下宫，可知律长者用其清声，律短者用其浊声，古乐立均之法固如此。此论正与管吕诸书论声律相生者一一符合，非韩邦奇、王廷相、李文利、瞿九思诸人执一滞百也。

自吴才老作《韵补》，而昆山顾氏炎武又上下古今，考其同异，订其是非，作《音学五书》，天下翕然尊之。永则谓其过信古人韵缓不烦解字之说，于天田等字皆无音，其古音表部分亦多未当，盖考古之功多，审音之功浅，于是分平、上、去三声皆为十三部，入声分为八部，以正顾氏之疏。而虞属鱼模者，分之以属侯幽，先属元寒者，分之以属真谆。萧至豪四韵之读如今音为一部者，又分之以属侯幽，覃至盐属添严者，分之以属侵，又真以后十有四韵之当分为二，侵已后九韵，以敛侈当分为二，此皆考之《三百篇》用韵画然者，而顾氏皆略之。盖顾氏凿疏巨手，在奠高山大川、别古今州部封域，而支港分合、壤地佩离，则永又能沟割其毗连交错，亦羽翼顾书有功古韵者。

《易·彖》言往来上下者谓之卦变，率以二体内外虚象言之。永则谓上下经俱以反对为次序，卦变即当于反卦取之。凡曰来、曰下、曰反者，皆自反卦之外卦来居内卦也，曰往、曰上、曰进、曰升者，皆自反卦之内卦往居外卦也。

谓兵农之分，率言分自井田既废时，然管子治齐，参其国以为三军，三军皆出自士乡，十五而伍，其鄙以别居农，农不闻隶之师旅，盖兵农早分矣。晋惟一军，其后屡增军制，又屡损军制，其既增而又损者，盖除其军籍使之归农，若军尽寓于农，则农民固在，安用屡易军制哉？随武子曰：楚国荆尸而举，商农工贾不败其业。列国之农不从军可概见者。若鲁作三军，季氏取其乘之父兄子弟尽征之，孟氏取其半，以其半归公，叔孙氏臣其子弟而以父兄归公，所谓父兄子弟，皆壮老隶在军籍卒乘者，非通国出税之农民也。其后舍中军，季氏择二二子各一，皆尽征之而贡于公，若农民出田税者，自仍然归之君。否则，亦尽属三子，哀公何以云二吾犹不足哉？阳虎壬辰戒都车，令癸巳至，此又鲁军常近国都之明证。其野处之农久非兵也。

深衣之制，孔氏《玉藻疏》谓布六幅交解为十二，永则谓偏邪似非法服，且《玉藻》文明言衽当旁，则在旁名衽者交裂，而余幅皆正裁不交裂。续衽者裳之左旁，连合其衽，钩边者裳之右旁，别用一幅斜裁缀于后衽，钩曲而前以掩裳际。汉时谓之曲裾，故郑注曰钩边，若今曲裾也。盖其论古识断皆有通证，大率视此。

初，永少逐队里塾童子中，勉治世俗之学，顾非其所好。一日见明邱氏濬《大学衍义补》，遇条举《周礼》章段处，辄心奇之，以为异书，即求得藏书家《周礼》正文，手钞口诵，大有领悟，自是遂壹意治经。见《周官·大宗伯》吉、凶、军、宾、嘉五礼旧次，谓三代礼仪大纲总统在是，举其纲而稽类比附则万目犁然，因成《礼经纲目》一书，足与朱子《仪礼经传通解》相庚续完补者。际朝廷开馆，定《三礼义疏》，馆臣檄下郡县，录送是书以备参订，知者亦稍稍传写。其后同郡程编修恂一延永至京师，三礼馆总裁桐城方侍郎苞闻永所学，面以所疑《士冠礼》《士昏礼》中数事为问，永从容条答，侍郎乃心折服。而荆溪吴编修绂自少深于礼仪，及获交永，亦从质《周礼》中疑义，是以有《周礼疑义举要》一书。然卒未有出口荐雄章彻所学者。

又数年，上方崇奖实学，命大臣各举经术鸿儒，有欲为永进所著书来起永者，永自顾垂垂就老，岁晏宁堪展布，又昔时京师所与交游散去皆无在者，意思愈益感怆，乃固辞谢，不可强起。居乡里以孝悌仁让相躬先，遇丰岁约其乡人共输谷若干，设立义仓，行之三十年，一乡不知有饥。盖积谷不在官而在民，使民自相补救，法莫良者，而倡之则自贫书生始。

乾隆壬午三月卒，年七十二。所著书《周礼疑义举要》六卷，《礼记训义择言》六卷，《深衣考误》一卷，《礼经纲目》八十八卷，《律品阐微》十一卷，《春秋地理考实》四卷，《乡党图考》十一卷，《读书随笔》十二卷，《古韵标准》六卷，《四声切韵表》四卷，《音学辨微》一卷，《推步法解》五卷，《七政衍》《金水二星发微》《冬至权度》《恒气注》《历辨》《岁实消长辨》《历学补论》《中西合法拟草》各一卷，《近思录集注》十四卷，其同志戴震恐久就坠失，次其治经事略，并整齐遗书二十余种藏于其家，廷灿因据事略传之曰：

自江永以注疏之学传经，一时戴东原震亦以《说文》《尔雅》

之学起休宁，若宫商应和，于是汉经师硕儒授受，微言遂大显于世，而好者颇稀。永既死，震入都，客秦尚书蕙田所，箧衍中携永一二著述，尚书方集《五礼通考》，见而奇之，乃摭其说入观象授时一类，而《推步法解》则取全书载入，且深惜其不得见《礼经纲目》者。其后大兴朱学士筠视学安徽，锐意以兴起注疏《说文》之学厉士，乃躬拜奠婺源故士江永主祠，入乡贤，而所著《乡党图考》《古韵标准》近亦稍稍刊布矣。然传者一二，不传者尚压架阁束，墨漫纸刓，其终饱蠹鱼啮蚀，徒留书目在人间乎？抑后世复有子云，而蕴蕴积久之业自不可掩其实而发其光乎？

郭君小传

余廷灿

郭君佐平，名世遵，一字鸿渚，湘阴县人。静而好深思，颇熟儒先理语，学时文不肯随人下笔，锐意在自出匠心。先是，君名世仙，读书仰高书社，都讲亟器之。是时巡抚湖南敦公，以兴贤育才为己任，一日小憩仰高，目君于稠众，独询问甚悉，为改名世遵。然久困队伍中，无所遇。乾隆己亥从予会学于城南，是岁县试，拔冠童子军，得籍县学。及学使者按部试诸生，君岁科两考，文连署第一，食米廪，名噪一黉。自是益志远到。顾瘦瘠善病，癸卯秋闱宿疴顿作，咸阻君于省门，君尚力疾战文，文不称意，愈抚床激楚不自休。及病益笃，尚强作笑语以纾亲忧。冬十二月十六日，吟诗属昆季曰：天既促我命，脉脉语不得。死者安足悲，生者各努力。遂投笔逝，年三十二。子其弟诚世之次子家祐为嗣。

君自待不薄，每急人之病如己病，推解无难色。秀民贫而废学，则岁出橐金助读，其人因成学，不徙业。辑成郭氏家谱，具有条理。又约群从为联芳谱会。醵金权子母，累至千金，以敦友爱。其见之施行者如此，其未见者可知也矣。君家自高曾世有隐德，尊甫益笃古心，每县中有学校大兴作及培壮形胜、津梁、衢路诸大役，辄多括家资以蒇事。生君兄弟六伯子世遴亦以文食饩，而君与其季弟世暹乃先就萎。叔子诚世为予述之京师其悲，及归长沙，又撰具颠末，乞予文传君。予颇不欲为，以人世之死于耆年长寿与其死于达官贵仕者，尚或草亡木卒、朝荣夕萎，自冢土外即一无所留于世，而君年不跻中寿，名不挂朝籍，吾文于君复何有？既而诚世又价其同志吾族士第以书敦促，是日予方治《周官经》，读《地官》闾胥之法，敬敏任恤者则书之，读族师之法，孝弟睦姻有学者则书之，因念君曾执经请业于予，则予亦君之闾胥族师也。而考君行谊，又应《周官经》书法，使其生也，予尚当执笔特书以厉学行，矧短折不展所抱，顾听其泯泯就堙晦沉薶无一言标揭于吾文乎？乃作小传次其略以复诚世，俾藏于家而传于后焉。

徐疯子传

潘相

疯子绣林人，读书好奇，不治生产业，家贫落魄，以星命术游乡校，径入坐，上坐，无一语问之，则朗诵诗古文。儿抚一世豪，见龌龊自用辄嫚骂，尤不乐诸富儿。诸富儿固请，亦往往多拂衣去。缘道歌咏，跳踉大叫，人皆曰疯子。疯子笑曰：我诚疯。因自号徐疯子。疯子游燕赵，善一僧，僧故奇士，与劘切。疯子文益奇，摹写人物冲喉而出，皆肖生，至嘲弄戏谑不可堪，人亦笑受之，且曰：是疯子耳，勿深计。间溷迹诸侠少中，侠少好着绸绫裤，长摩土，疯子窃翦其齐尺余为袜装，曰：吾截长补短耳。与侠少入恶鬼庙，恶鬼狞目张斧，侠少倒地，掀其尻，疯子独攫鬼箠摇之曰：鬼畏我与我不我祟也。尝薄暮自黄山来，仓皇奔趋，高吟遐眺，时遇里中失火者，众怒臂拳疯子，曰：若放火。赖友人救得免。其人复具食谢，且索诗，疯子又欣然弄笔，都不记忆。为人推算多奇中，得金封多散置墙孔中，见乞儿或手一块。遇其空乏时，一妻一子一侄，饥肠如雷鸣，不顾也。逢场子曰：余耳疯子名，奇之。疯子过余斋，出所作示余，信奇。余为之范我驰驱，疯子复叫号更奇甚病莫狂于心。若疯子者，独貌狂耳，余闻放浪山水中多奇士，徐疯子傥其人欤？

双节传

王坦修

双节传者，为茶陵谭母尹孺人暨媳彭孺人作也。妇人重名节，亦以励风俗，矧其姑媳媲美而并邀恩荣者哉？国家深仁厚泽，浃及闾阎，凡闺阁之英有能贞白自砥者，得由州郡以申于大吏而达诸朝，锡旌典，虽其人已往，而搜罗轶行亦足光于泉壤。

今谭氏两母，矢心井水，托命松门，后先继武，诚有不可湮没者。谨就题事实以次诠记，固非谀语也。尹孺人，儒士谭公世鼐之妻，本州任蓝山县广文尹公一璁孙女，康熙三十五年，年十八归谭。谭故寒，尊章亦老，母问衣燠寒，滫瀡罔缺，遇有疾，必亲和药饵以进。丁大故，佐丧葬祭祀，尽敬尽礼，乡里称贤焉。夫卒，母年未三十，遗孤数岁，篝灯课读至于成立，为州名诸生，盖之调公是也。母性贞烈，不轻出闺门，人罕见其面，然家事无不躬自摒挡。一日有外侮，母携孤痛哭，诉于神主，主自动者数日，里之人无不駴目怵心，事遂寝。至今犹竞传以为奇，此与古逸士传刻本事相类，盖幽明之隔，呼吸可通，由其至性至诚与为感格者然也。

母殁于雍正二年，后四年媳彭孺人年十九来归之调公。彭州望族，孺人为拔贡康孙女，儒士元隆公女。幼娴内则，长动循礼法，及归调公，梁孟之匹，庄如也。常念不获事翁姑，调公教授多外馆，翁姑生忌辰，致悲享祀，必丰洁焉。调公谢世，有欲夺其志者，亟鸣诸族，族重惩其人。其恸夫也，每祭必携孤哭拜，尝呕血数升，人益服其节之坚。年四十四终。孤今廪庠宗衍先生也，学优誉广，吾郡人多师之。倦游，构满花轩著书，孙人豪，早贡成均，教习宗学，现以知县用，经传纱幔，不是过也。

两世苦节，报亦宜哉！制台毕公、抚军姜公，以州府之呈言请云：冰霜同清，松筠接翠。孤鸾弱影，长栖独活之枝；寡鹄悲吟，嗣响女贞之木。事高堂而尽孝，尹氏已昭懿范于前；抚稚子以成名，彭氏复绍芳踪于后。茹荼两世，清标既协，乡评完璧，一门旌表，宜邀巨典。疏入，褒纶并荷，绰楔双辉。於戏，美哉！渠独梓里光哉？爰作双节传。

论曰：姑媳继寡，家之弗幸；姑媳继节，史不概见。盖苦节难贞也。妇即则诸姑，姑渠起而谋诸妇哉？兹圣化之隆，亦士族之有素也。传曰：区明风烈，昭我彤管。吾于兹益信，而亦不能已于言。

槐塘先生传

周锡溥

予之先人与君族同出江西，既系籍两邑，源远益分支派，遂不可合。然衡宇相望仅二十里许，予入省门，必道君宅前。乾隆丁亥，予偕仲弟湜甫肄业岳麓，识君讲院中，予年差少，兄事君，时相就切劘。其后散归，予岁岁过君，君必命孺人作数日供具，子侄环侍，如家人礼。君过予，亦如之。予自维平生交久且笃者莫如君，弹指三十余年，君遂殁而予亦颓然老矣。君殁后五载，而君之子俊卿校族谱，视君手泽欷歔，盖谱亦君存时所撰述也。俊卿因是乞予为传，附诸家乘之次，以纾其悲，予为就所知者书以与之。

君讳辅，字鸣世，号槐塘。考福安公有隐德，生子五人，君居季而怜惜特甚，就塾时嘱师简其程督，而君夙慧，日常倍之，下笔缅缅，千言不休。弱冠以文受知学使秀水郑公，补郡弟子员，未几食饩于庠，每试辄冠其曹。而累滞于大比，至五十六岁始循年资入成均，谢免诸生籍而已。六十岁卒。予与君之相从岳麓也方富盛时，慨然欲有所树立，而隐规其志趣之同者。于时醴陵鄢方亭、君邑人杨道园、永绥胡朴园、新化孙石溪先后集，一见订交，而齿湜甫末行，为七子社。社日辏方亭舍中，先说经而次质其所为诗古文辞，批抉往复，穷乙夜乃已。独谓制义非古而数坏于科举之习，非有所得，戒勿为，为之必以日力之余。其义法则宗前明，盖以为一涉笔即心灵之所栖托，而不敢苟以悦人也。以是见骇于同舍生，啧啧非笑之，及出而应举，果踬。又数年，则举于乡、贡于学使者相望，而予幸再得于礼部，不得者独君与方亭耳，岂非其命与？然君之学自是乃益进于古，视予之趦趄薄宦以失故行者，又未知其孰得而孰失也。

君天性孝友，哭福庵公口喀喀血出，后遂常有此证。太孺人丧，予唁诸其次，涉旬见羸形。乾隆戊子乡试，君兄三人走百里为治办场具，而是时君伯兄某几六十，其友爱君如此，即君可知矣。孺人吴先君没，君扫室独处，偕子孙治经史，而能以善及人。族故有祠，子姓辨讼上于族长，则启祠而听，有过行扑，虽尊亲不贷，故百年来鲜犯于有司者。君之为族长也，尝先事而激之以耻，讼遂稀。族人畏家法之严，而尤乐君之宽，谓得法外意。其于闾里抏敝之俗，间有所激劝，亦为之止，有王彦方、许子将遗风。君以文学知名而内行修饬，教于家以及其乡人，其于应天下之务沛然有余而施不及远，故予追念昔游而终以不与科目为憾。

俊卿与兄之鉴同入邑庠，之瀚业儒，皆传君学，其系属卒葬详于谱者，不复具。

郑节妇传

王邦光

郑节妇，湘阴人，姓刘氏，名芳，字贞静，年十五归同县郑先正。先正固贫，妇安之，篝灯伴读，绩纴率夜分不辍。越五年，先正病，遂卒，妇痛之不食，几死。念夫未有子，娠且累月，家贫，舅姑老，义不忍弃，乃强起饘粥，阅七月而子生。妇孝且慈，每登堂侍饮食，色甚愉，退而乳其子，泪涔涔下不能止。后归宁，母怜其少寡贫苦，欲夺其志，妇坚拒者数。母不怿，啐之，妇大恸曰：野鸟知匹，我人也，而不如乎？遽起奋刀斫一指断，血淋漓满衣履，母持之不及，则哭，兄弟来视，皆哭，里中妇孺过之，亦莫不欷歔呜咽，不知涕之何从也。

嗟乎！烈士殉名，往往好为畸节苦行以震荡人耳目，是以其名不胫而走。妇失所天，恸急而起，愤发于须臾，不自知其云何者，岂复计有名哉？然则烈士，人也，烈妇，天也，予固闻而异之。

乾隆四十二年春，有客造予，曰郑宏玉，延入询之，则节妇子也。移时款语述其母生平，与向所闻不异。玉又曰：父没后，母容不饰，衣不帛，未尝莞而笑也。家固贫，所以视吾祖父母者虽不尽丰，然吾祖父母尝忘吾父之没也。丧葬皆尽礼，祭祀必虔，与人恂恂，数十年妯娌无忤色。宏玉故善病，母鞠之倍劳，比就傅，虽甚爱，然课读严，束脩皆十指出，不后于人。已为宏玉娶，生子则喜曰：未亡人旦夕入地无憾矣。宏玉今年四十二，有子男三人，女二。母六十二，益健步，昧爽而起，犹屑屑家事。虽贫，喜济人，老而不倦。至于蔬蓏弃余，可药饵者澡而干之，累累墙壁间，或讶其琐屑，及有所需，用猝不获，示而取之，则喜出望外，母以为固然。推斯志也，济人不必有权，仁者不必富，岂不然哉？

邑侯李公月槎语及则叹曰：梁高行段纪配不是过也。乃请于上官，褚大宗师为之序，与制府陈大中丞敦会疏上闻，乾隆三十九年甲午奉旨建坊。坊于县南青竹山麓，于是一时贤士大夫相与为诗歌扬扢之甚夥。宏玉贫，未能梓，行将梓之。宏玉字匪石，母命之，玉无瑕，匪石不可转也。母志也，宏玉云。

行斋公家传

陈士雅

府君讳文远，字自迩，号行斋，一号星圃，大父九万公第三子也。府君天资英特，自幼时即挥霍有大志，与群儿异。大父席前世山田数十亩，食指日繁，常苦贫，以故不及早授府君书。府君年八岁，一日偕伦辈拾株栗道上，掷而归，泣谓大母曰：母哑，今不令儿习冠裳俎豆，至下与庸奴伍，儿不耻者，非人矣。闻诸大父大惊异，于是俾府君同大伯父弁南公就塾，且博延名宿为之师，汤公南溟、胡公迟庵咸器重焉。而祖舅易公稚闲，出其手录经义指授府君，由此益得沉酣六籍，不苟为浮华剽窃之文。

弱冠补弟子员，旋食饩，登乾隆元年丙辰恩科贤书，往还京邑，与一时贤士大夫游，益以道谊名节相切劘。则又重自刻厉，博观历代史事，举其用人行政得失之要，分类纂录法戒，炯若列眉，于直省郡县皆编辑成书，各以吏治之繁简、民俗之淳浇、土壤之沃瘠险易条系于下，详审精核。常举示士雅曰：如有用我，执此以往。盖府君之学无所不窥，而其用心尤以天下国家之务为己任，上将献之朝宁，下亦思惠牧一方民，意气磊砢腾踔。见读书人积财利自私，问舍求田，辄欲卧之床下。乃三试春官不遇，考补觉罗教习，报满引见，拟就诠矣，丁大父艰归。归不数载，而府君遂赍志以没矣。

府君之服阕家居也，明府李公聘修邑志，时值学舍陊圮，府君谓：志以记事，末也；学以育才，本也。且至圣之祀系焉，宜先。即首倡鸠众量功，李公从之。役兴，人人争自效，门庭堂庑悉增于旧。其与修邑志也，臧否人物，一衷于义。有某者内行不修，其子求为立传，将以重资啖同事诸公，畏府君廉，怀其金不敢献，缘族祖某以姻娅谒府君，艴然曰：嗜！奈何欲以私故污汗青，为异日都人士口实乎？竟黜之，后无恩者。

府君孝友淳笃，大父性严毅，能曲承其志而不违于道。登贤书后，犹有小过则挞。大父偶不怿，则省疚数日然后敢见。奔大父丧，自以不获与含敛，哀毁柴立。既免丧，遇有时新必荐，犹涕泗交颐。南纪公年过四十乏嗣，府君忧甚，助置侧室，逾年生男，举宗庆之。季父尹度公尪羸善病，府君庀其家事，资之药饵，因得小瘳，后府君卒五年乃卒。

生平急公乐善，友教所得俸余随散与亲故族人略尽。卒之日，家无儋石之储。与人交必尽其诚，见人有失，立诮责。然卒蒙其益，人以不怨。善化张竹轩先生挽以诗曰：肝胆一鸣剑，风流数酒杯。盖深知府君者。最后省身弥约。士雅六七岁趋庭受读，言动一束以礼。闺门峻整，常揭《大易·家人》上爻于壁以自警。又铭其座右曰：若能细寻己过，岂肯轻说人非。乌乎！使天假之年，不惟应世之才得少见其崖略，而于圣贤所以为己之学，亦将日新月盛而未有涯也。乃得年仅三十有九而止，岂独遗孤之不幸也哉？

士雅生八岁而孤，故于府君嘉言懿行多不及详，而但列其少小所知见，暨所承于太孺人之训与父执传述者如此。抑又尝阅邑志，载府君教习天潢贵胄，严而有方，每憾莫由考信。迨乾隆三十九年间，觉罗敦公抚楚，命属吏访求府君后，召见士雅兄弟，拳拳礼接，语之曰：子之先人学行纯懋，予所以服官至今、幸全大节者，由克遵吾师之遗教也，子其毋忘先人之业。夫教习一职，人或视为传舍，而府君诚意所孚，至于久而弗衰。是固足见中丞念旧之殷，亦以见当时志乘秉笔，非阿所好，即府君之感诸人而垂诸后者，概可知矣。

所著有《鉴略类钞》《直省郡县考》《朱子全书节纂》，藏于家。若所为诗古文词，非所以知府君之大者，故不著。

常惺园传

黄贤宝

惺园姓常氏，名道沁，字如心，别号祖蒙，长沙人也。曾大父楼山公，以进士宰豫徐；大父立庵公，太学生，赠修职郎；父警堂公，中乙榜，司铎新田、新化，今上万寿，覃恩赠修职郎。

惺园至性过人，幼羸瘠多病，五岁，大母煨芋啖之，谓食此可长生，应声曰：果尔，愿祖母食一枚，一枚遗吾母。束发受书，数过即成诵。年十二能文章，出语惊长老。然试有司辄抑。三十二始泮游，时母太君久弃养，惺园终日涕洟，以不及见为憾。戊午举于乡，值尊甫六十寿，与尊甫获隽值大父六十寿同。己未赴都，闻父讣，匍匐奔丧，悲号动邻里。墓故在屋侧，日必至，至必哀，憾不如母病时亲视医药也。方警堂公司铎时，官冷禄薄，罢归无余资，于是从而经纪之，命仲弟掌家政，叔季俱遣就学。己乃载笔客诸侯，自是而足迹半天下矣。有《闽海吟江行杂咏》《北征日记》《华原篇》《华原续篇》，吟咏多至性语。又著《邮程日记》一书，于山水源委、众关隘土宜民情靡不登载，与人言历历如指诸掌。其为华原山长也，立课程十余条，以敦行为本，文不拘格，归于有所成就而已。七试礼部，皆报罢。其间堂荐者四，卒以额遗。大挑列二等，嘉庆戊寅选授永州校官，逾年遽卒，惜哉！

惺园险阻备尝，而皆获福荫。己未，出京夜行滨河，车覆几落水，纬于木而免。辛未，大水弥漫不辨道，车行水中旬余，卒无恙。赴太原时车夫谋不利，鸣于官得免。在朝邑地震，夜闻有声如雷，又若百万人马疾行，起立即踣，生徒数人排闼入，负之出而墙倾。素患头疼呕吐，居朝邑益剧，药之竟痊。胡履险如夷而居安乃危也？闻往岁辛酉同仲弟宿，梦至一官府，将见世所谓阎罗者，门者曰：尔尚早，须为永州行也。时弟已在内，迨乙丑弟先下世。君既之官，心恶之，邑邑不乐，竟如所梦。惺园笃友谊，一日无良朋，即惘惘若有所失。余素无介绍，戊辰晤于京邸，相得甚欢。及同官永，往来益密，而不意遽有宿草之伤也。

惺园殁三月，弟道滋、道治两孝廉寓书命纪其实，乃作传。惺园生于乾隆甲申十一月□日，卒于嘉庆己卯五月朔日。子一人，孙□人。

湖南文征　卷一百十

传四

唐相刘瞻列传

陈昭谋

刘瞻，字幾之，其先本彭城，后徙桂阳郴县。父景，字司光，家贫，十岁许在郑细左右主笔砚。至十八九，细为御史，西巡荆部商山歇马亭，俯瞻山水，时雨新霁，岩岚奇秀，泉石甚佳，细欲吟诗，顾见新题一绝，奇之，询为景作。比归，戒子弟与共学，曰：景有奇才，他日学必超异。至三数年，所成文章词理优壮，后至解荐，擢进士第。细召辟法寺，历台省清级，终鄜坊从事。刘禹锡赠景擢第诗云：湘中才子是刘郎，望在长沙住桂阳。昨日鸿都新上第，五陵年少让清光。

瞻奇伟能文，才思敏捷，素负大志。尝从兄瞻读书东山，偶微行，逢一道士，童颜鹤发，揖瞻兄弟而语曰：汝昆季清姿丹表，非凡骨也，傥能相师，吾当成汝。瞻欣然从之。瞻笑曰：丈夫得君行道，不负所生，岂效乔松之辈，熊经鸟伸，无益人世哉？遂究心坟典。举大中元年丁卯进士第，寻擢博学宏词科，历太常博士。刘瑑执政，荐为翰林学士，拜中书舍人，进承旨，出为河东节度使。咸通十一年，以中书侍郎同中书门下平章事。同昌公主薨，懿宗捕太医韩宗绍等送狱，逮系宗族数百人，瞻谕谏官，皆不敢言，即上疏固争曰：

臣闻修短之期，人之定分，贤愚共一，古今攸同。乔松、彝花禀气各异，至于篯铿寿考，不因有智而延龄；颜子早亡，不为不贤而促寿。此皆含灵禀气自然之理也。一昨同昌公主久婴危疾，深轸圣慈，医药无征，幽明遽隔。陛下过钟宸爱，痛切追思，爰责医工，令从严宪。然韩宗绍等因缘艺术，备荷宠荣，想于诊候之时，无不尽其方术，亦欲病如沃雪，药暂通神，其奈祸福难移，竟成差跌，原其情状亦可哀矜，而差误之愆，死未塞责。自陛下雷霆一怒，朝野震惊，囚九族于狴牢，因两人之药误，老幼械系三百余人，咸云宗绍荷恩之日寸禄不沾，进药之时人不同议，此乃祸从天降，罪非己为，物议沸腾，道路嗟叹。陛下以宽仁厚德御宇十年，四海万邦咸歌圣政，何事遽忘前志，顿易初心？以达理知命之君涉肆暴不明之谤，且徇宫主而违道，囚平人而结冤，此皆陛下安不思危、忿不顾难者也。陛下信崇释典，意在天生，大要不过喜，舍慈悲，方便布施，不生恶念。所谓福田，则业累尽消，往生忉利，比居浊恶，未可同年。伏望陛下尽释系囚，易怒为喜，虔奉空王之教，以资爱主之灵，中外臣寮，同深悬激。

帝不悦，复与京兆尹温璋等力争之，帝大怒，即日赐罢，以检校刑部尚书同平章事为荆南节度使，温璋贬振州司马。璋叹曰：生不逢时，死何足惜？仰药卒。路岩、韦保衡谮瞻通医投毒，俄斥廉州刺史。翰林学士承旨郑畋草制，有曰：安数亩之居，仍非己有；却四方之赂，惟畏人知。岩怒谓畋曰：君乃表荐刘相耳。贬畋刺梧州。御史中丞孙瑝、谏议大夫高湘等坐与瞻善，分贬岭南。岩素与瞻论议不慊，既贬，犹未慊，按十道图视驩州去长安万里，再贬驩州司户参军事，命李庾作诏极诋，将逐杀之，天下谓瞻鲠正，特为谗挤，举以为冤。幽州节度使张公素上疏申解，岩等不敢害。

方公被贬南行，绘《三湘图》，示将老焉。行次韶台，泊舟江滨，有少年丫头布衣，冲雨而来，衣履不湿，容貌可二十许，近视之，乃蹭也。瞻已皤然衰朽，又为逐臣，悲喜不自胜，话平生闲阔事。一夕忽去，不知所在。

僖宗立，徙康、虢二州刺史。乾符元年五月，以刑部尚书召，复拜中书侍郎平章事。瞻之贬也，人无贤愚，莫不痛惜。及还，长安市人率钱顾百戏迎之。瞻闻，改期由他道入。初，瞻南迁，刘邺附于韦路，共短之，至是邺惧，延瞻置酒。瞻归而薨，时八月辛未，居相位三月，人以为邺鸩之也。

瞻为人廉介，所得俸以余济亲旧之窭困者，家不留储，无第舍，四方献馈不及门。行己始终完洁，称为大唐第一贤相。归葬于郡南四十里良市旁，茔南向，坐大鹅岭，左琉璃江。明年夏六月，雷雨暴作，人见丛云之中刘相乘而上天，少霁，往瞰之，其坟已陷。阒其中尸与棺解，惟一空冢而已。乾符末，司空郑畋自梧州徙郴刺史，见公尸解，语人曰：平章立朝，气节风骨不慁权豪，已翘然有仙风矣。寻为公营其墓。今郡东东山有刘相读书堂，祀乡贤。

兄瞺，小字宜哥，家贫好道，入罗浮山服神芝，逾月道成。弟助，字元德，性仁孝，幼时与诸兄游，饮食取最下者。及长，能文辞，喜黄老言。年二十卒。子延赏，官渭南尉右拾遗。《唐书》本传、宰相世系表、《通鉴》。又子赞，初婚李氏所生。幼性顽钝，读书终不记忆，其舅李侍郎殷衡以刘氏不可无后，常加楚棰，李夫人念其宿分，不忍苦之。一旦不告他适，数年方归，曰：入嵩山遇白衣叟，谓曰：与汝开心。自是日诵一卷，兼有文藻。天祐乙丑，擢进士第，为梁崇政院学士，预时俊之流。瞻犹子悫，自言家世合有一人得道，白衣叟其仿佛乎？

因唐史列传过略，详考诸书补入。人知刘仙兄弟三人成神仙，谁知三代皆进士。郴志依赖分载，今汇为列传一篇，以便观者考焉。

瑶枢尹先生传

罗健亨

先生讳辰，字人龙，号瑶枢，雍正乙卯以县首补郡庠，旋食饩，乾隆丙戌膺岁贡。世居潭邑之十总，大父讳某，父讳某，皆读书有学术，行义于乡中，乡之人称世有隐德焉。先生生而孝友，质直厚重，不苟訾笑。居常正衣冠，端作止，事无巨细，人无亲疏，莫不遇之以诚。远近执经请者数百计，多所成就。绝无矫戾炫饰之态，惟礼貌稍衰则去之，乡之中知有师道尊严者赖先生矣。圣贤精理，苦志玩索，心自得之。得则发之于言，笔之于书，无非仁义中正之旨。生平文最富，诗次之，颜其稿曰：求心堂，谓以己之心求符合乎圣贤之心而已矣，遇不遇弗计也。乡之中知立言、贵明道而不屑屑于随时俯仰者，赖先生矣。食贫守约，一介必严，尝诵子思子言曰：不取于人之谓富，不辱于人之谓贵。吾见人世所谓富贵者，亦苦矣。数十年来与予邻居相望，登其堂，妇子家人怡然自得。其亲族中亦有老而无归者，恒生养死葬之，卒不见有艰难窘迫之一日。人或有以艰难窘迫相尝者，辄面发赤而若将浼，此何如其自洁也。平居非其有者固不受，间亦有知交投赠，转致怪而不相往来者。先生之风，岂不足以廉顽起懦哉？吁，得为者为之，不得为者胥听之，"听之"二字，为先生一生得力处。予愧浅见寡闻，辱先生以知言谬许，风晨月夕两不能忘，因得习闻斯道，知所由来者，良不易也。曾妄撰《听之歌》一阕以为寿，固不足揄扬什一，诚亦有不能自已于中者。今往矣，乡之中称有道仁人者必首推云。则先生之所得，亦可谓不徒然已矣。

先生生于康熙壬午二月初四日，于乾隆戊子三月十三日卒。元配陈孺人，生女二，长适杨某，次适王某。继娶陈孺人，生子一，名澍，字时霖，有声胶庠，皆先生所自教。孙三，作檪、作楷、作棣，幼，业儒。先生当病剧，未尝一日或废书，与谈圣贤风化事辄娓娓不倦，容颜如无病状，比濒危之先一日尚然。其秉性刚毅，天成也。曾子曰：仁以为己任，死而后已。先生有焉。

案：尹先生子雨麓先生举孝廉方正，成进士，官衡州教授。孙作翰亦成进士，官江西、安徽知县。作翰孙某，近科举人。人谓善人有后，惟文稿无从采获。汝怀附记。

吴磊岩传

胡光北

乾隆戊戌及乙巳两岁，旱魃恣虐，大无麦禾，殍于饥者道相枕。先生出所蓄市棺以瘗，不给则劝丰财者瘗之。老疾罢废转死沟壑之侣，骼胔无暴露，有由然矣。逮嘉庆辛酉春夏之交，有客籍某倡诸无赖，阻禁乡曲间，里中年少渐尤而效之。某正幸响应者众，而惧人沮之也，先生度其事体，绳以义，家喻户晓曰：恤邻救灾，国之大政；木饥金穰，岁有适然。彼丰此歉，此获彼荒，循环理也。苟非移粟相济，彼饥我饱，固相安矣。脱彼饱我饥，彼亦效若所为，不将终饥乎？恕者谅无是，昔《周礼·大司徒》以荒政十有二，聚万民，六曰去讥，去门关之讥，便民转移也。葵邱载书，命无遏籴，俾推食周急、通厥有无也。汉仰巴蜀粟于江陵，唐运山东、江淮粟于京洛，他若宋转漕粟于他路，告富人无闭籴，凡以谓谷之养民利用通，人不能跻仕版、建勋猷，傥畎亩中即事即物运筹而匡济之，未必非孔子所云是亦为政之意，奈何于荒年粟不能通之转遏之邪？且尝闻之阻禁者照光棍扰害良民，论罪当遣，是以利若者害若，若奚取？诸少年闻之，咸相悦以解。不谓幸其响应而惧人沮者，闻沮之适为先生也，一日遭先生于道，出不逊语，逞不逊状，先生知不可说，不与校。未几，阻禁河干，截橹断樯，极诸横肆，移粟者诉诸宰，适各郡县查拿綦严，宰捕某及诸无赖，羁监惩治，里中无株连，始信先生之言匪迂，而先生之惠不浅也。

先生讳良弼，字立廷，以四十七龄卒。二子俱倜傥，能文章。

罗贞女传

罗廷彦

贞女转姑，族侄德安之女，侄孙荣高之姊，今笃毅、笃光之姑母也。幼端慧，工紃组。甫笄，许字陈氏，未婚而婿殇，闻讣哀毁，依母陈氏，矢志不贰。逾年，母疾卒，荣高仅六龄，转姑事堂上孝，抚弱弟慈，摒挡井臼，殆无虚日。未几，德安卒，有觊觎荣高孤产者，岌岌然危如毁室，转姑折以大义，觊觎者辄敛，不敢肆。无何，荣高又卒，笃毅、笃光俱未成立，转姑偕娣氏杨，料理家政，延师训课，并教育诸侄孙。今笃光登上舍，侄孙慎播入仕籍，慎玙隶黉宫，皆转姑教督力也。卒年六十有八，笃光辈视殓环泣，不啻若子云。

论云：天地正大之气，不钟于男子则钟于妇人。故妇人之《柏舟》自矢、从一而终者，则为彤管书之、绰楔旌之，所以正伦纪而彰风化者，意至深远也。然此乃为已嫁而夫死者言之，若许字而寡，则既无合卺同牢之谊，自可免再醮失节之嫌，是以古今所传节妇恒多而贞女绝少，而况四德具备如吾族转姑者乎？余自庚戌通籍后，缘谒祖过笃光家，早悉转姑颠末，兹特为表而出之，亦可见巾帼女子，冰霜劲节有须眉丈夫所不逮者。名曰贞女，夫何愧焉。

陶孝子传

陶必铨

三十二兄必镶，铨十四叔之长子，于同堂齿居七，故小名排七，以乾隆丙子四月二十六日殉父死，人咸称孝子云。子以孝名不易矣，兄曷从以孝子称？初，正岁之八日，孝子母故，其父夙以功名迍邅，傺咤若病狂，至是愈甚，孝子侍左右不敢懈。先一日为孝子生辰，既为酒食以飨父矣，是日复问有余，辄市鲜奉之。已而父步江滨，水方涨，父赴水，孝子急援父臂，其弟后至，径援孝子，弟弱，力不胜，释手，孝子遂与父俱溺死。后寻得之，犹持父臂未脱，时年方十四也。孝子之于亲也，视于无形，听于无声，不幸有过而能谕之于道，君子韪之，又不幸不能救而至以身殉，则君子以为难。

鸿胪寺少卿罗慎斋先生传

严如熤

先生姓罗名典，字徽五，号慎斋，湖南湘潭人。少倜傥，负奇节，状貌瑰伟。家屡空，笃志于学。文思隽异警拔，学使斐园阮公、学士句山陈公，皆海内文章宗匠，每见先生文辄叹金嘉鱼复生。乾隆丁卯举乡试第一，辛未成进士，入词垣，迁江南道监察御史，转吏、工二科掌印给事中，晋鸿胪寺少卿，充会试顺天乡试同考官者再，两主河南乡试，一为四川学政。

先生立朝二十余年，清耿无所阿，居言路不搏击沽直声，通达治体，平心持法，奏论心本忠诚。大学士刘文正公，座主也，遇大措置暨事有疑辄相谘，尝曰：罗君益我，不但为吾老友。精衡鉴，校士优劣，锱铢不差，然性详慎，中州试卷六千余，手亲评点。两次操文柄，知名士甄拔无遗。视学四川，则以学政职不专衡文，汲汲造士育人才。按试诸郡，至则诣明伦堂集师生讲经书，声响如钟。所讲明白晓畅，近里切己，针顽砭愚，听者悚然心动。试毕，进诸生规诲之，娓娓无倦容。即未列高等，生以疑义叩，训示无所吝，乐易恳勤，朗如霁日而和如惠风。蜀中士习文风日烝烝上，暨今五十余年，数学使贤必首举先生。乙未扈跸热河，纯皇帝召见，奏对称旨，嘉奖者再，谕诸大臣曰：罗典是正经老实人。会先生以太恭人春秋高，请终养，大学士金坛于公语补山孙公曰：君与慎斋善，上方乡用，曷语慎斋少留？先生曰：某既以终养请，幸一时荣遇中辍，则前请者伪也，不慊于中，何以事圣明？卒请而归。承色笑年余，太恭人寿终，盖不以一岁九迁易高堂一日之欢也。

先生虽以制艺名一世，而精神专注则在经。其治经也，以古人简质文字无闲剩，即经诂经，字枇而句梳之，既皆有确切注脚，则通之一章，又通之全篇、全经，有所窒则废寝食，夜以继日，必得其融贯而后安。注《易》始京寓之凝园，名曰“管见”。壬寅，《诗管见》成。戊午，《今文尚书管见》成。《春秋管见》成于甲子，年八十六矣。摄心志，观义理，加以阅世之深，洞彻于天人之微、事物之变。周情孔思，立说时出新义，要其精者实阐古人不传之秘。

先是，尚书汉三李公官蜀，耳熟先生名，抚湖南，延主岳麓书院讲席。朗夫陆侍郎、杜芗姜尚书志同道合，倍礼重焉。学使雪门姚侍读、南园钱通政、讱斋张阁读数先生尤心推服，执后辈礼维虔。

先生立教，务令学者陶泳其天趣，坚定其德性，而明习于时务。晨起讲经义，暇则率生徒看山花、听田歌，徜徉亭台池坞之间。隐乌皮几，生徒藉草茵花，先生随所触为指示。忆甲辰冬夜，偕彭薄墅、向鲁斋、陶士升、周莲若、秦竹浯、李白桥、吴桃溪、罗麓西诸友同侍，有叩《礼》有犯无隐之义者，先生曰：汝知圣人勿欺之训乎？勿欺者，先毋自欺，古之人有其善而陈，为其难而责，有感格之实者存焉。否则，折槛引裾，未能信其无欺矣。又有言居官不贪，庶几良欤，先生曰：难言也，不贪荣利，自好者勉焉；不贪于名，君子或未之能。有贪名心，则察察为明，皦皦为洁，煦煦为仁，甚或假托圣贤以误世。且但不贪则恬澹寡营而已，国计民生奚赖焉？先生之以中道裁狂狷多类此。三十年来，大湖以南人材辈出，登甲第，内外蒙擢用，暨孝廉明经以行品、才猷、文学著名者数百人，门墙之盛，为从来所未有。

先生内行修洁，抚弟侄笃恩谊，作族谱联合宗人，生平寡嗜好，谨细微，积精诚而致刚健，不服药不事导引，以心之常用、形骸之常运为养生方，年九十无疾而终。抚臣请于朝，祀乡贤。

子绍祁，端谨有品，事先生尝先意承欢。孙四，皆力学，能世其业。

赞曰：余至川边，老生言：罗学院将试保宁，阆中县误童为盗，搒治之，絷其父与师，生童大噪，聚诉之府，府遑遽，牒镇将以兵捕诸生百余人系狱，众汹汹。学院至则檄府：某日岁试，出诸生与试。府嗾镇将见学院，称凭府牒捕叛，今使者释之，将纵叛邪？罗学院正色曰：诸生叛邪？倡乱为谁？屯聚何所？且公同城，果叛则捕不需时，不得俟府牒。非叛，安可以府牒擅发兵？诸生试后仍可归案讯，吾行入告矣。镇将心折不敢违。川北距省数百里，闻镇将以士哗用兵，大骇。制府某公言：学使机警慎重，决无事。数日事定，喜曰：吾固知学使能了此。

论者谓先生仓卒定大难，不动声色，倘再登朝，建树必更烜赫，惜终不起。然先生杖履优游，出余绪培英育才，在岳麓掌教期满，前后抚臣四奏，训迪著成效，圣恩予纪录八次。则名山讲论，即谓为老儒臣之鼓吹休明，赞助酞化，讵夸也欤？

陈惠传

赵慎畛

陈惠，字仁五，长沙府攸县人，文学澹轩年伯冢嗣，己酉同年选贡叙斋伯氏也。生四岁，母刘见背，九岁属文词，下笔洒洒千余言，自成机杼，不袭古人某家畦町。自秦汉魏晋六朝暨唐宋以下诸传稿，悉手钞撮其源流大指，尝谓渊明读书不求甚解，盖意有所会，非粗略遇之。独处紫金书屋，终日危坐，虽盛暑严寒，足不逾户限。事继母袁克尽孝，小疾药饵必亲调。少携叙斋入家塾，一日讲《中庸·天命章》，自卯达日午，娓娓不倦，叙斋亦恍然悟。其教人以小学为先，每慨然曰：士生斯世，不能俎豆馨香，树士林坊表，徒执笔喔咿学举子业，以弋取荣名，夸耀闾里，有道耻之。邑先辈刘经雪目为国士，湘中李仲枝高士呼为小友。与衡山旷六柱太史同甲子，太史适寓潭州旅舍，慕其名投刺谒，避之，既而曰：余非羞作雌甲辰，无因至前有按剑相盼者。嗣是，六柱宦京师，遇攸士必询仁五，叹曰：海上成连，可望不可即，独行君子也。族侄明经锡东，邑知名士，尝语人曰：吾虽从族祖澹轩先生游，然文章行谊得力于仁五叔为多。其邻邑学者炙其片言绪论皆腾踊去。

乾隆甲午，褚筠心学使试湖南古学，以麦秋七排诗置第一，旋抱病归，年三十卒。疾革时犹惓惓以修德砥行为训。生平著述甚富，不自收拾，脱稿多为好事者持去，所存仅《紫金书屋诗文集》四卷。余读《汉书·儒林传》曰：七十子之徒散游诸侯，大者为卿相师傅，小者友教士大夫，或隐而不见。心向往之。孝景时黜黄老刑名百家之言，延文学儒者以百数至，平帝时有甲科、乙科、丙科，为郎中舍人补文学掌故有差。今仁五遗行芳躅，有古大儒风，而天之困厄若此，士固有幸有不幸焉。

岁庚戌京邸，余与叙斋往来密，青灯夜坐，叙斋谈及伯氏辄潸然。余备谏垣，后鱼雁沉杳，今春遇攸人，得悉仁五子锡章弱冠补弟子员，旋卒。孙星阶，善属文，年二十一亦卒。怅怅者久之，因综其梗概而为之传。

胡学山传

胡光瓒

余壮岁至岳麓，从慎斋师罗公游，晤浏邑学山先生于院中，余同宗也。先生祖籍江右，由宋迁浏，与余族迁沩宁颇早。先生以同宗故，夜雨青灯论文无虚夕。然先生派与余同，马齿较长，先生戏呼余为家兄，余亦以舍弟呼先生。及余官巴蜀数十年，以老病归，访先生于旧宅，重联旧好，往来者又七八年。不意岁丙申先生招余饮，笑言优渥，余谓明岁八秩，当以祝觞进，先生笑颔之，未几谢以倦，入内寝，不三时而卒。其子启昀泣以传属余，余虽老悖，焉敢辞？

谨按：先生讳光北，字楚良，号学山，时自号学山老樵。父承柏公，生先生兄弟十人，先生居第四。性奇颖，从蒙师游即能讲四子书，私作时艺藏案底，人于是愈异之。后从某师学，某固理学士，每以性理学庸为训，先生豁然贯通，豪无疑难，而学从此有本云。姚雪门夫子试湖南，以古学取录，乃从慎斋师游麓山，终师世二十四年，传其衣钵。慎斋师尝曰：光北之学博而约，悍而精，诗文其余事耳。注释五经有不决处，呼先生至一语，是非立判。语人曰：古来多材多艺群谓周公，光北材学博洽，可以周公呼之。于是每呼周公而不名。然其时师好修复岳麓旧迹，若书院、若屈子祠、若岳麓寺以及爱晚亭之创造，经营鸠庀，先生之力居多。同砚者余君郡贤，余公廷灿之嗣也，与先生讲论诗文，审辨音韵，归与乃翁廷灿公言，详述音韵之学，廷灿公叹曰：昔于耐圃从京都一纸递余，问五声八音之原，余只述其皮毛，至于所以然则尝思而未得也，惜未早闻而以其说进也。因寄语曰：文章如此足矣，多买书史以广见闻。先生闻之，喟然曰：是知我者。厥后同学者宦迹半天下，交游奔趋，俨如朝市，先生匪特无此态，并无一字营求。罗公麓西守镇江，分俸以赠先生，谓其以无谓为周旋，毅然辞之，其手札至今脍炙人口。后严公乐园按察陕西，亦分俸为赠，先生对使者曰：寄语乐园好为官，勿以不义之物污故人也。使我苟贪此，早至乐园署矣，奚俟其遗我为？

由邑廪贡成均，就教职。亲友请以试卷为分发计，先生曰：陶靖节不为五斗折腰，余奈何以贡生作抽丰邪？卒不听。中年主幕府，廉介有声，县令某迎先生衡文，请以案首易谷三百石，先生力持不可，慨然叹曰：家有荒园数亩，足以蔽风雨，训蒙足以给饔飧，读圣贤书所学何事？顾入渭流而不自返邪？乃决然辞归。设学外舍，从之者颇众。教人必以敦伦为先，文次之。尝训诸生曰：尔等为文满纸忠孝节义之，及处己接物，大异所言，是从事于虚未践其实，异日乌足以化民成俗？以故出其门者皆醇愿之儒。其所余馆金悉以贷人，类皆一去不返。或有问及者，先生已焚其券矣。祖遗屋数椽，赁佃他姓，有不能迁徙者，先生资以用费，使之迁移。由此家益贫，而先生处之无德色，亦无怨言。清浏胡姓三，皆富而豪，欲与先生合庙祀，众将诺之，惧先生之不许也，以金为先生寿，先生挺然曰：我辈虽同出自江右，然其来或在宋，或在元、明，皆后先不齐，以前之谱乘既无从查考，而欲合而为一，则派必紊乱不伦，势将以前之所谓祖者子之，子者祖之矣，岂子孙敬宗尊祖之道哉？必不可。会高坪胡氏修谱，请先生序，先生称其以至浏为始祖者之善，而申以敬宗收族之大义，于是众议始定。

晚年著有《诗韵便读》及《声音蠡测》《学山堂诗古文辞》，不下数千首，以家贫故皆待梓焉。想其著述之余，闭关静坐，默诵《周易》《学》《庸》及李杜诸诗，时或杖策花径，羡池鱼游行，飞鸟鸣空，煮苦茗以解吟怀，致足乐也。或取街巷俗语编以成对，阅者无不解颐。傥所谓不知老之将至非邪？故其绝笔有云：傥能著述垂千古，便是儒冠不误身。即此亦足征先生之大概矣。生乾隆己卯年五月十一日午时，卒道光丙申年十月二十四日寅时，享寿七十有八。女一，字张。子一，启昀，谨厚，绰有父风。

竹塘氏曰：先生一生学问全在义利中勘破出来，故有遇遗金于旷途而不动心之量。然其保全晚节尤人所难，盖或失则疏，或失则固，先生泰然自乐，不以贫富动其心，洵一乡贤也，兹故略而传之。至于文名贤声，湖以南无不艳称之，余故不赘。呜乎！使世人咸若先生，则廉耻之风不未坠也哉。

俊明禅师传

蒋湘培

俊明禅师者，江宁人，不详其姓氏。未出家时数梦一庞眉老僧教之持诵，耳熟之，顾漫不省为何语也。一日游某寺中，闻僧诵经，琅琅皆梦中语，大怪，问之，答曰：此《般若波罗蜜多心经》也。师凝思良久曰：缘在是矣。遂弃妻子，披削受具。梵行清修，精研禅悦，道俗礼敬焉。

居无何，湘乡褒忠山某僧适江宁募《藏经》一部未毕，憩师寺中，病且死，语师曰：客死不足惜，顾藏经未蒇，奈何！师诚能完募经，远致湘乡某山寺者，老僧死不憾。师则应曰：诺。后遂如言。重茧跋涉数千里，卒致全经褒忠山寺中，既毕付将归，而邑人彭青选者高其行，留住寺中，为建藏经阁居之。师既居寺，每持诵《多心经》，戒律甚严，精进不懈，夜不就席，跏趺寂坐。常于定中默观诸相灵迹显应，赫然流闻，诸方钦仰。于是往来荆紫、大沩诸山，迭主法席。空费双照应无碍，为丛林之盛焉。

里中数以旱延请祷雨，其设坛置钵，注水如常仪，日独持杨柳绕钵行，口诵佛号不绝，应时甘雨倾注，四野沾洽，远近惊以为神。严冬大雪，寺无储粟，青选夜梦师言，寺僧且饥，晨起，急摒挡数巨囊，遣数力荷上山。诸役难之，曰：山雪皑皑没胫，如何？师笑曰：第行，阿师自有处分。俄抵山，则樵径自露，积冻微释，人踪宛然，深怪之。至寺，乃见韦驮杵为雪泥沾染，雪水涔涔下也。尝夜憩主人家，天未晓而辄行，主人言方斋供，乞小留。师曰：无尔，吾定中弟子见辞也。及寺，有巨龙长数丈，方盘绕藏经阁楹上，昂首欲去。师戒曰：毋坏寺，毋伤生灵，毋掩禾稼。说诫讫，龙方蜿蜒行，磬确山石间可半里许。俄然阴云四合，震风巨霆，摧山破谷，劈石飞去，投于江潭也。今阁下龙见处厥迹存焉。非具智慧威神，乌能理感于灵物乎？山中旧有虎，山风飕飕，啸声怖行人，及师住寺久，乃复不知虎所在。晚岁，沩山复遣徒众来迎，师叹曰：吾久欲还江宁旧寺，今老滞于此，岂非数也？然龙与虎俱去矣，老僧何为久留阎浮世界乎？吾行西归，决矣。止从者勿复迎，是岁遂示寂于邑之荆紫峰。

韩京传

欧阳厚均

韩京，字世京，衡之安仁人也，居浦阳里。生而膂力过人，长于谋略。宋南渡时，仗义勤王，屡立战功，见湖广、湖南《通志》及《县志》。官本路统领，屯兵衡山茶陵县。见《岳忠武遗集》。绍兴元年，知鄂州，曹成叛，掠湖西，犯沅州，屯浏阳，攻潭州，犯安仁县，执安抚使向子諲进攻道州，陷之。二年，释向子諲，犯郴州永兴县。二月，以李纲为湖南宣抚使，仍命岳飞率京及马友、李宏、吴锡共讨曹成诸盗。俱见《宋史·高宗本纪》。成拥众十余万，历湖湘，据道、贺二州，飞权知潭州，兼权本路安抚使都总管。成闻飞将至，惊曰：岳家军来矣。即分道而遁。见《宋史·岳飞传》。飞即时关报，会合京及吴锡等各前来，飞军马至茶陵，京屯兵三千人，除留看辎重外出战者一千余人，袭追掩击。见《岳忠武遗集》。四月，击破成于贺州，成走连州，追击破之，又走郴州，入邵州，韩世忠招降之。十一月，李纲入潭州，湖南盗贼悉平，俱见《宋史·高宗本纪》。移京一军屯广东，官兵马钤辖。见《广东通志》。

四年，广贼区稠围韶州乐昌县，钤辖京遣兵击斩之，见《宋史·高宗本纪》。知广州兼经略使。南连夫命京领三千屯营广州，京颇恃恩而骄，连夫委曲启导之，京遂革心为善。会溃军掠南雄，招抚得宜，余党屯聚，京击破大盗七十余，屯民赖以安。见《广东通志》南连夫传。先是，惠州有狂男子聚众数千，僭号作乱，季陵帅广，入境诱其徒曾衮，令以功续罪，不旬日斩之。见《宋史·季陵传》。衮既受招，复叛，京时为摧锋军统制，六年十月，督诸兵讨之，募敢死士七十三人，夜劫其营，有易青者摧锋军效用，在行中为所执，贼驱至后军赵续寨外，谓续曰：汝大军为我所擒者甚多。青大呼曰：勿信，所擒者我也。贼又言：不杀汝，第令持黄榜来招安。青又呼曰：勿听，任贼杀我，惟以死报国。贼怒焚之。青死，骂不绝口。衮寻出降。见《宋史·易青传》。

京威震岭南，盗平，授建州观察使，知循州。见《广东通志》京本传。十年，宜章洞民骆科叛，犯桂阳、郴州、道、连、贺诸州，命发大兵讨之。见《宋史·高宗本纪》。初，诏遣京往讨，徽猷阁侍制兼广东经略使陈橐奏：广东累年困于寇贼，自京移屯，敌稍知畏。今悉军赴广西，则广东危矣。秦桧以橐为京地，坐稽留机事降橐秩。见《宋史·陈橐传》。十六年，赏统制，京及张渊捕广东、福建诸盗功各进官有差。见《宋史·高宗本纪》。京阶中亮大夫，加殿前司摧干军都统制，封上党郡开国侯。见《县志》。京知循州时，兵燹之后，邑里萧条，京一意安辑，百废具兴，埽瓦砾，立城郭，缮亭堠馆舍百有余所，民不知役，越陌度阡，流民载耒来归。守循十年，大有功于民。尝督兵捕贼于梅，守臣衔之，因其建寺壮丽谮于朝，遂罢去。循人绘像祀于学。见《广东通志》京本传。祠曰韩侯祠。见《广舆地记》。归里后，置别墅于县北门外，广袤数里，亭池花卉极一时之盛，土人呼为韩家园。没后赠太尉，敕葬于宝塔村凤凰岭下。俱见《县志》。

论曰：韩侯生而有勇，谋略素优，当宋南渡时，仗义勤王，统领本路兵马，随岳少保以讨贼，俾湖以南而悉平。继而移兵粤东，屡擒巨寇，破贼而威名丕震，守土而惠政宏施。民赖以安，立祠而祀。《宋史》虽未立专传，而散见于《高宗本纪》及南连夫、季陵、陈橐等《列传》中，其功烈尚赫赫可考也。《广东通志》有传，载之尤详。惟志传中称侯为河南人，遍阅《河南通志》人物各传，俱无其名，而湖广、湖南新旧《通志》及郡邑志内，载侯之里居、葬地历历不爽。且证以《岳忠武遗集》所载奏申名状，其为吾邑安仁人无疑。粤志所载盖湖与河音相近，或传写之讹耳。梓乡名将，绩著前朝，爵列通侯，没赠亚相，不可令其湮没而弗彰也。爰搜辑其轶事，濡豪而为之传，俾后之修志者采录焉。

成烈女传

舒东

吾师谭辛庵先生，为言其族未成妇，妇成女也，族子名家理，方读未娶，夭丧，女闻讣雉经以殉，柩归于谭，事闻于朝，合葬树楔。事已毕，先生诿诿为文纪之，东承命叹曰：

乌乎！世所为义必死，而不死者多矣。死或烈丈夫所难，而况可不必死也？即何以得之一女子哉？虽然，无谓女不必死也，不必死是将必改字人，改字人即无宁死，然知其必改字者，何也？当谭子病时，女家人更番言不利，女日积有闻，闻日以戚，始微示家人，意以死誓，父微闻之，以语女曰：若无然，事容未遽至此。即至此，若固未行，吾不难为若，相攸终得当耳。然则此必改字人之说也。策谭子死，必谓守无名，不听守而以字人，字人又故以未及行为幸。乌乎！凡言幸者，皆烈士所为悲心也。女果艴然不言，而日以大戚而终以死。其死也，父命之矣。然又无谓女死为无名，昏礼纳采、问名皆筵几待命于庙，明有属也。谓应有后虑即不应告庙，告庙即不应再渎。今当再渎，否也。《诗·柏舟》之死靡他，讼言母氏，说《诗》者以并指父母为辞，古无有称舅姑父母者，以是知共姜未为妇也。律有应嫁妇为自欲嫁者言之，律以防变经以防正也。谭成为世好，谭母成出，女婴年时二母固相得甚欢，故以女许谭而抱以告庙，当是时实所谓两髦者也。女若谓非父命如楚季羊犹可为，顾有明命如共姜者不可为邪？故士受聘为君臣，女受聘为夫妇，其义一也。且人不难以死明其志，夷齐未尝委身事殷而终饥死，亦必欲相訾謷，是何不成人之美而启人幸之心乎？

且事又非一日之故也，谭子儿时故尝随母来成氏，与女两小无嫌，数相见，后不复见。及是病革，女晨昏嘿吁天，俄一日谭子昏愦中语曰：四妹至。能历指其坐作状，一室惶惑。四妹者，女行也，谓非精灵所积结而然邪？女幼失恃，长为父纲纪内政，婉事继母，死之日犹视数岁弟就学塾中。先是，家人以女故阴戒谭氏，脱不讳密以闻，其日讣至塾，不及防其弟，弟乃坌息奔告女，女一恸而晕。已稍苏，视家人密迩左右，觇知为己，乃起操作如平时。会家人脍鹅，夜侍母，刀砧并作，以故防者意懈，乃入室湢浴，已，复趋诣父母所语良久，弟故伴女宿，返视弟寝，遂不出。厥明，乃得女尸于卧室之楼上，其日乾隆壬子九月七日，谭子死之次日也。带周于颈，幂首以帛，帛斜入项下，缝合之。青衣练裙，施巾正幅，遂以殓。发视巾笥中，物各封识，俵散周亲有差。讯其弟，则夜诰诫，视平时款恳尤殷，终诀曰：旦日告阿父，我行宿谭氏地也。凡所为此者，度非朝夕所猝办矣。今稍即安也。昔归震川论女子在室无为人死与守之义，然则东独奈何以死劝人？顾若女者，脱非死又安能明其志哉？

女名达娥，卒年二十岁。绰楔灏水市上，冢在县西南百里之山，实谭氏葬云。

潘烈妇传

舒东

新有楔在山之麓，门人告余曰：此潘烈妇墓也。初，潘氏有子，娶于陈，未几，出就塾。家新雇佣。一日，妇密谓姑曰：是必不可留，不者无令入厨。时方耕作，未能遣，亦不禁，且不省新妇云何也。既而妇早作执爨厨下，闻声嘶一发遂寂。天明姑起，入厨视，妇僵，刃横于前。妇中刃，纵横如副瓜，剸领揕胸未殊。时奴已扬矣。鸣诸县，三日，县公来，血肉浪浪，天又暑，溃烂不可视，气息犹属。姑告以县至，则开目泪涔涔，顾县啮曰：佣奴要我要我……齿牙有声，遂绝。两手一拳一申，申臂上刃画衣入寸许，掌几断，盖格夺伤也。县为流涕，逻获奴梏之，一鞫而伏。盖实欲无礼于妇，妇号，先钬其喉，故声不继，攦其指，犹格夺，故连挥之，既仆，实且憾愳复活，必且甘心，遂揰椓备施，故伤乱。狱具乃辟，当路者以闻于朝，故树是楔也，此不十年事。潘氏子方读书，未知成名否。

李母欧阳氏传

柳廷方

岁丙子，余馆浏北欧阳家，嵎谷、汪门两先生昆季朝夕过从，为数道其女兄弟李节母之贞苦行义，感且叹，余心识之。冬暮将北上，馆务倥偬，会李族谱成，其男某手母氏行状丐为传，余谊不敢辞。

谨按：氏本邑晋赠奉直大夫欧阳光楚公女，幼即沉静晓大义，年二十适李。翁光国公生二子，长逢扬，氏夫也，次逢春，配汤氏。翁故饶资产，以性豪宕，喜挥霍，家中落。既殁，两子旋废读，各分依其外舅以居。氏夫遂就读舅家，久之又废读，负大志，无所事事，益侘傺不自聊，则更放情于酒，终日极饮大醉，于世事沉冥不复问。氏婉规之，继以泣，卒不听，则瞿然叹曰：不早图，家声且终坠，此其责在我矣。由是益务劬苦，托父母兄弟阴积其奁田岁入之资备储蓄。方是时，氏叔娣夫妇两人俱后先相继殁，殁且无子，不数岁夫又病卒，氏甫二十余，褓中儿才三月，每哭则痛绝，父母持之，泣则又失声，拊心曰：吾事尚未毕，胡遽死？吾叔死、吾娣死，今吾夫又死，吾家两世一身，赖此褓中儿，吾则胡遽死？因发愤勉斥华铅，逾年体积劳致病，病益课儿读毕婚嫁。迨其卒也，儿年成立，且生子，而李氏遂不坠。

方氏父母属纩时，哀女志，遗命两子更赠氏田七十亩，两兄弟泣惟命。氏受券归，则呼子至前，雨泣扬声曰：悲乎，吾父母兄弟爱我诚至厚，然吾家世业素丰，吾为未亡人，异日不克返先世遗产，顾何以竟吾夫未竟之绪，见吾翁地下邪？后铢寸累积，产果尽复如曩时。女二，一适彭，晚年以婿窘俾移至家，为代积橐金百余遗之，谷数百斛，曰：吾不敢忘吾父母遗义也。卒之日，年仅逾五十，于是李生持状哽咽而前曰：乌乎！吾母生平心力尽此矣。传成行，当以母节义备呈之当事请旌。

论曰：士穷见节义，此在伟男子犹难之，况妇人乎？《易》曰：地道无成，而代有终。无成非难也，代有终斯难矣。母能延就绝之绪，又尽复先世遗产，考史册所载，节烈焯焯，时亦多有，然于事卒无济，抑又何也？晚近重资财，姻戚孤危至觌面不相识，以一弱女子能承家世懿行，母义则高矣。如欧阳氏者，又可少乎哉？

下殇子盛郎传

柳廷方

族兄澄溪与余少同研，今越三十年，鬓苍然白矣，岁授徒他姓，每归必过余谈笑竟日乃去。去冬至馆，寒暄不数语，貌甚戚，怪之，既手一纸示余曰：子能治古文，行属子为殇子传，苟得请，余以伸余私也，抑匪直私而已，余介余主人盛君之意以重有请也。

言已则叹，诘之，则又叹曰：此余门授句读童弟子也，殇数月矣。忆余之交盛君在庚子，今且二十年，余始馆盛氏，时童子未生也，近六七年童子生且长，眉目若漆，父兄以早慧故俾入学。始入学，发鬖鬖，学跪揖拜起如成人。晨起赴馆，北面执经立，授书数巡即上口，兀坐庄读不好弄，不左右愕顾，覆之不失一字。余与其父兄乐甚，笑曰：此后来隽也。日暮散馆，诸生雀跃去，童子欲去，顾又不即去，昏黑中依余若慈母，督之始徐徐去，余怜之。读不数月而病，病且剧，昏愦时犹口喃喃作诵书声。余悲童子之慧秀早殇而不克有成也，忽忽六七年，余及见其生且育以至于死也，数月来惘惘，恒不自适，披吾帷、行吾庭，若有遗也。闻其父兄泣汪然不知涕之何从也，夫是以叹也，重有请也。

余重澄溪之为人，敦笃不妄语，不忍拂其意，为笔次之。童子行几名某，某年月日生，某年月日殇，瘗某山之麓。为余语盛君，盛望族也，今之凋者犹隽材也，族之昌、人材之茂将券于是，惜余之不及交盛君也。

鄱阳附生周为楫传

王泉之

周生为楫，字巨川，号兰舟，鄱阳学附生，性纯朴，幼不与群儿嬉。五岁失恃，日夜对天号泣，谓天丧其母也。六岁就外傅，聪颖过人，五经四子书一年读毕，且能晰其蕴，诵“无母何恃”之句辄呜咽流涕，其天性使然也。宗族乡党咸以神童目之。八岁学为文，即驰骤奔放不可羁勒，伯乐之千里马，王武子之八百骏也。自是博览群书，穿穴经义。十二岁应童子试，学使王省崖先生见其书法端秀，文气豪纵，击节称赏，而以年幼抑之，使老其才。

嘉庆十一年，余摄篆芝阳，观风列生上等，科试拔置前茅，谒见时，询其年十三岁，其先世濂溪之嗣也。余曰：生为濂溪先生之裔，应知几善恶之义。生应声曰：即《中庸》所谓莫见乎隐，莫显乎微也。余曰：朱子训隐为暗处，微为细事，则非几之谓也。生曰：隐，心也，静而未动也；微，意也，由静而之动也。动静之几，善恶所由分也。急宜正其心诚其意，决去其非而存其是，此慎独之要也。若以为细事，则已昭然著于外矣，尚得曰迹虽未形哉？更问唐虞心法之传，至孔子而集其成，曾子得其宗，其传之子思、孟子皆是也，何以《大学》言明德而极之于天下平，《中庸》言性命而极之于天地参？生曰：《大学》修己治人之功也，《中庸》尽人合天之学也。余曰：孟子心法之学，其功在于知言养气，其成在于尽心知性，王阳明提唱良知二字，岂孟子别有心法欤？生曰：阳明先生勋业文章彪炳一时，其提唱良知，未免借圣学以逃禅也。良知之说，孟子不过随时指点，以明性善，犹食色之谓性也，非真谓人皆生知不待学问也。以孔子之圣，不以生知自居，其他可知矣。余曰：如子言，何以又有释、道两教邪？生曰：释、道另立名色，却有一片苦衷，世人以人欲陷溺其本心而莫之救，孔子引其好名之心以名教激之，释氏引其畏死之心以死惧之，道者引其贪生之心以长生诱之。释、道无补于纲常，其欲人去恶从善一也，各自为教耳，何必阳托于儒而阴入于释哉？此阳明先生之过也。余惊而异之，以为此子不特可以羽翼经传，将来必为斯道之传人，岂仅文章名世已哉？

十五岁补弟子员，省崖学使赞不绝口，训以立身行己之道，给生朱子《近思录》、吕子《呻吟录》。生持示余，谓六经皆载道之书，《论》《孟》尤为切实，自先正格言出，理境反多一障。生真解人也！丙子乡试后，生染脚疾，余以母忧去任，虽羁滞此间，不复与生见，而生忽以病肺罹沉疴，年十七遂作长逝之人。死之时顾祖父母、继母而言曰：儿不孝，为数所限，不得承欢膝下，幸保赤子之心，全而受者全而归，若羊叔子之事为不妄，当复为周家子。言讫而逝。病中作诗四章寄余，字字从肺腑中流出。余一官受累，既抱终天之憾，复遭折翼之伤，母死弟亡，不能会面，肝肠已寸裂矣，睹生绝命之词，心愈伤焉。颜渊死子，哭之恸，岂得已哉？

生孝友恭敬，行道之人无不咨嗟太息，其父莑园进士痛之深、哀之切，悯其夭而无传，属余传之，思以传其子也。

余窃惟盈天地间皆人也，其生且死者不知凡几，生者自生，死者自死，与化推迁而已，生之有死，犹昼之有夜也，死者不复生，犹逝水之难返也，生而罔生，虽生何益？死而不死，虽死何伤？彭祖寿也，而以为夭；颜子夭也，而以为寿。寿与夭，视其人之所处为何如耳。孔子云：朝闻道，夕死可矣。生其夭而寿者乎？莑园进士具经世宰物之略，行将以学问播诸事功，传不朽之业于宇宙。孔子传，伯鱼亦传；释迦传，罗睺亦传；老聃传，子宗亦传。历观三教之中，有明征焉，故人乐有贤父兄也。夫生者死之根，死者生之根，昔顾况长子十七岁夭，况悲悼不既，其子游魂依恋，复入轮回，仍为况子，七岁不言，况次子戏批之，始言曰：我是尔兄，尔何可侮我？历叙前生事如初，信乎羊叔之子为不妄矣。生之死，其年与况子等，永诀之年与况子同，其果复为周家儿，周氏有令子，斯道有传人，余之传生，徒为辞费矣。

两罗先生传

周树槐

嘉庆初，楚之南学者称耆儒硕德，必曰两罗先生。

谦斋先生，讳登选，字升之，衡山人也。少溺苦于学，遂患心疾，年二十九弃诸生，益闭户读书。侨居会城，足不及市者五十有余年。为人温而恭，仁而好施，与人言姝姝然，如恐伤之。故人子弟见，虽盛暑，衣冠坐，无惰容，见者自肃。故人子贫无完衣，赠之袍，又私解所衷衣衣之，家人请浣而后知之。偷者窃入，缘庭树自蔽，家人环噪，止之，徐呼使下，予千钱谕而遣之。其学自经史百家、天文、律历、勾股，旁及医、卜、老、释之书无所不通。所著《京房易传解》《大戴礼记训诂》《春秋三传辨异》《律吕新书笺义》《敦本堂诗文集》，卒年八十有五。

慎斋先生，讳典，字徽五，湘潭人。乾隆辛未进士，翰林院庶吉士，授编修，改江南道监察御史，晋工科给事中，转吏科掌印给事中，擢鸿胪寺少卿，历充丙子河南副考官，壬午河南正考官，己卯顺天乡试、癸未会试同考官，四川学政。先生颀而硕肤，貌奇伟，吐声若钟。性严毅，常面折人过。为御史侃侃不阿，弹劾无所避。为督学训士严，然时引大体护士类。按试保宁，县卒与某生有隙，诬以事，令系之狱，诸生诣县为解不得，噪于府，府引聚众律，牒镇将以兵捕系百余人。先生闻，檄府悉召入试，事遂已。始川督闻保宁以士哗用兵，大骇，既而曰：学使必能了此。为鸿胪一年，母老乞养归，寻以聘掌岳麓书院，大修学舍，增其膏火，弟子著籍者岁常数百人。自为御史，益治经，著《凝园读易管见》。凝园者，京师寓邸也。其后注《毛诗》《今文尚书》《春秋》成，皆以“凝园”冠之。先生于经字梳句栉，澄心研理，不主故常。释经多新义，其教学者读书、为文亦然。故事岳麓掌院六年，具题辄予议叙。先生凡四具题，历二十有七年，年九十卒，祀乡贤。

周树槐曰：两先生出处不同，制行亦异，余犹及慎斋先生之门，窃闻先生释经大旨，然先生亟称谦斋之学，谦斋卒，先生哭之恸。余疏于治经，于两先生之学无能有所发明，著其为人大略，后之传儒林者有所征焉。

斋姑传

周树槐

斋姑，善化黄氏女也，名芳，盖晚自号斋姑云。生有至性，母疾，斋宿以身祷，矢不嫁，以事父母，强之不可，父母各以寿终，斋姑四十余矣。晚依从子以居，年七十有二卒。壮学子曰：吾闻诸黄锦堂，斋姑其族祖姑也。

女子、子其于天性之爱一也，然而女子之不得比于子也。子之娶妻以事父母，女子之嫁，去其父母而事人之父母。悲夫，女子之于父母也！其情常有所抑而不得伸，以是为仁孝之所穷，然而仁孝在焉。孟子曰：不孝有三，无后为大。世固有不娶之子矣，不能尽以不孝责也。女子之不嫁，不至若无后者之为罪也。然而世无不嫁之女子，夫事为举世之所不为者，其可以不为，亦以此见天性之爱之根于人心者，无有极也。斋姑以不忍去其父母之心不能自克，虽其可以不为者断然为之，盖情之至者，无不伸也，而况于行庸德之行哉？

锦堂为余言，斋姑晚屏一室，虽族中子姓罕得见者。饭疏礼佛，一经一钵，穆如也。余以斋姑行至高，迹其所以，悲其志，彼欲尽其心于父母而身为之累，亦已不为身谋，而又惧乎身之不安，并其心不可得而尽也。上不得古先圣贤之明训，而事为流俗人之所骇，进退两无所据，不得已而托于佛，原其心独有父母耳。且不知何者为圣为贤，又恶知何者为佛？独其矢志之初，自以质诸鬼神而无疑。而正以此差有以解于人，而得乎藏身之固，及夫养之终也。业已托之半生，得完其本愿，茕然就木之身，舍此安归？夫其没齿则犹之乎初心也，盖至是斋姑之志自以不负矣，然而斋姑之志反以斋隐矣。或曰斋姑清修亮节，七十年如一日，是诚有得于彼法者。若是，则非余之所知也。

襄阳太守郑公传

周树槐

郑公敦允，号芝泉，长沙人也。年二十三登嘉庆甲戌进士，改翰林院庶吉士，授刑部主事，稍迁员外、郎中。道光八年，出守湖北襄阳府，权武昌兼护粮道，道光辛卯科乡试提调官，回襄阳，十二年正月卒。

公博览强记，尤究心法家言，在刑部屡决疑狱，犀照觿解，堂上官委重焉，两遇京察皆最。其治郡有所兴除，不避艰巨。本之以精心，辅之以勤力，是以事无不举。下车观风，集七邑士周咨利病，发策问所宜先。乳泉书院圮，新之。令所属学官各举一二人辟署旁隙地居之，优其饩廪，躬亲教育示风厉，七邑士蒸蒸焉。公以谓后世官民稍阔远，古之利民之政或至扰民，去其害而民自利。襄俗朴直少讼，游民潜匿教唆，公严拘痛惩之，皆窜伏。公故长听断判决，常至夜分，积牍为空。访所属衙蠹及莠民最为民患苦者十余人，论如律，民大悦。襄故多盗，公请帑筹息充捕费，逻者四出，躬督饬为设方略，获盗百余。巨盗梅权侥勇多徒党，人少莫能近，以众往则逸，公侦知所在，即夜率壮丁驰，禽之榻上。其徒追者数百，公令曰：欲夺犯者杀，而以其尸与之。众莫敢逼，以权归，诉者麇至，皆曰：久不敢以言，言辄火其居也。公曰：苦吾民矣。宜城、南漳之交，港汊纷歧，壤错安陆，为盗薮。公亲相度，请饬两郡各委官督兵役巡哨，禁居民夜渡便稽察，河道肃清。谷城陈家坑河滩险峻，奸民以巨石截流，笼竹取鱼，曰置方，水沸涌，舟近石则糜，公严檄毁之，商民额首称庆。枣阳土瘠民贫，客商以倍称准其产，田入客籍者多。公饬县控追者许贷户自陈，子浮于母则除之，积困顿苏。汉水旧至方山歧为二，分绕郡城，南径檀溪，北贯襄樊，至明杨一魁筑老龙堤，南流绝，水合益驶啮樊城，坏民居十之四五。公议甃石堤四百余丈，飏土程工，二年而成，不愆于素。明年汉大涨，樊城赖以全。襄郡岸高水下，遇旱无从引溉，公绘筒车，式颁郡属，至今为便利焉。江故有救生船，苦阔不相及，公权武昌，益造复底轻舸，旁施漏枧，破浪冲风，不忧沉溺。会异涨，濒江田庐尽没，救济无算，襄属虽水，不为灾。樊城石工有被掣者，公固请回任，及水落修之，襄人走迎三百里，日夜牵挽而至。议沿流增砌子岸护堤根，刻期蒇事。而各郡灾民以襄稍丰，就食者乌而集。公倡捐筹赈，为蘧庐数千居老疾妇稚，木栅环之，壮者令赴工自食。公日巡工劳勉，会雨雪，工未竟而公疾，始堤之成，襄人亭其上，亭临汉水，望岘山，曰“对岘亭”，公为之记。公卒，襄人相与哭于亭。其明年，乃撰次公治迹卓卓者十余事，请祀名宦，督抚学政会疏以闻，制曰可。

周树槐曰：公与伯兄荔农同举癸酉乡试，其后八年，伯兄成进士，余以选人从，始识公京师，公在刑部已有声。又六年，公出守，京师士大夫过余吉水者言：公终当入掌刑部也。公竟以襄阳终。公弟奔丧未至，舟泊襄干，二人刃而登，势张甚。舟子襄人也，出呵之曰：何为，此郑公家迎丧者也。曰：嚄。则退。舟子告曰：彼襄中巨盗也，以名捕者五，公杀其三矣。曰：不虞相仇邪？曰：公持法平，人信之，彼盗何敢然？乌乎！公勤民而民不能忘，诘盗而盗不敢怨。孟子曰：是非之心，人皆有之。信矣哉！昔之传循吏者一二端已足不朽，余以襄人言汇次之，备国史采择焉。

湖南文征　卷一百十一

传五

温靖介先生传

赵先雅

温靖介先生名贤书，字再雅，邑诸生也，家碧津北，好学善属文。自前明来温氏以诗礼世其家而皆不达，先生承前人累代之蓄，饶田宅，有以自老，无求于人。年三十，补博士弟子员。逾年宾兴，先生偕其曹偶出就试，始至，士众蜂午相推排，或僵仆，衣被及筐中具狼籍满地，众蹂践其肩背，行且哗于门，先生见之叹曰：国家以科目招人，曰为国求贤明经取士，若此者亦足当贤士选邪？亟命仆襆被返。邑有烟波洲，当资水中流，石戴土出，旁杂葭菼，平地数亩为园圃，周以树，邑人建楼阁其上，与龟台山龙洲书院并峙，以览观江山之胜。先生自会垣返，维舟其间，登临吟啸，盘桓竟日然后归。遂老诸生中，弗就试。

先生居市井间，常扃户读书其家，不轻出，出则具衣冠。是时士自重，人亦争重之。先生出市肆，屠沽家皆起立，无敢哗语者。已过，咸指目之曰：此温先生也。先生不嗜酒，工画，好为文，著有《寸香草》《精核理法》，以香二寸课文一首，居平每用此为乐。其前后所与交游，曹畅庵、徐对庐、葛庐、陈禹封、李竹所、蔡叔山、二然、陈在轩诸先生，并居同井，能文章。每以时宴集先生家，细绎旧闻，析疑义，作十日游乃去。当此时，邑城未筑，先生门前临江，尝月夜泛小舟溯流上，舣白鹿潭下，舍舟登岸，杖策上白鹿山。白鹿山者，唐时裴休尝结亭读书于此，有白鹿衔花出听，故山与潭皆以白鹿名之。诸先生既共跻亭间，裵亵瞻眺，循山之麓以下，听庆洲渔唱，谱其声作《款乃曲》[①]，鼓棹而返。相娱乐岁，率以为常。

先生论文甚严，前人诸选多所驳。而性谦谨，意常自下，为他人评骘文字及定其子弟文，率楷书无激论。生平画不多作，偶乘兴为之，以寄其趣。所著《寸香草》不自收拾，辄为人持去，多散逸，今其存者盖十二三云。先生既席丰厚，耽山水之乐，不读书著文自娱，不干仕进，为诸生四十余年而卒。卒后邑长老及尝游先生门者，皆称为靖介先生。

曹畅庵先生著有《听涛园诗古文》及《四书文》，徐对庐先生著有《四书文》，葛庐先生，对庐公从子也，治古文，著有《葛庐遗集》，陈禹封先生善书，著有《□□诗》[②]，并已行世。李竹所先生亦善书，与蔡叔山、二然两先生、陈在轩先生，各著有诗及文未刻。余尝见其遗稿，多有靖介先生评跋云。

陈梦元传

文自炳

陈梦元，字涵一，又字体斋，自少好学深思，孤沉迥造。乾隆癸酉，与星沙余存吾受知房考雩都管公卧村，管公得试卷，诧为嘉鱼替人。甲戌联捷，逾年归养。折节云阳先正，探墨香阁之藏。辛巳散馆，授检讨，先后居官十载，供职外惟颛颛服习。与窦东皋、姚姬传诸名宿相讨论，绝不以驰逐声华销铄才具。最后交休宁戴吉士东原，东原与同年月生，呼之为兄。体斋勤于许叔重之解字，郑康成之诂经，与东原符契。东原著述等身，其《原善》三卷、《孟子私淑》五卷，恒宝蓄之，数以示体斋，两人相视

①款乃曲：应为“欸乃曲”之误。

②底本留空。

莫逆也。乙未南还，东原作序赠行，悉知己之言。居林下廿余载，讲席孤镫，凄神琢骨。观书多，日见所不足；记问详，日砭所为非。古文词凡数变，观东原所云心细悟生，无讦语，无俊气可知。制艺亦数变，观东皋所云浑浑流出，雕琢锄耘俱化可知。晚自订《春江古文》四卷，诗赋五卷，制艺七十首，矜贵简检，不肯一豪率意卤莽。曩所刊杓稿诸编，淘汰无存。由壮岁至垂老，夙夜矻矻，辨别欺慊，求古人为己之学，以温故知新经明而行修，于是乎为庶几焉。

论曰：吾攸陈桃文先生有起衰之功于楚，越数十载而体斋继之，是攸之儒者可偻指也。楚南自云阳彭石源先正以博洽震都下，而旷岣嵝、罗慎斋继之，体斋与余存吾又继之，是楚南之儒者可偻指也。名山之藏，殆不偶然，爰约论之，以俟知言者。

调梅和尚小传

张晋本

调梅者，总佛寺僧也。辛巳夏，余移寓大花园，长伏苦热，寺在紫荆园右，高而敞，受满城风。亭临四方塘，风掠波过，袭人毛发，遂与僧因缘。茗碗蒲龛，闲理旧劫。前明藩基占省垣大半，内宅为今万寿宫，前之可指者为东西牌楼、王府坪，后为大花园，俗呼麻园，误也。右侧为更衣亭，再右为王城堤。今寺为梳妆楼，塘为万春池，府署侧为小花园，院署为四将军府，老照壁或其屏墙与？北门之营盘街盖其护卫之所居也。

和尚不参文字禅而苦持戒律，清晨诵经，暇则闭目静坐。余每到门，必伫 竢其经声寂乃掀帘入，否则止。自岳麓退院，画六朝松而趺坐其间，盖寓六根清净之意。为戏缀数语，尝出示其师祖碧朗册叶两部，余嘉其能守先人故物，足以愧俗子。和尚幼学水墨，老益工，以体孱不耐久坐，故涉笔绝少。余尝倩作《碧梧清暑图》一方，不谓遂成绝笔。和尚来于癸酉七月，在世七十年，于其化后摭其崖略传之。止两字偈送之曰：去了。又书挽联十四字：此老差堪和尚者；而今始算出家人。装潢悬于影座，俾其法嗣传之，一如所以传碧朗者，则谓和尚不死也可。时道光二年，岁在元黓敦牂暮春月。

案：作者有《花园三老图说》云：省会有大小麻园之名，其来旧矣。余订以为花园，考明藩邸制五殿三宫，设山川社稷庙于城内，城垣周以四门，堂库等室在焉。总宫殿室屋八百间有奇，故省会几为藩府占其十七八。今遗迹之流传者曰端履街、曰王府坪、曰东西牌楼是。又明初护卫，少者三千，多者万九千余，则今日之营盘街殆兵役所栖止乎？大麻园置官仓后，盖在宫殿之间，此何所用麻园邪？云云。

案：会城街市多沿前代旧称，亦或传久音讹，作者致详于此，亦留心故迹者。汝怀附记。

三兄苍山先生传

陈士杜

苍山先生讳士松，字乔秀，士杜第三兄也，世居长沙万寿乡。少好学，工古文词，尤长于诗。年二十余，从祖愚谷公评其文，有国士之目。馆于乡塾，同邑尧山李先生名下士也，兄出其文相质，击节叹赏，遂订交。己卯岁功令初以诗试士，学使郑校士湖南，兄入试赋贾太傅故宅，拟《涉江》《采芙蓉》等篇，主司叹赏，置第一。时长郡士子数千，以诗古中选者二，一为潭邑贡士夏公枫江，一则兄也。当是时，兄名噪甚，都人士识与不识，莫不怀纸笔争相传写。偶以帖括失检被黜，是岁学使入都，极称于吾乡尚书罗南川先生。丙戌从兄每田同其师尧山与计偕，谒南川公，见即询兄名，对犹布衣，公怅然久之。徐曰：幸为吾致声，愿厚自爱，相见有日也。年三十有二，始受知于卢几鲋先生，拔冠多士，旋以《秋水赋》及拟李太白《捣衣篇》见赏食饩。及试竣还京，复寓书长邑司铎郑公絅庵索兄全稿，絅庵促兄缮寄，是年尧山入都，携至京，会几鲋先生归里，遂寝。其后兄困场屋者二十余年，戊申贡成均，以嘉庆丙辰五月卒，年六十有一。

病亟时同好为梓其诗，适每田兄主城南讲席，哀而序之，兄读之怆然太息，盖兄平时每攻苦于文，而诗殆天授，往往酒酣纵笔疾书，举人人意中所有者。兄一发语，忽若天外飞来，咫尺间具有雷雨晦明、神号鬼哭、波涛簸天、鱼龙出没之状，使人目眩心悸，喑鸣陨涕，舞蹈不能自已。徐观其脉络纵横，变态百出，淋漓跌宕，音节古雅，直入盛唐诸公之室。其他近体，靡不博大沉雄，寄托深远。描写情态，历历如在目前。制艺力追先辈，人以其弗利于举子业，多不之知，独每田兄以为出入罗仪部金司马大士大力诸家，刿心镵目，恒怖而不敢与之角，识者以为知言。所作古文，简质恍惚昌黎，惜散逸无留稿。

易箦时呼士杜诀曰：死生定数，余何憾？今诗已付梓，汝后更当作传，第举吾生平攻苦得力者以遗后人，足矣。杜垂涕受命，迄今十有六年。兄三子皆艰窭，资末业以生。杜亦齿逾五十而穷愁益甚，恐旦暮死，无以慰兄意，乃撰次其才气之雄、时命之厄，以传于后世之览者，能不哀其志、想见其为人乎？嗟夫！苍山既丰于才，雕绘万象以取造物之忌，天不穷斯人，谁当穷者？独是杜以不才之人，无一足追随乎兄后，而亦类其穷以至于老，此所以日夜低徊，杳不知所以致此者。故每读兄诗，益不禁欷歔自悼也夫。

杨孝子传代

巢邦光

孝子名先科，字紫华，力农而有至性。八岁失怙，哀毁如成人。事母王，冬暖被，暑夜挥蒲母帐外。洁馐膳，出告，刻期反面。娶康氏妇，历数月知其得母欢心，乃与成礼。母七旬失明，逾耋耄，事之弥谨。母卒，擗踊骨立，庐墓逾三年，家人促之，且毁其庐，乃号恸而返。

初，紫华髫年时，母称蔡姆好金环，紫华觅环，急寻，以爬粪拾银六钱，紫华半销银半易金为饰，不增值而环成。长沙舟中购鲥鱼，思急奉母，俄南风大作，抵家鱼味犹鲜。墓庐之夕，有鬼物戏弄焚香，时闻紫华哭声，啸而去。长子培英，年十四，负米来庐中，逾墙扑地，竹枝抓肾囊，卵出矣，紫华拾纳囊中，但以针缝，不数日而伤痕竟合。凡皆至诚感召之所致也。邑令李侯闻之，以“行修端本”额其闾焉。友爱诸昆，分多为润，财亦始啬而后丰。子弟读书知礼义，天之报善，曷尝爽哉？世之罔念天亲，瓶罍致缺者，闻紫华之风，亦可以立起自责矣。

周讱庵传

黄崇光

君讳思仁，字恕三，讱庵其号也。生而颖异，甫襁褓，解承顺，能言。授以书，辄解悟，龆龀能属文。其言曰：根本忠孝，发为文章，无非至情流露，此圣学之渊源也。邑中先达大惊异之，君之学殆有宿根焉。十龄游泮，十二龄食饩，旋登拔萃科。时值督抚藩宪月课，拔其卷皆第一。盖自丱角时见器于郡守徐公，逮成名后，学使夏醴谷先生及督抚方伯莫不重加奖异，而讱庵文名噪两湖矣。

幼失恃，随父事祖父母，祖殁，父官江西德安令，内用刑部主事，迨告养旋，未抵家而祖母故。君身肩大事，一切如礼。家故清贫，以书承父欢，逮事继母无间言。翼仲季俾成立，析产时择膏腴畀仲嗣，人咸多之。治家严肃，自奉菲约，禁子弟纨袴习，惟以敦本业延诗书泽为要务。堂中伯叔子妇老且病者，嫠者，孤者，贫不能葬者，为周恤经画，俾得其安，初不矜德色焉。

讱庵负其所学，无意经时，足不轻履公庭。居一室，左右图书，问字者屦常满，必先教以正心术、品行，后及文艺。盖讱庵所以教即平日之所以学，宜从游之士卓然多所成就也。主濂溪书院讲席，郡守重其文行，聘修邑志，其好学老且益勤。所著有《四书贴讲》《诗话类长》《楚词帖旧闻新话》《杜诗编年》，删诗后待梓问世。其子孙亦多有能读祖父书者。

单炜传

黄本骥

单炜，字丙文，自号定斋居士，宋光宗时人也。先世本钱塘故家，自炜始徙居沅州之黔阳。父夔，乾道中以奉议郎知湖州，官至侍从。炜好古博雅，书学王献之，又善画梅，始学晁无咎，既而自成一家。鄱阳姜夔尝学书于炜，炜与夔乡人张世南论绛帖，谓：刘次庄辈数十家释帖非是，吾所定者只张芝秋凉帖、锺繇宣示帖、皇象文武帖、王廙小字二帖，皆在右军之上。著有《绛帖评》二十卷，世南服其精审。炜所蓄奇玩甚富，仍精于别辨。庆元间，以武举得西班供奉官，仕至路公。平生俸入，尽费于此。沅芷产黎溪石，紫者颇类端歙，其金束腰眉子纹亦间有润者，炜始创制为砚，有色绿而纹如水波者，有肌墨而金星者，有就石中自然铜琢为三台北斗状者，有中生白线琢为琴式者，其类不一。以遗故旧，黎溪砚遂盛行于时。

子铨，以书法继其家学，绍定改元，举乡贡进士。其时朱子弟子饶敏学适宰黔邑，大修学校，创建宝山书院，改建县治，州学教授东嘉翁永年为之记，碑刻见在即铨所书也。明年敏学请于朝，始置黔学教授，以铨充其选，今祀教泽堂。

外史氏曰：余昔与修省志，遍阅群书，于汉代人物增入七人，唐宋人物增入五十余人，其所以殷殷为此者，传曰"惟楚有才"，今日之楚，非无材也，地处偏隅，材之湮没失传者多也。及秉铎来黔，见宋宁宗时修县治，碑为黔人单铨所书，字法端雅，意其人必非寻常士。检县志，阙其家世，偶阅张氏世南《游宦纪闻》，得一人焉曰单炜，本中原故家，居黔阳，书法为姜白石所师，著有《绛帖评》二十卷，宁宗时人也，在铨书碑之前三十余年，则炜必铨之父也。又阅厉太鸿《宋诗纪事》，得一人焉曰单夔，钱塘人，官至侍从，孝宗时人也，又在炜前三十余年，则夔必炜之父也。世南所谓中原故家者，盖由钱塘迁居黔阳自炜始也，第炜之仕履未详，世南目为西班，称之曰路公，殆以三班借职而宦于饶州者与？世南饶人，犹近日称邑侯郡伯之谓耳。黔学生员有单氏二人，曰麟、曰良，必炜铨后裔，年代久远，谱系未必具存，因合张厉之书参以县志，纂成此传，以为异日续修黔志之据。又阅周密《齐东野语》，于姜白石条附载单炜行略，谓其能文善书，与世南所载略同，第密以为沅陵人，余曾采入通志矣。今以铨隶黔阳证之，则张说为是，周说非也，并正之。

唐义士传

黄本骥

明义士唐元宗，字丹崖，辰州溆浦人，少有胆略，遇事敢为。年十六补博士弟子员，有声誉。溆在万山中，恶溪灵峒，多土瑶窟穴。嘉靖三十八年，瑶沈亚当等叛，大为境内患，元宗建《平瑶策》上之有司，事泄，为瑶所杀，时七月十四日也。

先是，元宗父琮哲，好任侠，善养士，能得人死力。至是，客感元宗之死，有代琮哲走京师伏阙上书以事白者。诏下，湖广总督石勇议剿，勇檄总兵官都督同知石邦宪将兵剿之，屯白马山。瑶恃负固，往来崖谷，捷若飞猱，士卒仰视，皆惊怖不敢进。邦宪严申军令，编爱子于行阵间，亲鼓督战，军有后顾者，乃斩子以徇。士卒皆股慄，殊死战，直抵野猪窝，生擒亚当等，斩获二百有奇，土瑶悉平。邦宪葬其子于营盘山，土人呼为石公子墓，并祀邦宪于其地，而于接龙桥建义士祠以祀元宗。

国朝乾隆二十六年，金匮杨鸿观为撰祠记，其略曰：史称孟尝君能得士，士皆鸡鸣狗盗之雄，议者病其不能以南面制强秦。今琮哲之客独能为元宗复仇，因以翦除一邑之患，虽古豪杰不是过。而琮哲能使人乐为用，其气谊必有以服人。向非元宗之死，永陵之世上下相蒙，以养成大患，则受屠毒者不独一隅之民矣。是则平瑶之功，虽成于石总戎，其实成于元宗父子。元宗年少捐躯，以卫乡邑，记曰能捍大患则祀之，今溆人之祀元宗，礼也。

道光二十年，元宗九世族孙思持状属为之传，将以征海内之能诗文者表彰其事。余谓元宗之义杨君论之详矣，余复奚言？窃谓有石公子之死而邦宪之功以成，有琮哲之养士而元宗之仇以复，是可以劝天下万世之为父子者。故于石公子事为史所未及者，亦牵连书之，惜不得其名字云。

罗柳江先生小传

黄本骥

罗柳江先生，耒阳人，乾隆戊申名解元也。性恬淡，能文章，六上公车不第，发毵毵白矣。就永绥厅学官，永绥人士知向学，自先生始。

先是，永绥城在苗寨中，嘉庆二年，移至花园堡，就民屋为学署，敝漏如破瓮，不可以蔽风雨。先生力为新之，集诸生讲学其中，月有课，季有考，挟册而来者不拒也。郡县学官，例有正有副，有门子以供指使，有学田以给饔飧，学使者三年两考，入文武生或四五十人，学官视贫富而收其贽，偿终岁之用，常有赢余焉。惟乾、凤、永三厅正副以一人兼之，雇一二苍头以供指使，岁收屯谷百石以给饔飧，学使者三年一考，入文武生十二人，苗生四人，类皆贫者而永绥尤甚，屋角炊烟往往无风自断，而先生处之晏如也。先生子若孙指以百计，四男女皆有执业。奉所配某孺人居于家，惟携一妾两孙随侍，笥中旧绣非朔望不加于身，出常以步，市人挤肩而过，不知为学官也。其性之恬淡大都类此。

骥七岁时就塾师问字，有市先生元文者，师取而诵之，曰：此古文家也，近十余科无此作矣。当是时，骥一童子耳，不知古文为何物，然师之所言谨志之不敢忘。弱冠后，衣食奔走于衡郡郴澧间，所至之处，类皆有学官，而学官类皆岸然道貌，齿德俱尊，后生恒畏见之。学官亦自负其尊，恒不乐与后生接见，故学官之门草尝径尺。惟邓南坡、尹雨麓诸先生幸以文字忘年交，去岁至衡阳，又交谭晓园先生，终不得至永绥一访先生，讲求所谓古文者为恨。今幸至永绥矣，先生一见如旧相识，若自忘其齿德之尊，出生平所为文使读之，骥以童子时之所闻，一旦而偿于二十七年之后，不可谓非厚幸也。第见先生绳床茗碗，硁硁说经，而吾师之诵先生文者，已违侍十年，不可复见，则又愀然悲矣。

赞曰：耒水出桂阳，经县治前，东流而会于湘，骥尝掉扁舟往来其间，烟水苍茫，望杜陵祠墓不可即，低徊久之，意其中必有高年硕学可以吊古，为一乡文献之征者。所谓伊人，在水一方。今乃于斯地遇之，欲订后游，骥非其侣，自喜又自愧也。

僧竹轩传

黄本骥

竹轩名本照，字印云，湘潭董氏子。自幼入等觉寺剃发为僧，不事经梵，嗜为诗。尝从刘宾门太史游，诗益进。先君子客潭时，往来甚密。寺故饶香火资，竹轩好以蔬笋饷诗人，坐是日窘。太史及先君子谢世后，竹轩遂游南岳，住祝融峰顶，竖拂称方丈师。凡幽岩邃谷，虎豹蛇虺之所藏，云萝之所翳，樵牧罕到者，无不有竹轩趾迹焉。游数载，归主忏心寺，既又主善化桐溪寺。

曾宾谷廉访以两淮都转迁长沙，下车即问竹轩所在，盖歙人黄心庵曾选其诗，属廉访物色之也。余持片札招至，竹轩戴破笠，曳长布衲衣，闯然直入厅事，门者以何物野僧喝止之，余为达其名，遽延入。谈及海内诗人，半为旧好，出生平所为诗质之廉访，廉访赠以诗，有“袖中出诗本，要我定推敲”之句。既而朱鲁门方伯亦以心庵之属访之。每入署必煮蔬共饭，且有归田结社之约。招主北关外开福寺，寺为五代马氏会春园故址，前带湘流，有烟帆上下、渔舟出没之胜，后有古樟绿荫数亩，环以湖名碧浪，菡萏菱芡，杂浸其中，境甚幽异。竹轩为结茅亭一所，具脱粟烧芋，魁集诗人开湘春诗社，湘春者，北关名也。

竹轩貌瘦削，类枯树根，两耳豪毵毵长径寸，目短视而好看诗，或授以诗，必以鼻端帖纸，下上久之。性善记史传逸事，叩之响应，构思最捷。斗韵联吟之会，无先之者。诗主性情，不尚雕刻，集名“杯渡斋稿”，少壮老凡三刻，一自选，一南城吴白广选，一方伯孙小云谷选。又喜为长短句，柔情绮思，读者不知为僧语也。近日长沙之寄尘，湘潭之涤尘，以诗僧名于身后，皆其学诗后辈云。

论曰：竹轩一老衲子耳，而嗜诗若是，不犹愈于坐禅说偈、指蒲团袈裟为真衣钵者乎？或乃议其好与当事往来，然亦有以招至之，非竹轩所当拒也。余谓竹轩好名则有之，游朱门如蓬户，不足为其累也。嗟嗟深山，穷衲数十年之心力，耗于无用之诗，使复匿迹逃名，孰从而知之，孰从而信之？昌黎之序石鼎联句，至今犹拟轩辕弥明为神仙中人，然当刘侯谈艺时，亦且痒不自禁，稍献其技，若竹轩者倘近之与？

彭拱辰传

彭永思

人生所遭，富贵贫贱，岂偶然哉？尝见中人之产，子若弟偷惰游荡，以致坐耗流离，席父兄升斗之荣，骄扬奢侈，不旋踵而流为卑污者无诵已，若以寒畯而骤膺通显，以薄殖而渐积丰盈，人咸谓时也，命也，而不知勤苦刻厉、奋发振兴，旋转于屯蹇郁塞中者。天实有以试诸艰而厚其报，余观拱辰之行事建立而益慨然悟矣。

君讳宗北，字拱辰，号万顺，系出陇西彭姓，本庆公冢嗣也。母氏马善病，弟宗南、宗立侍奉左右，勿出里门。拱辰负奇气，有远志，喜读书，不事工作。乾隆戊戌，岁大歉，别父母兄弟，担簦走龙山，厥后历黔、历蜀、历汉阳、云梦。拱辰非精医、卜、星相九流杂术可以衒奇也，非专门刑名、法术、簿书可以游干巨公而使币聘也，惟慨念夫史迁所云“贱之征贵、贵之征贱”者，持筹握算，不惮星霜，逾越险阻，溷迹鱼盐，所获每多称意。性耿介，生平纤豪无所于苟，重然诺，敦信义。客游四十余年，湖海许为长者。其初往龙山也，与王姓、晏姓为莫逆，越数年，偕王走澧阳，王死，拱辰以其殡归。晏后稽王存籍，云贷拱辰百四十金，如数偿，拱辰曰：王未尝假我，焉用偿？坚持不受。即其不背死、不欺生，殆与却遗金者同其卓卓。彼世有不问本心，甘鸩酒以止渴者，闻拱辰之风，可以少愧矣。宜天之默为佑助，偿以厚实，报以炽昌也乎？

子二，益周、益清。孙曾林立，方兴未艾。余故乐为之传，俾处富贵贫贱者，咸知所策励，以拱辰为法。至其与弟均产无所私，任恤推解戚邻，共高其谊，则仁厚之性，固然也，无俟余之赘述云。

名世郭君传

何庆元

郭君名世，桂东县学生，其父端悫翁，予前为作家传者也。君生而简直刚塞，读书拙记诵，达大旨，以古先德言与其为绳于身、试于事、望于朋友。膺善仇奸，掷力殉志，虽受挫，硁弗移，曰：道当是而时非，吾何嗛？性不喜文士，顾善希濂因及予，曰：二君者，可人也。希濂死，义恤其家二十年，无可为，乃贸田以祀。尝以希濂故，隆冬百里就予谋，予危之，君嘻笑跣而濯其趺曰：是乃不知有雪。君骨干强韧，神魄坚沉，囿深阻，无所放其意，见咫尺义辄为。家日落，不屑治生，又不能不治生，则躬率其孥辟荒山为栋宇，树漆林栗橡。既数年，漆可采，忽儆佣肩而过予，为予母夫人髹椋，曰：须十年当巨万，是靡弗义，公辈皆受吾润矣。少涉孙吴书，自谓知兵，比年橡栗蕃，诩予曰：吾所谓兵者是可粮。予曰：食无盐，将喘胀，且能赡几何？子休矣。君默然不怿。松洲死之年，冬走吊，颜悴惨，意气与曩异。予讶曰：名世得无贫乎？有忧乎？不然，色何墨？君又默然不怿。间数月，凶问至矣。春秋六十有几，有子男五人。予闵君璞玉卝金，虽蕴奇光，勿耀其所为，乃比古独行君子，闻其死，恸之甚。及至葬，予亲奠而视窆焉。

赞曰：郴桂山川陵驶，民之材者类刚急直义，罔增饰，固少文，然其诚可任。以名世语，貌规为迕物丛嗤，予亲之反见妩媚，其悖挚发于中心也。彼辨坚骋伪隆气矜，信誓旦旦然非其质，亦奚足恃哉？

范云龙传

何庆元

范云龙，桂阳人，家贫落魄，投广西某营，从征逆苗，以奋勇拔行营外委，旋以首功即真，赏戴蓝翎，缒险获红衣炮，升千总。宵劫苗寨，苗蜂起，攒刺之刀箭，伤如蝟，身浴血，卒馘苗酋首以归。经略壮之，为上其事，迁都司，赐头等巴图鲁，赏戴花翎。凯旋，补广西庆远营中军都司。教匪乱河南陕西，云龙复自请奋勇，身先士卒，所向披靡。尝与教匪战，弩洞要害，拔矢益厉，又中鸟枪，腋腕饮子各一，瞋目大呼，短兵接，决贼首无算，贼却乃已。所饮子竟附着不可出云。事平，迁广西提标后营游击。

时两广总督百龄与副将刘不协，刘举云龙能，百故挠之，命与其曹角射，云龙慷慨前曰：游击以奋勇名，喋血百战取寸进，知杀贼而已，射非所习也。百怒降云龙千总，云龙负气欲弃官，会百解任，继百者知云龙屈，奏复职，令入觐。上阅其功籍，念云龙数滨死，为国家出力，不宜以射苛，因诘责百龄，而迁云龙江西九江镇游击。未几，升饶州营参将。考满，擢袁临副将。又以忤总兵杨，为巡抚所奏，云龙遽缴花翎。上犹念前劳，还其翎，给半俸，原品休职。

云龙目不知书，性戆直，无所屈下。骁勇健战，喜深入，蹈危机，意气不少挫，亦会有天幸得脱死。暇辄拊髀太息，恨不得毕命封疆。居江西时年且老，常咄咄顾影嗟语人曰：武夫遭遇太平，身闲无所事事，空受朝廷豢养耳。其壮志不衰若此。云龙之始至广西也，觊依其叔父程甫，程甫不礼焉，乃投军。程甫者，随故全州州同宗机任，赘土人康姓，因家广西。云龙贵，程甫家日落，云龙抚其二子，为之娶妻。云龙功名起广西，其致仕也亦归广西。

有子十，卒时年七十有三。

太史氏曰：云龙战将也，入死地，卒全归，彼锋镝何能死人哉？太平久，物众地大，稂莠间蘖牙，文吏贪偷酿乱，武夫临难率瑟缩，如云龙何可多得？雍正、乾隆间有宋和贵者，亦邑人也，起卒伍从征，历百战得官，事与云龙类。检志乘仅传其名，而勋阶弗具，问其子孙微矣，弗克征。予因次云龙事而为之三叹焉。

范孝子传

何庆元

范孝子仲光，桂阳东乡农家子。天性过人，其父母命之学。年十八，父遘危疾，医祷穷，潜刲两股，家莫知。见其惨黯无人色，窃危之，曰：病如此，何以处？父竟死。孝子宛转眩瞀，神支离不自克，如欲无生者。其母惧失孝子，逾两月，召其同学者数辈，强掖之馆所。孝子重戚母，忍涕习所业，手掣缩，艰上下，人静辄絮泣，其曹疑之，阳与语，持而袒其臂，则左右各去肉倍寸，赭如渥。孝子哭，其曹皆哭，人始知孝子刲股也。免丧，试补弟子员。续举一子。终以毁故病咳血，年二十五遽没。

妻何氏，亦东乡人，为孝子守义抚孤，克有立。

朱孝子传

何庆元

朱孝子讳有合，桂阳井头人。井头，宋孝女明旌靖一姑故宅也，姑遭家难，贞女身，抚周岁族弟云伯后其父母，苦汲，掘宅隙得泉，因井之，后坊其井曰“义井”，宅其宅曰“井头”云。孝子为姑所抚云伯十六世裔孙。父元载，母范氏，有兄三人，年十四，刲股愈母病。二十丧父，以艰食与其叔分耕营内。母从伯仲居井头，井头去营内六里而近，孝子且耕且奉母，宵必定母寝，仆仆道途应晷刻，终其母之身弗衰。母卒时年七十有八，孝子免丧后，视瞿瞿，恒中夜涕泣。晚起家，倍怆咽，痛其父母弗逮也。孝子之妻胡氏，弗戒于火，面焦烂，胡盛年尚无子，人或谓孝子纳妾，泫然曰：是与吾共事吾母者，忍负诸？后胡为孝子举四男，相孝子昌其家。孝子以居远伯仲，艰数见，见必极欢，别惨泪如婴孩然。孝子款朴无缘饰，见人语呕呕，人易之，闻其事则肃然起敬。嘉庆丙子丁丑间，朱氏有事谱牒，又会修邑志，胥谓孝子宜有述，孝子龂龂执不可，涕盈眶。当是时，孝子老矣，习孝子者重伤孝子志，事乃已。孝子寿七十有七而终，妻后孝子十三年卒。孝子身后，族春秋祭其先，自靖一姑上下咸颁孝子长生胙，永世勿替。

论曰：予寡出，弗获见孝子，数数闻父老谈孝子事，近始得其委曲，乌乎，难矣哉！天亨孝子迟莫，愈以戚孝子厄。其妻宾敬如鼓琴，爱憎非与人异而所性弗渝，顺信休助，终逢其吉，有以夫。

八先生传

汤鹏

八先生讳懋政，号琴堂，与余为从昆弟，又为蒙师，口授余《诗》《书》《易》《春秋》《周礼》《尔雅》，北面请业，或易崇名以称之，则瞿然谢曰：毋，吾固喜为八先生也，且子称甚朴，礼意甚醇。世之自命为老师宿儒以取尊称于众者，皆伪也。游于乡，试于县与府，无少长、识与不识，翕然称之曰“八先生”，其不以是称者弗答。八先生名，遂大噪乡邑、州郡间。

先是，伯父短庵，以高文懋学，结社麓山，尤与溆浦严公如熤善，严公雅负经济才，后以县吏荐擢至廉访，而伯父独摧挫老。

八先生其嗣也，少负奇气，性聪慧，能文章，伯父晚授徒于纹洲，文君、良策出其门，盖东坡子长之亚，而八先生材与之埒。伯父私窃喜，然率羁縻童子军中，故文君犹中乡科，而八先生独摧挫老。性癖饮，馆谷所入，呼儿换美酒，弗吝也。饮忽醉，醉忽醒，醒忽饮，饮忽醉，酒酣耳热，慷慨语余曰：古者贵亡过，苏秦六印，富亡过元载胡椒八百石，此皆巍然挟其衣冠、印绶、舆马、婢妾、钱财、气力以横行乡国，生则荣、没则已焉，而刘伶、阮籍、李白之徒，以饮酒名后世，吁，何其壮也！邑廖氏故豪族，喜宴召，闻八先生善饮，集座客，简善饮者数十人，将困之。八先生据席勒须，张舌倒饮，其数十人各以次起行酒，八先生气益锐，饮益豪，数十人不能难也。饮毕，上马揖别，行里许，忽下马至酒肆，沽酒复饮。主人送之行者，相顾惊愕。归报其座客，皆大惭。

方余毁齿，学为八股之文，既授题，人召八先生饮辄去，余偕童稚嬉戏笑傲，竟日未尝思索。八先生酒酣归，瞋目大怒曰：吾当械汝以警其后。余急摄衣前请，愿就所坐短檠上，跪而成文，八先生佯许诺，而心疑其为童子大言也，遂掉臂不复顾，偃几而卧。卧方酣，余文稿立就，自朗吟数过，八先生惊起视之，时余立其旁甚怖，察其色若喜，既而私语人曰：某授徒乡里二十年，童子英灵亡逮若者，异日当以文章擅天下。然若狂，毋遽语若以长其骄也。余故微闻之，益自刻厉为文章。癸未余成进士，闻八先生嚣嚣然语于人曰：吾得若终幸矣。然以薄宦留殢京师，不得见者五六年。家书猝至，而八先生堕水死矣！其死之前一夕，有叩门而过者曰：得毋使者执若书自京师来耶？余闻而悲之，为之传，以报其卒志焉。

赞曰：士之坎坷不遇而隐且死于穷檐老屋间者，何可胜道？独八先生隐于酒而死于水，吾闻块垒郁结，则酒以浇之，此其所以酣嬉淋漓于酒而弗厌也与？抑又闻之，屈原悲愤而投汨罗之水，则八先生浮水而死，亦固其所，又何怪焉？

黄朝臣传

欧阳泳

道光癸巳，吾邑南乡延寿团茂才黄子华开馆予于其家，数数为予言其先世讳朝臣者，明季遭红寇乱，部勒子弟，扼险御贼，身死之，贼迄不得骋，乡克全。其条教具在，予核得实，因为之传，俾后世捍患者有所依据焉。

朝臣生有明天启间，果毅绝伦，谙兵法。崇祯末年，盗蜂起，蹂躏桂阳，十室九空，慨然思守御之策。乡有留福岩，中空外合，巅漏天光，深约五里许，可受万人。半岩有口，口陡，下数仞，缘壁蛇行始达岩腹。朝臣倡捐金粟，督率修葺，创铁门于岩口，设云梯通上下。门内两旁甃礅二，高于门数尺，礅立四人，执器械，贼入则自上击下，无一得脱者。岩之腹妇孺老弱处之，男女别内外，又括其乡之财粟尽实焉，使贼进无所掠。其强壮胆勇者则编为六队，队六十人，身亲训练，分守各隘口遏敌，而立大营居中为策应。其法十人一队长，六十人一统队长，外设间谍二人，机快二人，知书记二人，功过必稽，赏罚必信。一人胜，赏十人，十人胜，赏全队；一人败，罚十人，十人败，罚全队。故士皆用命。乡之西曰砖头坳，驻一队，遏贼自九峰至者。东曰泥山口，驻一队，遏贼自大官岭至者。南曰深江，驻一队，遏贼自麻行墟、龙虎洞至者。北曰山田江、排下岭，各驻一队，遏贼自百丈岭及县中至者。中军一队则屯郭家桥，今营盘丘是也，击东西应，击西东应，击南北应，击北南应，击中东西南北皆应。贼有数百人自永宁乡度大官岭，势张甚，截于泥山口，大败之。至大分，戮其半，至九分，尽歼之，大小数十战，无一挫。有司壮其能，表为延寿隘官。一日，贼自深江入，与大战于冬茅冈，获其魁。翼日，贼复大至，朝臣度力不能支，乃慷慨语其队曰：贼所以悉众来者，为彼帅报仇也。吾与贼势不两立，当以死赴敌。我死，贼必懵，诸君以全力继之，蔑不济矣。闻者咸瞋目厉刃，以死自决。

朝臣见众有斗志，乃持大刀砍贼阵，左冲右突，贼披靡，身亦从重伤，犹手刃数十人，力竭被擒，不屈死。

先是，朝臣侄君焕为北队长，贼之来也，分道入，焕拒于泥山口。闻变，急赴救，遇贼于郭家桥，大破之，穷追至龙虎洞，杀贼几尽，竟夺朝臣尸以归。贼自是不敢复窥延寿。朝臣死之明年，有司上其事于抚军，抚军旌以“保障山河”额，今尚悬玉境观云。

江孝子传

魏承柷

江孝子盛照，清泉横江桥人，生六十日而丧父，母氏李鞠育之。幼有至性，家贫不能读书，粗识字，业织布，兼为人拾字纸养母营生。两兄贸粤东，先后客死，与寡嫂犹子同爨，无闲言。孝子年三十余，未有室，昼出佣力，夜归卧母榻下，疾痛疴养，必敬抑搔之，涕唾秽溺，必亲涤拭之。母六旬，遘危疾，昏不知人，医者束手，孝子伏榻侧，哀恸几绝。梦延医中堂，皙面修髯，衣冠甚古，孝子负母出诊视，甫切右手，曰：止，疾不可为也。哀恳再四，曰：尔以左臂与母啗之，倘可瘳。孝子即伸臂奉母啗，啗未殊而寤，母仍瞑目榻上，气冉冉不绝如缕。孝子曰：嘻，神人教我也。取机上刀磨之，光莹如半月，铦可剃发，裂白布裹而藏之中堂神座下，家人见之，以为孝子将自刎从母也，搜其刀不获。夜半，孝子斋戒沐浴，更衣跪庭中，焚香祝天，愿减十年算延母寿，乃出怀中刀，袒左手承颐，牙齿扎臂肉起半寸许，右手割之作碎布声，唾肉于盏，再拜而起，臂间微觉麻木，亦无血，惟刀痕四围绽黄汁数沥而已。白布束臂，捧盏炊宿火熟之，跪榻前以匙进汤于母，喉中格格作响，渐乃浸沉而下。有顷，母张目曰：儿何处得人蔓饮我邪？病顿起，孝子坚属家人，勿以割臂事惊母。母见孝子常捧其臂，屡诘之，托辞以疾对，终不忍以情白母也。后十年，母乃没。孝子四十余始娶，生三女，五十九举一子，犹敬拾字纸不衰云。

魏子曰：余观古孝子割股养亲事，疑不足为孝，徒以伤亲之心耳。今观盛照割臂始末，其用心抑何至也。既疗其母，又没齿不以告，非至诚而能如是乎？大孝之人不可见，如此愚孝者，亦何可少也？卒以此延母之年，孰谓天道无知哉？

闺姑泰乾传

汤昭粥

祖姑讳立贞，字泰乾，十四派祖玉洲公女也。玉洲公以文学世其家，凡内外大小男女悉令读圣贤书。祖姑生而早慧，六七岁时玉洲公授以《女史》《女箴》《毛诗·内则》诸篇，为之讲解大义，祖姑即能默会其意于章句之表。邻有诵《观音经》者，祖姑闻之而问玉洲公曰：观音何人？玉洲公曰：古之奇女子，从声缘证无上道者。祖姑曰：观音何在？公曰：经中。祖姑笑曰：儿恐观音未必在经中耳。玉洲公奇之。字本里某氏，未婚而某氏子死，祖姑泣谓玉洲公曰：儿生而父母以儿字人者，父母之命也；以儿字人而所字之人死，儿之命也。知命者达人，安命者君子。儿请事父母以终身，可乎？玉洲公奇而许之。从此《楞严》《金刚》朝夕顶礼，《涅槃》《圆觉》次第手翻。偶阅《赵州公案》，至狗子无佛性语，思之未得，废寝食者数日。忽然大悟，而述偈曰：偶吃狗子，横著肚中。一并吐却，肚中乃空。丛林奇其语，谓非秦时老古锥脱得炙脂帽子、鹘臭汗衫者不能道也。祖姑醉心祖道，得临济正宗，平时斋供，青盐白粥，口不茹荤，衣裳止用布素，禅床拂子俨然头陀净业。尝鬻所服钗钏与所蓄纺绩之资，建宝寿寺前面牙廊，重新诸菩萨圣像，又请于胞兄带江公刻《法华》《观音》诸经，为善男信女结般若缘。

当玉洲公夫妇之未亡也，祖姑先意承颜，能以志养。晨起盥栉毕，即入父母寝所问安否，父母曰安，然后诵经堂中。云板声、木鱼声、唸佛声琅琅然达户外，否则左右父母而堂内寂然。故家人恒以经堂之喧寂卜堂上主人之安否，而祖姑亦曰：世尊古佛，何似父母活佛？人不能敬目前之活佛，虽日礼古佛而古佛不许也。自玉洲公夫妇再亡后，但遇忌辰，祖姑便请名僧说法，以资父母冥福，终其身不改。

祖姑于佛祖门中事，方其参破狗子语时，已能不费言诠，了知三世。后来再加保任，益造深稳平实之地。其与人言，又谓原无佛法。有问以西来的的意者，祖姑第应之曰：黑白难分。再叩之，则曰：无边落木萧萧下，不尽长江滚滚来。皆不晓其意。一日忽谓家人曰：汝等诸人欲知佛法么？明日可为汝等说破。翼日，悉将所诵经本烧却，曰：许多之乎也者，留下何用？顷之沐浴更衣，安坐内寝，问现今何时，家人曰：日正午矣。祖姑曰：老身打三更去了。一笑而逝。世寿七十有四，葬之日棺不举，有优婆夷自众中出，抚其棺曰：师姑，师姑，何今日犹不撇脱也？声未绝而柩行。众视夷，而夷已不知所在。

前明时胞侄汾阳汇其事请诸当路，朝廷高其奇行，以“道合明神”四字额诸邑之学宫，我朝道光之十年采入总坊，资阳节孝，祖姑其冠首云。

论曰：自昔圣贤立教，贵庸行不贵奇行，以庸可常而奇不可常也。祖姑知有父子，不知更有夫妇，迹奇矣。然人苟略其迹而原其心，谓祖姑为贞女可，为孝女可，为节妇为道姑亦无不可。百千亿万化身，抑知总此圆满报身，清净法身之为之也乎？事固奇而又何尝不庸邪？

吾闻祖姑侍女名解空者，祖姑屡为择配，解空终以不愿事人固辞，诵《观音经》亦能喃喃上口，祖姑死数日，解空亦合掌而逝，然则解空亦奇女子哉！

无名先生传

汤昭弼

无名先生，益阳人也，胡然而以无名著哉？先生非无名者，少有乳名，有学名，长好任侠，好仙术，有任侠、仙佛名，今先生既无所好，人即不得以先生所不好者强名先生，故人皆有名而先生独无。先生曰：予何名哉？无名即其名耳。名以无传，其传或久。昔孟子之父名激公，宜董之虋菁亦三字为名，程伯休父、张公纯嘏、刘中原父皆三字为字，孔安国、孟浩然、张巡、郭子仪、王僧绰、殷仲文、刘孝绰、姚崇皆即名为字。刘向两名，曼多三名。老子号重耳，号老莱子，号元中法师，号金阙帝君，号广成子，号务成子，号尹寿，号燮邑，号育成，号支邑先生，号叔子，号老子道君，号史儋，号黄石公，号河上公，谥聃，是一人而无数名也。京房、陆羽因数得名，顾雍、桓温因人得名，杨覃、李骐因君得名，子同、小同因亲得名，名固以义起也。费人有曾参，门户有李益，诗人有韩翃，城南有子夏，他如王宏、王褒俱十一，张良、张敞、王吉八，鬻熊、颜回、毛遂、陈遵、李广、阿瞒、张俭、蔡邕、朱买臣、王羲之、张华、伯夷、李膺、江泌、南宫括、公孙龙，《贡禹》京房、上官桀、王恢、韩安国、王章、王莽、张禹、公孙宏、杜延年、庄蹻、召平俱二，董仲舒三，王乔、刘韵四。汉元时毛、韩、甘、王、焦五姓五延寿。五季时王、汪、何三姓三彦章，赵、审、郦、司马四姓四食其，蔺、张、司马三姓三相如，何、魏、公孙三姓三无忌，越、宓两姓两子贱，杜、朱两姓两光庭，钱、屠两姓两长卿，陈、文两姓两子禽，鲁、越两姓两勾践，陈、楚两姓两子玉，宋、陈两姓两偃师。子产之子名子思，孔伋亦字子思，郑、卫皆有行人子羽，楚子为君名弃疾，楚宫厩尹亦名弃疾，卫有公子荆，哀公庶子亦名子荆，名不妨同。白居易、黄居难，杜荀鹤、杜荀鸭，名不妨异。陶朱、梅福，名不妨变；巢父、许由，名不妨逃。然则予何名哉？总归之无名而已。

无名何以传？曰：传不传，不在名也。鹤衔经，狐听讲，鸽传书，鱼吞字，蜗绣篆，廌触邪，马识途，蚁知水，皆足传也。杨子云有文章而不明节义，许敬宗有功名而不明忠孝，孔张禹有经术而不明进退纲正，皆不足传也。先生曰：予何传哉？传其文章节义，与无文章节义也；传其功名忠孝，与无功名忠孝也；传其进退纲正，与无进退纲正也。言则真实者八九，诙谐者八九；行则倔强者大半，痴黠者大半。拙如鸠笨如鸭，蛰如蝬缩如龟，不足传也。人谓先生今之古人，先生曰：古之今人也。人谓先生人之君子，先生曰：天之小人也。或以先生为肿背马，为阑单牛，为羊公鹤，为辕下驹者，先生不辞亦不辨也。然则先生曷不即名之曰马、曰牛、曰鹤、曰驹乎？先生曰：不可。两筋牛，的卢马，鸡群鹤，名家驹，不常有者也。子袭其名而无其实，可乎？

夫先生固有先生之名也。封胡羯末，昔人乳名也；默沉浑深，昔人学名也；朱家郭解，昔人任侠名也；都散汉、自了汉，昔人学仙、学佛，名也。人随口唤，先生即随口应，然则先生何必有名？又何必无名乎？且先生友教二十余年矣，及门呼曰先生，乡党宗族呼曰先生，而先生亦自名为先生，竟忘乎先生之非先生名也。角里、锦里、东郭、南郭皆名先生，而先生则非角里、锦里、东郭、南郭也。乌有先生而已矣。世有名角里、锦里、东郭、南郭为先生者，先生答之曰：是、是、是、是，有、有、有、有。呼先生为角里、锦里、东郭、南郭者，先生则大笑曰：非、非、非、非，无、无、无、无。

周烈妇欧阳氏传

张声玠

欧阳氏，湖南善化人，国子生从焕女，适湘潭周生翼襄。姑翁氏，与氏母为兄弟，以亲论婚者也。翼襄祖系蔚，以副贡为永绥教官。叔祖系英，户部侍郎。翼襄以旧家子，醇谨知礼，惟幼失怙，家中落，而体尤清羸。年二十二始娶，氏至夫家凡三载有奇，生二女。氏善事姑，怡声下气，由家及亲族之长者咸爱之，以静婉称。翼襄居辰山乡，道光辛丑十月，游于邑，染时疫归。氏以姑在侧，饮泣侍药，然昼夜未敢殆者一月。十一月二十三日，翼襄卒，氏扑地号绝，少苏更以首抢棺伤额，血涔涔染鬓，滴地处凝如脂。家人力救，舁之床，越一夕强起，缞绖成服。每自泣曰：妾不能早生男，罪也。不死无以对我夫子。复就床卧，家人以氏劳瘁久，当致疾，延医诊之，投以药不效，与之食不食。强之，进米汁一合。如是者数日，而氏舌短，时家人犹冀其瘥，私相谓曰：此新忧情事，久当自解耳。十二月八日，竟卒，年二十二，计后夫死十八日耳。墨缞斩然在身，家之人且悲且敬，谓能信其顺而不能遽料其烈云。

论曰：欧阳氏有必死于其夫之心，故始则以抢棺而碎首，继则以不食而绝命，而延一息于米汁之中，遂后其夫十八日而死，则姑之命为之也。夫愤激成名者易，从容就义者难。如氏者，不谓之烈不得也，疾风之中见劲草焉。乌乎，难矣哉！

湖南文征　卷一百十二

传六 骈体附

朱慎甫先生传

萧寅显

先生先世清浏人也，乾隆初曾大父来长沙，遂家焉。姓朱氏，讳文炑，字慎甫，弱冠时父朗斋久客于外，贫无以养，卖卜于市，又自号伊蔚子。先生生于乾隆戊申某月日，生之夕母梦月堕入怀中，寤而先生诞。周七龄犹不语，一日与群儿嬉戏，仰视霄汉间恍若数十衣冠者流结队走，遂惊而语。就塾师授经，甚颖敏。年十六弃举子业，笃志性命之学。

窃闻先生尝有言曰：读书所以明道也，世未有不通四子五经而能明道者，亦未有不明濂、洛、关、闽之道而能通四子五经者，四子五经犹锁也，濂、洛、关、闽则开关启钥之书也。先生于前代及熙朝理学名儒诸书靡所不读，而要必以宋五子为依归。其读之也熟，其思之也精，其辨之也明，其体之也切，是以于圣人之道，独于诸儒为深造焉。先生之学，以诚为本，以敬为宗，以精义、集义为程途，以明体达用为究竟。尝谓：《易翼》者，内圣之书也，学而不明乎《易》，欲以遽窥斯道之全体，不可得也。盖自幼即好之，岁月研摩，由孔子而上溯文周，由文周而远窥羲画，由羲画而探源河洛，靡不剖晰精详，而足以尽发前人之蔀。又谓：《春秋》者，外王之书也，学而不通《春秋》，欲以遽极斯道之大用，亦不可得也。惜乎说是书者多凿耳，由是博考精思，乃能于诸儒传注之外，独窥圣人所以作经之本旨。又谓：前有孔孟，即有释老，后有程朱，即有陆王，吾人为学，第一要别清涂径，涂径不清，浸淫乎异氏而不自觉。故凡浮屠老庄以及阳儒阴释之学，靡不有以拔其本而搜其根。又谓：性道，学之本也，经济，学之用也。学而不博，亦有难以言致用者。故凡天文、历算、律吕、方舆以及诸子百家众技之长，亦靡不为之究极底蕴，而区其或得、或失、或异、或同之故，是以其为学也贯彻天人，渊深浩博无涯涘，在当世鲜有能知之者。而先生亦以道自乐，初无暇求人之知也。

先生外和粹而内刚直，居恒言必信，行必谨。视听必以礼，终日振襟危坐，虽盛暑未尝肉袒。虽造次颠沛，未尝疾言遽色。或偶有过失，则返己自责，终日不快，忧尝见于眉睫之间。

其事亲也心爱而气和，色愉而容婉，尤能先意承志，以谕亲于道。及其居忧之日，思哀思敬，蔬食三年。其事从父也，事之如己父，从父方病革时，未尝同居，凡饮食药物，躬自调治奉送，隔数里许，日辄往返五六次。月余从父没，两足为之溃烂，血淋漓，几不能临其棺以俟其窆。

其交友也，不苟同，不立异，故虽有不满于先生者，终亦自知其非，而交好于先生。其与人也，宽而恕，坦而夷，故虽佣奴孺子，莫不知有先生而爱敬之。

其乐天而知命也，虽艰难万状，从不以告人。间有知其贫而遗之以金者，辄却而不受。嗟夫，夫苟非知之真、养之粹而行之果，其孰能与于斯哉？

道光癸未，先生奉母往楚北省父，遂居于北数年。壬辰春，奉老父母以归，居数月丁父艰，家计益窘，甚无以养母，服物书籍典质一空。戊戌五月，复奉老母之北，依故友胡君实堂以居。甫一载，己亥秋九月，忽寝疾数日而殁。殁年五十有二。胡君为之具棺殓殡，卜地武昌之南郊石牌岭下葬焉。越二祀，老母亦相继故，并葬之石牌岭下，与先生上下其棺以为茔。此皆胡君一人经理其事，可谓不忘平生之言，作事有始终者。於乎！真不愧为先生之友矣。

先生生平所著述，有《大易粹言》《春秋本义》《中庸笺玩》《五子通录》即《见心录》。《圣学罪译》诸书，从不轻以示人。没日，胡君请其遗稿于母，仅存《易图正旨》一卷、《五子见心录》二卷、《从学札记》一卷，序说书记若干篇，其余皆亡失无从究诘。嗟乎！先生之言皆微词奥旨，而竟不获概传于世。乌乎！可惜也。

寅之知虽不足以知先生，然既重先生之学行，乌得不为先生传之？今谨志其梗概如此。

蒋烈妇传

成毅

昔五代时虢州司户之妻李氏，过开封，逆旅主人牵其臂而出之，李氏大恸曰：吾为妇人，此臂乃为人所执邪？遂引斧断其臂，曰：不忍以一臂故遂污吾身。后世称之。忍斋氏曰：吾乃今见之于蒋烈妇矣。烈妇者，吾从兄子也，幼无父无母无兄弟，适蒋龙翔，蒋之母于烈妇父为姊，怜其孤露，抚如女子，烈妇自幼即甚当母意。母故贫早寡，与其二子居先人老屋。长子妇卒，遗一子，烈妇身字之。其同居之族娣姒姑姊妹辈固皆以谓烈妇贤矣。

蒋与翼者，无赖子也，于蒋母为再从侄，遇烈妇，嫂呼之，与翼有母有兄与嫂，与蒋母共衡宇，居西偏，而蒋母则处其东，其尤近烈妇所者，则为其族人妇万氏之室。己丑某月日，与翼族母某以生日，假与翼宅为设贺客，万氏期烈妇旦日往为寿，烈妇辞焉。时蒋母先携幼孙适女家矣，夜，烈妇理纺车，与翼闯然入于室，烈妇怒，遽呵之，与翼强从，则幸万氏奔而往也，见烈妇面灰败，气结捶胸，不能一语，而与翼夺门跳矣。盖与翼涎烈妇久，乃先以计囮龙翔戏叶子于外厅，且瞯万氏已出往客所，将牵恋于女子之党，一介弱女撑拒呼号，固可以为其所欲为矣。而不虞烈妇之锋卒不可犯，万氏固未出，噭然一号之，遂闻声而相救也。

斯时则幸万氏奔而往也，然而烈妇则素羞涩如处子，目逆之辄频頞，重自珍惜其身，如素丝白练之不可点辱，已甚固不堪。又窃愤龙翔懦不能制与翼，遂乘间遽自引决，时年二十有三。

乌乎烈哉！狱上，烈妇邀旌典，或曰：烈妇可以忍而不死者也。乌乎！生死之际大矣，苟非有所大恸于心，而为百端之所不可解者，即安肯以其姑妇相得、夫妻共爱之身决然舍去如敝帚哉？司户之妻，误牵其臂忍而断之，狂暴之辱，岂直牵其臂而已乎？臂污而耻及其身，身辱尚可以洗涤之乎？臂污而断之而身洁也，身辱而死之而心洁也，此司户之妻之志也。乌乎！烈哉。然吾独慨乎逆旅主人，误引一烈妇人臂而罪以笞，被强暴者干名犯义迫人于死，听斯狱者方且得其情，而故宛转求出其罪，易他辞以坐与轻典，是岂所谓罚丽于事者邪？吾恐长逝者私恨无穷期也。

青惠烈公别传

罗鉴龟

公姓青，讳文胜，字质夫，赠谥惠烈，蜀之大宁人也。貌清癯，循循雅饬。明洪武间，以贡生起为湖广常德龙阳县典史，洁己勤政，爱民如子。龙阳地滨洞庭，每春夏之涝，蜀涨逼遏，泛滥衍溢，汇为泽国，禾稼概付洪涛。又水阔浪腾，风波吞吐啮岸，畎亩竟遭漂没者有之。而龙阳田赋为石三万七千有奇，有司按册以索，或田荒征熟，或田去赋存，民无以输，累逋数十万，敲朴死者相踵。于是公之莅任，盖五年矣，恻然伤之，诣南都，疏民情土俗以闻，再上，不报。叹曰：何面目归见父老乎？复具疏击登闻鼓以进，遂自经于鼓下。洪武二十四年五月初一日事也。上遣官驰抵龙阳核之，至则四望弥漫，得腐禾遗蘖以上，遂蒙特旨计亩免赋二万四千有奇，永额不科。予谥，予葬，予祭。又恐后之人无以勷祀事，除捐正项，另给田一所。坐县南军山铺，俾其子孙世守奉祀焉。公疏稿散佚无存，惟“月明五夜愁天旱，雨落三朝怕水淹”，“鱼行獐走路，三岁两无收”数语，楚人至今传诵之。时公年三十有二，子孤，妇寡不能还蜀，遂占籍龙阳，今孙曾繁衍，诗书之泽未衰，皆公盛德之荫也。

硁硁小人曰：龙阳之民困亟矣，青公身寄末僚，非肩民社之任者也，彼印累绶若巍巍济济于其上，而膜视之者，繄何人哉？公已溺己饥，不以爵之大小纷其志，祈天请命，甘以身殉，初不计事之济否邪？亦烈矣。卒苏民困，奕世永赖，公亦俎豆馨香于不替焉。天何负于荩臣哉？然非公意计之所及也。今事久论定，其朽腐于白杨衰草者，悉守土之穹官隆秩，昭暴于日星河岳者，偏让此遗荣毕命，幺麽之丞倅焉。泄泄有知，吾不知其恚心而靦颜否？惜不能起而问之也，谓之何哉。

双江先生传

罗江

双江先生容温霭质敦厚，先大父爱之重之，余童年犹及见之。先生长君墨泉交吾父，冢孙来朋交于吾，皆五年以长，历世有三，故其瑰意琦行可得而言其略也。先生姓陈氏，名士毅，字怀远，聚族邑之铁炉山，里中称铁炉陈氏。先生少勤诵读，图进取，既不得志，则精研儒先之书，以饬躬，亦以诲人，岸然为乡里矜式。旁及岐黄青乌家言。晚岁优游林下，发为咏歌，浸淫储王，上追元亮，吉光片羽，见于《沅湘耆旧集》中。太翁廷耀，修家乘未毕，先生踵成之，亦如司马父子之《史记》，对山父子之《武功志》焉。先生家在乌石峰下，清流激湍，二水汇为一川，潆洄以去。旧名双江，其上有墨溪，曾出水如墨，故又名墨泉，先生父子得擅焉，他人不敢居也。图书满室，先生涵泳其中，探本溯原。及为诗，不入理障，不作迂谈，苟胸有滞碍，能如是乎？余族曾大父行有讳天闾、字云皋者，居鼓磉洲之西塘，讲《易》论史，亦工吟咏，其意趣与先生同。余思合两人诗为《昭潭二布衣集》，而当时固并称罗西塘、陈双江云。

粪叟传

罗泽南

粪叟者，不记其姓氏，其先世仕于周为草人，掌土化之法以物地，周公采其术，著于《周礼》。其后有为上农夫者，战国时诸侯去其籍，遂不显，子孙皆能世其业。

叟素黠慧，能含忍，少年即自食其力，讲求治粪之术日益精。其具有篑、有箒、有杓、有瓮，其地有厕、有池、有沟、有窖，有砖房、土室、茅厂。粪有人溲、禽溲、兽溲，出自人者曰大，兽之类不一，若牛、若羊、若豕犬，若麋鹿、貆狐有所别，若者宜于禾，若者宜于麦，若者宜于麻，若者宜于园瓜果。又煮其骨汁浸种，以投合地气，瘠者可使之肥，恶者可使之美。杂腐草败叶用泥蕴酿之，经数月以成。有火粪，掘土合薪以燎之，贮其灰，凡收拾积聚，罔不有法。

叟性不事修饰，屋数椽，仅以蔽风雨，堂屋厨阶，皆粪器，饮食与之俱，往来交际其家者习为常，鲜洁己进者。习勤苦，朝夕拮据，不惮劳瘁，有所利，虽数百里求之不辞。弗获，则百计经营，卑躬屈节，必欲其得而后已。当长夏盛暑时，热气蒸郁，臊臭不可耐，其虫曰蠦、曰蛣蜣，终日飞缘牖户间，且多蚊，啮人辄红肿，至有为所伤而死者。叟坐立其间，观望周章，色嘻嘻以为乐，家人呼之食，不遽往。或讽之，曰：吾固所利于此也，舍是终身贫且贱矣。人得其粪以施于田园，无不利，争售之。巨室日闻其名，家以是致富，得复草人职。丞相某议兴水利于西北，将试用，因其议中阻不果行，子孙在官者禄皆有差。人有求其术者，秘勿宣，惟侈谈其事以夸人，人称为粪叟云。

德馨子曰：百亩之粪，固农夫所利赖者，叟以此致富贵而不自计其秽，苦矣哉。

案：此文滑稽之流，当入杂文，以卷已编成，仍之。且粪实利用之物，故孟子称举之。近善化贺氏所辑《经世文编》中有《说粪》一篇，乃详其法，此文可与互相发明。汝怀附记。

彭翁传

周曜焜

翁讳正进，字廷瑞，姓彭氏，明兵部尚书襄毅公裔也。其先长沙人，祖某徙湘阴大塘，乾隆间翁孝子建，建家邑西乡之义合围。时翁与伯兄皆幼失母，长则作苦于衣食，事蓄久之，慨然语其长子曰：儿辈但隶耕，何以知礼义科名？富贵非吾望也，为明理人足矣。汝其经营生计，督汝弟本芝读书修行焉。翁子孙业儒繇翁始。

翁面目微皙而臞，须麋萧瑟，不知者曰肮脏人也。性宽厚，事兄谨，析产恒取瘠，抚诸孤如己子。有以匄贷诿者，翁不为辞。岁久不能纳子母，辄代偿，终不复言。道光壬辰夏大疫，延医炊药，加食与浆，躬亲于贫病馈饷之中，而人自全于沟壑填委之外。家故濒临湘渚，洄潭轮转，舟上下失势，破碎沦溺者往往有之，翁恻然，多方以拯，而佗舟之救生牟利者举不敢过而窥矣。无主之墓之啮于波涛者，荛牧之毁伤者，与年久而窊者，目所触壅护之，纸钱麦饭时亦波及，讫晚岁忘劳不废。夫已责恤菑，或曰：非族姻则邻里乡闾耳，若往来行髅蔽冢累累，不皆亲故也。特不忍其沉溺而襮露，无所为而为也。顾拥资自雄者，率皆莫之禁而或不为，而无余财者固行义若耆欲，此非心之厚于仁不能然也。尝值大水将穿屋，翁虑其溃濩也，趣家人避大堤宅中，己乃率佣艇载家具，亡何暴风雨臭载，佣以泅免，独不见翁沿而救者相继也，皆错愕，谓必无生理。已而徐徐然归，衣履无丝豪湿，家人惊讯来上游，何也？翁笑答曰：吾不知，但见云雾缭绕篷櫂间，舣舟登岸而已。时癸巳夏六月某日也，观者咸诧曰：翁长者，傥所谓自天祐之非邪？后又十年而卒，年七十有八云。

今三子家皆小康，孙贤且文者曰舒焱、曰树滋，皆补县学生员。曾孙男子六人，天之报翁者，其将有以昌其嗣、大其门者欤？余盖于翁之行谊卜之耳。

张生宗浩小传

易光焯

张宗浩，字心昺，一字葶斋，醴陵人。从予学者五年，许配以女六年矣。年十九，突患瘵疾，出馆数月而卒，予深恸之，不敢以凶问闻于家。月余，吾女窃闻之，悲不能胜，语阿母曰：张郎不作久矣，爹何匿不予闻也。儿月前夜梦不祥，无端服缟素自门外归，天命之矣，义无二天，命不敢违，不归张氏，儿将安往？泣不已，日欲奔丧。阿翁闻之，亟成其志。不三月，即以冢嗣次子元桢子之，俾之抚育，此亡婿之所以终成余婿也。

婿天分不能过人而温静足尚，日读书不过二百余言，言言咀吮，不肯一言滑过，不自背诵再三，不质予前。稍踬，反席犹必低声吾伊。寂乃掩卷作字，审玩古法，置帖于前，凝睇成痴。伸纸操笔，如营大厦，意定乃作。作已，游目往来，若喜若愠，久而不置。所读书册，经数岁纸色如新，所用器物安顿如前，无一零乱。嘿不多言，简素自喜，惟屑些点涴，则浣易随之，好洁之性，岂来造物忌邪？予尝以守成令器为期，而其言不验，悲夫！幸子兄子年已就傅，他日感伤风木，形容安仿，略为言之，牵予愁绪，并语予女。持此以示后人于无穷焉耳。

邓云渠先生传

邹汉勋

先生姓邓氏，名显鹍，字子振，云渠其自号也。先世为江西泰和人，明中叶徙湖广新化，遂为新化人。世有隐德，圣祖康熙中，新化有还遗金邓公者，即先生之曾祖元臣也。先生祖曰胜逵，字维庭，为县增广生，赠巨野知县。考曰长智，字若愚，国子生，赠宁乡训导。先生天性孝友，少事里中宿儒张先生，诲以穷经植品，澹泊自守，遂守之以终身。初为学时即一言一动必依礼则，佻达者或戏呼为道学先生，先生弗顾也。

先生母曰毛孺人，靖州训导毛君学古之女也，尝遣先生省父于靖州，濒行自作授经图，左手执经，右手持杖，以针刺指血濡其上，图成，以授先生，曰：儿离吾左右，慎勿忘持杖诰诫时也。及至靖州，毛君留之使学先生，遂闭门昼夜勤学，夜分倦苶则展授经图而泣，泣已，诵读弗辍，以达于旦，如此者数年，学益进，遂于书无不窥，旁及阴阳卜筮之学，亦罔不研究。

及仁宗嘉庆初，先生之二亲俱老而家徒壁立，无以为养，遂于里中传授生徒，资其脯修以易甘旨，鸡鸣即起督课，晡后必归省父母，归则备述诸生一日课程以承色笑。国子君晚患气疾，遇寒即发，一日为诸生讲，已登坐发难矣，秋风微起，即辍讲至家，径取箧中衣送国子君游所，国子君曰：吾知儿必来也。有疾恒竟夕侍，国子君或勉自支慰，遣其就馆。先生则篝灯寝室，户外屏息，评阅生徒课艺以达曙，室中有转侧呻吟，未尝不在侧也。如是者十余年，国子君及毛孺人相继殂没，先生偕弟湘皋先生显鹤庐居墓旁，所畜犬夜常蹲伏庐外，庐中悲哭，犬亦狺狺作哭声应之，小祥日犬忽不食而死，人以为孝感所致。

湘皋先生幼多疾，父母钟爱绝怜之，先生常每夜焚香祷天，辄有减寿延双亲、分年与兄弟之语，及湘皋先生壮游之时，客扬、客蓟、客粤、客皖经年，每一念至中夜不能寐，归则昆弟三人围炉达旦，其友爱盖自性生也。今上道光初，湘皋先生客皖中，将自皖中赴都谒选，先生作听雨图以寄，并寓书，其略曰：吾弟此行以谒选入都也，老兄迂腐之见，诚恐吾弟或得县令，既以远宦鞅掌，不获常聚，且徒以华侈溺子弟心，故常谆谆抑吾弟进取之志，吾弟亦唯唯从命，可谓恭矣。抵都之日，即当向吏部递呈改教，以成吾兄弟偕隐之初志也。

后又寓书，其略曰：吾弟幼即羸病，十五以下四十以上，日日有可危之势，其得存活至于今日者，实非始愿所敢必也。今吾弟年已五十矣，精力渐衰，须发亦白，实不敢更以吏事劳汝形。且汝负性戆直，岂能如世俗妾妇之事其上官者乎？况吾父母存时，不能谋薄禄以养，今日忍博美糈豢养儿女辈乎？汝之兄久甘澹泊，固不望汝之累累多金。汝之妇荆布素安，亦不望汝之结驷连骑，而窃自享珈副之荣。汝之子若侄，正宜使之习劳苦知艰难，岂可辄以甘肥轻暖，溺其心思，惰其志气？然则全家久绝奢望，各安贫贱，吾弟又何必独以其身试于宦海乎？昔东坡与颍滨，拳拳于畴昔挑灯听雨之约，故其诗曰：君知此意不可忘，慎勿苦爱高官职。今为弟葺小室于宅左，颜曰"听雨山房"，老友欧阳磵东题之曰：今湘皋有四方之志，其久暂良不可知，老兄须矣。故山无恙，慎勿忘此意哉！语绝沉痛，牵录纸尾，愿吾弟再三熟读也。

时桐城吴侍御赓枚见之，叹服不已，手书二通，一寄其弟涪州知州庭煇，一寄其子巴州州判孙琨，且曰：观邓氏兄弟之间，而后人之为兄弟者劝。其为时贤所推如此。湘皋先生至都，改就教谕，大挑即得二等，除宁乡训导，盖先生教也。越数年，新化教谕张君家榘重先生学行，欲举先生优行以告先生，先生陈书固辞。张君得书，知不可强，遂不举，亦不更举它人。时学使为秀水汪公世樽，试毕谓张君曰：它学皆举荐优行，君独不能得人邪？张君以先生事告，汪公为嗟叹久之。又三年，张君卒举先生于学使岳公镇南，而先生不知也。识者谓吾郡六学，二百年来惟此事尚不失举优行生之初制云。

永州瑶逆之变，湖以南郡县骚动，多结聚为剽掠，皆以谷直过昂为辞。时先生家居，密诣里中有粟之家，谕使平粜，又召贫民陈谕祸福，且告以富民无闭粜长直之事，与之持钱各诣有粟者之家粜，粜价果平，众情遂沮，故先生里中独亡剽掠之事。先是，里有神巫媪能祸福人，或迎于家，中庭架木为台，缀几橙诸物，螺旋成浮图状，巫媪乃升最上层，手持木偶，口嗫嚅作符咒不可辨，众妇女环伺其下，屏息转侧以求神福，邻里观者如堵墙，第相诫勿使邓先生知。先生闻之，即至其家，撤所为浮图，巫媪遂持木偶蹒跚而去，卒无以祸先生也。有矮孝子者，家贫不娶，佣力以养其母，甘旨无缺。先生频加馈遗不受，必亲造其庐慰藉而强之受。其卒也，为之择地而葬，表其墓并为作传。其居乡维持风俗类如此。

自湘皋先生之官宁乡也，先生居宁乡学舍，居十二年而归，归一年而卒，道光二十一年正月九日也，年六十又八。先生居宁乡日与湘皋先生召两邑中名隽之士相与往来谈义，暇则著书，故郡邑之士多宗尚之。先生著有《春秋目论》□[①]卷、《说诗呓语》□卷、文集□卷，又有《史汉目论》未成书。

子瑶，拔贡生。琼，国子生。皆有隽才。

易孝子传

袁芳瑛

易风雩先生讳若点，邑之一都人也，事孀母龙孺人以孝著，世遂称为孝子云。幼承庭训，父偶怒，将有所笞，即跪于地，待解颜始起，琅琅诵读如故。甫七岁失怙，易箦之夕，母哭，孝子亦哭，母怜其痛甚，闻孝子声，吞声强止，自是孝子每哭必背母。日晨起入塾，登床问母安然后往，日夕向母揖，揖罢或故作嬉舞状以博母欢。稍长，造诣日进，缘母氏善病，家政须代谢，举业遂废。居恒奉甘旨，必亲调以进，非大不得已事，未尝一日离膝下。或与人议论短长，得母一语即时顿释，少顷必以其已释之故白母。母性素严，稍不如意辄予杖，孝子受之惟谨。当祖母在堂时，偶从而解免，杖毕，孝子私请于祖母曰：母有所愤于中，必尽泄而后快，儿受杖，儿身何伤？必促母杖，母心先伤矣。幸祖母无过怜，祖母亦遂置不复问。洎中年妻邓孺人亡，誓不再娶，或有语及此者，则曰：吾既有子，堂上侍养，一身可自尽，纵得新妇，恐转不当母意也。家故饶资产，有所周恤，既禀命，慷慨

①□，原稿空缺，下同。

无吝容。尝倡置龙州等处祀田五百余亩，又置义山一所于四眼塘。乾隆戊戌岁邑苦旱，道路饥馑相望，孝子合里中人设减粜局，独捐谷百余石，乡民赖以全活者无数。母顾而喜曰：汝能承吾志以好行其德，是真不愧吾子矣。孝子事母三十余年，色笑无少间。母殁，哀毁逾节，营葬后自置生圹于墓侧，日必往墓哭，声感行路。未几，以忧疾卒，遗命附葬其后，至今人呼其墓山为孝子冲。

袁子曰：余昔游凿石浦工部草堂，道经槠洲访孝子墓处，下舆展拜，为肃然起敬者久之。后与其曾孙纠我交，闻孝子博极群书，尝抚先人手泽泣曰：吾读父书数十年，不克稍有成就，以荣吾亲，吾所抱恨者多矣。以余思之，不朽有三，太上立德，孝子独能为世俗之所不能为，以尽其性之所自尽，虽栖隐草泽，而名誉之所流，精神之所寄，直炳然与日月争光。以视彼纡青拖紫者流，外观有耀而内问多亏，孰重孰轻，必有能辨之者。独恨余身为鲜民，悔未能及时奉养，欲报之德，昊天罔极。景孝子之行，不觉汗涔涔自背下也。孝子行事略具邑志《孝友传》中。兹其家将重修谱牒，因纠我请，为敬序其详焉。

三贤侯传

唐祖价

予问：王广文继之自乾隆至今百余年，湘潭县令更数十，令孰贤？曰：白希宋、卫鹤村，父老称“白卫”云。曰：嘻，其难也。曰：得叶枚生而三。予乃询事略，退而作三贤侯传。

白侯讳璟，字希宋，奉天举人，乾隆四十一年授湘潭知县，凡三年去。四十七年复任，逾年，别补令。侯伟岸，吏治严明，执法莫挠。坐堂上传呼声如洪钟，吏胥皆股栗。时或宽假辞色，卒莫敢作奸犯科者。故所禁必止，政声日起。胡六冬瓜者，邑六都大奸人，党数百，白昼衣轻策肥，夜则探丸劫掠，莫敢谁何。初以他讼廷见侯，侯衔之。一夕掠王某资，某赴诉，侯眦裂发指，率县役直入室，擒送大府治如律，党禽兽散，由是六都无贼者三十年。侯洁清自矢，丝粟不累民，民大感悦而不知所报。先是，侯议增渡仓门前，济往来行李，会其母生辰，士民醵钱为寿，却之。因造三艇，并筑亭南岸，仿汉白公泾阳渠、唐白傅钱唐堤，名曰“白公渡”，以志不忘。侯亦颜南岸之亭曰“燕喜”，从众志也。

卫侯讳际可，号鹤村，河南济源人。乾隆间举于乡，嘉庆己未莅潭。性敏达而仁厚，听讼先谕曲直，徐以情理开布，两造悦服，往往自请息。故城市龆叟时聚厅事前观听断焉。禁一切博掩攘揄风，夜常独游衢巷察之，数月间人人惮畏，莫为非。良民道颂，莠民亦安，所隐恨者奸胥耳。湘莲充贡，素产衡阳而派累于潭，每年陆地结厂，沿江设巡船收买，丁役借势滋扰，侯革除之，捐俸赴衡州办解，后著为例。岁荒，设法平粜，前令李华黼修万楼未成，为蒇其事，任甫再及期，忤总督百龄，遂以事镌级。去之日，士民感泣，送赴省垣者数千人。而侯三四僮仆，敝簏数肩，视初莅任时行李无少加。逾六年，后令吴哲申报库项积欠，侯应摊赔若干，大吏咨调侯来，潭人曰：吾慈父母也，吾慈父母也，忍其久滞斯土与？三日代偿如数。赢二千金，侯还之，追送长沙舟次，仍还之。

叶侯讳攀鳞，字枚生，浙江丽水人，道光乙酉优贡生。癸巳冬莅潭，见习俗侈靡，思为撙节培养计。月课士论文，著《戒讼》八则，《习俭》一篇，传示一邑。其接见绅士，辞气温和，惟恐人不尽言。及干以非义，则正色不语。甲午邑大水没良田千顷，而濒江民舍累累蔽巨浸中，男妇仓猝莫避，蹲踞危楼不得食，侯作饼糜馎饦，荡小舟从檐隙给发。旋设厂六所，极贫赈施，次贫赈粜，至涨退乃已，全活数千百人。童谣“一叶扁舟来，活佛此其时”也。乙未又大旱，于是农事艰难，盗贼充斥，侯亲至民间，询问疾苦，捕匪徒之扰民者。明年，教民种麦以益民食，会侯没，不果。死之日，误指家人为保甲胥役，厉声曰：某积贼宜亟除，某豪强宜亟治。不移时而侯死矣。侯挈家财之官，尝出以育婴，设东窑港义渡及大马头、小渡船，用不足典质空箧云。侯年仅四十二，子皆幼稚，其元配暨从子二丧在潭，并侯丧而三，无资归浙，县民醵助之。发引之日，僚佐、绅耆、士女、童叟及菜佣、贩妇，手焚瓣香，咸来哭送。

论曰：自教之衰也，牧令咸利其胥吏，鹰犬于百姓，百姓亦视牧令如虿螫当其前，逾年或不屑道其姓字，甚且戟手诟谇加之，牧令乃訾其百姓为凉风薄俗。若三贤侯令潭，惟叶在十年内，白、卫去今一六十年，一四十年矣，而顾颂之、祝之且议祠之如是，夫非循良难得，而遗爱在人者为不没与？然则谓凉风薄俗者，何如也？

郭孝子钊传

唐祖价

余姑之子郭钊，于余为表兄，善化人也，余以其亲党师友之论，称孝子云。钊家贫窭，读书刻苦，屡应童子试不利，母督课益急。母寝疾，钊侍左右数月无倦容。疾革，刲左股肉血和药进，而母已不能食。事在道光十二年正月。母没，而父且病，钊擗踊无节，昼夜悲哀，食不知味，衣不解带。既葬其母，复席地父榻前，进馇粥奉药饵，嗄嘤月余，双目大瘇。值令节，则又号泣冢上，以头抢地，弟妹要之归乃归，如是者以为常。竟以毁致疾吐血，四年而卒，年二十有五。凡钊之亲党师友佥曰：孝子死矣。

初，钊持刀一、碗一，登楼移时，袖而下，无识为刲股者。明日倩邻姑缝母附身衣裳，钊大号叩头谢，邻姑手扶触创处，痛仆于地，久之乃起，亦不知为何。迨百日沐浴浣濯，则袒服，膏血如漆，创口未合也。予至长沙，以严君命助钊读书资，见钊布衣柴瘠，读书倍刻苦，尝述母病状，中夜絮泣达曙，予闻之益涕泗横集。越五载戊戌，余视姑夫玉台，姑夫又缕叙钊状，予闻之益泫然泣。或曰：礼毁瘠不形，割股愚孝。然毁以卒者见诸经传，而庐墓割肝亦往往表其里闾，载在史策，何论毁邪？盖至情一往，忠臣之事君，孝子之事亲，有过情无不及情也。余故于钊之刲股，信其亲党师友之称为不诬也。钊除服之日，为文祭其母，并作古诗二章，哀婉可诵。余持原稿归，失于舟次，不能记忆。余愧钊地下多矣。

少伯山人传

舒焘

少伯姓张名宜尊，湖南澧州人，山人其自号也。早年以画名于京师，达官某赠以妾，为谋官。嘉庆中选安徽巢县柘皋巡检，时百文敏公总督两江，行部过柘皋，闻山人名，召至行馆使画，大悦，饮以酒，载归金陵，从官无不辟易，山人名由此起。后吾楚陶文毅公来抚皖，特重山人，自道府上下，无不欲得山人画为荣。缣素堆案，山人应之以暇，落笔辄尽数纸，无不如意去。有所迫则终岁不可得。某方伯，旗员也，欲山人画，檄至省，时山人方办赈，舍之来，方伯曰：无他，欲君来为吾画耳。山人作色曰：某办赈日夕不暇食，恐公有要事，故星夜溯舟逆流而上，若公欲某画，某虽微，宁有以檄致者？即趋出。方伯谢之，转加敬。故大府皆呼之曰“先生”，无以属吏视者。

尝暑日入大府，门外吏束冠带，汗流被面，屏息俟阍者通报，山人科头衣白葛衫，直排闼入，留饮谈辄深夜，戟辕将弁皆僵立以待，谯鼓数下，闻启阁子声，两纱灯导前，则大府送山人出矣。人有以他事干者，却之，默不发。或地方弊病与民间疾苦，则知无不言。时江南北多被水，黍麦皆无收，高者又为蝗所食，有司多匿不报，民无以为生。大府廉得其实，奏免赋给赈，赖以安全，人咸谓山人之力居多。柘人某以争葬地致讼，山人知其情，先往图其地，召两造俱前，指示之，无豪厘差，讼乃已。或以小事角，山人每排解之，有所馈，不取一钱，故其人至今爱戴无少衰。

迁贵池县丞，署婺源县事，年七十余卒于官，妾数人，无子，以侄孙某为嗣。

山人画山水以枯淡胜，好用皴法，少着色。其临古必变化，不欲仅得其形似，故其品与倪云林为近。诗闲远无烟火气，字得颠谷遗意，近时三绝，罕见伦比。然皆为画所掩，惟于题跋见之，他皆不传。晚年以岁入润笔资买山于柘皋为菟裘，手植松数万株，号曰十万松园。未及归而殁。今又十余年，松皆成林，殆逾十万，数里外青苍蔽日，远近皆知为张氏山云。

舒焘曰：山人盖隐于官者也。当是时，有以技艺受当途知擢至监司者，山人以末吏跌宕督抚间，卒以丞尉终不稍屈，非心别有所乐而能若是乎？昔吾父宰巢，与山人善，约为昆弟，后迁州府，山人常以事往来，故得所画较多，当时不甚爱惜，皆为人持去，今所存册页数帧耳。忆予儿时山人每置膝上，伸笔画墨鸭为戏。十余年来，如前日事。屡过其十万松园，辄低徊不能即去云。

业师黄心泉先生传

锺显震

先生讳贤宝，号心泉，长沙人。长沙，湖南首邑，夙称文薮，而词坛老宿翕然推先生，最无异辞。先生姿禀卓绝，幼读书异常童，比长，不屑屑为俗学。褚公筠心视学吾楚，名知文，以第一拔入县校，期许甚至。先生愈奋，负笈岳麓，凡六易寒暑，穷年手一编不置，掌教旷公岣嵝、周公桐圃皆深契之。为文惨淡经营，镂心刿目，守先正法程而能自出机杼。

乾隆癸卯登贤书，名益振而限于命，四试礼部不售。先生亦淡于荣禄，惟出所学以友教四方。历游湘阴、衡山、桂阳、临武，粤西之太平、南宁，足迹所至，执经受业，悉一时知名士。得指授者先后腾达，取科第难偻指数，而蕲水陈沆且获大魁。

嘉庆丁丑选县令，先生曰：风尘碌碌，恐失吾本来，改校官可也。签缺，得零陵，七年告归。又十年而终，为道光甲午，寿八十二。初，零陵人闻先生至，则大喜，远近学者争趋附，斋庑为隘。会稽宗稷辰时主萃香书院讲席，亦投贽为弟子，盖人师难得，而先生道德文章有以倾服之也。学有士与县吏争，吏倚令势凌士，令庇吏，将不直士，先生以理折之，令惭悟，士卒得直，零陵人至今称之。

归复讲学湘阴，岿然灵光，而神明不少衰替。课生徒艺外，求书文者日坌集，皆随手应付，虽严寒大暑未尝辞劳。暇更为诗歌自娱，有《松月山房诗》行世。

先生为人洁清自爱，方正有守，言动必依于礼。性嗜书，尝节清俸购书数千卷，倩写生手作拥书图照，士林题咏，传为佳话。李石梧宫保赋五古一章有云：未与执梃列，调饥积心曲。嗛其不隶门下也。去永数年，永人士不远千里常造庐请谒。咸丰乙卯，先生乡人有司永铎者，诸生犹殷勤通书讯，存问其家世。当是时，先生没久，去永已三十年矣。其教泽入人之深有如此。

族祖卓人翁传

左辉石

翁湘乡人，世居荆紫、白石两峰下。湘山水奇特，两峰尤擅其胜，翁既居此，其怀清履洁，亦雅与之称者也。家世勤俭，尝自言三四岁时，即于田耘草，日尽数器，长更寄意丘壑，效伐檀诗人，自食其力。当此之时，风俗竞于奢荡，一二富贵人或要结声誉，相藉为凌轹，翁不可，辄私以戒其子弟。道光、咸丰间，东南告警，王师征战，十年未息。翁长子梧生谨而才，当事多招与俱，翁倚杖临门送之曰：昔人有言军旅之间，惟仁惟恕可以集事，尔其勉之，毋谓十万貔貅遂倚势以逞。时翁年八十矣。翁天真烂漫，凡事不依傍古人，而辄与之合。其事大父母、父母也，先意承志，备极色养。疾革时，犹执手连称儿孝、儿孝者再。其处己接物也，貌粥粥然，若无能者。出语惟恐伤人，故自少至老，从无与人争竞事。届大耋之日，戚里麇至，翁之配熊老孺人亦年七十以上，朱颜白发，悉寿而康。坐客啧啧，诧为吾乡人瑞。且曰：惟德永年。观于翁益信。余为翁族子，乃退而私识之，俾后生小子知吾家老成典型尚有旧云。

竹工方义生传

左辉石

方义生为竹工，湘潭人，少不羁，任侠尚气，其族祖某故为棒师，尝取铁釜置于背，召村中健儿，与之约曰：釜破畀金十。众为圆阵逼之，棒雨下，卒无能近釜者。义生大喜，学焉，未几兼习拳法。道光初，始自潭来，寓居于湘乡八都之桂花树，当是时，两邑豪民悍族，或相仇怨，为争夺，必挟重资招方，方至，抹额登场，当者辄仆，益喜自负。

一日，其友人偶为讲《孟子》世俗所谓不孝章以讽之，乃大惭，不终席驰去。初，方父没，母贫不能自存，既改适，无子，方迎养焉，一切昏定晨省悉如礼。至是悔，乃更引刀施锯以供朝夕，而谢其党不复出。论者谓方之犷悍，其友乃能箴之。友固佳士，而方亦奇人也。然方自此意忽忽若有忘，问其故，曰：吾早岁浮舟洞庭而下，抵汉上，走大江南北，所传闻类多草泽亡命豪奸大侠，意谓从古英雄大抵如斯，昨听友人讲《孟子》，始知圣贤好道理尽多，悔此生未尝学问，徒作一不解事汉耳。

予闻其言而异之且敬之。念方意气跳荡几二十年，卒能自悔以归于正，而又事母孝，与人交性耿介，不苟为然诺，求之士类，殆亦不可多得。而顾困于贱役，销歇声华，使人指而目之曰：某竹工，某竹工。为可悲也。予知方久，欲为立传，不果。今年春方以弟贸易故，去之临武蓝山间，不复见，乃为叙其梗概如右。

方为人在雅俗之间，自改行易辙后，生平嗜好无一存者，惟花月之夕佣工归来，取壁上琴抚之。或有客至，佐以清歌，则漏四下不休。甲寅冬夜予偕二三友访之，见方方安弦操，入拍后繁节促音不可断绝，如听大军厮杀，万马奔腾，金铁皆鸣。已复掀髯吐响，演汉寿亭侯义释曹瞒一出，盖当年好事之态，犹依稀见于面颜间云。

曾孝女传

张九镡

孝女山东长清人，今郴州牧曾君尚增南村次女，曾许侍御毛公镜浦之次男者也。华署锺祥，清门毓秀。幼娴诗教，领庭训于晋吴；长习礼仪，守闺箴夫三五。以依母宜人随任郴郡，寝帷侍疾，奉汤药以常调，莞簟问安，御衣裳而未解。而乃祸延午夜，灾降寒更。既先觉而声呼，扶持莫继；复当关而拥护，扑灭维艰。于斯时也，非夜行之暂止，独恋慈闱，与待姆其无殊，更全女道。老妪幼婢，逃死何方；仆夫隶人，救生奚术？身可避而不避，人孰无情？母今亡则俱亡，言犹在耳。于是甘心毒焰，奋臂洪炉。体以覆而相连，冀一灵之未灭；光欲烬而如现，历万劫以难销。乌乎！玉碎昆山，真精不坏，珠明元室，烈性犹存。薪桂香残，望蟾蜍而泣露；焦桐韵冷，悲雏凤以啼春。此真澮九河之泪痕，丹诚共鉴，拭千年之碧血，贞魄常留者矣。在昔沉瓜惊涛，曹娥之精英不泯，银瓶坠井，岳女之义愤长昭。凡皆殉难于艰危，况乃舍生于仓卒？标名金管，何惭黄绢之词？纪实青编，定染赤麟之笔。国家贤媛、烈女祀列二丁，娉节贞操，志归一统。望旌题之褒美，众好佥同；感诔吊以悲伤，人传不朽。固宜镌诸金石永垂史册之文，报以馨香，先慰幽潜之志。庶使蕙心兰质，荐列蘋蘩，玉骨冰肌，光生篆素。芳魂归去，在东山东海之间；灵乌飞来，集郴岭郴江而上。

戊寅冬十月晦日。

袁雪斋先生传

锺昌澍

先生讳承祚，字锡昌，号雪斋，澧州石门人也。一代名流，三生慧业。当受书而入塾，大异常童；初搦管而为文，便惊长老。七岁时赠君以“辟如行远”命题，令橅仿所读登高句陈文，先生耻藩篱之依傍，拔旗帜而特张。成一家言，独探麟篆；作万里想，远寄鹏程。大父某公见而奇之，宜其叹为千里驹也。辨灯盏之四声，杨绾何愧才子；赋棋弈于七岁，李泌真是神童。十岁读《礼记》，二十日即毕全经。口诵者十万言，庚鱼能化；手钞者八千纸，亥豕无讹。年十三补弟子员，岁科试屡列高等，时督学褚公筠心、李公宝幢、范公摄山皆许以大器，期以远到焉。任延年少，秀出班行；陆逊才高，声腾黉序。固不待苏子瞻上书之岁，庾兰成射策之年。早已推文阵雄师，号骚坛健将。

嘉庆三年领乡荐，当是时也，俊鹗摩霄，快展秋风之翮，神鱼跋浪，待扬春水之鬐。人咸谓锁院联镳，无烦再战，都堂纳卷，不待重来。蓬观横翔，木天捷步，可操券矣。而乃北道几上公车，南宫虚悬甲榜，手能造凤，翮不抟鹏，红杏看人，青毡坐我。十三年大挑二等，借补辰州府学训导，旋丁外艰，服阕，补湘阴教谕。以身为度，以道得民。苜蓿供餐，蟾魄团团之地；藻芹储秀，鸾旗筏筏之天。廿载春风，罗江遍被，八旬老宿，湘浦群钦。是真胡安定之规模，可著为令，杨伯起之矩范，足重于时者也。儒行聿修，民彝克笃。当潘令闲居之际，有谢傅出山之思。

会尊堂徐太孺人染目疾，先生左右无方，晨昏罔懈。虞悰之伏户外，汤药听呼；荀彧之侍膝前，起居扶掖。盖十数年中，无形而视，柔色以温，虽莱子娱亲，茅容奉母，何多让焉？孝能养志，友复因心，兄弟孔怀，父母其顺。培谢家之玉树，阶可名兰；罗杨氏之铜盘，室堪号竹。人第见青铜炼行，白璧禔躬，或疑方格之独标，未必圆程之共赴。讵知其气则峰峻，其度则渊涵，故虽远客移床，避尘障扇，未尝不廪廪难犯，岳岳弗摇，而城府胸空，诗书腹满。寸心推赤，接人如饮以醪；双眯垂青，说士犹甘于肉。磊磊焉，翯翯焉，盖又有孟卯之浓情、季壬之雅量。而况雎麟德性，受福之基；龙马精神，是寿者相。有李光精锐，兼高允聪强。方期公望公才，长欣北斗之仰；讵料人歌人哭，俄惊南岳之颓。

道光十三年，无疾终于官署，寿八十有几，湘人士莫不停舂陨涕，执绋含悲。迄今距先生之逝已七年矣，犹复望西州而增恸，怅东阁之难窥。非所谓贤者，使人不能忘欤？乌乎！梦里鹏飞，贾太傅当年噩兆；云中鹤化，丁令威何日归来。曳杖人亡，徒伤木坏；刺船仙去，空切蒿思。然而问字亭传，千载识扬雄之宅；藏书楹启，一经昌晏子之家。

子三人，孙□人，曾孙□人，皆有父风，克承祖德。森森竹立，馥馥芸香。长嗣□长孙组绶，父子皆食饩。鸾掖文章，选青钱而价重；凤毛家世，拟黄绢而名齐。有子争羡苏环，是孙无忝杨震。齐张健弩，伫上强台，则所以迪前光、绳祖武者，正方兴未艾也。所恨绣丝未就，谱失金针，画扇难工，笔无银管。述公穆行，愧同蝉翼之微鸣；写我荒言，聊当龙门之小传。

湖南文征　卷一百十三

碑记上

重修善化县学碑记

胡尔恺

帝王御世，重典维三：曰井田，曰封建，曰学校。历周以来，井田封建废不可复，不复亦治。维建学之制，不问乌止谁屋，莫之或革。即马上得天下，必于建学致隆平焉。今皇上春秋鼎盛，海内一家，辟雍之化，不啻圜桥数十万之风，则郡邑宜有以承之也。

善化自新安朱子创书院以昌明理学，厥后遂为儒宗泽宫之地。带湘江，揖岳麓，钟灵为最，故科第名臣，绳绳弗绝。及兵燹之余，鞠为茂草，殿陛堂庑之基，不可复辨。后进之士，经其墟者，掉臂而去，不知为释菜之宫。师儒所宅，茅屋数椽，杂荆莽中，风雨不蔽。宰是者经任未尝一遍，求其草莱鼎新，不惟不能，亦不暇矣。

今邑侯孙公，朔方名儒，鸣弦兹土，不以才大国小为嫌，下车之日，诏父老子弟曰：吾吏也欤哉？吾而父而师也。于是问疾苦，清俗弊，凡可为民福者，不惜冒戾行之。师旅赋繁，每捧一檄，辄为憯瘁，催科中大藏抚字。时严谍祟逋逃，所坐遂得重律，公饬保甲，谨什伍，似涉严厉，民卒赖以无坐，诚得国家宽猛之法矣。公退食之余，手不释卷，爱士以德，课试维勤。每念学宫圮堕，抚髀太息，慨然有披荆创建之意。于是捐禄庀工，属谕训丁公、唐公为之董。以戊戌梅月经始，越桂秋而厥功已竣。士大夫入都者，备道其盛。自棂星门以入，而庑而殿，而堂而阁，以至启圣之祠，师儒之室，丹垩辉辉，屹然太平文庙焉。所费不赀，未尝动宫府一钱，劳民一刀，公之明德远矣。宫成之后，谆谆讲训，即应酬戎饷，下马拂汗，必诣宫集士论文，恬不为劳。自是以往，菁莪化洽，子衿无佻达之讥，南征见多士之吉，皆公恺悌作人之休也。虽余含香待诏，不遑宁晷，不容不乘间志之，以为千载不朽云。

重修顺天学宫碑记

王岱

京师为首善之地，成均而外，其隶顺天府属者又有頖宫，以养贤育材，故其规制宏丽，甲于外郡，几与辟雍等，历代相承，无不尽制。本朝右文，亦所首重，庀材鸠工，似无余力，而栋圮垣颓，事不恒有。

余以康熙十六年量移京卫教授，至文学頖宫，见倾圮荒芜，不觉惊愕失措，谓都之人士曰：京师首善之地，亦复如是，何也?士人曰：不然。礼乐待人而兴。往者顺天頖宫，号称巨丽，岁月淹久，官师视为具文，司铎视为传舍，陈陈相因，无复过问。至康熙二年，少京兆高公适莅督学堂事，兴起教化，百废具举，曾捐数千金，取数百年之堂构鼎新之，一时庙貌改观。未几公解任，而守视者无人，由是日废月堕，渐为风雨之飘摇，牲畜之践踏，芜秽溷杂，出入无禁。市侩游闲，不复知为羹墙之地，而旗甲之无栖者，且从而盘踞之，马埒立于公堂，橐鞬县于廊庑。每至祀丁告朔，趋跄冗塞，无径可入。马竖牛医，叉手箕足，妪嬉童舞，投砾掷石，乱其仪次，法不能绳。司事者往往改度，徒郁郁于中，未有能善其后者。斯道凌替，遂不可底。使高公久任兹土，必不至是矣。余闻其言，感叹久之，因想见公之为人，而无由一识其风采也。

士人曰：不仅此也。往岁公为少京兆时，吏不敢舞文，士不敢逾矩，植善锄凶，风俗丕变。尤以民生休戚为心。有冤抑莫伸者，必向公呼泣，公得其情，必根株尽法。或肘掣不展，即拜疏为民请命。公曾以救一孤寡几致受过，亦不挫其志而变其节。公之不畏强御，介特类如此。余因言益感叹不已，而慕公尤切。乃于十七年复补少京兆，至期之明日，即入庙谒圣。甫历阶陟庑，不觉色勃然变，心恻然思，久之咄嗟相继。即询所属官吏，穷黉宫所倾圮之故，众嘿然无以对。公归署，仍复捐金举事。运木石，补垣墉，塞径窦，清隐占，更其朽桷腐椽，饰以刻节绘棁，精详周慎，仍如其旧。独是旗甲之鸠居者，未能遽徙，遣吏致诘，反唇相讥。公毅然曰：是吾责也。吾职司督学，法不能伸，非所以尽职也；法行而生患，非所以安人也。吾有驱祛之策在。乃往诣镶黄旗都统某公，为之开诚布公，语以大义。而都统亦豁然悔悟，即彻其旗甲之营，驻之他所。于是宫墙肃清，钟簴得奠，俎豆得陈。一时里巷之居人，耸然知先圣之尊不可亵，文庙之重不可践。一时属吏及多士，亦瞿然知我公不猛之威，令劲悍知惧；不显之德，使顽蠢俱化。共思立石以纪其事，而以记属之余。

余，微员也，又不足为公重，抑何能记公乎？独念余慕公行事久，则记公所愿也。语云口碑载道，又曰舆人之颂。口碑者，草野之言，不必文也；舆人者，台隶之属，非关贵也。则余记之，亦犹行古之道也。矧如公者，安可不记也！何也？今夫人居一官，每视官为寄，复不肯实心任天下事，故其事不立。或为势阻，或为利屈，迁延瞻顾，首尾俱畏，故其事不成。公以天下为己任，居其职必思尽其职。阙

蒋学宪去思碑文

谭绍琬

慎斋蒋老先生，视学吾楚近六年矣。楚之学宪，时分时合。当其分时，參衡之气不接，湘汉之流中断。故汉阳之嘉树，不能

移植于岳麓，湘洲之芳草，不能易种于江汝。非其教异，势有所分也，而公则适当其合。

故事，岁科两竣，以最闻者即擢京秩，次亦循例迁去，则是能与不能，皆弗克久于其位也。师与士不相习，教与学不相浃，中阿之莪，未能待其垂青，公门之李，犹难需其成蹊。任之不久，何有于责成乎？而公则适当其久。

六馆之士，惟大司成得而甲乙之。每岁乡试，队逐京闱，未有退而试于乡者。域匠伯于云梦，岂能持斧而伐上林；羁孙阳于外厩，岂能执策而驱冏寺也乎？京省既隔于壤，乡国莫尽其才，知冰鉴之有时穷也，而公则适会其全。

夫合南北两湖之隽，而陶于一冶，综午酉二科之奇，而收之一罗，汇乡学国学之彦，而定于一衡，岂非学政之仅事哉？而吾所难公者，审乎文运之正变，审乎士气之盛衰，序循乎先后，而节协乎宽严也。楚文之雄，海内所推，近尚清正，流为柔脆，公式训诸生，以古学振之，即以楚风厉之。博之以《坟》《典》，广之以《丘》《索》，幽之以《九歌》《九章》《九辩》。而至于近代诗文，如李西涯之冲淡，吴明卿之雅赡，袁公安之隽上，锺退谷之隐秀，未尝不旁搜远绍，为诸生一申命焉。又虑博雅之过或失则浮，奇崛之过或失则诡，于是衷以程朱，轨以大全，俾其肆力奇博，而不失于浮且诡。所谓审乎正变之运，而序循乎先后也。

时巡行北属，渐告厥成，而大湖以南，尚阻声教。公登城展眺，顾谓群公：吾部下诸生，得无有矢甄济之介，励苏源明之洁，而陷身割据，不克振拔者乎？得无有振藻如王维，知名如郑虔，而濡迹泥泞，不克洗濯者乎？诞敷所及，无远弗届，风声所动，自北而南，盖不待高轩莅止，而子衿万辈拭目学宪之按临矣。

未几滇黔雾卷，湘衡廓清，而七郡归版之日，为公三年报政之期。我皇上垂念南服，谓招携怀远，惟德惟礼，学政之司，非异人任，仍以是属公。于是泛湘流，登岳顶，驾苍梧以盥九嶷，巡辰沅以探二酉。盖楚之风于是始合，公之教于是久且全焉。而公敷政湖南，则更有瘁于湖北者。搴芳于潇烝，取材于衡嶷，凭轼寓目，无微不录。其有拒伪命于陇外，标高节于岩处者，则驰檄旌异，以示风励。或行藏未慎，失足迷涂，亦谅其偶误，曲赐矜全。而垂怜难生，下令招徕，不啻收离而纠逖者。怜才之意，转而取节，包荒之旨，征于匿瑕，所谓察士气之盛衰，而节协乎宽严也。公慧眼平衡，两榜元魁，皆公所首拔士。而午榜宋元，竟以驰华词林，为吾楚张。宣公知人之誉，欧阳得士之颂，盖南北无异词焉。今公北上报最，詹吉戒行，多士沐浴之余，不忍去公，征言于余，以申去思。余惟公之所以教多士，多士之所以思公者，据实书之，俾勒诸石。

学道署碑代

陈之骍

古未有买山而隐，今有买署而官者乎？买署而官，自予始。予以戊午春朔有四，来莅楚督学，询视事处亡之役，非宿旧难以纪远。闻明季督学惟一，楚疆寥廓，横贯二千七百里所，学使者按部，舟车行次，勤于星言，衡文之日少，一届棘期，并日促事。国朝始立督学二，有湖南北之分。康熙元年壬寅，仍合为一。虽奔命如初，而岁科并试稍暇。十二年，复分科岁。夫仕者视署犹逆旅固然，督学侔监察尤以行为职，以居为寄，未获所安，遑克远图？矧分合靡常，裁南裁北，辄有一旷风雨鸟鼠，任厥交侵忽以圮矣。

予来时军兴方遽，朝廷无余财、民无余力堪治官府，故今所居藩右司署也。右司焉得避予？古设巡抚一，藩司二，臬戎司各一，建治武昌。郧襄、偏沅，抚备重地而已，不总会政，郧抚久裁。顺治十七年庚子，边境无事，移偏巡开府长沙，割湖以南七府二州隶之，司道具置。北摄南增，事权敌重，抗若分省，于是湖南布政以北右司往充。署旷，予请督抚得之，犹苦狭。藩司取官吏参谒而已，将输累百止，非有督学校士，鹭立充庭，雁行布席，其名常千数。又其左逼参巡，复购民居，备价二千，得某氏券，拓右掖以为容。

有相地势者曰：是署后负胭脂之冈，横开朱屏，黄鹄前过，如几如带，上有浮峦，钟鼎之状，最利仕宦。往督学鲜竣成事者，以故武昌十五年阙岁考，今公两送秋闱，声名益蜚，得非舆气实式凭诸？嗟夫！予拙宦矢公，怀恕自应，稳称乃尔，岂有择而取哉！即有之，愿徼福于楚之诸生与后之居是署者，予瓜代几何。昔或献佳壤于范希文公，曰宇此可世卿相。公曰：一家贵何如一郡贵！遂以为湖州学。古人福不私据，泽必远贻。督学署诸生堂坳也，甲第林出，立朝显业，居者共荣焉。

署东西若干丈，南北若干丈。为门者一，为厅事者一，为堂者一，寝一，凡几楹，左右厢及署后宅凡几何。间随级参差，陟于层冈，有花亭足容燕闲，有书斋足开窗布席。文昌阁便登览，最高殿以土地祠，四时祭福于此。居是署，递修葺之，毋贻将至者忧。铭曰：

昔维藩贰，金粟殷盈。今为学督，跄济群英。崇冈掩映，质极文明。国泉无损，民力匪惊。薄宦倾装，易券受成。尚书中丞，镇莅兹盟，永为督学之甍。

武冈改复大学碑记

车万育

皇帝御极之三十有一年，至治诞敷，深仁翔洽，崇教化，广励人材，薄海内外，蒸蒸丕变，而武冈于是年夏亦得改复大学。猗欤休哉！千古作人之盛，无逾于此。是诚圣天子右文之至意，而又重以名公卿之鼓吹休明，以逮贤守令委曲建白，与一二师儒左右赞襄，于以成兹盛举，而宏教泽于无疆也。

粤稽武冈造士之制，始于东晋陶士行为令，营度学宫。中间兴废频仍，至宋崇宁间，始建有学。历元而明，科名不乏，代有文人。从前取士之例，咸以大学著，但武冈僻在南徼，国朝定鼎，枫门洞口，尚属胜国之遗。顺治十四年，督学使者刘公校士湘中，武冈人士，不能间关应试，乃邵邑诸童，假借投诚，学使意主招徕，概锡泮游。缘人数寥落，遂用中学报部。至次年，武冈始隶版图，刘学使随临郡补行岁试。阅武冈人文，始悔前此中学之误，然终未能题复。自是而后，虽屡陈于学使及诸有司，总以部例已定，未可纷更，厄抑潦倒者三十余年。州守任侯，每于月课之暇，偕学博两君言及此，未尝不惄焉伤之。

岁辛未，大中丞王公以清节峻望，持节钺来镇楚南，任侯闻之，欣然喜曰：我武冈大学之复，其在斯乎！因于请谒之始，首以是为言，公颔之。侯返署，集文武诸生，宣明德意。随有生员张硕鹏、许谦、朱万锺、彭泽、谢灿等赴辕门言状，大中丞王公亲赐明问，翼日下督学确议。督学复以其事由府而州递下之学，遂又条陈本末以上。大中丞公得状，具以请，欣蒙俞允，武冈学着改为大学。岂非辟门吁俊之风，无远弗届，振古铄今者乎！武冈之士，莫不加额曰：是不可无记。爰是乞言于予。予既记其事如右，窃念犹是武冈也，纵观文献之旧，金石之藏，柳柳州之铭，文文山之记，其扬厉者数矣。人物如诸先达，常卓卓可称道。云山葱郁，济水澄渟，岂钟灵孕秀偏普于此时邪？毋亦人材之盛衰，视气化为隆替。今日者，圣天子崇儒右文、广励教化者如此，而名公巨卿所以保厘宣化，以及守令师儒之造就者复如此，讵非昌隆之一会也邪！为武冈之士者，夫亦可奋然勃然，群起而应休明之运矣。

大中丞王公名梁，奉天人。督学邱公名园卜，睢宁人。前郡伯刘公名光业，奉天宁远人。署府事马公名云从，辽阳人。郡伯沈公名联镳，大兴人。州守任公名进孝，沈阳人。学正高君名俊，武昌人。司训梅君名弈庭，广济人。例得备书。

重建长沙县治碑记

车万育

尝考长沙之为郡，自西汉始也。长沙之为邑，自隋大业始也。

前乎此曰临湘，后乎此曰龙喜、曰常丰。代有更置，而以隋所称名者近是，故元与明皆因之。古来县治，东西屡迁。洪武初建于北城之内，寻移于北城之外，是郡自郡而邑自邑也。皇哉世运隆平，疆宇清晏，虽作邑于郊而人不诫，古道有然。阅二百余年，吏恪职而民乐生，闾里无叹息之声，比屋有可封之俗，至今父老谈天宝遗事，犹足令人耳热焉。

无何，隆万而下，风渐嚣陵，人无固志。尔时吏政，亦遂有难为者矣。万历乙巳，洛阳赵公彬惊心时事，请于潮宗门内便民仓址而营邑焉，今即其处也。迨崇祯癸未，不四十年，流贼张献忠由秦豫至。斯时也，瑶赋增而人心怨，藩蘖作而内衅生，遂令瓦解，而邑治毁者四十年。伊可叹邪，亦可鉴也！

天祚皇清，一统中外，惟湖南不靖，复若而年，滇祸重生，西山蠢动，几番征调，蕞尔长沙，无一得免，民力衰竭，所固然也。官兹土者，类如传舍，或僦居藩邸，或赁贷民房，社稷无依，地灵罔叶。无他，官不知爱养则物力绌，民不亲长上则携贰生，有坐视其废坠焉尔。

爰及癸亥，序易上元，识者谓否将倾矣。恭逢邑侯朱公前诒，江南名阀，且名士也，深心大力，学道爱人者有年，分符莅邑。甫下车而慨念曰：有是哉？邑无官廨，今宰鸡栖，奚以为政乎？然劳民力而耗民财，吾不忍也。于焉自倾资斧矣，日割餐钱矣。除供亿之常数，汰买办之漏卮矣。且也比较宽而手足得暇，追呼省而愁怨日纾。癸亥之秋，因相其旧区，披荆榛，涤瓦砾，度形规胜，而鼎建之。凡军民席其基者还以价，而木石采于里者给以钱。万姓欢呼，踊跃趋事，无旦夕焉。公乃戒曰：勿亟，且有待。然其士民乐效，急欲观成，皇皇如也。经四阅月而工竣，请公择吉居之，则十二月八日也。

是日也，绅士与民，无远近皆至，簇拥鼓歌，公升堂而乐焉。僚属贺曰：经四十年，阅十六官，而莫能兴复。我公毅然任之，莅治甫半载，鸠工不数月，而告成功，非爱养情深、民心推戴不至此。于以巩千百载之苞桑，肇亿万人之乐利，建国本而奠民生，皆我公再造之，长沙弈世戴德，曷敢忘乎！最异者，公乔迁犹未竟日，其先所僦民舍，几被邻灾，公得以无恐，驰往载拜，而风反火灭。人谓天之报施循良如此，行见公之身登紫闼，公之家大驷门，与今县治叶吉同作是观，乌可不勒石以示后人哉？邑之人征言于余，余家邵陵，距长沙二百余里，德政锡光，照邻甚迩，虽备员垣中，闻之志喜，得采风而为之记。

高念东先生致祭炎陵戴德碑康熙七年　罗士彝

今上登极之六年，亲理庶政，大诏天下，遣官致祭历代帝王陵寝为首务，示钦崇大典，道法同也。越明年戊申春，宗人府高公衔命，梯山航水三越月，得抵我酃，以祭于炎帝之陵。先是，酃属丸邑，屡经兵燹，遗民可屈指而数，乡落一望丘墟尔。咸惧，以为是祭也，乃天子之大臣，不知其几番络绎，几许供奉，渺兹穷瘠，未敢安枕而寝也。及至，惟图书数箧，肩舆数乘，斋居茹蔬，一切供帐之具，屏置不用，所历州县肃然，若未曾有。草野之人，无不以手加额曰：吾侪小人，不图今日得见太平宰相，宽和乐易，有如是乎！真社稷之望，苍生之福也。

届期，祗命有司备牲仪虔洁，颙若有孚。祭毕陛辞，则又顿首致祝曰：愿祚我国家，皇图巩固，时和年丰，物无夭扎，民无疵疠，眷兹一方，为古帝汤沐。且目击凋残，凄然动念，屡进民问疾苦。民稽首陈情形，公恻然曰：尔酃之困于赋役，视他邑为甚。赋苦于八亩成石，役苦于计人授丁。当今圣朝恩德翔洽，无一夫不被其泽，独忍兹一隅之阽危乎？此如人之久病尪羸，欲复元气，非一七之药所能起也。岂弟肫挚，溢于言表，真如慈母视赤子之颠连，抚摩痛惜，惟恐不及。民环跪百拜，且感且泣，思惟宋富郑公、明刘忠宣公足以匹之。稽古名臣录，有以丰采著，有以节操显，有以开诚布公为生民请命，有以荐幽疏滞为朝廷得人，有以食用不饰，自奉恒薄，为官箴立体，有以鞠躬尽瘁，不避艰险，为庶寮树则，今仰观于公，何前后如出一辙也。虽立纲陈纪，为天地立心，为生民立命，为千古植道统，为百世翊景运，在宸衷自有睿鉴，非偏鄙愚贱所能窥其万一，惟是过化存神，风被草偃，其爱民之深，忧民之切，沦洽于民之心者，不能一日忘。爰寿诸坚珉，以识恩德，一以纪斯民之公悃，一以见天子之休命。代天行祀，诚敬仁爱，足为万世法，庶与鹿原云秋，并垂不朽。

公讳珩，字念东，山东淄州籍蒙阴人，癸未进士，宗人府府丞，奉命致祭炎帝、虞帝二陵。

广武山白龙王庙碑记

陈鹏年

川渎之神，即以其族之灵且长者为之，惟其精气旁薄，嘘噏动变，能致祸福于斯民，故龙王之祀于百川四渎也，厥由惟旧，而黄河则尤其专司。康熙六十年七月，河决于武陟，滨出故道，挟沁水而驰，濒河之民，荡于汹涛，浸淫及于三省，而徐兖之间，运道梗矣。当是时，天子忧劳于上，择大臣之熟于其事者，授方略，假便宜，令与守土大吏刻日堵筑。而鹏年适于四月中有南河之命，闻信已先期驰至，因得与襄版筑，两阅月而告功焉。

时逼仲冬，沙塞土强，斧冰垒基，不任冲刷，春水方至，气融冰释，颓然涣然，复即于圮。鹏年以无状，蒙恩摄河务，思所以召灾降恫，实系于职司，乃以康熙六十一年二月二十三日，复渡河而北，循决口上下，周遭相视，集属吏而告之曰：是不可于下流争也。夫水之行地，鄣之则激，导之则流，不泄则决，不分则壅。黄河由三门建瓴而来，蜿蜒绕出于广武山下，而沁水之入黄者，亦于此出口合流。所以决而北者，以沙觜南涨，地势纡回，暴汛湍驶，宣泄不及，故漫溢而四出也。若于广武山下开浚引河，纡者直之，漫者束之，迎上流澎湃之势，由此以径达于荥泽，大河庶其有瘳哉！皆曰：然。乃绘图而奏诸朝。既得请，遂以三月初五日集众起工。自西徂东，跨河阴、荥泽二县，绵亘三十五里，宽若干丈，深若干丈，役夫三万余人，不足乃更募于旁邑。简属吏之勤且干者十一人，画疆而分督之。不三旬而竣事。

方其土工之始举也，漫山被野，万夫雷动，凿地作炊，偃波夜卧，举锸成云，下锸如雨，而担夫贩竖，亦时有列肆山脚，以供役人之所需者。鹏年不敢自爱，戴星沐露，昼夜杂操作间，稽惰勤，戒骚扰，故凭山而居者，若不知有是役也。

月之二十三日，刻期放溜。缺月衔山，牵牛正中，职司冠佩，徒众荷锸，咸伫立于两崖之际。俄而人声渐沸，薄云作雾，旌旗反风，鸣钲彻天，锄揭齐下。惟闻涛声怒号，隐隐訇訇，挟欢呼之声，而奔腾以注于引河之内。越三日，由决口挽舟而上，惟见风帆飒飒，映带山光，估航市舶，悉衔尾直趋。回视向漫流处，已水落沙呈，舟胶而不可行矣。

是举也，赖圣天子威灵，群力襄助，得无陨越。然非神之默佑其衷，不能至此也。《记》曰：能御大灾则祀之，能捍大患则祀之，神之协于祀典也明矣。去秋九月，决信至淮上，星奔即路。秋末涉冬，川原萧瑟，肩舆假寐，恍兮惚兮，见有龙髯素颜者，伛偻前导，若拱揖状。惊醒谛视，倏忽不见。回语从者，则咸诧曰：是殆龙王神也。噫，岂其间将有大兴作，而神之灵先为来告乎？及兹役既成，念神之功不可忘，与南河刘丞循山相度，得地一区于岳山寺之左，负山面河，西接虎牢，东临睢汴，控豫省全河之势，皆在目前，是可以为神灵栖泊之所矣。且夫白者，西方之色也，于五行属金，而土则为中色，时当季春，又以木司令，生克之理，有固然者，因为之立庙，而并纪其事于石。若饬工庀材，则开封府南河同知刘永锡，暨阳武县县丞谢球，例得书。

韩文公祠碑记

陈鹏年

吴中故无韩文公祠，公之裔讳良臣者，于康熙三十六年即其宅改建今祠，役未就而殁。越十余年，其子谦卒成之，遍告当事，请编入国典，列秩祀，自督抚以下咸甚嘉焉。兹以予来守土，求文以记其事。予惟祭义，能御大灾则祀之，能捍大患则祀之。天下之灾，孰有如人心陷溺？天下之患，孰有如邪说横行之为甚者？故禹抑洪水，孟子距杨墨，说者谓其功不在禹下，御灾捍患之义也。昌黎倡绝学于孔孟不传之日，辟异端以卫圣道，其得秩于典祀也，岂顾问哉？然《周礼》，凡有功者祭于大烝，即《书》所谓记功宗，以功作元祀是也。后代遵之，元勋配享，然不别立庙，只从祀于庙廷而已。其非元勋而有功德于民，及前哲令德为人民所瞻仰者，则或祀于其官，或祀于其乡，以无所祔，乃得立庙，盖各就其生之所尝栖息者以求神焉。匪是，则神所不凭，祭于何有？昔诸葛武侯既薨，所在各求立庙，向充以为尽从人心，则黩而无典，建之京师，又逼近宗庙，宜因其近墓，立之于沔阳，使所属以时致祭。由是言之，祭不欲疏，疏则慢；亦不欲数，数则渎。令所在而尽立庙也，则比于渎矣。今文公之庙，祀于其乡则在昌黎，于其官则在潮阳，吴非其神之所尝栖息也，而亦且立之者，则在后人追思而索飨之意也。《传》曰：鬼神非其类，不歆其祀。卫不可以祀相，而晋可以祀虞。谦虽远支，抑犹然公之苗裔也，庙而祀之，其谁曰不然？苏子以谓公之神在天下，如水之在地，无所往而不得。信斯言也，则水莫盛于东南。继自今，公之衣冠，南游潮而东游吴，云车风御，直倏忽之间耳，而谓公之神不在是者，盖亦偶而已矣。

祠在卧龙街东门，堂各三楹，隙地一区，直前蔽以崇垣。垣之旁，有古榆一章，空其中而扶苏其上，漫天作雪，亦与公之诗有相印发云。谦将更建原道堂以拓其制，而虞后之不无侵夺也，并请为禁。予告之曰：人之暴也孰与鳄？公生能驱鳄，死不能格人以自卫其宇也，岂理也哉？夫其御灾捍患，今犹古也，生何惧焉。第为之毋堕厥成，而以予言刻诸丽牲之石，俾观者亦有所惩夫。

吴复庵先生祠碑记

陈鹏年

明神庙时，江陵当国，以夺情起复，一时沈、艾、邹、赵诸君子交章弹劾，俱获谴，遘奇祸。维首发之者，为武进吴复庵先生。当是时，江陵位元辅，事幼冲，内挟震主之威，外树不世之业，举朝承望风旨，台谏且纷纷请留辅政。先生职非谏官，地非言路，止以孤忠愤激，伏阙批鳞，雷驰霆迅，几致捐躯。窃叹江陵生平相业，当时事丛脞极弊之秋，身膺重任，殚心整顿，不避恩怨，朝野之间，肃然改观，独病在擅权嗜进，遂罹清议。先生直言论斥，不啻如唐子方、邹志完之在宋世，至今读《植纲常》一疏，凛凛犹有生气。江陵没后，朝廷追思昔年建言得罪诸臣，先生复起词垣，乃九死余生，百折不磨，三仕三黜，竟不及柄用，当世惜之，事久论定。

入本朝来，神圣御宇，崇儒重道，当事名公巨卿，发潜阐幽。先生以乡先大夫胜朝直节，宜臻庙祀蒸尝，邦国肃奉明禋，且俎豆于贤人君子之列，庙食千秋矣。裔孙国学生挺奇，能世其家声，不忘先业，鸠集宗人，特于其家建祠奉祀。祠成，来请碑记于余。余薄官江左，于挺奇有一日之雅，每思公之高节闳议在史册，流风余思在人心，景行前哲，良有素心。且嘉其子姓读书秉礼，彬彬好学，维兹庙貌，翼然修举，眷念祖德，恍然如高曾衣冠謦咳之在上，将以时展其孝思，俾先世之嘉言懿行，奉以不坠，是不可不有以记也，于是乎书。

相国张文贞公祠堂记

陈鹏年

古之君子，处则为真儒，出则为名相，位不同而道一焉。然而相有二：有救时之相，有辅文之相。救时以才，辅文以学。才可勉致，而学难幸成，故辅文倍艰于救时也。当其遭逢明盛，圣天子励精于上，百职司宣力于下，沐浴雅化，歌咏太平，斯时才无可见，而一二贤相从容密勿，内则小心翼翼，而外不居赫然之名，本其道德，蔚为经纶，盖成于学者然也。

我皇上御极五十余年，离照内涵，乾纲独运，文德布于寰中，丰功扬于海外，厚泽深仁，肌髓沦浃，自唐虞三代以来，未有若斯之盛也。而吾师相国张文贞公，躬际其休，自通籍至入相后凡五十余载，君臣之间，穆穆皇皇，相得益章。故入则调元燮化，出则养晦韬光，天下戴圣天子之德，而不知阴食相君之福。譬之天心顺正，雨旸时若，万物德天，而忘风霆雨露之宣赞也。呜乎，此所谓学与时行者乎！

公之殁也，天子追悼不已，褒崇之典，赠恤之恩，亘古未有。及其扶榇归里，里之绅士耆老，下逮贩夫牧竖，靡弗拜迎道左，欷歔泣下，相与谋建祠以祀之。某谓公之功在社稷，泽在生民，天下之歌公慕公而俎豆公者，宁独一润为然？昔苏子瞻作《潮州韩昌黎庙碑》云：公之神在天下者，如水之在地中，无所往而不在也。而潮人独信之深，思之至，焄蒿凄怆，若或见之。譬之凿井得泉，而曰水专在是，岂理也哉？虽然，京江故公梓里也，其神之所栖，较之昌黎之不眷恋于潮有间矣。且曩者公丁内艰，庐墓城南，某曾奉函丈焉。今里人咸曰鹤林寺之西隅，旧有濂溪周夫子祠，故并建于兹。盖一为真儒，一为名相，出处不同而道则一，使吾乡人岁时伏腊祭而拜之，于濂溪仰道德之尊，于公仰经纶之盛，均为不朽无疑也。爰度地面势，鸠工庀材。趋事者既踊跃欢欣，时某自庚寅被吏议，居润者三载，兹冬蒙圣明昭雪，亦得操畚锸以从，凡阅月而告竣。于其成也，爰拜手而为之记。

重立瘗鹤铭碑记

陈鹏年

《瘗鹤铭》在焦山西麓，不知何人书。书中但载甲子，不列朝代。其后崩堕江中，遂名雷轰石，亦不纪何岁月。宋元以降，传录傅会，舛讹相仍，莫能考正。盖历世既远，文字残缺，江涛险阻，摹拓为艰，固其所也。余自庚寅十月再罢郡，羁系京江，足不逾户庭且三岁。越壬辰冬，蒙天语昭雪，洞及隐微，禁纲始疏，乃间以扁舟一至山下，寻探崖壁。适雨雪稀少，水落石露，异乎常时，乃命工人，是相是伐。巉岩寻丈，力艰全舁，是割是剔，不遗余力，以求遗文。出之重渊，跻之崇冈，乃得七十余字。质体完固，精采飞奕，岿然焕然，如还旧观。自冬徂春，凡三阅月，厥工乃成，是为癸巳二月既望。士民观瞻，莫不忭舞。

盖兹铭在焦山，著称殆千有余年，没于江者又七百年，蛟鼍之所盘踞，波浪之所剥蚀，沙泥之所沉埋，此七十余字，自欧阳文忠公以至今日，宛然犹存，非山川鬼神护之惜之曷至此？乃隐见汩没于狂澜巨浸之中，历有年所，一旦复得，重睹天日。而余以愚昧，重获罪戾，两蒙特宥之恩，得优游自放于山巅水涯，事与时会，以畀兹铭，力挽而拂拭之。其出也，又恭逢我皇上重熙累洽之朝，如河洛图书，因时而见，如日星云汉，万象维新，用以黼黻太平，光昭文治，而山海效灵之征，幽仄明扬之庆，于兹重有合焉，诚盛世之嘉祥，亦千秋之胜举也。乃遵原刻行次，存者表之，亡者阙之，甃以山石，俨若摩崖，略循故迹，覆以层轩，环以周垣，不事雕镂，不施丹黄，以速厥成，毋俾散佚。鸠工之次，余滋惧焉。至是书撰造确系何人，传写荒唐与补刻之谬妄，古今人论辨颇详，载之别编，以备览观，余不具论。

是役也，余既典裘佣书以为之倡，勷事者为同门友任城潘子兆遴、余及门黄山汪生玉树、京口李生心祖、吴门劳生城、余老友云间林子企忠、齐昌徐子琮，而浮屠氏昌龄、胜珠、义果之力居多。其捐基立石，为本山住锡释行载，以及建立亭宇，修筑墙垣，将伯之助，不谓无人，例得并书碑阴，以示来世。

案王虚舟给事竹云题跋云：此铭旧在焦山下崖江流乱石间，非俟霜降水涸，布席仰卧，即不可拓。故人间难得近日沧洲使君拽致山上，拓之为易。然正恐自此以后无鹤铭矣。雍正六年秋七月，特遣从事孙龙往焦山拓一本，并沧洲新刻石亦拓以来。王述庵侍郎曰：原刻焦山之阴崖石上，后摧落江中。宋淳熙中尝挽出，不知何年复堕江中。康熙甲午，苏州守长沙陈鹏年沧洲募工挽拽，迁而出之者五石，今所拓者是也。其未拽出时，张诏力臣尝于水落时，卧石上拓之甚精，位置石本绘为图。于是汪士鋐退谷备采昔人之论，详加辨证，著《瘗鹤铭考》一卷。近海昌陈氏刻之《玉烟堂法帖》中，与流传各本俱字句多寡不同，以今石本校之，往往不合，似皆非确据石刻者。

案《金石萃编》未载恪勤记文，而沧洲新刻今未曾见。询之子贞山长，亦不知之。以沧洲工书，躬自摩挲原石，雠校必精，非若他刻之仅从拓本重摹失真，以致字句多寡亦有不同也。惜不知此石之何往矣。汝怀以道光戊戌九秋至焦山，观此碑石，系五段粘合，与五石之说相符。三十年来，其地屡经兵戈扰攘，闻石犹无恙，殆沧洲灵爽式凭也。同治戊辰闰四月杪附识。

重修石灵桥碑记

张璨

去郡城六十里，有河焉名烧汤，有桥焉名石灵，崩圮累年，川涂交病。予姻家黄君廷英过而蠹伤，见乡人之募修者困于道谋，乃独身任之，费千金而事蒇，徒旅水陆，咸跻于安。乡之人磨石纪事，而来乞予言。

予维古者大同之世，上下为一体，田里树畜，民事也，自上制之。道路桥梁，官政也，自下劳之。后世田不井授，人自为生，富连阡陌，而贫无立锥。井税之外，欲其率一钱以佐公家之急，即相顾有后言。由私生吝，由吝生忍。大之城郭，次及桥梁，废坏不修者，比比而是。夫天下之事，贼于需，成于断，今黄君之斯举，可谓伟矣。顾或者曰：地有神最灵，斯举也，神实示兆，以启黄君，君适有祷焉，蒙神之佑而以酬之。夫神诚灵，受佑者宜不止一黄君。君受神佑而即能推神之佑，以惠及无疆，则睹斯河桥一片石，其亦有观感而兴起者乎！是为记。

如山庵碑记

敬藿

去邵治而东，皆山也。其最大而称胜者，少北曰龙山，号岳平，言其当与衡岳平也。而居衡七十二峰之一者，为吾乡之邪姜山。邪姜小于龙山，而大于吾乡诸山。山之环邪姜以南者，盘旋磊砢当以千百数，皆不足以当邪姜之胜，故不可得而名，虽名亦不甚显。而如山得名于以文上人之手，乡人竞传之。其下为祁邵接壤。余尝来潇湘，间道其地，见乎峰峦回合，势与邪姜相望，而山陂峻曲，若不可穷。曰：殆必有异。导者曰：此其上如山也。虽未至，辄遥领之，惜乎传之者莫能传，仅能传其居山之人而已。余于此独有感也。当上人之始至，迹若孤云野鹤，得一片袈裟地足矣。四十年来，接引号召，大畅厥风。处之遐陬荒僻之中，豺狼麇鹿之所穴，走磷飞萤之所聚，一钵一衲之身，披霜露，斩荆棘，而山之莽者幽，水之枯者润，林阜之芜秽者洞豁而深邃，经声云影，树色风幡，若别有一天地。然则登此山也，虽不足以拟龙山、邪姜之胜，而一丘一壑，在达观者亦未尝不可扩览，放意肆志焉，岂仅以结佛场为流俗辈啧啧云尔哉！夫美不自美，因人而彰，非以和尚愿力宏多，安能为山林开生面也邪？山本敬氏业，而和尚素敦朴有行，先以我朝之甲辰自岐山来，有尊者慰而留之，遂处于此。和尚以是为不可忘，而余又嘉和尚之力能辟此山也，故为之记。康熙四十四年

补修老女桥碑记

敬藿

桥以人纪，因人重桥，即以桥旌人也。衢道之通，杠梁可志者甚繁，兹独以老女称。女者未嫁之名，老矣何仍名女？老于女，即以老女所积成是桥，此人之所以可旌，桥之所以足重也。

按女出仁风尹氏，幼聪慧，兄朔读书，女耳熟辄通其义。父广复爱之甚笃，为择配李氏文斗。将结缡，李卒，父母怜其艾，思更为觅婿。女微闻，誓曰：母也天只，何姑息为爱乃尔？一与之盟，终身不改，义也。既聘而改，适生何为！将引绳自决。母挽，诸姑慰谕，词愈厉。父母知其不可夺，因造小楼居之，直表其志，额曰“望夫”，闭处其中，非庆节不下，虽哗闹不窥。日勤黹绣，蓄所赢至毫，得百余金，属兄命匠凿石成桥，以济行人，并嵌置纳聘时所得镜与剪于其上，曰：吾剪发未烈，使流水常鉴吾心也。盖前明弘治间事，而乡邻啧啧，至今三百余年如一日，镜不翳，剪不锈，若或相之，亦一异也。

岁在雍正癸亥，邑庠尹子甲第，母李氏慕其操，命捐金益加完补，以固其迹。旧有碑，剥落不可尽读，尹子惧其久而泯，以余为其同里，知之悉，走书数千里求文以记，亦若欲假金石以寿之者。余惟金石之寿几何，此女坚于金石之心深入人，铭于金石之口乃真寿也，业已寿之三百余年，行自有千古者，黄绢幼妇之辞，于曹娥乎何如哉！顾以为不必经斯桥，而已得斯桥之人之可重，则韩陵片石，必有谓可与共语者。是为记。

邑侯江公禁革陋规碑记

夏寖大

凡政教之利及一时者，人未必不感，而终易于忘。惟泽及于数十世者，不必人感，而人自莫能忘。我邑令江公讳闿，字辰六，歙之贵阳人，癸卯孝廉，两举博学宏词，湖广甲子科同考试官。前是庚申十月，莅任益阳。时洞庭以南，寇气未熄，师旅云集，邑当南北之冲，实疲奔命。公下车曰：我辈读圣贤书，既受残疆事，使疮痍无起色，非国家设长令意也。于是其自待也劳苦不避，其临事也详慎无遗，其治民也务持其大，不市恩，不沽名，其应物也务得其平，无成心，无偏好。与荐绅交，相期以正，言不及私。与诸生语，相勉有成，色未尝倦。簿书则案无留牍，谳鞫则片言折狱。公初不望人之感，人亦习而安之。他如新文庙，缮城池，修仓库，除凶暴，清匪类，人亦不知其可感，但视为应得之数。自定册编厢而使苦乐齐，匀图均户而使弊端绝，正供得用一缓二之方，军需有舍重就轻之妙，事干大利大害，不惜展转周详以为民请，人卒不知其可感，祇信为民上者尽当如此。乃创十有九贤之祠，修百八十年之志，文献备焉，劝惩寓焉，风化系焉，所以为民者至切，公犹以为未也。

公性清介，入境之日，辄将邑之陋规裁且尽，犹恐及身而止，非所以为民生久远计也，于是举数年为士民商贾工匠彻底禁革者，条请于抚军，乞永著为令，抚军果嘉与而如其请。夫然后益之父老子弟，咸知公之政教贻泽于兹土，将数十世而未有已也。如此者，公非有求于人之感，人亦无所用其感，无如泽之入人之深，固结于心，浸淫于骨，展转思之，而自莫能忘也，故属予笔之于石，并其禁革诸条，勒于碑阴，以昭示来兹，则又以感公之泽者，广公之德于无涯也。

复细民上纳碑记

夏寖大

创法之与复古孰难哉？曰创难。创一时维新之法，与复数百年久湮之法孰难哉？曰复难。曷言乎复难也？盖敝之久，作者之良法美意浸失其传，一旦改弦易辙，则人且以因循为由旧，以复古为变更，而聚讼盈廷，终年筑舍。是非知之极其明，处之极其当，行之极其决，未易语此。

吾邑征输法坏，议复细民，殆非一日。乃当事者拘义牵文，故士民议之而官或违，官从之而吏或拂，吏依之而乡与市未必翕然向风者，数年于兹矣。邑侯胡嵋雪先生梦虎，以辛亥季秋来益，因从前逋赋过多，折节遍访，遂深晰我益之苦莫甚于当年，而痛此日之包侵赔累，诚为积重莫返之势，思欲障挽狂澜，无如细民上纳一事。于是传集子衿父老，誓与益邑更始。一时士民固深愿之，犹戛戛乎难之也。太守张公翰宸輶轩偶至，益人士复呈以请。太守知侯有更化之举，嘉与维新，即缕呈藩宪给示，而侯志益坚。于是不谋左右，不畏强御，遂毅然创始。不期月而耳目一新，云深山僻，络绎输公。议者谓侯之化俗，疑有神助，不知侯惟以一邑疾苦引为恫瘝，故其招之使来也，则有鸳鸯票之法；而其劝之使输也，则有急公奖赏之法；虑户口之散而无统也，则有穿甲穿户之法；虑一时册籍未必彻底澄清也，则有旋查旋改之法；虑耕凿之俦难以迁延时日也，则有辰完辰给卯完卯给之法。其诚之所感，民实不知其然而然，其法之所驱，民即欲不然而亦不敢不然。益之想望几幸，数十年而不得者，侯且静穆挥弦，移之一日而有余也。今则大功成矣，颂声作矣，春花满山，春水满泽，民忘饥馁，言饱乎德。侯曰：此有司分内事，无庸铺张为。益人士曰：功成一时，泽垂永久，不言而自章也。侯之功侯之德也，百世弗能忘也。维时绅衿，率诸父老，敬勒之石，以志不朽云。

重建文昌塔碑记

陈大受

吾邑居楚南上游，山川清淑，风俗敦庞，闻于天下。在胜国中叶，人才辈出，名卿接武。当时造士讲学之区，则有文昌书院。考之邑乘，书院创建于万历初邑进士铜仁太守来溪邓公。地距城约二里许，湘水自西，东注祁水，北来汇之，复折而南。石岸崚嶒，屹然成阜，书院峙其上，实据一邑之胜。又以形家者言，此地为邑下游关锁，建塔镇之，以砥柱江流，培毓秀气，于阖邑文运有裨。盖前辈之勇于为义，以嘉惠枌榆也。厥后天启时，有邑人荫监生陈朝肃误信形家邪说，倡众毁塔，而书院亦废。由是邑中人才销歇者垂六十年。至国朝康熙初，邑令曲安王公颐始复立书院，置田亩以资膏火，即故塔址建文昌阁，颇称雄丽。自是邑中文士有复振之势，然较昔盛时则不啻霄壤，论者皆归咎于塔毁之故。

曩余为诸生时，即有志修复，而力未之逮也。乾隆甲子，余巡抚皖城，捐俸千五百金，属同里原任安平令王君錞、原任宝坻令伍君泽荣、孝廉陈君世俊任其事，相与筹度而经营之，请于邑令觉罗卓公，鸠工兴事。经始于乾隆丙寅岁二月，越戊辰岁十二月告成。为七级，高一百一十尺有奇。初基周宽十有六丈，每级门八，玲珑虚敞，阶径层折，游者登降出入，迥异常观。凡石工砌工之以日计者五万有奇，土木之工四之，计费九千余金。工竣，诸君走书告余曰：愿有记。余闻之跃然喜，恨不得从诸君子后登而览之以为快也。夫浮图昉于释氏，风水出于术家，而吾儒幼学壮行，亦岂必沾沾以科第为荣？然文运之盛衰，即为人材之兴废，不有以培植而长养之，其何以钟天地之灵，蔚为人文之瑞邪？自今以往，吾邑人士之有志于学者，层累日积，继长增高，思上达之必由下学，戒九仞之或亏一篑，则是塔既成，文运之昌，人材之盛，可以兹役卜之矣。余既乐观厥成，又嘉诸君之劳不可泯也，辄操管而为之记。至修复书院始末，则详于邑令李公所作碑。

安化义学碑记

龙德懋

古者教不择地，学不择人，自乡学国学而外，凡党庠里塾，无不教之地，自元子适子而下，凡农工商贾，无不学之人。然其道尤先于蒙养，盖以为圣功所由基，当全其固有，人才所从出，当扩其未能，清学术邪正之源，储国家待用之器，顾不重欤！迨夫其后，教疏于上有不教之地矣，学荒于下多不学之人矣，甚至穷陬僻壤，终身未睹诗书，微贱单寒，髫年即甘自弃。岂真古今人不相及哉？良由教之者无其具也。

若我侯之嘉惠于我梅也，其盛心古矣。梅素知学，苦于教育之无人。侯创书院处庠士，月三课，以较其工拙，既不惜丹之黄之，甲之乙之，捐公余之暇，以琢磨多士。而尤殷殷为诸蒙虑，以为古国家之需士也，需其才之有用，有司之养士也，当养其学之未成。梅之中，岂无有欲学而不知学，知学而不能学者乎？欲就正而无其人，欲居肄而无其地，以此云学难已，爰立义学于书院侧，以训蒙士。凡鸠工庀材，悉资廉养；经营布置，咸出匠心。制度精严，规模宏敞。当其中以为讲授之所，室其后以为游息之处，庑其两旁以为肄业之舍，垣墉户牖，无不详且尽焉。又为之聘名儒以主师席，又为之置义田以赡孤寒。侯之于梅，抑何计之周，泽之遍，教思之无穷有如此哉！然则梅之士得入其中者，登其堂当思何以不愧于高明，入其室当思何以克造其阃奥，习于两庑当思何以不荒于嬉而毁于随，观于门垣户牖之周详，当思何以始终之必一，体用之必全，精粗内外，交养而互发也。然则兹学之建，侯不俨然以为学之序，入德之门，成章后达之道示诸子哉！其为嘉惠又何如也。学成，梅之人思所以志不朽也，命懋为纪其事。懋既感侯之大有造于梅，而庆诸蒙之得所养也，谨拜手而为之记，且以为诸子勖焉。

重修李公祠碑记

张玢

辰州重冈复岭，控扼溪峒，间杂苗瑶，素称难治。又值吴逆兵燹之余，抚循绥戢，政为尤难。夫古之称良吏者，史不绝书，其美政亦不一而足，然大要终不外以民心为心也。今李公之治辰州也亦然。公名庆祖，字介福，奉天铁岭人，康熙二十六年来为辰州郡守。时吴逆之难初靖，民之疮痍犹未复也。公至，首除奸民而豪强屏迹，痛厘积弊而派累尽除，劝农敦本，兴行教化，董励师儒，旌表贞节，使蚩蚩之民，咸遂其有生之乐。久之，版籍增，苗民格，仓廪实，礼义兴。公益自励，听断必公，暮金必却，民好好之，民恶恶之，治声日著，虽古良吏不是过也。治辰四载，儿童妇女咸知有公，欲得公长存以永其治。乃未几感疾，卒于官。远近之民，闻之莫不悲悼，如丧考妣。既以公崇祀名宦祠，而郡人思公不置，复于府城隍庙侧建祠以祀，岁时伏腊，享祀不绝，是真所谓古之遗爱欤！不然，胡令人追思若是？

夫公之精诚既有造于辰，死复有庇于民，宜辰之民感公之切，戴公之深也。前郡人建公祠既成，其嗣君清钥，今出守太原者，过祠瞻拜，置田七丘，岁额粮二斗一升，命道士张复一岁收租息，以为奉祀修葺之费。今泸溪邓君伯衡，感公畴昔知遇之深，幕游老矣，追念先型，复西谒太原归，而出太原所赠遗新其祠，更置店屋一所，岁收其租，以广祀费。郡人咸欲勒铭，以垂永久，属余作记。余家世湘潭，去辰州不远，自少时即知公有古良吏风，虽不文，得附名于兹，亦所欣愿也，遂书以勒于石。后之守是邦者观于此，亦可以知良吏之可为，而食报为不爽也。

初葺忠义孝弟祠碑记

谢才

学之左故有忠义孝弟祠，盖雍正元年所颁行通建者也。其裒集郡志忠义、孝友、行谊、义侠四篇所载者为木板题名，则相沿之制作，不知昉自何人。要之忠义孝弟既颁祀典，而郡中之请祀忠义孝弟者绝少，当时有司及士绅，不能考定应祀之人，而草率为此尔。

辛酉余官兹郡，一日，曾生季超向余言曰：有明万历中，郡大饥，至人相食，七世祖岩山公捐谷数万石活之。当事高其义，请于朝给冠带。既没，与前忠节并祀于兹祠焉。今生与族绅及饶于赀者若而人，愿率而重葺焉。余言于郡伯王公，辴然色喜，遂诹日鸠工，曾生专董其役，余勷其成。不匝月，曩之倾欹剥蚀者，竟岿然焕然矣。余因之有感焉：邵州夙称富壤，与岩山同时而以富称者，知未易更仆数，今其人安在？其子孙皆千百盈盈者乎？而岩山之子若孙，凤翔鹤起，为郡邑冠，岩山之声施亦到今未衰，岁时且尸而祝之，此亦足以觇为善者之必有后，而积金积德之说，常较然其不诬也。至曾生与其族人，不爱重赀，以为一郡新斯祠，孝子顺孙锡类之心，固应如是，要亦仅事矣，均不可以不纪。

少昊陵碑

潘相

少昊金天氏帝陵，在曲阜旧县东北一里许，元宋以上，祭法无闻，前明肇载祀典，三岁一举。钦惟我国家监古作则，恭奉帝主于历代帝王庙，位景德崇圣殿东室第一，逢国大庆，遣祭山陵，与成阳阙里并重。乾隆十有三年，皇上巡幸东鲁，躬荐明禋，礼如庙祀。厥后亲题神位，敬献名香，叠为诗章，歌吟功德，遣王大臣致祭，其礼典甚盛。

岁在己丑，下吏相承乏兹土，职司防护，拜瞻坛像，宫殿墙垣，林树藩级，间多陊剥，支拄丛猥秃夷。敬以来岁诹日，命工修饬涂茨，金碧丹雘，克期报竣。会明年辛卯暮春，车驾临幸，先遣理藩院尚书固伦额驸超勇亲王色布腾巴尔珠尔祭告。越二日丁未，皇帝御征衣，驾苍龙，至石坊前降舆，步入中门。王公大臣恭导至殿中拜位前，北向立，上柱香，次上瓣香。行一跪三拜礼毕，入至陵前，周览久之乃出，自殿中门升舆还行宫，文武百官跪道送迎如制。是年冬十月，恭悬御书，额曰“金德贻祥”，联曰“前统绍轩台纪因凤鸟，崇封传鲁阜守有熊罴”。十二月朔一日，恭陈钦颁范铜供器五于殿中。明年春正月，吏部右侍郎曹秀先奉命，以皇太后万寿祭告，卜日成礼。时则下吏皆欣，得躬预修治扫除，虔备品物，敬随节镇、监司、郡守奔走执事，荣幸无比，佥谓宜有一言敬志于碑，乃虔具牢醴，俯伏灌荐，九叩首而言曰：

于惟帝之所以丕缵黄农，宏开顼喾，德性行实，立极配天者，循蜚疏仡，荒略失传，固非后世辁材末职所能仰窥。惟窃观左史所载，鸟纪名官，分至启闭，既开羲和、仲叔之先，而五鸠鸠民，五雉夷民，九扈扈民，所为生聚教训，利用均衡，董其耕农，禁其淫放者，盖与《典》《谟》《誓》《诰》二帝三王治天下之大经大法，一轨同源，用能俾万邦四海，式遵天常，诸福洊臻，高阳蒙业，其神灵之长存终古者。至使千百世后大圣人，凭吊遗墟，窥寻心法，隆礼闳文，阐扬尊奉，举所为修太昊之业，配日月之明，通山川之气，谐神人之愿者，昭揭穹天，永传无极。呜乎铄哉！乃作诗曰：

天开草昧，孰缵三皇。惟少昊帝，著绩云阳。汶泗之南，龟凫之北，石室岩坛，帝陵有赫。肇自明代，盛于皇朝。命官虔祀，典并陶尧。惟圣天子，尊师幸鲁。亲祭帝陵，盛仪载举。天章宸藻，焜耀辉煌。阐幽微显，帝道以光。彝器用颁，尚方所制。昭德纪功，勒铭万世。惟帝之德，神圣性安。以金纪序，以鸟命官。应天顺轨，义各有司。统于历正，敬授人时。鸠雉当扈，治法精详。九农五土，各以其方。因天则地，察物明伦。天人心理，百王共遵。矧是圣乡，周公邦域。孔道大明，俟之不惑。云阳永奠，华渚长存。川流岳峙，参两乾坤。

濮州陶唐氏陵碑

潘相

乾隆元年六月甲子，礼部臣奏言：臣等钦遵谕旨，集议古帝陶唐氏陵墓，至尊至重。案据山东抚臣岳浚疏言，历稽史传，俱称帝葬谷林。谷林于今属濮州，委官展谒，州城东南六十里，古雷泽之东，谷林庄前，灵域岿然。崇四丈五尺，博二十丈，前有享殿三间，四周祀田一顷二十亩，濠地四十亩，时嘉靖时抚臣陈凤梧檄行知州张寰建置。国初沿明之旧，致祭东平，无征不信，神弗享歆。臣等谨按《吕氏春秋》尧葬谷林，皇甫谧释谷林为成阳，刘向曰：尧葬济阴。《皇览》：尧冢在济阴成阳。《帝王世纪》：尧葬济阴之成阳西北，是为谷林。《汉书》：济阴郡成阳县，注：有尧冢、灵台。《禹贡》雷泽在西北。《后汉书》《晋书》《括地志》《太平寰宇记》《十道志》、郑樵《通志》皆因其说。《水经注》又云：成阳县城西二里有尧陵，陵南一里有尧母庆都陵，于城为西南，称曰灵都。乡曰崇仁，邑号修义，皆立庙陵东。城西五十余步有中山夫人祠，盖尧妃也。前史又载：后汉元和元年，遣使者祀以太牢。宋熙宁元年，知濮州韩铎奏请敕本州岁时致祭。则帝陵之在濮，历历有征。伏惟圣朝祀典明备，尊崇历代帝王陵寝，尤加隆礼，应请俯允抚臣所奏，以修葺东平州帝陵估需工料银六千两，移建濮州帝陵殿宇，殿东立帝母灵台祠，配以中山夫人。国家宏敷庆典，遣官祭告，与阙里、泰山、沂山、东海并举，州牧时享，守陵陵户胥如曩例。仍令东平州毋废祀事，其庶准于义而协乎。臣等谨昧死以闻。制曰：可。乃作享殿三间，东西朝房各三间，大门二门各三间，圣母灵台祠一间，石坊一座，崇闳壮丽，称厥典制。而岁久漂摇，坍颓剥落。

壬辰季夏，下吏潘相来刺是邦，诹吉升禋，量工命日，经营重葺。明年夏旱，并走群望，佥曰：帝陵古井，自昔汉太守孟郁及前刺史潘汝诚，有祈即应，盖往求之？乃帅绅士耆孺，步行呼号，百拜神堂，虔汲玉水。是日也，旱既太甚，炎炎赫赫，肃捧北还。薄暮及郊，倏见西南云起，疾走升坛，浓阴四合，灵雨滂沱，百谷用成。佥曰：赫哉帝陵，福我烝庶。宜勒丽牲之碑，以谂来世。相窃谓放勋殂落，二典三谟，不载山陵大礼。《吕览》以后，乃云远葬成阳，谅由考妣哀思，四海一心，所在祭酹哭泣，起土为冢，春秋麦饭，礼若家人。狄山、平阳，成阳、东平，未之或异，正与钦定《礼记义疏》所言舜葬苍梧大旨符合。至于帝德广运，巍巍荡荡，羲农轩喾，皇虞神禹，无能并大，盖其德性之纯，行实之粹，光辉之遍，峻德之明，使夫终古大人修身及家平均天下之学，奉为宗祖，而敬天勤民，治法治人，宏纲细目，统归范围。以是如天之仁，覆荫万祀，高明博厚，诚感咸孚，事有适合，理有或然。下吏何人，敢以区区忱悃，谓能仰邀灵鉴，干冒尊严邪！乃拜手稽首，而系以词曰：

于皇上帝诞，辟屯难世，作君宰制。惟圣帝开天，厥大配乾，三五莫先。逮神器攸托，黄屋辐说，桥山纪略，乌号龙髯，万里依瞻。有高冢岩岩，郁彼成阳，谷林古庄，于赫坛场。我皇初载，祀典新改，闷宫陮隗。惟帝圣德，涵濡九域，于万斯亿。以生以长，风吹雨养，煦妪洸瀁。皞墟潭潭，孔林毵毵，并立为三。渤海波澄，泰岱云蒸，永翊我圣陵。

南岳庙碑

潘相

五岳法天高明，体地广厚，而衡山象应玑璇，位列赤帝，天假神柄，喷云泄雾，镇奠火维地荒，为灵最著。国家威德，震叠怀柔，炎天朱鸟，玉册宝印，统驭仙官，驱策百神。列圣重光，宠锡宸翰，胪欢祝厘，遣官祭告，备物尽仪，神灵右享。扺湘苗瑶九疑五岭之区，盲风不作，怪雨无声，时和年丰，人厌鱼蟹，厥功茂焉。神庙在祝融峰下，古柏虬松，粉墙丹柱，鬼物图画，照眩心目。当夫阴气晦昧，澒洞飘簸，上海下天，幻冥一色。少焉万云飞卷，日见界明，峰岭千皱，湖江一缕，神灵歆歔，怪怪奇奇。而潜心默祷，呼吸感通，用康我南天孝子忠臣，良士贞妇，德施倍普，其与国咸休，永佐佑天子之丕显休命。乃作诗曰：

岩岩岳庙，屹镇南离。权衡万物，日月重丽。自我天覆，乾端坤倪。轩豁呈露，民安物嬉。乃命官牧，肃将祀仪。惟文治世，惟神之持。山无亏日，灵无蚀时。福我苍赤，亿年无期。

何分守璘遗爱碑记

彭仪凤

城绥有苗瑶，切肤灾也。苗瑶有横岭峒，节根虻也。治城绥苗瑶，必先控横岭一峒，披腹心拔本塞源之方也。横岭长安坪，据城绥九峒之中，西南邻粤界苗寨，东北邻城绥民村，苗性最凶顽狡黠，恒以焚劫为事，城绥士民，无一息得安衽席。苗患日稔，苗势弥炽。近因大军将集，派夫运粮，远近骚然，城绥尤甚。当是时，非有公忠体国恫瘝民瘼大臣，不能排众议以除害，非有诚心忧民不诡势之父母公祖，不能毅然力持不回。故自明迄今，苗害相寻无已。

我朝用兵，屡剿复叛。乾隆三年，蒲寅山凤老一猖獗，前县蒋侯德重通详请征，善后未完。五年，粟贤宇等复僭李天宝年号，伪称阁老将军，楚粤勾连，蜂拥蚁聚，杀官戕吏，攻垒薄城，一时议剿议抚，相持不决。幸巡抚都堂冯公光裕断然主剿，檄令县父母杜侯珣、县尉朱君文旭，躬领乡民，誓死捍卫。公守城步，府大捷，连营堵御，提督军门杜公恺星夜驱驰。荷蒙圣明远念边黎弗堪荼毒，不惜数万帑金，特命贵州总督张公广泗为经略。是年八月师至。于是分巡辰沅兵备道王公柔、参赞军机驿盐长宝道马公灵阿，奉檄代巡，衡永郴桂道刘公应鼎为监纪。经略公英谋神算，动中机宜，赏罚公平，将士用命，倾巢捣穴。城绥二县峒寨，千百年积寇，一月之间，元凶授首，群丑俘庭。兼参赞公多谋善断，委本学教谕吴君中孚，督率勇士，计擒竹岔、枧头、滥溪源、白崖脚，瑶类绝种，顽峒荡平。皆我圣天子知人善任，文武和衷，克奏肤功。而经略公犹念横岭峒之长安坪当粤交冲，为城绥九峒重地，会商城步，仍归宝辖。随建城设协，移驻理瑶府居中治理，留文武各员领兵防守，搜缉余党。题请同知宝庆事何公璘总理善后事宜，清田安堡，城绥之民，衢歌巷舞，谓当出水火而登衽席也。

不意庙谟已定，工匠云兴，六年九月，当事计忽中变，罢协撤堡，弃长安不守，惟议安营毛田。众情疑惧，谓毛田实不能控御横岭。而下情无由上达。赖我父母何公，目击时艰，深谙地势，重念城绥数万生灵，力陈长安岩阻，特立不移。巡抚许公容洞鉴情形。七年三月，总督孙公嘉淦奉命亲勘。虚衷咨访，相视地形，谓横岭之长安坪决不可弃，而毛田山腰一塘建营无益。议定长安设协，增兵九百弹压，分立老寨，左右守戎二营以为首尾。仍委我理瑶何公办理善后事宜，县父母张侯方佳督修新疆工程，县尉朱君之纲分办勷理。又委靖州协总镇薛公儒统领协防官兵，并委督标游府谢公垅协参互援。同心一德，民苗趋赴，息戈奠定。八年十月，总督阿尔赛公又亲临省边。公忠为国，洞悉新疆，区画得宜，十万年大计，一朝底定，此又我城绥边民久安长治之良策也。

仰惟朝廷德威既张，有苗来格，崇墉肇屹，文教覃敷。各宪大人议剿扩清于前，而理瑶何公者日与县父母张公劳心瘁力维持调剂于后，其为城绥生灵造福，保障南天之功，尤大且远，何可忘也。缘相与勒石恭纪，昭告来兹，庶几使我城绥之民获享敉宁之庆永永无极者，咸知成功有自也。

九峰书院碑记

许伯政

今圣天子御极之十二年，予膺命来宰于彭。彭虽僻，而地匪瘠贫，户口颇庶，其民无甚富，而其俗不崇奢，劝勤重本，芟莠植嘉，尚易为理，故父老亦安予之拙也。公余课我子弟，质颖敏而愿悫，类多良秀，惜其锐志科名，未能确见学问之本原，亟思所以教之。爰辟官地于学宫之右偏而经营之，深五十丈，广二十丈，捐俸五百余金，鸠工庀材，构讲学舍二十三间，厨舍五间，置屏门外而周以垣墉，门之内筑甬道，长十七丈，左右地长与地埒，宽平可以肄射。

既拓基，值金酋构逆，转饷倥偬，功未获竣。酋既投诚，乃落成于庚午岁之仲春，额其门曰“彭成义学”。延邑中之学优行端者为师，资俸薪而诲子弟于其中。爰集诸子而诏之曰：安业者必课其功，继职者必考其绩。然而一屋之田，十家之市，农女工贾，各有恒业，而士独否。上自公卿，下及台隶，朝察夕稽，各有常职，而士独无之。惟其以诵读为业，夫是以不习田园而享稻帛，游市廛而资器用。以学圣贤为职，夫是以进不在朝，退不在野，而公卿宾之不敢役，台隶事之不敢名也。然则士无工可课，无绩可考乎？试之经史而未尝能通，咨以古今而不能对，业斯荒矣。居不志仁，由不志义，其入不孝，其出不弟，职斯旷矣。譬诸游惰之莠民，茸阘之员役，而谴黜随之矣。子夏曰：百工居肆以成其事，君子学以致其道。是以学者士之肆也，而设饷以萃之，延师以训之，会其朋友以讲习之，优其廪饩以膳给之，乐群恒于斯，敬业恒于斯。吾子弟勉旃！檐晷移而志士潜惊，荒鸡鸣而壮夫起舞，是予所厚望也夫！

于是有进而请曰：公陈明训，详于立体而不及于致用者，何也？曰：不然。语云：闭门造车，出门合辙。言任重致远之具，修之在我，非将为车而问道之夷险广狭以曲就之也。且夫舟楫非以行陆，轮辐非以济川，持非其具而幸有功者，鲜矣。若乃三代以上，士无志彀之学，德艺修而上弗庸，尤悔寡而禄不在者，吾未之前闻。凡我子弟，生逢盛世，何天之衢，尔惟无饰虚，无攻异，崇本务实，日新其德业，庶几处为体道之士，出为致用之才矣。诸生唯唯，咸请序次予语并建学之颠末，勒诸石以志不忘。余重违其请，因序以予之。

常州孟河关夫子庙碑记

喻世钦

庙建于明世宗时，距今二百余年矣。栋宇墙垣，倾圮殆尽。居斯土者，欲重修之，有志未逮。岁辛卯，余乡祝公来膺阃寄，谒庙，为之慨然，亟谋所以兴复。于是众绅士戮力经营，得千余金。鸠工庀材，自壬辰四月卜吉，凡七月而庙成。缭以周垣，辉以金碧，前有歌台，后有层楼，客堂耳房，僧舍厨传，靡不具备，庙貌一新，美哉焕乎。嗟乎！夫子恨失吞吴，又乌知吴之人阅千载下，慕夫子，敬夫子，俎豆夫子，不敢少有违礼乎！即又乌知夫子受命于吴，顾乃惠吴人，佑吴人，不肯畛域吴人，虽阅千万年长庇吴人乎！

尝考嘉靖三十四年，王师驻嘉兴讨倭寇，军中若见夫子。已而大捷，立庙嘉兴。明年，师过常州，军中又见夫子，遂禽盗魁。江南所在庙祀自此始。然则夫子向所恶者，乃窃据之孙氏，贼汉之阿蒙耳，非吴民也。不然，计章武至嘉靖时，千四百余年矣，何以犹大震其神威灵响，为吴人御灾捍患若此？方倭寇之来也，艨艟巨舰，直抵孟河，焚掠再四，至戟婴儿以为戏。故弹丸之地，筑城堡，设都阃，屯重兵，屹然为一大镇。盖自徐海就禽，而兵燹之患浸息矣，非吾夫子之力而谁力与？

我朝重熙累洽，百有余年，民增其居，军减其额，江千变为沃野，大渎有如细流。祝公裘带翩翩，诸君子获与享升平之福，境无燧燧之烟，家鲜宵人之警，大江之滨，风恬浪静，人庆安澜，庸讵知冥冥中默相兹土者大有神灵，故至此邪！夫百神之助我，皇朝惟夫子为最著。而累朝之崇祀夫子，亦惟我朝为最隆。今天子三十有五年，再命礼臣，恭晋徽号，煌煌巨典，又何有加无已乎！

是役也，祝公主之，余君倡之，诸君子成之，匪报也，礼也。夫子之神自在天下，天下之敬祀夫子未必不如兹土，亦各言其志尔矣。抑予长沙人，祝公武陵人。昔夫子下长沙，既又割长沙、武陵以界吴，是长沙、武陵皆吴人也。祝公既官于是，而予自京还楚，因得与诸君子相晤，适当圣庙落成，乃不以予之谫陋，属作文记之，此其间殆有天焉。予虽不文，其又敢辞乎！熏沐危坐而书，志敬也。

华亭县城隍庙碑记

张世法

城隍于一邑，职司保障。凡岁时民间灾患，无不慎事。至于境内兵戎水火盗贼，猝然变起非常，捍御功为最大，《礼》“所为能御大灾能捍大患者则祀之”之谓也。当四十九年土回之变，贼始倡乱，盐茶勾连，石峰堡、底店等处，从固原而西至华亭县界，焚掠圣女、化平二镇，势盖汹汹然，将以其众薄城下。官吏惶遽，莫知所为。而贼旋以侦者之言，不敢逼攻，遁去，城得保无害。先是，贼使侦者回民为乡导，狃于城小而恶，向不置兵卫，以故无惧志。及城，见城上抹首靴袴，刀衣旗帜，蔽女堞而环列者且数百人，则惊走告贼，以是遁去，不敢逼攻。邑民谍实，乃咨嗟诧异，相与涕泣交颐，向庙罗拜，皆曰：此邑城隍神者之为也，吾华人世世生生，顶戴神威于不置矣。

后贼平之五十三年夏，余莅华，始得闻其事。荷神之庥，政简刑清，地方宁谧，金革晏然。已及二载，终以逻者不諴，至偶有遣戍逋亡之患。时例议改发到境，稽辖者有脱逃，官罹谴倍重。而县之胥役疲弊，相传沿十数官积习不可破，一旦见长官法严明，阴利其然，虽购赏千金，皆私视莫肯力捕。上宪文书，络绎交迫。余曰：是非倚神之威烈，其能自脱于祸患邪？斋祓视夜，移文以请，神如其志。越日，贼犯自林箐归命，先后无敢遽扬者。然余亦因是积忧成疾，惶愧竟免官自辞去。夫慎兵戎水火盗贼，为天子卫此一方民人社稷者，邑令有司之事也。至令不德而毗赖于神，亦可羞矣。惜乎无力，又未能言其事于公，以张大我神之威烈，则余羞滋甚。因为文以贻于邑之人，使刻诸庙碑，而并系以诗。辞曰：

墉非言屹，浚不深洌。狂豨窥垣，投戈于门。骇若灵旗，望空而下。阴风走趋，汗赤其马。罪人斯逃，畴往执之。摄魄褫魂，魑魉役厮。我今遂归，民实神依。匪神不鉴，令我溺职。谓我言惑，请勒斯石。

重修步云桥碑记

陈圣清

事有功成于此，而遂及于彼者，成之者在规画之中，而及之者在经营之外。考之《周礼》，司险设国之五沟五涂，而因树之林木，以作藩落而为阻固，山林之阻则开凿之，川泽之阻则桥梁之，而又及于国家，兵事使藩塞道路而止行者。至于大司徒辨山林川泽，制畿疆而封沟之，而因以设社稷之壝，而树之田主，各以其野之所宜木，遂以名其社与其野。盖事之相因而及者类如此。

余邑北门外，两小江水如带萦洄，与宜水通，旧有薛公、步云二桥，接踵相望。前岁薛公桥圮，邑侯山西陈公捐俸督修之，较旧日高增基石，另起栏杆，以防倾跌，便利济耳，而余邑之文风且缘兹益盛。于是邑人某某因兹薛公之役，以谓二桥均成于明成化间，重修于我朝康熙之末，今薛公修而步云安必其不敝？乘其未敝而整葺之，则用力少而成功大。且桥之上旧亦无栏杆，当冰霜之候，行人之陨坠者尤堪悯也。乃复捐募，鸠工葺而新之，俾桥面加增，栏杆整顿，盖体吾邑侯规画经营之意而连及于斯，亦庶几免岁久之摧颓，行人之倾覆也。

乃余于此则更有祝焉：兹桥之昔为步云也，邑中士子赴秋闱试，邑侯于此结彩饯行焉，是将以司空之视涂，加之司马之题柱也。且二桥为北城之镇，先是薛公桥成，较旧制更高耸，于以培翼文风，其效已见于前矣。今步云之葺而新者，亦继长而增高，吾知后之乘驷马车以过此桥者相继而增，其兆可卜也。夫梦卜求贤，比之作楫，笃棐成休，期于其济。《易》有之：利涉大川，利见大人。此一役也，其殆两利而俱存之，则夫因薛公而及步云，而培植士林亦即在乎此，又宁非《周官》之遗意乎哉！

重修石洞观碑记

陈圣清

顷田之南曰石滩，其流潮激澒洞，连山长林，周环其际，重溪复岭，窈突绵延，盖兼有山水之胜者。滩之上故有观，余陈氏所施建也。中列南岳圣像及诸神位。往者余至顷田，游是观，隔江山色，映入帘中，清光澈照，明月入怀，每叹天下佳秀之区，佛寺道观盖往往擅其美焉。其圣像前琉璃灯，相传为余远祖某公所置也，数百年来而光景如新，抚其物抑竦然敬。越数载，顷田族人以先人旧基，惧其久而圮也，思更而新之，而同里好善者，咸共襄厥成。费至千余金。檐宇榱题，几与南岳相埒。告竣，乃使人嘱序于余。盖回视余向时之游者，其佳丽又复何如也！

夫佛老清净，殊途同归，然西竺之教，自东汉始倡，而道德遗经，乃与吾道并寿。魏文帝尽汰天下沙门，不留孑遗，而崇信道教，独坚而不可破，君子讥之。自汉以来，言方士道术者往往近诬，则于兹观之修，安用是汲汲为然？余尝谓释道之有于今，非徒以崇其术也，抑亦即相生相养之道焉。世际升平，人民康阜，乐善好施之意，靡所不洽。为民者六，而教处其三，盖匪自今伊始矣。今其道士隶兹观者，相与服田力穑，以资产是务，洵非有事于玄虚也。则夫崇先哲之旧基，辉灵坛之秘宇，诸君子之雅意，何可忘哉！若其观之矜丽瑰奇，他年至顷田，犹将纵观之以为快。

湖南文征　卷一百十四

碑记下

冯公祠碑

夏大鼎

新宁学舍东偏有冯公祠，明天启癸亥建也。公讳福谦，字禔海，蜀之南充人。万历己未以乙科宰宁，有循声。《通志》称其慈明端亮，左右不敢干以私，纪实也。祠附于学何居？溯兹邑学，基自汉第五伦，经过指示，宋递明初因之，英贤辈出。洎中叶，惑形家言，凡五迁，士气不振，科目缺如。公博采群议，即第五公故址徙而新之，于时登贤书捷南宫者若接轸，宁人德公，生肖像祠祀之，标今名。岁久而圮。前司铎胡子国抡、田子宏辉，再建文昌、奎星二阁间，面势未叶。越乾隆癸卯，鼎节俸择爽垲徙像而奠焉。

缅惟古之称遗爱者，若桐乡之于朱仲卿，罗池之于柳子厚，屡纪阅世，焄蒿凄怆，若或见之，所谓恩则父母，灵则明神也。况遐陬僻壤，手口拮据，嘉惠士林，自有不容泯没者。盖德存爱俱，功立名传，夫岂藻饰簿书钱谷者所能强致哉！今之学，犹昔之学也，乃败瓦颓垣，日邻衰飒，无以妥圣灵，即无以作士气，我公有知，倘亦徬徨乎！彝水之浒，不无怨恫者矣。鼎桥门窃禄，荏苒八霜，每式典型，思绳前武。往醵若干缗，甫告庙，旋困于岁。兹被议将去，凉德鲜终，行滋疚已，所幸棂星门暨道德两坊，得同学引为己任，庀材鸠工，且毅然有志，纠合同人，幸襄巨典，尚冀我公幽赞，次第观成，是则惓惓不置者耳。伫见多士，耳目既新，精神自振，摛华掞藻，上副圣天子储材之至意，鼎虽湘上散樗，他日尚能肃一瓣香，偕二三耆旧，更下南丰一拜也。祠起讫于是年冬，乾山巽向，外亘以垣，徙遗爱碑表之，拟以每岁八月望前一日举祀，盖建学月日云。

奎文书院碑记

常琬

《周官》：党有庠，术有序。国都之学，与里巷之大小相维，要以取材多，作育广，使人无不学，学无不至于成德进业，出则弥纶政教，处则端表风俗，其用基于闾里聚庐，而其极至于化成天下。我朝轶轨百王，翔洽大化，翼民成俗，一切以教养人材为本。有司承风仰德，不于是乎当务之急，则所谓簿书期会，风尘鞅掌，抑已末矣。

洧之为邑，在梁郑之郊，东里著迹，发扬今古。虽区域蕞尔，而《诗》《书》弦诵之风，亦克媲通邑。《记》云：不有倡者，谁其和之？畴昔之令长是方者，或作而起之，或因而仍之，其于本末，不尽畅然。余于甲寅冬受檄承乏，即措意延经学之士，陶冶吾民之秀者，以共臻于恢廓大方之间。洧之人士，亦欣欣相望。越明年，于县西北隅择地之爽垲者，营为书院一区，颜之曰“奎文”。构堂三楹，颜曰“濯锦”。外周廊庑，前置门宇。落成于夏四月。其材木瓦石匠工之费，余悉任之，无他及也。创构始成，即延经师，授学徒，请业者四十余人，余乘暇日亦时课之。所谓歌阳春、讴白雪者，未始不取于余之一倡也。犹冀后之人有所继续，有所扩充，不以学徒之聚庐，冒为廨舍府藏，则是书院之幸也。千秋一日矣，余顾专美乎哉！

占星亭碑记

鄢正笏

《天官书》：文昌戴匡六星，在北斗魁前，而壁宿二星，亦主文章。《宋史》：乾德三年三月，五星从填星聚于奎，太史奏为天下文明之占。此皆文昌见于纪载之可征者。我国家运属休明，景星岁见，文治于昭，于斯为盛矣。邑有文昌阁，枕冈藉溪，踞郊郭之形胜，旁为超然书院，爽垲称之。惟西营之地，芜秽不治，观者弗善。乃相与鸠工，累土为基，翼亭其上，轩牖洞开，天阙象纬，大块景物，咸可俯仰得之。亭甫就，适旧尹田侯信宿其地，颜曰“占星”。盖于文昌义类为从，指斗魁而瞻黄润，俾醴人士汇征蔚起，以应国家文明之象，其尤锡嘉之意欤！

是役也，经始于暮春吉诹，两阅月而落成，费祀神公醵钱百缗外，张主政邦柱益以五金。董其役者为黎君榻生、袁君炯、李君朝窗、黎君檠生、李君辉、黎君架生、曹君枝欣、阳君圣道及笏，凡九人。工虽微，固佥谋也。

易忠节公祠堂碑

徐世佐

士君子卓乔岳之神，抱江河之气，揭日星之光，当国家隆盛之时，出而佐圣天子，通鬼神之德，开礼乐之源，畅万物之生，声色俱无可指以为异，而环海内外，熙熙皞皞，不复知虞夏黄农为何代，岂不伟哉！不然而覆冒万里，分治一方，亦足以远丕皇猷，昭苏殊类，使穷荒绝徼，咸入荡平，斯亦良臣之事也。不幸而干戈危乱之中，涂肝碎脑，以节义终，非其志矣。

易忠节公生而颖敏，敦肃强毅。自其未冠，固已如成人。忠孝仁义，洋洋包造化之精神而为之躯干，若水之湿，若火之热，不自知其然而不能已也。读书以古大臣自期，弗贯时事，达于天人，经术湛深，兼资文武。其学问涵泳优游，以养其蟠天际地之气，平居恂恂若无能者。

明初特重太学生，与进士分途入官。进士得其文章议论不足以知其果贤，太学则皆茂才异等笃学力行之士，选天下大儒申教之，天子亲察其贤否优绌，器之所宜而用之。湘阴自夏忠靖公以乡荐入太学，擢户部主事，遂为名臣。公继之，以岁贡入，两人皆人杰也。

永乐三年，安南黎季犛骄横甚，绐朝命，杀使臣大理卿薛岩于芹站，天子震怒，大发兵讨之。季犛依宣洮沲富良江为险，筑城多邦，隘营栅桥，舰连九百里，聚兵七百万人，以抗王师。大将朱能道卒，张辅代之，才指挥，遂进，连破之，取其东西二都。五年夏至日，南奇罗遂擒季犛，安南平。天子以其地入职方。明年遂开版图，置交趾省，分交州、北江、谅江、三江、建平、新安、建昌、奉化、清化、镇蛮、谅山、新平、演州、乂安、顺化十五府，太原、宣化、嘉兴、归化、广威直隶五州，分辖三十六州，二百一十县。建官必能勘乱致治，化民成俗必奇才有德之士。时黄福以太学生累官户部尚书，翘楚六卿中，出掌藩臬，而牧守为难，自部曹直省官称斯举者，几人而止。于是公以太学生特简授知谅山府。公受命陛辞，慷慨登车。天子既深知公，而公固已怀国士之遇矣。

是年冬，简定叛，沐晟败绩于生厥江。明年辅复出，数大战败之，入磊江，获定于美良山中。既班师，而陈季扩复为害乱如初。九年，辅复出，大战神没海。十一年，大战爱子江。明年，破暹蛮昆蒲至老挝，擒季扩。十三年，辅归复出镇守，平余贼。十四年冬，辅归而黎州复叛。

当是时，交趾地方数千里，父子兄弟宛转于云旗风旆霜戈雪刃之中，死者相枕藉，流膏润草木，而民无悔祸之心。其守令不皆贤吏，多侵扰。其地自唐亡沦没四百余年，习为异类，犷悍喜乱，勇于战斗。苦中国约束，往往起附贼，定而复叛。谅山在其腹中，戎机军饷，夜以达旦，卒毙马僵，而公倥偬旁午之间，外筹军旅，内抚百姓，宽其瑶役，省其刑罚，讼者以理谕之而解。赋敛惟正供，遇事制宜，条理灿然，不戾于其俗，使民易从。建学校，兴教化，柔之以礼让。岁旱，为坛祷雨，五日而署内枯井泉发，七日雨如注，禾尽起，岁乃大熟。是时官斯土者，或视民若豺虎鸟兽之不可驯，公独噢咻保抱，惟恐不及。民之爱之，亦如赤子之依慈父母也。张辅归之岁，公考满入朝，民扶老携幼送之，呼天日曰：还公活我！吁号于三司，不绝于路者数千人。事闻，上喜甚，诏晋秩三品，还掌府事。民闻其来，若更生。

当是时，利既猖獗，而中官马骐以采办至，大索金宝，横戾朘削，民不堪命，桀黠者鼓煽之，并起为乱。陆那、顺州、南灵、左平、俄乐、四忙、乂安、浮乐、偈江、丘温、武定、快州、善誓、同利、善才、大湾、衙仪、恶江、安老、东潮，乱者如麻，杀将吏，焚庐舍，攻屠剽掠，而谅山晏然，公之力也。其后诸贼以次殄灭，而利远扬。

仁宗即位，召黄福还，镇将李彬已前卒，朝廷倦于讨贼，务绥戢之，授利官知清州府。利佯受命以懈我，而寇如故。于是贼以抚愚官，官以抚愚朝廷，贼愈炽，纵横蹂躏，皆解甲据冰，坐视以待其来赴吾官也。

宣德元年，利既陷茶笼，不逞者乘之，飙举云合，朝廷以恩诏饵之不能得。王通大败于宁桥，割地与贼，走还东关，闭门不敢出。明年，柳升败死于倒马坡，全军尽没，于是朝廷不复用兵。

当是时，贼已陷黄江，侯保死之。陷瑰县，冯贵死之。陷昌江，李任、顾福死之。陷谅江，刘子辅死之。陷丘温，徐麒、蔡颙死之。不死者降贼，不降弃城走。公守孤城，声援绝。或具舟请行，公曰：吾郡守，与城存亡。练兵葺垒，气益厉。贼至东都，犯谅山属地，公出击，斩千余级。贼来益众，度不敌，退为城守。令城外居民远遁，愿同死者入。民争入，守甚固。贼环攻之，飞楼、冲车、云梯、地道、炮山以百数，公随方御之。三月粮尽，度不支，北向稽首称万岁曰：臣力竭矣，愿为厉鬼杀贼！城陷，军民流涕，拥公擐甲，掖公出。公顾曰：吾死耳，汝曹自为计。遂入，谓夫人朱氏曰：汝何如？夫人曰：死耳。子彻哭曰：父母不生，儿何之？公缢，夫人、彻投井死。从死者十八人。公死贼愈炽，朝廷不能制，遂弃交趾，复沦为异域。而公生平事业，遂与云烟俱尽矣，岂不惜哉！

永乐、洪熙、宣德之间，国运方隆，天子英明，选建贤能，开拓宇宙，公以太学生擢郡守，其受知亦不可谓不深矣，独惜其用之犹未尽也。公以考满入朝，当此之时，黄福劳且老，交人犹未靖，而谅山独治，则虽谓公之贤愈于福可也。使朝廷召福还，而以福之任授公，公得以治谅山者治全交，未必不如谅山之治，交人爱之未必不如谅山之民，则交可靖，民必不为乱，黎利可灭，虽有不逞之徒，无所缘而起。不然利叛，张辅不复出，即以任辅者任公，则亦必能破贼。虽其将略或不如辅，其胜于王道、陈智、方政、柳升、季安、马瑛勇夫纨袴亦明矣。且公之诚足以动人，恩足以抚众，智足以谋，勇足以战，其声名洽于遐迩，军吏士卒乐为之死，吾又安知辅之果愈于公也？且使朝廷召公，处之凝丞辅弼之地，公得以治谅山者治天下，则岂特交人之福哉？乃皆不能，而公卒死于谅山，以节义终，是其用公者未尽，亦其知公者犹未至也。

公既死，布政司弋谦以状闻。上太息，赠布政司参政，谥忠节，遣进士张纯往谕祭，晋封光禄大夫，诏以榇归葬，建祠于湘阴城中，有司以时祀之。天子之恩既渥，而公之大节，于是乎炳炳系三光之命。后之人登其堂，如亲见公之性情行事，虽懦儒细人，莫不欷歔悼叹，慷慨激昂，有壮夫之气，然则公之所以为功于天地者，不在当时而在后世矣。

夫人与天，异形而同气者也；祖与孙，异形而同气者也；孝与忠，亦异形而同气者也。公之祖延庆，五代时以纯孝称，亲没，庐墓三年，产玉芝十八茎。自五代迄于明初，四百余年，孝子之气积而发于公为忠臣，公之子为孝子。天之气积于忠孝，公父子以忠孝积天之气，久而益厚，必有伟人。自明以来四百余年，公之子孙，蔚如邓林之木。今国家隆盛，寿考作人，其必有乔岳其神，江河其气，日星其光，出于忠臣孝子之门，然则公之精光浩气，洋洋之神，犹有未尽于当时者，且必发之子孙。其有能出而佐圣天子熙皞之治于黄农虞夏之上，是公之志也夫！

祠在城中北街，有坊在南街，明末皆毁。今皇上褒崇忠节，乾隆四年八月，诏发帑银重修祠宇，大中丞高公檄邑侯邓公董其事。祠成，春秋祀典，与国无极。八月十八日公生辰，其子孙自祭，少长咸至，铭曰：

明明在上，尔眷尔顾。谓忠何祸，谓奸何祜。交趾则远，汉唐所宇。明之复之，厥功惟辅。是时天子，乃文乃武。伊胡为者，若斯未睹。马骐肆虐，抉髓而餔。民以不堪，寇贼是附。王通则将，畏寇如虎。覆军宁桥，走喘闭户。蠢尔山寿，缀君以抚。诸司从之，偃旗卧鼓。贼乃纵横，雷电风雨。摧山裂江，陷城夷署。官吏逋逃，夜不遑处。蔡福包宣，乃縶而俯。桓桓我公，武臣是耻。舞阳指发，睢阳嚼齿。杀贼斯行，守城斯止。如雷斯奋，如岳斯峙。粮尽力殚，抱符以死。从夫死妻，从父死子。阖门殉节，忠义所使。天子曰吁，有烈斯臣。光我家邦，立我民人。赠官惟宠，赠谥惟真。祭于所死，祠于所生。魂兮归来，湘流以清。今皇至圣，褒忠励节。祠宇重新，祀典是式。饬顽起懦，不忒不折。于万斯年，曷其有极。

朱季子寿藏碑

徐世佐

朱季子年五十五，卜地于宅之东若六里麻子山为寿藏，将夫妇终焉宅幽于此。碑于其旁，而属予为文。予始闻而怪之，既而思之，太息至于累日，意彷徨不自得。夫人日夜逐逐，蒙霜露，冒寒暑，足累重茧而不止，计其所至，追野马之尾，其所求，虫之臂，鼠之肝，縻顶及踵，而终无悔者。幸而绾半通绶，厕名下吏之末，辄朋喜以为大荣。若渤海无际，棹小舟，斗飓风之怒，犯矗天之波，至于雷雨晦冥、鱼龙百怪交于前，往往魂魄俱亡，面有死色，然而终不悔也。季子贡于部有名，例得选官，未老，昂昂洒洒，气厚神完，目光如炬。且轺车走京师，游贵人之门，为仕宦津梁，鳞次于铨曹，发迹于丞簿。以季子之敦厚廉静，不为世瑕疵，虽复短狐金蚕与接为构，终亦无害。矧夫皇路清光，抱融风、引星辰而上，然则缀珪组、曳黼黻，白首归来未晚也。而季子一庐若将终焉，视富贵若浮云幻灭于太虚。且夫生死亦大矣，而季子怡然不以屑意，卜寿藏如卜家居，碑而揭之，如堂之额，不知其孰为生死者，呜乎，其亦达矣！

季子少予六年，其兄叔子与予同年生，燥发相友，季子雁行及之。每秋月春风，举觞相属，豁如也。其后予行四方，二十年泥涂坎壈，烟波澒洞，觅升斗之禄，一官如火长。海滨萧条，碱生弥望，间以苇荻，豺狼雄嗥，狐鼠雌啸，悲风无聊，边霭凄清，冷笛一声，重阴自结。得罪西徙，出玉门，胫縢履屩，涉流沙，凌积雪，陟天山之顶，践车师，度乌孙，包西突厥。三年，圣天子恩旨赐环，重返旧庐。季子方引杯坐石上，看童子灌花，修竹千竿，长松谡谡，作羲皇之声。落花杯中，异香滃鼻，上注于脑，眉目皆沁。划然一笑，夕阳满衣。然则穷通得丧、生死哀乐之情，其不足以入斯人之心亦久矣。昔司空图自为石圹，延客入其中。客有难色，图笑曰：君视此非人世乎？图之为此，诚欲自逃于祸乱之外。季子当国家重熙累洽之时，非有所为而为之也，予故思之，太息至于累日，遂书以文其碑。铭曰：

孰劳予？孰逸予？兹宅也，方丈而华胥。

重修黄梁桥碑记

张邦柱

桥以黄梁名，于义何属？或言往居其地者多黄氏、梁氏，命曰黄梁墩，桥遂冒是而得名。其信然欤？顾创建年代及中间废兴，国朝以前弗可考。康熙丙戌毁于水，陈翁孟三、在修伯仲，邹翁康廷，首倡修复。乾隆甲戌仍毁于水，晏君顺衡等募修之。不数稔而再圮。

戊子春，浮屠松山恻然有徒涉之伤，偕诸首事等过余山中议复。余禀请叔父星门命，与族里人士牵率相度，约河身之宽狭，审水势之急纡，舍旧岸而更定新址焉，规制袤广视昔有加。众志佥同，乃介于邑尹洪公集崖、学博胡公孱陵，各为弁引，树之先声，伐石断流，次第鸠庀。松山以工巨费绌，日夕劳瘁，一目几为盲。嗣诸君子相与并心壹力，越期始克蒇事，邮书京师，属余为记。

忆余少时桥方完善，从先大夫后，策款段，御篮舆，岁数经过，虽昏夜无顾虑。自桥之圮，溪流暴溢，厉揭维艰，有急则呼渡稽迟，非时则卬须莫应。甚至褰裳不戒，濡首堪虞。间值星轺突来，伐木以济，间左借是驿骚，官司殊多踯躅。今者长虹屹若，带水恬然，居民无鼛鼓之烦，行旅有康庄之适，讵非快事！视彼庸夫愚妇舆金辇粟，奔走于二氏之庭，以希觊福利而喁喁然恐后者，孰得孰失，相去当何如也！抑又以见我朝休养生息，涵煦百余年之久，用能家室盈宁，岁时丰乐，乡人士向风慕义，不吝财贿，以仰佐圣世除道成梁、民无病涉之仁政。而松山以四大俱空之身，勤勤恳恳，为一方举废坠，是固佛氏慈悲之旨，而与吾儒利济之心若相符契者，呜呼，其亦足嘉也已！

桥经始于己丑桂月，落成于辛卯腊月，约费白金共贰千百余两。董其事者，朱禹璜、陈将仕及族子九洪等，助输姓名，则视捐之多寡第其后先，另书于碑云。

石门潭文昌阁碑记

陶必铨

水月老人观音阁既竣事，拟于其上一层肖梓橦君祀之未就也。时里之读书其中者多获隽，佥以为念感所致。癸丑，余兄洞崖毅然集同志诸君子成之，而颜其阁曰“文昌”。

文昌君者，梓橦君也，姓张讳亚子，越嶲人。早取科第，不乐仕进，隐于蜀之梓橦，借教授以行其志。士人宗之，咸曰天有文昌君，即其人矣，故世谓之文昌君。余考《周礼》司中、司命、司禄，实为文昌之第四五六星，自周以上皆祀之。孔子生于周末，为继往开来至圣，而自宋以后，祀始遍天下，然村落中犹未敢庙祀也。今司中、司命、司禄，统于幽禜，未有特祭，而乡人犹得以祀梓橦者祀文昌，亦可思矣。夫人受天地之中以生，汤言降衷是也。孔子谓不知命无以为君子，学也而禄在其中。每慨读书识字之人，往往弃故有图非分，饕餮素餐以秽其迹，不惟与孔子之道悖，亦非文昌之所以教也。余忝列同事，与诸君子夙夜砥砺，期为纲常中人，毋贻名教罪，此物此志，即将借以自程，非如世俗求福田者之所为也，故于蒇工之际，弁数语于碑首，因以告后之有志于学者。

雩家口义渡碑记

陶必铨

《尚书》：浚畎浍距川。《周官》：万夫有川，川上有路。注云：可容牛马行。盖谓可车行也。而川之利用，舟独缺不载，岂王政为有未备欤？然吾尝考画野分疆，起于黄帝，作舟车以济不通，旁行天下，亦自黄帝始之。洎后禹乘四载以平水土，以懋迁有无，化居乃粒。是则圣人制治，夷险通阻，陆有梁，江有津，所以通天下之穷者，至周而甚备，其所由来久，《考工》文不具，不足疑也。

资水发源都梁路山，行千八百里与沅合，为益阳江口。其支流东南出与湘合，为陵子口。而雩家口则支分首受水处也，熙熙攘攘，实为孔道。夫冲要之区，商舟来往，俱得从流上下矣，而行旅肩摩，独不得乱流而渡，何也？盖昔之人亦尝醵金为计，而每苦于舟子之贪，坐困于行囊之涩，是利济而反以病涉也。使居守者熊罴是裘，客行者汪洋兴叹，此又仁人义士所扼腕而奋臂者也。大抵计利则忘义，本仁以行义，则事可永图而无所不利。以小人之贪于利，而险者益险，阻者益阻，梏于其习之不仁也。君子行其义，而险者以夷，阻者以通，发于其心之至仁也。

欣逢我国家累洽重熙，雨旸时若，比岁以来，滨湖一带，民多富实，修利堤防，开通道路，有利必兴，有病务去。国学生何君易诠、县学生郭君平邦，复恻然念雺家口之阻于险，而行者之羞于囊也，谋于众得若干金，于是为两舟，水其一而亭其一，以时油饰，更迭升下，而又置田数十亩，收其入以备节年修理，以赡舟人朝夕，使不得索行人之直。两岸广为石步，而下岸受水冲激，不无崩圮之虞，亦石甃之令益坚，盖其用心亦勤矣。功既竣，将以好义诸姓名勒之石，而以书求记。於乎！此义行，不惟堤基固而人安枕席，津道通而人庆康庄，亦可以餍舟人之腹，而长其乐善之良矣。地名俗呼毛角口，有某先生者谓昔有雺氏世居此土，当为雺家口，因并正之云。

移建濂溪祠碑记

欧阳厚均

岳麓旧无濂溪周子专祠，嘉庆初年，吾师罗慎斋夫子掌教时，倡建屈子祠于山之阴。落成后，以其左为贾太傅祠，祔周子主于其内。每朔望释菜，春秋丁祭，大成殿礼成，率诸生躬诣祠内行礼，岁以为常。厥后有通人秉臬吾楚，以屈公称谓不典，易其额为“三闾大夫”，于贾祠内增设左徒弟子宋玉、景差、唐勒等主，复以周子未闻一至岳麓，乃即其主刓削之，改题为汉太史司马迁，加丹漆焉。谓迁曾至楚，有《史记》可考也。近日遂有以汉侍中王逸尝注《离骚》，复增一主于祠内者。夫注《离骚》者，前后数十家，往哲名流，指不胜屈，安得人人而祀之？此其不待辨者也。至于濂溪未至岳麓，而削其主易其名，如腐迁者奚堪与大儒相颉颃邪？且如宋玉、唐勒、景差，人品更不足论，亦尝涉足至吾楚南地邪？濂溪楚人，以乡人祀其乡先生，何地不宜？乃黜濂溪而祀诸子，通人固如是邪？

嘉庆壬申，袁岘冈侍讲为院长，始建专祠于书院内，特祀濂溪周子。捐资者平江黄修谅、宜章吴楚翔、临湘大锦、溆浦严正基，董其役者善化杨璋，碑记具在也。越六年，厚均膺聘而来。又三年，大中丞李松云先生率僚属渡江送学，周视祠宇，以濂溪之有专祀，礼固宜之，惟祠在朱张两夫子之右，位置尚为不协，于是诸同人闻之，请移建于上。适新辟地，构四箴亭以祀两程夫子，其旁尚有隙地，祠濂溪于其左，位次先后庶几咸宜矣。爰以募建崇圣祠之羡金，鸠工庀材，三阅月而告成，仍奉周子木主祀于其中。制龛位者衡山肄业生周濂也。先是康熙年间，邵阳车给谏主讲席时，尝摘张南轩诗句“超然会太极”五字，手书为额，藏于院，今粉饰而新之，悬诸祠内，以存乡先辈之手迹云尔。

改修六君子堂碑记

欧阳厚均

书院之祀六君子也，始于前明嘉靖五年。学道许宗鲁、郡守杨表改旧院讲堂为祠，御史黄衷记之。隆庆二年，于其前建仓二间，岳麓旧志载之甚悉，今其遗址未知在何处也。国朝康熙八年，抚偏沅周大中丞讳召南，始移建于四箴亭之上。崇冈巃起，树林蓊蔚，历磴道数十级而上，游人之迹罕至焉。阅今百四十余载，风雨飘摇，雀鼠穿穴，栌楹墙壁，势不能支，亟欲撤而新之。费无所出，乃属监院申请于大府，发帑余以资修葺，估计履勘，有稽时日。乃者暴风摧木，檐瓦多毁，转瞬伏雨秋霖，漏涔涔下，非所以妥神灵也。会诸同人新辟地，移建濂溪祠于上，其旧祠岿然犹存，爰乃贷资济用，即旧宇坋除之，补苴之，涂塈茨焉，涂丹雘焉。浃旬蒇事，迁六君子主祀于其中。门额则罗慎斋夫子所书，仍悬之，以存吾师之手泽。

六君子者，宋郡守朱公洞、山长周公式、郡守李公允则、安抚使刘公珙，元时与朱张两夫子合祀一祠。明始特建祠以祀朱、张，曰崇道，更为堂焉祀诸君子，益以明判长沙府事陈公纲、同知府事杨公茂元为六，盖皆有功书院者也。厥后屡有兴筑，祠与堂莫不并建。今移堂于祠之右，位次既宜，庶足以复旧观矣。旧志载六君子之外，宜祀者尚有元学正刘必大、通判刘安仁、明知府钱澍、王秉良、孙存、潘鉴、李本、吴道行及指挥杨溥，标其姓名，著之篇首，以志表扬。今按旧志所录，榜而悬诸祠内。其国朝以来有功书院者，采辑而踵行之，以俟后之君子。

顾近日有刊石载桂林陈文恭公抚楚时，大修岳麓斋舍者，有镂板载其事，属之诸城刘文清公者。稽之旧牍，陈文恭公曾厘定书院章程，迄今悉遵行之。其大修斋舍事在乾隆四十有四年己亥岁，距文恭抚楚时十余年矣。维时镇抚湖南者，南丰李中丞讳湘，吾座师长沙刘文恪公实董其役，廉使姚雪门先生碑记具在也。乃工犹未竣，中丞调任粤东，受代者为刘文清公，甫下车遽命停撤，以故斋舍虽修，讲堂暨各祠庙悉仍其旧，论者至今惜之。事关书院兴废，恐传闻异辞，纪载不实，并书之以告来者。

新葺岳神庙碑记

欧阳厚均

衡岳七十有二峰，绵亘数百里，迄于此峰，故称麓焉。在湘江之西，其东岸为长沙郡，今湖南会垣也。出云降雨，环郡之人，往往于此占验，故又称灵麓焉。昔宋真西山帅潭时，祈晴谢雨，尝祭麓山之神，今其文具载于郡邑志中。厥后官斯土者，偶遇雨旸愆期，罔不渡江而祷祷，亦罔有不应者。盖麓山之为灵，昭昭也。书院建山下，故事相沿，春秋二仲月，山长率肄业生望而祭之，岁以为常。

余既迁六君子堂于崇道祠右，其旧宇特立于高冈之上，瓦破檐欹，榱楹蠹损，倘不及时修筑，势必日就倾颓。爰与诸同人谋，即以工次羡金，急为补葺，易朽材，购新料，垣墉涂墍，焕然一新，制岳麓山神之主祠于其中，颜其门曰“岳神庙”。自今以始，岁时享祀，庶有专地矣。

庙成之次年，岁在壬午，夏四月，山中虫食树叶殆尽，土人走告于余。余乃择吉，于望后三日宿斋戒，厥明具牲醴，告于神曰：

灵山之发，厥惟草木。神实司之，昆虱毋作。蠢尔昆虫，厥生孔速。适从何来？弥山满谷。山有桥松，林有朴樕。昔也葱葱，今也濯濯。螟螣蟊贼，害我穜稑。田祖有神，尚火其族。赫赫明神，实佐衡岳。岳视三公，神亦蒲谷。惟夭惟乔，神所覆育。蠢尔昆虫，敢肆其毒。神赫斯怒，风驰电逐。歼彼群丑，填于沟壑。我酒既清，升香燃烛。神其鉴兹，庇此灵麓。

祭毕，命旁近各祠庙僧人，悉鸣钟伐鼓，以助神之威灵。越翼日，天乃雨，殷殷其雷，有风自西来，振拂于林樾间。移时而虫薨薨蔽空，而坠入于泥，胥化为鳅。噫，奇矣！麓山之为灵昭昭矣。于是同人请书其事于石。余惟神庙之立，其颠末亦不可以不书，爰伐石而备记之。

案：近来会垣祈祷晴雨，皆于李真人庙行香诵经。久不得，则又从乡中迎真人入城飨之，亦有得有不得。窃尝疑之，谓惟山川之神能出云为风雨。麓山为潭州之望，凡有祈祷，宜从西关外设坛望祀，以瞻望伊迩，可不渡江也。观于此文，乃知道光初年犹沿宋以来之旧。孰意后来于祈神之事，亦舍正路而寻捷径乎！材木为民生利用之大端，蚀虫伤木，等于害稼，当用治蝗之法，并借神功。文中所纪，皆事理之可信者，勿视为吊奇也。汝怀附记。

族中捐置岁课田租碑记

欧阳厚均

古者家塾之设，与庠术并重，所以陶养中材，其功效甚捷而远。顾塾必有课，或以旬，或以月，或以季，或以岁，优劣第焉，勤惰分焉，于培育之中，寓鼓励之意，家教之日宣所由来矣。吾族自先大夫建立家塾，岁延师以训族中子弟，阅今五十余年，成就多材，甚盛举也。往余尝在塾中肄业多年，复主讲席，于每月常课之外，时聚阖族生徒而课之，岁或数举焉。迨予备官京师以后，此举遂废，虽间一行之，复不能岁有常课，课有常期。于是仲兄树堂，与族衿尚华、南林、雨田，谋以每岁秋祭后一日，课族中子弟于祠。诸父老佥以为可，复慷慨输金，捐置田租，以为课期经费。适余省亲旋里，闻是举而深为吾族喜也。既有塾以教之，又有课以董之劝之，从此贤肖辈出，烝烝日上，诸父老栽培振兴之良法美意，讵可忘哉？爰述颠末，用告来者。

遗爱祠碑记

欧阳绍洛

国家以群力辑民事，自内外大寮至庶尹百执事，无非为民生计，而其尤与民亲者惟令。令之于民，百务相关，呼吸可通。其受朘者痛必深，则其受养者感必切。干济之力，人服其才，而未必信其心；姑息之仁，民幸其宽，而不能得其力。故古之称吏者，曰循焉，曰良焉。循则爱无不周，良则事罔弗立，是则守士之能事具，而司牧之名无歉也。朝廷嘉奖贤吏，体慰民情，令天下郡县得立名宦祠于圣庙前荣之左，春秋一体致祀，礼至备矣。

我邑自乾隆己卯补修邑志，其与祀典者固已详之前志，而自己卯以后迄今又八十余载，贤士大夫宦迹所及，父老艳谈往事，或举其姓而不能知其名，或知其名而不能悉其出身里贯。邑人士相与慨然，谓吾乡贤父母奈何使久而就湮。今值重修县志，而此事不亟举行，非义也。顾年来物力稍绌，而我邑众志所趋，考棚、书院、北塔等众役并兴，兼今岁逆瑶之变，军务旁午，未暇重葺圣庙，不得于圣庙前荣之名宦一祠独加修饰。且圣庙严闳之地，非平氓可常瞻省，揆诸子民饮食尸祝之意，尊而不亲，于是议者以增入名宦尚需时日。今众情既一，义无久旷，乃建于考棚西南隙地，为屋三楹，建立遗爱之祠，奉祀新志所修应祀诸公神主，将俟后之贤尹及学师、县尉、城守，凡有惠泽于斯土者，得以次附益，不敢遗，不敢滥，惟舆论之协从云。

是役也，经始壬辰八月既望，甫越月工竣，士庶鼓舞，咄嗟成事，所谓美而爱，爱而传，传而思永，庶几饮水知源之义也。因备书工作时日，而为之记。

踏浒市社仓田碑记代 陶浔霍

踏浒市有三四五都社仓一区，额谷外苦无羡余，积为社长之累者数十年矣。予初闻而疑之，曰：异哉！天下有行朱子之良法而反为人累者哉？其非仓之累长，抑长职有未尽耳。无何而家兄某任其事，予时从勷役焉。细询旧人，乃知向之甘受其累者，非不欲尽厥职而少为变通也，顾一疑于更张之难，二疑于募化之难，三疑于分任之难。积此三疑，是以宁率旧章，而不敢少加于前人之制，宁费己财，而不忍借助于同社之力。相沿相袭，隐忍赔垫于三年之内，而幸其息肩。此遗累之局所以久不可变也。

予闻而怃然曰：天下事岂特一社仓哉？凡为教为养，一切良法美意，未有积久而弊不生者。苟无治人治法，相与维辅于不衰，一不振而法丛脞矣，再不振而法耗蠹矣。师儒之视学宫为逆旅，守令之视州县为传舍，其中非无俯仰太息之人，而终不能不以有所疑畏而掣肘。盖继起任事之难，往往如此。而从前社长之焦心劳思罢力费财于此者，其情亦大可谅矣。然予窃以为职有未尽者，何也？则以能去今日之累，正以全昔人之美，原不嫌于更张也。时当重熙累洽之久，地为仁渐义摩之深，则募化较昔人当更易也。人之好善，谁不如我？将伯一呼，倡予和汝，又何忧乎分任之无人，特无有尝试为之者耳。

予遂不揣力微，于乾隆甲寅之春，邀集同志，分簿募捐。其时三都好义之士，幸有同心，果数月而千金集，置庄田，新廒仓，酌经费，定章程，数十年为累之仓，一旦而转为乐利。同人曰：信哉！天下未有行朱子之良法而反为人累者，然非某人之力不及此，请泐石以纪之。予曰：否否。兹役也，倡焉而人无异议，此前人立法之善也；输焉而人无吝容，此社姓好义之善也；任焉而人无推诿，此同人共济之善也。三善集而事举，予何力之有焉？顾其事亦有不可不记者。夫以前人行朱子之良法，尚不能保其不遗今日之累，吾侪今日虽已踵前人之法而除其累，亦特能尽一时社长之职耳，即又安知数十年后，人异世殊，此事之终不丛脞耗蠹，而遗后人之累乎哉？安知后人任斯役者之不视社长为逆旅传舍乎哉？然则治人治法，因时而维辅于不衰，其所望于后之君子正无尽，又安得无一言以谂之？是则区区载笔之心也夫！

忠义节孝祠碑记

胡泽汇

维国家教泽涵濡百有余年，凡忠义节烈孝子顺孙，皆令举于乡县学，乡县学登于郡有司，郡有司上其状于方伯中丞，中丞以达于朝，于是差次其事迹彰显，行能轻重，覆下于郡县学，以旌其人，以祀于乡里，以为风俗训。甚或勒之郡邑志乘，列史馆资载记，几与古之忠义节孝比烈。故有地虽僻而一行一谊亦传不朽者，人之禀于天者固然，亦其感激深焉矣。

城步岩邑也，自我朝雍正间，前令史始遵檄建忠义节孝祠于邑城内当衢之关，迄今七十四年，宋桷陊，墙屋欹，春秋祀不举，而忠义节孝之间绝不登者，亦数十年于兹。呜乎！是岂邑之士女不复奋兴于善与？抑牧斯土者鄙夷其民，虽举而不暇行与？不然则是闾巷之人姓名幽隐，即有之而力亦不能强之与？然则竦者擢，句者导，爬罗而熏浴之，是守令责也，是余之所滋愧也。

嘉庆四年冬，余摄篆，谒祠下，周视黯剥，慨然悯。有进而请者曰：不治且溃。岂繄祠祀之故，抑衢之人忧。爰撤其旧，楹材尽桡，遂悉更之。凡瓴甓之费，抟埴之工，栋栱之计，共若干。宫之广凡几寻，堂之三凡几筵，仍碑忠义于左，坊节孝于右，龛之中分者亦如之。前为室皇，额其门。基稍朒于昔，便衢道也；制綦实于旧，谋巩固也。而费之众输者，节孝裔唐氏为倍，不足则取充于公，又不足则益以廉俸。

夫是祠之修也，前令刘公以费绌中寝，而余踵其事，非第幸其成也，亦将于邑乘所采而阙旌表者附著焉，以为后之忠孝节义者劝，故述而碑之。是役也，经始于三月初七日，落成于六月。赞成者司谕胡泽汇、司训陈基、署司训吉启楠，董其事者县尉郭维均，监修者邑绅陈王纬、饶晋纬、戴飞云、王光琰，例皆得附书。

祠堂碑记

郭诚世

吾族自信丰迁粤，明季由粤东南雄之保昌迁于湘阴，世居城市。四传至霞轩公，人文渐起。乾隆四十二年丁酉，始立行派，醵钱为联芳谱会。嗣是凡添丁入泮，食饩纳粟，各有捐资，历年生息，至五十六年，共积得白金七百五十两。商建祠宇，相度地宜，置城南十字街房屋一所。壬子春，鸠工庀材，撤而新建，定其基址，高其垣墉，缭以井栏，树以槐桂，气象规模可谓轩昂宏敞矣。共费白金一千三百余两，积项不能敷，从伯曦三公率昆弟子姓量力捐输，八阅月而告竣。董是役者，长房秀锺，二房师望，三房俊章、钦周也。

乾隆六十年乙卯冬至，肃主入祠，于焉尊祖，于焉敬宗，即于焉收族。有为文运公所自出者，霞轩公同怀弟之后裔也，有为天宠公所自出者，霞轩公同堂叔之后裔也，群昭群穆，合敬合爱。其自始祖姚山公下，靡不顾而乐之。计自起立谱会以及建祠入主，相距几二十年而始蒇事，创始之难，盖若斯也。有基勿坏，继起者正当何如。爰泐颠末于石，俾后人览而知所自云。

谢贞肃公祠碑

邓显鹤

贞肃以成化五年来守吾郡，去久民益思之。嘉靖中，立专祠于东山书院之右。祠久毁，道光乙巳夏重修。

有明一代，宝庆贤守，曰贞肃公。谢氏名省，官满乞归，位秩未崇。壹名节惠，锡此美谥，望实并隆。传闻古老，公归无资，坐一官艑。归即斥卖，得价约库，手自识封。即此一节，见公全体，本末始终。世衰俗弊，道失民散，上下相蒙。贪人败类，瘠民肥己，罔恤疲癃。如公清节，今无古少，足挽颓风。书院之右，向有专祠，祀奉致恭。岁久隋弛，仅余穹碑，立荒圃中。我来主讲，搴挲嗟玩，借访遗踪。碑字剥落，篆额犹炳，掩映蒿蓬。念当修复，手无斧柯，奈此蘙丛。有长老周，将节母命，斩秽芟茸。其弟炳文，庀材饬匠，是斫是砻。不谋官帑，不赀众力，成此巨工。乃安公位，兼及侑食，左右陪从。善耻独为，德不孤立，懿好攸同。时则志局，厘定祀典，前后五忠。复有陈子，献钱十万，助粢牲供。厥名之弼，乐善足式，户册高闳。春秋之义，作事书始，勒于鼎镛。矧此大举，遏可无述，纪事书庸。公籍黄岩，家有名子，交西涯翁。师友渊源，文章风义，为时所宗。固宜出守，不负所学，成此治功。我作此碑，大书深刻，东山之东。敬告守土，靖共尔位，视此新宫。时惟七月，龙集辛亥，改元咸丰。记其事者，邓名显鹤，南村老农。有子侍侧，命之作篆，其名曰琮。刻之者谁？弥甥唐钧，字曰季筒。

浯溪颜元祠碑

邓显鹤

事有近时视为非急务，而修举厘正守土不容缓者，名义世教所关，即人心风俗所由以鼓动转移之具，非苟焉已也。浯溪为湖外胜境，有《唐中兴碑》在焉。其上有祠，祀颜鲁公、元次山先生，不知创自何时。稽之志乘，宋绍兴中，郡守张永有记。永以绍兴二十一年守郡，过祁阳，谒二公祠，属县宰刘獬易而新之。未几，獬罢去，以后宰李和刚终其事。既成，以书抵永曰：愿有述也。言修祠事甚悉。今去绍兴辛未六百九十有八年矣，是祠之兴废迁复不一地矣，前史无明文不得言。独记余于嘉庆末年过浯时，犹及见故祠面江而立，中肖二公象，北向坐。庙貌黯然，祗徊流连，形诸歌咏，有“黯黯荒祠几点烟”句，诗今刻浯溪石壁上，可覆按也。

道光丁未，重来溪上，寻故祠不可得见，迤东背江南向一祠，若新建，然墙壁裂弛，不敢近。移时，祁令王君至，肃客入，则前令所建二公祠也。按其碑记，年月甚近，而颓委若此，可叹也。既入庙谛视，易象以主，大书二公官爵，而元居颜前。余语王君曰：祠当主道州而客鲁公，今主居客前，可乎？王君然余言，即时更正，且云：祠初建即圮如是，不可不亟为改造。闻之祠必有侑，今二公岿然上坐，无以侑之，惧其孤也。先生习于礼而谙掌故，独无以进之乎？余曰：诺。归检《永志》覆阅，知故祠自唐以来即有，本名颜元祠，不知何时倒置。又考永西朝阳岩旧有元刺史祠，嘉靖间，郡守唐瑶以黄文节公庭坚、苏文忠公轼、文定公辙、范忠宣公纯仁、邹忠介公浩、范学士祖禹、张忠献公浚、胡忠简公铨、蔡西山元定诸公配享，易名曰“寓贤”。崇祯时，司理万元吉复进祀杨诚斋万里父子于席。于是覆书王君，议于正祀外，别为东西两龛，分祀黄、苏诸公，而增祀次山先生外弟袁滋德深于上。德深善篆隶，《庴庼铭》即其所篆也，以其官勋较崇，《唐书》有专传，又与次山为兄弟行，故进之配享，与苏、黄同列而居首，非僭也。若祠必有侑，凡在交游门墙弟子之列皆得与，江华令瞿令问与季康亲为次山篆书铭记之人，一时所与往还，则有唐节、张季秀，揆之于法皆宜侑，而以次山先生子友让及诚斋子某同退处东西序，如是则光复旧物，俎豆允协。王君又深以余言为然。

明年夏，祠成，制主分配合祀如礼，以书来征余文记其事。呜乎！名义风教所关，不能一日昧于世也。古昔圣王儒硕贤者，相与讲明切究，扶持羽翼，矜尚而风示之者，非一事也。当有唐天宝之乱也，河北郡县皆陷，鲁公以只手独抗贼锋，老尽节贼庭，万死不为不义屈。次山始以讨贼功迁官，迄刺道州，当贼徒溃败之后，蠲瑶薄赋，出民水火，如濡首焦发之不及待，恫瘝倒悬之切于身，作歌告哀，千载下读其词，使人咨嗟流涕而不能已，至今呼之曰元道州，与颜鲁公并称。中兴之石，砰訇震耀于天壤，妇人女子，亦知为二公遗迹，宝而重之，不敢亵。庙貌所在，虽历万劫而不毁也。呜乎！此岂非名义世教所关，人心风俗所恃以长存而不敝者与？配享诸公，考东坡、颍滨两先生皆未至永，坡翁虽有移永之命，未果来也，而文章风义，实有与永之山水相发者，邦人乐祀之，不敢有所进退也。

王君名葆生，字初田，凤阳人。修复二公祠，商所以配飨侑食，竞竞焉修举厘正，惟恐失坠，庶几能知缓急本末者。既记其事碑于祠，以告天下后世，复为迎神送神之曲，冀闻者知所感发兴起，又以望来者之谨守勿替云。其词曰：

神之来兮湘浔，骑箕尾兮鸾骖，朝发河北兮夕江南。左凭玉座兮右琅函，聊容与兮一龛。神之来兮江阴，扬桂楫兮霓帆，朝发昆墟兮夕浯岩。左挹颜臂兮右元襟，聊肸蚃兮同歆。神之去兮湘天，揽余辔兮迟延，怅天路之阻儃兮虎豹当关。神兮归来，福吾民兮毋使民冤。神之去兮湘堧，弭余节兮回旋，怅川路之渺漫兮蛟鳄垂涎。神兮归来，奠吾民兮永以民安。

新建杉木铺参政祠碑

邓显鹤

宋陈参政公当南渡初，避地襄汉湖峤间，行万里路，诗益奇壮，造次不忘忧爱，论者比之少陵，所至为湖山增重。顾少陵为寓公于楚，足迹未至吾邵，而简斋先生寓邵久，见于集中可考者，贞牟、远轩、罗江之类，不一而足。其初至邵，《将至杉木铺望野人居》诗：春风漠漠野人居，若使能诗我不如。数株苍桧当官道，一树桃花映草庐。《晓发杉木》诗：古泽春光淡，高林露气清。纷纷世上事，寂寂水边行。客子凋双鬓，农家自一生。有诗还忘记，无酒却思倾。深情远韵，感怆无端，七百年后，如闻其语，如见其人。

道光乙巳，余重来主东山，承修郡志，求杉木铺所在，盖无有能言其处者矣。已同邵阳学博彭君彦深履得其地，在今黑田驿官道旁，双株屹立，铁干铜柯，挺然道左，古光油然，千余年物也。土人亭其下，呼为干杉树。黔阳学博黄君虎痴称其大十余围，高十余丈，霜皮尽褪，铁骨高撑，可入画境，为采入《湖南方物志》。逾年，余以事道黑田，复憩其下，摩挲嗟玩不能去。因思此种神物，溷迹风尘古道中，为荛牧所狎，而高官贵人冠盖如织，亦熟视无睹，并简斋之诗不知作何语，良可慨也，乃为歌诗以张之。一时湖外名流，海内词宿，和章麕至，既刻为古杉诗社，分贶同志矣。

先是，余语彦深，以双杉之古见《简斋集》，宜为世珍重。顾阅七百年之久，方志别集无一语道及，若再阅岁时，不为培护，将遂湮没于蛮烟瘴雨中矣，不重可慨哉！谓宜围以石栏，构亭其上，榜曰“古杉木铺”，而别作一祠为简斋草堂，大书两诗，刻于贞珉，以昭示来世。彦深以为然。而志事初起，艰于筹画，无力他及，书生望古，言之而已。适孝义张公来守宝庆，闻之欣然曰：兴废举坠，守土责也。余不可不为两君成此美举。

戊申春，公以事往返长沙，亲履其地，周遭审视。仰见双杉岌岌于茅茨荆棘中，若神龙之困于鱼服然，曰：是诚在我。遂诹吉兴工，以事始于余两人，郑重相属。县人杨正东者，有田在其地，其人谙习工程，勤朴可倚，乃白于公，委以监造之责。

其年十月三日，偕往相视，宿古杉树下，经营图度。以官地狭，又买他姓地拓其基，凡得地周三十五丈六尺。爰召工匠，辇石运甓，薙冗除秽。为台一，崇八尺有八寸，长伍其数而少强，广视长有半，皆以石。上为石棁石桹，修洁玲珑，长广如其数。中为重台，崇五尺，长广整方，方各八尺八寸。恐其久而差也，四隅钩连处凿为要形，溶铁汁衔之，所以固杉身也。右为草堂，以祠参政，高二十一尺，深如其高强三尺，广视深强十有二尺，名“简斋草堂”，所以嗣响少陵也。亭其左，为八觚二层，以便登眺，取简斋“一树桃花映草庐”句，曰“桃映亭”，崇二十有八尺，高距台颠，平视木杪。至此，四山之畏佳起伏，行人之往来出没，皆可俯而窥、仰而跂也。迤右为碑亭，立石以纪建置本末。右为横舍五间，高丈八尺，广五丈六尺，参分其广，以其一为之深。右之下为屋一，以栖守者，置恒产以饲之。其隙有小杉，亦围以小台，所以别凡木也。台之左右为牌楼二，高十有六尺，左书“古杉木铺”，右书“陈参政祠”。祠外为惜字炉一。大凡用石三千六百八十杠，木四百八十九株，石灰万九千二百八十五斤，砖三万八千二百八十有奇，瓦十万四千有奇，都计靡金钱八十一万四千七百六十一。不费官中一丝，不假民间一粒，成此巨工，蔚为伟观，夐乎美哉！

夫游观台榭，贤者不废。晚近好言福利，凡有关风水祷祠之事，皆乐为之。若兹地距郡治七十里而遥，非有游观之便、登陟之乐也；荒驿旷野，非有风水之益也；寓公词客，非能为祷祠之灵也。而公清苦淡泊，度支繁巨，又非有余于财也，乃孜孜汲汲，不惜劳与费为之，此岂无说以处此？末俗凋敝久矣，乡曲愚氓，怵于祸福，不惜竭物力以崇奉土木，一二庠序士亦靡然从之，好巫信鬼，楚俗类然，邵人尤甚。至语以古迹岿存之可宝，名贤流寓之可贵，则漠然如不闻。因锢蔽而固陋，因固陋而弇鄙榛僿，狂惑陷溺，所关于人心风俗靡浅。参政公在宋为名臣，为硕儒，为词伯，当南渡初，避地来郡，留题最富。其诗奇壮悲愤，与其忧时感世之隐，旁薄喷溢而出，在宋诗中卓然为一大家，以之接武少陵，洵无愧色。而邦人无能称道，方志且误入名宦，俗子又竞为鄙俚诗词以附会假托，吁！国犹有人，不如是之陋也！此祠成，与两杉赫然道左，俾东西行过是路者，皆得仰观翘望，于以耸国人之耳目，扩乡曲之知识，激发后生小子之心志，将于此举倡之。若徒与少陵草堂并峙，为一方之掌故，尤浅之乎视此举矣。既述其事文于碑，复系以诗。太守名镇南，字俪卿，山西孝义人。

诗曰：

有宋诗老，陈简斋翁。大名抗杜，忠爱亦同。南渡之初，避地湖徼。间关跋涉，遂历吾邵。兹地一宿，今成千古。双杉矗矗，历劫不腐。左杉木铺，右参政祠。中为草堂，翁神实栖。作堂祠翁，甃石护杉。敬恭仰止，邦人式瞻。岂徒邦人，百代过客。光景如新，吟魂不隔。阅人成世，论世知人。在唐韩杜，在宋苏陈。诗有正声，时逢变雅。扰扰尘寰，栖栖旷野。高林古泽，如闻其声。孤标千尺，渺若平生。吾祖两言，为翁写照。桥木新祠，荒村炳耀。刻此丰碑，屹立中馗。用告来哲，诗以声之。

新建江神庙碑

邓显鹤

《汉书·地理志》：资水过郡，旁行千七百里入洞庭。盖言水源之远且大也。溯自郡境茱萸滩，奔腾曲赴至县门，绕而西，复东北出县境，过安化、益阳，以达洞庭。其间经历最险处，滩高道阻，两峡刺天，中惟一线通舟，乱石横亘，撞击砰磕，如怒霆狂吼，舟触辄沉，榜人贾客，掉胆惊心。衔尾开头而下，昔人所云三百里滩，即《水经》之茱萸峡也。县在万山中，滨资而城。土瘠民贫，物产所宜，劣供日用，凡百所需，半资他境，而殷商巨贾，率望而却步。一二土户，挟区区竹木油铁煤米，以转运四方财物，冀获微息者，动色咨嗟，相戒惴惴焉，惟江神是赖。

县故有水府庙二，一在下渡江，一在大街后，湫隘庳陋，不足以栖神迓福。近居民等以资岸迤东步头被啮多圮，建石堤以捍奔湍，堤成，庙其上。为正殿一，拜台一，神台一，厢房四，周以围墙，高大宏整。地既爽垲，工复坚致，规模雄壮，气象裔皇，洵足以妥神灵而福吾民矣。经始于道光甲辰冬，越丁未夏告竣。计用砖二十六万，瓦三十六万，木二千余株，石三千余方，都费白金六千两有奇。岁以春秋佳日，醵金歌舞奉祀。从此嘉福神惠，舟楫往来，布帆无恙，履险如夷，驯致物阜民丰，其邀福于江神者，宁有既哉！

是役也，董其事者，监生某某，从九职衔某某，皆自备薪水，旋相督工，始终勤谨。监修者某某。述其事来征文者，郡学生员刘洪泽也。既记其事，复为诗以正资水之名，使来者有所考焉。诗曰：

洞庭五渚，巨浸有四。沅澧潇湘，资当其次。训曰深清，亦名曰济。三百里滩，滔滔东逝。临资清口，称名略备。易潇为潇，呼济为霁。名易地殊，古义今昧。要谁尸之？如水行地。梅山之阿，资水之澨。实有专祠，岁久浸敝。懿与邦人，作庙弈弈。歌舞迎神，肸蚃肇祀。福我四民，利及百世。诗以声之，敬告来裔。

广济真人祠碑代

邓显鹤

武冈州治之东有问雨轩，建自嘉庆间州牧咸宁许刺史绍宗。刺史自为记，以谓轩面云山，山能兴云，云可致雨，故以“问雨”名，所以课晴雨重农力，甚盛举也。顾其所谓问者，将问之天乎？天不言也。问之山乎？山无语也。问之民乎？民不知而徒工怨咨也。将于何问之？夫亦曰有司之者而已。司之者谁？昔先王之治天下也，先成民而后致力于神。又曰先王以神道设教。夫所谓致力设教者，岂求之不可知之域，索之无何有之乡也哉？诚以井田学校，圣王治天下之大经，礼乐刑政，圣王治天下之大法，而雨旸休咎，阴阳差迭，水旱灾眚，与一切祈祥征应之故，必有尸其职、操其柄者矣。圣王为之斋戒其神明，精一其心志，以交于冥漠之中，夫是以天人䜣合，神人胥悦，百谷顺成，群黎蒙福。盖其心无愧于屋漏，而后鬼神得免于怨恫；鬼神无怨恫，而后闾阎无愁苦嗟叹之声，人民鲜夭札瘥厉之患。圣王调燮之精，吾儒修省之密，胥是道也。

秦汉以后，五畤祷而神仙之说熺，金人梦而佛氏之教兴。自是以降，仙真、帝释、普济、灵佑之号遍天下，或且疑之。其在宝庆，奉英佑侯为水神，孚佑侯为渠渡神，以及文斤真人之于文竹，李震真人之于高霞，申天师之于余湖，孙真人之于龙山，莫不功施亿兆，灵著洞渊。虽时有升降，运有隆替，而其保制屯厄，攘除凶妖，感应之捷，灵爽之昭，实有彰彰在人耳目者，非诞妄之说所可同日语。故尝以为佛以救世为心，仙以度人为术，圣贤非必有求于仙佛，而仙佛实能济圣贤之穷。今天下之待救望度者多矣，世道凌夷，人心陷溺，圣化所不能移，王道所不能格，舍仙佛其谁援手哉？此广济真人之所以著灵于湖湘间，继晋唐诸真人而起也。

今夏旱魃为虐，湖以南多歉于收，武冈独书大有年，恺泽甘霖，频祈叠应，非借真人灵贶，何以臻兹？爰思敬建祠宇，仰答慈惠。适问雨轩就圮，因即其基址，改构祟阁，奉真人居焉，题曰"驻云"，以阁面云山，踞一州之盛也。山故为道书所称第六十九福地，有秦卢侯二仙之迹焉。杰哉斯阁，与七十一峰对峙，缥渺于重阻齐秀芳风藻川间，吾知仙仗佛幢必有乐驻于斯者，其造福吾官民岂有既哉！则谓先王成民而致力于神，与以神道设教之旨，胥于是乎在焉，亦无不可也。

真人名毓万，长沙李氏，道号子静，居县之花果园。生元至正间，以医术济人，不索谢，贫者与以药资。喜诵《黄庭经》，尝学道于周野仙，得太乙刀圭之旨。年三十六，羽化于水渡河龙潭山，盛暑恒干不腐，异香闻远近。土人即其地为龛以奉，有疾病求之即愈。明代之末，藩封福国佑民金紫光禄大夫，非真人意也。道光六年岁旱，当道遍祷不应，已迎真人法相入城，甘雨随车，崇朝立沛。湖南巡抚上其事，诏封广济真人。今立庙长沙城内，称广济真人祠。星冠云服，翛然上坐，从真人素志也。

金峰岭纪功碑

邓显鹤

国家承平日久，地大物博，芽孽易滋。楚于天下，幅员尤广，西南际黔粤诸郡，峒窟歧错，苗瑶杂处，民气最嚣，非得知勇深沉、威信素著者坐镇而久任之不易戢。于是朝廷以今太子太傅兵部尚书长白裕泰公名德宿望，为楚民惮服，由初莅湖南至总督湖广，盖二十五年于兹矣。其时湖内外数数有兵事，无不应机立办。而蕞尔一邑，十五年间四动大兵，屡起屡扑，廑而底定，则莫如宝庆新宁之甚，尤莫如新宁金峰岭之著。

金峰岭即金城山，道书所称五十九福地也，近为贼巢穴。公既诱之归聚而毕歼，复生致其酋于阙下。而正值今天子登阼新政，郊天谥庙，礼成之际，薄海内外，震动恪恭，奔走恐后，受成视学，以讯馘告，天子益用嘉赖，酬庸纪绩，是不可无述已。

当雷再浩之起事也，当事议修新宁城，事平城竣，而李沅发之变继起。沅发水头村细民也，素蓄异谋，乘道光二十九年夏岁饥，人心易动，辄以劫富济贫为名，啸聚村落间。谋既定，遂率其党谢友兴、罗登爵、陈尔坤等数百人，昏夜入城为乱。既劫狱，戕署知县万鼎恩，城随陷，时十月丁丑也。贼据城，益号召远近，迫胁二十八村八峒乡民从逆。伪令蓄发易服，人给红巾为号，有众二千余人。潜遣其魁分赴楚粤黔三省，勾结丑类，伪设五营头目，分造五色旗帜，势张甚。公闻变，奏请亲行。既抵长沙，会北抚以忧赴。时荆湖大祲，骤易主帅，虑有他变，乃奏请回镇办振，而以兵事专属南抚。南抚既受事，驻节宝庆，分任提镇道员督募壮勇，旬日获万余人，合各营兵攻城。城小而固，相持四十五日始破。贼乘间溃围宵遁，而南抚遽以复城报。贼四窜焚劫，戕守隘官如故。事闻，先帝震怒，命公以重兵继往，兼问诸臣失事状。公闻命即行，明年正月乙卯抵宝庆，以武冈为行营，易将增兵，练勇筹饷。分布未竟，贼已窜入粤之古宜，旋有传素之失。传素，龙胜副将玛忠阿战殁地也。传素失利，贼氛益炽。

是时，朝廷方有大丧，公在行间，叠闻两宫哀诏，惊怛不胜，洒涕视事，而贼中警报日至。公度贼踪远扬，不西走黎镇，必东窥辰沅，密遣健足，两昼夜抵黎平，阴结黎人为助，且饬古州严备。飞檄靖州裘牧琨鸣，严守洪江，遏贼北渡。而以常德协孙副将应照护提督，永州协谷副将韫灿署总兵，以靖州副将博春、镇筸游击李英为统领，各将兵分剿。复以靖州空虚，虑贼窜越，命护盐道永顺府夏守廷樾、永桂陈通守炳，驰会裘牧暨通道县余令凤鸣，协力防堵。贼由牙屯堡至茅坪，距州城十五里，为靖人击退。复窜三眼桥，防兵寡，猝与之战，死绥者六人。我兵奋勇鼓而前，杀数十人，生擒七人。贼知靖有备，始不复窥洪江矣。贼既不得渡，折而西南，躏黔之四乡所平、茶所、黑洞、特峒，裹胁日众，劫取财帛日益多，规合九华山股图进取。九华山，黔西一渊薮也。适古州防兵先至，贼惊为神，复走南江水口，粤西界也。粤中有备，不得逞，退走地平。时续调兵未集，公所遣游击李英兵甫至，乘势追剿，杀数百人，夺获器械无算，时二月壬午也。捷闻，天子嘉奖，有旨饬令三省官兵会剿，且命广督拨饷二十万，飞致行营，听公调度。公感激上知，督战益力。

贼往来黔楚粤郊，东西冲突，出没无常，兵勇蹙之，动与相左。圣心焦虑，盼捷音甚急。公愤甚，将移营东安，逼贼垒。贼跳而走沙宜，以三月壬寅渡永福之理定河，粤兵不及防。公飞调副将博春、镇筸游击傅振邦、绥靖游击韩世禧及李英将兵三千人穷追，而以夏护道督兵，永绥翟同知诰主饷，候补县刘廷玉侦探贼踪，悬军深入，戒之曰：不得贼勿归也。贼渡河后，窜临桂，历怀远，逾融县，越永宁，走阳朔、雒容、修仁、荔浦，所至辄败，我军益奋。而沅发恃其党翻山走险之能，无复畏忌，有趋西延规五排之意。公诧曰：五排为瑶窟，贼得之以窥东粤，殆矣，不如虚一面以诱之归。吾计决矣。乃尽撤西路防兵，以示无备，而阴令署新宁县戚令天保、前署县吴令逢泰、城步委员前桂阳州俞牧昌会、候补县徐令国斌、城步县蒋令成密为之防。且以其策入告，圣心领之，公益喜庙谟之合，乃令诸将博春、应照、韫灿预为霾伏。

先是，上以贼久未平，令四川提督向荣调湖南助公。向公，宿将也，至是抵武冈，公密授机宜，星夜赴粤。贼畏向公，谋东下甚急，由梅溪口水陆并下。公已先遣湖北候补府刘守若珪、前汉阳经历孙守信，会同新宁知县教官，各募壮勇，练习储偫以待。四月戊寅，贼回新宁，尽焚水头村，声言渡江攻城。我伏兵四起，毙贼甚众。贼穷蹙，拥沅发登金峰岭。岭高而险，上有大丛林，饶蓄积，贼据以为负嵎计，无敢仰攻。庚辰，向公至，亲督兵岭腹。会天大雾，连日不克。甲申，公虔祷汉前将军关侯庙，越日天霁，黎明，公下令灭贼朝食。向公身先士卒，距踊登山，亲冒矢石，斩军士反顾者以徇，众奋跃。陈尔坤者，贼中骁将也，抵死抗拒我军，连发四巨炮毙之，贼遂溃。大军乘之，纵火焚庙，生擒剧贼五十八人，余众尽数歼毙，无得脱。罗登爵拥沅发由岭后遁，乡勇截获，缚献军前，其日为乙酉也。而贼中所称巨猾善战无敌之谢友兴，亦就缚于东安知县邵绶名。贼遂平。

公下榜安民，槛送李沅发京师伏诛。有旨命臣泰留办善后事宜。公奏定章程，以其事责成臣廷樾署宝庆府知府，臣魁联督率官耆等，按村按户，严密勾稽。议设新平营守备弁兵，以资镇压。原设千总兵卒移驻楚粤黔界地，为分防营汛，以备守御。事皆施行如章。边境肃清，士民悦服。

是役也，护巡抚布政使司臣万贡珍、经理兵饷署布政使按察使司臣春熙、署按察使辰沅靖永道臣吕恩湛、衡永郴桂道臣张其仁、总理局务司行营军饷者长沙府同知臣陆咸升、道州知州臣俞舜钦，暨臣廷樾、臣若珪、臣诰、臣联，最先赴军前募义勇防御团练，与守土投效文武官绅，通若干人，以劳卒于军者为沔阳州知州吴璪，遇贼不屈死者为新宁举人陈佳保，督领乡勇遇贼被害者为新宁生员训导衔邓树堃、靖州生员沈开甲，守隘被戕者有经历刘炳南、守备熊钊，对仗战死者有守备哈心靖、千总世职黄廷英、千总胡国祥诸人。事闻，天子以臣泰功最，晋太子太傅，臣荣交部从优议叙，臣贡珍、臣熙、臣恩湛、臣其仁交部议叙。以道员升用仍从优议叙者臣廷樾，以知府升用者臣咸升、臣诰，以同知直隶州升用者臣国斌、臣廷玉，加知州衔者臣天保。从优议叙者臣琨鸣、臣凤鸣、臣成等五人。赏戴花翎者臣若珪、臣炳、臣联、臣舜钦、臣绶名五人。将弁臣韫灿、臣博春、臣振邦、臣世禧等六人赏换花翎。赏给巴图鲁名号者各三人。赏戴蓝翎及以州县佐贰参游都守升用者又若干人。凡从戎投效诸人，皆晋秩授职，死事诸人，皆照律荫恤有差。

凯旋，在事诸公率边郡士民，以我公英谋伟伐，奠此岩疆，不可无述，属新化邓显鹤为文以纪。显鹤州民也，无能为役，而新宁县戚令使人砻石于金峰岭之颠，邵阳县刘令馨朝亦将州将命议立石东山精舍之右，曰愿有述也，俾天保等亦得挂名不朽。遂免为文刻石，宣布圣化，昭示来兹，俾我公功德与兹山并峙，永永无极。其词曰：

天佑圣清，际海环瀛，偕我太平。蠢兹南服，峒窟林麓，实生异族。前蓝后雷，为蛇为虺，旋炽旋灰。雷逆方惩，李逆复兴，无岁不征。征兵四出，山鸣谷溢，坐使贼逸。城小而固，卒骄而怖，帝闻震怒。曰惟尔泰，论功称最，以尔平蔡。公拜稽首，奔走恐后，靖此群丑。诹吉南行，祃于所征，遂抵行营。易将添防，措置未遑，天地凄惶。攀髯莫及，公慑以泣，三军悚立。嗣皇亲政，河岳禀命，罔有不令。悯尔一隅，盱盱呿呿，昼啸宵呼。始窜城靖，终逾粤岭，莫知所骋。公曰噫嘻，穷寇勿追，吾计诱之。鼠两魏三，狐北乌南，旧穴贼贪。乃开一面，驱豚归圈，若操左券。金峰之巅，高可镵天，聚而歼旃。凡此谋猷，神乎龟繇，速于置邮。公曰主臣，天子圣神，诸将甡甡。将猛贼蹎，遂安我边，天子鞠鞠。边圉既奠，尔宅尔佃，市井不变。帝曰元戎，余嘉乃功，锡爵酬庸。公拜稽首，天子万寿，敢不拜受。惟帝之哲，惟公之烈，日月并揭。作此诗篇，刻之山颠，于万斯年。

重修三台塔碑记

赵先雅

塔之建也，乡前辈著有成劳矣。乾隆四十八年，蔡二然夫子暨熊玉峰、周树园、温巨湖、阮云阶、朱次仲、王锦堂、叶一山诸先生，始议兴役于治东五里孟家洲，命之曰“三台塔”。盖前明罗萸江、郭些庵两公，尝建三台阁于此，而塔因以名焉，仍前志也。二然夫子即世后，踵修者谢云槎、许鹅湖、邓梅亭、臧近亭、周斗南诸乡达。斗南，树园先生上嗣也。功逾半矣，寻罢，吴省田先生暨李萼堂踵成之。其塔之作，前后凡二十年，成未几，旋圮，邑之人有意新之，而重其事不果。

吾友文君汉卿，慷慨负意气，毅然以邑中事有关风教者为己任，常欲修举废坠，复还旧观，成乡前辈之志。而潘云门丈以老成宿望，与其议契合，曩者试礼部，南北往返，途中屡为余及阮霞衣言之。嘉庆十八年冬，介休任明府宰吾邑，云门丈与汉卿具以告。任公曰：是吾志也。乃悉征邑父老搢绅先生，佥以为盛举，愿从事。爰命匠民，因旧址为七级，高百二十尺，洞其中，梯其左右，辟门其四方，螺旋蚁缘，可升高而望远。其财用出入，则邑诸同志掌其征。云门丈之季弟宇逵司其目，其经营大小诸事，则汉卿与云门丈执其总，吴君庆堂决其谋。庆堂，省田先生上嗣也。当是时，合心同规，课督甚急，工匠丕作，远近资给者亦源源相济，落成有日矣。任公解组去，延川李明府及文武同僚发焉。盖自嘉庆十九年春经始，越明年夏六月甲子告成。

夫事莫难于创始，亦莫难于成终。方议重兴是役也，余私虑其落落难合，洎乎审曲面势，风至飙举，不再期而工毕，此岂徒以冥冥决事而成功顾若是速哉？惟信足以动众，惟敏足以趋时，惟有所承借而为之则易为力。向非乡前辈遗其基，董斯役者勤其职，以及通邑诸君子踊跃辐辏，仗意气而急公义，何以臻兹，其诸所谓始之终之相与以有成者乎！是皆宜与浮图并不朽者也。

塔成逾年，汉卿归道山，云门丈勾出考入要会，胪列同志暨捐资诸君姓氏，属霞衣记之，与庆堂谋勒诸石。又明年，余与计偕北上，由进士入词垣，乞假南还，会刻石方蒇事，邑人士以事惟纪实，且前此创修者姓氏不可没，诿诿余识其颠末如此。其山川形势，与是塔之为下流镇，霞衣论详矣，兹不复云。

重修酃县学碑记代沈邑侯道宽　毛国翰

酃县学置自宋嘉定，后由县西移而东。雍正十一年，复撤其阴明伦堂于东别建，地乃得宏敞。道光三年，余承乏来兹邑，顾礼殿将倾圮，且非古弗称制度，因与学师长沙毛君、桂阳刘君谋举而新之。越二年，所议乃定。于是鸠工庀材，扩隘而广，易陋而古，斫砻黝垩，丹雘暨茨。明年之六月毕役，殿庑戟门，焕然改观。邑人士愿纪其岁月于石，以昭不朽。

余惟郡县立学自汉始，故其时吏治烝烝，化及遐陬。酃故汉县，几经更置，犹存旧名，而隶于衡。地居深山中，其民气勇健，淳固悖朴，犹有先代遗俗。曩者困于兵燹，讫闽、滇之变，泉、零、郴、桂以北及酃皆扰动，山谷剽掠无虚日，而学舍颓废于榛芜中者久之。盛朝德教，敷鬯遐裔，庠序之化，沉浸醇酴，于今二百年矣。酃为湖外底邑，其去帝畿，视汉都雍洛更千里而遥，则儒师之所训迪，有司之所巡厉，兴教劝学之制，可缓于中州乎？吏斯土者，博之诗书以拓其心胸，习之礼让以文其刚劲，佩之华藻以化其朴质，课之日月以精其艺能，使翘秀既易于成，椎鲁亦乐于为善，酃士之兴，将必与董、贾、班、扬之伦竞秀千载，而为当代祯祥者，风教所臻，不与酃之邑俱古乎！

是役也，经始于五年七月壬辰，凡十一越月而告成。董其事者，玉山县丞罗子首山，先后赞理者，例皆得以其名附焉。

修狮子矶虎子矶碑记　蔡用锡

自桃源溯流而上，率多险滩，瘦石绵亘，棱角森列，或数里，或数十里，水势斗急，骇浪雪溅，操舟者无异陆行之入蚕丛已。惟瓮子洞一带，旧有铁索百余丈，牵挽有借，其利甚溥。迤西为狮子矶，又西为虎子矶，又西为上虎子矶，相距二里许，怪石错起，若踞若蹲，涛声怒吼，令人股栗。以狮虎名之，状其猛悍不可近也。而石岸壁立峭峻，不可仞度，其低而陂者，欹斜不能跻，一二凹处，或有鸟道，则又狭不容足，铁索无可施，旧亦间就低处悬之，而稍涨则没于水，莫仰其力。舟行至此，颠簸沸腾之中，触击磥硌之所，绝无把握，每堕大险。盖自来为水道计者，付为莫弥之缺陷焉。

太守雷公，因捐廉修治，命武庠某董其役。石工倚崖支木，横架为梁，猱缘乌坐，剥啄其上。而石质坚凝，遇铁迸火，数奋椎凿，破不及指。集工数十人，阅数月乃得开通。其峭削者皆截半壁而刳剜之，上辟若宇，深拓若廊，高五尺许，宽一尺，长二丈八尺。其凹者宽之平之，欹斜者直正之。甃石坎三处，折长三十六丈。计凿新路长二十五丈二尺，凿旧路长十六丈四尺，宽皆一尺。挂旧铁索十三丈，增新铁索十四丈，较旧制丈加十斤。自是数里中负者担者，亦坦然步武，舳舻牵挽之利，复何待言。疏凿龙门，可思明德已。工既竣，士民请予记以勒诸石。

龙山寻禹碑记

刘纪廉

予尝往来资江，于茱萸滩两山相束处曰岣嵝门者，顾名思义，久之不得其解。一日，与李良医谈龙山之胜，云邵水滥觞古庙者，亦有《岣嵝碑》焉，三十年前采药见之，乃悟资阴之山发于龙山，而资江之门因碑而名之者也。考方志无征，遂置之。明年，遇浮云石静师，亦云见之，但出地强半耳，于是决意往寻。

今五月新霁，再宿黄泥洞，居停李君款设极山家珍，肥而甘者豨也，问之，则曰：豨孳生极蕃大而绝有力，凡播殖，群过为空，山农苦之。时李病足，使其从弟梅庄导焉。明旦披星而往，转腋风亭，上寒婆坳，山高且峻，凡若干折。会龙山路三数里至宁家岭，缘岭刀耕火种，树杪多结巢，云夜则击柝以惊山豨者。

良久至南塘，日卓午矣。山饶老松，虬枝苍鬣，倚杖听画眉声，顿忘炎暑，颇以此境不在城市为恨。下视莫家冲，古庙在焉，因解衣旁薄坐老树根。梅庄曰：彼绵亘崔巍之岭产术，朱点斑驳，与茅山者相埒。因忆静参言昔申真人隐此山，饵术仙去事，低徊久之。维时一手扶僮，一手支杖，展转彳亍，忘路远近。至一涧，就石少坐，仰视山头，则半被白云封裹矣。隔涧猎者过，询以古庙路，则曰去此二三里。再溯涧里许，过独木桥，累陟累降，又一牛鸣地，过石门始至，则砖庙，非石庙也。涧自后来，绕右前出，左右巉岩壁立，排闼其前，俨然岣嵝门也。因坐听流水潺潺，不独洗耳，觉胸中数十年磊块，与之偕消，固一快事也。

僧归启关，亟起索之。惟旁竖二新碑，厨卧残碑一段，然皆纪名者。僧云：神禹座后，旧有符篆碑砌诸壁，年久瓦解，岁甲申，冶铁者积炭庙内外，一夕火作，碑灾焉，彼没土未烬者，犹埋诸墙，龟趺当在耳。因排墙索之，既，亦了无所见。嗟乎！禹告成功，勒石衡山，三千年后始樵者遇，虽好奇如韩昌黎、刘梦得，皆道听涂说，何尝登岣嵝峰而自寻之？今予则闻非一人，又亲历其境，而碑竟如云烟变灭，莫可踪迹，岂真神物不轻令尘世人见邪？

乃沿涧归，过野人家，主人童颜鹤发，问知其故，曰：穷岩绝巘，少读书人，相传山以产龙得名，古人立禹碑镇厌之，近十余年蛟患频作，安知非碑亡之故乎！问姓名不答，相与咨嗟而别。八九里，经老龙潭，谒泰芝庙，无龙神像而有敕封龙神、敕赐庙额等碑，殆宋宝庆后敕建也。出庙十丈许，又有宋邵州潘别驾忠恕记龙神显应碑颇丰，惜剥蚀不完，遂怅然返。仍涉长坡，抵黄泥洞，暮矣，主人煮酒以劳，徐曰：碑可毁，名不可灭，请志之以存山川胜迹，且使岣嵝门无负虚名，亦郡掌故者责也。因挑灯记此。时道光二十有四年也。

湖南文征　卷一百十五

神道碑上墓表　墓碣

方逸巢先生继室吴孺人墓碣

陈鹏年

余在湘南即闻江南有二方子，及守江宁，始知其父逸巢先生，以诗人之杰陆沉而隐于酒。时伯氏新丧，余表其墓，与仲交最深，而先生不可得而见也。及余再遭诬罹法，邀圣恩湔宥，从馆阁校勘，而仲亦以《南山集》牵连隶旗籍，孺人遂卒于京师。方谋归葬，先期涕泣征铭于余。

谨按，孺人姓吴氏，莆田人，绍兴郡丞讳勉之女也。郡丞官罢无归，持家依亲故江南，抵六合，往来金陵，于方氏宗老涂山所，见逸巢先生诗，许继室，而郡丞寻卒。先生出赘，寄寓棠村凡十年。时两家皆窘空，一婢老不任事，孺人躬汲爨，抚前二女及所生子女凡八人，栉沐、缝纫、浣濯皆手之，先生啸歌古人，不知其身之困也。及还金陵，黄冈二杜公日夕过从，楚越遗民道江介，多造其庐，先生常与渥洽酣嘻，孺人黾勉中馈，诸公宾从不知先生之窭艰也。自二子发声四方，家计渐充。及仲子苞北徙，复忧菽水，而孺人意色常熙熙。苞虽老，晨昏在侧，孺人犹抚摩节视寒暖饥渴，苞心安焉，不知其身之在难也。

始苞赴诏狱，即戒家人毋声，与县令偕入见孺人，称以相国安溪李公荐特征，即日登程。及孺人北上，苦无辞以对，而天子果诏入南书房，赐大宅，孺人疾，赐御医，颁内府药物、酒醴，孺人竟死不知苞之狱事。故余谱孺人之行，而叹其夫妇母子之间皆可法也。

孺人生于明崇正十五年正月十五日，卒于大清康熙五十四年十二月初九日，以某年月日与逸巢先生合葬某乡某原。铭曰：

妻之令夫，以成其行。母之贤子，以忘其艰。有珉在茔，高行其征。

方百川先生墓碣

陈鹏年

自用时文举甲乙科，以诸生之文而为海内所诵法，人知其名，家有其书者，惟桐城方百川先生。先生寄寓江宁，余来典郡，殁已逾岁矣。友其弟望溪，稽之与久故者，然后知先生非文人。

先生生棠村，六七岁读左氏、太史公书，遇兵事辄集录置袷衣中，议其所由胜败。暇则之大泽，召群儿布勒左右为阵。时三藩逆乱，比邑旱蝗，忧之或废寝食。既长，迁金陵，家贫，召徒授章句，无应者，乃与望溪学为时文，遂用此知名。四方名辈造请，望溪常引接，而先生键户弗与通。惟燕人王源、邑子宋潜虚、宿松朱书，自负经世略，时就先生证向今故，论辩凿凿。先生终无言，退乃为望溪发其覆曰：诸君子口谈最贤，非以忧天下也。

先生性孤特，而内行笃修。其父逸巢先生每语人曰：《记》所云视于无形，听于无声者，于此子见之。望溪行游四方十余年，先生常居守，服勤尽瘁。其后望溪归，先生东游登莱，极沧海，视日之始生，北过燕市，遘疾以还。逾岁，自知不可疗，妻子在前，未尝一给视。卒之夕，强言笑，阴戒望溪奉二亲就寝，曰：命尽矣，恐记吾音容，异日常炯然于寝寐也。妻子环而哭之，喻使退，曰：君子以齐终，吾独宜死弟手。先卒之数日，闭户悉焚平生所论著。其古文众见者，惟课试《拟庾亮南楼宴集序》《络纬赋》二篇。又于宗伯长洲韩公所得《广师说》一篇，韩公曰：虽退之无以尚也。望溪治古文，诂诸经，皆先生发其端绪。死之后，亲故过时而哀。吴中十郡荐绅群士，条其行谊，诣督学使者，乞定祀于乡。山陬海聚，嗜古绩文者，皆为累欷不置云。先生讳舟，上元县学生，卒年三十有七，葬于某乡某原。铭曰：

积之不施，维遇之艰。学之未竟，而夺其年。厥德浑坚，而风窢然，奚必彰于事而襮于言！

烈妇迟孚万妻马氏墓碑铭

杨超曾

迟君维型，字孚万，吾执友辰州太守煓之仲子。而马氏则镇海将军三奇之犹女也，年二十归于孚万，随侍辰州，最得舅姑心。孚万锐意举业，好诗古文，寒暑不辍吟，以此婴疾。烈妇躬视汤药，久而不倦。每晨夕叩天，乞以身代。既孚万病益笃，烈妇誓以身殉，不食者八日，形骸骨立。孚万弥留之顷，目注妇。妇执孚万手，大号曰：从君地下矣。遂一恸而绝。于时辰之学士大夫、父老子弟莫不欷歔，叹为奇事。

夫节烈，亦古今所时有也。情激于中，截发毁容、引刀自决者有之，若不先不后同时而殁，稽之史册，类不多觏。时司农赵公申乔具以其事上闻，下礼部议，竟格于成例，士论惜之。

上冬太守公将遗榇归里，辰人士佥谋留葬，且以太守公抚守于兹十有五年，民感其恩，惧遣棺而重伤公心，于是环辕力请。公遂俯顺舆情，卜吉于城东三峿寺之左。一时牵车执绋、经营冢圹者，兢奔恐后。葬之岁，康熙五十八年某月某日也。

嗟乎！节义之感人固如是哉？独是孚万好学能文，赍志早殁，得毋微有不足者乎？然有妇如是，谓非孚万有以感之乎！则其夫妇之清风峻节，将与酉水辰山同其流峙。况今圣天子加意节孝，超曾幸滥竽史馆，他日轩輶采择，自当书之国乘，炳耀百世，又何必以一时之修短沉湮为欣戚也哉！余与孚万为三世交，且高辰人之义，既具述本末，复为之铭曰：

奕奕名家，笃生贞烈。植纪植纲，树兹奇节。松比其坚，玉符其洁。郡人葬之，享祀弗缺。遂厥初心，同衾同穴。遥遥千祀，穹碑不灭。

妇翁王府君墓表

曾绍孔

翁讳有奇，字用九，官山其号也。邑庠生。性沉毅不为戏狎，容貌词气往往足以动众。独坐如对宾然，稠人中偶得一笑语，胜金贝珠玉之赐。族里间不平事，片言剖决，重于刑章。丁寇氛余烬，产破于追呼。居平守约，恬淡自如。治农桑外无他及，故常贫。长女适孔六年殁，甥男女各一，翁抚于家，保视惟谨，数呼曰：吾女吾女，吾未死如汝存焉。又泣语孔曰：宜速继，好看觑儿女子。翁是时未有息，痛女隐隐自痛，孔亦不自哀而为翁哀，然不虞其终无子也，悲夫！越三载，复以三女妻孔。乌乎！岂直儿女故，窥其意尤别有所属。今孔仅以岁贡就儒学司训，儿道亦第以郡庠生援例入成均，又不幸长女后翁五载夭折以死，岂翁所知哉？皆孔德薄能鲜，负翁地下耳。

翁生顺治九年正月二十寅时，卒以康熙四十七年四月十七日。元配丁氏，生女三，夭其次。副室李氏、刘氏。李生幼女，适吴唐才。葬罗冈山祖茔下。时志铭未备，余悲翁之视予犹子，而卒莫以报也，又忍听其湮没不传乎！故述其大略，而表之铭曰：

年五十七不为多，而又止其身可哀如何。千古惟此铭，松柏不改石不磨。

明旌表义行赠承德郎罗公墓表

蔡扬宗

乾隆二十一年孟夏之月，扬宗方病告家居，石门教谕罗君聚上，以六载满引见京师，便道归省。适其族人议修五世祖宗玉公墓，命君自为表。君以程期甚迫，不得遂其私，乃枉过草堂，手家乘一编，以表属予焉。予与君同学久且厚，又姻家也，不敢以病辞。越数日，取其家乘读之，见太史氏碧村黄先生所为传，教谕君所自为记，参之郡邑志所载，乃敛容而起曰：公之遗德若此，今安得复有斯人哉？罗氏之兴，其有自来矣。

按罗氏世为豫章望族，明洪武初，有政斋先生者，始从吉水迁于湘潭，即公高祖父也。曾祖源佐，祖志亮，父必高，世有隐德弗显。公讳瑶，宗玉其字也。生而伟异，修眉广额，茂外朴中。读书务经世之学，论天下事多奇中。时值明中叶，海内已有弄兵者，加之水旱荐臻，差务繁重，大湖以南，疲困极矣。公独慨然以一邑为己任，年未壮即见重当事，凡邑有大政，必与之议而后行，或竟以委之。如学宫旧在文星门，卑湿弗堪，公建议废广慧寺而迁之，今学是也。岁大饥，社仓久废，公出谷千余石以实之，赖以活者万计。证之郡人黄宝《湘潭迁学记》、邑侯高应正《暮云桥碑》，二公言信不诬。至于族戚乡里，备极周恤，待以举火者不可沙算。孤寒后进赖以拔擢者三十余人，竟有位至台辅者，张文毅公治是也。遇事风发雷动，讽贪官成廉吏，劝士人收弃妇，至今里老犹有能道其轶事者。天性孝友，处门内有古人风。父没，卜吉于湘北橘子港，会葬者数千人，七郡贤豪皆至，率子弟庐墓累年。当是时，子若孙登仕籍者六人，游庠序贡成均者十余人。而公严家政，一门数百口皆循循规矩，时人比之张郑。分巡佥事王公乔龄具其事以闻，敕建崇义坊以旌之。

先是，郡有大僚，欲以人材荐公于朝，辞不就，时论益高之。没年八十一岁，以孙轸阶贻赠承德郎。至明末，公之后裔遭遇时艰，或以忠烈显，或以孝义著，或以文章隐德称，故两朝鼎革之际，邑之搢绅阀阅大半凋零，而鼓磉洲罗氏岿然无恙。国朝承平百有余年，人文之盛，邑之巨族亦未有能过之者，天之报施善人果何如哉！

公墓在鼓磉洲，邑乘所谓中扼湘流，上延岳秀，罗氏世居者即其地也。墓至是凡三修，规制宏丽有加于前，世逾远而泽愈长，真可以不朽矣。扬宗生也晚，耳目所逮，非直一邑，求之四方，指不能以再屈。且世德相绍，簪组交映，即教谕君之清谨，亦足以振起家声，况显庸犹未艾也。然则勒石纪行，为后来表式，亦独非史氏之所有事哉！云仍绳绳，载在家乘，兹不尽录，录其修墓诸孙，为报本追远者劝，亦教谕君意也。

罗洋山人自制墓碣

郭焌

罗洋山人者，不详其姓氏，善化人也。生九岁失父母，寄养外氏。好读书，能为诗古文词。生平无一欺人语。居常饮酒言笑，不设崖岸，及尝以非义，则虽三公之言、万金之利弗顾也。所著述甚富，辄随手散去，若不屑屑者。历游幕府有声。足迹所至，殆过太史公。抱器不施，遂无仕进意。曾有相知者荐为国子助教，已而不乐，以病去。死之日，自题其墓碣乃终，且系之辞曰：

古圣人之有言兮，必知生而知死。羌磊磊以为人兮，又何惑乎为鬼。招众神兮九阍，呼群仙兮八垠。若木曜兮扶桑暾，千秋百世兮谁没谁存。乌乎！此罗洋山人之精魂。

例赠文林郎宁乡县学增广生黄君墓表

唐仲冕

道光壬午夏五月，宁乡黄子本骥礼闱报罢，游关中，以尊甫石樵君行述求表其墓，谓余挽诗曾有“他日题君墓门碣”之句，今距先君卒三十八年，葬亦三十五年，敢以请。余慨然曰：微子言，几负吾执友矣！爰序次其状，而述吾两人少长相于之笃，以志勿忘。

君讳湘南，字一吾，号石樵。以本贯入津门学，补弟子员。祖道恩，乾隆丁丑进士，虹县知县。父立隆，乾隆癸酉拔贡生，历官天津知府。母秦恭人。君与其兄孪生而兄殇。貌皙，蹇于行。性特颖异，读书十数行下，为文斐亹，数千百言不倦，尝一夕和余纪行长律百篇。辞笔渊隽，宗工推服，然乡举辄荐不售。年二十九，客殁于浙玉环同知署，识者伤之。

君天性醇挚人也，事虹县公、天津公皆有深爱。幼失恃，事继母章佳恭人，时其喜怒，曲尽子道，有人所难能者。恭人满洲正白旗人，天津公卒且葬，恭人挈诸子赴都门，命君守墓。君泣求侍养，弗许。先是，君赘通道学博刘公元炜，携眷归长沙，家赤贫，仍依刘里宅读书，恒以未得奉母为悲，见于诗词者屡矣。闻恭人自都赴浙，君乃驰三千里往起居，寻以疾卒，若幸得省其母，虽死无憾。君奇才笃行，中道摧折，无所表见，独见诸文章。撰著敏富，不自收录，今其嗣裒集之，得诗三千首，词三百首，他杂文称是，都为一集，曰《大沩山房稿》，读其书，犹可想见其人也。

余之始与君友也，天津公方守大名，余以事至，以年家子留，共君及君堂兄长原同研席。且应京兆举，同舟车邸舍，诗歌间作，谊至洽也。余爱君真，虽分张，音问酬唱不绝，讫于君卒。有曹华者，君旧仆，及薄宦江南，为余傔从，每追话往时分毡题襟之好，未尝不对之累欷也。今余年七十矣，长原更名湘虔，尚宰长垣，惟君音徽渺不可追。

君卒乾隆五十年乙巳岁，越三年，葬于四都北山湾之原，盖自浙归榇也。君娶刘氏，湘潭人。有丈夫子二：本骐，嘉庆戊辰科举人，借补城步县训导；本骥，道光辛巳科举人。女一，适善化礼部仪制司主事唐业谦。孙二人。刘孺人有锺郝风，以节孝旌于门，亲课二子，制行绩学名于世。二子能读父书，克成母志，郁积而发，无疑也。乌乎！由前观之，造物之所以厄君者何其酷；由后观之，造物之所以报君者正未艾也。余故表而出之，以为他日征。

翰林院检讨兼充三通馆纂修官余公墓表 唐仲冕

公讳廷灿，字卿雯，姓余氏，湖南长沙人也。以学行为世宗仰，晚号存吾，学者称存吾先生。考讳某，初封文林郎，晋封儒林郎。妣陈氏，初封太孺人，晋赠安人。儒林弃产课子，筑诒谷草堂，购书延师，聚公兄弟三人诵读其中。知公头角峥嵘，性绝颖异，必为传人。未几草堂毁，公兄弟皆废书。公乃走四方，与诸名流相研究。年二十五，登癸酉科贤书。辛巳恩科成进士，改庶吉士。闻儒林疾，乞假省觐。例，京察年不准假归，梁文庄诗正专奏，奉俞旨归侍医药者四年。儒林卒，公哀毁尽礼。戊子入都，散馆授职检讨，充三通馆纂修官。辛卯年，闻其兄没，其弟已先逝，母年七十有八，侍养无人，乃引疾而归。归而田少食指多，则借束脩为仰事俯育资，主讲城南书院，多士景从。及丁陈安人忧，执丧一如儒林礼。因患齁嗹，不复作出山想矣。又十年，恭逢庚戌八月为纯庙八旬万寿，当往祝厘，复入都。至其年九月，仍乞假还里，主讲石鼓书院，论学益精诣。越戊午二月，卒于里第，士林悼之。

公学有根柢，力敦六行，虽贫约皆能行其志。以本身应得封典貤赠其兄嫂，兴宗祠，培远墓，立祀田墓田，抚兄遗孤四人婚嫁成立，馆其弟遗女之婿于家，而以儒林遗业三分之一推与昆季。承儒林志，经纪其从父兄弟无缺乏，其随分推解，戚党无闲言。笃于友谊，以讲学为宗，故撤瑟之前辰，犹有《答余习园庆长论学书》千余言不倦也。其发为文辞也，原本经籍，隐括濂洛关闽性理微言，及诸子百家、象纬勾股、律吕音韵之书，皆提其要而纳之轨物，自谓神明规矩，吾得安溪，盖纪实也。制艺以古文为时文，巨人长德，咸推许之，传诵遍海宇。游其门者，治经有法，取科第如摘髭耳。惜夫退处日多，未得膺衡文之任也。

公生雍正十三年，卒嘉庆三年，年七十。配周安人，后公五年卒，年七十有四。子三人：永贤，乾隆丁酉科副榜举人，今平江县教谕；邵贤，己酉科拔贡，壬子科举人，正黄旗觉罗官学教习；京贤。孙若干人，曾孙若干人。

昔先大夫与公为执友，永贤尝执经问业。仲冕于乾隆己酉公车，谒公春明，质以所著《周礼》《岱志》，及以礼闱三艺请，则曰：胸中有书，笔下无书，惟溥博如天、渊泉如渊题文，周天三百六十度所，渠千七百一川二语为欠警策耳。果报罢。寻奉讳返，公亦还山。及癸丑通籍，牵丝吴中，改订《岱志》为《岱览》，先付筑氏，《周礼》至今未成书，而公与先大夫先后归道山矣。乌乎！道光二年冬，永贤自岳州寄书来，得读公文集，并示书仲冕癸丑闱墨后一篇，益仰公之厚于执友，而期望小子之深也。永贤以行述属为之传，虽弗文，弗敢辞，谨序次而表其墓云。

山西蒲州府同知公举名宦陈君墓表　唐仲冕

君讳世昌，号艺荪，湖南武陵人也。曾祖讳其治，祖讳琼，父讳天祚。君未十龄，父母相继逝，偕弟世俊养于叔祖母胡。幼而好学，年十四补诸生，旋食饩。应拔萃试，以胡疾笃，辞不与。明年辛酉，举优行第一，领乡荐。屡上春官不第，考补国子监学正，充戊辰科乡试内收掌官，迁博士。历禄米仓、储济仓监督，廉靖综核，吏不能欺。国博报满，引见记名，选蒲州府同知。盖其蹭蹬场屋者十余年，回翔京秩又十余年，始以司马佐郡，人或惜才屈于遇，君则谓士特患不能其官耳，何必显位。于是敦勉教化，竭悃忱而施之。

既下车，知民苦狱讼久悬，一岁之中，剖决七百余牍。创建条阳书院，设学规膏火，多士云集。修永乐镇文庙，遵行丁祭，生儒习礼其中。助寒畯赴省试之艰于资者，皆蠲奉为之。导人乐从而成其美玉。溪涧久淤，率民疏浚，躬亲其劳，渠成而资其灌溉者数十里。禁民为优，翦其强猾任育儿等十数人，奸宄敛迹。民有贫而滞丧不葬者，谕而佽之，有掩骼埋胔之风。山有狼为禾稼害，祷于神，猎其二磔之，而害遂绝。及权监掣，严治私贩，修涑水河渠，商氓胥赖。凡有关于民生利病，必兴除有成效乃已。当盛夏旱暵，君步行数十里，至双泉观及诸神祠，虔祷大雨，平地尺。土民以惠我无私颂之，而君瘁矣。

君卒于道光三年十二月六日，年四十八。配氏戴。丈夫子二：庆基、慧基。女子子二。君卒后，蒲郡衿士胪其政绩，举名宦，盖三代直道之公也。日余官江南牧守，君自京师寓书，询为政之要，承上接下之道，何以与古人合，则其究心经世之学久矣。著有《亲雅堂诗文》若干卷。乙酉夏，其孤庆基乞文于余，因约蒲人所胪陈者而为之表。

同母弟经历君墓碣

郭家彪

予同母兄弟三人，兰友居次，出后世母胡太安人。太安人守节十二年而君生，生二十五年而有子先梅，八年而太安人卒，卒十四年而先梅死，六年而君又死，遂无后。乌乎！太安人之德静而严，性厚而慈，君继之以沉密渊微，信善容物，宜寿考硕大，而所遭如是，世固有蕴之宏而被之毒若君者邪？始君少时，尚才负气，纵横捭阖，恢奇自喜，不屑法度士所为，稍稍堕其家。太安人大恚，君即日闭门谢交游，痛自绳削折节为端谨，家之堕者日益完。宗族兄弟，或十余年不能窥君一面。而上自天下生民利病，国家制度律令，下至市物贵贱，君言之娓娓，若常所从事，不遗纤微。发之于言，清通简要而不烦，笔之于书，明辨精微而不惑。而自负其奇，未尝与世周旋款洽，世亦卒莫知，知君者独谓能通市井琐事。一二士大夫尝与往来，谓君有知虑，深湛不自炫露。君固一切纵浪颓废，任所止而休焉，终不一用其奇。乌乎！君之道其足悲也已。君晚年间出一接人事，修洞庭神祠，置临资市小河义渡。予子嵩焘丁未成进士，君应时至，为布署宾客。人曰此非君之素守，其愈有不得于中者乎！果以其年九月十三日卒，卒年五十。

君讳家骥，少纳资为布政司经历，兰友其字也。始娶蔡氏，继娶吴氏，前卒。君卒逾日，检君藏无丰饶之积，窥君室无侍御之亲。子妇刘氏，守贞不嫁，殓君如礼。葬而铭诸碣者，同母兄家彪也。词曰：

世有早遂，曷如晚丰。幼荣老颠，于物为凶。君年在冠，发鬈肌皙。搏髀歌号，有忻无戚。一朝大觉，阖门施键。以终母丧，厥嗣熸焉。衰年孑孑，积哀成痗。迍邅咤郁，以死谁憗。贞姬在室，茹蘗饮冰。曷延君后，藐躬是承。濡泪缀诔，抒幽诏远。有征君藏，视此林巘。

先大夫家贫嗜学，澹于名利，尝终岁手一编，不求进取，亦不问家之有无。间为诗古文辞，甫脱稿辄便弃去。崑焘兄弟少不更事，长而奔走四方，于先人手泽弗获及时收拾。迨先大夫弃养，检点遗墨，则已十无一存。近岁纂修家谱，乃始搜得此篇。崑焘以次子立璋为经历公后，承先大夫意也。崑焘谨注。

署山西平陆县知县常君墓表　贺熙龄

署山西平陆县事知县常君，以道光九年五月二十五日卒于太原馆次。后数月，其兄道滋以书抵余曰：吾弟习于子，其生平植志行身之方，惟子知之悉，其为表于其阡。余卒卒未暇作。嗣余归长沙，屡见必以为言，余复何敢以不文辞，以重负吾友之托也。

案状，君讳道治，字稚黄，号小皋，世居长沙之大贤里。曾祖慎斋，以进士历任河南之洧川、南阳，江苏之仪征、金山知县，皆有政绩可纪。祖立庵。父警堂，以举人选教谕，所至造士有方。君长身特立，至性过人，刻苦于学。十岁时，母黄孺人病甚，婢子报夜饭熟，寻见君至屋侧小室中，焚香拜祷，为母祈祷。与兄道溉、道滋前后举于乡，有文名。两兄志气激昂，言事踔厉风发，而君温温自克。余幼时应童子试，漠然无友，惟君兄弟时与偕。后读书岳麓，同游少鸿胪罗慎斋先生之门，益以文学相淬厉。君为文章，始喜富丽，继乃穿胁幽微，覃思古初，其苟同于人不合于圣者不言也，以是见知于慎斋先生，亦以是见訾于俗，而君为之益力。六应礼部试不售，留滞都门最久，键户攻苦，课徒自给，足不蹑贵人公卿之门。道光六年，始以大挑一等用知县，分发山西。大吏知其才，疑难事多以委君。君听断惟允，必尽其情而后绳以法。七年，署平陆。县多盐池，每岁冬末，奸民渔利扰民。君廉知之，立法严禁，积弊尽革。在任三月，断事二百余，民称其平。於乎！君少即以文章名，而未获见施于朝廷，其吏事之试者，亦其小小者耳，未尽其才，而造福生民者已如此，此亦可以见君矣。

君生于乾隆四十七年壬寅某月日，享年四十有八。丈夫子四：敫、枚、肇、徽。以某月日葬君于某原。

诰授资政大夫工部左侍郎崇祀乡贤韩公神道碑铭

邓显鹤

道光十一年六月癸卯，资政大夫工部左侍郎韩公以疾终于家。其年十月丁未，公子湛等奉公柩葬于长寿韩家岭千子坟，而神道之左礼宜铭，公子淳使人砻石于巴，以书暨公手辑年谱来属其门下士新化邓显鹤文于碑。

先是，显鹤入都为选人，谒公于宣武门邸第。临别，公出年谱命序，且曰：吾老矣，身后不知谁属，将待子文以瞑目。显鹤敛容避席对曰：朝廷方以柱石待公，愿吾师长为国家元老，显鹤执笔纪功德祝眉寿。仰视公色黯然，惘惘而别。无何，公以疾归，归后逾年，遂捐馆舍。显鹤于弟子籍中受知最深，公之丧在数千里外，无由视含，殓葬又不克襄凡役事，淳书五六至，敦促不厌，其敢以不文辞！谨按谱次其略于左。

公讳鼎晋，字树屏，四川长寿县人。曾祖某，县学生，貤赠资政大夫。祖某，县学生，诰赠资政大夫。父某某，乾隆十五年举人，甘肃碾伯县知县，累赠资政大夫。曾祖妣姚氏、谢氏，祖妣聂氏，妣曾氏，皆赠夫人。碾伯生三子，公次二。韩氏始居湖广麻城县，明季徙蜀。自碾伯公以上，世以名德重于乡里。碾伯居官有政绩，未竟其用。

公天性夙成，四岁随父任，八岁回蜀，以碾伯罢官，刻苦自励。年十一，屹然若成人。十六，碾伯归自肃州，公学已成。二十四补县学生，二十五补优廪膳生，试皆第一。三十，充乾隆己酉拔贡生，是科举于乡。迨成乙卯进士，改庶吉士，年三十六矣。嘉庆改元，散馆授职检讨。旋乞假归省。是时，白莲教匪起楚之当阳，躏樊襄，窥荆峡，沿途多警。公昼夜驰归，抵家而达州已告变。公奉碾伯公迁涪迁渝，靡有暇晷。二年，丁碾伯忧，遗命长寿为贼冲，不可居，乃全家移寓重庆，而旧宅遂毁于贼。四年，服阕，奉张太夫人入都供职，充功臣馆提调、国史馆纂修官。六年，充辛酉科顺天乡试同考官。八年，以御史记名。九年，充甲子科湖南乡试副考官，是年补河南道监察御史。十年冬，以母老乞养归蜀。十二年春，丁太夫人忧，服阕，逾年赴都补官。十六年，补江西道御史，掌河南道御史，巡视南城，巡视东漕。十七年，署礼科掌印给事中。十八年，京察一等，转工科给事中，升光禄寺少卿，督陕甘学政。是年冬，擢鸿胪寺卿。十九年，迁通政司副使，再迁大理少卿。二十年，迁太常寺卿。二十三年，转大理寺卿。二十四年，擢都察院左副都御史，祭告豫楚岳渎陵庙。差旋，督福建学政。二十五年，在福建学政任，闻仁宗睿皇帝升遐，自以边隅寒畯，受特达知，一旦攀髯莫及，悲恸欲绝。道光二年，回京供职。五年，署刑部右侍郎，兼署礼部右侍郎。六年六月，授仓场侍郎。九月，因病解任。七年四月病愈，仍署礼部右侍郎。是年十月，授工部左侍郎，兼署礼部右侍郎。

公体素健，中年后以劳失血，在仓场任内病霍乱，后时患头目昏眩，犹力疾治事，上赏假者再。嗣请解任调理，养疴都门，至八阅月之久。病起，授冬官，兼权仪部。公趋积劳，益以痰喘，往往而剧。屡值召对，面陈衰病情形，愿乞骸骨，上颔之。八年正月，诏以原品休致。归后二年卒。

公状貌英伟，言论慷慨，少有经世之志。通籍后，值教匪扰蜀，亲见军中剿办事宜，于地方利弊，民生休戚，蒿目怵心，时思建白。尝言教匪之起，由莠民日多，邪说易入，其始一二奸回，假大乘天主名目相蛊惑，而无业流民，椎埋博徒，展转纠结，驯至大逆而不可解，故欲息邪说先除莠民，除莠民自博徒始。初至谏垣，即上言天主教流传之害，请禁本师，毁经卷，以绝根株。再至，即力言四川应除积弊六条，首（口阴）〔曰除〕[①] 啯匪，以防积渐。其年复言关东三省及各直省赌博之弊，由于游荡闲民聚众招引，官吏书役得受陋规，官为之倡，民受其诱，俾有业之良民，忽成无赖之匪类，其机甚微，其受害甚大。又言：京师首善之地，各王公大臣，岂肯使左右执御蹈此恶习？臣近闻京城轿子房赌风渐炽，内城旗人多受其累。以有限之钱粮，供无穷之挥霍，当生齿日繁之时，其流弊有不可言者。次日复言：臣昨日请禁赌博一折，钦奉谕旨，令臣据实指明，臣实不敢稍存回护。且臣业将王公大臣陈奏于前，更复何所避忌。先帝嘉公言确，即日获博徒三起，一时亲贵近臣，莫不悚息，而睿庙之知公，亦自此始矣。当入奏时，或疑博徒事小，王公位尊，不宜牵连陈奏。不二年而林清之党啸聚畿辅，震惊宫阙，大抵多流荡失业之民附之，然后知公之所见者大而所虑者远也。

公历官一十四任，未履外台，而于农田、水利、漕务、赈荒、诘戎诸大政，讲求不遗余力。在巡漕时，履勘十七州县泉源，以为旧泉实力疏浚，足利运行，不必添设新泉，徒为民累。又奏复东省运河挑工旧制，东人称便。在仓场时，值初试行海运，筹议迎卸两运数百万，天庾视常年倍捷。在陕甘时，言榆、绥各属，仓贮空虚，宜设法筹补。榆、绥资蒙古粮接济，今腹里口外俱荒，宜分别安置抚恤。当是时，方剿办南山贼匪，而林逆余孽尚有稽诛未尽获者，公首言南山逼近老林，与蜀道通，贼匪所在掠食，

---

①据邓显鹤《南村草堂文钞》卷第十二及文意改。

宜行坚壁清野之法。山内流民杂处，最为奸薮，宜严行保甲，使逆党无所匿。而贼匪亦易踪。又请严禁弁兵掳掠难民子女，慎选南山附近地方，及豫东三省经兵州县牧令。又以其时言川北荒歉，与南山毗连，盐枭啯匪，多出其中，请先事预防，设法调济。在福建时，言闽省积弊甚深，由吏治久弛，请不限资格，用廉明干吏调补汀、漳、泉望紧要缺，久任以专责成。漳泉营伍向有通盗豢贼恶习，请责成提镇大员，立予重典，毋稍袒护。最后乃条陈学政事宜四。公方职文字，所言皆军国大计、封疆要务，公不以出位为嫌，上亦不以侵官为虑。奏夕入，旦即下所司议行。盖公忠诚，上结两朝圣明之知，见诸施行，彰彰若是。其他心有所欲言与言而未尽者，虽其家不与闻，无由知。若其著于谱者，又不能悉载也。

公学无不窥，以穷经致用为本。文不取艰涩，以达为主。所上封事，洞胸而出，悃悃款款，曲尽情事，论者谓其近古名臣奏议。尝奉命恭拟陕甘平原地方《教民论》二篇，睿庙称其通畅，奉旨刊行，西人至今能诵之。著有《树屏文集》、年谱、族谱若干卷。性至孝，先后陈请归养，终身孺慕。督学陕甘时，过碾伯旧治，访求先公手治故牍遗迹，见旧时老吏，凄然涕下。归田后，以私宅作家庙，以祖遗产为祭田，兼赡养疏族之贫而无告者。与人交，胸无城府，义之所在，断断不少屈，人有片长，称道不释口。屡掌文柄，凡为考官学政外，知会试贡举一，监顺天乡试、翻译会试各一，武会试总裁一，会试、覆试、朝考、翰林散馆阅卷大臣七，稽查左右翼学二，大挑直省举人一，拔识多知名士。督学时，尤兢兢以正人心、端士习为亟。世竞称其在闽时誓关庙文，此特公借以警愚顽之苦心，无足为公异。独念公抱经世才，未得大展其用，或以公孤立寡援为惜。呜乎！此尤见公遭际圣明，恩礼始终之大节，为畅然无憾者矣。

公春秋七十有二。配李夫人，淑慎慈惠，先公八年卒。子四人：浩，早卒；湛，优贡生，候选知县；淳，三品荫生，通政使司经历，改补贵州印江县知县，李夫人出。润，侧室李孺人出。女四人，李夫人出者一，乙酉拔贡、芜湖知县陈葆森其婿也。余侧室出。孙十人，庆棨，郡学廪生；庆楷，县学附生。曾孙十五人，盖公之后方昌矣。公殁后，乡人以公行谊上于朝，奉旨入乡贤祠。铭曰：

奕奕韩公，西土之光，南国之纪。爰自台馆，游历卿贰，迄归田里。其气岳岳，其论侃侃，无少挫靡。公言言官，以言为职，当持大体。公为大臣，以言造福，施及四海。凡公所言，协乎筮龟，人厌天喜。百炼之精，兼金之纯，以砺以砥。谓宜秉轴，持天下衡，万物受理。孰示去国，曾不崇朝，岳颓星阤。哲人之痛，朝野同声，岂独小子。述德表哀，代石刻辞，敢告来祀。

诰授奉政大夫湖南武冈州知州凤皇直隶厅同知前翰林院庶吉士咸宁许先生神道碑铭

邓显鹤

先生姓许氏，讳绍宗，字迪光，一字莲舫。先世浙江山阴人。祖廷相，赠文林郎，湖南武陵县知县。妣叶氏，赠孺人。父灿，国子监生，累封朝议大夫，湖南武冈州知州加一级。妣孙氏，累赠恭人。朝议公好游，客关中久，乐其风土，家焉，遂占籍为咸宁人。

先生生于陕西汉南旅寓。性颖异，五岁丧母，哀痛如成人。稍长读书，有夙悟，十七岁通经史及古杂家言。为文精湛无浮响。十九岁隶咸宁县学籍为县学生。嘉庆三年，中陕西乡试举人。六年，成进士，改庶吉士。逾年散馆，授湖南永定县知县，兼摄慈利县事，署巴陵县，调补武陵县知县。稍迁武冈州知州，凤皇直隶厅同知。

先生伟躯干，丰颐广颡，腰大十围，目光炯炯出睫外，神清识朗，声如洪钟，望而知为巨人。其宰永定也，年甫二十有五，廉明刚断，摘伏如神。王嗣南者，永定十四都传教之头目也，其师为慈利杨金龙，盖罗其清余党。金龙传慈利毛登榜，登榜传嗣南，嗣南传向大顺、王嗣年等七人，展转传八十余人。先生侦知，密不发。一日托勘事出，先期集役画卯，而阴择健者五十人，平明令曰：皆集十四都，违者毙杖下！夜二鼓抵其地，絷嗣南，尽得其经卷悖逆书状。嗣南知事泄，备陈七人姓名居址，穷一夜捕获，皆无所得脱，论如法，而贯八十余人使自新，凡八日而狱具。

辰州民向登前，鸷悍多膂力。其弟曰拌二、拌三、拌四，日与其党数十人盘踞慈利为民害，官不敢过问。胥役或他有勾摄，辄为所劫。赵氏嫠新寡，拌四利其资，与其兄一夕劫之去。嫠伺间脱，鸣官不能理。先生至，登前使拌二来陈诉，盖尝试也。先生佯语之曰：事虚实未可知，而汝兄弟畏匿，则情可疑。果虚者俱来，吾直汝。未几拌三来，好语如初。登前刺知官无他，乃与拌四俱来。俱系之，而阴谕乡民：犯已集，无恐。于是诉者麕至。先生坐堂皇，大集众而谳之，登前等相视错愕，不能出一语。立予重杖，几毙。四人者相继死，余党溃散，民大悦。

武陵穷民王世龙，独居古庙，死数日人无知者。村民祀神至，见扃户，窥而入，世龙尸赫然地下。往报其弟世凤奔视，检衣物无存。先生访知往勘，视其出入踪迹，曰：盗不远矣。村民李开名，素无赖，疑之，搜其家无赃，而于其兄开成家得棉马褂一袭，与赃目同。召世凤视之确，而开名坚不承。反复鞫之，则曰：此我兄所为耳。拘其兄，则尽室行矣，乃缉开成而羁开名待质。先生一日闭开名静室中，好言抚之曰：尔认棉马褂实乎？尔兄之冤，亦尔冤也。开名泣曰：此真小人物，前言盗者诬供也。然则何以与赃目同也？曰：冤哉，小人之衣青而蓝里，线用白，世龙之衣青而蓝里，线用蓝，官不信，请裂而质之。先生曰：若然，杀世龙者非他人，即尔也。马褂未得，何以知为蓝线？开名口噤，诘其赃，埋丛树下，起视宛然。

武陵把总某冢被发，棺上有斧痕，不得盗。捕一人来，曰滕林子，麻阳人也，其父曾以行窃首于官，捕者黑夜遇之墟郭间，手持斧，疑为发冢也。一讯而伏。问以赃，则曰黑夜负之登舟，仓皇沉水，惟一靴存，已卖渔者陈甲矣。拘陈至，则如林子言。问其靴，则转卖谁何之人，无可迹。林子故操舟为业者也，覆讯之无异。先生曰：是其言太易，非真盗。督捕如故。捕怼甚，曰：盗认而官疑，更何所得盗乎？先生不听，督益亟。一日平明，捕遇一卖柑人，挟两筐疾走，视其筐有复底，启之则藏秽衣数事，皆无钮叩，复启其一，斧凿在焉。问其姓名，为熊大用，絷以来。先生曰：此真发冢盗矣。盖楚俗，殓衣必去钮，验其斧，与林子斧合，讯之，自发把总冢后，至是凡发十一冢矣。其明断摘发类如此。

先生作令二十年，治官事如家事。兴利除害，劝农桑，明学校，于书院、育婴、农田、水利诸大政，孜孜如不及。每去一官，百姓奔走哭送，相属于道。

永定西有漩水，四面皆山，外为青鱼潭，溇水汇焉。漩水出山罅，灌田甚众，旧有洞泄水。乾隆中，洞塞水涨，田皆淹。居民议开沟引水入溇，而青潭民畏下流泛溢，相持久不下。先生集山内外耆老，曲为晓譬，沟之如议，而偿水所过者直。工成，溉田数千亩，青潭民田竟无恙。

沧港为古沧浪，在武陵东，地有市聚，西南驿路所经也，人烟稠密。奸民乘水涸，筑子堤于北岸，水不得泄，市民苦之，讼诸官。时守常者为宜黄应君先烈，谓堤筑已久，黠者飞粮争占，议勿毁。先生慨然曰：是与水争利也。不数年，子堤日高，无沧港矣。谒守具陈堤当毁状。守拂然，争之愈力，竟从先生议。

沅水西来，常德郡治当其冲，恃一堤为捍。先生深虑堤工未固，议更筑，以费巨止。时叹曰：三十年后，必有受其害者。道光辛卯堤溃，鼎澧间遂成泽国，其言卒验。

武陵多水灾，民间例借给子种，墨吏奸胥从中掊克，民偿不如额，前令董如冈以亏帑罹法。至是灾民援例请，众谓勿给便。

先生曰：是因噎废食也。乃集耆民誓之曰：吾予若库项，无丝豪扣减，汝能如期偿乎？众泣曰：有官如此，而忍负者，明神殛之！乃饬库吏如数封固登记，累累积堂上，先生自操牢盆，而谕乡民自检封发视，验无豪发爽，乃各书领状持去。越岁，如期争偿，无一后者。其感人若此。

先生才大而识卓，读书从乙部入，作《识论》，谓集天下大事存乎才，定天下大事存乎识。治事之暇，或巡行所部，必以史册自随。有《读史随笔》，于古今治乱得失之故，郑重言之。精于吏事，而不轻定谳。终夜秉烛披牍，平明集两造于廷，平心易气，不轻予杖，而民自服。所至大书其厅事曰：当思百姓妻孥亦子女，毋以一己喜怒乱是非。湖以南民气刁健，越诉部控者比比，先生所莅三县一州之民，独无有焉。性严重，事上官以礼，而不为诡随。大吏过境，有所衔于先生，将中以危法，或促其陈谢解免，先生屹不为动，卒亦无如何。平生笃嗜风雅，矜尚名义，口不言钱。作居官六字箴：曰忍，曰断，曰勤，曰慎，曰静，曰恒，独不及清。其言曰：苞苴之不行，簠簋之必饬，稍知自好者皆能之，不足异也。

先生负经世才，思大有所建白，既回翔牧令不得展，汲汲以人才为念。爱礼贤士，嘉与来学。课书院生徒，务为体用明备之学。凡三为同考官及州县试，所得士最盛，出先生门者皆有本末可观。于先贤文献，搜讨尤力。修《武陵志稿》《武冈州志》，简严有法。又访得管白云先生墓于武陵，傅忠节公墓于武冈，皆为之封识，勒碑以纪。及移官凤皇，又以书招显鹤，谋修三厅志。书发而先生病革，凶问踵至矣，悲夫！

先生学有本原，诗古文词俱不苟作，古文尤有义法，议论伟然。有《读雪轩学诗》《读雪斋学文》《读雪轩经艺》《读史随笔》《史评补》若干卷。尝以关学自明康对山、吕泾野、韩五泉及国初李二曲先生以来，先正典型，危如一发，近时孙西峰、戴未堂两老先门，多敏达君子，而亟思所以扫除振起之者，惜乎年未中寿以殁，不及践其言，为可惋也。先生殁后，今天子登极，方破格求贤，有起自守令，旦夕至方伯连帅者。时廷臣多知先生，得以其名上，而先生不及待矣，不尤重可哀哉！

先生生于乾隆四十三年二月二十二日，卒于嘉庆二十五年六月二十八日，春秋四十有三。配强宜人，先卒。侧室秦氏、叶氏。秦孺人生子一：钧，婿于武陵赵氏，前云贵总督太子少保文恪公慎轸孙婿，山西候补知县敦训子婿也。叶孺人生一女，适莱阳赵氏，前分巡辰沅兵备道文在之子某，早卒。

先生既卒官凤皇，钧幼，朝议公将谋以其丧归，舟过武陵，其民悲恋，相与留葬于武陵西城外数武之古原，而朝议公率孤嫠依之，因家焉，今又为武陵人也。朝议公笃老，钧读书，用武陵籍应试，将有成矣，以道光十八年六月日，先朝议公八月卒。遗一子二女，子七阅月，今甫八龄，赵氏妇亦卒矣。呜乎！天道人事，其尚可量耶?

先生葬武陵久，辛壬之水环鼎城，庐墓皆毁，先生墓独无恙。顾墓道之石尚未立，钧在时尝以为言。念生平以文字受知先生，义甚深，今先生之门独显鹤与武陵刘君梦兰在耳，恐溘先朝露，不克执笔，重负师门，罪戾滋大，爰叙次先生居官为学之大系，以铭碑于墓道，以俟他日史馆传儒林循吏者有所采择，且以望其孤孙之成立焉。铭曰：

汉治近古，吏尚安静。安则不扰，静则不竞。先生之学，达于为政。六言自箴，百族在泳。令行禁止，刑端景正。居以民宁，去而益咏。临沅之西，周道纬经。公体实函，遥望生敬。昔岁龙蛇，怀襄告警。万瓦涛飞，千茔露迸。公冢岿然，百灵从令。石阙高衔，穿中孤剩。岘首涕陨，随原心怲。人亦有言，于门当盛。至于先生，其言不应。茕茕孤嫠，土鬲尘甑。棠舍余茇，麦舟待赠。惟余小子，受公提命。无德不酬，居卑谁听。勒此贞珉，敢告亿姓。我言不诬，公集可证。善人有后，天理终胜。更千百年，繁衍滋庆。

诰赠朝议大夫福建道监察御史翰林院编修贵州正安州吏目敕祀名宦嘉善徐君神道碑铭

邓显鹤

黔于天下最贫瘠，独遵义以橡茧利，转致四方财物，称富饶。乾隆中，遵义守历城陈君实经纬之，而始其事者，正安吏目嘉善徐君也。陈君有祀于遵义矣。正安人以徐君始事之功久而不可没也，相与屡吁于官，请祀典。今贵州巡抚善化贺公廉其实，闻于朝，得旨入祀名宦。州人爰相与醵金，立专祠，置祭田，岁以君生日率州民歌舞上寿如生时。于是君之曾孙棨，以其事属新化邓显鹤为文以纪，且曰：曾祖官吏目，然邀国恩，以从父准官御史赠如其阶，愿得一言，以文丽牲之石。

按徐氏嘉善巨族，世以文学行义显。有从学平湖陆先生，研经绩学，母没呕血数升，梦神与药而苏者，君之祖也，名善建。有执亲之丧，三年不进蔬果，免后不衣裘帛，郡县以孝廉方正应征不就者，君之父也，名正谊。两世皆为嘉善县学生，皆祀乡贤。君名阶平，字荀令，诚笃有干才。初官江南泰州吏目，惩治里魁某甲，许以自新，其人感悔，卒为千夫长，以才勇称。丁内艰去，服阕，补贵州正安州吏目。正安隶遵义，远在黔西，民不知蚕织。君至，物其土宜少桑，独多橡树，可茧，慨然曰：此百世利也，奈何弃之？乃谕令家植橡，而自购蚕种，教饲如法。茧成，织帛盛行，利无算，乃设肆通商，而橡茧遂衣被于天下，皆君始事之功也。棨又言，君至正安，盗魁赵飞二跪门泣求为良民，问之则曰：吾不忍负好官也。与泰州某甲事同。州有古凤书院，无生徒饩资，君捐给之，今州民分丝市羡金为君祀，岁以什之二入书院，成君志也。

历观古史传所载循吏，如卫飒、茨充诸人，教民种植桑柘麻苧，养蚕织履，及杜绝奸宄，修明庠序，使邦俗从化，而君实兼之。后世吏治不如古，专城之尊，视小民利害，漠然如秦越人视肥瘠，簿尉以下，抑无讥焉。今君以吏目卑官，理恤民事，居官如家，其惠泽入人之深，能使百余年后之民，以其姓名治迹达于朝，列在名祀，传于无穷，不其贤哉！

君官正安十四年，以老乞休。其卒也，贫不能归丧，葬于遵义之凤皇地，因家焉。子五人：锡圭、锡䍃、镎、锡𪷆，锡畴，其后遂分居黔、楚、浙，其占籍遵义者为锡䍃。䍃之子渊，乾隆乙酉贵州乡试举人；准，乾隆庚子进士，翰林院编修，福建道监察御史。准子懋昭，昭子长庚，于君为玄孙，实守墓奉祀事。占籍善化者为镎，湖南道州吏目。镎之子濬，河南候补知县。濬之子棨，江西候补知县；棠，候选县丞；棻，改名凤藻，道光癸卯湖南乡试举人，于君为曾孙。锡圭、锡𪷆、锡畴居浙江原籍。圭子汝刘，汝刘子大章。𪷆子渭。畴子汉。世为嘉善县学生，类能读书力行，无愧良吏子孙，盖徐氏之后方大矣。

谨按今制，五品以上得立碑，龟趺螭首，侈示行路。御史阶五品，君以孙贵，赠朝议，其行又应铭法于碑宜。凤藻故从余游，以兄命将卜期造黔展墓，乃叙次其世系行实，俾立石于隧道，而述州人之意以为铭。铭曰：

黔西之鄙，地寒土瘠，民不知蚕。百余年来，橡茧利兴，富甲西南。其利维何？青棡赤槲，冰虫所甘。以燠以温，儽儽缘木，食数眠三。分茧称功，缯我纩我，衣被遐覃。伊谁使之？俾我妇子，饱暖以酣。有倬徐公，硕儒之孙，巨孝之男。官卑道崇，我温公煦，我餔公含。摧牙落角，鹗革鸾栖，济济楩楠。惟公之泽，施及一隅，百族在涵。惟公之功，式辟无前，于天匪贪。我祖我父，逮我孙子，巷议街谈。吾侪小人，坐享美利，何德以堪。井鬼之野，牂牁之墟，公体实函。作庙奕奕，丛栎古柏，高与天参。神其宅此，利公后嗣，福我苍黔。时和岁丰，挟纩鼓腹，和乐且湛。

湖南文征　卷一百十六

神道碑下墓表

户部左侍郎提督江苏学政周公神道碑铭　魏源

上之是非不明，则其公在下。下之是非不明，上之是非明，则其公在上。公在下，则是非与黜陟出于二。公在上，则匪直出于一，且以黜陟正是非，尤足昭抚万物，平概群品。国家承明之弊，决塞去壅，而今上六七载，各直省若泾县之狱、渭南之狱、太原之狱、德清之狱，匹夫匹妇犹有不获其情者，辄烦朝廷重臣，亲跋涉万里，或内付廷尉，而后平反之。重蔽牢蒙，咸卒破坏，故幽隐毕达，而吏不敢以民命草芥。其尤甚者，湖南湘潭之狱，侍郎周公以手书为抚臣讦奏，身谴职削。吏乘势益无忌，党并雷同，铲根灭迹。巨奸逸法网，良牧絓劾议，万夫吞气，放臣息影，惴惴蜗居，灰心望绝矣。而雷霆忽发于新政之初，起废之诏，旧抚之谴，与一二嗣治狱之督抚按察，相继尽投闲散，而复公旧职，扬历中外，复为天子重臣。使狱事虚实曲直，出覆盆而照日月者，皆出天明天聪，特照独断。乌乎，岂非公在上而是非出一者与？

方狱事之起，始以江西客民之犷横，继以湖民之报复，大吏不善镇抚，以至闭城罢市，械斗兼旬，人心汹惶，几激大变。时值仁庙六旬万寿之年，抚臣虑干不测，初奏至，即讳匿不以实闻，而首罗织在籍石给事中，为钳塞言路计，识者蚤知其无意狱事矣。公询其赍奏材官，尽得状，知虚实大悬，虑酿湖南巨患，既面奏本末，有敕驰询，犹不以抚臣为不可与言，手书忠告。抚臣方仓皇于廷敕，不德反仇，遂一意护前，反噬构陷。公以是获严谴，然天下亦遂晓其一朴诚一倾险，一忠直一罔上。《诗》曰：云不可使，得罪于天子；亦云可使，怨及朋友。古今君臣寮友之际，讵不甚难哉！以公至诚无逆亿若是，设遇军国事重且大于此者，必不肯隐忍却顾嗫嚅明矣；遇友有贤于旧抚者，其必竭诚无不尽明矣。

被放南归，先后尚蒙朴实之褒，鲠直之谕，仁庙知公不谓不深。乃守制起复，未几而被议。今上再起，骎向用而遂不禄。士功业伟不显于世，固自有命焉，于人又何尤。公文学在士林，典型在乡邦，政绩在海内，有李君兆洛《行状》及江苏《请祠名宦公状》在。惟湘潭一狱本末，则迄今海内传闻，尚有不尽其情者，故敬揭国家所以重民隐、决壅蔽，使孤立朴诚之士百挤不倾，有以作百世臣子之气者于前，而后以公生平他行铭诸后。

公讳系英，字孟才，号石芳，湖南长沙府湘潭县人。乾隆戊申乡试举人，庚戌进士，授翰林院编修。历官詹事府右春坊右赞善，司经局洗马，翰林院侍读、侍讲、侍讲学士、侍读学士，光禄寺卿，太常寺卿，内阁学士，吏、户、兵、工四部侍郎，兼署礼部右侍郎，充《高宗实录》馆纂修官，《仁宗实录》总纂官、副总裁，咸安宫总裁，《治河方略》馆副总裁，文渊阁直阁日讲起居注官，南书房、尚书房行走，嘉庆戊午、庚申顺天乡试、壬戌会试同考官，福建、江南、顺天乡试副考官，四川、山西、江西、江苏学政。卒道光四年七月三十日，生乾隆三十年二月二十五日，年六十岁。奉旨祀江苏名宦祠。曾祖新彩，祖昭俊，父世宇，皆赠如公官。妣某以上皆赠太夫人。配谢夫人。子铭恩，副贡生，江华县教谕；诒棫，监生；诏朴，广东盐库大使。孙二。葬某原。铭曰：

帝选宿学，入侍讲幄，公矢其悫。匪夕伊朝，受知两朝，若云在霄。曰汝教督，于汾于蜀，士宵其读。曰汝司衡，于南于京，士春其英。曰汝贰部，司空司马，朕肱且股。天鉴其衷，民吁其恫，公蹇其躬。虽则蹇难，仁庙斯眷，温纶载焕。卒俟其定，以贻嗣圣，大正厥命。臣受于君，子受于亲，惟命之循。实录手辍，中夜感涕，曰思先帝。弗惩厥前，益矢厥肩，救民恐遭。手拮口瘏，大灾克苏，士气克桴。庶公其宰，以润四海，曷云不待。公重如山，公粹如璠，万夫之宪。公位日崇，公产不充，一亩之宫。显显令哲，皤皤黄发，曷云其忽。穹碑湘渍，公配恪勤，以教事君。

太子太保两江总督陶文毅公神道碑铭　魏源

维道光十有九年夏六月二日，太子少保两江总督陶公薨于位。天子震悼，诏以公任事勇敢，不避嫌怨，堪式百辟，加太子太保，入祀贤良祠，予谥文毅。并允淮北士民之请，建专祠海州。明年，又特允入江苏名宦祠，不交部议。呜乎，朝廷所以劝臣工风中外者博矣哉！

国家承明制，挤明弊，以内政归六部，外政归十七省总督、巡抚，而天子亲览万机，一切取裁于上，百执事拱手受成。上无权臣方镇之擅命，下无刺史守令之专制，虽蒐琐中材，皆得容身养拙于其间。渐摩既久，以推诿为明哲，以因袭为老成，以奉行虚文故事为得体。恶肩荷，恶更张，恶综覆名实。若靳文襄之创中河，鄂文端之改土归流，皆力战群议，屡踬屡奋，而后胜之。以怡贤亲王之畿辅水利，犹不旋踵而泯荡，故便文畏事窭陋之臣，遇大利大害则动色相戒，却步徐视而不肯身预。自仁庙末年，以因循泄沓申戒中外，而优游成习，卒莫之反也。

东南大计，无如漕盐。二百载来，文法委曲烦重，致利不归下不归上，而尽归中饱，官民交困。间有讲求刷剔、芟薙更革者，则中饱蠹蚀之人，轰起而交持之。道光五年夏，漕河大梗，万樯林束，诏江南大吏筹海运。维时上海关侩挠于南，通仓胥吏挠于北，屯船丁役挠于中。不曰风涛，则曰盗贼；不曰霉变，则曰繁费。天子移公自安徽抚江苏，公倜然一疏任之。明年春，海艘数千，米百六十万石，倏抵天津，不损一人一舟。每百石费仅数十金，视河运省费固倍，视前抚臣章煦所奏海运每石价三百两之数，且省数倍。明年，公遂拟改苏、松、太仓三属之漕永归海运，以大苏官民之困。先后章程六条八条，虽事格未竟行，而人知海漕利国利民利官，为东南救极敝第一者自此始。

道光十年冬，公督两江，兼管盐政。承蛊坏之后，如淮南之窝价，淮北之坝杠，两淮之岸费，皆浮糜数百万，仰食其间者千亿计，当事熟视其弊不敢动。公谓非减价不能敌私，非轻本不能减价，非裁冗费不能轻本，遂奏裁淮南窝价百余万，江西、湖广、扬州各官费百余万，又三奏疏驳粮艘夹带，岁少芦私十数万引。而淮北则创改道不改捆、归局不归商之制，每岁畅行，倍额溢课数十万，尽偿淮北之积追，且剂淮南之悬引。末年，并欲推淮北之法于淮南，条举规画甫定而公已病，然天下皆知刘晏旧法为澄源上计，不为纲法所缚持者自此始。

方公初议海运，则南漕北仓挠之；议裁鹾费，则窝商蠹吏挠之；议裁粮私，则长芦总漕挠之；议改票盐，则坝夫岸吏挠之。群议沸腾，奏牍盈尺。使公之仔肩稍不力，天子之倚任稍不坚，必不能善其后，故敬揭公之力犯群忌而未尝不举，恩礼未尝不卒者于碑，以为封疆大吏劝。又以谓今日东南民计国计，莫因于漕盐，公所排决疏导可垂久大者，亦莫如海运与票盐，后有来者，欲大苏东南之困，为国家筹百世利，非赓其绪而恢之不可也。

公讳澍，字子霖，云汀其自号也，湖南安化人。嘉庆七年进士，由翰林院编修改御史，历户科、吏科给事中，巡中城，巡南漕，出为川东兵备道。道光元年，擢山西按察使、安徽布政使。三年，巡抚安徽。五年，移抚江苏。十年，加太子少保，总督两江，兼管盐政。卒年六十有二。生平所至兴革，务挈大纲、导大窾。若治安徽之荒政、之水利、之清厘库帑，治江苏之松江、娄江、白茆河、孟渎河，他人得其一皆足名世，而于公则为绪余，故不悉书。系出晋大司马侃。曾祖崇雅，祖孝信，皆赠如公官。考必铨，邑诸生，祀乡贤祠。曾祖妣彭，祖妣李，妣黄，皆赠一品太夫人。妻黄，夫人。侧室贺、张、刘、卢、杨、张。子次桄，方八岁，恩赏主事。女七。所著《奏议》《诗文集》《蜀辅日记》《陶靖节集注》各如干卷。以二十年某月日葬安化某原。

源自弱冠识公京师，中岁栖迟江左，受知至恳以笃。曾预托以身后乐石之文，因敢删举其大者，揭诸丽牲，以饷来世。铭曰：

万生芸芸，以利相群，如虱萃身。有奋其除，必爬与梳，万众噩呼。郑有国侨，唐有文饶，始谤终谣。我洞其原，必挢其偏，以对乎天。我导其始，人竟其委，以俟君子。万夫之持，兼人之力，孰干王国。勋在三江，魂返九江，孰干王邦。如旸如月，如霜如雪，维臣心是泐。如雪如霜，如月如旸，维帝心是傍。

金鼎黄君墓表

何庆元

黄君金鼎既葬之明年，其子旋持状乞予表其墓。初君之获见于予也，以欧阳子松洲。松洲殁，予视敛焉，衣财足，索冠靴无有。其家人涕泗而前曰：是今春为黄君送死矣。盖君年未五十，素强毅，死弗虞。松洲方壮佼，齿又稚于君，尤不自意其命之将讫也，呜呼，痛哉！

君居南乡，去县治四十里而遥。往岁松洲馆君家，尝为君七世祖朝臣纪其保乡死难事，归正于予，言君世有隐德，其考尤笃宗族，时节出米肉，计窭贫口分之以为常。君所受产仅中资，顾渴义勿恡，靡愧其先世。后予以粤警，偕松洲周视南隘，过君家，信宿焉，审君沉悫可任事，筑隘之役一委君。君初拟卒成，功倍而费勿请益。松洲曰：黄子以私财济之矣。然君卒未尝自言也。松洲之以朝考入都也，君助之金数十，后有急，复假之百金。松洲死，旋奉遗命归其券，且为偿责二十金。君匪独生，无忝祖考，又能迪厥子、绍厥志以济厥美于其身后，呜呼，可谓贤也已！

君讳华开，金鼎其字，少为邑诸生。妻李氏，先君卒，惟生旋一人。孙男三人。君之卒先松洲二月，即以其年七月初三日葬君于延寿墟虎形，欧阳子所为君卜宅也。

故吏部郎陈君墓表

何庆元

予友陈君云心之罢官京师也，浩然南归，疢于涂，及家而甚，逾两月竟下世。渴葬，予病不及临，追念平生游从之乐，文章气谊相期许之隆，盡有痛于予心，乃为表墓之辞以纾其哀，且章君志事云。

君讳起诗，字敦复，号云心。世为郴州大族，自其祖父以来，咸以巍科硕德典型乡国。丱角警敏，禀家学无不通达。十六岁入州学，十七食饩。督学星伯徐先生待以国士，声大起，楚南士无识不识，皆知有郴州才子陈云心者。道光乙酉，以本科选拔中湖南乡试第三名。己丑登甲科，授吏部主事。浮沉曹署者十年，转员外郎记名御史。旋以言事忤其长罢官。

始予与君同为诸生，年相若，意气相亲善。及予为选拔，则识桂东李君克钿、邵阳魏君源。君夙与李君师友，而因予得知魏君，于是四人者交始合，议论古今人物，出所业互切劘。而君才识尤雄独奥博，远近趋附。当是时，魏君与予及君率少年，李君齿方刚，各负恃志气，觊望奢远。忽忽二十年间，李君死，魏君衣食奔走于四方，予屡踬场屋，君亦羁闲散，无可发舒。乙未，予应礼部试至都，复见君与魏君，则已苍然皆有髭，发且秃。然君意尚豪甚，日考校国家利病，人材邪正，学术得失源流，稽古诹今，钩致深远，表里洞达，顾世俗屑屑，当其意者无几人。予假归后数年，闻君当得御史，喜且惧。惧君出所有摅积愤，或触忌，将龃龉斯世。竟用是蹉跌靡推挽，卷利器以藏身莫赎。呜呼！造物者生才之难，摧折之之易，而世路行止夷险，友朋聚散死生之变幻，莫可恃若此，是可为太息流涕者矣！

君自少工诗赋杂文，雄健有奇气，通籍后戒不复作，壹意为经世之学。乙丙间馆予其寓，数纵言天下事，条画秩秩，曰：吾异日不得试于时，则将尽出其畜，托空文以告来兹。今已矣，暇当为君网罗散佚，传之天下，慰君九原。

君以道光二十一年十二月十一日卒，年四十七，即以其月二十八日葬于州城外之南塔岭。君始娶罗氏，继娶縻氏。子男二人：善圻、善坦，縻氏出，虽幼，闻已崭然见头角，庶能绍君志事者。

希濂先生墓碣

何庆元

造物者艰生才，生且阏或夺之，如有所忌然，则咎其居才不善，干天人怒，故致此。若乃信履顺思，克由绎希，无忝所受，蘖方茁，遽摧以萎，如吾亡友希濂先生李君者，又何以说焉？

君讳克钿，字冠湖，号希濂。其先世徙郴之桂东，遂为桂东人。父基成，母某氏。十五岁入县学，旋食饩。二十八岁贡入太学，就职州判。三十八岁遽殁，葬于某山之原。

君生有异禀，神识超隽，丰仪粹裕，肄简十行下。自成童时则已尽通六经诸史百家之说，作为古歌诗杂文，命笔夙成，天然妙远，他人苦思极诣，弗能造也。君顾不以此自多。

年几壮，北游京师。闻其友魏君源讲学，慨然曰：吾所为艺也，虽出入仁义，直假途无事实，失今不悔，后何以为人？乃尽购宋儒程朱诸书以归，亹亹慕效，饬言动，敦伦理，而稍稍绌诗文不事。君性故和易，渴义喜施，与人无谖渝。及笃信儒先绪言，则益忱恂密栗，表里符合。无事俨若思，宵有阙，旦必书于册。稠人广座，望之訚訚然。伤晚学积愆忘，时自怨自艾，涕泗横流。躯干素清瘠，又少伤于酒，重以刻苦，益不支，知君者咸为君危，而君方痛自检溉，力憔悴矻矻不稍休，竟以死，悲夫！

君有二子，骏不能治生业，几无以为祀。其友郭子名世，暨其弟子刘拔元、李锦春、锺岑辈，敛钱置田，岁以祀君。君诗文散佚，不可收拾，仅存者率非其至。既促其生，又阨其死，天乎痛哉！

欧阳松洲墓表

何庆元

道光二十有四年夏四月戊戌昧爽，欧阳子松洲暴疾卒，年四十，无子。其节母与其妻朱使来告，予走哭，遍告诸与还往者毕会哭，料衣襦，征冠履，庀衾椋，遂收遗文，籍书册，越二日乃敛。孟冬日者告葬期，诸戚故谋主后，节母曰：立侄则年均母，若当远嫌，且口殷莫赡，不如立孙。乃与其宗人简同父昆弟之孙谦六者，后其殇子兴庆承重服焉。冬十有一月丁卯合赙币，礼葬之东门外一里宁馨垄。将出祖，守土吏暨荐绅知旧咸在，旅奠群引，酸鼻失声，数欲为之志恸，弗能举其辞。又二年，始追而表之曰：

君讳泳，字子季，号松洲。考讳钰，字兆康，号慎斋，生男子四人，君其季也。少颖敏，以考命出嗣季父，依节母膝下，婉愉巧变，揉情向指，罔擅罔拂，壮长如孩婴。十九岁入县学，旋食饩。三十三岁为选拔，廷试不中程，困而归。当是时，慎斋公夫妇迫大耋，伯仲食指繁，叔仅遗寡弱，举窭窘，靡发舒。不四三年间，妣即世，二长继殂殒，慎斋公鳏且独，意绪苍凉，纡郁弗聊赖，喜怒恒失施。君于其间，蹐局惸轸，听微瞩幽，千筹万画，中棘外夷，语笑坦坦。暇则挟铅椠，强识为词章。旁览星相医卜、阴阳五行、山经地志，觊获侈禄丰资，佐滑甘裘褐养贫孤，以舒家难而开耄志。迨癸卯秋赋竟报罢，逼岁除，慎斋公复捐馆，叠荼蓼，神质倍耗斁。涉春忽洞下，俄有间旋复初。卒之夕，犹以慎斋公葬事与其诸子侄龂龂也。呜乎，斯所谓服勤至死者矣！

君体貌魁岸，才识闳达，能饮酒，喜诙嘲，由由然与世偕行，弗为斩绝，其中有不得已者。与人交持一心，缓急尽诚，罔顾里俗嗤笑。初学文于予，惟予谌，逾月骤长，遂以出于人后。予有患难，君必与相翼赞，如左右手。予文在草，君书字无讹。予言古今文义法，或戾故常，闻者率瞪视，惟君悦以解。比年家多难，弥昵予，月必三五至，至必诘究经史，反复屈伸消长之变，咨叹人世宣幽易险、诘屈诡幻之情，晷将昃然后归。虽羸黧，尚昂昂然盛气，不谓其遽死也。君既死，而予始孤矣，悲夫！

曾白珩先生墓表

严正基

镇筸介武溪上游，与黔西边徼犬牙错，地踞形胜，屏蔽全楚。建厅治曰凤凰，设总镇副使以控制之。永、保翼其西南，乾、泸、麻犄其东北。环厅境溪洞幽罙，为红苗狙伏巢窟，驯则人，猘则兽。率数十年一大变，变则黔楚边圻震动，非用大兵累年，又得老成智计之士，为之经略戡定其势，或燎原而莫可遏。以余闻，乾隆乙卯之变，维时保全凤凰厅城，佐当事建置全楚边防，迄今见称于楚人士者，则为我凤凰厅曾明经白珩先生。

方镇苗之窃发厅境也，总兵明安图以兵往捕，歼于阵，遂结黔苗，倾巢为变。永绥被围，乾州陷没，麻、泸、保继蹂躏。时镇帅新亡，厅城仅存兵二百。苗乘胜攻城，人情汹汹，势几殆。先生避贼城内，募壮勇五百，偕文武昼夜登陴，居民咸有固志。湖南提督刘君辅来援，初至，昧地利，战屡北。先生遣募勇半为乡导，始所向克捷。湖广总督福宁继至，驻厅城筹办战守事宜，胥咨先生策以行。是年五月，苗复集，大队来攻，逼城西南之泠西坳、茶园坡，援军营山脊者莫能御，直薄城南之虎尾峰。城东南有观景山者，距峰近山，俯瞰城中，砖石从高下击，可乘城登。先生惧苗据山攻城，而永州镇苏灵列营西北魏庄，非苗冲，有兵三千，可撤回御苗，乃急奔总督行辕。适福公策马出，请屏左右白兵事。福公延之入，先生进曰：事棘矣！观景山为厅城保障，此山一失，城立破，盍速发令，缒北门出，檄苏镇分兵千五，逾大桥循观景山，至虎尾峰攻其前，再以兵千五，由打岩厂趋堤溪河截归路，庶易危为安。福公韪其言，即飞檄苏镇分兵两路，出苗不意，奋击之，乘胜禽斩殆尽，自是苗不敢窥城下，城守益完，其操胜算以保全厅城者功甚大。

既而傅司马鼐以嘉庆丙辰来视凤凰厅事，愤逆苗叛服靡常，思一大创之以靖鬼区，稔知先生能义知兵，时就家延访兵事。司马创为佽飞练勇，仿沈希仪雕剿之法，铲平负固各苗峒，建筑碉卡哨楼，以毖要隘藩篱，诸苗戢首听命，莫敢兵弄潢池，先生实阴赞之。其散给归业厅民牛具籽种，及施贫匮者之饘粥楮衣药饵，司马悉属先生一人料简，先后凡三载有奇。先生又以厅民在外逋亡日久，其子弟不尽椎鲁，而髑辰鸡跳奔驰，学殖荒落蓁深，请于司马修葺敬修书院，筹备师生脩脯廪饩，延明师勤加讲肄，其章程悉经先生厘定。厥后司马洊陟副使，胪状吁增，民苗举额，精夫火老之俦，魋结观光，鸿都边徼，莘莘向学，人文媲于邹鲁，先生倡率之力居多。其佐当事以建置边防，德甚厚。虽然，先生出经纬之才，为乡井绥寇纾难，规复隆平盛轨，年已垂七十矣。

抑又闻，其大父友德公，曾任靖州戎府，虽以武奋起家，而拔陈天宠于书识，割俸缗助之读书，卒成进士，靖人士翕然称之。先生祇承祖训，少即能以文学自励，蜚英黉序。长游岳麓，宁乡王九溪山长以老宿主讲席，爱其楷法，谓得松雪斋笔意。长沙府署品墙外，列有真西山诗石刻，其遗迹也。屡登荐录未隽，始归里，授徒城东，书斋外辟小圃种竹，额曰“淇园”，取髦而好学义，将终身焉。性耽吟咏。王燕平副使有诗名，备兵筸城时，招致衙斋，分韵唱酬竟日。其见重名流如此。至其内行淳备，刚介不阿流俗，训子弟严明有法，群从以肄武得官，胥彬彬有诗礼风。论者谓先生韬鳞颐志，其才足以剸劂机务，其德足以模范人伦，其学亦岿然远迈时流，假令遭际风云，文通武达，必克以伟伐著声。洎晚年见知大帅福文襄公，以州倅注籍选部，迄未一借手以没，何数之奇也！然遇变小试其端，功德暴于乡邑，下为绅耆所颂，上为将帅所推，正复卓荦瀛寰，自足千古，奚必借仕宦而始显哉！

先生讳朝瑞，号楚珍，一号山亭，白珩其字。湖南凤凰厅学岁贡生，军功甄叙州同，以嘉庆庚由卒于里第。弥留时，索笔书“尔曹爱年，不可野心”二语，示其子弟，详绎其义，盖古人惜阴求放之意相勖。於戏！即此可以觇先生生平定识定力、教有义方也。配吴氏，淑慎有妇德。子二：世崧，拔贡生；世泽，举人，湖北荆门州州同。孙四，毓琪，镇筸后军把总；奎龄，岁贡生。世崧出惠龄、遐龄，世泽出女一，适庠生李占魁。某之先人，当苗疆滋事之初，尝草《平苗方略》，佐节帅幕府，五载始终兵事，与先生友善。世泽复从游先人门下，通门过从，因得悉先生一生志事最详。夫书纪苗民逆命，良以夷性犬羊，帝世尚不免狡焉思逞之事，要在上下安不忘危，建未雨绸缪之策，豫防其变而不失之疏，即变亦必有以芟夷而安辑之，可永永敉宁无事。

先生没已四十余年，世泽乞余文以表其墓。余为叙先生出处崖略，尤详著其宣力苗疆守城善后诸大端，俾揭之于阡，庶后之有事苗疆者，得所考镜焉。

夏一卿主政墓表

毛国翰

吏部验封司主事攸县夏君一卿之丧至自京师，长沙毛国翰往哭于舟次。既归葬，其子光迪以状来，请为表其墓。乌乎！余言岂足以表一卿之行者？然余与一卿交最久，今都中故人已多零落，余亦将以穷而老矣，而一卿又未尝卒用其才，不得遂其志以终，是亦增余悲也。

一卿为人廉悍朴敦，辞受不苟，勇于为义，论天下得失，毅然见于辞色。尝所与游，有过必切规之。邑令有知其贤者，厚遇之。邑中豪猾或有所干于令，谒一卿欲得一言为请，卒不敢发而退，其刚直亦天性也。久之，以优行贡成均。道光元年，举京兆乡试。己丑成进士，改庶吉士。寻改隶吏部，非所乐也。然朝夕居官次，勤习故事，益究当世之利弊。时他部有狱，事连吏部，坐之者众，群执其议甚牢。一卿知其多所枉，以为言不可。狱将成矣，则委曲救之益力。主者感其诚，事解乃多得全。其守正不戾于时类此，世亦以此多之。然一卿之所见于世者，如是而已，而世之得见者，又不足尽一卿之所自见，则余以世之所得为一卿述者，亦仅如是而已也，呜乎，其可悲也夫！

一卿幼好学，家故贫，其父令事他术，一卿曰：贫，士之常也，他术亦须日月，则学成亦可谋养。由是益自力。年十六补弟子员，学且教，以事其亲。至是，以岁时家祭辄泫然，以禄不及养也。然自一卿分部曹已十年矣，同时侪辈或已至通显，而一卿无所抑郁，暇日则读书，尤喜司马迁、班固之文，以为论事达时务也。顷年以书来讯余曰：吾年未五十，须发斑白，精力行就衰矣，而事无所就，知日月当复几何也。余闻其言异之。明年，随大学士汤公使江南，道中疾作。是岁始补今职，既还京师，病稍闲而复剧，以道光十九年十月十一日卒于官次，享年五十。

一卿讳恒，世为攸县人。祖讳家乐，父讳之璋，一卿贵，皆赠如其官。一卿为诗爽健有古风，尝与余相聚于鄜东洣上，数数为之。及别去，稿亦散佚。既到官，亦间作。今其存者无多。时新化邓教谕显鹤方选沅湘耆旧诗，因付而录之，俟汇其全，别为一集。一卿屡丧其妇，男子子三：长光迪，邑庠生，同邑杨氏出；次光适，继室湘潭王氏出；次光遹，生才数月。女子子二，皆幼。继室会稽山阴施氏出，施氏先一卿八月卒。孙男三：昭铨、昭锡、昭钰。孙女三。先迪以道光二十年十二月四日，卜葬其父丧于攸之西乡黄桑桥祖山，辛山乙向，与施氏合窆。

一卿之卒也，光迪时在道，其友官于京者为经纪其丧。光迪至，护丧南归，诸君以道远，弱小不能偕南，于是贵筑县黄吏部辅辰为其兄子聘一卿长女畜于家，其幼子女，则长沙彭编修舒萼、益阳胡编修林翼相分辅之，俟稍长乃遣南归。彭君既出守，转属南丰刘户部良驹竟其事。呜乎！朋友之所得为者，诸君为之，而一卿之所欲者，卒不能一有为于时，天也！然天之所以限一卿者遇，而其志行卓卓足以见于时光于后，则一卿之得于天，有非遇之所得而加损者。特虑其既久，将无由知而述也，故特为之表其概于石，以示后人。

宁乡训导邓湘皋先生墓表

刘基定

距宁乡三百四十里为新化县，与安化接壤，县隶宝庆府。宝庆即古邵州，其地有芳风藻川之胜，宋元以来名人多有著述，迄今通儒硕彦为世名称者，咸以邵州为渊薮。新化邓湘皋先生，其最后著者也。

先生讳显鹤，字子立，号湘皋。三世皆以名德称于州里。祖胜达，诸生，讲学资、邵间，著录弟子凡数十人，通籍者二人，学者称松堂先生，著有《松堂诗存》。父长智，国子监生，与弟山东巨野县君长信，以孝友型于家。母氏毛，前母氏李，生三子，长显鹍；次显鹖，诸生，专考据，著有《春秋史汉目论》《毛诗阐微》若干卷，刊行于世；季即先生。

当毛孺人孕先生时，梦长庚星入怀而始寤。幼颖慧，姿性过人，读书入目成诵，有神童之异。年二十补诸生，旋饩于廪。是时，制举之文不尽根柢经义，专务词华，先生独钩稽六籍，沉湛大家，以欧、曾之法行之，一时目为高材生。嘉庆甲子举于乡。明年春官报罢，襆被旋里，与母兄云渠筑听雨山房于南村之旁，闭户读书，讲求经济之学。凡一切朝章大政国家掌故，靡不综录成帙，以期实用。尤邃于诗古文，每一篇出，必以汉、魏为标准，以杜、韩为法律，风泉满听，云霞生色，无翏翏穷苦之音，有造化微妙之旨，甚有声誉。

时南城曾宾谷中丞转运两淮，主持风雅，以东南坛坫自归，耳其名，不远千里，专致书币，延入幕府。凡一篇一集，悉属点定，每当高会广座，长吟短咏，应口雒诵，无不惊异，服其娴雅。居淮上五年，挟其才，遍游东诸侯。所至适馆授餐，皆为上客，倾动海内。

晚岁不乐华庑之习，乃入京师诣选籍，铨就闲职，得宁乡校官，束装赴任，壹以著作专门名家。余自道光辛卯始交先生，嗣是每岁必数至，至则止宿署中。常雪夜纵谈明季蔡忠烈公死事，僮仆皆有倦色，头触屏风，犹感愤不少息。爰搜采轶事，证以诗文，创为年谱，总若干卷，俾以铅椠襄校阅。时合河康中丞绍镛、长白裕宫傅泰、新安程侍郎恩泽皆有书问，询省著述无虚日。

居宁乡十余稔，稍厌士习浇薄，引疾告归，诸大吏聘主朗江、濂溪两书院。官宁乡时，增辑明季周伯孔《楚宝》四十五卷。主朗江时，编辑《资江耆旧集》六十四卷。其《南村诗文集》总四十四卷，先已开雕。主濂溪时，编辑《沅湘耆旧集》二百卷，《续编》八十卷。今咸丰元年，复主濂溪，续纂《宝庆府志》百五十七卷。方竣事，竟以闰八月廿八日寿终讲院。其他经史杂著，尚六七种未锓木，可谓多矣。

天下承平日久，士大夫每以科名禄位相矜尚，独先生以儒官只轮孤翼，遨翔公卿间，与撰述相终始，宜世所推重，与衡阳王而农先生后先媲美。夫学术不患不博，患其不精；诗文不患不多，患其不古。先生之学与文，信乎其可传也，故余于先生身后，为之岌岌然，综其生平，褬白于世，使今世学者知先生一代传人，他日文苑儒林有所张本。彼徒以陈篇戾句谎口侈谈者，乌足以测其高深也哉！子二人：琳，廪贡生，应京兆试，卒于都中；琮，道光丁酉拔贡，癸卯举人，先生卒后十日，以孝终。海内巨公，必有为志传铭墓者，详其世系生忌，故不具，特详其所著述褬于阡。

萧处士墓表

罗泽南

善化萧氏有隐君子曰仲虎，讳寅显，郡学生。曾祖正煜，祖文载，父衡万，皆不仕。先生生而颖异，为文落落有奇气。弱冠时，豪放自若，务为倜傥可喜事。浏阳朱畬甫先生文炑见而奇之，勉以学，由是折节读书。于先儒诸集，罔不研究，尤殚心于《易》，反复经传，深思力索，务究厥旨。尝言古今注《易》家，其不合于经者，皆由不细读孔氏传《易》之故。因以所得，著《易象阐微》六卷，自成一家言。晚年识益进，有所见辄易其稿，有谋以付梓者，先生弗之许，意有待也。家贫，授徒自给，以不乐为科举业，不事进取，视尘世轩冕泊如也。严取与进退之辨，士大夫不以礼，不能得其一见。然待人平易，与论学及谈当世务，亹亹不倦，固非无意于世者。行成而不耀，言立而不章，吾党伤之。以咸丰元年闰八月二十七日卒，年六十有九。病革，辗然谓友人曰：吾至此，此心无一事矣。是殆有得于《易》之消长之理者与？葬长沙县河西都泉塘冲先茔下，与弟笃修、德扬合冢。娶瞿氏，抚弟笃修之子庸暹为嗣。女一，适李。泽南亲先生最久，惧其人之行谊，与其书湮没而不传，偕诸同志表其墓，以俟知者。

敕授文林郎周先生墓表

邓瑶

余幼时闻邑人言乡先达有髫龄应试，郡守以“子男五十里”属对，应声答以“府尹二千石”者，心慕其属辞敏捷，而自咎质之甚钝也。后以咨先叔父湘皋公，知为吾邑周素芳先生事。先生讳恭先，字素芳，一字平山，学者称平山先生。生有异禀，七岁能文，通五经史鉴大略。年九岁，父荣干负之应童子试，郡守王湘奇之，故以五字属对。而督学桐城叶酉面试，诧为神童，其年即隶县学籍。阅二年，为乾隆十八年癸酉，应湖南乡试，监临范公时绶得卷亟赏，以三场病未与见遗。范公出，语其父曰：是儿大成器，登科稍迟，固甚善。

又十年，举乾隆庚辰湖南乡试。丙戌成进士，选云南建水知县。先生以牧令为亲民官，遇事必求尽其职，慎治狱，性尤廉介。

建水故产金，令多因缘为利，有囚罪宜抵而谳已定，将出之，先生至，阅谳牍曰：是不宜出。吏挟前令画稿固争，则力斥之。其夜囚家怀重金求缓，峻却，持益力，因尽驳前谳，问如律。大府以故入罪先生，遣戍乌鲁木齐，十年始释归。

归后足迹不履城市，布衣蔬食，躬耕自给，与田夫野老相酬答。尝暑月芸于野，憩柳阴下，值岁试报罢，归者就问试题，过者以其农也揶揄之，默而退。

毕尚书沅，先生会试房师也，官湖广总督，亟称于某观察，延为子师。会宝庆举行郡试，观察属先生两子于郡守，而不使先生知，及知，即戒两子无与试。二子名维赞、维襄，雅有文誉，以先生戒不应试，即亦安恬澹，终其身不获青一衿，然能读父书，守家法，固不失为令子。而先生律己之峻，训子之严，即兹一事，已可概见，百世下犹足令人低徊想慕不能置矣。

先生喜吟咏，与同县吴兰柴诗老槱以诗交最笃。先叔父选其诗入《沅湘耆旧集》，为作小传，谓兰柴之诗专主才气，以雄博胜，先生敛才炼气，酝酿深厚，格律浑成，虽遭意外贬斥，久处塞外，而出语和平浑厚，无激烈谯杀之音，可以知其养矣。其推重先生若此。

先生殁已三十余载，流风余韵，乡人多能道之。顷维赞、维襄介其从弟维霖乞为墓表，余固景仰先生至久且笃，因不辞而述其梗概如此，俾往来过者知为周素芳先生之墓，咸憬然生其效慕之心焉。咸丰十年季夏月，同里邓瑶表。

例授武德骑尉候补守备邓君墓表

邓瑶

吾楚凤皇厅有邓君讳宏升字云阶者，古之刚介君子也。乾隆末，辰州苗匪蠢动，上命文襄公福康安督师征剿，迄嘉庆八年事平。时凤皇厅城外诸庙被焚，辰沅永靖兵备道傅公鼐，以诸庙载在祀典，例宜修，发白金二千，檄君购办本料。君谨管出入，令家人无敢私用公项一钱。一日晨出，卖菜佣过门，君妻就取数十钱予菜值，未及偿而君遽归，察知大骂，将遂杖之。君妻屏息，弗敢出一语。子万锺长跽，请代母受杖。徐徐怒稍解，乃得免杖。君有姊适田氏，居恒事之甚谨。日者偶语君：弟受二千金办公，得毋少沾溉耶？君气惫面赤，厉声应曰：斯言胡至吾耳？姊岂弗知我者，而亦为此言耶？绝不与语。其姊局蹐弗自宁，即日言归。余谓君以一言故，至欲与姊绝，良过，顾其律己之正，治事之严，不肯丝豪自苟，于兹益可信矣。军兴以来，主将之能与士卒共甘苦者固不乏人，而贪利自肥克减军糈者或亦弗免矣，傥悉如君之丝豪弗苟，能使士卒用命，贼岂真不能灭哉？即君一节之善，有足令人慨然长叹欷歔太息于不容已也。

君善骑射，苗匪之变，在戎行八载，大小数十战，然酬不称庸，以是又见当时叙功之严且慎若此。在军尝奉檄稽察奸细，同事多以无辜邀赏，君遇乡人从贼中逃归者，廉实必力请于主者释之。尝云：取人头以博富贵，吾不忍为也。事父母最谨，乡族称其孝。性虽严厉，遇善人君子，必屈抑相从，温语终日。人有告贷者，辄倾所蓄以应，或竟不责偿，此又君之内行厚德有足纪者。

年五十矣，始生万锺。万锺虽武人，通文史，严正雅类君。历官新化县把总，宝庆协千总，军功保举守备，署宝庆协都司，所莅能服其下。始至新化，凡旧沿陋规悉裁汰，敬礼士大夫有加，邑人翕然称之。盖其禀承先训者素矣。万锺顷持君状请为墓表，因揭其大者著于文，以为士大夫劝，且以塞万锺哀慕之思。

萧府君墓表

邓瑶

邵阳隆回乡有古孝子萧国仕翁者，没已六十余年，其曾孙光南举于乡，邑人稍稍传其孝德，光南为余言益详，遂再拜请纪以文。余谓同郡有至行纯笃如萧府君者，即无子孙之请，犹当求其事书之以为世劝，况重以贤后裔之涕泣以请耶！乃次其事为墓表，俾传诸世。

君讳良昌，世为邵阳人。生有至性，事两亲至孝。兄弟四人，君居季，析居最早。已伯仲殁，各遗二子。叔兄仅一子，忽携之远出，不知所之。方是时，家贫甚，诸孤茕茕，无所衣食，君极忧之。隆回固产漆，居民往往以所产贸之他省。君少习是业，稍获利。或劝之娶，君泣曰：吾两兄死，遗孤无以自存，吾忍遽言娶耶？乃悉召诸子复同产，率之贸荆襄间。其后家渐裕，乃始娶妇。

是时君父健在，当除夕家人团宴，太翁举觞属君曰：儿能抚存孤侄，吾心滋慰，顾安得汝叔兄父子一见为慊。君跪白曰：儿誓往觅。朝正四日，遽束装孑身出。时兄音问久梗，或传其在滇。君至滇，历访数郡县无所值。凡离家六阅月，徒步万余里，资将尽矣，穷途哭泣，两目尽肿，见者咸咨嗟感叹不已。一日薄暮，抵村塾。塾师朱翁亦邵人，君告以故，朱翁止之宿，且为筮之曰：贺君明日兄弟即相见矣。君大喜。其夕复梦两舟相磨戛，自以为兄弟相遇之兆，益复大喜。鸡初鸣即别朱翁，行天明至一村落，遇有晓汲者，熟视类其兄子，呼之良然。盖父子流寓其地困甚，日夕思归而不得也。君见兄，相持大哭，亟偕归，与同居。太翁心大慰，劳君酒，复举觞相属曰：儿真孝子，吾死且瞑目矣。光南述至此，盖呜咽不能自胜云。

君勤苦成家，育诸子如己子，家门严肃，妇女辈绝口不敢言析居事。年八十余卒。卒之前岁，始为诸子析产，厚予兄子田宅，而令己子少受。诸子固辞，则曰：若曹佐我成家，甚劬苦，吾子劳逸既殊，受产讵可与诸兄等耶？卒令少受。两子亦怡然从之。呜乎！世俗偷薄日甚，兄弟骨肉之际，盖有不忍言者矣，府君所为若此，求诸古之孝子悌弟所称至行，足以感行路、泣鬼神、化异类者，又何多让！顾其事乌可当吾世而俾之湮灭弗传也。抑欧阳文忠公有云：为善无不报，迟速有时。斯固理之有可凭者欤！光南为人子孙，宜益思所以显扬之矣。

恭拟礼部尚书德明碑文嘉庆五年　　周系英

朕惟礼乐自天子出，实资习掌故之臣；笾豆则有司存，允赖骏奔走之职。缅旧劳之可念，礼惬褒崇；昭令闻于弗谖，义存奖劝。爰稽彝典，式表嘉名。尔太子少保礼部尚书德明，奉上惟勤，执事有恪。早由司库，迁职奉常。掌六祝而正辞，修七祀而靡忒。遂从妙选，跻秩清卿；洊贰春官，升华宗伯。诏相小礼，玉帛钟鼓之间；赞导法仪，进退周旋之习。经筵侍讲，胪句传声。历三衙统制之司，摄四译会同之馆。偶回翔于铨部，实终始于容台。惟先朝之任遇良专，属在疚而畸毗尤切。靖共尔位，襄大礼以告虔；夙夜惟寅，赞明禋于妥侑。宫衔特晋，嘉乃成劳；遗疏俄闻，深予轸恤。综生平之行谊，锡美谥以恪勤。考典易名，镌辞崇实。於戏！国之大事在祀，汝既宣惇典之勤；人惟求旧有言，朕岂靳酬庸之礼。贻诸奕叶，视此丰碑。

恭拟宁夏将军奉恩镇国公斌宁碑文嘉庆五年　　周系英

朕惟杖钺宣威，允赖干城之选；运筹决胜，正深鼙鼓之思。悼宿将之云亡，繄旧劳之可念。匪由铭勒，曷表嘉庸。尔原任宁夏将军奉恩镇国公斌宁，事上朴忠，秉姿沉毅。玉林擢秀，藩珪推枝辅之恩；羽卫宣勤，兰锜肃钩陈之队。琼编瑶籍，既分典夫宗盟；七萃八屯，复屡参乎戎秩。眷焉西顾，资尔老谋；总制高牙，独当方面。古朔方郡筹边，端借乎弢钤；封狼居胥固圉，不惊于瓯脱。方倚大宗之维翰，遽沦小疾以弗瘳。嘉乃壮犹，深予轸念。备饰终之殊渥，举考行之彝章。赐谥恪勤，用昭恩礼。於戏！令名长在，惟兹金石之传；茂绩攸章，不异旂常之纪。特崇徽赐，永播休誉。

案：文载阳湖李氏兆洛所刻《皇清文典》中，为词臣应奉文字之一种，存为撰拟之式。汝怀附记。

赐谥原任浙江提督追封三等壮烈伯李长庚碑文拟

袁名曜

朕惟威扬海徼，必资致果之才；功著岩疆，用励成仁之节。矢雄心于马革，倬彼英风；锡茂典于龙章，寿之贞石。尔原任浙江提督追封三等壮烈伯李长庚，质原骁健，性最沉雄。始宿卫于期门，旋副营于浙水。荷三迁而洊陟，简命叠沛于先朝；宥一眚以宣勤，显秩仍跻乎阃府。属以幺麿作慝，畀秉钺于楼船；因之感激誓师，期蒇功于岙岛。废十年之寝薜，号一军为凌波。鹊尾鹢头，驾风飚而转战；鲛宫鼍窟，涉溟涬以穷搜。屡挥王濬之舻，常断孙恩之笮。已枯鱼之游釜，功届垂成；讵妖蜮之含沙，困犹能斗。策勋未遂，嗟饮至以何期；赍志云徂，览封章而堕泪。崇加爵秩，优予赙资。遣疆吏以荐馨，饰葆祠而报享。铭功表碣，稽古易名；核厥平生，谥为忠毅。於戏！凄凉宰树，犹缅怀下濑之劳；仿佛灵旗，尚默佐歼魁之烈。庶垂光于不朽，益永誉于方来。

文照陈君墓碑铭

廖宗湘

中郎颂有道之碑，抚而拔泪；文范加太丘之谥，言讵怍心。吾乡文照先生，生应袄精，幼闻衣德。彝伦根其模范，孝友吻于至诚。贴月每飞，鸣皋有闻。夫其论神断葘，验精蔽志，文正之医如相，忠宣甫志活人。家济荀龙，儿数石马。茀禄炽矣，是用康强。若乃百口名桥，三宗待爨，蜀正方难犯腹甲，唐克治并无李蹊。攻譬盂方有跽床之薤，魂甜书味忘近檐之桑。守剑施逵，式庐左巷。有梏彝行，实篚刚贞。儒林禀之坫坛，乡评章于衮服。

於戏！古之矜也，廉繄形端则表正，人之生也，直故君子斯曰终。冀永昭明，爰铭芳轨。铭曰：

于休先生，得天之正。曰高匪寒，曰清匪轻。懿抱贞怀，存思没哀。相山峨巍，与永无摧。

湖南文征　卷一百十七

墓志铭上

工部司务周公竹懒墓志铭

王岱

登仕郎工部司务加一级周公竹懒，与余同里，处洞庭南服，长衡烟火相望也。其官京师，又天涯比邻，晨夕与数。公修躯霁颜，和气缓性。色不形喜怒，复健饭无疾。年及花甲，犹然精粹未艾。庚申冬，忽思归里，谋于余。余惊曰：公何遽及此？湖南久困兵荒，归隐无地，曷暂浮沉薄禄，借以优游？公默然，行意遂缓。迄辛酉秋，又以请假告，余复慰止之，而公意决绝。当局者方念公久劳未迁，欲留之，迟牒不下。公忽忽若病，不旬日竟卒于旅。予方恨知公未深也，公嗣君涧闻讣奔都门，过予里，嘱吾儿禹书为公志铭，而公之伯兄士仪亦惓惓致书相委。士仪博学笃行，隐君子也，著《史贯》暨诗若文行世，余不觉愧惧，恐其言之不副。又竹懒生平交名公卿，安用予戋戋之言？涧又请不已。《礼》云：知生而不知死，吊而不伤；知死而不知生，伤而不吊。予于竹懒悉知其生死，得无言乎？

按公讳士俨，字若思，号竹懒，楚之衡州酃县人。其先汝南以国为氏，其居酃者始祖荣宗，任江西南昌少府。传至希尧，郡诸生。希尧生道国，道国生锡我，以选拔官学博。锡我生祉，祉子八，公其三也。早慧，记悟俱敏。文笔犀利，俦辈折角。年十五补诸生，屡试高等。督学高汇旃、堵牧游、刘陟岵诸先生皆拔之冠军。会兵革，沦草莽者十有五载。

本朝定鼎，公始复理故业，试辄报罢。戊戌乃得拔选入成均，为司成章子仪、陈学山、杨地一诸公所赏识。同时肄业为文字交者先后捷去，崇爵厚秩相望，而公仅得秘书选，见知曲沃卫公。久之晋秘书典籍，直诰敕撰文。历俸七载，偶以只字诖误，镌级归里。庚戌，台中李公某始疏公冤，还公故物，公终不欲自白彰人过。量移国子学正。乙卯，晋工部司务。遇覃恩，父母封如其官。

公守职清慎，橐无长物。恒思急人之急，戚里远至，接引周恤。不幸病且卒者，纠同心与殡葬。其居乡，为梓里兴除利弊。如条涤粤盐，苏商民之困，戚里咸受其庇。其生平大概类是。

公生于天启壬戌九月十三日寅时，殁于康熙辛酉八月念五日亥时，享年六十。娶唐氏，早卒。继刘氏，前户部郎中刘享甲季女，又卒。再娶明经欧阳珠次女。侧室林氏、洪氏。子六人：长涧，衡阳县学廪生；次瀍，酃县学廪生；次梦龄，业儒，俱欧阳氏出。次灞，业儒；次渭，俱幼。葬某山。为之铭曰：

厥才何丰，厥遇何啬。世浮其名，公探其实。绵绵之裔，是谓向德。勒石垂声，庶几不忒。

湘潭宰桐城渥源姚府君墓志铭

王岱

湘潭宰姚公讳之骐，字汝良，号渥源。其先出自妫汭，至唐梁国公崇著陕州。迨宋迁临安，复宦安庆，更卜居于桐城。其裔胜三生宗显，宗显生旭中，为明景泰辛未进士，官刑科给事，天顺复辟时，以讼于忠肃冤外谪，累官滇南大参。旭中之后希廉生承虞，承虞生之骐。

公天资夙畀，复勤学强记，于经史百家，贯串综核，下笔为文，鲜洁峭拔，不屑拾人牙后慧，故技与时左，遇亦迟暮。教授里中，子弟成名者相接踵，诸季辈如之兰、之蔺、若水，皆雁行而师事之。公困童试厄子衿，至癸卯始出陶望龄、王思任门。丁未成进士，复出吾邑李腾芳之门。前后皆名家，信文字臭味不苟也。

公起家即湘潭令。潭为两粤、滇、黔水陆之冲，五方商旅辐辏之聚，地最繁剧，非历练长材者莫能控驭。公一绳以法，强御不畏，岸狱得情，平反认理，肘不以上官掣，以故舆人颂谤相参。绣衣使者入境，廉得公状，不为中山匿书所挠，且曰：姚令廉明，虽严不害。吾其入告最，首以公名冠。时论韪之。公簿书暇即课士文，月一殿最，拔其尤者。黉墙鼓舞，人文丕变。己酉分校楚闱，入彀者如石如谢，皆潭士也。其知人如是。至他治绩，催科抚字，俱得上考。将赴内召，会有项孺人之疾，暨闻孤甥某之讣，顿呕血，竟以是卒于官，年才四十七。卒之日，四壁萧然，橐无剩物。监司某适驻潭，素与公恡，感公之廉，抚视而哭，因与潭民共经纪其丧。慕义者争致赙，累千金，然项孺人率二子承公素志，一棺周身外悉却之。而楚按君复遣役扶柩归里，其见重如此。公生平著述不戒于火，遂不传，独此遗憾。

公生某年月日，卒某年月日。二子：长即孙林，郡廪生；次孙森，龙泉学博。二女：长适诸生吴道震，早孀抚孤，死节建坊；次适廪生吴道济。孙三：文焱，己酉孝廉，官广文；文燮，己亥进士，官郡丞；文荧，贡监生，考授州同。曾孙七人，曾孙女六人。公卒已七十余年，其官潭也，在余未生之前，先君为博士弟子员，亦曾以文见知，悉公行事。今公之孙文燮，于康熙辛酉持其状命铭，余不显不文，分无铭理，然余实潭人，又与文燮为文字交，谊不容辞，乃黾勉为之铭。铭曰：

廉吏之后，世有其贤。其绶若若，其文蔚然。报施善人，其不爽焉。

泰亨罗处士墓志铭

王岱

泰和罗处士没，其子若孙以行状请铭。夫谀墓非古也，然处士抱道以没，潜德不彰，亦吾儒之责也，于是谨按状志之。状曰：

公讳闻朝，字泰亨。父莲池，祖后山，曾祖碧潭，皆文学，世有隐德，号称理学渊源。考罗氏自春秋时伯嘉实出有熊之苗裔，国在楚宜城，两徙支江、长沙间。传至罗含，官晋世祖太康中给事。含传至朧，从桓宣武伐蜀有功，擢知襄阳府事，因家襄阳。传至宏信，官唐宪宗时节度使，迁太师，进爵临清郡王，子绍威袭封长沙郡王。数传至恭，官文宗开平中金陵太守，又家金陵。传至崇勋，官武宗会昌中殿前都指挥使，赠太保，徙江州。传至琉，官昭宗时光禄大夫，由南昌徙庐陵扢下。后传道，徙泰和。子三人：洞霄、洞晦、洞天。晦官南唐端明殿大学士，霄、天同举进士。传朝伟，官至元给事中。传尚英，徙界溪。英传永达及碧潭。其家世代有显者。

处士生而灵颖端悫，五岁如巨人，岸然自异，不与群儿伍，见者奇之。读书目过不忘。从前辈廖淳初养泉学，天质既优，学力综核，含豪吮墨，顷刻千言，一时声誉藉甚。然志在经世，凡兵刑、礼乐及天官、地理、稗官、野志、风角诸书，尤加考证。初试童子，例自负椅棹，即拂衣出，曰：朝廷待士固自有体，乃竟同星卜举止邪！遂绝意仕进，惟穷经授徒为业。讲学戴氏里，从游者日益众，因材诱掖，多所造就。尝诲子弟曰：吾人学问，上之圣贤，次之豪杰，再次文章。然文章必先行谊，苟不端心术，莫辩利义，徒以八股博上第、踞要津，其人不足称也。苟忠孝不亏，衾影无愧，衡门泌水，读书乐道，亦自可传耳。生徒贫者，不问脩脯，更急其有无。授徒四十余年，无长物。尝得馆谷若干，携归为俯仰计，途遇难者，即倾橐济之。其生平慷慨多类此。

公孝友性成，父没，哀恸毁形，水浆不入口，三年苫块啜粥，不茹酒荤，遇生忌之辰，则涕泣不食，族里咸以孝子称。其余睦族里如一父之子，窘乏者婚丧、疾病、患难无不赈助，至典器鬻物不止，即悠悠陌路以困阨来告，亦尽力以济，无嗔无倦。喜为人排解，里有忿争不下者，片言剖释。公刚方无欲，故人多德之。

与人谈，皆稼穑艰难，水旱灾伤，宜家应世之法，功过感应之事，无亵语也。大至古今兴衰治乱，历历若指掌，听者忘倦。间及节烈奇伟之行，则击节称快；其屈枉不平之事，则切齿不休。善善力而恶恶严，故善者日亲，恶者日远，未尝不默为感化也。兄永春守会稽，频以书招公，公不欲以货取，竟不往。崇祯中，诏行保举，公不欲以虚声误国事，亦不就。举乡饮者再，皆坚辞未赴。

明末吉、赣等郡流寇蹂躏，公素精兵法、风角，乃团练族里弟子，勒步伍为扞御，大破贼于界溪间。有渠魁曹贼号枭獍，攻掠暴至，族里惊窜。公以大义晓之曰：汝等平日忠愤何在？兹贼势压境，须决死战，灭此朝食，乃竟效儿女子态乎！吾历世忠义，弃祖宗庐墓，何以生为？誓死不去。然从公者甚少，又皆怯敌，公愤呼曰：贼贪子女玉帛，实无战心，我利甲兵，坚壁垒，具有死无生之志，灭贼必矣。兵法用奇，贵少贵精，安用怯也！于是命次子应培击其前锋，提百斤巨刃，冲突中坚，所杀过当，贼为披靡。散而复合，四面交敌。公令众登屋飞瓦石，自辰至申，杀贼无算。应培更斩红旗首二级，只手提尸挥贼，贼为骇散。迄今界溪坟庐无毁，户口犹存，图史守器皆完好，公之力也。

性耽山水，胜情兼具，赢粮负笈，不惮寒暑。览故庐之东，东山之麓，冈峦环抱，隐然如谷，遂名曰东谷。构亭贮书，凿池种荷，移竹植树，手自经营。恒葛衣乌巾，箕踞青松白石间，作《梁甫吟》。阴晴雨雪，皆日至焉。携诸孙采花果，口授诗词，相和答为乐。饮酒日可一石，未尝酒失。读书浮白，信口作诗，多不属草。与同族葵阳、玉壶、伯园辈互相唱和，尝手录陶诗于壁自况。

晚年谢客，日穷研性理于周、程、张、邵、朱、陆之书。概其罗氏端明洞晦，文质从彦，博士泌，文毅伦，文庄钦顺，中丞钦忠，祭酒璟，修撰珵，参政汝芳，文恭洪先，给事大纮，诸理学之言，参考得失，体会于心，实践于事，毅然以斯道为己任，时以大儒目之。

沧桑既更，绝迹城市。次子偶被横逆，公自反顺受，未几暴虐者罹祸，人谓公至诚所感云。以疾正寝于家，诫子孙曰：吾儒守身为大，汝曹宜读书行善，以古人为法。言讫而逝，享年七十有三。生万历二十二年甲午九月，卒康熙五年丙午五月。公方面修髯，声洪目炯，器宇宏伟，俨若神人，端凝吉蔼，与物无竞，殆遁世无闷者乎！卒之日，里人至下涕者，其感人深矣。葬仁善乡湖舍之阳。配本邑刘氏，恭俭慈爱，以淑德闻，先公没。子二女一，女适郭某子；长子应垣，娶郭氏，生孙五，宏治、宏启、宏肇、宏哲、宏化；次子应培，娶萧氏，生孙三，宏斐、宏昱、宏雯，孙女一。为之铭曰：

负材而隐，抱道而终。不怍不愧，君子时中。高山仰止，其德可风。

段母贺太孺人墓志铭

陈鹏年

太孺人姓贺氏，为常宁望族，归于道州学正段公。今予姻家中翰相山名巘生，其次孙也。太孺人生而贞静聪慧，女箴闺范，不烦姆教，皆通晓大义。王父朝节公尚气节，中年弃举子业学剑术，明季率乡兵杀贼复邑城，授五品军官，辞不受。与段公世好，为莫逆交。怀宗初，公官秦州，以家事相托，遂联姻，年十七赋结褵。

当是时，数丁阳九，海内寇盗交讧，饥殣盈路。舅某公任杭州司马，南北道梗，祖产无几，百口仰食。太孺人毅然尽鬻其奁中珍珠文锦并家资，买谷若干，置田千余亩，举家赖以无恙。越明年，某公督饷赴京，道卒吴门，广文公悲恸不胜。太孺人相夫子竭力经营，得数百金，卒从崎岖乱离中扶柩旋里，凡葬祭悉如礼。性至孝。姑李宜人年高病噎，亲尝汤药，晨夕侍奉，目不交睫。父贺公卒，迎母詹夫人养于家凡四十年，没之日附身附棺，极尽诚敬。待妯娌和顺无闲言，视诸侄恩谊有加。自举某公后，两产俱不育，即劝夫子纳妾彭氏，廿余年情同一体。彭没后，遗子四，太孺人悉卵育教诲之如己出，俾有成，今俱以科名才望著闻。舅某公常叹曰：吾家皆汝所造也！居家务节俭，无锦绮饰。特好施与，宗党亲串困乏者，捐助不遗余力。臧获服勤年迈，俱遣之不取值。

素明鉴有远识。当吴逆踞衡州谋僭号，搜求故明遗逸为劝进计，某公为伪将军范某所执，胁以伪职，誓死拒之不屈。太孺人潜遣人赍百金赂守者，得脱去，遂挈家匿山洞中。伪将军郭某遣其将率贼众攻洞，辄散家财，结敢死士拒之。会洞中右姓亦率瑶民固守，太孺人遣人以羊酒金帛犒师，众心感奋，欢声如雷，力战于王洞山口，擒其伪副将并向导刘金彝，磔之，洞中不损一人。未几，三桂死，大兵复衡州，群贼兽散，合洞万余家俱获免。有欲以事上闻，某公曰：我自不顺三桂耳，岂于庙堂言功哉？事遂寝，太孺人深以为然。

某公既弃世，每遇生辰，饮食不御，涕泣盈襟。届六十时，亲党将称觞上寿，太孺人泫然顾子若孙曰：未亡人何忍受此，可善辞之。年几九十，神明不衰，子孙曾玄罗列，冠盖成行，称一时盛事。

丙戌，相山成进士，授中翰，将赴部，辞膝下，太孺人曰：人生曾无百年，此行后会难期，但使汝曹为清白吏，不坠家声，吾愿足矣。缘相山早丧母，太孺人素所钟爱，自幼朝夕抚摩，未尝顷刻离也。岁辛卯春二月，以病卒，春秋八十有八。子六：长岁进士，候选司训；次昌纪，庠生；次昌纶，附监生，候补州同知；次昌绅，庠生；次昌缄，廪生；次昌总，癸酉举人，广西容县知县。女二，俱适名族。孙二十六，曾孙九，玄孙一，详载行述中。

相山之来南也，予方谬膺吴郡，且以会勘来京口，相山过予旅舍，握手道平生，相得欢甚。以尊人垂白，侍王母在堂，不欲久客天涯，俟予回吴署，流连旬日，即归楚起居太孺人。值予被论，羁滞京江，相山遂留吴下，眷眷不忍去。闲作寸缄见遗，惟时时扶大义相勖，略不用温语慰劳。自秋徂夏几一载，终无倦色，而太孺人已于今春仙逝矣。报至，相山号恸擗踊，几不欲生，惘惘带星去。予与相山有子女婚姻之约，又素以道义相交好，予蹇遭吏议，相山独以故人情重，周旋患难，不欲脱身长往，竟以此不得奉王母殡殓，抱终天之恨，呜咽不能解，是即古之仁人孝子，其至情至性，曷以加诸？余自问二十年来薄宦东南，由州县窃典两郡，摄藩篆，迂疏寡当，动罹世网，日在惊波骇浪中消磨岁月，家园数千里，慈闱白发，倚门倚闾，无补家国，重累友朋，如相山者，真人情之所难能，而余滋愧矣。余闻太孺人之讣，既为文以祭之，相山复嘱余言，以志太孺人墓石。略为叙述如右，并系之以铭。铭曰：

于惟夫人，锺郝相望。女宗圭璧，母德芬芳。实相夫子，孝事尊嫜。猗欤子姓，簪组盈床。曾玄繁衍，五世一堂。年跻耆耋，乘云上翔。卜兹吉兆，佳城永藏。山川拱卫，百世其昌。

石天际墓志铭

黄中理

公讳仑森，字天际，湘潭人，明进士、官温处兵备副使讳万程之嫡孙也。公生而颖异，一目十行下。童子时所诵习书史，至老以口授人，一字不忘，张安世、虞世南不是过也。少补弟子员，为文敏捷，日十余艺皆可观。慷慨有大志，每以范文正为诸生自期。

自三藩反后，军书旁午，诛求无艺，守土者皆不得其人，乘隙爬梳民间财不已。公用愤，单骑诣阙上书，讼诸守土者。当天子意，谕曰：此秀才之为国为民者也。许乘传归籍听勘，所历地方毋得凌虐，赖以免奸人手。勘后，诸不法者处分有差。公时以次进贡士，遂作五湖游。越十年归，先是上书内牵连恣虐诸爪牙尽漏网，衔公甚，至是摭拾他莫须有事以中公。风波狱成，公卒以不免。乌乎！兰薰而摧，玉缜则折，物忌坚芳，人讳明洁，从古如斯，可哀也已！

公元配刘氏，晚娶侧室刘氏、沈氏。男二：长谦，元配出；次观。女一，刘出。卒于康熙三十七年二月，时六十二岁。以今年月日葬于下四都龙山之原，嗣子谦请铭。铭曰：

浩然者气，骯脏者骨。气曜日星，骨坚金石。仁成义遂，永固安宅。

案：石公上书在康熙二十六年，其遇害在本邑城西，诗老余少泉《竹枝词》所谓“春流不洗苌弘碧，千古伤心小埠桥”者，即其地也。相传忌者擭入湖北夏包子逆案以害之，其后曾玄甲科鼎盛，亦聊以伸冤抑乎。汝怀附记。

翰林院庶吉士内殿纂修陈君延溪墓志铭 彭维新

乾隆十有四年冬十一月望后一日，都城积雪深尺许，薄莫，庶常陈君宗五冲寒披斋户告曰：镇辞家逾两载，忆老母，恒废眠食，明当倍道归。以公稔悉此心也，来言别。词气甚挚。次日使诇之，则辨色已行矣。未几，有传其凶问者，余方怦怦然。洎胡编修中垣至，言君缘晓夜冒雨雪行致疾，近里门，始知太君奄逝，恸毁呕血，遂至不起。今将葬，以君季钧所撰行述征铭。余南向哭之，叹君之笃于天性，必欲从亲地下，以成其志也。

余居京师数十年，闻世所谓淹洽能文章、慷慨负经世才者，率薄于天性，雅不欲近，独于君晤接频数，久而益不厌。始君之以学使者举优入都也，巨公要人耳其名，竞欲罗致之，君避弗往。尝语余曰：镇早失怙，忍死日侍母氏。览昔人绝裾啮臂事，辄面赪，发上指。今兹之来，母命叠迫故。夙昔矢志，获读书负米，长依膝下，于愿毕矣，世荣不以易也。余韪其言。既而荐宏博登贤书，不以为喜。两屈于春官，怡然遄归，若将终焉，而太君期以禄养，弗之许也。会试期将届，复预趣之北上。

先是，平郡王遍求洞达古今之士而难其人，慕君文行，卑辞厚币敦请，君以亲老固辞至再三。至是放牒后，王多方得致太君谕以要之，君不得已就焉。不欲入朱邸，王特葺别第馆之，时过从咨问，礼滋恭。君与言，一依于忠孝，常举古贤喆懿行嘉言以证，此外无片语他及，王益加敬。戊辰春，应南宫试获隽，魁其房，旋入翰林，充内殿纂修。此士人荣遇，而君邑邑终日念太君弥甚，或当食长叹，枕函常有泪痕，频欲归，王亦不能夺也。会王遘沉疾，数月薨，坐是淹行期。君貌甚悴，鬓发增白丝。迨谒假得请，马首南指，望云行渐近。群度公得抽身归子舍，夙愿克副，今而后喜可知已，曾不意其所值若此，至于以身殉亲，冀偿其未竟之志也，悲夫！

君生有异征，太君梦吞月华，考芷濒先生复梦玉函从空堕，标曰“斯文大壮”，君手承之于仙庭。三岁授书，即上口。五岁能作韵语，其警句往往倾倒耆宿。家多藏书，翻研殆遍。说经折诸圣，历史及诸子百氏，悉能撷其纲要而摘其疵瑕。所为古今文，别裁伪体，汇众美成一家言，故为诸生时试辄冠曹偶。尤长于诗，始跨昌谷，继神明于少陵、漫叟，以上窥汉魏。即率尔之作，亦殊凡响。练悉政理，垂髫赞厥考历宰剧邑，老吏宿幕愧弗及。祁阳陈冢宰抚皖时，延之署中，多所裨补。殿试对策，敷陈吏事，侃切数千言，叹服者非仅若李郃一人而已。慎择交，泾渭无少溷。所与游，有面规无后言。情恕理遣之事，不可殚举。于道义孚洽者，忧愉如一体。有事惟力是视，素无长物，虽一面之识，告缓急必罄所有资之。因是世或称君为通儒，为词人，或称为饶经济，为崇气谊，凡所品目，皆君之余事也。

君孝友至性，缠绵固结，已推之为诸父群从之惇睦，暨及于宗族乡里之振援，而其心犹日以子职未尽，皇皇如不自克。此君之所以迥出时髦，而余所以与君久处而不厌者，亦正在此不在彼。而今已矣，如斯人者，可易得哉！

君先世东瓯，始迁祖玉川，以任子从戎楚南，因家武陵。高曾多隐德。考讳某，由名孝廉宰某县，政最，需次部郎，居乡型俗，当官恤民，乡贤、名宦两祀之，所称芷滨先生者也。妣黎太君，早逝，生某君伯兄，王太君生君及季岁贡生长钧。君讳长镇，字宗五，号延溪。乾隆戊午科举人，戊辰科二甲进士，翰林院庶吉士，充武英殿纂修官。生某年某月某日，卒某年某月某日，年若干岁。配某氏，子几，某某出，幼。遗稿古今体诗、骈体及杂录、评纂等共若干卷，钧检而辑之，藏于家。钧亦好学，工文辞，某年某月某日葬君于某处。铭曰：

词已出克掀于淖，行睎古不袭诸貌，名昌其身非所好。至性过人，竟死于孝。凡百所称，铭举厥要。

光禄大夫太子太保两广总督文肃陈公墓志铭

彭维新

乾隆十有六年秋八月甲寅，太子太保两广总督陈公疾终官署。事闻，天子悼惜，赐祭，赐谥文肃。又命入贤良祠，加赠三代如公官，复荫其子，异数也。朝士尝与游者泣相告，江南闽粤之氓吏多为位巷哭。柩归祁阳，葬有日，其孤绳祖奉状走京师征余铭，冀传其实以纳诸藏。

公讳大受，字占咸，号可斋，系出颍川。至九世祖镳，为胜国曲沃令，始择居祁。曾大父曰一科，大父曰震伦，均长者。父曰彩，积行乐施与，岁歉，出粟帛拯邑里之寒饥。梦神人授以绯衣儿，生公。公头角殊众，幼塾师授句读，辄能以意疏解。甫为举业文字，出语惊老宿，时称神童。洎长，单心六经，于濂洛关闽书横竖钩贯，由邑试首拔充弟子员。积数年，学使者甄贡成均，登雍正己酉顺天乡荐。奔赠公暨唐太夫人丧归。服除，癸丑成进士，选翰林院庶吉士。乾隆元年丙辰，授职编修。明年夏，御试词臣，擢第一。嗣是四岁七迁，洊历中外重任。

公有至性，乳哺中本生母周太夫人见背，后值忌日，每哽咽不自胜。奉赠公唐太夫人以孝称。素静默无谐语，敦俭习劳，坦夷不设城府，不为矫激之行，亦不澳涩随俗。其学务轨于正，志在经世。通籍后，札记囊哲治行，期可见之行。以故当官干实，所在皆有可纪。

其出抚安徽，中涂饬办赈务，条画详匝无剩罅。初视事，剖决疑案，老吏骇其精敏。方是时，江北积贮久空，即奏行买麦易粟实仓。岁复荒，赖此廪饥。人民乏食，多罹盗案，赃止斗粟斛麦，分别奏予原减，生全者甚众。严汛巡，靖大江掠夺。优聘硕儒主书院，人才弥振。

上嘉其吏能，畀抚江苏。际频年积涝，古沟决陈家浦，漫白茆黄浦奇涨，诸郡县叠被患。公备筹沟防，漱淫悉善。奏贮帑海州库，回环籴粜济民食。咨部踵用小口斛收漕白粮，输者鼓舞。倡捐苏城义学经费，增普济、育婴、广仁三堂公产，俾可久，购地辟逵，以绝火延。议覆察禁商贩迟粜，谓米质难久贮，断不能停待逾年，若概查禁，必潜运他处，宜听其自行出售。议覆城工核减，谓浮估固耗帑，然不细筹工料，专图节省，办员苟且卒事，必难历久，耗帑更甚。皆切中事理。

太湖为逋逃薮，缘江浙旧设参游，分驻东西山，缉捕互诿，不逞者得恣攫夺。公奏改江苏参将为副将，兼控辖两省衔，改浙江游击为都司分防，绝推卸而弭寇贼，为从前抚吴者虑画所未及。

在上下江偏灾必奏闻，凡六赈水灾，运兑法良，米艘鳞集，抑中饱，领赈者得实。涝退，奏给牛种，杜蝗蝻孳育，散药以辟疫疹，道鲜鹄鸠，野无胔骼。

其抚闽也，镇定明察，嚣恬奸戢，人乐安之。台湾拨运压欠，久为具文，公根查颠末，列陈流弊，清二十余年尘案。复备为善后计，请以四万石额贮台仓，每年碾支归补，免采买派累民番。其为总制，饬军戎以绥地方，畿辅循治，粤俗亦一变，峒蛮溪蜑息剽劫。吴粤皆兼管榷务，不私不苛。在粤兼理鹾政，无纤滓。

公二十年中，发闻翰苑，出膺节钺，入为正卿赞机务，任寄甚巨，一以真诚勤慎贯其终始。案牍遝至，必手览目裁，提约明故，遘疾不少怠，黠胥无从因缘为奸利。故自始仕讫于终，保宠荣而远愆戾，非幸也。其历官，内自编修，迁侍讲、侍讲学士、詹事府少詹事、詹事、内阁学士、吏部侍郎，洊陟吏兵二部尚书，兼户部教习庶吉士、协办内阁大学士、军机处行走，中间一充日讲官，两充经筵讲官；外自巡抚安徽，移抚江苏、福建，署直隶总督，寻授两广总督，以宣力封疆加太子少保，以金川平定晋太子太保加军功三级。

其校文号得人。丙辰顺天乡试、丁巳会试同考官，戊午浙江正考官，戊辰会试大总裁，文武殿试读卷官，充书局总裁者三，武英殿、三礼馆、方略馆也，主武乡试者二，甲子江南、丁卯福建也。

其承赐赉，自御书至冠服、参药、食物甚渥。其邀封典，乙卯、丙辰、丁巳覃恩，今次特恩也。

回忆癸丑春三月，余与方灵皋各作《类涧记》，时公方成进士，适至，强之拟作，属稿未半，意与言皆得，余大击赏，灵皋亦称善。后公以抚苏入觐，宿余寓斋，论历代名臣治行，因及东南政要，极得古大臣意，余且深期之，而不意其年止五十，未究所蕴以终也，惜哉！

公初配张夫人，卒，继配成夫人，皆有妇德。子男五人：述祖，早殇；辉祖，监生，一品荫生，娶同邑庠生刘正长女；绳祖，监生，娶同邑举人衡山教谕徐上长女；严祖，未聘；及祖，聘邵阳罗氏女。女子二人，一适同邑诸生徐学海，一幼未字。以乾隆十七年五月六日卜葬浯溪蟠虬山之阳。铭曰：

仕学一源，道惟不苟。流竞喧豗，人趋我守。蠢迪检押，刮磨黯黝。修辞立诚，临人居厚。掇科承恩，如响应扣。秩峻祀崇，光锡鬯卣。天赢其逢，胡啬其寿。所施未竟，以俟厥后。乡隽覃季，寓哲謦叟。名山名川，在左在右。螭虬此蟠，狸貒屏蹂。纪行坚珉，厚载并久。

蔡眉人墓志铭

陈之驱

文而侠，廉而厚，可谓美行矣，蔡眉人能之。蔡世族自有科名不绝，其文卒不得见，余文学读书外无涉事，方内士也。眉人生别致，撑胸瞠目，纵览百家。年十八补博士弟子，又十年食饩。文凡三变。初为趋时之文，琱朴颜素，烂乎摇光逼拂之引睇也。庚子后恶其淫艳，更为精果之文，穷兵短巷，梃刃接斗，人所尤怖。甲寅以来，好为古文词，散见别作，与时文为左右广。八科未隽，狎视明经，学博劝勉就。生平好文如饥渴，闻名公先生，千里接迹，士有文能，惟恐弗扬所长，不自知向人前悉已遍。交游日博，名日峥嵘，自搢绅儒雅，咸希得眉人为气势。性义烈，虽被服儒素，不使不仁加乎其身，撄之则势必伸。然成人之美，赴人之急，邑有建言，非眉人莫前，较其劳烦，甚于在己，盖文而侠者也。

昔在邢州，为通守许公所致，又应当涂令蓝次公幕，俱尊为客卿，未尝干以私，布袍葛巾，坦如也。在当涂，阴多庇益，令不失名，己亦不望报。出入关防，令不禁，不过与彼都人士唱酬清赏，赢得风藻，自湖以北，骚动江左而已，以廉，故不富。

偏敦伦，泛爱厥弟。有孤弱子弗克振，抚诸家，与己子同学，代经其产殖。族子受业，知其乏，口不言质衣事。一远人负笈盗挤，寒湿狼籍，至分飧共食，既成其业，归赠以资，后俱籍诸生，族子且廪，长者意何厚也。

大抵世无圣贤，惟侠者能无所取，多所与，然非真文人不能侠。古有侠而不文，郑庄辈是也；文而不侠，任昉所遗五交是也。眉人真文人，少不为寒蹇行，规模挥斥，但所得尽以买书。田园寝落，签函富侈，家置万卷楼，晚坐其上，日拟一篇。尝曰：我辈须存读书种子。即至狱词讼牍，皆从容蕴藉，曲尽情理，如东坡、同甫，其于文何如邪！方病之殷，有来问所托事，家人辞，已从枕上大声应。《传》荀息曰：死者复生，生者不愧。眉人知病革，自以死期，其意谓生者几时能不相见，生者后死，死者不愧，非真文人信道之笃，能不侵然诺若是邪？

彼有古文若干卷，诗若干首，著某书若干卷，付其子曰：忠厚光明，无替先德，文则汝知之矣。生于某年月日云云。铭曰：

渌水之西，士也无遇。精华不掩，在诗文赋。风流文园，经纶武库。贵交平游，计以千数。轻财如酬，壮节界怒。千秋万祀，过此封土。尚知为蔡，眉人之墓。

编修车丽上墓志铭

王文清

先生讳鼎晋，字丽上，号平岳。先世江南润州人，后有别驾于楚者过邵阳，耽其山水，遂家焉。至高（曾）〔祖〕大敬，膺岁荐不仕。曾祖泌书，由明经教授常德府，事载楚《通志》中。迄万育公，力学益勤，以松脂膏火，取康熙甲辰进士，拔庶常，官至兵科掌印给事，前后抗疏数十，直声动朝野。子四人：长鼎锡，叔道南，季世南，而其仲则先生也。给谏之志，在移孝以作忠，先生之志，则以尽忠而成孝。幼通帖括，能诗，成童冠国子诸生。庚午举乡魁，丁丑捷南宫，拔庶常，亦如给谏。壬午典粤西试，得卿君悦等名俊，百粤风气遂变。时给谏退居金陵，先生就养，病则衣不解带，丧则哀毁骨立。恸范太安人早逝，孺慕终身。

圣祖南巡，命在籍词臣校刊《全唐诗录》，先生与焉。入觐行在，上问给谏卒葬期甚悉。先生退而流涕曰：凡我子孙，宜永佩天语，（忽）〔勿〕忘也。后因分献太学燔肉不至，大声力争，当事以识大体嘉之。嗣是三朝政治典训、治河方略、玉牒馆诸职，靡不恪襄其事。癸巳典顺天武闱，李维、塞都辈出其门，八旗会状于是始。视学闽中，于简、陈二生之孤寒则录之，于夏午尼之邪说则火之，于考亭墓碣宰木则葺之，于黄干、陈淳之从祀则请之。在官则扁舟萧然，士子负米输薪，舟几为之覆；去后则踊跃乐输，代清逋负者至二千余金。计先生入官凡数转，其间受御书三、文绮一、绿松石砚一、《佩文韵府》一、《周易折衷》一、《明心宝鉴》一，进呈《经锄堂志》一，奉和御制甘霖诗一，而荷宠曰隆，自牧愈谨。令嗣敏来、敦本由科甲牧民，所至皆守先生教。乌乎！给谏移孝作忠之训，先生真不负也哉！

车氏自其曾祖、祖若父三世，皆祀于乡贤。先娶彭太安人，早卒，继娶顾太安人。男子子六人：长东，早殇，彭恭人出；次敏来，进士，官州牧；次敦本，孝廉，官县令；次述、次速，俱国学生，王氏出；次陈，幼，杨氏出。女子子四人，孙男三人，孙女二人，曾孙女三人。生于楚邵阳，没于江宁郡，下葬于前山之阳。为之铭曰：

先生之家，父父子子。世德作求，忠孝而已。父也作之，子也嗣之。夙夜匪懈，式谷似之。灵风徜徉，瞻望故乡。重湖之上，召国之阳。

亡室元配王氏墓志铭

曾绍孔

君姓王氏，生无名字，死而孔追有之，名宾吾，字逸君。与孔齐庚，十八岁归孔。时大人秉家政，内事一统于母太君。太君下子妇三人，及逸君而四，咸司佐理而已。孔亦昼夜自苦为学，家于塾，入则客然，莫识逸君贤不贤也。仅伺太君，常假以颜色，久而爱怜之。又或左右终日言笑为常，下顾奴婢子罔不争相入侍者，孔心识之。甫六载，疾卒，年二十四。卒之日，凡吾家不问内外，无小大号咷盈室。吊者不忍闻其声，大人亦为泫然涕不止，谕以礼葬，葬后其言面常若有忧叹者。太君哭之恸，至屏食饮，对人且泣且诉曰：初来家，率所事所言，悉中吾仪法，不学以能。孔是时弗敢哭弗敢泣，跪白两大人宽譬者数，愿以义抑哀，无重死者罪。又戒止诸哭者而皆不能。此可强致邪？其亦有迫于中而不容已者欤！乌乎！人之死生亦大事也，秉受于初，归全于终，生无不乐，死无不悲，则贤矣。由太君哭泣之词，嘻贤矣哉，逸君也！奈何不幸以致此，固所谓命者非邪？其始终之际，今尚有知者，更历数十年无传闻，则惧后之人不复能知逸君之贤矣，爰铭以述之。男一，志道；女一，夭。始葬，以其地未善，卒改，未得吉卜，终当与孔合其藏。铭曰：

同所生，异所死，不汝归兮独知止。生则短，死则长，待我来兮并受祉。

孝懿先生墓志铭

邹致肃

往孝懿先生寝疾于庭，走介促余臂而涕曰：余殆不起，子知我深，隧道之石，可不状而志也。余亦涕而诺。历今二十七年，嗣子潋踳余门而速贞珉之志。乌乎！自君之没也，感切偲之无侣，而进取之路遂荒，则子产之哭子皮也；念知音之莫再，而诗文之志亦乖，则伯牙之恸子期也。不然，易箦之托，亦历有年，何至退管在案，竟屡援而屡掷，以待公嗣之谆诿也乎？乌乎，余其忍弗铭！

君姓罗氏，讳瑄，字仲宣。先世自衡徙祁，又自祁徙邵之铁塘。代有名人，邵之志先贤者再书特书，为郡邑著姓矣。又数传至文学养浩公，配宁太君，生子三，君其仲也。负夙慧，太翁奇爱之。年二十补邑弟子员，逾年饩于二十人中。两踏棘闱不利，遂绝意名场，惟以文史友朋为性命。顾家贫多故，既遭妇丧，又连丧其子，奉倩之神未定，嬴博之坎频掩。君不怨不尤，一以命自安，不为西河之恸者，亦不流为东门之达。常别辟一小楼，坐卧其中，而题曰“邀月”，盖有感于丧悼之余，顾影无俦，惟余一子一孙，又皆出就外傅，故取太白“举杯邀明月，对影成三人”之句，以自寄其悲思。后余来过，君指问其义，余举前事以对，则踊而起曰：子真古之所谓第二我者乎！相笑也，已而相泣，皆不自得也。晚岁尤嗜书，斗室千卷，供其渔猎。又手钞《杜林合注》，排缵字说合注，止于宣成字说，终于上下平，虽未获成书，亦足见君之老志不衰矣。

公至性天植，不少缘饰。初太翁年五十，清羸善病，几不粒食。君购牛于圈，每五更则自取其乳，熟蒸以进。如是者有年，食稍复初。后事继母周，孝养备至，没之日，哀慕不减宁太君，而恸宁之早弃养也，渭阳尤笃。其舅氏介石君性严峭难近，君多所周旋，不拂其意。恭伯兄，友季弟，虽各居，一遇公事，即引为己任。有豪无赖者构大狱于官，君独力以往，寒暑弗惜，遂遘危疾，几至不起，赖其妇贤，多方营护，保君于危棘之际，亦闺阁中所难。课子最严，虽叠经丧悼，而于一子一孙，自诗书以及服食之细，曾不少借。予微规之，则历举某某之鲜衣美食而败者，以为不远之鉴，予不能复置一喙。至若收族睦党，外和而内辨，平曲直，息争讼，一裁于义，鲜有违者。夙友爱，从兄锡南，至老弥挚，相距五六里，未尝有旬日之隔，每得鲜脔，彼此不独享也，迄今两家子姓犹能继述云。君子六人，惟第四子潋为收子。君卒，乡人士私谥曰“孝懿”，学者称孝懿先生。

亡媳喻氏墓志铭

旷敏本

此予长媳喻墓也，老友卓人先生之幼女，长男大椿之妻。尔父年六十生尔，时犹未举子，尝指谓予曰：是吾子也。予往来喻氏，尔数数绕予膝，予顾谓尔父曰：是予女也。归旷十五年，予女尔，未尝媳尔也。尔之贤，族党知之，邑人士皆知之。舅姑也父母之，娣姒也姊妹之。予止一女，尔更不翅兄弟之。尔质懿而容端，十五年中，未尝言笑声出户外。予尝谓尔姑曰：喻宜有福，今胡不验邪？岂予之孽祸及尔身邪？尔生于雍正乙巳正月三日，没于乾隆丙子正月二日。生男子二人，曰喆，曰佶，予教之；女子三人，尔姑育之。尔双目竟瞑邪？独不顾堂上人之两眼如注邪？尔二子皆能读予书，是当光尔墓台者。然言至此，而予肠更断矣！

厝尔月形山祖墓旁，坐丑向未，即在予住宅后，予犹谬想尔之不离予也，痛哉！铭曰：

天厌子，灾延尔。生前薄祜，死后应隆祉。尔不死，尔有子。

彭孺人墓志铭

聂焘

岁庚子，焘侍先师衡陬先生读书葛公邑署，馆粲优隆，先生笑曰：此间饮食，带官厨习气。吾家门首有甘泉，酿酒不减醽醁。池有鱼，园有蔬，鸡豚孕字，足给盘餐。吾妻自为女时娴闺训，善事吾父母，烹饪合内则，波及鄙人，分余甘焉。凡所以使吾奉祭祀娱高堂，乐姻亲欢邻里，友朋酣嬉，门生晨夕读书讲学作文，以至就馆远游，登高赋诗，绝不以家人俗务败吾兴者，皆吾妻之助也，吾何羡乎官厨矣！

后焘住京师，京师士大夫好诵先生诗文。一日湖南北两馆大会，谈及黄州教授之乐，谓是东坡以来后身。抑其室有贤妇，善解夫子陶淑意，每出游，门生随者数十人，酒食肴核，担携载道。归而醉饱充然，灯下录所赋诗，人各一帙，先生甲乙定，使人持视孺人曰：无以云报，聊偿酒债耳。一时闻者，无不抚掌大笑，饮兴转豪，传为佳语。盖孺人自于归彭氏，侍舅骙园先生课读陋漏斋以来，馆中饮食，及文士风流豪迈之况，皆其素习，而在座者多湖北人，或现居翰林，或秩满待升，或膺选赴任，或应礼部试需次，皆先生所陶冶而成，亲被孺人之德意，故其言之缕缕，更有为湖南人所未悉者，其可与畴昔先生语互证如此。

己未冬，焘拜见孺人于黄署。越一年，先生柩归，复拜见。又八年任陕，与次君吾友坊结姻家。又八年，内艰终养，见孺人者不数计。初二次以师生礼见，命儿孙将命，貌庄礼肃，受拜讫即退。结姻后，渐假语言。孺人曰：而师生平，口不问家人产。在黄久，四方以乞文润笔者，致金颇多，悉以散之门生故旧，不置田宅。吾以织纴节缩所余扩充之，不吾许也。惟买世家所藏古书万卷，费千余金，指吾曰：此吾子孙良田。今书在室。坊儿因我老不谋仕，时复读之。吾子时来共读，加讲析焉，毋荒此良田足矣。按万卷书得自名宿王昊卢前辈家，昊卢批识至精，先生复加精，手泽炳然，吾友坊能读而焘不能读，其何以酬孺人之言哉？

孺人姓熊氏，世有名德。父讳佩鼎，隐君子。舅讳龄赠公，即课读陋漏斋者，有《骖园诗集》行世。母曹太君，姑杨太孺人。夫讳士商，康熙辛丑进士，官湖北黄州府教授，学者称衡陬先生。子三：长城，庠生；次坊，甲子举人；次墉。城、墉先卒，坊养亲辞会试。孙十，其第九曰仍珣，即余婿也。曾孙七。雍正甲辰，以覃恩应敕封孺人，不忍，貤赠王姑。生康熙庚午九月某日，卒乾隆庚辰三月某日，享年七十有一。乙酉十二月某日，葬母家熊氏宅左地名刘家湾，酉山卯向，距宗祠室庐舅姑夫子坟墓仅里许。先是吾师葬，孝昌夏太史观川志铭之，至是坊以命焘。铭曰：

师也葬，孝昌铭。才非孝昌笔不灵。曰是为儒宗，德配之幽扃。

周方伯墓志铭

郭焌

君讳宪丰，字方伯，宁乡人。其先代以武功起家，居邑之小源，世有隐德。父讳某，母某氏，生君时有异兆。兄弟四人，君其伯氏也。君幼颖悟，好学，善属文。甫弱冠为诸生，屡试秋闱不第，益自折节读书。生平慷慨有远志，然君卒不遇，年六十以明经终。君既卒之数月，吾戚胡翁雨苍道君嗣子意，以书来乞铭。

乌乎！君，余故人也。念戊午余客京师，始与君相识。余时年少不羁，外之人率多厌余为狂生，而君独与之相结。是秋君病痢，余旦夕来视，君每为之泣。当是时，君几死，其后有善医者治之，君竟得不死。死于客与死于乡，于君亦安所损益？而君卒必南归牖下，又十年然后死者，此以知君德之不应致尔也。君为人孝谨端重，志行多可纪，具于嗣子所为状，人人知而信之，余故不录，录其与余交而足感恋者如此。

君生于康熙二十七年六月初五日，卒于乾隆十二年四月二十九日，将以明年某月某日葬于某山之阳。君有男三人：鼐、鼎、鼒，皆有学行。介胡翁书来乞铭者，鼎也。女五人，皆适名族。余既与君有旧，又重是请，遂为铭。铭曰：

大陵之松，下有茯神。冬不闭冻，天地胡春？乌乎！君之德不昌其身，而利其嗣人。

朱先生墓志铭

郭焌

先生讳天章，字依云，姓朱氏，其先浙人也。大父讳某，为广东仁化县令，辞官来长沙，乐其风土，遂家焉。父讳某，籍善化，以明经官宁乡训导。母赠孺人章氏，生母许氏。先生生顺治十二年十月十五日，无兄弟而早孤。以吴三桂乱后徙长沙之东乡，故又改籍长沙。年三十为诸生，后七年食廪饩，又后三十年而贡，贡二十余年而卒。卒年八十七，乾隆六年之二月二十九日也。配刘氏。有男三人，女二人，孙九人，曾孙十四人。

初，先生父殁，生母许氏悲愤，旋卒。嫡母章孺人恚曰：皆相死，焉置此儿者？专屋挟先生以居，支持而保护之。虽甚贫，务令学。先生朝出就师，暮归与母宿。冬寒，从道上拾枯薪，于夜具炉火，张一灯几上，孺人则手木绵引纺车以转，先生坐其旁就读书。每风急雨淋，相顾酸凄，人影单只，孺人泣，先生亦泣。由是益自刻苦折节厉志，外日有名。其后母死遭乱，国伤未夷，家难继作，白日鬼魅，豺虎变怪，时时惴恐。然先生卒以学完行高为老师最，不坠其前业者，虽天性固殊，亦由孤贫感激，势使然也。

先生为人气仁而好义，货色及酒一无所嗜。平居斩斩以肃，至其接物，则又熙熙以和。困者赈之，病者药之。后进小生，执经请业者继于门，有所指画，必尽意乃罢。凡十下棘闱，皆不售，后遂不赴，亦无愤愤色。能文而有道，时论以为难。晚喜读《易》，别署号曰“虚山”。远近学者私相语，迨其死，至今称之，必曰“先生”。乌乎！可铭也。男三人者：芾、藻、华，华前卒，皆有学行。

先生之父子与焌先人交好也，焌又与诸生游，少时失父母，依外祖父朱公平斋居，常于其家见先生前一揖。今公已殁九年，先生又殁一年，其嗣以是冬十一月十九日葬先生于某山之原，盖二十载而焌为铭。铭曰：

丰乃才，啬乃遇，死以孤童志乃墓。

王丰川先生墓志铭

陈长镇

岁辛亥季夏朔四日，舅氏丰川王公卒于家，将以某月日葬于某所。秋九月，镇应举入京师，公配文孺人泣谓诸子曰：陈甥知汝父，铭之惟甥宜。表兄载九奔走来告，镇大痛曰：嗟乎，镇何能铭公也！夫公一生以龃龉穷自刻厉，于文词期昌其业，曼衍澎濞，狎而游之，无有统极，已乃惧其泛滥，钩心擿肺，独辟崖岸，琢镂完好，特呈怪变。既与为抹拟，世亦骇而反走。一日，寸裂所著，悉焚之，曰：知我者，冥漠君也！盖其中郁积，而发之激诡，可哀也矣。

少补弟子员，食廪饩。性刚直简略，不能札腰矩步。年四十八领乡荐。今上癸卯，厘剔人材，应得补吏。畏趋走署冷曹，非其好也，卒不就。年六十五卒。

初疾革，遗镇书，欲一面阿士，托以后事。予适亦卧疾背不往，越月走位哭。文孺人曰：若舅未易箦时，自裒一帙，戒曰：焚余得此，天或为余留也。以贻陈甥，必能成我志。镇复痛曰：嗟乎，镇何能成公也！夫公既坎壈厌仕进，所著又尽燔弃，疑若逃名者，顾沾沾身后虑，然后知公之未始忘乎名也。昔人谓诗人少达多穷，如公卒穷以死，既无有气力者奖拔，使信于今，又安必有与为表章，使传于后？公顾拳拳于镇如是，意有自信必传者，固难为浅识道也。

公讳为垣，字东注。不偶于俗，惟与先君鹿山公交笃。尹宁川时，公往来吴会，镇获从游，窃其绪论，故敢志而铭之。所著有《浪山集》《六澜集》。家世能诗，有隐德。父讳道宏，明经，不第，少与兄为壤、弟为城两公齐名，称王氏三杰，皆富著述，亦以明经不得志卒。公卒后，湖南北文士识与不识，皆为太息。铭曰：

嗟蚩蚩，施倒持。筐楮石，柱摘髭。公揭揭，背以驰。奇其数，放厥词。彼愦愦，吠而嗤。后者知，谁之司。乌乎，公冢在斯！

孝廉黄华川墓志铭

余廷灿

乌乎，士废日力役于举子业，亟亟趣时赴变，求合有司尺度，至于摧折踣顿，犹不肯已。其幸者偶一合有司尺度，得自乡贡名礼部，礼部籍试之。即不幸不得，犹得注籍吏部，以县官学博待铨选，而又疾病疫疠之无常，康强寿考之不可必。至于中道短折，展转弥留，犹谆谆举爱子属人，若惟恐后来为之者之或不工其术，以为必师某某者即如吾，即不师某某即不如吾，噫，其笃于文也已。

黄生敏功，从予讲习于漉江书院。予惧末学离真失伪，教学者以澄澈心源，解脱缠缚，思人之所以为人，思学之所以为学。其有主于内也，譬人海者贵得玄珠；其渐融于外也，若消冰之得夏日，而文在其中矣。然不信者，以予言为迂阔也；其信之者，则又以予言为求工文字之捷径也。是二说者浅深固皆无当，虽黄生亦然，然充其质勿懈，可进于道而工于文者。已而黄生状其父之行实，请予铭幽。其状曰：

生父性宽平，于父母无不承顺，于兄弟笃好，相切劘如师友。

早岁泛滥涉猎，兼工书画，然非其好也。壹意学为八股文，补博士弟子员，试必魁其曹。既廪于庠，名誉日起，然在举场，数战数退。乾隆庚辰，乃以第二人举于乡。两赴礼部试，又不第。丙戌己丑岁，疏通乙科选格，士之举于乡者半得官去。生父以体气羸弱，独杜门养疾于家，不得预。其在家，毛发丝粟，经纪秩如，远近学子请业者，俱有闻有立。既九年，竟不起，以乾隆壬辰年二月二十六日殁。毕君光祖者，生父同年友也，两人志学甚相得。是时毕官醴陵县教谕，又以内忧主讲漉江书院，生父命小子敏功曰：吾死，汝当学于毕，汝其以父事之。今毕补官远去，敏功不得追从，然声琅琅在耳，敏功犹时时泣志之不敢忘。其平生所业文字，多散佚无收拾者，敢请吾师一言，图不朽。

嗟乎！士之不为举子业，与为其业而不精其术，精其术而不投于时，俱可以自咎。君一一反是，而其效止于此，鲜有不悔而改图者。而君又望其子为之，而且望其为之之得师，以庶几尽善。噫！若君者，其笃于文也已矣。

君讳大年，字象椿，号华川，醴陵人。祖茂省，由福建省入籍醴陵。父凤山，例赠文林郎。母某氏，例赠孺人。子四人：长敏开；次敏功，即从予于漉江者；次敏发，早夭；次敏达。女子子三人。君生康熙壬寅年九月十八日，年五十有一，以乾隆三十九年十月二十七日葬君于箭竹山。铭曰：

孰控之起，孰挤之止。众万之生，若骤若驰。叶耻抟沙成质，解散则已。君于其间，勤而无所。叶洗有崇者封，神还太始。抑犹有子，君其不死。

敕封孺人罗孺人墓志铭

周大澍

族弟玉圃之配罗孺人，以嘉庆十九年六月己卯卒。时孺人子树棠自京计偕旋侍，子树槐自沁源闻讣归诸庐前，葬以父命乞铭。余雅闻族诸母啧啧道孺人贤，按所为行略次之曰：

孺人姓罗氏，工部尚书源汉之女。年十六来归于周。逮事祖姑舅姑，旁接先后，外及姻族，翕然悦而安之。平安温慎，未尝有惰容。治其家以俭约，及玉圃用以急人之急，未尝有吝色。子男九人，及见树槐成进士，树棠举于乡，曰：科名汝家故物，期不负耳。树槐假省之官，曰：昔吾侍若外大父，亟称若大父江津公之为令也，若勉之。其教诸子多类此。此其行之大者，乌乎贤已！

司空公起家翰林，洊历卿尹，其笃棐格于宸衷，其丰裁式于百辟。孺人习于庭训，匪朝伊夕，固宜其贤过人远也。昔桓少君提瓮，小节耳，犹以贵而能勤，著美前史。孺人生长京华，目不睹故乡井臼何状，戚里笙歌，豪门珠翠，流苏结帐，油碧饰车，日下见闻，岁迁月异，一赋于归，三日厨下，洗手羹汤，田妪蚕女，如识生平，榛栗枣修，虔修妇事，往来馈问，裙布温然，斯为难矣。昔刘向传列女，反覆推本古人胎教之法，今树棠兄弟质美而学修，方将奋翼天衢，腾骧皇路，此虽由玉圃渊源家学，夙秉义方，孺人所以成教于家者，必有异于寻常所为教者矣。乌乎，是可铭也已！

玉圃名某，江津公讳某。孺人享年五十有二，子男某某，女四人，适某某，孙男女若干人。某年月甲子葬某原。铭曰：

有婉女士，司空之子。以笃周祜，江津之绪。济济翼翼，柔嘉维则。维年之啬，寿于兹石。

钦赐祭葬祀昭忠祠署定陶县知县贺君墓志铭

唐仲冕

君讳德翰，字勺庵，长沙宁乡县人。先世由吉水屯长沙，明永乐初徙居宁乡。曾大父发，大父清寅，皆诸生。曾大父考授州同，母老不谒选，有拾金还人事，大父蠲谷百石储社仓，皆载府县志。父嘉谋，国子监生。母蔡氏。君生之前夕，父梦达官至堂，传呼接诏。生而端伟颖异，九岁能文。乾隆己亥恩科，以廪生举于乡。嘉庆辛酉年，大挑知县，发山东。历菏泽、郓城、利津、朝城、范县、定陶，皆有廉能声。卒殉难定陶，年六十有四。

先是，首逆林清伏莽近畿，借邪教啸聚煽惑，以癸酉年九月构逆于直隶、山东、河南，地错交，而凶党徐安帼、朱成贵等分扰曹县、定陶。初十日昧旦，蜂至定陶城。外委张廷立率守卒数十人拒之，伤毙。君知事急，取印付仆李庭来赍郡，而自衣冠升堂，大声谕之，弗退，且劫狱。君三日前闻陷滑县，练义勇未成队，君即率之迎捕，力不敌，遂死之。君死时骂不绝口，故受祸最烈。贼退，邑士民收其尸哭奠，三日后，观察熊公方受验视乃殓，颜色如生。中丞同公兴以闻，奉旨如例赐恤，予云骑尉罔替，恤葬银各百两，致祭一次，国史立传，祀长沙府昭忠祠。

君性和易，独于名节所关，则辞气震厉。居官案无留牍。在朝城，严治窃盗，闾里安枕。回民丛殴伤人，人畏其横，君必按问如律。征赋请行江南版串法，民便之。在范，为糜粥赈贫饥，粥可立箸，乃分食之。权定陶未一月，即罹难。当是时，承平日夕，民不知兵，不轨之徒，变起仓卒，甚至逆天犯阙，毒流三省。然不旋踵而歼磔靡遗，盖国家德泽沦肌髓，故虽稂莠蔓生，而芟夷蕴崇之无难也。夫平日培之蕿之，责在州县，使为政期月，化行而御侮有备，必能式遏安堵。无如时暂而变剧，然君致命遂志，吏民感叹，烝尝弗衰，朝廷褒恤，子孙荣荫，可谓不负所学矣。

余与君计偕相友善，每以行谊交勖。是年余监试出闱，得君八月中旬书，言抵任检灾甚勤，未及复而邸报君死难矣，为之欷歔流涕，信君之不愧其言也！君子懋梿，以君行状寄余，请志其墓，余曷敢辞？君配王孺人，同邑进士广西上林令忻之女，先君卒。子三：懋梿，荫云骑尉；懋槐、懋棂，皆邑诸生。女四，皆适士族。孙二：容熺，梿生；容焕，槐生。孙女七，皆幼。君殉节之明年三月，懋梿等始自定陶扶榇归里，卜吉于某年月日，葬其邑之二都九区东茅岭之阳。铭曰：

砥行以豫，临难不挠。况佩名义，当仁圣朝。绾绶执殳，咸为毅魄。所尤难者，官摄时迫。君学有原，有文有政。文惟理明，政惟经正。瘈犬旁猘，突不及防。惟志素定，处变如常。归神故土，旌宠葬祭。臣节国恩，施及苗裔。

前扬州府知府伊君墓志铭

唐仲冕

嘉庆二十年秋九月，前扬州太守伊君卒于扬州。州人祠其主于湖上之三贤祠，赙其子念曾扶榇归闽。越明年，念曾匍匐金陵，乞铭于执友唐仲冕曰：公许为先人志墓，今将葬矣，敢述行状以请。仲冕谨诺。

君讳秉绶，字墨卿，汀州宁化人。六龄就塾，颖异为大父所喜。稍长益向学，恪奉庭训，师阴静夫先生。与闻先正雷翠庭先生讲论，以居敬穷理为宗，守以敦笃，出为循廉。初入刑曹，受知阿文成公，任以综核秋谳。出守广东惠州，岂弟方严，豪敛弱植。建丰湖书院，牖诸生以《小学近思录》。海上人士，皆知有考亭之学矣。

其虑囚亭疑法。如海盗中有被胁未从盗者二十有二人，律载三年减死，此五年，宪府疑当重论。君以委未行劫，五年一如三年，宜从实请，卒得问遣。陆丰巨猾，肆劫勒赎，迟者支解，君力请上司，震以兵威，缚其渠七人戮之，故归善、博罗、永安之变，陆丰安堵。

归善有陈亚本，博罗有烂屐四，将为乱，君皆请提督兴捕，不应，乃以计擒亚本，适缘他议去职，而博罗变作矣，君且有遣戍军台之罚。博罗余党窜永安，新制军巡惠，惠人诉君冤，丐还君者数千百人。制军入告，上知惠州士民有“总督不听知府，未早发兵扑灭”之语，恩免戍台。事既伸，僚友相佽复官。奏发南河，旋授扬州府。

时淮南大水，君方检高邮、宝应灾伤，刺一小舟，虽栖户枉渚，必亲阅手书，及之任尤劬，躬率属赈贷纷纭，锱铢必核，吏无所容其奸。倡富商巨室蠲置粥厂以巨万计，诛北湖萑苻铁库子辈，杖校诡道诳愚之聂兆和，故民虽饥困，心无惶惑。是年仲冕亦督察盐城、阜宁荒政，君寄以诗如《舂陵行》，相勖真心救济。寻以忧去，士民怀思不衰。迨服阕，入都过扬，勾留谈讌，不忍遽离，而遂终焉，殆非偶然。

君先世由太原迁宁化，高祖某，顺昌县训导，耿藩伪将劫掠不屈，耿败乃免，以曾孙贵，赠奉政大夫。曾祖某，赠朝议大夫。祖某，以孙加级请封，晋赠资政大夫。考朝栋，乾隆己丑科进士，累官光禄寺正卿，晋封资政大夫。光禄公讲学有渊源，立朝有气节，嘉庆元年六十有八，恭与千叟宴，君扶掖以入。十年，君以复官召见，今上垂询光禄，有“朕惜未见”之谕，其德望如此。

光禄公亲受业于雷先生，得闽学真传。君绍闻既习，立志最早，晚年专心慎独，故自律己型家莅官，以至缀文作书，皆是物也，而世或讥之。夫曲学俗学无论已，即词翰重选学，考订重汉学，恶知心性之学哉？著《坊表录》《攻其集》《修齐正论》，未成书，有《留春草堂诗》七卷。

君年十六补弟子员，己亥举于乡，己酉成进士，改刑部主事，迁员外郎。戊午科典试湖南，京察一等。两任知府，权河库道及盐运使司，皆有廉声。君生于乾隆十九年正月，卒年六十有二。娶李氏夫人，生子二：绍祖，监生，候选布政司库大使；念曾，嘉庆癸酉科拔贡生，候选教谕。女二，皆适名门。孙二：性存，念曾子；成存，绍祖子。某年月日葬君于某山之原。铭曰：

名父之子，人师之弟。敬义夹持，动必以礼。曲突谋沮，遗黎呜咽。城旦书成，圣主昭雪。拚溺若沉，处脂不润。治身治官，一秉忠信。奉讳家居，将母秋园。既怆风木，广置义田。武夷匡庐，晦翁遗躅。匪云好游，以写衷曲。出山迟回，良友敦劝。魂兮归来，若乎舆愿。读君诗集春长留，摩君分隶风格遒。报春秋兮俎豆，荫子孙兮松楸。问学无朋兮使我心忧。

会同县教谕李君墓志铭

唐仲冕

君讳道宁，字坤亭，湖南善化人也。先世居邑之侧茅岭，前明多闻人，详郡邑人物志。曾祖有藻，康熙初廪膳生，赠奉直大夫。妣胡氏，赠宜人。祖天柱，康熙某科举人，信阳州知州，奉直大夫，入名宦祠。妣黎氏，宜人。父闻知，雍正某科举人，平江县教谕，文林郎。妣车氏，孺人。三世皆有集行于世。君乾隆甲午科举人，选会同教谕，以疾辞不赴。嘉庆某年月日卒，距生于乾隆某年月日年若干岁。君性直谅，有丰棱，寡言笑，与人交始终不渝，然与脂韦滑稽，辄龃龉不合。教子严而有法。会同学官租入颇丰，人劝之任，君曰：不可以衰病溷学校。其安贫守义类如此。

先君子为信阳公门人，于平江公为友，然尝言文章得力于平江公为多。平江公勘点文字，高踞一席，先君子侍立拱听，平江公无愧色，先君子亦无倦容，忠告且然，义方可知。君之受教于平江公也，稍不称意，投之以砚，额且损。故君教子弟，一守其家法不少挠。

余以通家世好为同年友，其孤某将葬君于某原，以书求志其墓，谓君落落寡交，此事非余莫属。余何敢辞。君配某氏，继配某氏。子二：长某，诸生，娶某氏；次某，取某氏。女几人，长适湘潭编修石承藻，次适某。孙几人。铭曰：

家传哲匠，世守方轨。义不苟禄，况于财贿。室无斗筲，楹有书史。归真此宅，宜尔孙子。

诗人宁乡县学生何君墓志铭

唐仲冕

余年二十八，遇何君星田于岱下。明年余主泰山讲席，君教授泰安，县公衙斋数常过从，以文学行谊相切劘，重以婚姻，著有《柬理斋唱和集》。及君归省，余为赋别，且序以送之。后十余年，余宰江南，延君课读。久之病目归，虽数千里外，无岁无诗筒往还。嗣君寅来访，读所著诗笔，喜其健在，不意前年愕闻凶耗，寝门一痛，宿草长悲伤，直谅多闻之友，不再觏也。今寅以状请铭其墓，谓君遗言，惟陶山知之深，始克传之，余何敢辞。

君名同余家讳，赠答常以字行。谨案君字星田，号梅庄，长沙宁乡人也。县学诸生。生乾隆辛未年正月廿五日，卒嘉庆己卯年闰四月廿九日，年六十有九。其先曰德明者，自新化徙今县。曾祖其渊，祖中瀚，父大荣，母氏廖。兄四：有炳、有焜、有烈、有典。先世颇饶于财，以君父好施予而贫。

君生晚无乳，和面哺之，长而羸，多疾。然好刻苦读书，敦行孝弟。年十五，授徒乡曲，以脩脯佐其兄养。夜燃线香，照字默诵。庚子居父丧，哭泣过礼，目眵昏。时有炳客泰安，君往从之，应黄明府之聘。癸卯归应乡举，结茅罗俊坡，事母课子。乙巳有炳归，天伦乐聚，菽水藜藿，欢如也。乙卯一游吴门，寻以母老辞归。庚申居母丧，哀泣，目益眚。时有炳先殁，教其孤应熢入邑庠。徙宅梅庄，闭户著书。而诸兄皆逝，伤痛遂至失明。有展墓诗云：诸兄如梦归青草，季子浇山又白头。

君养醇学粹，尤邃于诗，抒写性灵，扶持风教。其于事亲从兄，交友接物，与夫悲愉感慨，一发之诗，悉出以和平，而无愤懑啴曼之音。丙寅，刻《梅庄诗钞》，编邑中耆宿诸作为《玉潭诗选》，为邑大令谢公青庵校刻《翠围山房诗集》，皆为名流称许。君晚年不能视，少时所习卷轴，无一字忘误。著述尤富，口授儿曹录稿，几欲脱腕。有以文艺就正者，命其人读一周，逐句指点，改窜咸中绳准。从游者益众，争取其稿，致多散佚。尚有《梅庄古文》《梅庄家训》藏于家。

君配谈氏。子二人：鹗，娶胡；寅，国学生，娶谈，继娶贺。女适余兄子国学生锡，次适廖季字赵。孙二人：承锡，鹗出；承镛，寅出。以某月日葬于某山之原。铭曰：

品如缉芷，文如佩琼。乃挫其采，又黜其明。不见尘坌，斯见精莹。卜子遗教，水部嗣声。潜窥道妙，独得诗清。古高士传，视此佳城。

长沙宗圣祠奉祀生曾君墓志铭

唐仲冕

圣朝崇秩先圣贤，既各立学官，设冢户，置五经博士矣，又于其后裔之分徙他郡邑者，亦得聚族建祠，择善行为奉祀生，以肹蚃芬烈，传诸无穷，而其裔孙遥承胄绪，能束身名教，以诗书启其子弟，以昌其闾，斯为良也。曾君衍先，字补之，宗圣曾子六十七代孙也。由嘉祥迁江西，至五十六代祖芝，客湖南之善化。明末复归永丰，又来长沙大贤都，后徙省城。迄君父子，始贯善化。近时湖南客籍，长沙、湘潭拒不纳，以善化为薮。或疑邑人士有他端，余谓流品不杂，畛域可通，如君父子为宗圣裔，夫复何嫌。

君少有志功名，无所遇，乃出其蓄而为人佐。中年归族里，却扫敦行。岁戊午，合族为宗圣立祠，以君董其役。祠成，谓君人品端方，堪膺奉祀，由衍圣公会同巡抚学政，咨礼部选补，而君益自刻励，义方必严矣。子兴仁，初以国子生应乡举，即登丙子贤书，盖报之速而未有艾也。君奉祀生，以子拣知县，例赠文林郎。生乾隆壬午，卒嘉庆己卯，年六十有八。配蒋氏，例封孺人。子即兴仁。孙二：毓逵、毓达。即以是年秋八月葬罗眷冈之阡，而以墓志不远二千里请铭于余。兴仁，宁氏婿，余亦其姑婿，有戚好，故不克辞。铭曰：

一贯薪传，门人莫喻。实践有由，曰惟忠恕。近譬求仁，道在彊勉。况为苗裔，而忘数典。君谢浮躁，砥厉廉隅。成人之美，然诺不渝。与忠恕义，默相符契。不愧瓣香，以承支祭。业完而归，身固而藏。积培之数，视其后昌。

从兄南坡先生墓志铭

周系蔚

从兄南坡先生，讳系贽，字慕陆，南坡其别号也。先曾祖赠文林郎井门公，生余祖兄弟八人，季叔祖湘岸公，讳昭仔，以孝廉知浙江奉化、建德、平湖等县事，擢同知，事迹具家谱及郡邑志中。湘岸公之仲子例选州同咫颜公讳世，是生南坡。

南坡长余三岁，幼颖异，湘岸公奇爱之。余自戊寅与共研席，亲若同怀，凡十余载，而会课擅场者必南坡也。会湘岸公梓行文集，命南坡往官舍校雠，暇或寓意丹青，寄情丝竹，他无所嗜好。比归，受知褚筠心夫子，取入县庠，名次第二。乃益肆力经史古文，旁及骚赋，所作俄顷立就，试辄高等，雄才灏气，有湘岸公遗风焉。

性方质无屈挠，而善病，所遇亦辄多不顺。自甲午赴闱，妣王安人卒于家，匍归号痛几绝。辛丑为姚雪门学使所赏，拔当食饩，又丁咫颜公忧不果。嗣是衅侮丛生，弥御两无，长不得已，亡命走醉乡，慷慨悲歌，愈益愤懑，病以日增。盖其天才卓荦，无难立致青云，乃遇既不能遂其志，境又不能适其性，此所以急欲脱身尘世，追随李长吉、石曼卿，狎侮于许飞琼、蔡少霞者流，以毕其生，而乌肯却饮养疴，久局蹐于人间世也哉？亦可悲已！

今年秋，约余弟系英赴试，行有日矣，忽旧恙作。适兄学轩暴卒，南坡哭之哀，病遂笃。持余手谓曰：我其终于是矣。以后事见属，长逝不顾，哀哉！

忆从兄云阁先生与余及南坡三人，相得甚厚，谆谆以砥行立名相敦勉。云阁登贤书，余两人喜甚，忘己之蹶。癸卯，余已入彀，旋落副车，两人者代为扼腕。盖弟兄相师友，依若性命。天既夺云阁矣，兹南坡复弃余去，何余周氏之多不幸也！

君生于乾隆壬申九月十三日，殁于丁未七月廿三日，年仅三十有六。德配石孺人，出名门，有淑行。女四人，长许配余甥何秀瓒。庶胡氏。嗣子诒玢，甫五岁。余为卜葬龙潭坝金盆山，子山午向。所遗诗文容检集梓行，爰泣志其墓，而余弟系英且为之铭。铭曰：

呜乎南坡，众中髴髴。讵谓斯人，而止于斯。世绝而绍，祀乃不堕。理邪数邪，吾不能知。天乎人乎，又将尤谁。嗟乎观于此，信茫茫者之皆无可恃，而其能不悲！

湖南文征　卷一百十八

墓志铭下骈体附

唐叟生圹志

蒋云宽

嘉庆五年秋，予将有长安之行，载光唐翁过舍，执予手曰：某年七十有九矣，后晤之期杳未可知。自惟生平碌碌，无所绳美，顾区区之志，窃有不甘汩没者，子盍为我预撰墓志，使予亲见之以为快也？予观古人文集，如韩昌黎之于何蕃，司马君实之于范蜀公，皆及其生存为之立传，非以其言之足信，不妨质之于身前乎！翁达者，敢以预凶非礼谢哉！

谨按先生名晖华，字载光，世居永明学右，先君子徙居，与结邻焉，由是朝夕过从，论交甚欢。予幼时从家塾出，遇见翁，必令讽倍读过经书，试其生熟。与群儿嬉，小不敬，禁督立绝。予之试于场屋，黜者屡，售者屡，黜则翁为之怫然，售则翁为之跃然，时慰之，时勉之，时奖许之，虽父兄于子弟相关之切，不是过也。生平于投茕呼白、吹竹弹丝之事，一无所嗜，而愔愔慕学。中年虽遁迹丘园，绝意进取，然灌花饲鱼之暇，辄手一编呻吟不倦。今年春，手出文二篇、诗二十余首见示，清光壮采，咄咄逼人，绝无老年衰飒之态，知其得力于此道者深矣。

先生长不逾中人，皙而髯，容貌充充然，声清扬远闻，顾盼间精神渊映，善气迎人，与世无忤，无贤不肖皆慄然意下。尤好说前贤遗事，凡可歌可泣、可奉龟鉴、可资唱噱者，扼腕而谈，汩汩如倾河，不啻李龟年之谈开元天宝也。年虽高，神明不衰，能于灯下作蝇头细楷，波磔如画。性豪旷，不拘小节，暑月解衣盘礴，足不系袜。傍晚偕童冠浴于潇水之滨，谐谑风发，人竟忘其为先生长者也。

配周氏，青盲而慧，针黹绝工，与先生白首相持，人比之梁鸿之与孟光云。子二人：长志汪，增广生，予同研友也；次学汪。孙四人某某。翁年六十时，即自制椑椋衾绞等具，又卜吉壤于某山之原，以待百岁之后而藏之。死生一视，修短不贰，如先生者，可谓知命矣。铭曰：

水湜湜，山律律，是为先生之室。后千百年，藏兹永吉。

周上舍墓志铭

蒋云宽

周君既卒，且葬有年矣，隧首之石，铭辞尚阙，其子某寓书于余，求为文以表之。余与君同里，世联姻娅，不获辞，乃序而铭之。

君讳日起，字熙绪，祖父以上世业儒术。君为人悃愊质讷，葸葸细谨。自伦纪周旋之地，以及起居进退之节，画线而蹈，终身不失豪发。世俗一切突梯滑稽机阱网络之巧，非特有所耻而不为，亦其性有必不可移者。周氏世以勤俭持家，君尤瞿瞿自力，故产著有加于旧，然未尝以锥毛悭惜为心，缮桥甃衢，粥饿槥胔，凡利于人者，无不为也。虽尝援例入太学，而无心干禄，时自肆于园池竹石之间，足迹不履公庭，独与亲知结里社，岁时伏腊，网鱼劚蔬，召集觞饮。君酒户不大，而欲人尽醉以为欢，其性趣如此。

君之从兄嫂，予姊氏也，少时往省姊氏，因与君相识。君长予二十余岁，顾煦愉善下，不少年视予，礼接殷勤，真意溢出。尝语予姊氏曰：阿戎固非凡材。乌乎！予垂垂老矣，自惟一生行业，初无以加于凡人，其辱君之知者何在哉！君享年五十岁，葬于某山。殁时五子俱幼，今皆嶷嶷有立。铭曰：

不随不戾，不任谋以破制，泊然自足人间世。形之怛化徽不替，积庆所诒在来裔。

赠修职佐郎堂兄子青府君墓志铭

蒋云宽

君姓蒋氏，讳云峰，字子青，予堂兄也。少力学，诵览百家文字，手钞积帙盈巾箧。能辨说，穿贯洞达，闻者服其陈义之高，文不循俗。年二十四始为学诸生，岁科连试不前，遂舍去，业其家，曰：士丧所守生于求，求生于穷迫，穷迫生于偷惰。予欲处于无求之地，非自励勤苦不得。君以孑然儒生，不宦不商，而山有杉楮之饶，负郭田倍于其旧，则勤俭致之。居恒于里社讴歌戏剧、酒食征逐之事，一切谢绝，惟善为弈，宾至偶与对局，一时竟无敌者，然亦非所好也。遇人欣欣恂濡谦下，于义所在，虽利害无关于己，词气激发不少让。待族姻之党，惠爱必周，有急难，援救恐后。志轨先民，而不矫情以绝物；行孚内外，而非溷俗以同尘。迹其生平，可谓敦厚笃实，卓然自立者矣。

以乾隆四十八年月日卒，年五十有九。以子启鍹贵，赠修职佐郎。曾祖讳萦旋，赠承德郎。祖讳向荣，赠中宪大夫。父讳元绪，郡庠生。同父兄弟四人，君居仲。娶李氏，继娶王氏。子二人：启鍹，廪贡生，邵阳训导；鹰扬，邑庠生，授营千总职。女二人，孙几人。君殁之十余年，葬于荷园某山之原。

予少失怙，君爱护有恩，督就儒业，日诣塾省其勤惰，为之讲说文艺，指授义法，且励以立身制行之道，俾无贻先人羞。君之为益于予，殆以兄道而兼师道者，隧首之词，非予谁属哉？乃次其行事，而为之铭曰：

维艰而勚以有立，行无瑰异世莫及。铭词不谀惟摭实，后有考征碑岌岌。

王母唐孺人墓志铭

蒋云宽

孺人唐氏，生而婉婳幽静，不苟言笑。年及笄，来归勋翁唐先生为继室，服劳习勚，相对逌然。勋翁善治生产，孺人助之持家，钱通主进，圭撮靡误，故能骤兴其业。勋翁晚年颇厌市嚣，徙居西乡之双溪，家焉。召工治庐舍，凡饩廪布缗，料简一切，孺人经理之力居多。工甫竣而溘然仙逝，积数岁之勤，不获享一年之逸，岂人生居室之故，天亦有数焉限之邪！宜其子每言及母之劬劳，而泪若绠縻也。乃为之铭曰：

硕人媞媞，其德克馨。佩环鸣玉，金井微行。织常当户，啸不倚楹。循循内则，习若性成。曰嫔于王，勖帅以敬。俪笄而朝，婉娩从命。如弦斯调，如响斯应。其司伊何，管钥樿榹。其蓄伊何，齑菹醓虀。绸缪箴管，宛转盘匜。作羹沸酒，罔不咸宜。敬事威姑，威姑欢娱。旁和筑里，款款愉愉。岁时膢腊，我湑我酤。和丸教子，含饴弄孙。一门春满，熙熙熏熏。余须侮甬，曰亦吾类。如何筲督，不一垂爱。呼而进之，补其襻褟。言偕君子，卜筑西乡。有唐有陈，有序有堂。经之营之，朝昃不遑。居既落成，示疾不起。玉女峰颓，婺星坠矣。楚山环碧，楚水流清。卜兹幽窀，以妥慈灵。既安且固，永荫孙曾。千秋彤管，请证斯铭。

内阁中书李君墓志铭

陶澍

嘉庆癸酉正月十二日，白桥李君以疾卒于京邸。同年生陶澍与其友官于京朝者，相率经纪其丧南归。已复念君赍志没，不可无述也，辄次君行实以寄其孤，俾碣而纳之于圹。

君讳在青，字贯时，白桥其号，一号柏桥，同郡湘潭人也。先世故衡阳籍，其后乃定居长沙云。曾祖吉，候选县丞。祖荣杰，太学生。父宗瑚，早逝。母陈太安人，守节抚君，至于成立。太安人素严明，篝灯教读，未尝以一子假借，作止必依法度。稍长，文誉大起。旋入学为博士弟子员，试辄冠其曹。岳麓山长罗慎斋鸿胪尤爱重之，每言李生一日千里，施之大厦，栋梁材也。是时大湖以南莫不噪白桥名，咸谓功名可摘髭取，而君乡试顾屡诎。及戊午，以优行贡成均，同贡者彭宝臣浚也。

明年，礼部会考天下优生，君第一。庚申，与宝臣同举北闱。君卷出灵石何水部元烺之门，冠其一房。其后宝臣占大魁，而君仅以镶红旗教习期满，出为教谕于沅陵。辛未，复赴会试，云梦杨员外世英得君卷，以呈大总裁富阳董相国诰、歙县曹大司农振镛、通州胡少司马长龄、满洲阁学文翰，皆惊叹为名作。榜发，复冠其一房。始君之捷北闱也，阁学与长沙刘相国权之、满洲侍郎英和为主考官，咸于君有国士之目，至是尤相庆得人。长安诸巨公争欲识君，君闭门谢客，惟日书试卷数千字，曰：尽其在我而已，药笼中物，非所乐也。殿试名在十卷，不列鼎甲。传胪先日，赴乾清宫引见，出遇读卷诸公，新城陈侍郎希曾就执君手曰：是李君邪？策对书法，一时无两，向固疑为君矣。慰藉久之。长沙相国亦太息焉。

既而馆选不得预，蒙恩以中书用。君自揣精力尚壮，欲改官一邑以自效。史馆诸先生以君学问精博，留君校理秘文。会《蒙古王公大臣表传》成，遂以委君，行且用优叙注选，而君竟不起矣。

君为人清矫拔俗，规外而矩中，议论丰采奕奕然。貌癯削如岩松涧石。为文清劲刻露，迥绝时流。书法入赵吴兴室。生而孤苦，晚始一第，又不如其志，他人或为之不平，而君泊如也。病革时，澍与刘比部教五、杨孝廉世瑛、唐太史鉴、贺太史长龄立床箦间问遗言，惟云：人生不免此一日。良久复曰：莫非命也。遂卒。盖临终不乱如此。

君生于乾隆甲申正月初一，享年五十。配廖氏，生子立恒。侧室谢氏，生一女，尚幼。君官沅陵时，尝力举苦节三人。辛未春，有梦迎节孝扁额自君所者，其数适三，其年遂登第。及官内阁，以母氏节行呈部请旌，命下君已殁，竟不及知，是尤可哀也已！铭曰：

经以德，纬以辞；材其身，而无施。乌乎！斯人也，而止于斯。

陕西按察使司按察使晋赠通奉大夫布政使衔乐园严公墓志铭

陶澍

皇帝即位之初元，首擢汉中知府严公为陕安兵备道。四年正月，复以公宣力于陕有年，功在南山，特加按察使衔，朱旨奖励，如汉玺书劳问故事。旋实授陕西按察使，将大其用，而公遽以病卒。天子悼焉，因秦人之恫，俞其请，俾奉祀名宦，岁时享祀勿绝。仍加赠一阶，以布政使衔入祠，酬荩庸表遗爱也。

严氏出浙之桐庐，宋末始迁湖南溆浦。明景泰间有讳秀者，当方瑛讨黔苗时，以诸生应募，率熟苗破贼而不受官，殁祀忠义祠，是为公八世祖。数传至诸生自治，有隐德，家益起。祖应鼎，国学生。父君极，贡生。两世赠如公官。生母李夫人方孕公，嫡母何夫人梦大星坠怀中，光四溢，因小字满星。始读书，目十行下。年十三补县学生，师事少鸿胪罗先生典于岳麓，先生极重之。乾隆己酉，以优行贡，学使者张姚成称为经世才，足当大任。

时海内承平久，武备弛，公独留心兵事。会乙卯正月黔苗作乱，据乾州，犯镇筸，辰沅震动。朝廷命云贵总督福康安公督师进讨，湖南巡抚姜晟及两湖总督毕沅以师会于辰。姜公固尝访人才于学使张姚公者也，夙知公，延问计所出。公草《平苗议》十二则，言剿抚防御之策甚备。其要在急复乾州，由乾进永绥，可与保靖、松桃、镇筸声势相通。而攻乾，道泸溪，必先得大小章人，乃无阻。大小章人者，故土司遗民，散处边界，名曰仡佬，最劲健，与苗世仇。苗之攻浦市也，假道仡佬不应，怒焚其寨，仡佬率众出保浦市。兵勇渐集，不能御苗，则执仡佬以为功，仡佬忿，苗因诱与俱叛，官军频失利。公乃募能为仡佬语者，得向国果数人，赴大小章开示利害，挟其酋六人以出。公推诚与同卧起，咸感动，歃血誓不反，送子弟十九人为质，许率其属阳投乾州，为官兵内应，约一举破贼。会云贵主兵者欲专其功，严檄楚军毋轻动，计遂不行。然明年卒赖其力以救两镇兵于河溪，通乾州东路。自后复平隆，战花园，扫诸巢，率常为军锋。而大小章于大府檄或不奉，必得公手书始行云。

公在姜幕凡四年，嘉庆庚申始以孝廉方正科赴廷试。时川、陕、湖北教匪方炽，制诏询平定三省善后事宜，公对言：军兴数载，师老财匮，以数万罢敝之众，与猾贼追逐数千里长林深谷之中，投诚之贼，无地安置，则已降复乱。流离之民，生活无资，则良亦从乱。乡勇戍卒，多游手募充，虑一旦兵撤饷停，则反思延乱。如此则乱何由弭？臣愚以为莫若仿古屯田之法。三省自遭蹂躏，叛亡各产，不下亿万亩，举流民降贼之无归，乡勇戍卒之无业者，悉编入屯，团练捍卫，计可养胜兵数十万。饷省而兵增，化盗为民，计无出此。疏上，睿皇帝亲擢第一。以公疏末有“迫寸晷，限尺幅，未得尽摅愚忱”之语，传旨次日诣军机处，俾罄所言。公乃复条上《屯政方略》十二事。蒙召见圆明园，以知县发往陕西，并其疏交三省大帅督抚采行。

明年二月，补洵阳县。县宅万山中，袤延七八百里，与湖北之郧西、竹山、竹溪，陕西之白河、镇安、安康、平利，犬牙相错，官兵追贼急，往来折窜皆道洵。公乃力主坚壁清野之议，相地险要为寨堡，选置团勇正副长，且耕且守且战。设卡于高冈瞭望，贼至举炮一，耕作者敛农具；举炮二，人畜皆归寨堡；举炮三，则团勇各据隘以守，顷刻间警备逮数百里。公念百姓可胜不可败，贼锋锐，勿迎击，俟其无所掠必去，去则出奇抄其尾，视其夕顿处多方扰之，疲其力使不得休息。又念贼以劫掠为生，所至飘忽，而官军行必待粮，故追常不及，乃择坚寨值兵冲者，贮糗粮备供给。由是声息连络，贼势大蹙。其年四月，遂督寨勇生擒贼帅陈朝观。五月，歼贼徐添德、樊人杰。六月，复与官军夹击张天伦、张三标、熊翠儿等七股贼于太平寨，凡万余人，一战平之。经略额勒登保、参赞德楞泰连上其功，得旨加知州衔，赏戴花翎。嗣复击毙楚北逸匪二千余人于蜀河口，计斩贼目王详，擒方孝德伏诛。方孝德，故戕白河令黄衮者也。群贼惮公威名，相戒勿入境。督抚奏之，命以同知直隶州用。

癸亥八月，补定远厅。是时贼势益穷，分窜山林，而西乡县界川境，多深箐，初设厅，以公守之。公以厅为全陕门户，乃建新城。复于厅之西、南各百余里，择地曰黎坝、渔渡坝，分筑二石城为犄角，团练武备，如治洵阳时。贼至辄歼，先后擒陈心元及戕害朱副将之贼冯世周等，巡抚方公维甸奏加知府衔。旋丁生母忧，佥议援金革例请留，公以“情不可夺，名节当全”婉辞。大府重之，听扶柩归。

丁卯，服阕入都，谕仍发陕西以同知用，交军机处记名。己巳二月，题补潼关厅同知，特旨授汉中府知府。公以兵燹后民困兵骄，散勇逸匪群不逞之徒，心面未革，教养之法宜先。于是举工赈，修渠堰，完仓廪，以足民食。联营伍，治堡寨，团保甲，以固民卫。慎讼狱，培学校，禁邪说，以正民俗。疏节阔目，与民休息，南山遂大安。以其间开谕悍回，缚献亡命贼七十二人于华渭，散军功王姓匪徒数百于宁羌，擒圆顿教首陈恒义等于城固，皆推诚心置人腹，治渠魁，宽胁从，人心悦服，令行禁止。而十八年厢匪之变，至勤大兵剿讨，说者谓始事时，苟得公治之，当可不烦一兵。虽旋踵扑灭，公亦以饷馈无缺加道衔，然非公意也。

公在南山既久，亭障要隘村寨径路曲折，无不口讲指画而心萦缭之，穷乡邃谷，老兵妇孺，皆识其姓字。辟汉台，选髦俊，躬亲讲授，十三年如一日。所成就士，起家侍从牧令者数十人，率有声。然劳于治民，拙于事上。始大吏咸度外待公，尝岁暮卜筑宁陕新旧二城，归而南山晚收大歉，已逾请赈之期，遂元旦趋抚辕，稽首请弃一官，为百姓请命。巡抚董教增卒为破例奏，获请，言听计从，故得发舒。及董公去，而公十年不得调。益恳恳饬吏治勤民事，名满三省间。

道光元年，特擢备兵陕安。以诸臣条奏南、巴二山情形，下陕西、四川、湖北督抚议。时川督今大学士蒋公攸铦，屡道陕安境，亟称公之治，遂会奏委公总勘。公自川入楚反陕数千里，相度形胜，析官移治，增营改汛，条列井井。奏入报可，边防遂密。然公平日言山内州县距各省会远，鞭长莫及，推诿牵掣，宜仿古梁州自为一道，及明设郧阳巡抚之例，专设大员镇抚，而割三省边郡州县以附益之，庶势专权一，百世无患。以更张重大，未竟其议也。

壬午，巡抚卢公坤至特重公，随拜加衔之命，仍留陕安道任，公愈感激思效。卢公采其议，奏增厅治于盩厔、洋县界，增营兵于商州及略阳，复委公兴修水利。先是，公在汉中，因平坝田衍艰灌溉，履视山河、五门、杨镇大小百余堰，皆加疏治，至是欲广其法于全秦。奉檄视澧、泾、坝、浐、渭、汭诸川，郑白、龙首诸废渠，疏凿蓄泄，规画具备。而社仓义学诸法，亦以次推行焉。

乙酉十一月，诏授贵州按察使，未行。丙戌正月，仍留陕西按察使。入觐，三承召见，奏对悉称旨。归途感微疾，抵任七日卒，道光六年三月初二日也，距其生乾隆二十四年八月二十四日，年六十有八。

公起诸生，为县令，擢道府，至臬司，皆出特简。中间小有阻，主知弗替。今上用贤多不次，与廷臣言疆吏才，未尝不首及公。特以南山二十年镇静之功，非公莫属，故虽迁擢频仍，犹若不得已迟留之，俾敛惠于一方。比任久，地方绥辑，规画已无遗，天子慨然思大其福于秦民，骤用公而公不及待矣。於呼惜哉！其卒也，秦民巷哭如失慈父母，愿比朱邑桐乡，请其柩入南山弗得，则吁请祀名宦。而湖南之人亦具公事状，请入乡贤祠，为桑梓矜式。皆得旨报可。

公讳如熤，字炳文。生平慕范希文为人，取先忧后乐意，自号乐园。性豪迈，去边幅，泊荣利。晚更冲粹，视之田夫野老人也。及其驰骋古今理乱，贯串天文、河渠、兵法、星卜，以逮舆地险要，形格势禁，若聚米画沙，烛照而龟灼，所规画常在数十百年外。遇盘根错节，无不迎刃以解。其措施略见于所著书。尝佐两广总督那公彦成筹海寇，有《洋防备览》。佐姜公筹苗疆，有《苗防备览》。佐辰沅道傅鼐筹屯田，有《屯防书》。又有《三省边防备览》《汉中府志》及《乐园诗文集》若干卷。后之有志经世者，必将取镜焉。

公配张夫人，佐公治汉中，手缫车教民妇纺织，棉花之利遂兴。生子二：长芝，癸酉科副榜贡生，以官学教习分发河南试用知县；次正坊，候选府经历。侧室胡氏，生女一，适候补中书南海吴尚志。又抚兄女一，适沂州营都司世袭云骑尉麻阳滕国兴。孙男女各一。以丁亥十月初七日葬本邑会仙亭右之青竹陇。公子以状来乞铭，澍之先人与公敦古交，知公最详，且将以备史馆之采，故繁而不杀焉。铭曰：

倬彼南山，维石岩岩。分陕由之，化逮汉南。是称陆海，灌翳榛莽。所守或非，化为夔魍。桓桓严公，匹马南来。亦文亦武，莅此汉台。自公之来，再造鹑首。披荆刈莱，荡涤群丑。讼不再炊，亩有余粮。以拯秦人，于沟于隍。昕闻庠鼓，迹屏城阙。以革秦人，于犴于狱。秦人望公，如岁如慈。秦人敬公，如保如师。孝廉方正，其名甚美。如公克称，一人而已。载兹苼笃，天子所知。贻尔乐利，百姓是思。百姓既思，天子既知。循吏何负，而人不为。奕奕南山，其大千里。公庙岿然，与之并峙。公庙在山，公坟在南。我辞可征，百尔式监。

长女瑞姿墓志铭

陶澍

长女瑞姿，适湘潭周氏。幼而端淑，神气粹然，予妻黄夫人尤钟爱之。九岁随予之官翰林。太常卿周石芳先生闻其贤，为其第三子诒朴求聘焉。戊子春于归，其日石芳先生擢吏部侍郎，予亦论科俸记名以道府用，观者荣之，以为女贵人也，故所值之盛如此。

逾年生子翼涑，又逾年生子元官。其时予方自川东擢晋臬，旋擢藩，两次入觐，均主石芳先生家。先生不俟予坐定，即挈以视女，盖先生夫妇视之不啻己出，怜其念父母而急欲一慰之也。然女虽见父，顾久不见母，思之益甚。又元官殇，哭之伤血，遂病。会石芳先生由工部侍郎视学江西，旋调户部，移江苏学政，女方自京师随其姑谢夫人由水路之江南，抵皖署，而予适奉安徽巡抚之命，女则喜，病体为稍愈。居两月，偕婿归，为其舅姑六十寿。无何，病复作，遂卒于江阴官舍。其舅姑哭之痛，至于仆地不能起，自妯娌以至奴婢臧获，皆哀泣不止。於呼！此可以觇女德矣。

性俭约，虽处华阀，犹布荆也。尤爱惜物力，一丝一缕，必手自检点。其孝思肫然，已嫁而念父母，比归又念舅姑，辗转弗能自割，以至于病，其可悼也已。

其生以嘉庆五年庚申二月初五日亥时，其殁以道光三年十一月三十日戌时，得年二十有四。女殁之次年，石芳先生亦卒，女柩随之，将归葬于辰山垅周氏之兆。乃为铭之，以抒予悲，因以昭示其后裔。铭曰：

空潭泻春，古镜照神，穆乎其气之清也。落花无言，人淡如菊，阒乎其度之贞也。缑山之鹤，华顶之云，杳乎其乘月以返真也。盖司空之品诗如此，举以品吾女，乃适如其人也。於呼！孰不有古，南山峨峨。宅于此，俾尔后之人，福荫孔多。

护理陕西巡抚陕西布政使司布政使陶山唐公墓志铭

陶澍

道光七年三月念二日，致仕陕西布政使陶山唐公卒于金陵寓邸。公有德于吴，闻者辍舂相，海州之民尤悼，具事状请祀于名宦祠，苏州亦绘像刻石沧浪亭。适长君鉴卜葬有期，以澍知公尤深，来请铭。澍不敢辞，谨按状：

公讳仲冕，字六枳，世为湖南长沙府善化县人。曾祖启科，祖学文，国子生。父焕，乾隆辛酉举人，山东平阴知县，有惠政，祀其地。曾祖妣刘氏，祖妣彭氏，母李氏、谭氏，三代皆以公贵，诰赠如例。谭太夫人生子三，公其次也。年十二应童试，学使卢学士文弨大奇之，举乾隆甲午乡试。癸丑成进士，以知县分发江苏，补荆溪。初莅任，即决陈狱数十，老吏惊服。调吴江，地滨太湖，多盗棚，至则审户籍，界垣墉，别良楛，一革其旧。

寻调吴县，办清漕，擢知海州。州邻山东郯、沂境，枭匪出没，倚羽山为巢穴，白昼攫人财物，名曳刀手。计擒其渠，余党遁迹。先是，州试附淮安府，道远罕赴，又无书院肄习，士益侧陋。乃创石室书院，甄拔俊异，亲授读书之法，言于学使者，奏请岁按临，即石室为考棚，试竣仍以栖学者。由是文教大起，为河北冠。州城不通舟，米薪无市，为凿渠，自新浦口达东门濠，长千余丈。时嘉庆九年也，因名之曰甲子河，州人便之，更呼为唐公河。岁歉，请宽肩负私盐之禁，以恤灾黎，官为给筹，谓之筹盐。公余则驾杉船渡海，至高公岛、鹰游门人迹罕至之区，以搜奸宄，并谕父老子弟大义焉。在州四载，民大诚和。量移通州，攀辕留者几万。

比至通，值淮大涝，急买米设粥，且请弛关禁以便流民，革喊禀之俗以惩吏胥。时大吏皆贤公，连署松江、苏州府。癸酉，推升福建建宁知府。总督张公百龄奏请以道员留江南，檄查海州、安东、阜宁诸淤地，按亩升科。公谓此举近牟利而实无利可谋，不如其已，既知事难中止，则请照旧赋之下则三等，分别定则，讫事无扰。已复檄浚吴淞江。公以江之淤由海潮挟沙，宜疏来源、除内壅、修闸坝大举，一劳乃可久。时以费绌，不能尽用其议，至今惜之。

公年四十始释褐为县令，积劳至二千石，勤恳练于事，先后督抚如岳公起、黎公世序及张公，皆深加倚重。顾清羸善病，常志退闲，诸公辄勉留之。一署河库道，两署按察使。今上即位，拔用人材多不次，公以侯补道员特旨擢福建按察使。元年五月抵闽，九月擢陕西布政使。在陕仅一年，三护巡抚印。查勘南山收成及议覆钱粮加耗诸疏，皆顺舆情，四方想望风采，庶几大竟其用，而公则已老矣。三年正月，遂致仕。

公为政务大体，不喜操切，而察吏惩奸，无稍姑息。在闽时，有陈某者以海盗投诚，积官至副将，性婪虐，索贿于骑都尉某不遂，则诬以事。公廉得其实，治陈罪，闽人大快。权苏臬时，富宦仆茅某滥膺五品，公立按之如例，人尤服其廉明。

学本庭训，以通经为致用。服官三十年，未尝一日废书。布衣幅巾，萧然儒素，海内识与不识，皆称为陶山先生。所著《五礼六联表》《仪礼蒙求》《家塾蒙求》《陶山文录》《诗录》《词录》《岱览》若干卷，行于世。晚岁撰《退闲录》《经学录》《泰阶六符》，又拟撰《衡疏》，未竟而卒。距生乾隆十八年九月初八日，年七十有五。

配宁夫人，先卒。子三：长鉴，己巳进士，翰林院检讨，浙江道监察御史，广西平乐府知府，娶宁乡王氏，宗人府主事文清孙女，继鄠县杨氏，温州府知府兆鹤女；次锳，浙江盐运司副使，娶本邑宁氏，继江宁杨氏，山东长清县知县宣女；次镂，甘肃泾州直隶州知州，娶宁乡黄氏，文学灿女。女二，长适邑增广生黄栻，次适江西上清司巡检陈玉衡。孙男三：尔羡，聘京畿道御史贺熙龄女；尔鸿，聘同邑举人俞超孙女，皆镂出；尔涧，鉴出。孙女八，鉴出者七，长适工部侍郎宛平顾德庆之子荫生兰徵，三许字翰林侍读钱塘戚人镜之子；其一镂出。初，谭太夫人卒于山东官舍，遂葬肥城之陶山，故公以自号，并改鉴、锳籍其地。遗命祔葬，山向以甲庚。铭曰：

生衡宗，藏岱宗。考焉宦，妣焉宫。生焉侍，没焉从。郁松柏，马鬣封。繄唐氏，系陶同。宅于兹，荫无穷。黄鹤返，白云滃。魂来往，故乡通。

古节妇墓志铭

孙起鹏

郡城升平门外堤上一墓，予幼过之，友指曰：此节妇墓。叩其姓氏时代，皆不可得，心识之。及十八岁，从沅陵吕先生羽游，乃为予言：节妇前明诸生妻，生与一富生友善，生病，富生频视且周焉，因窥其妻粲者也，遂怀悖心。严不敢狎，托邻媪致意。妇勃然，乃佯惊曰：吾夫病有不测，则吾必死矣，幸而济则善耳，此时非媪之所宜言也。然妇自是衣衫皆茧结，朝夕依夫榻，药必尝而后进。其夫卒不起，楄柎之费，皆出富生，冀以为好也。妇于夫瘗后，哭奠三日夜，释衰服彩，谢邻媪，以一简授之曰：感某生周济之德，翼日来与之。媪喜，拟托之也。至夜而节妇已自经于树矣。视其书，前深谢其惠，痛无以报，后则责其灭友谊，为德不卒，始之不即显，非保奸也，感初意之善，不可招其过以为名耳。富生得书惭悔，仍为棺敛，就其地藏焉，即今之累然者也。余年十二，见半碑，字剥不可读，得之父老之传闻如此。

鹏闻而悲之。夫自古贤妇之以节著者，或啮冰茹苦，或截鼻断发，以保厥躯，至势穷事极，则捐脰一瞑，而万事不视，遂其烈也。乃节妇以惸惸单门，狼狈为命，狂且伺之，苟一怒而夫闻，闻而不胜其恚，是至杀其夫也。毅然绝之固宜，然其夫贫乏不自存，药饵必不继，亦何以为夫地？肠回百结之时，勉为数语以谢之，其用心亦良苦矣。或谓君子行事不使人疑，且不食不义之食，友背伦而受其周，岂义乎？且夫死而己从，心乃得白耳，假令夫愈而令夫绝之，不知者不疑其背惠乎？惧背惠之名，忍令夫复与交乎？纵惠可背，交可绝，而此时富生与邻媪不已疑其心许乎？节妇之处此未尽也。予曰：不然。夫富生之始来也，为友也，其周之，义也，后或以非义之心来，而此仍以义绝之，非知为色来而招而受之也。要皆不得以权为其夫计，而非其自为计也明矣。郡志于节妇名氏不存，吕先生言此事时年八十四岁，距兹三十八年，计先生十二岁见所谓断碑，则已百有十年，廖君文曾为勒碑，亦莫详其事，恐再数十年，墓亦为人侵削而陵平之矣。予惧其磨灭也，故记之俟修志者。铭曰：

一坏屹屹兮危于堤，大江齿齿兮神不啮之，马之磷磷兮不践其泥，共保此节兮民之彝。

熊氏两贞女墓志铭

朱色

两贞女者，余表兄熊君九畹之女也。长曰三曼，订湘乡龙氏。次曰五曼，订吾兄以知县摄扬州丰利场盐大使显恪之孙。二女皆姿容闲雅，有至性。三曼自幼事父母极孝，余姨伯禹孙先生春秋高，夜难安寝，两曼每侍立达曙，姨伯因尝掌珠爱之。然三曼见大父倚己而父母亦老，遂阴有不字之志，每言：大父素健，老尚须人，吾父至大父年，非我事之，无当意者。因不事闺妆常态。家知其意，母或时以女必依人讽之，则答曰：女苟自立，何必依人！然九畹终虑其后之无依也，潜以订上湘龙氏，于是纳币有日矣。三闻之，泣谓父曰：儿所以无适人志者，以大人老，妹将适朱，无与为左右者。今乃不谅儿邪？吾志不可易也。哭之至呕血。

九畹以实告龙氏，龙误为嫌贫，鸣之官，且株连及五曼。三曼曰：吾终无适人志，虽讼无益，顾不意以吾故而及吾妹也。愤甚，疾剧卒。五曼见姊卒，大哭曰：吾姊为父母而矢志也，乃转以我故而激以死邪！吾誓终姊志也。遂亦欲不字。于是摽梅日促而五志益坚，因取姊所有针纫诸物，日与相对而涕泣不已，遂疾作，未二年继三曼卒。

三生某年，殁某年，五生某年，殁某年，同穴葬湘潭十四都麻公石老屋后山。二女皆聪敏，事女红多慧巧，然尤力于纺绩。虽在室，未尝有寻常娇绮之态。乃长以贞殁，次以姊之贞殁，虽未获伸其志之所欲，然闺闼弱质，一激于义，至死不易，未易及也，可哀也。铭曰：

竹萌当春，志在干云。石压不伸，乃伏其根。于世无闻，其节弥纯。二女谁伦，有如斯云。

亡室刘孺人墓志铭

魏晋

不见孺人阅十月矣，今乃并此斑然卷然者而与之永诀也，悲哉！孺人系出乌鸦院刘李氏，考讳荣膺，字鹗荐。母邑文学鄢曲江夫子次女，先赠妣同母妹也。孺人年十二，以考携家至攸邑，遂来归。时先赠君病革矣，一应纫箴补缀釜汲厨炊，婉娩听从。居恒闻孺人训子妇曰：吾少时，侧聆人谈及他家闺政者，悉以志，好则吾之师，不则吾之鉴也，以是无见恶于姑若夫。

先祖妣胡太孺人届大耋，病痿痹，孺人襁负儿于背，上贰代举，下贰代履，月凡派分旬日，非其旬时，复补娣姒行所不逮，历三载，无寒暑朝夕。依先姑左右三十余年，继随余移祖居，太孺人含涕送曰：好去作家，成先翁志。虽然，予不忍汝久离也。孺人摒挡少暇，即躬趋问视，趣之归然后归。太孺人遐龄八十有八，寝疾八日，命孺人理其发，易其襦，随握孺人手，循腕至膊，泣曰：非汝不能适予意，予自此与汝长别也。

予三次北上，友教三十四年，孺人装遣备至。性卞急，一以和缓消息之。其尤难者，四十前米盐凌杂，倍费支绌，孺人委曲调剂，且有以遗之光。每馆归会计钱谷出纳，少不符，移时必有以复。回忆析烟时，食指已不下六七人，岁入食田十亩耳，尽其值不足以酬所贷，以今视昔，始愿本不及此，抑孺人内助之力居多焉。

嘉庆之二十四年，余官镇平，孺人至，动以宽相勖，暇则劝予急退，谓君年周甲有三矣，曩者不及效驰驱，得以禄仕，逮事亲之存也，今则自君而下，皆仰食于官，君虽明察，恐指官为民害者或多。且君独不鉴前官之贻父老口实，而滋子弟罪过乎？逾年解组归，孺人曰：今而后始贴席安寝矣。讵归无宁日，遽连年气结于中而大作于外邪！

病始于乙酉春，苦忌盐，凡百无可下咽者，冀其生也安之。惩予兄弟多故，力促分居。器具财贿，有者均，缺者补，多禀承于孺人，讫两春秋始定。盖孺人之心于是乎慰，孺人之精亦于是乎瘁，而所以食孺人之福者，其感泣又当何如也！

生平仪度温淑，无疾言遽色，而多示慈惠。其病也，族里间闻其痊也则欣，闻其剧也则惜，而今已矣，悲哉！以道光七年丁亥正月二十七日未时没，距生乾隆二十四年己卯四月二十二日酉时，寿六十有九。随余薄官敕封孺人。儿孙辈以十月十五日卯时葬于地名流泉堰上庄侧左嘴凤形山，首甲趾庚兼卯酉。余悲不自禁，为摘其概如右。铭曰：

及尔偕老，与子成说。黾勉同心，柔嘉维则。云徂何往，我心苑结。有卷者阿，如鸟斯革。观其流泉，在彼河侧。乃左乃右，此维与宅。永言保之，绵绵瓜瓞。

蔡君仪甫墓志铭

朱声亨

蔡君仪甫，潭之孝而乐义者也，讳鸿，字云逵，以字行，行四，号仪甫，别号青蜚。其先世由苏之西洞庭山迁潭，某官某，某官某，代有名贤，显于南土。仪甫数最奇，而绩学不倦。其为文雄伟纵横，力追苏、韩。应童子试，屡列前茅。年廿四补弟子员。又十年食饩于庠，岁科试辄高等。前邑侯三韩白璞斋先生、昭潭掌院衡山旷峋嵝先生、督学范叔度先生、陈花农先生，均以大器相许。其授徒，往往试辄售，掇巍科，仪甫独以文律过严，与时好多龃龉，困诸生三十余年，其品其学为士林倚重者亦数十年。

岁在庚辰，仪甫贫且病，文字之交，气谊之友，日候其门者踵相接。比易箦，临者皆失声，里党为之罢舂去歌。会葬者数百人，生徒居其大半，皆门下士，观者羡之。此仪甫之应志者也，而吾谓仪甫之可志不在此。

仪甫失恃方二龄，痛生平无板舆之欢，每入寝门，悲不自胜，如有所失。及补弟子员，适失怙，哀毁几不欲生，遇忌设奠，竟日涕泣如新丧，数十年如一日。兄弟四人，长某、三某早世，二某虽析箸，孺之爱至老而益笃。孀嫂某氏，迎养不怠。其至性有大过人者。妻之外祖妣胡孺人，耄而独，亲戚远之，仪甫迎养以终，爱敬哀戚如礼。子日新为陈公小村婿，小村故河道总督恪勤陈公曾孙也，既早世，母老子幼，几无以自立。仪甫念名臣之裔，迎养其母，并维持其子，以至成立。无何亦逝，仪甫挽之云：名臣有后悲琼瑰，天道无知召玉楼。其生平义举，大率类此。

吾观当世特达之士，率多奔走名利之场而不遑学，学焉而以风云月露相角，其于本根节目之地，或逡巡不讲。仪甫家无长物，见义不疑，譬如松柏竹箭，挺然独秀于冰雪沍寒之间，其度量相越为何如邪！仪甫之可志以此。

娶唐氏，生子日新，邑庠生，娶陈氏。女二，长适廖鸿，次字张某。男孙三，俱业儒。女孙三，俱幼。仪甫生于乾隆辛巳八月初四日寅时，卒于嘉庆庚辰九月十二日戌时，享寿耆。葬县西伍家湾小塘冲龟形山之阳，吉壤也。铭曰：

潭为通邑，士气不伸。惟吾仪甫，松心竹筠。孝率其性，义忘其贫。文肆而法，学丽以醇。地望所归，山斗凤麟。昊天不惠，萎此哲人。佳城郁郁，堂斧告窀。其后必大，斯理不泯。亨实铭此，以观亿春。

左百愚先生墓铭

魏瀚

百愚先生司铎兴宁，应乡举于长沙，遘疾以卒。无子，凶问至，族人乃立其从兄之子洪材为之后。亲故相与唁于道，谓厚德如先生，何厄其遇而并艰其身后之嗣也。厥以应铭，某乃为之铭。铭曰：

左氏之先，徙自武林。曰明曰达，植德孔深。吉实毓澍，锡字子霖。蓂实之祥，梦协厥占。弱龄失怙，母刘是任。头角崭然，树望湘南。油油色养，实慰母心。无竞于物，如海斯涵。仁以化吝，俭以祛贪。后生所式，维德之钦。矫矫文学，旁搜幽探。垂髫属文，毁齿工吟。冠登于庠，既青我衿。更十七年，与举孝廉。乙诸贰乘，靡克振淹。薄宦泛梗，历沅讫郴。位下道崇，迪教师严。在泮餐葚，鸮怀好音。如虬与鸾，鳞羽式瞻。五十知非，岁又历三。甲干子支，秋气萧森。贤人乃嗟，遂迫西崦。归窆丘垅，识山维杉。祔以配李，共藏幽潜。继室有张，拂蚁同岑。果梓易殇，空祝宜男。女子六人，并辨邕琴。材绍厥绪，谷似克堪。维公淳懿，华实两兼。潘杨世睦，久挹冲襟。天不慭遗，永叹幽沉。君自此远，青壁千寻。高上坎中，松楸无侵。埋石镌词，终古永缄。

李司马日庄墓志铭　彭永思

君之惓惓于官，卒于官而累于官也，人以为君惜，而余窃为君幸。世之宦者，争以肥润身家为计，以光宠交游为荣，惟君忘私而尝以私所有者相贷，忘家而尝以家所余者相倾，而曾不顾己之为累也。

君以兵部主政改司马，分发滇南，借补晋宁州缺。晋，瘠地也，君不惟无所取于民，且时有以周于民，故其民爱之如慈父母然，而循声以著。滇省鹾务，借办粤东，是役也，同官交相避忌，君独肩其任，前后四载，此累之所由始也。复任黑井，井塌卤缩，灶户苦之，君慨然代输，而累于课。署路南，厂衰额缺，而君累于铜。调云州，徼荒野旷，而君累于边。既而权龙陵，治日勤，神日惫，遂抱病以卒。囊无长物，当事共高其廉。而凡所莅河西、宁州、鲁甸，与夫元年调办迤西军需，劝制府庆多所全活者，在在士民皆不忘，闻之相与流涕。人惜君之累于官，而余独幸君之累于官而泽于民，必有以贻子若孙而食报于不替焉矣。

君工古今体诗，公余爱写兰，曾寄白柄来都，余珍惜之，此又性之恬雅固然也。君李姓，讳端元，号日庄。生平笃友爱，重施舍。其先代由豫章家渌城，凡十五世。祖学升公，父云东公，均多隐德。君卒某年月日，享年五十，葬某山。子二：长家誉，余婿也；次家銮。誉请为志墓，余仕滇南，与君同卓荐，又缔儿女好，不得辞。铭曰：

其生福民，其没昌后。佳气郁蟠，精英护佑。

孝女惠观墓志铭

唐鉴

孝女惠观，姓唐氏，江南江安督粮道鉴之女子子，陕西布政使陶山府君之孙。生四五岁知孝父母，长而益笃。道光壬辰年，随父之官平乐府，适楚南江华瑶匪滋事，父督兵守边，母病风痰厥，日数次投药不效，女呼天默祷，剪左腕肉寸许煎汤奉母，厥不复发。甲午年，父观察江安督运北行，女侍母在署，属大病小瘳，母病呃逆欲绝，女焚香吁天，请以身代，昼夜伏母旁，不解带者三十余日，母病愈而女病不能起矣。

女生于嘉庆癸酉年五月初四日，卒于道光甲午年七月初三日。病中每以三日为念，盖预知其期也。卒之日，其母一恸而昏，见梅树花满，顷刻而落，指告母曰：此即女身也。乌乎，女何生之清而化之幻邪！乙未孟春月，葬于金陵聚宝门外天界寺旁凤山之原。铭曰：

其来也，天知之而畀之以仁；其去也，天知之而完之以真。仁邪真邪，女可无失其天邪！

试用从九品吴君墓志铭

周树槐

余至吉水之明年，有以故试用从九品吴君之殡告者。君讳长春，大兴人，嘉庆十七年冬，以县民卢炳京控事会勘来此。十月己酉，会食县署之西厅，遇疾不能语，索笔以进，遂不知人，遂以其日卒。君孑身来江西，无知君家世者。仆张贵从君需次会城久，言君有母就养广西之左州，知州田文煦，君姊夫也。又言君有两弟在京师，不能举其名。其他皆不能知。于是前令无锡华翊殡君于城东之龙华寺，为告于大府，咨君之籍，以达君家而使以丧归，又使贵讣于左州，皆不报。又二年，吴兴章耀曾来权县事，悼君丧之淹也，于是田君亦去左州，乃为书以告知州高作霖，使访田君以达君家，讫不得报。

乌乎！君以奉檄客死三千里外，旅殡十有一年，两弟邪，母邪，姊邪，今皆安在邪？君之丧，其不可以待，余既重哀君而忝兹邑，谊得为君主，遂以道光三年四月癸卯，葬君龙华寺之原，直浮屠之西若干步。余读柳子厚《襄阳丞赵矜墓志》，矜客死柳州，官为葬于城北之野，后十余年，孤来章始壮，自襄州徒行求其冢不得，至日哭于野，凡十九日，卒感神卜以得之。乌乎！君家既不可知，君傥有子，若来章者邪？余又惧夫秦诇之不可再遇也，为之志而哀以铭。铭曰：

仕为贫死胡孑兮，羁十载魂长怛兮。人亦有言随葬达兮，抑返葬仁君傥归兮。龙华之原草萋萋兮，我为之铭冢不夷兮。

从父芳泽处士君墓志铭

罗江

士有溷迹齐民之中，克全伦理之大，易足于己，无慕于外，为朝廷留敦朴之俗，于乡里称善良之表，征诸古昔，往往有之，今则我从父芳泽处士，其人也。处士讳修湝，芳泽其字。曾祖文学生，赠儒林郎，讳作敬。祖国子生，赠承德郎，讳晋。父讳绍舒，江之叔祖也。处士周岁丧父，五岁失母，依祖父母暨兄以生，事兄如严父，终其身色无弗愉。与人无城府而有泾渭，然人咸爱其乐易，无或与忤，一门群从尤无闲言。效颜斶之晚食，服桓冲之故衣，特其余耳。

初，处士攻制举业，从昆之官禁近者贻书，期以远大。其后学使者按临，留意故家材俊，人谓遇合在旦暮间，处士卒不赴试，遂以布衣终焉。

娶周氏，邑之望族，明书史。举子二女一，女亦通晓故事，居常治事之暇，各执一编流览，而相与论说，房闼之中，若家塾然。妇孺雍雍，终年不闻谇语，处士不觉其冉冉以老也。道光九年三月四日以微疾卒，距生乾隆三十一年三月三日，享年六十有四。逾年葬黄田冲小螺山，首辛趾乙。子世采，郡庠生，试屡冠其曹；世柄，俭谨守家法。孙德炜，善读能文，余尚幼。江与从父同堂而东西居，稔知行谊，故采弟以勒石之文相属，乃撮举其概著之，不及详也。铭曰：

思其亲，孝莫伸。敬其兄，尽厥伦。优游畎亩养天真，无怀民兮葛天民。有构肯子谷诒孙，无名之朴生则泯，樵苏戒此善人坟。

李希廉墓志铭

魏源

嘉庆十有八年，提督湖南学政萧山汤侍讲，贡士八十余人于朝。明年，桂东李君克钿试毕出都，侍讲三谂之曰：损酒益食，损文益质，损名益实。君拜受以行，时年二十有九矣。岂弟温良，吉祥而芳，负斐然之狂，迈嘐嘐之志，卒归反求，能自得师。一年而损口，二年而损交，五年而损饰，其未能然也。于家家多阋者，于乡乡多啧者，久益克诜，家邦归仁，于于以兴，未见其止也。逾年，郴州陈起诗以书来，则君死矣。悲夫，悲夫！于是同门魏源卒哭而为之志曰：

君之始终可知也。幼慧自憙，长敏于为。从教谕严先生某而折节知自克，及见汤先生而始刳心于道。士之赴道者以名，君独以其诚。亲廷叱咤，不及犬马，交处十年，未尝忿颜。靓侮不知，遇谖不亿，侮愧谖服，不大声色。抑天性过人，非矫揉以然。至其引绳墨切过失，闲小大枉寻尺，则自君之殁，吾党士咸若无所依者。《诗》曰：仲氏任只，其心塞渊。君其有焉。而遽以死，天其祝予！悲夫，悲夫！

君卒以道光元年七月，三十有九。妻前黄后胡。子二。葬某原。希廉，字也。诗文发于天机，有晋人之风，油油可咏。铭曰：

望其墟，皋如皤如。大哉死乎！君子以息其躯。

连家墓志

张力卓

石工李万言，城西十五里麦陇边石刻塌出，内有奇字。搨而观之，盖唐时邑人连简字隆暨室张氏同穴，而首行但题“大周故飞骑尉连府君墓志铭”，妻统于夫也。序十六行，铭七行，不著撰书人名。文沿六朝余习，字兼篆、草、行三体。其载年月日等字，武后所制，时人不识，故云奇。唐武散官采隋旧名，贞观十二年始于左右屯卫设飞骑尉，秩从六品，朝会则周尉阶陛听敕宣入，巡幸则夹驰道，衣五色袍，乘六闲马。连君以征高丽功得补斯职。序称“六郡良家，首膺召募”，与贞观十九年克辽城，诏“率五陵之劲骑，董六郡之良家”合。卒于永昌元年，实中宗嗣圣六年。明年九月，武后称皇帝，国号周，飞骑幸不及见耳。葬于天册万岁二年景申一月。天册万岁次年即万岁通天元年，春时尚未改也；丙作景，犹避唐讳也。武后以十一月为正月，故以正月为一月。至谓连氏系出伯禽，是东野氏之比，意当时通姓氏学者多，如李守素且号“人物志”，源流或不谬欤！

此墓经今一千一百三十七年矣。连族环居，衣衿犹众，徒以谱牒失传，未能纪远。秋场既涤，约与赴勘。地室隐然，其上平畴六亩，范氏之业，属其公购，仍封志石，并成坟植树以表之。独惜飞骑占籍襄垣，已非一世，祖父皆显，兆域无稽。兹山昔名第平原，颇占形胜，其东三里桃园，元集贤学士连肇之墓在焉。又东二里东镇，明建文御史连楹之墓在焉。楹致命遂志，彪炳史册，葬仅招魂，亦足悲矣。然肇祀乡贤，楹祀忠义，岂非其先流泽孔长哉！余征志词之信，尤欣古冢之完，缕而勒石，俾连氏子孙共勉为忠孝云。

先室吴孺人墓志铭

郭汪灿

孺人事余二十一年而弃余以殁，余独居者又十三年而志其墓，言之痛心，不知涕泪之交集也。孺人姓吴氏，籍江南丹徒。父尚鹏，以孝闻。祖母沈，母窦，皆节孝入邑乘。孺人幼秉母教，柔顺慈惠，得之性生。貌端而和，喜人谈古贤媛事，志弗忘。年二十二归余，能得先大父、先府君、先太孺人欢心。中外亲故，接以温恭。遇贫乏者必加礼貌，厚抚恤。尝脱簪珥、典衣服，解吾友某急逋。先太孺人以为贤，尝与母舅彭光甲先生称道之。盖吾家世以周急为务云。先太孺人弃养，孺人事后姑如初心。摒挡家务，黎明即起，夜漏三下方就枕。馐膳必躬亲，衣裳必自浣濯。待下极慈，膺疾则赐以药，有失则原其误，人多感之。尝有役暴死，两兄来寻衅，叔某理谕之去，其叔固屡受周给恩也。

余多儿女累，又善病，将废举子业，孺人曰：君其力图进取，以娱亲老。妾勤针黹，以佐日用所不及。余深感其言。往岁丙寅，余与人合贾，折数百金；又前后以友人缓急负重累，先府君怜而悉偿之。孺人曰：妾闻古人以能悦亲心为孝，君当思堂上属望何在，勿戚戚有无也。迨癸酉、甲戌，余得连举两闱，先府君犹及见之，而孺人已下世四年矣。追维曩时挑灯劝读，尝至夜分，室庐依然，形单影孑，营奠营斋，皆今日疚心事也。儿女辈尝泣向余：母在时，暑夕常坐庭阶课诗，而次第奖励之，今儿辈稍知古事，粗谙韵语，则已抱恨终天矣。余闻而益悲之。乌乎，孺人之动余感者，可言罄也哉！

孺人生乾隆戊子十一月廿四日寅时，嘉庆庚午五月二十日巳时殁，得年四十有三。子三：长如翰，道光辛巳举人，壬午进士，缘病告假，俟癸未科补行殿试，娶周氏，同邑举人任金山知县世宅公孙女，太学生系培公次女；次如藩，聘善化翰林罗公瑛妹；三如垣，未聘。女四：长适衡山翰林罗公廷彦孙，选拔任湘乡教谕风五公子，邑庠生乔年；次适桂东训导李公畤子，湘阴廪生星沅；二、四未字。孙女一，翰出。兹择十一都菊花坪前高学堂堂左吉地，以壬午年八月廿四日肂而为之铭。铭曰：

妇三从，父之外，视夫与子。夫通籍，汝之相余多矣。儿通籍，亦汝燕翼所自始。家方兴而未艾，汝庶可瞑目于畏垒。痛施厚而莫酬，谓余情其何能以已！

案：云麓先生，邑中推长厚君子，中年失俪，不复更娶，尤人所钦服。其后作令关中，旁无姬侍，日与讲肆诸生论文。未几归田，盖不乐吏事也。其一门风雅，世皆知之，诗多见于长沙毛氏所辑《湖南女士诗》及新化邓氏《沅湘耆旧集》中。观此志文，可知其所自矣。汝怀附记。

翰林院侍读学士王正亭先生墓志铭　刘基定

乾隆四十七年，高宗纯皇帝治资鉴古，德洽敷文，特召儒臣编辑《四库》，校勘《永乐大典》，吾邑王正亭先生实与斯选。时余姚邵二云晋涵、休宁戴东原震两先生以博通经义为天下士，同任分校，先生肩随其间，与之编纂提要，撮举大凡，志相壹，道相合也。

先生讳坦修，字中履，号正亭，世为宁乡人。曾祖用弼，祖炳旭，两世皆诸生。父忻，乾隆丙戌进士，广西阳朔知县，敕

（敕）授文林郎，晋封朝议大夫。母黎太恭人，生三子，先生系居长。少沉毅，颖异绝伦。年十七岁补诸生，中乾隆辛卯乡试，壬辰成进士，殿试第三甲，改庶常，散馆授检讨，充三统馆纂修，武英殿校勘官，迁右春坊赞善，分校顺天乡试同考者二、会试同考者一，升侍讲，转侍读，兼日讲起居注官。戊申夏，扈跸热河，奉旨着在尚书房行走，傅皇曾孙教读，升侍读学士。诸城刘文正公重其学术，先生每以所见敷陈，某事当行，某事当去，其说多见施用。迨睿庙亲政，眝睐日隆，不次进御，俾居禁近，命侍皇次子讲读。

先生感两朝恩遇，益励清操。在班行粥粥断断，不求烜赫之誉，又孤立无援，虽有权要招徕，绝不一至其地，用是忌者滋多，居禁地八年，不得迁擢。旋以嘉庆己未丁朝议君艰，闻讣趣装，戴星归里。至则经营窀穸，封树墓道。服阕，点检巾箱，赴京供职。濒行骤发心疾，逾时忽作，遂具奏乞假，养疴田里。

明年，诸大吏敦请讲学，聘主朗江书院，旋移主岳麓讲席。沅湘士子争向先生问学，皆以名德推重，其高材生后多通显。当事慕先生名，踵门求见，力辞不得，亦不报谢。

己巳秋七月二七日，晨起腹痛频泄，阅日病剧，遂至不起，卒于岳麓半学斋中。弥留时以国恩未报为念，言不及私。平时家居，笃于孝友，辑睦宗党，俸入以赈三族贫穷，家无余财。著有《东湖文集》《经史札记》，藏于家。屡遇覃恩，诰封二代。配彭恭人生四子：铉，例监生；翥，岁贡；铭、钧，皆诸生。簉胡孺人生一子钰，业儒。女子四人，皆适仕族。孙几人，湜、溥皆诸生。曾孙几人。生乾隆甲子十月初三日，享寿六十六岁。以某年月日葬本二都皀山之原，遗命勿求志表，迄今四十余年，未有穿中之石。其季子钰以为终不可废，以状属余叙次。用敢摭其行实，纂为斯文，移其副于史馆，以备他日国史采择，使后之官京朝者所征信焉。铭曰：

禀精淳曜，蕴灵川岳。皇衢揽辔，帝所听乐。册府回翔，石渠扬推。四库菁华，三天饮啄。乞闲养疴，田园志乐。两主皋比，诸生卓荦。丹地趋承，圣恩优渥。迄今卅载，得闻先觉。考实征行，贞珉斯斫。

刘先生墓志

蔡用锡

刘先生讳彧，江西饶州府万年县人，湖南石门县幕宾也。生平慷慨有大节，每谈时事，辄叹息泪下。崇祯癸酉三月，偕同志修禊灵泉，饮酒赋诗，有"安得半段枪，荡寇苏疮痍"，益知为奇男子也。

岁之冬，贼渠高迎祥、李自成等自豫躏楚，众号数十万，大集郧阳，分掠州郡，所在告急，而奸民乘衅为寇，劫掠四起。石邑故无城池，而毗连长乐、鹤峰，多崇山峻岭，寇盗出没其间。猾匪王进才，结连峒蛮，于十二月初十日，自老虎山循九里坡等处，直逼县治，大掠市肆。时邑令勘事外出，先生戒书役曰：有我在，无恐。命急传哨军救援，乃逡巡不至。先生选健役守护仓库文案，自执器械，率数十人固闭署门拒之。贼破门入，先生抵死出斗，顾役绐贼曰：速往东苑守库。贼信之，群毁东墙，留贼数十人拒其追捕。力尽被缚，贼以刀迫之曰：苟相从，无忧富贵。先生厉声怒骂曰：鼠辈敢尔！食尔肉，粉尔骨，以纾国愤，以复民仇！嚼血喷贼，贼遂杀之。寻市人挟哨军鼓噪至，贼乃逸去，仓库文案借以无恙。

邑令归，以礼葬于署之西苑，题碣于墓。邑人闻其事，莫不痛哭，设先生位而奠焉。先生居石幕两载，严正自持，助邑令力苏（氏）〔民〕困，每批示事状，晓以大义，故邑人皆铭感弗忘。夫以先生之志行，苟得尺寸柄，则其忠义奋发，勋烈又不知当何如，胡天之不吊邪！虽然，致命遂志，先生固堪千古矣。

李渭溪墓志铭

陈士杜

李君讳国鼎，字玉璜，号渭溪，善化名儒朗轩先生曾孙也。以嘉庆戊辰某月日卒，年三十有五。将葬，其孤忠仪衔太祖祖父母命来告，谓余知渭溪，乞志其墓，垂涕请，不获让，乃撮其梗概书之。

君性纯明，上承累世诗礼之训，且习闻曾祖正心诚意之学，故处庭闱以孝敬称，与人交至性肫笃无饰词，宗人暨里党咸钦重之。嘉庆辛酉，补弟子员。已发箧，睹朗轩先生昔时精研濂洛心性之旨，喜曰：道在是矣。乃弃时艺，益潜心体玩。有议其迂以告余者，余曰：渭溪有志于道，岂惟役役科名哉！且子独不闻朗轩先生尝以乡贡士讲学岳麓乎？当是时，海内名贤，若方望溪、韩慕庐诸先生辈，莫不驰书道敬，闻风咨访。向非以先生蓄道德而湛经术，安能俾四方英杰倾仰若是乎？渭溪志先人之志，而学其所学也固宜。逾年，学益进，与人言皆娓娓见道语。及卒，吾党哭之恸，叹曰：使渭溪更十数年不死，克绍先业，著书以明道，亦未必不见称于当世有道君子也。今乃不永其年以卒，乌乎惜哉！配康氏。子三：长忠仪，次忠倬，次忠仕，君卒始生。以本年某月日葬本邑某山之原。铭曰：

山之阻兮子之室，闭千秋兮去白日。睇鸢鱼之飞跃兮，驾云车而往质。藐世俗之青紫兮，侈生花于梦笔。形既陨而灵存兮，信春华之与秋实。词刻石以永贞兮，利后人其安吉。

廖含虚先生墓志铭

魏源

郴州含虚先生之殁也，弟子在武昌者，丧服走二千里，踵门而哭之，郴之人巷不歌、舂不相者逾月。或曰先生力学笃行于孤贫之中，为国人矜式，故能然，盖隐君子也。或曰不然，先生不由师傅，自灵枢遁甲形家言，放而至于丹青琴弈诗古文词，靡不通。课子若孙以忠孝，奚其隐？或曰先生晚而逃禅，兼习导引，其生殁皆有异，其游方之外者欤？或曰诗人欤？邵阳魏源获交于先生之孙宗湘，湘为言先生行事至章以备，卒亦莫能专名也。乌乎！古则有士，不耀其光，世而我遗，放彼穷乡，行无辙迹，学无故常，未尝自宾于万物，物亦莫之能伤，无他，其天全也，源何足以知之！无已，请志之曰：

先生廖其姓，奇珍其名，庸之其字，（念）〔含〕虚晚自号也。郴州人。卒嘉庆二十有五年九月日，年七十有五。葬州之西凤乡寻母岩下。配曹。子二：绍衡、绍莲。孙五：宗湘、宗南、宗玟、宗海、宗岱。所著书若干卷，藏于家。又臬其行系诸铭。铭曰：

有古君子颀而闾，少贱多艺惊其群。负薪挂书汲养亲，剪发营敛负土坟。国人皆曰孝子珍，不夷不惠行中伦。神完气夷无色声，闻其謦欬皆逡巡。五凿六欲分丧真，独楗其户堙其原，赤光出户夜惊邻。嗒然坐逝遗吾身，羌孰测兮天邪人？素车束刍来踵门，弟子千里走以踆。曷以瘗幽填怪赜，有孙有孙能斯文。

处士张谦庵墓志铭

黎吉云

君讳礼，字谦庵。世居江西安福县，后迁莲花厅，代有闻人。至君考西偶君来湖南，流寓湘潭，遂为湘潭人。配李氏，生子五人，君次第三。生有异禀，典籍过目成诵，于书无所不窥，独不为制艺文字，故未尝就有司试。性好吟咏，生平篇什甚富，所刊《谦庵诗钞》若干卷，寿阳祁公曾两序之。缘君与郴州陈吏部起诗至契，屡以君之学行达于寿阳也。君浑朴宽博，终身无疾言遽色，知与不知皆推为长者。所为诗如其人，夷犹骀宕，一归盅雅。荧然一灯，操觚不辍。尝论诗之为教，温柔敦厚，唐人诗不皆佳，然其韵味得诗教之本，宋惟取陆务观一人，余不免槎枒粗硬。游其门者甚众，见其人与诗，皆知为谦庵弟子。又尝刊行《三诗僧遗稿》，三诗僧者，涤尘、石舟、漱石。涤尘殁于嘉庆中，年才十六，所作几千余篇。三僧皆经君指授者也。

君生于乾隆某年月日，殁于道光某年月日。配唐氏，先君殁。子以增早逝，以堂兄以培之子承鉴为嗣，娶曹氏。余交君久，适奉讳归里，得哭君于寝门。承鉴将以月日葬君于本邑二都六甲雷鸣塘，胞兄得义茔之左，以志铭请。铭曰：

诗能昌身，穆行淳淳。诗能昌物，所至流春。韬光不扬，百宝涵海。大集觥觥，其人斯在。膏馥未歇，名山岿然。撷毛荐馨，岂惟裔孙。

李孝妇墓志铭

成毅

余门人李生钊，持李孝妇状来请曰：此钊族人尚鸾之妻，国镛、国镦之母，而雁塔翁之子妇也。雁塔翁二子，长即尚鸾。乾隆五十七年，鸾客蜀，孝妇与继姑奉翁家居，翁病噎且剧，孝妇惶惧，计夫远客不得归，祷于神弗愈，孝妇益心忧，乃私刲股肉杂糜粥以进。翁啜之能下咽，病日以缓。家人怪孝妇形容委顿而衣有血迹，诘之始得实。未几，尚鸾遽归，言某月日夜恍惚有人促令急返，醒而悸，核其时，则孝妇刲股之日夜也。尚鸾归月余而翁卒，孝妇时年三十有一。又七年生子镛，又四年尚鸾卒，遗腹生子镦，孝妇抚之成立。以今道光二十二年壬寅三月日卒，距生于乾隆辛巳，实得年八十有二。卜今某月日葬于某原，乞先生志其墓。

乌乎！如孝妇者，其真克以至诚格于鬼神者也，天之佑其身而使之有子也宜哉！是宜书。孝妇姓刘氏，与尚鸾并临湘人，今居巴陵。铭曰：

纪独行纳诸幽，惟世世子孙，用永保享于千秋。

彭菊村墓志铭

陈起书

先生姓彭，讳陶，字菊村，先世衡山人。父商于郴，遂为郴人。十余岁时，父负债数千金，常累日不食以养父。父没，为债家所迫，系于官者月余。余先祖怜之，解其讼，因教之学，曰：子有造才也。见其容若病者，问之，曰：无食。食之。年余补弟子员，去为童子师，而以文字正于余先祖。文日进，数年食廪饩。是时馆谷渐丰，而兄弟六人皆食于先生，且为之娶妻。长兄死，葬之，抚其孤。母又老病，医药甚勤。年三十六，母曰：汝以予与兄弟故而无妻，其于嗣续何？汝其娶，以慰予。娶妻逾月而母卒。逾年妻又卒，贫益甚，乃不娶，而教季弟学，亦补弟子员。三兄死，葬之，抚其孤。而先生亦病，道光十一年，年四十三卒，无子，葬于黄茅岭父坟之侧。死之日，朋友皆至。市人曰：彼皎皎自好，诸人胡为者而哭彭先生！铭曰：

以孝友而贫，以贫而无子。乌乎！惟天所使。

二叔父绎思公墓志铭

李传敏

叔父名家申，字念兮，号绎思，行二，晚自号无述叟。少好读书，先大父锦林公延名师课之。吾父与诸叔父资性皆过人，独叔父迟钝。先大父课最严，每一艺不精，必掷之再作。至晚遣奚僮给茶食，撤其簟席，钥斋门以去。诘旦始启钥，呈课艺仍不精，则怒甚，笞之必见血乃罢。叔父迫甚，研索久之，一日忽豁然以解，始出应试，试屡擢前茅。然卒以数奇，不得志于有司，援例就职，后终以负父师恩为大恨。赋性忠直，与人语不洽意，必侃侃直抒所见。晚年平易近人，尤笃于友于，与吾父居处，不能一日去诸左右。好闭户读经史，倦则与吾父纵谈，兴酣则白发荷荷，二老皆掉头相质，属垣听之，皆喃喃少时作某艺挞若干，仿佛锦林公声口，缕述之犹作恐怖状也。

乙未冬，敏在都闻讣，丙申春，匍匐抵里门，与叔父相对见似心怵，尝涕泗滂滂下。一日语敏曰：汝父去，吾亦老矣，每念之辄无意于人世，但平生负父师恩，不可不笔之以告来者。近作《无述叟传》，又于邑之西营生茔，汝其推吾意志诸石，无谀辞。敏以豫凶非礼辞，叔父曰：望溪氏最谨古文法，集中有《姑母生圹志》，姑与叔一也，此可为例矣。敏受而读之，皆省过自责，恐惧罪己之语居多。夫以叔父笃于内行而厄于遭际，负其耿直磊落之性而不为世用，杜门谢客，老于占毕，其心地光明，可以对天地质鬼神而无愧，而犹痛自刻责，老而好学，作无述之篇以自儆，其危悚至于如此，如敏者出其身与世相周旋，内而骨肉天显，外而名师益友，清夜扪心，愧负良多。而年力尚富强，精神尚未颓败，而且悠悠忽忽，不自振拔，以至于今日，而极其所至，以至于叔父之年，吾父之去日浸以远，而吾诸叔父势必至渐次凋落，无老成典型以防闲其身心，而血气又日就衰迈，其颓然不自省者，不知伊于胡底，是大可惧也！然则叔父之元气淋漓，后之孙子必有起而应之，以继其志之所未逮者，而斯穴之吉与否，又不必计也。

叔父生于某年某月某日，终于某年某月某日，葬邑之西乡某村某山某向。子六：长某，先公卒，周孺人出；次邑庠生某；三某，早世；四邑庠生某，童孺人出；五某，早逝；六某，从九职衔，陈孺人出。女二人，孙若干人，曾孙若干人。谨遵命铭之。铭曰：

维斯山之元气，与公之元气，磅薄郁积，以长其子孙，而莫之或替。

欧阳府君墓志铭

马敬之

道光二十有六年正月，麓樵先生欧阳君卒。孤子兆熊创巨痛深，水浆并辍，笃终之节，旁揽乎前民，衔恤之情，有逾乎近士，诹期营葬，撰状乞铭。冢孙廷缙，余女婿也，平时行谊，悉所周知，和仲之称永叔，更为有征，陈留之述林宗，殆云无愧。

君讳辰，字介夫，号麓樵。先世自庐陵迁湘潭，遂为湘潭人。曾祖某，祖某，考某，均隐德不耀，矜式乡里。惟君嬗美北州之后，孕奇南斗之旁，衷简其中，秀赢其外，顾欢累代，屈迹农田。刘峻壮年，倾襄典册，三周疾滞，四隩华离。江萍俶闻，海枣佯对，有一于此，博涉冥搜。未弱冠，战其艺于有司，逼阳之布屡县，款段之鞭空振。念无以娱杖屦洁牟匜，乃隐几以悟，投帻而兴。龙丘弃其兰皋，凤律暄其黍谷，降心俯首，垂数十年。温衣美饭，和熹之语胡为；广宅良田，公理之怀攸慰。而不雕其朴，弥晦其明，非礼相干，内恕诸己。若邪之英，缘诸言而见贱；善芳之佩，值赡智而失珍。

井泉与邻共，岁旱，邻私其井，君不问，泉忽涸，俄穴出君庄院，别成一井。源飞疏勒，弥恢幅练之观；脉引副夷，更激球璜之响。岂徒佳话，抑亦创闻。所居后园，邻侵去十数武，因筑室欲复其基，仍畀以钱，若相市易。德容缚绌而让畔，齐相殷勤而复宅，方兹蔑如也。

自学涂埃墙，道岸荆榛，假祸福以疑民，傎阴阳以眩俗，溺人情而违天理，诬圣教而溷王章，冠带之伦，举淆其说，君乃银刀气肃，玉镜神清。不信禳祈，不谙拘忌。家延痘医种痘，医设痘神位，君怒掷诸地，见者愕眙，顾卒无恙。会携洋痘术来潭者，邑人摈弗信，君独捐资建局，至今活人以万计，巫祝之风为之顿息。相宅家有所谓太岁三煞者，君作宅两犯焉。或言某日兴役不利，君笑颔之，偏于其日趣举畚锸。新居白屋，频移赵尉之家；遗庙青州，竟斥苏侯之位。盖君子在上则美其政，在下则美其俗，故身同隐退，而志懔维持。尝阅邸报，至某官复蒙显擢，辄走讯朋侪，怡然累日。金瓯有兆，眷君实之升沉；玉铉无私，伺深源之出处。於呼！亦可以亿其梗概矣。

君之学，以坚忍刻苦为主，而趣韵超旷，形检诙诞，则又和光亚周史，玩世侔厌次。尝盛暑修谒，君方手诸孙会课文稿，葛衫半曳，木杖低揞，招之使来，咄而命坐，有诗人宽绰之意，无贱儒昫录之态。灵台自浚，语不碍夫诙谐；畏垒大穰，仪悉蠲夫拱揖。其宗原也若彼，其放意也若此。方圆霁月，长契芳襟，讵料冲飙，先薷硕果，哀哉！

君生于乾隆某年月日，春秋八十，计撤瑟之期，距县弧之旦，才浃旬耳。惟君秕稗鼎钟，锱铢轩冕，匪介匪通，奚随奚激。乘时之略，未尽展于哲人；备福之名，宜有光于穹壤。以本年某月日葬。金章载揕，联翩虎观之藏；石纪永刊，穮朗龙威之续。铭曰：

丙午之年，季秋之月。湘水之鞫，湘山之岊。畏佳之原，吉祥之宅。

萧君妻徐宜人墓志铭

马敬之

宜人姓徐氏，邑国子监生讳某之女，萧君名桢之室也。懿质星凝，昌晖月孕。幼罹匪莪之苦，长擅季兰之誉。弄机顾杼，非姆教而慧解；纳顺膺祥，讵女史所殚详。年十六，于归萧君。窈窕施繁之雅，展也好俅；绸缪执烛之仪，觏兹灵匹。戚中眷之，戚党称之。萧故洪族，蔚跂奄茂，虽食兼膳，衣重縠，行乎富贵，不以为泰，宜人则葆其素章，罔渝畴昔。铅华屏而罔丽，锦段因之失珍。龙乡曙警，襄馨洁于堇萱；蟀宇镫凉，阐谐和于绎络。固知掞张大节，用例余行。高柔爰玩，靖节省旷，亶有由己。元绰难谌，逝轸易杳，忽抱微疴，俄延徂谢，徒令媪婢擗摽，嫂侄慞惶。见垣不洞，求医之悔何迟；升屋而号，祷佛之声未歇。哀哉！

夫以庄周齐物，怀令溺文，尚复歌激鼓盆，泪挥旋旆，矧乃萧君性郁情崇，海深山重，能勿怏墨中缠，吁叹外激！悼遗挂之在壁，凄承盖之翳深，爰以书属其姻家敬之曰：之桢为先室营葬，欲铭其墓，敢乞骈文。又曰：先室为之桢闺中良友，疾革时犹谆谆儿辈读书。乌乎！彭城君之画字，千祀俪名；仲郢母之和丸，九京赍志。岂可不谓贤焉？往者炜管散佚，徽音沦替，中垒辑颂于前，长康称图于后，遂使梱阈幽光，旷代殊烈，安有矜庄若彼，淑善若此，秀启蓏结之侣，识抗尘壒之表，致其宝仪终闷，雌律弗宣者乎！

宜人生道光五年岁在旃蒙作噩某月日，卒于咸丰元年岁在重光大渊献某月日，时年二十有七。即以其年闰月日葬邑都甲大唐山之原，癸山丁向。子二：长邦钺；次邦鉴，殇。女二，幼。是用诠叙崖略，铭之云尔：

粲粲宜人，温惠渊令。玉度裹韬，金章旁映。幼失怙恃，叔母是依。壶职闺范，手狎心仪。及笄芳龄，赞币吉礼。梁庑冀郊，往相君子。重闱福介，中表恤均。颂椒扇烈，评菊被芬。毒雾晨霏，炎曦夕曀。如何穹苍，不惠而厉。抚膺誓臆，传韦逞经。言犹在耳，述之泗零。我铭宜人，载赍窀穸。其谷其陵，谛兹贞石。

唐某君暨元配合墓铭　　马敬之

少微躔倬白榆蓺，旁瞵南斗婻俪儆。陶高翟苦绁彀挈，臣揖扶齐诂亶切。颒尔如委玉纽啮，逾一日伩金徽裂。栖灵双韬此其穴，鹣鹣排坰龙偃岊。矧乃元将众所杰，罗预天阊睿器掇。载颁紫诰褒先烈，万亿秭祀罔替辍。

湖南文征　卷一百十九

行状

陈定甫状略

丁之翥

先生讳国实，字定甫，武陵新里人也。父庠生，讳大忠。富于资，数出谷济饥人。置家塾，立家则，教群子弟。屡为乡饮大宾。邑侯王公从鹏额其闬为“善人之闾”。先生幼龄入邑庠，学使者试辄冠军。同邑龙太常膺，以先达与订交，种学植品，邑人士皆敬惮之。遭明之季，选官不仕。好善乐施，一秉厥考志也。

崇祯癸未冬，张献忠陷常德，贼踪四处蹂躏，乡中巨室鲜有全者。先生初闻贼焰愤甚，奈文弱无可为计。里中人素德公，会有挈家远遁者约诣之，谓公宜早诀。先生于是命从子文彬与议曰：今都邑遍戎马，吾等将何之？死于家与死于外，均也，贼至不如拒之，虽死庸愈乎！众然之，皆应曰：吾等从公死耳！远近避难者闻之，扶老携幼益附焉，皆视其才勇者而步武之，供其屝屦衣粮之属，为寨栅于宅西之文江渡。渡乡出入要路也，去旧大道八里许。部署甫定，贼果至。皆揭竿斩木隐于林，伺其半济也而击之，所中伤甚多，贼大创，退曰：此蚁子地有人焉，须移大队屠之。而公从子等数人亦被掠去，乃益戒备。数日后，闻贼三面劫掠，不再过其境。侦之，则其巨党实相诫毋入善人里，且惩其前者之轻入也。定后所全活无算。贼戮之众，随在白骨如莽，先生悯之，日督仆辈收瘗，不给则佣工倡义，遍畀为义冢三阜，作庵于侧，额曰“净土”，今俱存。家缘此日替，至孙思虞时，内外近二百口，不能支，乃析箸，同居者五世云。之翥儿时，尝闻诸父老曰：贼入常时，水陆连营几百里，所杀戮最惨，河后一带，浮尸塞流。先生以一书生庇其乡，至欲与贼抗，几以片羽燎红炉耳。其卒得完者，岂偶然哉！岂偶然哉！

先祖些庵公述

郭宏碧

我祖些庵公，先曾祖通宇公之第三子也。通宇公由明经司训常德，升开县令，秉铎宰邑，处己治人，仁义由行，道德自全，始终无间。晚年生我祖些庵公，幼擅才名，文章事业一身任之。年十四，试童子冠军。十六岁，拔一等第一食廪禄。越二年秋，荐于乡。二十三岁壬戌，成进士。癸亥，官行人司正，驰驿往闽封王。复奉敕藩王，道经益阳时，赐一品服，焜耀乡间，欢声载道。是冬复命，而曾祖妣陈太夫人已逝，明先帝差锦衣卫马吉翔敕赠安人，命祖归以尽子道。三年制终，丙寅，除原职。丁卯，充同考官，得门下士六人，史道邻其首选也。庚午，升吏部稽勋司主事，而祖母潘安人卒于其任，继娶通判程云芝女为室焉。调验封司。辛未，调考功司。甲戌，调文选司员外。洊历诸司，关节不通，用人允当。乙亥，我曾祖卒于家，祖闻讣归。丁丑，除四川参议。己卯，官江西学宪，所取皆真才，不徇情受赂。辛巳，升江西分守岭北道。壬午，升广东督粮道。数月，适张献忠寇境，明先帝钦谕我祖巡抚江西。有洪承畴先革职不用，我祖陛见，即奏恳为帅，以镇辽阳等处。祖抚江时，左良玉屯兵九江观望，即介马乞师。外御强寇，内调悍将，始得保袁、吉等府。癸未，钦赐兵部左侍郎，仍巡抚江西。时太平日久，兵饷无措。一日，约诸绅往铁柱宫发誓，凡系抚军衙门内外一切应入供给，俱捐以助饷。随解组归田。甲申，闻三月十七日明先帝之变，益不复作宦游想。乙酉，门人史阁部欲我祖为南京操江，坚辞不受。丙戌，卜庵于石门，此即曾祖妣陈太安人之墓所，山名王母梳妆处也，落发为僧，以诗名。壬辰，本朝恢复，洪阁部奉命礼遇先人，报旧恩也。馈之金不受，欲携我父监军，亦坚辞不允。清介之操，甘守苦节，蔬食饮水，道佛兼修，每无定居，流寓沔阳十有六载，所著有《补山堂》等集。庚戌，州尹朱作宾，祖抚江时门人也，为之勒石，遗迹存焉。辛亥，归桃江，结草庐，作假山，工书法，写竹枝，与隐士槎庵作《花里过》数十首。及壬子，以诗累见讼，客丧江陵之承天寺，乃六月二十四日事也，犹作《末梢苦吟》数首，当辞当道蔡督台诸公。冬月，我父与四叔父扶柩归里。庚申冬十一月，始附葬于石门墓址下丈余地。次年冬，碧偕宏景暨三弟修祠堂以享祭焉。此我祖生平年谱之大略，不敢增饰一语，以传信也。时康熙甲戌仲夏月，嫡长孙宏碧谨述。

方可斋行状

曾绍孔

士有笃于谋道者。巴陵方可斋先生，与孔闻声相思者十年，握手订交者十八年，以乾隆十年正月十五日卒于里第。其孤沃函讣以闻，既又编纂其事，匍匐数百里，谓孔必述其行，丐大君子一言寿诸石。孔含泪唯唯，盖舍是无为既厥衷矣。

公讳宣试，号可斋，耀四其字。自其先祖开公由乌雀林徙居黄陂，历南北宋讫元明，科甲蝉联不绝。高祖见吾公，某州知州，治绩详郡志。曾祖参两公，明经，选训导未就。父世国公，郡庠生。生公神颖殊绝，身魁杰，方面秀眉，吐音铿然，目无游睇。自童时不为嬉弄，五岁授书即成诵。稍长能自择师，观诸塾案头本经外无他卷帙，慨然曰：稽古者顾若此哉？访知唐力诚先生为吾楚李尝之、刘长人两名宿高弟子，愿往学焉。顾家贫无负笈资，元配刘孺人脱簪珥佐之行。比至，唐先生教之曰：学人溺风华而薄本实，此异端也。汝姿性不凡，外之文讵足难，宜以斯道自命。因与谈《易》象，究心内典，远探玄览，一空从前所有。读书以经史为根柢，以濂洛关闽儒先众说为博要，务在会圣贤之精神以敦其源，叩英雄之行实以溯其流。不轻令作文，偶一为之，唐先生欣然曰：可矣。又曰：是岂不足于文邪？顾吾不专望尔以手治也。

廿岁补郡弟子员，旋食国饩。从此行益修，学益进，交游益附。居恒兀坐一室，根于静力。苦世俗苛礼，握龊不与接。手一编丹黄雠校，驳难诸注家，折而低昂之，若权石然，所以轻重之者独严。他如阴阳兵律、山经地志、卜筮方药诸书，下逮浮屠老子之文，靡不精核异同。闻其说者，如客得归。公之负才积学，自幼时已如此。适唐先生溺死回头陂，公闻报，缟素趋哭，诔文数百言，酸凄心骨，苟语及，必涔涔泣下。

世国公自城归，冒风露，得瘫软之疾，公目不交睫者六阅月。居丧百劳一身，独竭吾力。读礼之余，心怦怦不释。杜门促榻，深自闭塞若疾然，醒而醉，黠而痴，数载乃已。嗣是扁舟草履，放浪山水间。看激湍，鉴澄潭，步危桥，坐茂林，探幽壑，升高峰，问道玄亭，栖心野观。过屈宋息作之乡，阅李杜登眺之迹，从贤人长者赋诗饮酒为乐。洗涤心源，独立物表，悲歌啸傲，与天地真气相往来。鱼跃鸢飞，触处体认，托旨幽眇，结言悱恻，皆较然不欺其志者也。

凡自湘沅鄂岳来者数道公，且语其诗慕焉。而公亦访孔于六君书屋，在戊申秋，年已五十矣。貌庄重，清姿劲骨，疏髯洒洒，危坐身不偏倚，步趋如有循，手容张拱，望之若老干磦砢，傲然霜雪之表，而意态安舒，沉默浑沦，未尝以言词先人。有问则随事剖晰，虽野老孺子，皆曲尽其情。试与探图书之秘，究性命之源，极天地事物之变，揆鬼神生死之机，与凡治乱兴衰、升沉得丧之故，冲喉而出，若江河百折而东下，而是非之际确不可回，即王公大人不阿所好也，其爱人自爱多若此。

其主张斯道也，以求仁为大本，以闲邪为入手，以直任天命流行植立扩充为实际，终日忘言，默自省观，胸中洞然，四无畔岸。故其精神洋溢，真意融盎，虽食贫居贱，不啻处九层之台，俯万有而享百珍，终其身未尝支一木覆一瓦为子孙计也。

教子弟重躬行次文艺，因材而造，不设规条。初来学者，令静坐返观，使心地活泼。俟有疑，随机引入。粗浮者如未有教，实能领略者，若睹苍旻，游溟渤，涤条风而饮甘露，罔弗醉心焉。说诗论文，尝曰：水以浩瀚而放海，诚有源而有委者也；丝以蔓衍而成锦，诚有绪而有伦者也。士君子立言不衷诸道，无异为勺水为乱丝。观者亦徒以其水也丝也，安从溯其流而寻其源，援其绪而求其理哉？

生平喜读古人书而发其幽光，乐道今人之善，一言可师，如拾碎金，一事可法，如珍拱璧，爱之重之，流连而歌咏之。其载诸集中者，讵徒作诗文观哉！又尝语孔曰：先世自祖父以上，皆归真完朴，身不困而道亦亨。至试身渐塞，此德薄所致，不敢不厚自保植，恐无以面先人地下耳，试能诗文，比之前犹糠秕也。卒十五次战锁闱不入彀，悲已。

辛酉之役，年六十有五，由舍赴省，赋别孔，有“青云事业奋风雷，白发诗书依日月”之句，叹公壮志及此不倦，且谓公即不行其志，而久存以极其道，亦足为斯人指南。无何，以明经授常德府司训，命下一月而卒。

呜呼！公谋道一生，坎坷颠踬，不挫其志，不辱其身，几老矣，乃稍出为世用，而又死。蓄于身不获施于人，命也，然其不朽者固在。独念孔交谱中如公者几，有君子之淡，有巨卿之信，有南村之素心、公瑾之醇醪，即吾求交于世，得此亦难，而顾得之倾盖间邪！惟彼我俱伤老大，恨得之晚也。己与游处虽终岁不晤，而风雨鸡鸣篝灯掩卷之余，辄如公从云霄碧落去来胸臆中，而公亦以孔为知己，频买舟过我，或有所著，未尝不邮致商榷也，今皆已矣！呜呼，假当吾身视其泯没不传，后世何述？故考公操向行实述其略，俾风流远遗尚有兴者。假公之死迟以岁年，则其学之所至，言之所及，又岂孔之所得而知哉！享寿六十有八。子沃，邑廪膳生。孙五。诸所著述，谨各辑录若干卷，藏于家。

荆室徐夫人行略

罗源汉

夫人姓徐氏，为余同县廪膳生雍斋先生次女，其母氏则吾宗也。幼娴礼教，稍识文字。年二十归余，孝事我两先人惟顺惟谨，两先人绝爱怜之。初余屡不得志于童子试，夫人宽余。迨余中雍正十年乡举，明年成进士入翰林，又明年，夫人奉两先人命来京邸，入门敬述我两先人起居，已则曰：愿君毋忘励志小试时，我今其敢以官人妇忘劳勚！余愧其言而颔之。自是余每挑灯课馆业，夫人即纫箴补缀以佐读，米盐琐屑不复余关矣。

乾隆二年，遭先太夫人丧，夫人偕余归里，赞治丧事倍哀劳，因遘痰疾，几不起。后已而间作，竟至不瘳。四年冬服阕，先大夫促余还馆职，余欲留侍养，夫人曰：行矣，我其代君，留肩子职。乃得请于先大夫留夫人，余怆然就道。回首南云，耿耿不宁于心者靡日夕。岂图次年夏即有先大夫之变。至以药饵含敛，独属夫人，悲恨终天，何以自解也。

夫人既以痰成痼疾，生子一女四，不复震，每欲余得人以助篚。十八年冬，余视学广西，得替还，夫人先归长沙，濒行又请曰：我今且不得以羸身从君北，愿君早置妾，侍君邸寓。岂惟助我，我一子，其可使无弟助？余感其真挚，诺焉。得王氏，生仲子翻远。而夫人所生长子裕远，于二十一年举于乡，计偕奉夫人偕来，而抚抱翻儿如裕儿襁褓时，几不知为王氏出也。嗣王氏又生三儿树远、四儿本远，其保护亦如之，王氏亦几视其儿为夫人儿矣。京师同乡官稔知者，共称道以为难。

二十二年，余承恩命总督仓场，夫人在官所感暑疾，凡四十余昼夜不得眠，以为必死，又不药而愈。至于上岁，年六十，儿辈称觞为寿，夫人乃自寿曰：少时日者谓我不寿，我亦自谓不寿。年三十病几死，近五十时又病几死，皆得不死。今且六十，虽非上寿，而于我则为寿。我以寒门女归夫子致通显，两膺诰敕，德薄福崇，非分所宜。顾亦惟惜物力，甘淡泊，习勤苦，少留不尽之福，以还天地，以贻子孙。即月持斋几日，非以祈福，谓以惜福。我乃今言之，欲汝曹之志我志也。闻者咸感动。呜乎，傥所谓人之将死，其言也善邪！其所以越称觞七月而死邪！其所以两濒死不死，年逾六十而死，有子有庶子有孙者，其惜福所致邪！

夫人生于康熙四十八年八月初九日未时，卒于乾隆三十四年二月十三日亥时，享年六十有一。乾隆元年余为翰林院编修，十六年任顺天府府尹，两遇覃恩，夫人得以孺人晋封夫人。子四人序如前，裕远，娶黄氏；翻远，太学生，聘王氏；树远，聘蒋氏；本远，聘方氏。女七人，夫人出者，一适刘氏，前卒，一适周氏，一适黄氏，一适陈氏；侧室王氏出三，一字彭氏，一字周氏，一未字。孙一人，士杰。孙女五人，一字刘氏，一字阎氏，一适刘氏，一字翁氏，一未字。

右所书夫人行略仅此，他如和妯娌、慈臧获、好施予，非人所难，即亦非夫人难者，不备书，书人所谓难而非夫人难者，以存家乘，以示后来，亦冀大人先生哀余晚岁悼亡其荆布之妇，庶几一二庸德庸言有可采而风者，锡之文章，为泉壤光，俾余借以宽其悲思，即夫人子若孙感且不朽。

梅巢居士行述

夏逢夔

居士讳光洛，字禹书，号秘庵，别号云卧。草堂前有梅一株，花放时架巢其上，故又号梅巢居士。年十七补弟子员，十九食饩，试辄高等，然未一入棘闱。戚友强之，皆不应。辛丑疾作，当岁试，上书两斋师，静候除名，并以廪让后来者。两师高其义，请于学使者前。学使嘉之，竟不除名，以诸生终。

居士至性过人，以礼自牧，临事详慎，无巨细必熟思审处而后行之。先大父昌一公，铎武昌，卒于署。先伯父幻斋公往迎柩，居士甫十岁，旦暮号泣，出城东门临江盼望。先大父没后，与先庶祖妣姚氏相依，家事悉听幻斋公经理，居士事之若严父然，唯诺之间恪如也。

家大人卜居桃江，幻斋公命居士同肄业，并授夔经。久未归省，一日见故衣破坏处，泣数行下，曰：此吾母补痕也，今复破坏，而色笑久违，他日欲求吾母补此，不可得矣。明日告归，时年已二十矣。岁乙酉，幻斋公即世，居士恸甚。初葬不吉，居士迁于所居之原，附先茔焉。

幻斋公子八人，四逢若幼失恃，先是居士承幻斋公意抚为子，卒授田给仆，得自成家。其逢诰兄弟四人，当幻斋公弃世时尚在丱角襁褓中，茕茕孤稚，一犹先大父之弃居士也，居士仔肩综理，与幻斋公无异。时居士与家继伯母相继移居乡间，相距约五六里，居士戴月披星，往来经纪，无间寒暑。逢诰兄弟就外傅，即亲自课读。不数年逢诰入泮，冠邑军，家伯母喜甚，居士泫然曰：此何足以报吾兄万一邪？惜乎吾兄不及见此也。

先庶祖母姚氏己丑之没也，居士擗踊几绝，总总皇皇，附身附棺，必诚必信。既附葬，庐墓侧三年，深夜悲啼，时与风雨声相间。服阕，作堂于居室之前，与先墓相望，颜曰“屺斋”，以致其思云。

与家大人相友爱，久而弥笃。家大人或往视，则亲自烹茗煮酒，务尽欢悦。临别送出门，伫立望影尽乃入，率以为常。观居士所以事家大人者，如见其事幻斋公时也。

遇人谦谨恳挚，虽待僮仆，无疾言遽色，然不苟嚬笑，人自望而畏之。居家严密，内外肃然。岁设春秋二祭，遇考妣忌日，必素服端坐，不延见宾客，颜色惨戚，异于平时。自奉俭素，而款客常丰。纸窗竹屋，一室清幽，酒炉茶灶，器用备具，宾至如归焉。

处冠婚丧葬事，绰有条理，必籍记而行。癸巳冬，先庶祖妣彭氏暴卒，居士以事远出未还，举家仓皇无所措。发箧得手书一帙，则自敛殡及内外大小亲疏服制事宜，开载悉备。某友有丧，入棺时男妇号擗，居士止之，曰：送死大事，恸虽甚，独不恐贻后悔邪？乃悉叱出闲人，令周视完密然后殡焉。其于他事亦多类此。

至于精神明朗，有所藻鉴权衡，必洞悉其表里始终曲折。人或目笑为迂，历久验之，多不出所料之外也。以是率多幽愁忧思，骨肉桑梓间，居士皆为深思远虑。事有不得意，则太息流涕不止。又自幼以来，频遭惨故，生事葬祭，虽可无憾，而居士常若有不慊然于心者，灯前枕上，独坐群居，吁叹之声，不绝喉臆，问之终亦不语。惟好游，每遇一丘一壑，一山一水，辄怡然终日。间值好友盘桓，则相与开怀抵掌，欢呼不倦。或谓其有徜徉肆志之心焉，而不知非也。

岁丁酉，仆婢背逃，应门之僮，惟一跛者。居士亲督农桑，萧然自远。明年，绕屋后山筑堤成，乃从梅巢之下辟路，通为驯园，而构翼亭于山顶。其间杉坡竹径，勺泉横岭，屈曲随宜，天然位置。亭中布帘纸壁，酒碗茶铛，蒲团石磬，宝剑瑶琴，与图书并列左右。居士晨起吟烟，更深啸月，春掇幽芳，冬踏积雪。或挟一卷随处展观，或招良朋席地坐话，一时高人韵士，咸乐从之游焉，而居士亦以此自遣，不问人间得失矣。

居四年，疾作，即自刻墓志，作棺铭，并手书没后敛殡成服厝葬事宜，纤悉具载，一以俭薄为主，禁作佛事，不许丰设，奠亦不用赞礼，悉如平生素志。今春病间，肩舆候家大人安，依依数日而归。逾夏转秋，将买舟入城，图晤邑中诸友。未行疾笃，越数日，端坐而逝。呜呼，痛哉！

居士虽病甚，神志不迷。日读史传数百行，一览即尽，句读无差误。姻娅友朋，馈遗赠答，未尝以病废。易箦前一日，视疾者填门，饮食坐卧，皆居士指挥料理，言笑从容，颜色不变，惟见家大人则涕泗而已。幼颖悟工书，尤善飞白。长于词，所著有《闲情草》一集，不欲行于世，病中悉焚之。呜呼，恸哉！

居士性乐恬退，无事业表见于天壤，其敛也，遗命于所服袍上书“憾”字于胸，“罪”字于背。又遗书告戚友以薄葬自责之意。夫以居士之赋性，植行持身涉世如此，而犹负罪怀憾若无益于人世者，夔亦何敢复侈文词，显为撰述，以重违居士意！顾居士一生苦志纯行，务自韬晦，若遂泯灭不表白于世，其何以发幽潜之德而致思慕之情？故敢综述生平，据实陈辞，存其梗概，伏惟当世仁人君子，怜其志而吊其行，赐之传诔，以垂不朽，则居士虽死犹生矣。

居士生于康熙二十一年壬戌五月十七日，卒于康熙六十一年壬寅八月二十一日，享年四十有一。初娶曹氏，早丧，有贤德，居士思之不忘。继娶陈氏，生子三：逢芝、逢薇、逢薰，未娶。女三，已字。以本年十二月十五日奉遗命葬于先垅之下，依庶祖妣姚氏墓址焉。永诀日，戒神主毋僭称府君及称公与先生，称居士者，从厥志也。

先考乐山府君行状

聂焘

呜呼，痛哉！府君竟弃不孝焘等而长逝耶！不孝焘等何能状府君耶！府君讳继模，字琼芳，号乐山。先世自南宋时奏议大夫贵洪公，由江西抚州府迁清江县之板桥，世为荆林聂氏，至府君为一十五世。高祖丹泉公，曾祖含初公，祖公明公，父起龙公，俱生荆林，府君始生于湖南之衡山。府君六岁丧母，七岁就塾。质性端凝，才思敏达，衣冠整洁，言笑不苟。凡十年，学问日进。《四书》《孝经》、小学、《诗》《书》《易》经，及《左》《国》、秦汉唐宋以来应读之文，大概粗就。习举子业为文章，贯通明彻。人劝其应衡试，以籍限不合，将归试清江。而先祖又去世，府君时年十七岁，废举业，入药局随先祖学医。

往河东母氏山旁营葬地，而山邻丁姓，欺府君客籍年少，柩到山畔，兴众拦阻。府君赤手掀翻数人，柩乃得上，然终不许下穴。走县鸣官，官为江西南丰进士李公长祚，阅状，念其孝，即单骑赴穴场讯验明白，饬令下葬。时康熙己巳，府君年十八也。

府君因先祖既得地，遂移先祖母棺并葬。盖先祖母去世时，避兵岳山，浅棺长寿庵后，至是历十有三年而合葬焉。明年服阕，赘于曹。逾二年，先母自曹于归，佐府君孝养。买受环溪山田，围壕植松，起造城中新屋。甲戌屋成，继曾祖母卒，葬环溪左山。癸未继祖母卒，葬河东，与先祖母合冢。自戊辰至癸未历十有六年，府君叠遭大故，服三年之丧者三。其间嫁老姑，嫁二妹，送弟就学，娶弟妇于江西，伤哉瘁矣！

当葬先继祖母时，府君在山营墓，守药局不谨，夜被盗，店资一空，负欠多端，将城中所居出质，挈室栖环溪。先曾祖时与先叔同居新屋旁之东偏，不欲徙，府君因于城中赁一小店，仍开药局，以为先曾祖晨昏定省计。而医乃大有名，值大疫，呼号乞救于门者无昼夜。府君心切救人，于贫民及禁犯尤多施舍，自是而府君行谊见重郡邑诸当事。

丁亥环溪被水，儒学师黄陂欧阳东朗先生约众伙金助之，赎回原宅，诸当事旌其庐，争赠缟纻。府君由此时住邑署，夜归训先兄医，课焘读书，并自读书。遇有疑义，辄隐几而思，思而得之，方肯就寝。如仍未得，系医书者，则质之先曾祖暨欧阳南一先生，系堪舆书者，则质之傅讳朝彦先生。傅黄陂名诸生，精《易》理，好堪舆天官家言，与府君订交于东朗先生学署，尽以笥中所钞书授之，故府君精医，兼通堪舆天官。

癸巳先祖卒，葬环溪正山。甲午先母卒，葬鸡罩湾。乙未，订续娶于衡阳。丙申，先继母于归。丁酉，访傅先生于黄陂。后于雍正十年傅公有札，府君命好收藏。戊戌，自河东迁葬先祖于白石，迁葬先祖母于富塘，又迁葬先母于董家潭左山。庚子，往江西迁先曾祖母改葬衡山环溪山右，遵先曾祖成命也。

此六七年中，府君俱受邑侯葛鶒皇先生聘，常居署中。葛中州名进士，知府君最真，信府君最笃，谓府君曰：君存心救人，吾无以报君，教汝子读书成名，即所以云报也。召焘肄业文峰、集贤两书院，先后从陈莹屿、夏映川二先生游。后彭衡陬先生馆署中，命焘随署就学。彭发去，即亲加训诲。甲辰取县首，未院试而公随解组归。

雍正丙午，焘始作弟子员。乙卯中湖南乡试，府君携之进京。乾隆丙辰，自京回衡。丁巳，在家接焘会试捷音。庚申，携归江西祭祠墓，并与堂叔辉先分清祖遗田园塘池屋基。原经先曾祖分清，本年查明辉叔以伊分田少，府君因凭族众配匀立分阄合同，各执一纸，永远为据，叔德芳代笔。辛酉，应沅江聘，创建学宫文塔。归而先兄熙已殁，葬之环溪。

壬戌，焘馆长沙马观察署，府君七十一，观察制屏征诗文，雷翠庭闱师作序。癸亥，焘馆茶陵书院。乙丑，馆昭潭书院，府君来湘，与张先生湘门晚闻兄弟、李壶山太史、胡敬亭司寇、潘晴皋进士、梁黄山明经诸公叙旧数日。

丁卯，焘复馆茶陵。是冬接有截取文书，府君办理进京事宜。戊辰春，携进京，由江西附粮船行。秋，选得陕西直隶商州镇安县，由西安赴任。住月余，由龙驹寨归。计府君之两度往京也，仆仆川原，共历两载，所到皆以济人利物为心。当乙卯之行，由汉镇滠口，时隆冬冱寒，行者多病，府君以药施之，无不立起。至京师，乞药者满焉，府君因欲为焘办理入闱事，不暇遍给。揭晓后，见焘文已荐，命留京待恩科，而自与岳州年友方鹍海南同归，留住月余。尝言此番得以脱然归者，方公子之力也。当戊辰之行，入山东境，粮船诸帮，适染大疫，府君于本船中病人，给以药立起。诸帮咸呼号于船侧，维缆使不得解。府君不忍舍去，因于王家营赁骡轿，命焘从陆路行。

寿至京，选期尚远，适值前科人员未到，遂以截取得缺。府君至时，焘已掣得镇安矣。镇安山路崎岖，辛苦万状，府君不以为劳，尝于途中作诗曰：商于六百崎岖路，到此崎岖古未闻。叠叠山盘蛇磴曲，磷磷涧渡马蹄勤。邻家对岭成胡越，老树僵途傲斧斤。听说日斜狼虎出，早停板屋卧余曛。至署，周览形势，指示应培风水及山民采药之法，语焘曰：僻邑须耐烦为之，垦山田，驱虎患，修道路，分社仓，最为紧著。作诗数章，书于壁乃归。其一曰：秦关百二古称强，阡陌开来古法亡。多少山田开不尽，尚留一半卧豺狼。二曰：虎口余生是尔民，脂膏剩出餍何人。请看今日提携意，痛痒关怀独老亲。三曰：东西两社昔曾分，南北千峰了不闻。惆怅污邪何日满，四乡豚酒祝神君。四曰：贫瘠骤难谈礼乐，颛愚忍久任蒙屯。思量合用斫轮术，不疾不徐有数存。归之明年，遣眷口来任，寄《诫子书》一篇，恳恳几万言，总不出诗中之意。明年庚午，送眷人回家，府君询知地方官民相亲相爱，《诫子书》中所言，施行有效，甚喜。

明年辛未，府君年跻八十，以覃恩敕封文林郎，陕西直隶商州镇安县知县，先母曹敕赠孺人，继母庄妣敕封孺人，先祖贻赠文林郎，陕西直隶商州镇安县知县，先祖母欧阳妣及继祖母邝妣，俱貤赠孺人。焘恭遣长男肇堂捧诰命朝服冠帔归家，府君排香案北望叩首，焚黄告墓。阅焘家报，知有调繁及卓异告终养之说，覆示云：蒙皇恩封赠两代，正宜竭忠报效。我二老尚康健，勿以告终养为念。至于调繁，必系兼三兼四之缺，家中无强干人帮助，恐致误事，我不为尔愿。若得卓异，回任侯升，即可于彼时告终养。然事势靡定，亦不必奢望，止宜趁此时将镇安做满，是为素位而行之道。

此数年内，陕西有应行计典，焘名皆在正荐，因督抚彼此调任，展限未行。癸酉补行，焘列卓异，造册已就，本道张公行牌调取进省会验。乃方进省，而制台又调任四川，例又展限。焘思府君事势靡定之训，诚为至言，然告终养一举，自有不容已者。

逢中堂桂林陈公自闽省再来抚陕，一见即问父母起居。盖公数年前抚陕时，曾询知府君之为人，又见过《诫子书》，于公文内夹帖，有“太翁盛德卓识，欲为制匾祝嘏”之语，故于此肫肫问及。时值办军需，不敢以告终养请。事竣，正拟上请，公已具题调补焘凤翔府凤翔县，公亦随调任甘肃。乙亥五月奉到部文，到任视事仅七十日，继妣在籍身故。未及回籍，公从甘肃又调抚湖南，府君晋谒于雯峰书院，亟称府君善教子，赐以纂刻书籍凡十数种，口外绒毡衣料一轴。焘后进见，公曰：太翁古貌古心，接其言论，具征实学。我前拟制匾称祝，至今当践也。明年，公又调陕抚。

是冬，有茶陵陈安兆著书一案。办案官任意牵连，焘亦在内。府君正在梅桥起造新屋，竖梁时，忽接省城一信，众皆惊愕，不知所为。府君谈笑自若，人问之，答曰：我儿从不妄交非人，陈某之书我虽未见，然可信其决无讪谤语。圣明天子在上，如何可欺耶？次日着儿子肇堂来省，手谕云：此事自有皇上作主，只须安静听之，切不可听信省中长随、书办、幕宾骗哄银钱，以为料理之术。未一月，奉到恩旨，此案顿如日丽冰消。人咸服府君先见之明，府君曰：某何知。皇上圣明，天下万世士类之福也。

府君尽心祖茔，所在置有墓田守庄。戊寅十月，于环溪左畔起造新屋。壬午年九月十一，陈公复来抚湖南。焘晋谒，问及茶陵一案，焘以府君梅桥语对，公曰：皇上圣明，若翁能见之于早，非读书知道何能如此。乃书“盛德卓识”四字额相赠。又手撰一联云：厚德诒谋跻上寿，大年耽学是儒仙。且曰：吾欲以德寿达之朝矣。

癸未，巡边至衡山，邑侯张迎之柘塘铺，命其用名帖请府君相见于雯峰公馆，令子孙随从。亲下阶迎入内堂，共话良久。时于途中受有暑气，府君因为诊脉，面开一方。公笑曰：高年书法，楷劲如此，真升平人瑞也。因言及具疏题达之意，府君力辞。公曰：我已向张令言之，翁弗预闻可也。府君辞出，送出大堂，命轿至视之坐，赐鹤翎洋扇二把，雨前松茗四瓶，早桂香珠十串，绉纱汗巾十条。捧名帖者至门云：大人即来亲拜，传呼已集，可否着人去禀阻？府君即着焘去面禀，并缴帖谢赐。公曰：然，老者安之，我至永州界即返，再订叙谈也。是夜五鼓起程，焘送时，惓惓府君不置。

呜呼！府君自与四方贤士大夫晋接以来，无不倾心相待，邑侯自葛公后，如长白德、任丘高俱事以父执，然求其格外之赏，则未有若中堂陈公者。公未及永界，即奉旨驰往湖北总督新任，办理钦案，随入都补授兵吏二部尚书、协办内阁大学士。人咸谓府君德寿，大人必面呈黼座。府君曰：吾以布衣蒙当世理学名臣隆礼相待，荣宠已至。且吾身受诰封，赠及父母，国恩深重，老不能报，何敢复邀题达？已于公前面辞矣。

是年八月患有足疾，至九月而愈，十月又发，药不见效，左边手足竟成偏枯，举动俱需人扶掖。甲申春，接任为中丞乔公，欲踵陈公辙具疏题达，府君命焘往省力辞。未几，乔公复调任去。而府君病势日重，自知难起，吩示祔葬环溪祖茔之右退后半棺，有的实人进京，修禀鸣谢中堂知遇之恩，遵行家礼，勿尚浮文，早葬为上。又曰：我曾祖高祖上至始祖俱葬清江，我祖我父为我订姻衡山，为我弟继芳订姻清江，原为两地分居长守坟墓计。不幸我弟夫妇均陨于衡，并无后嗣，我庚申年回清江，与辉先弟立定合约，各贻子孙，今不能复归矣。命取合约看，涕垂垂下。次晨又曰：我夜梦骑白鹿往九仙观，我生平不谈仙佛，此辞世之梦也。愿尔等世笃孝友，各勤本业，无忘祖宗彝训而已，他何言哉！自此三日不粒食，端坐而逝。呜呼，痛哉！

府君禀赋甚厚，状貌雄秀，精神完固，习劳恶佚。每日早起晏眠，非应酬即观书。长夏白昼，从不假寐。礼席歌筵，危坐竟日，肩背竦直，手足不移。八十不杖，九十虽曳杖不拄。健饭强记，声如洪钟。其生平股肱之用，悉竭致于亲墓。籍衡以来，手厝十余丧，近棺尺许，不听圹夫营筑，躬自负土，以足代杵，务令坚匀。岁时挂扫，遇有崩塞，即行疏补。春秋祭祀，如临如在。楮帛之类，亲手捡点。尝立办终日，每至废餐。最苦者在庚子往江西迁葬一举。时为十二月，滩河风雪，舟不能进。府君痛骨未安土，到家阙。

生平手不释卷，宋元大儒诸书而外，于《素问》一书，朱墨点画，遇有心得，辄注编端。目光炯炯，老年能于灯下作蝇头小楷，不用眼镜，无一偏斜脱落。自废举业，未尝作时文，焘等所作，多指其瑕疵。屡责焘不留心书法，用以课诸孙。闲作诗，多格言，自谓质直，不欲视人。著有《朱子家训证释》一卷，《培逮堂四规纂要》四卷，《家常说话》一篇，藏于家。其《诫子书》一篇及赴任诸绝句，为中堂所鉴赏，士大夫家多有其稿，公更命作流寓传刻入《镇安县志》。呜呼，痛哉！

府君上承江右，开籍衡山，心秉仁慈，学惟诚敬，沐圣朝封诰之典，受贤相特达之知，兹值盖棺论定，泣陈梗概，伏求当世大人先生，锡之公评，俾诒来裔，不孝焘等世世子孙感且不朽。

刘经雪行状

余廷灿

君既没之逾月，体斋陈检讨来自攸县，一日与慎斋罗鸿胪暨廷灿三人小聚于叶方伯坐上，检讨徐告曰：经雪死矣。三人者相与饮泣无声，黯然而别。其明年，攸县学者请述其师之行于予。予未识君面，然二十年神相交也，其忍辞！

君讳林青，字经雪，一字慕晖。居攸县北江之南村，学者因称南村先生。先世由永新浯塘来族于攸，著望北门，为北门刘氏，君又由北门奉母迁南村者也。高祖学春，明神庙时考授经历，辞官归里，养亲乐志。曾祖俨升，未仕。祖光谏，以孝义闻，茶陵彭大司马为立传。考应洵，邑廪生，文行并茂。妣谭氏，生妣李氏。祖父两世事迹，俱详郡县志，又采入《湖南省通志》。

君禀受岸异，材性绝人。好读古今传子史，目光十数行并下，落笔有神。自为童子时，战文则魁其曹。淮南阮裴园学使大校士湘中，以国士目君，署名第一，品藻亦与湘潭罗鸿胪等。两人声名既一日齐出，又志同气合无间。其后鸿胪鹊起于朝，取友遍天下，然历数十寒暑，愈益慕重君之学行，心相许与，往复不忘。

君奉母居南村后，又或徙宅就城市，取药饵，供甘脆，求可以适母意。母没，居中门外，不御酒肉，不脱麻衣绖带，攸人始复见古经丧礼。

足迹不轻出门，闻彭大司马学贯天人，又家多藏书，尝一再至茶陵，借牡籥纵观四部卷轴，讲疑析道，遂豁然撤去墙壁崖岸，会合本源，了无滞碍。大司马数谓：君真吾老友也。

乾隆庚寅秋，寄书走四千里至京师，与廷灿论学。廷灿读其书，又携就陈检讨馆寓共读。检讨曰：经雪古心自鞭，吾畏友益友，平生一人而已矣，憾子不面其人耳。廷灿答书数百言，君亦莫逆于心，初不以为不然。

性厚伦理，重然诺，必尽其诚，尤成就后进甚夥。及门高弟选拔余世本，言湘中学有宗旨行有本末可师法，先生其一也。于六经尤有心得，随日札记，每积寸许辄烧去，存者无几。尝言古人戒好著书，不特悔其少作，教学者无忘斯语。

君以攸县学廪生贡成均。生于康熙癸巳正月十三日，以乾隆壬寅正月十三日下堂伤足，越六日疾作，啜卮酒含笑而逝。娶蔡氏。妾欧阳氏，生子大建；王氏，生女，适龙绶；颜氏，生女，许配国学生刘世元第三子。大建先君卒。长孙起枝，十九岁夭，娶贺氏女，明义矢节，能奉君养。次孙成枝，承重服。又次孙顺枝。初，光谏生二子，次即应洵。长曰应灏，有子林荣。林荣之子大魁无后，君念自祖光谏下四世丁单，乃命顺枝为大魁后，盖成枝为继祢之小宗，顺枝为继祖之小宗，皆君志也。

廷灿从检讨详知君梗概，从攸县学者详知君家世次，因掇其大者为行状，俾付成枝，借图不朽于立言君子焉。

节妇蔡黄氏行状

唐仲冕

湘潭蔡孝廉铨，以其族母黄氏节孝梗概，丐余论次以传。

谨按：黄氏吴县黄家堡人，生而孝勤，及笄适蔡正声。正声患瘵，娶四年而殁。黄时年二十有四，一恸几绝。以舅姑在，子才三龄，不敢死。家贫，辟纑饲蚕以供菽水，无缺乏。又十余年，舅姑相继殁，丧葬成礼。子廷栻既成立，服贾荆湘，黄为聘秦氏，又簉殷氏。凡十余年无所出，黄日夕拜祷祖先，以绵夫祀。若有神告之者，殷连举三孙，黄乃喜，家亦渐丰。则以其所有，助宗党丧葬婚嫁无吝色。卒年七十有一。铦原贯苏州之洞庭山，于节妇为族从子云。

节妇唐萧氏行状

唐仲冕

节妇唐萧氏者，余族子孝廉业谦之曾祖母也。节妇为邑诸生萧孚升女，适邑诸生唐超韩。超韩以勤学早卒，节妇年二十有四，欲从死，闭户自经。其母李觉之，毁门解救。既苏，劝以子方在抱，抚孤重，殉节轻，节妇乃收涕茹蘖。抚育其子若孙，读书敦行，躬自操作勤约，一裙十余年不易补缀重叠，曰：吾以惜福也。抚陈氏姊孤女配名门。歉岁振恤贫乏。邻有数日不举火者，夜遣馈米其家。卒年七十有六。子浩与淳承节妇志，皆自毁其家，延师课子，不遗余力。今业谦昆季少有奇童目，长为世知名士。节妇卒后二十余年，浩既请旌建坊，复书其节概以示余。余喜亢宗有人，而《柏舟》之流徽不可忘，因叙次其行状云。

李子和府君遗事述

邓显鹤

余少即喜从人谈乡老先遗事，忆五六岁时甫就傅，塾师教以两手拱揖深至地，因言李子和深有礼，以其居常教子弟旦晚必一揖，揖必深至地也。其时不知子和为何许人。十二岁读书李氏从母家，从母则子和之曾孙妇也，遂得备悉其孝友睦恤及格虎救劫诸轶事，类皆可歌可泣。稍长学为文，思摭拾其事传之，李氏诸老亦以为言，乃为题其祠壁，有“于国为遗民，于家为孝子，于里为功臣”语。顾其事始末不详，方志但纪其格虎事，余无传，传者又多失实难征信。今年来邵，重领濂溪讲席，有纂修郡志之役。其六世孙洽适来襄事，因尽发官书及各家私载，凡有关郡事者条件摘出，复证以其家谱牒所纪，与当日情事适合，乃编而次之，为遗事述。述曰：

李氏之先，见于谱可考者，在元有故之，为乡贡士；在明有仲良，洪熙时以贡官刑部主事。自仲良以下九世至藻，为君父，有还遗金事，见府县志。由藻上溯至故之，凡十一世，皆为府县学生云。

府君名作梅，字子和，其号曰松山。今城东有松山坪，又其后族居之鹧鸪塘有松山湾，皆以君字得名也，而子和之字尤著。明季县学生，慷慨有胆略，能知人。家故饶于财，散金结客，所交多奇人魁士，故身处乱世而能保其乡，族不被劫掠。

续顺公沈永忠者，国初从龙入关有功，致祥之子也。顺治七年，宝庆初内附，上命永忠率兵镇之。九年，李定国从贵州至，郡复陷。永忠将退保湘潭，溃兵四散。其部将李戴者，拥之顺流下至新化，泊舟赤石，遇风舟坏，乱民乘之，拥永忠坠水死。事闻，朝命将尽诛左右居民。先是，君于武昌旅次遇一髯，讶其状貌伟异，邀与饮。谈次，髯曰：功名者，时至自为之。今张空拳困守旅次，一饭之莫饱，其能翼而飞邪？君即资遣之。其人识君里居姓名，郑重而去。至是，朝廷以永忠故，遣官问坠水状，即君昔年相遇武昌资遣入都之髯也。至则访君，叙旧图报。君力陈居民孑遗无罪可悯，髯为感动，不深求，遂免诛戮。

明季之乱，有锺氏强暴，两人获一美女子，争持不下，将见杀。君以金赎归，访还其家。牛万才掠新化甚惨，章京侯某家传称章京侯，考其时破牛贼者线国安，固章京也，当即其人。进兵破之，万才遁。章京见君风度，加礼焉，遂相结成莫逆。顾其下不戢，多掳掠妇女，君委曲陈说，晓譬大义，章京心动，又闻君有出金赎女子访还其家事，跃然曰：何可使李子和独为善人！乃谕乡民，各认归所掠妇女。已而一夕移营由北路去，阴与君约，凡有婕者，束稻草然之，举烟为号，即免掠。兵至吉庆村，鸡初号，计一路所过村墟，门前无不烟者，乃叹曰：嘻，何李子和亲串之多也！

又其时私盐禁甚严，犯者斩。有九人被获应斩，君为白于官曰：私贩在未悬示之先，获犯在方悬示之始。九人皆得减死。尝覆舟铜柱滩，同舟多溺死，君独免。出金觅善水者出而瘗之高岸，标诸人姓名于上，驰书报其家，并得收葬。

君有至性，内行肫笃，居家严肃，造次必依礼法。事继母曲承色笑。每出必揖其妇，以母谆属如己在家时，归则以一揖谢之。俗传君夫妇如宾，晨夕相见必揖，故有“李子和深有礼”之谣也。兄弟六人，食必同席，晨起相率问父母安，坐立必以序。乡里化之，至今少争竞者。

君善骑，有良马，尝乘往亲串家，纵辔假寐，瞬息三四十里不觉也。有某将军者思得之而难于言，君曰：今一邑数万人生命寄将军手，我敢爱一马邪？遂牵以献。一日君诣将军，马闻声悲嘶踯躅腾于枥，圉人以告。将军曰：马犹恋主，何况人乎！乃谢而归之。

一日母病，薄暮君骑而往城求医，中途假寐，马忽踣前足。君惊觉，则一虎蹲前，咆哮声甚厉。君呼而揖曰：吾母病，须药急，而尔当途，必欲乘人之急邪？虎逡巡去。此事载府县志，其地则今之南台山麓也，新之妇人女子皆能言之。余故摭拾其他事之可征信者次之，为遗事述，以遗诸李，俾垂谱牒为家传，且以此备志馆之择焉。

邓显鹤曰：《汉书》言，能活千人者，子孙必封侯。以余所闻，乡先生李子和氏活人多矣，其后裔繁衍昌炽，不亦宜乎！君之子孙与余家有媸，故知之特详。君子八人，皆起家孝秀。殿枟，康熙丙子举人，以明通进士官澧州学正。孙文缵，曾孙光嶙，玄孙宗泮，来孙浚，凡六世，相继举于乡，其隶府县学以廪膳次贡者又数十人。呜呼，可不谓为善之报哉！

同知衔武陵学训导储石友先生死寇行状 刘基定

曾祖讳某，字声之，例监生。祖讳某，字南坡，廪膳生。父讳某，字碧山，优廪生。

乌呼！世有以倜傥非常之勇略，遭披猖莫制之狂寇，仗义从军，心勤王室，其忠愤激烈，毅然自矢，迨至寇深城陷，犹提戈巷战，杀贼数百人，终以众寡不侔，厥功未就，捐躯殉难，要皆天实为之，非其志之不振也。故吾于储石友先生，有深恸焉。

先生讳玫躬，字石友，号睲如。先籍淮南，十五代祖讳某，明永乐时官广西右布政使右参政，解职适楚，舟过偏沅，乐其山水潆洄，风俗淳古，遂占籍湖南，世为靖州人。父祖两世皆诸生，有声黉序。碧山公读书务实学，笃于内行。州俗多溺女，公独捐资育婴，创立堂宇，收养甚众，至今不替。

先生为碧山公冢嗣，自其少时诵诸经毕，落落有大志，负奇气，工制举文字，尤喜读《洴澼百金方》及戚大将军《练兵实纪》等书，讲求营阵攻击之法。嘉庆庚辰岁，试补诸生，明年饩于廪。道光丙申，学使顺德蔡公以副拔贡生选额，乃十入省闱，三登荐卷，皆不得录。

己酉夏，有无赖子某，传习左道，揭竿倡乱，声势颇张。州中人人惴恐，先生与其弟延昌，出家财召募奇零之街卒田夫，身领其众，禽获首恶头目十余人，械赴省垣，戮于市，事遂寝。

越庚戌，新宁李沅发戕害官弁，先生虑贼众充斥，蔓延郡邑，先事防御。复督率乡民从间道出逾山谷，以两昼夜行数百里，驰至通道县城，堵截关隘，不费军饷。明年新宁荡平，叙功以训导选用。旋丁父艰，庐墓守制。暇日与州人士议建社仓，储谷麦以备凶歉。首捐谷五百石为之倡，刊布条约，期于久远。

咸丰壬子二月，部选武陵训导，未赴任。值粤逆洪秀全犯长衡，钦命丁忧在籍礼部侍郎曾监督军纪。稔知先生夙抱伟略，调入军营兼办火药及军装器械。功未竣，札委桂东一路剿办土匪。督兵穷追七八百里，历江西省界，回至洋泉白水洞，杀贼数十人。复解蓝山围，斩首百余级，抢获骡马军装无算。继贼至道州四广桥，亦殄灭百余，州城解严，众皆窜逸。腊底回衡州营，录功入奏，奉旨加五品同知衔，往江南京口军门效用。

甫趣装，谍知宁乡失守，曾公命以所部五百人从夜半赴援。即同侄甥诸生杨华英身先士卒，冒雨冲锋，由宁乡南门直径北城外，杀贼四百余人，击沉贼船七十余只。时尚未朝食，复转至南城外玉潭桥，遇贼伏桥右，又以溪岸险逼，四路夹攻，身被数十创，犹手刃数贼，骂不绝口，遂与杨华英同时殉难，随身哨卒阵亡十九人，时甲寅二月十三也。谍报至省，明日曾公遣材官四人料理棺槥，检护尸首，绞衾殡殓，舁榇进城。呜呼恸哉！

当先生杀贼时，不惜躯命，以身殉寇，甘之如饴，无少怨悔，其精灵昭著，实与兹土有眷顾之念。或谓生不能殄寇以安民，死必为御菑而捍患。方今圣天子拯念水火，视民如伤，克日尽殄妖氛，荡平余孽，而贼犹伺隙蹶张，使军中将吏，有负清贞强干之才，不能究其施用，卒至血刃疆埸，身膏原野，可深痛哭。今邑中人士，谋为先生专祠立主，以展禋祀，以吊国殇，属余状其事嵌于祠壁，并贻孤子先培、先基，为他日史馆张本。当世不乏文章博雅之士别为志墓立传，以慰忠魂，傥更如理灵坡易名赐恤，诏议褒录，余虽老，犹能执笔以俟。宁乡八十秃鬓翁刘基定谨状。

漱石先生行状

何俊

先生姓何氏，讳庆元，字积之，号漱石。先世本籍江西某郡，宋时有曰玉者官郴州刺史，其子珪仕因徙家郴之桂阳，遂为桂阳人。曾大父讳恩佑，县学生。王父讳光鸿，例授直隶州州同。考讳仁文，县学生，诰赠文林郎、翰林院庶吉士。

先生幼有慧解，七八岁时父指壁间镜，命作破题，脱口辄诵。

又尝至外祖家，窃《资治通鉴》一帙观之，浃日皆谙贯。及长，杰迈豪奇，骞然峻瞩。补博士弟子，联为督学徐公松、汤公金钊所器重，遂拔贡太学。是时湖南知名士桂东李希濂克钿、郴州陈云心起诗、邵阳魏默深源皆高等在选，见先生，争师友。因相与作为古文，又讲说前儒程、张诸子学，一时声誉赫然，楚南人士争向附之。

道光辛卯恩科，中湖南乡试第三名。乙未登甲科，改翰林院庶吉士。假归侍养，益远诣遐趋，肩取宏重，勖志命行，毅然及希古圣贤名儒，无肯有出入坠徙者。其自将侃侃，不为小儒龌龊，而趣舍大闲，憟严峻厉，不可茧发瑕尤。为文沉浸六籍，涵茹百家，仰规俯逮，上下眄睇。当其自得，奥言川涌，丽字霞凌，铿声炳耀，殷地烛天。虽咸韶振韵，黼藻扬华，不能多其光响也。

先生锐毅沉断，才任济时，而韬遏抑蔽，不自暴试，远猷硕画，世莫得而窥也。然其在里，遭历事变，临决汹乱，每一指顾，祸败辄刻候立纾，筹虑有出人意表者。

道光壬辰，峒瑶赵金龙乱，衡、永、郴属大震，桂尤甚。有奸民李观章者，草窃兴宁徼下，躏县北乡，螗聚且千人，南乡哄劫亦裒拥数百，势汹汹将乱。先生闻变，立见邑侯易公大来，惎令畀典史杨珸壮健，驰北乡迅殄之，观章卒就禽。又惎珸至南乡，授指团练，哄劫顿息，县境由是复安。

岁甲午大荒，先生方赴县议赈，民有走署告粜者，市城诸不逞趁嗾之，拥入治，忽大噪。易公仓黄舆出，众捽下列刃向，将劫往北郭焚躏。先生急为教，授易公计遏之。及昏，众逡巡相视散。当是时，微先生指画，民且变，易公几不免。

辛丑，县有粤警，民恒一日数十惊。邑侯刘公沄筹策绥定，举以询，先生为轨伍民户，使相声接捍屏，复相择边粤厄要，筑八隘一墩一卡，夺险防控，外寇讫不得肆，至今赖之。

丙午、丁未间，斋匪声扰半天下，县民多窃入匪籍，窟穴南东诸乡保，广胁络，肆贿敛，树党日盛，起为寇，使其徒潜入近地，劫愚民从之。民闻猝惊溃，欢号比里，比里亦纷拿共溃，粤盗乘之，城野皆抢攘，喘奔先生。先生诣邑侯方公其正，建议简绅耆干谙者数人，分所镇御，拔大姓陷染匪籍者，开使首涤雪之，贼氛顿灭，民安堵里闬，自后无亡失者。

先生性纯孝，侍养父母及大父大母，竭诚尽慎，无几微拂沮者。待人诚恕，于故旧尤厚。所善李克钿、欧阳泳蹇殁，为恤嫠置孤及刊其遗文。遇事明锐，兴建县邑废坠事甚夥，增修文庙、书院其大者。著有《知新阁散体文》《四书文》百余篇及《漱石制义》行世。先生卒道光庚戌正月二十七日，距其生之年得年五十有六。将以某月日葬北乡白芒村回头岭之原。子男四人：长安仁，太学生；次安义、安礼、安智。女子四人。孙男二人。道光三十年三月二十二日甲寅，门人何俊谨状。

湖南文征　卷一百二十

诔

白仲调诔词

王岱

呜乎仲调，万人之杰，一代之英。今时箕尾，前身岁星。其生不偶，其没匪轻。上秉慧根，拔类出群。十行一目，读书等身。含豪摛词，才智兼人。珠玉謦咳，流藻飞琼。垂声牛耳，建帜白门。经术经世，度广识宏。气节介石，道义断金。身方衡泌，望系苍生。天下己任，隆替疚心。丁年遇剥，驰棘鼎沉。激义罹患，事同滂膺。百炼愈钢，众涅愈清。冰消松翠，雾散星明。声腾鹤禁，誉长鸡林。俊杰识时，应运而兴。文战夺帜，后庚前辛。玉兔金犬，大器晚成。意在济世，试任廷评。补黥息劓，讼狱允平。不疑释之，号无冤民。帝眷方始，再命试闽。海珠无遗，岛蛟献珍。其文炳蔚，斯道一新。苏轼之官，韩愈之名。同声相庆，与有余荣。岂期乔木，忽然颓倾。

呜呼仲翁，百行不忝，缔纳尤勤。倾盖即故，接物心诚。推食解衣，排难解纷。太丘能容，奔走群英。户外屦满，联膈接茵。一言必赏，一技必旌。参苓并纳，良医之门。人疑道广，我爱谦尊。自闻公讣，众叹群呻。或伤其遇，或嗟其贫。才大未竟，业远未成。临风雪涕，遇物悲吟。矧如某等，契谊尤深。对此苍茫，恸忆摧心。百端交集，有怀莫伸。素车白马，无路将迎。椒浆遥奠，庶几亦馨。

陶仲调先生诔词

王岱

呜乎先生，为岳降神，为湘毓灵。为震泽之砥柱，为正学之典型。由髫至耆，节坚志清。人伦有道，慧业传人。宿根再来，不虑而文。文思泉涌，隽誉云蒸。马空冀北，鱼化南溟。试镆铘于欧冶，摩石鼓于成均。诗追三百，赋拟两京。想伊人之如玉，乃掷地而声金。艺无试而不赏，鸣每出而惊人。器已具夫瑚琏，材自足于干桢。乃遭时不造，四郊烽烟。既题桥之未就，遂弃繻之空言。耻终南之捷径，聊百粤之冷毡。

及乎阳九运遘，社屋鼎移，怀宗泽之呼渡，奋祖逖之舞鸡。欲前席而借箸，故入幕而握奇。磨盾草布，横槊赋诗。时缓带以运算，时纶巾以指挥。虽蒙难而勿恤，纵百折以靡回。慕志士之成仁，羞俊杰之识时。埋名林壑，全身乱离。望隆绮皓，洁比由夷。屡安车而不驾，惟鸠杖以咸嬉。松风华阳，桃花灵源。为轩为羲，亦释亦仙。南窗寄傲，北牖高眠。罗四世于膝下，聚五岳于几筵。如太丘之星聚，厌万石之笏添。

呜乎先生，天人之全。不愧不怍，我疚无愆。既来去之任运，岂夭寿之内煎。过绛老之甲子，迈辕固之高骞。安时处顺，蝉蜕翛然。吁嗟俗士，涕泪洏涟。岂知仁者，中闲安然。惟此末学，守其蹄筌。哲人无仿，望云而瞻。庶几成连，汪洋来旋。

王雁亭太守诔

张九钺

空灵木雕，波落为渚。鹧鸪哀啼，晏阴作雨。送我故人，归于厚土。忆我旧游，茫茫终古。维楚两生，同居京洛。秘馆校书，成均分铎。掉鞅文坛，云龙驰逐。公卿倒屣，四座错愕。绮筵侯家，名花事杜。我狂不羁，飞扬跋扈。酒酣大雪，抵几歌呼。公以青裘，拥之达曙。文章用舍，随世所宜。龙蛇虎鼠，天实使为。

各谋禄养，非刓以疲。后先捧檄，慷慨分驰。公之治行，胜我什伯。悃愊无华，宽猛克协。以诚感民，以慎立则。三吴口碑，至今赫奕。东南功业，首重防河。壮哉书生，宏猷孔多。手搴长茭，足踏洪波。人震以栗，公啸也歌。大吏以绩，入告延英。帝曰钦哉，汝庸用旌。银章青绶，典右北平。五马朝天，诹春将行。河风堤尘，丹心九竭。骤膺沉寒，溘然萎苶。断吾右臂，大吏悲咽。堕厥长城，同僚泣啜。感公生平，扶危急义。赠襚视含，备礼简器。封识巾箱，以待孤嗣。咨请灵輀，归入里第。以死勤事，自古称荣。纪之简册，贞珉峥嵘。是谓显亲，是谓全名。宜风有位，以作典型。海内知音，频年凋尽。望公大伸，我气亦振。胡天夺之，不憗一瞬。独搔白头，中夜悲愤。春申浦上，执手临歧。壮同志业，老必追随。登公之堂，图书鼎彝。望而不见，泪下绠縻。公之诸嗣，人握灵蛇。文采风流，蔚为国华。我作斯辞，质而不夸。懿戚良朋，哀感无涯。

明经刘斗垣诔

高崧

昔在子政，校书天禄。太乙降观，燃藜照读。用俾卯金，领袖儒服。大雅不坠，宗风载续。燕许之手，郝边之腹。文溢缥缃，诗成卷轴。衷古裁今，蔚然名宿。维麟有趾，维凤有毛。雁行颉颃，鹤立清高。竹马辍御，心兵独操。博搜齐谐，旁及诸皋。兴之所至，率尔挥豪。文坛立帜，笔阵横鏖。薰班摘宋，压白吞曹。鳞爪何用，羽毛其丰。蜚声早岁，泮水从公。胶东甫列，冀北皆空。无讹雌霓，独当雄风。昆山片玉，峄阳孤桐。藻鉴之明，在彼宗工。屡试高等，莫之与同。肃肃南园，钱学宪讳洋实维物望。节高行方，学邃识亮。谓公制艺，不同时尚。古调谁弹，广陵传丧。不意人间，犹留斯样。存以矜式，宗此大匠。拔之黉序，空所倚傍。词人少达，造物忌名。文星易暗，铁笛无声。暂羁骥足，岂碍鹏程。功坚破釜，志决登瀛。棘闱屡北，惆怅管城。古人欺我，大器晚成。时论嚣然，为之不平。不谐于今，益力于古。沈谢何刘，鲍庾李杜。上下千年，条贯四部。爬剔搜罗，浚源灵府。钩要提玄，心花蕊吐。颜曰纪闻，人争先睹。功在先民，贻我高矩。相彼山鸡，亦爱其羽。矧此纪闻，载离寒暑。三年一叶，成此玉楮。剩馥残膏，只字片语。嘉惠后人，昭兹来许。日月如梭，岁不我与。有其举之，未竟厥绪。缵绪维何，克家有子。轼辙嗣洵，诗礼传鲤。析薪负荷，式媲厥美。赋成三都，文贵洛纸。夙知此编，不胫千里。经明言立，懿此芳轨。是谓不朽，古之人矣。

貤赠恭人吕母李恭人诔

邓瑶

恭人姓李氏，江南沭阳县国子监生厚南女，同县貤赠朝议大夫吕君宪夫之妻，而湖南长沙府知府丽堂太守恩湛之嫂也。恭人性贞孝，年十七归朝议，阅二载寡，无子。方是时，朝议之大父某官湖南常德郡守，父某官山西观察使，恭人请于舅，来楚省覲。既至，婉娩将顺，大得常德府君欢，观察君心亦慰。祖姑吴太恭人年老笃病，坐卧饮食皆需人，恭人事之十二年，备历辛苦，尤为人所难为。其事舅之父母能尽诚敬如此，则事舅姑之必能尽道弗待言矣，可不谓之节孝兼尽欤！丽堂太守生最晚，恭人视之善，太守感之事之亦甚谨。既上其节孝旌如例，复申貤封之请，并以子柱臣后之。噫！如太守之所以待嫂者，虽古所称马伏波事寡嫂不冠不入庐，王禹玉奉寡嫂家事咨而后行，殆无多逊。虽然，太守贤矣，非恭人淑慎严明，又乌能使之敬惮尽礼终始罔懈如是?而世但贤太守之能事寡嫂抑又何也！恭人卒于道光二十一年某月日，春秋八十有九，嫠居实七十有一年。讣至，楚太守哭之哀。其僚友郴州牧王君景章属邓瑶为文诔之，其词曰：

猗嗟恭人，江左名媛。缮性贞孋，秉德淑善。年十七龄，来嫔于吕。以礼自范，以道为辅。祥女入门，仆媪皆喜。猝遘闵凶，夫以夭死。海枯石烂，志不可改。恸绝强起，曰舅姑在。为夫事亲，为舅致孝。重闱色喜，九泉含笑。螟蛉有子，鞠之弥苦。恩勤教诲，母而兼父。猗嗟恭人，志劳力悴。笃慈隆养，毕先夫事。贤哉太守，内行笃厚。敬事寡嫂，奉之如母。请旌乞封，泣告于朝。天子嘉之，纶綍宣昭。表厥宅里，宠以章服。匪一门庆，庶励薄俗。恭人逊谢，感极泪倾。曰未亡人，忍以此荣。猗嗟恭人，节行不灭。更千百年，皎如日月。我非史职，景仰徽风。大书表襮，昭我管彤。

孝廉邓君仲权年文诔

罗萱

维咸丰元年九月廿有六日，故拣选知县孝廉邓君以毁卒。呜呼，哀哉！昔何曾世称令德，孺慕见其哀深，谢贞家传至孝，感恸几于气绝，类皆镵名泰华，榜表乡里，若邓君者，则又所谓顾后绝配瞻前无邻者乎！父讳显鹤，故宁乡学官，世所称湘皋先生者也。初辞膴仕，捐惠文之冠；晚定遗经，居通德之里。名山一席，乡谥千秋。君之所秉，概可知已。先是训导君卒于郡城，君方归乎家衖。呼违升屋，恸甚凭棺。尔乃长号绝乎苍霄，狂飙起于黑夜。支如柴之骨，不任风吹；居斩苴之中，仅以月计。无父何怙，视死如归。呜呼，哀哉！

君讳琮，字仲权，别字小皋，宝庆新化人也。龆年发德，丱日表姿。谢弘微貌类中郎，宗童子号称学士。於菟堕地，早辨于三日之中；龙文在家，当求诸千里之外。潜心五际，毕览百家。思通于神，语惊其长。誊儿不嫌有癖，阿士固足称奇。既陔咏循兰，亦艺勤流麦。年十六隶县学生。越岁丁酉，与从兄伯昭广文同举选拔。撼山才大，同符二到之名；如海人中，分领一黉之俊。由是英声风起，清誉日隆。当张缵蚤达之年，正臣朔上书之岁。岱御涂而繇共，机入洛以云偕。一门群从，美若醍醐；万里山河，助其跌宕。未几复举乡试，一应礼闱。方谓吐声中朝，擢秀旸谷，而君以连枝久摧，背草独树，白云绕舍，缁尘涴衣。华白眷乎庭闱，铅丹从于简策。天伦至性，宗党称焉。君抱写熙春，仪修森木。涉目则诵，会心已通。夺山绿以秀生，注河黄而澜涌。溯沅湘之旧，补辑前编；嗜蝌蚪之文，严芟俗体。时而被酒，雅好倚声。郁伊子野之歌，旖旎屯田之唱。岂谓琼楼玉宇，萧瑟秋来，残月晓风，飘零曲尽。呜呼，哀哉！

方君之再入都门也，翘材之馆，实可负书；修刺之家，讵难温卷。而况手鸣霹雳，心印金兰，吴公之荐待伸，皇甫之迎恐后。将见一林桃杏，欲嫁东风；四岳云雷，不屯时雨。乃能青松励操，白水澄怀。芥青紫而弗拾，屣朱丹而已脱。洵所谓亭亭物表，皎皎霞外，天爵修而屏贵，天真乐而遗荣者乎！

昔当丙午之年，共醉长沙之酒。秋风客邸，夜雨吟坛。容我儿嬉，忘君父执。犹忆推襟送抱，趾接肩随。隔岸游山，临江对郭。吊三闾之庙，哦六朝之松。沙软当席，因以对眠；星光射波，几忘返舍。方期饮常十日，乐可百年，曾几须臾，遂成古昔。他日者望定王台畔，雪爪难寻；经黄公酒垆，风仪莫觌。素车白马，竟无驰赴之时；斗酒只鸡，遂负平生之语。不惭诔长，亦用述哀。其辞曰：

猗欤邓君，飞翘挺秀。河导源长，木培本厚。梓冲仁里，松荫遗构。缵祖兴宗，学贞德懋。自时厥考，益大其闾。行无惭影，学不干时。不胫而走，匪轮而驰。秉古人心，为后学师。惟君笃生，是承洪绪。植质文囿，搴华艺圃。力追韩肆，耻并樊伍。后来坛坫，中原旗鼓。惟君髫龀，轶彼侪偶。沩山侍宦，潇滨离母。角犹总双，龄才与九。兰筋千里，梅花百首。爰从箧鼓，迄于弓招。言采其芹，亦拔其茅。骥骋万里，鹘盘九霄。廷试不遇，频年自韬。趋对鲤庭，侍养鳣堂。偶然射策，遂复举乡。群期骞翥，仍箧归藏。古籍味永，天伦乐长。究心文献，研精纂著。颉鸟羲虫，飞烟结雾。妙词三变，新诗七步。宁以文称，实惟行著。惟水有源，惟木有根。惟民有君，惟儿有亲。积痛销骨，衔哀敛魂。虽死弗死，求仁得仁。呜呼，哀哉！

［清］罗汝怀 编纂
邓洪波 主编

湖南文徵

十

岳麓書社·长沙

文獻叢書

嶽麓書院

总　目

第一册

第二册

第三册

第四册

国朝文

第五册

第六册

第七册

第八册

第九册

第十册

目　录

卷一百二十一　祭文一

卷一百二十二　祭文二

卷一百二十三　祭文三

卷一百二十四　祭文四

卷一百二十五　祭文五哀辞附

卷一百二十六　杂文一

卷一百二十七　杂文二

卷一百二十八 杂文三

卷一百二十九　杂文四

卷一百三十　赋一

卷一百三十一　赋二

卷一百三十二　赋三

卷一百三十三　赋四

卷一百三十四　赋五

卷一百三十五　赋六

卷一百三十六　补编

湖南文征　卷一百二十一

祭文一

祭蔡公江门文

刘友光

晋江江门蔡公司李长沙，以崇祯十六年八月城陷，骂贼遇害。攸绅士明年正月醵金卜地，祠公于城之正街。祠成，择今六月初四祀木主于位。部下通家子刘某，絜酒生刍，修洗马之薄祭，为文而哭曰：

今上十五年，刘子北征梗南。越明年六月，束马抵燕，而武昌之陷报矣。江险天设，汉沔不恃。予已知潭无东门，然此衷犹不作覆巢想者，以兴元有子羽在也。书奏不报，还轸南向。蒸湘数郡已无完城，人固知公必死，余犹冀其或生。多故以来，英雄坐困，弃家置寺，积薪属门，一乡党自好者能为之。死与立孤，难易昭然。公固非易人，予亦望强为其难。舟极琴亭，公靖难之讣闻矣。嗟乎！公才可以难，而亦为其易者，天下事尚忍言哉！

方贼压岳阳，公尽出城中士女，以忠义勉诸将士，与危城相终始，讵世无刘锜，徒使陈规誓死之言，以文人自竟耳。於戏，身殒名成，公复何憾！决死不生，重追曷及。独念江河日下，中流之楫，杳无其人，使伪袭紫袍，因兵土门，曳柴扬尘，逼弃饶围，衡、永、吉、袁，何不可与乐安、博陵犄角自固哉？是世人皆以公死为可哭，予独以国步需才哭公之轻生，更甚于哭公之不爱死。贵死轻生，兵家之说，然言士卒不言将帅，矧将将者乎！

公固知我者。闻予言之堪听，悯世故之日非，夜台无友，新亭有泪，呜呜之情，知所不免。公理潭三载，断狱多隐德。闲喜为诗，竹郎之便，聚而等尺，今随兵燹为异物矣，后死之人，不言神伤！犹记壬午春，公奉命部漕，予以银瓯进酒，为公祝辕。公寄书函璧云：此日应难醉，何烦寄酒杯。吾观陶士行少有酒失，及晋室凌迟，饮遂有限，殷庾劝进，不为少增。公之深情，露于此矣。予痛公日深，哀不成文。及今五月二十夜，梦公角巾儒服，手予七言古一诗，中删二句，内改一语，且云：风顺四日可至武昌，益以二十六期，便抵家园矣。醒起披衣，潸然达旦。噫！献逆遁远，而公魂始有故园之思，岂不哀哉！至六月初一，公兄元昆驰义兴堵公所撰墓铭来，始知以是日虚葬公于郡城之醴陵坡。公灵虽炯，何与予幽明相关亦至于此，予何得不哭公之深也！予固以诗文遇公者，壁垒稍清，当洁笔为传，焚之祠前，用投私嗜。魂无不之，公其望焉。

祭郡守周石拙文

刘友光

於戏！食人之食，不死人之事者，臣子所不忍言也。食人之食，不死人之事，而又鬻国于人，尤臣子所不忍言者也。威庙癸未，公以倅摄攸事。献逆破湖南郡县，公亦委城去，予意公为懦人也。明年乞师复楚，湖南郡县官无一存，公独以其身驰走于白骨青磷之间，抚顺诛叛，民乃得定。是时庙貌未移，公方锐意销兵，思以生聚赡教训，而西方溃将，率收召亡命，窟湖南以自鸩，民益不堪。公数敷陈大义，有不率者槊首市门。收复以来，长沙无名之师数万，其不至大毒者，公力多也。然后知公前之所以不即死者，思得一当以毕其生平。颜司徒不死平原而死大梁，其意正未可与俗人道也。一时诸台使争才公，上其劳于天子，晋公潭守，公益感泣。

今年乘传抵攸，进某于署曰：予滇南鄙人，因天下乱，君恩遂至于斯。虽不敏，有与此土相终始耳。脱有故，君其善为我诔。予心义之。今五月，闯部大溃，余逆保浏阳山中。长沙恃以壮声援者，黄氏孤军耳。公慨然言于督抚，请以精骑数百，缚厥魁以祭先皇帝于地下。抚军伟之。单骑哨至贼营，贼敛甲示弱。公明日戎服督阵，鸣钟以进。贼逆于官渡，以精卒厌我军后。我军不支，公以阵亡。

是役也，贼负山未逼城，人或惜公为躁进。守土不典兵，人或议公为贪功。兵为不捕之猫，将无死绥之心，又或讥公为昧于知己。以公之才，岂不明于避凶？岂不深于算敌？其所以毅然一往者，予知之深矣。盖以祖宗养士三百年，国家用兵三十载，搢绅懦怯成风，引决不如臧获，而祸至今日矣。公思以一死明己之节，而复思以一死动天下人之感而思愤也。吉州乌合，其不足当蒙古明矣，文山知之而必欲为之，其可哭更甚于土室独囚之后。公死一月，江南之信至矣。岂公知北师之必南，宁先逝而不忍见邪？是予之后公而死，其何以后公而生！公有家万里，魂渺渺其何之？公有子二龄，啼呱呱其无依。公有城十二，民哀哀其谁诉？公不之惜，而乃以有用之才，不可死之身，激于大义之不苟，遂使我人琴俱痛，公何壮也，亦何忍也！

嗟乎！江上之数峰犹青，山栖之秋声在树，谁复有幅巾过我，弹棋玩茗，论古今之兴亡，决当时之要害，过夜半而不言疲者？公今既死，而国事益非，时固不可言，而亦谁与言者！青鞋布袜，请从此为晋之元亮、宋之皋羽，酒后一咏荆轲，悲来一哭宋瑞。公灵不昧，当时时往来于清泉白石，以察予心之苦也。

忆去年六月今日，公率予同哭江门于祠，意尽哀，今一年耳，复以是日哭公于所经营之地，余何得不悲！公讣至，堵公牧游自长沙驰书来告，亦云往与子同哭蔡，今又哭周，异日子当合我而三哭之。此言出堵之口，入予之耳，告公之灵，传于四方人之心，有不潸然出涕，而以公为躁进、为贪功、为昧于知己者，此必鬻国于人、食人之食、不死人之事者言之也。

吊施愚山先生文

王岱

乌乎，恸哉！先生竟长逝矣。记余别先生于去年六月，先生方病间，且招余榻前为饯。余私睊其神色愈精粹，须发愈黰黑，语言愈清决，意先生过此以往，定得长年，相期还山，异时访于敬亭之麓。及余至韩江，同学陈园公询先生动履，为之备详始末，共加喜慰。至冬尽，有自都门来者，传先生凶问，因摇手谢之，且引子瞻疾病连年，人皆相传为已死之语以相感叹。其后传者三至，不为动色。今年五月，苍头自故乡来，言吾儿禹书以赍捧入都，都门咸传先生以癸亥七月卒于燕邸。乌乎，先生果长逝矣，尚忍言哉！

当余定交于乙未时，聚四方名宿，为京社之会者十有八人，惟余留滞都门最久。时先生官比部，日夕唱酬无间。其后聚于历下，再聚于吉州。二三十年中，十八人存亡聚散，皆不可问，而余与先生未尝一日或间也。丁巳岁，今上有博学之征，先生应聘出山，又聚于都门，同试体仁阁，虽得丧各殊，休戚仍共。先生既遇，仍以余见屏为郁郁，是先生之与余，未尝一日或疏也。

余生平无浪游，于先生之官舍再至，授餐解橐，勤且不倦，是岂与碌碌众人同其面交也哉！然先生至性，缁衣笃谊，天下知名之士，无或外其缔纳，即一技一长，皆为倾倒，与之延誉。道广意周，尊贤容众，贫困之士，望风投止，典服鬻器，以供酬应，尽情竭欢，日无暇晷。故仕宦半生，家无长物。至于诗文笔墨，户屦充塞，必皆满愿而去。其官词林尤甚，遂至于病。

方其疾之作也，操觚牖下，寒风中肌，竟不自觉，顿昏闷卧席。余与阮亭、抝如问疾床下，先生张目熟视，以指画掌，于是累日，皆诗文语，若游华胥者。知与不知，皆偕医沓至。议者以先生素羸弱，宜服峻厉，独余弟抝如不可，谓先生脉无恙，但膈痰未去，必先治此，然后议补。其是者十之一二，否者十之七八。

时有高邮生以医名，诸先达客之，乃专主峻厉，日投参附至数斤。延四十日，病稍间，而余与㧑如终吐舌不许，亦逆虑其后患。岂意三阅月仍有不起之惨！虽曰天命，亦由人事矣。乌乎，恸哉！

先生孝友性成，留心正学，体用纯粹，欲登濂洛之门。夭寿不贰，适来适去，哀戚又安所计哉！且也先生甲子年六十六，不为夭。读书取科名，历官中外，持衡海岱，视草木天，不为不遇。教育英才，奔走贤哲，名成于前，声垂于后，尚复何憾乎！独余以石友束带万里外，不能一启手足，效童子之歌，执绋灵輀，为范式之谊，祝予之恸，能不悲哉？乌乎先生，正学是传。不为素隐，道近自然。居易俟命，是谓天全。瓣香一片，以告余虔。乌乎神听，庶几享焉。

祭陈印水亲翁文

谭绍琬

奕奕东山，旁薄郁积。水面光浮，腾紫泛赤。铜章虎符，隐跃可挹。笃生伟人，为世牧伯。巍科膴仕，照耀今昔。昔在总宪，明初作弼。位隆亚相，公孤比秩。作我良臣，徽传御笔。公为文孙，克绳祖烈。柏台承休，乌府踵迹。旷三百年，后先一辙。公弱冠时，才名赫奕。束豪入闱，压到元白。应制北上，游梁历邺。藻振圜桥，芳流頖壁。炳炳麟麟，照耀上国。牵丝崇信，化行岩邑。批郤导窾，游刃不括。改摄固原，于任加剧。试器盘错，奏刀立释。抚按才之，上考书绩。循卓登闻，主爵击节。或省或台，唾手立获。公明于时，进退审择。乞身壮年，投闲就逸。用与才违，当涂叹息。遭时沧桑，铜驼荆棘。东晋南宋，画江为域。始闽后黔，相继拥立。何堵两公，左提右挈。义声一呼，智勇毕集。知公民望，兼属素识。驰书走币，敦请延入。樽俎折冲，十不失一。李闯残队，潜芦窜荻。画地指天，待时窃发。二公杞忧，延公咨度。单骑入营，健儿悚惕。改辕而南，供我驱策。纪功司勋，不次登陟。初冠触邪，继秉节钺。缵厥列祖，蔚然作述。天不祚汉，东南中裂。何悼沦亡，堵悲折北。辱在所亲，为公变色。公善韬晦，隐鳞戢翼。鳞既隐矣，何忧网密。翼既辑矣，何忧弋获。内院洪公，收离纠逖。先朝遗贤，借以绥辑。耳公盛名，目几为拭。相见军前，握手怡悦。将具特疏，还公要职。公为婉辞，摅诚陈乞。脱尔网罗，回车转辙。菉野营堂，辋川筑室。招致名流，吟弄风月。余性寡交，公不弃斥。少共谈文，商榷瞿薛。老共谈诗，吐纳陶谢。其在长公，年好孔洽。诗筒文邮，往来络绎。畴昔之春，便道晋谒。坐之宾筵，式饮式食。公喜手谈，与余同癖。角胜狂呼，几亡主客。今岁寻秋，道经公宅。怀刺欲投，惧扰静摄。公不遐心，寄声道及。吾弟过省，尚烦语悉。终始交谊，此语成诀。时际冰霜，草枯木折。万树凋残，延及松柏。闻讣之时，知交痛绝。昔在东山，仰止莫及。今过东山，崩崖坠石。余独何心，能不于悒。在公生平，卓自树立。名在国书，良史纪实。祀永桐乡，尸祝弗绝。诸郎济美，孙复绳蛰。高阳八才，济美堪匹。太丘二难，竞爽尤溢。公年益高，庶几大耋。公福益隆，康强逢吉。公德益崇，髦修聿饬。斋心内典，穆乎禅寂。凭虚御风，退返冥极。悟到无生，何生何灭。公喜余言，尚其回觌。

祭石天际文

廖志灏

岁戊寅夏五月，余以泛舟中湘，闻天际先生讣，将束生刍而奠之于其灵，涂为素识者所沮，且摇手附耳语曰：此获罪于天下之人而无所祷者也，虽密迩五服，举未尝一哭焉，不宜祭。余虽姑首肯其说，而未尝遽为止之。及至，扉三扣不应，竟不果吊而返。虽然，先生获罪以法，而致吊以情，五服恝然，路人作附耳态，亦何视天下之人太狭，而置姻戚友朋之过疏欤？爰刺舟中流，望风设位，而致一词曰：

呜呼先生！知今日祭者为何人邪？则前此十年间一会于郡邸，再会于黄鹤楼，三会于汉阳朝宗门，廖子湘门者是也。方初会时，先生辄大言炎炎，其胸中不知视世界人居何等，极其睥睨古今之概，若谓豫让、茅焦、荆轲、聂政，皆其所奴隶而不足为者。识者惧其狂言贾祸，余谓不然。先生当丁卯叩阍之时，伺乘舆出西直门，突然犯驾，面见天子，陈湖南疾苦状，至无顾忌。左右请械之，上曰：不可，此无罪者。嗟乎！使其有罪，则死于此时为义士矣，然而诏下无罪，则凡罪之小者，举不足以死之也。迨武昌裁兵之变，先生辄见机投江左，不为贼染。方是时，疆埸靖难者，独宪副叶公一人得死所。使其勇于骂贼，效常山正学者流，则死于此时为忠魂矣。然而临大故克明大义，凛然告无罪于天下，则凡罪之稍大不及杀一家死罪三人者，当不足以死之也。

今家居且已十年矣，固宜其遁迹丘墟，以终余年，觅白云深处，犹惟恐其不深。而顾乃死于白骨场中，首领不全，使乡之人以及四方之相识，竟皇然局蹐，缩首相戒，而不敢置一香焚一楮为化者考终，岂先生真有大叛逆大不敬，与夫杀人放火啸聚绿林之事乎哉？余山中人，莫知其所以致此者，臆揣之，必其家居之日，仍炎炎如故也。必其仍炎炎如故，而尘视一切世界人也。且必尘视一切，犹有一豫让、茅焦、荆、聂之见横亘于胸中，而其祸则胎于此也。

当日西直门之举，天子曰无罪，上官曰无罪，有司必曰无罪矣。今胡以家居之日，仇家曰无赦，有司曰无赦，因而朝廷亦曰无赦，朦胧射影，构成巨狱，无他，必以狂言之故。余然后乃知狂言者为今世之大罪人矣。虽天语煌煌，载在令甲，于此见有司示人以慎言之戒，谓如石某者大言炎炎，纵有朝廷之明诏于前，为执法所不宥，而多言之罪，实浮于杀人者也，且以见有司之法为真可畏。多言且大辟，则凡果杀人谋叛，御人而取不义者，不知更服何等刑也！然则先生之死，直为湖南半壁百万生灵之师矣。

昔祢正平抱屈鹦鹉，近世有李卓翁放废江黄，皆狂肆无忌，暨先生而三之，岂吾楚有一接舆首唱，而世世不乏狂者邪？湖上笠翁祭忠节范觐公，设文文山一位为陪，余欲仿而为之，将招祢、李二子之魂共先生酬酢，而惜乎其舟次褊窄，不及多款嘉宾，以少尽主人之谊也。意先生其必乘素车白马，遨游洞庭、赤壁间，与击鼓之吏、骂人之僧，抵掌欢笑，各叙衷曲于逍遥树下矣。请致二子一语曰：廖生招魂一词，可以不作也。尚飨！

祷洞庭文

廖志灏

维庚午之中秋前三日，廖生以心香一炷，清酿一勺，祷于洞庭之神而告之曰：

某闻之，帝命飞廉，号锡巽女，嘘噫群生，呼呵六府。遍覆载兮休扬，假吹嘘为鼓舞。鹏抟万里之云，雁入重霄之渚。又如神禹治水，绩导岷阳，至于衡岳，过于九江。盖是川之封禅，便吴楚之云航。商贾乐鸿毛之利，英雄快桂子之芳。类皆一苇自如，三江极目，缆辔在手，烟波托足。霞引路兮扶摇，风入帆兮神速。人与水而相忘，减招招之频蹙。若彼往来互异，南北杂帆。呼薰而北，望朔欲南。血食共祷，稽拜相参。稍拂犹憾，神固其难。然而妙握机权，赫饶胜算。全遂为艰，平施各半。或晓发而夕更，或今施而明换。叠送往以迎来，可就急而略缓。醉岳阳兮醒长沙，月洞庭兮朝沔汉。飞鸟宿兮渔歌行，夜漏停兮晓钟断。唱客调兮优游，乐神工之泮涣。胡乃金飙肃烈，雪浪翻芒。龙宫震伏，鸢翌暗藏。发于子半，盛于夕阳。初秋伊始，弥月方刚。驾扁舟而遇敌，沸万顷如探汤。夜渤喷而伏戎起，寒阵森而鬼物翔。神万物兮父母，曷令人乎徬徨。

今有游子泛舟，浪思觅第。未解雕龙，妄希折桂。客梦在斗牛之乡，江畔值风云之会。读宋玉之悲秋，假屈子之问意。将归去兮赋无怀，衹遨游兮戏三昧。想试典之未违，或朔风之可制。胡调息乎未然，返屑涛而靡际。洞宾三醉兮，徒沉郁于酩酊；范蠡一装兮，竟弥留于迩地。

嗟乎！余之来也，始发渌江，以沥潇湘。欲假云梦，至于武昌。秋山冉冉，秋水汤汤。洞庭止我，舟泊其阳。雄风漫露，逢神之怒。蒙雪霏霜，畏神之狂。惨烈横秋，神忽而啾。烟烂翻絮，神忽而戏。或怒或狂，莫得其详。或啾或戏，容解其趣。得毋挠余，妄图富贵。闱期已毕，神怒可息。胡乃云云，日复一日。往愬于神，神曰不必。以待来朝，且永今夕。呜呼！匪德获咎，余固靡缘。群舟偶语，岂置漠然。愚言如此，神在穹元。傥蒙佑启，解愠欢腾。其或渎听，神度如天。于穆有灵，庶鉴兹言。

祭顾中书侠君嗣立文

陈鹏年

呜呼，哀哉！地阔三泉，风惊百谷。床头斗蚁，承尘飞鹏。竟促牙弦，难凭詹卜。雹碎春红，霜凋夏绿。有才无命，自古而然。王濛早逝，谢朏无年。从来天上，频葬神仙。何图今日，又殒名贤。

君负轶材，研精独造。笔海惊波，文园鞠草。豪不轶轨，隽无伤道。日下云间，家珍国宝。予忝末交，知君颇久。夙昔琴尊，流连文酒。方缔金兰，遽悲翣柳。成佛生天，是谁先后。君之懿德，独厚人伦。少敦独行，庭无闲言。伤心棣萼，掩泣鸰原。田株姜被，几历悲欢。君之宏博，补亡三箧。郑樵夹漈，明诚金石。梳疑决滞，是镌是剔。滴露研朱，倾华沥液。君之诗笔，奇变无方。沉博绝丽，风味南唐。中年闻道，笔阵堂堂。铅华振落，归于老苍。君之雅怀，曲场超驾。狂倒接䍦，舞携甘蔗。达类公荣，酣如兴霸。耳热歌呼，心开意写。数君生平，云何不寿。柱急弦危，风摧木秀。邻笛空闻，黄垆依旧。赌墅棋收，竹林觞覆。

追惟曩昔，共事编摩。缮书玉案，并辔铜驼。晓风南内，残月东华。音尘未寂，笑语犹哗。尚冀他年，或陶良夜。醴筵琴席，灯闹月榭。共散愁襟，重倾别斝。短景遂淹，良辰不借。更陈微尚，寄居九泉。予以薄劣，暂领防川。思搴凤羽，一试龙渊。岂期奄化，不我少延。昨宵匠门，黔南书至。书中语君，缠绵数四。

生死交情，涕零如雨。絮酒只鸡，饯君长路。

祈雨文

陈鹏年

惟神功施利济，福佑下民，所以节宣气化，使河滨顺流，雨旸时若者，厥有专司。某奉天子命总斯河务，凡而开导泄宣，俾运道无困于旱干，群生咸蒙其休泽者，实凭协赞，分职幽明。乃者雨泽愆期，重运阻于遄行，庙堂频忧旰食。且江淮兖豫之间，民气耗竭。某用是夙夜祗惧，不敢宁居，思所以召休弭患，邀福明神。仰惟洪庥，赐之甘雨，使万方玉食，不滞于运行，三省残黎，顿苏于垂尽，繄神明是赖。若当官不戒于职司，致天之怒，则亦惟神降之灾，无俾移祸于生民运道。惟神鉴之。

祭班若熊先生文

李文炤

呜呼！大钧播物，生则有死。彼庸庸者，亦何足齿。草木俱灰，归于尽耳。惟彼贤达，落落古今。诗书颂读，企慕无垠。履遗剑挂，恍惚仪型。矧伊同人，当此永诀。经师易逢，人师难得。凄风断云，同我伤恻。

忆昔髫年，辱公知遇。国士相期，空群一顾。素榻高悬，仙舟对晤。日月既久，此情弥深。历时不见，鄙吝盈襟。悠悠千古，耿耿寸心。公升青云，我辱泥涂。刘蕡下第，不胜嗟吁。年富力强，子其勉诸。

公在京师，我乐衡泌。有花倦赏，有酒慵沥。夜雨孤灯，琴书寂历。迨公之归，二竖交撄。我来讯之，色笑相迎。二载之间，话对英英。春窗和风，秋堂皎月。反覆更端，陈编披阅。进退古今，表里人物。六经之奥，史册之纷。百家之学，方技之文。民风国政，目见耳闻。大无不包，细无不遍。有伦有脊，听者忘倦。恍惚绪余，聋聩色变。不读异书，当见异人。南州冠冕，东国人伦。我诚何幸，而得尝亲。

天乎天乎，云胡不淑。白玉楼成，记文是属。不念吾曹，道孤学独。武昌玉树，送置空山。广陵逸散，无复人间。日星河岳，顿觉俱闲。呜呼哀哉，尚飨！

祭玉友张先生文本姓余

李文炤

呜呼！豪杰之生，关乎气运。溘先长辞，能无遗憾。楚南僻壤，正学榛芜。实惟先生，大声疾呼。操纵乾坤，卷舒今古。揖让前修，升堂窥户。潜心大业，薄彼雕虫。挥豪所及，海涛天风。洛阳才子，杜陵野老。勍敌周旋，壁观扰扰。黄农梦寐，官礼规模。贾不我及，玉岂忘沽。心远地偏，孝友为政。出其绪余，皋比讲论。

嗟哉先生，后学取裁。方期远驾，克副长才。岂料生平，志舒命促。展禽云亡，伯淳无福。炤也不才，少而狂愚。欣欣河伯，莫睹归墟。弱冠以还，获聆有道。申以婚姻，缔以世好。云山虽间，趣步则频。烟霞精舍，花鸟芳晨。上谒羲皇，下参晦叟。旁及百家，窾分郤剖。或问无生，先生曰恶。陟降在帝，造化为徒。或问久视，先生曰否。天地为炉，金石终朽。忧闵后学，示以指南。悠悠玉宇，皎月寒潭。

癸酉秋残，握手抵舍。登高望远，醉酬清夜。丁丑冬朔，先慈负疴。餐风鞭雪，欲起沉瘥。亦越甲申，严君弃世。卜兆述行，有光泉瘗。岁在戊子，灾难纷纭。草堂来唁，共惜离群。孰意斯游，永诀衡宇。几席依然，遗踪终古。客岁鄂渚，逐队棘闱。清秋好月，心朋并携。樽酒言欢，高谈述志。长路何遥，老其将至。惟期子等，共砥修名。毋徒致叹，夙知暮成。

岁未一周，言犹在耳。讣音忽来，神魂徙倚。嗟哉先生，而竟何之。江声岳色，恍惚容仪。长夏如焚，策蹇视殡。泪溢西河，琴伤子敬。寒冬栗烈，执绋荒塍。絮陈孺子，剑挂延陵。匣藏琅玕，胸盟胶漆。冥明路殊，斯情无斁。贤嗣玉立，慎尔优游。相期征迈，克绍箕裘。伏冀鹤还，无多甲子。人物依然，离忧慰止。呜呼哀哉，尚飨！

祭能愚王先生文讳元复，邵阳人 李文炤

呜呼！淳风既丧，雕虫是工。华葩其外，朽蠹其中。惟此哲人，奋乎百世。始卒不渝，表里一致。先生家世，源远流长。亭亭双鹄，云路翱翔。绝巘贞松，凌霜傲雪。

余庆所贻，笃生英杰。少而韬晦，璞玉浑金。一朝触悟，新刃发硎。梦寐之间，恍若神遇。握手论文，先民趋步。先生髫龀时，梦登夫子之堂，子夏握手，告以姓氏。又梦朱子教以作文之法云。秋潮惊注，春葩怒生。百家诸子，靡幽不明。振衣千仞，濯足万里。淫诐邪遁，洞见原委。和平岂弟，淑气薰风。汪汪千顷，百谷皆容。恩殚孤嫠，信坚金石。乡党仪型，邦郡法则。

任真怀朴，外此形骸。衣冠揖让，起敬朋侪。长沙杨子方，豪士也，见先生，退而叹曰：吾辈中动容周旋中礼者，能愚一人而已。铢视金玉，尘视轩冕。淡泊无营，琴书偃蹇。本其淳意，发为粹文。荆川复作，宇内公论。玄酒鲜尝，太音谁识。长抱遗经，鹏程铩翮。共期眉寿，师表士林。云胡不淑，太初为邻。

炤也孤陋，妄希绝学。云山虽遥，声应气合。弱冠之岁，维张与熊。实相介绍，获睹德容。先生及车公补旃，与吾郡岁荐张玉友、亚元熊班若订交，越三年，引予往见之。甫及壮龄，订交周敬。载服载骖，偕聆诲训。先生谓予曰：吾乡周自稷近沉潜，敬宏烈近高明，汝可友之。予遂从命。数十年间，音问频来。切劘备至，不鄙散材。痛念厚恩，先君遐弃。伯喈作诔，林宗无愧。辱叨乡荐，命驾穷乡。济时行道，告诫周详。礼书草创，独蒙赏晰。惠以弁言，华衮宠锡。予作《增删仪礼经传通解》，先生序之。青灯黄卷，授业山庵。微言见示，凌董跨韩。先生馆洋湖张宅，予笑谓曰：昔老子过秦，授关尹以五千言，今先生可无一言以袪吾辈之惑乎？因作《广道》《鬼神》《生死》《蠡测》四篇。自兹以往，清话无期。

七年不见，梦寐怀思。嗟我先生，而至于此。光烛月岩，精托箕尾。朱涂墨改，光怪陆离。期我同人，采拾靡遗。

讣告已闻，窀穸未卜。尚冀他时，奔走执绋。秋空皎洁，秋月澄鲜。音容宛在，伫望南天。呜呼哀哉，尚飨！

祭杨安仲先生文讳绍訚，江夏人　　李文炤

呜呼！人之相知，贵相知心。或同堂而殊趣，或异地而断金。苟中情之靡间，何死生之契阔。盖瞬息乎百年，而微尘乎六合。滔滔湘汉，各异风烟。炤也遇公，岂曰非天。

岁在丙子，公来吾郡。一睹仪型，弥年就正。长江卷地，衡岳劖空。扁舟来往，并泣途穷。自兹以还，相见益密。晰疑赏奇，永朝永夕。何此欢之不可常得，思故里而心遐。欲溯游而宛在，徒北望以咨嗟。

亦越壬午，棘闱逐队。维舟江干，片时晤对。临岐把臂，解缆言旋。相期远大，未敢仔肩。告别丁宁，近思之录。哀辑发挥，惟子是属。遄归弥岁，始克成书。函封远寄，天雁河鱼。甲申始和，辱承尺素。历言生平之艰辛，次及先民之矩矱。未乃镌金石之诲，规我以小学之亏。欲登高而行远，必自迩而自卑。遽意斯言，遂成永诀。一鉴既亡，百媸谁别。

犹忆曩时，同人相聚。月旦公评，载趋载步。佥谓曲礼三千目，躬行四十年，兹与叔之高行，惟公可庶几焉。孰谓此语，遂为先事之谶，而命不少延。道之不明，德之不立，纵及百龄，亦复奚益。公年虽短，所志则长。法言法服，可对先王。

秋日凄凄，百卉具腓。启手启足，全受全归。朔风冽冽，万象萧瑟。讣音始来，寝门伤恻。而今而后，永叹质亡。凄风落月，衰草斜阳。芳规在左，忠告在右。冀佩服以终身，谅九原之不疚。君心我意，天日临之。灵其鉴矣，无我遐遗。尚飨！

雹神庙文

张坊

狐突，晋贤大夫，子毛、偃，女狐姬，实生文公。其言行功烈，载《左传》《檀弓》《史记》甚详，晋人之在在祀之也宜哉。乃余宰阳曲时，二月吉日，吏请祀狐突神，云神职掌冰雹，载在祀典。余心异之。或曰民间庙祀龙神，皆以公配享。及官天镇，邻邑阳高许家园有狐突庙，传系雹神，每岁孟秋，士民请余往致祭。比至庙，则关以北农夫间关走数百里，拜祷恐后。其威灵感应，何其与阳曲之祀典无异与！夫石勒询雹所由致，徐光谓去年禁寒食，得罪介推，韦谀尚驳其非，《晋书》详之。司寒之神，《春秋左传》以为少昊之叔玄冥，请尊杜预、郑玄之注，《宋史》载在大观礼局。今狐突之为雹神，不知本于何书。考《交城志》，公葬邑马鞍山，二子毛、偃从之。公乃郤波故城人，去太原路八十里，即今交城县是，载同《大明一统志》。明韩祐记其庙碑云：唐长史王及善，徙县山南，遗祠县北，屡有灵验，凡水旱灾荒疫厉，随祷辄应。庙貌森严，人心敬畏。至宋大观二年，封忠惠庙。宣和五年，封护国利应侯。俗以中元节日为神诞，乡人报赛，有司亦于是日致祭。明永乐加香烛价米三石六斗，以为血食之资。公神灵之在乡人，固无求不应也。今以职司冰雹，第弗深考，抑于唐宋元明时，或别有显异之实，载在志乘碑记，秘而未之见与？然余既数与其祭，亦不敢强为附会，因备录之，俟他日之考订，且将求征信于好古之士也。

登第归告祖父

王文清

雍正三年正月十四日，王氏裔孙文清，谨奉御赐文笔二管、彩缎一匹、彩绸一匹、尚食梨二个、饼二个，及自备香楮祭筵，致告于堂上宗亲之神座前曰：

溯吾家之世泽，起自军功；标胜国之勋劳，分屯长卫。长沙卫世袭指挥。迄中叶而弓刀绩废，渐替簪缨；越数世而徭役事繁，久颓阀阅。清荷祖先之庇佑，稍钟历代之精神。五岁开蒙，得邀长者之期望；十年力学，不安小就之程途。自十三岁而离师，何门立雪；因数百里而访友，有志登龙。而离师未及得师，屡以师心舛错；访友枉思尚友，反失友善之观摩。幸而性好购书，功思稽古。先贤千言万语，开卷便是我师。藏书四库九经，触手即逢良友。从此风雨阴晴，即须臾不忘本业；寝食坐卧，无一日肯废工夫。敢云希圣希贤，但养此身之正气；每念为臣为子，誓学千古之成人。

适在童子之年，径夺小军之冠。当事有神驹之目，巨公以名骏相期。时书原潘公、松伍赵公皆加叹赏。维时胸中仅半隙之明，眼底薄八股之业，遂以疏狂而见忌，转因戆直以招尤。而运甓弥勤，铭牖益切。羞为帖括生活，力寻经史源头。朝斯夕斯，总是《诗》《书》《易》《礼》；瞬也息也，无非《左》《国》《庄》《骚》。宁终老而不售，毋侥幸以苟取。观光锁院，频怀刖足之悲凉；逐队风檐，空受宗工之赏识。

岁逢癸巳，恭遇恩科。得夺前魁，辱膺乡荐。时乙酉、戊子、辛卯俱得荐，今遇严宝成夫子，始得售。以少年登科为惧，兴大川利涉之思。南北东西，终岁以舌耕作计；春秋寒暑，潜心以伏案为功。事尚可为，年方及壮。公车六次，转眼无歇无休；匹马孤身，长路独来独往。囊空似罄，思美酒而夜半难沽；裘薄如冰，补缊袍而春深不暖。披风戴雨，江湖老子弟之颜；涉水登山，驿旅牵家乡之梦。上事父母，下畜妻子，般般关举子之心；内谋衣食，外结亲朋，事事挂征夫之虑。

忽以德凉，致遭血疾。斯时也，旁观皆下泪而寒心，在我自听天而安命。心如无愧，岂应遭不寿之殃；死亦保妨，但愿作成名之鬼。

幸而皇天有眼，不忍负辛苦之人；大造无私，亦欲扶豪杰之士。属甲辰之秋月，蒙盛世之殊恩。玉尺量材，金台选马。七篇文字，直从三殿评来；半榜科名，遥向九重敕下。时蒙御览所录，续发一榜。太平天子，特表吾道于千秋；草野书生，得觐君颜于咫尺。琼浆玉液，清香不似人间；锦轴金花，灿烂直开天外。凤凰池上，携来满袖炉烟；翡翠床边，颁得满枝彤管。御赐诸品。

二十年三更灯火，犹在眼前；十二载万里风霜，尽经身受。身非铁石，遭百炼而弥坚；手指日星，照寸衷而可白。沐奇逢于一旦，聊得显亲而扬名；问素志于平生，岂在温衣而饱食。今日一第既登，君恩初受，百年未卜，臣职如何，愿以清白传家，留与儿孙受用。如有纤豪负国，难逃神鬼鉴临。谨告。

祭任宗丞文

王文清

呜呼！大耋其凶，邦国之戚。追溯典型，仰止何极。公之先德，郁乎未彰。公绍其业，积厚而光。匪萤是囊，匪壁是凿。明月在天，分其熠灼。惟孝与友，为政于家。人言无间，负米耘瓜。朱绂何迟，待时藏器。确乎不拔，尊德乐义。寸心孤诣，抱此遗经。斯文户牖，抉钥启扃。事记玄珠，义通白虎。独坐穷庐，含今茹古。乃縻好爵，鸣鹤在阴。明堂清庙，蔼蔼传音。

先帝贻谋，俾司豫教。学焉后臣，保卫自效。道非尧舜，不敢前陈。天子是若，冯翼斯人。《周礼》《周官》，圣朝述作。淹中曲台，用宏守约。先儒宛在，注汉疏唐。两轮日月，悬此典常。亦有诐辞，不肯附会。质彼九原，弗以为汰。天家锡庆，简在宗盟。堂棣行苇，竞秀敷荣。

自勖晚年，光增秉烛。齿发虽衰，营魄尚足。胡然疾作，卧箦在床。九霄脂药，莫起膏肓。公座有铭，朝闻夕死。而今而后，庶几乎此。老成云谢，立言则多。寿之方策，如山如河。

哭十四儿运栻文

王文清

痛哉我儿，如何可死！上有老亲，下有幼子。忆尔始生，颖慧出群。四岁识字，九岁能文。至十一岁，诵十三经。《公》《穀》甫授，余经其明。侍我京师，同朝交羡。王公卿辅，喜识其面。赐饼赐果，曾与分甘。龙楼凤辇，略望一斑。

十二岁中，足迹远至。陆则中州，邹鲁燕蓟。舟沿东海，济泗淮扬。建业彭蠡，南溯江湘。遇景留题，赋心荡漾。及尔两兄，时枢、桂两儿同行。同游何壮。归来故里，年入十三。莲蓬荷叶，名动儒官。时栻与掌教向公游池上，向出对云：荷叶鱼儿伞。儿应声答曰：莲蓬蜂子窝。戊辰年间，随游岳麓。兰涧清风，觞流九曲。济济童冠，尔未成童。惊人有句，名列碑中。时同学以予学规勒石，儿名附焉。

是岁毕姻，名门之女。期尔成立，式续乃父。岂知命蹇，福薄灾生。奄奄一病，膏肓已侵。久服参苓，良医罔效。力斥师巫，守我儒教。时庭内兄弟俱欲从俗命师巫祈祝，儿决不从。

岁值壬申，三月初五。尔遂长辞，抛尔父母。呱呱其子，黯黯其妻。鸡鸣冷落，琴瑟含栖。问尔不言，呼尔不听。尔最爱亲，胡不我应。尔醒何日，尔返何时。百岁之后，再摩我须。儿病笃后，每两手摩我之须。尔之所知，得正而毙。儿危时必欲立起正坐，连书二字而殁。正寝而终，成人何异。死为顺鬼，生是正人。尔能孝友，乡族留名。

尔到黄泉，逢祖考妣。问我则对，守常如此。好依膝下，转悲作喜。尔弟运本，尔姊一姑。去后无梦，曾念我乎。尔往相会，骨肉如初。回首庭帏，今已已矣。哭死哀哀，不能再起。尔心所憾，尔名未成。儿常憾不能早成名以慰父母。尔寿又夭，抱痛更深。幸哉有子，尔目可瞑。儿死目即瞑。

读残有书，磨残有砚。著残有衣，吃残有饭。耕残有田，种残有园。住残有屋，事事完全。尔子嗣之，家声不歇。枯树盘根，千枝万叶。莫忧尔父，父尚康强。莫忧尔母，母体无伤。儿母先曾得病，后愈。莫忧尔妻，妻能守志。莫忧尔子，子承宗祀。莫忧尔弟，聪俊有双。莫忧尔妹，妹小玲琅。尔自有灵，扶佑家室。永古千秋，绵绵蛰蛰。

公祭相国尹公文

王文清

呜呼！天降元臣，弼亮三世。哀我邦家，斯人其逝。初逢访落，置之讲官。能作训典，国无有残。乃陟司成，陶钧在手。棫朴芃芃，可薪可槱。年未七十，遂乞归休。一丘一壑，以遨以游。

先皇当璧，顾问前席。凡厥善败，献于朝夕。六卿式序，俾作司空。山泽咸若，匪直百工。骢马绣衣，其直如矢。文武是宪，之纲之纪。周原膴膴，地重辽阳。尹兹东夏，容保无疆。咨尔秩宗，敬典三礼。玉帛牺牲，笙簧酒醴。三后在天，绥我曾孙。公司园寝，神听和平。天子予之，爰立作相。夹辅一人，天工惟亮。皤皤黄发，克壮其猷。式是百辟，对扬王休。令嗣继之，苍生司命。三宥八成，咸中有庆。某等新进，得备驰驱。用人报国，教始庭趋。昊天不吊，不遗一老。公则令终，式穀载考。撤乐减膳，痛在皇躬。典型谢矣，长白之东。

祭临川李太夫人文穆堂太母

王文清

呜呼！寿母云亡，徽音难再。式是南邦，其仪宛在。延陵之族，天植其灵。婉娩受学，能诵六经。吐词如兰，自谐音律。乃尚褧衣，敬修枣栗。妇道妻道，得自礼宗。牖下肃肃，居室雍雍。君子远游，畀之家政。闲家富家，则笃其庆。母而能父，劳与爱俱。篝灯机火，育此名儒。子孙其昌，风存澹泊。蚕绩必亲，无忘力作。縻尔好爵，必报君亲。作忠移孝，尚法古人。孝子显扬，乃心启沃。百折不回，刚者无欲。大文华国，煌煌巨卿。名成让善，无忝所生。季子承欢，永矢高尚。车乘徒招，不违色养。处者求志，达对王休。粤西持节，三按绸缪。宠锡天书，北堂鹤算。光被里门，风云灿烂。鸣鹤在阴，其子和之。九皋声闻，四野播之。圣主推恩，锡封晋秩。锦衣绣裳，既安且吉。年将髦矣，四世一堂。振振蛰蛰，佩玉将将。三礼诏修，属之博雅。万里寝门，晨昏祝嘏。皇华归省，咫尺倚闾。入则靡至，罔极空悲。吾侪闻之，瞻望弗及。念彼棘人，伫立以泣。猗嗟淑德，南望迷茫。匡庐荡荡，彭蠡汤汤。呜呼哀哉，尚飨!

祭张石攻先生文

李芳华

呜呼！两间之气，如醖斯酌。醶者日淡，厚者日薄。三代以后，舛错不齐。跖寿颜夭，今古同悲。龙蛇值岁，哲人之凶。吁嗟先生，乃殒厥躬。

曰惟先生，秉资清正。高明特达，勇敢善任。圣远言湮，异端混淆。洛闽灯寒，新建风号。波颓澜倒，近五百载。六籍晦冥，群伦晻暧。先生旧起，倡学南陬。远宗邹鲁，近述程朱。运丁鼎革，神疲力瘁。不以艰瘁，挫其精锐。钩深索微，必极源委。迪我后生，厥功斯伟。诗追李杜，文驾韩曾。典章经术，贾傅董生。扫氛葱岭，扬光泗水。蕙树九畹，兰滋百亩。曰孝曰友，一室融融。诗礼共勖，甘旨亲供。嗜义如饥，闻善则服。行谊炳烺，在人耳目。方期大行，黼黻经纶。力挽颓风，鼓吹休明。何意彼苍，不我慭遗。一疾不起，与世长辞。

呜呼！芳切从游，山川远隔。荏苒半生，未遑立雪。昔在郡邸，得挹清徽。竟日晤言，虚往实归。不鄙谫陋，令嗣是托。谆谆乎诲，语语良药。今年初夏，远寄尺书。期以秋杪，来过山居。豫拟侧席，共证今古。萧斋夜月，无怀不吐。河鱼甫到，凶问随来。梁木既颓，草树含哀。呜呼！沩水汤汤，沩山岳岳。匠石既徂，郢垩谁斫。音容永隔，遗卷长留。孤灯洛诵，涕泗横流。敬述哀情，临风致奠。先生式享，鉴兹寸念。

祭从兄简夫府君文

罗作士

辛巳之秋，八月廿五，皇清貤赠修职郎可斋五兄府君之柩来自石潭，将合葬于其配石孺人之兆。从父弟作士，痛花萼之凋，悲雁行之折，谨偕侄孙新益忠等，以牲醴庶羞之奠，洒血而昭告焉。

呜呼吾兄，幼而失怙。维我先君，分颣以哺。惟兄之生，幼即岐嶷。不与群儿，好弄竞嬉。比年及长，克爱其身。文以为获，学以为耕。业成于己，名著于人。大放厥辞，胶庠震声。兄之中年，古义罕有。孝友睦姻，难更仆数。营居异地，远笃宗亲。春露秋霜，虔赴于祊。兄之德性，温良诚笃。俯睨同侪，鲜有其续。惟兄有子，皋比仪型。蜚声艺苑，王国之英。惟兄有孙，兰茁其芽。翩联庠序，必大厥家。义方食报，特沐皇仁。覃恩汪濊，修职是荣。颐养晚和，既寿且臧。左图右史，娱目宁康。或钓于溪，或圃于冈。以是为乐，容与相羊。我心悠悠，泌水洋洋。云胡不淑，奄忽而亡。呜呼哀哉！

惟我王父，有孙九人。惟兄与我，后死孤存。奈何于今，又弃而先。遗是一老，顾影孑然。昔兄来斯，我出门迎。罗列豆觞，笑语温温。今兄来斯，我奠几筵。追维今昔，能不涕涟。池头之原，兄之安止。媲德先茔，合葬以祉。呜呼吾兄，生有荣施，殁有佳裔。九原可作，含笑无既。独念后人，典型莫即。我心伤悲，曷其有极。拊棺一恸，永诀终天。失声长号，泪落悬泉。呜呼哀哉，尚飨！

告山神文

曾绍孔

孔野人，行不获侔神明，德不足荐馨香。岁从吾乡父老后，一祀于神，以有年祝，循往迹也。夏五，乡人告孔当祀，诹日维吉。牲肥酒香，樽爵净洁。乃相同力，以既厥事。孰知所享，明冥悬隔。意而已矣，而吾乡少长咸集，吹笙击鼓，再拜稽首，以奉神欢。岂不曰庇我者尚有鬼神，顾谓神能已乎？顷嘉谷奋兴，虫蝗洊酷，初及苗叶，蚕食加焉，蔓延转滋，寔落如翦，罔有遏止，稻无遗种，岂不殆哉！神安得长有此祀乎？及是农悲于野，妇泣于闱，商贾不安于市途，日与咨嗟慨叹，彷徨奔走，谋所以祀神者，祈脱于厄。孔谓神不可渎，渎乃乱也。百神受命于帝，匪神弗福，意帝降之罚，而神有不得为邪？聊用儆戒我人民，而神图其后焉？未可知也。若既享之矣，自必降依兹土，以庥庇其人民。神亦永有荐祭，使利其灾而忘其患，民曷赖焉？不足于前而求益之，贪无艺也，神不宜然。矧虎狼虫鱼之为人害，古未尝无也，岂帝所欲哉？而神者固无往而不福人也，尽其所当为而弗冀其所欲得，今曷不如是？此余之为神计也，神其鉴之！

遥哭胡云舫文

刘晧泽

云舫胡君，与余游处几二十年，最初则其尊君芝庐先生，与余父及伯父西廷先生、舅氏彭警庵先生，俱有文章骨肉之谊，又以亲戚故，往还稠叠，故余受知于芝庐先生者最早，而久与云舫为昆弟交。余幼颇嗜读书，芝庐先生每见必考其学业，尝谓余神气轩举，而下笔波澜老成，尤可畏，意不啻永叔之于子瞻者。而云舫以甲午冬赘婿长沙，晨夕晤言。余时渐长，往往酒酣耳热，负气好大言，间为他人所谯让。云舫独心赏之，至以余所论说比诸铁面弹章，风霜逼人，盖其鉴赏与尊君若出一契也，谓非余真知己得乎？乃今芝庐先生坐他人事远谪陇首，而云舫且竟以忧死矣，哀哉！

记庚子春，芝庐先生作宰宜黄，云舫自长沙与余别去，此后心知隔壤，山川间之，闻其往来西山南浦间，又尝之姑苏，又尝之大梁，而余伏处蓬户，歌吟寂寞之滨，几有风马牛之势，顾音问常通，迹远神亲如一日也。迨丁未夏五，重聚长沙，握手欢忭如畴昔，嗣是花晨月夕，必治具招余，相对剧谈，感慨欷歔，辄至夜阑灯灺。客秋余以未与馆选归自都门，楚南人士咸为扼腕，而云舫慨惜尤深。呜呼云舫，余于君之死也，戚好之谊不能释然，其于君家两世知己之爱，尤不能释然矣！

芝庐先生之获罪也，以家累颇重，命云舫南还。云舫未得随侍，每西望号吼，呕血不止。其与族党周旋，虽勉自排遣，而忧来伤人，卒至不起。云舫室人为余姨姊，而余内子又为云舫从妹，故知之独悉也。呜呼，是可悲也已！

十余年来，有无相告，休戚相共，文章学问相切劘，刘卢世好，经过之密，倡和之多，此后可复得乎！呜呼，是可悲也已！

余自少迄壮，他无所长，而于诗古文辞诸体则尝大肆其力，每振笔疾书，千言不辍，私谓获隽春秋，必将于史事少助纪述。乃京华旅食，贫无资斧，不足以广交游。又素羞干谒，未学扫门，无由邀其荐举。转悔唐丧苦心，曾不如当途一盼可以逸获，而误信男儿须读五车之句也。犹幸公论在人，乡评不爽，加以戚友间深为慰藉，稍自解释耳。乃今入川半载，而故园知己如吾云舫者，竟归夜壑，将吾生平万有一得之文章，谁为拊缶命酒、击节欣赏不置乎！呜呼，此亦足以征余命之不辰也欤！芝庐先生高才宿学，以乙未成进士，亦不与馆选，晚年遭逢乃复如是，然则余之所处，殆犹幸焉？独何堪以怀文抱质、兼优应世之技能如吾云舫者，竟当强立之年，而赍志以殁也！天其可问邪？其不可问邪？哀哉！

湖南文征　卷一百二十二

祭文二

祭范坦夫文

陈大受

呜呼！士有食诗书之泽，未获竟诗书之用者，匪诗书弗效灵于人，有居其居焉以扼之，使其人与诗书皆不能为政。呜乎！维我年翁坦夫，岂非有扼之而然者乎！

君诗书世阀，科名宦迹，旧有望于楚，由先侍御、两方伯而下，俱以老明经、名孝廉为朝野式。君以英敏之姿，承积善之庆，髫年列弟子员，饩二十人中。贡成均，魁乡闱，联捷南宫，其腾逵奔轶之气，如春葩之茁地，而不可遏也；如迅鸟之戾遥空，而不知所止也；如瞿塘之水，甫出上峡，不眨眼而泛滟溷也；如轰雷烁电之声满乾坤，而光射九州也。嘻！应无有扼之者矣。万一以君之才，登承明，操词翰，建牙于外，秉枢于中，文章事功，何减昔人！即不然而速膺民社，早展经猷，考功报最，必历几迁。更不然而俯听选例，循次奏效，计其所得，必倍寻常。而乃归班需次，栖里巷者数年，司塾教者数年，伏苫块者数年，服阕而起，近五旬矣。宰获嘉者未及三年，鞅掌贤劳，一疾以殁。呜乎！是孰使之然哉？以君为未食诗书之泽乎？彼夫皓首穷经老死岩穴者若而人，求如君之遭逢而不可得者矣。以君为竟诗书之用乎？则夫古之君子发名成业，当君之年而惠泽普施，物无不利者，以君较之，得无有不足于中者耶？盖尝推寻其故，而知其中自有主之者。赢啬屯亨，一听厥命，惟循分自尽者能不朽焉。

君家居整饬，典型后进。出宰获嘉多善政，口碑在人，久而弗谖，其所自尽者伟矣。太夫人春秋虽高，而君之伯仲孝友素闻，必能奉养无懈。且君之令嗣沐浴庭训，文学品行有声于时，行将发君未发之蕴，君又何恨哉！惟念桑梓胶漆，匪伊一朝，今匏系京师，执绋之礼缺然，奠醑遥饯，冀君鉴兹。

哭伯祖谷声公文

罗升

呜乎，伯祖何不幸而竟没也！升家人父子，赖伯祖维持之功大，沐伯祖属望之意远，涓滴未报，溘然长逝，今而后不得复见矣。

父自庚辰来石潭，托庐于此，与丘墓相去百里。癸未生升，幼年于前人事迹未得与闻焉。稍长，父夜读书，升侍其侧，掩卷告升曰：我有今日，皆汝伯祖之力也。升起而问其故，乃详言曰：汝祖某年没，汝曾祖又于某年没，当时我止三五岁，弱龄不谙世务，汝伯祖弃儒业，身任两家事，育我教我。长而婚娶我，存产业遗我，常望我大成以续家声。汝伯祖虽未成名，而今古罔不悉。品端性直，言无所忌，而孝友尤笃焉。汝伯祖之待我如子，我之赖汝伯祖也如父。今虽异地，而义方之训，常谆谆于音问间。升闻之，恨不得旦暮见之矣。

壬寅冬，升年二十，幸博弟子员。父携往谒祖墓，登伯祖之堂而叩首焉。伯祖顾升曰：嘻！我祖孙今日始得相见。我家籍湘世十四矣，舍诗书之外别无箕裘。汝年少，当有大志，不可以此终。相侍半月，朝夕抚摩尤殷。而升聆其词，观其举动，一一与父言不爽。呜乎！前日之所耳闻者，今何幸得而亲见之。嗣是或一岁一至焉，或再岁一至焉。去秋谒见，呼升曰：宗祖皆读书人，汝勉之。汝之后子若孙，虽贫如洗，不可不勉之。以曾祖廷试时手录诗卷授升，惓惓言之，终夜不倦。及告归，临行若有不忍释意。升见举止矍铄，犹意承欢无尽时，讵意彼时之言，即永诀之言也！彼时之别，即永诀之别也！今年六月，得疾而愈。升以糊口计，未得省问，想冬闲得依膝下。苟知其如此，何不舍馆而朝夕左右，病可以奉汤药，危可以闻遗命，凭棺而哭，临穴而哀，犹得以少将一念也。

呜乎！人莫不有一死，伯祖享年七十有四，伯祖母有两叔父孝养，而诸弟俱以耕读承家，又何憾焉！独是一生辛勤，俾升父得成人，望升成人，望升之子若孙成人，功甚大而不能报也，意甚远而不能慰也，升之悲恨，曷有已哉！当其以诗卷授升，见先人之手泽不可忘，而贻谋为无缺耳，故含饴之际，谆谆于曾祖入志一言，呜乎，何孝友之笃，至没而不解也！今而后升虽不得复见，而伯祖之训，终身黾勉而不敢忘矣。

祭郭太母文

罗升

上章阉茂之年，天统黄钟之月，郭老夫人灵归马鬣之封，魂返牛眠之窟。尔乃先之墨人协以吉兮，筮氏告之贞。历吉日而将行兮，虞歌锵其凄鸣。丹旐郅揭之旖旎兮，聊先驱乎遄征。灵旂偃蹇而欲降兮，裳衣飏风而纵横。前蚩尤使骋路兮，后巫咸使按程。扫魑蜮与毕方兮，罔有不䟃而蜜清。厥辆车于中央兮，黄肠袭墙翣之鲜明。鸾凤纷其衔蕤兮，玉女效其精诚。感宓妃而动湘娥兮，皇剡剡其并迎。齐总总以撙撙其相胶輵兮，傑僁参差遥指乎百年之佳城。

斯时也，则有奉倩伤神，安仁哀逝。桂轮仄兮罢团圞，菱鉴分兮乖伉俪。谊笃遗簪兮凄怆，思缠故剑兮陨涕。叹穷泉兮窀穴，望窅窌兮路绝。思茫茫兮心如结，悲切切兮泉声咽。又有荀龙擗踊，薛凤摧伤。勤鞠子之悯斯兮，和熊胆而粉参黄。日月忽其不淹兮，芳萱谢乎北堂。永寸草之难将兮，痛怀橘乎陆郎。呼天只其无声兮，抚柩忽忽而有亡。紌折髂而不任趾兮，泪泛澜以断肠。

更有翟茀鱼轩，髻而致祀。白马素车，翩其戾止。或惊天姥峰颓，或讶娲皇石徙。少女风悲其微，夫人城痛其圯。掎裳连袂于通德之坊，蹑踵接迹于高阳之里。

某忝叨姻亚，夙有葭莩。哀伊人之信淑，苦时命之沉浮。遽溘尔其长逝，轶埃壒以仙游。玉轴兮周流，执绋兮夷犹。聊敷衽兮陈词，灵连蜷其少留。词曰：

柔嘉维则擅女宗兮，冲牙铮鎗鸣雍雍兮，盘匜克相颂温恭兮，皇览锡祚兰桂丛兮，芳馥肸蚃浩无穷兮。又曰：胡天不吊兮婺女沉辉，莲凋华井兮竹陨湘妃，七襄机断兮洞箫音微，寂寂萱堂兮阒阒慈闱，鹤驾长征兮缤岭难归。乱曰：卜宅兆兮山之中，望佳气兮郁青葱。带湘流兮浑灏，揭衡岳兮巃嵸。丰碑屹兮赑屃，古柏翠兮蒙茸。晨晞薤露兮夜冷松风，呜呼令范兮妥此幽宫。

祭座师高安朱公文公名轼，字可亭　　　旷敏本

呜乎！天地晦冥，雨黯云凄。东鲁惊泰山之崩，衡岳传天柱之摧。维公毓两仪之间气，应五百之昌期。荷三朝之知遇，庆一德于清时。谓宜佐今皇之神圣，长作柱石于彤墀。夫何人数之靡定，而天事不可窥。遂使九重莅元老之丧，四海哭哲人之萎。慨自孔孟之已往，遗绪渺而难追。公遐搜而远述，树斯道之藩篱。探混茫之奥旨，析义利于危微。用能衍濂洛关闽之统系，而迈范韩欧富之芳徽。

溯自初通仕籍，以至晋秩黄扉，其入告之议论，当官之设施，前后四十年如一日，常自任以天下之重而不疑。其集思而广益也，若沧海之莫测其津涯。其怀清而履洁也，虽冰蘖而莫喻其操持。其推赤心而置人腹也，豁然无纤芥之滞吝。而其岳岳岩岩于和同比周之介者，又未尝不憎持禄而嫉喔咿。故憸邪为之屏息，而善类赖以护携。

当夫定大计，决大疑，公卿敛容而待命，以为公必自有说而

不敢更置一辞，乃者弥留之际，语不及私，惟恳扣反覆于民生之休戚，官方之清浊，与夫人心风俗之淳漓。宜乎皇衷恸悼，玉趾频移。入臣门而视疾，抚灵床而涕洟。盖自古以来，君臣恩迈礼数之所未有，而乃仅一见于今兹。惟公下慰民望，上答主知。抒经邦之大业，奠太平之宏基。所谓功加于时，泽绵于彼者，舍公其谁？是固宜与穹天博地流川峙岳而长贻也！

忆雍正乙巳之岁，谬拥景山之皋比。敏本时充景山教习。漳浦蔡公，先敏本于公邀青睐之特垂。今皇登极，登旧进耆，元年二月，南宫选士，特命公与鄂公为总裁。念自束发受书以来，每以出大贤之门为愉怡。何衡茅之下士，适夙愿之克谐。乃修诚而拜谒，荷国士之见推。谆谆于道脉之绝续，谓宜回狂澜以拄揞。方冀长陪乎函丈，奈何箕尾之遽骑。伤此见之不又，而安得不赍咨。於乎！天不遗一老，后生小子，其何所折衷而依归！此在朝在野之所共痛，而宁惟敏本一人之私悲！

祭业师彭先生文先生名仕商，字克家，号衡陬　　旷敏本

於戏！敏本终不得见先生矣。先生以庚申卒于官舍，准以古人心丧之义，已在三年之外，而敏本视犹初丧者。敏本于先生，未可以寻常师友概也。自为童子时，即蒙先生国士之目。时先子馆紫云院，先生馆集贤院，先子命持课艺就正，先生必具鸡黍，留宿共话。尝夜半提酒壶，命敏本然破故纸温之，纵谈经史庄骚，娓娓达旦。有得意作，则曰：此文字有奇趣，当待某来赏之。

尝邀先生登祝融，时日已西，先生重违敏本意，夜半持炬抵南天门寺。门闭不纳，径抵祝融。时秋杪风寒，先生与敏本抵背藉草席取温待旦。是日登绝顶，下临无地，目无险巇。先生谓敏本曰：昌黎咋指，直是气怯，吾与尔胆力疑过之。须知吾辈作文，亦当不让前人。

尝就郡试，共宿阿耨林，敏本中夜大叫，先生唤之曰：适得

何梦？曰：适梦读书观湘洲，空中雷击，云开星朗。先生曰：适见尔试艺，将来定是湖南有数人物。於戏！先生所以期敏本者，岂谓今日犹以闲散庶常鹿鹿深山哉！壬寅以后，敏本受知于长汀黎公、漳浦蔡公，至以道州道脉期敏本。窃念二十年来，幸获见推于当世大人先生者，实先生教诲之力。今日之哭先生，殆不啻郑国侨之哭子皮，苏轼之哭欧阳子也。

壬子，敏本领解额，见先生于鄂城，呈试卷，先生不惬意，雅不欲挫敏本气，但曰：尔固当得盛名，然八股小技，当务其不朽者。自承先生教，抛弃制义，锐意学诗古文，每篝灯得句，拍案狂喜，曰：当令先生见之。然自先生官齐安以后，相见日少，敏本所作诗文，先生曾未见十之一，讵料遂终不之见耶！

戊午，又见先生于鄂城，先生曰：吾与尔当共订名山事业。尔前札吾，谓十七年前南岳之游还期再续，吾归志决矣。尔时见先生食少而神气渐衰，然不料遂弃敏本之速也。於戏！岳云黯黮，集贤、紫云老成凋谢，回思南天望日，依依目前，殆不自禁其泪之如注也。

祭陈蘅洲先生文

聂焘

呜呼！师弟之恩，生三事一，况焘于先生，尤非寻常师弟子比乎！焘年十六，获从门下。时为康熙乙未，邑侯商丘葛公来宰衡山，先生以高文受知，请为雯峰书院山长。远迩负笈者百数十人，极一时英才之盛，焘以驽钝，逐队其间。先生念焘生市廛颇笃实，又闻居母忧稍尽苫块粗节，以为孺子可教，进而陶冶之。于侍讲知有宋儒绪论，于授文知有先正渊源，于课艺知有性灵运用。葛公每值公余，即携酒榼单骑至学，与先生论文晰义。问门下士谁佳，先生举其优者以荐，玉笋班中，焘也姓名挂其后焉。噫！何其殷也。

越二年丁酉，葛公念先生乡试近，不宜授学，送之静养观湘书院，月馈膏火，诸生中独命焘随。观湘故通邑灵胜，时未遭颓败，茂林修竹，环映碧波。先生优游其中，案头不置一卷，扫地焚香，以活天机。随意作文，极严整雅炼，而游行自如，遂于是科膺乡荐，公车北上。

自先生北上，焘从衡陬彭先生门。虽日积月累，随年扩充，而遵闻行知，不忘故业。乙卯乡科，谢绝馆事，静养山庄，仿佛先生在观湘洲时，亦趋亦步，幸继绝尘。是役也，入号临文，检点笔砚，全然遗失，借邻笔墨，取瓦代砚。忆先生丁酉亦然，心拟必利，益用自豪。

其后宰终南山内，崇岭深箐，登涉濒危，与先生在蜀，不约而同。嘻，异哉！岂文章有衣钵而宦辙亦相循耶？尝于丙子春恭谒先生函丈，尊酒谈文，偶话及，先生曰：吾师弟都如此，日前戴敦五亦云然。相与欢笑，乃至夜分。次日握手送别，期以后会。呜乎痛哉，孰意先生竟尔长逝哉！

先生德行文章政事，略具于焘所作墓志铭，兹叙数十年从事私情，以泻吾哀。因为挽诗四截，一曰：十岁能周众说郛，三湘七泽老师儒。读书莫怨穷如许，自有文章在我徒。二曰：巫山深处半痍创，妙剂曾劳肘后方。屹屹丰碑遗爱在，有人堕泪护甘棠。三曰：老去摩挲只一编，齐眉鸿案两皤然。斑衣队里门生在，载酒时来读《太元》。四曰：朗朗文星澈水湄，夜深占说忽骑箕。那能片石光泉下，只当中郎有道碑。呜乎！哲人萎，梁木坏，泰山颓。仰放何其，鉴此心哀。

祭陈可斋相国文

郭焌

呜乎！俟河可清，人寿难期。瞻彼傅说，乃在南箕。水碧三湘，山青九嶷。炳灵于公，为世鼎彝。公望在人，富弼韩琦。况乎遇合，千载一时。

公为诸生，冠佩陆离。先天下忧，学颜志伊。来贡太学，摩挲古碑。北方人士，莫公等夷。角艺京兆，正正之旗。伯乐一顾，天马谁羁。寻春紫陌，校书青黎。翱翔蓬莱，与群仙嬉。忽有纶言，试赋及诗。人皆赑屃，而公淋漓。摇笔欲落，风雨随之。稍定而视，片玉一枝。少双寡二，惟天子知。珪璋之达，何币何皮。纵錾昂霄，曰惟始基。千里万里，不介而驰。乃膺九迁，乃冠百司。

乃作节度，于皖之湄。明霜秋森，爰日春迟。高牙大旆，称公须眉。吴都珍怪，吞鲸吐鲵。闽海冥茫，出蛟入螭。公往抚字，以恬以熙。凡官三徙，厥声四施。吏勇于公，民饱其私。来乎何暮，去则益思。

帝简乃劳，还于京师。爰位冢宰，冰鉴是持。爰赞宅揆，枢府是资。公有嘉谋，爰告爰咨。外莫得闻，其中夥颐。公保储贰，是翼是为。公督畿辅，是保是厘。

公使岭南，稂莠前滋。雷奋风厉，以福苍黎。海水皆立，天云下垂。匪躬之故，耿耿孜孜。食少事烦，公乐不疲。服勤至死，乃分之宜。皇帝曰嗟，天不慭遗。是惟贤良，其祀于祠。封乃先代，荫乃后兹。生而独荣，死又奚悲。维楚有材，振古如斯。东山西涯，政事文辞。于维我公，亦步亦趋。北斗以南，帐望追维。典型已矣，吁嗟噫嘻！

祭谭坦斋先生文

郭焌

呜乎！先生没近二年矣。记焌垂髫时，遇先生于经原李氏斋中，先生询知世系，慨然自道其常请业于焌曾大父，怜其孤儿也，前持手而立，欷歔太息，如不自胜者。于时先生年未五十，焌才十余岁，私感拳拳之意，窃以谓焌者天下之恨人，而先生乃今长者也。盖自焌祖父两世夭亡，门衰祚薄，人皆谓郭氏无复兴理。其不遗先世之好，而犹望其后嗣之立者，惟彭公謍庵、周公思皇、吴公尧山、张公文若、李公浴仙、恒斋及先生数人而已。然数君子者，皆不得志于时以死，而警庵以贫独历落死，为绝可悲也。先生与焌先人交，不如前数公之密，而故情恋恋，若出一轨，为尤难得。世有如任西华之穷，而亲见存刘孝标之意者，生死离别之间，其能以无恸乎！焌与两嗣君交分谊若兄弟，岁戊午，复与履常有儿女婚媾之盟，忧乐有无，相为呼吸，时时登堂奉先生教。而先生更能忘年齿，宽礼数，与之酣嬉淋漓，颠倒而不厌。

甲子冬，焌赴公车，先生犹亲送之。乙丑下第，走吴、越，溯光、黄，遂留武昌，侧闻先生尚健饭无恙。焌是冬有长子之丧，踉跄归里间，间来候先生，以病不能出，未及数月而先生卒。呜乎！华屋山丘，自古痛之。昔之孤童，已为壮士。自今维始，寒暑不二十余，而老成尽矣！昔人谓有文为不朽，有子为不死，以此言之，先生其可以无憾。而焌独悲夫古义之不行于今，羊舌、郈成，其人安在？苏子瞻诗云：古人不可望，今人不可伤。呜乎，将非先生之哭而谁哭欤？尚飨！

祭外祖朱公平斋文

郭焌

乌乎！昔人之言，我有二天。此心何心，同一潸然。感念平生，痛深畴昔。不有外祖，焉知今日。易堕者泪，难尽者情。抚事含怀，执笔涕盈。悠悠昊苍，其曷可问。骨肉之惨，毋乃已甚。

数十年来，家运离披。疾痛死亡，为世所悲。哀哀我父，八月而孤。眷念慈帏，瞻言令图。苦节之贞，神号鬼哭。积十三春，同兹冥箓。头角渐露，甥馆载登。儿女成行，臧获充庭。胡天降乱，相寻未已。母病连年，至于不起。惨我严亲，感愤刺骨。徂夏凌秋，相继又没。咄咄沦丧，三月两亲。酷哉造物，何恨于人。已已此生，泠泠风木。每一念及，伤心惨目。追悼鞠凶，父病弥留。张目竖指，莫白隐忧。外祖泣下，慷慨相语。谓汝呱呱，幼子弱女。皆我块肉，夫复何辞。一息尚存，身独任之。因即引手，拍肩以示。吾父首肯，溘然而逝。

于斯时也，诸孤愦愦。长者九龄，弱才三岁。天崩地裂，不知啼号。祚薄门衰，益痛嘐嗷。自得卵翼，乃忘怙恃。遂养却家，常依宁氏。明年相随，俱赴鄱阳。九江带水，千里浮粮。及客南昌，适丁多难。室磬空悬，陶奴远窜。颠毛种种，形影依依。蓼苦荼辛，曾几何离。

西风拂袖，携归桑梓。既谋鹤田，复成燕垒。男劝之学，俾绍先人。女求其偶，必择名门。数年之内，婚嫁渐了。宅分两地，累遗一老。迨营菟裘，犹未即安。夜常课读，食必分甘。回念有初，寒暑二十。勤勤恳恳，待其成立。去年周甲，曰老而传。尚冀显名，以娱衰年。令父母存，恩岂逾此。讵命不犹，而今已矣。吁嗟外祖，逾年不见。恋德含恩，涕零如线。昔也冬日，进药床头。六十称觞，亦慕思柔。借谓承颜，乐此余日。明神何辜，而不我恤。既废蓼莪，又摧藤树。渺渺予怀，寄身何处。

嗟彼逝者，杳无还期。叫噪不闻，魂梦空疑。顾念舅氏，弃予同病。外乏因依，内鲜强近。对影身孤，闻歌心恻。相顾茕茕，空山夜泣。载抚罢剑，载读遗书。物存犹是，人逝焉如。死而有灵，有泉者台。昔之逝者，今其在哉。杳杳长夜，荒荒宿莽。既见阿翁，亦觌吾母。临诀之音，琅琅堪证。共有余欢，复何遗恨。回顾藐孤，风雨凄其。荧荧夜照，寂寂书帷。冷泪暗落，残编静对。临之质之，精魂斯在。默默此衷，谁可诉言。当复如何，以慰九泉。

生者有愧，死者不返。怅望天涯，云飞满眼。抚棺一痛，酬酒三巡。新鬼故鬼，悄不闻声。惨惨悲风，为我叹息。欲报之德，依然罔极。月之初九，予将远行。言归泣送，墓门之傍。凄凉白日，萧条寒景。神其归来，省此哀殒。乌乎，尚飨！

祭胡翁陋斋文

郭焌

乌乎！生死异情，盛衰异态。岂于今之忽然，实自古而同慨。

翟公之所以署门而谢绝，刘侯之所以广论而刺讥。匪盛德之固殊，予去此其从谁。

维翁骏烈，契我清芬。兄从惟祖，父事惟曾。见绍者不群，语戎者无惰。徐稚去而悬榻，陈遵来而惊坐。步趋乎雁序之徐，响应乎鹤鸣之和。

已而阿承择婿，伯鸾聘妻。莫克匪斧，莫娶匪媒。我大父以外戚，器太君于中闺。线度月中，语来冰上。朝华有蠲忿之情，夕秀启忘忧之望。盖潘杨之好结蟠，而孔李之交弥亮。况乃舣舟湘西，邸车麓南。晏婴以近市而便，潘岳以面城而闲。访林园于七七，踏草径之三三。衮衮而逢，沉沉而酌。方酣之窗烛齐辉，已醉之檐花尽落。然以翁少衰之岁，感我多难之年。日月忽其茫昧，雨云纷其变迁。

方夫太公无恙，小坡有传。当户之屦常满，到门之车叠旋。问扬雄者奇字，叩蔡邕者异书。送酒陶潜之宅，投诗顾况之庐。于斯时也，纵羽觞，横肉豆，袭芳兰，誉嘉树。握手而臭味亲，促膝而肝胆露。輾然于颐，则座客春融，蔑不为之酣嬉快意而淋漓也；蹙然于眉，则群宾秋冷，亦尽为之踟躇感叹而嗟咨也。

暨乎子树忽凋，孙枝尚弱。寡妇叹兴，孤儿行作。乃遂笑陨疮之鸟奚飞，衔索之鱼何泣，翛翛兮若空谷来风肌凛栗。至于南条再伐，北邙重送，黄口靡依，白头如梦，且更谓赵朔之孤不立，若敖之鬼馁而，岌岌兮若阴山雪积心酸凄。天竟如何，人胡至此。非予心之所知，亦吾翁之所不喜也。

于维我翁，悲既逾时，欢惟历世。旧好不忘，新盟复缔。求韦宽于郄门，得魏舒于宁第。以翼训之女孙，归诺书之稚弟。瓞绵绵兮迨今，葛蔓蔓兮忆昨。三生石上语精魂，九子山前留华岳。谓火盖热而有凉焰，谓泉盖寒而有温汤。未睹夫尺寸之短，又乌知夫寻丈之长乎！

前思未弭，后感仍继。胡仁而终，胡智而毙。嗟一老之慭遗，入九泉而长逝。零露溥兮菊枝寒，严霜陨兮枫叶干。黄垆无旦不复觉，青松有室谁当看。以兹疚怀，不怡中夜。三世情钟，一朝歌罢。盖棺万事定，絮浆千里驰。招翁魂兮四极，跪荐酒而陈辞。庶披发于大荒，舞灵旗而下之。

祭黄翁文

郭焌

乌乎！某生六十有六年，无所遇于世，而世亦群笑以为迂。既穷且老矣，又抱有丧子之痛，重以风痺，不能自遂，扶杖欲起，且恐且栗。日有闻见，辄皆黄口者，单茕之形，呱啼之声。人之尊此生也而为乐，如此则未知死者之何悲也。夫造物者直以生人为委蜕，委顺而元气阴阳坱然回薄于太虚之中者，其无不知也，而有私乎？其信能赏功而罚罪，有真君存乎？一木一本也，一草一荄也，当者枝枝，向者叶叶，朝华而夕秀，蝎中而萤飞。我以此一概彼一，胡然而然？又胡然而不然？嗟乎嗟乎，其独何能无慕于我翁哉！

翁钟衡山之精，生湘南望族，庄庄乎士，油油乎孺子。未尝有几微之失，纤芥之慝，贻笑于端人贤士，用能光其先绪，以利其嗣人。子树孙枝，轩豁呈露，年及中寿，去而上升，盖《书》之称五福，曰富，曰寿，曰康宁，曰攸好德，曰考终命，翁皆可以无憾。而畸行硕德所以食报于天休者，亦即此而信。然则某之慕翁，宜何如也！

方翁与吾父约为婚姻，某兄已早世。其后吾妹归荣九，而某继有从子之丧。数十年来，骨肉衰谢零落，两姓之交，未始不欢然无少间。至于今承旧好，缔新盟，则加密焉。而某之一子丧二年矣，眼花员员，头发凋宣，生死契阔，不可问天。往吾父之死也，翁亲来吊之，今翁之葬，而某以疾废。乌乎！其如斯乎！墓门辟矣，某于公乎复奚言！

祭鸿胪卿陈学田先生文代　　朱色

乾隆四十三年九月日，谨以山肴野酌，致祭于诰授中宪大夫鸿胪寺正卿陈公学田先生之灵曰：

呜乎哀哉！德以才宏，才以德致。道浚澜觞，澜流清邃。惟公之贤，少双寡二。天人悉究，仕学交懿。藻浥班扬，难追元季。遭遇圣明，推施谁企。筮仕鹩鸠，慈流剔刵。刑狱之灾，火势大炽。挺身纵囚，狱成囚至。人非不逃，公仁素被。其在闽漳，群宵网忌。狐啸氛迷，官缩民避。公奋神谋，顿折螳臂。其在浙省，异政纷暨。海防波澄，盐荚人利。惟时大旱，饥民踣踬。公解麦舟，云霓并萃。乃升滇省，肉好是司。剔弊洗奸，利者知义。群酋猖獗，蜂屯蚁觊。感被清风，帖然息革。乃升长芦，蹉弊旧积。乃竭经营，商输无匮。七年之仁，艘满艖庇。

凡以贞婞，靖共厥位。帝眷因隆，鸿胪旋畀。讵意滦河，芒星光坠。缅维风仪，清标特植。鹓鹭蜚声，云霞栖志。所以余闲，钟王是肄。所以继轨，恪勤令嗣。所以天锡，貂缎光翠。所以焚案，识无遗字。所以赍志，天子长喟。

今兹輀车，归殡无迟。秋日悬空，秋露坠泪。芳不可挹，轨不可拟。野羞山酌，荐兹一觯。呜乎哀哉，尚飨！

案：学田名树萶，号潭屿，河督恪勤公第四子。志乘惟载刑部失火烧卷，萶追叙独多，人服其强记。此文所述放囚自归等事，皆无传也。汝怀附记。

祈雨文　　朱色

维嘉庆元年六月十八日壬辰，朱某斋袚其心，澡雪其体，明净其衣，拈瓣香祈雨于关帝之神前曰：

天灾流行，旱魃为虐。生民奔奏，无有朝暮。近此数日，江绝塘涸。嘉禾踣仆，地裂深廓。良农长泣，主伯无措。方逆苗莲匪之妖氛未殄，际此蕴隆，何令人惊悸失魄邪？夫利物济人，匪某之职。抚时感事，匪某之意。天道精微，匪某所测。至诚感神，匪某之德。蝼蚁之私，敢通元默。妄翼雨若，知枉匍匐。第以当今太上皇帝，廑念民瘼而不能慰其宵旰。嗣皇帝践祚未久，遽际多艰。当珪璧之既竭，亦震骇于百官。大藩小吏，殷忧孰宽。某亦臣子，忍不辛酸？湖南不熟，天下不足。啼饥号寒，岂楚所独？旧谷既没，秋无所收。嫁妻卖儿，转眼纷稠。戊戌己亥，此景在目。今时何时，而可再哭？

夫治久而乱成焉，人众而奸生焉，戾气积而阴阳失其平焉。于此而欲救万姓之劫，回翔和之运，惟帝之神功，乃足启上帝之抑郁，而释百神之忿，某用是哀祈，忘厥贱分。於戏！惟帝之德，侔于天地。惟帝之神，造化同邃。小人鄙私，谬冀明赐。槁苗之生，其绝如绮。三日而雨，尚有生理。鄙怀激切，顿首恳旨。自注：是日余归小卧，梦人告曰明日有雨，一连三日。果然。

天中节祭三闾大夫文

朱景英

沅与湘兮通波，发枉渚兮弭节汨罗。胡儃佪兮此上，帝告巫阳曰有人在下。叶蓠蔄兮椒兰，灵修浩荡兮无端。羌独爱兮沅芷，忽而终古兮以此。谓滞淫兮江南，眇如轸兮趁趯。蕉萃兮潭畔，将何之兮汗漫。指洞庭兮眷清沅，击汰乘舲兮申予烦冤。莽不可辨兮周鼎康瓠，千秋万岁兮茫茫归路。惟荆楚兮重岁时，吉日良辰兮重午为期。怨渡江兮荡画桡，歌齐发兮升屋同号。依彭咸兮趾遗则，魂归来兮此焉故国。山川无极兮疑是非，苟舍此兮复奚归。嗤鸩媒兮曷毒，呼詹尹兮安卜。冒破涕兮启颜，何楚塞兮秦关。繄昭忠兮难阙，四方上下兮心欷思越。文章祖兮日月光，金相玉式兮志洁行芳。高曾兮规矩，衣被兮来许。报芬芗兮涉汀洲，琼糜粻兮琼枝羞。效陈词乎景宋，神肸蚃兮讯于掌梦。

建天后宫上梁文

朱景英

惟神秀毓坤灵，材胜乾栋。铜柯挺特，搘广厦以标奇；铁干轮囷，峙崇祠而常耀。顷以地腊之先日，敬成天后之巍宫。昭肸蠁于慈航，福兹在位；仗扶持于伟质，妥彼栖灵。期长享乎苾芬，叨永垂夫芘荫。散涓吉日，敬洁牲牷，用布神前，伏惟昭格。

祭钱太夫人文

罗典

呜乎！时序如常，情随事变。缅怀令寿，飞骈在霄。由驿道背函，讣音会城，传悉太母以今岁己酉三月廿三日终于滇之居第。冢嗣为今银台学使南园先生，时于四月初校士衡州属，以念六日闻北堂大故，南园之心则蠹伤矣。某于南园笃好如亲昆季，母犹吾母也。山斋与诸生晨夕，两月之交，视听瞀乱，忽忽若春晖之暗惨，与夫凯风之凄极，有不禁感极而悲者。

初南园来莅学使任，母携南园元配夫人至自滇。寻以夫人卒，遂归去。盖母与拙斋太翁相宾敬便林居，于官舍无所复恋，故尔发途时，旌盖指城西河澳，南园以骑导，貌若甚戚。母乘安舆出，窗光映发，容体厚盛，可无离别之色，惟端有仪，使嚣肆声息，夹道肃然。其俦众有能言者，夙钦南园之丰裁节概，振颓式靡，辄相与叹为是母是子，有乃俱有云。

犹忆丙午岁，太翁以寿始届八旬，南园于仲秋洁扫备具，及母帨辰，双庆传欢。至日簪绂填庭，歌筵卜夜。某得联袂接席，与此光荣，而惜无物以称志享，因臆度《诗》称福履，盖进履以致福也，当与称觥献寿，异用而同归。乃敬制丝履二緉以将，略仿《周官》赤舄黑舄之色，以辨外内左右，意实祝母之归依于翁，当燕闲宁适时，以是履坐，则同几几而安，以是履立，则同峨峨而竦，以是履行，则同攸攸而利也。乃今者翁方盟志松龄，传之画册，由南园遗示，某以韵语申之，且借为左方联句以寿，指为画是真也，亦洵真矣。呜乎！若母之至自滇而复归自楚者，往还万里，舟车迭易，翩然若轻鸿矫鹤，是非画也，真也，胡至是而止当作画观耶?

计自母归后，南园膺简命留督学任，逾年得侧室举丈夫子，未几辄见之座间，解登堂拜客。南园以昨冬遣内眷将以还，殆为翁慰抱孙之隐，即为母洽含饴弄孙之愿，此亦古人承志之一端。今距差竣只数月尔，南园拟复命陈情乞养，邀孝治鸿慈，得侍翁与母余年，用补宦游所旷缺，而今顾顿使慈帏寂寞，剧念游子衣线之吟，何当得报，岂事不如意固将常八九论耶?

今学使自衡还会城，以母逝在忧服中，不亲事，事亦粗毕。六年来，九郡四州之经叠试者，初以南园在御史台有威望，颇惮其为夏日秋霜之烈以肃也，及亲炙既久，见其清勤平正，无过甚之行，畏而爱存，严由宽立，究之有所激厉而成就焉者，仍不减春晖煦育之功，亦犹凯风长养之力，凡皆得于母推扩其慈量也。

某主讲岳麓久，耳熟诸生之私论议，举书词则曰厚德，引谚语则曰婆心，悉具以表学使之衷曲所存，且寓推本于母之意。昔长沙人士感桓公之都督兹士，皆慨然称陶母之贤，今亦犹此情也。薄奠无足云，惟念鱼轩前至，居学署亦数阅月，于彼于此，其庶几母灵陟降之所在也耶！

祷风神文

陈梦元

呜呼！新谷之不登，士女将无以乐生也。日夜露立中野，望上天降雨，而旸恒赫星恒明也。每四方云影，忽萃忽涣，凄凄油油，不作而不兴也。群雏嗷咷思救者不得祷之，云师雨师，不自我民听也，不哀矜吾群也。

呜呼！司云雨之权，回彼苍之怒，维神之力，实可使凶岁为顺成也。神之听主于巽，巽象曰：随风巽，君子以申命行事。神所以代上帝宣扬使命，令之行也。云兴于西北，雨从西北行，神其使西北之云停也。云兴于东南，雨从东南行，神其使东南之云凝也。巽柔而善入，一雨有以润大地之枯焦，使万汇而无不青青也。巽顺而能随，使时雨降为十日之霖零，而多稼之入无不均，而梊枲之争，无事乎官司调停之，而自无不平也。呜乎！小民之命，旦暮不可待，维神鼓舞云师与雨师，使旦暮作者作，兴者兴，无俟占三日于后庚也，而小民由死而之生也。再缓之再延之，虽不蹈沟渎之自经，亦将同涧壑之流萍也。维神其听之，而哀矜之也。戊戌六月晦日。

祭大司空罗南川先生文

余廷灿

伟公德之渊涵，禀湖岳之冲气。息元运以胚浑，纳万千而交会。毓金玉于矿璞，贯柯叶于根蒂。神明通而无方，大道咸而不器。是故意气冰销，尘埃蝉蜕。春盎则融，月霁何碍。偶在险而不惊，亦履盛而如未。盖尝论人则无所不为，惟天纯不容伪。孚既盈而心亨，中无妄而道泰。羔雁载贽以昭衷，圭璋特达而何价。

迹公仕宦五十年，自翰林以洊鼎贵，和顺于至正大中，豪不参三而杂二。是惟近于性者成于学，根于心者达于事。所谓国之典型，人之蓍蔡。世有纲维，民有依赖。曲节畸行，不屑尸位。昧昧我思，仿佛望东洋而仰泰岱。呜乎！公之既薨也，曾不使宅可宅，田可田，尤足厉贪墨而儆于有位。

忆昔癸酉之宾兴，蒙也随贡于计吏，公使粤以还朝，烦拂拭而馆饩。暨再北以承颜，获读书于中秘。辱许与以文章，每秀举而瑕盖。泽我道德仁义之中，期我功名富贵之外。呜乎！太夫人与予共高曾，公实我之自出。亲懿逝而谁归，矧又宿承乎提诲。诔词以哭其私，亦天下所共感喟。

同乡公祭桂林相国陈公文

余廷灿

於戏！斯文在兹，海若汪洋。交畅发挥，一理阐扬。理学之帜，南宋初张。吾楚濂溪，最先滥觞。关洛代兴，赓续发明。紫阳朱氏，益大以光。程门高弟，曰游曰扬。朱门劲者，推勉斋黄。元之吴许，恪守传灯。太和河津，前明颉颃。代有作者，承一瓣香。顾诸君子，动遭谤伤。或奇而蛰，或起而僵。其德不耀，其施不长。较其名业，孰与陆王。王尤迈陆，戡定家邦。论者龂龂，遂生异同。予考二家，源一流双。何朱不竞，束手庙廊。将非其人，或不精详。抑非其时，有亏有成。爰及本朝，安溪堂堂。仪封之张，睢阳之汤。体与用俱，光被穹壤。理学之盛，至是乃彰。

于惟我公，应运笃生。八桂连蜷，五岭交相。幽芬间气，郁为奇英。被服造次，若水有防。饫程朱学，曰黍稻粱。金门高骞，画省回翔。一麾典郡，澄清维扬。叠领方面，屏藩勖勷。遂开幕府，大建旂幢。历滇吴楚，更粤与秦。天下自任，旱雨川航。梳痒爬垢，蹇蹇匪躬。阳开阴阖，品物咸亨。后由吾楚，命作股肱。总典夏官，提挈天纲。视汉魏丙，媲唐杜房。纯懿远过，揆席恪恭。仕五十年，何不饱尝。墨守所学，宠辱不惊。既倦台鼎，陈请徬徨。进退无忝，嘉语皇皇。稠恩未有，荣及归装。何遽骑箕，返神太空。生荣死哀，存顺殁宁。

某备九列，仪式秉承。畴昔谓予，楚实故乡。投契之分，不翅非常。公之勋业，勤施四方。公手订书，嘉惠无疆。罗缕挂漏，撮其始终。遵闻行知，后先相望。斯道担负，人伦君宗。五岳之镇，五星之芒。岂惟我公，程朱不亡。陈词荐酒，仿佛来享。

祭井塘泉神文

余廷灿

惟神涵元储精，滴沥渗漉。当其瀵涌，穿岳演渎。惟此一方，周遭硗埆。而神胚胎津润，线溜断续。黑蜧卧潜，有鬌其角。蕴利闷灵，悭我嘉谷。居人斯恐，竞陈畚挶。浚坎培封，探源一六。爰告有神，鞭笞蜷局。通气腾波，化堵为沃。毋或氿出，毋或沸伏。万穴汇流，百泉漱窦。灵长沾濡，黍稷彧彧。地不爱宝，民实受福。敬荐蘋藻，用冀优渥。惟神有仁，尚鉴兹役。

告扫竹庙神文

余廷灿

水清木华，儒宫一亩。社护神呵，涤荡群丑。何物幺麽，巧乘子丑。逾垣跳梁，夤缘狗苟。拱而人立，深目舒肘。狂忽兽奔，高尻下首。拳毛缩项，聚足啮口。伺鸡于栖，夜攘以手。不辨双膳，宁留五母。肆其突张，翻巢捕彀。嘐嘐贯耳，兴常寝偶。夺此与彼，谁执其咎。神实有灵，胡弛纲纽。愿谴族行，投畀渊薮。络以徽缠，函以械杻。庶宅吾宅，家康物阜。岁报只鸡，还侑尊酒。

官石岩祷雨文

张九钺

走赤日兮黄尘，望灵祠兮渴奔。松虬盖兮柏螭蟠，阴房缪幕兮杳不见天。仰玲珑兮三品石，东云西云兮出以入，攀缘刲疲兮神心则怿。穿丛篁兮谽谺开，쐀芬手挈兮下崔嵬，灵绥绥兮随以来。兜鍪犀甲兮兄弟，摇芝旌兮飏兰旆。双桃垂兮含海意，石一卷兮润天地。纷总总兮靓巫，钗攒罗兮髻尺余。罽裙兮花裾，播鼗兮吹竽，跳歌舞兮哀以吁。纵金兮伐鼓，椎大牛兮气哮虎。取血膋兮进俎，杂豕兮肥羜，千人号呼兮绕庭庑。嗟吏兮草土臣，辞无由兮叩帝阍，愿神秉笏兮朝天门。伏彤墀兮陈言，天膏兮不可稍屯，降雨兮惠乡之民。

吊陆机文

张九钺

穿亳郊之荒榛兮，瞰阳渠之高滑。寒风萧萧其振柯兮，野兽骇走而号群。思典午之旧迹兮，士衡于此乎败军。昔苍鹅之兆乱兮，肆晨牝之痡毒。八王乘衅以操戈兮，自刀俎为鱼肉。伦既睢刺天常兮，颖亦觊觎乎神器。首举兵以犯阙兮，交吞噬于罔义。构成都为连鸡兮，吁反覆其可畏。何夫子之感私恩兮，罔详大义之顺逆。彼负莽操之奸资兮，岂桓文之勋业。倚板诏以立功兮，腹心推而莫赤。盛名不可居兮，矧羁旅之骤陟。遇小夫之悻悻兮，失包荒之大术。怨貉奴之作督兮，靳公掾若已出。知失律之当诛兮，又纵虎而反咥。惧首鼠之两端兮，又羸角之自折。驱书生于锋镝兮，若飞蛾之赴爇。交蜂虿之螫兮，彼昏狂其焉察。

骐骥制于蝼蚁兮，鸱鸮吓夫雏鹓。阑入豺狼之郡兮，焉能身之独完。悲双璧之俱碎兮，孙费不得鸣其冤。非视死如归兮，尚何白袷之安闲。景夫子之文藻兮，希班张而溯风骚。多材生于乱世兮，天不惜其所遭。明珠当褐以怀兮，太阿亦匣以韬。栖恶木而饮盗泉兮，入陷阱而撄烹炰。嗟夫子之一掷兮，其泰山与鸿毛。惟俭德之避难兮，亦穷大之失居。岂入洛而逢弼鬼兮，谈易理而遗诸。序豪士之赋兮，戒高位之难殉。戴顾劝辞弗从兮，张潘覆车而莫闻。文人言行不顾兮，羌不解夫鹦鹉与鸕鹈。抚篇章以流涕兮，固丁阳九而难逃。过华亭之故居兮，听唳鹤之滩声。气秀杰以犹存兮，三江碧而九峰青。思莼鲈而速归兮，吾独爱夫步兵。

哭刘鹿峰文

邓胜逵

呜乎！古今交情之重，重以道义而非重以生死。苟道义之相维，不以生死而渝，则当其一生一死，死者长逝，生者含哀，胡不有愧于太上之忘情？况以迹涉梗萍，心坚金石，交二十年而撒手一日，如某于鹿峰，奚止车过腹痛也！

溯自雍正癸卯冬游学资阳，得与君识面，次年因得假馆。斯时游踪乍合，未可称知己也。越三载家居，君邮书来招，予亦棹舟重访，文章意气，欢若生平。其时君伯兄阶次及从子景山者，与君或把酒花前，或敲诗月下，因而竹林中又添一戆拙士也。宾主绸缪，因馆于君家者八载。诸郎绥四、仁友、垂四及犹子习禹辈，皆同事笔研，而长君再试县郡，遂已补博士弟子员矣。次君以苦志士迟久屯邅，常牢骚作不平状，君抚之曰：无伤，会有期矣，愤激何为？犹忆长君隶学官时，余方稍稍适意，君顾余曰：此前程必游之径，兹不过发轫之初耳。余闻之，窃心壮其语，而斯技之不久囿池中也。既而伴读者复有历年，越乾隆辛酉得举于乡。樽酒谈心，披衷道故，盖非喜科名之有凭，窃私幸所学之足据，异日看花长安，校书天禄，隐隐其有志焉而未逮也。无何壬戌春闱，偶羁骏足，仅得榜荐明通，自是再上公车，亦复落第，即今司铎安福，屈居冷曹。况次君侘傺童子试中，积愿其何以遽酬耶？科名得失，诚有大不满君意者。

已而君优游林下，潇洒含饴，余仍潦倒困顿，郁郁兹土。或时起抱病过我，详道前好，把酒作破涕欢。我亦时复掩卷过君，袍袖淋漓，烧镫为夜月饮。酒酣间虑予朴直，其于世路酸辛，人情险陂，诲余所不及者，二十年如一日也。呜乎，孰谓君非余知己乎！盖尝旷观人世间，生死者数也，交游者遇也，离合者缘也。曩者余倦归故里，君就养安福，今者余陈迹踏而君棕达墓门，离合之数其缘之数定者耶？抑道义之相维，不以死生渝也。昔张元伯停车不去，巨卿素车白马而临，为知己也。夫士为知己者死，则自今而后，浮丘峰顶，莫调高山之曲；桃花江上，谁怜流水之音。海内第一知己已别，余复何心于人世耶！惭余疏浅，无以诔君，君懿行芳轨，舆论传之，谱乘记之，故略而不书，直书尔我交情，以慰知己之感。

冬猎祭华亭城隍庙文

张世法

维年月日，华亭县令谨以牲帛酒醴，致祭于城隍之神而言曰：

令不德，来尹是邑，其日雷电大作，雨雹交集，几害此禾苗豆麦。夏秋愁霖弥月，民又不能稔收获。今则冬深不雪，来年恐致旱干。夭札疾疫之事，方旦夕深悚仄，羌何故以捕捉射猎，重困我虞人百姓？神将谓汝有司为邑蝥贼。汗浃颜背，莫可言说。乃者居山不以鱼鳖为礼，地方无以申节供令。私豵献豜，豳土不以为铦，载猃歇骄，秦俗不以为劳。今之民居，即古之地也，爰命于镇属山寨化平之深薮泽者，取彼雉兔麋鹿，敬顺时令，无缺常典。而原人不给于鲜，用私布于神之卒隶，其戒尔山林土地，驱策群力，无使飞爂走疾。鸡兔各五十双，鹿之辰牡，或十或八。令不敢贪多杀，亦无有所降罚。谨告。

祷城隍庙文

张世法

年月日，华亭邑令为站徒贾二、配军王进才浃旬捕者无所获，乃为文以告尔城隍尊神之灵而言曰：

维神代天，以降祸谪。维吏奉王，以弼明刑。自京畿至郡国，有不顺天常率王化者，吏得执法，殄其妖孽，神亦鉴幽，褫其魂魄。城隍为一邑之保障，司其灵者主其名。余奉王命，来理是邑，力所可治，神既治之，所不可治，神亦治之。此地胥役，悍顽疲敝。觑签票为弁髦，弄鞭扑若儿戏。豢之非父母，怒之则仇敌。虫孽萌芽，化生一气。及其醉酣，公然叫詈。官曰杖若，环顾唯诺。譬彼虎威，爪牙相属。舍是二者，如何指逐。聚而歼旃，谴不至是。忍不究治，为邦之耻。罪人偕逃，谁往絷归。告于尔神，其佐余为。今余溺职，岂作神依。藐焉城旦，频斥要荒。不悛其恶，如豕斯突，如免斯脱。扞王之条，干天之网。或潜于邻，或遁于莽。雷搜电摄，仗此威德。使囚无稽显戮，民亦不敢作慝。余将敬治牺牲酒醴玉帛，以大张神之光烈。具官某谨告。

祭李文正公墓文

谢振定

维嘉庆七年，岁在壬戌，六月朔庚子，越宜祭之辰戊申，后学谢振定等，谨以牲醴香楮之仪，致祭于明赠太师华盖殿大学士吏部尚书李文正公之庙，侑之以文曰：

斯文未坠，代有正宗。曰韩曰欧，胜朝则公。青田青丘，开国两雄。文运中屯，伪体乃丰。七子未出，谁起颓风。扶将骚雅，公柱其中。

郡举神童，族称孝子。七十三公，慕如稚齿。饮可百觚，以严训止。佩觿一编，桑榆味旨。中和之气，文行同轨。坦履道贞，吉辞章美。

初事孝宗，为文学臣。明良一德，遂秉国钧。武宗失政，太阿授人。徽立中朝，圭棱嶙峋。豺鸮吞声，国有凤麟。阉党竟诛，国法以伸。

方阉横时，刘谢去位。子舆濡滞，尹士潜议。悻悻去国，非大臣谊。顾命在耳，先帝重寄。旧学较亲，回翔尽瘁。调护元气，保全善类。

况公求去，凡十余章。天变宜畏，公奏皇皇。国本宜建，公言堂堂。公焚谏草，直不自彰。外人不知，柱史固藏。别本流传，足补佚亡。

公在春官，玉尺铜律。度材审音，百不漏一。与善思谅，论文语质。公所取士，华称其实。单词片长，汲引恐失。千秋业伟，四海才出。

公事四朝，清德皭然。秉枢当要，历十八年。盎无余粟，郭无瘠田。相公归林，坐只一毡。宾筵卖文，以佐酒钱。扬清廉贪，闻者兴焉。

式庐表里，况其祠墓。畏吾村边，巍然封树。新庙落成，几筵孔固。匪私于公，名德昭布。骑箕明神，降崧初度。公灵倪来，鉴兹诚愫。尚飨！

湖南文征　卷一百二十三

祭文三

都中祭陈年伯文

赵慎畛

惟年月日，致祭于修职郎陈年伯讳世庆字福玉之灵曰：

呜乎先生，遽骖虬而返彼太空耶！缅生长于扶彝，秉清气于鸿蒙。羌岐岐而嶷嶷，蓄道德于厥躬。溯累叶之家乘，祖太守曰和公。惧渊源之或坠，思奋发以亢宗。纷昆季其四人，宛玉树之临风。嗟髫龄之失怙，恒惨怛以呼穹。奉孀慈以至孝，抚诸弟以友恭。膺家督之重任，遂绝志于逵鸿。借职员以终老，实莫惬乎素悰。弱弟勖以勤勉，早采芹于黉宫。诸郎纷其鹊起，严督课于漏终。纵寒暑而弗辍，意倍切于和熊。主器品学之兼懋，拔辛酉而望隆。仡巍科其联掇，以上慰乎龙钟。孙枝蔚其挺秀，群绕膝而怡翁。

持家政以勤慎，性严正而达穷通。接友宾以和蔼，挹卑牧之谦冲。腊底代人偿债，无德色之形容。乡闾帖其心折，一言足启夫愚蒙。悼无田之不祀，捐绿亩于南东。且神祠之鼎建，城隍龙皇其攸崇。遇圣诏之过境，跪焚香而却筇。无少长之弗敬，邑侯亦旌其茂功。曰德厚兮贻昌，洵南国之高踪。用申文于上台，乃仰达夫天聪。谓翁齿德之双稀，合表其门以教孝忠。荷殊恩之浩荡，赐粟帛以褒庸。

叹盛德之如斯，宜康茀禄于无穷。何彼苍之不憖，遽返真于华嵩。叹鸾鹤之长往，宛离俗之乔松。侄旧未亲乎德范，时仰止夫高峰。聆舅氏春墅之前言，识海岳之襟胸。兹令似之闻讣，益忉怛乎余衷。同人倍深以呜咽，泣南天之青枫。谓斯人之不作，将何去而何从。奠芳樽以陈辞，魂仿佛其享此椒醶。

祷城隍庙文

唐仲冕

惟神为国保障，作邑干城。令治于显，神治于冥。冥冥之中，更有以相显治之不通，而阴察乎令之所行。仲冕作令荆溪，以十二月二十七日到任。乃于二十八日，有周学成贩鱼湖中，为盗所杀。即日往验，见其惨酷异常。岂令平时不德，故谴此剧案于到任之明日耶？夫令之贤否，神实瞷之。民之死生，神尤鉴之。令不德，宜加以黜迁。民惨死，必予以矜怜。仲冕跂望湖水，汪浩无边。又以初任，未知诘盗，无时不仰屋嗟叹。以为失事疏防，处分有例，仅镌级其奚怨？而寇攘杀越，沉冤莫伸，任逸盗以难安，是以斋心刻志，泣祷于神。惟神悯此无辜，诛彼大憝。鲸鲵不漏于网，萑苻尽歼于泽。行者清靖，死者冤雪。然后视令之贤否而赏罚之，令复何说。伏地虔求，伏惟炯察。

奠长兄菊溪先生文

唐仲冕

呜乎，吾兄之友爱真挚，而竟舍弟而逝耶！自十龄就傅，相从受经，昼则同案，夜则同檠，居则同席，出则同行。过庭则代改课艺以博色笑，应试则携持出入勖望速成。此固承之少小，而即要之毕生者也。中间或合或离，依然相亲相爱，历有年所，不可备载。

迄乎通籍释褐，作宰江苏，迎兄至署，于政事焉是图。朝夕请益，实能补其偏而扩其拘墟。遇事脱略，则戒之以不虞；任情卞急，则解之以宽舒；时而愤懑，则导之以和愉；久而困乏，则益坚之以廉隅。忧其蹉跌，而喜其迁除，如是者廿载有余。

近来间居需次，为我亲课两孙，孜孜不倦。及权臬事，尚赖勖以明允，珍重驿传。岂料弟既暂还白下，兄且就养龙潭，击柝相闻，仍称健饭，竟不念弟之衰老多疾，无师长之规劝，而遽从先大夫于九京，使弟抱憾不获一面，呜乎痛哉！

念自风木永感，季弟先悲，惟弟与兄形影相吊，手足相依。今其已矣，如秋花之未落，如子雁之孤飞。犹撄尘鞅，未能退归，有怀而无与告，有过而无与规。追思同气，能弗怆凄！惟吾兄之子若孙，皆能不扶自植，傥有待乎维持者，无不为之尽心，一如兄之存日，兄固可存顺殁安，默然其逢吉也。呜乎哀哉！尚飨！

奠舅氏文

唐仲冕

呜乎吾母，兄弟四人。惟舅为弟，友爱最殷。常相过从，各济艰辛。及母从任，泣别江滨。母往岁余，时维庚寅。一病不起，淹厝榆山。父旋罢官，两袖清贫。甥等不孝，旅榇未还。甲午之夏，陶山起坟。上穴云吉，远葬长年。吾舅闻之，凄恻伤神。母也罔极，长望白云。见我舅氏，如见慈亲。色笑虽杳，音容逼真。方期舅氏，与我严君。乐数晨夕，情话常温。客夏失怙，生为鲜民。才经一载，舅疾颦呻。急趋省问，慰苦谆谆。诊脉称药，意颇欢欣。讵知委顿，一朝骇闻。

呜乎痛哉，天道难言。吾母之德，孝睦恭仁。不享其报，他乡弃捐。繄吾舅氏，执德端醇。乃及垂暮，运亦蹇屯。母德无报，无贤子孙。舅氏遗泽，岂其终堙。远以俟之，不于其身。郁而必畅，无恨九原。呜乎舅氏，冥感宛然。其见吾母，姊弟如存。因与吾父，共叙生前。道及甥辈，顽懦不贤。相对周遮，能无永叹。泉台有知，夫复何云。

祷晴文

唐仲冕

雨泽当春，发生万物。害于粢盛，乃为淫泆。嗟自新年，愁霖孔密。田畴泥潦，川池泛溢。于暮之春，小霁初吉。才喜暄暖，辄忧沉郁。幽云复兴，寒风又拂。春将尽矣，麦何能实。莱萎于园，蚕饥于室。矧兹来牟，民食所出。岁比不登，安望宁壹。咎征曰狂，内省多疾。对此阴霾，战战栗栗。民则何辜，神其勤恤。畅以和气，煦以旭日。屏翳告避，句芒既秩。庶受厥明，实颖实栗。继之播种，木棉稻秫。事不容纾，时不可失。为民请命，不敢自逸。惟神鉴临，惟天阴骘。引领开朗，报以芬苾。

先考焚黄祭文

欧阳厚均

维嘉庆二十年岁次乙亥某月日，嗣子具官厚均，谨以羊一豕一清酌庶羞之仪，及奉直大夫朝议大夫之告二通，告于先考之灵曰：

厚均命也不辰，幼而失怙，自维薄植，方惧殒夫家声；猥以菲材，竟克跻于朝列。名题雁塔，身厕鹓班。兰省含香，洊升郎位。柏台执简，旋晋谏垣。仰惟燕翼诒庥，实赖先人之庇荫；恭遇鸾章锡类，叠拜天子之褒嘉。粤在嘉庆四年冬，高宗纯皇帝升祔礼成，则有奉直大夫户部主事加一级之赠。及嘉庆十有四年，我皇上五旬万寿，则又有朝议大夫户部主事加三级之赠。荷申命之有加，聊酬恩于罔极。乃贪升斗，久恋京畿。五千里迢递关河，远隔羊肠之路；十六年稽迟岁月，未瞻马鬣之封。每履霜露而怆怀，徒望云山而结念。兹得陈请枫陛，省视萱闱，愿稍遂夫乌私，身暂离于象魏。言归桑梓，瞻望松楸。礼重焚黄，谨循旧典。诚抒积素，恭扫先茔。呜乎！禄不逮存，常抱终身之恨；灵兮如在，犹思绕膝之欢。曷胜悲哀，庶几鉴佑。尚飨！

祭曹晓斋文

柳廷方

呜乎公年，长余二十。联以婚姻，契逾车笠。公之少壮，劲节磊磦。余甫识荆，但瞻丰采。岁在甲子，儿女婚成。频年接公，乃识公诚。公之刚直，待人无欺。语鲜轻诺，有诺不移。公之缜密，我微不悉。缥有衣袽，终日戒栗。公每接余，杯酒谈心。知无不告，剪烛宵深。公之次君，余之爱倩。公以属余，烦君提命。

前年公疾，气蛊浸淫。余为公告，不治将深。公亦自忧，忧其不起。两载忽瘳，既瘳乃喜。公喜告余，大运颇蹇。过此关津，年寿或远。公喜告余，贞疾既可。明年七十，公来寿我。

寿域将开，旧疾复作。子妇求神，史巫纷若。公曰毋然，大数有定。身后事宜，我先自尽。乃备丧礼，纤悉毕照。乃命家人，飞骑相召。

公笑谓余，人谁不死。及我之生，有言托子。子真达者，盍生志余。南山片石，待君为书。余笑诺公，公复促我。死祭徒然，生志较可。既死而祭，赘语纷来。只有四字，呜乎哀哉。

余怵公言，乃述公旨。公坐其旁，授余一纸。述公生平，骑射读书。既壮游庠，鳌掷鲸呿。述公懿行，捐逋焚券。兢兢义方，贻谋罔倦。后纪年齿，葬某冈阜。某年月日，某某顿首。

书丹既竣，我泪沾膺。我泣公笑，谓我曰能。君生志我，我生谢君。我死君祭，仍用斯文。今也诔公，公已见许。呜乎哀哉，或非赘语。尚飨！

祭宋生桂林文

柳廷方

呜乎宋君，何遽至此。一棺束身，万事都已。君生颖异，剧喜读书。祖父钟爱，甚于掌珠。闻汝前年，偶焉咯血。君体素强，或作或辍。去春始剧，卜药求神。既饮上池，渐次康平。续遭摧折，镜分鸾死。似水芳年，情谁遣此。君叔及弟，来游吾门。病欲偕行，堂上阻君。君志翻然，不来不畅。儿女情消，风云气壮。缘君志坚，俾君负笈。既得偕来，孜孜汲汲。堂上怜君，攻苦过刻。屡次谓予，毋相敦迫。

今春群彦，文战方酣。君邀甄录，附课城南。府县试临，摩拳擦掌。每战必争，搴旗力上。病虽间作，力不中停。工夫迭进，如日方升。余间进方，俾君调理。服药有灵，君心则喜。君质轩昂，君材富有。同堂愕视，呼为畏友。畏君不凡，畏君深造。余乐陶然，相期远到。

五六月间，精神谐畅。余独虑君，秋宜防恙。甫及立秋，君陡失血。日易数方，余心碎裂。君以舆返，我神与俱。君身杌杌，我志瞿瞿。归未及旬，闻君病亟。我来诊视，脉数气急。余虽面慰，私切心忧。所忧君者，或在季秋。谁期到馆，频惊噩梦。倏焉伻来，凶问传送。

闻君垂绝，尚念师生。君言刀割，我泪泉倾。伤哉余心，痛哉君死。计与君偕，七月而已。七月师生，肝胆可共。惘惘离情，触辄生痛。余为君诲，倾沥无余。君有肺腑，亦必告余。同堂失君，如雁折羽。言辄欷歔，推案起舞。忆君归时，情犹濡滞。恐病虽痊，或阻院试。伤哉此语，痛入心脾。春蚕到死，尚有余丝。试期今届，九月上弦。同人棘院，君独黄泉。棘院灯红，黄泉路黑。知君英灵，临场凄恻。

无可奈何，告君一语。身外浮名，天地逆旅。抑君有灵，尘寰再至。苦尽今生，食报来世。为君痛者，渺渺青年。苍天何意，一线不延。兴言及此，伤心难已。我有一言，为君破涕。君之文章，作作有芒。以文易子，血食争光。自古名人，不皆有后。斯文金玉，天壤未朽。君祖若父，释痛在兹。我之报君，亦在于斯。行征君文，择取其是。传之名山，百年不死。

祭石人文

魏瀚

乾隆五十一年，余丈佑享自祁阳来归，云其寄寓之处，有水通湘江，地名杨桥填，每三年舟辄一覆，相继而死者盖不知几何人矣，乡人患之，而无如何也。余曰：嘻，异哉！是何厉欤？曰：津之侧有石人焉，俗谓之新人，盖女子于归而没于此者，殆其为祟乎！余将食以牲酒，令其勿为患，子为我撰数语以告之。余悲夫祁人罹灾之多，又嘉余丈之志可以格鬼神也，遂告之曰：

吾衡阳南崖魏瀚，哀尔之无知而有言也。天下无不死之人，而人世有不吊之鬼。溺而死，礼之所不吊也。盖或竞渡乘潮，以水为戏，自不有其躬，将何吊焉？尔则何为乎？尔以乱离而死，凭吊尔者自不乏人。而后之没于此津者相继，世人遂谓继尔而死者尔死之，其后此者则又继尔而死者死之，行人相戒，从而怨尔詈尔也，尔之罪其可辞哉！且夫溺于水者，则为兹水之神。二妃之沉于湘江也，楚之人无不诵湘君、湘夫人之贤，悲其志，伤其遇之不偶。伯玉之妻死为洛神，艳丽者过之辄溺焉，至今犹传为妒妇津。此其度量相越，岂不远哉？尔将何从乎？尔沉溺兹水，凡水族之为患者，亦当力为驱除，何堪身犹为厉？纵谓溺人非尔，亦不过尔所溺之人溺之，尔为倡而众效尤，上帝其能容尔流毒若是乎？尔本以无罪而死，上帝自未有不悯尔，自今以后，尔能与继尔而死者不为祟于兹，则尔可神，而其余亦不至湮没于鬼箓矣。人无没溺之患，居民当无不戴尔。若犹沉迷不悟，是尔不思为可敬之神，并不欲为可吊之鬼，甘受怨詈而不恤也，尔之愚不亦甚耶？余丈以文告尔，尔其听之。

祭风神文

魏瀚

吁嗟求雨之际，人同其忧；呼号待命之忧，神罔时怨。伏惟尊神，爵崇惟伯，德大称师。巽以行权，时若曰圣。潜天而天，潜地而地，悉资长养之功；曰雨而雨，曰旸而旸，总借吹嘘之力。事关扈正，物企鸿施。兹当周七八月之间，偶愆夏甲子雨之序。人方殷于待泽，神何意以屯膏。大旱之望云霓，且喜且惧；小人务兹稼穑，有报有祈。用敢冒渎尊严，虔恭吁请。祈徇维鱼之望，少霁从虎之威。绥靖嘉师，不啻推食食我；弥纶神化，总蕲以雨雨人。瀚职任封圻，能惭燮理。百谷之膏为共仰，六宗，则贵有常尊。降福三登，定知升平之有象；吁泽下尺，勿俾比户以无鸠。

祭岳麓山神文

袁名曜

天作为岳，元工橐钥。有矗南戒，煜煜爚爚。麓远而灵，蜿其盘薄。或广而谽，或凸且锷。干湘之浚，神光显烁。击奸护良，布威溥泽。锡民以安，毓材尤博。粤稽有宋，人文蔚起。式创云构，永奠厥址。斋室堂厨，鳞次迤逦。坛席宏开，硕儒杖履。傥有吟哦，篆镌是纪。偶有种树，璆琳是宝。遗芬剩馥，奕祀覃被。于铄皇清，圣风云靡。无栽弗培，无植弗美。维神效灵，滋兰秀茝。朝挺其英，夕莳而子。词藻联翩，烝烝多士。迩者非族，欲肆贪鄙。有穴而炭，有薪而杝。高峰剥落，地脉潜圮。繄神震怒，用锄莠秕。贪谋不遂，先后继萎。勿愆乃罚，士林逾憙。感兹神应，旌别臧否。爰仿貍祭，馐以甘旨。恭祈来歆，增锡繁祉。为国树人，楚材工庀。秋桂轮囷，金飚馥蕊。铦锋竞研，怀丹握紫。琼梯连步，蓬莱宫里。春风今夕，呵护深只。敢告。

祭罗慎斋先生文

袁名曜

麓山多秀，吾道南来。泰岱终颓，哲人西逝。惟极盛之难继，尤后顾而前思。维我先生之主讲麓院也，斗山望重，圭璧瞻同。树楷模于坛席，尽人愿见先生；收杞梓于名山，不问知为弟子。

大匠成材，讵惟雕我；洪炉冶物，岂止铸回。且其作人则人杰，长养如化雨春风；培地则地灵，气象壮文津道岸。饰已成之局，增未造之规。启景行之遐思，广息游之胜趣。桃李尽在公门，书声忘倦；桑梓莫逾斯土，人至如归。拥皋比者二十七年，亲绛帐者六十三县。先生之泽长矣，先生之教大矣。

某淡墨榜中，叨陪私淑；赫曦台畔，未与亲承。鸿门作士，空瞻夫子墙高；瀛馆随班，犹怅长安路远。梁木先坏，素绖方归，固诚望岳云而意渺，临湘水以思深者久之。乃者谬膺抚军之聘，滥操教士之权。欲度金针，惭无玉尺。水能生木，蹄涔之止无多；火可炼金，镫羡之镕有限。抚后生而莫导先道，思先哲而安步后尘。然而高下量也，俯仰情也，敢曰尽心，聊思学步。资敩学以相半，月落鸡鸣；欲人地之兼成，云兴鹊构。工歌伐木，即以公而济公；人乐输金，自少有而富有。无坏我薪木墙屋，惟其涂塈茨垣墉。士林之力也，先生之心也。

惟是开道学于濂溪，夫子特祀修祠；增祭享以九溪，先生栖神辟地。王侍中注骚伊始，三间尚有功臣；丁中丞修院为先，千载应光俎豆。凡此几疑首创，讵言独出心裁。居后起以乐观其成，总当年之有志未逮。恢宏素念，敬达微忱。伏祈天上栽培，永护澧芷沅兰之秀；人间化育，长留湖云岳雨之英。先生千古，后进同心。不敢不勉，不敢不告。

祭协揆纪河间师文　　陶澍

於乎！三台位炳，八柱材长。扶舆清气，以礴以磅。笃生贤哲，为国栋梁。

河间古郡，文献旧邦。维公焕起，益迪前光。家传镂管，人号绣囊。名门习教，世德余庆。爰自束发，已出辈行。桂林秋馥，高摘无双。旋游瀛渤，叠晋春坊。书窥武库，地接文昌。上林俪马，羽猎俦扬。繄二千石，共治惟良。一麾欲出，圣眷逾常。俾留侍从，独领铅黄。至今盛事，芬溢缥缃。根盘利斫，冶炼弥刚。玉关生入，金殿重翔。驭娄上值，薇阁兼襄。旋佐圻父，南省严庄。乌台五掌，操励冰霜。伟伟宗伯，典礼肃将。惟寅惟直，不愆不忘。官总六十，济济跄跄。古称夔契，伯仲颉颃。

维公间出，司命文章。如苏在宋，如韩在唐。当其落笔，万斛独扛。风雨离合，河海汪洋。经史醞醸，百家笙簧。王杨沈宋，驱使奴降。屡持文柄，星使建幢。材搜瑰异，体刷纷哤。春闱三度，玉尺评量。公门蔚秀，桃李芬芳。斗山之望，允矣克当。

昔在四库，综理书仓。一斤较重，三箧订亡。丁牛窾导，亥豕讹详。笺宗古策，锋发新铓。排签插架，挈领提纲。编帙之富，于古未尝。润流学海，帜树词场。他难仆数，此尤煌煌。

维公在职，夙夜不遑。心侔水镜，度协圭璋。天子有命，股肱岩廊。贰公宏化，燮理阴阳。尚期元老，永赞平康。曷来甲马，倏尔云骧。澍等夙亲函丈，久侍门墙。周模孔楷，卓尔在望。寒烟漠漠，白云浪浪。瞻怀旧德，慨然神伤。爰陈蕙俎，爰沃椒桨。灵兮不昧，鉴此馨香。

祭礼部谢芗泉先生文

陶澍

繄惟先生，毓灵涟水。太傅之礽，蒋公之里。幼习名教，鄂不韡英。枝骈窦桂，荫袭田荆。爰暨叔兄，贤书同上。红饼开筵，黄金射榜。木天之府，高敞穹窿。履砖入直，花影摇红。旋擢乌台，班先豹直。果有谏名，柏无孱色。道避骢马，树鸣凤皇。劲正之气，蹼而弗僵。秩秩仪曹，寔名瑞锦。桦烛晨趋，壶冰夕饮。屡持红旆，植帜文坛。奇搜秦梓，秀撷江兰。德树务滋，勇形为敢。照古以神，腾今以赡。

一经有业，两到相攸。国香初馥，忆去之秋。壮志方长，贻谋伊始。孰云先生，而止于是。澍等备员清切，夙景芳型。临风泣叹，怀此德馨。爰奠琼浆，载陈旨酒。灵旗翩然，如在左右。

海运告海神文

陶澍

伏以百川衍派，海滨当荟萃之区；千舶飞刍，江左值转输之候。庆广储于丰稔，米本如山；卜利涉于安平，波还似镜。凡此水道经由之所，胥赖神明护佑之庥。今者海运议成，新漕待发；诹吉二月之朔，粮艘开行。路出扶桑，望长安而近日；津通析木，指溟渤以瞻风。惟神位奠左间，久昭赫濯；泽敷东澥，尽仰朝宗。伏祈水德灵长，靖风涛而庚邮尾接；共仰金仓充裕，贡米粟而丁运首输。俾南船顺轨而行，惟神之力；望北极连樯而进，荷天之庥。敢告。

水灾告江神文

陶澍

窃见本年霖淋日久，蛟水乘之。皖处下游，被灾尤重。堤穿圩溃，沙走崖倾。鱼鳖游于堂前，田亩沉于潦底。流离载道，老弱颠连。加以东北风多，连月不息，埂处棚栖之众，屡卷于波涛；鸠形鹄面之人，半填于沟壑。酸心之状，蒿目难言。非徒煎虑于疆臣，实已惨闻于神听。

伏思天心育物，无剥而不复之机；帝德好生，有服而即舍之罚。况匍匐有同于入井，岂拯援莫切乎濒危。仰惟尊神，职司水府，奉天宣化，为国承流。朝宗之路是遵，利济之功宜洽。所冀鸿慈广被，噩水潜消。障银浪以东趋，卷铜旗而西下。楼台不幻，云边之蜃气全消；窟穴无留，釜底之蛟涎尽扫。人归田里，户泯怀襄。庶几澹此沉灾，恩同再造。多稌多黍，今兹之属望虽虚；有干有年，来岁之经营有赖。敢告。

为水患炮击江潮告江神海神文

陶澍

维道光十有一年孟秋月朔日辛亥，越告日庚子，太子少保兵部尚书两江总督陶澍，谨遣京口水师营副将李恩元、署扬州营参将三等子陈述祖，以香楮之仪致告于江神海神之前曰：

伏以万流仰镜，沧瀛归容纳之区；百谷遵王，江汉识朝宗之路。惟神有职，就下为墟。兹者鸿水成灾，鸠民失业。崩崖裂石，长桥来吮血之蛟；溃岸穿堤，矮屋有跳梁之蝈。历五旬而涨犹未退，径千里而澜竟思回。竹箭无声，芦灰莫止。但见洲荒一片，浪卷云寒；忍闻野哭千家，甑沉灶破。具官无状，定知变不虚生；百姓何辜，窃冀神罔时怨。特专水师，敬致瓣香；爰借火攻，宣通巨炮。气引列星而上，电掣雷轰；水障百川以东，沙飞石走。波上之水犀利涉，潮头之金弩齐鸣。驱蛇龙而放之菹，请从此逝；听鸿雁之嗷于泽，庶几来归。敢告。

祭学使周石芳侍郎文

陶澍

於乎！天柱峰颓，柳州为之恸哭；玉芝霜陨，梦得闻而抚膺。良以耆旧云亡，古今同慨；知亲零落，人生所悲。

惟我先生，器秉国桢，行成士表。鲜于泣芋，时方弱龄；柳母丸熊，教我孤子。陆氏则昆冈并美，马家之白眉尤良。读东观书，弭西清笔。星轺四出，无非藻芹；玉尺所收，尽在桃李。承明著作，帝典出于一家；天府文昌，贰卿同乎八座。虽波生宦海，臣已投间；而日照穷渊，帝原鉴直。知齐贤为可用，因老其才；召李泌以还朝，必竟其用。当圣主龙飞之始，思草茅蠖伏之贤。北阙纶宣，东山屐出。两朝再遇，甫佩学士之鱼；一月三迁，遽赐侍郎之绁。三载奉皇华之命，两江仰冰鉴之悬。方幸甲子甫周，常拜紫鸾之赐；谁知龙蛇已谶，不度白鸡之年。此固缙绅所同哀，抑亦朝廷所深惜者矣。

若夫魏公陈迹，自有龟趺；子云著书，均在虎观。而荆州人物，岂能无惜元龙；吾辈栋梁，何可遽亡叔宝。

忆昔金华把袂，玉署联镳。六科是前，奉为先正；十年以长，事若诸兄。既弹王贡之冠，爰结朱陈之好。萝从柏施，过从方殷；燕去鸿归，风尘旋判。一自送归舟于湘水，捧谕檄于巴山，万里生离，十年春梦。吴江皖水，迹虽通而仍睽；秉钺乘轩，职各羁而莫晤。巨卿之见元伯，忽是梦中；刘晏之交景山，已成死友。於乎哀哉！

一别终古，半月还疑。检巾箧之书，九言犹在；怀元宾之谊，一字皆珍。莫鼓灵床之琴，空效寝门之哭。丹旐一去，流水千秋。阮陈留之七哀，非子谁为；徐豫章之一酹，于礼为宜。谨荐椒馨，用伸刍奠。九京可作，吾将与随武子游；旅魄来归，君应从屈大夫去。於乎哀哉，尚飨！

祭黄公文为家大人作

周树槐

维嘉庆二十有三年七月丁巳，敕授文林郎河间县知县黄公以疾卒官。越明年二月癸酉，公之丧至自河间。至之明日，其姻家弟周某，谨以清酌庶羞之奠告于公灵：

噫嘻乎公，是耶非耶，翩翩其还。燕云秋暝，楚水春寒。瞻望灵舆，涕零如线。曰六年矣，自我不见。三世之好，义彻黄泉。徼福如顺，及先江津。为箕为裘，两家子弟。谓如公者，先德之似。匪惟婚媾，典型是瞻。处师其俭，出师其廉。位不充才，寿不充德。于公何有，小子何述。

昔公送我，载登我堂。公且复出，我有西行。誓言倦游，白首相过。公出不复，命也则那。在昔和顺，亦终厥位。惟其循声，到今不坠。公为能吏，人或知之。公为良吏，民或尸之。如是我闻，公其不死。庶留清白，贻厥孙子。公无我斁，若平生欢。为公破涕，劝公加餐。尚飨！

祭欧阳松洲文

何庆元

茫茫上帝，与下异情。数理乖违，畴测而明。谓夭乃寿，谓修偏折。昨菀今枯，朝旸暮雪。人入其中，愠喜悲欢。妄形非据，大梦忽阑。倒颠聚散，变幻寄归。匹群翔顾，怆矣其欷。

惟子之生，隽敏逊悌。委曲伦彝，苦甘荼荠。降心柔气，求友丁丁。渴于予厚，如影在形。予初刚急，有弗予知。范君开予，是蕴殊姿。子无忤怍，日亲以浃。哀乐死生，唱和歌泣。我庭我庐，子简子编。子履我迹，我丹子铅。肩随二纪，倍怜神骏，磨砻光晶，漱涤清峻。

迩逼家祸，蹐局彼穹。笃信予规，敬业宝躬。予年始衰，恃子予弼。子亦倚予，调吕应律。律亢以喤，吕柔以凄。夜半有力，负之而西。苍天苍天，践予妖梦。拔桂披心，孰知予恸。

有女无儿，有衣无棺。遍告知旧，来摧肺肝。急收遗文，痛筹孤藐。事当次举，少安无扰。大敛既毕，范君谂予。子容宵见，苴斩瞿瞿。予昏弗省，归悟自责。子有期衰，焉用苐舄。哀哉吾子，虽死未亡。非礼弗服，幽室煌煌。敬焚素冠，要绖草屦。以安子慊，以补予误。似子续子，永子千秋。不馁不忘，责在吾俦。惟子信予，惟予知子。子无遗言，其言盈耳。予与诸君，泪倾卮酒。长号拊心，靡所归咎。高天厚地，风凄日曛。焄蒿匪隔，岂曰无闻。呜乎哀哉，尚飨！

祭童云逵封君文

李隆萼

惟湘孕秀，惟岳降神。大沩岿然，实生哲人。为圭为璋，盖代之珍。德精荧荧，日在南斗。燕兆投怀，龟征压纽。左癖耽胸，易爻注口。鞭奋祖先，名惭卢后。抟鹏大海，走马长安。圜桥释褐，边徼弹冠。分野列宿，乃应郎官。蓝蔚苍黎，陶冶苗蛮。迁秩典牧，竹马迎欢。清白贻谋，诗书衍泽。庭有笏床，门高金戟。圭器克家，承明列籍。染翰螭坳，蜚声鸾掖。崔曲方谣，龚黄复觌。桂子纷纷，桐孙奕奕。徯福从今，恢基胜昔。

公官古竺，我遭京曹。祖饯国门，逖听贤劳。捧檄步尘，谊忝同袍。我来公去，归田兴豪。一官去就，视若弁髦。西岘栖庞，南山乐陶。昨我倦还，言寻故里。既获谈笑，时亲杖履。遣兴效骚，豪吟代史。谓翁矍铄，殆寿者是。喜见方瞳，庶臻载齿。真率风流，会将古比。

何期阊阖，遽下巫阳。岁厄龙蛇，来谷不祥。倏及大殡，怆焉永伤。不憖遗老，曷极哀肠。载赓楚些，奠公一觞。公灵用爽，式格来尝。

恭拟睿亲王初次祭文嘉庆七年　　周系英

叶剪圭桐，继绝早蒙夫葛庇；根分仙李，绍封倏怆夫兰摧。惊看三载之中，弓裘并坠；痛惜元勋之后，似续偏艰。爰命荐馨，聊抒轸念。

尔和硕睿亲王宝恩，雅恂表度，恭慎宅心。借庆皇条，绮岁无惭于麟角；蚤升宠树，妙龄克荷夫龙光。蜚西外之英声，企东平之懿矩。溯乃祖功在社稷，原同武穆文昭；迨尔躬训秉义方，应擅楚诗沛易。肃句陈之环列，气静千庐；领羽卫之亲班，礼崇百辟。蔚有老成之望，益滋夙夜之恭。方期风翮九霄，霜蹄千里，用寄屏藩之重任，长承圭组之殊荣。属偶遘夫沉疴，谓祗宜于静摄。何图冠齿，遽夭颓龄。遗讣俄闻，伤怀弥切。备乃饰终之礼，赐禭恤金；将予恸悼之微忱，辍朝致奠。於戏！逾百年而复始，原期懋赏之延；收九族以睦亲，独感岐姿之邈。灵而不昧，尚克歆承。

恭拟大学士王杰祭文嘉庆十年　　周系英

人臣之事君如一，忠爱无朝野之殊；天下之达尊有三，老成系典型之重。里旋通德，嘉恋阙以重来；望重灵光，怆骑箕之遽邈。新诗增感，旧德难忘。胡不憖遗，为之嗟悼。

尔予告大学士王杰，天资正直，人望清严。钟灵杰则有太华洪河，论科名不愧状元宰相。早从拔萃，司铎黉宫；洎领群仙，挥豪玉署。宫僚洊擢，任遇日隆。升金掌之辉，象原惟月；陟柏台之长，气本如霜。即家而膺喉舌之司，宅揆而优股肱之寄。屏唯阿而孤立，参密勿以论思。被先朝特达之知，荷一时逾常之眷。顾问勤于朵殿，师资表于胄筵。为两浙之文宗，振八闽之士习。四司秋赋，盈笼参苓；五主春官，满城桃李。冰壶方洁，玉镜侔清。匪特大事不糊涂，可云一生无纤芥。

肆予缵极，图任旧人。亮工熙绩之谟，前席方隆夫接昼；名遂身退之义，归田讵慕夫遗荣。乃乞身至于再三，仍慰谕申于数四。深念引年之义，重违止足之怀。无地起楼台，岂有优游之乐；乃心怀魏阙，长悬献纳之思。八秩开旬，齐眉志喜。多其锡赉，俾尔寿康。恩屡贲于丘园，礼岂求于筋力。何意脂车而入谢，特令扶杖以趋朝。伟矣黄鲐，喜耆英之矍铄；赐之诗翰，叠旧韵以频仍。汝力未衰，朕心良慰。

讵严寒之偶感，遂无疾以告终。遗疏忽闻，轸怀无已。襚之经被，厚以帑金。阶晋宫师，典崇祠祀。既申奠醊，载举彝章。聿隆展恤之恩，用备饰终之礼。於戏！眷耆儒于迩列，落落晨星；念林际之高风，寥寥昼锦。昔也车几两，马几匹，叹大夫之独贤；今也刍一束，酒一尊，怅斯人之不作。尚其来格，歆此苾芬。

拟孝淑皇后岁暮祭文嘉庆七年　　袁名曜

兰仪掩彩，陈象设以重扃；玉座凝寒，阅鸿钧之六转。启寿原而即叟，来年待引龙辅；眷律谷以回春，饯岁弥惊蜡节。典修腊祀，感切幽宫。惟孝淑皇后，婉嫕其仪，柔嘉维则。炳星轩而正位，范著长秋；伣天妹以符祥，德昭时夏。畴昔鸡鸣致儆，佐视膳于松云；只今鹤驭难追，感遗弦于蕙路。庆笃螽麟之绪，璇式贻光；仪传翚翟之休，金相俪质。椒涂久阒，怆先庚后甲之年；

苇籥频吹，匝女丁妇壬之岁。星符半纪，隔神路之幽严；地卜万年，就仙原之葱郁。踌躇惠问，怊怅昌晖。抚来冬移御之有期，悼岁暮斯筵之不再。於戏！夏日冬夜，近当归室之期；柏酒椒盘，剩纪迎年之节。灵兮肸蚃，鉴此衷怀。

恭拟奉恩辅恩公绵佐初祭祭文嘉庆十一年　　袁名曜

恩隆敦族，荣膺宝玉之封；谊笃叙宗，典重瓶罍之锡。抚桓圭而心恻，酹盏斝以情深。尔绵佐秀茁兰芽，荫承若木。礼云宗臣，授事以爵以官；诗曰价人，维藩之屏之翰。绍鸿庥于世及，允迪前光；随鹭序以趋承，式共尔位。遽沉疴之不起，用奠醊之特施。於戏！纶綍宠颁，贲光荣于幽辖；尊彝傧列，备典物于初筵。灵其有知，庶兹祗受。

中岳神告祭文嘉庆十四年　　袁名曜

维神嵩高奠体，峻极蟠基。寿星以豫野分躔，福地则坤仪耸镇。祥开中土，会阴阳风雨之和；秩视三公，矗伊洛涧瀍之表。兹以朕五旬开秩，万宇胪欢，爰举鸿仪，用申虔告。遣巨僚而持节，蠲吉日以升芗。扶舆锺太少之灵，蔼祥光于望秩；懋典洽皮悬之祀，轶故事于登封。庶鉴精禋，丕厘蕃祐。

恭拟天津淀神庙祭祝文　　袁名曜

维神德洽瀛壖，灵绥甸隩。渟涵泽薮，亘南垂北际而遥；峻峙堤防，俨东沼西陂之隔。地周八百余里，溉田成上上膏腴；沽标七十二名，输壑赴茫茫溟渤。经支衍派，容巨浸以汪洋；畎浍注川，集涓流而演漾。阜闾阎之百产，薪蒸偕蜃蛤争饶；滋衣食于三登，菽麦与桑麻竞蔚。既沐盈宁之佑，宜隆肸蚃之文。灵祠溯建于庚年，册其禋祀；秩祭肇称于戊岁，三月时巡。方展义以斯临，特申香而式侑。於戏！有功德则祀，考章聿重于礼经；命祝史以陈，锡福永昭于畿辅。灵其歆格，鉴此苾芬。谨告告。

恭拟江渎神告祭文

袁名曜

维神南条噏吸，东海朝宗。绕梁荆扬，贯三州之远；长淮河汉，居四渎之尊。兹以洗甲扬休，安澜永庆。快长鲸之歼尽江有沱，其啸其歌；命召虎以告成江之浒，于疆于理。敬陈清酌，尚鉴虔忱。

恭拟河渎神告祭文

聂镐敏

维神德润溥长，灵彰允翕。亘金堤于九曲，湍流稳赴归墟；泛锦浪于三春，漕运实资利济。揽夏代献珠之契，亥既辉腾；稽尧年刻玉之巡，寅清礼重。兹以朕五旬展庆，万国胪欢，懋举崇仪，特申昭告。仰荣光之上烛，探源溯星汉而遥；征符瑞于澄澜，沛泽共海天俱永。神其歆格，鉴此明禋。

恭拟郡王衔贝勒绵志嫡夫人瓜尔佳氏祭文

贺长龄

宗潢俪德，桐圭分宝册之荣；仙驭驰辉，柘馆闷瑶华之美。惟表柔嘉而垂范，爰推恩谊以颁纶。尔郡王衔贝勒绵志嫡夫人瓜尔佳氏，阃则扬芬，鞶仪秉式。播徽音于谱牒，蘋藻流馨；襄内职于闺帏，珩璜协度。方冀长承夫象服，何期遽返夫霓旌。乃考彝章，特颁奠醊。於戏！素车莫挽，空瞻翟茀之陈；彤管长留，载洁雕筵之荐。灵兮不爽，尚克来歆。

恭拟和硕怡亲王祖母嫡福晋瓜尔佳氏祭文 贺长龄

礼崇大母，特褒淑范于桐封；泽溯重闱，用贲殊施于秬卣。惟壶德表柔嘉之美，斯朝章荷恩谊之隆。尔和硕怡亲王祖母嫡福晋瓜尔佳氏，敬慎扬徽，温恭秉式。兰佩叶银潢之系，陔养延和；椒蕃流玉牒之芬，槃仪衍庆。乃孙枝之正茂，遽慈竹之云凋。爰沛恩纶，用申奠斝。於戏！雕筵锡鬯，式增象服之荣；彤管垂芳，载焕鱼轩之色。灵其未杳，尚克来歆。

湖南文征　卷一百二十四

祭文四

祭易屏山先生文

严正基

於戏！先生没矣，悲哉！夫死生亦人情之常，何悲也？悲先生之没，生民靡所瞻依，将有凋而瘵者也；后生小子丧所宗仰，将有背而驰者也，其能勿悲乎！

夫先生貌不逾中人，言讷讷不能出诸口，亦犹夫人耳，抑又何悲也？然而先生异矣。夫先生产五溪荒僻之乡，文学非邹鲁匹，秀良不吴越若，而先生嘐嘐然自以为方隅可以限庸众，而不能以阻豪杰。曾、闵之行，吾可折节为之；董、刘之学，吾可殚精肄之；贾、晁之政事兵略，吾可练达古今出之。不屑侪流俗之中，日乐与古人为伍，先生诚异矣。因先生之没，思先生之异，其能勿悲乎！

先生少从先大夫游。先大夫固不为方隅所囿，而常以古贤豪志事自命，一见目为国士，尽以所学诏之，先生卒亦能副师门之望。先大夫异先生而先生始异，先生自异而异先大夫者，益翕然以为真异矣。余是以悲先生之没，而重悲先大夫也，又能勿悲乎！然而疑先生者以为好异，忌先生者又以为立异。夫先生非有惊时骇俗之情示异于人也，好与立何涉焉？

余自总角时从先生游，壮同学，晚同官，盖五十余年于兹，义则师友也，谊则昆弟也，先生异余，不以庸众相遇，余亦窃以豪杰志事自励，诚不敢自异于先生也。故知先生之异之深者莫如余，知先生之不好异不立异者亦莫如余。

夫先生少负文望，登湘闱贤书第一，旋捷南宫，充内廷教胄讲席，文章风采，推重名流。洎出宰卢氏、孟县，迁刺邓州，权篆光州，所至剸繁剧剧，教牧兼施，类有百年必世之规，不减古良吏名迹，程梓庭、杨海梁二制府，均以治术尤异上闻。虽官不再迁，中外士大夫称之。至在京师，脱同年友山丹令郑君于狱，负重逋不顾。在中州，代偿本师通城令杨公亏帑于楚，累数千缗不惜。识李生梦周、胡生丕昌、黄生元吉、刘生一山等于童子军，招至内署亲教之，登甲科入词馆者相望。义声教泽，洋溢京雒，先生夷然不以自异，先生诚异矣。而先生刚介不阿，遇不可意事，辄义形于色，大府前亦侃侃力诤。僚友之名检不饬者，相对终日无一语。以故上下龃龉，动多掣肘。莅邓数年之间，迄不得一发舒，疑且忌者，始则以先生好异，甚且以为立异，自是而先生遂以乞养归矣。夫先生岂真好异者哉？道高毁来，德修谤兴，古今同慨。顾知先生之异者大有人在，而知之尤深者实莫如余也，先生没矣，而能勿悲乎！

且先生之乞养归也，尝一主龙标讲席，以太夫人年高，晨夕侍养有乖，不再就。辰郡雷震初太守修文翁、吴公遗轨，亲教督郡人士，闻先生邻郡老宿，重之，属余敦请为诸生师，复以道远固辞。里居陔养十余年，斑衣馨膳，跬步不离。太夫人年近百龄，以寿考终。古人不以三公之贵易一日之养，先生有焉，异矣。

先生晚年学益邃，养益醇，担簦踵门请业者，常数十百人，就其才质为提撕，所成就者甚众。生平贯通经史，旁涉诸子百家，深究古今天人精蕴。为文奥衍雄深，一空依傍，于制艺尤臻超诣。性不喜著作，故别无纂述专集。至于天文兵法，研索契其窾要。尝以江华瑶变，草有《平瑶臆说》。海疆岛夷内犯，草有《平夷条议》。邵阳魏默深刺史，当代淹通士也，深以其议为可见诸施行，先生又异矣。然中间遭家多故，间以横逆万难排解，涉讼公庭，议者引为先生訾议。昔陈白沙为世大儒，以祖先祀产垂废，讼其近属无赖子于有司，当时不以为非，似不可以此刻绳先生也。

於戏！先生没矣，谁复能如先生之异者？悲哉！由今以思，先生之行，一曾、闵也；先生之学，一董、刘也；先生之政事兵略，一贾、晁也。起五溪荒僻之乡，独能以豪杰自命，翘然特出于流俗之表，而动与古人为伍，斯岂方隅所得而限邪？邹鲁之文学，吴越之秀良，又讵有加邪？於戏，异矣！

今世运未跻康乂，斯文犹待振兴，时局维艰，需才孔棘，而先生不可复作矣，悲哉！夫先生既不复作，生民靡所瞻依，将有凋而瘵者矣；后生小子丧所宗仰，将有背而驰者矣。知先生之异者莫如余，其能勿思先生之异，伤先生之没，而酹酒云天，涕泗滂沱，以致其咨嗟忾慕之忱？余之心恫矣，先生之心益恫矣，於戏，悲哉！

祭告汉侍中王叔师文名逸，顺帝时侍中，作《楚辞注》。壬申秋，入祀岳麓之三闾大夫之庙。

严正基

在昔痛陨《怀沙》，万古雪累臣之涕；篇传《哀郢》，三湘补骚国之风。于以高著作于熊疆，登词章于梼史，古之作者，亶其然乎？惟侍中以东观之名流，为南州之才子，诵木末芙蓉之赋，独有会心；笺山中薜荔之文，都非凡解。别淫哇于巴里，搜轶事于羊封。释必及乎虫鱼，文因成为羽翼。夫游湘涉远，甘窜逐于猿猱；呵壁问天，侈荒唐于神鬼。迟鄂君之翠被，枉寄相思；伫山鬼之桂旗，空言远者。执斯以论，将至临文章而隐伤其怨，写忠爱而莫谅其心。设非有薰香摘艳之才，为之表章于鱼腹，铄古陵今之识，因以扬厉其鸿裁，乌能摅白芷之芳馨，光则争乎日月，续红兰之绝笔，字如挟乎风霜者哉！某白雪未调，生香敬祝。郢都文字，尚有知音；宋玉风流，斯其嗣响。用是发幽光于潜德，策继起于骚坛。祔诸左徒，肃将苾祀。於戏！九原可作，百世不祧。谱香草于美人，同是一家之眷属；配清流于湘水，允膺三楚之烝尝。

公祭傅重庵廉访文

严正基

於戏！洗兵嶍塞，天朝右将帅之才；释菜龙城，边徼崇师儒之望。乃有威宣蛮部，教氾鬼方，张奂之镇安西，乖崖之定巴蜀，帝方赉弼，天遽夺年。万里城倾，九重两泣。岂非花门剺面，长痛遗泽于旌麾；槐市椎心，莫挽精灵于箕尾者哉！

恭维重庵廉访，韬娴颇牧，望蔚范韩。浙水龙蟠，越山虎奋。受风后之金法，作杨公之铁星。方其捧檄滇池，作尉洱海，倮夷犯塞，肆劫盐车，少府防边，选兵武库，弓鸣霹雳，罗伽之妖雪惊飞，剑引辘轳，蒙段之妖云立尽，固早已声飏六诏，而威爆百蛮矣。

无何螳斧煽氛于蛇关，狼烽彻晓于熊楚。精夫火老，兵弄潢池；青犊赤眉，凡探山洞。倚乌巢为窟穴，踏蛮徼无坚城。千里虫沙，三军猿鹤；夜郎自大，汉将如飞。是时也，北阙有忧边之色，南中无报捷之书。五溪之草木皆兵，二酉之风烟蔽塞。赤囊驰警，白雁春哀；画角戒严，青虹夜泣。盖撄天狼之虐，边士半叹无家；而闻风鹤之惊，楚才齐思纾难。公以飞熊之表，赴豕突之戎。帕首从军，靴刀誓众。桓元子莲花幕内，但有郗生；周亚夫细柳营中，谁当剧孟。尔乃身入虎穴，手缚鬼章。三更已夺昆仑，一鼓而禽元济。桀瓠胆落，渐识丞相天威；虎旅气雄，争赴将军号令。是以荣垂珠串，五马优迁；宠曳孔翎，三刀立兆。天子有干城之寄，营平特假以便宜；元戎策扫穴之勋，渤海毋拘以文法。

然而公洊登显秩，益效驰驱。闻士雅之鸡，五更起舞；叱王尊之驭，九折奚辞。因思永靖铜驼，长驱铁马。匈奴未灭，男儿何以家为；小丑尚存，壮士为之发指。此甘松互市，终防银鹘之奔；梨树请盟，长严朱鸢之垒者也。

夫其阶将舞羽，寇且弯弧；鼠窜方宁，鸱张益狡。公练兵于无敌，杀贼于未央。爰乃变其徽章，广招枭俊。募僧腾客，置曳落河。罚必当邮，赏无虑滥。训之如子弟，敦之以诗书。如火如荼，简十万苍头之卒；为鹅为鹳，立六千君子之师。以故深入不毛，专征有豸；勒兵石岘，决胜金塘。麾旌茶洞之巅，援桴花园之塞。制宣王之软履，曳朱泚之云桥。杂冯异之涂眉，效永昌之吹角。其夺隘也，如怒霆击空。其摧坚也，如疾风扫箨。雁都尽落，雕剿如神。斯非肃天讨以报中朝，剪余氛而安全楚者乎！

于是犁庭告捷，坚壁防秋，斥堠拓边，双乌耀日，关厢瞰塞，万雉钞云。树剑阁于蚕丛，投戈相戒；建鼓楼于鸟道，鸣柝长闻。假使戊己无屯，叹军糈之少备；亦将癸庚兴蔼，致兵气之不扬。公则休武侯渭水之师，行充国金城之策。置屯田之校尉，四塞经营；任兴农之中郎，十年擘画。牙璋晓握，非问以钱谷而不知；金甲春耕，用峙乃糗粮而亡害。业已金汤屹乎难犯，刍茭可待不虞。

公又脱剑维文，止戈为武。调停顽性，当宣帝德以无私；润泽群材，乃见皇风之罔外。则有三舍授苏湖之宅，衿子半解横经；六乡辟河洛之宫，僰童亦知向学。升其俊秀，明绝域无弃才；登以贤书，示天家颁异数。章缝济济，俎豆莘莘。盖惟公靖干戈于弦诵，有神武不杀之风；寓保障于敦槩，广文德诞敷之化。公之烈也，国之光也，楚人之望也，边氓之福也。公亦用是对扬休命，简在帝心。陈臬羊封，司马光八条按部；提刑柏府，陆宣公五术纠奸。斯宜白简霜严，朱轩风肃。国有神羊之击，人避骢马之行。而公霈三湘之吉雨，作一路之福星。含饴者延息郇膏，挟纩者负暄赵日。置万间之广厦，正如河润士林；布三载之春风，洵是海流讲院。

比以政成入觐，宠赉有加。三锡自天，臣子之恩荣已极；八州作督，朝廷之倚畀方长。何乃六月飞霜，遽凋大树；九秋雨霰，顿陨将星。痛甚尧宫，手敕优褒乎一德；哀深魏笏，头衔特换于九泉。酒洒黄村，荣流身后。诔宣丹陛，恩重生前。蛮乡之哀诸葛，帙徒听拜灵旗；雁郡之思郅都，凤诏许营祠庙。延嗣续于螟阶，争喜苏瑰有子；列殊勋于麟阁，居然褒国书名。公之目可以瞑矣，公之功可不朽矣。

所可痛者，庆云匿彩，难寻西浙儒宗；卿月沉辉，大失南州士望。先生休矣，弟子黯然。湘浦红兰，齐洒秋风之泪；渚宫白雪，都成薤露之声。海内闻而伤心，英雄为之扼腕。岂第芦笙写怨，摧血泪于溪峒；铜鼓流哀，吊神灵于边戍也哉！兹以金棺长掩，丹旐将翔；缌帐徐陈，刍车欲发。楚歌雪涕，群披灵席以荐浆；越绝首丘，敬导诸生而执绋。睇弓刀兮自动，卜旌节其来思。今日招魂，人是郢都之宋玉；他年酹酒，公为汉代之伏波。

谕祭故仆李顺文

严正基

於戏！曩游京邸，惟尔我从。扫除执爨，靡役弗供。灵椿告瘁，犒徕渭东。言旋梓里，尔亦我同。我徂河洛，尔留溆中。米盐料简，图匮于丰。我弦中折，归觐萱宫。潘舆迎养，尔复汴墉。息川洧水，爰逮宏农。服勤官阁，历佐庖饔。尔婴沉疴，于管之封。我悲失恃，哀痛填胸。素旐南发，载返卢峰。炎风薄笨，暑雨孤篷。长途扶病，时恻我衷。方谓霍然，命续秋蛩。云胡鬼伯，促辔匆匆。

尔生北燕，心恋南穹。溆山溆水，梦寐恒通。如亲故土，于此焉终。桐棺七尺，墓道数弓。首丘既遂，马鬣斯崇。我惭君实，尔实朴忠。相依廿载，忽化飘风。尔无眷属，嗣息其空。将继螟蛉，俾延尔宗。荒原麦饭，寒食常逢。洁陈牲醴，我心则忡。夜台渺渺，尔其罔恫。特告。

公祭罗湘洲太史文

吴莹

乌乎！玉鱼谶老，人间泣断春风；甲马声高，岳岭愁摧天柱。征谪仙于碧落，云暗西清；阶待诏于紫霄，星霾南极。箧中经掩，缁林绛帐之悲；海上琴孤，流水空山之恨。羌兰皋兮蕙径，何处招魂；蹇桂酒兮椒浆，还思荐芷。

惟我湘洲夫子，荆衡右族，当代名儒。西眷东崔，誉绵清第；冈头泽底，号著甲门。公生而颖悟，幼便宏通。辨铁树之四声，识黄初无二月。夜读而燃残松节，朝吟而坐老枫根。一卷玉杯，蓬观兰台之宝；千行金粟，鸾笙雁瑟之音。

弱冠补博士弟子员，越六年贡成均，又十年领乡荐。当是时也，长安诸老，争识马周；秘阁名流，交推到溉。公亦意气干霄，心精耀日，以为乐闻东塔，云见南宫，锁院联镳，只须一战，都堂纳卷，不待重来矣。而乃困公车者廿年，踬礼闱者八次。在他人必且竺落交愁，兜罗饮恨，长辞驴背，不上鸡行，公乃穷且愈坚，晚而弥笃。识芙蓉之晚茂，不怨东风；信文章之有神，何愁白蜡。

庚戌成进士，旋改庶常。曲江花暖，喜学士终看；禁苑春迟，羡先生竟入。金坡侍直，易简到而先达噤声；菱汁宣麻，陆扆批而行辈尽伏。

不数月，公以仲弟讣音至，痛雁行之梦渺，遂乌哺之情深，乞假里门，问安寝舍。宫袍五色，权当莱衣；寸草八年，聊娱点养。无何，太封翁与太师母继逝，公风木悲来，蓼莪涕洒，而年已六十矣。哀缠马鬣，空余此日王裒；舞逐鸡鸣，不是当年祖逖。斋居何妥，一巷白杨；带继康成，半阶绿草。

诸大夫以夫子之克扶文教也，干旄孑孑，束帛戋戋。既玉振于濂溪，复金声于石鼓。岁甲戌，广省堂中丞聘主城南。霁月初临，光风遍拂。某等或松檐立雪，鼓听三通；或槐市横经，香抒一瓣。方期北斗星明，十载学唐庚之报；岂料西州石折，一门服郭禹之缞。乌乎，痛哉！

公品粹如金，性介如石。杜私门之干谒，任诮蝉栖；谢公路之攀援，矫同鹤立。以故王通老去，欲远河汾；而李俭疏成，终推溧水。亦可想见其为人矣。况公毕生劳瘁，少而鸡窗雪案，五夜毡寒；长而鱼钥风檐，卅年管秃。蒲帆十幅，挂残黔水东西；玉笛一枝，吹遍大江南北。历尝险阻，备极艰辛。而卒也花砖晚步，较杨置而犹荣；皓首传经，比伏生而更健。儿曹悉是兰芽，孙曾亦同玉笋。非苍天与直，善气致祥，而能若是哉？然则公之心可无恨矣，公之目可以瞑矣。

今日者郑公怛化，一册龙蛇；邵子神归，漫天鹤雁。瓦飞东阁，后堂之丝竹齐愁；雨簇长廊，一院之风沙尽黯。怅缌帷之萧瑟，曳杖人亡；惨丹旐之飘零，种松客满。楚骚调苦，同赓宋玉之讴；虞殡音凄，长下侯芭之泪。场庐他日，酒酹今朝。夫子有灵，庶几来格。

公祭严可亭文

吴莹

乌乎！霜凋玉树，无情总是秋风；露萎红兰，惹憾非关旧雨。悼威明之早丧，座客俱哀；恸公彦之中摧，路人饮泣。凌空咄咄，天道奚论；对此茫茫，浮生若寄。宛其死矣，能不悲哉？而况乡关迢递，口垂闭以谁怜；客馆凄其，目将瞑而孰语。望辰阳兮不见，大梦应醒；渺湘水兮横流，招魂何处。

先生溆浦人也，族是清贤之裔，风雅名宗；门临明月之岩，牙幢压第。髫年积学，蜚隽誉于双丁；壮岁锄经，演奇书于二酉。家原豪贵，不愁扈载清寒；性极豪华，讵类韦庄溪刻。

方己卯之来讲院也，一囊书剑，千里河山。高气云腾，逸情霞举。作文坛之飞将，勇搏千人；领酒国之雄师，饮能一石。每至天外风高，江心月满，寻香草于左徒祠畔，摩古字于北海碑前。

有句皆豪，无觞不醉。或铁拨铜琶，高唱大江东去；或哀丝豪竹，低吟水调歌头。虽长卿放浪，中散清狂，不是过也。

然而鹰隼秋风，常思奋翮；骅骝远到，惯欲凌云。以君才大如江，学深似海，何难博濬墨以书名，望强台而振臂。鸾掖文章，旧归才子；龙门声价，本属词人。而乃黄叶西风，迭幻蕉边之鹿；青衫夜雨，频闻驿口之蝉。莫荐郁轮，空题筯竺，而君志愈奋也。

今年适届午科，例开乙榜。君效偪阳之县，苏而复上；拭桑公之砚，磨欲终穿。大雪孤征，强弓独挽。方期汞炼烟青，丹成九转；岂料峰高瑟老，曲断三湘。乌乎，痛哉！

平安默祷，犹牵白发之情；寒暑关心，尚入红颜之梦。岂无姻亚，惨怛何堪；亦有诸昆，悲凉曷已。当疾剧时，君犹欷歔奋迅，声彻邻斋，当亦有不能自平者邪？然而诗书臭味，本至性之相关；朋辈讴思，即长歌以当哭。邈昂霄之壮志，鬼亦称雄；负盖世之英声，魄非为厉。遮须国好，舍子谁司；碧落官清，非君莫领。生是骚人，死为仙吏，其又何悲！其又何悲！某等或搴裳联轡，躬亲张绪风流；或识曲聆音，耳熟仲宣醰粹。蒿歌几曲，聊申宿草之情；清酒一樽，共洒寒林之泪。

祭杨菊泉文

曾兴仁

道光乙未四月十六日，李小帆自长沙来，述同乡赵城明府杨君菊泉死节事，余惊且骇，不觉失声。旋以道路传闻，何可凭信。及六月八日阅邸报，始知死节甚确，并合家内外一时同死十有三人，以访拿邪教遽被焚杀也。余与君交好有素，乃于越日丁酉设位以招君魂而哭之曰：

余不见君十七年兮，君作吏年亦十五。君官晋而余官吴兮，距两地数千里许。怅迩来消息之莫通兮，各供乃职守厥土。余补翥复调钤兮，时仲冬而岁在甲午。何逾岁之三月四日兮，贼剚刃于君而忠魂去。嗟哉！上有母而中有妻兮，下有依依之儿女。更有幕宾阍人兮，逮奴婢而同遭一炬。

罹此难而揆其由兮，六村啸聚强夺取。君为见几收捕兮，变生劫狱以相拒。实为逆魁之曹顺兮，胁制良民几千户。蠢尔朝花文炳兮，公然窃持县印组。何期守义之乡人兮，保聚勇夫共一举。尤赖少府张君兮，受伤杀贼乃安堵。不崇朝而丑类澌灭兮，合家被害君独苦。人言苦而余窃不然兮，以君诚得其死所。丈夫许国谓何兮，大节昭昭功砥柱。况同死十有三人兮，忠贞骨肉仍相聚。

忆君癸酉领解兮，君与秋笛为同谱。余因秋笛交君兮，遂得唱予而和汝。嗣余公车同上兮，舍馆草厂复同处。挑镫拔剑论史兮，偶把山西人物数。君谓狄青勇莫当兮，余谓德威其智亦可贾。余谓薛瑄节难磨兮，君谓遇吉之威甚可睹。岂知君恰官晋阳兮，后先忠烈竟同侣。侧闻俸满秩迁兮，万里南安州已补。深羡犹令赵城兮，致使忠肝揭千古。天子闻之感悼兮，难荫承恩例知府。四海闻之伤心兮，荩臣今日说湘浦。爰奠爆牲鸡卜兮，远地哭君泪如雨。余且欹枕就梦兮，定有君魂来共语。

祭姊兄吴东麓文

彭定本

缅句吴之公子兮，擅礼乐之明备。历上国以遨游兮，烂声施于后裔。翁继武以亢宗兮，羌众美而举最。既家学之渊源兮，复楷模于前辈。独好修以为常兮，虽履盛其如未。得神仙之职官兮，分草制于中秘。扛龙文之百斛兮，殊巨灵之屃赑。抗世南之风烈兮，捧毛檄而走番地。宣王化于万里兮，用华礼而俗异。洵荆楚之良材兮，超顾球而历试。倏雄飞于云中兮，乘五马而拥千骑。

叹叔度之来暮兮，惜侯霸之遄弃。未期年而丁故兮，借寇恂以无计。朝骋骛于关山兮，夕弭节于唐肆。驾飞龙以南征兮，从帝子而长逝。捐玦佩于江皋兮，骑箕尾乎天际。横鄂渚而扬灵兮，女婵娟其莫致。嗟予为翁内弟兮，纷离别之有岁。冀回节以绸缪兮，忽死生之殊界。谱楚辞以荐馨兮，聊歔欷而寄哀思。

祭湘阴胡寿山文

李任

乌乎！去冬闻先生诀瑜凶耗，竟日咨嗟，无能自已。以为习尚滔滔，波流靡靡，惟借一二邵德耆年，为姻亲矜式，岂谓楷模代谢，使吾党又失一老成。乌乎，伤矣！

先生于弟为外兄行，旧好也。继以令冢君长媛许缨行九侄孙，叔孙令媛许缨行二孙，队队新姻，先生固不以迂拙为弟弃，而弟之所为向慕者，要在德而不在其他，则今之所为悼悼者，亦惟其言之质而已。先生弱冠时即登仕版，与先难兄南圃先生雁队苏湖，其政事之优，官声之美，固已载在口碑矣。

无何鸿猷方展，乌曲旋挥，不再任即奉尊翁讳解组奔丧。终制后昆仲怡怡，不复寻宦途味。南圃先生躬承先绪，纲纪门闾，而先生推才让能，翛然以远，一惟读书适意，养鹤怡情。说者每以昔人下帷不辨稻粱相议，及南圃先生怀和长毕，门高事剧，说者遂为先生难，然而先生固不可测也。

古人有言曰：修之家者献之廷。此以学优则仕而言也。推而论之，优于仕者，固无不可以施于家。以余观于先生，独深孔怀之谊，更弹子敬之琴，揽宏纲而该巨细，分盐润米，悉寓陈平宰割之经纶。虽素所未经之事纷至沓来，而触绪分披，皆如轻车熟路者然。夫乃知韬锋敛锷，其才固未许人拟议也。自是梁孟双崇，文人蔚起，马氏瑶环，咸登贵籍。而先生贵不忘勤，富不忘俭，退闲之余，惟以教读课农、谨慎谦和为事事。余闻属纩以前，扶策流憩，手执一编，终日不倦。退而与家人道恒细，聒不能休。从旁聆之，则传家之宝也。乌乎，懿矣！昔陆清献公令松杨时，谓所亲曰：《六谕集解》虽为愚民而设，然士大夫览之，亦甚有益。刘忠宣云：致政之暇，教子读书外，披蓑笠，督耕耨，语之曰苦之，所以益之也。先生其有见而然欤！

弟自甲午冬晋谒崇阶，借瞻先生晚年进德弥益宏深，归常传以为训。厥后屡欲趋阶，稽留未及。至去冬匍吊几筵，则已不闻珠玉矣。越今日而执绋长歌，则益无及矣。哀哉，尚享！

祭李湘帆文

李中涵

乌乎湘帆！余去冬十二月廿六日，夜梦二客盛服携一童子爹户入，若远行而来别者，余起送至南门而寤，仅记一为赵君仙伯。时仙伯病正甚，余大恸曰：仙伯殆矣！内人惊问其故，遂以梦告，而仙伯讣至。然终不知所梦二客一童子，仙伯之外更为何人。未几里人方某死，或曰是殆先生所梦与？赵君来别者乎？余曰：非也。梦者形神相接而成。仙伯与余交最久，知最深，情最洽，故于其卒也，神合于梦，不他人别而余别者，契谊缔结于生前，精诚感兆于死后故也。若某者与余无倾盖之雅，平昔之知，乌足当之？吾犹虑知交中继有变出也。

今年二月，疠疫大作，而君忽罹疾不起，一时同人伤君之贫，而又悲君之孤嫠无托，无不相视而泣。讵知君丧未月余，而君之长子进德亦相继委化，乌乎，哀哉！君，余故人也；君之子，余门弟子也。畴昔之梦，二客一童子所不能记识者，非君父子而何？

乌乎湘帆！余与君结邻三载，仅隔一墙，虽风雨晦明，罔不相聚。迨后余迁居稍远，君亦时相过从，谈文讲艺，与赵仙伯家春园诸子，文酒宴游，鱼鱼雅雅，何其乐也。迄今时隔几何，而君与仙伯、春园，皆先后下世，回首旧游，邈若山河，复求一夕之谈，一尊之共，此生此世，已渺不可得，何其悲也！第不知君与仙伯、春园比肩九原，犹能复入余梦焉否邪？

祭五人火死文

李中涵

乌乎，伤哉！古人重去其乡，依父母，恋妻子，恒老死不逾里闬。虽迫之以饥寒穷困，极人世不堪之境，俯仰一室，晏如也。

尔五人以衣食之故，依人代耕，别父母，去妻子，有千里而来兹者，有数百里而来兹者，有经年不返、数岁始获一返者。山川悠远，音问间阻，游子怀乡，风雨凄其，旅况亦良苦矣！兹乃以余之运蹇，于是岁二月十八日，累及尔五人陷身烈焰，援救不及，以致殒命，乌乎，伤哉！

余自闻灾，即重趼狂奔，悲伤悼叹，对案不食者累日。盖以不虞之灾，耗余数万之财，犹可居积而复至，鯱尔五人之命，虽搏土范金，已无可赎。每一念及，忽忽不知泪泗之何从也。乌乎，伤哉！

今尔五人自殒命以来，余已令人求得其尸，讣闻其家，买棺以殓，择地以殡。尔五人骨肉之亲，近者已至，远者或犹在道，不日可归骨于家，可以遂首丘之愿，可以妥游魂而无憾。但余卒悯尔五人不得其死，又复召缁流诵经以忏之，具酒脯为位以奠之。尔五人死而有知，当念人孰无死，死于火与死于病、死于水、死于缢、死于兵刃、死于覆压、死于辛螫豺虎，虽死不一致，要其捐躯亡身则一也，尔五人又何怨而何尤也哉！孟子曰：尽其道而死者，正命也；桎梏死者，非正命也。尔五人者，谋人事未尝不忠，平时无干天怒召人怨取死之罪，一旦祸殃猝发，同室诸人获免，尔五人独当其厄，是有莫之为而为、莫之致而致者，则尔五人于夭寿不贰、修身俟命之旨，何悖何昧而不自释于冥冥中也！乌乎，伤哉！

今尔同事诸人，事毕将去，尔五人羁魂漂泊，于此何依？语云叶落归根，人穷反本，尚其收尔惊魂，敛尔残魄，驾风乘雾，随尔骨肉之亲，去归其乡，依尔祖宗之丘墓，以享尔家人之祭，毋久栖于此，啸雨啼烟，化阴壑之磷，为幽墟之厉，流离异乡，捐桑梓而不归也。五人有灵，尚其知之。乌乎伤哉，何享！

祭朱文公谴魇魅文

锺昌澍

惟夫子儒林北斗，道岸南针。阐群圣之微言，渊源遥接；萃诸儒之要义，旨趣同归。异端辟若雷霆，大道炳如星日。闲其邪而崇其正，惟理是衡；彰厥往而察厥来，无微不烛。凡消沮闭藏之辈，固先恶其自欺；即魑魅魍魉之端，莫不畏而潜遁。尘寰碌碌，亭毒鱼鱼。学礼学诗，训有惭于鲤退；肯堂肯构，谋敢忘夫燕诒。

忆自嘉庆之岁，依兹旧宅，建厥新闾。虽无三沼五亭，足供晏息；亦觉九柯十匠，颇费经营。构造逾年，落成不日。只冀贺应来燕，庶几居不嫌蜗。而乃梦未占乎大人，祟偏作于匠氏。削竹头而如箭，凿柱孔以韬锋。妄逞害人之私，暗施魇魅之术。所幸真良乍见，隐慝亲供。当已斤自手操，曾探两片；厥后图经指画，复取一枝。盖伏匿有方取之易易者，直等探囊之物；而搜寻无术索之冥冥者，徒费凿空之思。

窃念彼本自心狼，诈莫穷其百变；竟使我旋同首鼠，疑不罄此两端。欲易而新之，争奈前功俱废；欲仍其旧也，未审后事何如。纵教草号忘忧，曷胜叹蕙；浪说木名无患，乍觅拾栌。羌龟卜以奚从，总狐疑而莫释。凝思邈虑，特竭寅衷；指事抒词，敬陈丙鉴。伏冀文光朗耀，照较胜于温犀；邪祟潜消，悬无假于秦镜。从教已取之怪术，直共冰消；傥有未抉之压魔，允同雾散。由此祸皆转福，端赖正可胜邪。好事重来，不借吉丁之佩；邪魔远避，何烦刚卯之铭。凤首春多，花荣仁寿；鸡头瑞溢，草茂科名。银州纪郭氏之祥，玉树竞谢家之秀。门称归厚，鸡犬自觉皆恬；宅取安仁，蛇鼠无能为厉。于以爰居爰处，各得所求；庶乎有千有年，卜云其吉。是下士所切期也，惟明神其鉴临焉。

代镇篁镇告风神文

黄本骥

维年月日，具官某致告于风神曰：

风之熏兮解愠，不愠之解而徒熏，神不若是之忍也。风之时兮阜财，不财之阜而违时，神其何以示闵也。将吏不职，罚所自来也，边民何辜，罹此灾也。稻之早者未秀，而其晚者犹未茂也。况彼山田，易渗漏也，十日一雨，尚恐泽之未透，今已兼旬，苗将槁而莫救也，非神之佑而谁佑也？云溶溶而欲布，孰为割之？雷隐隐其将鸣，孰为遏之？雨翳翳其待施，孰为夺之？咎无所归，惟神之尤兮。功不可贪，惟神之求兮。神其召屏翳，敕丰隆，回羲驭而反此风也。约以三日，神之功也。三日不雨，神听之不聪也。为民请命，将吏之责也。牲醴既具，祷祀维虔，不职之罚，其或可以少释也。尚飨！

代谢风神文

黄本骥

维年月日，某官致谢于风神曰：

时惟仲夏，南风大作。雨泽愆期，军民焦灼。设坛致祷，陈辞略略。自辰至酉，风势愈恶。方谓失职，非神之虐。俄而反风，凉气入幕。雨随风至，沾濡优渥。遍及田畴，渐入城郭。竟夕连朝，倾盆注壑。孰比其甘，醍醐乳酪。合境民苗，皆大欢乐。惟神之灵，洞察民瘼。如慈父母，有求必诺。得此时霖，可占秋获。敬陈牲醴，借申虔恪。匪曰报功，聊纾愧怍。雨沛云油，雷轰电烁。凡百神祈，同享此爵。尚飨！

道光丙戌五月，余客镇筸。时值亢旱，嘉禾待槁，呼吁莫及。陈雨峰镇军阶平以函致余曰：吾乡某前辈，忘其姓名，老名士也，生平不诣官府。岁值大旱，忽诣巡抚辕求见。巡抚倒屣迎之。既见，问何事枉顾，某曰：方今雨泽不降，南风阻之也，祈雨无益。袖中出祭风文稿曰：别设一坛，虔诚致祷，霖澍可必得也。巡抚从之，果得大雨。今先生来镇，见弟等匍匐郊坛，三祷无验，忍坐视乎？敬求大笔撰文，一如吾乡故事。余复之曰：地方官诚求如此，无不立应。骥非某先生比也，承命撰文，自不敢却。因拟草付之。镇军遂设坛致祭。是日自辰至午，南风更烈，及至酉末，忽转北风，阴云四集，大雨如注，连宵达旦，三日始止，禾遂大熟。镇军因创建风神庙于城南，大会宾客，以落其成，并刊石记之。越十年乙未，客吴荷屋中丞荣光幕中，语及此事，中丞索观是文，叹曰：丙戌之雨，实此文致之也。又十年乙巳季夏，偶检旧稿，附识于后。

祭谭县令文

常大湘

穆穆伊人，昴灵发祥。应期诞德，温敏肃良。宅心道秘，体微知章。金昭玉粹，文以化光。和顺内凝，劳谦靡已。芳风晻蔼，殊略卓峙。味道研几，慎终如始。佥曰休哉，南国之纪。

弱冠厉翼，强记洽闻。天才博赡，学综该明。飞辩摛藻，晖光日新。擢应嘉举，跨腾风云。学优则仕，幕帷兰甸。抚同上德，惠训不倦。元泽滂流，仁风潜扇。允迪大猷，皇情爰眷。

父忧去职，丧过乎哀。经历山河，泣涕如颓。哀风兴感，行云徘徊。孝齐参闵，迩无不怀。其在先生，退守丘茔。弃官从好，游目典坟。结志区外，解体世纷。稚宾自免，曾何足云。念昔宴私，旨酒盈樽。微风动袿，朗月照轩。此欢之人，孰能飞翻。宛宛长离，予思罔宣。

我闻积善，神降之吉。宜享遐纪，长保天秩。弗虑弗图，乃寝乃疾。昊天不吊，景命其卒。魂兮往矣，与世长乖。孤嗣在疚，号恸崩摧。邦族挥泪，抚榇尽哀。竞羞野奠，申酌长怀。

余以顽蔽，清涂攸失。俯感知己，澹然自逸。矧伊燕婉，肆于百里。潘杨之睦，有自来矣。承讳忉怛，涕零沾襟。汪汪轨度，恂恂德心。畴昔之游，分著情深。举声增痛，哀有余音。乌乎哀哉，元首未华，黄金难化。埏隧既开，朱轩靡驾。东首茔园，即宫长夜。敬陈奠馈，芳猷永谢。

代庄选祭太学生夏鼎文

高崧

乌乎！杏火初炽，绵雨乍停。柳阴黯绿，草色空青。所谓伊人，逝归元冥。素帷萧瑟，丹旐飘零。昔在处仲，酒垆重经。感怀旧好，怆念遗型。矧兹戚好，迹浑渭泾。遽归大暮，溘焉长瞑。

繄维先生，会稽名宗。桐庐之孝，贵池之恭。无回其德，有睟其容。行端其表，言思其从。性耽六籍，文足三冬。锦标在手，智珠存胸。书精内史，易研敬公。流风不坠，蔚矣芳踪。德辟贤关，学探月窟。晏与登舟，冠颁束发。迪惟前光，庆流祥发。乃隶成均，借兹荫樾。茹古涵今，三洗九伐。过眼空迷，棘闱屡蹶。社燕谁栖，怪事咄咄。胸中垒块，何以浇之。亦有鄂渌，酌而饮斯。诵兹反耻，挹此如池。临风把酒，心旷神怡。或云狂药，摄生非宜。不见苏微，虽悔莫追。一饮不醉，江公所嗤。盈量而止，山涛我师。

予自龆龄，友君昆季。望衡对宇，同方合志。论次古人，务谈当世。爰本心知，申以姻谊。雷陈益坚，江庾益挚。我思朝永，君先夕迟。我方叩扉，君已倒屣。偕饮陶然，奚醒奚醉。茂男晋谒，屡申德言。学惭公冶，器逾谢元。嗟君伯氏，早归九泉。雁行折翼，黯惨春园。茂男晋谒，教思弥敦。渐逵有志，未遂云骞。君犹强健，道范长存。津梁一夜，重与细论。聚散何常，初终一致。奚离庄夏，与君异地。履陆登舟，数月一至。至有余欢，杯无停次。不在括颈，惟期写意。

去年七月，三部负累。此偶然耳，奚足为异。岂若膏肓，医缓难治。既又闻之，日甚一日。俞跗束手，巫彭无术。眷言顾之，恤焉若失。事冗子幼，食少气壹。犹复强持，不自谓疾。乃命茂男，附近占毕。经史余间，勤问安吉。伺君病间，贻我信悉。

三千珠阙，十二碧城。云烟缥缈，楼观峥嵘。五灵之石，云和之笙。觥酬交错，雅奏凄清。洪崖抑郁，浮邱悲鸣。群仙停会，四座皆惊。旌旗鹤雁，云车下迎。先生欣然，御之而行。

乌乎先生，超凡绝俗。昔为余言，英公遗躅。道士黄衣，指迷山曲。若遂修道，可登真箓。英公不答，毋乃局促。我若遇之，愿从所欲。且饮且言，人贵知足。言犹在耳，增我踯躅。

嗟余薄祜，兄弟二人。弟年视君，少十二春。弟逝之期，先君二旬。相逢地下，犹是比邻。哭君哭弟，辗转相因。逝者日疏，生者谁亲。古而无死，孰百年身。达观如寄，其又谁嗔。巍巍品望，渊渊德音。风流顿尽，疑卧藤阴。载咏楚些，泪下沾襟。载歌虞殡，歔欷难禁。我有斗酒，为君一斟。佐以只鸡，君其来歆。一滴能到，九泉非深。庶几幽灵，鉴此微忱。

祭李兰卿都转文

汤鹏

嗟百川之东流，到江海而始注。何人命之不常，历中道而塌步。国有骥而摧颓，士有凰而物故。虽时数其适然，心怀忧而不去。

登巍科以裔皇，固惟君之妙年。衣服粲以丽都，神眸炯而双悬。始回翔于中书，继拔置于枢垣。接上公之优礼，故独著于班联。驱五马于南宁，又揽辔乎吉安。熏盗贼以良善，进农圃使儒冠。奏龚黄之令绩，腾名实以超迁。树江南之旌旃，指齐鲁以飞骞。伟君子之为政，帝缱绻其问旃。

悲夫君之在公，最勤劳而倜傥。左吏胥其进退，右幕宾其俯仰。理文书而若流，草告牒而如响。治纷纶以专壹，写绸缪于跌荡。发未老其先枯，才既长而独往。

惟吾职之艰辛，曾不可乎豢养。政优优而更学，肆抽骋于篇章。掉孤情于陶阮，发丽句于卢王。外彪炳以隆缛，内绵邈而深长。擎彝鼎于商周，揽兰芷于沅湘。吐胸臆之精能，故古往而今当。删时俗之非笑，呼朋侪以颉颃。朝携壶而遨游，夜角韵以铿锵。得一善其服膺，齿流芬而心藏。盖爱才若性成，斯乐道其无方。

悲夫今之悠悠，罕若君之体用。树檀栎以蔽阳，匪楩楠之充栋。鹖鹖细而成群，拟丹穴之鸣凤。长蒿目以伤心，抉贾生之余痛。愿与君而百年，担世道以惶恐。媲勋伐于皋夔，还风骚于屈宋。伤吾心之徒然，怪彼苍之如梦。已焉哉！君既亡，兹弗恸而谁恸？哀哉，尚享！

告刘猛将军神文

罗江

维咸丰八年四月三日，湘潭县上十七都四甲，易俗乡善政里南岳丰宫保信士县学生员罗江，暨合境人等，虔诚跪告刘猛大将军之神：

旧岁季秋，酉临朔旦。群飞蔽野，自北而南。于古谓螽，经传有录。其后曰蝗，史册攸纪。诜诜蛰蛰，爰集于林。喓喓趯趯，患延夫竹。万竿僵立，一叶靡留。清风不来，绿云顿尽。刳之水泻，地则笋稀。斤斧何资，平安谁报。南山既罄，东园又灾。拾芥无遗，蹴蔬殆甚。老圃乍见，寒畦一空。茹素之士，安觅菔儿。终窭之民，难言菜色。园林遍及，阡陌同之。卷葹不见，奚止拔心。采菉无从，如何盈掬。净如野烧，酷过严霜。天地菁英，悉资蚕食。山川蕴蓄，莫厌蠹饱。乞余不足，又顾之他。千里绵连，万家愕眙。时幸已获，故不为灾。尔乃冬有愆阳，兆无三白。入未千尺，出则四延。淫潦遗其糜烂，炎气滋其蠢动。九十九子同出，二十一日能飞。虮虱不能拟其繁，蒲卢无以喻其速。孳生不息，充斥何堪。

当天高听远之时，切土旷民流之惧。无由上达于帝阙，惟有仰借夫神功。惟神翊赞历朝，翦除大患。拯亿万众以不死，经千百载而如生。因在古屡著奇功，故国家聿隆祀典。生年逾七十，祭戒谄鬼；灾防元二，急思抱佛。遂于去秋九月，偕土人于珍珠寨山庙中，恭立神位，致敬百拜，邀福一方。兹当播谷之余，益切食苗之恐。将率子弟，以行搜捕，实借威勇，以肆歼除。敬荐醴牲，并陈傀儡，以为娱乐，庶几格歆。爰作迎神之曲二章，其词曰：

傀儡登场兮士民欢，士民何欢兮神降坛。神降坛兮威仪肃，灵旗风飏兮出林屋。林际霏微兮生远烟，神所莅兮福绵绵。野蔌陈兮旃檀爇，物不腆兮庶芳以洁。

神居会垣兮焕华堂，云车风马兮历我乡。于此于彼兮同一降祥，竹斑斑兮松苍苍，昆虫毋作兮家足稻粱。乡俗淳兮神所福，小人属餍兮君子有谷。

公祭邑侯叶公攀鳞文

冯芳葵

乌乎！溪蟁回姿，天上之春风顿去；冰霜霁色，人间之冬日旋昏。矧乃制锦方鲜，鸣琴未阕。丝剩未缫之茧，石留待补之天。一旦鬼不怜才，竖能作（祟）〔祟〕。大裘破裂，挟纩为之不温；乔木摧藏，小草于焉失荫。此所以士类废书而叹，耕夫辍耒而嗟，舂者无相杵之声，行者少视途之目也。

恸惟邑侯枚生先生，产出越边，学纯邹鲁。孕西湖之秀气，蜚朔翼之英声。玉立骨以珊珊，冰贮心而皎皎。弱龄绣虎，早扬曹植之锋；壮岁飞凫，便着王乔之舄。以钱塘之清叶，种潘岳之浓花。式我南邦，报君北阙。

方其莅任兴宁也，值僻陋之岩疆，试经纶之巨手。文翁治蜀，泽以诗书；言子爱人，陶之弦管。故得狉榛变俗，德爱镌碑。野喧画一之歌，朝报循良之最。刘宠去东平之日，曾无隙地容车；召公弃南国之年，尚有甘棠留舍。然而蜗居蛮触，界限封疆，鹦囿藩篱，事穷耳目，是以流风善政，美意良规，尚属管窥，难以枚举。

迨摄篆而来吾潭也，牛刀莞尔，鹤氅飘然。逖听先声，未春已暖；获亲雅量，如月初生。观露冕之风，郊原改色；洒下车之泽，枯朽含滋。固已措犒生于衽席之间，慰大旱以云霓之望已。次年岁行水毁，灾酿木饥。当是时也，稻花万顷，铲入涛头；瓜蔓千条，延于坤轴。画阁连云之地，半作蛟宫；铜街击毂之场，全飞雀舫。榱崩栋折，既无容足之区；日炙雨淋，兼乏充肠之物。

粒渐同于炊玉，潮日见其涌银。压溺之惧方深，攘夺之风且炽。公则为之捐廉俸，振困穷，义若黔敖，食为于路；位非秦穆，役泛以舟。而且炮击鲸波，夺钱镠之铁弩；畚完雉堞，筑苏轼之黄楼。争线路于牛羊之蹄，夺黔首于龙蛇之腹。晓星戴出，薰湿蛰之腥臊；斜日归来，洗泥涂之靴袜。卒使天吴潜遁，河伯效诚，人获平居，稻留遗种。向微公也，吾其鱼乎！

且夫清廉者易入于刻，方正者每流为迂，安闲者应事或疏，聪明者恃才自用。公则品磨洁玉，兼含温润之姿；气肃秋霜，仍有岘消之候。谢东山优游静镇，济以小心；度上虞发摘奸欺，略无矜色。照人若镜，胆辄为张；立吏于冰，心皆自怯。治狱惟渠魁是罪，势破连鸡；和民以息讼相规，斗怜困兽。粟分五斗，怕闻索乳之啼声；金谢四知，且给焚膏之资斧。唤渡而迷桃叶，买观音救苦之航；祈甘以活黍苗，摧旱魃如焚之气。

每至公余暇日，判牍闲时，鼓冷官衙，香凝燕寝，纵雀鼠而离网，招蝴蝶而上阶。或接乡先生虚己咨询，或对都人士优容奖异。信陵好客，郭泰怜才。有集思广益之心，以激浊扬清为任。剪烛而文衡玉案，运郢人斫垩之斤；烧灯而花艳春宵，邀名士踏青之屐。隐若神仙之梅尉，一空俗吏之尘襟。

某等犒坐风中，亲依宇下，方冀福星一路，长明湘水之湄；生佛万家，不返昆仑之域。所以大府有调迁之命，阖邑生瞻恋之心。以为乙未之旱在前，庚癸之呼随后，不有君子，谁抱恫瘝？用是屡牍陈情，吁哀请命。未打曙天之鼓，先留吴郡邓攸；争攀使者之车，暂乞临淮侯霸。

是时也，潭倚公为长城，公视潭为汤沐。方且从容画策，慷慨倡捐。议富郑公青州之条，考朱元晦社仓之法。人有乐生之气，春无屯沛之膏。鼓枵腹者翻洋洋而乐饥，张箕口者渐嗷嗷而待哺。讵料羽书云集，牙纛风驰。扉屦给而益繁，手版递而不断。命方奔于鞅掌，瘁遽尽于鞠躬。贾生年少，鹏来而竟死长沙；诸葛事烦，星陨而尚怀遗恨。乌乎，痛哉！歼我良人，苍天曷其有极；

丧人慈母，赤子究竟无辜。非公命之不犹，实我邦之无福。

犹忆蒲鞭辟道，驺唱鸣街，窃从卤部班行，窥见匡庐面目。虽然沈约瘦减腰围，岂识田光早亡精魄。即至丹求换骨，床卧剥肤，恶耗风惊，胪言麻起，妇人孺子，皆号我佛以焚香，走卒贩夫，亦向君平而买卜。不惜百身之赎，思扶一柱之倾。人尽汹汹，天难瞆瞆。乃听梦中之呓语，犹念民依；而吟曙后之孤星，竟成诗谶。丝难续命，香不还魂，亦曰瘁哉，吁其恸矣！

且夫爱民者天之心也，福善者天之报也。彼夫骛仕途如利孔，变宦海为贪泉，但谋腰橐之肥，不顾脂膏之竭，乡迷宝玉，气障金银，酷类苍鹰，猾逾狡兔，反得使扬扬策马，坦坦悬鱼，屡邀变虎之荣，长保爽鸠之乐，以公较彼，谁劣谁优？

乃自专柄以来，即受盘根之错。才解产蛙之厄，又罹云汉之忧。将丁化鹤之辰，犹困风尘之扰。一悲鸾镜，再泣龙文。笑无开口之期，愁总敛眉之日。卒使朝衫典尽，便裹绞衿；廪秩散完，惟含贝玉。不向天边捧日，翻从地下修文。天之心安在邪？天之报又安在邪？且至白云深处，尚茂椿萱；春草梦中，犹开棠棣。始则把一麾而去，终乃拥四翣而归。虽能振清白之家声，何以慰抛离之骨肉？而又孺人寡鹄，稚子雏莺，飘零弱息，尚寄他乡，转徙长途，难扶旅榇。庄舄之显吟固苦，王凝之隐恨尤深。公而有知，又能无渡浙江之潮，共胥涛而呜咽；摩会稽之岭，逐越鸟而哀号也哉？

独是某等恩波久沐，化雨频沾。蛇报德以无从，雀酬恩于何处。悲填楚泽，难招神父之魂；哭撼衡云，不返慈君之驾。恸子产之谁嗣，嗟来日其大难。将仿罗池柳庙之文，作朱邑桐乡之祭。黄蕉丹荔，待歌他日之神弦；绿酯缥醪，且洒此时之恨血。追维韩愈治潮之绩，曷禁玉箸纵横；或有廉颇思赵之心，尚赖灵旗拥护。乌乎，哀哉！尚飨！

哭南山师文

锺昌言

世之颂师恩者，谓其口讲指画，广学殖作名人也，谓其诱掖奖劝，相期于圣域贤关也，然而师道尽矣，语此者盖綦难。若吾夫子，于言则更有进。言年十二即奉夫子教，是时立训严毅，门下士类有劝罚，所面命而耳提者，迄今四十年犹能记忆。厥后戊辰，祛衣门下，顽梗高旷之习，四年间辜负吾夫子陶铸裁成之力者实多，而夫子犹谆谆训诲，欲相期于有成也。不意命蹇时乖，身多病，家亦多故，公门桃李，遂成野鹤闲云。十数年颠倒挫折，所倚赖而关切者，父母以外，惟师一人。然师犹望其保性命、慎践履、审机宜，以为太平无事之居士也。闲时枉叩柴关，必执言手而问曰：老夫数月未见汝，汝身无恙？汝家无恙？汝妻儿无恙？及奉以杯酒，则欢情洋溢，恍惚依依函杖时赏奇析疑之乐。至语以不平，又不觉奋袖起舞，发指冠冲，若身受其屈者然。夫世之外刚中柔模棱两端者多矣，倚势利事标榜者亦不罕觏，言非有钟鸣鼎食之荣，奇节异行之概，而师之视言疾若己疾，视言怒若己怒者，至性过人，非泛泛之情所能拟也，宜乎事父母则有孝子之名，处乡党则有君子之风，待门弟子则有严君之目。乌乎！今泰山颓矣，吾党之服勤至死者，类皆沐夫子训诲之恩，感夫子恳挚之义，而言独声泪俱下，凄断而不能自已者，非仅在口讲指画、诱掖奖劝也，盖视予犹子也。灵其鉴之，尚飨！

祭李可北周调臣朱绶卿吴中尹蔡六桥五友文

锺昌言

壬辰秋，言以四十生辰，召诸友赏菊止园。明日将举其事，是夕乃书李可北、周调臣、朱绶卿、吴中尹、蔡六桥五亡友名，于斋之南，酹酒而哭曰：

五君之先后相从于地下也乐乎？言之怀想五君，固已勤矣。

当五君之存，岁且数遇，尤刺刺道契阔不休，及其别，则亦眷恋于怀而不能释。乌乎！聚散死生之大，能弗令人凄断哉？今天下之人竞言交，以货财为固结，以声气为标榜，彼且倒箧捐躯誓死生而不惜，久则情迁腹变，得失之不齐，好恶之偶异，而冰炭之矣。噫！龌龊阴险之流，拒之惧不速也。夫五君于言，岂必有管鲍之惠哉？顾言生多病，废弃自甘，而遂流夫懒散，五君乃谆谆为言振其颓靡，去其偏向，以期至于古君子。若寒暑兴居，彼泛泛者必琐碎相属，五君固不齿及。独是五君者，皆奇异卓荦之士，而或放荡于酒，或潦倒于名，或遁处于一壑，或有志收览而事与愿违，或意在披寻而偃蹇以没，使他人必有无聊不平之气郁郁于泉下。观可北之自挽曰：九泉翻喜故人多。是五君者，其亦有弄酒联吟、拍案豪谈之乐如生前，则言所愿也。夫抚今而念昔，触景以伤怀，凡有情者皆然，况言于五君乎！五君之灵，其仍徜徉于篱下，以慰我怀思乎！尚其鉴之。

湖南文征　卷一百二十五

祭文五 哀辞附

公祭陈翥堂文

陈起书

公酒人也，笃于友谊。幼同松心听云心讲《易》有得，因与松心论文。补弟子员。菊村与鹿泉饮不胜，走告公，公曰：我其试之与之饮。鹿泉曰：子，我畏友也。松心曰：叔何可以酒废学？公曰：子何可以学废酒？天下多学，而达者几人乎？吾惧子学之多也。

至省垣，是时松心兄弟所交多知名士，公见希莲，曰：希莲有道德气。希莲告松心曰：兄叔翥堂，天姿旷达，可引以学。松心曰：病酒。希莲笑曰：与吾同。见修梅，曰：修梅长者，吾尤爱其诗。修梅曰：翥堂乐哉，吾不及其酒。见积之，积之曰：翥堂太圆。公曰：积之太方。见谦庵，曰：谦庵大有诗意。谦庵曰：翥堂大有酒意。月乔困棘闱中，闻其为云心友也，扶持之。月乔告松心曰：昨幸遇翥堂，郴州多善人。其于朋友之朋友且如此。

后数年，而与玉圃、挹谦聚于雪卿所，每酒酣，雪卿吹笛，公唱大江东去，举座皆笑曰：何笛有腔而词无腔也！

松心兄弟读书湖北，公与诸友数日一至，必大醉，诸友去而公独留，诸友曰：翥堂不能行乎？公曰：有余酒将以赏月耳。云心之官去，松心独居湖上，积之、松洲、焕之至，松洲曰：吾久耳翥堂酒名，请与之角。三人者不能胜。公谓松心曰：诸友醉矣，然吾不可不尽意。乃连饮数十觥而归。中途雨大至，风灭烛，电光燎人眉目，公大呼醉歌行，声与雷相唱和。积之失足落田中，公挟之归，笑曰：吾终日醉，实终身不醉也。

修梅病于郴，公请怀堂医之，怀堂曰：修梅将不起，子曷劝之归？公谓修梅曰：吾见子欲哭。修梅曰：何哭？公曰：子归欲哭，子不归欲哭也。修梅曰：吾归矣。虽然，子其痛饮以送。修梅归而死，公赈之。

菊村病，公治其汤药数月。弥留时，诸友皆至，公曰：我死诸友皆来。诸友疏于事，公为菊村衣冠悉称。葬之日，诸友皆哭，公大笑曰：菊村可以死矣。哀哉，谁知今日竟祭公也！

介生曰：吾兄之死也，公爰松心之墓志铭。今鹿泉饮巨觥，雪卿吹笛，松心歌诗以侑，四座默然无语。鹿泉曰：诸友无语，公必大笑也。吾辈之言公闻之，公之笑，吾辈不得闻之矣，哀哉！鹿泉又曰：忽忽十余年来，月乔、云心入都，积之、谦庵远处，希莲、菊村、修梅死别。壬辰予病于省垣，公曰：鹿泉其死乎！予时颇自惧，孰意归而公竟舍我以去也，哀哉！予醉不能文，松心其书予语以祭。

祭文昌帝君文

刘际泰

伏以在天成象，六星之气连珠；下地腾文，半月之形合璧。惟光华不遗于穹壤，斯典祀宜报以馨香。恭惟帝君，位重三台，枢分四辅。明占黄润，垣拱紫微。北魁总将相之权，东壁绾图书之宝。人间孝友，十七世为士大夫身；天上精英，亿万年掌文昌府事。书琳琅之姓字，先德行而后文章；勒钟鼎之勋猷，抑浮名而崇阴骘。唐宋元迭膺封号，为帝为王；天地人共荷钧陶，司中司命。今以二月初吉，实为帝君诞辰，庙貌聿新于京师，宫祠遂遍于僻壤。某等咸沾圣教，久沐恩光。对越益虔，骏奔恐后。采蘋蘩于沼沚，即同释菜之仪；荐俎豆于堂阶，敬效献芹之悃。以文会友，庶无罪悔迄于今；得士者昌，尚冀鉴观之不爽。尚飨，谨告。

祭舅氏金公文代父

刘际泰

乌乎！浮生死梦之说，其然邪？其不然邪？然观于弟而又信矣。弟先世籍居潮宗门，而弟生于斯，长于斯；少游戏于斯，读于斯；壮营谋于斯，娶于斯；继而往来过从恒于斯，今乃历数十年寒暑，而又获死于斯。乌乎！其生邪？其浮邪？其梦邪？且所谓浮生者，名浮也，利浮也，妻子室家浮也，宗族交游浮也，衣服饮食，与一切荣枯得失、喜怒哀乐之属，皆浮也。第生而为浮名浮利，与一浮而无不浮之妻子室家、衣服饮食，一切荣枯得失、喜怒哀乐所牵者，此浮而不浮者也。及其死梦也，生而不为浮名浮利，与一浮而无不浮之妻子室家、宗族交游、衣服饮食，及一切荣枯得失、喜怒哀乐所牵者，此浮而浮者也，当其生亦梦也。

弟少不习诗书博人间青若紫，则无浮名；守祖业不乐为田舍翁，而又任其飘薄，则无浮利；始娶妻旋丧妻，继有子旋丧子，由是家无以为家，室无以为室，宗族不过本支，交游不出里巷，举所谓一浮而无不浮之衣服饮食者可知也。荣幸得为乡人，枯不至同槁木，其得也无大得，其失也亦无大失，与人接无喜容，为世忤无怒色，承死父之重，又遭妻孥之惨变，而终身不见有至哀。承生母之欢，目击乃兄之流离，而天伦亦复无真乐。乌乎！此洵所谓浮而浮者矣。其生也其浮也，其生也其梦也，以视夫萦情世故，临生死而缩缩作儿女态者，抑差胜矣。

兄与弟为内表，继又为郎舅行，自己丑岁弟侨寓吾家，藉得朝夕事母。越辛卯而汝妹不禄，自是而日用琐事颇为弟累矣。今又弃老母而与世辞，在兄固事而母如吾母，弟原可以无虑，独是弟生固举名利、妻子、室家、宗族、交游与衣服饮食，及一切荣枯得失、喜怒哀乐而浮之，而又举老母而亦浮之也，是此生诚不愧为浮而浮矣。

忆弟死已阅月，弟母与予言曰：一月之中，弟不曾示一梦。予曰：噫嘻，是固然。弟生固本如梦，死亦安得有梦乎？今兹届三虞，命子际泰代予以祭奠以送弟灵，并备冥屋冥赀冥中受用，冥冥有知，慎毋谓予生既举名利、妻子、室家、宗族、交游与衣服饮食，及一切荣枯得失、喜怒哀乐而浮之，死又安用此琐琐者为哉！夫以弟生死故土，同若大梦，然较之老食奔走，暮楚朝秦，卒之求老死牖下而不得者，其为梦之劳与逸又当何如邪？乌乎！浮生死梦，其然邪？其不然邪？尚飨！

祭李迪庵文

胡林翼

乌乎我公，一代纯忠。仁者之勇，儒将之雄。公生之始，惟岳降灵。正气为骨，厚德为形。曰忠曰孝，积之百年。积久而光，笃生名贤。生有奇骨，敦厚如勃。肝胆沉雄，口舌木讷。朴如新息，晚成大器。诚如涑水，脚踏实地。

公处于乡，幽潜不彰。曾公倡义，乃起戎行。惟罗惟谢，与公颉颃。率其子弟，赴难豫章。初战不利，谢公先亡。临淮代将，西平视师。吉水庐陵，延望公麾。公麾既至，所向披靡。遂由衡桂，至于巴陵。既定湖湘，进克鄂城。纵横扫荡，三千余里。半壁山巅，十万贼垒。公所部兵，五百人耳。前锋始交，胜负莫测。公师跃入，十荡十决。岸赭江红，飞毛洒血。采石顺昌，讵足拟此。湘军之雄，自公伊始。

公乃不矜，粥粥无能。言简意重，渊默雷声。山不言高，海不言深。浔阳渡江，马首遂东。弋阳大战，信州奏功。义宁转斗，来援于鄂。余时困厄，气羸力薄。鼓声不鸣，贼氛甚恶。公来生我，生我楚人。倚公为命，以至于今。百战奇勋，芒刃不顿。万贼婴城，冻蝇自困。乃建长围，以断贼饷。妖祲夜落，将星无光。丙辰三月，罗公云亡。哀疏入告，天子改容。谁堪大任，授公元戎。以我卒伍，隶公麾幢。军谋巨细，一秉于公。公贱权谋，接士以诚。公审赏罚，制事惟明。万幕无哗，六辔不惊。军律暇整，莫与之京。困兽犹斗，群枭来援。公所经纶，动中机先。既决长渠，遂取城闉。以定江汉，以复蕲春。

时方饥馑，野无青草。五月无粮，一饭不饱。公军于浔，强寇在门。人或嚣争，公军无言。人之欲食，谁不如我。公往抚之，如腹自果。人之欲衣，无衣则寒。公往煦之，如纩自温。匪法所制，惟德之纯。贱货尚义，君子之军。军劳不恤，我心独悲。畺吏无状，使我士饥。嗟我有位，无即于荒。毋营私橐，以裹行粮。黾勉同心，贫也何伤。

狐啸于城，兔藏于窟。湓口之氛，六年莫遏。茕抱独劳，奇谋自靖。渠堑十重，湖连千顷。铁骑云屯，戈船夜警。天陆四张，槛兽莫骋。贼在彭湖，狼狈相需。一夫当关，如虎负嵎。公有奇计，潜师夜趋。声言宿松，返旆石钟。将军天人，莫测其踪。贼在蕲黄，蚁附鸱张。批亢捣虚，以救浔阳。公兵渡江，肆应不遑。

军兴九年，额兵虚设。无正无奇，不缺则折。譬之解纷，势禁形格。孰拊其背，孰扼其吭。彭湖之战，惟公知方。贼阵如蛇，萦左拂右。贼性如犬，利进钝走。惟公兄弟，角前掎后。蕲黄之役，功乃不朽。百道并攻，万雷齐发。江流沸腾，山城迸裂。公麾先登，一鼓殄灭。执讯获丑，焚巢扫穴。九江之功，于今为烈。

惟帝念功，车服以庸。毋掣其肘，专奏九重。毋挠其权，大官是崇。哀此皖民，汝往孳之。兵怯贼狂，汝往治之。公拜稽首，受命不辞。

公性至孝，望云思亲。书飞雁帛，泪堕纶巾。公读家书，诲言肫如。义先君国，恩后庭闱。王事多难，无念尔私。公闻有命，感泣歔欷。

公之专征，一军四分。眷念江楚，公心独仁。固知兵少，不忍惜身。固知贼多，不敢违君。四城既下，道无留者。急援庐州，何其速也。狂贼十万，乘我于危。血战千里，力尽而疲。

我闻其时，星陨如雷。愁云四合，毒雾为霾。胡天不吊，罹此闵凶。帝曰吁嗟，王臣匪躬。亿万斯民，巷哭相从。嗟我棘人，母丧返里。负土未成，大变突起。出山非礼，在山非义。涓埃无补，金革无辟。

始闻公死，将信将疑。中夜傍徨，若忘若遗。公岂死邪，吾人何依。斯人不出，吾谁与归。畴昔之夜，大风披帷。天容惨淡，沙石乱飞。我公至止，冠带巍巍。笑言既洽，颜色若怡。握手劳苦，欢若平生。忽忽自惊，疑公已薨。欲言未言，悲不自胜。公曰否否，我岂其死。讨贼之事，在吾与子。余音在耳，荒鸡初鸣。蹶然坐起，忧心怦怦。虽死犹生，公之忠魂。魂兮归来，活此黎民。与公共命，靦颜尚存。酾酒为奠，洒泪为词。英灵如在，尚其鉴兹。尚飨！

祭杜贞女文

魏承柷　原名槐

惟天地之正气，是生伟人。男则为忠为孝，女则为节为贞。可以箴顽懦，厉子臣。盖其所守者重，故视富贵死生而皆轻。然而风诗所歌，誓柏舟者惟共姜一人；而至以贞称，则鲁伯姬而外，春秋二百四十二年之间，杳乎其未之前闻。秦汉而下，武昌山头有望夫之石，清风岭上留贞妇之铭，亦足垂不朽矣。独至于未经作妇，嫠面存贞，奉翁姑，负螟蛉，为泉下人终未了之事业，此实为千百载所罕觏，而又何论乎从容就义、杀身成仁，使生于异代犹当为之欷歔而陨涕？而况好缔朱陈，近出于槐之姻亲，惟贞母生既足敬兮，没犹有荣。试看龙纶下逮，树表建坊，致动百千万亿人之观听。我知眉寿永年，福禄重申，不在其身，必在其子孙。乌乎已矣兮，又何必为之伤神！

告庐州府城隍文

江忠源

维咸丰三年，岁次癸丑，十又二月辛丑朔，越巳日戊辰，安徽巡抚江忠源，谨具清酌庶馐之仪，致告于庐州府城隍之神曰：

惟神庙食此土，以御灾捍患为事。忠源奉天子命来抚是邦，亦欲扫除群丑，奠我蒸民。乃莅任一日，贼即围城。猥以病躯，登陴固守。幸赖将士用命，官民一心。二十余日，屡挫凶锋，人心益定。惟是军饷告竭，借贷已穷。子药无多，诸物不备。援兵虽集，未能直达城下。脱有不虞，忠源受事不效，死有余罪，百姓何辜，罹此荼毒？神享国祀典二百余年，当此寇临城下，谅不忍袖手坐视，自取罪戾。且此贼凶残，辱及神鬼，万一此城不保，神纵不爱百姓，岂不自爱其身？今与神约，限三日内，其率尔爪牙，助我城内外之兵勇，同心戮力，共歼丑类，迅解重围。傥众有不足，力有不能，冥冥之中，必有拥精兵良将之神，愿效包胥之请，理当有应。如谓庐郡之人劫数难逃，即欲于围解后，以忠源一人之身，代城中数万生灵受刀锯斧钺之戮。区区微忱，伏惟采纳。尚飨！

祭三闾大夫文

周燮祥

嘉庆二十有五年夏五之五日，修复屈忠洁公祠庙将次告竣，俗以是日投角黍、竞龙舟吊公之魂，乃具酒肴祀于庙，使祝读文曰：

维公三楚纯臣，忠节凛风霜之气；千秋骚祖，词坛争日月之光。博物望重于南邦，润色名齐乎东里。当怀王践位之始，正左徒用命之年。入参帏幄之谋，出肃嘉宾之令。国其有豸，敌不加兵。于是取八邑于襄陵，合六国为从约。法度之嫌疑攸别，先功之照耀弥彰。富强可称，伊谁之力。

不谓蛾眉易妒，珍髢谁夸。在功高者岂自伐其能，而邪曲者早阴妨其宠。竟肆鸱枭之喙，叫啸庭楸；坐看鸾凤之仪，窜飞榛莽。乌乎！唐虞已邈，谁知稷契之贤；汤武云遥，孰重伊周之任。濯污泥而此情莫谅，采芳草而谁与为贻。欲叫帝阍，君心难挽。

愿明臣志，谗口犹张。呼父呼天，原冀申其哀怨；称名称物，用自写其忧愁。君或可回，俗仍能改。《离骚》之作，所由来与！

毋何良臣之柄终疏，外侮之乘日起。骐骥负盐车而去，虎狼行厚赂而来。绝我婚姻，反资仇寇。六百里之河山安在，恨满商於；八万人之戈戟齐摧，愁生丹淅。及蓝田之师不克，而邓邑之袭旋惊。出函关而残甲空还，望渤海而援矢不至。悔之何及，嗟乎晚矣。

已而敌国既愿和亲，仍还汉郡；王心终怀雪耻，甘受仇头。何以虎既入藩，掉尾之於菟可刃；卒使鱼能脱网，扬鬐之鳞甲终逃。原以厚币之行，致设诡辞之辨。国其谁误，酿成朋党之奸；王独何心，竟听妖姬之请。迨至尚方请剑，悔而追之；而关法鸣鸡，翩然逝矣，岂不误哉！向使有公之图议，则秦不能欺也；任公之明通，则齐不至绝也。何至巧计迭行，蒙耻殆尽若此邪？

乃敌愈怀欺，复设要盟之饵；而君终不悟，竟成婚媾之求。斯时也，槛折殿前，痛哭挽君王之驾；鳞批阙下，欷歔陈君国之谟。卒之蹇叔之谏不行，峭陵之兵终伏。去武关而旌旗不返，望荆门而舆榇空归。悲乎哉！欲赋《大招》，客死之魂莫返；系怀宗社，孤臣之泪难干。事可知也，良足悲矣！

又况嗣主之昏庸愈甚，贪人之柄用弥专。益设讥谗，遂行流放。自行吟于泽畔，憔悴惟怜；抱贞洁之姱修，离忧何诉。天终难问，徒悲三代兴亡；鬼亦无灵，空奏《九歌》神曲。詹尹之拂龟莫卜，渔人已鼓枻而过。欲作远游，比干无可去之义；因怀自尽，彭咸有效死之心。遂乃唱《招魂》之歌，赋《怀沙》之句。湘流渺渺，谁收鱼腹之骸；郢树迢迢，独洒龙门之涕。当日忠风一代，长怀楚泽累臣；至今庙食千年，永奠汨罗抔土。

某等生依福地，素企高风。瞻庙貌之倾颓，何异餐霜吸露；愿神灵之妥佑，因为相土鸠工。今者邃宇重新，翠帐耀层台之色；朱筵布列，羽觞酹琼液之浆。盘倾角黍芬芳，灵其鉴止；羹杂幽兰馨苾，魂兮归来。乃复为迎神之曲以歌之，其词曰：

湘山峨峨兮湘水迢迢，魂归故居兮魂无逃。新回廊兮伏槛，树兰茝兮申椒。灵之来兮渡江皋，乘云车兮飞星轺，降此突厦兮堪游遨。备樽俎兮陈牲醪，奏金鼓兮吹玉箫，灵其鉴止兮通此焄蒿。望灵旗兮影飘飘，福我民兮沛恩膏。

文昌祠驱疫文

马敬之

祀区五义，施德继以御灾；官辨六祈，禬除均于营域。乃者去秋收歉，长夏溽蒸。地困郁湮，人增流徙。氛烦娆而竞煽，食腾简而徒劳。救荒有政，虽循赈贷之文；弭沴无方，但抱恫瘝之愿。惟神秩膺注禄，封锡宏仁。上将原应上能，司民况归司命。憬奫仪于薪槱，肃赋雅诗；配巨典于羽瑚，欣逢昭代。贞辰载练，大丙先驰。宝驭飙翔，开化之威自远；芬枝雾结，积和之气攸宣。敢借噫歆，用邀降鉴。

吊屈灵均文

周耀祥

伊大道之衰谢兮，威凤窜而遐翔。悯世途之溷浊兮，祥麟且遁诸穷荒。当楚风之不竞兮，公何为乎降止。生既非其时兮，曷独揽兹芳揆。业瓦釜之雷鸣兮，奚不抱黄钟而远徙。迫谣诼之隐谗兮，诉离忧而何归。纵反覆其哀吁兮，又孰从而听之。雾隐之元豹诚高兮，讵效骐骥而长驰。果奋怀兹远猷而莫试兮，又何邦不可建白。

俾千秋之凭吊兮，咸执兹为公惜。窃独不以为然兮，彼安测公之高深。抱耿耿之廉贞兮，羌独异此寸心。苟可去父母之邦兮，讵不希踪于邹鲁。原三仁其亲戚兮，独与箕比接武。或君心其一悟兮，方三宿而返予。竟凄怆江潭而不顾兮，有誓白水而弗渝。歌《哀郢》而白公之忠兮，讽《渔父》而得公之洁。披《远游》而见公之心兮，讴《怀沙》而悉公之节。呵《天问》而知公之愤愤兮，筮《卜居》又知公之默默。

湘水汩汩兮扬风波，其下流毒兮藏蛟鼍，灵不返兮当奈何。龙之舟兮桂之桡，云旗翻兮鼍鼓号，魂归来兮当游遨。山之阿兮故居，层台累榭兮华且都，魂归来兮堪相于。云之帐兮烟之幔，丹之楹兮光灿烂，魂归来兮恣泮奂。醢豚羔兮供脍苴，包黍稻兮杂梁菰，魂归来兮享鼎臑。煎璚浆兮细斟酌，吴醴湘醽兮注瑶爵，魂归来兮燕以乐。磬管锵兮酣笙竽，铿钟按鼓兮扬吴歈，魂归来兮聊悦娱。哀江南兮心欲灰，波激荡兮山崔巍，望云中兮魂归来！

告山神除毛虫文

周曜焜

尝闻考牧之法，去其害马者而已；殖谷之道，去其害苗者而已。天生五材，民并用之。山之有木，以前民用，将为十年之计，匪锄夫为树病者，奚自培根而竢实也。今夫柯叶不改，斯乃天地所以普发育也；乔条入贡，斯乃圣皇所以征咸若也；梁栋储材，斯乃山神所以昭灵贶也。故天地之嘘植也，润之以雨露，沃之以土膏；圣皇之长养也，守之以衡鹿，掌之以舟鲛；山神之呵护也，荣之以賁若，达之以宗生。当此之时，萌芽之安，无不遂矣；槎蘖之禁，无或弛矣；斧斤之入，无不时矣。葱茏可悦，叶泥泥而纷敷；羽葆遥临，盖亭亭而广荫。其有折偶违乎方长，牧或纵乎牛羊，犹不足以顺阴阳之和而守山虞之法，况敢有如蚕斯食、如蠹斯朽者哉！

何物毛虫，异莎鸡之趯趯，俨螽羽兮绳绳，升与猱而倆捷，登共雉以齐高。跂之踱也，螟螣虐兮；喙之交也，蟊贼饕兮。曾不崇朝，毒氛恶矣；曾不浃日，科上槁矣。冈陵濯濯，靡有浓阴；孤干索索，不见檮槮。是天地欲茁之而毛虫敢杀之，圣皇欲昌之而毛虫敢攘之，山神欲成之而毛虫敢倾之。枚未伐而翠凋，何自誉韩宣之树；叶非秋而黄落，居然翦召伯之棠。彼其拂天地蘁敷之意，负圣皇培养之心，干山神厉禁之典，即天地所不容，圣皇所必诛，而尤山神所必殄者也。

且夫国家岁举瘗薶之典，与庪县沉貍之礼而并重，所以祗肃山灵者，谓其能御灾捍患，以共分赞化之功，深体裁成之意，而降福于民物也。兹者时和年丰，百灵效顺，曾是尧天舜日之中，顾可任是区区者蠕蠕焉蜎蜎焉？以生以息，肆毒螫于林皋，而莫之荡涤乎？继自今伏望神濯其灵，旦夕歼灭。或金风四起，用彰杀伐之威；或炎火潜然，秉畀幺麽之族。或俾雀啄其噍类，或令蜩化于无形。庶有以宣天地之龢，布圣皇之泽，而山神职守之严，尤于是乎著焉已。繇是而狙犷不臻者，即以使昆虫闿怿回首面内也，岂不懿欤！薄奠时陈，敬胪微悃，敢渎聪听，毋任祷切。谨告。

祭外舅马悔初先生文

欧阳勋

缅维癸卯，勋年十七。是冬婚成，东床谊密。忆初从事，乐舞高斋。当时弱植，今已成围。日月跳凡，不觉其久。爱我教我，期我弥厚。先后门下，受益綦多。况亲如勋，尤深琢磨。凡材之生，兀于奇特。牺樽青黄，坐遭挫抑。长吉则夭，东野则穷。渔畋是淫，天罚其躬。非此之说，而奚为然。矧云素体，魄固神全。

去夏染疾，呕血数升。勿药有喜，养痈莫惩。秋冬之交，神气凋索。长沙高君，诊视约略。为勋屡言，不利明春。嗟哉斯疾，而在斯人。献岁以来，人事羁绊。元宵招饮，沉醉达旦。翼日病作，医药自主。元精枯槁，参苓罔补。中间小愈，强支自宽。一变何斟，呕尽心肝。三月望日，自知不起。神色安定，乌乎已矣。

人孰不死，死贵令名。伟如先生，不负生平。先生为人，傲兀自喜。有不如意，唾犹泥滓。往日嗜酒，意气豪勇。奇态云幻，高论泉涌。迩来守约，与人寡交。嗣宗简默，曼倩诙嘲。道光而还，士气偷薄。矫振以义，謇謇谔谔。

先生之学，邑里所称。早岁圣童，共拟飞腾。乃困场屋，未博一第。徙字悔初，冀成孤诣。徐庾清新，班扬瑰伟。逾俗贬万，去古则咫。凡厥所为，得力坚忍。冥心刻斫，拗力横骋。惜未卒业，生也有涯。天乎人乎，吁可怪邪！

佚老息死，蒙庄妙义。今即不息，胡佚可憙。萧然古寺，鸟雀啾音。修竹万竿，翠参丰寻。形藏幽林，神栖禅室。其慎盖殡，有待卜吉。

城市嚣尘，久矣难居。病中斯言，犹举示余。被发入山，息机远遁。耕田食力，读书重本。我语诸孤，庭训无忘。勿以小恶，而遂披猖。人多暇日，孙卿所忧。德成艺成，视质孰优。我校遗文，篇残简断。卷分为五，本末可按。经艺千篇，散佚难稽。搜寻故纸，并付灾梨。以终往志，以践宿言。诗书不替，传与后昆。

湘水之鞫，湘山之岊。有磐彼石，请纪生没。先生知交，多世文硕。往恳属辞，永寿贞石。今也百日，我驰我悲。谨具醪羞，泣奠陈辞。

祭罗幼崧文

欧阳勋

乌乎！我初识君，闻贞增默；温如其容，萧然其色。迄与君久，意气甚豪；有时益我，如饮醇醪。今岁读书，就我室侧；仲也怜才，熙然相得。我自塾归，每就君论；滂心远拓，遗谞俱报。君之文章，精锐深浩；间为诗歌，挥翰奋藻。我视余子，所畏惟君；君虽强项，乃过推勋。凡今之朋，声华藻绘；惟君视我，不牵于外。君素体弱，时闻唸咿；羁人寒骨，信如君词。

平生落落，藏器袭锦；一日过我，入门伏枕。是夕独归，从此减餐；我往问疾，强支笑颜。中秋以后，骨虬病鹤；我去长沙，医者是托。客中问讯，未知其详；但闻神短，镇日在床。孰意别来，五十三日；忽传君耗，怆然若失。谓仁者寿，胡为其然；人命危脆，岂不自天。

犹忆七夕，唱酬如昨；投我瑶篇，自伤摇落。君亦不知，蚕死丝穷；谅哉善言，一读难终。徘徊东阁，涕出偏潸；几砚诗书，历历在眼。月下花影，阶前秋声；音容畴昔，振触平生。君叔有言，为君立后；并刊遗篇，以垂不朽。今世之英，谁能不思；思已焉哉，呜咽陈辞。

祭陈母廖孺人文

邹汉勋

盖闻风雅之始，即尚幽闲；纪传之终，必胪芳淑。人虽绵邈，不辍歌谣；世已推迁，尚烦豪素。况专贞之配，无废旧章；德义之门，式昭懿范。俪皮既举，久为异姓之亲；彤管堪书，曾有同时之庆者哉！如我姻母廖孺人者，则宋矩裴仪，锺法郝礼；郁为女表，实号针神。粤自绮年，篮于望族；葛累能逮，不借同生。心嘱生辉，实关知命。欣欣内治，佐家氏以贤名；肃肃中帏，事君姑以孝养。

迨乎女君既没，内事谁持。宗柄高情，不无协趣之痛；渊明达士，尚有丧偶之悲。奉倩伤神，平原守礼。孺人亦服累累之训，终五五之期。重服既除，中闺应续。叔姬升嫡，轶典载于《春秋》；络秀兴宗，遗芬表于《晋纪》。于是抽房旧荐，奄有室家；牢烛新陈，始成判合。昭芳徽于壶闼，霭雍穆于庭楣。教寓翻书，高子以勤修而勿替；严深载帢，裴儿以督训而皆成。

如此清芬，宜臻耄耋；云何不吊，遽尔长徂。惨淡帘栊，凄凉院落；袿衣何在，繐帐空陈。维时羲伯驭轮，方首途于鸟陆；常仪方驾，记发轫于蛇隅。山谷郁夷，鷁枝托乎遐阻；川原纡郁，鹿驾回乎崄巇。廑届穿桑，望旌幡而贯涕；未亲含具，展襚税以增悲。

勋比年以来，家门多故。琦已薄祜，早当室而考殂；娟又多艰，胡未行而姑丧。於乎！闵凶屡集于微躬，荼毒叠延于上族。寻其所遇，已足增伤。况我孺人壶德昭垂，母仪宣著，尤风骚所乐诵，载籍所必书者哉！

亲贤毕至，虞祔初临。呼楚些而声凝，诵虞歌而韵咽。勋以薄族，忝厕新姻。鸡愧名寒，岂尚楚臣奢愿；豚难掩豆，幸同齐相素风。鱼以为牲，蘖以为酒，亦聊以申悃款志哀情已尔。

祭聂梧冈先生文

邹汉勋

夫财之所由起，非天予以生长收藏之时，化以动散润暄之气，节以张火虚昴之候，则其财不殖。非地毓以恒霍岱华之灵，沃以江河淮济之膏，益以草木金石之利，则其殖不蕃。非人竭其股肱耳目之劳，奉其农工商贾之职，宣其器械舟车之用，则其蕃不聚。其殖而蕃、蕃而聚如是之难也，是以圣人重之。故理财著于《周易》，生财详于《礼经》。夫以宣父之圣，子舆之贤，理阴阳之微，论治平之绩，尚惓惓于财如此，则世之能聚财者，不诚伟人乎！

乃七十子没而微言绝，当时之士，莫知财所由起，辄重伪学与纵横而轻财，故七国危而亡秦族，此皆重游说尊俗儒而轻财之明验也。迨至汉兴，纪纲粗立，有司马迁者作《史记》以续六经，首创货殖之传，以纪能聚财之士，盖独得圣贤之微意云。故汉道之昌，自成周以来莫之或逮。

古之能聚财者，周公其隆也，故其著《周官》也，山泽有虞，川林有衡，郊甸有赋，邦国有贡，人民有供。董之以冢宰，任之以司徒，申之以司空，又有司会、大府、廪人、乡遂之属为之佐贰，其于财至周至备而无遗矣。厥后则管敬仲、端木子贡、范蠡、猗顿，皆圣贤之流亚，汉则萧何，唐则刘晏，宋则陈恕，明则李善长，皆豪杰之士，不录录伏案执经问难，闭塞固滞揣摩曲说，以希王公大人之顾盼，而能聚财者也。故其身显于当时，名垂于史册，令人景仰，至今不已。

士何乐而不为聚财者乎？然而不知奉天因地取人之略，则终日遑遑，突不暇黔，席不暇暖，以冀夫升合铢两而卒无由获，信乎聚财其难矣，聚财之士洵足贵矣。夫今而后，始知我姻伯梧冈先生之人之伟也。胡天不吊，而遽丧我典型也邪？天乎！

祭表弟周杏龄文

罗萱

呜呼！杏龄而遂死邪？人莫不畏死惜死，而君乃不以为苦而乐于死邪？岂诚有所不得于中，而不能自已邪？抑冥冥中果有为之主而为之使邪？人世困厄穷饿，颠倒错乱，有百苦于君之际遇，而尚不死，而君方幸免于衣食之奔走，且脱屣于妻孥之束缚，终日陶然醉乡，而无过而非焉者，而尚不甘而旨邪？其亦忍于堂上两母堂下两弟，呱呱弱侄甫尺有咫邪？傥其狂淫为厉，迷惑失志，君其讼之于神明，而岂有不为之理邪？君亦知家人骨肉亲戚故旧，及邻里交游与君相好无尤者，求其故而不得，徒骇叹于今日之呼君不起邪？它日者为君择犹子中之贤者，以继家督而承宗祧，永奉君之栗主，君其顺阴阳之大化而降之福祉邪？呜呼哀哉，尚飨！

三忠祠入主祭文代

罗萱

维咸丰七年十月日，兵部侍郎湖南巡抚骆秉章，谨以清酌庶羞之仪，致祭于安徽巡抚忠烈江公、湖南提督忠武塔公、布政使衔浙江宁绍台道忠节罗公之灵曰：

呜呼！我抚此土，适罹寇殃。名将迭出，挞伐大张。大星陨空，长城失倚。东南半壁，孰与柱砥。觥觥江公，负干济才。练勇殄寇，乡团肇开。转战西东，誓师淝上。兵单援绝，致命慨慷。塔公善战，忠勇罕匹。濒危不败，天相其吉。围城弗克，若负咎殃。愤极而殒，遗憾浔阳。罗公崛起，正学是宗。号召徒党，英髦景从。楚师遂雄，由赣而鄂。九仞尚亏，一个又弱。

呜呼三忠，遽受艮止。江水汤汤，流恨何已。荆南冀北，何缘盍簪。成仁取义，异苔同岑。敕建专祠，礼隆合祀。军民感恸，聚观如市。竹帛有尽，钟鼎无穷。英光浩气，上贯苍穹。俨睹威严，参布森列。赫濯声灵，歆此芬洁。尚飨！

案：是年先兄从江西瑞州军营假归，适忠祠落成，今陕督恪靖伯左公时在抚幕，令拟此稿，祭时用之。未几祠增李忠武续宾、王壮武鑫二龛为五忠，近又增胡文忠林翼、李勇毅续宜、萧壮果启江、张忠毅运兰、江壮节忠济五龛，而刘武烈腾鸿、曾忠愍国华诸公皆在祔祀之列。刘曾二公固与先兄共事瑞州者也，岁历一星，而吾兄亦以今年三月廿二殉难于贵州施秉县东之黄飘白堡间矣，存此文以志伤恸。同治己巳十月，弟萼谨识。

张牛子哀辞

张世法

嘻乎牛子，汝之残肤腐骨，累然委于沟谷矣，而今作依依夜游之鬼，载髑髅以为封使君卒邪？上帝有何震怒？下民有何罪慝？余为父母而何无德失职，使尔牛子蠢蠢弱息至不能保三尺形躯，乃为虎所生攫而食邪？房山峨峨，芦水悠悠。一邑之人，役既免而休也，麦且实而收也。薪者出于林，而担者憩于途也。谁实不仁，纵彼贪饕，以为民仇也？父老来告，余知其由。阴与媒合，山神是尤。嘻乎嘻乎，天罚未加，神职则瘥。厉刃抽戈，往谕居民，虎今渡河。

王梦楼先生哀辞

谢振定

梦楼先生之没也，在嘉庆七年四月之十有二日。余之闻先生之没也，在五月之二十日。时余方卧病，为之惊叫眩掉，泪涔涔堕不能休，病又增剧焉。阅十日少间，乃为之位而哭之，不知百端之何以交集也。

余十三四时闻先生名，辄慕之。比官京师，先生已归休林下，不得见。偶于友人所见先生片纸只字，乞取之以为珍。乾隆五十九年，余奉命视漕淮南，督艘至京口，乃得执后进礼踵门求见。

先生一见如旧相识，因相与定交。余驻淮南四阅月，先生渡江过访，往返以十数计。凡人有一艺之长，未尝不心为仪而眉为翥也。凡先生之好友高弟子，未尝不先容称道引而进见之也。其濒江名胜之区，未尝不与偕游，游未尝不欣然先至，快然以忘疲也。洎北还别，先生谆谆以千秋之业相属。嗣后音问，率岁三四至，辑之今裒然成巨册。

比余罪废，再南游，先生交益密。且语人曰：谢公虽黜，益足增吾辈之重。余恧然有愧乎其言。遂相与登北固、焦山，流连数日而别。其岁寄书犹曩时也。

今岁二月，其子通判君来，得先生去岁三月寄余书云：足下当海鹏敛翼之时，得究心千古之业。俯视尘浊，真如野马吹空，苍狗幻影，当自有乐其所乐者。某远在数千里外，不为公惜，且为公庆。又谬奖余古诗。其于律体诗则极陈源流之异，与夫生平所致力之端，为余诗痛下针砭。余读之，惕然以感，惶然以惭，惴惴乎恨不得即时命驾，相与上下其议论也。时余有棘闱之役，不得觅寸晷作答，孰意先生此书，即先生永诀之言也，乌乎，痛哉！

先生之文名播瀛海内外，三尺之童无不知有先生者，先生诚可以不朽。余独惟夫诗澜之溃也，媒心贾巧以求媚乎人人，其弊至牛鬼蛇神不可方物，温柔敦厚之旨盖几几乎息，先生乃砥柱中流，恪守前贤矩矱，自汉魏六朝迄三唐两宋，一取诸醇雅以为宗。后生小子之能学伊吾者，无不因其材牖其明而轨之于正。是以先生虽宏奖风流，而于论诗特严。

今先生逝矣，海上之琴，愔愔如在耳也。童颜朱履，謦欬应山谷，殷殷如在目也。千载而下，庶几仿佛想见其为人也。至于了去来得解脱，熊经鸟伸参补造化之义，吾乌能窥先生之涯涘也哉？爰缕述旧游，以摅余悲。其辞曰：

征海外之文心兮，扬盛名于清秘。骖上驷而骋康逵兮，宦万里其犹寄。既脱履于尘羁兮，昌词坛而树帜。虽慕才之若渴兮，卓谭艺而守粹。秋月涵清兮春山盎翠，其人与文兮实无二致。期我千秋兮心所愧，和墨写悲兮涕交泗。

许月南哀辞

唐仲冕

许生桂林，字月南，与其兄乔林字石华皆海州举人。余刺州试诸生，月南冠其曹，因师余。尝课余两儿，为人文行并笃。为余注《家塾蒙求》，梓于广陵，余亦梓所著《宣西通》于白下。久别辄与其兄寄诗古文辞为问遗，近又以《易》义商榷，虽数千里外，渠兄弟无岁无执讯也。

道光壬午闰月，余官关中，忽得其兄书，无月南名，愕不敢启。启乃知月南于辛巳九月十九日辰时告终，久不以闻者，恐伤怀抱也。云属纩时自题挽帖曰：只恨著书未了，要为孔圣明一经，望后起有人，傥与吾徒传绝学；若论短命堪悲，已比颜子多十岁，况天上不苦，还从老母侍仙游。端坐而逝。著书四十余种，凡百数十卷。

乌乎！月南潜心经学，兼通象纬句股、音韵小学诸家。余尝序其《穀梁释例》及《宣西通》，皆杰识精裁，他书可知也。又云州人士公举从祀乡贤。盖月南少孤，孝于母及生母无闲言。家虽贫，不以厚币易远游。孝弟忠信，好学不倦，克副贤名。龚生不年，可以无憾矣。独余衰暮失此良友，谁相知励吾行而定吾文者？不知涕之何从出也！爰为哀辞，以抒吾哀，以报其兄云：

嗟月南之好学兮，余何足为之师。余获友夫直谅多闻兮，缅云树而长思。何忽闻令原之永叹兮，使余嘤鸣而兴悲。天既生此慧业兮，胡弗付之纂述而靡遗。若云天上亦少此才兮，问修文今安之。书等身而未卒业兮，又使余孤陋而莫之裨。诵绵惙之自挽兮，如怨如慕如有期。惟躬修夫曾史兮，望殆庶而可希。幸秉彝之直道犹存兮，当俎豆于庠序之祠。愿哲昆为了所愿兮，时启余所不知。魂兮归来俾亲恩友谊之交尽兮，长无赍志于修辞。

唁侯枧将

魏瀚

吴桥侯君枧将，昔以拔贡生入太学，宦游京师者与往还久，咸多其善交人，而知其出于庭帏之教。由是知侯君者，无不知其尊人湛露先生。枧将既已得选，当仕湖北，以先生年七十，不得就养于官，遂乞告归里，杜门十年，而先生颐养纯固弗稍衰。

于岁之丙辰，枧将以先生命南来江西。于时予忍斋师官江西粮道，故识枧将，舍枧将于署。署中宾客多，尝游京师者亦皆枧将旧知。而予适以从师游，得交于枧将。予之多枧将，犹其游于京师者也。今年春，喜枧将归省，先生矍铄犹昔，仍命枧将南来，月余而凶问至。知枧将者，既美先生内行之懿，嘉枧将陈养之志，而悲其今兹之离忧也，佥谓予为先生哀辞，而即以唁枧将焉。词曰：

夷门之嬴，抱关之特。取交信陵，市众骇魄。谲以济师，诡乃自贼。名瞀于俗，行莫之则。懿若先生，寿俊耆德。侯宗之良，后生所式。不省出门，有声京国。籍籍群公，子章厥迹。群公休之，天子优之。咨来先生，馔玉羞之。灵寿之藤，镂颠维鸠。嚼无废齿，哽有祝喉。言旋于里，荣其乡人。荣光之锡，匪物实珍。物既珍止，手泽存止。有子旦昏，奉于寝门。子仕有禄，禄则违养。眷念庭闱，捧檄悢悢。一日失欢，三公何偿。辞糈洁膳，华肴兰酿。伊昔有训，车牛肇牵。中孝维劳，娱兹耄年。行时不逾，耄年不须。严霜夏零，乔柯春摧。讣来忽忽，群公走吊。胡不憖遗，俾律德邵。子之南来，奉命以行。不遂其初，客路茕茕。父终获考，子职匪亏。在侧与远，古云理齐。致哀不舒，视此唁词。

李舍人白桥哀辞

唐鉴

尝读书至古人之磊落光明，群行焯焯，才足以当一世之务，德足以敦百行之本，而或崎岖不遇，虽遇而不满其志者，未尝不高其行，哀其穷，悲其赍志以没，而为之留连而不已也。夫自古人以至于今，亦已数千百年矣，目未尝睹其形容，耳未尝倾其言论，进退揖让未尝相接，而见其通也每鼓舞而欢欣，见其塞也恒低徊而太息，立乎百世之下，而百世之上有与吾相契而相感者，尚不能不想像于冥漠之中，讨论于闻见之外，而况生与同其时，居与同其地，立志同其方，营道同其术乎！

余初以孤陋，不敢广交天下士，闻李君之名而慕之。及嘉庆十六年，李君举进士，拜舍人，始见于京师，相与友善。言信而婉，行笃而洁。有善则相劝，有不善则相规。人曰李君古人，也是诚古人哉！少孤，事其母以至孝闻。而生平读书考道，常欲有所建白于天下。使其早得一官，尽展其志，内修甘旨之奉，外以经济施于时，则在家为孝子，在国为名臣，岂非古人之复见于今乎？而乃郁抑数十年，甫获一第，淹没以死，岂不哀哉！其辞曰：

汪汪万顷兮，挠不浊而澄不清。其器广深兮，前叔度而后斯人。与之相接兮，神如秋而气如春。才当见用兮，生乃不辰。坎坷若此兮，又何独悲乎古人！

三生哀辞丙午

何庆元

何杰，邑诸生，世居东乡，与其弟俊从予游。迫贫病，弗竟学，去而课童蒙。顾濶善勇义，其于孝友睦姻，孳孳也。父病，四十昼夜不交睫。女兄夫家患时疫，门莫过，趋省之，曰：戚难之弗恤，焉用戚？乡豪索负，率以季冬，迅烈如水火，其外舅以此蹈危机，则括私蓄而遍谋于所亲，解其祸。道光甲辰病劳死，其弟俊过时而哀诵厥行于予，予悲其志，迟欲有言，未果也。

间数月，东乡之人来告曰：何生虎文死矣。虎文亦诸生，居迩杰，循饬相如而秀颖过之。为文章汩汩有气势。居书院三年，日多闻。谓体惫，乃息而敩人。敩人非息也，竟以死。其居书院也，与叶生茂莲交最善。茂莲，予外侄也，姿警敏，强识俨思，学文能肖其体貌。先后有司校院者，皆最茂莲，茂莲亦私自喜。觊有所发舒，厄病艰，弗获试。六月咳血死，年二十有四，少于虎文三年，少于杰十三年也，皆无后。

乌乎！三生者行艺出人，予将振翼涵揉，资以待老。昊天弗吊，侵寻牵率，萃殄灭靡孑遗，栽倾培覆之恒数殆不可询，而予之颓迈眊荒，其真漠然无所向也已。乃徇俊意，次其事，并为文以哀之。其辞曰：

嗟予生之稚齿兮，遗缟纻于四方。躏五都而睇骋兮，森满目之璆琅。揽错珍以充佩兮，犹睎睨乎序房。谓大贝与天球兮，讵近玩之能当。胡晚节之牢落兮，怀只玑寸瑀而不长。噌瓦砾其填溢兮，盱山黯而海荒。乌乎哀哉兮，曷其有常！

殇侄殇子哀辞

罗泽南

乙未夏大旱，余院试不售归，步行数百里，所过之处，禾黍皆荒。闰六月十九夜抵家，见父问安否，闻哭声，父曰：庚儿疫莫救。庚儿者，吾兄之子也。父哭，余亦哭。少顷妻起，入室视之，若无所见者。问之曰：某日失明。究其由不言。又问儿睡否，又不言。出而问父，父亦不言，妻哭声自室中出矣。始知吾儿以前六月十三日夭也。余哭，父亦哭。是时犹不暇为儿泣，急为救生计。家中钱米俱罄，邻舍避疫出，借贷医药皆亲往。二十四日侄死，是时又不暇为儿与侄哭。父以孙死故，愤甚惫。余益惧，幸免疾。不数日妻疫作，儿死，历十余日渐痊，始忆儿与侄之死而哭之。然又不仅为儿与侄哭者。

忆自甲申冬完娶，家中大小共十三人。越明年母丧，又明年兄与嫂丧，又明年兄之女丧，不三年死者四人。戊子夏余始生子，后又生一子，皆颖秀，自谓可昌吾门后。先祖以庚寅终，长儿、次儿皆以壬辰春亡，逾年妹死，不三年死者又四人。去年三儿生，余已不敢必其能长命也，然犹自幸曰：兄虽死有子，吾又生子，或可以承先人祀。方以家贫不能送侄读书为忧，孰意儿与侄二人又相继而夭邪？乌乎，痛哉！十年之中，前后死者计十人，存者仅六人。此六人之中，吾妹与兄之长女皆适人，弟客他郡，亦不知其何如。在家者惟三人，父年已迈，妻则耳目不能视听，病不休，余迩年亦多疾，腰背酸痛，家贫不能购良药以自治，此三人又如此。死者不可生，生者其长存乎？乌乎，痛哉！是我之德薄，致儿与侄之夭也。命也？天也？理也？数也？俱有不可知者。乌乎，痛哉！吾今日之哭者，其哭吾侄乎？抑哭吾兄与嫂之绝其祚乎？其哭吾儿之屡生不育乎？抑哭吾妻之丧其子丧其明乎？其哭吾弟客游生死不可卜乎？抑哭吾父之年日迈不获弄孙自乐乎？其哭旱既太甚吾虽生而无以为生乎？抑哭天下之共被灾氛多不免于死乎？恍恍惚惚，迷迷离离，是血是泪，终莫能辨。乌乎痛哉！乌乎痛哉！词曰：

秋风飒飒兮，秋草其萎矣。吾不能承先人之祀兮，吾侄与儿，遂此其长弃矣。他日黄泉，犹得见尔之嬉戏矣。魂兮魂兮，尚其余逝矣。

又曰：

秋风飒飒兮，秋日其斜矣。吾其能承先人之祀兮，吾儿吾侄，其再生于吾家矣。他日入庙，犹得荐我以旨嘉矣。魂兮魂兮，弃不我遐矣。

案：忠节以正学自任，遗集中无非论说理道之文，至其处境之穷约艰厄，殆无以加，而卒能修业立功，成就甚伟。录此以见其诚有身体力践之功，非口谈道学者比，而穷约艰厄者，可援以自广也。汝怀附记。

刘椒云哀辞

舒焘

汉阳刘君传莹，字椒云。年十八举于乡，官国子监学正。予乙巳至京师，曾学士涤生与言楚北多才能文之士甚众，而独以年少力果志古之学推君。后吾师梅先生伯言，又为言君学宗汉人，能辨古书真伪。予始与之交，时君寓内城，丧耦独居，多疾病，图史之外，药炉而已。予每至，引入内室，谈辄移晷。见其案头所陈书，无便俗学者。而尤精许氏《说文》。予时习辞章声律之学，心窃怪之，君笑曰：以君之才，读书宁不识字邪？予退而始稍视其书，君逾数日必札记数条，遣奚童持以相询。予惧无以应也，虽欲不治许氏书不可得。噫！此古之人所以乐多贤友而叹独学者之无成，而予何幸，生今之世，得与君相遇也！

其年秋，君疾稍瘳，继娶于邓氏，乃移居宣武门外之虎坊桥。予居魏染胡同，距最近，旦夕过从，乐甚。丁未春予南归，值君疾作，居内寝，濒行遂不复见。秋间客吴门，得君书，始知以病免，尽室归楚。今春涤生忽以书告予曰：椒云死矣，吾与若当同声一哭也。予闻之心痛。念予居京师二年，以学问相劝勉者，惟君与涤生。吾三人虽显晦不同，而性相近志相得，无间也。今涤生方由侍从擢卿贰，将大行其志与学，而君乃抱无穷之业，不幸未竟以死。予年来驽罢如故，奔走道路，身复羸弱，后日之成否，宁能自必邪？

犹忆在都，君每过予，偕游厂肆，购书籍，必日落始散。时高才之士，类多策安车走津要，其次者以声伎酒食为豪，予与君徒步市中，觅断简残碑，乐而忘返，人多匿笑之。君顾予曰：薰莸不同气，吾宁以此易彼也。予将归，君约以他日来都，当比屋而居，予诺之。岂知予归君亦继归，予复来则君已亡逾年矣！每过厂肆，忆曩日之游，忽忽乎不自知其不乐也。君无子，所著书俱未成，存者经说及书尾札记数卷而已。伯言先生表其墓，而涤生铭之，予因为词以哀之曰：

溯大造之生人兮，每有始而无终。如君才之信姱兮，何学富而命穷。忆与君之初接兮，心愓愓其若悾。悯独学之无师兮，为启聩而振聋。谓蒙生之可传兮，渐心迹如駏蛩。叹四海之茫茫兮，欣并世而一逢。期白头之长聚兮，互砥砺以磨砻。庶大道之共闻兮，去偏颇以底厥中。倏分手之未几兮，徒想像乎遗容。岂无交游之落落兮，多委靡与龙钟。惟君年之相若兮，而道又为吾之所宗。忽中道以徂谢兮，孰能开予心之蓬茸。滋后死之恐惧兮，欲努力其何从。行能修而禄不永兮，岂天道之梦梦。惟亘古已如斯兮，又何怼乎苍穹！

湖南文征　卷一百二十六

杂文一

募建藏经阁疏

王岱

藏经者，三藏十二部之经，即世尊四十九年所说之法，所云羊鹿三车白马西驼之本也。其后各禅语录附入之。初，经自西来，皆梵本梵字，鸠摩罗什始翻译汉字。自晋以前，皆以谈经为上座。迄初祖西来，以直指见性为宗，经遂故纸，注经为担扳汉，天下藏经者亦少。然亦有兼通宗教善知识，未尽可度也。何也？吾儒五经三史，在心性之学为糟粕，然经史之中，心性之理未尝不备，岂得空疏无识遂能闻道乎？如途之程，虽有健步，非记程无从；如药之方，虽有良医，非方莫治。神而明之，存乎其人，未可徒恃顿悟也。

潮郡有景韩祠，寺中有藏经，因其地近市，未得清净，经亦空悬，阅者无人，徒饱脉望。兹老僧达文，年八十余，素具实行，住景韩寺有年，欲于寺后建阁藏经，俾有志者入山阅藏，有所栖止。此地禅亦罕遘，教亦无闻，得此藏开示，当必由渐入顿，次亦不落魔道，则借达文之力多矣，愿诸信心共勷其成可也。

募建玄帝殿疏

王岱

玄帝古未载见，见于道家，谓其为净乐国王后，遂有种种诞异。因有磨针涧观音大士点化之说，是以释氏亦祝之。明成祖靖难，姚广孝称候其师至，旋于空中，见披发像曰：此北方神也。及成祖成帝业，乃于楚之篸山建殿，冶金像，即成祖御容，故四方奔走之。揆其始，则又以道士张丰曾卓茅篸山，临去留铜笠，且云此山后有人王显。而成祖以觅三丰为名，其实则欲物色建文耳。种种附会，皆神道设教之意。究帝号玄，而足蹑龟蛇，为玄武，蛇亦水属，皆北方，是帝为北方之神无疑。古有功德于民者，例得为神，即以为净乐国王后亦可。玄释二氏，释主性，玄主命，即祀于释亦可。至帝有宫妃之属，似于瞿昙之宫若相碍，然佛法广大，优婆姨、婆塞亦未尝不入法会，亦无不可，总为神道设教之意。而住持喝溪不过借以香火，使田夫野妇瞻拜起敬，去恶化善，则其为玄为释，亦无不可。若云明心见性，一切有为之法俱可不事，非如丹霞难烧木佛，非如破灶堕堕破灶，此最上一乘，未可论喝溪辈也，于是数言为之募。

后乞巧文

王岱

丙辰七月七夕，余既效柳州作乞巧文，及寓都门，偶以示人，不知己者误以为讥讪。然余之为文，自作自啸，何预人事。至己未七夕，念自有天地以来即有是夕，其天孙之渡河而以巧乞者不知凡几，何天孙之巧无尽，而天孙之不惮烦若是耶？抑天孙假渡河之例，以饰其野合之非乎？夫以饰非为巧，拙莫大焉。巧既不足，安能乞人？且也伉俪绸缪，心坚金石，琴瑟和乐，情孚胶漆，如鱼水之难离，似比翼之联翩，岂始合而终乖，与暂偕而永隔，旷四序于九秋，尽年欢于永夕，如天孙者乎？今天孙会以岁期，临河中夜，鹊桥甫毕，鸡漏旋闻，会契阔之未倾，乃河梁之遽别，一苦机杼之役，一经胼胝之劳，以终岁之勤动，竭半夕之欢娱，暂须臾之握手，忽襟袂之中分，席不暇暖，欢短悲长，世间之偕老何多，天上之唱随不乏，乃独令天孙乖若参商，风同牛马，心郁塞而不通，肠牵萦而屡转，是智有所不及，神有所不通，巧者固如是乎？或者曰男女恒情，乐新厌故，合多生怨，离久牵情，惟暌合而交孚，惟姤遇而乃壮，情每岁而再定，欢白首以如新，实大巧而若拙，非势困而智屯。是又不然。夫河梁修阻，归妹愆期，旷怨缠绵，家人嗃厉，在恒人为不偶，矧天孙为固然？虽天意之多乖，实人谋之未善，巧之所称，将安在乎？又或者曰太上忘情，至人无欲，天孙既位忝列宿，岂下同乎流俗？借隔河以为婚，聊情发而礼束。是又不然。对境忘情，坐驰丧德，柳纳女怀，阮醉邻侧，苟人情而不染，自孤居而无适，胡盈盈于一水，遂仆仆于荐席，情固未忘，巧尤成拙，若是则天孙实无其巧，而世犹乞之不休，夫亦未闻乎大道，未达乎时变也。何也？世界之所乏者非巧，而世界之所以破坏者，皆巧之所致也。请毕其说：

粤自太极未判，本于无极。二仪攸分，清浊始辟。气清上浮，质浊下立。日月代照，星辰吐熠。山川流峙，五行消息。乾坤交而云雨施，阴阳薄而风雷赫。号物有万，蕃变充盈。胎卵湿化，蠢动含灵。造化之巧，不一其形。成为世界，住为法轮。坏为缺陷，空为浑沦。内典有成住坏空。三灾毁裂，五浊埋沉。混沌七凿，一真不存。朴散为器，质灭留文。羲文象数，仓挠纠纷。雨粟号鬼，山奔川盈。文繁弊滋，法密奸兴。禁严乱炽，律重刑增。天变地灾，饥洊凶惩。人夭物折，木甲草兵。俗奢风侈，阳亢阴淫。凡此者皆巧之所致，尚复乞灵于天孙，何异抱薪救焚，扬堁弭尘？幸天孙之无巧，庶可返斯世于庞淳，又何事相沿夫七夕，衍拜祝之虚文？愿天孙速回星驾，毋惑世之听闻，使百世而下，绝圣弃智，无复鼓柳州之余唇。

戏祝革靴文

曹耀珩

土人以革为靴，阴雨用之冲泥。十月朔谚云：革靴生，以是日晴雨卜，一冬多不爽。岁丙戌，是日霁，夏子云卧来余斋，戏索文为寿，请所呼。夏子笑曰：呼足下非谀。余因笑，执笔而祝之曰：

梗楠而梁栋之，骍角而牺牲之，适于用，斯乐耳。以足下之用，度足下之心，谓宜在雨，余独以为不然。天道泰，于象为阳，晴则阳之征也。天道否，于象为阴，雨则阴之征也。夫惟其阴极而阳衰，不得已起足下于宽闲之区，俾出其致远之才，御侮之力，以济当世之溷浊，俟会朝之清明，足下岂诚乐夫时之穷而显己能哉？且天下之物，劳则速弊，逸则长存。时值夫阴，即欲不尽瘁疆埸而不得，尽瘁而天下不以为乐，而其身且有履危之势。时值夫阳，即欲不高处堂阶而无庸，高处而天下不以为嫌，而其身更得不骞之休。即足下万万不为身计，而吾之所以寿足下在此。非独寿足下也，寿世也，寿世所以寿足下也。

夏子曰：言虽小，可以喻大。

岛孙记

陈之骍

予生畏俗礼，不任衣冠，岁时伏腊，简率为乐，一循天真，家人不予强也。有文十者同予，往岁暮客予，予约曰：明当元旦，家人父子变熟为生，叔兮伯兮何多揖也，相对欲何语，岂不颜甲？邻里昨昔恒见，越宿间更为宾主，将迎甚俳优。明晨毋蚤起，毋拜贺，毋择向出行，饮餐如常。度日已中，任家人相识之纷纷而路也，请别为乐以避之。于是选步出游，游以访古迹为胜。予城生也，五岁移乡祖居，一入塾后，养成逸性，半里不知向去，今日将见足迹焉。

出坊下石桥数十百步，临于长湖。湖故江道，闻族盛时，临流濯缨甚便。有形家言，何不辟江而远，因带江为湖节筑之，可以畜鱼。先人便其言。今寻其下流，崩冲洄洑，与江正相为吐纳，独不知其来也。湖之首曰尧鉴，尧鉴上悉平田，何由与江通？已而相其田，左右若隧道夹岸，隐然高深之理在也，其中况有塘自田半里许遂联湘岳洲。想古亦无洲也，自洲走马一鞭地辟江向外，因积其土为洲，至今犹有小沟广愢导田中水。想塞江时亦虑地气壅闭，留此少泄，此尧鉴之来也。尧鉴之委分为二，如人字，其左曰当门，其右曰曲尺。曲尺之下为堆湖，绝有小致。其受水宽处容小阜，抵千五百石舟。古树数株，茂草深碧，凫鹜栖其上，人或于春夏间夺之卵，先祖遂岁以租四石募人增土护其址，防啮蚀也。堆湖下曰方湖、滥湖、长湖，皆西向与江会。人字之右曰仲毅，仲毅之下无名。世久远，湖荒废不可得而存也，皆西南流，先与江会，江环半规然后西流入之。当辟江时破村衣远山去开塞力非易，族盛时谅无难事。江湖新而科名遂不起。因叹湖田其初一人之业也，迨族子蕃，人不能四亩，人鬻是田，则无以待蚤炊，鬻是湖，则无以为荫溉。脱余得志，散族人以千金，尽收诸湖田。于尧鉴之上开渠引江水，亦不敢大启，淘汰湖岸，尽通层堤，上下设桥门蓄泄，关以栅，小鳞可入，尾大不轶。种菱芡以佐酒茗。两岸植木阴森，小艇钓竿，时时往来。予甚陋堆湖之名，可改呼为岛孙，比于海岛之微云尔。岛孙设素亭，可坐五六人诗文高尚者。今之未能也，聊记其志。

若儿分居手谕

夏光洛

若儿初名至，为先大兄幻斋公第四子。少失恃多病，先大兄以余母子肯怜之，听余蓄为子，迄今十有三年。一经相授，不善教，卒无所成，余负吾兄矣。乙酉秋，大兄于风雨舟中执手永诀，谓余曰：四儿终以累吾弟。盖大兄已谅余之心固无他也。今儿已宜室抱子，而余日益贫，恐无以善其后，聊分给荆牌冲宅地田山一所以为恒产，小奴一以供薪水。儿其以耕以蓄，以赡衣食保妻孥，无患贫寡也。汝祖受产仅二石，厥后创业到三千余亩。汝父受产百余石，至今存者不及什之三。丰啬何常，亦顾其人何如耳。汝父德薄能浅，不足效，汝祖发迹九里，始基于此，儿得服先畴以勤俭起家，比迹前人，奚难哉！嘱者，立心制行，宁拙毋巧，宁厚毋刻，宁让毋争。盈则亏，刚则折，非但人事，实天道也。儿慎此以往，使宗族乡党无闲言，儿不负吾矣，他日地下，余亦可以对我兄也。维山与田有与他族及伯叔壤相错者，此疆彼界较如也，虽然，毋竞寻丈以滋多口。昔人有言：终身让畔，不失一段；终身让路，不枉百步。宜书诸绅以代韦弦之佩。晋陶渊明以一力给其子，手书致之曰：此亦人子也，善视之。今小奴映雪年虽少，慈以畜之，得力有时也。且其父死于事，其母背而他适，尤可恤矣，念之念之。书此示意。二兄湘岩、侄师、侄夔、侄诰，见之皆曰善，儿亦好存之，其无若伯鲁之简。

陈情纪事

石仑森

从来事属于公，虽在下非为越分；理持其平，即独鸣不禁陈言。三楚原属一省，从古于兹。湖南明末先遭土寇闯、献荼毒，国朝定鼎四年，始入版图。然犹兵来贼去，旋失旋复，邑里丘墟，闾阎榛棘。至顺治十八年，经略洪平定，仅见十年生聚。今上御极之三年，龙阳彭之凤纳贿题疏，南北分抚。时值西山用兵疲困，抚军某作俑于前，某踵迹于后，诛求之事渐起。

至康熙十三年，吴逆蹂躏，死徙流亡，不可胜道。十八年恢复民控，抛荒田地，抚军韩世琦疏请恩免六年。业已停征三载，忽于二十年始而追荒费，继而折荒粮，且征荒饷。荡平已久，事出无名，横征暴敛，较前更甚。一阅月而江苏所空之库饷既周，再阅月而长安所记之逋欠又足。未半载鼎盛行盐之重货，渤海发动辄数十万金，索取搬运，昭明彰著，何一非小民之膏脂！如此者四载，湖南之民力竭矣。

每见朝廷有公事，视为奇货，即如南杉木值，功令各官捐助，湖南派在里民，按粮加派，延及烟户，计口出金，殃民且以肥己，一邑数万，追比啼号，不忍听闻，虽经排夫控部题疏，然而全情未楚。又如户部行查荒粮，止清数也，而湖南借以丈荒派费。皇上岳麓赐匾，以重道也，而湖南亦因之科费。如此之类，不堪枚举。今二十载计之，某某苛剥于民，然犹重儒术也，今则斯文扫地矣。某之害止于苛派粮里，今则罗钳吉网，令州县访士民之饶裕者，动称院访拘禁讲价，一网打尽矣。某之纵贪于秽迹著闻者，间有参罚之时，今则苞桑孔固，不动不摇矣。某于士民之呼号者，虽不申冤，亦不加害，今则阿堵入手，处置尽情，反发本官，任其肆虐矣。某犹勉强顾名于一年之前，某则饕餮横行于下车之日。益深益热，愈趋愈下，虽皇恩洗荡，湖南不沾涓滴，百姓反罹苦害。漕粮每石价止征四钱，每石解折二两二钱，一倍五倍，况荒熟并征，新旧交迫，为祸更烈。

即今督宪仁廉，诸如禁乡保，革里役，停词讼，惩滥取，不许承差下属，种种大泽止及湖北，独湖南洞庭阻隔，全无忌惮，竟成鬼蜮。民有冤情，一控督宪，即触抚怒，底死不释。如安乡刘永昆、潘士进、邹海扬、王中公，至今尚幽囹圄，即督抚屡驳行提，而锻炼如故。大抵养鹰遗患，南楚之害，未必非楚人为之。

仑自宋初以守信公裔世袭于湘，耕读为业，忠厚传家。情属同室之斗，敢为不平之鸣。思范文正公为秀才时以天下为己任，仑才不能逮公，心窃同患，忍令湖南一隅地，若越人视秦人肥瘠而漠不相关者乎！躬逢尧舜之君，斯民不沾如天好生之德，可为长太息也，因此不揣螳臂当辕，冒昧绘图入告。本年五月初八日，恭逢圣驾出巡，匍匐哀鸣。天颜咫尺，洞悉民艰，一见俯允，即发司寇。既蒙厚宥释系，又荷赐谕矜怜，六月初二日，大部审明口供具覆，又叨圣恩赐以往返火牌勘合口粮，沿途官兵护送。知仇害甚众，必留书生活命以俟廷询。煌煌天语，遐迩共闻，无非念民困重敢言也，非止仑一人之幸，实湖南七郡六十三州县之幸也。

仑驰驿归鄂投文，候督抚二位师相大老爷执法，行提湖南各府州县征荒解费册券批回。一闻檄至，县商于府，府请于司，虽某抚索追原行牌票，概未曾缴，始终徘徊瞻顾。窃某所征四年，仑有薛张二藩司印牌年岁、县分数目，不入令书，不经交盘，注载荒饷，一一分明。某征二十三年荒粮，正饷一十九万七千八百两，与南杉价费一切杂派，赫赫在位，谁肯直陈？如上年恩免之尾欠，文到已经全完，止有虚名。本年蠲免之一半，现在各邑征费，岂沾实惠？属在下吏，听其颐指，互相朦蔽，必然之势也。但望同乡各郡邑，凡受肌肤之痛，均属同舟之情，密以各郡邑苛派数目一切实据，及二十三年征荒告示印付串票给仑，倘得重睹龙颜，一定剖心泣诉。当今圣主以予辜予咎为心，督宪以己饥己溺为念，凡有被害，应于此时敷陈，不宜畏怯错过。

或曰某之绸缪固结，牢不可破，势若太山，形同百足。其在江苏也，昔两江总制于公成龙与之一袍，缝合两袖，喻以伸手之戒，竟莫能惩其贪。闻圣驾幸姑苏，有官妇夫死于禁，被发露体，泣冤而讼之者，虽达御览，从宽暂释，俟其改过，今怙恶不悛，秽行彰闻，莫敢纠劾。命下已逾两月，纵容贪令居然视事，嚼民蠹棍在外逍遥。漏囚刘琳，上下官司始终庇护，潜匿妻子。似此强悍欺罔，天威且不知畏，督宪将若之何？予曰否否。某之行径，夫人而知之也，天鉴之照临甚明。今非昔比，督宪之廉访极确，公道难掩，法不容情。

或又曰，今者官蠹盈庭，暮夜聚谋，暗思所以杀子，子其殆哉！余曰唯唯，但使民困稍苏，皇仁下逮，国法于此昭彰，吞舟不致漏网，得从三闾大夫游，固吾所愿。尽仑之心，竭仑之力，吾楚多材，将以俟继起者。昔仑祖万程公，明僖宗朝为新安太守，甫下车即值黄山开采，牵累万余人。予祖尽释其人，并焚其牍。忤珰挂冠，削发披缁逃去，至今徽人庙祀尤存。仑清白吏冢孙也，祖得志，则弃一官以全民社，仑不得志，则捐一身以救梓里。出处虽曰不同，祖孙应当一辙。但愿上可以对君父，下可以对桑梓，天地鬼神，实式临之。至于成败，数也，生死，命也，济与不济，非所问也。今日代巡久停，言路闭塞，聪明睿知如我皇上，万一因此类推，大广耳目，俯念疾苦，诏谕海内，每岁春秋，定期以代，省耕省敛，亲自御门，使天下含冤无告者自行赴诉，选廉正大臣批阅，则于民瘼不达之时，仿古悬鞀设铎之意，愚贱小民得见天子而言情，将见守令不敢肆其虐，院司各自爱其鼎，宵小丧胆，苍赤安生，何至苍鹰乳虎之草菅民命哉！仑死之日，如生之年，复何憾哉！

然闻今日湖广官吏，上下追赃，官蠹相怨，人心畅然，已见一班。封疆大臣始也不恤廉隅，备极搜括，继而专工逢迎，不自愧悔，更移文卷，挽回证佐，纵铁钺可逃，清夜平旦，羞恶之心、恻忍之心安在也？况今圣主明威，照临日月，自当魑魅灭形，魍魉授首，三湘气象，焕然一新，剥极而复其在斯乎！独力难持，众擎易举，是所望于同志。呜乎！贾谊之涕既流，祢衡之鼓欲挝，非敢位卑言高，聊以愧身都通显而以梓里为壑者。康熙二十六年八月中秋之日，湖湘石仑森天际氏书于鄂城汉阳门内红墙闸口主人黄君性之旅次中。即或迁寓，有赐顾者先问主人，必须领教，切勿误投。

续纲鉴总论

黄秀

余观阳节《通鉴总论》，其于古今来治道之大经大法，人材之用舍进退，已缕陈于篇中首末矣。至君德有纯疵，宫帏有淑慝，政事有治忽，固昭然其可法可戒也；臣品之忠奸，民生之休戚，中外之防维，又灿然其宜劝宜惩也。且权奸之僭伪篡窃，异端之惑世诬民，莫不层见叠出，致其丁宁反覆之意，诚可包罗十七史而为古今之龟鉴矣。若夫天下之大势有分合，历数有暂久，时代之兴衰存亡或同或异，以及国本国都之竖建得失安危，自周以至唐宋，尚有未遑尽及者，而元明两代其事盖缺如也，余得取而一一详言之。

唐虞三代，有尧、舜、禹、汤、文、武为君，稷、契、皋、益、伊、傅、周、召为臣，君臣一德，上下同心，府事修和，庶绩咸熙，以至雍动、太和之盛治，载在书传，班班可考。故夏、商、周之祖共事一堂，皆以积功累仁受命而兴，其致王虽迟速有殊，享国虽多寡不一，而得天下则一也。及其失也，如出一辙。匪特女戎滋害，良由丧德败道，其主实甚耳。

至宣王中兴，克复文、武旧物，洵为有周令主，然一传而祸乱又作，周道不复振矣。天于斯时，虽生水精之圣，不获继衰周而王，虽有邹国之贤，不克位名世而相。然其删定赞修，述六经以垂世教，称仁道义，距二氏以正人心，道已大明矣。而曾氏源出于夏，子思孙承乎祖，四子之书，皆三圣之裔也，师道立而群蒙开，真万古生民之幸也。所以天下后世，皆晓然于纲常伦纪之大义，诗书礼乐之微言，其道即未大行，厥功不亦巨且远哉！

乃自东迁而后，五侯各霸于春秋，七雄争长于战国，纵横云扰，乱靡有定。周天王名为共主，仅一守府，如人患尪羸，手足痺痿，喘息奄奄，犹长延岁月，非仁厚之报乎？至赧王献地国亡，是周之久于合而即久于分者，其时已如此。

秦庄襄仁义不施，上首功为务，能徙木为信，蚕食六国，并吞诸侯，至吕政统一之，天下有将合之势。然得以诈力者，守复以暴螯，传至二世，而赵高弑其君，阉宦之祸，昉于此矣。虽铸镰销兵，自谓可常安海宇，然所患者，不在称干比戈之列辟，而在斩木揭竿之胜、广，乱民之首倡，又基于此。

六国复立，楚汉交争，沛公以亭长之微，起而成西汉之业。其除秦代苛法，约汉法三章，豁达大度，诚可与有为也。但其辅佐诸臣，道未闻夫纯王，术多流于杂霸，故时虽近古而治不古若，惜哉！恭俭如文帝，时方富庶，而贾生治安有策，止问鬼神于宣室；雄略如武帝，好为争战，虽董子天人有对，仅作赋于江都。嗟嗟，贤者不获大其用，才士未尽展其长，自古而已然矣！况又疏直臣而用五利，信方士以求神仙，其与明帝崇佛教、唐宗迎佛骨，以变中国乱人心者何异？不且开天下后世以虚无寂灭之习也哉！递传至成帝，以祸水灭炎火，以致太后临朝，外戚擅权。相沿至孝、平之后，而莽贼篡汉矣。

西汉之天下其合已二百年，至此而蜀陇割踞，赤眉、铜马煽乱，天下之势又将分矣。幸白水真人提一旅以复汉室，天下自此而合焉。故其中兴如殷周，而其治亦可与西京并列。迨历数传，皆守成中主，瑕瑜亦不相掩。至桓、灵鬻爵聚财，已为兆祸之阶。及献而孱弱弥甚。常侍专权，而党锢之祸以起。何进召外兵以除内变，流离播迁，实成奸雄篡弑之谋。在操、懿两大奸睥睨神器，此大臣之害也，而恶同莽贼矣。

夫天心以好生为德，人牧以嗜杀为戒，乃莽方鸩孺子，而莽首随传于宛，杀人实自杀耳。阿瞒弑伏后，罪不容诛，然不于其身即于其子孙，故其后杀甄氏、杀毛嫔，天既假手以复后仇，而逐曹芳、刺曹髦，人即借剑而诛贼嗣，其祸已烈矣。至司马氏，永熙暴殂于毒饼，怀、愍忧殒于青衣，且六宫俱遭戮辱，八王自相残杀，典午之裔，四代即灭，其祸不更惨乎！嗟乎！天道好还，固铢黍不爽，而仇冤相偿，则倍蓰尤多，不忍言也，伊可畏也。出尔反尔，胡弗戒之，胡弗戒之！

由是天下之势，其分也多而且久。既分为三国，又分为两晋，分而南则为宋、齐、梁、陈，分而北则为元魏、周、齐。瓦裂州郡，脔切人民。虽有江左之小康愿治之霸主，亦未能合四海而悉臣也。隋氏素未积德累仁，一旦起而兼并之。其并天下也，隋坚之诈谋暴虽逊于祖龙，其失天下也，杨广之弑逆罪更过于胡亥。虽曰骤合，然不一再传而天下遂亡，宁与秦人有异耶？

唐高以隋氏旧臣，用裴寂、刘文静之谋，既臣附乎突厥，又受劫于宫人，其囊括四海不如汉高之正大，赖太宗贞观之政，得房、杜、姚、宋、王、魏诸人以佐之，其治亦卓然可纪。但阃帏多惭，贻谋未善，及至明皇，奢靡淫逸。内则三纲沦灭，宠妃秽过于夏、商；而外则两京克复，安史乱平于李、郭。自是而后，聚税敛如德宗，而其时朝恩居观军容矣；平淮蔡若宪宗，而其后巢贼乱海内矣。藩镇僭踞于前，宦寺变生于后，弑逆相寻，天下大乱。朱温以群盗之雄，灭唐而窃天位，仍不改残贼之行。再传至唐、晋、汉，五十余年一十三君，八易其姓，祚短国亡，君臣等于仇敌，百姓涂炭已极。惟后郭太祖俭约自持，勤政恤民，虽践祚三年，而善多可纪。柴世宗以养子承统，其美政尤足称述，较前数代诸君，其贤远矣，惜其六年遂殂。虽周祚甚短，亦宋运当兴耳。且在嗣源焚香吁天之日，适应期以生真主，天下不赖以是定于一乎？

宋祖诞于夹马营中，仕为殿前检点，陈桥起兵仓卒，袖中诏出俄顷，亦沿五代陋习，然规模宏远虽逊于刘汉，而纲常之整肃则超于李唐，故有天下。释兵权于杯酒，用宰相以文人。虽祸乱渐次削平，海宇将归一统，而狡焉启疆于外者，混同有耶律，西夏有元昊，后则有阿骨打又肇于漠北，铁木真复兴于斡难，为异日后患，是其兵威未甚壮而边备尚有弗暇与！然而一代之文教理学，将自此开矣。太宗之太平，仁宗之仁厚，得文正、文静、魏公、郑公诸贤递为辅相，故五星聚奎而濂、洛真儒相继辈出，文治之光华可媲周而轶汉焉。乃神宗急于图治，安石创立新法，而护法传法之小人比为周党，宋室之元气已渐丧于此，靖康之祸乱即酝酿于此。况以人主为教主，国君作道君，彼两蔡、童、章数奸贼蛊惑朝廷，以奸为忠，以贤为党，卒至辱身丧败于五国城，不与行酒执盖者同类而共讥耶？康王匹马南渡，虽兴北宋于江东，其中兴稍类汉、唐，然僻处临安，忘父兄之大仇，与强邻而逼处，虽有李、赵之贤相，宗、刘、韩、岳之良将，而桧贼代金行间，惑于议和一言，卒之中原陆沉，未复二帝三王之旧，天下虽合于宋，不能不分于辽、金、元之迭起。嗟乎！世变至此，可胜浩叹。虽有大儒生于其间，不擢为辅弼，亦且道学有斥，伪学有禁，更遭弥远、侂胄、似道诸元凶摧残善类，破碎河山，当时即有忠良，而大厦将倾，一木难支，遂至远遁崖山，抱帝沉海，亡国之祸，至宋又一变。且宋有天下，始邻于契丹，继邻于完颜，终邻于蒙古。宋之君若臣，鲜深谋远虑，既不能存辽以抗金，乃与金共灭之，复不能存金以抗元，又与元共灭之。所谓独坐穷山放虎自卫者，诚哉是言也。

尝见古之御外患也，亦惟固吾疆宇守在四裔耳，未有猖獗之盛如元人者。至忽必烈挟兵威以灭宋而有天下，垂统既一，功烈虽若显著，而善政亦少概见。不知崇圣教，反贬大圣为中贤，不思重儒术，乃降儒士为九等，其他务未可殚述。至发宋诸陵取宝玩，漆理宗首为饮器，是人君也而行同于盗矣！但攘位而兄有弑，亦前代所有者，若君没而后再适，则旷古罕闻也，能不致污青史欤？迨顺帝嗣位，天怒人怨。方且行番僧运气之术，赞宫中佛号之称，而天魔有舞，龙舟有戏，荒淫无度。且罢科举而信桑门，开河渠以敛民怨，凡亡国所未尝有者，无不为之，欲不亡其何待？故其始虽有许衡、姚枢、刘秉忠、安童、楚材诸臣，已邈不可追，后有仁山、白云、渊颖诸贤，亦夐乎难几矣。即有余阙、李黼、泰不华之忠义，亦无救于丧败。以故白莲聚众，红巾煽妖，韩林儿、刘福通僭号于楚豫，陈友谅伪称于汉沔，张士诚雄踞于姑苏，方国珍等鸱张于浙粤之间，分崩离析，天下大乱。

幸天生圣人，以淮右布衣托身皇觉，悯斯民之陷溺，以救世为己任，驱蒙古而正位号。其得天下也，原与汉同其正，况有青田之运筹过子房，魏公之转饷同相国，徐、常、汤、冯之战胜攻取，勇略实超乎三杰。且景濂之台阁文章，又非厚重少文者比，而静诚之辞爵，其清风高致，又回出赤松、桐江上矣。故一代之节义，媲美于东汉。若夫纲举目张，礼乐衣冠之盛，典章文物之详，自宫闱以至朝廷，自朝廷以及海甸，政治莫不厘然毕举，有非前代所能及者。独惜其英敏大智，知太孙文弱，半边月儿则难全而受也，影落江湖岂能允王保之？向使不拘于嫡孙承统之说，而立燕王为储嗣，封建文以大国，亦何至有靖难之兵，糜烂生民，屠害忠良，且令痴儿削发为僧耶？故余意尝谓立嫡本属恒理，但史氏执此说以误帝乙，俾受辛遂亡商祚，假令立微子之贤庶以承祧，则天下当不若是之骤灭也。且如汉祖诸子，原有代王之贤，虽知惠帝慈柔，吕后悍妒，不能废嫡立庶，遂至乱生诸吕。唐高赖世民之力有天下，苟知建成难为兄，元吉难为弟，能越长及仲，又安睹血污武门哉？至扶苏、杨勇，又不足论矣。然则立嫡固为常经，而立贤亦岂权变？非必如尧舜之官天下也，惟在知人识势者，择亲贤之善以好为之而已矣。且夫永乐为君，虽逆取顺守，而勤于求治，崇圣道而黜方术，求贤才而赦无辜，重风宪而选守令，遴儒臣而备顾问，庶几三代遗风。然其喜于用兵，或一时之雄心未尽亡而果于屠戮，殆所谓三十年杀运尚未除者乎？

仁宗仁心为质，半载之间，善政屡屡，而帝星遽坠，良足悼也。宣宗十载之间，亦美不胜书，即有微眚，不掩大德。至于英宗，违祖训而首宠王振，致蒙尘土木，幸中华有主，乃得生还，不然，其不为宋之徽、钦也几希。其后南宫复辟，力反旧政，想其得于忧患者深乎？独惜石亨辈以夺门迎复，诬于少保以冤死，君子不无遗恨焉。武宗复任刘瑾，罔习政务，耽于游猎，乃欲降天子之尊，自署元帅之名，向非文成、文定袭宸濠而献之，则明之天下，亦岌岌乎殆哉！世宗入继大统，作无逸殿，颁敬一箴，惠泽敷而甘澍适降，实协斯民望治之心。乃首议大礼，在人主以天下为心，而继统与继嗣亦异，议礼者纷纷聚讼。张桂迎合主意，固邻于谀佞，而诸臣伏阙痛哭，得毋行之多激乎？厥后信崇道教，不御万几，一任奸嵩两父子鸾华诸宵小，欺君误国，嫉贤戕能，杀大臣，杀谏官，况于人伦数大端犹有惭德乎！神宗冲龄践祚，内则江陵辅相，外则李、戚为将，四海敉宁，初政犹有可观。嗣是而货殖兴，疑忌起，边隙开，帝方欲委裘而治，不知内变外患，实始基之矣，享国虽久，曷足道哉！熹宗昏庸尤甚，专任忠贤逆珰，客氏妖艳，浊乱朝纲，诛贬贤臣。且东林党起，门户争立，水火分于政府，秦越聚于朝端，致使奸邪得以乘衅，诸臣自相攻劫，国乱民怨，祸滋炽矣。幸其七载遂崩，俾大憝蚤为授首，否则大变安忍言哉？故有明之君，仁爱贤明如洪熙、隆庆、泰昌，年皆不永，嗟乎！是天未欲平治天下也，不然何夺之速欤？

怀宗以智勇深沉之姿，不动声色，而首歼大憝以扩清宫掖，又且敬天勤民，虚怀纳谏，亦欲发愤有为。无如民困国贫，财货尽归私室；寇强兵懦，将士俱乏精忠。蟊贼内讧，边烽外儆。虽有揆首若温、周，止知固宠营私，而济时无策；盗魁如闯、献，竟敢称兵犯阙，而惨杀多殃。灾害并至，倾危立见。呜乎！其君非亡国之君而能死社稷，臣乃亡国之臣而罪盩渊深，殉节煤山，岂特其贵戚不愿生于皇家哉？即令后人闻之，亦且为欷歔泣下矣。是有明得国失国，皆出于正，又岂前代所可同日而语哉！其间杀身成仁者固多，而偷生降贼者亦不少。乃向之藏金匿宝者，不以之输国帑助兵饷，而欲苟免逆贼之刑法，真狗彘而不如矣。

自古来更有奇出意外者，凡开创一二代后，每有祸乱出焉。如有穷之篡也，桐宫之放也，东山之徂也，虽时有久暂，皆前三代所同也。又如汉与唐，雉、曌祸及于女后，唐与明，骨肉变生于萧墙，虽地有远近，亦皆后三代所同也。意者殷忧启圣，多乱兴邦，其在斯乎！斯虽气运使然，实则人谋不臧，诚以小人女子多为之蛊惑也。《易》曰：开国承家，小人勿用。故小人逢迎其君，或声色货利，或辟土开疆，人主方谓其有益于国也，抑知实有大损于其君。而人主宠用其臣，或高爵厚禄，或纳贿揽权，小人方谓有利于家也，不知实以丧其身。

凡若此者四千余年，其势之或分或合，为异为同，虽时势有盛衰，人事有得失，而孰非天实为之哉？吾思天意欲兴人国，必生圣明之主开于上，贤良之臣佐于下，君相志同道合，以图善治，而朝野咸臻于极盛。及其衰也，天或生暴戾之君，或生昏庸之辟，即有奸邪乱政，佥壬误国，长恶逢恶以导之，驯致败亡，此古昔所同也。

虽然，予更有说焉。天下大势固有分与合矣，而帝王之都会，其势尤其宜遍观而审量之。洪蒙初辟，风气未开于四方，而运会先肇于中土。故庖羲都宛，神农都陈，轩辕邑于涿，尧平阳而舜蒲阪，禹安邑而汤亳都，皆在冀豫分野之间。至王气钟于丰、镐，而文、武建都于此。厥后秦之咸阳，汉、唐之长安，皆关中地也，诚以重关百二，表里河山，可成天府之国。周公营洛邑为王城，平王迁居数百年而周衰。惟东汉国祚多历年所，若西晋、北魏与北宋，或都邺，或都汴，则平原广野，无山溪以陷戎马。孙吴城于金陵，以至六朝相沿，尽属偏安，难以北瞰秦晋，皆不足为帝王所居也。昔朱子尝云：王气钟于燕蓟，暨于平滦，洵古今一大都会。观其控制，前襟大河，后枕居庸，左临东海，右倚西山，又非若陕右近于沙漠，临安逼于海滨，故自金为大都以及元，而明成祖北迁焉，已阅数百年。今我盛朝定鼎于兹，宅中图大，居高临下，方兴未艾，诚万世不拔之基也。故天以北极为枢，紫微垣列，众星群拱乎帝座；而地以北平为轴，红云高捧，万方咸卫乎东京。形胜之大而且久，洵有莫过于此者矣。

昔孔子对定公有曰：为君难，为臣不易，是君与臣宜交相勉也。吾思人臣事君，无欲以矢其志，无妄以立其诚。尽其心以忠君，而无一念或伪；致其身以报国，而无一事或欺。位无论大小，事无论巨细，时无论常变，势无论险易，皆殚智竭忠以为之。不以固宠营私分其志，不以美官多钱肥其家，斯臣道于是乎无忝矣。而为人君者，正心修身，诚敬以承帝眷；仁育义正，爱养以厚苍生。崇儒重道而文运兴，立纲陈纪而庶政举。进贤良而屏奸佞，则睿照无私而乾纲独断，不授其权于左右大夫；重农桑而敷教化，则人心宜格而风俗丕变，不杂其志于刑名法术。武备修，军政饬，星罗棋布而兵恒藏于不试；内变弭，外患息，海晏河清而四郊不闻其多垒。内无宦竖宫妾蔽主聪以擅执国柄，外无雄藩草窃肆跋扈而倒持太阿。而且察吏安民，机务详也；省刑薄敛，湛恩沛也；蠲租减赋，德施普也；积粟贮谷，国常丰也；救灾恤患，民恒足也。斯君德之大本立，而君道之大原全矣。若此者，旷览前后，盱衡古今，则惟我国家祖功宗德，膺景运以隆兴，肇开一统之鸿基；圣子神孙，承贻谋而燕翼，永绵亿年之宝箓。常合而无分也，可大而可久也。其在《书》有曰：元首明，股肱良，庶事康。《记》云：一人元良，万国以贞。《诗》曰：商邑翼翼，四方之极。又曰“于万斯年，受天之祜”者，皆此之谓也。由是宫府咸为一体，德险俱属并峙，巩赤县若磐石，跻群黎于仁寿，成道一风同之化，致久安长治之休，于以媲唐虞，迈三代，自能衍庆乎百世，而超越乎千古矣，又何汉、唐、宋、明之足云！

息机园听客夜谭

张九键

班笥卿之友路君平甫，隶武弁，屡从征讨，识要略，年老归休，园于息机。班笥卿诣郡，辄寓其园。一夕披衣谒笥卿曰：子文士也，知读书之道，而未谙用兵之策，试酌酒一语子。子其通于战乎？凡战之道，雄兵与精兵战则精兵胜，贪兵与义兵战则义兵胜，斗兵与备兵战则备兵胜，追兵与伏兵战则伏兵胜，无一不胜与如不自胜之兵战，则如不自胜之兵胜。夫如不自胜，其胜神矣。藏于无形，攻于不意，隐地于天，隐天于地，无首无尾，若灭若生，若行无地，若入无人，战之统也。其迅其捷，如张弩，如发机，如转圆石于千仞之山，如决积水于千仞之溪，战之势也。其步其伐，有截无迕，如鞭龙蛇，如搏兕虎，立于必死，是以无死，战之情也。韅靷鞅靽，周列成文，挥之如羽，纵之如焚，昒然四分，如风卷云，摇旗息鼓，寂若无闻，窥我无隙，破我无门，迷离遑惑，万敌纷奔，战之变也。长戈利戟，锐卒轻车，乃乘其乱，进攻其瑕，一呼百应，勇气倍加，曾不顷刻，而敌已灭，威已赊，及于奏凯而旋，置戍留守，所过欢踊，卒以无哗，战之完也。兼此数善，是谓如不自胜之军。然而其法泥之者窘，袭之者伤，犯之者全败，佳之者不祥。昔有马服君之子，读之而不能通之；安平君、武安君辈，通之而不能尽之；汉诸葛君则躬尽之势未能施之。神乎神乎，其惟鹰扬之老叟与运筹之帝师乎！今吾子上明三光之次，下察九区之宜，中习先王仁谊之教，吉凶宝嘉之礼，而旁及于百家阴阳形术方名象数之奇，独未变而合之使熟于戎，内廷一旦发诏遣师，命吾子筲兵督远封，子其阶前稽颡，期期不奉邪？抑白函飞奏，咄咄书空邪？则吾未识所从矣。班笥卿曰：君言信善。但吾虽未典军，其于所以军则亦默运之心，而熟按之于传于经矣。平甫笑曰：否否。此正书生纸上之兵，非缮兵也。夫行兵有策，不知策，焉知兵？且不知兵，其又乌乎保国？

原疾

谭宗衍

六极次疾于折。夫折则已矣，魄降魂升，痛痒无著。不幸遘疾，身罹毒，心悉苦，较折尤难堪。使疾由不慎所致，则人当自怨，且或可人力挽；疾由于天，斯无如何耳。

吾叔子人亮，襁褓即有疾，七岁乃能行。十五疾作，始于痫，药弗瘳，遂成恶。起居饮食时，忽手一撒，顿踣地，面青、目弩、体痉、手足掣，痰涎坌涌，人事不省，久乃苏，犹懵懵。疾发，人己俱不及测。始犹稀，后则密。踣则于壁、于石、于沟、于物，皆所弗知，故不敢轻步。皮破肉绽，骨响血喷，被伤遍而头尤甚，如受千锤万炼矣。髓空神摇，奚以自立，己固不欲生，对之者胡能为怀？阅数十医弗能治，佥谓是禀于初生者。

夫人虽生于父母，而实生于天。予尝谓向用威用，虽若不尽操其权，惟天得备用之。乃好德与恶弱，任人自为，天恒弗之顾。而好德不必福，恶弱不必极，天亦有不能用者耶？抑天之用固有不得其当者耶？天既生吾儿，即畀以有生之乐，夫何难？纵不然，即畀一愚顽之具，昏然于天地间，以茹痛楚，尚稍宽。乃吾儿性质明敏，工夫奋发，九岁从余学，成童已通《四书》《五经》，制艺惊长老，咸计日观毛羽高飞，而孰意其婴疾哉！且疾绵于今二十五年哉！谓所自致，则幼小已然；谓余不德所致，则何独获报？今虽抱疾，稍闲不释卷，诗文积成帙，无尘俗语，多借以发其痛哭无聊搔首问天之概。盖幼时尝存一疾没世而名不称之意，兹乃困抑至此，不惟其身之无时不恸，其心更无时不恸矣。

嗟乎！余于季人高已有澹台氏之惨，而叔复如是！且目击子之苦毒而不克为力，吾心之恸何如哉！颜渊之短，伯牛之疾，子同归之命，而盗跖之横以寿终，天其知之乎？其不知之乎？听天由命而已，奈之何哉！奈之何哉！昌黎有盲目盲心之说，彼饥渴害禽兽丧心疾滋甚。若学人之不克显其著作，才人之无所展其设施，古今来何限？即俗所谓名利嗣，世人宁尽无憾？又岂必其疾哉？慎勿怀无益之思以益其疾也，作《原疾》。

尖头公告文

曾绍孔

岁夏五十有六日，检敝笥所贮败笔，童而髡、老而秃者千二百有奇，择草堂西偏隙地穿穴以埋之，题曰“尖头公冢”。复设觞豆清酌，为文告之曰：

余之得交于公也有年矣。岁流月化，瞬移息迁，凡经三变，以有今日也。方年少时，童心未漓，恒若有所思，念计画借公发之。注想凝目，旋复自已，意欲养其锋，葆其锐，不敢轻试公，知公之所蓄甚深，为用甚大也，此一局矣。稍长，或时不与公会，见辄喜及，与公盘桓。用刚反柔，志枯气索，亟辞去，良久莫敢迫视，此又一局矣。驯至中岁，公既卓荦多异彩，余亦豪迈放达，朝夕与俱。不顷刻去离几席，伸纸疾书，神酣意适，浩浩乎若与曩者异，然不敢自以为能也。浮涩笨伯，艰晦浅稚，于道无明，犹持铅刀砍阵，不足搴旗斩将也，此又一局矣。

三局递变，卒不克列鹓鹭之班，裁五色丹诏出之天上；又不获与于荣辱褒贬，使一字之重于山也；更不获校书藜阁，同五夜以常青也。只是游戏于烟霞泉石间，效雕虫之一臂，其余之负公哉？抑公实负余哉？乃不谓折颖敝毫，所积日多，岂非公之类物过明，任重太锐，不善敛其锷，数遭顿挫，以至斯耶？则余老且无能亦可知矣。虽然，悼往者之弗及，冀来者之可追，方欲沉酣今古，衷于大道，刮磨蔽蚀，洗煎膏火，使不止于畸囊异而已者，以更成一局焉未可知也。安知余与公交，不自此以往，又数十年如初乎？今第慨夫用公者，得新忘故，遗旧弃劳，壮锐则珍之，及其衰惫，举而掷焉，或堕溷秽，曾莫之恤，为可悲也。是用简点收拾，聚而封之，且告以文，似不为负公矣，公其可无恨。

抱雄儿自状

李继圣

抱雄儿生于丙子年七月二十九日辰时，李姓，讳继圣，字希天，号振南。韶龄好弄，削木像刀剑箭弩棒鞭之属，日以此吓群小儿为乐。断竹仿佛箫笛，好乘牛吹入林野。年十二始赴试，好学闺秀诗。十八颇知书味。二十一岁失怙，不识权斛数。二十四戏试入武庠，即弃之，尔时犹未尚射也。好博，昼出外呼卢，晚归读必鸡鸣乃已。有以老于童子试为戒者，不屑听也。二十六教弟侄八股业，自是十余载，同族暨异姓贫乏者受业甚众，皆辞束脩。二十七，督学黎夫子拨入府学第二名，评孟艺有三楚奇才之赏，名渐振。二十八登雍正甲辰贤书，易本房沈夫子、主考庄、陈两夫子，极叹前三艺为近日才人所罕见。

好涉临山水。与及门讲贯偶暇，好使诸生为声歌。好谈笑，又好简静，则视乎其所对。好雄豪坦率友，好聚书，好竭财力为人谋。然不能曲从人，多违俗而骂不类，无含忍量。朋会有不慊于心，怪气暗冲，激久郁不得畅，或发狂狰诌。不修边幅，不畏势力，好侮假道学。此其疾矣。然一饭必思酬，而睚眦亦多恬默受之，不欲报。又未尝先与人以无礼。肆游吴越梁宋、燕赵齐鲁、江汉湖海间。曩零刻诗文小集，宇内诸君子每不弃，而艰于遇。不好珍奇宝玩及种养花鱼，不好乞人小物，不好背议人短，不好立是非爱恶成见，不好饮，并不好名字画，以己所未暇学也。

平生三大恨：恨未亲承祖教，与力承二亲教；恨同怀两女兄先逝，而次女兄以郁亡；恨无从手刃廿一史中数百大奸恶于一市，及面讯迂儒败国者。五小恨：恨不善吹弹穷律吕；恨不能阅遍奇载籍、名山海；恨一二知己远离，不易复合；恨无广长舌，立说鄙富人施出窖金哀给茕独；恨身材短瘦，无过人千钧膂力。今年四十五，未知天竟何如，尽其在我，惟随处守真陶咏而已。此性情大略也。岁次庚申，状于山左高唐客署。

湖南文征　卷一百二十七

杂文二

阅篇

张九思

村有人柔如猫，谖如狐，贪如豺，噬如犬，里之民患苦之，父老相聚谋曰：是若何？谓之曰：前数物者，父老知之乎？曰：知之。夫此数物者之不能不并生于天地也，父老亦知之矣。置之有所，则不为害。今夫猫吾用之捕鼠，狐与豺吾驱之在穴，犬吾放之守夜，于是乎四物者，不能为人害而常赖其用。夫猫与犬，吾绝其食而使之宿于庖，鞭其首而使之门于客，狐与豺利其皮而使之游于桀，是物也其能靖者几何。父老曰：善。既而连岁村中宁。

姑胥乞者，家赀万金，姬妾僮奴之奉，一呼而左右集者十余辈，久之不乐，去为乞。亲故或丑之，强之归，则怒。广厦匡床，不如草栖露宿之鼾梦也；烹鲜击肥，不如残杯冷炙之适口也。始其兄偕乞儿往还，则弟尼之，兄曰：第从我者。已乃相与言曰：初不知乞之为乐若此也。吾闻之洞庭山薛翁云。

临蒸人曰：又有之矣。邑某氏子，父生之晚，爱甚，恣所为不诘也。为纳粟厕名太学中。寻父没，狎里中恶少与之游，学枪棍符咒之技，引无藉者皆来。一夕相与谋曰：某某多金，盍往劫诸？某氏子笑应曰：诺。或曰：不畏法乎？曰：谁敢者？逾年事败，吏籍其家，阅先世遗券，亩钟之田千余，仓粟陈者三四年食，他物称是，有司者惑之。

竹轩曰：是二人者之为，其无足怪，皆起于忘己之有，而以人为说者也。少自好者羞称之。世之忘其有而悦人之有者，不独乞与盗也。孟子曰：旷安宅而弗居，舍正路而弗由。又曰：不仁者，可与言哉？安其危而利其菑，乐其所以亡者，尝试与之言，乞与盗必笑之矣，然其所蔽，亦姑胥、临蒸儿之类也。

阅天佣子集

张九思

或问文章大家之称于艾千子，千子曰：无所不备。张子曰：千子之论，似之而非也。夫大家之云，非其无所不备之谓，而有其所以备者之贵也。今一肌一发一齿之在吾身也，可析乎？曰不可。而身非一肌一发一齿也，神明君之血脉贯之，且虽一肌一发一齿，又可遗乎？大贾挟巨赀游于江湖，百货咸列，拟封君之室，舟子曰：吾能为君载之，惟所欲往则达也。故此两人者不相谋而相求也。脱有风涛变逆、蛟鼍之害猝遇，断港绝潢，操舟人焉，水潦退，累旬岁不得出，于是则迁其货，号其众，负其舟，甚者则掊而后能出，若是则舟与水不得也。故大贾之聚，非室邑之需也；万斛之舟，非咫尺之达也。人之性质绝殊也，而孟子曰“万物皆备于我”；人才各有适也，而孔子曰“君子不器”。若是者何哉？夫能备万物者，盖人为天地之心，而才广于学，则器不足概也，故皆备之我无我也。不器之器，运众器而一之，此可以知大家之说也。

明何阁部湘潭殉节逸事

张垣

《明史·何腾蛟传》载：公字云从，贵州黎平举人。唐王时以阁部督师长沙，得降卒十余万，建湖南北十三镇以卫楚。顺治四年春，王师至，腾蛟乃南走桂林，旋复湖南数镇，永明王进爵为侯。六年正月，腾蛟自衡州檄诸镇会长沙，而亲诣忠贞营邀李赤心，止携吏卒三十人。闻赤心已东，尾之至湘潭，王师骤至，谕降不从，绝食七日被杀。永明王在粤闻变，赠中湘王，谥中烈，官其子文瑞。

史载详矣，独未详其死湘潭流水桥始末。垣忆幼时，与兄坤每见先伯祖过流水桥即泣下，私问馆叟冬，冬曰：彼何阁部殉节处也。主人为阁部旧将，以都督同知军事副胡一青守武冈，临行谕曰：一青遇事观望，汝宜促以大义。时负绁从戎侧，见阁部手指口画，意气凛然。未几，主人闻长沙不守，说一青以全师援，果犹豫不行，乃将数骑奋泣就道。至潭而阁部已殉节矣，有老僧者引至流水桥收其尸，即稿葬，潜识以石。既又得其元，别以函瘗冢前酒家深处。时主人亦变僧服，每过饮号泣拜佛，酒家不之知也，惟老僧及故守备曾公知之。后康熙乙巳，阁部嫡孙凯变姓至潭，主人指其处。启函，双眸炯然，项左右长新肤尺许。止泪，相顾骇愕。更发稿葬，合为全身。督印在怀，金紫尚离离然。归黔后，酒家常见朱衣象简人，亦旋徙去，主人所以过且泣也。与阁部同死事者，久忘其姓名，惟幕府郭湘潭人，与主人厚，闻其家觅尸不得云。垣因退记其事。先伯祖名熹宦，曾公名启先，老僧不知何许人，亦不知所终。

丧礼约

陈益

主人治丧，恪遵宪度，凡惠吊奠，醴不设，馔不鲜，盖以客有哀死之心也。昔程子居母丧，周恭叔主宾客，客有求饮者，恭叔以白程子，程子曰：勿陷人于恶。竟不与。《鲁论》志子食于有丧者之侧，未尝饱也。俗之敝久矣，廓清一旦，观听骇人。虽然，不以为非礼处已者，其以非礼处人哉？鉴主人之哀，指主人之迷，无訾主人之矫，是在知礼者。

案《礼》：丧家三日不举火，邻里为之糜粥以饮食之。岂意后世之喧阗鼓吹、丰侈饮馔以款宾乎？富者意谓不如是则俭其亲，如是则荣其亲，贫者亦期勉副时尚，故耗家以市非礼者比比然也。《记》曰：未葬读丧礼，既葬读祭礼，丧复常读乐章，是临葬之时，亦只用朝夕奠耳。今用三献祭礼，其赞礼高唱有云奏大乐、奏小乐者，闻之得不颡泚而背汗乎？至素馔之用，不但于礼宜然，且省治具之繁，以专力于附身附棺之要。往不肖居父母丧，独创为之，于佣力加给之钱以偿淡素，自初丧至葬不宰一牲，乡人亦无甚非之者。盖亲丧自致，我为政于人无与也。读此文并不设醴，则尤所难。然先辈已毅然行之，未尝徇俗，有志之士可以自勉矣。汝怀附记。

文戒上

陈梦元

言为心声，瞀儒梼昧，何如守默。有时声之，若无能已。必闷使沉响，遏使涸流，千古文才，无陈此例。涉巫近祝，末世强艾耆耄，不自知丑于浮饰；冠简弁集，末世整散比兴，不知自劣于谄谀。或者少年薄恶，旭旭蹻蹻，甚盛势厚，仳仳琐琐。我而摇毫掷笺，嘲加无解，戏施无答，悃款浇，老成泯，伥伥贾祸速戾，卒不自咎萌悔。文人者，造化之宝。有典焉灿布如星辰，有则焉谨司若律令。偭错得意是谓暗，轻剽以掉是谓惑。珠玉泥淖，造化者潜夺神采矣。念深忡忡，中夜悬戒，敬之敬之。敢或夸诸，敢或呲诸。

文戒下

陈梦元

疑而浑，阕而置，灵台肯遁隐容吾暧曃哉？自遁矣，转瞬售欺世术。文章有神，交游有道。海内手眼，变幻几案，竟借标榜，窃啖其余。袭态度，据丘壑，乞怜姓氏，摄取声华。发皇疏解，自张若说。名焰燥胸，惭汗浃背。矜饰著书手，丛疑迭阕，几不吐只字。翰林主人，子墨客卿，渥色泽，被芬芳，千言冗长，纵穷形尽相，出师门，感知己，中空空无有，倚彼品藻，谁贷赧惬，真僗僗也。嗟乎！吾徒自有文自述之，有不足倾吐之，无文窜有文之人，无文猎有文之人之文以文吾文，愿汰诸，谨志戒。

唐荆川谓刻文字为无廉耻之一事，倩人文过，又增罪状。上篇归宿敬慎，正未敢莽莽涉笔。自注。

读申鉴

陈梦元

汉末荀悦著书号《申鉴》，其言曰：五典以经，群籍以纬，前鉴既明，后复申之。《政体》《时事》两篇，闳论眇指，似盛汉作者，遭乱世，事暗君，褰于淖泥不滓。《时事篇》备博士一条，言经文异家别说，文有磨灭，言有楚夏，出有先后，一源十流。天水违行，讼者纷如。后代道学说经，荀氏蚤已拑若口。《杂言篇》性命一条，论性有三品，后代原性者祖焉。句义简该，字文间讹阙，扶疏旁达，隐隐隆隆，其引气然欤？大抵含和怀灵殖学恶可已，意有郁结，资借展舒，车马戎兵，秩秩然庸圣籍经国，君臣献替，著纲纪节目，赤心输奉，研虑至到，徒廑廑使悦此书翊后悬鉴，岂不慨息无限哉！

守秘书监即墨令石见传

彭胜桂

石见字研之，歙人，卫石碏之后。秦筑边墙，徙内郡之石实塞下，遂暴露沙漠。后从沙陀利氏稍内徙。石晋灭，有避诛窜入龙尾山名星化者，见之祖也。星化生涵星，涵星生见。五季俶扰，歙屡被兵，见随其祖又徙汴，流转三川，佣力文史星卜之间以自给。见负异秉，质坚而润，磨砻砥砺，能硁硁自守。性兼爱，喜近儒家者流，而其学实墨。献技于时，从不曳白，人亦喜其一为人用，宁受污不敢自洁。周显德间，与赵普同举学究，普甚器之，引入文苑，与楮生、管子、元卿四人者同卧起。及普佐艺祖仓卒定天下，又预金匮誓书。普怙宠独相，乃辟见中书令史，稍迁守秘书监，以材薄不敢进御，久之带本官出知墨县，从所好也。会普卒，近臣有借见以倾普者，嗾漕使以贪墨褫见职，坐赃罪，并劾举主。奏上，真宗颔之，谓宰相曰：此曹不贪墨，何以取材？且其举主十瓶海物业败露御前，太祖且不加罪，见何足诛。于是从末减斥归田里。见抱璞未试，不甘瓦砾同掷，益逃儒归墨，极深研几，冀复用，虽磨顶踵利天下为之，然卒无引手援之者。先是汉初尚黄老，武帝始重儒术，凡上方进御暨文苑儒林，皆选用陶氏，配楮、管、元四姓之才者授著作郎，藻绘文治。唐之中叶始间用石氏，于是青州、端州争贡奇姿异质。末俗好奇喜新，二州之石又文饰其躬以媚人，人亦无病之者，歙之石遂湮没无闻。独庐陵欧阳氏稍爱歙石，而见以罪废，有司不敢举，遂郁郁赍志以殁，惜哉！后见之族属，稍稍被拂拭于士大夫为席上珍者，则又不姓石何也？吁！

野史氏曰：昌黎韩子曰：孔墨不相用，不足为孔墨。吾甚骇其失言矣。及读《墨子》素丝之泣，又为之掩卷叹息，墨亦思深哉！夫习染之污，不但变其性而已也。士不自贵重，受知非人，躁进以自蔑，一斥而不复振，如见者何可胜道！吾闻见之族有罗姓曰文者，受知眉山苏氏，有传于世。又有玉带生者，从文信国游，终宋之运，侍书《正气歌》绝笔，尚依依不忍去，幸哉！文与玉带生为一忠臣谊士所知，虽至今存可也，见独不幸，为普罗致以自累耶？虽然，普自诩以半部《论语》佐宋主治天下，竟忍心害理，以一言潜移太祖之祚，陷其君违母命而背兄，即《论语》且不幸为普所读，遑见之足惜，独怪见之不遇，命也！文与玉带生遇矣，易姓而始显。虽流百世之芳，而世不复知有石氏，又何说也？曰：见之属皆托儒而近墨，墨之道二本故也，然则孔墨相用之说，不谓之失言不可。

瘗殍文

陶必铨

乾隆戊戌夏大旱，明年大饥，草木皆尽。四月初，有饿者蹩躠而来，沿门索食无所得，其声恻然。余时方食藿粥，呼而饲之，少顷复蹩躠去。次日有从栗坳来者，云途有死人，往视则昨饿者也。已，视其前，则赫然又一殍。其旁卧一人，饥不能声，急取粥与之，不可活，遂亦为蹩躠者之续矣。噫！余以穷诸生并日而食，其不为洛中之挚虞者幸矣，其去尔也几何？悯其无归，欲掩覆之，而非一手所能任也，于是要于路，募钱为梩梩计。饥渴之际，人不自保，蠲钱者多不过数十文，少者数文，终日积之，得钱八百。以三之二觅人掘坎，以其一为扛举赀，余亦左右扶持，亲役畚筑，其梩则取家中败扉为之。嗣后倘复有类此者，亦惟如法行之，以为乡人倡，庶道殣不至委于沟壑也，然而可哀也已。埋齿既毕，复以粥一盂为文告之曰：

而何人，无藉无氏，无名与称。忽聚而厝，而得免于蚋蝇。余非稷契，饥溺奚可凭。坎而瘗而，聊以尽余力之所能。

檄高山大王逐鬼文

曾贞庆

维年月日，儒士曾某，敬致言于本境土主高山大王之前曰：

某不知大王之何以谓王耶？岂帝眷大王而锡之册命耶？抑一方生灵邀大王之庇荫，感大王之呵护，而群尊崇之为王耶？若生灵尊崇，则必能节制群邪，杜绝百魅，不使其入我境地，乱我方局，以迷弄我生民，所谓民入川泽山林，不逢不若者是也。畴昔之日，居民曾介明者，佣工为食，合家待哺，罢业归休，遇所谓枉死鬼魂族少三等三鬼于路，攫且萦显作逼命状，力挣脱归，懵懵懂懂，述所遇毕，辄欲自尽，或悬于梁，或系于桷。一方居民，惊悼震怖，咸欲归罪于王，王无异于百姓之以王为罪也。

夫介明之居，去王数武耳，遇鬼之地亦然，王何以受此方之香火，享此方之血食，膺此方之尊号隆称，而顾坐视此方之穷民受缚于野鬼？纵外来之野鬼掉臂游行，以恐吓此方生灵，王若为弗闻也者，是又乌用王为？宜乎百姓之以王为罪也。或曰恶鬼三众，介明一人，其不为鬼毙者，或大王之灵遣偏师救之也。果尔，则介明归当惺然耳，何以梦梦如故也？觅死如故也？且止言有鬼不言有救也？

虽然，大王之有无、灵验之果否，余固不具论，请以介明之为卜，期于三日内，令介明醒醒也，神气爽爽也，语言不懵懵懂懂也，则大王之香火如故，血食如故，大王之号亦僭借如故也。宜亟召少三等，以余所为文告之而遣之去，否则伐柯之斧新锻，畚挶之箕方牢，其厂乃庙宇，窨乃基址，以为淫祀不灵者戒。更驰告于上石羊大王曰：纵放凶邪，罪亦同科，急收拾之，若王危而彼亦殆矣。《传》曰：唇之亡也，齿则寒焉。子曰：虎兕出于柙，是谁之过与？

志画眉家

曾贞庆

君姓华，名縻，字文禽，其先世华胥国人也。始祖本姓张名敞，官京兆尹。政稍暇，恒为其夫人画眉，备极妍巧，合郡效之，风行部下。会同列有丑妇公者，其夫人陋甚，强为描写，益增媸态。因妒而有隙，欲弹章中之。敞惧不免，遂挂冠去，偕夫人家华国焉。以国为姓，传至于今，世繁系广，姓亦不一。家云间者为莫损花氏，家汉中者为百舌氏，家闽粤者为山呼氏。其冒姓者亦多，如广之泥滑滑、楚之喇喇哥辈是也。惟君是其嫡衍，来楚有年，其肇基者世湮不可稽矣。君性聪明，不事章句而有文章，不假笔墨而工吟咏。每剧谈终日，虽琐些事必句栉字比，无一粗俗语。尤精阴阳术数，词简文该，细心绎之无不验，特肉食者不知耳。如言雨霏霏则甘霖沛，言干大塘则旭日升，借非意烛机先，安能响应若是哉？无何厄阳九，见嫉于岳峰之不文者，设陷阱囚君。然不忍加害，问处置于余。余见君眉宇间大有文情，瞿然曰：吾闻之马氏五常，白眉最良，君岂其人欤？延之高斋，共遣文兴。君亦不余弃，颇称莫逆焉。雅善养生，不食人间烟火。饭惟秣拌，佐以卵黄，饮惟清泉，亦善沙石。但素有寒疾，不耐风寒，兼具陈文三性概，会天大雪，遂以寒疾终。生平耻谋生计，贫窭以没，没且无以为归。余与君友厚，于卒之明日，择近斋之修竹林葬焉。生年月日不可考，没乾隆之十一年十一月二十日寅时。配雌氏，先卒。子二，长号山博士，次乳名阿刍子，皆卓荦秀雅，确有父风。女二，长曰娟珠，次曰战枝，俱幼，未许聘。铭曰：

文禽文禽，文不疗贫。怀文而死，莫慰文心。爰安爰固，爰妥尔于修竹之林。

慰臂文右臂旧伤，老触复发，夜不成寐，戏作文以慰之。追叹生平，聊以解嘲，不自知言之汗漫云。

张九钺

孰嗔汝之粤夆掣曳，擨掮胶葛，震撼而靡宁，振汝以行？搜寻汉碑，摩挲岐鼓。掉鞅文坛，超乘艺圃。肩交吴越，胁拍齐鲁。跋扈鸿都，凭陵幕府。万言夜扫，疾如风雨。汝于是时，有力如虎。鼓汝以登，跨匡庐，凌祝融，豜天门，攀秦松。把缑氏之笙，打太行之钟。捉华首之蝶，挟玉梁之龙。踏九顶莲花，与汝排翼而入乎云中。掉汝以游，杰阁管弦，高台花枝。挥斥诗〔笺〕①，拇战酒卮。舞蔗拓戟，长袍曳披。彘肩快斫，蟹螯坚持。挈五陵之豪杰，提河朔之男儿，孰起以捉袒而示之？汝亦不垂厥手而酣嬉淋漓，胡为阻修翎，铩健翮，挽马挝，随老革，手版腰笏，仰希颜色，束之縋之，使汝不适？弃贾、董之精醇，厉申、韩之锲刻，锻炼周内，不合绳尺。汝角而抗，吾剟其力，弗获乎上，咎

---

①据《陶园文集》卷七补。

所应得。恶岭毒霾，箌坠崖底，鬼窟须臾，深渊尺咫，赖汝支撑，幸而不死。嗟哉汝乎，伤自劳始。欲以温汝，无青豻裘。欲以壮汝，无绿锦韝。披褐提铅，从貂褕游。连襻掎裳，入厮养俦。斗我年华，雪霜车舟。利汝张弛，诗书锄耰。垂堂骑衡，误于仓卒。未遭蔗击，偭受锤窃。熊经鸟申，导引谁术？金液黄芽，滋润谁乞？因循委顿，复延岁月。老犹倔强，胡不戒也？昔何身手，抑何惫也？方今猿臂将军，神臂大帅，建断臂之谋，扬刺臂之势，蒙铏著釬，援桴动旝，臂贾余勇，献功敌忾。亦有中黄贲育之士，城防乡练之徒，衔刀拗愤，制梃怒呼，焚碉穴鐆，夺隘铲邪，臂奋其忠肝义血，效勇前驱。而吾雉樊鱼椮，蜱闭螺伏。倚必养和，振必槁木。请缨志灰，据鞍势蹷。无承蜩之能，乏绕尾之熟。汝纵怜吾，不以为羞，吾实负汝，其又何尤。然而偷生平世，佚老穷庐。褒衣大袖，腕运得舒。孙扶儿掖，指麾自如。饥粥一瓯，渴酒一盂。仰而恍恍，俯而蘧蘧。却虫臂之交背，任螳臂之当车。忌者不得扼腕，妒者不得揶揄。招烟霞为颐养，弄文章为戏娱。通人达士，跫然至止，犹能上下三千年，纵横九万里，扬袪钩袂，抚掌抵几。汝若悬五石之弓，跃然而起。汝乎大木拳曲，以不材永年，其形也完。支离髀胁，大役不受功，其用也偏。流水不腐，户枢不蠹，其天也以劳全。故撄宁者成，忍辱者存。智轧名争，不如葆真。汝安能缓汝肉，驽汝筋，萎汝腠理，兀兀然夸杨生左肘以自喜？吾将为汝解天弢，和天倪，浚涌深源，活泼灵机。若轴膏鏁，若环旋规。不滞于迹，不限于知。动罔不臧，行罔不随。八臂邪？百臂邪？八万四千曼陀罗臂邪？穷其谲诡，吾不得知。亦安能学庄生，思汝化鸡化弹以求日夜鸮炙为！

论俗节祭礼仪

王运枢

《家礼仪节》所称俗节者，元旦、清明、重午、中元、重阳、十月朔、腊日、除夕也，吾乡增一中秋，均不祭于祠堂而祭于家。

宋张南轩尝谓节祠渎而不敬，欲废之，朱子答以书云：俗节为古所无，古人虽不祭而情自安。今人既以节为重，至于是日，必具肴羞相宴乐，不能不思其祖考，而以其节物享之。虽非礼之正，然亦人情之不能已者。又云：端午能不食粽乎？重阳能不饮茱萸酒乎？不祭而自享，于汝安乎？又答陈淳问曰：是要得不行，须是自家亦不饮酒始得。又谓韩魏公处得好，谓之俗祠，杀于正祭，遂依而行之。此诚不忍死其亲之至情所不能已者也。第《家礼》谓元旦恐在官者有朝谒之礼，不得专精于祭事，或更斟酌于除夕前三四日行之。明丘琼山则以除夕自有除夕之礼，隔年行之，恐未安合，拟有官者以元旦次日行事。陈淳记朱子于岁暮二十六日烹豕一祭祖先，就中堂二鼓行礼，而除夕无祭。盖依婺源旧俗，即于前二十六日预为此耳。明何燕泉云国朝太庙岁除行祫祭礼，则士庶家固不应无除夜祭也。故吾乡俗自元旦至除夕靡不举节祠之礼，其礼即于家堂神龛前设香案桌子，陈肴菜果品，如重午则菖蒲、角黍，中秋则菱藕、月饼之类，主人率其子弟孙曾焚香斟酒，主妇率其诸娣子妇献茶，拜跪一堂。非犹是不忍死其亲之至情然哉，而乌可废也！稍异者，清明上冢，祭于祠堂，其仪特隆，与冬至祭等。中元出木主朝夕致祭，以五日为期。至于每月朔望则不设酒，供茶龛上而已。

答某问合葬

王运枢

承询问合葬之制，知足下将以母祔父也。《檀弓》季武子许杜氏合葬之请，曰：合葬非古也，自周公以来，未之有改也。又曰：周公盖祔，则合葬固昉自周公。第考古人合葬，不惟同穴，必且同椁，取相亲之意。原其制，人之死也在前在后，相逾或数年或数十年，殆至合葬之日，始得并两棺而为一椁以安置耳。故卫人之祔也离之，鲁人之祔也合之。而孔子独善鲁者，以离有一物隔两棺之间于椁中，合则并两棺置椁中，无别物间之，正所谓同椁也。逮后朱子云：古者椁合众材为之，大小随人所为。今用全木，则无许大木可以为椁，故合葬者只同穴而各用椁，则同椁之制不讲矣。司马温公撰《程夫人墓志》，言其同垄异圹，则匪独不讲同椁之制，且不拘于同穴矣。今时惟改两棺合葬者，因其地非吉壤，有水蚁之患，恐棺已朽败，必新制一棺，中用木板间之，将骸骨检置妥帖，不至混乱，如两棺外袭一椁同穴葬之，差合乎古制。兹足下以母祔父，谓父棺葬经三载，未敢轻为动摇，拟于左侧穿穴安厝母棺，中留尺土作间，其上则大为封之有若堂然，是即温公所志陈夫人墓同垄异圹也，又奚必泥同椁同穴之制乎哉？足下其善为之。

揶揄者述

张世法

张子旅夜屏虑，拥卷假寐，若有人者从而窥之，倚于罘罳，其状揶揄。久且言曰：子非学周孔之道者邪？吾闻周公赤舄，泽流四国，孔氏麛裘，治著中都。方其未遇，狼跋胡，犬丧家，而颠踬不惧。及其将行，鸣鸟闻，角兽见，而嘉祥特征。盖作于始必显于巨，未有要其成反无其名。今子之病亦三年矣，三贡举而获选，再县宰而不迁，犹然当子之身历残锥以矻矻，握敝帚而将终焉。敢问昔所读者为何书？岂千金之可鬻，而曾不能一日舍旃？且夫困风尘者不可以言要渺，守拘墟者不可以窥昳荡，不有排阊阖，立羽仗，耸身而跃埃壒之中，咳唾而振云天之上者乎？其或昏夜无人，狴犴狂吠，则有闻膻而营，逐臭而嘬，相应以鸣，相煦以沫，惊汗匍伏，奔窜唯诺。又其能者，金入庄生之家，裘出田君之室，纵十千于一饮，轻百万于一掷，座挟齐讴，庭盈赵舞，谈之者色授，观之者神许，有不一于此，嗟谁与之语？而亦谁与之为处？是以人华其毂，子步无车，雀门息迹，落寞是居，人餍其肉，子食无粟，朝齑暮盐，不黔其突，人挈其朋，子行无仆，去旧迎新，于谁之屋。然使子欲学周孔之道，而必翛然太古者为徒，则何不筑于蓬蒿之野，灌于湘水之流，行且从其为乐，倦亦得其所休？而以尘嚣为岑寂，以名利为禅修，是犹操琴阛阓之市，而曰吾志在高山流水，枵腹鼎庖之右，而曰吾味在太羹玄酒，不亦矫于名而乖于行乎？

言既，张子惶遽而起，逡巡而谢曰：若固向之善于揶揄者也。若尝见有逐什一者，试之而窃肖矣。若又尝见有送作郡者，试之而又窃肖矣。今吾之相遇也甚晚，敢告不敏，以终吾志。其人不对，默焉以退。顷之，闻有歌声达于户曰：厄也岂无其挤之？荣也岂无其梯之？愎吾谏以为固兮，噫，老将至而不知其尤，夫又将人之为恶也。

石垄寺长明记

吴学健

距城百里许，过石垄，草木蔚然，曰莫家辔。辔之偏，一古刹，不知创何年。木鱼钟鼓，庄严毕具。塑大悲观世音一尊，法身长大，跏坐幕中禅龛，晏如也。龛外设一灯，光荧荧勿绝，为长明。古之圣人明照四海，未尝不神道设教。越汉兴，梦金人从天下，佛入中国，象教滋昌。观世音者，从声闻入道，妙音胜世间音而加之以观，经所谓真观清净观广大智慧观，以一身具八万四千宝目，豁如来之五眼，照众生之三心，去其贪嗔痴爱，进诸定慧圆通，俾普四天下化为光明藏，无滞无碍悬于一灯而旌焉。谓偌大神通只作如是观也，灯之时用大矣。从而施之布幔，从而设以纱笼，举众沙弥持疏托钵，不能获一豪一撮之助者，得若而人一倡百和，金粟满地，如恒河沙，莫可胜取，岂不善哉？岂不善哉？非大檀越，孰能当此布施而无德色者乎？马氏，吾潭巨族也，白眉之裔，蔑匪良士，其尤著者曰文典，曰敦五，均卜莫家辔而宅焉，蠲租建桥，翦碍道榛，难更仆数，吾独慕其紫竹林中捐置佛田，列长帷于莲座，然宝炬乎柳圈，致都人士恭逢圣诞，莫不持瓣香敬为观世音也。兹粮册更矣，前后接售诸契现某收贮，所惧好施之名之久而就湮也，于是乎记。

拟焚葬书疏

陈宏亮

臣某昧死百拜，谨奏皇帝陛下，为恳焚葬书以厚民风以息民讼事：

某闻富贵利达，权自天操，贫贱夭亡，数缘命定。修德乃可致福，强求适以丧心。故人生不过数十年，其间小得小失，一名一利，犹未可逆决于未然，况欲假数百年前既朽之骸骨，荫数百年后未胎之子孙，以为可使富贵利达而无贫贱夭亡，天地古今，恶有是理？夫人死而魂升于天，即有精灵，不在体魄；即在体魄，决不能于重泉瘗埋之后，阴求福于上帝以锡其子孙；即能阴求上帝，亦决不令其贪求希冀之子孙，享富贵利达之荣而无贫贱夭亡之患。

迩年来士大夫崇信堪舆，宝其葬书，流传习诵。愚蒙无识，以为士大夫之显通悉由葬致，于是一切之谋起焉。有父母未亡，宁缺其养而重赀以求寿藏者；有父母初亡，宁薄其殡而贷金以营吉穴者；有父母既亡，而悬棺数十年以待吉壤者；有徙其旧葬之骸，而还置之他所者；有富民势压贫民，夺其地而葬之者；有贫民贪富民金，出其骸而以圹售人者；有发人墓、匿人骨，而窃葬其穴者；有自碎其祖宗父母兄弟妻子之骸，丸之以纳人冢中者；有葬师苟利谢金，葬人于卑湿坑堑者。于是又有稿葬者、跨葬者，舵葬者、倒葬者，截葬者、横葬者，赤体葬者、裹骨葬者，葬水湄者、葬人居宅者。若斯之类，死者无故吞冤，有裂骨断筋之惨；生者阴图获福，托仁亲敬祖之名。意不止五患之除，言益增风水之辨。原其作俑，皆自葬书。

夫葬书始于何时？秦汉以前，死徙不出乡。《周礼》：墓大夫令国民族葬，而正其位，各有地域。冢人掌公墓之地，辨其兆域而为之图。其不择地也彰彰矣。《记》曰：天子七月而葬，诸侯五月，大夫三月，士逾月。是不择月也。《春秋》：九月丁巳葬定公，雨，不克葬，戊午乃葬。是不择日也。郑葬简公，司墓之室当路，毁之则朝而窆，不毁则日中而窆，子产弗毁，是不择时也。当其时，国以富强，民多仁寿，袭其官者绵数十代，有其土者历千余年，未闻有寻龙捉脉之为，而利益千百于后世，安所用葬书哉？

东汉末年，道丧文弊，于是《冢赋》作于张衡；晋代邪说横兴，于是《葬经》著于郭璞。然郭璞死于粪厕，张衡落魄终身，相地者果能富人贵人、宁人寿人，独何为不克自保也？又若《青乌子》《青囊经》《赤霆经》《平沙玉尺经》，或云出于汉，或云出于秦，或云传自仙人，或云撰自隐士，非嫁名昔贤以取信于后世，即托称鬼物以诳惑迂愚。而近代廖伯禹、吴景鸾、刘秉忠、项乔之徒，又从而增益之附会之，纂集成篇，盈箱累椟。甚且说称朱子，以为人世劝孝之经。某尝检阅其书，有所谓地气、地脉、地形之说，有所谓龙虎沙水、胎息孕育诸名，大抵谓葬吉者凶人亦昌炽，葬凶者吉人亦败亡，而凡子孙之智贤愚否，一视所葬之吉凶。不思盗跖寿，石崇饶，未闻葬得吉，颜子夭，伯夷饿，未闻葬得凶。

今葬书妄言祸福，颠倒是非，借令果如其说，将世之右族豪门挟威权以占夺者，富贵与天地同永，而贫苦善良之士，渐且种类无遗，是葬书愈宜速灭也，曷为而宝之哉？然其中又以为吉地独仁人遇之，其不仁者谋亦不获，获亦不吉，吉亦为天所灭。果若是，是葬师且无所用，又焉用其书？彼盖不知天道之难诬，故尽以吉凶归诸地，而又自知地理之不验，故仍谓吉凶系乎天。一人之言，反覆矛盾，意在援理道以惑君子耳，恶知君子不可惑而殃愚民者无穷邪？窃见比岁以来，民之因葬兴讼者十家而九，祸屡世而相结案堆积以如林。若是者何哉？良以富贵利达葬吉者如是其可营，贫贱夭亡葬凶者如彼其可恶，一抔虽微，宜其日夜以争之，至于犯刑乱法，破产荡家，有所不遑自惜矣。葬书之流毒如此，所当遍搜而尽焚之，庶射利之葬师无所借口，而忤逆变为仁厚，善弱免受侵凌，九泉之枯骨含恩，四海之游魂戴德，民风厚民讼息矣。

酬医引

张宗耀

考《周官》医师诸职，凡邦之有疾病者疕疡者造焉，分而治之，岁终稽其事以制其食。当时官给医食，病者不必酬医，医无求于病家而不患偏贫。自井田法废，人各自谋其生，病者欲疗而出其直，医者应请而获所求，两相须也。观《史记》所载秦越人过邯郸，闻贵妇人，即为带下医；过洛阳，闻周人爱老人，即为耳目痺医；入咸阳，闻秦人爱小儿，即为小儿医。随俗为变。上工如此，凡医可知。医之因人寄食，由来远矣。又周时官聚毒药以共医事，秦汉以后，名医皆兼精方药，不闻更有药商权子母操奇赢。今则商制药，医知方。吾楚俗，乡曲人家去药肆稍远，医囊药诊病，咬咀而与之，岁终取值，倍三四五。其柢都市人家，与药肆杂处，医诊病但，书方与之，笔脱手则袖银钱缄以归。同里某善医，近居者以病相烦也有年矣，某不屑为贩药医，而家贫不能不倚诊视为活计。今愿与里中约，自今以往，凡求疗者必陆续偿其日力之费，疾重而施功巨者则重酬之，则乡曲而仿行都市之意，庶病者非竭人之忠，而医益自精其术矣。

集纪泰山铭残字文

周系蔚

唐明皇之十三载，乃封太山，刻石于绝壁，曰：朕为苍生祈福。夫君者上天之子，天下人之宗也。君欲事天，求之于己而已，匪惟就坛场盛典礼，进觐群牧，鼓播天下，乃受其福。古帝之克享天心者，惟是明物察伦，宅仁度义，毖诫前后，谦僘溶翼，万姓归顺，如幼小之承父。其于上天休命，肃雍严一，尚患无德以上叶天听，兹帝东封四彝，从行百官备在，彼人不增累乎？夫九有广平，维天立命，维后攸理。太山植立兖邦，氤氲海表，位极群公，地高四岳，礼重祀天，匪曰诬矣。苟居南面，哗众自满，将由宝香荐告五岳，允绥兆人上配七二，难矣。余获《纪太山铭》，高辞浑肃，称扬列祖功德，运会遹新，夷译来贡，执臣多益，赫赫明明，大有矜伐，与秦时茫事神仙，丕崇鬼物，固不同焉。文固缺佚，乃敢截削检其未损者，敷为斯言，思俭词烦，知莫我苛夫！

庚戌冬，孟才自都中携归《纪泰山铭》拓本，计三纸，每纸七八九尺不等。铺而读之，鲜成句者。盖贾人以其残缺，不甚爱惜，而孟才因从索得者也。考斯铭，高三丈强，横五丈弱，为玄宗御笔分书，婉润遒美，而下截已为拓工恶寒篝火焚沕，则完本盖不可得。吾友曾襄耘亲至山左，获其全拓，亦缺百数十字，则兹十分之一，其又可废哉！爰割折其点画完好者，集成七言二十六句，惜限于韵语，尚遗重复及虚活者三十余字，因复易为散体，缀缉如左。但取其意义贯串，文之工拙所不计焉。装成六幅，每幅四十八字，悬诸斋壁，真觉云霞布濩，龙虎腾踔，视表作册卷仅供把玩者，盖远胜焉。自喜位置妙特，而泚笔识之如此。

醉乡侯世家

陈宏典

醉乡侯者，姓米氏，馥其名。先世为腴田人。派出黄帝，本甘氏。或曰出帝女，唐虞时没于水，其族不克植，至夏乃显。有甘艺者，材甚腴，喜宾客，仪狄屡造焉，进于禹，以尊位佐禹，交诸侯欢，故后世犹称欢伯。顷之不见幸，且疏。甘氏曰：吾世合以五德王，后有王者，吾子孙历佐之，然吾生已矣。十六世佐夏王桀，别族为长勺氏、斗勺氏、角勺氏、锺氏。桀无道，屡征焉，或觖命，因大赐以汤沐邑，混其族为中凹氏，自内宫外朝，嬖宠大臣，无昼夜，有政辄诏以从，从者三千人，节以鼓，中凹氏遍给爵乃退。

桀亡，其族乱。而先是长勺氏、斗勺氏、角勺氏、锺氏虽见薄，间充王府材，至是商师入，多碎首折腰，或溃且散佚，独中凹氏存。商王指让曰：而沉人国，而尚存耶？对曰：王自沉沉国，岂臣沉王哉？大王试用臣，臣能为王道诸侯欢，不即散寄民间，解阴阳积溷，祛札疠耳。且吾先世以五德王，即废之，必有兴者。王弗听，敕坏其汤沐。

自是历五百余祀，至商王帝辛始兴，袭旧氏封，亦如夏时。帝辛虐，周伐之，并惩其族，以能孝养，故得不废。周文公董正治官，酌其材属天官，族人始列爵，因其赐姓曰米氏。然多与萍氏不洽，往往督过之，然亦赖其箴规，自天子诸侯公卿大夫往来会好，列爵者咸厕座而卒无失礼。至卫武公时，始稍稍溢名爵，武公防其罪也，重抑之。东迁来，其族困于郑伯有，齐惠、栾高氏大乱之，惟从孔氏者以德免。厥后历战国迄秦，虽列爵，或不显。

高祖微贱时，乃载其族与俱，夜径泽中，仗以斩白帝子。鸿门之会，项王恚，沛公急，于时项王东向坐，亚父南向坐，张良西向坐，召其族与为欢，恚少解。而亚父阴怒沛公，趣项庄剑击之。张良微领族意，至军垒见樊哙，哙曰：事迫矣！遂入，披帷西向立，瞋目视项王，发上指，目眦尽裂。项王慑，遣族人使尽欢，哙益壮语刺项王，激意马心兵领沛公走，留张良谢。初，夏桀之乱也，斗勺氏或奔昆山，至是多美仪如冠玉。汉王曰：今者亚父且怒，欲令谢，谁可材者？斗勺氏曰：臣昆弟不爱死。比至，亚父置之地，拔剑大击之，玉颓然。汉王已释鸿门围，其族乃与诸臣共帷幄握胜算，数年迫项王垓下，即帐中激使歌，泣数行下，左右皆泣，莫能仰视。楚项灭，汉王乃即位，召封其族为壮胜侯。时举朝皆武臣，族人多纵性至争哗。十二年十月，高祖自击布军还，过沛，召故人父老子弟，发沛中儿得百二十人，教之歌，为《大风曲》，壮胜侯助之。居常命戚夫人执巾以从，与几席，而陈丞相平、樊将军哙亦雅重之，子孙逮事孝景朝如旧秩。以错使灌夫搏太后弟窦甫，忤武安侯，骂临汝侯，坐落职，终汉之世不复显。

曹魏时，从太祖月夜赋诗，大污其族，非得已也。至晋，合族乃与士大夫为方外游，盗之不惊，颂之不喜，竹林君子宗慕焉。然而桓温之弄晋也，诸将相咸惮之甚，族乃以青州从事、平原督邮谋昵酰不克，遂弃职从陶先生，或奔于羌，拜太守。六朝时族颇著，然时尚艳冶，诸宗人心窃鄙，又不得不附赓颂。

唐初诗坛文阵乱天下，自陈子昂起西川破壁后，而陇西侠客李白、蜀将军严武幕客杜甫，仗米氏锋冲突，所向无劲敌。诸学士奏曰：国朝受命，征石处士、拜楮国公参内画，而松洛侯、即墨侯皆贵，效文武用，今米氏负胆气，张天君，跃兵马，摧锋陷阵，拔旗帜，法宜侯。上颔之。因拜受阆苑前，是为醉乡侯，爵无算。谢曰：臣先世盛自汉，秩不下万石，侈甚，故与灌将军坐黜。陛下过赐臣，臣恐，臣愿析其封，俾子孙散处得遍给，且使天下知吾节。其后节度使乱，子孙悉效军中用。乱平，散处中国塞外。居塞外者三：曰牛氏，羊氏，马氏。或曰牛丞相后，或曰非也。或曰羊舌氏后。马氏曰马思哥。中国族甚众，有菽孙氏、粱氏、麦氏、秫氏、稷下氏，其贫者甘粗粝，必入米氏坊，屡信宿乃见用。唯菽孙氏差别，其他族亦类是。

赵宋之兴也，惩唐末五代诸藩镇飞扬跋扈，敕复醉乡侯米氏令受爵，与群臣宴樽俎，大释兵。神宗朝，青苗苦害天下，独醉乡侯号乐国。是时馥最著，虽东坡学士不克尽其材，而庐陵欧阳公往往笑纳之。惟同姓芾过与狎，每倾情纵意，直操颖近天子座为浑脱舞，望者皆惊，字曰颠。远者不察，以为醉乡侯米馥颠也，檄讨之。或曰：非醉乡侯米馥颠也，颠者米芾也。或曰：颠者米（馥）〔芾〕也，实非米馥也。

异史氏曰：余读《征醉乡侯》文，甚乎其疾之也。既愤其被征，故次其先世。至其材，世多称之，是以不论，论其出处。米氏世所谓圣贤，而其祖乃使神禹疏。三代以来存亡亟矣，而米氏不替焉，抑何善始善终耶？及见孔子器之，又爽然自失矣。盖孟子云：是何异于刺人而杀之，曰：非我也，兵也。吾于咎醉乡者亦云。然而醉乡侯亦荣矣。

黍民梦

贺之理

仲夏既望之夕，风牖恬，月阶霁，栩栩子拥镫危坐，不字而韵，不弦而琴，若得焉，若结焉，据几少倦，漏沉声寂。忽有羽衣数群，翩然前来，喝之不去，拂焉而益近。栩栩子曰：尔物藐其形，嚎嚎其声，适从何来，相逼乃甚？弗答。诘焉，曰：阍人也，馁甚矣，丐君少济。曰：吁！吾家无斗赢，俯仰窘事蓄焉，苟赡则举颠连茕独恤之矣，胡丐为？曰：不济于君，畴其余沥我者。曰：巨室可。曰：夫惟巨室之訧，故至此。键其扃，幕其庭，碧绡其寝，哀吁而弗应，百往而弗一悯。且小侪固未尝踵而叩也。以君之仁而莫获济，逝将气散魂游，而无复血食矣。忽穰穰而嚼其肤。

栩栩子曰：咄咄！尔何物，肆若斯！麾而起，簇之益喧如雷。渠者曰：君不悯我邪？小侪虽蠢而穷，犹半识古今文字，久食君名，敢沾余膏。君不见孟东野之轻我而噬之，欧阳子之憎我而咋之，元微之防我而轻之乎？君以拔萃才而居其有量，乃憖憖不见容，岂尚不如齐桓之悒悒我怜也？

曰：尔何物，无忌若斯！且居址姓氏留我去，不则手格尔。曰：先世籍岭表，不父而生，倚树而族。母颠氏，善捕鱼，孕则以声产。种既蕃多，徙江东菰芦之泽，与孑孑子日谋生息。徙蜀中者幻居巴蛇甲，又或徙塞北草莱间，今遍寰宇皆托息焉。君不识我，则又不如东方滑稽之愚戆尚解人也。然则尔何名？曰：君文人也，与君周旋久，早隐隐自陈，呼即应，窃恐座无曼倩、郭舍人裤长存矣。

栩栩子咍曰：异哉！窥窗儿穷郭舍人脱裤事，语何文也，尔岂其黍民邪？何忽效人语也？曰：小傍冒托文名，幸依文丈，敢效一面文谈，上渎清聪。虽君经纬地天，率衍性命，浮游小技，罔窥万一。君岂我鄙，若人语之是诮，则固不衣冠悔也。昔我元驹千万骑轶入南柯，数十年劳绩虽幻，夫犹是出入人群矣，胡责焉？曰：絮言毋聒耳，去！曰：愿君舒一臂以赈之。曰：云厦绮户之中，任尔噇焉。其粱凿，其盉肜，其脒脉胒，其肌腌以腥，其肪腒而胾，一嘬之廉，已饫残梠。尔飘而柳絮，胡弗樱桃渥也，而乞怜于吸风餐露之身，癯矣甚，其毋乃不智。曰：夫夫也，瞠瞢乎五色，顡聒乎五声，羲义鲁经，庋束高阁，中书客卿，雠弃尘几。日餍甘毖，肠肥脑满，而犹沉沉乎温柔之乡，逐逐乎格五之局，欲煎利熏，脂秽膏涸，其垂涎肆毒于其躬者，皆沟厕腐溃之余息也。小傍负兰魂茝魄之精，潜处幽谷，颇辨薰莸，以君前职奎躔，沦谪下界，内劲松心，外固竹筠，咀粝茹藿，垢刮腻净。自与文学知己商榷千古外，非人不款，匪地不稽，即往来周旋，间作一二解颐语以博噱，而非其中。以故淫经酣史，坐类银蟫，上下数千年，简册亿万卷，唾其滓，嗡其华，葆性天于动静，而三五元真浃肌髓脉络中，无理不荣，无腠不泽。君癯也，谁如君清？而不一资芳液以润余生，是君以营营视小傍也，小傍毋宁毙而不他。

曰：吾体肤受之父母，日夜冰渊，惟亏辱是惧，其忍如沉沦之佞佛邀福以恣尔啖？昔展大夫之爱亲也，居佣供养，夏伏床趾以待；吴异人惧嚼其亲，捐箑身受，传孝于今。尔傍未之或恻，何不仁若是？吾籧篨粗施，帱帼莫蔽，较孙谦之俭素胡似，尔乃于彼仁也去去，吾多尔爱矣。曰：我先世之肆志于展、吴二君也，固以不仁行其仁也。孝子之行，不困于极不彰也。今君以遗体之故，重自矜守，其谁敢逞？抑君少悯涸鲋，小傍惟是远避高堂而不侵以报。且君尝与壶山人慨矣，惟知己之不人，得则齑粉安也，小傍梦梦，其敢谬附？顾先世族高邮者，尝显贞女之节而筋存之，女无怼焉，感知己尔。君涤心浣胃，浑介育和，差自信矣。然而亲戚故旧，面承退忘，孰识君而真倾？孰亲君而长密？炎凉冰炭，君亦适适，小侪实敬慕焉，请从君游，纵君隔幔重拒，亦左右不忍离也。得邀清腴，濡及蠢动，秋风顿摧，其复何憾！

栩栩子曰：么子尚识我哉？微躯胡惜！于是狂附若渴，锋铦若芒。噤焉惊视，则累累贯珠于左右手矣。捽而曰：异哉！尔亦鼓簧效媚，欺人不见，以恣饕餮哉？乃起调琴依韵，倚清风明月而歌之。

太史公曰：栩栩子未考何时人，或传为羲皇氏民，以僭订书契之讹戍海岛，得窥神仙字，化为脉望。性嗜坟典，自开辟以来事无不融记，盖食古而化者也。后飞入上清，帝以其博敏而精，元真未漓，因注入人世，以考定古今百家之文，世亦未有识者。陆氏云谭曰：佛子何知，乃能于风尘物色耶？盖信乎其文也。

原同

王绅

三过不入，一瓢不改，孟子曰禹、稷、颜回同道；齐寇不处，越寇不去，孟子曰曾子、子思同道。出处之间至异也，进退之义至睽也，而乃谓之同者，不同之乎其迹，而同之乎其心，不同之乎其事，而同之乎其时。彼其于道德之际，仁义之途，非貌取而义袭之也。今夫天下之至变者，莫风雷若矣，而圣人取之为恒；天之于火，至悬远也，而圣人名之曰同。恒出于变，同出于异，唯变而常乃立，唯异而同乃生。执其同而同之，鲜有能同其同矣。是故尧舜之揖让，必汤武而后能同，子桓则戾矣；伊尹之放桐，必诸葛而后能同，子孟则舛矣。何也？尧之传舜，非正也，不得不然也，至于舜不宜复有此事，而又传于禹者，亦出于不得不然也。不有禹以反之，三代不六朝乎？其转而为汤武者，时为之，非汤武之心也，亦出于不得不然也。是犹尧舜之于舜禹已，谓之不同可乎？伊尹之于太甲，放也而终能令之思庸。以霍光而效之，昌邑之清狂不惠自若也，故不免有废立之迹。彼武侯之鞠躬尽瘁，则庶几尹之心已，谓之不同可乎？盖人之行事各有不同，而不能以相袭。如人之有面焉，敢谓人之面犹吾面乎？故衣冠叔敖而失叔敖，学步邯郸而失邯郸，效颦西子而失西子，自然之理也。伯夷之清，惠不能学也，而即以和学之，而学其清者必失于隘；柳下之和，夷不能学也，而即以清学之，而学其和者必失于不恭。譬之观山者，犹是山也，而移步则形换矣；游水者，犹是水也，而刻舟则求难矣。孟子曰：三子者不同道，其趋一也。一者何？仁也。君子亦仁而已矣，何必同？而乌知夫不同者之正所以为同也乎！当汉平帝之疾，王莽作册，请命泰畤，戴璧秉圭，愿以身代，藏册金縢，敕群公勿言，意欲学周公也。曹孟德势权正盛，人或劝其自立，孟德曰：若天命在吾，吾其为文王乎！意欲学文王也。而孰知其罪辜盈贯于千古也哉？此求同于同，而不知其所以异也。呜呼，此后世所以多乱臣贼子欤！

辨异

王绅

天下之必不可有者，圣人必不有；天下之必不能无者，圣人必不无。有根于性，无原于制。范天下于大常而守其贞，不必为惊人之行，以眩世而惑众，然后三纲正，五常立，四维张。世之侈言圣贤者，每欲出于人情之外；出于人情之外，则出于人外矣。如使圣贤而神也鬼也，则可也，若犹是人也，岂能外人以别著其神奇哉？

柳下惠坐怀之说，出于《家语》，吾以为诬也。男女主别，怀焉可坐？既已坐怀，何论其乱不乱哉？此不过因惠之和，而遂以及于必不可和而亦和，则掺执子手，掺执子袪，大路之遵，尽惠徒矣，奚可乎？《晋书》王祥剖冰求鱼，双鲤跃出，后世以为卧冰。夫北地之冰至坚也，一身之阳气几何？卧以消冰，冰未消而身毙矣。孝子身不履危，何以至于此？邓伯道欲存兄孤，遂至自弃其子。不能兼全，有所成必有所去，意至挚也，然其子既能追赴其程，当亦可以自达，而必系之树上以绝其迹，是可忍也，孰不可忍？谓非近名之念不可矣。

又其异者，鲁都曲阜，吴在江苏，不啻千里而遥，登太山何能见吴门之马？宋、卫、陈、郑介于大河以南，鲁居太山之东，地之相去千有余里，壬午之灾，梓慎登大庭之库，何能辨其为宋、卫、陈、郑乎？由前言之，誉圣贤而反以毁圣贤；由后言之，欲以著圣贤之奇，而适以得圣贤之怪。皆神明其说以为异观，而不知其已诡乎？此理之大同矣。《汉书》郭子横噀酒以救齐国之火，樊季斋含水以息成都之灾，然樊实处士，宪亦光禄，焉得此神仙妙术，应变于千里外乎？皆此之类也矣。

兄弟异居义

王绅

比世同居，盛德事也，然而非常之道不可以常情守，故圣人不贵。古者制民产百亩，家以八口为率，有弟以为余夫，壮而有室则别授田，未尝禁人之分居也，且教人以分居也。何也？人以一身分而为兄弟，又分而为兄弟之子，以至于无穷，势由聚而之散，数由少而之多，不能终于不异也。君子谨其异之始，而予之职业，示以勤苦，俾之各成其事而民竞劝，斯亦使人自立之道矣。后世一二贤哲，惩兄弟之争财而私产也，激而为屡世同居之事，意固慈祥恺恻矣。迨其后，无公正之族正以持之，有不肖之子孙以间之，致起争竞，遂至一败而不可止。是始于让终于争，始于和终于戾，而一家之气象薾然矣。

夫兄弟至亲也，在于情谊敦笃，不在形貌缠绵。使既异之后，有无相通，疾病相扶，虽异犹未异矣。如或志意猜疑，神情阻格，虽与之共居止同饮食，而日相睽违，其得谓之不异乎？《仪礼》之言曰：父子一体也，兄弟一体也，故父子手足也，夫妇判合也，昆弟四体也。昆弟之义无分焉，而有分者则避子之私也。子不私其父，则不成为子，故有东宫有西宫，有南宫有北宫，异居而同财，有余则归之宗，不足则资之宗。此亦言当分别之义，而第以子之私言，义不尽于此矣。

虽然，抑有进焉。国君传子，正也，而或改而传弟，岂非雍睦友恭之尤者乎？然商自沃丁立弟，其后弟子或争相代，比九世乱，宋宣传穆与夷弑，诸樊让札王僚诛，鲁隐曹臧，其前事矣。宋之二大，尤可哀恸，岂非以名分无定，而生心者众乎？是故唐虞之揖让，不可行中古以后，夷齐之得仁，难以语季世之心。何也？人心不同，慈惠者难得，而暴戾者不少也。吾闻古王者之子，长则各有分土，诸侯之子，长则各有职业，桓荣诸儿分经而诵，曹彬诸子分艺而营，使不肖不得庇于贤良，贤良不得牵于不肖，所谓父之于子，贤则爱之，不贤则贱之，是乃天地之公心也。夫事贵守常，不贵立异。当图其终，不贵矜其始。能为远虑，谋及子孙，可为深长思矣。

寡妇改适义

王绅

昔者圣王恐民行之不谨也，为之制礼。又恐礼之有所不行也，为之立刑。出于礼之外，即入于刑之中。故曰礼以一民，刑以辅礼，其大较矣。乃有出于礼之中而不入于刑之内，则权其时势，通以人情，帝王不之禁也。《昏义》曰：妻也者，齐也。一与之齐，终身不改，故夫死不嫁。此礼也，义也，贞一之道然也。然而人类之不齐也，情势之匪一也。天下不能无孤贫之人，则天下亦遂不能无不再适人之妇。圣人缘人情而通之，为之立制，于同居继父有服焉，不同居继父有服焉。继父而有服，矧其为出嫁之母？此亦亡于礼者之礼矣。

三代以上不可得而知，在于春秋，贵者不免。故公叔室有再醮之妇，狄仪家无贞一之母。穆姜出姒于管人，子叔夺妹于施氏。郑归渚妻，楚收息女。甚之蔡嫁荡舟之姬，秦纳捧匜之息。无有限制，习为风俗，有自来矣。故圣门大贤，亦且于同母异父之昆弟，有大功齐衰之疑焉。夫女之于夫，犹男之于主也。节义不能责之人人，贞一岂能求之泛泛？《礼》曰：饮食男女，人之大欲存焉。人情不能已者，圣人弗之禁，于是为之礼制，使之判合，而逾垣相奔之事可无。不然，束搏驰骤，急则败矣，荡检逾闲，所时有也。

迨至秦皇，始为厉禁，曰有子而嫁，倍死不贞。又曰妻为逃嫁，子不得母。未始非坊民正俗之意，而自汉以后，此礼亦未之能行。失节之妇，礼门巨室往往有之。汉世宗以田蚡为舅，魏太祖以何晏为子，薄后正位东宫，甄氏母仪天下，范文正由朱复范，杨东里以母冒罗，至制为恤典，予之推恩，明于此处无讳也。

程子发明大义，以继父为父之仇，且曰饿死事小，失节事大。大哉言乎，于从一之义，毫无遗憾，然而不能责之于愚夫愚妇，与古圣制礼，通人情而曲全之者，略有不符，此经权之道所由辨也。然非圣人不能制礼，非大贤不能守义，合之而其理益明。后世贤者，宜持程子之道，中人以下，自可守古圣之礼，而世道人心于是乎正。

独子兼祧两房服制论

王人定

乡人有子二，弟死无子，以次子继之。子服为后，服斩衰三年。逾数年，长子夭，己亦未再生子而身死。其族谓大宗不可绝，仍欲取其子还以承祀，其弟俟别择他房者为继。然子年已十六，禫后其弟妇为之娶妻，且报捐填写所后父矣，乃坚执不可。于是计以一子兼祧两房。议定，又疑所服，请于予。予曰：我朝自乾隆四十年钦奉特旨，准以独子兼承两房宗祧，所以补古礼之缺，济人道之穷，旷古未有之令典也。而两房父母服制，具载礼部则例。至嘉庆十八年又载，大宗独子兼承祧次房者，本生父母故，丁忧二十七个月；次房承祧父母故，治丧一年。次房独子兼承祧大宗者，本生父母故，治丧一年；承祧大宗父母故，丁忧二十七个月。嘉庆二十年又载，同属小宗而以独子兼承两祧，自当以所生为重，为所生父母服三年，为兼承祧之父母服期，期内不准应试出仕，其平日考试报捐，应填写所生父名。道光九年又载，小宗子出继小宗，如已为所后父母丁忧持服，嗣经兼承两房者，自应照礼不二斩之义，为本生父母服期。如虽出继在前，尚未为所后父母丁忧持服，旋经兼祧两房者，应仍以本生为重，为本生父母服三年，为兼祧父母服期。今此子谓大宗兼承祧次房，服本生父母三年，而此子已为所后服矣，谓已为所后父母持服丁忧，服本生父母期，而此子又非同属小宗者。然出继与兼承两祧有殊，此子初有兄而已出继次房，虽属大宗之子，自应为所后服三年后，而兼承大宗之祧。虽以本生为重，而礼无二斩，亦不得不降为本生服期。

然则丧礼之状刺，不可书孤子乎？予曰：然。书降服子，犹是书出继子也。何以见为兼承两祧者？予曰：礼无明文，又律例所未及，无已则降服子上书明兼承两祧，第未识世之议礼者，以为有当否也。旋又以其本生母拟于服满后别为之娶，各以妇之所育者为后问。予曰：可。此又有例也。独子承祧两房，只应娶嫡妻一人，其置侧室以广嗣育，例所不禁，不得两门均为娶妻。

案：道光十八年秋，南昌张子畏太守丁生母艰，陈情自请归宗。以其父同产四，伯仲无子，叔有子一孙三，季则二子，太守其长也，出继仲为子，次弟亦出继伯为子。季年未四十，自谓必又有子以自为嗣续，乃竟老而无出，太守亦未生子，次弟更无子而卒。不得已以叔之次孙继伯为孙，复以叔之三孙自继为子，即继仲为孙矣，仍自请归本生父母。上其事于大府，详咨吏礼二部，准其兼祧。礼部议其既为嗣父母持服三年，本生父母应持服期年。吏部议其既为嗣父母持服三年，本生父母亦应持服三年。部议两岐。第礼议本照礼不二斩之义，具载则例者，而太守专从吏议，以遂所生为重之情。开琸附识。

答祭外祖父母问

王人定

乡人黄某，学者也，有外祖父母木主立于家堂龛上，清明、冬至家祭时，亦设祭焉。其族人有责其非礼者。某乃以告予曰：此吾母命也。母无昆弟，迎养外祖父母于家以终其天年，丧葬后立木主祀之。今吾母已没，而外祖父母之祀未废者，不忍背吾母爱敬之心也。且闻伊川礼亦有之，而彼乃以非礼责予，何也？予曰：外祖父母之祭，经传所无，而惟程子行之。第《伊川集》有其母上谷郡君行状云：郡君得疾，未卒前一日谓伊川曰：今日是百五，为我祀父母，明年不复祀矣。朱子尝举以告门人，谓伊川亦曾祀其外家。何氏燕泉云：上谷明年不复祀一语，是谓此祀止于其身，卒后可废此礼也。今人未考程集细审上谷临终之语，遂以节时家祭前一日祭外祖父母为伊川礼，殊失之矣。汝非学者则已耳，汝学者，汝族责汝以非礼，汝其奚辞？而汝不忍背母心者，即宜以上谷郡君明年不复祀之语裁之，毋致终失于非礼也。某唯唯而退。

宾字篇

王人定

士冠礼之不行也久矣，而宾字一节，吾乡犹存其遗意焉。乡人有子当将冠之年，主人请于乡先生曰：某有子名某，敢请先生之字之也。乡先生曰：某不敏，敢辞。主人曰：某犹愿请先生之字之也。乡先生曰：吾子重有命，某敢不敬从。于是蠲吉，乃告期于乡先生之家曰：先生将字某之子，请先生莅之，敢告迎。乡先生曰：某敢不从。告族诸父兄弟，告姻友。届期乡先生取二字以为字，撰字说一篇，以朱笺书之，鼓吹导行，亲至主人之门。主人肃乡先生入门升堂，主人拜乡先生，乡先生答拜，族诸父兄弟及姻友咸相拜。冠者衣冠出房，拜乡先生及众宾，赞者展笺书悬于堂之东壁。乡先生贺，主人及冠者乃拜，主人及冠者辞答拜，众宾皆贺，亦相拜。皆坐，冠者肃立于侧，主人兴，请曰：敬承先生命，犹愿先生明以教之也。乡先生乃讲字，说毕，主人命冠者拜，于是乡先生及众宾皆兴。主人请燕，设筵于堂上，以次就位，主人执爵献乡先生献众宾，冠者献乡先生献众宾，乡先生众宾酬主人及冠者。燕毕，乡先生众宾皆出，主人率冠者送于门外，再拜。此乡礼之大略也。字说则唯用于读书之子，若庶民亦仿其辞“弃尔幼志，顺尔成德。昭告尔字，爰字孔嘉”之意，作吉祥祝语数句而已。或谓吾自字之，何如此屑屑为？不知此正冠礼之深意。《记》曰：冠而字之，敬其名也。存此一节，即以存古礼焉。

湖南文征　卷一百二十八

杂文三

靖边县大雨雹牒城隍文

朱声亨

窃以圣天子设官分职，明有州牧县令，幽有城隍，皆以为民御灾捍患，俾有宁宇，同我太平，是以国家春秋祭法，尊神列于祀典。有司备员以来，于今四祀，不敢荒怠。今县属北乡口外村庄，于六月十八日猝被雹灾，麻蘼所存无几，荞麦全熸，牲畜击死，农民无以为命。而致灾之由，则自口外丢戈井海子妖焰突起，自东而西，人莫能御，神亦未之能捍，有司实心恫焉。伏念县属口内口外，仰托神慈，食德饮和，历有年所。何物幺麿，肆其暴沴，豪无忌惮，绝我民命，罔畏天怒。若更日引月长，逞其故智，我民将靡有孑遗矣。有司职在理阳，幽明异路，力无所施，而神享圣天子二时之祭，膺数十万众仰望之重，岂任凶族为灾，不加剿灭？或迅发劲卒，驱之境外，或转达天廷，殄歼元恶，庶几民和年丰，永戴神庥，世世罔替，有司不胜屏营待命之至，须至牒者。

鸦片烟说

朱声亨

人受天地之中以生，是以有动作礼义威仪之则以定命，不以一日使其躬傀焉如不终日。而西洋以鸦片烟来，设床于书屋之上，美其名曰尸床。床施锡盘一具，盘置短灯一柄，受以猪膏，美其名曰引路灯。灯旁置呵烟之管，截竹为筒，状类洞箫，塞其前和，介以玳瑁，饰以瑟瑟，旁穿一窍，接以小瓦杓一枚，美其名曰枪。枪者杀人之器也，尸床路灯送死之制也，盖不待死之日，已望望然入鬼窟而登鬼籍矣。岂其人不之知邪？习之则忘之。漏脯已饥，鸩酒已渴，河豚已馋，牛黄已痰，彼诸死法，皆亲见之，蛾之赴焰，殆不可化耳。

烟如鸡粪，膻为甚，臭次之。海外鹳鹊，食诸毒物，其遗矢谓之片，片译言粪。杂以死人之肉骨，入莺粟花，煎为膏，取其烈也。炼既成，其上留以自呵，其次贮以木器，状如方箱，潜诱关吏载入中华，谓之鸦片泥。泥一丸谓之一码，约重二三斤。每一器约受泥四十码，约值洋钱四五十枚、五六十枚。近年呵烟之辈，所在而有，西洋居奇，每器腾踊至二千二百六十枚矣。所屯之地，谓之窑口，仍由澳门泛洋载赴惠、潮、漳、泉等郡，蔓延吴越齐晋等省，其价益昂，谓之肉卤，又曰洋烟。

粤中别有一辈惰游之民，不事艺业，以煎鸦片烟泥为生。每煎一码约需一工，切泥去衣，净水浸发，铜锅煮熟，加水再煎，取其精微，约一二斤，其次贩入湖川陕云贵等省，亦受重值，每烟一分约值制钱三四十枚，其滓则煎者携之以去。

煎烟之室，呵烟之床，尸气所召，蚊蚋猬集。呵者颓然僵卧，以刀取烟，以枪就灯，胁肩磬折，拮据卒瘏，备诸丑态。既呵之后，左右互易如前，支吾衔枪执刀，宛转于尸床之上，路灯之旁，至亲密友之在侧，遗大投艰之正函，亦不之顾矣，废时失事，误国亡家，无过于此。尸气既深，肢节青黯，皮肤深墨，略无生气，寝食魂梦，莫之可离。常以其日其时呵法之苦如前，名曰鸦片影，今人以死后悬画像为影堂，正谓此也。影既成矣，死有日矣，若罔知也。富人溺于花酒，窭人拙于衣食，一息仅存，刀锯在前，鼎镬在后，惟烟为急，不恤其他。肩益耸，背益偻，肉益销，黝然骨立，有如异物，望而畏之，谓之鸦片鬼。死者人之所甚恶也，甘心赴之，视死如归，又何责焉！然市井之徒，舍此不足以招徕商贾，臧获中人，舍此不足以夸示骄泆，娼妓者流，舍此不足以挽留邪僻。孔孟之道，周流列国而不足，岛夷之恶，流毒中华而有余，虽有壮夫，惰其强力，虽有丰肉，失其英华。谚曰：从善如登，从恶如崩。数十年来，受祸之惨，有甚于此哉！

赈灾琐言

朱声亨

若乃泾沚湜湜，葭露凄凄，所谓伊人，鹑结鹄形之属，言念君子，鲋江鸿泽之间。夏后氏之画州，田惟上上；周宣王之闵旱，气则虫虫。岂无郑国之渠，拯车薪于杯水；亦有周官之政，苏桑饿以壶飧。既竭心思，乃瞻衡宇。禾田磊磊，楚人之炬齐焦；草册鳞鳞，闾史之书并集。成灾五六七八九十，牵算则非；计口百千万亿兆垓，结总为要。岁十三以上为大口，十二以下为小口，而壮丁与乳哺同芟；荒十亩以内为极贫，十亩以外为次贫，而牛具与杂粮必问。即本户父母伯叔兄弟妻孥之内，仍摘出衰老寡弱孤独残废之人。孰少孰多，斟酌必归于尽善；何存何去，晓谕尤贵乎注明。一片灰书，待阳春而门皆白雪；两联赈票，望甘露而籍脱黑风。盖民户屯户之查办从同，故寄籍本籍之给领无异。至若轻抛故土，远适殊方，尽室而行，以前六闰六为办，望恩而返，亦正赈加赈无殊。怅旧井之凄凉，星留肠断；觊新归之生聚，烟突心酸。是曰外篇，无非内政。故众人无须乎拦诉，即妇女亦息其喧哗。岂惟此村无能，混入别村；直令一户不得，分为两户。于是上查灾之簿，摘写庄名；呈计里之图，细填方向。入生出死，阎罗销饿鬼之名；内饥外寒，郑侠画流民之象。又有腰纡青佩，家本赤贫，怜幼子而王霸伤神，遇漂母而淮阴短气。胸无城府，相如之四壁常空；腹有诗书，仲子之三咽莫觅。此皆名登泮水，籍隶广文。求困学于庠序之中，用伸士气；别誉髦于农工之列，允励儒冠。总期八口之无饥，岂忍一夫之不获。则有风尘下吏，楶棁微材，至于泾阳，哀此茕独。问穷檐之疾苦，磬则如悬；循僻壤以流连，席不遑暖。数椽古庙，夜雨鸣鸡；百尺悬崖，晓霜勒马。沐雨栉风之际，厄此丙丁；披星戴月之余，呼皆庚癸。民情既见，知稼穑之艰难；上泽方流，使菽粟如水火。甘棠为召伯所茇所舍，他年谁系相思；杕杜咏征夫匪载匪来，此日应占不远。

东海父老答问篇

唐仲冕

东南河患既平，百谷善下，濒海潟洳，涸为衍沃。节相奉朝命命有司审度周详以赋民，属观察使者董其役。使者前海州牧也，至则耆老荐绅之徒逆于境，使者劳之曰：余于海滨疾苦，稔之熟矣。潮所不至，十年而生红蒿，又十年而长青茸，而后可垦。然大潮三十年辄一漫，其岁得耕获者与有几？且涟河未疏，六塘未复，沂沭西来，泛隰弥畴，自夏徂冬。前因减坝，开桑墟溢，湖河并涨，民保伊卢，幸节相洒沉澹菑，始转而缘南亩，今又从而征之，恐非疲黎所能堪也。且奏请由司空，读节相覆奏，有云：我朝敷天置表，罄地陈图，不与水争地，不与民争利。所以遣吏经画者，虑田无科则而竞锥刀耳。则履亩而税，亦非节相本谋。父老傥以为苦，使者犹能力陈之。

于是乡老士大夫咸进曰：公何虑之鳃鳃也？家虽贫，食毛则一；人虽鲁，被泽则同。素乐薄赋轻徭，屡蒙蠲租赐复，一旦升诸渊谷，返其田庐，遂欲据傥来之业，拥自占之赀，称雄乡里，无益县官，苟有人心，能晏然乎？今不追从前私匿之咎而豫筹将来，万一耗减厥赋惟贞，且犬牙既划，雀角自除，由是我疆我理，有千有年，所以为吾民计者至深远矣，而何弗堪乎？日者议挽万里之黄河，挟微山砀项而欲出于灌口，改纲绝纽，势可滔天，荒陬妇孺，呼号无门，赖公致书大府，以寝其事，安堵如故，由今思之，室家以完，耕凿以蕃，老耆得寿延，幼孤得遂长，将喜之不胜，而何苦焉？抑又闻之《尚书大传》云：沟渎壅遏，水为民害，田旷不垦，责之司空。《戴记》云：司空执度度地，居民山川沮泽，时四时，量地远近，兴事任力。然则司空之请尽地力筹国用，乃其职也，谁得而议之？且夫地有余利，民有余力，生谷之土未尽垦，山泽之利未尽出者，计国者之遗策也。昔魏入河水于圃田，又为大沟而引圃水，瑕阳人自秦导岷山青衣水来归，楚师出河水以水长垣之外，汉世溯方、西河、河西、酒泉引河及川谷，关中辅渠灵轵引堵水，汝南九江引淮，东海引巨定，泰山下引汶水，皆穿渠为溉田各万余顷。夫至发卒疏凿数百里，仅乃得通，甚或田者不能偿种，犹以为利，况兹水平土饶，不假人力，而顾听民攘夺乎？公其悉心钩稽，毋事煦煦为也。

使者曰：敬闻命矣。于是益叹朝廷惠泽之沦洽，节相勤施之美，取于民而不怨也。未有上好仁而下不好义者也，吾浅之为使者也。

诎揶揄文

唐仲冕

若有人焉，仿徨委蛇，鼓掌张颐，咍咍嘻嘻，闯然而立于苓通客舍之畿。客方拥书而衵，欠伸而起，盼而谛焉，心知其指，作色言曰：昔者送人作郡，遇子于途，乘其牢落，加以轩渠。惟困心于簪组，当掩口而胡卢。今吾溷迹溲勃，杂坐保庸，虽无五两之绶，半通之铜，而激昂慷慨，超然绝踪，非髡、朔所能傲，非仪、衍所能穷。子行矣，无逞广长而竞谈锋。

言未既，其人乃忻然而诮曰：客何为者？客少负不羁之才，自比籋云之马。孙阳不遇，踉跄冀野。驵侩议其颓唐，僮翳从而嘔啁。客且噤不出声，颜甲流赭，引为己过，甘居人下。吾将晋客以前修，规客以大雅，寓药石于哗言，披悃忱而共写，而客乃深闭固拒，不去骄气多欲泰色淫志，而示我以昏聋喑哑，客何为者？

客曰：而何以语我哉？其人曰：客亦知夫荆敦虞鼎之为宝器

也，瓜哨罂䍌则与鬐垦薛暴同弃，反不若斞酒于青罍，封茶于白甀。何者？物以适用为贵也。梗桦杞梓之为栋梁也，臃肿液樠则与柛榴翳櫂同伤，反不若鏇椀于榆柳，析干于檿桑。何者？材以中程为良也。客生无噣屎，少而痴豉，父兄笃以三德，师友牖以六诗。自束发以至成人，惟经梡书椳之与偕。粗通典籍，涉猎文词，既远大之有属，亦成章之可裁。已而冠童子于日下，选贤书于上京，非秦、汉以上之书不读，非马、郑诸家之说不精。置帖括于高阁，参法相于贝经。卮无当以奚用？瑟虽工而谁听？固宜其五番甏毭，十载飘零。而且迹迹屑屑，塞塞省省，寄此身于轮蹄，几半生之萍梗。心忮懻乎宦游，口㘓哰乎高隐。始而守宰下榻，辄据泰山皋比；继而诸生歌骊，空望曲江绫饼。主人倦客，杯残炙冷，犹胥罄于长编，欲汲深以短绠。曾不念菟藿滫瀡之莫供，长衾大被之独寝。挸紫凤而杜女啼，拾橡栗而陶儿蠢。若兹之类，尤堪悲哽。试思少年同学，早日登瀛。标题于药珠蓉镜，论思于金马承明。官名入手，意气凌云。即其次者，亦皆青緺墨绶，羔雁成群，以峨冠而视席帽，若骥驽之与莛楹。彼岂有秘术奇能哉？学与时为进退，道与世为权衡也。今乃攡庄列，掇荀管，考虫鱼，擿训纂，搜检封，剔碑版，钻诂诠，困题赙。旅岱三年，作为《岱览》；诗成十卷，半就雕槧。若将以是藏之名山，传之大邑，吾窃笑其太憨。若将以博一名掇一第，吾知其长有颇颔而已。则盍归尔草堂，返尔林泉。读书十年，养气十年。如治米焉，扰之展之，皉之舀之，橥择之，䁥瞎之，而后粗粝去而晶粹全；如缫丝焉，湅之盝之，沃之宿之，组缉之，缋绣之，而后光华发而藻采鲜。以是出而问世，将快睹之争先。胡为乎杂秕稗而思参侍御之豆，拥枲纻而欲跻文锦之缣也？

客闻而太息曰：子何望我之深而勖我之厚乎！我岂不知陈编盗窃之徒劳，穷涂刺促之不偶？而其所以为此者，盖不得已也。昔吾年未弱冠，慈氏见遗。云山旅榇，遂窀穸于青岳之陲。松楸莫树，丘陇渐夷。奠违寒食，悲深夏畦。往来汶水，远别江湄。

家君作宰，了无长物。年迫桑榆，心忧萧瑟。思急博升斗之糈，奉鸡豚于爱日。是以逐归燕而南旋，望征鸿而北上。口偻欸乎朔风，手瘃瘴于尘鞅。嗤狗曲而犹事暖姝，傍马磨而聊供偃仰。叹旅病之不斟，觉穷愁之弥广。岂敢望选骅骝于天驷，缀珊瑚于铁网？惟奔走于计偕，虽离忧而志乐。受庭诰以出门，戒诡遇而妄作。石不能鞭，金岂自跃？道固委蛇，性难雕凿。傥慕邯郸而学步，仿令君而熏香，是犹叩牛铎以黄钟大吕，举社栎于阿阁神房也。子徒知豢文马以束刍，吓鹓鹏以腐鼠，抑知乌能反哺，羊能跪乳，曾人也而徒役于鼎俎乎？行谋引去，远慰倚闾。文且焉用，何况珪符！

其人乃敛容逡遁，夺啸为嘘，曰：信如客言。虽沉履灶髻，犹当抚膺而长吁，我自是不敢揶揄。

续北山移文

唐仲冕

南极之精，北岩之英。载移明檄，爰警荒伧。昔有艺林隽俗之才，草堂高隐之士，慕饮犊而志超，听鸣驺而色喜。固已低枝折轮，驰烟回轨，然犹曰抱济物之猷，试烹鲜之理。文史研之已足，简书促之而起。从未有浮湛鞅掌，艰苦备尝，十年一调，五角六张，叹皓发之如许，谢青纲以自藏，齐夸弛担，复请处囊者也。

何来逋客，久作寓公，六枳自揵，三径长封，凛治谱之清白，虑宦情之疏慵，阅考绩者二纪，叨对命于九重。自知典郡尤烦，陈力难强，引宿痾而就闲，借佣书以自养。苓通乖其臭味，烟霞剂其膏肓。脱簪组其如屣，集薜萝以为裳。罗者犹视，鹓鹏已翔。

岂意鸟已倦而又飞，云何心而再出。起债而为赀郎，力疾而供冗秩。外夸推毂之名，内愧扫门之实。昔者既折尔腰，今者重负此膝。轩轾看乎纩衡，忧娱仰夫颜色。冲冱寒而莫辞，冒酷暑其奚恤。画蛇者添足，搏虎者攘臂。既自涉于畏途，亦难逃夫清议。荣不可求，辱将焉避？且夫施者洸洸，受者皇皇。恩同丘岳，过在豪芒。如含瓦石，自笑郎当。纵赵武无私，不交管库；而孟明匪懈，难副子桑。何如反列仙之儒，讲老圃之学，置黜陟于不知，任呵殿而罔觉，朝眠无当关之呼，夜宴有含饴之乐也哉！

往者不可谏，来者犹可追。弧南之池馆固在，江左之风月如斯。树连理兮花槛，桂丛生兮竹篱。春酿兮百益，秋馨兮一枝。思公子兮芳芷，怨王孙兮秭归。吾不拒子既往之愆，而招子不远之复。敞岩扃，浏溪谷。整星桥，护云屋。鹤守寒梅，猿扫旅谷。盘有韭菘，瓮有杞菊。壁间挂七弦，楼上堆千轴。归去来兮，胠姜被，巾庞车。傧笾而饫，赁庑为家。暇则摊黄奶，奏伯牙。付儿曹以竹帛，课僮仆以果瓜。以视涅髭麋而讳龙钟，裹章服而趋衙鼓，骨肉如疏支，风雨无常宇，严霜震电之威，孟门太行之阻，得失悬殊，不可计数。子既已知之矣，是不可以已乎。翠峦如沐，绮柏重敷。樵夫笑于林麓，渔父歌于水隅。补牢将畹晚，返辔莫踟蹰。

方于鲁墨说

向曾贤

某夜在吾友笛楼处偶坐，适见案头有墨一挺，广六七分，长四五寸许，古色深绿，坚可却刀削，香味在鼻隙可通之外，旁印龙彩精致，中篆“九子”二字，下又真书“方于鲁制造”五字。异之而知非近物，询于笛楼，乃云明时墨工之最有名者，与程君房相伯仲，士大夫畜此者甚为宝贵。噫！物之真者必坚，坚者必可久，可久则希，可久则贵。一墨工耳，而其精神色泽乃传数百年而不可夺如此，惟其无所杂揉焉耳。此孔子所以闻达巷党人语而瞿然也。

纪吴百昌

吴元观

公傲物不羁，少强记，一瞬万余言。曾市制义星沙，舷头洛诵，终简投于河，众尤之，登岸默誊，令持校坊贾架上，只字无讹。过衡邑丧家，见诔章多古字，读者口噤，公为代笔，注小楷于旁，若子云亲授者。主人肃衣冠延入席，宴罢具重币以肩舆送归。茶乡刘竹偶，公业师也，与公度岁省城，约元旦入市，赌记十里许各户春联。刘识左，公识右，归寓互诵皆同。尝造染人庐，阅几上日计书一过，戏爇之，主人大哗，公索楮录付，布幅短长、服色浓淡，及赁茜者主名，一一臬合。天资颖异如此，能潜心经术，取青紫若拾芥耳，乃徉狂歌呼于市，可怪也，噫！

论屠豕

吴元复

近习信神，有疾焉辄屠豕以祷，祷之而愈，便归功于神之克灵也，其不愈者，亦不归咎于神之不灵。予兄南阶素恶之。南阶为人持正大，性慷慨，能疏财，喜方便，邻里人咸慕之。一日偶疾羸，予医之辄效，然屡反。里人恐其弗瘳，欲屠豕以救，特恐予之弗允也，不便言。又数十日，病日增，昏不知人。有数人者齐向予请，予曰：汝欲以是豕之命代予兄死乎？抑何视予兄之薄也！汝将谓予兄素行获罪，特以是豕为之解乎？则豕之至贱，固常以供屠，今特因予兄以死，是又益予兄一罪也。且汝独未闻死生有命乎？司是命者谁，而岂图血食？岂得此血食而遂与人以寿？夫使欲图血食，则尽天下之物皆其所有焉，而必待汝之屠是豕也哉？他如妖邪小怪，虽图血食，必不能与人福，不能与人福，即不能为人害，又况予兄之素持正大乎！且豕之为物岂寡哉？世之巨富能备是豕者，岂乏人哉？病而祷焉，千百岁可致也，何以不尝闻百岁人者？尔意甚善，尔见未确也，自今后请毋复言之。数人皆默然而退，而予兄卒愈矣。

书辰溪流民言

魏瀚

嘉庆元年十月二十二，余适豫章，道宜春之野，路隅斗室息焉。妇人貌若甚戚者，询之曰辰溪之山民，避苗乱而窜于是者也。二稚子，长既龀而幼乳，有女年十七矣。丙辰正月十九或言苗畔，既三日而乱作。苗人故腰刀而汉民不习兵，仓猝变起，咸哗而奔，号呼者与苗人喧逐之声相答也。或持枝奋锄相拒，辄殪于苗。余家邻苗，以夙无忤故，慬然后免。然家故种芋薯栗粟以生，积一年之食，咸以资苗众焉。率诸雏丐而达江右，以宜春之妁鬻女于粤贾得金，饰女耗其半，余以自存哺二孺子焉。初，邻之富室惧乱作而为所侵掠也，谋于里之苗人，苗人曰：无恐，吾为守，苗不畏苗也。富室则大喜，乃集苗人酒以饮，廪以饩羊豕以馔。苗人相率欢呼醉饫于其室，富室因以为无患也。夜有火作于山冈，富室大恐。苗人则大呼曰：苗众至矣，若不自图，若且祸吾属也。则又有呼于山巅者曰：百户至矣。富室则尽奔，积尽输掠于苗。百户者，苗之酋长也，苗始乱，劫百户以兵，百户曰：奈何欲歼槃瓠种？等死，吾死忠乎！乃杀之。余闻而悲焉，悯百户之忠，伤彼妇之遇，而叹富室之愚也。

楮先生传十四岁作

陶澍

楮先生者名桑，中州人也。其先本縠姓，生爰楮山之沃，即其地居，因自别为楮氏，而世犹称之縠桑云。初，楮生之生也，其母梦神咒之曰：縠田之漭泱，累予瓣之穰穰。渍而劘而，泽天其光。经而纬而，模地其方。炜之乎，而子之文章。觉而生生。比长，能自树立，与剡人藤青、蜀人薛骨及族子构交最密，誓生死。

当是时，天下言文章推缣与简，然二人者素贵重，于人多不便。桂阳蔡伦典尚方，恶之，乃造意拔取山林秀逸之士。楮生与滕、薛三人偕往，至则有麻某与衣零布、曳破履者已先在矣。生耻与共事，欲弗入，伦骤起迎谓曰：足下始自山出，有朴茂之根器，愿少安毋躁，方将坐足下三浴而三熏之。旋馆之于东门之池，且曰：江汉以濯，秋阳以暴，儒者之道在是，士不入范围而能成其材者鲜矣，愿更勉之。

生山人，初至殊生梗，闻伦言，乃更自湔涤，挫刚为柔。久之艺成，粹然出于众。伦大喜，饷以芙蓉之粉，谓桑音恶，更其名玉版，见诸上。上一望其姿宇，有云辉月朗之概，舒展自如，而平正妥帖，精白无疵，知为载道器也。命与诸文学游，暇则课以羲画苍文、籀篆程隶，以及烟云变幻、山川人物诸奇胜，自混沌九头循蜚疏仡以来一切典坟丘索，与夫千圣百王九流三教之绪，咸令刻意为之，务使心心相印。生虽不能有所发明，然上下古今，皆墨守而无遗。

上一日召见，大异之，送居东观，为文馆书史，呼为先生而不名。自是上当正扆席，或有时宣麻，其一切诏令，皆先生载命以行。寻封楮国公，统领万字军，掌管图书府。于是文武臣僚有所关于上，皆必因先生以达，一时亲近用事无与比。

然先生性坦白，久典万字，贵贱不介于胸，虽市井野人有事，亦任托而不泄。又不自秘，有欲知其隐者，即取怀而予，以故当世咸德之。其在文馆，与陶泓、陈元、毛颖相友善，出入未尝不偕，而于元尤有固结不解之交，盖其学问虽由生质，而资于良友者亦多矣。

曩周穆天子之世有方策者，能识文武之政，贪人脉望害其能，穆天子怒，曝脉望于羽陵，脉望惊走，追而毙之。其后策遂废而生继起，脉望余蠹欲复九世之仇，曰楮生继策，楮生即策也，更攻生。生病之，而心力亦为之瘁矣。已而上召生点其籍，不复整顿。上戏之曰：万字军奚乃折其大半邪？生以实对。上虽恶脉望，而亦不复用生也，生遂归名山以老。其后子孙甚盛，在洛阳者尤以左太冲见贵云。

赞曰：余读《山海经》，见楮氏之族，有居脱扈之山者，阳帝之山者，莱山者，彘山之西藋谷者，惟楮生出中州，最称烜赫。尝怪宋人刻意学楮氏，三年仅得其枝叶，而蔡敬仲一见即决其根器朴茂，为之湔雪，以遂其材，此可为文字之知己已。自生遇知后，楮氏之族遍天下，一切日用琐屑之务皆躬之，世亦易视焉。然楮氏本以文章进，有体有用，功在天下，余故列生之出处行事，俾泽古之士有所考焉。

凤说

王泉之

嘉庆二年，湖南旱，凡产竹之区皆花而实，人以为不祥。维时米贵如珠，或采食之，味同香稻，又以为祥焉。三年上巳日，余率童子赴郡试，薄暮忽闻天际铃响，其声清以越。开户视之，有大鸟比翼飞，从鸟不计其数。郡人皆以为不祥物，鸣锣轰炮以逐之。余窃笑之曰：是凤鸣也。人皆非之，以余为少见多怪。余笑之愈甚，非之者愈力，曰：嘻！子何所见而必为凤邪？余曰：威凤以难见为神。楚人迷凤，怜之久矣。子未之诵《诗》乎？何弗思之甚邪？非之者曰：是童而习之者也。余曰：《庭燎》之诗不云乎：鸾声哕哕，鸾声将将。《烝民》之诗不云乎：八鸾锵锵，八鸾喈喈。《埤雅》曰：青鸟为鸾。《礼斗威仪》曰：天下太平则见，其音如铃。周之文物大备，法车之上缀以大铃，如鸾之声，故曰鸾凤，飞鸣曰郎都，非铃声乎？无怪乎楚人不识凤，重价求山鸡，何弗思之甚邪？抑读书不求甚解，束书而未之观者邪？非之者始哑然失色。夫凤非梧桐不栖，非竹实不食，非醴泉不饮，有道则见，飞则群鸟随之。竹实而凤将至，信然也。凤鸟不至，圣人所忧，有道则见，又何疑焉？鸡鹜辱之，燕雀谋之，鸱鸮笑之，真少见而多怪也。鸟有凤而鱼有鲲，宋玉之言非谬也。祥乎？不祥乎？后闻集于南岳。南岳配朱鸟，朱鸟，凤丹也。杜甫谓“伫鸣南岳凤”，凤之集也固宜。览德辉而下之，岂人所能逐者哉！

书灌阳狱

周树槐

吾邑刘君世澜，以法家言游粤西有年矣。嘉庆二十三年冬，其兄子华士自粤归，为余言君赞治灌阳狱，君以此有声于粤。灌阳令盖杜君云。

灌阳多山，旁县民多即灌阳垦山为生。王乙者，孑身来某山庐焉。乙族子大，岁或再三至，至则留乙所数日乃去，近山居人多识之。久之或怪乙数日不出，即山视之，入其庐，赫然尸在床，无首。居人集视曰：祸矣！一人曰：不如瘗之。醵钱而瘗之。

又久之，大至，居人告曰：若叔病，以某日死，吾侪相与葬之矣。求其所，哭之而去。数日复至，为居人设食。居人或不欲往，固邀之。遍觞居人，极道居人德。食已，延之瘗所，曰：将以叔归葬。居人愕曰：葬矣，无为以归矣。大不可，出棺，曰：叔贫，不知何以敛。将启视。居人益窘，然未有以止之。启棺曰：首安在也？居人不得已，实告之。大哭曰：是不得不以累居人矣！居人大惧，谋贿大寝其事，使私焉。强而后可。顾所欲奢，居人不能给。事闻于县，县悉逮居人，讯之无迹。久之，居人或不胜搒掠，自诬杀乙。求其首不能得，于是瘐死者二人矣，狱卒不具。

数月，杜君代为令。君入杜幕，阅狱词，反覆之，谓杜曰：狱有疑。杜曰：何也？君曰：夫居人之死者二矣，是不当从居人求之矣。曰：奈何？君曰：视大非能以叔归葬者也，然且固出之，固启之，是知其无首也，庸知非大杀之乎？又有疑者，夫人死不见其首，何以必知为乙？居人之以为乙而瘗之也，有验乎？杜集居人讯之曰：若始何以知死者乙也？尝检其体辨之乎？皆曰：苍黄不知出此，虽然，视其衣则乙矣。杜告君曰：居人曰衣固乙也。君曰：他有验乎？曰：无。君曰：是未可知。虽然，大知死者无首也，以此求之矣。

明日与杜谋，悉召隶诫之。杜出堂上下隶数十人罗列，召大跽于左，居人跽于右。杜曰：是狱乃今知之矣。今日不承者，必毙之木下！顾隶取大刑，堂上下大声应之。大刑至，以告，堂上下又应之。居人股栗，大亦失色。杜乃谓居人曰：乙首安在？皆号曰：不知也。杜曰：若属固不知也。谓大曰：而知之。大瞠。

杜厉声呵之曰：而杀之，而不知邪？大俯首曰：无。杜曰：而贫不能以叔归葬明矣，而知棺无首也，固启之，何也？大不能答。杜顾隶曰：刑之，是杀其叔。大战栗，顿首曰：叔固在也。杜愕，因曰：固知而叔在也，今安在？曰：在小人家。曰：而家几何人？去此几何？曰：家某县某乡，百里而近。有妻，一子幼。遂以大付狱，谓居人曰：苦若属矣。皆感泣，叩首不已。杜曰：虽然，乙不获，狱不白，谁识乙者？速捕之。即选隶四人与居人往，别遣牒某县。居人与隶即夜抵大家，迟明叩其门，门启乙出，见居人，不能隐，遂拥之行至县。随而观者数千人，欢言王乙在也。一讯具服。

先是，有男子不知何许人，独行过，避雨乙庐，会暮，求止焉。大适在，窥客囊有金，与乙谋杀之，被以乙衣而匿其首，遂以其囊遁。久之微闻居人以为乙而瘗之也，将以此求贿于居人。至是讯得首合之，是狱具。粤人藉藉，称杜神明，既而闻之曰刘君之谋也。

壮学子曰：甚哉，折狱之难也！杀越人于货者有之矣，未有如乙与大之狡者也。夫其杀人而使人为掩之，既掩之矣，又将因之以为利。虽然，使乙与大不因之为利，即安得有天道哉？

书乞孝子

周树槐

慈利李均，言乾隆四十五年有乞妇年四十余，携一子十岁，过某家。日晡矣，其子号泣求食。某母闻之，谓家人以盂饭与之。顷之闻子泣益悲，自出问之，子言曰：日晡矣，吾母得食无几耳，今蒙赐食，母不食而欲推我。我固耐饿，母老不耐也，今固不食。妇含泪告曰：吾与儿晨出，得饭一盂耳，儿不食，吾食之。今得食，诚不忍复独食。日晡矣，悲乎儿未食也。儿闻母言，手拍其腹曰：我不饿，我不饿。即举饭进母。于是某母为之太息，谓妇曰：若食此，顾家人更取饭与此子。妇食，子乃大喜，舞蹈母侧，若不自胜者。饭至，受而内之箪，不食，问其故不答。妇曰：此以吾尚未饱也。噫！吾与儿乞三年于慈矣，日或得食多，儿则分食，少常竟日不食，晚乃取日所得米杂野蔬煮食之。

某母为太息久之，谓妇曰：若子孝，若生此子，不令若长贫贱也。因叩其姓氏。妇武陵于氏女，归于王，夫死，一子幼，子曰寅生，以岁在庚寅生也。王贫，妇无亲属，岁饥，遂携子行乞。子幼聘邻人熊氏女，熊亦贫，各趁食去，今不知何如矣。于是某母悯之，谓妇曰：若无家，吾有闲宅乞若。若纺绩缝纫自给，若子食于我，为我牧，得直资。若妇扱地谢。子留某家，每食亟往视母，母未食不食。日出牧，欻念母，急走归，省母乃去，如是日再三，久之所牧乃多亡失。某母终悯之，将改任焉。有自龙山来者，此子前聘熊氏女父也。初，熊挈家转徙至龙山为佣，耕地得金，以是小阜。求其婿，踪迹至某家。妇及子留某家岁余，熊迎之去。今三十余年，不知此子今何如也。

壮学子曰：嗟乎！孝乃乞哉？乞乃孝哉？某家李戚也，余失其姓，抑兹事不可使无传焉，书以俟采风者。

齿谱序

周树槐

齿未有谱者，谱之自余始。古者民数之登，自生齿以上，男子八岁而龆，龆辄掷之。上者下达也掷床下，下者上达也掷屋上。衰而落，则囊藏之，将以内诸椑。体之骈者，耳目手足指趾有数，齿无定数，须眉发不可数，齿可数。余年三十有九，一齿落，喟曰：此一叶知秋也。手封而识之。其后每一落，辄别封识。由道光四年逮今，累累者积十有九，不忍弃，且不忍淆也，汇而谱之。

齿之用，下为斤，上为椹。今上之存一而已，用可知已。往余从兄文学病齿剧，余唁之，呿口谓余曰：是欲去而未恝邪？盍置我？嗟乎！昔之大利，今之大害。尝食，掷箸起，捧颊荷荷，因手拔其二。余齿落过半，未尝病食。存者十三，计日尽矣。齿不余恋，余敢有爱焉？谱四重，上下各二，中分而互之，左者旋左，右者旋右，识其落之岁月，存者空之，以待补书。余学之不殖，亦时以自警焉。道光十七年十月戊午序。

平价禁囤解

李象鹍

今之议救荒者有二说，曰平谷价，曰禁囤积。余以为是二者，皆非笃论也。何以故？谷之贵贱视乎时，谚所云天作价也。贱可使贵，富家不消乏矣；贵可使贱，贫窭不饿殍矣。嘉庆辛酉，谷价骤长，太守某出示平价，且有为富不仁之语，喻次山率众叠劫，遂成巨案，悬首郊关。人谓次山死于抢夺，不知太守之引导而劝谕之，次山乃犯难而忘其死。

自丁卯大旱，每银一两买谷四斗有奇，而人心不变者，知价之不可强平，而抢夺之前车不远也。十年来，岁非大稔而谷甚贱，银一两得谷二石，居家用费不减于前，以谷易银，仅得往日四分之一，于是收租之家病。佃户终岁勤劬，竭一人之力，可种谷百石，以半纳租，少亦须十之四，其百石谷之田，饭黄犊，置锄耰，灰草苓通，所费不赀，耕耨收获，均倩人力，势不得不贱售。及春间力作，借银籴谷，借谷种田，谷之息借二还三，银息不过二分，而谷贵借银以籴谷，谷贱粜谷以偿银，转移之间，其失自倍，于是种田之家病。租入既多，兴版筑，餍酒肉，市布帛，负其力者得其食，出所有者易所无，谷贱则无所取资矣，于是佣工、匠作、商贾亦病。

君子鉴往日之祸患，知价之不可平也；观近日之情事，知价之不必平也。若强之使平，远人裹足，但能平见在之价，谷尽则束手矣，如之何其可哉！且富者所以应贫人之急，而囤积所以济富人之穷。一乡有富人，凡食力者、贸迁者皆于兹托命，不必在施济也，但不欺侮，不刻薄，则众誉攸归，一有缓急，比闾族党，咸恃以无恐，是故救贫困莫先于安富人。富人所入饶，所费亦大。

乡间有囤户，则富人之谷有所受。兴贩非有重赀，数数转输，始获微利。省会有囤户，则乡间之谷有所归。若颁发告示，申明厉禁，乡间既不敢运省会，囤户日怀惴惴，势必连樯而下。始也遏其来源，继也速之去路，但能禁现在之积，谷尽则束手矣。

又况省门禁囤，乡间闻风窃发，倡为阻禁之举。阻禁必勒籴，勒籴必抑价，任其抑勒，则痞匪之焰张，少有违拗，则激成事端，是禁囤之害，又与平价相表里。且出示亦大不易，过言作乱必有录示，请示名为颁扬，实图讹诈。驳则有陷盾之嫌，准则同倒戟之授。一词之借，百弊循生，诚未见其可也。

或有难之者曰：当事蒿目穷黎，存仁心，行惠政，若委诸时之适然。日见其昂贵，何以纾当事之忧？且囤积居奇，律有专条，不示以禁，商贩趋利若鹜，伊于胡底？余应之曰：凡物多则贱，少则贵。增价于空乏之时，以为招徕计，则少者贵，多者贱，不求其平，乃平价之要务。各邑设有义仓，原以备荒，若照时价酌减十之二三，民被其泽，俟谷贱买补还仓，官亦不受其累，此一法也。抑或捐廉为倡，劝绅衿之有力者共相捐输，于城内外设若干厂，以时价籴入，减价粜出，此又一法也。张孝州先生于辛酉行之，活人无数。然动用仓谷，陈奏则易干部驳，存银则终归挪移，官捐则力难为继，民捐则乡保怀挟制之私，吏胥开索诈之渐，良法美意，亦有弊端，要之借苏民困，固非慷他人之慨以期集事者也。囤积之户，岂不利灾？然善价不沽，何事于积？几曾见谷贵之年，积谷者犹陈陈相因也？余昔守宣化，连年丰稔，而关南大饥，搬运太多，谷亦昂贵。属吏以禁囤请，且历举囤积若干家，余曰：是驱之行也。时届初冬，距麦秋尚远，遏籴之意，不可闻于上官，计惟有宽其禁令，使商人乐于囤积，阴以阻其越境之心。于是出示通阛，囤积不禁，且禁差役访查、甲长需索诸弊，但于示内谕明，三四月按照时价零星出粜，尔时再存观望，或故意勒措，即行究办等语。其后谷价渐平，民亦不病。是又以不禁囤积为平价之法也。

余非富人，亦不甘为不仁，特以生长陇畔，见之真，故言之切，或可备刍荛之采云耳。

书典史杨琣

何庆元

杨琣，浙江会稽人，道光辛卯为桂阳典史。明年，峒瑶赵金龙乱衡、永，郴属大震。桂阳故设参将营，兵四百，精锐尽赴永，余老弱棋散守烽汛，驻城兵弁数十人，率恇怯无固志。奸民瞰虚，潜结岭南江右诸不逞，觊为变。氛甚恶，琣侦知之，惎令，联乡村，练壮勇，备器械，谨谍探，以待非常。

议未决，北乡报劫盗。琣谓其乡豪之在城者，遄归敛众，我将往。因慷慨请于令曰：贼尝我，谓我不敢出也。疾扑之，彼不虞吾猝至，必就缚，就缚民志定，贼党携矣。乃选健役八十人，疾驰五十里至其地，而乡豪亦纠壮勇三四百人与琣合。夜半捣其巢，贼果仓黄狐鼠窜，尽絷以归，置之法。

当是时，贼首李观章者，方安居兴宁老巢，联络诸山贼悉索大举，得漏网。琣复惎令，牒兴，惎参将檄土官，帅新民刻期会剿，而密谕乡豪集壮勇待于隘。围合火起，贼惊溃，突烟出，纵横满山谷。至隘，观章与其亲属尽为壮勇所获，无得脱者。观章死，兴、桂额手相庆。

先是，北乡告警，南乡亦哄平仓。平仓者，劫仓也。蜂蚋聚，掊锁扩门者数家矣，尚畏死，迟瓜分。琣闻之，曰：乱可遄已也。北归之明日，惎令召乡豪为众所惮者数十辈，教之团练，曰：尔乡近粤，剽掠者且至，亟塞隘，谷将焉往？先自乱，资敌矣，且触宪，国法将不汝容。翼日吾将命典史为汝布置。琣则帅其健役八十人者，与绅民大会于井坡墟。墟中南乡民麇至，琣从容晓譬利害，咸俯首受约束。富民量产捐米，赡丁壮守隘者，而村举一二人为之长。条画井井，俄顷而定。

赵逆平，令以军功晋级，琣典史如故。又明年，琣丁内艰，贫无以为道途资，绅民赆白金累数百，始克归。葬毕旋湖南，桂阳科举寓省者，往来存问，密于戚故。己亥珸卒安化典史官廨，贫不能反其柩，其子成谦讣于桂，桂人念珸出死力捍大患，而秩抑遇邅，竟蹉跎以死，潸然涕出，助之金，并为文以祭。其辞曰：

天降疾威，阴霾风烈。草卉缭枝，松桧断节。柔以众完，刚以独折。莫夷其萃，乃摧其杰。惟公之生，天挺峻骨。海汐走霆，娥江濯雪。胸直胆勇，眼冷肠热。抑在下僚，百炼寸铁。皇帝壬辰，峒瑶草窃。风鹤讹传，狐鼠党结。公适尉兹，见义奋决。时维鹰扬，突入虎穴。乃芟其莠，乃殄其孽。疾雷一震，乾坤开揭。曾不崇朝，奠此疮痍。大难既平，荐绅忻悦。东阁长开，茗馨酒洌。赋诗论文，谈笑玉屑。旁及书画，爬罗剔抉。酣嬉淋漓，抚掌缨绝。欢娱未终，悲声四彻。玉佩琼琚，转眼桐绖。风刀霜剑，生离死别。老骥翘云，夜鹃啼血。琴鹤凄凉，士友结舌。白衣西关，送公归浙。需次省垣，养晦抱拙。一官匏系，门多车辙。风雨故人，脍鲤炰鳖。傲骨豪情，吞吐郁噎。晚得梅城，吻噤肘掣。鹏鸟欺人，登坐呜咽。乘彼白云，去如电瞥。乌乎我公，自今永诀。干将莫邪，坚刚沉闭。屈产冀北，权寄蹉跌。永跖天颜，福庸厄哲。天道如斯，抑又何说。惟公生平，友朋偲切。下堂执手，一言馥蔑。寸心耿耿，天日昭哲。三年不见，夜台已锸。拂拭孤桐，哀诉明月。搔首长空，弦绝声歇。公其有灵，魂来恍惚。

书真烈夫人张氏

何庆元

范氏为桂阳故家，代有达人，而明中叶为盛。道光壬寅秋八月，予有事于范氏，得观其先代告身中，有真烈夫人张氏诰敕一通，乃嘉靖十三年三月以赠宁夏巡抚范公辂侧室张氏者。制词褒其秉礼度义，洁身投缳，为古今罕觏。询诸范氏子孙，家庙故有张氏主，款如诰。检其谱，注张扶公柩归，葬毕遂自尽。考县志节烈，无张名。乌乎！身为人妾，责备弗及，誓心殉义，从容自慊，动闾赍申朝命，赫然彰厥美，更今三四百年，志乘莫征，桑梓弗道，苟非典册仅存，词义炳烛，虽有博识好古之士，亦未由凿空而宣揭之，甚矣夫微显阐幽之难言，而故家文献之不可以不征也！

公直节谠言，略具《明史》。其卒官在福建左布政使任，而不著其年。阅告身有嘉靖十年六月，命公以福建左布政使巡抚宁夏制一通，十一年四月，又有赠公资政大夫宁夏巡抚，并赠三代制四通，是公以十年受宁夏新命，未行遽卒，而十一年朝廷追赠之也。张之殉公，虽不能定其年，然赠真烈在十三年，则当在十一年或十二年矣。

又家传载公清军江西，连章劾宸濠党与，转为所诬，逮赴诏狱，祸且不测，僚属祖饯，欷歔泣下，公无几微见言面，毅然曰：大丈夫正当如此。濠闻之惧，宵潜刺客十里外，伺公至则杀公以灭其口。月夜无风，江忽波，逆公船不得进，客误刺他船以报，公乃免。

公所至皆有异政。焚妖祠于南安，创城垣于安仁，江西人咸歌颂之，为立生祠。历官南北三十年，布衣木笏外无长物，卒之日，遗俸金九十两，先世田九十亩耳。事虽不足为公重，然先辈流风余韵，史例难备举，脱无述，何以示后？故因论真烈事而详次之，以补史氏之阙云。

劝读孝经语

李文昊

孔子曰：吾志在《春秋》，行在《孝经》。又曰：《孝经》以授参。在《十三经》中最为切近之书，篇页最简，又易读，而人之读者绝少，岂以无益于世用邪？按《荀氏家传》：荀爽对策，汉制使天下皆诵《孝经》，选吏则举孝廉。《后汉书》：宋枭为陇右刺史，患凉州多寇叛，欲多写《孝经》，令家习之，使人知义。《东观汉记》：尚书令王允奏曰：太史令王立说《孝经》六隐事能消却奸邪。《两浙名贤录》云：平阳章永事母诚谨，母卒执丧如礼，俗饭佛老为冥资，永独晨昏跪诵《孝经》。《儒林公议》云：马元儒学精深，居丧不为佛事，但诵《孝经》，人称其颛笃。《一统志》云：唐韦景骏为贵乡令，有母子相讼，景骏呜咽流涕，付授《孝经》大义，母子感悟。《龙城录》云：唐初有孝子王渐，作《孝经义成》十卷，乡里有斗讼，渐即诣门高声诵，反为惭谢。后有病者请诵，寻亦得愈。吴均《齐春秋》云：有病邪者，顾欢令取《孝经》置病人枕边，果愈。问其故，曰：善禳恶，正胜邪。《南史》云：陈徐陵尝疾笃，子份烧香泣诵《孝经》，日夜不息，陵疾豁然。陈继儒《孝经旁训序》云：余观六朝崇信《孝经》，病者诵之辄愈，斗者诵之辄解，火者诵之辄止。盖吾儒极灵极变之书。

先大父云：百行以孝为首，忠臣义士，胥出于孝子之门。故经虽在壁，元音流响，非嬴火所能焚。刊入家乘，男女皆宜讲习焉毋忽。劝孝微旨，数语揭出。今岁续修支谱，有谓谱非读本，庋之高阁久矣，徒滋卷帙何益。余曰：此子贡欲去饩羊之意也。是书为坊贾通行本，皆能家置一册，不刻可也。然先大父所以刻是书之微旨，则不可没也。因历引古昔所以敬惜是书，而有裨实用之明征著于篇，视为空文则忽之，知为实用，当亦油然而生其兴感也与！

湖南文征　卷一百二十九

杂文四

候气便法

邱之稑

自汉以来，候气之法皆为室三重户闭，涂衅必周密布缇缦，室中以木为桉，每律各一，内庳外高，从其方位，加律其上，以葭灰抑其内端，按律候之，气至者灰去。按古法如此繁难，非豪有力之家，气终难候。因思一捷法：择静室，内掘一坎，将木板开数孔，以律管纳孔中，每中气将至前安放坎内，管口向上，覆以素纱，将胶黏定，置葭豪其上，用手抵平，以瓦缶覆坎上，气至时启视，验葭豪之动不动。然犹嫌缶覆不能明视，且虑启缶时为风所散，后更设一妙诀：制方匣一个，四围及顶面皆嵌以玻璃，如前掘坎纳孔法安放停当，罩以玻璃匣，坐视其旁，时至众目可睹。凡言候气，只防风动，故须密室，此法即旷野亦无不可。偶尔尝试，见葭豪渐次森立，如虎示威状。但乡落苦无钟表，难审时刻，气与管适如其刻，未敢遽信。

曾忆辛卯春分，安置夹钟四管，其时风雨大作，葭豪皆冲去。窃疑阴气太盛，虑有水灾，竭力提防。夏至前后水果大发，六日三涨，为从前所未有。因叹古人所谓灰半出为和气吹，全出为猛气吹，理或然也。又尝验之管径小而声稍高者，葭先时而启，管径大而声稍低者，葭后时而启，必径合声应，其隆起之时方与气至适合。此中气之所以难定，而审律之所以非易也。惟实葭灰于管中，而以轻缇素覆其管口，气至而灰冲素外，则未经验过。姑存其法，以俟协律之君子焉。

治巢琐言

舒梦龄

邑俗淳朴，民情尤愿谨，巨案绝少。其黠者往往因薄物细故，借兴讼端，以拖累为得计，一纸到官，或延数年不结，所以有“图准不图审”之语。又或鱼肉善良，平空架害，谓之“搭台”。予于放告日期，必据原呈驳诘，稍涉虚诳，小事杖，大事枷号示众。如两造俱在堂下递呈，即为判断曲直而去。

乡愚计图骗人，多倚年老残朽或妇人女子舍命撒泼，以为莫敢谁何也。即少年子弟滋事成讼，往往怂恿父母妻室临审搪塞。予告之曰：告状无抱告，或抱告不到，不准。临审抱告不到，必令原告拘送抱告到官，始为讯断。如被人告发，则重责其子侄与其亲属。

市有富商，乃成巨镇，野有富民，乃为大邑，二者地方之元气也。然而一家饱暖，千家觊觎，官不为保护之，势必日削日蹙，以同归于尽，缓急何所恃邪？况殷实之户，怕官府诛求，怕书吏需索，怕讼棍簸弄，怕无赖骗害，人即以非礼相加，有忍而受之者矣。其或欺侮者相循剥削者不已，于是激而成讼。大抵富与贫讼，贫直者十之二三，富直者十居七八，而明聪之吏，多左贫而右富。谓为富者必不仁，抑又偏矣。

即如巢俗，卖产后必索加增，至四五次不等，少不遂意，即挺身具控，或称钱漕过割未清，或指田地界至不明，或内有坟墓以为损伤龙脉，或外有塘堰相与阻绝水道，种种诬害，被告已受其拖累，官又不为之直，有事外花销过于买价者。甚或旋结旋控，迄无休息，受业者精疲力竭，往往捐产充公而止。

又贫户佃田耕种，除牛具籽种外，所有完纳钱粮、修理塘埂，均须业主开销，而纳租不过得十之三四。彼佃户虽苦，已足偿其辛勤。乃不良者平日既懈其力作，及至秋成，则诡言收成歉薄，恳让籽粒。又或预先获匿，零星粜卖，亏不能偿，遂书立欠租字据，乃愈欠愈多，愈多愈不肯完。田主莫可如何，计惟退佃，而彼又霸居不去，旁人亦不敢承佃进庄，往往因而兴讼。予莅任之始，即榜示晓谕，卖产凭中议值，彼此情甘，事后例无加添，恶索者许禀官惩治。田主控佃户欠租，租完准佃，否则立限勒追，追齐仍断离庄。夫以千金之产，与人分利，利既归人，而又不能自主，至尽为所吞噬，贫不安于贫，而富者不能保其富，此大乱之道也。地方官遇此等案件，少事姑息，则刁风益长，其渐不可不防。

县役分壮、快、皂、捕四班，班各头役十名、十余名不等。旧例四人一轮值，值凡五日，值内遇喊禀案，必归该值日头役，他役不能争也。该役当值无多日，往往百计千方嗾人讦告，甚或贿买无赖，指名诳控。控准后，官必差该役唤讯，该役持票下乡，恐吓讹索得钱，则诡词延搁，或倩人假递和息销案。其有不甘受诬者，始具诉，既求审催禀，至再至三。官方立限勒拘原告，而不知原告实无其人。该役无可搪塞，又另雇人冒顶，临审略不置辨，惟俯首受责而已。在问官方谓无枉无纵，而被告者已倾家荡产矣。然则欲除此弊，莫如先讯原告，当喊禀之时，坐堂面诘，彼既心虚，而又迫不及防，真假可得之立谈之间。稍涉诬罔，从重惩治，则有所惧，而无情之辞，自不敢逞，亦使无讼之一端也。

斗龙舟论

李得春

屈子以五月五日怀石汨罗，后人哀之，为龙舟以吊，竞渡之风，遂遍天下。苏杭诸州，穷极奢丽，即襄、樊、武、汉，亦往往竭千家之产，作五日之游，抑亦痴矣。

吾湘为屈子行吟地，龙舟之戏，相沿已久。其初以之吊屈，而其后则争胜负而已。夫人不能争名于朝，争利于市，而规规焉争无益之事，不亦悖乎！吾思屈子眷恋宗邦，至等信陵之求速死，其忠于楚可知，假令没而有灵，方将作福于楚之民，有加无已，若预知后之人竭有用之财，为无益之举，且酿无穷之祸，则必不死于五月五日也。

且夫龙舟之酿祸也，他不具述，如吾楚之醴陵、湖北之荆州，巨案纷纷，足为炯鉴。此南方近水之处习俗移人也，若北方旱地，何处觅划船之地乎？是在良有司严加禁革，或可挽浇风于万一耳。

夫事之有益者，人每不乐为之，如吾楚连年水旱，劝赈频闻，而人皆却顾不前，民情大可见矣。吾湘素称饶裕，自道光初年龙舟与赛会，动费多金。如此暴殄，自然天不降康，以故荒歉递乘，灾祲并至，盖甚愿斯人之崇俭黜华，有以挽回天意矣。

予每以为世道之盛衰，视乎风俗之厚薄，风俗浮靡，即为世道之忧。记丁未捷南宫，先皇帝以五月五日引见新进士，仰见宵旰勤劳，如此其至，虽端阳佳节，而早期晏罢无异平时，至外间龙舟游逸，举国若狂，可知君父焦劳而臣民安逸，于事为不祥，于理为不顺也。况竭有用之财，为无益之举乎！

夫用财有道，用所当用，虽千金不为奢；用非所用，虽一钱亦为侈。诚于龙舟一端，省无名之费，为有益之举，或造河船以济人渡，或设救火器具以备火灾，即此二事，足抵龙舟之费，而凡有益于民生国计之事，可以类推矣。将见士志于道，民安其业，相与沐浴皇风，勉为良善，而圣天子亦幸斯民之不识不知而顺则也，岂不懿与！

南言一

陈起书

步兵登折岭之巅而歌曰：秋日欲落，木叶其脱。先知者谁，号寒鸟雀。樵者闻之，谓步兵曰：子以折岭为汛，折岭之盗贼，子所司也，何子之无能也？曰：文司狱而武司捕。武捕而文纵之，则武有妄捕之罪；不捕而上告，又有废弛之愆。五人守汛，地广则巡之难周，而驿文之往来，昼夜不绝，上以安静为名，故下畏大事而乐小事，化大为小。持小为大，不赦者多。纵逸勃溪者困囹圄，衙署成市，非赂不行，窃贼则以为贫者之常业，强劫则以为恐生事端，是以千人持刀行私而过折岭，余不得问焉。五人之力不足以御千人，而又有滋事之罪，非特余也，有司固然。汝不闻吾乡之善搏虎者乎？其长在枪，得虎而献，有司曰：民间何得用枪？是出于山中之虎，而不能出于堂上之虎也。后复有虎，善搏者闭户不出，乡之人笑之。非搏之技不精，搏之器不得用也。失其器则虎不可搏，乃易搏虎之技而搏鼠，终日不获一。鼠昼伏而夜行，藏于壁而行于箱匣之底，无室无之，一人不能尽搏，非搏鼠之难于搏虎也，故鼠与虎皆不得搏焉。曰：然则听鼠之藏于室、虎之伏于山乎？步兵曰：搏虎以力，搏鼠以勤。治盗先治窝，去贼严去党，在有权者。

南言二

陈起书

樵者谓步兵曰：余樵五岭之巅，山径余所知也，逾岭为岭南，宜章其冲也，御岭南先守宜，救宜之路若何？

步兵曰：郴所以救宜，险要在折岭，余所司也。然我之所守，即为贼之所攻。明由折岭救宜，彼必尽力以御。阴由折岭之西黄毛、折岭之东大隈，以出其背焉。盖横绝南北者岭，岭自临武入郴为高堂山，西有小径黄毛是也。东为折岭起五盖山，其东之小径则大隈焉，过此则桂阳矣。夫中原险要，在水或在路所会归之处，边鄙险要在山，实在两山断而复连之处。山，龙也，断处，峡也，山防之法在断龙，征瑶尤善。瑶善行山，其伍散而不聚。我聚而攻其一道，则径小难容众；散而攻其数道，则彼尽力以围我一道。我仰攻则彼乘高以御，我登峰则彼围其下。击东西奔，击西东奔，击首尾则上下四旁奔，而我不能追，断其龙则彼无奔路。龙之起也万仞，其伏也一线。所伏之处，其水分流，是之谓峡，山路会归之处也。大龙之下，小龙出焉，其脉亦一线。龙断则彼奔驰于此山，而不能越山而遁。入山先看水，大水大峡之所出，小水小峡之所出，溯水则峡见。断而围攻之，节节断节节攻，如破竹然，节破则竹自解。夫瑶可由贵州至常德洞庭，可由贵州、广西至衡山、宝庆，至湘阴洞庭，皆数百里不经州县。若五岭则可由广西、永州、郴、桂、大庾至闽、浙，数千里不经州县。横绝南北者岭，岭上泉分南北流，故中无大水以界之。州县在平地，断龙如斩蛇，斩其中则分为两。险要大路，大峡也，间道小路，小峡也。折岭，大峡也，黄毛、大隈，小峡也。不独此也，阴平，峡也，散关，峡也，武关，峡也，凡出奇之路，无不出于峡者。看水知峡，则向导出奇，可以意会焉。

曰：子尝从军于瑶，当其由江华而至常宁，何不言其法而断之？何至出扰数百里？八排广千里，何至聚万人于中而不能战？

步兵曰：池塘墟亦峡也，海军门不知而中伏焉。断东西之水，而南北皆山，故不得出。当今之事，言者不行，行者不言。养犬所以守夜也，而制之曰：尔其啮以御贼，无吠而惊予梦也。贼在垣而嗾犬于门，不得则罪犬。子欲我为惊梦之犬，而孰知我将为当门之犬乎！

南言三

陈起书

有渔者歌而过曰：蟹有爪兮不能驰，鱼有翅兮不能飞，囊为纲兮而谁为之锥？步兵问曰：何子声之凄以悲也？渔者曰：吾闻子与樵言，则善矣，是以感而歌也。步兵曰：物莫不好生而恶死。深潭之薮，鱼所归焉，吾乌知薮之乐于鱼耶？鱼之乐于薮耶？水之忘于鱼耶？鱼之忘于水耶？鱼忘于江中之水，乌知其不忘釜中之水耶？子知鱼之乐于薮，乌知鱼之不乐于釜耶？子不忘薮中之鱼，奚忘于釜中之鱼也。

渔者曰：物莫患于好贪而恶廉，人莫患于好誉而恶毁。虾求食而无所依，知水母之无目也，戴之以游，虾谓水母曰：子真足以覆庇群生也。水母亦自以为足覆庇群生也，且得虾则纵横自如，而孰知渔立于矶而网之，虾逃而水母不得脱。故茂林之下必有陷阱，而兽聚焉；深渊之上必有钓矶，而鱼游焉。其藏身之所，即其失身之所，则贪者终不得藏也。

步兵曰：子知兽之聚于林，鱼之游于渊，奚不知兽之远于阱，鱼之避于矶乎？子立于矶，奚不知人于矶乎？子知浮家之可以远世，奚知盗者之将以子舟为渡，乞人之将以子舟为薪，而吾曹之将以子舟为差使也。子以矶为机心，乌知人将以子舟为机事乎！

渔者曰：草生墙上，有蚓穴于墙下而食其土壤，草无如蚓何也。秋雨时至，基空墙坏，而草受其殃，蚓无所伤也，复他徙焉。哀哉，草无损于墙而受之累也！乃复歌曰：北风渐寒兮潇湘欲波，帆破舵失兮舟将奈何，苍梧云没兮泪滂沱。步兵曰：局中多乐，局外多忧，信然。

南言九

陈起书

商曰：余入子之室，所谓刀枪弓剑，皆朽腐不可用，何也？步兵曰：此数十百年所收藏之物，非余所得有也。其造以官而取于民，胥吏侵之，匠役欺焉，安得精？粮饷之制定于初，而食物之昂日甚，无半年之食，而有半年之役。大帅之来操也，车马之费，驿馆之费，饮食器用之费，随从赠贿之费，悉出于饷。及其操也，复备赏军之资，兵饷赏兵，得复归饷，蜻蜓食尾，腹饱身伤，是无赏也，无赏故无罚。又终无出身之日，偶有用者，非科甲即贿赂焉，故兵不习武。夫赏罚者剑之柄，武事者枪之机，无赏罚是剑去其柄，不习武是枪失其机也。而且仆隶冒之，虚饷侵之，故小城之兵往往五六十人，而守卡致邮送徒为其差使，故为游民之薮，所以一闻调兵，民未惊而兵先乱。

商曰：乡勇何如？步兵曰：可暂不可久，可用不可恃，可守不可出。设兵所以卫民，今反以民卫兵。兵不卫民，民岂不自顾其家？为兵者以城付之民，立兵何为乎？恃以为长策，则乌合之众，其弊可胜言哉！谚曰：田要亲耕，子要亲生。又曰：倩人代哭不心伤，寄信求名终无官。诚哉是言也。

纪前生

周湘黼

儒者排释氏，独其转世之说，以余读百家记载，及所闻于并世士大夫之自道，往往有之。然而不征信于六艺者，圣人详人事以立教，以是为不语尔矣，古今所传，安可诬也。

先祖母李太安人，平生奉佛谨。邑童安寺供大士像，乡人尤虔祀之。先小除一日致斋，涤器盛膏，遣使缄二金畀僧，然灯奉佛，岁以为常。初，家大人艰于嗣，安人辄命往祈之。寺有僧善弈，过则闻棋声丁丁然，能诗，与家大人唱酬甚夥。先我生三月僧至，体伛偻不得舒，家大人询之，对曰：胸患疮，忍痛来此，别后可再见乎。信宿返。六月既望余生，胸有赤晕如钱，渐坟起，若桃之熟。吾母李安人日捣紫萍傅之，久乃愈，赤晕固存也。是秋八月徒来，则知其师于我生之前以胸疮圆寂矣，家大人心异之。余生二岁甫能言，家大人戏询曰：儿知有童安寺乎？曰：知之。问何若，则其神之趺坐而低眉者，挺而立者，努目视者，与其方丈禅房之所在，一一述之，与童安寺无少异。稍长入塾，师与偕游田伽，田伽，古刹也，余至辄喜与僧近，师促归，犹恋恋焉。及壮以避嚣，读书田伽之西偏，听晚磬朝鱼，心日益清，即学日益进。余平生未尝佞佛，所过名山辄流连不忍去，岂所谓夙根未断者欤？

何首乌说

周湘黼

曩闻医家言，何首乌具人形，食之可长生。考之《本草》，以乌髭发，故名。且载唐时有何氏能嗣者，年五十八无子，食之生子延秀，秀食之，寿百六十岁，生子即以首乌名，又食之，寿百三十岁，李翱为立传。如所言取用，不必人形也，且生子且寿。吾从父壮学先生，艰于嗣，尝言试之无验，且甚不宜，余惑焉。

洎余宦芷江，郡督何君海笠，为言蜀中某寺居万山中，主僧日命徒出没，每怪久不归，诘之，则曰：有幼孩发蓬蓬蔽面，挈与同蹈舞为戏，辄走辄不得脱。僧曰：有哉！乃授之赤缕，耳语曰：而再往，若再与戏，而以缕其发，无声也。徒如教。越翼日，僧迹其地，则首乌藤蔓于谷中，赤缕在焉。掘之得人形，僧熟而食之，后年及耄，犹童颜也。都督故蜀人，亲见之，故云。

久之，有卖药者挟首乌进，耳目口鼻手足具，藤下垂茂密如发。余以都督言，不能无动心，易以钱二缗，其人谢而去。余以其值之颇廉也，疑之，然是时芷江人欢言余得长生之药也，踵门观者众，佥曰信，叶青青未萎也。逾日，利刃截之不得入，猛击之断，则中实以木，附生者假人工凑之，瘗土待其合，俾无罅隙，以饰人目也。噫！卖药者欺我矣。虽然，今天下赋形而中不类者皆是也，一首乌之真伪岂足道？

抑尝读壮学斋与人论神仙书，谓天下之苦莫神仙若也，彼其初亦人耳，无故弃其所以为人，求学神仙，及其所之既倦，空山岑寂，百感茫茫，回首生平，静观身世，盛衰得失，一一关怀，留此不生不死之身，郁郁以终古，吾恶知夫不死者之求死不得也！其言唤醒痴愚，可涕可笑。

夫首乌之具人形者，可致人长生，余未敢必也，果如是，必其钟天地山岳之灵，数十百年庶几成之，其成之也难，其得之也尤难，食者仅矣。人有生必有死者理之常，所资以送死者，子若孙曾耳。今谓食此者可以长生，长生者一人而已，以一人之长生，坐视子若孙曾自少而壮而老以次死，而其身尚存，谓长生者无知耶，则冥然枯槁已耳，何乐夫生？其有知耶，哀与乐犹是情，闻其后人哀后人，哀无已时也，而一身独乐耶？此即壮学所云，不死者之求死不得也，亦苦之必至是也。余窃幸卖药者以欺售我矣，使余得享其实，且将贻终身忧，为天下笑也。

拟郭子仪诣阙请贬疏

杨源汉

臣始出身行伍，自禄山作乱，蒙太上皇遣使持节，擢为朔方节度使。是时逆虏寇振武，臣率兵马使李光弼等奋力击破。窃念弼虽隶臣麾下，颇有大将才，具表荐为河东节度使。厥后九门、嘉山接连大捷，复河北十余郡，臣虽与有汗马微劳，亦资李光弼同心协力之效也。及哥舒翰与辅臣不睦，失律灵宝，贼遂入关，致上皇蒙尘，仓猝幸蜀，臣尝抚膺痛哭，恨翰庸愚无耻，固辜负深恩，而臣等身任封疆，袖手无策，又何颜自立于世哉！陛下顺天应人，即位灵武，臣将兵五万，自河北入觐，军威大振。私心窃幸，谓兴复有期，由是伐同罗同罗破，平河东河东降，狃于小胜，持其寸功，至有今日清沟之败，悔无及矣。臣幼不学，于阵法少疏，贼以骁骑九千为长蛇阵，首尾两翼夹击官军，因此大溃。夫天时地利兵法等，缺一未明，不可为将。臣受陛下重任，为天下兵马副元帅兼领司空，率意轻举若此，何以帅部曲？何以责偏裨？按之军法，本应斩首，伏冀陛下念两京未复，逆寇未除，国家正当用人之际，权寄头颅，为他日效死之报。至于爵禄官阶，若不大加黜斥，无以示戒。昔汉臣诸葛亮街亭失意，犹上书请贬，况臣驽下，岂敢自诬，谨疏罪表，冒渎天威。

译钱乐浑天仪

汤昭弼

钱乐浑天仪，球仪原是两器，球立其体，仪究其用，四千年来，未有合而一之者。衡山谭少微，竭数十年之心血，制球仪法器十余种，以授张力臣自牧。张师其意，变而通之，球缀于内，仪游于外。不居球仪之名，所以遵国家制度也。其数狭小，与古不同，所以便舟车也。张以其法授予，予故译而辑之。

球要极圆，范金为之。结木亦可，但不便于水激。中分其经为赤道，平列十二宫，其纬亦如之。直为经，横为纬。褭行施黄道之经，亦列十二宫，其纬亦如之。经纬如乂之状。皆刻三百六十度，球上共四个三百六十度。布恒星全图，标步天歌经天该而损益之。恒星共一千四百有奇，损益者，损其所无而益其所有也。南北二极各施监柱，是为天枢。北极之枢出纽牙以属于仪，南极亦如之。枢外著于仪，仪动而球运之，每日日行三百六十五度有奇，日月五星皆如其常行之度。极为数母，枢之长三分极而杀其一，其下半入于球也，球之十二宫六分极而杀其一。球之两经两纬，钱名黑双环。

仪内外六重，阙平施黄道仪，欹施赤道仪，侧放黄道仪上。球之枢属焉。黄道仪备周天之度，平列二十四向，刻于三百六十度夹缝中。所以定北极之平，正东西南朔之位也，其数十分球而益其二。黄道仪之下旁施八柱，正地维也，八柱下有一圆环以盛八柱，不在仪数之内。其数十分承梁而杀其一。赤道仪亦备周天之度，平列二十四炁，其数十分球而益其一。其里著枢，其表出枢。外球之中横一梁，是为承梁，球中横梁也。其数三分赤道仪而杀其二。赤道仪当此枢之下施一圆盘，是为罗经，所以指南方也，其数五分北极之宫而杀其一。赤道仪之上施六合仪，其数三分赤道仪而杀其一。上施横梁，刻十二辰八千四隅，在地之位，所以准地面而定四方也。中分地平而立之臬，上际其锐而垂表马。六合仪之上施四游仪以著于臬，四游仪有两环，外一环平列周天之度数，与六合等，内一小环亦平列周天之度，布十二辰之候，以承极枢之纽牙而候日景焉。凡日月出入躔度及二十四炁之候，皆于此候之，其数十二分黄道仪而杀其十一，若病其小也，则三分而杀其二可也。内四游中施一管如小指大，以铁钉钉其管，所以代玉衡也。管要活动。其管锐其左，丰其右，夬其上脊，巽其下脊，其梁之郭视赤道仪而加圆。凡三仪上下两轮，其承接远近之数，各视其仪十二分而杀其十，其齿则以意消息之。三辰六仪，四游二仪，凡八轮，白单环即盛地维者。

罗盘之针，用鸡公血、朱砂、水银各一钱，合炼涂上，不验将原药再炼，以指南为准，或以日规代之亦可。日月同宫罗计对照，则有日月蚀，日蚀多少在黄道仪，月蚀多少在赤道仪，球仪合看以日占月月占日之度数多少为多少。上弦前经天之半，下弦后经天之半，其用法则以管窥北极之某星某度，以四游仪证诸东南西三方，其每星合在某处者一丝不差，方为球仪合法，不然所制不精，不可用也。球之恒星仪之度数必要停匀，非心细如发者不能制此器也。湖南之北极出地二十七度，他省各以球仪测之，球仪合计共十二个三百六十周天之处。

附：铜壶滴漏制此亦谭少微传之

漏壶亦范金为之。凡五器：曰日天壶；曰夜天壶，古求壶也；曰平水壶，古平壶也；曰万水壶，古建壶也；曰退水壶，古废壶也。平水壶为数母，夜水壶三分而益其一，日天壶三分而益其二，万水壶三分而损其一，退水壶三分而损其二。日天壶腹施重管，内三轮，外覆管，屈之导水以注于夜天壶。夜天壶腹施重管如日天壶，其轮四重，加轮以杀水势也。导水注于平水壶。平水壶腹施重管如夜天壶，其轮五重，导水注于万水壶，壶背单管，水溢则渗于退水壶。万水壶施大管，用木塞之，水溢则上由夜天壶逆而入于日天壶。万水壶中设舟，广狭如一，舟中植木为漏箭，壶面刻童子负瓶以受箭，箭设十二辰之表，次第而出。舟之数十分万水壶而杀其一，箭之数十分万水壶而杀其七，童子负瓶七分箭之七而杀其五。其各壶之管，或大或小，皆以意消息之。

重刊慢惊秘诀序

李绍莲

《慢惊秘诀》者，庄在田先生书也。今年春，予在县城得见南乡刘公名享刻本，叹其立论精，用药妙，遂议与诸君子重刊，则皆踊跃，且属余为序，以推明此证之源流。予乃远稽往古，博采群书，详求方论之异同，而总折衷于《灵》《素》，曰：

惊风即痉证也，急惊即外感寒热之痉证，慢惊即内伤脾肾之痉证。治外感者当祛，治内伤者当培，证不同而痉之名义则同也。然自钱仲阳创为惊风之说，而痉证之义微矣。虽喻嘉言力辩其非，亦未明惊风即是痉证，而概指之为伤寒，且谓此证无内伤，而通用仲景桂枝之法。夫伤寒发痉则桂枝法诚善矣，若虚羸积损之极，其能胜桂枝之辛散乎？况小儿病久发痉，无非内伤，若误作伤寒，则不刃而杀人矣。嘉言之明，其言尚且如此，所以后人但遇此证，辄茫然无所适从，乃不得不仍以惊风从事，而相率用镇惊定搐、清痰降火之方，此虽后人之咎，抑亦前贤之有所缺略也。

罗浮陈复正尝言，惊风即是痉证矣，而其主治之方，则又得失参半。盖其所以治急惊者颇善，其所以治慢惊者，止用六君子、理中汤二方，是但知慢惊之所重在脾，而不知慢惊之所重尤在肾也。观《内经诊要·经终论》曰：足大阳之经病，其终也，戴眼反折瘛疭。《经筋篇》曰：足少阴之筋病，主痫瘛及痉，在外者不能俯，在内者不能仰。经筋之病，阳急则反折，阴急则俯不能仰。今即经言而细绎之，所谓戴眼反折者，即慢惊家所谓角弓反张也；所谓瘛疭者，即慢惊家所谓手足抽掣也；所谓俯不能仰者，即慢惊家所谓眼目下视也。凡此三者，已挈慢证之大纲，而悉由于大阳、少阴之二脉，则此证之属于肾，不待言矣。何也？大阳与少阴相表里，少阴者，肾也，大阳者，膀胱也，膀胱之脉起目内眥，上神庭历风府，挟腰脊下胭中，循足外踝，终于足小指端。肾脉起自涌泉，斜趋足内踝，上胭中入少腹。贯脊属肾，直者从肾上贯肝膈萦舌本，其支者自阴器内行，循脊挟膂上至项，结于枕骨，与足大阳筋合，上通髓海。此二经者，一为津液之府，一为藏精之脏也。精与津液既亏，则筋脉枯，枯则急，急则因而成痉。此义千古无人见及，惟景岳为暗室一灯也。

然景岳于痉证辨证详明，用方精确，诚无间矣，而独于小儿门中又列急惊、慢惊二则，壹似痉证之外别有所谓惊风者，岂其明有未至与？抑其识之偶疏与？呜乎，毋亦徇世俗之例，而阴用其潜移默化之术与？盖景岳非不知惊风即是痉证，特以千载之讹沉溺已久，而近时医者又皆信师传而废经义，甚者师心自用，或怀嫉妒而无从善之心，骤而更易其名，必群诧为怪异，不如仍其名而酌其治，庶几人易信而功易成也。观其惊证门所引经义，皆岐黄论痉之文，则惊风即是痉证，早已微露其端矣。后之学者，但能如景岳之治，则不妨仍惊风之名，但能以救脾肾为心，则治慢惊即所以治痉，此庄在田先生所为揭出婆心以活人也。先生所制理中地黄汤，盖取景岳理阴煎右归饮、胃关煎五福饮、六味回阳饮诸方融会而成者，其渊源所自，则于治案中“直救真阴”一语见之矣。余以诸君子之命，辞不获已，故谨为序述如此，其所未尽，仍增补数条以明之。

免贡驯象论

何绍祺

窃闻盛世之臣伏四夷也，贵礼不贵物；四夷之诚服华夏也，以实不以文。繄古以来，文德武功，合符天地，罔有内外，悉主悉臣，盖未有如我朝之盛者也，然仰惟圣主勤恤民隐之怀，于贡象犹思减焉。

今之贡方物者，高丽密迩京师，每岁一贡。琉球、暹罗、交趾诸国，数岁一贡。缅甸初抗王师，逮乾隆五十三年，金川平，暹罗封，亦遂怀德畏威，每十年而一贡，至于今未改。所贡方物，金叶、象牙诸事，随时增减，而驯象有常数焉，每贡如例。朝廷仪卫甚设，有日月云龙之章，千品万官，侍从森列，何以象为？直以俯受臣妾，不忍遐弃耳。且其事匪今始也，故莫之或减。

余窃见近年以来，缅臣恃国恩之厚也，始以得供张为荣，浸以索供张为智。每过一驿，夫不下千名，马辄数百匹。予以轿则索马，予以马则索轿。夫马既足，杂费先之，杂费既足，酒食继之。稍不如意，鞭笞随下。官吏闻贡而惕息，小民望贡而怨咨。

其累已数倍于昔，又益之以驯象。所宿之区，不给费则纵之荒山，报令收捉。民间既备象桩，象料又须桩费。否则谓有足疾，须灯草灰数十斤，及另设濯足之处，有不从者，停息不行。州县欲其行也，不得已而重赂之；长官恐其留也，不得已而严促之；小民畏其横也，不得已而平治道路拆卸塘房以送之。缅官授权于通事，通事授权于象奴。即有正直廉悍之吏，不稍需索，督解甚厉，莫敢谁何。未出滇黔，官民累甚。及遇津梁应度，水潦暂塞，又以意轻重其舟，多寡其费。稻田苦于沟塍，麦地苦于曲直。马不能引，见之辄惊，人不能移，近之辄怒。由湖襄至都，象体矜庄，殆莫与伦。及入象房，而兽之可悯，乃未有如象者矣。

象之为质也信，予以三品之俸，象奴借以为生，求之象则跪应之，遇有孳生，益不足食，时或馁毙。朝贺大典，午门外顶炉分跪，岁不过数日，此外朔望之期，间出一行。象幸驯耳，岂忘山林哉？且象多寿，明代所余，今有存者，不十年贡，当不乏仪仗之需。又加之以采办。采办者，扰民虽轻，而护送之具、摊价之资，亦已甚巨，矧缅官象奴之重以恣肆也！前此官民有余，缅人亦恭，今则官民困而缅人倨；前此供张有节，缅利亦薄，今则浮费增而缅利多。尽却之则生夷心，仍旧贯则耗中土。将欲抚夷恤民，莫如受方物而去其象。

比岁高丽、琉球诸国及伯克等，有感慕加班入贡者，咸奉旨抵作下次正贡，又严申使臣前往高丽、琉球册封需索之禁，圣度如天，不侈壮观而节劳费，中外禔福，遐迩同仁，洵超越寻常万万。近复因五辂之陈，渐宜修饰，所司以闻，奉谕停止。四海之富，岂吝轮舆？诚以节俭移风，自上率下，所谓贵礼不贵物，以实不以文者，殆有合焉。

西旅贡獒，太保陈戒，以象例獒，奚啻倍蓰？仗之列象，与仗马同，重不如辂，阙亦何伤？况乃无阙，裁足斯可。拟请自今以往，缅甸十年之贡，但纳缅地所出器用，驯象停止。其沿途省城宴劳，至都发赏衣物，悉如其旧。所过州县，毋纵毋侮，以礼接遣待。再过十年之后，由部寺查明现存象只若干，实不足仪仗之需，再行核实数目，由滇采办。十年之间，少数象耳，然于旧制无损也，国体无伤也。仪卫之设不缺，缅人之利未失也。由新街自京阙往还，夫马殆省数十万，州县赔摊各省数百金。无罢民养象之虞而民生厚，无分起护送之劳而委员少，无多象少食之虑而物性安。益以彰天子之仁，益以见中原之大，不宝远物则远人格。斯事虽细，其于我国家仁民爱物之意，或亦不无少助欤！道光二十四年秋，余已为广通令，亲办缅贡回差，并闻象去事甚悉，今又年余，将与吾民别去，乃为是狂率之论，后之官斯土者，量加采择，丐达官而奏免之，则余之望也，夫则余之望也夫！道光甲辰。

禁化牛丛论

何绍祺

道光二十四年春，余为滇南广通令，下车问俗，未尝不痛恨于牛丛也。既而思之，咎不在民而在官。次年仲冬，郑大中丞仁政行，而始有牛丛之禁。考三代时以比闾族党治六乡，以邻里酂鄙县治六遂，族师鄙人以下，使民兴贤出使长之，不必大夫士也而有读法纠慝之任，民俗以淳。三代以下，啬夫里长诸职，与今保正百长同，牧令所自为使也。上既张官设吏矣，又择民以为之长，官吏能择贤以禁虣宣化，民听令耳，何以丛为哉？天下风俗歧异，肖于山川。如闽粤之械斗，构怨兴兵，动以千百，然犹知有官也，出顶凶以弥其迹。惟滇省牛丛之立，揭竿路隅，各隶其长。或借护耕牛，或椎牛为誓，戈矛锋刃，森然以齐。所欲杀者，疾如风雨。杀恐有迹，秉畀炎火，生不知名，死不知罪，血肉为灰，惨至此极，而官固莫能制也。民柄刑矣，兵将肇焉，不有厉禁，民将安保？

惟是今日之民，犹是三代之民也，得天地之心为心，宜好生而恶杀，何以剸刃而不目逃，秉杆而不股栗？失性若此，彼其说为除盗耳。盗入其室，劫掠伤残，使吏觉之，或讳匿不闻，或缉获无期，东邻疮痍未痊，西邻寇警复至，不得已恃众敌寡，率耰耡袯襫之夫，为惩一儆百之计，号召既速，强梁日滋。而所杀者或因之以报仇，几处报仇身不死，吏无如何，而抗官聚众之患起矣。于是有责吏懦者。吏之罪不在懦也。法之立也，强盗抢夺窃贼，三等科罪，抢窃伤人，近于斗杀误杀，故首犯监候。强盗伤人，近于谋杀故杀，故首犯立决。又以金刃与否差之，部议缓实，划与斫亦甚有别，盗虽公行，往往不死，吏欲死之，又格于例，仅徒杖外结耳。军流以上，必由府申司，详院咨部取复，乃行万里。京师半岁不覆，院司题达，不厌审详，官备差饭，民备解夫，盗获口粮，生理甚足。加以处分极严，接缉难免，翻供驳饬，越狱哄监，其累尤甚。不得已避多就少，避重就轻，以不缉贼为仁，以不报案为智，而救生不救死者，或量予赔偿息事，不敢颂言诛之也。必数十人及二三命者，院司始立正其罪，而幸免不知凡几。民遭伤割，如受肉刑。盗获在监，不力而食。军流到配，或肆或逃。怨怒浸深，乃设丛法。无怨怒者，因缘效尤。虽欲禁之，其乌能已？

曾子之言曰：如得其情，则哀矜而弗喜。今之吏当自责耳，于民乎何尤？不尤民以制民，殆宜化牛丛以为保甲。今之保甲，虚贴门牌，隐匿不知，迁徙不问，徒饱胥役，即诩善政。民病盗喜，官乃恬然，保甲不任受过。诚使为民牧者，召彼父老，及尔士林，各列村名，自呈户数，按户多寡，择立甲长，俾司督察。余为散甲，大村一村一甲，小村数村一甲，明定条约，给之印牌，格杀者勿论，枉杀者必惩，人赃并获者赏之，拒杀报名者注之。岁时晓谕村民，矢以情性，道路严密侦伺，壮以声威。民知官之除暴也，虽昧天良者亦悟，私刑收而公论出矣。长官不事深文，但令速结，实有积恶昭著、昔逃今获者，邻封前任或恐未报干议，府县夹单禀闻，许以便宜从事，如龙陵边地之法。新案现获、情罪稍轻者，照旧尽法惩治。官恃法之得行也，虽赋懦性者亦鸷，国威振而民气柔矣。官即烦苛，谁诬良为子孙祸？民即恣肆，谁抗官为乡党仇？而守望相助之心，仍固结而不解，纵不若古之保甲，因牛丛而正用之，不禁亦奚以为？

昔百菊溪相国之治楚也，沿湖悬贼首而荆襄平；周敬修制军之督漕也，随地正法而漕政肃。虽非慈惠之师，似宜节取申戒。要而论之，官与民皆非得已，与其恻隐乎盗，不若恻隐乎民也；与其授生杀之权于民，不若授生杀之权于吏也。吏不禁盗，又使民无损盗焉，亡是非矣，而告讦谤讟之风将作。余宰斯邑，综查汉回夷民九千六百五十七户，分为五十二甲，不任胥役，绅士耆民于于而来，请充甲长，谨厚者亦复为之。准行之条六，不准行之条七，无复立牛丛事，盗亦潜遁。因事听断，以孝友慈良谕之，犷悍稍减。惜冲衢差冗，未易时行乡井耳。今郑大中丞廑念民瘼，谆谆告戒，正官民受福之日。余局于职守，不得日侍左右，辄敢谬为斯论，以备览观焉，不审同官诸君子谓何如也？

苍髯叟传

罗正维

有叟支离于山谷中者，无事常披甲立，髯飘飘下垂，好苦吟，捻断不甚惜，嘻，亦奇矣哉！上古时，衣食宫室之制未兴，叟族早盛，利赖苍生甚夥。夏禹治水至青州，见与怪石杂处，下车揖曰：不见叟久矣，而匿居于斯，其何以备帝世栋牖之用？故纪叟以志一州之瑞云。

秦祖龙登泰山封禅，叟五人作伴，奋须自若，傲不为礼。会风雨大作，祖龙休息其下，因翼蔽有功，拜封五大夫，叟夷然不屑也。性孤峭，好与知名士游，士亦欣然就之。晋陶潜辞彭泽归，交游杜绝，独与叟盘桓，置无弦琴以自弄，味淡声希，叟尝遣其子落琴床而窃听焉。丁固偃卧，梦叟压其腹，喜谓人曰：叟，人瑞也，压吾腹，吉兆也，十八年其为公乎！后果如言。盖叟好与豪杰徘徊，故寤寐中犹通以神也。世有科头箕踞、白眼看人，往往倚叟为羽翼，叟亦掀髯长啸以助其狂。潇洒侯黄肠翁，叟订莫逆交，每花晨月夕，作涛籁声，作讽咏声，作笙簧声，与鸟声、泉声、僧磬声相响答，则山鬼听之怒号，而骚客亦因而兴发不已，顾叟益自豪，大鼓须髯不知其几千万落。夫时未至不知才之大有用也，势不穷不见节之锐且坚也。

世际繁华，东皇柄用，百态争妍，富贵场中，若炙若沸，佳人公子，车马踏游不绝，而叟支离杂处，貌古颜苍，世眼少顾，叟亦无求世顾者，掀须长啸，暗淡自如。一旦偶经挫折，百态全消，游场阒若，叟仍大鼓须髯，形状如囊，余子瞶瞶中，始悟叟之才与节也。叟固历人事之盛衰，世态之炎凉，而不变迁如此哉！叟既不与侪辈合，而怀材欲试，尝自吟曰：或干青霄，举头超超。或化为龙，霖雨遭逢。或充国栋，工师选中。或作舟楫，巨川利济。吟毕，仍掀须长啸于山谷中，以待世之能物色者。

论曰：吾读《鲁论》，至《岁寒》章，辄喟然叹也，曰：古所称忠臣志士，磨炼益坚，不与凡类争显晦者，其苍髯叟之流亚与！尝过徂徕访族类，窃叹大才有用于世，其钟毓已自不凡，及观其静居山谷掀须长啸，知此老胸中自有兵甲，早暗笑余子之空争荣落于一时，吁丁谓与寇莱公拂须羞贻后世。矍铄哉是翁，虽为之拂须，所欣慕焉。

委丈告城隍立誓疏康熙五十八年　龙佳荫

盖闻有觉必先正邪，难逃于鉴察；无微不照报应，即兆于形声。敬然宝烛，虔誓莲台，恭惟邑辅德城隍府君阁下，位正冥廷，职司民牧。阴阳权衡，佐燮理于帝世；祸福临降，示刑赏于人间。分虽隔乎幽明，心切保此黎庶。某等乾乾夙夜，尝有怀仁抱义之思；区区士民，亦矢同忧共乐之志。今值圣天子湛恩汪濊，愿民力恳，例定六年升科，复蒙仁使君廉声著闻，举直监临，分行一里巡丈，敢不锐志澄清，委身报答。窃思任土作贡，自古已然；则壤科粮，于今为烈。诚恐氄氃竖子，身居王土，计避国徭，或有傝俉鄙夫，名列公正，术工市贾，惟知图盈己壑，竟尔罔恤人膏。匿影藏形，瘠薄等赋上之赋；挂一漏万，膏腴剩田外之田。获若辈之五铢，不难移甲而换乙；藐当事之三尺，任其避重以就轻。履亩则上潠诡言下潠，犹是周家土地；注册以千缗臆造十缗，竟忘汉室山河。似此钱可通神，何以均四十七里之苦乐；如彼情铺满纸，无由定五十九年之科征。盖由似水之心，或夺于顾忌；如雷之力，遂狃于回翔。非有大慈悲具菩萨之行，兼以猛担当负象罔之雄，岂肯质直而奉公，终以憸伪而罔上。用偕侪友，共立誓言。辞暮夜之黄金，窃欲惩一而警百；表平居之白赉，相期正己以率人。剔数百年前之堕粮，当法田舍翁之鲠直；清亿万世后之包赔，莫效吕丞相之糊涂。亩以形编，虚形实形是核；粮从田起，山田原田宜均。履斯丘塍，毋苦为一倍三而三倍六；图兹格式，敢妄作寻减尺而尺减分。审视端详，漫云伸缩任我；注誊明白，猥曰勾补凭空。傥或规利徇情，必非修洁怀清之良士；若其忘私还璧，庶几爱民体国之贤才。披肝沥胆，信臣言之不诬；赫声濯灵，惟神明之是鉴。

募七圣祠神鼓疏

陈士元

泗洲寨七圣祠者，金光七座，香火千家。有法鼓之西悬，与灵钟而东应。敝忽同夫鱼笱，谁巩黄牛；蒙难借以虎皮，空飞白鹄。纵击壤中天之世，无不平之可鸣；而迎神大蜡之期，奚有响而斯应。是宜义取诸革，更谋倡首之功；物象维丰，不假细腰之制者矣。然而鼓原动众，钱更通神；傥少蚨飞，终难鹭振。肩非并力，掌任孤鸣。此间九姓十三户，紫尽成标；安得五铢半两钱，青皆入选。庶使当头一架，坎坎宫商；入耳三挝，渊渊金石。入庙而先闻肃穆，感神而终听和平。风前雨点，晨催塔院之花；烟里雷鸣，暮答香山之磬。某将学南郡铭铜，齐镌姓字；公等如临平扣石，永震声名。

讨旱魃檄

魏瀚

谨按旱魃，赫炎成象，戕杀为怀。肆酷烈于黍苗，煽淫威于草木。为鬼为蜮，敢殄灭之靡遗；如惔如焚，实肆行而无忌。诗人虽讥其为虐，史氏未讨其多辜。彼爰居逐于东门，飞廉戮于北海，凡为民害，悉膺天诛。尔独为漏网之鱼，益造弥天之孽。五风十雨，玉烛原调；东作西成，金茎自茂。方谓如膏有庆，谁知挥汗难期。赤日流金，不见商羊之舞；丹霞灿锦，宁有石燕之飞。瞻蝃蝀之在东，尚横梁于碧汉；仰珠斗之垂北，俨悬柄于青霄。蚁穴未封，垤上安能鸣鹳；焦明不至，波间岂得喁鱼。雷电不作于空，青天之火鞭何耀；毕星未离于月，苍生之狼顾堪怜。舞巫而不洗焦枯，焚尪而莫苏干燥。积薪县令，不施沾足之甘霖；辨狱使君，莫致随车之元液。柳枝泛蜥蜴，谁呼蝎虎之冤；桑林祷土龙，空沥白马之血。云峰未起，虽祭石而无灵；火伞方张，望覆舟而何有。任其渍穴，徒尔迎龙。河伯有权，西海不驰童十二；泰山何忍，东国难遍雨三千。龟卜无占，水泉不动。用机心不如神力，桔槔之巧几虚；劳人事犹让天工，霡霂之濡竟吝。是皆尔为之祟，尚云谁致此灾。委命于爽鸠，首领莫保；束身于司马，大辟何辞。宜同野狐之诛，应等妖鸟之射。夜飞紫电，须令头白三军；袖有青蛇，直教法行千里。追风捉影，不徒令见豕负涂；除害去凶，又何必画龙致雨。

节孝勘语

锺昌澍

查勘得故儒周龙衮之妻赵氏，妇仪丕饬，女德克贞。十九始赋关雎，廿二即歌寡鹄。称未亡而代子，孝养无惭；抚遗息以承宗，爱劳备至。或谓贞柯不改，永茂后雕之松；曷图孝笋方抽，旋折孤生之竹。文伯丧而敬姜抱痛，李密孤而祖刘是依。两世皆孀，一肩独任。为祖而兼为母，饴共熊含；谷子而又谷孙，谋真燕翼。素丝比洁，矢冰操者四十四年；白璧完贞，阅霜辰于六十六载。舆评允协，旌典宜加。

祈雨文自记

何绍祺

关圣帝君之神位前曰：天心育物，惟神司化以代天；帝念恤民，惟神奏功而协帝。在广邑久崇禋祀，实群生共赖成全。乃长至之届期，尚分秧之无几。官寮悚惕，士庶惊惶。绍祺捧檄此方，扪心尤愧。念奉职之无状，伤氓庶以何辜。窃惟神武有不杀之心，岂阖邑尽宜饿殍；而愆罪无分尤之理，祇微躯合受灾殃。伏祈特赐鉴观，普施优渥，驱旱魃而投之冥漠，苏良苗而予以渟涵。绍祺及同寮士庶人等，不胜激切待命之至。

观音大士之神位前曰：惟佛门理本慈悲，而菩萨慈悲尤大。惟下士恒多苦难，而旱干苦难尤深。念广邑原硗瘠之区，况夏令乏滂沱之泽。良苗将槁，黎庶何依。总由宰斯土者丛积愆尤，遂至畋尔田者咸遭谴怒。窃惟神光所照，天地同昭，果报之来，因缘自致。此实一官之咎，岂真百姓之辜。伏祈超度及时，遍洒杨枝之润；顺成有赖，共承莲座之恩。绍祺等不胜激切待命之至。

本县城隍之神位前曰：呜乎明神，与绍祺同守兹土者也。绍祺不德，丛积愆尤，黎庶何辜，并遭旱虐？惟神聪明正直，上与天通。庇佑连年，谴怒今日。念上帝有好生之德，岂阖邑皆有罪之民？绍祺等蒿目增伤，葵心难慰。再过两三日，良苗无可救之时；看此万千家，何处得谋生之计。伏望威灵俯鉴，驱旱魃以无踪；优渥频施，卜丰年之有象。望君如望岁，官庸则专赖神明；养民如养儿，疾笃必号求父母。凡诸殃咎，悉归祺身；得荷恩膏，稍苏民困。绍祺等不胜激切待命之至。

时余到任五十余日，亢旱皆成赤土。连日步祷，靡神不告。再求城隍，读此文时声泪俱下。及回署，密云忽兴，甘雨立澍，岁乃大熟。后邻境又逢灾疾，伤人无算。余默祷诸神，界内全无患苦。又如豺狼之驱，一夕而尽。似皆城隍威力，神之当敬畏如此。

昔人谓堂上有神明，儆民实儆官也。余初莅任，移交卷内有所谓子孙案十七起，询之老吏，谓此等案积控多年，实难断结，请无动。然新官至，必互控。余不谓然，誓必结。随控随讯，三月而毕，相与涕泣叩谢去，云自此无拖累矣。然讯时遇疑难处悚惕，凝思辄有神助。如马国泰、翁和及夷民者姓合族争山田等案，皆触发历年，弊混密情，一讯而结。大慈寺僧师贞等控失巨产，康熙时碑册宛然，忽觉册内数页字体波磔稍异，始悟碑在卖先，册添卖后，被诘骇服，前实贿串混真耳。此外或造契重印，或抽卷另翻，不一而足，初讯时不料如此。吏民惊喜，谓真有神。噫，神有心邪？心即神也。神不可欺，心可欺邪？余因是益敬畏矣，笔之以为他日勖。

湖南文征　卷一百三十

赋一

浮槎赋并序

王岱

乙丑七月七夕，海中飘来巨木，长七丈，围一丈二尺，中空一丈。不知何木，抑天孙渡汉之具，抑博望泛河之槎。余以散木苦海无涯，是物之来孰灾孰吉，因为之赋，其辞曰：

慨灵槎之神异，破万里之长风。越龙藏之浩渺，经岛屿之硋舂。始何年而托根，既何年而郁葱。终何岁而摧折，复何岁而飘蓬。抑自南而自北，抑自西而自东。抑随波而荡漾，抑有择而过从。傥旃檀之珍干，胡彳亍于泥中。傥樗栎之散木，胡天年之不终。汝其若木碍日，烛龙火攻。汝其桂影蚀蟆，吴斧摧锋。汝其夸父弃杖，邓林成丛。汝其壶公遗竹，葛陂腾龙。汝其西川古柏，寒通雪山，气接巫峰，应柯铜而根铁，垂劲节于锦城之东。汝其齐州苍松，秩加秦世，名擅岱宗，自帝封而王禅，长飞翠于碧霞之宫。何乃形枯膏竭，枵腹中空。没入汩出，汗漫疏慵。岂龙门之百尺，为爨下之枯桐。藏韶咸之音响，配广乐于窿穹。岂孔林之独桧，为突兀之龙钟。关隆替之运会，纪历数于洪蒙。故宁为惠瓠之无用，弃置于无何有乡之野，耻似禹梁之幻化，雕琢于运斤成风之工。

案府县志，岱为广东澄海令，得大木，作《浮槎赋》。斧其木，构灵槎楼。岱卒，澄海人祀岱木主于楼中。又案张陶园诗集有《灵槎楼歌》，亦令粤中时为山长先生孙某作也。汝怀附记。

造斋赋

江有溶

黄子占牧寓书于谷尚氏曰：近构小斋，取名曰造。进德修业，是用远告。矢就将而弗遑，恐岁月之奄耗。扃庭户而静栖，避市城之喧闹。

谷尚氏曰：善夫古人之为学也，必择地而蹈焉，皇皇如有求也，以自适其好焉。占牧弱冠能文，克家惟肖。探理窟之渊源，寻乐地于名教。涵泳杜陵，临摹逸少。固已才美雕龙，文成变豹者矣。而犹慎惜寸阴，咨询既耄。载酒则云亭竞奇，谭经而平子绝倒。有如此造斋者，环湘流，对麓峭。几净窗明，花吟月啸。左右五典三坟，前后笔床茶灶。风雨唔咿，晨昏却扫。揖曾闵于崇阶，等美富于清庙。汇江海于百川，殚情思于众妙。堂下董子之帷，囊映车生之照。当其会心言表，如宿雾之顿披；若乃得意豪端，争片字之居要。乐慈孝友恭之天伦，严鲁鱼亥豕之雠校。庶几法古之孳孳，而务实于慥慥乎！是故无者可造而有也，搜六经之不言，穷百家之未眺。偏者可造而全也，吐腹笥之绪余，作后来之引导。勉者可造而自然也，浑思乎择执之劳，体备乎仁智之乐。虽然，占牧之以造名斋也，犹有隐而未发之义焉。子舆氏言君子之自得也，曰深造之以道。所谓道者何也？登高者不能一蹴而跻其巅，行远者不能数步而穷其徼。历层累而后达于渊泉，陟垣户而后升其堂奥。囊砥砺于竹窗，每申训于勿躁。今服习于名园，望圣域焉必到。志先戒乎因循，情尤防其逾踔。俟一旦之豁然，毋薄收其近效。惟渐诣而徐图，斯功纯而修邵。行将定天禄之藏书，早已分藜光之晃耀。是谓正谊不谋利，明道不计功，如良农之勤苦而不期报。及其居安资深而逢原，岂为德高天下而不有，业被生民而不较者乎！深造之以道也，占牧之所以为学，而即子舆氏之所以为教也与！

道林寺赋有序

赵而忭

岳麓山在长沙城西，临江渚，乃衡山七十二峰之足。山上下皆置书院，旧为朱张讲学处。江岸有道林古寺，起于六朝，盛于唐，阐于宋，时因紫阳召诸舍人讲书其地，寺即中颓。昔贤诗云：此是前贤古书院，而今却作梵王家。我来登眺不胜慨，独倚东风数落花。至明正德间，寺寻废而莫可考。噫！今日何日，复思门开洞庭之野，殿插赤沙之湖，安可得耶？余偶披山径，忽见茅庐，惊异交集，爰记篇章，赋曰：

溯回雁之多奇，下绝尘于灵麓。峙紫雾以城头，粘白波于江腹。顶设岣嵝之碑，面引筼筜之谷。想殊异于山林，岂人间之可以结屋。爰有道林，盘纡峰曲。一派水流，半房山宿。香满凉烟，光浮慈烛。玉泉之南，于斯称淑。尔乃禅风坠地，慧日停虚，材分四院，旧有湘西、城南、惜阴、岳麓四院。石落重湖。珍珠之桥烟灭，琉璃之井荒芜。雁回峰而无塔，鹿衔草以何厨。广殿三千，尽化火莲之宅；长廊五百，空留冰苣之嵎。想毁祠以正教，岂逃墨而归儒。则见雨溜松围，霜摧竹节，苔没梢云，庭飞米雪。牛过法王之窗，虎行罗汉之穴。走异兽于人形，藏奇鬼于佛阙。异哉此寺，废在何年？吾闻野老，昔最暄妍。当梵王之初托，甚崔嵬于竺乾。红霜湿鸳鸯之瓦，丹星缀蝴蛛之椽。虚堂郁朴，方丈回连。宝阶霜洁，绮壁霞鲜。念佛之青鸟可听，驰经之白马翩然。且也带橘洲，环枫浦，罗八景，瞰三川。烟钟互答，曙鼓遥连。开崖架广，刳竹流泉。对灵花于芷岸，收香粟于荑田。多南朝之四百八十，胜北魏之一万三千。顷乃山化普陀，僧来沧海，闻持沁暑之珠，能穿忍辱之铠。杰立孤岭，从修飙霭。浴土藏真，诛茅驻彩。起宝甃于封岩，得残碑于半垒。抗五愿以三摩，耸孤肩而千载。悟麓草之可依，何湘竹之非自在。噫嘻！国游苍鼠，城托红鳞。降柏之梁，夷为柳椰；翦桐之叶，入彼桑薪。且教传绮食，数涉波旬。堂殊东观之制，像涂西域之神。桑田为变，岂仅元津。昔者客过韦蟾，吟忆苍梧之野；游经韩愈，诗传青草之滨。壁上风流，分留杜老；树间秋色，继响元人。藐兹禅刹，犹肇朱垠。痛古今之泡影，幸题咏之璘珣。于是占霜柑，避火旻，花浮水盖，草列山茵。长斋绣佛，开偈为邻。信逃禅中另有天地，而好静者绝无冬春。不然构梦怀新，争万里之道，反朴仆乎百年之身。

二酉藏书赋

米云巍

维洪钧之停蓄，聿钟灵于山谷。分二酉之崔巍，昭奇辟于岩麓。地窍深兮玲珑，天窗启兮耀煜。绵沙田之万顷，密石磴乎千曲。引高人之频游，致藏书乎万轴。宝彩凝而亘古流徽，缃帙陈而亿年堆玉。

尔其灵光静照，缥影长函。驾层崖而直上，羌飞鸟之莫探。卷星铺其历历，楮鳞集其参参。萃奇文兮富网罗于瀚海，累锦籍兮储邱索之渊涵。甲乙丙丁，起石渠之裒订；经史子集，藐秘阁之收含。夫且宝焰腾，琼姿启，蔼烟岚，浮金紫。伴石乳其泠泠，披藤萝之缕缕。烂若卿云，润如甘醴。乍仰视而徘徊，俨左图而右史。绝人迹之攀援，齐天根之霞起。斯诚天地不朽之观，而造化藏珍之邸。

然而名山石室，所在多秘。紫盖呈奇，朱陵萃丽。水五彩以波流，石双飞而燕坠。桃花泛出，竞传鸡犬桑麻；穴鹿逐来，快觌床梯橘荔。幻龙岩之九人，奇天花之六出。此南楚之一隅，固久传其双异。又况神区萃璧，瑶镜铺金。八埏之广，六合之深。岩壑蕴其胜，宫商储其音。玉阙琼楼，天台莫方其形状；霓旌羽盖，云华特著其萧森。层甲密鳞，宛正宗之卷轴；东花西实，讶葛氏之璆琳。环者如堵，高者如岑。树者如柱，横者如琴。二洞虽别，双屐同寻。景岂能分于大小，名无改于升沉。斯皆天造而地设，故能诩古而扬今。

然衡乾则推大生，语坤则曰能简。彼山川之胜概，于世安穷；独艺苑之遐思，引人殊善。烈莫烈于秦氛，高莫高于善卷。迹其遥览遐搜，穷深极远。沿清流而溯洄，造五溪之委宛。安神境兮幽栖，扃琅函兮万选。于是春驰秋易，汉逝唐沉。云封兮寂寂，烟锁兮阴阴。卧碣缤纷，空载云迷之慨；崭岩横直，长任苔痕之侵。

惟夫旷怀逸士，嗜古儒林。雅慕登临之趣，思从岩穴之深。或清流之冥涉，或红炬之烛潜。直达窈窕之室，得窥金石之吟。噫嘻！造物之幻，实毓其奇。韬珍敛瑞，非龙非彲。百灵为之呵护，众蟞助其屜屭。穷胜境之叵测，幸仙迹之犹遗。聊挥豪以抒写，敢自信其参稽。思绘情于浩渺，祈永布于来兹。

洞庭湖赋有序

张明先

盖闻百神受职，河随岳以怀柔；重译来朝，海静波而效顺。崇川泽之祀典，位比诸侯；纪水灵之嘉名，人称河伯。然而四渎长江为长，重湖洞庭为先。读《禹贡》书，九江载于荆域；览《战国策》，五潴志在岳阳。则是洞庭一区，遂兼全楚诸胜。夫七泽三湘而下，地既湿卑；赤水青沙之间，水相吐纳。春生夏涨，雪消巴蜀之山；日盛月增，泉注黔阳之岭。惟众流之悉合，识万派之攸同。伟矣波臣，遐哉水国。明霞焕彩，涟漪成绡练之章；旭日凌晖，锦浪蹙金珠之色。泳游鳞于贝阙，舞介士于琼宫。遥天飞万斛之舟，匝地朗层霄之月。螺盘水面，黛生十二烟寰；蚌展湖心，光现三山宫殿。吞云梦而八九，干气象以万千。江城落铁笛之梅花，洲渚拾金闺之瑶草。唳云间之孤鹤，朗吟仙子朝飞；奏天上之众璈，张乐轩皇夜渡。渔歌互答，尽是文章；沙鸟群啼，天然箫管。曩者王师连舰，水效灵以宴清；天使持旌，神享祀而来格。豆笾陈处，十五郡草木馨香；纶綍宣时，七百里鱼龙踊跃。自时厥后，水无泛岸，农夫免昏垫之虞；其在于今，风不鸣条，舟子有安澜之庆。孰非上承天道，仰协宸衷，报国家以和平之休，跻宇宙于仁寿之域者乎！臣僻居楚地，生长湖滨。心域见闻，浩渺难窥大海；身承润泽，汪洋久溢洪波。思夫名山大泽，必有记诵之章；矧兹九水三江，已底平成之绩。用援豪而赋事，亦即景以摅情。其辞曰：

夫何洪流之灏渺兮，实众水之所经。稽巨浸于南服兮，有异乎洞庭。汇百川而吐纳，并四海以效灵。日月于是出入，天地为之清宁。水平远而浮绿，岳遥立以凝青。抚元化之无极，俨太古之冥冥。尔乃吸澧呼湘，含江吞汉。辰酉各方，沅朗同贯。资溆流而派长，元渐出而势涣。藐彭蠡之奔湃，小具区之浩瀚。风乍静而湍飞，雾旋收而烟乱。□□□□□之涛，浴日卷鸭栏之岸。望之而莫识其深，测之而难穷其畔。洵楚泽之雄观，岂沧江之微澜。

若夫雍澨余波，新墙异派。千峰浪出，万木云霭。渊迷黄牯之潭，湍急双牛之濑。布袋响以潺湲，木穷幻乎神怪。水或氿兮或溢，沙忽散兮忽溘。纷百态而千形，又孰知乎六合之外。山则龙堆磊石，九马巴丘，石门玉笥，神鼎鼓楼。圆石似水面之觳，扁山若湖口之舟。或对峙以列嶂，亦叩声若鸣球。蟠君山之鬟髻，扼城陵之咽喉。几凝岚而沫黛，共砥柱于南洲。地则湘东朗州，武陵桥江，容城下隽，昌江作唐。阖三郡与八邑，混此界而彼疆。亭留赤松，台传轩皇。听夜雨于湘岸，览胜状于岳阳。张说出守之地，仲淹读书之乡。南通百粤，东抵维扬，西极黔蜀，北达魏梁。驿连属而不绝，人环绕于四方。草则揭车射干，澧兰沅芷，菰米荆叶，菱莼蓼蕊。寒杜若兮寒汀，采江蓠兮芳芷。叶既绿而枝青，花仍丹而茎紫。信葛蔓而蘋稠，并抽英于画里。木则梗楠杞梓，榆柳杉枫，杶干栝柏，松楸梧桐。望蓊郁于水涯，指婆娑之远峰。橘三击而传牍，筏八日以成功。是以洞宾咏老树于城南，而杜甫赋古木于堤中。鱼则江豚海狶，叔鲔王鳣，鲈鳑鲫鲤，鲅鳐鳊鲢。迎风拜戏，跃水蹁跹。鳊缩项以自若，鳣短鼻而怡然。

莫不时聚时散，或逝或旋。渺渺乎空洞之域，悠悠乎幻冥之天。鸟则鸡鹊啼露，孔翠团沙。飞凌波之属玉，翔落日之神鸦。伊鹈鹕与鸂鶒，咸伺鱼以窥虾。彼灵禽之百族，息水国以为家。别有楠精猪婆，水兕騂马，喷浪腾云，吼波振瓦。鼋挟壑舟，蛟逞平野。照夜之蠙珠来去，鸣风之鼍鼓上下。蜃楼倏出，海市顿假。乃水族之多异，亦难罄其传写。

故当其春也，沧浪万顷，弥天一碧。荡水镜之千艘，走横流之七百。睇洸漾之无垠，信蓬瀛之咫尺。惟春和之足美，讵汪澜之犹惜。及其夏也，日既丽而风薰，物同熙而景媚。泛江上之飞凫，荡云根之薜荔。睹雪浪之排空，抚银涛而决眦。莫不神与天飞，情因境遂。若乃白帝徂秋，木叶微脱。霏玉露之瀼瀼，肃金风之括括。落雁鹜于平沙，飞芦花于潦潟。湛霜镜以逾清，朗冰壶而弥豁。又何羡乎钱塘潮水之奔腾，扬子江涛之辽阔哉！冬则狞龙悉蛰，沙碛皆平。阁子出紫溪之石，汨罗落碧水之泓。讵尾闾之独泄，抑坎止以无倾。则有舸艑大舟，洲渚纵横。似冯夷之交挽，若阳侯之相争。岂牵舟而能居，宁罔水之可行。此四序所以各异，而群渎亦莫与京也。

若夫贾艘商艇，樯帆下上。去来各借长风，东西悉破巨浪。速则千里瞬息，迟或跬步惆怅。曾经旬而难渡，倏一夕之轻飏。又有仙客骚人，凭江独怃。月邀庾亮之楼，酒觅巴陵之甒。羡远渚之鸳鸯，吊芳洲之鹦鹉。团香井兮醉仙，歌沧浪兮渔父。乐化日兮西江，赋蒹葭兮南浦。凌万顷之茫然，藐千帆于片羽。既抗迹以抒怀，亦由今而思古。方今天风不怒，浊浪靡惊。既鲛室之驱鳄，且鼍窟之除鲸。朝宗合于江永，澄澈比之河清。伊武功之叠震，洵禹绩之峥嵘。波澜奠安于楚服，金汤巩固于神京。即斯重湖之底绩，益征帝德之难名。于是乃为之歌曰：

泛重湖兮扬清波，咏中流兮舞婆娑，鸣箫鼓兮发棹歌。湖之山兮峨峨，芳洲披兮青莎。龙珠宫兮夜吟，雁琼霄兮暮过。乐复乐极，愿为霖兮沛四国，颂澄清兮飏圣德。

南岳衡山赋有序

张明先

曾闻圣人照必继离，爰向明于南面；仁者静能敦艮，遂比寿于南山。玉衡环斗垣之前，荆州所主；长沙倚轸宿之侧，楚野攸分。火德文明，令专司于赤帝；寿星炳耀，光乃佐乎紫宸。山名与天象同符，玑衡度应；岳镇与地维相辅，保衡义通。宿列注生，非止一方司命；功施长育，实操万物化权。泰华嵩恒各有专疆，而南岳之幅员较广；青齐雍冀均邻中土，而楚山之道理独遥。脉发岷峨，经蚕丛之蜀道；支分贵播，历乌撒之黔关。迢递九嶷，亘绵五岭。蜿蜒八百里，青垂七十二峰，融结数万重，高耸九千余丈。始回雁而终岳麓，一后一前；由湘川以至星沙，九向九背。泉如幅练，飞舒罅隙之间；山似阵云，涌布层峦之上。日华耀目，先睹红轮于未明；云海荡胸，乃瞻紫气于中夜。匪独琼台宝洞，共萃仙灵薮泽；亦惟秘室奥区，深藏天地文章。自玉册降于神农，而祝融乃有专职；金泥锡之大禹，而司空始告成功。七十七字之形，龙拏虎卧；千百余年之后，日烂星陈。义可续乎范畴，寤开沉镒；书已启乎篆隶，智睿始皇。是以间气常钟，英流群聚。寰中四大书院，而石鼓、岳麓，共建一山；宋代几真名儒，而濂溪、紫阳，均游其地。退之既至，堂号开云；敬夫适来，轩称霁雪。斯固地灵所致，因之文教渐开。若夫巡守之规，至于南岳者，自虞及周而止；即彼明禋之典，诏自太常者，亦前与后或殊。封以帝封以王，皆非秩视三公之义；副以灊副以霍，遂有远疏南服之心。革号称神，既闻有明之详慎；遣官修庙，今睹兴朝之精虔。早颁宸翰于书堂，人文蔚起；嗣赐天章于寿域，草木辉生。臣敢不竭虑殚思，扬休颂德，用述衡湘之事，恭陈江汉之风。谨拜手稽首而为之赋。

寰中五岳，其一为衡。野分翼轸，地域楚荆。五行司其朱火，八卦属于离明。应北斗第五星，度躔不爽；居南方适中地，道里以平。称物平施，既以权度为义；辅宸佐德，更与车轼齐名。位本视乎三公，遂班阿衡伊尹；爵已高于二佐，何啻水衡玉生。

若其霖雨遍于崇朝，薰风来自夏日。雷沼声鸣，露台泉溢。振动而万汇俱蕃，沾濡而百卉咸茁。迹其为用，或泰嵩之可同；考厥所成，竟恒华之莫匹。

尔乃开基蜀道，取径黔中。千重络绎，八百巃嵸。统诸峦而称衡岳，高一峰兮曰祝融。神尊赤帝，位主南宫。次则紫盖石廪之萃嵂，亦越天柱云密之穹窿。或如双栋擎支，而形分左右；或似二扉开盖，而岁卜俭丰。余若狮子凤凰，白马翠鹫，谓形象之近类；彼夫莲花柿蒂，芙蓉石榴，亦仪姿之堪同。瞻驾鹤回雁之巅，蜿蟺可状；登吐雾彩霞之顶，清绝难穷。碧岫紫云，共明月晓霞而俱丽；青岑白石，偕香炉屏嶂以并雄。云龙云隐云居，皆与云麓相望；灵禽灵应灵药，咸与灵芝比崇。轸宿祥光，映巾紫石囷之上；碧霄瑞应，经日华金简而东。

又有安上集贤，栖真潜圣。固圣哲所经临，亦羽缁兮游泳。故会仙会善，弥陀雷祖识其名；永参永和，文殊观音传其盛。仙岩仙顶，仙聚而地以彰；天堂天台，天近而名以命。岣嵝峰外，降真掷钵之崔巍；岿岃山旁，妙高耆阇之邈蔓。惠日与朝日屹峙，更向喜阳并驱；碧云共白云参差，遂尔烟霞相映。凡诸峰之可观，总屈指而莫竟。

其峰之下，则有一十三洞，二十四岩。朱陵太虚之天，幽深窅渺；白云栖隐之地，险峻崎嵚。重华銮舆之所驻跸，文命简牒之所盖函。或灯光上耀如秉烛，或泉水下流若垂帘。境称灵异，地别仙凡。若乃五室六坛，八潭二谷，六仙岭之可登，七灵池之堪掬。古称二十五溪涧，今止十二可寻；志载三十八流泉，兹徒十九足录。因阅历于岁时，致徙迁乎陵麓。仙桥青玉，崖万仞以下临；岳岫白云，石千层而上族。啜甘泉于断石，坐致千龄；引寿涧之合流，广收百谷。

是以物产则有万年之松，千年之竹。松更以念庵落叶为名，竹别有炊甑盥盘之目。桼杉绕路，荫映森森；楠桧插霄，风闻谡谡。峭壁题舜时之古樟，瑞峰传龙形之巨木。黄精赤芝，鲜菌香菊。龙鬒为草，堪充织席之材；杜鹃名花，一似佩巾之幅。又有山鼠茆兔之群，雨虎云狮之族，能供戏娱，或资旨蓄。灵禽奏笙于高山，异鸟呼佛于曲隩。斯诸方之所无，惟兹岳之为独。

至于亭馆构修，宫观创筑，方外幽栖，游人憩宿，繁未可以尽书，琐实难于更仆。其书院则有岳麓石鼓，濂溪南轩，李泌韩愈，赵忭卢潘。胡安国一创书楼，而著述盛于父子；邹谦之特修书室，而唱酬及于子孙。韦宙开基于净福，胡铨讲学于祇园。莫不振兴儒席，坚守道藩。

其藻翰则有岣嵝异书，蝌斗奇字。石赤文青，事严迹闷。鬼魅莫得而窥，樵叟有时相值。西蜀杨子，获自碧泉老人；有宋何生，摹之云麓胜地。南岳观额，唐主手题；苍莨谷亭，宋宗亲志。岩书寿岳，本古人比寿之文；石刻仙关，传此地驻仙之事。天下名山，天下南岳，两言仍示褒崇；太平天子，万年天子，八字总成祥瑞。灵岩镌舜洞之旁，云关勒仙山之次。寿仙亭，杜老涧，一一大书；水晶洞，回雁峰，在在特记。皆足光贲山灵，昭垂奕祀。

其碑碣则自宋至元，历明迄清，或因建造而传其事，或展明禋而纪其诚。平田玉立，峻坂云横。古石断残，语犹留乎简策；新□鲜炳，事堪树为风声。他如高人之所题咏，墨士之所唱赓，连篇累牍，托兴抒情。盖自汉魏以迄近代，殆未可悉胪其姓名。

以是知衡之峻，俯视众山皆阜丘；衡之幽，遍经诸洞如宅第。衡之秀，面面皆峰；衡之奇，峰峰皆丽。瞻彼日月，在扶桑昧谷之交；现为云霓，乃蒸水湘江之际。冥鸿之所莫谕，白鹤之所常唳。则有高隐胜流，达官雅吏，乘暇徜徉，对景休憩。行纡道而神留，居徙家而籍隶。身欲返乎初衣，心如怀乎夙契。盖尝备览封疆，合观形势，近则长江九水绕其旁，远则瓯越七闽受其制。控荆州之上游，为南条之雄蔽。我国家河海冥清，山川带砺。凿齿雕题，织皮披毳，咸梯航之不遑，群贡献以无替。借兹南荆，辅我北极。岳效厥灵，神享其祭。固将奠磐石于九州，巩金汤于万世。

八景台赋

熊超

云梦之南，衡岳之北。翼轸名区，长沙泽国。妙域天开，荒郊地设。八景台兮崔嵬，三湘览兮清绝。则有骚人舒啸，游子行吟。或写行行之塞影，或伤点点之窗声。或赋瀛洲兮照彻，或指君山兮铺平。或望酒帘于遥翠，或图钓艇于斜曛。或惜白头兮年少，或嗟黄叶兮秋深。盖自嘉祐之兆台于此，固不知几歌而几咏，几废而几兴。

试望乎云拥巫山，雨飞湘浦。响金风兮湖畔，抛银浪兮水浒。洒荒祠兮五夜中，滴空阶兮三更许。夫人留兮中洲，帝子悲兮北渚。泾环佩兮瑶珰，捐衣裳兮翠羽。惊苍梧之梦断兮，援瑟凄其；同马嵬之愁长兮，淋铃酸楚。旅人坐纸帐以生寒，舟子打孤蓬而叫苦。是则阳台之误为朝云，而潇湘之酿成夜雨。

亦有波撼三巴，气蒸雨泽。扫开银汉之尘，放出冰壶之魄。荡仙舟兮促流光，吹铁笛兮助清越。珠来合浦，蛟龙之窟难眠；球滚水晶，琉璃之盘更洁。横空鹤唳，万顷澄鲜；绕岸乌飞，一轮莹彻。斯则所谓八百之洞庭，而九秋之霜月。

若夫溯流而上，积烟之中。深深古寺，隐隐宵钟。耳边初度，象外成空。来迷离兮何处，出杳冥兮高峰。初发而思深氤氲，徐传而响坠穹窿。钬钬兮穿林间之寒竹，悠悠兮续崖畔之涛松。抚虚心兮寂万虑，涤尘襟兮冷孤衷。听霜钟其非遥，觉两岸之难同。何匆匆兮不住，遗恨恨兮无穷。

至其一片渔村，半轮夕曜。晚集蓼滩以栖迟，朝傍芦林而鼓棹。一竿收江上之晴晖，千网晒船头之余照。光含断岸，桃源更辟壶天；影射残霞，海市别开井灶。渐赤壁之西沉，将素娥之东眺。遂沽酒以言欢，相烹鲜而谈笑。羌风波兮自间，而尘氛兮不到。

尔其麓峰初洗，楚雨方酣。开市头兮旭日，点山腰兮晴岚。如烟淡抹，比雾轻含。翠泻空中，张京兆收来笔底；绿浮远际，卓文君撮向眉间。笼行人而欲吐，掠飞鸟而思餐。描溪囊兮不就，图辋川兮应难。乃有身从紫塞，羽带红霞。前竦竦兮至矣，后整整兮来耶。落吴江兮枫叶，衔楚泽兮芦花。傍残星兮排锦字，步夕阳兮顾平沙。几回翔而欲下，倏敛翅而俱斜。杂江鸥兮逐队，欺野鸭兮喧哗。萧萧肃肃兮，启苏门之长啸；宛宛清清兮，弄小窗之呕呀。叹鸠妇之寥寥孤处，羡雁奴之对对归家。胡春风之促耳，遂故国以云遐。

俄而冥鸿信杳，画鹢思还。秋深吴越，人忆乡关。怀长沙兮故宇，鼓巨舰兮洪澜。闺人登楼而远瞩，稚子矫首而遐观。坐行舟兮水之曲，数飞篷兮河之湾。叶复叶兮谁者是，游复游兮女乎安。瞻帆影而狂喜，见舟子而弥欢。念风波之无恙，顿离恨之全删。睹蒹葭兮苍老，抚杨柳兮凋残。此则游人之还此远浦，而尔室之望厥归帆。

孰意冬已临，秋告歇，应黄钟而冱寒，履青女而凝结。方黯淡兮沉阴，乍飞霏兮积雪。翦莫云兮飘游，随朔风兮摇曳。纷纷兮浑沌江天，皎皎兮空明瑶阙。冻寒鸦兮宿幽崖，哀征鸿兮号中泽。湘妃之竹兮掩其斑，渔翁之蓑兮化为白。凡若此者，夫非台上之所顾瞻，而台前之所罗列者乎！

赋毕就卧，梦寐江神告予而言曰：南昌，尔故国也，物华天宝，人杰地灵。阁中之序，千秋维烈也，今子八景台之赋，其作如是观乎！言讫微笑，恍然若失。寺钟乍鸣，已兆东窗之曙色。

湘江吊古赋

陈之驻

俯营湘之澄碧兮，合潇蒸以千里。经长沙之禹迹兮，至于沅而未已。长沙故国，节戟新开。仕宦云合，轩冕纷回。爵位相先，勋名何求。惟贤哲之遗俗，渺怀古而虚忧。昔楚大夫之忠国，国视之若宿瘤。既赐玦而不返，沿下泽以迷舟。追维事始，原亦有尤。彼原者非叔孙之谋略，亦倚相之亚流。书生结习，物色何荣。乃训诃而经国，与子兰乎竞名。宜女媭之睊疾，谓谣诼以善淫。平勃交欢莫为动，唐虞德让是何心。于是排阊阖而谒帝，阍者不通。求宓妃以为偶，鸩也无摅。渔父莞尔而笑，龟策任其所从。纫香草以衣被，豁天地若无容。独其行迷未远，回首相仍。贞布古以求亡子，逆白将之烧彝陵。宗臣不可越境，热泪同乎饮冰。斯皆文字之为祸烈，良由度量之未含宏。弟子宋玉，深知夫此道，是以医不待于亡肱。既鱼龙以为饵兮，小大招其焉凭。复有汉廷年少，初出洛阳，暗结仇于绛灌，终遗恨于怀王。彼亦知翔凤遥避矰缴，岂不笑神龙何异犬羊。宣室鬼神徒见问，古井梧桐今已荒。烈士慕义，遗泽未亡。当落日之西照，俨俎豆于同堂。是以君子守道于身，知几其神。宁良贾之若虚，讵德孤而无邻。若乃帝女帝之妃，湘君湘夫人，望九疑兮未远，泣寡处兮遗筠。李白有所感远别离之故，汲冢则以为遭逼逐之臣。今古茫茫，湘水粼粼。六国自有国，哀秦者复秦。非吾生与吾事，亦何讳而何颦。

蝶筏赋

陈之驿

步出西门，郭外横塘。午日方厉，桑阴移墙。陈子伫桑阴之下，俯横塘之中。时则久旱，蒸土蕴隆。宿气不洗，肥厚生浓。积成蛙蠙之衣，顾异浮萍之踪。有风倏来，吹绿中开。薄绉似縠，蒙茸如苔。一面澄清，宽可浮杯。隔园新篁，嫩叶微点。轧白飞束，坠泾洪染。爰有小蝶，排空而下。视为虚舟，泛若浮艑。六足轻蹲，双鬓低偃。元眸端然直视，粉翅翕其不闪。叶触芥而裴回，蝶沉醉而骄蹇。予不知其趋之所向，猥经守而忘疲，类登高兮送远。其寂寂若反照，暝安禅以入定；其沉沉如有思，闷弈棋以无言。汲黯卧理淮阳，多所休暇；曹参勿扰狱市，释彼烦冤。

或曰小不乘大，重不附轻。使壮夫履薄则怯，童子御车则惊。维体分之相得，斯独抱以盈盈。或曰平平止水，有叶飘零。栩栩化物，采莲娉婷。既无击汰，安所扬舲。独坐容与，百虑鲜澄。使其在江河，一波一隤，若拒若斥，方手足失措，又安能澹荡以遗形。或曰此蝶隐者也，众香国里，莩芥园侧，乍染指而茹英，比鹦鹉之残粒。推俸邑与奔蜂，学公子兮让国。一丘一壑，无欲自足。或曰蝶无心者，故能忘机。王道勿恤得失，南莩齐等是非。地何险而何夷，生何来而何归。既为天地之尘屑，视委形于脱衣。

予则谓人有所挟，匹夫抗权。蒯通上见高祖，狄梁委事则天。阮籍狂醉嫌疑之世，元龙倚迹暴雄之边。斯人皆中有主故不慑，智尤足以自全。岂惜彭祖观井，惧蔡姬荡船。彼飞虫以六合为家，遍舞为缘。绝气若愚，大道通元。不见夫之罘之为海岛，湘山之对洞庭。长郁栖乎乌雀，亦往来乎仙灵。纵使土解而石坠，彼则魄举而魂升。少焉蝶厌久呆，超然太清，予亦兴尽，独返乎柴荆。众嚣嚣而博议，孰诡词与得情。

乱曰：蜾蠃之负子，尚不如腐草之萤。黄姑之守瓜，尚不如绝迹之羚。蝶有缘以为乐，非御气而游行。以此愧乎点尾之蜻蜓。

浩然阁赋

易宗洛

吾里潭市之北岸，有阁岿然，负山踞水，耸壑昂霄，气象万千。癸丑秋日，与客息游其上，蹑磴而登，周回四望，客顾谓予曰：美哉斯阁之以浩然名也。浩然者，其境旷，其地逸，其致空明而澹远，其况飘淼而洋溢，是造物者之无尽藏也，而吾与子所共适。子固主斯地者，山灵乞子笔矣，子盍赋焉？余于是吮墨含豪，呵砚走纸，据案疾书，自忘工拙，而赋之曰：

潭市之有浩然阁也，崎嵌石罅，吐纳江干。悬崖展翼，绝壁舒冠。俯瞰潭阴，高出云端。天梯恣其逶迤，石磴沓乎际蟠。山亭亭而起立，水潺潺而弥漫。舟参差而来下，鹜夭矫而欲团。草菲英而拂岸，花葱馥而抚栏。士女金莲而浣石，儿童鼓枻而竞湍。渺亭台兮摩汉，环日月兮转丸。分湖南之胜境，剖龙城之巨观。前则祝融晨秀，荆紫夕曛。横岚拖翠，落霞宿醺。卓笏兮班联序拥，列屏兮彩烂氤煴。恍闻声兮回雁，忽醮笔兮开云。后则韶山拥骑，褒忠附臂。叠万巘以嶙峋，罗千峰而陆离。涧蜿蜒而汇流，石峥嵘而赑屃。吊望张乐之野，回盼衔书之翅。拟仙子兮下来，想风音兮遥寄。洵山川之绮丽，亦境地之妩媚者也。

客曰山川丽矣，境地媚矣。斯阁之立，百尺岌岌。水石相承，阶不可及。子欲穷斯胜也，亦盍排闼而入，历境而拾？于是响蹀屧，步徙倚。启朱扉，破苔阤。招同游，拂净几。金碧辉眸，炉香芬齿。礼西方之圣人，拜美髯之夫子。尘襟为之顿浇，俗缘于焉尽泚。

已乃辟棂户，倚槛栊。挥锦囊，展诗筒。罗万象，启百聪。抚青碧，瞰苍穹。纵一览，豁双瞳。潭影兮澄寂，石壁兮巃嵸。鳞瓦兮耀日，翚檐兮临风。上下兮轸辐，东西兮冥濛。身置兮无地，眼望兮欲空。

则见烟树历历，翠屏展也。波光滟滟，玉壶湛也。凫鹭泛泛，汀渚狎也。渔舟信信，欸乃歌也。钟声窅窅，客舟唤也。原田每每，缫车鸣也。驿亭逐逐，尘坌走也。古渡青青，杨柳折也。栋云霭霭，南浦飞也。帘阴莫莫，西山卷也。彩虹袅袅，画栏绕也。明星垂垂，江潭落也。而且晦明殊候，阴晴异酬。邈寸管之所得，愧万景之莫收。于斯时也，余方触绪遐寄，览物旁搜，固已志适情移，目旷神休，心游湖海之外，身踞元龙之楼者矣。

客乃怃然而叹，哑然而笑曰：有是哉！子之为是赋也，其亦工于状浩然者矣。吾其具只酒，乞地灵。钟人杰，叱六丁。取于椽，破荒冥。藻思艳发，助子之伶俜。

上湘学宫赋

简自采

咨素王之挺生，走绂麟于鲁殿。响木铎乎东周，拥百城而南面。代庙祀以不替，植楷模于在泮。家弦诵而四术风飙，人礼让而六德星焕。若夫圣道榛芜，学舍园蔬。委诗书于草莽，举斯世而沦胥。抑有课试家法，杂遝三雍。探策讲义，篆刻雕虫。才不玉器，性不金镕。类败干以沃叶，如凿基而益墉。何取于书生与博士，乌足以化俗而易风。今日者缉礼裁乐，德教流行。祭菜鼓箧，学校光亨。圣天子题额分颁，贤宰执赞颂相承。嗟吾学之颓敝，佥修葺其未能。良有司心念斯文，图新理旧；家大人身任其事，手画目营。余小子乐其盛而观其成也，请为之赋曰：

伊学之在治西也，带涟水，面东山。风光掩映，青碧回环。叠翠巘，倒狂澜。笔海澎湃，词锋巑岏。象太古之静远，结元气而曲蟠。斯固吾学之大观也。夫何规制湫隘，龟蜗局蹐。岁晚峥嵘，碧赭剥落。虽萃山川之秀气，无以壮庙堂之岳岳。爰仿制郡学，屋舍纵横。空虚豁间，气象开闳。尔其櫺桠□櫨，不胜宗榴之任；圆棝□□，堪为梁栋之荣。绘粢藻棁，樀楄雕楹。文梍饰棱，镂檐华桭。丹黄垩黝，构玉结琼。步檐巘巘，反宇亭亭。乃其设砌阶闳，埔墀蜓蜓。铫耨划削，左右埴平。回栏周槛，爽垲明晶。及乎东西庑峙，箕斗分形。皓壁杲杲，云楣霙霙。骈罗俪钩，规错矩成。纷闻闻其寥□，标正正而光明。至于□地为沼，澄澈滃宏。□漩泮藻，馨发兰蘅。飕飗兮风飘，霳霸兮云停。块□不染，朗昼辉晴。凡兹规制，备极经营。位置精巧，莫可殚名。

入斯学也，凡我同志，及汝相规，思圣人之典则，仰大道之昭垂。愿安陋室，泌水栖迟。愿毋慕厦屋，奔竞驱驰。愿效戏彩堂，绕膝解颐。愿媲花萼楼，鼓瑟吹篪。愿为精思亭，息卢忘机。愿为平泉别墅，呼月浮卮。纷累累缔造，仅宫墙以内之一基。信安身以托足，夫亦贤可轮、圣可追。由是置身隆儒殿，衣冠惹御炉之香。待诏金马门，珠玉生殿陛之光。校书天禄阁，艺苑笙簧。赋诗柏梁台，抽佳句于锦囊。置身集贤院，德星聚而阳曜阴藏。举世所为天衢与云路，必由于贤关圣域而正直平康。此盖大君子体君相修学之深意，而吾党心盟之而不忘。

歌曰：山崆峛兮云悠悠，水瀊瀾兮风飕飕。卷波澜兮裹翠微，学峰秀兮文江流。又歌曰：庙貌维新兮景仰仪型，楩楠杞梓兮王国之桢，鸾旗芹藻兮钟鼓铿鼞。义为路兮礼为门，由斯道兮守吾贞。

镇龙阁赋

孙起

爰有楚国先生，郢中丈人，采屈宋之遗韵，步左倚之清尘。锥处赵囊，利脱毛公之颖；美斯鲁椟，蚤沽席上之珍。拔竹箭于锦江，夸子虚之逢得意；登弓旌于金马，羡圣主之得贤臣。士喜昌黎，赋送穷于国子；名高子厚，遭弓影于司云。于是谢径中条，驱车下泽。齐怀葛天之氏，种树柴桑之宅。遗世独立，游造物于最初；与汨俱出，观元牝而自得。虽真人天际想，久委运于盈虚；乃多士汇征缘，实眷情于邦国。

聿从兰薄，徐步蘅皋。考白华之遗址，玩龙索之消摇。接蠡湖而承溜，背沧浪而分条。顺橘州以播气，推洞庭以受潮。幸高坡之返顾，若海口之金焦。地虽胜而待人，迹可寻而匪遥。遂衍震隅，获擅吉壤。布蓍定墨，平衡审象。荣观宜鸟革之翚，福地称琉璃之网。倡而不和，出陆贾之籝金；高而无危，挺武皇之仙掌。中天华阙，非大士而何以当；上界琼台，偏阁浮而无两。

始于渊献，迄此执徐。龙䍤回而数见，土膏沍而大舒。穷输般之绝技，罄工倕之巧思。乍霞驳以云蔚，似电煜而星驰。览若木于东户，指雪岭于西楣。扪鹑火于南荣，望龙沙于北扉。睨衡霍之培塿，覆洞庭之一坏。眩极目于嶕峣，俯回阑而下低。绮错沟塍，鼎峙城郭。五溪肖盘涡之注，二酉效屏扆之托。木瓜览辉于太白，龙门标胜于康乐。龙门秋献乎鱼梁，仙叟宵探乎鹿角。绿萝有道书之号，丹井济廖平之渴。莱公去而题存，禹锡至而吟作。境深鸡犬，类渔者之诧胡麻；邑盛弦歌，疑洞庭之张天乐。

至若慈云覆宇，金象矗天。横欲河而设筏，踏陆地而生莲。海上神光，陶侃运百牛而不动；岭南舍利，坡公荐半壁而能全。应梦以来，水瓶中而月天上；度人一切，身无树而镜常圆。开八正之门，垂情交丧；凭五衍之轼，援手迷川。行乎不舍之檀，酌慈波而不竭；施以无言之法，列昏炬而重然。暨夫灵藏夜翻，梵呗朝集。三合后鸣，法云之钟谁撞；六时有警，临济之鞭自击。升座振毗耶之铎，喝导飞马鸣之锡。说法肩随乎林远，义解毂击乎澄什。宰官士庶，由声闻而证菩提；天人龙神，获欢喜而资法力。平地转极乐之邦，优塞奉清规之律。莲台高敞，郁灵气而氤氲；净域宏开，洗文心于搜裔。

尔乃旁施房庑，前据軨轩。浮柱玲珑，飞榱联绵。溶徬徨乎西清，玮闳闬于建安。揭良士于贞珉，泐丰功于不刊。咏大堤之垂手，展膜拜于胡巅。植玉树之青葱，荟括柏之孤妍。比橘奴于素封，期豫章于拂天。营旧宫之小憩，若旅岱而林先。表陵名而俱存，谅古今之或然。若夫阁势斗绝，江流滉漾。欲借资于龙首，必乞灵于河广。决瓠子以南潆，泛桃花而西攘。千里一曲，象滥觞之抱昆仑；播为九河，类徒骇之环齐壤。假刊木于禹功，询借筹于贾让。亮舆地之玮图，洵千人之必往。防冲啮于支祈，树石门之坚壮。任蓄泄于稼穑，尤黔黎之保障。

且也塔虽物化，迹尚河名。星日想辉煌之丽，风雨闻铃铎之声。栖舍利于泥涂，中阙藏珠之所；委佛螺于草莽，上无布鸽之城。一木南浮，伫灵梦于安乐；双灯前耀，想异端于崇明。安得朱衣武冠，示瓦官之圣迹；或令金函玉匣，现阿育之真形。此皆风气攸关，雄图曲轸。秦渠赖郑伯之凿，晋塔藉简文之准。易瘠为沃，若草昧之新开；以人补天，如倒悬之须拯。闻洲出而胪传，占沙生而极品。似龙兴而云从，亦虎啸而风凛。跂最胜之光昭，俟喆人之渊敏。虽肇基于爽鸠，冀僝工于聚锦。与其续善人于百年，何如满功行于三稔。辞曰：

茫茫大造，运循环兮。上善有作，悼迷悁兮。任重道远，得宗传兮。天漏可补，维地躔兮。阁有大士，手眼千兮。炽然说法，师代言兮。为明山宾，舍宅廛兮。合四大众，唱奇缘兮。如谷响应，水流川兮。百废俱举，不崩骞兮。疏沦长河，金堤坚兮。岿然窣波，镇荆南兮。灵秀盘礴，郁葱芊兮。生甫及申，作屏藩兮。小子腐豪，赞同然兮。先生之德，不可谖兮。

湘江吊古赋

张璨

维皇舆之广大，纷山川其难数。岳镇耸其声灵，江河擅其吞吐。维南服之安澜，凭带水为门户。桑经既遥，郦注曷补。阅胜迹于昭潭，述传闻之自古。若乃南湖半壁，地号三湘。漓分阳朔，潇出营阳。沅蒸既会，厥派愈长。漂芥浮觞，流铧嘴而尚细；沐日浴月，汇洞庭而始王。览图经之琐碎，讵指数之能详。惟达人之高寄，标兴会于徜徉。靡不情缘迹造，境以人彰。则有东观鄠缨之彦，西京执戟之郎。白雪授大夫之简，朱幡来刺史之堂。文凌颜谢，政迈龚黄。令行庭户，而人自得于湖山之外；身安旃厦，而心每周于蔀屋之乡。爰咨询以问俗，命寄托于篇章。鲰生不敏，愿献其狂。

窃以为斯地也，自有天地，几历沧桑。太初荒忽，断自虞唐。则有露坛月琯，玉字金相。宝瓮浮来，传重华之膺运；元夷梦去，上文命之克昌。此帝王之盛轨，而简策之辉煌也。迨夫淳风既邈，辙迹愈荒。秦逞威而树赭，汉肆志于酒香。莫不登望却顾，欲涉徬徨。繄一水之如带，讵万乘之能航。斯其荡回飙于逋客，销雄心于望洋。非夫山水之灵爽，夫孰云神理之渺茫也。

至若历数形胜，细举兴亡。子弟长沙，孙文台横戈之地；忠贤晋室，陶士行建节之乡。是皆磊磊落落，炳炳烺烺。名悬霄汉，烈著旗常。岂与夫白鹿潭露，鹅管山霜，悼无传于异代，同泯没于荒疆者哉！若其电掣烟高，导文澜于屈贾；天心月窟，衍道脉于朱张。搔首楼头，杜陵之物色未杳；挥豪池畔，褚公之墨渖犹芳。浯溪磨崖之俊伟，红亭石鼓之铿锵。莫不传流风于琬琰，揭盛事于缥缃。气挟江山之助，名争日月之光。固斯文之一致，等万古而齐量。天祚英杰，来守是邦。蔚龙文之百斛，载琴鹤之一双。地既增其清绝，俗亦返于淳庞。旌臣心于白水，勒佳句于红窗。羌渟渊而峙岳，陋陆海与潘江。

自维菲材，生长江徼。寄艭迹于沧浪，混生涯于渔钓。志不大而难酬，年未老而非少。排阊阖而无从，抱遗经而独吊。久慕义于韩欧，欣依仁于杜召。抱布鼓于雷门，发蝇鸣于蚓窍。探芸编于玉笥，只解南音；望日下之金台，空萦西笑。形已惭于珠玉之前，语莫领夫山川之要。盖胜地何常，名流难遇。昔之郎官名湖，甘棠表树。陟巘摹北海之碑，登亭诵西山之句。巴陵胜概，得范记而楼观乃雄；岘首小山，待羊公而其名始著。皆江上之风流，资谈论于竹素。若夫湘烟如鬟，湘波似诉。张帆青草之湖，酹酒红拂之墓。云山万叠，招帝子而不来；欸乃一声，望渔翁其竟去。断雁续以无伦，魂黯消其谁与。此皆骚客之幽怀，不足为大夫之能赋也。

南闱赋

李文炤

维玉轸之流辉兮，映南天之清彻。耸九嶷而带八蛮兮，重以七十二峰之罗列。磊石砥柱乎其东兮，君山锁钥乎其北。旋青螺于银盘兮，横黛眉于广额。九江挟百川以朝宗兮，汇洞庭之巨泽。既震荡夫乾坤兮，亦吞吐夫日月。离盖取诸明兮，鹑鸟协其星垣；夏之为言大兮，正南表其封域。

乃钟灵而毓秀兮，为人文之奥区。镵岣嵝而纪绩兮，刳二酉而藏书。感沅兰与湘芷兮，作辞赋之权舆。洛阳才子兮蕴经纶而命世，杜陵野老兮乐花鸟为友于。涟水社稷之臣兮，非百里之器；衡山帏幄之相兮，实九仙之徒。迨月岩之悬象兮，媲河洛之畴书。抑麓岭之既辟兮，绍洙泗于潇湘之墟。或山斗之齐名兮，或河汾之并驱。莫不吐云梦而凌江汉兮，藐荆山大别之丘隅。

顾以地阻重湖兮，天浮七泽。每洪涛之怒生兮，浸空青而萧瑟。堆万顷之琉璃兮，泛菡萏之一叶。乘长风而破浪兮，惊晴波之霹雳。虬龙奋鬐而扬鬐兮，灵鼍闪睛而舐舌。窥蓬窗而淼冥兮，悸帆樯之摧折。或炎氛之已尽兮，即秋声之相叠。鼓中宵之大炉兮，霾向晚之残日。疑沙碛之凄迷兮，怪嶂峦之崒屼。徒系缆于汀洲兮，望夏丘而太息。虽神游于月窟兮，安能奋九霄之羽翮。

幸后皇之御极兮，悯侧陋之英髦。界金绳于南服兮，裁错绣于炎郊。值中丞之建节兮，树公门之李桃。体圣主之旁求兮，集舆颂与佥谣。方伯鸠工而拮据兮，廉访庀材以劬劳。联参副之心力兮，喻九郡之属僚。莫不踊跃而赞襄兮，役大众而靡嚣。负岌嶪之罗洋兮，面崔嵬之妙高。侍天星之杰阁兮，卫岳麓之堕乔。浏溪绕百折之翠岸兮，湘江泻千里之银涛。垣周环而匝地兮，栋耸峙而摩霄。室窈窈其窋窔兮，堂巍巍其崇峣。庭轩轩其宏敞兮，门翼翼其迢遥。昔日之艺林兮，雕龙绣虎；今兹之棘院兮，起凤腾蛟。创邃古未有之奇迹兮，沛于万斯年之恩膏。多士躬际夫休明兮，将何以上报夫盛朝。

伊三场之制法兮，实有典而有则。苟真知而力践兮，岂徒求之洛诵与副墨。识明新之一致兮，斯体明而用达。以位育为分内兮，自覆载之合辙。克求志而达道兮，即贤关与圣域。允居仁而由义兮，又何惭振古之豪杰。若乃开物成务兮，在观象以玩辞。学古入官兮，以四代为师资。匪达政而专对兮，虽多亦奚以为。匪安士而治民兮，虽三千三百其何施。悟春王之笔削兮，则三纲正而庶绩熙。孰谓四子六籍兮，非道岸之阶梯。矧孝经之一卷兮，实明天而察地。岂家国之殊理兮，曾君父之异致。新制论题。悟太极之舒展兮，在颜学而伊志。明太和之弥纶兮，斯王外而圣内。旧制论题。观魏公之忠谠兮，暨陆相之康济。并谟训而争烈兮，又何嫌乎俳俪。览政化以颂规兮，即陈善而纳诲。娴法律以劝惩兮，俾民寡过而远罪。

至若家修而廷献兮，在敷奏与明试。董淹贯于天人兮，刘感愤于时事。虽升沉之异遇兮，并昭垂乎百世。桓辩析于盐铁兮，王熟悉于边备。虽用舍之殊科兮，均流传乎奕祀。谓陈策之无裨兮，真井蛙夏虫之儿戏。他如文事武备兮，寔右有而左宜。观德于矍相之圃兮，伸威于夹谷之辞。若三踊于鲁庭兮，求用矛于齐师。当列国之扰攘兮，吴以正而孙以奇。惟穰苴之用众兮，乃节制仁义之相资。盖军谋与师律兮，圣人亦不得已而用之。自今以始兮凡我等伦，期志意之振作兮，偕栋宇以俱新。戒还珠而买椟兮，运匠心于斫轮。采春华而饫秋实兮，处名儒而出良臣。广菁莪之大化兮，永棫朴之深仁。将晖云而卷雨兮，长与湖岳而为邻。

湖南文征　卷一百三十一

赋二

湘江赋

李观正

沖瀜澄澈兮湘之为江也，众水兼包，居然独长。濱澧逊其汪洋，渐沅让其漭沆。酉溆供其奔驰，辰沅增其气象。南分一派，成牂牁岭峤之奇；北岭八川，汇青草洞庭之广。诸山对峙，宛尔皆青。龙蟠有洞，万古如屏。嵚崎云母，苍老黄陵。隐映九疑，望去乱登临之瞬；崔巍衡岳，叫来移摩荡之情。当其钟汩汩于溱滧之元，发涓涓于海阳之角。将浸地而涵濡，如自天而旁礴。岂蛟龙喷出，大敷楚半封疆；抑风雨飞来，漭作荆南脉络。及乎贯穿诸郡，吞吐群流。自保全其上善，亦驰骋其至柔。盖学海师江，且以沧瀛为归宿；而沐星浴汉，似不于云梦为同俦。

间尝流连乎绿蘋红蓼之依微，唱叹乎白露苍烟之荒忽。吹来面上，已为今日之风；推上云端，犹是古人之月。瞻苍梧之野，舜德犹存；订岣嵝之碑，禹功不没。旷百世而有怀，建两仪而若揭。尔乃大夫辞语之遗香，发泄于汀花岸草；太傅赋中之余韵，铿锵于春浪秋涛。自古之胜流兴趣，迁客萧骚。名贤踪迹，学士风标。抑孰不容与骀荡于涟动漪生之面，昭回披拂于柳垂竹挺之皋。

今也俯仰平成，衺延晏静。海若效珍，天吴受政。维兹并土之波，共率安流之性。照当城郭，长沙縻子如金；衬出楼台，八景芙蓉入镜。雁行数点，顾波心之影而不惊；渔笛一声，落潭水之空而自应。日光晒网，村村之烟火曈昽；风信吹舟，面面之帆樯端正。旷矣哉！浸润敷宣之大；恢矣哉！奠安调燮之隆。对澄清而怀古之明德，临修广而奏今之肤公。乌可不知，所以翀幪，所以朝宗。

岳麓怀古赋

李观正

嵯峨浩渺兮，衡峰南拔，湘水北流。扪天山崱屴，绕郡周游。轸星欲摘，并土如浮。既跌宕而舒张，亦萦纡而汗漫。散岚气而晶明，鼓浪花而璀璨。分脉络于熊湘，耸峰峦于西岸。树雄郡之前屏，垂空天之锦幔。蛟龙蜿蜒而高腾，虎豹蹲踞而俯瞷。夫迹之胜者，既衰既盛；山之名者，亦废亦兴。间尝瞻大麓，渡芳汀，流连往迹，访谒山灵。逼天马而经禹迹，游碧虚而揽玉屏。诵神功之勿替，佩明德之惟馨。风雩芳而草茂，雪观渺而云横。

迨夫印苍苔，攀古木，扪萝薜之幽，探涧溪之曲。游抱黄之洞，而经道乡之台；披清风之峡，而入苍筤之谷。想芳躅于尚书，凛雄威于都督。龙头之气节如云，防御之宸章犹馥。忽焉望云峰而踊跃，蹑石蹬而趦趄。面悬岩而神竦，顾绝壑而足痿。俄而松篁交映，云鸟参差。从容卸屐，清旷振衣。半天呼吸，六幕指麾。叠嶂层峦，君臣而昆弟；苍烟碧水，襟带而罘罳。目迷茫而不尽，情惝恍而如移。鸥影渔歌，留荻岸橘林之畔；小斋巨舰，渺东洲西屿之湄。鸟篆虫文，发离奇轮囷之气；咸平开宝，启文华清颖之机。古榭幽亭，吸空以晴岚之爽；高堂敞阁，储中山名秘之奇。留连而聪明豁，历览而心神怡。盱衡俯仰，观逝者为江，奠者为麓也，乃知平成如彼，而消息如斯。

南岳七十二峰赋

易贞言

维南有岳，九面潇湘。星分长沙之轸宿，峰度应玉衡于瑶光。

为炎方之巨镇，实南纪之重防。七十二峰之罗列，二百余里之延长。泰华无其耸秀，嵩恒逊其修张。先王巡狩之地，宋儒讲学之堂。固非同空山之丹崖青壁，虚庭之月榭星房也。则有湘南野叟，世外遗民。有济胜之雅具，极步履之追寻。既峰峰之游遍，可一一而指陈。

尔乃登祝融峰之绝顶，为衡岳之主山。高则九千余之峻极，路则三十余里之曲蟠。朱明峰而望朝日峰之晷，品水而酌太阳之泉。风洞之雌雄各异，雷池之雨电无边。以及天柱峰竞秀于霄汉，烟霞峰缥缈于云端。紫盖峰回翔于东北，石廪峰高矗于西南。芙蓉峰当风而秀发，莲花峰过雨而朝含。云龙峰隐现而不见，白马峰驰骋而难骖。惠日峰明月峰之照曜，白云峰晓霞峰之斒斓。会仙峰降真峰之冥契，弥陀峰文殊峰之悟参。飞仙洗衲之石，青玉白碧之坛。皆足动孤藤之胜赏，任蜡屐之幽探者也。

别有凤凰峰翔舞，狮子峰狰狞。驾鹤峰之仙人不返，灵禽峰之指爪疑存。祥光峰之祥光如见，嵴岃峰之嵴岃堪惊。青岑峰白石峰之美丽，香炉峰华盖峰之高擎。碧云峰之翠黛如泼，巾紫峰之杜鹃成林。红花峰碧罗峰之标异，采霞峰喜扬峰之著明。云居峰之金牛有迹，双石峰之猛虎皆驯。屏嶂峰有仙鸡报晓，岣嵝峰则响音应人。验石囷峰而知丰稔，瞻吐雾峰而卜雨晴。翠鹫峰不同灵隐，永和峰岂比兰亭。亦可为清霄之谈助，佐骚客之咏吟也。

若乃潜圣峰妙高峰之护方广，天台峰碧岫峰之拥黄庭。夸采啜于灵药峰，侈烧炼于栖真峰。耆阇峰永参峰佛法，雷祖峰曾著威灵。哂完丹之九女峰，笑掷钵峰之观音峰。灵应峰瑞应峰之幻诞，天堂峰仙顶峰之不经。何必斥其荒谬，亦可柄为笑颦。

于是出入朱陵之洞，徘徊赤帝峰之宫。游神瑰霄峰之上，曝背日华峰之东。赏千年之翠竹，抚万年之拳松。云狮雨虎为细脍，黄精紫芝为清供。作仙岩峰之云隐峰，成泥醉之山翁。诗得张说江山之助，文资马迁登涉之雄。

至如黄帝之岩嶕嶫，大禹之溪澄泓。邺侯煨芋之地，泰伯采药之崇。云密峰溯金兰峰玉字之秘，安上峰钦舜溪舜洞之神。集贤峰则缅朱张之道脉，紫云峰则思胡湛之明诚。濂溪之流风不远，安定之遗徽犹新。诸书院在各峰下。察地文坤布之象，启勤行入德之门。契私淑于性命，进学业于身心。

至如首踏回雁峰之顶，足遍岳麓峰之踪。历泰岱之五十八盘，尽嵩高之三十六峰。华岳呼问天之李白，恒山访得道之昌容。向平之愿已了，方朔之遨无穷。岂徒赏此圣灯之光阴晦，云海之荡心胸哉！

全楚蠲租赋有序

黄秀

钦惟皇上神圣文武，智勇天锡，励精图治，宵旰弗遑。御极四十五年，恩覃千八百国。劝农有诏，训士有文。广遴选于俊造，赐粟帛于高年。简赋宽徭，穷檐咸欣饶裕；赈荒发廪，蔀屋尽乐丰盈。在四海既享升平之庆，而三楚犹沾雨露之施。矧在昔年，因用兵之繁苦，则蠲征次及于两湖；以夏逆之平定，则免役独优于四府。有时漕挽亦停，其北运而玉粒不登诸天庾；未几地丁再贷，于南邦而金钱犹留自闾左。加意烝黎，惠我楚甸，至矣尽矣。今复将全省正供概行豁免，积年旧逋并缓征输，是爱民之仁心真有加无已，惠农之仁政且不一而足也。恩诏甫颁，臣民胥庆，莫不举手加额，欢声载道。聊效雕虫，以飏盛事。其词曰：

维天生民兮作之君，维君代天兮御兆民。怙冒遍兮仰帝德，庞恩渥兮感皇仁。保苍赤兮视民如子，戴父母兮尊君犹亲。故雷雨之泽弗解，则天府之膏仍屯。傥非滋碧畦以湛露，被紫陌以祥云。沛宏庥若甘澍，布大化似阳春。俾家给而人足，曷由俗美与风淳。恭遇吾皇，统一寰宇。凌唐轶汉，登三咸五。化隆则平地成天，治懋则经文纬武。既业广而功崇，复爰周而惠溥。两仪洵堪协极，百度靡弗厘举。固已庆共溢于普天，欢自腾乎率土矣。

于是帝曰渺矣楚疆，省区南北。壤惟涂泥，赋有定则。带水而地多沮洳，负山而田皆确瘠。属土广与民劳，贵休养而生息。议蠲议赈，异数频加；免赋免徭，殊恩屡锡。允矣戴高履厚，洵哉解衣推食。

然箘簵致贡于荆衡，在此地原有常经；而财赋底慎于中邦，惟圣主愈深轸恤。念食货首重田畴，思土谷先推稼穑。况水耕火耨，人事难齐；木穰金饥，天行恒缺。即偶值尧灾汤旱之年，益足征帝咨王儆之德。则睹斯民之依依，能弗廑宸衷之恻恻。爰为涣汗远播，巽命重申。若己饥而己溺，因鞠人以谋人。用豁全省之维正，聿逮元后之温纶。税敛毋征，积逋勿取。官阁有卧治之闲，吏胥鲜追呼之苦。飘来兮一路薰风，洒遍兮九天霖雨。求仓箱兮共乐三余，给饔飧兮不忧二鬴。将见万户饮液，千村酌醴。黄童于焉踊跃，白叟于焉快睹。织女于焉欢欣，耕夫于焉蹈舞。儒林于焉咏歌，臣僚于焉稽首。山川于焉润色，草木于焉蕃膴。盖仁恢天广，不第著于江汉之浒；而政蔼云深，自载遘于潇湘之浦。

试为登大别，睇晴川，泛洞庭，陟岳巅。泽国之莺花竞丽，绿野之桑麻生妍。回哀雁于芙蓉峰畔，苏頳鱼于鹦鹉洲前。人醉蓼花滩，处处听渔歌棹响；月明黄鹄矶，在在奏急管繁弦。是诚望恩犹夫望岁，逢赉不啻逢年者也。

间尝历考史书，粤稽往昔，西京屡除田租，东汉时捐税额。初唐庸调创制，民力稍舒；后周夏秋立法，民财几竭。即元和薄征两税，只以偶行其惠；而乾德捐粮十万，不过一书于册。岂若吾皇量同覆载，治媲羲黄。赐以半，赐以全，类和风兮披拂；蠲之再，蠲之三，等化日兮舒长。帡幪溥兮暨于通都大邑，云霓慰兮极乎僻壤穷乡。虽衡峰天岳，嶙峋峻极，难拟君德之堂皇；三湘七泽，波涛万顷，讵比圣泽之汪洋。愧小臣之谫陋，乏袜线之微长。仅明一经于草莽，未赞雅化于庙廊。躬逢旷典，难罄揄扬。惟冀彰圣人之仁，超千古而称有道；且愿祝天子之寿，阅万年以诵无疆。

桂发异香赋有序

黄秀

庭中植桂一本，枝繁叶茂。每岁花开，香闻南郭内外。丁亥中秋，花香异常，赏玩久之。旬日后蕊复萌，至重九花再放，较盛于前，十月仍开于初。同人咸赋诗志异，因援笔喜而赋之。词曰：

南吕应律，少皞司权。蛩音渐响，雁影初传。秋容淡矣，百卉敛焉。维兹丹桂，独出增妍。虬枝相樛，翠叶连蜷。品既轶于尘凡，姿尤近乎列仙。秀毓中岳之岭，丛咏小山之篇。承雨露而瀼瀼，傲冰雪以涓涓。称炎州之宝树，挺八干以参天。

当其亭亭风前，皎皎月下。与姜同性，愈老愈辛；结梅为邻，无冬无夏。鄙桃李之竞艳，陋芙蓉之易谢。能抗贞操于松筠，将斗清芬于兰麝。尔乃秋色平分，夜光莹洁。露透花魂，香凝月魄。现前身之金粟，吐异葩于玉屑。开四出以舒奇，映中央而一色。广寒殿上，缤纷绽仙子之华；灵隐寺边，缥缈入才人之室。

迨夫时际重九，风高霜肃。细火落于空槐，珠露垂于晚菊。乃犹灿彼琳琅，依然喷兹馝馥。萼垂垂兮千梢，芳盈盈兮万斛。况值小春，日将南陆。洞庭波下，枫染深黄；湘山叶落，橘余微绿。岂意碎锦重重，璠枝簇簇。蕊仍发于台阶，馨尚留乎析木。

尝观君子之品，立自清波；王者之香，出于幽谷。珍共见乎庙廊，材久蕴于林麓。孰若月宫嘉植，天上奇桢。望琼林而独步，列阆苑以齐名。葱蒨兮似濯茎于瑶水，葰楙兮如托根于蓬瀛。攀条而赋，宁同招隐；夹道而产，自集凤鸣。吴刚不能伐其树，郄诜且欲拾其菁。庶几媲灵椿而偶朱实，何须搴薜荔以友杜蘅。

今也佳气氤氲，固已再呈其采；天香烂漫，抑且三粲其英。是诚兆邦家之瑞，匪第著草木之精。试睹五株并茂，偕燕山而称庆；还看一枝高折，向蟾窟以分荣。

灵芝赋有序

黄秀

戊子仲春，湖南郎臬台观风，以此命题。注云：丙戌冬司署产芝数本，重台秀茎，色香俱备。丁亥夏便坐处复产一本，边黄腹白，螺纹盘绕，错如绮绣。虽草木寻常，颇可寓目。诸生夙擅风雅，幸为赋之。因作赋以呈。

盖闻乾道变化，坤德含生。二仪孕质，五曜储精。披仁风之翔洽，瞻淑气之氤氲。信休征其毕致，斯佳兆之始呈。惟土和与德懋，乃灵钟而芝荣。粤自嘉禾同颖于周室，奇木附支于汉廷。橘类盎兮异味，枣如瓜兮殊形。红蕖开兮蒂并，甘露降兮松青。咸知贞符来自大造，而瑞彩显诸上林矣。矧兹商山晔晔，实可疗饥；铜池煌煌，色若浮金。赤萼荐房，琼田流馨。青云入梦，元光耀旌。石菌绽兮三秀，翠色吐兮九茎。历观往籍所载，抑且炳若日星焉。

伏惟我公，士元华胄，子文世缨。挺中山之人杰，莅南楚以持平。治协于中，谳得其情。麾旄上联轸翼，膏泽下沛湘衡。慧日炯潇蒸，甘雨润犴墙之草；法星临岳麓，和风嘘鹿野之苹。既德崇而望峻，亦政简以刑清。由是太和洋溢，芝发其英。产于便坐，何减晋陵。无根无荄，有色有声。天既再呈其采，地复两毓其祯。或数枝韡韡，或一本亭亭。或台重绿萼，或香类黄橙。或映中央而璀璨，或象白帝以晶莹。或螺纹若绣绮，或碧绀等瑛璚。夜光闪兮灿灿，朱实垂兮盈盈。

且也时值冬夏，岁际丙丁。同南离之焜耀，焕文昌以峥嵘。凤翥鸾翔，同韫藏于天府；星形月魄，秉仙胎于蓬瀛。如瑶池之献桃核，如晦朔之识尧蓂。如丹木之生峚阳，如珠树之寄赤阴。匪第著精华于草木，实则兆异瑞于邦珍。将见槐阶纪绩，枫陛注名。明良合德，喜起载赓。盛梧桐于高冈，作盐梅以调羹。庶几树百代之桢干于帝室，而巩万年之苞桑于神京。

甘棠赋并序

王元复

城东南三十里，有甘棠古渡，相传召康公南巡，听政于树下，后人以甘棠憩茇之所，戒勿翦伐。今树湮址芜，而渡名尚存，亦足以见盛德之感，虽千万年不可磨灭也。而博古者尚争论其地之是非，抑末矣。欣然愿赋，以应使君之命焉。赋曰：

於戏！伯不可忘兮，匪树之为良也。重一拜以为颂兮，况翦伐而可当也。洵尊教以畏神兮，夫孰强于情也。繄岂蚩蚩工谀兮，中心悦而不能明也。伯兮伯兮不可名兮，棠兮棠兮君子平兮。爰得我所兮，政是听也。我歌我乐兮，咸有庆也。惟此之故兮，棠吾栟也。

原夫天维缺干，地维折根。八荒晦震，□□□□。尔乃排雷雨，继泉源。朝绕衡山之烟，夕荫湘浦之村。粤如千枝婆娑，万叶参差。或夭或乔，□□□□。尔乃花灿灿，子离离。垂委佗而亲下，实甘美以如饴。又若杲日中正，炎色榴红。行者摇扇，居者暴胸。尔乃驻紫雾，引清风。农夫傍以休息，文士依而从容。

至于雪霁东山，夕阳返晖。飞鸟疑而四顾，晶光荡而尚微。尔乃向余沥，漏疏影。集环佩之玎珰，映斑驳之琴轸。爰是青旗载御，始合告谕。盍行盍否，何缓何指。惟伯税止，于时言言；惟伯税止，于时语语。已而仓庚鸣矣，南亩殷矣，妇子来馌，推陈取新。惟伯税止，蒸我髦士。惟伯税止，食我农夫。亦或秋高冬沍，剥穷复反，我稼将穑，我屋将构。惟伯税止，奄观铚刈。惟伯税止，息讼以宥。

嗟呼噫嘻，蔽芾载吟。蜀相祠堂之柏森森兮，阙里之桧殷殷。高冈之桐凤鸣兮，邓林之樟云侵。自古在昔，贤主忱恳。通志开泰，召祥消祲。浩浩兮南国，渺渺兮予心。望美人兮隔霄岑，愿烹鱼兮为溉鬵。谁能慰我兮怀予好音，不如其已兮，读且耕，事我大夫之贤兮，得予生平。虎朝渡而远驱兮，鲸夜徙而弗惊。六岭之阳春有脚兮，双江之明月长清。瀏鹈下汀浦兮，钟乳竭而更盈。万间之厦大庇兮，千寻之木国桢。奚古是而今非兮，君子小人胥靖也。伯盛德其靡他兮，物虽小而时警也。封何为而辱其松兮，教何为而传厥杏也。楚风庸录于召南兮，分陕之治可并也。苗民辑而一家兮，士女媚而无梗也。

乱曰：南有甘棠，江汉之纪。上干霄汉，下荫国鄙。南国所瞻，召伯所止。优哉游哉，布政于此。噬嗑不劳，神化若驶。伯去树存，伯存树已。民思伯止，爰及棠止。噫，渠后先兮若一，齐辉煌兮青史。

三十六洞别为一天赋并序

唐待徵

宇内洞天三十六所，小有、清虚居首，他如括苍、委羽、赤城、紫盖之类，仙迹夥矣，独吾鼎桃花源，有武陵渔人一段佳话。相传避秦至此，不知汉魏，何知晋。洞中鸡犬桑麻，萧然自得。以为仙邪，无丹永气。以为俗邪，无尘嚣气。可知嬴氏失纪，贤者避世，自能独辟乾坤，不必尽绝人间烟火。此桃花流水别有天地之咏所从来已。学使董公，衔命来楚。览渊明之记，读枋得之诗，不禁喟然曰：异哉兹境，安得起屈宋而赋之。举此试士。余处局外，见猎心喜，且恐诸生不察，堕入元虚一派，有失衡文采风至意，因搦管而为之赋。

秦山苍苍兮郁蟠，秦川潺潺兮淼漫。中有异境兮傲腾兰，花片片其落英兮，仿佛乎姑山之丹。随流水而自逝兮，开渔郎问津之端。彼秦人兮，非俗非仙。鸡犬桑麻兮，舜日尧天。衣冠杖履兮，古制依然。远祖龙硎谷之灾兮，虐焰不燃。历汉魏而至晋兮，曩不知其何年。石烂海枯兮一局残，百千万劫兮弹指间。以下缺

醉墨亭赋并序

刘起光

邑侯余公秀臣令攸，狱讼不兴，百废具举，公退之下，惟见

鹤舞帘间而已。因相治废园，种树筑台，结亭其上，题曰“醉墨”。邑人咏诗志盛，光特蒙授简，援笔赋之。其辞曰：

异哉斯亭，颜曰醉墨。何官阁之风徽，同素士之题额。岂子云之思深，抑永和之兴逸。招爽气于停云，迎瑞霭于旭日。揽胜而心迹双清，怡情而筝笛净涤。渌波漾兮倒影，春阴酣兮作色。疑喜雨而临池，仿会景以来即。

夫其相形修筑，即景盘桓。废圃则一径初辟，方塘则半亩犹宽。度中央而结构，遂不日而改观。楹对展兮涵碧，窗叠敞兮流丹。露润蔷薇之架，香生芍药之栏。绝尘氛于湫隘，纳清景于层峦。谅舒肘之有助，宁第容膝之为安。

时则香销昼永，衙散情迁。天光四入，晴采如旋。浥灵峰之积翠，嘘文浦之轻烟。目成兮霏霏簇锦，心赏兮沄沄涌泉。羌风流之藉甚，信儒雅之超然。于是松烟徐拂，石涅欲流。陈佳模兮曲水，结异状兮层楼。金斗则团云直上，苍龙则横沼来游。墨花洒而蟾蜍夙饱，墨沛淋而翡翠思柔。三色书成而贝光凝腻，一波折去而库露浮沤。似坡公墨艳新发，抑米老墨戏勿休。是宜收六朝于笔底，而标九锡于离石之侯。炳炳麟麟，油油郁郁。膏有余馨，汁无虚漉。羡玻璃秋水时澄，讶洞庭春色未足。发长啸于胡床，续高吟于霏玉。授简兮光摇卷幔，濡豪兮声传刻烛。鸣琴余暇兮召杜雅怀，染翰垂辉兮元白芳躅。

公乃间倚曲槛，俯睇江城。敞虚檐而入画，拭棐几而神清。望朱霞于天半，佩兰芷于平生。契公权之心正，慕文通之蜚英。对景而吟桂树，泼墨而玩松声。倾方圭之沥液，俪漱润于飞觥。惟兹亭之耸峙，合纪胜于观成。他日使君留手迹，永垂嘉话于雕甍。

三湘赋

张埴

阳朔之山，分水之塘。北流而下，其名为湘。潇出营道，蒸合衡阳。沅江遥集，势始汪洋。穷源虽异，合流斯长。经千里之纡折，入九江之淼茫。山经记其大概，郦注志其精详。昔之论述备矣。

若夫东连湖水，南缠星沙。度五岭而通六诏，利舟楫而省舆车。四达五会之口，往来战伐之涯。巡游经虞帝之迹，浚川邀夏后之艖。取道零陵则戈船声震，出师交海则伏波威加。翠华绕岸，船舻横遮。千里遥指，鱼贯雁斜。野鹜惊兮横云阵，鼋鼍出兮鼓浪花。菰芦为之变色，陵谷于以谽谺。念往古之陈迹，至今使人神嗟。

至其西流倒涌，泽国洪蒙。冯夷出没，蛇龙所容。波撼瓦宫之渚，势排马殷之宫。昭潭深无底而莫测，橘州浮未定而在潨。天上下其若摇，山左右以相通。惊日月之荡漾，羌不知夫西东。

若乃凄凉帝女，牢落宗臣。孤吟长啸，雷填雨冥。望苍梧兮云断，听沧浪兮歌频。攀幽篁兮哭帝子，搴香草兮思美人。鹧鸪鸣兮黄陵下，子规叫兮三闾滨。行人过此，但闻阴风飒飒，无不涕落神昏。

又或胜地盘桓，名人游宴。石鼓之堂，灵麓之院。唐贤所经，宋儒所建。中令龙城之笔池，都督潭州之洗砚。浯溪玩磨岩之碑，香渡传萍实之见。著天问而咿嘤，咏花石而留恋。烟霞则长源仙去，春陵则茂叔道衍。清湘晓汲，柳子诗存；合江暮来，昌黎胜选。既有美而皆传，亦无奇而不擅。

亦有浮屠之刹，羽客之楼。花关药圃，松梵溪流。齐己托咏于霏雪，丈人服食于浮邱。凿石临江而揖客，道林依岩以招游。幽人为之驻驾，客子莫不停舟。

若其芳润所生，泉货所殖，则有揭车江蓠，杜蘅荷芰。银矿煤山，竹箭菱薏。蓝田千顷，嘉禾五穗。蹲鸱可飧，云母为饵。跃鲥鲫于湘波，罗水鸟之文翠。古天府之取资，亦寰宇之攸利。是以物阜民殷，情闲兴诩。竞游人，盛观睹。骑接迹，舟连渚。沅浦看云，潇湘听雨。乍戏清流，旋游绿坞。俯笑仰歌，互答交舞。渔人欸乃，芦子讴语。三叠而烟雾皆青，一声而山水欲古。恍云和之曲罢，称湘灵之善鼓。此诚楚天下之景趣，然而未尽其发扬也。

乃者春风初扇，春水才深。江花初发，江草齐萌。则见九嶷骚客，二酉儒生。惠中秀外，风翥鸾赓。弹冠岩花之畔，振衣湘春之门。此搴沅芷之末，彼袭澧兰之英。思观光于上国，亦跃奋于风云。莫不源源本本，实大声宏。学究湖南之派，理会麓山之精。摅左徒之藻采，擅太傅之才名。使观风者见而叹曰：善哉论述，此熊沙之人瑞，湘中之琅琳。庶不愧文章巨公之许，与殿前作赋之声。

万楼赋

陈树芝

六合辽廓而无阂，借斯人之巧思。或结构于层云，或托根于流澌。嗟万楼之奇挺，实神明之扶持。荫轸宿以垂曜，托潭州以正基。升斯楼以旷览兮，实显敞而无俦。挽潇湘之千里兮，倚沙汀之长洲。背坟衍之广野兮，临皋隰之碧流。出城东之数武兮，趁暇日以销忧。尔乃南望祝融，北瞻灵麓。东顾昭潭，西披嶷绿。悠心止之寥明，捐身世之倥偬。拟皇英之悲泪，吊屈贾之流风。感陶褚之谪宦，怀景宋之词宗。荡一尘于放流，发五盖之游蒙。追三幡于乌有，释二名之异同。

忆兹楼之遭遇兮，逢兵燹以迄清。值我祖之流离兮，鸠一邑以经营。伤乱离之废学兮，披荆榛而重兴。叠穹窿之悬台兮，跨万丈之绝溟。根莓苔之滑石兮，开壁立之轩楹。设乡塾于右厢兮，纳后生之琼英。心契诚于灵爽兮，悟斯道于幽冥。

嗟余情之眷眷兮，孰楚材之可灭。对日月之迈征兮，俟河清其已极。冀圣明之洞达兮，假高衢而骋力。岂匏瓜徒系兮，等井渫之莫食。怅容与以徙倚兮，怀美人于陫侧。风萧萧兮异响，云漫漫兮五色。舟交滞兮停桡，鸟相鸣兮息翼。感木落之长年兮，横流涕兮憯恻。降斯楼以周流兮，步从容于阶除。丹梯云竦以夹路，重檐风荡乎悬居。藻彩繁饰乎疏棂，皋比拥坐于高隅。沅芷凝芳以夕茂，澧兰含馥以晨敷。浦云明曳于阳林，泽雨隐伏于阴渠。既神变之挥霍，亦出有而入无。

于是登眺既毕，心静体闲。害马久去，目牛无全。乃慨然而告我子弟曰：世有圣宰，长民辅世。量等乾坤，光同日月。功德著乎祖宗，威灵震乎遐裔。是以弹冠叠起，观国重光。举不遗才，进各无方。沧海无沉沦之物，深山鲜梁栋之藏。幸际此荡平之世，慎毋为放废之狂。聊一展望道之目，庶不虚此讲学之堂云尔。

岳麓书院赋

陈树苹

岧悬岩窔，轩峙江城。托基灵麓，总冠南英。道脉崛起，理学相承。仁宅光明，而广大礼门，宏敞而峥嵘。

忆自开宝之年，创为朱洞之厦。绍兴虽毁，孙主簿记其中颓；乾道重修，张敬夫力扶大雅。迨乎考亭，钦哉仁者。既养且教，置田广舍。吉士圜桥，恭人赤舄。穷本究源，见殚闻洽。尔乃窥轸翼之高悬，览奎壁之映下。听右朔之凤凰，挽左嘶之天马。橘州为其襟带，任消长以浮沉；湘水扬其波澜，历春秋而倾泻。宋元而明，废兴有数。来学情殷，昔贤神遇。清风峡里，思坐中雨化之来；白鹤泉边，感逝者驹流之去。其回眺则祝融巀嵲，烟岚重叠。拥嶂列戟，攒峰立铁。希天非尺五之可扪，由道叹高深之难得。一篑历成数仞，羡南行之一道同风；入室本自升堂，嗟北学之同归一辙。其下瞰则九江溶溶，一碧蒙蒙。思考亭之渊海，怀南轩之朝宗。或瀛洲在前，徒彰子虚之陋；即流沙密迩，何堪假道而通。

乃者天子日新以行乾，士林时习而获益。师传固属名儒，安抚亦称时哲。蹈德咏仁，规周矩折。鼓舞之道亦既尽神，方寸之阴咸知是惜。于是闻鸡而起，刻烛乃悟。以业以兢，亦趋亦步。

偶然燕坐，睛眸如对先民；或尔出王，明旦尤其夙负。固欲朱张之是希，岂徒屈宋之足慕。至于绪余竞秀，文藻流光。得句盈囊，尽是湘烟泽雨；采珍作佩，罔非澧草沅香。岂亦思文章为道德之华，不尚风云月露；作育为承宣之寄，无惭紫绶金章。且后学之何以昭示，大义之何以揄扬哉！每至春花荣，夏涨碧，紫烟凝，元阴积，七二恍惚其门，八景隐现其席。美仁智之同归，叹古今之悬绝。诮躐等之徒劳，歌景行之不易。

歌曰：善乎贾大夫之言曰：天地为炉兮造化为工，阴阳为炭兮万物为铜。我皇穆穆，道崇巃兮，多士济济，气冲融兮。层堂崔巍，崆兮峒兮，上天之载，冥兮蒙兮。光辉炫耀，辟鸿蒙兮，千秋万岁，道无终兮。

舂纸臼赋

锺灵

汉昌北隅，溪山幽僻。有石如珉，蔡侯遗迹。似黄帝掘地之所为，岂坡老机舂所未及。义亦取诸小过，事实肇夫文明。造麻头兮似玉，制鱼网兮如冰。易方策之繁重，换缣帛以缕轻。较胜九真树叶，聿先白面松闻。则敬侯实制作之圣哲，宜其于左伯而尤精。

乃若木皮初采，谷网未溶。运杵低昂，恍若元霜之捣；推声断续，如闻玉粒之舂。幻出万字军略，凝成九锡国公。洒以烟云，遂贵洛阳之价；舒其锦绣，将腾腕底之龙。而且番薄可藏，柔滑堪悦。道统续圣贤之微，政事纪帝王之则。或凤衔兮翔恩，亦鹊坠兮补阙。信为利用之先生，共拜华阴之知白。他如琅玕十幅，质非不佳。绣花百番，物非不华。洪澄小兮糠竹，蜀薛涛兮松花。极后世妍妙辉光之巧慧，莫不皆以纸侯为作家。

兹者石臼犹存，纸床如故。月色映兮凝光，雾气汩兮披素。春风啼曙鸟，杵韵如传；寒雪满平郊，云英若布。凡属鸡林凤沼，悉蒙创始之能；既成鸾尾雁头，允佐治平之助。以视彼捣霜敲月，徒为揉碎乡心；碾玉研琼，未见调成仙骨。高于凤阙，黄金楚楚而无文，厚胜花砖，绿玉盈盈而不韵者，何如此之文坛巨砥，堪与卫铭郑铸而并存，艺苑磨砻，可共云履螭盘而偕重者欤！

灵龟峰赋

陈葵

郁苍岷之赑屃兮，衍南条之灵皇。肆三楚之巃嵸兮，更盘舒于溆江。瞻龟峰之崟嵚兮，超崛峙于东方。回阳乌而弭羲辔兮，上寥廓而下峥嵘。尔其双江合漪，回旋屈曲。澎湃震荡，澜縠滐触。或澄澈而无垠，或湍激而相薄，滃湛奫潫，澒洞沆漾，澶湉乎千仞之麓。昵鸿翔鹄之伦，跃凫狎鸥之族，雕琢刷荡者，盖杂沓相属焉。白鼋命龟，应龙舞蛟，栩栩潜伏者，固非犀照之所得而瞩也。至若沅芷澧兰，湘藻衡蕙，布濩蝉联，纷蔼葱蔚，挹三春之雨露，畅惠风之藻绘，霭芬芳之可掬，散异香于天际，岂徒工其妍葩，以竞世俗之妩媚。

然而衡湘云梦之间，固多奇士。激昂牢骚，悲歌慷慨，幽韵逸思，沉郁酣肆。振衣千仞之冈，蹑足云霄之上。搔首而问青天，浩歌以舒悲壮。莫不习习洒洒，岐嶷肮脏，盼古今于须臾，揽八荒于指掌。振金玉之音，发商徵之唱。云山象其勃窣，清流写其泱漭。

于是芳晨淑旦，促席命觞。携王杨而侣班马，狎公子而昵王孙。登东皋以长啸，溯清流而舒辕。望层巘之崒嵂，环孤峰而上骞。憩短亭以遐瞩，俯浩汗之平原。怪健翮之营掘，逐燕雀以啾喧。是时犹未造夫峰际也。尔乃盘辟邅回，夷犹连蜷。若挽若推，而造乎其巅。冒乎若神州之一气，遗世独立，浑象而忘筌。于是蹑云梯，升飞阁，敞绮疏，卷珠箔。恍兮如虚，超兮如寂。飘飘乎幽思沦洞，而不知其所适。

若乃前临旷野，曲阻长洲。坟衍平沃，皋隰间幽。华实并茂，丹黄杂揉。烂若披锦列绣，而雕琢盈眸。却背平冈，翠屏杂列。

逶迤曼衍，舒环萦折。回顾城郭，微闻嘈唧。轻波缥渺，佳树葱郁。朦胧兮烟雾，断续而明灭。至其层峦叠嶂，横被东南。朝晖暮霭，霁雪晴岚。春秋之变幻，景物之错参。虽金闺兰台，遑其心略词给；墨花笔精，未能确缕其二三。

于是笑语既洽，肝胆倾素。逸兴欢跃，雕盘肆布。玉几临轩，清醥在御。金罍涌觞，献酬舛互。歌称尔汝，狂态跃露。动心惊耳，交错欢呼。当此之时，惟酒是务。高山流水，长怀锺期之遇。引商刻羽，宁虑周瑜之顾。何当鲁阳挥戈，夸父振杖，回曜灵而长驻。于是天空气彻，风霭波恬。澄江如练，锦席轻悬。望天路之高渺，指关山之局卷。叹冥鸿之既逝，候抟鹏之高骞。雄心韬而愈炽，壮志弭而益坚。

若乃清夜漏永，皎月丽空。山根削划，下临无踪。长松振柯，蜿蜒乘风。光华皎洁，湛露斯浓。舒啸振槁，帝座若通。吸银汉之清浅，俯北杓之阑干。察南溟于潜隐，瞻颢气于高寒。慨凭吊之陈迹，践登临之易残。缅风景之不殊，悼人世之急湍。怀好逑于天末兮，怅离居之鲜欢。邈前修之不吾俟兮，耿怀绪之无端也。

至其灵岩幽壑，澄潭竖涧，奇葩异卉，紫芝丹茜，盖莫非山川精英之所变见也。庞隐于焉涉眺，司空于焉游憩。吐故纳新，炼形易色之俦，盖往往而至焉。其左引西江，右接衡云，南望九嶷，北枕洞庭，固亦凤观虎视，遐瞩远瞻之士，吟咏刻镂，以供其穷搜而索冥也。

伊灵运之上游兮，幽寻遍索夫玮特。愧蹇阨于圣世兮，缁尘淹滞于南北。遵瀚海而东浮兮，经吴越而伫轼。睇百粤而邅回兮，交趾猎夫旧域。笑交衢之萎植兮，点染辄傲夫离奇。怜幽谷之瑰玮兮，蒙茸见嗤于芜萎。大化廓无私庇兮，睇鳞羽之差池。矧白涅之无据兮，信浮沉其若兹。缅龟峰之毓灵兮，独挺峙而耸擢。岩竞秀而壑争流兮，流眄极而舒骇瞩。产荒陬之僻隅兮，甘湛寂而媚幽独。惟川观而岩居兮，陟降凭以品目。幽隐韬而不彰兮，莽榛亦觉其黯漠。谅屈伸之有候兮，杓之人又焉能觉。浯溪蕴于荒烟兮，假次山而悠扬。赤壁沦于衰草兮，借子瞻而倔强。矧风景之殊尤兮，非斗丽而侈张。自总发而嬉傲兮，类故交之难忘。神仪洽而婉约兮，榷概陈而发皇。学士赉以赓歌兮，金匮褒夫琳琅。华有踵而美有续兮，妙誉延于八方。山灵庶以竞劝兮，葆精英而流光。

颂曰：吴有灵岩，越有灵石。毓精效顺，标光简籍。兹尔孤高，嘉命宠褒。祥云甘雨，伊识其劳。勿产金玉，以雕素朴。勿藏精魆，骇人心目。肖形袭踪，命龟协庸。勿邻傲世，曳尾涂中。尔卜尔筮，休征协从。顾名思义，永静斯峰。

惜分阴赋

陈益

悠悠亭毒，耿耿古今，人生其间，顷刻耳。君子将以顷刻发其奇光，则将矻矻焉，有惟日不足之恐焉。此古圣人惜寸阴，而大贤以下者又有分阴之惜也。慨日月之如流，俨风雷之交迫，为之屏息而赋焉。其辞曰：

浑浑太极，是胎仪象。万汇冯生，以养以长。畴血气之最灵，惟生理之不罔。载耳目而聪明，接衣冠而熙穰。既积人而成世，亦与世而争往。眇稊米于太仓，发洪钟于静响。特纷错而不宁，庶遐参而可想。或轩或轾，以慨以慊。泰阶色平，虞渊影荡。莫弹指乎乾坤，将透鳞乎罟网。耿浩气之独存，嗟我辰之不枉。殆将释然于愧怍，抑欲划然于俯仰。

尔乃倾压百千，登咸三五。邈矣蘧庐，怆焉风雨。叩精一于中天，溯神功于大禹。恢道德之闳肆，卑仁义之孑煦。喜怒破夫榛狉，精神劳其肺腑。欲希光而沃膏，岂调瑟而泥柱。讶前徽之不亡，将自我以称古。依依孟氏之芳邻，迴迴谢家之宝树。志经百炼以云刚，力蓄千钧而发弩。谁矜射日之羿，莫觅挥戈之鲁。

于斯时也，翻海无能，呼天待诉。泣鬼跃神，惊鸿顾兔。叹尘草之空栖，悲驹隙之不住。鱼欲潜而窘水，鸟思飞而絷羽。恐白雪之盈头，正青春之未孺。灼灼枝残，霏霏日暮。难回海上之航，空饮金人之露。彼贤圣卓其门庭，乃瞻望靳其趋步。文衔羲而在囚，颜就孔而思铸。三折股而非良，九转丹而仍误。妍丑负其生成，造化听其摆布。皇皇下士之笑，冥冥弋人之慕。

乃有形销骨铄，利餮名饕。肝肠痞结，意态敖曹。印丹黄而系肘，贯十万以缠腰。金谷园中之叟，长安市上之豪。蔑鲁连之高义，藐管宁之清操。鄙芒鞋与布袜，艳白马与青袍。岂知名开桎梏，利浸肓膏。虽留瞬息之爱，徒伤心血之劳。捷径陋乎种放，钱神论乎鲁褒。将欲称朔旅之佳主，抑徒任过客以陶陶。

又有王孙公子，逸客散员。歌声满座，醉德时闻。肩留鸜鹆之舞，跟随鹦鹉之群。盈盈水陆之荐，馥馥椒兰之焚。三尸沉锢，一斗殷勤。品酬风月，外弃典坟。思秉烛而夜游，羌撒手而欲分。贪人生之行乐，负美秀之能文。岂知韶华逝焉不再，志士酬其薄勋。俟残局之未散，正片晷之可欣。

又有颠迷卷底，啸傲艺林。空侈铅椠，亦少规箴。觅纸堆之生活，屏道器之身心。既非龙而非凤，畴为雨而为霖。漫摛豪而作赋，空挟策而朗吟。功名付之鱼鹿，鸣止等之虫禽。此亦章句之迂疏，群夸翰墨之芳馨。岂知掀揭才力，荏苒光阴。屹屹高山之仰，遥遥风范之钦。君子将齐修于补赞，抑岂能虚玷乎簪衿。

噫吁嘻哉！灵修杳杳，盛业彰彰。简编流汗，仔荷孰当。睹生意之阶草，证大块之文章。耿红尘兮十丈，几学海兮一航。缩今古于旦夕，震匕鬯于巾裳。千金一刻以难留，孤影独衾而暗伤。天上幻乎云狗，人间变乎海桑。盼两丸之如电，幸人意之差强。撂蒱牧奴之戏局，诗书学士之秕穅。将取味于真诣，求视履之考祥。不见夫川岳贶灵，风云绕席。群动蠕蠕，姱修奕奕。参清真之三才，抚昂藏之七尺。谁负暄之有诚，亦偷光之必惜。涂辙费乎千谆，声息通乎一脉。虹光射乎牛斗，星气占乎奎壁。既良毓乎知能，敢虚縻乎粟帛。炯戒不荒，典型在昔。思欲折若木之华，顿羲和之驿。回蒙谷之光，近扶桑之炙。窃芳美于当前，景懿修于我宅。庶几永道德之报琼，承圣贤之余液。而还最初之灵种，答太平之良役也哉！

幽忧公子赋

陈益

有幽忧公子者，渴病七年，瘠贫一旦。伤茂陵之风雨，增中谷之慨叹。时凭楮墨，仰瞻箕毕以兴歌；不胜牢骚，近察春秋而作谚。为资白镪，早典冬裘；莫问青山，惟存素案。内顾则惄焉如捣，乞邻则赧矣生汗。爰乃荒天老地，泣鬼惊神。潦倒而风狂特甚，发愤而举止无伦。耿耿良宵，似怀春之离妇；痴痴终日，若为瑞之醉人。畴剂炎凉于世态，稍甘饥渴于至仁。百结鹑衣，自支寒栗；三咽螬李，倍觉昏屯。绨袍之恋不再，麦舟之赠谁频。邈邈天涯，知己者能无相念；悠悠行路，贾利者宁必可亲。几思骑鹤上扬州，雷轰荐福；抑欲捕鱼寻幻境，路杳桃津。顾中缘之徒热，嗟我生之不辰。且夫造化若有赋悭，斯文故多命浅。敝襟履之曾参，曳金石之原宪。守清规于末路，空费辞章；慕遗绪于名贤，难医鲜腆。饥驱鲜以为计，受怜奚其乍贬。东啬西丰，前支后展。将奉教于君子之固穷，权自安于君子之独善。欲筹出处，岂惜冥沦；徒闵天人，未堪偃蹇。

或曰此乃有数，是固无伤。为室人之摧谪，滋公子之羸尫。二端交集，一身孰当。公子曰不然，我尝自商，而我幽忧之不遑。或曰王侯有贫，寒素亦富。挹本地之风光，即公子之清福。且整陶弦，毋效阮哭。公子曰不然，我尝自卜，而我幽忧之不鞠。或曰时移运转，否去泰来。培天君之仁厚，驱公子之疢悝。未须引绠，定尔延灰。公子曰不然，我尝自猜，而我幽忧之不开。或曰于公给钱，胡奴送米。诚古道之绝穷，匪公子之悬揣。但泯忮求，何艳芳美。公子曰不然，我尝自理，而我幽忧之不徙。兹数说者，固皆良焉，惟公子之郁郁，致戚友之悁悁。无力可援，徒甚其水毁木饥之恨；有言不听，且传其鸟谣虫候之篇。

好事者举幽忧公子之状，叩逍遥客卿之馆，谓其距尔室而在伊，胡不出片词以消癒。客卿曰：有是哉，贫之累人也至此夫！若此则贫病之共剽者矣，吾将解彼公子之幽忧，而语我客卿之逍遥。粤自羲皇启奥，羑里衍爻。前有中天之盛迹，继有阙里之遐标。余文被于奕叶，末学得其下梢。异端既熄，正道斯昭。信理义之足悦，非境遇之能摇。乐以忘忧，天其浩浩。达可兼善，穷亦嚣嚣。昔亚圣之屡空，安陋巷之箪瓢。即东郭之歧踪，耐穿屦之零□。摆襶兮何害，纬繣兮何憀。淡兮其若忘，御兮其若飘。融兮如冬涉川，悠兮如春馥苕。冥冥乎不知喜之为喜，而悲之为悲；熙熙乎止知厚之为厚，而高之为高。达斯诣者，几于化矣。有志未逮，欲罢难已。虽当辙涸鲋枯，讵云瓶罄罍耻。今公子醉心铅椠，捉鼻诗书。鲜食其力，遽悔其初。当有困而必亨之时，宜惜暂而可久之躯。此生无几，忍贫病之交迫；人言不爽，任岁月之容与。

公子于是瞿然咎，慨然受，拔剑斫地，呼曰：有是哉，幽忧之自杇也！夫逍遥之可寿也夫！亟命童子，戛彼中缶，薄言酌之，浇卿狂口。

月夜泛舟赋

陈益

甲子中夏，与友乘月，投沙浦张氏。既酌且醉，主人理棹泛湖。小艇夷犹，轻风可挹，不知身之在濠濮间也。时张氏绛帐之客蒋子者，兴益狂，且多酒趣，挟之游，泊洲渚，婪酌吟啸不已。比返祠斋，夜且深矣，同游者命予志其事，遂临风赋之。其辞曰：

金乌衔影，玉兔生光。翩翩佳夕，脉脉轻裳。乃寻游客之踪，突指主人之庄。坐柳阴而憩息，觅槐径以徜徉。披襟散步，即席命觞。顾残醺之未艾，正雄风之可当。主人曰：客亦贪夫水月之缘乎？清光渺渺，孤屿含烟。游棹夜经，临风欲仙。客曰：旷哉游乎，情缘物缘，交触则然。酒狂捉月，诗狂问天。胜事必穷元也。

爰解锦缆，戢冰弦。载陆氏之笔床，附米家之书船。惊悠悠之凫梦，数叠叠之荷钱。听一苇其上下，竟中夜以周旋。于时平湖大开，盈潦方积。风散黄尘，水连紫陌。十里长竿，三更团魄。光耀层金，影含静璧。置身澒洞之区，受气沆瀣之隙。阛阓列乎云端，洲渚献乎芳脊。既奇正以呈图，亦纵横而布弈。斜窥数点，破方镜之琉璃；宛在中央，似乘虚之家宅。尔乃恋夫回岛，睨夫修林。聆夫嘉籁，发夫骚音。答渔父之晚歌，整流水之瑶琴。真一啸而一咏，且或浮而或沉。

客曰：旷哉游乎，可以理归棹，罢幽寻矣。主人曰：未也。水月如斯，凉风展襟。举盏更酌，光阴寸金。复严节乎觞政，证拘放于道心。参夜气之存亡，玩须臾之古今。规绰约之神姿，小蓬莱之高岑。是有兴而必尽，若抽思其不禁。客有颓焉就醉者，踘踘糟丘，倾倒经笥。白眼直瞪，青衫掀袂。叱迂腐之酸丁，侈少贱之能事。将上极乎九天，欲下入乎九地。方散发而绝叫，忽枕膝而假寐。于焉载以卧游，周乎筌次。舂响环村，稻花扑鼻。俯潋滟之平畴，思澄清之揽辔。盖游事于是乎略备也。

舍舟登岸，曳履扶筇。白墙照水，丹霞覆宫。祠门扃寂，书韵凌空。先生脱略，弟子雍容。却主客之形迹，领道味之冲融。托幽情于豪素，闻翰音乎西东。信临流之可赋，盼扶桑之已红。

洞庭赋

陈益

维太虚之动象，成巨浸之自然。盖天一生水，而水万涵天。贮沧桑于南极，幻世界于达泉。襟三湘，带七泽；吞江委，挹汉原。杳碧阴兮无岸，望青草兮有烟。亘八百里之纵横，数十二峰之后先。墨山肘翼，段景起眠。黄茅待踣，赤沙作廛。坼吴楚于东南，浮乾坤于日夜。状恍恍其若空，势靡靡其欲下。既不竭而不盈，最宜春而宜夏。蒸云梦者气骄，撼岳阳者声霸。

尔乃鸭澜初隐，鱼岳何踪。黄牛没于矶畔，朱鹦汨乎屿中。漫白螺之滟溯，弥乌石之溟蒙。飞柳城兮紫凤谣风，破云埠兮元鼍闷宫。怪蟒操于神人，仙羊类乎雨工。君山一点，镜盘晓照；旅樯千集，蚁阵朝逢。合晖阴而万变，滋物产以多功。搜奇则银铁球琅，寻香则橘柚芷芎。森森焉听巫峦之猿鹤，茫茫焉惊鄂底之鱼龙。顽蛟树锁，巴蛇骨封。

于斯时也，火云然峡，伏冻辞峨。千层绣水，万里绛河。迷孔殷之禹道，怅投闾之古罗。嗟赭树兮徒尔，吊湘竹兮奈何。披杨幺之凭穴，觅武穆之旧艖。响山铿铿而韵在，幕阜隐隐而峰多。耳得之而声成，目依之而色过。写声色于空明，骇向若于盘涡。

若夫金飙肃起，玉露新瀼。天高苍影，时冷白藏。鹏疑夫径度，鲲喜乎回翔。裔霞澹以穷阴，彩电流而射光。绿蘋丹蓼兮神仙对弈，朝兰夕菊兮渔父吟霜。宜贝烛于中天，或雨染乎幽篁。灵弦再鼓，铁笛三昂。雁写怀沙之碛，莺啼回客之乡。剑带虹而舞壑，书传社以求娘。巴陵有酒兮临秋独醉，襄阳羡鱼兮垂钓何妨。讶一碧之如油，鉴二妃之静妆。

一旦元英交，斗杓徙。琪花粲，滕六喜。妖蜃市合，冻鳞棱起。银世界兮青旻沓浮，玉山川兮冯夷慰止。荣光娟娟兮掌平练铺，蕊珠浩浩兮鲸翻木齿。景至此而空蒙，水画岸而疏绮。

噫吁嘻哉！包山穴远，震泽名还。帝乐来张兮广莫之间，酒香高挹兮芳亭可攀。吾将效钓鳌之逸叟，步御风之元关。坐芦花之明月，照柳井之丹颜。岂太清之可秽，羌尘虑之独删。洗范老之忧乐，涤宋玉之悲酸。赋心阔兮湖水，骚眼游兮海鹇。

龟台山赋

刘恩宠

览抚舆之旁薄，呈天地之大文。挺瑶篸而破雾，耸玉笋以攒云。歧南经与北纬，等绣错兮丝棼。任高高而下下，属见见而闻闻。故名山不尽于五岳，而龟台俨作镇于资溃。势崒嵂以层折，象峿嶂而纠纷。蹴百级之巀嶭，标千尺之氤氲。雄冠鼎峙，法背舒贲。石肠藏穴，元甲含纹。似曳尾而趋大壑，若仰首而吐灵氛。固天造兮地设，亦绝类兮离群。

若乃西望浮邱，掩映九冈。云肤叆叇，天柱轩昂。南峙清修，北控太常。香炉斗壁，开成远嶂。龙牙石马，缀作明珰。白虎甡甡兮，欲衔花而献瑞；舞凤翙翙兮，将振羽而呈祥。彼夫熊耳虽高，惟堪积甲；牛头纵似，莫克服箱。又何论夫鸡冠鸟带，马颈羊肠。猿门雁塞，吠狗峻狼。所能望其脊背，而相与之颉颃。

至其按图如画，入目倾觞。抑之弥显，晦之弥扬。春绿缛兮含翠，秋赤赪兮摇苍。啸薰风兮木杪，点玉霰兮瑶冈。鸟嘤嘤兮出深谷，蛩唧唧兮吟短墙。石深深兮韫赤玉，枫浅浅兮抹红妆，朝曦暾晔夕照微茫。渔烟织锦，蟾月凝霜。匪是天孙，早映南离之象；依然地轴，还看北斗之光。

则有落雕才子，跨凤仙郎。琴鸣单父，花满河阳。香骞十步，巧织七襄。探幽索渺，选胜寻芳。乘公暇，步闲堂。凭云母，驾沙棠。景行仰止，乐只未央。于斯时也，雾开玄豹，宝堕神仓。诗携谢朓，景说长康。洗郗诜之尘胃，据潘岳之石床。垂阮籍之青眼，收李贺之奚囊。谓风会之所聚，洵地脉之称良。上瞻乾象，乃载斗罡。司录文柄，是谓文昌。繄维益水，凤翥鸾翔。建阁于此，永峙光芒。旋取材而落实，命规员而矩方。来引墨之般匠，集运斧之吴刚。制同天禄，丽赛滕王。厥功成于不日，而兹山愈以见其炜煌。

搜万古之奇踪，开千秋之秘钥。业炳焕于缥缃，事精莹于丹雘。射牛女之晶魂，夺河汉之皓魄。森丛桂而芳腾，映山花而锦错。知赑屃之功深，识岧峣之境拓。皱水面之波纹，结空中之璎珞。方四顾而踌躇，领千峰之绰约。山以阁而益崇，阁以山而转廓。仿佛乎湘山七十二螺髻，匪隔千重；徜徉乎道书三十六洞天，聊供一噱。惟伊祁之德盛兮，元龟浮绿字于河滨；惟大禹之道亨兮，神龟负异书于伊洛。龟与文其相关兮，文与龟其相托。山适名乎龟台兮，亦适载乎文星之阁。余言其然其不然兮，想山灵亦遥应之曰诺。

谒陵赋乾隆八年秋七月，帝奉太后出口谒祖陵，拟作此赋，借刻他集中。

李继圣

至矣哉，我本朝之治天下以孝也。清皇御宇，揽周索于八埏；苍帝命围，辟虞巡于四表。超乎司徒之始，降玄鸟以生商；轶乎后稷之裔，跃白鱼而兴镐。奇峰壑谷，育聚蛟龙；列圣陵园，耸逾壶岛。天子乃穆然思祖功宗德之统缘天授，而念春露秋霜之礼本情生。节中夷则之律，令驰蓐收之神。白琥方陈宝而既事，赤雀且衔书以来庭。乘微凉于相月，撰大晋之吉辰。蠲合宫而斋戒，捧慈驾以致诚。命百官，整六军。排扈跸，拥羽林。仗奋貙刘，星旗曳彗芒之色；仪娴鸾辂，云锦卷漠野之尘。镇绽黄花，掩珠帘于别馆；地含赤玉，耀金母于层城。

乃有道祓雨师，声扬风伯。鹤知警而引吭，隼避击而敛翮。五丁力士，暗凿路于硶磟；二子夸娥，阴移山于险阨。荡荡平平，明明赫赫。马不嘶沙草之寒，柳不减春华之泽。黔首焚香而遮道，穹庐举手而加额。于时咸指兀剌，遥觅挹娄。眩长白而岫绵千里，荡空青而彩彻九旒。光辉灵寿之域，群起于昭之讴。殊貍沉于秩望，等璧琮于泽丘。气佳哉，郁乎葱葱，陈俎豆，考钟鼓，以荐馨而凝庥。

诗则诵夫南陔，歌则畅夫西颢。石涌麒麟，林驯虎豹。太后下金根而瞻拜，娲皇现五色之章；天子垂玉藻而秉虔，日兄领三辰之曜。趋跄卿士，肃肃乎伛偻；侍立宫妃，惕惕乎窈窕。吹阴竹之管，响落丹岩；爇宝炉之烟，薰浓碧峤。卜尔万寿无疆，大哉一人有道。彼唐宗曾发叹息，惭魏徵之拭望高楼；即汉祖每游衣冠，陋叔孙之制礼原庙。守令代事则已疏，素牲将敬而非孝。嗟古昔之如斯，能不美当今之追报乎！

若乃甘露滴华表之柱，灵芝产翁仲之墟。与两仪而不朽，凌五岳而有余。贝阙瑶宫，非一丘之白虎；神呵鬼护，是九溪之苍梧。水若浑沱，林若木敦。混同泼漫，鸭绿潺湲。貂鼠珍于狐腋，牛鱼肥于熊蟠。东挂通阳之霞以为幄，西薄寒冗之野以作垣。百灵何气，而贞元酿其气；万物何根，而盛德蓄其根。是以天子义笃一本，道承列圣。浑合无殊，神化交应。典礼方毕，孝感天人之和；灵贶叠来，祗受山河之庆。拜箕畴而溯往，喜临朝鲜；修楛矢以扬威，近怀肃慎。千寻玉石，贡舶则沓海潮；九老蓬丘，携杖而祝天命。赤县神州包其荒，黑齿雕题若其性。斯固重译不足夸奇，封禅未可云敬矣。

于是圣母回鸾，天子返旆。嵩呼千门，鼎延万代。玉泉蓊匌，发卷阿之菶萋；轩宫闳闳，覆慈云而霴霼。萐莆将复扇于厨中，凤凰斯常巢于阁外。升平无象而有象，里化胜母之名；亲睦难为而易为，运进唐尧之会。赓周雅之作求，玩文象之交泰。夫是以莫不尊亲而与天为配。

湖南文征　卷一百三十二

赋三

大祀炎陵赋并序

彭之昙

皇上御历之五十有二年，统迈百王，道隆千圣。至诚不息，配两大之无疆；久道化成，卜万年之有祜。巍巍文治，玉衡正而泰阶平；赫赫武功，贯索空而句陈转。给笔札于东观，百斛珠联；舞干羽于南州，三苗顽格。礼明乐备，八风律协乎神人；义立德尊，四表光昭于法象。固已景运聿隆，纯禧日集者矣。

兹者躬逢圣诞，瑞协春朝。当甲子之一周，快春秋之鼎盛。麟游天圃，凤哕高冈。六宇欢腾，颂升恒者如出一口；四方风动，勤宵旰者犹自多端。增厚秩于臣工，赉大酺于国老。租蠲一载，刑宥五疑。且复备锡蒲轮，征求硕彦；重张铁纲，罗致英才。力役有差，逮引年以教孝；干城志咏，方挟纩而饮醇。此皆近世所未有，而亦生民以来之所仅见者焉。

尔乃洪庥丕振，巨典遐昭。告成功于维皇，契传心于古后。聿隆休命，遣祀炎陵。四岳有询，虞廷咨典三礼；八则以驭，周官诏掌六祈。洵哉明德惟馨，特恐非人莫任。盖我大献纳，四明陈公之膺斯选也，银台风肃，凤毛宠频。志道优游，王会稽之雍容可挹；令闻济美，桓春卿之章句殊新。立则垂佩耀天，节于遐陬；执必上衡符妙，简于时望。伫怵心而奉礼，用致五齐；即升陛以告虔，非同四牡。维时助献者良牧，主祀者大臣。凡在庙中，均骏奔走，荣及有事，争奉趋跄。之昙固陋无文，鸣号若渴。幸尾君子之末，窃志笾豆；置身大雅之堂，与瞻容止。愧才非梦鸟，难言掷地之金；技止雕虫，莫怪砭石之字。较王褒贤臣之颂，多逊前模；仿扬雄郊祀之篇，殊惭曩哲。其辞曰：

惟姑洗之应律，届修窌之中旬。瞻长垣之文耀，光复旦于昌辰。时则铜龙晓辟，铁凤晨开。庶老云集于北阙，近臣星共乎三台。千钟献尧之酒，五弦阜舜之财。顾天颜兮有喜，俞众志兮维虔。萃衣冠兮万国，协圣德于中天。辑五瑞，晹八埏。礼群神，秩百川。乔岳之颂永矣，柴望之文昭然。既乃恩崇创统以前，典祀玉鱼之野。溯放勋而上之，开粒食之源者。则有鹑居鷇食，系启伊耆。枹扬土鼓，乐舞扶黎。肇赭鞭于草木，俾品物而享之。通交易于市中，悟取象夫噬嗑。羌夙沙之畏怀，大素享而报腊。制彼耒耜兮用利前民，察泉味草兮纪火名臣。繄臣民之食德兮，亘万古而常新。越百代而侑享兮，于荐明禋。

爰命扈跸，召耆儒，临轩而遣之曰：鹿原之址，翼轸之躔，列山氏之藏室在焉。敬修祀典，惟汝谐汝往，钦哉！于是益恭而偻，夙驾载驰。披巉岩，历崄夷。溯治法于上古，称毖祀于来兹。彼茹草鲜食之代兮，谁实无心。功则神而农则名兮，思帝用钦。令人于百世下，穆然想见山高而水深。非老农之不如，惟至诚之如神。对巍峨而浩叹，宜崇报之振振。

夫何迄秦汉而下之，祀则丛兴而未及也。历魏隋之多故，地则久芜而无稽也。考诸方策所载，合观经纬之篇。文考则作宗五帝，明堂亦配位朱天。然而鸟寂丹洲之羽，金隐白虎之巅。谁复纪朱邱于五色，纷空传扁诸之三千。共阆乡以太息，瞻双柳之萧然。以致三仞九繄，一元靡继。郊台则殷荐于所都，帝都曲阜，唐天宝中即祀于此。鸡鸣亦间举而非制。明初祀于鸡鸣山。悟火笠之梦征，昭精爽于宋帝。宋祖梦神人持火戴笠，寤知为帝之失祀也。奚使臣之徘徊，径指迷于山际。宋使臣罗泌行遇老人，指识帝陵，作《路史》纪其事。给守卫之户畛，匪无归之泰厉。乾德中诏给守陵五户长吏春秋奉祀。顾俎豆闻之矣，嗟肆祀之多疏。宁玉帛云乎哉，亦暂修而终敝。兹惟义未惬于民心，礼奚准乎百世。若夫或素或青，夏造殷因。齐齐以肃，勿勿其馨。合敬同爱，式燕以宁。彼夫芝房玉检，宝篆丹铭。碧鸡金马，幻影图形。既贻讥于黩祀，究何裨于修龄。

伏惟我皇功实相符，道若同契。重专官之选，宠尚真儒；隆告庙之文，礼崇量币。举旷典而非劳，督时祀于不替。是以栋宇殿阁，悉易前观。垣树坛杉，聿新旧制。东西四壁，依山而结构蝉联；左右两庑，夹水而森罗棋置。桷无画而非刻，楹无雘而不丹。厥有黄杨双峙，洣涧弥漫。龙蟠古木，虎踞幽磐。崒嵂则万山若削，奔注则迅峡如澜。松风则空林振响，云根则苔藓生寒。此诚盛世休隆之征，而亦怀柔恩仁之所庇也。

人自日边来，佩云章而等百王之礼乐；恩从凤阁下，焕龙文而萃异代之乾坤。彩仗东驰，福星一路；香名南饮，客使联轩。于是紫泥封启，绿字文罗。膳膏腥而行犊，列鹿醢兮形鹾。瞻备腯之咸有，示民力以普和。备物致虔，质明祇事。珪璋在望，呼唱声徐；玉笋班联，衣冠光贲。鱼鱼雅雅，俨同鹓鹭之行；肃肃雝雝，共挹凤麟之瑞。

时则影暗珠庭，顾兔初灵。金翘缦缦，玉绳亭亭。银河倒泻而案户，荣露乍稀而腾轩。思代扬乎休命，恍对越于至尊。其初献也，浮旨酒，荐椒浆。鸣佩玉，奉琼璋。神格也如在，可度也无方。庶用羞而无谗慝，斯明德以荐馨香。其亚献也，陈嘉栗，杂肴烝。庭燎高烛，苾芬用登。颙若有孚，惟神是凭。既乃歌乐告终，九献毕举。侑三酒于中筵，合群音于西序。气犹息而未舒，步还蹐轻起。

于斯时也，天朗气净，絪絪缊缊。郁昂瑞霭，空洞无垠。传响野宾，恍接笙簧之奏；飞来片叶，如闻苏合之香。陵旁有异树，人不得见，每逢大祀至诚，则有片叶飞坠，满殿皆香，文理黝合，如绘画然。思陶陶而遂遂，容济济而皇皇。俄而朱霞绮集，九光耀熠。玉琯调和，铜乌声澁。八柱之云下垂，万壑之水皆立。疏缓节兮金镛，往奠币兮云封。驾青鸾兮风飒飒，神之乐也心融融。厥有灵禽啁啾，鸣鹿呦呦。每逢大祭，必有鸟鸣鹿唱，如笙簧迭奏之声。擎霄双干，据石千驺。俯瞯则嵌空之清嶂，仰盼则掩盖之苍虬。万山若翼，异状如秋。虽不扣而应响，辄色变而神游。

顷之朝旭乍陟，夜燎斯寂。炉烟袅乎帷裳，晴光浮乎四壁。森森草木，均挹恩波；秩秩几筵，遍形瑞色。熙熙者翾飞蠕动之天，油油然麦秀粱肥之域。神鱼绕涧而起舞，岳镇腾声而山呼。阳鼌联珠，东井聚太平之迹；黄云覆鼎，南维瞻有道之符。鸿文则播之贞珉，偕岣嵝以比列；巨典则倾盈里巷，与雅颂而垂模。

我公于是萃英华，揽奇胜。播清商，被歌咏。建行旌于郊野，还祇事于九嶷。将沕潏乎大观，用晰陈乎天听。福禄绥矣，暨乃僚靡敢陨越贻羞；股肱良哉，余小臣其惟靖共是命。是用诗颂奉璋，书赓惟康。荷筒簪笔，鸡舌含香。珍膳传来光禄，喻糜给自尚方。乃挥毫于珥笔，借润色于垂裳。追远轨于班马，媲神化于陶唐。都俞之隆，蔑以加矣。保佑之征，殆有甚焉。

在昔典乐命夔，申于七政方齐之候；鼓宗语礼，警于百禄是遒之年。矧夫燕翼贻后，功德靡前，云蒸霞蔚，溥博渊泉，则上承天庥，以下畅四国之欢心者，正在此日。方且令闻不已，昆虫闿怿。猷允塞而益勤，德弥新而罔逸。奏箫韶于九成，轩缀兆于八佾。衢增三祝之歌，户赓万年之什。猗欤休哉，其绵百亿载之历数，而以八千岁为春秋也哉！川不竭兮海不波，湛恩汪濊兮神人和。曲终拜手，为作承祀炎陵之歌。

歌曰：巍巍皇极，建总章兮。太乙无为，体健行兮。比物饰节，审诗商兮。喜起一德，赓明良兮。礼乐刑政，暨滂洋兮。德车法守，罔弗臧兮。遍于群神，惠难量兮。乐文则同，志大光兮。君子阳阳，有余庆兮。吉人霭霭，拂缣湘兮。穰穰蒸民，日舒长兮。驯驯麟凤，遍高冈兮。俾炽而昌兮，俾寿而康兮，将永翼夫万寿之无疆兮。

对影赋

张九键

高台晓霁，万象晶晶。主人手持尊酒，步日登台，见其影之并历级以登也，顾而曰：胡为乎然？一停一陟，不后不先。尔其心慕羲皇上人，身即为江湖散仙。不尔何其投之，所往潇洒腾骞。相时而动，得意忘言。其休于所止，则又徐徐舒舒。屏气不息，与道为俱。答曰：我何能然，我固有待而然者也。

主人曰：噫，若所见其恍耳，假余无子，则且不得为只人矣，何有于余！犹忆向之穷时，往来山中，宇依岩下。瞻顾四壁，檐溜飞泻。萤时入户，鼠则窜瓦。卧愁冷衾，酌惟残斝。挑灯兀坐，一卷空把。问谁与为处者，而不改此度也？及后出而远游，劳劳跋涉，逐逐西东。昼则测晷，夕泛占风。当烟霏而雾起，见日淡而月蒙。涛涌遮天之鳌背，石如奇鬼之面逢。夔一足以踔跃，虺九首而氋氃。骇胆慓魄，触目忡胸。非子之相慰吊，又谁与为适从？若夫鸡声午夜，烛蒻深更。杰兴起舞，剧现阴明。象余手以上下，随所步之纵横。如松翻风而苍髯奋，似鹤披云而雪翅轻。虽棼然以飞动，总一气之流行。又若面镜掀须，临溪洗耳，察眉间之气色，摆尘外之渣滓。我对我兮长喟，恍如君兮共语。乃舒双瞳于寥阔，徐展两腋而容与。望美人兮江皋，踏明月兮沙渚。当此之时，星河欲流，云树交倚。寂复寂兮立徘徊，迟复迟兮行逦迤。子宁乐此非疲，我自兴复不浅尔。惟夫避酷日，憩繁阴，归暗室，炷微馨。失之觌面，旷若隔林。暂相隐于暗室，独奚自而追寻。然则若子者，其亦可谓廑矣劳矣，合体而肖矣。但余性好直，又颇善忘，间岸帻以对客，或趺坐之在床。见肥痴而辄哂，谓顣頞以奚伤。有如此态，子应避之弗效，而亦习以为常，何也？自今伊始，请进游子于肃清之府，穆皇之堂。冠崔嵬乎其侧，佩翩跹乎其旁。俯并如降兮，仰与同昂。我进亦进兮，我退斯藏。独心凝而形释兮，何黯黮之可蔽，而仿佛所能方。

于是主人心口相应，亦自知其词之无可复诘也，遂邀白日，缓酌流霞。颓然既醉，日亦就斜。

湘江夜闻棹歌赋

张九钺

淼淼清湘，迢迢暮山。风飘飖以轻飏，舟邅回而滞还。市灯悬乎远岸，渔火出于前湾。

渺然一声，起自何处。天际横落，枕上微度。如触往事，倏然来赴。又如梦中，惊悸而寤。推篷无人，山低江阔。翘首长空，惟悬明月。及乎回声忽续，应乎棹节。渐稀微而见人，破空潆而振擘。抑扬流喝，呕哑轧曳。短者不杀，长者不措。柔则迟媚，急则奋杰。随欸乃以容裔，促荡激而悲咽。

尔乃前讴未终，后歌至洊。若相招呼，又若递嬗。远近不谋，参差代转。纷异词而同工，恐竞先而炫善。乍中断而复兴，杂前音而少变。旋埼岸而讶隐，出回汀而摇演。少焉纷沓笑语，倚楫偕止。放乎中流，江平如驶。歌声阒然，缭绕未已。

芙蕖微开，明镜敛波。月斜烟横，愁如之何。其幽微缥缈，空灵犹夷，则虞帝之无归也。其雍容惝恍，留联阐缓，则二妃之不返也。其愤勃慨慷，萦纡郁陶，则灵均之吟离骚也。其激昂矫厉，憀亮清浏，则宋大夫之悲秋也。其侘傺寂寥，低徊绵绍，则贾傅之赋鹏鸟也。是以孤臣聆之而悷惆，逐客感之而怫喟。动羁人之哀吟，流别妇之涕泪。孱猿攀木以助啼，宿鸟横空而一逝。盖其音以劳传，调因词苦。触兴成文，随时自举。体杂童谣，情缘儿女。俚而不哇，怨而不怒。岂云山之韶頀，借迷离于风雨。本天籁之喁于，曾何知夫律吕。元道州泷中之吟未能收，刘宾客竹枝之词无由谱也。

燕山八景赋

此余乾隆癸亥秋月成均应鹤少司成月课之作，先生亟加赏叹，当时都下传写殆遍。罢京兆试南归，底稿散佚，不复记忆。侄孙家樢以孝廉补中书舍人，于纪晓岚先生处得此稿。归省灵宝，携至大梁，付剞劂氏寄余。少年所作，不无摹仿之习，原不应存，念侄孙好学之诚不忍负，乃藏诸笥以示后人。按北平旧志载金《明昌遗事》，有燕京八景，所谓居庸叠翠、玉泉垂虹、太液秋风、琼岛春阴、蓟门飞雨、西山积雪、芦沟晓月、金台夕照是也。明永乐间，馆阁诸公相集唱和，更蓟门飞雨为蓟门烟树，《八景图诗序》琼岛春阴作琼岛春云，太液秋风作太液晴波，余赋因之。乾隆辛未，御制《八景图诗》复改玉泉垂虹为玉泉趵突，纪其实，且表为天下第一泉，见《日下旧闻考》。

张九钺

羁愁客卿居于长安之里，悬车束马，带索披裘。灭刺盈怀，索米逗遛。莼鲈远背，书犬沉浮。甑膻尘封，堿有蒿茅。惘然若酲，憪然若恸。雕㔁恼憕，乃丛百忧。逍遥主人闻而造焉，因说之曰：仆闻芥舟之身不可以观天地之大，蜩翼之知不可以语万物之夥，何者？境隘则罢，神孥则靡。气䰐则智诎，见少则机止。吾子处堀堁之中，识不越蹄涔，营不过湿沫。雉樊而鱼椮，蜃闭而蠃穴。左据养和，右振槁木。肉缓筋驽，四体不倦。此所谓避悬解而入乎疏属也。且夫耳聪目明，号曰开心之户牖；深溪甘泉，号曰澡性之冰雪。高山大谷，号曰荡胸之波涛；朝霞夕烟，号曰融情之膏液。搜奇洞冥，号曰骋神之风马；吊古证今，号曰销愁之曲蘖。故曰胞有重阆，心有天游。心无天游，六凿相攘。仆将语子以神京之壮渺，陵壑之丽闳。奋思娇之羽翼，畅超然之高情。进子以特达，引子以光明。吾子不愿闻之乎？客卿曰：善。病少间，请濯耳以聆先生之词。

主人曰：京都之南，众流汇其郊，表以洪河，名曰芦沟。芦沟之河，来自云中。轠天池，键浑源。下雁门之坂，破乎太行之山。轹穹石，摽浮濑。截坻壑，沸狭阸。怒流无定，千里一泻。奔扬迅澓，至于芦沟之桥。汩淈磢错，混漭澎湃。旋涡喧豗，流沙澈洌。捎鲼鸯，搅鹊凫。批渊客，抗天昊。白昼为黄，天与地俱。乃驾飞梁，通九馗。浮柱轮囷，砀石崔巍。眴转倏篴，直峣交依。下根渺茫，上抗飉飋。徽裂地垠，支撑天界。渴虹怒饮于螭穴，日月回带于鲸背。耸西南之门户，十五省之出入。骡网驼装，骈坒駊騀。货车连山，挂轊摩軜。声若雷霆，驞駍訇磕。回飙驰骇，群波啸立。曳颢气之茫茫，足震荡而心慑。于时秋城谢夕，旭日未起。疏星蕊蕊，晓月在水。斜乎汪洋之中，迷乎澒洞之所。蹇微茫而未安，澹参差而欲下。隐现兮苍龙，浮沉兮雁齿。徘徊兮鲸楯，戏弄兮虓首。一荡一漾，梦飞魂恍。倏灭倏明，不可为象。阳迎开阔，阴闭凄怆。残烟欲化，余花卷浪。瓜蔓旷分，鳞锦动宕。鲛室贝浮，组帐练旷。冯夷剖蚌，明珠迅吐。摩镜重渊，推轮深薮。灯影稀微，树色朗瞀。角声千里，苍然向曙。于是乎南辕北辙之徒，临长波，俯危栏，望天涯，惊晓寒。车逶迟兮初起，马蹀躞兮未前。风萧萧兮云漫漫，严霜华兮成旗幡。宿鸟翔兮荒鸡阑，沙雁嗷嗷兮木叶丹。此天下之萧景也，子能从我游之乎？客卿曰：仆病，未能也。

主人曰：将与子驾茱萸之车，策果下之马。左秋水之佩剑，右紫龙之玉麈。以造乎黄金之台，远眺渤海，近瞩郊圻。平原广场，杂绣交畦。徜兮徉兮，其乐只且。乃有中黄获育之徒，猿臂鹗眡之士。聊浪莫缸，腾跃中野。袒裼撖手，掸援跬踽。竦勇抢捍，波旋霆舞。儆衂受诎，肃敬莫怒。角觝格泽脩竿，表茎天逵。凝质似忍，耸身若飞。龙盘宛延，花落霏微。晓月妒下，朝云迟归。缘竿巨橦郅偈，其立如山。缀以铃铎，缘以彩幡。直鼓承蜩，变赴转环。面不撞拯，肩不斜骞。委命以试勇，炫空而取妍。举幡牵彩絙，树朱挥。侲子枝拘，万童踦跂。争投陨绝，各出巧奇。捷追猱玃，剽逾豹螭。舞絙跖生马以郁怒，骇钲鼓以迅奔。转臂著腹，涌躯就鞍。雷糅猋击，云回雪团。朝射日出，暮蹴昆仑。舞马亦有京洛少年，幽并侠豪。锦衫绣帽，花鞜珠袍。珊瑚装鞭，流苏缀镳。走马垂杨，鸣弓苍郊。翻身射云，俯手接雕。骑射臂鞲脱鹰，荡尘绝埃。金铃排冥，铁翅怒催。击鹄逐生，抟霞裂霓。苍天一呼，茫茫下来。放鹰柘弹碛砾，圆规隋珠。剠鹰洞嗦，中必双俱。机声未已，野锦堕舆。挟弹斗鸡擊场，走狗楸城。奋气河决，布筹风生。悬采百万，谈笑一倾。斗鸡駥马攒蹄，珠球迸飞。应杖霹雳，逐旗毰毸。野沓尘歕，山沸海驰。蹴踘于是餐玉田之禾，醽中山之酒。脍滦河之鲫，腌塞北之麇。截騠駃之胾，腾驼峰之脯。佐以绵梨金桃，沃以醍醐马乳。大歠如雪，小咀如缕。欢洽未余，旭景西驶。群山激射，万木萧散。楼台空明，甍甑汗漫。欲落未骋，婀娜荒基之半。牛羊戢湿，鸦行唼呷。画轮宝灯，高低钀飒。云灭烟散，归乎城邑。意惝恍，足踆循。怀往哲，思美人。使伯牙操缦，八公为之歌。歌曰：朔风兮蓬飞，边沙兮日微。金台墟兮碣石摧，昭王霸图安在哉？又歌曰：带薜荔兮衣芰荷，逶迟不来兮山之阿。黄金璘瑞兮赠子以斧柯，白日荒荒兮将若之何。此寥朗之景也，子能从我游之乎？客卿曰：仆病，未能也。

主仍曰：弥弥蓟门，东走涿郡广阳，南驰益津督亢。衍以坛曼大野，缘以陂陀高陵。其陵多生枫栾梧楸桑柘枰栌棠杨之木，其木则檠拿千寻，荫垂百亩。古干要绍，长条茷骫。连卷閜砢，合抱丛倚。扶腌接尻，摩蹋累踦。婵媛宏琏，总擣欐佹。低林嗍楁，平楚森茂。鱼颉鸟睎，栭攒栌磦。连从辐辏，蹙斗排艇。杲耀倏闷，埇堁柴虒。被冈缘坂，贴丘漫垒。放乎坱圠，与天伏起。杖盾负羽，徙阵蹴部。行夐株远，碎绣分缕。淫淫与与，猗猗萋萋。若灭若绝，上下引掎。于是乎召公昭王之遗魄，乐毅蔡泽之奇思。邹衍郭隗之精神，仲舒寿王之文采。燕丹田光之幽愤，荆轲渐离之豪气。萦旋碧落，提挈下泉。溷溷渊渊，盘郁汗漫，褵褷飘荡而为烟。起于远山之杪，奸袅嫚娴，绵藐容裔。随风而上，盛于青天之腹。招微云，擢宿雾。挟浅岚，混野马。散乎旧城之林，冒赢碗之阜，带蝶裙之丘。迷文杏之颓阑，染辛夷之荒楼。束芙蓉之苑墙，靡梨花之酒笃。徘徊密丛之中，被丽葰叶之上。缟轻缣，蒙细绡。鬟缟带，绁茧褕。乱驴背，滃鹊巢。断雁行，点鹭翻。缭绕纡余，参差弭迆。吞吐浓淡，往来离披。春则猎细草，绵落英。浮积雨，抽新晴。滴虚绿，亘横青。氤氲孤馆，罨霭高城。夏则宿露沾润，盛阳茂煦。翠微郁律，升降飘举。秋则濯青霜，带沆瀣。点染丹红，刷抹黄紫。舞袅落霞，缥缈孤鹜。冬则衣疏枝，膏枯木。缤纷参累，辑补乎青山之缺。送斜阳，迎素月，西拖太行，南飞瀛海。东曳析津，北嘘紫塞。极睇所未殚，遐睨所未逮。其延引图画，歊歔元气，鸿洞深秀，盱瞑太古者，盖数百余里。蒙蒙霏霏，此天下之奇景也，子能从我游之乎？客卿曰：仆病，未能也。

主人曰：北出幽州之郊，绳直砥平，博大爽垲，尽乎居庸。首冠九塞，占宅乾窦，排干箕尾。拥屏藩，阂内外。拱帝都，固王气。其东跨蹑长城，扼喜峰古北之口。黄花马兰，戢孴腾凑。窐寥隐嶙，峆窞崀垒。二百余关，攟臂接脽。抗首衔尾，入乎东海。紫荆倒马，联亘西鼬。偏头枕畸，雁门斗岊。海鹏褰噣，天马脱橛。万古雕窠，蓊不见日月。北直沙漠，背龙安。攟统幕，鄣坂山。垈道霅开，八达纠攒。涧河汤汤，流入桑乾。其南则积粟军都，分脊太行。龙飞凤舞，虎豹腾骧。簇仗北门，以作金墉。云诡波属，屏叠锦张。低划突奥，闳阔堂皇。髻鬟堆积，修眉轩昂。棱角礫露，脉缕碎皺。老木阴树，乘山之阳。横牾偃跖，角掎振抗。冬结朱实，春生翠茎。其中有野马跳兔，蟖猢貐豣。犎牛羱羊，駚犂獬猭。鸾鹄耸猍，鹰鹘斜翩。铩羽重林，瘃疲下颠。乃蒸太始之岚，抽洪蒙之烟。晓雾为衣，绿雨为痕。籔碧天之融液，飏紫气之宛延。阳乌回车，奼阿姐鞭。出入黮黕，假道遮连。朔风哮嘐，吹自燕然。砀松皴桂，纡郁㜸姗。不可洞透，跄跄而还。表以龙虎之台，駊騀凌兢，蹇产独岀。雄虹直亘，孤亩绝丽，若浮海以望碣石。黝纠中怒，磥硊蒙茏。又似砥柱，流以大峡，名曰弹琴。巨石磊砢，红泉涌喷。稿蓠蘅葵，薁薁蘴蕻。芬茀棍批，案衍联延。急瀑砰击，峭壁埋寒。苍翠错磨，飞凝中天。散于众壑，窈冥绵芊。视若无迹，或东或西。点染万状，不可究陈。

纵纵莘莘，扶将此关。于是此关，乃驾嵣岇，抗峍嵺。构重门，削峻嵃。矗井干，规丽谯。上垦硎碣，下削甗锜。箕踵漫衍，胸鼎端庤。旌旆弸彋，剑戟畏傀。则有弃繻之终军，独酌之马周。横龙雀之力，飘珊瑚之钩。驰苹苹，临骚骚。踏落雕，俯飞鹫。长啸四顾，风涌而云起。气鄷琅，势瑰玮，牢皋营并，包括山海，辽乎渺乎三千里。此天下之至壮也，子能从我游之乎？客卿曰：仆病，未能也。

主人曰：太行之山，横亘天下，散为八陉。阴负九边，阳瞰岱青。入赵三千余里，昂然而上征。绵为西山，实翼作京。辅以盘龙徐无黍谷之山，界以桑乾巨马黄花之川。内则包卢师五华潭柘以为固，外则阻龙潭西湖高梁以为门。藏吐列宿，霄霓鸿氛。腾踏心胸，骛驰元精。茫茫沉沉，夜隐昼昏。至于穷冬，抮抱积雪。寒门凝涸，关塞舄奕。香山霰堆，玉泉冰缬。石景塔平，翠微棱没。密脾隐闵，崖曜晦闭。行僧径断，飞鸟影灭。寻之无垠，察之无边，澒洞天地。衺延冬春，雪霁日出，登飞楼以望之，未见山之形也。徒观其芒芰荒荒，蝯眩恍恍。辽乎皜兮，湫乎琅琅。浮兮扬兮，俶荡荡兮。窈兮冥兮，晃漾漾兮。摇兮闪兮，逯失象兮。动兮浚兮，忽区翔兮。苍空兮形灭，白日兮神归。太昊扬旌兮，伫无所依。滕六回驭兮，不知所之。少焉寒风紧，冻云削。晴烟渫，遥空落。环句横裂，襞褶交错。亶回陂陀，刷露灼烁。华凝中野，素积万壑。其突兀而争出也，汹乎若秋潮白马之来。其飘渺而耸峙也，昂乎若洞庭鼍城破浪之崔巍。其翘然直上也，晶乎如烛龙衔珠耀冰台。其昭旷而难度也，迢乎如冰天琼阙璇岛之张开。夸娥肃然朝夫帝阙兮，拥玉笏而来邌邌。骖白凤而骑素虯兮，炫丹堿而摇珍池。银烛衔其爣燗兮，瑶珂乱其斑离。谎锦屏为雕兮，呵风日使画图。篙结构，效瑰奇。遌凌兢，穷嗽搜。敛奸回，趋平夷。屈都卢，迷离朱。悸关仝，惭王维。出乎国西门，群峰孱颜，攒倚夕阳。尽落马首，浩浩冥冥。俯仰隐仪，不可殚形。久而视之，夺人魄精。此亦天下诡谲雄迈之景也，子能从我游之乎？客卿曰：仆病，未能也。

主人曰：请以秋雨新霁，观泉于玉泉之山。逶迤金堤，鱼衔蚁缘。先至西湖，卷花万顷，流沫十里。獱獭之所睒瞲，鳣鲔之所窜騺。鸥鸨之所瀺灂，蚌蛙之所沓徙。嚵啮乎柽杨，潆洄乎荇芷。被离乎菱芡，呀呷乎蒲蟹。特其余力之所到耳。路尽源穷，地与天殚。乃见长虹，飞垂乎青山。其始也拔轴太和，抉阊五华。蓄粘欲窒，回翔谽谺。似应小雪，沉藏渊蟠，再宾乎功德之寺。硹崖轸分，迸裂万缕。糅日车，搉机弩。摆雷硠，轹磥砨。虎趪趪，龙衙衙。经营镇枢，流揽天母。胶戾盘滵，束以赤螭之口。然后嗝嘲中喷，髦髵张黴。奋勇破阻，迫势就险。喜空驾旷，斗武出窖。太白统驰，素蜺载骧。婴茀启涂，迅不可当。阳侯前驱，溪僮后从。密汩沸暴，迅沛激昂。直往驶赴，竭渴怒争，淋淋似饮江。连绵偃蹇，蚴蟉支撑。宛转回带，排奡相抗，穹穹似驾梁。错明玑，散玉玽。织红丝，飞蠛蠓。滂滂溏溏，耀彩似吐金。破石镜，冲云屏。落晶帘，悬月障。湿湿瀼瀼，似贯乎太阳。削芝崎，凌桂冈。穿喷洒，收漓浪。表表亭亭，似截乎雨傍。初日发曙，层崖荡漾。流离纷曳，皛渼远飏。似降西方，黕纠纵横，翻射夕阳。斜拂长帔，倒挂曲琼，有似在东。拔掎鲸牙，屈注天浆。吹涝星海，屈注银潢。不断轻烟，不销长风。齐入乎鬼，汩出乎神。擢颢气之泻潋，流坎壑之精英。飒沓章宗之址，殷辚芙蓉之宫。下乎青龙桥，潆洄深潭，分膏委黛，滂沛乎禁籞缭墙之外。使观者疲行螣，倒接䍦。穿讙靡，缘厓巖。坐青松，藉白沙。濯朱缨，倾缥瓷。茹苦荈，汲军持。凝思朗咏，竟昼而忘归。骀焉荡焉，又徜恍焉。子能从我游之乎？客卿曰：仆病，未能也。

主人曰：琼华之岛，今名白塔之寺。其山高百丈以无根。荡沧海之茫茫，落长风于禁园。倒影太液之池，恤然足以骇人也。嶂嵬直峭，蒙茏混成，旷乎其失垠也。诡谲丽巧，丰博宏敞，眇乎其绝邻也。其上则金宫银阙，珊瑚玉树之所亏蔽。其下则洪涛巨浪，烟霞日夕之所撞旋。远则景山清虚峙坤艮焉，近则承光古栝分嶙峋焉。蕉园崇智护挹于其西，紫光五龙拱揖于其东。于时春日熙燕，乍雨乍晴。山林澒洞，融液茂腾。表里通透，无风自蒸。遥望神阙，肃何厜㕒。不见其端，虚有云气。一东一西，倏落倏离。须臾之间，变化无倪。摇掞佛教，发扬皇图。提挈百族，抟捖九维。斯时虽蠉飞蠕动跂行喙息之伦，犹将流动发畅于鸿钧之间也，况其在饮和食德仰眺而俯息者哉！

客卿曰：美哉渺矣其气若何，请先生状之。主人曰：或如文狸，或如朱虎。或如华豹，或如玉马。或如健鹘，或如倦鹭。或如惊䳺，或如游鱼。或峨峨如元圭，或祎祎如紫紽。或亭亭如金茎，或斐斐如玉柯。或绵绵如素束，或溶溶如绡拖。或如长城连陂陀，或如三山出海波。或如蛟蜃嘘楼台，或如赤城起朝霞。或如龙神八部偕骧，鳞甲鬖髿之而奋扬。或如仙人各骖骈车，云锦之裳，五铢之衣。或如天女持花珊殿，出入不语，风鬟流眄。或如修罗钵戏水晶，曳捎风旗，掉弄雨兵。或如早朝阊阖洞启，玉笄绂纨，师师济济。或如陈行招摇为旌，虹旃焰朗，蜺旄翘英。或如长杨列校，骈部罕集，矢攒马踠士怒。或如昆明张军水嬉，凫鹥歕喷，鱼虾散靡。或如壮士虎头猿臂，击球挥霍，拔剑裂眦。或如舞姬应舞柘枝，华袿纷拿，飞髾离披。敛兮若寒，舒兮若曙。懔乎若思，温乎若喜。奔兮若为风，迟兮若为雨。法蠃忽撞，梵呗齐举。钟鼓砰訇，下振龙府。惊薄岩阿，飞扬窗户。雕栏渺渺，云无定所。客卿雍乎有喜色，曰：辽乎渺乎，仆闻此语，飘飘其欲仙矣。

主人曰：未也，请与子观太液之池。西山穹窿，邈乎其无俦。穿渗银河，穴通海潮。群山出云，呼吸五百里，日夜不收。天雨毕集，万壑下流。玉泉瓮山高梁喷涌而交帀，划苍莽之中野，象白虹之委积。波湁潗以腾折，沫砀突而高厉。逼净业之丛湖，争西海之北闸。滃溃溃其不止，澎濞濞其并入。然后泌瀄潎洌，盘环纡余。漻乎安翔，湉乎委蛇。瀺灂滭坶，逼侧悠怀。衍溢禁囿，潴滀大阺。涌为璚华之山，轮旋重巘，碓投洞窾。伏犀吐浪，怒猊斗濑。穿穴寥窌，镗鞳砰磕。徘徊乎蕉园。夹金鳌，羕玉蝀。渟为中海，窒橢輵辚，与堤控纵。坛曼汍澜，漭沆困渊。游延陆离，潋滟漪涟，回复乎瀛台之南。沧海为涛，洞庭为纹。朝涌乎蓬莱，夕驾乎神山。出入日月，舒敛冬春。层潭灵府，含英擢异。郁律蓊滓，构结胎胚。散为霖雨，顷刻万里。膏腴民物，长养天下。镳宫别殿，阁道渐台。骧蘖天之飞檐，张排风之棼楣。激反景之觚棱，涌织月之罘罳。纚若星缀，戴若山垂。缭以红墙，周乎其涯。千门万阙，向背反复。珠帘璧珰，洪纷纚属。倒影霑霸，飞醮膏沐。错磨金碧，瓣华下削。与波远近，棍睍绵邈。绣错绮缗，诡状僪偽。其涯则松柏桧枫桫椤连囷，榆柳婀娓竹杏脩便。辽栝金槐，拿攫欐卷。频婆蒲陶，玉桃文果。珊瑚缀花，隋珠连颗。翻水的砾，夹岸垂朵。其中有蒲蒋茅苹，蔿蕢薅莎。萑葼茭蓼，隐藏渔家。芙蓉百子，披缘朱华。雪藕如船，累辑白沙。鶈鶂鸂鶒，鸡鹊驾鹅。鸨鸿鸧鹭，鸥鸬鸥鴃。浮沉唼呷，聚散参差。濯浴明媚，摇闪锡阿。殊方异类，鳞萃瑰玮。祖洲所未包，益咼所未记。莫不奔走娱乐，效奇于灵囿。于是天子乃以万几余间，休息于此。出掖门，停水卫。戒钩盾，肃含利。艕龙舟，张凤盖。树氛旄，揵芝旆。摐金鼓，扬浮吹。捩彩舵，飘珠袂。曳蜺帆，掣霞柮。破烟艓，踏风濑。捎靺鞨，摇瑠璃。靡崇兰，揽芳蘮。攙紫光，穿临漪。瞰广寒，背腾禧。憩五龙，拂玉熙。缆鲸楯，巡虹堤。龟蠵荡，蝞蚬移。黄龙挟，天吴趋。冯夷招，江神随。声謍越，彩澮浮。水调发，棹女歌。千艘引，万人和。黼帷扬，回塘波。蠖略翅摇，旖旎骈罗。徐至于瀛台，望山川之澄瀞，群动之蠕蝹。风日清美，俯仰极乐。命献师傅中官，罥彩纶擢文竿。饵落花，掣锦鳞。碧蘅飐，紫菱翻。唤饔宰，倩庖人。飞鸾刀，拂雕盘。缕细雪，融轻脔。乃置酒内殿，以宴群臣。布长筵，张宝帟。带疏华，倚锦石。藉沙罽，铺蕙席。笼蠙衣，周陵舄。哢新莺，戏舞鸭。剑佩分，芾珩错。璚箫撅，仙管作。麟脯擘，鸾臛沃。糜粻夥，琼羞熇。桂醑衍，椒浆络。霾霏霏，翼绵绵。冲融融，朗佡佡。中池而四望，珠贝光泛，风括云旋。焰然阳出，帅然阴联。西山倒影，状汇万千。泱漾动荡，拱拥数百里间。于是使司马相如枚皋严助东方吾丘之伦，采灵台之遗文，规鱼藻之美义。参于旧典，证于掌故。骋润色之妍词，抽丰博之奇思。啸歌乎太平，揄扬乎斯世。

语未竟，客卿抚髀大欢，矍然而起曰：仆僻处偏域，又病于旅，不知帝居之壮丽，与夫天子之仁泽。今闻先生之言，震耳饫目。虽研都炼京，歌虞颂鲁，何以加兹！愿解初服，簪珥笔随子乎承明之末流。

登天井关赋

张九钺

夫何太行之蜿蜒，一石横亘五千里而嶙峋。渡大河以骇望，猛若抟空之黑云。长风下扫夫怀州，若昆仑悬圃浮峣以无垠。愁愚公与杂然，叩石恳壤而踆循。帝命夸娥以中断，庨然隙夫三晋之门。曰八陉其大口，将出乎井以登天。初仰碗子之城，穹然已足攫也。虎口呀呀，啐人动也。若钟开弇，又悬瓮也。蚁穿垤兮，蚕抽蛹也。往来若敌军，浩呼汹也。鼠斗夫穴，胜者勇也。于是跻乎羊肠之坂焉。

群峰外刺，层磴内萦。蚴蟉窅窱，诘曲嶒竑。飞瀑冲啮，崩树轹輘。断而复续，直而仍横。曳帝弓之虹，积元冥之冰。狃天阙之椽栾，颠鬼神而下倾。都卢无所施其轻趫，法氍无所夸其趭腾。手扪一十八盘，昂然而上征。狮象拿攫，介胄凌兢。一曲一变，一势一惊。螺旋猱攀，缕发急争。

徐至于横望之隘，摩胸刺髂，焦烟疮痏。出寸者踵，入分者指。似踏朽兀，鬼窟在底。足蹑后顶，首摩前履。矍踢互戒，嶓龋相觝。腰肾斗勇以轮囷，心胆挟怒而谲诡。人声缭绍于木杪，铃铎懵恍于梦里。负河洛与嵩邙，凛乎不敢回视。

夫乃媻姗兮澶漫兮，殚兮艰兮，尽五十里八千仞中原之阑，跨天下大脊而造乎天井之关。其关也，尻风陵，雕昂车。背雁门，肘飞狐。腋句注，骻黄榆。三河旋趾其下，二华抵掌其隅。包王屋以环城，陆中条而作篱。白洋嵌壁以驱泉，沁水瀺穴而奔池。谯橹矗乎黄围之柱，蔺石布乎析城之陲。弄泽州若弹丸，嗤隧道为儿嬉。其顶镜平，祟墉砀基。嶀嵘戈矛，森罗旃旗。雷霆拗其闑，云霞扆其扉。阊阖依以洋洋，觜参探而摘之。可以张万幕，屯六师，树河东之藩蔽，阻上党之椎埋，喘定息休，立荒井之巅而望焉。跨蹑汾潞，凭陵怀卫。窪棱邢磁，黑白荆豫。睥睨秦陇，呼吸朔代。雄飙起乎泬寥，鼓山海以腾骧。袖金天之沆瀣，揖鸿蒙与云将。迷晴雨于昏朝，积气混成为元黄。踏大鹏之翼，鹰隼翂翐而丑翔。

溯夫重耳于以启南阳，齐光于以窥霸晋。应侯决口以经营，秦蒴潜出而坑阵。光武超之下赤眉，高欢由之收邺郡。抱真得以守耕屯，安史不敢逾尺寸。李嗣昭铸钟鸣其巅，宋艺祖负石开其峻。凡夫伐兆挤响之谋，捣虚批亢之策。绝阬险斥之雄，摧坚冲突之杰。蚁附肉薄者愚，刊木堙井者惑。攻之则挫，堑之则衂。据之则强，失之则踣。一夫当关，喑呜叱咤。收山外之糗粮，厉盖州之铸冶。斩丹谷之縋綍，蟠云中之铁马。杜九塞之咽喉，阻八纮之徼閪。提纲力振，建瓴势泻。岂徒壮声援，界方夏，盖守逸待劳，以一面而坐制乎天下。

然而长城平，大寨颓。坞壁荒，浚洫夷。赵魏所抶击，梁晋所躐踂。访逮焉而莫知。荆棘衺延，行潦趹踶。窜豹奔狼，跳狐嗥狸。寒鸦对语，惊蓬自飞。于是慨然而兴，跃然而叹曰：昔武王欲宫五行之山，周公曰在德不在险，韪哉斯言！我大清仁覆义焘百有余年，今且郛月腨，庐祁连。梁绳桥，衢雪山。禹亥所未步，戊巳所未官。莫不赋田受禀，疆之以周索戎索之间。何有于隅隈卷石，区区覆盂之安。若夫效义荐绅，继家任子。分卓程之雄赀，好行德于乡里。伐岭石以甃磴，窾昆蹄而凿齿。赋苦寒行，车轮摧者谁氏。盖自陉口越高平，绵绵延延者几八。俱庐有光于前史，洋洋乎络绎亭障，参差垒社。羽檄安详，传诣闲暇。骡纲骈坒，驼载相亚。兜篮帷笋骈環乎其中，行縢重茧戢舂乎其罅。渴者得浆，倦者得舍。富氓豪贾，猗氏之商。绛鞲貂褕，弓韣矢房。青帘招邀，眙目炫妆。山鸟呕哑，岩花吐香。与夫侧耕危获之众，私豵献豜之良。烝徒石炭之魁，山果担负之筐。履砥矢，游康庄。眺芊芊之春青，穿离离之秋黄。林无伏莽之警，户无烽燧之兴。于是尹铎郭伋实心保障之臣，缮斥堠，勤貔刘。稽刁斗，慎千掫。密瓯脱，惩冰游。廑蝟结之故崖，巡蛮触之荒丘。孟门之扼，乾河之陬，石会之碛，永和五度之沟。接辽控仪，翼乎绸缪。壮天地中坚，锁钥乎神州。陋表里之夸，易雄定之羞。卑郝阁之颂，狭筹边之楼。使兹山与皇舆长巩亿万祀，夫乌足抗怀乎关之几阅王侯。

歌曰：昔我宣圣，临河还兮。水衍风波，歌且叹兮。晋民思之，庙于关兮。凿为辙迹，曰车拦兮。肃谒几筵，整裾冠兮。我生忧患，食于艰兮。陟彼崔嵬，无戚颜兮。猛虎戒步，劳则安兮。载歌帝德，平巑岏兮。险何足云，力加餐兮。

橘洲赋并序　　郭焌

潭城之南，得洲者三焉，盖衡山湘水之吭嗌也。其最胜者为橘洲，俗又谓之水陆洲。或曰橘生其间，故名焉。予谓是洲之不必以橘传也，其吐纳风水，映带山郭，秀气绝人区，恍惚遇之，盖在蓬壶方丈间矣。乙卯秋半，与锺子下帷其中，流连光景，吟啸水曲，栩栩然不知身之去尘寰远也，遂不揣而为之赋。其词曰：

緊湖南之清绝，幻灵境于江汀。忽三洲之并峙，讶一水之中分。溯遗踪于志乘，有嘉橘之棱森。美媲湘妃之竹，甘齐楚子之萍。饱足秋霜，红透夕阳之照；舒残新叶，绿分杜若之春。惟此洲之绝胜，遂因之而著名。

尔其隔水盈盈，累石碌碌。城百雉以几横，水双流而带束。

恍玉案之浮青，类绮琴之结绿。映带洞庭几八百余里，截湘流而独坐中权；瞻顾衡岳七十有二峰，迤麓岭而长舒左足。怀瀛壶而不见，舟子难招；幸砥柱之犹存，龙门易凿。斯天巧之独钟，亦人工之最渥。

则有云台矗矗，月殿层层。南天高瞰，北斗遥撑。影倒清流恍兮，露蛟宫之隐隐；势凌绝汉忽兮，幻蜃气之腾腾。烟蔼蔼而宝鼎耀彩，风骚骚而铁马飞声。光灿灿而朱栏环绕，炳烺烺而金额标名。响动鲸钟，夜送重阳之雨；帘垂绮户，时栖渡水之云。况复拨竹树之蒙密，带烟水以潆洄。千竿秀出，一径潜偎。作吟声兮风历历，抛碎玉兮月皑皑。闻语响兮人难觅，逗江光兮目易猜。或短吟而刻句，更长啸以浮杯。树垂垂以交密，路冥冥而忽开。尔乃见烟火之成村，值渔樵之错处。俨三市与六街，仍鹤汀而凫渚。尚得草屋万千间，土阶四五步，寒菜数十畦，柔桑百余树。岸多结网之渔人，檐有负暄之老父。三叉路口，交通水陆之行；十字街头，半杂乡城之语。

于是事与地殊，亦且景随时易。若夫水澄波，峰净色。和风翔，皎月出。鼓双飞之燕翦，渔艇斜骞；掩六幅之湘裙，风帆乱叠。瞩天宇之四垂，混水光于一碧。灿暮景之陆离，眩冰壶之明灭。半天霞起，江水都红；两岸沙明，芦花共白。灯悬十万户，清莹之波影俱摇；露下二三更，欸乃之渔歌未绝。若乃天惨惨而云低，风洌洌而江寒。雨巡檐而箸下，浪浮空而雪翻。声如裂石，势欲崩山。两岸林深，猿啼不住；孤灯夜照，客梦将残。系缆蒹葭之畔，卧舟杨柳之湾。仿佛乎落星之浦，依稀乎独石之关。凡此皆兹洲之胜概，历游子而方多。挽波靡以孤撑，叹人类其几何。

桃源洞赋

陈长镇

粤兹鸿初，浩漻芬泯。亭毒孰分，混敦谁省。五丁抝椎，八柱标准。廓劃豁閜，渎络岳绠。郁澮澥之滂濞，崒巀嶭之崩罣。

竖亥跨步以趋丁，祝融挥鞭而向丙。乃发其英，肇开灵境。嵬衡霍之崴嵬，晶沅湘之漂冏。线走轮屯，攒螺伏蟥。九龙掀髯以争腾，万马啮辔而齐骋。灵源地辟，奇域天引。萃隐士之都宫，吐仙流之华省。

粤若武州，惟南图屏。碕礒崛崎，崟岑秀整。赫层峦之怒奔，潏一流之独逞。岩悬天以浮云，岸夹地而布阱。崿峭削其风刃，洞嗽咤其灌井。魁梧如人，蚴蟉如蚓。凹如舀臼，凸如芝菌。骞举如翼，牙列如盾。掩如龟甲，支如鹤颈。云黯黯以无渣，鸟啾啾而弄影。厥称骚国，遥争鹫岭。

若乃青林威迟，丹崖淑靓。轧蟠挐兮上绿，淙翠滴兮下冷。闳黖霸兮雷敲，掣光耀兮电警。骨骼髗兮飞龙，精越渫兮吸牝。石濯肺以颜酡，松指天而背瘿。孕星辰于荦确，扶羲娥之盖轸。缫晴岚以舒丝，梳细草而垂鬒。草英熙其笑日，鱼鳖欢兮吹景。匪王侯之墅业，实高蹈之箕颍。

至若融谷吹和，暄阳散泽。万卉荣敷，群芳秀茁。都十里之秾华，霭一窝之馝馞。柔条低翻，嫩萼乍擘。叶半舒以岩暗，花一散而峰白。本无心以引莺，羌不言而凭石。碎锦然山，飞香醮窟。阳谷含娇，阴枝缀帛。扈扈荧荧，缤菲发越。密若无干，飘若无骨。卧若睡午，欹若点额。贯若垂珠，奋若振翮。仰若倾日，俯若揖客。惊龙洲之千头，讶南阳之八百。差池分其背向，历乱通其血脉。其色绿叶朱房，青茎素魄。或翦琼琚，或糅琥珀。叫杜宇于蜀山，泛王舟于雪月。杨妃半醉以横陈，珪璘凝愁而向夕。倚湘女之瑶华，袅洛妃之罗袜。幂珊网于修柯，种玉田于榾柮。哄野火之烧春，烂繁星之列栅。扇万壑以团红，飞长天而洒碧。岂无人而不芳，独含情以待摘。

当夫晴旭笼烟，寒蟾吐璧。脆肤弱辀，飞茎倒射。日照胆以流脂，露洗心而泻液。若乃微云淡河，风丝霡霂。晕碧颊之登潮，溜啼腮之润汐。妖红坠湿，顾影自惜。西子羞恧，南威窜蹶。鄙龙城之晻薆，陋群玉之崥屼。讵舟车之可通，嗟嫏嬛之久隔。

则有沅南舟子，沧浪鱼簪。荡舟渚，刺颬划。溯潦潏，蹈鱸鮃。攀筏骫，逐麏麚。耸飞情于瀺灂，振逸兴于谽谺。頫今时之碧水，流上古之桃花。涨坞边之腻浪，发洞口之朝霞。吐红霓而秀上，蔽若木以摇葩。旖旖拖绶，浅浅笼纱。崖垂胡而路断，欻俯入以弥奢。遂乃系舴艋，穷垠涯。极崛礨，轶峩岈。倏乘兴而遂往，亡岖径之裒衺。

既克跻乎九折，恍酬应以纷挐。吠云中之仙犬，通树里之人家。纵横阡陌，蓊薆桑麻。渠塍绕绿，秔秫扬华。老翁缓步于陇亩，幼妇饷馈于井洼。但父子之足乐，奚好爵之相加。更饶陵陆，园榛山茶。岩椒林椹，欐佹杈枒。二月种菽，八月收瓜。靡王税之输纳，清胥役之鞭檛。有蔬藿之足饱，无市井之可赊。笑人世之蹴蹜，宝空谷以心遐。茅斋走鹿，檐角栖鸦。犹不猜以何惊，蝉有翳而无哗。山静罘罳，水长鱼虾。辨朝旭于鹍鸡，测暮景于蟆蛙。依草木为春秋，借云雾为藩笆。不知年岁之几何兮，而何修短之堪嗟。

渔人乃洞心摇精，慴魄惊魂。疏幽想，涤尘烦。整巾带，折腰臀。询黄发，索奇源。山中之人，延颈而大骇曰：嘻！而何人？而来何径？而入何门？孰发而秘？孰凿而阍？隶何国之版籍？奏何氏之篪埙？既赠既答，载笑载言。于是白眼回青，苍颜转温。蹑蜡屐，陟层嶟。望烟火，启柴垣。入蕙圃，坐兰园。荫竹坞，敞梅轩。具山中之鸡黍，剥篱下之荒芚。问钓竿于白鹤，采果栗于苍猿。嘉肴布案，浊酒盈樽。落花绕席，古翠平藩。夕鸟依檐，暮兽争喧。忘形尔我，不知暝暾。陶然而醉，兀乎无垠。乃荐蒻席，倚花墩。枕怪石，裀苔痕。松落落而叶下，桂苍苍而露沄。月欲侧以警露，虻乍伏而疑暄。凛肌寒而骨冷，依寣寐以扪搎。

迨乎晨钟曙发，田夫朝奔。惊外来之异客，烘柳暗之花村。咸来问讯，各洁饔飧。自言当天地既闭，云雷久屯，挈妻子以嘉遁，每更抱夫儿孙。嗟今世之何世，欣一我之自存。土出金兮條化，牛易马兮奚论。傲乾坤之阖辟，渺元化之可吞。

尔乃留连累日，偃仰箕踞。姻娅招欢，朋从道故。拟相诱以穷年，悲尘踪之不悟。泄造化之奥窔，惧精灵之忌妒。言送言归，渔人告去。此中人兮语云，何外人兮足诉。

遵旧壑兮依然，眺崖扉兮已锢。仿佛灵踪，依稀仙步。缘磴道以邅回，揽横烟兮黯度。飙风吹襟，土花滑足。泉寂兮低咽，山炯兮上吐。望隐隐而疑通，听微微而怆误。景花雨兮迷离，杳云深兮无处。俨阆苑与蓬壶，悔老铁之错铸。返谷口而牵舟，泛中流而起鹜。顾兔登峰，阳乌宿树。落霞孤举，野狨众怒。睹远暮之纷来，心纡轸而咻噢。欲复入乎丛阿，恐豺狼之呵护。徒采采兮蘼芜，孰与遗兮下女。独侣影以旋归，神迋迋兮若遇。凭梦影以交欢，惨月明之欲素。罗帏空兮幽谷鸣，夜鹤怨兮啼蛩曙。山中人兮不归，庭草凄兮浥露。想姑射之真人，缅天台之石路。冀神界之复开，诣太守而告语。

尔乃复寻旧穴，再踏前蹊。著芒屩，策杖藜。转紫陌，过金堤。上翠巘，陟丹梯。缘玉洞，访桃溪。傥行行之有靓，交欣惧以难齐。涧歕歙以界道，瘴郁塞以成霓。磊砢相扶，麕鹿相携。落叶辞条，杂草攒蟀。山积铁以地窄，云矗墨而天低。寥寥窈冥，不可端倪。虽白云其旧识，怅文狸之诃诋。竟惝罔以无见，蹇踯躅以缘溪。敛轻裙而复进，倍芒芴以增凄。但见镠辖巃嵸，膧肿排挤。狰千岩以兽搏，聋百籁以猿啼。闪旌旄以撞日，齰龈腭以吞犀。樛栅星而虬立，居插汉而鬼跻。熊罴跑东，虎豹号西。前啸魑魅，后走狻猊。犛兕驰，狒猥嘶。蹲貙豻，斗鲸鲵。戾戾谲诡，瑟飔黟黳。厥状砀骇乌获贲黝，羌奔走以号啼。汗流沫坠，气绝心封。怊仙躅其伊迩，悼复入其缘睽。欲尘凡之回别，傀溤翼以存疑。

厥后灵区遂塞，芳轨谁追。南阳问津终不果，彭泽心契杳难窥。彼猿鹤之俦且循岩以返驾，而安问乎肮脏之蝤蛴。岌古洞之宛在，垂祀祀而仍迷。嗟嬴颠与刘蹶，倏沧桑以推迁。递齐梁而下降，腾宇合之腥膻。窫窳薮泽，封豕山川。瀇人寰之沸濊，汩徂往以不旋。

方今圣皇御世，橐籥陶甄。占斗建，运玑璇。遵日轨，顺星躔。总四维，揽八埏。欃枪景闷，紫极光然。洗兵牛女之渚，放马昆仑之巅。指方壶为苑囿，表天竺以游田。烧沃焦为翠釜，酿星池为酒泉。巨灵荐兽，海若献鳊。木公铺席，金母巡筵。大酺天下，醉舞仙仙。于时二曜璧合，五星珠连。凤鸣金山之麓，河清武陟之渊。乃开讲席，广衡铨。八及扬，五更延。岩穴之士弹铗，翕起扣角竞前。广成调鼎，王倪烹鲜。子晋叶律，伯阳编年。蒙叟掌制，抱璞司天。丹台仙侣，跄跄济济，协恭寅亮，抗臂比肩。逐日夸父，斗电孤延。争荷戈秉锐，列乎殿陛，桓桓忺忺。维秦人之遗世兮，杳汩減于荒烟。纷吾既有此奇服兮，盍放弃而自贤。乃歌以要之曰：弗胡绳兮纫芳荃，饮清露兮蜕高蝉。山郁确兮四野无邻，豺虎咬人兮鬼魅争先，山中之人曷其来还。云行雨施兮物得其所，入皆寝于室兮胡独走于田。

清歌未阕，松鹤潸然。愁云出岫，流水呜咽。重为楚歌，以觉长眠，辞曰：山中之人无久淹些。明堂焰朗棼橑连些。梧枝高骧枳棘残些。揭车修娉萧艾蔫些。熠耀敛耀日中天些。铅刀顿芒干镆铦些。黄钟闟鞈瓦缶捐些。祥麟飒沓犬羊豜些。乘黄骋步跛鳖邅些。恶鸮雌伏鸾蹁跹些。蝮蛇迹潜龙蜿蜒些。狐鼠耆慓驺虞联些。阘茸委黄蕙兰芊些。山中人兮归来，硜硜之节不可以坚些。

于是秦人闻声，涕泪泮涣。聚族以谋，鼓掌载叹。祖龙灰烬，黄龙回换。干旌郊翻，光华旭旦。块独守乎一隅兮，志荒忽而闷惋。蹑莘渭之清尘兮，奚幽昧而永窜。辟霞窝，摧桂馆。谢云旅，挈花伴。麾水鹤，揖野鹳。荷衣裂，芰裳爨。北山移，磻溪变。箕尾骑，龙文焕。玉佩陆离，龟章璀瓈。楩楠豫章，昆吾玉案。莫不葰楙连蜷，琳琅焜炫。盈墀充宇，炳麟而可观。沕古洞之黝嵺兮，矗嶕嶤而摽捍。启扃钥以豁朗兮，恍雾解而冰泮。桃花流出于人间兮，丐骚人之把玩。鸟欣欣与鱼游兮，云溶溶而水淡。列版图于王会兮，甄菁茅于降祼。铲权萎以康庄兮，阒搴芳之鞞绊。悟神仙之芳渺兮，存渔人之古岸。伟天运之周环兮，综德化之莽灌。

颂曰：皇帝神圣宇清晏兮。木连菁立神灵衎兮。岳渎修珍辉炎宛兮。光风转蕙芝华粲兮。赤松黄绮标国干兮。被衣啮缺列珪瓒兮。紫府仙都输贡献兮。绳符沙度不格闬兮。梯崖航澥莫或宧兮。吁吁徐徐世亶曼兮。洞壑坦豁绝欺谩兮。桃源旧路不迷漫兮。何有秦人栖崖厂兮。绵绵蛰蛰摅无算兮。

大凑山赋并序

卢世昌

大凑山者，六体莫穷其奥者也。结根岣嵝，冈连岭属五百余里，至桂郡治西面而止。止则盘纡岪巆，上干青云，俯群山若儿孙焉。广袤三十里，中藏富有，所以利赖生人者，莫可纪极。余来自戫戬，凡五金所产，亦多见闻，然未若斯之妓且永也。爰采诸故老，证以今兹耳目而为之赋。其辞曰：

地平天成，川流岳峙。灵祇既飨，五位时祀。道迎运以扬芬，瑞依德而凝祉。重舌九译，佥稽首于王廷；合璧联珠，咸征休于国史。矧五岭之腹心，为声教所光被。其间峻极之状，祥嘉之媺，岂直土沃野丰，百物绮靡已哉！

当夫翼轸之分，楚粤之交，峰多崒嵂，地极嵺巢。晓黛青岙，殌岚翠胶。既蜿蜷而迤逦，亦凸凹以頫頟。是故低者成洼，高者成岫。云去云来，山前山后。巀嶭嵔廆，争奇献秀。宝利无涯，山名大凑。赘同齐女之瘤，羸似丈人之偻。睹锦湖之渺渺，飞来鸂鶒鸡鹊；盼青嶂之峨峨，铲尽松杉橘柚。春籔媚娬，朝雨清浏。一痕欲没，依稀嬴政鞭余；五色交辉，仿佛娲皇炼就。尔其攀仄磴，穿层云。径匼帀兮渐耸，泉喷歕兮相闻。西北之山光乍合，东南之塔影遥分。雾縠冰绡，隐识金银之气；莎衫桐帽，闲寻麋鹿之群。羊祜之登临，豪怀趺宕；王廞之展览，愁思纷纭。灯火则万家闪烁，烟霞则一片氤氲。寂寂幽斋，当前之月朗风清，缅怀学士；山下有宋进士黄植父子读书处。垒垒荒戍，往日之龙蟠虎翼，空忆将军。山半相传后汉赵子龙收桂郡屯兵于此。此仅为骚人之胜览也，尚未及乎利赖之纷纷。

原夫名山所蕴，宝藏兴焉。草莱尽辟，地肺横穿。探岩排壑，凿锐攻坚。追荒忽兮无朕，索杳渺兮重渊。硃硃硌硌，恍恍悁悁。人具五丁之力，神开百丈之巅。听辘轳之旋转，觑灯燧之相连。揽樛木之长萝，潜陆地之行仙。督率千夫有长，爬搜万斛及泉。脉脉相通，功非尽于一日二日；生生不竭，吏不待十年五年。

其宝藏之兴，厥品有四。最上则朱提耀彩，西帝毓精。擅白镪之美号，遗十瓮之饼银。或凝铅而得，或煮铜而成。户秘太华之药，人乐孔方之亲。万侍御之凿山，濊国男女为饰；耿先生之削雪，方壶瓦砾皆珍。次则备物等于竹箭，宝贵拟于金璧。绿石为之先资，青薄肆其流液。分明鹫岭飞来，维摩留卓锡之踪；一自槐山产后，黄祖存锻炼之迹。若夫地非橿谷，实产名铜。擅雷首之上贡，分麟符之半通。节不变于燥湿寒暑，形不改于霜露雨风。为牝为牡，何羡十炉之富；亦青亦赤，奚多九鼎之充。更有黑白之铅，与锡为类。既尚黄芽，亦先紫背。母子攸分，利用不匮。镕之名泉，炼之为器。服之身轻，调之須粹。波斯逊第一之称，岱畎布五方之利。若斯者皆此山之倬诡，物产之魁殊。非侈富而扬诩，实宝异而可书。自有唐而开采，至今日而不虚。虽扶舆之英华无尽，洵高天之惠泽多储也。

彼夫海外名山，亦传坞屿；寰中胜迹，不乏嶎峒。未邀岱华之典，亦载蓬壶之踪。或形如威凤，或象比游龙。或擅飞来之胜，或侈鬼斧之工。或芙蓉之亏蔽，或花首之嵸巃。既如笑而如睡，亦锦帐而屏风。太室少室，金匮之藏有尽；大酉小酉，瑶编之贮终穷。盼七星之拱立，眺五老之争雄。挹九嶷之巀嶭，追万石之玲珑。琵琶矗矗，鹦鹉重重。衔花而传岐嵃，修炼而志谽谾。灵之所蕴，数不能终。非不极目狂疏，特状夫人谋之胜。究之无关轻重，难比此天锡之隆。

爰有江湖散人，风尘逸叟。性既不羁，趣亦同丑。想存天外，梦驰九有。夜郎鸣玉，半生之游涉既周；赤帝歌风，十年之阅历云久。五百载祖居迢递，岭云黯游子之魂；三千界客路旋归，桑梓乐耆英之酒。无似灵均侘傺，七泽之蕙茝犹存；敢云彭泽高风，三径之菊松不负。眼看山灵献瑞，于以庆埊利之宏；躬亲宝气蒸云，洵足称官山之首。爰志胜而描模，敢挥豪以叉手。

赋已，复为之歌曰：山入云兮青青，人入山兮深深。声搰搰兮攻石，光灼灼兮镕金。地不爱宝兮养兹黎首，黎首食福兮自古由今。

更为之乱曰：大宝见兮利无疆，精华富兮须秘藏。何如留有余以还天地兮，亘千秋万古而弥长。

双梧赋

余廷灿

展隩皋而得旷，俯清远之湘流。贮遗经于古屋，聚学侣以旁搜。豁轩棂而洞达，凭栏槛而夷犹。伟双梧之挺寄，落瘦影其寡俦。参霄汉以孤举，杂讲诵而飕飗。伴从容于晨夕，如茹吐于清幽。迟众木之既荣，理新绪以徐抽。舒茂荫于长夏，涤烦热而遮稠。俄下阶其一片，根反贯于先秋。刊柯叶之繁缛，旋神挐而貌掔。兀枯株于雀立，半死根于蚁酋。排风雷以不战，亦何去而何留。彼大木之拔山，齐回首于万牛。詟永承乎柱础，庸有待于雕锼。傥琴材之忽荐，莫盘桓于息游。徒抑按以供玩，如莛撞与蒉桴。谅无调乎窕槬，宁响秘而声收。均百尺于五弦，不键户而裹糇。予株守于丹墨，感岁纪之警遒。索微言于同志，寻逸轨于前修。仰双干之对峙，映高霞其相摎。锡短亭以嘉名，时小憩而炯眸。

感秋月赋

潘相

悲哉中秋之为月也，皎皎兮对日而分势，团团兮腾天而吐灵。

晖斜兮窥寂寞之冷户，影碎兮照羁栖之孤亭。何予生之不辰兮，诚坎坷而离忧。时冉冉其不反兮，及岁行之三周。当天伦之欢乐兮，忽易逝之春秋。玩白日之昭昭兮，惕长夜之悠悠。朝翱翔于艺圃兮，夕止宿乎书楼。冀禄养于昏晨兮，乃与物而作休。战星沙之锁闱兮，矜纤人之伎俩。念堂上之今宵兮，乞祖先之肸蚃。香瓣瓣其申旦兮，送络纬之群响。蹇淹留于五科兮，曾不少慰乎俯仰。

岁壬戌余北征兮，时二月之初吉。看依依之杨柳兮，泪淫淫而难窒。叹周行之迢迢兮，辞国门而南出。时中秋以言旋兮，慨北风之萧瑟。伯氏晋酒而父叹兮，恐今日之难再。一语之为谶兮，奄十月而见背。幸母氏之圣善兮，欢愉愉以拊爱。罪孽之不可逭兮，忧与忧其相刈。伤形神之孤露兮，望圆灵而增愍。

思文场之毕事兮，众绰约以翩跹。登江城之南楼兮，谓既渡以为仙。有不殖而偶获兮，有力田以逢年。惟鼓钟而声于外兮，孰鹤鸣而不闻于天。苟速获而无实兮，岂二人之所怜。幸膂力之方壮兮，质明月以益坚。

重镌太学石鼓赋

罗修源

禹畴福备，舜律风从。海流浩渼，金奏春容。圣集大成，合虞夏殷周之隆，而文同六宇；教先首善，轶辽金元明之旧，而制启三雍。地纬天经，稡室之五经奕奕；珠联璧合，兰亭之八柱重重。颁法器于庙堂，已焕西清彝鼎；排宝书于猎碣，更超东序钟镛。

懿夫石鼓，肇自周宣。狩著岐阳之迹，篆垂史籀之镌。斫蛟鼍于快剑，下鸾凤于群仙。溯陈仓之初散，洎皇祐而终全。门比鸿都，几叹星移物换；檐深大厦，无劳裹席包毡。古器纵横，轩颉相追夫唯诺；长歌跌宕，韩苏久寓夫流连。观其荫借庭槐，影遮坛桧。跟肘依稀，云烟晻霭。雨淋日炙之余，玉振金声之外。

剔苔藓以摩挲，列东西而映带。大文有耀，众星之落落难名；至宝无多，缺月之娟娟如绘。故借扔呵于神物，石不可磨；而亲观听于桥门，学原称太。

尔乃乱壁音传，尧章云倬。弁宸唱以焜煌，诏从臣而扬榷。集腋重成，循环细斫。奇劂什袭之珍，欢动四门之学。因难见巧，珠大小而走盘；比事属辞，玉一双而为珏。缀断文于贯柳，居然若网在纲；缉雅什于攻车，宛尔钩心斗角。三千余年以后，丙申之吉日还符；四百余字之贻，甲乙之贞珉载琢。

其制则磊落中规，团栾逾尺。雷篆回旋，云根润泽。色斑驳以对楹，质璘瑞而借碣。数符龙负之图，象俪虹流之璧。傍朦奏之灵鼍，映棂星之列戟。巧绘瘢胝，全锼波磔。蛟蛇竞走之形，蝌蚪初分之迹。双钩妙手，漫填南宋之金；万古斯文，莫叩临平之石。

况乃舂臼形残，奎文制补。掩雅凌风，函今迈古。蔑矣冰斯，瞠乎岣嵝。带教胄之夔音，杂充庭之鹭羽。赐荣飞白，同分璧府之辉；拓宝硬黄，更勒滦阳之庑。听鼓鼙而思将帅，岐狩犹新；摭星宿而遗羲娥，葩经载谱。撰刻届上春之候，蛰启雷门；受成溯在泮之仪，威宣铙鼓。是惟文化久成，武功遐布。藻芹日蔚夫菁莪，金石遍谐夫韶頀。泥金检玉，陋汉氏之弥文；弓秀马驹，焕周京之掌故。羲臣之鸟迹如新，鲁殿之蠹文永护。书万本诵万遍，继辟廱贲鼓之篇；驾四牡乘四骐，笑羽猎长杨之赋。

案：此篇家无存稿，见吴穀人祭酒所刊《馆阁赋雅正》本中，因从录出。周少宰《西番莲赋》亦然。汝怀附记。

湖南文征　卷一百三十三

赋四

又一村赋有序

张世浣

湖南抚署之东，有园十亩，名又一村。村有八景，掩映四时。前虞山蒋文肃公所创也，后渐荒芜。今梁大中丞葺而新之，治政之暇，常读书染翰于此焉。夫莫为之前，虽美弗彰；莫为之后，虽盛弗传。彼其作为亭林，后先同志，殆古所谓地以人传，于兹不朽者，岂仅供一时之游览哉！爰抒己见，厥赋斯篇。其词曰：

繄楚南之抚署，有澹霭之园林。堪骋怀而游目，可即物而写心。水媚山清，似辋川之图画；花明柳暗，叶放翁之歌吟。揽景物于公余，兴复不浅；接风流于前席，情与俱深。别有洞天，八景之佳名足赋；缅兹福地，两公之盛迹堪钦。则有匝地名花，侵阶弱柳。既敞南荣，旋疏北牖。千章绕屋，间有莺啼；万卷连床，时看蠹走。抚韶光之绰约，宁仅用夫三余；托胜地以翱翔，直欲该夫二酉。而且明流衣袂，清水平陂。类倪迂之画本，同米颠之墨池。睡鸭惊回，两岸之波纹荡漾；飞鹢过去，一篙之浪影迤逦。洗笔池头，暖绉千层之縠；读书堂畔，晴添万顷之漪。

无何过亭北，历村西。芸菜圃，灌瓜畦。官有余闲，每忘机而抱瓮；心无纤翳，聊学圃以酿齑。效开府之一犁，陇头鞠散；待黄台之三摘，园畔青齐。日午挥锄，处处有葱菁之景；雨余刈种，声声歌滑刺之泥。若乃送夕阳，坐庭樾。琴瑟停，茶烟歇。

扇一阵之清风，露半痕之纤月。珍珠箔卷，魂消姮女之宫；玳瑁筵开，望断蟾蜍之窟。已而竹径生凉，群花弄影。数枝清浅，乌啼蝶梦之时；几树横斜，云破月来之境。形迷玉砌，风来而野坞生香；影混晶帘，露滴而疏篱欲冷。更或徘徊朱槛，徙倚红桥。翠浪频翻，涧底之锦鳞欲跃；碧波乍喷，蒲边之朱鬣难描。避饵唼花，等江湖之游泳；忘筌知乐，类濠濮之逍遥。至若亭际霜凝，坡前雪积。惟老干之垂青，有虬枝之挺翠。喷寒涛兮千尺，不改真操；掩苍盖兮几重，偏饶逸致。龙鳞秀发，疑白玉之平铺；麈尾风摇，似晶盐之乱坠。

以知景物之胜，惟在因人；兴废何常，必归同志。仰二公之品望，人杰者地灵；辟一境之荒芜，先难而后易。桃花流水，恍入武陵；饮酒歌诗，非同傲吏。阅岁月而常存，历风霜而不敝。宁仅东坡之喜雨于以名亭，黄冈之竹楼因之作记也哉！

夸父支鼎石赋

段国相

维辰州久号山郡，自上古已著英华。即一石之孤标兮，犹共惊为崱屴；矧三峰之拱峙兮，能勿羡夫崟岈。既屹屼而人不敢越，亦岧峣而雾不能遮。参天半兮承雨露，耸云中兮起烟霞。壮厥巍峨，漫拟擎天之玉柱；钦其峭厉，更异射斗之镆铘。景已传为故典，言非尽属虚夸。

载考前人，厥名夸父。视宇宙为居庐，以乾坤为门户。思逐日兮竭奔驰，携鸠杖兮忘劳苦。采芷兰兮为馐，罗龟麟兮作脯。既不烦于裹粮兮，宁为釜甑之需；竟相传以斯山兮，权作燔柴之府。尔乃欲陟上必自卑，赏佳致趁良时。习习春风，青帝助吹嘘之力；炎炎夏日，祝融代举火之司。或合秋花而释也叟也，或联冬雪而蒸之浮之。山前之行潦潢污，似将积以饎饎；岭畔之松篁卉木，若欲储以待炊。盖形烦玉铉之三足，脉接衡岳之一支。是以风光日媚，景象恒奇。既大烹兮以致养，岂鼎沸兮而难持。况乎升九天之瑞日兮，俨丹丸陶冶于铛中；覆五色之祥云兮，疑爨火氤氲于釜顶。曙光横一缕依稀，晨起尸饔；暮霭锁三山仿佛，晚来烹茗。非危崖兮所可同，岂丘陵兮所可等。固宜播美誉于尧封，齐嘉名于禹鼎。则亦何必屿在河而岛在海，方逾崒嵂以超群；华位西而岱位东，始驾冈峦为已迥也哉！

夫传闻之多误也，不须搜秘笈于五方；而美景其难逢乎，每愿存遗踪于什百。矧详于邑乘之中，又登诸广舆之册。事实有征，景非莫得。下临无地，俯岩壑兮何穷；上出重霄，仰星辰兮可摘。将共钦奕奕之山，谁敢鄙岩岩之石。洵宜架鼎鼐而调盐梅，承釜锜而供脍炙。殊无折足以贻讥，何至覆悚之堪惜。镇兹南服兮，并三公之尊严；卫我天家兮，历万古而濯赫。

怀旧赋

黄贤宝

昔潘黄门感东武杨君之事，作《怀旧赋》，词曰：余总角而获见，承戴侯之清尘。又曰：今九载而一来，空馆阒其无人。盖伤之也。近者鄙人亦有潘杨之感焉，乃仿安仁之意为之词，仍其旧名，示同旨也。又窃取朱公叔、刘孝标绝交之论，以广其义曰：

春花艳而凝露，秋叶脱以惊霜。木德盛其向暖，西风至而生凉。泉涓涓兮长逝，火焰焰兮无常。虽物理有其固然，亦人事之可为惋伤。

往者乌衣旧巷，琅琊德门，江东龙虎，名家子孙。荷昔人之旧好，缔嘉姻于后昆。愧卫玠之玉润，饮祁公之芳樽。念昔游之如昨，恍陈迹之犹存。方其池馆纵横，轩窗倚叠。风澹荡兮炉烟，香葳蕤兮兰叶。庭多摩诘之蕉，架满右军之帖。墙东之燕子争飞，屋角之饥鹰相接。况夫平原好客，郑庄爱贤。尚书之履盈户，孟公之辖满前。御李者有登龙之庆，献鸽者来介寿之年。或孔李之世好，或朱陈之夙缘。或张范之接轨，或嵇阮之拍肩。莫不望同许史，而争拟窦田。

于斯时也，开芳宴，坐琼筵。穷款洽，极欢妍。象白驼峰之馔，铜陵金穴之天。托腹心则金石之坚固，共生死则歌泣之缠绵。又或闾巷之子，赧焉受怜。借程罗之丝粒，希陶白之滴涓。涸辙者贷监侯之粟，闻风者附虞舜之膻。

奈何宵烛无光，晨曦减色。山以高而易亏，日有盈而必昃。心悄悄其不怡，穷冉冉其来逼。旧时之栾却无存，前度之崔卢已失。谢公墩属之何人，平泉庄岂犹昔日。伤子树之无阴，怅孙枝之谁恤。至于殡宫长闭，大暮不晨。缌帐悬而未冷，墓草宿而犹新。已无闻季札留徐之剑，更何知郈成分宅之仁。此谭拾子所为喻以阛阓，而王仲回所由戒其后人者也。

余也肯构怀惭，负薪有愧。慨脊鸰之分飞，痛椿萱之见弃。既非砌下芝英，几服雪中葛帔。流连孽海之穷波，惆怅学诗之故第。喆人萎而云遥，憾者感而挥泪。人何盛而弗衰，物何荣而不悴。意惘惘以如迷，宵耿耿其不寐。既不能如古人不朽之三，又不勉为夫子未能之四。将何以自恃而长留，可比于无成与亏之义。惟哀乐之易伤，值枨触之纷至，聊见之于斯文，谬托乎词客之抚时而感事。

西番莲赋

周系英

神州膏沃，华甸芳齐。繁英竞茂，异卉争荑。托嘉名于菡萏，分灵种于阎提。排龙树以拿空，祥葩缭绕；衍鸡园而擢秀，美荫低迷。殊优昙钵之花，但说须臾变现；异曼陀罗之雨，惟凭结习参稽。贡自何年，在苜蓿蒲桃之外；生从净土，更花门葱岭之西。只缘质托遐方，轶群芳之旧谱；何幸根移禁苑，邀睿藻之新题。

尔其织茎纡郁，修干蟠蜿。枝繁露委，叶密风翻。阴浓薜荔墙边，蕊多罳罭；风过醾醿架外，香送温黁。缃缬匀排，和烟弄影。琼蕤小坼，镂雪留痕。顶结绛珠，萼含须而可数；拳擎青玉，瓣攒指以疑扪。瑶碧抛残，漫忆凌波之步；铅华洗尽，难描出水之魂。逗柔飔而宛转迎朝旭之温暾。敛向昏黄，似怯宵凉阵阵；开迟红紫，更过风信番番。

若乃培宜奥壤，濯谢清涟。仙姿澹冶，瘦质联娟。可佩可纫，宛如幽谷之草；亦支亦蔓，别成陆地之莲。嘉植原征殊产，芳名还记前缘。薝蔔林深，生香不断；兜罗树古，对影相鲜。宜其叶叶跏趺，坐如来兮一一；花花幻相，现世界兮千千。枯或登坛，法会散长空之雨；生宁咒钵，菩提种无尽之泉。映百宝之奇光，八功布润；悟三幡之妙谛，四照俱圆。盖鹿苑鹫峰之遍植，并黄花翠竹以争妍。旧溯灵根，共说众香作国；今推异品，还闻五叶标禅。

夫其紫塞初移，红尘远赴。密食俱陈，宝苗并输。托瑞霭于华林，接余芳于温树。良能迁地，陈根无橘化之防；荣更依光，小草遂葵倾之慕。惬宸赏以雕华，灿奎章而垂露。辨殊形于鋏线，体物弥工；参半偈于金绳，真如可悟。补佳种于图书，作奇葩之故典。与天花而共散，别标君子之名；并人柳而分题，敬诵圣王之赋。

惩幸赋

唐仲冕

余幼服先人之彝训兮，辨义利而守正。耻锄金之难遽舍兮，慕酌泉之淡定。富执鞭而不可求兮，贫糁藜而非病。何老将至而耄及兮，幸心忘乎安命。自初生而遘磨蝎兮，乘金行而无木。孤火难制群金兮，木生之而遇可淑。乃端蒙与商榷兮，合而敚夫蕉鹿。恩与仇之附离兮，祸与福为倚伏。蹇吾冠而旅食兮，营菽水以长年。及屡踬于公车兮，灩风树于终天。虽侘傺而无婉嫟兮，诵伐檀之三篇。佩儒素而憬官箴兮，历二十载如一日。惧飑陨于末路兮，立崖岸以自律。被甘言之从臾兮，谓仲叔之交密。未尝牧而牂生于奥兮，心犹豫而弗决。亦曾任缓急而指舟囷兮，究无解乎口实。

夫何世途之险巇兮，一转睫而反唇。駴追逋之下符兮，奔乞假之无门。事虽已而有余愧兮，较得失其焉论。授之斧而自伐兮，复何咎乎五行家言。感造物之玉汝兮，苟亏志而怆神。傥儌幸而愉快兮，几何不为行险之小人。余既惕此惩创兮，敦晚行而勿怠。宗董子之正谊兮，虽若季次其奚悔。善为谷而德为禄兮，庶心安而不为物絯。扬清芬于奕祀兮，曾何羡乎籝金之危殆。

重曰：径术虽捷，远康庄兮。泳泗虽善，堕吕梁兮。噣粟喷饵，罻罗张兮。偎首帖耳，貜䋄藏兮。璧彼坑谷，人咸越兮。繄我从之，独颠蹷兮。惟玉理无璺，何忧阙兮。惟泉流自中，长无竭兮。

秋水赋

唐仲冕

余年十三应童子试作，杭卢东里先生文弨为学使者，颇嘉奖。久佚其稿，今记忆而录之，补其遗忘，易其疏陋，以存敝帚之故物云。

案户横汉，流火迎秋。金行液液，兑泽滮滮。春膏既沃，夏澍如油。介我稷黍，树乃条蕤。刈稻方了，击果齐收。荡为溪壑，汇为畎沟。细浍分注，巨浸远浮。渚迷牛马，浪浴凫鸥。

山下出泉，天一生水。混混其源，滔滔其委。蓄以陂塘，聚以洲沚。导以北条，引以南纪。大者淮湖，小者沱汜。涌者波涛，漾者涯涘。或潴为池，或堤为砥。谷廓有容，潭深无底。行潦正增，广渠弥驶。

盈谦配地，消长因时。钟铸无射，鼓击冯夷。亦既耗之，必复滋之。将欲敛之，必先施之。滋则从湿，施则就卑。自有总脉，以会旁支。如峰宗岱，如径达逵。荷精分布，葱岭垂澌。

灖沕潜行，涟沦方至。图象含苞，荣光表瑞。龙门豁开，壶口通利。或播为九，或酾为二。险分于三，渎雄于四。故道屡迁，经流不匮。若舞鱼龙，若迟车骑。真有神奇，不可思议。里三万余，渠千七百。广虽可杭，大由不择。汾潞晋疏，济汶齐辟。衡漳北迎，伊洛南逆。瓠子茨防，芋魁鸿隙。振荡砰淯，挟走沙石。势尽吐吞，气涵旁魄。美哉禹功，赫矣河伯。曰居两戒，独领九川。水维行地，星宿通天。近从硂硃，远自居延。汤汤淼淼，浩浩渊渊。蒸则兴雨，溉则成田。守则作堑，运则方船。视彼滃濮，等于洄漩。清秋盛涨，孰能埒焉。

乃有归墟，无资浸灌。三山缥缈，九垓汗漫。大瀛环之，茫无崖畔。尾闾泄之，不减澔溉。沐浴日月，朝宗江汉。潮往汐来，同条共贯。夏虫语冰，井蛙登岸。拘墟自喜，望洋而叹。

于是海若，诞告于河。以我视汝，蹄涔几何。汝惟自满，泛溢实多。汝惟好直，湍悍相磨。我则不然，善下为涡。汝胡不学，进在盈科。秋月如镜，秋云似罗。长天一色，万顷无波。

箴谑赋

唐仲冕

伊吾生之颇颔兮，耒以笔而耕以舌。月计纸田之穮蓘兮，岁赖墨稼之无缺。千釜钟以奉甘脆兮，违色笑而永诀。叹家累之软弱兮，曾何济夫鹑结。同此卖文为活兮，独人巧而我拙。奔走于燕齐吴越兮，如负贩之折阅。归而皋比里闬兮，苦腕断而唇裂。析金错之豪厘兮，无升斗以润涸辙。将游大人以成名兮，检刺字而漫灭。已而思掌书记兮，习觚简之谀说。手与口其不类兮，强比门下之鱼客。逢主人之器所长兮，还本业而理旧。自温经于三余兮，正童子之句读。丕乃大言为师席兮，几忽忘其孤陋。时高谈以屈座人兮，诚三家村之学究。

忽有离席而长揖兮，嘻嘻其谑子曰：计工而受直兮，类转移之佣奴。恃讲授而获财贿兮，等赚金于当垆。闻之艴然而壮頩兮，将投袂而命舆。仆夫进而前请兮，欲夕驾其焉如。贾欲赢而恶嚣兮，何不慎夫厥初。夜掩衾而自省兮，信斯言之非妄。为其实而辞其宾兮，知不可乎拗强。薛子之之零陵兮，柳州以佣为状。白傅之沦落兮，听四弦而凄怆。问监市之履豨兮，知每下而愈况。彼次宪之蓬户兮，讵不负乎时望。览德辉于千仞兮，不以稻粱而弄吭。嚬菽可以承欢兮，矧已抱终天而营葬。既不克安贫而乐道兮，敢奥渫而骄亢。将行则远飏兮，毋去此而适彼。念解嘲而释谤兮，弃荣利如脱屣。昔鲁斋训士以治生兮，虽农商其兼理。若借谋道以谋食兮，是以诗书为市也已。廿年尝此滋味兮，蹇吾慕乎前轨。望弟曲而赋小山兮，甘捉襟而决履。抚遗编而追往兮，率先徽而课子。斯孟晋以迈群兮，抑且度越乎金紫。讵以虐为善兮，揖名箴于诋訾。

定王台赋

蒋湘培

噫嘻乎高台，嶙峋于湘之滨。祀邈阔而汨没兮，何寒烟衰草之愁人。岂惟崔嵬突嵂之不可觏兮，虽断础残甓，荒基故闉，荡乎若飘风，焕乎若析尘。

吾想夫长沙建国，临湘是治。仰规星躔，横控南裔。铜浦西注，龙洲右卫。贾生承惠之乡，吴芮剖符之地。景皇肇基，帝子爰至。思将母而何年，哀陟屺而永弃。顾枌榆以怆怀，览松楸而堕泪。于是搏长安之土，转荆衡之米。因高为基，积壤为址。仰凌天庭，俯瞰江沚。盘纡隐深，岝崿怪伟。崱屴巑厘，云蒸霞起。惟卑湿之贫国，难回翔而肆侈。岂崇饰以美观，将远以戾止。匪同淮南之贵，恋真定而上书；譬则东平之树，望咸阳而西靡。

粤以政隙务闲，驷马来过。张盖东城，弭节卷阿。阴房夏寒，阳堂冬和。仰瞻鵁鶄，遥辨駊娑。惟枯鱼之衔索，讵阙地之有歌。秋风起兮白云飞，木叶下兮江水波。慈鸟蹄兮夜猿啸，日月逝兮霜露多。终远望兮已矣，愁无见兮奈何。于是西都燕喜之宾，南国飘缨之客。才俪邹枚之雄，文蹑随陆之迹。莫不奉属车，岸高帻，跻崇台，陪绮席。奏赋言怀，赋诗称昔。美南陔以戒养，诵蓼莪之遗则。哀履霜之凄其，写梁山之悱恻。若夫风日间美，山川淑灵。湘水如带，麓山为屏。衡庐夹拱而南峙，江汉蜿蜒而北萦。湘川之奥，山高气清。长沙千里，水与云平。亦足以排侘傺之积思，宣郁伊之幽情。

赤符中微，白水践极。惟贤王之发祥，繄浚哲之明德。则斯台也，固有蹑履重沓，崇构增饰。肃严祇事，赫赫翼翼。带崇冈之逶迤，瞻清庙之丹刻。比夫汉祖过沛，屹乎歌风之嵷巃；武皇求仙，森然通天之耸特。

金刀既覆，玉马潜亡。水木交运，山河变更。昔之高若望仙，丽若柏梁。通灵辟风，神明长杨。俱罹劫火，无复灵光。以至台依楚秀，亭号流杯。会春文昭之巨丽，九龙嘉宴之嵬隗。俱湘南之绝景，为楚望之杰魁。孰不烟沉灰灭，碎瓦残坏。随狐兔以窟穴，与风尘而崩摧。彼零落以殆尽，而况于斯台也哉！独有骚人韵客，吊古徘徊。感贤王之笃诚，寻遗迹于蒿莱。歌曰：怅望兮多违，帝子兮不归。更千秋兮万岁，知斯台兮是非。

宝塘红白莲花赋

吴云际

聿朱明之布令，欣赤帝之当阳。周览邅回，弭盖宝塘。睹山川兮佳丽，悦草木兮丰昌。忽天葩之灿烂，散碧波之奇香。色斑驳以平铺兮，俨玉霏而霞光。惟主人之爱客，叩桂櫂而相羊。俯清镜之涟漪兮，睇田田而舒啸。森素荣而委练兮，烂朱华若庭燎。恍望舒之初升兮，娈夕阳而返照。错繁星以倒影兮，拟龙宫而浴曜。质杂遝以成锦兮，绘更仆而呈貌。

尔乃清风摇曳，芳姿逶迤。搴艳冶之修干，弄婉娩之轻柯。访清溪之弱植，拂缟素于苎罗。乍婉转以瞭曼兮，讶白皙而颜酡。登蓬山以饮琼膏兮，过湘水而拖银波。俨洛浦之扬袖兮，想神浒之芳躅。忽云霞掩映于修渚兮，赤松欣解夫烦溽。于是融风未已，甘澍平渥。洒花坞而周遭，涵郑渠之屈曲。碧盘捧珠，金房吐绿。拭京兆之霜剑，映汉宫之红玉。巨蜯濯漪于明月，童子挥汗乎赤屋。羌火藻以耀彩，倏淡素而自足。宛桃李之缤纷，何秾纤之簪簇。尔乃丰隆卷施，飞廉安节。羲御夷犹，阳乌振翮。于是鼓轻枻，穷水湄。窥丹穴，扪玉卮。有如宓妃采珠于湍濑，帝子拾翠于芳涯。或单干而骈花，恍参差而异姿。差肖夫额担之瑞，宁让乎天泉之池。

嗟夫楚泽之中，莲惟一色。盈盈幽壑，亦白亦赤。辉映点缀，巧非人力。天种灵根，地结元实。想披荆之艰难，饫先畴之旧德。莫教朱颜之易老，毋使皓首之相摧。频开频合，自栽自培。抱洁清而共赏，播芳馨于将来。洽瑶池之玉液，葆仙胎于灵台。

登西阁赋

谭兆发

余情乐夫嬉翱兮，翼阆风使奔属。径不周以回眄兮，伫东海而遐瞩。西阁峙其穹窿兮，登临骇而纵目。地盘结而崟嵚兮，山灵萃而清淑。带两江之激湍兮，砥中流之巨舳。渊澄涵而𣽎滃兮，峰层峻而高矗。揽龟峰之纤翠兮，指衡岳其左轴。披吴会之风景兮，云物宛其可掬。聆吟龙于文浦兮，睇翔鹤于斑竹。腾天马而上浮兮，鼓黄甲之锦簇。揭芙蓉以作帐兮，黻罗星之藻煜。瑞猊出而率舞兮，文明肇而拱禄。鸾凤对而帝悦兮，虹桥续而君录。揖朝真以登仙兮，跨紫麟与白鹿。步赤松之青尘兮，啸明月其隐伏。

忆司空之温泉兮，饮刘郎以获福。任趋舍之各殊兮，悉芳徽之可躅。惟竞美于河阳兮，梅城尚蕴夫真璞。弦诵洽而洳洳兮，荃蕙树而郁郁。缅姱修以全真兮，老将至而形穆。聊逍遥以超氛兮，精长存而气馥。感吾生之行休兮，幸高贤之止宿。搴幽兰以结芳兮，解佩纕以为服。倾匏樽以相属兮，尽陶巾之所漉。弄柯亭于江渚兮，撤君山之五六。极娱游以忘归兮，卷暮云之纷逐。弃斜晖其返照兮，烟拖露而横陆。渔歌沉而晚棹兮，牧童和而驱犊。鸟飞回其绕树兮，鱼戏沼以游澳。妙万物之各适兮，乐大化之涵育。顷焉月出东方兮，清风徐来于林麓。惟庄叟之天籁兮，媚遗响于空谷。

武溪赋

李涌

瞻西山之屹屹，临辰水之沄沄。注长川而为壑，动沧波而成文。合流则一，穷源甚纷。雄橗遥接夫沅芷，辰酉下入于巴麋。名不齐而有五，派虽异而不分。若夫发迹武山之麓，流经泸江之渍。形似匹练，势如障云。有所谓沅溪者，西通夜郎，北连乌速。南合溆浦以洄潆，东与洞庭相追逐。朝辞二酉之滨，暮达三湘之澳。激石狂奔，如迅霆之搏击；循崖逆折，似峭壁之悬瀑。落英狼藉兮，每随波而上下；游鱼瀺灂兮，时出没而往复。洵有本之荡漾，殊易涸之沟渎也。

当其春雨滂沱，优渥沾足。万籁助澎湃之声，千山绚洪涛之色。平原尽属鱼虾游，岩壑疑有蛟龙怒。芦苇摧兮岸崩，老树撼兮根仆。漫漶失杏花之村，泱漭迷芳草之路。杜鹃啼兮听之悲，鸡犬寂兮过者惧。遥而望之，疑三军之衔枚疾走；近而即之，则万马之追奔驰骛。及其浪静波恬，岚娇日煦。杨柳风柔，鼓枻而资游兴；桃花艳发，泛舟而多雅趣。把酒吟怀，临流作赋。乍戏清泉，旋看鸥鹭。聆沧浪兮歌频，望壶山兮感慕。若夫炎火朱明，赤帝令布。虹影窥帘，蝉噪深树。避烈焰之肆虐，吸沆瀣之甘露。思伊人兮一方，涤尘氛兮谁污。已而寒虫鸣，金飙度。明月映兮星辰浴，清风披兮縠纹聚。心神悠然，徘徊款步。渐乃时冷气寒，云冻冰涸。江边之草木尽枯，河干之雪霰凝素。曾岁月之几何，嗟物华之非故。

四序递迁，乍寒乍暑。百物变更，或茹或吐。儵而层涌叠波，儵而霏烟敛雾。谓非楚天之奇观，而快人之情愫乎！而且芳兰所产，泉货所钟，则有江蓠杜蘅，菱芡薏芎。竹箭蕙兰，芰荷芙蓉。云母可饵，蹲鸱可供。罗水鸟之文翠，跃鲨鲤于江中。固寰区之美利，实取资之无穷。观溪流之洋溢，感恩渥之庞洪。纵目兮远览，构思兮未工。弗克罄斯溪之景趣，聊摛词以形容。

二酉山赋

刘文确

懿夫岣嵝崔嵬，苍水津梁。灵麓绵亘，蝌蚪琳琅。烨鹑火之辉，禹篆雕镂；分翼轸之焰，宝山囷藏。乃有二酉，两峰相望。坱扎植基，肇蚕丛于合沓；崆峒耸黛，拓黔岭为低昂。尔其厓屭枉折，辽峛儃纡。倚大酉为攒翠，揞小酉以承虚。巍巍巉岩，竞长三楚；潭潭窔谷，争雄一墟。谓是足登临之寄兴，不意洞壑之间而有古遗书。

考之《禹贡》，咨始酉水，征彼图箓，更称洞天。枉渚钓归，让唐尧之天子；蹇驴詟摄，炼刀圭于岭泉。彼善卷与张果，实栖迹而流连。风徽骆驿，气象万千。其中幽洞窈窕，暗窦委婉。有户长扃，有道纡远。前后敞其相通，窾窍曲而往返。著名妙华，独藏千卷。琅霄书契，有摭拾之缄题；紫府篇章，得珍秘之翰苑。追维秦人所留遗，未信穆天子封禅之所缱绻。

尔乃欹峪岞，绝坌尘。盘磴道，汩泉声。清趣纡其骇瞩，绝顶寄以遥情。依瑞霭之缥缈，际云日之晶莹。洵师文而属芊，何怀璞之非荆。于焉探卷帙之奇，访图书之所。金题玉躞，非隔光碧之堂；玉轴牙签，未殊琼楼之宇。乃双扉难开，白云不语。问当日之情事，宁古人之卒不我与。

夫无境不披，所以扩其识；无籍不博，所以益其明。震泽山穴之函，曾许龙威捡出；汲毁冢土之韫，还需河间胪陈。胡不显幽而征实，匪徒夸多以循名。试看峰峰锦绣，崦崦文澜。浸淫脉望，不数石渠天禄之富；渊微昌化，岂异武库学府之观。大小山中，取材若许；前后囊底，得士非难。敢支萤案以对古，窃附名峤而学山。

天山赋并序

陈中骐

昆仑当天地之中，《水经注》：昆仑，地之中也。北为葱岭，葱岭南自叶尔羌直行千里到伊犁。西入大秦，《史记》：大秦，一名犁鞬，在西海之西。《汉书》：大秦国，其民颇类中海，故称大秦。○大秦今名拂森国。南委身毒，身毒即天竺，在葱岭之南，地方三万余里，分东西南北中五印度国，国各有王，各数千里。支离撇捩，无从悉其颠末矣。其葱岭一折而东，直通震旦者惟天山。震旦，西域称中国之名，《楼炭经》：葱岭以东名震旦。脉五岳，源江河，绵络我神州，非云起欲颓，风吹辄断比也。历来名天山者，惟指伊吾今之哈密之一截。其实自嘉峪抵乌孙，今之伊犁断续出没，遥望负雪崔嵬，冬夏皓皓如一者，皆天山也。予荷戈西出，饱玩此山，叹其奇特，偃蹇遐荒，若非黄图远及，安得落吾辈眼中？辄不自揣，敷陈其略，为《天山赋》，将以为南雁之贻。顾探怀五色，已久愧梦江；而学步三都，但无庸访蜀云尔。

天山一名雪山，一名白山。一名时罗漫，一名祁连。繄单于之旧号，杂羌纥之译言。旷邃古而莫问，越秦汉而始传。突起伊吾庐，横绝巴里坤。古之渠犁。接葱岭，辞昆仑。带黎轩，《大宛传》：北有黎轩。款玉门。越硗度碛，牵支曳脉，夭矫矫而直走中原。过嘉峪，蹑祁连，达燕然。北包河曲，东至恒鹿，恒山涿鹿逾于孤竹，《尔雅·释地》：孤竹北户西王母日下，谓之四荒。归于蟠木，落片石于太行。程子曰：太行山千里一片石。乃长途而中宿，步大章之履，通邠国之轨。《尔雅》：西至于邠国。昭矩之所踦，叶光之所倚。《诗含神雾》：白昭矩，北方黑帝，叶光纪。羲娥假道于其表，冥融划界于其里。元冥、祝融。规之莫穷其首，度之莫究其尾。据所睹记，盖蛟鼍剑斫，吴淞翦取，小小之一截耳，而已轇葛迤逦三千余里。《一统志》：天山自哈密东山境绵亘而西，经吐鲁番又西，入准噶尔界。我朝平定后，改为厄鲁特，俱分旗披甲矣。巴里坤、乌鲁木齐、伊犁皆是故地。拔五岳而争奇，跨三边而未已。信乎天下名山，八而三在蛮夷，兹殆其瑰诡者矣。巍巍桓桓，峻极于天。巉巉岩岩，吞吐云烟。抟鹍鹏而莫上，罥觜鬼于嶅峦。《天文志》：觜觜与鬼，西方方分野。运金精之元气，太白诗：白帝金精运元气。露石骨之苍颜。展南溟于足下，列北陆于眉间。《尔雅》：北陆，虚也。谓虚宿。有客携诗，殆可搔首而一问；何人闭睫，实难跕足于焦原。《尸子》：莒国有石焦原，极险峻，有勇士却行齐踵于其上。其北则瓦剌捷枝，轮台渠犁。瓦剌见《明史》，余详《汉书》。乌孙附缀，剌勒羁縻。剌勒即铁勒。唐高宗时铁勒部反，薛仁贵发三矢杀铁勒三人，余皆请降。军中歌曰：将军三箭定天山，壮士长歌入汉关。突厥既弱，伊丽不支。《唐书》：王方翼破西突厥于伊丽河，即今伊犁。此皆巴里坤、乌鲁木齐、伊犁雅尔一带地名。逖矣西土之人，介然山径之蹊。公孙上屯田之奏，《汉书》：公孙宏奏轮台以东捷枝渠犁可屯田。宾王赋蒲类之诗。骆宾王有《晚泊蒲类》诗曰：二庭归望断，万里客心愁。山路犹南属，河源自北流。唐蒲类县，在今绥来县地界。逾北则沙漠所起，奸阑所之。堠连瓯脱，地实华离。无符传而私出市曰奸阑。沙漠中隙地，置守处曰瓯脱。并见《匈奴传》。《周礼·职方氏》：抚有华离之地。注：华离，谓邪孤离绝也，即今之北蒙古一带地方。于今柔远，蒙古在兹。怜黑子之哈萨，瞻紫髯之罗斯。哈萨克部落最小，久经向化。鄂罗斯人多紫髯，曲卷满脸。蒙古西北边哈萨克与鄂罗斯相近，哈萨克出马，即古大宛。今分东西两部，岁贡马，马最高。自哈萨以外，羁縻之国尚多，布鲁特游牧伊犁，斜延二三千里，西抵哈萨克，南至回疆。回疆以外诸国，亦欣然向化，朝贡不绝。惟蒙古土尔扈特久经投诚，现在封王散居雅尔、精河、乌什等处。犴寒门而路绝，《淮南子》：北极之山曰寒门。韩诗：凄如犴寒门。临翰海而人稀。《霍去病传》：登临翰海。翰海，大泽名，方千里，在沙漠北，群鸟解羽伏乳于此，因名焉。独冢埋青，上国之双蛾不返；山西大同府西北有昭君青冢。孤踪啮雪，南天之一雁长飞。凉沙之北镇番县境，为汉苏武牧羊处，有苏武山。当西河之未辟，黄河以西，甘凉之地，自汉始辟河西四郡。值南幕之初开。即沙漠南畔。休屠利其薮泽，呼衍窟以蒿莱。休屠、呼衍，北边二酋名。振旃裘之毻㲛，骋畜牧之毾㲪。其所以下马而罗拜，称天而号为祁连也哉。北边人呼天曰祁连。其南则高昌渥洼，疏勒沙车。柳中且末，鄯善瓜沙。瓜洲，唐名。沙洲、高昌，晋名。且末，隋名。余并汉名。今南路乌什、和阗、叶尔羌等处，今古亦异名也。达岭峰峻，铁门道奢。巴达克山、铁门关，皆在南路，过山界即外夷矣。○英廉谢表云：播皇威于巴达克山，哈萨克闻风纳赆。由钟奎以东望，昆仑之东有钟山，再东有奎山，产玉石。极邓林兮悠遐。邓林在道河棱石之西。挟两山而豁閜，《史记》：谽呀豁閜。○閜，呼下反。豁閜，空虚也。连众脉之纷拏。洋洋浼浼，蒲昌所汇。于阗、乌孙西山，挟葱岭以东众流，至高昌之南汇为蒲昌海，即盐泽，复渗入沙中，至土谷浑大积石，溢出为星宿海，即中国河源。生金则披沙可拣，口外处处产金，南路缠头用金丝织缎织毯进上。缠头即回回也。嘉玉则溯流可采。南路和阗、玉河两道产玉子，又有玉山产玉料。和阗即古于阗。今绥来县亦产绿玉，价甚昂贵。耀琼碧之瑸编，《史记》：瑸编文鳞。聚璆琳之磈磊。经鹊抵于羊脂；羊脂，美石。《盐铁论》：昆仑之旁以玉抵乌鹊。错三分于百琲。《拾遗记》：石崇赐妾百琲珍珠。俗谚：西土三分玉。无如硗碛童断，《葬经》：天光发新，朝海拱宸，四势端凝，五害不侵。○五害：童、断、石、过、独也。按《释名》：山无草木曰童。怪风狂洒。辟展土鲁番地沙碛中，土人谓之旱海，有风穴在南山，其大如井，风不时从中出，每出则数十里外先闻波涛声，一二刻风乃至，吹失人马旱海中，有鬼呼人姓名，一应则随去不复返。唐太宗《三藏圣教序》称风灾鬼难之域，殆即其地也。火泽孤睽，雷雨失解。黑水西极其所归，《西北域记》：由星宿海渡通天河，西南行，有河不甚深广，水黝然如黑汁，土人呼喀喇乌苏。乌苏者，狄鞮言水也。喀喇者，狄鞮言黑也。至缅甸入海。《云南省志》：云南徼外大金沙江，其源远出番城，澄若重溟，黝然深碧，即《禹贡》所导黑水也。流至缅甸，径趋南海。经云至于三危。阚祯兆《黑水考》：三危临峙黑水，其云至者，或在黑水将入南海处。缅甸江头城望见江中有大山，山峰四塔，极其耸秀，殆所谓三危乎？青春不知其何在。生刍如玉，嗟落日以难逢；沙路飏丝，遇风吹而即解。迷屈子于赤蚁元蜂，《楚辞》：西方之居流沙千里些，赤蚁若象，元蜂若狐些。困张骞于星河宿海。所以寻河者依焉，而莫得其源；闭关者略之，而不通其贿。

尔其山之为状也，则如龙如虬，如沉如浮。鲸呿鳌掷，呿，邱加切，音佉，张口貌。风骇云流。聚如矢束，散若丝抽。平行若絚，絚，古邓切，音亘。曲转如钩。直奔九兕，横回万牛。划然中断，决起仍投。烟中缥缈，物外雕镂。虽巨灵之手擘太华，共工之头触不周。铁铸六州四十县，云成五城十二楼。曾何以当其半壁，方其奇辟。又况苍霭缅邈，寒云参错。乍阴乍阳且惊且愕。奇峰每披雾将飞，怪石直粘天不落。朝旭曜则黄金射榜，暮云烘则胭脂染萼。无端而翠隐楼头，不意而青悬屋角。似幻蜃之朝浮，讶藏舟于夜壑。

若乃穷年积雪，竟体凝冰。千岩刻玉，万壑雕琼。冰梯巀嶭，巀音节，巀嶭，高峻貌。雪海瀴溟。木华《海赋》：经途瀴溟。瀴溟，杳冥之貌。沆漾皛溔，溔，以沼切，音鷕。沆漾，广大之貌。皛溔，水色深白之貌。通透玲珑。伊犁往南路中途有冰梯，上下百里，其奇险万状。有雪海，深广莫测。碎翦流沙之月，《山海经》注：所谓流沙者，形如月生五日也。横堆二品之金。《禹贡》：惟金三品，其二品银也。冻银河而下坠，战玉龙而上升。增元英之寒冱，陵朱夏之炎蒸。皴瘃幽崖之魍魉，《梁书》执笔触寒，手为皴裂。瘃音作，手足中寒疮也。蛰藏太古之雷霆。郭水襄诗云：山远四时皆见雪，地高经岁不闻雷。夜半结沆瀣之气，终朝连叆叇之阴。雪混山而一致，天与雪而交深。月下晃烛天之势，荒中余不夜之城。五月无花空有色，太白《塞下曲》：五月天山雪，无花只有寒。四边伐鼓不闻声。岑参《轮台歌》：四边伐鼓雪海涌。此所以得雪山之号，而又有白山之名。则有雪蟾皴皰，韩愈《食虾蟆诗》：虽然两股长，无奈脊皴皰。雪蛆蜿蟺。叶音惮。雪莲韡鄂，雪莲生崇山积雪中，状如今之洋菊，名以莲耳。此花生极寒之地而性热。雪鸟鷇卵。卵，鸾上声。雪木冬荣，雪花寒胃。古泫切。雪兽示迈往之踪，雪鹰示迷途之返。伊犁冰梯中有神兽，非狐非狼，行人视其踪之所往，循而践之，不致迷途。又有神鹰，闻其声往即之，必归正道。同生六出之中，并是三凌之产。岂玻璃之敲声，何烛龙之眴眼。

然而山泽潜通，有时消融。流澌淅沥，倒壑潨淙。潨音丛，水会也。淙，藏宗切，水声也。雹飞白日，练破青空。静春郊之厌浥，解夏蕴之隆虫。青渠交缠于绿墅，阴膏并浃于三农。布穜稑之先后，滋戊己之屯丰。汉屯田，置戊校尉、己校尉。不借滂沱之毕，何关鲊答之风。蒙古、回回诸部，皆用鲊答求雨。鲊答乃牛羊野畜腹中所生，其坚如石，大如鸡卵。洵天一之遗泽，《河图数》：天一生水。实滕六之丰功。故能载物夥够，多生亭毒。种植飞潜，靡不并育。纪其习见而差殊，已难屈指而更仆。彼夫连卷朴樕，山巅水曲。崖干参天，途根碍躅。缀翠迎眉，敷丹悦目。赤柽低蘙，白杨高簇。青遮细柳之营，红放桃林之犊。沙枣纂纂而遗香，沙枣五月初开花，极香。石柏纤纤而泛馥。似柏而小，生石间，高不过丈余，大不过寸许。榹蹊储鼠雀之粮，榹，相支切，山桃也，似桃而小。榆叶聚蚊虫之族。蚊虫多生榆杨之间。覈物砢翠于盘河，覈与核通，果中实也。《周礼》：其植物宜核。沙果烂真于空谷。沙果似林檎，大者似频栗。涔涔堕泪，医传胡律之桐；胡桐津液名胡桐泪。落落干霄，史载松樠之木。樠音门。《汉书》：乌孙之山多松樠。虽琐琐之不才，亦媚灶而见蓄。况梨梨之可口，实饤盘之所录。土人呼物每双声，呼牛曰牛牛，呼梨曰梨梨子。○饤音订。饤盘，即俗之看席。饤坐古称钉坐，谓钉而不食者。《唐书》：人目李远为钉坐梨。惟有杏而无梅，权将芦而代竹。

至于书载维繇，诗云彼茁。硐落芳荪，崖歆石发。藿茖盈途，茖音格，茖葱，野葱也。佛家以茖葱为五荤之一。蘼蘅蔽膝。芨萁箔卷而珠莹，萁音机，芨萁草圆莹，为帚织帘，人甚赖之。南路大者以之为箸，回王以金镶之，用作土贡。菡萏牵丝而玉洁。碧莲花小如盏，茎叶如丝。露凝古戍之蔷薇，哈密河源堡地，每三月闻异香，不知是何草木，或曰即蔷薇露也。蜜湛高昌之羊刺。高昌有羊刺草生蜜。有无核之葡萄，琐琐葡萄，颗小无核。似杞包之瓜瓞。哈蜜瓜岁进贡。草间托命，夏卉冬虫；雪山中有草叶如韭，夏生，冬则草枯，根蠕蠕化为虫，名冬虫夏草。屋里偷安，湿死干活。草有瓦松，连根悬室中，自长叶开花，经冬青翠。食浮苡而宜男，周时康居国献浮苡草，食之宜子。活残生于易箦。汉武时月支国献活人草三茎，人有死者，以草覆面即活。薜萝山鬼之衣，芳草王孙之宅。亦河畔之俱青，岂塞外之全白。复有异萼奇葩，掩乎弥泽。吐风晻薆，标形异赫。闻万里之戎王，杜诗：万里戎王子。戎王子，西域花名。散曼陀于香国。《法华经》：天雨曼陀。神农所未尝，离骚所莫识。无从考其根株，固不得而觇悉。

则有呼牟鸣圂，圂，乙辖切，音碣。牛之声曰牟，驼之鸣曰圂。鬇鬡瓢韷。鬇鬡，毛发貌。瓢，胡果切，音裸。韷，恪八切，音辖，劲也。犎犛騊蛩，犎，野牛项上肉隆起若封然。犛山牛。《山海经》：北海有兽状如马，名騊駼。北海内有素兽焉，状如马，名曰蛩蛩。豻羚豝猲。豻，狗也。羚羊名猲。《诗经》：载猃猲獢。适野性之狂勦，豢牲之趫黠。更有圜题赤首，钩爪巨牙。《神异经》：西安有兽，钩爪巨牙，曰穷奇。跑崖嗥啸，跖穴鬖髿。视之必拨尔，作其鳞之而。或众窍之猩猩，或九尾之绥绥。狼鸣九窍出声。猩猩，犬吠声。狐有九尾者。曾无数于虎豹，又何论乎熊罴。渺矣其角之溅溅，家羊有大尾重骨。哈喇汗《茶余客话》：骨重羊出布哈拉外番回子地，自叶尔羌西行二十里约可至，产羊短小肉瘦，惟骨至重，黑者多。野羊有羚羊、羬羊、黄羊、大头羊。纪晓岚诗云：何当快饮黄羊血，一上天山雪打围。多哉维足之伎伎。亦有独封之驼，善走，价值千金。一角之麒。汉武郊雍所获即此兽。帝江神识，《山海经》：天山有神，状如黄囊，赤如丹火，六足四翼，浑敦无面目，能识歌舞，为帝江也。人僬儿啼。《西山经》：人僬产深山中，牧马者恒见小人高尺许，男女老幼，一一皆备。遇红柳吐花时，辄折柳盘为小圈，著顶上，作队跃舞，音呦呦如度曲。或至行帐窃食，为人所掩，则跪而泣，絷之则不食而死。纵之，初不敢遽行，行数尺辄回头，或追叱之，仍跪泣。去人稍远，度不能追，始蓦涧越山去。东方朔《神异经》：西方深山有人长尺余，袒身，捕虾蟹以食，名山獠。殆此类也。○獠音骚。羡角端之解语，撒马儿罕之铁门关，有兽名角端。嘉獬豸之知非。岂特表似麐之符拔，《汉书》：木鹿城号小安息，章帝章和元年来贡符拔，似麟而无角。鸣玉虎之狻猊。狻猊即狮子。兼以林巢壑宿，水接云飞。鹳鹊掠涧，雕鹘盘崖。黑鸟浴而海风飒，鸿雁下而天文垂。雕翮啖铜之异，《黑客挥犀》：河州有骨托禽如雕，高三尺余，其名自呼，食铁石。驼蹄食火之奇。刘郁《西域记》：富浪有驼蹄鸟，高丈余，食火炭。《北史》：波斯有鸟如驼，能飞不高，日行七百里，食草与肉，亦啖口。识毕方于曼倩，三危之西有鸟，状如鹤，一足，曰毕方。汉武帝时有献此鸟者，东方朔识之。化大鄂于钦䲹。《山海经》：钦䲹化为大鹗。有时风毛而雨血，凡皆弃瘠而取肥。穹庐以雉兔为葱韭，纵猎以千里为长围。至于蚑行蝎蹶，螺飞掘阅。虺局地而毒飞，口外有土蛇，见马则首插地而身笔立，马即腹胀而倒，钻马鼻而盬其脑。蜴含冰而雹发。蜴蜥类蛇，含冰作雹。鼓蛙变调以鸣琅，蛙鸣琅琅而鸟语，亦与内地相异。巴蜡乘风而啮铁。辟展有巴蜡虫，似蜘蛛。此虫秉炎炽之气而生，见人飞逐，以水噀之，则软而伏。或噀不及，为所中，急啮茜草根傅疮，否则毒气贯心死。乌鲁木齐多茜草，山南辟展诸屯每以官牒移取为刈获者，备此虫云。或注尔雅所遗，或补山经之阙。

况其势远所兼，大局所含。崩云畜产，坠露挥潭。汇淖尔之八九，名海子者二三。塞外潴水皆曰海子，或呼淖尔，如蒲昌、蒲类，乃最著者。深涵雪乳，倒浸晴岚。秋光泻练，晓镜开奁。市浮潭沲，沲，徒可切。潭沲，随波貌。郭璞《江赋》：随风猗萎，与波潭沲。岛露呀谽。臬微飙而濈湁，湁，尼立切。濈湁，水文貌。驌惊涛之湔溯。湔，七肖切。溯音坍。湔溯，峻波貌。时睹天马之出没，遥闻鼓乐之喧阗。知彼岸之何极，亦向若而永叹。复有白龙作堆，白龙堆在河洲。黑娄为部。黑娄部山水皆黑，在哈寮土番之间。火山扇焰，土鲁番有火焰山，色如火。盐池堆鹽。塞外多盐池。水晶润山上之咸，山上有水晶盐。石脑作水中之苦。延安有石出油，自石上流出。每岁秋后居民取之，可以燃灯疗疮。沙万填而古井不湮，沙州有泉名曰牙泉。古云阳关之西有不漏之沙井，即是泉也。沙州，今敦煌县。刀一刺而悬泉遂溥。泉在沙州。汉李广征西塞，士卒渴，广以剑刺地，水遂涌出。诸如青鸟三危，三危山在沙州，有青鸟居之。鸣沙卑羽。《括地志》：三危亦鸣卑羽。硇赪空青，石有空青，破之有水者良，可治目疾。金钢石乳。金钢钻，其砂可以刻玉补瓷，西番有大如鸡卵者。每光怪而陆离，并斯山之包举。洵荒夷之洞天，乃仙灵之奥府。

吾知其连层城，通元圃。《淮南子》：掘昆仑以下地，中有层城九重。《十州记》：昆仑有三角，正西曰阆风巅，正东曰昆仑宫，正北曰元圃。任禺疆，北海有神人曰禺疆。过夸父。《山海经》：夸父与日逐，走入日，道渴而死，弃其杖，化为邓林。轩帝受金液以来游，《九州要记》：黄帝受金液神丹，临天山。老聃出函关而托处。老子游流沙子之西。籛彭一去千春，《神仙传》：彭祖生三岁，遇犬戎之乱，流至西域百有余年，仕殷，不知所之，后有人见之于流沙之西。和仲宅流万古。间敲木客之诗，静接云阳之语。东坡诗：山中木客解吟诗。木客，山魈也。《抱朴子》：山中树能人语者，其精曰云阳，今巴坤间有之。拍肩常比于洪崖，采药宁需于赤斧。赤斧，蜀仙人名。是以名著张曹，沙州节度唐张义潮、五代曹义金，并忠臣。声飞索阚。沙州索靖、阚骃，并文学。朱邪始来，沙陀后唐之祖。公输再见。河西旧名敦煌，鲁班肃州敦煌人，莫详年代。六国时有公输班，生鲁定公三年。鲁班与公输班同名同巧。哀公问政之图，高昌王麴嘉，常绘哀公问政于孔子图置座侧。贞女复仇之传。酒泉赵娥，手刃父仇，晋皇甫谧为之作传。古道擅药王之称，韦古道，西藏天竺人，神医也。奥林作中邦之彦。奥林，肃州人，端靖能文，元至正间知奉化州，有惠政。由余款关以霸秦，穆王求士于戎，由余闻之，款关请见。日磾受姓而辅汉。日磾音密低，休屠王太子，入汉赐姓金，后为名臣。并人杰之诞钟，实地灵之幽赞。博硕哉多伙颐物，之为是宪宪者。《史记·陈涉世家》：客曰：伙颐，涉之为王沈沈者。注：楚人谓多为伙，又言颐者，助声之辞也。《诗》：宪宪令德。宪宪，光明貌。夫宁不足于观也，何渠不如汉也。尉陀曰：使我居中国，何渠不如汉。然而自建元以来，概夫其未有传也。

自夫孝武起边，右臂是虔。既获金人，通道祁连。骠骑深入，远逾居延。二千余里，至祁连而还。此之祁连，即单于称天。汉元狩二年，使骠骑将军霍去病出陇西，过焉支山千余里，破匈奴，得休屠王祭天金人。又深入二千余里，逾居延，至祁连而还。李广利出击右贤于天山，始属华言。《汉书》：天汉二年五月，贰师将军三万骑出酒泉，与右贤王战于天山。○贰师将军，李广利。窦固耿秉，出昆仑塞，击白山虏，至于蒲类海。此则白山之名，始见记载。《汉书·窦固耿秉传》：永平十七年夏，诏秉与固合兵万四千骑，复出白山，击车师，固遂破白山，降车师。迨乎唐击高昌，勒碑崇冈，时罗漫之名，至是始彰。时罗或作祁罗，唯呵之相去几何。吾或睹夫石刻，知祁字之为讹。唐贞观十四年，姜行本等破高昌，勒石纪功。碑在巴里坤之南山，可读者尚有七百余字。《元和志》作祁罗漫，疑误。○俭按：《后汉书》注：天山即祁连山也，今在西州交河县东北，今名祁县罗漫山云云。然而自此碑外，更无一字可睹。铭不勒于燕然，文不传于岣嵝。汉家荒之而弗彰，唐人徂矣而不久。宋割西夏，如朗月之亏弦；明划峪关，似占星而遗斗。祀不胪于西望，名不挂于九有。寓管城者弗知，业毛锥者不数。岑参高咏，惟闻白雪轮台；嘉运遥吟，但著黄花戍口。盖嘉运《伊州歌》：闻道黄花戍。致令瞻彼谷神，空赋升阜，自古在昔，所以得而复失，险而不能守也。

若夫除暴安民，逾山辟地。跐蔓铍荆，安屯置骑。焚穴剖巢，奔魑走魅。埋长狄于驹门，斩蚩尤于中冀。然腹为镫，饮头为器。小丑云亡，西极咸逐。准噶尔之达瓦齐，骨肉相戕，其内自讧，部落解体。乾隆甲戌年，用张天讨。乙亥年，王师擒达瓦齐，开辟伊犁，威震万国。而投诚之阿睦尔撒纳叛入哈萨克，回虏窃发，襄勤伯鄂容安、兵部尚书班第死之。天子震怒，命大将军永常、兆惠等相继出兵，大学士黄廷桂总督陕甘，于是伊犁及回部乌什等处逆回悉平。居然山外之膏腴，岂容他人之鼾睡。狼狐四射，宁须三箭之威；苜蓿东肥，焉用贰师之檄。于是登峰巅以舒啸，聊暇日以翱翔。俯广陆而延伫，钦帝治之辉煌。三万里之提封显敞，卅余年之生聚繁昌。缘群分而种别，遂爵序而官常。锡鞶带，给铜虎。越亭障，更寒暑。入重关，觐天宇。厄鲁特分八旗，官照旗例。回部则有王公、台吉等爵，下有伯克。至哈萨克、土尔扈特、布鲁特等部，亦各设王子管束，每年轮班升阶陛见。乃有大宛之驹，于阗之琥。琥，瑞玉也。天鹅之绒，天鹅绒为裘。兼金之缕。紫驼之峰，白虎之脯。乔答胜缣，乔答，回子布名，极细滑，价值十二三两一匹。香貂非鼠。香桂貂，南路产。器车毓于高林，宝藏兴于丰坞。殊方异类，敬陈于帝所。

尔乃袭锦衣而披翠羽，饫炰炙而厌酪浆。兰英之醴酣饮，云子之餐饱尝。近来外夷饮食亦慕华风。昧谷回春，毡庐之晴容澹荡；山灵同乐，絮帽之云气飞扬。是以狉狉榛榛，偻偻伛伛，莫不挹光华之蔚蓝，扇仁飔而沐雨。近来口外雨水应节亦如内地。烘地气之煦舒，近十年内口外冬天和暖。随边氓以轩舞。于是乎，芒芒郡邑，栽柳种瓜。塞外自安西州起至绥来县止，州县十余城，口外瓜以哈蜜为最。岧岧雉堞，吹角建衙。满城每于二八月城上吹角，以壮兵气。各处城池除州县不计外，伊犁九城，雅尔一城，回疆十余城，将军谙班及文武员弁数百。雍雍乎商贾若蚁，口外商民多山陕人。纠纠兮武士如麻。汉满兵丁南北四五万人。戍客则量材器使，遣犯多在铜铅二厂及船上当差。逐臣则筹边泛槎。大小废员，文大员府道以上，司官上行走；知州同知以下，笔帖式上行走；督抚侍郎九卿，则总管印房、粮饷、营务、驼马、功过，为五大处；参、游、都、守以下，多派船上运粮。倚弓于断碣松侧，天山松树塘树，皮有厚尺余者，唐朝碑碣多在此。系马于残霞柳杈。红柳另一种，四五月间发叶，望之如霞。共睹烟鬟之送黛，不闻碧眼之吹笳。割据之游魂已馁，遐荒之乐土宜家。此名山所以萃秀，而车马所以达于天涯也。

于铄皇清，天覆地载。雷动风驱，无远弗届。万物归并育之中，四海在邦域之内。雕题凿齿，重九译以来王；乌弋黄支，验三阶而款塞。乌弋山离、黄支，皆西域国。东极旸谷，西通蒙汜，南至俱蓝，《续纲目》：海外俱蓝最远，元世祖时曾遣使入贡。北过骨利。骨利干居翰海之北，昼长夜短，日没后天色正曛，煮羊胛适熟，日已复出矣。唐太宗北至骨利干。七十二家所未闻，二十一史所未志。莫不延颈喁喁，皆向风而慕义。以大瀛为外藩，以昆仑为中岳。悬斗柄于中央，睹南星之夜烁。矧兹天山，渺矣一卷。同旅獒之司阍，备圉人之外闲。骅骝盈沟，口外于两山相夹处有川曰沟。旌旗蔽野。虎头宣金节之威，班超燕颔虎头。豕首避黄华之马。《楚词》：西方流沙，豕首纵目。居不闻黄竹之歌，行无俟垂棘之假。出阳关而故人转多，度玉门而春风更洒。横岭侧岭，满营绿营。旗闪驿楼之影，鸡闻茅店之鸣。䓕芀不辞修阻，驰驱如履荡平。笃实辉光，远自他而有耀；裒天时对，待其人而后行。

版图既入，风土须记。天作益形其高，敦艮愈增其吉。道无往而不通，泽无往而不悉。中书君拾其香草，梦已生花；松使者罨以云烟，壶将溜漆。《拾遗记》：周灵王三年，浮提国献善书二人，出肘间金壶四寸，中有汁如淳漆。虽以予之不才，托于其隈葺蓬庐之风雨，常抚景而徘徊，不待招邀而入我室者，非此山也邪？凡使我悠然静对，怡然而可以永日者，非此山是耽也邪？情与往还，口不能缄。聊拟天台之篇，附诸小酉之函。上以昭圣朝之广运，私以乐草野之幽恬。若使巨鳌可戴，夸娥可担，《列子》：北山愚公欲移太行王屋之山，帝感其诚，命夸娥氏二子负而分措之。逝将节其中权。置之于大江以北，大山以南，恰以补岱华中断，与中原奇士共瞻焉。

湖南文征　卷一百三十四

赋五

登清风阁赋

易祖榆

朝饮马于涟水夕，税驾于湘潭。览平原之景物，聊登陟以幽探。步兹阁而四望，景沦淹而泓涵。观斯宇之所处，实揽胜于湖南。

尔乃伫盼瑶窗，流目绮寮。挟潇湘之通浦，倚涓水之清皋。面九达之广陆，临沃野之乐郊。南则衡山耸翠，九嶷入云。石马腾骧而崱屴，玉几崛岉而嶙峋。争飞青而翕翠，嵌岩岩其龙鳞。西则石鳍入水，玉龙临空。碧泉波激，凿石云笼。空灵之岸漾绿，岸花之亭堆红。东接龙山之隆崛，北带洞庭之沖瀜。昭潭之水深墨，锦湾之石玲珑。皆能借以仰睇，无不可以目穷。

则有游情物外，心旷神王。循修逶之画槛，转窈渺之曲廊。启温冬于朝牖，辟蒙暑于南窗。挹清风于襟袖，袭凉飙之轻扬。想南轩之题额，历奕祀而难忘。览遥景而思锐，玩琼宇而若狂。仰凌盼于天庭，俯遥睇于遐荒。纷谲谲而有象，感悠悠而无方。巡危檐而长啸，心愿舒而忽张。喜圣哲之在位，有违弼之皆良。忘帝力于何有，群熙熙而穰穰。于是抽琴命操，而为之歌曰：

璀璨灵宫兮熚熚彤彤，块圠嶒竑兮岧然巃嵸。南轩可作兮如披仁风，晋安夫子兮千载追踪。阜财解愠兮我士我农，于铄盛德兮流誉无穷。丰碑待勒兮祀事孔崇，清风益淑兮今昔斯同。

桃花源人送渔父赋

赵慎畛

鼎水萦纡，萝山葱郁。白马涛喧，青虬松屈。来洞口之渔郎，接山中之古佛。纵一苇之所如，涨三篙而奚弗。芦中人呼之欲出，予意云何；桃花源住亦为佳，尔思岂不。于是缘延首路，曲折委蛇。欻焉洞豁，此境真奇。原隰龙鳞，竟尔桑麻遍野；衣冠鹤发，依然薜荔成帷。父老于此避秦，溯沅湘以击汰；岁月不知有汉，闻晋魏而滋疑。

当夫比户之欢迎也，宿留为黍，踪合如萍。稚子候门，讶客来之不速；比邻设馔，邀仙路之曾经。几同米淅桃花，仙子了天台之幻；恍若书翻薤叶，丈人标宛委之灵。胜地难留，归期顿请。箬笠轻携，钓丝重整。慨盛筵之难再，握手殷勤；恐觌面之云遥，低眉寻省。洞里人非对奕，烂斧曾否留柯；室中石亦支机，赠客空成画饼。此翁固大有仙缘，尘世恐无斯妙境。

尔乃蹑邃谷，度层峦。遵旧路，挹飞湍。迷离洞口，徙倚林端。归亦何心，尘界之风光顿异；言犹在耳，雪泥之鸿爪频看。斯时重理生涯，惊心如昨；此中殊有佳趣，回首应难。但见花关锁雾，萝磴留芬。岩扃封翠，陌草余薰。想应味恋菰蒲，忽辞南浦；但望骖迎鸾鹤，再赋东君。欸乃一声，舵尾之鱼虾莫赠；咿哑两桨，云中之鸡犬犹闻。

方今寿域庞鸿，春台誉燕。人无石隐之充，士乐弹冠之荐。终南原非捷径，磻溪则璜钓同符；桃源即在人间，鲤跃则龙门堪羡。泰山北斗，效御李之同欣；凤鸟景星，幸瞻韩之先见。

案：文恪文不多见，屡索无有应者。此赋从《桃花源志略》中录出，殆少作也。又从攸志采陈惠传一篇。《沅湘耆旧集》中录一小序而已。汝怀附记。

笔沼春云赋

蒋湘城

若夫方塘滉漾，半亩清沦。古寺附郭，垂杨映津。近依翠巘，遥接韶春。生碧草其容与，漾渌波于媚涓。胡风光之骀荡，忽云影之开陈。斜悬杨柳烟头，来从青道；浓铺杏花雨外，占尽芳辰。

时则临池作色，绝岸崩云。轮囷萧索，离奇缤纷。若鸾翔而凤翥，若鹤舞而鸿翂。若烟霏而雾结，若锦章而绣文。若龙申而虎战，若五色而八分。又如草绿裙腰，花生锦字。郁郁纷纷，三三四四。美拟玉环，劲方嘉穗。案户波纤，长空石坠。远山嵒崒，鱼鳞密致。忽将断而仍连，疑欲行而转避。纷总总以要眇，纠缦缦其诡异。自饶态度，谁云出岫无心；别样霏微，省识临流有意。

尔其仆射远来，中朝寡合。行部潭州，逸情古塔。凤山荡胸，龙城延榻。爱小沼之涟漪，弄柔翰而摹拓。一波三折，浴丹府于晴澜；尺幅五云，飞鱼书于幽阁。爰是润笔江乡，游心泽国。点破空青，涂成鸦墨。波新江管之花，鱼饮蔷薇之墨。笔床之翡翠交鲜，滩水之文章可织。含豪绵邈，金生玉润之奇；泼墨淋漓，蔽日垂天之色。遂乃缥缈轻翔，依微叆叇。微皴似熏，澹染如溉。始黪黩以淋浪，纷黤惨而仿佛。飘举兮象笔势之潆洄，沉郁兮状笔锋之矜贵。全摹鸟迹，俄成飞鸟之形；乍睹龙跳，便有从龙之气。

是用春来何处，云亘长空。凌波飞白，惊沙振蓬。不遮焕景之园，丹心捧日；惟羡狂歌之客，片霭明忠。底事萦盘，巧挂凝烟榜外；居然迤逦，遥悬洗笔池中。溯感应之神征，写幽思于蓬勃。渺遗迹于兴唐，想何年而还笏。久伏丹霞之枥，天末孤臣；竞托青帝之阴，桐花二月。共贾井以流传，蹑屈潭之清渤。我所思兮远者，在澧兰沅芷之间；君高举兮云中，留蔓草寒烟之碣。

拟登玉屏峰赋并序

罗新瀛

湘东之山，高而可仰者曰昭山。以其踞于江之滨，沿江而上下者，未有不引颈焉。时或弭棹登峰，赋诗遣兴，此亦湘中之胜概也。距昭山而称杰出，又无有过于玉屏峰者。相彼端方，伟然卓立，俯群山而小之，独不见闻于远方人士，邀一顾盼，何也？吁，凡处于僻壤穷域之地，而迁客骚人、高贤隐士足迹所不至，又无名流生于其间以阐扬之，纵卓有可观，而名不著于典册、声不闻于海内者，岂独一玉屏峰哉！夫天地之气，蓄而必发，郁而必伸，维兹山历数千百年，能不一吐其奇邪？予生于斯，长于斯，老又啸歌于斯，晤对玉屏，同伤寂寞，于是染翰操觚，拟登峰而作赋。其词曰：

高哉玉屏之为峰也，崮崒兮称雄，巍巍兮湘之东。出重霄而嵬崛兮，概与谁同。形方而体直兮，羌落落以为容。斯扶舆之旁薄兮，抑灵气之所钟。兴云雾而天将雨兮，日方旦而先红。陟其巅而旷览兮，俯一切而皆空。岌乎紫盖，恍乎祝融。峻固可极乎天兮，名不列于芙蓉。虽百里而可见，仅一隅以为宗。傥愚公而可移兮，胡不置之于蓬莱海岛之中。

吾尝游乎绣岭兮，觅钓叟之孤踪。登吴山而极目兮，接海气之鸿蒙。访天台而渺渺兮，昔仙女其难逢。游雁荡而神移兮，今犹向往乎谢公。剑池碧而海涌兮，岂惟爱此一石之磨砻。忆金焦而不可复睹兮，曾致叹乎江水之汹汹。窃感乎少陵之悲剑阁兮，哀蜀道之难通。想太白之临华岳兮，亦搔首而问苍穹。天无言而漠漠兮，阅吾世其何从。将翱翔乎千仞兮，响远音而送飞鸿。将逍遥乎广漠之野兮，得无闻乌有先生之风。独驾而思反兮，似阮籍之哭途穷。感时日之易逝兮，倏春华而丹枫。庭树撼而零落兮，仅留此后凋之苍松。愁蛸集于方寸兮，老未死而飘蓬。挽过客于传舍兮，亦非壮志之终童。富贵其不可致兮，贫贱乐而道隆。沧桑其犹未变兮，岁月迈而时雍。

倚星沙而望麓兮，何为久恋此巃嵸。乃眷眷而怀故土兮，翻托迹于篰𥳽。泉谷阒其无人兮，任放旷而疏慵。心恬澹而无系累兮，远尘世之匆匆。睹草木之荣枯兮，惜金玉之销镕。晤庄周之齐物兮，信老聃其犹龙。扫径而怀二仲兮，盼云树而朦胧。占风景于四时兮，漫踯躅而扶筇。此造物之无尽藏兮，幸取用之可供。侣田父而杂处兮，人将弃子为野翁。伯乐过而一顾兮，徒哀鸣而抚胸。顾无忝于所生兮，肯没世而庸庸。纵未拟于太上兮，力能篆刻而雕虫。谓立言可以不朽兮，死不休而求工。援焦尾而放歌兮，才何敢望乎蔡邕。嗟伯牙而失知音兮，瑟既罢而曲终。仰高山而日与朝夕兮，固非予志之初衷。睹岿嵔而既锡以美名兮，或不至湮没乎千载之崇隆。

圣驾东巡盛京祗谒祖陵礼成恭赋　袁名曜

粤溯泰始，众万睢盱。扶舆肇奠，画野宅嵎。熀神宫之景曜，丽奎文于鱼龟。烛箕尾于析木，烂提厘而何衢。骈天江于龙宿，标斗极而瓶甀。昊綷笃其成命，天光朗于神区。维出震而成艮，遂以经乾苞而纬坤符。于是甄灵华渚，笃祜寿丘。天作白山，真人迓庥。考卜邠岐，肇域九州。乃世世统一乎车书，而骏厖其共球。

尔乃医闾西拱，兴安东斡。扃艓鄂罗，歙歅沧渤。跨摩天之𡾊㠑，襟辽潘之澎汃。九阊闶其詄荡，四楼矗以森萃。宫殿盱盱，甍檐巘巘。玒虹梁之蝬蜺，骞凤翣之巇嵲。俯寰宇为一气，罩绵区之轩豁。瞻珠丘之巍巍，孕王气于丰沛。郁兮郁葱，蓊兮皇穆。弆剑舄于寝殿，峨九天之橱窔。仰骏业于创垂，震龙兴之殊烈。

是以我世祖基事元命，丕扬天声。都燕定鼎，渐被龠紘。圣祖绍统，腾茂蜚英。道光时迈，三谒山陵。世宗藩邸奉命，祀事通诚。高宗灵承昭事，四莅陪京。炳炳麟麟，固已凌姚轹姬，载锡光于史宬已。

皇上御极，睿圣亶天。十载宵旰，化匝垓埏。扫欃枪之妖焰，烂罗堰于景躔。珠囊纪庆，玉烛调年。天目丽维，太乙珠熉。驾言东狩，伸念祖之精禋。盖煌煌乎巨典也。

维时宗伯议礼，冯相协辰。野卢扫路，司崄戒津。举洪颐，扬翠盖。张九斿，腾七萃。楏柦旖旎，云輧沛艾。蜚廉扬和，阳乌流杲。山灵肆觐，川后偃□。榛岊栈之嵴崟，率水浒之浩淼。膴膴腜腜，除苛解娆。

天子于是肃然穆然，陟巘原之逵，溯皇过之涧。斋祓严翼，祗诣启运。颂鼽降之桓拨，歌武敏之载震。越相土之率履，溯公刘之厉锻。衄闷宫之蜵蜎，爂祥光而孔曼。乃诣天柱，气烝焄蒿。钦开天之骏发，奠坤轴于断鼇。矗凭霄之珠彩，撊璘瑞兮歊歊。乃诣昭陵，烝衎猗那。伟宏亮于丕承，拓昄章于神戈。恍蹈舞之轩鼚，风飂飂以媻娑。于铄哉，礼敬乐和，景三陵之峨峨。笃式礼之齐稷，福穰穰兮绥多。夫其傧雌彝，陈龙勺。稰穛芬，盎盏酌。楅衡既撑，鸾刀旋割。簠圆视规，簋方中矱。橛椇狎猎，散角蝼蠖。河间赞采，东平洗爵。凡鵕鶲鸡鹭，以逮辉胞翟阍，靡不色勃足躩。济济跄跄，畅神人之嘉乐。

若乃沉思乜卉，德音其貊。睟天仪之绵藐，穆虚衷而允褰。欻颀黝于羹墙，儵陟降以震耆。怀趪趪之武功，绎彧彧之文德。以言乎披荆刈棘，陈圭置槷，可想其卜瀍而筑淢焉。以言乎平黎战坂，沐雨栉风，可敵干而觳甲焉。于斯时也，目收精于广莫，耳返听于阒寂。印元符于杳冥，通呼吸于冯翼。焱汜泥于僾忾，恍来假兮有赫。

遂乃申利成，闻慈告。俾单厚，弥戬谷。迓鸿厘于川至，委繁祉以山积。孝思既伸，推恩旧勋。纪功宗于带砺，笃褒鄂之隆禋。燔柴霾沉，怀柔百神。龙马蜿蟺而出河，器车轇輵而盈山。裒时对而受职，纷肸蚃之䜣䜣。然后御黼幄，朝群工。悬编笋簴，缀藉氄毲。躬桓煜爚，芾舄会同。涣汗大号，帝恩庞鸿。霱龙光于蓼萧，宾显允于椅桐。饫燕乐于笙簧，陟爵秩以延洪。或捧金钱之赐，或扬蠲复之仁。赉粟帛于黄耇，释圜嘉之赭民。莫不欢声动地，蹀躞踵骈，祝天子之万年。

于是百礼壬林，警跸乾旋。钩钤扬辉于曙旗，嵰霜凝华于玉銮。茁福草于辇路，蔚畿辅之霄云。纷帣鞲而鞠蹮，迓天颜之和温。遂入庙告成，溥孝理之明察，用以訚六幕而塞八寅。夫刻玉游河，披图巡洛。事轶典谟，语爹坟索。降至瑶台御龙，群玉驾鼍。汉代上陵之曲，三侯之歌。或睹闻错愕，呫嗫啾啐，不足俪圣人至德要道之精也。臣职在言语侍从，宜有纪述，遂作颂曰：

大清受命，永言配兮。布库里山，作邦对兮。原庙翕赩，巩奠丽兮。圣圣继承，吉蠲饎兮。天子曰咨，世德懿兮。曩者奉藩，陪乘备兮。骏奔有恪，赞槷敦兮。御极十载，埏在埴兮。孝治洋溢，永锡类兮。桥山奕奕，汁献涚兮。列祖来歆，神符契兮。葵之腝之，茀禄畀兮。鸿藻有融，景铄萃兮。大圜升恒，启王会兮。恩纶滂洋，溥慈惠兮。凡百臣邻，歌既醉兮。民曰于哉，泽汪濊兮。一人有庆，宅醰粹兮。延踵望幸，仰光被兮。天锡纯嘏，亿万岁兮。

拟鲍照舞鹤赋

袁名曜

溯广生于扶舆，毓物产之绮靡。先得气而亲上，稽禽经而莫纪。伟胎化之仙姿，匪众鸟之可拟。巢不假乎一枝，来或经乎万里。儆重宵于沆瀣，映澂江之漪弥。质著兑秋之白，顶涂南离之紫。欻振翼而竦躯，倏波谲而云诡。乃容与以回翔，渺蹁跹而徙倚。鸣则拟于翰音之登天，舞更胜乎鹳鹆之呈技。

尔乃资禀清贞，性饶智巧。体癯则属玉擎拳，胫长则苍鹰握爪。比鹍鹏则笑远莺鸠，侣鸡鹜则室殊兰鲍。伴白云于孤峰，浴琼毛于三泖。佐辛一以当炉，骖仙驾之葩瑵。固宜凌玉宇之高寒，刷长风而翻搅。脱尘壤之樊笼，谢絷维之绊绞。养千年之蹇修，黜三品之宿饱。胡为乎献乃技，炫乃能，遂甘兹尘寰之屈挠。

然而才以呈而表异，品见赏而质昭。幸骨相之合选，荷藻鉴之特邀。于是离崖涧，下缝霄。践蘅杜而细啅，跛蕙茝以微跳。或伴诗翁之岑寂，或随廉宦之萧条。或构亭以名放，或作歌以相招。惟余情其信芳，聊以慰乎寂寥。

时则春光澹沱，秋色泬寥。花畦月榭，暮暮朝朝。若往若来，不疾不漂。方侧足而露距，徐逦迤而舒翘。仿阳阿之垂手，疑孙寿之折腰。耀高冠之岌岌，逞予羽之翛翛。环周遭而弄影，比柘枝而尤娇。俄而旋若狂风，急如白雨。纷飒沓于苔阶，震硼磦于花坞。晃氉毹以纵横，翻葩藻于轩宇。似照镜之山鸡，似雪衣之鹦鹉。似宾筵童羖之傞傞，似公庭硕人之俣俣。似吴门之练影横飞，似渔阳之挝声碎鼓。似陈七槃于象箾之庭，似演九功于天策之府。似公孙大娘之浑脱浏漓，似激楚结风之轩鼓饕舞。莫不听然眙目，震荡神移，争先而快睹已。

乃彳亍踟躇，曼衍挥霍。刷翅徐翻，耸躯轻掠。映雉尾于轩窗，动虾须之帘箔。尚鹄峙而鸾停，亦兔起而鹘落。聊偃仰于庭除，复逍遥于墙脚。收远势之轻趫，戢毛彩之煜爚。如缀兆之将终，恰应节于歌咢。

观者乃心畅神怡，咨嗟駴愕。用是歌伐木之蹲蹲，非徒诩灵囿之鹤鹤。于是翰墨主人体物而赋，写绰约之仪容，状缟素之态度。逵可占乎鸿渐，雝宜俪乎振鹭。羡日下之先鸣，出鸡群而独步。媲赪盘之踆乌，巢三珠之玉树。相与饰以雕笼，献上林而登云路。并仪凤于郊陬，同率舞于韶濩。遂以焕王国之羽仪，而写咸若之天趣。

潘都阃七十双寿赋有序　　袁名曜

赋者，古诗之流也。祝嘏权舆葩经，而《崧高》《烝民》，于义为赋，故有明一代，最尚寿言，自古文骈体外，又有以赋见者。

潘公都阃树常丈暨德配毕恭人，矍铄齐眉，苕华俪质，以屠维大荒落之岁俱登七帙，诸戚友以暮春之吉，制锦称祝，爰缕公颠末，属言于余。余按：公以武举登仕版，由霸州千总历河南彰德守备，其上官同僚，莫不信服公之行谊，兵民咸戴其德。洎洊升广东都司，遂以疾引退，此其恬静有过人者。恭人婉嫕柔嘉，以静正称礼宗，于明人《静寿赋》之义尤合，遂慨然赋之。词曰：

都阃公既解组于豫，乃息机津门之东。凌直沽而卜筑，俯沧澥之沖瀜。屏堀堁之尘翳，迓远春之蓬蓬。耸鸢肩，炯方瞳。乃秬乃䵖，乃韭乃菘。偶彳亍于东皋，或轩饕长南窗。唤海若以长啸，欻山鸣而谷应。叶于是夫人扬袿僮髲，容容裔裔。斧之藻之，虔供中馈。晨举德曜之案，晡陈屈到之芰。相敬如宾，老而益至。则可谓秘仪图光，昭伦升俪者矣。

尔乃极垣绚采，婺纬舒芒。挂穹窿之雕弧，悬纷帨于璧珰。设四豆之狎猎，景双栖于瑇梁。披鲤庭之斑衣，纷七椠其翱翔。环诸孙之瑰伟，齐希韝而趋跄。斞天浆而辄醽，介春酒之百钟。叶凡夫同功之俊，戚里之良。并四姓于崔员，暨七叶之金张。莫不鳞次云集，杂遝而称觞。

客有沉思旭赤怃然而叹者曰：秩愈尊者，趋赴必夥；官愈显者奉承弥众。公遂初服已多历年所矣，当洊升时年固未慭。假如归鞝不牵，宦籍长绾，逞貔虎之虓雄，历鹳鹅之行阵。或循资以递迁，或因功而特晋。行且旆行，马列锦幔。排棨戟之霜锋，矗大纛而云烂。拥劲旅于高牙，羌滮滮而汧汧。然后陈百醴，开九酝。举隆仪，延上宾。叶靴刀红帕者，匍匐而行。兜鍪犀革者，鞠膪而进。岂不赫赫濯濯，欱风歕雷，而名望益震乎？走不敏，睹今兹之盛会，颇疑前此之退休。用质鄙意，以待贤哲之折衷。去声

余乃䁈然而眙，听然而笑曰：夫处幽而含华者，圣人之雅操也。抱奇而内光者，道家之明教也。骐骥之质锦幛而华厩，不如释羁勒于宽闲之囿。松柏之干郢斫而垩髹，不如全纯朴于广漠之丘。是以隆隆者绝，炎炎者灭。舌以柔而久存，齿以刚而先折。

公既通籍于鹰扬之宴，受符于鱼钤之营。晋不箬乎鼫鼠，迁复比于乔莺。捧龙章之璀璨，膺两世之殊荣。然后阐绎知止之义，屏簪绂之劳形。晞田园而息驾，耽三径之未荒，乃筑场而纳稼。爰携德配，偕隐林皋。相与弹筝击缶，烹羊炮羔。或剪纸为棋局，响楸枰于鹪巢。制毒龙于灵台，聊以避夫繁嚣。公曰噫嘻，顾兹旧廛，余族聚焉，其有困乏，解推为先。夫人曰然。曰余姻娅，或甚矣惫，古人可作，指囷尚薄，胡任隔膜。夫人则诺。于时悦情话于亲戚，于时洽笑言于族鄙。释名缰，解尘鞅。游元神于太虚，邈坴块而涤荡。又何啻挹浮邱之袖，拍洪崖之肩。用以贞贞傒福，轶大齐而登上年。又况哲嗣克家，德器渊奫。谱华黍于兰陔，御醴酏之清醇。承慈严之义训，挺玉树于芳春。桐孙茁乎三枝，花甘露之油油。纷鸾停而鹄峙，蹇能法乎前修。公顾之而点颔，夫人豁其明眸。善盈则庆余，积厚则光流。要由于知足不辱者，不竭其膏于炬烬，而善自为留。子乃艳情于组绶，毋乃未学而肤受也乎！

客于是慄然意下，憬然悟曰：先生真灼见乎天人之奥，福寿之原也。请以是为公与夫人寿。

圣驾南苑大阅恭赋谨序　　陶澍

臣闻治天下有大柄，武纬协于文经。同六合为一家，仁育因而义正。在昔风云演阵，龙蛇传轩帝之经；干羽宣威，鸟兽舞虞阶之化。三十六扶胥之乘，折冲而简螳车；二十一小雅之才，鞠旅而赓鱼服。搜闻石鼓，西京则蘧蒢摛芬；野有干城，南国则豝豵矢咏。况夫淬兵缮甲，校技程能，安不忘危，整宜以暇。周家之歌载缵，是继三单；管氏之语能谐，必先五教。作旗振铎，讲攻战进取之方；提鼓执铙，习疏数疾徐之节。同袍同泽，义取绥心；如虎如貔，功资练识。载在方策，有可征焉。钦惟皇帝陛下，得一奉宸，斟元履极；三精耀采，八表腾辉。蚩尤之尾全摧，庭氏之弓弗设。光宣日月，九埏归白阜之图；响答风雷，十曲奏黄神之乐。往者山藏椠瓠，曾迪帷筹；苗匪蠢动，旋即扑灭。薮聚萑蒲，频劳网祝。教匪滋事，蔓延豫楚蜀三省，命师平定。欃枪一扫，军中之猛气先扬；角鼓齐鸣，釜底之游魂悉慑。辟荆榛为道路，岂有蚕丛；达州余匪既平，改其地为绥定府。牖饕餮以诗书，遂迁莺谷。苗民向学，近复加恩，予以中额。长鲸就戮，楼船标横海之名，洋匪蔡牵出没海岛，大兵追至鱼山下歼之，余匪悉平。文雉遥来，溟澥有不波之瑞。越南请封，得旨颁给敕书。版图天府，编重译之壥民；贵德、嗗咙、麻里野番，峨眉、西南野夷，先后率众归诚，俱恩准附入版图，以示怀柔至意。昕鼓桥门，列三山之侍子。琉球诸国遣子入学。九功煜爚，七德昭宣。出二十八宿以占星，五方轨顺；统四十九旗而就日，万树园开。蒙古诸藩岁至热河瞻觐，赐宴万树园。延喜珍镌，茗华玉刻。乌弋验风之使，齐尉堠以瞻天；白狼向化之臣，抃衣裳而綷地。威詟无外，极建于中。乃犹无逸廑怀，习劳秉则。占行师于羲易，考教旅于周官。豹尾垂蕤，既见于心法亲承之日；嘉庆三年冬，车驾阅兵。鱼丽合队，更征于桥山展谒之年。十年秋东巡谒陵，至盛京阅兵。方古北口之停车，龙旗肃简；七年秋，古北口大阅。迄五台山之返旆，风辂平临。十六年春，巡幸台怀。归至正定阅兵。至于搜举汤山，夹路则花迎芝盖；狝行滦水，入哨而草贴莎茵。岁以为恒，事立于豫。盖戎兵致诘，关圣主之经营；而弧矢以威，实我朝之家法。溯自帝谓询仇之始，甲甫十三；癸未，太祖高皇帝起兵征尼堪外兰，有兵三百，甲十三副。迨及天庥右序之时，旗分二四。太祖既削平诸国，于原设黄白红蓝四旗，外又增四旗，参其色镶之，行军时地广则分为八路，地狭则合为一队。九国咸归率服，叶赫乌拉九姓之国，合师来侵，太祖一战破灭之，由是远近慑服。万年遂扩洪基。太祖以数千人破明兵二十万于萨尔浒，自此帝业日隆。素练生风，吼龙媒而蹴踏；太宗文皇帝所乘马曰大白、小白。红衣吐焰，炸雷鼓以砰訇。天聪五年，造红衣炮，镌曰天祐助威将军。柳箭分行，崇德六年，谕王贝勒大臣子弟习射，壮者角弓羽箭，幼者木弓柳箭，不可荒废。教诲深于冠服；太宗训守冠服骑射旧制，毋效汉人服饰。金卮拜赐，攻遵化城时，小卒萨克哈图先登，太宗亲酌金卮以劳。褒宠逮夫蝥弧。攻永平时，副将阿山叶臣冒火登城，太宗谕曰：此我国家第一等材勇人也，毋再令攻城。以示爱惜之意。

勋纪八图，奋天戈而飒爽；乾清宫尊藏太宗战图八册。功成一战，廓帝业而焜煌。顺治元年，破闯贼于一片石。其年九月，世祖章皇帝入关定鼎。乾络镜清，泰纮砥定。旌麾所指，涂山无后至之邦；风雨来临，海内有其苏之望。然犹挽乌号以示训，顺治十年，世祖幸南台，持弓顾谓诸臣曰：我朝定天下以此弓，今天下大定，机务殷繁，朕身虽不暇，常念兹不忘。肃马政以修戎。上驷院初名御马监，顺治十年置阿敦衙门。至于沙漠风清，圣祖仁皇帝亲征噶尔丹，穷追至朔漠，见明永乐中碑文，有永清沙漠之语，顾谓从臣曰：真永清矣。坤维日丽，康熙六十一年，圣祖驻跸热河，谕曰：朕前亲征噶尔丹灭之，今策妄阿喇布坦潜往西藏劫掠，又遣大兵击败之，皆平日不忘武备，勤于训练之所致。若惮劳苦，安能于万里之外立功乎！御神枪以刺虎，飞长箭以射麈。圣祖常以三眼神枪刺虎，又力能挽强，每用十二把长箭围中射鹿，率贯腋洞胸。睿略远扬，青海于西域最远，世宗宪皇帝遣师平之。丰规世守。虽宵衣旰食，未暇巡行；世宗谕有云：予之不往避暑山庄及木兰行围者，盖因日不暇给，后世子孙当遵皇考所行，习武木兰，毋忘家法也。而赏春罚秋，特颁纶綍。世宗有特谕提镇副将参游等谕旨三道，颁行天下。若乃早承圣眷，圣祖尝命高宗纯皇帝射熊，熊突起奔前，圣祖御虎枪殪之，事毕入武帐，曰伊命贵重。揭四知以烛几；高宗御制《四知堂记》，谓知微知彰，知柔知刚，其卦辞乃利建侯，行师知机，实握用兵之要也。默运神枢，备十全而纪烈。高宗武功十全，御制有记。地穷八柱，瓯金昭有截之休；职效百灵，磐石巩无疆之庆。恩昭挞伐，以万方共底生成；章凛率由，惟圣主克勤纂绍。伟兹南苑，近拱北宸。包五海以纡回，是称海子；南苑又曰南海子，中有五海。控二河而萦带，远刷河流。海子外有团、凤二河，流至天津双口与永定河合，浑水借以刷涤。绿野平铺，红门九达，苑有东西南北四红门，本朝增之为九。盖元明之旧圃，至皇代而弥新。铁马金戈，景雄图于开国；太宗伐明，围燕京，分兵南下，过南海子，射黄羊、鹿、兔。顺治十三年、十四年，均于此举行阅兵。银花火树，仰同乐于当时。康熙十二年、十六年、十九年、三十四年、四十年、四十三年，皆幸南苑阅兵。又元宵日于此陈放烟火。作有世基，雍正七年幸南苑，大阅车骑营兵。绳宜祖武。乾隆四年、二十三年幸南苑，大阅。小试佶闲之步，八兔齐蹲；乾隆二年，高宗御佶闲骝，猎南苑，射中八兔。旁环西域之人，千旓共飐。乾隆二十三年大阅，哈萨克、布鲁特、塔什罕、回人等皆许预观。盖祖宗之大阅廿三次，我朝举行大阅，太宗三次，世祖二次，圣祖十二次，世宗二次，高宗四次。而在南苑者十有一焉。神皋沃衍，宜屯细柳之营；芳甸周环，讵数长杨之榭。兹者草肥水暖，金络嘶风；絮点香霏，玉鞭耀日。皇上爰以省春之吉，谒珠丘而载辰斿；遂于返旆之期，饬戎行而开甲帐。八风嘹响，摩空扬赤羽之旌；五纬分芒，拂地舞黄龙之纛。激火珠而沸海，掣金汁以排山。九天九地之师，十荡十决之阵，堂堂乎，正正乎，保大定功之骏业，安民和众之鸿猷也。微臣测管难名，簪毫是职，胪情采韵，敷事成篇。颂景祚于京垓，六军凫藻；和凯歌于鞭镫，三月莺花。谨拜手稽首以献。

粤以元默涒滩之岁，候大梁而司太皞。皇帝乃肆良辰，饬羽葆。选中黄，驭飞皂。简七萃以懋和，诘五兵而拓造。圣武霆霔，天威电扫。徒御不惊，旌旗载道。门开苑北，祥云占紫极之花；天近城南，旭日丽春田之草。迈大成于展也，句咏车攻；答戬穀以宜之，诗成天保。夫其包海淀以源潴，扩仁虞而院大，苑中有元时仁虞院旧址。区团凤以洸汪，矗晾鹰而杳霭。晾鹰台高六丈，径十九丈，周径百二十七丈，恭值临阅之典例于此处举行。烟树遥拱乎关门，析木近环乎襟带。九十四泉之趵突，瀵涌神浆；旧称苑有七十二泉，实则团河之泉已九十有四。一百廿里之逶迤，地当都会。旧称海子周一百六十里，实止一百二十里。溯始基于元代，曾置泊苑在元时为飞放泊。而限刍荛；缅训武于先朝，每选徒而歌旌旆。皇猷布濩，因知震叠之在兹；家法钦承，群仰规模之无外。

先是司天练吉以贞期，按大阅之礼，兵部奏请举行，得旨移钦天监诹阅武吉日，乃下所司戒备如式。司马陈兵而简乘。前期二月，八旗佐领各出兵卒为大阅之众，八旗都统、副都统、前锋统领、护军统领各勒所部，练兵于演武场。张黄幄之棽丽，启红门之峻嶒。周庐列而蝉联，驰道开而虹亘。前二日，有司豫于行宫供帐列。御营张幄殿，设御用甲胄弓矢于幄内，八旗将校甲兵依式布列。军令既申，部分斯定。若网在纲，有策必应。双双翼比，音声已禁千官；六六营开，意气直操全胜。届日会食列阵，建大纛为军表，左翼以次而东西上，右翼以次而西东上，最前为火器营。御营外左右设銮仪卫、蒙古画角，委散秩官禁约欢哗，委传宣官承传军令，凡三十六营，卒一万八千七百七十余人。猋车响砉，击斗心雄。军容严整，雅奏冲融。军阵既严，司炮举炮三，铙歌大乐作，奏壮军容之章。天子于是擐绿油之金铠，佩紫阿之雕弓。历九成之崇阜，从万乘之元戎。兵部尚书奏成列，皇帝乘骑出行宫，入御营。旌麾彗景，组练捎空。尾摇竿豹，蹄躏花骢。凫履追陪，绕阵图而自左；兵部尚书奏请阅兵，皇帝佩出御营，属櫜鞬乘骑，王公大臣前引，后扈亲军，举黄龙大纛，有执事王公随豹尾班后，皇帝入自左翼，出右翼，周视队伍，毕还至御营，释櫜鞬，御幄殿。龙旗璀璨，拱大纛以居中。驰骤欣瞻乎帝则，周旋宛象乎元功。尔乃一声觱篥，万队缨繁。殷山雷动，沸海螺寒。鸣地中之鼓角，吼松外之风湍。红旗一展，火器齐欢。飞冰花于暑路，裂炮石于云端。及金鸣而焰息，独光炸以星攒。结阵孔坚，一气望烟云之合；撼山弗动，四维成风雨之安。兵部奏开操，御营前蒙古画角先鸣，海螺以次递鸣，司炮三举，炮乃行阵，击鼓鸣螺，舁鹿角前进。领队甲士麾红旗，枪炮齐发，如是者九。及至第十，进大小炮、连环枪齐发，鸣金三乃止。既而八门齐辟，八队分阵。中开鹿角，旁贯鱼鳞。按次以前，若东西轮之行于中道；联行而进，若左右角之系于司民。大声发而谷应，盛气作而山峋。继开鹿角为八门，诸军出鹿角外。既成列，八旗齐鸣螺，噪而进。左右翼兵雁缀斜行，成列并进。鸣金止，乃振旅还，立于初成列之地。阴阖阳开，不愆于五六七伐；陆詟水慴，用辑乎亿万千春。

礼成有翼，师练在和。天子乃至圆幄而释甲胄，兵部奏礼成，皇帝入，御营释甲胄，扈从诸臣咸退，解甲具吉服。命建櫜而载干戈。铠皇威而奏清乐，回御辇而作铙歌。圣驾还行宫，铙歌清乐作，奏铠皇威之章，将士依次入城。堋收画隼，鼓肃灵鼍。毂藏霹雳，阵敛鴐鹅。洞九门而豁达，衔万马以经过。饮醴群游福海，投醪允饫恩波。吉已占乎地水，洗欲挽乎天河。井钺参旗，如睹垂芒之作作；尧勋轩烈，倍钦善将之多多。驰大丙以威宣，张箕舒翼；荡由庚而履接，戛玉鸣珂。

颂曰：圣主当阳，道磨德砻。施普乘龙，律调谐凤。瑞启瑶图，祥呈银瓮。兹白乘黄，瞻风采贡。玉润金声，咸归折衷。精益求精，习劳纵送。爰简车徒，程其飞鞚。万卒鳞游，三军翼控。匪曰劳民，师以畜众。泽洽蒿宫，心怀松栋。敬祝升平，长依帡幪。

帝京赋以春色满皇州为韵，壬申大考

陶澍

洪惟我国家绍天阐绎，度地居民。泰纮砥定，乾幕禧均。煜珠囊而照宇，和玉烛以调辰。三能焕采，九有登春。同轨之休斯在，会极之路咸遵。缅维开国之初，肇丕基而有赫，迨及陪都是作，扩宏造以维新。眷命自东，既首出而绥四国；宅京于北，爰体正而驭九垠。

懿夫帝京之有制也，地拱黄图，天临紫极。俯九州而称上腴，纳四海而归内阈。星占箕尾，通津敷析木之华；垣应杓衡，上道炳瑶枢之色。左瀛海之滂汪，右太行之岃崱。恒山涿水，襟带于其前；铁岭居庸，缭绕乎其北。语和会则阴雩阳开，示周行则准平绳直。盖从来宅中图大，必南面以听夫群民；而圣朝奠丽安邦，遂高拱而朝夫万国。

尔乃呀重郭之巍巍，豁九逵之坦坦。屹殿阁之峨峨，蔚园林之款款。瀛台峙以烟霏，太液波而水满。通衢四辟，毂击而荟衣冠；芳甸旁周，壤错而萦组纂。会车书于一统，允宜六合为家；启阛阓于千门，讵比五乡为鄰。程恢竖亥，八方就日以抒葵；路识由庚，万里瞻风而候琯。

若乃春飔鼓物，春旭载阳。烟浮鸭绿，露绽鹅黄。桃绯吐萼，李缥含芳。泮御河之春水，蔼宸苑之春光。处处楼台，万户俨瀛洲之景；行行锦绣，百花传天上之香。听睍睆于流莺，晴晖正丽；咏陆离于紫燕，细雨微扬。春色宏敷于大地，春祺善泛于我皇。

于焉御金辂，载玉旂。沛恺泽，懋宸猷。咏中田而籍举，候大采以祀修。赉五鸠而廑春省，练七萃而校春搜。恩覃宙合，泽洽神州。康乐之书齐上，醇闿之气同游。仰精一之宅心，道光玉镜；契苞符而合撰，业巩金瓯。

颂曰：翼翼皇舆，视履所由。天眷有德，列圣贻谋。我皇受之，镜仰万流。陆訾水栗，岳效川修。甸畇歌禹，原膴怀周。庠登俊乂，亩服农畴。工商既萃，冠盖相攸。东西玉帛，大小共球。肖翘蠕动，莫不咸休。八纮纲纪，四极卢牟。延洪锡羡，亿祀千秋。

东巡赋以昭兹来许绳其祖武为韵　陶澍

盖闻达孝之情，首崇继述；郅隆之世，兼采风谣。是以双龙赍夫夏姒，五瑞辑夫虞姚。毕邑修仪，演姬宗之宝箓；沛都整驾，骤汉氏之金镳。监成宪以无愆，礼交乐举；念旧典以时式，武穆文昭。斯盛事堪稽诸古帙，而隆文尤重于我朝。

懿夫旧京之启宇也，天开灵域，地辟神基。岫岩熊岳坚其卫，混同鸭绿导其支。长白摩穹，耸嵯峨而作镇；巨瀛环浸，跨浩渺而为池。辨方则震取诸生，雷出叶长人之瑞。正位则丑言乎纽，枢临昭应运之奇。念沐雨而栉风，四圣之经营伊迩；缅兑松而拔棫，千年之精爽在兹。

规模既富，形胜特开。巩金汤而内固，扩玉垒而外恢。维昔圣祖抚基，辎轩曾至；亦越高宗御宇，斿旆频来。刻玉披图，证遗文于册府；鸣珂戛佩，修盛会于璇台。盖本朝之家法所在，实万祀之洪度所该。

我皇上心切觐光，情殷缵绪。维旧制之宜循，遂隆仪之具举。际十年而考典，恰符成数之期；当七月而启行，更应清光之序。先期浮道，金风送雨而霖霖；按候迎旌，玉露垂条而湑湑。执辔集从容之彦，技奏邹枝；簪毫简侍从之材，班推燕许。

尔乃金根雷动，玉轴云承。豹尾鬣鬖其若舞，龙媒蹀躞以俱腾。太乙扬旃而晻蔼，大丙扶驭而輷輘。谨扈从则如众星之环璇极，遵指使则如四序之仰玉绳。当年少海承流，曾侍龙旗之远莅；此际上台摛朗，更欣鸾辂之时乘。

于是历凌河而前骤，指宽甸以遥驰。经沈阳之迢递，望肃慎之逶迟。灵殿岧峣以山峙，桥陵葱郁以云垂。僾见非遥，景衣冠而起慕；骏奔咸在，抚弓剑而兴思。麠旅麢宗，物其有矣；鸡尊象勺，礼亦宜之。因展义以荐歆，允矣孙谋之贻厥；本观民以设教，依然皇极之建其。

典礼是将，纲维悉树。一人庆有道之长，万国颂无疆之祜。亘河山之百二，尽列舆图；周道路之三千，咸亲卤簿。协时同律，怀柔遍及于山川；赐酺蠲租，瞻就如临乎风雨。笃本支于百世，泽洽振麟；齐步伐于三驱，威宣桓虎。凡斯圣德之宜人，悉本孝思之法祖。

所以治极登三，勋推咸五。闾阎尽乐夫丰盈，遐迩俱归夫镇抚。迓景祺于上宙，物咏由庚；臻洪鬯于中天，日欣当午。慰父老瞻依之念，以豫以游；宏国家乐利之庥，乃文乃武。握金阐化，长看尉候之来同；泐石纪功，又何亭云之足数。

圣驾东巡盛京祇谒祖陵礼成恭赋回文体谨序

聂铣敏

洪惟我皇上仁法天心，孝承祖德，自癸卯秋侍随高宗纯皇帝四谒三陵，即膺眷顾深恩，默告祖宗，畀以大宝。丙辰受玺以来，无在不以笃庆锡光为念。如临辟雍，幸翰院，四推耕藉，三宥缓刑，凤诏所举，一遵旧章。乃于今年七月十八日，启跸恭诣桥山，望山告海，百神受职。每当览古兴怀，发为睿藻，尊祖敬天之忱，肫肫在抱。八月乙未诣启运谒永陵，庆衍白山，祥开横甸，穆然思四祖之基王业也。庚子诣天柱谒福陵，甲奋十三，兵破廿万，皇然思太祖之受神器也。辛丑诣隆业谒昭陵，朝鲜受降，盛京建学，赫然思太宗之统六合也。凄怆怵惕，莫名至诚，赐酹陪茔，恩泽周渥。礼成之时，特降纶音，以嗣后再举谒陵典礼，派皇子随侍展谒，俾瞻仰之余，咸知追远报本。凡陵寝宫殿修葺完善，犹以后此敬谨护守、随时省视为重。并以宗室王贝勒贝子公等，均系天潢一派，祖墓俱近在两京，奉使查工，既得展谒山陵，又得各申私慕，推恩锡类，孝之至也。驾至盛京，修禋祀，莅旧宫，瞻堂构，忾闻僾见，如存如生。乃御崇政殿大朝会，中外亲贤，咸分赐酺，废者起，高者增，十赉肆施，湛恩广被，一如纯皇帝东巡时。回銮循蓟门，展谒东陵，舜慕尧思，依依若接。九月壬申，跸旋京师，告奉先殿，恭庆礼成。夫帝王相禅，道若循环。先后异时，理原合辙。我国家圣圣相承，光华复旦。伏读《味余书室集》中盛京和韵诸什，唐虞赓扬，成周作述，并集一时，千古罕有。今膺宝命，虔修上仪，岁逢乙丑，是太祖建京之时，期届十年，乃太祖受玺之会，而蠲吉练辰，又适与圣祖仁皇帝初莅之年相合。本年庶常散馆，题命东巡赋，韵限昭兹来许绳其祖武，是诚继往开来，绍闻衣德，绵景运于无穷也。臣学识浅陋，仰蒙圣恩，幸得观光玉署，际云汉昭回之庥，被稽古右文之化，窃不揣冒昧，谨遵钦命原韵，敬拟回文赋体，敷陈巨典，一以纪启跸重来之景，一以摅回銮追慕之思。其回韵即用于万斯年受天之祜，以效亿万载申锡无疆之颂祷焉。谨拜手稽首以献曰：

祜笃先庆，巡行帝朝。宇启绵瓞，邦建蕃椒。怒饰旄钺，勤思玉瑶。抚荒远而来王享，隆创垂而重庙祧。睹文兮梦旦，墙舜兮羹尧。膴膴兮京依东海，茫茫兮塞接左辽。户庭传形兮僾忾，陵寝极目兮岧峣。取湖为鼎，名山以桥。吐英瑞兮光前，歆神降果；呈异灵兮佑后，集鸟凭霄。虎踞龙蟠，祥钟王气；鸾翔鹄峙，秀启凡超。俯仰兴怀，年历豳邰而上；绵延锡祚，世传丰芑而遥。聚丁甲兮守护，罗星辰兮布昭。

用是之纲之纪，得序得宜。厘工绩兮勒钟鼎，立室宫兮森桷榱。崎嵚兮门阌，蔚炳兮亭碑。绥神建庙，劝善增祠。芝生应瑞，柳折征奇。追远务本，睦亲连枝。孜孜兮廑宵旰，业业兮格神祇。期展九重，跸启先衔凤诏；寿延千万，銮回待祝鸿禧。仪隆兮四谒陵，地胜娱颜承往岁；典绎兮三瞻祖，天中丽景美当时。持关兮山接海，葺庙兮齐与夷。咨询寄兮笾豆，洒涤纷兮毕箕。支余重分牒系，下臣逮广恩施。规同曩昔，庆衍今兹。

若乃天秋晓兮翠旗动，日晴新兮乌彩催。蝉吟柳而丝曳，雁度枫而锦裁。韃弓兮防卫，佩剑兮侍陪。前旌耀晖而卷月，去骑驰骤而惊雷。烟岚销兮分黛岭，雾障扫兮除尘埃。泉曲波澄，积闰缘知令转；幕深寒浸，生风应快凉回。仙飞渡记青牛，树高葱郁；櫂去光浮绿鸭，江远溯洄。平荡遵兮萃都邑，险隘陟兮临墟限。连云兮白山障列，出日兮碧海帆开。专悃忱而奠帛璧，毖禋祀而洁尊罍。蠲吉兮孝享，致诚兮神来。

惟夫受命延洪，覃恩锡与。后先兴感几筵，来往系情业虡。斗牛腾彩兮中秋届期，星虹兆祥兮圣诞逢序。酉二启兮藏畴图，庚三过兮避溽暑。酒进黄流而酌匏，牲刑白牡而登俎。寿比柏松，香升秬黍。丑纽迎祥，寅清定叙。久长计在保邦，承显思惟缵绪。右左降陟兮肃肃雍雍，泉源瞻觐兮言言语语。赳赳桓桓兮鹰扬颁师，明明赫赫兮虎虓振旅。九部摧而威昭，三姓平而侮御。守平成兮业崇，劳创造兮功巨。厚积累兮世享长，符德大兮传多许。

年丰卜而康降，宇泰开而运承。埏垓兮溯畅，室牖兮依凭。编志古稽兮盛京文溯，构堂新焕兮嘉荫旧仍。千门兮深邃，二木兮崚嶒。宣昭功德兮神感应，奠定清宁兮著贞恒。翩翩兮宫前麟集，翙翙兮楼上凤腾。虔修飨食，备告尝烝。川渎遍禋，继思庭绍；滋陬偕觐，崇政座升。联班牧伯，接踵卿丞。传宣近贵，赉予廉能。弦挥薰而风动，服绘藻而霞蒸。先之舞象鸣鲸，磬笙兼奏；外而呈葵献雉，筐篚是登。筵开广厦，集屏藩醉酣零露；宴赐中庭，盈宰辅清励饮冰。权量谨而法律正，废坠修而俊才征。贤尊亲劝，厚益高增。乾乘广运，兑悦同兴。绵先德兮翼翼，起后嗣兮绳绳。

以是斯来兮神受职，此乐兮众兴思。耆老安兮欢听睹，讼狱弭兮释矜疑。旗军遍喜蠲赈，序校自谱歌诗。治尉候者蹈舞，脱兵甲者游嬉。维骖沛丰兮意适，驻辇瀍涧兮情怡。贻谋兮式谷，近光兮倾葵。师战图兮摩垒壁，过叠道兮遵路逵。迤逦兮骑从，缭绕兮车随。辞右沈而深缱绻，望东陵而切依驰。彝荐商兮鼎传夏，礼典夷兮乐掌夔。司祝嘏者孝告慈告，备序房者陈其设其。

彼万舞兮光汤，韶陈兮缵禹。饭视寝门兮毕祭垂型，膏降林树兮汉兴从扈。艮止诒诮兮唐命亲臣，升中废议兮明嗟守府。健行惟今，恭传尚古。论定禘郊兮文垂，仪修原巘兮缺补。愿慰人臣兮瞻就日云，封增郡县兮栉沐风雨。建国留都，分司减部。劝讽时及官寮，歌咏是陈蒙瞽。巽重申而锡命三，离继照而当位五。献曲瞻陵，巡方格祖。

于是拜赓，颂曰德美。誉播兮圣主，化行兮安土。闾里荣兮膺箓图，国家光兮扬黻黼。疏及亲兮施德周，迩兼遐兮被恩溥。居处切思兮重刀球，庙坛申敬兮盛簋簠。旂旐殷兮固本原，带砺永兮崇弼辅。舆跸停兮土风陈，绎纶宣兮潢星谱。书车统一兮定治成，功币贡来同兮修文偃武。

武偃文修兮同来贡币，功成治定兮一统车书。谱星潢兮宣纶绎，陈风土兮停跸舆。辅弼崇兮永砺带，原本固兮殷旐旂。簠簋盛兮敬申坛庙，球刀重兮思切处居。溥恩被兮遐兼迩，周德施兮亲及疏。黼黻扬兮光家国，图箓膺兮荣里闾。土安兮行化，主圣兮播誉。美德曰颂，赓拜是于。

祖格方巡，陵瞻曲献。五位当而照继离，三命锡而申重巽。瞽蒙陈是咏歌，僚官及时讽劝。部减司分，都留国建。雨风沐栉兮县郡增封，云日就瞻兮臣人慰愿。补缺兮巘原修仪，垂文兮郊禘定论。古尚传恭，今惟行健。府守嗟明兮议废中升，臣亲命唐兮诮诒止艮。扈从兴汉兮树林降膏，型垂祭毕兮门寝视饭。禹缵兮陈韶，汤光兮舞万。

彼其设其陈者房序备，告慈告孝者嘏祝司。夔掌乐兮夷典礼，夏传鼎兮商荐彝。驰依切而陵东望，缱绻深而沈右辞。随车兮绕缭，从骑兮逦迤。逵路遵兮道叠过，壁垒摩兮图战师。葵倾兮光近，谷式兮谋贻。怡情兮涧瀍荦驻，适意兮丰沛骖维。嬉游者兵甲脱，舞蹈者候尉治。诗歌谱自校序，赈蠲喜遍军旗。疑矜释兮弭狱讼，睹听欢兮安老耆。思兴众兮乐此，职受神兮来斯。

是以绳绳兮嗣后起，翼翼兮德先绵。兴同悦兑，运广乘乾。增高益厚，劝尊亲贤。征才俊而修坠废，正律法而谨量权。冰饮励清，辅宰盈廷中赐宴；露零酣醉，藩屏集厦广开筵。登是篚筐，雉献蘂呈而外；奏兼笙磬，鲸鸣象舞之先。蒸霞而藻绘服，动风而薰挥弦。能廉予赉，贵近宣传。丞卿踵接，伯牧班联。升座政崇，觐偕陬澨；绍庭思继，禋遍渎川。烝尝告备，食飨修虔。腾凤上楼兮翙翙，集麟前宫兮翩翩。恒贞著兮宁清定奠，应感神兮德功昭宣。嶒崚兮木二，邃深兮门千。仍旧荫嘉兮焕新堂构，溯文京盛兮稽古志编。凭依兮牖室，畅溯兮垓埏。承运而开泰宇，降康而卜丰年。

许多传兮大德符，长享世兮累积厚。巨功兮造创劳，崇业兮成平守。御侮而平姓三，昭威而摧部九。旅振虓虎兮赫赫明明，师班扬鹰兮桓桓赳赳。语语言言兮觐瞻原泉，雍雍肃肃兮陟降左右。绪缵惟思显承，邦保在计长久。叙定清寅，祥迎纽丑。黍秬升香，松柏比寿。俎登而牡白刑牲，匏酌而流黄进酒。暑溽避兮过三庚，圆畴藏兮启二酉。序逢诞圣兮祥兆虹星，期届秋中兮彩腾牛斗。虞业情系往来，筵几感兴先后。与锡恩覃，洪延命受。

夫惟来神兮诚致，享孝兮吉蠲。罍尊洁而祀禋毖，璧帛奠而忱悃专。开帆海碧兮日出，列障山白兮云连。隈墟临兮陟隘险，邑都巩兮遵荡平。洄溯远江，鸭绿浮光去櫂；郁葱高树，牛青记渡飞仙。回凉快应风生，浸寒深幕；转令知缘润积，澄波曲泉。埃尘除兮扫瘴雾，岭黛分兮销岚烟。雷惊而骤驰骑去，月卷而辉耀旌前。陪侍兮剑佩，卫防兮弓鞬。裁锦而枫度雁，曳丝而柳吟蝉。催彩鸟兮新晴日，动旗翠兮晚秋天。

乃若兹今衍庆，昔曩同规。施恩广逮臣下，系牒分重余支。箕毕兮纷涤洒，豆笾兮寄询咨。夷与齐兮庙葺，海接山兮关持。时当美景丽中天，祖瞻三兮绎典；岁往承颜娱胜地，陵谒四兮隆仪。禧鸿祝待回銮，万千延寿；诏凤衔先启跸，重九展期。祇神格兮业业，旰宵廑兮孜孜。枝连亲睦，本务远追。奇征折柳，瑞应生芝。祠增善劝，庙建神绥。碑亭兮炳蔚，阕门兮嵚寄。榱桷森兮宫室立，鼎钟勒兮绩功厘。宜得序得，纪之纲之。

是用昭布兮辰星罗，护守兮甲丁聚。遥而芑丰传世，祚锡延绵；上而邰豳历年，怀兴仰俯。超凡启秀，峙鹄翔鸾；王气钟祥，蟠龙踞虎。霄凭鸟集，后佑兮灵异呈；果降神歆，前光兮瑞英吐。桥以山名，鼎为湖取。岧峣兮目极寝陵，忾僾兮形传庭户。辽左接塞兮茫茫，海东依京兮膴膴。尧羹兮舜墙，旦梦兮文睹。祧庙重而垂创隆，享王来而远荒抚。瑶玉（思）〔恩〕勤，钺旄饰怒。椒蕃建邦，瓞绵启宇。朝帝行巡，庆先笃祜。

叹赋客有仰天而叹者为揣其情而赋之 黄浩为

百端交集，万感愁余。不可殚述，聊复欷歔。于是心悸骨惊，魂销神骇。恍有忆而忽忘，似欲语而不解。怨复怨兮谁知，愁莫愁兮孰买。羌有胸兮堪椎，又无涕兮可洒。纵教肠断，未能心死。隘宇宙而难盈，惟长叹而已矣。

尔乃雷殷殷兮欲雨，阴曀曀兮生风。山冥冥兮向暮，水漫漫兮逝东。见古木之坠叶，睹残花之飘红。骇冯夷之怒舞，闻魑魅之怨恫。日黯黯兮号冤鸟，宵寂寂兮诉寒虫。陆游畏兮虎豹，水行慑兮蛟龙。欲回虑而不得，思遣怀以无从。于是披艺文，稽载籍。仰前徽，览遗迹。感旷世之幽情，吊古人之怨魄。

遂扼腕而弗胜，亦怆怀而难释。心何为而冲冲，天何为而梦梦。何西山兮饿死，何东陵兮寿终。何陋巷兮命夭，何阙里兮道穷。比干遭剖，何其忠也。申生待烹，何其恭也。荆轲不还，何其雄也。庄姜失位兮诉日居，黎侯去国兮怨泥中。轵道亡秦，安在其能万世；垓下败楚，而亦负此重瞳。李君生降，忍闻胡马；明妃出塞，空望飞鸿。天邪命邪，曷禁书空。

至于千里结交，生死永诀。思一见以无期，愿假梦以相接。目仿佛兮生平，耳倾想于畴昔。或突来兮无端，又倏去兮罔觌。

值长夜兮醒时，泪交横而流席。若夫孤游万里，遥忆故乡。怀乔木而不见，登高山而难望。猿啾啾兮号树，雁惨惨兮叫霜。伊亲朋兮远隔，惟异类兮相将。欲与言而无侣，感寂寞而神伤。又况叹惟一绪，情有万丝。孤臣偃蹇，孽子流离。壮士慷慨，烈女凄其。劳人羁旅，谪戍边陲。此人但闻悲风四起，泣下沾衣。亦复含酸茹叹，意不尽词。

故其为叹也，如怨如慕，如泣如诉。如山鬼之夜啼，如水灵之昼怒。如困兽之哀鸣，如穷鸟之□咮。如金石之凄清，如丝竹之急遽。恍若有亡，瞿然四顾。倾欲啸而忽停，抑将歌而又住。或强笑而寡欢，虽无言而自喻。气郁积以填膺，每凭虚而一吐。吁嗟乎，命不可得而知之；已焉哉，天尚可得而问欤！

由是山川动荡，天地震惊。鬼神嗟讶，日月晦冥。风云凄其变色，泉石咽而流声。游鱼聆而鼓翼，飞鸟闻而振翎。木抽条而憾发，草叠颖而愁萦。弃妇悲而欲泣，征人驻而不行。莫不感斯人之长叹，气愤薄而不平。又孰知夫遗音之既歇，尚有无限之衷情者乎！

登高赋

黄浩为

登高兮眺远，天苍苍兮不显。若有人兮驾云霓，登元圃兮不返。渺渺兮余怀，风萧萧兮吹衣。倚苍松兮盘桓，见众羽兮翾飞。坐石上兮茹紫芝，仙之人兮不来。慨世事兮转蓬，资推迁兮靡穷。俯逝水之东注兮，入溟渤而莫返其宗。仰浮云之靡定兮，谓将西而复东。风何为兮无形，影何为兮丑阴。白驹何为兮疾骋，蟾兔何为兮亏盈。翳大化之不可推兮，群汇蠢兮营营。虎豹不可林翔兮，蛟龙不可陆行。鼋有介兮不可卜，蛛有丝兮不可裳。郃弃钟兮巨迹，莘挚育兮空桑。人血化为野火，蝴蝶梦兮蒙庄。萤不知日兮蛇不知霜，鼓造辟兵兮寿尽五月之望。

韭为苋兮瓜为鱼，蛇为雉兮虾为驹。垢石生兮简圭，蠬蜧孕兮明珠。蝉无口兮胡然鸣，鱼无耳兮胡然听，蛇无足兮胡然行。熊不食盐兮獭不饮酒，兔不避猫兮鼠不畏狗。裸虫豁兮无尾，植物郁兮埋首。变兮化兮靡有极，出一无兮入万有。真宰然兮不语，茫茫极兮九野。山之高兮泽之深，朔气薄兮盈林。恍惚兮万里，靡定处兮劳我心。

湖南文征　卷一百三十五

赋六

金城山赋并序

李时沛

金城山者，乃溆阳第一名胜也。高三十里，自山麓至下寺，皆重山叠巘，路从林薮中出，悬磴淴涧，行者不敢下视。又行七八里，度三天门，直贯其顶，乃达上寺。道书称六十八福地，石真人冲举处，号仙都炼丹池在焉。天半有七星桥，一石横亘，贾勇而渡者，多不复济，必攀萝援壁而还。九龙洞有方石如棋盘，中有子八，大如斗，侧有石凳二。其旁奇花异卉，与时推移。《圆沙集》载：脚庵洞忽有火光，大相诧异，诸僧往视，即黄梅文如，住此三十余年，不食不饥，昼夜一蒲团，寒暑一衣，山兽避之，一夕化去，祷者每获灵验。塔在下寺。前明邑侯林继显命壮士斫榛开径，构亭其巅，额曰"乾坤一览"。依崖建刹，覆瓦以铁，塑无量佛，曾驻锡云。余于甲辰春闰吟眺焉。

星分轸野，地属溆阳。有金城焉，郁乎苍苍。揖华阴山在临武之翠黛，配衡岳于诸方。旁临巴蜀，下枕沅湘。灵奇搜于县浦，体势循于崇冈。瀵喷玉而垂帘，先启灵仙之秘；雨飞花而绕殿，遥开金碧之光。尔其拔地嶙嶒，排虚高迥。跃黄冶之辉辉，灿赤霞之炯炯。结根于无人之境，耸其岧峣；发祥于有道之邦，标其清挺。疑王者之不藏，睨君山而莫并。穆王马所不及，浑迷缥缈之峰；谢公屐所不经，旁薄芙蓉之顶。渺云梯而直上，凌一气于茫混。

若乃仙都冥奥，石室泐窅。道界瀑流，幕张松筿。鬼斧凿兮玲珑，灵旗翻兮缥缈。真人举而丹池存，高僧化而神光绕。清魂欲返，问梅花于雪中；微意可参，指柏树于天表。一方之祈望攸凭，四时之显应示兆。七星桥跨穹窿势，峋嶙起伏以奔驰。一局棋留古洞声，限隩萦纡而窈窕。左拱右抱，或以栈巇而难攀；前疑后丞，或以岩岌而莫晓。骇莓苔之滑磴，青苍之春树参差；援葛藟之飞茎，高下之晴峦夭矫。空尘缘兮木鱼，怪儒衣兮佛鸟。消三幡以蹑虚，追两老而乘蹻。举头阊阖低，放眼乾坤小。

是以多才邑宰，先代名贤。治夫夷而卧理，顾胜地以流连。斫荒榛而开径，凿碧涧以分泉。结宇于碧林之杪，构亭于翠壁之前。覆之以铁瓦，矗之以青天。篆之以小额，舒大啸于层巅。长松秀以落荫，众芳馥以扬烟。白鹤飞来寻素侣，黄梅栖处拜枯禅。必契诚于幽昧，等寂默于清元。乐于不言之道，畅以无生之篇。极游观之逸兴，羡韵事于当年。

大阅礼成赋以题为韵　　杨昌光

圣天子幸南苑以观兵，统诸军而课最。肃肃苍龙，央央白旆。莺燕舞而知春，鸟蛇飘而如绘。瞥紫电而微茫，乱香烟而馣馤。占胜争传海子，地本无尘；兴师不是昆明，船空下濑。前村走马，正风驰雨骤之时；何处吹螺，在柳暗花明而外。凡夫将士同袍，从官束带。如雪之戈矛，如云之旗旝。莫不跻跻而将将，纷纷而霭霭。今夫我朝之简阅，典至大也，太祖高皇帝奋武东土，弃甲胄以威扬，世祖章皇帝定鼎燕京，分旌旗而道泰。嗣后圣圣相承，皇恩汪濊。安耕凿于不知，息战争其罔害。欹雨中一笠，分秧待天气之清；响烟外双锄，结社罢田家之会。相与世乐升平，春留芳蔼。诚千古之独隆，亦为万世无穷倚赖。

然而师可百年不兴，备不可一日不设。我皇乃诣东陵而溯前徽，临南苑而标骏烈。或走精锐兮雷霆，或流空蒙兮列缺。或百战百克兮超然，或七纵七擒兮奇绝。或一鼓作气兮开操，或三刻逾沟兮就列。或五步六步七步兮节应疾徐，或一队二队三队兮功分巧拙。以示威灵，以精区别。以整戎兵，以观勇决。草铺双道，车才排青鸟之班；花放一条，剑不染白蛇之血。于以广一人之恩施，而萃八旗之英杰。维时桃叶荣，芝草茁。树色新，花光彻。红日辉煌，青天莹洁。春回十里之亭台，晓启千家之阀阅。今番白脱，图消九九之寒；前度清明，径断三三之雪。率千二千三之铠甲，恰如柳絮风光；过百五百六之佳辰，犹是杏花时节。

则有称戈比干，剑函初启。以振鼓鼙，以持戟棨。宛腾虎于空中，不化龙于海底。处处声摇绿树，锋带霜飞；家家信报黄梅，兵经雨洗。又若弓矢既调，军民共徯。乃张布侯，乃设皇邸。坠鸟羽于园林，驰马蹄于阪坻。尤不若列巨炮以东西，发长枪而迢递。红桥影乱，全迷四面之花；赤壁功成，那指一囷之米。凡此皆简天子之兵，行军中之礼者也。

且夫汉将英雄，夜月明而歌起；徐方震恐，天风动而雷鸣。轩辕之炮发两旁，烟迷古道；风后之图开八骏，云乱边营。虎气风腥，怪石放将军之箭；猿声日落，凯歌吹壮士之笙。莫不争中原之雄长，耀武备而功成。矧为太平之宇，获邀圣主之精明也哉！是日也，皇上进武士，饬官兵。御台阁，入蓬瀛。乃过绿野，乃列青旌。以此众战，以此攻城。何坚不破，何险不平。如云披兮舞鹤，如浪涌兮奔鲸。如风烟兮阵结，如霹雳兮惊魂。如星之驰兮迅捷，如火之发兮纵横。如水中龙兮班排鳞族，如塞外鹰兮穴扫鼯鼪。如貔貅千队兮威生指顾，如蒲牢一吼兮响发訇訇。

少焉阅视既精，礼仪备具。清乐徐闻，浓春欲暮。帝乃自崇台，返皇路。转黄麾，回翠辂。晓日丽而铁甲明，东风和而银鞍度。红杏之亭台宛在，双凤阙云里仙花；绿杨之城郭遥临，万人家雨中春树。标正黄正蓝之号，五龙之阵势齐排；建大赤大白之旗，四牡之诗词可赋。凡此国计之需，恩膏之布。兵甲之修，橐墙之慕。岂非神武仁孝之独隆，经千古而一遇也哉！于是朝野上下，合词以献颂曰：

一人观兵兮群臣附，山辉川媚兮百灵护，鹓班鹭序兮齐驱并赴。命诸军兮颁武库，内外严肃兮四方惧，延神圣之威灵兮千秋永固。

八景台赋

杨昌光

岳麓名区，长沙乐土。八景堪夸，三湘快睹。听蕉叶声过，望桂花而香吐。波摇画桨，两两频敲，影落芳洲，双双低俯。蒲团坐定，月明修竹之窗；钓艇撑回，人隔芙蓉之浦。两岸桃源幻出，谁寻洞里人家；半江荻火炊残，不见波中渔父。

于焉构彼高台，洲前俯瞰。浪縠清疏，山容雅澹。添吟兴而诗成，入画图而墨淡。望野航一一，露白烟深；认幽径三三，花明柳暗。有客登舟，梦醒轻鸥，何人系缆。望湘亭畔，依稀挑菜之津；听雨楼头，商略卖花之担。

时则云飞浦溆，雨落潇湘。花汀尘净，水阁风凉。遥知暮色苍茫，音流帝子；况是秋江离别，曲忆吴娘。既苍烟之弄影，忽明月之流光。界三千而朗澈，湖八百而芬芳。看来杨柳枝黄，怨生遥夜；照见芦花头白，秋上轻航。客有离远浦，渡长江。登断岸，过平矼。曾长亭兮吹笛，又清酒兮盈缸。今番蒲叶帆收，筵开绮阁；昨夜灯花信报，人话红窗。第见船归一一，雁落双双。望平沙兮浩渺，听流水兮铮摐。时当日暮，势带风降。分明橘树青时，平开画本；指点蓼花红处，隔断渔艭。

又若白云与间，幽鸟相逐。落日初沉，小庵新筑。隔佳境于仙寰，出疏钟于山麓。鹤醒三更之梦，月下空林；人敲两扇之扉，寺藏修竹。路转峰回，山重水复。一带残阳，半间矮屋。绿静三篙之浪，垂杨渡口，何处鱼肥；青收十里之帘，落叶村中，谁家酒熟。别有山市豁达，晴岚卷舒。自开苔径，宛列蓬庐。觅林端而眺望，登峦表而相于。原非白玉街头，红夹山花之路；错认乌衣巷口，青围水竹之居。忽焉寒生户牖，冷到襟裾。长天云起，野渡风嘘。被拥芦花，梦到梅花之后；洲迷荻絮，诗吟柳絮之初。

则有幽人泉石，逸士烟霞。雨声可听，月影堪嘉。认归帆兮岸之侧，送落雁兮水之涯。烟里袈裟，僧入白云野寺；风回笭箵，人归落日渔家。酒肆开时，生涯可寄；板桥支处，诗思凭夸。

是盖风会所关，成于嘉祐。名士登临，灵山俊秀。景以集而逾新，台以修而仍旧。举头天近，露冷深宵；作赋人来，帘垂清昼。米襄阳双枝管下，苍翠吟来；李营丘六幅绡拖，丹青绘就。不可见泽国之清超，名区之畅茂也哉！

船斋赋

杨昌光

桃花水涨，蒲叶帆收。林边矮屋，树底扁舟。凉生荷芰之衣，望湘亭畔；响彻梅花之笛，拱极楼头。寻橘柚人家，五六月间闲撑画舫；听梧桐夜雨，二三更里遥唱渔讴。披吟有二酉之书，船宜号米；往来无白丁之客，室合铭刘。

维时人忘夏日，夜到秋风。荼蘼径北，杨柳堤东。打画桨双双，半江云白；放野航一一，两岸霞红。孤鹜浮来，遥开粉本；双渔网得，谁寄书筒。恰当泉水清时，频游水国；如到蓬壶深处，合号壶公。

则有儒雅之林，风流之侣。蜡屐江皋，携琴岛屿。望野草兮无边，隔红尘兮几许。竹枝庵半帘明月，有客开筵；莲花渚十里清风，何人避暑。乡原是水，烟深露白之间；船可为家，柳暗花明之所。无烦过客之招呼，获遂同群之笑语。

盖彼船斋，中丞所置。问字名区，论文胜地。半间小屋，便是渔舟；四面疏窗，宛游书肆。铺来绮席，翳障俱空；挂得轻帆，生涯可寄。浓阴入座，依稀槐市风光；微雨侵帘，恍惚兰亭韵事。

尔其朝浮薄霭，晚挂斜曛。轻拖雾縠，徐漾波纹。前村碧涨三篙，群贤共聚；对面青山半角，旧迹遥分。人临习字之池，消夏湾双枝管下；天送催诗之雨，招凉馆一夜膏焚。屋果鸣泉，信是人间佳境；斋非宝晋，何须壁上遗文。

于焉约骚人，集文士。听流泉，泛中沚。既卷幔以游观，亦凭栏而倚徙。山边水边，十里五里。隔断前溪修竹，何处敲门；补将野渡轻萝，谁云近市。晴岚远岸，红开东壁之花；落日孤洲，绿到西家之水。检点铜瓶纸帐，宅泛波中；安排药臼茶铛，人游镜里。是盖造士情殷，养贤泽广。或负笈而来，或浮家而往。咏归桥畔，一叶刚回；风浴亭前，孤篷又上。群英会结来此日，韵事凭夸；孝廉船报向他年，风规可想。直是辟雍流处，先岸谁登；好将泮水歌来，前津共仿。迄今菱歌未歇，水榭仍开。流将逸士之觞，书应借得；谱出水仙之操，琴或弹来。认三两茅亭，云麓峰头宛在；望一双野艇，雨花亭外初回。盖莫不登高而眺望，慕古而徘徊。

东台山赋

葛树蕃

太化分仪，洪钧孕秀。水纪灵源，山应列宿。故考长沙之旧，州号曰潭；而稽南镇之雄，岳名为寿。越兹连首，冠乎三湘；爰有东台，挺然一岫。距县城之迢遰，五里而遥；濒涟水之沦漪，周遭而右。

其为形也，峭兮若削，陁兮若骈。轇轕为麓，嶵巍为颠。阿舒岑寂，谷隐盘旋。罨翠微于半岭，接青霭于重天。失崇峦于雾淞，浑块圠于霏烟。抹沆瀣之岚光，非浓非淡；歕氤氲之云气，欲断欲连。

于是灵和散布，岁序峥嵘。挹春兰之芬馥，餐秋菊之华英。启芝房于昼永，搴蕙帐于月明。滋藤萝与芦荻，杂荪若与杜蘅。亦有蓬蒿，生麻中而自直；讵无萧艾，委众莽以敷荣。实弥冈兮被阜，羌擢本兮抽茎。

厥草既蕃，厥木沃若。卉歙纷溶，轮囷橚削。翳羽盖之玲珑，溜霜皮之斑驳。耸丹干以作梁，团翠叶而成幄。橘绿橙黄，桂掎松粗。杶干栝柏，古纳贡于荆州；杞梓楩枏，今储材于方岳。为略举其大凡，已擅奇于青崿。

若夫产佳禽于岑蔚，扰驯兽于磅唐。翩茸茸之翡翠，播哕哕之鸾皇。兔爰爰而狎猎，鹿濯濯以尚羊。思公子兮周南，麟游汉土；讯故人兮塞北，雁使衡阳。翚飞隼駛，骋骏驰黄。或群或友，将翱将翔。莫不以类为聚，于山有光。

则有探雯蹑景之人，僻赏孤吟之客。僮拂锦囊，舟扬兰楫。绿绮临风，青萍耀月。俨在山阴之道，翩若举霞；乍来空谷之音，跫然鸣屧。固宜乎列壑争迎，而千峰宛接也。乃遂拔帜先登，横挝远控。蹲怪石以盘桓，俯危崖而啸弄。数细鳞之游泳，路出清溪；拾落翠之缤纷，门扃古洞。梵宫耸碧，披文藻于回阑；山阁流丹，抉飞云于画栋。携佳人于会仙桥畔，放鹤归来；别高士于洗药池边，策驴载送。

是日也，天垂宇旷，风静川荥。尘融广莫，沙浴寒汀。行歌互答，宿酒初醒。快兹游之汗漫，穷一览于苍冥。存小鲁之观，自是技进夫道；切景行之慕，岂其心役于形。聊荡胸于云梦，爰勒赋于山庭。

潇湘合流赋

毛国翰

地连轸域，天接衡东。波光爽镜，岸影悬弓。绕岳云之面面，浮江树之蒙蒙。分派则双围翠带，合流则一色青铜。孺子濯缨，不必清中辨浊；樵人唤渡，何须雨后分风。原夫潇湘之或为营水也，营道西回，穿九嶷之幽谷；湘源之发自桂林也，梅阳北注，浸灵渠之层岩。转零陵而远赴，望衡峤而空嵌。然后碧合双流，江亭入画；绿浮千舰，云渚飞帆。风影一涯，屏阴半遮。烟波染屿，雪浪飘花。锦石累累见底，紫鳞队队堪叉。小艇齐飞，万顷琉璃之界；孤峰侧插，一枝菡萏之华。潮生芳草渡头，裙拖满幅；水落小溪桥外，鸦啄平沙。

其洲渚则蓊郁茏葱，繁密窅篠。霜老木奴之枝，泪染湘妃之箓。雪迷飞絮之芦，烟幂含风之蓼。淡月初翻，浓云半绕。红皱艳秋，黄团润晓。弯弯泻玉，环杜若以回舟；树树生香，隔芙蓉而宿鸟。

其羽族则泛泛青鹥，飞飞翠鹬。白鹭自翘，闲鸥可昵。失群之鸿妇宵惊，得食之凫雏朝适。或矫翼以拂披，或引吭而呼匹。迷离玉浦，三两俱沉；游戏银涛，一双齐出。

当夫岸雪已消，堤柳将发。混汪洋于长天，写微茫于修樾。嫩绿分香于鸭头，新阳生暖于龙骨。浸晚景之林峦，湿寒宵之星月。湘妃鼓瑟而嬉游，龙女擎珠而恍惚。金支翠盖，映空色而不真；羽葆明珰，随神光而乍没。至若黄叶半江，红霞十丈。秋水一泓，残阳双桨。苕花矶畔钓筒，荻火舟边鱼榜。村村烟里开门，处处沙头晒网。一声孤笛，和欸乃以俱遥，何处清讴，咏沧浪而独往。歌曰：潇湘既会兮洪涛堆，含虚清泚兮绝尘埃。震荡光景兮长风回，烟雨变灭兮霁色开。奔腾千里兮洞庭洄，中含帝泽兮天上来。

哀知己赋并序

汤鹏

鹏总角时侧闻长者云：今汪相国公廷珍，其文学行谊，非今之人而古之人也。于是敬记其名而不敢忘。癸未中礼部试，出公门下，谒见，公喜动颜色，曰：吾阅今文章多矣，而能寓浑沦旁薄之气于八比之中，浩然放其所欲言，则子其仅见也。初得子卷，疑其老学，及发之，子固少年士。斯文仔肩，今以付汝。鹏始闻而惭，继而喜。士生今世，而得今之古人如公者，以其齿牙而增吾之重，其亦可以无憾矣。亡何公卒，旋就葬于江之南。鹏既哭而送之于国门之外，而情余于怀不能自已。昔苏子瞻读庆历圣德诗，辄询所谓范文正公其人者，而不胜其颉颃当代贤豪之志，比长挟其文章以游于朝，欧阳公累加叹赏，且曰：吾当避此人放出一头地。今公于鹏，兼有范欧之契，每一动念，气结良久。爰作赋以写其感慨无端之状，览者知汪公能使予不忘也。其词曰：

余幼闻公令名兮，遂深信而不疑。长益怀公仁义兮，神脉脉而不移。择吉日余北征兮，亦既达于京畿。匪攀公之门而入兮，公实为余之师。时乘间以进谒兮，发微言而吟披。钦性功之浩浩兮，望学海而无涯。如深山大谷兮，藏虎豹与熊罴。如商彝周鼎兮，俨端洁而不缁。余意惬心飞兮，果副余之所期。众人或有时而非公兮，余固知公道高而毁随。公尤爱余兮，寄以斯文。嘉余笔力兮，卓荦出群。谓余其努力兮，超孤举而疾奔。自古代兴有文人兮，今得子其忻忻。余既再拜稽首兮，感公意之殷勤。虽不肖其当勉兮，勿谓余力之艰辛。

抑余堕官于郎曹兮，纷簿书与案牍。性忽忽其不怡兮，骨昂昂其独矗。欲奔走以及事兮，旋汗流而舌缩。让他人之我先兮，以完余之面目。昼夸艳于同侪兮，暮乞怜于华屋。余与彼而异宜兮，腾谤言以相啄。幸隶公之所属兮，故知余之隐曲。谓吏胥之事不汝苛兮，盍古训以为蓄。名固有久且暂兮，材固有雅与俗。炳立言以千秋兮，讵纤细之足录。矧积厚而流光兮，虽远大其可属。

伊小人之怀惠兮，犹鼓舞而不忘。余固殊于木石兮，惨顾视于宫墙。昔垂欢而教告兮，今渺渺而难望。泰山颓而无峰兮，梁木坏而无堂。秋风吹而泪堕兮，冬雪立而独凉。居悒悒其亡语兮，时矫首而彷徨。驾敝车以出门兮，心亡归而茫茫。苟非公之惇笃兮，孰使予竟脱于恐惶。继自今其栗栗兮，虑言肆而行狂。恒冰渊以自凛兮，奚蜂虿之能伤。

既致谨于视履兮，仍勿辍以乎简编。集百代之精灵兮，涌万斛之源泉。始驰骤而蹀躞兮，终浑涵而停渊。盖斯文之神境兮，余欲到而迁延。大江东去兮，卒与海连。孰翼余飞渡兮，公灵在天。公福我而寿我兮，长抽秘以骋妍。放胸中之所欲言兮，誓不袭乎前贤。天之南兮瞻公阡，天之北兮抚公毡。徒挥涕而徘徊兮，知公之不我怜。振斯文以报公兮，其心喜而谓然。

悼亡赋

汤鹏

夫何阏逢敦牂之岁兮，惨生死之殊涂。心朦胧而瞀乱兮，命坎坷以崎岖。寝宫忽其无人兮，匪意想之所如。哀逝者之不留兮，驶白驹以须臾。

曰良嫔之初生兮，父母字汝以瑞华。佩女史之训诫兮，执巾栉于余家。采蘋藻于涧曲兮，艺桑柘于山叉。职洒扫以效顺兮，睦姑嫜而不哗。匪我心之炯炯兮，谁识汝之柔嘉。

余既驰于上都兮，汝万里而来佐。官飘飘若浮萍兮，俸卑卑以愁饿。炊藜苋以为餐兮，椅敝衾而冻卧。词婉嫕以和平兮，态婵娟而顿挫。嘉生徒之充馔兮，伟诸侯之赐金。余既贫而稍赡兮，汝犹不辍乎织纴。屏绮罗而弗御兮，调鱼羹而鲜斟。羌独守此太朴兮，为君子之所钦。

总计汝之生平兮，曾不可乎愆殃。怨天道之无知兮，哀人事之不常。风浏浏而入户兮，霜摵摵以吹裳。日杳杳而西短兮，水滔滔而东长。有鸮鸣于槐树兮，与厉鬼而相将。困床箦以三日兮，躯徐起而颓唐。口失声以呜咽兮，泪流襟而淋浪。知不可乎再生兮，神惝惘以徊徨。夜自子而及卯兮，握余手以辀张。既聪明又曲到兮，吐遗言之洋洋。

何吾德之凉薄兮，遭荼苦无不有。少纡轸而多忧兮，壮凄欷而丧偶。历岁年而无违兮，义黾勉其良厚。继自今鲜忠规兮，失闺闼之良友。鶺鸰细而呼群兮，鸿雁肃而成行。雄雉飞而雌从兮，凤大翱而小翔。块独守此枯寂兮，搴帘栊而内伤。亘遗弦而绝响兮，中余轴而不光。目仿佛乎椎髻兮，手掇拾乎两裆。愁硉兀其谁诉兮，思绵邈而难忘。欲裁悲以减痛兮，肠诘曲而不扬。

月黄昏其黯淡兮，云白堕而缤纷。夜漫漫不复旦兮，叫蟋蟀而愁人。忽假梦以通灵兮，魂款款而来因。上告余以白发之徙倚兮，下告余以黄口之嚬呻。仰事俯畜兮繄子之身，忧能折命兮君宁不闻。非人非鬼兮致词拳拳，非梦非觉兮我泪潺湲。魂竦跃以电灭兮，欲携手而未便。影无时而附形兮，天何路而到泉。瞻灵衣之璀璨兮，启飞旐以蹁跹。暂浮厝于禅寺兮，焚佛香以告虔。悼死者之悠悠兮，顾生者之娟娟。鞠稚子于襁褓兮，呼姹女而问旃。弱不知母之存亡兮，顽不知死之忧煎。茫不知天之毒惨兮，嬉不知己之可怜。独怆恍以恻惐兮，哭声殷而撼天。彼安仁与奉倩兮，犹未察余之缠绵。

已焉哉！春风妒兮桃李飞，秋风烈兮兰蕙摧。昼不见兮帷屏开，夕不闻兮梭杼催。昔调甘苦两心谐，今判幽明两地乖。酹酒呼汝汝不来，我在人间极可哀。

常雩礼成赋

李杭

圣天子道隆效法，德懋肃雝。熙春泽普，函夏恩浓。修上仪而陈百礼，恤民隐而重三农。诚求先力穑之谋，耕方趣急；昭事举应时之典，宿正升龙。

夫古之以雩名祭也，制掌秩宗，义同岁遍。吁嗟则意取告虔，豫远则感深殷荐。文漫疑于月令，候改天中；传可据于春秋，象昭星见。彼大雩或祷于亢旱，事本非时；而常雩则修以长嬴，礼原不变。若乃炎汉而降，祀事无期。齐歌巫而奏曲，梁瘗坎以陈仪。沿及有唐之易制，皆非古昔之所遗。盖至我朝制礼作乐，茂矩崇规。乃克重上天之钦若，以昭盛德之祎而。

时也句萌畅达，品汇昭苏。纪恢台而茂豫，征煦妪以蕃敷。阳和遍布于群生，必待雨而大长育；帝念先廑于百谷，乃祀天而举常雩。练卯日而涓吉，诣南郊而戒涂。玉殿则班联咸集，帷宫则斋肃以须。百尔涤虑于穆清，事无弗饬；一人垂思于静谧，诚已潜孚。于是樵蒸焜上，秬鬯馝馡。锠玉熉珠之异，江茅鄗黍之甘。霭平云平需平之歌，奏之以九；初献亚献终献之序，节之以三。肸蚃丰融，只此馨香之布写；渊蜎濩蠖，无非精意之茹涵。遂乃仪备穹坛，乐终皇舞。奉常告成，大礼具睹。协气达而翠霭飞，祥光腾而赤旗树。升闻惟圣，展诚已致乎高烟；建极惟皇，作肃用征于时雨。

既而甘澍滂流，层阴渐瞑。膏涌醴泉，瑞符丹甑。銮舆乍转，风伯飒其清尘；辇道初回，雨师肃其陪乘。布濩遍于民生，歌颂洽于圣听。莫不仰郅治之弥纶，而感天心之协应。然而皇上犹且敬以作所，澹乎自持。嘉祉臻而寅忱益懔，蕃厘介而午夜勤思。恭己则九围是式，抚辰而庶绩咸熙。所由玉烛扬和，五谷熟而民人育；璇仪合撰，三阶平而风雨时也。

扑满赋

李杭

有器焉投之若壶，窥之非管。挹彼注兹，批郤导窾。韫椟谋疏，挈瓶智短。始铢积以无遗，终瓦全而亦罕。溪壑则愿本难盈，斗筲则量何足算。恰拟漏卮示戒，虚岂能容；可知欹器垂箴，覆由于满。昔公孙之良友，着长倩之清标。飞尺书而致儆，遗扑满以相要。盖以贵非可挟，位不期骄。危而不持，势将同于颠趾；取之非道，财何慕乎缠腰。愿无罔利居奇，自侈建瓴之易；敢请顾名思义，聊为谏瓯之招。

尔其抟土质殊，凿坏色浑。等瓿桶之中虚，异覆盂之用稳。经营析乎豪厘，罅隙通乎关楗。聚已侔于箕敛，藏更深深；圆稍类于匏悬，形成宛宛。方自妙于灌输，亮无虞于倾偃。犹谓见其入也，安益求安；肯使利无蕰乎，损之又损。夫以陶钧广纳，量鼎宏兼。惟含容而不溢，固翕受之无嫌。就使解囊弗吝，用缶常占。樽遍饮而衢陈，取原不竭；瓮善输而泉汲，酌岂伤廉。而乃瓶罍是耻，箕斗难厌。颠危已兆，征敛独严。比予取予求，所以难聚而易散；且悖入悖出，所以害盈而福谦也。

迨夫形拟倾盆，象齐覆瓿。堕甑轻抛，污卮含垢。曾握算而持筹，竟折衡而剖斗。谓敛财之何益，难望瓯完；悔操术之未工，徒言瓶守。是知簠簋宜修，廉隅莫负。共惩墨吏，原覆鼎之堪虞；长励丹忱，戒遗金之不受。况乎器尚谦冲，德期渐积。清操既懔于冰霜，虚受尤怀乎山泽。有容乃大，雅度挹于深渊；在上不骄，素履坚于介石。尚颠扑之时防，戒满假而无斁。宜喻檠盂于郅治，保泰持盈；勉资砥厉于儒修，集思广益。

追忆赋

邹汉勋

予曾异梦，浪说天人；恭承考命，实征山虎。云胡降罚，遂堕入于西虫；抑有何仁，复秉精于中土。此情荒惑，孰强质于无生；厥理贞明，第验萌于既吐。遗犀在地，瓠无意而缘畦；散苧于泥，麻有心而荫圃。嗟刚质之莫柔，抑戾情之时有。心平直而无他，口激昂而自负。不畏难于意气，行似侠而终差；常深疾夫阴谋，身与衡而自丑。逾不惑而自修，惧含灵之日朽。谷有人而再树，人无树而奚久。屏百累以何操，赖一心以为纽。

心存乎识，识尚乎具。匪先觉之开程，终身渺渺；赖前修之副墨，一得欣欣。兄训为章，言有章而易晓；父称乎矩，行从矩而灿陈。迪蒙昧于山泉，匪流不导；厉严威于风火，有趣皆淳。拔昏庸而忽觉，出澳溷以胡臻。收之洵晚，失岂在寅。

惟咳昀之已曹，能语行而尚记。离妣怀而游嬉，雄侪辈而自异。半六岁而授方名，讫五龄而寻韵字。钦始驾之反前，俾学箕以先易。嬉春采蓤之楼旁，消昼古经之堂际。偷书隶古之文，窃写皇王之系。心以猛而能思，脑本虚而寡识。书难盘诰之篇，诗畏雅风之淬。易迷六九之阴阳，礼溷再三之般辟。诵一论而过三期，毕四经而逾十二。

尔乃放学出廊，似虎奔冈。分朋拔帜，对敌成行。依明避昧，就弱憎强。胜原偶尔，败固其常。高堂瞥见，伯氏来将。萦维案侧，俯仰研旁。怕听说经，生憎辅广；惟求论史，托始项梁。遂忻忻而意得，亦娓娓而倦忘。穷班历范，涉晋及唐。揽再兴之宋，括崛起之明。时盖岁稽疆圉，月旅泰阳也。

已复前膝无时，坐隅再岁。频申北海之微言，屡畅洛州之滞义。轮舆之状，触目而成；裼袭之文，入心而识。四学之分门，三雝之异地。咸由考训亲承，罔不圣文默契。叹同学之经荒，伟孔怀之心醉。夏侯无大小之称，孔氏无会璇之记。此伯子所以独超，而我君所以遽避也。

忆成童之初届，受盲左之遗书。论楚讨秦，俨是会盟之谱；征桓数穆，居然血脉之图。稽近地于顾江，伯氏之新篇斯卓；考遗文于荀杜，冯家之旧册实迂。无难于二首六身，有言必畅；备究夫五情三体，众说皆储。犹以颛蒙，受横讥于短识；繄惟明达，能特赏以非愚。十五六，家君延塾师课左氏句度而受训诂，质疑难于先兄，盖通左义矣。伯氏于左氏功最深，著有《左氏地图说》，又能自昧爽至亭午背诵全传二十万言一过，实平生罕靓也。

于是纵之艺圃，穷以义围。辨六王之历祚，考百物之精微。勋著有《六国新表》，佐伯兄撰《百物随钞》，佐仲氏撰《群经百物谱》《山经本草》《百物类谱》《诸子百物类谱》《汉魏诗百物类谱》。破小儒之拘滞，决大礼之是非。景山君课勋辈，每于餔时集讲堂或庭院，贯究经史，发数疑义，令勋辈各出己见决择。如其事有未见，辄指授在某书，或令伯仲转晓，二三日中再问。傥昏庸怠纵，一问不能答，即受扑责。一日合出公辄濮议大礼，议东汉东晋庙制，发一大疑问，勋所条说颇中景山君意。彼马齿之徒增，早闻言而咋舌。叹驷追之不及，空有悔于噬脐。又复滓以庄骚贾董，以懿其文之本；励之迁固范陈，以嘉其史之基。切以邹枚陵武，古诗十九首，其七为枚叔作，见《玉台新咏》。《汉书》四时乐府称邹子乐者，盖即邹阳。是邹枚以文赋著名，亦善诗也。以茂其诗之柢；礲之崔蔡班张，以荣其赋之枝。

心以劳而疾构，抱以独而毁来。十八遘咯血病欲色之言传，家有君而意怫；愿昏之说进，母信子而心疑。素对亟求，空感怀于毛里；旧门欲续，终回惑于妫媒。曾几何而自愈，又奚关于士思。

遂尔著述自名，搜探日侈。编岁月以成篇，继春秋之后事。肇绪周贞，托终秦始。取材乎左氏迁刘，折衷于群经子史。考叠赏而招佣，兄频欣而劈纸。十八九撰《六国春秋朝夕编讨日录》六七千言，伯氏见而赏之，曾为予录数纸以志欣愉，景山君见之，始召钞胥，以节其劳。婺光忽陨于重帏，奎彩还消于蒯屐。年方冠而书成，思不阿而心毁。丧未阕于倚庐，伯又殇于远水。

是时也，吟庐失色，书阁生凉。义有根而谁味，道生叶而弥荒。提椠之情，偕逝情而共邈；光楣之意，承考意以俱长。缩性原于括帖，见短拙于篇章。咼伤心于再刖，通抱智而谁明。况复人事渐萦，高年待养。弥年执笔，侍侧而成述祖之篇；粤岁论昏，脱缨旋慰抱孙之望。家无孝秀，门黯黯其无辉；儿靡庸愚，亲绵绵而共怅。有志弗宣，抒怀空壮。怕崇古而慢今，休去卑而就上。而生成结习，早萦前哲规模；养就疏慵，惯诮时流笔仗。剑气弗辉，珠光弥障。悲骈隶于穷檐，萃群驽于荒嶂。

何庚辛之多沴，缠齐斩之重凶。剜肝春首，摧魄夏穷。督前賷而鹄栖，藐孤孙以服重。婴云遥而兰弱，借邱嫂以持中。疚嬛在望，悲擗成丛。季父周亲，悯幼及伶仃之妹；比邻小猾，伐丧兴阴翳之戎。谤其艺学，诱以昏惚。嘉弱龄之不染，远尘涴而自崇。虽则云微，咸成素业；抑何多幸，不坠儒风。

迄廿九而释衰，钦五一读平声之咸妙。昆弟五人，又伯兄子一人也。重陈簏以分金，竞钬金而理奏。无非作史之才，亦有吟诗之少。悯谈天之绪远，治终始而义长。悼驺氏之书无，学春秋而文耀。仲劈灵枢之解，陋甲乙于钞胥；明陈倚杵之言，譬庚申于渔钓。手录八千之纸，胜自号以钝生；口雠百卷之经，勋无辞于庸调。稍留黉序之微名，孰予平空之虚照。

自此识学益昭，文章弥纵。各著述于名山，咸敏求于世用。轶群之论，举宙合而分标；绝俗之谈，合堪舆而一缝。卢扁之伯，技以迴而莫知；卫赐之伦，言以多而或中。潇湘月旦，侪品目于魏何；邵阳魏默深源、道州何子贞绍基。吴会耆年，咸知名于沈宋。鄞县沈栗仲道宽、长洲宋于庭翔凤。姻亲则有绅伯之频推，同邑邓湘皋先生显鹤。乡国则有彦先之见重。善化贺耦耕先生长龄。既传礼于孝公，善化贺柘农师熙龄。亦受经于明仲。益阳胡云阁师达源。若夫同方之友，合志之朋。倚相以多闻播誉，湘阴左仲基宗植、季高宗棠兄弟。君章以绝述垂称。湘潭罗研生汝槐。伯武以清廉效绩，益阳胡咏芝林翼。子云以澹远标能。宁远杨紫卿季鸾。闾里旧游，则诸唐二李；唐叔葳敉谦、叔兑敦谦、李舜卿洽、子木建。客行侪辈，则三邓一曾。邓伯枢瑶、仲源琅、仲权琮、曾香海毓芳。晏子之星驰杳杳，晏叔立启林、璞吾贻章。谭生之日上蒸蒸谭季庠建宅、伯椝、光椝。入黔则郑企道真，迈一黎而别驾；郑子尹珍、黎伯庸兆勋。昶希巴郡，参二莫而骈兴。莫郘亭友芝、子升庭、芝傅昶。龚州张籍，清才纷委；张子佩琚湄水傅元，老气崚嶒。傅确园先生。

又或谷中隐翳，抱枯蕙而馨亭；涧底沉沦，耸孤松而名逸。怅低枝之蜓蛛，风入耳以无声；怨高树之鹳鹅，芳警心而自毕。乃有燕乡律暖，邹生自学柳条；楚水碑沉，湛辈兴怀蒲质。华一衿于山鹊，厥羽莺莺；饱一啄于皋鸡，其鸣节节。爵崇名邵，既分略而形亲；施溢愿谐，亦情深而意密。揽四十之生涯，感再三之渥惠。鼻以爱而仁分，友以同而德畀。与接悉清馨，所遭恒上智。慧岂不周，谊无非至。期颐今欲半，叹飞景之如驰；耄老原其常，孰停曦之可觊。葆此遇而养其光明，愿及今而除其粗戾。

乱曰：已矣哉，勿自移勿自废。善急与之迎，恶急与之避。庶从禀秀之伦，尚远横生之类。

松沤赋

邹汉勋

松沤者，山间童子之戏也。采老松自坠脂，别灰稻藍汤沃之，命曰藍水，合松脂煎一度，绌小篾如当十钱大，挹汤得膜，借人气吹之，则沤出。

资液稻槁，采脂松根。绌竹为范，借气以宣。厥采朱绿，厥象浑圆。大者盈升，细者如弹。微风是扇，游于庭藩。远不百步，高过屋山。浮沤比质，云胡能坚。有触即灭，因吹或分。绎络相逐，如珠之联。参差以居，似星之繁。其观甚暂，其成甚便。山空树老，风丽日鲜。弱龄童子，幽居甚闲。制为斯戏，手敏心娴。煎以沙融，盛以竹柈。倚彼危梯，伴侣咸观。意阑事罢，请予赋旃。予观其事，有四德焉。外圆则知，中虚乃仁。行徐似礼，采耀维文。无以命之，命曰沤圜。

南征赋

萧锦忠

岁丙申，礼闱文战，复北留滞京师，背秋涉冬。思因景触，梦寐叠警，而家书杳然。昔尼山垂知年之训，曾子发逮存之叹，服膺曩哲，弥切于怀，急欲束装南下，归觐严闱。抽毫染楮，命曰南征。时南至之后九日也。

何太阛之靡究兮，僮佪焉余无以自明。景飙困余而北淹兮，寒冰又薄余以南征。几固杳杳而默默兮，太阛反让余之不平。曰惟云阳之崥屼兮，白云纷而纵横。羌昕夕而廑尔兮，思蹇蹇为已精。尔亦完本志之自然兮，夫谁迫致汝以频更。

緊黄炎之画圻兮，裔辽敻乎其四千里。怅晨风不傅予以翼兮，汩余奋飞而止止。边土裂于元冰兮，又申之以朔吹之累累。郁薄寒其中人兮，行子尚于焉骩靡。余固知天道之不必然兮，夫焉能忍而为此安坐。彼妖梦即递乱吾精兮，事与兆必相左。忳郁愤余侘傺兮，第适然其奚可。

朝驰余马兮都门，夕总余辔兮盟津。澹容与兮包山清，讫紫云兮眺赤松之亭亭。敕余尻使展軨兮，诏余神使弭节。戒滕六急避道兮，令飞廉谨策篲。历万里以归省兮，谌服膺于曩贤。矧余转警于寤寐兮，更中情其不可以少延。诣德里而息余旆兮，帟帷霭乎宜年。反必面而由章兮，粲言笑其陶然。

慨癸与丙之岁不我臧兮，遘回风而铩余翮。纵惭下第之刘蕡兮，凌云胡屡惜乎杨意。世固如龙而自名其名兮，骐骥奚悲乎伏枥。余不难抚时以自谥兮，顾吾亲倚门其何极。昔毛檄捧而忻慰兮，亮匪徒为贫而仕也。天与命窅莫知兮，何不才而弃余屡如是也。挟弧矢以射四方兮，懋所志于男子也。讵一蹶而不思自振兮，余心其畴灰而死也。聿举世所竞赴兮，抑岂有罕迹之蓬瀛。笑宋人之刻楮兮，亦只费以三春。况景仰得所托兮，幸厚承乎陶甄。固念兹而在兹兮，暂离即以复亲。羌修远以星驰兮，端酷爱此春晖。揖神明以为正兮，余惟殚余分之所得为。

重曰：南山有桥高百尺兮，松柏齐操苍然质兮，献岁发春亲笑色兮，菽水能甘欢无极兮。

匡说诗赋 萧锦忠

考遗书于汉代，传佳话于前闻。综百家其悉黜，述七略而攸分。繄葩诗之中正，惧芜说之纷纭。倏鼎来其岳岳，胥颐解而欣欣。知大义之可对，岂有言而无文。

昔匡乐安之佐命，东海夙著其令望；力庸作以供用，羌凿壁而偷光。粲胸罗兮掌故，懋师道于后苍。本风雅其未坠，抒妙论以相将。几若赋郑诗之有七子，何羡颂汉德而作三章。

三百篇之删自尼山兮，十五国之陈诸太史。二南固重夫修齐兮，三颂聿隆乎禋祀。善拜五而辨其名兮，雅肄三而官其始。忠孝根于性情兮，音节播为忧喜。苟以文而害辞兮，将执彼以求此。高叟不免于固兮，咸邱以辞而已矣。

学诗而亦既茫然兮，立说安见其卓尔。自诗故别以三家兮，乃说部纷于九野。韩教盛而传繁，鲁碑残而字寡。振鹭为士处辟雍，生民谓王正郊社。猗猗兮绿薄如新，皓皓乎朱绡可假。祎隋兮德勤于天，横由兮亩判于耕者。纵云立意以尚奇，未必其言之不雅。

有辕固兮贤良，值孝景之休运。倡师说于东齐，振风诗之余韵。营农固所创闻，翰任亦堪摭捃。六情五际以相含，采蘋草虫之不紊。望之弗涉于恢奇，翼奉力扫夫尘坋。彼矢口为高言，诚服膺乎古训。

惟平原之文学，负绝俗之英姿。疏屡陈而忠耿，学既懋而论奇。好勇则人矜暴虎，正本则礼重关雎。披唐风兮怀俭啬，越邠国兮仰仁慈。非剿说之附会，非曲说之支离。素绚而商能悟礼，切磋而赐可言诗。要惟深于诗教，乃得善为说辞。

彼夫说天者易分爻象，说事者书别古今。说礼者制明俎豆，说乐者声达瑟琴。说以精而名苑，说以杂而成林。才共矜夫屈贾，书屡校于向歆。未若发胸中之妙解，宣舌底之元音。四座为之抚掌，诸儒因以倾心。此即齿牙之绪纶，而知经术之湛深也。

矧今四库列而充盈，三仓开而富有。经筵设而圣学隆，御论宣而皇道久。毛诗既得所统宗，臆说群芟乎纷纠。读东观之成书，谨西清之官守。沐教泽之涵濡，共勉性天于敦厚。

湖南文征　卷一百三十六

补编

避禅辨

李继圣

读《春秋》定公元年六月戊辰即位经文，而于舜、禹、益之避禅也得闲焉。六月癸亥，昭公丧至，杜注：诸侯薨，五日而殡。殡则嗣子即位。癸亥至戊辰，五日也，兄终弟及，犹是也。昭兄定弟孟子言舜、禹、益皆俟服丧三年毕乃避禅，此三年中天位久虚，承禅命者又远避，虽古帝王之世，未有不乱生者。自避所复行入都，谁为劝进？而朝觐讼狱讴歌者，庸讵如后世黄袍加身拥回马首也？服丧之日，朝觐讼狱讴歌者，其将谁属邪？借曰服丧仍居摄，而凡朝觐讼狱讴歌者，亦应不于朱、均而于舜、禹，又何必多此一避邪？岂服丧时并无朝觐讼狱讴歌者邪？

汉孔氏曰：舜服尧丧三年毕，将即位，故复至文祖庙告。苏氏云受终告摄，此告即位，又引《春秋》，国君皆以遭丧之明年正月即位于庙而改元。孔氏所云丧毕之明年，不知何据？见格于文祖注。然舜让弗嗣之下，而书正月上日受终于文祖，此必尧崩之明年，舜初受禅，故不曰摄而曰受，受终则正始可知矣。但自齐七政以至诛四罪，皆天子之事，书于受终之后，二十有八载帝乃殂落之前，不得以为摄行天子之事也。又不得以为一受禅，而即于服丧时自行天子之事也，似属汉儒错简。

或疑月正元日之书，上连殂落三载之文，可执为丧毕即位之定案。愚谓受终后，当如嗣子谅阴之礼，即位不治事，丧毕之明年乃复至庙告终丧，礼除服而禫是也。告终丧者告即政，格于文祖犹格于艺祖也，如告即位泛云格而已哉。以春秋即位之例推之，凡已立为太子世子而遭丧者，名分固定，俟明年正月即位改元，天道之正、子道之正也。或兄终弟及，在遭丧之始，亦必早定名分，乃于明年正月即位可也。杜注殡后五日，则又未尝泥于逾年之正月矣。嗣位重改元，改元必在岁首。以是年为定公元年者，昭公已薨于前年，丧以是年六月至，更不得虚悬君位一年，致国无主也。《春秋》于定公即位无微词，后世因奉为常法。杨氏疑孟子此语必有所受，朱子则存而不论。按吴氏《伊训》篇奉嗣王祇见厥祖注，太甲太丁之子，仲壬其叔父也，嗣叔父而王为之服三年之丧，太甲既即位于仲壬之柩前，方宅忧于仲壬之殡侧。此言虽无经文可质，而即位柩前之说，可与殡后五日之说相参，盖一谢一代，存没授受，至为切近，如日月寒暑之递嬗也。若俟丧毕即位，谢代悬殊，授受旷绝，不已渺无系属乎？天道君道，子道臣道，俱失之矣。启应与太甲无异，舜、禹亦应无异。尧都平阳，舜都蒲坂，禹都安邑，即位之位，当在柩前，南面朝见群臣，逾年正朔方告庙而践正位于别都，自异乎父子相传同此位同此宫也，是固圣人化裁授受之妙道。夫岂若魏受汉禅，晋受魏禅，唐受隋禅，宋受周禅，竟践其位、居其宫、逼其子者哉？

舜率天下诸侯以为尧三年丧，不承其统，即不为之后，安得主丧乎？丧三年不祭，祭可摄祭，亦奉嗣王于庙而后可摄也。摄丧事，主丧不可摄也，未承其统而主丧，置其子于何地？使禹崩而启未即位，其主丧者属益乎？则启未尽嗣子之礼，恶能承统？属启乎？则嗣子之礼已定，又何俟丧毕而益复避之？启能敬承禹道，其贤当不逊于益，禹知其子之贤而荐益于天，禹岂因尧、舜故为此虚文？若放齐虽称丹朱、启明，而尧固叹为嚚讼，则商、均之不肖必类朱，傥虚悬天位至于三年之久，又且避而远去，安得绝无觊觎哉？愚故云未有不乱生者也。纵五臣可以镇国，五臣必不默默听舜避去，而竟游移于其间，姑待于其后。且稷、契，尧兄也，舜既不得以尧所让私让诸稷、契，即安得还而致所让于嚚讼之丹朱？舜摄二十有八载，岂不知天下大悦而归己，乃又以一避验人心之向背，过虑乎？矫节乎？防嫌乎？恶从而辨之！

夫上古圣人行事，多有后贤所必不能为、不可为、不敢为者。尧之即位也，非父命也。帝挚在位九年矣，尧受挚封陶，复封唐，一旦诸侯废挚，挚或自知其不德，率群臣如唐致禅。史有此二说第尧童年入代，时年十六入都即位反封挚于高辛，承父帝喾祀未尝一避也，未尝一辞劝进也，独何疑于舜、禹？舜、禹亦尧而已矣。史据汲冢竹书，以纪尧、舜、禹之崩时年月，及承统践位年月，由孟子之言而确凿之。愚非敢背孟子也，千虑一得，武断之罪，或幸而免。

旁支承统追尊辨

李继圣

自周创追王之典，后世人主虽崛起草莽，亦必皇其祖考，以子贵贵也。旁支入承正统而私尊其所生，则昉于汉宣。由汉迄明，议斯礼者未有定见也。余曩作《欧阳永叔论》，刺其主濮议不当，而余约断以是继子非继子两言问世，辨之未详，爰复溯自往古。

汉宣帝卫太子孙，卫后生太子，从母姓称卫。武帝曾孙也。江充陷太子巫蛊祝诅，太子勒兵斩充。武帝疾在甘泉，误听使者言太子反，太子出奔自经。后帝知无辜，作思子宫、归来台，是太子未绝于帝也，视蒯聩逆父杀母不同矣。宣帝父进并遇害。太子全家皆死，宣帝幼，亦在狱。使武帝不宠少子立昭帝，则进为嫡孙，序应立。如商太甲。昭崩无嗣，已立昌邑王，废昌邑，乃立宣。宣固嫡派也，于昭侄孙也，考昭不可而祖昭，是有祖无考也。初谥所生曰悼考，及在位九年，始追尊曰皇考。程子谓宣帝乱伦失礼，宜称所生为皇伯叔父，岂以有祖无考乃为大伦之正乎？且无考又安得有祖哉？若汉成帝已先立哀帝为皇太子矣，后哀帝追尊定陶共王为共皇，师丹争之宜也。丹谓共皇谥号前定，不得复改，但帝不可复奉共皇祭，则是得半而失半也。宋仁宗已先立英宗为皇子，赐名矣，初名宗实，赐名曙。后英宗欲追尊濮王，司马光□奋笔争之宜也。太后手诏以濮王为皇，英宗虽让不受而称亲如故，犹幸吕诲等忤旨补外，濮议寝，庙号亦终阙。汉桓帝与质帝，兄弟也，质为渤海王绪更，参错不一致。灵帝乃河间孝王名开曾孙，解渎亭侯敕之孙苌之子，论伦序灵可考桓，俱属伯叔。及追尊元皇、祖敕仁皇，父苌而诸臣无一词，恐反成案，则必上非数世之主，宣、哀、桓也。徒取罪戾，宜三君陈蕃、窦武、刘淑与诸名流皆括囊耳。八俊八顾八及八厨是也。安帝父庆本无罪，不追尊清河，又岂为得哉？太子庆以无罪废，本可追尊者。

至于司马光言汉宣为孝昭后，昭帝不追尊戾太子、史皇孙，光武上继元帝，不追尊巨鹿、南顿君，此万世大法，则亦未为得也。光武祖巨鹿都尉回，父南顿令。钦帝为景帝六代孙。史皇孙即悼考皇考，何以并云不追尊？太子妻史良娣生子进，从母姓称史皇孙，疑光言是。史良娣宣帝祖母，追谥戾大人，然考诸史，皆载光言史皇孙。光作《通鉴》，何至误引？皇帝时谥太子曰戾，以擅弄父兵公义难讳故也，既曰戾矣，自不应尊之为皇祖，若光武之不追尊也，更于义无取焉。孺子婴虽不成之为帝，王莽所立所废。然岂可并越成、哀、平而以为上继元帝哉？将谓此三帝皆可空而外之耶？且平帝在位五年，寿十四岁，孺子在位三年，废为定安公。光武复兴大业于新莽灭汉十有四年之后，故庙号特称世祖，以配高祖。凡先君皆称宗，谁当为之祖考者？独谓上继元帝，统绪疏远，缵承悬隔，而又不追尊所生，此身将何所属乎？中兴诸将相不议及此，此则学术之疏也。司马氏以戾太子与钜鹿、南顿拟濮王，乃其所蔽矣。程子论宣帝曰为人后者，谓其所后者为父母，而谓其所生者为伯叔父，此天地之大义，生人之大伦，余以为可律汉哀、宋英，不可律汉之宣、桓，明之世宗也。

夫为人后者，乃继体为子，非继体为孙也。又非谓继统即为人后也。帝王有生而立继者，养育之而立为太子也。如汉武、宋仁是。有殁而择继者，宜协昭穆，昭穆顺然后于迎至之始、即位之先，奉嗣君告于太庙，正名定分。《伊训》：惟元祀十有二月乙丑，伊尹祠于先王，奉嗣王祗见厥祖。此可为后世大臣迎立嗣君法也。又必即位于柩前，服斩衰居谅阴，古礼柩前即位方可典丧，行三年服。斯不敢私其所生矣。

按废昌邑王时，尚书令读群臣奏于太后前曰：孝昭帝早弃天下，遣使迎昌邑王典丧，服斩衰。及宣帝嗣统未闻服斩衰者，盖不得上祢叔祖，如卫辄之弃父而称其祖也。即谓入承正统至大至重，然有欲考其先君而伦序不合者，兄弟伯叔祖父业无先君为之父，焉得自称其父为伯叔父？伯叔父对父而言，无父即无所为伯叔父。余观历代名流议斯礼者，不论昭穆之次，不举三年之丧，不揣情势之难，如明世宗母闻朝臣欲考孝宗大恚，而世宗涕泣之类。但概称为人后，而欲降其所生，割其所爱，徒断断于追尊之际，正孟子所谓不揣其本而齐其末者也。

鬼魂考辨

李继圣

阮瞻作《无鬼论》而鬼即见，与之谈名理，此必文人才子之灵也。朱子言人死无鬼，然博览往古，《左传》有申生诸人，《史记》有长陵女子，若此类指不胜屈矣。傥魄落魂散，世何以更有死而复生乎？

曹魏文帝时，客民陈焦葬六日，忽自穿土以出。晋颜畿卒，其妻梦畿言为医所误，令急开棺，弟含尚少，力请父启视之，微喘息，含左右营护，竟复生十三年。明天启初，隰州民有葬半月者，行人闻声呼地下，发之，竟复生一岁余。然犹曰此皆殓葬未久也。

晋干宝父有嬖妾，其母妒甚，因葬父，推入藏中。越数年，宝葬母开墓，妾伏棺上，气未绝也，舆还遂苏。萧梁时，主簿柳苌葬九江，三年后大雨冢崩，其子褒改瘗，柩自裂，竟复生三十年。此则皆久沉泉下矣。

其尤可怪者，刘宋徐纥云：魏时有人发冢，得霍光女婿范明友家奴，能说汉废立事，固世隔两朝也。又魏人有掘故周王冢者，见一殉葬女子，不生不死，出之数日而气行，数月而能语，状如二十许人。送诣京师，郭太后爱养之，恒在左右十余年，亦能说周王宫中事。太后崩，哀思哭泣，复一年余乃卒。周王者不知何王，惜所说未闻于世。顾自周及秦及汉及魏，以臆度之，不将千载乎？凡此非鬼魂之守尸，而又谁为之守哉？然犹曰其形尚全也。

左氏又言：秦谍至晋，晋人觉而杀之于市，六日复生。以为有异术不应见杀，亦不应六日而后苏，以为无异术则身首已殊。然犹曰借残尸以起也。汉崔少府女亡后，与卢充幽婚，生一子名温休，以前柩内金碗赠充而别，抱子去。子三岁复遇充，送还。温休官郡守，后生植，植生毓，毓生珽，珽生志，故陆机骂志曰：鬼子乃敢尔！按植师马融，为名儒，毓、珽亦显而有声。唐郑亚远游归，其妻已殡于野田中，托梦云命未尽，合与君生一子，属亚求一桑门，有奇术，可召至，再奉箕帚。亚求得僧人定寻访，次夜为送魂返，宛如平生，但恶明处，二载乃生畋。又数岁，自言缘尽，涕泗辞去。畋后为唐相。即唐人尉迟枢志其事。此则皆不假形体而鬼能胎育者，机、枢所云岂诞哉？亦惟是阴阳二气交合而成耳。独不见夫草木之忽生于无根枯壤耶？干宝感父妾，遂作《搜神记》。夫鬼神可搜而穷其状，不能搜而穷其理，《易·系》曰：游魂为变。知变化之道者，其知神之所为乎！

范文正公封母辨

李继圣

古人之出妻也，虽未别嫁，而其义已绝。至于失节，则不为伋妻不为白母之说，千载而下，安问道隆道污哉！朝廷封赠大典也，所以劝善，即所以警恶也。失节之妇，不得云母以子贵，况前夫之子乎！而范文正公之请封其母为吴国夫人也，无识者借口焉。

公一代名臣，范氏之母已变为常山朱氏之母，徇一己之私，破万世之礼，公独何为欤？第致其曲而论之，则有稍不同于白母者。公少孤，育于朱氏，冒姓朱，以朱悦登第。既贵，乞还姓，表引张禄、陶朱改范姓者以为词，是其母虽绝于其夫，未绝于其子也。且公之随母越国而去也，得不为人奴足矣，资朱氏以就学南京，必其母有抚孤之诚，可感朱氏之助，如培萌芽于雨雪摧残之日，渐长而为巨干，可不谓难乎？是其母虽绝于范氏之宗庙，犹不失为范氏之宗庙功臣也。生子之道不终，而成子之道亦有终之别义也。苦守或难两存，存或又不能振，宋室安得有砥柱哉？公吴人，以吴国系其母，想与空头官诰无异，后人岂容引为故实？道隆而隆，余于公不妨降而云。虽然，封典起于礼，大礼与天地同节者也。公之先有张永德，事继母刘氏、出母马氏，作二堂，左刘右马，不敢以出母先继母。时大臣妻母皆得入谒，刘卒，马始入谒。太宗嘉叹，封莒国太夫人。帝何嘉叹之有而封之？此礼不典。公其视为本朝故实欤？

且出母不可迎养，迎养则子桓为蠡吾侯子，皆章帝曾孙，质之前冲帝，冲父顺帝，顺父安帝，而安为清河王庆之子。章帝废太子庆，立和帝，第四子。和帝子殇帝，是安亦嫡派，犹宜也。且殇帝寿二岁，冲帝寿三岁，质帝寿九岁，皆未成父道。礼：殇不立继，无父道也。桓承曾祖正统，恶容碍于冲、质，而不追尊河间蠡吾为穆皇崇皇乎？平原王翼，父河间孝王也，蠡吾先侯，即平原王翼也，桓帝翼之子。不追尊，是无考并无祖也。冲、质幼崩，空去二代。质承冲帝而渤海未闻追尊，是无父也。冲帝幼，既不可考冲，又自忘其考，非无父乎？余谓桓帝当兼为追尊质帝之祖考，惜诸臣见不到此耳。

史谓哀、桓、灵追尊所生，宣肇其端。夫哀帝与宋英宗之渎伦失礼复何辩。伦礼以服制为重。英宗先主濮王，丧后又乞终丧。仁宗既养之于宫中，诸臣自应力请早定皇子储位，勿使终丧濮王，斯善矣。及诸臣议濮典礼，英宗令大祥后议之。时距仁宗崩年，已历二十有四月。礼再期而大祥，是知英宗又为仁宗行三年之服，尽继体之情。奈何韩琦尚存骑墙之见，而吕诲、司马光辈亦卒不闻以已定之服制，折中书驳欧阳修耶？时中书谋追尊。明世宗未为孝宗子承武宗，亦属兄弟行，犹汉桓、质也，考武宗不可，称孝宗不可，而世宗之母已随至通州，州距京城仅五十里。必不甘以其子为他人子。致世宗思避位，诸臣欲使世宗重违母命，而不考后其所生，母大怒，则两宫帝宫母宫。大不安，诸臣忍矣，世宗忍乎哉？敢对母而称为皇伯叔母哉？此又情势之处于无可如何，虽孔孟亦难为措置矣。汉自昭帝而后，其统违父，违父者违天。永德二堂亦未为善矣。

《丧服传》出母之服期，据《仪礼》为父后者则无服。朱子尝疑子思之说不可晓，然当父在虽庶子亦宜不敢服出母，子思之言大法也。妇值丧而出则除之，出妇不得服舅姑，子又安得服出母乎？父殁，生当勤问遗，死当齐衰杖期，哭诸室，有继母期尚素，勿齐衰，哭诸大门之外。出而未更适人，就出所葬祭之，更适人者往哭之，远不及为墠设位，向其方哭之。又必审于其所出之故，故大，是固父之仇，宜心丧，服父之仇益伤父，故小而或诬，虽为父后者，皆可期尚素，以伸其报。凡此止求所不得罪于父而已矣。要而论之，父出之而使更适人，与父殁而自更适人，大节一失，人子终身含恨，必欲称太夫人，是人子要君命以褒扬，而强压其父，使与失节之妇重合也。愚以为人子未尝请封，而一旦出自君命，斯不得辞耳。辞则彰其母之罪，亦仁人孝子所不忍为也。然观于晋惠后羊氏复事刘曜，谥献文，史乃具列于晋后妃传，似始终未与晋绝，而无关为曜后者，何暇独怪夫人子之于出母违体乎！

补祭礼议

李继圣

荀子论礼有三本，上事天，下事地，尊祖宗而隆君师。王文中子通弟凝，定冠婚丧祭四礼行于家。某欲悉裁酌，然势有所难通。空文无□，独继嗣承祧则不可不严。所抚异姓即谓养子，所抚同姓异宗即谓义子。义之云者，犹以同姓而见义；养之云者，则以异姓而受养，要皆不得与本宗昭穆应继者相乱也。义与养之名虽殊，止各宜于家私祭其恩父母，其子孙亦止各宜私祭其祖考，及其祖考之恩父母，恩父母即其子孙之始祖也。溯源而上，被泽深长，成之之德，无异所生，安得不世世尊之如一族之始祖也哉？其恩父母殁，族小宗可奉主入庙，义子养子世世不得从宗子入庙行祀礼，则公私之道两得，而于天理人情无所歉。或一二世积财归宗，即收其田庐，为绝支之主附庙者血食及扫墓资，不归宗不许私卖恩父母遗业，与应继者之子孙同，盖所承遗业，血食之所由系也。必不能自存，听其去而谋生可也。继子荡家或鸣官，而官不为改继，岂以典礼有易立不肖宗子之法哉？

且按《左传》，公欲求成于楚而绝于晋，季文子曰：史佚之志有之，非我族类，其心必异。顾无如世人尤好养子，而不虑其心之必异也。养子虽富贵，自其恩父母外鬼神不荣，即能丰祀，自其恩父母上鬼神不享，义子亦然，理无二致。不继所应继而必为益之举，故于祭义补此说，使知尊祖宗以破其惑。而谱则于正派之末，别奠世系于其恩父母，所为附谱之故，正使久而不紊，又以防其背恩也。或曰祭则然矣，义子可班次行辈乎？可应试乎？曰可，同姓也。然尝见养子名显，固多乞改本姓，而义子贵后，亦多请归本宗，是其心之必异则一也，又何乐乎彼之假道于吾门户耶？

邓正斯堂额序

李继圣

昔帝喾以后稷继公孙轩辕之后，《周礼》乃于是乎重立继。继立则人人可得为祖考，而有小宗尸其祀。祀不绝则祧主亦各判所承，而有昭穆叶其班。故兄弟之庶子为后，于其兄弟犹一体也，此人事之无闲于天经地义者也。然余谓邓君正斯之抚侄为后，更得于亲亲中观至仁之合焉。

君为宁远石鼓源一乡长者，质性淳庬，言无欺诞。余瞥见于其族，甚重之。知君同母有三人，仲燕斯，季盛斯。盛斯四岁尊公亡，君掌家政，教之严也如父，育之慈也如母。盛斯感激自奋，遂噪声胶庠，壹志向上而无所分营，恃有贤伯氏兼为之成婚礼、购典籍、聘名师也。盛斯亦举子男三，名其季曰鹏鹏。生甫三岁，盛斯疾大渐，泣谓君曰：此呱呱黄口，失怙又将累兄矣，兄可嗣则嗣之。时君艰于息，盛斯殆欲以鹏报也。君因立为后，玉鹏于成。亦称名诸生，其焦劳教育，一如翼盛斯。是君于季弟两世，仁爱深厚，皆尽再造力，非若凡伯叔侄，仅有合于择继爱继应继之道者。然如君之贤而必出于立继，岂天道无知，竟与君先世伯道同语哉？伯道忍于其子，已绝至性，余尝论之矣。天之待君，实故留缺陷，而默为盛斯成其报恩之意，又大为君显其恤孤之德，又兼为鹏而授任于君，以培其挺秀之材也。余是以谓于亲亲中观至仁之合也。

呜乎！世俗之继，继利耳，富者争嗣之，贫者共遗之，继而不才荡其泽，继而不永沫其享。今鹏克承美善，衍庆流光，伊胡有底。余故乐为序其实，以额君之户，以风世之人。

段直斋墓志铭

李继圣

余髫发好结侪辈文豪交。邑有段子，讳海生，字涵川，别号直斋者，长余一岁，兄事之。其先世安邑人，十三世礼先公迁于邑南珠田乡。越七世高祖一贯公，生岁贡士贞锡公，贞锡公生所貤赠文林郎珍衮公，珍衮公生所敕封文林郎昌邑公。直斋为长沙府教授，赠封祖考如其官。家故清贫，少欲负笈远游，无资斧，邑先达异其有闻即悟，或秘之若类叔夜《广陵散》之于袁孝尼焉者，直斋笑曰：制举业耳，是区区者而不余畀乎！益自奋，其文日跻于古雅，掩出强者右。雍正丙午举亚魁，庚戌捷南宫，始信琼树天挺，固不借人力栽培也。

忆余年十二应郡试，两人初接文战，遂定交。及黜于督学，醵饮酒楼，直斋以箸击盏，而余拍掌同唱王子安句云：无路请缨，等终军之弱冠；有怀投笔，慕宗悫之长风。时四坐有髯而文者属目曰：童哉童哉，殆将为翰院才。余两人齐声应之曰：翰院足重王郎耶？明太祖怒诸庶常疏陋，而使拽大木，亦苦矣。

直斋方孩提，被灾炙其面，相者曰：当黥而王。此子幸而伤，他日必以文章显。既而逾月不愈，母彭孺人夜梦老妪啖之以药，达旦而瘳。岁己卯奉新例，以举人充同考试官。直斋赴西蜀，途次荒徼，将夕，雾雨迷漫，无逆旅，空中仿佛箫鼓声，强行转山麓，忽见一媪坐茅檐下，借栖，许之。窥其家，厨隘铚冷。媪旋治食具，香氛触人鼻，则鹿脯也。诘朝发舆投店，向店主称媪贤，主人骇曰：昨所经由实无人烟，惟有古观音庙耳。时邓君士衡赴黔省同此役，犹未临歧也，亦适值其事。嘻，异哉！前之妪入梦疗其残，后之媪止宿援于险，是殆所谓贤豪受命，鬼神惜之者欤？

初为诸生时，邑苦沈令尹婪酷，奸徒败类高竖德政碑于县门左方，直斋与黄姨父拱北先生，沽酌城南市，既酣，语及之，遂掇袖偕跃碑所，怒声雷轰，拾小石乱击刊列姓名，胥役不敢呵止，一邑称快。余寓衡闻之，南望大叫曰：昂乎壮哉！恨外余，余不知其魂魄雄视九原当复何如也。

仕长沙，群官为赵大中丞寿，入享，坐直斋于千把佐杂之席，辄趋出，中丞怒诟状，钱太守与直斋善，复携入，从容谢曰：职忝郡学师，独不能参牧令筵隅乎？中丞甚韪之，自是教班得不坠。

居无何，以忧归。质贷营丧事，哀毁日甚，成足疾。因吟曰：一子艮其趾，连年巽在床。顾户庭间有邀惠起家者，而候寝卒无一人。又吟曰：身病热如火，人情冷似冰。然于所惠未尝悔且恨，聊写其大凡而已。其遗令子秀诗云：此后丁宁无别事，能为孝子即忠臣。由斯以观，所学所养，岂徒文藻云尔哉？凡立言，皆经史精义，镌板行世，亦三不朽之一也。令子以丹楹承其宇，蚤为邑佳士，前王令尹拔诸童子中，嚄唶称天才，达湘源于阳朔，其流将满洞庭焉。

乾隆辛巳冬，令子以墓志铭请余笔。嗟乎！晨星俱落，秋草独摇。返恤颓龄，行思逝者。安能忍而无感于言乎？韩昌黎多谀墓，惟柳子厚碑按其实。余虽琐琐逊于韩，而与直斋交莫逆，犹之乎二子也。二子大有功名具，而穷复相敌。余两人夙负万里志，直斋终教授，乃雄鸡自断其尾，颇不为世缚。余一官穿鼻数年，竟以执法论免，是所愧于直斋者。然俱不似子厚失足，宁甘轗轲，则生死可共质也。直斋恶言利，馆谷官俸逐手散去。幼年偶出塾，叹天旱，尊公叱之曰：苟勤于学，粥糜可矣，小子虑旱何为？直斋伏拜训，是以其志不在温饱也。余昔以误竞浮名淹客路，及归，直斋已捐馆，今且幸而后死，犹得为之志其梗概，以报良友云。按状：卒于某年月日，享年若干。子男一，秀，邑诸生。孙男几。今卜葬于某地，并书石藏诸墓，铭曰：

瘗若华兮照黄泉，散余辉兮奕叶联，生玩世兮死非仙。惟幽宅之永固兮，惟其才也惟其贤。

祝城隍弭虎患文

李继圣

乾隆辛巳九月朔日，三乡五峒绅衿耆老某某等，谨具豚体香楮，致祝于敕封本邑显佑伯城隍尊神座前，实为虎患，恭迎鹤驾，降鉴兹土。

思夫邑介南服，自本朝圣圣相承，休养生息，而户口始繁于此。三四十载以来，偶值偏灾，尧水汤旱，不足为盛世累也。在昔崇山邃谷，虎虽出没，不敢伤人。何图本年春夏，赈饥方苏，竟敢频食老弱男妇，以充恶肠。今三秋咆哮尤甚，白昼逐人于途，黄昏伺人于宅，而六畜乃其粗蔬矣。夫童恢讯虎，虎杀人即自垂头伏罪。彼为山君，岂果无知哉？意者亢厉昏蒙之气，适相激使然欤？顾蠹聚蚕食，朘削脂膏，而瘟不及户，毒不加身，反得纵横自放，此蚩蚩者耕种营生，偏遭一口衔去，骨肉鲜留，国法殊尸咼脔，虎似窃用斯刑，滥加无辜。

呜乎！豺狼当道，会逢其适；舞爪张牙，异类同党。县主差来猎户，故耽耽视之若儿戏。世传虎杀人，其魂为伥，于是导引狂噬。然君子不信死后犹受制于虎，而一愚至此也。释氏谓有前生冤孽，又何为不付之剉烧舂磨，而必作如是人兽轮回果报乎？其说自不足取而服人心。纵使隐慝宜诛，上天岂无雷霆？下地岂无水火？是以君子反覆求之，万难为虎解者也，或野庙邪魔、山泽恶鬼交助凶顽耳。

某等衡宇相属，不忍旁观。鳄鱼徙海，虽乏昌黎之文；鹰鹞捕笼，尚按信陵之剑。众恨饕餮，公叩灵坛。如果枢星散为猛虎，尊神力请除暴。某等兼选勇壮，伏窝弓，发毒矢，誓欲歼此群丑。然非神制其逸，则脱空而去，贻祸邻壤。往者登封庶民患虎，顾少连移文岳神而患遂息，某等亦犹行古之道也。惟我圣天子保赤之仁政，即我显佑伯护国之元功。伏惟享格，鉴此众忱。

朱仙镇班师论

黄宜载

将在外，君命有所不受。苟利社稷，死生以之。是说也，惟主臣同德乃可践耳。或咎忠武当日何不违召直抵黄龙，复中原迎二圣，驱金塞外，别请重臣为之镇抚，然后释兵柄还朝自缚，以谢专制之罪，高宗当亦有以全公者，岂不嫌于莫须有冤戮哉？然此非知公者。方公饮泣顿首，受命行营，桧执政欲甘心之久矣。金牌促召，至有十二，使不奉命，则封剑随之，就烹猎所，徒快狡兔之心，益堕忠义之气，激智勇之愤，奸雄急乘其间，患且有大不测者。即不至于遽齿封剑，而万一违召直前，金人穷蹙，挟二圣为俎上之要，可若何？同一身家俱碎也，碎于违召骈戮，适暴吾君事仇忘亲之恶，与碎于归田诬族，终遂权奸翦翼之私，则有间矣。况叩马书生蚤有以悟兀术于追蹙，功之成否未可必也，故踌躕至十有二召，痛心饮血，慨然一决，宁受不白于异日，姑为吾君隐忍此须臾，庶时会之再可图耳。不然微箕之识岂暗于禄父？其蹈死亦岂怯于比干？顾或奴或去，孔子则概许之，曰殷仁也，知心哉！

立后论

黄宜中

《仪礼·丧服》有为人后者为所后斩衰三年，为其父母报以期。《传》曰：受重者必以尊服服之。何如而可为之后？同宗则可为之后。何如可以为人后？支子可也。夫为人后者孰后？后大宗也。大宗者尊之统，收族者也，不可以绝，故族人以支子后之。按礼有五宗，继别者为大宗，继高曾祖祢者为小宗。盖古大夫不敢祖诸侯，犹诸侯之不得祖天子，故别子为祖，继别为宗，继祢为小宗。别子谓大夫别于诸侯之宗，自为其族。始祖者，士庶家之始迁祖，准之继别之嫡长。当世为其族所宗，以收统全族，异于继祢之仅收统其小支族，故称大，所谓百世不迁之宗也。继祖曾高之嫡长皆为其支族小宗，以无不自继祢始，故概称继祢。而祖迁于上则宗易于下，此为五世则迁之宗，以服穷祖祧也。然但服穷祖，故祧耳。自元孙以下，皆其支脉，系嫡长裔，犹当世主所继墓祀，固不得以历五代泽斩视为路人，遂弗与申袒免也。

惟尊祖故敬宗，敬宗故收族。凡为宗子，皆不可无后。但大宗统全族，偶无后，则由嫡及庶，由亲及疏，无不得以其伦后之者。若第继祢祖曾高，则同宗者少，或无后，不得其支族后之之人，所谓莫之宗者，则其绝盖有数焉，未可夺人天性，以他同宗按伦序代之。孔子答曾子问曰：宗子殇而死，庶子弗为后也。盖殇无为人父之道，故弗为之后。郑注：族人以其伦代之，不为序昭穆立庙。谓当按伦序代殇宗子后其父主其祔祖之礼，弗直为殇宗子后。非凡宗子而殇，则其父若祖历收全族。如支族之统可绝，而其支族勿复为之后也。何邵公直云小宗无子则绝，亦非协论矣。

为殇宗子服，却有孤与不孤之别。孤则已正名为宗子，族人为之齐衰三月，如臣不敢殇君然。其不孤得有宗子之名者，父或有废疾，或已年逾七十，不能理宗事，因命子代主之，他日族人尚当为其父服宗子之服，不得以世虽未易，子尝代父主宗事，遂为之服殇宗子服。亦宗子之母在，不得为宗子之妻服，通义也。然礼，殇与无后者得从祖祔食于宗子之家，虽非宗子，不幸无后，其祀固未遽绝也。若从朱子祔祢之议，则高祖祧时从曾祖之无后者祀，乃不得祔，亦已与有后者，历四代服穷泽乃斩，但不如有后者得正祀于祠耳。后固可不必立，故礼经为人后者，指后大宗，传亦但言大宗不可绝，非小宗即可绝，以无一支族宗之之人，则其泽及身而斩，虽尚得祔食于所宗，诚有如何邵公之所云者矣。

然律但禁立异姓为后，不禁按伦序立同大宗之族姓为后，以经言为人后者虽专指后大宗，原可通于小宗子，与非宗子者之必须立后，盖不幸无子者，或有勋德不可汲其报，或有爵土不可陨其传，庶人亦有先畴之服，支子亦属一体之分，未忍沦灭，故年登五十无子者，朝廷许置妾，虑不得本支子代后也。嫡妻年五十无子，许立庶长子为后，虑立或不安伦序，启争端也。至所立不得于所后之心，听告官别立贤能与其所爱，不许族人巧以次序告争，非径听无子者得择立贤爱，乃所以杜后之者或失其欢也。又有先得立同异姓之子为后，后来却自生有子，或所立之本生父母又不幸无子，欲还事其所生者听之之条，朝廷之为无后者与为人后者谋，亦极曲挚矣。

孟子曰：不孝有三，无后为大。舜不告而娶，为无后也。汉覃恩赐民间为父后者爵一级，盖嫡长子当为继祢小宗，故不可无后。为父后专指嫡长子言，嫡次子与妾子皆为支庶，但称曰子，不得称后。故宗子虽七十犹娶，不特祭必有主妇以备外内之官，亦所以裕后嗣也。舜如非父后不娶，亦但已无子耳，何至绝先祖祀？汉覃恩如凡为子者皆赐爵一级，恩可胜覃乎！

又《丧服》但言为人后者，不指言为所后之父。雷次宗曰：所后或祖曾高，不定也。自《公羊传》于仲婴齐卒有“为人后者为之子”一语，以公孙归父奔齐自有子婴齐，自是仲氏子不与仲婴齐之得后公孙归父以称公孙婴齐也。后世遂援此“为之子”一语，谓凡为人后者皆当称所后为父，称所生为叔伯父，亦谬诬甚矣。

彼非宗子立后，亦必各以其伦。经谓嫡子不可为人后，以当为父后，有所统本支族人，族人亦不得强立之为后，以废其小宗也。若大宗子无后按伦序当立者，虽身为小宗子，以大宗子视之，亦支子耳，当以大宗为重，径后之不妨仍天序，称所后为叔伯父而自称侄，亦得如大宗子兼收所统之祢族，不必另以支子代己为小宗。若泥嫡子不可为人后，漫以支子后大宗不自此继别者，世以支子而其父为小宗及为父后之嫡子，亦且世世奉此支子为大宗乎？何后大宗之反轻于小宗也！

拙纂《从宜家礼》窃谓嫡子不可后大宗，此圣贤经传议礼偶疏处。程伊川亦云长子虽不可为人后，若无兄弟，又继祖之宗绝，亦当继祖，乃所以重宗也。但不可以己得为大宗后，遂以己之祢主跻入大宗祠。其礼与各称，谓与士庶之始祖祠，但当奉祀一始祖神主。其大宗子所当继之高曾祖祢，亦当如各继高小宗另祀一祠，以便迁祧。以始祖祠龛，原与受爵三品以上得立五世庙祀之为不迁始兴祖者有别，具详拙订《从宜通礼》立后条，及祠图与祭礼中。

近因族尊辈命辑宗谱，查阅大宗子齐河年已老，抚有亲弟齐湖之长子盛名备为后。不幸湖今亦老无子，盛名自当还其所生。而河系大宗子，他日不可无后，傥河迟没，则盛名已得后其父，至河没时，按伦序盛名当承大宗，不嫌又为河后，兼收统其当继祖曾高小宗之族，主则仍称河为伯父。而湖原未得为大宗后，其主当另祀于家之私祠或于寝，不得并跻于大宗祠龛。或河先湖没，则按伦序湖即当为兄后，当如孔子所答曾子问宿宾之辞，称河曰宗兄，祝称之曰显长兄，而高祖之私祀不得辄祧。至湖没，盛名得后其后大宗之父，并后为大宗未祧之伯父，如万斯同同堂异室之议，分一室为两龛，或一龛中分隔之，称显伯考显考，并祀于大宗祠，而高祖祀乃得祧，以后易世迁，祧俱准此，庶情理两协。目今盛名先受伯父恩养，旋还其所生，事伯父母自当如生父母。河没在湖前或湖后，各服制详《从宜通礼》祭礼及丧礼等条。

先晹谷公族规，又虑宗子或不尽贤智，故有择立家相，及于祠旁设义学，择师以教大小宗支之议。诚教之能豫，相复得人，虽气禀习俗难齐，自不至有悖伦干典为一族忧。万一有此，孟子所谓大过则谏，反覆之而不听则易，亦同宗所不得已也。其子可后立其子，或子并无可后，又或干典，并妻子从远徙不得反，或子亦无后，则按伦序当代宗后者，可权孔子答曾子之问，其祭不厌不旅不假不绥不归肉，祝曰宗子宗兄宗弟在他国使某执其常事，痛遭变故，礼当杀也。迨阅三年，则己即可以正名宗子，礼以渐备，祝得称孝，不更称宗子宗兄宗弟在他国使某，亦不必如宗子无罪去国，代后者但望墓为坛以时祭，至闻其死，乃行祭于祠。又必已没，而己之子乃得正名称孝为宗子也。当参考《从宜通礼篇》易代及《祭礼篇》有故各条，若身为宗子，不得离祠他迁，或有贫不能自存者，同宗当共周之，则族规与《从宜通礼》具详矣。吾族世敦本讲睦，先祖心庄公尤拳拳宗法，化族以礼，从无悖伦干典大咎，兹因辑谱，适值大小宗有无后之变，窃敢周虑琐述为论。

平金川颂

王霍霖

芒芒清疆，晛乎禹甸。声教暨通，祥风播扇。繄惟历圣，皇天肖子。全付有土，以耒以耜。亶生神圣，秉睿前知。倪兆几告，罔上龟蓍。初奠八极，黾勉臣僚。蠢尔蛮酋，适期而跳。惟此蛮酋，宪圣爵之。固陋金川，宪圣擢之。尔猘弗静，起衅于邻。王师薄伐，不悔而狺。始战未利，咎于兵孱。皇曰匪他，阿扣之奸。爰命相国，遄塞经略。至奉密算，魁奸就锷。胁从其宥，悦服输诚。贼耳聋塞，贼目盲睛。皇矣孔赫，丕惊塞外。是敬是劝，无敢肆猃。贼窒其穴，畏我虔刘。魂兮飞越，暂保髑髅。乃莅卡撒，进蹋背岭。并啖巴郎，嘬为糜饼。炮震鍧吼，山川颤裂。碉倾卡陁，贼伏于窟。相周视形，径捣中坚。贼栗丐命，叩首塞咽。皇曰宥之，既返其初。亦予赤子，宁必尔锄。番民闻知，男欢女笑。塞路漫野，既出于窔。渠酋稽首，爰率其旅。戒之训之，如梦而寤。皇懋有威，靡克以当。皇懋有德，浩浩汤汤。蛮夷惛怓，皇则慑之。已伏其罪，皇则恤之。惟是西人，共愤天仇。忽曰网解，亦信亦不。惟此西人，竞馈靡罢。既休既息，跣屩而挂。定此番国，四裔壶壶。震惊我皇，先知先觉。震惊我皇，千里神算。诛奸定略，克明克断。不劳匝月，倒倾奥穴。强番稽首，凯歌奏阙。金川既宁，文德益濡。歌谣盈野，况于康衢。

夏小正通解序

罗登选

《夏小正》一篇，先儒以为以十二月之物候，正十二月之时，莫重乎是书。《隋志》载《大戴礼》十三卷，而《夏小正》别为卷，以其为虞夏之书，故别之也。《唐志》则统称《大戴礼》十三卷，而不复别为《夏小正》卷，仿《月令》之在《小戴》，故并之也。

余始从朱子黄勉斋所定《仪礼集传》见其内载此篇则分经传为二，先经后传，意以为古本《夏小正》其篇次当如是也，最后获见高安朱文端公家藏韩本《大戴礼考》，此篇在《大戴》第四十七，始知朱子所谓经者，即从传中录出之，其旧本每月经传合编，固别无有所谓经也。于是乃取二家之本反覆详参，窃以为当日之作传者，既分经而句传之，原经自经而传自传，盖由后之收之者，不知分经而句析之，于是经混传，传混经。今欲使经与传之不相淆，不如仍分经而句编之，则复经自经而传自传。惟于传文即别之曰传，庶几合而读之，既不失《大戴》之旧，分而读之，又可使经传分明矣，其有合于古本《夏小正》无疑也。

但此篇既为《小戴》所遗，学者久置弗讲，鲁鱼亥豕，沿袭相因，即朱子与勉斋所定，以及韩元吉、吴草庐诸人，皆未遑是正之，况其他哉？既又思此篇乃《月令》之权舆，《月令》载在《小戴》，立之学官，而此篇自秦汉以来绝少训注，因窃不揣谫陋，稽据古义，凡自日星寒暑霜露之变，与夫虫鱼鸟兽草木之状，莫不句疏字释，以分附于每经每传之下。至于讹缺谬误，悉加考正，然仍不敢改易原字，而音注其下，以畀后之学者得以取而互参之也。昔戴德所传礼有八十五篇，号《大戴》，后圣又取德之书四十六篇，号《小戴》，其尚存者起三十九，终八十一，似未可专取《小正》一篇解之也。然古之人如汉蔡氏已专解《月令》，宋易氏已专解《禹贡》，余之专为《夏小正》解，其亦犹二子之于二篇也夫！乾隆二十六年辛巳二月朔。

新修衡州府龙神祠记代　　张世濂

昔先王之制祭祀也，法施于民则祀之，以死勤事则祀之，以劳定国则祀之，能御大菑则祀之，能捍大患则祀之。龙之为神，所谓能御大菑能捍大患者也，列于祀典，不綦重与！

衡之阳，春秋诸祭，坛宇咸备，而龙神独阙焉。余奉命守衡之明年，乃聚郡父老而谓之曰：祀，国之大事也，有其废之莫敢举，有其举之莫敢废。龙之为神，载在祀典，固炳若日星也，兹之阙焉不备者，何以故？况夫史传所载，如滏口之龙祠，汤泉之灵湫，皆能兴云致雨，立时应验，弥菑患于国中，则所求于龙者实多矣，又何其宜祀而久不祀也？父老曰：衡郡龙神之灵异，如黄龙冈、青龙潭诸处，不可胜纪，而祈祷旧无专祠。但闻回雁峰前向有一池，厥名烟雨，泉流涓涓，经夏不涸。天将雨则云兴池中，望之如烟，衡人以占晴雨。自明季毁于兵，而故址遂堙。相传此池既堙，而城南有山其色如火者，往往为祟于境内。噫！其信然邪？

余闻《春秋左氏传》曰：龙见而雩，乃建巳之月。苍龙七宿，昏见东方，万物始盛，故为百谷祈膏雨也。又考《后汉书·礼仪志》云：其旱也，公卿官长以次行雩礼，求雨，闭诸阳，衣皂，兴土龙。此祀龙神之所由昉与？且衡南方也，朱鸟之精，离明之象，以火德王，当以水德济之，则有润物之功，而无燥物之患。又《山海经》云：应龙处南极。应龙在地，故下数旱。旱而为应龙状，乃得大雨。《抱朴子》云：山中辰曰称雨师者，龙也。则衡南之祀龙神，其于祈祷也为尤甚。

于是率群僚捐清俸，择郡人之贤能者董其事，度地之高旷者以为基。阅数日乃得之，盖即俗指为火山者，筮之甚吉。余曰：异哉！同一地也，昔为祟于境内，而今造福于域中。则是龙之灵，实应地而存者也。令早崇其祀焕其祠，以妥以侑，俾神灵栖托之安，则岂惟御菑捍患，诸祟可以潜消，而相予祀事之余，不待于今祭则受福矣。爰用牲诹日，建大殿三间，设东西两庑，以为岁时祭祀之所。而郡之士民及往来商贾，复醵金敛财，为亭榭以适游观，一时辉煌壮丽，俨如贝阙珠宫。是岁也，雨旸时若，百谷用成，民气和乐，佥曰此都龙神祠之效也。余虽不敢有其功，窃念龙神之祀，天下皆然，而国典之垂，昭然可纪。况衡为楚南巨镇，蒸湘回环，五峰耸峙，此神灵之窟宅，云雨之凭依，当必有腾渊升天，被五色，戴三停，薄日月，伏光景，为国家沛润泽，而大施功德于民者。自今以往，春秋有专祭，祈祷有专祠，昭事者矢匪懈之忱，式凭者无不歆之祀，万宝咸登，庶民其乂，衡之人其长享其利乎！钦哉钦哉，世世守之，无怠厥祀事。

观音阁募引代

张世濂

庚午春来守潼川，见关圣宫之不备者，欲增修以成巨观。爰令首事募于阖郡，使武庙与文庙媲美。而武庙东偏旧有观音阁，因思大成殿庑一脉，先贤而外，他无所参专所尊也，今以低眉菩萨参于太牢享祀之旁，体制不类，而布置未宜，由是于西北城隅建立一阁，以宅白衣大士，不惟增修帝庙廓乎有容，可别作阿兰若，亦若老子不溷列于如来，士民敬捧瓣香而至者亦自甚便。

夫以观世音菩萨从声闻入道，故妙音能胜世间音，而加之以观，即经所谓真观、清净观、广大智慧观、悲观及慈观，作如是观，以目治耳，其义有不可思议者矣。东坡云：稽首大悲尊，愿度一切众。窃谓佛眼青莲花，佛手兜罗绵，若以八万四千手眼，神通法力，变为恒河沙数，则普四天下堕难众生，不难度此毒漏根，化为光明藏，所以愿建旃檀林，士民同饮功德水也。是役也，因不啻乎创，必待布金乃观厥成，迨至大悲阁之竣也，予将效髯苏以记之，爰为之吟曰：

下车匝月他未遑，欲存大体事更张。忠义式程瞻帝像，重营宫阁著堂皇。菩萨非馨太牢祀，更于城隅卜其良。见说众生堕八难，厥惟大士济慈航。但是众生度一切，吾即稽首敬不忘。欲成民以登仁寿，致力于神呵护长。不似耗财惑野庙，盂水杨枝迓百祥。众力共成大悲阁，愿千手目庇万方。

屈原论

向曾贤

屈子之穷厄以死，千古所谓奇愤也，故至今吊屈原者，每岁必于其死之日而哀之，而吾以谓不足以穷厄屈子，且以为千古幸。何者？屈子穷不极厄不极，则《离骚》不作；《离骚》不作，则千古风雅之脉断焉。故天生屈子，非以为楚也，所以传忠臣义士之心，而继三百篇者也。

奚以明其然也？《诗》之亡也，《繁霜》《正月》以降，幽忧郁积至不可解，夫子录而存之。至于《曹》《桧》之末，则亦录《匪风》《下泉》焉。凡以乱极思治，其义如是焉尔。世运递更，人心浇漓，君臣父子之间，泛然若萍浮于江湖而适相值，故孟子曰“《诗》亡然后《春秋》作”也。至于战国，而祸变极矣。晦盲否塞，各以其术相倾危。若孙膑、卫鞅、范睢之徒，去以资敌国用，为害尤烈。屈子生于其间，遭时不幸，主听不聪，而嫉之者又众也。以彼其才，何适不可？而独以其忠厚恻怛之词，寄其憔悴专一之意，以维持于君臣上下之大，天地不失，日月不改，则此志不移也。是心也即龙逢、比干之心，是书也即《大雅・凡伯》《家父》诸君子之什，三百篇之所留遗，而人心之所由以不死也。然则《离骚》之作，不亦重乎！

抑吾窃思之，曩令委任无恙，王言听计从无恙，无靳尚之谗，无郑袖之惑，无张仪之攻击，无令尹子兰之排挤，幸得展其所为，修蒍贾、叔敖之业，抗强秦以雄长中原，当是时，未遂能相楚除嬴，帝制自为，与皋、夔争烈也。然而遭时得志，功建名立，纵使赫奕，不暇著作，纵使著作，亦混于《梼杌》之书，参杂于战国诸篇之内，亦必不传，千载后亦安知屈子之义愤有如此者？吾故曰天生屈子，所以使传忠臣义士之心，而继三百篇者也。则诚幸也，然而非屈子之意也。彼其忠爱之心，郁于中而大作于外，不得已而寄之于辞，未尝以致必传于后也。后之踵兴而师其辞者，代不乏人，而求其异世同神，若贾长沙、杜少陵、文文山数人而外，不多觏焉，盖所为源流远矣，乃其音则亦到今未寂云。

鸦樵遗稿序

向曾贤

先兄寿山先生，早岁从事文翰，困蚁战不获展，自廿四五外遂不复与试，于荣利泊然无所好。尝命曾为之筮，得节之临四，叹曰：以节苦不如以节甘，吾自是其知所处矣。居平野服逍遥，随意书策。与人和易，绝无忿怒容。闲暇时爱写兰竹，几案墙壁都是，亦不甚惜，听人持去。工吟咏，思之至深，不肯率就。或花朝月夕偶得一二联，遇思不继辄置之。后数年乃益抒写沉至，终日不倦。尝有句云：冷眼盼太古，热肠回阳春。又云：乐事因诗苦，闲情为画忙。殆自为寄兴与！其读古人诗，必造其微处。

见他人所作，都能指其疵。或为更换其一二字，往往获新趣。曾以是知寿山之胸次有渐近廓然者，而寿山亦方自喜有得于是，而蕲以成其志也。

吾家之左有鸦山者，其地幽邃，车马所罕到。山人以薯芋自给，而疏花丛篆间云怪石中，终日樵歌往来，与松声水声鸟声及虚谷声，琮琮相应答。寿山忻然乐之，拟诛茅其间，借以抒啸咏邑抑塞，益求古作者于巅水涯，抑亦有甘节之义乎？寻以疾作不果，及卒，遂厝于兹山。呜乎！寿山既不得志于人世之声华矣，而此自适己志求写心山林耳竟亦不克，噫，何其穷也！方寿山之弥留也，无一语及他事，第切切以平日所作诗稿嘱曾捡存之。搜其囊，其稿多散句，及字书涂改不可辨，仅清若干首，尊亲为缮录，名曰《鸦樵遗稿》，本其初志也。

赠谭竹湖之滇序

向曾贤

士贫居坐瓮室，饘一盂蔬一盘，出则尘仆仆满面，得一夫尾而随足矣。一旦专地百里，其属自丞以下趋承者若干人，幕僚佐理者若干人，府史委蛇雁鹜行而进者若干人，徒隶匍匐供颐指气使者又若干人。四境之内，老者壮者少者，黠者痴者良者顽者强者羸者，贵而有势者，秀而可材者，贫而无告者，外倨而内恭者，外柔而内很者，计且数千户，其人多至不可数，方未至则引颈注目侧耳跂踵，俱屏息伺候待命。一言出则各响应随之，一行出则又各响应随之。士人官得县令，抑亦宜其有为矣哉。然而求居是职者，方需次则曰某地肥饶赋入烦而可，某地瘠匮赋入寡不可，某地出财贿百物民乐供输而可，某地民节啬而褊急不可，至于己之所以宜称是职以慰人望，未见有汲汲若不得已者。由是趋承佐理之人，不过相与苟同欺谩而已；伺候奔走之人，不过互为牙爪而已；四境老少待命之人，则又不过空悬其愿于始至时而已。久则应时折减，或阳奉而阴侮之，甚则唾而骂之，笔之邑乘以永谴之矣，则亦有不足贵焉。或曰有所迫而非可得为也，或曰是从事者之误也，或曰因其同然而未有以甚过也。然而君子有以訾其自治以治人者疏矣。

吾友竹湖谭君，学道而守廉，素有志于仁术。尝与曾谈兴利去弊崇善黜恶之方，曾以为行法必自不屈于物始，行惠必自不欺于己始，竹湖然其言。今适受命之滇南，人曰其地僻而远也，竹湖曰惟所往。人曰其地瘠而事简也，竹湖曰在我所宜，恨不克济耳。其将行也，求曾以古者赠言之道。曾固拙于言者也，又所言者或犯当世之忌且笑，恐竹湖之以曾所言告于人也。虽然，曾于竹湖俱钱公南园先生门人也，今之滇又辱厚意，故不敢以颂而以规，因私书以付之，愿以托于渊路赠与处之意。竹湖其谓是言何哉？

祭友人文

向曾贤

维正月日，同年友向某、同馆中某某，谨以香楮束帛庶羞之仪，奠于檀园、正亭两兄之柩前而哭曰：

王君之逝凡四阅月矣，黄君之逝亦倏及两月矣，累累双棺，栖于旷野；孤魂茕茕，未知安适；顾瞻惨怛，心胆齍然。夫两兄之来，将以效于世，以显于身，以荣于亲，而今竟如此，其孰使之？其孰料之？闻之陈蕃所憩之家，久记元录之岁；华歆所闻之语，已定北陵之期。两兄其谓之何哉？今为王公告曰：天者诚难测，以兄之坚强，而不有其身，以兄之仁厚，而不有其子，吁，可怪也，可哀也！昨者兄之姻亲某某邮信至都，令弟延夔遂以兄之室往山右，来年将扶兄之丧归于南，兄其少待之。又为黄公告曰：兄之没，为之友者诚愧甚深，有乖于孔子于我之义，然亦既往矣，如之何！兹检兄之箧中，得金若干，以若干偿寿木之需，不使彼主人市义，盖体兄之廉也。其所存及外间所当偿兄者，皆为核而收之，将于他年归兄丧于南，必得其妥。其衣一袭，皆令兄之侄检存之，无敢擅动。前此则愧矣，后此为友人者安敢不勉？昔人云车过腹痛，兹之所睹，奚啻腹痛也哉！回念平昔，恻恻伤怀，城隅荒荒，略不成礼，惟两兄其有以鉴之也。哀哉，尚飨！

爻用蓍策九六不用七八解

聂镐敏

《河图》《洛书》之要，总以五数为宰。五者，五行也，一曰水，二曰火，三曰木，四曰金，五曰土。《洪范》五行之序，五数之确诂也。五行未发，函于太极，故五皆居中央。万物共一太极，五之为数，无往而不在。六即一，七即二，八即三，九即四，十即五，百千万亿济以五而不穷，物物各一太极也。《系辞传》言数者二，曰大衍之数五十，其用四十有九。分而为二以象两，挂一以象三，揲之以四，以象四时，归奇于扐以象闰，五岁再闰，故再扐而后挂。天数五，地数五，五位相得而各有合。天数二十有五，地数三十，凡天地之数五十有五，此所以成变化而行鬼神也。又曰天一地二，天三地四，天五地六，天七地八，天九地十。《说卦传》言数者一，曰参天两地而倚数，数之为用实尽于此，皆以五为乘除也。

大衍之数五十，即《河图》五十五之数也。《河图》以五数为宰，变为大衍，得数五十。十其五也，为揲蓍衍策设者也。虚一象两，象三象四象闰，五之用不穷也。《洛书》之数四十五，视《河图》则减其二五，视大衍则减其五也。然即五即十，太极两仪四象具备也。天数五，地数五，五位相得而各有合，就衍策时所得《河图》一六二七三八四九五十之数而合言之。天数二十有五，地数三十，凡天地之数五十有五，就一三五七九奇数二四六八十偶数而积言之者也。天一地二至天九地十，就《河图》《洛书》所有之数而统言之者也。此阴阳五行之全数也。

参天两地，又指《河图》《洛书》五生数而专言之者也。苏氏《易传》曰：天数五，地数五，其曰三两何也？自一至五，天数三，地数二，明数之止于五也。自五以往非数也，皆相因而成者也，故曰倚数，五数为宰之确证也。天一天三天五为参天，其数九，地二地四为两地，其数六，九六合则小衍之数十有五也，乾九坤六之数所由定，五十居中之极所由定也。阳爻例用九，阴爻例用六者，九六本成数，而阴阳相合，参两相倚，适得生数之全，适得小衍数之全。凡阳皆秉乾，凡阴皆秉坤，九六之用不穷，爻用乃专主之。不穷者何？不穷于其德也。

元亨利贞之德，析之四数也。数至十而盈，元居十之一，贞居十之四，四德载五气而行，四数即五数也。德兼生成，不倍为十则无用，乾坤二卦之德所由，两相资也。元亨利贞为木火金水，即一二三四六七八九。八数奇偶，所以画为八卦也。元为首，而天德不可为首，是一为阳之本体，隐而不用，而用其九，义重在元。象所以不曰乾用九，而一再曰乾元用九也，天下治者九，数为阳包阴，除一得九，驾五而乘四，乾元用之，阴居阳之下，用德则治，象天下治也。见天则者阳，以用九为则，用十过乎则矣，不过斯吉也。贞为德终，而地道代有终，是四为阴之本体，隐而不用而用其六，义重在贞。象所以不覆言利永贞，而第曰用六永贞也，以大终者六数为阴承阳，除四得六，驾五而乘一，坤贞用之，体乾之元而代有终。其以贞永，其以大终也，利可知也。元亨自奇而来，利贞归于从奇。曰安贞吉者，正与以大终同指，象辞早为爻辞提其要也，此爻用九六关通四德之义也。

九六者，以五数为宰者也，天数五，故必以五数为宰。天之太极也，五位有合，故阳必合以阴，奇必合以偶。合以地四而阳九成，九与四相生成之数也。《河图》之四九居右，《洛书》之四为肩而戴九，五乘四而为九之谓也。天数无四九者，天之四数也，地数五，故必以五数为宰。地之太极也，五位有合，故阴必合以阳，偶必合以奇，合以天一而阴六成，六与一相生成之数也。《河图》之一六居下，《洛书》之六为足而履一，五乘一而为六之谓也。地数无一六者，地之一数也，即小衍之三五而两分之，天得其五又兼四，地得其五又兼一也。

生数不过五，天地既分主五，成数不过十，天于十止用九者，留一以与地也。一为圆象奇数，以一而通天之真阳也。地秉真阳，故阴能变阳也。地于十止用六者，留四以奉天也。四为方象偶数，以四而均地之真阴也。天包真阴，故阳能变阴也。老阴变为少阳，五数不动而一数动，则少阳生，故少阳之数一得老阴六数之一也，太极动而生阳也。少阳当体，即老阳一数不用亦不变，与老阳九数合为十，五与五相衔也，《河图》之九一右后相连，《洛书》之九一戴履相对也。老阳变为少阴，五数不动而四数动，则少阴生，故少阴之数四得老阳九数之四也，太极静而生阴也。少阴当体，即老阴四数不用亦不变，与老阴六数合为十，五与五相衔也，《河图》之四六右后相连，《洛书》之四六肩足相对也。一阳生而二阳三阳继之，二阳三数与三阳七数合为十，亦五与五相衔也，《河图》之三七左前相连，《洛书》之三七左右相连也。一阴生而二阴三阴继之，二阴二数与三阴八数合为十，亦五与五相衔也，《河图》之二八左前相连，《洛书》之二八肩足相对也。以一合四，乃符五数，分之不足于五而宰不立，犹之以三合二乃符五数，分之亦不足于五而宰不立，宰不立不可言用者。少让于太也，太居成数，少犹然居生数也，若七则五加二，八则五加三矣，衍为十五，与九六等矣。然阳不及参天，阴过于两地，于为宰之本数无当，不可言用也。爻用例义，爻位可通，乾之一不显诸用，初九之潜龙勿用也。以五数为宰，九五之飞龙在天，位乎天德也。亢则穷而必变，四数动而阴入姤初矣。坤之四不显诸用，六四之括囊无咎也。以五数为宰，六五之黄裳元吉，正位居体也，战则穷而必变，一数动而阳入复初矣。其理同，斯象数同也。

圣人作《易》生蓍生卦生爻，皆源于道德义理性命而归于倚数。爻用九六，关通四德，蓍策亦九六关通四德。四九三十六，四六二十四，此乾策坤策之所自来也。以九衍以六衍以四衍，胥不外于以五衍，故曰大衍也。衍起于虚一，凡物必由虚而生。偶数方虚之而后方以知，奇数圆虚之而后圆而神，理寓于虚，而象数其实焉者也。少阳为七，少阴为八，按之经文，爻无是用，蓍无是策，自先儒臆揣之。夫臆揣之而苟于理可通，则经文启其端，说经者何妨竟其委，经文举其隅，说经者何妨反其三，而无如其无当于理何也。谓《河图》为太阳居一，太阳明明居九矣，盖少阳居一也，《洛书》戴九天位乎上尊象也。太阴居四，太阴明明居六矣，盖少阴居四也，《洛书》六为足地位乎下卑象也。太阳居一，少阴居二，少阳居三，太阴居四，其序由邵子创定。八卦乾一兑二离三震四巽五坎六艮七坤八之序未确，由于四象太阳少阴少阳太阴之序未确致之。圆圆震离兑乾则又少阴居一，太阳居二，两相矛盾，未确较然。以未确之序而计算其所含之数，谓太阳居一而含九，藉非居一，而胡以含九也？太阴居四而含六，藉非居四，而胡以含六也？《河图》无明文，沿邵子之图而位置之，其于震坎艮乾巽离兑坤八卦无当也。

天数地数除五十居中两数外，惟一二三四六七八九八数司四象，一为太阳所居，九为太阳所含，是两太阳。四为太阴所居，六为太阴所含，是两太阴。太阳太阴当定一尊，歧出则不专。以三七属少阳，以二八属少阴，少阳少阴各有三，仅得二数则不备。此其误以一为太阳四为太阴之明征也。一与三七皆少阳，四与二八皆少阴，言少阳自不得偏言七，言少阴自不得偏言八也。一三七则必以初阳二阳三阳析指之，四二八则必以初阴二阴三阴析指之，辨其序也。专言一则知其为少阳，专言四则知其为少阴，从其朔也。乾为纯阳之卦，六爻皆阳，于初爻象特揭曰阳在下，为阳爻提纲也。末列用九一爻，百九十二阳爻之目也，谓纯阳之卦独有七爻者非也。坤为纯阴之卦，六爻皆阴，于初爻象特揭曰阴始凝，为阴爻提纲也。末列用六一爻，百九十二阴爻之目也，谓纯阴之卦独有七爻者非也。

《春秋传》曰遇艮之八，是谓艮之随。《外传》曰贞屯悔豫皆八，又曰得泰之八，皆就本卦对卦变不变为占，言八者三而七无一及，于少阳七少阴八无当也。陆绩曰：阳在初称初九，去初之二称九二，则初复七；阴在初称初六，去初之二称六二，则初复八。且谓卦画七八，经书九六，七八为彖，九六为爻。熊氏朋来又谓七七为蓍数，八八为卦数，是求七八之说而不得，乃游移互混以为辞，要亦无当于少阳七少阴八也。无当则无用，所谓阳爻不用七阴爻不用八者，七八两数本属赘出。杜预以为《连山》《归藏》用七八，先儒已摘其非，实则爻无是用也。无七八之用，内外《传》究何以三言八？尝细绎之，而知毕中和惟二不动斯谓八之说，得其近似而义未尽也。盖古人占法专取动爻，动莫著于震象。阳来在初，爻位反七，是七动矣。上有两阴闭之，豫象重门，复象至日闭关，商旅不行，后不省方，三为阳位，其数九与初远，二为阴位，其数八与初近，爻之无为，惟二为甚，是八不动也。震二爻辞曰：震来厉，亿丧贝，跻于九陵，勿逐七日，得。三爻为九陵，初爻为七日，二爻为八较然。筮史所谓遇八者，专指震之二爻言。震二而动，则八能变，不以八名，震二不动，则质言八，以斯为闭而不通之象，与乾坤坎艮巽离兑七卦无涉。故遇艮之八为随二爻，随内为震也。遇屯豫皆八，为屯二爻，豫五爻，屯贞豫悔皆震也，本卦变卦，皆有内外，即皆有贞悔。沙随程氏谬增本贞之悔之例，不知《晋语》乃谓屯内豫外为两筮连得之卦。韦昭注云：震在屯为贞，在豫为悔，八谓震两阴爻在贞在悔皆不动。解最了当。特两阴之中宜加区别，不动之阴专重震二，则三爻之动不动弗计也。

遇泰之八为六五帝乙归妹，泰变归妹，三四变而五不变，归妹外为震也，长男配长女，道虽可恒，于义弗广，惟以少女归长男，然后天地交万物兴之大义见焉，故曰天地配，亨，小往大来。不动亦有吉，占与屯豫利建侯相同，董因之为得国幸者以此。小往大来虽取本卦之象，天地配亨要惟归妹适协。韦昭求震阴爻而不得，指为互震，明与之八文义相悖，惜乎无以泰之归妹告之者，而之坤之观之晋之萃之剥之豫之比，纷纷揣度，皆归无当可知也。

荀爽论八纯卦之爻，通用九用六为大衍五十，失之附会，朱氏破其说是矣。斗南吴氏乃谓乾坤之策，为用九用六两爻二篇之策，乾坤本卦之爻始在内，庶免于重出之病，是又因荀爽之论而加以附会者也。

夫用九用六既目为三百八十六爻，何以又作十二爻之策？若归之覆卦，则六十四卦皆有覆卦，何独乾坤？乾坤之策，先六十二卦而分揭之者，乾策三十六，坤策二十四，因分揭而数始明。当期之日为天为地，统管六十二卦，非乾坤不足以当也。二篇之策，乾坤又与六十二卦合揭之者，阳爻策皆三十六，阴爻策皆二十四，因合揭而数始明。当万物之数阳物阴物，乾坤与六十二卦同气类也。筮法失传，而以九六为乾坤之策者，又以七八为六子之策。四九三十六策四六二十四策，曰此老阳老阴也，四七二十八策四八三十二策，曰此少阳少阴也。抑思六子之画畴，非乾坤之画，少阳如震，其初乾画也，乾策也，其二三坤画也，坤策也。少阴如巽，其初坤画也，坤策也，其二三乾画也，乾策也。在震巽初无是画无是策，坎离艮兑可类推也。兼山郭氏力辨之，指陈九六有象七八无象之故，而以七八出于九六为之推原，实则三百八十四爻无七八之用，二篇断无七八之策。少阴三十二策，屈阳于阴，一阴与二阳无以分，损二老阳之四益一老阴，以八即为少阴。少阳二十八策，伸阴于阳，一阳与二阴无以分，损一老阳之八益二老阴，以四即为少阳。挪东补西，化二成四，蓍何尝有是策邪？爻无是用，九六即其用；蓍无是策，九六即其策。四出于九，一出于六，阴阳少太，递嬗万古。少生而太成，少微而太盛，洵乎九六之用不穷也。

阳从生数一为始，而成数九为终；阴从生数四为始，而成数六为终。六，水数也，变为一而水复生；九，金数也，变为四而金复生。阳始水而终金，阴始金而终水，若循环然。金水之于五行，化源也。少太一气，惟裕其源，而流乃不匮。生木生火生土之次贯举于中，即二七三八五十之数兼综于中。《河图》与《洛书》相经纬，八卦与九章相表里，惟其以五数为宰故也。五数为宰，而少阴四太阴六夹拱之，阴逆行而承阳，故依土生数为始终也。五数之宰，而少阳一太阳九首尾应焉，阳顺行而统阴，故依土成数为始终也，洵乎五之用不穷也。

自七八为少之说出，而用九用六之义以杂而晦，阳顺阴逆，阳进阴退，把鼻未得，遂涉含胡，而自然而然之象数，几若听人之予夺于其间。杨迪录程子语云：先儒以六为老阴，八为少阴，固不是介甫进君子而退小人，则是圣人旋安排义理也。此且定阴阳之象，岂便说得义理？苏氏《传》反复论难，以为此唐一行之学，七八九六因变扐余数以名阴阳，而阴阳之所以为老少者不在是。《易论》亦谓求之揲蓍之法，七八九六徒以为识，而非其义之所在，不可强为之说，岂知九六之义皆七八为之牵混哉！顺逆进退以之训七八九六者，不能以之训一二三四，太阳一而少阳三，少阴二而太阴四，又为阳逆阴顺阳退阴进，实为自乱其例。苏氏疑辨，起端于此。不明乎五位相得各有合之用，自不明乎九六之用，不明乎四一之所自出，象数之失，理先失也，故《河图》《洛书》之数，要以五为宰也。

卦气月候直日纠缪解　　聂镐敏

一卦主一月为辟卦，既缕析论之矣，然卦气月候直日不止辟卦也。每月有辟公卿大夫侯五卦之分，其法以震兑离坎四卦主四正，以复至坤十二卦为辟，以中孚至颐四十八卦，按月分公卿大夫侯辟卦之当位者四，纠其非而衷于是，其说尚可行。此外公卿大夫侯之卦则皆未得领要，臆为布置，而以二十四气捱贯四正卦二十四爻，七十二候捱贯十二辟卦七十二爻，三百六十日捱贯辟公卿大夫侯六十卦三百六十爻，牵强轇轕，弊不胜数。朱子谓其互为矛盾，又谓初无法象而直以意言，以其皆无所据之论也。

中孚隶兑宫本七月卦，而谬入于十一月。《稽览图》乃谓卦气起中孚，是尚得谓之有稽乎？《郎凯传》曰：焦延寿、京房传七日六分之学，《太元经》八十一首，起中次周，其序与卦气图无一毫之差，可知穿凿相沿，由来已久。夫震兑离坎各主一方，《传》所谓出震说兑见离劳坎，其方位截然也。六十卦各主六日，凡三百六十日余五日四分日之一，每日分为八十分，凡四百二十分，卦又各得七分。卦果如是，其无参差，日果如是，其可界画乎？

《传》曰乾之策二百一十有六，坤之策百四十有四，凡三百有六十，当期之日。所谓当期之日者，乾坤之策就其数之适相合者言，非谓中孚及颐六十卦之爻也。卦有百九十二阳爻，百九十二阴爻，除震兑离坎二十四爻外，阳爻尚有百八十，非即乾六爻二百一十有六策也，阴爻尚有百八十，非即坤六爻百四十有四策也。二篇之策万有一千五百二十，除震兑离坎七百二十策外，尚有万有八百，即中孚至颐六十卦爻之策。《传》文明云当万物之数，亦就其数之适相合者言，而又以当期之日移甲作乙，牵混至此，则其所为依附于圣言者，不适以刺谬于圣言乎！

且夫轻重之间，权衡出焉，举不齐之物而比而同之则乱，不揣其本而齐其末则诞且妄。乾坤，君后象也，统壹区宇者也，专主一月，一官一邑象也，复姤等卦何尝不本之乾坤，以之主月，犹奉君命受官职也，乾坤而主一月，是君后而侪于一官一邑，不可也。震兑离坎于乾坤，男女之于父母也，父母统男女，斯顺矣，乾坤一卦主一月，震兑离坎一卦主三月，是男女统父母，其象为逆，男女之心安乎？否也。《传》陈九卦终于巽以行权，权然后知轻重，凡物皆然，矧《易》为权衡所从出，其轻重尤不可不辨。

六十四卦即八卦，八卦之轻重明，则六十四卦之轻重无不明。卦归宫之故也，卦不归宫，八卦之轻重不明，实四象之轻重不明也。何者？少阳三卦各分乾一画，少阴三卦各分坤一画，每宫八卦配一辰一月行一宫。乾卦三画，包少阳三卦，坤卦三画，包少阴三卦，一宫八卦配三辰三月行一宫。少阳少阴宫四十八爻，主三十日，太阳太阴宫四十八爻，主九十日，其轻重轩轾，迥乎不侔，而要皆乾三阳坤三阴之自为循环，如其少太之分际而序列之，而六十四卦遂皆各安其职，不出其位。

日无界画，因宫为界画，卦有参差，因宫为参差也。由是推之，震离兑乾巽坎艮坤六十四卦圆图，其十二月卦疏密不均矣。玉斋胡氏即其位序，以二至二分四立八节，分配坤复乾姤等十六卦，以小寒至芒种、小暑至大雪十六气，分配颐屯益大过鼎恒等四十八卦，启于邵子排卯酉字于临遁卦上，及冬至子之半之说，与主卦自相矛盾，虽稍异于公卿大夫侯之分卦气，其失之牵强一也。

即震离兑乾巽坎艮坤圆圆分纳甲者，京房之遗也。举甲以该十日，乾纳甲壬，坤纳乙癸，震巽纳庚辛，坎离纳戊己，艮兑纳丙丁，效《易》立节，见房《易传》，于《易》实无所用之。伯阳《参同契》乃谓坎戊月精，离己日光，三日震动，八日兑行，以为进退符火之候，道家者流借此以神其说。朱子发始以解蛊巽之先后甲庚，与革之己日乃孚，其说益支蔓而无纪。故林氏德久禅传外篇为之力辩。此外又有《乾凿度》推爻位，以六爻分当元士大夫诸侯卿天子宗庙，楚邱论明夷以日行十二位，分属王公卿士皂舆隶僚仆台，而隅中日出从阙。后人每泥以求《易》，琐屑附会，诂经通弊，无以异也。

周天三百六十五度四分度之一，二十八宿分躔周秦韩魏燕赵郑卫宋楚吴越分野，拘拘配合卦位者，皆无轻重轩轾之别，分寸毫厘，其规算非不周详，而岂知阴阳失位，卦序先已不确。今观于少阳震坎艮三宫，少阴巽离兑三宫，卦赢而度缩，则宫之行度速，太阳乾宫，太阴坤宫，卦缩而度赢，则宫之行度迟，天象卦象自然融洽，岂容有丝毫智力与于其间？然后知《易》以道阴阳原默，与天道相流通，特不可以穿凿轇轕言天，本欲明之，适以晦之。且流为六壬遁甲巫史谶纬，荧惑听闻，为儒者所不屑道也，故申释之，以为究《易》理者决择焉。

古本大学通解序

聂镐敏

《大学》自程朱表章发明，始列四子书，既以更改补缉，成今本矣，实则《礼记》四十九篇中第四十二篇。《钦定礼记义疏》悉从古本，其节次先后可考也。

学何以大兼全乎？正修齐治平之学而大也。郑氏康成曰：名曰大学者，以其记博学可以为政也。博学非谓闻见之博，谓以道为学，守约施博也。为政非专指登朝出治，莅官行法，盖政以正人之不正，合齐治平一以贯之。《论语》为政以德章，括《大学》而言者也。

《大学》何为而作？教人致知诚意而作也。孔氏颖达曰：此篇论学成之事，能治其国章明其德于天下，却本明德所由，先从诚意为始。韩子《原道》篇引述《大学》，亦止于先诚其意。盖孔曾思孟心□□在诚身，诚意统行之始终，故经文终于慎独也。行由知入，□乃所以求知。学之事即致知之事，即明善之事也，故经文首提知止，次提知所先后，以天下国家身心纳入诚意矣。又将诚意纳入致知，且独于致知一条指出格物工夫，而申言知本知至于所谓诚意之前，可知自明诚谓之教。孔氏言学成，即自明诚也，言学即言知也。韩子郑重诚意，正其窥见心法，语详择精之处。而前云求其端、讯其末，后云其为道易明、其为教易行，明先王之道以道之，则既谆谆提醒后学，不得以无曰致知格物少之也。新定邵氏仁仲曰：他书言平天下本于治国，治国本于齐家，齐家本于修身者有矣，言修身本于正心者亦有矣，若夫推正心之本于诚意，诚意之本于致知，致知之在于格物，则他书未之言也。六籍之中，惟此篇而已。其言有识，深得作书本意。孔以传之曾，曾以传之思、孟，实在乎是。向微《大学》，则明善诚身之蕴何自而明，而《中庸》《孟子》之言，岂苟焉而无所授哉！

镐敏尝服膺于此，窃念程朱表章发明之功诚不可泯，而更改补缉，不能融洽于后人之心，亦诚有其未安者在焉。因是体会贯通，恍然有以复古本之旧观，识经传之定界，而于朱子所谓明善之要、诚身之本，程子所谓学莫先致知、天德王道其要只在慎独者，惟不泥其迹，而乃可以畅其旨也。故曰学何以大？兼全乎正修齐治平之学而大。《大学》何为而作？教人致知诚意而作也。爰不揣梼昧，陈述所见，目为古本《大学》通解，虽无当于蒙养启发之用，或亦就正有道之资也夫！嘉庆二十一年丙子冬十月。

宫商角徵羽古声序

聂镐敏

上古制作初开，必有数神圣人经营缔造于其间，而后生民养与教之事，始能利赖万世而勿衰。镐敏夙沉潜反覆于大《易》下传一段而悚然矣。形上谓道，形下谓器，化裁谓变，推行谓通，举措天下谓事业，其理乃恍然矣。

包牺氏始作八卦，通德类情，真开天之圣人也。继之以网罟佃渔，绪引于无外也。继之以神农氏，斫木为耜，揉木为耒，心何委曲也。继之以日中为市，交易而退，期何弗爽也。继之以黄帝，鼎峙而三矣。开物成务，惟黄帝最矣，通其变，使民不倦于衣裳，见化裁之治焉。由是刳木为舟，剡木为楫，以济不通也。由是服牛乘马，匪特致远，以引重也。由是重门击柝，以防暴也。由是断木掘地，一杵一臼，谋及琐屑也。由是弦木剡木，利用弧矢，以示威也。犹忆上古穴居野处之陋焉，后世圣人上栋下宇以待风雨，取其固也。犹忆上古衣薪葬野之薄焉，后世圣人易以棺椁，送死不妨过厚也。犹忆上古结绳而治之朴焉，后世圣人易以书契，治察取其明决也。首提八卦曰类万物，终归书契曰治百官、察万民，则知申析胪列，推类甚多也。

镐敏于卦画书契，广神圣之心，如诗之言志，歌之永言，声之依永，律之和声，发源于《舜典》命夔之典乐矣。在心为志，发言为诗，子夏有探源之论矣。天下岂有关通心性助流政教之事，其何以用韵，何以分声，包牺、神农、黄帝、尧、舜不谆谆敕正及之，直待夏、殷、周、秦、汉以至六朝，而始有周彦伦、沈约者流，创为四声切韵，定为平上去入，几若圣人复生，撰出天子圣哲浮词，即定为平上去入天然次序，有是理哉？镐敏再三思之，而得其故矣。《易大传》，包牺五圣人揭五声之元者也。宫商角徵羽，即自有天地以来，五气流行，皆此五声鼓动之。五声之外不容添一声，五声之内又岂容减一声哉？

千古读字之法，当从中央周四角，不得以平声混分上下，而惟偏居左之下隅，止有四声，中央何在矣？抑知中声至大之声也，中央土律中黄钟之宫是也，外四声纲制四方，如春则东方水生木，音中角，夏则南方木生火，音中徵，至此则中央矣，火生土音中宫，至此秋则西方土生金，音中商，冬则北方金生水，音中羽，春仍转于东方水生木，所谓自有天地以来，五气顺布，循环无端，万古万万古，皆此五声鼓动之。读一字之法，即审五音之法，当从中央周四角，除是尚有何术哉？

包牺、神农、黄帝作乐以来，至舜而始极盛矣。五声察治忽，而条缕体例，日久或失其传，试一追溯于《舜典》《益稷谟》诸经、《史记》汉晋诸史、《管子》《淮南子》诸子，而终于吕不韦《月令》，择其醇者，去其疵者，而五声之正传乃昭然若揭日月而行中天矣。镐敏不揣梼昧，撰《述古》十章，集古言，非臆造也；撰《韵学古声》五卷，得古意，不问周彦伦等别有开宗也。后生愚蒙，摛毫悚惕，谨为五圣人竭劳窥测，效愚夫之一得焉。道光六年夏。

读经析疑序

聂镐敏

经非一家之书，说经非一人之事，此至公之论，而为凡读经者心思运用之指归也。虽然，有三弊焉。以捃摭为博，以攻诋为长，若是者伪而不诚；赋性之多疏，程功之多率，若是者粗而不细；陈言之牵滞，臆见之胶执，若是者盈实而不虚。自汉唐宋元以来，传注疏解不为不多，而古经疑义未能尽莹，则此三弊中之也。

夫物有万殊，理惟一是。去圣远矣，而微言大义原不禁人推求，异同之说，惟秉是非之心决择之，期其有当于经斯已耳。顾乃积弊未除，流失愈甚，遂至汉儒宋儒，张为两帜，相持而不相下，若辕辙之背而驰然。嗟嗟，门户之见，果能与于奥窔之窥邪？陶公诗不云乎：疑义相与析。此读书第一要著。镐敏至愚陋，窃鉴不诚不细不虚之弊，于读经时参互研穷，求信未得者，用疑以通之，不能不阙疑，亦不能不析疑。偶有会心，辄笔于书，人事稍暇时复览省，诚以经之为文至庸，而实至奇之文也，欣赏不已，而后难恝置，所疑弗析，其义终晦矣。所谓相与析者，愿大雅君子进而教之，非敢以私意剖析自恃也。积帙既多，录其至要者若干条为一编，附于《易解》《大学解》《论语中庸孟子说》五册之后，题曰《读经析疑》，其余略可采择若干条并入于《谈经琐录》中。《谈经琐录》者何？经义浩繁，友朋商榷、门徒问答之语，随时触发，有关指趣，琐录汇存之，亦主析疑，而别见于此编外者也。

古香室诗稿序

曾传薪

诗三百，冠以二南，纪其篇数，仅二十有五，而发端于宫人，续咏于后妃嫔御，下至申国之女，役夫之妻，托诸赋比兴者，盖十有二篇焉。诗其闺阁肄业之所必及乎？兰芬女史出自潭州新张，为湘垣余宗山刺史德配，两家皆以太史著名，而兰芬之小姑，薪次儿妇也，姻谊之联廿有余载矣。比岁间，薪抗颜松荫堂家熟，兰芬以所著《古香室诗草》属为点定，且述其少耽吟咏，因父诫严切，四声韵庋弗与观，故纸堆中弃掷者了不复记忆，于归后始于窗前偶一拈韵而存之，而严训在耳，作亦无多。薪窃谓孟母云：

妇人有阃内之修，无境外之志。则诗可不作，作亦止可寓意房中。此朱子于《卷耳》四章，断为太姒怀文王而作也。然辅佐君子求贤审官，序与《左氏传》既皆据此以释经，而汉唐宋诸名儒，亦各沿其说而不易，则推之士夫宦游，身绾组绶，似亦侍执巾栉者所宜赞助夫志，而不得议其预外矣。薪读兰芬诗，共古今体若干首，志和音雅，皆本性情而发，而舅巡豫章，夫牧滇南，随任所至，间亦及于官常，要其孝顺之笃，友爱之挚，训课之勤，长吟短咏中无不可即其言以见其志，又何必以多为贵也。薪于诗律无能为役，率叙数语，以俟采风者之择而取焉可。

棘闱溷池记

曾传薪

入闱士子大溲之所，例于尾号外骈嵌两缸，架苇席数领而已。然其初犹启门扉而入，蹲瓦缸而出，至次日亭午，则隙地四布，跬步难容，甚至有急何能择，即于号舍内听其自便者。士之编列尾号者，率面墙黏片纸，以远行相告，以不恕相訾，而明知其然，势不得不然，近尾数十号咸苦之。

余仲山茂才，星堂观察之次子也，慨然曰：是惟向背各别则气不通，藏纳得宜则气自敛。乃由号门外增筑一墙，面北盖屋，堑土成坑，坑之上排比大石，就衔接两缝中凿空植柱，纬及肩竹壁二，泥以灰沙，令如厕者循夹道北行，奓户入内，户扇应绳阖即遂，于是坐尾号者咸若忘焉。

岁己亥，预行庚子正科，湘阴讲院诸门人暨吾邑之场毕而来者，津津然指画忘倦。薪乃进而语之曰：此亦不过明夫天人之道耳。吾观天有溷星，复有厕星，而皆附乎西方虎宿，此形家所据以造宅者也。然溷星之前，必有七星为屏，厕星之前，亦有二星为屏，所以蔽外者，何其周与！且夫人身六府，积秽于胃，然下口有幽门以导之，其上口即有吸门以掩之。向使会厌无掩，胃气上冲，则熏咽彻鼻，困惫中颡，其何以堪！叔孙穆子曰：人之有墙，以蔽恶也。恶而能蔽，虽逼近何嫌。通经致用，不即此见一端哉？

薪后与观察晤，始知其监试江右时，见东西棘墙下有人捐置石版，横枕墙根，穿窦流出，方拟仿其规式，而仲山偶与人言，或且虑及传递。夫人情即急于钻窦，亦未必肯为逐臭，而法从心生，变而益善。合闱内编号七十余区，计费五铢八百襁。竣事，同声感佩，亟欲勒其姓名，而仲山且歉然却谢，隐而弗章。薪甚望各省有力者之惠及多士也，于是乎书。道光十有九年，岁次己亥嘉平月。

独子承祧两房服制记

张家栻

我家自君爵公君从公占籍湘潭也，君爵公无子，君从公生南麓公，因破例以长过继，后竟不举子，故世世祖君爵祖而叔君从祖，而南麓公以一人承祧两房。当康熙癸未中，本生母谢孺人没，格于例未得丁忧，公折衷其间，以孙埴坦埰为嗣父后，称南成房，以孙坤垣坊为本生父后，称南生房，坤服承重斩衰三年，盖所以补古礼之缺也。

乾隆四十年乙未，皇恩特沛，准以独子兼承两房宗祧，于是礼部有独子本身为两房父母持服之律。嘉庆乙亥六月，金乡附贡张元讷，以小宗独子兼承两祧呈请，礼部以其同属小宗，当以所生为重，比照长房独子兼承次房之案，为其所生丁忧三年，承祧父母持服期年，均不准应试出仕等因，嘉庆二十年六月覆山东巡抚陈预咨，见立嫡子违法。盖律载独子先经出继，而本生父故无子，请以一人并承者，应令丁本生父忧期年，此外或以次房独子兼承长房，则以大宗为重，于承祧三年，于所生降服期年也，即或长房独子兼承次房，亦以大宗为重。然则我太高祖母谢孺人之丧，以兹律论，南麓公例服降服期年明矣。然而事属创始，独子兼承之服，至乾隆间始定，而独子之子分祧以后服制，则自道光己丑山东武举单金鳌之请，乃克大备，推原律意，独子兼承两祧，在本房犹为承祧之子，非出继也，其于两房父母不皆服三年者，特以一子承祧，限于其人不二斩之义，从其变也。至孙之于祖服齐衰不杖期，父卒嫡孙承重斩衰三年，律有明文，不得以子之变服，并殊异其孙之正服，此两房承祧之孙，应仍从其正也。至谓独子兼承以后，两房之子皆独子之亲子，义无降服一条，尤为千古不易之论，遵而行之可也。

抑又考之，独子承祀两房，独子之子自应分承两房宗祧。今世俗乃有承继两门各为娶妻之说，夫王化始于人伦，礼无二嫡，名分攸关，若各为娶妻，则初娶者既名为嫡室，其次将何以处之？因遍稽则例，适宝丰余笃生承嗣两房，长门已娶王氏，次门复娶雷氏，雷氏物故，有以王氏之子持服请者，部议以雷氏之生，称名既混于嫡庶之间，其死何得滥斩齐之制？饬令长门之子毋庸持服，以符体制。并通谕各省官员士庶，如有独子承祀两房，只准娶嫡妻一人，其余置侧室以广嗣育，嘉庆十九年闰二月十四日覆河南学政葛方晋咨，见匿父母夫丧。盖所以维持风化者严矣。

余高祖南麓公纯孝性成，当服制未备之初，缘情度理，以孙承重，于礼无亏，而其于心独苦。今支派虽极蕃衍，难必无以独子再承两祧之事，恐其忽于朝廷定制而以祖训是遵，并恐其昧于名分所关，而为流俗是骛也，爰录则例，以附谱末，期我同族所共见云。

封股记

张家栻

道光丁刻，自豫章归，既为从祖度西公补刻《陶园集》成，值合族续修谱系，又得《戴孺人传》。孺人从祖子妇，而予叔云岑之原配也。传中载孺人事甚详，而于篇末附其子鹿门刲股一事，予尝以为奇，讵知予叔云岑之于从祖，复有甚焉者哉！

闻诸宗人云，从祖掌教澧州时，秋八月病痁，参军赵叔明者，尝为从祖诊六脉，洞中症结，至是搁笔不下。叔乞得胡公沛霖方，夜半乘间默祷，竟割右股，和药以进。未黎明而霍然矣，沛霖不知也，馆中人不知也。越十年辛酉，从祖主讲昭潭，痁复作，予叔复割左肱以进，寻愈。是秋叔赴榆林，道出灵宝，予父见左手创痕，叩之，予叔笑而不答，即其次也。逾年壬戌又病，亦如之。噫嘻，可谓神矣！夫割一脔以疗父病，古之人有行之者，论者谓其近于愚孝。盖以父母之遗体不自爱惜，切切焉引刀欲割，以为汤剂，恶知其必有济？万一得济，斯已惫矣，乃一而再再而三，天必如其意以成之，卒不闻有溃裂之事，天之所以待予叔者不綦厚哉！呜呼，其所谓愚，乃其所以孝也。

抑又闻之，姜度香先生晟之开府湖南也，与从祖善，尝与予祖编修公、父观察公四人为诗酒交。戊午春，予叔随从祖往谒，舟至易家湾，北风暴作，舟覆溺者无算。叔急入奔涛救父，相距十余丈，突由水底驶至父侧，因得抱父足立水中，遇邻船过得生。当是时，入水不沉，既得父，复起立，仓卒之间若有神助者，人谓其孝感所至。呜呼，其不诬与！

今日者从祖往矣，从兄鹿门亦亡，而叔得克享遐龄，俾栻尽获其所藏，为陶园成未竟之绪，彼其不没父志，可不谓孝与！而里中独盛推其父子割股一事。呜呼，同一割股也，从祖得之于云岑，而戴孺人独不能得之于鹿门，此其间抑有幸有不幸邪？呜呼噫嘻，古称愚孝，殆谓是矣。将续谱系，亟援笔而记之。

案：此记陶园先生之子若孙事，一门两世刲股疗亲，而云岑且一再而三，而皆获效得全，非天哀孝子之志而能然乎？至其身入奔涛救父，则是编中有蔡氏云逵上业师张紫岘夫子启言之甚悉，足与此文相证，所当编入志乘，以扬笃行。惜鹿门事不知其详，云岑亦不知何名。案陶园子三，世淮、世滂、世津，淮、津皆国学生，滂贵州布政司经历，殆即云岑欤？庚午小暑汝怀附记。

龙王庙祷雨文

陈星焕

维龙维光，宜君宜王。在帝左右，曰求厥章。有渰萋萋，兴雨祁祁。生我百谷，孔惠孔时。旱既太甚，惟王之邛。我相此邦，逢此百凶。嗟我农夫，靡神不举。击鼓其镗，以祈甘雨。其雨其雨，杲杲出日。其为飘风，不日有曀。我行其野，黍稷嶷嶷。有嘒其星，嗟何及矣。哀今之人，何辜于天。旱魃为虐，舍旃舍旃。敬恭明神，昭事上帝。崇朝其雨，无害我田稚。阴雨膏之，自天降康。大田多稼，乃求万斯箱。灵雨既零，室家蓁蓁。我征聿至，是用不溃于成。以享以祀，维醴维酒。神之格思，自今以始岁其有。敢告。

麻疹不可轻投寒剂论

罗德焜

麻疹之发，借少阳相火之升腾而达于肌表，相火化于甲木，木动火炎消烁阴血，固以清热滋阴为成法。然天之岁气不同，人之素禀各异，岂可刻舟求剑、胶柱鼓瑟哉！脏腑素热之人，值燥火司令之岁，亢害多虞，或以苦寒泄热，甘寒滋阴，则人中黄、黄连、大黄、黄芩、元参、麦冬、生地之属，在所必用。若元阳素薄，有寒盛湿盛之旧疾在身者，正需温燥升浮，使阳气宣畅，鼓疹子以外出，化阴浊以下行，而后经脉脏腑各行其自然之本气，升者自升，降者自降，无一毫阻遏，疹子亦循其所走之隧道，直达皮肤而行所无事，岂得以寒凉清润劫其所不可无之阳气，而长其所不可有之阴邪？致经脉脏腑之机室塞不通，而贻疹子欲见不见、见而复陷之患乎？

且清热滋阴，固必相人而施，尤当待时而动。维阴发表，养阴退阳，伤寒原有其法。如无呕泻寒嗽等证，而便坚尺中脉弱者，无论疹前疹后，有表无表，阴柔之品皆可用之。惟是泄热攻里，必确见夫表证之已罢，而专责里实。或触时疫，邪在膜原，然后药病相当。如表证方在而误下之，邪必乘虚内陷，疹亦因之旋出而旋没，则意在除毒而实滋毒矣。疹之将出，必发热数日，法当轻轻疏解，不得过汗，致伤元气。挫折疹子，酝酿一鼓之势，若积受风寒，腠理闭密，不急开其表，邪无从越，疹方酝酿欲出而邪适阻之，两气相搏，郁不得通，多见假热。徒观其浑身壮热，目赤面红，烦闷操扰，不以为表郁所致，乃认为燎原之实火，多挹寒泉以扑之，愈扑愈炽，变证迭生。昧者不解其故，而以为疹毒之发，固如是其烈矣。

夫疹之为毒，居于脏腑之间，何以先不为害，而当其动作，便欲杀人？又何以同一时处一室，彼则不药而脱然无累，此则屡药而渐臻危急？若谓毒有轻重多少之不同，不过两人互形其隆杀，而其为毒之性，与被毒之见证则一耳，是故疹杀人者也。彼顺其自然之势，飞腾而去，即毒重毒多，亦不为患，去后无甚余波，善后不烦多手。惟本气之不平，外淫之增剧，医药之失宜，搏跃激行，未有不肆行骚扰者，然则非疹杀人，乃医疹者使疹杀人也。且疹未尝杀人，而医疹者转自杀人也。何也？以滋阴清热待夫疹之前，清肃沉降，致疹难出者有之，郁陷表邪，疹已收靥而病久不已者有之；以滋阴清热随夫疹之后，致金寒土湿，久不思食，咳嗽呕泄者有之；致夙膺寒盛湿盛之疾，成虚劳者有之。呜乎，疹家之迷误，一至于斯耶！

向闻麻主清凉之语，心窃疑之。迨有所师承而征诸旧说，始知今日所共遵行之法，实未中肯。十年之间，疹气三次流行，经手百数十人，黄连、大黄之属，未尝一用，用清燥者十一，用养血者十三，用微热者十七，得大辛大温而后解者亦十有一焉。遂拟具案存世，为患疹者急性命于呼吸之顷云。咸丰四年端阳前三日书。

孔子生日祭议

李元禄

孔子生卒，谨志而详考之，昭其敬也。考之弗详则妄，志之参差而臆断之则诬，弗妄弗诬，越典礼以祭则亵，况以诬妄之见，行越礼之祭！如今之举圣诞祭者，不以为亵，而以为能敬圣人也，元尤不知其何说。谨按《春秋》，鲁襄公二十一年己酉，即周灵王之二十年也，《公羊传》附载，十有一月庚子孔子生，据经是年书九月庚戌朔日有食之，冬十月庚辰朔日有食之，则十有一月有庚戌、庚申、庚午而无庚子，庚子在十月二十一日，故何休注曰时岁在乙卯。上有十月庚辰，此亦十月也，是公羊所书之月误矣，而何休以己酉为己卯，又误在岁，书者误，注书者亦误。噫，后之人欲从而详考之，何从而考之？惟《穀梁传》是年附载庚子孔子生，虽不书月，是其疏处，然折以经书冬十月庚辰朔，则庚子在十月二十一日，且与《公羊》所载庚子同，似无可疑。乃金氏履祥《通鉴前编》谓是年九月十月日再食，非生圣人之年，则不惟《公羊》月误，而《公》与《穀》年并误矣。难之者曰：此金氏不知历法故也。合朔当交而食，必须隔五六月，无连月频食之理。石氏则曰连月而食，诸儒以历无此法，或传写之误。然汉高帝三年及文帝前三年，十月晦，十一月晦，亦频食，是金氏以理断之，圣人之生不当在连月日食之年，以明《公》《穀》之说不可凭。而争之者以数，或攻金氏，或救金氏，究之援引历法一矛一盾。天象幽远，毫无确据，噫，后之人欲从而详考之，何从而考之？

无已，请舍传而求诸史。司马迁《史记·孔子世家》载鲁襄公二十二年而孔子生，不书月日。朱子《论语集注序》引《史记》，孔子以鲁襄公二十二年庚戌之岁十一月庚子生，是《史记》不书月日，朱子据《公羊传》系月日于《史记》二十二年之下，年不主《公》《穀》，主《史记》，而月日又主《公羊》，以补《史记》所未备。以朱子之博洽精心，后儒所奉为准绳，说经朱子，尚何疑之有。然说理可以心会，故求无不得；考事必须依据，则难于臆断。朱子《论语序》，亦如解《柏舟》《鸱鸮》，彼此各备一说耳，若必执为定论，则以《春秋长历》推之，二十二年十一月无庚子，庚子在十月二十七日，朱子何以不主《穀梁》十月庚子，而必主《公羊》十一月庚子？况《史记》以为二十二年，与《公羊》十一月庚子相去一期，朱子何以引而系之《史记》乎？司马氏贞曰：《公羊传》襄公二十一年庚子孔子生，今以为二十二年，盖以周正十一月属明年，故误也。以《公羊》牵合《史记》，似矣，而十一月无庚子，庚子乃在十月，此说将何以解？冯氏去疾谓十月庚子在大雪节后，即为十一月。宋氏濂又谓世之星史历生以六物占人休祥，固有主于己酉而以庚戌岁推之者。孰谓吾儒乃有是耶？勿以污齿牙可也。濂之说固主于破《史记》，而以公、穀传经之家，当有讲师相授，且去孔子时甚近，言必有据，自是一偏之见，然并两年为一年，一月分为两月，支离巧曲，欲阿附《公羊》，又不得不为史迁解纷，司马贞、冯去疾二家之说，岂尽当乎？

且不独此也，《左传》鲁哀公十六年壬戌，即周敬王之四十一年，续书夏四月己丑孔某卒，杜氏预曰：鲁襄公二十二年生，至今七十三也。则杜氏主《史记》所言七十三岁，与《家语》亦合。第《左氏》纪其卒不纪其生，《公》《穀》纪其生不纪其卒，故或以为七十三岁主《史记》也，或以为七十四岁主《公》《穀》，以《左氏》证之也。此皆因生年不定，使夫子寿数不明。故司马贞、孔若古、洪兴祖、宋濂则袒公、穀，杜预、胡舜陟、孔宗翰、罗泌则袒史迁，各据一说，而欲绌此伸彼，亦恶乎可？况左氏书四月己丑，己丑在五月十二日，四月十八日乃乙丑，而卒日亦误乎？

且不独此也，即以朱子引《史记》之说定为二十二年，假《公》《穀》己酉庚子之说冒为庚戌，庚子定为十月二十七日，以《通考》之说定为庚子日甲申时，以《史记》《家语》定为七十三岁，元又请以周正夏正质之，朱子曰三代正朔以元祀十有二月考之，则商人但以建丑之月为岁首而不改月号，以孟子七八月十一月十二月之说考之，则周人以建子之月为正月而不改时，以书一月戊午厥四月哉生明之类考之，则古史例不书时，以程子假天时以立义之云考之，则是夫子作《春秋》时特加此四字，以系年见行夏时之意。若如胡传之说，则是周亦未尝改月，而孔子特以夏正建寅之月为岁首，月下所书之事，却是周正建子月之事，自是之后月与事常差两月。又曰周正夏正，两边都有证据，将何从？朱子之说如此，是不可以周为改月，而定孔子之生即夏正之八月二十七日又明矣。

孔子曰：吾犹及史之阙文也。《传》曰：所见异辞，所闻异辞，所传闻又异辞。又曰：信以传信，疑以传疑。不然，《春秋》书甲戌己丑陈侯鲍卒，大圣人犹阙疑慎言，而未尝遽断若是，后之人于孔子生卒，经无明文，传有差互，史多疏略，不遵孔子甲戌己丑之例，而各以臆断之，其不谓之诬妄者欤？此王氏应麟、李氏濂所以致疑于是，谓今不可考矣，犹为未得罪于圣人也。

至祀典尤严而不可妄也，尤严而不可诬也，尤严而不敢以诬妄亵之也。谨按《周礼·大司乐》，凡有道者有德者使教焉，死则以为乐祖，祭于瞽宗。说之者曰：周官三百六十，无云死以祭者，重道之极也。此祭先师之见于经者也。《记》曰：法施于民则祀之，如契为司徒而民成，即其一也，亦此意也。《月令》：仲春上丁，命乐正习舞释菜。陈氏浩曰：必用丁者，以先庚三日后甲三日也。马氏晞孟曰：用丁为明文故也，此祭先师用仲月丁日之见于记者也。而释菜、释奠用币亦有异。释奠有六，《文王世子》：凡学春官释奠于先师，秋冬亦如之。说之者曰：释奠止言三时，夏则因春故也，此四时各一也。又曰凡始立学者必释奠于先圣先师，及行事必以币。说之者曰：或君亲往，或使有司为之。又曰：天子视学，必及先圣，立学用币，常奠不用币，五也。《王制》曰：出征执有罪，反释奠于学，以讯馘告，六也。释菜有三：《月令》，上丁命乐正习舞，释菜，一也。《文王世子》，始立学者，既兴，器用币，然后释菜，二也。《学记》，大学始教，皮弁，祭菜，示敬道也，三也。释币惟一：兴，器用币是也。而释菜、释奠之礼亦有异。郑氏康成曰：菜谓芹藻之属。陈氏祥道曰：释菜，犹贽也。妇见舅姑，贽以枣栗腶脩，若没而庙见则释菜。弟子见师，贽以束脩，若礼先师则释菜。又曰：释奠有牲币，有合乐，有献酬。又曰：大有释奠，小有释菜。释奠以饮为主，其礼隆；释菜以食为主，其礼薄。欧阳氏修亦曰：释奠有乐无尸，释菜无乐。历考经传，崇祀先圣先师，据有明文，略无疑误。生日之祭礼经所无，故自汉高祖十二年过鲁，以大牢祀孔子，东晋明帝太宁三年，诏四时祀孔子，北齐天保元年，遣使致祭，行三献礼，至唐太宗贞观四年，始诏州县皆立孔子庙。明世宗嘉靖九年，更定祀典，尊孔子曰至圣先师，用木主，笾豆十，乐用六佾。累代相沿，礼文器数，由略致详，要皆引经据典，罔或诬妄。

及我朝应运而兴，制礼作乐，损益百王，一应祀典，匪载经文，莫敢举也，而尊崇孔子，尤深敬慎。春秋仲月上丁致祭，即春释奠于先师，秋冬亦如之之礼也。督学岁科试择士入学，及三年乡贡于成均，俱谒圣，即大学始教皮弁祭菜之礼也。皇上每亲临国子监讲学行礼，或东巡诣孔圣庙释奠，即天子视学释奠之礼也。平定朔漠、青海、西域、噶尔丹等部落，告成太学，此即讯馘释奠之礼也。礼所应行，靡不详备，载在《大清会典》，寰海之内，所共遵守。至《钦定春秋传说汇纂》，于孔子生日及周正夏正之说，博引参稽，示学者以解经之法，初未尝遂据之而创为祀典，诚以圣天子心契制作之原，一以不敢示天下以疑信相参之说，一以重圣人之道必遵圣人之礼，越礼而祭，亵莫甚焉。乃士之昧于礼法者，知敬圣人，不知所以敬圣人，谬以今之八月二十七日，即周正十月庚子，据为孔子生日，私于村塾举行祀事，识者谓其有类浮屠老子神佛降生，修斋供养，已属不典，况直行于朝廷所设之圣庙，礼法森严之地，如之何其可也！借曰学者学圣人之道，无以致私敬于圣人，心有未安，亦宜略仿古制，祭于家塾，不敢以间国家之命祀然后可。朱子《答刘子澄书》云：家塾祀夫子，于古未闻。若以义起，当约释菜礼为之乃佳，开元、政和两书必有之可参考也。及其刊经书，作沧洲精舍，遂检《五礼新仪》，以释菜礼告成先圣先师，斯则所谓亡于礼者之礼也，其动也中。若生日之祭，考其生卒，诸儒无定说，考其祀典，经所未载，朝廷所不行，滥入宫墙以举祀事，是违经越礼，亵圣人而乱天子之制也。故元窃以为圣人之尊如此，礼经之文如此，国家之典法又如此，不可祭。李元禄谨议。

兴宁向无此祭，乾隆乙巳，邑人始创为之，私心窃有未安，因考礼经而妄议之，愿与好礼君子共质焉。元禄再识。

湖南文征　捐助刻资数目

同治四年八月起以银到先后为次

刘岘庄中丞坤一纹银贰百两

彭雪琴部堂玉麟纹银肆百两

魏质斋观察喻义洋纹贰百贰拾叁两叁钱伍分

席研香方伯宝田纹银贰百两

王铃峰观察文瑞纹银壹百两

刘南云方伯连捷纹银壹百两

朱尧阶司马冀纹银叁拾两

赵玉班方伯焕联纹银贰百肆拾两

刘霞仙中丞蓉纹银壹百两

锺云卿都转谦钧纹银壹百两

王朗清方伯德榜洋银贰百两

娄峻山军门云庆纹银叁百两

张子衡观察岳龄纹银壹百两

刘印渠制军长佑京纹叁百两

锺仲甫观察世桢纹银贰百两以上四年收

曾涤生爵相纹银壹百两

龙皞臣大令汝霖纹银叁拾两

蒋之纯观察凝学纹银贰百两

段培元观察起纹银贰百两

杨石泉中丞昌濬纹银壹百两

周寿山方伯开锡纹银壹百两

刘克庵方伯典纹银壹百两

黄芍庢军门少春纹银壹百两

戈蓉镜观察鉴纹银伍拾两

李若泉太守邦达纹银壹百两

江达川方伯忠濬纹银贰百两

新化公局刘、邹姓制钱壹百串易银柒拾壹两捌钱肆分

郑小山尚书敦谨纹银伍拾两

郭筠仙中丞嵩焘纹银贰百两

张寿泉观察铣纹银贰百两

聂一峰太守尔康纹银叁百两

吴莱庭通守经采纹银叁百两

黎同人廉访献纹银壹百两

周渭臣军门达武纹银贰百两

罗小苏太守涛、小溪都转勋纹银壹百两

黄子恒太守济纹银伍拾两

黄鹿笙文学膺纹银贰拾两以上五年收

黄昌岐军门翼升纹银陆拾两

郭子美军门松林制钱壹千串折纹陆百两以上八年收

以上共收银陆千叁百贰拾伍两壹钱玖分

易笏山观察佩绅纹银贰拾两十一年收

杨厚庵制军岳斌纹银贰百两未到

是书自同治元年采缉钞誊，至四年秋稿本初具，始刻公启集资，由赵玉班方伯、李仲云都转两处收发。五年冬开雕，九年冬工竣。屡次校补，又经两年。初拟刷印千部，以广流布。未及百部，经费已完，尚待筹款。嗣有佽助，留版续列芳衔。

李仲云都转概制钱叁百串

曾沅甫爵抚国荃纹银壹百两

锺云卿都转续捐纹银□百两

陶少云观察桄纹银□百两

附录　人名篇名索引

说明：索引人名按汉语拼音顺序排列，篇名仍依原顺序分类排列。篇名后数字为册数和书中页码。篇名过长者酌情裁截简省，以便于排版。

图书在版编目(CIP)数据

湖南文征/(清)罗汝怀编纂;邓洪波主编.—长沙:岳麓书社,2020.1

ISBN 978-7-5538-1138-3

Ⅰ.①湖… Ⅱ.①罗…②邓… Ⅲ.①中国文学—古典文学—作品综合集—湖南—元代—清代 Ⅳ.①I218.64

中国版本图书馆 CIP 数据核字(2019)第 094580 号

HUNAN WENZHENG

湖南文征

编　　纂:〔清〕罗汝怀

主　　编:邓洪波

责任编辑:许　静　李业鹏　胡宝亮

责任校对:舒　舍

封面设计:罗志义

岳麓书社出版发行

地址:湖南省长沙市爱民路 47 号

直销电话:0731-88804152　0731-88885616

邮编:410006

岳麓书社网址:www.yueluhistory.com

2020 年 1 月第 1 版第 1 次印刷

开本:640mm×960mm　1/16

印张:336.5

字数:4500 千字

ISBN 978-7-5538-1138-3

定价:1980.00 元

承印:长沙鸿发印务实业有限公司